中国近代女性文学大系

文学评论卷

郭延礼　郭浩帆　总主编

济南大学中国近代文学与文化研究中心　编选

陈静　王蓓　主编

齊魯書社

图书在版编目（CIP）数据

中国近代女性文学大系 / 郭延礼，郭浩帆总主编；济南大学中国近代文学与文化研究中心编选. -- 济南：齐鲁书社，2021.7
ISBN 978-7-5333-4238-8

Ⅰ.①中… Ⅱ.①郭… ②郭… ③济… Ⅲ.①中国文学—近代文学—妇女文学—作品综合集 Ⅳ.①I215.01

中国版本图书馆CIP数据核字（2019）第293187号

责任编辑：李军宏
责任校对：王其宝
装帧设计：郭 觐 李 生

中国近代女性文学大系·文学评论卷

ZHONGGUO JINDAI NÜXING WENXUE DAXI WENXUE PINGLUN JUAN

郭延礼 郭浩帆 总主编
济南大学中国近代文学与文化研究中心 编选
陈 静 王 蓓 主编

主管单位	山东出版传媒股份有限公司
出版发行	齊魯書社
社　　址	济南市英雄山路189号
邮　　编	250002
网　　址	www.qlss.com.cn
电子邮箱	qilupress@126.com
营销中心	（0531）82098521 82098519 82098517
印　　刷	山东临沂新华印刷物流集团有限责任公司
开　　本	880mm×1240mm 1/32
印　　张	255
插　　页	72
字　　数	6400千
版　　次	2021年7月第1版
印　　次	2021年7月第1次印刷
标准书号	ISBN 978-7-5333-4238-8
定　　价	1980.00元（全12册）

2011—2020年国家古籍整理出版规划项目

2017年度国家古籍整理出版专项经费资助项目

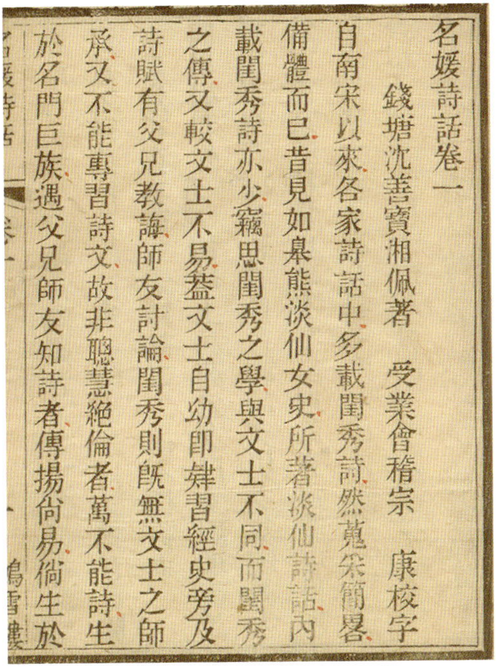
名媛詩話卷一
錢塘沈善寶湘佩著　受業會稽宗康校字
自南宋以來各家詩話中多載閨秀詩然蒐采簡畧
備體而已昔見如皋熊淡仙女史所著淡仙詩話內
載閨秀詩亦少竊思閨秀之學與文士不同而閨秀
之傳又較文士不易蓋文士自幼即肄習經史旁及
詩賦有父兄教誨師友討論閨秀則既無文士之師
承又不能專習詩文故非聰慧絕倫者萬不能詩生
於名門巨族遇父兄師友知詩者傳揚尚易倘生於
名媛詩話　卷一　一　鳴雪樓

沈善宝《名媛诗话》

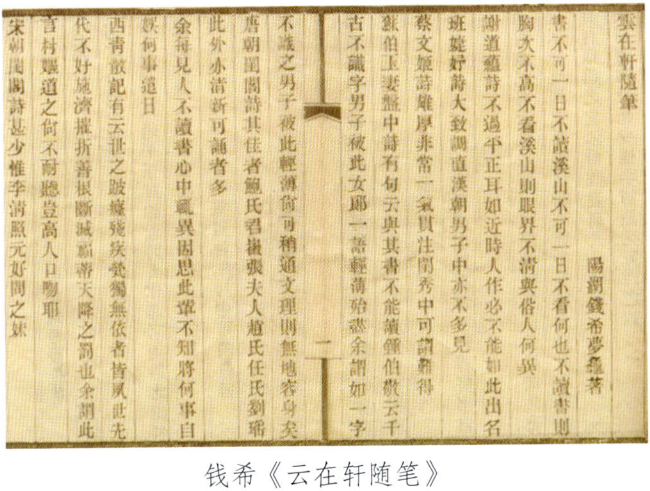
雲在軒隨筆
陽湖錢希夢龕著
書不可一日不讀溪山不可一日不看何也不讀書則
胸次不高不看溪山則眼界不清與俗人何異
謝道蘊詩不過平正耳如近時人作必不能如此出名
班婕妤詩大致調直漢朝男子中亦不多見
蔡文姬詩雖厚非常一氣貫注閨秀中可謂難得
蘇伯玉妻盤中詩有句云與其書不能讀鍾伯敬云千
古不識字男子彼此女郎一語輕薄殆甚余謂如一字
一
不識之男子彼此輕薄尚可稍通文理則無地容身矣
唐朝閨閣詩其佳者鮑氏君徽張夫人趙氏任氏劉瑤
此外亦清新可誦者多
余每見人不讀書心中氣異因思此輩不知將何事自
娛何事遣日
西青散記有云世之跛癃殘疾煢獨無依者皆夙世先
代不好施濟摧折善根斷滅福帝天降之罰也余謂此
言村媼道之何不耐聽豈高人口吻耶
宋朝閨閣詩甚少惟李清照元好問之妹

钱希《云在轩随笔》

陈芸

吕碧城（左）与淑仲

俞庆和

华兆英

程小珠

朱润之

《神州女校同学杂志》第一期

总序

郭延礼

《中国近代女性文学大系》(以下简称“《大系》”)是近代(1840—1919)八十年女性文学作品的选编。《大系》不仅是研究中国近代女性文学最基本、最重要的文本,也是研究中国近代思想史、文化史和妇女运动史的重要参考资料。

为了便于研究者检阅,《大系》分为《文学评论卷》《小说卷(上、下)》《散文卷(上、下)》《诗词卷(上、下)》《戏剧卷》《弹词卷》《翻译文学卷(上、下)》《史料索引卷》,每卷前均有《导言》,说明该卷所入选作家作品的数目,论述了该卷所选篇目的主要内容及其艺术特点。各分卷主编又根据各卷的不同情况作了若干详细说明。

一

中国向称“诗礼之邦”,妇女以吟咏、撰述著称于世者,代不乏人。明清时期,随着社会的发展,以及进步文士、学者对女性教育的倡导,女性文学也日渐繁盛,女性作家及其作品有了大幅度的增长。特别是在江南一带,才女辈出,文集充栋。以清代而论,女子的诗文集就“数逾三千”①,这还是一个不完全的统计。如果认

① 胡文楷编著:《历代妇女著作考 · 自序》(增订本),上海古籍出版社1985 年版,第 5 页。

真地爬梳清代的女性作家及其著作，仅江苏、浙江两省就有女性作家约三千人，著作约四千种①，这是两个十分可观的数字。由此可见，中国女性文学是一份十分丰富的文化遗产。

1840 年鸦片战争之后，中国社会步入了一个新的时期。从 1840 年至 1919 年，女性文学也发生了新的变化。特别是 19 世纪末 20 世纪初的女性文学，更呈现出若干新的景观。为了更准确地描述近代女性文学发展的状况及其特点，我们可以 20 世纪开端（1900）或稍前戊戌变法（1898）为界，将近代女性文学分成两个时段来叙述。

二

1840—1900 年这六十年虽然占了近代历史的四分之三，但就女性文学来说，它较之鸦片战争前的清代前期和中期变化不大。这一时段的创作主体还是名门闺秀或闺中才女，其创作的文体类型也主要是诗词歌赋等抒情类的文学。这一时段有代表性的作家，除了写过小说和戏剧的顾太清（1799—1877）、刘清韵（1842—1915）和部分弹词作家外，主要的创作主体还是诗人和词人，有代表性的是吴藻（1799 前后—1862 前后）、沈善宝（1808—1862）、张纨英（1800—1881）、左锡璇（1829 前后—1895）、左锡嘉（1831—1894）、邓瑜（1843—1901）、郭筠（1847—1916）、汪韵梅（？—1899）、沈鹊应（1878—1899）。此外，这时期应当提到的是明清以来女性所写的弹词，它介于韵文（诗歌）和小说（叙事）之间，这是此前女性文学史上所未出现过的瑰宝，很值得研究女性文学史的专家们关注。

---

① 史梅：《清代江苏妇女文献的价值和意义》，《文学评论丛刊》2001 年第 4 卷 1 期，第 66 页。

鸦片战争之后，中国历史进入了近代社会，由于英国等殖民主义者的侵略，再加上清王朝的腐败，中国人民面临着深重的灾难。当时处于战争前线的广东诗人首先发出了怒吼，张维屏的《三元里》《三将军歌》就是其代表作。随后，朱琦的《狼兵收宁波失利书愤》《关将军挽歌》、张际亮的《传闻》《迁延》等诗，揭露英国殖民主义者的侵略暴行，谴责清王朝的投降活动，继之在东南沿海一带出现了一股爱国诗潮。由于封建礼教长期的束缚和压抑，以及妇女所处的社会地位，在女性文学创作中，我们几乎听不到呐喊和怒吼，但这并不等于说，近代中国妇女对于殖民主义者的侵略和暴行就毫无谴责和批判。早在1842年，著名诗人张缙英（字孟缇，江苏阳湖人）随丈夫住在北京，面对鸦片战争的接连失败，她异常痛心。看到清王朝对英国殖民主义者始终采取妥协投降的政策，不进行认真抵抗，她义愤填膺，批评清王朝这是“养痈成患”。张缙英与另一位著名女诗人兼文论家沈善宝（字湘佩，浙江钱塘人）谈及此，“相对扼腕”，对清王朝的妥协投降表示了极度悲愤，两位诗人为此合填了一首《念奴娇》，其下阕云：

闻说照海妖氛，沿江毒雾，战舰横瓜步。铜炮铁轮虽猛捷，岂少水犀强弩？壮士冲冠，书生投笔，谈笑擒夷虏。妙高台畔，蛾眉曾佐神武。①

两位女词人没有被张牙舞爪的殖民主义强盗的铁舰大炮吓倒，而是激励中国人民在国家遭受侵略之际，投笔从戎，杀敌报国。

---

① 参见沈善宝《名媛诗话》卷八。

这首《念奴娇》词的下阕是沈善宝所写。此时(1842)正值鸦片战争清王朝节节失败,英国侵略者入侵长江口吴淞炮台,江南提督、爱国将领陈化成壮烈牺牲,英军进入长江,调军舰封锁瓜洲,镇江陷落。词下阕的首三句就是当时这种严峻形势的真实写照。但两位女词人并没有被敌人的坚船利炮吓倒,而是礼赞中国人民的英勇斗争精神:“壮士冲冠,书生投笔,谈笑擒夷虏。”此三句虽非完全写实,但字里行间有词人的爱国情怀在。尾韵二句,用宋代女英雄梁红玉击鼓助战大败金兵的往事,更寓有巾帼也要从军杀敌的壮志豪情。这类充满爱国情怀的词章在近代女性文学作品中并非绝响,沈善宝的《鸿雪楼诗选》就有这类充满着爱国情怀的诗篇。她的《七夕感怀》云:“愿将一掬银河水,倾向东南洗甲兵。”诗题下注“时英夷攻陷定海”。沈善宝还写有歌颂抗英民族英雄陈化成的诗篇:“拯愚岂料开边隙,报捷欣传慰圣明。(时闻厦门陈提督击败逆夷)愿得妖氛俱扫尽,伏波铜柱早标名。”(《感成呈松亭兄》)在国家危难之际,这些女诗人又深恨“莫笑忧多同漆室,恨难踏浪斩长鲸”(《夜听雨呈外》)。以身为“漆室女”不能奔赴前线杀敌报国为憾！其爱国情怀,溢满诗词间。

身处抗敌前线的广东诗人叶璧华(1841—1915,广东嘉应人),对于殖民者的侵略更有亲身的感受。她当时住在广州,目睹了法国和日本侵略者在广州的暴行,在《予少日随宦羊城时法夷滋事随侍东归光绪壬辰重游羊城乙未倭人气炽澎湖报警仓皇就道因思时势遭逢今昔一辙感而赋此留别诸同人》五首,记述了外国殖民者入侵给中国人民带来的灾难,从而发出“法海兴波谁御敌”的质问。此类作品在这时期的女性诗歌中是有所反映的。这再次表明了诗歌创作与时代的关系。

在这类洋溢着爱国主义精神的女性诗词中,福建诗人薛绍徽

(1866—1911)的两首词也值得珍视。写于1889年的《满江红》①书写了在中法战争(1883—1885)中渔民林狮狮等十余人夜袭法国战舰的故事。偷袭敌舰的林狮狮等人虽然船毁身亡,葬身殉国,却将法国远东舰队司令孤拔打伤(后死亡)。渔民们同仇敌忾的爱国热忱值得人们崇敬。

1894年,薛绍徽又有词作《海天阔处·闻绎如话台湾事》,面对中日甲午战争的接连失败和日本的"鲸吞蚕食",词人想起当年大败日本的抗倭名将戚继光和俞大猷。词的尾韵,她面对"春潮夜涨","深惭漆室,为天忧杞"。这末二句,与秋瑾诗中的"漆室空怀忧国恨,难将巾帼易兜鍪",同样抒发了身为女子难以报国杀敌的遗恨。封建时代的男女不平等让多少巾帼女杰壮志难酬啊!这也是近代弹词作品中的主人公为什么都要女扮男装的原因!

在近代前期的女性作家中,也有若干对时代比较敏感的才女,她们对传统世俗社会男尊女卑、轻视女性的世俗观念表示了强烈的不满和反叛。这其中最突出的就是吴藻。吴藻,字蘋香,号玉岑子,浙江仁和(今杭州)人,她出身于富商之家,自幼聪慧异常,不仅善倚声,而且工绘画,能鼓琴。她以自己卓异的天资和才华,赢得了当时文坛的青睐。吴藻的作品,不论是词、散曲,还是她那著名的杂剧《乔影》,在思想内容上无不极力想冲破封建礼教对妇女的种种束缚,渴望个性解放。她甚至以不能身是男子为憾,作《速变男子图》,这种"破体出位"是一种反常的心理态势,是对男女不平等的一种极端的反抗,本质上还是女性弱势心态的反

① 这首《满江红》,是薛绍徽夫妇赴马江凭吊甲申战役牺牲的烈士途中,听人讲述往事,薛绍徽有感而创作的一首词,弥补了近代史上鲜为人知的一段抗法史实。

映。在吴藻的词中,重要的主题就是抒发了抒情主体孤独愁苦的情怀,这类作品并不是古典诗词中传统的春恨秋愁,而有其独特的内涵,即抒写了词人无法舒展和消失的抑郁和苦闷,并带有近代先觉者个性解放的色彩。在历史的长河中,男女不平等给才女们带来了多少痛苦和遗憾啊!正如沈善宝在《满江红》词中曾发出这样的感慨:“问苍苍,生我欲何为,空磨折。”①

在1900年之前的近代女性文学中,还有一点值得关注,就是女性弹词的出现。

弹词作为一种长篇叙事文体,以其独特的艺术性和音乐性成为最受女性欢迎的文学样式。弹词如果从它的创作主体和接受主体来考察,可以说是最正宗的女性文学了。弹词发展到近代,已经是一种比较成熟的文学体式。它的篇幅比较长,动辄百万字以上,比如篇幅最长的《榴花梦》360卷,480余万字,在中国文学史上也可以算是长篇巨著了。如果从清代初年陶贞怀创作的《天雨花》(1651)算起,弹词发展至近代已有二百年的历史。近代最早创作的弹词,大约是1841年完成的《榴花梦》,这也是一部迄今所见篇幅最长的弹词。这一时段(1900年之前)的弹词,著名的还有郑澹若(1811—1860)的《梦影缘》、邱心如(1805—1873后)的《笔生花》、周颖芳(1829—1895)的《精忠传》、程蕙英的《凤双飞》。这些作品大多是书写女扮男装建功立业的故事,虽然这些表现才女们“白日梦”的文本,只不过是一种“被囚禁在深闺洞穴中的女性梦幻”②,但是这些流播广泛的弹词,应是近代女性文学

---

① 沈善宝:《鸿雪楼词·满江红(渡扬子江感成)》。

② 乐黛云:《无名、失语中的女性梦幻》,《中国文化》1994年第10期,第162页。

版图中可贵的收获。20 世纪之后，仍有些弹词作品出现，著名的有上海女郎姜映清（1884—?）写的《玉镜台》《风流罪人》，但那已是 20 世纪 20 年代的事了。

三

历史进入 20 世纪，女性的生活和地位发生了巨大的变化。20 世纪是妇女翻身求解放的世纪，也是女权思潮开始传入中国的世纪。“女权”这一概念传入中国，当始于 1900 年 3 月 11 日由梁启超创办的在日本出版的《清议报》第 38 号刊登的日本思想家、政论家福泽谕吉（1835—1901）的《男女交际论》一文，稍后，又在《清议报》第 47、48 号上刊登了日本人石川半山的《论女权之渐盛》。与此同时，在日本留学的马君武，受到这种进步思潮的影响，开始译介英国 19 世纪著名思想家、哲学家斯宾塞（H. Spencer，1820—1903）《社会静力学》（1850）中的一章《女性的权利》，马君武将其译为《女权篇》，该篇详细地阐述了男女平权的理论，在当时是颇有影响的。1903 年，年轻的柳亚子在他的《放歌》诗中就把斯宾塞和卢梭合称“二圣”，诗中云：“继者斯宾塞，女界赖一匡。平权富想像，公理方翔翔。”①1949 年，柳亚子又在《为第一次全国妇代会志庆》诗中云“少诵斯宾塞尔篇”，自注：“西哲斯宾塞尔著有《女权篇》，亡友马君武译本，余少时最喜诵之。”马君武受到日本思想界的影响，开始翻译西方有关女权的著作，旨在为中国妇女解放和女权运动提供思想理论资源。在这方面，马君武的贡献是开创性的，在中国妇女解放运动史上具有里程碑式的意

---

① 中国革命博物馆编：《柳亚子文集　磨剑室诗词集》上册，上海人民出版社 1985 年版，第 18 页。

义。稍后问世的金一①的《女界钟》也受到马君武所译《女权篇》的影响。

马君武对中国女权运动的贡献是多方面的,他在译完斯宾塞的《女权篇》之后,为了从根本上为中国女权理论建构奠定一个坚实的思想基础,又于 1902 年冬着手翻译约翰·穆勒(J. S. Mill,1806—1873)的《论自由》(译为弥勒约翰《自由原理》②)。

约翰·穆勒的《论自由》是其政治学说的核心。《论自由》是资产阶级政治学说中有关人身自由、个性解放、人人平等诸观念的理论资源,也是女权理论的思想基础。女性解放的一个重要主题是批判封建专制制度和封建礼教对女性的摧残和迫害,故恢复和实现妇女的人身自由是最重要的一环。《论自由》中还特别指出男女不平等是一个世界性的问题,就是在欧洲诸国亦不例外。

马君武在翻译斯宾塞的《女权篇》和约翰·穆勒的《论自由》的同时,又于 1903 年在《新民丛报》上发表了题为"弥勒约翰之学说"的专论③,其中第二节介绍了穆勒的《女人压制论》。文章开端即亮出观点:欧洲所以有今日之文明来自两大革命,即君民革命和男女革命。君民革命的发动力来源于卢梭的《民约论》,男女革命的发动力来源于穆勒的《女人压制论》。《女人压制论》力主男女应当平权并阐述其合理性。为了便于读者接受,马君武化繁为简,概括为五点:主要说明男女智力是一样的,但把女子等同于

---

① 金一(1874—1947),一说生于 1873 年,初名懋基,改名天翮,又名天羽,字松岑,笔名金一、爱自由者、麒麟,别署天放楼主人等,江苏吴江人。曾参加中国教育会和爱国学社,系近代著名诗人。

② 该书于 1902 年 12 月翻译完毕,翌年出版,题为"少年中国新丛书·弥勒约翰自由原理",上海开明书店 1903 年印行。

③ 马君武:《弥勒约翰之学说》,《新民丛报》1903 年第 29、30、35 号。

儿童,不给予管理国家之权;女子在家中有管理个人财产之私权,而无管理国家之公权;男女都要向国家纳税,但不给女子参政权,这是最大的不公平;女子可以为一国之王(西方多女王),但不许女子有管理国家之权;家庭中的女子常与其父、其夫享有同等权利,但其父、其夫在外有被选举权,而女子无被选举权,这也是不公。随着社会的进步,公理大明,未来之女子必有参政权。

马君武翻译的西方女权著作,为20世纪的中国女权运动奠定了理论基础,在当时很有影响。"天赋人权""男女平权""自由""平等",已成为当时的知识青年男女最时髦的话语。

与马君武男女平权的学说相呼应,一位刚及而立之年的热血青年金一感叹女界之沉沦,写了一部影响至巨的《女界钟》,为刚刚兴起的中国女权运动注入了新的血液,也为中国女界革命的先驱者增添了勇气,指明了前进的方向,受到当时女界的热烈欢迎和高度评价。女界先觉者、留日学生林宗素(1878—1944)读此书后,赞其作者是"中国女界之卢骚",另一位女士杨纫兰称此书为"美利坚之《自由钟》"和"批茶之《五月花》",①可见此书在当时影响之大。

《女界钟》满腔悲愤地控诉了封建社会对妇女的种种束缚和压迫,批判了封建礼教"三从"、"七出"、男尊女卑、"无才是德"的谬论,抨击了包括缠足在内的种种恶习,提出了男女平等、社交公开,并主张大兴女学,提高女子的知识水平和文化素养。同时坚持主张女子应有参政权,以至于喊出了"20世纪新中国、新政府不握于女子之手,吾死不瞑"的口号。由此可以看出金一对女权运

---

① "美利坚之《自由钟》""批茶之《五月花》",均见《女界钟·序》,上海古籍出版社2003年版。按:"批茶"与"五月花"为近代译者对美国斯托夫人和她的小说《汤姆叔叔的小屋》的误读,详见郭延礼《秋瑾诗歌释疑二题》,《中华读书报》2001年5月23日。

动的热诚和坚定的态度。

正是由于马君武、金一等青年思想家为20世纪的妇女解放运动奠定了坚实的理论基础，男女平等、男女平权、妇女解放等思潮在社会上才逐渐为人们所了解。也正是因为有了这种了解，大兴女学、天足运动在中国大地才能得以实现。而这一切新变化，又为20世纪第一个二十年的中国女性文学带来了全新的内容和形式。

四

20世纪第一个二十年（1900—1919），中国女性文学发生了巨大的变化，它正式步入了由传统向现代的转型。

如前所述，20世纪是中国女性争取自身解放的世纪，也是女权思潮开始传入中国的世纪，随着西方文化的深度传入，女性解放逐渐形成高潮，并由少数女性而逐渐形成了一个日渐壮大的女性知识群体。这一群体的出现，我们可以上溯至19世纪末的戊戌变法运动。

戊戌变法前后，中国社会生活出现了许多新的因素，不缠足运动（或称天足运动）和兴女学就是其中最重要的两环，二者紧密联系并扩大了影响。近代的不缠足运动，源于当时先进的知识分子中的男性，如康有为、梁启超、严复、林纾、谭嗣同、康广仁等人，他们从解除妇女的肉体痛苦和中华民族的长远利益出发，反对妇女缠足，并在上海和各省设立“不缠足会”“天足会”，后在全国尤其是沿海各省诸大城市形成了逐渐壮大的不缠足运动。

与不缠足运动相呼应并互为表里的是兴女学。中国古代虽有读书识字的妇女，有的还是著名的诗人、词人、史学家，但并没有纯粹的专门女学。19世纪末20世纪初，与当时日益发展的资产阶级维新思潮相适应，妇女解放运动相应而生。不缠足运动和兴女学便是这一运动所产生的两大硕果，二者形成互动：凡想入女学者必先放足，缠足者不得入女学。诚如《迁安、遵化天足会序》云："况乎缠足不变，则女学不兴；女学不兴，则民智不育；民智不育，则国势不昌。"①梁启超断言："缠足一日不变，则女学一日不立。"② 20世纪初国内大兴女学，与当时不缠足运动的发展和推动是有着直接关系的。

中国女学的发展，固然与1907年清政府学部发布的《女学堂章程》（即《女子师范学堂章程》和《女子小学堂章程》）有关，但早在1907年之前，即有一大批自办女学出现，著名的有上海的务本女塾（1902）、城东女学（1903）、宗孟女学（1904），苏州的兰陵女学（1901），无锡的胡氏女子小学（1902），广东的顺德女学堂（1902），天津的严氏女塾（1902），广州的广东女学堂（1903），长沙的湖南第一女学堂（1904），南昌的江西女学塾（1904），南京的旅宁第一女学堂（1904），北京的豫教女学堂（1905），湖州的浔溪女学（1906）等，一大批女学已经兴起。据1907年清政府学部总务司编制的《第一次教育统计图表》，当时全国除甘肃、新疆、吉林三个省尚无女学外，其余21个省均有女学。③ 至1907年，全国共有女子学堂（主要是小学）428所（缺湖北省女学统计数字），女学生15496人④，而女子教育发达的江苏（包括江宁）省、四川省的女学生总数分别为4198人和2246人。

---

① 转引自姚灵犀《采菲录》，上海书店出版社1998年版，第64页。

② 梁启超：《变法通议 · 论女学》，《饮冰室合集》"文集"之一（第1册），中华书局1998年版，第44页。

③ 以上女学材料，参见卢燕贞《中国近代女子教育史》，台湾文史哲出版社1989年版，第30页。

④ 《光绪三十三年分学部第一次教育统计图表》，参见杜学元《中国女子教育通史》，贵州教育出版社1995年版，第333页。按：此书女学生总数统计为15498人，计算有误。

1911 年辛亥革命之后，南京临时政府更加重视女子教育。“壬子癸丑学制”（1912—1913）的颁布，标志着民国学制正式确立，有力地推动了女子教育的发展。第一，在小学中废除了男女分校的双轨教育制，实行男女同校。第二，女子高小以上，可以设立女子中学、女子师范及女子高等师范。第三，小学读经课程一律取消。第四，女子不另设课程标准，只就其各级学校的需要而增减其讲授的课程。但所谓“实行男女教育平等”，在“五四”前还未能做到。即使在“五四”之后的 20 世纪 20 年代初，女子教育仍然落后于全民教育的发展速度，真正的男女教育平等仍需全国男女知识分子的共同努力和奋斗。

尽管女性教育在全民教育中还处于落后的地位（这种情况在中国边远地区和广大的农村尤为突出），但 20 世纪第一个二十年，中国已经有了各级各类女学，也有了一个具有一定数量的女性知识群体。这个女性知识群体不仅包括具有中等文化水平及其以上的女学生，而且也有了相当数量的女留学生（以留学日本者最多，其次是留学欧美者）。这支新型的女性知识群体队伍，不仅在政治上是争取妇女解放的急先锋，而且在文学创作上是一支勇于开拓的生力军。我们仅以 20 世纪第一个二十年的文学创作而论，除了传统的诗词文赋外，还出现了女性四大作家群体，这就是我于 2007 年在复旦大学文学院演讲时所提出的女性小说家群、女性翻译文学家群、女性政论文学家群和南社女性作家群。①

---

① “20 世纪第一个二十年中国女性四大作家群体”，是我于 2007 年 5 月在复旦大学演讲中提出来的。后经过整理，发表在 2009 年第 4 期的《文史哲》上，题目是“20 世纪初中国女性文学四大作家群体考论”。当时受掌握的资料所限，我对这四大群体的作家数量、刊发作品估计不足。现在看来，除南社女性作家群体外，其他的三大作家群体的作家人数、作品数量都还有一定的扩展空间。

五

20 世纪初,随着时代的前进和西学东渐,女子教育得到快速发展,女权运动迅猛崛起。与此相适应,近代女性文学也开始发生变化,即由古典开始向现代转型(1900—1919)。

近代前期的女性文学(1840—1900)较之此前的女性文学变化不大。这一时期,女性文学的创作主体还是闺中才女(闺秀作家),除了刘清韵、郑澹若、邱心如等几位女作家写的少数戏剧和弹词外,20 世纪前的近代女性文学创作主要还是诗词之类的抒情文体。

20 世纪后,在其第一个二十年(1900—1919),女性文学不仅发生了诸多新的变化,而且出现了四个新的女性作家群体:女性小说家群、女性翻译文学家群、女性政论文学家群和南社女性作家群。① 这一时段的女性文学具有如下特点,这也是近代女性文学由古典向现代转型的标志:第一,中国第一代知识女性成为近代后期女性文学创作主体的主力军。第二,女性创作文体由单一走向多元。第三,审美范围扩大,思想意蕴深化。第四,艺术上的新变:女性作家在阅读外国文学时,注意学习西方小说的艺术技巧和表现手法,如第一人称的出现,借鉴倒叙艺术手法,运用心理描写、象征手法,截取生活横断面等。第五,传播方式由闺中抄写、私下传抄到大众传播,报刊成为文学作品的主要载体和流通渠道。第六,文学创作由个人鉴赏变为公共文学资源。

---

① 另外,20 世纪第一个二十年出现的女性作家群体,并不止以上四个。当时为了引起人们对近代女性文学的关注,我提出了最突出的女性文学四大作家群体。以近代散文而论,除政论文外,尚有游记、传记、随笔、日记等。

为了简要叙述20世纪第一个二十年的女性文学，我这里仍以女性文学四大作家群体为纲陈述。

研究中国近代女性文学，固然不能仅仅研究20世纪第一个二十年（1900—1919）的女性文学，但毫无疑问，如果全面考察中国近代女性文学及其转型和发展变化，则必须把这二十年作为研究的重心。因为只有具体考察这二十年的发展变化，才能正确地认识中国近代女性文学的转型和演变，也才能认识此前六十年（1840—1900）中国近代女性文学的总体风貌。这里，我们首先对20世纪第一个二十年女性文学四大作家群体作一简略介绍。

1. 女性小说家群

中国古代女性文学中没有小说。明清两代的女作家数以千计①，但很少有写小说的，这与中国传统的文学观念有关。在中国传统的文学观念中，文类（体裁）是有区别和等级的。小说自古就被认为属于"不登大雅之堂"的低级文类。鲁迅先生就说过："在中国，小说是向来不算文学的。"②小说是被封建统治阶级"向来是看作邪宗的"③。在这种文学观念影响下，即使拥有"数逾三千"女性文学集的清代，竟也只有顾太清写的一本薄薄的《红楼梦影》。相传清代女学者、女诗人汪端（1793—1839）也曾写过一部《元明佚史》，有人认为这是一部小说，但此书因为没有文本传世，

---

① 胡文楷编著：《历代妇女著作考·自序》（增订本），上海古籍出版社1985年版。

② 鲁迅：《〈草鞋脚〉小引》，《鲁迅全集》第6卷，人民文学出版社1981年版，第20页。

③ 鲁迅：《徐懋庸作〈打杂集〉序》，《鲁迅全集》第6卷，人民文学出版社1981年版，第291页。

这个说法也很值得怀疑。①

中国古代女性文学的数量和水平都是相当可观的，但为什么历经两千余年而没有女性写的小说呢？认真思考起来，大约有以下几点原因。第一，女性生活天地的限制。封建时代的女子尤其是上层社会的女性，生活的主要空间是闺房，只能有限地与当地同性亲友进行交往，生活范围相当狭窄。与这种生活相适应，抒发性灵、描写闺中友谊及爱情，以及随自然气候变化而感发的春恨秋愁、离情别绪，正是古典抒情诗词的最佳题材之一；而以广阔的社会生活为背景，以描写现实人生经历、感受为主要内容的小说，对于封建时代的女性来说难以胜任。第二，受封建礼教的制约。在古代，女性话语权仅限闺内，故有"内言不出于阃（闺房）"之说，写小说主要不是"自娱"，而是"娱人"，是写给外人看的，这就犯了"内言不出"的"妇教"。第三，封建时代长期轻视小说的观念对女性的影响。小说自古被认为是"不登大雅之堂"的低级文类，它的内容或被斥为"猥鄙荒诞"，或被诬为"诲淫诲盗"，这些错误观念对生性"柔顺"、讲究"服从"的女性来说，是一种极大的精神压力和心理负担，故女性虽喜欢读小说，却不敢写小说。

① 《元明佚史》究竟为何种性质的著作，因世人未见原作文本，难有确论，故说法不一。较早提到此书的是谭正璧先生于20世纪30年代出版的《中国女性的文学生活》（后经增补，改名为《中国女性文学史》）。而后谭先生又在《中国女性文学史话》一书中说：汪端"因明太祖待青丘暴酷，感吴王张士诚待士之贤，乃节录《明史》，搜采佚事，用平话体著成一书，即《元明佚史》，凡十八卷。此书曾否刊行，现已不可考"（百花文艺出版社1984年版，第375页）。谭氏将《元明佚史》视为小说，但他并未见过原著。又曾见台湾学者王力坚在《清代才媛文学之文化考察》中说："汪氏还深于史学，曾著《元明佚史》八十卷……"（台湾文津出版社2006年版，第136页）王力坚将此书视为历史著作。何者为是，待考。按：王力坚的"八十卷"说，乃是据谭正璧"十八卷"说的误写。

近代第一个写小说的女性是满族词人顾太清，她晚年写了《红楼梦影》（1877年出版），署名“云槎外史”。我们知道，封建士大夫是不赞成女性写小说的，顾太清竟敢“冒天下之大不韪”，第一个带头写小说，这一破天荒的行为本身无异于“攻入男性堡垒的一次冒险”①，以致作者不敢署自己的名字。但顾太清写《红楼梦影》②确是历史事实，这有她自己写的诗和同时代的女文学家沈善宝写的《序》为证。③

第一部女性书写的小说问世后，此后写小说的还有女作家陈义臣（1873—1890）（著有小说《谪仙楼》，文本未见），但女性所作小说仍是凤毛麟角。真正在文学史上出现一个女性小说家群是在20世纪第一个二十年。据初步核查，这个小说家群有70余人，代表人物有王妙如、邵振华、黄翠凝、吕逸、幻影女士（白幻影）、黄静英、杨令茀、秀英女士、徐赋灵、曾兰、陈翠娜、高剑华等。这个作家群体所写的小说，有长篇，也有短篇，几乎全部发表在近代报刊上（长篇小说例外）。据不完全统计，有长篇17部，短篇200余篇，短篇小说集5种。

这个女性小说家群还有一点值得注意的是，它已呈现出职业化的走向。诚然，在这70余人中，也有惊鸿一瞥的，但已有几位

---

① 科拉·卡普兰：《〈奥罗拉·莉〉与其他诗》，载［英］玛丽·伊格尔顿编，胡敏、陈彩霞、林树明译《女权主义文学理论》，湖南文艺出版社1989年版，第202页。

② 日本杏雨书屋所藏顾太清的《天游阁集》，其《东海渔歌》卷四《红楼梦影》署名“云槎外史”，即顾太清的笔名。

③ 顾太清在她的《哭湘佩三妹》其二云：“红楼幻境原无据，偶耳拈毫续几回。长序一编承过誉，花笺频寄索书来。”自注云：“余偶续《红楼梦》数回，名曰《红楼梦影》，湘佩为之序。不待脱稿即索看，尝责余性懒，戏谓曰：‘姊年近七十，如不速成此书，恐不能成其功矣。’”参见张璋编校《顾太清奕绘诗词合集》，上海古籍出版社1998年版，第169页。

小说家发表的作品（包括长篇和短篇）在10篇以上。据统计，幻影女士发表小说17篇，吕逸发表小说15篇（包括长篇2部），刘韵琴发表小说15篇，毛秀英发表小说12篇，黄静英、高剑华发表小说均在10篇左右。

20世纪初这个女性小说家群体的出现并不是偶然的。首先，它是清代女性文学空前繁荣的结果。清代女性文学较之前代更加繁荣，研究女性文学的著名专家胡文楷先生说："清代妇人之集，超轶前代，数逾三千。""三千"诗文集中虽然没有小说，却有叙事文学性质的弹词，这对小说文体在女性文学中的出现无疑是具有先导意义的。其次，近代社会的发展和文明的进步，特别是女权运动的发展，男女平等意识的倡导，女性作家开始自觉地感悟到应当和男性作家一样使用小说文体。再次，20世纪初小说界革命的召唤。为了推动小说界革命，以梁启超、夏曾佑、狄葆贤、陶祐曾为代表的文学家，普遍呼吁提高小说的社会地位和文学地位，把小说视为"文学之最上乘"，这种将小说由过去"不本经传""背于儒术"的"街谈巷语"提升为铸造"国民之魂"、改良社会风气的新观念，无疑对近代女性有着相当大的影响。最后，随着西学东渐，翻译小说大量出现，与此同时，近代创作小说也呈现繁盛局面，这一切对女性小说家群的出现都有促进意义。以上四点，我以为是20世纪第一个二十年中国女性小说家群体出现的社会文化背景和文学因素。20世纪第一个二十年女性小说家群的出现，具有重要的文学史意义。第一，继顾太清《红楼梦影》（1877）之后，作为一个群体，它打破了中国文学史上无女性小说的纪录，开创了女性参与小说书写的新时代。第二，它为"五四"新文学女性小说家群的出现提供了文体样板，奠定了文学基础，这便是为什么"五四"刚过便有这么多的女性小说家脱颖而出，出现了像冰心、庐隐、白采、白薇、冯沅君、凌叔华这样一批优秀小说家。现在看来,答案已经十分清楚,正是 20 世纪初(1900—1919)第一代女性小说家群体的创作实践,为“五四”时期的女性作家成功登上小说文坛搭起了阶梯。

2. 女性翻译文学家群

随着西学东渐,大约在 19 世纪末就有人开始从事文学翻译,但其翻译主体大都是男性,很少有女性介入。据目前掌握的材料,中国最早的一位女翻译家是福建的一位才女薛绍徽。

薛绍徽,字秀玉,号男姒,福建侯官(今福州)人,嫁与同乡福建船政学堂毕业的陈寿彭(1857—?,字逸如)。因为丈夫的关系(陈氏曾在外国留学),她开始喜欢外国小说,并与丈夫合译了法国儒勒·凡尔纳(1828—1905)的科幻小说《八十日环游记》。小说由陈寿彭口述,薛绍徽笔译,1900 年由上海经世文社出版。书出版后,连续再版多次,可见这部译作还是颇受当时读者欢迎的。此后,薛绍徽还与丈夫共同翻译了英国女小说家和女诗人厄冷(Ellen Thorneycroft Fowler,1860—1929)的小说《双线记》。

中国女性进入翻译文学领域,薛绍徽开其先声,随之在 20 世纪第一个二十年(1900—1919)逐渐形成了一个女性翻译文学家群体。这个女性翻译文学家群体到底有多少位翻译家,目前还很难有一个确切的数字,据我所掌握的资料来看,当在 25 人左右。尽管这个女性翻译家群人数不多,但它的出现具有重要的文学史意义:它不仅开创了中国女性参与翻译文学活动的先河,刷新了中国翻译文学史无女性介入的纪录,而且显示了女性翻译文学的实绩,为“五四”后女性翻译文学的发展奠定了基础。

在 20 世纪初的女性文学翻译家中,陈鸿璧(1884—1966)是一个重要人物。她原名陈碧珍,广东新会人,生在香港,长在上海。少年时代曾就读于上海中西女塾,后毕业于上海圣约瑟西童女校。1907 年曾在上海民立女子中学和育贤女学校教英语,后又担任上海神州女学校校长。

大约在20世纪初即1905年前后，陈鸿璧开始介入文学翻译，这从1906年小说林社在“小说林丛书”系列中出版她翻译的历史小说《苏格兰独立记》(上册)，便可以寻求出其翻译活动的端倪。此后，《小说林》又发表了她的《第一百十三案》和《电冠》等译作。据《桐荫簃译述一览》记载，陈鸿璧翻译小说8种，另有青年修养和幼儿读物6种，计14种18册(均先后出版)，在当时的译坛上颇有影响。此外，黄翠凝(1875—?)、黄静英、汤绂①、刘韵琴(约1884—1945)、杨季威(1880—?)、凤仙女史、毛秀英等，也都有翻译小说问世。

近代的戏剧翻译，虽然数量不多，但翻译质量较高，特别是“五四”前夕留学回国的三位女性薛琪瑛、吴弱男(1886—1973)、沈性仁(1895—1943)，她们翻译的外国戏剧很有特色。首先，三位女译者选择的译入对象都是19世纪欧洲很有影响的优秀剧作家。她们选择了两位不同创作倾向和美学风格的作家，翻译了他们的三部剧作。这三部剧作是英国戏剧家奥斯卡·王尔德的《意中人》(今译作《理想的丈夫》，薛琪瑛译)和《遗扇记》(今译作《温德米尔夫人的扇子》，沈性仁译)、挪威剧作家易卜牛的《小爱友夫》(吴弱男译)。易卜生的戏剧以社会批判精神见称，具有强烈的社会现实意义，而王尔德则是英国戏剧唯美主义的代表作家，他的剧作构思巧妙，想象丰富，语言华美，颇为观众喜爱。两位作家虽然作品的倾向和风格不同，但同样都是优秀的具有巨大影响的剧作家。其次，这三部剧作的译文均忠实于原著，近于“五四”前周氏兄弟所提出的直译，不仅剧中人物对话是逐字逐句翻译，

① 汤绂，字红绂，发表作品署“仁和汤红绂”、“红绂女史”或“仁和汤女士绂”。

就连剧中每幕的布景也都按原文对译，未有丝毫马虎。再次，这三部剧作的译入语均用白话，而且是相当纯熟的白话，这在“五四”前夕的翻译文学中具有“报春花”般的启示意义。

在这个近代女性翻译文学家群体中，有翻译作品问世又有生平资料可考者大约有25人。其中，留学生居半。有的虽无留学经历，但肯定受过新式教育，学过外语，有的还可能是教会女学的高才生。前者可以确指的有汤绂、陈信芳、沈性仁、刘韵琴（以上留日），以及吴弱男（先留日，后留英）、张昭汉（1883—1965，留美）、薛琪瑛（留法）；后者可以确指的有黄翠凝、陈鸿璧、黄静英、陈翠娜、罗季芳、毛秀英等。这个女性翻译文学家群体共译有长篇小说20余部，短篇小说30余篇，西洋戏剧若干部。

这个女性翻译文学家群具有如下特点。第一，她们的籍贯多是苏（含上海）、浙、闽、粤沿海诸省，这些省份经济和文化发达，女子教育发展很快，早期的女子中学、女子师范、女子专科学校特别是女子教会学校，主要设在以上诸省。因此，女性翻译文学家出现在如上地区，正与中国女子教育的发展情况相适应。据《光绪三十三年（1907）分（学部）第一次教育统计图表》显示，仅江苏（包括江宁）省就有女学生4198人①，占全国女学生总数的30%。第二，有良好的外语基础。20世纪初，女子中学的课程普遍地设有外国语。民国初年，女子中学学制为四年，女子教育重视外语教学，四个学年中外国语的课时均为每周六学时，其总学时数比国文还多，居课程总学时的首位。② 这一点，正是女性翻译文学家

① 杜学元：《中国女子教育通史》，贵州教育出版社1995年版，第333页。

② 据《女子中学课程表》，国文四个学年的周学时是七、六、五、五；外语的对应学时为六、六、六、六。参见朱有瓛主编《中国近代学制史料》第3辑，华东师范大学出版社1990年版，第373页。

生成的基础。至于教会学校,外语在教学中占的比例更大。第三,在这个群体中,留学生占一半以上,此外就是教会学校毕业的学生。陈鸿璧少年时代就读于上海中西女塾,后毕业于上海圣约瑟西童女校。黄翠凝、黄静英、杨季威也是教会学校毕业的优秀生。第四,这个群体中,有部分人既翻译又创作,如汤绂、黄翠凝、黄静英、毛秀英、陈翠娜等。第五,在翻译方式上,除薛绍徽一人采用“林译式”外,其余均是独立翻译。第六,有几位女性译文的质量很不错,如陈鸿璧、黄静英、吴弱男、薛琪瑛、罗季芳的译文,均是自原文(英文或法文)译出,比较忠实于原著。陈鸿璧的译作,评论界认为其译文注重心理描写,颇具特色。薛琪瑛、吴弱男的戏剧翻译《意中人》《小爱友夫》分别刊于 1915 年、1918 年的《新青年》上,其译文应属鲁迅先生所倡导的直译。我曾将她们的译作与原著、今译三者对照过,即使在“五四”前夕“新青年”译界,也属上乘之作。

3. 女性政论文学家群

(1)女性政论文出现的文化背景及其动因。

20 世纪第一个二十年,中国女性文坛上又出现了一道靓丽的风景线,这便是女性政论文学家群体的出现。

19 世纪末、20 世纪初,中国女权运动发展很快,特别是 1903 年之后,随着马君武对西方女权主义的介绍和中国《女界钟》的敲响,中国女权运动进入了一个新阶段,提倡天足、兴办女学、批判盲婚、主张男女平权、批判贤母良妻、做女国民、从军报国、争取参政,成为 20 世纪第一个二十年女权运动的中心话题。与此前不同的是,这时期女权运动的主力已由戊戌变法时期的男性思想启蒙者换成了中国第一代知识女性。为了推动女权运动的发展,女性知识分子需要向男权社会挑战,批判父权文化中男尊女卑的传统观念,也需要唤醒二万万同胞姐妹,向她们宣传男女平等、提高女权的道理，以及女权的主张和具体内容。女性知识分子意识到，为达此目的，需要一种新的传媒，于是陈撷芬、裘毓芳、燕斌、刘青霞、秋瑾、何震、唐群英、张汉英、曾兰等开始办报纸，女性报刊应运而生。据不完全统计，仅 1902—1913 年就出现女性报刊 50 余种。

以宣传妇女解放为宗旨的女性报刊一出现，稿件问题就成为当务之急。报刊需要大量的文章，就其舆论导向的直接性、明确性、快速性而论，政论文是女性报刊的最佳文体选择。于是女性报刊中便出现了社说、时评、论说、演说、谈丛等栏目，这些栏目的文章大多属于政论文体。借助现代传媒，女性政论很快流播到全国的四面八方，其数量之多，传播之广，影响之大，是中国女性文学史上前所未有的。

20 世纪第一个二十年为什么会出现如此数量众多的政论文？最主要的原因还是基于当时的思想文化背景，一是女权运动的发展，二是女性报刊的大量出现，上述我已提到。其具体原因有如下几点。

其一，各类报刊特别是女性报刊的有意引导，是促进女性政论文学创作日趋繁荣的动因之一。为了适应女权宣传的需要，女性报刊在栏目的设置上开辟了社说、论说、演说等栏目，旨在鼓励女性作者撰写以宣传女权、批判男女不平等、抨击封建礼教为主题的政论文章。传媒的这种引导有不可忽视的作用。《女子世界》是 20 世纪初的一份女性刊物，出版时间是 1904 年初至 1906 年。从这份刊物发表的文章看，此时的女性政论数量还较少，而篇幅较长、水平较高的政论更少。《女子世界》共出版 17 期，发表社说（相当于今天报刊的社论）约 22 篇，而真正是女性所写的只有张昭汉的《争约劝告辞》一篇，其余 21 篇均出自支持女权运动的男性作者之手。在《女子世界》上，女性写的文章有 40 余篇，其中多是小评论、演说稿、书信等;就其多数文章而论,皆篇幅较短,思辨色彩也较弱。时间过了 5 年,1911 年创刊的《妇女时报》,这种情况已大为改观。由该杂志 21 期的文本抽样分析,每期所刊登的重要政论(社说、论说),其 80% 均出自女性之手,此为变化之一。《妇女时报》上还出现了经常“亮相”的半职业性的女政论作家,除了吕碧城(1883—1943)、张竹君(1876—1964)、林宗素、杨季威等名家外,尚有汪杰梁、汤剑我、江纫兰、祁瑞华等新秀。这说明女性政论作家队伍已日渐壮大,此为变化之二。

此外,《妇女时报》的编辑部还通过启事(相当于今天的编后记或约稿说明)策划组织富有现实性和舆论热点的政论文稿,这对女性政论文也有一定的催生作用。①

其二,女学的发展不仅为女性政论作家培养了后备军,而且有些女学堂也有目的、有计划地通过作文练习促进女性政论文学的发展。1902 年陈撷芬主编的《女报》在上海面世,社会反响强烈。上海务本女塾抓住时机,以《女报》为题,让学生作文,写阅读《女报》的读后感,并择其优者在《女报》上发表。《女报》第七、八期曾连续刊登《论女报之有益》等七篇女学生的习作,这一举措对女性政论的发展不无影响。

其三,女性报刊开辟专栏,广泛地吸收、刊登女学生的政论习作,对女性政论文学的发展更具促进意义。如果说陈撷芬主编的

---

① 《妇女时报》第五期(1912 年 1 月 23 日)上刊有组织演说稿件的“启事”:“军兴以来,恒有女子之关心国事者,到处演说。崇论宏议,足以启发女界同胞者,能录赐本志,尤感。”在《妇女时报》第六期(1912 年 5 月 1 日)上又有组织“女子参政”问题讨论的“编者的话”:“女子参政方有萌蘖,本报绝对承认之,惟恐非可以一蹴而就。凡关于参政及种种运动之文字,本报均欢迎登载,并为他日参政之预备,而关于女权之宣扬,尤望惠我大文。悬赏文:说女子参政之理由。”编辑部的这些组稿意向以及对女权所持的赞同态度,对女性政论文的发展都有一定的促进意义。

《女报》所刊登的女生习作还仅限于上海务本女塾的话，那么民国初年的女性报刊则有意识、有计划地组织与发表全国各地女生的政论，这种导向，其作用更不可低估。1915 年初创刊的《中华妇女界》就是其中一例。该刊共出版 18 期，每期都辟有“成绩”（第四期起改为“国文成绩”）专栏，共发表全国各地女学生的政论习作 304 篇，除少量传记和游记外，90% 以上是政论文，在内容上较之《女报》所刊登的女性政论文更加广泛。除了倡导女权的文章外，还有关于道德修养的，讨论社会问题与国计民生的，关于读书和读后感的，有关文论的。更值得注意的是，民国初年的女性政论已触及历史人物的评论，如《管仲论》《秦始皇论》《项羽失败论》《蔡文姬论》，这在 20 世纪第一个十年（1900—1909）的女性政论中还较为少见。至于以上政论作者当时就读学校所覆盖的地域之广，也是此前所未有的。

其四，梁启超“文界革命”的召唤对女性政论文学的发展和繁荣也有一定的影响。

（2）女性政论文作家群体的形成。

前已论述，20 世纪第一个二十年女性政论文作家群体的成员是受过新式教育的第一代知识女性，但她们又不同于一般从新式学堂毕业或刚刚留学归国的女学生。这个群体中的主力都有较丰富的生活阅历和从事女权运动的工作实践。

中国女性政论文作家群由三部分人组成，其主力是前两部分：一是女权运动的领军人物和骨干，二是女性报刊的女主编、女主笔和女编辑、女记者。前者如秋瑾、唐群英、张汉英、吴木兰、林宗素、江纫兰、张竹君等；后者如陈撷芬、燕斌、张昭汉、何震、潘朴、吴弱男、杨季威等。第三部分是一些尚在学校读书的女学生，这是女性政论文作家群体的后备军。

20 世纪初中国女性政论文作家群是一个比女性小说家群和

女性翻译文学家群都要庞大的创作群体。作者当在百人左右,成绩较突出者也有二三十人。她们(主要指前两部分成员)的知名度较上面提到的女性小说家群和女性翻译文学家群都要高。因为女性政论文作家群的主体,或是女权运动中的领军人物,或是新闻界女名人,其社会知名度自然较写小说或搞翻译的一般女学生或普通知识女性要高得多。正因为如此,对这个群体中有代表性的作家生平,我们都有一定的了解,因此对该群体成员的性别识别也较容易,这是和前两个作家群体不同的地方。

前面说过,女性政论文作家群体的主体是受过新式教育的第一代知识女性,她们中有相当一部分人出国留过学,故知识结构比较全面,既有较好的人文科学和社会科学知识,也具有一定的自然科学知识。她们多数思想开通,比较前卫,有的还相当激进。她们思维敏捷,有较强的社会活动能力,其中有些作者还是同盟会、光复会的会员,妇女团体的领袖,新式女学的校长和创办人。① 这批女性政论文作家多数出身于书香门第,幼年接受过较好的家庭教育,具有一定的古典文学素养,其中不少人能写旧体诗词,再加上新式教育和西学的熏陶,见多识广,知识面宽,思想新潮,又有革命工作和社会实践锻炼。这批政论作家既能滔滔雄辩,又具生花妙笔,她们在女权运动和民族解放运动中所写的政论文,包括社说、时评、演说词、宣言书、请愿书、公启,通过现代传媒(报刊)传播到全国各地乃至海外,产生了巨大的宣传效应和积极影响。女性政论文的出现,满足了报刊对女权宣传的需求;报刊大

---

① 如秋瑾是浙江光复会的主要领导人之一,也是同盟会会员。同盟会会员还有唐群英、张汉英、张昭汉、燕斌、吴弱男、吴木兰、林宗素、黄琴舫等人。陈婉衍既是宗孟女学校校长,又是上海女子北伐光复军指挥;张竹君是中国赤十字会会长,又是上海育贤女学创办人;杜清池是广州公益女学和广州移风女学校创办人;等等。

量刊登女性政论文,又促进了女性政论文的发展和成熟。这种双向互动,便形成了20世纪第一个二十年女性政论文创作的繁荣局面。

4. 南社女性作家群

南社是在近代资产阶级革命运动中成立的一个以诗歌为创作主体的团体。光绪三十四年(1908)冬,陈去病、高旭和柳亚子就提出组织南社,翌年11月13日在苏州虎丘成立南社。南社的名字含有鲜明的政治色彩。南社发起人之一的陈去病说:南者,对北而言,寓意不向清廷之意。[①] 后来柳亚子回忆南社时说:旧南社成立在中华民国纪元前三年,它的宗旨是反抗清朝,它的名字叫南社,就是反对北庭的标志了。[②] 南社又与明末的复社、几社有一定的历史联系。因此,以文学创作弘扬民族气节,反抗清王朝的封建专制制度,鼓吹资产阶级民主革命,就成为南社的政治目标和文学宗旨。

南社作为一个革命文学团体,还有一个特点,就是十分关注当时蓬勃发展的女权运动。这在南社三位发起人及其骨干成员中表现得特别突出。南社领袖柳亚子对女权运动表现出极大的热情已是人所共知,高旭和陈去病也写了若干反对重男轻女和弘扬女权的诗文。在南社群体中,对于女权运动贡献最大的当然要数马君武,他的主要贡献是翻译与介绍了西方资产阶级思想家的女权理论,为中国女权运动奠定了理论基础(见前述)。

正因为南社的领军人物和骨干成员都极力推动中国女权运动,所以他们对于女性加入南社表示了欢迎的态度。据柳亚子

---

① 参见《南社长沙雅集纪事》,《太平洋报》1912年10月10日。

② 参见柳亚子《南社纪略·新南社的始末》,《南社纪略》,上海人民出版社1983年版,第100页。

《南社纪略》统计，南社有女社员68人。[1] 女性所占的比例并不算大，但在近代文学社团中，能拥有六七十位女作家的，恐怕还找不出第二个；而且在入社章程上明文规定男女有平等入社权的，恐怕也难找出第二个。仅就此而论，南社的革命性和女权意识就十分鲜明。

在南社68名女性中，有小说家（曾兰、吕韵清）、政论文学家（唐群英、吕碧城）、翻译文学家（张昭汉），但更多的还是诗人/词人。诗词作者中成绩较大、知名度较高的有吕碧城、徐自华、徐蕴华、唐群英等。此外，张汉英、何昭，湖南的陈家英、家杰、家庆三姊妹，四川的张光蕙、光萱姊妹，广东梅县的吴其英，江苏松江的顾保瑢，江苏金山的王灿，也都是其中的佼佼者。

南社女性作家大多是时代的先锋，多数接受过新式教育，有的还是留学生。[2] 她们或是资产阶级民主革命战士[3]，或是女权运动的领军人物，或是各地女学的创办者，同时又是驰骋女性文坛的诗人或词人。因此，在这批革命女杰的诗词中，战斗的呼唤和革命壮志的抒发，构成了南社诗歌创作的重要主题。“头颅愧煞余还在，何处寻师黄石公。”（张汉英《哀江南八首》之一）“不堪回首当年事，赢得功成战血来。”（唐群英《过洞庭湖有感，兼赠陈汉元》）

南社中的女性，作为先觉者，从改变自身命运和建构民族国家的需要出发，张扬女权，提倡男女平等，主张女性独立与解放，成为南社女性诗词中响遏行云的最强音。“谁起平权倡独立，普天尺蠖待同伸。”（吕碧城《书怀》）“人权本与同，无分女男身。幸

---

① 根据郭建鹏等《南社社友录》的统计，南社有女性社员70人。

② 唐群英、张汉英、陈家英、陈家杰、吴其英，留学日本。吕碧城、张昭汉，留学美国。

③ 唐群英、张汉英、徐自华、张昭汉、陈家英、陈家庆，都是同盟会会员。

有宏达士，平等谈津津。”（何昭《某友虐待其妾，作诗规之》）“愿身化作丰城剑，斩尽奴根死也瞑。”（唐群英《绝句八章》之一）从这类诗中不难看出20世纪初女性的觉醒与革命的豪情。

南社，作为一个文学社团，在文学创作上并没有完全统一的宗旨，虽然学界认为马君武所说的“鼓吹新学思潮，标榜爱国主义”，可视为南社文学创作的一种倾向，但也并非尽然。如果说在思想内容上是这样，那么在艺术风格上则更趋于多元，这也是符合文学规律的，风格的丰富性、多样性本就是文学的基本面貌。

南社女作家虽然近70人，但今天有作品留传下来的并不太多。据初步调查，在《南社丛刻》上发表过诗、词、文的，大约只占女社员总数的三分之一。在现有文本可据的二十几位诗人中，从艺术风格上大体可分为两派：一类是雄丽豪放派，以张昭汉为代表，类此风格者有唐群英、张汉英、何昭等；另一类是柔美婉约派，以徐自华、徐蕴华为代表，其他如顾保瑢、吴其英、张光蕙、张光萱、黄佩珊等。

南社女性作家群体在中国近代乃至整个中国女性文学史上都是一个庞大的群体，虽然多数诗人的作品今天已很难看到，但其文学史意义仍是不可忽视的。尤其是南社女诗人的革命思想、女权意识和爱国主义精神，更是值得我们继承和发扬。

六

我已经说过，中国近代女性文学并不仅仅局限于上面提到的四大女性作家群体。当时我提出20世纪第一个二十年中国女性文学四大作家群体这一文学史概念的出发点，旨在引起人们对20世纪第一个二十年（中国女性文学的转型期）女性文学的重视，以其中最主要的四大作家群体研究来带动整个近代女性文学研究，事实上确也在一定程度达到了预期目的。

现在看来，中国近代女性文学涵盖的内容确实十分丰富，有些方面尚未进入学界的视野，比如近代女性文学评论就是一例。此前研究女性文学史和文学批评史的人都很少关注近代女性文学评论。这次《大系》把它单独列为一卷，目的就是希望引起学人对近代女性文学评论的关注。

近代是中国女性文学评论开始走向自觉的时代。首先，女性写作的正当权利在近代得以确立。近代这八十年间，中国女性通过诗话、选本、论诗诗、序跋、题词、短论等各种文体形式，以沈善宝、钱希、陈芸、施淑仪、何震等为代表，从不同层面为女性写作正名，坚定地维护女性写作的正当权利；同时，沈善宝、单士厘、施淑仪等又通过对女性作品的辑录、考察、整理和评论，有意识地将女性写作载入史册。近代女性评论者的此类努力，促成了女性创作主体意识的构建，既为近代女性写作提供了理论支撑，更为此后的女性创作与评论扫清了障碍，这是近代女性文学评论的最大创获。

其次，近代女性文学评论领域有较大拓展。20 世纪之前，女性评论的对象主要以女性创作的诗词等作品为主，自 20 世纪初叶起，女性评论所涉领域日渐拓宽，女性评论者逐渐跨出性别界限，将评论视野扩展至文学写作的各个领域，除大量诗词评论外，弹词、小说、散文、戏剧等古今中外的作品均成为她们的批评对象，并通过新的传媒流播到广阔的空间。这其中，吕逸、薛绍徽、李友琴、张咏逑（鬘红女史）、林德育、程小珠、刘明先等的小说评论尤为引人注目。

再次，近代女性文学评论呼应近代以来女性解放和社会变革的时代潮流，作品评析大都基于国家救亡、民族独立、张扬女权的立场而展开，评论中蕴含着强烈的、鲜明的社会批评色彩。在这一过程中，她们还不断引入新的评论术语，有些文章和著作明显地具有更为宏观的文学史和文学批评史的学术视野。总之，近代这八十年间，中国女性的文学评论活动出现了前所未有的变化，体现出中国女性从事文学创作和文学批评的强烈的自觉意识和以文学批评干预社会生活的豪情壮志。

《大系》中的《戏剧卷》，主要收录了近代女性作家创作的戏曲（传奇和杂剧）、早期话剧和部分散曲。过去学界对近代女性戏剧的研究面比较窄，其主要关注点几乎就是刘清韵一人（1996 年出版的《中国近代文学大系 · 戏剧集》，将刘清韵的作品也摒之门外），以至于连顾太清的《梅花引》《桃源记》等作品也少有人问津，至于像刘韵琴、陈翠娜、陈仲瑄（又名陈慧，1883—1947）等人的戏曲作品就更难"入流"了。而此次《大系》中的《戏剧卷》或多或少地弥补了这一缺憾。另外，《戏剧卷》还收入了四部早期话剧（发表时间在 1914—1918 年）和少量散曲，目的在于供近代女性戏剧研究者参考。

最后有一点还需要说明的，就是《大系》各卷中所介绍的作家生平。由于历史遗留的传统观念，女子是不能登大雅之堂的，故名多不见经传。近代女性作家除极个别外，大部分作家很少有生平资料流传下来。个别女性因为家族的显赫，可能在男性祖辈和父辈的传记中留下片言只语。近代以降，虽有冲破传统之处，女性的名字、生卒年、行状和创作情况，间有出现在自传和上述名人传记中，但其文字也多套语，很少有具体内容。因此，《大系》各卷女作家的生平介绍，特别是生卒年的确定，各卷编者虽四处搜求，多方查找，利用各图书馆和私人珍藏，找到了一些线索，也查到了一部分资料，并据此撰写了作家小传，但在这些作家小传中肯定会有错误，张冠李戴的现象也难免万一，我们诚恳欢迎专家的批评指正。还有若干女作家，其生平实在无处寻求，只得注明"生平不详"，仍然要请各位专家、读者谅解并指教。

七

《大系》酝酿规划已久。早在2005年,某出版社就约我为其编辑这套《大系》。2006年,国家新闻出版总署将《大系》列入"'十一五'国家重点图书出版规划项目",但由于多方面的原因,未能落实出版事宜。2012年7月,《大系》入选全国古籍整理出版规划领导小组组织编制的《2011—2020年国家古籍整理出版规划》;2017年5月,《大系》又获得当年度国家古籍整理出版专项经费资助。承蒙齐鲁书社原社长宫晓卫编审的大力支持,《大系》最终确定由齐鲁书社出版。

2013年,济南大学成立中国近代文学与文化研究中心,聘请我做中心主任。我们以济南大学中国近代文学与文化研究中心为学术平台,适当借助兄弟院校中国近代文学研究方面的力量,将《大系》作为济南大学人文社会科学研究重大攻关项目,由我和郭浩帆教授任总主编。前后历经十余年的努力,《大系》即将正式出版。

在《大系》编辑出版过程中,齐鲁书社社长昝亮编审、原总编辑陈修亮编审(现任山东人民出版社总编辑)、《大系》项目负责人李军宏编审给予我们许多具体的指导和帮助;济南大学文学院在人员和经费方面也为《大系》的顺利推进提供了许多帮助与支持。在此,我谨代表《大系》编委会向以上诸位师友表示衷心的感谢。至于《大系》编选中的不足乃至错误之处,尚请海内外专家和读者批评指正!

郭延礼

二〇二〇年四月下旬于济南大明湖畔

凡　例

一、为深入开展中国近代女性文学研究，也为中国近代文学史、文化史、思想史暨中国妇女运动史提供翔实的史料，我们特编选《中国近代女性文学大系》（以下简称“《大系》”）。

二、《大系》选录中国近代（1840—1919）的女性文学作品，所选作品力求能够集中反映这一时期女性文学的总体风貌和主要成就。全书共分八卷十二册，厘为《文学评论卷》《小说卷（上、下）》《散文卷（上、下）》《诗词卷（上、下）》《戏剧卷》《弹词卷》《翻译文学卷（上、下）》《史料索引卷》。

三、除《史料索引卷》外，其余诸卷的排列顺序依作者生年为序；作者生卒年不可考者，再依照其作品出版、发表时间作为其主要排序依据。

四、《大系》收录作者的断限，大致依据下述原则：

（一）生卒年在1840—1919年间者。

（二）生于1840年前，其作品发表或出版于1840—1919年者。

（三）卒于1919年后，但其作品发表或出版于1919年前者。

五、各卷作品前均有作家简介。作家生平详赡者，突出其交游、贡献与影响力；生平难考者，多介绍其字号、籍贯、家人及作品等；完全不知者，标注为“生平不详”。

六、《大系》采用简体字横排，加新式标点。原稿用于敬称、谦称时的特定格式，均予取消，改用现代行文格式。

七、《大系》所选作品，尽量以文字清楚、校勘精准、内容完整的初次发表本作为底本，并与其他优良版本进行参校。如初刊本或稿本不易得，酌情采用编校质量优良的排印本。书中所带夹注、眉批、回批和总批等，均予保留。

八、《大系》所选作品如系报刊发表者，采用原刊稿；如原刊稿后收入单行本（作品选集，如《中国女子小说》；作家文集，如《秋瑾集》），则以其为重要参考，择优校改，并予以说明。

九、各卷在选录作品文本之后，对于所依据的底本及其他参校本，均注明出处。

十、《大系》中的文本在校勘过程中出现的讹误、脱文、衍文、颠倒错乱等情况，一律改正，并出校记。校记均放入脚注中。

十一、《大系》所选作品，凡通假字，尽量尊重原著，一般不作改动。凡当时的习惯用法（如“他”“她”不分，“那”“哪”不分，“沈”“沉”不分，“狠”“很”不分等）而与现在用法不同者，一般也不作改动。人名、字号、地名、书名等专用名词，可酌情保留繁体和异体字形；其余异体字、旧字形、明显错字，一律改为现在通行的规范字，不出校记。讳字径改本字。

十二、《大系》底本如有字迹漫漶而又无法依照他本补正者，用“□”表示；因选录需要而删削的文字用“……”表示。

十三、《大系》所选作品中的一些称谓，如把农民起义军称为“匪”“贼”“妖”等，以及“支那”“满清”等，我们是持批判态度的，但为保持文献资料的完整性与客观性，对类似上述情况的资料均照原样收录，不作改动。

十四、《小说卷》《弹词卷》《翻译文学卷》中的长篇作品，限于篇幅，只能节选其中精彩章节，但附整部作品的梗概说明。

十五、《大系》选取部分体现近代女性文学状貌的精美插图，置于各卷扉页之后、正文之前。

总　目

文学评论卷

目　录

导言

中国近代女性文学评论，指写作或出版于1840—1919年间，中国女性撰写的文学评论作品。

女性所撰文学评论，一般认为，最早可追溯至宋代李清照的《词论》。① 但长期以来，《词论》都是一种孤独的存在。自晚明至清代中叶，女性的文学评论活动渐趋活跃。题辞、序跋等文本中出现了不少女性的评论文字，诗话与选本批评均有创获。清代中叶熊琏的《澹仙诗话》是现存最早的女性诗话作品，熊琏依托袁枚的性灵诗学观，评论乾嘉时期的诗人诗作，同时，基于传统诗学的伦理规约评价闺秀诗文②，是近代之前女性诗话的代表。在选本领域，明末沈宜修《伊人思》、清初王端淑《名媛诗纬初编》、清初季娴《闺秀集》、清中叶汪端《明三十家诗选》、清中叶恽珠《国朝闺秀正始集》等，是近代之前女性选本之代表。汪端《明三十家诗选》选辑明代男性诗作，点评精彩，但多数女性编选者还是致力于

---

① 《词论》为“妇女做的文学批评第一篇专文”，参郭绍虞主编《中国历代文论选》第2册，上海古籍出版社2001年版，第354页。2006年，虞蓉《中国古代妇女早期的一篇文学批评专论——班婕妤〈报诸侄书〉考论》（《苏州大学学报》2006年第3期）认为，最早的女性文学批评出现于西汉，是班婕妤所作《报诸侄书》。

② 蒋寅：《性灵诗观在女性诗学中的回响——熊琏〈澹仙诗话〉的批评史意义》，《学术研究》2020年第3期。

搜辑女性诗文,通过辑录和点评,树立女性诗学标准。其中,恽珠选本在妇学旗帜下为女性创作张目,按雅正之标准选辑女性诗作,对道光年间及其后的女性创作与评论产生了较大影响。

上述为近代之前女性文学评论的大致状况。1840—1919 年间,中国女性的文学评论活动较之此前的女性文学进程有了突破性进展,较之其后五四精神启发下的女性文学发展也独具理论特色。女性评论者和评论作品的数量大幅增加,传统妇学、儒家诗教立场的评论观念逐渐被摒弃,女性写作之主体意识真正确立,女性评论的范围明显拓宽,涉及诗、文、词、弹词、小说、戏剧等文学体和作品,评论形式包括诗文选本、诗话、词话、论诗诗、题词、序跋、短论、专题论文及杂见于其他作品中的文学言论等。

近代女性的文学评论活动,应是近代文学和近代文学批评的组成部分,但在已有研究中,女性文学评论基本处于缺席状态。20 世纪 90 年代以来,女性文学、性别研究开始受到学界关注,带动了近代女性文学评论的研究,在资料和个案研究层面,取得了若干成果。但总体而言,近代女性文学评论研究还处于起步阶段。

首先,资料层面十分薄弱。近年来,在不断出版的清代、近代等文献资料中,有不少与近代女性文学评论相关,但仅有沈善宝、施淑仪、陈芸等少数几位女性批评者的资料得到整理,大量近代女性的文学评论资料还处于沉睡状态,未得到发掘与整理。另外,绝大多数以“女性诗学”“闺秀诗学”为题的研究,均将男性所撰“闺秀诗话”包含在内。清代女性文学评论最具代表性的资料集——王英志主编的《清代闺秀诗话丛刊》所辑 14 种闺秀诗话中,11 种为男性所撰,女性所撰仅有 3 种。

其次,研究处于浅层描述状态。资料的缺乏,造成研究的大量空白。近年来,清代闺秀诗学、清代女性诗学等研究渐成规模,此类研究包含有部分近代的内容，但所论较少，且仅以诗歌理论为中心。近代女性有关小说、弹词、戏曲、词、散文等的评论，极少进入研究视野。个案研究中，除沈善宝的讨论较为充分外，其他均不够深入。从观点的提炼看，同质性表述多，点睛之论太少。比如：已有研究大都指出，晚清民初的女性诗评与传统无法决裂，并将之视为其所独具的特征。但是，这种与传统无法决裂的状态，并非近代女性文学评论所独有，而是近代文学批评的整体特点，也是所有近代文人身上的特点。做出这种简单判断，恰恰说明，近代女性文学评论研究还处在起步状态。另外，研究多侧重女权观念和女性意识，泛泛之论较多。女权、女性意识在女性评论中有何特征？文学评论中的女性视角有哪些具体表现？这一层面的阐释对女性文学评论来讲，十分重要，但目前的研究还十分薄弱。

综上，近代女性文学评论关注度低、研究不足的状况，与近代女性文学评论资料的缺乏直接相关。我们编纂《文学评论卷》的目的，即在补上这一短板。

本卷的工作，首先得力于学界的先期成果。中国近代女性文学研究早期所依傍的资料大致不出胡文楷《历代妇女著作考》以及秋瑾、吕碧城等少数几部诗文集。进入 21 世纪，与近代女性文学评论相关的文献资料有了长足发展。几部资料性丛书的出版，让资料搜集方便了许多，如方秀洁、伊维德主编的《美国哈佛大学哈佛燕京图书馆藏明清妇女著述汇刊》（广西师范大学出版社 2009 年版）；王英志主编的《清代闺秀诗话丛刊》（凤凰出版社 2010 年版）；胡晓明、彭国忠主编的《江南女性别集》（黄山书社 2008—2019 年版）；冯乾编校的《清词序跋汇编》（凤凰出版社 2013 年版）；李雷主编的《清代闺阁诗集萃编》（中华书局 2015 年版）；肖亚男主编的《清代闺秀集丛刊》和《清代闺秀集丛刊续编》

（国家图书馆出版社 2014、2018 年版）；等等。特别是《清代闺秀诗话丛刊》，已成为近代女性诗话研究的重要参考资料，《清代闺秀集丛刊》及《续编》所提供的影印文本和作者生平介绍，为本卷的资料整理与作者生平查考提供了极好支撑。更需提及的是，近代报刊资料的整理与出版成为资料搜集中的亮点。《中国近现代女性期刊汇编》（线装书局 2006—2008 年版）、"晚清、民国时期期刊全文数据库""大成老旧期刊全文数据库""瀚堂近代报刊数据库"等电子资源，为搜集近代报刊中的女性文学评论资料提供了极大便利。

在充分掌握已有资料集和数据库的基础上，我们又到北京、上海等地的图书馆，抄录、复制了一批资料；同时，通过网络文献传递、网上书店购买等方式，收集到一批资料。

在报刊资料方面，我们用力较勤。本卷基于《中国近代期刊篇目汇录》（上海人民出版社 1965—1984 年版）、《辛亥革命时期期刊介绍》（人民出版社 1982—1987 年版）、《中国近代报刊名录》（福建人民出版社 1991 年版）和《1872—1949 文学期刊信息总汇》（青岛出版社 2015 年版）等十数种报刊目录和资料集，对照各类数据库，从中确定了 700 余种可能涉及近代女性文学评论的报刊，再按图索骥，翻阅、查找，从这些报刊中初步筛选出相关篇目。本卷所选入的报刊文本，就是从这些篇目中再加筛选和整理而得。

资料的搜集与爬梳工作，我们进行了四年，迄今依然不能说非常满意，但已可比较有信心地说，目前本卷提供的近代女性文学评论资料较为全面，且多为首次被发掘。以诗话为例，截至 2019 年底，公开出版、发表的学术论作中，共提到 21 种近代女性诗话。而经我们搜辑发现的近代女性诗话已有 39 种，全部存世，共计 25 位作者。其中，有 32 种诗话载于报刊。仅诗话一类已可看出，近代女性文学评论的资料挖掘存在很大空间。

近代女性文学评论的作者群体

近代这80年间，有多少女性参与文学评论活动？她们有哪些特征？这是我们首先遇到的问题。本卷共载录167位女性评论者，我们为每位作者撰写了生平简介。在撰写过程中，我们深深感到，近代女性评论者的情况十分复杂。

首先，性别确定存在难度。近代存在男性托名女性发表作品的现象，因此面对文本，我们需要首先确定作者性别。对一些仅在署名中有“女士”“女史”字样但无法找到证据表明为女性者，严谨起见，我们将之排除。本卷确定的167位作者中，惟有南浦慧珠女士略有疑问。有些研究者推断她为陆士谔的夫人李友琴，只是论据略显单薄，其所撰《新金瓶梅自序》又是一篇颇具特色的小说评论，本卷还是将她选入，算作一种变通。

其次，生平信息少而复杂。本卷大部分女性均为首次被发掘，生平资料很少，需自行查考和搜集。现有研究中能够查考到的近代女性生平，问题很多，生卒年、籍贯、亲属等基本信息在不同论作中所述并不统一，甚至存在矛盾。作品名称、版本、卷次等的表述则更为随意。吴藻、李桂玉、刘清韵、易瑜、吴芝瑛、吕逸、施淑仪、刘韵琴、何震等诸人，在近代都颇具知名度，留下的生平资料相对较多，但她们的生平均存在上述问题。由此可见近代女性生平考订之难度。

本卷是近代女性文学评论的第一本资料集，作者生平是其中重要的组成部分。我们希望能够在资料方面尽可能做得扎实些。

基于这一考虑，我们对作者生平中的基本信息进行了多个资料来源的比对与辨析，尽量找到最原初或最可靠的来源，如本人诗文、传记、序跋、墓志、方志、族谱、年表、纪念文章、亲属回忆等，以获得准确信息，存疑之处亦做说明。我们重点考证了作者的生卒年、籍贯、父母、丈夫等基本信息。从女性角度讲，母亲对女儿的影响较大，因此，我们尽可能地查考出母亲的信息。另外，晚清时期，女性要想编辑出版自己的作品，主要依靠家族中的男性，这是女性作品传播的一个重要特征，也是了解女性创作心态的另一种渠道。因此，我们会在作者生平中提供作品的编印信息。至于诗文作品的卷次，统计方式不同，数量就有可能出现不同，若有不同版本，卷次描述会更不一致，因此，在生平简介中，我们只列出重要作品的名称，不载录卷次。

就这 167 位作者而言，尽管我们多方努力，但能查考到生平信息的作者依然有限。目前，我们能获得准确生卒年或能推断出其生年的作者，仅有 104 位。还有 63 位作者，无法获得生卒年信息，只有极少量的生平记述，如某女校学生、籍贯某地、丈夫某姓等。期待今后发现更多资料，可以填补这些女性生平的空白。

综观近代这些女性文学评论者，大致由三个群体构成：

第一，传统闺秀作者群。以沈善宝、张纨英、萧道管、薛绍徽等为代表。她们是在传统妇学教育下成长起来的一代，其文学评论观点基本遵从雅正、性灵等传统诗学观，期望在传统妇学领域内，为女性写作争取空间。

第二，由闺秀转变为第一代知识女性的作者群。以吕逸、施淑仪、秋瑾、陈撷芬、徐畹兰等为代表。她们谙熟女教及闺秀传统，同时受近代女权等新思想启发，均程度不一地批判传统观念，认为女性写作天然正当，且有益社会。这批女性处于新旧教育之间，不少人任教于女校，其成长过程经历了近代最为剧烈的社会动荡，单士厘、唐群英、秋瑾、汤绂、陈撷芬、吕碧城、刘韵琴、何震、程嘉秀等均有海外游学经历，是第一批张开眼睛看世界的中国女性。秋瑾、唐群英等更是社会变革的重要推动者。在近代女性文学评论中,她们的观念新旧相兼。这批作者最具时代特征,其评论观点尤为值得注意。

第三,女学生群体。以骆树英、凌叔华、殷同薇、林德育、杨筠、朱润之、刘明先、余岩竹等为代表。她们是接受新式教育(国文、算术、体操、历史、地理等)的一代。中国女性的传统教育方式是家庭和家族教育。1898 年,第一所中国人自办的女学堂在上海创建,中国女性开始自觉地走向社会化教育。1907 年(光绪三十三年),清政府学部颁布《女子师范学堂章程》和《女子小学堂章程》,女子教育正式列入国家学制系统。① 由家庭教育向社会化教育的转变,以及中西合璧的教育理念与内容,造就了新一代知识女性,她们的知识结构发生了重大变化。这代人的生年大致在 1900 年前后,她们发表评论文章时,年龄约在 15～20 岁之间。女学生群体基本摆脱了传统妇学的束缚,评论的独立性和自由度很高,诗、文、小说、戏剧、文学理论等均有涉及,虽然略显稚嫩,但她们是近代女性文学评论中的新生力量,也是"五四"之后女性文学评论的策源地。

从作者情况看,由闺秀转变为第一代知识女性的作者群与女学生群体构成近代女性文学评论者的主体,她们的评论也最具特色。这两个作者群的产生与新式教育和报刊业的发展密不可分。

首先,评论者中,很多女性都与新式女学有密切关系。除女学生外,有不少从闺秀时代走出的女性,她们创办女校或担任女校教员,如屈蕙纕、姚蕴素、徐畹兰、易瑜、俞佳钿、吕逸、徐自华、施淑仪、秋瑾、张维、吕清扬、吕碧城、刘韵琴、陈定文、李锦襄、李

① 舒新城编:《近代中国教育史料》(第二册),中华书局 1928 年版,第 169 页。

素筠、朱翰芬、周国真，等等。据统计，在本卷所选女性评论者中，至少有61位作者与新式女学教育直接相关，数量占到本卷作者总数的三分之一以上。如考虑到一些作者生平不详的情况，这一比例只会更高。

其次，参与报刊业的女性评论者数量同样可观。据我们查考，1898年至1919年，由女性创办以及面向女性读者的妇女报刊在100种左右。秋瑾、徐畹兰、唐群英、康同薇、章兰、陈守黎、陈撷芬、刘韵琴、何震、谈社英等均创办和编辑过报刊，还有更多女性主动在报刊上发表文章。本卷所选篇目，报刊文章超过了50%，足可表明报刊这一新的传媒对女性文学评论的影响。

近代女性文学评论作品概览

本卷共选入篇目238种，包含单行本与报刊文章。评论形式包括选本、诗话、词话、论诗诗、题词、序跋、短论、专题论文以及杂见于其他作品中的文学言论等。评论内容涵盖诗、文、词、弹词、小说、戏剧、文学总论等。

报刊是近代女性文学评论的主要阵地。本卷共选入130余篇发表于近代报刊的评论文章。这些文章多为首次被发掘。发表这些文章的报刊近40种，主要包括：《女学报》《女子白话旬报》《妇女杂志》《神州女学校同学杂志》《女子世界》《中华妇女界》《眉语》《墨梯》《著作林》《文艺丛报》《小说林》《礼拜六》《繁华杂志》《新剧杂志》《直隶教育杂志》《大公报》《知新报》《万国公报》《杭州白话报》《时事画报》《北京醒世画报》，等等。其中，妇女报刊约占50%。从报刊特征看，既有探讨严肃社会问题的刊物，也有娱乐大众的通俗杂志。从时间上看，1907年之前，报刊上的女性文学评论文章很少；1907年后，此类文章开始增多，1914—1919

年最为集中。

一、女性诗话在近代走向成熟

诗话是中国传统的文学批评方式。在近代女性所撰文学评论作品中，诗话数量最多，最具系统性，是近代女性文学评论中最为成熟的部分。女性所撰诗话类作品，始自明末清初。近代之前，见于记载的有方维仪《宫闺诗史》、杨芸《金箱荟说》、熊琏《澹仙诗话》、王兰修《国朝诗品》、王琼《名媛诗话》等，总计十数种，大多散佚，存世之作不过几种，完整度均不高，惟有熊琏《澹仙诗话》4 卷，以单行本行世，诗学观念鲜明，被视作女性诗话的代表。近代这 80 年，女性诗话有了质的飞跃，数量大幅增加，内容独具女性特色。我们共获得了 39 种近代女性诗话作品，既有单行本，也有报刊文章。根据作品的理论与文献价值，我们挑选了部分录入本卷。

沈善宝《名媛诗话》①是近代女性诗话的起点与重要代表。作者精心组织，以 15 卷的篇幅展现出自己大半生的人生轨迹与体验，诗话既有自传功能，又在讨论或记述诗句、诗人、事件的过程中，隐隐构建起了自己对道咸年间才媛诗坛的话语权。②《名媛诗话》建立起来的这种自传特色和纪实色彩，其后的女性诗话均有继承。

综观近代女性诗话，主要包含三类内容：

第一类，作者身边之轶事与当时之诗文。

第二类，自各类资料中辑录的女性轶事与诗作。

---

① 《名媛诗话》共 15 卷。沈善宝于 1842 年开始编撰，全部完稿在 1856 年后。

② 王力坚：《清代才媛沈善宝研究》，台湾里仁书局 2009 年版，第 204 ~ 205 页。

第三类,围绕女性相关的某一主题,辑录汇编相关资料。

这三类内容中,大都会加入诗话作者的品评。多数诗话将前两类内容融合在一起,纪事、录诗、品评兼重,如沈善宝《名媛诗话》、徐畹兰《鬘华室诗话》、易瑜《瓶笙花影录》、周钟玉《小南强室笔记》、杨全荫《绾春楼诗话》、程嘉秀《镜台螺屑》、王灵《俪敬室随笔》、苏慕亚《妇人诗话》、吴蕊先《蕊轩诗话》等。有些诗话侧重于辑录,如严蘅《女世说》、施淑仪《冰魂阁野乘》、李玉成《两株红梅室闺秀诗话》、李锦襄《粤香馆随笔》、雪平女士《红梅花馆诗话》等。最后一类比较独特,是围绕特定主题的纪事、录诗和品评。如施淑仪《天真阁艳情考》,辑录并考订席佩兰夫妻感情之事;汪静芬《芸香阁怀旧琐语》,专门辑录吴江一带的才媛轶事和诗作。

需要特别指出的是施淑仪的《清代闺阁诗人征略》,此作品在性质上尚有不同归属,或将之归为资料汇编,或归为诗话。这与"征略"这一清代新出现的文体有关。施淑仪此作,在所有近代女性文学评论中,最具学术性。她征引了240余种文献资料,清晰标注于每个条目之后,她在《凡例》中明确规定了编排原则,体现出十分严谨的学术态度。更为重要的是,她视此编为"文学史",对于女性文学的定位,施淑仪具有现代意义上的学术自觉。

中国传统文学批评中,诗话数量众多,形式多样,但不离纪事、录诗、品评三个范畴。近代女性诗话未离此轨道,而自成一体。诗话作者谈论身边女性之事,辑录女性诗文创作资料,结合时代对女性之影响,以及自己的阅读体验,将品评嵌入其中,其间多见女性视角的精彩解读。此类表现体现出鲜明的女性特征,标志着女性诗话的成熟。

二、小说评论是近代女性文学评论中的亮点

1840—1919年,中国女性全面进入文学领域。这其中,女性

的小说创作最为引人注目，自20世纪90年代始即引发学界关注，近年来更成为女性文学研究的热点。与丰富的女性小说创作相比，近代女性小说评论尚处于初创阶段，但在发展速度、思想深度上已远超此前相关诸作，体现出近代的独有特征。

中国女性创作小说，始自顾太清的《红楼梦影》，这部续写《红楼梦》的作品出版于1877年。女性评论小说，同样始自《红楼梦》，时间上要早于女性的小说创作。自《红楼梦》问世起，女性就是积极的阅读者和评论者。她们通过诗词题咏、序、启等方式，讨论这部小说。这其中，诗词题咏最多，基本为感受性、鉴赏性的。真正深入到写作手法、创作主旨及价值层面的探讨，要到晚清，据现有资料，当以范淑《题直侯所评红楼梦传奇》为开端。总体来看，1900年前，女性的小说评论仅限于《红楼梦》。

变化始自20世纪初，自1900年起，女性的小说评论开始进入活跃期。这与近代小说的繁荣、女性小说创作的活跃均有密切关系。近代女性小说创作，兴盛于20世纪第一个二十年①，而女性小说评论与此时间轨迹恰相吻合。

本卷共选入40余篇小说评论文章，集中于1900—1919年。有综论性质的文章，如程小珠《论新年与新小说之关系》、林德育《泰西女小说家论略》、刘明先《论小说与社会教育之关系》等；更多的是作品评析，评论对象既有《红楼梦》《红楼梦影》等传统小说，也有《八十日环游记》《五月花》《旅顺双杰传》等外国译作；更有《女狱花》《红粉劫》《美人福》《同命鸟》《留东外史》等近代作者创作的小说。

就古代小说而言，《红楼梦》评论依然一枝独秀。

---

① 郭延礼：《20世纪女性文学研究中的一个盲点》，《文艺研究》2007年第12期，第145页。

就写作特征看，夫作妻评的现象颇值得注意，如李友琴评丈夫陆士谔的小说，张咏逑（鬘红女史）评丈夫李定夷的小说。这是与近代小说出版相伴而生的一种独特现象。

程小珠、林德育和刘明先的三篇综论性文章独具意义。这三篇文章篇幅较长，分别发表于1915、1917、1919年。它们的刊发，标志着女性对小说的思考进入学术层面，开始从微观的个案评点进入到宏观小说理论的探讨，评论形式也离开了传统的序言、评点，进入具有现代学术特点的论文写作状态。

大部分女性小说评论的出发点，都是关注小说能否描述世道人心，以有益于社会。她们宣称小说“于人心世道上有绝大关系”①；希望小说创作“辟兹新世，宏发其光”，实现“鼓舞国民”的目的。②这与近代“小说界革命”所提倡的启蒙民众、改良社会的主旨一脉相承，而女性评论者基于女性视角的评论则需更深入地探讨。

三、选本批评、论诗诗、专题论文各具特色

选本是中国传统文学批评的重要方式之一。文学传统的建立，选本往往是其中重要的推动力量。

女性所辑选本，始自明末清初，以沈宜修《伊人思》、季娴《闺秀集》、王端淑《名媛诗纬初编》等为开端。道光年间，恽珠带领儿媳和孙女编纂的《国朝闺秀正始集》及《续集》，是女性选本的成熟之作。女性所编选本，始终以辑录女性作品为主流。近代以来，女性选本呈现多元化特征。王谨《闺秀诗选》选文拟于“才”，单士厘《清闺秀正始再续集》选文准于“德”；张维《汉魏六朝女子文选》则欲借选文讽刺当时“新民派”之文风；吕清扬《汉文典古文读

① 刘韵琴：《大公子篇前小引》。
② 李友琴：《新孽海花序》。

本》被研究者称为"历史上第一部由女性编选的古文通史选本"①;梁令娴《艺蘅馆词选》精选历代词作与词论,受到当时及后世读者的欢迎。这些选本各具特色,显示出女性编选者在文学领域的自信与文学视野的自觉拓展。

论诗诗同样是中国传统文学批评的一个重要方式。近代女性文学评论中,陈芸《小黛轩论诗诗》独树一帜。1911 年,27 岁的陈芸为解除母亲薛绍徽病中苦寂,创作了 221 首诗作,每首诗中隐含清代闺秀诗人的名字、轶事、诗句等信息,涉及一千余位女诗人,每作一首,陈芸就让妹妹陈荭作注,再到母亲床前辨析求证。因此,这不是单纯意义上的评论之作,而是凝结着一个家庭、两代闺秀情感与思考的独特文本。

除《小黛轩论诗诗》外,近代女性以诗的方式评论作品,也较为常见。本卷选入了部分观点新颖之作,如范淑《题直侯所评红楼梦传奇》、那逊兰保《题冰雪堂诗稿》、孙采芙《余因爱吟咏屡为家慈所呵作此自解》、吴清蕙《读随园女弟子诗有作》、扈斯哈里氏《观红楼梦有感》、徐绍熙《论诗》、徐畹兰《月月小说题词》、吕逸《吟诗》、庄慕馪《再版梨园娱老集题词》、王季桢《韵芳阁诗钞题词》等。女性作者用诗的形式,评论诗、文、小说甚至文学刊物,表达自己的独特思考与体验。

专题论文是现代文学评论的常见模式,近代女性文学评论已有少量此类文章出现。如程小珠《论新年与新小说之关系》、殷同薇《中国古乐叙略》、杨筠《论诗学》、朱润之《论文学与科学之关系》、刘明先《论小说与社会教育之关系》、余岩竹《论中国文学革新之必要》等。此类文本出现于 1915 年后,作者多为女学生。她

---

① 徐新韵:《吕碧城三姊妹文学研究》,暨南大学出版社 2015 年版,第 150 页。

们所讨论的文学问题,涉及小说文体与功用、文学特征与变革等专题,多为宏观层面的考察,有较强的理论色彩。近代女性文学评论中的新生力量正迅速地成长起来。

近代女性文学评论的基本特征

近代女性文学评论是丰富而多元的,就其基本特征而言,本卷认为可概括为两个关键词,一是“构建”,一是“变迁”。这两个关键词,与近代社会求新求变的整体特征、与近代女性写作生活的深刻变化密切相关。我们拟从女性写作主体意识、评论对象与评论话语层面做进一步阐述。

一、女性写作主体意识的构建

女性写作主体意识的构建,是指女性对自己写作之行为提出问题,并进行解释①,目的是要确立女性写作的正当性。

在中国历史上,写作之事向来十分重要,从春秋时期“立德、立功、立言”之三不朽,到东汉末年曹丕所言“盖文章,经国之大业,不朽之盛事”,写作被世人视为实现人生价值的重要途径和标志,这一观念自汉代以来深入人心,但仅针对男性。写诗作文,是男性的权利和义务,不证自明。历代文学批评中,也无需专门讨论写作之于男性的必要性。但对女性而言,这是一个关键问题。在漫长的帝制时代,以“德、言、容、功”为核心的女教传统,没有为女性写作留出空间。写作,从来不是女性的人生追求,更非实现

① “主体向自身提出问题。主体意识的主张包括它本质上能向自身提出问题并为自身回答问题。”[美]于连·沃尔夫莱著,陈永国译:《批评关键词:文学与文化理论》,北京大学出版社2016年版,第303页。

人生价值的标志。因此，对女性而言，写作完全不具有正当性。宋代女性朱淑真有一首诗，清楚表明了社会对女性写作的态度：

断肠集·自责（其一）

女子弄文诚可罪，那堪咏月更吟风。

磨穿铁砚非吾事，绣折金针却有功。

女性拈针刺绣是正途，吟诗弄文则要受到谴责。在这种社会氛围中，女性写作承受着极大的心理压力，朱淑真即用"自责"来概括自己的写作心态。

大致从晚明开始，排斥女性写作的社会氛围开始松动。晚明的个性解放思潮、重性情的诗学旨趣、商业出版之繁荣等，在一定程度上影响了社会对女性写作的态度。在此背景下，田艺蘅、郑文昂、钟惺、赵世杰等男性编选者，编辑刊行了《诗女史》《名媛汇诗》《名媛诗归》《古今女史》等影响较大的女性诗文选本。这些明代的编选者创立了专收女性作品的选本体例，将女性写作溯源至《诗经》，强调存人存诗之功。晚明以来兴起的这股发现并表彰女性写作的热潮，延续至清代，女性诗文选本的编刊渐成风习，并与清代重视家集编纂之风合流，带动了大量女性诗文集的编辑与出版。清中叶以来，以袁枚"随园女弟子"现象、陈文述"碧城仙馆女弟子"现象为代表，一些围绕于知名文士周边的闺秀，相互学习、唱酬，结集刊印，形成各类女性文学社团。女性写作开始趋向于一种男女两性群体均认可且欣赏的行为。然而，批评和反对的声音始终存在，代表者为与袁枚同时代的章学诚，他专门撰《妇学》一文，严厉抨击女性的诗文创作行为，认为不合妇学之旨："古之妇学，必由礼以通诗，今之妇学，转而因诗而败礼。"①有趣的是，

---

① 〔清〕章学诚撰，叶瑛校注：《文史通义校注》，中华书局 2014 年版，第 622 页。

章学诚所代表的这一类正统观点，并未终结男性推崇才女之风，还在一定程度上激发了女性自我证明、寻求创作意义的行动。从清中叶开始，女性为写作正当性进行辩护的声音明显加强。近代女性主要通过以下两个层面的努力，完成了对自身写作主体意识的构建。

（一）坚定维护女性写作的正当性

清中叶以来，女性选辑女性作品渐成风气。辑录行为本身就是女性为自身写作正名的一种表征。女性编选者在撰写序言时，首先都会对女性写作之事进行辩护。近代之前，最有力的辩护来自恽珠。1829 年，贵族女性恽珠在其编纂的《国朝闺秀正始集》序言中，称女性写作并没有偏离“德、言、容、功”的妇学正途：

昔孔子删《诗》，不废闺房之作。后世乡先生每谓妇人女子职司酒浆缝纫而已，不知《周礼》九嫔掌妇学之法。妇德之下，继以妇言。言固非辞章之谓，要不离乎辞章者近是。则女子学诗，庸何伤乎？①

恽珠编《国朝闺秀正始集》，通过各种方式向当时的女性征集诗作，在女性群体中产生了较大影响，也因此，恽珠的辩护颇具代表性。恽珠抬出孔子，指其删《诗》不废女性之作，要借传统之势，为女性创作正名，这一思路并不新鲜。叶绍袁、袁枚、陈文述等在论及女性写作时，也都溯源至《诗经》，以孔子删《诗》不废女子之作为立论基础。恽珠之论不过是借用了男性文人早有之思路。但特别之处在于恽珠对“妇言”的巧妙借用。东汉班昭《女诫》对

---

① 《国朝闺秀正始集》，道光十一年（1831）红香馆刊本。此序写于道光九年（1829）。

“妇言”做过专门解释:“妇言,不必辩口利辞也……择辞而说,不道恶语,时然后言,不厌于人。”①“妇言”仅指女性的说话态度与技巧,与写作无关。然而,恽珠称“妇言”与辞章很接近:“言固非辞章之谓,要不离乎辞章者近是。”这就将“妇言”与写作关联了起来。恽珠是清代上层女性的代表,谙熟女教,这种表述显得意味深长。袁枚、陈文述等招收女弟子,属风流雅事,并非真正为女性写作张目,恽珠却是基于女性立场,自觉为女性写作辩护,她有意识地将“妇言”置换为诗文写作,虽然还是在妇学框架内的有限腾挪,但是,这一辩护植根于女教传统,对女性写作来讲,尤为有效。恽珠之后的女性大都理直气壮地将“妇言”与写作相关联。赵棻指出,在立言层面上,女性与男性没有不同:“妇人德功或不必同男子,言则无以异也。”②陈芸强调,妇德、妇言只能通过诗文写作来呈现:“若妇德、妇言,舍诗文词外未由见。”③钱希则直接批驳章学诚所言女子学诗而败礼等论是“可笑”,“真陋劣不可救药者”。④ 如果说恽珠之论还有所遮掩,那么,近代女性如赵棻、陈芸等的表述,立场已十分鲜明,她们强调,女性写作就是“妇言”,女性与男性一样,也可以通过写作来“立言”。

戊戌维新之前,女性对写作正当性的辩护以“妇言”之论最为有力,但并不能真正摆脱传统观念中才命、才德之论对写作的限制。她们质疑才命相妨、才女命薄的观念,但更多的是无奈的认同。沈善宝评袁枚之妹袁素文:“所适非偶,大归侍母,一女又哑。命之薄抑才之累耶?”⑤这种才命之论带来的无奈与无力感,始终

① 《后汉书》卷八四,中华书局1965年版,第2789页。

② 赵棻:《顾孺人传》。

③ 陈芸:《小黛轩论诗诗叙》。

④ 钱希:《云在轩笔谈》。

⑤ 沈善宝:《名媛诗话》卷三。

贯穿于女性的评论思绪中:“岂女子有才,例干天忌耶?”①“天道诚不可知哉。余历观古今来才女淑媛,率皆善病多愁,非孤即独,遭遇困踬。”②对于“女子无才便是德”之论,女性多有辩驳,但也是从传统中汲取资源,如以《诗经》为支撑:“无才便是德,达者意不然。颂椒与咏絮,其性岂乖偏。关雎三百篇,一半皆妇女。圣人何不删,芬芳传韵语。”③或指此论非女教传统:“女教既失,妇学不讲,乡曲学辈,创为女子无才便是福之语。执是说也,必将尽中国二万万之女子,举陷于晦昧之途。”④此类辩护,都是在传统框架内寻求支持。在“妇言”、《诗经》等的掩护下,女性写作获得了一种有限的自由,即女性可以写作,但要接受女教传统的制约。因此,所有这些基于传统的辩护,都是不彻底的,带来的结果是女性写作的不自信。如徐自华,她一方面批评“无才是德”之论“未免太迂”,另一方面又称自己的写作仅为“自遣”,强调女性还是要以德为主:“闺阁重德而后重才。”⑤

这种不彻底的状态,在20世纪的第一个二十年中,被女性亲手打破。在这二十年中,受女权、国民等观念影响的女性,跳出了才德、才命之桎梏,反思和批判礼教对女性的束缚,将写作与女性自由相关联,视写作为女性的独立事业,从创作心理上真正建立起了写作的自信。例如,何震批判礼教,指其遏制了女性诗文创作的才能:“处秉礼之世,安有所谓性灵之诗哉!是则以人治遏天才,于女子为特甚。”⑥宋大华认为,抱守传统女教,是甘为古人之

① 朱昶:《闺秀诗话》。
② 朱汝玉:《海棠轩诗存叙》。
③ 徐绍熙:《论诗》。
④ 刘纫兰:《劝兴女学启》。
⑤ 徐自华:《听竹楼诗稿自序》。
⑥ 何震:《秋瑾诗词后序》。

奴隶，妇德、妇言已“不适于妇女活泼自由之秩序”①。骆树英专门撰《驳“女子无才便是德”说》，批驳此说是庸愚之见，她认为，正确的说法应该是“女子有才始有德，无才必无德”。施淑仪高调宣示，女性写作“乃个人之事，与夫无与”②，将写作完全视为女性个体的自由选择。施淑仪此论，实为女性写作正当性之宣言。

近代女性将写作等同于“妇言”，在女教框架中为女性写作的正当权利进行辩护，进而反思和批驳礼教对女性写作之束缚，倡言女性“有才始有德”，指出写作是女性的自由，是女性“个人之事”。由传统中的腾挪到彻底冲破传统，中国女性在20世纪初叶明确地告诉社会：女性完全可以独立、自由地去写作。

（二）致力于将女性写作载入史册

1842年，沈善宝开始撰写《名媛诗话》。这部作品鲜活地记录了清初至晚清数百位女性的诗文活动，研究者将之称为“一部清代女性文学简史”③。《诗话》开端，沈善宝就直面自己的女性身份，剖析女性写作之困境，肯定女性写作之价值，倡导女性作品之辑存：

窃思闺秀之学，与文士不同，而闺秀之传，又较文士不易。盖文士自幼即肄习经史，旁及诗赋，有父兄教诲，师友讨论。闺秀则既无文士之师承，又不能专习诗文，故非聪慧绝伦者，万不能诗。生于名门巨族，遇父兄诗友知诗者，传扬尚易。倘生于蓬荜，嫁于村俗，则湮没无闻者，不知凡几。余有深感焉。故不辞摭拾搜辑，而为是编。④

---

① 宋大华：《读女孝经女诫》。

② 施淑仪：《清代闺阁诗人征略·凡例》。

③ 王力坚：《清代才媛沈善宝研究》，台湾里仁书局2009年版，第164页。

④ 《名媛诗话》卷一。

沈善宝要通过《名媛诗话》的编撰，让女性作者们传世，这一思路与此前的沈宜修、王端淑、季娴、恽珠等一脉相承，不同的是，沈善宝比她们更具自觉意识。她基于性别和社会阶层的立场，第一次深入反思了女性写作之困境，对传扬女性写作之事有着极强的责任感，暗含了将女性写作纳入历史之目的。《名媛诗话》的精心构思，即充分体现了沈善宝的这一历史意识。到 20 世纪初叶，通过单士厘和施淑仪的努力，女性写作可载入史册的观念，真正明确地建立了起来。

1910 年，单士厘开始编纂《清闺秀艺文略》，后历经 30 余年，数易其稿，直到 1943 年单士厘 86 岁时，还在修订。《清闺秀艺文略》是第一部全面著录清代女性作家的目录学著作，共著录清代女性作者 2700 余位，作品 3300 多种。从传统史学立场看，“艺文略”是某一时代全部作品之著录，代表着文章写作之历史，为史志类著作所独有。单士厘立意写作《清闺秀艺文略》①，显然是想将有清一代的女性写作完整地纳入正史。

1916 年，施淑仪完成了清代女性诗人的资料汇编著作——《清代闺阁诗人征略》，此书征引了 240 余种文献，汇集了清代 1270 余位女诗人的生平、著述、后人评述等资料，每条资料均注明出处。施淑仪编纂此书用了十余年，这期间，她在报刊刊载过《冰魂阁野乘》《湘痕笔记》《随园女弟子轶闻》等诗话作品。从内容看，这些作品都属于《清代闺阁诗人征略》的“副产品”，她在撰写这些“副产品”的过程中，不断调整思路，完善《清代闺阁诗人征略》的资料和体例。施淑仪在该书“例言”中特别强调：“是编本属于文学史。”“文学史”观念源自西方，20 世纪初叶传入中国，1904

---

① 《清闺秀艺文略》1938 年抄本的稿纸上印有“清闺秀艺文志”字样，据此推测，单士厘或曾考虑将此作命名为“艺文志”。

年林传甲撰《中国文学史》后，“中国文学”“文学”“文学史”开始在知识阶层中被广泛谈及并有相关教材面世。① 施淑仪将《清代闺阁诗人征略》视作“文学史”，显然希望将女性写作植入国人的知识体系和学校教育中。

清代以来，女性作品编选蔚为风气，男性编选者多基于“雅正”之儒家诗教观进行选辑，居高临下的同情多于平等相待的赞赏，更无将女性写作载入正史之意。与之相较，单士厘和施淑仪的行为尤为值得关注。她们的纂辑工作持续十数年乃至数十年，为此耗尽心血，只有一个目的，就是要将女性写作载入历史——“为怜彤史多遗漏，唤起婵娟一代魂。”②单士厘和施淑仪致力于将女性写作大规模地载入史册，意味着她们要在中国的史学系统中为女性谋一席之地，她们认为，中国女性的写作理应成为中国历史的重要组成部分。

综上，大致就在近代这 80 年，中国女性开始直面女性写作之困境，立志让女性写作载入史册，坚定地表示写作是女性应为之事，倡言女性写作是独立事业。这样的观念在近代之前几乎闻所未闻，这一系列变化标志着女性写作主体意识的确立。而这种主体意识的确立，是近代女性群体努力的结果。

二、评论对象与批评话语之变迁

近代女性文学评论的对象包括诗、文、词、弹词、小说、戏剧等文体，表面看来与男性所论没有不同，实际上存在着深层次的差异。这在评论对象和批评话语层面均有鲜明体现。

---

① 陈平原：《作为学科的文学史》，北京大学出版社 2011 年版，第 242 页。

② 施淑仪：《四十自述》，《妇女杂志》第五卷（1919）第八号。

(一)评论对象的变迁

从中国女性文学评论的发展历程看,近代之前,女性的评论对象一直以女性诗文为主体。仅有李清照、汪端、熊琏等少数几位,主要针对男性作者和作品进行评析。女性评论者们似乎自觉恪守着一条界线,即主要评论女性诗文及轶事。这一界线,在近代被打破。

近代的前60年,对男性之作的评析开始增多,诗、词、弹词、小说领域中均有出现。如钱聚瀛《雨华盦词话》评析历代男性词作,钱希《云在轩随笔》讨论白居易、李商隐、陶渊明、李渔等人的作品风格,顾影怜评点《潇湘影弹词》,范淑、胡寿萱的《红楼梦》评论等。

突破性进展发生于近代后期,即20世纪的第一个二十年,女性评论的性别界限被全面打破。首先,女性对外国作品的评介完全不受性别限制。如单士厘评介希腊神话,介绍托尔斯泰;薛绍徽评述《八十日环游记》《双线记》。其次,选本、诗话、序跋、评语、专题论文等所有评论形式中,性别界限已不复存在。吕清扬选评历代古文经典;梁令娴选辑历代词作;徐畹兰、俞佳钿、吴蕊先等在诗话、词话中谈论历代诗词作者和作品;吕逸、李友琴、张咏逑等的小说评论对象均为男性作品。女学生群体的文学评论中,不分性别,纵论文学,已是常识。

(二)批评话语的变迁

文学评论在发展过程中,形成了一系列专业术语,这些术语古今中外均有不同,也因此形成了特征显著的评论话语体系,如中国传统批评话语体系、西方批评话语体系等。近代以来,随着西方文化的传入,在文学评论领域中,中国传统批评话语体系受到了很大冲击，西方文学批评话语中的一些术语逐渐渗透进来。在近代女性文学评论中，自20世纪初叶起，来自西方批评界的术语开始进入女性评论话语中。

20世纪之前，女性评论作品时，常见的是“怨而不怒”“温柔敦厚”“文以载道”“逸趣”“清机”“远势”“性灵”“雅正”等中国传统文学批评用语。自20世纪初叶起，来自西方的批评术语开始出现，如“女权”“自由”“美感”“审美”“专制”“进化”“美的观念”等。

评论话语的讨论还涉及语体问题。近代，白话、文言之争开始兴起，刊载白话文章的报刊也越来越多，提倡白话、变革文体的观念渐成共识。就女性创作而言，在散文、翻译文学、小说领域，白话作品均有一定占比，且多有精彩之作。[①] 但在女性文学评论领域，这一文言向白话转变的态势完全看不出来。统观近代女性文学评论，采用白话写作者极少，仅有粹玉女士《新剧杂志序言》、曼聪女士《女子爱国美谈》等少数几篇。最受新风气影响的女学生群体，其评论文章全部采用文言。唐群英、若明女士提倡白话，认为白话能让下层民众看得懂，可以开启民智，但她们都是用文言来表述这一主张。

批评话语的变化，反映出的是批评标准的更新。清代以来，以性灵诗学观来评论女性诗词，是评论界的主流。近代女性中接受过传统妇学教育的作者，如赵棻、陈蕴莲、那逊兰保、裘凌仙、单士厘、徐畹兰、吕逸、钱希等，均接续这一批评传统，以是否抒写“性灵”作为评价诗词的标尺。思想激进者如何震，也是以“性灵”为标准来称赞秋瑾之诗：“思有所寄，援笔直摅，而生平志节又隐

---

① 参见《中国近代女性文学大系》相关各卷之“导言”。

约于意言之表,殆古之所谓性灵之诗欤!"[1]20世纪初叶后,在女性评论领域,"性灵"之语的使用已很少,"国民""国家""世道"等成为常用语,女性评论者们更多地将诗、词、文、小说、弹词、戏剧等的创作与时代风云联系在一起,希望创作可以鼓舞人心,批判黑暗,树立新风。徐畹兰"欲藉生花三寸管,梦中惊起睡狮来"[2]。程小珠认为:"新小说非旧稗官可比……最能陶人性情,启人智识。"[3]余岩竹提出,中国文学必须革新,她反对个人之文学、怡情之文学,认为要变士君子的文学为农工商之文学,文学要服务于全国国民。[4] 由强调抒写自然与性情的性灵诗学观,到对国家、民族命运之关怀,批评标准的变化提醒我们,近代女性文学评论中的问题从来不是单纯的性别问题,它与国家民族的命运息息相关,这也是近代女性文学以及评论的独特之处。

评论对象与批评话语的变迁,展示出近代女性文学评论领域的一系列新变:评论领域拓展;采用新的批评术语;强调文学开启民智之功能。其中,评论领域之拓展为女性文学评论所独有。这些新变与近代女性走出闺门、融入社会变革大潮的脚步相伴产生,其中蕴含的新方向与新问题,五四之后得到了充分拓展与深化。

近代是中国女性文学评论的自觉时代

从中国女性文学评论的历程看,近代女性的文学评论无疑最具特色。我们认为,近代可视作中国女性文学评论的自觉时代。

---

① 何震:《秋瑾诗词后序》。
② 徐畹兰:《月月小说题词》。
③ 程小珠:《论新年与新小说之关系》。
④ 余岩竹:《论中国文学革新之必要》。

首先,女性写作的正当权利在近代得以确立。近代这 80 年,中国女性通过诗话、选本、论诗诗、序跋、题词等各种方式,从不同层面为女性写作辩护,坚定地维护女性写作的正当性。沈善宝、单士厘、施淑仪等通过对女性作品的辑录、考察与整理,致力于将女性写作载入史册。此类举措正是女权、女性意识以及女性视角在女性评论中的独特表现。近代女性评论者的此类努力,完成了女性创作主体意识的构建工作,既为近代女性写作提供了理论支撑,更为 1919 年后的女性创作与评论扫清了障碍。这是近代女性文学评论的最大创获。

其次,近代女性文学评论的范围明显拓展。近代之前,女性的文学评论对象主要为女性诗文与轶事。近代这 80 年,女性评论者逐渐走出性别界限,将评论视野扩展至文学写作的各个领域,除最大量的诗词评论外,弹词、小说、散文、戏剧、翻译文学等均成为她们的批评对象,古今中外的作品均有涉及,有些文章明显具有更为宏观的文学史和文学理论的学术视野。这其中,吕逸、薛绍徽、李友琴、张咏逑、林德育、程小珠、刘明先等人的小说评论尤为引人注目。经由近代,女性文学评论真正摆脱了性别界限,走向独立与自由。

最后,近代女性文学评论呼应着近代以来女性解放和社会变革的时代潮流。女性对诗文、小说等作品的评析,大都基于国家救亡、女性自立等立场展开,评论中蕴含着强烈的启蒙观念和社会批判色彩。她们不再热衷于从雅正、性灵等传统诗学观中汲取营养,而是直面现实,强调创作的社会责任;同时采用诸如“自由”“专制”“美感”等新术语来讨论文学作品。这些变化均与近代激烈的社会转型相伴产生。

总之,近代这 80 年,中国女性的文学评论活动出现了前所未有的变化,评论作品的数量远超前代,形式多样。评论中体现出中国女性从事文学创作的强烈的自觉意识，倡导女性通过创作主动参与社会进程。在此层面上，我们认为，近代是中国女性文学评论的自觉时代。

近代社会复杂多变，文学领域发生了各种前所未有的变化，特别是戊戌维新前后十余年间，中国社会激烈动荡，各种文化观念杂陈其间，中与西、新与旧交织而成复杂的近代文学图景。在文学评论领域，文学的概念体系、接受对象均发生了历史性变化，杂文学观念向纯文学观念变化，文学由为封建统治服务变为为广大“国民”服务。① 传统文学观念与西方传入的新观念既并行又相互碰撞；同时，列强压迫、民族国家存亡的时代命题激发了近代知识分子强烈的家国情怀。强调文学的社会功用，要求文学承担开启民智的功能，成为维新之后极为重要的评论立场。

近代女性文学评论是这片图景中不可分割的一部分，它与近代文学、近代女性文学的发展息息相关，但又独具自身发展规律及特色。近代女性文学评论的主体是选本、诗话和短论。它没有产生出如梁启超《论小说与群治之关系》、王国维《红楼梦评论》、鲁迅《摩罗诗力说》那样具有深远影响力的文学理论作品，也未在文学的基本观念、概念体系、白话与文言等方面进行广泛探讨和论争。近代女性评论者的关注点是女性写作的正当权利。她们打破了性别界限，拓宽了评论范围，在报刊发表各类评论文章，呼吁以文学写作唤醒女性的社会责任感，希望文学写作承担启蒙社会之功能。立足于近代文学和文学评论的立场，则近代女性文学评论的理论深度和广度均有欠缺。但如立足于中国女性文学和文学评论的发展历程，则近代无疑是最具活力和特色的时代，其

① 黄霖：《中国近代文学批评研究的几个问题》，《文学评论》1994 年第 3 期，第 22 页。

中蕴含的各种新变，到 1919 年后均得以全面展开，并得到深化。

本卷的定位是资料选编。我们希望尽己所能，为学界提供一份比较可靠的近代女性文学评论资料。近代特殊的社会环境造就了十分丰富复杂的文学、文化场域，在这一场域中，近代女性文学评论处于何种位置，发挥了何种作用等问题，尚需时日长久之讨论。本“导言”所论仅是浅层次描摹和初步判断，深入研究尚待来日。限于学识与学力，本卷还有诸多不妥或缺漏之处，真诚期待海内外专家和读者的批评和指正。

编选说明

一、本卷为选本。选取 1840—1919 年间女性所撰文学评论作品，包括诗文选本、诗话、词话、论诗诗、题词、序跋、专题论文，以及杂见于其他作品中的文学言论等。

二、入选作者，均前列作者简介，做客观简要介绍。

三、按作者生年排序，无法确定生年的，按作品时间排序。本卷自“王季桢”以下，均按作品时间排序。

排序细则如下：

(1)有些作者，虽无明确生年，但可推断在十年之内，此类作者，统一置于下一个十年之前，如章兰、张贞兰、汤绂、庄慕蘐、周钟玉、陈守黎六位作者，可以推断她们生于 19 世纪 70 年代，最晚至 1880 年前后，即将她们统一置于李友琴（生于 1881 年）之前。

(2)对生于同一个十年的作者，如上述六位，按照她们作品的时间再排序。

(3)生年相同的作者，按照她们收入本卷第一篇作品的时间排序。

(4)作品时间的认定，如文章中明确记载有写作时间，即以写作时间为准；如无写作时间，以出版或发表时间为准。

(5)无法确定生年的作者，如有数篇文章入选，按其收入本卷的第一篇文章时间排序。

四、长篇文学评论作品如选本、诗话等，采取节选方式，选其代表性章节。

五、辑录性质的女性诗话中，有些是简单抄撮而成，如胡无闷、李锦襄之作，本卷选入少量内容，以备读者查考。

六、女性诗话以及女性诗集的版本较为简明，一般只有一版，故以此版自校为主。但若存在其他版本，则采取参校方式。有少量文本无法找到原初底本，即采用质量较好的整理本。重要校改者，均出校记，有歧义者存疑。

潘素心

潘素心(1764—?),字虚白,会稽(今浙江绍兴)人,1847年尚在世。父潘汝炯,曾任江西广昌知县。夫汪润之,钱塘(今浙江杭州)人,进士,福建学政。潘素心为袁枚弟子,著有《不栉吟》《不栉吟续刻》。

古春轩集序

忆自髫龄随先君子学诗,粗解吟咏。比归先宫詹于汪,奉姑之暇,恒手一编不置。宫詹时为学官弟子,问业于梁学士山舟先生,学士与德清许骏仲先生,并皆先祖舅乾隆丁卯乡举同年,学士以在杭,故往来尤密。宫詹执经之暇,偶以闺中倡和之作呈学士,学士欣然为之评阅,且延誉焉。驾部许周生先生,骏仲先生文孙,方伯春岩先生哲嗣也。驾部配梁恭人,为学士犹女。学士尝以语宫詹,称其能诗。时恭人甫归驾部,余数欲往一面,读其诗,未果。会宫詹奉母挈眷入都,条冰冷宦,几二十年。恭人有女公子二,一适孙上舍承勋,一适阮部郎福,皆侨居京邸,与余家往来最契。今年春,恭人枉书,以所著《古春轩集》介部郎来,属为弁言,于是乃得快读。恭人之诗,和平温厚,得风人之遗。自幼随尊甫冲泉少空于粤、于闽、于荆楚,又随驾部省方伯公,复游粤,晚年就养四公子任,复游闽。山川云物,荡涤性灵,烟墨所染,自成馨逸。读数过，益信恭人真能诗，且悔读恭人之诗之不早也。夫闺秀能诗，杭郡称盛，然长于风雅者，福分或多不逮。往时推族叔祖勤僖公配方夫人，起居八座，身享大年，《在璞堂》一集，士大夫犹争诵之。今恭人以相门淑媛为方伯公爱媳，两家皆簪缨世胄，驾部又以名进士为博学，海内名公巨卿，谈经术者，无不愿登驾部之门，兼拜恭人于堂下。诸公子秉承家学，读书取科第，仕宦不绝，福分之大，与方夫人比。然则读恭人诗者，毋徒以为诗人之诗也，能如恭人，始可与言诗矣。余粗知声韵，殊愧作家，自宫詹逝世后，益复老病颓唐，笔墨尽废，故乡无一椽之屋，欲归不能，思欲与恭人杯酒言欢，渺不可得。犹幸以先世年家之谊，不弃谫陋，远道致书，殷勤下问，使数十年企慕之忱稍可一慰。古人云："文章有神交有道。"如恭人者，才华兼众人所有，福分为当世所无，余何敢望为文字之交哉。谨当北面事之矣。

道光丙午仲夏，会稽女史潘素心拜手序。

——梁德绳《古春轩集》，道光二十九年(1849)刻本

信芳阁诗草序

尝闻刿云钬月①，巧夺化工；刻翠翦红，才惊绝艳。王尚书之宦囊，一官一集；温飞卿之腹笥，八韵八叉。斯亦足以绘月露之高华，状山川之壮丽矣。顾研香作屑，每粘才子之笔端；集锦成囊，未著闺中之韵事。岂不以兴摇沧海，足为豪翰之惊；春锁红楼，绝少江山之助乎？然而咏到春椒，争传颂体；铭成秋菊，雅寄高怀。议曹固是无须，进士何妨不栉。乃知蕙心兰质，分余韩泊之笺；绣口锦肠，夺得江郎之笔。等陈宫之学士，迈魏氏之尚书。昔诚有

① "刿"，原文作"鐬"，据文义改。"刿钬"，雕琢意。

之，今亦宜然。

慕青女史颖擢蓉江，名高兰阀；称闺中秀，有林下风。茜窗绣暇，习遍史书；紫府梦游，饫餐仙篆。总发趋庭，文勒香山之石；濡豪述史，名传班掾之家。又复神契二奇，心专六法。桃腴杏瘦，分点唇红；山远水清，澹描眉翠。每成妙绘，必缀新章；若迩良辰，辄传佳咏。遂使笔垂秋露，未足比其清华；思涌春泉，奚能方斯润泽。斯固宿慧之天成，抑亦性情之相近也。夫愁苦之音易好，欢娱之语难工。固谢庭咏絮，兴王郎天壤之悲；苏锦成文，起窦帅边庭之怨。尔乃赵姬才识，以虞韪而益彰；徐淑文词，因秦嘉而弥显。茗碗香炉，共评金石；梅窗竹屋，商染丹青。既擅薛媛、左妹之才，更兼莱妇、鸿妻之誉。况复郎君薄宦，衫鬓相随；途路长征，轮蹄消尽。岱雨燕云，吟肩并秀；桥霜店月，诗骨双清。凡斯眼底之廓宽，尽入豪端之挥洒。故能洗尽铅华之气，独标俊逸之词。裁花翦叶，居然金阙仙才；缀贝编珠，半是《玉台新咏》。以之比踪英杰，嗣响词宗，陋容华鸾凤之章，薄崇嘏璧圭之句。余幼耽吟癖，心血呕枯；老染沉疴，才华竭尽。琉璃之砚匣长封，翡翠之笔床久弃。清才斧藻，熟闻道蕴芳名；老眼昏花，快读令晖佳什。一编颁到，开缄尽是琳琅；七字吟安，掷地应闻金石。漱蔷薇之芳露，齿颊俱芬；熏兰芷之妙香，心神交爽。从此遴风月而选章，付枣梨而问世。传播艺林，并驾遗芳之集；夺标词席，齐驱漱玉之编云尔。

道光丁未上元，山阴残梦老人汪潘素心撰。

——陈蕴莲《信芳阁诗草》，咸丰刻本

赵棻

赵棻(1788—1856),字仪姞,又字子逸,号次鸿,晚年号善约老人,上海人。父赵秉冲,户部右侍郎。母李氏。夫汪延泽,乌程(今浙江湖州)人,儒林郎。赵棻著有《滤月轩集》,生前有过刊本,赵棻去世后,其婿严锡康又加搜辑,编定刊行。

梦蟾楼遗稿序

自来闺秀之诗,其权舆于三百篇乎。周太姒之圣,卫庄姜、许穆夫人之贤,其有德而有言也,尚矣。若其他妇人女子,说诗者不得其姓氏,而其词之发乎情而止乎礼义,望而知为淑女也。予然后知先王教泽之深,微独男子登高能赋,乃其妇女亦多风雅材焉。其诗之见录于圣人,宜也。周以后,妇女之以诗名者,代不乏人,虽其辞有高下,要不离乎三百篇之旨者,近是。江阴缪茂才少薇有贤夫人曰刘佩萱,近时能诗之闺秀也。予素不识夫人,今缪君将梓其《梦蟾楼遗稿》,予戚姚君珊滨①为寄示之,而属为之序。予读其诗,考其行,知夫人为武进人,生于嘉庆丙寅,卒于道光壬辰,年仅二十有七。幼即喜为诗,归缪君,食贫作苦,孝事其两世姑。缪君岁馆于外,终无内顾忧,惟夫人是赖。吾意其心力交瘁

① “珊滨”,《梦蟾楼遗稿》本作“坚芗”。

于黾勉有无中矣，而独能以诗自娱。其辞之工拙，未知视世之立言者何如，而勤而不怨，婉而多风，得诗人旨焉。昔欧阳文忠公序谢希孟诗，谓其“隐约深厚，守礼而不自放，有古幽闲淑女之风”。予于夫人之诗亦云，顾予窃有感焉。予长女曰采，适华亭袁氏，幼教以诗，能识作者之意，颇工咏物之作，不幸早夭。其生与殁皆与夫人同岁，所著《醉墨轩诗稿》，藏箧中，予不忍视之久矣。今为是序，微独悲夫人之有才无禄也，抑不胜思女之痛云。

道光二十五年冬十一月朔，仪姞汪赵棻撰①。

——《滤月轩集》，同治十二年(1873)刻本；参校刘荫《梦蟾楼遗稿》，道光二十六年(1846)刻本

顾孺人传(节选)

吴县毛君庆善述其继配顾孺人之行，乞余为传。余闻之诗曰：无非无仪，惟酒食是议。《礼》曰：内言不出于梱。妇人者，谨内则而已，立德、立功、立言，非其职也。顾诗三百篇，妇人女子之辞居其半，抑又何欤？经不云乎：妇德、妇言、妇功。妇人德功或不必同男子，言则无以异也。古妇人以立言著者，鲁之敬姜，汉之班昭，尚已。班氏《女诫》，不越闺门，敬姜训子，通乎天子、诸侯、大夫、士庶，均有切于先王治化之原，立言如此，虽圣人无以易焉，是安得以无非无仪、内言不出概之欤？夫徒尚文采，无益理道，虽公卿达官之言，无足取也。苟有补于世道人心，虽田夫牧竖之言，不可废也，而况妇女之贤者乎。若孺人者，可谓能立言矣，故不辞而为之传。孺人讳蕙，字畹芳，长洲人，父纯熙，以绘事名吴中。

① “道光二十五年冬十一月朔，仪姞汪赵棻撰”，据《梦蟾楼遗稿》本补。

孺人幼承父学，工画，善诗词，继室于毛君，君舅以其能画也，出所藏名人手迹，俾临摹之，艺益进。君舅故善鉴赏，评其画，以为可与文端容、恽清於相颉颃。……孺人既擅诗画名，缣素流传，人无不珍重，然不屑以此著称，尝谓：“人当力敦善行，而善行以孝为首。”故其在室及为妇，惟兢兢于孝，闵世俗有不能尽事亲之道，撰《劝孝编》一书，皆前人论孝之说，梓以行世，又集前言之有关于名教者，为格言类纂，以教于家。其著书之切于伦常日用者如此。夫述往训，示来学，儒者之事也。孺人以一妇人为之，可不谓贤乎？方之敬姜之训、班氏之诫，何多让焉。世于孺人徒称其才艺而不知其善于立言，余故著之。其他善行虽夥，非孺人所重，故不著。嗟乎！以孺人之志，使得为丈夫，立德、立功、立言，奚难兼有其业！余又深惜孺人之为女子也。道光二十二年二月卒，五十有一，所著《酿花盦小草》及画册藏于家，子文珪出嗣，早卒，嗣子文炳。

——《滤月轩集》，同治十二年(1873)刻本

邱绛仙杏红余小课序

古人之诗，诗外更有事，在其传者诗，而其所以传者，不尽在诗也。是故连篇累牍不必尽传，而单词片语或有时而传。文人墨士旬煅月炼而出之不必尽传，而妇人孺子矢口成吟，或有时而传。盖诗之传不传，视乎其人。苟其人可传，则虽不能诗，其人亦传，即能诗，而诗亦必因人以传，不必以多寡论，亦不必以工拙论也。余向持此论，每以语人，盖然与疑者参半焉。今平湖盛子云泉以其亡妻邱绛仙遗诗乞序于余。按其小传，绛仙生有至性，幼龄失怙，哀毁如成人，盖孝女也。迨归盛子，能尽妇道，得堂上欢，遭君舅之变，治丧尽礼，以劳瘁婴疾，沈绵半载，竟以不起，盖

又贤妇也。其人如此,余因以决其诗之必传,而益自信前说之不谬也。诗仅存一卷,计二十余首,皆寥寥短章,使天假之年,其成就当不止此。然即其存者论之,大抵语出性灵,和平清婉,非世之漫然涂泽者比,要亦未尝不足以传也。况乎诗外固更有事在,是岂屑与摇毫掷简、妃青俪白之流计多寡、较工拙哉!余盖喜绛仙之诗,适与余平日之论相印证,故为之序,以念后之读其诗者,使知其所以传者,固存乎其人之可传,而不仅在此一卷之诗云尔。

——《滤月轩集》,同治十二年(1873)刻本

黄夫人卧月轩集跋

近代妇人能古文者不多见。余生平所见妇人别集中有古文者,唯明季钱塘顾和知《卧月轩集》而已。和知名若璞,副榜黄东生茂梧之妻,早寡,教二子二女成立,皆彬郁有文采。自言喜读经传史册、皇明通纪、大事记之属,旁及骚雅词赋,暇乃肆力于诗、古文辞,晚年每与诸孙男女倡和以自娱。入本朝,顺治初始卒,集凡六卷,前四卷皆诗,后二卷则文也。其文爽朗苍坚,无澳涊脂粉态。如《先夫子行状》《先舅姑行实》《子妇圹志》,质直疏快,不加文饰,而立言得体,饶有劲气。他如《述古警女》《分析小引》《创宗谱置祭田》诸篇,无意为文而委曲肫挚,言皆有物,寿序数首并能脱离窠臼,叙次有法,杂文亦古雅秀润,当推作者一时殆罕其匹,宜乎《池北偶谈》称为副笄中奇人也。其子妇丁氏好论屯田、水利、盐策诸大政,盖丁之母张氏当甲申之变,尝为讨李贼檄,伉爽有大夫气。丁承母与姑之训,故能讲求经世之学,如此是亦皆妇人之能文者,足与和知竞爽,惜其文并不传矣。是册楮墨故敝,乃吾家百余年前所藏旧帙,历水火之劫而幸存

者，当珍弆之，勿易视也。道光中，河帅麟公之母恽太夫人编选《国朝闺秀正始集》，尝以重价购求是集而终不可得，则希觏可知矣。

——《滤月轩集》，同治十二年(1873)刻本

陈蕴莲

陈蕴莲(1799—1869),字慕青,号蓉江女史,江苏江阴人。父陈柄德,安徽旌德知县,母王氏。夫左晨,阳湖(今江苏常州)人,驻天津盐业官员。陈蕴莲工诗,长于绘画,从夫仕宦于津门时,以画资补贴家用,且用画资刊刻了自己的诗集《信芳阁诗草》。

信芳阁诗草自序

《传》云:“诗言志,歌咏言。”若是乎,志之所在,当必藉诗以达之,而要皆存乎人之性,发乎人之情。三百篇不尽忠孝之言,然亦劳人思妇、孽子孤臣之志郁勃于中,而后宣天地之奇,泄山川之蕴,诗固非漫然苟作也。余自垂髫时,秉先人庭训,偶一拈毫,学为韵语。少长,觉女红之外,惟翰墨足以涵养性灵,而通我诚款,畅我襟怀,尤于诗有偏嗜焉。迨于归后,侍宦远游,经西泠,历楚南,揽圣湖花月与夫潇湘洞庭之胜,遇赏心处辄为诗以咏叹之。自愧薄植鲜学,迄未敢自信为佳。间亦以所作呈舅翁,辄蒙许可,由是益私喜沾沾焉,寤寐所勿忍舍。伉俪在室,惟事唱酬。中岁随夫婿官津门,去家益远,阿母且八秩矣,眷念慈闱,亦惟藉吟咏以抒写其乌鸟之情。然则诗之为用,诚大矣哉！顾幼习作画,染翰为花鸟木石,虚名所被,丐者亦夥。由是分力于绘事,而诗学几致荒芜。体又羸弱,饮膳或失宜,乃悄焉生病。迩年乞画者益众,惭无兼全之力如王右丞、赵松雪辈,而又勿忍弃毕生真性以斸于冥漠无知之乡。爰取数十年来所存诗,厘为四卷,以画易资,付诸梨枣。非敢妄冀永传,其或以此存吾之志,而留吾情性于天壤间,是亦此心之不容已者欤。或谓词章非闺阁所宜,则古作充栋汗牛,未尝弃巾帼而悉取冠裳也,则无待余之置辨矣。

咸丰纪元六月上浣,自序。

——《信芳阁诗草》,咸丰九年(1859)刻本

吴藻

吴藻(1799 前后—1862 前后),字蘋香,号玉岑子,仁和(今浙江杭州)人。室名“花帘书屋”和“香南雪北庐”。父亲与丈夫均经商。吴藻为陈文述弟子,与汪端、沈善宝为文友,著有《花帘词》、《香南雪北庐集》和杂剧《乔影》。

凌祉媛翠螺阁诗词稿序

自来韵语之作,所以发抒性情。不仅才人有集,抑亦吾辈所不废,或专事女红,不暇旁及耳。吾杭为人才之薮,闺秀代兴,日下工诗词者,皆各梓一篇。若芷沅凌夫人,则其尤者也。所著《翠螺阁诗》数卷,清词丽语,读之意销其间。《怀古》诸作,沈郁顿挫,虽须眉何多让焉。所存词不甚多,深得南宋遗响。惜乎天靳其寿,早年物化,为可悲矣。其配丁松生茂才,裒遗集既成,来索题词,予且衰迈,何能更为韵语?爰书数言归之。芷沅有知,当勿笑予之疏懒也。时咸丰乙卯春仲,蘋香吴藻书于香南雪北庐。

——凌祉媛《翠螺阁诗词稿》,咸丰四年(1854)刻本

张纨英

张纨英(1800—1881),字若绮,阳湖(今江苏常州)人。父张琦,常州词派创始人之一,曾任邹平等地知县。母汤瑶卿,常州才女,著有《蓬室偶吟》。夫王曦,江苏太仓人,诸生。张纨英与其姐张𦇗英、张䌹英、张纶英皆有诗名。丈夫去世后,张纨英依弟张曜孙居住,四个女儿采蘋、采蘩、采藻、采蓝亦有诗名。张纨英著有《邻云友月之居诗初稿》《餐枫馆文集》,均由其弟张曜孙刻入《阳湖张氏四女集》。

澹菊轩初稿后序

古之学者,或优游而自得,或艰苦而后成,然皆处宽闲之时,资讲授之益,故虽质有上下,获有难易,而及其成功一也。若吾伯姊孟缇之为诗则不然。姊幼时,先府君恒远游,先孺人躬自操作。姊六七岁即能分劳,年及笄,治中馈,井井有法。孺人极爱之,然苦家贫,且无暇,未能使读书也。偶授唐人诗,姊辄好之,然不能时授,乃与仲姊纬青私取唐人诗、宋人词读之。初不能辨识文字,数日则恍然如宿习,又数日则窅然通其义。于是尽读家藏书,凡汲炊、烹饪、洒扫、浣濯、针线、刀尺,皆置书其旁,且读且作。仲姊则尽治一日事,俟孺人寝,乃读书达旦,明日治事如故。孺人虽呵禁之,勿辍也。后姊以过劳故,多疾病,恒经月处床褥,然益伏枕读书，故镜台、妆匣、衾枕之畔，皆简册堆积，至今以为常。姊尝言：读书不得其解，思之竟日，夜倦极酣睡，晨起辄能解，不自知其所由。尝得句，以为词也，而不知于调何属，遍检旧词，得一调适合则大喜，因作①成之。初学为诗，数日乃成一篇，后则一日可成数篇。仲姊亦言：凡读诗则如身入诗中，为诗则如心游身外。身所未历之境，心能历之；言所未达之情，心能会之。故其为诗，多有得之于梦寐者。姊年二十三，府君自中州归，姊及仲姊皆积稿成帙。府君喟然曰："是皆美才，惜吾奔走风尘，不能亲为指授，负是才矣！"因为讲说大义。姊乃窃喜自负，学亦日进。道光甲申，府君官山东，诸女皆随侍，定省之际，常论说今古、评骘诗词以为乐。而其时，仲姊已前卒，府君每以为恨，以故不敢时时请业，恐触府君悲。日月不居，府君、孺人相继弃养，姊复从宦②京师，亲理内政，三举子女，皆不育。姊弟分散，南北相隔，悲悼慷慨、盛衰离合之感，悉发之于诗，于是诗乃益工，而姊亦将老矣。计自学诗以来，井臼间之，疾病间之，死丧间之，儿女间之，处宽闲之日未能五六年，而又无师友督课之助，徒冥心潜索，以几于成。诚使假以时日，责以专心，其所造诣又当何如？惜乎其未能也！明年为姊五十初度，仲远弟取所为诗删为四卷、词一卷，刊之。姊之诗，视世之为诗者，或工或否，非余所敢知，而其为诗之艰苦勤困若此之甚，恐亦非今之为诗者所及知也。嗟乎！古有身处富贵而名没不彰者，有贫贱穷困而声称不泯者，恒视人之自立焉。诗词虽小道，其亦犹是耶！独叹余之承学易于姊且数倍，而质性愚暗，功力浅薄，因循岁月，迄于无成。展读此编，不禁愧恨交并，不能自已也。

① "作"，《餐枫馆文集》本作"足"。

② "宦"，《餐枫馆文集》本作"官"。

庚子冬十二月，同怀妹纨英。

——张缗英《澹菊轩初稿》，道光二十一年（1841）刻本；

参校张纨英《餐枫馆文集》，道光三十年（1850）

《阳湖张氏四女集》刻本

棣华馆诗课书后

余幼好诗书，窃愧不学，流览经史，不能尽通其义。慨班氏教男不教女之说，念女子不读书，终不获明义理之精，习俗易摇而性情易纵，因命长女采蘋、次女采蘩入家塾读书。及笄出塾，仲远弟复教之，遂粗能诗画。及来武昌，闻者多索观，自以为未工，恐贻姗笑，乃肆力为之。官舍闲静，女红事简，偶有佳作，仲远辄加奖借，以故益好之不倦。采蘋、采蘩齿最长，凡学一事，皆先受，习之熟，以次授少者。读一书，求一义，少者以问长者，长者不知，而后质之师。嗣徽、采藻暨侄女祥珍，多采蘋所授。李姬紫畦年十七归仲远，采蘋授之读三年，亦能为诗。而诸女所为诗各肖其人，未尝相袭。采蘋性柔和，诗之佳者深细熨帖，而不能浑厚；采蘩性朴素，诗沈着淳质，而不能精微；祥珍宅心厚重，诗多安闲之致，而未臻警拔；嗣徽当机英敏，诗有高朗之概，而未至和平；采藻宽闲而少骨力；紫畦柔婉而乏精深。知其所短而务去之，以全其性之所近。学虽浅小，未尝不可底于成，诸女勉之矣。且吾闻之：女子之学，其入也易，其成也难。故班左诸贤数百年而一见。盖教之者既难得其人，从而间之者复多其途径，以为不急而姑置之，以为无益而遂弃之，或恶其胜己而抑之，嫉其形己而禁之，苟非入之深、好之笃，未有不辍于一旦者。今诸女既得师矣，而又无从而间之者，其可不益致其力以求其成乎？且盍思师之所以教诸女者，果何谓乎？凡所以求义理之精，而欲各得其性情之正，以治身而治事者也。《诗》曰:"女子有行,远父母兄弟。"诸女其能长处膝下,姊妹欢聚如今日而不变乎?他日思之,必有惄然生感者,其将何以治身而治事乎?抑岂能忘今日之教乎?否乎?诸女自知之,自勉之矣!此仲远刻是诗之意也。

道光三十年夏四月,餐枫馆老人张纨英书。

——《餐枫馆文集》,道光三十年(1850)

《阳湖张氏四女集》刻本

沈善宝

沈善宝(1808—1862),字湘佩,号西湖散人,钱塘(今浙江杭州)人。父沈学琳,曾任江西义宁州判。母吴世仁,著有《箫引楼集》。夫武凌云,安徽来安人,曾任吏部郎中、山西朔平知府等职。沈善宝为其继室。沈善宝著有《名媛诗话》《鸿雪楼词》《鸿雪楼诗选初集》《鸿雪楼诗选外集》。

名媛诗话(节选)

卷一

自南宋以来,各家诗话中多载闺秀诗,然搜采简略,备体而已。昔见如皋熊澹仙女史所著《澹仙诗话》,内载闺秀诗亦少。窃思闺秀之学,与文士不同,而闺秀之传,又较文士不易。盖文士自幼即肄习经史,旁及诗赋,有父兄教诲,师友讨论。闺秀则既无文士之师承,又不能专习诗文,故非聪慧绝伦者,万不能诗。生于名门巨族,遇父兄诗友知诗者,传扬尚易。倘生于蓬荜,嫁于村俗,则湮没无闻者,不知凡几。余有深感焉。故不辞摭拾搜辑,而为是编。惟余拙于语言,见闻未广,意在存其断句零章,话之工拙,不复计也。

同里顾和知若璞,前明上林苑丞友白女,副车黄茂梧室,诸生黄炜母。著有《卧月轩诗文集》。文多经济大篇，有西京气格。常与闺友宴坐，则讲究河漕、屯田、马政、边备诸大计。每夜分，执卷吟讽。曰："使吾得一意读书，即不能补班昭《十志》，或可咏雪谢庭。"尝于食顷作《七夕》诗三十七首，一时叹其敏妙。和知早寡，侍舅孝，训子严。暮年纂《黄氏宗谱》，立义田。年九十无疾终。节行文章为吾乡闺秀之冠。惜文集早经散佚，《撷芳集》言之甚详，《池北偶谈》《正始集》俱载之。……

……

莆田黄汉荐幼藻，孝廉林恭卿室，前明通判议女。与妹汉宫幼蘩俱擅才名，而汉荐尤工文章。夫亡，以清节称。著有《柳絮编》。《咏孤雁》一律沉着悲凉，诗云："渺渺高秋外，长空一雁迟。哀鸣关底事，淡远写相思。瘦马征夫泪，回文少妇诗。明年楼上过，莫向夕阳时。"汉宫《咏月》五古云："清切空阶月，相依欲二更。寂喧非一致，千秋同此明。萧萧庭中女，俯仰触中情。对此令人远，况乃兼秋声。浅深各有感，今昔宁无惊。秋在孤云外，愁从何处生？人生有代谢，万物有衰荣。茫茫乾坤里，相积为愁城。欲挽西江水，一洗襟怀清。虚窗来素影，清泪落寒檠。"两人诗笔颇清，似工于愁者。

嘉定侯俪南蓁宜，诸生龚元侃室，前明文节公岐曾女。著有《宜春集》。俪南遭家变，归龚，贫甚，闭门辟纑，有偕隐之志。人称"梁孟高风"。《病中述怀》云："秋风策策雁来迟，病况缠绵强自支。有药难医贫到骨，无钱可买命如丝。燕台梦隔三千里，槐枕肠回十二时。儿女关情谁判遣，聊凭一纸寄君知。"妹若英怀风《感昔》云："黄河流水响潺潺，当日腥风战血殷。大地尽抛金锁甲，长星乱落玉门关。居延蔓草萦枯骨，太液芙蓉失旧颜。成败百年流电疾，苍梧遗恨不堪攀。"感慨沉雄，各极其妙。

……

同里林亚清以宁，进士纶长女，侍御钱肇修室。工文章，善书画，尤长墨竹。著有《墨庄诗钞》《凤箫楼诗集》。……亚清诗笔苍老，不愧大家。

……

同里冯又令娴，大令仲虞女，诸生钱廷枚室。读书过目成诵，下笔文如夙构，尤工绘事。著有《湘灵集》《和鸣集》。《和夫子》云：“李广当年亦未侯，书生何必苦悲秋。舌存待执咸阳柄，志远曾归石室囚。满目云霞俱是幻，半庭松竹尽堪收。同君翰墨闲消遣，已觉身居百尺楼。”襟怀恬淡，颇得隐居之乐。

……

汉军蔡季玉琬，将军毓荣女，尚书谥文良高其倬室。有《蕴真轩诗草》。夫人才识过人，鱼轩所至，几半天下。文良名重一时，奏疏移檄，每与夫人商定。《随园诗话》载，文良公与某不合，屡为所撼。公咏《白燕》第五句云“有色何曾相假借”，沉思未对。夫人至，代续云：“不群仍恐太分明。”盖规之也。闺阁中具经济才者，诗笔极其雄健。

……

莆田周明瑛庚，诸生陈承纩室。生平著撰，未见流传，尺牍数则，颇觉清老。《与仲嫂》云：“感念化者，欲为陈立传，以之才之美，无子无年，搦管垂毫，惟闻猿哭。是以更端未就，当续成之。敢不诚于陈也。”又云：“《三国志》经嫂点定，庚应穷其赞辞。但不解于古人何所厚薄，只觉此心为刘。”《与外》云：“《离骚》之所以妙者，在乱辞无绪。绪益乱，则忧益深，所寄益远，古人亦不能自明。读者当危坐诚正以求，然后知其粹然。一出于正，即不得以奥郁高深奇之也。”又云：“林媛《松石图》已见岁寒之志。钦其至性，以一绝风之画首矣。亦不敢展玩，恐风雨悲鸣也。”仲嫂能定《三国志》，林媛能作《松石图》，新妇俱于此不凡。明瑛有《绣美集》。

……

卷二

……

太仓王兰韫慧，学道长源女，诸生朱方来室。有《凝翠楼集》。笔情朗洁，不着纤埃。……王阮亭《渔洋诗话》称之。其《谒禹陵》五言长律，沉雄深厚，尤为杰构。

……

兰轩女史，庄亲王女孙，嵩山室，都统能泰母。有《兰轩遗集》。……《游城南王氏园》云："再来只恐春难住，更绕池台三四周。"颇得闺人游园之情致。

古诗闺阁擅场者虽不甚少，而畅论时事恍如目睹者甚难多得。汉军高景芳，总督琦女，一等侯张宗仁室。著有《红雪轩稿》。夫人工骈体文，兼善词赋，有集三十六卷，笔力雄健，巾帼中巨擘也。如《输租行》云……此诗切中民间疾苦，与四川西充马韫雪士琪《大梁霪雨吟》相似。……韫雪为知县云锦女，知县张应坦室。著有《片石斋烬余草》四卷、《漱泉集》二卷。又歙县黄克巽《弃儿行》中云……高夫人写官吏之横暴，马、黄二夫人写小民之流亡，皆不失忠厚之旨。

……

长洲顾兰谷若宪，大令张笠亭之项室，有《挹翠阁诗钞》……女张于湘藻，毕秋帆尚书沅母。著有《培远堂集》。幼咏《梅花》云："出身首荷东皇赐，点额亲添帝女妆。"后子大魁，人以为诗谶焉。比开府陕西，贻诗作诫云……古来贤母教子成名者颇多，而无诗文著述见于后世，惟国朝贤母之诗流传颇盛，而若此皇皇①巨篇，无懈笔、无泛句者，亦不多见也。

---

① "皇皇"，原文作"煌煌"，据文义改。

……

如皋熊澹仙琏，字商珍，又号茹雪山人。著有《澹仙诗钞》《澹仙诗话》。澹仙兼工词赋、文章。幼字陈生嗣，生得废疾，翁请毁婚，澹仙坚不可，卒归于陈。贫不能给，半生依母弟居，晚为塾师。余幼时常闻鬘云从母云澹仙境甚困厄，老更无依。……《感旧》云："叹我浮生不自由，娇痴未惯早知愁。弱龄已醒繁华梦，薄命先分骨肉忧。亲老偏逢多病日，家贫常值不登秋。眼前俱是伤心事，几度临风泪暗流。"……同里顾希昭淑龄，朱章令室。著有《闺中倡和集》。《书熊澹仙诗后》云："无情天亦妒娥眉，博得才名不疗饥。莫怪红闺诸女伴，只工刺绣不工诗。"

……

每见史籍所载，时值夫君子退而小人进，即有一二正人必抑制之，使其才位不称，然后得畅行小人之志。迨至身败名裂，众口交讥，徒贻千古之唾骂，岂不可笑？宿迁倪瑞璇《咏马士英》诗结句云："卖国还将身自卖，奸雄两字惜称君。"可为确论。然往古来今，足当奸雄之称，实无几人也。瑞璇为进士徐起泰室。

……

卷三

……

桐城方仲贤维仪，诸生姚孙棨室。有《楚江吟》《归来叹》《清芬阁集》。工白描大士。年十八守节，八十四而终。……仲贤姊名孟式，字如曜，从夫殉难，亦工诗。妹名维则，字季准，有《茂松阁集》，与仲贤俱早寡，年亦八十余。白首往来，商量文学，编辑《古今宫闺诗史》，分邪、正二集。

……

诗人少达多穷，故有"穷而后工"之语，不幸闺中亦蹈此辙。

如江州许宜媖权之"饥餐螬食精神减，病卧牛衣感慨多。富贵生前原梦幻，文章死后亦虚名"；武进汤慕云太夫人仲纯之"典衣并及芙蓉带，脱珥还增翡翠钿"；桐城左松石慕光之"春衣似笋层层褪，质券如书日日翻"；长洲薛素仪之"三旬九食吾家事，不独明朝是禁烟"；奉天刘氏之"岁除不比清明节，底事厨中也禁烟"。盖牵萝补屋，大都如此。

……

悼亡之作闺中甚多，而山阴商媚生景兰五律一章最为冠冕。媚生为明祁忠惠公室。忠惠殉国，故云："公自垂千古，吾犹恋一生。君臣原大义，儿女亦人情。折槛生前事，遗碑死后名。存亡虽异路，贞白本相成。"一气呵成，词旨正大，非后人所能及。然亦有至情不可磨灭者，如华亭章玉筐有湘之"赤绳虚系三生约，红泪惟余两袖斑。最伤薄命分鸳侣，犹幸高名占凤池。无复形容还故国，空余旅榇返长安。不死丹心终化石，余生青鬓总成霜（按：玉筐为龙眠进士孙振公室。振公捷南宫五日卒）"，金坛于氏之"堂上有人垂白发，膝前若个继青毡。北方有药如钩吻，西域无香为返魂"，天台陈蕴璞奕珍之"愁临破镜蛾眉淡，痛检残诗血泪垂"，江苏姚翠萝之"凤去碧梧秋瑟瑟，香消绣户夜漫漫"，及先慈之"可怜儿女尽童孩，短幅缞麻称体裁。灯下依然作欢笑，不知哀处更堪哀"，沉痛已极，读之酸鼻。

……

卷四

……

吾乡方芷斋芳佩，巡抚汪新室。有《在璞堂诗稿》……或云："《在璞堂诗初集》最佳，《续集》次之，《再续集》则老手颓唐，性灵尽失矣。"余谓此系境使然耳。当其在室时，虽箪食瓢饮，依父母膝下，天伦之中，自有至乐，且得一意操觚，出笔自然和雅。迨于归后，米盐凌杂，儿女牵缠，富贵贫贱，不免分心。即牙签堆案，无从专讲矣。吾辈皆蹈此辙，读《在璞堂诗集》，不觉感慨系之。

……

仁和杭清之澄，号筠圃。编修世骏妹，赵万暻室。境遇坎坷，晚年患拘挛之疾，孤苦无依。与方芷斋为金兰友，时存恤焉；又序其遗稿刊之，且称其艰窘中营葬舅姑以上三代八棺，盖生平备历劳苦拮据，诗笔酸辛，境使然耳。《五十悲吟》云："十载伤心泪，何曾一日干。老深无后痛，贫觉立孤难。寂寂墓门草，深深智井澜。此身原已死，休作未亡看。"

……

文人笔墨，皆喜回护同类，亦自占身份，闺阁亦然。如吴县邹朗岑溶《读〈汉书〉》云："信史偏从女弟成，汉家巾帼擅才名。等闲莫笑裙钗侣，一代人才待品评。"吾乡戴衣仙《读〈明史〉》云："三杰孤危八虎强，对山能不救三杨？摊书更读《娄妃传》，一曲凄清片石荒。""养士恩深三百年，国殇能得几人贤？红颜力弱能诛贼，长向思陵泣杜鹃。"阳湖刘撰芳《咏昭君》云："琵琶一曲总堪哀，环佩何尝夜月回。春草有灵青作冢，几曾生向李陵台。"吾乡顾螺峰韶《咏昭君》云："紫台人去最销魂，冷抱琵琶出玉门。太息麒麟高阁上，汉家诸将也承恩。"尤觉冷峭。螺峰家贫，早寡，藉丹青为生计。

……

平湖张兰君宝珊，举人湘任女，诸生沈嗣昭室。……妹子琼文珊，贡生谢沂室。《咏王嫱》云："雁门关冷月明中，环佩翩然气自雄。绝塞琵琶新乐府，长门团扇旧秋风。但将辛苦酬天子，敢为飘零怨画工。家国安危儿女泪，汉庭奇策是和戎。"咏王嫱之作甚多，惟此首有温柔敦厚之旨。

……

卷五

阳湖恽珍浦太夫人珠，号星联，晚号蓉湖道人。完颜方伯岱子妇，曙墀太守室，麟见亭河帅庆、库长昌、知州书母。诞生之夕，祖母唐梦老妪授珠，遂名之。尝自梦前身为妙莲菩萨侍女，护书红香岛中，因绘《红岛侍书图》，著有《红香馆诗钞》。幼颖慧，从父尉肥乡，十岁工诗，兼精绘事。方伯公适宰肥乡，眷属往来，姑索绰罗氏器其才且贤，一日试以《锦鸡诗》，援笔立成，云："闲对清波照彩衣，遍身金锦世应稀。一朝脱却樊笼去，好向朝阳学凤飞。"大蒙赏鉴，遂为太守公聘定焉。卒以贤孝称。河帅年十九成进士，太夫人以诗训之，有"科名虽并春风发，心性须如秋水平"。河帅初入中书，太夫人自绘《紫薇夜月》便面，题诗赐之，曰："金帖传名，青钱入选。薇省森严，凤池清浅。夙夜勿怠，匪躬蹇蹇。叨列清班，勉跻通显。"迨河帅出仕太守，荐升巡抚，节镇南河，所至辄著循声，皆秉慈训也。太夫人慈祥乐善，常制药辑方，济人无算。从宦就养，所至修葺道途祠宇，不可胜计。于经济治体无不通达，尤明心学。慕李二曲先生以孝子为醇儒，重刊其集，制序行世。又刻《逊庵语录》，以述祖德。尝论古今世运有治乱，维持不敝者，全在纲常。乃仿《列女传》，博采史志，纂《兰闺宝录》六卷。先孝行、贤德、慈范、节烈，而以智略、才华殿焉。又广搜国朝女士之作，选为《正始集》。二书可为闺中之文献。太夫人画得南田家法，受于清于族姑冰也。仪征相国论为女中之儒，岂虚言哉？集中如……诸作情深于文，意味隽永。

……

风人之诗长于言情，故得弦外之音；学人之诗晦于用意，转少天然之韵。从古如斯，不仅闺阁。

……

卷六

吾乡多闺秀，往者指不胜屈。近如梁楚生太夫人德绳及长女许云林延礽、次女云姜延锦、项屏山紃、项祖香纫、汪小韫端、吴蘋香藻、黄蕉卿巽、黄颖卿履、鲍玉士靓、龚瑟君自璋诸君，诗文字画，各臻神妙。

……

汪小韫，号允庄。著有《自然好学斋诗钞》行世。小韫博学强记，颖悟非常。九岁工诗，吐属已过老成。归陈小云别驾，时有"金童玉女"之目。小云即陈云伯文述大令之子，一门风雅，讨论切磋，得竟其学。诗派神似乃舅，专以选色、炼声为主，而用意亦能深婉。因人论明诗多沿归愚旧说，尊李梦阳、王凤洲而薄青丘，小韫非之。竭数年心力，选《明诗》初二两集(入总集)，参以断语，多知人论世之识。集出，海内诗家莫不折服。……小韫史学既深，其激扬忠孝，表章贞烈之诗，取材宏富，比例精当，即须眉大家，亦当却步。如《元遗臣诗》中《吊戴叔能》云："行吟屈子常怀楚，避地留侯矢报韩。"《顾仲瑛》云："僧帽儒衣逃世感，残山剩水故宫愁。"《张吴纪事诗》中《张士德》云："蜀道流人悲李特，秦家壮士哭符融。"……集中佳句如仙，不能遍录。……闻小韫自赋《柏舟》，即奉道教，讽经礼斗，修炼甚虔。常语人曰："名士牢愁，美人幽怨，都非究竟，不如学道。"《自然好学斋》末卷，有飘飘出尘之致。……小韫议论古人，具有特识。集中《论古偶存》五首，第一《论吴蜀》云："三国以荆州为枢机，蜀失荆州，人多归咎武侯。余谓此昭烈之过也。昭烈既定蜀，遣一介之使迎孙夫人，正位中宫，则吴蜀交固，荆襄之势成，而汉业可复。乃惑于法正之言，别立吴后，致无以服吴人之心。荆州失，猇亭败，永安托孤，而汉业从此不振矣。人必先疑也，而后谗入之。法正卖主小人，岂真有爱于昭烈哉？实欲乘隙弄权耳。观于立吴后，而武侯不谏，其情事可想。法正不死，武侯君臣之际，未可知也。千里[1]之堤，溃于蚁穴。女子、小人之际，其慎之哉。”诗云：“一失荆州汉业休，曹、刘兵劫换孙、刘。本来借地缘婚事，何事寒盟启寇仇？鱼浦至今遗石在，蟂矶终古暮潮愁。负心毕竟君王误，莫以疏虞议武侯。”余常读《三国》，每恨昭烈不迎孙夫人而别立吴后，孙夫人仍为昭烈死节。而后主亦未加尊谥，后人亦未有论及者，不胜扼腕。兹读所论，不禁五体投地。他如论“唐高祖之不立太宗、明高祖之不立成祖，致启争端，喋血禁庭，伤残骨肉。若以太子、太孙为藩，以太宗、成祖为储，必无争夺之患”。议论英伟，可破拘墟之见。

……

(鲍)玉士题余《鸿雪楼诗稿》云：“关心菽水贫而乐，放眼云山壮且悲。”可为知己之言。玉士为诸生许传书室。

……

言为心声，吉凶动静，往往无意中先露。每见佳句成语谶者，不一而足。如项祖香幼时梦中得句云：“五月六月有秋意，三更四更闻雨声。”为时传诵，而诗境过清，是以《柏舟》早赋。元和陈素安瑞《送女于归》云：“此日独怜慈竹瘦，当年空望好花开。”不数年，女殁。素安孑然一身，晚为太清教授叔文、以文两郡君。幸依贤主，得免困厄。犹记戊寅冬日先慈《和先君〈弹琴〉原韵》云：“已成绝调君休讶，不惯循声我亦痴。”次年先君弃世，先慈每自悔恨，常谓宝云：“作诗不可有颓丧气，不哀而戚，大非佳兆。”故衡人诗文，即可定其人终身之通塞也。

……

先慈姊妹五人，惟鬘云五从母世佑最耽吟咏，工画牡丹，为外

---

① “里”，原文作“金”，据文义改。

大母所钟爱,不忍远嫁。在室时以诗画自娱,性情潇洒,吐属风雅。年三十于归武进卜子安参军,询从宦往来。儿女既多,笔墨遂废。每谓余云:“欲作雅人,必须终身在室。近日偶得一二句,思欲足成,辄为俗事败兴。无怪‘满城风雨近重阳’只传一句也。”

……

卷七

又见善化罗丽生金淑《春夜》云:“空明如水转回廊,灭烛闲房夜有光。渐到中庭花影乱,一春莺燕梦中忙。”见花影而想入莺燕梦中,固已新矣。然不如湘阴李伴霞星池《池上口占》之自然也。李云:“流萤无数故飞飞,闲步西池露气微。却爱数枝荷叶影,忽随明月上人衣。”人皆知用“花影”,此独用“荷叶影”,立意更新。

……

余常论,诗犹花也。牡丹芍药具国色天香,一望知其富贵。他如梅品孤高,水仙清洁,杏桃秾艳,兰菊幽贞。此外,则或以香胜,或以色著,但具一致,皆足赏心,何必泥定一格也?然最怕如剪彩为之,毫无神韵,令人见之生倦。读湘潭郭六芳《论诗》云:“玉溪獭祭非偏论,长吉鬼才亦妙评。侬爱湘江江水好,有波澜处十分清。”“厨下调羹已六年,酸盐情性笑人偏。近来领略诗中味,百八珍馐总要鲜。”“今古才人一例看,端庄流丽并兼难。桃花轻薄梅花冷,占尽春风是牡丹。”可谓“实获我心”矣。

……

“诗言志”,读其诗,可识其人之性情。如湘潭郭独吟步兰《咏萍》云:“谁道根苗寄未深?春来点点泛波心。凭他无限风波恶,只可高低不可沉。”读之令人凛然。后阅笙愉《叙》中云:“祖姑生性孤介,不恶而严。”又读山阳陈玉岑《饲蚕词》云:“重帷篝火护春寒,昼永慵多午梦酣。睡起裁诗先匿笑,绿窗人更懒于蚕。”余谓其人必然倜傥者，惜无处访问。玉岑有《来凤楼集》，许志进室。

……

诗本天籁，情真景真，皆为佳作。毗陵陆君淑《暮春》云：“日暖云俱困，春和意反慵。”桐城左信芳如芬《初夏》云：“不知春色老，但觉落花多。”……皆有味乎言之。

……

卷八

……

满洲西林太清春，宗室奕太素贝勒继室，将军载钊、载初之母。著有《天游阁诗稿》。才气横溢，援笔立成。待人诚信，无骄矜习气。予入都，晤于云林处，蒙其刮目倾心，遂订交焉。赠诗有“巾帼英雄异俗流，江南江北任遨游。萧条行李春明路，半载新诗半载愁”之句。此后倡和，皆即席挥毫，不待铜钵声终，俱已脱稿。《天游阁集》中诸作，全以神行，绝不拘拘绳墨。

……

阳湖张孟缇緭英，为翰风大令琦女，仲远大令曜孙长姊，吴伟卿员外赞室。诗笔幽峭，工于感慨，著有《澹菊轩诗词稿》。……孟缇因《撷芳集》收闺秀诗太滥，《正始集》选闺秀诗太简，故另选《闺秀诗》一集，搜罗甚富，尚未付梓。

……

孟缇词笔秀逸，真得碧山、《白云》之神。壬寅荷花生日，余过澹菊轩，时孟缇初病起，因论夷务未平，养痈成患，相对扼腕。出其近作《念奴娇》半阕，云后半未成，嘱余足之，余即续就。孟缇笑云：“卿词雄壮不减坡仙，余前半章太弱，恐不相称。”余觉虽出两手，气颇贯串，惟孟缇细腻之致，予卤莽之状，相形之下，令人一望而知为合作也。今录于此云：“良辰易误，尽风风雨雨，送将春去。兰蕙忍教摧折尽，剩有漫空飞絮。塞雁惊弦，蜀鹃啼血，总是伤心处。已悲衰谢，那堪更听鼙鼓。”续云：“闻说照海妖氛，沿江毒雾，战舰横瓜步。铜炮铁轮虽猛捷，岂少水犀强弩？壮士冲冠，书生投笔，谈笑擒夷虏。妙高台畔，蛾眉曾佐神武。”……孟缇弱不胜衣，而议论今古之事，持义凛然，颇有烈士之风，与余尤为肺腑之交。

……

阳湖程蕙英蓝俦，著有《北窗吟稿》。家贫，为女塾师。曾作《凤双飞》弹词，才气横溢，可谓妙手空空。《自题〈凤双飞〉后寄杨香畹》云：“半生心迹向谁论，愿借霜毫说与君。未必笑啼皆中节，敢言怒骂亦成文。惊天事业三秋梦，动地悲欢一片云。开卷但供知己玩，任教俗辈耳无闻。”

……

卷九

……

余见孟缇《咏古》云：“终始恩谁验浅深，长门愁坐漫沉吟。九天珠玉都无补，何必虚糜买赋金。”又见上元朱菊如景素《题〈回文诗〉后》云：“始信连波解爱才，肯因锦字遣阳台。当年若只怜歌舞，就是回文也枉裁。”余尝云：“使汉武不能爱才，《长门赋》虽工，何能感悟；窦连波不知翰墨，回文锦虽巧，亦复何益？”二君之作，盖有深意焉。

……

江都史心玉璞莹，侍郎致俨女，诸生汪汇枢聘室。有《离鸾集》。心玉幼字汪生，亲迎有日而生卒。心玉请于父母，往哭成服，矢志守贞。……余见《湘痕阁·题〈离鸾集〉》有“洗面至今惟有泪，扫眉从古不宜才”。同调生怜，沉痛乃尔。

……

卷十一

古歙汪雅安太宜人嫈，程禹和先生调鼎室，镇北水部葆母。著有《雅安书屋诗集》四卷、《文集》二卷。学力宏深，词旨简远，且能阐发经史微奥，集中多知人论世经济之言，洵为一代女宗。……

《雅安书屋·闺训篇》，足与曹大家《女诫》并传。诗云："男儿希圣贤，女亦贵自立。礼义与廉耻，四维毋缺一。千秋传女宗，在德不在色。德厚才自正，才华本经术。无德才曷取？衾影先难质。我诵《三百篇》，多出妇人笔。王化起闺门，性情悉纯一。……女子赖师教，考亭言足述。蒙养自少时，定性严所习。三从有定臬，女戒恒慄慄。熟读'四子书'，义理都洞悉。经史苟旁通，万卷盈胸臆。偶尔歌咏志，无邪协诗律。敦厚而温柔，朴雅去雕饰。亦足舒性真，匪求名誉溢。……"

……又有《与儿妇夏玉珍言诗》云："真州族母方静云，著有《诚堂集》，载一绝云：'闲吟风雅绣余时，谁道诗非女子宜？不解宣尼删诗意，"二南"留得后妃诗。'作者自示所为诗导源《三百》，言固不愧也。大抵诗寓规劝，隐合'思无邪'一言，乃不虚所作。若止吟风弄月，摛藻求工，而香奁脂粉气流溢楮间，真性情杳不可窥，不但违《三百篇》之旨，下笔先自觉无味。后人安得而珍重之？近日闺咏甚多，明此意者少。汝有天分，若无学力，于此三致意焉，思过半矣。"

……

余赋命不辰，椿萱早背。于归时见姑太恭人已逾古稀，克勤克俭，躬亲操作。近年筋力稍不如前，神明亦觉渐减。读苏州江铭玉《堂上视膳诗》，有"明知温凊时时缺，隐惧春秋渐渐高"，不禁怦怦心动，泪为之堕。余自壬寅春送李太夫人回里，是夏温润清又随宦出都，伤离惜别，抑郁无聊，遂假闺秀诗文各集并诸闺友投赠之作,编为诗话。于丙午冬落成十一卷,复辑题壁、方外、乩仙、朝鲜诸作为末卷,共成十二卷。墨磨楮刻,聊遣羁愁;剑气珠光,奉扬贞德:讵敢论文乎?

卷十二

……

余阅《板桥杂记》,见校书中或负奇节,或任侠烈,莲出淤泥亦复不少,如嘉兴柳如是。是号蘼芜,一号河东君,钱牧斋尚书谦益侧室。初隶乐籍,本姓杨,柳其寓姓也。性机警而志豪宕,有侠烈风。顺治乙酉,力劝尚书死难,不从,乃自奋身投池水中,急救得苏。后遇家难,遂自经而殉。……蘼芜能以晚节自盖,力护孤雏,其识见高于尚书远矣。

……

朝鲜为古箕子之国,礼乐文章,闻与中华不甚悬殊,闺秀能诗文者亦众。尤西堂《外国竹枝词》首称之。

……

续集上

诗人嗜好有不可解者。当今海内闺秀诗集甚众,而陈慕青独推许潘虚白老人《不栉吟》、王澹音《环青阁诗钞》及余《鸿雪楼诗草》。寄来近作《烟萝仙馆即事十咏》。《评诗》云:"手追心慕《环青阁》,梦想神劳《鸿雪楼》。更有好词吟《不栉》,茫茫大地总无俦。"

……

鸳湖陈静宜诗已录于前卷,今又寄《题〈名媛诗话〉·大江东去》一阕云:"鸿荒初辟,女娲氏、曾把乾坤手补。灵气常钟闺阁内,《三百篇》多妇女。风絮联吟,璇玑织字,千载咸推许。即看近代诗人，更难仆数。　　　之子才调无双，贤名第一，是吟坛宗主。大集刊成《诗话》继，舌底青莲纷吐。剪腋为裘，酿花作蜜，慧业超千古。军开娘子，请看何等旗鼓？”誉虽过情，而词颇雄迈。……

……

余览宋尤延之《遂初书目》，有《徐夫人集》《女郎曹希蕴谢希孟诗集》，今皆无知者。由此知湮没者不知凡几。

……

——《名媛诗话》，光绪鸿雪楼刻本
（《续修四库全书》本）

红楼梦影序

大凡稗官野史，所记新闻而作，是以先取新奇可喜之事，立为主脑，次乃融情入理，以联脉络，提一发则五官四肢俱动，因其情理足信，始能传世。《红楼梦》一书，本名《石头记》，所记绛珠仙草受神瑛侍者灌溉之恩，修成女身，立愿托生人世，以泪偿之。此极奇幻之事，而至理深情，独有千古。作者不惜镂肝刻肾，读者得以娱目赏心，几至家弦户诵，雅俗共赏。咸知绛珠有偿泪之愿，无终身之约，泪尽归仙，再难留恋人间。神瑛无木石之缘，有金石之订，理当涉世，以了应为之事。此《红楼梦》始终之大旨也。海内读此书者，因绛珠负绝世才貌，抱恨夭亡，起而接续前编，各抒己见，为绛珠吐生前之夙怨，翻薄命之旧案。将红尘之富贵，加碧落之仙姝，死者令其复生，清者扬之使浊，纵然极力铺张，益觉拟不于伦。此无他故，与前书本意相悖耳。今者云槎外史①以新编《红

① 云槎外史，据今人考，为顾春（1799—1876），字子春，号太清。

楼梦影》若干回见示,披读之下,不禁叹绝。前书一言一动,何殊万壑千峰,令人应接不暇。此则虚描实写,傍见侧出,回顾前踪,一丝不漏。至于诸人口吻神情,揣摹酷肖,即荣府由否渐亨,一秉循环之理,接续前书,毫无痕迹,真制七襄手也。且善善恶恶,教忠作孝,不失诗人温柔敦厚本旨,洵有味乎言之。余闻昔有画工,约画东西殿壁,一人不知天神眉宇别具神采,非侍从所及,画毕睹之,愧悔无地。此编之出,傥令海内曾续《红楼梦》者见之,有不愧悔如画工者乎?信夫!前《梦》后《影》,并传不朽。是为序。

咸丰十一年岁在辛酉七月之望西湖散人①撰。

——云槎外史新编《红楼梦影》,光绪丁丑(1877)校印本,京都隆福寺路南聚珍堂书坊发兑

① 西湖散人,即沈善宝。

钱聚瀛

钱聚瀛（1809—1868前），字斐仲，号餐霞、雨华女史，秀水（今浙江嘉兴）人。曾祖父钱载，进士，礼部侍郎，乾嘉间著名诗人。父钱宝甫，山西布政使。母曹氏。夫戚士元，浙江德清人，贡生。钱聚瀛善画，著有《雨华盦诗余》和《雨华盦词话》。

雨华盦词话

今人作词，好巧立名式，古人亦或有之，此最无谓。盖虽极小之词，未有不可摘二三字为名者，而彼作某，此作某，不徒迷人，亦以自迷。况知之者，一望而知；不知者，本是不知。即使人人信以为另有此调矣，于作者有何益处？有何趣处乎？

余以为菉斐轩韵本太宽，只宜制曲，不可作词。如"不"字作平则可，"合"字作平，韵书无之，不可也。而万红友独遵之，故其著《词律》，注仄作平甚多。更可怪者，通首押仄，而曰可作平声读。然则通首用上、去、入作成一词，曰但读入声作平，自然协调，可乎？此惑之甚者也。况一体而有平有仄，其长短、句读虽同，其平仄、音节迥别，红友特未察耳。

乐笑翁词，清空一气，转折随手，不为调缚，丽不杂，淡不泛，斯为圣乎！余读古人词，惟心折于张、姜两家而已。

读词之法，心细如发，先屏去一切闲思杂虑，然后心向之，目注之,谛审而咀味之,方见古人用心处。若全不体会,随口唱去,何异老僧诵经,乞儿丐食。丐食亦须叫号哀苦,人或与之,否则也不可得。

柳词与曲,相去不能以寸。且有一个意或二三见,或四五见者,最为可厌。其为词无非舞馆魂迷,歌楼肠断,无一毫清气。

言情之作易于亵。其实情与亵,判然两途,而人每流情入亵。余以为好为亵语者,不足与言情。

迷离惝恍,若近若远,若隐若见,此善言情者也。若忒煞头头尾尾说来,不为合作。竹垞先生《静志居词》,未免此病。

玉田云:"词有一二警句,便通首看得起。"此言诚是。然亦须通首衬得过。若有一句落腔,一句不妥,瑕瑜互见,非尽美之作矣。

坡公才大,词多豪放,不肯翦裁就范,故其不协律处甚多,然又何伤其为佳什。而《词综》论其《赤壁怀古》"浪淘尽"当作"浪声沈",余以为毫厘千里矣。知词者,请再三诵之,自见也。夫起句是赤壁,接以"浪淘尽"三字,便入怀古,使千古风流人物,直跃出来。若"浪声沈",则与下句不相贯串矣。至于"小乔初嫁了",了字属下,更不成语。"多情应笑"作"多情应是",亦未妥。不如存其旧为佳也。

柳七词中,美景良辰、风流怜惜等字,十调九见。即如《雨淋铃》一阕,只"今宵酒醒"二句,脍炙人口,实亦无甚好处。张、柳齐名,秦、黄并誉,冤哉。

吾乡朱竹垞先生自题其词曰:"不师黄九,不师秦七,倚新声玉田差近。"余窃以为未然。玉田词清高灵变,先生富于典籍,未免堆砌。咏物之作,尤觉故实多而旨趣少。咏物之题,不能不用故实,然须运化无迹,而以虚字呼唤之,方为妙手。

本朝词家,我推樊榭。佳什虽不多,而清高精炼,自是能手。

——《词学季刊》第二卷(1935)第四号

李桂玉

李桂玉，字姮仙，生于19世纪初，一说福州人，一说生于西陇。父精于医术。夫姓叶。李桂玉早寡，无子女，在福州教女塾为生。李桂玉著《榴花梦》弹词近500万字，为古今所有弹词中篇幅最长的一部。

榴花梦自序

或人云："天地生才，山川毓秀。有是任者，必有是人；具其才者，必合其用。天之育人，未尝辜其一材一艺，其为人者，可不勉哉！"余曰："不然，'天地者，万物之逆旅；光阴者，百代之过客'。古之圣帝明王，贤臣名将，当其时也，莫不励精图治，辅政开疆。他如俊杰英雄，骚人墨士，当其时也，莫不啸傲风云，纵横朝野，为一时之杰，当世之雄。及其殁也，瞑然无知，奄然何识。是浮生皆梦，劳扰奚为。"或问余曰："子具是见，而《榴花梦》一书，又胡为作也？"余曰："是书也，独生色桂恒魁一人耳。夫桂恒魁者，一女子也。生居绮阁，长出名门。仕女班头，文章魁首。抱经天纬地之才，旋乾转坤之力，负救时之略，济世之谋，机筹权术，萃于一身，可谓女中英杰，绝代枭雄，千古奇人，仅闻仅见。当其深闺雌伏，不飞不鸣。一经骇浪惊涛，兴起百年事业。是时也，唐室颠连，干戈扰攘。外而藩镇拥兵虎视，内而宰臣擅政①枭图。妇寺专权，后妃生乱。正国家凌替之秋，草野分崩之际。彼独弃脂粉于妆台，拾衣冠于廊庙。献策金门，才魁多士；立功沙漠，武冠一军。金台授印，力图匡复之功；虎帐运筹，果遂勤王之愿。金瓯重尊，社稷复安，是古之名将，无以加也。宜其恩加九锡，土裂一方。而治水、筑城、省刑、薄税，搜贤才于山野，退邪佞于朝堂，是古之英主无以加也。况夫治国兼可齐家，相夫并能教子，拦车进谏，罢歌舞于通宵；避位上章，化恩波之普庆。使《螽斯》成诵，《荇菜》重歌。是古之哲后无以加也。俄而干戈群逼，谗慝交加。骨肉散而怨隙生，国家危而猜疑起。卒能匡君救母，开天王感格之心；剪佞安良，动黎庶升平之乐，是古之贤臣无以加也。尤难者，处千军万马之中，笑谈自若；际恶怪奇妖之队，锋刃莫撄。情钟姊②妹，何辞割股伤身；义重弟兄，不惮开疆拓土。驭兵料敌，别具心裁；履险临危，不形声色。为千百代红裙巾帼，增色生新。欲求其匹者，岂可得乎！然而救灾恤邻，宣威布德，是又在其次也。二十余年繁华锦绣之丛，而一旦启清净洁身之见。明心悟性，入圣超凡。弃家邦于一瞬，留遗响于千秋。生前规夫婿，宜惜声名；身后遗子孙，惟持忠孝。神游三岛，名震九京。释疑忌于一朝，留藩基于万载。是众人皆醉，而彼独醒。盖勋业一生，尽成于榴花三梦。倘随三梦全消，能无惋惜！余故为梓行于世，子为可乎？”其人笑以为然。因援笔记余所言，以为之序云尔。

道光辛丑梅月，姮仙李桂玉自述。

——《榴花梦》，中国文联出版公司 1998 年版（以福建省图书馆所藏抄本为底本整理排印）；参校谭正璧、谭寻搜辑《评弹通考》，上海古籍出版社 2012 年版

---

① “擅政”，原文作“擅政策”，“策”字衍，据《评弹通考》本删。

② “姊”，原文作“姐”，据《评弹通考》本改。

陈俦松

陈俦松，号佩香女史，生于19世纪初，生平不详。陈俦松与李桂玉是结拜姐妹，为李桂玉《榴花梦》弹词作序。

榴花梦序

文人立说著书，咸有以寓意寄情，翻新述旧，皆未尝谓可以信今而传后也。今夫《榴花梦》一书，系余盟姊桂玉所著。盟姊生于西陇，长适南湘，为舅氏所钟爱。性本幽娴，心耽文墨，于翰章卷轴，尤为有缘。每于省问之暇，必搜罗全史，手不停披①，出语吐辞，英华蕴藉。常对余偶评历代兴衰，于唐室大有感叹。盖自贞观之后，法纪乖张；中晚以来，朝纲废弛。外藩侮主，逆阉无君；神器动摇，柔懦不振。然当是时，虽干戈扰攘，仍不少豪杰英雄。所惜者，宰相不知举，天子不能用，卒使忠贞并美之桓武王，退就藩楚；文武全才之罗静王，出封海国。贤才抱屈，英俊流离。致令妖妃逞志，奸相弄权；欺君侮母，嫉贤妒能。内而淫乱宫闱，外而怨声草野，国事几不可为。倘非南楚首兴，观政之谋，搜奸之举，匡扶莫及，追噬无由。阅史至此，能无掩卷三叹乎！因出所著《榴花梦》，给予披阅。余三复多帙，深羡其提纲布伏，莫不一新。如海

① “停披”，原文作“停年披”，“年”字衍，据《评弹通考》本删。

市之蜃楼，隐约幻化；如天孙之织锦，绮丽惊奇。言孝言忠，入情入理。虽分桓、罗、梅、桂四大家，其意则首在南楚，次则南蛮也。以桓斌玉、桂恒魁、梅媚仙为提纲，以罗锦魁、桓珠卿为压局。故斌玉有梦榴之祥，锦魁有购刀之兆，恒魁有登坛之命，珠卿有绣旗之荣，媚仙有金牌之宠。若夫梦蛟之纯孝，琦徽之坚刚，敏钗之清贞，毓奇之潇①洒，是为衬托之笔也。他如中间穿②插陪伴，无非忠臣孝子，侠士奇英，名将谋臣，娇妃静女。意则层出叠深，事则千奇万变，望之如危峰叠嶂，屹立参差。或形舞凤飞鸾，或现龙蹲虎踞，非细心领悟，不能穷其妙也。予谓全书命意，首如神龙出海，极夭矫而盘旋；中如天女散花，布缤纷而华彩；结如奔流三峡，争万顷而朝宗。奇想天开，观者莫能猜测；赏心娱目，信乎笔下有神。补天有石，炼成五色明霞；记事有珠，串就百琲错落。涵今茹古，知从蕙质兰言；泻玉倾珠，必自锦心绣口。是宜纱笼锦幛，煮茗瓣香，欲泯之而不传，其可得乎？用叙数语，爰书卷首，以待证诸闺阁中有同志者，方识斯言为不缪也。是为序。

道光辛丑梅月，佩香女史陈侍松谨题。

——《榴花梦》，中国文联出版公司 1998 年版
（以福建省图书馆所藏抄本为底本整理排印）；
参校谭正璧、谭寻搜辑《评弹通考》，
上海古籍出版社 2012 年版

① “潇”，原文作“萧”，据《评弹通考》本改。
② “穿”，原文脱，据《评弹通考》本补。

宗婉

宗婉(1810—?),字婉生,江苏常熟人,1883年尚在世。父宗德润,廪膳生。母钱念生,著有《绣余词草》。夫萧大勋,江苏常熟人。宗婉早寡,教授女弟子谋生,从者甚众,与左锡嘉交游密切,著有《梦湘楼诗稿》《梦湘楼词稿》。1880年,其侄宗廷辅对这两部作品进行了整理,并将宗婉母亲钱念生的《绣余词草》、妹妹宗粲的《茧香馆吟草》附于其后,合刊为《湘茧合稿》。1883年,宗婉之子萧瓒重新整理增补了其母的诗词作品,单独刊为《梦湘楼稿》。

病后述怀寄示女弟子韵文兼谢瑶华之赠(八首选一)

一读新诗一感伤,缠绵悱恻好词章。分明绝代才人笔,委屈将伊作女郎。

——《梦湘楼诗稿》,光绪六年(1880)《湘茧合稿》刻本

郑贞华

郑贞华(1811—1860),字蕉卿,一字澹若,自号爨下生,乌程(今浙江湖州)人。父郑祖琛,曾任广西巡抚等职。夫周锡诰,钱塘(今浙江杭州)人,贡生。郑贞华婚后居杭州。1860年,郑贞华饮卤自尽。郑贞华著有《绿饮楼遗诗》、弹词《梦影缘》。其女周颖芳,著有《精忠传》弹词。

梦影缘自序

嗟夫,补天有愿,难求异术于灵娲;填海无功,空慕痴情之精卫。命既同乎纸薄,心尤比乎天长。亦知夙孽如山,敢逃折罚。更谓浮生若梦,何计升沈。乃一朝骨化轻尘,岂有再新之路,趁此日尸居余气,须寻补过之方。解铃还仗系铃人,谚原可据;入世应为济世事,力又何能。已将文字流殃,既咎杀人无迹,仍以语言解祸,犹虞覆辙难扶。姑尽我心,翻出言情之作;谁开别眼,识其主意之由。是集也,先推永慕之至人,作情场之领袖;继以奇憨之令子,扬性海之渊源。敷宣二十四孝之心,心心重现;兼叙一十二贞之事,事事堪思。复有掷砚而焚,破镜之悲弥切;碎琴无鼓,断金之感尤深。埙篪则遥和于梦草池塘,葛藟则稳托于垂阴樛木。肠断兮大雷书绝,魂消兮楚些歌残。甚至攀龙髯而力竟回天,恩酬鱼水;恋鸾影而身先临穴,义殉藁砧。凡伦理之间,各有十分至性，即笑啼以内，无非一片真机，然而使石点头，愧尚欠生公之说；拈花在手，恐难邀迦叶之哈。不得已再为极力之描摹，想当然试表多情之缱绻。既欲以晨钟暮鼓，一声声敲醒迷魂；定须于艳碧香红，一字字包藏痛泪。原夫古人不作，世道云危。始则天真烂漫，谁非赤子之心；继焉人欲纷纭，遂失白头之慕。孝衰于妻子，良可悲欤；情夺于功名，何其俗也。由是别开生面，独出心裁，以风流绝代之才人，反效坐怀柳下惠；以燕婉同心之艳偶，仍为守志北宫婴。罗绮迎眸，终莫转白云之望；笙歌盈耳，总难忘寸草之吟。于繁华富贵之场，持淡泊神仙之戒；如真金百炼，愈炼愈坚；如良玉千磨，倍磨倍洁。乃克拨开尘网，跳出迷途，奉花下之板舆，觅云中之鹤驾。重接西廊鸿案，喜椿萱共享恒春；回探东阁梅花，藉琴剑全收结习。从此酿情院里，珠辉玉映，群联同室之欢；永庆宫中，桂馥兰芬，各遂趋庭之乐。占千秋之艳福，成两姓之奇缘。於戏，梦固非真，亦人心之自造，形何异影，在我意之先芳。笃其始，乃善其终；秉此念，方膺此报。试问大千世界，谁存不二胸襟，应知无上天宫，但贮有情眷属。

时道光癸卯长夏天中节后十二日，苕溪爨下生序于浮云寓。

——《梦影缘》，大达图书供应社 1935 年排印本①

梦影缘第一回（节选）

今来古往恨绵绵，沧海桑田有变迁。地缺东南填不满，天倾西北补难全。叹人生，穷通夭寿难参理，离合悲欢莫究缘。世界大

① 此排印本以光绪二十一年（1895）竹简斋绘图石印本《绣像梦影缘》为底本。

千空复尔，春光九十岂长鲜。秋风容易斑双鬓，人寿焉能享百年。那及仙家常快乐，遨游三岛十洲间。心无①半点尘氛染，如水在寒潭月在天。我亦久思遗世事，隐名遁迹入深山。偏教身困于巾帼，义在难行只叹嗟。看得破来逃不过，总难脱此一重圈。层层魔障消难净，冰雪为怀只自怜。何者堪为消遣法，且摇柔翰作新编。但思量，传奇半出名人手，难以争先着祖鞭。小说亦闲逢才子作，安能下笔斗其才。鸡口牛后须斟酌，倒不如，扫尽南词独写怀。孤陋寡闻犹自愧，纵书成亦是覆瓿才。惟有扫除天下人心秽，洗出情场异样宽。孝义忠贞皆至性，风花雪月亦清欢。其间意趣随人会，我但题名梦影缘。脱却前人窠臼熟，趋炎陋习亦齐删。叹才人命薄千秋例，又何须富贵荣华尽占全。后事纷纷难遽表，且先把，水源木本略为言。

……

——《梦影缘》，大达图书供应社 1935 年排印本

---

① “无”，原文无此字，据文义补。

赵韵卿

赵韵卿(1813—1894),字友莲,又字悟莲,毗陵(今江苏常州)人。父赵胜,曾在四川为官。母汤氏。姊赵云卿、赵书卿皆有诗名。夫潘惺斋,山阴(浙江绍兴)人,在四川为官。赵韵卿为其继室。婚后不久,潘惺斋将赵韵卿三姐妹的作品整理刊刻为《兰陵三秀集》。赵韵卿年未四十而寡。其孙潘榕将她的作品刊为《寄云山馆诗钞》《寄云山馆词钞》。

次周济康公子论诗原韵十截句

千古鸿濛问孰开,源流都自笔端来。葫芦画法原依样,花叶新翻造化才。

见说摹苏与效韩,天衣无缝翦裁难。云烟幻出空灵境,未许尘凡俗眼看。

俚巷巴歌亦有情,筝琶杂响韵横生。海天一曲遗千载,终让瑶琴是正声。

推敲一字费哦吟,研究功应百炼深。我用自然依我法,只须解得古人心。

春兰秋菊竞芳妍,争及芙蕖出水鲜。诗格若将秾丽比,静中神韵贵天然。

万卷罗胸也费思,十年一赋似非迟。甘回谏果留余味,参透真乘入定时。

模范中难越古人，性灵须得性情真。诗城俨似长城固，运出奇兵妙有神。

纷纷著论昔贤多，组织文心艳绮罗。蚓唱蛙吟亦天趣，模唐规宋又如何。

未免邯郸学步趋，吟髭拈断笑迂拘。九年面壁寻常事，个里玄机悟得无。

奇才能令鬼神惊，风雨淋漓笔阵横。兴到不妨挥洒遍，寻源毕竟要澄清。

——《寄云山馆诗钞》，光绪二十六年(1900)潘榕刻本

检阅旧稿钞辑有感

拈毫回忆十龄时，姊妹随肩学咏诗。往事悲欢同一梦，此中况味有谁知。

耽吟原不为时名，聊寄愁怀写性情。掩卷自思缘底事，销磨岁月愧吾生。

——《寄云山馆诗钞》，光绪二十六年(1900)潘榕刻本

郑兰孙

郑兰孙（约 1814—1861），字娱清，又字蘅洲，号莲因室主人，钱塘（今浙江杭州）人。夫徐鸿谟，仁和（今浙江杭州）人，扬州同知。子徐琪，兵部侍郎。郑兰孙原有《都梁香阁集》《莲因室集》，后因战乱，原稿佚失，郑兰孙据记忆重新写出，并增入新作。郑兰孙去世后，其子徐琪再加搜辑，将其母作品先后刊为《莲因室诗词集》与《都梁香阁诗词集》。

莲因室诗词集后序

予髫龄即谐韵语，自道光丙申至咸丰壬子，十七年中所得诗词，除删去儿时之作，共得八百余首，分为两集：一曰《都梁香阁》，一曰《莲因室集》。其中感事、怀人、思乡、忆远之作居半，余皆同人唱和为之。每逢月夕花时，略一展观，辄觉平生游览际遇，况味宛在目前，用以遣怀，兼自慰也。讵意癸丑春二月间，粤匪作乱，扬城告警，仓皇出避，两集俱失。嗟乎！十余年心血，弃于瞬息之间。瀚海茫茫，尘沙滚滚，残篇断简，云散花飞。愧非太上之忘情，敢说乐天而知命？非珠非玉，留之亦贻笑于大方；或泣或歌，失后益增怜夫泡影。况乎春蚕写恨，乙乙丝抽；绛蜡多情，行行泪堕。缠绵宛转，惜驹隙之华年；慷慨悲凉，感浮生之际遇。断猿肠兮寸寸，咽虫语兮声声。短调长篇，空思旧句；吟风啸月，忍负黄昏。甲寅春日，因避兵迁居雉水。虚斋寂寂，顾影生怜；明镜朝朝，容华暗减。怅昔游之如梦，散尽晨星；叹幻质之非坚，等诸朝露。恒眉愁不解，益往事难忘。排闷无朋，防忧断酒。于无可如何之时，作无可如何之事。爰将旧作，强记十分之一，录成一册，并以自题《莲因室序》一篇，亦默出，录之卷首。且予也自遭兵乱，万念俱灰，奚啻半夜闻钟，当头棒喝。身虽寄于红尘，菩提有树；心早悟兹幻境，明镜无台。顶礼慈云，省识回头是岸；皈依正觉，生怜苦海无边。惟愿永侍莲台，莫使再生尘世；尽除挂碍，先教热地清凉。只有慧业难销，未删绮语。每于酒前茶后，雨夕灯窗，往往信笔直书，但觉感慨之情，未能已已耳。

咸丰甲寅初夏，莲因室主人又序。

——《莲因室诗词集》，光绪元年(1875)刻本

张茝馨

张茝馨(1821 前后—1898),号清溪女史,安徽含山人。夫庆锡纶,安徽含山人,山西雁平兵备道布政司。女庆凤亭、庆凤辉皆有诗名。张茝馨著有《翦红阁诗草》(附《翦红阁诗余》)。

题蒋女史诗册

夫诗以言志,多闾阎托赋之章;感而为骚,有抑郁难明之作。自古离人迁客,短咏长吟,往往有自写其怀以传其遇者矣。至于深闺艳质,蓬户清才,当不过较柳评花,嘲风笑月耳。然非瑟叶琴调者,不能唱酬之济美也;非鸾鸣凤协者,不能推敲之足传也。何期天壤竟有王郎,徒令人间感悲。苏蕙固不难捐除笔墨,甘老于裙布荆钗;屏弃铅黄,终被以蓬头垂髫。然而兰生幽谷,夙抱奇香;璞韫空山,难藏秀气。且也沈疴久抱,弱命不犹,恐珠终尘海之沈而爨少中郎之听,不抑与草木同朽,类蜉蝣不殊也焉。况乎凭棺有恨,恩难萱荫之偿;易箦何辞,嗣乏舒祺之续。既遗累于夫子,终抱憾于泉台。此实言之难穷、书而莫罄也乎。以彼身遭情劫,犹著焚余;命仅丝长,尚成昙现。则感慨流连之作,贞坚慈孝之音,情深于言,辞余于意,当令人吟之生香,味之如诉矣。茝略识之无,幼生闺阁,未识班姑之面，仅窥香茗之篇，则知山川钟巾帼之奇，钗钿毓文章之秀。焚心香之一瓣，凭教手浣蔷薇。祝书味于千秋，还愿集登梨枣。

——《翦红阁诗草》，民国初年庆氏排印本

范淑

范淑(1821—1846),字性宜,号种菊秋农,德化(今江西九江)人。父范正衍,以教书为业。母张氏。范淑未婚,去世前将遗稿付于其兄范元亨。范元亨将其整理编辑为《忆秋轩诗钞》(附《忆秋轩诗续钞》《忆秋轩诗余》《忆秋轩尺牍》《忆秋轩补遗》)。

题直侯所评红楼梦传奇[①]

独立苍茫愁里住,古今一个情回护。别抒悲愤入稗官,先生热泪无倾处。潇湘水上发蘅芜,香草情怀屈大夫。天名离恨无由补,泪洒苍梧竹欲枯。繁华馨艳传千载,买椟还珠可胜慨。作者当年具苦心,那知竟有知音在。天机云锦妙无痕,指月拈花与细论。情里夺来南董笔,梦中吟醒石头魂。说部可怜谁敢伍,庄骚左史同千古。纷纷说梦几痴人,请君一听鲸鱼声。

——《忆秋轩诗钞》,光绪辛卯(1891)刻本

---

① 范淑之兄范元亨(1819—1855),字直侯,咸丰二年举人,著有《红楼梦评批》三十二卷。

高顺贞

高顺贞(1821—?),字德华,祖籍河北迁安,寄籍宝坻(今属天津),1874年尚在世。父高继珩,广东博茂场盐课大使。夫刘垂荫,江西南丰人,直隶知县。高顺贞为其继室。高顺贞将自己的诗作辑为《翠微轩诗稿》刊行。

翠微轩诗稿叙

贞幼承先君口授毛《诗》三百篇,尝训之曰:"诗贞淫正变诸体皆备,可以验风土,可以达人情,有关治教,宜勤习之。"因学于诗。稍长,于织纴组纠之暇,趋庭问字,略涉史鉴。观历代贤妇人,如敬姜德耀辈,未尝以才藻见长,是知妇职有在,未敢专力于诗。于归后,良人权榷居庸,身任井臼,兼之体弱善病,鞠育为劳,去笔墨益远。间或有作,率不过思家忆亲,藉抒其情而已。迨先翁弃养,移寓昌平,宦游十载,惟余两袖清风。嗣后寄住安昌,又值椿萱萎谢,池塘风木,触境伤怀,而诗兴颓唐,更少佳趣,偶尔拈韵,旋即弃去,故存稿无多。既无足传,亦不必望传也。乙丑秋,乐亭史香厓先生过访先君谈次,索观叠翠轩诗稿,谬蒙奖许,选入《永平诗存》若干首。兹复检先生所尝点定者,抄辑成帙,略弁数语,以志生平之大概云尔。

同治十三年，岁次甲戌荷月下浣，叠翠轩自识。

——《翠微轩诗稿》，同治十三年（1874）刻本

秋闺杂兴（十四首选一）

规唐模宋苦矜持，一字耽吟下笔迟。寻亦不来推不去，能真只有性情诗。

——《翠微轩诗稿》，同治十三年（1874）刻本

严蘅

严蘅(1822—1846),字端卿,仁和(今浙江杭州)人。父严达,江苏海州知州。夫陈元禄,钱塘(今浙江杭州)人,直隶候补知府。严蘅未及三十而卒,著有《嫩想盦残稿》和《女世说》。其夫陈元禄搜辑刊行。

女世说

孙子潇原湘作诗,自称“老夫”,侧有细书,改为“诗人”,则其内史道华夫人席佩芬笔也。大兴舒铁云为作歌。

计东妻吴夫人善排调,东故贫士,尝置一妾,夫人揶揄之曰:“古有糟糠之妻,不闻糟糠之妾,何如?”

吴若云,字绛衣,归毛海,客赋《却扇词》,有“镜台前拜女门生”之句,绛衣见而笑曰:“盍不易女门生为女先生乎?”

黄璨妻丁玉如,仁和人。工诗,辄秘其草,世仅传其“柔肠不怨君”一语。

徐灿,字湘蘋,杭人。善画宫装美人,笔姿古秀,衣纹如莼叶,尤善水墨大士,先后写大士象五千四十有八,以祈母寿。

李今是因,工诗画,或序其诗,以为沈郁抗壮过于烈丈夫。画学白阳山人,尝刻沈香小象奉之。

毛媞,字安芳,仁和人。归于徐华徵,未几而君舅弃家为僧。

华徵复时出游，感时物之变衰，辄斐然有作。年近四十，无子，花下宴集，小姑折宜男草奉之曰："嫂盍咏此以迎祥乎？"答曰："诗乃我神明为之，即我子矣。"其咏雪诗有"天涯一夜茫茫白"之句。

顾姒，字启姬，仁和人。诸生鄂幼舆妻。幼舆尝与渔洋山人九日饮宋子昭小园，限"蟹"字韵，启姬捉刀，末云："予本淡荡人，读书不求解。尔雅读不熟，蟚蜞误为蟹。"渔洋大惊叹。

张昊，字玉琴。赋即事诗云："试将心事量杨柳，叶叶丝丝一样愁。"年十九归胡文漪，唱和相得。一日方晨起，与文漪论诗，语及关盼盼绝句，曰："诗至此，得毋传乎？"已而晓妆竟，整衣，临窗徘徊久之，凝眺云际，忽曰："吾肠断矣！"侍儿扶至床，目已瞑。先是，玉琴梦白鹤下于庭，作人语曰："归乎，归乎！"玉琴遽控鹤去。及卒，竟验。

沈用济妻朱柔则道珠，柴夫人季娴子妇。人谓姑近儒者，妇近书生。道珠工画，用济久客红兰主人所，道珠写山水寄之，主人题曰："翻怜夫婿无归信，为画家山远寄来。"遂赀以归。用济妾顾春山亦婉丽，道珠约与观梅，有"楼外有梅三百树，美人不到不开花"之句，时人艳之。红烛词人①曰："道珠寄远曲，五律起句'恨少垂杨柳，殷勤系玉鞍'。余酷喜诵之。"

梁瑛，字梅君，黄树谷妻。其从女兄亦归于黄，因仿晋杨彪妻袁氏例，称谷梁氏。性喜梅，有梅花诗屋，四壁书古今人集古梅花诗千余篇。无梅，则从壁上观，曰："画不如也。"人目为女逋仙，又自集古人咏梅句子成一帙。林夫人亚清名其集曰"字字香"。

归安戴韫玉，尝作粤游。题观音岩壁云："已超尘土三千界，渐觉灵明四大空。"翌日传至省门，以为仙笔。

---

① 红烛词人：严蘅之夫陈元禄号。

褚贞，字纫兰，海宁人。嫁非其偶，赋落花诗数十首，自序曰：“叹蚕丝于乍吐，身随缚而难追；怅蜡泪之将枯，心已灰而犹热。”

山阴王端淑，字玉映，倜傥工诗画，毛大可选浙中闺秀诗，独遗玉映。因寄诗曰：“王嫱未必无颜色，其奈毛君下笔何。”使事适合。顺治中，欲援曹大家故事，延入禁中，教授诸妃主，玉映力辞乃止。

当途吴岩子诗名《青山集》，多玉树铜驼之感，邓汉仪题曰：“今日一灯花雨外，青山自署女遗民。”

陈坤维，不知何许人。桑工部尝买得《元人百家诗》，有小笺细字曰：“丁巳又九月九日，厨下乏米，检《元人百家诗》，付卖以供饘粥，手不忍释。”因赋长律腠之，厉徵君用元韵记其事。

柴夫人静仪，字季娴，与冢妇朱柔则并工诗画，风雅一门。是时武林风俗繁侈，值春和景明，画船绣幕，交映湖潴，争饰明珰翠羽，以相夸炫。夫人独棹小艇，偕顾启姬诸大家，练裙椎髻，授管分笺。邻舟游女望见，辄赧颊徘徊，自顾弗及。

嫏环女史梁小玉，七岁赋落花诗，八岁摹大令书，十九岁拟两都赋。

金士珊，字雪庄，生有夙慧。幼时其母课以小诗，至“竹炉汤沸火初红”句，辄笑曰：“汤已沸矣，火犹始红耶?”

袁氏，袁枚从姑。枚幼时读《尚书·大诰》，苦聱牙，氏与同读，以助其声。尝论古人不喜郭巨，作责郭巨诗。

临川李芹博涉经史，尤熟于春秋三《传》。女孙逑珠少颖慧，从受诸经。尝言夜梦作四书文，临川笑曰：“我每疑前世是老学究，汝亦过去劫中穷措大耶!”

苏畹兰，字纨九，仁和人。尝集古今才媛诗句，为漫兴诗五十余篇，游仙诗三十篇，新格也。又辑明以来烈妇奇迹见传记者，为《坤维正气录》十卷。

章楹妻周婉馀，十五结缡，性淑而慧。偶后轩看雨，新燕掠溪如翦，握笔书《长相思》。小令曰："风满溪，雨满溪，风雨濛濛燕子飞。画桥西复西。"楹令更作后半阕，笑而不言，后三年竟卒。

湘筠馆中人孙云凤，八岁时，父拈《毛诗》云："关关雎鸠。"应声曰："嗈嗈鸣雁。"父大奇之。

孙茝玉荪意赋夕阳诗，得"流水杳然去，乱山相向愁"十字，为时绝唱。性酷爱猫，集古今事实，著《衔蝉小录》。

王倩，字秋士，幼多慧解。"蝶粉黏纨扇，蜂须浴砚池"，七龄句也。从陈元山受诗，单华藏学佛，珠明雪净，有林下风。所天既殒，夜必假寐穗帷，三年无改。或贻凤仙花，以其色朱，泣挥之，越夕，变为浅碧。

黄媛介皆令工诗，善点染，幼许杨氏，久客不归。太仓张西铭闻其名，往求之，父兄劝之改字，执不可。卒归杨氏，声闻藉盛，恒以轻航载笔格诣吴越间，僦居西泠段①桥头，凭一小阁，卖诗画自活，稍给，便不肯作。

义乌倪仁吉，性孤冷，爱方竹，手植数十竿，护惜臻至。莱阳处士董樵游婺郡，仁吉高其人，斫一枝赠之。

殳墨姑，生而奇慧，九岁能摹李龙眠白描大士，爱管夫人墨竹一幅，与同寤寐，未嫁而卒。

云门内史金礼嬴箬湖秋隐图，设色古浑，题句云："树不生花怎得红，看来昨夜有西风。年时颇把秋光景，收在诗囊画稿中。"第二绝上句，余偶忘之。三、四曰："人情尽与秋相似，留段斜阳莫看完。"初藏双桨词人小迦陵馆，为俗子所污，惜哉。

满洲完颜悦姑辑古今闺阁琐事为一册，名《花堁丛谈》。

---

① "西泠"，原文作"西冷"，据文义改。"段"，根据上下文义，疑为"断"。

曼殊初名阿钱，丰台卖花佣张氏女，能以绣翦刻花鸟人物。貌娟好，归山阴毛大可，年二十卒。诸名士赋诗吊之，赵秋谷曰："唤作佛花原是误，知君争肯住人间。"

月上朱满娘，归安旧家女。厉徵君游苕溪得之，绘《碧溪双桨图》，一时名士皆有诗。性耽典籍间，工小诗，画亦清丽，年二十遽卒。题所画红梅云："莫怪桃花偏薄命，多缘霜雪未能禁。"盖自写照也。

德胜门外两间房茶市，题壁一诗，自叙飘泊，楚楚可怜，款署"云间小倩"，不知何许人也。《金梁梦月词》有小令咏之，惜诗不传。

鹿城半茧园有女郎以簪画壁，作一绝云："月底纤纤扶婢来，梨花如雪点苍苔。红蚕辛苦愁丝尽，谁把同功茧擘开。"后书一"毗"字，似欲题名而未及者。蘅梦词人赋《蝶恋花》纪之。

柳隐初姓杨，名爱，字如是，一曰影怜。所居曰"我闻室"。冬月辄御单绢，脸际尝作朝霞色，与顾横波、卞玉京齐名，实为翘楚。慕陈先生子龙①，欲依之，投以女弟子帖，先生勿纳，乃归绛云楼，非其意也。善画，有《月堤烟柳》小卷。

顾二娘善制砚，家吴趋专诸巷。黄大令莘田吊以诗曰："谁将几滴梨花雨，一洒泉台顾二娘。"余家藏一石，大令物也。先太仆赋诗有"明珠七字端溪砚，乐府千秋顾二娘"之句。

山阴王倩字梅卿，画梅有逸趣，后更写人物，发愿图美人百帧，未竟而卒。红烛词人曰："余藏二帧，用笔殊有玉台腻发、春日游丝之妙。"

花帘词人吴蘋香，初好读词，或曰："胡不自作?"遂援笔赋《卖花声》一曲曰："莲漏正迢迢，凉馆灯挑，画屏秋冷一枝箫。真个曲

① "子龙"，原文作"元龙"，据文义改。此处即指陈子龙。

终人不见，月转花梢①。　　何处暮砧敲，黯黯魂消，断肠诗句可怜宵，欲向枕根寻旧梦，梦也无聊。”一时湖海名流，传诵殆遍。尝自画小象，作男子装，为《饮酒读骚图》。或题曰：“南朝幕府黄崇嘏，北宋词宗李易安。”非虚语也。

螺峰女史，西梅画师顾洛女也，画工玫瑰，艳而能香。张所画于春时，蛱蝶翩跹，挥之不去。

陈花想，商丘陈中丞侍儿。工刺绣，尝绣广陵芍药三朵，华妙生动，虽名笔无以过之，方芷斋夫人赠诗，有“买丝更绣绣花人”之句。

金山曹冰鉴②学问渊懿，有大家风。家贫偕隐，以授经为女师，造请者咸称“苇坚先生”。

徐梦玉生时，母梦寒梅落于庭，少长僻耽禅悦，年二十五辞世，作偈：“来从梅花来，去向莲花去。来去本无心，无相亦无住。”

王芬七岁作《夜坐偶成》诗，有“月上千峰静”之句。

袁机与妹杼、从妹棠，并以诗名，兄枚选其诗为《三妹合稿》，传播艺林。时比之“孝绰三妹”云。

合肥许俪琼，十二岁作《鹦鹉赋》，工丽典雅，人目为“许鹦鹉”。

李芬子，九岁赋落花诗，得“莺声唤转梦中人”。

曲周别业庭中海棠，十月雪中大开。一时名士皆有诗，许雪棠为之最。汪西颢《津门杂咏》云：“不栉书生不画眉，传来艳绝海棠诗。若教玉秤称才子，压到楼头旧婉儿。”为雪棠作也。

易州范女，许田氏子，未嫁，田殁。女仰药以殉。庭中海棠数十本，一夕尽变为白。魏寒松赋诗吊之。

---

① “梢”，原文作“稍”，据文义改。

② “曹冰鉴”，疑为“曹鉴冰”。

青浦佛绣，张大木女。大木工琴，佛绣颇得其指法。一日挥鹤舞洞天之作，忽双鹤横空飞鸣应节，以为异。

陆凤池爱读《离骚》，尝曰："余好楚辞，恐此生亦不得意。"结缡六载而卒。工刺绣，病亟，语其婿曰："箧中博古图衫，一针一线皆侬心血，幸善藏之。"

嘉定侯孝义，夙具慧根，九岁赋诗，得"愁生明月夜，人瘦落花天"，琅然可诵。

陈髻儒，娄人，尝搜辑《古今名媛考略》，裒然成帙。

昆山孙凤台，字仪九，布衣大登女。大登工篆刻，仪九传其家法，一刀一石，竟日丁丁，深得汉人神趣。

《白山诗钞》，伊福讷撰，皆满洲士女诗也。

元和许孟昭工诗，世不多见。《寒夜曲》一诗，几欲嗣响三唐："金翦生寒夜漏长，玉人纤手懒缝裳。素娥偏耐秋光冷，来照鸳鸯瓦上霜。"

平江钱蕙，能以发代丝，绣古佛、大士象，宫装美人不减龙眠白描。

丰姬，滇人，逸其名氏。刺史丰升额姬人。乾隆中，刺史罢官，将北归，遗书遣之。姬得书，报以诗，且截左耳以誓。函达刺史，刺史为泣下，遂寝前议。一时名士争为歌诗，裒然成集。名其集曰《送耳来》。

钟大文妻丁氏，嫁数月而夫殁，百计死之。道光壬午正月二十四日事也。同时有日照举人丁佩苍女，亦以夫亡殉节，皆山东人，里人谓之"双丁"。

马福娥，秀水人。性爱兰，所居环置盆盎，自号"兰斋"。殁后数日，兰尽萎。

镇洋毕慧，十七赋《踏青词》，有"一样东风弄颜色，桃花含笑柳含愁"之句，人争传诵。

吴江汪玉轸，字宜秋，工诗善书，嫁非其偶，倚笔砚自活。诗人郭频伽，以《水村图》乞题，得“万梅花拥一柴门”句，频伽喜极，更乞鹤渚山人补图，遍征题什。

董白，字小宛。初隶乐籍，天姿巧慧，针神曲圣，食谱茶经，靡不精妙。寻为冒巢民所媵，九年而卒。巢民著《影梅盦忆语》悼之。小宛尝辑古今闺帏轶事为一书，名《奁艳》。

金玥，字圆玉，亦水绘园侍姬也。工画，有贴瓣梅花便面，先写枝梗，拾落梅，随意粘贴。巧慧绝伦，恽珍浦夫人见之。

历城乙意兰，大令袁玉堂小妻，工制象，生花卉。玉堂以事戍边，意兰欲从行，其母尼之，意兰作骈体文陈情，策蹇就道，追袁及之陇西，格于例，留关内三载。玉堂感其意，绘《策蹇图》，遍征题咏。

朝鲜女冠许兰雪，七岁能诗，尝作广寒宫玉楼上梁文，流传中国。尤侗《朝鲜竹枝词》：“最忆飞琼女道士，上梁曾到广寒宫。”

苏纫香，常熟园公女，九岁能诗。园公抱置膝上，命赋中秋月，应声曰：“秋宇极高迥，月华寒且清。琼楼在何处？昨夜梦瑶京。”园公愀然曰：“意境太清，恐不永年耳。”

都下有女子，寒夜贮水澡盆中，冰冻成兰花一枝，态极娟妙，杨蓉裳为作《冰兰曲》。

沈善宝湘佩，倜傥能诗，未嫁时有为蜚语者，湘佩控之邑侯，并陈长律八章，有云：“知我有谁同鲍叔，杀人自古坐曾参。”闻者伤之。

藕香馆主何佩玉，尝赋十一字诗，曰：“一花一柳一渔矶，一抹斜阳一鸟飞。一水一山中一寺，一林黄叶一僧归。”

姚遵贞夫人能诗工画，尝白描十八应真象，子棻入觐进呈，睿藻品题，入于内府《秘苑珠林》，得与古名媛笔墨并传不朽，异数也。茱姑景孟赋诗纪之。

纳兰公子成容若妻，佚其姓氏。殁后，容若梦其淡妆素服，执手哽咽，临别曰：“衔恨愿为天上月，年年犹得向郎圆。”平生固未工诗，不知何以得此也。

娄江市上糖梅，以大钱和梅子簸扬，然后渍蜜，名“风雨梅”。味极甘脆，钱谢盦夫人善制此品。殁后，谢盦赋词纪之，有云：“剩微酸一点，常在心头留住。”

江都卢元素，句容骆绮兰，并工诗画，倡和齐名，时称“女卢骆”。

津门李玉蟾，过函谷关，题壁绝句，三、四曰：“空留五千字，流弊到申韩。”议论绝高。

太仓王慧，赋禹陵五排长律，人谓足与亭林、徵君相伯仲。

江阴缪孟翘，未婚，守志，自号“东青子”。《咏菊》云：“冷艳幽香谁得并，倚兰人更澹于花。”位置可想。

南城黎大宜，母梦人赠琼花一枝而生，少聪慧，尝持斋诵经，偶病卧，梦大士召之去，既寤，作诗，趺坐而逝。后三日寄梦其父，曰：“在圆通殿掌文卷。”

钱塘顾夫人若璞，尝以扬子云撰二十五箴不及女史，作《彤管箴》以补之。

钱塘柴季娴静仪能诗，与顾启姬姒、林亚清以宁、冯又令娴、钱云仪凤纶、张槎云昊、毛安芳媞相倡和，称“蕉园七子”。季娴推祭酒。

江都陈素素，号“竹西女子”，名其集曰《二分明月》。

嘉庆中，某王孙者家城中，珠规玉矩，不苟言笑。某氏女亦贵家也，解词翰，以中表亲，相见相慕重。杏儿者，婢也，语其主曰：“王孙所谓都尔敦风古，阿思哈发都。”都尔敦风古，言骨格异也。阿思哈发都，言聪明绝特也。再三云，女不应。王孙遘家难，女家薄之。求昏,拒不与。两家儿女皆病。一夜天大雪,杏儿私召王孙,王孙衣雪鼠裘至。杏曰:“寒矣!”为脱裘,径拥之女帐中而出。女方寝,惊寤,申礼防不从。王孙曰:“来省病耳,亦以礼自卫也。”杏但闻絮絮达旦声,旦,杏送之出。王孙以赪绡巾纳女枕中,女不知也。后遂不复游相见。旬余,梦女执巾问曰:“此君家物耶?”曰:“然。”寤而女赴至,知杏儿取巾以佐殓矣。王孙寻郁郁以卒。杏自缢。侍卫某为作传,龚定公填词纪之。

金匮女士杨蕊渊辑古今闺阁文字,题曰《婵娟录》,一名《金箱荟说》。长洲女士李纫兰辑古今闺阁法书,题曰《簪花阁帖》,亦兰闺佳话也。

岳绿春,吴兰雪刺史姬人也,左右手并能书画,咏茉莉诗云:“叶如秋水色,花有美人香。”清脆可诵。年十五,兰雪过其居,赠碧桃一枝助妆,俄有夺以重聘者。姬曰:“儿已簪吴氏花矣。”归兰雪,二十而卒。吴门女子多绣其画兰于纨扇,闻其卒,皆流涕。尝为刺史手抄诗集副本,愿为镂板以传。临卒,请尽斥服饰以践其约,语毕而逝。后刺史扶乩,延袁蔼花仙史降坛,询姬因果。先成一诗,曰:“东湖新柳绕春堤,冷月荒斋夜不迷。记取红鹅山下路,绿云如掌待君题。”稍停复书:“今日稍有职事,只好约略言之。然前因后果已了了矣。催云旧史本住犀宫,约雨仙郎原居月海。银河水浅,难容比目之鱼;玉管花飞,愿跨连翘之凤。偶获爇兰之咎,同离降露之区。此前因也。廿年花艳,重逢嫩绿之鬟;千里车来,共觅好春之句。不似人间天上,粉本双窥;却从汉水荆山,金环再认。可惜吟髭似雪,元蛤香寒;更怜妙句如兰,绿熊玉并。此后果也。且不甚远。”次日,复延之,书曰:“绿春画笔,极有清致,足为粉侯出色,其不永年,亦在此。昨所谓不甚远者,廿年一瞬耳,不必狐疑,今已往生。言氏小名月姑,我辈在此清谈,彼正哑哑学语也。”刺史作贮月楼待之。

淑仪，字玉琴，满洲人，年十四，工画，小真书亦清婉。小云编修文瑞之表妹也。为编修作山水便面，题曰："米海岳多少楼台烟雨中图，雨窗翦烛，草草作此。纸涩腕慵，都不如意，负此佳箑。"春声阁主以"三姝箑"乞画未成，而玉琴死矣。

——《女世说》，《娟镜楼丛刻》，民国十年(1921)版

关锳

关锳(1822—1857),字秋芙,号妙妙道人,钱塘(今浙江杭州)人。夫蒋坦,钱塘(今浙江杭州)人,诸生。关锳去世后,蒋坦作《秋灯琐忆》,追忆夫妇日常生活中的美好时光。关锳著有《梦影楼词》《三十六芙蓉馆诗存》,蒋坦为之刊行。

梦影楼词自序

余学道十年,绮语之戒誓不堕入。于归后,为蔼卿牵率,卒蹈故辙。然闺房倡酬,得亦旋弃。自交沈湘佩、湘涛诸君,笺筒往来,人始有知余词者。迩来篇章较多,蔼卿为存数十首,梓行之尘世间,于是知有《梦影楼词》矣。噫!一念之妄,堕身文海,《梦影楼词》岂久住五浊恶世间者?譬如鸣蜩嘒嘒,槐柳秋霜,既蓋遗蜕,岂惜白云溶溶,余其去缑山笙鹤间乎?文字赘疣耳,蔼卿盍亦弃此而从我游也。

咸丰四年甲寅六月,妙妙道人关锳书。

——《梦影楼词》,徐乃昌《小檀栾室汇刻闺秀词》,光绪刻本

吴文媛

吴文媛(1822—?),字亚兰,号愚愚氏,元和(今江苏苏州)人,1867年尚在世。自幼随祖父学诗。夫为浙江杭州人。吴文媛著有《女红余绪》。

女红余绪自序

干壬支①午,惟予诞生,水火相克,衷心不平,地不凝而厚,天适浮而轻,絜果未深,同偕乎浊,兰因忝足,独抱乎清。年甫七岁,祖有先知。祖性爱兰,手植心披,尝指媛而谓兰曰:“此女亚兰,品合兰姿:兰心雅素,兰质清奇,兰言吐气,兰绪凝思。恐伊父不能择,他日为草伍,则谁操猗兰而悲之?”乃以方字三千,教以声韵;《内则》一篇,训以箴规。既而复诫曰:“女子之识字也,不过数千,不必墨舞而笔歌,焉用执经而难字;宜勤工于绣作,莫懒惰于馈事。”闲居小阁,务针线以长持;或入中庖,和盐梅而小试。衣憎蝶扑,洗铅粉于妆奁;书怕蟫侵,藏芸香于箧笥。旋见兔走乌飞,春更秋递,仙箓能添,鹤筹不继。心铭千万,王父遗言。年仅十三,祖公弃世。若父母之珍惜,比掌擎而心系。饲之者肥甘充适,水陆时新;衣之者裘葛频裁,绮罗连缀。媛窃有所告焉,夫珍羞之饫

① “支”,原文作“枝”,据文义改。此处即“地支”之意。

口也何益，锦绣之被身也何为。媛之所好者，史文词赋，书画诗棋。乞刺绣之余暇，假制衣之分赀，货求市买，古异新奇。亲亦无有不从者，日渐构而得之。于是寓目上口，得心应手，见人物之品题，知识方新；读河山之图记，览游已久。偶携数种名花，绘入小窗；或对几竿修竹，吟成疏牖。虽曰声名有限，人焉能知；须教韵事无穷，我还生受。丙午岁，适湘湖氏之守家子，良人之谓也何良，信业之谓哉益信。自古薰莸各别，气味难通；由之冰炭相投，心源不印。每思比目，未克夫刚；欲举齐眉，难承妇顺。维其宵添兰炷，泪滴星眸，是以晨启菱花，愁横云鬓。倘使春风帘底，明月窗前，思悠悠兮萦系，情脉脉兮沈绵，肠百结而九回，揉之不散；眉双锁于一寸，剪却还连。渐次药茗有旧，寝食无缘，脸黄似菊，心苦如莲。短吟则挑灯四句，常思寻梦；长咏则仿古一篇，忽叹偶然。父母闻之也，顿足而嗟，抚膺而叹，念弱质兮心惊，忆乳名而口唤，恨下着之难移，悔当时之失算。父曰：“嫁女婚男，特以招灾，今吾三儿不与之娶也。”母曰：“女若弗瘳，我当先缢，我不忍睹乎花飘而香散。”媛窃闻之曰：“噫！我敢以一己之私，而祸及父母，痛切兄弟乎！”履高低而宜辨，权轻重之当分，未可使孤芳以自沽，岂徒云执拗之人闻。终不若　声慷慨，两颊欢欣，念我亲之缱绻，对夫婿以殷勤，然岂真颉颃而和鸣哉！盖所遇者旋好而旋恶，或喜而或怒。喜则浪花狂絮，怒则疾风暴雨。媛之承受也，好而不见情，恶而不生怨，枉错之相循，直迎而不困。惟我苟生，别有素愿，虽力不胜任千斤，而智略存乎方寸也。呜呼！天之不禄，人之奚违，命之蹇也。孰与之争乎？壬子首春，严君驰讣；甲寅仲秋，弱弟物故。堪叹女生无益，门户萧条，可怜母剩单身，形容孤苦。风吹藜藿，感悟鸡豚；日上桑榆，徒增惶怖。穷愁万斛，悲数月之迁延；浩叹千声，得半年之强度。卯年卯月，母乃永诀，顺亲已矣。思亲徒切，心随蝴蝶而成灰，泪滴杜鹃而凝血，欲效皋鱼之愤悲，捐躯未必为良，犹觉曾子之谨慎，保体还宜守拙，若把发肤毁伤而弃，不如身心修正而立。故立身不败，不生短见之心；存心有待，且留常辱之身。试看巾帼刚强，偏多奇女子；漫道衣冠文绣，未许秀闺人。况乎作事须随本分，为人亦了前因。侵二竖于膏肓，未随白骨；返九原之魂魄，再恋红尘。有弱女焉，须教剪裁针线；有幼子焉，当作鞋袜衣巾。未几而忽值庚申之变，小丑挥戈，吴都骋马，茂苑徙薪，阊门飞瓦。乍避迹于江湖，旋潜踪于山野。囊箧空虚，忧不彻于春秋；婢奴散去，劳不胜于冬夏。复因王师奋振，贼窜纵横。舍尺土以何归，宛比风中弱絮；借扁舟以暂住，犹如水面浮萍。依芦岸兮涕挥而泪洒，荡湖心兮胆战而心惊；远望兮惟见烟迷雾锁，深潜兮不闻犬吠鸡鸣。旋乾而转坤兮，得逢再生之父母；云开而见日兮，拟当共庆乎升平。其奈居珠兰之室，香不觉而风飘；处鲍鱼之肆，臭不闻而蝇扑。夫人之浅狭，易流于俗，自数寓乎互乡，愈一朝而斯辱。偕乎浊者，莫对人言；抱乎清者，还当自哭。不速死以定评，将何为而了局。因续二语于后曰：予之生也实愚，是记也谓之《愚愚录》，并作《心证》一首：心达已知缘有果，性愚又是记平生。总饶孽海无边苦，证入菩提四大明。

同治六年岁次丁卯荷月下浣，愚愚氏自序。

——王秀琴编集《历代名媛文苑简编》，商务印书馆民国三十六年(1947)版

孙佩兰

孙佩兰(1823—1888),字谱香,钱塘(今浙江杭州)人。父孙补笙,光禄大夫。夫胡学纶,钱塘人,生员,太平天国军队攻入杭州时被杀。孙佩兰携子回娘家居住。孙佩兰著有《吟翠楼诗稿》,其子孙仲骥刊行。

逃灾七次今在甬江课授女徒五人有感

自愧无才训女童,客窗聊以解幽衷。但期温习知书理,不负殷勤课学功。略取随园诸子例,敢追曹氏大家风。漫嫌巾帼无文士,前辈名姝各自雄。

——《吟翠楼诗稿》,光绪己丑(1889)刻本

那逊兰保

那逊兰保(1824—1873),姓博尔济吉特氏,字莲友,漠北喀尔喀蒙古土谢图汗部中右旗人,蒙古族。祖父蕴端多尔济,长期任库伦大臣。父多尔济旺楚克,清朝皇家侍卫。外祖父费莫氏英志,满洲旗人侍卫。外祖母完颜金墀,满洲旗人,那逊兰保幼时随其学诗。夫恒恩,清太宗皇太极后裔。那逊兰保之子盛昱,光绪年间名士,国子监祭酒。那逊兰保与寓居京师的满族、汉族女性诗人多有往来,中年后,致力于编辑《满洲闺阁诗钞》(未成)。那逊兰保去世后,其子盛昱为母刊行《芸香馆遗诗》。

题冰雪堂诗稿[①]

国风《周南》冠四始,吟咏由来闺阁起。漫言女子贵无才,从古诗人属女子。诗人世每谓多穷,我道穷时诗乃工。请看后世流传者,多在忧愁愤激中。我师聪明由夙慧,髫龄解字传三岁。家贫母病苦备尝,针黹余闲爱文艺。于归家是紫薇郎,遇天得所传书香。兰闺联句春方暖,戒旦趋朝日正长。酸风忽折鸳鸯草,兰

① 《冰雪堂诗》,作者陈氏,自号归真道人,父为内府正黄旗陈庭芳,夫为镶蓝旗赫舍里巴尼浑(号静庵)。陈氏早寡,后授徒自给,那逊兰保曾从其学习。

芽况复霜前槁。偏将薄命付伊人，坐使红颜速衰老。天长地久恨迢迢，大节松筠特地昭。冰雪名篇人比洁，归真取字意殊超。触境生情每言志，一编写尽平生思。不道风云月露词，纯以性灵追六义。我幸身居弟子名，执经问字早心倾。夜读清诗刚掩卷，秋高月朗碧空明。

——《芸香馆遗诗》，同治十三年(1874)刻本

绿芸轩诗集序

我旗籍中，士大夫以诗鸣者不可更仆数，而闺阁中则蔡高两夫人外，阒寂无闻。余生也晚，不获接先辈芳规，而窃见亲党诸家，其女子入塾诵读，多与男子等，特以风俗懿美。及笄后，其尊长率不令治诗词，即间为之，亦相戒，勿令外人见，以故传者遂鲜。余家世塞北，诸姑伯姊多失学，唯余以随侍京师，生长外家，外祖母完颜太夫人教之读书，其时外家贵盛，亲党娣姒每相晤，辄不及米盐事，多以诗角，而要群伏太夫人。盖诸人或以气格声调胜，而太夫人则独写性灵，一无堆滞。每当月朗风和，命笔吟诗，黏贴墙壁儿遍，然惟余知之，诸戚里知之，他人不知也。当时袁简斋树吟坛于江左，铁冶亭操选政于日下。太夫人闻有以女子诗投贽者，咸相与非笑之，其时风气如此，不独太夫人然也。余有志辑满洲闺阁诗钞，搜罗虽富，终恐尚有遗珠，以故迟迟。既又念太夫人鞠育之力，训迪之恩，仍虑久而湮没焉。故先校而付诸梓。太夫人所著诗甚多，余于归后，不得久侍左右，比没臧获，不知敬慎，半就散佚。此从敝簏中搜得者，署签曰“绿芸轩诗第三本”，盖所佚者多矣。太夫人精绣事，一时有“针神”之誉，目近视，书字，笔常污睫。性和平坦易，一生无疾言遽色，大抵肖其诗云。太夫人讳金墀，字韵湘，完颜氏，满洲人，适费莫氏。夫英志，官侍卫；子文禧，

官知府;孙斌越,官甘肃巩昌府知府。

同治十二年春三月望,外孙女那逊兰保拜识。

——完颜金墀《绿芸轩诗集》,光绪元年(1875)刻本

孙采芙

孙采芙(1825—1881),字韵珊,江苏仪征人。父孙庚,盐业官员。母荀氏。夫胡培系,安徽绩溪人,曾任宁国府训导。孙采芙为其继室。孙采芙去世后,胡培系将她的作品编为《丛笔轩遗稿》刊行。

余因爱吟咏屡为家慈所呵作此自解

其奈萱堂叱责何,痴心终是爱吟哦。因思美刺关风化,毕竟诗中获益多。

——《丛笔轩遗稿》,光绪十三年(1887)
胡氏世泽楼木活字本

翁端恩

翁端恩(1826—1892),又名璇华,字纫卿,江苏常熟人。父翁心存,体仁阁大学士。母许氏。弟翁同龢,晚清名臣。夫钱振伦,归安(今浙江湖州)人,曾任国子监司业。翁端恩为其继室。翁端恩著有《簪花阁集》,其婿吴丙湘刊行。

独清阁诗词钞序(节选)

……

今夫兰英绮密,不乏清裁;香茗幽闲,非无丽什。或赋新妆而开镜,或吟残月而论钱。尚皆脂粉争妍,未免裙笄结习。至如伏氏传经,大家续史,纵贻雅训,罕播英辞。若乃人原窈窕仙姝,宅是清嘉胜地,何来帝子眇眇以愁,焉有女媭申申其詈?作者偏自摅其郁邑,读者能毋致其然疑。岂知性类申椒,味含辛桂。鲁漆室倚楹坐啸,由来女子善怀;贾长沙过汨投书,奚必大夫能赋。用是寄情兰芷,托兴沧浪,袭奇服之芬菲,闵世途之纬繣。机轴①则上追老杜,自成一家;规模则俯视小山,抗衡千古。爰构吟阁,颜曰“独清”。是岂无疾而呻与?不然何忧之远也。余也不才,对兹增愧。琼瑶莫报,敢书黄绢之辞;笔砚久芜,虚爱绛纱之业。孟缇年伯

① “轴”,疑为“杼”。

母许在弟子之列。闺中棣鄂，已叹捶琴；江上萍踪，又逢判袂。饯门丞而馈岁，苦乏余闲；绣岛佛以祭诗，聊题俪句。从此扬舲击汰，怕吟南浦之篇；还看积雪飞云，拟诵《北征》之赋。

道光戊申小除夕，常熟翁端恩。

——江淑则《独清阁诗词钞》，咸丰癸丑（1853）刻本

冒俊

冒俊(1828—1884),字文蕙,别号碧纕,江苏如皋人。父冒溶,江西德化知县。母赵氏。夫陈坤,钱塘(今浙江杭州)人,曾任广东潮阳知县、澳门同知等职。冒俊去世后,其夫将她的作品辑为《福禄鸳鸯阁遗稿》刊行。

重刊自然好学斋诗钞后序

论诗于闺阁中,才綦难矣。无良师益友之取资,无名山大川之涉历,见闻所限,才气易孱,加以沉潜高明,性不能无偏倚;丰亨否塞,境不能无穷通。菁华不舒,巾帼通病。若夫吟工柳絮,秀擢兰英,扇芬扬百和之香,展采织七襄之锦。若汪宜人端者,其山川所钟毓,帏闼之英奇也欤。余与宜人虽附葭莩之末,未亲蕙茝之仪,顾今得其诗而尽读之。其浑脱浏亮,则光风霁月也;其沉酞馥郁,则时花美女也。且也论世知人,则眼高于顶;述怀象物,则心细于发。平生佳偶,无惭徐淑之俦;不栉论文,岂在大家之后。古人所谓拓开万古心胸、推倒一时豪杰者,其殆庶几焉。爰斸簪珥,重付枣梨,欲以广流传,亦即以志景仰也。虚负骥尾千秋之愿,我恨生迟;试数蛾眉一代之才,谁能居上。谨书末简,用告将来。

如皋冒俊序。

——《福禄鸳鸯阁遗稿》,光绪十年(1884)刻本

左锡璇

左锡璇(1829—1895),字芙江,一字小桐,阳湖(今江苏常州)人。父左昂,大理寺丞。母汪氏。左锡璇为左昂第五女,六妹左锡嘉亦有诗名。夫袁绩懋,阳湖(今江苏常州)人,道光年间进士,授翰林院编修。左锡璇为其继室。左锡璇擅诗词书画,著有《碧梧红蕉馆吟草》《碧梧红蕉仙馆诗余偶存》等。

吟云集①序

小云六妹性敏慧,喜吟咏,曩在闺中时,姊妹聊床,擘笺分韵,每至乌啼月落,犹吟哦不休,颇以为乐。辛亥秋杪,予归里门,南北暌违,相忆之情,积诸梦魂。六妹屡以诗见寄,予亦以诗畣之,邮筒往来,稍解离悃,而未窥全豹,心终憾焉。丙辰三月,六妹将近年所作寄示,并丐予点定。予翻阅再三,取径极高,寄意极远,较之从前旧稿,另换一番境界,盖诗学与年俱进矣。夫诗者,所以言情也,情不至,诗必不工。六妹素深于情,手足之间,无微不至。故缠绵恺悌,自然流露,又得吟村农部为偶,昕夕唱随,伉俪极笃,噙香摘艳,旖旎风流,情至文生,诗之所以工也。噫!予与六妹别七年矣,遥望长安,握手未知何日。因将原寄诗本留置坐右,另缮

---

① 《吟云集》为左锡嘉《冷吟仙馆诗稿》八卷中的第二、三卷。

一帙，略加润饰以还之。从此雨晦风潇，互相吟唱，踪迹虽远，而两人心事各相喻于笔墨之外，正不减昔年闺中情景也。因叙其颠末如此。

咸丰七年二月，同怀姊芙江锡璇。

——左锡嘉《冷吟仙馆诗稿》，光绪十七年(1891)刻本

周颖芳

周颖芳(1829—1895),字蕙风,钱塘(今浙江杭州)人。父周锡诰,贡生。母郑贞华,著有弹词《梦影缘》。夫严谨,浙江桐乡人,曾任贵州石阡知府。周颖芳著有《砚香阁诗钞》和《精忠传弹词》。

周颖芳谈精忠传弹词[①]

周夫人素慕汉关壮缪、宋岳忠武之为人,忠义之气,根于性成。而又痛夫子没于王事,暇日排闷,偶检阅《精忠传》说部,因内有俗传大鹏女土蝠冤冤相报等事,不然其说,叹曰:"从古邪正不并立,小人道长,君子道消。若再饰以果报,则将何以辨是非而励名节?"爰提笔补作《精忠传弹词》三十六卷。

——《精忠传弹词》,商务印书馆民国二十年(1931)排印本

① 此段载徐德升《精忠传弹词序》,本篇标题为编者所拟。

吴清蕙

吴清蕙(1834—1885),字佩湘,号建之,江苏苏州人。父吴钟骏,礼部左侍郎。母严氏。夫彭翰孙,长洲(今江苏苏州)人,嘉应知州。吴清蕙著有《写韵楼吟草》,其子彭泰士编辑刊行。

读随园女弟子诗有作

海内人传女史诗,程门立雪盛当时。一从争绣袁丝后,价重杭州五色丝。

谢家飞絮苏家锦,同样才华各样思。怅我迟生难识面,却从诗里想芳姿。

多才自古每多情,情到真时生死轻。应是诗仙归阆苑,并骑彩凤御风行。陈淑兰女史为邓宗洛庠生之室,邓生溺死,淑兰殉之。

雨夕论诗乐唱酬,几人福慧得双修。不堪旧梦重寻处,潘鬓萧萧早怯秋。金纤纤女史适吴门诗人陈竹士,伉俪唱和甚富,纤纤早卒,竹士有《虎山寻梦图》。

缀玉连珠藻思幽,焚香盥手读从头。戏将狂语骄夫婿,秀气于今属女流。

——《写韵楼吟草》,光绪十七年(1891)彭泰士活字本

胡德彝

胡德彝(1841—?),字兰芬,安徽桐城人,1906 年尚在世。夫姓程,常熟县丞。胡德彝与包兰瑛参加同一诗社,因诗成友。

锦霞阁诗集序

自涂山氏创南音,二《南》继之,唐山夫人乐府又继之,而璇玑图称极盛。嗣是,唐之杨容华、裴羽仙,有传作而无专集,宋花蕊有集矣,然拘于宫体,《断肠》《漱玉》,君子又屏弗道。本朝京江鲍氏三女史集,及如皋熊澹仙诗钞,其皆皭然无滓者乎?然多激楚之音,终非雅调。读者谅之,亦未尝不惜之。求其德言兼至,福慧双修,以温柔敦厚之旨,写和平庄雅之音,渊渊乎可咏可歌者,其惟锦霞阁女士包者香乎?者香尊人星南先生,以名孝廉铨中书,改浙江郡司马,平居诲者香,诗必精以超。故根柢葩经,泛滥六朝,而于前贤专稿,靡所不窥。其能出风入雅,自运机杼,不屑屑于声调之学,以诗名者有年矣。岁丙申,良人为常熟邑丞,德偕之署。时沪上有诗社,专收闺阁才,德亦滥竽其中。一日社以"秋信"命题,元作警句云:"薄暑似随归燕尽,微凉先让候虫知。"一时传唱殆遍。德于是始知有者香,而无从物色也。后宁老父于浙之中防厅署,时后任为朱时帆太守。太守即者香之君舅,而所适者乃其公子芙镜司马也。爰走诗筒,履吟阁,者香一见欣然,把酒论诗,下帘谈艺,烛跋乃得去。自是过从愈密。者香因尽发所著,俾德点定。德纵观全集,大抵游览之作清以超,酬和之作绵以丽,珠润玉洁,有冲淡而无噍杀。第其诗品,骎骎乎驾鲍氏、熊氏而上之,况外此者乎?因怂其付梓,者香谦不敢任。德曰:“子诗流传已久,晚近俗薄好剽窃,或拈古人僻句,或取时流传作,掊摭其意之圆、调之新者,从而涂泽之,庚以己名,几于河豚赝本,欲辨无从。好名可哂,败名尤可惜也。子其图之。”者香莞然笑曰:“有是哉?”因丐德为序。德齿倍者香而才不及半,寻常分题斗韵且避三舍,今猥欲赞一词,所谓皇甫冠《三都》,色不侔而揣不称也,可奈何?然情之所钟,义不得辞,爰缀数言应教,并请质之君家司马,以为何如也?

光绪丙午年秋七月,桐城兰芬女士胡德彝拜序。

——包兰瑛《锦霞阁诗词集》,宣统二年(1910)刻本

刘清韵

刘清韵(1842—1915),字古香,小字观音。东海(今江苏连云港)人。父刘蕴堂,盐商。母王氏。夫钱德奎,江苏沭阳人。刘清韵居室名为“小蓬莱仙馆”,著有《小蓬莱传奇》,另有《小蓬莱仙馆诗》《小蓬莱仙馆曲稿》《瓣香阁词》等作品。1990年,学界又发现了刘清韵晚年所作《拈花悟》和《望洋叹》两种戏曲作品。

满江红(读花帘词吊吴藻香)

虎卧龙跳,淋漓笔。风驰电驶。浑不是,俳红俪碧,徒夸靡绮。恻恻芬芳饶侠气,惊才绝艳谁能媲?想飞仙,偶现女儿身,闲游戏。　图画里,幽怀寄。若个解,青袍意。叹美人名士,伤心同例。恰恨阿侬生也晚,绛纱未得春风侍。向兰窗,薇盥诵千回,名①香祀。

——《著作林》(1906)第八期;参校《亚东丛报》民国二年(1913)第二期

① “名”,《亚东丛报》本作“心”。

孔祥淑

孔祥淑(1847—1886),字齐贤,山东曲阜人,孔子第七十五代女孙。夫刘树堂,永昌(今云南保山)人,浙江巡抚。孔祥淑著有《韵香阁诗草》,去世后,其夫刊行。

训子侄

巍巍山怕愚公移,养正从知圣所基。但使就将勤补拙,古人端合是吾师。

未必今人不可师,妍媸端的在心知。书中若得真滋味,休问群儿笑我痴。

古今谁是出群才,都向陶镕鼓铸来。好取典型勤砥砺,洪炉点雪天为开。

书成四代递相连,剿袭翻疑道失传。悟到圣贤真授受,心原一脉出于天。

文人自古多相轻,底是浮名误后生。解识宏通归约守,天开一画六爻明。

精理为文器识先,周秦根柢汉深渊。尔曹能解个中意,不读南华内外篇。

八伯赓歌继大风,曹刘方驾补天功。偶弹声调宗骚雅,不学南朝沈侍中。

纵使鸿辞富两京，贤于獭祭误平生。薪传别有六经在，日月双悬万古明。

——《韵香阁诗草》，光绪十二年(1886)刻本

扈斯哈里氏

扈斯哈里氏(1848—?),吉林长白人,满族。父诚斋德公,曾任辽宁盖州仓官。扈斯哈里氏自幼随父宦游。夫惠格,吉林长白人,满族,历任江西袁州、山西蒲州等地知府。扈斯哈里氏13岁作诗评论《红楼梦》,著有《绣余小草》(附《江右随宦纪事》),其夫编次刊行。

观红楼梦有感(其五)

是是非非地,空空色色天。红楼如一梦,警世悟禅缘。

——《绣余小草》,光绪二十二年(1896)刻本

闺训十二则·戒闺中宜读书以明礼义

书中礼义最精详,闺阁还应学典章。节孝传中多淑女,裙钗队里有贤良。循规蹈矩通情理,开卷留心识短长。休看淫词听艳曲,幽闲贞静姓名彰。

——《绣余小草》,光绪二十二年(1896)刻本

裘凌仙

裘凌仙(1851—1906),字筱芸,号明秋馆主人,广陵(今江苏扬州)人。父裘云栋,杭州通判。夫秦国均,江苏无锡人,永嘉知县。裘凌仙去世后,子女为其刊行《明秋馆集》。

望云楼诗集序

理可以心通,而不可以力求。诗可以神遇,而不可以言求。诗则发乎性情,出乎天籁,圣君贤臣以之治天下而理万物,仁人孝子以之通幽明而合神人。诗之诣义大矣。溯自《国风》《小雅》而后,以诗名世者,代有传人。山川钟毓以来,奇句惊人者,时夸咏絮。如吾亲母然。性灵独得,宿慧天成,每闻诸兄弦诵之声,恒多意会,偶于刺绣之暇,闲拈雅韵,试拂吟笺,吐属清新。动盈篇幅,斯真不以言求而以神遇者也。至于五七绝、五七律,则淡然清逸,不著纤尘;若五七古,则瑰奇劲秀,勃发天机。诗之得势处,如江上潮来,波澜层起;诗之转折处,如岸转峰回,花明柳暗;诗之收束处,如平沙月照,朗澈无垠:诚闺阁中之大手笔焉。矧以赋姿淑慎,孝友素敦。一自于归,常①以远父母兄弟为叹,故名诗曰《望云楼集》,以志思亲之至意,托于篇章。凡有一吟一咏,无不寄呈于

① “常”,原文作“当”,据《明秋馆集》本改。

尊翁爽斋先生之前，心迩路遥，聊尽趋庭问字之意耳。职是思亲之念日益深，陶写之章日益富矣。洎乎爽斋先生归于道山，夫人痛切劬劳，悲深风木，遂弃牙签而绌吟咏，不复为诗。或曰，曷不赋蓼莪而发哀吟，奚忍绌吟哦而焚笔砚耶。此未能知夫人者。盖诗则出自性情，根于境遇，境乐则诗亦乐矣，境忧则诗亦忧矣。因娱亲吟诗以寄，因痛亲绌诗不吟，此孝思之所以通幽明而合神人也。况自一芝亲翁捐馆后，夫人出其余絮，专以教子，遂使孟埙、稚鹤昆弟，皆举孝廉。非夫人贤孝所成，焉克臻此。由是而知《望云楼诗》前之所由作，后之所由不作也。然而迹既可传，诗乃必传之作，可与曹娥碑并传，可与贤母传并传。

光绪二十七年岁在辛丑仲冬，姻愚妹筱芸裘凌仙拜序。

——褚成婉《望云楼诗稿》，民国二年(1913)石印本；
参校《明秋馆集》，民国三年(1914)排印本

明秋馆集自序

寂寞多闲，优游少托。咏言咏物，玉台有新咏之诗；写景写情，金屋有写怀之作。《毛诗》三百，首重《关雎》；《樛木》一章，化行南国。穆姜演易，测天地之机；伏女传经，述圣贤之道。班昭则阁中修史，刘娥则宫内上疏。是皆经术罗胸，风云运肘，以博闻广识之姿，成源远渊深之学。钟得山川灵秀，蕴为巾帼才华。至若文姬谱塞外胡笳，宋氏序闺中论语，左九嫔离思之赋，苏若兰织锦之文，莫不言工宛转，巧擅精奇，纸贵洛阳，付之都市，楼观沧海，自愧沟渠。惭无咏絮之才，徒慕粲花之笔。秋虫唧唧，只成咽露之音；春鸟嘤嘤，犹入雅风之什。闲拈楮墨，拙等鸣鸠；偶作篇章，形同刻鹄。引经引典，精义未明；一咏一吟，新奇自喜。质之所近，虽谫陋其奚辞；笔之于编，鲜葑菲之可采。思求益智，难觅明

珠。欲以却烦,何来佩玉。含豪细索,苦无清警之词;搔首长歌,半是烦忧之语。登山游水,无非陶写性情;病里愁中,藉以消磨岁月。敢云属意为诗,聊且怡神暇日耳。

广陵筱芸裘凌仙自述。

——《明秋馆集》,民国三年(1914)排印本

读书谣

芸窗日日学之吾,伏案躬身自勤苦。我生自愧不须眉,因而牖下仍伏处。瀛洲翔步让诸子,阿侬痴心从此止。谁见山川毓灵秀,不钟男儿钟女子。斯言侬亦不敢言,班左如闻笑欲颠。输他机上回文锦,逊彼庭前咏絮篇。读书二字敢自诩,最难参者古人语。虚名滥得是读书,未明圣人养气之功夫,未得昔贤沉默之规模,自谓读书其可乎?

——《明秋馆集》,民国三年(1914)排印本

严杏徵

严杏徵(1854—?),字兰初,浙江桐乡人,1909年尚在世。外祖母郑贞华,著有弹词《梦影缘》。父严谨,曾任贵州石阡知府。母周颖芳,著有弹词《精忠传》。夫马敏,浙江海宁人。严杏徵著有《品箫楼诗钞》。

题外祖母郑太夫人梦影缘弹词二首

展卷顿教茅塞开,瞻依大母不凡才。天生一管凌云笔,欲挽人间孝义来。

别开生面古今奇,扫尽弹词风月词。从此天下闺阁友,一篇传作女箴规。

——赵青《嘉兴历代才女诗文征略》,浙江大学出版社2014年版(据严杏徵《品箫楼诗钞》整理)

萧道管

萧道管(1855—1907),字君佩,一字道安,号道安居士。侯官(今福建福州)人,其居室名“戴花平安室”“萧闲堂”。父萧凌皋,商人。母林氏。夫陈衍,侯官(今福建福州)人,号石遗老人,清末任学部主事。萧道管诗文俱佳,擅考据之学,著有《说文重文管见》《列女传集注》《平安室杂记》《道安室杂文》《萧闲堂遗诗》《戴花平安室词》《然脂新话》等。

汇集易安居士诗文词叙

昔人有云,自逊、抗、机、云之死,天地清灵之气不钟于男而钟于女,此詟言也。其实,自牝鸡无晨之说起,雄飞雌伏,本有偏重之势,故即文章一事,妇女者流,寥寥天壤。一有其人,誉之者,遂为过情之言;诟之者,反为负俗之累。誉与诟,皆由于少所见而多所诧而已。易安再适之说,根于恃才凌物,忌者造言。为之辨者,若卢雅雨之《金石录叙》,俞理初之《癸巳类稿》,吴子律之《莲子居词话》,亦详且尽矣。然实有不烦言解者,世传再适事,据所窜《上綦崇礼启》耳,而中有内翰承旨之称,按沈该《翰苑题名壁记》:建炎四年,崇礼除徽猷阁直学士,且出知漳州。而《金石录后叙》乃作于绍兴二年,又明年,上胡韩二公诗,犹称“嫠妇”,则其他尚何足与辨夫。易安五十三岁以前所作诗文,俱有年月事迹可考,忌之者何不即其后之无可考者而诬之耶？殆所谓天夺之魄耶？易安所作，非寻常妇人女子批风抹月者所能。归来堂之斗茶，建康城上之披蓑戴笠，亦酸寒之乐事也。不幸而寡，又值天下大乱，奔遁靡有宁居，殆为造物所忌使然耶？抑悲与乐之相寻，固消长之理有必然者耶？余向者尝谓：人生子嗣，一身忧乐，不系乎是。而怪世之愚妇人，有子则不问贤愚美恶，爱惜有逾身命，无则终身大恨，凡百如意不足以解忧，直若空生一世者。今观易安之被诬，且诗文词零落殆尽，论者以为皆无子嗣之故。然则向之所谓愚妇人者，固不愚耶？抑子嗣之不肖者，亦虽有，不必可恃耶？易安文字虽零落，而散见者犹复有此，故都为一集，叙而存之。

癸未七月道管书。

——《道安室杂文》，《石遗室丛书》，光绪刻本

然脂新话

中国千百年来，阴教不振，妇学衰废。至今之吟咏，微乎微者。三代以上《葛覃》《卷耳》，太似之徽音也。《蘋》《蘩》《草虫》，南国夫人之燕语也。《关雎》而后，《芣苢》《摽梅》《雀角》《殷雷》《绿衣》《燕燕》《日月》《终风》《泉水》《柏舟》《载驰》《葑菲》《绸缪》《女曰鸡鸣》《小戎》，以及“异室同穴”“微君之故”诸篇，四家诗说，以为皆妇人女子之作，三代下代不数人，人不数语，亦玉台金屋之耻矣。卓文君《白头吟》中有“郭东亦有樵，郭西亦有樵。两樵相推与，无亲为谁骄”四句，末有“齮如马啖萁，川上高士嬉”等句，皆不易解。

古乐府中，如“童男娶寡妇，壮女笑杀人”“天生男女共一处，愿得两个成翁妪”“念娘锦裲裆，恒长不去心”；又“侧侧力力，念君无极，枕郎左臂，随郎转侧”；又“新买五尺刀，悬著中梁柱，一日三

摩挲，剧于十五女”；又“何处碟觞来，两颊色如火，自有桃花容，莫言人劝我”。皆新辟可喜，唐贤中惟孟东野近之。张王乐府云：“欢床如天，欢身如云。登天抱云，欢坠侬身。”或庶几焉。

又古乐府云：“老女不嫁，蹋地唤天。”又《捉搦歌》云：“黄叶柘屐蒲子履，中央有系两头系。小时怜母大怜婿，何不早嫁论家计。”《折杨柳枝》云：“门前一株枣，岁岁不知老。阿婆不嫁女，那得儿孙抱。”又云：“郎在十重楼，女在九重阁。”亦皆新警。

道蕴才名，横绝一代。而“柳絮因风”一语特传。此钟记室《诗品》所以举似“清晨登陇首，高台多悲风。思君若流水，明月照积雪”等句也，当时风向如此，遂为古诗与乐府之界画矣。

义山、樊川，一多作无题诗，一多为狭邪游。然义山娶王茂元女，甚美雅，重之。其亡也，思之不置，屡见于诗，亦微之所谓“曾经沧海”也。故义山自叙其诗云：“夙闻妙喻，常在道场。至于南国妖姬，丛台妙妓，虽有涉于篇什，实不接于风流。”“可使国人尽保展禽，酒肆无疑阮籍。”殆实录也。牧之寻春较迟，鬓丝禅榻，亦非登徒子之徒。飞卿则有间矣。有疑赵后《归风送远操①》，不类其人者，其实即胡后之《杨白花曲》，彼哀思此悲慨耳。赤凤来歌，当作如是观。许后书中之“奈何妾薄命，端在竟陵前”，直是两句《白头吟》。然其音怨以抑，宜不足以敌赵后，犹“长门镇日无梳洗”之不敌“罗袖动香香不已”也。

金轮有作，直逼唐山夫人，“火速报春知”一首，大哉王言，且本色，可以匹《三侯之章》矣。

距汝州四十里有温泉，为金轮幸洛时浴处。陈迦陵有《满庭芳》词咏之云：“武媚东巡，金轮春幸。洛川自古神州。风光溢目，

① “归风送远操”，原文作“送远归风操”，据此作品通行本改。

彩仗簇星球。闻道①香山山下，汤泉沸，玉滟琼流。传驻跸，石榴裙湿，激水奉宸游。　　六郎。宣诏入，莲花一朵，相映娇柔。趁晚凉闲话，水殿云帱。千载朱颜难待②。伤心似，太液池头，凄然也，骊山浴馆，一样野花稠。”临淄能讨桑条韦，而内昵肥婢，外宠阿荦，其狼狈几于河阴之沈，胭脂之辱，视金轮又不可同日语矣。

古之倾国倾城者，多老成人，无韶年稚齿者。案武后十四岁为太宗才人，三十岁，高宗乃立为昭仪，三十一岁为皇后，三十六岁决百司奏事，五十岁称天后，五十四岁受百官四夷朝，五十九岁高宗崩，六十岁践大位，六十一岁幸冯小宝，七十二岁幸张昌宗，八十二岁昌宗死，遂崩。开元二十三年，册寿王妃杨氏，开元终二十九年，天宝四载，册为贵妃，十五载死。计为寿王妃十一年，玉环年已二十有八，薨时年三十有九，或云四十。汉成帝鸿嘉三年，岁在癸卯，立赵后姊弟为倢伃，乙巳六月，立飞燕为皇后，甲寅三月帝崩。计前后十二年，姊弟亦当在三十左右。《野获编》云：“万贵妃生于宣德庚戌，及笄侍上于青宫。”宪宗以正统十四年立为太子，时方三岁，妃已二十岁矣。妃以成化二十三年正月初十薨，计其年已五十八，而上以是秋八月上升，寿仅四十一，则妃实长于宪宗十七年。又明乐府：“万贵妃，帝嬖之甚，每呼为侍官，及妃薨，帝恸曰：万侍官死，我何用生为？”此与梅村《清凉山赞佛诗》事颇相类。妃年将六十，犹能使宪宗如此。

万贵妃小字贞儿，其妒而得宠，可与赵合德并驾齐驱。《彤史拾遗记》：成化二年，生皇第一子，三月封贵妃，既而皇子薨，妃亦自是不再娠，于是大媢忌，绝嫔御进幸。即偶有进幸，必药之坠其

① “道”，原文作“遵”，据此词通行本改。
② “待”，原文作“恃”，据此词通行本改。

胎，且有从是死者。柏贤妃生悼恭太子，暴卒，即孝宗之生，顶上有寸许无发，皆药所中也。服物僭侈，在中宫上。

《唐书》：武宗宠王才人，帝崩后，自经于幄下。李卫公《文武两朝献替记》云："自上临幸王才人，有专房之宠，以骄妒忤旨，日夕而陨，群臣惊惧。"以上成功之后，喜怒不测，唐武颇似汉武矣，明武宗亦谥武，异哉。

天水作者称李易安、胡蕙斋、朱淑真三人，朱多孱语，胡韵语未闻，李诗为词掩。赵氏多才妇，宋则赵德甫，元则赵子昂，明则赵寒山。

李君虞之"开帘风动竹，疑是故人来"，遂骗得一霍小玉。林子羽之"含情欲说心中事，羞见牵牛织女星"，遂骗得一张红桥。二女子轻身于匹夫若此。

所贵于艳体诗者，不事镂金错彩，引隶故事，以人人共识之词，写人人欲说不能说之情事，而又不落俚鄙，元相、冬郎其庶几乎？如《会真诗》云："眉黛羞频聚，唇朱暖更融。气清兰蕊馥，肤润玉肌丰。无力慵移腕，多娇爱敛躬。……①枕腻尚残红。"《莺莺诗》云："殷红浅碧旧衣裳，取次梳头黯淡妆。夜合带烟笼晓日，牡丹经雨泣斜阳。"又《春晓》诗云："半欲天明半未明，醉闻花气睡闻莺。"此言美人睡醒，声如莺咮，如花气也。不然天将明，人未起，睡中即可闻莺，何从闻花气乎？

甚矣。元稹《古决绝词》之杀风景也，曰："对面且如此，背面当何如？"又曰："水得风兮小而已波，笋在箨兮高不见节。"言室女之无完璧也，曰："矧桃李之当春，竞众人之攀折。我自风悠悠而若云，又安能保君皑皑之如雪。"此翻用卓文君"皑如山上雪，及故

① "……"，原文无。据《会真诗》原作，"枕腻"句前实尚有十数句，故此处以"……"表示。

此来决”绝句意也。又曰：“幸他人之既不我先，又安能使他人之终不我夺。已焉哉。织女别黄姑！一度一年暂相见，彼此隔河何事无。”如此命意，如此措词，直伧父矣。

《疑雨》一集，意主丽以淫也，殊不尽然。一首云：“感郎珍重不能羞，夜深香浓静掩楼。翠涩乍慵花上蝶，红酣常湿雨中鸠。”则淫词矣。次句用柳耆卿词意。又云：“谢娘衵服经三浣，一味浓香似旧时。”黄莘田先生《香草笺》云：“去时啼湿我衣裳，泪粉丛残叠在箱。狼藉两春销不得，领巾长有隔生香。”套用衵服二句意。

《香草笺》又有云：“春衫微褪海棠红，葡紫蒲青缓缓笼。颜色上伊身便好，带些黯淡大家风。”亦套微之“殷红浅碧旧衣裳”一句意。

曹邺诗云：“上巳曲江滨，喧于朝市路。相寻不见者，此地皆可遇。”今上海静安寺各园亦然。

杜少陵《丽人行》云：“绣罗衣裳照暮春，蹙金孔雀银麒麟。”李郢诗云：“一声歌罢刘郎醉，脱取明金压绣鞋。”即今日平金刺绣也。《丽人行》又云：“珠压腰衱稳称身。”即今日妇女衣服紧著身体之制。此与荣氏诸姨丰肌者尤相宜。

明晋安陈圳字长源，有《集句宫闺》七律，百二十首。摘其工稳可书楹帖者如下：“掠削云鬟旋妆束。”（元稹）“直将团扇暂徘徊。”（王昌龄）“窗下斫琴翘凤足。”（郑谷）“井边含水喷鸦雏。”（王建）“燕姬醉舞娇红烛。”“骏马骄行踏落花。”（皆李白）“一联佳句随流水。”（韩夫人）“万树垂荣拂御沟。”（张祐）“青销银簧云母扇。”（王翰）“罗帷翠被郁金香。”（卢照邻）“玉颜不及寒鸦色。”（王昌龄）“鬓发宜簪白燕高。”（薛逢）“吴刀翦破机头锦。”（刘瑶）“蜀纸虚留小字红。”（韩偓）“三春景色佳期误。”（李远）“一片年光览镜慵。”（谭用之）“彩鸯静占银塘水。”（胡宿）“络纬秋啼金井阑。”（李白）“桃花一簇开无主。”（杜甫）“柳叶双眉久不描。”（江采萍）“人间易得芳时恨。”（韩偓）“想极还寻静处行。”（长孙佐辅）“黄莺久住浑相识。”（戎昱）“青雀西飞竟未回。”（李商隐）

宫闺小录：秀才方乔，偶与紫竹野遇，思之成疾。有道士赠以古镜，曰：“此镜一触至阴，留影不散。子所遇少女，试令照之，即遂意矣。”乔使妪往售，紫竹颜影不去，甚讶，询之，遂与私焉。此与今西洋照相法相似。

余最爱少陵“花气浑如百和香”句，尝集“楚天不断四时雨”句对之。自书楹联悬卧室。石遗云：“楚丛木一名荆也，楚对花尤工巧。”

陆鲁望诗之“妾思冷如簧，时时望君暖”，温飞卿之“依约腰如杵”“仰面呻复嚏，鸦娘咒丰岁”“花压李娘愁，饥蚕欲成茧”，李义山之“月浪冲天天宇湿”“歌唇一世衔雨看”“雌凤孤飞女龙寡”“湘竹千条为一束”“愿去闰年留月小。栀子交加香蓼繁，停辛伫苦留待君”，钱珝之“一缄书札藏何事，会被东风暗拆看”，刘驾之“别早见未熟，入梦无定姿”，皆有古乐府意。

“国色由来描不得，世人空自费胭脂。”此莆田吴荔娘《咏牡丹》句，正言之也。李唐云：“早知不入时人眼，多买胭脂画牡丹。”反言也。山谷云：“可惜国香天不管，随缘流落小民家。”落落大方，较歌罗驿尤为寄慨深远。

嘉兴沈采石，嫁闽人曾欧吉，有《白牡丹》诗云：“素心毕竟让花王，侍从多骑白凤凰。富贵多应留本色，天人原不要浓妆。馆陶仙子情如玉，虢国夫人影亦香。寄语谰言莫相戏，洗红久已谱清商。”

“薄醉只缘花劝酒，迟眠却似月留人。研池绿印窗前竹，烛影红摇镜里身。”福州李峻南妻何氏句。以上皆闽闺秀诗之工者。

黄莘田《香草笺》，时见新意，然不免尚靠使事。今拈出本色不使事者,如下:“春色最怜梳洗池,故红当槛一枝花。”“妆成犹在镜中看,要选花枝髻上安。须发已光衣未换,手持金剪出朱阑。”“挡起月华裙侧坐,娟娟莲蕊学蹁跹。”“知有苔痕与花气,香泥今日立多时。”“贪凉爱著砑光罗,其奈中单映肉何。一片轻明遮不得,芭蕉墙角夕阳多。”“聪明如雪与如冰,往事微微一叹兴。”“暗坐无灯又无月,越罗裙上一飞萤。”“口脂不散经年晕,一领春衫噀水痕。”“花气薰人十二年,二更犹近药阑边。而今莫更贪明月,汝早关窗我早眠。”“遥瞻萝屋乌皆爱,渐近花村土尽香。”“文章丽则能防礼,梦寐荒唐亦感恩。”皆仿佛冬郎,突过次回者。徐懒云句云:“密脾自足中边味,蝶梦宁分上下床。”亦新警。《香草笺》数百首,皆为懒云作者。又相传懒云乃男色,诗皆寓言。

郑荔轩先生诗云:“金山如丽人,明妆炫华屋。焦山如静女,翠袖倚修竹。”石遗极赏此四语。后过金焦,本此意作诗。颇绳金山,盖时论谓金山远不如焦山也。

元微之诗云:“寻常百种花齐发,偏摘梨花与白人。”又“玉人初著白衣裳,一朵梨花压象床”,又“藕丝衫子柳花裙”,皆言素衣裳。与《会真记》新有丧之粲者正合。

万楚《五日观妓》诗云“红裙妒杀石榴花”,自咏裙耳,不知妓之何如也。陆鲁望《纪锦裾》云:彼曳其裾者何人焉。元微之诗云:“须臾日射燕脂颊,一朵红苏旋欲融。”“花砖曾立摘花人,窣破罗裙红似火。”是过来人语。

微之初娶韦蕙丛,继娶裴柔之,皆有才色,裴尤骄贵。元有诗题云:“通之人莫可与言诗者,惟妻淑在旁知状。”后又有诗题云:“初除浙东,妻有阻色,因以四韵晓之。”即所谓将行而闻哭声者耶。又有句云:“兴庆首行千命妇。注:予在中书日,妻以郡君朝太后于兴庆宫,猥为班首。”唐人最以官爵为荣,风气如此。

东坡一妻一妾,并不能诗词,而皆识诗词情味。春月秋月,王夫人既有会心。朝云亦云:奴最爱唱“枝上柳绵吹又少,天涯何处无芳草”二句与“春事阑珊”一阕,的是惊心动魄语。

陆放翁妻既见逐于母,妾又见逐于继妻,真伤心人矣。

周美成《满江红·咏春闺》云:“昼日移阴,揽衣起,香帷睡足。临宝鉴、绿云撩乱,未忺妆束。蝶粉蜂黄都褪了,枕痕一线红生玉。”《鹤林玉露》云:“据《道藏》,蝶交则粉退,蜂交则黄退。”周美成词,正用此也。而说者以为宫妆,区区小词,读书不博,尚不得其旨云云。

佛经多以莲花设譬,如云赤莲花开为昼,白莲花开为夜。《大集经》云:“夜摩天用莲花开合,以明昼夜。”

旧读黄仲则诗云:“仙人北烛空垂泪,太岁东方未绝踪。”未知北烛何谓。后读《汉武内传》云:“玉女王子登,是母紫兰宫侍女,皆以出配北烛仙人。”东方朔是木帝精,为岁星,亦出《内传》。传言王母可年三十许,修短得中,天姿掩蔼,容颜绝世。按王母一出献益地图于虞舜,再出乞不死药于后羿,三出宴穆天子于瑶池,四出而降汉武宫中承华殿,专与天子交接,亦异矣。汉武建西王母祠于升仙太子庙右,王母姓缑氏,故以名其山云。见《河朔访古记》。

古妇人与人书,自称多止用一姓,如曹操卞夫人与杨太尉夫人书,自称“卞顿首”;卫铄与师书,自称“卫稽首”。末又皆称某氏某氏,此皆自安于无名不敢自侪于男子也。

宋刘娘子有“闭关颂酒之裔”一印。《志雅堂杂钞》论其虽用刘伯伦事,然于妇人恐不类,印明云某某之裔,何不类之有。吾竹房尝题管夫人所画竹石,有私印是“好嬉子”,三字倒用于跋尾上。松雪见之曰:“这瞎子道妇人会作画?倒好嬉子。”

《辽史·后妃传》“论”云:“辽以鞍马为家,后妃往往长于射御……如应天之奋击室韦,承天之御戎澶渊,仁懿之亲破重元。

古所未有。”宋高宗吴后，遇金兵将追及，以一矢相加遗。曰：“臣妾若戴尺五皂纱，须一往矣。”然“小南强”“大北胜”，终未可执鞭弭相周旋也。

石遗尝谓天地间若有因果轮回事，则俄彼得第三，必为辽天祐后身；喀特林第二，必为懿德萧皇后后身。最先得宠，而出力致彼得于死，皆为奥懦非族之奇果利、阿拉克西。奇果利必为赵惟一后身，阿拉克西必为高长命后身，不然何其人之适相当，而报之适相抵也。保罗极孝于喀特林，亦必为懿德太子后身，故尝题林畏庐《茶花女遗事》后云：“曾论懿德回心院，西土重生喀特林。事到无聊说因果，夫人洴国是前身。”

人言韩冬郎“碧栏干外绣帘垂”一绝及“外院池台闻动锁，后堂栏槛间垂帘”一联，为暗景秘戏图。然如李易安之《浣溪沙》云：“绣幕芙蓉一笑开，斜偎宝鸭衬香腮。眼波才动被人猜。　一面风情深有韵，半笺娇恨寄幽怀。月移花影约重来。”前半阕何减冬郎诗，后半阕何减欧公词。又《采桑子》云：“晚来一阵风兼雨，洗尽炎光，理罢笙簧，恰对菱花淡淡妆。　绛绡缕薄冰肌莹，雪腻酥①香，笑语檀郎，今夜纱厨枕簟凉。”亦其类也。莘田先生《香草笺》云：“笑问冬郎好腰褥，已凉天气未寒时。”兼用冬郎诗易安词意。

易安在妇人中，必过于不修饰者。其诗词屡言不梳头，诗曰：“春残何事苦思乡，病里梳头恨发长。”《凤凰台上忆吹箫》云：“香冷金猊，被翻红浪，起来慵自梳头。”《永遇乐》云：“风住尘香花已尽，日晚倦梳头。”《浣溪沙》云：“髻子伤春懒更梳。”真是一不栉进士矣。

工于词又工于诗，能散文又能骈文者，惟易安一人。《金石录

---

① “酥”，原文作“苏”，据李清照原词改。

后序》,散文也。首第二段云:“呜呼!自王播、元载之乱,书画与胡椒无异。长舆、元凯之病,钱癖与传癖何殊。名虽不同,惑一也。”篇中云:“始谋食去重肉,衣去重采,首无明珠翡翠之饰,室无涂金刺绣之具。”末段云:“呜呼!余自少陆机作赋之二年,过蘧瑗知非之两岁,三十四年之间,忧患得失,何其多也!”于散文中参用骈语,易流湿就燥,书明目达聪之例也。至其《贺孪生启》云:“无午未二时之分,有伯仲两楷之似。既系臂而系足,实难弟而难兄。玉刻双璋,锦挑对褓。”注云:任文二子孪生,德卿生于午,道卿生于未。张伯楷仲楷,兄弟相似,形状无二,白伋兄弟,母不能辨,以五采绳一系于臂,一系于足。其用事之切当赅洽如此。若谢綦崇礼启,则窜改伪作,前人辨之详矣。

《金石录后序》中,“绝笔而终”下,有“殊无分香卖履意”一句,亦必作伪者窜入。德甫无妾,何分香卖履之有。

作诗全视各人身分,所谓诗中有人在也。释子向少好诗者,以释子身分,所得言者,不过尔尔。妇女亦然。妇女诗较好者,必其较有身分者,李易安上韩肖胄、胡松年二诗是也。绍兴三年五月,命签(应作佥,诸书皆从竹)书枢密院韩肖胄(字似夫)、工部尚书胡松年(字茂老,海州怀仁人,二人以七月行)充奉表通问使副使,使金通两宫也。

上韩诗曰:“三年夏六月,天子视朝久。凝旒望南云,垂衣思北狩。如闻帝若曰,岳牧与群后。贤宁违半千,运已过阳九。勿勒燕然铭,勿种金城柳。岂无纯孝臣,识此霜雪悲。何必舍羹肉,便可车载脂。土地非所惜,玉帛如尘泥。谁可当将命,币厚辞益卑。四岳佥曰俞,臣下帝所知。中朝第一人,春官有昌黎。身为百夫特,行为万人师。嘉祐与①建中,为政有皋夔。汉家贵王商,

① “与”,原文作“兴”,据李清照原诗改。

唐室重子仪。见时应破胆,将命公所宜。公拜手稽首,受命白玉墀。曰臣敢辞难,此亦何等时。家人安足谋,妻子不复辞。愿奉宗庙灵,愿奉天地威。径持紫泥诏,直入黄龙城。北人怀旧德,传子当来迎。圣孝定能达,勿复言请缨。倘持白马血,与结天日盟。”肖胄,韩琦曾孙,固有“破胆”句。

——《文艺丛报》第一年(1919)第一期

康奉珏

康奉珏（1857—1896），字次双，合河（今山西兴县）人。父康曾定，修武知县。夫鲍振镛，江苏东台人，曾任山西万泉知县、归绥兵备道等职。康奉珏著有《正香簃吟草》，去世后，其夫遵嘱，为之刊行。

偶吟

规唐范宋漫矜奇，刻意求新转失之。独得水流花放趣，可人终让性灵诗。

——《正香簃吟草》，光绪二十六年（1900）鲍振镛刻本

程淑

程淑(1858—1899),原名文淑,字秀乔,号绣桥,安徽休宁人。父程金鉴,庠生。夫汪渊,安徽绩溪人,贡生。程淑为其继室。汪渊著有集句词集《麝尘莲寸集》,程淑作序并详作校注。程淑去世后,汪渊辑其遗作,编为《绣桥诗词存》刊行。

麝尘莲寸集叙

词之集句,滥觞坡、谷、荆公及《九重乐府》之《调笑》。至国朝朱氏竹垞、柴氏次山辈,而调始繁。然皆集唐诗为之,非集词句也。集词为词,则始自《金谷遗音》,而万氏红友、江氏橙里遥为继起。顾万仅自寿数短阕,江亦仅集《山中白云》一卷。欲求慢令具备,多至二三百阕者盖寡。我诗圃夫子心嗛焉,因就所见诸词,掇其菁英,比其节奏,成《麝尘莲寸集》四卷。今观其句偶之工、声律之细、气格之浑成,一一如自己出,殆所谓人巧极而天工错者乎?淑来归夫子时,见所刊自著《藕丝词》,喜雒诵之。而于是编尤爱不忍释,爰为详订出处,务使撰者不欺,读者有考。庶是集一出,得竟坡、谷诸贤未竟之绪,而为古今集词之大观也夫。

光绪庚寅春,程淑绣桥撰。

——汪渊集词,程淑校注《麝尘莲寸集》,
光绪庚寅(1890)刻本

听长女婉容诵唐诗

体格何分初盛晚，性情蕲与古人通。删存三百休嫌少，能使精神聚个中。

——《绣桥诗词存》，民国八年(1919)汪氏家刻本

单士厘

单士厘(1858—1945),字受兹,萧山(今属浙江杭州)人。父单恩溥,嘉兴教谕。母许仁林。夫钱恂,吴兴(今浙江湖州)人,晚清外交家,出使过日本、俄国、荷兰、意大利等国。单士厘随夫游历这些国家,著有《癸卯旅行记》和《归潜记》。她是中国第一个走出国门并留下游记作品的女性。在游记中,她最早向国人介绍了托尔斯泰,最早评述了拉奥孔。单士厘编选有《清闺秀正始再续集初编》,是恽珠等所编《闺秀正始集》《闺秀正始续集》的续作。她穷其一生,搜集整理清代女性作家的生平与作品,数易其稿,八十多岁完成了《清闺秀艺文略》。单士厘还著有《育儿简谈》《受兹室诗钞》《懿范闻见录》等作品。

癸卯旅行记(节选)

绘印端书千百种待售。购一托尔斯托肖像。托为俄国大名小说家,名震欧美。一度病气,欧美电询起居者日以百数,其见重世界可知。所著小说,多曲肖各种社会情状,最足开启民智,故俄政府禁之甚严。其行于俄境者,乃寻常笔墨,而精撰则行于外国,禁入俄境。俄廷待托极酷,剥其公权,摈于教外(摈教为人生莫大辱事,而托淡然)。徒以各国钦重,且但有笔墨而无实事,故虽恨之入骨,不敢杀也。曾受芬兰人之苦诉:欲逃无资。托悯之,穷日夜力，撰一小说，售其板权，得十万卢布，尽畀芬兰人之欲逃者，藉资入美洲，其豪如此。

——《癸卯旅行记》，日本同文印刷舍
光绪三十年(1904)排印本

归潜记(节选)

章华庭四室

十五世纪时，景宗伊诺琛八建章华宫于乏氏刚景宫之邻(章华，译义)，聚古雕藏之。后藏品累加，乃扩充建筑，以接于景宫而通路焉。章华庭者，章华宫之庭，亦因其形而称八角庭。游人从丰达孟答街入门，先登觐对书库之梯，经希腊十字室，进圆室，右折过摩娑室(又名九女室)，出羽蹄室(均别详)，即章华庭也。庭周为廊，廊隅凡为小室四，一室藏一雕，即以雕名名室：曰劳贡室；曰阿博隆室；曰眉沟室；曰俾尔塞室。室中珍藏主雕之外，亦附藏小品，名称不重，未暇及之。

劳贡室

劳贡(Laocoon)集像者，名雕巨擘也。像为二蛇绕噬一老者、二少者。老者右举蛇胴，左提蛇颈，筋骨高下，一望而知为甚有力者。然长蛇绕足噬腰，纵强逾贲育，亦莫能脱。二少者，左为长子，右为次子。长子瞬息受噬，仰视悚骇，自顾不遑，无以解父厄。次子则既触毒牙，状已垂毙。凡所雕刻，筋肉脉络，无纤毫不肖，而主客之位，运动之方，配合调和，允称杰作。尤可佩者，一像一题之中，含三种瞬时：老者正被噬，长子将被噬，次子既被噬。此三瞬时者，感觉举动，迥不相同，辨别既难，表显尤匪易。此像于各人眉目间分别綦细，俾观者一瞥而区异毕见，而全像呼应，仍不少乖，神乎技矣。名曰集像，亦为具三人三瞬时于一像也。

考其所雕，事出希腊神话①史中。希事在景前1100年以内者，有史可征；过此以前，惟凭古诗。古诗所叙，实事中参以幻想，既令读者多迷，而选词尚奇，用意务隐，尤非别具会心，不能得其真谛。后世诗人，续为神话，寓中有寓，玄之又玄矣。雕画家更从而取以为题，以挥发己技，递传迄今，虚实更莫辨别。然事迹奇古，含蓄深奥，每为艺术家所爱不忍舍，而著名之文艺美术品，遂八九渊源乎神话。

相传劳贡者，脱罗耶人。脱罗耶者，小亚细亚地，彼时一小国也。王子名巴黎斯者，美而钟于爱，神话中所谓以金苹果判三女神争美案者，即此巴黎斯。巴黎斯旅游希腊，见斯巴达国王后宫爱丽那而悦其色，挟载以归。斯巴达者，尚武之国，希腊史中所著称，恶爱丽那之见夺也，于是约诸侯会战于脱罗耶之城。十年而城不下，围亦不解，为神话中最有名之脱罗耶战争。是役也，希将多丧，而城仍未破。乃选勇士，征战策，以图一决。再不胜，舍之去矣。时有阿迭色斯者，巧制木马，藏机自动，挺然应募，且布流言，谓此物为女战神密讷尔佛所授，苟供神前，神立福之。私隐军士于马腹，往还营阵间。脱罗耶兵睹此巨大之物，徘徊城下，又闻流言而信，羡欲得之。独劳贡洞窥诡谲，固执不可；而脱人迷信，终不可释。脱兵困守，十年于兹，军气衰颓，民不聊生，乃大合市民为海神祭。适祭官死，继者无人，循例拈阄，阄得劳贡。劳贡本曙神阿博隆庙及海神讷都诺庙僧也，有被选权利。既被选，乃率长次二子，登祭坛，屠牺牲，行例礼。礼未毕，而海上陡见二蛇，金目白躯，神飞而来，攫二子环之。劳贡驰救，同陷其害。蛇围重

---

① “话”，原文作“代”，据文义改。

叠，呼吸不通，肢体牵系，密勿得逃，劳贡大呼而死，二蛇片裂三尸，逸去无踪。脱人见此，益信木马有神，以为劳贡之死，神明惩戒也，用请于希人，入木马于城，献之密讷尔佛之堂，再拜而祷焉。是夜，脱市人欢乐无极，满意城围从此解矣，故军民盛宴，相庆贺而散。夜深人静，希人之匿于马腹者，持械突出，举火燔城，内外袭击，脱军大溃，一夕欢乐，弃尽十年苦守之功。

希腊人神话，论劳贡之所以死者凡三说。第一说，希腊文学家梭福克尔所著《劳贡》悲剧之言曰：阿博隆庙规，庙僧不应有子，而劳贡膺主祭重任，携子同行，忝无愧怍①，故有此祸。第二说，腊丁诗人维其尔之言曰：金苹果之案，密讷尔佛与争美焉，争而未隽，神其憾矣。神既司战，则脱罗耶非神所佑，决无胜理。而希人十年围攻，勇将猛士接踵死亡，在人事观之，希将不胜，而忽有奇士巧机之助，将萃一夜之功，以偿十年之志，非神力而何？乃劳贡敢以私智泄神机，其招神谴固宜。第三说，腊丁诗人君多斯之言曰：劳贡有疑于神马，既被神谴而盲，盲而不悛，故神复使二蛇食其二子，二子牵父求救，而盲目之劳贡未及于祸。前二说为劳贡及二子均死，后一说为劳贡子死而身未死。在君氏考于希腊古诗，其用蛇字，常代以别名，绎其义，为食人子者，故君氏据古义以劳贡为不死。今像劳贡目不盲，而状如畏死，知不宗第三说矣。

学者又研究其成雕之时代，曰：观乎石色，其非上古原像可知；观乎雕派，而知其原本必希腊洛特斯岛人所雕，而今所存像，必其仿本中最善最古者。据罗马硕学泼立纽斯所著书，以为雕原像者，必洛特斯派之三美术家。三家者，一曰亚恺散德 Agesander，一曰亚典诺特尔 Athenodor，一曰博里特尔 Polydores。后二人疑是前者之子。至 1717 年，景士某发地，得残瓮一片，传说此瓮曾以

① “怍”，原文作“作”，据文义改。

覆原像(然则原像必甚小),上有希腊文曰:ATHANODOROS AGESANDRON RHODIOS EPSIESE. 译即“亚典诺特尔、亚恺散德①之子、洛特斯人所作”。果如泼氏所言,惟雕者姓名有征,而时代仍无考。但由其洛特斯派推之,约在景前250至200年间耳。主罗马时代说者,以今像为始原之像。曰罗马帝谛笃建浴场时,设七殿,曾以此像为庭饰,其地即今日系链彼得寺之基,而1506年斐利司Felix发见此像,亦在是处。谛帝之置此像也见于史,而得此像也转无传,意者即由帝命而雕。然帝即位在景纪79年,殁于81年,此三年短月日,岂足成此杰作?更有为调停说者曰:谛帝御宇,罗马世运衰下,不能有此杰作,当是希腊人在罗马时代雕之。言人人殊,莫由确断矣。

1506年义大利人斐利司,就谛帝浴场废址为葡萄园,氏躬种植,偶发地得此像。是时景宗豪族,竞储美术,求此像者踵不绝,卒归景宗儒略二(劳贡发见于儒略二在位时,米加勒安治适在罗马,故摩研最悉。迨阿特利安六时,几以为偶像教之偶像,而欲毁之,幸众持获免)。

当集像之发见也,断碎不成形。美术家合为像,而劳贡及幼子两右臂均阙。众推米加勒安治补之。氏叹为神技,仅案一图,表其意见,未敢貂续。至米氏门人孟德淑里,始施修缮。孟氏所修,与米氏所图不同。米氏以全像不见有抵抗之态,故臂曲颈后。孟氏以为全像既不见抵抗,则臂宜举,且置蛇胴于劳贡手中,示其力抗。后人或可之,或非之,辨驳争论,遂为美学美术品评学之发端。非之者谓一臂独抗,失于一致,故臂宜曲。是之者谓强者苦抗,而终不免于死,则观者心悯之情厚,反是必薄;今于劳贡全身筋骨,既示其强,而于一手却不赋以苦抗态度,是薄观者之怜悯情

① “德”,原文作“得”,据上文改。

也，臂不宜曲。

或又曰：诗中劳贡大呼而亡，今像无呼唤状，果孰是？曰：皆是也。夫诗与文，所以纵写时间，而为叙述之美术；雕与画，所以横描瞬秒，而为造形之美术。诗与文直而长，雕与画广而促，二者目的虽同，而方向各异，不必相符合也。倘于雕像之中，张大其口，令如唤叫，则终成一滑稽状耳，何美之有？或以为劳贡不呼，乃见其勇。评者又谓适宜之呼，无损于勇；惟引人嫌恶之状，徒薄观者悯情，为美术所宜避耳。又劳贡赴祭，必被长袍，今像且裸体，不合于事实，是又何说？曰：劳贡之强，诗中以语述之，不必有形。今雕像必借形以显，则舍筋骨莫著。果衣服翩跹，则不独不能示强，且转示弱，乌乎可！予昔年初出国境，见裸体雕画，心窃怪之，既观劳贡之像，读辨论劳贡之书，于是知学者著作，非可妄非也。顾移此像于中国，则不博赞美矣。

室之前隅右壁，有劳贡臂断片，为孟德淑里修像时初稿。其臂半伸，蛇绕于肘。迨定稿时，乃改臂为直伸，而手握蛇胴也。左臂亦有劳臂断片，石色古旧，为博拉克氏发见于约翰门外某石匠之工场者，尺度较小，且约翰门与系链彼得寺，相距颇遥，决非集像上物，而为别一本之残臂。此臂弯①曲，指且接于耳上发际，是原本为曲臂之说所由起也。今两臂附陈，资游者之参证。

眉沟室

……

眉沟者，雷神与玛耶之子（玛耶父曰阿脱拉斯，为荷负穹天之神，雕画以老翁背负天球者表之。星图因神名而称阿脱拉斯，而地图遂亦称阿脱拉斯），希名称罕默 Hermes，犹言使者，或译人。

---

① “弯”，原文作“湾”，据文义改。

其眉沟之名,原于腊丁字 merces,意为贸易。纵眉沟司职不止贸易一端,而字之根本如此,译曰贸易神,亦未为不可。

婀令丕亚者,希腊一山。希人因其高也,以为登天之阶,继以为诸神聚会之所,而所谓十二天神者咸在焉。眉沟不在十二数内,而有全权大使之职,故亦附于是。眉职多,不遑举,大者若神宴必侍,神会必列。中证约契,答辩论议,眉必参列其间。又诱神之所爱者登天,导人之已死者入地。遇事忠实迅疾,一跃而降于人间,再跃而入于地谷。踵四翼,顶二翼,飞翔空际,速逾电闪。人之将死,必俟眉沟断其灵躯相系之索,先是气弗绝也。既死之魂,亦有时为眉沟提挈,复出入人间。要言之,神话中职掌之多,莫多于眉沟。眉沟手持短杖,杖端亦附二翼,中段两蛇交绕,为平和之表征。初,眉步山中,见两蛇相噬,乃投以木,欲止之。蛇果息斗,拥抱干上,长为神从,是短杖所由来,亦即平和所取义。嗣此贸易神像,必附此杖,今则视为贸易神之代表记号,且转为贸易之通用标章(商业、新闻、集会、学校之属,每用若徽记),于美术上用尤繁。杖,腊丁名曰 caduceus,古者魔术家持以为兴隆之象,亦以辅佐技艺,犹幻戏人之必执扇也。更溯至太古,则使者之节也。故眉沟又称诸神之全权大使。

……

眉沟创制琴,司舞乐游艺之事;惟性质狡诈,在诸神间常启争端,一日且犯及雷神,遂被贬降而入于人世。其时阿博隆亦被谴为牧,与眉沟邂逅道中。眉素有窃癖,至是尽窃阿所牧牛羊以去。阿追获之,与为谈判,眉沟理屈,请以手制琴为赎,阿博隆纳之。阿得琴,遂为九女之总,而司文艺美术,是以雕画像上往往弄琴也。顾眉沟窃案不一,若美神腰索,曙神弓矢,玛斯之剑,讷都①诸

---

① “都”,原文作“多”,据上文改。

之三齿戟，均一再入眉手者也。今世文人，都以为眉沟手癖，非本来神性，乃当时有某贵人恒作是嬉，故诗家偕以和入眉迹，示讽也。然话传历久，美术家又喜其别出寻常，而为雕画题中一新异事，遂不复辨真伪。虽然，默而商者为窃，告而窃者为商，贸易与窃，其间极微，古之人抑亦取义乎斯矣。

……

俾尔塞室

……

梅窦思者，福尔希（海中神之一）第六女也，与其两妹，共有三“皋尔拱”之称。皋尔拱出于希腊文 Gorgos，可厌可怖之谓。皋尔拱在神话中，入不老不死类。顾梅窦思虽为三人中首领，乃入可死类。可死云者，谓近于人也。此三人者，生而白发，居沧海之边，实则诗人摹写白浪滔天之可怖，遂传为神貌耳。或谓三人但有一目一齿，公而用之，齿利胜野豕之牙。或谓口鼻无缺，且艳丽，但有毒，见者辄迷。雕画家多从后说，取其易于表示也。此三皋尔拱中，尤以梅窦思之头为最有名，故雕画像均仅一头，而全身像未尝见也。三人合像，尤未之闻。

海神讷都诺者，雷神育斯之弟，好色不亚其兄，知梅窦思之美也，变为鸟，攫之飞，止于女战神密讷尔佛之庙。梅窦思即与庙神较美，神恶之，悉改梅发为蛇，俾损色，又变梅目力，俾见者成石，不为所迷云。所谓海神化身为鸟，攫女飞去者，盖诗人摹写海鸟戏浪之状，遂传为神迹耳。神话中言，往往如是。

……

育斯

多神之为学也，有神话、教式二事。神话传于言，教式见乎行。在罗马之多神，夙于教式上重罗马习惯，而于神话上则多取希腊传说。故言罗马多神者，实不能不并及希腊多神。读希、罗神话，首述天地开辟事，幻想成文。自育斯篡弑，神界革新，神数增多，神迹增繁，遂由神话而演成教式。各神有专式，各像有专容。育斯以前，混不别也；育斯以后，纷以杂也。爰于多神首记育斯。

育斯（Jupiter），希腊最尊之神，源出印度神话，梵音读伽（配以腊丁字母作 Dza），厥义光耀，一如日本神话之天照大神。盖世界各族，当獉狉初辟，无不崇仰大明，因而神之也。传入希腊，文化进而神话亦加详，以育斯为天地之主，又为神人之父，万能而无乎不能。再传至罗马，其神话多缘饰希腊，牵引同化，育斯尤逐渐增崇，神格遂驾出诸神之上，而居于唯一之尊。后世排多神而专宗一神，即渊源于此。至育斯神性神迹，希、罗两话，所传不同，则因乎人与时之思想信仰而殊，此神话之所以开历史之先，而独成专学也。

比读各种神话，乃见何种人类演出何种神话。而神话之成，咸本神名字义。其名字根源，或出印度，或出埃及，亦或出乎别种文字，其字根转辗变化，非语原专学不详。

神话学者分剖一话中性质，各有命意。如象罔之愤，即古人借以解释火山喷火、地震之所自来；象罔之石，即古人借以解释山与岛之所以成；象罔之叠山为梯，即古人借以解释婀令丕山之所以高。是为说明天然之神话。

育斯宠爱所钟，遍乎神人，为正式缔婚者凡七度，育侬其殿。以次考之，首墨嫡，次戴眯，次欧丽侬，次璀雷斯，次讷穆秦，次腊董，又次育侬。而话谈所传，雕刻所见，惟育侬最多，故递传愈繁，先后有不相呼应者。如育斯第六妻腊董之生蒂安、阿博隆也，育侬以丕东（蛇名，别详）诅害之，则腊董之时，育侬既婚矣。又如育斯、育依既同时而生，则依、斯何必后墨嫡、戴眯辈而婚？盖西字以形判性，育斯者阳性，育依即由育斯字转成阴性，故育斯妻诸说并传，遂淆浑莫明顺序。论神话本无所谓先后，自羼入人事，为神代古史，乃有不真确之统系，而有系统之说与无系统之说，仍杂然融合，不可辨析，此神话之所以为神话也。

……

——《癸卯旅行记》，日本同文印刷舍
光绪三十年(1904)排印本

清闺秀正始再续集(节选)

清闺秀正始再续集·例

兹选一遵恽例，以雅正为主，故袭名《正始》。

《正始集》成于道光十一年，《续集》成于十五年，兹选又继《续集》之后，故名“再续”。

兹选以有清为断，在昔恽例有之。祁忠惠公夫人商景兰，黄忠端公夫人蔡玉卿，其夫既以大节殉明，妇人从夫，自不应选。以昔例，今凡其夫已厕壬子以后爵禄者，即不入选。

恽选正当提倡风雅之时，又所处地位闳肆。今事适相反，不过就目之所及，略为辑录而已，广搜博采，俟诸同志。

清闺秀正始再续集初编之一

士厘曰：中国妇德，向守内言不出之戒，又不欲以才炫世。故能诗者不知凡几，而有专集者盖鲜，专集而刊以行世者尤鲜。兹就箧衍所有专集而《正始》未采者三十二家，先为《再续初篇第一》。以后搜采所得，续编续印。

……

吴宗爱，字绛雪，浙江永康人。同邑徐明英室。著有《六宜楼稿》一卷，《绿华草》一卷，《回文同心栀子图》。

士厘曰：绛雪早寡，康熙十三年，耿精忠逆将索之，云得绛雪即免永邑兵，绛雪挺身行，而以间投崖死，年仅二十五。保身保邑，一人兼之，足光浙水。所作诗久不传，故恽选《正始》时缺焉。道光、咸丰间始有人表彰之，刻《徐烈妇诗》，以视《燃脂录》所载，虽多佚句，然太璞堪珍矣。

……

汪嫈，字雅安，安徽歙县人，程□室，著《雅安书屋诗集》四卷，《文集》二卷。程字禹和。

士厘曰：阮文达序《雅安诗集》曰："其五古近体，风格大抵与有唐初盛为近，辞气温厚和平，质而不陋，清而不纤，粹然几于儒者之言；至于七言长句及咏史诸律，则放笔为之，雄豪跌宕，迥非寒俭家所能望见。"今案，文亦雄豪跌宕，又语语切理，诚闺秀所不易覯。雅安抚孤子葆成进士，卒年六十二。

士厘又曰：雅安与珍浦同时，而诗不入《正始》者，以雅安固辞也。珍浦殁后，雅安有二律怀珍浦，叙述甚详。

……

赵棻，字仪姞，一字子逸，号次鸿，晚号善约老人。江苏上海人，适乌程汪延泽。著有诗集二卷，续集二卷，文集一卷，续集一卷，诗余一卷，统名《滤月轩集》。

士厘曰：《滤月集》中有《南宋宫闺杂咏》一百首，搜罗富有，有突过樊榭辈七君子之势；又《咏史》三十首，多含道光季年时事；《和落花》三十首，极世事盛衰之感，均杰作。仪姞子曰桢，湖州名宿也，著作颇多，一切均秉母教。

……

吴筠，字畹芬，浙江嘉兴人，同邑李贻德室，著《早花集》。

士厘曰：畹芬十岁即嗜诗，于归后，姑戒以非闺人所宜，遂不言诗，故所作不多。贻德长春秋学，兼工诗词，辑其遗著为集，《落花》廿首，名噪一时。

……

金墀，字韵湘，完颜氏，满洲人英志室，著《绿芸轩诗集》一卷。

士厘曰：韵湘诗独写性灵，无寒陋语，亦无阀阅语。当时袁简斋树吟坛于江左铁冶亭，操选政于日下。韵湘闻有以女子诗投贽者，辄非笑之，故所作不广传，殁后大半散失。其外孙女那逊兰保从敝簏中搜得此，署曰"绿芸轩第三本"，知所佚多矣。子文禧，亦工诗，母子多赓和之作。

……

左锡嘉，字婉芬，又字小云，晚号冰如，江苏阳湖人，华阳曾咏继室。著有《冷吟仙馆诗稿》八卷，诗余一卷，文存一卷。

士厘曰：婉芬，名门淑媛，在室所作名"浣香小草"，丽词可诵，而笃行已见于言表。于归后，倡随至乐，所作名"吟云集"，盖咏所作名"吟云仙馆诗稿"，而婉芬随之也。咸丰辛酉，咏守吉安，贼再至，降将李陆以省命来援，绐咏以当出城夹击，咏出而李陆开门延贼，咏虽即日独力复城，犹以是去官。曾文正冤之，招佐戎幕随军，连复九城，逾年以劳卒，赠太仆卿。婉芬时在赣，迎柩于皖，归葬于蜀，有《卷葹吟》之作。嗣后，养亲抚孤，有《冷吟集》之作，沈挚几不忍卒读。全集无弱作，文亦派宗阳湖。

……

邓瑜，字慧珏，江苏金匮人，钱塘诸可宝室，著《清足居集》《蕉窗词》。

士厘曰：慧珏幼时，正发乱扰攘，诗无欢词。所天固杭州名士，薄宦怡情，而其哭父、哭母、哭兄、哭弟、哭儿诸诗，哀惨备至，不忍选也。

……

多敏,字惠如,喜塔腊氏,满洲人,松椿室,有《逸蒨阁遗诗》。

士厘曰:松椿历官至漕运总督,惠如诗随宦为多而有静趣。

……

孔祥淑,字齐贤,山东曲阜人。云南永昌刘树堂室,著《韵香阁诗草》。

士厘曰:齐贤四十而卒,时树堂尚未擢封疆,故无富贵气,亦其天性清洁也。

……

蒋英,字仙蕊,浙江海宁人,同邑郭沈室,著《消愁集》词二卷,附诗一卷。

士厘曰:仙蕊为海宁之硖石镇人,硖石蒋氏以藏书名于道、咸间,故仙蕊虽踪迹不远出,而吟咏不辍。大凡闺阁吟咏必诗多而词少,独仙蕊则词多于诗,故诗附词集后,最近十余年,所作未刊。

……

许禧身,字仲萱,浙江仁和人,贵阳陈夔龙室,著《亭秋馆诗钞》十卷,《词钞》四卷。

士厘曰:夔龙仕宦翱翔,仲萱胸次豪富,诗境随之。

……

薛绍徽,字秀玉,号男姒,福建侯官人,同邑陈寿彭室。著《黛韵楼》诗集四卷,词集二卷,文集二卷。又《国朝闺秀词综》十卷,未见传本。《国朝女文苑小传》,未成。

士厘曰:秀玉兼能画,尝卖画佐家用。以恽选《正始》两集,所采女史事略太简,有志作文苑女传,仅百余篇,未毕事也,又与其夫合撰《外国列女传》八卷,风俗殊异,不知如何著笔。

……

（薛绍徽《老妓行》）士厘曰：此诗较樊樊山之《彩鸾曲》已翔实多矣，可当吴梅村之《圆圆曲》读。然“忘年交”“开天庖”“偕照影”等句①仍是未谙外事者之语。德国后尊贵自居，欧土世爵妇女且不轻交，况吾国妇女乎。“开天庖”亦不过外交例晏，不足为重。“偕照影”则西土工人往往能合两幅以上之照相凑成一幅，天衣无缝，不知者以为庐山真相，此正用是法也。予夫子习知外事，矧光绪庚寅辛卯，夫子正在英德两国间，不但确闻，并且确见，故为正之。总之，误于小说《孽海花》之讹言耳。

……

清闺秀正始再续集初编之二

……

丁毓瑛，字蕴如，江苏宜兴人，常熟言敦源室，有《喁于馆诗草》。

士厘曰：蕴如为左小莲之孙妇，汪雪芬之子妇。选例以清为限，蕴如不在限内，惟一门三代能诗，洵闺阁佳话，录数首，破例附其姑诗后。

……

清闺秀正始再续集初编之三

吴世仁，字浣素，浙江钱唐人，同邑沈学琳室，著《箫引楼诗文集》。

士厘曰：浣素为沈湘佩之母，《箫引楼诗文集》久毁于火。湘佩兄妹从废纸中拾存若干首。

① 《老妓行》有句：“恪尊喜与忘年交，酪浆腥肉开天庖。镜殿名花偕照影，俪如姊妹双同胞。”

……

(吴世仁)《寄长女善宝寿光》时因山左李怡堂观察寄为螟蛉女接赴寿光:“偶寄青齐去,深怜道路难。星霜亲鬓短,风雪客衣单。尔负奇男志,吾将孝子看。得逢乔木荫,乡思暂宜宽。”

士厘曰:湘佩有《秋夜》诗云:“日暮倚城楼,珠帘懒上钩。瑶琴弹子夜,玉笛按凉州。花影一庭月,虫声万户秋。壮怀忘巾帼,绝域梦封侯。”盖时西陲失四城也,浣素所谓“奇男志”可见矣。《正始》续补仅录湘佩四律,未尽湘佩才笔也,俟觅得《鸿雪楼诗词集》,当援梅笑古春之例以补之。

……

黄韵兰,江西宜黄人,临川花寅恭继室,著《韵兰诗钞》。

士厘曰:韵兰生于乱世,所适又无情,抚前子女,孝姑,乡里称贤,其弟子李兰九广文为刊所著。读其诗,知其才品,知其遭遇,有不泫然泪下者乎?

……

清闺秀正始再续集初编之四

……

王采蘋,字涧香,江苏太仓人,程□室。著《读选楼诗稿》十卷。程孝廉字伯厚。

士厘曰:涧香为张若绮女,光绪甲午,许仙屏中丞为刊所作,有《拟古》数十首,各肖所拟,真杰作也。

……

许嘉仪,字仙圃,江苏华亭人,武进汤世熙继室,著《天风佩韵轩诗钞》。

士厘曰:仙圃博学多才艺,能医、能书、能诗,尤致力于词。倜傥有士气,尝与闺友书云:“清狂自喜,不屑作女郎诗。”其风致可想。

……

萧道管，字道安，又号君佩，福建侯官人，同邑陈衍室，著《萧闲堂遗诗》。

士厘曰：道安能文，著《道安堂文》，又《戴花平安室词》，又《列女传集注》。汇聚众家，加以己意，尤称杰作。

……

阮恩滦，字媚川，江苏仪征人，钱唐沈麟元室，著《慈晖阁诗钞》。

士厘曰：媚川为文达公孙女，家学渊源，固自不凡。

——《清闺秀正始再续集》，归安钱氏排印本
（聚珍仿宋印书局印）

徐绍熙

徐绍熙，生于1860年前后，闽县（今福建福州）人，居所名“寒碧楼”。夫林杏农，曾治军台湾。徐绍熙著有《寒碧楼余诗》《寒碧楼诗集》。

论诗

终日不苦吟，三百迷元音。偶然写忧患，知广费追寻。可将蠡测海，思欲穷渊深。旨趣求温厚，雕鉴怡素心。无才便是德，达者意不然。颂椒与咏絮，其性岂乖偏。关雎三百篇，一半皆妇女。圣人何不删，芬芳传韵语。葫芦依旧非，神彩先为最。生性不深纯，安得发天籁。

——《寒碧楼诗集》，宣统三年（1911）排印本

薛嗣徽

薛嗣徽(1860前后—?),字英玉,侯官(今福建福州)人,1912年尚在世。父薛尚忠,贡生。母邵氏。妹薛绍徽,著名女诗人。夫陈集贤,福建安溪人,贡生。

黛韵楼文集序

妇女鲜有以文集传者。非不能文也,只以内言、外言之限,未能多有撰述。故曹大家、左惠妃虽著专集,皆不过数篇而已。秀妹龆龄嗜词章学,于骈体文具有领悟。犹忆其梳双蝶髻,傍余刺绣,口中诵庾子山《枯树赋》,先妣笑曰:"是将为女博士应考耶?"夜卧余侧,常以僻涩故典难余,余以陶渊明"不求甚解"告之,则曰:"姊其痴哉?胡尚未知书有精义乎?"既而椿萱见背,妹亦渐长,居方姨家。余常归宁视之,见绣匡上有杂抄唐小品及《八家四六》,问以胡为恋此,则曰:"夜绣眼倦,藉可消遣。"及归逸儒,闻其闺房日夜偕读,若琴瑟之调和其音,余窃为之喜。有时以诗歌寄余,读之有晚唐神韵,遂以能诗许之。迨逸儒游学外出,妹常多病,余偕垂弟时招妹作山水游,览闽中名胜,始见其为词。余思诗词同源,不过音调之变,犹未知其能为文也。间有书札与余论学,洋洋洒洒,气机朴茂,颇似古文,犹未知其能擅于骈体也。丁酉后,妹随逸儒居沪,缄寄书札,诗词外,附以新作骈文刊印于报章者,余览而异焉。比及细味,乃知其用古文之法为骨,以诗词之藻彩为饰,盖其二十余年所学之精锐,悉发于是。抑亦远涉异地,阅历多,见闻广,有得于山川之助欤?壬寅秋,归里,与余同居,朝夕以诗文相证。余惟唯唯,自愧弗如。戊申冬,又以寿序赠余,虽姊妹离合之情,辞意真切,令人读而泣下。第有虚誉过奖之处,转使余心惭怍。辛亥暮春,忽叠函嘱余入都。余固久闻其病,深虞其不起也。讵意余至,妹已鸡骨支床。弥留时,以文稿一束付余,曰:"生平心血耗于诗词者,已删定,嘱逸儒待梓问世。惟此文,编数无多,不足成集,且力薄,未能成家,愿姊藏为记念。否则,焚而弃之可矣。"妹殁后,其女淑宜殉之。不一月,汉阳告警,各省亦烽烟倏起。京师戒严,王公卿贰,咸举家走避。逸儒以双榇在停,宁死守。余仓卒携儿,间关南下,由沪及厦,所惊骇者,尤甚于海上风涛。抵寓大病,今春始克。将妹遗文展阅,大半已为世所脍炙传诵者。然计妹文,就余所知,原不至①此数,今仅此,殆妹生前已自删除矣。因为编次成二卷。闻逸儒秋间当送柩归葬,即以归之,俾合妹诗词集,寿之梨枣,不忍没妹一生苦心也。妹之才,虽不足上匹班、左,不能因其编数无多,谓之非集也。

壬子夏五月,怀姊英玉嗣徽叙于鹭门之古浪屿。

——薛绍徽《黛韵楼遗集》,民国三年(1914)刻本

---

① "至",据文义,疑为"止"字。

屈蕙纕

屈蕙纕(1860—1932),原名钰如、又名梅辉,字逸珊,浙江临海人。父屈宗翰,曾参与编纂《光绪太平续志》。夫王咏霓,黄岩(今属浙江台州)人,曾出使欧洲,历任凤阳、池州、太平等地知府。屈蕙纕为其继室。屈蕙纕曾创办黄岩县立崇诚女子高等小学,任校长,后又创办黄岩县立女子师范讲习科(1929年改名黄岩县立女子师范讲习所),任所长。屈蕙纕著有《含青阁诗草》《含青阁诗余》。

古欢室诗词集序

诗家至杜工部而称圣,然其诗以入蜀后乃益工。蜀中山水之灵,蓬郁以助其气也。工部生逢乱世,间关奔走,崎岖戎幕,系怀君国,慨念时艰,故即景物流连而悲壮苍凉,寄其忠爱之志。至于亲朋骨肉,患难分离,故国乡关,伤心触目,每一下笔,则缠绵悱恻,读者为之神往。此其过人之性自然流露,固有不求工而工者,所以推为千古绝唱也。伯渊夫人,蜀之名媛,家在草堂之旁,世笃忠贞,门有通德,姊妹昆季皆以诗鸣于时,盖生于工部寄迹之乡,而又得山水之秀,灵气萃于一门,故其为诗,能洒落凡近,情深语挚,真浣花之嗣音乎!当其家园团聚,群季联吟,赋物写怀,则清微澹远。既而于归袁幼安大令,筮仕皖江,而诸妹分裾,各随宦辙。伯仲亦京华谒选，雁行远道，振翮分飞，离合不常，欢忧异候，则凡唱随之作，离索之思，音书之间，靡不本其肫挚，发于歌辞。婉转绸缪，性真毕露。杜家衣钵，独得真传。境遇虽殊，何神气之绝似耶！蕙纕于此事粗解问津，曩读君妹季硕《桐凤集》，已倾慕夫人之名。旧岁外子权凤阳府篆，而袁公方摄令全椒，相去仅数程，乃得读夫人《古欢室诗》，朗诵焚香，岛拜不置。以拙集方之，直小巫之见大巫，相形而益绌①耳。辱承不弃，索弁数言，其敢以丑陋违雅命。谨述其大致如此。世有读夫人之诗者，不啻读工部之诗，月白风清，恍若神游草堂间，聆一曲仙璈，不复忆筝琶凡响矣。

光绪癸卯九月，临海女士屈蕙纕序。

——曾懿《古欢室诗词集》，光绪三十三年(1907)刻本

---

① “绌”，原文作“拙”，据文义改。

姚蕴素

姚蕴素(1864—1944),字倚云,文章多署名“范姚蕴素”,安徽桐城人。祖父姚莹,清代名臣。父姚濬昌,曾任江西湖口知县等职。母光氏。夫范当世,通州(今江苏南通)人,李鸿章幕僚。姚蕴素为其继室。姚蕴素曾任通州女子师范学校首任校长,安庆女子工艺讲习所所长,南通红十字会会长,与易瑜、吕惠如为好友。姚蕴素七十和八十寿辰时,弟子和亲属分别刊印了她的作品《蕴素轩诗集》和《沧海归来集》,为其贺寿。

赠易仲厚归龙阳序

余慨然谓仲厚曰:“吾甚悔以尺书千里,招子东来。未竟期年而子舍我去矣,然子诚欲去乎? 不得已也。初令兄实甫与先夫子为诗文之交者有年矣,余恨未能识子。今以教授吾乡之故,始得与子相见。夫人生所谓相知者,贵相知心。杯酒接谈,朋侪欢宴,而趣类之不相属者,比比皆是。求其相契于淡泊之中,隐合于无言之际,所谓性情真感者,乃天与之,非人力所能致也。余幼失恃,从先君宦游于江右,后从夫子橐笔北游,阅所谓名门大家之闺彦多矣。间有才华秀丽、气质敦良,然览其著述,考其言行,终难脱闺阁之习俗。至于胸怀潇洒,言行敦朴,蕴瑰文、负学术而不自伐如吾子者,岂可得哉? 是乃抱士君子之行者欤。余自夫子殁后，生气殆尽，乃遇子以文行之雅爱，解我不散之隐忧。以为相得如斯，不见则良已矣。既相见而终散，孰若不相见乎。此吾所以深悔招子之来也。子行将有期，又值朔风凛冽，益增人之离绪。行矣，强饭善自珍卫。以区区哀感之病体，又焉知来日何如耶？聊为言以纾吾意，并歌以赠之。歌曰："奉子金卮兮，与子离群。薄言遄归兮，何以赠君。仰视征鸿兮，思逐飞云。人生百年兮，终须襟分。又何必悲兮，同归丘坟。素愿不违兮，千里同芬。"

——《中华妇女界》第一卷(1915)第六期

薛绍徽

薛绍徽(1866—1911),字秀玉,号男姒,侯官(今福建福州)人。父薛尚忠,贡生。母邵氏。姐薛慎徽、薛嗣徽。兄薛裕昆,广东知县。夫陈寿彭,侯官(今福建福州)人,清末任邮传部主事,外交家陈季同胞弟。陈寿彭曾游学日、英、法等国,回国后,夫妻共筑书斋"黛韵楼"。薛绍徽曾为第一份中国妇女报刊《女学报》撰文。她与丈夫合作翻译的《八十日环游记》是该书的首部中译本。她还编有《外国列女传》《国朝闺秀词综》等书籍。薛绍徽病重之时,亲自删定了自己的诗词文集,托付于陈寿彭。薛绍徽去世后,家人为其刊行《黛韵楼遗集》。薛绍徽之女陈芸,著有《小黛轩论诗诗》。

八十日环游记序

噫嘻乎!卢敖若士,汗漫九垓,穆满骏蹄,驰驱千里,恣心所适,游躅至焉。无如坤舆博厚,非章亥推步所能周;荒服睽遥,奈《禹贡》搜罗有未尽。是以十洲三岛,梦托游仙;海赋山经,语多志怪。庄漆园寓言有在,一编任写《逍遥》;许元度胜具克操,四海何妨来往。天钧地轴,日御风轮,以惊心骇目之谈,通格物致知之理,诚已归墟八统,能戴大圜,来越梯航,无分畛域矣。此"八十日环球记"所由作欤。夫大块三千六百轴,计穷缩地长房;测景七十有二台,力竭追日夸父。星驰电发,舟车别创南针;凿险缒幽,道路特开方轨。陈元龙气涵湖海，不妨赌博纵场；司马迁文托山川，方许光阴逆旅。若福格者，天骄遗裔，岛国儒生，居邻青叶小儿地，有人言狮子，受摩醯十诫，纵横则经纬罗胸，通腊顶一书，游览以盈虚布算，如月绕地，如星经天。蚁磨旋周，无虑凿空博望；乌轮返舍，奚翅挥戈鲁阳。游之可记，此其一也。然而彼苍炼应变之才，非无险阻；东海起涴澜之想，不少风波。浊浪气粗，荒山头痛；石尤飓母，雪窟冰天。甚且追踪缇骑，张法网以搜求；火葬孤嫠，罥情丝以汲引。老拳毒手，报在睚眦；夺马射生，变成抄掠。无三寸辖，咨嗟雨雪载途；乏十丈船，伫望海天待渡。奔牛结阵，宝象排山，虎豹夜嗥，豺狼昼横，凡此艰难，胥关智力，全凭忠信，利涉波涛，游之可记，此其一也。至若殊方异俗，何来探路甘英；考献征文，谁作观风季札。雕题黑齿，椎结文身，居万二千天地之中，出百五十种人而外。随太岁而转金床，荼毗到捻崖天子；取阿弥而射白鹿，精骑发铁林相公。天神则四手八手，非马非驴；人民则三妻五妻，不淫不妒。梵宫令节，伎乐宴其铙歌；貊隶设官，黔黎聚其鼓噪。总之，戈壁有牛羊之迹，盐泽非蜃蛤之乡，莫不采《鄉嬛逸史》，录《敕勒》悲歌，虽太史輶轩，殆不过是，极风人旨趣，复何以加，游之可记，此又其一也。惟是书旁行斜上，格磔钩辀。琢评邑勒，谁知内外攸分；撑犁孤涂，大非唇舌可尽。变六书之妙法，会意谐声；烦重译之苦心，钩元索要。逸儒夫子，穷经卅载，游屐半球，扶桑东经，佛兰西渡。薄六百余部经典，收图籍于归装；运三十六国语言，入淋漓之健笔。独以此雕虫小技，鄙而不为，挽鹿余闲，言之有味。绍徽文惭香茗，颂乏椒花，生长闺闱，未知里闬。伴赁舂于庑下，耕后锄前；随游学于遐方，唱予和汝。客窗调月，清闺①凉灯，耳提面命，展纸濡毫，如聆海客奇谈，诠写寰瀛稗

① “清闺”，经世文社本作“绮阁”。

乘。历年仅半，阅月者五，划然脱稿，裒然成帙。逸儒又从润色之，笺注之，而原书之精华奥窔，于是乎著。嗟嗟！赵夫人方帛刺绣，于我何能；孙乐昌蜡烛代赓，则吾岂敢。

光绪庚子夏六月，侯官女士薛绍徽叙于甬上琴瑟寄庐。[1]

——《黛韵楼遗集》，民国三年(1914)刻本；
参校《八十日环游记》，经世文社1900年版

双线记序[2]

壬寅七月，余随绎如夫子寄居海上，课女咏诗，呼儿作绘。曳柴食啖，助班超之写书；烧烛添香，伴子京以读史。一日，绎如自外归，手携丹篆，字露金题，佉卢之梵体尤新，贝叶之芸香欲挹。余笑而问之，则以《双线记》对，且曰："神光离合，无非儿女私情；云雨荒唐，别出温柔佳话。虽其新来海外，只宜弃置箧中。"余曰："不然。维摩法喜，内典犹存；伽女阿难，佛经具在。君能讲学，依喜言情。不搜汉苑稗官，安见《国风》好色乎？倘蒙出口成章，谨自濡毫待润。"绎如曰："可。"于是旅灯相对，书案双凭，调言语之侏离，佐帷房之欢谑。继而棘闱夺锦，天际归舟，余亦橐笔随之。簪故里之黄花，代写银钉新句；忽月中之桂子，来薰砚席浓香。美矣，备矣。十月既望，是书告成矣。余乃有感焉。夫俪皮见三皇本纪，乾坤秉上古之爻；青毡以八月为期，嫁娶定胡天之礼。夫名金聚，执女乳便算好逑；妻号恪尊，赠赤珠如通媒妁。未闻有阿姨

① "光绪庚子夏六月，侯官女士薛绍徽叙于甬上琴瑟寄庐"，原文无此句，据经世文社本补。

② 《双线记》，1903年上海中外日报馆出版，署"原著人：英儒厄冷；译述者：逸儒（陈绎如）口译，秀玉（薛绍徽）笔述"。

阿等，幻如倩女离魂；三绝三通，始作伯鸾佳耦。如夏兰者，曼理皓齿，妙倩纤腰，长短莫加以分，嗔喜适宜其半。家传金锁，珥七叶之貂珰；首戴花冠，守层楼之狮子。十六间波罗檀洞，婿屋难容；廿五弦锦瑟华年，叔隗未嫁。遂具善心为窃，兴思悦己者容。天女化身，铅华不御；观音锁骨，眉目皆春。贵易交而富易妻，岂得心心相印？东家食而西家宿，自然面面皆圆。则克一介莽夫，三生情种；邂逅目成，殷勤心许。飞燕合德，无石华广袖之衣；虢国太真，有淡扫蛾眉之别。莫问曰姝曰茂，剖分于锦褓彩绳；况教集菀集枯，妩媚在乱头粗服。羌乃纱封玉臂，聘下镜台。无须鸩鸟之媒，共结鸳鸯之带。如皋索笑，等游戏于天公；仙洞偕臧，恣欢娱于太白。固已盟心白水，誓成比翼连枝；讵知照骨彀环，闹出天惊石破。则有淡红金刚钻焉。靡刻玉之苕华，实荡情于帷薄。惠而好我，偷来贾女之香；底事干卿，窃到嫦娥之药。案起疑团，事腾物议，而则克之心犹未夺也。迨至宛转君前，从容自剖。明说移宫换羽，好花只此真身；转抛凤只鸾孤，筮蓍竟占反目。噫，异矣！从此身飘萤火，骨挂飞龙。泊岸有船，空见韦皋旋马；织机无锦，那教伯玉回心。几埋地下相思，种成红豆；强剩人间恨魄，瘦尽香桃。亡何，妳姑逝矣，痴叔仙乎。富贵傥来，藁砧顿返。都谓坠欢可拾，郎情如起死之丹；奈何宿忿未蠲，女心炼不移之石。幸有鸿都道士，能充和事先生。掉三寸法华之舌，现成并蒂莲花；开无边欢喜之门，收得同功蚕茧。嗟夫！鹿女无夫，马郎有妇。吉利吉利，苏卢苏卢。道其道而言其言，不外贪嗔痴爱；色是空而空是色，别成开合文章。姑存一说，亦足千秋。故准风俗于礼经，观乐无讥郐下；通人情以王道，删《诗》何碍郑音哉？日者，绎如省兄沪渎，上计公车，行色匆匆，征尘黯黯。取侬拙稿，压君行装。算今朝闺序莺啼，即当骊歌杨柳；愿明岁宫花马策，并看鸾镜芙蓉。

南姒薛绍徽撰于榕北书窟。①

——《黛韵楼遗集》，民国三年(1914)刻本；参校陈大康《中国近代小说编年史》，人民文学出版社2014年版

丁耕邻先生闽川闺秀诗话续序②

蔚宗《汉书》，录文姬悲愤之作；临川《世说》，载道韫柳絮之辞。递及诗传《本事》，纪破镜于乐昌；议著《云溪》，表画图之薛媛。《朝野佥载》，容华新妆；《北梦琐言》，孙氏蜡烛。盖兰闺倒薤之词章，诚文苑风流之佳话已。吾闽地有姬山，星当女宿。太姥则冈峦群列，螺女则江水弥清。是以江采蘋斛珠慰寂，陈金凤艳曲乐游，孙夫人柳结同心，阮逸女鱼游春水：纵内言不出阃，犹有词翰流传。而女作登于男，实秉山川灵秀。迨国朝以来，衍光禄之派。黄家姊妹，香草留其遗徽；梁氏妇姑，茝林创为专集。一则备列附编，一则如传家乘。曷若博搜纪载，扬彤管之辉光；细刻苕华，征故乡之文献乎？故耕邻先生有《闽川闺秀诗话》之续焉。夫《三百篇》冠以宫人之什，《十九首》半属思妇之歌，《乐府》有《木兰》之辞，或疑其已作古诗赋兰芝之事，不识为谁何。既弗彰姓字于芳徽，岂遽定闺帏之韵语？抑或柳梢月上，别有艳情；花里郎归，微嫌绮语。彼崔莺减却容光，盖晚愆而奚益；若非烟化为怨魄，实荡检之可嗤。虽郑卫国风，不为删诗弃置；惟淫哇六代，究

① “南姒薛绍徽撰于榕北书窟”，据陈大康《中国近代小说编年史》补。

② 薛绍徽为丁芸《闽川闺秀诗话续编》所作序。丁芸(1859—1894)，字耕邻，福建侯官(今福州)人。

非风世编章。至若枇杷花下，薛涛素号文妖；冷落门前，琴操能参禅偈。见飞琼于天上，语属荒唐；出金碗于人间，事终怪诞。自《郐》固可无讥，传疑何如弗录？先生是女史董狐，选闽中珠玉，述而不作，自成实录之书；简而能详，匪若传闻之说。比《涑水》之续《六一》，义例尤严；作《女学》以继鹿洲，体用俱备。遂使建安旧郡，扬列女之文声；武夷曾孙，唱诸娘之词曲矣。绍徽仰承母训，深守《女箴》，颂好《椒花》，集无香茗。虽偕楚娟嫂氏编《宫闺词综》，又佐绎如夫子辑《外国女传》，然皆搜罗往古，摭拾穷荒，未能免乖讹之诮，奚足为里闾之光哉？去年入都，经冬作病，而先生有子威起舍人，绎如同年也，以是书来嘱序。披卷读竟，厥疾霍然。噫嘻！著《诗归》于名媛，斯为闺阃仪型；等《正始》之元音，敢不敬恭桑梓。

戊申夏四月，侯官女士薛绍徽撰于都门。①

——《黛韵楼遗集》，民国三年(1914)刻本；参校
丁芸辑《闽川闺秀诗话续编》，王英志主编
《清代闺秀诗话丛刊》，凤凰出版社2010年版

李清照朱淑真论

嗟夫！息妫有同穴之称，乃谓桃花不语；辽后著回心之什，竟蒙片月奇冤。谣诼兴则蛾眉见嫉，诪张幻而蝇璧易污。长舌厉阶，实文人之好事；圣谗殄行，致淑媛以厚诬。黑白既淆，贞淫莫辨。竟使深闺扼腕，抱读遗编；愿教彤管扬辉，昭为信史。赵宋词女，李、朱名家。《漱玉》则居临柳絮；《断肠》则家在桃村。市古寺

① “戊申夏四月，侯官女士薛绍徽撰于都门”，原文无此句，据《闽川闺秀诗话续编》(《清代闺秀诗话丛刊》本)补。

之残碑，品茶对酌；贺东轩之移学，举案同心。椠铅逐逐，随宦青莱；丝管纷纷，胜游吴楚。迨及残山半壁，薄衾五更，阿婆白发，已过大衍之年；怨女归宁，莫寄伤心之泪。奚至桑榆晚景，更易初心；花市元宵，徘徊密约乎？大抵“玉壶颂金”之案，已肇妒才；花枝连理之诗，难言幽恨。露华桂子，招众口以铄金；细雨斜风，忆前欢而入梦。负盛名以致谤，因清怨而生疑。于是妄改綦①崇礼之谢启，杂窜《庐陵集》之艳词。李心传《要录》，病在疏讹；杨升庵品词，失于稽考。西蜀去浙数千里，传闻不免异辞；有明后宋三百年，持论未曾检点。且也张汝舟历官清要，奚言驵侩下才？王唐佐传述始终，误作市井民妇。当君臣播越之时，安事文书催再醮；彼夫妇乖离而后，何心词赋约幽期。实际可征，疑团自破。所惜者，妄增数举，姓氏偶同；为主东君，爵里俱逸。胡元任《丛话》，变俗谚为丹青；魏仲恭《序言》，仗耳食为口实。好恶支离，是非颠倒耳。然而原心定论，据事探幽，编集虽零落不完，诗词尚昭彰若揭。赠韩胡二使者，嫠妇犹称；宴谢魏两夫人，贵游可数。寒窗败几，已醒晓梦疏钟；鸥鹭鸳鸯，似叹小星夺月。愿过淮水，犹存爱国之忧；仰望白云，时起思亲之念。忠孝已根其天性，纲常必熟于怀来。安敢别抱琵琶，偷贻芍药，花殊旌节，树异女贞哉？推原其故，或出有因。衣冠王导，斥将杭作汴之非；早晚平津，有称夫为人之异。奸黠者转羞成怒，轻薄者飞短流长。胡惠齐摘文之忌，不知道高毁来；《生查子》大曲所传，遂致移花接木。硗硗易缺，哆哆能张，毒生虿尾，影射蜮沙。谤霜闺于身后，语涉无根；疑静女于生前，冤几不白。岂弗悖欤？吁可怪已！

——《黛韵楼遗集》，民国三年(1914)刻本

① “綦”，原文作“基”，据文义改。

题闽川闺秀诗话后

千古《关雎》是艳谈，闺闱吟咏更何惭。聪明冰雪徐都讲，节操风霜纪阿男。上界星辰森女宿，骚坛旗鼓壮闽南。只今光禄无新派，玉尺空山冷暮岚。

——《黛韵楼遗集》，民国三年(1914)刻本

课儿诗(二十首选六)

外子远出，锵儿差长，虽能为文传家学，然微好时趋，往往有不根字面阑入笔端，殆读书穷理未至耳。因用朱子《斋居感兴》韵作《课儿诗》二十首以导之。

公刘修旧业，于豳仍故封。迁岐载姜女，《关雎》开国风。造端起夫妇，刑措皆无凶。肃雍睦钟鼓，福禄遂来崇。王化迈往古，生民秉颢穹。郑卫虽淫哇，无邪即圣功。小子亟所学，大小咸从公。事君与事父，远迩多从容。不学无以言，过庭课乃翁。切磋复磨琢，一语醒愚蒙。

《离骚》继《三百》，爱君竟忘己。美人香草心，孤忠立臣纪。《九辩》复《九歌》，斯文叹观止。托意冀悔悟，诤谏合于礼。《大招》招不还，无情吊湘水。犹有贾长沙，后先同一轨。

老庄言虚幻，其术坏乾坤。孙吴竞诈伪，不武奚能文？申韩乌足述，管晏非所奔。咄哉杨与墨，如何今尚存。荀卿虽性恶，犹有合圣门。大醇宗孟子，道义为之敦。

杂说近稗史，所谈究无根。其余为艺术，或存或不存。披读具巨眼，神定志勿昏。自然有所得，深造逢其原。

龙门之手笔，大川与名山。六朝半如梦，骈俪何所关。韩柳森法仗，如吞换骨丹。东都欧苏曾，焕烂称文翰。勿徒仰成诵，使我叹才难。后生幸策励，鸩毒误怀安。

《古诗十九首》，皆出夫妇愚。三唐论体格，李杜名非虚。后来争派演，西昆旷代无。江西今犹盛，淡薄易步趋。大家宗苏黄，所守亦分途。要之在穷理，尽性且读书。

——《黛韵楼遗集》，民国三年(1914)刻本

训女诗(十首选一)

前既作《课儿诗》，芸、莛二女亦以为请。余思吾国女教以贞顺为主，五千年来鲜有流弊，晚近士夫倡兴女学，如陈相之见许行，所误恐不止毫厘千里已也。二女从余既熟《女诫》《女训》诸书，因更勖以理义，用张景阳杂诗韵作《训女诗》十首。

地道底于成，阳火根在阴。读书识义理，女教微而深。言行倘乖迕，涌水涸蹄岑。虽如士志道，弗用求为霖。倚柱漫兴歌，采葛休浪吟。盛时戒晨牝，雌伏藏阴森。诵诗首二南，敦厚皆德音。相夫与课子，即此见深心。聪明必涵养，学理潜以沉。诗文余绪耳，而父原儒林。

——《黛韵楼遗集》，民国三年(1914)刻本

薛绍徽论词[①]

乐音轻重、长短、缓急、徐疾，在心灵手熟，不在于谱。世之填

① 本篇标题为编者所拟。

词，喜以清真、白石为宗，以其多合乐之作，然苏、辛、秦、柳，何尝无合乐者？若歌者能体会宫商，乐工能调匀节奏，则无一词不可入乐。

歌音长，乐音促；歌音缓，乐音急。歌有一字之音，而乐须数板度之。故词曲中同一调也，有添字、减字之异，此非体之变，视字音之长短为然耳。善歌者，能知乐之变化，长音使短，短音使长，则无词不可唱，无词不合乐矣。

近来词家有强分平仄者，亦有按乐注以工尺者，皆谓得词之秘，实于歌词之法无当。譬如一词，韵脚有仄者，忽而用平，此乃乐之变调。大抵同一词，各家填之恒不同，则乐调恒变。乐调之变，在起毕；起毕之乐音既殊，则韵脚之平仄亦异，此理之自然者。世人填词不知歌词，故词谱、词律愈言愈纷矣。

——《黛韵楼遗集》，民国三年(1914)刻本

徐畹兰

徐畹兰(1867—1916),字曼仙,一字梦漪,号鬘华室主,浙江德清人。父徐本璇,安徽太平府同知。母张氏,字绿琴,毗陵(今江苏常州)人。弟徐思瀛,南社社员。夫赵世昌,吴兴(今浙江湖州)人,早逝。子赵苕狂,为鸳鸯蝴蝶派作家。徐畹兰与秋瑾交好,曾在上海"天足会"下属女校任教,参与发起成立中华女子实业进行会,与俞佳钿等人创办女子兴业公司。徐畹兰与其子赵苕狂均担任《香艳杂志》编辑。徐畹兰编著有《鬘华室诗选》《鬘华室诗话》《红楼叶戏谱》《香艳书札》等作品。

月月小说题词

稗官漫说总荒唐,摘异搜奇各擅场。知否欧西能进步,全凭一曲荔枝香。文明我国尚胚胎,幸有文豪共骋才。欲藉生花三寸管,梦中惊起睡狮来。唤醒同胞志愿奢,他年或免化虫沙。狂澜今日凭文挽,此是批茶五月花。

——《鬘华室诗选》,国学扶轮社校辑
《香艳丛书》第六集,民国三年(1914)版

鬘华室诗话(节选)

先子任皖守时,予方十岁。先母授以唐诗,诵至杜牧《赤壁》诗,先母为道赤壁战事,三分鼎足之局,实定于此。予笑问母曰:“长江天险惟吴有之,即不战胜,公瑾雄才,划江而守,二乔亦何至作俘虏?杜诗虽佳,未免言之过甚。”母亦笑应之曰:“诗人之诗,与事实本不相合,尔能会心及此,自是见识胜人处。然诗之佳处,正不在事实之相合也。”

温柔敦厚,诗教也。盛世之诗,得春夏气为多;衰世之诗,则近秋冬气矣。清季自甲午而后,一二时杰,感触时事,下笔多激昂之音,少和平之致。益以学子祁祁,东渡留学,裨贩和文,羼入文界。诗家亦因之革命。自由平等一切新名词,敷衍成篇,谓之时髦体。诗教陵夷,可以知国运矣。

诗有信口而道不事推敲、愈浅近而愈佳者,如唐人“打起黄莺儿”“三日入厨下”诸诗是也。所谓近于天籁者,非耶?

唐人七律诗格律谨严,如王会衣冠,举动皆中仪节,浑厚雄健,兼而有之。宋人律诗,则如山人隐士,萧散自如,自有一种风趣。学者能以唐为宗,参之宋以穷其变,亦端庄亦流利,则入于上乘矣。

袁随园专主性灵言诗,而流弊所至,易入浮滑一路,因学袁而流于浮滑,遂集矢于袁,谓袁诗为浮滑之先导,是诬袁也。袁诗如《咏太真》诗“唐书新旧分明在,那有金钱洗禄儿”等句,读书得间,运用入妙,又何尝不从性灵中出?平心论之,随园中年以前之诗,自无可议,晚年则倚老卖老,多率意出之,遂为后人所指摘。瓯北诗亦同此病。

袁蒋赵之在当时,鼎足并峙,其实袁不及赵,赵不及蒋,忠雅堂诗，亦浑厚，亦雄健，入唐人之室，无袁赵两家叫嚣为豪习气。

瓯北诗极讲对仗，洪北江赐环后，瓯北赠诗云：“足已乌孙途上茧，头几黄祖席前枭。”无一字不对，典雅而又工稳，信是难得。

清初诗人南朱北王，学者尊为泰山北斗。赵秋谷两讥之，谓朱为贪多，谓王为要好，未尝不深中其病，嗣后论者，拾其余唾，从而加甚。诋朱为博士卖驴之诗，诋王为女郎倚门之诗，如蚊虻之撼泰山，多见其不自量也。吾乡徐子雪庐，以朱为才胜于情，王为情胜于才，各有过与不及，自是持平之论。

雪庐云：“兴趣所到，无迹可求，山泽之癯，往往无心得之。而学士大夫竭力追仿，有所不及，此昌黎之所以心折阆仙，欧阳之所以倾倒常尉，东坡之所以赞赏参寥也。”此论极是。

有清一代，余最服膺黄仲则诗。无奇不有，无妙不臻，自汉魏六朝下逮唐宗，咸能采撷精英，自成杼柚。北江比之咽露秋虫、舞风病鹤，兰雪比之名将用兵，法外有法，仙人张乐，音外有音，縠人称之曰：玩其旨趣，原本风骚。清窈之思，激哀于林樾；雄宕之气，鼓怒于海涛。世犹有病其未博大者，亦一孔之见矣。

仲则诗，七古最为擅场。《圈虎行》及前后《观潮行》，孙渊如、袁随园极称之。五古如《游虞山》《悰斋纳凉》诸作，何尝不天马行空，不可羁勒。七律如《上随园》诗：“文章草草皆千古，仕宦匆匆只十年。”《赠克》一诗：“似我渐成心木石，如君犹是气幽并。翻笑古人都寂寂，任他余子自纷纷。”《赠杨荔裳》诗：“名心淡似幽州日，骨相寒经易水风。”《言怀》诗：“静里风怀元度月，愁边心血子胥潮。”五律如：“懒惊边睡足，饮诧邴肠宽。千金无马骨，十丈是车尘。替愁双烛泪，对语独归鸿。楚天和梦远，湘月照愁多。”七绝如：“云影自来还自去，最高山阁未眠人。当窗试与然高烛，要看鱼龙啖影来。”“全家都在秋风里，九月寒衣未剪裁。柳丝几尺花千片，荡得春江尔许长。”“怪底桃花半零落，江村明日是清明。

回首六朝无限恨，杜鹃声里过秦淮。”皆隽语也。

“千家笑语漏迟迟，忧患潜从物外知。悄立市桥人不识，一星如月看多时。”仲则《癸巳除夕》诗也。岁暮途穷，侧身无地，悄立市桥，看星如月。正以道其牢骚抑郁，如醉如痴意致。《合肥学舍札记》载吴大令山锡云，此诗作于癸巳，乃乾隆三十八年，其明年有寿张之乱，金星先期骤明，作作有芒角。仲则睹天象而怀隐忧，故及此，非流连光景之作也。是亦近于附会矣。

吾乡严海珊遂成咏史诗，前无古人，后无来者，不特《三垂冈》一诗倾倒随园而已也。其《读张忠献传书后》云：“北使来朝辄问安，隐然敌国胆先寒。十年作相迟秦桧，万里长城坏曲端。采石一舟风浪大，富平五路战场宽。传中功过如何叙，为有南轩下笔难。”其二：“誓师殉国志无他，失计其如再败何。都尚可迁仇易复，公如不去议难和。风霜远窜名逾重，斧钺陈书忌者多。重过符离一回首，青磷白浪满黄河。”《题乌江项庙壁》云：“云旗庙貌拜行人，功罪千秋问鬼神。剑舞鸿门能赦汉，船沈巨鹿竟亡秦。范增一去无谋主，韩信元来是逐臣。江上楚歌最哀怨，招魂不独为灵均。”《郭有道阡》云：“槐龙蜿地墓门荒，明哲千秋俎豆香。师法独推黄叔度，碑铭无愧蔡中郎。避人岂必皆辽海，埋我何妨不首阳。依旧关心天下计，屋乌爰止慨兴亡。”《蔡忠襄词》云：“三千兵带饥寒色，百二关传恸哭声。”《介子推墓》云：“小人还有母，公子在惟君。”皆为集中杰作。

海珊有《梅花诗》，其一云：“谁教春信破寒来，江北江南几树梅。此品亦宜员外置，无花敢向雪前开。平湖烟散闲移棹，小阁风徐数举杯。佳趣个中殊好在，始知凡艳是舆台。”其二云：“山家篱落两三枝，特地嵚崎不入时。老气直教无我敌，清名颇亦畏人知。那堪薄俗轻描画，只向前贤大索诗。问影问形都不似，高楼玉笛莫频吹。”其三云：“数点梅花天地心，春光今夜半晴阴。几多味在有谁会，忽地香来无处寻。澹碧溪山僧入梦，昏黄烟月鹤知音。前生若问家何在，定不移根托上林。"其四云："便是无言绝可怜，更于我辈有深缘。淡云微雨将春候，曲槛疏篱欲暮天。香远每留三日后，开迟犹占百花先。相思总在人稀处，不引渔郎洞口船。"四诗天人并到，无一字可以移易，非梅花其孰当之。怅望千秋，自成绝调，允堪上叱逋仙，下踢青丘。杨花诗最难作，查他山有"春如短梦初离影，人在东风正倚栏"之句，一时推为绝唱。海珊咏云："每到月明成大隐，转因云热得佯狂。"足以配之，可称异曲同工。

同乡莫子偲学识渊博，客金陵，佐湘乡文正公幕，风骨凛然，生平于书，无所不窥。曾撰《郘亭知见传本书目》一书，搜罗完备，考证精详，为向来书目所未有。近日国学维持社主人梓而行之，诗亦兀傲不群，其《登潼山》云："野云独去看如马，怪石孤骞欲化鹰。"神似诚斋，文正极赏之。

幼时阅《四梦汇谈》，载有《七夕》诗云："一年一度渡银河，此例千秋竟不磨。我道一年虽一度，胜他人世百年多。"似一女子所作，而姓氏则无从记忆矣。近见康君秀书有《闰七夕》一绝云："蓝桥乍别又经过，辛苦重烦鹊驾河。两地相思刚一月，新愁不似旧愁多。"两诗不同时而风格如一。

……

宋处士陈烈素行谨严，一日与盱江李觏同赴蔡君谟饮，君谟召妓侑觞，烈已不乐。酒数行，众妓方歌，烈逾墙而遁。觏为诗以嘲之云："小鸟不知红粉乐，一声檀板忽惊飞。"烈愤其诗，至投牒以讼之。又君谟守福州日，值上元节，令民间一家点灯七盏。陈烈作大灯，长丈余，大书其上云："富家一盏灯，太仓一粒粟。贫家一盏灯，父子相对哭。风流太守知不知，犹恨笙歌无妙曲。"使人持行街市，君谟为之罢灯。陈敢规太守之过，蔡能纳处士之谏，皆可风也。

曹逸亭诗笔雄健，咏史诗尤为擅场。尝记其《西楚霸王墓》云："勇却除秦祸，仁能释汉王。如何凭霸术，终乃怨天亡。死葬留孤冢，生还愧故乡。田横独高义，埋血在南荒。"又，《邳州吊陈孔璋》诗云："兖冀干戈扰建安，霸才何事恋微官。辈中应阮齐名久，眼底袁曹定论难。草檄但因弦太急，报笺谁惜剑空弹。军谋祭酒题前魏，碧草凄凉暮碣残。"逸亭名士俊，字省余，昭文人，有《醉经轩诗钞》。

海宁杨思敬愓巷，清嘉庆进士，曾官福建安溪县，有《群雅集》诗集行世，中有《读陆机传》七律二章。其一云："司马家声迹未陈，素衣又染洛阳尘。骄王本意难同事，名士何心漫托身。蕨满山中怀故友，莼香江上羡归人。五茸风景应无恙，不少林泉着隐沦。"其二云："拣得南金尽擅名，弟兄年少冠群英。最怜将种称才子，谁遣书生典重兵。交到纪瞻才不负，冤逢孟玖竟难明。招魂剩有华亭鹤，唳断秋空月满城。"又，《洪忠宣祠》云："四月草生八月雪，聚落千家尽居穴。谁欤留此十五年，冷山炼就心如铁。尚书大节何嶙峋，呜呼南朝大有人。一官肯受宇文荐，九死不为刘豫臣。絮书一纸断消息，景灵宫已事华饰。虎口生还倍黯然，岳少保亡张相出。慷慨数言忤权门，饶州命下席未温。倚闾有母不遑养，平生几日沾君恩。葛仙岭畔荒烟里，故宅当年剩遗址。生前赐第身后祠，羁魂想像终归此。魂归满目增苍凉，南渡江山已夕阳。往事空嗟格天阁，谁家又起半间堂。"一则婉而多讽，一则慨当以慷，皆可诵也。

……

方正学《题严陵钓台》云："糟糠之妻尚如此，贫贱之交可知矣。羊裘老子早知几，故向桐江钓秋水。"寥寥二十八字，颇能道出子陵心事。

唐武后于冬月将游上苑，作诗云："明朝游上苑，火急报春知。花须连夜发，莫待晓风吹。"次日至苑，百花尽开，独木槿无花。后世号为"忠臣花"。一说作牡丹，洛阳之贬，职此之故。按春为百花开放之时，木槿或以不善培植，故无花。传其事者，因武后之诗，故神其事，附会以成此说耳。尽信书则不如无书，吾于此事亦云。汝州刘希夷，宋之问之甥也，少有才华，善为宫体诗。尝咏《白头翁》云："今年花落颜色改，明年花开复谁在。"既而自悔曰："我此诗谶，与石崇白首同所归何异?"乃更作一联云："年年岁岁花相似，岁岁年年人不同。"既而又叹曰："此句复如前谶，然死生由命，因两存之。"之问爱其"花落"两句，拟刺取入己集。希夷许而不与，之问大怒，以土囊压杀之。残忍如此。史传其为张昌宗持溺器以博宠幸者，诚小人之尤者矣。

海上虹口有某某旅馆，日本民党某某所设也。某女士寓其间，予往候之。主人延问姓氏，款待殷勤。入其客座，题额楹联，半系我国著名民党手笔。寒暄方毕，主人命仆持一簿至，倩予留墨以作纪念。予展视之，我国伟人，题识殆遍。大率为"还我共和""英势造时势""不自由毋宁死""有大破坏然后有大建设"等语。主人又申言：我辈宗旨如此。予素不入党会，因书一绝于上云："同种同文东亚国，相提相挈外交坛。惊心白祸滔天势，寄语黄人莫自残。"主人叹曰："先生识见，毕竟高我辈一等。"

第一流内阁倒后，政局为之一变。前清遗老，向之夸箕颍风流者，尽出而任皋夔事业。有人嘲之以诗云："浊世难寻薇蕨香，由来饿死最难当。终南捷径推青岛，无数夷齐下首阳。"掉弄笔舌，固由文人轻薄。……民国共和，官为公仆，弹冠诸君，似不得以夷齐例之。

文徵明行山，吴人，与唐寅、祝允明齐名。有《甫田集》三十五卷行世，中有《春晓曲》云："翠尘沃日烟霏霏，彤光飞上千罘罳。

谁家高楼锁春色，金铺约户蟠双螭。东风掠幌鸾绡动，瑶鸭兰温睡初重。起来临镜悄无言，含情自理双莺梦。梦回生怕守宫残，卷袖移鞲独自看。燕子衔春欲飞去，海棠犹自勒轻寒。帘幕垂寒朝不卷，绮疏结香春较浅。欲裁罗段作春衫，自爇薰炉熨金剪。”描摹女儿心性，颇觉体会入微。

吴兴城四面临水，有水晶宫里之目。记得孙蕡有《湖州乐》云：“湖州溪水穿城郭，傍水人家起楼阁。春风垂柳绿轩窗，细雨飞花湿帘幕。四月五月南风来，当门处处芰荷开。吴姬画舫小于斛，荡桨出城沿月回。菰蒲浪深迷白纻，有时隔花闻笑语。鲤鱼风起燕飞斜，菱歌声入鸳鸯渚。”确是湖州风景，不能移置他处。俞姊佳钿自尉氏归，为言道经洛阳，旅壁有诗两绝，末注武林女史。居停主人笼以碧纱，就询女史姓氏，则今外交总长之女公子也。乃知主人之宝护恐后者，非爱其文字而炫①其势利也。其诗云：“兰闺不耐涉风尘，才过山村又水滨。对镜自怜还自讶，敢矜侬貌不犹人。侬犹作客到天涯，何怪征人远泛槎。但愿世无车与马，家庭团叙度年华。”质而不俚，老妪都解，颇近香山一派。

香奁诗，首推明代王次回。《疑雨》一集，脍炙人口，《疑云集》近始发见，为国学维持社主刊行。中如《日西初见下妆楼二十绝》《踏灯词》《冬闺词》《观物四首》《悼红吟》《选佛词》《春秋列国宫词》等，余最爱诵之。

香奁诗，清代以陈云伯大令为集其大成。《碧城仙馆》一集，细腻熨帖②处，不让次回。驱遣故实，如数家珍，风华点染，次回应望而却步。吴门江剑霞太史曾刻其八卷，入《灵鹣阁丛书》中。近日国学扶轮社所刊行，则又增九、十两卷矣。

---

① “炫”，原文作“眩”，据文义改。
② “帖”，原文作“贴”，据文义改。

余谓香奁诗，不难于细腻熨帖①，而难于浑融。忆洪北江有句云："天半忽闻金钏响，最高楼阁振衣裳。"又某句云："如此红楼合有人。"若虚若实，不即不离，亦于艳体中别立一帜者。

……

近于金韵华女士处见无名氏《百美诗》，五言排律，工整可喜，特录之。声价昆明纸上官婉儿，恩波太液泉杨太真。绿珠空坠粉绛珠，紫玉已成烟紫玉。塞外三千里王昭君，楼中十二年关盼盼。蛾眉偏淡扫虢国夫人，獭髓喜新填邓夫人。句落风前絮谢道韫，才抽锦上璇苏若兰。唾壶凝血泪薛夜来，茗碗睹芸编李易安。曾侍司空席杜韦娘，叨倍学士筵秦若兰。红芙双宝帐轻凤、飞鸾，白玉两于阗甘夫人。买得长门赋陈后阿娇，裁成小样笺薛涛。楚宫羞楚语息夫人，秦国媚秦川秦国夫人。斗丽妆梅额寿阳公主，承恩启玉拳钩弋夫人。菱花怀内合乐昌公主，桃叶渡头嫣王献之妾。胆落吹篪婢朝云，魂消入塞鞯蔡文姬。梅精赐姓好江采蘋，花女傍舆妍袁宝儿。巧样称三绝吴夫人，芳名按四弦鲍四娘。钗头羞卖玉霍小玉，裙仙号留褶赵飞燕。兰蕙楼中镍兰英、蕙英②，蘅芜梦里牵李夫人。西明私识李红拂，北魏夜窥田红线。松柏同心结苏小小，梧桐一叶翩任氏。笑情龋齿媚孙寿，诗思断肠煎朱淑真。隔世环疑见姜玉箫，双文韵自联崔莺莺。美人甘死项虞姬，侍妾愿随迁隋清娱。绿绮琴消恨卓文君，蓝桥驿有缘云英。长条应剪矣柳氏，寸迹似弓然窅娘。彩凤轻飞玉秦弄玉，灵蛇巧助甄甄后。歌声双泪落孟才人，舞态百花旋丽娟。姊妹东吴胜二乔，男儿西蜀贤黄崇嘏。乱流愁踯躅丽玉，五马怪迁延罗敷。城筑夫人寨韩氏朱序母，军操娘子权平阳公主。玉香鞋衬暖徐月英，宝髻发垂卷张丽华。春日曲江酒黄四娘，秋风团扇篇班婕妤。一丝牵旧

---

① "帖"，原文作"贴"，据文义改。

② "蕙英"，原文作"兰蕙"，此典出自《剪灯新话》，据改。

燕姚玉京，两鬓贴新蝉臭琼树。囊贮留情石张窈窕，裙盛撒帐钱荆山公主。念奴歌婉转念奴，子夜曲缠绵子夜。舞出腰间柳小蛮，行来袜底莲潘妃。偷飞三苑月红绡，潜放五湖船西施。字字簪花美卫夫人，山山螺子娟合德。卿呼多属爱王戎妇，我见亦知怜李势女。柳叶双眉妩莹娘，桃花半朵鲜姚月华。隔帘能记拍张红红罗黑黑，并坐可参禅琴操。酒为从郎索试莺，衣缘爱客穿苏子琼。香分情不散贾午，魂返魄仍圆张倩娘。诗思空门老鱼玄机，仙胎楚泽还杜兰香。镜台羞自纳温峤妻，人面恨相搴崔护妻。春入湖中鉴刘采春，声停江口舷浔阳妓。梅花香调发庄暗香，莲子苦心缠舒禁。插鬓迷蜂蝶李莲香，敲诗怨杜鹃花蕊夫人。吟成能割爱镜儿，絮处欲惊眠紫云。曲度愁都却莫愁，花藏忿亦蠲杜羔妻。缘因红叶结韩夫人，名并牡丹传李瑞。

明裘万顷，持身清峻，隐居自得，朝廷震其名，征为司直，有司敦逼入京。《在朝赋》诗云："新筑书堂壁未干，马蹄催我上长安。儿时只道为官好，老去方知行路难。千里关山千里念，一番风雨一番寒。何如静坐茅檐下，翠竹苍梧尽日一作仔细看。"未几即挂冠，赋遂初。今之热心仕宦，营求运动者，为诵此诗，亦一服清凉散矣。于肃愍公有悼夫人董氏诗十一首。其一云："世缘情爱总成空，二十余年一梦中。疏广未能辞汉主，孟光先已弃梁鸿。灯昏帘幕通宵雨，花谢雕阑蓦地风。欲觅音容在何处，九原无路辨西东。"公为明代忠臣，始信有至性者，必有至情矣。

杜老云："读书破万卷，下笔如有神。"信乎善为文者，即善读书者也。拈出一"破"字，方见得融会贯通之妙。否则囫囵读过，虽万卷何益？适如前人所谓两脚书厨耳。今之略谙韵语，掉弄虚机，自矜性灵，以文浅薄者，其亦可以悟矣。

虞山绛云老人有《读杜小笺》二笺，上下各二卷。其言曰："自宋以来，学杜诗者，莫不善于黄鲁直。评杜诗者，莫不善于刘辰翁。鲁直学杜，不知杜之真脉络，所谓前辈飞腾余波绮丽者，而拟议其横空排奡，奇句硬语，以为得杜衣钵，此所谓旁门小径也。辰翁评杜，不识杜之大家数，所谓铺陈终始排比声韵者，而点缀其尖新隽冷，单词只句，以为得杜骨髓，此所谓一知半解也。”又云：“弘正之学杜者，生吞活剥以挦扯为家当。此鲁直之隔日疟也。”近日之评杜者，钩深抉异，以鬼窟为活计，此辰翁之牙后慧也。此非深于杜者，不能为此言。

先君九试京兆，屡荐不售。壬癸之间，发匪扰东南，势甚炽。诸将帅多作河上逍遥。先君愤而从戎，一再上书，见赏于湘乡相国，以引河灌贼功，保举太平同知，兼池州府篆，内抚疮痍，外剪余孽。戎马倥偬之中，咏歌不辍，其诗不矜才，不使气，温厚和平，合乎风人之旨。当时论者，比之元白，有《安雅堂诗集》行世。

……

某女士诗有奇气，喜作翻案诗。有人咏其《题莲花》云：“谁谓莲花是君子，也曾风露惹行人。”一时相传以为佳句。予则曰：此君居心不净，何为唐突名花？

《蒋村草堂集》为钱塘人蒋炯字葆存者所著。中有《得胜桥怀古》一律，颇得蕲王心事。其辞云：“驻跸临安未定居，变生宫卫欲何如。流离禅位颁明诏，涕泗勤王奉誓书。社稷有灵终杀贼，湖山无恙但骑驴。只今桥外悲风起，想见挥戈胜敌初。”按：得胜桥，即蕲王败苗刘处。

曹霁岑《落梅诗》有“三更庭榭月空明”句，妙得空灵之致。惜上句为“十里林塘流尽馥”，殊嫌著迹。

泰州叶古轩有《西河草堂诗集》。中有《秋塞》云：“战后阵云平，沙寒草不生。一雕盘雨上，万马逆风行。戍险边笳急，山空猎火明。夜来寻虎迹，已遍受降城。”顿能写出秋塞光景。

上元余秋农明经有《赠名儿》诗：“十六葛名儿，天生国色奇。

向人能妩媚,不自解流离。白纻一回舞,星眸四座驰。众中能识我,感激为生悲。曲终一相叩,与我话依依。亦有父犹在,已无家可归。斛珠谁为致,笼鸟傥能飞。万里丹山路,茫茫惟落晖。”置之乐天集中,几不能辨。

……

咏文君诗夥矣。过作贬语,便觉有头巾气。顷见嘉定王元振女士诗云:“千秋名节误瑶琴,一曲求凰订赏音。留得当垆佳话在,怜才终是美人心。”贬中有褒,褒中有贬,持论恰得其平。

某女塾试毕业生,一教习评断未能公允。某生题诗于壁云:“未必文章真有价,漫云侥幸必无人。门墙一样桃和李,同坐春风各自春。”怨而不怒,妙得诗人之旨。

我乡俞梦池先生,为余同学平等阁主人佳钿女史之尊人,政绩卓卓,循声遍江右,所著《甦庵唧唧集》天人兼到,颇有奇气。古乐府《咏蚕》云:“茧丝作保障,黼黻灿文章。经纶弥六合,衣被及万方。虽无纂组才,具曲植筥筐。粉蛾蝴蝶梦,香火马头娘。欲知前世因,青青陌上桑。欲知后世果,缣缣机上霜。”机上霜,慈母刀尺,游子衣裳,幼妇黄绢,天孙七襄,身之将隐焉用文。蠹食神仙且善藏,胡不忘夫缠绵之吐属,尚自炫耀锦绣之心肠。《感怀》云:“周轮十万八千年,揉铁捶铜铸一我。我亦何心与古衡,我扪我心难许可。灵凤尚且困樊笼,神龙有时羁金锁。我有我性情,不随花鸟作婀娜。我有我机神,不假鸿濛作包裹。有时天半起罡风,蘼芑堕我于轻舸。旋转藩篱渤澥中,我只紧抱中流舵。但期我所安,不计与人左。何处尽坦途,谁能避轗轲。不耽自鸠之嫪媒,不纵自焚之昧火。我亦无大正法藏,但觅人间一个妥。”

我国医学极为深邃,昔人云:非读破万卷书者,不能为医。不经名师之指授及数十年之经验,亦不得为医。生死操之其手,信乎其非小道矣。今人略读《汤头歌诀》,便尔悬壶问世。阴阳不知审，虚实不知辨，且杀人于冥冥中者，不知凡几。故谚以不服药为中医，诚哉是言也。梦池先生曾有诗咏之云："读书不厌多，积金不厌厚。惟有医生方，莫轻入之口。药多病亦多，戕贼等杞柳。试呼市健儿，幽闭键窗牖。置诸药垆旁，晨夕相厮守。今日服黄芩，明日饮黑丑。参术既乱投，姜桂互配偶。药假方不真，病在药之后。无药不成病，病因药而有。不过旬日间，肠胃必腐朽。斯时欲求生，扁鹊望而走。古无治药药，岐伯为束手。一朝身殉药，伊谁执其咎？冥王稽鬼箓，鬼箓不收受。我愿世上人，慎勿自寻柳。抱病偶二三，枉死常八九。既无还魂丹，安有长生酒。试看羲皇前，其人皆古寿。"

先生七律如《赠江弢叔》云："留将有用还天地，肯以无情赚古今。"《食荔支有感》云："蜂蜡何年凝旧泪，红绡有梦认前身。"又："色香味可称三绝，诗画书宜谱一编。"《赠友》云："名山各有千秋在，我辈何容一代无。"皆落落不犹人之作。

咏史诗须独出心裁，不作人云亦云语。赵瓯北《咏明妃》云："远嫁呼韩岂素期，请行似怨不逢时。出宫始觉君恩重，临去犹为斩画师。"《咏杨妃》云："鼙鼓渔阳为翠娥，美人若在肯休戈。马嵬一死追兵缓，妾为君王拒贼多。"

昔人诗云："春色满园关不住，一枝红杏出墙来。"瓯北亦有句云："一树桂花风过处，听他香到别人家。"一指色，一指香，风调正复相似。

风景佳处，清福之享受。庸夫俗子，往往当其境而不知。瓯北有句云："一天明月秋江上，可惜渔翁不作诗。"可谓先得我心。

瓯北《咏史诗》云："食椒能几粒，八百斛犹贫。"指和珅也。珅籍没时，有胡椒八百斛，其他宝物穷极四海所有。辇入大内，后即移置圆明园。咸丰时，英法联军入京，园被焚，宝物亦掠取殆尽。

达官贵人，菟裘所筑，往往极园林之胜，而王事贤劳，抽身不得，致未获一日之居者，此正瓯北所云“惹他僮仆私相笑，既爱山林又爱官”也。

魏武帝如幽燕老将，气韵沈雄。曹子建如三河少年，风流自赏。鲍明远如饥鹰独出，奇矫无前。谢康乐如东海扬帆，风日流丽。陶彭泽如绛云在霄，舒卷自如。王右丞如秋水芙蓉，倚风自笑。韦苏州如园客独茧，暗合音徵。孟浩然如洞庭始波，木叶微脱。杜牧之如铜丸走坂，骏马注坡。白乐天如山东父老课农桑，言言皆实。元微之如李龟年说天宝遗事，貌悴而神不伤。刘梦得如镂冰雕琼，流光自照。李太白如刘安鸡犬，遗响白云，核其归存，恍无定处。韩退之如囊沙背水，出奇制胜，惟信独能。李长吉如武帝食露盘，无补于多欲。孟东野如埋泉断剑，卧壑寒松。张籍如优工行乡饮礼，酬献秩如时有诙气。柳子厚如高秋独眺，霁晚孤吹。李义山如百宝流苏，千丝铁网，绮密瑰妍①，要非适用。苏东坡如屈注天潢，倒连沧海，变眩百怪，终归雄浑。欧阳永叔如四瑚八琏，止可施诸清庙。王荆公如邓艾缒兵入蜀，要以崄绝为功。黄山谷如陶弘景祇诏入宫，析理谈玄，而松风之梦故在。梅圣俞如关河放溜，瞬息无声。秦少游如时女步春，终伤婉弱。陈后山如九皋独唳，深林孤芳，冲寂自妍，不求识赏。韩子苍如梨园按乐，排比得伦。吕居仁如散圣安禅，自能奇逸。独唐杜工部，如周公制作，后世莫可拟议。此臞翁评诗语也。予最服其切当。

《十九首》中，“青青河畔草，郁郁园中柳。盈盈楼上女，皎皎当窗牖。娥娥红粉妆，纤纤出素手”，六句连用叠字在首，读之不厌其重复者。一句一意，非叠字无以形容之。正见古人用字之妙。

许浑《泊松江渡》诗云：“鸡声荒戍晓，雁过古城秋。”温庭筠《早行》诗云：“鸡声茅店月，人迹板桥霜。”刘禹锡《途中早发》诗

① “妍”，原文作“研”，据文义改。

云:“寒树鸟初动,霜桥人未行。”三诗意境相同,句调亦复相似。

诗人思想,有愈痴骇愈佳妙者。如杜少陵“斫却月中桂,清光应更多”、白乐天“遥怜天上桂华孤,为问姮娥更要无。月中幸有闲田地,何不中央种两株”、韩子苍《衡岳图》“故人来自天柱峰,手提石廪与祝融。南山坡陀几百里,安得置诸行李中”、李贺“女娲炼石补天处,石破天惊逗秋雨”等是也。

……

张苍水先生墓在西湖之南屏山。光复以后,祠宇一新。王君麟书有《谒墓》七古一首,诗云:“凤凰山色青如故,苔花绿蚀孤臣墓。仙鹿无灵老猿死,行人愁说南屏路。思宗自昔沦明鼎,烟花又报南都烬。蕺山一角小朝廷,琐尾流离宋帝昺。一旅孤军海隅起,入海腾渊辅龙子。慷慨田横五百人,纵横句践三千士。登坛旗鼓誓三军,恸哭金山祭孝陵。豪杰输心江口寨,英雄犄角石头城。一夕荥阳违契箭,天心又厌铜陵战。白刃无光赤旗仆,脱身险构空坑变。一柱支撑十九年,伤心隆准绝南天。中原正朔千秋定,穷岛浮生一发悬。不死终当存故国,空山寂寂心于悒。别部无端诉晋饥,妖髡不合逢秦谍。武林城郭西风怒,柴市凄凉塞烟雾。生前富贵笑平西,死后英灵追阁部。旷代遭逢圣祖恩,褒忠天语锡丝纶。至今华表千寻立,白鹤归来月夜魂。”音节苍凉,逼近老杜,叙述当年情事,令人可歌可泣。诚不愧为诗史也。

魏武帝《观沧海》诗“水何澹澹,山岛竦峙。草木丛生,洪波涌起。”看似淡淡着笔,而雄壮之气概却于深远含蓄中,微微透露。老凤胜于雏凤,丕植二子所以不及也。

魏武帝《善哉行》七解,文帝《煌煌京洛行》五解,全用古人事实。似不得以诗家常法论之。

……

后主《乌栖曲》、《采莲曲》、《长相思》、《东飞伯劳歌》以及《自君之出矣》六首、《三妇艳词》十一首，皆能独出机杼，自成馨逸，惊才绝艳，为温李之先导。苟生盛世，得为文学侍从之臣，何尝不可成一家言。何不幸而为亡国之君主，腾笑青史，并留此文字以为荒淫之口实也。

唐传奇无名氏《春词》云："杨柳袅袅随风急，西楼美人春梦中，绣帘斜卷千条入。"宋谢皋羽《寄邓悠》云："杜鹃花开桑叶齐，戴胜芋生药草肥，九锁山人归未归。"此古人三句之诗也，词赡意足，以少许胜人多许。求诸古人中似亦不可多得。

假象太过，则与类相远；命辞过壮，则与事相违。辨言过理，则与义相夫。丽靡过美，则与情相悖。此挚虞四过之论也。即诗之大家亦往往蹈之。

七哀者，一事而七哀具。所谓病而哀，义而哀，感而哀，悲而哀，耳目闻见而哀，口叹而哀，鼻酸而哀也。作此诗者，滥觞于子建，继之者为王仲宣、张孟阳也。

……

咏春草诗夥矣。《碧城仙馆诗》中亦有四律，予最爱诵之。诗云："几回山雨沃灵根，一片萋萋直到门。红豆空迷游子梦，玉钩谁吊美人魂。踏来屐齿春无迹，望里裙腰绿有痕。曾过当时送行处，只应愁煞旧王孙。""似此新愁不可删，一帘春雨六朝山。人归南浦轻阴后，梦在西州夕照间。芳径印来罗袜软，落英衬去舞茵闲。板桥香艳消沈尽，空对蘼芜忆玉颜。""绿遍山程与水涯，黄宜鹅子翠宜鸦。南朝烟雨重三节，北里莺花第五家。小院空阶迷蛱蝶，荒陵古道问虾蟆。销魂最是横塘曲，回首春风冷琵琶。""家在江南水一方，空怜小谢赋池塘。采将芳杜情谁寄，佩到柔蘅影亦香。客路有人愁细雨，天涯何处不斜阳。玉关消息知何似，绿遍前朝旧战场。"似此不脱不黏，所谓初写黄庭，恰到好处。

云伯大令《咏七夕》云："乞取银河洗兵马，征人十万早还家。"

不为儿女情话，却作感事伤时语，亦前人所未有者。

越中有名女儿酒者，俗以女儿生时酿酒，至嫁时始启饔饷客。以家之有无，为酿之多寡，与粤中之女儿葛相等。有友贻以三小瓶，据云乃二十年前所酿者，饮之醇美无比。因忆云伯大令曾咏此云："女儿酒如女儿娇，鹅黄一片春欲消。女儿酒如女儿艳，红晕燕支波潋滟。越中生女颜如花，越中酿酒红如霞。嫁衣未裁酒先熟，应识嫁时香更足。酒为女儿酿，名亦呼女儿。二八芳年作新妇，三五圆月应佳期。双龙玉瓶泻春碧，绝似女儿好颜色。郁金之味苏合香，更与女儿同芬芳。酒人一见开口笑，如见女儿正年少。花前一饮三百杯，更呼女儿来谢媒。"

……

宋人笔记，往往以恩怨为褒贬。《钱氏私志》之诬蔑欧公，《四朝闻见录》之诋毁考亭，皆其证也。至以才女而横加污语者，《元夜》一词，欧公所作，不知何以入诸《断肠集》中，遂疑淑真有荡佚之行。尤冤者，易安以五十余岁之老妇，而诬其再嫁，且伪作与綦处厚启以实之，有失身伧父云云。云伯大令有《题查伯葵撰李易安论后》两绝云："谈娘善诉语何诬，卓女琴心事本无。赖有琵琶查十八，清商一曲慰罗敷。""宛陵新序写乌丝，微雨轻寒本事诗。一样沈冤谁解雪，断肠集里上元词。"为两夫人作辨护，直是有功名教之作，诗之有关系如是。

麻雀之戏，不知始于何时，迩来此风大行。几于家有其具，上下社会，有一日不能离此君之势。胜负之博，以京师为最巨。虽以袁总统之谆谆告戒，而大吏要人，洞房密室，禁令有所不行。沪上则视此为消遣雅品，总会林立，出入甚大，外人绝不加禁。近有易以扑克者，则又西人赌学之东渐也。会稽陶稷山先生有《叉麻雀乐府》，典雅可诵，颇堪警世。其词云："罡风吹鸟名鸺鹠，无昼无夜号啾啾。飞向人间啄大屋，宾客欢笑妻孥愁。一啄再啄金屋破，啾啾唧唧号未休。初翔江之右，倏忽腾九州。问制何时始，易竹乃废纸。非簺亦非蒲，无卢亦无雉。索长矩方规以圆，自一至九环无端。马融六博赋所遗，李翱五木经久删。呼龙喝雉揣梅竹，四人鸣对声关关。鸺鹠来，欢颜开，蒲萄美酒夜光杯。犀箸厌饫鸾刀催，金珰翠钿名姝陪。箫管哀吟杂喧豗，宾极欢，主大醉。华灯四照开博台，鸺鹠去，鸡号曙。胜者欢笑负皇遽，面色如土不敢怒。脱下鹔鹴裘，低首长生库。到门踌躇惭妇孺，誓绝安阳旧博侣。明朝见猎眉色舞，枭化为狼复为蝎。破人黄金吮人血，枯鱼过河泣何及。自言我本不祥物，方将取汝子，弗仅毁汝室。吾闻东晋凌迟铜驼没，大地五胡乱羌羯。士夫饮博供清谈，牧猪奴辈亡人国。桓桓我祖长沙公，取投博簺江流中。地天鼎沸人逍遥，千年时局将毋同。沈沈大梦真竹醉，白昼黄昏为易位。咨余往射岂得已，用韩句，枭惊堕梁魂破碎。血其爪肉贯翎翅，焚灭毂卵断噍类。君不见，万国人人习体操。强身强国五禽戏。”

前南京女师范学校校长周墨亭女士，与学生感情极洽。嗣为扩充该校起见，财政支绌，请款为难，不得已向当道辞职。其病中填词一阕，留赠诸生，以为纪念。《调寄金缕曲》：“遥夜西风里，望天涯沈酣万户，人心都死。只有精禽魂未断，欲唤世人睡起。任瘏口哓音未已。茅屋飘摇风雨夕，忍天津桥畔三更止。看喉舌，血痕紫。　　声声欲警当途耳。想黄钟无人能应，空嗟拊髀。一息犹存精气在，宁惜唇焦舌敝，天赋热肠如此。巫峡猿啼今断绝，算关山羌笛哀音比。有蜀帝，魂归矣。”语语沈痛，传诵一时。不得谓非巾帼中之热心教育人也。

今本唐诗，谬误不可胜举。如韦应物诗云：“高髻云鬟宫样妆，春风一曲杜韦娘。”按《本事诗》载此诗为刘长卿在杜司空席上赠妓之作，原本“高髻云鬟”四字作“浮渲梳头”，渲音眩，画家本有渲染法，以淡墨饰美人鬟发上。其误刘为韦者，因两人先后为苏州刺史也。

白乐天《长恨歌》云："峨眉山下少人行。"又云："七月七日①长生殿。"范元实以为明皇幸蜀，不经峨眉，长生乃斋戒之殿，非私语之地，当改为剑门山、飞霜殿。不知行吟遣兴，本不必事事尽实，此而易以剑门、飞霜，词意便觉减色，况峨眉为著名之山，私语安必择地？范言失之泥矣。

汪瑶西女士，浙西人，其母梦人授桃花一枝，而生女士。年二九，适同里陆姓子。陆喜博，倾其家，女士规之，乃弃之如秋扇。女士以遇人不淑，居恒忧忧不乐。曾有《咏燕诗》云："双飞羡尔花间去，衔得春泥垒筑成。比翼玳梁香梦稳，任他风雨不相惊。怜侬薄命比桃花，虚掷韶光负岁华。清泪满巾谁可诉，懒临明镜整盘鸦。"亦可见其怀抱矣。忧能伤人，二十岁即卒。莫渠轩孝廉撰联唁之。联云："二十载风光，香梦刚完，回忆问字帏中，曾几何时，忽道一声归去也；五百年浩劫，俗缘偶系，犹记赠花帐底，有如此日，欲询千古再来否。"

大雷山人吴兴俞劲叔先生，诗才清隽，吾湖才人也。著有《西泠吟稿》。其中美不胜收，如《过小曲园寄怀俞荫甫师》云："解组归来鬓未皤，偶然托迹隐岩阿。等身著作传人少，名世文章历劫多。自有湖山供啸傲，早从宦海阅风波。瓣香我亦韩门士，怅望音书几度过。"《滕王阁》云："访古南经彭蠡湖，崔嵬杰阁俯洪都。文章秋水才人笔，蛱蝶春风帝子图。南浦依然云叆叇，西山犹见雨模糊。我来不及逢高会，尚有阎公棨戟无。"《宝应舟中听雨》云："去岁秋江雁正飞，画船争泊钓鱼矶。而今梅熟萧萧雨，只送诗人一舸归。新荷出水大于盘，骤雨跳珠不定看。今夕安宜城下宿，却禁三十六陂寒。"《雨后重游金山憩江天寺》云："重来登古

① "七月七日"，原文作"七日七夜"，据《长恨歌》原诗改。

刹，云雾昼冥冥。塔彰凌霄汉，江声走怒霆。堂深龙护法，人静鸽听经。更上高台望，遥山入座青。”《宿丹阳江口赋示友人》云：“潦倒休嗟岁月穷，云阳城外泊孤篷。时平驿路通商客，乱后沙场吊鬼雄。北固钟声来枕上，南徐山色落杯中。凭君莫话兴衰事，江水茫茫月堕空。”《秦淮留别杂咏》云：“十里波光照眼明，丝丝杨柳绾离情。殷勤只有秦淮水，送我扁舟过石城。落魄真成汗漫游，烟花此去醉扬州。他年载酒江湖上，桃叶桃根坐两头。青溪渺渺欲通词，枨触风怀更赋诗。一片淡云微雨里，消魂最是小姑祠。一曲清歌酒一卮，风流无复见微之。兴酣高据胡床上，不向桓伊借笛吹。”《观音门登眺》云：“奇山似与江涛抟，江欲吞山山势恶。陡然壁立向西跃，行人过之骇且愕。我来捩舵矶头泊，挈伴寻幽双屐著。峰回路转凌岝崿，满空苍翠向人落。不知巨斧何年凿，开出芙蓉面面削。松杉倒挂藤萝络，攀缘上下愁猱玃。颇疑上有飞仙阁，欲往恨无长絙缚。回身仰见双扉廓，据高临下畤始作。或云明祖增外郭，首重北门严锁钥。一夫当关万夫却，终古无人撄铓锷。我闻此言笑大错，金川门启彼何托。当年筑城诩恢拓，曾几何时燕飞掠。我今探奇搜洞壑，那复匆匆论兵略。西行欲跨扬舟鹤，兹游先傲谢康乐。”诸诗读之，如食哀家梨，爽脆可喜。

蓉江陈慕青女士蕴莲，擅诗书画三绝。生有夙慧，年十二，曾咏月中梅云：“铅华不染任天真，雪压霜欺倍有神。莫道几生修得到，此身原是月中人。”其自许如此。后归左向庭参军为室，倡随极乐。曾自写《合欢图》，题者甚夥，著有《信芳阁诗稿》。

……

吾浙永嘉徐烈妇吴绛雪殉节事，名人传记甚夥。事实经费韵甫先生谱为《桃溪雪传奇》，久已脍炙人口。节妇清才绝艳，著有《六宜楼诗稿》，其《题昭君像纸鸢》云：“琵琶斜抱态珊珊，缥缈云端响佩环。应是芳魂思故国，年年春度玉门关。意态难描是丽姝,丹青当日恨模糊。缘何绿草芳郊外,又逐东风入画图。佳丽千秋得最难,高飘偏许万人看。碧空深处东风冷,可似西宫独处寒。自悔无金与画工,紫台一去类翩鸿。人情大抵多翻覆,只合高寒傍月宫。"《秋夜》云:"香缘漏永薰还冷,锦为愁多织未成。"《元宵》云:"笙歌地觉春如海,灯火人忘月在天。"《春日偶成》云:"过墙细竹参差见,上架柔花次第开。流水不为将恨去,东风空解入帏来。"读之如嚼冷梅花,芬留齿颊,作三日馨也。

无锡钱讷蘧先生,少负俊才,随宦岭表,读书日夜不辍,于历代史事尤熟。曾辑《李易安遗事》,力辨其晚年失节之诬,引证明核,于千百载下护人名节如此,真不愧君子人也。其《金陵怀古》云:"幕府山前鼓角哀,石头城上郁崔嵬。但凭粉黛销王气,毕竟郎君少帝才。辙迹总因青盖误,潮声曾阅紫髯来。如何虎踞龙蟠地,一任降帆次第开。"颇有中唐气息。又,《书三国志后》云:"迭兴班马孰为俦,江汉英灵第二流。世事竞夸知舜禹,史臣初未薄孙刘。志分三国原无统,传少双丁岂有仇。辛苦后贤争帝蜀,当年钟邓已封侯。"帝魏帝蜀,千古辨之不已,读此令俗儒爽然。

……

方外能诗者颇夥。庐山修梅上人,工诗,善画梅,常往来罗浮峨眉间,所咏古梅诗,人争诵之。先夫子以《补情图》令题诗云:"天生至情人,善把情天补。志愿了三生,缺憾弥千古。笑我参情禅,参得蒲团破。情话喜逢君,补衲灯前坐。"亦流利可喜。

秀水朱琴香女士,归萧山陈伯辅为室,余表嫂也。工诗画,美容色,柏舟早赋,丸熊课子,有欧母风,为先夫子题《补情图》诗云:"南北东西四望愁,青天碧海思悠悠。水流仍合刀难断,月缺重圆斧借修。余味要从诗外觅,色身同现画中留。英雄儿女兼仙佛,此愿如何竟得酬。偶然感触便缠绵,生死难偿未了缘。鬼哭曾传仓颉制,神功分夺女娲权。乐除名教原无地,恨到长离别有天。

从此人间留缺陷,怜他衔石海空填。尘世茫茫总可哀,凭空感慨自中来。谁教一往深无极,其奈千丝解不开。梦恋奇温姜被卧,诗吟飞絮谢庭才。红闺臭味芝兰契,斑管生花续玉台。久厌繁华谢绮罗,长斋绣佛病消磨。从头结习三生忏,弹指流光一梦过。夜雨寒灯愁压线,秋风茅屋感牵萝。此身留憾无穷在,惆怅披图鬓欲皤。"悲凉蕴藉,想见其人。

席佩兰女士为随园女弟子中杰出者,其《柳絮》诗云:"不如点入桃花水,化作浮萍转得圆。"《寄衣曲》云:"去时宽窄难凭准,梦里寻君作样看。"《杨花》云:"迎风欲舞佳人态,到处为家荡子心。"《古镜》云:"对君原是我,知尔阅多人。"《十五夜月》云:"万古不磨惟此镜,百年几度是今宵。"风华绮丽,的是可人。

鉴湖女侠秋瑾,女界之伟人也,喜作男子装。晤予于海上天足会女校,出其《黄海舟中感怀》诗见示,悲壮淋漓,令人击节不置。诗云:"片帆破浪踄沧溟,回首河山一发青。四壁波涛旋大地,一天星斗拱中庭。千年劫烬灰全死,十载淘余水尚腥。海外神仙渺何处,天涯涕泪一身零。闻道当年鏖战地,至今犹带血痕流。驰驱戎马中原梦,破碎河山故国羞。领海无权悲索寞,磨刀有日快恩仇。天风吹面泠然过,十万云烟眼底收。"《感愤》云:"莽莽神州叹陆沉,救时无计愧偷生。搏沙有愿兴亡楚,博浪无椎击暴秦。……义高不碍客囊贫。经营恨未酬同志,把剑悲歌涕泪横。"颇似老杜哀时之作。

……

吾乡德清吴羌山,县中最高峰也。登临四眺,全县在望。山顶一寺,又号乾元,故俗又呼为乾元山。曲径萦回,松竹交翠,境颇清寂。每值春秋观音诞日,红男绿女顶礼者甚众。余怀有《登吴羌山》诗,一气呵成,足传千古。诗云:"万叠青山一县秋,乾坤寥落放孤舟。我来何处风吹帽,僧住高峰雪满楼。红树几村迷路远,黄花无语向人幽。岂知太守挥毫后,更有题诗在上头。”

近人有五禽言诗,新颖可喜。诗云:“泥滑滑,泥滑滑,举步先宜子细察。道途近日更崎岖,一朝失足终难拔。泥滑滑,行不得也哥哥,行不得也哥哥,可知平地有风波。好向稳中寻活计,莫从险处逞干戈。行不得也哥哥,不如归去,不如归去,蓬飘梗断终堪虑。三椽草屋一床书,团聚天伦笑和语。不如归去,得过且过,得过且过。但愿不寒兼不饿,三餐疏食莫嫌粗,一领布衣休道破。得过且过,提壶卢,提壶卢,休管旁人笑酒徒。兴至不妨邀月伴,醉时何必倩花扶。提壶卢,春去了,春去了,驹光过隙寻偏杳。食奔衣走古今人,回头可惜韶光老,春去了。”

明季陈卧子,以节义著。其诗才亦自不可及。集中《警句》云:“禁苑起山名万岁,复宫新戏号千秋。九龙移帐春无草,万马窥边夜有霜。左徒旧宅犹兰圃,中散荒园当竹林。禹陵风雨思王会,越国山川出霸才。七月星河人出塞,一城砧杵客登楼。四塞山河归汉阙,二陵风雨送秦师。”感慨苍凉,神似老杜。

至人无梦,庸人多梦。余常有梦,然梦境迷离,醒即易忘。忆惟廿年前客武林,寓于湖上俞楼。时值孟夏,风和日暖,绿暗红稀。日棹瓜皮艇,与二三女友作探幽之举。洗尽尘俗,襟怀一清。一日薄暮,游孤山归,共饮于楼外楼,醉归即寝,梦中惝恍,似此身仍在孤山深处。有一老叟,以诗索和,余即步其韵,诗成方欲有言,忽鹤唳一声,心悸而醒,则天已明矣。梦中诗仍历历在心,亟录之不少一字。诗云:“青卷松涛云万壑,药苗采罢闲调鹤。月明树底抚清琴,风过刺桐花乱落。”惟原作只记次句“老梅压雪冷侵鹤”七字而已。噫,亦奇梦也!

……

——《香艳杂志》(1914—1915)第一、二、三、四、六、七、八期

香艳尺牍序

离之为卦，其象为火为日，其于人也为中女。文明之朕于女子，古圣已见及之矣。等是圆颅，等是方趾，等是耳目之见闻，等是心思之运用。而谓女子之智力，恒逊于男子，此亦吾辈自馁自弃之訾言，不足为正当之理论也。伊古以来，伏女之代传壁经，大家之踵成汉史，义成夫人之通孝经，宣文君之明周官音义，枕经葄史，学有根柢，即厕诸须眉，亦自出人头地。其擅才藻能文章者，汉有蔡琰，晋有道蕴，唐有上官婉儿，宋有李易安，元有管夫人，明清两代，才媛辈出，尤觉偻指难数，不特刘家三妹，宋氏五姝，一门称盛，播誉千秋而已。至若文之有书信①，通人所鄙为小道者也。然亦有以此擅名者，史称陈遵善尺牍，而女子中如②皇甫规之妻，亦工书记，知古人之不忽于小道，有视为行远传后之文，不敢率尔操觚者，载籍具在，可得而稽。近日坊刻诸本，浅薄陋劣，去文弥远者，无论矣。即力求高雅，而以闺中情事，使男子执笔摹写之，得毋嫌于不类乎。区区此意，布诸同志，教育家咸韪之。因就浏览所及，自汉至清，名媛之作，辑得若干首。虽年代各殊，体格不一，而文质之相宜，繁简之互见，要如瑶草琪葩，一花一叶，自成馨逸。益以近人所撰，亦复有典有则，雅饬可喜③，汇为一集，俾成全④璧，薰香摘艳，于是乎在。九思斋主人怂恿付梓，以广流传，不

① “文之有书信”，《香艳书札》本为“求文于书信”。

② “如”，《香艳书札》本无。

③ 《香艳书札》本于此多出一句：“不足则以鄙作附之，续貂之诮，自知不免。”

④ “全”，原文作“合”，据《香艳书札》本改。

揣梼昧而为之序①。

——《香艳杂志》(1915)第六期;参校《香艳书札》,
中华图书社民国八年(1919)版

题红楼梦发微

扑朔迷离假作真,金钗十二悟前因。黄王孙赵喧当代,都是红楼梦里人。

灵玉由来顽石化,迹留青埂性难忘。仓山老去花间活,曾说前生住点苍。

莫谓此公多谩语,大观园即是随园。风流一代都消尽,认取红羊劫后痕。

一枝采笔焕奇文,刊落陈词说异闻。笑煞乾嘉诸老辈,被君强派作如云。

——《香艳杂志》(1916)第十一期

① 《香艳书札》本最后一句为:"中华图书馆主任怂恿付梓,以广流传,不揣梼昧而为之序。民国四年六月吴兴徐畹兰序于海上之鬘华室。"

易瑜

易瑜(1867—1932),一说生于1868年,字仲厚,幼字湘畹,别署玉俞、汉寿女士,龙阳(今湖南汉寿)人。父易佩绅,曾任山西、四川、江苏布政使。母陈氏。兄易顺鼎,清末名士,著名诗人。夫黄尊,秀山(今属重庆)人,在龙阳创办"龙南致用学会",授徒讲学。易瑜与姚蕴素为好友,致力于女子教育,创办龙阳女子小学堂,先后执教于多所女校,著有《湘影楼诗》《瓶笙花影录》《髫龄梦影》等作品。

髫龄梦影(节选)

人之生也,虽享寿百年,其光景之过眼,若雷霆之惊相激也,若风之飘而旋也。转瞬即逝,莫可追索。然回忆儿时之耳所闻,目所见,身所历,其间悲欢苦乐,莫不印迹于脑中。偶一触及,虽隔数十年之久,犹若当时之真相。事过情留,时移物换,抚今追昔,能不有感于心哉?自顾此身,将由壮而老矣。一旦悠然物化,则凡所印迹于脑者,亦随之而没矣。故举当日所闻所见所历,有可述者,一一笔之于此,无藻饰,无虚妄,随心所记,随笔所录,名之曰"髫龄梦影"。文字虽无可观,然当时社会之理想,教育之状况,余父余母之言行,余家之悲欢离合,或关于历史,或关于政治,或切于修身行己之道,以贡诸吾女界,或亦不无小补焉。

……

当时教授初学之法，仅口授生书，考认难字，默听其背诵而已。学年渐长，读书稍多者，乃出一文言，令其作一偶句，俗称为对对，初三四字，渐增为五七字。然后乃学为诗，乃作破承文。初授读时，亦不讲解，必待诸经读毕，学作八股，始开讲论孟及朱注或浅近之古文，或新颖之制义。若女生则终无听讲之日。以其不作八股文也。

……

余年十二，犹与兄同就外傅，业师张姓，老诸生也。教兄作小题文，以备回乡应童子试。终日咿唔占毕。间日一作五言八韵之试帖诗。时余五经四书均已读毕，惟未闻讲解，不能深明其义。师授以《七家诗》一册，令余与兄同作试帖，惟不令作八股耳。一日诗题为"诗酒水云乡"，得"乡"字。余所作者，记其半云："何处能销夏，云乡更水乡。酒从瑶盏注，诗向锦囊藏。器少相如涤，人原太白狂。金茎仙露碧，玉版墨痕香。"师见而惊异曰："女子有才如此，不必更求进步矣。"是后乃不更授余功课。惟令温习旧者，亦不为之讲解，不令背诵，出则出，入则入，不复过问。于是一年，非特尤所进步，其旧有者亦忘之矣。

……

次年，兄归湘应童子试。余始废读，稍习女红之事。而性又不相近，未久辄弃去。日偕女伴嬉于园中，久复生厌，仍从事于读。然苦无师，且无伴侣，不能有恒。余之学业有退而无进，职此之故也。余仲兄偶归，时或为余讲解诗词之奥义，而又未能长处家中。余父以余姊之故，尤不欲余多作诗，尝言："'女子无才便是德'一语，应改为'无才便是福'。"盖谓福慧不能双修也。偶见余诗稍佳者，辄戒余勿多作，于是而余之诗亦不能求其进境矣。惟余仲兄则深欲余从事于学，令余读《离骚》、《文选》及《史记》、《说文》等书，为余检置案头，然亦无暇为余讲解。余偶一翻阅，见其文义深奥，又不之喜，未终卷辄弃去。于兄案头得《吴会英才集》一部毕沅编，深喜之，终日吟讽其中。尤酷嗜黄仲则先生《两当轩诗集》，后乃觅得其全本读之，手不释卷，致全集均能背诵。其集末附有所作诗话数则，中云："欲以岑嘉州、温飞卿、李昌谷三家之诗合刻，能读之烂熟，则下笔必有奇妙。"乃于《全唐诗》中检得三家之诗，各手录一通，又手录《两当轩全集》一部。故诗学略有心得者，此也。

——《妇女杂志》第一卷（1915）第六、十号

题海沤女士诗集

独立平权并自由，放言高论震神州。温柔敦厚风人旨，今见闺中第一流。

——王蕴章《然脂余韵》，《妇女杂志》第一卷（1915）第六号

瓶笙花影录（节选）

余初撰《髫龄①梦影》，送登《妇女杂志》后，莼农先生复屡函索拙作。余以家务、校务，倥偬终日，不遑执笔。早岁偶有所作，率皆散佚，无以应命。今偶检故纸，得往时手录杂纂数则，或故旧遗闻，或家庭琐事，阅之不胜今昔之感，因复掇拾成篇。时正寒月在天，与室内炉火灯光相掩映，而梅影横窗，茶声沸鼎，倍增前尘如梦之思。因名之曰"瓶笙花影录"，录寄该社以副雅意。丁巳嘉

① "龄"，原文作"年"，据前篇《髫龄梦影（节选）·自序》改。

平月易瑜识。

吾乡节妇邓三姑者，儒家女，幼字同里赵氏，结缡三载。值洪杨之变，吾邑亦遭兵祸，赵子被掠而去。三姑年甫二十一，未育子女，翁姑年老，家无次丁。室徒壁立，伫苦停辛，日以十指供甘旨。数年翁姑死，乃归依父母，终岁足不出户，食不兼味，所御之衣，非青黑二色，未尝着体。邓氏家故小康，而节妇终日操作，以代兄嫂之劳。父母年衰多病，昼夜侍无倦容。既殁，哀毁骨立。继而兄嫂亦亡，乃独抚孤侄成立授室，时年已六十余，犹辛苦持家，服劳不倦。其生平克苦自励，非恒人所能堪者，节妇处之怡然，终身未尝致病，不知药石为何物。虽禀赋素强，亦养之有道欤。余母钦其行，悯其劳，迎居余家，俾事休养，且嘱兄辈为之请旌，而屡次皆以事梗不果行。其始来也，余每至其室，相与谈论，见其衾褥整洁，而床端无枕，询其故。节妇叹曰："不用此物四十三年矣。"因言：兵难时非仅良人被掠，家居皆毁，衾枕诸物，荡然无遗。初未料被掳者终不返也，常自慰曰：俟其归当更制双枕。岂知日日年年，信音都渺。余亦眼穿泪尽，誓不更制。今数十年，已成习惯，用之转不能安卧。余闻，伤叹良久，返告余母。时余兄仲实方在侧，笑谓余曰："绝好一乐府题，名曰'仇枕谣'。妹可赋之。"余奉命勉成一章，今录之于后以纪幽光。诗曰："忆妾初嫁时，枕上绣鸳鸯。鸳鸯不独宿，妾亦三年双。忽然天地变，浩劫遭红羊。良人被掠去，消息久茫茫。未知良人生，未知良人死。未知良人娶妻与生子。四十三年人老矣，妾泪成河不能止。每逢天雨便离魂，似共良人避崖底。乌头马角年复年，使妾直欲仇皇天。不敢仇天但仇枕，良人归来妾安寝。"

余友曾季硕名彦，蜀人也，工书画，尤擅诗歌。时人有三绝之目。诞之前一夕，母左冰如夫人梦一女子立梧桐枝上，抱一婴授之曰："汝好抚之。"以此钟爱特甚。稍长，聪颖异常，教以诗书，过目不忘。垂髫时见一老妪伏地拾物，即援笔肖其状，神态宛然也。长适汉州张子馥名祥龄，王湘绮先生之高才弟子也。玉笙瑶瑟，此倡彼和，洵称佳偶。寓居成都浣花溪杜工部祠，颇具花木林泉之胜。子馥故寒士，季硕为人书画，以所得润笔资助，补米盐膏火之用。堆案盈几，应接不暇。余父在川时，子馥来拜门下。余母亦深爱季硕。延其伉俪，同居署中。季硕长余十年，欲以师礼事之，坚不肯。乃约为姊妹，朝夕过从，亲逾骨肉。后又偕至苏藩任所，先后同居三年。丁亥，余父告病归里，子馥仍留寓吴门。逾年，子馥举孝廉，又一年而季硕死。其病之前一日，梦一女子白衣青裙，长仅尺余，手执纸牌一张示之。上书七绝一首云："记跨青鸾过玉沟，天风吹下蕊珠楼。问君三十三年事，几许欢娱几许愁。"醒而病，病而殁。年仅三十三也。玉楼琼岛，真灵位业，以此观之，洵不诬矣。所作古近体诗，远追八代，下挹三唐，洵闺中未易才也。有《虔共室集》行世。子馥赋《悼亡》七绝百首，情文兼至，哀艳缠绵。余每读之，声泪俱下。兹选录数首于后，以见其伉俪之笃而艳福之难销也。诗云："绣榻香衾此夕终，明朝移敛入棺中。依然玉貌花肤样，便与生人事不同。""不惜膏煎忍自焚，春蚕难解乱丝纷。可怜呼救难留命，九死甘心愿替君。""纸帛粉陈乱寝堂，神祇相待肃灵床。分明日日同眠食，忽见麻衣奠酒浆。""泪有干时海有涯，生人易遣死堪嗟。盖棺渐觉闲无事，始见空庭日影斜。""欲言欲见竟无由，依旧栏干依旧楼。忽过中庭望天色，白云不语自悠悠。""关河虽阻信能探，今竟无由寄一函。对镜梳头人不见，依然日影到窗南。""死后应能胜在生，相思休更再多情。何从觅得鸿都客，为我传书一问卿。""江南陌上鞠成尘，三百红桥尽是春。细柳牙旗明月地，从今一过一伤神。""衔泥辛苦自年年，绝少分甘只自煎。纵使俸钱盈百万，涓埃何补在生前。""昔日京华渡海潮，闺中风雨听终宵。如今飘泊天涯远，谁更关心寄柳条。""生死俱完此月中，明朝改朔转飞蓬。从兹积日成终古，流水西归不再东。”……“飘萧寒雨下空庭，残竹风斜湿泪零。锦帐春宵鸳瓦点，那知今夜这般听。”“直到今朝悟已迟，纵填海水也难追。甘心愿作单寒鸟，长守坟前柏树枝。”“君身如墨我如磨，磨尽如闻唤奈何。来世愿君磨转我，恩成山岳泪成河。”“松柏遥遥送夕阳，墓田草绿绕横塘。皋桥为谢春佣主，先为梁鸿葬孟光。”“五言师法有遗规，字字专家谢客儿。命与陈思同不遇，责躬诗后更无诗。”“辛勤作茧似春蚕，从此安心七不堪。金印纵教悬肘后，与君同苦不同甘。”“灵是容颜柩是肤，相思借此当君躯。日来泪点盈棺盖，浸入棺中得见无。”“明月依然入户来，何曾风景换楼台。我知死后还如此，终古婵娥不识哀。”“婆娑此树庾郎悲，半死枯桐剩几枝。有限年华君不待，光阴已近夕阳时。”“明知奉倩本情深，故把哀词托玉琴。生怕夜长愁不死，偏将一死痛人心。”

莲因，姓张氏，黔之古州厅人。年十二父死，其母改适于余家之厨役，女随之来。其继父待之虐，余母怜之，命侍余于闺中。聪慧温柔，貌亦端好，余深爱之。焚香涤砚，日依于侧，不令服他务也。授以近体唐诗及随园女弟子诗，均能领悟。数年能为小诗，清新宛约。余兄屡向余索之，而婢不愿。其心甚欲侍余以终也，而余母及余姑皆不欲。后配一士人，逾年以产难卒。惜哉！所作诗多未存稿，今仅得其绝句四首于箧中，盖随余闺中所作也。《呈湘影主人二首》云：“焚香捧砚日依依，未向妆台半日离。惟有深恩难报答，愿将白发作青衣。”“端庄雅丽世无伦，言笑常含太古春。莫怨屈身为婢子，此生有福侍天人。”诗虽不佳，其辞意则令余感且愧也。又《春夜听湘影主人诵诗》云：“兰釭花灿夜迟迟，主太宽宏婢太痴。茶冷香销浑不管，潜来花底听吟诗。”《午睡》云：“深深院宇少人过，淡淡春衫换薄罗。睡起始惊斜日下，小窗花影已无多。”此二首余曾略更数字。前二首则系原稿，未易一字也。

今兹死者墓木已拱，而此士人则因善居积生财之故，家资盈万，成富翁矣。可胜慨哉。

……

余幼时读诸经，至语意不明处，辄以己意更易一二字。谓系秦火之讹。如《左传》赵穿公婿池，乃易“池”字为“也”字。克减侯宣多，易“减”字为“灭”字之类，师屡责之，始改。后见余友某女士亦有此癖。其所读四子书，率多涂改窜易，妄以己意为之。女士，湘人也，姑隐其姓名。聪明好学，颀长玉立，飘然若仙。父为湘中名士。余父执也，钟爱特甚，不以世俗礼节拘之。女士亦豪放自喜，倜傥不羁。年未及笄，所作诗古文辞，哀感顽艳，见者不知其为闺中少女也。后因多病，遂屏弃笔墨。经史百家，亦懒寓目，日惟纵观小说。尝谓余曰：“宇宙间大文字，惟《石头记》及某书耳。”余则因母教严，《石头记》虽稍涉猎，如某书者终未寓目，姑笑诺之。余父任川藩时，女士亦随父在蜀。余母爱其才，惜其病，常迎之来署，视之如女。女士少余一岁，以姊呼余。虽相亲爱而性情各别，余性和乐，终日怡怡。侍亲之暇，惟剪彩搓绒，研朱弄墨，日不暇给。女士则不然。每于月下花前，春来秋往，无不缠绵悱恻，悲慨伤怀。其翦水双瞳，终日荧荧欲泪，远山眉黛，常见愁锁双峰也。余常谓之曰：“妹何自苦若此？以姊观之，人生于世，惟我辈最乐。父母俱存，兄弟无故，金玉锦绣，堆篋盈箱，春花秋月，尤为赏心。妹何终日含颦？姊则谓愁之一字，非我辈字典中所宜有也。”女士叹曰：“古之伤心人，别有怀抱。姊非我，焉知我之心哉？”一日，余与兄辈扶乩，余姊降鸾，作七古一章，首段起句为春风温、春日暄，末段为春风悲、春雨凄。女士见之，泣不可仰，谓余曰：“此诗盖为我二人写照也。”余诧曰：“何耶？”女士曰：“春风温、春日暄，指姊也；春风悲、春雨凄，则妹也。”余慰之曰：“妹毋多疑。妹处境并无悲凄，而心常悲凄。境不可移而心可移。后此勿存悲凄之心。此诗何能成谶语耶?”女士终不乐。逾年适一宦家子,郁郁而卒,年仅二十一耳。嗟乎,嗟乎!才高命薄,然未必非才之罪也。女士诗稿,当以付刊别见矣。今仅录余箧中所存二首以见一斑。《桃花行》云:“隔帘花影生红腻,晓烟扶出春光媚。东风吹叶动花枝,女伴临阶摘花戏。寄语桃花莫惜春,明岁看花亦故人。见花憔悴知花意,花好自多人爱惜。燕姹莺娇乐自知,花间起舞莫嫌痴。一朝零落东风里,斗艳争妍能几时。可怜桃花艳无比,可怜流莺坐花里。愿将颜色与桃花,愿借余香唤莺起。半卷珠帘一片愁,清歌一曲月如钩。登楼向水看桃影,始觉红妆对镜羞。”又《寄友》云:“洛阳城内婵娟子,玉不自言如桃李。人间天上两难期,赢得兰房中夜起。此情此恨向谁论,罗袜罗衫愁着人。愿作楼头明月影,与君常得卷帘亲。”

……

和韵诗每愁韵险,然尝见押险韵而益工者。黄仲则先生《黄鹤楼》诗,用崔韵“坐来云我共悠悠”。昔人谓“云”字下添一“我”字,便压倒原句,信然。然“我”字甚俗,以之为韵,益觉难工。回忆曩日先大人有《冬晓池上观梅》短篇一首,末句系押一“我”字。兄辈和者数十首,余谨步韵一章,颇为慈意所赏。今录之于此,诗云:“晓妆未整钗微堕,独忍清寒立花左。横斜竹外两三枝,婀娜风前千万朵。凌波一笑细相看,瘦影亭亭卿共我。”

诗以穷而益工,然余见工于诗者,皆喜作穷苦语,不尽因处境而然。余兄仲实诗中惯用穷愁哀怨死伤哭恨等字,父深不悦,常痛戒之。父晚年尤不喜衰飒语,尝见余《舟行杂咏》有句云:“输与鸳鸯消受尽,红桃花浪白蘋风。”命改“输与”为“莫让”。父早岁《登焦山》有句云:“斜日正悬京口塔,残烟半露广陵城。”晚年,自删订旧稿。乃易“斜日”为“高日”,“残烟”为“疏烟”。余辈窃议“高日”不及“斜日”之佳,父曰:“当日登眺时,日方正午,尚未斜也。”一日于余案上见兄所作《将去都杂感》诗首句云:“破帽残衫不自聊,穷途仆马各魂销。”父曰:“开口便作诳语,汝生平肯著破帽残衫耶?”余等咸窃笑不已。余少时有《夏日即事》七绝一首云:“幽兰初放满庭香,戏彩欢娱爱日长。不用侍儿挥绮扇,画堂深处自然凉。”父深喜之,谓辞意丰腴,不涉纤薄云。

——《妇女杂志》第四卷(1918)第七、十号

吴芝瑛

吴芝瑛(1868—1934),字紫英,号万柳夫人,安徽桐城人。父吴康之,曾任山东郓城等县知县。母张氏,江苏丰县人。夫廉泉,江苏无锡人,户部郎中。吴芝瑛与秋瑾、徐自华为密友,曾资助秋瑾到日本求学。秋瑾牺牲后,她与徐自华不顾自身安危,遵秋瑾遗愿,将其安葬于西湖湖畔。吴芝瑛是知名书法家、诗人,在报刊上发表文章多篇,另有《帆影楼纪事》《剪淞留影集》《俗语注解小学古文读本》等作品。

无锡竞志女学校演说(节选)

侯先生与冰兰夫人组织此校,已经年余,其名誉且传播南北。吾此次归里,始得目睹其盛。学生满街,弦诵之声盈耳,于吾国数千年黑暗女界中,发此一线光明,诸位姊妹何幸生此时代。今日相与融融一堂,其快乐为何如?吾颂诸姊妹之幸福,吾自恨幼时不能如诸姊妹得此幸福。故自少失学,悠悠忽忽,至今一无所知,一无所能,不足与诸姊妹相颉颃,愧死愧死。诸姊妹但知今日读书之乐,亦知从前读书之困难为何如乎?吾忆幼时,六岁与吾弟同赴塾,整日守一严师,自识方字起,至读"四书",渐及《诗》《礼》。阅时已三四年,大都诵其文不必通其义,故茫然不知读书之乐。至十一岁,能自阅演义小说,始于文理稍有领悟。时亲知多执旧社会主义，谓女儿家读书何用，故是年遂出塾。从此专习女工，不令再近文墨。……世界万事，皆非吾女子所得预，即号称诗礼之家，亦不过略识之无，能作吟风弄月之小诗而止耳……

——《南洋官报》丙午(1906)十月二十日旬报第六十三册

俞佳钿

俞佳钿，字植权，号平等阁主人，生于19世纪60年代，吴兴（今浙江湖州）人。父俞墉，任职于江西德兴、乐平、安远等县公署。俞佳钿曾任通州女师范学校监督、河南尉氏中西女师范学校学务长，后赴上海与徐畹兰等创办女子兴业公司。俞佳钿著有《平等阁笔记》《女子应用尺牍教本》等作品。

平等阁笔记（节选）

予幼时随宦豫章，禀承庭训，针黹余闲浏览书史，自惭罕漫，记事无珠，戚族矜宠，交口啧啧，谬有不栉之目。前数年来厕身学界，南舣北驾，近迹南通任通州女师范学校监督两载。远踪尉氏任河南尉氏中西女师范学校学务长三载，愧无成绩，决然舍去。不揣绵薄，设商肆于海上，为女界破天荒之举。影响所及，接踵而起者有人。从此会计劳形，学殖益就荒落矣。此编随见闻所及，拉杂书之不计词之工拙也。

秦桧王氏铁像之联语

西湖岳庙旁，有武穆父子墓。下列铁人四，则秦桧、王氏、万俟卨、张俊也。像作跪状，好事者撰一联语，其书于秦桧像上者咳：“我纵丧心，有贤妻必不若此。”其书于王氏像上者啐：“妾虽长舌，无奸夫何至于斯。”桧之奸邪，王之阴毒，遗臭千秋，九原有知，自应愧悔。此联颇足解颐。

挽夏瑞芳联

夏氏以手民创成绝大公司，诸名士附之，相得益彰。助成我国教育，影响殊大，名利兼收。不惟书业之巨擘，抑亦商界之伟人也。不幸去冬为人狙击，长才未竟厥施，悼惜之声，溢于中外。近见我亦曾为胯下人挽之以联云：“十七年教育权操，巨子成群，出于胯下，东人善贾，入其彀中，怵忌家之指摘借端，能发能收，笑尘尘陆陆书商，自我别开生面；卌三岁苑枯境历，生原突兀，奋迹手民，死亦离奇，构怨革党，藉外兵为公私设卫，议功议罪，听是是非非舆论，如君不愧霸才。”赅括夏君一生事实，可作小传读。

联语汇志

予等于民国元年冬，创设女子兴业公司于海上，以维持国货为宗旨。均卿赠联云：“我侪应动魄惊心，六七强国潮流，历数舶来，将夷华产；诸君非骛名牟利，二十世纪商战，试看巾帼，何让须眉。”近有人悬诸张园某女子公司中，则增益其字句，殊失其真。

宝善街振业公司，亦接踵而起，为吴门贝陈诸女士所发起。距兴业开张之日，才隔数旬耳。均卿曾代予撰联赠之云：“国货大维持，喜诸君不后不先，再接再厉；商场多婉妙，愿我辈相提相挈，一德一心。”

植权公司，创于二年之春。由是沪上女子营业，与本公司而为三矣。闻张之日，予亦有联赠之云：“继起又有人，国货同维，声气应求成鼎足；后来者居上，市场小试，文明贸易协离爻。”词虽不工，尚觉贴切。

汪谢城

南浔汪谢城先生与先严为密友。博洽多闻，尤邃史事。自言廿四史阅廿四年而毕业，著有《历代长术辑要》一书。其题词云："握管持筹时逾廿载，考古深心，于是乎在。"可想见其用力之勤，用心之精矣。幼禀母教，母为上海赵璞函先生之孙女，名棻，字仪姞，晚号善约老人。工诗古文词，著有《滤月轩诗文集》，诗余行世，诗文均有家数。有是母乃有是子。闺阁清才，求之于今，未易见也。谢城先生之祖母金太安人，有《传书楼诗稿》。女兄兰畹，有《寿花轩诗略》。《荔墙丛刻》中均载之。

游目骋怀

王右军《兰亭序》有"游目骋怀"句。海上某校某教习编作讲义，有"游之于目""骋之于怀"等语。目而可游，安得如许大眼眶？怀而可骋，不畏马足践死耶？此与某翻译不知文义，译"驰骋文坛"四字为"在书桌上跑马"云云。西人阅之，不解所谓。拘文牵义，乃至如是。诚可笑也。

——《香艳杂志》(1914)第一、二、三、四期

吕逸

吕逸(1870前后—?),字韵清,别署逸初、筠青、韵清女史、友芳旧主,石门(今浙江桐乡)人,1937年尚在世。明末清初思想家吕留良后人。夫王艺,余杭(今浙江杭州)人。吕逸与徐自华、秋瑾为密友,曾任石门文明女塾教员,擅画,参与编辑《七襄》杂志。吕逸著有《倚修竹轩诗草》(稿本),小说《返生香》《狸奴感遇》等。

吟诗

半生自笑苦吟身,每为吟声恼比邻。敢说性灵为俊秀,羞将牙慧拾前人。江山开拓能添兴,花月搜罗要斩新。不信穷愁诗便好,侬无好句也长贫。

——《倚修竹轩诗草》,哈佛燕京图书馆藏稿本

吕筠青女史之评小说[①]

吾浙石门吕筠青女史者,晚村先生之遗裔,当今之才女也。尝与评小说。女史之言云曰:《水浒》,一百八人,大约得清趣雅

① 此文见《新聊斋志异》第一编。《新聊斋志异》共三编,小说进步社宣统元年(1909)石印本。

兴,时大可人意。约计如宋江之月夜入巷、琵琶亭上鱼羹、浔阳楼边江景;吴用之三更走石碣村访三阮、村中夜饮;林冲之雪夜草料场、村间小沽、山神庙中牛肉白酒;鲁志深之五台山半山亭独坐闻酒家唱歌诗、二月(?)山上闻风吹打铁声、桃花庄上桃花、菜园中柳阴下、二龙山下裸体纳凉;武松之景阳岗下饮酒、岗上落日时、阳谷县遇兄、嫂嫂房中暮雪、鸳鸯楼上红烛血书、城外飞云浦水濠上月、蜈蚣岭上、孔家庄里、雪溪逐狗、十字坡大树边遇孙二娘、快活林酒肆中;杨志之东郭教场马蹄青草、东京六月道上;徐宁之下班归家灯下儿女时、追甲车上问张乙时;索超雪下战败贼(时);刘唐之灵官庙醉卧时;李逵山上取水刺虎时;史进松林中纳凉;雷横听白秀英唱;三阮村中遇吴教授饮酒、鬓边石榴花;张顺之琵琶亭江上作鱼牙时、雪夜江心被劫时;石秀扮樵子在庄上钟老家夜闻巡哨;吕方、郭盛风影山战时;蔡福、蔡庆大名府元宵灯下;时迁盗甲[伏]梁上时、翠云楼下卖火蛾时。其余如史进庄客醉卧松林中、醒时满地月影;二仙山下樵子村姑;浔阳江上夜深望江灯火,皆有光景可想。吾常于此等境,无论险夷贫富,终有跃跃欲动情致,不知何故?推而计之,《三国志》之赤壁鏖战、废宫吊月、水镜庄隔壁问客、长坂坡秋夜野哭、五月泸水、三顾卧龙诸事,光景皆妙,自觉有一片光彩娱心。可见,千古以来,文人学士,但从此悟入,皆是仙佛根基。至于文字,无论正史稗官,但能文情并茂,都是好书。如闲书中《金瓶梅》,摹写人情世态,可为无微不至,而又以孝结,以弟始,真是一篇人家家诫,非通达人情,极透彻、看道理到十分,不能一笔,闲书中端推为第一。其次则《三国演义》,妙在用笔简老朴实。其次则《水浒》,空灵奇伟,惜未免有文人学市井语,处处不离本色,然究竟自成一路团卓笔仗。至《红楼梦》则纯从《金瓶梅》脱胎,其病则太有词气也。再其次者,《醒世姻缘传》,用笔纯以《金瓶》,题目苦不佳耳。《儒林外史》用笔亦甚学《水浒》,又不免出语尖薄,由于学《水浒》之写宋江而失之太露耳。《续金瓶》毫无疵病,失之有意造作。《女仙外史》误在写帝师处,涉于荒唐无理。《隋唐演义》,依据皆有所本,难其搜罗繁富,空处亦写得出,未免笨气。《绿野仙踪》极多见道语,失之杂糅,收笔又太欲铺张,失之俗腻谬劣。《续西游》太薄弱。最下者《品花宝鉴》《荡寇志》,风雅不成,失之做作;武毅不成,失之呆忍。然文风已衰,闲书一脉,亦将坠失。近时能如此二书,亦不能不载笔及之。其余尚有可节取者,《复红楼梦》、《蜃楼志》、《禅真逸史》及《后史》。再有《蟫史》,僻涩艰深,亦能自成一家机杼。《后红楼梦》叙事凿空无理,其咏兰诗亦不佳,惟忆兰诗中"梦到空山乍醒来"一语妙绝,其余则犬吠牛鸣,真不成笔墨矣。

——萧相恺《中国古代小说考论编》,
凤凰出版社 2010 年版

唐群英

唐群英(1871—1937),字希陶,湖南衡山人。父唐星照,湘军将领。母曹氏。夫曾传纲,湘乡荷叶镇(今属湖南双峰)人,曾国藩堂弟。唐群英婚后与秋瑾结识,受其感召,东渡日本求学,是中国同盟会最早的会员之一,南社社员,参与创办《留日女学会杂志》、《女子白话报》(初名"女子白话旬报",后改名"女子白话报")、《亚东丛报》、《女权日报》等报刊。

创办女子白话报意见书

亘古今,塞天地,立人极,道乌乎在?曰顺与逆。平等也,自由也,此人类之初生,天所畀赋者也。法律也,权宪也,此维持人道之公共主义也。无古今,无中外,合乎此则为豪杰,为英雄,悖乎此则为无权宪无法律。不自由,不平等,倒行逆施,非所立于今之世也。人也者,对于世界动物之最高者也。故其生也,自呱呱堕地之时,至奄奄垂死之日,无男无女,皆立于平等。此准之中西学统,无待研究者也。自天高地卑乾健坤顺之说出,瞽儒陋士,肆其邪焰,以女子无才为美德,以服役男子为天职。积非胜是,长夜漫漫,坤维不张。女权遂剥,弥纶千古,浸淫五洲,夫非咄咄怪事欤。然综四千余年之积毒,一旦扑之、正之,割除而剔灭之,夫岂易易。则筹备之方法,进行之手续,有非可卤从莽事者。去夏伊黎片马，受逼英俄。旅日同胞，谓战而失地，犹胜于不战而割地。于是有全国国民军会之发起，群英亦于同时发起女学会于东京，编辑女学杂志，按季出版，欲发启女子爱国之热忱，以尽后援之义务。一期出版，颇受社会欢迎。二期稿甫脱，而武汉义旗已高举矣。群英遂回国，奔走于长江流域，尽力革命事务。幸而天眷华胄，政变共和，女子参政之声达于全国，即西来女杰，莫不极表同情①。但物有本末，事有终始，苟不为根本之筹备，稳健之进行，虽饮为女界二万万同胞，谋无疆之幸福，多见其无效也。夫暮鼓晨钟，易人人之耳鼓者，以其音之清醒也。稗官野史，易为人所乐闻者，以其言之浅显也。巨制鸿篇，高而难读，杂家小说，浅而易知。故社会之转移，习俗之改变，收功于深远之文章者少，收功于浅近之小说者多。歌大濩于聋者之侧，置明珠于盲者之前，虽竖子亦知其无补也。当兹女学未发达之日，女权未伸张之时，示以高文则难达，演为白话或易动，不必拘于文义，须为彼所乐观。不贵尽我之聪明，而贵开彼之新智，使听者如闻暮鼓晨钟，观者如见稗官野史。俾吾二万万女同胞，智识增进，能力扩充，于女界或不无少补欤？吾知海内硕儒，必乐予赞成，复其固有之平等自由，大同博爱之地位。吾女界尚其勉旃，尚其勉旃。

——《女子白话报》民国元年(1912)第一期

① “情”，原文作“精”，据文义改。

钱希

钱希(1872—1930),字梦龟,阳湖(今江苏常州)人。父钱向杲,举人。母吴氏。夫蒋南棠,阳湖(今江苏常州)人,廪贡生。钱希为其继室。钱希著有《云在轩诗草》(附《云在轩随笔》《云在轩诗集》《云在轩笔谈》),主要由其弟钱振锽刊行。

云在轩随笔(节选)

书不可一日不读,溪山不可一日不看,何也?不读书则胸次不高,不看溪山则眼界不清,与俗人何异?

谢道蕴诗不过平正耳,如近时人作,必不能如此出名。班婕好诗大致调直,汉朝男子中亦不多见。

蔡文姬诗雄厚非常,一气贯注,闺秀中可谓难得。

苏伯玉妻《盘中诗》有句云:"与其书,不能读。"钟伯敬云:"千古不识字男子被此女郎一语轻薄殆尽。"余谓:"如一字不识之男子被此轻薄,尚可;稍通文理则无地容身矣。"唐朝闺阁诗,其佳者,鲍氏君徽、张夫人、赵氏、任氏、刘瑶,此外亦清新可诵者多。

余每见人不读书,心中辄异,因思此辈不知将何事自娱,何事遣日。

……

宋朝闺阁诗甚少,惟李清照、元好问之妹。

……

夜坐阅《小青传》，因失声叹曰：千古佳人之奇厄，莫如小青之甚矣。所天已非，又遇一妒妇；生已少知音，死又将生平诗稿落于妒妇之手，被其烧尽。所存诗十余首，犹赖小婢密藏，岂不悲乎？诗之气息极佳，音情幽咽，令人泪下。《西青散记》有云："赵闇叔为双卿，坐芦中大哭，哭未能畅，曰：'安得向双卿痛哭三日夜，畅吾怀也。'"予谓小青之苦，倍于双卿多矣。如闇叔与小青同时，三日夜之痛哭，岂能畅怀哉？予知其哭无尽日矣。

……

余每恨托生不善，而为女子，有科名不能求，有山水不能游，与罪囚何异耶？大弟梦鲸笑曰："人当看破则无恨矣。如投牛犬猪羊，其受苦亦不可胜数。虽有八大家之文章，李杜之诗，孙吴兵法，安得发泄乎？"余乃笑而颔之。家君将梦鲸所著之诗文及诗话删正付梓，而浅人见之，议论者络绎不绝。家君颇不谓然。余乃笑曰："此辈俗论，何代无之？张船山有句云：'直使天惊真快事，能遭人骂是奇才。'闻此言，当益自喜也。"

明闺阁诗佳者郭顺贞，其余朱妙端、潘氏、陆娟、黄安人，亦有清新之句，顺贞则七古尤佳。

国朝闺阁诗盛于别朝，然杂而不一，有高于古者，有不如古人者。

国朝闺阁诗钞一百家，佳者惟王玉暎、钱梦钿、许宜英，次则钟令嘉、张於湘，随园女弟子，此外皆万手雷同，读之令人生厌。

随园三妹诗粗率无味，远不如女弟子诗。

国朝别裁闺阁诗颇有超脱高妙之句，袁简斋谓沈归愚不知诗，亦不尽然。

秋水轩诗未尝不清，但欠文气耳。

汤卿谋《闲余笔话》，非绝顶聪明人说不出来。有云："吾辈不可不存时时可死之心，不可不行步步求生之事。存心时时可死，则身轻而道念自生。”余谓此数语直唤醒千秋无量愁苦人矣。

余每看书必生出许多闲想，久而竟如心疾，辄一想动则终日不能解。如晋申生死于骊姬；荆轲死于秦皇；项羽不得天下；韩信死于吕后；戾太子死于江充；王昭君出塞；伯升死于更始；孙策死于贡客；关云长死于吕蒙；绿珠死于孙秀；杨贵妃死于陈玄礼；岳飞死于秦桧……诸如此类，皆有一种悲伤，可泣可骂，用尽精神为之闲想，苦不能解。因想古人看书，此种闲想，必不能无，不知将何术解之。因谓梦鲸曰：“君看书，此种闲想亦有乎？”梦鲸笑而应曰：“前亦难免，近得禅机矣。”

余性好静，虽终日独坐，不嫌寂寞。如坐有一二人，共之片刻，余即厌烦。偶读袁香亭诗云：“一人在坐尚嫌多。”真可谓先得余意矣。

俗人每云女子不宜吟诗，余闻此言，且怒且笑，因思此辈笨伯之言，不知出何经典。人所珍重者《三百篇》，然《三百篇》中，后妃何尝无诗耶？且自来圣人亦未有戒。

孙武子论兵十三篇，无一字不是，无一句不确，真独冠千秋，非绝顶才人必难写出，不独知兵也。

……

余从师读书共有二年，后因家慈多病，诸弟幼小，余故无暇读书。然每闻人读书之声，心如有失。

余最喜美人，尝谓人曰：“若得绝世丽姝与共朝夕，则无忧矣。”人曰：“尔独不见美人为祸水乎？如夏亡于妹喜，商亡于妲己，周幽王亡于褒姒，吴亡于西子，此皆美人为祸。”余乃叹曰：“此辈本非贤君，有美人而亡，无美人岂不亡耶？所谓美人者，其性必柔而弱，近朱则赤，近墨则黑，此自然之理也。妲己如侍文王，予知虽有千万之妲己，亦化为后妃矣；如项羽之不得天下，罪不在虞姬，汉高之得天下，功岂在吕后乎？以此观之，大概可知千古无有罪之美人，然美人长抱此奇冤，无人为之一伸，悲夫！”《随园诗话》有云：女弟子某国色，张香岩必欲见之。着家奴衣，随余轿步往，值其病，废然而返。后信来招我谈诗，香岩喜，仍易服跟余冒大雨走五里许。值其家座上有识香岩者，香岩望见大惊，奔还，衣服尽湿，身陷坎窞。所言女弟子某国色，余初茫然，不知其指何人，徐思之，方知即是金纤纤。《瘦吟楼诗》所云“随园先生来吴门，招集女弟子于绣阁，余因病未曾赴会，率赋二律”，此即证也。香岩因两番换服仍未能见，有自嘲诗一首，句甚不庄，而袁枚竟为之付梓，殊亦不知界限。余谓袁枚如再生，必无闺秀立其门下矣。

余闲时录贾浪仙数十首，有诗云：“独自南斋卧，神闲景亦空。有山来枕上，无事到心中。帘卷侵床月，屏遮入坐风。望春春未至，应在海门东。”余谓此诗定是香山之作，必非浪仙手笔。后读《长庆集》，果然。然亦非余眼力之不谬，诗之气息，各人自有一派。

朱菊如《咏二乔观兵书图》云：“孙吴兵法古今雄，尽在深闺指顾中。寄语诗人休错认，当年原不仗东风。”命意甚新。梦鲸笑曰：“此乃女人自夸，岂足为奇耶？”

女史王采蘋诗摹古像古，有如优人上场。

李笠翁诗如哀家梨，绝无渣滓，惟气格太小。

李商隐诗用典太多。

陶渊明诗清妙自然，有类白居易。

有亲戚某谓余曰：“少年受多少苦处，如何煮饭洗菜扫地浣衣，欲请家君作序一篇，以言其苦。”余笑谢之，因思此辈人如一一均有传序一篇，余知天地必被其塞破矣。

史鉴不可不读，何也？不读史鉴，则一切诗文之论时事者，言之是，言之非，茫然不知，不知，则虽读无益。一读史鉴，则历代成败，了然如见，人之见识自增，胸次自高，议论可超乎人上矣。

余每闻人游西湖登名山，则羡之不已，恨我非男子。天下之胜地，自知无分。余去岁有诗云："西湖明月潇湘雨，未卜今生见得无。"笔至此，凄然难下。

……

《北梦琐言》有云："不肖子弟有三变，一变为蝗虫，谓鬻庄而食；第二变为蠹鱼，谓鬻书而食；第三变为大虫，谓鬻婢子而食。"三食之辈，何代无之？《竹溪杂述》云："此非尽子弟之罪也，皆由父兄平日不教以义，方俾其亲君子而远小人，以致流于骄佚。当如邓禹之有子十三人，使之各守一艺；如刘殷之五子，各授一经；如柳世隆之盛事坟典，以清名遗子孙。"余谓人而下愚，虽教无益；人而上智，亦不待其教也。如舜之大德，传于万古，其教不在瞽瞍。商均之不肖，岂舜不能教乎？如始皇者，世称暴君，而扶苏独以仁孝著名，其教何在哉？《竹溪杂述》之语颇迂。

《西青散记》有云："夏四月，野蔷薇绕岸发花，淡赤浅白，手触之则芬芳竟日。双卿打麦时，惜其将落，揽①衽撮之，归土窗下，砌花成字，撒花枕席，和花小眠。扫地噀水，糁之榻上，拂履徐步花隙。"余思之可笑。震林非双卿侍婢，何得知双卿室内之事耶？世上本无双卿，史震林一人寓言耳。余见历来诗话笔记，凡闺秀殊亦不少，而总无史震林记双卿之详细，故疑其虚。梦鲸曰："然。"家君曰："非也。事可造，诗不可造。"

……

余每读一书一史，便生许多议论，或笑或骂，或不胜叹服，而古人无知，可以任余性而言。或遇今人一言一语，虽不以为然，便不能如此任性，又不能闷坐而不言，余故每避人而寂坐。

① "揽"，原文作"搅"，据文义改。

……

苏东坡诗，人每訾之，然其笔头轻松，自有一派仙气，别家则不能也。

黄山谷诗虽不佳，其题跋及尺牍颇有清逸之气。

《吴会英才集序》支离不堪，可见毕秋帆才短。

袁简斋之才非不大不奇，惟稍欠清矫，然其诗之响亮，是才人本色。

韩愈文类杜少陵诗，苏老泉文类孟东野诗，东坡文类白香山诗。

欧阳修与高司谏一书，洒洒千言，波澜汹涌，气势劲直，有苏老泉气派。

梦鲸阅余笔记，谓余曰："何不及李杜耶？"余笑曰："因见历来才人必开口李杜，闭口李杜，读之生厌，故不喜雷同。凡一字一句，总欲自得。人人言之，又何用余赘述耶？"

钟伯敬、谭友夏评古诗唐诗，无语不妙，读之引人入魔。袁宏道诗颇奇丽，尺牍亦清矫，记述及序传尤佳，不但明朝一代无此，别朝亦罕见真奇才也。

历代之词佳者惟李青莲、辛弃疾、苏东坡、李清照，此外皆妆点字眼而少性灵。近时李笠翁、郑板桥之词颇佳，孰谓后人不如前人耶？

凡人论诗之高低，须从古诗看起，降而至近代，则不受人欺矣。如明七子及王阮亭诗，人若未读汉唐以来之诗，必不胜佩服其诗。如人家有喜庆之事，东移西借，堂上排得金碧灿然，村妪樵夫见之，必矜其富贵，夸张于人，而不知其物自有主人。如先读汉唐以来诗，不但不能拜服，且知其索债之人坐满堂后也，一笑。

张船山论诗有句云："天籁自鸣天趣足，好诗不过近人情。"余谓此言非实，实能诗人不知也？又有句云："诗中无我必须删。"余谓此七字可将千秋摹古之人一扫而空。

古人矜博雅易，后人矜博雅难，何也？如汉朝之人，但知汉朝以上之书，而不知后有三国六朝唐宋元明也。今之人但知今世以上之书，而不知后来之书。如再过千百万年，书必一代多一代，后人欲为博雅，不亦难乎！

……

吾乡女史左小云有诗词八卷，且能作古文，可谓才矣。然其诗有试帖气派，微嫌性灵不足。

李太白古赋八首，尤胜其诗。

……

汤卿谋云："人生不可不储三副痛泪。一副哭天下大事不可为；一副哭文章不遇识者；一副哭从来沦落不遇佳人。"余以一副哭千古有英雄之气、才子之才，而为女子，受制于六幅之裙，虽绝大肝胆、绝大文章，不能发泄，不将清海储为血泪，其哭不能畅怀也。岂儿女之哭可比哉！

张船山妻有诗云："爱君笔底有烟霞，自拔金钗付酒家。修到人间才子妇，不辞清瘦似梅花。"诗之命意清绝，真是船山佳偶。

史悟冈《西青散①记》载绡山女子双卿，遇人不淑，尝自叹曰："愿我一生代天下绝世佳人，受无量苦，千秋万岁后为佳人者，无如我双卿为也。"余平生亦有一愿，所愿者，千秋万岁后有才之女皆为男子，无如我为女子也。

上官昭容诗颇清艳，余甚爱之。

唐文德皇后诗无一字佳者。

杨贵妃诗远不如梅妃。

……

① "散"，原文作"山"，据前文改。《西青散记》为清史震林著作。

四妹梦猿幼聪异，四岁时梦鲸偶出对，云："红雨。"梦猿即应声云："红当对绿。"乃云："绿云。"年五岁，出语喜作诗句，云"风雨夜沉沉"，又云"风来雨潇潇"，人皆异之。一日，家人买俗绘《张仙送子》一张，梦猿见之，又云"张仙送子儿子多"，皆有诗意。梦猿貌类男子，喜作男妆，憎人言其女子，尝持团扇索梦鲸书，款云："梦猿四妹。"梦猿见之大怒，掷扇于地。余咏落花有句云："小妹也知春可惜，窗前闲立骂东风。"尝于灯下教梦猿，梦猿又大怒，欲将余诗稿付火。梦猿有口辨，偶与言论，家君与梦鲸不能胜也。

……

古来多惜花之人，而无惜水之人。余尝谓水之清净明秀，尤胜于花。水之有幸有不幸，亦与史震林《散记》述花之意同。水之有幸者，如贮仙人之瓶，洗才人之砚，酿豪士之酒，煮高士之茗；供雅人之灌花，佳人之洗手，英雄之磨刀。此皆水之幸也。水之不幸者，真不可胜数。惟有太息而已。

凡人皆爱珠玉，余谓若有买珠玉之钱，不如买树买书，何必买此无益之物。古来闺阁中贤且才者，何尝传其珠玉之饰？既不关乎荣辱，又不关乎寒暖，必珍而藏之，岂非痴人乎？

凡有极无味之物，人皆爱之，实不可解。如近今无论男女，皆以吸烟为时派。殊觉可笑。夫女子不能读书，除妆饰之外，又无功名可望，或藉此消遣。男子何事不可为？何事不可乐？而吸此无味之烟耶？可鄙孰甚焉！

……

蔡中郎文不如诗，曹子建诗不如文。

凡人不论贫富贵贱，惟幼时最适意，年稍长，必愁多乐少，而女子尤甚。

……

凡事皆有假借，惟才一无假借。如世间有子弟登科，则其一门皆贵矣。出一富翁,则其一家皆富矣。所谓“水长船高”也。而才则不然。虽父子兄弟皆是才人,而与我一无相干。古来文人名士,其著述传于千古,何尝言其祖宗及子弟皆为才人耶?

《抱朴子》曰“冠世之才不能合流俗”,余谓此言极透,非仙人不知也。

尧将天下与舜,未尝非私心。余观天下之人,往往爱其婿,甚于爱子女。故知尧传于舜,非尽为其贤也。

尧舜之德千古并称,余谓舜胜于尧,何也?尧之天下,不传于子,犹传于婿。舜传于禹,则纯无私心矣。且父母兄弟皆不贤,而舜克尽其孝友,处境尤难于尧,真冠绝千古之圣君也。

余观天地之生人,何尝有尊男卑女之心?阴阳皆一理耳。乃自古帝王,但取男子为卿相,而女不与焉,殊不知误国误民、篡弑相承,皆千古之男子也。而女则不然,有忠贞之气贯于日月者,千古不可胜数。试举一二言之:如魏伐蜀,马邈降魏,妻李氏吐夫之面,曰:“守土之臣,不战死而降敌,非吾夫也。”乃缢而死。戎伐盖国,盖君死,戎君下令曰:“盖之臣敢有不降而自死者,诛其妻子。”盖将丘子将自杀,左右救,不得死,乃归。妻曰:“国灭君死,又何以生?”将曰:“固欲死,人救,故生。”妻曰:“昔以救生,今何不死?”答曰:“恐诛及妻子耳。”妻曰:“为将而不力战,不忠;君死不殉,不仁;恋妻子而忘君仇,不义。妾不忍与同生也。”乃自经死。女子忠肝义胆,每胜男子。如此二女,若其君用之,必远胜其夫,国未必亡也。武王曰“予有乱臣十人”,中间参一妇人,即是圣王大道。

余每夸女娲之才,而讥男子不如女子,家君闻之,笑曰:“汝不见盘古乎?盘古之开辟天地,其才何可量?女娲之补天,犹今之女子能补衣裳耳!安足为奇耶?”希不能对。

张文昌之诗,古风近体无一不佳。

余性好论兵，每读史至唐公主昭及明秦良玉等，辄为神往。当今夷氛四起，余闻之，每勃然有不可遏之意，非余之不安本分而妄忧天下之事也。如古者漆室之女，不绩其麻而忧鲁国，亦不为过也。余故有诗云："莽莽风尘四海惊，吟诗聊作不平鸣。论兵为肯输千载，伏案何堪过此生。壮志惯因时事起，名心长与古人争。嗟余欲效秦良玉，身在深闺难请缨。"家君以其口气过大，删之。

东坡与毛维瞻尺牍云："岁行尽矣。风雨凄然，纸窗竹屋，灯火青荧，时于此间，得少佳趣。"储同人谓善领略人，何地不得佳趣。余谓此岂东坡之自道其乐哉？正状其平时处境之厄塞耳。

凡女子知礼义者多，男子知礼义者少，何也？余观古今女子不读书则已，稍通书理者，未尝大义不知，纲常不识也。男子则不然，虽在孩提便教以读书识字，及至成人而幸获科名者，但以博取货利声色为事，既不记圣人之言，又不问国家取士之意，更不顾自己一身之名，如此辈者，古今同慨也。使女子自幼至长，皆教以读书，虽不能尽为圣人，而贤者必多于男子。余作此言，非私心也。古云"忠臣不事两国，烈女不更二夫"，今村妪樵妇有再适者，未尝不知羞也。而千古之为人臣者，孰不读圣贤书？不幸国亡君死，莫不裣衽于新君之朝。庸庸者无论，姑举有名之人一二言之，如明之钱牧斋、吴梅村等皆是也。余每读此辈之传，不禁失笑。

白香山诗有云："富家女易嫁，嫁早轻其夫。贫家女难嫁，嫁晚孝于姑。"余谓古来之孝妇，何尝一一出于贫家？即今不贤之妇，岂人人生于富室？香山之言，殊非通论。

余家长饮黑豆汤，绝不饮茶。然每至亲戚处，略一饮茶，便不成寐。初尚不解其故。前日，余到某家，天甚热，饮茶益多，竟通夜不寐，因忆温飞卿诗"涧茶余爽不成眠"，乃知古人之语无处不确，真令人佩服。

……

余家居寄园，四时风景，无一不佳，兼诸弟多才，朝夕相聚，弹棋说诗，自从堕地以来，不知人间有愁恨事。虽梦鲤多病，然非大病，亦不为忧。壬辰秋，梦鲤患疟，至八月初，病益增剧，举家皇皇无措。余惟通夜祷天地神灵，祈免梦鲤之死，以其前程未可限量也。乃竟不起。余故有诗云："愁到伤心泪尽辰，眼前事事厌红尘。始知西极仙和佛，尽是人间失意人。"

……

——《云在轩随笔》，乙未(1895)《云在轩诗草》续刻本

云在轩笔谈(节选)

……

凡富人俗者多，贫人俗者少。贫人岂皆高士，反因无钱有不能遂俗处，转觉其清。富人所欲从心，则无一俗不作，无一俗不透。袁中郎有句云："一生知己是贫人。"洵然。

苏子瞻《策别》《策断》诸篇，论兵事之明透，得未曾有，而司马君实力言苏轼为翰林学士，其任已极，不可以加，如用文章为执政，则国朝赵普、王旦、韩琦未尝以文称。又言王安石在翰苑为称职，及居相位，天下多事，欲以轼为辅佐，愿以安石为戒。余谓苏轼经文纬武，真相才，岂赵普、王旦、韩琦、安石比哉。君实乃贬之如此，真觉可恨。轼之不得为相，非轼之不幸，乃宋室之不幸也。

俗云："女子有才便损福命。"余谓不然。天下贫苦妇人不可胜数，岂皆有才耶？即今福寿之人，亦非纯乎木偶。古人所以有是言者，因一二才人偶逢不幸，为之慨叹耳，非通论也。张玉珍女史有云："文章从古忌娥眉。"近言雅亦有句云："福与才妨自古同。"今人据此语，略能吟咏者，遂自谓有才，自愁损福，此与戴逵求死有何异耶？

章实斋云:“古之妇学,必由礼以通诗,今之妇学,转以诗而败礼。”然如文君之夜奔,文姬之受辱,其礼何在哉?如言今之妇学转以诗而败礼,余观近时才女,从无如此辈者。玩实斋语意,似为当时袁简斋女弟子而发。其时诸名家之女为袁枚门下者,声名并无所玷。实斋作此恶语,又不敢指出姓名,殊觉可笑。实斋又云:“饰时髦之中驷,为闺阁之绝尘。”殊不知闺阁之本分不在此,琐务甚多,虽有工于诗文者,偶尔一作耳,然每每胜于男子,如男子之本分在于文墨,穷年兀兀,疲精力于此,而古今之长,天地之大,读书人之多,真能作者,亦寥寥也,几人能傲女子耶?实斋又云:“彼假藉以品题,不过怜其色也”云云,考子才门下女弟子,均十余岁之人,子才年已八十余,不过阅其数首诗,落落大方,人所共知,而实斋妄生议论,其见识与蜀犬吠日何异哉?实斋又云:“夫聪明秀慧天之赋畀,初不择于男女,如草木之有英华,山川之有珠玉,虽圣人未尝不宝贵也。”余谓实斋不知此而横作恶语尚可,明知圣人且未尝不宝贵,而又污蔑之,真陋劣不可救药者矣。

……

死之一字,千古愁人之佳境,何也?人在愁中,苦无可奈,一死则安。犹之人在睡中,方遇恶梦,一醒便快然矣。余故有句云:“病多转觉身为累,愁到方知死是佳。”

唐温飞卿、李长吉,皆诗中异才,然长吉律诗不如飞卿律诗也。

韦庄之诗,余甚爱之,有句云:“乱后故人少,别来新话多。”又云:“莫言身世他时异,且喜琴樽数日同。”均清浅自然,令人神往。

《玉泉子》载杜羔妻刘氏善为诗,羔累举不第乃归,将至家,妻即先寄诗云:“良人的的有奇才,何事年年被放回。如今妾已羞君面,君若来时近夜归。”其意卑陋,殊觉可笑。后闻羔登第,又有诗云:“长安此去无多地,郁郁葱葱佳气浮。良人得意正年少,今夜醉眠何处楼。”诗人亦如此之俗，实不可解。

凡物皆有厌，惟书无厌。书者，包罗万象，无奇不有，无怪不备，欲见何物便览何书。袁子才句云：“书外本无长恋物。”余亦有句云：“是书皆有味。”

苕溪渔隐曰：“飞卿《晚春曲》一首，殊有富贵佳致。”余谓飞卿之诗无一首一句不富贵佳致，岂独《晚春曲》耶？

近时女史言韵清雅与表妹书：“雅早称夙慧，幼识之无，幸托书香，得娴文史，会非女工，髫年旋弃，然心所笃好，不能自已。每于针指闲暇，辄挑灯翻弄。尤爱于诗，读至名篇，朗吟数过，乐焉忘死。十载红闺，明窗净几，鱼虫花鸟，信手涂鸦。曾希谢女之风，尤逊王郎之配。人谓不恶，我恨如何。锦字文佳，盲何能览；青囊术好，俗不可医。嗟乎！不遇知音，瑶琴永弃；多逢恨事，彩笔无缘。讵谓鸣凤之欢，敢有随鸦之怨？天乎不察，命也。何如？”云云。读此可见其平生自谓有才，而非薄其夫，其轻狂之态可掬。究竟知书者，必以达礼为贵，虚心为是。要知谢女名冠千古，岂在天壤王郎之一叹耶。

……

——《云在轩笔谈》，光绪三十三年(1907)
《钱氏家集》木活字本

徐自华

徐自华(1873—1935),字寄尘,号忏慧词人,石门(今浙江桐乡)人。父徐多镠,曾任石门县商务分会会长。母马持玉。夫梅福均,南浔(今属浙江湖州)人,生员,早逝。徐自华任南浔浔溪女学校长,与秋瑾为挚友,资助秋瑾的革命活动。秋瑾牺牲后,她为秋瑾购买墓地安葬,组织"秋社"纪念秋瑾。徐自华是南社社员、同盟会会员。徐自华著有《忏慧词》《听竹楼诗稿》《秋心楼诗词》,另有作品散见于《中国女报》《小说林》《申报》《时报》《大汉报》等报刊上。

听竹楼诗稿①自序

诗者言志,所以写性情、抒怀抱也。尝读《三百篇》,冠以《关雎》一什,其他若《葛覃》《鸡鸣》诸篇,皆巾帼之言,女子之能诗,宜矣。若谓无才是德,斯亦未免太迂。先祖庐州公性爱词章,命女孙辈读书,习吟咏。余年甫五龄,即从学舅父。性寡慧,日受书六七行,常恐诸兄姊先背诵,勤读不辍。晨兴间或少晏,色便不豫。十岁时,师试以五言八韵诗,构思颇苦。笄年出学,家君曰:"汝非男子,何必学此试帖式。"遂命改学唐人近体。愈长愈好,愈

① 徐自华《听竹楼诗稿》,抄本,编成于1903年。

好愈专。迨至庐阳郡廨，先祖见诗，以为可教，复加指授。公余辄侍唱和，楮墨遂夥，集成一卷，名曰《小韵轩诗稿》。刺绣余闲，手自抄录。女伴中戏谓余曰："君写是编，将寿梨枣耶！"余笑答曰："此何敢望！"录存此卷，无非偶尔展观，觉生平际遇，游览踪迹，宛在目前，用以自遣耳。况夫闺阁重德而后重才，古来才媛以诗名者，诗外更有事在，传不传视乎其人。苟其人之可传，虽不能诗亦必传也。且坤德在闺为淑女，出阁为顺妇、为令妻，他日则为贤母。有此四者，始可传，岂在戋戋文墨乎？今余于归十载，为女既惭婉顺，为妇深愧无违，更痛夫子早卒，不逮终事，而为母又乏义方，遗孤荏弱，未识有所成否？女职、妇道、母仪，三者皆鲜。既无实德，敢窃虚名？客冬归宁语溪，小妹蕴华迩益耽吟，出诗就正，余略为修饰。家君见之，语余曰："当年祖父教汝学诗，颇费心血，期望殊切。近知汝抛弃笔墨，诗稿多散佚，何自弃若斯耶？纵不望传，亦不可不略存梗概，以负祖父之心也。"余闻言，怆然感怀。乃遵父命，归家检寻旧作，仅剩十之二三。雪窗枯坐，姑录存之，更名曰《听竹楼诗稿》。盖读钱冰如女史诗①，有"夜来风雪里，听得竹声寒"之句，其父湘舲宫詹为撰绘《听竹图》，并撰《甘节记》云："竹节苦而甘。若苦后能甘，余心慰矣。"今余亦取其意云尔。癸卯正月人日，寄尘自序于浔溪听竹楼中。

——郭延礼、郭蓁编《秋瑾集　徐自华集》，

中华书局2015年版

秋瑾轶事（节选）

……

① 钱淑，字冰如，江苏长洲人。清代女诗人。钱湘舲女，王利谦聘室。著有《冰如遗稿》。

余见其《咏梅》诗，有“不遇师雄”句，问有何寄托。女士曰：“子又胡说，咏梅则咏梅，有何寄托？赵师雄罗浮一梦，岂非梅花之典乎？”余笑曰：“诗人吟咏，往往寄托遥深。如此胡赖，真当我门外汉矣！”女士亦笑曰：“子以为有寄托，即有寄托可耳！请试言其意云何。”余曰：“我不问何意，只问赵师雄究竟有否？”女士答曰：“赵师雄不在人间，子姓梅，请问和靖如何？”余笑曰：“珊珊玉骨谁能近，字与林家恐未真。”女士大笑曰：“子真胡赖矣。”

……

女士擅辨才，口角不肯让人。遇顽固者，常当面讪诮。余戒之曰：“子太锋芒，恐招人忌。”同看《女娲石传奇》，余戏曰：“四十八位女豪杰，璿卿必居其一。”女士答曰：“七十二位女博士，君亦在焉。试评我像此书中何人？”余曰：“琼仙。”女士曰：“何以像琼仙？”余曰：“颇自负，尚意气，好胜心甚。”女士笑曰：“冤哉！余何曾对子自负耶！”余亦笑曰：“子对我不独无倨傲，且极温让。亦唐太宗看魏征，人云疏慢，我见其妩媚耳！”

女士与余论交，每每泣下。叹女界之黑暗，云：“我最喜广交，闻女界有名者，无不往访，岂知皆沽名钓誉，徒托空言，屡次扫兴，故心灰冷矣！学识志力，毕竟还算男学界中有几个人物，女学界则竟少出类拔萃，为同志者。”余曰：“内地人材稀少，东洋留学女生，岂无矫矫者？恐子太自负，故曲高和寡耳！”举最著名数人问之，女士曰：“我心中无是人，便不知如何。子既云有名，请问何人肯出而为公益事，牺牲一己？人皆云我目空一世，与子相处月余，当知余非自负者，庸脂俗粉，实不屑与语。余之感慨，乃悲中国无人也。”

——《小说林》(1907)第七期

鉴湖女侠秋君墓表(节选)

君讳瑾字璿卿,又字竞雄,姓秋氏,自号鉴湖女侠,越之山阴人也。家世仕宦,少长闽中,复随父湖湘,适湘乡王氏。生平慷爽明决,意气自雄。读书敏悟,为文章奇警雄健如其人。尤好剑侠传,慕朱家郭解为人丰貌英美,娴于辞令,高谈雄辩,惊其座人。自以与时多迕,居常辄逃于酒,然沈酣以往,不觉悲歌击节,拂剑起舞,气复壮甚。所天故纨绔①子,至是竟不相能。值庚子变乱,时事益亟。君居京师,见之,独慨然太息曰:"人生处世,当匡济艰危,以吐抱负,宁能米盐琐屑,终其身乎?"洎甲辰夏,乃东渡海,赴日本。肄业,稍暇,与其同志,重兴共爱会,而已为之长,誉日鹊起。东国留学慕君者众。每际大会,辄以约君一临莅为荣。而君亦负奇磊落,往会,则抠衣登坛,多所陈说。其词悲感激切,荡人心魂。人之闻者,未尝不泣数行下,而襟袖为之渍也。

——《女子杂志》(1915)第一期

祭秋女士文并序(节选)

……去岁仲春,余始识君。辩谈锋出,英爽扑人,任侠负义,傲气凌云,悲歌仗②剑,使酒工文。检君行箧,得窥全集。愤世诸篇,雄豪激烈;感怀等作,缠绵悱恻。君才君望,女中之杰。呜呼璿卿,如何道韫,不配参军。天涯飘泊,同调无人。("如何谢道

---

① "纨绔",原文作"执裤",据文义改。

② "仗",《神州女报》作"好",据《女子杂志》改。

韫，不配鲍参军。”“堂高有母发垂白，同调无人眼不青。”“祖国陆沉人有责，天涯飘泊我无家。”皆集中佳句。）度君身世，见诸咏吟，所遭非偶，酿此恶因。同居两月，余性好戏，执君诗稿，诘君历史。君曰：“勿问，余已隔世。”言次长吁，泪珠忽坠。余心不忍，有伤君意。乃命酌酒，共论他事。

——《神州女报》(1907)第一号；参校
《女子杂志》(1915)第一期

笠泽词征①序

昔黄山孙默无言居扬州，尝岁暮渡江，欲征邹程邨、彭羡门、王阮亭三家所著《丽农》《延露》《衍波词》合刊之。阳羡陈迦陵赠以诗曰：“秦七黄九自佳耳，此事何须卿饥寒。”盖窃笑其好事也。吾师巢南子，当珠申末造，揭橥民族，倡导国人。为文章踔励奋发，荡人心魂，节概昭著，一时天下谋光复者，固罔不知有巢南其人矣。顾独不屑取功名，殷殷然以倚声自娱，所撰《病倩词》，步武姜、张，肩随辛、柳，洵能合空灵、雄健为一垆者。然又自闷，惟恐人知，而时喜求他人之词刊之。戊申岁暮，曾为余刻《忏慧词》。明年冬，又为其乡袁节妇刻《寄尘词》。今岁又暮矣，吾师方从塞外归，乃甫卸装，即尽刊其所纂《笠泽词征》如干卷。噫！何其孜孜弗倦而甚于无言之好事也。然余观是编，始宋迄今，代有探讨。举凡达官、名彦、寓贤、闺阁，弘章巨制，断简残篇，罔不兼综博采，次第分明，煌煌乎诚一邑之巨观，而千秋之盛业也。《诗》有之曰：“维桑与梓，必恭敬止。”词虽小道，而属之掌故，则关系至巨。夫亦何遽可以好事目之耶？刊且竣，来督为序。自惭弇陋，于清空

① 《笠泽词征》，陈去病编辑的乡邦（江苏吴江县）词集。

骚雅之旨，茫无所会。惟当师编纂时，华固尝执笔其后，为之考订而斠写者，亦六阅寒暑矣。感岁月之不居，喜陈编之有获，因为序之如此。亦使读其书者知方今之世，菰芦人物尚有忍饥寒而为无言之所为者，其襟抱又岂寻常所可测哉！

——《南社丛刻》第十集，文明书局1914年版

包兰瑛

包兰瑛(1873—1935),字者香,又字佩棻,号锦霞阁主人,丹徒(今江苏镇江)人。父包星南,浙江郡司马。夫朱芙镜,江苏如皋人,遂昌知县。包兰瑛婚后,随夫宦游,在杭州与女友结诗社。征得丈夫同意,她将自己的作品刊刻为《锦霞阁诗词集》。

锦霞阁诗词集自序

瑛幼承先君子庭训,谓儒家女贵有士行,《三百篇》多载闺闼之诗,二《南》为尤甚,凡以为女士勖也。因手录骚选,洎唐宋以来诸大家诗,都为一帙,昕夕督课之。由此遂耽吟咏。迨十二龄时,从先君子宦浙,每览山色湖光,觉苏、白之诗宛然在目,性灵所托,篇什日增。又四载,迁处州之厦河,途中过台、宕二山,爱其天然奇秀,呼侍女安笔砚,有停帆望香炉之兴。先君子见其稿谓:“昔者浣青夫人得江山之助,故其诗有逸气,儿岂其后身耶?何丰神毕肖也。”至厦寓公廨,其年秋蛟涨骤发,民庐荡析,寓楼不没者版许。母率子女仓皇就舟,什物不及摒挡,所著稿遂付之洪涛中。私心怅惘,岂翰墨亦不迩女器,干造物之忌,以有此厄耶?为之弃觚而叹者累月。先君子又婉谕之曰:“诗贵精不贵多,前稿既失,当博观载籍,益取前贤诗,沈酣而寝馈之,以收羊角之效,奚戚戚为?”瑛恪遵严诲,手一编孜孜不懈,如是者有年。洎光绪壬辰,归如皋朱氏。朱固儒族，太翁尤工诗，有《旷观楼集》行世。翁训外子芙镜严宦浙时，延师旅邸，词章之学，虽风雨寒暑不去口。瑛由是稍稍弄墨，为芦帘唱和体。春秋佳日，邀游六桥、三竺间，一二扫眉才子，就湖上结吟社，擘素分笺，秀夺山绿，一时雅集，甚乐也。先是，芙镜薄宦楚北，相将过鹦鹉洲，陟黄鹤楼，樊山诸峰，霏烟缭雾，下至退谷、杯湖，悉从登眺，益得以扩所未见。先君子弃宾客后，母氏奉大母还常州，瑛岁必两省之。访坡仙之墅，睇陆羽之亭，瀹茗探幽，拈毫题壁。以是诗名走江浙，邮筒往来无虚日，而殊非瑛志也。瑛生平喜读懒吟，初以长兄下世，惧堂上寡欢，绕膝承颜，而诗思疏。后出室事姑，又以姑晚年多疾，称药量水，而诗思再疏。存者寥寥，不过登览山水及巾帼中酬和之作而已。雅不欲传，而诸闺友怂恿不已。今年春胡兰芬又寓书敦劝，且谓集中寄芙镜诸作，《鸡鸣》之戒也；过常州诗，《葛覃》之归宁也；诸女史联吟，彤管之赠，杂佩之贻也。风诗如此，庭训亦如此，輶轩可采，况剞劂乎哉。因商之芙镜，出付削氏，而自叙崖略于简端。

光绪三十四年秋七月，锦霞阁主人包兰瑛者香自序于武林寓庐。

——《锦霞阁诗词集》，宣统二年(1910)刻本

读放翁集

秋镫耿遥夜，下帘听疏雨。一卷放翁集，古秀照眉宇。平易似香山，忠爱匹老杜。石湖帅两川，先生居幕府。雪中草军书，下笔龙蛇舞。宝鸡达长安，旦暮可立取。奈何小朝廷，甘作湖山主。坐令龟堂诗，苦语泣肺腑。晚境封渭南，渭南渺何处。九州几时同，寸心千载许。余情狎花草，亦与离骚伍。大雅逝不作，遗编亘今古。久读忘睡眠，远寺动残鼓。

——《锦霞阁诗词集》，宣统二年(1910)刻本

淑仲

淑仲(1876—1925),爱新觉罗氏,号洁清女史,满族,清宗室。夫英敛之,满洲正红旗人,《大公报》主编,辅仁大学校长。淑仲担任过中国妇人会天津和北京分会会长,加入中国天津妇女改良会,主持会刊《妇女改良会报》。

碧城女史感怀调寄满江红跋①

历来所传闺阁笔墨,或托名游戏,或捉刀代作者,盖往往然也。昨蒙碧城女史辱临,以敝箑所书。对客挥毫,极淋漓慷慨之致,真女中豪杰也。女史悲中国学术之未兴、女权之不振,亟思从事西学,力挽颓风。且思想极新,志趣颇壮。不徒吟风弄月、摛藻扬芬已也。裙钗伴中得未曾有。予何幸获此良友而启予愚昧也。钦佩之余,忻识数语,希邀附骥之荣云。洁清女史谨识。

——《大公报》(1904 年 5 月 10 日)

第六百七十一号第四版

---

① 此题目为编者所加。

顾影怜

顾影怜(1876—1895 前后),字媚香,吴县(今江苏苏州)人,早卒,未婚。顾影怜为陈蝶仙母亲王氏女弟子,与陈蝶仙互有好感,但因故无法结为婚姻。顾影怜曾在陈蝶仙主编的《女子世界》上发表过诗词作品。顾影怜去世二十年后,陈蝶仙整理其遗稿,发表于 1915 年《小说丛报》周年增刊,名为《小桃花馆剩稿》。

潇湘影弹词评语①

【潇湘影弹词　第一回】评语

弹词较传奇说部尤难,句法必极婉转,字面务须轻灵,方始娓娓动听。本篇通幅俱系绝好诗句,闺阁中读之,直可奉为词宗也。

笔法如常山蛇,蜿蜒曲折,首尾相应。观其伏线照应,递笔补叙处,方见其妙。

一短幅中,出十二人名字,绝不突目,煞是能手。

---

① 《潇湘影弹词》,最初连载于 1914 年和 1915 年的《女子世界》,署名"天虚我生旧著,影怜女士原评"。共连载了七回,未完。1916 年出单行本《潇湘影弹词》,共十六回,署名"著作者天虚我生,评点者顾影怜女士",由中华图书馆出版发行。

【潇湘影弹词　第二回】评语

因前伏“旧病”二字，顺笔逆叙病由，将多少事一笔兜入，写得罗罗清楚，煞是难得。

叙贾氏后人，而独以贾兰引起，亦是精细处。缘一部《红楼梦》结尾，独留贾兰一人，可作余步。宝玉之子桂，虽有其名，而其事实未尝略一叙述，是本《红楼》意也。

或谓焙茗不应尚在，不知宝玉走失，贾兰中式时，焙茗年龄未满二十，贾兰与焙茗年当仿佛，龙钟固宜矣。而宝玉之子桂，当小焙茗约二十年。桂二十年而生子，今小玉甫十余龄，则焙茗七十余岁，亦事所应有，乌乎足怪。

【潇湘影弹词　第三回】评语

写湘琴一腔哀怨，真有无数眼泪，溢出行间字里。当日未与瘦花盟心之前，湘琴之曲衷愁绪，直觉无处告语，独病独闷，难乎其为情矣。对月盟心一节，殆亦作者替湘琴设身处境，苦心孤诣，几经筹画而得，果是大好主意。

写浣花一切形容举止，言语笑貌，心地意见，俱高人一等。作者殆欲以浣花一身，举为天下后世闺阁中人作则哉。

浣花之情出于至；湘琴之情出于痴；瘦花之情出于随和。人爱湘琴，惟我独爱浣花。

【潇湘影弹词　第四回】评语

叙自京津起车，一路十八站道途之险，行役之苦，几如身历其境，闻见逼真。

焙茗卖诗，即顺手引出谢月芬校书，叙述得宜，读者方在望盛梦周速寄书去，而不图焙茗已持银归。天从人愿，直得如是之巧哉。细思之,乃知作者早欲出此赠银之人,而故以谢月芬一夹,使作波澜,庶见笔法之妙。①

【潇湘影弹词　第五回】评语

作书必有起伏,有段落,并有大段落、小段落。此书以一回作一小段落,而四回作一大段落。故此第五回,又出如许多人,特为供夹叉烘染用也。否则一部书纯写湘玉两人,势必一望到底,以小结构之书,出此大排场,诚匪易易。

李佩之企慕湘琴,不必实有此心,盖无李佩作旁衬,此回必不能侧重湘琴一人下笔。而湘琴不离席,则此番欢宴,殆无已时。而一边贾小玉已行抵金陵之信,必无从递至湘琴处。立一幌子,省却多少笔墨。

盛睡棠、费绣笙、顾婉筝三人同出,而亦有宾主之分。观其布置,是必以睡棠为主,故有冷秋、素月二婢,并其母柳太夫人,顺笔叙出,庶日后写盛家事,使阅者头绪楚楚。

【潇湘影弹词　第六回】评语

写谢月芬之风流自赏,情致缠绵,却又别是一副笔墨。与写瘦花、浣花、湘琴诸人,性格自是不同。盖闺秀则有闺秀态度,校书必有校书丰致。界限之严,几乎纤不容发。

写小玉见月芬时,何等洒脱出宕,不似当初一味羞怯光景。彻底窥之,可知近日贾小玉与梅翠玉一番情景矣。作者写梦周和月芬情事,犹恐实是反面烘染,描一影子也。

---

① 此回在顾影怜评语后,又有澹香女士评:出赠银之人,实作者限于篇幅,故急舍却谢月芬,亟用一笔兜转,其实此回书全为谢月芬落笔耳,读者勿为瞒过。卖诗特作形容世态耳。何必真有其事。不然,使必累累坠坠,不知又要费却多少笔墨。卖而不竟卖去,是笔墨灵动处。

【潇湘影弹词　第七回】评语

盛梦周所接电音，原即前祝诞一回中所伏一笔，其实此信，并无他故在内。而贾小玉适因一梦逗入，惊为恶耗。读者莫不疑为故作波澜。然以情理揆之，当亦真有此意。自古不祥之事，必有预兆，现于无形之间，故梅公议婚，小玉哭梦，盛郎疑耗诸事，皆却却碰巧耳。

【潇湘影弹词　第八回】评语

写月芬送别何等恋恋，写小玉登舟又何等汲汲。盖各人心中有事，作者落笔时，自宜具两副手眼，各注一处。

浣花许字梦周，而用费绣笙之母作伐，是作者预伏一线，为绣笙后日计也。而又用伴儿作匬匲使，实以见伴儿之轻躁好事，伏为后用。至①于瘦花之怒，殆即为浣花耶。此回束上起下，大有关键，局外人是难猜度。

【潇湘影弹词　第九回】评语

写薛夫人之慈明，费夫人之贪鄙，薛湘琴之激烈，李瘦花之柔懦，各具手法，各具神致。真一笔不滞，通身灵变。篇幅之长短，令人不及察也。千余言洋洋洒洒，一气呵成，绝无格顿，大不易事。

李瘦花将进言薛夫人时，读者颇为疑难，以其绝不容身措辞也。不谓开口便先抬出家门祖宗四字，真是大题目、大见识，又况袅袅琐言，细数李佩恶处，能使薛夫人不得不听。吾读此节，仿佛读《西厢》“拷红”一段，松快莫喻。

---

①　“至”，原文作“致”，据文义改。

薛夫人答费夫人一席话，读者万想不到，如此有趣。即以其术还治其身，薛夫人之于费夫人有之。行文灵活流动至此，那不令人拍案叫绝。

【潇湘影弹词　第十回】评语

读李佩编谣一段，无不替薛湘琴盛怒改容，气于噎不下。乃作者忽于尾后科诨数句，不禁又使读者破颦，为之一笑。如此笔法，最为醒目。彼作呆板文学者，乌敢效其只字。

【潇湘影弹词　第十一回】评语

琵琶妇比比皆是，乃为谢月芬之母，忽然相逢，若天为之使者，是天亦可谓有情矣。顾何以李佩之曲，又从琵琶妇口中道出，岂大乐之后，必有大哀。天将以此恼愤事，特欲坑死小玉耶！殊令人暗气不服。

夷场欢饮之际，贾盛两人，几几乎有乐不思蜀之想，忽于心迷眼热之顷，突出一琵琶妇来，将两人热性，霎时冰解。是琵琶妇，当又是菩萨化身。而作者之笔，当又不减老僧当头之棒。

【潇湘影弹词　第十二回】评语

写小玉之忍，便如叔宝之全无心肝者，读者怪之。然天下如小玉者，比比皆是，湘琴非铁石人，不冤死，当亦气死悔死。

焙茗确是贾宝玉之知心小厮，其办事明干，处事周密，料事仔细，便活活画出一副神理，其当日掇土为香、向井拜祷等事，自是一手干下，别人不能。

【潇湘影弹词　第十三回】评语

贾小玉之薄情，一至于此。湘琴之死，虽由李佩，然无小玉迫之，湘琴亦断不即寻自尽，必待将心迹表白一番，然后以死自白。乃湘琴并未知情，好意寄书小玉，而小玉便以一决裂词，一焚琴记，付与自看。女儿家心性，岂能略受委曲？见此情形，料难决海水以洗身心矣，安得不死。呜呼，湘琴！

【潇湘影弹词　第十四回】评语

写费绣笙之难乎为情，真令人欲杀费母而后甘心。乃前伏蒋紫钗一笔，即于此用之杀李佩，亦大快事，惟谢月芬突如其来，殊令人猜摸不透。

紫钗飞行屋上时，写一切形景，真如鲜龙活虎，笔笔出跳，不下《水浒》中写时迁盗甲笔墨。

写绣笙有义气；写紫钗有侠气；写月芬有烈气；写李佩有恶气。写上半回有血气；写中段有鬼气；写下半回有杀气。此种气息，操觚家往往不易兼得。

【潇湘影弹词　第十五回】评语

写紫钗一身豪侠气，愈写愈觉出神，其家人仆从，亦另有一种神韵气焰。

月芬忽在秦淮河上，读者固疑，而百忙①中断断无闲笔为写缘故。正如戏场演全武行剧时，刀枪剑戟、锣鼓阗然之际，从无半腰中夹入说白者也。乃于舟次问及，且必已隔两三日，其细心周到，笔法井井有如此，煞是能手。

写顾婉筝之幽娴贞静，一种婉娈丰韵，溢出纸面，自是又具一副笔墨。特为专写，不与湘琴、绣笙、瘦花、睡棠诸人类也。

写婉筝之买珠，又写一卖珠婆之形景，真是绝倒，大约作者，

---

① “忙”，原文作“忘”，据文义改。

随便见到，即随手捉住，随口说下，随笔写出，故能如此鲜活。

【潇湘影弹词　第十六回】评语

观十五回犹是茫无归束，只此一回，不结而结，并结得点水不漏，大非易易。

写小玉梦境，便是一部续集料作，而神景恍惚，却又明明是梦境，不是赶笔，竟使全书数万字，纳入寥寥数语，更无余步。是亦用笔灵便处，使读者将前后细读一过，默揣一过，其一切以后情事，皆已尽在不言中矣。

一部书最不好是结得明明白白，必到团圆而后已。若然，则此弹词亦仅仅类乎寻常小说、曲本之曰“佳人才子”而已，乌足耐人深思，扼腕①太息？至再不已，而必为之锁眉三日，不怿三日耶！

以弹词而写哀情，此为破天荒第一部书。不知闺阁中读之，替抱多少不平，然而顾名思义，未始不替潇湘妃子一快。盖宝钗之恶报应，不图贻及其孙女也。小玉之死湘琴，殆为乃祖报仇，可谓孝孙，不可谓为薄情人矣。一笑。

——天虚我生著，顾影怜评点《潇湘影弹词》，
中华图书馆民国五年(1916)版

① “腕”，原文作“婉”，据文义改。

秋瑾

秋瑾(1877—1907),原名闺瑾,字璿卿,号竞雄,别署鉴湖女侠,山阴(今浙江绍兴)人。父秋寿南,举人,湖南桂阳知州。母单氏,浙江萧山人。夫王子芳,湘乡神冲(今属湖南双峰)人,捐官户部主事。秋瑾两次东渡日本求学,加入光复会与同盟会,是第一批同盟会会员。她创办《中国女报》,与徐锡麟等人组织反清起义,被捕,英勇就义,是中国近代杰出的女英雄。秋瑾诗、词、文兼擅,以诗歌成就最高,还创作有弹词《精卫石》。秋瑾牺牲后,她的女儿王灿芝等人将其作品陆续编刊为《秋瑾诗词》《秋女士遗稿》《秋瑾女侠遗集》等数种。

精卫石序

余也处此过渡时代,趁文明一线之曙光,摆脱范围,稍具智识。每痛我女同胞处此黑暗地世界,如醉如梦,不识不知,虽有学堂而能来入校者、求学者,寥寥无几。试问二万万之女子,呻吟蜷伏于专制男子之下者不知凡几。呜呼!尚日以搽脂抹粉,评头束足,饰满髻之金珠,衣周身之锦绣,胁肩谄笑,献媚于男子之前。呼牛亦应,呼马亦应,作男子之玩物、奴隶而不知耻,受万重之压制而不知痛,受凌虐折辱而不知羞。盲其双目,不识一个,懵懵然、恬恬然安之曰:“命也。”奴颜婢膝,觍颜不以为耻辱。遇有兴设女学工艺者，不思助我同胞，反从傍听其夫子而摧折之。亦有富室娇姿、贵家玉女，量珠盈斗，贮金满籯，甘事无知之偶像，斋僧施尼以祈福。见同样之女子陷于泥犁之地狱，而未闻一援手。是何心哉？余惑不解，沉思久之，恍然大悟，曰：吾女界中何地无女英雄及慈善家及特别之人物乎？学界中余不具论，因彼已受文明之熏陶也。仅就黑暗界中言之，岂遂①无英杰乎？苦于智识毫无，见闻未广，虽有各种书籍，苦文字不能索解者多。故余也谱以弹词，写以俗语，欲使人人能解，由黑暗而登文明。逐层演出，并尽写女子社会之恶习及痛苦耻辱，欲使读者触目惊心，爽然自失，奋然自振，以为我女界之普放光明也。余日顶香拜祝女子之脱奴隶之范围，作自由舞台之女杰、女英雄、女豪杰，其速继罗兰、马尼他、苏菲亚、批茶、如安而兴起焉。余愿呕心滴血以拜求之，祈余二万万女同胞无负此国民责任也。速振！速振！女界其速振！

——中华书局上海编辑所编辑《秋瑾史迹》，
中华书局1958年版；参校郭延礼、郭蓁编
《秋瑾集　徐自华集》，中华书局2015年版

敬告姊妹们（节选）

如今虽然有个《女子世界》，然而文法又太深了。我姊妹不懂文字又十居八九，若是粗浅的报，尚可同白话的念念，若太深了，简直不能明白呢。所以我办这个《中国女报》，就是有鉴于此。内中文字都是文俗并用的，以便姊妹的浏览，却也就算为同胞的一片苦心了。

——《中国女报》（1907）第一期

① “遂”，原文作“随”，据《秋瑾集　徐自华集》（中华书局2015年版）改。

施淑仪

施淑仪(1877—1946),字学诗,崇明(今属上海)人。父施启宇,进士,历任湖南泸溪等地知县。母黄氏。夫蔡南平,崇明(今属上海)人,留学于日本早稻田大学,早逝,时施淑仪不到三十岁。蔡南平去世后,施淑仪将全部精力投入到教育与著述中,历任崇明第一所女校——尚志女塾教员、校长、学监,以及崇明县女子职业学校(后改为县立女子师范学校)校长,著有《湘痕吟草》《清代闺阁诗人征略》《冰魂阁诗存》,在《妇女杂志》《中华妇女界》《女子世界》等刊物发表《湘痕笔记》《冰魂阁野乘》《随园女弟子轶闻》《天真阁艳情考》等作品。

湘痕笔记(节选)

古今妇人每对于姬妾能和睦无间而不妒者,诚有几人。吾读钱塘汪女士允庄作《紫姬哀词》八律,诗既清丽缠绵,性又慈祥温惠,亟录之,以为近世风焉。……

钱塘凌祉媛女士,字芷沅。幼聪慧,其叔父以“厚朴”为对,芷沅举“薄荷”以应之。适丁君松生,著《翠螺阁吟稿》。写景如“溪头新绿平篙眼,楼角微黄上柳须。”《春眺》云:“开遍菱花池水碧,遮余树色苑墙青。”《南园即景》云:“花香易醉楼头梦,柳色遥迷陌上尘。”言情如:“因贪月色犹凭槛,为爱花香不放帘。”《病中即事》云:“亲钞眉史调朱麝,细把《心经》教绿鹦。”议论如:“德由天授非关学,事贵人传不在多。”(《列女传》)五言如“平桥杨柳雨,深院海棠风”“病多聊种药,愁绝不关花”,皆清丽绵邈。

咏古如《岳武穆》《梁红玉》诸作,感慨淋漓,沉郁顿挫。其议论雄伟,几与古人颉颃,诗多不备录。又有《放歌》一首,则飘飘然有乘鸾驾鹤之思。作此诗后,未几即下世。年仅二十二岁。

王渔洋先生任扬州府推官时,闽中友人许天玉公车北上,以缺资斧来告,会先生囊无一钱,张夫人笑曰:“君勿忧,我为君筹之。”除腕上跳脱付先生曰:“此不足为许君行旅费耶?”先生亦一笑,持遗天玉。天玉作长歌记其事,颇援古贤媛为比。同里徐东痴隐君,贫且老,虽冻饿不干人。严冬风雪,无御寒之计,夫人辄出絮帛属先生曰:“君得勿念徐先生乎? 曷以遗之!”其义侠如此。夫人卒时年四十。先生《悼亡诗》云:“千里穷交脱赠心,芜城春雨夜沉沉。一官长物吾何有,却损闺中缠臂金。”即指许天玉事。

外子南平先生,自命为铁血派中之伟人,在京师,日诣菜市观杀人,人有怪之,则曰:“吾他日或将死此,观之,所以练习胆气也。”(严君亚邹归里述之,闻者以为狂生。)其平日亦以罗兰夫妇相期许。今南平归道山已十年,未能目睹光复之盛。而予以疾病恹缠,至今尚延残喘,可愧也。辛丑之秋,毅然将发髻剪去,亦“岂无膏沐”之意云尔。当时赋两律云:“前生合是九嶷仙,剪尽愁丝岂斗妍。花朵不簪云髻上,并刀快试镜台前。心无罣碍消尘念,累脱形骸谢俗缘。殉国未能憎体弱,不教头断受人怜。”“从军愧赋木兰诗,一剪原知不入时。徐淑毁形空有恨,樊姬拥髻更无期。窗前罢刷玄蝉鬓,灯下悲吟黄鹄词。凄绝空怀陶母志,此时截发已无儿。”(时嗣男凤彬新殇。)

同邑林友兰孝廉可培,昔曾馆吾家,为洪弟师。旋留学日本,习师范,归而与王孝廉获百提倡兴学。时风气初开,反对者踵背相接。君百折不回,卒达目的。崇邑一小岛,而学校林立,不后于大江南北者,君之力为多。君积瘁之余,今岁竟以瘵卒。予挽以一联云:"先生从瀛海归来,历万苦千辛,始有此桃李成阴,弦歌盈耳;弱弟在湘中奉贽,叹廿年一瞬,忍重话谈经绛帐,问字玄亭。"

凡人气清者魄必弱,才女不胜操作,往往成终身之累。若所适贫乏,事更有难言者。此古人所以有"无才是福"之言也。向疑汪容甫先生出妻一事。其妻必有大不韪之处,是以见绝于通儒。近见李审言先生笺注,谓容甫之妻不能操作,失姑之欢。容甫出之,实有难言之隐。(中略)阮太傅《广陵诗事》云:"汪明经中元配妻孙氏,工诗,有句云'人意好如秋叶后,一回相见一回疏'之句,有才如此,岂有越礼?见弃通门,委如落叶。且既出后,不闻再醮。包氏世臣犹及见之,未加丑诋。"夫阮公誉之,慎伯称之,孙无大过,审矣!又汪孟慈《孤儿编·汪氏母行记》"先君容甫先生,初娶孙,好诗,不事家人生计。邹太宜人独任井爨,有二姑相助为理。于归后,弗能同亲操作,遂归老母氏之党"云云。呜呼!得偶如容甫,可谓不恶,而竟以好诗被出。世之有才无命者,得无同病相怜耶。

刘松岚观察有姬人字湘花者,尝语公云:"风雪如此,不知吴兰雪飘泊何所?"公大赏之。兰雪名嵩梁,江西人,曾官国子监博士,著《香苏山馆诗集》。

昔随侍家君宦游湘西时,三妹年尚稚。自学堂散课后,辄有思乡之念。家君于公余之暇,课唐诗或《千家诗》数首,有时命对句。一日以"橄榄爽口脆"五字命余姊妹二人对之,妹以"甘蔗老头甜"五字随口答之,家君喜甚。余随后对以"梅子溅牙酸"之句,家君闻之,激赏不已。于是遍告诸幕友曰:"惜我为公事所累,不能常常课之。"

何莲舫先生栻夫人薛氏,名幼芸,江阴人。姿容秀美,见者诧为神仙。嗜洁成癖，以水为命。性强记，聪悟过人。读书通大义，而兼擅吟咏。莲舫称其四德咸备。莲舫官建昌知府，方匝月，寇氛压境，郡城遂陷。既而收复新城，迎眷属辎重以镇摄之。寇警骤至，夫人投井不入，被贼攒刺死。三女品芙、宛芙、寿芙皆从母死。夫人殉难时，年四十五，视之如二十许人也。向读莲舫《晦余庵集》，求夫人遗诗不可得。兹得二律，录之。《夫子授内阁中书寄贺》云："小帖泥金字有芒，郎君新授紫微郎。高吟红药传西掖，欢护青萱恋北堂。弱腕未能操井臼，朵颐犹解作羹汤。安贫已自相从惯，纸阁芦帘梦亦香。"《暑雨纳凉》云："飞花簌簌叶冥冥，沿壁苔痕渐渐青。避雨倒栖双蛱蝶，迎风直立一蜻蜓。细薰艾葯垂帘护，新种芭蕉倚枕听。六尺桃笙凉如水，翻愁清梦易惊醒。"

……

常州缪鸿罢平谷令，贫不能归，作画数十轴，诣津门欲卖作资斧，久之无过问者。山阴杨子掞绍文官长芦批验大使，其配王澹音夫人闻而愤之，索画各题一诗，数日求者纷集，得百金行。澹音名韫徽，卫辉知府王侪峤太守苏之女。有《环青阁集》。

道华与同邑屈宛仙交最深。宛仙卒于嘉庆十五年，道华哭之以诗云："人比黄花瘦可怜，秋风一夕竟成仙。诗中字字争千古，病里匆匆过十年。定认前身奔向月，却愁慧业拟生天。与君留得如兰约，愿结深情再世缘。"相传天真阁中藏有《宛君薇露盥手图》，缣尾署"弟子长真薰沐供养"。樊樊山方伯为题《风流子》一阕。观于此，知道华夫妇倾倒于宛仙至矣。

随园先生选女弟子诗，以虞山席道华女士褒然冠首，所选诗亦独多。道华谢诗有"得攀骥尾原知福，直冠蛾眉却过情"之句。道华适孙子潇庶常，称佳偶，归佩珊赠诗云："却笑秦嘉才绝世，一生低首镜台前。"子潇乡、会试中式，皆第二名，道华以诗寄贺，有"淮阴漫说无双士，温峤居然第二流"，亦可谓科场之佳话矣。

道华名佩兰，字韵芬，一字浣云，与同里屈宛仙女士秉筠相友善。宛仙一字协兰，尝并写《如兰图》。归佩珊女士自海上归宁，遗女奴驰诗筒往来两家。佩珊号兰皋，子潇为作《兰闺三友图》。

吴兰雪先生有姬人曰岳绿春，山西人。随母居京师，性慧丽，能左手书，授以诗，辄倚声诵之，妙合音节。兰雪初诣姬居，值晓妆，贻碧桃一枝，姬受而簪于髻。俄有以重聘者，姬恚甚，谓其母曰："儿已簪吴氏花矣。"遂归兰雪。兰雪作《绿春词》以宠之，其结句云："侯门歌舞新承宠，翻羡寒闺韵事多。"一日，兰雪得其夫人书，持以示姬。姬曰："妾卑小不能持家，累君有内顾忧。愿宜人早来，妾亦有所恃也。"姬早卒，兰雪悼以诗十五首。有句云："生怕鬓边花易损，明妆小卧亦矜持。"姬之风态可想见矣。

清康熙十三年，耿精忠叛于闽，其伪总兵徐尚朝等寇浙东。永康有奇女子吴绛雪，殉节死焉。绛雪名宗爱，永康人。父士祺，以明经任仙居、嘉善、嵊三县校官。绛雪幼随侍，承其家学，善书画琴棋音律，尤工于诗，时人称"桃谿女史"云。其画为合肥龚尚书所珍赏。诗则沈文悫公称其有林下风，著有《六宜楼诗稿》及《绿华草》。尝取刘令娴诗意，作《回文同心栀子镜箔图》，并骈体启，赠其闺友秀水吴素闻女士。回合藻丽，见者惊其妍巧。归徐君明英，未几而寡。绛雪既以多艺闻，而资质秾粹，人皆诧为国色，藉藉众口。及尚朝之窥金华也，道永康，艳绛雪名，欲致之。邑父老与其夫族谋以绛雪纾难，事急则强之行。绛雪微闻之，则慨然曰："未亡人更安所惜乎？所惜者一邑生灵耳。苟有济，妾自获死所耳。庸何伤？"夷然就道。至三十里坑，以渴饮给贼取水，遽于马上翻倒触块死。是年六月也。绛雪死时，年仅二十五岁。后百余年，桐城吴康甫梓其遗集，德清俞樾编定其年谱，海盐黄燮清为之撰《桃谿雪传奇》云。

徐女士名映玉，字若冰。苏之昆山人。父锦川翁，始迁郡城。

女士嫁孔氏，从良人侨居浙，久之迁吴，徙香溪上。年三十有六，以尫卒。女士幼警慧，柔嫕静庄，喜读书称诗。巧针缕，佩服栉珥，必修洁。初生时，母梦梅花一枝堕于庭，长而爱梅，花开行吟其下，每风雨至，顾而泣，若有甚伤于心者，家人窃怪之。父善弈，女士旁观覆不失一。学琴得虞山指法。既嫁曰："此非妇人事也。"遂辍不为。其父母以无子，依婿居。女士奉舅姑、处娣姒、遇宗邻姻戚，内外无间言。不以亲在夫家为嫌也。嘉兴沈学子先生大成游武林，见其《梅花诗》，偶为更订数字，女士见之喜曰："此真吾师也。"遂问业称弟子。沈先生往来吴中，馆其家，常留惠征君松厓饮。女士入厨治具。或以为腆，曰："吾重惠先生之经学也。"他日，戚有为县者，饭其舍，或又以为俭，曰："若徒知取科名耳，安得侪惠先生哉?"其能审轻重若此。女士自学于沈先生，《汉书》、楚辞、《文选》、古乐府歌辞皆成诵，能通其义，间问偏旁，调反切，习笔算。每见箧中善本，必借得。挑灯校勘，祁寒盛暑，勿恤也。然其生平多愁善怨，俯仰太息中，郁郁不自得。用是疾作，更三稔滋剧，将死，泣顾父母曰："儿命薄，死无憾，惟吾亲之养不终，衔恨入地耳。"没乾隆二十七年十二月晦。既殓，庭梅及盆盎所莳者，一夕萼尽脱。家人惊，叹以平时顾而伤心者，盖预征也。其所为诗有《南楼吟稿》若干卷。

……

随园女弟子以大家闺秀为多，亦有由妾媵出身者。才女固不以阶级限也。见于女弟子诗者，有孙令宜之簉室王玉如，汪心农之簉室王碧珠、朱意珠，而尤以卢净香女史元素诗为最工。净香一字淑莲，其先汉军镶黄旗人，世授武职，驻防闽海，父鼎以裁旗入侯官籍。转徙梁溪，父没，从其母依于许如兰女史之母氏，与如兰共习针黹，间或诵读。初亦未能为诗画也。乾隆戊申有钱东者，谋置簉室，因如兰之尊人为之执柯。时方七夕，以诗十章为聘，未尝以赀入也。越三年，净香归，明年举一子曰守贻，又三年，扬州金带园开一茎三花，都转曾宾谷先生属钱君为图，且乞净香典丝为合卷。时净香颇学为诗，并绣所作和章于上。七月图绣并成。八月次子生，故命名曰守瑞。其年冬，宾谷都转招钱君同王梦楼先生题襟馆消寒小集。梦楼言净香能以诗画羽翼风雅，不宜久处箎室。都转立为陬吉临于钱氏，崇净香以继室之礼云。

……

金匮女士杨芸，字蕊渊，蓉裳先生之长女也。（案：《生香馆词》称蕊渊为二姊，而杨夔生《真松阁词》称伯姊，故知为先生长女。）姿质清丽，为父母所钟爱。幼受四声，多才艺。词翰外兼善弹琴吹箫。诗诸体皆工，芬芳悱恻，词尤风发流美，在片玉冠柳间。先生为文，惊才绝艳，七言歌行，工稳亚于梅村。蕊渊幼承家学，此体亦特工。如《返生香》诸作，论者谓其极空灵窅渺之致。夙留心文献，所辑《金箱荟说》（一名《婵娟录》）多采古今闺阁文字，（钱塘陈云伯为之序。）与长洲李纫兰时相唱和，才分亦相敌。顾纫兰远嫁，多愁苦之音。蕊渊则春容大雅，然亦不寿。著《琴清阁集》，何莲舫称其根于宿慧，苞于性真，不仅薰于习染者。蕊渊适秦氏，有子字子俶者，娶其侄佩贞女史，亦能诗，有《选云楼稿》。佩贞早卒，子俶亦不永年。其继室蒋氏，尝合刊之为《秦氏姑妇合集》。

……

昨阅报章，见樊山有《隆裕皇太后挽诗》二律云："才闻嘉节庆长春，俄见轩星陨紫宸。正月宫花齐缟素，前年禅草断丝纶。（自逊位后无复诰制。）黄泉见帝询宣统，彤史称天谥孝仁。二十五年天下母，遗容犹是洛川神。""长秋始建侄从姑，椒寝无恩逮翟褕。积雪今年悲鹤语，（后宾天阴晦累日，继以大雪。）占星一世坐鸾孤。移宫漫涉琼华岛，授玺先亡赤伏符。富贵终身忧患里，伤心从古后妃无。”诗律秀劲，面面周到，数千年之后，以隆裕为结局。挽后妃之诗者，亦从此取消矣。语云：“吃尽苦中苦，方为人上人。”隆裕既受乃姑之荼毒，不知卧薪尝胆，以求振兴，一任摄政王之懦弱，诸亲贵之贪婪，才志所不及，遽为千古伤心之后，良可悲也。

闺阁中诗，近体多而古体少，七言古体尤少。其能为四杰、梅村体及长吉、飞卿家数者，尚有其人。至纵横排奡，沈厚朴实，求诸大家闺秀尚为难得，何况未尝学问之婢妾乎？何桂枝，桂林人，幼失父母，为人婢，携之扬州，转售为妾。自怨命薄，作《悲命歌》一章，近人谓纯乎天籁。录之如下：“六月六夜雨声急，有女不眠悲思集。侧耳东方人睡酣，倚床低首罗巾湿。有恨无可伸，有语向谁陈？坐对中宵雨，长嗟薄命身。我本广西城里女，此处娘爷非我亲。暗想八九年前事，寸心耿耿独伤神。忆我六七岁，父母双抛弃。寄养向贫亲，贫亲无好意。浔梧将军门下客，一时假虎作威势。与得金钱知几何，甘心鬻我作人婢。尔时幼小只从他，薄命漂零可若何？当年携带扬州地，山程水程万里多。扬州一入主翁宅，年复一年谁爱惜？朝捧茶饭暮捧汤，寒缺衣裳饥缺食。主翁有时稍见怜，主母鞭棰那禁得。忽然年来情意改，当作亲身女儿待。许我呼爷与呼娘，梳头裹足勤劳倍。不知奸计险于坑，漫道厚恩深如海。箫管琵琶学已终，牙牌双陆亦教通。才延李姐学歌曲，又向张姑学绣工。事事求全勤督责，朝谋夜议谁能测？春来春去时匆匆，道我长大好颜色。嫁得富家贵公子，终身享用无尽绝。昨朝客到敞华堂，逼我堂前见客忙。不识谁家轻薄子，周身上下细端相。但见爷娘喜满面，我正无颜归绣房。惊猜不敢问，自知徒自恨。耳闻堂上言，赢得心头闷。方知堂上宾，乃是浙中人。工科给事官名重，六十无儿新娶妾。岂是寻常行礼节，只闻次第讲金银。怪煞爷娘心惨绝，千金百金争未歇。我生时日我不知，朦胧造作与人说。初五聘定初七嫁，却道行程图快捷。可怜我貌空如花，可怜我命真如叶。今日人家呼作儿，来日人家呼作妾。似此伤心怨复嗟，夜深掩泪肝肠裂。早知粉面换黄金，悔不当年堕江月。已矣哉，且莫哀。不见扬州旧风俗，亲身女儿嫁天涯。天涯复海角，骨肉之间豺虎恶。我复何须泪零善，情未休，长江之水无西流。风俗不改古人愁，寄语红颜绿发闺中女，来生誓莫生扬州。"

陆祁孙先生《合肥学舍札记》称前明有奇女子二，一秦良玉，一徐中山王女。今按徐氏名妙锦，长兄辉祖靖难时抗节系狱。次兄增寿图出降，为建文帝所手戮。姊即仁孝皇后，后薨。成祖欲聘之，妙锦薄成祖以篡弑得天下，矢志不从，遂守贞不嫁。（先是金川门失守，宫中火起。俄而驾崩。妙锦愤痛曰："当御正殿以俟之，何为出此？"其识见之卓如此，宜乎薄皇后而不屑为矣。）

湖南帅曼真、华金婉两女史，皆曾公孙重伯之侧室。曾赋《庚子落叶词》若干首，殆哀珍妃殉国而作，近人载入《平等阁诗话》。而华诗尤胜。中有一联云："汉家法度天难问，敌国文明佛不知。"可谓八面俱到。

……

"半帘花影月初圆"，休宁女士汪孟淑句也。孟淑名德贞，汪子贤君女，适嘉兴钱氏。能诗早世。其《秋闺即事》云："星稀云淡夜悠悠，四面屏开景色幽。闲染双毫临古帖，黄庭钩罢月当头。""梧桐月落雨霏霏，懒把金针补旧衣。只爱熏香闲独坐，玉炉风细篆烟微。""数枝桂树拂高楼，露似珠圆月似钩。粉本何人能领略，丹青洗出浅深秋。"又《秋夜奉怀程氏姑母》中有一联云："三更雁过风摇树，四壁蛩吟月上扉。"造语颇工。又其《上家大人》一律云："念载曾无一日离，承欢膝下每依依。频年久阙晨昏侍，远适难忘训诲辞。曲尽柔肠遵妇道，独垂青眼赖姑慈。春间得遂归宁愿,依旧庭前学诵诗。”尤见至性过人。

虎丘为游观汇萃之区。据长老云:“山之上下,商廛鳞次栉比,环货山积。桐桥一带,银灯画舫,脆管繁弦,至夜犹未歇。庚申之乱,几乎咸阳一炬,而繁华之中心点,亦渐移于沪上矣。”余生也晚,不及睹曩时之盛。合肥阚寿坤女士《咏虎丘》云:“剑池风冷石陂陀,断塔荒凉一再过。闻道开元全盛日,夕阳箫鼓画船多。”读之令人感慨无穷。

……

万炜彤字珈云,湖北应城人,适陈氏,有《香雪楼诗稿》。其《丁酉寓居汉阳凤山书院》二律云:“杰阁登临四界开,长江水势接天回。通衢楼阁参差出,远浦帆樯次第来。狂客尚传鹦鹉赋,游人初散伯牙台。梅岩风立留陈迹,犹有残碑绣碧苔。”“碧萝幽草翠交加,石磴盘纡一径斜。城枕断山云作障,船移曲岸浪生花。晴川树色催残照,鄂渚茶烟杂晚霞。底事临风凭眺久,故园回首暮云遮。”又《秋兴》云:“幽斋寂静日焚香,不卷重帘引篆长。稚子分题闲觅句,顽奴汲水带秋光。墙穿薜荔琴书润,窗映梧桐枕簟凉。卿梦几回归未得,平湖新涨水沧浪。”“络纬声啼远树中,炎曦减色又秋风。凉生枕簟眠方适,梦绕乡关路不通。砧杵几家归思切,笙歌何处客情浓。湘帘卷视银河近,云敛新晴月似弓。”又五律《春暮遣怀》云:“残梦恼鸡唱,闲愁减岁华。花繁知昼暖,月好被云遮。径滑过微雨,庭空喧暮鸦。茶铛声未歇,风动月钩斜。”数诗情景逼真,笔力秀劲。

……

湘江女史,不知谁氏女。有旅店题壁诗云:“寒生客馆掩重关,度尽春宵事事闲。报喜灯花开易落,镌愁诗草蔓难删。半窗月影乡心起,一枕鸡声旅梦还。车马渐纷人又起,怕临青镜照尘颜。”写尽行色匆匆,历尽风霜之景象。

……

杨蕊渊女士芸著《叶小鸾返生香》古诗一章云:“琼云散影仙姝泣,海上桃花几回碧。十二飞楼弱水西,返生香断何从觅?空留妙句写乌丝,镂雪团香绝妙词。千古玉台遗迹在,鲍家小赋谢家诗。吟边想像人如玉,林下风清绝尘俗。巧掠鸣蝉薄鬓青,双描出茧修蛾绿。姊妹联吟擘彩笺,疏香妆阁冶春天。芭蕉影里风如扇,豆蔻梢头月作弦。一家词藻人间罕,双成合作飞琼伴。午梦初回倚绣床,晚妆才试拈花管。爱仿官奴写洛神,曾摹周昉画朝云。绮琴夜拂银钩手,金毡朝翻贝叶文。吴江波冷湘娥吊,惆怅含嚬不成笑。红缕才牵幔外缘,绿草已赴云间召。夜雨灯昏翡翠屏,莲靴轻蹑凤凰翎。三生慧业知重证,一枕游仙怨早醒。猊床肯下真师拜,灵姿合受天人戒。出世原无不死方,忘情且说无生话。忏除绮语竟归禅,稳坐耆尼九品莲。莫向三山谭旧事,又劳天上葬神仙。”思想空灵,点尘不染,又娟秀,又风致,又雅洁,非学有根底,心具夙慧者,其何能出此窅渺之笔。

……

王幼遐侍御论满洲人中有词名者,有“男中成容若,女中太清春”之语。太清诗在前清时,足称名家。其后来境遇之凄惨,令人有同病相怜之慨。兹录其《生日哭夫人》一律云:“虚室东风冷,幽居泻泪泉。去年同宴乐,此日隔人天。生死原如幻,浮休岂望仙。断肠空有恨,难寄到君前。”又《清明谒墓》云:“入谷惟闻春草馨,苍苍松桧护佳城。林泉已遂高人志,俎豆难陈寡妇情。近日忧劳成疾病,经年魂梦却分明。伤心怕对闲花柳,泪洒东风不欲生。”其《率儿女谒南谷》云:“七夕携儿冒暑来,驱车一路寸心哀。诸侯园寝无官守,丙舍廊庑任草堆。素壁长歌君自写,(清风阁壁间有夫人题句。)红棠双树我亲栽。(霏云馆阶下海棠两株,乙未年手植。)人间限满归泉下,他日同游亦快哉。”

上海赵损之先生（文哲）《乐户行》："玉肌白刃两如雪，一笑相从飞碧血。"是侠女从容就义时光景。金匮杨蓉裳先生（芳灿）《凤龄曲》："腰间三尺冰纹练，百转千回掩泪看。"是怨女自寻短见时光景。

吴山尊学士（鼒）续室孙恭人，渊如观察之族妹也。观察《题南楼却扇图》诗序云："兖郡南楼为杜子美趋庭之地。乾隆乙卯岁之官，明年为族妹与吴孝廉成婚于使署。妹贫，随叔父流转至都，几为贵人篴。大母爱其资质，收养之，如亲出。择才士许嫁焉。吴时方北试，越五年入翰林，又当结婚时。"观察有《题南楼却扇图赠吴山尊妹婿》云："广乐声中翠烛然，荆钗出拜画堂前。料量嫁事分清俸，不抵长安卖赋钱。""一夕争传箫史来，婿乡难得有仙才。他年泗上寻遗迹，便指南楼作凤台。""泲上春波处处生，送君千里到蓬瀛。画眉莫费凌云笔，天子临轩问长卿。"时学士年四十一。胡城东（唐）镌小印赠之，文曰"垂老遇仙"。张船山太守亦有诗调之云："莫倚元龙湖海气，须防谢女弟兄才。"信属花烛美谈。而渊如先生之义侠，亦不可及也。

……

庚戌年金陵开劝业会，陈设以湖北馆为最雅，模型有黄鹤楼及赤壁黄冈竹楼诸名胜。楼以竹为之，与赤壁隔溪相对，为游客品茗之所。自夏徂秋，壁上题诗殆满。独袁江张湘九女士一绝云："赤壁当年战气收，日韩合并古今愁。而今岂是题诗日，行见降幡出石头。"后数日，诗已为人揭去。殆以其扫弃一切太杀风景欤？

满洲自太清春外，同光间有龄文女士，彭刚直公之女弟子也。女士字竹友，长白库雅勒氏，归忠善亭侍卫，未一载而寡。著有《絮香吟馆小草》。《送雪琴师予告还乡即次旧时见寄原韵》云："谢爵归田放棹行，望云遥拜送先生。一船画本归衡岳，万里江淮洗甲兵。春雨碧螺思茗煮，（原注：承赐碧螺春茗函请益之。）秋风紫蟹忆樽倾。惭予立雪程门久，忍把骊歌唱渭城。问字无由路阻长，燕山楚水两茫茫。廿年事业功千载，两袖清风月一囊。喜有新诗题画本，（原注：曾为余题白梅画幅。）难教旧梦到衡阳。峰头岁岁归回雁，遥望平安寄数行。”又《忆昔有感即呈雪琴师》云：“记得衡阳放棹归，天涯芳草绿初肥。桃花江上轻舟稳，杨柳堤边夕照微。绛帐栽培心独感，蓬门寥落意多违。峰头回燕今犹昔，应许秋来向北飞。”又《得白梅画幅喜而有作》云：“绢素新张粉壁看，横斜疏影倍心欢。闻来东阁香犹在，写出西湖雪未干。皎洁花偏开笔底，孤高品最耐天寒。书窗顿觉添幽致，搦管行吟到夜阑。”又《七夕忆昔》二首云：“潇湘春暮泛轻艖，客路闲吟兴未赊。记得洞庭明月夜，水窗斜倚看飞鸦。”“师生别泪洒河梁，廿载依依未肯忘。羡煞九秋天际雁，一年一渡到衡阳。”师生交谊之笃，溢于纸笔。

有清一代学术，以考证为中坚。至闺媛则以诗词名家者多。考证之书，世不多见。惟汪远孙妻梁端，郝懿行妻王照圆，皆为《列女传》补注，并行于世。世传阮文达公副室刘书之文如著《四史疑年录》。（吴县叶调笙《吹纲录》云：“钱氏大昕《疑年录》于前汉无一人，吴氏续录补之亦只得三人，扬州刘书之《四史疑年录》始广之得数倍。”）常见文达所著《揅经室集》有《四史疑年录序》，亟录于下曰：“书之性近于史，史传中遥遥华胄，琐琐姻亚，常娓娓言之，欲于史有所进业。予检钱辛楣先生《疑年录》付之曰：‘曷广求之。’书之乃由两汉迄于两晋，求之得数百人，写成七卷。其中如因张汤之母而推汤传，周阳侯侯上脱懿字，颜师古误为赵兼。因《曹大家传》而推知《文选·东征赋》永初有七为元有七之讹等事，颇有证据。至于沈约之书，则尚未能从事。”予曰：“南北朝以后，书籍渐多，是须博览。未可但据正史，此非妇人所能。勿勉强为之，反多遗漏也。虽未见其书，亦足以想见其书之内容矣。”文达公继室孔夫人，衍圣公某女。工诗，著有《唐宋旧经楼稿》。副室谢雪唐庆云，媳许云姜，未婚孙媳孙静兰，孙女恩乐，并能诗。

雍正四年，江西正考官为吏部侍郎查嗣庭，试题曰“维民所止”。有讦者谓“维止”二字，是取“雍正”二字去其首也。嗣庭遂以诽谤蒙大戮，家属徙边。嗣庭女蕙纕驿次题一诗于壁云：“薄命花飞水上游，翠蛾双锁对沙鸥。塞垣草没三韩路，野戍风凄六月秋。口读父书心未死，目悬国难泪双流。伤神漫谱琵琶怨，罗袖香消土满头。”蕙纕真不愧名家之女。（诗见《柳北纪闻》。）

元和蒋秦云女士绮，适歙县曹氏。清咸丰间以避乱归宁在苏。庚申之变，挈子避地乡间。流离失所中，夭其爱子。女士思之甚，作《哭俊儿诗》十绝云：“身世茫茫痛邓攸，七年抚育付东流。深宵漏尽思儿泪，细雨孤灯坐小楼。”“柔肠寸寸把愁萦，泪落生前襁褓情。一样儿童嬉笑处，就中偏少唤娘声。”“苦雨潇潇离泪滴，闲愁片片逐时新。兰闺寂寂三更夜，不见灯前索乳人。”“膝下相随苦不辞，宵行昼伏力难支。谁知夜半呼浆泣，即是今生永别时。”“浪说珍珠掌上擎，身逢乱世死生轻。只将几点伤心泪，了却今生母子情。”“四郊戎马偏烟尘，正是男儿裹革辰。肉食纷纷都遁迹，儿童翻似受恩身。”“桐棺草草瘗荒村，乱后无从识墓门。万里烽烟吴苑暮，秋风何处哭殇魂。”“讲学归来笑语哗，空留字迹印窗纱。书帏深下无人到，一任蛛丝网落花。”“鹃啼猿啸声声哭，花落人亡缕缕情。正似昔年儿去日，一天红雨扑帘旌。”“天涯夫婿远游时，一夜霜催玉树枝。千里凭谁传尺素，挑灯空写哭儿诗。”余于十年前，连殇两儿。兹值人静钟初，更深月落，读之泪随声下，触动前情，令人增无限之感。况处于流离失所之乱世乎？悲哉！

……

李纫兰女士佩金《咏秋雁》四律云:“无端燕市起悲歌,带得商声又渡河。千里秋心随月远,一年愁绪入秋多。水边就梦云无影,天际惊寒夜有波。屈宋风流寒落尽,那堪重向洞庭过。”“晚来风雨晓来霜,不为悲秋也断肠。芦苇作花多冷澹,鹭鸥无语亦凄凉。途穷容易归迷路,栖稳何如在故乡。一种白头缘底事,田田只解覆鸳鸯。”“谁倚高楼一笛横,凭空吹落苦吟声。能鸣未必真为福,有迹多嫌累此生。入世岂容矰缴避,就人终觉羽毛轻。越凫楚乙休题品,识字何曾为近名?”“夜庭飞渡恨漫漫,多恐江南到亦难。偶听弓弦惊寤寐,久疏笺字报平安。筝无急柱宁辞鼓,琴有哀音未忍弹。可奈西风吹别调,离群还较此间寒。”低徊往复,感托不凡,深得诗人敦厚之旨。(当时人号“李秋雁”。)

……

孔圣人之后,经学以汉淮南太守安国最著,文学则以北海太守融最工。安国治壁中古文尚书,为司马子长师,有功于经术不浅。文举则文体高妙,为建安七子先导。两家如嵩华并尊。唐宋以来,孔氏代有传人,惟闺秀则不多见。前清中叶,阮文达公夫人以能诗称,著《唐宋旧经楼稿》。近世则有刘树堂中丞之夫人著《韵香阁诗》,可谓克绍先芬矣。

文达夫人名璐华,其《忆外书寄滇南》云:“拟入京华共旧林,不期滇海久分襟。锦囊但觉新诗少,白发还愁旧病深。万里江湖难放棹,一楼风雨独停琴。致君珍重无多语,惟把丹心答帝心。”

刘中丞夫人名淑祥,字齐贤。卒后,中丞辑其遗诗,刻于河道官署。桐城吴挚甫先生为之序。序称读其诗至于雕刻山川,凭吊厄塞之作,以为古所称登高能赋可谓大夫者,殆不是过。其为名流推重如此。兹录其数首,亦可以窥豹一斑矣。《巴东舟中》云:“猿啼两岸夕阳催,江上何人赋落梅。山影漫随烟霭去,钟声时杂雨风来。鸟穿叠嶂阴云合，舟入重岩石壁开。到此蓬莱知不远，我今新自蜀中回。”又《途中偶成》云：“云霞出海最鲜明，其奈辞家万里程。别绪顿随流水转，离怀时与故山盟。重帏定省朝朝梦，两地相思暮暮情。待到杏开春雨后，好随樯燕趁风行。”

夫人五律《晓行》云：“早发秦关道，山高夜气凉。星熹茅店火，月映板桥霜。景自闲中领，人从别后香。故园诸弟妹，几度盼回乡。”《晚行》云：“不觉寒烟暮，秋光几度忙。蓼红疏水国，云白隐山堂。雁到书犹滞，马嘶路转长。登高回首望，皓月上崇冈。”押香字韵，尤觉出人意表。

……

临川乐莲裳钧，初名宫谱，后名钧。已而又欲改名醇。其配瑶仙夫人曰：“使君多金，不如有酒。”莲裳为之绝倒，遂不故易。

前年于某处，见有《寿萱阁吟草》钞本一册，系玉峰女史王凤芝仪仙著。余喜其诗笔浑厚，秀丽雅逸，即烦女士孙咏梅录出，于誊写板上印刷数百份，赠诸喜文字者，以期知女史之名。兹复选录数首于诗话中。其七律如《春日偶书》云：“惜花须系护花铃，珍重韶光抵万金。最恨狂风伤嫩蕊，乞将淡日作春阴。莺声如诉朝寒重，蝶梦应愁夜雨深。却怪东君存薄幸，任花憔悴不关心。”《落花》云：“莫将摇落怨东皇，九十春光本不长。谁见美人垂白首，古来才子哭红妆。绿华脱羽神犹在，紫玉成烟骨也香。一霎昙花容易散，何须惆怅自凄凉。”《寄感》云：“天地蜉蝣寄此生，由来大海一浮萍。漫将因果参兰絮，聊借诗书养性灵。人到有情皆有累，世原宜醉不宜醒。何时学得安心法，生死穷通付绿醽。”七绝如《除夕守岁》云：“听完爆竹万家催，闲倚妆台倦眼开。落尽灯花人寂寂，自斟清酒寄诗来。”《祭诗》云：“不拜针神拜祭诗，定教人笑阿侬痴。但求授我生花笔，晕碧裁红免费思。”五律如《寄外》云：“一别秋将暮，西风落叶飞。关心忆眠食，无力寄寒衣。道路非嫌远，音书总觉稀。故乡回首望，何日片帆归。”（闻钞本得之同邑郁氏。）

——《妇女时报》（1914）第十五期，（1915）第十六期

天真阁艳情考

随园先生选女弟子诗，以虞山席道华女士佩兰裒然举首，时论比诸毛西河之有徐昭华。女士适同邑孙子潇太史原湘，著《天真阁集》六十余卷者也。太史晚号心青，尝与女士共案而读，互相师友。前清三百年中，言佳偶者，当以太史为第一。顾其平生韵事极多，尝取吴园次诗思绘《把酒祝东风种出双红豆图》以寄意。兹考其轶事如左。

道华与同邑屈宛①仙女士秉筠，同受业随园，交亦最深，时相唱和。宛仙一字协兰，尝并绘《如兰图》。宛仙又绘《薇露盥手图》以赠，藏天真阁中，流转百年，近为南陵徐积余先生所得。樊樊山先生题《风流子》一阕，序曰：“屈君《薇露盥手图》旧为天真阁藏。图上有悼词四首，款署心青，盖天真笔也。”宛君适同邑②赵同钰，每有题咏，皆夫妇合璧。而心青诗有“封题密字三千札，负担虚名十五年”之句，不可解也。缣尾署弟子长真薰沐供养。屈与席皆随园女弟子，而诗不逮席远甚。天真悼之，长真师之，尤不可解。积余持图索题，漫赋此调。词曰：“玉盆花露水，休错认西子浣纱图。怎公主双鸾，已谐箫史。使君五马，犹恋罗敷。西风里，黄花通体瘦，红豆两情孤。孙有《双红豆图》。玉镜台中，私书何在？春波桥上，倩影谁扶？　长真称弟子，香一瓣，蕙烟双袅薰炉，锦瑟

① “宛”，原文作“婉”。按，“宛仙”为屈秉筠的字。下同改。
② “邑”，原文作“色”，据文义改。

解人何处。旷代应无，七二鸳鸯，空期再世。心青又有‘妄冀姻缘酬再世’之句。十三莺燕，犹说西湖。屈席均在《湖楼请业图》中。剩付徐郎供养，亲荐薇壶。”

案樊山所谓不可解者，试一一解之。予以爱情之为物，全以境遇为转移，而莫能自主。孙与席世称佳偶，以此例彼，固可无疑于宛仙矣。要之伉俪之情，怜才之念，自可并行不背。心青《意中人》诗云“不是琴挑卓女丝”，是言已之非关越礼，不关天壤恨凝之。是言宛仙非不足于其夫，不啻自为注解矣。樊山第一不可解，即以宛仙夫妇不薄不当，更有此事，非以事之如何定宛仙之品格。盖纯乎爱才高尚之情与寻常艳情有间。观其始终守礼，愈见宛仙人格之高。附作有“握手已知逾宿分，并头原拟待来生”句。不知出于何人。观此愈见其知礼。屈与席文字至交，题图赠影无足奇异。宛仙卒后，道华视之如菩萨大士像。弟子犹言信女，非师弟子之弟子也。樊山第二不可解。一以道华不应称弟子，一以心青不应移其爱于他人。案彭甘亭题《双红豆图》云：“鸥波嘉偶玉连枝，我有谰言一问之。占尽咒桃仙地福，更从何地种相思。”当时朋辈已不能无疑，甘亭笃于伉俪，以己律人，宜其不解矣。

宛仙有《蕊宫花史图》，以十二女史分隶十二花神。宛仙拈得兰花，故诗中言及兰花者，皆指宛仙。《赠春燕》云：“侬心自为香兰醉，嗅得蘼芜意亦消。”又《蓄兰一本数年始花》云：“半生心力全抛与，万事艰难倍可欢。”亦似寓意。《无题》有“天女凌华婉，神人韩子湘”云云。离合之迹，言之尤详。其他道是《玉尺词》《婉儿天水》等作，疑皆指宛仙。又有“如此相思天亦许，两边心似玉壶明”句，亦高矣哉。

宛仙所居曰易安阁，取容膝易安之义。一日太史过之，戏以易安明诚事相拟。宛仙闻之，亟遣婢持笔砚请太史另书扁额。太史不可。固请，必易之乃已。见太史所作《赵孺人传》。此事颇觉可异。易安之为迂儒诋毁者,以其再嫁也。以宛仙之开明,不当轻之至此。且宛仙系有夫之妇,人亦决不以再嫁相戏。更何嫌疑可辟?意者,宛仙当日,人咸以佳偶目之,而宛仙或感美中不足处。但他人言之尚可,今太史言之,则为不入耳之谈,故亟易之以明心迹耳。

心青《双红豆图》,一指宛仙,一疑指谢翠霞。集中别有《长恨辞》四首,有“到死未能忘子建,他生应得配参军”句。上用《文选·洛神赋》注,下用《晋书·列女传》王浑妻钟琰语。必系孙氏门中之人。总悼云:王夫人与管夫人,湘水神还洛水神。管仲姬赵松雪妻。宛仙亦赵氏妇。王夫人,谢道韫也。湘水指宛仙,谢字凌波,故曰洛水神。《双红豆辞》云:“紫袖昭容玉尺温,青绫步障粲花论。”昭容乃上官婉儿,青绫步障亦道韫事。又云:“情同沧海无深浅,缘比浮云有近遥。”遥指宛仙,近者或翠霞乎?又“论岁参差原姊妹,比花先后似梅兰”。既以兰花指宛仙,梅花亦必确有所指。《横霞仙馆杂事》第二首云:“只道粗才定品差,幽兰偏比别人家。回嗔一笑思量着,原是梅花第一花。”盖《蕊宫花史图》正月梅花属谢翠霞。名虽拈阄,大率出于心青所品题。又《自题横霞仙馆》云:“万树梅花水一村,春山如梦月如魂。只消一角横波翠,阑住诗人不出门。”又云:“收拾红香到仙枕,一生同梦是朝霞。”横霞仙馆既系孙氏房屋,其意更明。其他以梅兰对举者,不一而足。《题兰绝句》云:“诗人眼底花如海,除却寒梅尽不如。”《自题筠翠山房》云:“梅语兰香若个温,好将红豆唤山村。”山房以筠翠为名,亦非无意。又《梅诗》云:“道人自入浮罗梦,除却梅花总不知。”《写梅寄个人》云:“由来绝色人难画,只画梅花便当他。天上纵然花绝代,老逋只解爱梅花。”《画梅寄情人》云:“修到他生须记得,谢娘庭院雪来时。明知卿貌花难替,只要卿知我画卿。”又《水仙》云:“花如梅萼玉为肌,叶似兰苕翠带飞。若与二花同供养,便应猜作古三妃。”以十二月水仙为席佩兰，故云。《萼绿》诗云：“萼绿华来竟体芬，绛纱高揭拜宣文。”以谢尝从道华学诗也。更有《拜梅》《评梅》诸绝、《谢女芳姿》以婉儿《天水》等诗例之，似暗切“谢”字。《三妇艳》诸律及“玉杯浇取双红豆，不化湘梅定楚筠”等句，皆足相证。又《病起书寄个人》云：“古人绝少痴于我，举世谁能谅此心。”盖正惟有名分关系，而又非疏远之戚可比。故如有难言之隐，不得不隐约其词。若但指宛仙，则艳情本古人所时有，亦不必求谅于他人耳。

——《女子世界》(1915)第五期

冰魂阁野乘(节选)

贺双卿之薄命

丹阳贺双卿，负绝世才，禀绝代姿，为农家妇。姑恶夫暴，劳瘁而死。生平所为诗词，不欲留墨迹。每以粉笔书芦叶上，以粉易脱落，叶易碎也。其旨幽深窈曲，怨而不怒，古今之逸品也。呜呼，亦可伤矣。

谭浏阳夫人之论史特识

谭浏阳先生嗣同之夫人李氏，名闰，安徽道篁仙之女，幼娴内则，博极群书。先生聆其议论，叹为明达，尝集《历朝列女传》，各系以论。于有明杨椒山夫人乞代夫死事曰：“明太祖成祖，皆不学无术，任刑法以治天下。其流弊足以利小人而害君子。严嵩魏忠贤相继而起，流毒善类，卒以亡国。而椒山以迕嵩父子，屡被廷杖，血肉狼藉，筋断骨折，备诸惨酷，以死。方是时，贼党布满朝列，暗无天日。杨夫人欲白其夫之冤，疏虽十上，必不能达。为杨夫人计，惟有以疏结诸发际，怀七首诣宫门自裁，以代夫死，或可感悟皇上。”云云。后谭公殉戊戌之难，夫人舆入湘抚陈右铭中丞署中，跪地痛哭，袖出寸刃自刭，颈血溅陈公衣袂而死。使处椒山夫人地位，必能实行其言。

蕊兰书记

钱塘陈云伯先生以仙人自居，尝绘《碧城仙梦图》。需次吴中，四方闺媛以书画为贽者，至三十余人。咸刻碧城女弟子印章贻之。而早岁受知者，厥惟杨蕊渊、李晨兰两女士。蕊渊评先生诗云：“珠林昼静，瑶花自开。彩凤一翔，群羽皆敛。”晨兰评先生诗云：“银河清浅，碧云徘徊，华月夜明，仙乐远奏。”先生在京师，曾为两女士佣书，助之撰述，乃镌“蕊兰书记”小印，以志纪念。《闺咏》所云“我是婵娟旧书记，遗编珍重护灵芸”者，即指此也。窃以先生平生韵事甚多，当以此为第一佳话矣。淑仪常恨不生于先生宰我邑时，得一瞻先生之文采耳。

汇记崇明闺秀

崇邑孤悬海外，与大江南北声气不通。男子经商之外，大率溺于科举。五六百年以来，鲜以诗文卓然名者。至于对待女子，闭塞尤甚。识字者且如凤毛麟角，遑论文艺？此淑仪所以独学无友，悁然以悲者也。然前清之初，距今百年，尚有一二娴吟咏者。兹考诸邑乘，与故老相传者，汇志于下。自吴氏至黄月书得五人。

吴氏，黄道隆妻。道隆耽吟咏，氏亦工诗，有士行。

黄氏，廪贡秉均女，倪继达妻，善读书，著有《蠡测集》及《调羹侍养法》，并精楷隶。

施氏，诸生沈王志妻，工诗，日与其夫唱酬，及殁，王志追悼不胜，情溢篇什。作《哀弦集》，附编氏诗曰《妆零集》。

黄英玉，工诗，著有《二无室偶吟草》。

黄月书，字少仙，诸生孙锦女，母陈氏，教之韵语。长适诸生陈履刚，著有《诵芬阁诗草》，与履刚《梦花馆诗草》并藏于家。

庄槃珠女士往侍天后

莲佩字槃珠，阳湖庄有钧女，举人吴轼之妻。幼颖慧好读书，既长习女工精巧，然暇辄手一编不辍，尝从其兄受汉魏六朝唐人诗，读而好之，因效为之，辄工其幽怨凄丽之作，大抵似昌谷云，年二十五以瘵卒。垂绝复醒，谓其家人曰："余顷见神女数辈，抗手相迎，云须往侍天后，无所苦也。"其姊适蒋氏者，亦工吟咏，善吹箫，所居春晖楼，有佣能视鬼神，指其姊妹曰："是皆瑶宫仙子，我见绿衣丫髻，行空中耳。"未几槃珠卒。未几其姊亦卒，临终索妹所画箑为殉。先是日者推其姊年当得七十二，至是才二十七耳。

案以上所说，不免邻于荒诞。试问所谓天后者何在？所谓仙子者又何在？不过垂危之人，神经瞀乱，语无伦次。迷信者往往藉此以为口实，谓鬼神之说，信而有征。吾人可一笑置之，不足与之深辩也。阅者诸君慎勿惑于是说。记者赘言。

林文忠夫人轶事

沈文肃公夫人林氏，为文忠公女，其乞援饶廷选以保广信，人艳称之。夫人胸罗武库，智勇兼全，人知其得于庭训为多，而不知其母郑夫人，亦一非常女子。翁婿母女，皆一时人杰，亦难矣哉。文忠公之谪戍伊犁也，寄家西安，有门下士官陕西者，迎谒公，窃为不平。公谈笑自若，不敢言。退谒夫人曰："甚矣，此行也。"夫人曰："子毋然。朝廷以汝师能，举天下大局付之。今决裂至此，得保首领，天恩厚矣。臣子自负国耳，敢惮行乎？"其明大义如此。

公气节文章,天下宗仰,尤笃于情。夫人亦通翰墨,常相唱和。公所著有《云左山房诗钞》,荷戈出塞时作,尤雄杰沉郁。夫人常赋七古二章达之,公返报云:“廿年凫雁镇相依,万里鸳鸰怅独飞。生别胜如归马革,壮游奚肯泣牛衣。只怜瘦骨支床久,想对残脂览镜稀。忽得诗筒狂欲喜,珠玑认是手亲挥。”又句:“苏蕙回文常触绪,彩鸾写韵不愁贫。索和妇能谐竞病,弄娇孙亦识之无。老我难辞身集蓼,忆卿如见首飞蓬。”儿女心肠,英雄肝胆,此又公之真挚过人处。

翁儒安文彩风流

常熟翁儒安女士字静和,幼即以诗著声。长而意不自得,为《沤子十六篇》以见志,读者悲之。生平闲居好洁,几案无尘。时或明月在天,人定街寂,令女侍为胡奴装跨骏骑耷御之游,蹀躞不休。春秋佳日,扁舟自放。绿波红蓼,吴越山川,踪迹殆遍。书如晋人,画兰萧疏幽致。风流障体,举止羞涩,微颦嫣笑,不足为其态也。句效长吉,则牛鬼蛇神,穿天出月,雕戈谗鼎,不足为其色也。晚则形神俱瘁,荒烟野草,不足为其悲。雁断云迷,不足为其恨。中山计隆序其集行世,中多佳句。如《咏萤》诗曰:“熠耀空庭故映衣,却疑亭阁碎燃藜。微灯点点冲帘入,离火轻轻傍扇飞。皎月已沈留曙色,乱星虽炯借余辉。何劳数斗俱囊尽,散作清光照竹扉。”《花朝》诗曰:“雨过青山晓色新,花朝烟景锁城闉。行看燕子来珠箔,坐数鱼儿点绿蘋。书带碧纱催短梦,茅檐红杏解留人。已醒芳草堪偕隐,好觅桃源学避秦。”绝句酷如温李:“清秋凉气滴昏鸦,倦倚阑干浥露华。叶落盈阶谁带帚,月明照醒海棠花。”“征帆高挂恨难留,此际离怀逐水流。试看江亭日欲暮,乱烟孤月送归舟。”“鹃血啼红翠袖痕,空余肠断到黄昏。愁看黯淡中庭月,残角声凄不忍闻。”“一缕红丝未易牵,须知浪蝶自无缘。白云深护嫦娥影，纸帐青灯伴少年。”天启七年九月中，夜漏三下，被人磔杀，君子哀之。

王采薇女士遗事

毗陵王采薇女士，孙渊如先生之夫人也。生而姿质清弱，既长貌端丽，耽文史，手不释卷，喜读汉晋书，工小楷。每明窗净几，读书临帖，煮茗供花，翛然物外。既归先生，约围棋填词，先生至是始为小词，而卒未能对弈。性好洁，先生每陈书满案而出，比入室，则女士为整理之。偶得许氏《说文》，约日识数十字，久之，先生遂通小学。从宦句容学署，署有桐桂古柏，冬月霜皎，对影萧瑟，或出户闲吟，或焚香开卷，论说史事，俱有神识。读书至《王章传》曰：“牛衣妻自贤，奈沮仲卿上书，终是恇怯儿女。”又尝对落花叹曰：“人当如渠早谢，大抵有怜惜之者，红颜出世，不胜衰颓耶。”又言唐五代词，率可倚声被之箫管，春余夜静，辄取李后主“帘外雨潺潺”词，按箫吹之。至“流水落花春去也，天上人间”，闻者欷歔。女士卒时年仅二十四，先生为之终身不娶正室。凡独居十七年，至四十岁官部郎，始纳妾生子云。

席道华女士

常熟席道华女士佩兰，著有《长真阁诗集》七卷，附其稿砧孙子潇《天真阁集》后。昔年曾经见过，佳句不能悉记。尝记其《三桥泛舟》云：“十里乱红围佛寺，四山浓翠上人衣。”《久雨》云：“衫影尽含天水碧，酒情疑泼海棠娇。”绘景颇工。道华之娣李餐花，侄妇谢翠霞，长子妇陶菱卿，皆从道华学诗。

李玉英冤狱始末

距今三百余年，有女子李玉英者，以偶作《送春》等诗。后母焦氏指诗词谓有外通等情，俾舅焦榕执送锦衣卫，诬以奸淫不孝，拟凌迟处死。会朝廷差太监审录罪囚，凡有事枉人冤，许行陈奏。于是玉英具本末托其妹桃英赍奏讼冤。其词曰："臣闻先正有云：'五刑以不孝为先，四德以无义为耻。'又闻《烈女传》云：'以一身而系纲常之重者谓之仁。'故窦氏有投崖之义气，云华有坠井之贞风。是皆所以正纲常以励风俗，流芳名于后世，垂规范于无穷也。臣父李雄，早以荫籍百户，回还，荷蒙朝廷恩宠，以征陕西有功，寻升前职。臣早丧母，遗臣姊妹三人，有弟李承祖，俱在孩提。父恩见怜，仍娶继母焦氏，存恤孤弱。臣年十二，以皇上嗣位，遍选人才，府司以臣应选，礼部怜臣孤弱，未谙侍御，发臣宁家。父于正德十四年征陕西反贼阵亡。天祸臣家，流移日甚。臣年十六，未获结缡，姊妹伶仃，了无依倚。标梅已过，红叶无凭，尝有《送春》诗一绝：'柴扉寂寞锁残春，满地榆钱不疗贫。云鬓衣裳半泥土，野花何事独撩人。'又《别燕》诗一绝：'新巢泥落旧巢欹，尘半疏帘欲掩迟。愁对呢喃终一别，画堂依旧主人非。'是感诸心声，形诸笔札，盖有大不得已而为言者矣。奈何母氏不察臣衷，但玩此情，疑为外遇，朝夕逼责，求死无方。逼舅焦榕，拿送锦衣卫，诬臣奸淫不孝等情。臣本女流，难辩口说。问官昧臣事理，拟臣剐罪重刑。臣只俯首听从，盖不敢逆继母之命，以重不孝之罪也。适蒙圣恩宽恤，时以天气炎热，在监军民未经发落，凡事枉人冤，许诸人陈奏。臣钦此，不得不兴乐生之心，以冀超脱而有言也。臣父本武人，颇知典籍。臣虽妾妇，亦幸理其遗教。况臣继母，年方二十，有弟李亚奴生周岁。臣母欲图亲儿继袭，故当父方死之时，计令臣弟李承祖，十岁孩儿，亲往战场，寻父遗骨，盖欲陷于非命之死，以图己之私也。幸赖皇天不昧，父灵不泯，臣弟得父遗骨以归。前计不成，忿心未息，仍将弟成祖毒药身死，支解弃埋，又将臣妹李桃英卖与权豪之家，充为媵婢。名虽赡养，事实有谋。又将臣妹李月英，沿街抄化，屏去衣食，朝夕拷打，靡有怨言。今将臣诬陷前情。臣纵有不才，四邻何不纠举？又不曾经获某人。为此数句之诗，寻风捉影，以陷臣罪。臣之死固不足惜，恐天下后世为继母者，得以肆其奸妒之心。而凡为人之儿女者，得以指臣之过也。是以一身而污风俗，以一死而亵纲常也。臣在监日久，有欺臣孤弱、至兴不良之心者，臣抚膺大恸，举监惊惶。伏望陛下俯察臣心，将臣所奏付诸有司，昭布各衙门知道，将臣速斩。庶身无所苦，免行露之沾濡，魂有所归，无青蝇之遗污。仍将臣之诗句，委勘有无事情，推详臣母之心，尽在不言之表，则臣父之灵，有感于地下，而臣之义心，亦不掩于人间矣。"有旨命三法司会勘，焦氏论斩，玉英著锦衣卫选良材作配焉。案玉英事去今远矣。读其词使人无限感怆，浮于脑际。一感于家庭之黑暗，一感于官吏之糊涂，至今未改也。夫玉英偶作诗词，不能指为奸状。即使犯奸，法律处罪亦轻，何至于死？即使真犯死罪，杀之已足，亦何至凌迟？玉英轻年女子也，即真系罪大恶极，行刑时亦应稍留女子体面，奈何周纳锻炼，必使之赤身露体受脔割之惨乃快耶？虽然玉英生专制政体之下，冤诬在所不免，昭雪实出万幸。今号称"共和"矣，而社会黑暗犹昔。奈何有藉维持礼教之名，以媚政府，岂家庭专制，官吏淫威，尚嫌未极耶。呜呼！吾不能为叔孙通、刘歆之徒恕也。

许修梅女士

钱塘许修梅女士，名之雯，俞曲园太史之外孙女也。幼读蘅塘退士《唐诗三百首》，未半，即能吟咏。年益长，诗益进。其父子原太守，谓太史曰："此女诗有包蕴，非寻常脂粉语也。"初修梅自名其居曰"湘筠"。太史谓："湘妃泪竹，非佳典也。汝好书籍，何不易以缃芸？"适王孝亮。王体弱，不能从事举业，以微秩官浙江。

修梅从之数年,卒年三十一耳。

修梅尝谓:“张丽华、潘玉儿,论者多以祸水比之。余窃为不然。夫以东昏、后主之为君,岂长江真得为天堑者?而二女擅绝代之容,偶被后庭之宠,颦笑惑君,修容眩众,纵非贤女所为,亦属美人故态。误归亡国之君,竟罹杀身之祸,为可慨耳。”

其诗如《拜月》云:“花因受露先低首,柳亦随风共折腰。”《问月》云:“因谁幽恨圆偏少,为底清光占独多。”《听月》云:“弓开上界垂垂满,轮走中宵碌碌忙。”《咏痴》云:“三月莺花同蝶恋,五更风雨替花愁。”《情》云:“飞鸟尚依前度树,落花犹恋旧时枝。”《悟》云:“风吹柳絮空中色,月冷梅魂梦里缘。”《怨笛》云:“吹残杨柳风添咽,落尽梅花月减明。”《胥江渔唱》云:“一抹夕阳山滴翠,半篙微雨浪生花。”《沧浪采莲》云:“荡入波心花欲语,拗来叶底袖凝香。”《枫桥夜泊》云:“断岸枯株孤艇系,寒山远寺夜钟撞。”《虎丘晚眺》云:“鸦带夕阳栖古树,鹿衔剩翠上新阡。”《吊南唐陈后主》云:“金缕歌残鸡塞梦,玉笙吹彻凤城秋。”《秋柳》云:“一片羁怀羌笛里,几番霜信灞桥中。”皆清丽可诵。

张容甫女士

容甫号雩筠,太仓人,庶吉士王祖畬母,有《三省楼剩稿》,卒年七十二。年十三题诗云:“孤山三百树,疏影淡人心。识得梅花性,方知祖泽深。”积十数年,存诗二百首,曰《雩筠偶草》。朱先生叙之,谓为天真烂熳,有陶韦之音。尝谓祖畬曰:“女子无才便是德。吾同时三才女,皆少寡无子,且不永年。独余儌天之福,敢自炫乎?”又谓:“吾少时亦曾学作时艺,只知明白晓畅,便是至文。观今日闱墨,实不解作何语。揣摩二字,今日坏文品,他日必丧人品。”又最严义利之辨,尝曰:“义字所关甚大,仁知礼信,非义不成利者。有为而为之,谓财利最粗浅。然正当从此著手,爱惜物力,一丝一粟，无所遗弃。”尝曰：“当从有时思无时，莫待无时思有时。”

汇记宜荆闺秀

余编《清闺秀略》，考周保绪先生之姬人苏佩纕女士事迹，因从戚友转借《宜兴荆溪县志》阅之，乃录得若干人，实我《野乘》。苏女士殉粤匪之乱，而《列女》不载，惟《艺文》载其《贮素楼诗》一卷，其事迹则无传矣。

徐启泰妻倪氏名瑞璿，幼奇慧，读书过目成诵，诗才超逸，直类谪仙。闲作元白歌行体集曰《箧存》。

廪生吴星槎妻任氏名湘芝，著有《松筠阁诗》及《只鸳词》。其《忆父》诗曰：“痛别椿庭已六年，茕茕母女倩谁怜。回思雪案牵衣处，教诵毛《诗》第一篇。”《怀姊》诗曰：“当年分手各西东，千里相思一梦中。却忆旧时欢笑处，药栏零落海棠红。”

岁贡生任登朝妻周氏，克尽妇道，以贤淑称，好学工诗。尝著《内则集注》，令子女昕夕诵读，有《望山楼诗集》。其《过翡翠园》诗曰：“金谷荒凉墓尚存，午桥风月剩琴尊。低徊五十年前事，一树梨花欲断魂。”

任东阆妻徐氏，名畹芝，有《秋芸阁诗词》。其《借书》诗曰：“玉翦堂前插架书，缥缃成帙五车余。昨朝一见心如醉，安得微躯化蠹鱼。”《晓起》诗曰：“晓风微见透红霞，睡起开窗理鬓鸦。谁道侬家尽荆布，阶前又放玉簪花。”

庠生吴炘妻任氏名玉卮，有《拨香斋词》。其题父《双栖图》卷末云：“图就严尊清健容，薇花夜月两溶溶。应怜母氏留长恨，故遣丹青觅旧踪。”

李氏女名翠莲，父业贾，居城北。母故知书，女幼承母教，出笔韶秀。邑有吴生，称神童，文名籍甚，女父与相识，以女诗词就正。生为点定,女心折求一见焉,时尚未笄也。父殇服阕,母为议婚,女曰:“必才学如吴生者,乃嫁之。”遣媒致意,则红丝已系矣。将别议,女执不肯。吴生闻且感且悯。有豪贾慕名求姻,女叔父艳其富,强以字之。女抑郁寻卒。病革时,与吴生书,其后半诀别语云:“嗟乎!才与命乖,病因愁甚。空半床之明月,长伴孤眠。历廿载之尘缘,短如春梦。欲求花映柴门,重逢崔护。环留玉指,复待韦皋。太平舟上,倩女离魂。洒雪堂中,云华再世。均非妾所冀也。惟冀君努力萤窗,题名雁塔,异时纡青拖紫,驻马荒郊,望三尺之孤坟,洒一樽之清醴,使野魅山魈,咸谓李翠莲曾见许于玉堂贵客,则妾死而不死矣。”女死年裁二十一,遗有《翠莲诗稿》一卷。

庠生任星咸妻屠氏,名镜心,有《玩月轩诗草》。其《秋云》诗曰:“散却奇峰入太清,卷舒恰似绮罗轻。诗人省识秋来薄,莫想衣裳想世情。”《白海棠》诗曰:“一场春梦欲醒时,缟素全非旧日姿。淡粉应斑贞妇泪,素纨不入婕妤诗。临妆祗许冰为鉴,对酒宜将玉作卮。愿共黄花同晚节,肯教红烛近阶墀。”

铅山县知县程嘉杰继妻傅氏名隐兰,字文卿。幼慧喜读,每绣余辄吟咏忘倦,诸姊嘲之曰:“将作女博士耶?”微笑不应。长更高自期许。嘉杰闻其名,遂有玉台之聘。嘉杰故名士,暇日诗词唱和,律益精。既而从官江右,缙绅夫人及女公子学操翰者多愿效焉。蒲桃之树,芍药之花,满箧盈箱,执贽者相接,自是程门立雪,多咏絮才矣。尤好作回文集句,工妙天成,前代璇玑,近世蕃锦香屑,不多让也。年七十病革,命子嗣徽录生平所作诗词付手民,自题曰《刈兰吟》。

——《中华妇女界》第一卷(1915)第一、四、七期

随园女弟子轶闻上卷①

席佩兰

佩兰字韵芬，一字道华，又字浣云，江苏昭文人，庶吉士孙原湘室，有《长真阁集》。

原湘字子潇，嘉庆乙丑进士，有才名。浣云刻苦吟诗，与子潇共案而读，互相师友。《正始集》。工诗善画，兰在蕊宫花中，与屈宛仙齐名。《画林新咏》。

字字出于性灵，不拾古人牙慧，而能天机清妙，音节琮琤。似此诗才，不独闺阁中罕有其俪也。其佳处总在先有作意，而后有诗。今之号诗家者愧矣。袁简斋《长真阁集辞题》。

昭文孙子潇太史，与德配席浣云俱能诗，倡和甚其夥。其《示内》句云："赖有闺房如学社，一编横放两人看。"又《赠内》云："五鼓一家都熟睡，怜卿犹在病床前。"上联想见闺房之乐，下联想见伉俪之笃。倪鸿《桐阴清话》。

淑仪案《随园诗话》云："女弟子席佩兰诗才清妙。余尝疑是郎君孙子潇代作。今春到虞山访之，佩兰有君姑之戚，缟衣出见，容貌婐妮，古称其才，以小照属题。余置袖中，即拉其郎君同往吴竹桥太史家小饮。日未暮而见赠三律来，读之细腻风光，方知徐淑之果胜秦嘉也。"又题辞云："和希斋尚书在军中札来云：'每得随园片纸只字，朝夕讽诵，虔等梵经。'老人每读韵芬诗句，亦复如斯。"其见赏如此。

屈秉筠

秉筠字宛仙，江苏常熟人，赵子梁室，有《蕴玉楼集》。工小

---

① 此篇仅存上卷。

诗，世所传《柳枝词》十五章，盖髫髻时所作也。《天真阁文集》。

闺房之内，琴鸣瑟应，人比之明诚之与清照。同上。

吴竹桥、袁简斋两先生并称之。所居蕴玉楼，锦轴缥囊，与绣箧粉奁并列。创新意为白描花卉，前古未有。时号闺阁中李龙眠。《墨林今话》。

豪柔捥劲，神致超逸。《天真阁文集》。

顾所笃好者犹在于诗。于唐宋诸名家犹瓣香义山，与内子席佩兰为诗友。尝遗书论诗，其略曰："诗之为道，以不着议论自抒情感为工。顾言情必先练识，练识必先立志。摆落世事，抗心羲皇，濯魄咸池。晞发银潢，诗人之志也。无其志而仿窃，明贞禾黍，表洁白华，优冠学敖，随彩剪葩，嚼徵含商，无理取哗而已。伪体别裁，么弦独唱，振衣霞表，安目项上，诗人之识也。无其识而挦扯，涽剥江为，生吞贾岛，刍狗杂陈，紫凤颠倒，骋博骛华，愚若燕窦而已。吐弃尘芽，发露天根，碧云独往，素春无痕，诗人之性也。无其根而叫嚣，号哀雨雪，誓心皦目，丹粉失和，金玉违节，或哭或歌，譬之狂疾而已。"又曰："少陵如大海回澜，鱼龙博戏，不敢学。太白如朱霞天半，绝人梯接，不能学。乃所愿则在玉溪耳。"道华难之曰："碧城银河，思涉幽玄，楚宫圣女，词流诡秘，璇闺贞静，焉取乎尔？"则又答曰："义山以踬弛之才，流浪书记，洊受排笮。其志隐故其辞曲，《无题》诸什，括东方之谜谜，为秦客之廋辞，婉而多讽，风人之遗也。至于甘露之变，忠愤填臆，冤厨车之徇，悲下殿之走，托言石勒，自比贾生，斯则《离骚》之变声，《小雅》之寄位矣。奈何以无稽虽谪，跻其词于香奁之亚乎？"同上。

名播海内，索画者纷集。然多病，病中犹强为人握管，年四十余卒。《墨林今话》。

柔兆执徐之岁，百花生日，婉仙夫人招集女史十二人，宴于蕴玉楼，谋作雅集图以传久远。患其时世妆也，爰选古名姬按月为花史。以江采蘋爱梅，梅花属焉。兰有谢庭之说，以属道韫。梨花本杨基蛾眉澹扫之句，以虢国当之。牡丹有一捻红，本以太真得名。榴花属潘夫人，为处环榴台也。西子有采香径，莲花系之。秋海棠名思妇花，开于巧月，采苏若兰故事牵合之。丽华有嫦娥之称，以之司桂。贾佩兰饮菊酒，驻颜宜令，主菊。芙蓉称蜀主，锦城最盛，故属花蕊夫人。惟子月山茶，绝少典要，以袁宝儿为司花女属焉。水仙则凌波仙子，盈盈微步，其洛神乎？分隶既定，作十二阄，各拈得之，自正月至十二月，为谢翠霞、屈宛仙、言彩凤、鲍遵古、屈婉清、叶茗芳、李餐花、归佩珊、赵美冰、蒋蜀馨、陶菱卿、席佩兰，长幼间出，不以齿也。爰命画工，以古之装，写今之貌，号《蕊宫花史图》。《天真阁外集》。

归懋仪

懋仪字佩珊，常熟人，巡道朝煦女，上海监生李学璜室，有《绣余吟》。

佩珊本出自李氏，其母名心敬，字一铭，宗袁女，心耕姊也。最耽吟咏，嫁归氏后早卒，著有《蠹鱼草心》。耕尝合刻其姊与子妇之诗曰《绣幕谈迁》。其诗清婉绵丽，斐然可诵。与席佩兰为闺中畏友。互相唱和，传播艺林。尝题《虢国早朝图》，有"马驮香梦入宫门"之句，见赏于随园。晚年卜居沪上，所居有复轩一灯、双管草堂诸胜。王叔彝题其遗稿云："难得佳人能享寿，相随名士不妨贫。"亦可谓实录矣。王韬《瀛壖杂志》。

佩珊为女史李一铭女，杨蘋香子妇。一堂授受诗集与母氏合刻曰《二余草》。《正始集》。

往来江浙，为闺塾师，若黄皆令卞篆生也。曾馆西溪蒋氏蒹葭里西溪芦花最深处也。《西泠闺咏》。

陈淑兰

淑兰字蕙卿，江宁人，诸生邓宗洛室，有《化凤轩诗稿》。

祖坰能诗，淑兰幼侍侧，即学吟咏。邓生虽才逊于淑兰，而性端谨。床笫间搜句征典，宾宾如两学子。然家居万竹园，余觌竹过之，淑兰褰帘请见曰："读先生诗，疑是古人，今幸同时，愿为女弟子。"出其所作，清婉处故唐音也。居恒善绣，尝绣两绝句于吴绫，丐余诗序。余作骈体七百字以应之。今年邓生失授馆所，意郁纡不怡，六月四日投池死。淑兰惊哭呕血，夜即雉经。翁救之苏，淑兰亦悔喈曰："吾过矣！翁在堂，夫柩在室，继嗣未定，非吾瞑目时也。"越半年，族人立嗣子霖篮日为宗洛引辐，淑兰有喜色。家人觉其哀减，禁防稍疏。十月二十日，遣女奴沦茗，掩扉而缢。端书几上云："有子事翁，吾心安。郎柩既行，吾不独生矣。"家人踢户入，砚墨未干。炉中告天之香，尚濛濛然有余烟也。《小仓山房文集》。

金陵闺秀陈淑兰受业随园，绣诗见赠云："侬作门生真有幸，碧桃种向彩云边。"《随园诗话》。

邓英堂秀才，偕妻陈淑兰，各画兰竹数枝，赠毛俟园广文。毛谢以诗曰："闺中清课剪冰纨，夫写筼筜妇写兰。料得图中爱双绝，水晶帘下并肩看。"未几英堂无故自沈于水，越三月，淑兰殉夫自缢。毛追忆诗中"双绝"二字、"水晶帘"三字，早成诗谶，叹悔莫及。同上。

吴琼仙

琼仙字珊珊，吴江人，待诏徐达源室，有《写韵楼集》，卒年三十六。

年二十始归徐君，性婉淑，能得翁姑欢。翁卒，哭泣尽礼，所以事两姑者益谨。徐君耽读书，不甚问家人生产。凡会计出纳，皆安人主之，规画井井，暇辄助徐君校书或分韵，至漏三下乃息。《更生斋文集》。

徐君负时名，膺清秩，中间惟官京师半年，与安人别耳。余则皆弹琴赋诗，焚香读画之日也。同上。

居江南浙江之间，东莺脰，西虎阜，山水清绝。时奉太夫人出游。同上。

性又聪颖，诗文外绘事无不工。暇即发挥烟云，摩写花鸟。十余年中，得《写韵楼诗》至数百首。同上。

金逸

逸字纤纤，长洲人，诸生陈基室，有《瘦吟楼集》，卒年二十五。

生而婐姬，有夭绍之容。幼读书，即辨四声，爱作韵语。每落笔如骏马在御，蹀躞不能自止。年甫笄，嫁吴中少年陈竹士。结缡之夕，新妇烟视媚行，忽一小婢手花笺出，索郎待催妆，竹士适适然惊。幸素所习也，即应教索和。从此琴鸣瑟应，奁具旁烟墨铺纷，不数日变闺房为学舍矣。纤纤事尊章谨，不以文翰自矜。一切烦掴衣圭燂沦秩膳事，罔或不涓。当是时，吴门多闺秀，如沈散①花、汪玉轸、江碧珠等，俱能诗，俱推纤纤为祭酒。一日者遇诸女于虎丘。日将昳矣，偕坐剑池旁，相与谈《越绝书》《吴越春秋》诸故事。洋洋千言，此往彼复，旁听者缙绅先生或不解，所谓咸憆也。有识者啨曰："《山海经》称帝台之石，上帝所以享百神也。昨千人石上，毋乃真灵会集耶？"其为乡里所钦挹如此。《小仓山房文集》。

二人并工诗，吟声相答，形影无间。论者比之陆东美夫妇焉。

---

① "散"，原文作"歆"，据《小仓山房文集》和《清代闺阁诗人征略》改。

尝同梦至一处，烟水无际，楼台出没云气中，仿佛有人告之曰："此秋水渡也。"因共联句，醒而忆"秋水楼台碧近天"七字。其后纤纤小病母家，一夕扶病归，谓竹士曰："侬殆将不起矣。昨夜梦数女伴邀登一舟，云将往秋水渡。梦兆如此，欲生得乎？"果阅十日而卒。《碧城仙馆诗钞》。

吴门金纤纤，擅吟咏，适陈竹士茂才，有《虎山唱龢诗》。甫及年余，而纤纤物化。竹士欲作《虎山寻梦图》以寄意，忽得陆定子画幅，若预为留赠者。翰墨因缘，信非偶然。《晚香居词》。

王倩

倩字雅三，号梅卿，浙江山阴人。知县谋文女，诸生陈基继室，有《问花楼诗钞》《洞箫楼词》。工诗词，兼善绘事。家贫，恒偕竹士游吴越间，琴书相对，见者目为刘樊仙侣。卧室有楹帖曰："几生修得到，何可一日无。"一时传为佳话焉。竹士前室金纤纤，有《瘦吟楼诗》，为前辈诸名流所赏，未刊全稿。梅卿于是卖画数十帧，并其自著《问花楼集》，悉以付梓，流播艺苑，世共称之。《墨林今话》。

画梅尤多，其后欲绘士女百幅，未就，病于云间白苧城，自知死期，嘱勿写遗照，赋《绝命词》六章而殁。陈云伯大令《挽诗》云："便非絮果亦兰因，散雪团香当写真。一角雅宜山下路，年年寒食吊诗人。"同上。

廖云锦

云锦字蕊珠，一字织云，号锦香居士，青浦人。合肥知县景文次女，华亭马姬木室，有《织云楼稿》《仙霞阁诗草附词》。

织云幼随父之合肥，即喜握管作花鸟，后归泗泾马氏，所居读画楼，朝夕点染，遍临瓯香以上诸名迹，骎骎入古，艺遂独绝。《墨林今话》。

云锦夫亡后，键户焚香，抚琴咏诗以寄其愁寂之况，闺阁中雅才也。同时庄磐山、金翠峰、张蓝生相唱和。《竹净轩诗话》。

织云又能山水，尝为张子白大令作小卷。王梅卿有诗题之。墨兰亦工绝。晚年酬应，率多倩人，其真迹花鸟，仿北宋人者，一时实罕俪也。《墨林今话》。

织云故一豪侠女公子，生平屡散千金，不自为计。乃以贫老，依其戚于闽南而殁。是可叹也。同上。

诗亦脱尽铅华，自见《标格题管夫人墨竹》句云："一抹远山数丛竹，绝无脂粉累风神。"亦若自道其所得焉。《白桃花》云："五更风雨惜浓春，晓起看花为写真。双颊断红浑不语，可怜最是息夫人。"《杏花》云："社后春将闹，风吹蕊欲肥。美人帘外立，初试水红衣。"同上。

《喜高平表妹至》云："尔我襟期喜共知，笑言频到漏残时。开奁会看将完绣，剪烛闲敲未定诗。金鸭灰深香篆细，晶帘风定落花迟。晚来又恐轻言别，月底灯前系梦思。"领联神情如绘。《名媛诗话》。

其《水仙文石》一帧，学宋人法。题款楷书，类褚字，兼得云林意。墨香广文，称其于妍丽中具秀骨，于粉墨间露清姿，则固出自性灵，非寻常学力所能到，洵为知言。《墨林今话》。

织云为女史朱灵珠女，工写山水，兼精花卉翎毛，诗尤敏健。其父古檀，尝集诗友于少檀园，每拈一题，持笺人索织云句。往往诗至而诸名士稿尚未尽脱。《正始集》。

卢元素

元素字净香，江苏江都人，钱东侧室。

净香与骆佩香，倡和齐名，一时有女卢骆之号。画亦相埒。

《正始集》。

其先长白人，随父徙江南，能诗工画，为袁竹室弟子，尤善绣，有针神之目。《墨林今话》。

其绣《三朵花图》，并绣己作和章于上。宾谷先生亟赏之。越数载病殁，前花又开三朵，先生命摘供其筵以吊之。一时传为美谭。惠姬名申，歙县吴涵斋太史女，善琴诗，亦能水墨花卉。《赠外》句云："白云红叶青山里，双隐人间读道书。"著有《双梧阁小草》。同上。

——《中华妇女界》第二卷（1916）第四、五期

清代闺阁诗人征略（节选）

例言

一、是编体例，仿厉樊榭《玉台书史》、张南山《诗人征略》而变通之。先详姓氏、里居、著述，次列事迹，而分注所引书名于下。凡本文所未尽者，或采遗闻，或录序跋，或遇隽句，别有会心，或以议论独抒所见，低一格加某某案以别之。

一、是编专载有清三百年中闺秀。起于顺治，下迄光绪，至明季闺秀甲申后尚生存于世者亦录之。惟闺秀无科名仕宦可考，其年辈界在疑似间者，不无拦入。若确知其生卒皆在明时，则虽甚有名，如叶小鸾、翁孺安辈，概不著录。

一、是编偏重文艺。凡诗、文、词、赋、书、画、考证之属，有一艺专长，足当闺秀之目者，皆录之。非是，虽有嘉言懿行，概不著录。

一、是编所采，诗文家以有专集行世及入选于诸大总集者为断，美术家以经前辈通人论定者为断，杂著以世有传本为断。惟沈云英仅以《春秋胡传》教授，别无著述传世，以其为希世女杰，破

格录之。

一、清代闺秀无虑数千人，兹姑就闻见所及者录之，十尚不及一二；非谓闺秀止此数人及闺秀事迹尽于是编也。

一、是编以事迹为主，与选诗不同。凡见其诗而未见其事迹者，姑从阙。盖非有所轩轾于其间也。

一、是编略依时代为次，或母女姑媳相从，或以诗派相近，及同社同门者为类，不拘一例，阅者谅之。

一、是编托始于沈云英、刘淑英、毕著，殿以秋瑾，所以寓崇拜女豪杰之微意。

一、是编本属于文学史。恽珍浦之《正始集》、汪小韫之《明三十家诗选》，皆附录其选诗例言，以资参考。

一、是编所采诸家诗话，凡有诗无话者自不当录，惟除此零章断句之外，未见事实，则间有采之，以存其人者。至诗话所收全篇，初稿悉数载入，嗣以篇幅太冗，大加删剃，但亦有不忍割爱者，仍未尽删除。

一、恽氏《正始集》，以黄忠端、祁忠敏殉节前朝，不录蔡、商两夫人诗。不知著述乃个人之事，与夫无与。两夫人能以文学、美术传世，不为两公忠节所掩，正女界绝大光荣。且恽氏采黄梨洲母姚淑人诗，梨洲之父忠端公尊素殉阉难前，于漳浦山阴二十年，淑人年辈亦远在蔡、商之前，于体例亦未画一。恽氏当日未明男女平权之理，以为妇人从夫，自应不选；今既认女子亦具独立人格，故仍从甄录。

一、是编所载蔡湘、吴瑛、顾英、张藻、王倩、许英、吴淑仪，均有两人。惟《杭郡诗辑》闵怀英，《杭郡诗三辑》方怀英，疑系一人，仅录其一。

一、闺秀言行，有失之迂旧不合现代生活，或流于迷信不脱神权思想者，是编仍照原书甄录，以存其真。

一、闺秀有姓氏事迹而名字无传者，初稿未及按照时代编入各卷。将来拟另编一卷附于全书之后，但姑就已经抄摘者编纂，不复旁收博采。

卷二

……

倪瑞璿

瑞璿，江苏宿迁人。进士宜兴徐启泰继室。

幼奇慧，读书过目成诵。诗才超逸，直类谪仙，间作元、白歌行体。《宜兴县志》。

柔顺供职妇德也。独能发潜阐幽，诛奸斥佞，巾帼中易有其人耶？每一披读，悚然起敬。《别裁集》。

淑仪案："暗中时滴思亲泪，只恐思儿泪更多"句，因忆母而转出母之忆女，其情倍深，宜归愚之叹赏也。

……

卷四

……

杭澄

澄，字清之，号筠圃，晚号定水老人，仁和人。编修世骏妹，赵万暻室。有《卧雪轩吟草》《伏枕吟》。

定水老人少颖悟，尝从太史兄学为制举文，旋弃去，一意为诗。太史称其风格苍老。杭氏姻亲有官北直隶之新河者，招其婿以往，老人偕行。无何，转客庆都令。林飞鹏所以痢死，老人伶俜无依，挟一婢、一苍头递其棺以归里。惊魂既定，与芷斋夫人以酬倡为乐。然一生境遇坎坷，涉历危险，故所作亦多"牢愁""血泪""凄心""寒魄"之语。殁后无嗣。诗二卷，方夫人选其《卧雪轩吟草》一卷版行之。《伏枕吟》闻旧藏朱大令上林家。《杭郡诗辑》。

淑仪案：筠圃有句云："尽日支床深拥被，不知户外几峰青。"贫病无聊，于此可见。

……

卷六

……

严蕊珠

蕊珠，字绿华，江苏元和人。诸生家绶女。有《露香阁草》。

年幼工诗，世推国色，未嫁而夭。《西泠闺吟》。

淑仪案：《随园诗话》云："吴江严蕊珠，女子年才十八，而聪明绝世，典环簪为束脩，受业门下。余问：'曾读仓山诗否？'曰：'不读不来受业也。他人诗，或有句无篇，或有篇无句。惟先生能兼之。尤爱先生骈体文字。'因朗背《于忠肃庙碑》千余言。余问：'此中典故颇多，汝能知所出处乎？'曰：'能知十之四五。'随即引据某书某史，历历如指掌。且曰：'人但知先生之四六用典，而不知先生之诗用典乎？先生之诗，专主性灵，用运化成语，驱使百家，人习而不察。譬如盐在水中，食者但知盐味，不见有盐也。然非读破万卷，且细心者，不能指其出处。'因又历指数联为证。余为骇然。其博闻强识如此。论诗数语，尤得此中三昧。"

……

孙云鹤

云鹤，字兰友。云凤①妹，县丞金玮室。

---

① "孙云鹤"条前有"孙云凤"条，称："云凤，字碧梧，仁和人。按察使嘉乐女，程懋庭室。有《湘筠馆诗》。卒年五十一。……故卷中忆妹之作居其半焉。"

兰友工填词，兼长骈体文，与姊碧梧齐名。《杭郡诗续辑》。

孙云凤及妹云鹤，孙令宜女。有《春草闲房》《侣松轩》两词集，取法南宋，风韵萧然。而所适皆不偶，故多幽怨语。《春融堂词》自注。

与姊齐名。其《宝剑》篇云："恩仇千古事，湖海一生心。"《送伯兄东归》云："归棹随流水，乡心带夕阳。"皆秀浑可诵。《两浙輶轩续录》。

云鹤女金佩芬，字芷香。适汤雨生都督子楙名。工白描、小篆，诗词皆隽雅。年未三十卒。《墨林今话》。

淑仪案：云鹤自序此词："上卷半属儿时所为，藏之箧中十余稔矣。次卷庚申后作，多伤离忆远、抚今追昔之言，录为自遣之计。去岁，吴石华先生著《女文选》一书，于铁峰武妹处索去，既附名卷中，复钞是编，将并付枣，且征鹤自序。昔先严有言：'闺中儿女子之言，不足为外人道。'然而结习未忘，人情不免，多年心血，若听其散失无存，亦觉可惜，令自录而藏之。今之此举，固非所望，然不敢固辞者，盖因先严平日溺爱之心，且重违先生一时表彰之意，是以略加删校，并志数言。至于词之工拙，则非鹤之所得而知也。嘉庆十九年甲戌岁七月，钱塘女史孙云鹤自序于广州邸舍。"

……

卷七

……

李佩金

佩金，字晨兰，一字纫兰，长洲人。府丞椠女孙，同知邦燮女，诸生山阴何湘室。有《生香馆集》。

玉洁兰薰，闺房之秀。《西泠闺咏》。

在都门与梁溪杨蕊渊女史齐名。蕊渊若上元夫人，晨兰则九华玉真安灵箫也。同上。

工词，著《生香馆集》，逼真《漱玉》，年三十余卒。杨蓉裳，农部芳燦之夫人为之序，孙古云、袭伯均次而刊之。李又有《秋雁诗》四首，中有句云："偶听弓弦惊寤寐，久疏笺字报平安。筝无急柱宁辞鼓，琴有哀音未忍弹。"不脱不黏，幽怨之思，溢于言表，真名作也！江南人呼为"李秋雁"。《两般秋雨盦随笔》。

殁于武林。其昆弟于琴河设乩牒，请临坛，云："已归玉局，不复至矣。"《西泠闺咏》。

淑仪案：钱塘陈云伯大令以仙人自命，绘有《碧城仙梦图》。其客京师日，曾为晨兰及杨蕊渊女士佣书助之。著述后镌"蕊兰书记"小印，以为记念。《西泠闺咏》所云"我是婵娟旧书记，遗编珍重护灵芸"即谓是也。大令平生韵事甚多，当以此为第一佳话。

……

杨芸

芸，字蕊渊，金匮人。郎中芳燦女，同知秦承霈室。有《琴清阁集》。

丰容盛鬋，遗世独立。《西泠闺咏》。

幼承庭训，博学工诗，兼善填词，得元人旨趣。又曾辑古今闺阁诗话为《金箱荟说》，陈云伯大令为之序。《正始集》。

蕊渊女士，中郎爱女。幼受四声，慧辨琴丝，妙修《箫谱》。《琴清阁词》，风美流发，在《片玉》《冠柳》之间。与生香女士俱从宦京师，结社分题，裁红刻翠，青鸟传笺，乌丝界纸，都中仕女传为美谈。《灵芬馆诗话》。

琴清阁女史杨蕊渊，有题《返生香》古诗一章，极空灵窅渺之致。《碧城仙馆诗注》。

根于宿慧，苞于性真，不仅薰于习染者。何栻《秦氏姑妇诗集》序。

淑仪案:《金箱荟说》,一名《婵娟录》,未见传本。既为当时名流所推重,则其书必有可观。淑仪于女士无能为役,而兹编之辑,实由于景慕女士,妄思效法其所为,不自知其力小任重也,故志其缘起于此。蕊渊为名父之女,风雅萃于一门,其侄佩贞即适蕊渊子恩普,有《选云楼诗》。早卒。继室蒋氏合蕊渊诗刻之,名《秦氏姑妇集》,何莲舫太守序之。

……

王照圆

照圆,字婉佺,山东福山人。主事郝懿行室,有《婉佺诗草》。

懿行,字兰皋,嘉庆己未进士,有才名。婉佺书法欧、柳,工古文,得六朝人笔意。尤精汉学,握铅怀椠,日与兰皋考订经史疑义,疏《尔雅》,笺《山海经》,名噪都下。所著有《列女传补注》八卷、《叙录》一卷、《列女传校正》一卷、《叙赞》一卷、《梦书》一卷行世。女文则,字顺婴,亦能诗。《正始集》。

中垒斯传,为垂世立教之大经。士人既多所不习,女子又鲜能通此。古道之不兴,盖由是矣。幸得如安人者为之疏通疑义,诠补旧说,而大旨了然。臧庸《列女传补注》序。

诠释名理,词简义洽;校正文字,精确不磨;贯串经传,尤多心得。同上。

其立论则原本《礼经》,其诂义则读应《尔雅》。考讹正谬,必广证乎群书;订异参同,亦兼综夫众说。博而不芜,精而不凿。洵足传子政之家法,绍惠姬之懿范已。马瑞辰《列女传补注》序。

淑仪案:婉佺所著《诗说》二卷、《诗问》七卷、《列女传补注》八卷、《女录》一卷、《女校》一卷,前清光绪八年顺天府尹毕道远等进呈御览,奉上谕,有“博涉经史,疏解精严”等语。呜呼!稽古之荣,于斯为盛!三百年中一人而已。

……

卷九

张綰英

綰英，字孟缇，阳湖人。知县琦长女，刑部员外郎常熟吴廷鉁室。有《澹菊轩集》。

纬青幽隽，婉䌷排奡，若绮和雅，各得先生之一体。恭人则缠绵悱恻，不失于愚，属词比事必达其志节。族膏泽多所自得，被文采而能高翔矣。包世臣《艺舟双楫》。

词笔秀逸，得碧山、白云之神。因《撷芳集》收闺秀诗太滥，《正始集》选闺秀诗太简，故另选一帙，曰《国朝列女诗录》。《小檀栾室闺秀词小传》。

故多疾病，恒经月处床褥，益伏枕读书，故镜台、妆匣、衾枕之畔，皆简册堆积，至今以为常□。尝言："读书不得其解，思之竟日，夜倦极酣睡，晨起辄能解。"不自知其所由。张若绮《澹菊轩词后序》。

淑仪案：沈湘佩《名媛诗话》："孟缇词笔秀逸，真得碧山、白云之神。壬寅荷花生日，余过澹菊轩，时孟缇初病起，因论夷务未平，养痈成患，相对扼腕。出其近作《念奴娇》半阕，云：'后半未成。'属余足之。余即续成就，孟缇笑云：'卿词雄壮不减坡仙，余前半太弱，恐不相称。'余觉虽出两手，气颇贯串，惟孟缇细腻之致，予卤莽之状，相形之下，令人一望而知为两人作也。"云云。其眷怀时局似此，求之当时闺阁中所仅见者。

——《清代闺阁诗人征略》，崇明女子师范讲习所印本，民国十一年(1922)版

张维

张维(1878—1956),原名玉贞,字玉瑱,浙江海盐人。父张小廷。堂兄张元济,主掌商务印书馆,著名出版家。夫朱希祖,浙江海盐人,留学日本,历任清华大学、北京大学、中山大学、中央大学等教授,著名历史学家。张维曾就读务本女学,在清末创办了海盐县第一所女校——婴英女学,编纂《汉魏六朝女子文选》,其夫刊行。

汉魏六朝女子文选叙

《汉魏六朝女子文选》者,张维自己酉夏至庚戌春,受之于夫子所讲授,录之以自诵者也。明袁黄有《八代文宗》,梅鼎祚有《八代诗乘》,近人有《八代诗选》。八代即指汉魏六朝,唐韩愈文起八代之衰,此其所本也。然因唐而称汉魏六朝可云八代,犹孔子称夏、殷为二代,孟子称夏、商、周为三代是也。至今日而云八代,则安知非指梁、唐、晋、汉、周、宋、元、明乎?明李宾有《八代文钞》,起屈原,至明钟惺,凡九十二人,其名尤不正,要之,八代之名,易于相混,明矣。故不曰八代,而曰汉魏六朝也。《隋书·经籍志》有《妇人集》二十卷,原注:梁有《妇人集》三十卷,殷淳撰,又有《妇人集》十一卷,亡。《妇人集钞》二卷。案《说文解字》:“女,妇人也。”段玉裁曰:“男,丈夫也;女,妇人也。立文相对,《丧服经》每以丈夫、妇人连文。浑言之,女亦妇人;析言之,适人乃言妇人也。《左传》曰:君子谓宋共姬，女而不妇，女待人，妇义事也。此可以知女道、妇道之有不同矣。言女子者，对男子而言，子皆美称也。”以上段说。然则言女子可晐妇人，言妇人似不可晐女子，故不曰妇人文，而曰女子文也。其不曰“女子文集”，而曰“女子文选”，何也？“文集”则谊取并包，《文选》则意存区别。汉魏六朝女子文之存于今者，不皆入选，入选者不过十之六七。其所以不入选者，虑有八例：一曰章句已缺，如后汉班昭《欹器颂》《文选》曹植《与吴季重书》注引、晋王劭之《夫诔》《艺文类聚》三十七等是也；二曰篇幅太短，如汉冯嫽《上元帝书》《汉书·乌孙传》、敬武长公主《上哀帝书》《汉书·薛宣传》等是也；三曰事涉暗昧，如汉程姬遗孙女《徵臣书》《汉书·江都王非传》、汉元王皇后《治问成帝发病状诏》《贬徙赵太后诏》《废赵皇后诏》均见《汉书·外戚传》等是也；四曰迹近贼乱，如汉赵昭仪《与籍武诏记》《赫蹏书》《又与籍武诏记》均见《汉书·孝成赵皇后传》等是也；五曰文太纤媟，如汉成赵皇后《奏笺成帝书》秦醇《赵飞燕别传》等是也；六曰文非独撰，如宋彭城王义康女玉秀《露板辞》《宋书·彭城王义康传》：大明四年，义康女玉秀等《露板辞》等是也；七曰文成专书，如后汉班昭《女诫》《后汉·列女传》、《隋书·经籍志》：《女诫》一卷，曹大家撰，专书别行、晋卫铄《笔阵图》唐张彦远《法书要录》一、《御览》七百四十八等是也；八曰文系伪托，如汉卓文君《司马相如诔》梅鼎祚《文纪》有此，未详所出。严可均曰：《西京杂记》，长卿素有消渴疾，及还成都，死，文君为诔，传于世。《杂记》虽言为诔，不载其辞，盖近代依托也等是也。本书有韵文中诗未选及，因它日拟别撰《汉魏六朝女子诗选》，故亦不入选。若夫后妃之文，则又有三例，制诏、册令、玺书、戒敕，惟史有明文，能自操笔札者，则甄录一二。如汉元王皇后《汉书·元后传》：初，李亲任政君在身，梦月入其怀。及壮大，婉顺得妇人道，尝①许嫁未行，所许者死。

① “尝”，原文作“常”，据中华书局校点本《汉书》改。

后东平王聘政君为姬,未入,王薨。禁独怪之,使卜数者相政君:"当大贵,不可言。"禁心以为然。乃教书,学鼓琴。五凤中,献政君,年十八矣。《汉书·叙传》又载后《与成帝书》,是元后能文之证、后汉明德马皇后《后汉·明德马皇后纪》:能诵《易》,好读《春秋》《楚辞》,尤善《周官》《董仲舒书》。常与帝旦夕言政事,及教授诸小王《论语》、经书①,叙述平生,雍和终日、和熹邓皇后《后汉·和熹邓皇后纪》:六岁能史书,十二通《诗》《论语》。诸兄每读经传,辄下意难问。志在典籍,不问居家之事,母常非之,曰:"汝不习女工,以供衣服,乃更务学,宁当举博士耶?"后重违母意,昼修妇业,暮诵经典,家人号曰"诸生"、顺烈梁皇后《后汉·顺烈梁皇后纪》:少善女工,好史书,九岁能诵《论语》,治《韩诗》,大义略举,常以列女图画置于左右,以自监戒、后魏文成文明皇后《魏书·文成文明皇后冯氏传》:太后性聪达,自入宫掖,粗学书计。及登尊极,省决万机。太和五年,太后以高祖富于春秋,乃作《劝解歌》②三百余章,又作《皇诰》十八篇。文多不载、宣武灵皇后《魏书·宣武灵皇后胡氏传》:太后性聪悟,多才艺,姑既为尼,幼相依托,略得佛经大义。亲览万机,手笔断决。又亲策孝秀、州郡计吏于朝堂等,斯其选矣。若汉吕后之诏《汉书·吕后纪》、上官后之玺书《汉书·武五子传》等则不录也。夫制诏、册令、玺书、诫敕,虽在帝王,犹多代造,况在母后,何能免兹。故虽能自属文辞,亦必择其煦煦仁政所关,与夫自表好恶之辞,似系出自胸中所造者,则甄录一二。如汉元王皇后《非坐不道无得系妇女老弱诏》、后汉明德马后《辞封舅氏诏》、和熹邓后《赐周冯贵人归园策》、后魏宣武灵胡后《禁私度僧令》等是也。若夫汉元王皇后《令安汉公居摄诏》《策安汉公九锡文》均见《汉书·王莽传》等,则不类矣。至于赋、颂、诔、赞、奏、表、书、疏,大都出于自手,虽有一二代造,史亦不能别白,故选例不若

① 中华书局校点本《后汉书·明德马皇后纪》:"常与帝旦夕言道政事,及教授诸小王,论议经书。"

② 中华书局校点本《魏书·文成文明皇后冯氏传》为"劝戒歌"。

制诏等之严。如汉班婕妤《汉书·孝成班婕妤传》:婕妤诵《诗》及《窈窕》《德象》《女师》之篇。每进见上疏,依则古礼、晋左九嫔《晋书·左贵嫔传》:贵嫔名芬,兄思。芬少好学,善缀文,名亚于思。武帝闻而纳之。泰始八年,拜修仪。受诏作愁思之文,因为《离思赋》。后为贵嫔,姿陋无宠,以才德见礼。帝重芬词藻,每有方物异宝,必诏为赋颂,以是屡获恩赐焉。答兄思诗、书及杂赋颂数十篇,并行于世。案:左贵嫔有集四卷,《太平御览》一百四十五有《左贵嫔集目录》、陈后主沈后《陈书·后主沈皇后传》:后性端静,寡嗜欲,聪敏强记,涉猎①经史,工书翰。有集十卷、隋炀萧皇后《隋书·炀帝萧皇后传》:后性婉顺,有智识,好学解属文,知占候②等,文艺彪炳,人亦无所用疑。若汉吕后之《报匈奴冒顿书》《汉书·匈奴传》、晋惠废贾后《乞以王礼葬愍怀太子表》《晋书·愍怀太子传》等,则亦不类也。张维曰:汉魏六朝文之优于后世者,在少浮词,寡费语,质而有文,汉魏尚矣。六朝浮华,而女子文则尚无此弊,读其文可知也。余读《隋书·经籍志》,自汉以来,讫于隋,女子文集载有二十四家,都八十卷:汉成帝《班婕妤集》一卷;原注梁有《班昭集》三卷,亡《旧唐书·经籍志》有《曹大家集》二卷;梁又有妇人后汉黄门郎秦嘉妻《徐淑集》一卷;后汉董祀妻《蔡文姬集》一卷;傅石甫妻《孔氏集》一卷,亡;晋江州刺史王凝之妻《谢道韫集》二卷;原注梁有妇人晋司徒王浑妻《钟夫人集》五卷《唐志》有二卷;晋武帝《左九嫔集》四卷《唐志》有一卷;晋太宰贾充妻《李扶集》一卷;晋武平都尉陶融妻《陈窈集》一卷;晋都水使者妻《陈玢集》五卷《唐志》作刘臻妻《陈氏集》五卷;晋海西令刘璘③妻《陈珍集》七卷;晋刘柔妻《王邵之集》十卷;晋散骑常侍傅伉妻《辛萧集》一卷;晋松阳令纽滔④母《孙琼集》二卷;晋成公道贤妻《庞馥集》一卷;晋宣城太守何殷

---

① “猎”,原本作“躐”,据文义改。

② 中华书局校点本《隋书·炀帝萧皇后传》为“颇知占候”。

③ “刘璘”,中华书局校点本《隋书·经籍志》据《晋书·列女传》及《旧唐志》下、《新唐志》四改为“刘臻”。

④ “纽滔”,中华书局校点本《隋书·经籍志》为“钮滔”。

妻《徐氏集》一卷,亡;梁又有宋妇人《牵氏集》一卷;宋后宫司仪《韩兰英集》四卷,亡;梁《临安恭公主集》三卷武帝女;梁征西记室范靖妻《沈满愿集》三卷《唐志》作五卷;梁太子洗马徐悱妻《刘令娴集》三卷《唐志》作六卷;陈后主《沈后集》十卷;刘子政母《祖氏集》九卷;而苻坚秦州刺史窦氏妻苏氏作《回文诗》八卷、《织锦回文诗》一卷,尚不在其列,今则十不存一二矣。明代所选女子文最多,张之象则有《彤管新编》八卷是书以世所传《彤管集》篇帙未备,更为辑补,自周迄元,凡诗、歌、铭、颂、辞、赋、赞、诔,六百四十五首;《璇玑图》一篇;序、诫、书、记、奏、疏、表,三十三首;田艺蘅则有《诗女史》十四卷,《拾遗》二卷是书采录女子之诗,上起古初,下讫明代,《拾遗》二卷,则皆宋以前人也;钟惺则有《名媛诗归》三十六卷此系坊贾托名,非出钟惺,其诗真伪杂出,尤足炫惑后学;江元禧则有《玉台文苑》八卷;江元祚则有《续玉台文苑》四卷其书录女子之文,自周讫明,中间多采小说、传奇,至为猥杂;郑文昂则有《名媛汇诗》二十卷此书较《名媛诗归》等书,不过增入杂文,其余皆互相出入,皆藏于四库,《提要》称其讹舛杂出,真伪不辩。余虽未睹其书,然要之无别裁可知也。国初则费密有《唐宫闺诗》二卷是编录唐代女子之作,颇具别裁;季娴有《闺秀集初编》五卷。季娴字静姎,兴化女子,适李氏。是集选前明女子诗,编为四卷,皆近体也。后附词一卷。案:以上所定集名曰“彤管”、曰“女史”、曰“名媛”、曰“玉台”,其名华而浮。曰“宫闺”,其名偏而不赅。《尔雅》:“宫中门”谓之“闱”,其小者谓之“闺”,小闺谓之“阁”。曰“宫闺”,犹曰“宫闱”也,“宫闱”之文,唯专指后妃,民间女子无得而称也,故曰偏而不赅。若言其引申之义,则民间亦可称“宫”称“闺”。《礼记》:儒有一亩之宫,环堵之室,筚门圭窬,蓬户瓮牖。是民间亦得称“宫”。唐诗“闺中少妇不知愁,春日凝妆上翠楼。忽见陌头杨柳色,悔教夫婿觅封侯”,是民间亦得称“闺”。然则称其本义,则遗民间;举其引申义,则遗宫闱,二者必居一于此。而作者之意,“宫”指后妃,“闺”指民间女子,一用本义,一用引申义,于正名之例,实不可通。“闺阁”“闺秀”等名亦然。维虽不学,然不喜读隋唐以后文,下笔千言，提其要则大都无物，今且新民派之媄文扇宇内矣。国家衰微，则趋势忘本，而效夷语、效而谛犹可言也。郢书燕说，比比皆是，是斯文将丧，先烈典型行将堕地，乃出其向所选读汉魏六朝女子文百二十二首此系刺取严可均《全汉三国六朝文》中女子之作，略加弃取，补其遗，斠其误付之剞劂，载其芳馨，以慰幽人于长往，诏吾党以涂径云尔。以云理董，则吾岂敢。辛亥三月朔日张维叙。

——张维《汉魏六朝女子文选》，扫叶山房民国十三年(1924)石印本

朱恕

朱恕(1877—1944),字澹香,一字素仙,号嬾云、潄馨女士,仁和(今浙江杭州)人。父朱祥甫。夫陈蝶仙,钱塘(今浙江杭州)人,鸳鸯蝴蝶派作家,知名报人。子陈小蝶,鸳鸯蝴蝶派作家。女陈小翠,擅长诗词书画和小说创作。朱恕著有《嬾云楼吟草》及散曲等作品。

南仙吕入双调(用四弦秋送客谱)
倚翠楼吟草题辞①

新水令

笑文章从古属须眉,险抹杀裙钗我辈。有情牵玉虎,无福嫁金龟。寂静香闺,且向砚池中,注一滴洗剩的胭脂水。

折桂令

我春来只惯昏昏睡,变成个没字的碑。亏得你一卷新诗,枕上吟哦,消遣多时。那些个若兰锦字,那些个婕妤秋辞。倘将来比并妍媸,一样的玉骨冰姿。你前生不是曹昭,你前生定是文姬。

---

① 《倚翠楼吟草》,朱素贞著。

雁儿落带得胜令

缠绵是南都豆蔻枝，秾艳是西洛鸳鸯纸。骀荡是东湖书画船，豪迈是北固云山史。一篇篇云锦织天机，一声声嶰竹吹仙吕。好装修砆砾亦珠玑，巧缝裁布帛皆罗绮。真呢，画眉的称才子；信呢，女尚书信有之。

收江南

闻说你夫婿也能诗，可算得文福已双齐。这楼名倚翠太新奇，都管是草稿凭肩起。五七言算诗，短长句算词，赛过个春虫相对吐秋丝。

沽美酒带得胜令

灿生花笔两枝，写不尽鸳鸯字。想当日鸡旦唱和时，把蛮笺密记，积赚下许多诗，才编辑做平生情史。喜春风心花意蕊，说甚么昨非今是。要不过道情言志，小楼前花枝柳枝，也劳你牵肠挂齿，写的个满篇儿淋漓尽致。

尾声

我来属和生查子，算女子无才便是痴。问那世界上有几个男儿得如此？

——《女子世界》(1915)第二期

闺秀诗话

华阳曾季硕夫人，名彦，为张子馥先生之室，能诗工隶篆，早卒，有《虔共室遗诗》一卷。予爱其《题残春图》七古一首云："小楼梦破桃花雨，帘外流莺娇不语。春风一夜作秋声，碧树沈沈乱红舞。麒麟公子气如云，伤春惜别同司勋。壶天晕碧光阴暖，芳沼流红夕照曛。垂杨叶老燕雏飞，菖蒲花开蝴蝶稀。游丝百丈絮云热，万里茸茸春正归。门前草引春魂转，借得并刀不能翦。芳樽绿蚁饯殷勤，玉柱金徽荡凄怨。璇闺窈窕识音人，珠玉为心兰蕙身。鸾凰锦织将成匹，鸳鸯弦理重翻新。园中饯春春去迟，人间久已悲空枝。幽亭客散松烟起，独鹤徘徊听咏诗。”外子谓此作绝类顾影怜女士。为述影怜所制《懊侬曲》一首云：“茜窗环玉敲东丁，碧城昼掩桃花扃。春魂如烟隔花语，芙蓉镜里摇空青。螺山寸碧春愁重，悄倚花冠身不动。绛雪分飞镜角鸾，绿云压折钗头凤。瘦尽垂杨一捻腰，红闺酒醒麝香销。珍珠寮中压金线，年年锦字回文挑。依采莲花比人面，莲花易见人难见。泪滴红珠湿翠衣，愁吟白苎题纨扇。云房寂寞延孤嚬，鲛丝小罩凝脂尘。冻璧霜华隐浓黛，金鱼琐断璇闺春。香肌冷衬铮铮佩，罡风吹堕青鸾背。漫讶蓬山隔万重，屏山尚在蓬山外。云翘侧弹银蟠螭，凄馨秀被啼痕干。帘波无声剪秋绿，樱桃一树红阑干。销魂陌上青丝骑，金屋无人碧天醉。钿盒空劳郎定情，烛花似替侬垂泪。筝堂夜静灯影凉，银蟾暗逗眉尖黄。锦羽文鳞断消息，玉箫咽恨云天长。闲情不断如春水，目送飞花三万里。一寸春心久化烟，无端又逐东风起。”读此一首，自较曾夫人更胜一筹。置之《李长吉集》中，亦几不可复辨。其造语缀字，悉具别裁，每读一过，觉有一种凄馨滋味，嵌人心里。想见低鬟落笔时，不知颦皱黛眉多少，宜其不永年矣。

影怜女士一字媚香，江苏吴县人，为予姑王太淑人第一得意女弟子。长予外子三岁，而小一辈，故不得为婚姻，卒至抑郁而死。遗有《小桃花馆诗词集》八卷，好句不可胜收。七绝如《消夏》云：“十里烟波鸥梦冷，藕花香里月如潮。”《秋夜》云：“一树哀蝉吟夜月，秋风先沁酒人心。忽被西风吹梦醒，月波凉透水晶帘。我替天孙惜离别，牵牛花下立多时。”《春暮》云：“东风不管愁深浅，又送飞花入画帘。”七律如《春柳》云：“才子风流如此树，美人心事奈何天。”《落花》云：“弱魂尚倚秋千月，怯胆难禁夜半风。”《春日偶成》云：“寒压绣衾春病酒，懒烧银烛夜寻诗。”《病起》云：“泪碧尚留襟上渍，唾红犹认旧时床。”《题丽鬟集》云：“翠袖春愁偎燕子，红桥秋色阻牛郎。生成莲实心原苦，死傍桃花骨亦香。”《夜泊金山》云：“山围古寺钟沈水，浪打孤篷月到船。”七古尤为细腻，如《惜春曲》中云：“烟魂如丝剪不断，和愁写入鸳鸯弦。”《春晓曲》中如“一桁帘波荡春梦”，又“黛痕逗入芙蓉屏”，又“春魂如烟镜中语”。又《湖楼曲》中云：“茜纱如烟护春梦，春愁搁上眉山重。”又云：“轻雯贴空绿膏腻，掩映一碧天如苔。”又《莲塘曲》云：“美人凌波泣秋影，一寸红心抱秋冷。西风吹破芙蓉屏，七十鸳鸯梦惊醒。泪珠凝露敲铜盘，翠盖压云云背寒。零脂断粉堕空绿，相思飞上红阑干。秋魂如丝织成雨，镜里菱花隔烟语。银蟾倒影窥晶帘，水殿云房寂无主。”又《秋夜曲》云：“瘦蝶眠花抱秋梦，金蟾倒影帘波动。茶烟一榻扃珠门，满院虫声出苔缝。鸭炉香多篆烟小，幽魂如丝月中袅。瑶阶落叶积愁高，连夜西风未曾扫。”又《七夕词》中亦多警句，有云：“罗云十幅拖秋碧，女虫啼遍梧桐树。凉萤小影堕琼阶，露泣庭花照幽梦。”《秋河篇》起句云：“碧波界破情天秋，织女欲渡河无舟。”《秋夕词》云：“梧桐叶堕金井旁，阑干影里啼寒蛩。碧云千里月如水，白雁一声天欲霜。砧杵敲秋动远思，花枝罩梦生微凉。谁家玉笛忽三弄，秋情一缕风吹长。”又《桃花行》起句云：“桃花十里东风香，红楼倒吸晴波光。缃帘无声压衣重，炉烟风曳丝丝长。”中云：“桃花瘦损春无主，嫁与春风不如死。”又《月宫曲》云：“鸳帏夜冷璇宫霜，三十六天丹桂香。金蟾抱魄泣秋影，素娥倚树嗔吴刚。白云罗罗走如马，一桁帘波隔烟泻。

冰轮碾尽碧空尘，佩玉玎珰自天下。琼楼到处霓裳舞，头白仙𪓟守双杵。星光荡绿如泪珠，乱洒人间作秋雨。”凡此诸作，均于一字一句中寓千回百折之幽思。女士夙工骈体文，故其凝重妩媚有如此。闺阁中安得复有其人？

先大母汪氏，讳韵珊，有《花韵庵遗稿》一卷。《偶成》云：“淡烟微雨织春寒，睡起无端午梦阑。红尽桃花青遍柳，东风人倚玉栏杆。”《暮春》云：“乱红如雨下苍苔，六扇文窗一扇开。莺燕不来人已去，夕阳闲煞好楼台。”《春夜》云：“碧天如水漾疏星，银烛将残倚画屏。拟就绿章迟未上，卷帘唤起海棠听。”《花朝》云：“流莺啼到二分春，家有园林不算贫。及早典衣谋一醉，明朝应有看花人。”《题南宋杂事诗后》云：“残山剩水感飘蓬，白雁歌传宋运终。半壁江山搜笔底，西湖图画入诗中。狐狸拜月悲前古，蟋蟀吟秋吊故宫。展卷纸窗刚读罢，荒烟蔓草已酸风。”《上元即事》云：“金莲齐放百花场，帘卷东风细雨香。击壤歌传牛背远，看灯人逐马蹄忙。辛盘且造郎君食，芸阁应分太乙光。好好繁华闲不得，今宵春正满华堂。”《采菱歌》云：“中流渺渺发吴歌，软角红香湿袖罗。纤手不知秋水冷，笑夸女伴阿谁多。”《送先大父之浦东》云：“冬冬猎鼓逼年华，无那征夫又别家。风雪漫天人独去，隔窗香信冷梅花。”《湖上遇雨》云：“蓬背响潇潇，风声杂雨骄。云光团水脚，花气滃山腰。隔树鸟斜度，遥江鱼乱跳。扁舟摇不得，堤畔暂停桡。”《同漱霞山人夜坐》云：“夜色苍茫里，凉蟾分外幽。霜严花气瘦，风紧树声遒。各抱悲秋意，同删负米愁。萧闲书不尽，一笑倚层楼。”《代人作竹间路》云：“竹间路，通何处？买舟莫向长干去。长干市里落花多，家家皓齿发清哦。妾有罗衣君卖去，休教轻唱㡾㢝歌。”

婺源女士王韵珊（纫佩），归江湘岚观察（峰青）。年甫三十而殁，诗笔娟秀，以《和番禺许星台中丞（应鑅）绿牡丹》诗得名。原作颇有佳句，如“碧朵乍开真绝俗，绛桃虽好总嫌骄。欧碧花争春富贵，踏青人与月徘徊。碧玉羞随红拂伍，绛仙新改绿珠妆。新阴不乞冬青树，倩影如描萼绿华。罗领好辞传幼妇，画眉余课和春阴”。皆脱口如生，不带人间烟火气。他如《咏桃花》云：“雨后仙葩茁，风来绣阁香。桃花如倩女，独自立斜阳。”《咏古美人卓文君》云：“一念怜才礼教疏，须臾不忍玷璠玙。当垆尚有文人意，独惜春风识面初。”《蔡文姬》云：“衰薄门庭荏弱身，朔风衰草起边尘。中郎著作终归汉，值得黄金赎美人。”《谢道韫》云：“雅人深致自平章，柳絮新词压锦囊。才本无多谁得似，漫疑天壤有王郎。”《江采蘋》云：“寂寂长门锁绿苔，梅枝空说占春魁。掖庭莫怨君恩薄，免逐杨花落马嵬。”《梁红玉》云：“裙钗慧眼识元戎，鼍鼓三挝助战功。今日黄天波浪荡，雌风犹胜大王雄。”语具讽刺，不乖和平正则。殁后，湘岚《悼亡》诗有云：“只怜从此别，再见永无期。何堪更叩无言表，悔不丁宁未死先。”番禺女士杨拜鸳题其遗桥云：“须曼花开忉利天，琼浆终日涤尘缘。可怜慧业三生定，一曲清琴操水仙。”“才子佳人竟有之，何堪珠树折连枝。鸡声叫破江郎梦，恰忆明星戒旦时。”未几，拜鸳亦夭亡。岂女子有才，例干天忌耶？汉上女子许翠荷有句云：“自伤咏絮才情薄，不及人间没字碑。”诚有慨乎其言之矣。

翠荷《咏白莲》云：“凉深疑有雨，清极欲无香。”妙语也。江夫人《咏素心兰》云：“得露清弥韵，因风远送香。”亦妙在空际着想。夫人每得佳句，摘鬐上发绣成字，谓较线为良，亦闺中韵事也。有诗云：“日长仍有绣工夫，花鸟禽虫手自摹。摘下螺鬟当金线，黛痕深浅不模糊。”

丹徒包兰瑛夫人，字者香，一字佩棻，适如皋朱芙镜司马。辛亥秋，予从外子赴平昌，得与相识，近为予邻，时相过从。夫人工画，尤长于词。《风蝶令》云：“杨柳青遮路，芭蕉绿满廊。湘妃帘子卷斜阳,分付东风,留住落花香。　　曲折荼蘼径,弯环薜荔墙。一重罗幕一重窗,中有呢喃燕子语双双。”又《水晶帘》一首自题锦霞阁云:“小楼窗槛太玲珑,绕帘栊,绿阴浓。曲录阑干,斜抹夕阳红。柳外人家花外寺,听不厌,晚来钟。　　好山如画隔墙东,两三峰,暮烟笼,密竹疏林,遮得月朦胧。诗债寻常随处有,都记在、曲屏风。”又《杏花天本意·送外》云:“卖花深巷清明后,有几处酒旗风皱。倚楼容易教人瘦,何况是晚妆时候。　　胭脂雨偶沾衣袖,雕梁燕今年来否?料君匹马长安走,好消息雨中应有。”清丽绵邈,酷似漱玉。然所为诗,亦多佳警。《咏秋月》云:“桐影扶疏覆画栏,平分秋色上帘端。雪中不见仙人手,谁捧玲珑白玉盘。”又《山塘泛棹》云:“山塘春水碧于螺,处处箫声笛韵和。茉莉花风香不断,晚妆楼阁美人多。”《睡起》云:“杨柳阴阴日未西,落花如雨溅春泥。春风一枕潇湘梦,时有流莺窗外啼。”《秋夜》云:“月光如水浣帘栊,疑是银河泻碧空。小立瑶阶听蟋蟀,袖罗笼满桂花风。”《湖上》云:“流莺百啭燕呢喃,芳草盈堤绿未芟。行尽小桃花下路,着来红雨满春衫。”《舟泊渔村》云:“夕阳茅屋两三家,竹径疏篱一道斜。时有渔娃临水唤,刺船来卖绿沈瓜。”其余好语如珠,美不胜收。惟予尤爱上录诸作,以其饶有画景,读之令人愉快。

岭南王蕴文女士,名翔,为淮临杨畹清夫人之女公子。近寓沪上,录其近作诗词见示。适《名媛集诗选》已编竟付刊,爰为录入诗话。《壶中天》词一首《题赵子昂学士画马》云:“金鞍玉勒,袅珊鞭欵出五花神骏。万里踏残青海铁,不比寻常驰骋。雪鬣霜蹄,云螭月驷,留得骅骝影。英雄老去,笔端饶有豪兴。　　恰好粉木传来,霜缣写就,添个鸥波印。良骥腾骧逢伯乐,紫陌长楸堪证。一缕芸香,三分澹墨,人在繁华境。披图想见,宝台多少清韵。”又《良马歌小序》云:“寒夜与家大人茗话,偶言昔年在黔普安驿中，见一马踠促颈长，神采骏逸。询之圉人，云：‘日行千里，履水如平地，洵名驹也。惜未遇识者，湮没驿中。’感而赋此。”其词云：“百金市骏骨，千里求骅骝。人生贵所遇，知己孰能酬？普安驿中有良骥，顾视腾骧神彩异。雪鬣霜蹄体五花，雄姿应利战场沙。岂贪伏枥青丝络，愿逐嘶风白鼻䯄。报主可怜驰晓夜，不逢伯乐空自嗟。”造说绝无胎粉之气，洵巾帼书生也。

临淮杨畹清夫人，秀藻，即蕴文女士之太夫人。所著诗词甚夥，尝由蕴文女士录示一二。如《落叶》云：“疏林摇落送秋归，极目长空叶正飞。清晓霜酣开鸟路，黄昏风急拥渔矶。故山有梦烟鬟瘦，古道无人屐齿稀。几度满阶留不扫，夜深犹听打双扉。”《夜坐》云：“夜静湘帘卷，云销月皎圆。侍儿知我意，煮茗汲清泉。”均雅淡清真，有似剑南。填词尤精细。如《祝英台近·咏落花》云：“过雕阑，黏绣履，绕砌溅红雨。百啭流莺，呖呖转凄楚。况当国士天涯，美人迟暮，更销尽吟魂几许。　　启朱户，回忆羯鼓催开，宫妃笑相语。一霎光阴，浪逐晚风去。任他幽谷芳姿，凌波仙步，也只共软尘飞舞。”又《霜天晓角·从竹屋体咏落叶》云：“如此飘零，西风吹不停。绿蜡也知垂泪，萧瑟尽，闷中听。　　空庭闻雁声，醉霜枫未醒。莫问荣枯细事，留石骨，露深青。”又《南歌子》云：“细雨生春草，清风落杏花。半溪流水小桥斜，知是谁家门柳，正啼鸦。”又《渔歌子》云：“霜滑征途缓玉骢，晓鸡惊梦梦初终。风料峭，月朦胧，一丝鞭影过桥东。”选声炼字，具见实学。宜其女公子有咏絮才也。

德清徐鬘①仙女士畹兰，一字梦漪，为个影庐主人之女兄。岁戊子，归吴兴赵忠节公侄孙鳌侯，鸿案相庄，倡随颇乐。庚寅二月，鳌侯奉母入川，梦漪以母夫人垂老，不克偕往，自此天各一方

① “鬘”，原文作“鬢”，据文义改。

矣。越岁，鳌侯旋里应试，荐而不第，相对郁郁。明年秋，举一子，意各稍悦。次岁秋闱，鳌侯以风寒患白疹，仅十日竟不起。梦漪作《断肠词》十九首哀之云："记得当年乍结缡，芙蓉秋色正迷离。绿窗静好调琴瑟，清夜焚香共赌棋。""同调鹦鹉倚庭梧，共抚冰弦拥翠炉。花下教侬闲习画，兰闺拚却绣工夫。""月圆花好记敲诗，韵斗尖叉击钵时。恐我苦吟身更弱，每拈湘管代摛词。""性情真挚志清高，傲骨崚崚气概豪。戒旦侬惭输妇职，不曾井臼自家操。""梁案相庄一载过，远游遽听唱骊歌。莱衣各遂乌私愿，从此愁思两地多。""目断天涯蜀栈遥，暮云春树思迢迢。寄诗难寄愁千斛，劝我愁怀借酒浇。""万里归来喜若何，奚囊锦绣压装多。九华灯下重联句，又向芸窗墨共磨。""青云须趁少年登，有志思抟万里鹏。不放韶华随水逝，深宵犹拥读书灯。""可怜四度踏槐黄，镂肺呕心苦倍尝。底事刘蕡偏下第，岂真才命两相妨。""二竖无端苦作仇，仲宣体弱况经秋。回春恨煞无和缓，十日沉疴竟不瘳。""喘丝经得几昏黄，撒手妻儿去大荒。二十九年成一梦，返魂何处觅灵香。""不是修文少俊才，玉楼底事诏相催。芙蓉城主无情甚，不管人间离别哀。""何事天心忍若斯，偏多磨折到情痴。算来六载为夫妇，除却分离有几时。""几番检点旧诗囊，几度哀吟几断肠。匝岁孤儿方学语，不知能否继青箱。""只为情多爱觅愁，补情空把画图留。本来不缺何须补，忏语如今自悔不。""自怜多病复多愁，常累君心镇日忧。今日空帏重抱恙，不堪回忆旧绸缪。""鹃红啼尽帕难干，焚向金炉鼻更酸。知是泪痕知是血，请君泉下自家看。""万种恩情比海深，曾期世世结知音。而今孰与赓同调，一曲离鸾碎玉琴。""诗成赢得泪珠盈，缺陷千秋未易平。拚使此身憔悴死，遗孤在抱暂偷生。"情词悱恻，哀而伤矣。所著《鬘①华室

① "鬘"，原文作"鬟"，据文义改。

吟钞》一卷，好句多不胜收。除选入《名媛集》外，特录此以见其伉俪之情。

西湖孤山有小青墓，壁柱间题诗甚夥。庚子春莫，外子与何颂花、华痴石泛舟焉。以麦饭奠冯娘，行吟间，见墙根有苕谿倪绿华女史云贞题诗四首并序云："余生长申江，幼耽诗书，年十七，怙恃俱失，寄食外家。后归宁郡胡氏。遇人不淑，脱辐频占，离别三年，相依半载。最怜情天难补，苦海冤沈，江水空投，冰霜终洁。俄而一旦夭亡，大归舅氏，几番磨折，见恶妗姑。嗟嗟小青，自古薄命虽多，未有如我二人者也。若便祝发空门，洗空粉黛，则有诚如卿言，莲性虽胎，荷丝难杀。亦未易言此耳。呜呼！卿求知己而不得，徒问水中之影。余亦求知己而不得，空呼泉下之魂。虽未卜葬身何地，窃愿魂归卿墓。想卿多情人也，应感斯言，定当首肯。泣赋四律，非敢言诗，愿天下知音、有情闺秀见之，庶怜余之苦节，鉴余之薄命，则余死且不朽。"诗云："自浇杯酒吊倾城，怅触娇痴万种情。瘦影怕临池畔照，愁心偏向雨中生。甘如霜里幽兰洁，岂逐风前弱絮轻。一样凄凉同命薄，不禁怜我更怜卿。""早为婵娟误此生，鸧羹疗妒浪传名。拈花解说情难忏，蔓草埋香恨不平。病态含愁怜瘦菊，贞心耐冷比梅清。倾城高士同尘土，凄绝孤山杜宇声。""彩凤随鸦黯自伤，玉颜虽瘦尚新妆。罡风一霎摧兰蕙，冷雨三春葬海棠。自古蛾眉忌好女，从来狮吼误痴郎。哀呼负负诚何益，知否关睢雅化章。""画屏秋冷掩重门，金屋无人拭泪痕。病榻眠云怜素质，幽窗听雨怕黄昏。徘徊纨扇吟秋怨，小劫华鬘了宿根。最是名花偏易萎，夕阳芳草泣芳魂。"缠绵悱恻，读之几为泣下。拟录之，苦无纸笔。外子与颂花、痴石分忆之归，各制序，刊入《大观报》，一时和作如林。吴门顾眉香女士影怜云："不许心肠随我硬，可怜福薄算郎轻。燕子不来芳冢独，莺儿无语夕阳平。浪迹卿如飘断梗，读诗人似拜甘棠。有情杜宇连年泣，无主梅花对夕昏。”予亦有句和韵云:“情似蚕丝缠到死,愁如春草翦还生。蔓草和烟埋粉黛,落花如雨泣梨棠。怕因诗草生情节,悔捏愁苗种恨根。”昆明邵赋茗女士和云:“红妆一样归荒土,碧血千秋染野棠。梨汁讵医贞骨瘦,纸灰空绕断碑昏。”又其女弟吟梅和云:“此身那作沾泥絮,薄命同遭泣海棠。”兰陵庄顺宜女士和云:“绝无池馆生春草,岂有梅花聘海棠。白杨黄土终年冷,苦雨凄风又夕昏。”仁和何懒鹤和云:“荡子生涯怜纸薄,美人生世等烟轻。此才闺阁应难继,落款珍珠有小名。”仁和华痴石和云:“魂消赵北新来瘦,人妒河东旧有名。谅汝孤心坚似竹,让他睡足美如棠。”临沅赵君闾和云:“负霜节著颓城柏,泣雨枝催濯锦棠。题壁就看新墨滞,湿烟常护断碑昏。”仁和何颂花和云:“还有乡亲羞小小,倘论同病算卿卿。浪打秋坟无等咒,月明华屋苦吞声。女儿身世三弓土,尔我悲欢半面妆。碧海有潮菱镜破,青泥无语漆灯昏。”外子和云:“不叫子规山月暗,乱啼姑恶水烟昏。消受青霜怜晚菊,自抛红泪种秋棠。放鹤人矜林处士,题诗我访许宣平。眼前大块埋香冢,头上虚衔薄幸名。埋香车道悲王氏,赋鹏长沙痛贾生。露井兴波怜死妒,沙门遁迹忏情痴。”其余和作正多,不胜摘录,另刊专集,名《断肠草》,久已行世。初未知绿华究为何如人。及甲辰岁得见《瘦秋楼鹃血吟稾赵宗龄序》,乃知林浣香即倪绿华。所述梗概,与题墓诗小叙吻合。惟题墓四首,不载集中。别有寄宁之作,率多怨辞,其笔致正复相似。惜其时已不知浣香所之,未获亲与质疑,亦生平一大恨事。

——《女子世界》(1914)第一期,(1915)第三期

康同薇

康同薇(1879—1974),字文僴,号薇君,南海(今广东佛山)人。父康有为。夫麦仲华,顺德(今属广东佛山)人,康有为弟子,留学英国和日本,曾担任香港电报局局长。康同薇曾任《知新报》记者兼任日语翻译。1898年,康同薇在上海参与创办中国第一份妇女报刊《女学报》。

女学利弊说(节选)

……春秋之际,内习渐蔽矣。然而秉礼者贞而难犯,称古者辩而有辞。盖其时师保之训,宫庙之教,殆未尽废,而先王遗泽,浸灌已深也。若夫老莱之妇、黔娄之妻,岂独娴于礼节,习于古训哉?观其所论,殆与闻圣人之大道者也。及至末世浇漓,重才华而轻德行,女教益衰。士夫既无实学之足法,而女子日习于邪僻,以文词自炫,以才藻相矜。而先王所以立教,君子所以端化者,亦鲜能明其旨,乃因噎废食。为词以号于天下曰:女子以无才为德。其尤甚者,倡伪古文之说,曰牝鸡司晨,非家之祥。于是无非无仪,酒食是议。父若兄,夫若弟,相戒惟恐其妻女之识一字,解一理,以败闺范。举中国二万万之人,有目而暗,有耳而充,有脑而闭,有心而蓬,以成此不痛不痒之世界,使外国嗤为半教,视为野蛮,岂不哀哉?岂不痛哉?虽然,由上之说,则不学之为害矣。然今日之号于大众，而自以为读书者，卒未睹厥效，何哉？夫海内淑秀，知书识字者，非无其人也。然其上者，则沈溺于词赋，研悦于笔札，叹老嗟悲之字，充斥乎闺房。春花秋月之辞，缤纷于楮墨。其尤下者，且以小说弹词之事，陆沉于其间。而为父兄者，不能因其道而导之，反以为无所用而禁之。夫若此等事，诚无用也，然短视而并去其目，跛步而并断其足，掩耳盗铃，自为得计，宁不哀哉？学非所用，用非所学。虽男子亦知其无益也，而奚论妇人耶？彼班姬续史，伏女传经，韦母下帷以讲学，二宋继轨而授教。观古之贤女，类能引经据义，以决祸难。苟非读书，谁复能此？是故泰西各国，深通古义，昌明女学。即小如瑞典、挪威，女子百人中不识字者一人耳。日本新树小邦，前十年间，女学生徒二百余万，教习千余员，学校三百余所。而我文明之邦，圣教之泽，神明之裔，山川之秀，二万里之地，二百兆之女，曾未有一女学以教育妇女。此何故耶？且西人在我通商之地，分割之境，皆设学校教堂，以教我女子。我有民焉，而俟教于人，彼所以示辱我也，无志甚矣。闻之海不择细流，而百物被其泽。圣人辅相天地，而有生赖其拯。未有泽及草木，仁被禽兽，而教不逮于妇女者。是故孔佛之道，男女平等。孔子编《诗》，则首《关雎》，传《礼》，则详内则。大义昭然，至可信据。而无知妄作之吴培，乃复禁妇女谒圣庙。一若此二百兆之人，无与于教化之事也者。呜呼！不亦示敬弥甚，而去道弥远乎？……

——《知新报》光绪二十四年(1898)闰三月二十一日第五十二册

章兰

章兰(？—约1922)，字畹香，生于19世纪70年代，皖江(今安徽)人。丈夫沈敦和，鄞县(今浙江宁波)人，曾就读英国剑桥大学，任江南水师学堂提调等职，后经商，是中国红十字会奠基人之一。章兰在上海参与创办了第一所中国女性开办的学校——中国女学堂，担任中国女性创办的第一份报刊《女学报》主笔。

女学开塾吟

是谁华屋起嵯峨，大雅曾传女学歌。深感苦心援世切，始知习俗误人多。千秋粉黛咸钦仰，半教讥嘲卒奈何。寄语寰区诸女士，及时盛业莫蹉跎。

沪江风气已先开，力挽狂澜信伟哉。赖有精心能草定，不妨平地建楼台。论文难得中西贯，入座都逢管谢才。笑我笔花全褪尽，何期佳会许追陪。

崛兴阴教赖群贤，此举能开风气先。不囿故常诚特识，得叨嘉会亦前缘。营谋想见操心苦，闺阁无妨俗学捐。会看风行寰海内，私衷不禁望拳拳。

——《万国公报》第一百一十五卷(1898年8月)

张贞兰

张贞兰(？—1914 前)，字婉侬，又字梅痕，生于 19 世纪 70 年代，广西桂林人，未婚。著有《绿梅花馆忏碧吟草》，发表于《小说丛报》。与张佩兰合著《二兰吟》。

绿梅花馆忏碧吟草自序

古人谓诗为心声，可以见志，可以卜穷通，决夭寿，因有诗谶之说，岂其然欤？然而心之所向，每不自知其非。故鹊之噪，使人喜；鸦之鸣，使人憎；鹃之啼，使人惨。此皆性之使然。不能自为好恶也。余幼不敏，受书于叔父。稍长，从事女红，绣余恒寄情吟咏，顾性甚僻。读书喜哀感之辞，如《琵琶行》《长恨歌》《哀王孙》《离骚》《山鬼》等篇，辄爱诵之。所作亦多愁语。初尚凛于师戒，稍有敛抑。年来因姑母横逝，阿姊于归，时事不堪，国家多难。抚心生感，不免慨然。诚如稼轩所谓“少年不识愁滋味”“欲赋新词①强说愁”者矣。是区区者乌足言诗，略存之以见性情之一斑耳。虫吟唧唧，本近于秋，阅者谅之，不致遗无病而呻之诮，则幸矣。时辛丑三月谷雨前一夕，婉侬自识于绿梅花馆。

——《小说丛报》(1915)第九期

① “词”，原文作“诗”，据辛弃疾原词改。

汤绂

汤绂，字红绂，号红绂女史，生于19世纪70年代，仁和（今浙江杭州）人。1903年赴日本留学，肄业于东京女子师范学校。1907年回国，在撷秀女塾任教。著有小说和翻译作品。

旅顺双杰传序

癸巳夏，予负笈渡东瀛，肄业于东京女子师范学校，凡五岁。课余游憩，专嗜读名家小说，而于家庭、军事两种为尤好，或以刘邕嗜痂①诮，勿计也。顾斯时也，适丁日露战事，扶桑三岛，义士云集而响应，而血性所至，人人涂肝脑，蹈汤火，而不以为苦难。性命乎，牺牲哉！事业乎，铁血哉！举黄海以北，黑龙江以南之战争活剧，供一般文人学士构成小说之绝新资料，昔昔而录之，片片而订之，不过一小说。而以之振励尚武之精神，锻炼军国民之资格，绰绰乎其有余。嗟乎，此其有裨于社会何如也！予于其时，购得百余种，置之案头，稍有散佚。丁未秋，以染疾归国，而二三旧友，欲延予为撷秀女塾教授，再三辞不获。上课之暇，诸生每欲予译述一二短篇小说，以资谈助。予搜旧箧，得百余篇，东鳞西爪，碎玉零金，乃择其文事之有裨女界者，译述之。如俄

① “痂”，原文作“笳”，据文义改。

哈拉冬、日梶川凛子者，非皆巾帼中之佼佼铮铮者乎？萤窗雪案，津津忘倦，自谓依样葫芦，不敢增减一字。积数月，得十余篇，而友人见之，复以付剞劂，公同好为怂恿。且谓近日小说，或著或译，不啻汗牛背而充屋栋，而卒之瑕瑜既杂，流弊遂滋。世固有受种种小说之影响，而因之破坏道德、溃决防闲者，彼迻译者不得辞其咎也。惟择其善者而译之，以为我学界之谈助，并使吾女界中知尚武之精神，军国民之资格，不当为须眉所独擅，而奋然兴起焉。则诚译此书者之苦心也。宣统元年元月元旦，仁和汤红绂自序。

——［日本］押川春浪著，仁和汤女士绂译述

《旅顺双杰传》①，世界社宣统己酉(1909)版

女露兵小引②

吾读李华《吊古战场文》而悄然悲，吾读《木兰从军歌》而奋然壮。李华之文悲矣，丽矣，然而一披读则儿女情长、英雄气短，势必率全国人而流于文弱骄奢之一途。若夫木兰，一女子耳，目不识锋镝，耳不闻鼙鼓，身不习矛戟，独能以躬代父，万里从戎，买马配鞍，释笄而弁。阅几许之艰难辛苦，而同伴不及察，七尺须眉得无愧煞。此所谓巾帼中之铮铮者耶。至若梁夫人亲执桴鼓，秦良玉躬冒矢石，亦足为深闺吐气，而俱不如木兰之悲壮之雄奇。不谓事阅数千载，竟有以闺阁之深情效孟坚之投笔，其悲壮雄奇若与我木兰相颉颃，而捐躯之烈，从戎之苦，且或过之，斯何人耶？

---

① 《旅顺双杰传》一书，收《旅顺土牢之勇士》和《女露兵》两部小说。

② ［日本］龙水斋贞一著，汤红绂女士译：《女露兵》。本篇标题为编者所拟。

则吾所崇拜所迻译之女露兵是。

——[日本]押川春浪著，仁和汤女士绂译述

《旅顺双杰传》，世界社宣统己酉(1909)版

庄慕蘐

庄慕蘐(？—1915)，又名凤笙，生于19世纪70年代，新安(今属深圳)人。夫刘彭龄，新安(今属深圳)人，号雕龙子，拔贡，宝安县纪勑劳学校第一任校长。庄慕蘐去世后，刘彭龄将夫妻二人的作品合刊为《雕龙诗集》。

再版梨园娱老集题词

数千年来劫未终，神州黑雾何濛濛。拔剑斫地地诈哑，举酒问天天装聋。君轻民贵此义昧，君权愈烈民权穷。况我女子二万万，四重奴隶缚厥躬。欧美文明入中国，道穷则变变则通。先生首在破专制，次向自由发其蒙。昔者我祖南华叟，逍遥鹏翼游太空。续凫断鹤悲矫造，至人无己神无功。君之诗集寓言耳，厥意与此□母同。大言炎炎定宗旨，大同直把五洲融。小儒俗子争著述，谰言休得混乃公。荫翳潜消爝火息，扶桑拥出日轮红。高歌直觉鬼神动，铜琶铁板和江东。题词愧我无大笔，孟郊声细如寒虫。君之诗词岂小补，光我女界恩独隆。顾唤同胞诸姊妹，五体投地拜下风。

——《大公报》(1910年8月4日)第二千八百八十二号
第二张第二版

周钟玉

周钟玉，字琴徽，文章多署名“归周钟玉”，生于19世纪70年代，金陵（今江苏南京）人。母姚氏。夫归庐，江苏常熟人。周钟玉为归庐继室。周钟玉与吕惠如为闺友。在《妇女杂志》《中华妇女界》发表《小南强室笔记》《小南强室诗草》等作品。

小南强室笔记（节选）

……

上海李复轩先生学璜，著《管测》上下二卷。中有一则云：“偶与室人佩珊，谈及诸葛武侯、范文正公，皆千古人物。而武侯一门死节。文正子孙，至今蕃衍吴门，何悬绝若是耶？佩珊言武侯一生，与兵事相始终，而文正则于文事亲也。夫二公磊落天地，亦岂以子孙之荣悴介其怀？然其言亦颇有理。此言未经人道。”佩珊女士归姓，讳懋仪，梅圃公讳朝煦女，归庐之曾祖姑母也。工诗词，著有《绣余草续草》、《听雪词》三卷，已刊行。尺牍残本一卷，系颍川女士陈庚宝书所钞，今藏余家。蓝格纸，每半叶六行，行十六字。首叶有女士朱白文小印。

……

同邑姚宁生工诗，旌德吕惠如湘工书，能诗。扬子史纪臻工画花卉，皆余友也。幼时又见扬子张女士弹琴，今已忘其名矣。

……

吴竹桥先生《小湖田乐府》十卷，题词祗孙心青、席道华夫妇，赵子梁、屈秉筠夫妇四人。席氏诗《长真阁集》，人皆知之，屈氏诗《韫玉楼集》，流传甚少，故知者亦鲜。

归庐前室姚字瑞君讳汝瑞，外祖湘渔先生女孙，舅氏铜士公长女。工绣能画，惜不多作。年三十二以病没。仅遗小册页一纸，秋花两种而已。归庐题句有云："一纸秋花三两枝，一回展读一回思。小庭雨过花颜色，仿佛当年下笔时。"

金氏长乐吉祥室，臧有河东君玉印，连环钮，精美无比。文曰"钱柳是印"。归庐借拓一纸，时把玩之。余因题一绝云："牧老传名尚仗君，儒冠儒服本超群。钱塘陈小云镌柳氏儒冠服半身小像，陷入昆山某书院壁，至今尚好。而今重印沧桑劫，猩色丝丝带绛云。"

……

嘉兴吴畹芬女士筠，一字湘萍，李杏村德贻室。著有《早花集》，与杏村《梦春庐词》合刊一册。《由横山过禅寂寺》云："三月春光忙蛱蝶，四山日色卧牛羊。"又云："佛殿雨深苔自碧，书台人去草长青。"《题斋壁》云："一楼烟月分笺夜，十里莺花拂禊辰。"《咏团扇》云："明月三分全在手，秋风一半已销魂。"皆为人所传诵。《落花》七律二十章，凄恻动人，尤为全集之冠。钱铁江保塘曰："集中《落花》二十首，一时绝唱。后三首，语含禅意，凄婉欲绝，亦诗谶也。"盖女士卒年才二十六岁，人咸惜之。

《簪花阁集》，常熟翁端恩著。端恩字璇华，文端女，松禅老人之姊，湖州钱楞仙先生振伦室。幼娴吟咏，于归后尤得唱随之乐，诗学益进。著有诗钞、诗余如干卷。婿吴丙湘合刻为《簪花阁集》，巾箱本甚精。长洲蒋德馨研文序，诗余一卷。徐仌弦先生刊入《小檀栾室闺秀词》第二集。夫人有《种菊补篱图倚疏影自题》一阕，遭乱幸存，重题再四。此图至今尚完好。诗如《送玉甫兄、叔平弟偕绂卿侄应试金陵》中四句云："已欣佳句如灵运，更喜清谈有阿戎。万里江涛归赋笔，六朝山色入诗筒。"是时天下尚承平，故有此闲旷之句。又《秋日西庄晚眺》云："孤烟袅袅初含碧，野树疏疏尽染红。"颇得自然之致。

《鬘华室诗钞》一册，聚珍印。三十五叶，德清女士徐畹兰著。畹兰字鬘仙，工诗，又善画。某女，赵鳌侯室。母毗陵张夫人，字绿琴，亦工吟咏。畹兰之诗，半出母教。于归后，伉俪尤笃。鳌侯以秋闱受风寒归，患白疹，十日而亡。畹兰作《断肠词》十九首哭之。有"本来不缺何须补，忏语如今自悔不"句，为一时传诵。鳌侯自号补情吟史。集中《怀人诗》二十首，皆投赠诸女友作，附以小传。序云："以志知己情深，洵不朽也。"余择其有技能者录之。

朱琴香。工诗画篆楷，娴经史，能为古文。少寡，课子，有欧母风。著有《凝翠馆诗词钞》。

倪琳仙。少孤贫，遇人不淑，藉笔耕为活，耽吟工愁，著有《鹃血吟草》一卷。

嵇逸仙。明慧爽直，能为小诗。

谈静仙。雅淡卓荦，解诗画音律，善饮，有山水癖，怙恃均失，守贞不字。

邵湘梅。敏慧善谈，能诗画，回文织恨，有苏氏悲。

赵筠秋。技擅三绝，并工写照，未婚夫卒，苦节事亲。

赵芝云。能诗精书画。

曾楚香。耽吟咏，解书画，文正公犹女也。

陆费稺香。嘉禾玉泉中丞女孙，少孤，寄生吾家，著有《佩兰吟草》。

赵湘卿。适金华鲍氏，抱秋扇悲，著有《辟嚣馆诗草》。

赵砚香。适钱塘许氏，著有《砚香吟草》。

赵卿琼。年二十四，自经殉母。著有《如璧轩诗草》。其绝命数百言殷殷，以附葬母傍为属，尤可悲也。

广东呼伽南为栈香，栈亦作笺，见《本草纲目》。余有诗云：

"耳珥双圆夸玉润,臂珠一串数笺香。"

……

徐锦,字珠村,浙江秀水人,朱辰应室。工诗,好阅宋儒书。中年读《易》书后云:"吉凶消长,常相倚伏,故君子顺受其正。"又《咏盆松》云:"槛外窗前聊自安,于今谁作栋梁看。任他挫折凌霄志,劲节依然傲岁寒。"真儒者语也。

古有《女宪全书》,已逸。仅见于曹大家《女诫》中所引二则。余本其意拟辑古今名媛语成一书,名《后女宪》。

……

《澹如轩诗》一卷,十四叶,临桂女史朱镇著。镇字静媛,一玠女,况蕙风周仪之祖母。光绪己亥,刻于武昌。《日用诗》十二律,米盐琐屑,言之娓娓,几忘其为诗矣。他如《伏波山怀古》云:"摩挲石上曾鸣剑,顾盼军中独据鞍。"《家园》云:"池蘋漾绿迷新涨,邻树分青过短墙。"《示澍澄时澄入翰林》云:"夜静机声留月色,秋期蔬味入风诗。"《家居赋景绝句》云:"此去仙源知不远,隔溪红雨落桃花。"皆可诵者。

……

冯墨香先生之女兰因字玉芬,渊源家学,诗词俱妙,著有《静寄楼诗钞》《鲛珠词钞》,合刊一册,佩珊女士为之序。女士文,数通尺牍外,此其仅也。合刊中,大半与女士唱和之作,和作刊入者,有二十余首。《绣余》《听雪中》皆未一见,未识何以遣之。玉芬《谢佩珊为拙刻作序》七律云:"发短心灰万事殊,吞声未免羡唐衢。殢人愁为情难尽,彻骨贫缘性太孤。谁许雕虫成绝技,自怜刻楮欠工夫。于今幸有骄人处,探得骊龙颔下珠。"盖玉芬归于王。王故名家子,而好五陵裘马之游,视夫人之气味间不相得也。此序中语。故首三句云云,颇得怨而不怒之旨。

……

《秋塍诗钞》，有《柳如是伽南香笔筒歌》七古一首，诗而史，合作也。诗曰："云烟滃染龙蛇走，珊瑚光映翘轩带。梵海香雕优钵花，美人韵寄章台柳。词阵谈锋冠一军，桑田蔓草泣秋坟。马樱花谢余红豆，玉躞楼空锁绛云。摩挲细认尚书笔，款镂牧翁姿纵逸。色相难捐自在身，曼陀仍署我闻室。想见抽毫拈韵时，白须红袖斗新诗。蝉衫钏褪挥应口，茧纸霞舒阁孔迟。纷纷归狱矜诗史，臣节余生因女子。焚琴煮鹤得毋痴，况际琴椎鹤已死。锦袜香消金碗亡，事关名艳易神伤。裘钟倘篆桃根字，江左风流自属王。"王献之有笔筒名裘钟，世无其匹。

顾启姬，钱塘人，鄂幼舆室，工诗。"花怜昨夜雨，茶忆故山泉"二语，当时传诵京师。惜未得窥全豹，仅于《棉津诗钞》内见一斑耳。《棉津诗》有云："似此惊人句，难为赠妇篇。"又云："钱塘少君传赋草，畴昔惊倒新城公。"妇女之诗，倾倒名公，殊非易易。观此，则启姬全诗可概矣。

……

元和女史高篃字湘筠，同邑朱环之绶室。梁孟皆工吟咏。环之一字酉生，著有《遗砚楼小集》。湘筠著有《绣箧小集》。清嘉庆丁丑合刊一册。湘筠诗多思亲之作，如"乱山遮晓梦，暝月黯春愁""征鸿嘹唳云中回，四顾无人月临席。夜雨岂宜愁里听，秋山都向梦中看"。其怀念之深远，皆从弦外见之。吴氏翌凤辑女士诗录，湘筠名列第二。

归庐云，有某君死，其未婚妻挽之曰："我何人？尔何人？无端六礼相将，惹出这番烦恼。生不见，死不见，倘使三生有幸，且图来世因缘。"惜未知作者姓氏，亦未知果为静女之手笔不。

……

——《妇女杂志》第一卷(1915)第九、十一号，

第五卷(1919)第八号

陈守黎

陈守黎(1880前后—1922前),号守黎女士,鄞县(今属浙江宁波)人。夫倪承灿,镇海(今属浙江宁波)人,《浙江潮》主笔,创办《宁波小说七日报》。陈守黎在《小说丛报》等刊物发表有诗赋、散文、小说等作品。

美人福序

闲庭春浅,疏梅半开。朝曦上衣,软风入媚。流莺三五,隔树乱啼。乳燕一双,依人学语。上下宛转,有若互答。弄音清脆,冶魄荡心。此正汤若士所谓良辰美景、赏心乐事时节也。而邮使适递毗陵李定夷氏《美人福》说部至,巨著皇皇①,都十万言。守黎受而读之,甫开卷,而一种沁脑之奇芬、夺眸之光焰,已充塞晃眩我俪华阁中之一室间,而无量愉满,于乎盛哉!盥拜既,守黎作而叹曰:甚矣,福慧之未易言也。或始基之诖误,彩凤随鸦;或中道兮仳傶,吼狮打鸭。不堪姑恶,遭囚筱而冤狱长埋;难惬亲心,援门户而良缘莫缔。凡此鸟舛同命,无非虫号可怜,其福之不齐无论。乃或郎才女貌,璧合珠联,卅六鸳鸯,应不复有人间遗憾。然而食贫茹苦,巧妇或来无米之炊;重利轻离,丈夫或负多情之望。

① “皇皇”,原文作“煌煌”,据文义改。

若彩云易散、潘岳悼亡、恨海难填、文君新寡，尤我女界之伤心史也。即进而上之，而月圆花好，如愿以偿，惨雾愁云，吾知免矣。而乃有貌如花，玉树不着长生之果；无才咏絮，金屋空藏没字之碑。以致炙手华宗，倩人相续，添香红袖，伴读怀惭。是虽身外苛求，究属美中不足。所以埋香黄土，千秋刻骨之词；薄命红颜，一例销魂之语。李氏其有感于兹，而推翻成见，为此踌躇满志语耶。嗟嗟！墨雨霏时，南国免相思之豆。文光射处，西天开如意之花。娲皇固退处无权，情天永好。精卫亦自由息影，人海不波。此诚才子之风流，亦神仙之眷属也。至若有词皆艳，屈宋愧此高华，无语不香，班马逊其浓郁。此则诸大文豪之弁言尽之，黎何赘焉。

民国四年春节，鄞县陈守黎女士序于俪华阁。

——李定夷《美人福(初集)》，国华书局
民国六年(1917)第五版

邵振华

邵振华(1881—1924),一名在刚,字襄君,号绩溪问渔女史,安徽绩溪人。父邵作舟,廪贡生。夫劳絅章,浙江桐乡人,浙江省咨议局议员。邵振华为其继室。邵振华著有小说《侠义佳人》。

侠义佳人自序

凡物不平则鸣。其鸣之大小抗卑虽不同,而其不平之气则一也。金石激而后鸣,人心感而后鸣。吾心之感久矣,无已。其举吾心之所感,而托鸣于《侠义佳人》乎？吾心之感非一端,而最烈者,则莫若吾女界之黑暗也。吾生不幸而为女子,受种种之压制,考吾女子之聪明智慧,非逊于男子,而一切自由利益,则皆悬诸男子之手。天下之事,不平孰甚！然吾女子未尝言其非也。近今有倡女权者矣,有倡自由者矣,而凤毛麟角,自由者一二,不自由者千万,若欲举吾女子而尽复其自由之权,难矣哉！夫男子之敢施其凌虐,而吾女子之所以甘受其凌虐者,何也？其中盖有故焉:一则男子以为吾女子胆小如鼠,虽受其凌虐,必不敢举而暴诸世;一则吾女子性懒如猫,事事仰赖于人,虽受男子之凌虐,而不敢诉于世。积是二因,遂成恶果。去之不能,拔之不得,辗转相承,演成今日之黑暗女界。其中男子虽为祸首,抑吾女子岂无过欤？谚云:“木腐而后虫生。”果吾女子能如泰西女子之文明高尚,则男子方敬之、畏之、亲之、爱之之不暇，又何敢施其专制手段哉？作者不敏，不能著书立论，唤醒吾女子脱离黑暗，同进文明，以享吾女子固有之权，故聊为小说体，录以平日所见所闻，复参以己见，错杂成篇。虽不足供大雅一笑，而私心则窃愿吾女子睹黑暗而思文明，观强暴而思自振，庶几近之矣。此《侠义佳人》之所以作也。光绪三十四年岁次戊申孟冬月，绩溪问渔女史序于蕉雨轩。

——《侠义佳人》，商务印书馆宣统元年（1909）版

吕清扬

吕清扬(1881—?),字眉生,原名贤鈖,又名美荪,字仲素,号寒碧山庄主人、齐州女布衣,安徽旌德人,1943 年尚在世。父吕凤岐,进士,山西学政。母严士瑜。吕清扬曾任北洋女子公学教习兼北洋高等女学堂总教习、奉天女子学堂教务长等职。1935 年东游日本。晚年寓居青岛。其早期诗词收入英敛之选辑的《吕氏三姊妹集》,吕清扬编选了《汉文典古文读本》,著有《辽东小草》《葂丽园诗》《瀛洲访诗记》《葂丽园随笔》等作品。

汉文典古文读本评点(节选)

评《左传·吕相绝秦》:《绝秦》自作一首妙文读。《绝秦》以末段为主,但单责秦桓,殊苦寒寂,远远从穆康说来,便有波澜。若只说他不是,亦难醒豁,着着将自己好处相形,便有衬托。通篇段落顿挫,风调低回,只是工于抑扬,遂尔文情绝世。

评骆宾王《为徐敬业讨武曌檄》:工整典雅,词意正严,从古檄文,首推此作。

评《左传·魏献子为政》:此篇极写魏舒能举,与祁奚篇别见格调。分三层读,一层总叙,一层抽出另叙,一层总断,亦常法也。妙在总叙又有两节先列其事,整整十句,一笔不换,次原其意,截作三项,便笔笔换。另叙亦有两节:一参清议,语语正大,伏得

"义"字;一借古人,语语真挚,伏得"忠"字。总断亦有两节,先以三项参差作对,以结首段,次以两项整齐作对,以结中段。寓变化于常法之中,神明于规矩者也。

评扬子云《解难》:昔人诋子云《太玄》无奥义,文字务为晦涩,托旨幽微以掩其陋。今观《解难》一篇,慨乎释之。此文妍丽生姿,末乃从宋玉对楚王问脱出。

评韩退之《画记》:昌黎文如其人,手笔遒劲,为有唐一代文章巨擘。即此杂乱画图,一经拈出,觉字字苍古,不嫌冗烦。记物之文,不失之散漫,则患入纷复,未易视也。

——《汉文典古文读本》,宣统二年(1910)刊本

李友琴

李友琴(1881—1915),镇海(今属浙江宁波)人。父李兰孙,商人。夫陆士谔,上海人,医生、小说家。李友琴曾为陆士谔多部小说作序跋和评论。

新野叟曝言[①]序

陆君士谔,字云翔,当今杰士也。豪迈不羁,雄视百世,有陈同甫推倒智勇之概,而见义勇为。朋侪有困厄,必百计拯救之,频于危难弗顾也。呜呼!岁寒知松柏,士穷见节义。今夫平居相慕悦游戏,相征逐茶楼酒馆,意合情投,握手谈心,披肝露胆,叶金兰之气,结刎颈之交,泣日指天,誓不相背。一旦遇小利害,走避恐后,不肯稍一援手,其甚者且陷阱下石焉。若而人者,与云翔相较,其智愚贤不肖为何如耶?然气节之士,不容于浇薄之世;雅颂之乐,不容于郑卫之乡。云翔既磊落豪爽,不解阿谀,故所如辄沮,所遇辄穷,穷极无聊,不得不假小说以发泄其郁勃不平之气。其所写社会之状态、人情之鬼蜮,一颦一笑,毕肖毕真,盖半皆得诸阅历,非凭空构造者所得比也。故云翔之小说,卓伟精致,超越百家。其《新水浒》《新三国》《鬼世界》诸作,印行未及一载,叠版

① 陆士谔《新野叟曝言》,小说进步社宣统元年(1909)版。

已经四次，有以夫！余尝论其小说，《新水浒》所以醒世人之沉梦，故以严厉胜；《新三国》所以振宪政之精神，故以雄浑胜；《鬼世界》则滑稽之作，半属寓言，故以飘逸胜。至于是编，虽赓续前人之作，而立意、措辞似较前人为高尚。前书以辞胜，此书以意胜；前书拘泥程朱，此书兼阐王陆；前书秽亵，此书高洁；前书多过大之辞，此书皆入情之语，而通部以文礽为主人以呼照前书。文施一梦，勾心斗角，惨淡经营。无一语空言，无一字虚设，浅识者安得知耶？晚近小说界以南亭、佛山二子为巨擘，然南亭长于刻画，佛山长于理论，而云翔之新《水浒》《三国》，其刻画处可迈南亭；云翔之续《野叟曝言》，其理论又超过佛山，云翔盖兼二子之长也。余自读云翔之书，而其他小说不敢寓目矣。余知善读云翔之书者，必许余为知言也。宣统元年孟冬之月，镇海女士李友琴序于海上之春风草堂。

——陈大康《中国近代小说编年史》，
人民文学出版社 2014 年版

新野叟曝言总评（七则选六）

《野叟曝言》一百五十四回，可谓夥矣，奚必续？曰：《野叟曝言》终于六世同梦，结而未结者也。结而未结，必不能禁人之续。夫然则冬烘学究、黄臭孺子皆得摇笔弄墨续之矣。夫至冬烘学究、黄臭孺子皆得摇笔弄墨而续之，则此书必然扫地。士谔先生有忧焉，故特泼墨濡毫，续此二十回，将前书人物一一皆归之于星球，而使冬烘学究、黄臭孺子不敢再著一字，不敢再下一语。岂不大快，夫然又安可少。

全书二十回一气呵成，而段段发挥，段段衔接，为近今小说界仅见之作。至其笔力排宕，如飘风湍流，势不可遏。初学国文者读之，文笔自易开拓。

描情写事，须眉毕现，神致如生。自十三回后，势吞江汉，气撼泰岱，大足为目下中国泄愤绝世快文、绝世妙文也。

此书根据理学所谈制造，各物皆寓有精义，非深明此学者，不能道只字。

《新水浒》与《续野叟曝言》孰优？曰：读《新水浒》如食天津梨，异常爽口；读《续野叟曝言》如食广东蔗，到后愈甘。如是而已，其他吾不知也。

士谔先生，天下奇才也。其撰著《新三国》时，文笔便似罗贯中，抑扬顿挫，宛是《三国》；撰著《新水浒》时，文笔便似施耐庵，抑扬顿挫，宛是《水浒》。今著《续野叟曝言》，何其文笔又与《野叟曝言》宛然无二也。《野叟曝言》多议论，此书亦多议论；《野叟曝言》谈科学，此书亦谈科学；《野叟曝言》起笔甚平，入后则奇，此书亦起笔甚平，入后则奇。昔东坡作《进陆贽奏议疏》，文笔便似宣公，作《韩文公庙碑》，文笔便似昌黎。论文者，每称东坡为海才，以其无所不能也。今士谔先生亦无所不能，士谔真东坡化身哉！

镇海女士李友琴评次。

——陈大康《中国近代小说编年史》，
人民文学出版社2014年版

新孽海花序

友琴于小说有嗜痂癖，倦绣之余，每手一编，以自消遣。以故古今人文章，凡类小说家言，余无弗览。浏览虽富，淡忘几过半，良以庸庸之作，不足萦余心曲也。去年夏，友人以陆君云翔所著之《残明余影》稿见示，余亦视为寻常小说，未之奇也。及展卷细读，见字里行间，皆有精意，而笔情细致，口吻如生，古今小说界实鲜其匹。循环默诵,弗胜心折。呜呼!世有云翔,小说界放一异彩矣。嗣后连读其新著十余种,觉字字行行皆我心所欲言而未发者。余不觉技痒,于是逐种为之谬加评点。而云翔亦深许余为知言,每一稿成,必先持以示余。文学之交,遂成莫逆。今秋复以《新孽海花》稿相示。余读云翔书,此为第十八种矣。评竟,问之曰:"君前所著,意多在惩恶;此书意独在劝善,然乎?"云翔笑曰:"唯,子何由知之?"余曰:"君前著之《官场真面目》《风流道台》等,其中无一完人,嬉笑怒骂,几无不至;而此书中人物,如慧儿、其昌、孔生,人格之高,实为前著所未有,即海里奔,不过江湖一剧盗,而磊落豪爽,自异猥鄙繁琐之徒,读之令人精神勃发。君非欲以此书鼓舞国民乎?"云翔笑曰:"子真知我者也,曷弗为吾序之?"余遂濡毫泼墨,录问答之言,为《新孽海花序》。序竟,祝曰:墨为旗帜,笔作刀枪。辟兹新世,宏发其光。飞龙破壁,鳞爪郁张。醒狮怒吼,万国震惶。名山永寿,神鬼是相。宣统元年冬十月,镇海李友琴女士序于海上之春风学馆。

——陆士谔《新孽海花》,改良小说社宣统二年(1910)版

风流道台[①]序

道台而曰风流,褒之乎?贬之乎?余曰:褒之,非贬之也。何褒乎尔?褒其能风流也。夫道台在官场,介乎不大不小之间。道台之上有臬,有学,有藩,有抚,有督,道台之下有府,有同,有通,有县。而道台以上之官不闻有风流也,道台以下之官不闻有风流也,而道台独以风流著称,彼为道台者,不深足自雄乎?慨自世风日下,官场中卑污龌龊、蝇营狗苟诸怪剧,日千百现。而此道台独

① 陆士谔《风流道台》,改良小说社宣统元年(1909)版。

能矫然物外，驰情于声色场中，专精于温柔乡里，名缰利锁，绝不关心。以此例彼，不犹愈乎？褒之，所以讽世也，此士谔《风流道台》所由作欤？士谔博学能文，其文渊雅古奥，卓伟精致，直追班、马，世无有识之者。晚近喜为小说家言，手著小说十余种，类皆戛戛独造，不落前人窠臼。而《新孽海花》一书，尤为绝特。余于君之小说，每喜谬为评注，而君亦许余为知言，每书脱稿，必先以示余。今年秋，复以《风流道台》稿见示，余因略为评注，序其作意如左。质诸士谔，其亦许吾言为不谬乎？宣统元年冬十月，镇海李友琴女士序。

——陈大康《中国近代小说编年史》，
人民文学出版社 2014 年版

新上海序

友琴性嗜小说，尤嗜新小说，尤嗜云翔所著之新小说。非有所私，云翔之小说，实足动我目也。余读他小说，无论其笔墨如何生动，词彩如何华丽，议论如何正大，终作小说观，不作真事观，我身终在书外，不能入乎书中。而读云翔之小说，几不知为小说，几不知为读小说，恍如身在书中，与书中之人物周旋晋接，而书中之景象，书中之事实，一一如在目前。噫嘻！何其妙也。盖云翔之用笔，与他小说异。他小说多用渲染笔墨，虽尽力铺张扬厉，观之终漠然无情。云翔独用白描笔墨，写一人必尽一人之体态、一人之口吻，且必描出其性情，描出其行景，生龙活虎，跳脱而出，此其所以事事毕真，言言尽当也。云翔在小说界，推倒群侪，独标巨帜，有以夫。余读云翔新著二十三种矣，而用笔尖冷峭隽，无过此编。云翔告余曰："与其狂肆毒詈，取憎于人，孰若冷讥隐刺之，犹存忠厚也。"故此编于上海之社会、上海之风俗、上海之新事业、上海之新人物,以及大人先生之种种举动,虽竭力描写,淋漓尽致,而曾无片词只语褒贬其间,俾读者自于言外得悟其意。此即史公《项羽本纪》《高祖本纪》《淮阴侯传》诸篇遗意欤？呜呼！天高帝远,既呼吁之莫闻;水网山罗,亦唏吁之无地。尚以三寸不烂之舌,七寸无情之管,若讽若嘲,若笑若骂。铸夏禹之鼎,燃温峤之犀,魑魅罔两,毕现尺幅。言之者固无罪,闻之者其亦知戒焉否耶？宣统元年冬十一月,镇海女士李友琴序于上海之春风学馆。

——陆士谔《新上海》,改良小说社宣统二年(1910)版

新上海评语

《新上海》分前后二编,都六十卷,二十余万言,士谔先生得意之作也。间架雄阔,结构精严,思致绝卓,而笔墨尤灵动飞舞不可方物。文势突兀,起伏有峰峦之形;奔放洄沿,有波涛之势;其渲染点缀处,亦历落有致。小说至是,叹观止矣。大抵文章能以骨力为主,而副之气势,靡有弗佳。纵笔灏瀚,一泻千里,如长江大河,浩浩汤汤,然其细流末节,或有淤塞①不通,至令观者得可攻之罅,则气势足而骨力弱也。是书寓意至深,伏脉至细,手写是间,目注彼处,虽至一语之微,一事之细,无不回环呼应,首尾灵通,寻绎根源,有草蛇灰线之妙。是真圣叹所谓能以一笔作数笔者也。至其分疏诸人,又各有其声音笑貌,如施耐庵《水浒传》一百八人,乃有一百八人声口。呜呼！其骨力气势为何如,而又乌可以寻常小说目之哉！夫是书所叙,特海上琐屑无奇之事,非若豪杰盗侠神奸魁蠹之足以动人心目。使不善操笔者为之,且足生人睡魔。而士谔乃能以如椽之笔,化朽腐为神奇,使人把阅不忍释手,是其

① “塞”,原文作“寒”,据文义改。

魄力真有大过人者,而岂近世小说家所可同日语哉!书中描摹上海各社会种种状态,无不惟妙惟肖。铸鼎象奸,燃犀烛怪,使五虫万怪,无所遁影。平淡无奇之事,一运以妙笔,率足令人捧腹。是真文字之光芒,而世道之功臣也。若夫词隐而意章,言简而味永,按而不断,弦外有声,《儒林外史》外,鲜足匹矣。

——陆士谔《新上海》,改良小说社宣统二年(1910)版

南浦慧珠女士

南浦慧珠女士，或署“天绣楼侍史”“慧珠”，生平不详。著有长篇小说《最近女界现形记》《新金瓶梅》。有研究者认为南浦慧珠女士即为李友琴。

新金瓶梅①自序（节选）

大凡小说家言，必含两种真原理。才能之士沦落不偶，闭户著书，用抒怀抱，此其一也，《红楼梦》等书乃其是也；命世之流横被冤辱，无颐著书，泄发怨怼，此其又一也，《金瓶梅》等书乃其是也。一言蔽之曰：有故而作书者也。于焉两原理之中，一则含辛酸气，一则含忿戾气。是故设言命意，不是魏收之轻薄，便为刘四之骂人。坐是作者之初心，读者之会意，往往变误。以其初心之变也，《红楼梦》《金瓶梅》类于淫书矣；以其会意之误也，《红楼梦》《金瓶梅》直曰淫书矣。究其底里，《红楼梦》乃说部中之尤物也，《金瓶梅》乃家庭教科书之善本也。若夫无故而作书者有之乎？曰：有之。乃有轻薄儿、不肖子，驾其吾所愿之思想，没出息之意念，造作种种谰言、等等谬说。一则曰才子佳人，再则曰佳人才子。究其鬼鬼祟祟、所作所为，要非“私定终身后花园，落难书

---

① 慧珠女士《新金瓶梅》，上海新新小说社宣统二年（1910）版。

生中状元”,凭有十百千万种书,唯此一个胚胎而已。败坏风俗,陨越纪纲,莫此为甚。端人正士不屑浏览,乃不值挂吾齿。欧美诸邦,小说家位置最高,功业殊伟,关系尤重,欲占人民之程度为奚如,以视市坊间陈列之小说为标准,固穷源竟委之良规也。欧美士夫,傥译读吾素昔风行之盲辞瞎话,如《双珠凤》《珍珠塔》《描金凤》《绣香囊》等书,则不知以视我民是个甚么东西来。幸矣现世,匪往昔若。野蛮之度极,便是文明之点起。于是谢压制而预备立宪,脱牢笼而浸自由风俗,民知蠕然开化,因视市坊陈列之小说本子,顿改旧观。若侦探,若写情,若醒世,若滑稽,若舆地,若历史,种种不一,色色不同,俯拾即是,触目欲迷,足征我民之程度渐高,而向日所崇奉之盲词瞎话,其度庋高阁矣。虽然,家庭小说于焉独鲜。若夫去旧从新,强我种族,必自教育始;教育之道,必自稚幼始;教育稚幼,必自家庭起;家庭教育,则母教为便易。何也?稚幼之子,偎依拥抱于慈母怀中,教之育之,岂非便易?于是夫有母贤而后有令子,孟母、欧阳母,其昭著者也。至于法语庄言,又不若诙谐调笑之为易人。是故改良风俗,必自改良小说始,改良小说,又必自家庭小说始。得一完善的家庭小说,胜于千百个男女学校。乃市坊间独鲜家庭小说也,何哉?吾不云乎,《红楼梦》《金瓶梅》,说部中之尤物,家庭教科书之善本。是说也,人必诽笑,随之无已。试申吾说:怡红公子、西门大郎,人群中之败类也,不肖也。虽然,非生而败类者、不肖者,盖无家庭教育故也。家庭教育之行不行,在于为人之母者,不在于为人之父者。……相夫有道,则教子亦必有方,此定理也。吾于是夫不作《新红楼梦》,而作《新金瓶梅》。宣统二年庚戌清明时节,南浦慧珠女士书于天绣楼。

——陈大康《中国近代小说编年史》,
人民文学出版社2014年版

江憙

江憙(1882—1902),字缃芬,元和(今江苏苏州)人。父江衡,进士。江憙二十岁许配顾熙龄,未及成礼,因病去世。擅长算学,其父辑其遗作刊为《西楼遗稿》。

二十述怀(四首选一)

闺中欲作不平鸣,弄瓦如何久见轻。班史踵成谁手笔,一时愧煞汉公卿。

——《西楼遗稿》,光绪二十八年(1902)
元和江氏一溉斋刊本

陈撷芬

陈撷芬(1883—1923),笔名楚南女子,祖籍湖南衡山,生于阳湖(今江苏常州)。父陈范,《苏报》馆主。母袁幼菡。夫杨希仲,江北(今重庆)人。陈撷芬于1899年在上海创办《女报》(后改名《女学报》)。1903年随父避走日本,与秋瑾相识,担任留日女学生组织"实行共爱会"会长。后与夫共同赴美留学,归国后在重庆办学。陈撷芬办报期间,发表了大量与女性解放有关的文章。

中国女子之前途(节选)

或问曰:吾中国十九世纪以前之历史,曾有于吾女界放异彩者乎?曰有之。不观木兰从军乎?以一弱女子只身万里,立勋烈战功于塞外,奏凯而旋。虽其伙伴亦互惊异而相谓曰:"同行十二年,不知木兰是女郎。"伟哉!以此一言,可知其在军中之日无一毫儿女子气矣。综其十二年中,始而出征,终而奏凯,不知有多多少少,奇奇怪怪,可谓吾女界生异彩,可谓吾女界歌舞,可谓吾女界绘摹之事也。虽史所未载,至今诵《木兰歌》,如见其慷慨辞父母之时,如见其跃马横戈誓死搏战之时,如见其面辞尚书郎敝屣利禄之时。呜呼!吾以为此吾女子之军歌也。吾尝百遍读之。

……

——《女学报》第二年(1903)第四期

吕碧城

吕碧城(1883—1943),原名贤锡,字遁天、明因,后改字圣因,法号宝莲,别署兰清、信芳词侣、晓珠等,安徽旌德人。父吕凤岐,进士,山西学政。母严士瑜,安徽来安人。吕碧城二十二岁获《大公报》主编英敛之赏识,在该报发表不少诗文,后担任天津女学堂总教习。辛亥革命后,任袁世凯总统府秘书,1915 年辞职。1920 年后游历欧美,皈依佛教,1943 年病逝于香港,终生未婚。吕碧城为南社社员,著述颇丰,以词作名世。英敛之选辑的《吕氏三姊妹集》收入其早期的诗词文稿,吕碧城另著有《信芳集》《晓珠词》《欧美之光》等作品。

兴女学议(节选)

三、涵养德性之法

教育者,贵能矫正其偏诐之性情,而发扬其固有之美德,复授以各种学术。俾薰陶濡染,积久而与之俱化,则教育之功达矣。吾国女子,本有独立自治之能力,勤劳慈爱之美德。就外表之形质论,吾后起之女学生,虽不逮欧美女子之气象,而其一种挺然独立之姿,已非彼邻国之女子所得比肩。受数千年足不出户之束缚,一旦开禁,则以孑然弱质,游学于数万里之外者,踵相接,非富于独立之性，曷能臻此。其他若勤俭慈爱等事，尤出于天性，其所缺者，特国家思想耳。若能因势而扩充之，必能养成最优之民族。前此之所以猥琐狭隘，见识种种偏谬者，概因幽囚束缚所致，故必急去其锢蔽旧俗，而开展其胸襟为最要。

属于道德之学科者，则修身、文学、哲学、历史、传记、音乐、诗歌是也。修身为各科之首。课本固须完善，而尤在教师讲演之得法与否，能动人感情与否。文学、哲学，为研究一切学理之本，以养其高尚之思想。历史、传记，载历代兴亡，及圣贤豪杰之遗事，是宜取其最有兴会之文，以激刺其脑筋。俾想像当年之状态，而发爱国之忱。若讲演失其精神，或取陈腐无味者研究之，则徒病学生脑力，殊不得其益。至音乐、诗歌，尤为陶冶性情之要件。盖女子天生富于感情，若观剧及披阅小说，每流连感叹，不能自已。若使聆清妙之音，美感之歌，必悠然神往，与之俱化。苟于其中寓教育之意，其胜于教科书之讲解者多矣。移风易俗，莫善于乐，岂不然哉？

——《直隶教育杂志》(1906)第八期

刘韵琴

刘韵琴(1884—1945),生年一说1883年,江苏兴化人。祖父刘熙载,进士,广东学政,著有《艺概》。父刘展程,举人。母许氏,江苏泰州人。夫李宜璋,江苏兴化人。刘韵琴曾赴日留学,归国后受聘为《中华新报》撰稿,后赴马来西亚任培德女校校长,著有《韵琴杂著》。

大公子①篇前小引

我于今想写一桩事,提起笔来,忽然发生一种感想,在未写之前,不能不对看官们说几句闲话。因为从来做小说的人,都喜欢说谎话,无端捏造些奇离古怪的事出来,把看的人当小孩子玩弄。我幼年的时候,看小说入迷,就是上过他们的当。近来的小说家,兼带着营业性质,更争新斗异的,不知说到那儿去了。一般看者,亦司空见惯,知道说谎话是小说家的惯技,都另具一副眼光,任你说得天花乱坠,他尽是存着心看变把戏儿似的看着消遣,那里有甚么真心去看,像我幼年的时候看得入迷的呢?所以近来的小说,对于世道人心上,是绝对不能生关系的。我于今想写的事,既不能脱小说家的范围,又安能使读者不存着看变把戏儿似的心思

① 《大公子》,小说,刘韵琴著。此题目为编者所加。

来看呢？岂不辜负了我一片稗①官纪实的苦心吗？我可先对读者发个“天诛地灭”的誓：我这小说，不是捏造出来的，不是有营业性质的，是要使我们中华民国的国民，知道于今政界种种的黑暗事实，都是由这万恶政府酝酿出来的。我绝对认为，于人心世道上有绝大关系，决非浪费笔墨，供人玩笑。本意已明，便叙实事。

——《韵琴杂著》，泰东图书局民国五年(1916)版

留东外史序

不肖生，性孤峭，于人少所可居，多激越之词。韵琴习闻其人，或谓其狂惑。去年冬，客有以其所著《留东外史》见示者，韵琴读之竟，客请曰：“君于此书何如？”韵琴太息良久，未答。客复请曰：“得毋不满耶？”韵琴曰：“非然也，不敢率对。”当复请于客：“其人年几何也？”客曰：“廿有四矣。”韵琴曰：“吾谓说部之作，必文人墨士穷年占毕，无力注经，无福修史，乃藉题抒写，以发其轮囷离奇之概，非有类于古之稗官，宗所职守者也。故其言恒虚无荒远，间有寄托，亦莫征其所归旨，足供人玩笑而已。近年来，欧风渐东，为说部新陈过渡时代，作者益众，莫不象由心造，牛鬼蛇神，连篇累幅，纪风纪事，盖无与焉，备新闻杂志一格而已。不肖生奈何于此时著《留东外史》哉？吾初谓其人已老，或虑幽愤所积，长逝郁郁，劫而为此，故以其年为请，仅廿有四耶。且吾闻之，惟善人能受尽言，生兹末世，而好言人过，况惟短是求，集非成帙，其自为谋不亦悖乎！谓之狂惑宜也，虽然其文足传矣。”

丙辰五月兴化刘韵琴撰。

——不肖生《留东外史》，民权出版部民国七年(1918)版

① “稗”，原文作“裨”，据文义改。

陈芸

陈芸(1885—1911),字芸仙,号淑宜,自称“道山女子”,侯官(今福建福州)人,未婚。父陈寿彭,任邮传部主事。母薛绍徽,晚清著名女诗人。陈芸是长女,因其母体弱,遂主家政。薛绍徽病中,陈芸作“论诗诗”,命其妹陈莛(1892—?)作注,以博母欢。母亲去世四十天后,陈芸因太过操劳,亦病逝。陈寿彭命陈莛抄录其母与姐遗作,于1914年刊印,因薛绍徽集以“黛韵楼”命名,陈芸作品遂名为《小黛轩诗集》《小黛轩论诗诗》,合称《陈孝女遗集》,附刻于薛绍徽《黛韵楼遗集》后。陈芸《小黛轩论诗诗》以诗体纵论女性诗人诗作,在近代女性文学批评中独树一帜。

病愈闻姨母论女事作四首(选三)

葩经三百首雎鸠,敦厚温柔出女流。味到诗家三昧处,阴何沈谢转轻浮。

大家一赋纪东征,班女东宫绿草生。犹有左芬工颂诔,足方枚马擅西京。

娟女临津激渡河,赎刑官婢语无多。文章至性关毛里,自胜皋鱼风木歌。

——《陈孝女遗集》,薛绍徽《黛韵楼遗集》,
民国三年(1914)刻本

小黛轩论诗诗(节选)

叙

芸非能诗者,安能知诗?安能论各家诗?只以少时得承母教,微闻声韵之学,因念宫闺之诗,自《三百篇》《十九首》而后,代有作者,惟我朝为尤盛,拟尽罗诸家遗集比附之。家大人以爱故,不加斥责,且代寻觅,或以高价征求,或嘱抄胥传写。数年以来,计得六百余种。然考之类钞、诗话所载,有集可名者,实不止此数。是其余者强半付诸荒烟蔓草,湮没而已。嗟夫!妇女有才,原非易事。以幽闲贞静之忱,写温柔敦厚之语。葩经以“二南”为首,所以重国风也。惜后世选诗诸家,不知圣人删《诗》体例,往往弗录闺秀之作。即有之,常附列卷末,与释、道相先后,岂不怪哉?且有搜择未精,约略纂取百数十家,一家存录一二首,敷衍塞责,即谓已尽其能,与付诸荒烟蔓草湮没者何异乎?妇女之集多致弗克流传,正出于此。方今世异,有识者咸言兴女学。夫女学所尚,蚕绩、针黹、井臼、烹饪诸艺,是为妇功,皆妇女应有之事。若妇德、妇言,舍诗文词外未由见,不于此是求,而求之幽渺夸诞之说,殆将并妇女柔顺之质皆付诸荒烟蔓草而湮没,微特隳女学、坏女教,其弊诚有不堪设想者矣!家慈因是幽忧成疾,芸所滋惧也。不揣固陋,爰取诸集,又参以各家征载可名者,杂比成章,谓为《论诗诗》。夜阑饭罢,嘱莛妹录之,诵于家慈病榻前。间有遗事佳编妙句,亦附录一二,以存其目。然不过随时信口信笔,无所谓轩轾,亦不计先后。尚有无集可征诸家,递及志书所载,节烈遗笔,以及题壁诸作,无可附丽者,皆舍焉。嗣而家慈顾而喜曰:“吾将扶病而起,修《女文苑》一书,即以尔所述者为目,选列诸家名作,并附以尔之所谓无可附丽者，庶免挂一漏万，顾此失彼，致付诸荒烟蔓草湮没也。”芸退亦喜，告荭妹曰：“慈亲之病或可转机乎？女教复兴或可指望乎？”虽然，芸之此作，意在娱亲，实非论诗，实非能尽名诸家之集也。

宣统辛亥三月，道山女子陈芸自识。

荭按①：姊性幽静，善强记。先慈有作文字，咸与商之。偶有遗忘，姊能举前后以对，或检书征考出处，无或失。近年先慈病中苦寂，姊因作此。或于一首纂辑十家八家至数十家之目，甚至隐以编目诗句夹乎其中，故使荭摸索注之，论难于先慈前，至先慈顾笑色霁而后已。虽名论诗，其意实出于娱亲。姊自言，此种诗即作三五百首不能尽。然计其自识时，所成尚不外百首。迨五月后，先慈病亟，姊日夜忙碌，汤药、盥漱、便溺、扶抱、按摩，皆一人经理。迨先慈弃养，姊已骨立，加以哀痛，发为肝疯，不意仅后先慈四十日，竟致毁身，随先慈于天上矣。姊逝后又四十日，国中难作，到处骚然，都城中迁徙一空。家严以双榰在停，空囊如洗，因复留居，命荭录先慈及姊之作，以俟将来付梓。荭检是编，请去取，家严展阅数四而叹，诏荭曰：“此作若以诗言，应严删削，可存不过数十首。但其间大半意在传人传集，有清一代女文献十罗八九，不如悉存其旧可矣。”荭思先慈常言：“自开清迄今，闺秀之诗文词可录者约三千余家。”今姊此书所录都二百十一首，所括共千余家，意所遗必多，倘他日如有所得，当作续篇，补姊未完之绪，或演为《女文苑》，以成先慈之志，庶几上慰母、姊在天之灵于万一也。壬子春正月，同怀妹荭附记。

……

慈石哀辞自寿言，星钟云骧共渊源。潇湘听罢湘灵瑟，岣嵝

---

① 下文为陈芸妹陈荭附记。

残碑忆补园。

石氏，自称慈石老人，湘潭人。汾州知府张力行母，以节孝著。七十生辰，仿杜甫作《七哀诗》，以戒子孙。　李源，茶陵人。归陈绮若。著《星钟诗草》。　秦邦淑，宁乡人。归天津知府黄立隆。著《云骥山庄遗草》。按：二家诗皆沉郁悲凉之音。　宋盛慎，字德崧，号补园老人，宁乡人。归胡本泰。著《菉斐园诗草》，《神禹碑》五古一首，尤清稳。

……

高夫人自和芙蓉，霹霹弓翻马似龙。我独爱他张韫雪，齐云楼上荡心胸。

高夫人，华阳人。归四川提督威信公岳钟琪。能娴弓马，善理军政，亦能诗，有《雨中看芙蓉》及《和〈芙蓉花〉韵》，盖戎马之中时有倡和也。　马士骐，字韫雪，晋城人。归张应垣。有《齐云楼诗》，起云："凭阑天际荡心胸，一片云飞接岱宗。"襟怀之广，非寻常闺阁所及。

……

逍遥楼稿记瑶湘，茉莉吟成笔亦香。输与静斋陈广逊，纵横古体气披猖。

王瑶湘，自称逍遥居士，番禺人。归李孝先，早寡。著《逍遥楼诗》。《咏茉莉》云："美人倚西园，馨香皎如雪。清风吹翠袖，微明映疏月。"　陈广逊，字素恭，顺德人。归何勤良。著《静斋小稿》。其古体，笔力纵横排奡，力扫闺房儿女态度。

……

清吟庑下戴虹桥，红豆诗成意寂寥。却逊玉芳随节钺，碧油幢里自逍遥。

戴珊，字衣仙，号虹桥女史，钱塘人。归湘潭梁传系。著《庑下吟》。有《〈红豆〉和韵》，如："青鸾啄实疑天竹，火鸟衔珠认石榴。白蘋风起飘难定,红叶秋深细欲无。""春日有花常并蒂,秋风落叶少同心。恼煞红鹦偷啄尽,倚墙无语自低垂。"皆佳。 覃光瑶,字玉芳,武陵人。归江夏崔某。某之祖开府闽、浙,玉芳得随侍,阅历山川,故诗笔不落凡响。著《玉芳诗草》。

……

一桂轩中五古多,温柔敦厚气清和。伤心最是长离阁,呕尽心肝可奈何。

李毓清,字秀英,阳山人。归王贡生驺。工诗善书。著《一桂轩诗钞》。其《咏古》与《妇诫》诸篇,语朴味醇,足为妇学式则。 王薇玉,字采薇,号玉珍,又号玉映,武进人。归孙进士星衍,早卒。著《玉珍集》《薇阁偶存》,后则合为《长离阁集》。其诗喜学李长吉,而才力未逮耳。

虚窗雅课泪痕新,辛苦天潢画荻人。东海渔歌今绝响,天游艳说太清春。

佟佳福晋,睿恪亲王如松继配。既寡,抚孤。著《虚窗雅课》。如:"四壁候虫吟,挑灯课儿读。咄哉留春人,可能驻红绿。"《有感》云:"嚼蜡知滋味,茹荼畏苦辛。纲常多少事,巾帼一肩任。"《述怀》云:"花笺懒写断肠吟,凤折鸾离惹恨深。惟有盈盈寒夜月,隔窗偏照苦心人。"皆佳。惜仅有写本,致所传不广。又有五辈太福晋者,姓氏年代皆无可考,诗卷亦破碎,仅余数页,而可读者数首诗,亦不恶。夫以天潢贵族,帷房巨作而零落若此,则人间妇女真才沦没者,又不知凡几也! 西林春,号太清,或称之为太清春,相传本吴人,姓顾,入篷贝勒奕绘嗣,而正福晋妙华夫人逝,太清得专房宠,故又称太清福晋。著有《东海渔歌》并《子春集》。今皆佚,不可得。近有人得其遗残之稿数卷,刊为《天游阁集》。

冷斋竹屋写哀词，梦月凄清永月悲。我爱远芬红雪集，思亲能赋白云诗。

梦月，满洲人，自号四焉主人。归宗室某，早寡。著《竹屋诗钞》。 永月，号冷斋。亦早寡，无子女。著《冷斋吟初稿》。两家之诗皆凄切，如鹃泣月，如虫吟秋，不堪卒读。 高景芳，字远芬，汉军人。工篆隶、词赋，尤善骈体文。归靖逆侯张宗仁。著《红雪轩稿》。有《白云》四言四首，力追汉魏，而孝思亦极沈痛。

……

花仙空剩梦棠集，香雪孤标梅影诗。不及半吟清境远，雨舟月驿拓遐思。

陈玉祥，字梦棠，号花仙，武陵人。归唐开韶，早卒。著《梦棠诗草》。 陈梅仙，字香雪，龙阳人。宁乡黄举人本骥继室。居香雪阁，故称香雪夫人。著《梅影集》。 雷玉映，字半吟，号绿窗散人，澧州人。归湘潭何官麦。著《半吟楼诗存》。夫恒幕游，携与偕行，故诗境益进。《望南岳》云："撑天壁立三千仞，绕县青分八九峰。深谷雨喧飞瀑下，幽岩寺古乱云封。"《送外》云："关山游子路，风雨故园心。家贫儿女小，身远道途孤。"皆可诵。

……

一集生香李佩金，琴清静见蕊渊心。自然好学汪端笔，选得明诗大雅音。

李佩金，字纫兰，长洲人。归何仙帆。著《生香馆诗词集》。 杨芸，字蕊渊，金匮人。归秦同知承霈。著《古今闺阁诗话》《金箱荟说》《琴清阁集》。 汪端，字允庄，号小韫，钱塘人。归陈通判裴之。著《自然好学斋诗集》。以牧斋、归愚选历朝诗，于明扬梦阳，抑青丘，力翻其案。著《明诗选》，并为七律三十首，论诸家之旨，其才气可谓盛矣！

……

谴客缑山有佩芬，如何却附竹西云。几疑天韵青楼集，崇嘏季兰两不分。

《佩芬阁焚余诗》一卷，不知何如人所著，题曰“缑山谴客”。观其中小序，自称“若筠”，无姓氏里居可考。末后附《竹西云馆吟集》，则称扬州张慧卿。慧卿似系青楼中人，未知与若筠是一是二。　近有《天韵阁诗集》两种。一称李蘋香，为上海妓；一称黄箴，字鬘因，秀水人。其中诗句强半相同，是为一人无疑。嗟乎！女德既隳，声名自裂。纵有清才，存头露尾，究何足重于世哉！

……

涂鸦巢燕职思居，写韵传经读父书。我欲尽罗归帼箧，可堪大半是焚余。

杨天孙，字云锦，吴县人。归陆枚。著《涂鸦失珠》等稿。　姜云，字韫矜，华亭人。著《燕巢楼诗钞》。　徐叶昭，字克庄，乌程人。归海宁许光咨。著《职思居集》。　吴绀珠，字箫伍，海宁人。归梁府丞敬事。著《写韵偶草》。　周素贞，丹徒人。归鲍昆琳。著《传经阁遗稿》。　杨克顺，江都人。归王静岩。著《父书楼稿》。　何志璇，字韫洁，号琢庵，华亭人。守贞不字。著《帼箧存稿》《词话汇编》《词家纪事》。　刘运福，宣城人。归梅琢成。著《焚余草》。　江鸿祯，福州人。著《焚余录》。　孙淡霞，华亭人。归曹策彝。著《焚余草》。　顾瑞麟，字六昭，号甪里畸人，甘泉人。归任某。早寡。著《焚余稿》。　慕德炎，上海人。归贾乾照。著《焚余稿》。　成纫兰，字素庵，宝应人。归刘履俊。著《素庵诗钞》《焚余集》。　万晦光，字希孟，清河人。字张孝城。张卒，守贞。著《焚余诗存》。　蒋永端，字含章，秀水人。归沈芳洲。著《焚余集》。　周蓥，字西鑫，海宁人。归陆宏定。著《焚余集》。　戴锦，字绮江，吴兴人。张金笙继室。著《焚余草》。　邵无瑕，富阳人。朱篆之继室，早寡。著《独坐楼焚余集》。　查蕙芳，海宁人。归许立夫。著《枕涛庄焚余草》。

——《陈孝女遗集》，薛绍徽《黛韵楼遗集》，
民国三年(1914)刻本

王湘龄

王湘龄(1886—1910),上海人。父王伯冶。王湘龄曾于1903年与同乡女子自行组织南翔女学堂,邀请师长为其授课,1904年入务本女学师范科就读,这期间因病去世。务本女学师生为其募资,将其作品刊为《湘龄遗稿》。

记近日阅书之感念

课余之暇,每以用脑初息,辄不喜攻考繁重书籍。惟略假闲书消遣而已。小说之言情者往往使人起灰心,冒险者因而生刚毅之气,古今一也。余闻识者之言曰:古时小说之文法,莫善于《水浒》。余因取而阅之,则奇妙之刺激甚多,暇辄不忍释手焉。

官吏残虐,差役索诈,实今日官吏之小影也。谋财害命,繁法严刑,当日之官吏,亦即今日之官吏也。夫法律者,国民之轨范也。法律不善,则怯者屈死,而桀黠者起而反抗之。成则为王,败则为寇,专制法律所驱使致然也。今政府以稍有反对者为革命党,视同寇盗,实则宗旨虽异,而实力逊真寇远矣。

党人之团结心坚,则其党必有势力。试问今之各团体有此团结力否?岂文明之团体,固不及野蛮团体之易组织耶?路见不平，拔刀[1]相助，以侠义而被罪，不稍怨恨，卒能报仇雪耻，其义勇为何如耶？使能施之以国民教育，纳之于文明法律，则未始非国家之干城也。

凭空摹写人物，一人为一态，社会情形，描写殆尽，喜怒忧乐，各极其妙，虽明知其为无其事，一若亲临其境者，此小说之所以动人也。

——《湘龄遗稿》，清末铅印本

① “刀”，原文作“力”，据文义改。

何震

何震(1886—?),原名何班,婚后用名何震、何殷震,字志剑,别署何振、何殷振,江苏仪征人,1920 年尚在世。父何承霖,武进县学教谕。母殷氏。夫刘师培,江苏仪征人,曾任北京大学教授。何震随夫东渡日本,参与创办《天义》报,1908 年回国。1919 年刘师培去世,次年何震精神失常,后不知所终。

秋瑾诗词①后序

秋瑾罹祸之岁,七月初旬得其诗词若干首,各为一卷,乞太炎先生及吾师曼殊为序,并由吾友王芷馥女士助资排比,阅二旬而成,乃书其后曰:

人治者,摧折天才之具也。天才贵肆,人治贵拘,惟尽决人治之藩,斯天才之发育依自然而舒,充然有以自遂;否则灵智虽具,遏于人治,亦斫其萌蘖,以归于梏亡。如中国妇学,兴于三代之前,而自古迄今,才智之女不数出,其故何哉?盖妇教设官,首崇四德,而公宫女史之所戒,其条目节次,均立文以为坊,由是足不逾阈,跧伏闺闼,安于所习。蔽所不见,以锢其思索,障其灵源;学业无所证,志气亦鲜所发舒,胶固沉溺,有若天囚。虽以诗言志,

① 《秋瑾诗词》,王芷馥编,日本东京 1907 年印行。

而诗之本真不见。旷观古今女子,其赋诗倚声者以千百计,然标托引喻,伊郁善感,诗词弥工,而托体弥卑。会稽章氏谓“古之女子,因习礼以达诗”。不知古之所谓礼者,揭人治以为范,使縶身礼教之中。则高旷之志,灵敏之质,均将汩没于无形,以反乎顽冥。处秉礼之世,安有所谓性灵之诗哉！是则以人治遏天才,于女子为特甚。

秋瑾者,女子之富于天才者也。反古易常,不为纲维所域;又执持光复之谊,谙悉清廷政教之非。尝游莅日本,往返楚越燕云间,以与志士相结纳。虽言行不自检,然尚气节,重然诺,大昌侠烈之风,均与古代妇女异轨。今读其诗词,多慷慨之音,凡欢愉忧愤之情,身世家国之感,一寄之吟咏。思有所寄,援笔直摅,而生平志节又隐约于意言之表,殆古之所谓性灵之诗欤！虽然瑾之克舒其才,瑾之不囿于人治也。倘人治既废,则女子之具天才者,不为人治所束,势必益臻于灵智,其心知之瀹,必非今日所能跻。然则今之兴女教者,其发抒其才以遂其自由之性乎？抑将囿于浅俗以遏其灵敏之机乎？观于秋瑾之诗词,可以判其得失矣。丁未年七月二十五日何震识。

——郭延礼、郭蓁编《秋瑾集　徐自华集》,
中华书局2015年版

马延淑

马延淑(1888—1907),安徽怀宁人。父马庆熙,在江西为官。马延淑自幼勤于学习,通览经史,研习医学,擅长丹青,事父母至孝,乡人誉为“马孝女”,二十岁病逝。父母为其刊行《马孝女遗稿》。

日记(节选)

有谓“女子不宜过读圣贤之书,过求往古之事”。淑虽不敢道其言之谬,而亦道其近于迂也。不知女子既非教外之人,焉能无学?不惮勤学之苦,但患学业不精;不患不思古人,但患难学古人。天不予我聪明,天果予我聪明,岂能以女子之身自限,以坠我诗书门第乎?若以女子之身自限,则汉之曹大家不作《女诫》,宋若昭不作《女论语》,仁宗文皇后亦不作《内训》。《列女》《闺范》等篇及历代巾帼名臣岂不至今无传乎?女教之沉沦岂不至今不振乎?

……

诗文中不得概以辞章之学弃之如遗,其中有发明经义、兼该史籍、维系纲常、陶淑性情之作,不可不留意采择也。故《呻吟语》曰:“疏狂之人多豪兴,其诗雄,读之令人洒落,有起懦之功。清逸之人多芳兴,其诗俊,读之令人自爱,脱粗鄙之态。沈潜之人多幽兴，其诗澹，读之令人寂静，动深远之思。冲淡之人多古兴，其诗老，读之令人发秋肃之气，动怀古之心。”此其见道之言。其有悖礼伤化、怨老嗟卑，或徒矜藻丽、雕绘风云，甚至出奇出怪、自雄奥博，均无足取观也。

……

王化起于闺门，“四德三从”之义，当时为之解说，使之略涉书字，娴习《内则》《女诫》，不至习染流俗。至于结伴游嬉，观灯看戏，听说曲辞，皆妇女所大忌，三姑六婆尤宜严行拒绝，不令入门。如是则阃内严肃，家道清泰矣。多财损智，贤者所戒。饶裕之家，与其华屋良田，子孙未必能守，不如广蓄书籍，则蒙福无穷。惟书籍亦须择取精核，有裨实用者乃为有益。若近世才子所为，殊不足观。……

……

梨园唱剧至今日，而滥觞极矣。然而敬神宴会，世俗不能废，但主持世道者，正宜从此设法立教，则虽无益之事，亦未必非转移风俗之一机也。

——《马孝女遗稿》，宣统二年（1910）排印本

骆树英

骆树英(1889—1907),字予毅,浙江诸暨人,寄籍杭州。父骆廷扬,诸生,在杭州授徒为生。母田氏。骆树英就读于杭州女学堂,后考入天津北洋女子师范学堂,成绩优异,十九岁病逝,有《飘香室文诗遗稿》。

驳“女子无才便是德”说

当今之世,不独男子贵有才也,而女子之贵才为尤甚。夫女子岂皆无才者哉?特“无才是德”之说为之阻抑而不发达耳。男子既有学堂,可习天文地理诸科学,培才而植德矣。女子何尝不可设学堂习天文地理诸科学,培才而植德乎?夫男女平权,文明公理,泰西各国,莫不如是。而埃及则反尊女权,是岂偏重哉?诚以女子有孕育国民之责任,今日之女子即他日国民之母,母而无才,其子焉能成完全之国民耶?贤母出才子,古有明训,夫安可诬哉?昔孟母断机教子、徐母投杖击操、欧母画荻训子、岳母忠君示子、缇萦上书救父、曹女割鼻矢志,其德如是,何莫非有才者耶?谚谓“女子无才便是德”,此庸愚之见,而明达之士岂有是语哉?至若买臣之妻因贫求去、贾氏之女偷韩寿香、郭氏之妒绝夫之嗣,则无德甚矣。而其有才无才,亦弗深考。即令有才,亦不得举一以例百。况际此文明之世,男女平等,欲德之修,必先于学之讲,有断然者，吾因得而断之曰："女子有才始有德，无才必无德。"而犹哓哓焉，为是说者，夫亦可废然返矣。

——《飘香室文诗遗稿》，民国排印本

孙潜诸

孙潜诸，生于19世纪80年代，阳湖（今江苏常州）人。夫周承荄，浙江海宁人，曾留学日本陆军士官学校，辛亥革命时任浙军总司令。

读世界十女杰

吾读《世界十女杰传》终篇，若有百怪之袭吾脑，万花之诇吾魂。彷徨终夕，慨然太息曰："世界大矣，人才夥矣。"沉沉黑狱，烂此明星，挟策而按之。有英国人也，有法国人也，有俄国人也，有意大利人也。其出身则有华族之爱娇，有贫寒之农女，其家世则有资财累巨万，有空室无斗粮。所历之境不同，而竞自由，爱同胞，牺牲一身以救全国之目的，百折不回，百劫不灰。沉悱皎白之素志则一也。夫以若英、若法、若俄、若意大利，至今而有荣誉之历史，享自由平等博爱之幸福。虽非敢谓悉出女杰之赐，必有无数无名之女杰也。然而此数人之功亦伟矣。呜呼！女杰女杰，读君建伟业立大勋之传，记诵君临危难当剧敌之遗嘱，使吾心碎神驰，梦游十九世之欧陆。如闻其声，如见其人，可不谓壮哉！夫同为世界之一人物，同生天地之间，泰西女杰之芳躅，英雄去人，若是未远。而我炎黄裔胄，二百兆同胞姊妹，则猬缩一丘，无能一现头角，如长离宛虹之照耀于世界，斯亦可愧之甚矣。往辙已矣，来轸方遒。今兴女学有人,倡女权有人,而异族政府,专制日益重,瓜分灭种,惨祸日益急。我姊妹所处之境,视彼女杰,同病相怜。夫盍不振袂而起,以步诸女杰之后尘,逐群胡,雪国耻,为我汉族竞胜于二十世纪之大舞台,斯亦匹夫匹妇之责也。愿与二百兆同姊妹共勉之而已。

——《女子世界》(1904)第十期

李蕙珠

李蕙珠，生于1890年前后，生平不详，与创办《眉语》的高剑华为同学。

倚蓉室野乘（节选）

余好读小说。尤好听人说小说。花前月下，茶余食后，每有所闻，辄笔之于册。日积月累，遂成巨帙，亦闷来消遣之一法也。兹同学高剑华君有《眉语》小说杂志之刊，来索余近作。余无以应，乃杂选旧闻之可堪发噱者数十条付之，聊以塞责云尔。

……

《石头记》一书，为近代社会小说之最佳者，颇受文人学士之欢迎。余以其专写儿女也，嗜之尤深。几每岁必读一过，而每读一过，必有新感触，觉其趣味无穷，虽百读不厌也。其文章似病冗长，往往有脱沓散涣、前后矛盾之处。要非作者之过，不足为其垢病。盖其包罗太多，自宫闱阀阅，至闾阎蓬荜，以及医巫星相、花木农佃、博徒篾片之流，莫不具备，甚至琐屑之事，亦不肯丝毫遗漏。其力量何等伟大，真千古说部中之大观。且境界惝恍，造词曲咽。其叙黛玉之满怀幽怨，则抑郁缠绵；写宝钗之阴鸷险恶，真跃然纸上。非雪芹之才力，未易轻学。彼《花月痕》等书，未尝不是学《石头记》者，然已落下乘。其余若《粉妆楼》等，更自郐以下矣。

或谓《石头记》是一部伤心史。书中暗指清初秘事。由其开篇第一句“当日地陷东南”六字推之，当是记明末南都陷落福王被虏以后诸事。更由书中主人黛玉之名推之，“黑”字去四点合“玉”字是一“理”字，或是理亲王，隐指清世宗夺嫡事，言代也。至宝钗入京侍选，“侍选”二字，亦大有深意。历来评《石头记》者，未尝注意及此，因特发明之。再顺此线索而读《石头记》，则书中秘旨，可尽披露矣。

——《眉语》第一卷(1914)第一、二号

赵纫兰

赵纫兰，生于19世纪80年代，安徽太湖人。夫卢美意，字天白，安徽庐江人，曾任商务印书馆编辑，后任教光华大学，1949年后为江苏省文史馆馆员。赵纫兰为其继室。赵纫兰与卢美意曾合著小说《情海鸳鸯》。

应天白外子命敬题钝根剑秋两君所编礼拜六

尘海茫茫欢众生，阿谁一指示光明。传灯幸有维摩在，唤醒人天听梵声。

古调宫商羡独弹，曲高休说赏音难。愿书万本流传遍，好作风诗一例看。

——《礼拜六》(1915)第五十期

陈定文

陈定文，字若华，号罗浮仙史，生于1890年前后，虞山（今江苏常熟）人。夫顾砺。陈定文1915年为苏州大同女校教员，1934年在务本女学任教。她是常熟虞社社员，在《虞社》杂志发表大量诗词作品。著有《小罗浮仙馆诗》。

汪梦仙女史诗稿序

《诗三百》为古今体诗之权舆。而十五《国风》，多里巷歌谣之作。其中妇人女子，托物起兴，以言其志者，皆为圣人所不删。考诸《周礼》九嫔，载妇德、妇言、妇容、妇功，言列四德，不独宣诸口者，止乎礼之安。即摛诸笔者，亦宜得乎情之正也。然则诗亦妇言之一，可不慎哉。吴中醉月仙史汪梦仙者，余中表妹也。自幼敏慧，工诗词。每遇登山临水，或花晨月夕，辄有所咏。兼擅绘画，一草一木，饶有生致。题诗于上，见者恒称赞不已。乙卯春，以诗稿若干首见示。昔时与余聊吟之作，亦皆附入。余不禁慨然有感焉。仙史与余爱同手足，而两人遭遇，不啻霄壤。妹六龄失怙，余五岁而孤，幸托祖慈及母氏之教。稍长，略解诗书，颇喜吟咏。妹时侍母归宁，辄相与唱和，至月落时，吟哦声犹不绝。然妹诗皆和声鸣凤，余则多蕉窗零雨之音。当时不自觉，今而知声音之道，有关乎人生之境遇者矣。盖妹赋于归，得唱随之乐。余则遇人不淑，抱恨终风。以志在娱亲，不敢形诸颜色。将平生所作，悉付一炬，遂绝口不言诗。忽忽二十年，竟作穷民。儿女幼稚，抚养无方，不得已就馆于外。以视吾妹之晏处家庭，得鼓瑟鼓琴之乐，岂可同日语耶。虽然，妹之乐，命也，余之苦，亦命也。《孟子》曰："莫非命也，顺受其正。"余不欲以诗鸣其穷者，自谓得安命之旨。今序是编，聊写余志。至于诗家法律，缘未深涉，不敢赘云。

——《妇女杂志》第一卷(1915)第十一号

程嘉秀

程嘉秀，字髫男，别署灵芬，生于19世纪80年代，虞山（今江苏常熟）人。夫庞树柏，江苏常熟人，同盟会会员、南社社员，上海圣约翰大学教授。程嘉秀曾赴日本留学，为庞树柏《今妇人集》作注，在《女学报》《妇女杂志》等报刊上发表有诗文作品。

镜台螺眉（节选）

翁孺安

吾乡闺秀之抱清才丽质者，首推翁孺安。孺安字静和，明太常宪祥之女也，适同邑顾象泰，工书法。楚楚有晋人气，能画兰，尤喜吟咏。其闲居也，洁窗几，莳芳卉，萧条寄托，翦然无尘埃。时或明月在天，人定街寂。令女侍为胡奴装，跨骏骑，豋御之游行。春秋佳日，扁舟自放。吴越山川，踪迹殆遍。顾风流放诞，衅起萧墙，卒为弟源德所杀。冯默庵所著《虞山妖乱志》纪之甚丑。孺安著有《素兰集》，向无完本。近张君南祴，为之搜辑而刊行于世。其诗始为闺房之咏，既效李长吉。默庵谓为囚怪镖异，穿天出月，雕戈谗鼎，不足为其色也。摘录数首，以见一斑。《天不雨》云："鹏飞一声食龙子，红轮惊破火千里。天河不波雷不鸣，水母昼哭巫支死。赤帝骑虬南方来，祝融笑舞秦官灾。"《日不破》云：

"云容欲坠天欲蒸,陌头草色凝如冰。湿虫破穴石根暖,青楼香气缄花藤。枭庐叫断惜春曲,一幅湘裙醉红玉。西窗欢笑东郊愁,麦苗风里骂斑鸠。"《神弦曲》云:小巫喃喃大巫讴,鼓声冬冬箫声幽。旨酒在樽月在空,红绡影里蘸春风。古冢老狐靥金面,仙人骑鹿姹女唤。垆中香篆蟋蟀鸣,海云吹动吼长鲸。花龙盘盘满堂醉,牡丹含笑芙蓉睡。"《吊湘》云:"江雨黄鼍吼,惊残帝女眠。楚山青草夜,湘水白云天。鬼哭沿溪树,猿啼隔岸烟。恶风霜骨坠,老月石根穿。竹冷花虫血,琴留别鹤弦。至今千载泪,犹自泣婵娟。"《挽歌》云:"紫绿染春阳,相看撷众芳。虾须浸水殿,泪落抛红溅。桐阴风影高,白露蘸征袍。月冷饥虫病,山魈哭明镜。时序迅飞帆,去日苦难攀。古棺对新冢,残烟暮江涌。"

柳如是

柳如是,风流文采,冠绝一时。虽隶乐籍,迨归虞山。卒能以死保孤,其节烈尤非玉京横波可及。而顾云美撰传,谓如是初适云间孝廉为妾,孝廉能文章,工书法,教之作书写字,婉媚绝伦。钮玉樵《觚剩》则记柳居松,屡以刺谒陈卧子。陈严正不易近,且观其名纸,自称女弟,意滋不悦。余意当从钮记为是。柳诗久佚,今所存仅二十余首。梁溪邹斯漪,谓其闲情逸致,风度天然,尽洗铅华,独标素质,非过誉也。《西泠》之二云:"灯昏月底更伤神,马埒随风夜拂尘。杨柳已成初雁恨,桃花犹作未莺春。青骢点点余芳草,红泪年年属旧人。金缕还能移凤吹,相思何异洛桥津。"《春日我闻室赋》云:"裁红晕碧泪漫漫,南国春来正薄寒。此去柳花如梦里,向来烟月是愁端。画堂消息何人晓,翠帐容颜独自看。珍重君家兰桂室,东风取次一凭栏。"《冬日泛舟》云:"谁家乐府唱无愁,望断浮云西北楼。汉佩敢同神女赠,越歌聊感鄂君舟。灯前柳欲窥青眼,雪里山应笑白头。莫为卢家怨银汉,年年河水向东流。”《赠若芷大家》之四云：“鸥波亭向绛云开，沁雪虚庭绝点埃。墨竹数枝香一缕，小窗留迟仲姬来。”《西泠》之一云：“年年红泪染青溪，春水东风折柳齐。明月乍移新叶冷，啼痕只在子规西。”

陆眷西

陆眷西，字初月，莆田人，余澹心怀之侧室也，工吟咏。《闽川闺秀诗话》录其《忆西湖》一绝云：“曾记西湖六月天，藕花如锦断桥边。至今梦里犹来往，听惯钱塘唤小船。”殊有清气。

庞蕙纕

松陵笠泽间，代产名媛。午梦堂诸叶外，当数庞氏蕙纕。蕙纕字小畹，同邑吴玉川锵室。偕隐泉石，吟咏自娱。尤擅临池，笔法遒劲，能书擘窠大字。其为诗词，骨秀气清，迥殊凡艳。人得片纸只字，莫不珍惜。有女伎小青者，色艺俱胜。尝演剧后堂，持扇乞书。蕙纕即填《桂枝香》一阕，有“浪萍飞絮前生果，别是伤心一小青”之句，一时传诵。青亦怃然自失，遂有意脱籍。又奁中有汉玉书镇，值数百金，为人窃去。后其舅玉川见于戚友家，归语蕙纕，将诘之。蕙纕曰：“安知其非得于他所？诘之，将使人得不美名。失德，不如失玉也。”其宽厚如此。

周琼

周琼字羽步，吴江人。《莲坡诗话》则称为西泠女子，尝避仇居如皋冒巢民深翠山房。萧散有名士气，喜纵观古书史，善吹弹，工吟咏，诗亦雄宕秀拔绝，无刻翠雕红之习。如《赠范洛仙》云：“黯淡消魂独倚楼，登山临水又逢秋。檐前垂柳丝千尺，只系柔肠不系舟。”又《寄怀洛仙》云：“萧骚越客独淹留，汗漫西风柳岸秋。安得秋风解我意，好吹此恨到扬州。”又《送张又琴校书之广陵》一律云:“桂楫风轻系绿杨,恐增离恨暂相忘。琵琶漫拨思乡调,绣领重烧心字香。云碧梦迷新楚岫,月明人忆旧斜阳。石榴花下分明认,不信刘郎胜阮郎。”其警句有“文人薄命非因妒,侠女狂歌更种情”,又“雨过积泥侵屐齿,风来寒色满山楼”,又“往事易悲休记省,壮心难逐且忘机”,又“每怜侠骨惭红粉,肯学娥眉理艳妆”,皆可诵也。琼后出家,号性道人。

李傃

史忠正公有妾姓李氏,名傃,号空云,金陵人也。公既殉节,傃为女道士,入王屋山,不知所终。尝见其《霜猿集》一序,极悱恻缠绵之致。序云:“殷之亡也,朝宗兴麦秀之歌。周之衰也,行役起黍离之叹。乃若王臣不返,沅湘之悼何深?公子无归,虞夏之怀弥笃。诗吟而甲子成篇,采菊完柴桑之节。啸罢而广陵作操,鼓琴寄中散之思。此数君子者,皆值宗国之沦亡,遇故都之倾覆,衔哀结怨,郁为诗歌者也。属当明季,丧乱滋多。乃圣乃神,四海抱沈渊之痛。吾君吾后,千秋余殉国之香,此开辟未有之奇闻。诚书契所无之创事,天产哲人,赋才独异。文章轶驾于南华,疑庄生之再见。风雅追踪于西楚,信屈子之复来。爰读《霜猿》之二卷,如听月峡之三声。其志切,其旨哀。其志切,故字字发乎深情;其旨①哀,故言言可以长恸。方之少陵诗史,彼略而此详。比之尼父麟书,贬多而褒少。傃名闺弱质,相府小星。际此天倾地陷,赤伏无再验之符。遽尔家破人离,素镜绝重圆之照。楼名燕子,与燕俱栖。院琐梨花,比花更碎。爰乃黄绝入道,素简朝真。初上蒲团,即悟三生之果。不登法座,也知众妙之玄。倚碧窗而吹笙鼓瑟,青鸟来庭。入丹山而爇草寻芝,白猿引路。固将长往

① “旨”,原文作“音”,据上文“其旨哀”改。

红尘，安神云岫，何幸亲承紫气，获睹瑶编。本以忘身忘世之心，又生悲国悲君之念。微吟檐下，凄凄风雨之忽临。高咏镫前，冥冥鬼神之交泣。呜呼！先帝后之陟降匪遥，应鉴孤臣之至意。家相国之精灵如在，岂憎贱妾之多言。岁属丙申，时维八月，广陵女冠李傃缑孙道院空云，主静轩中，用裁斯构。

徐灿

胜清一代闺秀之词，惟吾吴徐氏香蘋，足以冠冕诸家。陈其年《妇人集》且谓南宋以来，闺房之秀一人而已。《菩萨蛮》云："困花压蕊丝丝雨，不堪祗共愁人语。斗帐抱春寒，梦中何处山。

卷帘风意恶，泪与残红落。羡煞是杨花，输他先到家。"《采桑子》云："一春风雨和愁滴，珊枕寒时，玉漏迟迟，浪语灯花泪暗垂。

惜花未许春归去，香镖葳蕤，绿遍天涯，凭得阑干暖为谁？"《一翦梅》云："春光九十已全抛，送也魂销，留也魂销。东君传语谢娇娆，去也无聊，住也无聊。　　玉床香被展轻绡，长也今宵，短也今宵。愁红休怕绿阴交，早也明朝，迟也明朝。"《踏莎行》云："芳草才芽，梨花未雨，春魂已作天涯絮。晶帘宛转为谁垂，金衣飞上樱桃树。　　故国茫茫，扁舟何许，夕阳一片江流去。碧云犹叠旧河山，月痕休照深深处。"《永遇乐》云："翠帐春寒，玉墀雨细，病怀如许。永昼愔愔，黄昏悄悄，金博添愁炷。薄幸杨花，多情燕子，时向琐窗细语。怨东风，一夕无端，狼藉几番红雨。

曲曲阑干，沈沈帘幕，嫩草王孙归路。短梦飞云，冷香侵佩，别有伤心处。半暖微寒，欲晴还雨，消得许多愁否？春来也，愁随春长，肯放春归去。"

阚玉

阚玉，钱塘人，误嫁卖菜佣子，抑郁以终。《妇人集注》载其长歌一首。王西樵曰："相其语势，殆是女中之左徒。徐淑蔡琰，无其矫矫。"而玉《别有感吟》一绝云："西湖春色两堤花，阵阵莺声串柳芽。我本无心植杨柳，阴成都作夜栖鸦。"颇类学道人语。

周炤

余于《妇人集》阙玉长歌而外，酷嗜江夏周宝镫炤之《悼怀赋》。读至"草参差而并生兮，孰辨其为杜蘅。鸟之嘤咿亦各有所谓兮，而人孰知其情"等语，叹为此才此志，足以颉颃灵均。宝镫归汉阳李生，后生复迎侍儿。宝镫有《拟古》一首见意云："鸳鸯固友禽，鹦鹉亦珍鸟。屏栏与池塘，哀乐各昏晓。鹦鹉语鸳鸯，飞鸣何缭绕。情多怨不祥，怨重将毋扰。我闻叹息之，衾裯正微渺。凄然欲向谁？彼姝矜窈窕。"怨而不怒，与徐香蘋《永遇乐》词，异曲同工。

张阿钱

阿钱，丰台卖花张翁女，归萧山毛大可为小妻，更名曼殊。大妇奇妒，曼殊不悔也。嗣得奇疾，竟不可治，其死，京朝士大夫争作挽吊。周清原有《续长恨歌》，述曼殊之生平为最详。曼殊绝慧，即归大可，始把笔画字，习诗词，亦楚楚有致。尝见其《寄姊小词》一阕，调寄《减字木兰花》。词云："离怀难诉，手摘莲花心自苦。别恨还多，长日无心画翠蛾。　　绮窗自省，蝴蝶翩跹交扑影。寄语闺妆，不独薰风断我肠。"

陈沅

陈圆圆以一弱女子，而关系一代兴亡。梅村《圆圆曲》有云："痛哭六军皆缟素，冲冠一怒为红颜。"又云："全家白骨成灰土，一代红妆照汗青。"皆纪实也。冒辟疆谓蕙心纨质，澹秀天然。生平所觏，独有圆圆。则圆圆不独以色著，其才调亦可称也。著有《舞余词》。《荷叶杯》云："自笑愁多欢少，痴了，底事倩传杯。酒一巡时肠九回，推不开，推不开。"《转应曲》云："堤柳堤柳，不系东行马首。空余千缕秋霜，凝泪思君断肠。肠断肠断，又听催归声唤。"

魏琴娘

天台魏琴娘者，以清顺治三年死于京口之甘露寺。有绝命诗，其"自序"云："琴娘归三月，鼙鼓南来，拥之北去。历河渡淮，欲死无地。既而琵琶击碎，幸脱余生。破面毁形，蒙垢废迹，昼乞道途，夜窜青草。托流水之飘花，言来京口，遂登北固，涕泪如狂。忆昔爹娘，空伤魂魄。良人天远，存没何知？惟幸游魂带血，夜化啼鹃，犹恐不解南归，雁峰路绝。因题短什，望达孤亲，遗事流传。附诸志末，亦足伟也。"秀水王忠瞿尝作《石帆楼歌》以纪其事，并载此序。其诗则见于吾乡姚子俊锡范《红叶山房诗话》，计共二首。其一云："衣片鞋帮半委泥，零丁跋涉总非宜。几回家国低头忆，万苦千辛孰个知。"其二云："目断天台旅雁长，青山绿水恨茫茫。不知憔悴中途死，魂梦何时返故乡。"词旨凄咽，然不如其序之悲壮哀丽也。此诗及序，盖当时以炭书于甘露寺之杨公祠壁间者。

延平张氏

吴江钮玉樵《觚剩》载延平女子题壁诗，序云："姜闽峤名家，延平著姓，十三织素。左家赋娇女之诗，二八结缡。新妇获参军之配，何异莫愁南国，得嫁阿侯。庶几弄玉秦楼，相逢箫史，方调琴瑟。顿起干戈，夫死于兵，妾乃被掠。含羞辞故里，魂销剑浦之津。掩面强登舆，肠断西陵之路。兹当北上，永隔南天。爰题驿舍数言，聊破愁城百叠。嗟乎！昔年薰香染翰，粉印青编。今日滴血濡毫，绡封红泪。秋坟鬼唱，哀似峡猿三两声。青冢魂归，恨拟胡笳十八拍。”诗云：“野烧猎猎北风哀，细马毡车去不回。紫玉青陵怅已矣，泉台当有望乡台。”又：“那堪驿舍又黄昏，桦烛三条照泪痕。想像延津沉故剑，相期青冢一归魂。”又：“昨夜严亲入梦来，教儿忍死暂徘徊。曹瞒死后交情薄，谁把文姬赎得回。”又：“不道临时死亦难，强为欢笑泪偷弹。同行女伴新梳裹，皂帕蒙头压绣鞍。”后书庚申季秋延平张氏题于沂水县垛庄驿舍。按庚申为清康熙十九年也。

琅玕

女子琅玕佚其姓，题德州旅壁一序二诗。序字数不多，较延平之作，尤为精丽，录之。“妾家齐右，欢是吴侬，玉树其人，红叶赠我。既见君子，信绿绮之可媒。我思古人，愿红拂以为友。佳人久嗟薄命，好缘肯俟来生。苦海斯离，多露勿畏。宝马踏来刚半夜，老昆仑焉所用之。彩鸾飞去向天边，莽叱利从兹逝矣。聊题短句，用示情痴。”诗一云：“何须押衙妙手，五更暗度香鞍。谁读奇女子传，小名唤作琅玕。”二云：“昨宵红拂深闺，今日高唐去矣。自怜身似杨花，愿向天涯情死。”见如皋冒无誉《妇人集注》。

李氏

李氏名久佚。闽漳浦人。有《汲水诗》云：“汲水佳人立晓风，青丝辘尽辘轳空。银瓶触破残妆影，零乱桃花一井红。”又《书怀》云：“门对云霄碧玉流，数声渔笛一江秋。衡阳雁断楚天阔，几度潮来问故舟。”所谓乱头粗服中，自饶风韵也。

唐韵琴

平江女子唐韵琴，年未及笄陨其所天，身世凄凉。有《吊寒蝶》三绝，盖自况也。诗云："一霎西风满院凉，颦眉挥泪吊韩郎。芳心忏悔尘缘孽，低祝情天一瓣香。""庭前犹记影翩翩，转瞬风光淡不妍。蝶化花残清梦冷，一般凄绝剧堪怜。""幻入华胥唤不醒，茫茫碧落若为迎。兰因多证凄凉果，莫种愁根误再生。"赋才清婉，宜其命之薄也。

顾贞立

无锡顾梁汾有姊名贞立，字碧汾。自号"避秦人"，同邑侯晋室。工倚声，有《栖香阁词》。其《菩萨蛮》云："绿杨烟锁深深院，流莺惊起花翻乱。无处不堪怜，春三二月天。　　愁来无计却，腰瘦浑如削。爇尽鹊炉香，难消今夜长。"芳馨悱恻，何减弹指。

关锳

关锳字秋芙，钱塘人，蒋霭卿坦室。尝学书于魏滋伯，学画于杨渚白，学琴于李玉峰。其才调可想。而善病工愁，终归学佛。霭卿为著《秋镫琐忆》一卷。末段有云："数年而后，当与秋芙结庐华坞河渚间，夕梵晨钟，忏除慧业。花开之日，当并见弥陀，听无生之法。即或再堕人天，亦愿世世永为夫妇。"足证其伉俪之笃爱。二人并工诗词。霭卿有《夕阳红半栖剩稿》，秋芙有《三十六芙蓉诗存》及《梦影楼词》。其《夕阳》一阕，调寄《高阳台》云："断雁飘愁，盘鸦聚暝，一鞭残梦归鞍。酒醒邮程，岭云陇树漫漫，渡江几点归帆影。近荒林一带枫殷，最难堪，第一峰前，立马斜看。

而今休说乡关路，剩濛濛野水，瘦柳渔湾，短帽西风。古今无比荒寒，芦笳声里旌旗起，问当年谁姓江山。有悠悠几处牛羊，短笛吹还。"音节苍凉，如闻变徵，不图闺媛中有此手笔。又《示霭卿》，调寄《卜算子》云："难得望春来，君又留难住。到得君归没杏花，却又愁春去。　　春去肯重来，花落还开否。到得明年有杏花,又要听春雨。”抑何疏后乃尔。

吴藻

吴藻字蘋香,仁和人,其才足以抗手秋芙。著有《花帘词》《香南雪北词》。最爱其《浣溪沙》云:“一卷离骚一卷经,十年心事十年灯。芭蕉叶上几秋声。　　欲哭不成还强笑,讳愁无奈学忘情。误人犹是说聪明。”又《木兰花慢》云:“明湖千万顷,正春晓镜奁张。看日脚烟浮,鱼天涨碧,鸥梦迷香。横塘,钿车绣幄,趁流苏髻子郁金裳。空翠遥分鬟影,乱红低飐钗梁。　　垂杨嫩绿回黄,开燕翦,弄莺簧。认第三桥畔,花骢惯识,酒市深藏。匆忙,画船去也,渐钟催暝色入斜阳。银钥重关乍掩,半山浩月飞光。”谭复堂谓为乐章高格,非苟作者。

金云门

山阴金云门礼嬴,秀水王仲瞿继室也。娴吟咏,又工写生。居吴门山塘盈盈一水楼。所著有《秋红丈室遗诗》,今仅存二十四首,附刊碧城仙馆本《烟霞万古楼诗选》之后。如《泛舟东郭》云:“罗隐归来一钓竿,寒山脚下住方干。向来山水江南好,从古文章蜀道难。恶木肯容鸾鸟足,莲花亦是鉴湖官。箬门残照鹅峰影,留段斜阳看不完。”可谓大雅不群。丈室在钱塘武林门外西马塍,宋姜白石故居也。见陈云伯《姬人文静玉秋红丈室遗诗序》。

梁楚生

梁楚生名德绳,钱唐人,相国文庄公女孙,适德清许周生宗彦。阮文达为之传,称为明敏有决断,能识大体,可谓女之有士行者。著有《古春轩诗钞》两卷,后附词一卷。余于甲寅春日,薄游西泠。在涌金门内冷摊购得之,其端有“娱园藏书”一印,盖许氏物也。七绝

《偶成》云:“袅尽炉香睡未成,玉钗画遍数征程。那堪一夜窗前雨,故作春江风水声。”《吊项王》云:“中宵四面楚歌声,百战山河一旦倾。能使美人先殉难,大王毕竟是多情。”余佳句如《落叶和韵》云:“贪送孤云归别岫,暂留微雨阁横枝。”《夏夜纳凉》云:“上墙花影疏于画,度水萤光澹似星。”《秋日湖上》云:“往日销金留落照,于今铸铁剩荒祠。”《梦中为人题墨秋葵》云:“石凉前夜雨,花澹一痕秋。”其《金缕曲》四阕,有序云:“杭有章娘者,故隶山西裴中丞家。通晓音律,从师学琴,以转授女公子。中丞与高相国、姚尚书密戚也。每会集,使章娘鼓琴,无不激赏。其后嫁尚书仆某。中丞殁后,随其夫流转武林。佣于人,任烦辱之役。偶至余家,为余鼓琴。因言往事,感喟者久之。嗟乎,才人厕养,念华屋而悲生。商妇琵琶,感青衫而泪下。为谱斯词,亦庶几有以传章娘也。”词录其末阕云:“金谷繁华息,更惊心,乔松鹤去,大弦声急。丝管春风前日事,悲动白杨萧瑟。对弟子,青娥暗泣。小队银筝零落了,玳梁边,谁管双栖翼。秋燕影,浪萍迹。　　燕飞萍转钱唐客,鼓飞涛,泠泠江上,尊前鬓白。换羽移宫传别恨,回头蓬莱云隔。但海水,数峰摇碧。停拂银钩增怅惘,坐幽篁,为谱胡笳拍。词未尽,泪盈臆。”

素娴

吴川李小岩文泰《海山诗话》,载钱唐素娴女士七绝数首,慧语灵心,得未曾有,转录于此。诗云:“晓霞如绮照妆楼,出帐春蛾淡欲羞。同此双弯新月影,一经郎画便无愁。”又:“曾把嫦娥当小名,同衾人好是同庚。从来明月应呼姊,恰早檀郎四月生。”又:“试浴慵妆倚短阑,隔花吹气胜于兰。碧纱如雪横陈夜,不许移灯近帐看。”又:“画梁渐见燕将雏,一径萱花小雨濡。阿母书来羞竟读,隔年频问有身无。”又:“海棠艳上绿阶除,一院秋凉落木初。拾得井栏新柿叶,自磨香墨乞郎书。”又:“乍觉春酣暖被池,云鬟半晌枕函欹。梦中忽得销魂句,推醒檀郎索和诗。”又:“花下帘栊月下楼,十年长拥合欢裯。枕间细数团圆夜,除却离家总并头。”有才如此,惜其姓已不传,且未知其夫婿为谁也。

……

李约云

会稽李约云,适卢氏。其夫客游江南,约云尝寄以诗云:“偶因轻病缺晨昏,翻愧慈姑待妾恩。为买脍残鱼不得,又教人往毓家村。”“阿畹聪明慰寂廖,近来双鬓以垂髫。昨朝笑指唐诗问,何处瓜洲①有夜潮。”“珍重加餐客况孤,秋来能返故乡无。知君爱作梅花伴,已向窗前种两株。”家庭琐事,言之娓娓入情。

周氏

青州董叔齐妇周氏,十余岁时,读古今诗成诵者近千首,尝戏为之,父辄以为可学,由是益致力焉。既嫁,叔齐以申韩学为州县幕,所至南北,必与妇俱。周氏有《咏镜》诗云:“菱花光彩自晶莹,转觉相看影过清。生质那能皆美秀,年华犹恨有枯荣。纵无恩怨干卿事,从此悲欢异世情。留得轻尘遮盖好,照人何必太分明。”盖以规叔齐也。此与蔡季玉《咏白燕》云“不群终恐太分明”句,同一用意。蔡为康熙朝高文良公夫人。文良巡抚江苏,与总督某不合,屡为所倾,而文良卓然孤立,终不肯稍附和。偶咏白燕得句云“有色何曾轻假借”,对句未就,属思久之。夫人乃援笔代为属对,亦风之也。

杜秋莲

西安杜秋莲,性颖慧。年十三四,通经史,工声律,以诗名闻

① “洲”,原文作“州”,据文义改。

于时。适高氏。治家修整，暇则吟哦声与刀尺声间作。诗篇传播甚多，以《裁衣》一律为最，诗云："妆成移坐傍阑干，玉尺横斜意未安。凭我剪裁随手易，量人宽窄称身难。欲为领袖归时尚，先破工夫耐晓寒。珍重绫罗好花样，不成衣服有谁看。"第二联尤觉有味。

范氏姊妹

有同处一境，同咏一题，而字里行间，兴会衰飒，迥乎有异者，则其人福泽未必不征于此。陈州范氏姊妹，长名珍姑，幼曰小珍。十余岁时，尝同作《看花》诗。珍姑云："韶光到处足清游，春为名花特地留。消尽人间浓艳福，一生从不解伤秋。"小珍云："新花一带倚栏栽，韶景无多蝶不来。看到飘零谁惜取，得人怜处是初开。"后珍姑适周茂槐，情好之笃，毕生如一日。小珍嫁郑氏，未三年而卒。

周雪华

辽沈之间，文风素塞，闺秀才媛，稀如星凤。若锦州周氏女，可贵也。女才色双绝，生时适大雪，因名雪华。父母珍爱，择婿甚苛。有陈生凤春者，家贫媚学，赡①于才，仪容俊秀。所议亲，率不当意，而固欲与周缔姻。会有富家子，亦求昏于周。周意未决，乃错举他事以伺女意。女曰："人生惟清福不易得耳。"于是决意许陈。女既归凤春，纸阁芦帘，婉娩相得，夙解吟咏。录其《寒菜》一首云："小立疏畦望，经寒色自鲜。晚花余冷艳，秋圃宿荒烟。臭味谁知己，风霜独得天。平生甘淡泊，相对一悠然。"意志高淡，可谓与俗殊酸碱者矣。

---

① "赡"，原文作"瞻"，据文义改。

卫纹

卫纹字绣良，适富家子某。娣姒间豪华相尚，独绣良荆布自若，意泊如也。著有《吟香小草》，长于五律。《与夫游某园》云："野阔不知远，蓝舆入茂林。春风初有力，新绿未成阴。坐得静中趣，俱生尘外心。高楼依水处，相伴一登临。"又："曲廊凭眺久，松竹有清音。帆影空来往，江声自古今。闲云随处住，旧路晚来寻。无语日西下，寒塘归暮禽。"一洗裁红刻翠之习。

——《妇女杂志》第二卷(1916)第五号，第四卷(1918)第十一、十二号

李玉成

李玉成，字冰如，文章署名“张李玉成”，生于19世纪80年代，安徽人。夫张樾侯，江苏南通人，竞声社成员，《青年声》杂志撰稿人。

两株红梅室闺秀诗话(节选)

丁巳十二月，外子樾侯自泰县寒假归，索拙编诗话甚亟，云将寄往《青年声》刊登者。因以草本，仍倩樾侯去取。

……

崇明施学诗，适蔡某，闺中倡和甚得也。无何，夫卒，学诗有哭夫诗三十绝。仅记其二，云：“肝肠断后何能续，点点斑斑血泪枯。今日园中千万竹，不知也有泪痕无。”“同怜同病更同心，恩爱情多一往深。山水文章诗酒友，房帷从此失知音。”一字一泪，不能卒读。

……

女子咏镜诗，佳者绝少。常州王氏女云：“高堂明镜感青丝，女伴闲来照影时。见得分明全不语，教他好丑自家知。”淳安赵玉馨云：“垂髫全改旧丰神，对镜浑如又一身。自笑娉婷年十六，生疏从未识斯人。”此二绝余绝爱之。

……

“宝篆全消鸭不温，怕黄昏又到黄昏。断红零落无寻处，风雨凄凄独闭门。”闻系乌程戴秋琴《春暮诗》也，读之令人黯然。

……

钱塘平素娴《香闺杂咏》，佳句如：“画梁渐见燕将雏，一径萱花小雨濡。阿母书来羞竟读，隔年频问有身无。”“花里房栊月下楼，十年长拥合欢裯。枕边细数团圞夜，除却离家总并头。”一气呵成，不加雕琢。……

——《青年声》(1918)第一、二、四期

俞庆和

俞庆和(1890—1909),江苏太仓人。父俞棣云,上海电报学堂总办。兄俞庆恩,医学博士,是中华医学会发起人之一。妹俞庆棠,民国著名教育家。俞庆和求学于务本女学,不幸早逝,年仅二十岁。去世后,其同学和家人选具旧文,刊为《俞女士庆和遗文》。

读小说随记二则

凡人之必入校求学者,无非为求普通智识;再进之,则各种专门学。然在校中所习者,终不出科学范围,然窃不愿蹈俗语所谓"死读书"之说。则世事如何,社会情形如何,各国风俗情如何,必自阅书而得。然阅书人必检其近情形者阅之。余嗜小说,故就小说言之。侦探小说千变万化,无一毫头绪。为侦探者,尽心追求,终必水落石出,盖能耐心细心之所致。余最粗心,且无耐性,可藉以自警自勉,亦为吾修身之一助。当今之时,与外人交涉,尤当细心。如订条约等事,一时一字之疏忽,悔莫能及,如"利益均沾"四字,吾国受累不浅,其感一。

每闻人谈官场腐败,余每以谓为笑骂而云然也。今观各社会小说实写官场,情态情节相仿,知彼必有为而言,如《官场现形记》《二十年目睹怪现状》《文明小史》等。呜呼,官场大半卑鄙无耻,如此等人干预国事、办理外交，成今之中国，未始非此辈之使然欤？感二。

——《俞女士庆和遗文》，民国石印本暨铅印本

谈社英

谈社英(1891—1978),江苏无锡人。父谈长治,记者、作家。母吴氏,钱塘(今浙江杭州)人。谈社英毕业于南洋女子师范学校文艺专修科,1912年加入国民党,参加神州女界协济社,负责编辑《神州女报》。后主持《中华新报》"妇女与家庭"专栏,主编《妇女共鸣》等刊物。1978年病逝于台湾,终生未婚。谈社英著有《中国妇女运动通史》等作品。

女子宜注重国文论

呜呼!抟抟大陆,莽莽群生,竞争角逐,劣败优存。此固数千年自有历史以来为人类所公认而共演者也。

吾人上古未开化时代而宀居,继而穴居,结绳记数,以指记事,茹饮毛血,茫茫昧昧。彼时固极单简之原人也,迨仓①氏文字创兴,然后吾人知识日辟而渐,革其狉獉草昧之俗习,徇至文化益劈,进步愈速,乃得成为灵巧慧秀之人类,于以知物质文明。人类进化,莫不胥赖文字以成其功焉。试就世界各种之人类证之。凡彼素号"野蛮人类"者,率皆不识文字为何物。即有之,亦大都不甚完全。文字不完全,故进化迟滞,终必至于亡种灭族,为世僇

① "仓",原文作"苍",据文义改。"仓氏"即指仓颉。

笑。呜呼,非基于文字不能发达之所由致耶!夫文字之关系,亦云大矣。无论国家个人,苟无文字为之记事迹,通情愫,则茫茫宙合,且无历史,而兴亡盛衰之迹,与夫圣贤豪杰奸佞贪邪,又何所据耶?凡善谋国者,辄首重保存其国之文字。文字存则学术昌。其国未有不日臻兴盛者。稽诸史册,历历皆然。固可考也。

且今之灭人国者,必首先废灭其文字,已成世界公例。殆以文字废除,其人遂无所观感,自不得有高尚知识,终且彼人爱护祖国之思想,亦随之而俱灭。以至历劫不反,甘心永久为亡国之奴隶。嗟乎,彼"黑奴""红种"之贱称,何由而致耶?固缘于优胜劣败之所由来。然究其何以劣败之理由,则皆原于文学不发达之故。直至蠢蠢如鹿豕,纵不灭亡,已为人类所贱视,悲夫痛矣。

我国文字完全便利,为世界各国冠,久为外人所信仰。欧洲某大文学家尝谓我国文字必有统一全球之一日。即此可见世界文字优劣。而文字与女界之关系,则又不可不从根本上解决焉。顾我国男女所以有不平等之恶习惯,咸由于女子知识谫陋,不足以与彼男子竞争。虽然,女子非天故限制其不如男子之知识也。惟以社会习惯往往不合与男子受同等之教育,以至耳目锢蔽,思想恶劣,处于劣败之地位矣。况我国旧时所谓教育者,初无普通专门科学种种之区别,惟以贯通国文为主脑。国文通者,一切知识即随之而生,否则反是。试问近代以来,我女界注意文字者,能有几何?而欲令其与男子以知识竞争,岂可得哉?

然溯我女界,伊古以来,令妻贤母不可胜数。其精通文学,见诸典籍,令人景仰者,固代有其人。迨自女子无才便是道德之说起,女界遂为之一暗。而社会之责望于女子者,亦只需能治烹饪、针黹等事,即已视为能事已毕。彼女子亦日陷于至可惨苦之境,而不自觉。习而久之,遂尽成为一种毫无知识之废物,仅知涂抹脂粉供人玩弄而已。谬种流传,滔滔不止,竟使我二万万女同胞沈沦于九幽十八狱,无复一线之光明矣。有心人处此,能无感而愤,愤而悲乎?

自欧化东渐,奔腾澎湃,涌人权天赋、男女平等之潮,而而至后。我女界始一扫向日之阴霾毒障,而渐进于人类应享应历之区域。遂一时女校林立,女学大兴,蓬蓬勃勃,生气顿增。不复呈曩时萎靡不振、黯淡无光之态。虽然,盛则盛矣,窃以为犹不能无憾焉。按近时女子多数喜重英文,而于最关紧要之国文,转不甚注意。因而有人学数年,尚未能字句通顺者。夫国文为一切学术之根本,国文不精,其他何能进步?譬之植物焉,有根本不坚,而枝叶茂盛者乎?且吾人所以入学校,固求学识也。试问学校中岂真有所谓学识者深贮其中,一入学校即取而得之乎?亦惟学识如货物,学校如转运货物之舟车,逐渐输送其一切学识于学者耳。舟车非有机轮为之运动莫能行。学识非有文字为之传达亦不获见。不注重国文,则一切学术必不得会融贯通,此一定之理也。或者诘曰:“即学识需文字为之传达,欲求学识,非先通文字不可。然则国文亦文耳,英文亦文耳。注重英文亦所以备各种学识之根底,又何病乎重英文而轻国文哉?”曰:“不然。”外国文字仅足以输外国之学术,而于本国之道德事迹,初不相与。学者以本国人而不知本国之要素,可乎?不可。夫国文为一国之本,非国亡未有不尊崇本国文字者。远姑不论,即如最近之朝鲜,国亡后,固欲尊崇其国文而不可得。转非习日文不可。呜呼,可以鉴矣!或谓以重英文为将来便于留学计。其说似非无据,惟我国女学尚在幼稚时代,能远渡重洋,求学异国者,究不多觏。况留学乃暂时之时期,而学者与本国乃一永久之关系,以便取一时而至一生不便,不亦慎耶?况即留学学成,若不通本国文字,直不啻为外人造人才耳。又何劳乎日兴女学,以教育我最可敬爱之女界青年哉?抑更有说焉。夫女子者,非国民之母乎?在家庭中适处天然教师之地位。凡儿童未受学校教育之幼年龄,莫不一言一动,咸效其母。故母教之良否,至极重巨。小而关系儿童一生之贤否,大而关系一国国家之强弱。《书》曰:“民为邦本,本固邦宁。”设母教不善,尽养成半中半外不完全之国民,则国家尚何赖乎?噫!女子之关系家庭国家如是之巨,岂可于幼年求学之初不注意哉?倘方针一错,指向一误,则失之毫厘,谬以千里。然则教育女子者,宜如何审慎从事,而以本国文字为要素哉!《语》云:往者不谏,来者可追。吾惟愿后此之求学及主持女学者,深注意焉。

——《神州女报》(1913)第二期

华兆英

华兆英(1891—1912),谱名震雄,字吟梅。华亭(今属上海)人。父华侍仙。夫庞镜如,浦东(今属上海)人。华兆英就学于上海天足学校、景贤女学、务本女校,倡导放足与女性教育。父亲蒙冤入狱,华兆英全力营救,被时人誉为“缇萦”。华兆英在家乡创办天足分会,为支持辛亥革命多方筹款,二十二岁病逝。去世后,庞镜如辑其作品为《吟梅遗著》。

与侯佩琛谱妹论诗小简

奉书,承眷注,感甚慰甚。惟垂询学诗门径,愧无所知,不能有所贡献。然雅意可佩,又辱相知之深。辄就浅陋,姑陈大略,以吾妹才识明慧,稍一研究,必当于此事迎刃而解也。姊之为诗,初无师承,更未尝博考渊源,横览诗集。不过夙好弄翰,兼以濡染庭训,遂不觉习与性成。渐知造句,而于声音之得失,家数之繁多,固茫乎未有知也,曷足以当明问。谚云“熟读唐诗三百首,不会吟诗也会吟”之云者,谓随便以意为之。久之则自然声调合拍,平仄分明。若为绝诗,若为律诗,若为五言、七言之古风,虽不必深明奥妙,而各体皆可成章矣。就表面观之,惟以古风难于律诗,律诗难于绝诗,不知古来诸大名家,无不谓绝诗最难,而五绝尤难于七绝。此中精理,不易可求。姊亦但知其然,而不知其所以然也。

粗言之，先须平仄分明，对偶清白。就吾妹于平仄对偶之浅者，自己谙习，即由此浅近，随意发为辞句。吾姊妹中，互相商阅，一面取唐诗三百首，次第诵读，或竟依傍其体，而练习之，不必自讳其不工，畏人姗笑。日久自然手与心应，熟能生巧。及其心手相应之后，则各视性情，或优为近体，或优为古风，再从而博览深求，常事吟咏，则数年之功，未有不为吟坛独树一帜者。岂曰仅识门径已哉！姊虽初解作诗，而读之不多，作之尤少，且才地愚拙，领悟不灵。故所作不过如弹词小唱，并无诗学中之门径可言。今所言者，亦以身所经验，聊塞下问，非可即为学诗之法也。夫诗特文学之一端耳。取能寓兴达情而止，毋劳精敝神，沾沾于此。吾辈各负天职，同受教育。于文学一科，虽不能为曹班，亦不必仅为鲍谢。此姊所自警，并为吾妹进一解焉。

——《女子世界》(1914)第一期

先进篇应重何章？德行、言语、政事、文学，诸贤应重何人？试申其说

《论语·先进》篇二十五章，多记评门弟子事。其间叹美者有之，惋惜者有之，斥责者亦有之。或人加一语以定其评，或递加数语以尽其致，或前后错出，或彼此并论，以隐示其抑扬。如篇中所纪者历历可考也，而所重者要在于陈蔡一章。陈蔡一章是其纲，他章则其目。纲张目举，史例有然，《论语》何独不然？故于未经评论之先，特为之分列四科，若者为德行，若者为言语，若者为政事、文学。俾知诸贤之品虽不齐，而要不出此四者之中。纵篇中论次，于德行科遗伯牛、仲弓，于言语科遗宰我，文学科遗子游，然颜渊无所不说，而叹为好学。闵子孝于其亲，而言必有中，即德行选也。季路以有勇知方自期，冉有以可使足民自任，即政事选也。

推之子贡之辨别孰贤，亦实为能言语之见端。观颜、闵、子贡、冉季之所造各异，即知伯牛、仲弓、宰我、子游之所目非诬。惟是诣有浅深，功有本末。文学虽足以阐道，或犹未能达于国事也。政事足以谋国矣，或犹未能具夫身文也。言语足以章身矣，或犹未能进于圣道也。权衡轻重之间，得不以德行为首乎？然德行之中，若闵子骞则萦情汶上，冉伯牛则蚤撄锢疾。仲弓虽尝为宰，而仅安于小就。惟颜渊则为仁持三月之久，经邦酌四代之宜，言志农山，抱负独伟，诚得圣主明王而辅相之。不特言语无所用其辩，政事无所施其略，文学无所展其才，即冉、闵诸子，亦恐瞠乎其后矣。然则圣门诸贤，诚不得不于颜子首屈一指也。

——《香艳杂志》(1915)第十期

梁令娴

梁令娴(1893—1966),又名思顺,新会(今属广东江门)人。父梁启超,举人,戊戌变法领袖,著名政治家、思想家。母李端蕙,参与编辑中国第一份妇女报刊《女学报》(1898)。夫周国贤,马来西亚华侨,留美法学博士,历任民国政府驻菲律宾、加拿大等国总领事。梁令娴曾赴日留学,随夫游历各国,1956年被聘为中央文史研究馆馆员,著有《艺蘅馆词选》。

艺蘅馆词选自序

令娴校课之暇,每嗜音乐,喜吟咏,间伊优学为倚声。家大人谓是性情所寄,弗之禁也。既而麦蜕弇世丈东游,主吾家者数月,旦夕奉手从受业。丈既授以中外史乘掌故之概,暇辄从问文学源流正变,丈谆谆诲不倦。令娴家中颇有藏书,比年以来,尽读所有词家专集若选本,手钞资讽诵,殆二千首,乞丈更为甄别去取,得如干首。同学数辈展转乞传钞,不胜其扰。乃付剞劂,聊用自娱。夫选家之业,自古为难。稚齿谫学如令娴,安敢率尔从事。顾词之为道,自唐讫今千余年,在本国文学界中,几于以附庸蔚为大国,作者无虑数千家。专集固不可得悉读,选本则自《花间集》《乐府雅词》《阳春白雪》《绝妙好词》《草堂诗余》等,皆断代取材,未由尽正变之轨。近世朱竹垞氏网罗百代,泐为《词综》,王德甫氏继之,可谓极兹事之伟观。然苦于浩瀚,使学子有望洋之叹。若张皋文氏之《词选》,周止庵氏之《宋四家词选》,精粹盖前无古人。然引绳批根,或病太严;主奴之见,谅①所不免。令娴兹编,斟酌于繁简之间,麦丈谓以校朱、王、张、周四氏,盖有一节之长云。抑令娴闻诸家大人曰:凡诗歌之文学,以能入乐为贵。在吾国古代有然,在泰西诸国亦靡不然。以入乐论,则长短句最便,故吾国韵文,由四言而五七言,由五七言而长短句,实进化之轨辙使然也。诗与乐离,盖数百年矣。近今西风沾被,乐之一科,渐复占教育界一重要之位置,而国乐独立之一问题,士夫间莫或厝意。后有作者,就词曲而改良之,斯其选也。然则兹编之作,其亦可以免玩物丧志之诮欤!戊申八月新会梁令娴。

——《艺蘅馆词选》,中华书局民国二十四年(1935)版

艺蘅馆词选例言

一　是编分甲、乙、丙、丁四卷,甲卷为唐、五代词,乙卷为北宋词,丙卷为南宋词,丁卷为国朝词。

一　唐、五代为词之滥觞,摘钞若干首,以明渊源。

一　词之有宋,如诗之有唐,南宋则其盛唐也。故是编所钞以宋词为主,南宋尤夥。

一　清真、稼轩、白石、碧山、梦窗、草窗、西麓、玉田,词之李、杜、韩、白也。故所钞视他家独多。

一　元、明两代,名家者少,故阙焉。

一　本朝斯道大昌,嘉、道以后,作者骎骎欲逼古人。钞若干首以觇进化。

---

① “谅”,原文作“亮”,据文义改。

一　词之本事，有可考见者，附录于末。

一　前贤批评，摘钞附于眉端。

——《艺蘅馆词选》，中华书局民国二十四年（1935）版

艺蘅馆词选案语（节选）

……

郑文焯，字叔问，满洲人，有《瘦碧词》《冷红词》《比竹余音》。

令娴案：叔问舍人，今代词家第一，全集琳琅不可悉收，专取其感咏戊戌、庚子国事者录之。

……

黄遵宪，字公度，嘉应人。有《人境庐词》。

令娴案：公度世丈之诗，近世独步，多能知者。其词亦骎骎追辛、姜。全集写本昔存家大人处。戊戌之役，散佚不可复得。今仅从《饮冰室诗话》录两首，非丈得意之作。然尝鼎一脔，可以知味。

……

——《艺蘅馆词选》，中华书局民国二十四年（1935）版

徐新华

徐新华(1894—1914),字彤芬,杭县(今浙江杭州)人。父徐珂,举人,商务印书馆编辑。母何墨君,任职于女校。徐新华是上海爱国女学校学生,早逝,未婚,著有《彤芬室文》《彤芬室笔记》,徐珂将之收入《天苏阁丛刊》出版。

士先器识而后文艺论

进足以福国泽民,退足以洁身垂法,进退异途,而有功名教则一,此世之所以贵乎士也。至若吟风弄月,诗酒征逐,寄啸傲于山水之间,消壮志于歌舞之中,虽足以独善其身,而无补于国家之急,则世又乌贵乎士哉?昔光武既得天下,尊崇节义,敦厉名实,顾亭林氏谓:“三代以下风俗之美,无尚于东京者。”故桓灵之间,虽朝政昏乱,国隙屡启,而卒赖以不溃也。有明末叶,庸主相属,天启之朝,客魏乱政,然而未至于篡弑者,惮东林党诸君子之讽议也。两晋之世,士尚清谈,不厉名节,务驰骋于文墨之场,而不究贤圣之学,故士风日靡而国以不振。由是观之,士之趋向,其关于一世之盛衰也,如此,可不慎欤!夫先器识而后文艺,此汉明士风之所以高尚也;先文艺而后器识,此两晋士风之所以不振也。且言以载道,非求文词之表异于人也。行之不立,道之不存,而欲文之行远也,其亦犹皮之不存,而欲毛之有附乎。世之君子,当有以察乎此矣。

——《彤芬室文》,《天苏阁丛刊》铅印本,
商务印书馆民国三年(1914)版

古人论文主洁说

人之思想,一日千变。所以表见之者,其惟言乎?然言语不能传之久远,数里之外,数日之后,其言泯灭,思想亦从之泯灭矣。然则欲其久远,则何如?曰:“著之书册,永之金石,则遍八荒历万世而如新矣。”故文字者,思想之形于外者也;思想者,文字之蕴于中者也。文字既为思想之表示,则言尽而文自尽。故古人之论文也主洁。夫骈俪之文,非不佳也,而或失之轻浮;古朴之文,非不美也,而或失之艰涩。然则如之何则可?曰视其力之所至,惟求以达吾意而合于自然。若强为之,则体裁不称,词句芜杂,而欲文之完善也,难矣。抑言以载道也,吾道显矣,吾言表见矣,则文字之为用尽矣。世人不此之务,而求之于一字一句之间,是所谓弃本而逐末者也,非古人之道也。故吾为是说以为好仿古者戒。

——《彤芬室文》,《天苏阁丛刊》铅印本,
商务印书馆民国三年(1914)版

李锦襄

李锦襄(1894—?),字绮仙,香山(今广东中山)人。夫刘超武,香山(今广东中山)人,香山县学务委员兼视学。夫妇二人皆为南社社员。李锦襄擅书法,曾任广东香山师范学校校长。

粤香馆随笔[①](节选)

诗姬

前清道光时殷太守执中,宠姬郑氏,潇洒出尘,小家碧玉也。善诗能文,年可十七八。时执中老矣,黝颜鲐背,发已皤然。姬则盛鬋堆鸦,凝脂竟体。执中对镜,未免生惭,叠于姬前道歉。姬拂然以"芙蓉生在秋江上,不向东风怨未开"之句答。执中宠之愈甚。后患腹胀,先执中殁,时年才二十耳。执中大恸,及检残篇剩字,镌之梨枣,颜为《素心阁诗草》云。

水村诗画

清尤水村名荫,仪真人,性放旷,不拘小节,善诗工画,以放翁

---

① 《粤香馆随笔》所辑条目,大多来自他作,未标出处。据编者查考,李锦襄对多数条目进行了剪裁或改写,也有少量照抄他人原作。

为宗。弱冠《咏出塞诗》一卷，皆苍凉吊古之作。袁简斋曾序而行之。常用浓墨作黑竹，琅玕百尺，颇有凌云之势。江乡诸鉴客，珍藏如异宝。其名与王梦楼相埒。晚年寄迹释道，谙精内典，年八十余而卒。

二桂善诗

清茂才麦德沛，榄都人。有二女：长英桂，为翰林院检讨何洛书妻；次又桂，为何上舍怀向妻。德沛居常好吟咏，二桂赋性聪慧，少禀庭训，遂工于诗。又桂自适怀向后，家徒四壁，常提瓮出汲，甘与食贫。未几，失所天，益困苦，惟教女徒，资以糊口。如是者二十余年，遇亦穷矣。殁后遗有《谢庭诗草》，词旨清朗，音节和平，虽处困极，绝无哀痛逼促之响，盖诗教之正宗也。何其英先生怜其才，复悲其遇，不忍其终于泯没，乃辑其尤善者，并其姊所撰之《芸香阁诗草》付之剞劂云。

徐淑秀

徐淑秀自号昭阳遗孑，明南渡时宫人也。甲申后，流落金台，后归泰州邵某。为诗多抑郁哀愤之音，有“昭阳遗孑听鱼歌，尔乐波涛我为何？入画无人知是我，倚阑看蝶认为花”之句。所著《一叶落词》《众香集》。女邵笠，字澹庵，《菩萨蛮》云：“乱莺啼破流苏梦，樱桃露湿花梢重。小婢促梳头，开奁满镜愁。　　画眉人不在，蹙损双螺黛。淡日上红纱，轻蝉鬓影斜。”淑秀词视澹庵似稍逊，却未经人道过。要其语皆可入画也。

叶子眉

叶子眉，广陵人，宏光宫娥也。南都既陷，为虏兵掠去。道经淇水，夜宿宜沟，乃题诗于壁，自叙云：“妾祖籍广陵，从事宫中。曾不二载,俄遭大变。剪却霓裳,弓袖革袜,抱琵琶北道灵璧。睹虞姬石碣,感且愧,书此以志。促装心乱,语不成章。时乙酉七夕也。”诗云:“剪却霓裳别样装,青骢有分断河梁。文章漫说夸机女,差见虞姬舞袖长。”又:“风送尘飞到鬓边,伤心从此别江天。劝君莫问宫中事,杨柳回头起暮烟。”激楚凄凉,其音可谓哀以思乎。

柳如是沈香笔筒

陈云伯藏有柳河东沉香笔筒一事。高五寸,径二寸,缘刻回文,四周刻泥金字曰“采莲”。考之知是蒙叟所遗。云伯有诗四首,今录其二。其一云:“也合裘钟记小名,沉香禅味悦温馨。真珠四面泥金字,留得尚书旧日铭。”其二:“花开红豆几番秋,万轴琳琅过眼收。侥幸奁香才一握,劫灰曾避绛云楼。”题咏古物,艳语绮词,不愧为博物君子。

陈文述得婿

陈云伯,字文述,钱塘人也。诗文词赋,优雅艳丽,为清嘉道间文坛巨子。著有《颐道堂集》,传诵一时。历任江苏各邑宰,有政声。为吴县令时,适举行县试,得叶廷琯卷,拍案叫绝。以其女妻之,并赠诗云:“下笔春蚕未肯休,风尘逸足骋骅骝。淮阴自擅无双誉,温峤何妨第二流。此日读书更万卷,他年待汝定千秋。莫教人说微云婿,更向天衢出一头。”此诗为其集中漏载者。是翁是婿,词采风流。婿称文学泰斗,洵婚界史中之佳话。陈公相攸巨眼,世俗殆不多觏。

冯鱼山

钦州冯鱼山,为粤省金石巨子。书溯钟王,逸宕特绝。其笔迹流传海内绝少,迩来粤人得其片楮,至易兼金,信其价自有真也。六榕寺友石堂铁禅和尚，尝出藏鱼山自书《梅花诗》十首手卷以示人，神采活现，且每诗（诗不赘录）皆有寄托，意味萧远。重仿广平之赋，益令人遐想不置也。此卷原藏于南海伍氏，后展转还其族人冯相荣。荣慨以贻铁禅云。

欧阳铁公

欧阳俊号铁公，惠州人，性沈毅有大志。尝肄业于广东高等学校。镇静寡言，尤长于诗文。辛亥广州三月廿九之役，风闻欧生曾躬亲督队巷战，两次被捕，均镇静不惧。清吏讯之，惟以“不知”两字对。事为同学所闻，请命于监督教员，力为营救。清吏以未有据，不敢加罪。教员爱其才，叠次驰电具保，乃免。学界以故益敬之云。其诗词优美，如《咏暮春杂感》二十首之一曰：“冉冉春光客里过，风云儿女两蹉跎。絮飞花落繁华歇，蝶怨鹏愁懊恼多。明月不随新朔望，残阳犹照旧山河。美人未老天垂暮，独倚红栏唤奈何。”有丘仓海①《秋怀》八首之格律，哀艳而不失其雄壮。洵奇士之杰作也。

江少荃

粤人江孔殷，字少荃，亦号霞公，前清太史也。性豪迈，工诗文，时与丘仓海、黄晦闻相唱和。每寄有家国之感，然其诗不多觏。偶得其《过吉隆坡题叶来墓宅》一首云：“只见椰花不见楸，夕阳华表旧时楼。空传亭长能争鹿，谁使弦高竞犒牛。旧第于今无雀鼠，霸图终古付山丘。一兵置守当年易，遗恨中原坐失筹。”盖当时巫来由酋逐华人，叶君统率三百人，血战八年，卒定其全境。

① “丘仓海”，原文作“丘沧海”。按，“仓海君”为清末诗人丘逢甲的号。下同改。

后以英人恃强力进占。叶君以亡国之民,无政府为之后劲,不得已以领土主权让诸英。霞公殆有感于斯而作欤?

烈哉吴孟侠之夫人

吴孟侠之夫人,直隶某观察女也。知书,工文字,思想高尚,学问渊博,伉俪甚得。吴君北上,赋诗三绝送其行,激昂哀楚,高渐离易水歌也。及车站事起,恶耗达皖中,夫人遂自刎以殉。呜呼！儿女情长,风云气短,楼头少妇,悔觅封侯。沉沉女界,抱敌忾同仇之志者,有几人哉?吾读吴君与其夫人两书,见其志趣,始以大义相勖,终则舍身相从,罗兰玛利,信其俦矣。

任王谷

任王谷名源祥,阳羡人也。当桐城、常州两派,各树一帜之际,门户既分,家派斯竞,而古文之学日衰。为桐城者,空谭义理,俚浅不经。属常州者,自矜考据佐证,力诋桐城派之不古。任独以名节自砺。文不论古今,学不拘派别,所造特佳。盖其生遭鼎革,欲有所为,而志不得达。退隐林泉,著书觉后,岂非古之遗民哉！与侯雪苑、魏叔子交最好。所著文曰《鸣鹤堂集》,叙记诸体罔不工,而为乡邦殉国诸公传(如卢督师陈坦公毛锡五等传),尤觉全神贯注,尽力提振,而不稍退沮,多为他书所缺者。读其文,恍然如见二百年前光复之鬼,精魂忠魄,奕奕纸上。得文之情,故非竞言家派者比。按任君时桐城常州派尚未发见,此似误。

何淡如

粤东名士何淡如,名文雄,天禀聪明,风流自赏,滑稽多辩,文字尤工,名动公卿。曾替人赴棘闱售试,为考官窥破,因褫庠名。遂改“文”字为“又”字,用又雄名复试,意谓文字一点除去,犹革去头上之顶。其文字之谐多类此。又因别字淡如,乃改其妾名为人菊,取“人淡如菊”诗意也。后应榜秋闱,举孝廉,设帐羊城,开坛讲课,议论风生。谐语动人,听者乐而不厌。生平著作,不假思索,落笔万言,谐文游戏,描景写情,语语相关。工妙之处,令人笑而绝倒。除见岭南即事外,仍不少杰作,更长于诗。如《夜读红楼感作》云:“不是怡红是悼红,笔头点鬼论原公。美人芳草湘累感,都付愁珠怨玉中。假语村言事竟传,三生公案一情禅。石头路滑闲拈出,竖拂重开色界天。判白批红彩笔忙,玉溪楚雨笑荒唐。楼台弹指分明见,又费词人梦一场。补天无计奈何情,联著闲评托艳歌。青埂峰头一方石,撩人儿女泪痕多。离离芳草长愁根,残雪空林怆梦痕。唤起香魂听说法,满天花雨大观园。传奇奇绝效颦难,绝世情文出稗官。付与才人同赞叹,人间休作谤书看。次第香名费递排,春风消息透吟怀。虚无册子饶褒贬,重话金陵十二钗。莫问痴人说真假,梦中幻影又翻新。五云捧出游仙笔,从此曹唐有替人。”其谐艳处,令人争相传诵。

文谢之琴

新城陈氏家藏文信国公之琴,上刻文山先生诗云:“松风一榻雨潇潇,万里封疆不寂寥。独坐瑶琴遗世虑,君恩犹恐壮怀消。”后题云:“时景炎元年蒙恩遣问召入,夜宿青源寺感怀之作。”闻此琴原为闽中何氏旧藏云。又杭州吴素江蓄有谢文节公号钟琴,上刻“叠山”二字,有铭十六言曰:“东山之桐,西山之梓,合而为一,垂千万古。”今不知落谁氏。文山叠山,气节相伯仲,然号钟琴已与文节名并万古,而信国琴世寡知者,意其有显晦欤?

颜待月

颜初元,字待月,号潇溪女史。母梦绛雪而生,生而慧。年十九，适白乐天，长于诗，得唱随之乐。后为其妾小蛮、樊素所谮，失宠，病中有诗云："月瘦花残不似前，泪珠零落枕函边。可怜两臂金条脱，臂上依然伴妾眠。"乐天召还京师，因病不复随。以会昌六年闰七月初九日，卒于西湖之灵隐山女真庵中。临没曰："白尚书已为海山院主，先妾五月逝矣。今来相召，妾当赴也。"整衣端坐而化。

马侍[1]郎

马南宝，香邑沙涌人。世殷富，读书好义，尤工诗。宋景炎二年，端宗自潮州之浅湾，航海避敌，过邑境。南宝献粟千石饷军，敕召拜工部侍郎。时帝为元师所迫，陈宜中、张世杰等，奉帝暂幸南宝家。南宝竭力保卫，元人无知者。嗣帝复驻浅湾，未至，元兵来袭，帝遂退保秀山。遇风几溺，惊悸成疾，崩于化州之硇洲。卫王昺即位。南宝赴之，会病阻。宋亡，南宝逃匿。已而陈宜中奉帝昺犹在占城。遂即起兵运粮，往迎车驾，为元人所执，不屈死。尝作诗曰："翔龙宫殿已蓬飘，此日伤心万国朝。目击厓门天地改，寸心难与夜潮消。黄屋匡扶事已非，遗黎空自泪沾衣。众星耿耿沧溟底，恨不同归一少微。"楚楚哀音，无限亡国沈痛。然明开史局，不为之立传，岂以流转播迁之际，无可考信欤？

曹妙清

元曹妙清女士，钱塘人，善鼓琴，工诗章。三十未嫁，风操卓如也。其《西湖竹枝词》云："美人绝似董娇娆，家住南山第一桥。不肯随人过湖去，月明夜夜自吹箫。"呜呼！世尚权利，风俗日偷，间有澹泊明志、高尚纯洁者盖鲜。女士立身如是，非所谓蝉蜕秽浊者乎。

---

① "侍"，原文作"待"，据文义改。

莲儿

莲儿,吴三桂之宠妃也。年方二八,姿色嫣然。工于诗,留侍吴,宠幸方之陈圆圆。盛夏之际,曾侍三桂游荷池,练裳缟袂,持白篷立九曲栏干上,艳丽动人。远望之,一若出水芙蓉也者。吴败,莲儿为赵良栋部所执,未几即死。而其绝命词有“君王不得见,妾命薄如烟”之句。才华质丽,恐又非圆圆所可几及也。

十砚老人

永福黄莘田大令,晚号十砚老人,倜傥风流,纵情诗酒。曾宰粤东四会县。大吏以饮酒赋诗、不理民事劾之。解组日,即以“饮酒赋诗,不理民事,奉旨革职”十二字,旌其舟以行。黄仍以曹参自诩也。生平尤嗜古砚,喜蓄雏姬。颜所居曰“十砚斋”。有雏姬十人,各使怀一砚,夜则抱砚而寝。谓砚袭阴气,故常温润如玉也。晚著有《秋江香草笺》等集。菁葱苕蒨,绝世丰神,而其悼亡诗曰:“井桃刚对汝妆台,笑指高梢两朵开。开到全时卿不见,双枝折供穗帷来。”又:“教星替月傍余明,葛藟无因得再萦。每抱衾裯沾 泪,江沱江泛不胜情。”一往情深,缠绵悱恻。黄氏亦情之至者乎!

黄月山

黄照文,字月山,香石次子也。嗜山水,喜吟咏,读书诃林。一夕瞥见一女子,自云有仙缘,若缱绻者久之。语其幼妹曰:“吾当以某日去。”一日昼寝弗兴,家人视之,则整衣端卧逝矣。时嘉庆庚辰六月二十日也。启衣得诗,诗曰:“上帝征书至,丹成拜使还。一从乘鹤去,何日到人间。澹荡真吾辈,劳尘有几闲。烟波江上路,缥渺入蓬山。”末署云:“月山沐浴更衣而逝。”时年十八。

张维屏《听松庐文集》内著有《月山遗草》，气格老苍，世比之华亭夏存古云。

妙联解颐

妓有以马掌名者，人多奇之。故有赠之以联云："马上琵琶千古恨，掌中歌舞一身轻。"声色形容尽致。武则天庙有集唐人句一联云："六宫粉黛无颜色，万国衣冠拜冕旒。"工稳恰当，堪称绝笔。济南北门外有土地庙，内有两联云："唉，那日放炮；哦，他们过年。""莫谓我二老无灵，若不烧香试试；既为你一方保障，且来许愿看看。"可谓诙谐有趣。关帝庙联最多，惟有一联云："史官目之曰矜，误矣！视吴魏诸邦，原同竖子。后世尊之为帝，敢乎？论春秋大义，仍是汉臣。"颇称特别，读之令人首肯。

——《香艳杂志》(1914—1915)第六、七、八、九、十一、十二期

朱汝玉

朱汝玉(1894—?),一名慧,字琼琼,号月明,别署洗鹤楼小莲女士,吴县(今江苏苏州)人,南社社员。

海棠轩诗存[①]叙

呜呼!天道诚不可知哉。余历观古今来才女淑媛,率皆善病多愁,非孤即独,遭遇困踬,至于早殒。发之于诗,则感疾伤心,羁红恨碧,欢愉啴缓之音少,而哀思愁苦之词多。若蔡人妻之《芣苢》,周南大夫妻之《汝坟》,申人妻之《行露》,卫宣夫人之《柏舟》,定姜之《燕燕》,庄姜傅母之《硕人》,莫不哀思惨戚,寄恨绨缃。诵其诗者,皆叹息泣下而怜惜之。而蓬头挛耳、齞唇历齿之属,手未触诗书,目不辨朱碧,则终身逸乐育子姓而享高年。是独何为者?岂山木拥肿,乃全其年;文石陆离,适斫其天。此有自全之道,而彼有致死之具耶。呜呼!天道诚不可知哉。史女士剑尘,亦以清才淑德遭天之忌,而致早夭者也。女士嗜诗书,工吟咏,幼而淑顺,至性过人。家人骨肉间,咸有饮醇之致。及于归印君剑鸣,则事上惟谨,娱悦视听,御下惟宽,弗加辞色,外睦九族,旁赡六姻,督理家政,井然不紊。勉夫子以令名,辟纑佐读,藉闺

① 《海棠轩诗存》,史剑尘(1887—1913)著。

中为诗友，织锦资吟。固已鲍宣室内，知有贤妻，许允房中，称为令妇者矣。后印君橐笔远游，数以成行立名相勉。家中百务，任诸一肩。辛亥军兴，各处骚扰。女士绸缪牖户，捋荼拮据，殚思竭虑，保全一家，而劬悴过度，遂以病矣。昙华芬短，遽撇尘缘，年仅二十有七耳。呜呼痛已，印君子荆情重，谋所以不死女士者，爰辑录其生前剩墨为《海棠轩诗存》二卷，以付剞劂。余读女士诗，不禁喟然叹曰：自古闺秀，聪慧幽娴，未有如女士者也。自古闺秀生之不辰，命之不长，亦未有如女士者也。夫天之生才，不别其类，女子未必不及丈夫。而天之忌才，独别其类，女子较酷于丈夫也。余维女士之诗，琼璐之思，兰蕙之韵。原本典籍，自写性情，一洗脂粉习气，足以抗左凌鲍，轻蹙頞之夫，慑尳肩之客。即以示骚台健将，恐亦齐为搁笔，自叹弗如。闺闼女子而能若是，无怪乎干天之怒也。余尝见夫不栉进士者矣，弁髦母教，废弛家范，元机蕙兰，清照金石，虽擅才华，终惭妇德。若斯俦者，盖十八九矣。而女士则不然。初也，十年待字，修内，则而能奉巾盘，继乃四德称贤。理中馈，而克操井臼，才德并茂，责诸须眉丈夫而不能者，而得之于女士，洵所谓难能而可贵者矣。然则，天之忌吾女士，厄其境而夺其寿者，亦岂无故而然哉。呜呼！天予女士以才德，而又忌女士之才德，令其生不辰，命不长。是予女士以才德者，犹予女士以致死之具也。夫以女士之才之德，应得享富贵，膺寿考，夫妇偕老，含饴弄孙，瑶篇佳什，香满璇闺。乃既厄其境，复夺其年，仅存箧底蠹蚀之余，犹不可必其必传。甚矣！天道诚不可知哉。虽然，蓬头挛耳、龅唇历齿之属，即能富贵寿考，终老红闺。而一旦物化，遂如冷烟飘风，后世谁复有知其人者。女士之才德如是，其遭遇又如是。吾知读其诗，怜其才，嘉其德，哀其不寿。虽至千百年后，尚有人欷歔悲叹，设为天问天对，无聊之辞，反覆致意，欲得其解。则女士之诗必与《芣苢》《汝坟》并传无疑。而女士虽死犹不死也。特天故厄其身前而特昌其身后欤？设余言而果然，则又何怨乎天，而忍谓天道不可知哉？

——《小说丛报》(1915)第十一期

王喆

王喆（约1896—？），天津人，1915年毕业于直隶第一女子师范学校，生平不详。

与友人唐宋八家论文书

某君足下，赐书问学文当宗何家。仆浅陋，何敢遽答？念足下知己，故发奋一道。夫阴柔莫如欧阳，刚莫如韩。苏氏之文，得天独多，字句篇幅，恒不加锤炼，自然成家。学之易成怪僻之文，当以韩欧为宗。而学欧又莫如学韩。韩为八家首，其为文也，或蜿蜒如长蛇，或奇气喷礴，如波涛之汹涌；或挺拔兀峙，如山峰之叠耸；或起伏变化，如千军万马之纵横。其议论精警，光芒四射，如利剑出匣。其声也，如漂风，如骤雨，如洪钟，如海潮之澎湃；其瑰奇，如怪物突立；其传也，如日月山川之不可磨灭，如布帛菽粟之不可须臾离。一意未毕又伸一意，一词甫终复挺一词。虽洋洋万言，按之理脉，秩然有序，使读者不厌其长。大家之异于寻常，其在斯乎？古人为文，盖皆己出。其词其理不必与他人异，自能超于流俗之上。犹之能自树立之人，不必离群独处，自与众人不同也。吾观中国之文，最盛莫如秦汉。厥后八家之文，以各有所长。大家而外，文体日卑，鲜有能自树一旌者。然足下聪明骏发，尤好古文。后生可畏，安知日后不成一家？足下勉之。

——《直隶第一女师范校友会会报》民国五年（1916）第一期

张咏逑

张咏逑(1897—1944),号曼红女史,上海人。夫李定夷,毗陵(今江苏常州)人,鸳鸯蝴蝶派作家。张咏逑曾为李定夷所著数种小说作评点,在《消闲钟》《小说新报》等杂志发表《曼红随笔》《曼红杂译》,以及《情天血幕》《痴丐》等小说译作。

红粉劫评语

近来小说发达,译本日多。咭叻咕噜,地名人名,累四五字,至不能句读。读者病之,宜其然矣。

中外风俗不同,习惯各别,译笔最忌率直。鄙意以为应取长弃短,译其意不必译其辞。此不仅因风俗习惯之关系,即读者心理亦异。如彼邦人士所可笑者,中国人未必以为可笑;彼邦人士所有味者,中国人未必以为有味。凡曾读过外国文者,类能体此意也。

《红粉劫》所译地名人名,皆用中国习见之字眼,可省读者许多脑力。此非失真。小说重关目,不用名词也。

此书以血案起,即无平铺直叙之嫌。外国小说,多怪异离奇之作,此书其尤也。

书中主人,自是玛逊氏双珠。黛瑛历尽艰辛,卒死非命,固属薄命,即霞碧甫遂吉士之思,便作昙花之谢,亦非薄命而何?是犹怡红潇湘,木石无缘,诚为可怜。蘅芜君虽圆好梦,然于归赋罢,通灵返真,公子长往,不寡之寡,可怜更倍于无知觉无性灵之长眠人也。

此书结构可分为两期:自第一章至第十三章,所以传黛瑛也;自第十四章至第二十六章,所以传霞碧也。然传霞碧,实为黛瑛了不了之缘,竟未竟之志。虽谓霞碧系影射,亦无不可。

邓脱自是十恶不赦之贼,临死供词,犹无悛悔之心。然侃侃而谈,旁若无人,颇有一二独到语。读者毋以人废言。

马尼士为人,无一足取,万不足以俪癯影。癯影方自悲命薄,余则以为与马绝交,实可为癯影庆耳。

书中无主无宾,各人俱有结局,结局又各不同。黛瑛身死不明,霞碧既嫁而夭。马尼士与漪侬,情人互杀,固邓脱之想入非非,亦著者运思之巧也。邓脱罪大恶极,卒置身断头之台。留一司达渥,撰述其事,同梦情深,双栖缘短,结局亦至可伤。所未明叙结局者,惟癯影耳。然癯影自司达渥拒婚后,固不必再明叙其结局。癯影,孝女也,亦多情人也,断不他婚,其必步北宫婴儿之后矣。

第二十一章"可怜之众生"一篇,余爱读之。苍苍世界,问何处真是欢场?芸芸众生,知几辈终成美眷?令人那得不作厌世想!然而余夫妇唱随方乐,余夫及余,常抱遁世观念。此等心理,殆受外物之激刺而然欤?

第二十六章以悼亡歌作结,余音袅袅,绕梁三周,从容自然,不现一毫枯意。此原著所无,读者当不以蛇足为病。著长篇小说,一起一结,最难着手。此种笔法,足为来者则效也。

——李定夷《红粉劫》,国华书局

民国三年(1914)版

鸳湖潮[①]评语(节选)

比来言情小说,如恒河沙数之多。言情之中,尤以哀情最受社会欢迎。惟其欢迎也,故多率而操瓠者,欲求一推陈出新之作,殊不易得。

定夷此著之为事实、为杜撰,与我批评无甚关系,我且不问。

著书以结构为第一要着,次则布置一切人物。如一室然,先建筑,后装饰。然建筑不佳,装饰虽美,譬如乡下婆涂脂抹粉,适见其丑。反之,只究建筑,不问装饰,亦足损其美观。必也二者兼到,乃臻完备。

寻常小说体裁,除译本而外,大都从叙述身世开端。以序次论,自然不错,特平铺直叙,千篇一律之文字,易使读者生厌。此书从吴彤瑛一绝命书起始,实为惊人夺目之笔。彤瑛身世,后来从剑庐口里轻轻带出,便省却许少闲废笔墨。

第一回一绝命[②]书,将以前事实夹写在内,是变化的叙事法,读者勿仅以绝命书目之。

……

剑庐才华性情俱无可议。或谓以有用之身,为情而死,究未可训。余独谓举世滔滔,诈伪相尚,惟儿女之情,最是率真。剑庐好男儿,明知侧身无所,故独具怀抱,幸而护一知己,一朝订盟,终身不改。终乃生离死别,赍恨千秋,天实为之,剑庐何尤。石城饮剑,正所以报知己耳。……

——李定夷《鸳湖潮》,国华书局民国二十三年(1934)版

---

① 《鸳湖潮》,李定夷著,国华书局民国三年(1914)版。

② “命”,原文作“令”,据文义改。

霣玉怨评语(节选)

我爱读小说,我尤爱读哀情小说。哀情小说写到关着痛痒处,可以歌,可以泣,非至性人不能作哀情小说。就使勉强写成,门外汉之言,究竟人各有目,无从掩饰也。

我持此论,读遍各种哀情小说,哀感动人者固有之,索然无味者亦复不少。如《霣玉怨》者,我读一过,恰如江州司马,泪湿青衫矣。

谚有之:"红粉佳人,桃花命薄。"此语几成铁案。我确不然其说。美人何尝无福寿并隆者,特文人好事,舍此就彼,凭吊之,歌咏之,一笔抹杀,遂谓凡是佳人皆桃花命。

我尝询作者:"《霣玉怨》是否纪实?抑为空中楼阁?"定夷谓确有其事,不过编成小说,不免加油添酱耳。

本书为何而作?其为才子佳人写怨欤?是恐不然。若指为一部儿女怨史,确浅视之。

著书当拿定宗旨,宗旨当正大光明。我闻诸作者,本书有两大主张:第一,力辟中国蓄妾之风。一夫多妻,实野蛮时代陋俗。此风不革,大而言之,种族日趋羸弱;小而言之,家庭定然黑暗。我谓凡娶妾者,皆人伦之贼,人道之贼。第二,排斥嫁女择聘之谬。择婿择才,娶妻娶德,自是不易之论。乃世风浇薄,惟利是从,投明珠于深渊,掷良玉于污泥,遇人不淑,是用痛心。本书所以大声疾呼,作当头之棒喝,实救世之慈航。

……

我读《鸳湖潮》,爱其文奇事奇,两心相印,一面缘悭,作者俱从空处盘旋。缠绵悱恻,呜咽淋漓,又无异相对凄楚时。古今无此奇事,无此奇文。我读《霣玉怨》,则又爱其哀而寓艳,艳而能雅。若第八回所写,一片艳情,三朝欢会,有句皆香,无字不艳。写艳情尤难于写哀情,写哀情而失其道,其流弊不过索然无味耳。写艳情而不得法,必至满纸狎亵污秽之辞。《霣玉怨》写哀情处,复何待言,其写艳情处,亦能乐而不淫,深得《关雎》之旨。我于是知江郎生花笔固无乎不能也。

——李定夷《霣玉怨》,国华书局民国三年(1914)版

同命鸟评语(节选)

【第一章】鬘红曰:余昔评《美人福》,今又评《同命鸟》矣。余评《同命鸟》,绝端不作一浮辞,惟以点醒作者用意为主。定夷此作,悉本救衰起敝之志。故一路写来,常在此等处用心。蓉华女士在龙华道上忽作撙节糜费之叹,在龙华园中又借少妇大发议论,两番所云,皆极警辟,读者毋以小说而忽之。

【第二章】鬘红曰:蓉华女士哈哈亭内所发之论,确是至理名言。世人只知皮相之美人为可爱,而不知变相之美人为可畏。此语足为普天下痴心男子之棒喝。

【第五章】鬘红曰:此新奇之消遣法,可谓想入非非。济和寓学问于游戏之语,洵是至论。近人所著小说,记闺房韵事,每失之琐细。此则落落大方,于风光旖旎之中,含温古益智之意,可裨①益读者不少。与诲淫之艳情小说迥然有别也。

【第六章】鬘红曰:首段所谈,足为近世妇女之药石,不当以小说论。即以小说论,亦极有功世道人心之醒世小说也。吾于是见作者之苦心孤诣②矣。到处有用意,亦到处抱一救世主义。《同命

① “裨”,原文作“稗”,据文义改。
② “诣”,原文作“脂”,据文义改。

鸟》之价值，当在《伉俪福》之上。

所述政界各笑史，俨然一部《官场现形记》，浅测之，不过供人一噱耳。实则此亦伤心人之语，国之不竞，此辈民贼，实尸其咎。作者曲为形容，殆亦有慨于中乎。嗟乎，胜国已矣，今日何如？尤而效之，更有甚焉。沉沉黑幕，安得有心人一一揭之，而使有所顾忌耶？

【第七章】鬘红曰：小说虽小道，然用心不细，不可作小说也。见识不广，亦不可作小说也。本章忽记癸丑之变，是正作者能用心处，亦即作者有见识处。假令忘却此事，仍写江家家庭事故，读者不细加考究，固亦可过得去。倘稍思索，试问枪林弹雨之下，仍复熙熙攘攘，不着一语，有此情理乎？故能想到癸丑一役，确是作者用心之细，层层写来，入情入理，且处处依傍事实落笔，恰合当日情状，又是作者见识之广。

末后一段，抬高琼娘人格不少。然抬高琼娘，愈见蓉华女士之人格。正面写琼娘，反面实写琼华，项庄舞剑，意固在沛公也。

【第九章】鬘红曰：求艳福不易，求清福更难。若艳福、清福并而有之，则难之又难也。济和携美人而作清夜游，非艳福而兼清福乎？范大夫不能专美于前矣。

写景处，笔花生动，描摹极工。骂上海人处，尤觉痛快淋漓，切中时弊。嗟乎！痼疾深矣。安得一服清凉剂，而为之诊治。非然者，道德之堕落，且不知伊于胡底。吾为此惧。

末段插入西人禁地一节，寓意极深。西人之视吾民，久不以平等相待，然如此类之事，其咎半在于我，国民每犯“不洁”“无公德心”二病。此为西人所大忌。受摈之因，此其一端。今当人人反求诸己，痛加改良。毋以一人之不德而贻祸于公众。诸君以为然乎？此作者之微意也。

【第十章】鬘红曰：本回岂仅追说中秋已耶？历写十年来之事

实,有统系,有层次。《伉俪福》于中秋令节,未尝道及只字。此实补前书之所不及。

编年纪事宜处处心细,亦当处处依傍事实。若此,则已有《伉俪福》在,更当根据旧事着笔。前言后语稍见不符,即贻方家之笑。近人作小说,甚有不及。三四千言,前后已不一贯,取定夷之文而读之,可以当药石也。

【第十一章】鬘红曰:首段述夫妇相处之道,词严义正,为世人痛下砭针。足见题红馆夫妇之所谓爱情者,乃天经地义、至大至正之爱情,非纤巧相昵、饰伪相愚也。

《同命鸟》为艳情小说,新岁良辰,忽叙恶梦,不祥哉。艳情小说,那应有此?然题红馆日记则言之备详,似视为结局之预兆。此处故不能不书。事虽近于迷信,心理上则应有此想,自不为病。且开宗第一章,著者固早声明命名之意,夫既不云续《伉俪福》,则元旦之梦,更不可不纪。

【第十二章】鬘红曰:怪哉梦兆,吾不能为之评。俟窥全豹,始能晓然于梦之果否可征。

后段伉俪闲话,写尽天下儿女心肠,可谓体会入微,而字里行间,处处含有劝世意味。《同命鸟》洵非虚作。守经之士,每诋艳情小说为伤风败俗,若此者,虽欲加以伤风败俗之名,亦无隙可乘也。

【第十三章】鬘红曰:嫡庶间之难处,为蓉华女士道尽矣。余几不能再伸一辞。第以彼例此,愈见江氏家庭之难能而可贵,故本章纪王氏嫡庶交诟事,实是陪衬文章,着意处全在江氏。行文有正反面,此反面文章,所谓烘云托月之法也。

本章与下章合为一事,重处尤在下章。蓉华不仅独善其身,而能兼善及人,充其所至,可使化行俗美,集多数之纯良家庭,以成纯良社会、纯良国家,造端于此也。

【第十四章】鬘红曰:……蓉华女士所述三因,可谓金玉良箴。芸芸女众生,不少与王妇有同病者。能奉蓉华之言以为圭臬,必收最后之胜利。但不可泥古不化。神而明之,存乎其人。余向谓《同命鸟》不虚作,若十三、十四两章文字,有功社会尤不浅,迥非淫啼浪哭之小说比也。

【第十六章】鬘红曰:上半节纪思乡,下半节纪念旧,要皆非人生愉快之事。然就题红馆伉俪之境遇论,则此皆题中应有之文章,特作者于此,终不免借酒浇愁耳。

《伉俪福》记题红馆事,仿佛丽日当头,到处皆有乐观。《同命鸟》则渐渐流入衰涩之境。中年而后,哀感孔多,是亦无怪其然。故《同命鸟》之纪载虽赓续《伉俪福》,而卒不就原名加以"续集""再编"等名称,顾名思义,即知内容不如《伉俪福》之旖旎矣。

【第二十一章】鬘红曰:……红绿相间则色丽,纵横相间,文始错落有致。自十九章以迄本章,纪蓉华女士别后事,而忽掉换笔法,读者展卷至此,定当耳目一新。……

是书以艳情标名,而诠纪事实,则步步入于衰境,读者将以为名实不符。是却不然,情之艳者,未必定属于富贵荣华之事。贫贱夫妻,患难伉俪,频伽并命,蛩駏相依。此中之情,更视富贵荣华之人为真挚而高洁,是非艳情而何?此则吾当为著者表白者也。

【第二十三章】鬘红曰:大哉本章之旨也。是书虽以艳情名,而处处挟正义以行。读"卧楼春雨断肠声"之章,而知济和之孝;读"慈帏月冷"之章,而知蓉华之孝。乃雏凤清声,更胜老凤。十余龄之女子,有如此惊人之举,岂纯孝根于天性乎?仍在母教贤明、义方有道耳。

……

【第二十八章】鬘红曰:全书终篇矣。是不仅结《同命鸟》,且并《伉俪福》而归束之。末段轻轻一笔,化鬼趣为仙缘,消阴霾以朗日,于凄风苦雨之中,忽现青天白日。情天证果,依然连理之枝;仙界长生,不少并头之乐。虽事属渺茫,而其意味则殊足咀嚼也。

本章写蓉华之死,视上章之写济和尤为斩截。盖一涉凄恋,则不足取矣。蓉华遗嘱三端,从容不迫,条理井然。作者借此一笔,亦可省叙许多闲文,后事如何,皆可于此中求之矣。

——朱蓉华女士口述,李定夷著《同命鸟》,
《小说新报》第三年(1917)第一至
八期,第十、十一、十二期

湘娥泪评语

吾国女子美德有四,曰婉,曰淑,曰贞,曰烈。革命以还,女界竞言平权自由诸说。拾人皮毛,弃我精华。一种嚣张之气,令人望而却步。婉淑于何有,贞烈更无论。

此四德者,婉、淑处人伦之常,贞、烈处家庭之变。处家庭之变者,尤较处人伦之常为难。处人伦之常者,中人以上可为贤妇。至处家庭之变,则非有应变之智、非常之才,不能全贞成烈。

本余此说,可以读《湘娥泪》矣。《湘娥泪》非小说也,革命史也,烈女传也。林婉侬为人,四德俱全。余重之,余敬之,可谓吾二万万女同胞做表率。待人接物,忠恕和平,婉也;事姑相夫,鞠躬尽瘁,淑也;颠沛频遭,能全其身,贞也;迨夫三棺并归,殡礼既成,然后从容就义,又复大节凛然,岂仅烈而已哉。

本书所谓情者,非男女之情也。情之范围甚广,古来忠臣、孝子、义夫、节妇,莫非多情人。男女之情,仅情之初步耳。文信国谓天地有正气,是气也,亦情也,即婉侬之情也。

小说之佳者有三种:有以文胜,有以意胜,有文意兼胜;文意兼胜自是上乘。意胜者,其事迹大半为空中楼阁,实事总不及造意之奇离变化也。既属实事而又文意兼胜,百不一觏。《湘娥泪》所述,的系实事。贫贱夫妻,淡泊自甘,家庭幸福,原非等闲。乃忽尔抚髀兴欢,投笔从戎,一变也;土匪作乱,仓猝徙家,再变也;山穷水尽,忽逢故知,三变也;甫获安身,慈姑弃养,四变也;横风不测,陷入贼巢,五变也;民军戡乱,危而复安,六变也;而一字一泪,一句一血,尤莫如饭牛亭之一夜,亭外柿林真是救世天尊,作者可谓想入非非矣;那方离虎口,复托匪人,遂至被凌于轻薄儿,受欺于糊涂老,七变也;雏鸟不寿,中道弃母,八变也。蹴破天涯,征夫不返,终乃得一殉国消息。变益剧而渐逼婉侬入末路矣。及至三世同殡之后,魂断雉经,神归天上,婉侬死而书成。统计全书,仅二万言耳。曲曲折折,变变化化,多至于斯,意果不胜乎?乌克臻此,文果不胜乎?断不足以贯串此事实也。

余向谓《鸳湖潮》系一绝好剧本,不仅生旦丑俱备,老少文武皆全,足供廿余人演试。今读《湘娥泪》,亦作是想。此等笔墨,纵非名山事业,流传世上,亦足以挽颓风也。定夷谓余向者所评诸书,颇有独到之处,今复嘱为评论,遂赘数语于此。

——李定夷《湘娥泪》,国华书局民国七年(1918)版

孙景谢

孙景谢(1897—1929),字秋白,崇明(今属上海)人。夫严洪江,崇明(今属上海)人,东南大学毕业。孙景谢毕业于崇明尚志女学,为施淑仪学生,后入读国立东南大学,获文学学士学位,与严洪江为大学同学。大学毕业后,孙景谢在松江女中任训育主任。孙景谢去世后,所著辑为《秋白遗稿》。

湘痕吟草序

学诗施先生淑仪,邑绅稚桐先生之长女也。性伉爽,耽吟咏,年十七,随父宦游于湘垣,尝学诗于其从外祖黄吟梅先生,孜孜不辍焉。越数年,于归蔡氏,生二子皆殇,先生既悲之矣。复数年,其夫南屏先生又卒,哀悼之下,痛不欲生,乃托诗歌以自遣。嗟乎!青年丧偶,为人生最不幸事,红颜薄命,岂有例乎?岁丙午,尚志女校创立,先生应校长徐先生之聘,出任教职。时风气窒塞,就学者少,无识之徒,闲出抗阻,或肆浮言。先生不之顾,惟以教育为己任,卒为吾邑女界先导。授课之暇,仍从事于诗歌。戊申冬,发箧得旧诗稿若干首,附以近作,刊成一书,名曰"湘痕吟草",遍送亲友及生徒。其诗率多忧郁之作。夜窗寒峭,孤灯荧荧,读先生诗,往往不知涕之何从也。欧阳子曰:"诗人少达而多穷。"岂谓是欤?甲寅秋门人孙景谢谨序。

——《妇女杂志》第一卷(1915)第四号

沈骊英

沈骊英(1897—1941),原名家蕙,乌镇(今属浙江桐乡)人。父沈承怿,法国巴黎大学法学博士。夫沈宗瀚,浙江余姚人,中央农业实验所所长。沈骊英1921年毕业于上海神州女学校,在苏州振华女校任教三年,后赴美国威尔斯利大学、康奈尔大学学习农业,1929年回国后在浙江任农业技师,后担任中央农业实验所技正,是中国著名农学家。

送田爱华序

恢宏奇特之文,非可以学而致也。将吞吐天地浩然之气,资以蕴蓄,又必历游名山大川以壮观瞻,然后取精用宏,触情泼发,浑如江海下百川,沛然莫之能御也。是故宽厚而宏博者,孟子之文。而孟子则蕴蓄浩然之气最深。疏荡而奇杰者,史迁之文。而史迁则游历名山大川最广。文固非可仅见学力而致欤?湘乡田子,博六艺,精取去,气宇沈雄,一见而知为魁梧奇伟之巾帼。故其为文,植骨若砥柱,树势若洪涛,不以气求胜而气常充,盖深蓄天地之清明,灵府遇化而存神者。然犹以不广见闻是憾,又将远涉重洋,负笈欧美,求天下奇文壮观,以穷宇宙之广大。则此一去也,溯洋流之澎湃,餐大气之弥沦,当必慨然想见古之杰士。与夫彼都山川都邑之盛况,下及人心风俗之微,灵犀别感,慷慨遥深,必不徒拘拘于文字之末为也。俊才超卓,盛年壮怀如田子者,我知其必将有所成矣。田子其勉之哉!夫以子倏去故乡,只身远游,能不令人既佩且羡?然而时不我违,数年后,或将追随左右焉。他日异域相逢,其亦有以教我乎?行矣勉旃。子其毋负吾同学所期望焉。

——《神州女学校同学杂志》民国七年(1918)第一期

郑寿禄

郑寿禄(约1899—1961),字季清,别署郑岩、衫峙、漱六等,江苏如皋人。夫梁乃贤,广东人,南开大学毕业,民国中央社秘书。郑寿禄就读于直隶第一女子师范学校,与邓颖超是同学,并与周恩来、邓颖超等同为天津“觉悟社”首批成员。毕业后主要从事教育工作,担任过《南京妇女》编辑。1949年后,郑寿禄一直在广西从事教育工作,晚年得到周恩来夫妇的关心,1961年病逝于桂林。

韩退之师说书后

课余之暇,喜诵韩文。余不才,未尝领其精华于万一,然亦稍解其趣焉。爱其气盛文奥,敬其议奇理高,羡其抑遏掩蔽,不使自露。而余每望见其渊然之光、苍然之色,则不禁快由中起,手舞而足蹈矣。独阅《师说》一篇,尤为钦佩。能重师道,警聋瞶,去孔孟无几。上可戒名士耻师之弊,下可励匹夫从师之心。虽然,韩公言虽如此,其心亦未尝不耻师焉。何则?察其说曰:“孔子师老聃。”《原道篇》又曰:“老者曰:孔子吾师之弟子也。”“为孔子者,习闻其说,乐其诞而自小。”“亦曰:吾师亦尝师之。”其两说大相径庭。夫孔子师老聃,实有其事,而韩公独云乐其诞而自小,亦曰吾师亦尝师之云尔者,正韩公为孔子耻师耳。况于其自身乎?然韩公文章有灵,《师说》一篇,能使后世众生,求师以明道,至于韩公言行合一与否,则不必深论也。

——《直隶第一女师范校友会会报》
民国五年(1916)第二期

杨全荫

杨全荫,字芬若,生于19世纪90年代,1949年尚在世,虞山(今江苏常熟)人。父杨圻,清政府驻新加坡总领事,民国时期任吴佩孚幕僚。母李道清,李鸿章孙女。夫毕倚虹,江苏仪征人,鸳鸯蝴蝶派作家。后二人离婚。杨全荫著有《绾春楼诗话》《绾春楼词话》。

绾春楼词话(节选)

春雨廉纤,薄寒料峭。小楼兀坐,意态寂寥。追忆昔日所读诸闺秀词集,清辞丽句,深印脑海,每不能去。际此多暇,一一写出,编为词话,藉以排遣时日。拉杂录之,不及删润,序述殊惭芜陋,海内彦达,肯加匡谬,是全荫所馨香企祷者也。壬子清明后三日,芬若自记。

余于词酷嗜《花间》,每有仿制,殊痛未似。近读仁和孙碧梧女史(云凤)所著《湘筠词》,置之《花间集》中,直可乱楮叶矣。为录其《菩萨蛮》数阕,其一云:“华堂宴罢笙歌歇,夜深香袅炉烟碧。酒醒小屏风,烛花相对红。　　玉钗金翠钿,柳叶双蛾浅。日午未成妆,绣裙双凤凰。”其二云:“翠衾锦帐春寒夜,银屏风细镫花谢。鸳枕梦难成,绿窗啼晓莺。　　愁来天不管,鬓坠眉痕浅。燕子不还家,东风天一涯。”其三云:“日长深柳黄鹂啭,绣床风紧红丝乱。微雨又残春,落花深掩门。　　高楼眉暗蹙,芳草依然绿。酒醒一镫昏,思多梦似真。”其四云：“炉烟袅袅人初定，纱窗月上梨花影。春色自年年，故人山上山。　　露寒风更急，此景还如昔。记得倚阑干，夜深人未眠。”其五云：“小庭春去重帘下，东风一霎吹华谢。底事惜分飞，高楼啼子规。　　举头还见月，脉脉伤行色。今夜莫教寒，有人罗袂单。”碧梧为随园女弟子，郭频伽评其词谓：“寄意杳微，含情远渺。仿佛飞卿、延巳之间。”殊非过誉。

碧梧女史小令单词固绝似《花间》，长调亦殊有宋人意境。其《水龙吟（游丝）》一阕，摇曳缠绵，极委宛之致，曼声长吟，殊令人有意软心销之概。词云：“雨晴乍暖犹寒，清明时节闲庭院。飞花帘幕，轻烟池馆，绣床缄线。曲曲回肠，悠悠愁绪，随伊萦转。扬芳郊翠陌，流云去水，浑无着，教谁管。　　九十韶华过半，记南园，踏青归晚。红香影里，绿阴疏处，飘扬近远。摇漾吟魂，瞢腾午梦，顿成春懒。但垂垂斜日，小阑人静，昼长风软。”

通州陈无垢女史契（其祖大科，仕清为大司马），幼适孙安石。安石家中落，以契无子，不相得，挈婢异居。契乃归母家，久之落发事焚修，然不废吟咏。晚而益贫，至并日以食，隐忍不以告人。病数月起，覆水窗前，脱手堕楼死。人咸惜之。其境之哀有如此。事见《众香词》。女史有《菩萨蛮》词云：“今生浪拟来生约，从今悔却从前错。腰带细如丝，思君君不知。　　五更风又雨，两地侬和女。着意待新欢，莫如侬一般。”哀而不怨，怨而不怒，此之谓矣。读者能勿为之肠断？

郑莲字采莲，为新城陶向甫先生家侍婢，有《春草词》，调寄《菩萨蛮》云：“春风二月江南路，春山如画春光妒。绿幔卷高楼，黛痕眉上愁。　　薄烟团几里，拾翠人归矣。又听子规啼，如丝雨下时。”末二语含蕴无穷，得意内言外之旨。康成诗婢而后，仅见斯人。

王西樵先生士禄曰：《菩萨蛮》回文有二体，有首尾回环者，如丘琼山《秋思》，汤临川《织锦》是也；有逐句转换者，如苏子瞻《闺思》,王元美《别思》是也。然逐句难于通首,近时惟丁药园擅此体云云。近读《众香词》,蓉湖女子有《菩萨蛮》仿王修微回文一首,殊极其妙。词云:"镜开休学新妆靓,靓妆新学休开镜。离别怕迟归,归迟怕别离。　　绿痕螺黛促,促黛螺痕绿。千万约来年,年来约万千。"回环一气,情文相生,当不在丁药园之"书寄待何如,如何待寄书"下也。(蓉湖女子,《众香词》谓其本名家,为宦室妇,文才敏妙,篇什甚多,特以外君戒其吟咏,故不以姓字传云云。)

又长洲沈散华女士纕《浣妙词》中亦有回文《菩萨蛮》词云:"坠华红处颦眉翠,翠眉颦处红华坠。春惜可怜人,人怜可惜春。　　鬲窗疏雨急,急雨疏窗鬲。门掩便黄昏,昏黄便掩门。"又孙碧梧女士《湘筠词·菩萨蛮》回文云:"小嵰疏雨花飞晓,晓飞花雨疏嵰小。寒峭觉衾单,单衾觉峭寒。　　燕归伤客远,远客伤归燕。愁莫倚高楼,楼高倚莫愁。"又吴江沈宛君女士宜修《鹂吹词》中回文云:"古今流水愁南浦,浦南愁水流今古。清浅棹人行,行人棹浅清。　　问谁凭去信,信去凭谁问。多恨怯裁歌,歌裁怯恨多。"又云:"曲阑凭遍看漪绿,绿漪看遍凭阑曲。流水去时愁,愁时去水流。　　井梧疏叶冷,冷叶疏梧井。横篴晚舟轻,轻舟晚篴横。"诸作亦佳,因并录之。

吴县曹宜仙女史景芝,为同邑陆元弟室,著《寿研山房词》,有《梅魂》一阕,调寄《绮罗香》,词极凄咽,殆亦别有所悼邪?为录如下,词云:"院宇萧条,美人何处,肠断黄昏片月。谁吊芳妍,枝上数声啼鸩。依旧似、亸袖①来邪,悄地共、华镫明灭。影亭亭、小立苍苔,乍惊清露更凄绝。　　东风轻扬似许,寻遍阑干只有,半庭春雪。澹露空濛,误却栖香蝴蝶。但一缕、萦住湘云,扶不起、珊珊瘦骨。还只怕、玉篴吹残,乱愁千万叠。"

① "袖",原文无,据此词通行本补。

……

旧日闺中女儿每值凤仙花开，多撷花捶汁，染指甲上，红斑深透，以为美观。年来女界昌明，群趋学校，指甲多剪去，以利操作。纤纤春葱，乃不获见，而染指甲事亦遂不复道。吴门葛秀英女史玉贞有《醉花阴》词一阕，咏其事。录之用志旧日红闺雅事。词云：“曲阑凤子花开后，捣入金盆瘦。银甲暂教除，染上春纤，一夜深红透。　　点绛轻濡笼翠袖，数乱相思豆。晓起试新妆，画到眉弯①，红雨春山逗。”集诗难，集词尤不易，以词句有长短，词韵②有平仄，一字一句俱有谱律束缚，不容假借也。葛秀英女士《澹香楼词》中有数阕，无缝天衣，殆同己出，为录其寄夫子之作三章。其一《忆王孙》云：“画堂深处麝烟微（顾敻），闲立风吹金缕衣（韩偓），红绡带缓绿鬟低（白居易）。落花飞（王勃），不见人归见燕归（崔鲁）。”其二《虞美人》云：“庭前芳树朝朝改（李峤），尚有余芳在（韦庄）。年光背我去悠悠（沈叔安），恰似一江春水向东流（李后主）。　　此时欲别魂俱断（韩偓），试取鸳鸯看（李远）。不挑红烬正含愁（郑谷），别有一番滋味在心头（李后主）。”其三《巫山一段云》云：“丽日催迟景（公乘亿），罗帏坐晚风（赵嘏）。白盘金线绣真容（王建），翻疑梦里逢（戴叔伦）。　　离恨却如春草（李后主），满地落花慵扫（李珣）。思量长自暗销魂（韩偓），蛾眉向影颦（刘希夷）。”其《赠双妹，兼以送别》调寄《生查子》云：“桃花落脸红（陈子良），困立攀花久（白居易）。垂柳拂妆台（欧阳瑾），掬翠香盈袖（赵嘏）。　　不敢共相留（卢纶），去是黄昏后（韩偓）。欲去又依依（韦庄），几日还携手（韩偓）。”玉贞以如许清才，惜不永于寿，年十九便卒。造物忌才，于斯益信。

---

① “弯”，原文作“湾”，据文义改。
② “韵”，原文作“均”，据文义改。

毗陵钱冠之（孟钿）女史，为钱维城女（维城官刑部尚书，清谥文敏），崔龙见室。赋性至孝……生平嗜龙门《史记》，研索殊有心得。旁通韵事，所著《浣青诗余》，其小令余已选入《绿窗红泪词》矣。兹记其《杨花》[长亭慢]一阕，咏事殊极宛约，余谓有南宋词人气息也。词云："似花似雪浑无绪，过眼韶光，者般滋味，数点霏微。画檐飘尽向何许，断肠堪寄，更莫向，章台路。便折得长条，已不是，旧时眉妩。　　迟暮，望天涯漠漠，忍见乱红无数。池塘梦醒，倩莺儿，唤他重诉。却又被，晓风吹去，更凄冷，一天烟雨。算只有灞桥，几曲绾愁千缕。"

外子几庵客京邸时，在厂肆以百钱购得抄本词一小册，才可廿余翻，末数页虫蚀过半，漫漶不能卒读。可辨识者，约廿余阕，字迹娟好，词复凄艳。题名"卷绣诗余"，不著姓名，书角有小印，审视为"梦芙女史"，不知为谁氏手笔。兹记其《浣溪沙》云："寒食清明奈怨何，伤春人已泪痕多。可堪春在病中过。　　徒有相思萦远梦，了无情绪画双蛾。子规底事断肠歌。"

德清俞绣孙女士彩裳，为曲园先生女公子，适钱唐许佑身，所著《慧福楼词》多长调，颇有可诵语。为录一阕，以志尝鼎一脔之意，始信渊源家学，不同流俗也。其《长亭怨慢》云："正三月，落花飞絮，岁岁魂消。绿波南浦，剩有红笺，断肠留得断肠句。一江春水，量不尽，情如许。欲别更徘徊，但泪眼，盈盈相觑。　　日莫，纵归舟不远，已抵万重云树，无眠强睡，怕孤负翠衾分与。想别后，独自归来，对罗帐，凄凉谁语，只两地相思，挑尽一灯疏雨。"（是阕原题注云：春莫随家大人返吴下，静壹主人坐小舟送至城外，赋《南浦》一阕见赠。别后舟窗无事，因倚此调寄之云。）

又曲园先生孙女俞庆曾，字吉初，为绣孙侄女，亦工词，著《绣墨轩词》。一门风雅，俞氏见之矣。其《浪淘沙》云："往事惯消魂，银甲金尊，蛛丝应罩旧题痕。孤馆帘垂镫上早，疏雨江村。

梦里暂温存，只欠分明，花阴燕子镲重门。两地酒醒香灺后，一样黄昏。”《踏莎行·秋夜》云：“秋露冷冷，秋风细细，秋虫切切如私语。有人不寐倚秋镫，银屏疏影秋如水。　　秋入愁肠，愁生秋际，秋声听彻无情绪。开帘独自看秋星，秋河隐隐微波起。”《浣溪沙》云：“惜别情怀几度猜，熏笼闲倚漏声残。霜浓鸳瓦绣衾寒。

度曲怕拈红豆子，送人记泊绿扬湾。消魂又是月初三。”《浪淘沙·七夕》云：“罗袜纵情多，不解凌波。年年此夕问嫦娥，碧海青天明月里，毕竟如何。　　凉露湿金梭，风卷云罗，相思细细诉黄姑。无赖天鸡催晓处，寂寞银河。”余谓吉初小令，清丽处远出其姑母彩裳女史之上。

倚声之道，自唐迄今，作者林立。专集选本，高可隐人。惟女史之以词名者，论专集则有《漱玉》《断肠》，媲美两宋。论选本，则千余年来仅见艺蘅而已（艺蘅名令娴，梁氏，粤之新会人，卓如先生女）。《艺蘅选本》上溯唐五代，下迄有清。博视竹垞《词综》而无其浩瀚，精视皋文《词选》而矫其严苛，繁简斟酌，颇具苦心。艺蘅亦一词坛之功臣与？

孙碧梧女史《湘筠馆词》中有《苏幕遮》一阕，声调虽胎息于范文正之“碧云天，红[①]叶地”，而词境则绝似晏小山，是《湘筠集》中佳构也。词云：“白蘋洲，黄叶渡，云静秋空，人逐飞鸿去。目断高楼天欲莫，远水孤帆，衰草斜阳路。　　漏声沈，桐阴午，江阔山遥，有梦还难度。帘外霜寒风不住，明月芦花，今夜知何处。”

鲁山孙湘笙女史（汝兰）《参香室词》有《采莲词》，戏用独木桥体，调寄《百尺数[②]》，云：“郎去采莲花，侬去收莲子，莲子同心共一房，侬可如莲子。　　侬去采莲花，郎去收莲子，莲子同房各

① “红”，原文作此字，此词通行本作“黄”。

② “数”，疑为“楼”。

一心，郎莫如莲子。”渊渊古馨，乐府之遗响也。

余近有《绿窗红泪词》之辑，集有清一代闺秀之作，体仿《花间》，专收小令、中调。词宗《饮水》，意取哀感顽艳，类多伤春怨别之辞，悉屏酬酢赠答之什。积时六月，共选词凡九十五家，二百三十一首，书成置案头，自供吟讽而已。吾友唐素娟（英）见之，极加谬许，题二十字于册端，曰：“无字不馨逸，无语不哀凉。一读一击节，一读一断肠。”朋侪闻之，多来索观，颇有怂①余印布者。然自镜选例未精，未敢率付梓人也。

阳湖庄莲佩女士盘珠，嫁同邑吴孝廉轼，年廿五便卒。著《秋水轩词》一卷，多凄咽之音。如《柳絮词》[苏幕②遮]云：“早抽条，迟作絮，不见花开，只见花飞处。绕砌萦帘刚欲住，打个盘旋，又被风吹去。　　野棠村，荒草渡，离却枝头，总是伤心路。待趁残春春不顾，葬尔空池，恨结萍无数。”凄惋幽咽，真伤心人别有怀抱矣。

先母合肥李夫人（自署道清，字味兰），年未三十便即仙去。生平极嗜倚声，所作恒散置奁□中，自谓殊不足存，每不加珍惜。辞世后，家大人检点残篇，为刊《饮露词》一卷，不及廿阕。呜乎！吾母毕生心血，尽于此矣。每一展读，涕为琳琅，兹录存九阕，用志吾哀。至先母词之品高意远，当世君子已有定评，吾不敢赘一辞也。《浣溪沙》云：“小阁红箫均未休，碧烟狼藉白花洲。春阴暗暗梦悠悠。　　蝴蝶路迷芳草远，黄鹂声住水东流。古来谁得倩春留。”《浪淘沙·春闺》云：“柳叶澹如烟，柳絮如绵，黄莺紫燕共缠绵。一片飞花斜月里，红过秋千。　　无语下珠帘，怕听啼鹃，闲愁枨触上眉尖。一曲琵琶浑不是，廿五冰弦。”《浣溪沙》云：“春水悠悠澹远空，无言间立画桥东。夕阳影里落花中。　　有恨门

① “怂”，原文作“耸”，据文义改。

② “幕”，原文作“幔”，据文义改。

开千岭绿，无情帘卷一庭红。黄昏惆怅雨和风。”《青玉案·莫春》云：“海棠澹白胭脂褪，更寂寞、无人问。九曲回肠君莫讯，如今猜透。春愁离恨，总是词人分。　　博山一线春寒紧，侍女初将翠裘进。何处销魂销不尽，碧纱帘外，飞花成阵，又是黄昏近。”《更漏子·秋思》云：“菡萏香，龙须冷，帘子风摇难定。还对镜，更添衣，玉墀清漏稀。　　画楼近，天涯远，梦里醉半恩怨。无可奈，不堪寻，小庭秋雨深。”《菩萨蛮》云：“博山香定炉烟直，薄妆闲坐西窗侧。棋罢正思眠，画屏春夜寒。　　玉阶苔苏薄，花雨廉纤落。春恨自阑珊，梨花半不开。”《相见欢》云：“昼长正自堪眠，雨廉纤，半是开花时候落花天。　　春如梦，闲愁重，总堪怜，无奈去年今日，到今年。”《菩萨蛮》云：“莲塘夜静箫声起，银屏梦觉凉如水。玉臂卷湘帘，星河秋满天。　　悠悠今夜怨，只有鸳鸯见。清影不分明，巧云移月行。”

——《妇女时报》(1912)第七期

绾春楼诗话

春间曾取闺秀小令清词，撰《词话》一卷，刊第七号《妇女时报》中矣。日来骄阳肆威，热恼苦人，雪藕饮冰，读诗自遣而已。偶有所获，笔之于书，积时兼旬，成诗话若干，则胥为闺秀之作。写定后，仍付梓《妇女时报》中，成可佐红闺销暑之资，殊未敢自诩于著作之林也。壬子荷花生日，芬若自记。

闺秀诗集，开卷每多律绝，古体恒不多见，气力究有所不胜也。近见华阳曾季硕女史(彦)所著《虔共室遗集》，有《春别离》一章，情文绵婉，气韵逸邕，古芬扑人。真乐府遗响，求之挽近诗家，已属凤毛麟角，况在闺秀邪？诗云：“别来曾几日，荼蘼花已白。春华正氤氲，如何不遑惜。此意定谁知，天上月盈魄。生憎天上月，不似人间镜。流光徒盈盈，照人不留影。千里同时观，想见君引领。仲春三五时，与君立玉墀。季春二八月，与君鬲天涯。情知不关月，胡为鉴别离。玉墀影依旧，天涯各回首。何许似人心，横塘鸳鸯偶。何许最关情？乌啼檐前柳。乌啼天欲曙，梦醒芳兰路。谁云沧海遥，中宵几回度。晓风吹流波，记路津桥树。”此景此情，城南思妇，天涯羁旅，当必不忍卒读，惟有雪涕而已。

季硕五律诗尤工，意味隽永，雅似唐人，为录二首，以志一斑。其《舟中即景》云：“春风吹客思，高咏满山川。落日疏林木，孤帆贴暮天。潮平鸥梦稳，江静月华圆。漫说征途苦，深宵未忍眠。”《夏夜同子馥作》云：“桂苑月华洁，无花清露香。蝉声过别树，萤影度横塘。坐久云鬟冷，宵深玉簟凉。鬲窗人睡觉，闻说夜初长。”季硕为张子馥先生室，工诗而外复擅篆隶，惜不永于年，早岁便卒矣。

邮亭驿壁，逆旅颓垣中，时有哀姬怨女题壁之作，往往凄艳动人，不忍卒读。前就耳目所及，约略记之，如沂州店女子题壁诗云：“绿杨城郭藕花居，二八年华水不如。欲向王昌问消息，五更扶梦上征车。”又赵雪华，自号吴中羁妇，有题壁诗云：“不画双蛾向碧纱，谁从马上拨琵琶。离亭空有归乡梦，惊破啼声是夜笳。”又卫辉旅店中，有秦淮女子宋蕙湘题壁诗云：“风动江空羯鼓催，降旂飘飐凤城开。将军战死君王系，薄命红颜马上来。”（按蕙湘生当明季鼎革，国破家亡，可哀孰甚。故其诗不自知其沈痛。徐伯调先生所谓“若无海水添成泪，莫话尊前宋蕙湘”是也。）又金陵女子王倩娘《北上题驿壁》诗云：“忆昔雕窗锁玉人，盘龙明镜画眉新。如今流落关山道，红粉空娇塞上春。毡帐沈沈夜气寒，满庭霜月浸阑干。明朝又向渔阳去，白草黄云马上看。”情辞凄断，婉转悲凉，如听银筝呜咽矣。（或云王倩娘诗，为吴汉槎先生所作，托名倩娘，以自写其数奇沦落，万里投荒之慨云。）

萧君佩女史（道管）一字道安，为侯官陈石遗先生（衍）室，淹贯翰墨，诗文名藉甚，著《萧闲堂诗词》，余绝嗜其《有所思》一章，义山之绮丽，长吉之幽艳，道安殆兼有之。非浸馈唐人集中，曷克臻此。因亟采录，度亦为艺林所歆赏也。诗云：“桔槔声里月如烟，危楼虚倚愁不眠。梦魂飞越路三千，碧云楼阁何处边。下有清影照婵娟，亭亭隐约画廊前。此时幽怨鬓斜偏，紫霄鸾凤乘何缘。西风写韵传一篇，不让湖色西子妍。波纹滑笏如春笺，飘零风露共叩弦。云鬟香雾湿可怜，弃掷宝枕梦游仙。销歇锦瑟张鹍弦，胡为落叶听哀蝉。蘧蘧蝴蝶去不还，秋更一一年后年。”

在昔科举时代，士人科名观念极深。闺中寄远赠别之作，无不以泥金捷报，蕊榜相期。独杨依依女士（名明月，为顺德邓秋门先生室）《送外北上》诗云：“浮云西北帝王京，衰柳荒江又送行。此去且休论得失，科名原不是功名。”可谓独具卓见，非寻常儿女子解矣。依依以如许学识，惜其诗不多见，仅附刻此一首于秋门先生《小雅楼集》中而已。

辛亥秋末，革命事起，全国响应。海上女学界，当时有女子军事团之组织。红粉英雄，千古美谈。城东女学校杨雪子女史，有《送军事团北伐》古风一首，意殊遒壮，气吞万夫，真堪掷地作金石声也。亟为录存，亦他日革命史中别材也。其原序云：“元月二十日，女子军事团由上海出发江宁，会同北伐。同学张君志学志行，黄君慧缣及姊氏雪琼，均与其队。爰作长句以送之。”诗云：“北风劲逼衣如铁，脆骨当之靡不裂。况乃久处温度中，不见坚冰与窖雪。一旦联袂从军行，舍身誓把匈奴灭。怯者瞠其目，顽者咋其舌。疑难起非谤，百般来摧折。吾谓攻城在攻心，心力当先自团结。不见木兰一乡女，投杼代父从军热。又闻红玉乃贱人，黄天荡里着勋烈。彼皆了无军事识，尚能致果杀仇敌。矧为堂堂节制师，讵云智巧反不及。饥餐胡虏肉，渴饮匈奴血。健儿不作等闲死，死于安乐寿考，胡乃非俊杰！生当报我国，死当扫其穴。须知锦绣好山河，血泪斑斑红点缀。祝我诸姊莫回头，休惜生难兼死别。”读此参观杜陵“车辚辚马萧萧”之篇，王翰“醉卧沙场君莫笑，古来征①战几人回”诸什，徒见其气馁而已。

女史周羽步名琼，一字飞乡，有《赠范洛仙》句云：“黯澹销魂独倚楼，登山临水又逢秋。檐前垂柳丝千尺，只系柔肠不系舟。”又云：“萧条越客独淹留，污漫西风柳岸秋。安风东风解我意，好吹此恨到杨州。”颖秀清逸，雅有唐人绝句意味。余每爱诵之。陈迦陵先生所著《妇人集》曾载其诗。

诗词中美人佳人等名词，人多谓属诸女子，其实古不尽然。观于长洲沈归愚先生《说诗晬语》有云：“美人佳人，初无定称。《简兮》以西周盛王为美人，《离骚》以君为美人，汉武以贤士为佳人，光武称隆闳为佳人。”而苏蕙称窦滔云“非我佳人，莫之能解”，是又妇人以男子为佳人矣。

萧山黄顺之女史（巽），亦字蕙卿，为钱唐梁绍壬先生室。年甫三十，猝得风疾，沈绵床笫，未及一载，竟以不起，著有《听月楼诗》二卷，未付梓人，仅附刊数诗于梁先生所著《两般秋雨盦笔记》中。余绝爱其《湘湖采菱曲》，清绮可人，寄意杳远，非脱②于古乐府中三折肱者，不易辨此也。诗云：“吴江女儿采莲花，凌波绰约如朝霞。越江女儿采菱角，隔水轻盆笼芍药。儿家生小湘湖边，只种秋菱不种莲。种莲莲子心中苦，剥菱菱实心中甜。湘湖一夜西风紧，三五鸦鬟荡双艇。戏牵菱叶钓竿好，笑指菱花影夜影。采菱菱角红，颊晕双涡浓。采菱菱角绿，眉痕两峰蹙。菱根丛杂菱刺多，纤纤素手临清波。鲤鱼风起芙蓉外，蝉鬓生寒可奈何？春风采莼莼欲子，秋风采菱菱渐老。年年春去又秋来，不及儿家

① “征”，原文作“争”，据王翰《凉州词》原作改。
② “非脱”，原文作“脱非”，据文义改。

颜色好。采菱复采菱，菱船四面来前汀。湖水净逾碧，湖山瘦且清。双桨只在波中停，菱歌静后不知处，却向湖头浣纱去。”

王韵珊夫人（纫佩）为婺源江湘岚先生（峰青）继室，所著《佩珊珊室诗存》有《别离词》五古一首，悱恻清隽，真得风人之遗矣。诗云：“临别尚不觉，既别情更凄。郎纵如浮萍，妾心如澄泥。浮萍不沾泥，飘飘东复西。归期未可信，月落夜乌啼。”

庚子以后，全国竞开学校。然女子教育，提倡而赞助之者，以吾所闻，当时首推吕家三姊妹为最著。即惠如、眉生、碧城是也。吕家姊妹之科学深邃，其声誉已蜚腾学界，无俟赘述矣。三君舍碧城外，吾未睹其诗词，惠如、眉生，余箧中均藏有其诗。惠如①工近体律诗，眉生则擅长古风，各有所长，两不相掩。兹各摘写一二首，度必为爱慕者所乐读也。惠如《长江舟中》诗云：“廿载京江路，重来印爪鸿。云栖高士宅，草绿寄奴宫。北固青山在，南朝铁骑空。幼安词笔健，感慨古今同。”眉生《古剑行》诗云：“宝剑切石如切水，夜夜跃鸣雄欲起。忆追穷骑单于逃，风沙一震天容死。斩虏建勋血点殷，滴作胭脂塞花紫。壮士由来重报恩，黄金台上酬知己。而令边靖楼兰朝，更无人佩谁磨洗。愿挂徐君墓树表高谊，羞藏玉匣金函里。”（三君皆旌德吕凤歧太史令媛。）

金陵有徐姬者，善属诗，蚤死，尝有句云：“杨花厚处春阴薄，清冷不胜单袷衣。”娓婉不胜，令人意消。徐姬名氏，殊不可考。此二语得之吴县吴昌谷先生所作《徐姬诗注》中也。

落花之咏夥矣，大都悲怆摇落，意主凄惋。钱唐郑兰孙女士娱清（仁和徐花农先生琪母），有《咏落花》七古一章，不惜眼前之飘零，惟盼明年之再发。立意殊不犹人，可谓于落花诗中别开生面矣。诗云：“年年二月春光展，李白桃红斗深浅。廿四番风次第催，花梢

① “如”，原文作“时”，据文义改。

费画东皇剪。昨夜封家作势雄，绿肥红瘦事匆匆。谁言倾国倾城貌，自在诸香世界中。寻春竞向春堤早，满径杨花轻不扫。从此浓阴匝地天，狂吟兴趣何时了。天壤编余觅句人，情怀脉脉暗伤神。欲将一管寻诗笔，化作人间万里春。韶华岁岁何尝易，错铸空嗤九州铁。一度花开一度飞，梨花雪后酴醾雪。造物循环理易知，人生何苦太情痴。凭他粉黛凋零后，看取明年又满枝。”

山阴刘再仙女史（之莱）《春夜遣兴》云：“月照阑干忘夜永，凭阑昨怯罗衣冷。吟诗惊起睡鸳鸯，一池春水荡花影。”寥寥二十八字，意境幽绝是，殆得气之清者欤？

专制君主纵情声色，多强选民间女子以充后宫。数千年来，沿为苛政。然粉黛三千，承恩者不过一二人耳。他则银钥黄昏，玉阶白露，长门深锁，坐老芳春。所谓有不得见者三十六年，女子之受专制荼毒，此殆最酷。沈沈长乐，寂寂昭阳，是中不知断送几许好女儿矣。及今回首，有余痛焉。偶阅《豫章诗话》，载明嘉靖庚戌①宫人张氏卒，身畔罗巾有诗云：“闷倚雕阑强笑歌，娇姿无力怯宫罗。欲将旧恨题红叶，只恐新愁上翠蛾。雨过玉阶天色净，风吹金锁夜声多。从来不识君王面，弃置无情奈若何。”宫中哀怨，可以见矣。不必读韩汝庆《长安宫女行》，而始为陨涕也。（前清挑选秀女，满人亦多苦为苛政。每届选期，女之父母或赂有司除名逃选，或不得已应选，必垢面毁容，或伪饰眇跛，以往官中冀邀幸免。《长安宫女行》所谓“东家有女如花萼，旦入黄金名已落。西家有女如玉莹，夜剪乌云晨不行”是也。余生长都门，时晤满洲女友，因知之较详，附志之，亦女界痛史也。）

偶读近人选本、诗集、笔记，得闺秀所作断句若干联，萃而录

---

① “戌”，原文作“戊”，据干支纪年改。“庚戌”，即嘉靖二十九年（1550）。

之,亦殊别有意趣也。商宝意先生女公子□□《咏苔》云:“昨宵疑有雨,深院更无人。”仁和孙秀芬女士《咏夕阳》云:“流水杳然去,乱山相向愁。”仪征毕仪莲女史《春病》云:“愁深偏讳病,年少转伤春。”宁乡钱淑生女士《江天晚眺》云:“江空来雁少,山远夕阳多。”钱唐顾启姬有云:“花怜昨夜雨,茶忆故山泉。”仁和方芷斋女士(芳佩)《金陵》诗云:“啼鸟犹呼奈何帝,今人尚说莫愁湖。”萧山黄蕉乡女史《寄颖卿妹萧山》诗云:“家远愁看花姊妹,病多难配药君臣。”扬州李华女士《小孤山》云:“戴天以外全无倚,江水东流我不移。”鸳湖黄髣因女史(箴)《题涵香女冠子清修图》云:“有情方作佛,薄命却多才。”拟玉谿《无题》云:“夜阑烛泪灰难梦,露重花枝嫩欲扶。”

天台吴茜云女史有《闺怨》七律一首,内嵌一二三四五六七八九十及百千万丈尺半两单双诸字,复以“溪西鸡齐啼”为韵,诗云:“百尺楼前花一溪,七香车断五陵西。六桥遥望三湘月,八载空惊半夜鸡。风急九秋双雁去,云开四面万山齐。子规不辞愁千丈,十二时中两两啼。”鬼斧神工,巧思绮合,殆与苏蕙回文异曲同工矣。

吾友唐素娟女士英(为剑秋先生女公子),秉性敏慧,冠绝侪辈,博涉群籍,造诣弥深。尝自谓:人既读书,当穷天下之时变,古今之治乱,岂吟风弄月,剪翠裁红者,即谓为读书邪?其志趣远大若是。辛亥岁末,素娟归自东怀,瀛怆时局①,成《感事诗》四律,传视于余,中有“诛秦人具荆轲胆,治蜀谁为葛亮才”二语。今日读之,益佩其远识矣。

番禺梁佩琼女史(霭),为潘兰史先生室,著有《飞素阁诗词》,集其七古,词意幽艳,绝类昌谷。如《梦天行》云:“雕阑十二花满

---

① 此句或有字词颠倒,疑为“素娟归自东瀛,怀怆时局”。

天，青莺啼破花间烟。蝴蝶一双下驮梦，仙人招手芙蓉巅。软玉屏寒怯难倚，百锦氍毹蹴珠履。瑶阶旧种碧桃花，几度花开结成子。银河十丈琼台高，卷起红帘呼月姊。”《琼楼曲》云：“琼楼下瞰春茫茫，花枝入帘明月香。雁柱七弦素心远，蛾眉一尺春山长。宝镜瑶钗笑幽独，夜凉不放鸳鸯宿。花魂知弱怯东风，静掩瑶窗呼小玉。”其他律句如“花阴匝地凉如水，柳色遮帘澹入诗”“燕子何时相语别，鸳鸯好是不离家”诸句，亦俱颖秀可诵。惜天啬其寿，年未三十便即长逝。兰史先生赋《长相思词》十六章以悼亡。闻者多掩涕焉。

小姑毕仪莲，颖慧静淑，不苟言笑。工绣事，里有“针神”之日。年十九未嫁，以瘵殁。有遗诗一卷，自署《秋莲吟》，虽删剩不足卅首，而凄惋中人，览者多悲其人而哀其年也。兹摘写其绝句两章，其一《清明》云：“又来载酒听啼莺，无那伤春一段情。芳草明年依旧绿，人生能得几清明。”其一《春望》云：“心事同谁话短长，小亭人静立斜阳。蘼芜绿透江南路，不必春残已断肠。”窃尝谓士女之怀才抱异者，往往不永于年，造物忌才邪，抑才干造物忌邪？安得向造化小儿一叩其究竟也。

——《妇女时报》(1912)第八期

周剑英

周剑英，字景秋，生于19世纪90年代，与史剑尘姐妹相称。

海棠轩诗存叙

《海棠轩诗存》，余姊史剑尘女士所著，夫婿印剑鸣君为之裒辑成编，将梓以行世者也。既成，问叙于余。余以为吾人生而为女，职在蘋蘩。理丝茧于绮房，缉麻枲于兰室，女红之所宜勤者夥矣，奚必为诗？即为诗矣，则当梅月画窗，兰风入座，镜鸾钗凤，随意吟哦。譬诸时鸟候虫，自鸣自止已耳，又奚必存？即存矣，而天宝回文，玉台新咏，纱笼什袭，留为自家敝帚之珍，斯亦足矣，更何必灾诸梨枣？剑鸣告余曰："词传砚北，歌绛树之双声；梦到蜀中，赏青城之百咏。徐惠妃小山之作，上达天听；白金鸾紫石之文，昭垂百祀。苟使玉情瑶韵，不失风人之旨，则香兰醉草，何妨贡诸士林？况夫清才亹亹，香满璇闺，往事沉沉，痕留鲗墨。或临池以洗石；或题叶而弄烟；或展览画图，写风物之幽胜；或翻阅古藻，吊胜国之遗踪。诵之渊然，声出金石；即之奕然，光如日星。此青莲白傅所藉以泣鬼神、动风雨，卓然昭著于天下后世者，兹乃出诸闺阁女娘之手，又乌能任其沉湮散佚也耶？"余闻其言，默默无以应。是殆溺爱其妻者溢美之词耶？抑别有深意存乎其间也？然而余于是不禁重有慨焉。溯自汉唐而下，嵩生岳降，闺阁钟奇，韵敌左芬，才逾鲍妹，风前咏絮，月下吟梅，为翰墨生香者，不知几千万人，而足以重当时、传后世者，盖寥寥焉。以视须眉男子，瑶篇佳什，满目琳琅，诗集词钞，汗牛充栋，相去殆不可以道里计，岂红笺一首，女相如终不敌男相如耶？毋亦以吾国左男右女之习，中人已深，虽花蕊百篇，亦只视如蜀道啼鹃之作，而为之阐扬表襮者罕其人也。彼夫葬花肠断，咏燕滂沱。鶗鴂怨其不芳，桐丝抚而寡韵，夫岂无故而然哉？剑鸣君有鉴于此，特将剑姊所著精审锓木，不惟爱妻之情深，抑足阐闺襜之馨逸。此编一出，剑姊于是乎不死，而吾辈女界，亦将为之生色已。余故乐而为之叙。

民国三年，岁在阏逢聂提格，夏五月屈子沉江日，小妹周剑英景秋氏识于汉阳犴园之悒悴楼。

——《小说丛报》(1915)第七期

张松涛

张松涛，生于19世纪90年代，四川中江人，号吹青女士、听雪女史。夫张星若。

读红楼梦并序

《红楼梦》一书，其词僻，其思深，其旨远，如谐，如庄，如怨，如怒，如诉，如泣，如笑，如叫，如骂。作者殆有隐忧欤？何言之愤也。予闺静多暇，偶展此书，一再诵之，遂成小诗四章。词不宣意，亦强作解事耳。嗟乎！造物忌才，千古同慨。又岂独作《红楼》者一人而已哉？

寓言十九近蒙庄，开卷莹①然睹异光。自是君心哀窈窕，漫将遗恨演荒唐。

红愁绿怨不胜春，镜里朱颜只自珍。湘竹几竿无限泪，欲将此意问何人？

读来如醉复如痴，冷雨凄风饶梦思。千古美人千古恨，一般幽怨有谁知？

腻理奇情不可通，也非实事也非空。请君静看人间世，都在先生一梦中。

——《妇女鉴》(1914)第三期

---

① “莹”，原文作“茔”，据文义改。

程小珠

程小珠，生于19世纪90年代，安徽休宁人。兄程华魂，鸳鸯蝴蝶派作家。

论新年与新小说之关系

爆竹一声，桃符换旧，椒花献瑞，梅雪争春。恭喜恭喜，又是一年矣。今年非民国之四年乎？深羡吾父老姊妹，幸生于今日，而得赏此共和之春光。其福实匪浅鲜。虽然，记者对此大好良辰，独有感焉。社会之黑暗如故，国民之昏愦如昨，人心之险恶有加，漏卮之外溢靡止。推其原因，咸为不学无术故。不学无术，又为鄙小说而不屑入目故。吾知此语一出，乡学究及一般一孔之见者必訾我为妄，且曰："尼父之书，董狐之笔，其尚不敌一小说乎？"曰："诚然。圣人之言吾敬之。史官之书吾仰之。然对于区区小说，吾亦不敢不爱。"盖新小说非旧稗官可比。旧稗官多齐东野语，无稽谰言。而新小说不然。其一段一结，咸蓄深意。所谓孟轲之素，史鱼之直，淳于之舌，武侯之智，靡不包罗于其中。故最能陶人性情，启人智识。恶者读之而化善，良者读之而益驯。且精神焕发，睡魔尽遣。此其价值所以高，此其所以为吾爱，此其所以与新年更有绝大之关系。其理由兹请一一为诸君告。

（一）精神上之关系。天地之气，在春季为最厚。吾人之精神亦然。新正为回春之起点,即为吾人复原之首端。虽然,大千中无论何事何物,当其初生时,如呱呱者之坠地,若弗善为培养,则必自翳而弗长。矧精神为无形之物,尤当宝贵。苟不自宝,而用之过度,则脑筋必深受其影响。故天地菁华,入春即泄于草木。因草木为保元之妙品,是以天地久历而不磨。吾人菁华若泄于小说,则不但先天有益,而学业亦有大进。盖小说发出之五光十色,正等于万紫千红。准是以观,苍苍入春,咸爱草木。吾人处此,乌可不爱小说乎?

(二)奢侈上之关系。新正为一年中消费时间之最大者。政界于此而养精,军人于此而蓄锐,学者于此而停课,商家于此而止贸,农人于此而辍耕,工人于此而息劳。以各有恒业之民,而一旦概休其职业,于是明珠尺璧①之光阴,即因是而浪掷。试观通商之埠,繁华之区,富者莫不挥金如土,如游园也,观剧也,跑马车也。凡种种琐屑无味之消耗,无不恐后争先。咸欲一显其阔绰以为荣。虽贫者亦愿出其经年辛苦之资,以博一时之娱乐。此中国所以日贫而日弱,履霜坚冰,其所由来者渐矣。今欲补偏救弊之法,莫若速购一册小说,以为药石。缘诸君平日百思而不可得者,皆储个中。若金屋阿娇,若山川古迹,若班香宋艳,若美雨欧风,至无一而不备。得此则心定,心定则神固,神固则色空,色空则奢灭。如此,则阴可惜而费可节,学有进而业有增,不亦善哉!不亦善哉!请观繁华小说林中,春花正茂,春草正芳。迎春者,其有意乎?

阿香曰:"此篇议论透辟,趣态横生,令人读之,叹人生几何。行乐虽贵及时,然欲求无伤大雅。有裨实学者,当惟阅小说是尚。盖于春光明媚之际,一卷横陈,尤觉别饶幽兴也。第其关系之处,

---

① "璧",原文作"壁",据文义改。

鄙意以为似犹未尽,爰增二条,附录如下。文殊不佳,取其达意而已。”

一学识上之关系。莘莘学子,求学方殷,而于新年,例有春假,心猿不免放逸。设手披一册有益之新小说,闲坐浏览。文学智识,暗中灌输不少。无异于校外讲义,不独室中旅行已也。若夫工商各界,更不宜浪费此大好春光,坐失机缘。盖其平日,或以营业操劳,卜昼卜夜,苦无宁晷,遑言求学二字。何如于新年辍业之际,以阅小说为消闲之具;且以阅小说为求学之门,讵非一举两得乎?

一道德上之关系。古圣云:饱食暖衣,逸居而无教,则近于禽兽。又云:饱食终日,无所用心,难矣哉。观于新年之人,忙忙碌碌,无非命俦啸侣,酒肆茶坊,喝雉呼卢,寻花问柳。不特事过情迁,味同嚼蜡,抑且劳神丧志,荡检逾闲。莫新年若,则何如披览新小说,可以烦闷顿消,邪念自息,于道德上不无小补乎?

——《繁华杂志》(1915)第五期

绣余谐录(节选)

金瓯已缺,国事日非。吾辈既无参政之权,复无挽澜之力,天赋我聪,咸弗能用,块然一身,类于木偶。是天下之可闷可恼可悲可恨者,莫甚于此。罗兰夫人有言曰:“不自由,毋宁死。”虽然,斯为夫人一时愤懑之辞也。人苟有生,孰甘心死?夫死者,乃万不得已,而至可怜至无可奈何之时间也。顾吾曹今日之时间,虽为惨淡之时间,然究未到可怜之时间,则斯时间是又为鸡肋之时间。鸡肋云者,食之无味,弃之可惜。吾侬不幸处此,终不能漠然永守一生,必当思何法以遣之斯愈。遣之无他,惟笑而已矣。哈哈!寄身天地蜉蝣似,梦里浮生谁百年。秋月春花,莫教等闲度。电光石火，当作如是观。作游戏之文章，欣然握管。记离奇之轶事，莞尔成编。刊入香奁之栏，俾破璇闺之闷。输香翰墨，恨侬难运灵心。增色胭脂，看我先开笑口。

——《繁华杂志》(1915)第六期

邵萍青

邵萍青(1896 前后—1983),字慧侬。夫孙橘泉,精通法语,在上海法租界开办过医院。子孙平天,记者,在 1946 年“南通惨案”中罹难。邵萍青曾执教上海女子工艺学校,1949 年后任职南通博物苑。曾在《妇女时报》《亦社》等刊物上发表诗文多篇。

班马异同论

论曰:古之作者尚矣。庖牲以降,代有篇章。有周先秦,斯为极轨。文辞夸美,蔑以加兹。自时厥后,简编益繁,古茂之作,两京为冠。马班弘富,远越素臣,然马述家言,班称国史。体既匪齐,时亦互异。文虽殊制,立言则一。析其异同,有可言焉。马迁当角技争能之际,奋然崛起,雄深雅健,骠袅超逸。譬诸云汉蔚郁,在天成象,风雷飙炳,感气成声,理裕神充,俯视百代。孟坚当中兴继绝之世,独树文旌,朴茂渊硕,醇谨深奇。譬诸工用规矩,斯定方圆,农服畎亩,克守田井,彬彬之质,足傲来贤。上媲史公,隽豪犹逊。此史才之异一也。马迁《史记》,上起轩辕,下尽汉武,千载鸿迹,囊括纤介,删要絜纲,篇止百卅。班固《汉书》,事仅西京,表志驳杂,人物今古(《古今人物表》),一朝之史,卷逾一百。上视龙门,多逾倍蓰。此繁简之异二也。马迁载言,纂往昭兹,藉鉴前修,垂照来叶,探其深旨,殆欲通贯上下矣。孟坚纪事,断代为篇，芟先朝以隶辞，纪火德而疏事。宗儒则志“艺文”，铸钱则记“食货”，伦贯昭晰，源流彰显，论其史制，又自一家。此体制之异三也。马迁遭遇坎坷，中心愤激，义尚无为。人著幽隐，托游侠以见意，假黄老而申情。揆诸史法，其理唯陂，绎其本衷，谅非如此。孟坚不偶当时，特蒙恩眷，商榷前史，谓汉绍尧。虽卑不议尊，哲人是与，亦述德追功，善言溢美者矣。此设意之异四也。四异既陈，厥同乃著，自诰谟风渺，乃有编年。内传浸微，始开纪传。马迁辟径，班固承流。体制不侔，宗法自等。此叙述之同一也。马迁撰史，博采它编，殚见洽闻，含芳漱润。班固绍作，因沿《史记》，太初而后，别引旁书。夫广罗典册，借订史文，访彼前修，概翕其理。若乃灵识可著，童谣足采。刘母交龙而孕，帝子斩蛇以兴。相如窃妻，不疑盗嫂。摭拾异说，充实新事，无裨宏旨。止佐清谈，得毋辞费乎？此采撰之同二也。马迁进侠退士，崇利羞贪。班固贵佞贱节，谨辞略事，核其好恶，皆失鹄已。至若肃慎来贡，单于入朝，书威张武，尊夏抑蛮，义拟春秋，不无可取。此书事之同三也。夫帝王兴起，必有先驱。秦汉之交，楚居键纽。项固刘仇，亦已名帝。史列本纪，未可讥弹。观其秦楚月表，不系汉家。方彼霸王，匹秦降帝，微意崇王，巍如泰华，岂独非谤，抑且至忠。犹之孟坚，饰主阙以摅思，迴深情于献赋。屈原骚旨，可鼎峙焉。而后世披索豪以索瘢，摘史公以诩异，匪惟无当，亦未深尝也。此史笔之同四也。若夫度《史》《汉》之短长，定二氏于一尊。茝蕙齐芳，兰菊竞爽。曾未可片言以断，私见以裁。故论其异同，以待后士。得而言者，具于此云。

——《妇女时报》(1916)第十八期

凌叔华

凌叔华(1900—1990),又名凌瑞棠、凌淑华。原籍番禺(今广东广州),生于北京。父凌福彭,直隶布政使。母李若兰。夫陈西滢,江苏无锡人,北京大学教授。凌叔华毕业于直隶第一女子师范学校,曾任《武汉日报》副刊《现代文艺》主编,后旅居英国、法国、新加坡等地,在新加坡南洋大学、加拿大多伦多大学任教,1990年病逝于北京。著有小说集《花之寺》《女人》《小孩》《小哥儿俩》等,另有英文自传体小说《古韵》及散文集《爱山庐梦影》等。

论女子学文之功用

宝昌有镜焉,非磨砺不生光。丽水有金焉,非冶炼不成器。物犹如此,而况人乎?吾国女学沈沦久矣。在昔三代以上,礼有宗室之教,诗有蘋藻之仪。后世四德之说兴,则凡诗书之属,若皆非为女子而设。"无才是德"一语,误我同胞者,何限沈沦四千载,德艺不能传乎后?湮郁无以鸣于书,抑郁深闺,与草木同腐,其谁之咎欤?夫古之三迁教子、再续《汉书》,以至吟絮颂椒,挽车画荻,所以垂传不朽。岂不学而能之乎?且从来风俗之美,起于家庭。观江汉之休风,诵关雎之雅化,知治国必先齐家也。大丈夫之砥身砺行,为俗所累,果家有贤助,能为累耶?使齐姜不儆重耳,则三晋之雄风,终无振兴之日矣。又安知晋之为晋乎?夫不识诗书,不知今古,则与丧心病脑者相去匪远矣。而一国中男女各半,半皆丧心病脑之人,其国岂能兴乎?吾国今日之衰弱,亦由此致之耳。然生才者天也,育才者人也。生而不育,何取乎生?吾女同胞犹丽水金、宝昌镜也,非较男子缺五官、四肢者也。女学之不传,不学之咎也。愿当局者致意乎此,则无用化为有能,国安知不能雄飞宇内,执五洲之牛耳哉。

——《直隶第一女师范校友会会报》

民国五年(1916)第二期

朱吉贞

朱吉贞(约 1901—?),天津人。1916 年为直隶第一女子师范学校四年级学生,生平不详。

论女子学文之功用

文者,所以发意见、代言语、传远近、垂永久也。昔者女学未兴,独男子学之而已。今则女学界亦皆加意研究,不遗余力,争优斗胜,日异月新,盖亦知其有用而为之也。或有谓今之世界,科学竞争之世界也,当注重于科学。况我国急于造就人材,女子更无暇深求于文,惟使之明事理、知教育而已。呜呼!此岂近于人情哉!我国数千年来,女界沈沉,无数之女同胞,群陷于黑暗之地狱,虽有聪明,无所为用,能读书者盖寡,尚何求于文哉?然秦汉唐宋以前,女子能文者,历史多有。上而班昭续史,伏女传经,皆文学之卓卓者也。至若汉之季世,文姬见虏,苟非胡笳十八拍,何由重归汉土?而文之功用可知矣。且也处今之世,女子行事,每易招人指摘,能于此而发为言论著作,登诸杂志新闻,亦能表出已见,而助社会之进步。且吾人离家远出,苟不藉文字,何由通衷悃而报平安,使握管含情无能表出,情何以堪?呜呼!昔者我沉沦苦海、深居简出之女同胞,苟有能文者,亦略可展其聪明,不致使千万数之蕙心兰质、埋没于无闻无识之天，而女界黑暗，当不至如此其甚矣！悲夫！

——《直隶第一女师范校友会会报》
民国五年(1916)第二期

林德育

林德育(1901 前后—?),侯官(今福建福州)人。祖母刘璸,创办黑龙江女子教养院,任院长。父林传甲,曾任京师大学堂文学教授,所著《中国文学史》(1904),有研究者认为是中国人撰写的第一部文学史。母祝宗梁,河南固始人,在齐齐哈尔创办女子小学、女子师范学校并任校长。林德育为长女,曾就读黑龙江女子师范学堂,在《妇女杂志》发表游记、评论等文章多篇。

泰西女小说家论略

仁和魏易,译《泰西名小说家略传》。本年三月,北京通俗教育研究会初版印行,非卖品也。余爱泰西女小说家,以著述显于世界。爰论次女小说家大略,以告海内之女同志,庶有闻风而起者乎。

妇女从夫之义。英国女小说家艾伦渥德,每成一书,辄自署密昔司亨利渥德,盖匿其闺名,从夫之姓氏也。吾国三从之义,或视为束缚,然则欧洲女学发达之始,未尝不保持旧德。其书阐扬醇俗,针砭众恶,感化社会,宜于通俗教育者也。

继承父志之义。英国小说家却而司金斯列长于写景,勃勃有生气。女名马利亚,嫁为汉木森氏之妇,亦以能著小说称于时。吾国自伏女传《尚书》,班昭续其父兄之《汉书》,嗣后女学日兴,实为家学渊源，名父之女，亦可为名家。

家庭常识之义。英国小说界，别开生面者，为迦因奥士丁，美姿容，颀长有风致。幼从父读书，学识为当时女子冠，能专注思力于一隅。于写生之事，具有独长，肺病早死。年二十二而眼光识力，乃洞达如是。死之前一日，犹赋诗以自遣云。

夫倡妇随之义。伊里沙伯印尺保德，英国小家女也。嫁优人约瑟印尺保德，即从之习歌舞，偕夫售技，足迹遍英国。曾撰戏剧，述蒙古帝轶事，编英伦戏剧丛书，都二十五卷。此书于英国戏曲沿革，考订綦详。吾国近日女伶日盛，识字者少，国民教育之程度，有愧于英伦远矣。

姊妹齐名之义。弟兄竞爽，三凤齐飞。女子之有姊妹，何异男子之有兄弟也。英国爱尔兰巴德列有三女，长曰沙洛德，次曰爱密，最幼者曰安尼。皆以小说、诗词名，而沙洛德尤著。女史姊妹，悉赴科汪桥女塾读书，是塾取费虽廉，教授之法，不合于女儿心理，尝叙其在塾情形，盖纪实也。姊妹三人，合设女校，益奋志于小说，一时行销者，至数十万部。吾国女史，自娥皇女英以下，姊妹齐名者甚多。若同设一校，不藉他人之助。奋志著述，以小说获巨资者，吾尚未之见也。

自习不倦之义。佛兰西司布尔尼者，英国女小说家也。闺名梵尼，父为音乐工，早丧生母，父因交际事繁，不暇为女求学。而女辄私自诵读不倦。年甫十龄，能作文。年十五，积稿已盈尺矣。继母以著书非女子之事阻之。盖十八世纪，英国风俗，亦以女子无才便是德也为然。梵尼于是取少作之文，尽焚之。二十后，出版小说，名曰意佛林纳，以时论不重女学，故隐其名。然其书风行遐迩，书名既著，而后人名始著，岁致巨资，享大年焉。吾国女学不昌，出版者少。近三年《妇女杂志》出，耆硕之名著，群贤之高论，乃首开风气。女学未兴以前，侧闻先人自习之功，继古开今之作，诚不可没矣。

世界大同之义。女小说家莱米路易父母，一为英人，一为法人，是以所著小说，约六十种，描写最佳者，以《双国徽》为最。此莱米路易所著小说中，最特别之作。书中虽间有观察不确之处，然论摹写之佳，且富有剧曲意味。今英法德女士与吾国留学生，结婚归国者甚多。所生子女，半染欧风，知世运大同，终当大一统也。

撰述杂志之义。英国女著述家沃立芬夫人，初著小说名《美德兰夫人之生世》者，出版，文誉大著。偶因事赴伦敦，《黔林杂志》总编辑慕其名，约为撰述员。其时英之文人，以能投稿《黔林杂志》为荣。而夫人竟于无意中得之，乃益奋力为文。一生著述，几及百种，小说而外，复著稗史若干种。吾国先贤先儒，以及近代考据、词章、算学专家，每人著述百种，或数十种者，颇多。然女子著书者，则从未有著述等身号为百种者也。目空千古，慨乎一叹，惟有望于来兹。

穷居劬学之义。女小说家桑乔治，其身世之奇诡，殆与所著小说相匹。尝在巴黎，穷居一高阁上。耽心文学，不久即见成效。后文誉日隆，著小说近百册，传记四册，以思想有条理、结构佳妙最著名。吾国文人，昔多鄙薄小说，近时吾家耆儒琴南先生，卓然为海内小说第一家，而女子小说家尚无人焉。吾闽侯林氏有崛起者乎？德育愿从而受业矣。

鼓吹文明之义。罗宾斯伊里沙伯即巴克斯夫人，以女优而兼小说家。生于美国，所著小说，名《公开之问题》。即自述其家世事实，益肆力于文学，然所著《女子选举权》，又演成戏剧世界。各国女权之发达，自美洲始，小说、戏剧提倡之力也。吾国之小说、戏剧，视美国程度何如？国民学校男子平等，尚不办到。高等小学以上，女学不如男子十分之一。中学师范，女学不如男子百分之一。大学专门,女学不如男子千万分之一。而国民梦想以美为法者,不过大总统以下岁俸,优于美国一端耳。呜呼,余不欲言。

以上列举欧美女小说家十人,共为十大端,皆足以激进女学界自强自立之志者也。德育以为吾国生计奇窘,道德堕落。北京近日坤角,颇获厚利。中人以下之家,有雇佣教曲技师,使其亲生之女学戏者。京津中学以上,学生毕业,每演新戏。而天津女师范,且延南开中学生,以教新戏,致为女生家长所反对。窃以为中国今日,为危亡垂绝之日。卧薪尝胆,犹虑不足以救亡,何可以酣歌恒舞,自促夷灭乎?“商女不知亡国恨,隔江犹唱后庭花。”昔之妺喜、妲己,亡其国之君。今之刘喜奎、鲜灵芝,将亡我国民矣。德育念生计日窘,乃女子不自立之过。前月费四星期之余力,平均每两日编成一长篇,四日共成两篇。投稿《妇女杂志》社,得书券数元,似可敷一人一月之用。若勉力为之,暑假内日日不懈,则一月所得,必七八倍于此,足以仰事父母矣。教育月薪七十元至百元者,其名不出乎一校,若编辑著述投稿于著名杂志,则名满全国矣。继志述事,只承祖业,以研家学,德育之事也。但祝商务印书馆之书业,凌驾欧美,则吾愿继林畏庐之后,为女小说家,藉效通俗教育之义务也。

——《妇女杂志》第三卷(1917)第十二号

胡棣华

胡棣华(1904—?),1918年15岁,为安徽明光胡氏家塾学生,生平不详。

读兰亭集序书后

夫亭胡以兰名也?考之旧史,当春秋之时,越王句践,曾植兰于兹。后人因其遗迹建亭舍数事,遂为胜境,此兰亭之所以有其名也。晋永和九年暮春之初,王右军集群贤于其上,乐而生感,述其事以志之,此兰亭之所以有其序也。昔范文正之登岳阳楼也,则有忧乐同民之概。王禹偁之登黄冈楼也,则有身世迁除之感。(两陪客请得好。)①王右军之集于兰亭也,风日晴和,山川在望,高朋满座,胜友如云,诚千载一时之会,又何感之有耶?(故作一扬。)然而徘徊往迹,瞻仰昔人,犹不能不以之兴怀。况寄蜉蝣于天地,渺沧②海之一粟。今日我思古人,更千百年后,则今日之会,又为后人所思矣。右军之知,其在斯乎?(风华骀荡。)夫人世悲愉,本无定境,在寄托者自为领会耳。心而喜也,则花之吐萼,鸟之引吭,风之和煦,月之晶莹,皆足乐焉。心而忧也,则虽有花鸟

---

① 括号内文字为教师评语。

② "沧",原文作"苍",据文义改。

之宜人，风月之在抱，无一不足以动其悲观。然则悲乐岂花鸟风月之本性哉？皆吾人心境自为转移耳。右军心有所触，故不感觉慨系之矣。虽然，今之山阴，犹夫昔也，而右军往矣，兰亭墟矣。暮春三月，惟有桃花流水，芳草斜阳，徒供后人凭吊而已。呜呼！岂天之所以位置骚人逸士者，独留此山阴一片土也哉，亦何沈寂之甚耶？然而其人其文固不朽矣。（悠然不尽。）

——《妇女杂志》第四卷（1918）第九号

王季桢

王季桢，字卓君，江西黎川人，生平不详。

韵芳阁诗钞题词

自古诗人论处境，处境不同各取径。渊明久叹烽火惊，采菊始有南山兴。禄山不叛四海宁，杜老岂有征徭咏。始知世乱不妨诗，烽烟添入诗人韵。巾帼先已与人殊，十能作诗笔九枯。一稿未脱思方苦，床头哭醒饥儿呼。不然单车避悍贼，面孔一寸污尘污。即有苏蕙之机织奇锦，刀光斩断回文图。我字且不识，论诗更觉无所得。然论诗中苦与辛，我身处之论故悉。何来一集榜韵芳，闺中竟有真文章。岂非处兵燹之境逍遥而自得，抑以长枪大戟适足充诗肠。当年苏谢之才不可及，然亦幸其所处之境安乐乡。大江南北豺狼走，十年于今徒搔首。好山妙水岂无诗，多少才人搁笔久。我固不足论，兼之性素钝，每见古人以诗狂，兴来也有无诗恨。今日又以诗邀题，反复读之心神迷。我论已贻作者笑，笑我手中玉尺无高低。我题早为作者识，识我胸中无物，故作此光怪而离奇。我且不问笑与识，厚颜提笔聊塞责。

黎川王季桢卓君。

——潘焕荣《韵芳阁诗钞》，同治二年(1863)廖氏家刻本

胡寿萱

胡寿萱，字荫堂，生平不详。清同治年间，西园主人刊行《红楼梦本事诗》，书末附录有胡寿萱、王猗琴等六位女性的题词，以及胡寿萱所撰《论红楼小启》。

论红楼小启

寿萱谨启：连日朔风，望梅正切。幸来驿使，忽下朵云，并抄寄王谢争论《红楼》两启，以及吾姊愿为宋牼一说。临风细读，茅塞顿开，洵闺阁中韵事也。不材谫陋，三复《红楼》，于此书亦略有所得，特未识有当于作者之本旨否，愿以质诸大雅。《红楼》一书，雪芹巢幕侯门，目睹富贵浮云，邯郸一梦，始则繁华极盛，景艳三春，花鸟皆能解语；继则冷落园亭，魂归月夜，鬼魅亦且弄人。不特云散风流，盛衰兴感，而且世态炎凉，门稀车马矣。故作书以梦命名。而开卷即以神瑛侍者灌溉仙草、绛珠今生还泪发端，明明示人以趋炎附势者流，不念故侯，尚不如草木之有情，犹思图报也。因恐阅书者不知其无情，误以为情史，则将秦钟之死、可卿之亡，卷中先后叙明，大书特书，一情不留，使读《红楼》者了如指掌。而一百二十卷中尽皆纨绔成风，饮食论交，中山狼、王仁、邢大舅辈笔不绝书，所谓豫让国士之风缺焉不讲，酬恩知己、以死相报者独得于姽婳将军之一女流，作者盖于此书有隐痛焉，作者实于此书有微词焉。至于王熙凤之首恶，不过寓言于王喜逢迎，狐假虎威，铁槛寺之弄权，馒头庵之贪贿，事或有之也。花袭人之改名，亦不过明言其花能惑主，谗蝇肆虐，芙蓉神之被逐，潇湘子之疏间，势所必然也。此皆作书者推源其致祸之由，实叙其事，非雪芹命意之所在也。而或谓尤家姊妹相与俱来，一则吞金，一则饮剑，作者盖警人以晏安鸩毒，毕集愆尤，以身相殉，悔莫能及。又谓薛氏全盛之时，丰年大雪，珠则视如土，金则视如铁，曾几何时，而桂摧菱落，蟠屈竟不能伸矣，作者三叹息也。所以此书以王夫人始，以薛宝钗终，贾府赫奕门庭，其旺者王也，其灭者雪也，而其中尤物之来，尤悔之丛，皆安乐所由亡也。尤、王、薛三姓皆作者点睛之笔，大旨不离乎是矣，此则非余之所知也。余之所知，读《红楼》终卷，仅知绛珠之还泪乃以报昔日神瑛灌溉之恩，而他人无有也。可以人而不如草乎？故为之歌曰："绛珠还泪日消魂，草木犹思灌溉恩。愧煞趋炎多热客，秋风冷落故侯门。"附博吾姊一粲。寿萱再拜。

——一粟编《红楼梦资料汇编》，中华书局 1964 年版

钮如媛

钮如媛，生平不详。弹词《金鱼缘》作者孙德英之嫂。

金鱼缘叙

自古人以文传，文以人显，以故人奇而文更奇。盖著作而在男子，无代不有，罕闻有女流而操觚立说者。名媛淑女莫不毓山川之灵秀，抱特达之仙才，而不蹈脂粉习俗者则鲜矣。独能贯乎古今，明乎兴废，厌世事之纷扰，视富贵若浮云，以琴书而作终世之乐者，惟余小姑是也。姑字德英，别号凌云仙子。余孙氏籍趾东浙归安世族。阿翁游幕西江，受聘浔关，依寓于此，迄今三十年矣。窃思余于归之年，姑尚垂髫时，即不肆嬉游而好书好静，天资明敏，迥与人异。每于针黹之暇，手不释卷，凡经史诸子以及异书杂传，无不博览记诵，间谈远近故事，终始靡遗，听者皆无倦色。余窃怜而敬之。年至及笄，尤见端庄雅丽。幼虽未聆师训，克工吟咏，清净潇洒，颇有林下之风。其欲奉亲终老，不愿适字之意，虽未明言，余于词章谈论中早窥测焉。翁姑莫悉其志，每为议及婚嫁，姑惟怏怏不乐。未几，慈姑忽中风疾，症属右痪，饮食坐卧皆仗人为。斯时，姑奉亲之念更切，遂明告翁姑焉，而翁姑及尊长等虑其义难坚定，于是劝责兼施，开导百端，卒莫能易，不得已，允遂其志。无何，粤逆将次犯境，买舟避乱，慈姑惊惧之余，症忽加重，痰涌心迷，人事不省，医药无效。未一周时，呜呼竟弃余等长逝矣。姑悲号泣血，恸不欲生。余夫妇多方劝慰，忧伤稍解。自此幽居斗室，屏绝人事，或诵《金刚》而参悟，或书往事而编纂。非定省严亲，登堂庆贺，从未擅离静室半步。亲族闻之，靡不赞慕。自癸亥至戊辰春秋六度，所著《金鱼缘》全部告成，出示余夫妇，展阅称奇，何如此之速而且精也。是集也，虽作唱本，然亦可读。其关乎节孝大体与夫治乱大纲，实堪与经史媲美，而默化闺阁，厥功尤伟。允宜刊传阐扬，以免枉费婆心。姑云："闲散笔墨，消遣小作，何堪灾之梨枣？"余谓："人以文传，文以人显，有奇人奇文，曷忍湮没？"于是付梓人，布之同览，庶藉一斑以窥全豹云尔。

同治十年岁次辛未夏四月下浣，愚嫂钮如媛拜序于玩月轩中。

——孙德英《绘图金鱼缘》，上海书局
光绪癸卯(1903)石印本

王谨

王谨(？—1894 前),字慧秋,一字端士,浙江人,夫唐鞠夫。王谨编有《闺秀诗选》,去世后,其夫刊行。

闺秀诗选(节选)

卷一

……

春阴

汪玉英吟香,安徽歙县人。郎中启淑女,中书洪榜室。著有《吟香榭初稿》《瑞芝堂诗钞》。

游丝懒不飞,春云何漠漠。绣倦倚朱阑,时见庭花落。

吟香诗才秀逸,其佳句如“一缕沉烟消永昼,半帘花影漾微风”“晴日烘梅香意透,春风拂水碧纹圆”“一声远雁羁人思,数点青山故国心”“石松少土偏饶翠,盆藕无花却有香”,均清丽可诵。同邑徐雅闲女史,曹榜聘室,著有《伤心吟》,其佳句如“山色有无疏竹外,诗情浓淡落花前”“女萝叶密全遮屋,扁豆花开半碍门”“石界双流横作涧,山围一掌仄成村”“山嘴忽明松吐月,陇头生艳柏含霜”,亦清丽可诵。又同时姚凤翙,字季羽,安徽桐城人,方云旅室，著有佳句如“窗管月明开不闭，帘因风急卷还垂”“无钱可买归时卜，有恨难传别后诗”“薄田收俭微呼急，病骨愁深经理难”“金钗半付舟车价，彩笔多题离别篇”，俱饶有致。

……

卷二

……

不寐

汪佛绣华亭人，嫁姚氏。

欹枕闲吟梦境空，残灯闪闪影朦朦。梧桐不管人惆怅，翻尽银塘一夜风。

其他句云“一径泥香飞燕子，满瓯茶熟乱松声”“何须地僻心方静，才觉身闲梦亦清”，俱清妙。

……

夜泊

归懋仪佩珊。

旷野秋清夜寂寥，明星几点望迢遥。双轮历碌才停响，又向江头听暮潮。

又《咏粮艘出海》云“无事量沙成万斛，但闻挟纩遍三军”，雄伟绝不似闺阁语。

……

春晴

吴蕙香宜，袁香亭篷室。

细雨连宵湿软尘，今朝晴放一窗春。柳枝低舞花添笑，都似风前得意人。

袁龙文妇黄氏雅宜与香宜妯娌行，亦能诗，咏灯花云“未忍轻挑先问汝，不知何喜报吾家”，皆清妙可诵。

……

十一字诗

何佩玉琬碧，秉棠第三女。

一花一柳一渔矶，一抹斜阳一鸟飞。一水一山中一寺，一林黄叶一僧归。

此诗几经选摘，皆以清淡忽之。予独取其灵秀。

……

寄外

孙氏江苏元和人。

昨宵有梦雨声惊，今日相思月色明。如此情怀如此镜，不宜风雨不宜晴。

池州陈氏女喜夫归，云“昨日秋风今日雨，一般天气有悲欢”，情词隽爽，不作琐屑之态。又有浦城程氏女夫妇志感句“暮暮朝朝浑不觉，猛然相见两凄然”，情景遍真。河南潘氏女字云章，夫宦游山东，女因秋风起，寄夫诗曰“满眼尘沙看不得，清凉还要数深闺”。延安许静卿女史有句云“分明万语千言在，直到拈毫一字无”。剑池沈秋眉寄夫有句云“寄语远游人自重，等闲休使泪潸然”，相思无益转为慰藉之词，更觉难乎为情矣。

……

——《闺秀诗选》，光绪二十年甲午(1894)排印本

坐月吹笙楼主人

坐月吹笙楼主人，生平不详。她称《精忠传》弹词的作者周颖芳为嫂，称耐冬老人为小姑。耐冬老人是弹词《娱萱草》作者的母亲。

娱萱草弹词序

妇人年耄，端忧多暇，儿女辈演说故事，藉以娱心志、消永日，儒门类然。顾稗官野史、鄙悖者无论矣。其或寓意隐僻，属辞艰深，又不宜于闺闼。自弹词作，非旖旎之情弗道也。虽有新腔，附庸风雅，聆其声律，皆管弦冶荡之音，体卑而语俚。士君子佥以俳优斥之，遂不入于著作之林。然而世传《来生福》《集芳园》《笔生花》诸作，丽句清辞，使人易入，故好之者终弗弃也。考其作者，出于闺秀居多。昔郑澹若夫人撰《梦影缘》，华缛相尚，造语独工，弹词之体，为之一变。逮吾嫂蕙风氏，演述宋岳忠武事，撰《精忠传》，尽洗秾艳之习，直抒其忠肝义胆，虽亦弹词，而体又一变也。今得《娱萱草》读之，视昔所寓目者，尤觉标新领异，其间词章之离奇俶诡，皆取六经三史诸子百家之书，贯串而撷其英，诙谐而畅其趣。若鸾皇鹙鹭之翔鸣于霄汉，吹天风而偶闻人间也。虽其自作缘起，谓并无意旨，随口雌黄，仅博老人一噱，然绎其文法，则周且密也。如首叙西都宾父女，实为母子翻笔，家人首出《孝经》，明作书之意也。千里驹乃全书之枢纽也。太夫人康强寿考，表积善之有余庆也；徇华大夫之席丰履厚，著和气以致祥也。东都主人之好学，示秉义方之训也；温温恭人之孝友慈祥，陈妇德也。西都宾之遣嫁西方美人而戒作诗，言妇道之贵德不贵才也；北地阏氏，执壶政大权，而不以小陵大，美家主之不惑乎情也。西都宾无子而使有子，劝义也；窈窕淑女无家而使有家，劝孝也。寂镜公子之绝处逢生，能依《孝经》行事也；乌有先生之磨折，惩贪妄也；温柔华胥之记，警好色也。饿乡与君子国相接壤，阐君子固穷之义也；东都获禽而坠，戒戏无益也。夫巳氏老而失其子，刺溺爱也；公是先生因省亲而得纳妾生子之喜，励定省也；云笈义死而得天仙，蒹葭淫奔而陷大辟，别贞淫也。至于凭虚问艺菊之术，《孝经》使寂镜改名，西蜀之拒宿于窈窕，比红儿之小唱，皆寓劝惩之规，读者宜毋忽焉。他若园花齐放，海蚌生珠，以及著作庐元日书红，北地阏氏平日出诸口者，何莫非娱萱之旨也。又若东吴凭虚之宿醉乡，浮游先生之谈女国，贵介公子之随使照相，大都牵率近事，以侑剧谈，犹筑室之不可废雕绘也。《月令》之解带，《文选》之拾画，夜合花之搂狂童，数者殆亦《三百篇》存溱洧之意欤。尝览诸家小说，往往绚烂之后，归于平淡，独此书则异是。以西王母始，以南极星终，归结太夫人于梦，并由梦中补太夫人问视之乐，承子妇之欢，实一篇寿母文也。安得俳优斥之乎？余诸小姑中，与耐冬老夫人交最久，所历甘苦亦相若。兹耐冬邮示其长子所撰《娱萱草》，索余一言。余何敢以不文辞？爰摭拾本事，发明其义理，俾奇文得共赏也。且祝耐冬享期颐之年，遂天伦田园之乐。可即是篇为左券之操云尔。

坐月吹笙楼主人序。

——《娱萱草弹词》，光绪甲午(1894)木活字本

程芎

程芎，号香草馆主人、清芬女史，吴中（今江苏苏州）人，生平不详。

续七侠五义传序

去岁秋初，适值溽暑犹蒸，嫩凉未至，暂停五纹弱线，且阅三部新书，爱读侠义全篇，知为石先生之著作。写得有声有色，光怪陆离。又被俞太史点铁成金，文法之妙不待言矣。何乃太史公顿吝郢斤之削，就将安定军山作为收结，读者有未能得窥全豹为憾。下文《小五义》不知何人改笔，辞句鄙陋，间有矛盾，况与前传不能贯串。至于《续小五义》，虽与《小五义》一气贯通，但口气稍殊，总有原稿，姑置勿讨。虽然先生笔墨固佳，然有不可解者三：所载襄阳王既有异图，叛情已露，立盟书结草寇，已成一举响应之势，为何迟疑不反，只知株守铜网冲霄，以为得计。依余管见，事之成败，与铜①网毫无干涉，何以铜②网一毁，遂即逃亡，其数年之经营安在？此我所不解者一也。白玉堂乃是侠义传中出类拔萃上上人物，如何刚到襄阳，一事无成就此捐躯？于理似乎不合。以后

---

① “铜”，原文作“楼”，据上文“铜网”改。

② “铜”，原文作“楼”，据上文“铜网”改。

又描写诸人触处感慨，在在堕泪，令阅者但觉满纸凄风，顿灰壮志，未免文章减色。此我所不解者二也。观侠义一流人自破铜网之后，俱愿效巢由之志，是何居心？虽云不矜其能，羞伐其德，原是侠客义士之本来面目，否则，竟为忠臣良将矣。然而一侠五义业已授职，何妨七侠五义同列朝堂？当仁宗之世，包公为政，正君明臣良之时，何必二丁之隐居不仕，紫髯伯之遁迹空门，黑妖狐之游于方外。此我所不解者三也。有此三不解，不得不别开生面，再树一帜，非敢画蛇添足，节外生枝，顾文章变化，原无定规，但有一线之隙即可另一家。闲书小说之重出，而说各异者何可胜言。夫春秋事迹三传尚有异同，国史之外犹有诸家异说，正书尚然，何况稗官小说乎！余本深处闺阁，才疏识浅，不过学步后尘效颦而已，勉从续貂，愿得附骥，不胜幸甚。再前传所写军山，查与地图，洞庭湖只有君山而无军山。今接前传，仍依前文为是。

光绪乙未孟春，香草馆主人程芎书。

——香草馆主人著，向馨、任芳点校《续七侠五义》，

河北人民出版社 1988 年版

刘纫兰

刘纫兰，字淑蕙，古高城（今河北盐山）人，生平不详。

劝兴女学启（节选）

敬启者：天有日星，气有阴阳，时有春秋，礼有内外，人有男女，伊古以来，未有能改者也。女之于男，形质虽殊，姿禀无异，岂容轩轾于其间哉？痛乎！子舆氏之言曰："人而无教，则近于禽兽。"所以人之有子，当授读之始，即教以诗书礼乐，以陶其性情；教以经济学问，以开其志气。历览二十四朝史册，上而轩顼，下而国朝，名臣名将，学士文人，代有作者，而名媛淑女，则什不一获焉。岂非大不可解者乎？岂其以男之近于禽兽为可耻，女之近于禽兽为不足耻乎？何其重视夫男，而薄待夫女也！嗟乎！女学之不讲也久矣。欲女子之有学问也难矣。夫三代以上之妇学，史无可考。然吾尝以意度之矣。英皇助解阜之勋，涂山佐随刊之绩，有娀创业于鸣条，太姒嗣音于周室，皆能辅佐君子，以定邦家。是以礼传玉女之文，诗重好逑之咏。盖其郑重女学，如此其甚也。故西岐之子，咸赋桃夭；江汉游女，亦歌翘楚。何女学之昌耶！何女士之众耶！降至后世，女学失传，二千年来，遂不知女学为何物。以妇女为玩好之具，耳目之娱，铅华其面，朱丹其唇，钳穿其耳，束缚其足。一衣之费，动盈千百；一钗之工，竟值兼金。理义不加，礼法不设，至于今日，二万万之女子，无不工颦妍笑，浓抹淡妆，堕乌之髻，不绝于世；折腰之步，充牣于乡。冶容诲淫，蛾眉肇祸，侮慢翁姑，侵凌夫婿，伯叔则争竞资财，妯娌则德色箕帚，一字不识，一理不晓。又其上者，批风抹月，弄草吟花，写妖艳之词，发言情之句，拾李易安之唾余，采朱淑真之遗沈，自以为椒花柳絮，绝擅高才，向不知其流于淫佚之道。娼妓之流，濮上桑间，何以异此。夫使举天下之女子，尽如谢道韫、蔡文姬之徒，亦复何补于世？何补于家？况乎能与其选者，千万中乃不获一人耶！……女教既失，妇学不讲，乡曲学辈，创为女子无才便是福之语。执是说也，必将尽中国二万万之女子，举陷于晦昧之途，可谓不揣其本，而齐其末。……尚望德门贤媛，广兴女学，以群经诸史、刘氏列女传、班昭女诫、宋若莘女论语、朱子小学、吕氏闺范、陈文恭公五种遗规为主，而以新译西学诸书为辅。家弦户诵，彬彬翼翼，以兴女学，以昌国运，除二千年之积弊，复三代之旧规，岂不伟欤？顾亭林先生曰："天下兴亡，匹夫与有责焉。"兰谓：天下兴亡，女子亦有责焉！……

——《女学报》(1898)第四期

曼聪女士

曼聪女士，生平不详。

女子爱国美谈(节选)

我常听见那些文人学士，议论到英雄豪杰的事业。不讲道堂堂大丈夫，便讲道磊磊奇男子。呵呵，难道我们女界中，竟没得一个英雄豪杰么。我因此又气又恨。气的是，瞧着①我们女子不值半文钱。恨的是，我们女子不肯争口气。唉，男女同是天生的人，同有五官，同有四肢，同有思想，同有知觉，为甚么低首下心，甘居人下呢？这都是沾染了“女子无才便是德”这句话的害处呀。我也是个女界中无知无识的人，不能够替二万万的同群争回权利，开发思想，惭愧惭愧。但是略识几个字，会看两部书。所以把东西女豪杰的事迹，荟萃拢来，好把我们二万万的巾帼，做个榜样。我料堂堂中国，必定有几位轰轰烈烈的女丈夫，也做些爱国救民的新事业，替中国增光呢。

……

批茶，西历一千八百十二年生在美洲。他的父亲是一个著名

① “着”，原文作“著”，但此篇后出现时为“着”(作助词)。以全篇统一计，改为“着”。

的博士。他的阿姊也是个热心的文人，开了一个学堂，教育女子。批茶十五岁的时候，便在这学堂读书。到了二十一岁，又到了一个有名的学堂读书。批茶天性慈悲，自从读书明理以后，就发起了一个普度众生的心肠。那时美洲地方，苛待黑奴。把非洲的黑种人民贩卖到美洲，充当奴隶。那种苦况，真是比牛马不如。要是说出那些困苦的情形，就是铁石的人儿，也要堕泪。批茶见了，最是伤悲。心念着黑奴的苦处，是人间少见的。况且那班威权赫赫、大名鼎鼎的政治家、哲学家，都主张应该苛待黑奴的议论。批茶虽激起了拯救黑奴的宏愿，究竟从何处下手？因转念道，改革百年来牢不可破的恶风俗，是一件最难的事。我是一个女子，恁么能够担当这大事业呢？就使能够担当，恁么个布置呢？唉，古语说道：孤掌难鸣。我要做这件大事业，须要寻个好帮手呢。那时却有一位学堂教习，名做嘉露茵，专讲救世的学问，常常劝人发慈悲愿，普度众生。恰与批茶，心心相印，于是结为夫妇，缩合同心。批茶对嘉露茵说道："我最怜惜的，便是黑奴。要想著书劝世，无奈学浅才疏，恐怕不能够感动众听。现在既然婚配，总要望你做我一个帮手。同心同力，打破这个昏天黑地的黑奴场，放出这班含苦茹辛的黑奴，仰副那上天好生之德。"嘉露茵听着批茶这种议论，正合心怀，便满口答应，常对大众发明批茶的志愿。不上多时，批茶把他所有的家产变卖干净，和嘉露茵作别，单身只影，找了一个幽僻的深山，暂时住下，立志著书，发明世界上的公理，指驳蓄奴的坏处。书中说道："天地生人，没有贵的贱的，也没有富的贫的。一色平等，无尊无卑。恁么好把同是戴天履地的人类，当作牛马看待呢？所以黑奴这件事，是大背公理，最害人伦的。"这书一出，那美洲人士，才晓得苛待黑奴是背公理害人伦的事。因此大家改革，不用黑奴。恰像处在苦风凄雨的时候，忽然间光天化日，大放光明。他这部书名叫《五月花》，取他自己少年时候,身在学堂读书,某年五月,才晓黑奴一事。那时心花怒发,不可遏抑,因此才激动了那拯救黑奴的心肠,所以名叫《五月花》。自从《五月花》出版以后,那许多有学问的人,都是绝口称赞,译成九国文字,传布各处。不上一年,销到一万。装饰的样子也有二十一种。欧美戏团里面,也把这《五月花》的说话演成戏曲。因此人人感悟,没有苛待黑奴的事了。后来批茶游历英国,到伦敦的时候,英国的人都拍手欢迎,招待周挚。他的著述,还有《漫游记》《黑奴余论》《家庭教育学》《女子社会学》《家政学》等书。现在欧美各国,都称赞批茶做女圣人。呵呵,一个苗条的弱女子,拿了几寸儿长的笔管,便能够转移风俗,开关文明,真不愧为女圣。

——《杭州白话报》第二年(1902)第七、十二期

叶墨君

叶墨君，浙江杭州人，为王妙如《女狱花》作序，称"叶女士序"，序末署"沧桑寄客"，钤"叶墨君女史"印，生平不详。

女狱花序

旷观千古，横览全球，无代而无人才也，无地而无人才也。然天地精华，川陆灵秀，其磅礴郁积独钟毓于须眉，而于女子何阙如耶？抑独钟毓泰西各国之女子，而于中国又何阙如耶？盖由女学不兴，女权不振故也。尝考历史，间有一二作者，本至性发为文章，得附于著作之林，昭兹来许，宋元而后，阒寂无闻矣。嗟乎！女子亦国民，何害于国，何令其愚且弱也。岂专制之压力至于极点，女界之奴性亦至于极点耶！然天道循环，剥极必复，压力愈深，激力必愈大且速，所虑者，开创风气为难耳。今则国中言女学、女权者亦稍稍萌孽，莫不恶专制、爱共和，以唤醒国民之梦梦，而畴谓巾帼中之愚且弱者如故也。甲辰之春三月既望，罗君景仁出德配王妙如女士所著《女狱花》小说征序。予何人，斯敢序此麟麟炳炳之文？第伏读一过，无一事不惊心怵目，无一语不可泣可歌。且小说为文学之上乘，风气之先声，最易提倡国民之思想，发达人心爱恶，功力甚巨。今之小说关乎政治者指不胜屈，而足与此媲美者诚不易得，爰不揣愚昧，赘以数言。呜呼！女士逝矣，使天假其年，竟其才智，肆其魄力，鼓吹女界革命之大风潮，瀚知非异人任也。虽然女士逝矣，而苦心孤诣遗此一书，亦足以开民智，醒迷信，育一国之文明，凡我同胞群当醉心于此，则是书其不朽矣，女士其不死矣。

光绪甲辰三月既望，沧桑寄客识于亦园。

——王妙如《女狱花》，1904 年刻本

俞佩兰

俞佩兰，钱塘（今浙江杭州）人，为王妙如《女狱花》作序，名“俞女士序”，生平不详。

女狱花序

中国旧时之小说，有章回体，有传奇体，有弹词体，有志传体，朋兴猋起，云蔚霞蒸，可谓盛矣。若论其思想，则状元宰相也，牛鬼蛇神也，而讥弹时事，阐明哲理者盖鲜矣。至于创女权、劝女学者，好比六月之霜、三秋之燕焉。近时之小说，思想可谓有进步矣，然议论多而事实少，不合小说体裁，文人学士鄙之夷之，且讲女权、女学之小说，亦有硕果晨星之叹。甚矣，作小说之难也，作女界小说之尤难也。西湖女士王妙如君，以咏絮之才，生花之笔，菩萨之心肠，豪杰之手段，而成此《女狱花》一部，非但思想之新奇，体裁之完备，且殷殷提倡女界革命之事，先从破坏，后归建立。呜呼！沧海中之慈航耶？地狱中之明灯耶？吾愿同胞姊妹香花迎奉之。惜天不永其年①，中途夭折，不能竟其振兴女界之大愿力。然理想者，事实之母也，后之人读其书，感慨兴起，将黑暗女界放大光明，则食果应推

---

① “永其年”，原文作“其永年”，据文义改。

女士之赐矣。

钱塘俞佩兰序。

——王妙如《女狱花》,1904 年刻本

若明女士

若明女士,生平不详。

闻妇孺日报禀请立案感言

以吾羊垣风气之开,报馆之盛,而未有一妇孺日报,吾羊垣之羞也。持家庭教育之说者曰:“吾教吾妇,吾教吾孺,吾之知识,即吾家庭内妇孺之知识,奚须阅妇孺报以牖吾妇孺为似也?”然今之士夫恒河沙数,而士夫之妇之孺,不识字者尚恒河沙数。谓士夫为不谙教育乎?抑士夫不暇普教育于家庭也?如其不暇,则不得不藉人之广女学以育其才,尤不得不藉人之办妇孺报以浚其智。

月前有蔡某,具禀南海县,拟在城中创办《妇孺日报》,请为立案。立案已准,经登各报。斯报也,以注重德育为宗旨,以措词浅白为体裁。南令已有批奖美善,夫斯报之宗旨之体裁也。彼或见夫今日之伪自由妇、伪自由女之怪剧乎?妇者现在之孺之母,女者将来之孺之母也。家庭教育,父少而母多。胎之孺则有胎教,此实为母教之最初点。然使其母未受教育,则其子亦安望其以学哺哉?今以重德育为宗旨,以挽一切放纵卑劣之女风。女学方芽,女权尤不可妄用。鄙人恫今日女界之德育矣。其最新者则文明装女子牵人上警局也。其最怪者则剪去髻发,似尼非尼也。其最活泼者则与男志士对吹鸦片烟也。其最洒脱者则往操衣店强店伴以皮尺度衫度也。此等怪剧,互见省港各报,特别哉其所谓德育乎?其又安能哺其孺也。鄙人文学少而悲愤多。屡欲以文字发挥德育,何蔡某之所见同,而有《妇孺日报》出版之喜报也。

若夫妇孺程度多是仅识之无,必如白香山之诗,老妪都解,乃为有效。是报以措词浅白为体裁,深中要义。鄙人尤以为多用白话为要。近日《日报》论说、歌谣等,类多以词句明晵,为中下社会所欢迎,则可知近日文派之渐趋简要也。吾国语言文字分为两途。西国以此笑我久矣。士夫以文字艰深为博学,昧昧者不察。而文字去语言尤远。孔子云:辞达而已。胡为乎忽之?吾粤则另有一种粤谚,为他省人所不解。鄙人尤以为是报不妨参用粤谚。余见一种妇人,每每喜读龙舟歌、粤讴等,何者字虽深而可以意揣得耳!鄙人亦女界中人,故略知此中梗概。妇如此,孺可知也。孺子三五岁,其母类多教以无文无理之俚歌。孺之聪者,一入耳而口能诵矣。如此报能探揣妇孺程度而下笔,窥其所习好而投之,宁不事半而功倍欤?

至于禀请专利,已经虞令驳晰,鄙人亦以为不必也。省报约十家,港报约十家,有同宗旨而销场不同者,视其内容何如耳。如此报一出而风行,则节节以求进步,务收圆满之效果。如此报已出而销场不广,虽专利也,宁何利之足云,宁何利之足云!愿办此报者勉力图之,为妇孺界放光线可也。鄙人无限馨祝。

——《时事画报》丙午(1906)第三十期

宋大华

宋大华，江苏常熟人，生平不详。

读女孝经女诫

班昭《女孝经》云："妇有四德之誉。"其所论妇容、妇功，尚可取法。所论妇德、妇言，竟不适于妇女活泼自由之秩序。《女诫》七篇，亦复以卑弱下人为宗旨。此二书者，不过在中古史略有小功德于一群耳。顾吾非专责班氏以此二书奴隶今世女子也，责夫今世之不善读《女诫》《女孝经》者。非惟辨难之辞，不敢出于口。抑且怀疑之念，不敢萌于心。遂以实行二书所言者，为绝大贤女。始焉尚抱守《女①诫》《女孝经》主义，甘为古人之奴隶；终焉遂拘守习俗所读《闺门女训》主义，甘为世俗之奴隶。夫《闺门女训》开卷，首女训，次学文，次谨言。三篇中无一语不蔽锢女子之见识，桎梏女子之手足。虽以下间有可取之言，而开卷即以酷定女界之说，进入女子之脑筋，则钝根何自拔，蒙惑何自祛乎？故余敢断言曰著《闺门女训》一书者，甘为《女诫》《女孝经》之奴隶。专读《闺门女训》一书者，甘为《闺门女训》之奴隶。若是者，吾不责班氏，

---

① "女"，原文作"七"，据文义改。

而责世人之以死眼死心误读死书也。适读张女士《班昭论稿》,喜其言有与余同情者,爰申其意以著于篇。

——《女子世界》(1907)第四期

赏佩芬

赏佩芬，山阴（今浙江绍兴）人，生平不详。

倚翠楼吟草[1]序

自东学灌输中土以来，女界文明骎骎乎有日异月新之象。然规模粗立，程度未高，间或出其绪余，发为诗、古文辞，以宣扬谟烈，不无疏空艰涩之讥。欲求其摛藻撷华，入若兰之室，升崇嘏之堂者，其惟我栉云楼主乎？主人为少文世叔之德配，北海龙门与佩芬有通家谊，故诗筒往返，一水盈盈，时获侧聆其芳欬，今则又以所著《倚翠楼全集》见视。古香冷艳，卓有盛唐风，或以沈雄入妙，或以洒落见长，绝无一点脂粉气。朗吟数四，遂恍然有悟于作诗之宗旨，无异为人工易者口不言易。若徒沾沾于摹调揣声，以求其酷肖儿女子口吻，则媚而无骨，殆释氏所谓野狐禅，最下乘耳。方今东瀛侧重诗歌，而女学界中尤为注意。是集出版，吾知鸡林贾之缣又将价增倍蓰焉。

光绪三十有三年夏五初吉，世侄女赏佩芬裣衽拜识。

——《著作林》（1907）第十三期

---

① 《倚翠楼吟草》，朱素贞著。

邵清池

邵清池，号浣红女士，古吴（今江苏苏州）人，生平不详。

义侠记珠还合浦[①]篇首小引

鄙人生长在南省，因慕燕都的风景，才来至北方游览。有余工夫了，可就在小说、报纸上，拿这两样东西，好使客中不寂寞。说起小说来，本是可以劝化人的。无奈我们中国小说好的甚少，不是才子佳人，就是神仙鬼怪，求其于世道人心上有些关系，真是少见的很。现在我国为预备立宪的时代，论人民的资格，真是不够。想要人心明白，除了演说、唱戏之外，小说最有益处。白话家庭小说益处更大，因那文意太深的，于中下社会的人，不容易明白；独有这白话浅近，看了没有不懂的，既然懂的，可就明白了。亲友们有劝鄙人演说一篇登于报纸上，好劝劝人。鄙人这样庸劣的笔墨，何敢当此责任。后来又一思想，鄙人是一个无知的女流，就是说的不好，人家都有个包涵。故此不怕现丑，将家乡近事演作白话。也不敢说劝化人，不过茶前酒后，作个消闲的意思。如

① 《义侠记珠还合浦》，邵清池著。小说，连载于《北京醒世画报》。此文题目为编者所加。

有不对的地方，求阅报诸君多多指教。

——《北京醒世画报》宣统元年十二月初九日

（1910年1月19日）第四十九期

胡士兰

胡士兰，字伯荃。父胡玉瀛，隶汉军正蓝旗，光绪壬午举人，江苏知府。夫耆康。胡士兰有《紫砚轩集》。

鬘华室诗选题词

绝妙无惭是好辞，修眉未画早工诗。挑灯细读销魂句，人似梅花瘦可知。拈韵分笺互唱酬，清才如水自风流。可怜一管生花笔，不写关雎只写愁。工愁善病孰如君，哀艳词华不忍闻。江北江南众闺秀，新诗一卷独超群。柏舟早赋正华年，六载匆匆怅短缘。薄命红颜原有例，从来福慧不双全。

安定女史伯荃胡士兰题。

——清溪徐鬘仙女士《鬘华室诗选》，国学扶轮社校辑《香艳丛书》第六集，民国三年(1914)版

郑梦湘

郑梦湘，号漱梅女史，生平不详。

花有泪叙文（节选）

小说之作亦夥矣。小说有开通风气之说，而人遂无复敢有非小说者。虽然，我今欲问，小说果何为而能开通风气乎？解之者曰：小说之入人也易，故人咸乐观之。乐观之，故易传之。文曰：投其所好者，则人之听之也顺而易；拂其所不好者，则人之听之也逆而难。小说者，人人所共好者也，故易投之。然则我请为之申其意曰：小说之能开通风气者，有决不可少之原质二：其一曰有味，其二曰有益。有味而无益，则小说自小说耳，于开通风气之说无与也；有益而无味，则开通风气之心固可及矣，而与小说之本义，尚未全也。必有味与有益者兼，作为小说，而后始得谓之开通风气之小说，而后始得谓之与社会有关系之小说。知此义也，方可与读《花有泪》，而知其为说也虽小，而其益固甚远，其味固甚大也。……我闻小说之所以有益于社会者，为其能损社会之过不及，而剂之于平也。欲损益其过不及，当先知其过不及。故著小说者必能体察社会，必能体察社会人情之过不及，盖必知其过，而后能知损；知其不及，而后能益。若不知其过不及，而漫然损益之，损其所不及，而益其所过，则是以水济水，以火济火，未见其益，而先蒙其损也。尤有进者：编纂小说者之当察社会之过不及，固矣。然而所谓过，所谓不及者，其端亦甚微也。一国之中，智愚不齐，风土亦不一，甲①以此为过焉者，乙或以彼为过，丙以此为不及焉者，丁或以为彼为不及。民气当强也，又当有以静之；民性当活泼也，又当有以节之。此非彼是，其说各执，而其理又难一矣。而《花有泪》以言情之书，而能连入新思想，浚发国民之智慧，慨谈时势之危亡，以及对于外界之竞争，对于内界之讽刺。悬三者以为标准，而归本于赏善罚恶之主旨。洵乎，其关系社会为不鲜也。以此三者为小说，《花有泪》所以为开通风气之小说，而读《花有泪》者，亦知小说之功用，果足以开通风气也。今者小说之出版，多于其他新书矣，爱阅小说者，亦甚于爱阅其他新书矣。小说影响之及于他日之社会，可断言也。吾序《花有泪》小说，而深有望于今之投笔于小说界者，亦当知小说与社会有密切关系，而必求有以开通风气为先。为名为利，固可置之度外也。……时宣统二年七月下浣，小妹郑梦湘序于蓉溪之漱梅轩。

——浣冰女士郑梦蟾《花有泪》，广东公论报馆
民国元年(1912)版

---

① “甲”，原文作“中”，据文义改。

胡无闷

胡无闷，小字玉儿，号凝香楼主人，浙江人，生长于北京。夫孙寰镜，江苏无锡人。1915年，夫妇二人创办《莺花杂志》，共出版三期，胡无闷在该杂志上发表了大量文章。胡无闷擅长戏曲表演，曾在京城登台表演昆曲，唱功极佳，深受欢迎。著有《凝香楼奁艳丛话》《闺秀年谱》《典史》等，均为辑录性质的作品。

凝香楼奁艳丛话（节选）

卷一

……

龚定庵瑶台第一层词

龚定庵词，有《瑶台第一层》一阕，咏某王孙事，某侍卫为之序。词旨最凄艳，似六朝唐人小说。序云：“某王孙者家城中，珠规玉矩，不苟言笑。某氏女亦贵家也，解词翰，以中表相见，綦相慕重。杏儿者，女侍婢也，语其主曰：‘王孙所谓都尔敦风古，阿思哈发都。’都尔敦风古者，清语，言风骨殊异；阿思哈发都者，言聪明绝特也。言之再三，女不应，然神宇间固心许之矣。未几，王孙遘家难，女家薄之，求昏拒不许，两家女儿皆病。一夕天大雪，杏私召王孙，王孙衣雪鼠裘至。杏曰:"寒矣。"为脱裘,径拥至女帐中。女方寝,惊悟,申礼防自持。王孙曰:"来省病耳,吾亦不敢为非礼也。"杏但闻絮语达旦声。晨送之去,王孙以赪绡纳女枕畔,女不知也。嗣是不复相见。旬余,王孙梦女执巾问曰:"此君物耶?"曰:"然。"寤而女讣至,知杏儿已取巾佐敛矣。王孙寻亦郁郁卒。此嘉庆丙寅丁卯间事。越辛未,予序之如此,而乞浙龚君为词以传之。其词云:"无分同生偏共死,天长恨较长。风灾不到,月明难晓,昙誓天旁。偶然沦谪处,感俊语小玉聪狂。人间世,便居然愿作薄命鸳鸯。　　幽香,兰言半枕,欢期抵过八千场。今生已矣,玉钗鬟卸,翠钏肌凉。赖红巾入梦,梦里①说别有仙乡。渺何方?向琼楼翠宇,万古携将。"予谓此事之可传,如有曹雪芹其人者,取此事演为平话,而以乾嘉两朝八十五年朝野秘事纬之,其声价不在《石头记》下。

……

卷三

……

任蕴昭女士

嘉兴任蕴昭女士,幼耽书史,喜作诗词,嫁同邑陆少枚。时有《别两姑》诗云:"分手各无言,惟有泪如雨。寄语世间人,生男莫生女。生男离别少,生女别离多。鼓吹喧满堂,行矣将如何。"音节苍凉,宛似古乐府。

……

卷四

……

---

① "里",原文无,据龚自珍《瑶台第一层》原作补。

郑板桥题画诗

郑板桥题画竹诗曰："衙斋卧听萧萧雨，疑是民间疾苦声。些小吾曹州县吏，一枝一叶总关情。"立意深远。与今日之一居民上便擅作威作福者，有霄壤之别。板桥幼失恃，赖乳母费教养，得成进士。初岁饥，费负大令入市，以一钱易一饼，置其手，始治他事。数年，费益不支，其夫谋去。费不敢言，常带泣容，汲水盈瓮，置薪数日而去。大令入室，见灶犹有饭一盏，菜一盂。未几复来。其子俊已得提塘官，屡迎养不去。大令诗云："平生所负恩，不独一乳母。"又云："食禄千万钟，不如饼①在手。"皆为此事咏也，情意真挚，读之令人泪下。世徒以倜傥不羁之士目之，失板桥矣。

……

蒋伯生侍姬

申林女史董姝，为蒋伯生侍姬。从伯生谪戍塞上，辄以吟咏自娱。最佳者如："闭置深闺每自嗤，可容速变作男儿。鸾靴学试桃花马，快意生平此一时。""当窗草草贴花钿，一阵惊沙破粉妍。却比向时妆阁好，乱山青到镜台前。"即郭频伽所谓"于冰天雪窖之中，作刻翠裁红之句。绮丽清新，居然作者也"。伯生以言得罪，故更有《呈主人》诗云："小言原不要人闻，罢绣无聊遣夜分。多谢东坡老居士，莫添诗案到朝云。"寓规于讽，尤为雅切。

……

——《凝香楼奁艳丛话》，中华图书馆
民国元年(1912)石印本

① "饼"，原文作"一饼"，"一"为衍字。

江纫兰

江纫兰，在《妇女时报》发表诗文多篇，生平不详。

斥白居易立言之谬

予读白乐天《长恨歌》，其中有(遂令天下父母心，不重生男重生女)二语，辄为之拍案诧曰：有是哉！斯语之诬罔谬戾，一至此极哉！夫以公理而论，生男当重，生女亦当重。父母之心，固不宜有所偏重也。若如乐天之说，是为女子者必如杨妃之宠幸，而后见重于父母；且父母之心，亦必于生女之初，各举一唐室杨妃为希望之目的。呜呼！杨妃历史，昭昭具在，果足使天下之为父母者，无不重其为人乎？夷考杨妃生平，始以寿王之妃入侍明皇。新台之咏、聚尘之议，已不齿于人类。后因妒嫉愤争斥归故第，剪发乞怜复许还宫，旋蒙殊宠，是其狐媚之术，足以颠倒昏主而有余。又况洗儿三日，厚赐金钱，秽声远播，终招外戎。为之父母者，当引为门户之奇羞，重于何有？至论其姊妹，三夫人妖淫成性，出入宫闱，春日冶游，遗簪堕马，虽备极豪华，而家风已不堪问矣。更论其兄弟，国忠昏暴，躐至宰衡，禄山叛逆，实激成之，又唐代一巨奸也。洎乎马嵬之役，先后伏辜，而贵妃亦以尺组陨矣。追原祸始，恐天下人父母之心，不能不太息痛恨于杨妃之积毒，亡国败家也。乐天故反其词，昌言天下父母，以重杨妃者重其女，何其昧于人道耶！盖有唐时代，海禁未开，人尚不知有全球。曰天下，实中国也；曰天下父母，即中国人之父母也。今中国女学渐兴，人群进化，为父母者之心，原不忍鄙贱乎女子。乐天在千余年前，若以为中国人之父母，早艳羡于杨妃之宠荣，而特重生女，是岂生女之人，皆不知杨妃之淫慝，足为殃咎之媒乎？而或且进一解曰：马嵬之祸，乃后日事，而一门富贵，光耀乡邻，洵足为其父母贺。乐天之语，亦就其始言之耳。不知薰心宠利，乃热中无耻、贪鄙、龌龊者之所为。乐天竟极之曰“天下”。曾谓中国人之父母，无一非热中无耻、贪鄙、龌龊之徒乎！予尝见中国之贤父母，若曹大家，若徐皇后，每以廉洁贞静，教其子女。苟生女如杨妃，未必不疾首痛心，叹为怪物。若夫溺情富贵、爱慕恩荣，此但流俗人之心理，殊不值识者一噱。乐天乃推而广之，诬我中国人之父母，是谓我中国人之父母无一贤父母也。嗟乎！丑诋毁谤，所诬者仅一二人，尚无大害。乐天明目张胆，信口雌黄，敢诬及天下人之父母。其为风俗人心之害，可胜道乎？然尤可为乐天原者，词人多兴到语，兴之所寄，振笔直书，其词之有乖事实，在所不计，我辈赏其词华，更何须以理之是非与词人争长短？惟念近今中国，欧风渐被，女界之智识日增，女界之道德日堕。历观报章所载，怪现象之环生，不一而足。以纵恣为自由，而放弃名教；以高傲为平等，而蔑视伦常。甚至衣服妖异，举止轻狂，自诩为新世界之伟人。若不知礼义为何物，廉耻为何说者，其父母固不能禁之；且或无意识之父母随声附和，亦谬称其女之文明，反鄙旧道德为迂阔，家庭教育之就衰，而节义直视同刍狗。彼淫荡失行之杨妃，或亦若辈所见重乎？呜呼！男女无偏重之理，而女子之所以可重者，自有真道德真学问在。若徒有学问却无道德，斯亦不足重矣。譬诸男子，文章经术，事业勋华，无不卓出乎凡民上，而纵欲败度，甘心作贼，其父母尚重之否耶？予非轻薄者流，专以谩骂为主义，而热嘲[1]激刺，实痛恨世风之颓敝，礼教之陵夷，未知何所底止，故读《长恨歌》二语，不禁有感于中，特著此以为女界儆。

——《妇女时报》(1912)第八期

① "嘲"，原文作"潮"，据文义改。

张婉仪

张婉仪，古吴（今江苏苏州）人，生平不详。

绮香阁诗[1]序

絮云苦痴，十日九雨。秾春烟景，酷似残秋。余乃蔽蛤花之窗，拨鹍梨之篆[2]。杯冷斟玉，酒薄不温。帘低障珠花，澹无影。读《绮香阁词》"雨声点滴芭蕉，倚枕更觉无聊"二语，不禁回肠荡气，感艳哀顽，而叹其情之真，味之隽也。《绮香阁诗词钞》[3]者，如皋佩卿冒夫人所作也。夫其幼擅逸才，长耽缃素。林月入室，则诗心横飞；岭云罨窗，则画境斯辟。洞庭秋水，佩解芳蘅；桂岭赪霞，香搴都荔。愉愉兰陔之洁，融融萱阁之春。红豆银缸，泥夫婿而联句；白兰璇闼，课儿女以小诗。凡斯快境，人生恒有。举甲例乙，无当大雅。反覆斯编，厥有四美。聊撮大略，以志景山。一曰真挚。情之所至，茁而为苗。曰爱曰恋，不琢不雕。青镫白发，絮语中宵。扶床下儿，嬉戏垂髫。蕉心绻绻，柳绪条条。黜华返璞，不著尘嚣。二曰高逸[4]。脱然町畦，超乎群沸。音中之音，味

① 《绮香阁诗》，冒文蘅著。
② "篆"，《女子世界》(1915)第四期作"酒"。
③ "绮香阁诗词钞"，《女子世界》(1915)第四期作"绮香阁词钞"。
④ "高逸"，《女子世界》(1915)第四期作"高超"。

外之味。落叶横来,荡为秋气。空山不春,梅花开未。瑶风荡胸,玻水洗胃。语落人间,斯真无谓。三曰灵秀。仙骨珊珊,乘云而起。一笑拈花,嫣然露齿。骖凰①洞庭,翩鸿洛水。丽春风裳,步虚云履。咳唾霏珠,微喻其指。石窍玲珑,罕譬而已。四曰幽紧。白日欲落②,楼台微凉。一声邻篴,粉泪浪浪。金鹿娇女,风萧白杨。父兮母兮,地老天荒。砧急荒塞,笳哀女墙③。来之无绪,郁极而伤。综此四美,以赅全编。并世无俪,乐进一言④。时惟暮春,积雨未霁。窗外小桃,零落殆尽。夫人之诗曰:"春事阑珊细雨中,落花无数扑帘栊。"此情此景,予恍惚遇之。

——《小说月报》第四卷(1913)第五号;
参校《女子世界》(1915)第四期

---

① "凰",《女子世界》(1915)第四期作"凤"。
② "欲落",《女子世界》(1915)第四期作"本暮"。
③ "墙",《女子世界》(1915)第四期作"嫱"。
④ "乐进一言",《女子世界》(1915)第四期作"乐进进言"。

余佩兰

余佩兰，生平不详。

绮窗漫笔（节选）

宋蘅皋

妻寄夫诗，非失之过悱，即失之过腻。有李轮霞者，得妻宋氏，名之淑，蘅皋其字也。宋善诗，余最爱其寄李之《秋夕感怀》一首。诗曰："银鸭烧残启碧窗，闲庭风起露华凉。梧桐影里秋如水，蟋蟀声中夜渐长。千里关山添别梦，十年羁旅忆他乡。低头怕见团圞①月，只恐天涯也断肠。"

那拉氏

清后那拉氏，颇工试帖诗。同治乙丑会试，诗题"芦笋生时柳絮飞"。后拟作云："荻声连夜雨，萍迹故乡情。"又，同治癸酉考差诗，题为"江南江北青山多"。后拟作云："雨后螺深浅，风前雁往还。舍连春水泛，山杂夏云间。"浑切工雅，居然馆阁体制。斯盖梯云姑丈为我言者。

① "圞"，原文作"栾"，据文义改。

孙瑶华

休宁汪景纯名宗孝,儒而侠者也。有姬曰孙瑶华,本教坊中人,与景纯卜筑六朝古松下。景纯归里,孙有《寄衣》诗云:“闭妾深闺惟有梦,怜君故国岂无衣。”按瑶华字灵光,汪仲嘉有《代苏姬寄怨所欢诗》,词客属和盈帙。休宁吴兆熊,尤自负岸然。灵光诗一出,众皆搁笔。灵诗云:“繇来娇爱竞新知,空结同心不忍持。山上蘼芜宁再遇,陵西松柏讵相期。罗襦明月君休系,纨扇秋风妾不辞。极目自怜春欲尽,流莺飞处草离离。”

娄江女

娄江女子轶其姓字。绣余兀坐,读其遗诗二首,哀怨悱恻,盖深于情者,或谓即俞四娘其人也。《灯夕寄答》云:“荒楼何处忍吹箫,寂寞灯前涕泪遥。忽看病中书信至,却伤今夜是元宵。”《对镜》云:“对镜翠眉低,蛮笺和泪题。画梁双燕子,何事向侬啼。”

——《神州》第一卷(1913)第一册

粹玉女士

粹玉女士，生平不详。

新剧杂志序言[①]

《新剧杂志》第一期出版，粹玉极愿作些文字，投入杂志编辑部中，藉表区区赞同的意思。或者谓粹玉既属女子，且非女子新剧团里人物，新剧界中又无丝毫关系，舞文弄墨，实是隔靴搔痒，未免贻笑大方。粹玉听了这话，只得置之勿论，然而不得不略为辩解。列位，可知道我女界对于新剧，究竟有一种什么感情呢？到底有益无益呢？粹玉敢代表我女界全体，大胆说两句话。新剧对于我女界，实在有万分益处。我女界对于新剧的感情，确是最欢忻的、最同意的，对旧剧原是绝对的不赞成。对新剧自然具这种观感，此中缘故，容易抉出。列位试想，旧剧中文武各戏，什么叫做空城计，洪羊洞，长坂[②]坡，金钱豹。什么二簧，什么西皮，什么道白，什么唱工，什么爬杠，什么筋斗，什么全武行，什么打出手。总而言之，所说的听不出，所做的千遍一律，最讨人厌。武的更野蛮，人道上亦大有妨碍；况多神道设教，荒诞无稽，世道人心，

---

① 原文标题为《序言四》，此标题为编者所拟。

② “坂”，原文作“板”，据文义改。

丝毫无补。我中国女界,不识字十居八九,即是识字的,在粹玉个人意思,以为看这种戏不如读《三国志》《西游记》等旧小说之为直截了当。而且关羽大红脸,姜维八卦额,有的五光,有的十色,有的像牛头,有的像鬼魅。那形状岂不可笑咧?反观新剧,有那种种弊端吗?无论何等人,苟以良心言,新剧的是有百利而无一害。举止行动,处处摹仿时人,语言吐属,又是苏白居多,所演的戏,又皆有情有节,大都以惩恶劝善为不二法门。我女界中虽脑力至弱没有阅历的与智识的女子,观此种戏,最合其心理,直接领悟,感触自易。如此说来,新剧对我女界,岂非有大大的益处?我女界对于新剧,可不极端赞同么?所以《新剧杂志》第一期出版,粹玉立定主意,草就了一篇文字,当作序言,通与不通,不敢自信。不过因《新剧杂志》是新剧界大功臣,我女界既受新剧无形之益、无量之福,粹玉不能不代表女界全体,表明一些感谢的意思罢了。

——《新剧杂志》(1914)第一期

张雅琴

张雅琴，生平不详。

评女子串演新剧一问题

吾辈女子至不得已而献身于红氍毹上，吾实悲之不暇矣，复何敢责焉？虽然，对于此一问题，事实上诚不能无訾议，而于理论上亦岂可一概抹煞。吾非剧界中人，而处于旁观的地位，不得不发一言。则以女剧之所以不免受人指摘，受人吐骂者，非女剧之不可行，实串演者之不自尊重有以招之也。夫不克自树一帜，立足于竞争之舞台，而唯他人之是依，至不恤男女合演，予人以口实，而欲人之不指摘、不吐骂，其可得乎？今一二观者之眼光，不过集矢于此一点，而不知即反对派持排斥论之所由起也。吾素主张女子自立为目的。一般投身剧界者，不知果为何等资格，乃以闺阁巾帼之名词，互相标榜。一若非压倒须眉，不能自已者，而徒为彼辈卖名啖利之媒，已则处于受嫌分谤之地。是则岂特以色相牺牲者之羞，抑亦女界全体之羞也矣。若谓女子之能力薄弱，不足回旋，此真甘于自暴者之言也。其可以自寻生活者，社会上正复不少，亦奚取于斯为耶？前途之障碍，吾知必日益多，夫又何怨而何尤？

——《快活世界》(1914)第二期

王灵

王灵，字秉嘉。生平不详。

俪敬室随笔（节选）

徐烈妇吴绛雪女士，永康人，有遗诗一卷，诗多佳句，而女士之历史无从详考，惟俞曲园先生所编年谱中有云。（耿精忠之乱，其党人徐尚朝寇永康，宣言曰：以吴绛雪降者免。邑人聚谋欲以绛雪纾难，绛雪遂行。至卅里坑投崖死。捐身以全一邑，非寻常节烈比也，云云。）舍身救众，求仁得仁，守正行权，无伤贞操。女士实巾帼中伟人矣哉。诗之佳者，如《暮秋》云："菊花疏淡宜黄蝶，蘋渚荒凉剩白鸥。"《弹琴》云："一曲未终天欲午，落花无语卧苔阴。"《宴友》云："朗月自瞻名士抱，春云争似美人妍。"《村居》云："冬山瘦削宜添雪，老树槎枒不动风。"《寄外》云："风雪貂裘敝，关山马足寒。"《送外妹》云："昨朝商处望，犹自见君舟。"意境卓绝，不同凡响，用笔亦有波澜老成之概。其人其诗，均足为后人景仰也。

古代社会家庭之情状，恒描写于名人诗歌中。读少陵《兵车行》，足见当时妇人只知儿女之私情，不急国家之大难，诚足耻也。然古之妇人岂尽若是？不观宋刘孟熙《征妇词》乎？曰："征妇语征夫，有身当殉国。君为塞下土，妾作山头石。"慷慨激昂，深知爱国之大义。方诸南北美战时之妇人，当无逊色。

秦良玉女士诗云:“蜀锦征袍手制成,桃花马上请长缨。世间多少奇男子,谁肯沙场万里行。”(或谓此为明代君主所制赐良玉者,无据不足信。)近世金芷兰女士曾作《战场行》长歌,载《汉声报》中,其卒章云:“将军手提贼人头,英风凛冽见者愁。马行迷路不可识,醉卧沙场枕白骨。”慧心尚武,意态如虹,足为《木兰辞》之嗣响。吟诵一过,不禁气为之王。

吾国女子,夙以娇弱及消瘦著,姿态娉婷,腰支纤细,常见于古人诗歌。秋花消瘦,毋怪弱不禁风。往往红颜未老,慧劫已来,而蕙折兰摧,香消玉殒矣。推其原因,大概绣帏时掩,深坐幽闺,而不好运动,不吸清气,不受阳光,在在乖卫生之定则也。遂使体质精神日趋衰弱,造成善病工愁之状况矣。欧美女子,好运动一如男子,驰马操舟,跑冰泅海,或旅行远地,或陟彼高岗,既含尚武意味,更得常在鲜洁大气之中,龢煦曦光之下。即家庭生活,除严寒而外,恒喜作户外之操作。致器官得平均发育,血脉能充分流通。故体格健全,肤色华丽。(深呼吸之效果,皮肤得天然之光泽美丽,较之苍白憔悴而脂粉强施,玉颜有罹铅毒之虞者,岂可同日而语。)吾女同胞慎勿因婢媪随侍,无须操作,遂尔逸坐璇闺,不自珍摄,作先零蒲柳,令人叹红颜薄命也。

雉皋熊女士琏,号澹仙,亦号茹雪山人,幼慧,好读书,作诗赋即有惊人句。既长,更有进步,古文楷书均所优长。早字同里陈遵,遵旋得废疾,遵父不欲误琏终身,请毁婚,琏坚不可,卒归于陈。事姑孝,间归奉孀母,勤操作,暇辄以诗赋自遣,人皆贤之。诗集都四卷,皆女士手抄,字格簪花,工整秀丽,简端名人题序,至二百余章,足见女士才德,为一时士林所推重也。其诗如霜笳①晓角,悲壮苍凉于即景咏物之中,多寄慨写心之句。如《梦醒》云:

① “笳”,原文作“茄”,据文义改。

“寄声钟鼓休相唤，不是系华梦里人。”《梅花》云：“罗浮觉后魂何在，玉笛吹残恨正长。”又曰：“自遇雪霜甘冷淡，可堪烟月正昏黄。”《柳丝》云：“东风吹不断，长是系春愁。”《萤火》云：“背灯兼背月，原不向人明。”《白牡丹》云：“现身未改冰霜色，入世原从富贵来。”《歌妓》云：“近日须眉工谄笑，许卿端合易男装。”《见蝶》云：“轻纨原在手，未忍扑双飞。”《病中》云：“多情只有天边月，偏照寒窗病里人。”又曰：“未及慈乌能反哺，转将汤药累高堂。”《月夜》云：“愁来见月便低头。”《春夜》云：“深院无人春似水，梨花枝上月明多。”《枯树》云：“所得是秋风，夜半横崖啸。”《庭松》云：“不曾占春色，容易感秋风。”《看月》云：“人孤月愈明。”《斜照》云：“半壁夕阳西，人踏葵花影。”《春草》云：“亦自占春风，不改年年绿。”《侠客》云：“多少风尘事不平，恩仇为重死为轻。挥金一笑扬鞭去，世上无人识姓名。”《雪窗呵冻》云：“此中无热客，只合写梅花。”志操高尚，襟怀朗洁，读其诗可想见矣。虽所适非偶，至夫家自愿毁婚，而坚持从一，大节凛然，尤足昭垂千古也。

姑媳之违和，十室之邑必有数家焉。于雍怡辑睦之家庭，演成黯淡愁苦之景象。多血质之妇，则冲突频仍。神经质之妇，且抑忧厌世。家庭幸福安在乎？其原因甚杂复而众多，由来者渐非一朝一夕之故。中国风习，媳多侍姑膝下，罕析居者。然媳能恪全妇道，曲体姑心，则姑贤敬爱益加，姑恶亦被感格。盖姑之视媳，迥异爱女，而爱情既淡，厌念易萌，米盐琐事，稍不如意，由厌而憎，憎则交恶矣。然苟媳之事姑，一如事母，或有责言，偶逢迁怒，均笑受而不与较，而起居食饮之间，异常亲切，夫然后姑未有不视同己出，爱若掌珍者。奚至违和哉！吾盖考验古今历历不爽也。

毗陵王采薇女士，孙薇隐先生德配也。夫妇同擅诗才，闺中唱酬，伉俪綦笃。不幸偕老难期，蚤占臼梦，先生恸之。乃以“长离阁”名其集，其诗于清逸简淡之中有遒劲豪迈之气，非浅学者所能为也。《梦中作》有句云：“青山独归处，花暗一层楼。”《向夜》云：“凭阑弄清笛，微月在钗头。”《梦起》云：“寒天细竹人孤倚，斜日空檐燕对飞。”《三月三日》云：“吹梦夜风先到树，弄愁寒雨不妨花。”《病中》云：“愁如天远还窥帐，病与云亲不下楼。”《柬外子》云：“离愁作雾疑沉水，晓病如烟尽著山。”《晚立》云：“烟中紫燕相思语，霜里红蕖独自花。”《七夕悼姊》：“愁年不共生年短，死日方知别日佳。”《舟中》云：“只鸟时依树，孤萤不上衣。”《舟中》云：“镫微还下雁，钟冷不惊鸦。”《初春》云：“花逐调琴指，莺随入镜枝。”《山夕》云：“月满无人地，钟残有雁天。”《送春》云：“落雨丝阑住，残花蝶斗飞。”《山空》云：“鹤随云到户，虫与叶栖亭。”《前楼》云：“一夕参差隔院声，梨花飞白春人鬓。”

……

曩读某种杂志，有自署“楚北英雌”者有诗云：“千载沉沉此睡狮，欲歌还哭我情痴。年来落拓无长物，剩却罗兰笔一枝。”又有某女士诗云：“美雨欧风震地来，玉关消息费疑猜。楼兰未斩心难死，携手相将上舞台。声声铃响彻东京，漆室悲吟总不平。巳国同关儿女事，早妆梳罢赋从征。”爱国之言，照人颜色。读者可以兴起。

王端士女士谨，浙东人，雅擅选才，所编《闺秀诗选》六卷，多名句。如吴朏《艳曲》云：“赠妾紫金环，遗郎白玉玦。郎意环不解，妾意玉比洁。”师慧芳《晚春》云：“九十春将去，春愁唤奈何。侍儿浑不解，报道落花多。”蔡涪洲《答外》云：“人生不相见，所冀梦见时。君梦还家易，妾梦将何之。花飞尚依树，雨落难上天。洒泪付流水，或可到君前。”倪瑞璿《忆母》云：“暗中时滴思亲泪，只恐思儿泪更多。”姚栖霞《晚凉》云：“江有意流明月去，云无心托暮山栖。”归懋仪《感怀》云：“愁多天地窄，情重死生轻。”钱梦钿

《感秋》云:“江云长带雨,海日自钩山。”满目珠玑,令人心折。

鉴湖女侠成仁后,女同胞多作诗哀之。有石湖菱女者曾作四绝。其一云:“生成侠骨逼人寒,如此风波不忍看。遥望断头台上拜,香花斗酒祭罗兰。”其三云:“风风雨雨复朝朝,碧血青磷恨未消。儿女英雄同一哭,不堪呜咽浙江潮。”又女士某诗云:“莫把无情说有情,杜鹃啼血一声声。从今呜咽钱塘水,也向秋风激不平。楚歌四面家何在?只手回天事本难。寄语儿曹休学问,庸愚无识转平安。”悲感淋漓,可歌可泣。吴芝瑛女士亦撰联志其墓门云:“一身不自保,千载有英名。”集文选句也,立言亦殊得体。

当女侠成仁之日,正豺狼当道之时。人既不敢为雪覆盆,且不敢为瘗忠骨。致使遗躯暴露数月,雨淋日炙,惨恸极矣。吴芝瑛、徐寄尘两女士,独毅然赴浙,为安窀穸,布奠痛哭,祭文中直斥亡清浙抚为禽兽。人所不敢为,冒险为之,鼎镬如饴,罔身是恤,侠肠义胆,卓绝两间。卒后政府果欲罪之,各界力争,始获幸免(事在戊申九月)。又有留东女界宣布意见,欲为复仇。其意见书之末节云,“嗟嗟秋风秋雨,愁绝人寰。女界沉沦,天容惨淡。裙钗慢吟自主,巾帼孰是英雄?阳鳞何心,竟试莫邪之剑;女娲有计,难平荆棘之天。所愿留学同志,树起精神,联合大同,团结巩固,效班昭之表,伏阙颂冤,竖女龙之旗,陈师问罪,争人权于生死关头,慰英灵于山阴道上。庶几完全我人格,辟五千年独立之天,剪锄彼凶顽,刷二百兆温柔之陋”云云。慷慨激昂,是墨是泪,皆足为历史上万祀不磨之事迹。后之人想像低徊,所同声赞叹者也。

外子暂斋君,昔曾选辑近人名句,成六帙,命曰《诗界趣言》,皆立意新奇、趣味渊永之作也。而闺彦之吟构,搜集者綦多。如陆蒨女士《暮春》云:“海棠落尽楝花残,闲煞一双白蝴蝶。”《春晚》云:“树头娇鸟一声啼,落红乱扑秋千索。”又《有感》云:“情因关切翻无梦,诗到清新似有香。"《苦雨》云:"春风送春来,春雨催春暮。春雨竟谁留?何不随春去。"杜筱英《绝命词》云:"寄语双亲休眷恋,入江犹是女儿身。"马氏妇《秋闺梦成》诗云:"梦回檐马迎风处,犹是沙场剑戟声。"张令仪《病中》云:"殷勤好与东风约,留取余花待病人。"金逸《春日》云:"睡起不禁春恨满,一双蝴蝶在帘栊。"席佩兰《暮春》云:"蜘蛛也解留春住,宛转抽丝网落红。"骆绮兰《咏脂》云:"月明吹彻江南曲,多少轻红染玉箫。"吴琼仙《春宵别外子》云:"生憎杨柳月,人去转分明。"王玉如《春阴》云:"东皇爱惜牡丹深,费尽量晴较雨心。雨恐太寒晴太热,为花连日作天阴。"吴珊珊《咏萤火》云:"蒲葵扑堕知何处,笑问檀郎见未曾。"汪玉轸《偶成》云:"且推窗看中庭月,影过东墙第几砖。"又云:"借问过墙双蝴蝶,春光今在阿谁家。"叶令仪《倚阑》云:"石上古松阶下草,引人长倚碧阑干。"刘韵清《舟中听雨》云:"一夜扰人眠不得,今朝却不怨芭蕉。"骆绮兰女士《柘塘春步》云:"戏抛一片残红落,惊散鱼苗入绿萍。"丁瑜《家居》云:"昔年燕子今重到,始信交情尔独真。"陈瘦菸《送妹于归》云:"从今不向闲阶立,怕见篱边姊妹花。"姚栖霞《碎句》云:"燕剪剪春愁不剪,翻含愁入小窗来。"徐雅间《即景》云:"山色有无疏竹外,诗情浓淡落花前。"顾英《春阴》云:"无可奈何残梦醒,谁能遗此落花飞。"王谨《咏雪》云:"老天也识穷途苦,填尽崎岖补不平。"一石女士《窗下》云:"花瓣打琴弦有声。"程慰良《有感》:"事从悟后言皆物,诗到工时心更虚。"张瑶英《偶成》云:"短垣延月早,病叶得秋先。"毕藻《松径》云:"松风似厌泉声小,自写云门百尺涛。"某女子《题美人图》云:"朝朝梳洗临江水,一路芙蓉不敢开。"梁琼佩《杂咏》云:"花影入帘明月香。"又云:"衣上绿阴揩不去,笛边明月唤将来。"又云:"三十六陂秋色满,白荷花里鹡鸰飞。"陈素安《病起》云:"重帘不卷纱帏静,落砚何来数点花。"许宜瑛《寄外》云:"除是今宵同入梦，梦时权当醒时看。”吴香宜《咏梅》云：“依心恰爱天然好，不忍临风折一枝。”吴若华《咏镜》云：“阅世兴亡宜有眼，辨人媸美总无声。”胡女士《寄外子》云：“睡时梦郎来，醒不见郎面。依影寄与郎，朝夕与郎伴。”李珊珊《春日院中》云：“纨扇轻将蝴蝶扑，无端触响护花铃。日暮寻芳归去晚，春泥湿损踏青鞋。”金逸《病起》云：“鹦鹉不知人病久，朝朝楼上唤梳头。”汪玉轸《中秋无月》云：“拟向嫦娥诉幽恨，昏昏月又不分明。”朱文毓《春暮》云：“残红落地无人管，蝴蝶飞来也断魂。”张绚霄《踏青词》云：“一阵风来闻笑语，绿杨楼外有秋千。”吕湘《碎》云：“雁飞天有霜。”素娴《杂诗》云：“拾得井栏新柿叶，自磨香墨乞郎书。”又云：“梦中忽得销魂句，推醒檀郎索和诗。”叶小鸾《别姊》云：“当时最是无情物，疏柳斜阳若送君。”席佩兰《送春》云：“怪底东风无气力，送春归不送人归。”又《寄衣曲》云：“去时宽窄难凭准，梦里寻君作样看。”又《题壁》云：“一花一木寻常见，到得离时却耐看。”语妙天下，趣味覃覃，令人不厌百回读。

……

——《妇女时报》(1914)第十二期

张芳芸

张芳芸,1915年为平湖淑英女学教习,生平不详。

妇女杂志发刊辞[①]

比年以来,杂志界风起云涌,离奇俶诡,二三浅学之流,各树一帜。以与异己者抗,名目繁多,乃至不可究诘。顾一考其内容,则写情小说、游戏文章,连篇累牍而未有已。在作者洞悉社会心理,欲达其金钱主义之目的,俾令不胫而走。家置一编,遂至不恤以文字毒人,曲学阿世。导后进以偷惰,陷风俗于淫靡,而影响于我神圣庄严之女界者,实匪浅鲜。盖女子粗通文义,最嗜稗官,此殆天性使然,未足深异。客有自武林返者语余云:"浙江图书馆中每日来阅书者,人数寥寥。间有女子,则恒以新小说等为消遣品。"此其明验,无才是德,贻人口实者,固别有在焉。抑余之为斯言,非于小说家言表极端之反对也。惟以今日女学幼稚时代,当读之书,为类滋夥。女子,责任实大且重,沾沾于此中觅生活,未免玩物丧志耳。上海商务书馆,营书业有年,所出各种杂志,宗旨正大。今者《妇女杂志》发刊,应时世之需要,佐女学之进行,开通风气,交换知识。其于妇女界为司晨之钟,徇路之铎。其于杂志

---

① 此标题为编者所拟。

界为藏智之库,馈贫之粮。所谓沈沈黑幕中放一线曙光者。此物此志,抑余有进者。吾国坤教失修,女子能读书识字者,实占少算。主持言论诸彦,尤宜体察国民程度,饫以相当之知识,文字务求浅显,持论不必过高,以适社会。至诙谐嘲笑之作,奇丽香艳之文,伐性汩情,长恶败德,当然在屏弃之列,无烦余之喋喋也。《传》曰:"君子以作事谋始。"故有正春者无乱秋。愿以本杂志出版之新纪元,与载笔之士勉之矣。

——《妇女杂志》第一卷(1915)第一号

李素筠

李素筠，文章有署名“贝李素筠”，湖南浏阳私立含章女子初等高等小学校长。夫姓贝。

论女子宜通小学（节选）

……

男子既无字学之可言，女子则益无可道。毛西河博洽盖代，其女弟子曰徐昭华，亦以多才著，然所刊行者，惟一诗集，传词章不传经学也。俞曲园著述等身，其女弟子曰张贞竹，亦以工书闻。然所娴者乃擘窠大字，传美术不传字诂也。二公赫然一代经师，毛喜谈声韵，俞喜研训诂，于小学特为精深。两媛亲炙于其门，顾不得一闻六书之旨，真乃咄咄怪事。其余闺阁之英，操觚弄翰，徒以吟风弄月为事，无暇及此，更可想而知矣。此一女界之大厄也。

……

——《妇女杂志》第一卷（1915）第一号

教授国文作法之状况（节选）

（三）准其临时看书

……

学生在校，挟教科书一册，日受半课，所得几何？惟导之使自阅书，则师逸功倍，收效自捷。若学生不肯用心，教员虽加以强迫，亦终无效。幸得趁此机会引致之，则学生无不注意者，是不惟于其作文足供采掇，即使其由此深信阅书之有益，亦所获多矣。昔毛西河作一小诗，必獭祭乃成，尝语人曰：援笔一次，展卷一回，积久自能赅博。余深佩其言，仿行三十年，实有效验。是在天资卓越者，或不必如此困勉。若中人以下，则此法实最妙者矣。余尝譬之，书犹米也，文犹酒也，心思则曲糵也。得米而以曲酿之，酒成之后，不复见米，糟粕在所弃焉。今之学者，乃至屏书不阅，将全凭思想以成文。则是以米为无用，欲投曲于清水而使之化酒也，乌可得哉！

（四）不限定字之多少

落笔千言，日试万言，昔人兴到语耳。其实文之优劣，与字之多少，绝不相关。俗儒无识，往往不辨体裁，不论作法，但知以多为贵。至于评骘时髦，较量进境，辄曰“某也能成若干字”“某也能成若干字”。徒以篇幅之繁简，定程度之低昂，学童惑之，竞相驰骛。遂致肤词泛语，充塞行间，按之题旨，一是百非，痼习既深，永不得拔，皆此种议论贻之害也。愚以为教授作文，必以指导认题为第一义，但使其文与题意相合，则字之多少，姑可勿计。且篇幅长短，须相文体为之。王荆公上皇帝书累万言，而读《孟尝君传》不盈百字，则其故可知矣。汉世之文，最凝炼者莫如《法言》，最漫衍者莫如《论衡》，如以多少为优劣，谓王充之文胜于扬雄可乎？

……

（十）不评分数

分数者，所以定试验高下之准，而于教授上最为不适用者也。

教授国文之法，纯赖以美感教育施之，使自知倾向于审美一方面。命意遣词，炼字造句，如何而后妥帖，反复审慎，不容自安，然后教者易施而听者忘倦。刘彦和云："立意之士，务欲造奇。每驰心于玄默之表，工辞之人，必欲臻美，恒溺思于佳丽之乡。"凡此皆由自动而然，绝非奖分扣分，可以为力者。余尝谓，韩柳欧苏当日作文时，设有人督制之，为之评给分数。吾料其文必不能如今所传者之优美，何则？审美者乃于徽弦上调宫商，贪分数者则于弈枰中求鸿鹄也，计亦左矣。且分数亦实难于取准。韩退之《祭十二郎文》，林西仲录入《古文析义》，推服甚至。姚惜抱《古文辞类纂》，以其不合古法，乃削而不收。及曾文正选《经史百家杂钞》，虽亦收录，终以其不合古法之故，特注其末曰："后人不必效之。"设使昌黎为学生，呈出此文，遇林西仲则得评给百分，遇姚惜抱则必扣不给分；若遇曾文正，则又幸得及格分数，思之真令人失笑也。前此以科举名目，诱致学徒，优拔廪附，率视分数为差，流弊滋多，笔难罄述。自文凭改以功课及格为准，此弊亦渐杀矣。然积习既深，人情尚锢，某校中每评发课本一次，学生于文章殆不寓目。惟闻窃窃交议曰：某若干分，某若干分，某比我多若干分，此次比前次少若干分。一若入校别无他图，其目的专在分数一事。几乎教员肯给我分数，则我虽终岁不读书，亦足以成学者，此真可为痛哭流涕者也。尝试言之，薪金者所以酬教员之劳绩，分数者所以定学生之程度。此自不能废缺，然使入校以后，教员念念只在薪金，学生念念只在分数，则其学校必无寸效可收。此十年来所目验，百不一爽者，深不愿蹈其覆辙也。

——《妇女杂志》第二卷(1916)第一号

华慧纬

华慧纬,1915 年为苏州景海女学第五次正科毕业生,生平不详。

论游历有益于文学

作文犹画也。画宜有生气,有逸趣,有清机,有远势,文亦宜之。然非身历宇宙之奇景,胸罗山川之真相,则所谓气也、趣也、机也、势也,果何自而来也？若夫手不停批百家之书,口不绝吟六艺之文,闭户兀坐,揣摩穷年,经史虽已满怀,而发表者皆前人之糟粕,世事日以变迁,而诵习者率三代之典文。迂谬少当,不足以言文学,夫人而知之矣。苏辙曰:“文不可以学而能,气可以养而致。”养气之方,不外乎游历。所见愈多,其气愈盛,气盛则言之短长皆宜。而所谓逸趣、清机、远势,皆汩汩而来矣。昔司马迁浮江淮,过大梁,其文益壮。杜少陵崎岖蜀道,不遑宁处,其诗益奇。之二人者,皆吾国文学家之鼻祖,而所以补益其文学者,无一不从游历来也。虽然,游历之益,岂仅关于文学一端已哉!

——《妇女杂志》第一卷(1915)第一号

雪平女士

雪平女士，甘肃兰州人，生平不详。

红梅花馆诗话（节选）

隆裕后能诗，有“春风无奈落花何”之句，为人传诵。然以今视之，殆诗谶乎？

冯上将与周女士新婚，一时佳作如林，而易哭厂四律最为脍炙人口。但其诗任意拼凑，殊多语病。如“卿卿卿我用卿法，将将将兵开将家”，几不成句。女士评云：“满口胡柴。”

亲串姊妹自津来，诵杨翠喜《寒闺词》一阕，词云：“天低云暝，一角红楼寒意紧。赢得清才，偷擘蛮笺赋茗来。　　才添半臂，笑泥檀郎斟绿蚁。香透纹纱，帘外黄梅倘著花。”杨亦能作韵语乎。

云中吴诗媛女士（芳），阶州邢雨民太史（澍）淑配也，工书善诗。太史著《寰宇访碑录》《雍州金石志》，半出女士之手。记其《塞下》残句云：“风吹边草白，日照大河黄。”气象直追工部。

女尼慧香，知余通科学，诘曰：“西人谓他星球上究何若耶？”余曰：“天外有天，君信否？梅花曾不异江南。”尼为怃然者久之。

宋女士《闺情》词云：“牡丹带露真珠颗，佳人折向庭前过。含笑问檀郎，花强妾貌强。　　檀郎故相恼，只道花枝好。一面发娇嗔，挼碎花打人。”词名《菩萨蛮》。唐伯虎偷其格调成《妒花》诗一首，不但有伤事主，词费多矣。

白菊花与御史洪良品之子有啮臂盟，谋杀其夫，拟凌迟。良品奏反之，卒归洪子。白有《宛转歌》二首，狱中寄洪子作也。诗曰：“天将夕，鸟散花飞阶草碧。风吹枷锁满城香（成句），春愁如许谁怜惜。歌宛转，宛转思无穷。愿为凤与凰，饮啄竹梧中。”（其一）“天将晓，月没星稀鸿声渺。冰肌奈得铁衣寒，梦中路远行不了。歌宛转，宛转意难忘。愿为松与柏，山上共风霜。”（其二）其词抑何贞耶？

秋女士为近日女界第一人，但其诗另是一事。余常题女士小像云：“手把夷刀向天笑，请看人间女丈夫。”即戏用其体也。

柳如是有《金陵感旧》五言排律一篇，不愧一代诗史。观其语气，或代尚书作也。然虞山瞠乎后矣。后人搀见他集，爰更录之：“四塞走江声，东南天府成。百川吴会水，半面石头城。势若蟠龙虎，涛堪当甲兵。高堂巢凤久，孤屿泛鳌轻。饮马奔秦晋，烧狼召楚荆。一隅贪窃据，六代畏兼并。屡见称皇帝，谁能致太平。临春纷舞蝶，正月乱啼莺。似黛怜眉细，如花照眼惊。长星劝不醉，天子跣能行。妄以殷为鉴，空悲姓屡更。那知承一统，依旧失经营。米粟关中积，人民洛邑盈。总然随瓦解，尚可出师迎。朝拥刘盆子，军无汉孔明。强梁诸节度，屏息旧公卿。瓜步忘沈铁，昆池未凿鲸。将羞屠狗客，侯保烂羊名。羽檄驰何急，君臣笑欲盈。歌还闻玉树，盘已坠金茎。赤日相摩荡，神州自廊清。寝陵抛俎豆，云雾散簪缨。历历山川在，离离禾黍生。只余白发叟，指点说西京。”

昭文周绿君女士（绮），吴县王雪香太史（希濂）室也。常有《红楼影事诗》，附雪香评本以传，著《擘绒余事集》。《初夏》云：“小谿点点叠新荷，满院清阴雨乍过。闲卷珠帘寻画本，夕阳红在树头多。”《戏写水仙荷花为炎凉图》云:“水佩风环一种清,两花应恨不同生。炎凉任尔轻分判,香国何尝有世情。”……

随园女弟子最多,知名者甚少。毛西河仅女弟子徐昭华一人,无不知者,其势然也。徐《塞上曲》二首云:“朔风吹雪满刀镮,万里从戎何日还。谁念沙场征战苦,将军今又度阴山。”(其一)“彍骑三千出汉关,雕戈十万卧燕山。月明近塞频驱马,尚有将军夜猎还。”(其二)余出关每喜诵之,气辄为之一壮。

皋兰吴碧草女士(贞),柳堂侍御女也。幼娴庭训,有孝名,诗法盛唐,无孱弱气。其《题奋威将军王进宝画像》云:“靖远昔卫今县名,乌兰山势何峥嵘。黄河如雷吼城过,灵气郁结生豪英。康熙之初老濞叛,秦蜀万里连麾旌。将军破敌风雨快,手扶日月催欃枪。阿谁下笔写褒鄂,令我仰望怀鲸彭。虎须猬张颧岳立,想见叱咤千人惊。雕鹗回头作顾眄,英风楼下寒云生。李广身经七十战,耿弇气夺三百城。殊勋千载已竹帛,宠锡十世皆簪缨。君不见山东出相山西将,屠钓悠悠讵可轻。”忠臣之女,吐属固自不凡。

平安如意者,陈玉苍(璧)箧室也。因案被逮,全国知名。或传其七律一首,颇能自文其过,姑存之。“无端谣诼起庭除,蛇影杯弓尽子虚。泣血杜鹃成蜀鸟,填冤精卫化溟鱼。飞霜六月天难瞑,大旱三年雨不舒。自古红颜多薄命,拚将一剑报尚书。”

顾横波性爱猫,如宪猫不得。及瘗以沈香棺……已见记载。顾更有《咏猫》六十韵,世鲜知者,余展转抄得,急录之。诗曰:“种类生天竺,谁云乞未须。威名祟鼠将,小字锡狸奴。肉暖三分麝,身圆二尺乌。线睛垂灼烁,锯耳验模糊。面洗波倾白,唇掀坎相朱。卷毛星火溜,拱手骇声呼。锦带新驯凤,琼花旧号鵌。品题红拨重,颜色紫英殊。唐世昆仑姐,虞家白雪姑。青骢传段记,玉狻绘张图。獴猹奔逾捷,麒麟守太愚。鱼投穿细柳,盐聘裹香菰。

引到潇湘竹，醺残薄荷酥。彩糕重九菊，红缕寸三䋿。蜂院探香俏，蚕床坐影臞。晓蹲蕉叶懒，午蹴牡丹孤。损碧苔移锈，争黄果落腴。舐丹窥铁鼎，伺饭击铜盂。粉鼻垂涎否，霜眉入画无。淡描秋菡萏，甜梦锦氍毹。煤黑常蹲灶，笺翻每搅厨。窃来寒食饵，避入女郎襦。暖昼拖酣蝶，残更攫狡鼯。上怀应主认，学叫笑儿娱。词阁窥吟悄，妆楼伴绣趺。弄娇红捍杖，引戏绿纱幮。难禁沿邻走，还教避客趋。暮防门外闭，夜屡枕边喁。失已经三日，寻还及四衢。壁空贫不厌，宵永守频劬。羹泼招伊净，家移带与俱。作文谁谩骂，草檄敢轻诛。画地三爻卜，撩天四脚踣。化形成蝙蝠，拟状类貍貙。驿寺衾传句，金山纸掷符。迎神勤拜祝，蓄鬼任揶揄。武后嗟伤鹉，萧妃骂扼鴝。铁笼庄浪道，绮褥写经湖。金锁蕤勾足，琉璃瓮触肤。庐州能化佛，仙洞恨看炉。孔子停琴听，昌黎对乳吁。作妖谈白老，兆谶答徐巫。谑浪空投谓，微言妙讽卢。求秦聊免获，比李亦何辜。兰若司双钥，平陵幻五铢。数金商价值，三昧识伊蒲。狮吼催谁胆，龙腾化被躯。防欺吟鲁道，忍啮诘潜夫。义本关苗害，形看上树痾。寅人逢受克，未月浴除污。骨本封侯重，肠饥痛饮枯。鞭棰投已裂，牙爪梦非谀。哥号天坛诵，王名异域驱。四时形相别，五德论谈迂。不克供其职，奚教缩且逋。戍侪旌感孝，子肖问当途。误食应防癞，堆绵岂患痡。百钱刘向议，十玩武宗摹。袪愤情偏好，从阴类弗渝。抒笺题未竟，觅食过庭梧。”

姑臧牛贤姝女士，为镜堂制军之女公子，适同邑杨某，有《古意》二首云：“欲别牵郎衣，将言屡俯首。昨夜梦郎还，郎曾梦侬否。”（其一）“夫婿去临邛，绣阁空春色。妾貌不如人，敢怨郎情薄。”（其二）

——《中华妇女界》第一卷（1915）第三期

闺阁常谭(节选)

时彦讥昔人格言,为老生常谈。推原其故,盖病其迂也。虽然我国之积弱,风俗人心之窳败,岂老生常谈中之乎?有以知其不然也。或谓中国濒危至此,犹不遽亡者,实赖前贤老生常谈有以维系之。此人心所以未死也。督课之暇,因选平日所主张,及与群姊妹辩驳之语,共若干条,都为一集,取老生常谈之义,以名兹编。至持论陈旧,文笔阘茸,知难逃大雅之讥。惟望我女界贤淑,挈其一二中綮者存之。是即愚者千虑之一得焉。

……

按之旧社会习惯,无纵令子女阅看小说之理,余则择而授之,不似旧习惯之迂拘。然较之毫无限制者,则又有别也。

嵩妹问曰:"既知其书不佳,何购为?"余曰:"君子可欺以其方也。余观其标名固佳,孰意其内容不纯,选政不精乎?即以女界月刊而言,《中华妇女界》,其巨擘也。《妇女杂志》,等次之。《女子世界》,便有不可尽令子女读者。若高女士之《眉语》、胡女士之《莺花杂志》,更可勿论。(此条系论书之体裁,非论文笔,勿泥。)

余常思于女子报章中,辟一群书平议一栏,为女界修学方针。凡社会通行之书及最近出版者,仿书目提要例,附以出版价目、撰人。大致略分二类,曰"宜读"曰"不宜读"而已。惟评语虽精当无私,以免反对。噫!安得一女董狐,秉笔直书,一辟女界前途之荆榛也。

所谓不宜读者,指妇人子女而言。是此书虽不得售于女界,犹可转而他售也。其不致惹起笔战者,职此故耳。

……

——《中华妇女界》第一卷(1915)第六期

小说题词十首

同文本绘图《聊斋》，每图各系一诗，虽至短，一事亦能包括大意，以韵语出之，自是能品，余仿其意，取《妇女界》所载短篇小说各题七绝一首，效颦之诮知不免也。（余读至第四期，故所题亦至是期而止。）

石油灯

记得危楼乘夜登，孤身潜立最高层。果然敌败吾军捷，救国功成仗一灯。

忏吻

无端夫妇两心离，两处含愁两不知。情淡情浓同忏悔，个中心理费猜疑。

巴黎警察署之贵客

惨淡风云动鼓鼙，惊传贵客到巴黎。一朝喜见盟书出，争说雄才狄克西。

妻之心

萧郎荡妇两相欢，举案梁鸿忍泪看。锦字一封天意转，居然苦海挽狂澜。

莲娘保孤记

寇氛飙忽到舒城，寡妇携儿陷贼营。一死存孤兼保节，莲娘不愧女程婴。

女小说家

金字高标著作家，报端广告几矜夸。可怜一纸风行处，讥笑纷传始叹嗟。

南山情碣

男既钟情女亦贞，国仇私爱两分明。至今惟有南山碣，夜月常闻鸾凤声。

赠书女

绝世聪明小女儿，一封缄札寄衰迟。老人有意怜孤息，遗嘱应承百万资。

百褶裙

业矿行将破产闻，东家待客更殷勤。一经情感生涯盛，纪念常留百褶裙。

秋海棠传奇

罗兰自是女中豪，气卷钱塘八月涛。欲向西湖访香冢，秋娘坟并越山高。

——《中华妇女界》第一卷（1915）第八期

答女友论文派书

月日某白，辱书以文派之说见示，甚休甚休。鄙意文派乃后世门户之见，为贤者所不语。夫文之至者，莫如六经。然则六经当居某派耶？盖圣人之文，所以载道，其次莫如说理。后世不察，舍去圣人立言本旨,惟辞句之是务,美其名曰文章,则已非圣人之所谓文章矣。当炎汉之时,去古未远,西京文字,号称盛轨。降至六朝初唐,文体败坏已极。韩愈氏兴,非三代两汉之书不敢观,非圣人之志不敢存,所以文起八代之衰,道济天下之溺。宋代多宗昌黎,瑕瑜互见,而理学词章二派,划若鸿沟。然周张程朱诸大儒,浸淫于名理之中,虽无意为文,文体自工。偶有撰述,其波澜态度,无不与古作者相合,义理胜人。犹其余事,朱明之季,方正学,王阳明,以理名臣,称一代作手。七子之徒,屏去自唐以下,一以秦汉为宗,故何李诸人之文,醇厚简质,饶有西京风味。清初首推侯、魏、汪三家,若黄太冲(宗羲)、顾宁人(炎武)、王而农(夫之)、孙启泰(奇逢)、李中孚(颙)、陆玉书(陇其)、张考夫(履祥)、汤孔伯(斌)、李榕村(光地)、颜习斋(元)诸贤,虽不以文章称,集中诸作,尽有可传。逮方苞、姚鼐出,始有桐城派之号。方姚远宗欧、曾,近师震川,自谓得文章之正,视理学考据之文蔑如也。虽然,朱彝尊、阎若璩、毛奇龄、汪中、纪昀、戴震、钱大昕、阮元之汉学而兼词章。储大文、蓝鼎元、徐松、陆耀、包世臣、龚自珍、汤鹏、魏源之词章而兼经济,其文皆与桐城派相背驰,然亦能家喻户晓,称一代传人,何耶?且习方姚之说者,率至懦缓枯涩,为文律所缚,有如胥吏填造格式,是又不善学者之过也。要之,自孔子删削六经,述而不作,著述衰薄,始于为文。今复是丹非素,入主出奴,逐流忘源,遂相诟病。故乾嘉时文士,莫不各据一隅,大开坛坫,然考其实际,不过尔尔。以今视之,犹之陋也。况时贤文章,卑冗枝碎,东西杂糅,邪说诐辞,等诸自郐以下。有志为文者,亦惟词求明达,理贵圆通,无取乎掞藻摛华,端在意与理胜耳。因下问,敢举狂瞽以对,幸教正焉。外《妇女界》四期,系阿姊索观者,阅讫掷下。母道胎教二书,叱存备览,某复白。

——《中华妇女界》第一卷(1915)第十一期

叶雪梅

叶雪梅,1915年为广州公益女学师范三年级学生,在《中华妇女界》《妇女杂志》等刊物发表文章多篇,生平不详。

郑康成诗婢赞并序

昔东汉郑君,其家有婢,偶不得旨,而曳著泥中。一婢过调之,曰:“胡为乎泥中?”答曰:“薄言往诉,逢彼之怒。”彼二婢者,调笑之中,犹若斯文雅。则其诗之娴,足可想见。夫彼婢女耳,犹能文博一时,传留千古,才之尚人有如是乎?奈何今之闺秀,只美乎其外,而陋乎其中,不亦有愧彼诗婢哉?予不禁为“无才是德”者叹,而为诗婢颂也。赞曰:钦彼才多,谁能与和。羡彼下婢,娴习诗歌。例之今世,足以感吾辈之蹉跎。

——《妇女杂志》第一卷(1915)第四号

曾孝敏

曾孝敏,1915年为广州公益女学师范四年级学生,生平不详。

郑康成诗婢赞并序

我国古代抑阴扶阳,习俗相沿,牢不可破。于是女子"无才是德"之说,几于异口同声。其富者,则深闺幽困,金玉炫奇,绮阁余闲,胭脂多买。其贫者,则鬻为贱婢,垢面蓬头,炙冷羹残,鞭笞备受。为主者既无学识,为奴者更焉解赋诗?虽然,莽莽神州①,泱泱大陆,笃旧者非无习礼明诗之辈,趋时者亦不乏学彰识著之姝,然而大都朱户名媛,玉台佳丽。若求之于泥中弱女,灶下雏鬟,而能妙解词章,精通文翰者,诚恐麟角凤毛,殊不易觏耳。有之,其为郑康成之婢乎?郑君,东汉之大经师也,东莱化雨,婢亦通才。一日,其婢偶不得旨,罚曳土中。他婢见而戏之曰:"胡为乎泥中?"对曰:"薄言往诉,逢彼之怒。"观其问答之辞,概可知矣。是虽由康成造就之德,要亦其好学深思有以致之乎。惜乎,才招天妒,巧总难全。感身世之飘蓬,等芳菲之堕溷,笑扶风之织锦,怯南阳之捣衣。降辱丫头,沦齐赤足,岂不痛哉?亦可哀矣。呜呼!古人已往来者难模,谁由大雅扶轮,不使《广陵散》绝。岂让彼姝

---

① "州",原文作"洲",据文义改。

竞秀，能教《肇鉴图》成哉！爰为之序，并以作赞曰：懿欤诗婢，卓卓芳名。诚佩蕙精，才轶左明。诗书之族，巾帼之英。自成馨逸，众浊独清。椒花并颂，柳絮同称。前无古者，后无应声。展如之咏，彤管永旌。

——《妇女杂志》第一卷(1915)第四号

周璞

周璞，字石贞，湘西（今湖南）人，生平不详。

梦影轩诗词集[①]序

文章寿世，芳徽岂独男儿？天地生才，灵秀必钟女子。是以班姬续史，伏女通经。薛媛题镜里之图，苏妇有盘中之曲。斯固博士非男，侍中有女。蛾眉队里，扫眉而愧彼须眉。螺墨妆前，洒墨应无惭翰墨。考之在古，史不胜书，降及于今，人犹有作。问谁抗手，重翻《玉台新咏》之篇；且请低头，一读金屋闲吟之草。《梦影轩稿》者，女史刘梦纫所作也。女史籍本盱江，家滨赣水，征南史以推求芳姓。曾闻三妹清芬，拟《离骚》而肇锡嘉名。见说八龄吐属，幼承母教。长读父书，诗既擅场，词尤拔萃。是宜使配参军，俾成博议，共效唱随之乐，而为连理之歌。奈何天道无知，人生由命。伤哉彼美！忍教福慧难兼，嫁得王郎，竟令才华虚负。遇人不淑，谓我何求？于是绿衣怨兴，白头吟作。以一管生花之笔，写半生脱辐之情。朱淑贞集号“断肠”，无兹哀艳。苏若兰图成织锦，差比精工。篇篇沉痛，信哉言本心声。字字性灵，想见文因情发。心肝呕出，泪血书成。当时偶尔挥毫，积久裒然成帙。

① 《梦影轩诗词集》，刘梦纫著。

方谓但教有得，聊以自娱。琴乏知音，玉宁蕴椟矣。然而文字吉祥，不终埋没。鬼神呵护，必得传扬。联吟帝子阁前，竟启闺房胜会。投贽平川门下，克承衣钵真传。论声价则十倍顿增，乞品题则一篇遥寄。阿谁作赋，纸贵洛阳。有客行歌，曲留郢上。数典讵忘其祖，读诗可见其人。此璞之未获识荆，而能说项者也。嗟嗟！古今来薄命谁怜？虽足同声一哭，宇宙内奇文共赏，实堪不易三公。女史于此可无憾矣。璞也荆楚蓬门，潇湘弱质，略知涂抹。酷慕风骚，初闻鲍左扬名，心倾山斗。继怅尹邢避面，人远天涯。犹幸绛帐同门，元亨附尾。小影识庐山面目，新诗结翰墨知交。则与君未必无缘，而对此不禁有感已。兹者代圣立言，夫子命为作序，当仁不让，门人用敢赞辞。自惭虫欲语冰，蠡还测海。未免佛头著粪，狗尾续貂。虽俪体之编成，实于心而未惬。尚望昌黎、贾岛，共赐推敲。或者西子无盐，不嫌唐突耳。

——《女子世界》(1915)第四期

朱翰芬

朱翰芬,字静安,文章署名"张朱翰芬",奉贤(今属上海)人。夫姓张。朱翰芬1915年为上海善初小学国文教员,在《妇女时报》《妇女杂志》《女子世界》等刊物发表作品多篇。

读书随笔

中华文艺,浩如烟海。欲求深造,难若登天。加以翰芬天资愚钝,平时对于国文一科,常觉茫无涯岸,顾行远自迩,登高自卑,爰于读书之暇,举师友所讲述,册籍所纪载,凡足以资考镜而供探讨者,一一笔录,俾免遗忘。虽曰零缣碎锦,无当宏旨,而要皆有极至之理。他日者,集腋成裘,裒然成帙,偶一展卷,或亦辗然而自笑也夫。

程子曰:圣人文章自然,与学为文者不同。如《系辞》之文,后人决学不得。譬之化工生物,且如生出一枝花,或有剪裁为之者,或有绘画为之者,看时虽似相类,然终不若化工所生,自有一般生意。

大抵文士题命篇章,悉有所本。自孔子为《书》作序,文遂有序。自孔子为《易》说卦,文遂有说。自有曾子问、哀公问之类,文遂有问。自有《考工记》《学记》之类,文遂有记。自有经解、王言解之类,文遂有解。自有辩政、辩物之类,文遂有辩。自有乐论、礼论之类，文遂有论。自有大传、间传之类，文遂有传。

字有偏旁，故文有取偏旁以成句。字有音韵，故文有取音韵以成句。皆所以明其义也。《周礼》曰："五人为伍。"《中庸》曰："诚者，自成也。"《孟子》曰："征之为言正也。"凡此皆取偏旁者也。《易》曰："嗑者，合也。"《乐记》曰："乐者，乐也。"《孟子》曰："校者，教也。"凡此皆取音韵者也。

读书可博而不可杂，稗野丛残，乱其记忆矣。作文可多而不可滥，应酬草率，伤其体裁矣。措思可深而不可晦，魔障缠缚，损其神明矣。立论可超而不可诡，穿凿支离，乖其名理矣。

唐虞三代之文整，檀弓、孟子始散之。以流于战国，而变化已极。四六之整，非古也，其靡也。若宋以后之四六，砌成语以为巧，衬虚字以为活，或三四句为长对，或五七字如诗句，则六朝古矣。

韩、柳之于周秦两汉，一畛域也。先之以元结，后之以李翱，皆是也。杜牧、孙樵之徒犹是也。欧、曾以来，至于今，一畛域也。明二李欲跳而上之，而抨击者至今不已。世无韩、欧，孰辟荒土哉！

齐梁人作行状、传、志、墓铭，皆俪体组织为工，言行反晦。决当以唐宋散行为之，高可学史汉，次亦可征事实。此昌黎起衰八代之功。

古人对君，尚有痛哭流涕之说。况著书行文，更何忌讳。有子言孝弟，而及犯乱字。孟子言仁义，而及弑夺字。后人编次论孟，当不列之首简矣。诗言性情，尤不可拘忌。李贺好用血死哭鬼为夭征，杜甫好用愁苦涕泪为穷相，亦偶然事耳。

作文难，持论尤难。文人之笔，好为文致之语。设使古人复生，必不甘心屈服，将哗然而肆辩矣。夫古人举措，原有当有不当，必设身处地，揆其时势，原其心迹。若者时异而势变，若者心是而迹非，而后是非可见，此持论之所以宜平也。

——《妇女杂志》第一卷(1915)第五号

是我师集(节选)

有清一代，二百七十年间，我女子之以学行著者，指不胜屈。或砥砺名节，或邃深文艺，造诣所至，不让须眉。惜阐扬中闺之书，犹未大备。奇才异行，遗佚必多，心窃憾之。适陈先生蝶仙有《女子世界》丛报之辑，翰芬乃将读书所得及师友讲述，凡清代女子中，其道德文学足为世楷法者，咸著于篇，题曰“是我师集”。区区此心，聊以表促进女德，保存国学之意云尔。惟随手摘录，漫无次序，尚祈博雅君子鉴而谅之。

钱塘汪允庄女士，名端，聪颖天授。七岁，赋春雪诗，读者谓不减“柳絮因风”之作，因以“小韫”呼之。及笄，归陈裴之小云。时小云父文述，主持风雅，学者称颐道先生。小云幼禀庭训，天资高纵，自此一镫双管，拈韵分笺，互为商榷。女士诗格，幼即高雅，尝取唐宋元明及清人诗阅一过，辄弃去。留高青丘、吴梅村两家集，既而去吴留高，曰：“梅村浓而无骨，不若青丘淡而有品。”遂奉高为圭臬。因觅本传阅之。见青丘之以魏观故贻害也，则大恨。犹冀厄于遭际，而不厄于名誉也。及观七子标榜，相沿成习，牧斋归愚选本，推崇梦阳，而抑青丘，又大恨。誓翻诗坛冤案，因有《明诗》初、二集之选。丹黄甲乙，晨书暝写，竭五六寒暑，始得蒇事。有知人论世之识。有明一代，贤奸治乱之迹，亦略具焉。既因青丘感张吴待士之贤，节录《明史》，搜采逸事，以稗官体行之，曰《元明逸史》，凡十八卷。未几悔之，尽焚其稿，存元遗臣及张吴诸臣诗于集中，以为诗史。初小云以通判筮仕江南，后改选云南。道远不往，客死汉皋。是时孤子年才十四。闻父耗，惊悸成疾。女士素性豪迈，于九流家言道释诸书，蔑视为不足学。及夫死子疾，如荼饮蘖，稍稍为之，亦犹名士牢骚之结习也。女士以道光十八年某月日卒。所著有《自然好学斋诗钞》，梁山舟、石琢堂、许周生诸先生为之序，舒铁云、姚春木诸先生为题词，而颐道先生为女士作传。都八千余言，亦详尽，亦沈痛，是可想见其为人矣。昔王慧著《凝翠楼诗》，沈文悫公推为清代闺阁第一。今女士之诗，杼轴文史，一洗闺阁纤秾之习，其所造诣，直将驾凝翠而上之。以之冠清女诗家，庶几无愧色也夫。

侯官沈文肃公葆桢夫人林氏，为林文忠公女，幼承庭训，学识深沈，兼资文武。方文肃之出守江西广信也，值太平天国军蔓延江西各郡，而广信全城之功，林夫人居多。初某年月日，太平军大股将围广信，时文肃偕廉侍郎兆纶出城招募筹饷。往来文书，均由夫人一手批答。代拆代行，又念事机危急，乃刺血作书，求援师于浙将饶镇军。时饶公以浙军驻守玉山，距广信甚近，得夫人书，即统军顺流而下，直达广信，太平军乃解围远遁。而文肃招募筹饷事毕，亦回广信，与饶公筹善后事宜，太平军卒未能再至。今南昌百花洲有文肃祠，其祠东一室，悬有石刻本林夫人致饶公书。读之字字中肯，因亟录于后。书曰："将军漳江战绩，啧啧人口。里曲妇孺，莫不知海内饶公矣。此将军以援师得名于天下者也。此间太守闻吉安失守之信，豫备城守，偕廉侍郎往河口筹饷招募。但为势已迫，招募恐无及，纵仓卒得募而返，驱市人而战之，尤所难也。顷来探报，知昨日贵溪失守，人心皇皇。吏民铺户，迁徙一空。署中僮仆纷纷告去，死守之义，不足以责此辈，只得听之。氏则倚剑与井为命而已。太守明早归郡，夫妇二人荷国厚恩，不得藉手以报，徒死负咎。将军闻之能无心恻乎？将军以浙军驻玉山，固浙防也。广信为玉山屏蔽，贼得广信，乘胜以抵玉山，虽孙吴不能为谋，贲育不能为守，衢严一带，恐不可问。全广信即以保玉山,不待智者辩之。浙大吏不能以越境咎将军也。先宫保文忠公奉诏出师,中道赍志,至今以为心痛。今得死此,为厉杀贼,在天之灵,实式凭之。乡间士民,不喻其心以舆来迎,赴封禁山避贼,指剑与井誓之,皆泣而去。太守明早得饷归后,再当专牍奉迓,得拔队确音,当执炊以犒前部。敢对使几拜,为七邑生灵请命。昔睢阳婴城,许远亦以不朽。太守忠肝铁石,固将军所不吝与同传者也。否则,贺兰之师,千秋同恨,惟将军择利而行之。刺血陈书,愿闻明命。"是书于宛转曲折之中,具刚正严明之气,以是知林夫人不第胸罗武库,智勇兼全。即以文章论,亦非专门古文者不能办。能不令人拜倒也哉!

……

——《女子世界》(1915)第四期

周国真

周国真,文章署名“朱周国真”,江苏常熟人。夫姓朱。1910年,周国真任吴县私立竹荫女学校校长,1915年任吴县正本女学学校校长。

女学生自修用书之研究(节选)

《童话》,孙毓修编

文字浅显,情节离奇,初等三四年级学生读之颇有益。

《小说月报》,恽铁樵编

我国塾师,恒禁生徒浏览小说。以旧小说中所谈者,无非“私订终身后花园,落难公子中状元”之类耳。新小说则不然,有益于人者居多。如《小说月报》即其一也。海上所出小说报,不下数十种,鱼龙混杂,选择为难。惟《小说月报》,则短篇文字笔力雄健。余恒当作古文读之,中学以上生徒,苟能知此意以读小说,庶可得小说之益,而不为小说所误矣。

《各种名家小说》,林琴南译

如《孝女耐儿传》《块肉余生述》《不如归》《拊掌录》《蛇女士

传》《技击余闻》《英孝子火山报仇录》等，余最喜读之，中学以上生徒，苟能常阅是等小说，则较读《古文观止》等书更为有益也。

按近日海上各书局出版有用书籍甚多，国真所举，不过如豹之一斑。学者苟能慎选而善读之，则进步之速，又岂有限量者乎？

——《妇女杂志》第一卷(1915)第五号

王梅素

王梅素，字静贞，吴县（今属江苏苏州）人，生平不详。

杜宇血[1]序

男子生而愿为之有室，女子生而愿为之有家。从古婚姻，必待父母之命。谁云配合，无烦媒妁之言。知钻穴相窥之可羞，亦逾墙相从之可耻。慨自中华失道，遂启末俗自由。天下有情人都成眷属。乡党自好者，亦合污流。初以唱和惊奇，自联好合；终以情私顿泄，断送妍姿。如儿子岳云所作《杜宇血》小说，叙男女两学生之事，可得而言焉。苏州某校学生杨寄芸者，芳韶十八。同钦绝世之丰姿，斑管一双，动有惊人之妙语。登虎丘而凭眺，时届三春，磨麝墨以摛词，闲消一日，风流自赏，敢望知音。月旦谁评，难逢同调。则有常熟某校女学生柳雪娥者，相逢陌上。洵是途人，岂等桑中。可期彼美，讵意拂其红袖。不辞泼墨之淋漓，和我瑶章。但见挥毫之迅速，寄芸则诧为意外。雪娥遂入其构中。此则惊喜之殊恒，彼亦同心之愿结，天也帝也，才耶命耶？于是聚则为园亭之登眺，音协凤凰；散则为湖海之怀思，书传鲂鲔。萱草无嗟于心痗，茑萝定卜其有臧。孰意驷马遥驱，相如未病；绣鞋梦

① 《杜宇血》，王梅素之子著。

脱，小玉俄灾。见檀郎问疾书来，遽撄母责；何兰阁定情篇作，不告娘知。空教涕泗纵横，绿珠断命；终惜肝肠摧绝，紫玉多情。此则绝命诗成，寄情人而永诀。彼乃双飞盼断，见之子以无期。几几乎一恸伤生，杳杳乎重泉异路。为文哭墓，难了痴情。奠酒悼亡，终非盛德。每念无后为大，不孝有三，聊以纳妾践言，克终从一。呜呼！情天难补，何当再见娲皇；恨海思填，安得广生乎精卫。

——《女子世界》(1915)第五期

苏慕亚

苏慕亚，江苏常熟人。夫任职报业。

妇人诗话

妇人而望男子之上进者，妇人之常情也。乃昂藏七尺之男子躯，不能以一才一艺显扬于世，徒施施归来，以骄其妻。斯时之为妇人者，欲哭不能，欲詈不敢，不得已作歌咏以嘲之，以冀男子之一悟。妇人之心，良可叹已。王鲁之，蜀中产，其妻某氏，有艳才。尝见其《嘲郎曲》云："五月送郎去，十月寄郎衣。谁知菊花节，忽地见郎归。郎去何抖擞，骏马如龙走。郎归何离徙，毛长马如狗。对郎不敢笑，亦复不敢愁。愁时恐郎恼，笑又恐郎羞。郎羞犹自可，郎恼心如火。作气强不餐，瘦郎如瘦我。忆昔妾十六，吹箫双颊红。妾骑白毛凤，郎跨紫鳞龙。郎才敌鹦鹉，妾面比芙蓉。喃喃春似燕，唧唧夜如虫。相期十年内，许妾紫泥封。今年妾廿六，双鬓已飞蓬。问郎何所赠，赠妾剪红绒。绒花何彩彩，翦出人争买。山兰空自香，寂寞知谁采。"

张安期有潭百亩，环殖芙蓉，秋来红妆相扶。一女子过其处，题一绝句于亭上曰："芙蓉初发满江红，尽道芙蓉胜妾容。昨日妾从堤上过，如何人不看芙蓉。"举世不乏文人才子，能为该女子下一答语乎？

身经七十余战①从未败北之项王，一旦被围垓下，美人相对，慷慨悲歌，喑呜叱咤之壮气，仅销磨于一剑。虞兮奈何，如闻其声。读美人和歌，又如见其人也。歌曰："汉兵已略地，四方楚歌声。大王意气尽，贱妾何聊生。"

凡人能以片言只句博人之称诵者，难也难也。李纫兰，苏之吴县人，归山阴何仙帆，著《生香馆集》。《秋雁》诗有句云："偶听弓弦惊瘏痳，久疏笺字报平安。筝无急柱宁辞鼓，琴有哀音未忍弹。"幽怨溢于言表，离愁含于胸中。故江南人呼之为"李秋雁"也。

吾乡王次岳妻席氏，能诗，《端阳寄次岳》诗有句曰："菖蒲斟玉斝，独泛已三年。"呜呼！思妇感怀，征人堕泪，令我亦起无涯之感也。

外子手爱初限"痴""知"韵之无题绝句见示，且曰："能为我代和数绝乎？"外子和诗，有"不爱溪山只爱痴"、"吾有千金难买痴"及"听得帘前鹦鹉语，郎来侬自暗中知"等句，俱清晰可诵。余亦奉和一绝，寄答爱初八绝中之第一绝即是。诗曰："从头细忆相思事，侬是多情渠是痴。春色满园谁领管，花开叶底蝶先知。"

作七夕诗者，往往不能脱却前人窠臼，盖作者既多，已无余意。镇江王氏女年十四，作《七夕》诗云："四海烟沈望下方，笑他痴女忒荒唐。小仙果有无穷巧，一岁如何一见郎。"代天孙著想，妙有意思。

太原李秀鬘，适王氏，伉俪甚笃，亦有《七夕》诗曰："碧汉红墙亦可怜，遥遥一度一宵缘。儿家自结同心后，已抵双星五百年。"故作傲语，令慧孙羡而且妒。

葛蕙生之《七夕》诗曰："岁一相逢离思浓，盈盈望眼又西东。

---

① "战"，原文作"载"，据文义改。

人间莫道天孙巧，银汉因缘无计通。”周天娟曰：“相隔银河望渺然，一年一会最堪怜。阿侬总怪天孙拙，桥断犹须倩鹊填。”邹兰生曰：“制锦劳劳几万年，灵霄犹欠聘时钱。天孙果有投梭巧，多织何须债久延。”都出以嘲笑之笔，读之可以解颐。

太仓金湖之妻张玉珍，《赠归燕》句云：“空巢为尔殷勤护，重到休迷故主楼。”有人称之曰“仁人之言”，信哉。

寇莱公有妾名倩桃。公因宴会，赠歌妓以束绫。倩桃作诗曰：“一曲清歌一束绫，美人犹自意嫌轻。不知织女机窗下，几度抛梭织得成。”此可称之曰怨而不怒。

专制时代，不幸而为妇人，更不幸而为青楼中之妇人。神女生涯，固已可怜，而娉娉袅袅之一女子，再何堪婉转流离于烽火之中乎？造物无情，名花有泪，读某校书之题壁诗，能无慨然？某校书，秦淮产，洪杨之役，兵入金陵，校书作《感怀诗》四律，题于邮亭之壁。诗曰：“江南金粉坠纷纷，江北名花剩几分。铁马雕戈惊枕梦，舞裙歌扇付尘氛。青衫泪早新亭湿，红板词曾旧院闻。烟雨楼台无恙否？丁帘半卷隔愁云。”“寻花蜡屐过东园，大舍门楣旧姓袁。阿姊能歌桃叶渡，芳邻同傍苎萝村。云生冰簟知秋到，月上珠帘近晓昏。憔悴冬郎今日恨，冷吟闲醉总销魂。”“城头昨夜望烽尘，仓卒桃源欲避秦。钗卜乍辞鸳帐冷，巢居初葺燕泥新。蝉琴幽调悲齐女，鸢纸歌声泣楚人。一晌贪欢惊梦觉，潺潺帘雨剧酸辛。”“曾画旗亭壁上诗，不情杨柳又迎丝。为怜飘泊同桃梗，谁与玲珑唱竹枝。涕泪初干翻欲笑，乱离何处不相思。茫茫此后穷途恨，一盏醇醪醉饼师。”

汪含生《用东坡雪后北台书壁韵咏春燕》诗，一时和者甚众，遂有《春燕唱和集》之刻。今录某女士之和作云：“归来新月吐纤纤，一桁低垂太密严。小喙黏红花带露，满身飞白絮堆盐。香巢咫尺窥珠箔，细语呢喃傍画檐。惊醒深闺蝴蝶梦，湘帘下卷露春尖。”“不栖庭树逐群鸦，小院回翔似纺车。几度芳丛捎粉蝶，一帘香雨蹴梨花。曾将舞袖夸宫禁，占得雕梁即谢家。记取朝来明镜里，绣帏飞过影留叉。”

嘉善张氏三姊妹，俱能诗。长曰骥瑛，次曰鹓瑛，三曰骀瑛，合著《住春楼吟稿》。鹓瑛适我邑潘天慧，合卺之夕，将诗稿分赠来宾，韵事也。骥瑛之《登楼》云：“重楼吟咏藉开怀，路近星河月作阶。眼界一宽天地小，登高能赋许吾侪。”鹓瑛之《梅雨》云：“江干水涨没青苔，潮急移船近小湾。客到柴门蓑笠湿，主人留说待晴回。”骀瑛之《送客》云：“秋到江南草木知，橙黄橘绿去年时。临歧且饮三分醉，不使乡心搅别离。”均佳。

上海朱文毓，适王氏，《抚孤甥》云：“母死谁怜汝，相携更痛心。呱呱啼不止，犹是姊声音。”呜呼！此中有人，呼之其能出乎？

“月明星稀，乌鹊南飞。绕树三匝，无枝可依。”此非孟德一生最快乐之时乎？而乃火起船头，兵从灰烬。所谓乐极生悲者非耶？余有句云：“长留石壁千年赤，只仗东风一夜骄。奸雄霸业余灰烬，都督军容盛火燎。”阿瞒有知，其许我乎？

外子任某报笔政时，尝以滑稽问题宣布于报章曰：“妇人尝称夫曰良人，然而不良者正多。又曰夫子，未免与先生混合，究竟以何种称呼为佳？”余时以一绝报之，署曰“素娟”，外子不知是我之隐名也。诗曰：“良人小技惯施施，夫子呼他亦自奇。泥土抟来化尔我，哥哥妹妹最相宜。”后见底稿，外子有批曰：“恩恩爱爱，妹妹哥哥。我妹何人，谁来哥我？‘闺中少妇关山客，楼上无眠马上看。’对月伤心，情何有乎？”余乃以草稿示之，相与粲然。

太原张学典有《题亡姊旧居》一绝云：“绣网蛛丝满镜尘，闲花狼藉不知春。添愁只怕梁间燕，犹自呢喃觅主人。”外子评曰：伤心语。我亦云然。

苏州张月娟寄我《秋江晚眺》一律，诗意纵横，有须眉之气也。

诗曰:“兰桨轻携趁暮潮,江边风景画难描。几行秋雁随天没,两岸芦花作雪飘。日落青山横北固,寺堆黄叶认南朝。烟波无限苍茫里,吊古谁吹月夜箫。”

吴江沈君庸,作《霸亭秋》《鞭歌妓》二剧后,人谓其才不在徐文长之下。其妻张倩倩,亦才女也。尝见其《寄外·蝶恋花》词云:“漠漠轻阴笼竹院,细雨无情,泪湿霜华面。试问才肠何样断,残红碎绿西风片。　　万转相思才半夜,又听楼头,叫过伤心雁。恨天涯人去远,三生缘薄吹箫伴。”

沈湘芝,名英,邓式如之妻,好吟咏,兼擅岐黄,著有《望月轩诗词》。《哭居佩征妹》云:“昙花一现镜中身,此夜瑶池返玉真。太息明珠沈碧海,不堪老泪哭青春。金兰苦忆生前契,香火徒参世外音。日暮灵踪何处是,几回愁绝断肠人。”《赠吴建之妹》云:“早岁清名夸道韫,前生慧业证如来。”《送程子午表妹》云:“酒可销愁拼尽醉,诗缘写意不求工。”《寄小姑》云:“别后容光窥镜老,觉来情事对黄昏。”湘芝,苏之无锡人。

笠泽席玉华,风华典雅,时人号曰“女仓书”,著有《雨窗掌故》八卷。《莫愁湖》诗云:“风流旧梦忆南朝,胜迹无端一例消。淘尽英雄儿女恨,年来忙煞大江潮。”

才女不寿,千古同叹。我乡江阆仙,名淑则,十一岁即能诗,二十二适同邑俞钟纶,嫁四载即亡,著有《独清阁诗稿》四卷。《春日舟行》云:“画此东风桥,江南二月天。杏花深巷雨,杨柳小桥烟。隐约山如笑,依稀春可怜。扁舟寻胜去,清景落杯前。”《秋兴》云:“百年局促竟何之,仰屋偏惊白日驰。擫笛好从秋起处,衔杯常在酒醒时。闭门木石皆如友,开卷贤豪尽可师。若语旁人应窃笑,疏慵一味只吟诗。”《纳凉》云:“一片蝉声曳夕阳,柴门吹过稻花香。自携小扇当风坐,短竹篱边纳晚凉。”《春暮》云:“小园红紫斗芳姿,转眼名花堕溷时。会得盛衰原有定,任他开落不题诗。”《闲居》云：“我爱闲居乐，云深隔市嚣。山光临水镜，花气扑晴寮。好景良难驻，清时不易消。最宜明月下，夜弄一枝箫。”《送春》云：“蛱蝶无心花不知，相依三月忽相辞。算来离合皆如梦，悟得悲欢不是痴。还望替侬留片刻，何堪把酒订他时。残红一阵风吹雨，愁煞寻春杜牧之。”清间逸丽，脱却脂粉之气矣。

阆仙不独能诗，兼擅诗余。《如梦令》云：“不解春归何处，望断天涯云树。啼鴂又声声，梦破香尘烟缕。无语，无语，一阵乱红飞去。”《踏莎行》云：“新月初娟，良宵正静，无聊独自穿芳径。金铃小犬吠花阴，池塘星点凉波浸。　　诗思频勾，绮怀谁省，深林宿鸟枝头警。不知幽梦落银床，弓鞋露湿苍苔冷。”

张慧贞姊，曾示余以《寄外·浪淘沙》词二阕，今稿已失，惟《绣带子》词尚能记忆，录之。词曰：“远听若胡笳，近听若琵琶。又惨又凄又切，断梦到天涯。　　小阁度年华，千思万念不还家。灞陵残柳，扬州古月，等是怜他。”

陈圆圆之事迹尽人皆知，至于歌诗，传者绝少。今见其《转应曲·送人南还》云：“堤柳，堤柳，不系东行马足。空余千缕秋霜，凝泪思君断肠。肠断，肠断，又听啼归春唤。”《丑奴儿·落梅》云：“满溪绿涨春将去，马踏星沙，雨打梨花，又有香风透碧纱。声声羌笛吹杨柳，日映宫衙，懒赋梅花。帘里人儿学唤茶。”

人心不同如其面，诗意不同如其境。失意之时，诗多惨淡。虽雄雄赳赳之壮男儿，尚不能跳出此范围，况女子乎？女友丽芳病中口占有句云：“蜡烛影摇颜色淡，药炉声逼梦魂寒。”冷风袭袭，宛见斯人仰卧于床箦之间也。

徐莘芝，字芸钿，苏之望族也。归郭氏，佛魂是其孙。今于外子案头见芸钿手制之《锄月轩学吟》，系佛魂所邮赠，琳琅满目，美不胜收。录其咏影四首。《人影》云：“世事原泡若，形神更不真。幻中又有幻，身外忽逢身。邀月成三友，随灯似两人。清宵堪作伴,相对岂无因?"《月影》云:"一片闺中月,穿帘照镜台。欲遮宜种竹,补写最怜梅。曲借朱栏绕,浓因远树裁。林深人寂处,相与共徘徊。"《花影》云:"月照芳园夜,繁花影万丛。色香都不著,深浅总相同。摇曳风偏动,参差露正融。缤纷铺满地,何处拾残红。"《灯影》云:"更深明一点,闪闪此寒灯。蟋蟀声中暗,诗书案畔澄。闭门光乍射,凿壁影堪凭。隐约摇难定,银釭①剔未能。"

芸钿诗余亦甚清绝。《虞美人·落花》云:"夜来多少风和雨,晓起浑无语。残红飞舞乱纷纷,默默轻飘,落地不闻声。　　妒花风雨来何急,九十韶光毕。春归寂寂奈何天,再相逢时,须欲待明年。"《西江月·偶占》云:"世事淡如秋水,人情薄似春冰。人间聚散总浮云,离合悲欢天定。　　富贵到头是假,繁华转眼非真。百年都是梦中身,可奈人都不醒。"

有琅琊女子,失其姓氏,或言浙之桐乡人。有《和汪钝翁姑苏杨柳枝》一绝云:"柳条风静雨初收,更罢罗衣懒上楼。花下欲将新月拜,一钩却到绿梢头。"

七夕诗之录入诗话者不少,然大都出于怨慕之笔。而南京张承明之作,则另有风致,盖其境遇与人不同也。诗曰:"细雨连宵晚乍晴,一痕新月嫩凉生。拈针欲乞天孙巧,不绣鸳鸯绣女贞。"承明,字昭文,著有《绣贞吟草》。

山阴女子陈淑旂《晚思》云:"弱质怯春寒,名花对月看。惜花兼惜影,不忍倚阑干。"

柯锦机系青田才女,有宣文夫人之风。录其《调郎诗》云:"午夜剔银釭②,兰房私事急。薰莸郎不知,故故偎侬立。"又《自题小像》云:"焚香合受檀郎拜,一幅盘沱水月身。"

① "釭",原文作"缸",据文义改。
② "釭",原文作"缸",据文义改。

新房对联之佳者虽多,然均男子贺男子者。余于苏州某氏家见一联,句法既苍劲,笔意又纵横,系黄雪华等七人贺同学于归者。联曰:"漫说男儿能掷虎,要知女界敢屠龙。"余谓"掷虎"改"射虎","女界"改"女子",似觉活灵。质之阅者,以为何如?

前载寇莱公妾倩桃诗,尚少一首。补录于此。诗曰:"风劲衣单手屡呵,幽窗轧轧度寒梭。腊天日短不盈尺,何似妖姬一曲歌。"怨而不怒,我将遗赠倩桃。

——《中华妇女界》第一卷(1915)第五期,
第二卷(1916)第三期

汪静芬

汪静芬,吴江(今江苏苏州)人,生平不详。

芸香阁怀旧琐语

静芬生长舜湖,少耽吟咏。每于春花秋月、妆余绣罢之时,恒与诸从姊妹,分韵拈毫,寻章索句,互相讽诵,以为笑乐。顾自于归后,料量米盐,往来井臼,嗣以鞠育儿女,保抱提携,终日僬僬无宁晷。笔砚书籍,屏弃不亲,重以诸从姊妹,或香消玉陨,或随宦京津。回首前尘,欲求如曩之欢聚一堂,迭为唱和者,邈不可得。情怀枨触,每一握管,百端交集,用是屏绝,以为排遣。古云:"一行作吏,此事遂废。"静芬则更之曰:"一行作妇,此事便废。"良可叹也。今者儿女渐长,外子亦不事远游。陌头杨柳,不惹春愁。塞北音尘,渐忘远念。稍亲书史,藉以自娱。顾以年事既更,风怀顿改。外子顷有志稿之辑,静芬亦征文考献,稍助编辑之劳。遇有才媛,辄考其家世,搜其篇什,陈书发箧,至午夜无倦色,殆所谓旷世而相感者欤。积稿既多,乃稍排比,吾邑女学之源流,略具于是。惟体有似乎诗话,而间杂记事,例虽不纯,要不越乎据怀旧之蓄念,故名曰"怀旧琐语"云。

吴江,水乡也,湖泊星罗,港汊网密。顾其水皆源于天目、苕霅二溪,以入太湖。自是而三十六溇七十二港,交错纷歧于全邑。

故太湖者，诸水潴蓄之所也。吾戚黄亮叔先生，谓湖在邑之西南，其位属坤，故其灵秀之气，钟于闺阃者居多。是则吾邑之名媛才女，后先踵出者，皆太湖之间气所钟。其然，岂其然乎？

吾邑闺媛莫盛于有明，明以前未有闻也。征诸旧籍，不过杨皇后、胡惠斋二三人而已。皇后懿女，居平望里，流徙临安，母张氏，隶德寿乐部，诞女仙韶后院，后膺宁庙贵，进位正宫，著有宫词百首。其女弟杨妹子，亦有题画诗一卷。惟卷帙散佚，弗可知已。

胡惠斋，给事元功女，尚书黄子由妻也。俊敏强记，善诗文，工笔札，兼擅琴弈写竹等艺。尝从尚书帅蜀中，过黄州雪堂，书《赤壁赋》于壁间。嗣为刘改之所见，乃题词于后曰："按辔徐驱，儿童聚观，神仙画图。正芹塘雨过，泥香路软，金莲自拆，小小篮舆。傍柳题诗，穿花觅句，嗅蕊攀条得自如。经行处，有苍松夹道，不用传呼。　　清泉怪石盘纡，信风景江淮各异殊。想东坡赋就，纱笼素壁。西山句好，帘卷晴珠。白玉堂深，黄金印大，无此文君载后车。挥毫处，看淋漓雪壁，真草行书。"其推崇亦可谓至矣。又有草书禊帖四幅，笔姿奔放，绝不类妇人手笔。又尝因几上凝尘，画梅一枝，题《百字令》一阕于上云："小斋幽僻，久无人到此，满地狼藉。几案尘生多少憾，把玉指亲传踪迹。画出南枝，正开侧面，花蕊遽端的。可怜风韵，故人难寄消息。　　非共雪月交光，这般造化，岂费东君力？只欠清香来扑鼻，亦有天然标格。不上寒窗，不随流水，应不钿宫额。不愁三弄，只愁罗袖轻拂。"后与子由偕居邑东南六十里之盘野别业，即今黄溪也。其中墨庄、木兰榭、瑶华阁诸额，皆惠斋手书。溪人钱墀，犹及见之。以闺阁中人而兼有郑虔之三绝，宜为一时所倾倒也。

有明一代，自以沈叶两家为最盛。姻娅相通，交相映带。凡在诸姑伯姊，后先娣姒，靡不屏刀尺而事篇章，弃组纴而工笔墨。于是松陵之上，分湖之滨，篇什竞传，增光彤史矣。信乎，风气之开,其来有自。前乎此者,则寥若晨星也。如《笠川诗话》云:“明初有女子沈清友者,能诗。”其《咏渔父》云:“起家红蓼岸,传世绿蓑衣。”《咏牧童》云:“自便牛背稳,却笑马蹄忙。”虽片羽吉光,而下字之工自见。惜其家世不可详也。又史永龄妻沈素瑛,为长洲沈周女,夙承家学,既擅丹青,复工吟咏。其《题梅》云:“粲粲梅花树,盈盈似玉人。甘心对冰雪,不受艳阳春。”然孤芳自赏,酬和寡俦,终未有一门风雅,如沈叶两家之盛者。

叶氏午梦堂之钗佩联吟,千古艳称,其实固源于沈氏。盖自宛君嫁虞衡后,夫妇唱和,而所生三子五女,又皆隽才,相与题花赋草,镂月裁云。论者谓中庭之咏,不逊谢家娇女之篇,有逾左氏。不知一门风雅,皆赖宛君一人有以养成之。信乎,母教之不可以已也。

沈氏自太常公以忠节起家,再传而后,人文蔚起,不惟男子多才而闺秀代兴。阅十数传而弗替。如光禄公璟生三女,长曰大荣,次曰倩君,幼曰曼君。副使公生二女,长曰宛君,次曰少君。佥事公生女曰文姝。皆能诗。自是而后,若幽馨,若华鬘,若宪英,若宫音,若树荣,若友琴,若御月,若茝纫,若咏梅,后先继起,济济一门,何其盛也。

沈氏不惟姊妹竞爽,而妯娌之间亦多秀出。副使公长子自徵,字君庸,淹通今古。所撰《鞭歌伎》《灞亭秋》诸杂剧,颇为一时所传诵。娶妇张倩倩,字无为,明眸皓齿,艳色清才,倚声尤工。有寄外词《蝶恋花》一阕云:“漠漠轻阴笼竹院,细雨无情,泪湿霜花面。落叶西风吹不断,长沟流尽残红片。　千遍相思才夜半,又听楼前,叫过伤心雁。不恨天涯人去远,三生缘薄吹箫伴。”又有《忆秦娥·春怨》词云:“风雨咽,鹧鸪啼破清明节。清明节,杏花零落,闷怀千叠。　情悰依旧和谁说,眉山深锁空愁绝。空愁绝,雨声和泪,问谁凄切。”幽居抑郁,年才三十四而殁,词句流传，仅存一二，惜哉。

君庸继娶会稽李玉照，诗词秀整，不亚倩倩。诗如《寄远》云：“潇潇风雨秋，君去路悠悠。此日登高望，遥山生暮愁。”词如《忆梦中美人》云：“无意拈花片，有恨抛针线。思想梦中人，芳姿记未真。　　默坐还相忆，珠泪和香滴。月色到窗纱，寻思暗抵牙。”又云：“愁思萦怀懒赋诗，黄昏深院月来迟。人静处，漏残时，一片幽情只自知。”年二十五，君庸殁。抚守节，阅十三年而卒。丰其才而啬其年，亦正与倩倩酷肖也。

君庸弟留侯名自南，诗多朗秀而浑成，较君庸尤善。娶顾氏，处士茂伦先生女兄也。其诗词亦多才思，诗如《夏日偶吟》云：“千竿修竹绕幽溪，清影萧疏入户低。好是午余残梦后，绿阴深处有莺啼。”词如《墨绣》云：“数尺光绫，色相庄严无有。看浓抹淡妆浑黝，一丝如扫烟霞帚，竖眼低眉，只在纤纤剖。　　拟携向天孙，从何措手，问女红更能知否？叹金针莫度顽蒙。仗慈悲洪力，顶礼勤稽首。”后为徐虹亭先生见而赏之，叹曰：“标格如许，何减谢家道韫耶？”

宛君名宜修，年十六，归工部虞衡司叶天寥先生。先生少而韶令，有卫洗马潘散骑之目。琼枝玉树，交相映发，吴中人艳称之。先生既偃蹇仕宦，跌宕文史，而所生三女，又皆蕙质兰心，于是家人酬唱《午梦堂》一集，海内流传殆遍矣。宛君所著，即集中之《鹂吹集》也。诗长古体，尤为妇人所鲜见者。如《夏初教女学绣有感》云：“忆昔十三余，倚床初学绣。不解春恼人，惟谱花含蔻。十五弄琼箫，柳絮吹黏袖。挈伴试秋千，芳草花阴逗。十六画蛾眉，蛾眉春欲瘦。春风二十年，脉脉空长昼。流光几度新，晓梦还如旧。落尽蔷薇花，正是愁时候。”《梦君庸弟》云：“恻恻复恻恻，离恨邈难测。一别七惊秋，愁思惟叹息。迩来频入梦，梦竟何由得。尔若梦故乡，故乡无所忆。我若梦天涯，天涯路未识。尔我两茫然，月落青林侧。题彼鹡鸰飞，何时振羽翼。"所作词亦多旖旎，如《满庭芳》云："帘月光微，屏山昼寂，断魂长绕离亭。小窗人静，无语正伤情。独对残灯明灭，空憔悴，难问寒英。熏笼倚香销缕枕，愁极不闻更。　　清清，听塞雁，天边嘹呖，往事频惊。叹薇花梦杳，翠黛凝横。漫说流黄锦字，何处寄，天上瑶京。多少恨，凭风吹去，飞绕凤皇城。"后因小鸾、纨纨相继奄逝，宛君神伤心死，其诗词多幽忧憔悴之音。集中悼女诸作，尤令人不堪卒读者，如《壬申除夜》云："劲风吹断鬓，寂寞岁穷天。落日照新鬼，伤心送旧年。室连双穗帐，肠断一诗篇。腊酒浇难醒，寒花泪纸钱。"《人日》云："翦彩肠为结，兹晨景自流。春风才七日，泉路若千秋。凄断雁非字，悲深月又钩。登高一临眺，极目总堪愁。"又有《水龙吟》二阕云："绿阴惨结闲庭，卷帘不耐看风雨。竹深烟径，柳铺云影。淡然秋浦，小阁凄凉。画屏寂寞，恨知何许。叹杜鹃啼罢，落红吹散，只剩得愁如缕。　　一自楚些赋后，又婵娟几番三五。琴书昼永，衣香犹在，绮窗无语，雪絮吟残，梨花梦杳，伤心千古。倚阑干，只有芊绵芳草。碧丝难数，淡烟浮翠枝头。""熟梅时候偏怜雨，蕉翻恨绿，栀含怨粉，何堪胜数。紫燕低飞，黄鹂巧啭，渐惊徂暑。向风前搔首，彩云易散，不尽泪痕千缕。　　寂寂绣床深锁，云笺锦字成遗堵，月残香冷，红消碧碎，热肠相许。欲觅仙踪，难寻方士，海天路阻。漫思量，总有南山云竹，怎书愁谱。"一字一泪，令人酸鼻。宛君卒以悲伤病死，惜哉。

少君名智瑶，宛君妹也。才思俊赡，不亚宛君。观其所著之《绣香阁集》中，琳琅满目，美不胜收。如《梨花诗》云："冰肌玉骨见天真，不向秾华斗色新。最是娇香无著处，梦随蝴蝶下芳尘。"《柳枝》诗云："日照高楼柳影欹，晴烟拖碧啭黄鹂。叮咛似向行人说，好为遮身賸一枝。"故当时有姊妹连珠之目，惜集烬于火，后世知之者绝鲜。观鹂吹《五君咏》之"珠辉映月流，玉彩迎花度"，可以想见风格矣。年三十余，以怨恨自沈于水而死。侄女宪英，有《水龙吟》词哭之。大荣，宛君之从姊，词隐先生长女也，幼承家学，工诗，善草书，归太仓王士騄孝廉，诗稿散佚不传，仅得其《雨后晓起》一诗。诗云："小雨过江干，春阴怯晓寒。无多花片落，有几梦魂安。衣任薰篝冷，书从棐几摊。树头风冉冉，余沥响檐端。"晚年与妹曼君持斋学佛，自号"一行道人"云。

大荣之次妹曰倩君，亦工诗。其《挽甥女叶昭齐》诗云："云静烟飞降蕊渊，幽兰比格锦为篇。伤心赚梦梨花月，闲锁春风听杜鹃。无赖衔哀诉上天，愿教世世绝情缘。香魂莫作催花使，恐见牵愁并蒂莲。"《挽叶琼章》诗云："不见妆台傍玉姿，春风何必到花枝。绣笼鹦鹉喧喧语，犹是儿家旧教诗。驾返翔鸾日影寒，难寻墨子未央丸。疏香无主蕉窗冷，欲读遗编不忍看。"归浙江乌程范信臣。

其幼妹名静专，字曼君，词隐先生季女也。先生尝称其才类眉山长公，而坎壈困厄，亦颇似之。故其诗词多凄激之音。适吴适之（名昌逢，嘉兴诸生），故名所著曰《适适草》，别撰《颂古》一卷，于宗门会弟一义，知其得于顿悟者深矣。自号上慰道人，为三峰法嗣云。集中诗稍平衍，词多工。如《寒夜》词云："梅花几树潇湘曲，依微影射林间屋。风急暮江寒，孤舟客思残。　素屏怜小梦，空赋霜华重。明月冷山颠，三更啼杜鹃。"《冬闺》词云："天外霜飞，江干风紧。琼闺梦冷芙蓉。耐衾鸳红薄，双袖单笼，侍女漫施鸾镜。任教佗翠鬓云松，幽窗伴，一枝清逼，玉映香丛。　隆冬谁家娇宠，倚春华芳暖，鲜语溶溶。叹文心一缕，有句拈慵。生分晓山眉醒也，应知做弄微衷。绿莎际，帆衔落日，犹度孤鸿。"有才如此，乃知词隐眉山之誉，非过夸也。

文姝名媛，亦宛君从姊妹也，归诸生周邦鼎。其挽甥女昭齐、琼章之诗，为时传诵。如《挽昭齐》诗云："柳絮因风澹远空，海棠照月雾香濛。莫愁强字卢家妇，闭影梨花芳雪中。凫藻频温语砌蛩，不教诗卷罥蛛封。夜台属和琼章句，花落庭幽锁径重。”《挽琼章》诗云：“十七龄来聚沫余，芙蓉城冷待爰居。臂文朱缕佗年识，只恐天都署掌书。”情词恻恻，非凡手所能。沈氏多才，于此可见。

叶纨纨，字昭齐，宛君长女也。幼聪慧，三岁能朗诵《长恨歌》，十三能诗，兼工书，遒劲①有晋人风。归赵田袁氏。其所居曰“芳雪轩”。因旧有梨花数株，苍枝老干，因取王融梨花诗“芳春照流雪”之句，以榜其轩。其诗曰：“亚粉濛茸透箔融，盈盈流雪缀芳丛。窗前长锁三春日，林下相寻一径风。梦对池塘春草碧，香飘庭榭暮烟空。新来几阵黄昏雨，门掩愁消玉镜中。”于归后，恒悒悒寡欢，故所作亦多愁叹之音。如《春日感怀》云：“帘幕低垂掩洞房，绿窗寂寞锁流光。近来情绪浑萧索，春色依依到海棠。”《秋日偶题》云：“一番摇落一番嗟，咫尺天涯梦里家。莫道秋来不憔悴，满庭都是断肠花。”诗余较诗尤工，而幽伤愁叹之音，则亦过之。如《暮春·踏莎行》云：“粉絮吹绵，红英飘绮，又看一度春归矣。子规啼破梦初醒，凭栏目断伤千里。　　尘世堪嗟，流光难倚，浮生冉冉知何似。旧游回首总休提，断肠只有愁如此。”又《前调秋海棠》云：“媚晕轻妆，芳婆映砌，檀心一点清香细。对人无语似凝羞，嫣然风韵多流丽。　　酒意将酣，柔情欲系，盈盈泣向西风闭。只愁人梦月寒时，断肠无那灯前睇。”又有《感春·玉蝴蝶》二阕云：“景色浓芳清昼，游丝无力，袅袅轻柔。欲挽春光同住，肯为谁留？碧烟侵旧时罗袖，红香淡独自妆楼。绣帘幽，弄晴啼鸟，唤雨鸣鸠。　　悠悠。凭高一望，江南旧色，千古扬州。回首繁华，断肠都付水东流。黯魂销，一番怀古。空目断，万缕新愁。几时休。绿杨芳草，春梦如秋。”“窗外晓莺初啭，柳阴阴处，声透西楼。

① “劲”，原文作“径”，据文义改。

好梦惊回深院,帘卷银钩。雾濛濛杏花无语,人寂寂芳草如羞。恨绸缪,几多心事,尽属眉头。　　凝眸。新妆镜里,东风无计,吹破春愁。粉褪香消,长门花月半沈浮。问年年,恼人红绿。看日日,伴我帏帱。倚香篝。黄昏雨后,数遍更筹。”后崇祯戊申,妹小鸾将嫁,作催妆诗甫就而讣至。昭齐以诗哭之曰:“别酒同倾九日前,谁知此别即千年。疏香阁外黄昏雨,点点苔痕尽黯然。窗花寂寂蕊初寒,谁向帘前握手看。风景不知人有恨,月明依旧画阑干。”哭妹过哀,病发颇剧,抗身危坐,念佛而卒,年仅二十三。其所著曰《芳雪轩遗稿》。

小纨字蕙绸,昭齐妹宛君次女也。少与姊昭齐、妹琼章题花咏月,酬唱无虚日。归沈君庸子名永桢者,中表之亲,联为夫妇。自与昭齐之抑郁,谁语者不同。其《祝父六旬寿》诗云:“几曲松阴护草庐,未逢律暖转寒墟。兴寻石屋初携杖,梦断金门旧曳裾。故里已荒三径菊,佗乡惟载一床书。莫辞眉寿尊前祝,沽得村醪未可虚。分湖回望野烟迷,梧竹犹存凤不栖。莲社欲游庐阜下,草堂重赁瀼溪西。几声古寺传钟磬,何日中原息鼓鼙。注就金刚参妙理,安心好自证菩提。”又《幽居感怀》诗云:“性合幽栖爱敝庐,依然春色到村墟。野花欲笑欺椎髻,庭草无愁向褐裾。深院几家增燕垒,故园连月断鸿书。即看垂柳浑飞絮,一岁韶华又尽虚。”词如《过芳雪轩》[踏莎行]云:“芳草雨干,垂杨烟结,鹃声又过清明节。空梁燕子不归来,梨花零落如残雪。　　春事阑珊,春愁重叠,篆烟一缕销金鸭。凭阑寂寂对东风,十年离恨和天说。”又《秋思·和母韵》云:“西风一夜凉生,小庭秋色还依旧。井梧声碎,惊回残梦。鸦啼衰柳,竹粉全消,荷香初散,韶光难又。看阶前细草,凝愁凝怨,无语恹恹低首。　　幽径湖山徙倚,雨方收,苔痕如绣。萍芜飘尽,曲池清浅,照人眉皱。野寺疏钟,长江残月,去年时候。漫追思,付与中流,听取夕阳蝉奏。”迨姊妹相继夭没，乃作《鸳鸯梦》杂剧以写哀痛。舅氏君庸以贯酸斋乔梦符比焉。诗词极多，晚自删汰，曰《存余草》，幼弟已畦，梓而传之。

小鸾字琼章，一字瑶期，自号煮梦子，宛君之第三女也。妗氏倩倩，子女皆不育，而与宛君善，遂以琼章为女。琼章四岁，即能诵毛诗楚词，倩倩教之也。十岁时，侍母夜坐，母云“桂寒清露湿”，琼章即应曰“枫冷乱红稠”。其夙慧天成有如此者，自是诗词书画，并皆佳妙。五古如《池畔》云：“凉风袭轻袂，徘徊临前池。栏花映日发，婀娜余芳姿。澄波烁明镜，照我幽人思。我思在霄汉，飙举任所之。但恐岁月晚，相看泪如丝。试采芙蓉花，何如茹隐芝。”五律如《秋日村居次父韵》云：“秋气悲摇落，清心澹不关。竹梢梳白日，水面洗青山。临镜花常晓，熏香韵自闲。幽怀何所寄，远在碧霄间。”七律如《早春红于（侍儿名）折梅花至偶成》云：“迟迟帘影映清霄，日照池塘冻若消。公主梅花先傅额，美人杨柳未垂腰。纱窗绣冷留余线，绮阁香浓绕画绡。试问侍儿芳草色，阶前曾长翠云条。”词如《春闺》［浪淘沙］云：“终日掩重门，莺燕纷纷。昼眠微醒觅残魂，强起亭亭临镜看，重整双云。　倦倚碧罗裙，又早黄昏。春阶草长旧愁痕，惟有垂杨千尺线，绾住余曛。”又云：“薄暮峭寒分，罗簟香焚，粉墙留影弄微曛。一缕茶烟和梦煮，却又黄昏。　曲曲画湘文，静掩巫云，花开花落负东君。赚取花开花又落，都是东君。”又《闺情》［踏莎行］云：“意怯花笺，心慵绣谱，送春终是无情绪。多情芳草带愁来，无情燕子衔春去。　倚遍阑干，斜阳几许，望残山水濛濛处。青山隔断碧天低，依稀想得春归路。”又《春愁》［玉蝴蝶］云：“梦破晓风庭院，粉墙花影，睡起恹恹。几日双蛾，愁损镜里春尖。看尽佗莺梭柳线，都织就，雾锦云缣。最难忺，催花小雨，依旧廉纤。　堪怜，韶光淑景，芊芊芳草，寂寂钩帘。燕子归来，花香都向绿琴添。散闲愁，流红泛去，消酒困，湿翠飞黏。怯春衫，香烘袅袅，袖护掺掺。”又《秋夜》[疏帘淡月]云:“纱窗欲暮,渐暝①色朦胧,暗迷平楚。断雁凄哀,点点远天无数。苍烟染遍西风路,剪江枫,飘红荻浦。画阑东角,疏帘底畔,徘徊闲伫。　　漫赢得,长宵如许。又锦屏香冷,绣帏寒据,满耳秋声,长向树梢来去。萧萧竹响还疑雨,悄窥人,嫦娥寒兔。壁摇灯影,空阶露结,怨虫相语。”锦心绣口,一时无两。故周铭《林下词选》谓:昔黄山谷称晏小山词为高唐洛神之流,其下者亦桃叶团扇。今读《返生香》诸词,则全是高唐、洛神,非复桃叶、团扇,可仿佛也。其为世所重如此。年十七,字昆山张氏,婿家以枣茗为礼,循俗也。茗中有断玉搔头一枝,大惊,密弃之。后果将嫁而卒。卒后七日,乃就木,举体轻软。其母朱书琼章二字于右臂,臂如削藕,人咸以为仙去。其所居曰“疏香阁”。阁外古梅一株,年年著花无数。自琼章殁后,干有封苔,枝无剩瓣,从此不复吐冷艳矣。噫!草木无情,胡竟若是其灵异也。琼章有眉子砚,阔不逾三寸,长倍之。砚背题诗二绝,字颇遒劲,争为好事家所藏。其后辗转易主,至洪杨乱时,王佛云得之扬州。嗣王知吴江县,为琼章钓游地,而以得砚为先兆,乃修其香冢,摹其遗像,而附以砚背诗之拓纸,为作《砚缘图》,一时名流题咏甚多。今日此砚不知尚在人间否。而图则城中故家,犹什袭藏之。

小蘩字千璎,又字香期。琼章妹,宛君幼女也。生未几,宛君病殁,秉夙慧,早岁工诗。年十四时,有诗云:“风动帘间日影清,绿绡闲坐午香轻。银床寂寂桐花落,遥送流莺第几声。”天寥先生见而赏之,谓清韵香骨,有如其人。长归长洲王复烈,是皆叶氏姊妹花也。

叶氏侍婢,有素苇、红于二人。素苇年二十,能为词。红于一名随春,别字元元,少侍琼章,故擅诗词,惜不传。然观昭齐姊妹

---

① “暝”,原文作“瞑”,据文义改。

之戏赠诸词，其丰度概可想见。昭齐《浣溪纱》词云：“翠黛新描桂叶轻，柳枝婀娜倚莲屏。风前闲立不胜情。　细语娇諵嗔乱蝶，清矑泪粉怨残莺。日长深院恼秦筝。”蕙绸词云：“鬌薄金钗半弹轻，佯羞微笑隐湘屏。嫩红染面太多情。　长怨曲阑看斗鸭，惯嗔南陌听啼莺。月明帘下理瑶筝。”琼章词云：“欲比飞花态更轻，低回红颊背银屏。半娇斜倚似含情。　嗔带淡霞笼白雪，语偷新燕怯黄莺。不胜力弱懒调筝。”则红于酣态何减郑家诗婢。后各遣嫁。红于归庞氏，素苇则未详云。

叶氏天寥夫妇及其子女，既尽娴文墨，倡风雅于一时，而为叶氏妇者，自多才媛，征之志乘，则有沈兰支。兰支名宪英，字蕙思。中书自炳长女，天寥弟三子威期妇。而与宛君为嫡姑侄也。少与妹兰余，唱和无虚日。如《哭少君姑母》[水龙吟]词云：“水晶深处，琼楼湘君，半卷鲛绡软。桂旗翠陌，平沙碧草，瑶天烟暖。宝柱哀弦，曲终人杳，晚江清浅。奈芳菲极目，云霞未赏，都倩灵妃游伴。　寂寞楚山高远，夜半猿声泪痕满。镜消菱月，钗沈兰雾，霎时分散。恨逐波香，愁随浪影，一天幽懑。叹销魂，正是白蘋黄叶，暮鸿凄断。”又《留别兰余妹》[虞美人]词云：“白云掩映青山老，鬓入霜华早。今宵且醉画屏前，明日远移，小艇绿杨烟。

黄昏细雨重门锁，挑尽孤灯火。断肠无处问天公，梦逐陌头芳草，付残红。”年十七来归，灵秀之气，如春山翠微，青葱晓黛。越二年，威期卒，遂终身不复事吟咏，而以节闻。

又有吴县颜秀琴，字清音，天寥从子善长室也。雅善诗词，所作多幽怨之致。如《谒金门》词云：“愁脉脉，幽恨满怀谁识？芳信经春还又隔，晚风花阵急。　紫燕双双飞入，帘外一天云碧。可奈妆台人寂寂，翻书和泪渍。”又《长相思》词云：“思漫漫，恨漫漫，春色芳菲取次看。闲庭花影寒。　绕阑干，倚阑干，梦见虽多相见难。红香泣夜残。”

又有沈树荣，字素嘉，蕙绸女，天寥从孙舒颖妇也。少承母教，工诗词，其《送别》诗云："落叶枫林两岸秋，曾于南浦动离愁。只今一片江头月，不照归舟照去舟。"少与庞小畹比邻居，甚相得。后移居分湖，有《寄庞》[点绛唇]词云："隔个墙头，几番同听黄昏雨。别来情绪，向北看春树。　　一院藤花，底是临书处。远记取绿窗朱户，袅袅茶烟缕。"其他赠答唱和之作甚多，著有《希谢词全稿》。惜为其女携归嘉善，遂不得见。

天寥从孙妇又有曰吴雯华者。雯华字昙素，舒璐继室，工诗，清稳雅秀，以视分干律绝诸体，可称嘉耦。如《秋闺》绝句云："庭梧叶落气萧森，砧杵千家碎月明。何处小楼人不寐，孤檠相对赋秋声。"又《香奁琐事》云："雨余暑退动凉飙，弄墨抽毫兴自饶。何处临书清绝地，碧纱窗下对芭蕉。"其所著曰《采秀阁诗草》，附刻吴兴内史沈清蕙《黛吟草》后，盖雯华为分干之配，而分干则清蕙之甥也。叶氏自宛君来归后，风雅不替，人谓"十里分湖翰墨香"者，良非虚语。

沈氏自宛君姊妹，倡导风雅，名媛闺彦，代有其人。其流风余沫，历数传而未有替。自前述数人外，尚多可称者。如沈华鬘字端容，一字兰余，自炳次女，兰支妹也。工吟，兼善绘事，与姊兰支从姊少君，日事唱酬。如《春草》云："郊原新色入芳丛，楼上盈盈一望同。弱柳三眠萦嫩绿，落花万点衬残红。燕泥细翦莓苔雨，蝶梦重迷杜若风。逗得池塘春意好，王孙归马辔玲珑。"又《春夜忆昭齐姊》绝句云："春寒香静月胧胧，闲卷湘帘罢绣工。兰烬花含人不寐，独吟残句送归鸿。"其灵警处稍逊乃姊，而吹气如兰，亦非易得。

沈淑女字少君，君张女，永禋姊也。幼工诗词，未字而夭。遗稿有《绣香阁集》，烬于火。今所传者，仅《林下词选》所载之《谢池春》一阕及《梨花》《柳枝》两绝而已。其《梨花》云："冰肌玉骨是天成，不向秾华斗色新。最是娇香无著处，梦随蝴蝶坠中庭。”其《柳枝》云：“青粉墙高弱柳低，柳烟拖碧啭双鹂。叮咛似与行人说，剩取藏身几个枝。”晓起梨花将谢，感赋《谢池春》一阕云：“细雨轻寒，院落重门深闭。为花愁，平添几许，宝钗慵整，独把阑干倚。怪春工，忒匆匆矣。　　明朝只恐狼藉。粉痕归砌，早难支，一襟憔悴。雪肌素面，相对空凝睇。快须呼，玉楼人起。”

沈静筠字霞玉，检讨位曾孙女，为浙江石门县山人吕元洲律室。殁后尝降乩作诗词，与吕酬答。当时吴中士夫，盛设乩坛。一日有女仙降坛，自称玉霞内史，寻复有称吕山人律者，与女仙唱和。《林下词选》称其语意超旷，非仙不能。其《赠吕山人》云：“乡关何处渺云端，碧海青天欲望难。莫怪诗肩吟就耸，玉楼夜半不胜寒。”《鹧鸪天》词云：“一片春光遍九霄，这回风月也全消。重来绣阁吟残句，不数缑山弄玉箫。　　身外事，等闲抛，万层云路碧迢迢。香南雪北何由见，直比人间午梦遥。”词意飘然，自非凡响。而夫妇同仙，允是千秋佳话。子晋缑山之后，不数见也。

沈蕙端字幽馨，词隐先生从孙女也。少工诗词，尤精曲律。尝作小令以挽昭齐、琼章，为时所传。文长不录，别录其诗词如下。《双燕》诗云：“双双燕子入庭来，杏叶深深浥露开。为语东风莫吹散，一帘花影任徘徊。”《针线箱·暮春晓起观雨》词云：“为昨宵峭寒无寐，听风雨三更骤起。到朝来见几树红芳坠，一带丽华俱废。烟笼池馆清波溢，雾锁溪桥弱柳低。名园里，探幽香蛱蝶，空自争飞。”其二：“恰才问海棠开未，又忽早蔷薇淡矣。却教人，蓦地惊心碎。时序未经春季。飘零花事随流逝，寂寞莺期羞浪啼。兰闺里，启纱窗愁对，烟景凄其。”又《金络索·夏日闺中》词云：“炎蒸气渐冲，弱体生烦冗。恼杀啼蝉，触处齐喧哄。偏将午梦惊，思无穷，轻步乘凉水阁中。榴花红喷千枝火，荷蕊香翻十里风。歌声送，采莲人棹画桥东。韵悠扬，飞入帘栊。忽逗起闲情重。”其风致绰约，概可想见。归嘉兴诸生顾必泰。

沈关关字宫音，副使琉孙女，上舍自继女也。其母杨卯君字云和，善以发绣山水人物，号曰“墨绣”。宫音传其艺而更神。尝为顾茂伦先生刺《雪滩濯足图》，尤悔庵、朱竹垞、陈其年皆诧为未有，题咏满幅。顾诗传不多。《袁朴村诗征》载其《水扉》一绝云：“盈盈江上落花稀，何处莺声到水扉。望里春山春最近，看他出谷一双飞。”词有《临江仙》云：“春睡恹恹如中酒，小庭闲步徘徊。雨余新绿遍苍苔，落花惊鸟去，飞絮卷愁来。　　才觉春来春又暮，枝头累累青梅。年光一瞬总堪哀，浮云随水逝，残照上楼台。”是不惟针神，且兼才女也。长适乌程王珹。

沈友琴暨其妹御月，皆隐居永启女也。姊妹唱和，时称联璧。如《和汪钝翁姑苏杨柳枝词》，友琴云：“绿条风静雨初收，更罢罗衣懒上楼。花下欲将新月拜，一钩恰在绿梢头。”御月云：“年来泽国浪滔天，万卉飘零不复妍。独有柳条偏①爱水，晚风斜拂钓渔船。”其他斗韵分笺，不乏佳什。无损宛君姊妹一堂联吟之旧家风者，且皆工倚声，其歌词多传诵于人者。友琴如《浪淘沙·月下桃花》云：“清露酿花烟，皓魄无边，数枝低亚笑嫣然。一自天台迷路后，辜负年年。　　蟾影罩霞鲜，似共流连，茅斋相对恍疑仙。赚得东风今日好，莫为愁牵。”御月如《虞美人·影送春和韵》云：“送春春去添烦恼，闲闷何时得了。试看落红多少，点破阶前草。

流莺树上啼声悄，惊破罗帏梦杳。断送镜中人老，都为春归早。”友琴字参荇，诸生周钰室，著有《静闲居稿》。御月字纤阿，皇甫锷室，著有《空翠轩稿》，惜至今稿皆佚。

沈茝纫字蕙贞，高陵令永令次女，友琴之从姊妹也。年十二三，即工吟咏。长适同邑诸生吴克迈梅。克早卒，蕙贞矢志柏舟，

---

① “偏”，原文作“遍”，据文义改。

苦守四十年，临没，谓其弟浣桐（名澍）曰："顷得诗二句：'病多未得专医肺，瘦尽何须更论腰。'"亦可悲矣。少时著作甚多，孀居后，不欲以诗词流传，有作辄弃去不少惜，故鲜有存稿。张太史损持称其志洁词芳，堪与宛君媲美，良非虚语。兹于丛残中搜得诗词各一首，合亟录之。《帙中得亡姊遗笺》云："唱和难寻几断肠，丹铅留影黛留香。短笺题句今犹在，欲读先挥泪数行。（其姊之著作与其名更不可考。）"《临江仙》云："草草妆台梳裹了，曲阑干外凝眸。年光荏苒又深秋，一番风似翦，两度月如钩。　病里高堂频嘱付，而乃莫更多愁。当时检点也应休，从新来眼底，依旧上眉头。"凄恻苍凉，不忍卒读，何情之深也。

沈咏梅字梅林，浣桐女，蕙贞侄也。长适同邑钱杏村楷。杏村性俊爽，读书外无佗嗜好。梅林有同志，每荧荧一灯，相对披诵，虽寒暑弗辍也。性酷爱梅，当花时，辄与杏林联吟，一夕各得诗三十余首，传为佳话。著有《学吟草》。如《春雨》云："蝶懒暂停飞，莺藏咽不语。濛濛烟霭深，寒食梨花雨。"《灯花》云："理罢残妆灯艳生，相看无语到深更。春花易谢秋花落，谁复寒釭夜夜明。"《菊》云："黄花何必拟黄金，静寄篱边意自深。为是渊明曾见赏，秋风千载到如今。"《九日怀归》云："佳节怀归黯自伤，茱萸插鬓又新妆。昔年姊妹登高处，赢得慈亲泪几行。"皆清婉可诵，无惭作者。

又有周兰秀字弱英，诸生邦鼎女。母沈媛著《声香奁》，诗已见前。弱英承其家学，故亦工诗词。诗如《春日写竹寄姊沈夫人》云："新箨初舒雨后枝，碧含香破淡相宜。为君写出疏阑影，一片寒光点墨池。"《挽昭齐表妹》云："三生石上指空弹，读罢楞严静里观。尘土何堪埋玉树，梨花小阁又春寒。"《晓起》云："晓看疏柳挂楼西，雾合秋窗半欲迷。衾冷不堪重索梦，黄鹂飞向隔花啼。"词如《浣溪纱·初夏》云："雨过梧桐万绿平，模糊山色逐云行。飘飘莺羽傍风迎。　　茉莉小庭香落袂，梦余蕉影倚窗横。隔楼何处度箫声。”《如梦令·雨夜》云：“梅雨夜窗春动，早又新荷香送。吹入画楼来，一段幽怀谁共。谁共，谁共，漫掷灯前清梦。”《减字木兰花·夏日》云：“晨妆草草，绾髻慵梳新样巧。卷起帘栊，远见荷开满沼红。　　轻摇团扇，薰风阵阵轻吹面。堤柳条条，带雨拖烟拂板桥。”《踏莎行·秋怀》云：“叶落平沙，云迷远树，山色模糊人唤渡。芙蓉笑摘上兰桡，轻鸥惊入波心去。　　衰柳含烟，凉蝉咽露，年年重觅王孙路。可怜人静玉楼空，满庭芳草家何处。”皆有清丽芊绵之致。归平湖孙愚公，故《诗什》有载之《槜李诗系》中者。溯厥渊源，要由母教，是亦沈氏才媛之支流也。

沈叶二家，一时鼎盛，固莫敢抗。然风气所被，而与之竞爽者，亦正不乏。如孙卿史志儒之之继室，为华亭董如兰，其尤著者也。如兰字畹仙，能诗词，著有《安素斋稿》及《秋园集》。词意悲壮，不似佗之调脂弄粉，仅见旖旎者。如《冬怀杂咏》云：“孤梅忍冻未逢春，七载离忧昏复晨。豫贮一壶存宿火，等他风雪夜归人。”《哭球儿》云：“一陌黄钱对北焚，难将子骨祔夫坟。棠梨树下魂相聚，应向秋原哭暮云。”词如《燕台归思》，调寄《大江东去》云：“羁人情绪，似禽鱼，误入樊笼难出。极目乡关何处是，云树苍烟遥隔。不敢哀号，恐惊肠断，默默空凄恻。自家儿女，怎教他个怜惜。　　应叹两字功名，半生劳顿，堪笑还堪咄。离别伤心梦中相，聚后醒来悲泣。误我归期，欺他归约，各度如年日。君平频问，故园何日归得？”第二阕云：“忧深如病，万千愁，欲说伤心还歇。是岁三春挨过了，怎使重挨日月。将近初秋，归鞭未整，酷日同心热。啼痕新旧，积来犹胜鹃血。　　千里有限关河，无穷荆棘，鱼雁难飞越。异日相逢须记取，今日再休轻别。魂梦堪怜，朝朝暮暮，不解辞登涉。他时归去，定教真个欢悦。”周铭谓为闺阁中之有侠气者，置之《稼轩集》中，正复难辨。其后志儒没，如兰移居山塘,与其子以制眼镜为业。能精制各镜,得百数种。是不惟工词章,抑且擅工作。以视今之粗通文字而不事生产者,其亦远矣。

复次则项吹聆也。吹聆名佩,尝从其夫吴巨手统持,偕隐我邑之盛泽镇。喜读书,工画,虽尺绢寸缣,皆超超入妙。又善诗,有《和巨手卍字百韵》,长不录。佗如《社日》云:“过雨春泥白,斜飞燕尾纤。恰停针线坐,自起为钩帘。”《送外》云:“已识风尘苦,经春又别离。钓船迎水去,无处不牵丝。”《卍斋》云:“夫子爱奇字,回阑缭绕之。一时齐作卍,三点不成丷。树色浮春并,斋居绣佛宜。定知人载酒,送喜有刍尼。”竹垞老人谓其诗极熨帖①。或疑丷字韵书不收,然三点成丷犹有想。丷即伊,守苑舍人咸诗可据。

复次则宁若生也。若生字璀如,大理寺评事绳武孙女。少与李茝生为闺阁友,日课诗文。长归嘉定侯汸,与妯娌相赓酬,或讨论经史,最称淹贯。诗少近体,多古风。曾记其有《松陵行》一诗曰:“松陵傍具区,泽国水淼淼。桑海已三变,平芜愁远眺。余初尚齠龀,嬉嬉膝前绕。姊妹亦齐肩,相呼梨与枣。甲第城西偏,飞翚惊高鸟。玳梁乳双燕,拂羽依井藻。处巢安知外,宁识秋风早。无何陡失怙,依依集于蓼。有女愧中郎,绪言委伯道。母氏独怀霜,制泪伤孤藐。余未脱提携,小妹复怀抱。堂前跬步间,叹息音容悄。泣露花垂檐,临风叶未扫。少长发覆眉,春蚕手自缲。素丝无端委,焉得成鲁缟。触绪思因烦,治棼心如捣。谁知机中断,宵永漠难晓。双亲闭灵帏,遗训忽已杳。寂寂尘空闺,摇摇扬丹旐。死者不复生,生者犹尚小。人或利所有,匍匐争倾倒。我寒妹啼饥,日夕不自保。垂涕循儿筵,含声奠清醥。倏忽各分散,庭背荒萱草。昆阳有舅氏,怜余甫窈窕。珍重掌中珠,有心不敢标。

① “帖”,原文作“贴”,据文义改。

及归逾廿年，何处瞻华表。庭榭已榛芜，坐愁使人老。松楸吴山隈，荒堆没蓬葆。回首怨潮生，余怀方浩渺。”其情真挚，故其词哀痛，一语都粉饰不来。而若生少失怙恃之惨遇，亦可以见矣。其所著集曰《春晖室诗钞》。

复次则汤洽君之姊妹也。洽君名尹娴，为诸生三俊女。幼承庭训，善诗歌填词，画花卉翎毛。又承其舅陈某之教，善天文历律，旁及测晷、开方、立方、筹算、皇极、统韵、诸葛、鼓音、射覆之学。长适计僧来，即改亭先生之兄也。改亭八九岁时，从之学，洽君口诵步矢歌，手指天文及星纬，指示历历。僧来卒，洽君以诗悼之云：“昔夜寒床双听雪，今夕秋窗独愁月。凝眸视我绮罗衣，哀被霜花侵白骨。”遂绝粒以殉。其妹渭君亦能诗，遗稿散佚，人多惜之。

又有周慧贞字挹芬，元亨女，恭肃公裔孙女也。居邑之烂溪，聪颖倩丽，善画工诗。有《病起对镜》二绝云：“拂镜试新妆，无言暗自伤。但看花上露，愁断九回肠。无限伤心事，朝来一照中。自怜颜色减，不似旧时红。”词有《风入松》一阕云：“几回惆怅厌临鸾，扶病倚阑干。逢人懒整云鬟乱，眉儿淡留待郎看。消瘦不禁摇扇，遣情聊把琴弹。　冰弦理罢展琅玕，描写恨千端。双双飞落檐前，燕衔泥转故故成欢。何事比来轻去，夜深不得团圞①。”适秀水黄凤藻，未几即卒，沈宛君为之序其遗诗。

顾兰佩，大典曾孙女，昆山何法室也。早承家学，兼擅词章，有《清平乐·春柳词次庶其叔父原韵》云：“春光飘渺，烟锁何时了。赢得离亭人去杳，泪落随他多少。　从教荡漾风前，纤腰欲折可怜。羡杀谢庭咏絮，休言张绪当年。”其灵心妙舌，亦何减谢庭咏絮耶？

---

① “圞”，原文作“栾”，据文义改。

顾道喜（一作善）字静帘，自植女，少擅文学，长适许季通元方。元方固博雅名通，夫妇酬和无虚日，著有《松影庵词》。余最爱其《移居严庄有感》一阕，云："禾黍斜阳，村皋外，红霞飞灭。回首处，依稀风景，繁华销歇。沼冷鸳鸯荷泣雨，台荒麋鹿松摇月。忽送来，野寺断钟声，疏篱缺。　　清晓怨，帘钩揭。王孙梦，鹃啼血。问天涯何处，铜仙金阙。猿鹤三秋淹短草，风云万里悲高碣。料明朝，好镜不相瞒，霜侵发。"又《闺情》云："日射纱窗花影透，满镜春山，雪面妆成候。立遍苍苔寻草斗，鸾针凤线抛残绣。　　拜佛朝持般若咒，脉脉含情，徙倚消长昼。闻道知愁还未久，去年学得吹箫后。"前则以哀感胜，后则以芊丽胜，皆非粗解音律者道得出来。

静帘生子虬，字竹隐，女定需，字硕园，皆受诗于母氏而克承家学者。定需《秋日留别兄竹隐》[如梦令]词云："携手阶前吟月，同调琴声清绝。上下古今编，夜半灯残茶热。凄切，凄切，风景依然人别。"又《鹧鸪天·雪晓》词云："罗幕重重寒气侵，晓光先透紫丝衾。半空飞下梅花瓣，一夜平添玉树林。　　焚兽炭，酒徐斟，安排新调入瑶京。行人莫起江南恨，驴背奚囊兴不禁。"又，竹隐女心榛字阿秦。竹隐宦黔时，寄以《绝句》，有云："凭他道韫夸风絮，争似侬家有阿秦。"阿秦一和再和，有"妆台秋暮挑镫事，闲检残编到汉秦"之句。其风期亦可想见矣。与妹阿莼、阿苏、阿芬及母妗张采于，为闺中诗友，迭相唱和。如《菩萨蛮·舟中感旧》词云："数声渔笛斜阳里，离愁亦傍寒风起。烟树几人家，冬残犹放花。　　昔时欢笑处，各自东西去。恰见断鸿飞，霜帆独棹归。"又《浪淘沙·层楼观雪》云："六出绕庭中，野外云同。斜斜整整舞长空，笑指青山头白了，似雨非风。　　归鹤失行踪①，缟袂

① "踪"，原文作"综"，据文义改。

相逢。梁园授简夺天工，谁共梅花萧索也，人在楼东。”又《钗头凤·题渔郎再访桃源》云：“峰峰乱，村村断，一湾流水桃花岸。春时雀，秦时药。垂髫黄发，别来忘却，昨昨昨。　渔舟旧，渔郎瘦，丁宁仍向人前漏。山川错，仙凡各。缘溪再访，烟横云薄，莫莫莫。”心碧字阿莼，手录唐绝句，娱玩兴到。偶一作词，如《浣溪纱·送秦姊》云：“送别江头江水清，归帆漠漠带愁征。鹡鸰原上晓霜明。　木落千山乡梦绕，香横半舫晓妆盈。摇摇心事各悬旌。”心檀字阿苏，明慧好学，其韵语多出天然，兼工于书。如《忆秦娥·燕来》词云：“帘栊卷，穿来穿去双双燕。双双燕，乌衣新翦，天涯游倦。　衔花杏苑胭脂片，翩跹掠雨深深见。深深见，雕梁春永，呢喃自遣。”心澧字阿芬，年十二时，即喜弄柔翰，寄托吟咏。如《玉蝴蝶·咏梅》云：“忽忆罗浮惊梦，半帘花雾，香入虚无。一任朱楼斜掩，黄鸟频呼。月阴转，深藏丰韵，霜痕澹，越显肌肤。对他愁，轻妆受冻，疏影难扶。　清癯东君传信，百花根动，草绿平芜。管领芳菲，水边先把一枝图。笛声横，落英自扫，陇书断，新酿谁沽。为调羹，冲寒先发，春满皇都。”此皆载入《林下词选》者，一门风雅，何减叶家午梦。故许氏之有静帘，犹叶氏之得宛君也。渊源所自，要不可诬。惟许氏籍贯，犹待详考。故叙其一斑于此。

其擅文学而兼著节操者，则有如张士柏妻陈氏。陈故工诗，所传有《松陵晚眺》句：“湖多天在水，邑小市侵桥。”未几士柏卒，其兄士松，计鬻陈于里豪徐洪为妾，陈不从。陈父俊讼之宰。宰受徐贿，使俊反坐系狱，陈乃饮泣绝食。适司李理至，为之诉冤于路振飞，而自刎堂下。乃为上疏申雪，置徐洪及士松于法。宰亦坐贬。至今谈此事者，犹啧啧称陈烈妇云。

次则徐季文妻施氏，能诗文，倡随相得。年二十五，季文卒。时崇祯癸未岁也。明年，北都亡，怀宗殉国，施氏闻之大恸曰：“家国两不保，吾何生为?"乃伺闲投水死。诗文散失，无只字传于后。

又次则为徐矿妾何埕。明亡，矿与吴易，潜约起兵，事败，易被执，矿走武康山中。讹传死于兵，埕遂作绝命词，自经死。是亦临大节而不夺者，词竟不传，为可惜也。

人生为女子，已属不幸事，若出身寒贱，或所适非偶，而忧愁颦蹙，薄命徒嗟。甚或沦于乐籍，遁于空门，以裁云镂月之才，欲求一琴瑟静好，荆布以终其身者，卒不可得。是尤大不幸矣。征诸旧籍，正不乏人。遇啬于生前，名留于身后。天之待遇斯人，未始不可谓始啬而终优也。试分述如次。

易睐娘字画奴，汤豹处女，故隐汤氏为易姓。性聪慧，善吟咏，工花鸟，习记诵。豹所蓄古名画甚多，各以镂金牌识之。尝戏举古人名姓，叩以所作某画。睐娘即指第几卷中，靡不符合。豹爱之，令其掌镂金牌，故名画奴。姿体绝丽，星眸山黛，复嫣然善睐，故其母更名为睐娘。其《集唐》云："早是伤春梦雨天，莺啼燕语报新年。东风不道珠帘隔，引出幽香落外边。"《漂泊》云："漂泊何由返故园，桃花春雨照离魂。凭将别后双红袖，记取东风旧泪痕。"国变后，与父母同隐金牛村。卖珠以缀衣，佣绣以佐馔，艰苦备尝。复寄居东新巷姑母家。因所适非偶，取自著《愁盐诗词》一卷及所画粉本，悉付之火。未几，即抑郁以死，年才二十有四。

吴淡女子，不详其姓氏，亦以所嫁非偶，抑郁而殁。传有《绝句》一章，诗云："迟日停针向北窗，飞花何事过东墙。不知余是愁眉妇，也点春来一片妆。"盖此诗尝为前辈董二酉先生所口诵，故传至于今。然既困于遭遇，并此区区姓氏，亦付之荒烟蔓草，殆不欲以薄命人之名姓，留在人间，为后世作谈笑资耶? 噫! 亦可哀已。

徐翩字云翾，小字阿佛。性敏慧，能琴，工诗，善画兰，居邑之盛泽归家院，院故妓馆也。四方士大夫，扁舟过访，翩无不与之倡酬。尝作《秋怨诗》曰："自许恩情百岁同，那堪弃置任秋风。开帘见月还羞月，似笑齐纨笥箧中。锦簟孤栖灯焰青，熏笼斜倚漏三更。西风欲破人愁寂，吹入芭蕉作雨声。"盖寄慨也。后适烂溪周氏。周某爱其妩媚，辄呼为欢喜佛。逾年周卒，翾遂削发为尼。

传翾之艺者，曰柳是（一名隐）。是本姓杨，名爱，字影怜（一作应怜），号如是（一作儒士），一字蘼芜，自号我闻居士，又号河东君，居归家院，丰姿逸丽，工诗善书，自负不凡。尝曰："我非才学如钱牧斋者不嫁。"牧斋闻之曰："天下有怜才如此女子者乎？我非能诗如柳如是者不娶。"有好事者两相传致，牧斋乃作《我闻室》以迎之。遂结缡于芙蓉舫中。牧斋曾于鸳湖舟中，作百韵以赠柳，中有句云："河东论氏族，天上问星躔。汉殿三眠贵，吴宫万缕连。瑶光朝孕碧，玉气又生玄。"又云："纤腰宜蹴鞠，弱骨称秋千。天为投壶笑，人从争博颠。"又云："凝眸嗔亦好，溶漾坐生怜。薄病如中酒，轻寒未拆绵。清愁长约略，微笑与迁延。"则其风神才艺，亦可想见矣。居绛云楼，校雠文史，尝衣儒服，飘巾大袖，间出与宾客谈论，蹁跹若仙，故咸呼为"柳儒士"。甲申以后，劝牧斋殉国难。牧斋终有难色。牧斋殁，家衅顿起。柳曰："家有长嫡，义无受削。"未亡人奁赀尽出以授，而喧集如故。乃密召戚故门人，部画已定，与之誓曰："苟念旧德，毋渝此言。"咸应曰："诺。"明日设宴，诸凶毕集，潜令人阖前扉，聚绳索于房中。乃入室，若持券籍出者。久之，家人入视，则已投缳毕命。而大书于壁曰："并力缚凶以报官。"门闭，无一得脱者。邑令穷治得实，以其事上闻，置之法。噫！牧斋不能殉国难，而柳独能殉家难，以保家祀，存诸孤，巾帼之胜于须眉也多多矣。生一女，嫁毗陵赵氏，其墓在虞山耦耕堂故址云。

河东君之所著，有《戊寅草》，云间陈大樽为之序。而牧斋之《东山诗集》，亦与河东君唱和之作为多。盖以《半野堂初赠》诗中有“东山葱岭莫辞从”句,故取以为集名也。如《辛巳元日》云:“蘼芜新叶报芬芳,彩凤和鸾戏紫房。已觉绮窗回淑气,还凭青镜绾流光。参差旅鬓从花妒,错莫春风为柳狂。料理香车并画楫,翻莺度燕信他忙。”又《和京口舟中》云:“首比飞蓬鬓有霜,香奁累月废丹黄。却怜镜里丛残影,还对尊前灯烛光。错引旧愁停语笑,探支新喜压悲伤。微生恰似添丝线,邀勒君恩并许长。”又《和浴汤池留题》云:“素女千年供奉汤,拍浮浑是踏春阳。可怜兰泽都无分,宋玉何由赋薄装。浴罢汤泉粉汗香,还看被底浴鸳鸯。黟山可似骊山好,白玉莲花解粉汤。睡眼朦胧试浴身,芳华竟体欲生春。怜君遥噀香溪水,兰气梅魂暗著人。旌心白水是前因,觑浴何曾许别人。煎得兰汤三百斛,与君携手祓征尘。”至其长短言,流传亦多。如《满庭芳·留别无瑕》云:“紫燕翻风,青梅带雨,共寻芳草啼痕。明知此会,不得久殷勤,约略别离时候。绿杨外,多少消魂。重提起,泪盈红袖,未说两三分。　纷纷,从去后,瘦憎玉镜,宽损罗裙。念飘零何处,烟水相闻,欲梦故人憔悴。依稀只隔楚山云,无非是,怨花伤柳,一样怕黄昏。”又《金明池·寒柳》云:“有恨寒潮,无情残照,正是萧萧南浦。更吹起,霜条孤影,还记得,旧时飞絮。况晚来,烟浪迷离,见行客,特地瘦腰如舞。总一种凄凉,十分憔悴,尚有燕台佳句。　春日酿成秋日雨,念畴昔风流,暗伤如许。纵饶有,绕堤画舫,冷落尽,水云犹故。念从前,一点春风,几隔着重帘,眉儿愁苦。待约个梅魂,黄昏月淡,与伊深怜低语。”其余佳者正多,美人才调,不可及也。

嗣邑人王砚农搜辑河东君诗札为《蘼芜集》,既又得河东君书镇于骨董肆,系以青田石所制,高寸余,上刻“山水亭榭”,款云“仿白石翁笔”小篆五字,下镌“崇祯辛巳畅月柳蘼芜制”十字。砚农大喜,自谓得此遗物,殆亦冥冥中酬其晨钞暝写之劳也。乃亲为拓本,广征题咏。赵芬即依集中《寒柳词》韵题云:“片玉飞来,脂香粉艳，解佩疑临兰浦。谁拾得，绛云残烬，叹细帙，早成风絮。剩芳名，巧琢苕华，挥小草，依约芝田鹤舞。伴十样涛笺，摩挲纤手。记否我闻联句。　　玉树南朝霏泪雨，共红豆春蕤。飘零何许。沾几缕，绿珠恨血。只画里，山川如故。二百年，洗出苔痕，感词客多情。燃膏辛苦。想苏小乡亲，三生许认，试听深篁幽语。”是亦河东韵史之余波也。故附述于此。

周文字绮生，工小诗。沈纯父林居，端午召客，呼之侑酒，不至。次日始来，问其故，曰：“昨偶席上赋诗未就耳。”纯父曰：“尔果能诗，试即景以五月六日为题。”绮生朗吟云：“酒剩蒲觞冷，门悬艾虎新。”坐客咸击节，由是诗名大起。缙绅若高元期、李君实，皆与酬和。绮生诗长五言，有陆放翁白描风概。其《暮春》五绝云：“曾共看花发，无端又落花。春归君亦去，谁与惜年华。”“鸟声泣暮雨，蝶梦绕东风。花落不堪问，春光半已空。”“坐起愁如织，空斋但寂寥。不关风雨度，春色为谁凋。”“堪嗟分手日，春色冷湖头。柳絮空飞尽，长条转系愁。”“旧愁聊自息，新恨便相摧。欲寄丝千缕，无由只雁来。”七言如《二十初度》云：“作恶春风二十年，愁眉常到镜台前。去年杨柳为谁折，今岁梅花黯自怜。”又有“扫眉才子多相忌，未敢人前说校书”句，盖自伤也。钱氏《列朝诗集》谓“为松陵一元氏负之而趋，悒悒而死”。所云“一元氏”者，即除名会元沈同和志学也。竹垞老人曾见绮生，谓于酒间谈论，援今证古，娓娓不少休云。

周琼字羽步，一字飞卿。少警悟，诗才清俊，作人萧散，不以世务经怀，落落有名士态。初为某大老篷室，继又适一士人。士人为一缙绅所恶，陷囹圄，自度不能脱，乃令羽步往江北避其锋。托所知居如皋冒氏深翠山房者八阅月。箧中金荡尽，所居又陋甚，破窗颓壁，几不辨风雨。然羽步意致翛然，略无怨尤意。喜纵观古史书，爱吹弹，时作数弄以寄兴。郡中人士，有以诗寄赠者，羽步即依韵和答。诗俱慷慨英俊,无闺帏脂粉态,如:“每怜侠骨惭红粉,肯学蛾眉理艳妆。文人薄命非因妒,侠女狂歌更种情。”“雨过积泥侵屐齿,风来寒色满山楼。往事易悲休省记,壮心难遂且忘机。”“锦字怕随江雁断,诗魂还逐晓莺流。暖日不须来燕子,春风争肯逐桃花。”皆雄宕秀拔,足救刻翠翦红之习。于七绝尤长,如《赠范洛仙》云:“黯淡销魂犹倚楼,登山临水又逢秋。檐前垂柳丝千尺,只系柔肠不系舟。”《赠苏贞仙》云:“一架蔷薇满袖香,同行谁不羡红妆。生平最爱清幽事,肯惜凌波绕曲廊。”又《寄怀洛仙》云:“萧骚越客独淹留,汗漫西风柳岸秋。安得秋风解我意,好吹此恨到扬州。”《赠吴湘逸》云:“絮语花阴夜未央,细聆音韵转悠扬。君今幸作吹箫侣,侬愿期为双凤皇。”意盖有为也。所作长短言虽不多,然亦不乏可诵者。如《昭君怨·咏镜》云:“一片青铜如月,照出妾颜如雪。雪月两堪夸,胜如花。　　背地檀郎情顾,恰似鸳鸯两个,含笑倚郎肩。”《月中仙·又谒金门》云:“风屑屑,吹冷一帘新月。深院蔷薇和影折,兜裙红刺密。　　昨夜露浓苔滑,早又残花浓叶。闲倚红窗寻绿蝶,掀帘银蒜揭。”嗣依娄东吴梅村祭酒,后出家为性道人。其所著有《惜红亭集》,今已佚。

叶文字素南,善写兰竹,工诗词。初适严某,困于贫,落魄吴门。偶识云间许太史,往来甚久,故其赠诗有“荒斋萧瑟帘栊静,好梦云间许翰林”之句。其《凭阑人》词云:“渺渺春风忆瘦腰,空见垂杨蹴地飘。凭阑魂欲消,长条复短条。”又《减字木兰花·远眺》云:“长安陌路,来往征车宁计数。底事关心,远隔天涯没信音。　　刚才卷幔,偏惹杨花争扑面。那得人归,只见黄莺作对飞。”是亦工于言情者。后归武林张绣虎,出游塞外而殁。

姚湘云,楚产也。少遇丧乱随母流离,至平望,遂家焉。及长,色艺俱妙,兼能为有韵之言,名亦日起。时徐太史釚、沈明府虬、陈布衣金篆,迭兴诗社,每晏会,座无湘云,不足以娱客也。而士大夫道出平望者,咸愿一登其楼,其为时所艳慕如此。诗所传不多,有《送茶生入都》云:"樱桃湖上依依柳,折送行人欲断肠。此日尚衔椒柏酒,几时重染橘橙香。纵拈宝柱慵弹瑟,更有何人为解珰。珍重临歧无别语,脱双藕覆作思量。"风雅天然,是亦平康里中所不数见也。此有明一代之大概也。

——《中华妇女界》第一卷(1915)第七、八、十一、十二期,第二卷(1916)第一期

燕景缇

燕景缇,1915 年在直隶女学校讲习科,生平不详。

读常棣诗书后

《常棣》之诗,周公因遭管、蔡之变,恨不能如文王、武王之燕乐兄弟也,故作诗以悯之。其诗言兄弟之亲尽矣。夫周公既友爱兄弟如此,何必杀之,既杀之,何必悯之。曰:不然。周公之杀管、蔡,以其乱天下也。既杀而又悯之,周公友爱兄弟之私情也。周公岂肯恋兄弟之私情,而误天下之大事乎?其杀兄弟,殆处于不得已耳。且诗何以久存而不废哉,盖圣人之设心也以诚。周公所言,皆友爱兄弟之至情,而无虚伪矣,故人永念而不忘也。呜呼!彼口言先王之道,身负夷齐之行,稍得权势,则兄弟残杀,篡夺相寻。观周公所为,能不愧乎?使周公无此诗,其心几无以明于天下后世矣。周公诚圣人乎?

——《中华妇女界》第一卷(1915)第七期

冯少琭

冯少琭,1915 年为广州公益女学师范预科生,生平不详。

作文须由己出论

上古之时,未有文字,结绳以记事。大事作大结,小事作小结。至仓颉见虫行,始有文字。今则文字发达,无论万事万物,皆以文字贯通之。盖文字诚国家之要素也,是以学校必有文字一科。然作文之法,必宜读古人之文。看今人之文,但不可抄袭人之文,以为己有。好抄袭人者,是畏难而不肯用心,以为可欺人也。夫一题有一题之文,意虽相似,而题旨不同。苟抄袭而出之,亦不过陈陈相因之语耳。夫兵,贵精不贵多,而作文亦然。或以奇横而制胜,或以短劲而擅长。虚者实之,实者虚之,故事翻新,出自心裁,未有不辟易千人也。若人云亦云,千手雷同,有何特色哉。

——《中华妇女界》第一卷(1915)第七期

吴蕊先

吴蕊先，字绛珠，安徽歙县人，剧作家吴承烜之族妹。吴蕊先在近代报刊发表诗词颇丰，另有小说和弹词存世，如《女抄袭家》(小说)、《五女缘弹词》、《西泠剧弹词》等。

题礼拜六说部

不知狮睡几时醒，休对痴人说梦经。徇路即今多木铎，金声玉振万人听。

训俗型方长者风，感人文字陆宣公。将骄兵悍犹归化，发聩无端又振聋。

灌输道德亮天工，大雅扶轮亦可宗。只此韩陵存片石，宁教瓦缶溷黄钟。

胃女柳氏分四宿，书成明日是星期。贞元来复天心见，正值存神过化时。

——《礼拜六》(1915)第六十三期

题礼拜六说部

夜来吐凤梦初醒，秦火难烧孔宅经。一片元音足千古，壁间丝竹最堪听。

不徒易俗且移风，性道文章属乃公。两耳思聪无豆塞，恰将药石治心聋。

走笔能争造化工，王褒孙盛两儒宗。击蒙何处声相应，一杵僧楼报晓钟。

虞初小说休轻视，世界文明信可期。一纸风行三万里，南阳置驿郑当时。

——《礼拜六》(1915)第六十四期

蕊轩诗话

诗有孤冷幽淡一派，非脑满肠肥者所能梦到。尝阅《清远阁诗》，是自成一家者，孤寒冷淡，中多名贵语。如《西溪小饮》云："暇日眇尘事，相偕过水浔。杏花村店小，野市夜灯沈。薄契情偏洽，清谈酒易深。醉余惜分手，小月照衣襟。"《怀余啸松皖江》云："流光一弹指，秋色正凋残。几日雨声碎，满天云气寒。素襟不可白，清梦忽无端。昨日鱼书至，为言行路难。"《秋热》云："镇心那得水晶瓜，一呷能消七碗茶。附热尚憎红镜炽，追凉要借绿阴遮。黍民(谓蚊)作闹又开市，拂子著身如散花。想见仙家同病暑，清风买断路三叉。"《秦溪道中怀友》云："浓阴暝色压苍苔，帆翅高张破晓开。无限江天云树思，打冰声里一舟来。"《野塘》云："幽栖不见野人家，塘北塘南日影斜。爱煞琉璃新涨活，香风开遍白蘋花。"《清远阁诗》为沈子清著作。余闻之东园宗长云云。

又闻沈子清有弟名凤士，字人俊，短身近视，时人呼为短沈，诗亦佳。尝题眠琴图云："白日写幽翠，虚堂生古阴。何人耽妙理，之子淡尘心。愿得访高躅，相将成短吟。蓬莱坛上路，旧梦不堪寻。"

丙辰秋，过盐渎城，见某公笔录，皆近人佳构，让清荐绅先生，犹有存者。今盐城营长张嘉麟君,述其父勤果公朗斋《中丞军中》诗,只记末二句云:“江南花又落,辛苦尚征鞍。”虽吉光片羽,亦可诵也。

清沈念农少司成祖懋,海内文宗,视学新安,梦中得句,醒而记之云:“广陵江上夜,杨柳月中潮。”诵之大有唐音。

谢守之《客新安》诗,有“四壁山无十里天”之句,闻者皆以为写尽乌聊(山在徽州歙县城内)风景,余啸松之仲兄,曾赠以诗云:“图书鉴赏无凡眼,歌哭平生有热肠。”守之一日梦中高唱此联而醒。

杭州言风雅者,清季推谭涤生廷献,刊有《复堂诗》行世,古作通真选体,尤长于五律。《渡江》云:“大江浮白月,客子去何之。万古滔滔水,愁心共此时。长天乱春色,无处寄相思。前路生春草,青山范蠡祠。”《晚泊》云:“市小危樯矗,沙平落日嵌。吹芦劳破网,收麦慰长镵。流水贤愚尽,清辉欢怨衔。依然吾土月,夜夜照征衫。”

谭涤生又字仲修,尝官吾歙大令,为程筠甫观察受知师,编有《箧中词》,皆卓卓可传者。七言亦多佳构,《不见》云:“不见江东董少卿,空江月色太分明。尊前一酌兰陵酒,中有千秋万古情。”又《酒家过杨子》云:“客去不去辕驹鸣,长安市上藏姓名。门外北风天欲雪,与君把酒说荆卿。”《常州闻歌》云:“屋梁初日动朝云,花气衣香两不分。如水清歌听不得,江天落叶正纷纷。”皆唐诗中上乘也。

牙牌诗从未有人题咏者。昔德化李木斋先生刊《兰闺清玩》于蜚英旧社。吾家东园,尝题一绝,具见无书不读。其诗云:“天劈玉芙蓉,厘成卅二峰。宣和留韵事,颁式有高宗。”余今阅《浪迹续谈》,乃知东园用典皆有出处。又考《余啸松诗话》云:“宋宣和二年,有臣上疏,设牙牌三十二扇,共纪二百二十七点,以按星辰布列之位，表上，贮于御库。至高宗时，始诏如式颁行天下。”见《诸事音考》。近有草名骨牌草，其点如天牌地牌居多，或云得三十二扇全者，治瘵甚效。医书都未及载，《续谈》载之，不知验否。

清崔狄谷诗，为《随园诗话》采入。有《真州客夜》《吴江夜泊》两作，此外亦颇有佳作，特揭而出之。如《古意》云：“溪头人语喧，疑是郎归止。开门不见人，明月照秋水。”《欹枕》云：“欹枕不成寐，起看残月吐。宿鸟时一鸣，桐花落如雨。”《至峡川》云：“山高连嶂起，河曲抱城流。”《即事》云：“雨歇山农收燕麦，潮生海客种蚶田。”皆佳句也。

清章竹隐居嘉兴石佛寺南之凤喈桥，为诗皆新颖可诵。《四十初度》云：“贫贱文章传世少，疏狂情性入时难。”又“潮回沙岸白，天入乱山青”。

吴婉芬女史诗，有“应羡杨花受浓福，飘零短梦尚春风”之句，丰韵颇佳。与《随园诗话》“知否杨花翻羡汝，一生从不识春愁”可谓异曲同工。

中表鲍蘋香女史，述我徽黄村之东，大香庵，向有老梅十三株，相传为南宋时植。李武曾诗有“十三株已压群芳”，是其证已。庵中旧奉秋锦与兄斯年弟分虎。三先生栗主，为三李里祠人，犹忆冯登府太史诗云：“瘦骨全身护短篱，南朝旧梦月明知。韩家驴子林家鹤，剩水残山见一枝。春风仿佛罗浮村，香草难寻处士门。寂寞年年一杯酒，半浇诗骨半花魂。”蘋香之父，昔尝过此，犹存其一，花作六出，亦一奇也。祠外修竹百竿，刻诗殆遍。惜字半磨灭，迹多剥蚀，不可复识。髯翁“竹外一枝斜更好”，是否得句于此？同光后，访之，则翠羽无声，荒祠烟冷，离奇老干，已成劫火爨灰，三复冯诗，感慨系之矣。

大凡工诗者未必工词，工词者必能工诗。盖词乃诗余，既工词未有不工诗者。然求之近人，诗词兼工者，不可多得。如绩溪之汪老诗圃，名渊；阳湖之刘老语石，名炳照；宝山之施老琴南，名赞唐；真州之王公睫庵，名承霖；上海之高公太痴，名翀；嘉兴之叶老诵先，名清芬。既工诗，又工词。《天虚我生诗词曲》，今年冬始见。尤为清丽芊眠，独树一帜。《九香楼纪事诗》，前后各九十首，挽俪红女史诗三十首，和花蕊夫人宫词一百二首，和王建宫词一百一首。散见他书，无句不新，无词不丽。如《七宝楼台》，令人一段不能拆。世人多有阅之者，余亦不之赘。若《己亥冬十一月之苏游纪事诗》云："近水生波远水平，吴山旋绕越山行。中间著个孤帆影，唱出竹枝三两声。角声淡淡月生棱，来往船多水未冰。行过桥湾不知处，两三星火指嘉兴。曲水纡山四百程，艄舲如鲫尾而行。夜深就枕各无语，船底但闻呼吸声。五十三桥天下无，江南人物算姑苏。郎心若比吴江水，断不分流入太湖。"又《游留园感怀诗》："曲曲回廊路路通，几重帘幕卷西风。栏杆不用珊瑚亚，自有斜阳一抹红。小楼窗槛出花梢，薄醉登临酒半消。东面虎丘西面路，寒山凹处是枫桥。"皆佳句也。其余佳句，如"昨日斜阳今日雪，一般楼阁两般看"，又"好幅画图添个我，梅边吟瘦一枝春"，洵美不胜收。天虚我生所为诗，气盛言宜，风流倜傥。余尤爱其《庚子春二月苏游纪事诗》十二首。一字一珠，一言一玉。其诗云："二月莺花冷虎丘，金阊门外水东流。山塘七里丝丝柳，不系楼船系钓舟。""寒山烟水太模糊，月满枫桥无酒沽。不怪渡船小儿女，逢人话旧问西湖。""钿车陌上走辚辚，楼上笙歌楼下闻。深夜吴门桥畔望，华灯影里杂青磷。""吴水吴山系梦思，重来雀护又谁知。桃花久已无颜色，惟有斜阳似旧时。"此四诗尤十二首中之最佳者，余亦冶雅。

孙次公，禾中老诗人也。客上海时，搜列邦风土物类，创立新意，为《洋泾集》，绝句百首，纸贵一时。近又有禾中名下士朱公谦甫，为伍秩庸总长记室，于辛亥壬子年间，著《竹枝词》，达八百首之多,较次公而上之。禾中前后两诗家,诗集均传。谚云:物必有偶,其信然矣。余尝于鲍蘋香处,见故纸堆中,有次公《平望》诗云:"呼名小鸟掠平潮,钓隐何人水利饶。一角青山横翠黛,东风吹过画眉桥。"又《柬李静筠》云:"别居未久已无聊,况值伤春魂欲销。满地残红看不得,故人家在落花桥。"两押桥字均佳。他如"登云朋辈纷如雨,此日鬓丝惊已霜";又"满地榆钱闻鸠语,比邻瓦卦卜蚕花"。又《呈王雪轩方伯》诗云:"宽能容物唐裴度,贵不忘交汉宋弘。"《到上海》云:"避人觅句陈无已,老我谈经刘更生。"亦工巧绝伦。

春柳用渔洋秋柳韵,几于数见不鲜。今阅《惜红精舍诗》,吐属清新,固不待言。略拈一二,摹写新柳,尤为细腻风光。如"眉样自描犹浅淡,腰围入抱记依稀。春风似翦初抛线,细雨如丝未著绵",皆新颖异常。《惜红精舍诗》乃天虚我生少时作也。

前清屈月樵先生,儒而贾者也。居海盐之勺溪,尝读货殖书,往来吴楚间,贩布帛以资生理。游迹所至,辄纪以诗。诗则锦心绣口,与素丝彩缕争妍。组织之工,铢两之称,逼近唐人。犹记其《题美人画帧》云:"斜倚薰笼寂可怜,惺忪云髻破瓜年。小鬟未解伤春意,只管殷勤劝早眠。"

海昌张荔园广文《除夜》诗云:"薪价顿增缘雨久,爆声渐少识民贫。"又《有感》云:"衰年悲种柳,病眼废看花。"此皆断句未刊者,广文寿至百一岁,其诗为门人陈子蓝梓行于世。惟余所见之吉光片羽,则在《荔园诗集》之外。

作诗不可以无风骨,无风骨则卑鄙龌龊之情形跃然纸上,有识者嗤之。余读东园诗,有五律云:"自交轩冕贵,倍觉布衣尊。陶令腰难折,张仪舌尚存。论文惟一笑,下笔敢千言。吾爱孟夫子,扁舟归鹿门。"藉此一诗,故宜在上海时,于文芸阁学士蔡燕生视学、李木斋公使等,崖岸自高,不随俗浮沈。至其诗古文辞,散见社会者较多，余何赘焉。

辘轳诗，数见不鲜，其实难作。节取古人一句诗，或今人一句诗，或另以已作一句诗，分嵌各首，上下语气必须一线穿成。余昨游吴，乃以唐人诗"寒雨连江夜入吴"句吟成寄东园和，并录之，以就有道粲正。其诗云："寒雨连江夜入吴，客中滋味淡莼鲈。旧游安得五人共，怕对朝云问大苏。""黄山突兀凤山孤，寒雨连江夜入吴。飞雪漫空如擘絮，朔风吹梦过莺湖。""长房缩地迷尘雾，瞬息飞行千里路。寒雨连江夜入吴，神仙幻术凌波步。""万顷烟波一钓徒，渔歌惊起数行乌。为寻三泖九峰胜，寒雨连江夜入吴。"

东园和作云："寒雨连江夜入吴，故人曾馈四鳃鲈。匆匆二十年来事，赠答河梁少李苏。""朔风吹雪片帆孤，寒雨连江夜入吴。抚景不胜今昔感，问谁教授在嘉湖。""看花老眼多迷雾，不共杨朱泣歧路。寒雨连江夜入吴，金焦一水通瓜步。""渔火江枫访钓徒，钟鸣山寺警啼乌。诗人张继今何处，寒雨连江夜入吴。"他如七律中之《辘轳》，则今为五首，格律尤密于七绝。

——《小说新报》第二年(1916)第十、十一、十二期

蕊轩谈诗

今人竞尚宋诗。宋诗尤以陈后山(无己)为巨擘。后山名噪当时，较黄庭坚为美。如"三峡江声流笔底，六朝帆影落樽前"，杰句也。又"吴楚到江分"五字，与隋代之"空梁落燕泥"、唐代之"枫落吴江冷"同一脍炙人口。惟"六朝帆影落樽前"之句，有易帆影为山色。山色对江声，似工力悉敌，然究不如帆影两字，落落大方，欲强以山色对江声，则近于伧伯。

或谓宋诗不亚唐诗。唐人诗有"到江吴地尽，隔岸楚山多"之句。合之陈后山"吴楚到江分"，是何雄浑！孰谓宋诗不若唐

诗哉？

宋之词较胜于唐，如秦少游、柳屯田、黄山谷、欧阳永叔、周美成、张子野皆能词，惟苏子瞻、辛稼轩则别开生面。诸公以芊丽为宗，苏辛则以豪迈为宗。然余尤喜辛稼轩词。其沈郁处出东坡之上。

辛词近于诗。如“万里关山烽火北，一樽浊酒戍楼西”之句，又如“不知筋力衰多少，但觉新来懒上楼”及“红袖满楼招不见，水边杨柳绿如丝”等语。似此词句，即晚唐人之绝句，似宋人诗无此清丽芊眠。今之为宋诗者，八九近于宛陵。吾是以鄙之。

宋诗亦有佳者，如剑南平易近人，未始不可学，然亦有人鄙薄之。余以为苛论。宋人词尤以南宋为佳。如姜白石、王碧山、张玉田、史梅溪、周草宪、吴梦窗数家，词中圣手也，诗亦有佳者，特不多见耳。

今人喜学词，而不推原所自始。词者，诗之余也。吾尝谓工于词者，必工于诗。未有诗不工而能工词者。晚唐之七绝，以后近体各诗均近于词。沈郁如温庭筠，雅丽如李商隐，隽逸如冯延巳，方之徐庾，有过之无不及也。

今人竞言宋诗矣。宋诗如宛陵，我读之倦欲思寐。沈闷已极，安得如唐人之沈郁乎？苏东坡、黄山谷差强人意，不知今之负鼎鼎盛名者，必宗宋派，是何居心？假如唐之历数，如周之卜世三十，卜年七百，则宋人之诗犹是唐人之诗。岂世代有升降而诗亦有升降乎？诗以言性情。三百篇之删，不过风雅颂。其体，不过兴比赋。今之时髦，沾沾然以表章宋诗为主张，余深以为不然。

张文端尚唐诗，曾文正亦尚唐诗。足见纯正人之学术，非浮薄者所得，望其项背。吾为此言，知我罪我，听之而已。

唐代之诗学厚，故人心醇厚。历数三百年，河山一统。宋代之诗学薄，故人心亦浮薄。虽历数三百年，小朝廷也。吾为此说，深嫉夫以宋学欺人者,宋人之诗,非沈郁,直沈闷耳。

诗以言情,争字句之工,格局之奇,失诗旨矣。此有维持诗教者,当不易吾言。

人皆知学杜,不知学杜不成,流入魔障。李商隐学杜,善矣。语多尖刻,失诗人忠厚之旨。黄山谷学杜,善矣。语多涩晦,失诗家性灵之词。自唐宋以后,学杜者不知凡几。或得其皮毛而遗其骨格,或取其糟粕①而弃其精华。至老杜为诗,李白讥其流入苦境。其为诗曰:“饭颗山前逢杜甫,头戴笠子日卓午。”又曰:“向来不识吟诗苦。”意近于嘲。然杜诗五、七古,五、七律,洵学诗者之不可不读也。杜诗七绝,只“岐王宅里寻常见,崔九堂前几度闻”“正是江南好风景,落花时节又逢君”之二十八字。

读诗者,不以文害辞,不以辞害志。古人之诗往往有寄托之语。后人强为索解,不失之穿凿即失之附会,不失之臆测即失之支离。如宋时赵不敏之弟赵院判,贻盼奴之妹诗曰:“昔时名妓震东吴,不爱黄金只爱书。借问钱塘苏小小,风流还是大苏无。”此诗多借用南齐苏小事迹,后之好事者妄为臆度,强以宋盼奴之妹呼为苏小小。后赵院判卒于杭,与盼奴之妹同葬西湖。后人目为苏小坟。世俗不经之说,往往如此。吾人论诗,安得有以文害辞、辞害志之弊?

——《小说新报》第三年(1917)第二、三、四、六期

绛轩谈诗

清张文端公论诗,具有卓识,不同近日之时髦。文端教子学诗,须学唐诗,勿学宋诗。谓唐诗犹锦缎,宋诗犹葛纱。喻厚薄

① “粕”,原文作“魄”,据文义改。

也。盖唐诗厚而宋诗薄也。今人多尚宋诗，或宗山谷、后山，或宗剑南、考亭。朱陆尚平易近人，不为深涩。张文襄尚宋诗。其诗教之罪人乎。

文襄负一时盛名，余独薄之。生平作事，出尔反尔，海内有识之士多目笑之。其为文貌似高古，间作骈文，对仗不工，语无趣味。诸凡佳制皆出于僚友之手。尝作谢恩表。如"江汉滔滔"对"发毛种种"，自以为得意，其诗亦大都类是。

李文忠之诗，高出文襄百倍。文襄不能为唐诗，故假宋诗以立异。温柔敦厚，诗教也。文襄之文字，率多浅露，文且不能为，焉能为诗？我故曰：文襄，诗教中之罪人也。

——《小说新报》第三年（1917）第三期

蕊轩词话

"纸煤"从未有人咏之入词者，有之自湘中王壬秋始，和之则为蜀中胡长木。然余只记长木《长亭怨·纸煤》和王壬秋韵词云："糁香屑，纤纤轻抿。绣袋平装，画屏嵌紧。蜜炬烧残，翠篝熏罢起圆晕。一丝萦曳，轻袅过、风无准。捻着尽相思，便爇到，葱尖不（叶平）省。　留烬。把银筒护取，一寸碧茸堪引。轻吹细撚，记长与、绛唇相近。夜正冷，呵了还擎。恁烘向，熏炉犹润。想落下余灰，还惹双鸳微印。"

——《小说新报》第三年（1917）第六期

毛秀英

毛秀英，在《礼拜六》《游戏杂志》等发表有诗文、小说和译作多篇，生平不详。

题钝根编礼拜六

非禅非道亦非耶，何事名将礼拜加。一纸风行传海内，令人崇拜万千家。

每逢土曜日难忘，为看新书兴倍长。恒道先生宏饷馈，分将女界淑门墙。

卮言杂出悉宜删，惟有鸿编语有关。大声疾呼心救世，而今事业重名山。

每将出版数从头，已越干支甲子周。他日流传当更远，泰西说部共千秋。

——《礼拜六》(1915)第六十五期

郑转坤

郑转坤，1915年为广州公益女学学生，生平不详。

书王羲之兰亭修禊序

天不能有阳而无阴，时不能有冬而无夏，人不能有生而无死。浮生者若梦，为欢几何？古人及时行乐，良有以也。吾读王右军《兰亭序》，不禁有感焉。夫天下事莫祥于生，莫不祥于死。触物兴怀，悲喜交集，古今同慨。闲尝纵览历史，旷观宇宙。每见贵介公子，高台广榭，侍妾如云，出有微行之游，入有管弦之欢。弹棋间设，终以六博。朝夕游宴，岂不曰人生行乐固当如是耶？讵知生前华屋，零落山丘。畴昔安荣，而今安在。是知梦境固幻，人生尤幻。如水印月，如镜照花，当石火之倏起，如电光之旋灭。天下之大，事物之众，何一而非幻。然则右军之乐而继以悲痛者，非无所见也。呜呼！楚氛甚恶，咄咄逼人，大好河山，风云变色。而陶性怡情者，置庙堂于度外，仿贾似道之半闲。委政事于下僚，慕谢东山之丝竹，放浪形骸。惟知死于安乐，不知生于忧患焉。右军之序，岂可玩其辞而作游览文观哉？

——《中华妇女界》第一卷（1915）第十期

孙筠

孙筠,1915 年为江苏省立第一女师范讲习科一年级学生,生平不详。

与友人论文书

某白某君惠鉴:沪江分袂,月已五圆。回忆同学之时,乐数晨夕。或分题状物,或弄翰临池,赏奇析疑,为益无量。此情此景,近在目前。嗟乎!光阴如逝水,一去不可回。言及此,感慨系之矣。乃者风笺忽所,琅琳满篇。遥稔迩来,学进无疆。文才日粹,意必锐力图学。但致展诵之余,不胜欣慕。倪古人所谓“业精于勤”者乎!至窃窥尊意,似乎偏重议论,以纵横捭阖见长。谓乏议则不能使才而行气,所见良是。然以愚观之,窃谓不然。大凡为文,要必以丰富材料为先。孟子所谓取之左右逢其源,韩子所谓本深而末茂,实大而声宏者是也。每观古人论文,必基于道。道也者,事理之源也。然非溯流,则无以达源,故作文必自多知事理始。夫基深而屋固,源深而流急,有道而符德,材富而文美。吾之不文,因其无材也。每于文时,深为思之。思之不得,必求于师。吾故曰:材料不足,何议之有?譬之吾人之有筋肉也。材料为议论之本原,筋肉为人身之表饰。无筋肉不成人,无材料不成文。鄙见若是,未识高明以为如何。伏维赐教,共研究之。

——《中华妇女界》第一卷(1915)第十期

丁琬宜

丁琬宜，武进（今江苏常州）人，生平不详。

女子德性之修养（节选）

……

以上所述种种之德性，皆女子对于社会上所应修养者。今更述女子立身应行修养之德。古语云：女子无才便是德。此实大谬不然。盖女子虽不必有大才，而必不可以无才。德所以达其才，才所以成其德。欲全其德性者，必先行修养其才。才之范围甚广。诗书字画，琴棋游艺，凡含有美术思想，可以陶养性灵者，皆可语为才。而女子之赋性聪颖，思虑缜密，天然富有美术观念。学为此等美艺，益具特长。论其效用，则于主治家政、教育儿童、锻炼性情、高尚品格、和睦室家，皆能深获其益。证之古人，以才学而救父匡君者有之，如缇萦、徐惠是也。传经著书者有之，如伏氏女、大家、若昭是也。教子成名者有之，如敬姜纺绩、欧母画荻是也。是则妇人女子，固不可无才美之称矣。晚近以来，女学昌明，文学势力愈吹愈高。女子以教育家、诗文家、小说家、书画美术家著者，不一而足。少年妇女之知书识字者，十亦可居三四。兼有潜心文艺、致力于美术学科者，亦复不乏其人。此诚今日女界之佳况，足以大快人心者也。惟妇女天职，终竟以治家、教子、主馈为重，倘以耽于史书艺学，而弃厥天职不顾，则又未免过偏。要能如古人所谓行有余力，则以学文。窃主持家政之闲晷，以读书习字、学画弄翰，则庶几乎得修养才学之中道。然而今日妇女界之少习文墨者，辄有耽于小说之恶习，其弊亦殊深。盖小说之文笔陋劣，涉及邪秽者，固为德性之蟊贼，在所当禁。即其文情优美、事迹离奇之名著，善读固能得益，沈迷寝馈其中，则害复匪浅。且妇女子之性质柔弱，易动感情，每惑于书中情节，一若身在书中，而喜怒哀乐，随之以起，甚至因沈湎过甚，精神惝恍，以至于犯病者有之。此皆所谓中小说之书毒，不可不深戒者也。要之，小说书类须宜视为把玩之品，适性遣闲，决不当轻动真情，认幻境为事实，而手不释卷，废弃一切，则尤当戒忌耳。

——《中华妇女界》第二卷(1915)第三期

汤沅筠

汤沅筠,河南省立女师范毕业生,生平不详。

读前后赤壁赋书后

玉局公,洵千古之高尚士也,读其前、后《赤壁赋》,超然有遗世出尘之想。感慨悲歌,意溢言外。盖内翰一场春梦,至是已醒,徒谓寄情诗酒,流连风月,犹其迹之粗者。夫天地尚不一瞬,况人生若寄,日月几何。回头猛省,与开户不见之情景何殊。所以羽化登仙之慕,直欲同临皋道士,徜徉于云水间。此固公之神识敏悟,毋亦遭逢不偶,感愤而抱厌世之念耶?浅视坡翁者,谓其纵情山水,不以济世为心,庸知怀才受谤,有托而逃乎?不然。治国经邦之策,忧世励俗之篇,累累于全集者不可胜数,安有此闲情逸致也?书之以告世之读两赋者。

——《妇女杂志》第二卷(1916)第八号

倪徵玙

倪徵玙，吴江（今属江苏苏州）人，父倪寿康。母张兰芬。弟倪徵燠，著名法学家。倪徵玙毕业于苏州景海女学。

书季芳树刺血诗后

余尝于课余无聊时，手《季芳树刺血诗》而反复诵之，不禁始而疑继而叹终而悲也。夫文者言之表也，言者心之声也。芳树以一弱女子，集蓼茹苦，发为凄恻之吟。虽未由详其时代与夫事之始末，然原诗既于《永乐大典》中得之，则知其生值女学未兴之时，教育盲晦，应不识文字为何物，而乃有此缠绵悱恻、怨而不怒之诗，可证其丰于才而啬于遇矣。有才如是，当亦无负于所天，何意遇人不淑，摈之门外，竟空作别鹤之徘徊耶？斯时也，日暮途穷，侧身无所计，无复之。不得不低首下心，伈伈睍睍，甚至刺血为诗，以期见纳。盖女权堕落，自古已然。一旦被逐，必招物议。人而不为清议所容，不更甚于见辱稿砧耶？与其长为秋扇之捐，不如姑作破镜之合。专制时代之女子，其可怜大抵然也。惟是柔顺若芳树，岂真有不可告人之事。而乃一则曰愿收覆水，再则曰甘受鞭棰，自卑如是，于意云何？则余固有大惑不解者，既而忽有悟曰：噫！我知之矣。自古文人学士，抱济世救民之志。不幸君听不聪，置诸闲散。或埋没青林黑塞中，终不能达帝阍一步。或放弃江湖,如屈大夫之行吟泽畔,一腔愤懑,无从发泄,万不得已,而自托于儿女之情,以比其惓惓君国之忱者,不知凡几。苟必句句认真,字字考实,盖亦愚矣。芳树之诗,或亦类此。不惟无其事,或并其人而无之,亦未可知也。虽然,髯苏有云,事不目见耳闻,未可臆断其有无。天下之大,又安知无芳树其人者?使芳树而果有其人也,则余重有慨矣。夫人情恋故,贤者不免。王粲登楼之赋,李白明月之诗,亦无非久客思乡之作耳。夫以王、李之暂去其乡,且不免形之于翰墨。况芳树之下堂一去,长作终天之别耶。想其踯躅墙外之时,一念夫楼外之垂柳、帘下之鹦鹉,皆平日息息相依之物。亦何怪其一步一回首,因柳而思楼、因楼而念其主耶?昨为楼上女,今为墙外人。只此十字,已包含无数血痕、泪痕矣。纪文达云:芳树之精贯三光,卒致其诗失而复得,贞魂怨魄,殆默相之,斯固然矣。而余则更有为芳树幸者,何幸乎尔,幸其得遇纪公。而永乐至今数百年,茫茫斯世,仍知有芳树其人耳。设尔时纪公不为甄录以传后,则《永乐大典》为中秘之书,谁得而传之耶?一诗流播,千古传菜。芳树有知,其亦可以无憾矣夫。

——《妇女杂志》第二卷(1916)第九号

殷同薇

殷同薇，1916年为吴江私立丽则女子中学一年级学生，生平不详。

论文章之体别[①]

问文章之用不同，其体亦异。或以抒情达意，或以纪事传人物，或以明道阐微，亦各有所宜也。而其用笔之或纵、或敛、或约、或尽，或取含蓄，或贵显豁，亦随文体而有宜有不宜。然其大本大原所在，亦必有一以贯之之理。下走承乏一载于文体之流别，因应之攸宜颇用龂龂。诸生举一反三，讲贯有素，当必有所以启予者，下走于诸生有厚望焉，试各摅所见以对。[②]

作文字，犹之建宫室也。借喻起亦好。[③] 建宫室，必先储材，而规划结构次之。作文字，必先储材，而剪裁布置次之。顾材有大小精粗之殊，而储材者细大不捐，多多益善。磐石栋梁，材也，即竹头木屑，亦材也。通人之论。磐石栋梁固不可少，而竹头木屑亦奚可付缺如。若取其大而遗其细，则其为用也有穷。即为文字，

① 此标题为编者所加。

② 此段为教师给出的国文写作题目。

③ 小字为教师评语。下同。

亦何独不然。宇宙之广，万汇之众，事事物物，莫非作文之材也。卸到本题，妙在仍借喻作衬，笔法便不松懈。上者为梁栋，次者为户牖，最下亦不失竹头木屑之用。读书既多，积理自富，若知其大而略其细，则其为用也，亦必有时尽。此材之所为不可不储，而储材尤不可不富也。虽然，储材富矣，而不明文体之流别，则亦何从因材而笃以驯致于尽善尽美之地乎？惟文体至夥，非片言所可几，特以文字之性质言之。则有抒情之文，纪传之文，明道之文，而其用笔之或纵或敛，或约或尽，或取含蓄，或贵显豁，亦视其性质而各有攸宜。此段循题敷衍，别无阐发，太取巧了。夫纪传之文，动于外物而后有作也。其意境赖觉知而后有，其叙次必以义法为主。《易》所谓"言有序"者是，故其用笔贵简尽而冗长非所宜也。此说却有见，尤妙在笔有断制。至于抒情之文、明道之文，则不假外物而自有得者，陆士衡所谓"函绵邈于尺素，吐滂沛乎寸心。言恢则弥广，思按而逾深"焉。《易》所谓有"物之言"也，故其用笔贵推阐尽致，如晓事人语，洞澈中边。无些子含混，乃为得之。尤好。此以析而言之也。缴足一句，再折下。若通论之，则作文之要有六：曰储材，曰养气，曰摹神，曰取势，曰乘机，曰明法。斯六者，不论传纪、抒情、明道一也，而乘机为尤要。摆落一切，扼住，乘机立论，亦得窍。盖文者，天机也，天机活泼泼地，触景即是，固不可勉强求之，当自然得之。其既得也，又如云物烟景，瞬息即逝而不可复追。故为文贵得机，尤贵无失机。是以古人之为文，不肯轻落笔。意之所至，滔滔汩汩，意所不至，不复强为，所以待机也。此段文字极隽妙，为一篇之胜。曹子桓有言，文章者，经国之大业，不朽之盛事。文顾可以率易出之哉。引曹子桓言亦好。薇自入校以来，赖校长之热心教务，师长之循循善诱，而无寸进尺益，愧悚奚如。自今以后，惟有黾勉自将，庶几业精于勤，乃不负校长、诸师长之热心矣乎。

——《妇女杂志》第二卷(1916)第十二号

中国古乐叙略①

中国之乐，肇始三五，朱襄来阴之乐，庖牺网罟之章，葛天之八阕，娲皇之充乐，其权舆已。尔时民智幼稚，乐制未备，至黄帝时乃有军乐、雅乐之别，中国乐权舆于黄帝，以提笔振起，好。于是命岐伯作铙歌军乐。所以建武扬德，讽劝战士也，而雅乐用之朝会之间，则命伶伦制之。其法取竹于嶰谿之谷，断两节间而吹之，以为黄钟之宫，本其正声，损益相生，以别十二律。其中又有六律六同之分，是为乐律之始，而用以定乐音之节奏者也。厥后帝喾六英，颛顼五茎，尧有大章，舜曰箫韶，禹称大夏，汤传大濩，莫匪五音十二律相宣，歌美盛德之形容以风动四方焉。六王之乐略得好。迨周而取精用宏，极盛于姬周，特表而出之。序列代之乐，相配而用之。顿挫。文之以五声，播之以八音，其典乐之官，有大司乐、小司乐，掌乐舞之事，大师、小师、磬、钟、笙、籥等师分典各职，乐制之备，于古罕伦。极言周之盛，反跌出春秋之始衰。降及春秋之世，溺音纷起，郑卫之乐靡靡，夺声音之正而雅乐浸衰微。于是三百篇之声诗亡而汉魏之乐府以作。逐次写。下笔有轻重，意有抑扬，跌顿生姿，最宜玩味。其声促，其辞少含蓄，已非诗人温柔敦厚之旨。司马东渡，乐府乃亡。经宋齐梁，迨乎陈隋，五七言之律绝代兴而唐人集其大成。说者谓唐之律绝，可被管弦，顾音束于声律，辞局于偶俪，娱目有余，言情不足，抑扬婉转，固不如乐府远甚。五季之变，爰丧厥声而宋人之词作，词足以抒怀，不足以正人心、厉风俗也。洎乎词亡而金元之南北曲代之。有明以来，粉墨登场，缓歌慢舞，古人得失，为我殷鉴，意固善矣。而声则靡，亦郑卫之亚也。回顾郑卫一

① 此篇为国文习作，正文中小字为教师评语。

笔，好如临去秋波，绝世文情。晚清南北曲衰息而秦声竞作，急管繁弦，奸声逆气，其词俚以佻，其音淫以哀，所谓乐姚冶以险，则民流慢鄙贱矣。重顿。夫声音之道，与政通者也。以提笔作接笔，笔势便振拔不平。故曰，治世之音安以乐，其政和。乱世之音怨以怒，其政乖。尝推秦声之所以极盛，窃喟妖孽之先兆也。征之近事，庚子大创，清政益窳，吏黩民偷，奸匿四起。聪明趋于诈伪，强武溃而暴烈。喜则思淫，怒则机杀。淫成而乐生，杀成而哀集。喜与乐相乘，怒与哀互进，四者不相调而人情遂失其中，梆子因缘时会，随在触发。音感于先而情应之，情发于后而音泄之。倚伏相寻，机势相投，人心所趋，遂以风靡。以激昂之音，行暴慢之气，非惟村鄙，实属下流。既作淫盗之媒，遂破和平之序。歌者鸣其不平，闻者喻而思乱，浸淫演溢，不可遏抑，驯致法令不行，廉耻尽丧。此清室所以终覆而民国至今不靖也欤？

——《妇女杂志》第三卷(1917)第八号

金蘅

金蘅，1916年为吴江私立丽则女子中学一年级学生，生平不详。

论文章之体别[①]

《传》曰：文以载道。此穷天地亘古今所不易者也。然以其为用之不同，其体亦因而异。譬诸树木，始自一干，终布为千枝万叶，文体之大别亦若是也已矣。隽以生所闻，挽近文章分类之法，概滥觞于梁昭明。昭明之编《文选》也，分赋、诗、骚、七以下，别为三十七类，未免繁矣。至胜清桐城姚郎中姬传有《古文辞类纂》之作，定为论辨以下十三类，已视昭明为简。而湘乡曾文正，固瓣香桐城之学而略参变例者也。其辑《经史百家杂钞》，约为三门，曰著述、告语、记载，则简而又简矣。夷考其出入，昭明之对问、策问、设论，姚郎中合为论辨类。诏、册、令、教，姚郎中合为诏令类。表、上书、启、弹事、笺，姚郎中合为奏议类。奏记、书、移、檄说，姚郎中合为书说类。诔、哀文、吊文、祭文，姚郎中合为哀祭类。赋、骚、七、符命、连珠、难辞、诗，姚郎中合为辞赋类。颂、赞、史论、史述赞，姚郎中合为颂赞类。碑文、墓志，姚郎中合为碑志类。行状

① 此篇为国文习作，正文中小字为教师评语。

之有状而无传，箴铭之有铭而无箴，序跋之有序而无跋，杂纪则为昭明之所无而姚曾之所有。赠序则昭明与曾选之所无而姚选之所独有。至于叙记典志，又为曾《钞》之所独有，而昭明与姚选均无之者也。若夫曾《钞》之三大类，以姚之论辨、辞赋、序跋、颂赞、箴铭与说，则入著述类。奏议、诏令、哀祭与书，则入告语类。传状、碑志、杂纪，则入纪载类。此古今文体分类迁流之大凡也。源源本本，殚见洽闻。以萧《选》之三十七类归纳姚《纂》之十三类，又以姚《纂》之十三类归纳曾《钞》之三类，足见近日翻阅功深。昔毛西河每作诗文，必陈书盈案。自谓作文一次，文多翻阅一次，即熟一次。此其所以成魁儒也。生其勉之。大抵用以抒情达意，则曾《钞》之告语类也。纪事传人物，则曾《钞》之记载类也。明道阐微，则曾《钞》之著述类也。扣题紧，文字便不松懈。尤妙在逐层归纳，"图穷而匕首见"。故生纵览古今文字，不外抒情、纪事、说理三种。一气说下，不再作腾挪。如快马砍阵，绝无透闪。此之谓"爽"。抒情求其婉，不求其华。纪事求其实，不求其夸。此以简约含蓄为贵，故用笔宜敛。至说理文字，则宜显豁，不宜奥幽而失之晦。故必纵笔所之，乃能阐发详尽，宜于此者不必宜于彼。夫必相题行文，乃可无偭规越矩之事。然神而明之，必先洞彻其大本大原所在，而后摅怀以予，有左右逢源之乐。故苏辙之言曰："文者，气之所形也。文不可以学而能，气可以养而致。"孟子惟善养其气，而文乃宽厚宏博。太史公能周览交游，而文疏荡有奇气，是皆充乎其中，溢乎其貌，动乎其言，见乎其文而不自知也。由是以观，气不可以不养也。行之乎仁义之途，游之乎诗书之源，无迷其途，无绝其源，是则义之不可以不集也。夫理直则气壮，义正则辞严。义之所集，气之所为盛也。养气集义，是二是一。推勘极精警透辟。韩愈之言曰："气，水也；言，浮物也。水大而物之大小毕浮，气盛则言之长短与声之高下皆宜。"故理致高深，则其文气超。义勇勃郁，则其文气豪。胸无滞机，则其文气舒。神闲意远，则其文气静。此数语，掷地当作金声。故生以为文章之大本大源，在于养气，而养气必先集义。点滴归源。义在笔先，养之有素，非可袭取而得也。至理名言。伊古作者之林，必先研究乎人情物理，其是非得失，熟于中而会于心，忽然遇之而不知其所以然。故曰：义者，意也，非法也。而未始离乎法，必先探之也有源，而后出之也有物，故法有尽而意无穷。《传》曰："文以载道。"而生则谓惟集义者乃能载道，虽穷天地亘古今而不易也。回应起笔，如神龙掉笔，局势极团紧。惟生自惭蒲质，燕居坐论，一载之中，略无寸进。致负诸师长之循循善诱，聊陈睹记所得以塞明问，正恐无异于管窥蠡测也。

——《妇女杂志》第二卷(1916)第十二号

杨俊婀

杨俊婀,1917 年为江苏省立第一女子师范学校本科一年级学生,生平不详。

读梁启超论进取冒险书后

尝读梁启超《论进取冒险》文,而知文意曲折、词法渊懿、讽刺之余,加以规诫,一片爱国之忱,跃然纸上。君子谋国,勤勤恳恳,其用心固宜如是也。虽然,吾观当日之事,不得不为梁君哀,曷故也?西太后欲捕而斩之。梁君逋窜异域。学其文明教育,译书至母国,唤起国魂。卒能使国内渐次开明,皆梁君之功也。然近时之人,徒挹其芬,汲其流,崇拜而歌颂之,而不知其当时为人所不敢为。其精神有江河学海,不到不止之形;其气魄有破釜沈舟、一瞑不视之概。呜呼!曷克有此?曰:因其有进取之思想故,有冒险之精神故。余读此论,未尝不废书而三叹也。岂伟人之根器固非吾辈所能企乎,抑自有之而自不用也?若梁君所历难境甚众,而彼竟履险如夷,无他,其气足以胜之也。由此观之,天下之事,固无难者,皆人自为之耳。苟有进取冒险之性质,则为英雄为豪杰之阶梯在焉。有为者亦若是,不难为梁君也。愿吾同学共勉之。

——《江苏省立第一女子师范学校校友会杂志》

(1917)第二期

徐凤琴

徐凤琴,1917 年为江苏省立第一女子师范学校本科一年级学生,生平不详。

读戴震与方希原书

尝读戴震《与方希原书》,得其所言文章之学,必求其道,而非徒工其艺。余不禁有感焉。夫震之所谓道,乃六经之道也。用之于震时则可,用之于近时,则不可也。何则?震之时,文化未兴,科学亦未发明。所讲求者,惟圣人之道而已,故其道可行。今者文明日启,科学日以发明,须以能应用于各科学者,方可谓文之道也。如震之道,今则所谓文之艺而已。后之君子,勿误入歧途。其亦知今日之道之安在哉?

——《江苏省立第一女子师范学校校友会杂志》

(1917)第二期

朱启华

朱启华，1917 年为吴江私立丽则女子中学二年级学生，生平不详。

问古人器物必铭，后之好事者或效为之，而文质殊，尚意者微，意所寄会有不同欤？试申其说[①]

作铭者其有忧患乎？铭之作也，其于中古乎。起拈出铭之所为作及其来历，如开门见山，极豁人意。当夏商之际，文字萌蘖而体未明备，迨姬周兴自镐京，而一朝文物，蔚然彬彬，后之言文章者宗之。至武王访道尚父，闻丹书之言，退而为戒书十七铭。其辞之戒儆惕厉，惟恐几微之或离乎道，何忧患之深也！厥为后世铭文之权舆。一宕一顿，文字极茂懿庄重，有西京匡刘之风。夫铭者，观器而正名也，故曰作器能铭，可以为大夫。可见古人之铭器，綦视为罕能而可珍，后人遂仿为之。然文之膴藻华饰，以视古人之辞意简质，致朴无文，相去远矣。先用宕笔扬开去，再转出自己主见。而余则以为文字进化之证也。盖世界历久，社会愈演进，则人类美的观念亦愈

---

① 此篇为国文习作，正文中小字为教师评语。

演进。文章者,人类美的观念之所表现也。晋陆机《文赋》曰:"铭贵博文而温润。"后人文胜,亦时代自然之演进也。古今铭辞之文质殊尚,以进化论说之,大有见地。夫言,心声也。而文章尤言之至精焉者也。古之人,敦庬纯厚之气未漓,故其为文也质。后世文明日进,渐趋文胜,实应乎天演之自然,非苟为炳炳烺烺已也。乃或者不察,必矫而反之于古,论治必称尧舜,谭文则诵坟典,则尤不思之甚也。然则薄礼乐明备之宗周为不足道,而返之于草昧狉獉之俗,称曰归真返朴可乎?反诘趣极。呜呼!彼其人独不见夫郁郁乎文之称道于孔子也哉?反收有力。

——《妇女杂志》第三卷(1917)第四号

姚怜影

姚怜影，生平不详。

黛影楼笔记

粤中女子于归，为父母者，必盛其奁物以为赠嫁之用。琐如米盐，多如器券，贵如金玉，富如契券，莫不色色俱备。其最无理取闹者，去岁某显宦嫁女，其奁仪录上竟注有轿夫四名。以男子作赠品，见者罔不哗然大笑。惟西关有梁姓富户，与某大绅结亲。送奁之日，除房中桌椅外，皆学校用品。各种书籍，多至数十具，满贮经史。此外文房四宝、诗画琴棋，皆精美绝纶。而所备书籍上，独文选最多，计三十余套。人咸莫知其故。嗣闻梁某之女，自幼笃嗜楚词，几于韦编三绝。于归甫浃旬，即窃自流览，嘤嘤讽诵，娇婉可听。惜其婿自顶至踵，无一根雅骨，误以为唱盲词，辄撕而夺之曰："乌用是兮兮者为哉！"女大恚，作诗曰："几许闲愁欲上眉，挑灯苦读楚人词。深情寄托伊谁识，只有添香侍女知。"盖苦读之际，其侍婢私语人曰："小姐读书较在家时尤勤奋也。"迨后归宁，诉婿于兄。其兄亦风雅士，作诗慰之曰："女儿未许作书痴，漫说咿唔似旧时。语贵吉祥征厚泽，汨罗往事莫重提。"女自是废卷不读，而致力于针黹矣。谚云："巧妻常伴拙夫眠。"如梁女士者，得毋为造物所忌欤？

——《青声周刊》(1917)第五期

石桂华

石桂华，生平不详。夫何病奇。

枕流斋诗集序

《枕流斋诗集》，余夫何病奇氏著也。夫性喜吟，又善饮。其在家也，无日不与酒为缘，亦无日不与诗为缘，故所咏尤多。惟时醴泉章维纲君，与余夫交最久，相知亦最深。两人诗肠酒量亦相埒。闲居无事，辄邀三五知己，飞觞以为欢。酒尽则继以诗，吮笔伸纸，赌韵联吟，往往日至晡乃罢。盖余夫生不识饥驱之苦，胜衣就傅，弱冠成学。迹其遭际，惟是秋风□操，未遂鹏抟。为稍穷耳，然旡不云乎？不鸣则已，一鸣惊人。不蜚则已，一蜚冲天。以余夫之学之才，不患晚达。而又方刚岁月，来日正长。非与夫不学无术，妄希攀龙者比。人故不以是为余夫病，而余夫亦不以是自郁郁也。夫诗主言情，诗而无情，与无诗等。孙叔衣冠，态度娴雅，而赏心者不存焉。画中西子，眉目姣好，而悦色者不取焉。何者？谓其貌有余而情不足也。余于甲寅腊月，于归何氏。每当月夕花晨，辄以诗相酬答。因尝读其《枕流斋吟稿》，觉缘情体物，尽态极妍。时而淡远清微，如金笙玉笛之铿锵而悠扬也；时而俊杰廉悍，如剑门太华之鬼削而神镵也；时而夭韶绵丽，则又如十八女郎，娉娉婷婷，令人魂授而魄与也。凡昔人之所谓工者，几无不尽之。而明白如话，老妪都解，则又似与香山为近。窃怪今之论诗者，动称典丽。然填砌故实以为典，摭拾浮辞以为丽。虽俪青妃白，而情致索然。其与孙叔之衣冠、画中之西子，有何异焉？善乎哉！随园老人之言诗曰："诗主性情，不主粉饰。"观余夫诗，可以爽然矣。爰弁数语于简端，以质之余夫，并质之夫友维纲，以为何如也？

——《青年声》(1918)第二期

钱瑞婺

钱瑞婺,1918 年为吴江私立丽则女子中学一年级学生,生平不详。

问诸生诵苏髯翁上梅直讲书有日矣,能本日来研诵之所得,以说明其段落篇法及主旨欤[1]

心得者可以意会而不可以言传,可以独喻而非可以共喻者也。古人之文字,则古人自摅其心得之所为作而有以浚发今人之智慧者也。使今人读之而不能紬绎其心得以得古人之所得,则亦无贵为读矣。余读苏东坡《上梅直讲书》,未尝不叹大君子立言之不苟也。东坡此书大意,要以摅写己之乐得大贤为师耳。(揭明主旨。)观其以周召管蔡之不相得,反形圣门师弟相得之乐。又以圣门师弟相得之乐,正衬欧梅与己之乐。烘云托月,前后激映,言下显得欧梅与己之相得,乃与圣门师弟同伦,岂真好为考辞饰说以拟不于伦而诬人以自诬也哉?(反跌作势好。)夫勖欧梅以孔子,则是孟子之责难于君。所谓我非尧舜之道,不敢以陈王。故齐人莫

① 此篇为国文习作,正文中小括号内文字为教师评语。

如我敬王者是也。以颜渊、仲由之徒自况，则是乐取诸人以为善，希圣希贤，自重之道也。吾读长公此文而有以自得其得者，盖如此。然吾固曰：心得者，可意会而不可言传，可自喻而非可共喻者也。（绾合起段章法，首尾一线，笔亦骏快。）庸讵知吾今日之得其所得，即为古人之所自得乎？吾即欲效其管窥蠡测之见以质正于有道。庸讵知吾之一得自矜者不为众人唾弃之余乎？则非我之所知也，惟夫子有以裁之。

——《妇女杂志》第四卷（1918）第四号

童秀华

童秀华，安徽明光人，生平不详。

读兰亭集序书后①

暮春三月，天朗气清，处崇山峻岭、茂林修竹中，引清流激湍以为流觞曲水，乐矣哉，兰亭之修禊也。（欲抑先扬。）以逸少衷怀旷达，胡为乎兴尽悲来，而寄慨遥深耶？（转到本题。）夫登楼作赋，王粲之故乡情切。黍离麦秀，箕子之君国恨深。有心人家国之感，有触斯发，此古今一致也。若皆如谢安石之高志东山，王夷甫之清谈误国，善自牧矣，谓国家何？（笔力劲直。）呜呼！壮志既隳，中原何定。古人有言曰：哀莫大于心死。东晋之人，其心殆已死欤？（进一层说。）吾想其时，怀愍北狩，鸾舆去而宫阙圮，两京俱亡。六军移而中原失，偏安之局定，篡弑之祸兴。使华夏故地，永沦胡族。吾不知陶侃之运甓，祖逖之击楫，刘琨之舞剑，温峤之绝裾，当时能有几人，王逸少痛君国之不振，盖有不觉兴尽而悲来矣。（熟于史事，故能言之亹亹。）以为胜地不常，盛会难再，晋室已不知命在何时，矧区区一兰亭也哉？于以知伤心人固别有怀抱也。（遥应上文，文法紧密。）呜呼！逸少往矣。"旧时王谢堂前燕，飞入寻常百

① 此篇为国文习作，正文中小括号内文字为教师评语。

姓家。”当日逸少为晋悲，吾今又不禁为逸少悲矣。（虽脱胎于杜牧、《六国论》，而命意自佳。）

——《妇女杂志》第四卷（1918）第七号

袁明先

袁明先,1918 年为河南女子师范本科四年级学生,生平不详。

古人多以游名山大川而文思大进者,诸生寒假旋里,河流嵩岳在指顾间,必有深会于心,试各举所得以对①

客腊旋里,途中所见,黄河滔滔,一泻千里。浩浩荡荡,横无际涯。复前行,有大山耸起,是曰嵩岳。高出云际,坐镇中州。登峰而望,伊洛如带。群山若子孙环列,豁然开朗,别有天地。回思斯景,不忘于情。吾辈青年,禀河岳灵秀之气,正宜努力求学以图进修,岂特有益于文事而亦可增夫学识!倘无名山大川之游,以壮其气,而开拓其耳目,必至学识日益卑劣,而才华亦渐以凋落。夫人日坐斗室之中,何尝不披百家之书,吟六艺之文,揣摩经史,穷年兀兀。而卒如此者,无壮游以扩其襟怀之故。昔司马迁游江淮,过大梁,其文益壮。杜少陵崎岖蜀道,不遑宁处,其诗益奇。此二人者,皆吾国文学家之鼻祖,而所以裨益其文学者,无一不从游历来也。虽然,游历之有益,岂于文学一端已哉?

——《妇女杂志》第四卷(1918)第八号

① 此篇为国文习作。

李秋霞

李秋霞,1918年为安徽明光女塾学生,生平不详。

读兰亭集序书后[①]

嗟乎,人世百年,若电光石火一刹那耳,若泡影昙花一弹指耳。试观夫巍巍华表,累累荒冢,皆所谓声威赫赫、名利碌碌者之陈迹也。红心满地宫人草,碧血千年帝子花。王右军兰亭修禊,始乐终悲,意在斯乎?或谓晋人清谈误国,王夷甫诸人倡之于前。右军会兰亭,亦不闻有军国之议,徒托于死生之悲。晋之亡,右军诸人实不能辞其咎。而不知右军之悲,正所以悲晋室也。当日者,右军登会稽以北望。见茫茫中原,莫非先帝几世几年之所惨澹经营。曾几何时,而两京俱陷矣,二帝为虏矣。时局日非,勍敌日盛。江左一隅,仅支残局,岌岌乎危哉!强胡未灭,何以身为?若曰:国危矣,作中流砥柱者端在吾辈。今日节逢上巳,雅集兰亭,二三子共尽一杯酒,当黾勉国事,毋徒荒嬉。倘异日功成重会于此,与二三子把酒赋诗,享太平之乐,不亦盛欤?昔人谓立德、立功为不朽。吾辈功德既立,后之良史,岂有所私?是虽死犹生也。不然者,而壮而老,人寿几何?他年埋骨青山,与草木同腐。

① 此篇为国文习作。

古人云:死生亦大矣。岂不痛哉！然则右军死生之论,直以中原未复而虑人生之速,不转瞬而与国俱亡耳。而世常目为清谈,诬矣。至若东晋卒偏安以终,未始非执政诸人不深体右军之心以共勤国事,有以致之。于右军乎何尤?迄今千余年来,吴越间土人犹指点曰:某处王氏旧门巷也,某处兰亭遗迹也。而右军为不死矣。

——《妇女杂志》第四卷(1918)第十号

杨筠

杨筠,1918 年为神州女学校国文专科学生,生平不详。

论诗学

文,国学也,吾人知所以重之矣。诗,亦国学之一端也,而不能与文学并重于时者何哉?世以为诗也者,不过发挥绮思骚心,摹写风云月露而已,不知诗之寄托遥深,有裨世道人心不鲜,且可以验风俗之盛衰,见政治之得失,长于讽喻,关于德教,文约而辞微,意深而寓远,感化人心,敦正国俗,功莫大焉。且诗之清丽高洁者,能绘声绘色,维妙维肖,陶淑性情,咏物述志。故孔子删毛《诗》,叹为温柔敦厚,洵以《国风》好色而不淫,《小雅》怨悱而不乱,其歌颂明君善政,皆能彬彬有度。子曰:兴于诗,立于礼,成于乐。以见孔子独重诗学,吾国诗学乃滥觞于是焉。洎乎秦汉魏晋,作者如林,诗家如苏、李、曹、王、谢辈,声调高古,寄意幽邈,若黄钟大吕,不失正音。隋代国势衰微,风雅亦因之消歇。至唐而文学大昌,讲求诗学。一时如李、杜、王、孟之徒,究韵律,求声学,而加以锻炼之功,乃能扬葩摛藻,蔚然畅茂,斐然可观,又独树一帜,于古体之外,即所谓律诗也。中晚之间,人材渐替,玄宗创科举取士。诗务排律,辞近繁缛,意多纰缪,与古诗相去益遥。宋元明清,诗学复渐盛,然皆不能比美晋唐矣。夫诗寓盛衰之感,治乱之由，故读古诗可知历代兴废存亡之迹也。泰西各国，文明日趋于物质。然崇保诗学，不稍替焉。故诵之者，必研求而深究之，使能言其理而通其妙。否则，读而不化，虽多亦何益哉？而况近世人心不古，务媚世，尚靡①丽，钩心斗角，逞奇好诡，不知诗乃起衰扶弊之要键，一国治乱系焉，安可漠视之哉？故余常惓惓于是也。

——《神州女学校同学杂志》民国七年(1918)第一期

① “靡”，原文作“縻”，据文义改。

陈宝明

陈宝明,1918年为神州女学校中学二年级学生,生平不详。

史公雄于为文得乎游观之助论

弥漫乎天空,充塞乎隙穴,视之无形,听之无声,臭之无味,触之不觉,万物得之而生长,吾人禀此以成形,取之不禁,用之不竭,斯何物乎?盖天地之大气,而文章之精神也。孟子曰:"我善养吾浩然之气。"故其文雄奇峭峻,聿成大观,诚所谓充乎其气而见乎其文者。虽然,气不同也。城市之气浊,旷野之气清,春日之气和,秋天之气杀。万物因时而变,大气因物而化。千变万化,无奇不有。游观不远,则犹坐井观天。所得一城之气,所见一野之物,其取资也有限,安见其文之能雄壮哉?史公之文,雄壮而有奇气者,盖周游天下,广观万物之明效大验欤?观其耕牧河山之阳,得乎高山大河之气。南游江淮,止会稽、探禹穴,得乎海滨之气;浮于沅湘,北涉汶泗,得乎名山秀水幽雅之气。讲业齐鲁之都,观乡射邹峄,得乎孔孟之文气。再至梁楚,过彭城,又得乎大江南北之文气。西征巴蜀,南略印笮昆明,更得乎异域之风气。玩天下形势于股掌之上,罗宇宙大观于方寸之中,夫然后举而为文,又焉禁其雄且壮哉?吾故曰:气者,文之精神也。

——《神州女学校同学杂志》民国七年(1918)第一期

曹用先

曹用先，1918年为神州女学校中学一年级学生，生平不详。

自碱文集序

吾友梁自碱君，浙之山阴人也。天资敏慧，自幼喜弄翰墨，尝终日手不释卷，授以经史，辄过目成诵。及长博览群书，胸罗万卷，故其为文也，洋洋万言，倚马可待。论者咸以不栉进士目之。且其性情淡泊，志向卓绝，须眉之气不亚丈夫。尝与谈及国事之纷纭，辄痛哭流涕，愤不欲生。嗟夫！尼山无尺寸之权，托《春秋》以自见。龙门抱穷愁之愤，述《史记》以自明。旷观往哲，此物此志也。盖文章者，不朽之盛事。世代有时而尽，荣乐随身而止。而文章则经久不没，历劫不灰。胸有郁结者，恒善于为文也。今自碱抱一片爱国热忱，自恨身为女子，不能为国效力，故惟有将胸中郁愤之气发为文章，以明其志耳。今读其文，沉郁顿挫，慷慨激昂，毫无软弱之气。噫！自碱诚巾帼中之文豪哉。斯文也安可不传？

——《神州女学校同学杂志》民国七年（1918）第一期

曹琼秀

曹琼秀，1918年为神州女学校图画专科学生，生平不详。

暑假约友人消夏并论诗书

酷暑难胜，困人天气。抛书午梦，倚枕愁生。吹来几度荷风，移动帘前松影，更增怀人之思也。忆自校别，暑假已将旬余，一事无成，唯聊诵古诗以消长夏耳。足下诗学渊深，值此假中，学业必更精进，秀何敢望项背焉！而朋友之谊，端在以文会友，以友辅仁。古人取友，亦贵互相砥砺，交换智识，商量旧学，推求新理。秀虽不敏，敢不追踪古人乎？念自宋元以来，论诗者夥矣。其去唐已远，要皆得之揣摩，无有师承，规矩放失，至于今日颓波莫挽。有志之士，为之慨然。其论唐诗，辄曰雄、曰浑、曰奇、曰奥、曰新、曰秀、曰高、曰亮，总不出于才气声调之间，又极论对仗照应重犯等法。诗之道如是而已乎？议论愈多，成就愈少，亦可知其故矣。今之诗人，务求捷得，不从性情格律上下手，岂知古人所作，皆由真才实学。识得古人，便可造得古人也。君如不以敝庐狭碍，秀当剖双瓜，酌斗酒，置数本古诗，扫径待君作长夜谈也。

——《神州女学校同学杂志》民国七年（1918）第一期

朱润之

朱润之,1919 年为中西女塾毕业生,生平不详。

论文学与科学之关系

上古之世,草昧初开,大抵自安浑噩之风,相率狉獉之俗。治国者,每因教化未行,思之切而虑之深。典谟训诰,藉文字以为导线,此文学之兴,由来久矣。迨夫帝降而王、夏商,以及成周,始郁郁乎而文学备,文化行。盖几经贤圣之发扬,政治之因革,得有此文学昌明之一日。

然而东周迹熄而诗亡,文字亦残缺而仅存矣。幸有孔子出,修订六经,推挽而维持之。于是百代之渊源可接,千秋之纲纪长垂,皆文学之功也。孔孟而后,诸子百家,分门别类,相继而出。中国科学之发明,如草木萌芽,当春怒发。虽或语焉不详,择焉不精,然苟无文学以为前驱,则欲言其事,不能辨明其义意,欲举其理,无从阐发其精微。文学之关系乎科学,尤非浅鲜焉。

洎乎始皇焚书坑儒,文学之被摧残,遭蹂躏,一线之机,不绝如缕。幸有遗民隐士,私相保存,不划除于暴秦之世者,仍振兴于炎汉之儒。文学亦历经几许之波澜,乃得保守而流传之。

唐宋而后,二程朱子,相继宣扬,于是世人知文学为国粹矣。盖国家有鼎革,而文学无鼎革之时。气运有变迁,而文学无变迁之理。独奈何末世之士，不崇实学，好事浮辞，纂史之俦，但解铺张，不关民意。甚至有大略雄才，为一朝之英主，卒以撤武备，崇文学，而国势因以不振者，此岂文学之咎乎？特失之于偏耳。

降至清季，轮电交通，欧化东渐。国人知优劣竞争，关系国族之兴亡。于是锐意维新，奋求科学上之智识。中原残破，或者藉以弥缝。彼东西之所以能富强者，诚以科学与文学政治，无不相辅而行。则可适用于列强者，未尝不可适用于我邦。故文学不可偏行，亦不能偏废。科学不宜偏轻，亦不可偏重。彼厌古喜新之士，以科学有近效，而文学无近功，徒知沾染美雨欧风，敝屣国学，一唱百和，可胜叹哉。

殊不知中国风化之维持，人心之固结，历数千年如一日者，赖有文学以为藩篱耳。否则科学兴而文学废，进行虽云简易，然而国粹湮没，人心浇漓，禽兽之行，蛮夷之俗，即有片长薄技，亦奚益哉？

所贵乎教育之道，譬诸树木。以文学为根本，而科学为枝叶。譬诸人生，以文学为母，而科学为子。是不宜以文学为不适于时，藐而弃之，以科学为得谐于俗，偏而重之。二十世纪之中国，文学与科学固当并行不悖者也。窃望今之主持教育者，勿谓斯言绝无关系，而以迂论讥之也。斯则国家之庆幸，人民之福利已。

——《墨梯》民国七年(1918)第二期

朱葆筠

朱葆筠,1918 年为中西女塾正科二年级学生,毕业后曾任苏州景海女子师范学校教师,生平不详。

中文文学研究会[1]

中文文学研究会,何为而设哉?盖国于地球,必有其一国之文学。立国愈古者,其文学必愈美。若既为本国之士,而不知宝其本国之文学,是之谓忘本。我国自欧化东渐,学校之中,大抵偏重西文,而轻视中文。即有号称中西并重者,亦徒有其名,而无其实。于是文学几有退化之势。忧时之士,以为我国文学之沦亡,学者之耻也。本校同人亦有恫于此,爰创设斯会。内容分演讲、辩论、编辑、音乐、诗歌等类。于功课之暇,共同研究,庶几于国学一道,不致旷废。而欧西文化之输入,愈能得其精神,而免贻人以忘本之讥。若夫精研深究,蕲成将来之文学大家,则同人等求学之时,见识浅陋,惧弗克胜,实不敢存此奢愿也。所可记者,成立不过数月,而成绩昭然。后来之进步,当未可限量也。

——《墨梯》民国八年(1919)第三期

① 此篇为中西女塾学生社团"中文文学研究会"简介。

刘明先

刘明先,1919年为中西女塾预科三年级学生,生平不详。

论小说与社会教育之关系

山水名胜之区,朝野轶闻之事,隐逸清高之节,豪侠信义之风,皆足以俯仰兴怀,系人景慕者。然而其人其事,不能目击身亲也。凡史籍所不载,志乘所未详,代远年湮,恒虞失坠,于是乎小说尚焉。夫人当略解之无之后,于校中所读之书,尚有畏其艰深,而猝难领悟者。惟小说则以浅近之辞,述新奇之事。当课余之暇,日手一编,自饶兴味。其叙事之次序,虚字之运用,不烦指示,而自能了解。至于词章训诂之文,索隐搜奇之作,有裨于成材者,不胜殚述焉,此关系于文学者也。若夫忠臣孝子、贤母良妻之事实,加以形容点染,使阅者由敬爱而生则效之心,渐成高尚之人格。及其出而服务于社会,即可以改良世俗,模范人群,此关系于道德者也。况小说之深入人心,固无间贫富贵贱也。自来成大事、立大名者,代有其人。而一二经小说家之铺张扬厉,遂使举国致其崇拜之诚,政府定春秋致祭之例者。即农夫野老,相聚于豆棚瓜架之间,谓若者定策于国中,若者扬名于域外,说者既眉飞色舞,闻者亦神往心仪焉,盖小说之感动人心,实易于循回演讲也。至于描写风俗之恶劣,揭破社会之黑幕,在作者虽有彰善阐恶之心,然而善未必劝,恶反以滋。是在当轴之严为取缔,阅者之慎自选择焉耳。

——《墨梯》民国八年(1919)第三期

余岩竹

余岩竹,1919年为中西女塾预科四年级学生,学校中文文学研究会副会长,生平不详。

论中国文学革新之必要

登今日二十世纪之舞台,演竞争之新剧,则出奇制胜,革故鼎新。政治然,工艺然,商贾然,文学亦何莫不然?此固世界潮流之所使然,抑亦我国现象之所不容缓者也。夫革者,革彼虚空粉饰之词也,迂曲无稽之典也,艰深难索之文也,伤风败俗之句也。新者,浅显其词,高尚其意,为实事是求,以能有影响、有价值之言论,贡献于一般社会也。然而吾知难者必曰:“若何言,若何言!文学一国之精华也,文学一国之国粹也。我国之能存立于大地,而不旦夕灭亡者,赖数千年文学,有以维系之也。是乌可革,又安用新?”虽然似矣,而尚有说焉。夫精华固可贵也,然所以可贵者,贵能使人仰其光华,受其薰陶也。非贵能眩人耳目,使人迷离如坠五里雾中也。国粹固应保也,然所以应保者,保其纯粹之精神,以求实益于国民也。非保其枯枝败叶之全数,堆之通衢,以梗国民之进步也。若夫维系非不重要也,然使其徒具形式,空拥虚名,则非所以论于维系之价值也。且革新云者,谓去其陈,除其弊耳,非灭之废之之谓也。乃难者复曰:“虽然,亦诚多事矣。夫中国文学，非不美备也，由俗而文，由散而骈，或诗词，或歌赋，其间经几许哲士之经营，无限通儒之研究，群定为文学之正轨，公推作后学之楷模。是以古圣先贤，亦从未有越出其范围者，则后之学子，但能步其后尘，踵其前踪，以求得侪于古人。毋贻先哲之羞，亦云已足。何必矫揉造作，自作聪明，不将画虎类狗，为前人所唾弃耶！”则急应之曰：否。否。今日之所欲亟亟革新文学者，正欲免前人之唾弃也。何也？时代不同也。盖古者专制擅权，无所谓言论自由也；阶级划明，无所谓人类平等也；闭关自守，无所谓交通往还也。是故士自为士，农自为农，工自为工，商自为商。国事责士，农工商不问焉。丰穑责农，制造责工，懋迁责商，士不闻焉。以所谓士者在位之君子也，农工商者在野之小人耳。学识不能同等，学识亦不必同等也。何也？盖是时也，中国即天下之代名词也。无论尚有小数之君子在，即举国而尽为小人，天下乃中国之天下也。故前人之为文学也，个人之文学也，怡情之文学也，士君子之文学也。今则专制推翻，言论得自由矣。阶级扫除，人类得平等矣。海禁大开，交通得往还矣。虽然，是非可驾以空言也。夫言论固根据于思想者也，思想又根据于学识者也，使农工商之学识不足，则言论已失其根据矣。交通固尚往还也，乃学识不足，则来矣而不能往也。即能交通，不得交通之对待也。而人著著在我之上矣。平等云乎哉？盖今日之天下，不但非中国之天下也。今日之中国，抑且为天下之中国也。俯念前途，又安能倚赖少数之士君子乎？既不能倚赖少数之士君子，非尽人应有责任乎？尽人应有责任，是农工商皆应有知识矣。欲农工商皆有知识，则文学不可不讲求矣。士君子之文学，不足为农工商之文学也。个人之文学，怡情之文学，更不足为农工商之文学也。既不足为农工商之文学，则革新也，宜也，且也。古人之不得生于今世，亦犹今人之不得反诸古代也。人种进化，知识日增，古人所望于今人之昌大光明,亦无异于今人所望于后人之改良迁善也。此心同,此理同,又安见容泥古不化、不思进取之弟子儿孙作门第羞耶!故曰:革新,正欲免于前人之唾弃也。抑余所论于中国文学革新之必要者,尚不仅此言也。夫文学写高尚之思想者也,文学传优美之感情者也。然试问所写所传,用以影响一己欤,抑用以影响他人也?用以影响少数之通人欤,抑用以影响全国之国民也?若云影响一己,则心口自陈,何待假借于文学?若云影响少数之通人,则既称通人矣,亦何待倚赖他人之影响?然则其价值固在影响全国之国民可知矣。然又试问我之思想,以玄妙之诗词写之,全国国民能了解之乎?我之感情,以刻工之歌赋传之,全国国民能领略之乎?不能,是无影响也;不能,是失文学之价值也。简言之,直谓空有文学可也。是故不为文学则已,苟为文学,而又为全国国民之文学,则当就全国国民设想,革新之,光大之,使昔为通人之怡情品,今作通俗之实用文。行见我之学问,即举国人之学问;我之眼光,即举国人之眼光。是何难使贩夫尽作通人,贾竖都成学子?国民之感情,不约而相同,社会之程度,不谋而划一,实惠于国人,无损于淹雅。吾知以国家为前提,以人道为足贵者,必不肯漠然不加研究,而以余言为河汉也。

——《墨梯》民国八年(1919)第三期

郭延礼　郭浩帆　总主编
济南大学中国近代文学与文化研究中心　编选

中国近代女性文学大系

小说卷（上）

鲁毅　薛海燕　主编

齊魯書社

图书在版编目（CIP）数据

中国近代女性文学大系 / 郭延礼，郭浩帆总主编；济南大学中国近代文学与文化研究中心编选. -- 济南：齐鲁书社，2021.7
ISBN 978-7-5333-4238-8

Ⅰ.①中… Ⅱ.①郭… ②郭… ③济… Ⅲ.①中国文学－近代文学－妇女文学－作品综合集 Ⅳ.①I215.01

中国版本图书馆CIP数据核字(2019)第293187号

责任编辑：裴继祥
责任校对：王其宝
装帧设计：郭 觐 李 生

中国近代女性文学大系·小说卷（上、下）
ZHONGGUO JINDAI NÜXING WENXUE DAXI XIAOSHUO JUAN
郭延礼 郭浩帆 总主编
济南大学中国近代文学与文化研究中心 编选
鲁 毅 薛海燕 主编

主管单位	山东出版传媒股份有限公司
出版发行	齊魯書社
社　　址	济南市英雄山路189号
邮　　编	250002
网　　址	www.qlss.com.cn
电子邮箱	qilupress@126.com
营销中心	（0531）82098521 82098519 82098517
印　　刷	山东临沂新华印刷物流集团有限责任公司
开　　本	880mm×1240mm 1/32
印　　张	255
插　　页	72
字　　数	6400千
版　　次	2021年7月第1版
印　　次	2021年7月第1次印刷
标准书号	ISBN 978-7-5333-4238-8
定　　价	1980.00元（全12册）

2011—2020年国家古籍整理出版规划项目

2017年度国家古籍整理出版专项经费资助项目

徐畹兰（鬘华室主）

朱嬾云与女陈翠娜

刘韵琴

杨令茀

吴忏情

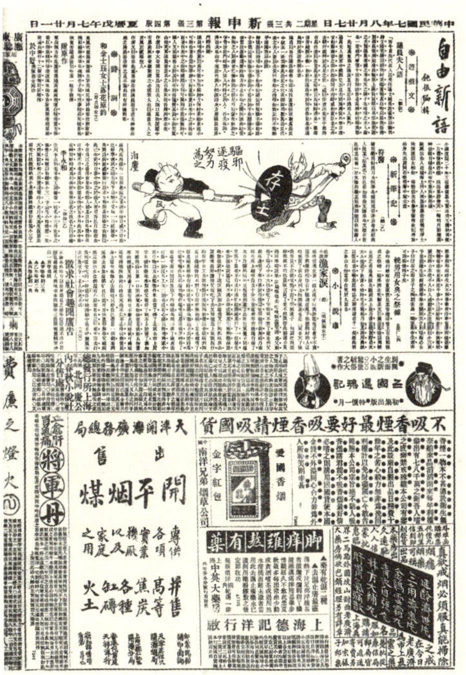
中華民國七年八月廿七日 星期二 共三張 新申報 第三張 第四版 夏曆戊午七月廿一日

自由新語

議員夫人語

詩詞

和金士珏女士落花原韵

漁家淚

不吸香煙最好要吸香煙請吸國貨

愛國香煙

金字紅包

南洋兄弟煙草公司

腳癢羅救有藥

上海德記洋行啟

天津開灤礦務總局

出售

開平烟煤

專供各項實業機廠以及家庭之用

并售焦炭等各種紅磚火土

將軍丹

廣之燈火

項佩兰《渔家泪》

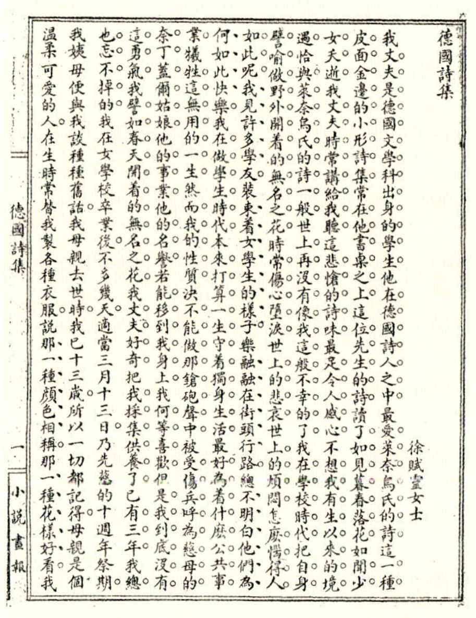
德國詩集

徐賦靈女士

我丈夫是德國文學科出身的學生他在德國詩人之中最愛萊奈烏氏的詩這一種皮面金邊的小形詩集常在他書桌之上這位先生的詩讀了如見暮春落花如聞少女夭逝我丈夫時常講給我聽這悲愴的詩味最足令人感心不想我有生以來的境遇恰與萊奈烏氏的詩一般世上再沒有像我這般不幸的了我在學校時代把自身譬喻做野外開着的無名之花時常傷心墮淚世上的悲哀世上的煩悶怎麽惱得人如此呢我見許多學友裝束着女學生的樣子樂融融在街頭行路總不明白他們為何如此快樂我在做學生時代本來打算一生守着獨身生活最好為着什麽公共事業犧牲這無用的一生然而我的性質決不能做那鎗砲聲中被受傷兵呼為慈母的奈丁蓋爾姑娘他的事業他的名譽若能移到我身上我何等喜歡但是我到底沒有這勇氣我譬如春天開着的無名之花我丈夫好奇把我採集供養了已有三年我總也忘不掉的我在女學校卒業後不多幾天適當三月十三日乃先慈的十週年祭期我姨母便與我談種種舊話我母親去世時我已十三歲所以一切都記得母親是個溫柔可愛的人在生時常替我製各種衣服說那一種顏色相稱那一種花樣好看我

徐赋灵《德国诗集》

胡寄尘编辑《中国女子小说》

小说卷（上）

目　录

短篇小说

中篇小说

长篇小说

① “教”，原文目录作“学”，据文义改。

导　言

由女性作者创作的文学作品参与构建了中国优秀传统文学的宝库,且占有十分重要的文化地位。传统女性文学多以抒情性的诗词歌赋见长,对于叙事性的小说文体而言,在整个中国古代文学中却未曾出现。现有的文学史是将“五四”作为整个中国女性小说的原点,然而通过史料的发掘,这一原点应上溯至近代(1840 年至 1919 年)。在这一时段内,不仅第一次出现了女性小说,而且形成了一个规模较大的女性小说作者群体,然而在历来的“中国女性文学史”“20 世纪中国女性文学史”的叙述中,中国近代女性小说长期处于缺席状态。2007 年 5 月,郭延礼先生在复旦大学的演讲中提出“20 世纪第一个 20 年中国女性文学四大作家群体”这一文学史概念,其中涉及女性小说家群体,随后学界开始逐渐关注这一领域,并有不少研究成果问世。2017 年,郭延礼在所著《中国近代文学发展史》(修订本)中增设“20 世纪初期的女性小说家群”一节,再次肯定了近代女性小说的价值与文学史意义。因此,“20 世纪初这个女性小说家群体的出现,不仅应当引起文学史界的重新审视,而且这一群体的‘浮出地表’,也将使直到目前为止的所有《中国女性文学史》要重新改写,长期被历史尘封的丰富的女性文学史料证明,在这一时段的女性文学园地中绝不只是少数几位女性在那里孤军奋战”①。

一

中国近代女性小说散见于清末民初各类报刊，或以单行本的形式出版，因年代久远与史料所限，大都处于散佚状态，不少文献濒于失传或已失传。20 世纪初以来，诸多作品集对近代小说文本进行辑录，其中会涉及女性小说，如 20 世纪初，上海群学社编《短篇小说十五种》(1910 年)、胡寄尘编《小说名画大观》(1916 年)，共收黄翠凝、黄静英、查孟词、毛秀英等 10 位女性作者的 12 种小说。胡寄尘(波罗奢馆主人)编《中国女子小说》(1919 年)辑录当时女性著译小说，其中除翻译小说外，仅辑 4 位女性作者的 7 种小说，并言其“零篇断简，散而不聚，且原书无从购觅，编者惜焉”②，间接说明了近代女性小说整理的难度与重要性。当代主要有《中国近代小说大系》(1993 年)、《古本小说集成》(1994 年)、《清末民初小说书系》(1997 年)、《中国历代珍稀小说》(1998 年)、《中国秘本小说大系》(2000 年)等，共收王妙如、邵振华、吕韵清、黄璧魂等 16 位女性作者的 19 种小说。尽管如此，这也仅仅是中国近代女性小说的冰山一隅，仍有大量的小说文本不为读者所见，因此，中国近代女性小说的收集与整理工作就显得尤为迫切与重要。在此，《中国近代女性文学大系·小说卷》在全面整理史料的基础上，精选这一时期女性小说的佳作，校点并汇编成册，以展现中国近代女性小说的基本面貌，为进一步的学术研究奠定重要的史料基础。

---

① 郭延礼:《20 世纪初中国女性小说家群体论》,《中山大学学报(社会科学版)》2011 年第 2 期。

② 波罗奢馆主人:《序例》,《中国女子小说》,上海广益书局 1919 年版。

《中国近代女性文学大系·小说卷》共分上下两册,收录短篇小说86篇,中篇小说10篇,长篇小说10部,共涉及女性小说作者73位。需要说明的是,近代女性从顾太清开始创作小说,但她以"云槎外史"署名,至民初前后的女性小说作者,方以真名见世,如"西湖女士王妙如""杨令茀女士""韵清女史""静英女史"等,她们并不讳言自己的女性身份。尽管如此,仍存在个别男性作者假借女性身份进行创作的现象,如小说家顾明道曾化名"梅倩女史"在《眉语》杂志发表小说。因此,本书在判断女性小说作者身份时,除了依据作者署名"某女士"或"某女史"外,还需考虑以下诸多因素:(1)署名冠夫姓者,如蒋曾淑温、蒋吴剑文等。(2)照片与画像,如《礼拜六》杂志第82期封面载"毛氏秀英学隶"画像,《香艳杂志》第2期载"本社编辑吴兴凌桂清及德配张韫苏女士唱随小影",据此可断定毛秀英、张韫苏为女性,并获得作者的部分身份信息。(3)序跋或识语,如小说《侬之影史》①文首载王钝根《序》,其中可提供作者的身份、籍贯、家族信息等;小说《珠光剑气录》②文首载冯幵《序》,介绍该小说为其外甥女徐文系所作。(4)女校报刊载学生小说或署名女校学生者,如上海城东女校自办《女学生杂志》,载瑶、珊二生小说《可怜之聋女》③;陈以英发表的论说曾署名"女子蚕业学校生陈以英"④。(5)自述或亲友及熟悉文坛者的记述,如赵纫兰诗作《应天白外子命敬题钝根、剑秋两君所编〈礼拜六〉》⑤,提供了赵纫兰的身份信息;陈蝶仙作《梁溪女

① 沦落女子:《侬之影史》,上海中华图书馆1916年版。

② 明离女子:《珠光剑气录》,《小说海》第3卷第8号,1917年8月5日。

③ 瑶、珊:《可怜之聋女》,《女学生杂志》第1期,1910年4月。

④ 女子蚕业学校生陈以英:《说消化》,《女子世界》第2卷第6期,1907年7月。

⑤ 赵纫兰:《应天白外子命敬题钝根、剑秋两君所编〈礼拜六〉》,《礼拜六》第50期,1915年5月15日。

士过温倩华小传》①,提供了温倩华详细的生平经历;《眉语》杂志第10号载任翰芳诗《和淑云胞姊原韵》,提供了任淑云的身份信息等。(6)近现代名人亲属,如高君珊为郑振铎的妻妹,伍孟纯、伍季真为翻译家伍光建的女儿,陈以英为《神州女报》主编陈以益的胞姊。(7)历史档案馆等收藏文献以及方志、族谱等,如哈尔滨圣索菲亚大教堂与城史文物馆收藏的杨令茀在哈尔滨举办画展的图片资料等。

通过搜集近代女性小说文献资料,并严格遵循上述女性小说作者性别的评判标准,据笔者统计,可以明确判定为女性身份的近代小说作者计70余位,其中既包括幻影女士(白幻影)、刘韵琴、黄静英、毛秀英、吕韵清、高剑华、项佩兰等高产作家,也包括在现有研究者视域之外的女性小说作者,如姚幽兰、邵清池、罗绣娟、江级兰、晕霞女士、陈以英、张韫苏、赵纫兰、傅炼卿、伍孟纯、伍季真、张庆珍、陈守黎、绿衣女士、郑申华等。需要注意的是,就中国近代女性小说创作与发表的实际情况来看,多数近代女性小说作者如昙花一现,在卷帙浩繁的报刊中,除了留下"某女士"或"某女史"的署名外,其性别与生平的情况判定便无迹可寻。据笔者统计,这样的女性作者在100位以上,作品数量近200篇,这还不包括如署名"范钟瑛""钮芸珍"等貌似女性的作者。对于这样一个庞大的群体,是否应当将其作为"超越性别"存在的"异类",从而将其从中国近代女性小说的研究范畴中剔除,值得我们深思。笔者认为,学术研究固然以严谨为前提,对于近代女性小说史料的收集,既要提防因男性作者假借而造成的"误收",但更要避免"绝对主义"观念所造成的以偏概全的风险,否则由这样的女性小说所呈现的文学史必定是被遮蔽

① 陈栩著,周拜花批,陈翠娜注:《梁溪女士过温倩华小传》,《自修》第65期,1939年6月6日。

的、不完整的。鉴于近代女性小说创作的这一典型现象,《中国近代女性文学大系 · 小说卷》亦收录部分这类无作者生平考证信息,仅有"某女士"或"某女史"署名,但据小说叙事风格、故事内容等近似女性作者文笔的小说佳作 16 篇,其中包括长篇 3 部,作者涉及朱敏娴女士、薛振亚女士、董俞女士、叶碧芬女士、影瑰女士、悟心女士、若芸女士、佩瑛女士、鹣西女士、养晦女史、石兰女史、静安女史、华璧女士、湘州女史、次眉女士等 15 位作者,我们也期待学界及后世学者能够据此发现新的史料。

二

近代女性小说是中国女性小说创作的原点,同时它又为"五四"女性小说的产生奠定了重要基础,这些小说的思想性与艺术性,皆呈现出这个时代的独有特征。具体而言,在思想内容方面,主要表现为:

第一,小说题材扩大,开始关注社会现实与人生疾苦。中国第一部女性小说是印行于 1877 年的《红楼梦影》,但究其实质而言,此书仍然属于古典小说的范畴,其题材囿于传统才子佳人小说的旧窠。然而到了 20 世纪初,女性小说的题材发生了改变。这一时期的女性小说作者大都出身于书香门第,她们不仅自幼接受良好的家庭教育,具有较高的文学素养,而且还接受了新式教育的洗礼,具有女子学堂或教会女校的教育背景,此外,部分女性甚至还拥有海外留洋的学习经历。这种全新的生活与学习阅历使她们在跨越闺门步入社会公共领域的过程中,凭借更新了的知识结构开始关注社会现实,并思考人生,一改传统女性文学伤春悼秋、悲欢离合的狭小空间。如毛秀英的小说《髯翁之遗产》①,其所阐明的父辈留给子女

① 秀英女士:《髯翁之遗产》,《礼拜六》第 94 期,1916 年 3 月 18 日。

的遗产并非金钱和家产，更重要的是精神遗产，所以小说主人公髯翁之子在继承了父亲的精神遗产后，能于20年后战功赫赫，衣锦还乡。再如杨令茀的小说《瓦解银行》①，描写北京上流社会的金融诈骗案，旨在揭露民国初年社会的混乱，法律松弛，权贵政客趁此机会诈骗民财，扰乱金融市场，再借洋人的庇护，逃之夭夭。这类题材在此前的女性小说中尚无人涉及。作者杨令茀早年长住京沪，又曾游学欧美，这为她了解上层社会及金融界提供了诸多机会，故能写出这样具有较强揭露性与批判性的小说文本。再如幻影女士的小说《贫儿教育所》②，写城中某女士至一穷乡僻壤兴办教育，设立贫儿教育所，开启民智的故事，作者借此强调教育的重要性。再如直隶第一女子师范学校学生张誉扬的小说《贤孙复业录》③，记述某少年立志摆脱家族穷困，经十年努力得以复兴祖业，而其命运的转折即在于接受了学校教育，其中透出了作者较为浓郁的启蒙思想。张誉扬的另一部小说《贫女泪》④，可看作是这种社会启蒙意识的延伸，小说对社会贫富不均的批判与对底层民众的关注，亦反映出作者对女学生这一新身份的自觉认同。再如黄翠凝的小说《奋回头》⑤叙写广东纨绔子弟张晚成在荡尽家产后，被骗至非洲做劳工，受尽百般凌辱与苦难，后施计逃脱回国，与家人团聚的故事。小说不仅塑造了华工的形象，而且描写了域外华工的艰苦生活，揭示了殖民者对华的侵略，其题材在中

---

① 女士杨令茀：《瓦解银行》，《小说时报》第18期，1913年5月1日。

② 幻影女士：《贫儿教育所》，《礼拜六》第61期，1915年7月31日。

③ 张誉扬：《贤孙复业录》，《直隶第一女子师范学校校友会会报》第2期，1916年12月。

④ 张誉扬：《贫女泪》，《直隶第一女子师范学校校友会会报》第3、4期，1917年4月、12月。

⑤ 番禺女士黄翠凝：《奋回头》，《神州日报》第480至508号，1908年8月1日至29日。

国近代女性小说中显得较为独特。此外,还有诸多女性小说表现女学生活,如佩瑛女士的《雄辨之女学生》①、朱敏娴女士的《女博士》②等,其中佩瑛女士在《雄辨之女学生》中所呈现的校园场景、女学生衣着、课程内容、授课方式等较为细致,这是一般男性作者在缺乏切身体验的前提下所难以掌握的,据此可以判定作者的女性身份。

第二,女性形象的多元化与丰富性。近代女性小说作者笔下的女性形象异常突显,且因作者各异的教育背景、生活阅历及生命体验,这些形象亦呈现出多元化与丰富性的特征。首先,表现为新旧杂陈,古典女性形象与女学生等新女性形象的并置。近代女性作者笔下的女性形象多具有一种古典气质,这首先表现在她们的外貌上,如次眉女士的《双泪痕》③中描写主人公凌波的出场:

庚戌之春,京师陶然亭之侧有二女郎,一年十七八,一才及笄,均服时式学生装,挽蝴蝶双飞髻,履巴黎贵妇人新式革靴。春葱纤指,约以金刚石,与太阳相掩映,光彩夺目,蹁跹袅娜,飘忽若仙,由亭之东款款而上,罗衣乍飘,兰麝馥郁。(第一章)

再者,这些女性的性格更倾向于一种温柔娇好的恬静之美,在遭遇苦难或命运的不公时,她们会被塑造成具有坚忍品格、恪守传统道德的女性,抑或贤妻良母,以表达对传统伦理道德的认同与对本土文化的坚守,如陈翠娜的《劫后花》④,女主人公江素雪在

---

① 佩瑛女士:《雄辨之女学生》,《礼拜六》第78期,1915年11月27日。

② 朱敏娴女士:《女博士》,《妇女杂志》第3卷第12号,1917年12月5日。

③ 次眉女士:《双泪痕》,上海文明书局1915年版。

④ 十四龄女子陈翠娜:《劫后花》,《申报》第15162至15175号,1915年4月30日至5月13日。

母亲遇难后历尽艰险，九死一生，最终与恋人骆锦云成婚。再如幻影女士的《声声泪》①，其中的主人公某孀妇"明大义，抚孤守节，藉十指支兹残局，且甚贤惠"等。

随着西学东渐与近代社会的转型，越来越多的女性接受了女子学堂的教育，女学背景或"女学生"的形象理所当然地进入了女性小说的创作中。这一时期不仅出现了大量以女学生为中心人物的女性小说，如张韫苏的《学海精卫》②、金庆畴的《黄女士》③、佩瑛女士的《雄辨之女学生》、朱敏娴的《女博士》等，且大多数女性小说中的女主人公具备学堂教育背景，女学生群体在女性小说家的笔下已渐成规模。这固然反映出近代女性从闺房走向现实社会的过程中对现代知识的认同与诉求，亦反映出新式学堂等教育资源的变化带给女性的深刻影响。需要注意的是，中国近代女性小说中的女学生形象，其基本特征是接受了近代女子学堂教育，即现代知识体系的构建，如朱敏娴的《女博士》，主人公宝珠所习"校中功课，分国文、英文、算术、图画、刺绣、缝纫、物理、化学、唱歌、体操等科，可任人选择"。然而这样的女学生形象又具有多元性，主要分为三类：一是"自由女"的恶形象。不少女性小说家仅将"女学生"视为一种时尚潮流的符码，并未表现出对女学生身份及其知识结构的自觉认同。如幻影女士的《隐恨》④中，毕业于女子中学的敏贞，因其学识受到青年张锡新的青睐，二人在得到父母之命后结为伉俪，但"姑乃目以自由女，显有鄙贱意"，作者亦

---

① 幻影女士：《声声泪》，《礼拜六》第22期，1914年10月31日。

② 韫苏原著，桂青润词：《学海精卫》，《香艳杂志》第2期，1914年8月前后。

③ 金庆畴：《黄女士》，《直隶第一女子师范学校校友会会报》第3期，1917年4月。

④ 幻影女士：《隐恨》，《游戏杂志》第18期，1916年12月前后。

评道:“近人以为婚姻自由,家庭乃有幸福,使所遇如李敏贞,将如之何?”再如毛秀英的《女学蠹》①,女学生吴瑞珍宣称在婚恋方面遵循自己的意愿与“文明手续”,实乃骗人财产,作者评道:“女学生之不可恃,而自由结婚之为害甚矣。”二是真正接受了现代知识洗礼的女学生。如佩瑛女士的《雄辨之女学生》,女子师范大学学生江碧秋能够凭借自己的现代学识与古板守旧的教师杨文德对抗;再如邵振华的《侠义佳人》②,才女萧芷芬生性聪慧,幼年曾随侍父亲宦游各省,父亲延请名宿儒为其授书,后留学东洋、西洋,并游历各国。这样的学历背景,自然使其具有不同于旧式闺秀的全新知识结构,故在其出场后与晓光会会员华涧泉、孟亚卿的辩论中显示出了渊博的知识和非凡的才华。三是虽为具有女子学堂教育背景的女学生,但骨子里还是自觉地认同于传统的人伦道德,或者说是徘徊于新学识与旧道德之间的过渡人物。如张韫苏的《学海精卫》,尽管女主人公黄韫璞能够为自己争取到读书的机会,并独立运用所学知识驾驭自己的命运,并逐步构建起女性的主体地位,然而面对“父母之命,媒妁之言”的强势压迫,她却改变不了传统的精神痼疾。再如吴忏情的《嫁》③,主人公马丽接受过新式学堂的教育,但新的伦理观念未能使自己在不幸的婚姻中做出丝毫的挣扎。再如吴忏情的另一部小说《小玉去矣》④,主人公金韵梅依然是“父母之命,媒妁之言”旧式婚姻的受害者,她捐着因袭的重负,为了孝顺祖母,违心于不幸的婚姻,在丫鬟小玉的百般劝说下,亦不敢逃离人生的困境。这类女学生形象虽未

① 秀英女士:《女学蠹》,《礼拜六》第86期,1916年1月22日。

② 绩溪问渔女史编纂:《侠义佳人》,商务印书馆,上集(20回)1909年版、中集(20回)1911年版。

③ 忏情女士:《嫁》,《新申报》第177号,1917年5月23日。

④ 忏情女士:《小玉去矣》,《礼拜六》第99期,1916年4月22日。

能为这一时期的女性小说创作或文学史提供更多的现代性因子,却真实地反映了过渡时代女性的生命困境与精神隐痛,呈现出生命的张力,其往往更具文学价值。

其次,女性形象的多元化与丰富性亦表现为各色新颖形象的不断添加。除了上文所提及的女学生形象,近代女性小说中亦出现了一定数量的女侠形象。如陈以英的《女剑》①,塑造了武功卓绝、行侠仗义的侠女十三娘。小说带有浓郁的奇幻色彩,且具有强烈的启蒙性与现实批判性,隐喻着作者对"英雌"的呼唤。再如《女狱花》②中"尚武"的沙雪梅,自幼习武,致力于妇女解放,以激进方式组织参加革命。其他如明离女子的《珠光剑气录》、雪梦女史的《黄衫女侠》③、颖(颍)川女士的《郎颜妾臂》④等,皆塑造了这样绝世独立、行侠仗义的女侠形象。此外,黄静英的《拾翠》⑤所塑造的擅长走绳绝技的林拾翠,虽为卖解女,但其卓绝的武功,以及嫉恶的复仇之心,都使这一形象十分接近于"女侠"形象。"女侠"形象曾经在晚清小说中大行其道,反映了男性作家出于对女性的启蒙期待而做出的文学化想象或者说确立的理想典范,其间的描写隐去了女性的性别色彩,以女性的身体负载了国家启蒙的想象与诉求。近代女子学堂对于女学生智识的开启,以及现代民族国家观念的熏染,使其自觉认同于男性的话语方式,她们笔下的"女侠"仍旧囿于时代的主潮,呈现出强烈的思想启蒙与民族国家认同性,如翰芬的《孝女复仇记》⑥,作者对侠女"李士云"的

① 陈以英:《女剑》,《女报》第1卷第3号,1909年4月20日。
② 西湖女士王妙如:《女狱花》,光绪甲辰(1904)刻本。
③ 雪梦女史:《黄衫女侠》,《香艳杂志》第9期,1915年9月前后。
④ 颖(颍)川女士:《郎颜妾臂》,《礼拜六》第63期,1915年8月14日。
⑤ 黄静英:《拾翠》,《小说海》第3卷第8号,1917年8月5日。
⑥ 翰芬:《孝女复仇记》,《妇女时报》第12期,1914年1月10日。

评价:“呜呼!儿女柔肠,英雄侠骨,功成一击,气壮千秋,如士云者,不诚足为我女界光哉!”尽管如此,女学生对于“侠女”的书写,实际上反映了女性作者力图摆脱弱势群体的地位,以及社会与家庭困境,而对女性身体做出的一种极限想象,彰显了一定的女性主义立场。此外,如幻影女士的《回头是岸》①,塑造了中国文学中较少见到的女基督徒形象,她将男性作家笔下理想女性所固守的传统道德置换为异域宗教思想,于是小说模式开始逸出大众轨道,即不再重复小人离乱、婚恋不自由的悲剧,转为张扬博爱主义的宗教叙事,而由小说中女士珍藏的剪报“星期六日下午二时半,天文家某君,与某女士结婚于圣约翰礼拜堂”,所透出的象征着男性话语的言情因子却已是“前尘如梦”,退出了主体叙事之外,这也是作者叙事的自觉:“惟近观小说,凡失意者,皆以一死自了,绝不念父母邦家,诚恐涓涓不塞,将成江河也,不忖谫陋而作是篇。”幻影女士的另一部小说《坟场谈话录》②可看作这种突破的前奏,尽管还是鸳鸯蝴蝶派小说的模式,但作为主人公知识构成的西方基督教文化资源,不仅使小说的叙事消解在了情节的演进上,更进一步建构起了宗教恶魔形象“撒但”,将一切无常与美的消逝归结为“撒但所拨弄者也”,并誓言“吾愿借天帝伟力,灭绝撒但,勿令芸芸众生,为其颠倒也”。这种“反抗绝望”的抗争话语在近代女性小说中实属难能可贵,彰显出女性形象的突破所带来的女性意识的萌芽与觉醒。

第三,女性意识的觉醒与女性主体地位的确立。在清末民初鸳鸯蝴蝶派及女性小说家的创作中,女性形象往往特别突出,尤其表现在“受难”女性形象的塑造上,然而这并不代表女性主体性

① 幻影女士:《回头是岸》,《礼拜六》第48期,1915年5月1日。
② 幻影女士:《坟场谈话录》,《礼拜六》第19期,1914年10月10日。

地位及主体意识的浮现。从话语修辞角度讲，在他们的小说文本中，女性在两性对照的修辞中是被动和从属的，她们在恋爱中压抑自己的情感，在旧式婚姻制度中牺牲自己的幸福，在家庭生活中隐忍着苦难。此外，这些男性与女性作家所描绘的女性形象，存在着一种"被看""被欣赏""把玩"的视角，甚至是物化（objectification）的，即"女性的身体或特征常被刻意地与物件（甚至动物）相提并论，共同展示，也有以物隐喻女性特质，从而达到将女性降为'玩物'和'性尤物'（sex object）的目的"①，如小说《玉梨魂》开篇，梨花之于主人公白梨影、辛夷之于小姑筠倩的象征；再如《坟场谈话录》中对谢韵薇的描述："二九年华，荣花始茂，岂意兰方挺秀，横被霜摧，月正腾辉，遽遭云掩也"等。尽管如此，近代女性小说中如徐赋灵的《德国诗集》②，这种"被看"的潜在写作已然消失，置换为女性怎样"看"男性，怎样主动地运用智慧与学识，理性地观察世界，看待两性关系。这类小说或者小说中所呈现的女性主体意识代表了近代女性小说中的现代性因子。小说中女性意识的觉醒主要是由近代女子学堂或留学教育背景等对女性小说作者知识体系的变革所致。对于传统闺秀而言，其接受的教育主要包括：一是以儒学为主导的经典规训及经史典籍，注重女性在传统价值观念下的"德性"培养；二是传统诗词歌赋的文学熏陶，同时还要辅之以女红针黹。此外，在教育方式上，以家塾教育为主，或者承教于父母、戚友。而近代女子学堂作为一个符合现代性进程的新生事物，就课程设置与知识体系的架构而言，开始借鉴西方现代教育模式与课程体系，且注重在实用层面上提高女性

① 陈顺馨：《女英雄形象与男性修辞》，陈惠芬、马元曦主编《当代中国女性文学文化批评文选》，广西师范大学出版社 2007 年版，第 97 页。

② 徐赋灵女士：《德国诗集》，《小说画报》第 16 号，1918 年 9 月。

的读写能力。这些使女性逐步摆脱了闺秀身份，开始凭借新的知识谱系以及由此获得的新型读写、思考、表达能力，不断介入社会现实与日常生活中，从而建构起现代知识人的身份。

首先，表现为基于民族国家认同的思想启蒙。近代女性小说作者中的知识女性在表达思想启蒙与民族国家认同时的叙事策略主要表现为批判与建构两个方面，前者如毛秀英的《髯翁之遗产》，其中对当权者的误国和抵制日货运动中的见利忘义行为进行批判，再如吕韵清的《新年进步》①，开篇即大发感慨："新年消遣，何事不可？必要拿钱混赌，有何趣味？况且民生穷蹙，国势愈危，从前我国虽弱，各国为了均势，还戴上这维持东亚和平的假面，现因欧战一开，日本趁各国不暇东顾，就作种种无理要求，允他呢，便是朝鲜之绩，不允呢，又有许多为难，危机一发，我们百姓多有责任的，岂可装没事人一般，推在政府身上，就算咧吗？"其他如毛秀英的《恩怨》②、《不当选之议员》③，刘韵琴的"反袁小说"《大公子》④、《痴人梦》⑤、《湘民苦》⑥等，皆表现出强烈的社会批判主题。后者对理想国家民族及女性地位的构想设定，如毛秀英的《髯翁之遗产》在批判之余，亦提出了青年人作为救国新民的希

---

① 韵清女史：《新年进步》，《申报》第15102号，1915年3月1日。

② 秀英女士：《恩怨》，《新申报》第426至428号，1918年1月28日至30日。

③ 毛秀英女士：《不当选之议员》，《新申报》第569号，1918年6月27日。

④ 刘韵琴女士：《大公子》，《中华新报》第72至75号，1915年12月20日至23日。

⑤ 刘韵琴女士：《痴人梦》，《中华新报》第119至123号，1916年2月13日至17日。

⑥ 韵琴女士：《湘民苦》，《中华新报》第158、159号，1916年3月23日、24日。

望,以及复兴保国的文化策略,但这种方案显然不同于“五四”横向移植域外文化资源,而是从传统中萃取自我更新的生命力,这种文化资源必然来自民族传统文化本体,且是扬弃了的新传统文化:

汝知“祖国”二字之名义乎?祖者,创始之谓也,故开国成家者谓之祖。祖有遗产,保之而不失,为贤子孙,保之即所以爱之也;祖有遗法,守之而不废,则为佳子弟,不废即所以爱之也。吾国自吾远祖以来,生于斯,长于斯,衣食于斯,垂五千年,其关系不亦大耶?故不爱国,实与忘祖无异,儿能爱国,不啻爱尔祖也。

再如《女狱花》中许平权所宣传的:“我们今日,不必去夺男人的权利,只要讲求我们的独立。若我们能独立,那男子不得不将权利还我们了。”再如黄翠凝的《姊妹花》①中冰姿所言:

儿以为女子为国民之母,女子智,则国民智;女子愚,则国民愚。天下兴亡,女子有责也。岂可以深处密室之中,寸步不出闺闱之外,以范围其心思,以专制其交接乎?夫目所睹,家庭之细事;耳所闻,家庭之碎言;身所历,家庭之俗务,如此又何能增益其心志,输灌其文明哉?必也使其交接社会,与男士多往来,然后阅历增而智识广矣。(第二章)

其次,基于女性自身体验而萌生的女性意识的觉醒。如张韫苏的《学海精卫》,主人公黄韫璞因身体的疼痛体验而激烈地反抗缠足:“娘重重缚儿如囚徒者,其果预为媚人计耶?均是人也,我何为媚彼哉?儿愿以总角老,不愿受此诸般苦!”在这里,黄韫璞的反抗话语已经接近于“五四”新文学的“人”学话语,彰显出女性独立意识的觉醒。再如王妙如的《女狱花》,主人公沙雪梅细说缠足之弊:

---

① 番禺女士黄翠凝:《姊妹花》,上海改良新小说社 1914 年版。

你想我们女子六七岁时候，只因有了男人要娶小足的陋习，父母就硬了心肠，把我们一双圆兜兜光滑滑的天足，用布裹起来，受这无罪的非刑。我们那时，眼泪不必说起，就是浓血，也不知出了多少。幸而皮肉腐尽，筋骨折断，方成了三寸金莲。你想人生血脉，犹如机器一般，一件损坏，件件都出毛病。我们国中，缠成小足，害瘵病死的，也不知多少。即不死去，行一步路，尚须扶墙摸壁，名虽为人，实与鬼为邻了。(第四回)

其他如易玉俞的《髫龄梦影》①、邵振华的《侠义佳人》等亦对女性缠足的切身之痛做了细致描绘。此外，小说中女性主人公在游历与旅行体验中所呈现的独立思考，也表现了女性意识的觉醒与主体性的建构，如罗绣娟的《中秋玩月记》②，主人公在流连于眼前美景之时，却体悟到一种人生苦短、命运无常的悲凉之境，进而上升为一种哲学高度："天下事盛衰倚伏，哀乐循环。盛者衰之原，乐者哀之本也。是以春时木茂草丰，盛矣美矣，曾几何时，而已秋至而色黄。即如今夕，景好辰良，快矣乐矣，一转瞬间，亦将参横而月落。""夫以草木之无情，犹不能长久，而况于人乎？忧感乎中，事劳于外，身非金石，能经几度之中秋，质异星霜，得玩几回之明月哉？"

第四，婚恋题材的多元面相与言情模式的承袭、嬗变。鸳鸯蝴蝶派以言情小说闻名，并掀起了民初哀感顽艳的唯情主义小说浪潮，其叙事模式大致可概括为"开篇之始，以生花笔描写艳情，令读者爱慕不忍释手，既而一波再折，转入离恨之天，或忽聚而忽散，或乍合乍离，抉其要旨，无非为婚姻不自由，发挥一篇文章而

① 易玉俞:《髫龄梦影》,《妇女杂志》第1卷第6期至第10期,1915年6月5日至10月5日。

② 罗绣娟:《中秋玩月记》,《余兴》第6期,1915年3月。

已”①。这种模式在同期的女性小说中也被娴熟地运用起来，如《一声去也》②中侬与陆郎的爱情止步于“父母之命”，《我之新年》③中的琴姑与芹哥、《他生未卜此生休》④中的婉仙与陆生等，其婚恋悲剧皆受阻于小人、恶绅、强盗等鸳鸯蝴蝶派小说的人物原型。种种叙事连同频繁出现的疾病、哭泣、死亡等病态意象，使女性小说文本沿袭着鸳鸯蝴蝶派男性话语，并生成了一股浓重的悲凉、阴郁之气。从整体来看，近代大部分女性小说仍旧囿于鸳鸯蝴蝶派的言情模式和叙事氛围，较少新的悲情模式的开拓，以至于束缚了女性意识的独立表达，她们尚不能完全建构女性自身的精神属地，这还有待新的文学、文化质素的生成来为其提供契机。然而，可喜的是，新的文学（文化）质素开始在这一时期的女性小说中出现，主要表现为：

首先，不少女性作者在小说中展现了传统婚姻制度对女性造成的伤害，她们笔下的女主人公开始逐渐摆脱“苦女”“贤妇”等受难形象，呈现出较强的反叛性与独立性。如陈守黎的《不良之妇》⑤，自叙作者如何摆脱家庭之苦，而谋自立于社会的经历。再如吴忏情的《小玉去矣》，具有女性独立意识的小玉对逆来顺受的金韵梅发出了质问：“以小姐之才，何处不可自活？恋恋于此牢狱，何为者？”再如小说《郭氏女》⑥中的主人公郭氏女，身历武昌

---

① 箸超：《白骨散》，《民权素》第1集，1914年4月25日。

② 许毓华：《一声去也》，《眉语》第1卷第1号，1914年11月17日。

③ 忆琴女史述，韵清女史著：《我之新年》，《申报》第15463至15466号，1916年3月3日至3月6日。

④ 谢幼韫：《他生未卜此生休》，《眉语》第1卷第3号，1915年1月15日。

⑤ 陈守黎女士：《不良之妇》，《五铜圆》第7、8期，1914年8月16日、8月23日。

⑥ 罗绣娟：《郭氏女》，《繁华杂志》第6期，1915年2月。

起义,倾心于共和,不仅自己献身红十字会,且力劝丈夫投笔从戎。

其次,回归爱情本体,在日常生活叙述中展现女性对于婚恋的细腻感受与深刻思考。如徐赋灵的《德国诗集》,主人公婉姑形象的呈现不再依托于男性叙事所惯常的受难、成长模式,及其规约下的"孝女""节女""贤妻""良母"等角色设定,而是将叙事时空更多地让位于女性在现代日常家庭生活中关于两性的思考与内心冲突,这种叙事新秩序为女性提供了表达自身的依据。再如张庆珍的《笑扑郎肩教抱牢》①,其中对于婚恋的书写,不再是爱情的波折离合,而是真正回到了爱情本身,书写爱情给予人的现代生活与情感。

最后,"革命+恋爱"叙事模式的开拓。"革命+恋爱"模式是辛亥革命背景下鸳鸯蝴蝶派言情小说所形成的一种大众化叙事套路。就其实质而言,"革命"最终是为了言情,这恰与20世纪30年代左翼文学的"革命+恋爱"模式中"恋爱"消解于"革命"的宏大叙事截然相反。对于近代女性小说作者,尤其是其中的女学生作者而言,独特的时代语境使其具备了与传统闺秀相区别的战时生活体验,同时凭借其全新的知识结构与国族认同意识,她们对"革命+恋爱"的叙事模式有了新的思考。在她们笔下,或将"革命"幻化为一种浓郁的悲伤氛围弥漫于小说中,或将"言情"与"革命"并重,共同推进情节的发展,如张庆珍的《侬胡薄命》②涉及辛亥革命叙事,但并没有直接呈现战争场面,而是依托于言

---

① 张庆珍:《笑扑郎肩教抱牢》,《眉语》第1卷第8号,1915年6月13日。

② 张庆珍:《侬胡薄命》,《眉语》第1卷第5号,1915年3月16日。

情题材，在“恋爱”的基础上附加“革命”因子，叙写“革命”对于个体、家庭的冲击。在这里，掌握现代知识资源的女学生，已然对“共和”“革命”等有了全新的价值判断，她们不仅自觉认同“当大局阽危之际，不能捍卫国家，尸归马革，乃为佥壬所算，蹈阱而死，遗憾何如”①，同时又进一步深化了对“革命”与“爱情”的思考，如张庆珍的《木兰原是女儿身》②，描写了梁兰英夫妇蛱蝶情深，同时又附加了丈夫童凌宵参加革命的线索，但与之前的作品《侬胡薄命》相较，作者并未使女主人公在“革命”面前望而却步，而是令其以女性身份披甲上阵，以尽夫志。在此，女性主人公同男性一样，获得了“革命”的合法权利，女性的性别色彩得以彰显，其主体性得以强化，因此作者对于“革命”与“恋爱”的思考也趋于成熟。

三

处于中国女性小说原点的近代女性小说，虽在作家、作品数量等方面渐成规模，但仍处于起步阶段，它们在女性文学由古典向现代转型的过程中留下了诸多探索的痕迹，这主要表现为：

第一，女性小说体制的新变。首先，就长篇小说而言，大都属于传统的章回体，如湘州女史的《潇湘梦初编》③“第一回　慕竹帛礼魂出世　艳才藻山鬼求昏”“第二回　怅北堂一言回绝　怨蹇修千里徒行”“第三回　辑礼书再上神京　修列女又呈史馆”，其他如邵振华的《侠义佳人》、王妙如的《女狱花》、陈翠娜的《情

---

① 韵清女史：《红叶三生》，《春声》第5期，1916年6月1日。

② 张庆珍：《木兰原是女儿身》，《眉语》第1卷第6号，1915年4月14日。

③ 湘州女史：《潇湘梦初编》，1920年5月。

天劫》①、蕙珠女士的《最近女界现形记》②等,回目明确,对仗严整。但这一时期如黄翠凝的《姊妹花》(共十一章),次眉女士的《双泪痕》(共二十二章)③、《玉如意》(共二十二章)④,欵乃先生、晕霞女士同著《二乔蜕恨》(共十章)⑤、华潜鳞的《邃谷神妃》(共十七章)⑥等不再分回,改为分章。其次,就中篇小说而言,如杨令茀的《瓦解银行》是中国女性小说史上的第一部中篇小说,虽然在《小说时报》发表时冠以"长篇名著",但其实是一部典型的中篇小说,"因为它既不是只选取生活中'一个横断面'的短篇小说,也不像长篇小说那样完整地书写某一事件、某个人物历史的全过程,而是选择社会生活中一个重要的片断、场景作集中的描述"⑦。另外,从篇幅与结构来看,也类似于后来鲁迅的中篇小说《阿Q正传》。近代小说文体中的长篇、中篇、短篇的界定并不十分严格,中篇小说尚无明确的定义,因此,《瓦解银行》的出现,"对于现代中篇小说这一艺术形式倒有一种树立范式的意义"⑧。此外,黄翠凝的《奋回头》、陈翠娜的《劫后花》、影瑰女士的《闺中惨史》⑨皆是中篇小说的代表。再次,就短篇小说而言,较之古代有了较大

---

① 陈翠娜:《情天劫》,上海中华图书馆 1917 年版。

② 南浦蕙珠女士:《最近女界现形记》,上海新新小说社 1909—1910 年。

③ 次眉女士:《双泪痕》,上海文明书局 1915 年版。

④ 次眉女士:《玉如意》,上海文明书局 1915 年版。

⑤ 欵乃先生、晕霞女士同著:《二乔蜕恨》,人和小说社 1914 年版。

⑥ 潜鳞女士:《邃谷神妃》,上海有正书局 1917 年版。

⑦ 郭延礼:《杨令茀〈瓦解银行〉——20 世纪初女性小说的可喜收获》,《新文学史料》2013 年第 2 期。

⑧ 郭延礼:《20 世纪初中国女性小说家群体论》,《中山大学学报(社会科学版)》2011 年第 2 期。

⑨ 影瑰女士:《闺中惨史》,《神州日报》第 3168 至 3212 号,1916 年 2 月 11 日至 3 月 26 日。

的变化，如近现代传媒的迅猛发展使得文学载体与传播媒介发生了较大的改变，近代女性小说同这一时期的其他短篇小说一样，多刊载或连载于卷帙浩繁的报章杂志上，如《礼拜六》《香艳杂志》《眉语》等，这一方面使得小说的出版发表周期缩短，传播范围扩大，随之阅读量得到了提升；另一方面，女性小说的内容为了适应报刊载体，也逐步地通俗化与平民化，且小说内容多与女性的生活状况相关。此外，在形式上，不少短篇小说还保留了传统小说的评点模式，即“主干故事 + 作者/编辑识语”，如静安女史的《贫女泪》，文后附著者识语：“吾草此篇，吾泪涔涔下矣。夫即某地一隅计，此工作之贫女，正不知凡几，被厂中执事之剥削折扣，莫可告诉者，又不知凡几。迩者，有为同盟罢工之举，以谋抵制，然彼资本家之垄断如故也，司帐者之侵蚀如故也，无他，盖有官吏以为之护符耳。然则吾又不暇为二女子悲矣。”①再如陈以英《女剑》，文后附其弟陈以益识语：“某奇人也，奇遇也，有奇人而后有奇遇。今某早已死矣，吾姊从其友之口，转闻其自述语而记之。噫！今日无某之奇人，故不闻某之奇遇。吾国古来多女侠，人所知者，仅红线聂隐娘辈，其不知者，不知其几千万也，此即无名有名之别。如十三娘事，无奇人若某，则何从知之？今特男界无某耳，吾不敢谓今日女界无女剑，然今天下老魔多矣，未闻有十三娘起而诛之者，则吾又不敢谓今日女界有女剑。”需要说明的是，诸如他人为女性小说作者添加识语的方式，在近代女性小说中较为常见，且多以男性编辑的身份进行评论，如《香艳杂志》主编新旧废物（王文濡）之于张韫苏的小说《学海精卫》，《礼拜六》主编王钝根之于幻影女士的小说《回头是岸》《小学生语》等，这些表明了在近代女性小说浮出历史地表的过程中，男性凭借其所掌握的

---

① 静安女史：《贫女泪》，《大公报》1913 年 4 月 23 日。

报刊等文化资本对女性小说作者进行了扶持与帮助,这是近代女性小说创作与传播中的一个特点。

第二,女性小说叙事的新探索。近代女性小说处于由古典到现代的转型时期,其中在叙事上,如叙事结构、叙事时序、叙事人称等方面呈现出转型的重要面相。首先,在叙事结构方面,开始尝试"横截面"的结构。中国古代小说注重结构的完整性,然而在西方小说理论的影响下,中国近代短篇小说开始采用"横截面"的写法,即截取现实生活中的某一横截面展开叙事,胡适曾言:"短篇小说是用最经济的文学手段,描写事实中最精彩的一段,或一方面,而能使人充分满意的文章。"①这一叙事特征亦深刻影响到同时期女性小说的短篇创作,如幻影女士的《农妇》②,截取了某难产农妇临死前的一幕,作者并非追求情节的曲折,而是以近似白描的手法描述了农妇生前的辛劳与临终的情景。再如毛秀英的《髯翁之遗产》,采用场景序列的叠加,即类似于后来电影蒙太奇的手法,通过场景(镜头)的组接产生新的意义,如父子之间的谈话与 20 年后儿子的凯旋,在两组较大时空跳跃"对比蒙太奇"手法的运用中,完成了作者对小说主题的阐发,同时也表达了作者对新的民族国家的殷切期待。其他如温倩华的《手术》③,所呈现的是无锡镖师楚二以手术施救于人的场景;幻影女士的《小学生语》④所展现的是两个年幼兄妹在灯下畅谈国事的一段对话;张纯玉的《赧然》⑤展现了初为新妇的"吾"在家政中屡屡出错的窘

---

① 胡适:《论短篇小说》,《胡适古典文学研究论集》(下册),上海古籍出版社 1988 年版,第 678 页。

② 幻影女士:《农妇》,《礼拜六》第 83 期,1916 年 1 月 1 日。

③ 温倩华女士:《手术》,《礼拜六》第 4 期,1914 年 6 月 27 日。

④ 幻影女士:《小学生语》,《礼拜六》第 82 期,1915 年 12 月 25 日。

⑤ 纯玉:《赧然》,《妇女鉴》第 1 卷,1914 年 10 月 10 日。

态;罗绣娟的《尚武校长》①呈现了某校教员反抗校长专制的一个片段等。其次,就叙事时序而言,近代女性小说作者也在尝试改变古代小说的自然时序,根据小说情节的发展改变叙事的时间顺序,如毛秀英的《子骗》②,讲述了某骗子冒充富翁之子行骗的故事。小说采用倒叙的手法,先写行骗得逞,后写族人怀疑,以及"假儿子"在家的乖戾与挥霍,最后才写到警察署审讯的场面及"假儿子"交代行骗的经过。再如李凿英的《破镜重圆》③,亦采用倒叙手法,开篇即写海上梅鹃生与西湖茹黻姑在车站惜别的场景,随后追溯二人波折的爱情故事。此外,姚琴媜的《一血剪》④、佘余焘的《丹枫庄》⑤、镜花女士的《爱之果》⑥等皆是采用倒叙手法。再次,就叙事人称而言,第一人称限知叙事手法的大量运用。中国古代小说多采用第三人称全知叙事,小说情节的展开主要是由全知的"上帝视角"讲述。至近代,受西方小说的影响,近代小说的叙述的主体性开始强化,小说中的第一人称叙事开始流行,但这里的第一人称叙事特指第一人称限知叙事,而非第一人称全知叙事,即主人公"我"讲述自己的故事,而非别人的故事。实际上,后者(第一人称全知叙事)仍然是第三人称全知叙事的一种延伸,如幻影女士的《农妇》,尽管是叙事者"予"讲述农妇的故事,对古代小说的第三人称全知叙事进行了突破,其中"予"的情感与思想时而在小说中流露,但在本质上还是区分于第一人称限知叙

---

① 罗绣娟:《尚武校长》,《时报》第3687号副刊《余兴》,1914年9月27日。

② 秀英女士:《子骗》,《礼拜六》第74期,1915年10月30日。

③ 李凿英:《破镜重圆》,《眉语》第1卷第8号,1915年7月5日。

④ 姚琴媜女史:《一血剪》,《小说丛报》第18期,1916年1月10日。

⑤ 畏尘:《丹枫庄》,《妇女鉴》第1、2、3卷,1914年10月10日、11月10日、12月10日。

⑥ 镜花女士:《爱之果》,《礼拜六》第74期,1915年10月30日。

事,其他如任淑云的《沉珠》①、张韫苏的《学海精卫》、曾兰的《孽缘》②、陈以英的《女剑》、吴忏情的《嫁》③、罗绣娟的《尚武校长》等。真正实现第一人称限知叙事的女性小说,如黄翠凝的《离雏记》④,通过叙事者"我",即一名六岁女童的视角,讲述了母亲离家后家庭遭遇的种种不幸与变故,从而突显了现代家庭生活中母亲的重要性,同时也将女性的体验书写得淋漓尽致。再如署名"沦落女子"的小说《侬之影史》,叙事者某宦家女"侬"讲述了自己与青梅竹马的恋人筱郎相恋,但遭父母反对,为成全爱人而独自出逃的悲情故事。再如许毓华的《一声去也》,讲述"侬"(罗兰)的悲惨遭际与婚恋悲剧等。其他如影瑰女士的《闺中惨史》、徐赋灵的《德国诗集》、易玉俞的《髫龄梦影》、江级兰的《哀婢歌》⑤、高剑华的《裸体美人语》⑥、罗绣娟的《中秋玩月记》、陈守黎的《不良之妇》、吴忏情的《余负余妻》⑦、蒋曾淑温的《蕙儿立志记》⑧等。总之,近代女性小说中第一人称限知叙事的大量运用,较好地展现了女性叙事者、隐含作者,甚至是作者的所思、所想、所感,突显了女性的生命意识,更易为读者所接受,这也为"五四"女性小说的发生,以及"五四"女性文学第一人称限知叙事的运用奠定了基础。

---

① 任淑云:《沉珠》,《眉语》第1卷第9号,1915年8月。

② 定生慧室:《孽缘》,《娱闲录》第7至9册,1914年10月下、11月上、11月16日。

③ 忏情女士:《嫁》,《新申报》第177号,1917年5月23日。

④ 岭南黄翠凝女士:《离雏记》,《小说画报》第7号,1917年7月。

⑤ 江级兰女士:《哀婢歌》,《滑稽时报》第144至147期,1911年7月21日至7月24日。

⑥ 高剑华:《裸体美人语》,《眉语》第1卷第4号,1915年2月14日。

⑦ 忏情:《余负余妻》,《新申报》第169号,1917年5月15日。

⑧ 蒋曾淑温:《蕙儿立志记》,《妇女杂志》第4卷第9号,1918年9月。

第三,女性自叙传小说及散文化小说的出现。这一时期部分女性小说作者开始创作出带有强烈自叙传色彩的小说文本,书写传统社会所禁忌的女性私人生活,其中典型代表是易玉俞的《髫龄梦影》。作者在文前作有《自序》,说明写作的动机:

人之生也,虽享寿百年,其光景之过眼,若雷霆之惊相激也,若风之飘而旋也,转瞬即逝,莫可追索。然回忆儿时之耳所闻,目所见,身所历,其间悲欢苦乐,莫不印迹于脑中。偶一触及,虽隔数十年之久,犹若当时之真相,事过情留,时移物换,抚今追昔,能不有感于心哉?自顾此身,将由壮而老矣,一旦悠然物化,则凡所印迹于脑者,亦随之而没矣。故举当日所闻所见所历,有可述者,一一笔之于此,无藻饰,无虚妄,随心所记,随笔所录,名之曰《髫龄梦影》。文字虽无可观,然当时社会之理想,教育之状况,余父余母之言行,余家之悲欢离合,或关于历史,或关于政治,或切于修身行己之道,以贡诸吾女界,或亦不无小补焉。

诚如《自序》所言,作者在小说中记述了自幼年起受教育的状况,以及家庭的悲欢离合等,其中既有童年时的家庭欢愉、对诗词的渴求与热爱,同时亦有缠足以及“女子无才便是德”的痛苦与无奈记忆,因此,作者的这段经历所折射出的“就不仅仅是她个人的沉痛,而是中国女性求索知识乃至求索自我的艰难与酸涩,而她这种将自己的求学生涯、生命历程以自叙的方式外祖于世,显然就带有着一种治疗的心理意味——而这恐怕也是近代女性自叙写作的一个根本原因吧”①。再如徐赋灵女士的《德国诗集》,由“我”(婉姑)自述丈夫有了外遇后的内心感受。再如沦落女子的

① 杜若松:《前五四时期女性期刊中的女性自叙体叙事创作》,《海南大学学报(人文社会科学版)》2014 年第 4 期。

《侬之影史》自述"其生平沦落不偶之实事"①,罗绣娟的《中秋玩月记》讲述了"予"在中秋之夜偕予姊外出畅游而有所感悟之事等。此外,还有一类女性小说,虽然采用的是第三人称全知叙事,小说主人公的名姓亦非作者本人,但据考证,主人公的身世及其遭际就是作者所经历,这亦可看作是女性自叙传小说,如吴忏情的小说《小玉去矣》,讲述了主人公金韵梅为"媒妁之言"所误,却无力改变命运的悲剧故事。据吴忏情所作《埋愁室丛话》,小说主人公金韵梅所历遇人不淑、婚姻不幸,皆是作者吴忏情的切身之痛。此外,丫鬟小玉也确有其人,且曾对吴忏情说过:"以小姐之才,何处不可自活?恋恋于此牢狱,何为者?"②并离家而去。总之,这类自叙传体式的女性小说文本将女性"自我"进一步突显,小说的内倾性特征更加明显,自我的剖析与表达不断被强化,于是在这一脉络的延展中就有了后来丁玲的《莎菲女士的日记》、萧红的《呼兰河传》、苏雪林的《棘心》等小说文本。

此外,女性小说借助于第一人称叙事,以及自叙传小说体式,小说文本亦呈现出较为浓郁的散文化风格,这区别于中国古代小说以故事性、情节性见长的叙事特征。如徐赋灵的《德国诗集》,开篇即具浓郁的散文化风格:

我丈夫是德国文学科出身的学生。他在德国诗人之中,最爱莱奈乌氏的诗。这一种皮面金边的小形诗集,常在他书桌之上。这位先生的诗,读了如见暮春落花,如闻少女夭逝。我丈夫时常讲给我听。这悲怆的诗味,最足令人感心。不想我有生以来的境遇,恰与莱奈乌氏的诗一般,世上再没有像我这般不幸

---

① 《言情小说〈侬之影史〉广告》,《礼拜六》第114期,1921年6月18日。

② 吴门吴忏情辑:《埋愁室丛话》,上海商务印书馆1922年版,第38、39页。

的了。

女性小说中这种散文化风格的形成，除了上文提到的使用第一人称叙事，以及自叙传的小说体式等因素外，还会借助于减少小说的"动力性情节"，增加"静止性情节"，这主要表现为：其一，强化心理描写，如《德国诗集》中"我"得知丈夫有了外遇，并跟随丈夫一同探视可怜将死的情人珠儿时，内心的矛盾与焦灼被书写得淋漓尽致：

丈夫虽向我忏悔，向我谢罪，我听了这一番话，心中究竟舒服不舒服，我丈夫竟忘了家中有妻有女咧！想到这种地方，确是心中生一种说不出的难过。再想他是个大文学家，无论遇见的是怎样的美人，是怎样的薄命女子，他竟把心移到一个乡间旅店中的一个女子身上去，未免太觉浅陋了。我胸中不禁热如烈火，又想到那少女在春雨连绵之日，离乡背井，连安慰他的人也没有一个，我又悲伤不堪。

其二，风景书写的掺入，如吕韵清的《花镜》①开篇：

球场驰道之西，有美邻里焉。绿槐夹道，杂以梧桐，画阁连云，铁阑油碧，栏倚桐槐之阴，凭而俯瞰，新辟之马路也。每值金乌西坠，晚风徐来，车水马龙，甚嚣尘上，鞭丝帽影，顾盼自豪，而楼中人新妆甫竟，亦凭栏游目焉。实则是间风景，厥维破晓时最佳，盖面临广场，老树丛生，有类画图。黄杨紫荆之篱，高仅及肩，沿道环拱，大类矮墙，其中细草如茵，一碧无际。远瞻近瞩，但见楼台高下，悉为红砖砌成，晓日烛之，耀为奇彩，赤城之霞，绚烂亦无以过此，而蝉声沙沙，唤晓雾而开，旦气清新，尤足以驱除热恼。独惜瞢腾一枕，人皆睡梦方酣，使美景良辰，等闲弃掷，为可惜耳。

综观近代女性小说，这类散文化风格的小说在数量上虽不占优

① 韵清女士：《花镜》，《小说大观》第4集，1915年12月30日。

势,但预示着全新艺术因子的变革动向,小说所着力的已不是故事情节的波折离合,而是侧重书写"我"的思想、情感及心理变化,因此,它的出现为"五四"女性自传体小说的发生奠定了基础。

第四,女性小说语言雅致凝练,并开始尝试白话写作。前文提及,近代女性小说作者大都出身于书香门第,自幼接受过良好的家庭教育,以传统诗文见长,具有较高的文学素养。近代女性小说同这一时期鸳鸯蝴蝶派作家的创作近似,女性作者大都使用浅近雅致的文言进行写作。这种文言体,一方面隶属于通俗文学的范畴,满足了近代日益扩大的市民阶层的阅读需求,同时也为"五四"新文学的登场培养了潜在的读者及现代式的阅读习惯;另一方面,古朴雅致的语风,对于状物、抒情,以及营造小说的情绪氛围等,是传统白话小说所不逮的,如高剑华的《裸体美人语》,其开篇的环境描写:

晓风杨柳,擎露荷蕖,东眺天末,蔚蓝一色,云水缥渺中,碧岑一抹,如鸳枕上斜亸一缕香鬟,而淡月一弯,绮霞满空,倒映波际,天地如锦绣。绿漪一泓,莹洁若镜,小艇一叶,容与若孤鸥,桨微动,则水光零落如碎锦。藕花香里,芳草堤边,侬乃披雾縠,携纨扇,倚舷翘首,目断长虹,薰风习习,吹动鬟鸦,丝丝披肩头。仙乎仙乎!杨柳晓风残月岸,依恍如置身画里矣!

在这种古雅的语风之外,部分近代女性小说作者开始尝试白话写作,尤其体现在中短篇小说的创作中,如朱敏娴的《女博士》,黄璧魂的《沉珠》①,徐赋灵的《德国诗集》《桃花人面》②,黄翠凝的《离雏记》,刘韵琴的《大公子》《痴人梦》,曾兰的《铁血宰相俾

---

① 番禺黄璧魂女士:《沉珠》,《小说画报》第17号,1918年10月1日。

② 徐赋灵女士:《桃花人面》,《小说画报》第13号,1918年6月。

士麦夫人传》[①]、《孽缘》，吕韵清的《债台物语》，若芸女士《霜猿啼夜录》[②]，项佩兰的《渔家泪》[③]，傅炼卿的《姻缘误》[④]等，长篇小说如王妙如的《女狱花》、邵振华的《侠义佳人》等，皆是如此。虽然这些白话语体的小说在数量上未占优势，但顺应了自晚清以来白话文运动的潮流，且在一定程度上构成了“五四”白话文运动的前奏，成为近代女性小说创作中典型的现代性因子。近代女性小说作者所使用的白话语体并非“五四”式的欧化白话，它脱胎于传统小说的白话语体，因此，可以视为源自本土文化土壤而产生的一种现代性。此外，这种白话语体的使用，并不仅仅是一种文学形式的变革，它能够更好地传达由传统向现代转型的现代人的思想与情感。中国小说的现代转型是一种内倾性的转向，处于这一场域的近代女性小说自不待言，而白话语体的运用，更有利于表达作者、隐含作者及叙事者的主体思想与情感，如徐赋灵的《德国诗集》是一篇凸显女性意识与女性主体地位的佳作，小说对于叙事者等主体思想与情感的表达，不仅仅得益于第一人称限知叙事，还依托白话文这种灵活自由的表达形式。主人公婉姑在向读者讲述故事的同时，时时直抒胸臆，表达思想，如丈夫的情人珠儿临死前向自己忏悔，婉姑心生怜悯：

他说到这一句话，我暗想为什么如此心地柔顺的少女，不能不死呢？我不免哭起来，就是上过学校有些学问的人，恐怕要这样心地柔顺的女子，也不可多得。讲到教育，他不过在乡间小学

---

① 曾兰：《铁血宰相俾士麦夫人传》，《娱闲录》第2、3期，1914年8月。

② 若芸女士：《霜猿啼夜录》，《妇女杂志》第3卷第11、12号，1917年11月5日、12月5日。

③ 项佩兰女士：《渔家泪》，《新申报》第629至634号，1918年8月26日至8月31日。

④ 炼卿：《姻缘误》，《眉语》第1卷第13号，1915年11月7日。

略念过几年书,生长在不知世事的山中,遇着恶境遇,也不感化,如此清洁,真是天女下凡。上帝见他留在这污秽苦楚的世上,未免可怜,所以将他收回去了。我既经晓得他是如此一个柔顺的女子,我就要比我丈夫先一着去救护这不幸的人。不料刚才相见,他已垂死,叫我怎么不哭?

再如曾兰的《孽缘》,开篇便是作者对女性命运的概叹:

红尘滚滚,白日匆匆,我们这些人,生在宇宙间,就和那一点微尘落在细草上面一般。若是遇着轻风一吹,急雨一打,顷刻间便消归乌有了。能够活到一百岁的,止怕一千人内寻不出一个人来。即使活到一百岁,这一百岁内,从小儿到年老的时候,已几乎占去了一半,夜间睡觉和日间销耗的光阴,又几乎占去一半,又还有病痛哀苦,亡失忧惧,许多烦恼又几乎要占去一半。人生一世,能够欢天喜地,无忧无虑,逍遥快活的时候,实在是狠少。但是这样说法,不过是概论人生世上,欢乐的时候比较愁苦的时候,总要少些便了。若是分开论起来,却又要算我们声明文物礼乐之邦的女子,更是愁云惨雾,笼罩过一生哩!因为我们中国,自古传来,亲权无限,结婚一事,虽是女子终身所系,也止得随着父母的爱憎独断独行,不但不须女子本人许诺,并不许女子稍得预闻末议。所以中国女子结婚,能得志同道合,夫倡妇随,也止算是侥幸的天作之合。得不良的恶果,使女子受尽无穷的悲楚,抱着满腹的幽情,终身忧郁,没得一刻欢娱的时候,就更仆难数了。

综上所述,中国近代女性小说的大量涌现及女性小说作者群体的生成,具有重要的文学史意义。整体来看,中国近代女性小说虽不乏《侠义佳人》《德国诗集》等可以入史的佳作,但明显地带有过渡时期的特征,内容新旧杂陈,在艺术方面亦存在不完善之处,较之于“五四”及后世的现当代女性小说创作,更是难以企及。然而它们的存在为中国文学、中国女性文学的现代转型,以及中国文学本土现代性的转化与开掘做出了重要贡献,它们是不应被历史所遗忘的。诚如郭延礼先生所言:“第一,它打破了中国文学史上无女性小说的纪录,开创了女性参与小说书写的新时代。第二,它为‘五四’新文学女性小说家群的出现提供了文体样板,奠定了文学基础。这便是为什么‘五四’刚过便有这么多的女性小说家脱颖而出,出现了像冰心、庐隐、白采、白薇、冯沅君、凌淑华这样一批优秀小说家。现在看来,答案已经十分清楚:正是20世纪初(1900—1919)第一代女性小说家的创作实践,为‘五四’时期的女性作家成功地登上小说文坛竖起了阶梯。”①

四

《中国近代女性文学大系·小说卷》的编选对象限于中国近代女性小说,即1840年至1919年由女性作者创作的小说,其中有几种情况需作特别说明:

第一,“以译代作”现象。近代女性小说作者的学习经历与文化背景,使她们较多地接触到西方文化,她们阅读过一定数量的西方文学原著,因此在进行文学创作时,在文化背景、作品情节、人物形象等方面有明显的模拟、借用和移植,但又不注明来源的作者和作品的名字。这种文学现象,郭延礼先生将其称为“以译代作”②,这类似于西方翻译界所言之“隐性翻译”。“以译代作”现象在近代女性小说中较为常见,如黄静英的《钓丝姻缘》、高剑华的《刘郎胜阮郎》、马嗣梅的《绣鞋儿刚半折》、姚淑孟的《郎软

---

① 郭延礼:《20世纪初中国女性文学四大作家群体考论》,《文史哲》2009年第4期。

② 郭延礼:《女性小说书写中的“以译代作”——兼论中西文化交流早期的一个倾向性问题》,《文史哲》2014年第3期。

盗钦》、孙青未的《侬之心》、查孟词的《宝石鸳鸯》、高君珊的《母心》、陈守黎的《不可思议之侦探》等。近代女性小说中的"以译代作"现象,"既是女性作家通过阅读源语文本汲取外国文学营养的一种特殊的学习手段,又是在西方文化/文学冲击下文学自身所发生的变化和创新"①。因此,本卷适当编选"以译代作"类型的女性小说,但如绿筠女士的《金缕衣》,文本虽未标译述信息,但故事明显源于域外童话《皇帝的新装》,因此不纳入中国近代女性小说的范畴。

第二,"男女合著"现象。"男女合著"是近代女性小说创作中的一个典型现象,据统计,共涉及作品 28 篇(部),其形式以女"口述/述/述意"、男"著/笔录/润文/润词/戏绎/戏墨/戏笔/叙/笔记/笔裁",抑或女"初稿/笔述/原著"、男"润文/润词/润校"为主,并且女性作者在合著过程中承担着实质性或者主要的文学功能,如小说《情海鸳鸯》署名"纫兰、天白合著",小说《学海精卫》署名"韫苏原著,桂青润词",小说《他之小史》署名"漱馨女士口述,天虚我生戏绎"等。此类合著主要是基于亲缘、地缘、师谊等关系集结,其中以夫妻关系较为常见,如"纫兰"为商务印书馆编辑天白(庐美意)之妻赵纫兰,"韫苏"为《香艳杂志》编辑凌桂青之妻张韫苏,"漱馨女士"为近代小说家、实业家陈蝶仙之妻朱嫩云等。近代女性小说中"男女合著"现象的涌现,反映出近代女性文人在由传统闺秀向近现代知识分子转型过程中,女性作者社会资源、人际脉络、社会生活的扩展,以及由此折射出文学视野的扩张与文学手法的熟练与成熟,同时也反映了近代女性小说作者浮出历史地表时所借助的男性

---

① 郭延礼:《女性小说书写中的"以译代作"——兼论中西文化交流早期的一个倾向性问题》,《文史哲》2014 年第 3 期。

文化资源。

第三,抄袭与改写现象。近代女性小说创作中亦存在一定数量的改写与抄袭古人作品的现象,如章蕙纫的《妾薄命》①几乎全文抄袭长白浩歌子《萤窗异草》中的《苦节》一文,类似这样的抄袭作品,不应该视为中国近代女性小说,故不在本卷编选范围之内。此外,如借鉴古人小说部分情节或人物形象,但在很大程度上做了改写者,则视为女性原创小说,如翰芬的《孝女复仇记》②,虽参照《清稗类钞·孝友》中《王恩荣为父复仇》一文,但因人物形象与故事情节改动较大,则属原创,应视为中国近代女性小说。

第四,"五四"新文学女性作家的近代小说创作。"五四"时期名震文坛的女性作家如苏雪林、陈衡哲等在这一时期皆有少量的小说问世,如苏雪林的《童养媳》、陈衡哲的《老夫妻》《一日》等,这些作品虽属于近代女性小说创作,但因作者皆是典型的"五四"女作家,故她们的作品不纳入本卷的编选范围。

第五,外国女传教士的小说创作不属于中国近代女性小说,故不纳入本卷的编选范围。

第六,韵文体的戏曲及弹词不在近代女性小说的考察范围内,亦不予编选。

《中国近代女性文学大系·小说卷》的编选原则主要是基于中国近代女性小说在思想性与艺术性方面的佳作。此外,在具体编选考察过程中,还会综合考虑以下几个因素:

第一,每位女性作者的小说创作总量与编选数量之间的均衡。中国近代女性小说作者既有高产者,如幻影女士16篇、刘

---

① 章蕙纫:《妾薄命》,《眉语》第1卷第6号,1915年4月14日。

② 翰芬:《孝女复仇记》,《妇女时报》第12期,1914年1月10日。

韵琴15篇、吕韵清14篇、毛秀英13篇、黄静英9篇等,也有目前仅知1篇作品者,因此在编选过程中,既要遴选出代表女性小说作者较高艺术水准的佳作,亦需客观反映出该作者的创作情况,如幻影女士编选7篇,黄静英编选5篇、吕韵清编选5篇等,其他女性作者各编选1至2篇。

第二,兼及女性小说作者的地域分布。近代女性小说作者的地域分布较广,不少作家甚至还存在频繁的游历与迁徙活动,就其籍贯信息来看,大致分为江浙作家群、上海作家群、四川作家群、广东作家群、京津作家群等,其中以江浙作家群、上海作家群为主,数量占绝对优势,这也间接反映出近代女性小说作家群体的生成与壮大往往与该地域教育、纸媒等资源的发达程度息息相关。本卷在编选过程中,尽可能地客观反映这种地域性分布。

第三,被近代文人辑录或当时征文获奖的女性小说。民初波罗奢馆主人(胡寄尘)曾编《中国女子小说》(1919年),对民初女性著译小说进行辑录,其中涉及4位女性作者原创的7种短篇小说,后胡寄尘选编《小说名画大观》(1916年),收录民初中短篇小说270种,其中涉及女性小说,如雪平女士的《贞义记》,梁令娴女士的《巴黎警察署之贵客》,冷血、绿衣女士的《美国之第一纪念日》,秀英女士的《寻夫记》,冷血、绿衣女士的《乔装之半夜》,静英女士的《割臂盟》,幻影女士的《不堪回首》等短篇9种,以及查孟词女士的《宝石鸳鸯》,冷血、绿衣女士的《牢狱世界》等中篇2种。此外,诸如忆琴女史述、韵清女史著《我之新年》曾获《申报》悬赏征文第三名等。以上诸种皆在很大程度上反映了时人对女性小说佳作的肯定,因此将其作为本卷编选的重要参考。

第四,中短篇小说未竟者。近代女性小说在报刊连载过程中,因报刊主编的整体规划或版面等原因,亦存在一定数量的未竟之作,如咏霞女士的《埋愁冢》,仅在《女子世界》连载两期便无下文,尽管作者汪咏霞(号鹣影楼主)生平可考,且有存世照片多帧,但基于小说情节的完整性考虑,则不予编选。

《中国近代女性文学大系·小说卷》上卷由鲁毅负责编选、校对;下卷由薛海燕负责编选校对,《导言》由鲁毅撰写。我们希望《中国近代女性文学大系·小说卷》的编选工作能为当前中国近代女性小说研究以及中国女性文学研究提供较为翔实的资料。如前文所言,由于受当前史料发掘水平及视域所限,仍有相当数量的近代女性小说有待发现,诸多女性小说作者身份有待考证,我们相信这将是一个巨大的文学宝库,我们也期待有更多的学界同仁与爱好者为本卷的编选工作提出宝贵的批评意见与史料补充。

编选说明

一、本卷为选本。选取1840年至1919年由女性作者撰写的小说作品。

二、入选作家均有小传,以对其作客观简要介绍。

三、入选的长篇小说均撰有“故事梗概”,对小说情节、收录情况等作简要概述。

四、本卷共编选短篇小说86篇,中篇小说10篇,长篇小说10部,收录女性小说作者73位。作者及篇目排序细则如下:

1. 作者生年信息较为明确者,按照作者生年先后排序;作者生年相同者,按照入选作品发表时间先后排序。

2. 作者生年不详者,按照入选作品发表时间先后排序。如作品发表时间相同,且发表于同一刊物,则按照发表时篇目的先后排序;如作品发表时间相同,但发表于不同刊物,则发表时间详细者列前。

短篇小说

徐畹兰

徐畹兰(1867—1916)，字曼仙，一字梦漪，号鬘华室主、曼仙女史，浙江德清人。父徐本璇，安徽太平府同知。母张氏，字绿琴，毗陵(今江苏常州)人。弟徐思瀛，南社社员。夫赵世昌，吴兴(今属浙江湖州)人，早逝。子赵苕狂，为鸳鸯蝴蝶派作家。徐畹兰与秋瑾交好。曾在上海“天足会”下属女校任教，参与发起成立女子实业会，与俞佳钿等人创办女子兴业公司。徐畹兰工诗画，谙西文，与其子赵苕狂均担任《香艳杂志》编辑。徐畹兰编著有《鬘华室诗选》《鬘华室诗话》《红楼叶戏谱》《香艳书札》等，著有小说《误误》《周莲芬》等，翻译小说《情天逸史》。

周莲芬①

皖之黄山，在徽州歙县西北，三十六峰，高可插云，松则偃仰虬曲，奇诡不可名状，抚松观云，几疑飘飘登仙也。山下有富室周拱辰者，田万顷，屋百椽，牛成群，羊作队，席祖父荫，安坐作富家翁，然性躁急，目又不识丁。妻为儒家女，姓李字淑娟，美而才，见夫鄙而不文，旦夕时占脱辐，郁郁殊少欢。结缡十载尚不孕，乃祷

① 原署“徐畹兰女士”。

于黄山慈云寺，归梦大士手持莲花一枝授之，后有娠，生一女，貌端好，体作莲花香，乃名之曰“莲芬”。父则以非男，不珍惜。逾年有绳妓来自鲁省，色颇艳，名赛燕娘，贡技于村中。周观而惑之，费二千金纳为妾，宠专房。燕工媚性妒，不容周一入妻室，周亦谨从命。淑娟空闺独处，时有泪痕，性又柔懦，母家又无人，苦竟无门诉。幸莲芬已五龄，颇聪颖，乃教之读。性慧甚，七八龄已能摇笔为文章，母喜曰：“吾有此女学士，后必蜚声闺阁，不让古之谢道蕴、曹大家矣。”一日母女散步园中，时正秋日，金粟灿灿，香甚烈，墙阴秋海棠数丛吐娇红。莲芬时已十龄矣，绾双髻，眉目如画。见秋光如锦，喜而吟诗。一幅花笺，字迹整秀，母叹曰：“使儿为男子，他日必木天粉署中人，奈何为女子耶！”正言间，拱辰从亭外来。女起迎父，笑呈诗，告父儿适得小词。父见女，亦即入亭坐，与妻略作笑语。时赛燕娘适踵至，见之隐恚焉。

蛇口蜂针，其毒靡甚，然犹逊妇人之毒心也。数日后，周忽有小恙，燕则于无人时，掩泣于其侧。周怪问何故，燕曰：“侬言汝必不信，言何益？”周固诘，乃曰：“昨见娘子焚香祷天，窃听之，乃诅咒君早亡，好遣妾他去，让彼母女安居也。”周闻之大怒，乃幽妻于一室，不许予饮食。女泣涕哀求，父不许，并斥女。夜午女破窗入，送饼饵与母。次日俟父怒稍解，复长跪父前泣求，谓：“不放母出，儿宁死。”父意少回，乃释妻出。李怨愤填膺，久已得肝厥疾，誓不饵药，半载乃逝。女不敢过悲，然每夜枕函湿透矣。

李既逝，燕乃大喜，居然升正室。父使女呼之为母，稍拂意，非毒詈，即痛挞。父虽心不忍，然积威之下难左袒。未几以纵酒得咯血疾，病年余势危笃。惟一庶弟名吉如，人尚干练，年已二十余，尚未授室。临终含泪属之，言：“如兄故后，家资析为三，一与弟，一与燕，一与女，并令择一佳婿入赘嗣余后。”弟敬诺。周气逆痰忽上，遂撒手逝。女时已十四矣，哀毁尽礼，泣不成声。

燕则扬扬如平时,少哭即止。旬日后仍妆饰,且时有笑容。盖燕与吉如意相投,二人常中夜共饮,笑言甚欢。女见之,泪潸潸下。燕怒挞以掌,以羊六头,使女牧于野,或使与仆媪共操作。每食不令饱,数月以来,女黄瘦类秋菊。遇叔或泣告,其叔即作怒容曰:"汝母欲汝知妇女持家术,如昔之挽鹿车、提瓮汲,非贤妇人之事耶?汝欲娇惰不操作,则他日恐无人欲娶汝矣!"女泣曰:"叔忘父临危托孤分产之遗属乎?今儿非惮操作,实不胜继母之朝挞暮詈耳。"叔则大怒曰:"家产本我应共分,今汝父无子,全属我,何云分产耶?至托孤,汝不孝,违母命,即讼之官,又将奈何?"言毕悻悻去。

泪眼光阴,其味荼苦,女含痛服劳,倏已二年余。年已二八,容光焕发,如带雨梨花,其美无艺。未几燕之堂弟金品来,与吉如亦投契,三人朋比为奸,女受其虐更甚。然金则涎其美,一夕与姊密语,欲污之。适女因赴客室取物,至窗下过,闻之大惧曰:"此间安可一刻留?"遂拔关出,至邻家黄丽娘处,告其故。丽娘素与女善,乃至周家,告以侬请小姑描花样,今夜不回家矣。至次晨,女驱羊牧于野,乃放羊啮草。已乃攀跻登黄山,行半日至峰腰,觉云气已滃然从头上过,怪石奇松,苍翠斑驳欲亘路,临一峭壁,石滑仄,草纷披,偶一失足,竟坠谷里。幸松针积年堆如茵,无少伤损。谷旁一石洞方丈许,有小涧,泉清冽,沿涧有花丛生色如荔。女惊骇欲寻出路,觉峭壁高数倍,无路可上,乃绝念居洞中。饥试食芝草,味甘酸,可耐饥;餐一花,可十日不思食;渴则饮涧泉。久之身轻如叶,一跃能上峭壁,游行山内,身不畏冷热,几疑为毛女后身矣。

一夕明月当空,碧天如洗,松花纷落轻如霰,女独坐石上,触动哀思,不禁纵声一哭。忽背后一垂髫女子,拍其肩唤曰:"子何伤心如是耶?"女月下视其容美若天人,手携一筠篮,篮中贮花十余枝。心讶此山中素未见此丽人，且宵深从何来，非仙即鬼，即亦不惧，乃曰："余为山下薄命女周莲芬也，君是否仙耶？请详语我。"曰："子知王母侍者郭密香乎？即侬是也，今适从上元夫人处来。"女闻之惊喜下拜曰："薄命女得觏仙人，真万幸事。"郭曰："子之伤心历史，曷告我颠末？"女含泪详告，并乞收作侍儿。郭曰："上元夫人心慈，予当送汝隶其帡幪，缘汝身已有仙骨，必餐芝所致，度夫人当不却也。"乃率女行。踏山花山草，迤逦约行数百武，森林中有白石高阶堤现，郭拾级而登，女从之。天风拂衣，白云飘袖，渐上渐高，级尽忽睹琼楼玉宇，伟丽非常。中有霓裳月佩，花冠舞袖者十余人，皆花月其姿，或坐或立。郭告女此皆夫人执事人，汝当敬慎谒之。女一一问讯膜拜。一衣绿衣者笑曰："郭姊何处携此尘世人来？然此女骨秀神清，必有夙慧者。"郭代女向众陈其苦况，诸美人皆为之悲叹。无何夫人出，郭令女伏谒阶下。夫人衣妆素雅，容华清丽，询女事颇怜之，乃命绿衣者曰："采蘋，汝可偕此女去，晨起采药，午后扫花，令彼同司此事可耳。"绿衣人唯唯，郭亦辞返。女随后送郭殊恋恋，郭赠以换骨丹一枚。女吞之，觉凡胎顿脱，轻快如仙。后知绿衣者，唐之梅妃也，司采药扫花之职，女遂与梅同室居，梅爱之如妹。一日采药深山，忽逢一妇玄衣练裳，手弄双剑，如宜僚之弄丸，寒光夭矫，盘空际如匹练。女询之知为聂隐娘，见空山旷邃，偶出剑舞弄，女乃谆谆恳其相授。隐亦喜女，遂悉心授之，并以剑诀一册与之，曰："余与汝有缘，故相授。予夫有弟子亦孝子，不得于后母心者，后母陷之井中几死，幸予夫援之，携入深山授剑术。彼与汝有姻缘之分，故汝日后仇人授首时，彼来汝可与之偕隐也。"

一日上元夫人诏女，令入尘世游，曰："汝之仇不久当雪，且有佳遇。"女无意入尘中，惟念己恨未泄，又夫人促之，乃别而行。梅与女情谊颇深，独送下山，道珍重而别，女追念前尘，不禁泪下。

憩于路隅,适徽州府太守田公,迎母奉养,道出黄山,见一女子道装美绝,坐石上垂泪,旁则修竹丛丛,几疑龙女临凡。太夫人心慈,召而询之,女诡言茕茕无依,投亲不遇,故泣耳。太夫人怜之,携归署中,太守娇女名淑兰者,美而多才,见女大喜,爱之如妹。一日同游仙姥阁归,遇一女泣于路。女视之黄丽娘也,相见惊喜,始知黄之父母均故,孑然无依。淑兰乃命之同返,俾司闺中针黹。女私询自家事,知燕通于庶叔,其弟品则喜博,三人纵博,尽罄其产。当女遁入山时,犹诬女私奔也,且其弟往来者皆诡异之人,近则此三人已绝迹村中,不知去向矣。

韶华逝水,屈指春残,淑兰已有婚期。新郎盖鲁省方伯子,太守乃派仆媪送女入鲁,夫人同往,然奁赠丰美,赴鲁又多行山径,绿林豪客,其数如鲫,女乃自请为卫。太守亦知女有双剑,暇常舞于后园,剑术颇精,乃大喜。女仍作道装,跨花骓马随行。一日行一山下,林深箐密,行人迹稀,忽胡哨一声,群盗猬集,女急抽剑出匣,寒光夭矫如龙,盘绕空中,瞥下则为首者已仆四人。盖剑捷如飞,余人大骇急遁,女亦不欲多杀,乃收剑。惟一盗戴假面具,惊踣于地。女下骑以剑尖挑去面具,不禁骇然,其人非他,乃燕也,已如半死,盖晕耳。女叱其醒,燕战栗求生。女怒询何故至是,燕乃泣诉,始知品之博友,半绿林中人,燕既倾其产,乃入盗伙。其死者四人中,一则女之庶叔,一则品也,均以颜色染面,故不识庐山面目。女闻言痛恨切齿,立诛燕首,自念父母性命血产,悉败此妇之手,今大仇已雪,而已孑然一身,不禁泪下如雨。

间关跋涉,已抵鲁中,女不欲履此软红,乃辞夫人与淑兰入山去。兰再四挽留,女不可。泣别时,女赠兰金环一,言如有不虞,掷之当有效,又告以己之历史,乞夫人回署,为父觅族人为继其后。夫人诺,女乃翩然去。方入太行山时,忽一少年背剑策卫来迎,持一书示女,乃聂简也。言与此少年,有姻缘之分,二人遂共隐于山中。后兰家邻有火警，红光烛天不可遏，忽忆女言，急掷环，环化为金城，围兰家，火不能入。及火熄，焚十余家，而兰家独无恙，环仍小如昔。夫人归皖告太守，饬人查周氏产，惟余住屋未售，乃为择族人继其后，并封植其父母墓，每清明寒食前一日，墓上必有鲜花香烬，人皆不识从何来，盖女与其夫夜中至此耳。

——《香艳杂志》(1915)第十一期

吕逸

吕逸(1870年前后—1937年后),字韵清,别署逸初、筠青、韵清女史、友芳旧主,小说多署名“韵清女史”,石门(今属浙江桐乡)人。明末清初思想家吕留良的后人。夫王艺,余杭(今浙江杭州)人。吕逸与徐自华、秋瑾为密友。曾任石门文明女塾教员。擅画,参与编辑《七襄》杂志。著有《倚修竹轩诗草》(稿本)、小说《狸奴感遇》《白罗衫》《花镜》《石姻缘》《返生香》等十余篇。

白罗衫①

悔侬曰:“吾见绣品多矣,未有若钵罗庵发绣三佛之精者。绣为白缎地,各长尺许,阔约八寸, ·佛努日跨狮,一眉长拂膝,趺伽于蕉叶之上,一则含笑托钵,举手向天。绣固精工,画亦名手,尝论发绣之难,难于线绣百倍,盖线松而软,稍有疏密,犹可假借,至于发则坚强而不服指使,稍密则堆,稍疏则露,偶一粗心,易为全璧之玷。而此绣细意熨帖,绝无针脚可寻,非静女细心,乌克臻此。至问绣者何人?则一段伤心之史,闻之令人堕泪。嗟乎!蹈杀机为乐土,认罗刹作姮娥,粉腻脂香,方订同盟于绣枕,青磷黑狱,遽挥七尺于弹丸,于以叹欲海之易溺,陷阱之可畏矣。”

---

① 原文标“短篇”,原署“韵清女史”。

钵罗庵在吾省城南，距车站二里许，门对城河支港，蘋蓼丛生，疏柳垂堤，一望无际。庵外一古桧，殆已数十年矣，枝秃中空，欹斜欲仆。予游其处，辄作异想曰："吾再来树必倾倒，人经其间，危乎殆哉！"然旧地重经，迄今数次，槎丫之态依然，良以植根深固，风霜虽厉，殊无术以倾之。彼惨绿少年，红颜幼妇，则已骨化魂销，埋冤九地，亦以害已形者易避，祸暗伏者难防耳。入庵门数武，升阶即为大殿，供如来佛，左右为经室为餐堂，殿后为园，平屋五间，翼以四厢，主僧丈室在焉。沿廊悉种优钵罗花，杂以玉簪栀子花，时芳香似雪，如游檐卜林中。庵名钵罗，殆以此欤。

住持了公，年八十余，须眉皓白，体度尊严，望之辄生敬畏，工诗文，喜作枯笔画，兴趣所至，欣然命笔，非其人千金勿易也。有知其历史者曰："公为前清观察，曾预甲午之役，海军覆没，投海遇援，遂削发为僧，主是庵七八年矣。"予题其《小瀛洲图》，有"横海楼船空饵敌，对山亭馆且忘忧"之句。公吟哦间，颇呈愤慨之色，传者之言，有由来矣。

甲寅正月，了公有天童之游。予往送其行，乃出绣佛示予。讯其绣者何人，得自何处。公叹曰："女士弗问，吾亦当言，第是人所遇，至惨极酷，老僧槁木死灰，述之心犹滋痛，矧热肠似女士者乎？"言已入别室弗出，令侍者以裹物贻予，曰："女士欲知者，第索是中即得，师将行不及面陈也。"

予归，天色垂暮，晚膳已，篝灯入室，折其裹而视之，仅一白素罗长衫而已，此外绝无所得。异哉了公！乃以哑谜示我耶？

予慨爽人也，冥索穷搜，殊以为苦，欲置诸弗顾，则味侍者之言，必有事实存焉，乃复剔灯使亮，翻两袖而细察之。忽见袖底贴边，针脚粗疏，似折而重纫者，取剪折之，有字纸衬于其中，纸非一式，长短参差，淡墨模糊，潦草似成于急就，于是展熨于案，连缀其文义，而并接之，则一狱囚寄妻之绝笔也：

贞婾吾妻览:吾以附乱故被捕入狱矣。凡知吾者,必疑人所诬陷,然证据确实,百口莫辨,吾惟待死期之至而已。嗟呼吾妻!一载双栖,终身永诀,安可无一言以鸣吾冤耶?

吾事毕行归,醉后不检,惑于魔女,彼魔者谁?即与卿引为笑谈之柳蘋是已。彼之饵吾,实以报宿憾,利多金也,孽由自作,夫复何言?

伤哉吾妻!岳父之言验矣。卿不悟,绣佛以祷之,眼波几涸,云鬓半髡,夫夫也宜如何束身圭璧,以酬爱我之情,而乃一念风狂,负卿适以自杀,此天罚非我佛无灵也。

吾死卿勿过哀,以重吾罪。薄田老屋,差足自活,请善事泰山,藉代吾责。罗衫为卿嘱购,吾手泽犹存,至乞善藏,以为记念。此间防闲严,无可作信,幸阿慈念先母恩,轮彼替守,潜给笔札。事之始末,亦已托彼转陈,愿卿闻而怒曰:"薄情郎能拒于前,卒被惑于后,其死固宜!"卿能是,吾目瞑矣。

刑期不远,倘收吾骨,勿葬祖茔①,吾无面目见祖若宗耳,千万千万。

夫撷泣书

疑团既破,胸膈爽然,惟事有端倪,而名姓无从究诘,会当向庵中人一探之耳。

夜阑灯灺,一枕瞢腾,比醒红日满窗,黄粱②早熟,而旧佣宋妪馈芋至矣。妪曰:"婿病田忙,不入城市,迄今半载,是芋新掘于园,风味亦殊不恶。"予笑谢之,与之坐,询近况焉。妪叹曰:"乱离之世,厥苦先及小民。吾婿向役火车,去夏海上乱起,车至沪站,巨炮忽来,几罹其难,比逃归行李尽失,厥状若疯。月余疾起,不

① "茔",原文作"莹",据文义改。
② "粱",原文作"梁",据文义改。

敢复往，幸其舅为钵罗庵香工，荐往司炊，工资虽微，然较火车安也。”言次见罗衫堆案，似有所触，喟曰：“天时正寒，需此服何为？殆欲染制耶？”嗟乎！吾见是衣，顿忆伤心之妇，心犹悸也。予闻其语，觉与斯事有关，亟询之曰：“汝婿即阿慈耶？”曰：“否，婿名善生，阿慈与婿，昔曾同役火车，今为兵士矣。”予曰：“予正欲访阿慈，藉知彼妇消息，媪有所知，趣告予，予固乐闻也。”妪及凄然言曰：“去秋某日，婿方洒扫于殿，忽有肩舆二，止于庵门。一老翁匆匆下，掖舆中人出，则一二十许美妇也，泪睫惨黛，若抱无涯惊痛者，翁与主僧密语移时，拱手者再。僧惊叹而言曰：‘佛门方便，重以尔我交情，无不可者。’婿正进茗，忽有坌息而至者，汗流被面曰：‘至矣至矣。’翁亟出则两人舁尸至，妇见狂号曰：‘吾夫来乎。’搂尸一恸，晕绝于地，翁亦泣，掖妇入室而灌救焉。僧令陈尸于殿，视之则一美少年也，口眼俱开，胸腹洞穿二穴，紫血糢糊，惨不忍睹。未几棺至，而妇亦苏，斯时哭声之哀，殆可以惊天地而泣鬼神，草草殓已，而监守之阿慈，易服亦来，持死者罗衫与翁，欲有所述，才数语，妇夺罗衫去，且嗅且号曰：‘吾夫气息犹存，今何往乎？’慈不能言，退于别室。主僧乃与吾婿共问之，始得其情。死者赵生，盖以伏法枪毙也。越日翁父女扶柩妇，临行出银币谢僧，僧不受，乃以罗衫贻僧曰：‘是物吾不忍见，布施于庵中可也。’熟知翁妇未几，寄书于僧，谓女已投缳，已亦祝发，犹余爱女手工，留之徒增心痛，愿陈佛座为并命鸳鸯，祝来生福耳。”

事后婿归，述及斯事，吾女哭之甚哀，邻人咸笑其痴，吾女则曰：“枪与炮厥名虽异，而为杀人之利器等也。吾夫在沪之危，间不容发，设其死也，则吾之结果与彼美等耳。吾今推己及人，痛定思痛，岂竟痴哉？”又谓吾婿曰：“世事如棋，危机遍伏，吾愿吾夫安分乐贫，不罹法网，虽相携行乞，亦所甘心。嗟乎！吾女言当，小姐以为然乎？”予颔之曰：“汝女贤妇也，予深敬之。”于是留媪共饭,并述阿慈之言酬物而遣归。顾赵生何人?伏法何事?予当顺叙之,盖文法之当变,亦以醒阅者之目也。

赵生名武,号问卿,临江人也。幼年失恃,肄业于省垣中校,其姑方氏之居,距离甚近,星期例假,辄往省焉。方同居有翁者,为晋帮票商,有婢名柳萍,荡而黠,肤色微黑,然善于修饰,娼妓①之流亚也,年与赵相若,爱赵翩翩美少,尝设辞以挑之,赵素温文,耻不与答。嗣为主母所知,恶其荡,乃以二百金,售与县署刑幕尤姓者为妾。入门数月,宠擅专房。时省中女学正兴,柳以愧不知书,嬲尤送之入校,实则涎女生妆饰新奇,藉以招蜂惹蝶耳,尤嘉其志而许之。入校三月,略识之无,而女权平等诸说,辄引为语助。惟尤已中年,劳形案牍,帐中羔酒,未能晨夕追陪,柳憾之,乃席卷金资,与外黄偕遁焉。事发尤愤甚,令人侦获,禀送于县而羁之。时辛亥初秋也,无何革命军起,大纵狱囚,柳脱归,依于同学梅氏,托辞为同盟会员,嫌疑系狱省城地大,其真相鲜有知者。

当联军之攻金陵也,赵生伏剑从戎,为某军书记,柳亦入女子北伐团,鞭丝鬓影,邂逅孝陵。柳虑旧时历史,为赵播扬,兼爱其美,尝招致之。赵畏其势,敬而远之,落花有意,流水无情,柳衔之而无如何也。会共和告成,赵归赘于许氏,许仅一女名贞婾,贤美擅针神之誉,赵之表戚也。论婚之初,许翁以赵虽英俊,然察其相似不得令终,藉他辞却之。顾女爱赵才,誓非赵不适,翁无子,依女为命,不得已而允之。时赵之父已亡,赘于甥馆。婚后,伉俪甚敦,翁亦顾而乐之,第自信相术素神,未免引以为虑,贞婾慰父曰:“命定于天,诚开金石,吾当祷免之,乃设愿佛前,剪顶发以绣应真,祈夫永命。”贞婾爱赵之心,可谓苦矣,孰知三佛初成,情天劫至,伤文禽之并命,魂销寸铁尺组,醒尘梦于余年,影伴青灯古佛。

① “妓”,原文作“猪”,据文义改。

人生至此，亦可哀已。

嗟乎！风雨飘摇，国基乍定，干戈同室，杀运重开。癸丑之夏，沪祸复起，赵生因事来省，适遇柳萍，而昵柳者为赵旧时密友，新充探捕，赵未知也。柳本恨赵寡情，且利多金之赏，以赵之径留未归，事有可疑，转辗设策，邀于别馆，灯红酒绿，烟密阱深，此中情事，有非局外人能深悉者。比及梦醒温柔，柳已翩然逸去，赵方披罗衫起盥，捕者蜂至，拥生入狱矣。阿慈少为赵氏佃人，其母之亡，赵母曾济殓资，而赵生羁系铁窗，阿慈适为禁卒，待赵之诚，所以报葬母之恩也。

韵清曰："吾闻悔侬述此事，不暇为贞媮哀，但为赵生惜，夫以柳萍祸水，既能拒之于初见之时，又能远之于再见之际？而省垣一夕，竟踏陷阱，自丧其身致使绣佛一帧、罗衫一袭传恨史于千古，天下志趣之不坚定者，其结局类如斯也。呜呼！可以鉴矣。"

——《七襄》(1914)第五、六期

债台物语①

爆竹家家，市声浩浩，这不是甲寅年年底吗？那赖仁斋一觉睡醒(你到此刻才睡醒么?)，只听得檐前两只鹊儿，互相絮聒，仿佛说是："掇掇借借，掇掇借借。"骇然道："这又奇了，我常跟人家掇借，他怎么能知道呢?"留心再听，又噪道："弗知弗觉，平常阔绰，过年急杀。"听到这儿，不觉直坐起来，拥被而叹道："尽着借钱，我元太没知觉，但是人情势利，平时场面不阔，谁肯借给我用呢(放债人听着)？而且家里人用惯吃惯，势难再省，顶坏事就是

① 原文标"游戏小说"，原署"韵清女史"。

做帐,平日若用现钱买物,还觉得可惜,该省也就省了,惟其有帐可赊,那就看得如送的一样,日积月累,一到年节,欠得一搭糊涂。一想别样店帐,尚还有限,惟有老婆用的什么绸缎咧,裁缝、洋货、首饰咧,不知共该多少,须得叫醒他问问(我欲把天下所有老婆一齐叫醒他问问)。”想到这儿,便在被窝里,轻轻踢他,叫道:“你醒醒,我要问你哩!”

列位可知赖仁斋是谁?元来就是《红楼梦》里赖大家的后裔,赖大见荣、宁两府奢侈太过,一败涂地,便以勤俭教子,一洗华靡之习,所以贾氏日败,赖氏日富,到仁斋老子手里,虽然不比从前兴盛,也还有二三十万家资,不料仁斋是独子,未免自幼骄纵,读书不成,又无专门职业(世间浪子大都如此)。及至辛亥民军光复,闻得赖氏狠富,那军政府就勒捐兵饷二十万,再四求情,捐了十五万两,仁斋的老子经此一下,家私去其大半,气得老夫妇相继病亡。仁斋不敢再居内地,一家尽行逃到上海,托庇外人宇下(可怜、可笑、可耻、可恨)。他本是没有把握的人,这些酒肉朋友,便闻风群聚,极力拍他马屁,从此便花天酒地,挥金如土起来。倘然他老婆魏氏,有点筋骨,克俭把家,也还可以温饱度日。无如魏氏一来,就染上了上海女界的恶俗,由梳头娘姨阿金的介绍,结识了一班小房子里的姨太太,镇日价戏园、餐馆,玩得不亦乐乎。不及两年,家资挥霍净尽(女子败家,上海之特色)。到第三年,便借债度日,除了红木家具、衣服、首饰而外,一无所有了。

闲言漫表,且说仁斋叫他,他正在做梦(仁斋醒了,他尚在做梦),梦见他嫂子,打扮得花团锦簇而来,笑道:“妹妹,新年近了,我此番来,买了一双钻镯。你瞧,翻光狠好,价还不贵,只有二千光景,倒是这付鸡心珠环难得,要五百多两。我想新岁出去拜年,也好出出风头,你的撇襟珠花,扎好了吗?”魏氏一看,只见钻光侧聚,珠彩横生,直欣羡得五体投地。正想答话,那嫂子忽然不见,见了死去的婆婆,浑身布素(婆婆浑身布素,愈见媳妇奢侈),一时忘却她死了,心里抱怨道:“你穿着这身灰服跑来,简直比我们娘姨还不如,给下人们看见,岂非削我们儿媳的面光(你不晓得你这副打扮给正人君子看见了,却削你公婆丈夫的面光)。”正在胡思乱想,婆婆又忽然不见,见他公公满脸怒色,说道:“你天天打扮了,乱跑乱逛,儿女家务,一概不管,也不想婆婆在日,何等勤俭?那时家私还大,他连新绸衣也不舍得常穿,你们俩竟把祖宗勤苦所积的资产,挥霍净尽,有何面目对人(教子无方,先生亦有罪焉)?但凡男子浪用,妇女不相劝勉,要内助何用呢(要内助来助丈夫败家)?我看这多是你脚跟不定的缘故,须得警戒警戒!”说时擎起手里拐杖,望魏氏脚跟上用力一击。魏氏一痛醒来,才晓得是丈夫踢□,□梦见的钻镯忘了,忽听得床顶老鼠,正在数钱,好像说:“插插珠子,插插珠子。”不免想起了珠环,抱怨仁斋道:“我昨晚麻雀输了,到两点钟方才睡着,你大清早不睡,叫我做什么?”仁斋勉强笑着,把债务说了,意思要问他借些首饰还账。魏氏冷笑道:“过年早哩!欠债又不是我们一家,忧什么(债精口吻)!”一言未了,只听厨房里公鸡提高了嗓子叫着:“哥哥红,哥哥红。”魏氏接口道:“新年里,我要到哥嫂那里拜年,礼服已绣好咧,叫你办的钻戒怎样了?哥哥这样红,我去没有穿戴,岂不吃下人们笑话吗?”仁斋道:“你哥哥在光复时做了两年官,掳到二三十万,我那里能够比他呢?”忽见门帘开处,老妈进来说:“金老班等老爷说话,说三百块钱,老爷应许他二十归还,今天已是二十四哩(欠钱的惯例)!”仁斋呆了不语,外面金姓坐等了许久,不见仁斋出来,只见一只黑猫,向着他叫道:“挨饿,挨饿。”不觉好笑道:“像你们的场面,还说挨饿,谁来信你?”等到十一点钟,心焦得很,连叫老妈,老妈板着脸出来道:“太太说,老爷有事出门,你的钱,等廿八九舅老爷银子汇到,就送过来,现在等也无益,还是请回罢。”

金姓没法，只得走了。

且说赖氏家里，一到三十日晚上，讨账的续续而来，挤满了一客堂（“坐上客常满，尊中酒不空”，可为仁斋咏矣）。仁斋夫妇不知何往，问问老妈，总说外边去了，说毕望里一跑，不理他们。忽有一种异声，由东厢出来，仿佛是：“极绷，极绷，穷穷穷，极绷穷，极绷穷。”众人发话道：“既然真穷，绷什么场面？赊我们东西呢？”不料这话给天井里一个山羊听了，心里狠不舒服，一时白转了眼珠，拖长了声音，叫道：“慢慢，慢慢。”在羊的意思，似乎说我们主人，并没说穷了不还，不过慢慢再还是咧，何必嘲笑我们？那些债户听了，却狠动气，说道：“这真笑话，端午欠到中秋，中秋欠到年底，一直不还，再要慢……到几时才肯还呢？”正要发话，那西屋里又有“赊赊图赖，赊赊图赖”的声音，不觉愈加动怒道：“元来你们赊东西的时候，早存了个图赖不还的心思，怪不得躲着不见了。”一面说，一面向东厢一望，只见当地铺着门板，那包车夫阿三，包了头，背上大弓，手执木棰，正在弹棉，搅得白花飞舞。元来阿三是弹花匠出身，闲着没事，弹他自己的被絮，所以有极绷穷的声音。至于西屋里呢，那是老妈子胡乱捺他们太太的风琴，大家又气又好笑。那雌鸡刚生了蛋，同产妇一样，要想歇歇，被他们一闹，恼得他瞋着众人操苏白问道：“做啥？做啥？做做做做啥？”两只鸭正在踱方步，见雌鸡生气，摇头笑道：“呷呷呷，罢罢罢，覅理他，覅理他。”众人里头有一个讨马车钱的阿憨，听了大怒道：“我们是讨债来的，你们也敢无礼么？”随手抢得一根竹竿就打，鸡鸭大踏步就逃，阿憨就追，众人也跟上去，一直追到厨房里。老妈子听得鸡鸭嘈杂，跑到厨房里一看，适值后门未闩，隔壁豆腐店里的猪罗钻了进来，摇着两只大耳，向阿憨叫道：“拖累，拖累，躲来屋里。”阿憨听了，向众人道：“你们瞧瞧，凡受赖姓豢养的，多替他赖债，倒是隔壁的肥猪，还肯说句公平话儿，晓得我们受他拖累，我们且到别家收账，歇歇再来罢。”于是众债主一哄而散。阿三、老妈吓得一身冷汗，说要这杀胚献计讨好，幸而债主没有听明白，否则众人寻到上房里就糟了。老妈趁此叫阿三管家，说：“我要赶猪到隔壁，向豆腐店老班收利钱哩。”阿三诧异道：“主人这样家资，反而欠债，你只有两块钱一月工钱，倒能够放债吗？”老妈叹道：“主人只用不赚，我却只赚不用，能积一元一月，每年也有十二元好多，可见人生在世，与其富厚浪用，不如勤俭积蓄呢！”（钝根按：此作于去年底投到本报，已停刊，不及采登，兹特补录于此，并为加注，以娱读者，然作者意存劝世，不仅为游戏小说而已也。）

——《申报》(1915年2月17日)第一万五千零九十号副刊《自由谈》

花镜①

球场驰道之西，有美邻里焉。绿槐夹道，杂以梧桐，画阁连云，铁阑油碧，栏倚桐槐之阴，凭而俯瞰，新辟之马路也。每值金乌西坠，晚风徐来，车水马龙，甚嚣尘上，鞭丝帽影，顾盼自豪，而楼中人新妆甫竟，亦凭栏游目焉。实则是间风景，厥维破晓时最佳，盖面临广场，老树丛生，有类画图。黄杨紫荆之篱，高仅及肩，沿道环拱，大类矮墙，其中细草如茵，一碧无际。远瞻近瞩，但见楼台高下，悉为红砖砌成，晓日烛之，耀为奇彩，赤城之霞，绚烂亦无以过此，而蝉声沙沙，唤晓雾而开，且气清新，尤足以驱除热恼。独惜瞢腾一枕，人皆睡梦方酣，使美景良辰，等闲弃掷，为可惜耳。

---

① 原文标“家庭小说”，原署“韵清女士著”。

一日时将亭午,小雨初晴,卖花佣薛妹,道出是间,手筠篮,曼声唤:“白兰! 茉莉!”意在警闺人香梦,促其理妆也。忽闻娇声呼曰:“四宝来耶,花球将来未?”薛妹四顾无人,仿佛声在树间,乃举扇障日,仰首瞩之,见一少妇,徙倚栏角,额发蓬松,乱云未挽,衣粉红点花欧纱,玉肌隐约可睹,胸扣未结,短袖及肘,金钏环臂,其光灿然,默念四宝曾言:“是间有华公馆者,似为富宦,主妇豪迈,买花钱月费不资,得非是人欤? 吾当招徕之,以分四宝之利。”乃高举筠篮笑应之曰:“小姐购花耶? 吾非四宝,然吾花滋鲜,摘自园中,露尤未晞。小姐试购之,必能悦小姐之意也。”言次,楼下之扉忽启,一中年妇持箕出,回身仰面,顾谓妇曰:“奶奶误矣,彼非四宝,花球行将送至,可无需再买矣。”第主母以薛妹宛转可喜,勿忍拒彼请求,拟略予交易,冀无负招待之殷。良以薛妹为人,深于阅历,揣知妇女心理,大都讳年龄,而喜人誉之为美少,苟呼徐娘以少艾,未有不喜形于色者。

日者华妇嘱四宝,定扎襟花,以备出游,兹闻薛声,酷类四宝,是以呼之,及知其误,则亦置之可耳。顾薛语一出,效乃立见,妇始嗤然笑,笑己之错认,薛之误为闺女也,乃指其篮,而呼女佣曰:“试检素馨球,顶缀蓝菊者,为我购之。”惟佣意似不愿。薛恐其吝价也,亟拈白兰两朵赠之曰:“阿婶是花犹葩,试悬于襟,其香足以解秽,此后吾来,一切尚烦照拂也。”佣闻薛言,色然而喜,顾乃不缀于襟,而插于如拳之髻。吾知白兰解语,必谓薛妹颟顸,自伤失所也。佣既给价,薛遂提篮欲行,忽闻呼买花者。薛视之,则一垂髫儿,倚比邻门次,扬手而招,趋问何花。女曰:“有折枝花耶?”薛笑曰:“妹子误矣,时已初秋,安有栀子?”女曰:“否,吾不误,姆乃自误耳。所谓折枝者,盖花之连枝叶而可插瓶者。”薛曰:“然则吾有好花,插瓶足延数日香。”言次,解晚香之束,令女自择,并以闹红数萠予之,曰:“晚香太素,宜以此花伴插,则红绿相间,愈悦目矣。”女摇首曰：“此洋牡丹耳，有色无香，流品斯下。吾主尝言，梅兰秋菊，品格独高，任近何花，亦能自保其芬馥。设在他卉，则一经劣品薰染，若人之交友，未有不气味同化者，可不慎所择哉？”言已，择晚香玉两蓢，论价纳钱，拈花微嗅。薛耸肩笑曰：“妹子年轻，能言乃类鹦鹉，然言颇中理，令吾闻所未闻。妹既爱兰，会当以九节兰送售何如？”女颔首未答，闻门内有呼勤先者，嗷应掩扉而入，薛亦遂行。

而吾书至此，试综薛妹篮花，以方少妇，若娇小之茉莉，轻盈之玉兰，以及凤仙、洋菊之类，咸不足以相比，所可仿佛者，其惟含笑花欤。盖其笑靥常开，憨态可掬，方以含笑为当，特惜华饰秾姿，俗而不韵，其无诗书涵育，从可知矣。妇字绶珠，富商金氏季女，华君禄卿之继室也。禄卿才识干练，历充宪幕，登楼王粲，不仅以一赋见长。迨入民国，曾任某督秘书，解职归来，侨居美邻里左近，双栖海燕，距新婚甫半载耳。绶珠生长富家，习于逸乐，喜修饰，务趋于时，大好光阴，消磨于梳妆镜畔，家政一切，悉委佣人。顾凡为佣者，贤愚至匆一类，得用与否，是在主人之知人进退耳，若绶珠者，又乌足以知此？于是勤者操作不遑，黠者散诞自若，而帘远堂深，主人初匆觉察，久之勤者灰心，且为黠者所利用，米盐不食自尽，器服无翼自飞，而物之倾弃于后户者垒垒，如名茶珍果之类，固不仅冷炙残羹已焉。吾忆“朱门酒肉臭，路有冻死骨”之句，于以叹佣多于主之巨家，往往暴殄天物，迨及衰落，至有求一饱而匆得者，吾见匆鲜矣。然而试起以观绶珠，方且顾影云屏，理其额发，或长短分层，或熨之绉，而又掠之使松，有时作燕翦之形，有时不怒，亦故意使之上指，长日孜孜，视为日行功课，而一衣一履，踵事增华，务使合时而后已，他姑匆论。即其易履缚裤等事，端详妥帖，亦非两小时匆能竣事，乌有余闲，处家常琐碎耶？惟禄卿虽名场得意，家有千金，究以寒士起家，深知稼穑，非若纨绔儿之漫无把握者,深勿以绶珠为然。特伉俪之情綦笃,又勿忍过于督责,乃以阅历所得,譬喻以警之。而绶珠烂熳天真,初不明其用意,既乃以简直之辞,谓绶珠曰:“以吾家境言,固不须卿自作苦,然亦勿可漫不经意,事事委人。须知持家御下之道,察察为明,则近于苛,殊伤忠厚,若过于放任,则无形之糜费,久且勿可数计。现值家居,犹可为卿料量,稍稍约束,脱一旦出而谋事,路远勿能携眷属,则家政废弛,势有甚于今日者。内顾之忧,足以分人远志,卿其曲体吾心而自勉焉。”言次,见绶珠憬然勿语,则又慰勉之曰:“卿素娇养,无怪昧于中馈,苟有宜家贤妇,为卿模范,就其教而练习之,慧质如卿,不难造就而为吾贤助也。”绶珠欣然曰:“有是人耶?苟有其人,吾必师事之。”曰:“十步之内,必有芳草,吾当留意访求也。”阅者于此,必谓言者谆谆,听者宜稍知自警矣。顾乃日久淡忘,依然故态,盖凡人豪放既久,欲其敛而就俭,则非经至艰极苦,势有所勿能,矧佣侍嬉戏,时加撺掇,如梳佣倪妈者,狡而便给,素得主妇欢,尝背禄卿言曰:“人生数十寒暑耳,年少处顺,而不及时行乐,一旦鸡皮鹤发若吾者,即有翠羽明珰,徒增丑态耳。且以主人之才,出为大官,行且满载归,与主母享用无极,何鳃鳃过虑为?此等危言,置之可耳。”绶珠闻之,欣跃无已,拍倪肩而奖之曰:“汝究年事高,言有至理,吾意亦然。”呜呼绶珠!恶是何言?虽然,凡人胸无城府,而又未尝学问,则其识不足辨善恶,从而惑溺之,固易易也。若绶珠者,苟非良友苦心,任怨援手,则茫茫孽海,不占灭顶也几希。世之爱女者,于教育顾可忽哉!

夫倪既擅权,视主妇有若傀儡,余佣奉之惟谨,流弊百出,有勿可究诘者,姑举一事,以例其余。时当七月初旬,秋暑犹盛,华之卧室东向,每晨八时许,日色满窗,帘卷且及卧榻,禄卿为热所逼,勿复能卧,忽闻浓香扑鼻,揭帐视之,见绶珠衣轻绡,白足趿绣花拖履,欹坐摇椅中,如云之发,四披于肩,盖方沐发耳。手一精致之匣，挑玫瑰色之膏，加于发际。倪立身后，举葵扇扇之，扇风四飏，奇香满室，始悟香之由来。及见约指两钩，钻光侧聚，珠彩环生，疑为真者，不觉诧曰："两珠光圆若是，诚瑰宝也，其价必巨，究若干耶？"倪闻此言滋喜，以扇柄微按绶肩，意使绶珠诳言报以重价，而绶珠勿悟，失声笑曰："君视此物为瑰宝耶？"且言且探，与禄卿视之，曰："实告君，此盖宝素珠也，价仅廿金，惟吾人戴之，孰又疑为伪者？"禄卿叹曰："古人云：'谁知两片云，戴得三村税。'然所谓戴者，犹是金银珠宝之类，患难时，尚可易资，今则世风日下，以伪乱真，迨乎色彩一褪，廿金已归乌有，古今人奢俭之殊，有如是者，无怪漏卮日巨，民鲜盖藏矣。"绶珠讪讪未答，忽又捧心微呻。禄卿笑曰："卿之病，盖恣饮冰忌濂、柠檬水所致耳。"言未已，小女忆萱忽至。萱仅八龄，为嫡妻沈氏所生，聪颖得父母欢，上一纸与父曰："阿爷视之，此殆芭蕉欤？惜有蛛网罥其上，蝶与网近，吾诚虑其误投。"禄卿接视，乃一画稿，似曾团弃者，然笔致洒落，似非俗手所能，则笑摩萱顶曰："痴儿，是为画蝶，何能飞而入网？"萱复指纸背曰："是符与？字与？信字也？何以歪斜若是？阿爷不尝诏我，谓习字宜端正耶？"禄视纸背，乃草书数绝也，每首间以时下事物，题曰《夏日杂咏》，曼声吟之曰：

品茶

活火新泉沸竹炉，名茶雅称曼生壶。碧螺春似蛾眉细，冰透柠檬比得无。

沐发

委地青丝浣更柔，谁言生发藉膏油。临风挽个灵蛇髻，香草拈来爱省头。

禄卿击节曰："雅人深致，别有会心，而笔力秀媚，必为闺人之作,儿于何处得来?”萱谓:“顷嬉户外,邻家女适倾字簏,吾爱蝶美拾归耳。”时厨媪张氏送茗登楼,禄卿询以对邻姓氏,并其职业。张曰:“是家余姓,迁此未久,家无仆役,仅一使女名勤先者,年约十五六矣,至其主人职业,吾实未知。”禄卿颔首曰:“然则其家妇女,必有能文者,汝知之耶?”张曰:“彼家仅主妇一人,别无眷属。”绥珠笑问:“风貌若何?”张未及答,倪即羼言,谓彼妇吾曾一面,荆布勿饰,诚不若主母之美,且闻井臼亲操,则其不文也可知矣。禄卿咄之曰:“孰与汝语,唠叨乃尔!”既复谓张曰:“便中可探之,吾欲令忆萱就学耳。”

一日禄卿夜归,见楼中电灯如雪,衣裙散堆于榻,彩错生光,花露之香喷鼻,地下则绣履纵横,中外式咸备,粉奁梳盝,亦复狼藉未收。问绥珠,则往观剧,倪亦不知何往。禄卿怫然不悦,枯坐长吁,一抬首蓦睹前妻遗挂,将缣比素,黯然神伤。偶搴门帘,则东厢仅忆萱一人,陈书于案,逐册翻观,及见父至,始置不阅,喜扑父怀,力磨其首,小辫之发遂蓬,良以失母凤雏,与父之亲爱倍甚。禄卿掠其短发奖之曰:“吾儿勤学哉!勿随汝母,独居于是读书,得勿嫌岑寂耶?”萱摇首曰:“儿随娘去,父归孰与为伴?矧剧场喧哄,耳目为眩,良勿若家居之清静。”禄喜揽于怀,问其所读何书,是否晨间所授。萱笑曰:“儿翻教科书耳,顷闻邻女温书,心窃好之,乃遍检儿书,与彼所读迥异,是又曷故?”言次侧耳曰:“彼又读矣。”禄问何人,曰:“勤先也。”乃牵父衣登露台,举手指对楼,谓:“即余氏居,其下吾家后户,斜对彼之前门,即拾纸团处也。”禄见明窗洞启,芦帘半垂,彼此以里狭相距甚近,书声琅琅然,文辞清析可辨,读曰:

诸女问其嫂曰:“兄谓弟能自治,吾不能自治,其语何指?”嫂曰:“弟年虽幼,然卧起,则自叠被服,当食则自取杯盘,不藉人助。汝年十一,而髻发尚不能自梳,此即能自治,与不能自治之分也。”

骆儿于灯下读书，其姊傍坐结袜，见飞蛾扑火将焚，姊以针拨之，蛾去而复来。儿曰："彼自求死，姊何必救？"姊曰："不然，虫虽微，亦一命也，见死不救，无乃太忍？"

读至此，闻有人讲解，亦妇女声也，既乃同读曰：

某翁爱梅，庭中栽梅数枝，时值隆冬，含苞欲放。其女问之曰："梅乎、梅乎？何不争妍于春日，与桃李为伍乎？霜严雪虐，不畏寒乎？尔嫌岑寂，吾当种松竹伴尔，为岁寒之友也。"

忆萱仰谓禄卿曰："父闻之矣，明日务购此书，不然儿辍读，父勿责儿也。"禄携其手吻之，慰之曰："儿能读，所需必如儿愿，顾书由何肆出版①，儿须一问勤先耳。"鸟啼惊梦，街车之声渐繁，禄卿因事出门，甫及里外，一男子摩肩而过，衣履不甚华，而清癯闲雅，落落不群，禄卿似曾相识，不觉失声曰："是同学廉甫耶？然廉腴而斯人则瘦，吾岂误与？"伫足沉吟。男子闻声回顾，审睇之，固廉甫也，禄卿狂喜，执廉手而言曰："故人一别十年，不图相遇于此，宁非奇缘？"廉亦喜曰："吾亦疑是禄兄，特君丰采，数倍曩时，初不敢冒昧相呼耳。"二人互询所居，则对宇望衡，乃竟失之交臂，始知遇合有时，未可相强，惟廉以课钟已迫，不及深谈，约以午后奉访，匆匆而去。

廉甫余姓，太仓世家子也，与禄卿同里而复同砚，相爱不啻手足，嗣禄卿学幕湘中，复从居停入蜀，廉甫奔走衣食，就馆浙西，萍梗天涯，音问遂阻，迨乎寄迹春申，一廛邻比，又以出入异里，往往背道而驰，矧余生迁居未久，邻里素鲜往还，而禄之出入尝由前门，宜其参商矣。然禄卿敦挚人也，菀枯之境虽异，车笠之盟未寒，矧厕身利禄之场，深悉人情翻覆，虞诈成风，欲求肝胆若余生者，真如麟角凤毛，渺不可得，一旦把晤，欣慰何如？于是事毕即

① "版"，原文作"板"，据文义改。

归,探廉回寓而造访焉。

时则赤日当空,苦热逾于六月,禄卿衣轻纱,汗犹浃背,顾乃一入余庐,顿觉遍体阴凉,疑置身深林间,而清香徐来,亦异寻常花草,心窃讶之。惟旧雨重逢,所语正夥,未暇问也。倾谈未几,雨声骤来,起视门外,则日色依然,跳珠仅及天井,乃询廉甫以招凉何术,能令热度骤低。廉甫指凉棚令观,则非芦非席,上覆松柏枝叶,复以竹枝交压之,不致随风吹去。所谓雨者,非雨也,人倚楼窗,持喷壶洒水,免为日炙萎黄。一碧浓阴,满庭细雨,炎畏自然敛虐矣。禄闻其言,深赞设想之佳。廉则意犹未足,盖不能舒卷自如,仅宜于小屋间耳。禄卿颔首不语,引目四顾,见壁间书画无多,咸为名人手笔,器具纵旧,光泽无尘,茗碗炉香已饶清供,帘波花影,雅称风怀,是中佳趣,不足为俗人道也。私念华屋美具,无益身心,转不若廉甫家居之乐,乃诵"可以调素琴,阅金经,无丝竹之乱耳,案牍之劳形。南阳诸葛庐,西蜀子云亭"之句,既乃续曰:"孔子曰:'何小之有?'"廉甫急曰:"君诚健忘,陋也,非小也。"禄卿鼓掌曰:"如此精室,宁可云陋?不若小字为当也。"廉甫始悟,不觉大笑,既乃喟然曰:"哀乐中年,尘甑犹昔,昂藏七尺,无补时艰,生涯凭卖赋之金,忠归引登楼之感,君知我者,复何羡哉?

盖自辛亥军兴,海内鼎沸,公私款项,罗掘已穷,教育之费益绌,凡就教席者,脡脯所入,几难赡其身家。廉之橐笔游申,亦为境迫,兼任报馆撰述耳。"言次,勤先进点,禄忆萱儿言,询之廉甫,始知廉妻周氏名豳,号曰"新藻",为姚江儒家女,工诗尤善绘绣,素有针神之目。勤先所读,为周氏所编,诗亦近作也,尝论衣、食、住三者,谓屋无求华焕,但能雅洁整齐,茅庐胜广厦矣;食无求珍错,烹调得宜,蔬笋亦饶真味;至于衣服,研究之处尤多,综言之,质取耐浣,色尚雅淡,长短适体足矣。禄卿闻之钦佩不遑,笑谓廉云:"吾固疑君向疏懒,不事一室,今之模范家庭,实由贤助相成也。”谈深日暮，禄起告辞，遂以两事，要求廉甫，一则令绥珠常来，参观家政，二则萱儿执贽，俾沐宣文德化，言出诚意，却之未能，自是之后，两家眷属往来，有如至戚。流光如驶，忽忽重阳，禄卿奉晋巡按函招，令襄政务，鸣驺驹催道，即日首途矣。

濒行之先，廉甫设宴寓庐，为禄卿祖饯。禄挈绥珠同来，离堂琴瑟，相顾黯然，而禄卿别有所思，尤觉忧形于色。酒将半，禄起与为礼，重以绥珠相托曰：“晋中路远，吾局之久暂，亦难预定，挈眷为难，惟家无老成，客居更鲜至戚，贤伉俪而外，实无可以托妻寄子者，而内子年轻识寡，吾心未免悬悬。吾行之后，务求嫂夫人随时教诲，至于仆役之进退，亦惟贤嫂主持，苟蒙金诺，吾忧释矣。”廉夫妇谦让未遑，禄固求一诺，既复切诫绥珠，谓：“海上非内地比，人情鬼蜮，防不胜防，吾去之后，诸事取决余嫂，脱欲出游，务宜与嫂偕也。”珍重一声，两行别泪，空闺思妇，未免于邑寡欢，虽新藻热肠，日必一往，冀有所匡助，庶无负禄卿重托。顾家各有主，遇事插手为难，矧新藻劳人，而亦雅人也，中馈之暇，手不释卷，而绣名远布，购求者纷至，卒卒可知矣。在绥珠则好动恶静，耽逸畏难，二人向背，各趋极端。且禄卿既行，绥为家主，有所动作，孰得而禁之？于是傀媪为介，进所谓张姬李妹之流，相与雀戏，资由小而大，时由昼而夜，金迷纸醉，燕叱莺啼，食息无时，晨昏莫辨，曩之清严闺闼，今则喧声达户外矣。而群雌粥粥，其类可别为二，大都宦家弃妾，商人外室而已。上焉者乐交大家子，自高其身分，争以衣饰相雄长，下焉者歆绥珠之富，欺之以博，而掘其资。绥珠本及时行乐之心，嬉不知愁，初无远虑，宁知来意之不善耶？

辈中有施少奶者，三十余矣，唇膏面药不离手，效男子装，松辫蛮靴，口衔烟卷，居然浮薄少年。其人精六博，尤善释平权精义，譬喻引证，杂以诙谐，惟顾三妹在座，则龂龂争之，谓少年处顺,行乐无伤大节,若他有所恋,不仅背夫,辱父母矣。绶珠左顾右盼,不知何所适从,顾吴人也,年少于施,落落有丈夫气,有时作欧妇装,花冠长裙,织腰高屣,而玉立长身,窥其背,俨然西方美人。其与施异者,施爱博,顾则爱剧,于新旧诸剧无所不知。斯二人也,髯参短簿,异曲同工,各贡其谀,以博绶欢,众则碌碌伴食而已。三人情若姊妹,衣履易着,出入必偕,联袂而来,见者属目。飘华灯于珠陌,凭轼追风;顾法曲于樊楼,飞笺召妓。扑朔迷离,亡形尔汝,家事咸置勿顾,倪之私橐饱矣。犹有顾忌者,新藻也,乃肆其簧鼓,乘隙进于主母曰:"余夫人双眸炯炯,能烛人心事,是等人何可与交?矧贫人之纳交富人,譬犹参天大树,乃被藤缠,藤虽得所,树之受损滋巨,此乌可者?"然斯语绶独不信,以余氏清介自守,绝不有所请求耳。倪知其意,易以微辞,谓:"主母听察,何事不知,不屑屑于家事者,身分宜然,非勿能也。主人愦愦,事事托诸余妻,岂敌体之爱?信托不及外人,其视主母为何如人耶?"毒哉此言!如以极锐之针,隐洞绶珠心坎,不觉勃然变色。俟新藻来,辄托故拒之,萱儿转入他校,禁不令擅入余斋。新藻何人,岂不明其用意?自是之后,绝迹于华氏之门,而暗主狡奴,益无所惮,惟乐不可极,极则悲生,曾几何时,恶耗至矣。

日当亭午,黄粱垂熟矣,绶珠通宵手战,玉软花慵,海棠未醒,新藻突然登楼。倪见其形色张皇,不类往时温静,一时中慑,不及遮拦。绶珠浓睡方酣,斗闻人唤,推衾而起,则唤者新藻也。急询何来,新置勿答,乃屏倪退,始出两信与观,淡墨潦草,颇类急就,惺忪倦眼,欲辨为难,乃延新坐床唇,代读之,则禄卿之急报也,略谓:

吾作此信时,吾为罪人矣,恨无知人之明,乃为佥壬所累。有旧友巫姓者,干练谨笃,吾言于上峰,使长某局,不图畜心叵测,卷款潜逃,鸿飞冥冥,侦查无着。顾人为吾荐,责有攸归,事关公款,尤不容丝毫延误。上峰限一月不获，责令赔偿，今限期已迫，张罗仅及千金。卿见字，速以存款若干，尽数托廉兄汇寄，所短之数，乞以金饰易资，并寄以济眉急。兹变出于意外，势不得已，告急于卿，然一官仍在，不难恢复故物，加赔奉偿也。方寸已乱，不复能顾家事，惟房屋过巨，宜即另迁，支用太繁，务宜撙节，刻下家用，已托廉兄代措，而廉嫂热肠，凡事请其调度，必能益卿也。亟候复音，万勿延误，以重吾咎云云。

另信系致廉甫者，其事略同，托其汇款，措置家事而已。绶珠听已，惊而泫泣，一时罔知所措。新藻勿忍，慰之良殷，乃起开箱，取银行存据与新，惟至金饰一层，则觉遽难割爱。迟疑间，忽忆挚友顾、施，乃谴人延之，欲与措假。迨使归，咸托故他行，不得已自起理妆，命车欲往，新藻止之曰："嫂痴矣，彼等与嫂游者，乐主人慷慨，足供娱乐耳，一旦患难至，望望去之，往之何益？兹信一扬，徒惹彼等讪笑耳。"绶不获已，检藏饰予新，孰知零星者，不翼而飞，综计数亦不资。倪知事发，遂远飏焉。

一年容易，又是新秋时节，前书所云卖花妇薛妹者，手�篮，重来旧地，仰窥绿树阴中，阑干依旧，倚者非复绶珠，而华氏之居，与余寓邻比久矣。入室探之，见绶珠临窗刺绣，萱儿旁坐，共读一书，孜孜若有深味。绶衣雪色葛衫，玄裙拂于罗袜，梳家常低髻，额发线齐，铅华不御，清肌秀洁，转胜去年，而曩时张于壁者，绣屏而外，五彩之月份牌耳，今则易以人物，盖举案图也，靠床方桌，向供台花，今则铜瓶如胆，斜插月季一枝，绷左、建兰两盆，陈诸竹架，幽香袭人，较之花露喷薄，雅俗不啻天渊。最奇者，针筐刀尺之类，光泽若常御者，此等事岂绶珠屑为哉？无何余妇来，盖谢绶之赠馔，极誉其烹饪之精，自惭勿及，薛更异之。旋觅勤先，得于户外，乃问以华少奶起居行事，较往年迥若两人，其故何耶？勤先笑曰："姆不忆昔日之言乎？"薛妹忽忽若忘。勤乃指篮花喻之曰：

"夫华少奶者,以花比之,盖含笑与月月红也,有色无香,易于薰染,置萧艾则恶,近芝兰则香。今幸离恶草,入芝兰之室,则其改过迁善也宜矣。"薛妹恍然有顷,笑拍勤先之肩,曰:"妹子善喻,发人深省,殆所谓名将麾下无弱兵也。"言已提篮缓步,仍曼声呼白兰茉莉而去,其声抑扬,中杂俚歌,微风吹来,似云:"种香花,去恶草,村里讨个好阿嫂,一村姑娘尽学好。"勤先闻歌,一笑掩扉而入。

吾书以常例言,至此可以结束矣,惟禄卿提款之函,真耶?伪耶?使人不无疑窦,不能不表而出之,盖余氏之计也。

自群阴构难,绶珠渐入迷途,知非区区口舌所能挽回,而施妇为人,尤不齿于人口,狡兔三窟,引蝶招蜂,凡良家子稍有所蓄,被其陷溺者众矣。余氏以付托之重,不得不舍经行权,伪作禄卿之信,所谓顾三妹者,新藻之友,侦绶之动作也。迨乎禄卿归来,绶珠黾勉宜家,金饰亦奉还原璧,余夫妇之苦心高谊,宜禄卿感激不置云。

——《小说大观》(1915)第四集

我之新年①

今夕何夕?非乙卯除夕耶?一年容易,仅剩今宵,守岁围炉,弥觉留连忘寝,迨闻爆竹轰天,鸣鸡破晓,已是丙辰元旦矣。予乃由阁后绕廊,凭栏四瞩,但见车水马龙,软红眯目,咸由驰道而东。而对邻门宇,春联焕然一新,书则五七言不等,间有书"帝德乾坤,皇恩雨露"之句,旧样翻新,要亦世事之常。顾予独口诵目注者,心有所怀欤?抑亦少见多怪欤?立久思深,苶然觉罢。退而入

① 原署"悬赏征文第三名　忆琴女史述　韵清女史著"。

室，则予婢蔻蔻，方撤岁烛，加幂于案，陈菱桔于九子之盘，点缀岁朝风物，蹀躞一室，为状甚忙。既而添炭于炉，瓶笙沸沸，一杯静试，色若碧沉香泛，微闻橄榄之馨，睡思为之一振。蔻谓予云：“时钟七下矣，邻家妇女咸东行，以延喜神，主人其理妆乎？”时则绣帷高卷，晓风徐来，予方解鬟入座，瓶梅一枝，横影入镜，红酣欲绽，真如扶醉美人，窥奁展笑者。触景兴怀，黯然微喟，而邻家骰声清越，金钱炮哔剥作声，搀以笑语。默念令节当前，人同此乐，惟我之新年，转益无穷怅惘，然则新年者，特伤心人纪念节也。梳盥已竟，遂起易衣，下楼而谒祖焉。

予乡风俗，每届岁除之夕，必出祖像悬厅事，明烛陈浆酒，并枣茗年糕之属，自是每饭必荐，至落灯乃已。予虽寄迹异乡，而乐操土风，不敢废岁时常例也。展拜已，蔻蔻指点诸遗影而问曰：“是须眉疏秀者，主翁耶？”予曰：“然。”曰：“然则冠帔居穆位，口辅霭然若笑者，与主人风貌酷肖，必太夫人矣！”言已，复指一像曰：“特儿所疑者此像耳。”予曰：“此先兄也。”蔻意若有所疑，嗫嚅有顷曰：“儿观其腮骨外撑，鼻尖唇薄，浑不似主人，且与先主翁亦不类，讵主人同怀耶？”予笑云：“妮子目力大佳，此盖予之继兄耳。”蔻喜幸中，欣跃而言曰：“儿早疑之，今果然矣。”蔻蔻年十三，事予仅两载余，而明敏多姿，读书饶有慧解，尤喜人引述故事，听之津津忘倦，予以其鉴貌知心，爬背喻痒，尝戏呼之为“如愿”，分虽主婢，骨肉不啻也。时予游目于东壁画幅，蔻身后谓予曰：“斯画旧矣，下轴亦裂，主人所藏夥，何勿易新者？意者，必出名手耳。”予闻斯语，觉十余年影事齐上心头，欲茹不得，恻然就坐，谓之曰：“汝知画之由来乎？言之令人不欢，然与汝语，要无碍。”

予家浙籍，向居邑西，外氏冯，居于城北，冯亦世阀也。前清庚子间，予舅宦八闽，疾殁差次，迨眷属运柩归，岁暮矣。越年正

□日,予往贺年,以妗家三面濒河,舆行较远,雇棹往焉,舟出中桥,一小舫掠予舟而过,长年互相问答,既而数声欸乃,柔橹如飞,瞬息半里许,河流如带,遥见停桡之处,即妗居前门,迨舟中人,搴裳登岸,而予舟始近。但见楼阁巍然,老榆横出水面,一皜袂女郎,双环垂耳,倚石栏,扬手招予,即表妹引珠也。予至,妹笑云:“顷闻芹哥言,有女客将至,阿母固料姊来,令妹奉迓,并云厅事有客,姊行宜由避弄,岁底已扫除清洁矣。(韵按:避弄,一曰藏身,予乡屋制,凡有厅事之家,其左右必辟一弄,盖备新年,及庆吊等举,男女宾分道而行耳。)”予与妹至后轩,妗氏礼服而待,古人恭谨不苟,即处小辈,亦复有仪,今之人乌可及哉!礼毕进茗,相与闲谈。予见图书满壁,咸为古今人名笔,知舅氏珍藏者夥,然皆旧,惟东壁直幅独新,装亦未久。画以素屏为地,以屏脚知之,左矗高照一枝,绛烛半残,结花作灵芝状,旁照有架,上安霁蓝瓷瓶,红梅折枝,横影于屏上,中间为盆架,兽炭烬矣,铁箸斜插其中,银杏芋栗,积置盆沿,旁有壶杯数事。予初不解画者意,既而忽悟,盖法《岁朝图》遗意而变化者,不禁赞叹不置曰:“吾观画《岁朝清供》者多矣,陈陈相因,千篇一例,不图此作,能出新理于法度之中,而笔力松秀,足征师承有自,所题龚珙者殆为近时作家,何吾未之见耶?”妗方欲语,表妹□言云:“母乎,芹哥脱闻姊誉,欣喜不知何似!”季弟闻言,则已憨跳而去。妗笑曰:“此芹儿近作,甥谓其佳,吾则嫌其太怪。”言次仲弟来索骰盆于母,谓:“四太子在厅,力索此物,伊盖非博不欢者,芹哥不欲,将去矣。”仲为妗氏长男,年方十七,引珠兄也。妗氏叱之曰:“稚子薄舌!”乃呼人绰号曰:“彼乐此称耳。”妗尤愠曰:“彼蠢蠢不足怪,奈汝蹈不恭之弊乎?”

四太子者,邑绅赵某子,赵举进士,为横于乡里,庇赌包漕,邑民畏之如虎,以其行三,群奉以雅号曰:“三皇帝。”子曰:“太子,其人之气焰可知已。”先是三皇帝,以子之年,与予相若,挽人乞婚，说予父。父恶其横，复畏其势，乃以滑稽语却之，谓猥蒙宸眷，援及凡裔，惟吾女陋，万不敢仰匹东宫，请另选良家云云。赵衔之，醉后谓人云："吾言出法随，狡奴胆敢抗拒，异日其女字人，脱门阀亚于吾家者，吾必有以对付之。"母尝引以为忧，父笑曰："吾素守法，自问无疵落人手，帝力何有于我哉？"未几父殁，赵亦不相闻问矣。

无何，妗挈女来贺年，亦兼谢烛，杯盘传座，情话甚欢，惟引珠时顾予笑，小儿女憨态，予亦坦然置之。餐毕散坐，妹谓妗曰："母忘姨嘱耶？奈何勿问阿姑？"言已，目灼灼顾予。妗正之曰："女儿家，嘴快乃尔，此何预汝者？曷观阿姊糊灯去？"妗氏且言且视予笑。予疑之，托故而入，妹已追踪来，笑曰："姊知母来何事？盖执柯耳，事果成，吾将易姊名而呼嫂，亲上加亲矣。"予闻语，疑云满腹，赧然不可究诘，亟起避之，妹又引裾不放。行次及厢，但闻母语曰："是诚佳少年，惟吾数年不见，意欲相之。"妗乃约以元宵，见予入，遂顾而言他。薄暮□行，始闻母谓傅姆，妗之来，为芹哥作冰也。

予也思发花前，才咏草堂人日，而鼓声一棒，匆匆已到元宵。其时灯巿喧闹，城开不夜，妗家楼台近水，为试灯最闹之区。对望长堤，大树与银花衔接，清波倒影，华彩腾辉，厥状若一线火龙，蜿蜒不断，邑俗有呼以灯堤者，盖以是耳。迨冯使来，母遂假观灯而往。夜归，谓予云："吾见芹郎矣，气宇清华，谈吐尤征学识，诚快婿也，汝兄能若彼，老怀亦复何懟，吾心甚洽，特不知儿意若何？"予但垂首至臆，愧不能答。母固问，予乃起而低语云："母爱儿者，女固随娘也。"母闻滋喜。及同寝，乃与予言始知芹闻予誉其画，欣幸万状，谓自耽绘事，有所作，落落无识者，不图真赏，乃得红闺，苟成姻眷，则道合志同，万户侯不易也。方言于母，挽妗氏作冰云。

孰知文定有期,而变生意外。时赵趁新年纵博,太子纠予兄入局,不数夕,负五百金,兄不能偿,赵乃要挟云:“尔能以若妹来嫔,则此责可不偿,另备重聘,不然将资来,稍迟不贷。”虽然,予生有母,何畏阿兄,迫至何可如何?售产而已。乃责负甫清,而芹哥夜出,无端为宵小凶殴,受伤几毙。未几,芹父自汉口归,得捏名函,百般恫吓,谓果聘某女者,勿怪乃翁无情。两事之指使,不问可知已。芹父素懦,落叶犹惧打头,矧豪绅势盛,鹰犬之多,尤令人避不胜避,遂诫妻子,不得重提斯事。盖赵与邑侯有隙,方在讦讦之中,不知孰为胜负,官犹惧之,矧区区士子耶?芹母为妗妹,赵妻亦妗之葭莩,以太子不才,爱芹犹子,闻芹疾,躬往慰勉之,曰:“甥痴耶?男儿当立志,宁可经挫折自馁?赵敢□侮者,以若父弃儒业贾,科宦中断耳。吾为甥计,今秋补试,甥能博一第,即得意秋风,移鹿鸣宴为合卺,彼父子,其奈尔何?”芹跃起曰:“姨言金玉,吾当磨砺以须,惟琴姑长矣,保不另许乎?”妗鼓掌曰:“吾能力任待甥,甥毋虑也。”

夫诗人画士,得气虽清,而赋命亦至薄。远者姑勿论,试观近人,如南田翁千金散尽,王秋言三遇火灾,名士数奇,千古常例,似不可以人力挽也。芹哥三战秋闱,依然铩羽,文章憎命,琴瑟无缘,自此科举遂停,更无升阶足以自奋,乃以家事托其弟,专事丹青,举牢骚不平之气。一发之楮墨间。嗣邑侯被劾落职,赵虽降补,而势尚炙手,且闻予兄扬言,谓太子诱博,因由芹起,遂弃吾屋,彼欲聘吾妹,俟吾死乃可,于是知姻议之无望也。壬寅正月,芹有黄山之游,与妗氏言,欲介予一面,以志钦慕之忱。脱在今日,人醉欧风,且彼此属在戚谊,与妗同见,亦无勿可,顾曩年世家礼教,男女界限綦严,加之兄嫂同居,未免贻人口实,卒卒不果。至上元后三日,为先王父冥寿之期,延邑庙羽士礼识。晚课散花,忽道士余杏元挈徒同至。杏元老矣,隅坐扉次,徒则徘徊于予祖影堂，一若听步虚辞者。乌巾道服，丰格若仙，不与庸庸羽士等。盖余道工琴善画，从游者甚众，师既高雅，徒自不凡人固勿疑也。翌日妗以画来，谓芹出游，留此志别，幸获一面，兹无憾矣。嗟夫！予至此，始知余徒非他，即芹哥改装耳。展其画，则《停琴待月图》也，题有“渺渺冰轮，悠悠仙心，子晋笙耶，湘灵瑟耶，高山流水，别有天地”之句。从此芹哥不返，及其父踪迹得之，已隐黄山，为羽士矣。

蔻蔻闻予述至是，虽值新年，亦不禁莹然欲涕，强笑诘予曰："三皇帝之后何如?”予叹曰:“予不尝讲授历史乎？龙种乞奴，王孙把玦，帝皇之后，如是而已，矧赵一士绅，怙恶不悛，后嗣又焉能昌？故芹亡去，不及三年，赵患发背寻殁，太子以博荡其产，丐死异地，是可为豪绅龟鉴也。”蔻蔻曰：“有是哉！触景兴怀，前尘若梦，主之新年，所以异于人之新年欤！”

——《申报》(1916年3月3日至3月6日)

第一万五千四百六十三至一万五千四百

六十六号副刊《自由谈》

黄翠凝

黄翠凝(1875—?),广东番禺(今广州市番禺区)人。夫姓张,广东新会(今江门市新会区)人。子张毅汉,小说家。黄翠凝早寡,谙西文,能译小说,卖文抚孤,常托包天笑介绍出版。著有小说《姊妹花》《奋回头》《猴刺客》《离雏记》,翻译小说《地狱村》(与陈信芳女士合译)、《牧羊少年》。

猴刺客①

马伟生,自专门化学毕业后,遂于家内另设一化验室,为每日研究物理之所,一年以来,无或间断。伟生年二十,性最勤,每日定以自修之时,少与朋侪来往,惟日专心化学,不事他途,而品貌极都雅②,戚党多敬爱。家有老母及一幼弟,伟生极能尽孝友之道。曾与冯宝琴订婚,宝琴为音乐专门女毕业生,年仅十八,而姚冶绝伦,父没母存,无昆仲姊妹行,家拥巨资。人或利其多财,欲与彼论婚者,指不胜屈,惟宝琴独具慧眼,概拒之。后与伟生结识,喜其才品,遂与订婚焉。宝琴与伟生订婚及一载,而伟生每于课程暇时,必往宝琴家作小坐,近以弟病,亦少过从。

---

① 原文标“侦探小说”,原署“番禺女士黄翠凝著”。
② “都雅”,原文作“雅都”,据文义改。

一日，忽接宝琴来书，内谓有人言彼将行与己离异，且另有意中人云云。伟生因得是信，心郁结不安，随即乘马车至宝琴家。宝琴正在音乐室抚琴，忽闻门外弹指声，舍琴而作曰："何人？请进。"伟生即推扉入，见宝琴斜倚琴台，娇弱无那，急趋前握手，复以吻亲之曰："卿乎！宝琴乎！别未经旬，何以竟生疑虑？"宝琴于伟生未进室时，知扣门者必伟生矣，乃预筹见面时竭己之愤气，向之发作，及伟生握手而问，则又转怒为悲，秋水双泓，梗縻而下，全身颤动，几不自持。幸伟生紧握其腕以扶掖之，否则必踣地矣。伟生见宝琴如此情形，心益怜之，徐扶坐软椅中，替拭泪痕，问曰："卿究有何闻，致尔伤心？飞短流长之言，幸勿妄信。今日寄我之函，已遍阅过，惟其中原委，犹未知之。卿乎！尔既爱我，未知能为我一述崖末否耳？"语次，复替宝琴揩涕。宝琴回面背伟生答曰："君尚以诡辞欺妾耶？妾虽不肖，然未曾开罪于君，夫儿女爱情，当不能以外物所动。今君近识一女友，而竟忘情于我，且向彼女求婚，吾试问君欲置妾于何地耶？妾初以君才品俱优，故委身以事，不料尔辈男子，多是负心物，得陇望蜀，却故恋新。"宝琴言至此，阴噎不能说，涕垂睫而纨澜。伟生骤闻此刺心剚肺之言，呼誊不能作答，只咳声叹气曰："天乎冤哉！吾不知卿从何处而得此谬说也！"宝琴曰："人替我不平，特来告我耳。尔犹欲增辞饰非乎？"伟生顿足曰："谁告卿知？卿必告我！"宝琴曰："君不必追究告我之人，事之真伪，尔自知之。"伟生曰："我自信无此事。"宝琴曰："前星期尔曾与一女子跳舞，尚忆之乎？"伟生曰："固忆之也。"宝琴曰："如是则人非诬君矣。"伟生急曰："卿以为吾与彼女跳舞，则必向彼求婚乎？"宝琴曰："此事尔何不一问自己？"伟生曰："吾与彼女素昧平生，岂一晤面即萌此意耶？前星期日，林国材突然偕彼至吾家，谓彼女为梁伯爵之女公子，家甚富厚，特来此处选择良耦云云。吾闻其说，亦未尝一注意。及晚，国材强挟吾同往俱乐部,至彼女又强捉吾臂与之跳舞,吾力拒之不克。”宝琴曰:“此言诚不伪耶?”伟生曰:“真实语也。吾尚有一言告卿,若卿闻之,必将先前之疑团①尽释。卿以为梁伯爵之女公子,为闺阁中之名媛耶?殆不然也。吾闻友言,彼曾在某处剧场演剧,彼名婀娜,今来此地正欲运动佳婿,故易名小凤。由此观之,则女公子者为女优伶耳。彼贱我贵,非吾耦也,又焉能以此有用之身,而与此无意识者结缡耶?”宝琴听至是,不禁呀然叫曰:“嘻!是乎!吾知之矣。君因知彼为女优伶,故罢此议耳。”伟生不觉失笑曰:“卿真多疑,脱彼真为伯爵之女公子,及其才与貌均比卿胜,而吾与卿之爱情,亦不能移甲赠乙也。且我辈生此廿一世纪文明支那国之时代,卿犹以我为二十世纪之支那国民哉?”宝琴曰:“在今日文明世界,亦未尝无夫妇离异之说。”伟生曰:“虽然,但近世之离异者,必因其人有大恶不德之事,乃行此等决绝,仍要经主婚官公判及戚族等证人,公认其夫妇退婚而后可。”宝琴曰:“然则吾支那二十世纪时,犹未有此法律耶?”伟生曰:“然。”宝琴曰:“既无此法律,必无主婚官矣。”伟生曰:“然。”宝琴曰:“无主婚官,男女结婚以何人为主婚乎?”伟生曰:“男女两家,各择一家长为之而已。”宝琴曰:“彼男女均彼此相好而后撮合耶?”伟生曰:“否否,父母之命,媒妁之言也。”宝琴曰:“设如为儿女者,不喜娶此人及嫁此人,父母允代为另择一最适意者否?”伟生大笑曰:“若如是则不得谓之野蛮专制结婚矣。”宝琴诧讶问曰:“然则为父母替儿女择婚,竟不商之儿女耶?”伟生曰:“然。”又曰:“为男子者,父母或有周知一二,然亦不能妄为干预,不过令其知己与某人订婚,至于妻子之面,全未睹其短长肥瘠也。若女子者,直昧己身之究归何属,于归

① “团”,原文作“围”,据文义改。

之日，始自知之。”宝琴曰：“吾料二十世纪之夫妇，其[1]凄凉、痛苦、怨恨、缺憾之处，尽人皆是矣。吁！为他人父，为他人母者，亦酷毒矣哉！”伟生曰：“吾辈追论前人之事，尚替其伤心悯恻，而亲历其境者，苦更不可言。故二十世纪男女案多夫妻不睦者，即此致之。”宝琴曰：“吾等幸不生于彼黑暗时代！妾尝读历史，见有论及此种野蛮之政体，殊令人拍案，愤毒不置。”盖宝琴自与伟生谈论前世纪支那之旧政，津津有味，竟忘怀先间之怒。伟生见其稍释疑虑，乃行近宝琴前问曰：“卿尚疑我否？”宝琴俯首微笑，徐徐答曰：“妾过矣！妾过矣！请君从此勿再提此事。”伟生即以手抚宝琴[2]之泽发，复曰：“此事究谁告卿乎？”宝琴沈吟良久，侧首仰视伟生曰：“是林国材告妾。”伟生怫然曰：“此人耶？固前妒卿与余订婚者，彼亦常向余道卿短处。余志坚未为所摇动，施之不行，今又转面向卿诬我。”宝琴急牵伟生手曰：“彼道妾之短耶？君信彼否？”伟生曰：“吾极恶彼谈卿，其谁信之？”宝琴笑曰：“然则彼之诡谋，徒费心血矣。”已而又曰：“君弟之病，现尚如何？”伟生曰：“早[3]占勿药，惟犹未进膳。”宝琴曰：“如是良慰我心。”伟生曰：“明日太和街俱乐部开演大会，闻有著名音乐师亦到赴会，我正欲趁兴一游，与卿偕行可乎？”宝琴曰：“正佳，明日何时乎？”伟生曰：“下午七句钟开会，六句半钟来此同行。”宝琴喜曰：“妾久困家内，懊恼不安，明日往外一行，亦大妙事，望君明天早到此处。”伟生诺之，兴辞而出。

翌日，午膳后，伟生仍进化验室自修。至晚膳，更换华服，乘车直指宝琴家去。时宝琴正新装初整，炫丽销魂，脂粉鲜香，罗纨妍媚。伟生一见面，即叹曰：“卿真天人！吾有何幸福竟能消受此

① “其”，原文作“共”，据文义改。
② “琴”，原文作“发”，据文义改。
③ “早”，原文作“幸”，据文义改。

美人乎?”宝琴低首,晕红潮颊,问曰:“今可去否?”伟生探怀其时计视曰:“七点矣。”宝琴遂起,与伟生同驾油壁马车,一鞭斜指,直抵俱乐部去。入门首,二人携手入,见来客纷纷,络绎不绝,座为之塞。伟生与宝琴行至稍静处,择一位坐下。旁观者目皆炯炯注视宝琴身,且窃窃议其美艳。时国材与小凤已至会,遥见宝琴及伟生在,即携小凤前行,又代向宝琴介绍。宝琴知小凤是冒称伯爵女,心颇鄙之,只随意与之点首。国材见其似有不悦之容色,以为宝琴存有妒意,心窃欣忭,乃问宝琴曰:“姑娘近日好否?”宝琴曰:“承君盛意,妾迩来亦幸无恙。”国材又谓伟生曰:“子今日竟暇至此耶?”伟生曰:“然。”小凤随执伟生手,笑问曰:“君数日来忘却我耶?”伟生见小凤作此下流举动,且在宝琴前说此不类之语,乃勃然愤怒,欲直斥之,旋以卤莽,遂即强制,淡漠答曰:“吾不知姑娘语意。”小凤笑曰:“今对他人面前,故作此憨态耶?”伟生不禁怒曰:“仆与姑娘实一面之交,别无他事交涉,姑娘祈自重为要。”小凤冷笑答曰:“薄幸郎,妾真梦想不到有今日。”言毕,遂离宝琴径往他座。宝琴见小凤如此举动,乃恚懑欲哭。伟生慰之曰:“卿又疑我耶?”宝琴曰:“否否,妾非愚懵,今见彼等举动,已尽悉其有意陷君矣。”伟生曰:“既明此理,卿又何用愤为?”宝琴又转笑曰:“妾以其如是无耻,实有贻君羞,故怒之。”伟生曰:“此等人置之勿较可矣。”二人谈正浓,忽闻乐声大作,跳蹈之音与丝竹之声互相上下。二人停语,细看,愉快异常。是夜跳舞者共有三十人,及十一时,音乐停歇,观者亦纷纷散去。宝琴四顾座客,若觅人然。伟生问曰:“卿欲觅谁何?”宝琴曰:“吾不喜与小凤同出此门,欲待彼先去,我等乃回。”伟生曰:“彼等于跳舞未终时,已早回去矣。”宝琴曰:“彼等已去耶?”伟生曰:“然,吾先间见彼等挽手齐出门口。”宝琴曰:“如是吾等亦可归矣。”伟生遂扶宝琴出门外上车,二人在车内仍评论是夜跳舞之优劣。经数街,宝琴问曰:“妾另雇车返家，君自回可乎？”伟生曰：“夜深岑寂，吾不愿卿一人独回。”宝琴知伟生不允，乃从之。

及抵宝琴门首，二人下车。伟生代按门铃，忽然闻伟生猛叫一声，踉跄踣地，宝琴及御者均大惊。当伟生叫时，宝琴见一物如两岁小孩，从身旁掠过。惶迫之际，不暇顾及，急俯身问曰：“伟生，尔病乎？”不应，宝琴益惊。御者即下驶台，然火细视，见伟生颈际插一匕首，血涔涔下。宝琴看见，不禁魂离魄摄①，手战足颤，狂叫曰：“天乎！天乎！杀人！杀人！”欲拔去匕首，而手甫下，忽昏倒地上。御者惊惶无措，急以手推②门，呀然一声门启。一仆出，问曰：“小姐回耶？”御者跳叫曰：“速救！速救！”语时以手指地上。仆提灯细视，失声曰：“噫！此何为哉？”御者又顿足呼曰：“杀人！杀人！”已而，屋内有多人出，而警察亦至。宝琴醒过，各婢仆细细诘问宝琴何遇。宝琴心内焦急，不暇答，欲上前拔伟生颈上之刃，警察止之曰：“不可，彼已死矣。”随以灯照伟生面。宝琴借灯光，见伟生面如白纸，手足均挺直不动，心益痛伤，问警察曰：“尔等今欲如何置之？”警察曰：“侦探及医生行将至矣。”亡何，警察长及医士、侦探三人至，后随数人推一病床。警察告以故，侦探即俯视尸身，见匕首入颈不深，约仅寸许。医生以手探伟生胸际，并按其腕脉。侦探问曰：“尚可救否？”医生摇首曰：“不能。”又视其指尖曰：“爪甲亦变蓝黑色，此必受重毒所致。”侦探亦俯视其爪甲，果见变蓝黑色。忽有一物触侦探目，急注视之，见死者右手拳屈如握物状，指缝露有灰黄色毛一撮，更细察其手握之状。医生即命数人将尸扛至病床上，俾易审视。侦探谓医生曰：“罗君，此事诚大奇，死者手上之毛，究何物乎？”

---

① “摄”，原文作“躡”，据文义改。

② “推”，原文作“椎”，据文义改。

医生亦细心审看,谓曰:"敏卿先生,尔以为何故耶?"侦探曰:"吾意其受刺时拔得,且毛尖紧握掌里,毛根露出指缝,此显然是被刺猛拔之据。"医生及警察长均点首称是。侦探即启伟生之掌,将撮毛取下,翻覆视之,不知为何物之毛,旋在衣袋出日记,扯下一页,将此毛包而藏之。医生又于伟生项上拔出匕首,就火光细视,见匕首甚轻薄,狭小锐利,长不满四寸,光芒耀目。侦探问曰:"此物何痕迹乎?"医生曰:"虽未见痕迹,但吾知该凶手特制此刃以为谋杀之用,故其式不与寻常同。然此匕首必有毒物制成,试观其插入项只寸许深,且所刺又非要脉,本不能致人死也。"说毕,即以纸拭血,包裹纳入袋中,乃曰:"此刃吾当携回以药化验,辨其为何毒质。"警察长又问伟生之御者曰:"尔车是汝主人所常用耶?"御者曰:"然,吾服役主人已三年矣。"警察长曰:"尔主居何处? 平日谋何业? 可告吾知。"御者曰:"主人居明伦街一百零一号,姓马,名伟生,业化学,家极富裕。"警察长曰:"如是夜深,其来此何故?"御者指宝琴曰:"主人于七点钟以前,偕冯小姐同往太和街俱乐部赴会,及散会,送小姐回。二人正按门铃,忽闻主人猛叫一声,立时仆地。吾亦不知何故,及下驶台,看见主人项上已有匕首刺入,且面变色。"警察长口:"主人叫时,尔有所睹否?"御者曰:"无。"警察长又问曰:"时街上尚有人行否?"御者曰:"此街是僻静,其时亦阒寂无人。"警察长又向宝琴问曰:"伟生被刺时,小姐立何处乎?"宝琴忍泪答曰:"妾与其并立。"侦探曰:"立在何边?"宝琴略一追想曰:"立左边。"警察长曰:"其叫时,姑娘有所见否?"宝琴曰:"无。惟伟生倒地时,见有一物,如两岁小孩,从妾身旁掠过,快捷如飞。"警察长曰:"见往何处?"宝琴曰:"时妾因伟生倒地,惊惧不暇他顾。"侦探曰:"如此可矣,明日仆当再求见小姐。"语毕,即命人将尸身送回伟生家。宝琴亦只得入屋,惟悲愤欲绝,辗转以思刺伟生之凶手究属何人，终夜咽呜，不能成寐。

次日下午，宝琴仍卧榻上饮泣。其母见宝琴如此伤心，甚忧之，乃入室相劝慰。母女正言时，忽一婢送入一名刺曰："有客见小姐。"宝琴接刺，见为王敏卿侦探，知为伟生事来，遂下榻更衣，略整鬓发，辞母出客室。敏卿见宝琴出，即起与为礼曰："昨晚曾约今日踵府，知小姐昨夜受惊已深，本不欲再来搅扰，无奈职事所司，不能不尽责任，小姐当亦原谅之。"宝琴曰："敏卿先生意，伟生固妾之订婚夫，今忽遭此惨死，甚愿得先生助，获彼凶手。"语未毕，泪如珠下。王亦怜之，乃安慰曰："伟生既死不能复生，小姐徒伤亦无益。总之，仆必竭力办此案，期弋获凶手，为死者服仇。然仆正因此事，特来奉商。"宝琴拭涕曰："无论君问何事，妾必尽所知以告。"王曰："如是大妙，敢问小姐与伟生先生订婚，尚有他人向小姐求婚者否？"宝琴曰："有之。"王曰："是何人耶？"宝琴曰："乃一美术家，姓林名国材。"王曰："彼于小姐未与伟生先生订婚以前求之欤？"宝琴曰："未订婚以前，固①力求之，即前星期亦尝问我。"王曰："彼既知小姐曾许字他人，何以又偏向之求婚耶？"宝琴曰："此另有他因。十日以前，国材曾介绍一女子与伟生为友，且谓彼女为某伯爵之女，名小凤。一日，彼女邀伟生同往跳舞，越数日，国材竟告妾，谓伟生向彼女求婚，且欲与妾退婚等语，劝妾早自与伟生离异，并言其爱妾之切。妾闻言异，即函责伟生。伟生接妾函，即奔来解释一切，并说小凤为异处优伶，本名婀娜云云。"王曰："此皆伟生对小姐说耶？"宝琴曰："然。"随又将昨夜在俱乐部时遇彼等情形，一一说出。王恍然悟曰："嘻，谋杀伟生者非国材欤？"宝琴惊问曰："君何遽指为国材耶？"王曰："然，彼既存心谋与小姐订婚，故用策使小姐与伟生离异，后以小姐不入其

① "固"，原文作"故"，据文义改。

瞉,乃出此毒策耳。”宝琴曰:“此忖测之事乎?”王曰:“虽然忖测,谅不大谬。”又曰:“伟生生平有仇怨之人否?”宝琴曰:“伟生品极温雅,凡与之交者,必欣悦之。”王曰:“如是则国材之杀伟生者无疑矣。”宝琴曰:“国材既能诓妾,其人必奸诈异常,然君遽疑以杀人之事,实有何证据乎?”王曰:“迟日当有以告小姐。”说毕辞出。

林国材是日早出,午后才归。默想既杀伟生,则宝琴不难致为己有,如天仙之美女,将又作我床头之人。想至此,乃大快,纵步绕室,吃吃笑不已。忽有一人入,国材问曰:“谁乎?”此人即脱下眼镜曰:“鄙人王敏卿,奉警察长命来候君起居。”国材正自欢迎,忽一闻是言,正如当头霹雳,唇尽青白,急回首他顾,敛其容色,强装镇静答曰:“君来此究有何事耶?”王曰:“汝尚不自知,请问君之猴好否?”国材闻说“猴”字,心益惊,乃颤声答曰:“吾实不解汝意。”王曰:“君如不解,吾请代言。汝欲得冯宝琴小姐而妻之乎?汝设谋而毒杀伟生乎?”国材即眼露凶光,欲拒王状。王亦急探怀出手枪,叱之曰:“汝勿须,若稍动,吾当以此枪报汝。”国材自知不能脱其圈套,亦不明其何故悉己之谋,股战心慌,仍强为之词曰:“汝有证据指吾杀人耶?”王曰:“汝所差使之猴,吾亦早已获去,君至公庭,自然明白,无待我之赘言。”语毕,即以口发一暗号,门外警兵即拥进。王命将国材手足紧械,己又带两警兵遍搜其屋。至一室,门极秘密。王破扉入,内设男女泥像二。王诧讶曰:“此何意乎?”又于抽屉中得假匕首数事,式样一如刺伟生者同。王即检齐纳入袋中,并使数警兵扛此二具假人,及国材送入署内去。

王入署回报警察长,警察长曰:“汝有何凭据洞①悉国材罪耶?”王曰:“吾于昨早七时,将伟生手上之兽毛,携往动物园内与各兽比较。及比至猴毛,则色样无少异。盖吾此时虽得此事之

① “洞”,原文作“词”,据文义改。

窍，然究未明其所以然，遂即往伟生家，遍问其家人，伟生在本省往来之友有几，一一记录，后随按记暗察其各友之住宅。经十余家，皆无端倪。及至国材门首，见有花园绕屋，后乃于墙外遍察。约一时许，忽园门洞辟，余托辞求饮于阍者，贿以金钱，阍者延吾入，吾得闲遍窥园内亭榭，见有一大笼，中闭十余猴。余即遍窥各猴身，察至第三猴，则胸前缺毛一撮。余急启其笼，探手捉之，不待阍者来，吾自径去。返公事室，复出毛细细研究，翻覆勘①视，果为该猴脱落无疑。”警察长曰：“然则猴竟能操刀杀人乎？”王曰：“我亦信有此事，但仍未知其如何指挥耳。”

警察长审讯国材，国材直供杀人不讳。警察长曰：“汝何法能致猴杀人耶？”国材曰：“既能察觉我事，何又不知吾之用法也？吾既难逃法网，惟有引领待诛，然人谁不死，视迟早耳。况我今之死，只为一宝琴，既不得宝琴，我亦甘为情死也。今事已败露，将我苦心谋杀伟生一事，朗告于诸公知，待汝等亦一新见闻，而我亦死当瞑目。”警察长曰：“汝亦壮哉，请急告我。”

国材遂朗言曰：“吾数年爱慕宝琴之心，恳且切，即梦寐中亦未尝一刻忘怀，不意淑女无情，与他人好。”国材说至此，面赤声嘶，喘急言曰：“在有情人处此，其何以堪？吾以深妒伟生得此姝丽，由妒成恨，故自其二人订婚之次日起，吾便蓄意谋杀之，旋以未得谋杀之法。过月余，得一不可思议之妙术，然此术不幸竟为尔等所知。”国材言至此，容益愤恨，曰：“吾自塑伟生之像，凡面目体格，悉与伟生符，置秘密室中。制假匕首，择一猴持之，令刺泥像。积月余，猴果练习有得，吾仍不敢遽使之往，阴欲离间其二人。不料伟生恋爱宝琴，更有甚于前日，吾于是不得已使猴刺之。吁！吾无言乎。”时警察长及书记皆笔记其事，乃命将国材监禁，

① “勘”，原文作“磡(砧)”，据文义改。

俟次日宣布其罪,以决斩焉。

——《〈月月小说〉周年纪典大增刊》(附《月月小说》第二十一号)第二年(1908)第九期

离雏记①

天笑生曰:“黄翠凝女士者,余友毅汉之母夫人也。余之识夫人在十年前,苦志抚孤,以卖文自给,善作家庭小说,情文并茂。今自粤邮我《离雏记》一篇,不及卒读,泪浪浪下矣,敬告世之有母之儿,当知无母之惨凄,有若此者。”

有一天吃过了饭,我站在妈跟前,一手拉着我的兄弟,一手抱着我妈的膝,听他教我们唱《月亮亮》的歌儿。妈的手里还抱着我那生了六个月的小兄弟,口里也牙牙学唱。他虽只生了六个月,身体却肉团团肥胖的非常;两只眼儿,除了睡觉的时候外,总是骨碌碌圆睁睁的;一头黑发,又软又滑,覆在粉额上,煞是可爱。妈问我道:“珊儿,这歌你记得了么?”我便从头背了一回,果然不错一字。该到我兄弟背了,头上几个字,他还记得,到当中便背不下去。我拍手笑道:“哈哈!你怎么便说会了呢?”我心里以为妈一定要说他记性不好,谁知妈反拉着我的手说道:“你别笑他,他小呢!你是他姊姊,你今年六岁了,他还只得四岁,你记性应该比②他强,譬如我比你大,我的记性就比你强了。”我听了妈的话,便止住不笑。妈又叫我们将今日在幼稚园里游戏的事,讲给他听。一会儿爸爸回来了,我们姊弟见了,飞也似跑到他跟前。弟弟一手抢了爸爸手里的帽子,自己戴上了,一屋子的乱跳。我笑着问爸

① 原署“岭南黄翠凝女士撰”。

② “比”,原文作“被”,据文义改。

爸道:“爸爸买了方格字给我们么?”爸爸还未答,妈妈接着问道:“为何回来的这么早?”爸爸说了几句什么话,我一时记不清楚,只听见说什么家里的电报,还有什么打官司,要他回去。后来他又说事忙,走不开,商量了好半天,便要妈代他回去。我也不管他们的事,同着弟弟往楼下玩去了。忽然听见妈在楼上叫奶娘,这时我那小兄弟的奶娘,正在楼下洗小兄弟的衣服。我妈叫了十几声,他还是老大不听见,我便接着代叫,奶娘才听见了,问我做甚,我说:“妈叫你咧!”那奶娘忙把衣襟抹干了手,走上楼去,我也跟着上来。妈把小兄弟交给他抱了,说道:“我今晚要回广东了,多则三四个月,少则四五十日,便要回来的。你小心领那小孩子,回来重重谢你。”奶娘道:“少奶奶放心,我一定当心的。”妈又道:“第一,不要叫他吓着冷着;第二,你吃东西也要检点些,冷茶冷水切不可入口,样样事情,总要照我在家时一样。”奶娘笑嘻嘻道:“少奶奶尽管放心回去,我自己也曾养过几个孩子,小孩子的事情,狠明白的,少官官又是娇生惯养,比了我们的孩子,更要加上几十个小心咧!”我妈听了这话,连连点着头道:“我也狠相信你,将来总有好处给你的。”奶娘便向我小兄弟脸上亲了一下道:“这么个有趣的小宝贝,谁也不舍得薄待他呢。”说着,又逗他顽笑,一面出去走了。我听说妈要回去,生怕他不带我,便拉着他的手,问道:“妈可带我去么?”妈说:“我不久就来的,你同你两兄弟在这里,爸爸晚上回来,也得你们给他讲讲话咧!”我听了这话,不由的一阵伤心起来,伏在他的膝上,呜咽着啜泣,后来愈想愈伤心,索性放声大哭。兄弟见我哭了,也跟着哭。妈便轻将我头抬起,拿手帕给我拭泪,又摩娑兄弟的头,咽着声说道:“好孩子,别哭,你爸爸晚上回来了,对他说我不去便是了。”我说道:“刚才爸爸说去买船票,妈不去,船票也不必买了。”妈道:“船票不要,可以退还人家的,你不必担心。”我听了这话,十分相信,到晚饭时候欢天喜地,伴着我妈同吃。一会儿上了灯,我与兄弟顽一回,便去睡了。

明天起来,把昨天的事,早已忘了九霄云外。洗脸已毕,正要找着妈给我梳头上学去,谁知走遍一屋子,也找不到我妈,心中想道:“大清早的,妈到那里去呢?”便去问我家雇用的嬷嬷,嬷嬷说:“出去了,就来的。”我心中觉得疑惑,不敢深信。那时爸爸也起来了,我便问妈那里去。爸爸说道:“你妈回广东去了,不久便要回来的。”我忍不住淌下泪来,说道:“为甚不带我去?”爸爸道:“从这里回广东,一条老远的水路,小孩子家,事事要人料理,遇了风浪,更要你妈辛苦了,而且广东常有变乱,打起仗来,你妈是个女流,领着你们不便,我们乡里贼匪又多,不论黑夜白昼,四出抢劫掟人,你不怕么?”我听了这可怕的事,也不愿回去了,但是记念着妈,怕他遇了贼匪。爸爸便说:“妈妈是妇人,贼匪不掟他的。”我虽暂时放心,但是每日总牵记不置,不知何时回来,见了妈的镜奁用品,又想起妈来了。每天早上嬷嬷送我们姊弟到学堂,下午又领我们回来,我每到家门,心里打算着我妈多分已经回来了,他手里一定拿着些什么东西,等我们回来分给呢。不料回到家里,依然不见妈回来,只有奶娘在家,除了奶娘,就是嬷嬷了。他们又比不得我妈的温柔,又没有我妈那般亲热。起初的几天还好,后来他们便一天凶似一天,专权起来了。妈在家时,我们是和妈一桌儿吃饭的,那一样好吃,那一样不好吃,妈自然理会得,那嬷嬷不过站在旁边侍候罢了。自从我妈去后,我们便要跟嬷嬷奶娘们一桌儿吃,饭菜倒也不少,不过我们姊弟多吃了些,他们便睁着眼睛,呼叱着喝道:“馋嘴儿!要多少才彀你们吃?你还敢多吃,我便要打你的嘴巴子!”我初时尚敢还两句嘴,说:“你不过是用人,不能打我的。”奶娘听了大怒,到了晚上爸爸回来,便一五一十加上许多夹七夹八的话,说我怎么嘴刁,怎么凶狠,他当不起,马上要回去了,不能在我家做奶娘。爸爸当是真话,便陪笑道:“奶娘,你别生气,他是小孩子,不知轻重,你要看我和小官官的脸,我和少奶奶都狠明白的,断不致听小孩子说话,拿你难为,你用心领小官官罢。”奶娘道:“虽然少爷明白,可是这小姑娘不肯听人教导。”爸爸便叫我过去,当着奶娘吩付道:“你是小孩子,不知好歹,要听年纪大的人教,别拿刁蛮的说话,讨人憎厌,若不听我吩咐,便是忤逆不孝了。”我只得忍气吞声答应着。奶娘走开了,爸爸又对我说道:“以后便切记着,不可同奶娘吵嘴,因为你的小兄弟要吃他奶,他若是赌了气去了,一时找不着好奶娘,你的小兄弟便要饿死,你妈晓得奶娘因你走了,便不肯回来咧!可要当心些。”我自听了爸爸这一番话,知道小兄弟要紧,便再也不敢和他拌嘴,任是他骂我打我,也只得硬受了。我爸爸每天一早便出去,晚上七八点钟回来。爸爸在家时,奶娘嬷嬷待我们狠好,爸爸不在,登时便两样。我们一听见爸爸回来,便欢喜得了不得,似乎在千愁万苦的地狱里,来了个福星。

晚上我跟着嬷嬷睡,我兄弟比我小,便跟爸爸睡。虽说我和嬷嬷同睡一床,可是他一人倒占了那张床十分之九的地位,四脚横撑的摊在床当中,我便横在他脚下。有时他睡熟了,翻身便把那条被翻了过去。我冷醒了,觉得浑身发抖,牙齿震震厮打着,要牵被盖上自己身儿,尽力牵不动,没奈何张着喉咙叫他醒,有时连爸爸也叫醒了,他还呼呼酣睡。爸爸帮着我叫醒了他,才得些被盖。我冷着了,明朝发起热,作起咳嗽。爸爸领我去看郎中,兑了一瓶药水回来便吩咐嬷嬷①,每日给我吃三次,一次吃一汤匙,嬷嬷口里答应了。爸爸先给我吃了一匙羹,便匆匆忙忙出去了。到了午后,我的身热似乎减了些。到上灯时候,我想那药水只吃过一次,便叫嬷嬷,问他要药水吃。他拿了匙羹和那瓶药水,恶狠狠

① “嬷”,原文无,据文义补。

一手丢在床上,说道:“你自己吃罢!今日中上未给你吃,现在多吃一二匙羹,补足三次的数目罢!”我便照他说,抖着两手,揭了瓶塞,连吃了几匙羹,又蒙头睡去。不知睡了多少时候,只听我爸爸的声音说:“珊儿好些了么?”嬷嬷答道:“好得多了!”其实他一天里,看也未看过我一次,如何便道我好得多呢?那时爸爸已走到我床前,轻轻揭开我的被,瞧一瞧我的脸,又拿手按一按我额上,惊诧起来,说道:“阿唷!奇怪!如何会出了这些汗?连衣服都也湿透了。”说着便抱起我问道:“你觉得怎样了?”我说:“也不觉得怎样,不过倦的狠。”爸爸说:“今晚同我睡罢!”我听得爸爸同我睡,十分欢喜,望着他笑了一笑,又向他肩头一扑,爸爸便抱我到他床上,可是依然汗流不止,精神更加沉倦,几几乎连头也抬不起。爸爸不住的问我:“觉得怎样?”那时我说也说不动了,喘着道:“累得慌。”爸爸道:“一定那医生的药不对症了。”我点着头说道:“不错呀!早上爸爸给我吃了一匙羹,还觉得好些,到晚上嬷嬷叫我多吃些,我连吃了几匙羹,便弄到如此了。”我爸爸直跳起来,叫嬷嬷来问他:“为甚给我吃许多药?”那嬷嬷道:“阿弥陀佛,我又不是疯子,那会乱给药他吃?明明是按着时候,总共给他吃了两次,每次一汤匙,怕他趁我不看见,自己拿来吃,也说不定。”我爸爸说:“不必多讲了,赶快拿我的名片,到三马路请何医生来,你就说明珊儿因多吃了他的药,叫他将解救的药带来。”嬷嬷去了一会,医生便来了。爸爸将我的话,告诉了医生,医生说:“幸而这小孩子聪明,把这事讲给你听,要不然,再过三点钟,我做医生的,也就没法了。”于是一面将解救药给我吃,整整扰了一夜。到天亮时,我气也不喘,汗也不出,约莫过了两三日工夫,便可以玩耍如常,再过几天,仍然同着我兄弟到幼稚园去。白天里在幼稚园也狠快活,晚上爸爸归来,也极安乐。自从我病好了,便在爸爸房里睡,再没人来夺我的被了,但是我爸爸常常要出门去调查什么事,有时说要到杭州,有时要到苏州,有时福州、汕头、汉口、天津,去了不久便回来,来了却不久又去。有时嬷嬷送我们上学,我或走的快了些,他便从我背后,一把揪住我的头发,嘴里骂道:“小贱丫头,这种顽蠢人,还要读甚书?看你只配做人家的奴婢,被人拳打脚踢,教你尝尝那种滋味,才晓得我和气咧!”我听他骂我贱丫头,心里恼得狠,恨不得死命咬他一口,细想我爸爸去了福州,我妈又回广东,他打了我,骂了我,也没半个人来相助,只得揩着眼泪,跟他走。

有一晚,上灯时分,奶娘将我小兄弟放在床上,自己却跑到外头,足足两个多钟头不回。我的小兄弟哭的要绝气,我急的叫嬷嬷抱他,那嬷嬷赌气答道:“各做各的事,我又不是奶娘!”我说道:“他哭的利害咧!有人抱他,他便不哭了。”嬷嬷道:“我是不上当的,抱了他不打紧,万一那小孩子有甚不测,他要说我吓着呢。而且奶娘整日抱他在外头逛,没缰马也似的。你的小兄弟已经病了三四天,肚子里泻出稀烂的水一般,他还天天要吃糖粥肉汤。你妈是最怕小孩子肚泻,临行时也曾关照过,说小孩子有了泻病,做奶娘的便要认真小心,禁忌肉食、汤粥等物,他全然不管,每日还要和我计较买菜的钱,谁有工夫去替他抱孩子。”我没法强他,只好自己跑到床边,轻轻拍他几下。只见我的小兄弟张着两只小手,见口不见眼的,哭的死去活来。奶娘也归来了,便一把提起我的小兄弟,尽力打着他屁股,嘴里还骂着:“讨厌东西!我做了你的奶娘,便算卖断了身,寸步也不能离开。你家里的人,又不是折了手,晓得我有事出去,也不肯抱一抱。”可怜我的小兄弟,吓得眼睛放光也似,两手乱扑。我本要上前骗骗他,又见奶娘两只眼睛电灯一般,喉咙如同雷响,只得退后两步。我的大兄弟倒有些胆量,大声喝道:“你打死我的兄弟,我拿厨房里的大刀,割你肉下来!”奶娘听了,便跺着脚骂道:“小鬼头,你到说得威风,明早要告诉你先生!”我便拉了兄弟走开,告诉他不要与奶娘拌嘴,小兄弟要靠他领的。过了几天,我爸爸归来,我的小兄弟已经病的重了,爸爸便说:“我早关照过你们,小孩子有病,须要请何医生来看,何以把小孩子的性命,看作畜生般?”奶娘着急答道:“已经请了三次医生,也照他吩咐服药了。”爸爸无话可说,只得赶紧去请医生。那医生说:“这孩子已经惊得深了,病也重了,现在亦无法子,惟有尽着人力,看能救不能救。”那奶娘从前虽是请过几次医生,来看我的小兄弟,自己仍是乱吃东西,天天跑到街上。后来爸爸见我小兄弟病重了,便不出去,天天在家里看守着,一日请几次郎中,都不中用。可怜我的小兄弟气喘微微,两只眼儿望着爸爸,一天重似一天。我自己的奶娘从乡下出来,一心来探望我,看见我小兄弟那种情形,也忙着相帮服侍。看他焦急愁闷的样子,倒比我小兄弟自己的奶①娘加上几分,这时他也不忍回去,便在我家住下。过了两日,我小兄弟的病益发沉重,奶也不吃,哭也哭不出,有时我爸爸叫他一声,他还会对着爸爸笑一笑。这天我的奶娘正把他②抱在怀里,只见他面色忽然变了,眼儿闭了,呼吸也一点点弱了,便悄悄抱到我爸爸跟前,使了一个眼色,似乎说利害得狠。我爸爸一见晓得不对,早已眼圈儿红着,对我小兄弟瞧了瞧,便咽着喉咙,凄凄惨惨叫了他一声。我小兄弟便张开眼来,向他微微一笑,便又闭着眼,呼吸渐渐急促起来,不多一刻,竟就此死了。那时我的奶娘,还抱着他在怀里咧!我爸爸登时伤心,面色变了青白,两三步走进房里,一翻身跳上床,蒙着头,只见那被儿耸动,似乎在那里痛哭。我们也禁不住号啕痛哭起来,我心中还望他会活过来,一面哭着一面想:“如果是活过来,两只眼睛一定是渐渐

① “奶”,原文无,据文义补。
② “他”,原文无,据文义补。

张开的。”但是好一会儿,仍然一动不动。爸爸有几个朋友,得了信,也跑来安慰他。一会儿,棺木也来了。我的奶娘,不许我们看,拉我们上楼。我临行时又回转头,再望我那可怜的小兄弟看一看,他的眼睛已是闭得紧紧,小脸变作惨白色。他从今以后,不能再见我妈的面,我妈闻得他死了,又不知如何伤心。想到这里,禁不住一阵酸楚,又痛哭起来,只得和我大兄弟上了楼。等那棺木出了门,爸爸的几个朋友都上楼来。那可恨的奶娘,也即日辞歇了。我爸爸在家中闷沉沉睡了几日,便又照常去办事。

我每日从幼稚园归来,更觉得非常冷静到了寂寞无聊之极,便想着妈,走到妈的妆台前,捧着妈的照片,仔细看着,觉得我的妈微微含笑,像要和我说话。我便连叫妈妈,不料越叫越伤心,那眼泪便随着叫声流个不住。嬷嬷见我如此,便骂道:“你疯了,你的妈妈死活尚在不知,他进了医院多日,你还不知忧虑,在这里乱叫乱哭。”我接着问道:“我妈怎生进医院?”嬷嬷道:“你爸爸说,他得了个什么初级肺痨的症,要在医院就医。”我便问:“在什么医院?我们可去看看他么?他的病到底要紧不要紧?”嬷嬷道:“他在广东的医院,你可去看他呢,要紧不要紧我也不知。”我听了嬷嬷的话,吓得双手发抖起来,暗想:“我的小兄弟也因病致死,我妈今又病了,万一像我那可怜小兄弟也死了,便如何是好?”不知不觉又淌下泪来,那嬷嬷也不理会,自去干他的事。我一人独坐妆台旁,对着妈的照片发呆。等得晚上爸爸归来,我便问道:“我妈的病现在好些么?”爸爸道:“谁告诉你的?”我答道:“是嬷嬷说的。”爸爸道:“已经好了八九分了,他的病原不打紧的。”我听了才把一片忧心放下,以后依然每早上学,不在话下。

挨过了几日,幼稚园里放年假了,我们从此便整日在家里。一日,我正和兄弟在楼上顽,嬷嬷在厨下,不知砌碎了什么,砰砌一响,我们唬了一跳。我忙下楼要瞧瞧他,刚下了四级楼梯,便猛然滑了脚,一骨碌直翻到楼下,险些魂灵儿也惊散,手也痛的要死,一声也不能出,过了一会,才禁不住“哇”的一声哭出。我如今回想这一哭的声音,足足有五六分钟才回过气来,生平从未哭过一声如此利害的。嬷嬷方始一步一步慢慢的走将出来,骂道:“自己不小心了,哭些什么!”我捧着手带哭说道:“手折了。”说时身子还颤着,口唇麻木的知觉全失。嬷嬷便端着一把小凳子给我坐下,卷起我的衣袖,与我揉了几揉,恶狠狠道:“好了,没事了,再要哭,今晚便告诉你爸爸,自己不当心,踪踪跳跳,跌了还哭呢!”我心中生怕他说,便强忍住痛,一级一级挨到楼上。兄弟看见我,倒十分相怜,说道:“姊姊你躺在床上,待我给你揉痛罢。”我如言躺下,他便轻轻的揉动,觉得比嬷嬷揉的好,不知不觉睡着了。爸爸归来,我也不敢告诉,幸而嬷嬷也绝不道及,晚上虽痛的睡不着,然而总算安安稳稳过了一夜了。次早起来,我的手已一动不能动,给爸爸看出了,便问我那手如何不动。我知道瞒不过,只得说了。他便和我脱了一只衣袖,携我至火炉前细看。我自己瞧时,那手已肿的利害。爸爸蹙着眉摇头说道:“可痛的狠么?”我答道:“是呢,昨晚整夜不能睡。”爸爸说道:“不打紧,你别怕,我与你瞧郎中去,不久便好了。”于是带着我到一所医院,医生说要在院留医,因为我的骨已脱,在家里早晚换药不便。爸爸答应了,我便留在医院,晚间与一个看护妇同睡,爸爸每天来看我一次。

我进院的第一天,觉得所见的人,没一个相识的,心里怕的狠。起初爸爸也说叫嬷嬷来医院陪我,我念着我的兄弟没人料理,若是雇一个新的嬷嬷,岂不是我兄弟和他也不相熟么?我又记起妈从前说:“我比兄弟大,样样事情,总要理会点。”所以我此时宁可自己在医院对着生人,不愿教嬷嬷离开我兄弟,又恐怕我妈归来时,那新用的嬷嬷,不认得来医院通知我,便推辞了爸爸,说不必叫嬷嬷来了。但是爸爸每天来看过我,去了之后,我更觉得凄寂异常,又没人与我玩耍,医院里又没有小孩子,所有留院的人,都是些大人。一日我坐在床上,心里算计着,我妈病好便要归来,他知我住在医院里,立刻就要赶来看我的。我见了他,便要飞跑到他跟前,第一件,问他身体好了没有;第二件,便问我的大父祖母与我外婆的平安;第三件,告诉他小兄弟死的可怜。后来再一想,小兄弟的事,不好提起,省得惹他伤心。心里正这么盘算着,恍惚中见老婆子手里抱着我小兄弟,我小兄弟望着,我呀呀的招手。我便一骨碌翻起来,下了床,飞也似的跑上去。那老婆子笑嘻嘻转出门外,我也紧紧追随,大呼:“老妈妈,你快把这小孩子还给我,他是我的小兄弟啊!”老婆子头也不抬,只管向前走。我急了,大声高呼道:“你若把我的小兄弟还我,我宁愿将我所有的东西一概送与你,你快放下来啊!”那老婆子耳朵像聋了,理也不理。我便想招呼一个警察,给我追捕他,四面一望,静悄悄的没半个人。一刹那间,连那老婆子也不见了,我的小兄弟也不知去向了,禁不住又悲伤起来,放声大哭,乱叫我的妈,只道:“我妈来了,便可以抢回我的小兄弟。”正哭得伤心,觉得有人抱起我,连声叫着我的名儿,张眼一看,原来是我爸爸。见我醒了,问道:“你梦见了什么?哭的这般伤心。”我把双眼揉了揉,始知是梦,便把梦里的事,一一讲给与爸爸听。他叹了一口气道:“你小兄弟再没有归来之日的了,别痴想罢!”我又问道:“妈可能归来么?”爸爸道:“你妈必能归来的。今日得了他一封信,说病已好了,只要调养几天,便可出医院,不久就可回来了。”我听了此话,把梦里的凄凉登时忘了,便笑着说:“妈不久归来了,到那时,我们家里又有许多女朋友,来探望我妈,不像妈不在家的冷静了。只因我妈不在,我又没的东西给那些人吃,他们便不来了。”爸爸冷笑道:“你这话不错,你小兄弟病到死时,从前你妈提携照应那一班人,没半个到我家里慰问一慰问,似乎不祥的事,会传染了他们的。他们有了病时,你妈可怜他穷,借钱与他,还三番四次亲自去看慰。有时人家孩子病了,他们便会来告诉你妈,说病得如何难过,一天要用多少钱。你妈是心软的,一听这话,又出钱救恤他们,竟是孝敬爹娘一样,到了自己有事,人影儿也没一个。如今你手跌坏了,他们谁曾来问过一问?要借钱时,便到我家里,过后便不识人了。我心里只感激邻居那彭先生和他夫人,你小兄弟病到重时,那位夫人才晓得,便天天来帮着看护你小兄弟。我出了门未归,他又亲自去请医生,四处打探那里有好的大夫,为了我们,十分劳瘁。似这般仁爱的人,你妈朋友中有几个呢?况且他和你妈相识不久,他又是一个有钱的人,他又并非受过我们好处,那受过我们帮助的,反没一个来呢!"爸爸说完站起来,对我微微叹了一口气,便出医院去了。

我在医院大约过了两星期,手也好了,但是依然用一条绷布挂在颈上。有一日那陪我睡的看护妇,笑嘻嘻对我说道:"小妹妹,你今日出医院了。"我一听这话,喜的了不得,问道:"我妈可归来了么?"他答道:"这却不知,你爸爸在客堂等你咧!"我即时跟着看护妇下楼,走进客堂,爸爸迎将上来,拉着我手,教我向医生行了个礼,道一声谢。医生对爸爸说:"他虽然出了医院,每天却还要来医院一次,好给他换药,现时也不算十分好的。"爸爸答应了,与我归家。我兄弟一见我回来,便迎上来抱住,亲亲热热说道:"姊姊你回来了,我想到你啊,爸爸说你今天回来,我正在等你咧!"又问道:"姊姊你的手还没好么?"我也欢欢喜喜的答道:"虽则未好,却已不痛了。"他携着我手上楼,一面说道:"妈的照片还在桌上咧,你试看一看。"我走到妆台前,对妈的照片细看一回,不觉又淌下泪来。想我妈在家时,日子过的狠快乐,他若在家,看见我从医院出来,必定笑嘻嘻的抱起我,问我的手还痛不痛,还要给我许多顽的吃的东西。现在妈不在,一切事都没人来料理我了,越想越伤心,那眼泪更止不住,簌簌直流。我兄弟见我哭了,他便拿个手帕,替我抹眼泪,一面问道:“姊姊,好好的怎生又哭起来了?”我哽咽答道:“我们妈这久还不归来,再过两天便是新年了,往年爸爸妈妈总是一块儿,领着我们去贺新年,人家又来我家里,怎么闹热,今年妈不来,那里还有这闹热咧?爸爸又是不闲的,我们如此冷静,不知妈的冷静又怎样咧?”说至此,爸爸也走上来,见我面上带着泪痕,便问道:“又想着你妈么?好孩子,别这么着,明儿我打个电与他,教他立刻归来,一星期内可以到这里了。”我听了这话喜欢的直跳起来,说道:“爸爸可别哄我。”爸爸道:“不哄你,你只管放心等着,不久便可见你妈了。”说罢,又到外面去。以后我依然和爸爸一房里睡。

有一夜,我方在睡梦中,梦见我立在海滩上,只见前面水天空阔,渺无涯涘。那小丘大小的波涛,推涌一只大轮船,这轮船好似是从广东来的,又见妈立在甲板上,笑嘻嘻向着我。我正要叫他,忽觉得模模糊糊,耳畔闻爸爸说:“他们睡得够了,不妨叫醒他。”这会我有点醒了,便一手把被掀开,揉眼一看,果真是我妈坐在床前,一手还摩着我的头发。我这一欢喜,真非同小可,忙坐起来,拉着我妈的手,一连叠声叫着妈,又怕是梦。妈便抱我起来,一连亲了几吻,说道:“我归来了,你还不知道么?”我这才相信非梦,却不知何故,喉咙里哽着什么似的,声也不能出。妈瞧着我说道:“你欢喜么?”我“哇”的一声,笑了出来,凄怆了半天,才答道:“妈回来了,妈真个回来了,这可不是梦吗?”以下什么,便说不下去了。

——《小说画报》(1917)第七号

黄璧魂

黄璧魂(1875—1923),原名黄碧魂,又名展素,字蕴玉,广东番禺(今广州市番禺区)人。第一任丈夫张姓,两人育有二子,丈夫亡故后,黄璧魂赴广州兴办女学,积极参加社会活动,后赴英、日留学,归国后至上海,担任家庭外语教师,并从事翻译工作。1910年,黄璧魂结识第二任丈夫郭百鸣,二人育有一子一女。后黄璧魂接受了无政府主义思想,并在上海创办劳工神圣社。1920年12月,担任陈独秀秘书,随陈南下广州,其间曾组织广东省女界联合会,担任主席,创办广东女子职业学校。1922年1月,出席莫斯科远东各国共产党及民族革命团体第一次代表大会,并发表演说。1923年3月,被广州市公安局逮捕杀害,年仅47岁。黄璧魂著有小说《孝子慈孙》《沉珠》。

孝子慈孙①

去羊城十余里外,有小村落焉,村多荒地,盖惰人多也。有李材者,家小康,年不惑矣,以农为业。有老父,年七十余,犹终日事耕作,虽夏日炎酷,汗流浃背,仍匍匐垄上,刈除莠草,或拾田贝,以供晓餐。有时邻佃劝之暂息,叟强笑低应,举首四顾,知无诇

① 原文标"家庭小说",原署"璧魂女士"。

者，始就树荫略憩，频频引首狼顾，若有所悸。或叩以故，则微叹曰："恐牛践我田，故弗敢疏忽。"农人笑其多虑，实则叟非多虑，固别有苦衷在也。有知者窃告同侪曰："叟之栗栗终日，讵真防牛践其田耶？且以衰迈之身，胼手胝足，无时得息，岂真其将竭之精力所能支耶？呜呼！叟之境遇惨矣！"叟有子而强悍无伦，以威力迫乃父操作，叟年事高，阅历深，自分不久于人世，且爱子之心，逾于老牛之舐犊，拼此残年筋力，鞠躬尽瘁，而不愿以爱子之过告外人也。有少年闻此，愤然曰："其子既如是，其父又何妨告人？"述叟事者亦一老人，喟然叹曰："尔少不更事，安得洞达人情？叟果以其苦衷告人，而人既闻其事，于叟未必有少补，此其家事也，吾人又岂能干预之耶？即使我辈以大义督责其子，不过挑其暴怒，重叟之苦而已。"少年闻老人言，心颇不适，亦默然不复语，惟窃计叟家拥田颇多，特不审是否由李材手创，抑为叟所传授，果产业谓叟所有，其子乃享父余泽，竟不感激，而反奴其父，无论李材如何强悍，当不至此，意必为李材手创，故如是蔑其父也。噫！叟亦苦矣。

叟每出治田，必较人早，归必较人晚，李材犹呶呶不休，不问曲直，总如横恶主人，临其奴仆，叟忍不与较。李材有一妻一子，妻性温良，视叟颇不恶，子名干雄，年十四，生小纯孝，犹爱其祖，叟亦宝爱其孙。李材常斥其子，不得近乃祖。其妻恐酿家庭之变，秘嘱其子，阳奉父命，不与乃祖交言，当李材不见时，则祖孙间亲昵如故。叟得此贤妇孝孙，颇用自慰，有时干雄由圃中得美果，则俟夜静，始出奉叟，盖李材平素禁叟不得履园圃中，恐叟盗其果，私售与人也。李材广蓄猪牛，每年藉此获厚利。一日，叟告其子，谓死母猪三头矣。李材奔视，果然，大怒，詈叟曰："此皆汝害之，苟能饲之合法，何至于此？汝老而不死，必贻家庭之祸，凡家有老物，必将不祥，此即预兆也。"叟惟吞声咽气受之。自此每晨必死数猪,半月后,又继之以牛。李材惊骇不已,益迁怒于叟,谓叟为瘟神使者,留之必不祥,竟逐之出,绝其衣食。其妻哀恳给以粗粝,李弗许,且斤其妻曰:“一月以来,猪牛尽死,吾产亦亏折将尽,此皆不祥老物致之,汝乃曲意袒护,岂有所私耶?”言时恨恨,举拳向空力击曰:“如再有人为老畜请食者,我必杀之。”妻噤不敢语,惟私以薯芋之类,遗干雄窃飧其祖。叟栖宿破庙中,晨出为人治田,人怜其老而苦也,多乐雇用,故叟亦不虞无啖饭地。特每返破庙,或遇狂风骤雨之际,叟必兀坐饮泣,盖庙极破漏,本不可以下榻,惟叟无家可归,只得勉强栖止耳。一日夜午,滂沱大雨,雷电交作,叟匿身于神像之下,稍避风雨。忽于电光中,瞥见一黑影,向叟卧处,挺然直立。电光既过,庙中洞黑如漆,不复见此人影。叟心中怪讶,念:“此必为行路之人,至此避雨,否则梁上君子,来此殊无益处,不知我一身之外,绝无长物。可怜此贼,今日遇我,运蹇极矣。”叟乃颤声问曰:“来者何人?冒雨入此破庙何为者?”一童子锐答曰:“大父,吾在此!”言时已循声至神像前,出手扪索。叟惊喜曰:“干雄,尔深夜来此,岂我家有变故耶?”干雄紧握叟手曰:“无他事,乃以此户破漏,风雨又急,深念大父,特来与大父破岑寂耳。”叟感极而涕,哽咽曰:“不虞汝父见责耶?”干雄曰:“阿父今夜大醉,阿母特煮熟肉及酒一小瓶,命携来,阿母谓大父不堪烈风暴雨,藉此亦可御寒。”言毕,从怀中出酒肉进叟。叟受之叹曰:“归谢汝母,惟此举切不可有第二次,倘为汝父所知,汝母子危矣。吾已老,死胡足惜?汝竟冒风雨来,万一为寒气所侵,又将奈何?”干雄流泪曰:“自大父出后,吾心惴惴不安,惟虑大父饥寒,不能度日也。”叟咽泪慰之曰:“汝弗为吾忧,吾能为人治田,人皆怜吾,常以饭饷吾也。”干雄泣曰:“虽然,祖父非壮年人,岂可过劳哉?”言时手启裹物,劝叟少进。叟强食肉少许,复略饮酒,促干雄曰:“汝宜速归,否①则汝父必来此觅汝矣。”干雄无奈,别叟出。叟虽得其贤孙慰问,而心滋悲也。

翌日,李材果园之内,忽有一尸,仰卧地上,以乱草掩盖其身,露一足。邻儿从篱外窥见,归告父母,于是远近喧传,诸人集视,惊议纷纷。李材闻声出视,怒目叱诸人曰:“奴辈素去,勿溷乃公!”诸人方争看草下之尸,不之理。中有一少年,即昔日在垄上为叟不平者,乃愤然答曰:“汝杀人,藏尸不密,为人发觉,尚汹汹欲吓退吾侪耶?”李材闻言愕然,急趋篱下,从众目所集处视之,不禁失声呼曰:“噫!此何物耶?”急从衣袋出钥匙,欲启园扉,不料锁已委地,扉乃虚掩,众人随李入。李去乱草,露尸身,乃一中年男子,衣服颇修洁,然为污血沾染几遍,额上及喉际,均有刀痕。时众人之目,转而集视李材。李材木立,不能语,面作青白色,浑身颤震不已。时里正闻耗亦至,勘视一过,据情详报地方官。李材以犯嫌疑,被拘下狱,须得官中侦缉真凶,数月不得。李材辗转托人保释,胥役复多方勒索,李材虽得省释归家,田产变卖已尽,且因久困狱中,遂染足疾,不能步履,惟日卧床上,呻吟叹息。李妻以惊忧过度,未几而卒。干雄悲恸不已,从此残疾之父,事事需其照料,晨起取园中蔬果,携至市上求售,得钱供病父甘旨,且分送其大父。干雄终日劳顿,无一息暇,而甘之如饴。有时李材因干雄在后园灌溉蔬果,便溺无人料理,竟遗于床,干雄归来,则怡然为之洗刷衾褥,殊无丝毫厌恶之怒,如是者年余。干雄之侍奉其祖若父,敬爱之情,日有加之,无或减也。李材感其子贤孝,回思自己往日之待老父,直如牛马奴隶。“老父以毕生精力挣得家产,吾坐享其成,而反驱之出外,一任槁死不顾,且吾父昔日尚能为我治田,今我则卧病年余,家贫如洗,倘干雄视我,如我之视老

① “否”,原文作“吾”,据文义改。

父,则我之生命,尚能延至今日乎?”李材于是将干雄所为,一一与己相较,不觉愧极而哭,捣枕呼号。干雄适自外归,手持一鲤鱼,乍闻父哭,惊趋榻前,和声问曰:“阿父何事伤心?抑因儿归来过晏①,阿父呼儿不得而怒乎?儿在市上觅鲤鱼,供阿父晚膳,故久久始归也。”李摇首曰:“吾非怪汝归迟,乃于寂寞中追念乃祖父待我之慈,我竟不能稍尽子职,且逐之出外,饥寒疾病,置之不问。吾今卧病日久,而得汝孝养至此,吾甚愧且悔也,历念所遭祸变,必上天以我大逆故示之报也。”言已,唏嘘泣不能仰。干雄闻父言,知其天良发现矣,乃乘间跪请曰:“阿父既念大父,儿当往迎之归。我家虽穷,得聚天伦之乐,实人间第一幸福也。”李材曰:“汝言甚佳,然吾得罪于汝祖者已深,今一旦晤面,宁不使吾惭愧无地乎?”干雄柔声慰之曰:“迎养大父,正为阿父之美德。大父欢笑归来,前嫌悉当捐弃,阿父勿忧也。”李材点头曰:“善,汝即于此时往。”干雄喜极,飞跃出门,至破庙觅叟。

叟闻其子悔状,心犹惴惴,恐一旦故态复萌,复遭荼毒,乃坚不肯归,后经多人力劝,干雄跪泣哀恳,叟始允之。既归,李材则伏枕稽颡,泣悔前罪。叟近床前,举手抚其子,挥泪言曰:“前事不必复提,吾等从此另建一新家庭可矣。”

越年余,李材足疾已愈,叟则老而益壮,复运其持筹握算之术,居然恢复旧业。里人素重叟行,凡叟筹集资本,颇不费力,而叟所谋之业,皆得厚利,于是李材之家,父慈子孝,一乡奉为矜式云。

钝根曰:“凡人获罪于天,一旦悔改,天必恕之,一如李翁之恕李材,奈何人多怙恶不悛也。”

——《礼拜六》(1916)第八十六期

① “晏”,原文作“宴”,据文义改。

沉珠[1]

香港有一家姓钱的，很有几个钱，生了四位小姐，大的已经十六岁，其余三位，一个九岁，一个七岁，一个五岁，四位小姐都很活泼、很爱顽耍的。钱太太也很爱惜他的女儿，真是掌上明珠一般。家里除了几个嬷嬷之外，还有一个八岁大的小丫头，名唤小杏，买进来已有三年光景，是供给几位小姐差使奔走的，倒也生得非常标致，十分伶俐，举止大方。有时外来客人不大留意的，便错认他也是个小姐，钱太太便觉很玷辱他自己的女儿，以后就不叫他名字，都叫他丫头，以免混乱尊卑的名分。三位大的小姐都入学堂念书，单有那年纪最小的四小姐留在家里，却又另外聘了一位女琴师，教两位大的小姐弹琴，每星期来教两次。

有一日，下午四点钟，那琴师未到钱府，恰巧钱家娘儿几个和那些嬷嬷全出去了，家中只留下一个小丫头。那丫头见了琴师便笑吟吟的说道："高小姐请坐一会，太太带着姑娘们探朋友去了，他吩咐我告诉高小姐，五点钟便回来的。"高小姐一看壁上挂钟才得四点，心里想道："还有一点钟咧！待要回去，到五点却又要再来，走来走去，实在不便。"只得勉强坐下。瞧那丫头，细想："那钱太太处事未免过于疏忽，既然全家出去了，也该留下一个有年纪可靠的嬷嬷在家看管，不应叫这小小的丫头独担风火，万一遇了意外，这小丫头如何会替他处置，即使就无意外，也可怜这小丫头一个人冷清清镇日在屋里。"高小姐只顾看着想，呆呆的出神。那丫头已倒了一盅茶送上来，便又退回一旁站着。高小姐依然瞧着他，想道："这个丫头果然生得端秀，人又聪明，他主人应该格外体

---

① 原署"番禺黄璧魂女士"。

贴才是,可惜他父母穷了,便卖与人家作奴婢,若将他和钱家小姐比较起来,他的举止容貌倒无一不胜过他们几倍。”高小姐想了一会,便向那丫头问道:“你太太将房子交与你看管,不怕强人进来抢东西吗?”丫头答道:“我只不开门放他进来,他如何抢得东西去呢?”高小姐道:“譬如我是个强人,你已经开了门放我进来了,倘若我要抢起东西来,你又奈何呢?”丫头把小手掩了小嘴唇笑道:“高小姐和我开顽笑了,我晓得高小姐不是抢东西的,我才敢开门,若生面的人,我决不敢把门开的。”高小姐见他言语老成,应对流利,便点头道:“你倒懂事,但是你太太也太放心了。”丫头闻高小姐称赞自己,心里不禁很快活起来,索性爽爽直直说道:“我太太说的,他养我就如养狗一般。狗子听见生人声音便要狂吠,见了生人便要咬。我虽不会吠,不会咬,却能与人问答,亦可以守门,充当狗的责任。”高小姐微笑答道:“如此说来,你比狗好得多了。我告诉你,倘若你太太下次出去,留你守门,你依然要如此留心,不可疏忽。譬如有人叫门,先要认清楚是熟人不是熟人,若不是熟人就切不可开门,万一被强盗进来了,把屋里值钱的东西拿了去,就是你对不起主人了。”丫头听了高小姐这番教训,心里很舒服似的,便接着说道:“太太已经吩咐过我,如果遇了外头火烧的事,除了熟人之外,无论来救火或是来搬东西的,千万不可开门任他进来,就是烧到门口也只由他,若把门开了,他说回来就要撕我的皮。”高小姐不觉发了一个抖,问道:“譬如当真火烧起来,你便如何呢?”丫头也不觉变了面色,把眼四面一望,说:“我很怕火烧,却又怕太太打我,当真火烧了,我只得不开门。”高小姐摇着头道:“可怜的孩子,真算的忠心,但是火烧逼近时,总要开门逃走的。你也来坐着罢,站久了脚要乏咧!”丫头闻高小姐叫他坐,心里很觉得诧异,把头摇了两摇。高小姐问道:“怕什么?来坐罢,我不是你主人,而且又是我叫你的,你只放心坐,不打紧的。”丫头迟疑着,慢慢走近高小姐身旁,依然垂着手,高小姐便拉他坐在自己身边一张椅子上,他坐了倒似乎很不适意。高小姐见他穿的衣服,肩背上有两处破了,便问道:“你的衣服破了,你自己会缝补吗?”说时把手向他背上轻轻抚了一下。他唉唷一声,跳了起来,高小姐倒给他吓了一跳,问道:“怎的?”丫头眼圈儿红了一会,又望了高小姐一眼,才答道:“我背上痛的很咧!”说时还拿手按着肩上。高小姐问道:“怎会痛的?”丫头却不敢直答。高小姐又再三坚问,他才说:“今日早上四小姐要我做马给他骑,骑上了,要我快跑,后来我跑倦了,便跑不快,他心急了,就在我背上咬了两口,我忍不起痛,哭出声了。”高小姐忙道:“这还了得!你太太有骂四小姐吗?”丫头道:“太太是看见四小姐咬我的,他骂我大惊小怪,四小姐的齿咬一口两口,打甚么紧,便值得哭起来,不过是不愿意陪四小姐顽耍,乘势放刁罢了。”便拿起藤鞭子,再向我背上鞭了几下。高小姐听了,几几乎流下泪来,说道:“给我瞧瞧看,明天带点药来给你敷上就好了。”一面说着,替他解下衣服,可怜粉嫩的皮肤,咬了深深几个牙齿印,纵横又是几条藤鞭印,看了令人酸鼻,便轻轻替他依然穿好衣服,说道:“下次就小心了。”丫头也点了点头。高小姐低低叹了口气道:“唉!做主人的固是忍心,卖女儿的父母,比做主人的还狠上几十倍咧!”接着问道:“你还有父母么?”丫头道:“我也不十分清楚,只记得我从前住的地方不是此地,房子也很大,有两个人,一个女的我叫他妈妈,一个男的我叫他爸爸。妈妈待我很好,很像我们太太对小姐一样,却不知那妈妈是不是我的娘。”高小姐道:“既然你叫做妈妈,自然就是你的娘了。”丫头道:“还记得我穿的衣裳也不破烂的。”高小姐道:“想必后来穷了,才把你卖到这里来。”丫头皱着眉头想了会,答道:“我也不晓得。”忽又侧着头望住了高小姐问道:“照这样说来,穷那样东西是最不好的了。”高小姐不觉大笑起来,好一会才忍住答道:“自然穷是不好的,若是你父母不穷,便不会卖你了,不卖你,你便不至作人奴婢了,一样的好衣、好食、好面目、好声音给你享受了。我想你妈妈带你来卖的时候,一定是很舍不得你的。”丫头答道:“不是,不是,带我来的那个女人,我从前不认识他的,他教我叫他做婶娘,我却不知他是什么人。”高小姐道:“你还认得你妈妈的模样儿吗?”丫头道:“认得的,我常常在睡梦里看见他的。”高小姐道:“你现在觉快活吗?”丫头道:“我看见太太和小姐们很快活的。”高小姐道:“我问你自己快活不快活?”丫头道:“太太和小姐们顽笑时,我站在旁边见他们你亲我脸,我亲你脸,是很快活的。”高小姐见他总说不出自己的快活来,不禁又叹了口气,不好再问,恐怕因此挑动了他的思想,生出他痛苦的知觉来,又细细看他一回,心里说道:“虽然生得模样好,但是面上一些润泽光彩都没有了。”便道:“你小心服侍太太、小姐,再过几年,太太也照这样看待你的。”丫头听了这话,便现出很有巴望的颜色,对着高小姐笑了一笑。

高小姐还要说话,忽闻有人打门声,丫头便飞也似跑到门边问明了,才开了门,正是钱太太和几位小姐、嬷嬷回来。那位二小姐一眼看见了丫头,便一个巴掌打过去,说道:“今天我们都不在家,你一个人在屋里,不是偷东西吃,就是睡午觉了,我虽然未曾看见,心里是猜得着的。”三小姐也打一巴掌说道:“看啊!你倒会纳福啊!”四小姐见两个姊姊打得有趣,他也走过去一连打了几个巴掌。高小姐眼见他们一班如狼似虎,把一个可怜小女子打的东一倒西一撞,两张小脸打的紫涨,眼里含着两包泪,动也不敢动,心里连连替他叫苦。钱太太回头看见高小姐,便把一班女儿喝住道:“你们也算太会顽了,还不快去见你先生吗!”那几位小姐便一拥走到高小姐面前,行了礼。高小姐嘴里和他们招呼,心里实是替丫头难过。各人都坐下了,高小姐便先开口说道:“幸而我今日来迟了一点钟,若照平日时间来,就要等的烦了。”高小姐说这话,想要省却他们的疑心。钱太太笑着问道:“高先生是刚才来的吗?”高小姐答道:“是的,我刚才进来坐下,你们就来了。”钱太太便深信不疑。高小姐和他谈了几句闲话,便叫两位小姐弹琴,等到功课完了,高小姐刚要回去,忽闻有人打门声。嬷嬷把门开了,走了一个廿八九岁的妇人进来,打扮的珠围翠绕,后头还跟着几个嬷嬷便问道:“这里是姓钱的么?”钱太太忙上前答道:“是的,请问这位太太要找那个咧?”那妇人便瞧了钱太太一眼,说道:“是来拜访钱太太的。”钱太太连忙陪笑道:“不敢当,小妹就是了,请进里头坐罢。”便让那妇人到客厅坐下,然后介绍高小姐,又喊嬷嬷倒茶,随又请问他的姓氏。原来那妇人是姓胡的,那胡太太也不问别的,只管向客堂四下里张望。钱太太便先开口道:“请问胡太太来寒舍,有什么指教呢?”胡太太答道:“听说府上三年前买了一个丫头,可有这事吗?”钱太太见他问得太突兀,一时答不出话来,又见那胡太太面上似乎很着急,心里更加疑惑。胡太太又说道:“我为了这件,今早由省城趁轮船来的,倘或那丫头还在府上呢,请你给我一看。”钱太太越觉得离奇,便答道:“有是有的,但须请你将缘故说了,才好叫他出来。”胡太太便叫跟来的嬷嬷把一个小皮包打开,里头却是一张小照。胡太太接过来,一手指着小照里头一个人,向钱太太问道:“这就是太太的丫头吗?”那时高小姐见来客要叩问丫头的事,心里已十分疑惑,以为那胡太太闻得钱家薄待丫头,动了他慈悲,特地要来打救,又想道:“他当真要打救这丫头,也该想个善法,照这样唐突,一定不成功的。”高小姐一面想,一面也看那小照时,只见里头乃是钱太太和他几位小姐合影的照片,旁边还站着一个丫头,手里捧着一盅茶,向钱太太那边递着。高小姐看了,便认得是刚才和自己讲了半天话的那个小丫头。钱太太看着那小照,诧异起来,问道:“太太你从那里得这小照的呢?”胡太太道:“说起来就话长了,我现在先请把丫头给我见了,然后把这事情讲给你们听罢。”钱太太觉得认真离奇,心里又揣度道:“莫非他见我的丫头长得好,便想来硬要我让把他么?倘或认真这样,我决不答应的,无论他高高把我价钱,我一定使他满满失望回去,教也知他虽阔绰,我也高门不容易欺的。”正在筹画对付的法子,不料那丫头闪在帘后,从帘边探出来。他因为来的客人常常提着丫头,又说要见自己,心里很不明白,但听他声音怪熟,似乎曾在那里听过,一时又想不起,便不知不觉又探出来些。这才看出①那客人,见那客人面貌也是很熟,也不知从那里见过,心里苦苦的想着,一心要记回这个客人是谁,越看越爱他,觉得那人十分和气,他一言一动都很令人欢喜,看的出了神,便连身子都钻了出去。钱大小姐一眼看见了,心里想道:“丫头的衣裳这般褴褛,不要给那胡太太看见了,有失我家体面。”想着便站起身来,正要推他进去,不料丫头这时已经回复他的记忆力,已认出那个客人,便失声叫道:“唉唷!唉唷!妈妈!”随着“哇”一声大哭起来。这可怜的孩子,平日当着钱太太娘儿面前,不敢言,不敢笑,到了这时,认得自己的娘了,也不计死活,如同大将赴前敌一般,凭着一腔勇气,没命奔上去,只投他娘怀里,伏在他娘身上,抽抽咽咽,哭个不止。胡太太看见自己女儿蓬头垢面,仿佛街上乞儿,越加伤心,紧紧抱着他女儿哭个落花流水。钱太太娘儿几个和高小姐都看的呆了,停了一会,倒是高小姐先开口问道:“胡太太,这个小女子就是你的女儿么?”胡太太一面揩着眼泪答道:“是的,他是我的亲生女儿。”高小姐又问道:“怎么你的女儿,要卖把人家做丫头咧?”胡太太拉着他女儿的手答道:“唉!这并不是我自己卖的。”钱太太急忙答道:“虽然不是你亲自带来,你丈夫病了没钱医理,是你的婶娘带他来卖的。我听他说的可怜,便多出他几块钱买下

① “出”,原文作“楚”,据文义改。

了,我的本心是要救救你们的急,现在你发了财,也难怪你想着自己女儿了。”胡太太跟来的嬷嬷,见自己的小姐穿的衣裳破烂,面目也憔悴,便知他虐待自己的小姐,又见钱太太说话轻薄的太没分寸了,便愤然答道:“钱太太,我们太太近来并未发得什么财,从前也并未穷过。”钱大小姐听见嬷嬷驳他的娘,便得大大失了有钱人的面,心里恼不过,便冷笑道:“哼!我从来未见过不穷的人,会拿女儿卖给人家做丫头的。”说完还冷笑了两声。那嬷嬷答道:“大小姐,你别生气,我把我太太的家世告诉你罢。我老爷开了一间古董店在法兰西国,专办中国的古董,运往法国发卖,又在省城开一家珠宝店,这两爿店都在未生我们小姐的时候就开下来的……”那时胡太太止住了嬷嬷,不许他多讲,便取出他丈夫的名片,很和气的递与钱太太道:“这个就是我拙夫的名字了。”钱太太接过一看不觉唬了一跳,原这个人是省城数一数二有钱的人,妇人孺子无不闻得他的名姓,钱太太素来也知得的,便连陪笑道:“你家先生的大名,已经久仰,但是令千金何以会落在舍下?这个缘故倒要请教,大家也好解了这个疑团。”胡太太点了点头答道:“这一定要告诉你的,请问你们还记得民国五①年,那年就是丙辰年,五六月间,省城和各乡不是遭了一场绝大的水灾吗?省城西潦涨的毛病是年年惯有的,但总不过一二尺深,三五日自然会退的,不料那年生出这么大祸来。后来越涨越大,水势来的极猛,要走也不能走,可怜还遇着火烧,一连烧了三昼夜,刚刚我住的所在,是靠近火烧的地点,我自己也以为不能逃生了。正在危急之际,恰巧来了几只救生艇,分头去救人,便有一只艇将我一家人都救了下去,划不上多少路程,不知撞了什么,那时夜深了,艇小人多,艇身一侧,便连人覆在水里。我吓得晕过去,不知经了多少时

---

① “五”,原文作“四”,丙辰年为1916年,即民国五年,据改。

候才醒过来,却已安然睡在医院里头,猛记起覆艇的事,便问我的子女,才晓得一家大小都救起来,单单失了我的女儿,我也以为他死在水里了,那时我万分悲痛,料必各位都意想得到的。到了水退之后,就在新闻纸上登了一个广告,声明愿出三千块钱的赏格,访寻我小女,无奈广告登了两个多月,也毫无消息,我希望也绝了。不料昨天早上到一个新交朋友家里,无意中在他房里看见一幅小照里头的丫头,很像我的女儿,便触起的念头来,细细研究他小照的来历。那个朋友告诉我,说这小照是他一位表姊前年时送给他的,那个丫头也是前年买来的,我又问了钱太太的住址,今早就赶来的。"钱太太便笑着说道:"怪道我的小照会落在你手里。"胡太太连忙吩咐嬷嬷把一个小提包拿过来,自己打开了,数了一千块钱的钞票,便站起身来,恭恭敬敬的双手递给钱太太,说道:"这一点东西也不算什么,小女在府上搅扰了几年,又蒙钱太太养育一番,吃的穿的,都要破费太太,如今这一点就算贴补些饭钱罢。"钱太太略为谦让了几句,便把钞票收下。胡太太的嬷嬷另外拿出一个皮包开了,取出一套很华美的衣裳给他小姐换了,又拿出一双小皮鞋穿上。众人一看,见他现在的模样,和先前的模样就如脱胎换骨一般。钱太太看着觉得十分惭愧,那高小姐替这小女子欢喜的眉飞色舞,那几位小姐眼见自己的丫头马上做了小姐,便不知他心里恨不恨,妒不妒?胡太太便拉着他女儿的手,走近钱太太面前深深行了一个礼,说道:"钱太太我此刻领小女回去了。"说完,又向高小姐辞别。那小女子便笑嘻嘻走近高小姐面前,亲亲切切拉了他的手说道:"高小姐,你不要忘记拿药给我敷背上,还望你常常到我妈妈家里去啊!"高小姐笑道:"我一定不忘记的。"这时各人都站起来相送,几个嬷嬷拥护着他娘儿两个出门,上摩托卡去了。

——《小说画报》(1918)第十七号

曾兰

曾兰(1876—1917),字仲殊、纫秋,号香祖、定生慧室,四川华阳(今属成都)人,曾恒夫孝廉之第四女,曾阖君之第四姊。15岁嫁给吴虞。曾担任《女界报》的主笔。1917年,在戴戡、刘存厚之乱中,避兵于成都西门外万佛寺,因感受湿气,医药无效,十月初五日病卒,时年42岁。吴虞刊其遗文为《定生慧室遗稿》上下两卷。著有小说《铁血宰相俾士麦夫人传》《孽缘》。

铁血宰相俾士麦夫人传

俾士麦夫人,为德意志柏拉尼亚地方的人,亨利芬阿多美鲁的女儿,生于西历一千八百二十四年四月,一千八百四十七年七月,归于俾士麦公爵,时芳龄才二十四。初时,公爵少年气锐,在某学校肄业,才高志广,不饬细行,不修边幅,便得了个狂俾士麦的大名,既卒了业,愈放诞不羁,肆无忌惮,把家里所有的财产挥霍罄尽,仅剩有一身,大为那些趋炎附热的亲友所冷淡,几乎不齿于人,常嘲笑他说是未来的俾士麦,揣量他日后的成就也不过是一个侠客、一个凶徒罢了,但从此以后,公爵有胆有力的名誉就遍传了四方。

公爵常听得人说,亨利有个女儿,容貌既美丽,性情又贤淑,便起了求伉俪的念头,因请冰人去与他作伐。那知亨利夫妇久闻俾士麦的狂名,知道他不拘礼法,素行无赖,不允婚事。却是夫人独具只眼,倾慕公爵,知他是个伟人,愿意与他结婚,在父母面前固请。这亨利夫妇素来爱女,也就不忍拂他的意思,才允把夫人许与公爵。成婚以后,夫妇二人相携为新婚的旅行。没多几时,公爵便在威勒士地方,遇着普鲁士王威廉第一,威廉第一就是后来统一日耳曼的雄主。公爵和他谈论多时,畅论日耳曼的形势,并且规划将来的布置,雄辩滔滔,目光炯炯。威廉第一的脑丝大被激动,深以公爵的话为然,君臣鱼水的契合从此起点。后来公爵能够挥他的巨腕,执三国同盟的牛耳;伸他的铁脚,蹂躏法兰西的名都;耸他的双肩,担负日耳曼帝国的成立,也都起点在这个时候了。经时不久,公爵被选举为普鲁士最负人望的国会议员,继后又为外交官,为普鲁士首相,为外务大臣,为丹麦征伐的原动力,为讨奥战争的司机者,为法兰西造劫的降殃神,为日耳曼统一帝国的大宰相,为柏林议会的盟主,为欧洲平和的掌握人,为三国同盟的柱石。

到了威廉第二即位后,猜忌公爵的小人便在威廉第二那里谗毁他。威廉第二听信谗言,倚任公爵就渐渐衰减,不似从前那样隆重。一日,威廉第二闻公爵与政党私会,诘责公爵,公爵愤然曰:“臣奉先帝的遗训,辅导陛下,此心耿耿如同白日,至于今日世界上的君权,虽是尊严,据我看起来,还不及我妻的会客室哩!”从此公爵便上表辞职,隐居在弗赖夺希哈地方。这地方树木清泉,极其幽胜,借此风景以娱乐暮年,但公爵终觉郁郁不平,常常露出牢骚的气象,考公爵生平不得意的时代,不过仅见于此。不久与威廉第二复和,隐然为黑幕宰相。夫人在中间周旋,自始至终,不稍懈怠。公爵同威廉第二,所以能够重行和睦,都是夫人善于调停的力哩!

但是秋月春花消磨艳福,当日倾城绝世的丽人,与那操纵全欧，轰轰烈烈的怪英雄，到如今婆婆相对白发盈头，都觉颓然老了，读萨雁门歌舞尊前，繁华镜里换尽青青发的词，真是不堪回首哩！公爵一生的遭际，中间累起绝大的波澜，却又有静波澜的一港，这港就是公爵的家庭了。但是这种幸福都是夫人挥香汗，竭慧心，停辛贮苦，才能给造成的。至于公爵一生的大运动、大策略、大雄图、大演说，并不是他一个人，能给演出这种种离奇光怪的活剧，这里面的原动力却是夫人。夫人待遇公爵，注意甚为周挚，施爱极其真实，有时如春潮之活泼，有时如夏风之凉趣，美意芳情千怜万惜，虽是那兔处鹘落，龙拿虎掷的铁血公到了此时，也不觉心神俱服狮调象驯的一般了。公爵的住宅外，有空地半弓，遍种马铃薯，绿叶葱茏缀，朝露如珠离落之间，杂花生树，细草如茵，牛羊成群，游息其间。住宅的左近，有一茂林，溪水从中流出，琤琮的声音，时时送入耳鼓。游人到此，都恍然就像身在画图。夫人又将香油、面包、牛酪等物随时预备，公爵兴来的时候，或是放枪猎鸟，或是拔剑砍树，或同夫人、女公子种菜莳花于其中，兴致尽了，就携着夫人散步丰草长林间，呼吸新鲜空气，以为天地间家庭的乐事莫过于此。

夫人常谓公爵曰："公身当天下的重任，宜以政治为事，何必身执锹畚，学碌碌种菜佣吗？"公爵但笑不答。凡以上这些清福雅趣，都是夫人赐与他的，试想公爵出外就去登那烈焰腾腾的发言台，肆其舌战，归家又入这平和的家庭，领取平和的幸福，忽然投身战场，忽然画眉绣阁，平生惊天动地的事业，腥风血雨的生涯，多擘画在红窗绮榻喁喁私语的时候真是奇了。公爵在外面的设施，不厌谲诈，独在家庭，却是温温蔼蔼，表示人以最佳的模范。夫妇同居四十七年，相爱如同一日，公爵或者有不思念日耳曼的时候，断没有不思念夫人的时候。公爵或遇着要紧的事情，不得已和夫人分别几日，这几日里头，寄书信的人已相望不绝的在路上。就是在战场,在议院,也时时以手书寄夫人,又常以《普法议和条约》之笔,著一法国小说,寄与夫人,又著一部书,命名叫做《铁血宰相》。大致说是“我写小像的圣书,因为某氏不信仰我,所以我著这书去驳他,也寄一卷与夫人”。常有一回,孤身作短期的旅行,寄书与夫人,说是“我这回的旅行,目见许多奇景异物,只可惜夫人莫有同来,很少兴致”。公爵为人,最好遨游海上,每一轮当空,万籁闲寂的时候,便携酒浮一叶小舟,去海波浅处荡漾,领略那海天清趣。又爱登山,到了山水幽绝的所在,便横卧苔石上,看山云舒卷,流连不去,常对人说:“我心神最当高潮,即在默坐山深林密水流云静的地方,听鸟的啄木声,令人知道天地寂寞之趣,但少夫人作伴,便觉歉然。”公爵生平,又不好交际,征逐宴会,多辞不赴,客来不爱久谈。或问公爵曰:“公爵既厌客,也还有妙法,避他长坐么?”公爵笑曰:“此事甚容易,客来若是久坐,我先就和婢女说明,使他①们传夫人的命,说是有要紧的事,那客自然知机,就会去了,这岂不是避客长坐的妙法耶?”闻者莫不大笑,至今传为佳话。从这类事实上看来,他们夫妇的爱情深厚,也就足见一班了。

公爵多仇敌,欧洲各国,想得公爵而甘心的,不知道有多少国,所以一生常有刺客俟候着他,就是最信用的心腹人,有时也图谋害。到公爵已死的时候,还有暗杀的人在大门外依着,徘徊未去。却竟没有遭横死,且能够从从容容,建设日耳曼帝国的基础,掌握欧洲霸权的运动机,都是由夫人暗中保卫扶持,这就可见夫人真是非常的妇人哦!夫人资质颖敏,有机警,记忆力最强,言谈犀利,性情爽直,常当面折人的过错,不少避讳,所以人人都畏惮他,尊敬他。夫人的名望虽重,却是心中常慊慊然不敢自满,曾致

① “他”,原文作“地”,据文义改。

一书与英国某女士曰:“我常以不同姊生在一国为恨事,这是甚么缘故呢?因为我们日耳曼帝国,没有妇人自由运动的余地哦!”但看夫人这几句话,就可想见夫人的心胸气魄很大,不是寻常调弄脂粉的女子了。从前日耳曼皇帝曾下过一个命令,凡妇人都习管理、教育儿女、家政三样。后来皇太后说是这三样都与政治有关系,沮止不行。夫人听说,毫不介意,因为夫人是以家为国的,家政就是国政,止要能够以他的心电,成就公爵一生的事业,感动当时许多的政治家,实为运动政机的技师,即所谓政治的夫人便了。公爵每和客闲谈,或谈及夫人,公爵必说他辜负吾妻的地方,真是擢发难数,吾亦说不能尽,这话都不为过当哩!

夫人有一女二子,长女归麦利伯爵,长男哈巴脱,次男①威利阿姆,皆封伯爵。夫人归公爵后,自少壮至衰老,投身于公爵的政界大圈,备历危惧忧疑的苦境,直至公爵退居弗勒脱希哈地方,夫人方才得安息数年。西历一千八百八十六年十一月二十七日,遂长别此星球而逝,享年七十有一。当夫人病笃时,公爵殷勤病榻,药炉茶灶,跬步不离。至夫人灵魂去躯壳入天国的时候,公爵见长簟竟床,画帘垂地,虽盖世英雄,也不禁儿女情长,风云气短,肠断心伤,悲恸欲绝。这个噩耗传至宫廷,皇帝和皇后异常的悲戚,就打了一个极恳挚的电文,去致哀悼的意思。那些日耳曼的诸侯王和奥国的君主宰相的哀电也络绎不绝的打来。北日耳曼革赛脱新闻悼夫人的词曰:“日耳曼全国人民当知道夫人占公爵家庭的大部分,当知道夫人以如何的理想扶助公爵,对于公爵一生的事业,不可不感谢夫人。夫人的能力虽然没有表现在外界,但是公爵的功业,所以能够震耀全球,就是夫人能力代表。便说夫人为近世女界的唯一英雄,也非过誉。”至于各国报馆作诗文去哀挽

① “男”,原文作“畏”,据文义改。

的,几乎日日都有,这夫人真算是生荣死哀,无以复加,不愧为铁血宰相俾士麦的夫人。却是我想人生在世,譬如舟壑潜谢,变速奔电,将来未至,过去已灭,见在不住,瞬息之顷,无一毫可据,尘俗的生死荣辱,恐怕正不值夫人拈花一笑哦!

——《娱闲录(〈四川公报〉增刊)》(1914)第二、三期

孽缘①

红尘滚滚,白日匆匆,我们这些人,生在宇宙间,就和那一点微尘落在细草上面一般。若是遇着轻风一吹,急雨一打,顷刻间便消归乌有了。能够活到一百岁的,止怕一千人内寻不出一个人来。即使活到一百岁,这一百岁内,从小儿到年老的时候,已几乎占去了一半,夜间睡觉和日间销耗的光阴,又几乎占去一半,又还有病痛哀苦,亡失忧惧,许多烦恼又几乎要占去一半。人生一世,能够欢天喜地,无忧无虑,逍遥快活的时候,实在是狠少。但是这样说法,不过是概论人生世上,欢乐的时候比较愁苦的时候,总要少些便了。若是分开论起来,却又要算我们声明文物礼乐之邦的女子,更是愁云惨雾,笼罩过一生哩!因为我们中国,自古传来,亲权无限,结婚一事,虽是女子终身所系,也止得随着父母的爱憎独断独行,不但不须女子本人许诺,并不许女子稍得预闻末议。所以中国女子结婚,能得志同道合,夫倡妇随,也止算是侥幸的天作之合。得不良的恶果,使女子受尽无穷的悲楚,抱着满腹的幽情,终身忧郁,没得一刻欢娱的时候,就更仆难数了。试举我所知道那位味辛女士的历史,即可见一斑,不是我发无味的牢骚哩!

女士姓鲁,名惠,字味辛,广西桂林的人。先世经营商业,至

① 原文标“家庭小说”,原署“定生慧室”。

女士的父亲,才讲求学术。家中藏书颇富。女士生来便秀丽明慧,不假妆饰,那丰神潇洒,超迈俊逸,和谢家道蕴一样,有林下高风。看见他的人,没有一个不啧啧称羡,说他和瑶姬下降一般。幼年曾读过书史,能通翰墨,言语隽妙,襟怀爽朗,尤喜阅东西洋名家小说,剪镫煮茗,娓娓清谭,如霏玉屑,令人忘倦。他看见古来那些美人,往往消磨挫折,罕有美满的结果,便觉心中凄怆,常对着他的女友说道:“红颜薄命,今古同慨,尘世上别是一般人的世界,容不着我们这一类人,我要想去做个隐者去了。”他的女友笑道:“你这样聪明美丽的姑娘,将来一定嫁个如意才郎白头偕老,怎么说出这话来?他们那些鬼眉鬼眼的人,虽不是牛头马面,红发獠牙,却是可憎可畏,他们都还不肯妄自菲薄,竭力拼命,想跑到社会上活动活动,你如何反转在热闹社会中,想做起隐者来?真算是怪话。”女士却粉颈低垂,默然不语。他是秀外慧中、聪明绝顶的人,自己觉得姿容华艳,恐怕遭天公的妒忌,不但清福难当,就是庸福也怕不易享受,便有落溷飘茵的感慨,所以生了无限的悲楚,才说出这话来。我到此时才晓得一部二十四史里头,所以有那许多隐逸传的缘故哩!

女士有一个表亲,姓田名林,是个乡人,住居某村。他的先世,悭吝鄙啬,从牛矢堆中积下了些金钱,买了许多田地。到了田林,小九九算盘打得更熟,蓄钱的艺术更精,佃户乡农如何是他的敌手?因此田园房舍逐渐加多,吃着不尽,遂以富翁自负。田林的妻子梁氏,性情刻薄乖张,蠢得来一点知识没有,到是压制男子的手段却与河东君差不多。所以田林怕他,犹如严父尊师一般,凡事不敢和他违拗。梁氏说的话,他止好学属员伺候上司的口气,歪着身子,恭恭敬敬,慎慎重重,答应一个“是”字。梁氏单生一子,名叫田芋,与女士年纪相若,姿貌平庸,性质鲁钝。不但自顶至踵,全无雅骨,那一种黄腔顶板,红苕气味,尤觉咄咄逼人。

田林夫妇因为他是制粪机器厂的相续人，爱得和宝贝似的，听见唱戏的唱书中有千钟粟，有黄金屋，他便欣羡起来，去延着一位天玄地黄，赵钱孙李，读得烂熟的村学究，来教田芋读书。在田林那样人，虽不知道聪明有种，读书成就，如同牛毛麟角，狠有多少优劣之分，却也并没绝对希望他儿子造成甚么学问。他脑筋里既无“学问”二字的名词，所以也无这等思想，不过要望他儿子读几句书，混得一二步科名，就千钟粟、黄金屋弄不来，拿来吓吓长年佃户，也是狠有光彩的。那晓得这田芋性质鲁钝，本没慧根，又遇着一位村学究，止晓得把学生终日关在书房内，把书来死读死背。初一十五，督率着学生向至圣先师孔子香位行个三跪九叩礼，便觉自己已狠尽责任，全不懂教授法，就是用功的人读一百年，也是莫名其妙，何况田芋又不好学。所以到了十七岁，不但破承起讲，是二亨二亨的，就写一篇八行信札，上面都有许多别字，那“焉哉乎也”弄得个七上八下，更是不用说的，简直成了一个不能利用的废物哩！

梁氏和女士既属亲戚，常常来女士家行走，看见女士生得那般美丽，却又和婉可亲，便一心要聘来作媳，就请那巧言如簧的冰人，去向女士的父母求婚。女士的父亲起初嫌田林不是书香人家，又不愿意把他的娇女去配那田芋有财无才的伧奴。无奈女士的母亲见田林有钱富翁，狠是喜悦，愿结这门亲事，便成就了这一段孽缘，把一朵鲜花眼睁睁活生生的堕落在泥滓中去了，岂不可恨可惜么？

后来女士于归田氏，进得门来，看见他家中的人都是鄙陋龌龊。房屋器具陈设都不脱那乡坝里三费局绅团总老爷土头土脑的气习，案上除①了皇历算盘书戏单子，格外就没有一本书籍，心

① “除”，原文作“陈”，据《娱闲录》第八册《勘误》改。

里头已是大不喜欢。加之那田芋更是块然混沌，没得一点情趣，终日无半句话可说。女士是个诗书文雅的人，如何受得这样光景？襟怀郁郁，镇日静坐，看掌上螺纹，垂头无语。归宁的时候，对着他的父母诉说起来，大有天壤王郎的感慨。自归田氏后，田林夫妇待遇女士狠严，事事施用压制，没得一毫自由，就是女士夫妇间要说一句闲谈，也是不容易的。女士要想得翁姑欢心，愈加柔顺殷勤，毫不敢有一句怨恨的话出口。这①个时候，田芋虽不是风流蕴藉的名士，他还晓得爱恋女士姿容，夫妇之间到还没有甚么极端的恶感。不过有田林夫妇在中间，以保养身体为名，将田芋安置在远远的书房苦读圣贤，使他们隔断，不得自由接近，夫妇之道到了这样田地，也就算得比黄连味苦了。

女士在这个腐败黑暗的家庭忧郁寡欢，消磨此黄金难买的光阴，不觉便已十余年，膝下育了子女数人。女士上事翁姑，下抚儿女，虽是没有甚么欢娱，却也还没有甚么大愁苦。但是田芋年纪既已长大，田林约束儿子的规律也就渐渐的宽弛。田芋时或往外面去逛逛便也由他，不去十分干涉，那晓得因此却生出无穷的风浪来了。

梁氏有个侄儿叫做梁血，是个不务正业的浮浪子弟，凡是叉麻雀、唱洋琴、摆花酒、吸鸦烟那些事情，他都是惯家滑手。看见田芋是一个文不文武不武的小毛子，又富有金钱，便同田芋寻花问柳，各处浪游。田芋前时被他父亲管着，未尝知道外边的情趣，终年在米桶内过活，如今一阵卷进了花天酒地的漩涡，那一种手舞足蹈快活的情形，犹如监生中举一般，真有个意外遭逢乐不思蜀的光景，便背着田林大借外债，开支嫖账。有时怕田林责备，勉强回家，只说是在外面和几个朋友读书讲学，或冒充在某某学校

① “这”，原文作“遮”，据文义改。

任音乐、体操教习,见着田林,格外稳重,好像才讲了儒门语录回来。田林那晓得这些事,只说是祖宗葬的龙脉地发了,生个儿子会读书当教习,何等荣誉,也不去调查他的行事如何。就像如今上司据各县知事报上来治匪禁烟的表册,说是烟净匪衰,他便信以为真,嘉赏他的成绩,那晓得乡坝里正是匪徒横行,烟魁得势哩!田林只知道在家中盘算小钱,不知你在这里蓄积得一百,田芋在外面却用掉了一千,任你老长年劳精疲神,持筹握算,营营不休,也不过多与田芋留下些开嫖账的钱罢了。这类守财虏,真真是可怜无补费精神哩!

后来田芋在外面看上了一个下等的娼妓,叫做张珠儿,性情狡诈,容貌恶劣,那面上瘢痕点点,和洗沙冤兜的尊容到还不相上下。田芋是个不辨精粗美恶的人,竟被他迷惑得七颠八倒,把他娶在外面,别坞藏春,百般宠爱。凡是珠儿衣服首饰,器具陈设,都是田芋替他购买新式流行的,耗费老父①长年心血换来的金钱无算,毫不吝惜,尽力孝敬。好像报上载的某甲欲参与祀孔典礼,即破费金钱,在东四牌楼同和馆肆筵设席,遍请秘书司长,大施运动,以达他愿为圣人之徒的宗旨,死方瞑目,是一样的。珠儿知道自己全无姿色,恐怕田芋又去相与那生得美丽的人,抛撇了自己,就用出他蛊惑人的手段,在田芋面前殷勤谄媚,下了多少麻药。止要田芋喜欢的事情,他总是先意承志,去顺从伺候,就像满清时候,下吏与大主考办差一样,把个田芋弄得来昏天黑地,终日在珠儿家里打牌饮酒,抽烟过瘾,还要在别处招邀些娼妓来一同顽笑,闹得个不亦②乐乎,就是天塌下来,他也不管了。

---

① “父”,原文无,据文义补。
② “亦”,原文作“一”,据文义改。

田芋有时回家,女士看见他神智昏愦,形体瘦削,心中十分忧虑,遇着有空隙可以说话的时候,便苦口婆心去规劝他。田芋是个伧父,懂得甚么叫怜香惜玉,直谅温柔?他见女士近来玉容愁灭,久已生了厌弃的心,如今听得女士规劝他的话,更是忠言逆耳,和女士的爱情几乎就要断绝,看着①女士就像眼中的钉子一般,非把他拔除了不可。女士见着这种情形,芳心凄怆,病态日增,更加憔悴,心中暗揣田芋对他这样薄幸,其间必有一种原因,渐渐留神探考。后来果然把田芋在外娶珠儿的事调查出来,也不敢向田林夫妇诉说,只好泪湿罗襟,暗暗悲叹罢了。

田林夫妇虽然护短,不要人说他儿子的坏话,却是田芋常在外边留宿,不曾回家。田林疑心,漫漫探访,也就晓得其中缘故,心头无名火冒起三千丈高,把田芋叫来大骂一顿,逼着田芋立刻要把珠儿退回。田芋被珠儿蛊惑,顷刻不肯离开,听着他父亲叫他把珠儿退回,便赌气睡在床上,不肯起来。田林恨极,也不去理他。怎奈梁氏止有田芋这儿子,平日又是溺爱不明的,看见儿子睡着不起,茶饭未进,止怕他气死,吓得魂飞天外,日夜向着田林哭泣,说是儿子在外冶游,都因媳妇幽娴贞静,不善事夫,不能得他的欢心,他才做下这样事,若是把珠儿接回家中,儿子心里欢喜,不像那讲甚么《列女传》的鲁性媳妇,他自然就不在外面去昏闹了。田林本是个惧内的都元帅,看见梁氏哭哭啼啼,早已手足无措,有主忧臣辱的光景,又听见梁氏说把珠儿接回家中,儿子就可不出去冶游。他平生是一钱如命的,只要儿子不出去花费银钱,就把娼妓接在家中,觉得也是无妨的。那败坏家风不可为后人榜样的事情,田林的思想还不能到这里,果然照着梁氏的话,把珠儿接回家中,以为得计。女士知道翁姑性情愚

① “着”,原文作“看”,据文义改。

黠,丈夫更是昏庸,这个祸水进门,家庭间必不得清吉,但是翁姑都怪我不善事丈夫,百般责备,自己岂敢再去阻拦?只好随他们①昏闹,自己依就恪守妇道,日里劳劳碌碌,料理家政,夜里如有空闲的时候,聚集儿女数人,讲说些东西洋小说上有益的事情给他门听,一则自己藉此遣一遣愁怀,二则使儿女辈晓得些世界上社会的情形,也可增长他们的见识,这就是女士送此生涯的课程了。

珠儿既是娼妓,蛊惑人的伎俩是精熟得很的,进门已后,便留心细查田氏家中人的性情行事。不多儿日,早看出田林夫妇是一对极无道理的人,是非颠倒,黑白混淆,最容易播弄的。女士虽是一个端庄严重、机警可畏的人,但他却是很守礼的,不是那河东狮吼的悍妇,随便可以对付。就施展他的手段,在田林夫妇面前格外讨好,凡是众人看得见的事,他就竭力奔走,手足不停,显他有能力,挡得着事;背过身没人看见的事,就是遇着盗贼在那里偷窃物件,他也不肯动身,只坐在远远的高声呐喊,使田林夫妇听见,好骂女士不管事,件件都离不得他;做得好的,赶忙丑表功,就说是他做的;做错了事,一掌就推在女士和女士的子女身上,痕迹都没有。这一等损人利己、讨好卖乖本是娼妓的行为,原不足怪,只怪那田林夫妇二人蠢至这个样儿,连这点破绽都看不出来,总说珠儿会管事,又使他的儿子不出去冶游,真是把珠儿看得来和圣母娘娘一般。可怜女士膝下儿女数人,缝纫补缀都要亲自去做,家中关于衣、食、住三项和应酬上一切大小事件,都要女士去料理,从早至晚不得休息。偶然有点错误,田林夫妇便疾声厉色,责备女士不善理家事。终年辛苦劳顿,田林夫妇却没有说过一个好字,珠儿每日里敷衍面子,不做实在的事情,他反说珠儿有才干,

① “们”,原文作“门”,据文义改。

会做人。这样爱憎岂不是与忠国忧民的人反遭排斥，那赞助亡国大夫的人反得保举，同一可叹么。珠儿是在江湖上行走拿钱的人，学识经验都是够的，何等利害，看见田林夫妇都在他掌握之中，任凭玩弄，就越发放肆起来，凡事独断独行，连田林夫妇渐渐都不放在眼里了。田芋成年累月都是困在珠儿房内，视女士如同陌路，珠儿更是得意，若遇着田林夫妇怒责女士的时候，他必定在旁边借题发挥，冷言冷语，挑拨讥诮。女士日困愁城，翁姑、丈夫种种苛待，每日到了绣衾似铁，银缸无焰，疏雨打窗，酸风坠叶的时候，却听得远远猜拳①喝酒的欢声，那正是田芋、珠儿夜半行乐的消息传来了。

田芋为人，既不成材料，田林夫妇又都是这样糊涂，好像那万能的上帝，特别制造他们这一种焚琴煮鹤的人出来，摧残女士一般。就是旁边的人看见女士如此困顿萧条，莫不悲哀女士的境遇，代他扼腕不平。却是人类良莠不齐，那得人人都是有天良的，有些人从表面上看去，耳目口鼻都是有的，何常不像一个人？见人说的，又何常不是孝弟忠信，礼义廉耻，应有尽有？堂堂正正的话，做一篇文章，开一回演说，把他所记得《尚友录》上有名人的几句门面语都请齐了，就请他当孔教会的会长，那资格也是足足够十分的，却是详细去考查他们的行事，那就狠不便说。在这个言逊的时代，批评陈碧秀的人，尚说是不敢躬冒大不韪，何况一般硬要估住当圣贤的先生们？我怎敢去议论一句半句？但是因为有了这种阅历，我才知道做颜渊、闵骞口气说话的人，和那做王孙贾、弥子瑕口气说话的人，实在是一是二，是二是一，没有甚么高下差别。那孟夫子人性皆善的话简直是开顽笑，全不作准的哩！如今我且放下不论，单就我知道的两个人，说来与各位听一听

① “拳”，原文作“权”，据文义改。

罢了。

原来这两个人,一个姓乌,一个姓王,都和田林是内亲。王氏面多瘢痣,两眼昏涎,双颧高挺,门牙暴露,性情浇薄反覆,望而知为破家的恶妇。丈夫死后,还留得有些田地房屋,虽不是富户,也算得小康之家。若是遇着稍知家政学的人,勤劳节俭,量入为出,也还可终身过活,不至求爹告娘,寄人庑下,觍颜一世。那王氏却是个毫无家庭教育的人,终日和舅子老表搓麻雀,抽大烟,混做一团,时常又要到各处戏园去看戏过瘾。舅子老表在王氏那里烟饭两开,比住在悦来旅馆舒服,有甚么不愿意?王氏既不能料理家事,供给需用日多,渐渐就入不敷出,起初卖田地,后来卖房屋,日复一日,年复一年,竟闹到山穷水尽,几乎要到栖流所、卑田院安身了。祖宗的产业,丈夫的门面,一概付之东流,好不凄惨。正在无可奈何时候,忽然想起田林夫妇是他的内亲,止得厚着面皮,跑到田林家下,哀肯田林夫妇将他收留,赏碗剩饭与他吃,以度残生。田林夫妇见着王氏凄凄楚楚,悲悲切切,那般模样如同丧家的狗一般,便动了恻隐之心。想着我们当粮户的人,米是有的,每年猪羊鸡狗,要耗费白米若干,就将王氏收留家中。一个人衣食也狠有限,外人看见也好称赞我们当粮户的人,虽然是刻薄成家,有时也还有意外的善举,便应允了王氏。王氏才到田氏家中,田林夫妇待遇他狠是平常,到是女士慈悲忠厚,见他贫病可怜,背过人的时候,将自己蓄积的银钱,有余的衣服,暗中给他添补使用。后来王氏逐渐揣摩梁氏的性情嗜好,是个极爱奉承的,只要顺着他的脾胃,把二尺五寸高的帽子给他戴起,就可以横说横好,竖说竖好,便指鹿为马都是无妨的。王氏便从此下手,每日里劝梁氏搓麻雀,游公园,到各处茶园看戏,说是:“你辛苦了半生,既有了媳妇,也该享几天清福,家事叫媳妇们去办,把他夹磨夹磨,将来方好当家,何必你自己操心?”梁氏听着这话,觉得王氏是狠体贴我的人，便十分欢喜，把王氏当个忠臣亲信起来。王氏每日陪着梁氏搓麻雀，赢了他便将钱收入荷包里，一毛不拔，输了便与梁氏摆起，算梁氏的。倘去看戏游玩各地，那买入场券，开点心，往来舆马费，都出在梁氏身上，梁氏一天也离不得王氏了。王氏看着事情得手，越发竭力恭维梁氏，把苏秦揣摩太公阴符的苦功都用尽了。梁氏在田林面前极口称赞王氏，说王氏会体贴殷勤，比自家媳妇还好。田林是个素怕老婆的人，梁氏说好，他岂敢干冒慈威，不遵懿旨，自然也就随口赞成。况且王氏又百般献媚，诸事奉承，田林不觉便入彀中，满心欢喜。王氏因此却使田林家中的人，与他上了个姨太太的徽号，这也算是夫人必自侮，而后人侮之的一端哩！

自从珠儿到田芋家中，王氏看见田林夫妇和田芋都渐渐的薄待女士，宠爱珠儿，他正想寻些事来奉承梁氏，得了这个机会，心内大喜，便竭力去捧着珠儿，讨田芋的欢心。又对着田林夫妇赞美珠儿，说他狠是懂事，每日里都是欢欢喜喜的，就是娶着良家的子女，恐怕也没有这等和蔼，那里像女士那样吃醋，看见丈夫纳妾，就把醋海掀翻了，常常装病，也不怕翁姑气恼，做出那愁眉泪眼，霉人的模样，使人见着生厌。又说梁氏平日多病，都是女士种种不合，把他气成的。王氏这一席话，虽是两面讨好，却也是和珠儿气味相同，正是兔死狐悲，物伤其类的意思。至于拍红人的马屁①，以求饭碗安宁，对着失意的人，过桥抽板，投井下石，到是如今普天下人的通病，不可拿来责备妇人哩！田林夫妇因为田芋将娼妓接进门来，恐被亲友笑话，心内常抱着羞愧，如今听得王氏这种颂扬的话，把一腔心病才立刻冰消，果然觉得珠儿是个活泼伶俐的人，不比女士终日忧忧郁郁，多病寡欢，狠是讨嫌。所以他们

---

① “屁”，原文作“庇”，据文义改。

见了女士,总把面孔沈着,不假一点词色,若是见了珠儿,便又不同了。可见我们中国,不但社会上的人因为富贵贫贱不同,交情也就随着不同,如像那廉颇、翟公的宾客盛衰一样,就是家庭内也有无穷炎凉冷暖的情形,如像那苏季子的身分,随着势位富厚变迁。这种趋炎附热的心理、迎新送旧的面孔、忘恩负义的行为,究竟是何种学说、何种教育造成的?各位细细去研究评量,我也不必说了。

那乌氏和王氏性情是一样的,不过乌氏年少的时候,容貌尚不甚恶劣,丈夫狠爱他,只是资质鄙俗,言语卤莽,没得半点文雅气息。却是丈夫因爱生畏,诸事依顺他,他便藉此把丈夫制服下来。平时在丈夫面前挑唆是非,弄得乌姓父子兄弟大不和睦,家事也渐渐的衰落,这乌氏的为人就可以想见了。他既和梁氏十分要好,又恰遇着王氏志同道合,光棍见了光棍,都是行家人。每到梁氏家中,就和王氏商量,去寻女士的错处,以便在田林夫妇名下说长道短,献他们的好心。女士患病,若是要请医生调治,田林夫妇痛惜金钱,心里头老大不愿意。乌氏、王氏又在旁边用些话来激怒他,说是这个媳妇,要你们大粮户才娶得起,若是平常人家娶着他,只怕医药费都供不起,便要倾家哩!一日,珠儿害了痧症,田林夫妇和田芋手忙脚乱,叫快去请医生来诊救,乌氏、王氏也帮着大惊小怪凑趣。王氏更要在梁氏面前去要好,叫他不要劳神,恐怕伤了玉体,自己便去伏侍珠儿,真是昏定晨省,衣不解带,比孝子还要周到些,若是珠儿果然死了,他就寝苫枕块,庐墓三年,都像是做得到的。这痧症假如是女士害了,他们必定坐在房中,噘着嘴说:“痧症有甚么稀奇?刮了就好,何必这样张惶?不怕吓坏了翁姑丈夫。这个媳妇真真是全不知进退,人家把他不在意下,看得比鹅毛还轻,他反把那条命看得怎样贵重,若是我,早已气死,不活在世上了!”你看王氏、乌氏这两个人,看见珠儿得宠,就拼命去承奉，女士如今失势，便一意陵侮起来，真合了俗说锦上添花的那句话，乌氏、王氏就是这类的人。那王氏更是把女士从前待他的好意，都抛在东洋大海去了。据这样看来，我们中国妇女的程度实在是低浅得狠，难怪当日孔夫子把女子拿来和小人并称，新学家对着这句话，虽极端的批驳非难，却是到了如今，我们中国妇女，除了涂脂粉、谋妆饰、搓麻雀、进戏园、上餐馆、说几句新名词，格外有何知识？与小人不同的地方，不过是生男育女罢了。其间虽有少数天质甚好的，却是无教无学，如何跳得出孔夫子那句话的范围？想到此处，我见着欧美的妇女，真是要愧死哩！

田林起初惑于梁氏的话，只说把珠儿接回家中，田芋就可归真反朴，不往外面去嫖赌，那知道田芋是已经浪荡惯了的，接了珠儿不到一年，又在外面冶游去了。田林虽知道这些事，只好闷在肚里，因为从前怪女士不会事丈夫，才把珠儿接回来，如今珠儿虽接回家，田芋却仍然是野马无缰、夜不归槽的举动。梁氏当日的妙策竟成画饼，又不便对女士说，好像哑子吃黄连，说不出苦来。这些事情女士后来渐渐也晓得了，在别的妇女被田芋那样冷眼相看，便也漠不关心，女士却是一个多情知礼的人，想起田芋和他夫妇十余年，如今见他把身体戕贼到这个田地，直是行尸走肉，与冢中枯骨一般，终日昏昏，自己又不能去劝他，将来还不知如何结局。又想着田芋这样浪费，日后家产安能保全？万一荡尽，自己和儿女辈又怎样度日？家中既无人讲学，子弟又无人教管，何以成人？每当夜阑人静、万籁俱寂的时候，这些事便一一涌上心来，不觉珠泪频挥，竟夜不能合眼，这病体怎么会好哩？在千愁万恨中，要想不去医治，任随身体早日消灭，离去浊世的苦恼，以达他当年招隐的目的，反觉清静。却是回头看见膝下儿女都还年幼无知，撇下他们，被后来人践踏，那《黑心符》《芦花余孽》的惨剧，不知又要添演许多。心下又十分不忍，只得自己宽慰，免强撑持，服药调治。不然,女士家庭既如牢狱,毫无生人之趣,母家又父母俱亡,虽有弟媳,天性凉薄,视女士如路人,尘海茫茫,俨同孤立,尚有何可恋,留此忧患余生?无奈女士忧伤过甚,身体日形衰弱,这草根树皮又怎能医好真病。到了如今,当年冰雪聪明的玉人也就姬姜憔悴,不堪回首了,你说可怜不可怜呀?

味辛女士,我和他素昧平生,向不相识,因为他有一位女友和我的交情狠好,常对我说起女士的遭际,便连声叹息。我想味辛女士生得这等聪慧,使他自幼便受文明国的教育,必能成就一极有学问的人,即使遇人不淑,凭着他的学问也可以独立谋生,又何至过这样困苦的日子。可惜中国向来不讲究女子教育,把这样的人都废弃埋没,岂不可叹,但是人生在世,不过一刹那的光景,试作佛家的骨镤观。先观想自身额上,皮肉烂坠,唯见白骨,渐渐从狭至宽。想于一头,皮肉烂坠,见于白骨,乃至全身,皆见白骨。既见自身一具骨镤,分明现已,复观余人,烂坠亦尔。观第二具已,渐次观于一房一寺,一城一国,乃至遍地,以海为边,骨镤充满。此观成就,一切贪爱,自然消亡,不但名士倾城,文鸾彩凤,同归乌有,就是地球,也有毁坏①的时候。到了世界末日,恐怕白骨一堆,也无形无影,无处安放。那利害毁誉,称讥苦乐,我们做小说的人,现在也不必过于认真。味辛女士如听见我这样说法,或者当拈花一笑,不作彩凤随鸦的感慨了。

——《娱闲录(〈四川公报〉增刊)》
(1914)第七、八、九册

① “坏”,原文作“壞”,据《娱闲录》第十册《勘误》改。

陈守黎

陈守黎(1880年前后—1922年前),号守黎女士,鄞县(今浙江宁波市鄞州区)人。夫倪承灿,镇海(今宁波市镇海区)人,《浙江潮》主笔,创办《宁波小说七日报》。陈守黎曾尝试办女学,校名培坤,但以失败告终。陈守黎在《小说丛报》等刊物上发表有诗赋、散文、小说等,著有小说《不可思议之侦探》《不良之妇》。

不可思议之侦探①

纽约孟腾街戈司宾客栈第四号客室,有少年偕一少女投止,时维一千八百九十九年五月六日。此少年自名阿尔芬,少女马利,自承为夫妇,据栈使所侦得者,则言其非夫妇,意殆假此为桑间也。少年既寓此后,月余未尝出门,偶出必以夜,且必易去豪华衣服,而饰以简朴,兼戴伪须。有询之者,则云执侦探业,老于阅历之栈中书记,亦决其非侦探,以为侦探家侨装,在避所探者视线,故其侨装,不拘一格。若阿尔芬,则仅伪少为老而已,而马利每出,亦必易黑衣,蒙黑网于面,若教会中贞女然。此少年少女举动皆诡秘,然颇丰于财,日用颇奢,待栈佣尤笃厚,故栈中人亦遂安之。意其人生于富室,背其父母,遁出以结婚者。其事既为美

① 原署"陈守黎女士"。

俗所时有,佥意胥如是推测,故始来时,虽为人疑讶,及久瞯无他异状,群亦澹忘之矣。

一日,为七月四日之晨,值美国行大祝典。是日全国皆休业,乡居之人多适市大酺,故游客麇集,往来戈司宾客栈者尤憧憧。四号客室,适当第一层楼之北隅,北隅不当走道,人踪至此者甚罕,尘嚣亦较静。惟距四号室数武,有一旁梯,直通牏圊庖湢之所。庖之旁有侧门,别达一衢路,客之稔于道者,多由此出入以取巧捷。此日亭午,庖人方进膳,升旁梯,过四号室前,见门大辟,少年男女均不在,独有一老者卧血泊中,视之已死。庖人大骇,惊告栈主,栈中人咸集,见此老者面绝熟,然非栈中客,仓卒之顷,亦无人能举其姓名。抚之,体尚温软,殆死未逾时,颈创极巨,两喉管皆断,其不殊者,仅颈间左畔之皮。察房中设备诸物,绝无凌乱象,整齐如故,惟火炉中,似有新燃之纸灰少许,尚有余温射出。栈主欲询于邻室客,则皆扃关他出,左右毗连十余号皆然,乃急报警察。俄而警吏二人至,睇烛死者状,决为被人惨杀。一吏年事较长,忽视而嘻曰:“此富翁洛喀伦斯也,何事受惨杀至此?”斯时侦探马翁司踵至,问状,乃告年长警吏曰:“约翰,吾知此案矣。洛喀伦斯拥富百万,居钵伦,操银行业。其人门祚衰薄,妻早卒,仅一子,年逾二十,貌颇美好,然游荡无艺。洛喀伦斯舐犊之情颇笃,纵子所欲,近年始少加约束,因是父子之间尝至乖违。闻距今三月前,其子忽失所在,先是其子眷一贫女。此女有美名,为小学校教习,与其子同时失去。识者决此少年男女必相偕而逃,意今当早成婚为夫妇矣。”栈主大惊悟,即举四号寓客阿尔芬与马利状,告马翁司。马翁司曰:“今其人安在?”栈主曰:“自顷被杀老翁之尸发现,此少年男女已先出矣。”马翁司曰:“彼向者于此时间,曾有不扃而去如今日者乎?”栈主曰:“彼行踪甚秘,出必侨装,且必以夜;女之出则在昼,亦必衣黑衣,蒙黑面网,因见椸上尚悬朴素之衣，即平居阿尔芬晚出侨装所用者。”探其衣囊，则假须犹在，并悉以此语马翁司。马翁司曰：“此彼仓皇出走之证据，即杀人之证据也。死者既为洛喀伦斯，则阿尔芬必为其子，洛喀伦斯惨死，必受其子剸刃无疑矣。”

方二人语时，有一客傫入，既视死者，即欷歔曰：“吾诚不料为祸至此极也！”语竟，其容至戚。马翁司急问故，栈主曰：“此寓邻近六号客，前夜方来者也。”此客即前，与马翁司握手，自承其名为吉莲生，与死者洛喀伦斯为友。“洛有子不肖，名曰‘梯尼’，年二十三，尚未娶，嬖贫家女马利，欲纳以为妇，顾其父不许，梯尼因背父窃女而逃，事在本年三月十九日。然洛喀伦斯仅此一子，始虽怒，心终爱之，不忍其子舍己去，遂多方侦伺，冀获子返，并声言不究既往，许其子与马利为夫妇。历时甚久，终不得踪迹，洛忧形于面，百事俱废。”吉莲生并言己因受洛属托，为之四出寻觅，前夕到此，无意中忽窥破阿尔芬之为梯尼，即致电告洛，邀其速来。“今晨度洛必到，因往车站迓之，不意洛已前至，竟为其子所杀。使己不往迓而居寓中，祸或不至是也。以吾忖之，洛之被杀，殆以义训其子，其子不受，因出于杀耳。”马翁司闻吉言，颔之，自谓已得此案端倪，乃起而搜检证据。则室中所有者，皆男女服用器具，亦无余物，可为此案佐证。随将吉莲生语，书诸手册，并用栈中得律风，以报告于警察长，令速捕犯。方一瞬，验尸官至，依例检验，填明尸格，并讯马翁司以状。马具以告之，意洋洋自得，以为此案一勘即获，不烦思索，自操侦探业以来，未有破案若斯之易者。事毕，即由验尸官发令，移尸于公共死人陈列场，更由警吏标封此四号室，相将驰去。斯时，马翁司乃由旁梯出侧门，意欲觅凶犯逃去之迹。栈主与偕，触地为之指点。出门，见衢路数十武外转角处，有人痴立凝望，注目视此侧门。马翁司微瞻之，觉有异，即与栈主并赴其地。至则见有男女二人，叉手局蹐，面无人色，若经非常惊怖者。栈主一见惊呼曰:“罪人在是!盖此男女非他,即梯尼与马利也!”于是马翁司即捕縶此二人,入警察狱。越日,拘赴裁判所。诸人与此案有关系者,咸先往就讯,一一以所知告问官。及讯梯尼与马利,则皆不承有弑逆事。马利供此时适自外归,见翁来,停骖门外,方与车夫问答,将下车,意翁之来必为其子,急驰入告梯尼,一二语后,己即自侧门趋出引避。梯尼则供不意父猝至,闻马利语惶悸无措,欲穿衣服出避,方动念间,翁之足音已跫然及阈,但闻父大呼曰:“梯尼!汝在此间乐乎?”方欲置答,见父挟盛怒径入,即不及衣,掩面逃去,并闭室门,从旁梯侧门出外。至路角处,逢马利,因相往僻隐地,商酌向父谢罪。逾时返,再至路角,心念父究严厉,不敢径入见,推马利前,马利亦不欲面翁,以薄逢其怒,因而逡巡不进。即被拘,凡三讯,二人矢口不移,然以众证确凿,其置辨之言亦毫无价值,乃送高等裁判所。初讯,得供如前,裁判官谓此案证据已完备,即在纽约邦公家律师老于狱事者,亦谓梯尼、马利乃图狡展逃罪,以为是案在法,即可据众证定罪,无须更推鞫也。

八月初九日,高等裁判所将于是日午后一时覆讯此案,宣布罪状。届时,众证复集,二人供如前,诸陪审员亦谓情真罪当,可依法处治二人。裁判官乃退坐,相与定罪状宣告语。方援笔,忽有吏入白客至,手持二刺,一名显理,为本埠著名律师,一名惠而生,旁注音乐商,则不知何许人也。裁判官问二人欲见之故,吏云:“彼自言能知此案真实情,于今日公堂有补助。”裁判官乃延之入。相见毕,显理言曰:“吾美国定律,可以为问案之证据者,无论为人为物,殆无限乎?”裁判官曰:“是无限也。”显理曰:“然则无知之物,亦可作证矣。”裁判官曰:“然,但使于案有关皆可。无知之物,本无意识,无附于人之心,其为证据,尤确不易,或转胜于人。”显理因曰:“长官许我矣。”乃语惠而生:“盍将之来?”惠而生即趋出，向已所乘车中携一大箧入，至则手发其箧。众视之，乃留声之收蓄器也，咸莫喻其旨。旋见惠而生安置一蜡筒于发音机上，旋其机而动之。初入听时，惟男女狎昵之欢笑声，继则杂以唱声。复易一筒，则所唱者为俾笔诗人之词，其音清脆绝美。惠而生历数其筒，凡九十有九，因检一筒，以特别纸裹者，发其声曰："请静聆此。"众听之，但有轧轧响，无他异。忽闻有大声云："梯尼，汝在此间乐乎？"即闻有砰然闭门声，有足触楼板趋出声，即寂。已而忽有启门声，即有人声云："贺汝得子矣！"其声粗厉。复闻有答声云："予今复失望。"其声含有颓丧意。复次，闻有粗厉声云："此乃汝之命运不佳，但前日酬予之诺，不可食言！予功已竟，酬劳当照给，汝速以予向者之借券归我，此借券即可作酬物，无庸汝再畀！"即闻有含怒之声云："噫！此事乃索酬十二万耶？世安有此理？汝再呶呶相胁者，吾将讼汝！"即复有粗厉声云："减一铢不能！吾今与汝不并立，汝非酬予如此数，则无命！"复次，即有争执嚣杂声，不可辨。复次，有闭门下扃声，复有相击之声，复有挥刃碰及椅背声、人倒地声，更有极哀痛之吼声、喘息声，以次渐微，复有小语私计之声云："予几忘之，此物乃竟在彼囊中。"复次有撕纸声、擦火柴声，与火炉中焚物微微之轰烈声，即有启门声、逃走声，以次而灭。惠而生演罢，语裁判官云："此即是案最显之证据。予为货音乐商人，一日戈司宾客栈访友，闻有妇女歌声，甚清脆婉艳，在吾业论，收其声，货之可获高价。予乃探询此女，知归于富人，不可以利动，乃设计于其居室四号之邻，赁定一室，穿其暗陬，使声浪可通，并布设聚声之具，使收聚而置一常开不阖之收声器，嗣是每日收其蜡筒归，而易置其新者。方七月初四日所收之音，乃与寻常殊异，是日彼室适有杀案，予因知此日收者，必与杀时情状有关系，乃屡发以研究，若不得端绪，固知此问答声中，一必被杀之洛喀伦斯，但不审余一为谁，仍乃旦夕窥瞻于戈司宾。至昨日,则见寓诸六号室之吉莲生,有时盛怒,所发粗猛之声,绝类于予所收者。予乃立发电,询于洛喀伦斯向日经理之银行,请其检洛喀伦斯自备之帐,有无吉莲生其人,曾假彼十二万元。及得复电,则云查竟,确有此事,予是以知杀洛喀伦斯者,必吉莲生而非其子也。”斯时听者咸惊噩,谓出意外。裁判官乃立发状,传吉莲生至,讯以语,初甚狡赖,乃复陈留声器,发其声使听,更令其大呼,则与所收者绝类一人。于是吉莲生自知更无余地可遁,乃自陈罪状,其言云:“吾与洛喀伦斯固友善,因贸易亏折,假洛喀伦斯十二万银,署券约期偿还,及期无以偿。而值洛子梯尼逃去,吾因为洛觅子,冀可宽假而不迫予还债,最后得梯尼踪迹,即电召洛。吾以洛喜获其子,即可乘其喜时,索所负之十二万元为酬劳,以图抵消所负,乃洛以其子获而复逃,吝不肯酬,因相争执。予愤甚,即杀之,并于其囊中搜得借券,火之以灭迹。当时即速逃出,以此事人断不疑予所为,而必疑及梯尼,故复入戈司宾栈中,设词告马翁司,以证实其事。今日之败,殆由天也!”于是此案之真情乃白,裁判官遂释梯尼夫妇,而罪吉莲生如律。

守黎曰:“微哉危哉!听讼未易言也。以美之法最称公恕者,而犹有如此之失入。此狱之白,不得不归功于天矣。呜呼!吾国蠢如鹿豕木石之吏,顾欲高踞万民之上,用其矜骄卑谄①之小智以治狱,无怪含冤以死者之累累不绝也!”

——《中华小说界》(1914)第八期

① “谄“,原文作“謟”,据文义改。

吕清扬

吕清扬(1881年—1942年后),原名贤鈖,字仲素,又名清扬,字眉生,号寒碧山庄主人、齐州女布衣,安徽旌德人。父吕凤歧,进士,山西学政。母严士瑜。吕清扬曾任北洋女子公学教习兼北洋高等女学堂总教习、奉天女子学堂教务长等职。1935年东游日本。其诗词收入英敛之选辑的《吕氏三姊妹集》,著有《辽东小草》《葂丽园诗》《阳春白雪词》《瀛洲访诗记》《葂丽园随笔》等诗文作品,另有小说《昙花女》。

昙花女①

雁行秋老,凉意袭裾。是日天气沈阴,墨云如絮,低覆一矮垣,环缭最好之楼台。垣上攀以铁栏,牵以青藤,故垣虽短,行人自外窥之,而内不可见。院中杂植白杨青梧,环拂此壁,作牙色。中立之小楼,半黄之叶掩映百叶窗,时滴沥余点于藓径,盖晨前曾微雨也。时虽季秋,铺茵之草,尚茸绿如细毡。浓阴之下,倚老树,设矮铁椅一。而此秋光如水、秋阴如画之中,一清癯如鹤,下曳惨绿裙之女子,斜倚椅上,首枕椅背,仰视树阴,而长裙下覆,除微露革靴外,余色几与纤草莫辨。噫!谛视之,娟娟此豸,鬓髻蓬

① 原文标“短篇实事”,原署“眉生女士”。

松,如三日未曾梳掠者。而春山两曲,似蹙非颦,苹果粉颊,红晕全消,一何病容之,凄苦憔悴之堪怜也。忽飘然一叶,下坠云鬟,似惜此将就黄垆之美人,而一亲其芳泽也者。女则轻举瘦削如霜之纤爪,拂而落之,随将此腕曲置膝上,似甚无力者。当斯微欷欲绝,双眸低视之际,忽闻花外幽径,疾行橐橐之响,以手扶额,方凝睇间,而一黑衣女郎,手挟皮包,昂然直入,已至身前,急握手问曰:“今日得稍愈乎?何坐此凉阴里,不畏毡衣之薄耶?”女强颜辗然,仍欷而答曰:“君自校归,尚纡道日视吾,慰此茕茕,深感厚情。”已而急接曰:“忘君垂询,吾旦夕之游魂,爱此秋光,难再消瘦,故扶疾一坐此中,使此景多印吾脑中,而带将冥冥去,偶一忆之,即现灵台,庶重泉之下,虽无可游,藉此或可自遣也,又何畏凉飔之习习,以袭不吾有之肌耶?”黑衣女以巾掩鼻曰:“伤心之语,裂吾胸臆,殊不欲闻,第问重洋万里外,同怀亦曾有音问否?”女启其惨白之樱唇,瓠犀微振作响曰:“吾兄自……”言至此,喘若续丝,胸怦怦动,现于衣外。黑衣女亟止之曰:“吾友毋言,亦毋怆,埙篪乖奏,人间亦自有之,望好自调护,吾为若筹思久矣。”语未竟,出时计视之,曰:“吾妹亦病,尚须自往延医,明日当复来视也。”握手珍重,翩然而出,上车竞去。

扶桑某大学者,吾国人士负笈往者甚众。一日为休沐日,诸生均外出,独一少年心忐忑而足踯躅,步宿室内,盘旋不已,一似有重忧者。忽低念曰:“吾久未归国,得无吾家有故,而使吾心若辘轳之不宁乎?虽然,吾家尚有何人,以婴吾之虑乎?”既而复自忖曰:“吾久未发函,得无寄园荆枝之将萎耶?然彼多疾体羸,吾能无念之?”日就夕,犹徘徊未已,思抽毫作札。适仆持一小函来,云顷递自邮局。因急接之,以手撕展,心惶惶然,以为家中之要语。及阅乃短笺不及三寸,仅小诗二十八字耳,为之一哂,心意顿释,因念曰:“令原望断泪频枯,腕弱难教远寄书。谁识西风黄叶里，秋闺正病女相如。”读竟，复悄然视封面，讶曰：“是乃吾女弟缄，而字迹仿吾，弟殊不尽类，虽然吾将束装一返矣。”

黄昏将暮，郊野烟飞，荒原曲径中，一伛偻老苍头，引一征尘未扑，愁惨少年，踽踽而行，直向丘陇而来。松楸烟冷，断肠北邙，累累荒冢畔，细虫小蝶，翻翻飞舞，衰草间，一似不知人间有此至痛之地者。行至此，老苍头停足而指告曰：“即此抔①土未干小坟，是南中叔老主人，来殡三日即命葬矣。”

嗟乎！家庭之间，有难言者，有若吾中国之悲惨者乎？若上所记，即其一也。余怜其人，爱其才，悲其境，闵其夭，特书之以表幽光，而当叹逝若其人其事，则姑阙之不传也可。

——《时报》(1908 年 11 月 23 日)第一千五百八十九号

---

① “抔”，原文作“坏”，据文义改。

刘韵琴

刘韵琴(约1884—1945),江苏兴化人。祖父刘熙载,进士,广东学政,著有《艺概》。父刘展程,举人。母许氏,江苏泰州人。夫李宜璋,江苏兴化人。刘韵琴曾赴日留学,归国后曾任《中华新报》记者,后赴马来西亚任培德女校校长,著有小说《大公子》《痴人梦》《湘民苦》《琼华第二》等近20篇,其诗文、小说等多收录于《韵琴杂著》。

大公子①

我于今想写一桩事,提起笔来,忽然发生一种感想,在未写之前,不能不对看官们说几句闲话。因为从来做小说的人都喜欢说谎话,无端捏造些奇离古怪的事出来,把看的人当小孩子玩弄。我幼年的时候,看小说入迷,就是上过他们的当。近来的小说家,兼带着营业性质,更争新斗异的,不知说②到那儿去了。一般看者,亦司空见惯,知道说谎话是小说家的惯技,都另具一副眼光,任你说得天花乱坠,他尽是存着心看变把戏儿似的看着消遣,那里有甚么真心去看,像我幼年的时候看得入迷的呢。所以近来的

① 原文标“纪实短篇”,原署“刘韵琴女士”。
② “说”,原文作“语”,据文义改。

小说，对于世道人心上，是绝对不能生关系的，我于今想写的事，既不能脱小说家的范围，又安能使读者不存着看变把戏儿似的心思来看呢？岂不辜负了我一片稗①官纪实的苦心吗？我可先对读者发个天诛地灭的誓，我这小说不是捏造出来的，不是有营业性质的，是要使我们中华民国的国民，知道于今政界种种的黑暗事实，都是由这万恶政府酝酿出来的，我绝对认为于人心世道上有绝大关系，决非浪费笔墨，供人玩笑，本意已明，便叙实事。

安徽某县，有一个二年前被逐出京的国会议员，当被逐时，原亦没有什么，只因见机不敏，转舵不快，正在依违两可的时候，险些儿名入乱党，亏弄了多少手脚，才免了大逆不道，通电缉拿的花样。虽是如此，在北京总是站脚不住，只好狼狈回籍，心中常觉闷闷不乐，但是一时间也寻不着出头的机会。及听得北京发起了什么"求暗会"，他便乐不可支，暗道："这千载一时的机会，岂可错过？"便和他妻子商量道："于今有些大人物，想学黄袍加身的故事，拥立一个新皇帝。我前在北京的时候，已得了些影儿，不过因当时国民党的气焰还盛，有些顾忌，不敢将这意思露了出来。近来将那些人杀的杀了，逃的逃到外国去了，料到没有人敢出来反对，故拿钱出来叫"羊肚"等，办一个叫做什么"求暗会"。听说各省将军巡按使都哑口无言，这皇帝想必有几分光了，我不趁这时候出去，捞一官半职回来封荫你们，更待何时？只是我此刻到北京去，比不得从前当议员的时候，每月有几百块钱薪水，供我挥霍，今则一个钱一个钱都要拿出血本来的，可惜我那卖票的钱、津贴的钱，近来坐吃山空都吃光了，一时间到那里去寻一笔大本钱做运动费呢？若是赤手空拳的跑去，可不是白丢了路费吗，欲待不去，坐失了这飞黄腾达的机会，岂不大大可惜。我特意和你商

① "稗"，原文作"裨"，据文义改。

量,想将祖上遗下的产业,卖了去做资本,你的意思,以为何如?”他妻子道:“只要你拿得稳,这一去必能发达,就将产业卖了,死钱能变作活钱用,还有什么不好?不过怕你见得到做不到,弄到后来扒鸡不着,倒失了一撮米,那就真犯不着。”戴议员听得他妻子也愿意将产业出卖,便笑道:“我与你为夫妇多年,你还信我的手腕不过,不是我说一句夸口的话,我一到北京,定然是求暗会一员健将,大公子必然器重我的,我凭仗着这一条三寸不烂之舌、一管五寸生花之笔,怕不能替求暗会增长势力吗?将来九重真龙出世,论功行赏,岂能少我?”他妻子听了,便摇头道:“我不信,我不信,你真有了这本事,为甚么解散国会的时候,你吓得那么样呢?”戴议员着急道:“你妇女们真是没有见识,那时候国民党的势力岂小吗?叫我敢得罪那一边呢?骑着两匹马,自然是走一天还在原处,能够干净脱身,不曾入名乱党,就算是我有手腕。我此刻去,是认定了路数,那怕你走得慢,没有倒退回来的道理,并且求暗会开张未久,信用未孚,各界的要人,虽不敢公然反对,但怀疑的亦必不少,我抱着个议员资格,求暗会不欢迎我,待欢迎谁呢?我是拿得千妥万安,才肯这么去做,不然我又不疯了,为甚么平白的倒贴血本,山遥水远的去巴结人呢?”他妻子听他说得如此如彼,便点头叹口气道:“俗语说得好,燕子望亮处飞,向上总是好的,我虽是妇女①,这点见识倒有!”夫妻二人商议已定,立时将祖业出卖,不到半月工夫,将祖宗辛勤积下来的东西卖了个精光,也不知受了人家多少克扣。他夫妻因有很大的希望在后面,也懒得去锱铢计较,总共得了三千多块钱。戴议员匆匆忙忙携了这宗款子,一直跑到北京。

那时“羊肚”同“齐复疏”,正是到天津去请“梁阮公”出山的

① 原文此处衍一“们”字,据文义删。

时候。求暗会门面并不十分热闹。戴议员远来凑趣,不待说是十分欢迎,入了会才知道,这求暗会不是为拥立老头儿做皇帝而设的,乃是想请他做太上皇,拥立“大公子”的,不过老头儿极愿意这么办罢了。又打听得红将军进京的时候,心中很不以求暗会为然,对老头儿说:“现在时机未熟,不能骤更国体。”当时老头儿没得话①说,只点点头叫红将军去与求暗会发起人商量。红将军那里把这些人看在眼内,有什么商量,立刻回到南边,打了个电报来,仍是主张须俟时机成熟。后来有人去游说,才打了个赞成电报,却并不理会求暗会,显然与求暗会作对,求暗会也没有法子。戴议员一一都听在耳内,心中好不疑惑道:“我原在安徽时候,听得‘求暗会’三字,气焰还了得,照这样看来,势力也不过如此。”过了一日,羊肚同齐复疏从天津回来,戴议员见羊肚满肚皮的不高兴,知道是碰了钉子,不便当面动问。辗转从齐复疏跟前打听,始知羊肚同齐复疏到天津后,即直向阮公家中而来。阮公知其来意,假称有病不能见客。羊肚再三请见,阮公不得已见之。谈及变更国体事情,羊肚称奉老头儿的密旨,欲求阮公回京帮忙,作一二篇主张帝制文章鼓吹鼓吹。阮公不但不肯作文,且说出许多反对的话来。羊肚与齐复疏两人,空走一蹚,大失所望,所以回到北京,满肚皮的不快活。戴议员得此消息,不觉吃惊,口与心商量:“求暗会之领袖亲身到津,尚求不得一个梁阮公,更有什么势力可恃呢?我在求暗会,恐终是一个记名的会员,像这样的求发达,岂不是缘木求鱼吗?须得想个法子,直接去巴结大公子才好。只是堂高帘远,我这种资格想去见见他,谈何容易?”

心中想来想去,虽想出了几处门路,争奈没有力量去走。恰好有两个求暗会的会员,也是携带巨款来京运动的,虽在求暗会

① “话”,原文作“语”,据文义改。

记了名，深恐跟着这样不生不死的求暗会弄去，弄不出什么大出息来，久有意想直接巴结大公子，只愁不得门路。戴议员与他二人本来相好，探出他们的心事，便与合伙商议巴结的方法。戴议员尝自诩为足智多谋，便道："要巴结大公子，除非先使大公子知道你我的名字，并知道你我主张帝制的诚意，然后接他吃酒，他若肯赏脸，以后的事情就好办了。"二人道："手续是不错，只是我们的名字怎能使他知道呢？"戴议员道："那却不难，不过须得一宗很大的费用，我要有多钱久已办了。"二人道："共须多少方够用呢？我们三个摊派着用还怕不够吗？"戴议员想了一想道："三人凑了拢来得一万块洋钱，请一次酒大约可以敷衍，只是先要二三千块钱的铺设费才能讲到接他。"二人道："怎么又要这许多的铺设费？可是要另备一种仪器？"戴议员摇头道："你我都没有见过大公子的面，大公子知道你我是谁？敢冒昧说到接他吃酒吗？于今且将我们的款子凑齐了，再托人在大公子跟前说情。只这托人一事就很不容易，现在能和大公子说话的人很少，要大公子信用的，尤为难得。我心中却有个人，只怕会他不着。会着了他，若肯替我们去说，不但大公子不能不来，并且以后还可得多少的好处。"二人忙问是谁有这样大的势力。戴议员道："就是从前做过驻英某公使的夫人，民国元年在上海静安寺路，同他丈夫住了不到几个月工夫用掉了七十多万，因见丈夫供给不起，跑到北京再树艳帜的'汪凌玻'姑娘。他和大公子最好，便是庆余堂的'花隐仙'也不及他的资格，他没一天不会见大公子。能得他向大公子将我三个人的名字说出来，三个人的诚意表出来，比甚么的效力还大呢！"二人欢喜道："你可认识他？先带我们去拜识拜识也好。"戴议员道："我能认识他就好了。不认识他，才说要三千元的铺设费。"二人道："你打算怎样的铺设呢？"戴议员道："我想先接古局长吃酒，求他设法。他在汪凌玻跟前还算有点资格，有他去说，再办两三千元的礼物送去，料想汪凌玻决无不尽力之理。”二人点头道：“只要于我们的事情有益，便多费两三千块钱也属有限。三人分派起来，每人还不过千元，算得什么，就是这般决议罢！好在他们现在事少，我们请孙小猴代邀他到六国饭店，酒席间叫条子时，古局长不待说是叫汪凌玻的，我可将意思先对古局长说明，托他转达。再去办一件貂皮女外套、一个钻石戒指，这两件东西价值总在三千元以内，也托古局长转送。他应允了，收了我们的礼物，我们再当面和他说，求他趁大公子欢喜的时候，将我们主张帝制如何的热诚说出来，定要求大公子赏脸到六国饭店来吃我们一顿酒。至于时间，随大公子高兴几时便是几时。”戴议员点头道：“不错……不错，只是今天来不及了，我们且将礼物办好，着人定好房间，明日再和小猴去邀老古。”三人计议已定，各人分途去做。

第二日，果然照前所议的办得一丝不错，只可惜他们费了一千七百多元买了一个钻石戒指，一千二百元买了一件貂皮外套，满意想讨汪凌玻的欢心，那晓得汪凌玻接了，连正眼也不瞧，回头望着跟他的娘姨道：“你多久就想买个戒指，既承他们费事，我横竖用不著，搁在箱子里面也白放着，就给你罢。这件外套倒好，留给老太太去用。”戴议员等在一边看了，不住的点头叹息，暗想怪不得人家说，大公子有皇帝气焰，他一个相好的婊子就如此了不得。莫说能巴结大公子，只要能巴结上了汪凌玻，一生的衣食还吃着得尽吗？且不言三人心中胡思乱想，他们这一次费了三千块钱，只得了汪凌玻一句“你们预备接大公子就是”的话，三人欢欢喜喜的谢了又谢。

过了几日，还没有一点儿消息，戴议员不觉焦急起来。请古局长去汪凌玻处打听，才知道大公子近来与二公子反目，大不高兴，一切应酬都是懒洋洋的，所以汪凌玻没有信回。戴议员等无法,只得静候。又过了几日,忽来一个人传汪凌玻的命说:“大公子已允明日到六国饭店受宴,你们赶急准备。”三人听了,又是欢喜又是慌乱,喜的是,大公子居然肯赏脸,给我们的面子不小;慌的是,大公子不久即当居九五之尊,不知道此刻宜用甚么礼节才才妥,深恐繁简不当致取罪戾,连忙到老古家商量。好一个古鳖,极有见识,说道:“礼节倒可不必研究,仍以常礼为妥,特别礼节,非是不能得大公子的欢心。奈于事实上,尚有些不便,因为有一派老军官一心一意拥戴老头儿,故特别礼节,决不相宜。明日的酒,定了甚么时分?”戴议员道:“汪凌玻没有说时间。”古鳖道:“这么办呢,你不是要包一天一晚的特别房间吗?”戴议员踌躇道:“没有法子,只得包一天一夜罢。”古鳖道:“你预备了多少赏钱?大公子赴宴,照例每人要赏一百元,跟的人少,还易打发,若人多了,这笔巨款,须要早些预备。”戴议员道:“那都预备好了,明日就请你和小猴来陪。”古鳖答应了。戴议员回来,与二人说明,当晚着人到六国饭店定了特别房间。

次日八点钟,三人齐到该处,诚惶诚恐的恭候。直到午后四点钟,汪凌玻才来,三人接了,感谢不尽的说了些好话。汪凌玻说:“大公了即刻就来。”戴议员忙打电话给孙古二人,请他们快来。不一时都到了。屏声息气,又等了一小时的光景,忽听得下面人声嘈杂,孙小猴即先站起道:“来了……来了,我们迎上去。”于是都起身迎到门口。只见大公子昂头天外,穿着便服,大摇大摆而来,后面跟着一大群锦衣华饰的标致青年。汪凌玻笑嘻嘻的正待说话,大公子已走拢来,拉了他的手,用英语问道:“你来了多久?”汪凌玻也用英语答了。二人携着手行到厅上,同坐了。大公子掉转脸来,见戴议员三人行礼,才笑着略点点头,望着古鳖道:“你也太糊涂了,明知道我不得空,叫他们费这些事干甚么?办了甚么好的,拿出来吃了罢。”说完,又和汪凌玻用英语说话去了。

戴议员等一面命人开发赏封，一面请大众入席。那知道大公子今日出门上上下下足带了二百多人，三人仅凑得一万元，那里够得开销？把个戴议员急得什么似的。三人都托人四处挪借，幸而神通广大，借了两万元，开销之后还剩六千多块钱作酒席费，三人才将赏钱弄清楚。正待陪大公子多殷勤一番，忽然一个军官进来，在门口对大公子行了一个立正举手礼。大公子问："有什么事？"那军官忙将一封电报双手递给大公子，大公子看了，即起身告别，众人都面面相觑，不敢动问。戴议员等更不敢挽留，只得一同送至门外，望着大公子跨上摩托车，呜……呜的跑了，才各回席。汪凌玻不待终席也跑了，古孙二人勉强终了席才走。结账时，将六千多元给了，还差三千元，一时间那里凑得出来？只好讲人情记了账。

回寓后，三人心中越想越懊悔。不到几日，各债主都连翩踵门追讨，将一个足智多谋的戴议员逼得一筹莫展。不知怎的，一时神经昏乱，竟寻短见，一命呜呼死了。真是饶你青云有路，输他黄土无情，大公子日夜与汪凌玻行乐，那里知道你们不顾性命的拥护帝制呢？哈……哈！我将这千真万确的事写出来，给那些七颠八倒的人看了，怕他们不说我一个女子也喜欢造谣言，恐人家不信，还要用种种的话来掩饰吗？

——《中华新报》(1915 年 12 月 20 日至 12 月 23 日)
第七十二至七十五号

痴人梦[①]

却说离上海一百多里有个村落，名叫王家堡，堡中居人以王

① 原文标"滑稽短篇"，原署"刘韵琴女士"。

姓为最多。内中有一人叫王戆的,已年逾不惑,只夫妇二人,并无儿女,有一姊嫁与吴姓,生了一女就死了,自他姊姊死后,多年不通来往。王戆父亲去世的时候,也遗了几亩薄田,无奈王戆不善经营,又懒于耕种,只好喝酒,所有几亩田早已典质尽了。当这米珠薪桂、年残岁尽的时候,朔风猎猎,腊鼓冬冬,四壁萧条,一筹莫展,夫妇二人日在牛衣中对泣。他的妻子埋怨他道:"你看东邻张家伯伯、西邻李家叔叔,他们都入甚么筹安会,请愿咧筹备咧!如今都发了财,做了官,有了好处。我前日看见张家的嫂嫂、李家的姆姆都是穿金戴银,披绸着缎,举止阔绰的了不得,谁似我晦气,嫁着了你这种无用的男人!吃又没得吃,穿又没得穿,终日忍饥受冻,熬到后来不过是个叫化老婆罢了!我何苦来?"说着便呜呜咽咽的哭起来。那王戆被妻子奚落得无话可说,只低头合眼的打算如何弄几个钱过年。

正在想来想去不得主意的时分,忽听见门外一阵脚步声,接着喊道:"里面有人么?"王戆便睁开眼,蹑手蹑脚的走到那破篱笆窟窿内,对外面张看。只见有一顶大轿已经歇在自己门口,后面还跟了多少像是当差的人。王戆心里想道:"我穷到这步田地,难道还有做官的人来拜我吗?"便开了门问道:"列位到这里找谁?莫是弄错了人家?"说罢,便有一个少年当差的走近前问道:"王戆先生可是在府上?"王戆答道:"我便是王戆,不知找我有何贵干?"那当差的便在片夹子内拿出一张大红片子来,王戆一看上面有四个小字、两个大字。王戆认不清楚,只管发怔,半晌①方对那当差的说道:"我认不得字,请你念给我听。"那人便大声读道:"一等女官周妈。"王戆听了满腹狐疑,再要问周妈是何人。只见那轿夫吆喝道"平轿",一个念来岁的妇人打扮得花枝招展袅袅婷婷的,从

① "晌",原文作"向",据文义改。

轿内走了出来,笑吟吟的对着王戆道:“舅舅,你老人家就认不得我了吗?我母亲便是吴三嫂,是你的同胞姊姊,难道也忘记了?”王戆此时才恍然大悟,知道是吴家的外甥女儿,不及招呼,已一溜烟抢先跑到屋里,喊他妻子道:“你不要哭了,我的外甥女儿已经做了一等女官,来拜我们,现在我是舅老太爷了。”他妻劈面啐了他一口,骂道:“你又灌了黄汤,在这里说梦话,你那外甥女已多年没有到我们家里来,只听得人说嫁了一个姓周的,夫妻两口子不大和睦,家中又穷得狠,他赌气跑到上海王公馆做了娘姨,那里会做官哩?”王戆道:“连我也不知这个原故,怎么会做起官来?但是他现在已在门口下了轿,你赶快出去接他进来,再细细的问他,便明白了。”他妻子看他这样说,料不是醉话,心里也有几分纳罕,揩干眼泪走到门前一看,果然有一位华美衣服的女子,面貌和死去的吴家姑子一般。心知便是周妈,就笑嘻嘻的说道:“多年不见,姑娘越法出落得美人一样了,外面冷,别吹了风,快请进屋里坐罢。”两人搀着手同进了草堂。王戆忙着拿了一把黑煤鸟嘴的吊子去盛茶,周妈笑道:“舅舅不要忙,我轿子上有一把银茶壶,泡的上好龙井茶,是带在路上吃的,叫轿上人拿进来,我们坐下来谈谈心罢。”王戆先请周妈坐在一张矮脚板凳上,自己便坐在门槛上,先问道:“姑娘,我是个乡下人,到底不懂你怎么就会做了官哩?快些说给我们听听,也好欢喜欢喜。”周妈叹口气道:“说来话长,我去年春天买了一张储蓄票,得了一个头彩,便将这笔款子存在交通银行。那个姓周的,你老人家是晓得我不喜欢他的,心想拣一个有体面的人做你的外甥女婿,下半世可以享福。不料拣来拣去总拣不着,不是大司务,便是西崽流氓、马夫戏子,他们这班人不过想骗我的钱罢了,我那里肯嫁他呢!我想起来也难怪,我本是当老妈子出身的人,上海那个大老官肯同我结婚,所以我带了这宗款子跑到北京,想去找安静生入女子请愿团,上一个名字请愿,也出出风头。在路上遇着湖南的周妈,原来他同王壬秋混了多年,倒混了一肚子的文才。袁世凯要做皇帝,想王老头子出来帮忙,因要博他的欢心,便派了周妈做了女视学员,一路上有人接送,好不威武。我与他本是同行,又是同姓,所以便去见他,两下说得投机,就拜了姊妹。承他的情,留我吃饭,席中谈起我们当先做娘姨的时候,没有一个人瞧得起,就是那各报馆里的人也与我们作对,寻着我们的根底做他们的新闻材料,至今想起来还生气。'我此番做女视学员,不把各学堂的女学生通通造成奴隶性质,和我们一样,也不算本事,看那些报馆里的人能批评我们许多。'我听了便道:'姊姊有这样学问、这样本事,还怕做不到么?就是做妹子的只可怜不识字,不然也可跟着姊姊沾点光儿,弄个女视学员做做。'湖南周妈道:'妹妹难怪你不知道,你是不认得字,不看报的原故。于今时事,莫说做女视学员,只要有钱,便做一等女官也容易得狠,而且并不要认得字。你不晓得皇帝急于要钱用,税捐已无可加增,外债又不易借到,现已陷于非常困难之境,想仿照前清卖官捐输的法儿募集巨款,凡购公债票自五百元至千元、万元、数万元者,都奖给各等嘉禾勋章或封爵。妹妹如舍得万把块钱去报效北京政府,怕不是一个崭新的女官吗?'我当下听了非常欢喜,就把此番想去找安静生的意思告诉了他。他道:'那安静生本是旗下人,在北京做高等秘密生涯,当他发起女子请愿团的时候,人家并不知道是甚么人发起,及至开会这一天,才晓得就是他。当时人就走了一大半,只剩了四五个人,他脸上狠下不去,胡乱说了几句也搭讪着走了。后来又受各报纸的攻击,把他的根儿底儿全揭了出来,骂得个不亦乐乎。御用报虽帮他的忙,也辩护不了许多。他讨了个没趣,此时仍理他的旧业去了。'我当下听了道:'既是安静生没有什么能力,我也懒得去白找他,就请姊姊替我张罗一切罢。'他点头答应了。花了七千多块钱,不几日果然得了个一等女官。嗄!我已经做了官,怕没有王孙公子与我结婚么?俗话说得好,亡八有钱,鳖大哥以后谁还敢瞧我不起呢?"王戆听了喜欢得手舞足蹈,钦羡不已,便道:"我那死去的姊姊替人洗衣缝穷的,苦了一辈子,于今也做了老太太了。姑娘,你可有法子使你舅舅也做一个官儿,在乡里荣耀荣耀么?"周妈听了把头扭了一扭,说道:"这有甚么不能?我在皇后面前很有体面,舅舅是知道的,我们当过娘姨的人,讲到应酬,比那些太太夫人们自然是要周到些的,所以皇后狠喜欢我。你老人家能到北京见了皇帝,只要我在皇后面前替你吹嘘吹嘘,虽不能封王封侯,怕不是甚么子爵、男爵么?"王戆听了笑道:"姑娘,你又来了!他是一位皇帝,我们是个乡下人,他怎么会肯见我呢?不要说是皇帝,便是城内的知事大老爷,我们乡下人也不能去见他。你真说得好容易,如果能够到北京见皇帝,还要求你姑娘吗?"周妈道:"你老人家还在这里看古皇历呢?如今不比从前了,从前皇帝是百姓拥戴他做的,如今皇帝是自己经营做的,只要有人补助他做皇帝,肯赞成帝制的,莫说是乡下人,便是龟子亡八蛋也是欢迎的。"王戆道:"原来如此!但是我手中一文没有,怎么去得哩?便去了又有甚么法子可以见得皇帝哩?"周妈道:"舅舅,这些事都没要紧,我早替你老人家打点好了,钱呢,我这里还有几个。"说着打开西洋式的小提包,拿出二百块钱的交通银行的票子,递给王戆手里,说道:"拿去买两件衣服,剩下来的做川资,可以够了。"王戆眉花眼笑的接了,交给他老婆收起来。周妈又道:"舅舅,你不曾听见说湖北发现了石龙吗?那里官长打电报到北京庆贺,说那石龙是应运而出的,是皇帝登基的祥瑞,皇帝听了喜欢的了不得。我想你老人家到田里去找一条蚯蚓,便说是真龙出现。先在那些御用报纸上登了出来,吹他一吹。那些御用报的主笔都是我的干儿子,他们到御用报馆当主笔,还是我替他们运动的。你老人家拿我一张名片,就说我教他们登的,他们不敢不登。报上喧传出去了,然后用紫檀盒子将这蚯蚓装在里面,送到北京去,见了皇帝,就说是献瑞来的,皇帝必然欢喜,那时我自有道理使你老人家做官发财。”王戆拍手道:“姑娘,你真是福至心灵!这个主意真好!只怕男子也想不出来。那蚯蚓易得,我照你的法子办了就是。”周妈便站起身来道:“我要走了,皇帝是派我到南京去见冯将军夫人,探听他的口气。因为人说南京不稳,皇帝不放心得狠,来去只限了我半月的工夫。近来新华宫出了炸弹案,与某公子很有关系,娘娘心里很不自在。我今晚就动身先走,不能与你同去了。”王戆拉着他道:“姑娘,我还要问你,去北京怎么走法?”周妈笑道:“由此地到南京,由南京到天津。”说着匆匆忙忙上轿去了。

王戆欢天喜地照周妈说的如法泡制,丢下一半钱与他老婆安家。自己便动身到了南京,在下关一个大旅馆住下,心里想道:“为吃酒不知受了老婆多少气,如今我要做官的人了,难道还受那黄脸婆子的挟制不成?今晚先喝他一个痛快再说。”便喊茶房打了五斤高粱①酒,一个人喝得醉醺醺的。走出来散步,心里尚模糊记得是要到北京见皇帝献瑞的,却忘记此地是南京。跄跄踉踉的出了旅馆,逢人便问新华宫在那里。有一少年知他吃醉了,又看他是个乡下人,便哄他道:“朝阳门外便是皇帝住的皇宫。”王戆听了这话,乘着月色一路趔趔趄趄的低着头尽走。走到明孝陵不防一头碰在那个翁仲身上,用手摸摸头皮,已起了个胡桃大的疙瘩。正要开口骂谁挡老子的路,一抬头看见两个人,又高又大立在面前,心里吓了一跳,心想:“幸没骂出口,得罪了他们还了得?这不是皇帝面前的禁卫军么?”便把头皮揉了一揉,连忙对那人唱了一

① “粱”,原文作“梁”,据文义改。

个大喏道："我名字叫王戆，是来献真龙的，请你到皇帝面前通报一声。"那人理也不理他，心中想道："难怪人家说宰相家人七品官，他不理我也怪他不得，等我再问他一声。"便高声说道："你不替我通报，我自己就进去了，我是献瑞来的，谅皇帝老子也不能难为我。"两个人仍是不理。想是已经默许了，故此不做声，让我自己进去，便整整衣服大摇大摆的往里面走去，不觉越走越黑，口里说道："皇宫真是深远得狠，走了这半天还不见到。"那酒被风一吹，一阵阵的涌了上来，觉得头晕眼花，支持不住，便一歪身坐在一块大石头上，想歇歇再走，不觉朦胧睡去，仿佛听得有喝道的声音，又听得有人喊接驾。他知道是皇帝到了，便立起身来，高高的举起那紫檀的真龙盒子，说道："老王献瑞来了。"说罢，又磕了一个头，伏在暗地里偷看，只见许多人扛了一顶黄轿子，前面撑了一把黄伞。那轿子里面有一个须发尽白的老者，头上戴一顶九旒的冠冕，身上披一件六十四条龙的衮服，脚上穿一双赤舄，也是绣满了的龙，大腹便便颇有安禄山的风致，右脚微跛，从轿中蹒跚而出。王戆暗忖道："我在画儿上也曾看见过古时候的皇帝，都是些高大雄伟，那里是这矮敦敦的？走路一颠一跛倒像个乌龟，莫不是我眼花弄错了？"正在胡思乱想，只听得那像乌龟的人说道："今日开御前会议，他们怎么还不到？"说罢，现出那抓耳挠腮坐立不安的样子。过了一会，忽望着王戆说道："难为你巴巴的来献瑞，你一个乡下人也知道尊重皇帝，比那一班乱党好多了。难得难得，你且在一旁暂等听候封爵，寡人此刻有国家大事，特开御前会议解决。"话言未了，忽听得一阵风声，接着一阵臊臭的气味钻鼻透脑而来，王戆连忙掩住鼻子。只见一行来了五六个奇形怪状的人，也有羊头人身的，也有拖着狐狸尾巴的，也有矗着两枝牛角的，也有脸上长毛的，也有像猢狲的，都对着那像乌龟的人站着，做出三呼朝见的样子。那像乌龟的人见了他们气得甚么似的，两只一长一短的脚只管在地下乱登,口中说道:“都是你们这些东西害得我偷鸡不着失了米,于今云南、贵州反了,第三次警告又来了,新华宫里炸弹几几乎送了我的命!我想路易虽说上断头台,拿破仑虽说死于荒岛,他们到底还做了几天皇帝,总算过了一点瘾。像我连皇帝的味儿一点也不曾尝得,要是白白的送了一条老命,连狗也不如,真是那里来的晦气!”说罢痛哭。那六个东西俯首帖耳伏在地下,气也不敢吐一声。那像乌龟的人哭了又说,说了又哭,哭出来的那一种怪声如鸮鸣,如鬼叫,在那万籁俱寂的时候,好不令人听了毛发悚然。

王戆正在那里吓得打抖,猛听得西南角上霹雳一声,如山崩地裂,惊起来,定眼一看,那里有什么像乌龟奇形怪状的人呢?揉了一揉眼睛,想道:“难道是在这里做梦吗?”陡觉得身上凉了起来,看自己的身子却躺在一块冷冰冰的石头上,连忙爬起身来,想回旅馆里去歇息,便拣那有灯光的所在走去,只见远远的来了一个老者,年纪约有六十多岁,身上穿一件蓝布大褂,脚上着一双草鞋,左手拿着竹梆,右手提着鸟笼,笼内放一只大乌龟。不衫不履,疯疯颠颠的走来,口中喊道:“出卖新皇帝。”王戆没听清楚,只道出来了真皇帝,心中暗想道:“起先皇帝是假的,如今真皇帝出来了,这个机会不可错过,我快快上前去接驾。”就对着那大乌龟恭恭敬敬磕了一个头,说道:“愿皇帝万岁万万岁!”那老者哈哈大笑道:“有缘有缘,恰好老夫今日将皇帝带在身边,尽你朝谒罢!难得你们乡下人不安心去拍牛屁,却来这里学街上人拍马屁。”王戆听了,心中纳闷:“不知他说的话是甚么意思。”便问老丈尊姓大名,只见那老者扬着头唱道:“老夫名字叫六更,老夫家住在天津。甚么袁公路,分明元绪公要说乌龟可变龙,你去问问桑树精。前面有个安庆绪,后面有个史朝义。皇帝由来做不成,何须要你拍马屁?哇哇哇,还不及早回头?你妻儿正在那儿生气。”那老者唱罢,将左手的竹梆一拍,震天价一声响,把王戆惊出了一身冷汗,睁眼看时,身子却仍是睡在牛衣里面,他妻子正在那里拍着椅子,骂他不去弄钱过年呢!

——《中华新报》(1916年2月13日至2月17日)

第一百一十九至一百二十三号

湘民苦[1]

客有自湘中来者,述湘民被袁家军蹂躏之惨状,暨在长江轮船中所见之难民,一幅流离琐尾图,诚非记者秃笔所能形容。呜呼!逞一人之帝欲,致民生于涂炭,战祸弥漫,仁者同吊。爰志其一二,聊以为此辈无告之人呼吁云尔!

客云:余至湘时,为花朝前二日,春寒料峭,尖风砭肌,愁云黯黯,掩日光作惨淡色,一若春行冬令者然。湘乡县属之三枣镇,向为商贾云集之所,华屋鳞次栉比,俨然一小商埠。盖由长沙往宝庆必经之途也,今则断壁残垣,不堪入目。当年华屋,瓦砾仅存,人家三五,寥若晨星,一望而知为新遭兵燹乱离之惨象,心目中为之叹息者久之。忽闻有哭声自一破屋中出,辨其声知为老妪,且哭且诉,如三峡哀猿夜啼,凄绝不忍卒听,乃思:“此老妪残年向尽,何至伤心若是?殆悲其老伴之死亡乎?夫人生数十寒暑耳,偕伉俪至于白发,其亦可以达观矣。且老妪年已若许,想其夫必已远去,兵役之年可知必死于疾而非殁于阵者,然又何悲之深耶?殆悲其子若孙之夭折者乎?”余心怜之,因伫足以听,而老妪哭益悲。少顷,破扉为风力所欺,砉然倒地,见室中甑釜尘封,别无长物。老妪年约在花甲之外,面上皱痕叠折作缕缕回纹,两目无光,

① 原文标“纪实短篇”,原署“韵琴女士”。

枯瘠如柴,手抚一棺,放声大号,老泪簌簌而下,头上雪色之发飘向空中,丝丝作舞。当兹天气苦寒,只御破薄棉衣一袭,瑟缩之状目不忍睹。余因乘间问曰:“媪何悲之深耶?死者为何人?以何疾死?弃世距今几时矣?”老妪闻余言,出巾拭泪,哽咽而答曰:“棺中人为老身之子,苟死于疾则委诸天命亦无可如何,乃死于枪弹耳!袁世凯叛国称帝,国民不容,战……战……战……遂令老身一块肉断送于是,诚前生冤孽哉!”言已,复痛哭。余曰:“然则若之子乃军人乎?军人卫国,战死沙场为其天职,媪幸勿过伤。”老妪含泪曰:“吾子非护国军人物,更非袁家兵士。”余曰:“若是,何以死于弹乎?”老妪曰:“先生毋躁,容述其颠末,铁石人闻之亦当下泪也。老身杨姓,年三十始嫁,三年而寡,先夫见背已三十余年。是儿系遗腹子,为老身受尽艰苦所抚成者。有女一,嫁湘潭黄氏,吾子亦在湘潭江西会馆为人司帐,以家贫故尚未娶妇。当战事发生时,袁家军遣赴湘西者,水路由常德前进,陆路则从湘潭西行,假道湘乡由此以达宝庆。马蹄得得,势若长蛇,咸曰:‘杀……杀……捉……捉……杀乱党……捉乱党……杀一乱党得一上将!快进……快进……’喊声起处遐迩悲啼,父觅子,妻哭夫,老弱死,少艾污,见途上行人,袁家军即推之曳之,以一绳联绑成行,与牧童驱犊无异。多数悍卒,持枪尾追于后,逼其搬运子弹、军械。纵多方哀恳,亦置若罔闻,否则以刺刀乱搠,悲呼之声不绝于耳。并不许预备行程襆被,入夜则给以板凳①一方,俾其休息。抵前阵时,军官给以枪械,驱为先锋。被掳者均一去不复返,是以行人绝迹。镇中富户咸迁徙一空,所余者老弱贫病数人耳。吾子闻耗,请假归而省予,适当是冲,途中与袁家军相值,即迫令

① “凳”,原文作“橙”,据文义改。

服役，辞以力弱不能任，被枪头猛击，遍①体鳞伤。吾子知无可幸免，乃负痛勉力从事。甫至镇前，创发倒地，袁家军犹疑为伪饰，复开数枪，见血流如注，始委之而去。邻右小童识之，奔告予。迨至，吾子气已绝矣。予亦一恸而晕，过客怜予老而且贫，出资为之棺殓。昊天不吊，降此元凶，风烛残年，遭斯逆境。目击其襁抱提携教养，自幼及壮之子，竟丧于袁家军之手，为人母者，其中心悲惨为何如哉？此可怜岁月，不知在人间世，尚苟延几时耳！幸吾女尚孝，不时饷以食物，得免冻馁，否则殆矣。"言讫，复以足顿地有声。

余乍聆此伤心人语，泪亦涔涔下，乃出银币十枚，曰："留为媪柴米之需，毋嫌薄也。"老妪急摇手，谢曰："趣收之，感先生高义，实不敢领此厚贶，因留之适足以祸予。日前袁家军大队过此，一兵士持破包脚布至典肆，迫质英蚨五枚，肆主畏其野蛮，不敢与较，如数付之。少顷，某兵士竟约同队多人蜂拥而至，持枪相逼，援前例，以期利益均沾，该典现金立罄。其时，适一童以物质钱数百文，将归以籴米，兵见而强夺之，童卒不肯释手，以致饮弹而死。今先生惠我多金，不啻加我以催命符也。"余闻其说，知不能相强，乃温言劝慰而别。以宝庆一带连日有激烈战事，不敢久留，恐与惨无天日之袁军相值，遂急奔长沙，仍乘轮返沪。当启碇时已届夜半，斜月半钩，为微云所蔽，寒气息息，由船隙透入，电灯亦淡而无光。回忆日前所遇之老妪，其悲惨之声，愁苦之容，犹历历如在目前，展转不能成寐，乃趿履散步于舱外，藉以呼吸新鲜空气，以消此漫漫长夜。经统舱中，见一老翁，年约八十余，须眉皓白，斜倚壁间，呻吟不绝，声息殊微弱。旁侍一老妇，年亦伯仲，絮絮频询此衰翁，顾衰翁不一置答，首俯而目凝，若有睹，若无睹，似已失

① "遍"，原文作"偏"，据文义改。

其视听之知觉。时万籁俱寂,但闻机械声轧轧,一若为此可怜之衰弱叹息者。余异之,就询于老妇,妇曰:“此吾兄也,世居长沙南门城外之牯牛岭,有一子一媳,孙男女各一,薄田数亩,家道小康,家庭之乐固融融如也。不意祸从天降,袁家验契之差役至矣,除正项外复勒索多金。吾侄不甘,向其理论,即拳足交下,并加以抗税罪名,捉将官里去矣。时某知事正张筵宴客,已被酒,闻报怒甚,喝令拿入。吾侄胆素怯,至此股栗齿震有声,知事亦不加讯诘,连拍惊堂木,命笞数百而不敢置辩,惟匍匐哀号,飞血溅阶下。知事顾而乐之,曰:‘乃公清饮,正苦寂寥,得此一部肉鼓吹,差堪少慰,翌日遂置于法。’未几,某知事以办税勤劳得奖鹤章,而吾侄冤沉海底矣。呜呼!祸不单行,犹未已也。驻扎城中之袁家军,一日至城外,见吾侄媳稍具姿首,遂被奸污。虽十三龄之幼女亦不获免,一时并死于非命。复搜掠室中,见财物无多,不克餍其所欲,乃纵火焚屋。最惨者八龄童子何辜?亦葬身于火窟中。是日,吾兄适在余处,得不及于难,现痛苦交加,惊魂犹未定也。”言甫毕,忽闻人声杂起,疑有火事,趋往视之,见船尾人丛中,有少妇麻衣练裙,席地而坐。乃二十许丽人也,面目娇好,泪痕未干,如带雨梨花,憔悴可怜,靥呈灰白色,怀抱一儿,嘤嘤啜泣,泪点点滴儿面上,儿亦嗷然啼,若解人意。是儿与妇之亲切,一望而知其为母子也。良久,少妇惨然曰:“君等何强与人家事?妾岂不爱此呱呱者?顾妾命且在旦夕,我躬不保,遑恤我后?女子不幸,遗害夫婿,家破人亡,不如速死为愈耳。”盖少妇为春申江上人,适湘潭蔡氏,亦望族也,蘽砧曾毕业于高等师范,袁军有副官王某睭其美,日徘徊于门侧。阴历正月念一日,党人攻将军署事败,捕风捉影,株连甚众。一日,王某率兵数十攻关而入,称奉令捕乱党,铁链①

① “链”,原文作“炼”,据文义改。

郎当，系蔡以去。是夕，王某竟至妇家，醉眼模糊，戏谑备至，且云："如相从，即可释蔡出，否则恐难生还矣。"妇乃绐之曰："容吾三思，明日当有报命。"王[①]遂踉跄而去。翌日，探知蔡已为枪下新鬼矣，妇恸甚，急欲以身殉，又不甚遽绝其嗣，乃作归宁计。途中自思孤苦零丁，夫亡子幼，毋宁赴清波以了此可怜身世，犹得与泉下人长相聚也。前之人声嘈杂，即此少妇携儿投江，被人援救，咸哀之而劝之者也，呜呼惨矣！

——《中华新报》(1916 年 3 月 23 日至 3 月 24 日)
第一百五十八至一百五十九号

琼华第二[②]

楚南儇生，谭者讳其姓氏，性儇薄，故儇其名。弱冠习拳勇，亦少知书，与衡阳吴某善。吴，大腹也，贾岳州，儇生为司笔札。岳介长沙武昌间，然极荒芜，巨室绝少。生时年二十，裘马其间，翩翩也。吴家柴家岭，背山而面湖，肆则北门外，距家一二里许，生与吴日临视事。

一日，生以事独后归，已夕阳西下。时方严冬，远望君山，疏林寒树，历历可数，生徘徊湖畔，未忍遽归。方游目四属，忽面湖一楼中，倩影飘瞥。惊顾，则一女郎，年可十五六，虽荆钗裙布，而丽质清神，辉光动目，映以斜阳，益增妍艳。乍回眸，知生审顾，即珊珊下楼去。生错愕移时，几忘举步归，忽忽若有所遗。吴异而诘之，生具以告，口绘其艳而手描其状，且曰："脱能为谋者，感且不朽。"吴以生狂易，故笑曰："是不可以草草，当悉其阀阅，如可

① "王"，原文作"玉"，据文义改。
② 原文标"爱情短篇"，原署"韵琴"。

图,必有以报,然无日之期,宜耐守也。”自是月余,殊无良会,然生犹得数见女,第距楼远,无由致词,示目而已。女亦似解生意,频报青睐,生益惶惑。时寒梅正放,而近湖一株,含吐香蕊之枝,适与楼接。生时踯躅其下,冀得通词。一日者,女临楼,见生嫣然,玉梗白露,生心旌摇摇不自持,方欲近诉倾慕,女忽内顾,手作止生状,旋即翻然逝,生嗒然如木鸡。有童子者,年若八九,手一筐,来湖下。生招至前曰:“若能为而折梅枝者,当畀若钱。”童子喜,猱升树,即以梅下。生询:“楼为阿谁家?”曰:“里正,卢也女。”“卢何人?”曰:“女甥也,胡不归而恒居舅家?”曰:“不知也。”生畀以钱,欣跃去。生归语吴,吴姗笑之,生忿曰:“若而忘愿任蹇修语乎?”曰:“然,是诚有之,不亦云宜耐守耶?”生知其遁词,亦不之辨。

吴邻杨某者,佣一媪,恒来吴家。一日,抱一儿至,襁褓也。生询:“谁氏子?”曰:“吴先生仆者金良儿也。”“金家何许?”曰:“僦里正卢之居也。”“共户乎?”曰:“然。”生大喜。吴曰:“是乃可图也,曷去诸?”曰:“焉往?”曰:“但随而来。”生不解,吴曰:“非物何以达诚?将为君备镜台也。”吴为生购脂粉数事,因媪以致金良之妇而贻之女。女曰:“幸为我谢某君,曰:‘女儿福薄,不敢辱君子嘉贶,然爱我之德,矢不忘也。’”金固进,女莹然泣曰:“系人腋下,动而见尤,嫂谓我能保有此乎?是不益藉寇以兵耶?”生遣媪去,心惴惴不克谐。及媪将脂粉至,且白女言,生曰:“则胡不归而必郁郁居舅氏家也?”媪曰:“亦尝询及之,但俯首泣,是或有难言之隐耶?”生怅恨无已,然自兹见女,则黛眉敛怨,渌老凝愁,双脸断红,不复前立夕阳时矣。

生有友黎生者,新主岳厘局事,亦属生以记室。时黎生病,局方事代谢,不任烦剧,生多代庖焉。局且百人,咸欲得生欢,以结于黎。时导生作北里游,然靡当生意。生谢曰:“有能为余通卢氏女者，死且结草，不尔则拳拳之心，终不忍令他属。”座有仇生，巴陵人，固好事，闻生言者，俱目仇。生异之，起曰：“君乃能耶？”仇曰：“合为谋，不能不属怨可乎？”生曰：“但亟图之。”翌日，仇至，曰：“深愧绵薄，然实不可为也，强之，事必大悖①。”生问故，曰：“既不谐矣，言之得无益乱君心耶？”生固曰：“但言适以何途进？”仇曰：“女有姊，与吾有啮臂盟。谋之，谢不能也。问所以，则谢难言。”生曰：“女之姊可得见乎？”仇曰：“能。”生因仇得见女姊。姊可二十许，亦颇娟好。生奉二十金为贽，且曰：“仆与令妹之情，君所知也。自睹丽质，今为数月，魂萦梦萦，迨无宁日，屡与侪人谋，不足为也。幸见君，愿以此为君寿。”姊辞曰：“仇郎来，已具致先生意。先生以小妹之故，而辱加惠穷僻之人，敢不拜嘉？然事可图也，妾安忍货妹？不可图，则受赐为无名矣。闻小妹近复抑郁，凄怨欲绝，想亦以先生故也。幸未为宵小媒孽其短，妾感先生诚，怜小妹痴，合不计利害，请身试之，其济也固佳不，亦得以先生之诚表暴于小妹。”生曰：“获蒙矜恤，感镌肺腑，然有所恐，恐虢君已亡，而越人不至，惶急待命，一日为遥，且济否之耗，君又何因致仆也？”姊曰：“几忘之，妾不知书，但画纸为环则谐矣。”生起谢归。薄暮，有童赍函至，申纸则素也。生懊丧知无可为计，日唯嗟叹。自是过其楼，亦不复见女。

朱明戒节，炎旱日增，方一轮西去时，生披襟独坐。忽帘启，一人入，趋前白仇生命，速生过刘氏宅。刘，巴陵人，陆军军官也。营新第于柴家岭，已则驻军长沙，宅唯妻，数健仆，与生素相善也。生询致招故，白不知，但云必降玉趾。生随导者往，入其门，无人门焉者。导生入一室，灯荧荧如豆，然室甚精洁，张设亦焕丽。仆以茗至，且白少待。坐有顷，忽导者偕卢氏女至，以女入，即返

---

① “悖”，原文作“垺”，据文义改。

步阖扉出。生心怦怦然,殆疑梦寐,转不能道一词,惟见女俯首背灯坐,若不胜怨抑者,乃徐言曰:“卿何为亦来此耶?余数月来,竭智殚诚,冀一晤不可得。自别卿姊后,心已若死灰,不复有他望,诚不意人世尚有相见时也。然吾滋疑焉,此何地而可以出会也?”女恧然曰:“儿之自眩,实为丑行,然感君甚,故甘犯不韪,至何以至此?则儿亦不敢知也。儿谓但见君即佳,余望勿深求也。”又曰:“儿自遇君夕阳时候,深怪君逼视,及数见,则儿亦不自知,何以君影恒不去儿胸臆间?若时见君笑目儿者。儿心适适然,且自戒惧,然遇君欲不窥又不能也。至金良归来,则益萦心曲矣。儿舅氏常怒儿姊不贞,不令儿与居。儿时谓姊为不然,今乃知舅氏亦过矣,舅氏以儿许卖饼儿。儿父母既殁矣,惟舅氏是命,不敢违,然非儿愿也。”言毕,泪涔涔湿衣襟。生大动,亦泣曰:“余苦无可慰藉卿者,且舅氏约卿严,即如此会,恐亦不可再。”女曰:“良然,然亦视人谋若何耳。儿来久,有构黑白者,则殆矣。导君者名拂奴,性慧黠,可任昆仑也。”女起为别,生欲有言,女笑曰:“此不可以久淹也,天若怜儿二人者,且为后图,君请先归。”生乃返。

翌日,仇生至,笑问曰:“乐乎?胡不谢蹇修也?”生感仇构会,曰:“然,所以致之者,可得闻乎?”仇曰:“言之,祸且立至,君愿既遂矣,又何求焉?”生问拂奴曰:“不难致,但有求也。”生曰:“视吾力所能,靡不应。”仇曰:“是欲谋一扦差耳。”生虑无缺,曰:“适有白长价者,请即以补。”生言于黎,拂奴遂得事,感生甚,每思任向导,生以刘宅险,辞不敢往。越数日,拂奴忽以宵至,白得善处,但卑陋。问:“何许?”曰:“女对户卖浆者家也,于拂奴为葭莩亲,家一媪,一卅许妇,媪拂奴姑,妇则表嫂也,兄贾于鄂,恒终岁不一归,妇有不洁行,故允为撮合山云。”且曰:“先生但往,抵其处,自有导者。”生曰:“胡不俱?”曰:“惧属目也。”生遂往。暗陬中果有妇人伏焉，见生，乃前曰：“非某耶？”生颔之，妇目生令俱。室暗无火，生惧，却立不敢前。妇笑曰：“何太怯？”趋前握生手曰：“来，自有佳境。”经二室，始有光透窗隙，推扉纳生入，曰：“少选，当有伊人来也。”室小如斗，床一，已下幔，当窗一几，椅二，妆奁二三事而已，然洁甚。少间，妇果拥女至。生起，妇即出。生前握女手，女赪然拒之曰：“儿爱君甚，愿见之私发于五内，故走险以见。然儿之心，未有他也，且度不能终事君，幸能不及于乱，儿之愿也。儿尝听舅氏述蒲留仙《乐仲》事，每慕琼华之为人，谓为出污泥而不染，宜其以莲花脱化也。如儿者，虽非其人，君但为乐仲，不亦美乎？”生惭阻，改容谢曰：“卿乃能见及此耶！余过矣！余年十六就外傅，即不以德率余，径疑宋玉淫色之辨，谓淫为色果，爱果之果，实一事也。卿乃能见及此耶！余过矣！然儿女之私，不可以告人。拂奴卿何人，乃能令蹀躞余二人间，且卿姊不能致卿，而彼乃能之，何也？”女闻言俯首曰：“但系亲类。至儿姊，则以舅氏之故，且不得久近儿，遑及他耶！”生以拂奴貌似女，知为兄，亦不穷诘，乃曰：“岳俗不长厚，夫饵其妻，兄饵其妹者，往往而有。卿自爱者，余若从而陷溺之，为不仁矣。”女泣下，遂黯然别。岁辛亥，会义军起湘鄂间，生他适，女耗遂不可知。

韵琴闻之曰：“余尝过岳州，观其风俗浇薄，子弟贪鄙，社会如此，诚堪浩叹！然如女者，宜播诸章以风乡国矣！其姊却偎生币以货妹为羞，亦有足多者焉。生居是域而多行不义，虽贞顺自保如女者，去乱几何也？生真偎薄哉！”

——《民权素》(1916)第十七集

赵纫兰

赵纫兰，生于19世纪80年代，安徽太湖人。夫卢美意，字天白，安徽庐江人，曾任商务印书馆编辑，1949年后，为江苏省文史馆馆员。赵纫兰为其继室。赵纫兰与卢美意合著有小说《情海鸳鸯》。

情海鸳鸯①

（一）

吾书开端，事在绿阴繁缛之五月，时天气清佳，海波一碧，威提岛（岛在英伦南）海水园中，游人如织，采兰赠芍，乐事方浓。至夕阳近海时，海风忽起，巨浪奔腾，身手轻捷者，争先登岸，状如出水之凫，而波涛汹涌中，有一亭亭美人，随波上下。众皆相顾咨嗟，莫敢援手。无何，风威极猛，白浪愈高。海中美人已卷入漩涡，只余万缕金丝，漂浮水面，残阳映射，闪闪作光，似上帝矜怜玉质，不忍遽令珠沈，特留一线生机，待人援救者，而此美人之救星，果随著者笔尖至矣。

来者为一少年，步武极健捷。时碧波中之黄金丝，已隐约模

① 原文标“侠情小说”，原署“纫兰、天白合著”。

糊，几不能辨。少年一跃入海，而浪如山立，不可猝近。少年力与风水搏战，排浪而前，相距仅盈尺时，忽狂飙一吹，巨涛涌起，力推少年远去可数十码。而暮色苍然，天已垂黑，美人之发痕，遂杳不可见。

少年踏波疾跃，趫捷如履平陆，暗中摸索，卒得美人之柔荑。方欲挽之出水，而巨浪又至，势若排山。此英英之少年，遂与美人并沈浪底。余书叙此，固非故作惊人语也，读者试思此狂风骇浪中，少年虽勇健无伦，然已疲于游泳，又复引此垂毙美人，重量既增，不能自拔，其不至葬身鱼窟者几希。然使之二人者未作双栖之海燕，先为并命之频伽，微特读者不慊于心，即著者亦意良弗忍，矧彼来日之悲欢离合，尚如波谲云诡，不可端倪，又安能任其草草终场，沈渊不反耶？

岸上电灯闪灼中，人声嚣然，则救生小艇已载少年与女郎登岸矣。医生就灯光下施手术，一刻钟后，少年微呻，而女郎未醒。医言心脉未绝，尚可施救，乃皆舁以绳榻，直赴园之左侧近海一老屋中，盖即此美人家也。看护者安置少年于客室，医士则侍此女郎入其闺闼。时有一羸瘦老人，须髯皓白，立女郎榻前，频以枯腊之掌，揾其老泪，则女郎父也。榻之对面，坐一中年绅士，服饰华贵，而容止伧荒，注视女郎，默然无语。少年在客室中进白兰地少许，神志稍清，举目四瞩，见一持寒暑针者在侧，知为医士，遽询曰："女郎得救耶？"医士曰："女郎醒矣。"少年微喟曰："谢上帝！"时伧荒之绅士，亦临近少年榻前，闻语，眉遽蹙，遂出客室去。

一礼拜后，临海一小室中，轩窗大启。时赤日无云，海波澄碧，光景奇丽无伦。近窗有两人隔几并坐，似欲以碧波为镜，合照小影于其中者，则吾书前所叙之少年及女郎也。两人均目注海水，无言久之。女郎忽回转秋波，注视少年之面，徐徐言曰："韦特君,果今日行耶?”少年闻言,回面女郎。两人眼波,恰相对成一直线。女郎玉容,不期而赪,螓首乃微俯。第闻少年言曰:“密司爱兰,鄙人与卿萍水相逢,渥蒙厚待,寸心铭感,何忍遽别?第鄙人航海人也,余舟在朴士茅斯港修理告竣,将于诘朝出港,鄙人职务所在,不得不行,且密司玉体近已康复,鄙怀至为释然,他日海上重逢,但愿密司视若故交,欢如今日,则鄙人之大幸矣。”女郎起立,垂首言曰:“前日海水园中,感君垂救,厚恩高谊,无可为报,痴情一缕,已属君身。惜余父昨赴伦敦,君今者又将远游海外,茑萝之托,尚待他时,未卜韦特君之一点灵犀,亦复表此同意否?”少年闻言,遽起立至女郎前,径吻其纤手。时有一滴温泉直落少年颊上,少年仰视女面,则见秋波莹莹,珠泪堕矣。

少年去数日后,而爱兰之父自伦敦归。爱兰迎之门,见老人垂首至胸,步益奇缓,爱兰趋前抱之。老人始觉,微举其首,而面上皱纹,似为愁云填满者。爱兰惊曰:“阿翁途中病耶?”老人摇首,以手扶爱兰之肩,缓步入室,即倒卧一莎发中。先以太息为言语之导,继乃曰:“爱兰!余家破矣!”爱兰闻言大骇,执老人之手,颤声问曰:“半年前,阿翁不尝云假得巨资,伦敦商店已渐有起色耶?”老人复叹曰:“爱兰,尔生长深闺,安知世途险幻?余年来衰老,常居乡里,店中出入,悉属诸经理人,彼亦吾十数年旧友,谨愿可信者。乃以余耄老,忽萌异心,余始以为贸易不佳,殆资本单弱之故,乃与彼商榷,暂假债款,尚冀资本增后,获利当可较丰,债款固不难偿清,吾肆亦可蒸蒸日上。乃前日得肆中急电,云近日贸易失败,大局岌岌可危,促余赴伦敦,至则经理人已逃,稽簿籍,则皆有绌无赢,势如川竭山崩,无可挽救,不得已白诸官中,宣告破产。余数十年经营之基业,尽付东流,吾家尺土寸椽,皆将为债家所有。嗟乎爱兰!吾老矣,填沟壑不足惜,尔方在髫年,忍令尔幕天席地,行乞以生耶?矧吾家旧田庐,传自先人,垂三百载,乃举以偿债，一芥靡遗，死而有知，其何面目以对先灵耶?”言时，以一手掩目，老泪琳浪，袖已湿透。爱兰闻言，亦涕不可仰。此沈沈老屋中，父女对泣如楚囚，景至凄凉，殆同墟墓。先是老人未归，爱兰深闺独坐，方苦忆韦特，及闻兹恶耗，哀其老父之茕独无依，益复念其未婚夫婿。盖以彼英风侠骨，使此时在侧，纵无挽救之方，亦当能觅一二语以慰其老父，今则天涯海角，欲诉无由，西望海云，徒增悲感而已。

老人归后，频来过从者，则吾书前述之伧荒绅士，时与老人坐退间室中，键户深谈，似有重要之事秘密商榷者。绅偶遇爱兰，必注目凝视，点首微笑，若有所得。爱兰以绅本父执，且丁兹家运迍邅之际，宾朋零落，彼独惠然肯来，慰藉其老父，空谷足音，意良可感，故亦忘其伧鄙，特不知此不速之宾，固别有觊觎也。一日，朝曦初出，爱兰因畏暑早起，坐屋前杉树下一铁椅上，举目望海，悠然遐想间。忽一龙钟巨影，来近其前。爱来知为老父，方欲起立问晨安，老人止之令坐，已则坐其侧。爱兰凝视老人之面良久，笑曰：“阿翁日来，似稍欢愉，殆伦敦商业，事有转机耶?”老人庞眉微蹙，既而笑曰：“若如许大，犹痴呆不解事，若不见奔流之水，不复回耶? 吾业已败，安能复全? 唯有一策足以保我先畴，此策之成否，为吾家存亡所关，特其权全操于汝耳。”爱兰闻言大愕，遽问曰：“阿翁所言，儿殊不觉，儿一弱女子，有何权力以支此残局耶?”老人抚其肩曰：“儿勿惊，余将详言之。余家负劳克先生债至多，先生尚无偶，至敬爱汝，欲得汝主中馈，婚约若成，彼当举责券焚之，为百两之代价，则余家先业全矣。”言未毕，爱兰已晕倒椅中。盖老人所称劳克先生者，即日来对女微笑之伧荒绅士也。

吾书今回叙韦特航海事矣。韦特之舟，为航行纽约、英伦间者，往复之期，恒有一定，故韦特虽离情怅触，然以重逢有日，后来之希望，足稍减其别后之相思。且韦特性情活泼，狎习风涛，视海洋为其第二之乡里，长途寂寞，亦无沈郁之容。惟当海中月上，碧波荡漾，悉化碎金，辄凭铁栏凝眺，悄然若有所思。盖念及爱兰，此时晚妆初罢，当亦临流望月，念已不置也。抵纽约后，舟人方料理归装，而船主克兰德倡议游历巴拿玛新运河，为航海历史上增一记念，众皆赞成斯举，舟遂由纽约南行，而韦特之归期，因以迟缓。

海岸蜿蜒，烟草珈琲，葱翠弥望，则韦特归舟抵哈瓦那矣。哈瓦那为古巴首府，市场繁盛，甲于西印度群岛，海滨楼阁，栉比云连。每当华灯初上，酒楼旅馆中，笑语喧阗，琴歌悠扬，与晚潮声相应和，盖皆舟人海客暂卸征帆，杯酒谈瀛之俱乐部也。一夕，赫檀那珈琲馆中，笑声哗然，座客方盛。此活泼少年之韦特，则据近门之一圆几，手啤酒杯，与邻座客纵谈巴拿玛会场风景，历历如绘。座中客多身亲游历者，然以韦特之妙论风生，皆不觉倾耳以听。方兴高采烈间，韦特之词锋忽戛然中断，座客之视线而皆集注门前，盖一娟秀美人珊珊搴帘入矣。

（二）

“密斯爱兰乎？卿奈何随此伧而来是间？卿殆已……”韦特言至此遽止。时海滩上椰树阴中，露出丝丝月光，恰射韦特之面，森然如铜像，而爱兰玉容亦至悲愤，直答曰：“余实负君，余已嫁彼伧矣，此来盖与彼作新婚游历也。”韦特闻言，默然良久，继而微笑曰：“大佳……余尚未向马丹道贺，第马丹已嫁，则余辈此时之背人私语，似非所宜。马丹珍重，再见或有期也。”言已，拂衣径去。爱兰遂倚树而晕，迨为海风吹醒，则海中各舰，钟声铿然鸣十二下，陡忆其夫将自剧场返寓，乃唤街车乘之而归。

韦特既决绝爱兰，且行且思，怊怅若失。归船室后，遂沈沈入梦，恍惚在威提岛海水园中，历历前尘，重复演过。至与爱兰同沈浪底时，昏然而晕，又似醉卧爱兰家客室中，见爱兰亭亭立榻前，含笑问起居，方欲握其柔荑，则见彼伧荒绅士，力推爱兰出，瞋目视已作怒容，似妒其不应与爱兰款接者。韦特睹其伧状，大怒不可复忍，骤起力拳之。榻前之人大呼曰："余为人寄书于君，君乃饷我以尊拳耶？"韦特大骇，张目视之，但见红日满窗，照眼生缬，立榻前者固非伧荒之绅士，乃舟中书记斯伯莱君，韦特之同伴也。斯伯莱于衣囊中出函授韦特，且言曰："余拂晓将自俱乐部中归舟时，司门籍者，以是书授余云，一英国少女寓韦特先生者。余仆仆为青鸟使，君犹拥衾作好梦耶？"韦特受书，默然置于枕畔之银盒上。斯伯莱解其意，亦无言而出。韦特始披衣近窗读之，书曰：

吾亲爱之韦特：吾知君今者不屑听吾作是称，然吾心中万转千回，欲觅一恰当之名称，以易此数字，而卒不可得，实则此数字外，固无他字嵌我心房也。吾之嫁劳克，君以我为背约负恩，其亦知吾之出此，固有万不得已之苦衷耶？君去威提方数日，而吾家商业失败，老父戚戚，几不欲生。彼劳克者，实为吾家之债主，若行使其债权，则吾产立破，乃彼竟不贪吾产而觊吾身，欲以婚约抵消债券。吾遂处于两难之境，嫁则负君，不嫁则老父之风烛残年，将不可保。辗转思维，卒乃决计嫁彼，以救老父。然劳克第能得吾之身，若吾心则犹属诸韦特，非彼所能以金钱易也，故吾嫁彼后，仅尽吾为妇之义务，而无一丝之爱情。盖终吾之身，已无幸福可望，惟虔祈上帝，赦吾罪愆，使吾早离浊世，他日君百年后，或可于天国中与君圆聚耳。前日酒肆重逢，实出意外，然以彼伧在侧，片语难通，咫尺天涯，寸心为碎。畴昔之夜，彼赴友人之招，吾乃得与君相遇，方拟剖吾心曲，缕述于君，而君竟愤然绝交，不垂清听。君之怒我，于理固当，吾何敢怨君？虽然，吾之苦衷，若终不一白,则君将恨我至于无穷,而吾亦死且不瞑,故和泪作书,读陈左右。嗟夫韦特!其能一鉴吾意耶?最不幸之爱兰上。

韦特读竟,目光犹凝注纸上,状若中魔,已而颓然倒于藤椅中,傅粉之面,红热如被酒,盖韦特病矣。舟启碇时,韦特狂热方盛,频发呓语呼爱兰。舟中医员,进以清脑热之剂。数日后,始稍清醒,时舟已在大西洋之中央。韦特卧榻上,觉震动弗宁,询之侍者,知离哈瓦特已数日,默然无言,但微微叹息。盖心中方忆爱兰也,殊不知此时之爱兰,已随其良人同作舟中客矣。一日,为新秋薄莫,残阳黯淡,沈入水平,韦特病躯稍健,出舱晚眺。时舟人咸在餐室中晚餐,独韦特凭栏远望,暮色苍茫,海波悉呈缟色。方凝眺间,忽见船前烟波绵缈中,似有灯光闪灼。韦特意其为西来之商舶,第已舟虽前进,而波面之灯光,则凝射弗动,如灯塔矗立海中,心颇异之。时天已暝黑,忽船前电光一闪,船之周围,明如白昼,舵楼中则铃声琅然甚急,餐室中人纷纷至甲板上,而电光忽敛,但见赤焰一团向已舟飞来,砰訇一声,舵楼折矣。舟人狂呼速下小艇,而隆隆之声如疾雨迅雷,破空而至,惨祸忽降,欲避无从。盖是时欧战已开,德意志兵舰方潜伏大西洋中,邀击英伦商舶也。

全船催裂,炮声始停,舟人未死于炮火者,咸沈浮水中,散乱喧呼,如一群惊溃之鹜。顷之,喧声渐细,则不善游泳者多沈入幽宫,以海洋为墟墓矣。韦特堕水后,瞥见一素衣少女,出沈波际,香躯纤弱,酷似爱兰,拨浪近之,果朝夕悬念之玉人。患难相逢,喜极互抱,温馨美满,逾于在海水园时。盖两人皆忘其身在万顷汪洋中,直以无情碧波,作温柔绣榻矣。数礼拜后,威提岛一海水园中,如镜秋波,复照两人并肩之影,潮音和缓,似代写其欢愉。盖此垂毙鸳鸯,卒遇救而归故园。伧荒之劳克,则已葬身大西洋中,招魂不及。两人遂成婚于威提之礼拜堂,破镜重圆,乐且无极。然是时法兰西境战事方殷,举国健儿请①缨赴敌。韦特爱国之热逾于爱妻,蜜月未周,即从戎东去。爱兰临歧送别,亦不絮絮作儿女子态,惟嘱夫婿努力戎行。吾书成时,此英勇少年之韦特,盖犹在奴夏拨阵云莽莽中也。

——《礼拜六》(1915)第四十七期

① "请",原文作"清",据文义改。

高剑华

高剑华(1890 年前后—?),号俪华馆主,浙江杭州人。夫许啸天,名家恩,别号啸天,浙江上虞人。高剑华曾就读于杭州女子师范学校,1910 年,考入京师女子师范学堂。1914 年,与丈夫共同创办《眉语》杂志,后又出版《闺声》杂志。高剑华擅长书法,能诗文,著有诗集《俪华馆吟草》,散文《俪华馆游记》,小说《处士魂》《春去儿家》《梅雪争春记》,翻译小说《婉娜小传》等。

处士魂

浙中西子湖,人皆赞誉,汉称明圣湖,以江南景物之明丽秀媚无过此者。人言此湖之胜,恒数六桥三竺,实则胜迹转不在是,山光清倩,古木翳郁,能揽全湖之胜者,厥惟孤山。此山耸立湖中,不与他处毗连,迨苏公筑堤,始南联双峰,白公筑堤,始接葛岭,虽名为山,实数方丈之高阜耳。浙中为吾髫龄游钓之乡,亦数数来游,至则辄爱此净屋数椽,老梅百本,飘香点水,姿态横生。屋左有林和靖墓,石碣烂然,埋于乱草间,藤葛满披其上,想见数百年前之风流逸乐,今则荒烟寂寞,营幽宅于此,空使后人凭吊也。凝眸以望,则金牛对卧,群山附轫如屏障,至风清日丽时,柳丝轻拂,岚光如点黛,波声汩汩,鸟语啁啾,有若互答。春夏间恒有舣舟游此者,虽流连忘返,然人人咸有戒心,抵暮即归,无敢值宿于此者。

盖人言啧啧谓处士虽死,英灵尚耿耿。时有人见其携梅策鹤,啸傲其中,然处士所恶者市侩及武夫,脱犯之者,无或幸免。此皆传闻鬼神之说,未敢深言,况处士奄化已数百载,且生为文士,死何为厉?今姑纪其事以告读者,读者亦妄听之耳。

有吴生仲珂者,世业儒,居嘉禾间,性情孤逸,落落寡交游,屡试秋闱,终不得志,以羞见故乡父老,乃傲游江浙间,性益跌宕不羁,复反棹至西湖。生身胆素壮,勿畏鬼物,爱孤山之幽静,而赁居焉。时正月晦,安居无他异,惟朝霞暮霭,乐赏奇景而已,生如闲云野鹤,居久无还乡意。

一日,为月之中旬,天亦甚清朗,至傍晚,生打浆荡乎中流。时晚风习习,水波泛澜,南屏晚钟自水面来,鏳鋐作声,夕阳西堕,煽烟如金火,不觉兴至,扣舷狂歌,歌声为风所激,盘旋空际,而舟行愈远。时暮色沉合,山林如泼墨,幸月光渐明,乃推浆乘月返。距屋仅数武矣,遥盼系舟处,一老者峨冠广袖,方彳亍缘岸行,渐行渐远,衣袂飘然如履云雾。生欲追逐,而舟行苦迟,甫达岸已无见矣。意惟狂呼,亦杳无声息,惟己之声浪触远处作暗暗之回响而已。是夜生秉烛读书,虔心细察。至夜午,生已中酒,觉倦甚,视户外月色皎洁,乃出而赏玩。时炎暑方盛,中夜犹苦热,徘徊移时,因据不稍憩,正朦胧间,恍见老者亦至,而冷风过处,砭人肌骨。生此时如中魔,力不能兴,见老者行近己处,厉声曰:“谁?”生乃嚅嚅告以己之姓氏及乡贯,并告以思慕之诚。老者似喜,复微哂曰:“禄蠹儿欲假乃公地以遣牢愁耶?”生思虑甚清,顾体若中麻,不期屈膝。老者复曰:“尔大丈夫乃胆小如鼷鼠,姑念汝书呆,后当得志,导汝一游众香国。”生唯唯,恍忽随老者行,所过处皆遍①栽异卉,芬芳馥郁,为平生所未经见。远闻流水潺潺,心胸顿

① “遍”,原文作“偏”,据文义改。

溪。未几抵一宫殿,峨廷广厦,文彩辉煌,中庭翠竹千丛,户外苍松数本,虽轩峻壮丽,而别饶幽趣。宫女数十辈,均霞裳缟衣,云鬟罗带低垂高耸,插金凤玉股钗,鲜艳妩媚。袅娜风流之态度,生已目眩神驰,颇涉冥想,自顾袍服垢敝,思:“老者何导我至此?其意盖欲羞我耶?”老人似觉,顾谓生曰:“尔虽禄蠹,然尚有雅骨,吾故挈尔来此。”群女见老人至,咸曰:“主人归矣。”娇声呖呖,如乍啭春莺,既睹生曰:“主人偕俗客来,殊惹人厌。”乃相将避去,状如惊鸿之逝。老人曰:“若辈勿避去,是人虽为吾辈所不取,然他日当为尘世国家之命臣,更请梅蕊夫人陪宴。”生惶悚稽首曰:“辱蒙提挈,畅游仙府,此身已为忘念,更不宜渎及内府。”老者莞尔,复导入一复殿,景物幽暗,别一洞天。靡望老梅数株,精华正盛,香韵欲流,题其处曰“冷香洞”,顾虽彩绣不施,而精雅纤巧则又过之。穿梅径,过玉池,水色滢碧,涟漪如锦纹,至丹霞阁。既入阁,则美酒陈于座,诸姬娈童侍于下。老者顾谓一女曰:“夫人妆竟未?何尚未至?”须臾,而小环报曰:“夫人来矣。”俄见宫女数十辈,雍一丽人出,仙袂乍动,环珮铿锵,艳如霞映澄塘,神若寒江射月,纤腰楚楚,莲步珊珊,靥笑春桃,云堆翠髻,窕窈似游龙,蹁跹疑惊凤。将言而未言,欲行而又止,顾盼之际,亦风流,亦妩媚,丹脂点颊,宜喜宜嗔。老人顾生曰:“此吾妻冷香洞主梅蕊夫人也。”生顿首长跽曰:“某下届凡躯,冒渎瑶池,何敢更劳仙驾?”夫人亦敛衽答曰:“客何谦逊?妾不揣陋质,得陪侍君子,为幸多矣。”生此时如痴如醉,只觉肴珍酒烈,兰射微闻。酒过数巡,两庑管弦齐奏,见一宫女,手调云筝,口中歌曰:“瑁筵开处春光好。”老者曰:“今日对佳客,何陈旧曲?”因提笔自谱新声一章,并自按檀板,令梅蕊夫人歌曰:“冰雪为衣玉作胎,风流宜占百花魁,春前春后情何限,江北江南梦乍回。”

歌甫毕,人报曰:“公子归矣。”生仰首微窥,见来者为一少年,冠赤鸾束须紫金冠，披雪羽银丝鹤氅皂罗裳，弦墨朝天履。老者问曰："尔来何晏？"公子欣然答曰："适往西山，彼处景物佳，不觉久留。"复指阶下白鹤一群曰："儿今偕得新伴侣至。"老人顾之而笑曰："良佳良佳。"少年乃双手频拍，鹤乃逐队轩轩作舞。舞罢，忽成对舞，展翅如巨轮，飞腾空际，复引吭戛然作长鸣，声震屋宇，势如裂帛。生乃遽然惊觉，时正鸥鸣水榭，雀噪庭槐，朝曦上衣，晓风入户，回顾己身，卧石上，发际露珠点点。回忆宵来事，或真或幻，忐忑不已，意平时幻想所致，然自负胆勇，今乃见弄于鬼物，不无怅怅。

适居停至，见生大笑曰："客竟夜居此，得勿为林老请去耶？"生颜微赧，告以夜中所见。居停曰："客后此必有佳运，吾居此身半，此等事初无所见，所知者仅恐怖之历史，以客新至，故不能举以告君。"生曰："恐怖吾殊未信，昨宵之事，则吾目之为洒迷及幻想耳。"居停曰："否，吾当告尔以实事。"语已，即入，持茗具及食物，并己之烟管出，据草地坐曰："吾守此间数十年矣，以图游客之利，然不敢踞此屋。初时吾兄弟二人来此，夜间见老者至，吾二人大惊，此老者亦终夜扰扰无宁晷。后此吾侪结茅于低洼处，入夜即守户不敢出，今则司空见惯矣，故游客之赁屋于此者，惟缄口不作一语，不则吾囊之钱顷刻飞去，何以饱妻孥？客之来居此者，或一夜便行，或二三夜即跄惶而去，其故不待明言矣。数年前，有武弁颇豪于资，率其姬妻妾及奴仆泛舟来此。吾二人见势盛，恐所居不适，罪及吾辈，乃以此事实告。谁知此武弁殊雄健，仰首作狂笑曰：'乃公天且勿畏，何畏于鬼哉？'渠言虽如此，而亦不得不设备矣，各人寝处均置短刀。所带姬妾均美丽娇好，年俱二十以下。一姬最幼，约在十四五，披轩长之绣襦填金挂，梳堕马髻。武弁最爱之，出入弗离。是日游各处均甚乐，薄暮舣舟于此，团聚作哄饮，拥其姬人，狎亵倍至，复齐声作歌，喧扰不可名状。至银蟾欲上时,则玉山累累倾倒。一仆稍醒,闻窗前有人作长叹,意同伴或受责于主人,故于清夜自悼,乃潜起思惊之以为趣乐。乃下阶,伪操武弁之口吻曰:'叹者为谁?'声甫毕,一白衣之老人厉声曰:'恶奴敢尔!'乃扬其袖,冷风劈面至,仆亦颓然仆。斯时室内之人,微有闻觉,皆战栗不敢言。俄而大声作于庑下,复达内室,扰扰之际,似整几案,又如展图轴,转瞬已至内寝。众目睹其人,后随小童,均挢舌不能下,思举其小刀,复力竭不能起。武弁之寝也,拥一幼妾①,至是,并与妾亦目睹其人至。举两手扑妾曰:'汝番女,何得亵吾榻?'又持杖欲击弁,弁跪地辗转哀求始得免。明日②之晨,见一仆毙于阶下。此可怜之幼妾,竟尔失魂,时时欲赴水死,盖已癫矣。弁亦不欲更留,乃匆匆去,自此人迹更罕至矣。某年夏,又有两俄罗斯人至,赏资颇巨。至夜半,即狂呼欲归,时城已闭,竟宿舟中。问之,但曰:'鬼!鬼!'"居停言毕,生始稍稍信,乃亦束装行。明年果登第,自此更进无阻,政声颇著,始信曩者所见不虚,然急流勇退,后挂冠不知所向云。

剑华女士,性恬淡,嫉俗如仇,平居常有隐逸之念。与余同产西子湖畔,烟波翠岚,淡妆浓抹,固得昕夕相亲者。然而西山看云,北窗赏雨,其胸襟较之红男绿女攀桃折柳者自有不同,尤喜孤山清幽。尝挽余坐林墓前,娓娓谈韵事,且有孤山偕老之愿。余戏谓:"孤山终古属林家,牛眠之侧,岂容人居?汝不虑处士之见呵耶?"女士乃以其遐想,撰为小说以示余。余笑曰:"是亦假杯酒以浇君块垒耳。"许啸天附识。

——《眉语》第一卷(1914)第二号

---

① "妾",原文作"妄",据文义改。
② "日",原文作"白",据文义改。

裸体美人语

晓风杨柳，擎露荷蕖，东眺天末，蔚蓝一色，云水缥渺中，碧岑一抹，如鸳枕上斜亸一缕香鬟，而淡月一弯，绮霞满空，倒映波际，天地如锦绣。绿漪一泓，莹洁若镜，小艇一叶，容与若孤鸥，桨微动，则水光零落如碎锦。藕花香里，芳草堤边，侬乃披雾縠，携纨扇，倚舷翘首，目断长虹，薰风习习，吹动鬟鸦，丝丝披肩头。仙乎仙乎！杨柳晓风残月岸，侬恍如置身画里矣！

湖之南，修篁一丛，短篱三匝，而红窗绣帏隐约于小绿天者，是侬家也。侬名眉仙，碧玉年华，洛神风韵，丽质天赋，顾影自怜。父母以侬生而眉黛纤秀，饶有清气，因命是名。及长，神韵清逸，性格恬淡，冰缣云罗，与雪肌玉貌相辉映。此美人风骨，天地灵秀所钟毓，侬亦何敢自私？侬亦毋须自讳，侬更不甘自暴弃。父母爱侬，且甚于侬之自爱，微风之撼而恐或受其寒，残阳之触而恐或受其暑，动则恐其劳，静则恐其滞，裋抱嘘问，而侬乃转觉其烦絮。盖人生贵自由，衣食游息，纯任诸自然可耳，加以心机，即涉作伪，故侬辄蓬鬟跣足，啸遨于山水之乡。见者咸惊谓似西洋雕刻之自由女神，然乎？否乎？侬亦但知求侬之所适而已。侬父知侬性然也，乃益放任之，举凡典籍词翰，下至乐舞骑击之器，尽购置之。侬盘桓一室，好学哲理，读《说苑》而喜其寄托高洁情辞真切者，诗文宗苏韩，绘画仿王陆，间及艺花习剑荡舟跨马，盖侬以谓是种种者，皆所以怡育天性淘养灵魂，以供吾人之愉乐耳。初无礼教之定义，更无名利可征逐，花月良辰，则对花舞剑，倚马看云，或放棹①中流，与闲鸥话沧桑，或振袖高冈，御天风度仙曲，俯视脂粉囚

① “棹”，原文作“掉”，据文义改。

奴,直土芥耳。居是乡者,以侬所事为怪诞,复惊于侬之艳,佥呼侬为奇美人。

侬父薛逸帆,性奇僻亦如侬,学识富硕而终身不入名场,门人遍天下而老死不相往来,闭户著述,但求自赏,书成则拉杂而摧烧之,掀髯大笑,盖不欲求知于天下人,而天下人亦无能知之者。皇帝慕侬父名,下书征召。父怒,迁避惟恐不速,乃携侬卜居于西子湖头,看云拽杖,戴雪访梅,闲云野鹤,莫可踪迹。惟侬母稍稍理家人产,园中摘蔬,源头烹鳞,闲则循篱采菊临窗赌棋,一家人神仙眷属不啻矣。

虽然,静极思动,亦事理之常,一转移间,而侬清寂幽逸之家庭,乃入于极富丽豪华之域,势欲中人,几至于死,此无他,魔由心生,是亦侬觉悟未尽澈,有以召之也。初,侬有姨妹,名霞婧,生同庚,幼同居,修短相若,美丽亦相若,见者辄曰:"此二乔也。"侬怒之以目,然私心尝自比竞,不啻青女素娥之斗婵娟也。惟霞婧丰容盛鬋,体态妩媚,尤善笑,樱唇掩处,倾倒神魂,闺居喜弄脂粉,着红罗衫子,艳腻醉人,不若侬之娥眉淡扫,举止蜿捷。霞婧尝笑侬曰:"女儿家粗蠢若男子,那不令人笑煞?"侬亦笑曰:"若使侬是男子,见此妙儿人,不憔悴死也应想死。"自此侬便以霞婧夫婿自居,辄妻呼之,霞婧则呵指抓痒以相笑乐。今则霞婧已嫁贵婿去,侬以气味不同,渐疏音问,然霞婧念侬切,时遣雁使。侬亦未尽忘情于霞婧,尝以翰牍报之,但不相见已五年矣。诚以侯门嚣浊,侬深厌之,而在霞婧则以侬僻处西湖,往返殊不便,且身作贵家妇,举动牵掣,两地相思,只得期诸梦寐耳。

明年,侬父逝世,侬乃岑寂寡欢,然在父则视死如归,且以得优游卒岁为幸,易箦时,揽侬曰:"百年如朝露,人生贵养性,余生平以真率教人,毋作伪,毋趋势,毋逐名利,吾乐吾天,俯仰无怍。汝天性澜漫,宜远尘俗,余死则汝宜守故庐,非有气宇俊逸学识卓越者勿字，富贵足以杀人，汝切志之。”侬乃秉遗训，守庐墓，静心养性，绝不问尘世事，然形影相吊，寂处生厌，闻足音则喜，此时侬性已潜趋于动，亦不自知其所以然。越日，而霞妹来矣，来则护从如蚁，奁具山积，此三椽茅庐，乃如山阴道上，尘嚣万状。侬习静久，睹此耳目为之震眩，觉别有生趣，乃亦安之。日与霞婧嬉，而霞婧则端庄流丽，雍荣华贵，缦步巧笑，尽态极妍，前后判若两人。盖霞妹性喜浓艳，既嫁贵婿，婿为顺亲王四公子，豪华门第，礼节严谨，而霞妹乃习之，一肌一容，都加修饰。侬视之直如天仙化人，一室相对，则觉香艳迷人，撩乱心性。侬戏捧霞婧粉颐而端详之，觉其容光娇丽，颦笑都宜，而一种兰麝奇香，芬芳醉人，是富贵花也，侬辄以牡丹仙子呼之。

霞婧既来侬居，村妪野老咸震骇于王子之威名，奔走相告。侬偶与霞婧出游，则环珮铿锵，婢仆如云，一步一趋，转不得自由，且村人偕老挈幼，排列岸次，遥视远瞩，以得窥此金玉娇娃为幸。侬偶一回顾，则岸上人万头攒动，眈眈注视。侬窃思侬与彼同一女儿也，何曩之淡膜视侬者，而今乃哄动于彼耶？岂非以彼嫁得王子而荣之？若然，则霞婧亦仅为彼龌龊男子之附属品耳，若侬今日者，且为附属之附属矣。人各有其自立之人格，侬乃不如往日之闲云野鹤，得以自乐其乐也。侬思至此，大恚，立罢游，返妆阁，而挥霞婧于门外。霞婧笑问故，侬告以不愿依附势厚以自眩，并促霞婧返。霞婧曰：“侬亦厌尘俗，今来此得领天趣，且对旧侣，转觉依恋不思蜀矣。”侬乃与霞婧约，令尽去其随从，仅留一小婢供奔走，且令洗除铅华，作西子淡妆，并禁之不许道及王子，盖欲其留天然皎洁之身，与湖山作伴，须知非贞静高洁者，不足以享西子湖之清雅也。

虽然，霞婧之魔力，乃能潜化侬之性情，相处兼旬，侬母与侬渐慕豪华。闻霞婧述王家俗尚，则心向往之，气质一变，乃转瞬置侬身于帝皇家矣。盖霞婧为侬作伐嫁怡亲王,王为帝之胞弟,而顺王之从弟也。侬母亦辞此幽僻之乡,伴侬入京,既作亲王夫人,乃亦颐指气使,锦衣玉食,一言则阶下百诺,一动则婢妾云从,虽来往邸中,行不及百步,亦需人扶掖拥护,如病人然。亲王与侬虽义属夫妇,而相见不常,旬日中仅一二面,平日辄起卧妾室中,或结伴遨游,则兼旬不返,侬亦淡漠①置之,惟日与霞婧顾从,谈笑为乐。霞婧劝侬假颜色于王以固宠,侬大不为然,盖同属人类,义无尊卑,且人之相爱,贵爱于心,苟侬爱彼者,蓄之于心可也,何必矫为颜色以自堕于娼妓之行?然环顾婢妾,咸烟视媚行,婉转承王意,侬虽心鄙之,然亦不加呵责,盖侬无意于此也。

居王家最繁琐厌人之事,莫过于随待皇后。后以侬貌丽,越数日必召入宫一次。宫殿虽崇宏,而满涂金彩,俗不可耐,入宫门则嫔娥趋迎,若辈满腔势态,举止粗蠢,而于肌容末节,则研求周至,视侬之淡素自甘,举止洒脱者,咸以为异。见皇后则礼数更繁,相谈无一性情语,惟随意敷衍而已。后起居更烦琐,一咳吐必动群妃趋承之,一饮啄必更袍服二三次,直言之,是行守坐监都无安适处也。越日,后携侬游内苑,由宫中启跸,趋从如潮。后出行,必先在佛前拈香,佑其平安也。出宫门,沿途有极大之蓬帐,装饰华美,隔数百步,必设休止所,置金漆宝座,备后休憩也。侬及妃嫔所乘,皆坐黄舆,而不加繁饰。抵苑下舆,侬急离群独游,盖沿途停顿,殊闷损人。苑中一大湖,水光澄澈,一龙舟及数十绣舫,沿堤停泊,堤边白石栏杆,加以金饰,随处有富贵气,实有损湖山之清气也。侬随堤转折,行入一森林,浓荫夹道,苍翠扑人,越百数武,则山岩迎人,岩下有穴,高才摩顶,侬乃俯颈入。才数武,则豁然开朗,群峰萦回如列屏,草木一碧,生趣映然,满望无尘俗

---

① “漠”,原文作“膜”,据文义改。

气,尤可爱者,鸟语花香,风清日丽,一峰一石,挺秀天然,毫无斧凿痕,遍山中无一人造物,真不啻世外桃源矣。正徘徊间,见丛花中隐隐露一美人之首,侬急趋视之,则一裸体之美人,玉立花前,憨容可掬,细察其肤色如凝脂,披发如垂丝,见人毫无羞涩态。彼乃以莹莹之目注侬曰:"汝俗人也,速去此。"侬笑对之曰:"若汝者,一丝不挂,真俗不可耐矣。"裸体美人闻之,微哂曰:"脂粉污人,衣饰拘礼,世间万恶莫大于饰,伪君子以伪道德为饰,淫荡儿以衣履为饰,饰则失其本性,重于客气,而机械心盛,返真无日矣。吾悲世人之险诈欺饰也,吾避之惟恐不速。吾居此留吾天然之皎洁,养吾天性之浑朴,无取乎繁文华饰,而吾心神之美趣浓郁,当无上于此者矣。"侬闻其语,侬乃大悟吾重入尘俗之非,随终于山中,追随美人,以还我完璞也。

——《眉语》第一卷(1915)第四号

梁令娴

梁令娴(1893—1966),又名思顺,新会(今属广东江门)人。父梁启超,举人,戊戌变法领袖,著名政治家、思想家。母李端蕙,参与编辑中国第一份妇女报刊《女学报》(1898)。夫周国贤,马来西亚华侨,留美法学博士,历任民国政府驻菲律宾、加拿大等国总领事。梁令娴曾赴日留学,随夫游历各国,1956年被聘任为中央文史研究馆馆员,著有《艺蘅馆词选》、小说《巴黎警察署之贵客》。

巴黎警察署之贵客①

一九〇五年四月某日,时德、法方缘摩洛哥问题久相持,欧洲报纸,日日谣传将开战。上午九时,德皇威廉第二方亲临国务会议,议终还宫,而宫中忽失皇所在,遣告大宰相彪罗。彪罗熟思良久,匆匆发一密电致巴黎之德国公使,电自书自发,所言云何,莫能悉也。明日下午一时,法国外交总长狄尔喀西方在署办公,忽命秘书召二人至,屏人耳语良久,即遣去。狄尔喀西遂仰天发奇笑,秘书惊异,谓总长狂笑易矣。

巴黎有名优锦蕊夫人者,色艺冠彼都,贵介争慕之,而夫人独昵一那曼侯爵。侯爵间两月或一月辄一至巴黎,信宿即去。其

① 原文标“政治小说”,原署“梁令娴女士”。

夕，侯爵至矣，谈宴良久，夜分始出，携杖独行。突有两醉客蹒跚迎面来，撞投侯爵怀，捉其襟曰："汝胡为攫我五十佛郎？"侯爵方与辩解，警察三人忽至，并执侯爵与两醉客归。

警察长出，略诘数语，判醉客各惩役三日。延侯爵入精室道歉，所以供奉者殊备，侯爵乞退不许。

夜三时，纽约海尔新闻访事约翰·海思者，叩外交总长私宅乞见。总长披衣出迎，海恩曰："闻贵警署拘执一客，窃计公未知彼为谁氏，仆深惧兹事为贵国兴亡所系，敢以告。"狄尔喀西夷然曰："客有为重至此极者耶？诚如此重客，其辱临也。吾承乏外交，必先受牒告，吾国自有相当之礼以迓客。今疆场多事，关市讥禁方严，警署为维持治安计，不得不尽其职，客之重与否，殆非所敢问，且足下何必鳃鳃为敝邑虑？足下但作为此重客鬻身于仆十二小时何如？更有欲干请者，明晨八时，尚须挽足下一诣警署作见证也。"海恩瞠目结舌而去。

海恩驰诣大总统府。有顷，大总统电召外交总长，总长辞以方卧，期翌午入谒。晨七时，大总统出访外交总长邸，总长辞以已出。

翌日八时，海恩如约诣警署，延入精室中，而外交总长先在，方与那曼侯爵密谈，海恩参坐半晌退。正午，巴黎政府有公报出，德皇署名之《德法协约》赫然在焉，摩洛哥问题遂暂熄。

翌三日，法国外交总长狄尔喀西辞职，德相彪罗闻之曰："咄咄此獠，仅辞职足蔽辜耶？"

外史氏曰：法之狄尔喀西，任外交总长凡七年。法人自第三共和以来，总长在位之久，未有若狄氏者也。英、法、俄三国协商，全成于其手，意大利与德、奥之交，亦彼离间之。盖十年来，欧洲外交大势之转移，其枢泰半筦自狄氏，论者或以比诸俾士麦云。当一九〇五年，德、法争摩洛哥问题极剧，殆将决裂，而《德法协约》忽成。蔽空层云,瞬息荡尽,局外莫解所由,揣拟百出。协约成后,而狄尔喀西旋去位,众益怪之。数月后,美国某报忽载此事始末甚详,事太诡异,信否莫能明也。狄氏自此次辞职后,至一九一一年,复入阁,为海军总长者二年,昨秋又去位。今兹大战起,法人网集各党英俊,组织所谓国防内阁者,而狄氏复入长外交,今方在职也。其十年来之事业,则《欧洲战役史论》第一编言之颇详,《大中华》杂志行将为作小传。

——《中华妇女界》第一卷(1915)第二期

高君珊

高君珊(1893—1964),福建长乐(今福州市长乐区)人。父高凤谦,字梦旦,曾任商务印书馆编译所所长。妹高君箴,嫁郑振铎。高君珊曾赴美留学,获美国哥伦比亚大学教育心理学硕士学位。1925年归国,曾任上海特别市教育局督学、福建教育厅研究课主任,执教于东南大学、燕京大学、中央大学、暨南大学等高校,新中国成立后历任大同大学、华东师范大学教授。翻译有《泰西列女传》《慈母泪》等,著有小说《母心》。

母心①

某医士诊室之中,有一老妇在焉。其人枯瘠短小,发已斑白,状殊疲惫,似操劳过度者。手御绒布手套,质甚粗陋,发言时两掌用力猛擦不已。顾其人虽老,目光尚耿耿而富坚定之力,时语医士曰:"先生请以实见告幸甚。"医士闻言,颇露犹豫之色。医士已年逾不惑,其生平虽目击亿万人之生死,然苟有以病状之安危询之,终未能据实以答。此时进退维谷,目注案上,频以手翻弄纸件,冀得一相当之语为报。已而期期曰:"毛兰夫人,鄙意以为刀割于尊恙无裨也。"医士语毕,两人各寂然久之。时室中无他响,

① 原署"君珊"。

惟闻钟机之声,历历可辨,而窗外狂风挟枯叶而至,击玻璃上,簌簌有声。医士举眸,见媪尚兀然静坐,呆如木偶,心窃怜之。媪见医士状殊踧踖不宁,因强笑曰:“先生云云诚然,惟吾欲知贱恙能支持至几时耳?”医士曰:“夫人,鄙人未能臆断,速则数来复,缓则数月耳。”媪曰:“兹有一事奉恳,幸乞见允。”医士曰:“无论何事,鄙人当谨受教。”媪曰:“先生幸勿以贱恙语儿辈。”医士曰:“此事宜令彼等知之,夫人终日操劳过度,于病体非所宜,贤郎辈苟知此,必当筹所以慰夫人者。”媪曰:“苟儿辈弗乐,老怀亦终无安适时,仍以弗告为上。”医士曰:“果尔,则鄙人不得不从命。虽然,不告终觉于理弗协耳。”于是媪出钱囊于怀,合五分十分及杂色零钱无数,成二元之数,以上医士。医士却之,且曰:“鄙人自忖何功何能,敢受厚赐?请夫人收回为幸。”媪曰:“先生既不愿受,余亦不复相强,惟先生大德,余没齿不敢忘。先生请勿过虑,自兹以往,余必节劳以答盛意。余一生碌碌,无片刻之暇,一念及灵魂上之事,若怀满腔俗虑而面上帝,于礼似有所未合,今后宜少事休憩,且一祛凡想,略作灵魂上之功夫,以为往依上帝之准备。别矣先生,余归且进良药,以觇疾如何,如痛苦日剧,必更诣先生所也。”媪言毕,与医士握手为别,出医室门,向污垢狭窄之小衢蹒跚而去。

媪行时,沉沉若有深思。至中途,忽闻有大声出自其前,高呼让道,媪疾避之。一载重之车,适过其肩畔,不为所踣者,仅一发间耳。死于此时,或当较愈,然媪得脱于险,深自庆幸不已,以仓卒而死,顷间所筹之准备,将付之东流也。媪生平于教事不甚经意,终岁为家事所困,日不暇给,至于赴堂礼拜读《圣经》以及慈善事业,皆无余晷以为。即早晚祷告,常以心身疲惫,而致废弛。然此时去死日近,必当放弃一切俗务,而致意于灵魂上之事矣。时一公车至其前,老妪攀登而上,据其侧者为一女童,发短而鬈,蓬蓬然覆其额，睛作棕色，蔼然可亲。媪一见女童，即念及其女孙爱丽。女童与爱丽年事相若，特较肥硕耳。媪觉爱丽日来颇消瘦，而玫瑰之颊，亦不泛红霞之色。老怀良用为隐忧，念此后每晨必以牛肉汁一器佐晨餐，更令之终日处于清气阳光之中，于身体不无少裨。第家中舍爱丽外，无他小儿女，而东邻西舍欲得一人与爱丽年事相若者为游侣，亦不可得。以一幼小女娃，而终日与成年之人相处，安得复有兴趣？媪一念及女孙，己身之疾痛尽消，而医士之言，亦尽忘之矣。少顷，忽有所忆，因自策曰："吾必少念灵魂上之幸福。"于是默诵祷词，求上帝赦其罪状。媪生平无过恶，亦无善行可数，惟终岁碌碌为儿孙作马牛，今去死日近，欲少作慈善之事。时囊中两金尚无恙，念当捐此金作善举，此后又当为女子慈善会少效微力，暇时又当读小说稗史以娱陶去莱夫人。夫人双目失明，终岁辗转床席间，良可悯也。正想念间，忽闻雨点淅沥，敲车窗上。媪举首外瞩，见黑云四布，重重如厚幕，心念爱丽入学时，恐未携雨具，归途衣履淋漓，寒气内侵，将患肺炎之症，已抵家时，必当一察，勿使爱丽有弗适也。

已而车停，媪匆遽下车，急奔入屋。时雨点渐大，天气亦渐冷。爱丽之母，一青年之孀雌也，貌秀雅，特为忧患所侵，稍形沮丧，而体质亦弱不胜衣。时方据前室治针黹，媪入室遽问曰："马梅，爱丽晨间入学时，曾携雨具乎？"马梅曰："未也，儿度爱丽归时，当知假雨具于他人，阿母请勿过虑。"媪亟曰："爱丽素怯于求人，恐将冒雨而归，吾今当送雨具与之，迟且无及。"马梅曰："风雨若斯，阿母踯躅街道中，殊非所宜，儿当自往。惟白来克夫人之衣，当于十二点半竣工，奈何？"媪曰："白来克夫人不言需此衣于明日乎？"马梅曰："母行后夫人曾有电话相敦促，言十二点半后饬人来取。他人之视儿，殊无异于机械也。"马梅自叹命薄，言时频以衣襟揾泪不已。媪叹曰："伤哉吾儿！阿母知儿心力俱疲矣，吾当速返助尔制衣,今尔且少息,勿太自苦。”媪言毕,遂携雨具而出。马梅十指栗六,未尝少停,及十二时而衣已竣,折叠置衣箧中,以待来取。时媪已返,谓马梅曰:“尔终朝勤劳,今且卧温榻上少憩,阿母沦茗以饮尔。今日尔操劳过度,不宜更治事矣。尔且卧,吾当往取氍毹以覆尔。吾喜伪为尔方娇小如爱丽,在在需我助也。”

已而时计已指一时,媪蹀躞厨下,良久而午膳备。时父子返家进膳,妪觉背脊酸痛,头岑岑然,两手颤动甚剧。然忍痛而坐,且对其夫及子,状甚踊跃,强笑佯欢,不令彼等知其痛楚。其夫毛兰高而硕,貌亦不恶,日多治事于外,然毛兰自谓体魄羸殆,宜少休憩,故常坐于咖啡肆中以自遣。其子京梅,亦受雇于某公司。长女马梅,次曰露茜,年方二九,丰貌甚佳,时任速记生之职。媪虽在席间,懒于发言,然每闻京梅之雅谑,无不为之轩渠。时毛兰方论营业之事,媪亦凝神倾听,若甚专注者。膳毕,媪拂拭几案,洗涤杯盘,一身独任其劳。既毕,入卧室据榻而憩,且默忆其生平之过失。未及数分钟,媪开眼时,见爱丽方立床下,蹙额而视。时爱丽问曰:“祖母病乎?”媪亟自榻上起坐,笑曰:“无之,吾方戏学贵夫人睡午觉耳,惟尔勿以吾昼寝事告尔母。今吾将诣及姆司夫人所,以钱捐作善举,吾固无恙也。”媪言毕,加外衣及冠,且加且唱爱丽学堂中之歌曲,以示无病。于是自后户出,傍墙而行,俾不为马梅所见。

行稍远,已屋已渺不可见,步亦渐缓,且行且数道旁户宅,以解长道之劳。途中自勉曰:“今吾勿妄费此宝贵之分阴,以吾所事正多,而为时甚短也。”既至,及姆司夫人已他适,于是授钱其仆,且告以故。归途绕道至非仑夫人家。夫人为女子慈善会之长,家饶于资,且为教会中有功之人。时侍者肃客至图书室中,媪据一软椅而坐,椅巨而美,媪仅据其一隅,不敢高坐,环顾室中之陈设,自惭形秽不已。久之,夫人出,媪吃吃而言曰:“未审会中有未竣之针黹需人治否?如有之,余愿少效绵力。”夫人喜曰:“君肯入会,大为同人所欢迎,会中诸女士想乐见君,正月中将有聚会。今吾侪正征求会员,庶开会报告时,不至太枯寂也。届期想君必乐惠临,吾侪少备茶点,使同人尽欢而散。”媪亟曰:“余恐不克到会,惟处家中为会治针黹而已。”盖媪知己之衣饰,为至礼拜堂中所御已尽美尽善,第在济济会场之中,未免嫌其村陋耳。夫人曰:“如是亦佳,余行将书君名于册中,每月之例款为五十分,君且付本月之款,余将以衣料与君。日来吾辈方为教会中人治活计,有牧师某,每年薪俸仅六百金,自不足以敷家用,其人有儿女五人,一女跛,不良于行,殊可悯也。”媪曰:“余愿为跛女制衣。”夫人曰:“可。”因以蓝色法兰绒授媪,为制外衣,且曰:“此女年虽已十龄,然甚短小。余尝见君孙女于圣经班中,年甫九龄,君量其身裁衣可也。”媪归时,途次喃喃自语曰:“是儿年甫十龄,遽残其肢体,亦太可怜!幸我爱丽未尝有此,苟爱丽亦跛其一足,不能行走动作如恒儿,不几碎余心肝耶?今当竭余所长成此衣,胸前折数裥,以红线缝之,必增美观。明日上午当清理一切家事,午后裁衣缝纴。今为时无多,余尤当珍惜光阴,今夜临睡时,宜勿忘祷告及读《圣经》等事,惟今日头岑岑然思睡,果何故耶?”

翌日,马梅头痛,卧床不能起,家中琐屑之事,尽委之媪之身矣。午后媪犹仆仆厨下,制饼及面包,以供星期日之膳。诸事略就绪,因自箧中出旧裙,至厨下近火而坐,以剪去裙缘旧边。爱丽终日追随其祖母之后,如影附身,未尝一刻离,时谓媪曰:“儿能为此,请以裙授儿,以观儿果能否?”媪曰:“可,吾侪同为之当较速,惟尔试度吾何为去旧边而易以新者,且浣黑绸之胸衣?”爱丽曰:“祖母将乘火车他适耳?”媪曰:“否,吾老矣,未能远行。”爱丽曰:“然则有人招饮耶?”媪曰:“否,尔又误矣。”爱丽曰:“祖母非赴宴耶?”媪摇首。爱丽曰:“儿弗能猜矣,然亟欲知其故,请速见告。”媪曰:“明日吾将赴礼拜堂,且挈尔同行。”爱丽喜极,狂呼曰:“此举甚佳!儿乐极矣!明日行时,儿请以胸饰及练假祖母。”媪吻爱丽时,不觉泪承于睫,且言曰:“尔自御之,祖母老矣,安用是?”爱丽意甚得,少顷言曰:“明日我二人连袂而入礼拜堂,祖母可向相识者点首为礼。若非仑夫人然者,吾侪当据前座,儿知彼等必乐见祖母也。”时媪兴致勃勃,两颧微红,已而谓爱丽曰:“今日余甚踊跃,余未涉足礼拜堂,五年于兹矣。年来礼拜堂墙上增窗槛三,且有值三千金之风琴一具,而哈利逊先生之演讲,称为村中之第一人云。”良久,爱丽忽问曰:“阿母病矣,谁治午膳者?”媪曰:“明日余将令露茜阿姨处家中,任烹饪及琐屑之事。余未行之前,当先治杂事,则不至临时仓卒。今旧边已尽去,尔速以吾针囊来,瞬息之间,吾事竣矣。”是晚进膳之时,露茜谓媪曰:“母乎,明日约翰欲偕儿至其父田园中作竟日之游,儿已许之矣。”爱丽方食,闻言急弃其刀叉①,铿然有声,且谓露茜曰:“阿姨明日必弗能行,祖母将挈儿赴礼拜堂,阿姨当留家中治午膳也。”露茜曰:“爱丽勿忧,异日余当偕尔赴礼拜堂。”因又顾其母曰:“母果欲赴礼拜堂乎?儿知母未必尔。”爱丽且哭且言曰:“祖母诚欲往,顷间已备一切衣饰矣。”露茜曰:“母诚欲往耶?”媪曰:“否,吾无日不可往,固不必明日也。尔且与约翰同游,吾不欲尔失此良机会。”于是媪俯首附爱丽耳畔,密语慰藉,良久始已,曰:“吾宝勿哭,哭则使阿姨不欢,速至厨下取沸水,吾当沦茗以饮尔。”少顷,露茜谓其母曰:“明日儿当早返治晚膳,午后母可少卧,以苏困乏,勿太自苦,一切事待儿归为之可也。”

翌晨,媪破晓即起,治晨餐以饷毛兰、露茜及爱丽。时马梅尚

---

① “叉”,原文作“乂”,据文义改。

卧病，媪进以饮料一器。是日为星期日，京梅尚高卧榻上，及钟鸣十下，始欠伸而起坐。媪躬捧晨餐以进，置其床前几上。京梅见此，伸臂抱其母而呼曰："阿母之贤，世无其匹矣！儿有日得置身显达，必以侍者五人供阿母役使，虽琐琐之事，无须自为，坐而指挥可矣。且市绮罗珠玉，为阿母家常服御，使阿母得养尊处优，以享其天年。此区区者聊以报阿母之深恩耳！"媪闻言，乐极而笑，且曰："傎哉吾儿！今速进尔餐，茗冷矣。"媪既出室门，涕下如绠縻。盖日来酸泪常盈眶中，一触即汍澜不能自已也，心中私念："诸儿皆贤孝若斯，老景堪慰，不可谓非苍苍之厚我也！"

是日午后，家事略就绪，媪加冠而出，造陶去莱夫人家视疾。既至，与夫人清谈良久，且告以愿为读书史以遣其闷怀，因问曰："夫人喜《旧约》抑《新约》耶？"夫人微愠曰："新旧皆非吾所嗜，人之来者，皆欲读《圣经》以娱我，我厌之极矣。君苟不以为苦者，请取炉架上小说读之。"媪耗半日之时间，坐床前读小说，然所读者甚寥寥，以读时夫人屡向媪诉其所苦，申申詈其家人之薄遇，戚党之不情，喃喃不已。未几日色西沉，媪合其书曰："时晚矣，余当归，得闲当更来为夫人读小说也。"夫人愤愤曰："尔勿诳我！吾知尔必不复来，尔归后必亦如他人之诋我，尔必遍告尔家人，谓吾为狂悖老妪，性情暴劣，不宜施以礼意。然尔苟丧其双眸，终岁辗转床褥间，不与外界接，吾知尔亦必一改其温和之性也。"媪俯而亲之，且慰之曰："余苟久病如夫人，必更难堪。夫人所言，诚不谬也。"夫人闻言，立改其悻悻之色，执媪手良久，始以和婉之音吐言曰："行再相见，愿君常得佳运。君苟得闲，吾知必复来此，然吾老矣，不久于人世，即累人为日亦无多。君诚仁者，不弃老悖，来伴我竟日，拳拳之意，至可感也。"

媪既出门，见暮色苍茫，知时已晏，念苟不速行，晚膳将无及。行时觉背痛不可当，因倚道侧短篱而憩，呻吟不已，于是喃喃诵祷词。诵毕,强举其疲惫之躯,蹒跚而进,气咻咻然喘不止,且行且自勉策,似语其女孙爱丽者,曰:“尔患此久矣,然尚能支撑至今,可知其无足虑,且尔知疾痛之来也剧,其去也亦速。今长途已过半矣,瞬息且抵家门,度此时露茜已返,餐室中火已燃,膳已备,热气蒸腾,迷漫案上。尔归时,可进热茗一杯,而后径登楼就枕,则尔痛当立愈也。”媪彳亍良久,卒达其家,力举双足,拾级而登。入门时,见举室尽黑,阒其无人,亟奔入厨下,则黑暗如故,惟灶中有星星微火而已。媪摸索而前,足触一物,视之,则爱丽方卧地上而掩泣。媪亟俯而抱之,坐于怀中,殷殷问所苦。爱丽欷歔曰:“阿姨至今未返,儿燃薪治膳,不幸火灼儿臂,茶壶堕而碎,茶倾泻地上,无一滴余者。”爱丽言毕,犹哭泣不已。媪曰:“伤哉吾宝!尔学治膳,尔志可嘉,壶碎不足惜,肆中固不乏此也。吾今以油敷尔臂,瞬息痛止矣。”媪为爱丽治创竟,令卧于炉旁巨椅上,于是强举其困顿之躯,调羹煮肴,蹀躞厨下。良久而餐备,家人聚食将竟,露茜奔入曰:“母乎,儿归晚不及治膳矣。约翰偕儿渡河观新筑之坝,归途纡折,故迟迟也。儿请约翰至我家共膳,约翰往置其坐骑,行且至矣。”京梅曰:“妹乎,案上无余肴以饷约翰,今夜阿父及我饥肠辘辘,有如饿虎,几欲尽啖室中器物矣。”媪立起自座间,且曰:“露茜勿忧,阿母往煮茗煎肉以饷尔等,必使尔两人尽饱然后已。”媪言毕,立入厨下,虽心力俱疲,弗恤也。时爱丽隐几而寐,沉沉已入黑甜。媪抱置温榻之上,于是洗涤杯盘,清理厨室,仆仆往来,足无停趾。良久而事竟,于是屏息敛气,入厅事中抱爱丽就寝。甫触其身,而爱丽已醒,遽曰:“祖母,儿助洗涤食具可乎?”媪曰:“吾已尽涤之矣,尔伤臂,又胡能治事者?惟尔勿哭,就枕后,吾当为尔讲一故事,使尔忘其痛楚。”爱丽自少即与其祖母共榻,晚间不眠,辄为讲故事。是夜故事极长,情节至复杂,爱丽强挣其睡眼而听,久之不能支,竟尔鼻息呼呼矣。

翌晨，早膳毕，家人皆散，独露茜留，若有所陈者。久之，始嗫嚅曰：“母乎，日昨约翰乞婚于儿，儿已许之矣。昨夜即欲禀阿母，惟登楼时，母已寝息矣。”媪不待其辞毕，即伏案而哭，且曰：“露茜，阿母乐极矣！约翰一佳少年，儿得偶其人，幸福无量！”露茜抱其母而亲之，中怀虽至悦怿，然念及其母自结缡以来，初未尝得其父之臂助，家中巨细，独任其劳，则于“幸福”二字，又似未尽然者。露茜曰：“约翰欲于下月成礼，成礼后出度蜜月，于圣诞前返，且儿不愿舍阿母而他适，归时仍与吾母同居。吾母终岁碌碌，未尝得少憩，此后儿当任一切家事，使阿母得少苏困顿，度此安乐之光阴也。”自是而后，媪所事益繁，舍家中琐屑而外，尚须为露茜备妆奁，故晨兴视平时为早，非至夜午不寐。时跛女之衣已竣，然无余晷更为女子慈善会尽力，即陶去莱夫人之家，亦久不涉足。至于其他善举，皆废而不为，而灵魂上之功课，前此所切切引为亟务者，至是亦莫能兼顾，以此媪中心恒引为隐忧。

每值星期日，露茜多与约翰赴郊坰游览，以遣良辰。未几露茜佳礼已过，百凡才就绪，举家又纷纷摒挡物事，以度圣诞佳节。圣诞之前晚，新夫妇同归庆祝良辰。媪虽终朝碌碌，而中怀之悦怡，有非可以言传者，快乐美满之念充塞脑海之中，无余地以容忧思愁想。圣诞日，露茜招约翰家人饭于其家，故是晨天未辨色，媪已仆仆往来于厨下。及儿女辈下楼进晨餐时，媪已摒挡一切家事，无复或遗。入餐室见家人父子互相庆祝，言笑晏晏，乐不可支，顿忘其劳瘁。媪家法，凡圣节日，家人相馈遗之礼物，皆于前夜堆置餐案上，圣诞日晨餐时，各得其所有者，此习代代相传，未尝间断。是日案上有白纸包裹数事，时毛兰老人取一小包，而读其上所署之名。马梅谓媪曰：“此儿为母所制之领袖也，然日来匆忙已极，未能竣工，明朝当竭一日之力以竟之。”马梅语甫毕，京梅急谓其母曰：“儿一得本月薪俸，当立购新衣一袭奉阿母，惟日昨市糖饵以馈诸女友,今囊中已不名一钱矣。"时门外有剥啄声,露茜出应之。入时,手捧绣花之衣,状殊踊跃,呼曰:"阿母,此为亨利夫人所赠者。儿成礼之日,夫人又有所馈遗,今儿无以为报,奈何?"已而又曰:"母乎,儿所奉吾母之案幕,今先取以赉亨利夫人,母当不以为介介否? 明晨早膳一竟,儿当立往市佳者以奉阿母也。"媪不待其辞毕,立应曰:"是奚不可者? 吾儿速令人送往。夫人频赐珍物,厚意良可感也。"时爱丽自物堆中取一小包,以上其祖母,且曰:"此儿之礼物也,价值二十五分耳。"媪解视之,则一白磁之瓶,上绘葡萄一巨束。媪远观近视,赞叹不绝口,直至爱丽意足始已。爱丽曰:"请陈此瓶于祖母之卧室,勿置厅事之中。"媪曰:"可,晨餐毕后,吾将以冬青供瓶中,陈于案头,今且坐进膳。"

少顷,邻居某少年来约马梅同赴礼拜堂,马梅立行。露茜至其母前,嗫嚅良久曰:"儿初不知马梅今日乃有此清兴,故已许约翰与之同往礼拜堂矣。惟儿辈皆行,家中巨细之事,皆委之吾母之身,恐将不胜,奈何?"媪曰:"尔勿忧,今日各事已就绪,所余者仅琐屑耳。火鸡已熟,节糕已蒸,客室庭除,皆已洗扫无纤尘矣。尔且往,勿事戚戚,惟须挈爱丽同行,俾得见礼拜堂中之盛饰,且一闻音乐之声。"爱丽曰:"儿宁处家中侍祖母,不愿赴礼拜堂也。"露茜笑曰:"爱丽乃视赴堂为畏途耶? 苟非阿母与俱,儿知爱丽必终身不涉足礼拜堂也。"是日上午,媪十指栗六,仆仆往来,未尝少息。爱丽依依其左右,竭力相助,状甚踊跃。已而媪谓爱丽曰:"今已一时有半矣,尔速往陈食具,吾将至园中摘芹菜煮羹,彼等瞬息返矣。"媪行间,觉背痛不可当,几欲晕倒,因跪而祷曰:"上帝幸见怜,乞少留残喘,勿于今日佳节见召,使儿辈无欢也。"

少顷,家人皆返,露茜婿家诸人亦来就餐。膳毕,媪摒挡一切既就绪,因微呻曰:"吾将入卧室少憩,今日疲极矣。"露茜请曰:"今日佳节,母苟至厅事中与儿辈谈笑为乐,宁不较愈于一人闷坐耶？母苟不至，儿恐约翰家人不欢也。”媪曰：“吾以为今日人多，可毋须我，惟儿苟欲我出者，我当即行。”是日下午，媪坐客室中竟日，未尝他适，疲困不支，不乐与人作酬答语，第默默然静听主客笑语而已。及天晚，爱丽睡眼迷离，将入黑甜。媪乃与诸人道晚安，抱爱丽而出，噢之使睡，于是入己室卸装就寝。匆遽之间，灯忽扑灭，媪独立暗中，震悸亡魂，几欲夺足而奔，已而转念曰：“此奚足畏者？尔不久即舍白昼之昭昭，而即长夜之漫漫矣。”于是跪床前而祷告，求上帝启其愚蒙，拯之于罪戾，且保佑其儿孙得平安度日，不遭险阻。祷毕，登榻而息，两手相握，置于胸臆间，状殊镇定，沉沉竟入梦境。然此梦醒时，媪已居天上，不在人间矣。

——《妇女杂志》第四卷(1918)第十二号

许毓华

许毓华（？—1957），浙江上虞（今绍兴市上虞区）人。父许家惺。叔父许啸天。兄许之本，字支百。弟许之柱，字一擎。夫顾友仁，后至新加坡做事，与许毓华育有一女。许毓华接受过新式教育，懂英文，曾任《眉语》杂志编辑。著有小说《一声去也》。

一声去也

“千树桃花万树柳，看来都作可怜春。”天壤茫茫，忧恨绵绵，春光灿烂，倍增忉怛。春燕翩跹，织侬愁绪，春莺呢喃，话侬愁怀。春草作惨绿，春花作愁红，世间万事万物，在得意者视之，莫不生趣泱然者，而侬视之，俱作可怜色矣。盖伤心人别有怀抱，非幸运儿所可同日语也。

读者诸君，亦知人间有薄命儿罗兰乎？罗兰者，侬之名也，人咸呼侬为小兰，而略其姓。父母期望珍爱，俱见于命名之意矣，然而命不由人，天胡此醉？盖侬生而无父，三岁母亦见背，寄养于族叔。世人以重男轻女之习惯，视侬如赘物，毫无顾惜。叔酗酒，醉辄扑掷侬躯为之解酲，无完肤处，无止泪时，而侬乃隐忍不敢号啼。婶复遣使奴视，责以艰巨，误则减侬食，侬故畏之逾于叔。然天佑侬躯，卒无残损，虽终日蓬跣，而不能掩其艳润。侬尝闻长者言，侬母以美名，侬父亦秀雅，故传侬以端丽之姿，然父母实误侬矣。盖使侬生而丑陋也,犹足以完其璞真,今婶乃欲利侬之美而货侬矣。然侬齿稚,邻妪劝婶,俟侬长而鬻之勾栏,婶谓家无闲茶饭,不及待也。侬知售侬之计决矣,惶怖无所措,然父母死矣,悠悠魂魄,何从呼吁?侬乃哭于里门,盖不敢使叔婶见也。顾侬哭虽悲,而过者咸罔闻也,岂若辈皆铁石其心肠耶?抑世间苦人多无暇为侬悲耶?明日,邻妪乃领购侬者来相侬,侬不禁大号。婶怒,囚侬于楼,亦以防侬逸也。侬愤甚,思有生如此,不如死,乃于夜午乘人不备,效绿珠堕楼故事。顾身格于邻家之竹棚,不得下,震声甚巨,四邻皆惊集,叔婶亦起视,执侬而痛挞之。呜呼!天之不绝侬,岂以侬之历劫犹未尽耶?然嗣此售侬之说竟止。

光阴迅速,侬已长成。婶谓贫家不能赡冗人,乃遣侬入工厂。从此行露戴霜,手携筐榼,俨然一女工人矣。然此时侬乃见一可疑之人,不得不为诸君告者。盖侬每出入工厂,必见一少年,手革囊,彬彬儒雅,一若读书种子,面目俊秀,似曾相识者,日必尾侬出入,一若遥为护视者。侬初以为殊途同归,亦不之异,乃日复一日,无差分晷,且眉目间蔼然若相关切。顾侬以女儿身,若向个儿郎问根由,岂不羞人?然胸中之疑团,实急欲一解之也。

女工人数百,良莠颇不齐,且有兼操卖笑生涯者,故每值散工,才出厂门,游蜂浪蝶,即追随围绕,轻薄者且以得品评调笑为乐。全厂以侬貌冠出侪辈,故眈眈虎视者尤众,侬端庄自持,邪狎亦无从入也。一日,侬乃为恶少所窘矣。盖侬家距厂须行半时得达,彼时侬行至僻静处,突来恶少二人,强握侬腕,且曰:“汝毋假惺惺,示人以端庄,吾辈固知汝日挟情人返也。”噫!渠所谓情人者,殆指每日尾侬出入之少年矣。少年虽非侬之情人,然亦善士,今若在,必为侬助。正惶遽间,忽见恶少皆仆。少年果来,恶少之仆,固少年致之也。恶少见少年,鼠窜去,而侬此时不得不含羞向少年一申谢悃矣。少年曰:“妹受惊矣,且妹跋涉亦惫,盍乘车返?”侬此时感谢心切,且其和蔼俊秀之态,有迫侬不自主持,亦随之登电车者。及下车,少年乃携侬入一公园。侬思胡不返家,乃来此?侬寸心乃复摇摇。少年觉之曰:“妹毋恐,我与妹固婶家人也。”此言也,乃令侬百思而不得解,侬与彼素未谋面,胡以妹我?少年续曰:“畴昔之夜,妹从楼窗颠吾家竹棚上。吾出视,知妹不愿①鬻身而出此,吾乃节膏伙资,月贴妹婶十金,免其货妹。汝婶喜甚,欲妹兄吾,吾以男女之嫌止之,且妹与吾俱年青,稍不自持,将自堕其志业,姑隐之,实则吾之妹妹,已三载于兹,贴资亦如之。吾既因妹而丧资,吾乃半日谋生,半日读书,以期不废吾志。今吾与妹俱长成,吾之日尾妹者,实欲得间一倾积悃也。吾之不阻妹工作于汝婶者,欲妹之习勤,且免家居之烦恼耳。吾实爱妹,妹不吾怒者,吾将求娶妹也。吾年终毕业,吾得请于母矣,且妹婶固早许吾矣。”言至此,少年与侬乃不期而互握其手。少年又曰:“妹志之,吾姓陆,名晓沧也。”侬闻之,乃顿悟婶氏尝道陆郎之名而称之曰佳,今陆郎之言,侬胡梦梦至此?然漂泊一生,得怜爱者,侬亦心愿。顾侬此时胸中万语千言,尽为两颊红霞所抑矣。

此后侬乃辍工,时过陆郎处读,婶亦优视侬,此时之乐,乃天公所以偿侬毕生之悲也。陆郎居隔侬家仅短垣,陆郎每暮归,侬乃挟册就教,陆郎指导甚殷。此时一室中惟侬与陆郎,盖陆郎家固在吴郡,因就沪读,乃赁此屋作学舍耳。平居仅佣一应门之妪,故侬与陆郎相处甚自由,灯前问字,月下并肩,或闲数指纹,或互较躯格。侬乃短陆郎寸许,陆郎尝以娇小可怜相许,侬戏谓陆郎曰:“愿郎爱侬勿怜侬,盖怜则薄命,恐成谶语也。”两小虽属无猜,

---

① “愿”,原文作“类”,据文义改。

而陆郎颇能以礼自制,每夜相嬉不逾十时。邻人咸知侬二人为未来伉俪,亦无所用其疑谤。日月荏苒,而陆郎毕业期近矣。侬屡促陆郎致书母氏,告以侬之婚事,使暮年人早见其后,亦所以顺亲之道也,陆郎乃书之。书发之明日,陆郎得母示,谓:"汝毕业在即,吾将告汝以喜事,盖已为汝订婚吴氏。吴宦族也,订已一年,恐分汝心,故隐忍至今。汝毕业后即归家,盖明春将为汝完娶也云云。"呜呼!此一柬也,乃顿使侬柔肠寸寸断,神魂飞越,不自知其所在。侬自念侬何薄命至此,急投陆郎怀嘤嘤泣,悲咽不可仰。陆郎亦悲甚,一手抚侬,一手拭泪。良久良久,陆郎奋然曰:"吾将请母退吴氏婚!"急提笔作书。侬大骇,急夺之曰:"吾二人情好虽笃,然私也,今太夫人既为郎订婚,郎乃绝之,岂不虑伤父母心?且顽固者尝讥新学家无道德,今郎出此,是贻人以口实也。侬虽死亦不愿,况侬以孤露余生,倍荷栽覆,即此已终身感恩不尽。伉俪之分,侬早知薄命人无福销受,愿郎君珍重,夫妇和好。侬此身既许郎矣,愿终身贞之。"陆郎闻侬言,不禁倒床大哭。侬亦掩袖退,辗转终夜,泪濡衾枕矣。

越日,陆郎母来,盖已得陆郎函而知侬婚事矣。母责陆郎,不应擅主婚姻。复走视侬,笑握侬腕曰:"好妮子,我见犹怜,然姑娘苟怜陆郎者,请与陆郎绝。盖陆郎早丧父,家贫不能兴,今幸婚吴氏,得其奁资,足以光大门楣。姑娘虽属情陆郎,然固未明定名分也,以如此玉人,何虑无快婿耶?"侬闻姥言,乃决然允之,并作书以绝陆郎。陆郎于明日毕学务,母氏乃挟陆郎去。侬昏茫中,不寝亦不食,呆若木鸡,虽在春光灿烂中,侬视之处处作可怜色也,惟郎临行过侬妆楼时一声"去也",犹切忆之也。

——《眉语》第一卷(1914)第一号

温倩华

温倩华(1896—1921),字佩萼,江苏无锡人。父温汝弼,字隽生。母胡氏。有一妹,字梅清。温倩华工诗词,擅书画,问业于天虚我生陈蝶仙,曾与其女陈翠娜结为金兰之交。温倩华有《黛吟楼遗稿》行世,著有短篇小说《手术》。

手术①

医有以手术问世者,名曰"推拿"。清咸同年间,无锡有名楚二者,亦以此术应世。人有遍身骨节作痛,倩其一施手术,莫不奏效,以是里中人颇重之,而不知其身怀绝技也。某日,为城隍神诞,里人崇尚迷信,例须敛钱演剧,以媚神求福,岁岁为常。观者以千百计,忽有甲乙二人,因细故口角,继至用武。甲偶不慎,手指向乙喉间一叉,应手而倒。观者大哗,将甲拿住。视倒地者,目瞪口开,手足犹蠕蠕然动,乃知未死。问之不答,细检要害,始知喉管已瘪,揉之益加剧。群束手无术,爰遣急足飞邀楚至。楚向病者谛视一周,攒眉曰:"此事大难,无已,其尽我之术以治之。"命将病者各窍闭塞,仅留一口,坦胸露腹。楚以手摩运之,众围而观,见楚手至胸,则胸胀至腹则满,盖气随之也。如是数十次,视

① 原文标"短篇笔记",原署"温倩华女士"。

其全身之气,咸聚于胸,然后用力往上一拿,但闻拍然之声,则喉管圆而病者呻吟矣。众惊叹,曰:“神技!神技!”行凶之某甲,亦向楚泥首谢。或问何术致是,楚笑答曰:“无他,盖人喉管既闭,气不能上达,势必由下而出,其理与缢死同,故将各窍闭塞,独空一口,使气不得不由此而出,借气出之力以复喉管原状,所难者在聚气一处耳。”众咸叹服,后乃知楚固名镖师,少擅技恒勇,为人保镖,浪游燕鲁。其后,年老力衰,始改而业此。其聚气之法,亦拳术云。(不受酬)

——《礼拜六》(1914)第四期

吴忏情

吴忏情(约1896—?),名钧才,字忏情,号埋愁室主,又号天涯伤心人,吴门(今江苏苏州)人。女士出身望族,幼失怙恃,鲜兄弟姊妹,交游甚广,素性耿直,犹刚强不屈,大有伟丈夫气概。女士擅吟咏,尤富于小说一门。著有文集《埋愁室从话》,小说《小玉去矣》《情天遗憾》《珠练》《佘负佘妻》《嫁》《指环记》等。

小玉去矣①

五年以前之春日,予踏青于姑苏台畔,鸟语花香,泥人欲醉。道旁有名园,自短墙内窥,太湖石畔,玫瑰丛中,一垂髫女郎,年可十一二,明眸皓齿,嬉笑憨跳,锐呼:“小姐!小姐!快来采花!”一丽人珊珊步小桥而至,娇嗔曰:“小玉何事?又作大惊小怪。”小玉者,垂髫女郎之名也。本姓李,字阿珠,农家女,九岁失怙恃,叔无赖,鬻之于金阊门外某巨宅,得三十金。幸阿珠敏慧,巨宅之太夫人绝爱怜之,命侍其孙女,即园中之丽人,而世所称为金韵梅女士者也。阿珠虽出农家,而肤白如玉,故女士为之改名曰小玉。小玉侍女士,一日不相离。女士暇辄授以唐诗,有时则茜窗共绣,杏苑同游,名虽主婢,情实姊妹。小玉常谓人曰:“小姐待我好,我愿

① 原文标“苦情小说”,原署“忏情女士”。

生生世世与小姐住一处,可恨小姐是女,不然我做小姐之妻,殊快乐也。”

欢里光阴,不觉已历三载,小玉年十三,而女士且盈盈十五矣,乃有贩珠媪黄妈者,耸肩而来,谓太夫人曰:“孙小姐长成如许,合提亲。老身已代觅得毛家公子,有潘安般貌,子建般才,宋玉般情,家私百万,老爷在京中作大官,因慕孙小姐红尘仙子,特教老身来求庚帖。”金太夫人素性忠厚,闻言大动,即命其侄孙出外探听。侄孙受媒贿,返报毛子秀慧状。太夫人惑之,遂出庚帖,定期受聘。时女士方肄业均才女校,礼拜六休假归家。小玉于灯下笑语之曰:“小姐将往好去处,乞带我同去。”女士怪问其故,小玉以太夫人许婚事告。女士大惊而泣,念:“此终身事,祖母草草专断,胡不一告我?”又虑富家子大半金玉其外,败絮其中,甚或嫁得薄幸郎,行见如秋扇之捐弃耳。小玉在旁劝慰曰:“小姐勿悲,有我相随,彼等若欺负小姐,我便奔归告诉太夫人,当官评理,彼等若打小姐,骂小姐,我也会打会骂,好教姑爷不得近身也。”女士为之破涕而笑。厨媪传晚膳,女士不食,蒙被而卧。太夫人唤小玉,问:“小姐病乎?抑与学堂中师傅生气乎?”小玉曰:“皆非也,顷间某老爷来为小姐做媒,我便告之小姐,小姐大哭而卧。不是小玉多言,小姐即撇不得太夫人,太夫人何必遣嫁小姐?”太夫人默然。夜二鼓,太夫人亲临女士之卧室。女士本与祖母共榻,后被同学取笑,谓:“偌大孩子,犹吃祖母干乳耶?”女士耻之,乃独居一室。女士有一同学,最亲爱,礼拜六必同归女士家,聊床夜话。是日,适因校事未来。太夫人入室,坐床沿问曰:“儿有何不适?”女士漫应曰:“无他,今晨起太早,故思早睡,且明日同学某姊家有喜事,儿欲往也。”小玉在旁欢跃曰:“喜事乎?小姐必带我去!”太夫人凄然曰:“我儿须葆重身躯,庶不负我一生辛苦。汝祖弃我时,汝父仅九岁,余抚之成立,至十九岁,始娶汝母。须知此十一年中,我备尝艰苦,族人种种欺负,我惟忍之。幸娶得汝母贤,汝父亦孝,我心稍慰。明年,汝母即生汝兄,惜三月即死,不然今年已将弱冠矣。”太夫人言至此,老泪婆娑而下。女士心虽悲而力蕴其泪,小玉则嗷然大哭。太夫人续曰:“后二年汝母生汝,汝自小聪敏,汝父常叹曰:‘此儿不凡,惜女耳!’”女士闻言,愤恚亦哭。太夫人又曰:“汝才九岁,汝父即弃世,族人即将汝兄为嗣。不一年,汝母又弃世,可怜我年老人遭此拂逆,百念俱灰。幸汝聪慧,善体我意,藉以排遣。汝嗣兄虽不甚恶,奈娶得汝嫂弗贤,且视汝如仇敌。试思我死之后,汝将何以堪哉?”太夫人为此言,实欲激动女士外嫁之念,实则家庭之苦,女士早已深知也。太夫人又曰:“今日之事,谅汝已悉,汝意愿否?”女士哽咽良久,忍泪强答曰:“儿年幼,但知孝祖母,爱小玉,不知其他也。祖母有命,敢不敬听?”太夫人喜曰:“真我儿也!”谈至此,夜已深,太夫人归寝,小玉亦踡伏室隅小榻上,鼾然睡去,惟女士转辗终宵,不能成寐。未几,东方白矣,窗外鸟鸣,小玉亦起,谓女士曰:“小姐,今日拜门也。”女士闻言,毛骨悚寒,心急欲死,然知命运已定,无可奈何,乃匆[①]匆梳洗毕,即告别祖母,携小玉往同学处,藉避伤感。夜分时归,小玉曰:“乐哉吃喜酒也!他日小姐出嫁,我必更乐。”女士咄之,即往省祖母。太夫人曰:“明日汝到校,可即告假,归来做嫁时衣也。我儿乎!我但愿汝嫁后和乐,迎我老人去含饴弄外孙,须知我在家,终日受汝恶嫂之气。汝兄名为留学,空耗数千金,不知所学何事。”盖女士之嗣兄,留学小人国,专修女色科,毕业文凭,周身黏帖几满,或疑为杨梅疮之消毒膏也。

明日,女士赴校,课毕,趋校长室,托言祖母病,请长假。校长叹息曰:“汝明年可毕业,今辍学,功亏一篑,岂不可惜?”女士黯然

---

① “匆”,原文作“忽”,据文义改。

曰:“生有万不得已事,请先生问文恒姊可知。”文恒者,即女士最亲爱之同学也。五点钟,小玉偕一男仆赴校迎女士归。女士携小玉登楼,收拾行李什物,付仆挑去,自往诸同学处告别,皆执手依依不忍舍,有泣下者,有赠诗者。女士日后追思,此境不可再得矣。

光阴如驶,自秋而冬,冬而春,而女士之嫁期至矣。鼓乐喧天,欢笑盈耳,女士则恹恹卧床上,人谓其佯病,实真病也。小玉至床前曰:“小姐起,伴娘伺候久矣。”女士不得已,力疾起身,一任伴娘撮弄,引镜自照,有如傀儡,非复本来面目矣。伴娘则牵之种种作把戏,所谓别祖也,待新人也。一一完毕,将登彩舆,伴娘乃请高声。高声者,假哭之代名词,亦吴俗也。女士本伤心人,于是放声长号,非假哭矣。须臾至男家,降舆登毯而待。新郎出,同拜天地,谒见翁姑、伯翁姑、叔翁姑、庶姑、大伯子、小叔子、小姑子、大姑子。最后有二小孩,约二三岁,匍匐称女士曰“母”,盖新郎前妻之子女也。当时媒媪未言有此,故女士茫然。礼毕,送入洞房,坐床撒帐,悉仍陋俗,不胜枚举。女士头痛欲晕,而姑嫜又来挑方巾,又吃团圆夜饭,闹房者蜂①拥而进,恶谑杂出,举动无礼。至夜三鼓,始哄然散去。诸伴娘席地纵横而睡,惟小玉勉撑倦眼,依依侍侧,为女士展衾解衣,俟睡熟乃去。计女士是日叩头不下数百,平日高傲之性消磨殆尽,所以然者,不忍拂祖母意耳。女士劳乏既极,故能倒头即睡。及天明,小玉已至床前,低问曰:“小姐安乎?姑爷已起,在太太房中闲谈也。前日媒人言姑爷貌比潘安,我今观之,遮莫是判官耳。”女士悄然不答,匆匆起床,伴娘为之梳洗。而所谓判官者,闯然直入,坐妆台侧与伴娘作无谓之闲话,声粗浊如破锣。女士心中大失望,念媒媪称彼有宋玉之情,今乃知

① “蜂”,原文作“逢”,据文义改。

非彼为宋玉，实吾祖母为送肉，好好一块心头肉，断送于判官之手耳。惟所谓子建之才者，尚未知其虚实，第察其语言粗鄙，断非七步成章者可知。岁月如流，女士居判官家已两易寒暑，从未见判官一执券，他人来书，判官瞠目捧诵，期期不能下，惟日与其姊妹兄弟作叶子戏。时或同出观剧，或独往娼寮，亘数日不归。女士则尽瘁家政，劳而无功，退而与小玉相对饮泣，他人不知也。判官又禁止女士不得常归省其祖母，惟遣小玉往复传语而已。判官之弟，浮荡狷薄，每见小玉，辄戏之曰："转教小玉报双成。"小玉怒之以目，盖女士在家时，尝教小玉以《长恨歌》，故能知词中之意也。小玉窃愤毛氏家庭之无礼，劝女士他适。女士乃就聘于北京某女学，而携小玉及判官子女以从。未几，判官亦托其舅父夤缘谋得北京某银行司事，追踪而至。长安居大不易，女士嫁时衣，典质几尽，而判官犹不满于女士，常肆咆哮。女士郁甚，遂成肺疾。逾年，女士之祖母，卒于吴门，女士悲痛益切，判官待遇益酷。小玉愤然曰："以小姐之才，何处不可自活，恋恋于此牢狱何为者？"女士斥其妄，不听。自是小玉亦郁郁，终日无笑容。一日，女士晨起，呼小玉不得，问二孩答不知，待之夜，亦不归，登报招寻，终无音耗。女士顾影茕茕，苦衷无可告语。四壁萧然，万籁俱寂，夜漏沈沈，布衾如铁，惟闻枕上喃喃作呓语曰："小玉去矣！小玉去矣！"

——《礼拜六》(1916)第九十九期

郑寿禄

郑寿禄(约1899—1961),字季清,别署郑岩、衫峙、漱六等,江苏如皋人。夫梁乃贤,广东人。郑寿禄就读于直隶第一女子师范学校,与邓颖超同学,并与周恩来、邓颖超等同为天津觉悟社首批成员,毕业后主要从事教育工作,担任过《南京妇女》编辑。1949年后,一直在广西从事教育工作,晚年得到周恩来夫妇的关心,1961年病逝于桂林。著有小说《杏花村侯氏记》。

杏花村侯氏记[①]

暑假归里,辍读而游。某日,正值三五良宵,不耐岑寂,晚饭后,散步于野。行未数里,遥见林树葱郁,丰草遍野,青柳高槐,浓阴夹道,寻径而行。忽达一桥,桥下芦荻丛生,蛙蝉互鸣,清流汤汤,皓月沉水,立桥而遐观,气象万千,真平生之第一游乐场也。

过桥而西,一巨宅遮于前,楼阁参差,知为贵家宅第。山丘障背,门枕一溪,岸芷汀兰,青青郁郁。行近其门,朱门尚扃,且静无人声。予胆素怯,欲转归而又迷路,怅怅无所之。正痴思之际,忽闻山岫有声,谛听之,凄凄切切之娇音,且哭且诉曰:"好妹妹,汝竟弃姊而长逝乎?同气连枝,惟吾二人,吾妹有灵,愿挈余同行,

① 原文标"家庭小说",原署"三年级郑寿禄"。

再作泉下手足。薄命如侬，生而何乐？死而何悲？残光冷月，触景生情，孤冢凄凉，埋兹绝骨，姊纵肠铁肝冰，对此宁不垂泪乎？廿年姊妹缘尽于斯，数年颦笑，一旦皆空。薄命姊独行踽踽，形只影单，而隔邻张氏姊妹，红窗双影，共话曲衷，时或临窗伴读，交颈论文，时或携手游园，一鼓蕉桐之琴，一作下里之和，彼情彼景，乐也何如？而返己自思，诚何以堪？是以终日，如在荆天棘地之中，肠断泪枯，所沾污襟衫者，不辨其为血也泪也。又每至搴帷就寝，人静更初，南柯梦转，鸡鸣喈喈，触此生感，由感生悲，日继夜，夜继日，无时不以血泪洗面也，昔日可歌可乐之家庭，而今竟成可歌可悲之愁域矣。姊命也不详，迭遭大故，吾母死矣，吾父死矣，今吾妹又死矣，谁复怜我庇我？零丁孤女，以何资生？吾母之爱我，非较吾父尤挚欤，自我母死，与余互依为命者，非吾亲爱之莲妹乎？而今俱死于恶人之手，恶人杳无形迹，无能姊，柔嫚纤弱，岂能只身与吾妹复仇耶？吾重负妹矣，吾重负妹矣。令姊粉身碎骨，亦不能赎辜于万一，妹乎妹乎！上天无路，入地无门，余诚不知所之，妹长眠此离离荒冢，谁来泣吊？非苦情姊，来兹千唤万呼，此间几无足迹矣！”哭至此，喘不能续，喃喃不可猝辨，予尾其音而寻之，约数十步，欻入森林，重阴下垂，连天一碧，苍气袭人，风飘树叶，如怨如泣。再前之，忽有一物高耸，借月视之，呜呼！乃惨惨淡淡荒荒累累之孤坟也，草祭纸灰，随风飘舞，落于哭者之乌云髻上。后一垂髫婢，前坐一女郎，虽月下不能细辨其妍媸，而面貌端正，体态玲珑，知必为绝代姝也。左手执素巾掩面，鲛绡湿且晕，知为泪染之，半倚坟头，半坐石上。右手伏膝，栗栗自动，色白且清，似有麻木不仁之态，泪如贯珠，状类疯癫。又诉曰：“余在东洋时，妹寄书语曰，姊在东倘有不测，愿与俱尽。今姊尚食息人世，而亲爱妹竟先赴九泉，吾何忍舍妹而生？惟不得仇人，心也不死，姊当尽罄家产，竟世界求，得彼则生，不得则死，否则誓弗为人矣。泣至此，月色暗淡，荒草肃肃，林鸟啼空，声声含怨。予闻之实不可忍，步移至侧，轻挚其肩，曰："女郎乎，女郎乎，哀哀乃尔，何又无已时哉！"其哭至悲切，若不知旁有人。又击之，女怒曰："彩霞婢子，勿挑余烦。"言讫，以手推之，予知其误，乃曰："小姐以鄙人为何人耶？吾乃贪赏皓月，迷路于此，闻小姐哭于野田草露之间，心甚怜之，故恋恋不忍去也。"女讶而视之，有顷曰："此处杏花村，地极荒僻，人少踪迹，观子态颇不卤，大类女学界人也。荒野寂寥，君胆虽壮，然一女子深夜独行，得不令人疑乎？茅舍在迩，盍留一宿，翌日再行，得从容也。"予可之，援手同行，来至巨宅之门，仰观灯火沉沉，寂无人声，阴念以此富贵之家，何留于荒僻之野？以此广大之厦，何绝少家人，且行且惑，不觉已抵重门。至一厅，亦阒其无人，惟见西厢灯火耿耿，暗思必女之闺闼也。女忽止步曰："请少待，吾命老婢来伴客。"遂向后去。居有顷，一老婢出，曰："先生西厢来，吾家小姐，疲不能支，弗克尽地主谊，嘱奴致意佳宾，若饥，奴为取食。"予曰："夜深矣，无相扰也。"移步入门，观屋中陈设器具，大都旧式，且多不整洁，几为百年前之古物矣。入座，询婢曰："宅主何姓氏？女系何人欤？"答曰："主姓侯，已捐馆，无儿，育三女。长名菊，性清正，君所见之女郎是也；次名牡丹，性奢侈，妇于刘，与其夫作世界游，然迄今杳无信息；次二者名莲，饶德多才，忠直无与比，亲友尝评其中通而外直也，第不幸短命死矣。君不见山岫间之惨土一坯乎。"言之貌若甚戚者。予悲之。且又曰："老奴来侯第有年矣，为莲姑心腹，自莲姑死，老奴不欲生也，今苟活至此者，有志于小姐生平之事，记之以书，传千古词人墨客，想望之，凭吊之，不令泯灭无闻也。奈目不识丁，未达所愿，菊姑又志于复仇，不重记事，且翌日将作世界游矣。先生高才，如怜老朽，代为记。婢子死于地上，得瞑目矣。"毕言痛哭不自禁。噫！忍不记，嘱彼述其事，爰濡笔为志之。

杏花村侯氏者,宦裔也,家资巨万,富甲全省,夫人周氏,世家女,煦濡温厚,凡家事之精粗剧易,无一不调度有方。育三女,皆艳丽,遂字曰“菊”,曰“牡丹”,曰“莲”,尤以次二者为特色,又十余年,周卒,时三女亦渐长成。

莺花三月,春光媚人,百卉嫣红,桃李争艳,侯翁爱羡此景,语诸女曰:“某镇街市宏敞,殊有可观,盍一游乎?”牡丹闻之,乐不能禁。菊曰:“妹太儿性,纵游欧美都会,亦不至愉快乃尔,吾国之镇,宁驾欧美而上,姊意与其游于嚣尘之市,不若适彼山水清秀之区之为乐也。”莲汪然出涕曰:“母丧未满,谁忍春游?若皆逆阿翁命,又恐老人不悦,不若二姊相随,妹守门户。”次日,以意告翁,可之。薄午,天朗气清,率女同往,曛暮始归。莲披衣出迎,笑曰:“阿翁游奚如,来何迟?”答曰:“距城过远故耳。”嗣后频频偕女出。久之,菊厌,或蹙额瞋目,或出言怨怒,翁恶其聒责之,菊曰:“谁耐作此奔劳,阿翁携妹往之,儿懒从矣。”言讫,恻然欲泪,若有不胜其感伤者。翁笑曰:“我儿固别有肺肠,父亦不强之,任随汝意可乎?”遂与牡丹共之。未几牡丹归富室刘君,刘择期亲迎,与之作蜜月游。侯翁自是单身徘徊城市,辄匝月不归,菊莲忧之,相对饮泣。呜呼!其女之望穿秋水可知矣。

银河亘炼,玉露珠含,秋月一帘,照入深闺。一夕,菊独坐窗前,对沉沉之孤灯,埋针黹以消遣。秋风萧瑟,令人悚然,又似院中鬼语啾啾,目前灯影憧憧,仿佛亡母怜薄命女之孤,拟相伴而又不得。恋恋于中庭,作惨楚可怜之啸,若断若续,阶畔虫吟,凄凄切切,时而远风送到,孤雁唳声,如诉如泣。菊不禁悲从中来,停针而泣曰:“母兮生我,鞠我育我,掌珠爱我,拱璧视我,一旦弃儿,伤何如耶?痛我命之不辰,伤命薄之失恃,天下之可怜人,有甚于无母者乎?朝立堂前,触于目者,为壁上母之遗容,暮入室,闻于耳者,仅吾妹之泣声,呼母而母不应,慰妹而妹不欢,儿何乐以生?

纤纤弱质,讵能当此残摧耶?”泣至此,莲款其门曰:“阿姊作底事,孤倚斋中,得无寂乎?”菊曰:“寂则寂矣,尤难堪者,秋夜之悲,声声送到耳际,令人思亲念母,百感皆来,老父弥月不返,不知流连何处?老人在外,得无意外之虑乎?”莲闻之,不觉潸然涕下。菊以巾代拭之,亦垂首泣。

入门相见,婉语欢情,乃侯翁是日归矣。姊妹依依膝下,大有①喜色,父女絮语间,菊曰:“母丧已久,父宜早续断弦,重整家事,吾母泉下之幽魂安矣。”翁笑曰:“余恐遇人不淑,不将累汝等日以泪痕洗面乎?”菊曰:“儿辈诸能安?翁何过哉?”翁曰:“然则镇有高氏,寒家女闻大娇好,当遣冰人求之。”莲曰:“翁宜慎察其德,貌居次也。”翁不答。

秦楼双影,永结同心,高氏已归侯氏有矣。高氏娇艳无伦,西子不逮,始而贤淑温良,殊知大礼,既而骄慢自裾,久而悍厉不仁,竟为胭脂之虎,凌虐其女,夏楚频加。翁争之不得,劝又不能,含泪语女曰:“古人云:‘强妻逆子,无法可治。’诚哉言乎!父蹈其辙矣。”近年来,老人头童然秃且尽,而视听茫然,想不久别人世矣。“余上无父母,又鲜兄弟,死亦无念,所难堪者,惟怜此一双佳儿耳。闻某镇女学招留日女生,不若汝姊妹投入,早营前程,一旦荣耀归国,不至有老大之悲。”莲泣曰:“儿辈受生养十余年,父又无男儿,岂忍背老亲而反为利者欤?”翁曰:“人各当有志,勿以儿女情肠所累,吾意已决,不可反矣。”莲曰:“然则菊姊先行,妹侍老父,待姊荣归,送妹求学,是一举二全者也。”翁然之。

汽笛一声,迫人上道,菊将作东行矣。家人送出,翁曰:“余老而弱,迟暮年华,旦夕莫保,倘一朝日落西山者,吾儿将抱终天之恨矣,儿乎,儿乎,父有赠言勉汝,寒热自爱,德智并加,切无负老

① 原文此处衍一“有”字,据文义删。

父爱汝之挚也。”菊泣领之,莲伫立檐下,目送行人,形影已远,渐入白云深处,惟□□者草,毵毵者竹,助人凄恋,泣不成声。

黄蜂之毒,不及恶妇之心,信也。一日,高氏语其兄曰:“老叟多能,恐不容妹奔,且逃而反之,欲生难矣。如求离兹苦海,就乐乡,非叟女俱毙不善全也。”高痴思久之,叹曰:“彼老将死人,吾无恋彼之心,盍毒之?”兄垂首似善其言。

天有不测风雨,人有朝夕祸福,当夏初时节,翁女皆受毒死,高午夜奔逃,侯有老奴何氏者,报官成殓,电招菊归殡葬。予志至此,东方已白,菊入谢曰:“冷慢贵客,尚祈见宥。”言毕坐案前,愁黛双锁,似无心询予之姓氏。予以所记与之观,彼开阅一过,泣曰:“有劳先生之心,实爱舍妹深矣,然侬亦将离御园,以报舍妹。”予问:“何之?”答曰:“无定趾耳。”予谏曰:“父比之仇,固当图报,君为学之时,力有几何?且如花似玉之女郎,手无缚鸡之力,如遇外侮,当之奈何?君何如复返东洋,专心求学,复仇之日必有也。”女置若罔闻。予仰天而叹,忽见壁悬一照,讶之问曰:“此谁也?”女曰:“即万恶不共①戴天之高氏也!”予曰:“奇哉!暑假归里时,汽车压毙之妇彼也,一男伤双足,当其兄也。”女弗为信,往探之,果有其事,再察未死之男子,果其兄也。菊怜其已成废人,未与成讼。是日语余曰:“嗟乎郑君!善恶无不报,惟迟速有时,愚思事有因果,果成于因,今之新学人,往往以因果为迷信谈,不亦过乎?倘高氏不作此伤天之事,一生安乐有余,福慧双修,谬于财产贪心,午夜奔逃,安知非疲劳于外,苍促于中,失足于车辙耶?”余颔之。次日余返,与予握手殷殷,若有不忍离别者。

——《直隶第一女子师范学校校友会会报》

(1916)第二、三、四期

---

① “共”,原文作“供”,据文义改。

金庆畴

金庆畴(约1899—?),字秋坚,浙江嘉兴人。曾就读于直隶第一女子师范学校,毕业后执教于江苏嘉兴女子小学校。著有小说《黄女士》。

黄女士①

余于年假中,忽忆四年前一段伤心事,余写此事,余心如割,悲泪涔涔,不禁缘毫端而下矣。此事曾载《妇女时报》,余默而写焉,以与大千世界爱国诸君共读之。

黄女士者,西子湖畔②人也,父某为邑中富豪,晚年始生女士,钟爱不啻掌上珠。女士丽质天成,聪敏过人,年十七,肄业某女学校,各科靡不洞悉,尤精英文,声入心通,一若六桥三竺间之灵气,悉钟于女士一身者。某年夏,女士毕业于某女校,会其兄拟学于英伦,女士乃欣然负笈从。兄入文科,屡试辄冠其曹,彼都人士,以其为有志少年也,尚遇以殊礼,不以奴隶目之。女士抵英后,入某女学肄业。越年,其兄卒业,获学位,束装回国,邻别依依,未免别泪双飘,女士独恨尚未毕业,未能同赋归来也。至暑假气候溽

① 原文标"醒世小说",原署"三年级金庆畴"。
② "畔",原文作"伴",据文义改。

暑,终日如处烘炉之中,局蹐不安,女士不幸抱采薪之忧,为病魔所缠绕,于药炉茶灶间讨生活者十余日。医谓女士曰:“宜养疴海滨以避尘嚣,且可吸清新空气,于病体不无少补。”女士然其言,遂只身独往海滨,而女士所以致病之由,则以风雨晦冥之夜,寂埋书城中,不节劳之故耳。既抵海滨,求宿舍十余处,宿舍主人咸询女士曰:“是否日本人?”女士生平不作诳语,乃以实对曰:“余非日本人,乃中国人。”众闻女士言,咸厉声叱曰:“亡国奴,速去!休勿污吾一片干净土!脱不然,莫谓吾棒下无情也!”女士不得已,且行且泣,彷徨途次,血泪染成红杜鹃笑。自念形单影只,泣诉无人,日暮穷途,乡关何处,引领东望,不知涕泗之何从也。乃折道循海滨行,寻抵一家,结构颇工,前临浩海,银浪排空,一碧无涯,俗尘不染,披襟当此,洵足快人心脾也。宅后有芳园一所,园中花红欲然,树浓似幄,万紫千红,都以笑靥向人,风景亦复不恶。女士往叩其门,女主人欢然出迎,导女士入,以近园三室居之。室中陈设亦甚风雅,女主人年约四十余,面目间殊仁慈,且善词令,与女士谈不数时,已如数年莫逆交矣,惟谈时道其女儿不去口,女士则唯唯坐听而已。傍晚,下婢来请女士晚餐,女士随之入膳堂,则见一女郎据案坐,面如冠玉,额容平直,神采奕奕如天神。女主人乃介绍于女士曰:“此即吾女儿,吾为密司介绍。”女士颔之,与女郎行握手礼。餐毕,女郎偕女士闲步园中,吞吐夜气,为状殊适。南汀格隐绿阴中啁啾迎客,野花倚篱,迎人欲笑,一路晚风拂面,送种种花香,扑人鼻观,沁人心脾。二人信步所之,且说且行。女郎吐属较乃母尤为文雅,二人絮语缠绵,不觉鱼更已二跃矣。光阴如矢,女士居此二十余日,不知我之送光阴,光阴送我也。一日,女郎与女士笑谈之间,女郎忽问女士:“君是否日本贵族?”女士笑曰:“吾非日本人,乃中国人也。”女郎闻言,面上微露惊讶状,移时始曰:“中国人欤?”遂颔首去。女郎既去,女士芳心趯趯,不禁向浩海洒几点伤心泪。移时乃怏怏归寝室,对烛愁思,谋所以对付之策,而孰知快乐光阴,已变为凄恻惨苦之剧场矣。翌日侵晚,晓日一竿,绿窗红映,女士晓妆才毕,忽见下婢至,面色严厉,厉声谓女士曰:“吾家主母唤汝,速随吾行。”女士乃从入女主人室,则见女主人面目狞厉,如夜叉,令人不敢逼视,昔之和暖如春风者,今则寒冷若冰雪矣,见女士至,傲然不为礼,大声叱曰:“咄,亡国奴若,以世界第一等之贱种,匪特污我居室,乃敢以汝之狐媚手段蛊吾女,丧吾女之人格,若今知罪乎?吾前以若为日本人,故容汝勾留于此,不图汝乃无耻若是,速去休。吾高洁无上之居室,实不能容汝亡国奴作一日留。”遂唤下婢逐女士于户外,犹声声詈不已,女士椎心泣血,泪落如亚伯之树胶,九阍穹远,呼吁无门,搔首问天,呼苍苍而不应。斯时之女士,未免愁肠寸断矣,女士彷徨途次,恍如丧家之狗,乃思附轮回国,不致作他乡之鬼。女士鹄立海滨,约一时许,往来踯躅,秋波欲涸,自念茫茫世界,竟无地以相容,王谢堂前,旧巢又不可复,一念及此,寸衷如割,珠泪盈盈,几湿透鲛绡矣。忽开目,见夕阳西下,海水东流,欲返故乡,别无他术,乃向海中一跃。呜呼!女士乃死,女士竟死。

——《直隶第一女子师范学校校友会会报》

(1917)第三期

张誉扬

张誉扬(约1900—?),字辉彤,天津人。曾就读于直隶第一女子师范学校,毕业后执教于天津官立第一女子小学,担任高等科教员。著有短篇小说《梦感》《贤孙复业录》《贫女泪》。

贫女泪①

红日一竿,晨风淡荡,黄花满地,衰草迷离,短垣破屋,此乡非繁盛之区。蛛网尘封,小窗作凄凉之色。遥见向阳小犬,喔喔不绝,似告其小主人以时晏者。噫!何物阿犬,竟尔忍心坐视其小主人终日奔波劳碌,曾不稍加怜惜,即此一觉黑甜,犹频频催迫,不令其恢复体力耶?然而彼亦自具其心焉,盖恐其小主人贪一时之逸,而忘终日之饥也。忽焉短扉骤启,一幼童驰跃而出,稚齿垂髫,覆额弄梅,天真未凿,娇憨可人,抱小犬而抚摩之,呼曰:"吾可爱之小虎乎,想汝饥不能耐矣,汝其善俟之,倘吾今日能获利者,吾必为汝市肉以归。"至是乃频与接吻。小虎解事,亦举其灰白色小爪,击彼颊,以表其敬爱之忱。忽从篱角来一女郎,年可十七八,持一篮秋菊,黄白相错,灿烂若金银,欣然谓童曰:"阿怜,汝可行矣,今日花色较艳,余甚祝汝获盈利以归也。"阿怜接篮,目女郎

① 原署"三年级张誉扬"。

曰:“阿姑,小虎饥饿已极矣。”女郎曰:“余忆厨中尚余残饼角许,待余取之,汝与虎分食可也。”阿怜曰:“阿姑及母,昨日即未饱食,此时得勿饥乎?”女郎曰:“无虑。”乃急步返室,出残饼一片破之,一以与怜,余则掷地以喂犬。小虎见食,欣喜无量,伏以嚼之,奈数日剩品,干不易食,嚼时左右其首,而饼则格格作响。时阿怜且食且言曰:“小虎,余去矣,汝其善随余姑守户也。”言已趣行。女郎目送之,影既杳矣,犹怔立如故,已而叹曰:“可怜哉稚子!”乃返室对一少妇言曰:“嫂,阿怜行矣,想今日不致再空两掌以归也。”妇曰:“年岁凶荒,粮价日涨,祖老孙幼,衣食何给?苦哉穷民!虽然,倘汝兄而在,必不至此。”言毕,放声哭,女郎亦哭。忽叩门声甚急,女郎应声行启门,则一六旬老翁,面多皱纹,发色已霜,雨笠泥胫,凄苦万状。入室就榻坐,举其昏花之目,环视室中,询曰:“阿怜行也未?”妇曰:“已行有时矣,但能获得利否,则不敢逆料也。”翁叹曰:“苍天何竟无眼,岂前生罪恶而今世报偿耶?不尔何残暴如斯?”语际唏嘘不已。逾时阿怜跳归,市余之斑斓菊花,犹在篮内也。出所得铜元十余枚,授翁曰:“今日所得止此。”时小虎摇尾跳跃于阿怜足侧,若不胜其欢娱之状者。怜乃抱小虎于怀,坐檐下向阳处为戏。翁取铜元数枚,购勺米,命女郎拾篱边败叶为炊。及熟,女尽以供翁及怜,己与嫂惟啜其汁而已。翁固业渔者,食毕,即沿岸步行,归宿于舱内。是夜呼呼风声,满院狂吹。翌晨则短篱既倒,灿烂之菊花已遭压损矣。阿怜既无花以售市,日惟与小虎为伴。翁又得鱼无多,而生计益窘。

风雨逼人,岁云暮矣。一日,翁一鱼不获,恼丧而归。时届严冬,寒风凛烈,朔风吹来,砭肌钻骨,欲求败絮遮身,亦不可得,兼以年迈之人,精神衰颓,为风所吹,绊倒于地,鼻触于石,血淋漓不止,乃匍匐行,抵门,女郎曳之入,遂倒床呻吟。既无米以为炊,奚承欢以菽水,乃削竹制小车,粘纸作甲矛,命阿怜插竹帚上出市之,冀得数钱以供父,孰意村童皆畏寒不出,阿怜无所售,仍持握以归。嗟夫!苍穹何竟如是之附势趋炎①!彼富贵之家,曾不敢稍有侵犯,而贫贱者,则必颠倒之,困厄之,一而再,再而三,以迄无尽时也。亡何,翁以忧愤成疾,卧病在床,气息仅属,女郎及妇,百般慰喻,谓:"父有不测,儿辈何以为生?愿勿过悲忧,儿当设法为炊,想彼慈爱之碧翁,必不忍坐视吾家之困厄及死也。"翁叹曰:"苍天既故意播弄,不欲芸芸者之各安其生,则吾又何必伈伈伣伣,游此惨无人理之世界?已矣已矣,千苦百痛,死干净耳!"妇曰:"阿翁幸勿为是言,倘有不虞,一家幼弱,更何以生活耶?"翁感媳言,悲稍止,病亦稍杀,渐就痊愈。

凉风拂拂,玉屑霏霏,一灯如豆,斗室声微,渔家姑嫂,相对无言。榻上阿怜,屡呼饥饿,盖全家面屑未入口者,又两日矣。时地下小虎,亦瞠目喔喔,然而彼固不忍舍弃其小主人,而他求温饱也。呜呼!义哉小虎!世之忘恩负义者,曾不若汝樱口梅足之黑犬矣。旋闻女郎扼腕叹曰:"阿父此际,不知作何景况,深恩罔极,图报无从,腐舟愁栖,安巢何在?心已成灰,又遭苦雨,残年如烛,偏遇狂风,披被重裘拥锦被之富家翁,又谁怜此衣食不给饥寒交迫之贫叟耶?"时阿嫂珠泪暗弹,疾首蹙额言曰:"姑犹道彼富家翁耶?彼固金玉锦绣、肥马轻裘,视金钱如泥沙者也。居室铺陈辉煌赫耀,门前车马,络绎喧闹,买笑不惜万斛之珠,一宴而费中人之产,挥霍浪掷,未尝稍有吝惜也。然而对吾穷民,则戒奢从俭矣,待仆从,则作福作威,颐指气使;遇乞儿,则呼爷叩首,若罔见闻,至吾辈僻乡穷户,则更不加悯恤焉。嗟乎阿姑!余久欲割断情缘,出此孽海,特以阿怜宗祧所寄,恐重伤泉下之心,且阿翁憔悴不堪,若屡任断肠,于心安忍出此?是以不得不复视息人间,度

① "炎",原文作"焰",据文义改。

此伤心岁月,然而一贫若此,生之难大不如死之易也。”阿怜听至此,强跃起曰:“阿姑,明日余重整玩具,出售于市,积铜元,易银币,积银币,易金镑。阿母吾家,将不患贫矣。”语际觉忘现身之饥寒,而甜然入梦。

翌日时已届午,阿翁犹不归,阿怜往探之,旋竟号泣以归,谓祖卧船中,口噤不能语。女郎皇亟,携阿怜往视,妇亦尾随之。至则阿翁已僵卧闭气,虽千万呼,亦不一应声矣。呜呼悲哉!忍饥寒以跋涉,弱质谁怜,抚孤棕而归来,苦衷莫诉。怅荒冢长埋父骨,空嗟黄土无情,对孤灯静掩柴扉,谁说青天在上。成灰蜡炬,泪滴将干,作茧春蚕,丝抽殆尽,放眼观昏昏世界,直令无涕可挥,骚首向愦愦苍穹,转觉有怀难吐。时当末路,益增王粲之悲,人感秋风,遂染相如之病。孤侄寡嫂,仓惧异常,典钗下庸医之拜,恨药饵之无灵,力竭余祷佛之声,叹膏肓之已痼,天乎痛哉!

夜凉如水,莲漏沉沉,女郎呻吟床褥间,心绪如麻,时而太息,时而欷歔,上念老父,幽明永隔,无从再晤慈颜,下顾己身,困顿不支,奚望久存人世,而嫂则愁眉双锁,侄更饱食无从。我若一息尚存终为彼累,不若以七尺红罗,魂归净土,且地下老父亦不至夜台寂寞,落落苦无伴侣也。回首见嫂与阿怜,正甜睡榻旁,因垂泪言曰:“阿嫂,阿嫂,余今去矣,吾两人情好本笃,何忍抛嫂而入鬼道?特以良心所在,不忍以妹而累及君母子,愿嫂谅妹苦衷,善抚阿怜,俾至成立,倘死后有知,愿魂返故乡,来佑阿嫂。”言已大哭,又惧彼等惊醒而止声,系带于梁而登之,一刹那间,遽登极乐世界矣。迨妇醒来,见阿姑高悬梁间,亟亟解下,则已抚之如冰,难施救药,不禁放声大哭,阿怜亦哭。斯时景况,虽巫猿啼月,塞马吟风,亦不足方其凄楚也。乃筹置薄棺,葬诸父侧。临□之际,妇哭而晕,晕而踣者数次。盖自此以后,此愁城岁月中,又缺一运筹良伴矣。顾读者诸君,勿以妇之此际,为厄运已极,其后之流离浩劫正无穷期,盖以孤儿寡母,本艰于为生也,而余则不忍下笔矣。

——《直隶第一女子师范学校校友会会报》
(1917)第三、四期

史德华

史德华(约1901—?),广东番禺(今广州市番禺区)人。曾就读于直隶第一女子师范学校,毕业后执教于直隶第一女子师范学校附属女子小学,任高等科级教员。著有小说《爱国血》。

爱国血①

一番风信,青帝初临,微雨乍晴,四边尘静,旭日曈曈,轻飔习习,阳春烟景,大块文章,举凡草木、禽鱼、台池、泉石,无不神采焕发,吾人岂可负此良辰美景耶?课余无事,偕二三良友,作远足游,谈时势,玩景物,行行重行行,不觉抵诸野外矣。遥见残碑断碣,蔓草荒烟,狐宿墓中,鹃啼树上,伫立既久,有令人生无穷之感者。友惨然谓余曰:"一抔黄土,白骨长埋,生前功业功声名,争强竞胜之心,转瞬之间,已为陈迹。人生数十寒暑,卒以此为终结地,能不令人感慨耶?"语未竟,骤睹一高冢,耸然特出诸墓中,周植松柏,点缀宏丽,碑文上刊有"爱国勇士"四字。噫!此何人,斯为国亡身,长眠于此?友曰:"假能得勇士之史略,转告同胞,岂非美事?但旷野荒凉,无从探悉耳。"语时适一老妪,扶杖而过,闻斯语径前答曰:"老身颇知斯人始末,若不嫌琐琐,当为女公子等述

① 原文标"醒世小说",原署"三年级史德华"。

之,余等喜不自胜。”急鞠躬致谢,且曰:“老姆如肯赐教,愿洗耳以闻。”妪又曰:“此公历史颇长,非仓猝所能道尽,且春风料峭,久立非宜,茅舍匪遥,盍枉驾作半晌谈耶?”余等诺之,遂与偕行。

远林笼翠,曲径通幽,碧水一溪,游鱼数尾,儿僮三四,危坐溪濑,右手持竿,左手持篮,嬉笑自如,若不知人世有无穷苦恼者。前有屋宇数椽,山林围绕,与桃源相仿佛。妪推扉逊客入,室中陈设亦精,移时妪曰:“老身何姓,居此若十年矣,数年前即闻斯事,彼墓中人为谁?大名申兴国也,字安民,饶家资,幼失怙恃,就养于伯氏,伯氏爱之甚。长而颖悟,肄业于某校,每试必列前茅。尝闻诸师,演说时势,则跌足兴嗟,或自阅新闻,则扼腕三叹,每自誓以身报国,屡欲弃文就武,奈伯氏以爱故,不令远离,遂郁郁居家中。无何,彼苍不吊,回禄灾临,伯氏等不幸为祝融所阻,不克出。安民虽幸无性命忧,然人财尽没,孑然一身,既伤父母之先逝,复痛伯氏之惨亡,孤苦伶仃,毫无生趣,从此落魄江湖,秉秃笔,读《周易》,为俗子庸夫卜休咎断吉凶,以糊其口。呜呼!上无亲属,下鲜友朋,绨袍不温,寒同范叔,纳履见踵,贫若原思,亦云苦矣。然初志未忘,一心念国,遂以每日所得,入救国储蓄款中,一方则锐志学武,凡军队中之事,无一不精通者,卒如初愿,投身于军营。革命之初起也,得奋身从戎,纵横枪林弹雨之中,伟功叠建。惜乎寡不众敌,曾几何时,而鼓衰力尽,弹竭枪空,然犹挺身奋斗,杀数十人而死。呜呼哀哉!一柩回营,三军洒涕,盖嘉其爱国之心,并悲其殉身之烈也。迨民国成立,赏彼功勋,移葬于此,四时致祭,因不忍没其胸中热血,故标碑文曰‘爱国勇士’。余等闻之,悲悼不已。”妪复续言曰:“吾等今日能享共和之幸福,虽赖诸伟人名士之力,然申公亦与有功焉。老身久欲表章斯事,奈愚钝不晓文墨,女公子等何不一挥妙笔,作传记以告我同胞耶。”余等既归,私相叹曰:“老妪其殆漂母之俦与,而识见之坚卓则又过之,可与申公并传矣!”

德华曰:“申公之志壮矣哉! 富不娇,贫不谄,血诚报国,始终如一,以视爱惜金钱,拔一毛而不为者,为何如耶? 彼贪生尸位,宁为亡国奴,不为爱国儿者,则又公之罪人矣! 嗟乎! 今日欧洲风云,将嫁祸于我国,中立既不能,加入又不可,左支右绌,进退惟谷者,以国民无申公之勇耳。诚能人人去私为公,慷慨从戎,假得十万横磨剑,斩封豕,逐长蛇,扫平欧美,统一全球,固意中事也,爱国君子,祈自为之!”

——《直隶第一女子师范学校校友会会报》(1917)第三期

陈翠娜

陈翠娜(1902—1968),浙江钱塘(今杭州)人。原名陈璻,字翠娜,又字小翠,别号翠楼、翠吟楼、翠吟楼主,小说多署名"陈翠娜"。父陈栩,字昆叔,号蝶仙,别署天虚我生,鸳鸯蝴蝶派作家,知名报人。母朱恕,字澹香,一字素仙,号嬾云、漱馨女士,仁和(今浙江杭州)人。兄陈蘧,字小蝶,鸳鸯蝴蝶派作家。弟,名次蝶。夫汤彦耆,字长儒,二人育有一女,名翠雏。陈翠娜擅长工笔仕女、花鸟画,书法及诗亦工。曾参与创办中国女子书画会,任教于上海女子文学专门学校、上海无锡国学专修学校。新中国成立后任上海中国画院画师。陈翠娜著有小说《劫后花》《新妇化为犬》《情天劫》等,翻译《法兰西之魂》《薰莸录》等小说,另有《翠楼吟草》《翠楼文草》《翠楼曲稿》行世。

新妇化为犬①

(一)

"噫!阿塞,此女服何来耶?"言者乃一少年,时方立于小儿之侧,目注儿上所置女服,发为诧异之声,以询其侍者。侍者即阿塞

① 原文标"滑稽短篇",原署"翠娜女士"。

也，闻主人言，乃作鸬鹚笑曰："异哉！此非主人令成衣匠送来者耶？然则吾人当拜其赐，留以赠吾未来之妻。"少年犹豫曰："吾知其人必误送矣，行将自来索还。"阿塞曰："否，其人自言，衣值早收，以生活忙，故迟至今日。今以举家迁徙，不敢不全信用，特送至此。予询之，则言火车将开，不暇多语，遂匆匆去。噫嘻主人！此非天赐我妻者耶？"少年笑曰："汝妻果何人哉？"阿塞嗒然曰："嗟乎！吾妻固当有之，然而今日尚不知其出生否也。"少年不禁失笑，既而忽似有所得，遽执阿塞之手，柔声曰："吾亲爱之阿塞，汝能为吾妻乎？"阿塞闻语愕然，则目灼灼曰："主人此语，当作何解？"既而笑曰："主人亦风魔耶？果予能为主人之妻，亦殊有福，特予不能化身而为女郎，奈何？"少年曰："予亲爱之阿塞，予非真欲以汝为妻，但能化妆与吾结婚，即于吾事有裨，结婚后汝遁可耳。"阿塞益诧曰："此又何意？"少年曰："汝但告我能允予之请否？"阿塞曰："苟其事于吾有益，予亦何乐不为？请以语我。"少年颔之曰："然则汝允我矣，汝听之，予名麦克司林达，自幼即失怙恃，赖予季父为活……"阿塞笑曰："此予知之，奚用见诏？"司林达曰："吾言必自初始，庶汝得知其原。盖吾季父尝以手谕斥予放荡，谓予所抱独身主义，实犯罪恶，故已为予物色佳偶，竟得二人，可任予择之。如予再不婚娶，则并月给之资，行且停付，果婚者，当以二万法郎见赐。阿塞，汝亦知彼二女为何如人哉？嗟乎！吾于季父处得见其摄影，吾魂几为之夺。"阿塞笑曰："殆与嫫母无盐等耳？"曰："否，实安琪儿与爱之化身也。"曰："然则何又向予求婚？"司林达不答，复续其言曰："予因二女并皆美丽，不能自决其去取，乃思往访，择其才貌并佳者妻之。意既决，乃先访甲女，相见之下，亦颇亲密。既而女因有事入内，予自怀中出乙女之照窃为比较，则觉彼女尤胜于此，故遂不别而行。及往见乙，讵知彼女之貌，竟与照片判若两人，双瞳炯炯作黄色，鼻隼之高，几如驼峰，而一种骄贵之气,尤复溢于眉宇,殊不及初见之女郎多矣。予遂不与交谈,返身径行,更访甲女,孰知竟拒不吾纳。予无奈,不得不更回至乙女家,讵亦摽吾出诸大门之外。”阿塞笑曰:“熊鱼不可兼得,乃并失之,亦可惜矣。”司林达曰:“吾不得妻,犹其小焉者耳,吾心中之所惧者,实惯恐世父停吾之给付,则将索吾于枯鱼之肆。故吾思之,果汝而从吾之请,化妆为女郎者,则吾不妨暂时认汝为吾之爱妻。”阿塞蹙额曰:“此事以我思之,则殊于我无益。”司林达已知其意,乃不待其语竟,亟曰:“此事成,予必当以百磅酬汝之劳。”阿塞贪得重金,大悦曰:“可可可,主人之命,予安敢违哉?”司林达亦喜曰:“若然,则事不宜迟,趣衣此衣,试为演习,午膳后,予当与汝往见予世父也。”乃取几上之衣,亟为披之,而阿塞乃狂笑。

(二)

华屋一幢,立于杲杲日影之中,寄生草匝其四周,幽绿如油碧之幄。园中玫瑰初开,野蜂一队,时就繁花中求蜜,营营然飞鸣不已。麦克司林达之叔,独坐阑干之侧,仰首观蜘蛛结网,态至闲暇。叔老矣,两颊内凹,白发如银,而双目则满现慈祥之色,望而知为五十许老人也。顷之,老人自语曰:“日过午矣,吾侄何尚未来?……”语未竟,忽闻石铺小径上,有足音跫跫然,即闻一人呼曰:“吾亲爱之叔,近来安耶?”老人大悦,起迎之曰:“吾侄,谢汝记念,老人日来颇安适。”言时,司林达已行近。老人忽愕然,盖见司林达之后,尚有一女郎随焉,然亦不暇询为谁氏,亟问司林达曰:“二女中已得其一乎?”司林达曰:“否,二女均不当意。”因指阿塞曰:“惟此密斯茜丽,实为予之女友,愿与予偕伉俪,故携来一见吾叔。”老人闻言,以目凝视阿塞,见其玉肤如漆,纤腰可围,略无娉婷婀娜之致,面庞虽为密网所遮,然亦可以想像而得,因蹙额曰:

"此女郎……"阿塞恐言其丑,急以目斜睨作媚态。其时阿塞之面幸有面网,老人未尝见之,不则老人必且呕矣。老人此时,忽止而不言,但微点其首曰:"情之所钟,本亦不能论貌,汝二人既相爱,则亦良佳。吾侄,吾许汝娶之可也。"司林达大喜。阿塞低声谓司林达曰:"麦斯忒,予媚态之效力如何?"

(三)

翌日,司林达与阿塞,遂结婚于礼拜堂。老人给予二万法郎,阿塞分润得百磅,乐几不能自支。婚礼甫毕,阿塞即夺袖而奔,司林达追之,老人及来宾均不解其何因,乃亦率众追踪其后。阿塞奔至其家,立赴寝室,卸女服,如释重负,喘息不已。方于此时,忽闻足音跫跫,将抵寝室,阿塞大惊,急卧于床上,曳被覆其身,其时门已辟,则司林达也。司林达呼曰:"阿塞,汝奈何躁急若是!……"阿塞笑曰:"金已得,则吾事竟矣。予着此女服者二日,本为金钱故,岂乐衣之哉?"司林达急摇手曰:"勿声,叔来矣。"言时,老人及来宾已均推门而入,老人亟问曰:"吾侄,新妇如何?"司林达蹙额曰:"病矣。"老人曰:"何遽病耶?"司林达不答。一客曰:"然则宜速为延医。"老人然之,命人往延医。既而医至,谓为中暑。阿塞闻言,不禁窃笑,虽力忍之,而嗤然之声,则已冲鼻而出。

少顷,天渐入暮,来宾均欲归,老人再三留不住,乃亲送之出。阿塞见众人均不在,遂自床上一跃而起,挟其百磅,思逾窗遁。方开窗间,忽闻室门开然而辟,阿塞大惊,回顾,则又司林达也。司林达曰:"阿塞,汝开窗将何为?"阿塞曰:"遁耳。"司林达急曰:"勿勿,且待……"阿塞曰:"吾实不胜其烦矣,此时不走,尚待何时?"司林达曰:"阿塞……"语未出,而阿塞已一纵而逝。司林达皇急无措,欲前追之,恐为众人所知,若任之,则老人来,诘新妇安往,将何以对?仓卒不知所可,而此时老人之履声,已达室外。司林达愈急,偶一回首,忽见所豢之犬,适熟睡于桌下,乃大喜,急抱犬起,置于床中,以被覆之。自视觉无破绽,乃坐于床侧,伪作忧抑之容曰:"吾爱,汝此时心中觉稍适否?"

(四)

语时,老人适入,见状,含笑微点其首,似善司林达之情深者,因曰:"吾侄,汝坐于室中半日,得无闷乎?"司林达曰:"闷则安有弗闷? 但彼病矣,予安忍离其侧?"老人曰:"新妇既睡熟,汝且出外,稍吸新鲜空气。"司林达曰:"事固甚佳,惟彼醒时呼予,予在外不闻,奈何?"老人曰:"予当在此少坐,彼呼时,予即来呼汝可也?"司林达曰:"此安敢以亵老人?"老人躁曰:"汝……"司林达亟曰:"叔毋躁,予往矣。"老人目送其出,回顾被中,蠕蠕而动,老人以为新妇醒矣,乃低声曰:"侄媳欲呼吾侄乎?"不答。老人以为己耳聋而新妇声细,故未之闻也,乃复近床侧,问曰:"侄媳欲呼吾侄?……"语未毕,被中忽现一犬首,老人大骇,狂奔出呼曰:"怪怪!"且呼且奔,奔至宅门之外,尚狂呼不已。路人均为之驻足,群询何为。老人喘息言曰:"予家出怪矣! 予家新妇化为犬!"众奇其言,群欲一觇其异,遂命老人为导,一哄而入。及至寝室之门,则又无一人敢入者,盖恐为妖犬所啖也。老人无奈,乃发令云:"有人捉得此妖者,赏百磅。"

读者诸君乎,诸君当知世界中魔力最大者,实无过于金钱,故于其时,即有一人应曰:"我来,我来。"众视之,邻家侍者西惠儿也。皆曰:"汝徒手而入乎?"西惠儿沈思曰:"吾家主人有手枪,予当往假之来。"老人颔首曰:"善,速往取之,无俟妖遁。"西惠儿乃亟驰去。少顷,挟手枪来矣,众皆窃窃代为之危。西惠儿奋勇排闼入,见一犬坐于床上,目灼灼有凶光,似欲攫人而噬。西惠儿见之,不寒而栗,顾一念及百磅之金,勇气乃骤长,遽发枪击之。惟心慌意乱,一枪误击于犬傍,犬闻枪声,咆哮而起。西惠儿大恐,亟跽于地,哀之曰:“吾亲爱之妖,吾敬信之神,吾不敢矣,吾不敢矣。”且言且碰其额,为状如叩头之虫。既而见犬弗动,乃始欻然而起,屏息俟之,仍弗动,胆稍壮,又念及百磅,遂取枪骤击之。轰然一声,犬竟应声而倒。西惠儿大喜,狂呼曰:“妖死矣!妖死矣!”众闻妖死,始敢入,见状,均嘉西惠儿之勇敢。老人唤司林达,将告之,遍觅不得,盖司林达已挟其二万法郎遁矣。邻家有见其出者曰:“适者,予见密斯忒司林达已外出矣。”老人曰:“彼外出乎?彼必尚未知此妇为犬怪也,趣觅之返,予亦必以金酬此觅得之人。”老人语方毕,即有数人欣然应声而去。及归,则满面喜气,均一变而为失望之色,群告老人曰:“吾辈奔驰约二三里,见密斯忒司林达在前,吾辈自后追之,且呼曰:‘密斯忒少待!密昔司司林达已就禽矣!’讵密斯忒司林达回首见吾侪,行益速。吾辈力尽,只得返耳。”老人叹曰:“噫!吾侄想为妖妇迷其心矣。”新妇化为犬,是诚老人生平所仅见者。

——《礼拜六》(1915)第七十八期

陈以英

陈以英，生卒年不详，江苏江阴人。弟陈以益，又名陈勤，号松竹梅斋主人，别署志群、如瑾，主编《神州女报》《女报》等。陈以英曾就读于女子蚕业学校。著有小说《女剑》。

女剑[①]

吾乡某，好游侠，足迹遍天下。常步行于北部，日行百里，到处为家，天涯漂泊，无一定之方向。

一日，方步行间，夕阳已西。四顾天空，但见倦鸟数匹，飞翔哀鸣。其处无行人，无村落，并无路径。

某疾行荆棘中，心中忐忑不已，盖不知今日之投宿何处。

其归昨所投宿之旅店乎？则东南西北，虽已莫辨，而可藉夕阳以推之。然今晨自何方来，早已忘却。

奈何？奈何？

且行！且行！

日益低，时益促，足益痛，体益疲。余愧为游侠子，其将效阮籍[②]穷途之哭耶？

---

① 原文标"女子游侠小说"。

② "籍"，原文作"藉"，据文义改。

奇事！奇事！旷野中白光何来？

一道之白光，由吾后来，向吾前去，距吾之顶甚高，闪闪而过，有声，有色，有风。

余失望之余，作奇想，随光之去处以行。追之不及，忽见前途隐约有物微微动，其色黑，视之，视之，岂人家炊饭之烟乎？此旷野中曷为有此？

希望顿生，勇气倍增，路之远近，地之高低，不复问，急前行。

渐见烟突，渐见屋顶，渐见全屋。噫！人之绝路处，胡有此屋？其古庙乎？

又行，抵其处，前当道路，左右无邻，乃孤立之一幢楼房。门半开，一老翁袖手坐门侧。

其时日已下，返光由云间射老翁面，作深红色，与白发白须相映，颇可观。

余急趋前，询之，始知非大庙，系客寓(即北语所谓饭店)。此处系某处至某处之孔道，以相距不迩。车行稍迟，辄不能至，此盖途中投宿之处也。

余遂由一待者引而入。登楼，楼凡三间，余居其右间。余适奔走忘饥，至此腹中大饿。适侍者来，问须何食。余食量素宏，即嘱其取酒一斗、饭一斗来，不须菜。侍者出，至中间问，闻娇声答："不须。"至右间问，闻大声答："馒①头五十个！"

少顷，侍者取酒饭至。余食方毕，一和尚入，致敬甚恭，通姓名，寒暄毕，即问曰："先生不远千里而来，有何本领？"

余之护身符乃一刀，即直答曰："刀。"

和尚微笑，以"赏光"请。

余知其必系余同志，故示之。和尚大笑，继而叹曰："先生

---

① "馒"，原文作"鳗"，据文义改。

休矣!”

急询:“何故?”

曰:“先生休问。”

余知有故,急求救,不应,应曰:“今夜速速逃,否则殆矣。”

和尚辞去,临去嘱从便所逃出,别无逃处。

余知有异,即至便所。前有墙,甚高不能出,蛰伏不敢动。忽一女子至,促余行。余曰:“不能。”曰:“试跳之。”余再三跳,不能出。女子怒,以足踢余尻,余得高跃数丈。不料墙上有铁网,余体破网出。既出,幸月明急奔,数十里未敢一回顾。

和尚自后至,捉余坐林间,问余何以出,余以所遇告。和尚曰:“店主老人,有魔术,旅客之有财者,均被害,四面作铁网,令人不能逃。余师妹十三娘知其恶,今日特约来此,先生适至,余以为来会也,居中间二女子,即余师妹十三娘偕十五娘,助先生逃者,十五娘也。今余与二妹,已与老魔战,余败退,彼等胜负未卜,然十三娘决不败,不久当战至此,然无妨。”

言未毕,一青光来,一白光自后追之,风声甚厉。忽睹一剑,自天而下,转瞬一女子立余前,手捉一人头,白发红面,面如生。和尚谓余曰:“此人十三娘也。此头老魔也。”

和尚问:“十五娘何在?”

曰:“先归已。”

余急仰视女子,女子忽已不见,和尚亦渺然失,一红光一白光闪闪而去,其声划然有风。

余如梦初醒,通①体觉痛,视之,血迹模糊,是铁网之所触。

东方白,觅径去。

当是时,刀已失,旅费亦无。

---

① “通”,原文作“逼”,据文义改。

沿途乞食者三月，卒归故乡。

自是不敢复出。

此某之自述，五十年前事。

以益评曰：某奇人也，奇遇也，有奇人而后有奇遇。今某早已死矣，吾姊从其友之口，转闻其自述语而记之。噫！今日无某之奇人，故不闻某之奇遇。吾国古来多女侠，人所知者，仅红线聂隐娘辈，其不知者，不知其几千万也，此即无名有名之别。如十三娘事，无奇人若某，则何从知之？今特男界无某耳，吾不敢谓今日女界无女剑。然今天下老魔多矣，未闻有十三娘起而诛之者，则吾又不敢谓今日女界有女剑。

——《女报》第一卷(1909)第三号

静安女史

静安女史，生平不详。著有小说《贫女泪》《登高》《爱之花》等。

贫女泪[1]

距某城不四五里，有一巨大之工厂在焉。屋舍宏敞，资本充盈，烟突矗立，直逼霄汉。作工者无虑数十百辈，自晨至暮，奔走劳动，不遑进食。翳何人？翳何人？是皆苦社会之薄命女子也。

有某甲者，职厂中全权，即俗所称买办是，钱币出纳，悉归掌握。顾性贪甚，凡女子血汗所换得之代价，一经其手，无不剥削扣折。彼女子以势不敌，不敢与较，气益忍，声益吞，日复一日，而某甲之手段亦日益辣。今日扣工资十之一，明日扣其二，又明日扣其三四，又明日扣其七八，以浸至于无有。女子不得资，困甚，佥曰："似此其奈之何？"因于工作之暇，群聚商议，举二女子为代表，至某甲处沥述苦况，索所欠工资。

某甲时方踞帐席，衔雪茄，见二女子入，即厉声曰："汝等来何为者？"二女乃进言曰："先生，吾侪晨起，即仆仆入厂，一日六时，胼手胝足，不辞劳苦，非他，为衣食计耳。今终日勤勤，而工资则

---

① 原文标"短篇小说"。

丝毫无所得，吾侪薄暮归至家，父母弟妹相哗而索钱不得，则詈吾侪曰：‘汝弟寒无衣，汝妹饥无食，汝父母所居之屋，欠房金已数月，日夕望汝携资归，以疗此穷困，而汝今日言无钱，明日言无钱，汝工作所得资，果安在哉？’噫！吾侪非木石，先生试为吾侪设身处地，其何以堪此？愿先生一念吾侪之苦况，速以吾侪所应得者，悉数给发，则感先生之德多矣。”某甲闻言，大怒曰：“汝等乃以不入耳之言聒我乎？我受主人命来主此厂，惟知为主人省钱，汝等非人类，虽冻死、饥死、交谪死，何与我事？而敢哓哓妄渎，其速出！否则将以绳缚汝二人，治以私行集会，侵害秩序之罪！”二女子曰：“先生，吾侪非人类与？而先生若此！”言至是，泪交于颐，呜咽不能成声。已而曰：“吾侪纵唐突先生，惟先生怜之。”某甲于是拍案起，言曰：“汝等犹自命为人类耶？实狗彘之不若，顾敢来抵触我？仆人来，急为我缚送警察署。”仆辈四五，应声而至，长绳一二，缕绕女子之身，使之不复能转侧。

有顷，一马车来，举二女子掷其中，车门骤闭，声辚辚然，向警察署去。二女子自念警察署之长官，必知我疾苦，或能申我冤。车行半时许，已抵署外，某甲乃指挥仆人，释二女子缚，挟之入署。长官坐堂皇，为状殊凶恶，两旁差役，雁行而立，抑二女子使跪堂下。某甲遂脱帽，于怀中出一刺，呈警官曰：“职员之来，以此二恶妇不守规则，废工作，往戒之，则殴职员，且毁职员室，所损失至百余金，顾长官痛绳以法，无使他人效尤。”长官因怒叱二女子曰：“汝等不守规则，废工事乎？汝等殴某先生，且毁其室，所损失至百余金乎？咄咄恶妇，不惩汝等，何以保治安？”二女子错愕失措，方举头欲有所陈，警官复作恨恨声曰：“汝等固愍不畏法者耶？当系汝犴狴中，使遍尝囹圄风味！”回顾差役云：“牵此恶妇去，囚之狱，明日押赴厂中，鸣锣游行以示儆。”又谓某甲曰：“汝无事，其速退，我行为汝惩此恶妇。”某甲扬扬有得色，向警官称谢不置。少选,差役挟二女子出。某甲目送之,唇微动,作冷笑状。时堂下观者如堵,皆默然不作一语。二女子垂头丧气,喃喃自语曰:“噫!吾侪竟非人类与?”言时,若不胜其凄惋者,而差役闻之,犹呼叱不已。

未几,二女子之母闻讯,偕来趋视。既见二女已入狱,则号痛失声,谓之曰:“予等今日,未得粒食之下咽,饥肠辘辘作雷鸣,初犹冀尔等持钱归,有以活予等,今若此,则更何以为生?呜呼!吾女果因何触主人之怒哉?”二女子闻母言,泪簌簌下,方将实告,而差役已至,即挥其母出。门顿阖,于是兹黑暗天日中,仅余此一双可怜女子,相对作楚囚泣耳。

记者曰:“吾草此篇,吾泪涔涔下矣。夫即某地一隅计,此工作之贫女,正不知凡几,被厂中执事之剥削折扣,莫可告诉者,又不知凡几。迩者,有为同盟罢工之举,以谋抵制,然彼资本家之垄断如故也,司帐者之侵蚀如故也,无他,盖有官吏以为之护符耳。然则吾又不暇为二女子悲矣。”

——《时报》(1913 年 4 月 23 日)第三千一百七十二号副刊《滑稽余谈》

华璧女士

华璧女士，生平不详，著有小说《慧珠小史》《卖报女儿》，弹词《双雄歼仇记》。

慧珠小史①

秋风瑟瑟，微雨乍晴，霞光映于水面，作淡红色，时三五晚鸦，绕树而噪。余晚餐初竟，散步水滨，忽闻叹息之声，出余顶际，仰首而望，则红楼一角，纱窗半开，一女郎凭栏独立，愁眉泪眼，若不胜其忧者。俄一婢至，白女郎曰："夕阳西下，冷气侵人，奈何楼头久立？殆有不得已之苦衷，乞告婢子，婢子虽鲁，或可为小姐分忧也。"女郎曰："否否，我偶因脑际昏闷，故立此受新鲜空气，宁有他哉？"婢闻斯语，乃含笑去，而女郎仍倚栏痴立，双串泪珠，且阑干界面矣。既而，复自语曰："天乎！何我生之不辰也？几经磨折，得此同心，方幸终身有托，又孰料不测之祸竟起萧墙，吾遭此变故，惟有一死以谢知己耳。"语时其声渐细，阖窗竟入，似知有人散步水滨，闻其沉痛之叹息者。伊何人？伊何人？而悲痛若是哉？

吾知读者必欲知此女郎之历史矣，今当为诸君述之。女郎何慧珠，浙产也，随其父居于沪，因其幼时聪颖过人，故以慧珠呼之。

① 原文标"家庭小说"。

六龄时,其父为之延师课读,未几,其母病矣,慧珠终日依依床侧。其母之病,日沉一日,群医皆束手无策。有陈妪者,慧珠之乳媪也。其母至是自知将不起,乃呼陈妪入,手指慧珠而言曰:“陈妪,我之心爱惟慧珠,今重托于汝矣。我谢世后,脱有意外者,汝可挈之,往投舅氏,吾感汝多矣。”陈妪曰:“夫人保重,疾不日且瘳,万一不讳,当谨遵夫人嘱也。”其母曰:“如是,我死无憾矣。”语毕,气喘稍定。翌日,病势更促。其父慕仙亦惟徒唤奈何,返生无术,天壤间为人之悲痛,殆无有过于是者。其母既卒,慧珠痛哭,晕绝数次,陈妪及慕仙再三抚慰,悲始渐止。慕仙以其失母之儿,爱惜逾于平日。慧珠从此日则入塾,夜则与陈妪相依。

春来冬尽,裘葛三更,慧珠之孝期已满,其父续娶刘氏女为继室。刘氏美而悍,然慧珠谨事之,刘氏亦相安,无闲言。越明年,刘氏产一子。慕仙以垂暮之年得此宁馨,爱之如珍璧,因字之曰“珍”,家中人皆以“珍哥”呼之。刘氏此时则视慧珠如眼中钉矣,慕仙为刘氏所怂恿,待之亦且同陌路人。嗟夫!慧珠之魔蝎从此生矣。光阴荏苒,如白驹过隙,珍哥哑哑学语,慧珠已盈盈十五。慧珠偶阅报纸,见有某女校招生,默然自念:“倘能入校,不特可增学问,亦可稍避家庭之苦况。”即以报呈其父,并道欲入校意。其父因其与刘氏已成冰炭,故慧珠此请,适合其意,即谓慧珠曰:“汝入校固可,惟须早去晚归,作走读生,否则不汝许也。”慧珠得其父之许可,唯唯而退。翌日,即应某女学校之考验。及榜发,慧珠名列第二,其冠军则张亚侠女士也。无何,已届开校之期,慧珠检点书物,辞其父及刘氏往,伴之者则陈妪及刘氏之婢小铃。盖刘氏密遣小铃,侦慧珠之行为也。小铃为人狡黠,虽为刘氏婢,心实非之,而慧珠遇之殊厚,小铃每念刘氏待己苛,遂将刘氏之谋告之慧珠。未几,落日衔山,慧珠归矣,小铃即以刘氏之意告之。慧珠恐其诈也,大声叱之曰:“贱婢!汝安敢离间我家庭?我当以汝所言者质之夫人!”小铃大惊,面无人色,伏地泣曰:“小姐,冤煞婢子矣!小姐既不见信,往询夫人,夫人必致婢子于死地。婢子今不若自裁于此,以白此心。小姐果见怜者,婢子终其□不敢忘也。”慧珠见其意诚,挽之起曰:“此事我早知之,特试汝心耳。汝既具此天良,我当以妹视汝。顷间相试,幸勿介介,但此后汝于夫人前,仍宜如旧,切不可变汝平日之态度,以启其疑。”小铃曰:“婢子蒙小姐见怜,受赐多矣,小姐之言,乌敢不遵?”慧珠曰:“夜漏已深,汝速去伴夫人,勿久留于此。”小铃诺诺而去。时陈妪已入黑甜乡,喃喃梦语矣。

翌晨,慧珠仍入校,自此学业渐进。校中诸友,惟与张亚侠最相得,遂结为异姓姊妹。亚侠时过慧珠家,每值慧珠忧闷之际,必尽力劝解。慧珠得此良朋,愁肠百结,亦可稍舒。无何,蝉吟高树,烈日当空,校中之暑假已不速而至,生徒均散学返舍。一日,亚侠约慧珠作湖上游,盖为消暑计耳。绿水无波,白鸥上下,微风拂草,凉气爽人,忽闻邻舟呼曰:“亚侠女士,今日岂亦偕友人来消暑耶?”慧珠回首瞻顾,则唤亚侠者,一少年也。慧珠急询亚侠曰:“此男子为姊素识耶?抑戚属者?”亚侠曰:“此李君耳,字少英,其妹与我为手帕交,故识之。李为某校教员,学殊淹博,品且端正,好男子也。倘愿与之晤谈,吾当为介绍人。”慧珠曰:“吾与姊情同手足,姊素识之人,吾亦何妨觌面?”亚侠即使舟人持刺至邻舟。俄顷,少英至,亚侠为慧珠介绍,相见已毕,各道景仰之意。亚侠命舟人解缆,放乎中流,清风阵阵,晚气袭人。时东方玉兔渐升,遂舍舟登陆,分道而返。慧珠自与少英相识之后,时相过访,心心相印,而此情愈种愈深,遂互订终身约。慧珠平日固极羡自由结婚者,而其父性顽锢,故此次虽与少英相订,而其父尚未知也。

迨假期已满,暑气全消,慧珠又入校矣。一日晚归,小铃忽告之曰:“小姐知有意外事乎?”慧珠曰:“何事?吾固未知之。”小铃曰:“今有人来为小姐执柯耳。”慧珠曰:“汝何以知之?”小铃曰:“午后,过夫人窗外,闻及‘慧珠’二字,即伏窗外窃听,惟闻主人言谓:‘慧珠年尚稚,可暂缓一二年’。夫人则冷笑曰:‘一二年乎?恐呱呱已在抱矣。’主人讶曰:‘是何言? 必有故,速详以告我。’夫人低声曰:‘吾闻小姐已与一李姓少年订白头约矣。’主人曰:‘倘明日其人来时,我当与之面商。’言至此,其声细不可辨。”慧珠曰:“汝知求婚者为谁氏乎?”小铃曰:“即夫人之第二侄也。”慧珠曰:“主人已允其请否?”小铃曰:“主人为夫人所迫,已许其请,不日且文定矣。以婢子意,小姐与刘公子结婚,将何以对李公子?”慧珠曰:“今日张女士约我,去去即来。汝可暂离此室,倘夫人问者,可告以已寝,勿多言也。”小铃曰:“诺。”慧珠即潜至亚侠家,直入其室,见亚侠方于灯下作函,慧珠曰:“姊尚未睡耶?”亚侠讶曰:“妹深夜至此,岂家中有意外事乎?”慧珠曰:“然。”即以小铃之语告之。亚侠曰:“此事果确否?”慧珠曰:“我信其必确,小铃必不诳我也。我今至此,乞姊为我筹一良策。”亚侠曰:“妹有戚属居沪江乎?”慧珠曰:“惟舅氏居此耳。”亚侠曰:“幸甚! 幸甚! 妹岂忘伯母临终所付乳媪之遗嘱乎?”慧珠曰:“微姊言,我几忘之,我将归商陈妪,使之伴我同往,明日乞姊为我邀李君于张园,我将以此事告之。我行期当不出五日,惟未卜与姊再见于何时也。”亚侠曰:“我明岁欲留学东京,妹彼时脱能同行者,则相聚有日矣。惟此事妹宜秘之,即小铃亦不可使之知。”慧珠曰:“夜晚已迟,我去矣。”遂别亚侠归。

及至寝室,陈妪问曰:“小姐何往?”慧珠曰:“往晤亚姊耳。”陈妪曰:“夜深人静,踽踽独往,我知汝殆有所图,我虽拙,然老成人作事较妥,我敢自信,速告我,勿秘。”慧珠即以小铃之言,及亚侠之策告之。陈妪曰:“此事尚未确,不可孟浪从事,徒败名也。”慧珠曰:“待其议定,晚矣,汝倘念吾母之嘱,可伴我诣舅家,否则我一人往，事已至此，宁畏跋涉耶？”陈妪曰：“然则行期已定否？”慧珠曰：“五日内耳。”慧珠与陈妪磋议竟夕，不觉已金鸡三唱，东方白矣。陈妪曰：“天色且晓，可小寐，明日尚须入校，恐精神不足，易起病魔。兹事我惟有遵汝母嘱，决不汝梗也。”慧珠乃就寝，须臾即兴，盥漱①已毕，仍挟其书册入校。是日，偕亚侠往张园，则少英已先在。慧珠曰：“累君待久矣。”少英曰：“女士之事，我已闻诸亚侠，但女士明年能否与亚侠同游东瀛？吾明岁亦将有此行，女士倘能同行，则吾辈相见近矣。”慧珠曰：“我明春决计与亚姊同行，相见当在东京也。”谈既久，天色已晡，各道珍重，洒泪而别。

慧珠既归，是夕即辗转不能成寐。翌日托病，命小铃至校乞假，检点行囊，约数千金。及晚，告小铃曰：“我与陈妪往同学处，返略迟，汝往视夫人已就寝否？”小铃往，慧珠以所携者付陈妪。少顷，小铃返曰：“夫人与珍哥津津谈故事，今尚未睡也。”慧珠即偕其乳母由侧门出，行约里许，道途辽远，夜色迷离，风声鹤唳，草木皆兵。慧珠此时中心忐忑，谓陈妪曰：“此何时也？吾身疲倦已极矣。”陈媪曰：“可出时计视之，幸是夜月色微明。”慧珠即于怀中出时计，借月光视之，方十句钟，乃告陈妪曰：“时尚早，可速行。”良久，已抵其舅氏居。其舅氏居去市远，故步行颇不易，而乘车又恐贻蛛丝马迹之累。无何，呀然一声，双扉已辟。其舅知为女甥至，迓于厅事，慧珠偕陈妪随其舅入内室。拜见之礼已毕，舅氏问曰：“汝奈何黄夜至此？果何为者？愿闻其详。”慧珠泣曰：“甥女生不逢辰，遭此不测事，诚出舅意料之外。”即以刘氏所谋，及此次暂避之计告之。言未毕，呜咽不能成声。舅叹曰：“吾姊固早料有今日，我既受姊氏之托，敢不尽保护之职？”慧珠曰：“倘蒙见怜，匪特甥女感恩，亡母有知，亦当含笑于地下。”舅慰勉至再，顾其女妙

---

① “漱”，原文作“嗽”，据文义改。

兰曰:“慧姊远道而来,腹中想已辘辘鸣,汝可速具食款慧姊。”妙兰应声去。俄复出,随一雏婢,捧巨盘。妙兰置慧珠前曰:“此妹手制,请慧姊尝之。夜漏深矣,慧姊身体当疲倦,食毕,可暂宿于妹室。惟室湫隘,不如慧姊闺闼之清洁,奈何?”慧珠曰:“兰妹,幸勿作此客套语,姊今为避难来,即使卧之灶下,亦不敢嫌,况吾妹香阁乎!舅与妹之大德,姊终身不敢忘也。”时已鱼更四□,舅谓妙兰曰:“汝伴慧姊眠,陈妪可与汝婢小红同宿也。”妙兰诺,乃偕慧珠同往卧室安置。

慧珠从此安居其舅氏家。慧珠之家,自慧珠出门后,小铃久待不回。须臾天已破晓,小铃忽悟曰:“小姐必不归矣,彼恐我泄漏,故以此计绐我。嗟夫!我蒙其厚恩,岂忍泄漏累及其终身哉?”小铃正默念间,忽于案上睹一函,剖而视之,乃慧珠留别其父者。函中略云:“儿既开罪于继母,又不能承欢于膝下,儿之罪甚矣。儿多处家庭一日,恶感亦日深一日,儿自思家庭因儿一人,转增老父以无限之忧,儿于心夫复何安?今有同学女友数人,约往东京留学,儿所不敢禀明者,恐父不我许,贻笑于他人耳。儿虽暂离膝下,然尚有珍弟在,幸勿以儿为念。”小铃即将此函往告慕仙。慕仙阅竟,颇自悔,惟刘氏则如拔去眼中钉,现为欣幸之色,曰:“慧珠留学归来,为世界上完全女子,又何忧为?”慕仙以其已就道,亦无可奈何,听之而已。

一年易度,已至新春,园中百草争开,堤上垂杨映绿。慧珠因有亚侠之约,乃作书致亚侠,询其放洋之期。得亚侠覆书,知行期在四月,慧珠转告其舅。因行期已近,即自检衣物,别舅氏及陈妪,造亚侠家。相见之下,亚侠曰:“不图今日与慧妹又晤面矣。”慧珠乃宿亚侠处。明日同学数女郎亦至,亚侠乃别其父母,与慧珠相将登舟。汽笛呜呜,轮行如驶,转眼间,家山已在数百里外矣。一路风平浪静,所过处均为平日所未经者,心目为之一爽。

末几，抵东京，寓于某旅馆。慧珠出发之日，致函少英，述行期及海舶名，故慧珠甫至，少英已访而来，导慧珠等于某旅馆。慧珠与亚侠睹少英，亦各道契阔。慧珠等居某旅馆约一星期，即纳资于东京某女校。自是每星期日，慧珠、亚侠与少英必相聚晤谈，往事重提，均不禁扼腕叹息。慧珠从此已脱家庭之魔①蝎，安住东瀛。三年学成，遂由少英倩其父慕仙之挚友，作冰上人，说于慕仙，婚遂定，而吾书亦从此搁笔矣。

——《申报》(1914年5月6日至5月10日)
第一万四千八百一十一至一万四千八百
一十五号副刊《自由谈》

① “魔”，原文作“磨”，据文义改。

张韫苏

张韫苏,生卒年不详。夫凌善清,号桂青、桂清,浙江吴兴(今湖州市吴兴区)人,南社社员,曾协助同邑王均卿(号新旧废物)编辑《香艳杂志》等。张韫苏著有小说《学海精卫》,其夫润词。

学海精卫[①]

韫璞女士者,姓黄氏,苕上人,予友也。生六岁而丧母,父某固业商,常终岁在外逐蝇头利,一切家政均委之于继室,故女士亦受豢养于继母钱氏焉。女士当髫龄时,面淡淡如梨花,腰袅袅如杨柳,见者已诧为天人,性复聪慧,善解人意,以故深得继母欢。时俗尚弓鞋,钱氏亦以此苦女,每鲛绡一束,辄终夜啼。钱呵之,女士曰:“娘苦儿何为者?”钱氏笑而斥之曰:“贱婢子今日怪煞娘,他日莲船盈尺,为婿家憎,看汝悔也未?”女士哭曰:“娘重重缚儿如囚徒者,其果预为媚人计耶?均是人也,我何为媚彼哉?儿愿以总角老,不愿受此诸般苦!”由是每遇缠足,辄亡去。钱亦以钟爱故,听之。

一日,薄暮,女士倚门看飞鸦点点结伴归巢,忽有邻儿三五辈,挟绿色包自校中归。中有女生,一即侬也。侬与女士固素相

① 原文标“哀情小说”,原署“韫苏原著,桂青润词”。

识者,因呼之曰:“韫姊乎!妹前赠姊之花,今日开也未?”女士闻依言,即前执予手曰:“妹归来乎!今日所授为何课者?承惠之花现已含苞,他日放时,姊当请妹顾予舍共赏之也。”语次,目视依书包不辍,若甚羡者,久之别去。女士见予读,窃好之。夜深,女工罢,请于母,欲从诸儿读。钱氏笑曰:“儿太痴矣,几见有女学士而出于筚门圭窦者?儿休矣,今生毋作此想也。”女士见母不之许,请益坚,继之以泣。钱无如何,因绐之曰:“此费钱事,娘何能自主者?无已,且待阿爷归,商之未晚也。”女士信之,由是朝夕盼父归,时于梦中作与父对答语,思潮之热,达于极点。无何,父果归,值红灯乱,资本荡尽,懊恼欲死。女士恐逢彼怒,不敢请。他日,适除夕,家人作团圆饮,酒酣,女士见父有喜色,始以昔之请于母者,转请于父。黄闻而大恚,斥之曰:“恶,是何言!女子无才便是德,汝欲识几个之无字,败我家门耶?”复盛气谓钱氏曰:“子在家教训何事者,竟使儿女作此谬妄想?”女士见父怒,顿失望,色变,头俯手颤,所擎之杯落,碎于地,泪簌簌如断线珠,不可仰。钱氏以为不祥,始恶之,女士遂病。明日,女士之母舅吴某来贺年,钱道女士病,且告之故。吴曰:“此女大有母性,先姊在日,亦喜读书。”因谓黄曰:“先姊含辛茹苦,从君十数年,惟留此一块肉,君尚忍摧残之耶?以予见,不如且客我家,或者可以瘳甥疾。”钱以目视黄,黄颔之,吴遂以女士归。

吴家固小康,所赁屋与市立培材学校邻,铃声演讲,吴家均了了可闻。至是,女士至吴家,闻诵读声,大喜,窃计虽不能入座听讲,而门外私淑,亦复良得。欣慰之余,病亦若失,惟苦无书籍,又不敢索诸舅氏,日夜思惟,芳心几碎。忽忆及四五龄时,初学手工,每成一物,母氏必奖以钱或银,为投于扑满,而戏之曰:“为汝他日嫁衣资。”今母虽见背,而扑满固犹在床下也,乃言诸舅托以他故,径归家中发之,果得钱串余,银数十星许。欣喜过望,抵侬家,倩侬代为购书。携书后客舅氏家,而朝夕窃听焉。女士性本坚忍,质复颖悟,举一反三,闻一知十,不终年,竟能领会,渐解唐人五七言绝句。

舅母金,本吏人女,最势利,见女士之失欢于父母也,亦遇之虐,残羹败食,冷讥热笑,不以齿诸亲戚数也。女士以好学故,亦安之,吴反因是而与金尝反目焉。一日,吴以勾当公事故,携老仆出。金以筐实饼果,嘱女士赴某小学,饷其二表弟。女士有难色,金不悦,女士不得已从之。问途而抵校,门者适他适,阒无人。女士固破题儿第一遭,不谙其中规则者,直达教室,将舅母命,陈饼盒于案上。教师某,邑之老前辈也,傲而性暴,适在上课,见之大怒,恶声驱女士出,并掷其盒于地焉。女士大惭,几失声啼,勉拾其具遁归。归至家,金以其不善将命也,复责之。女士自顾身世,形单影只,莫可告语,动辄得咎,进退惟谷,涔涔然惟日以眼泪洗面而已。他日,培材学校开游艺会,吴家以邻故,金与女士均得列参观席。是日该会特请文学家褚某演讲经学,以为余兴。及登台,女士瞩之,非他,即前日某小学窘己之教师也。议论风生,旁若无人,鼓掌之声,高振屋瓦。将毕事,女士心有所触,忽起而发娇脆之音曰:“我之博学之先生乎!侬有一疑问,将质诸先生,先生其许予乎?”褚以其年幼也,易之,谩应之曰:“可。”盖已忘前日之事矣。女士曰:“侬所问者,即为此室柱上之联句,其下联为何人之诗乎?”众人齐顾而瞩之,其句乃“细嚼梅花读《汉书》”也。褚某不能答,面红耳热,汗出如蒸。女士曰:“侬误矣,此应问诸词章家,先生固长于经学者,宜其不知也,先生勿介意,第为侬解释此诗句之意义可耳。”褚某厉声曰:“‘细嚼梅花读《汉书》’者,盖言口中细细将梅花嚼之,而读《汉书》。意义似甚易解释,此问殊无价值!”女士笑曰:“如斯而已乎?则侬殊仍未能明白也。夫口既嚼矣,又焉能读?既读矣,又焉能嚼?今联言既嚼而又读者,岂古人口舌之作用,有异于今乎?敢请还有以教我。”褚某受女士之攻击,愈问愈紧,呆若木鸡,不得已和声下色以媚之曰:“汝言诚是,此固振笔直书,虽当时作者,亦未尝领会及此者。今一旦为我最聪颖之小学子道破,此联当无复有价值者矣。明日予当语校长,除而弃之可也。”女士曰:“非也,联固何尝无价值者?第先生长于经学,而未长于《三字经》故耳,该经不曾有‘详训诂,明句读’二语乎?‘句读’之‘读’读若‘豆’,点书也。凡经书成文语绝处谓之‘句’,语末绝而以意分之,以便诵咏谓之‘读’。盖言口中嚼花,眼中看书,手中执笔,心中则默念其何处可以断耳。先生以为然否?”女士时甫十龄,身不满三尺,娇小玲珑,侃侃而谈,一座尽惊,掌声雷动。会场之上,目之所击,耳之所入,口之所发,手之所指,无不均注于女士一身,而女士之名因以大著。有包剑芙女士者,亦邑人,毕业于扶桑,归而倡办某女校于之江,硕望甚隆。时亦在会,雅慕女士才,次日即造吴,愿携女士之省,使之学,并言代任学费焉。吴以不克专主对。包女士乃游扬女士之智慧于当道,使邑中缙绅转向黄说项。黄惧势,诺之,径送女赴省,入高小列,藉习普通学识。由是女士深慰素愿,鸿毛遇顺,一日千里,三年毕其业,冠绝侪辈,转升某师范正科,名益噪。

时女父黄以株守久,家愈不支,不得已佣于旧友朱某家,为代操锱铢计。朱本大腹贾,以龌龊致富者,邑中名流咸不齿。朱耻焉,乃使其子伯道弃贾而攻书,肄业于武林某学校,藉以挽回其体面。无如伯道亦虎而冠者,诗书非其所愿,备员校中,滥竽而已。朱见子不肖,拟聘一女学生,而具有才名者,为子内助。商于其戚褚某。褚即素窘女士而复为女士所窘者,陷之曰:“君欲为少君求才女,非黄某之女黄韫璞不可。”朱喜曰:“黄某之女耶?黄固予旧友,而现在仰给于予者。”即浼人作曹丘,示意于黄。黄为啖饭地计,并利朱多金也,竟许之,聘有日矣。吴闻而奔黄,劝作罢,并道以利害。黄不听,反促近其委禽之日焉。及吴书达女所,文定已多日,聚九州铁不能铸此错矣。女士大恚,几无以自容,嗣闻伯道亦学界中人物,复少慰。

女士在学,志虽坚强,而体甚孱弱,每一用心辄病,病辄数十日不已。茕茕一身,旅病客地,父母既无补助,典质更无长物,药资医金,在在需用,拮据殊甚。同学中有知之者,怜而告之曰:“伯道固富于资而豪于用者也,今同处一城,子其告之,朝达而夕得济矣。设不然,子其约伯道出而面语之,蔑不可矣,何戚戚为?”女士曰:“否否,越礼而犯嫌,非正也。”同学曰:“践礼而避嫌,行将索君于枯鱼之肆矣。且子与伯道,固承父母命而媒妁言者,庸何伤?”女士虽无言,舍此则别无他策,心亦是之。翌晨,竟作书递伯道,求补助。书达,误落于伯道同学邹某手。邹与①伯道为同乡,固素醉心于女士者,得书大喜,私发之,转商于同学之狎友褚武良。武良即褚某之子也,与伯道素不洽,因怂恿之,以快其私,曰:“彼美境穷而辞哀,可图也。君可矫作伯道之书以诱之,并约其②于无人之境,作秘密会,目的可达矣。”邹从之,即以武良意,作伯道语,修函覆女士,并嘱女士来书当易姓名以别字,以避耳目焉。傍晚果得女士复书,开缄,末言明日当践约。

诘旦为星期日,日中武良以不洽于伯道,拟为多鱼之泄以羞之,特邀伯道至邹处,约同作江干游。莅邹室,阒无人,伯道欲出,武良曰:“甚矣哉!朋友感情之不敌儿女也,一有意中人,即日日赴湖心亭,作秘密会矣。”伯道闻而异之,欲行复止,将询颠末。武良故于邹之枕畔,作拾得一物也者,而大声曰:“凭据在是矣!明日可藉之使作东道主也。”伯道急瞩之,盖一情书,受书者为蘅香

① “与”,原文作“于”,据文义改。
② “其”,原文作“褚”,据文义改。

书屋，乃邹之斋名，而递者署名为黄韫璞，则固己之未婚妻也。大惊，几晕绝。少顷，神稍定，持其书而继续阅之，固允邹之密约者，诗则未能了解焉。恨怒之余，顿生恶念，佯作笑容，谓武良曰："三人约而缺其一，游兴即减，且予下午亦尚有事，此约当俟诸异日，何如？"武良首肯。伯道即遄归寝室，持手枪一，径出泉塘门，雇瓜皮艇，直抵湖心亭。伏窗外窥之，见内有男女各一，临窗而立，喁喁私语，忿甚，遽按枪击之，弹穿窗横飞，不中，复连击之。女士出不意，闻枪声，复见弹掠邹旁过，大惊，急以身蔽邹，弹中女士胁。邹见事急，突窗出，女士从之。亭在湖心，四面皆水，不克遁，适有瓜艇二，泊岸畔。邹遽自岸跃入之，艇小力猛，不受载而倾覆焉。女士睹邹溺，急自后牵邹衣而持之，衣为之裂。女士持断衣大哭曰："伯道乎！我之最可怜之夫乎！我二人果何辜？有生至今，甫晤面，而天乃遽降此恶人也！"语至此，创口裂，踣于地，衣裙皆赤。伯道闻女士语知误会，急投枪就女士旁抚之。女士忍创切齿，拾石投之。伯道不得近，泣而告曰："予固伯道也，卿今日究为谁给而来此者？"乃探囊出名刺，并脱约指掷而与之。女士得刺及约指，审之，其约指之尖形式花字，与昔日之陈列于聘物中者，若合符节，顿悟受奸人欺，拍地大呼曰："天乎！冤哉！予固谓越礼冒嫌之不可行者也，今若此，天其罚予以为榜样，而为女界同胞警耶！"于是举其手中所持之断衣而掷之，颤声谓伯道曰："侬今已矣，一误不可再误，愿君重改旧性，专心向学，力图上进。予父年迈力衰，愿君与阿翁仍有以始终之，不至失所，则侬虽死之日，犹生之年也。呜乎！已矣，望君勿复念予，白头之约，当订诸来生可耳。"语竟，身遽倒，血愈涌，口张而目闭，喉中格格作响。伯道急抱而呼之，已气绝。斯时也，云紧天阴，飞沙如雾，亭外芳草，血膏作绛色，岸畔垂杨，弹穿如蜂窠。林中鸟声，与江上涛声，凄凄切切，互相悲哽，作不平鸣。

新旧废物曰:“女士之死,人谓其死于学也,不学则不至此。夫学何能死人哉?女士之死,死于持躬之不慎也。与未婚夫通有无,未尝不发情止礼,订期会晤,可以拒之也。且姓名易别字之嘱,奸人已自露其隙矣,不此之察,而单独赴约。晤面后,既不细诘其家世,亦不追索其信物,湖心亭中,私语喁喁,有取死之道矣。邹生不足责,独怪如武良者,既怂恿邹生以成其奸,复激怒伯道以成其杀,其初不过快其私心,复其父仇耳。噫!怨毒之于人甚矣哉!”

——《香艳杂志》(1914)第二期

罗绣娟

罗绣娟,生卒年不详,兰陵(今江苏常州)人,著有小说《尚武校长》《中秋玩月记》《郭氏女》。

尚武校长

凉风北至,爽气西来,予课余无事,闷坐楼头。姊谓予曰:“予闻城外公园,丹桂已开,芳芬触鼻,妹盍与予偕往一游,以呼吸些新鲜空气乎?”予欣然应之曰:“诺。”

行里许,经某高等小学校旁,但见朱门粉壁,墙宇巍然,门前悬一黑牌,大书曰:“校长特示。”正凝视间,忽闻校内有“挞……挞……挞”三声,达于户外。

无何,有数人自校内出,甲曰:“野蛮……野蛮……校长野蛮!”丁曰:“用武……用武……校长用武!”予骇极却立数武。旋见一人,趋前问之,甲乙同声答曰:“我等皆本校教员也,本校校长某,自任事以来,好行私见,贪得无厌,我等均不直其所为,然以其为校长也,常忍以待之,直至今日,有一极重要之事发生,某故智复萌,不问可否,不询众意,竟独断独行,置我等教员于不顾。我等已忍无可忍,待无可待,遂使某君出而与之理论①。乃未及数

① “论”,原文作“谕”,据文义改。

语,某即胆敢伸其巨灵之掌,痛批某君之颊数下,似此野蛮用武,尚可为校长耶?尚有校长之资格耶?予等行将起诉于法庭,以雪此耻,誓不甘心!”言毕忿忿而去。

予恍然大悟,始知顷间所闻挞挞之声,乃教员之颊与校长之掌相激撞而出者。予姊乃曰:“妹知之乎?予素闻某校长性极粗劣,其教学生也,各项科目,均不措意,惟常言人不可无尚武精神。然其对于体操一课,又不注重。予久疑之,今闻其批颊之事,意者,此即所谓尚武欤!虽然,不可以俗事而误我雅游,妹盍行乎?”

予等既至目的地,相与论此事,皆感叹不止,无心玩赏,旋即偕归,乃笔而记之,因以“尚武校长”名篇。

——《时报》(1914年9月27日)
第三千六百八十七号第四张
第七版副刊《余兴》

张纯玉

张纯玉，生卒年不详，曾任《妇女鉴》杂志编辑，著有短篇小说《赧然》。

赧然[①]

吾自归吾夫，屈指今五年矣。吾之为女于家，看书、绣花而外，对于家庭之事一无所知。既来夫家，深悔不习家事，茫然无所措手，偶役妇不在，则此一日之餐乃使吾苦不可言。吾家天寒则燃薪，犹忆吾发此火时，目泪颊赭，而灶中第浓然出烟，不发火焰。后为吾姑所见，乃笑牵吾起，执钳拨之，吹以长筒，火遂轰然出。吾今思之，犹觉可笑也。

火既然，乃苦吾之事又见。吾实告视吾此篇之诸姑姊妹，吾盖不知彼粒粒之米何以能成柔香之饭，虽然，吾性固慧，知必将煮之而后能成。自火然后，吾遂舀水于锅。吾姑告以米量，吾遵语而倾米于锅。请于吾姑，食伺菜馔。吾犹忆有白菜和肉，吾即手刀而截，乃至不灵，缓缓割之，而肉非片非丝亦非块，直为一种不规则之形状，且刀割无名之指，血津津然。吾急入室觅布裹之，懔懔然恐吾姑知之也。乃吾返而案间，肉已不知何往，闻声忽忽而

① 原文标“家庭小说”，原署“纯玉”。

肉为猫攫去。吾恨甚,将近捉之,一跃而遁。返复闻锅中有声,且发味可怪,视水已涸,投之以杓,而锅底似有物阻,则米傅锅而色黑矣。米亦软泥,然尚不知可以起之否,请吾姑视之。姑大笑曰:“亦佳,即食粥可耳。”吾赧然。吾姑遇吾至善,知吾之不能也,亦不深责,遂挽袖操刀,声戛戛然亦不问肉,吾乃以实对,姑惟一笑而已。及以菜入锅,执杓拨之,虽老年而较吾灵捷。吾以肉之失,无以奉姑,遂取昨蒸熟之火腿出截之,约一分许时,始脱一片,截虽迟然吾可炫吾所截肉,较纸之薄不甚远也。

食时潜视吾姑怒吾否,念以火腿伴粥,味亦至美,见吾姑无怫意,且频夹火腿置吾碗内,吾起受之。待姑食毕,姑谓以火腿之皮饲猫。吾心虽不欲以此饲彼苦吾之猫也,然以姑命,和饭而食之。猫乃兀前,吾将捉而笞之,念彼为吾姑之所爱,常抱于怀以戏吾夫曰:“吾爱之亦如汝也,因听其食而去。”吾自是于役妇之作馔,必立于旁,凡锅砧之事,吾亦稍稍知其概矣。岁暮,夫归,时已深夜,未食而不欲惊役妇,吾遂得于夫前一显其新学之艺术,旁坐视吾夫食,则时见吾夫微微而笑也。

——《妇女鉴》第一卷(1914)

佘余焘

佘余焘，生卒年不详，又名一钧，号畏尘，又号畏尘室、畏尘室主，津沽（今天津）人。佘余焘工文、善书，精通绘画与琴学，热心教育，曾发起创办《妇女鉴》杂志，其文章、小说多发表于《娱闲录》《妇女鉴》杂志。著有小说《鸣呼夫人》《咄咄人师》《丹枫庄》《哀馑记》等。

丹枫庄[1]

秋深霜寒，庭木叶落，鸿唳虫声，冷月明照。丹枫庄之主人徐步庭前，共其老人其子女于月下论[2]茗而谈说古今孝义诸事，或鼓琴吟诗。其庄虽居荒野，然以此颇不寂寞，家庭之乐甚融，世之如庄人者几人哉？

庄踞城之东南隅，有小径由此迂回达城，道可五十里，往返甚便也。庄之地甚高，然周数十亩地，竹木亭亭，以绕蓊之。中夏之际，日光不侵，藤蔓碧绿，杂以山花，夏景尤足娱人。至秋月夜，草际虫声，清风花露，亦足以逸情。是庄之风景，四时居之无不宜。

---

① 原文标“节义小说”，原署“畏尘”。

② “论”，原文作“沦”，据文义改。

庄先为明时某贵胄之别墅,久已颓败,后为主人加以修葺①,始名之曰“丹枫山庄”云。

主人金先生者,失其里字,但世为贵官,乃怀驱除鞑虏之志,且常助巨金于其党。志未偿而早卒,所蓄金尽致之党事,至是萧然四壁,遗子女各一。子四龄,女幼之,且堂上更有六旬之老母,居屋数椽,诗书数箧,他无所有。妻某女士,幼承家学,工诗能文,且娴书画琴棋诸艺,操坚德粹贞能女子也。夫卒时,年仅廿余,老母年高,儿女嗷嗷,此时未亡人之衷曲较莲心苦矣。

女士心固凄楚,而每思日用无给,欲效古之节妇殉夫,然老母衰年,儿女嗷嗷,又将焉赖?若能死之,固可清静无烦恼,亦可以晤死者于地下,然而己责未尽,妇道乌全,节固可殉,孝将安在?纵晤夫婿,对以何词?不死以事孝养,顾事之之法,当以何术能致?然终不见于颜色,恐老母增悲而损衰年之神也。屡思仍莫若尽己之能,事姑育子,他日儿长尚可光大门宇,以扬其夫为国未竟之志,女士忧时则以此为释。

自后女士期死之心稍息,遂检点簪珥衣服,悉售于市中,得金数百,归购薄地数亩,年得之粟,可以供食,日用之费,则作手工鬻字画以资日给。工作涤浣之暇,说书鼓琴以博姑欢,夜间操作之余,必教授其子女以诗书礼义孝行廉节等事。时深日久,家庭亦有自然之乐焉,由是女士清操节孝之名传播乡邑,为九族所重,然至有妒女士之才德,忌女士之行高尚而诋之者。女士终日庄门长闭,或有妇女慕女士之操能者来访,亦恒拒之,故不免结怨于此流矣。

女士性且冷僻,自其夫殁,视世风之颓,不与人见。日炊爨缝缀涤扫课儿之外,则博姑欢,暇则读书自娱。虽自伤茕独,怡然自

---

① “葺”,原文作“茸”,据文义改。

乐也，诚所谓闭门之生趣，有盈溢乎天涯者。女士固乐于其家，然不知轻浮之妇，常愿与女士谛交而不得，遂掉其长舌以相诟病，而变竟起于姑氏戚族之间，其可伤矣。

一日之晨，媪（女士之姑也）冒朝露而入花丛，将撷紫薇之花，枝高急不可得，意遂不怿。女士往助，拆花授媪。媪拾草束之，似缀花为圜，然至不娴。良久环成，以授女士曰："母以此给尔。"语时甚欢，容皱乃益甚。女士瞠目不知所答，久之曰："母奚赠媳以此？然母赐不敢却，当供此花于亡夫之灵，以示母之爱儿及媳也。"语已，扶其母，一手持花圜入。

是日中午，女士浣衣井傍，听林中人声嚣然，女士亦不之瞩。无何至前，乃其中表兄及其妹也。兄乘白骢，鲜衣华履。其表妹出三人荷舆，容光衣彩，为日所映，光华晔目，美似仙姝，衣绛色衫，加以金绣，蝤蛴环赤金索，下系珠花，皓月之容，腻白无论，腕贯金钏，密缀明珠，押发亦宝石流金之簪也。女士念："何以如是盛艳耶？胡为若显者？奇矣！"媪闻而出迓。相询毕，女士曰："表兄妹此来，驺从何其盛也？"媪曰："省吾耳，何絮絮，是挚亲也，且宜善饲其马，勿令吾侄谓吾家处乡为寒，从人亦令入室而饭之。尔亦当易新衣，宜加修饰，乃知礼者，必使人知尔虽间，颜乃不悴也。"媪语时知出言仓卒，恐为媳觉，立易词曰："俾人知尔贤孝且勤洁耳。"女士闻之，思及晨间赠花之事，心乃大疑。表兄妹既入座，媪曰："贺尔等事何如？"曰："备矣。"媪顾女士，使治厨事取茶来。"客来何痴若此？"女士方立客傍思晨间之事，闻媪语，遂鞅鞅入厨去。

此兄妹者李氏，乃其姑氏母家侄也。妹已适人，兄三十余犹鳏，性荡而浓髯，先因依金氏以长，不知何为而大有矣。为时无几，然李遽富而金贫，其间迨有不可思议者。夫金氏仅姑媳之相依矣，胡不念寡媳之心伤？且膝下子女二人，女士之贤之才既已如彼矣,是何老妪不爱其子其孙?呜呼是何为?姑又何盲其目如此?

李某子之行,无恶不作者。时探其姑母,常以非礼遇女士。女士恐伤母心,不敢较恒避之。某日又来,女士适灌花,李某见则料眯其目,半哆其口,咽涎于腹,震于女士之雅好,久而忽忽也。于是誓必致之,归急剃须易丽服,引镜自窥,曰:"翩翩如我者,宁不能耦彼孀耶?"欣欣乎自以为浊世之佳公子矣,而以其情谋诸妹。妹固不恶,然时受女士之漠视,心窃恨焉,将以此泄其愤,遂谓兄曰:"姑母年老,家无储金,姑不读书,不知义理,贫必以利是图,姑母近不常称兄富耶?见姑母必怒马盛装,然后奉以千金,必不梗矣。"兄曰:"然柰彼孀不许何?"曰:"初致以书,继以亲往,挑之以言,眩之以利,不可则强之,顾必先白姑母耳。"兄曰:"妹盍共吾一行?"妹曰:"必先以千金佯示姑母,以取其信而后可。"翌日黎明,兄妹冒风露以往。既至,女士迎之,时犹未早餐也,稍道寒暄,即往治饭,女士如此,殆恐致姑氏不欢耳。

其兄他出,媪询其女侄曰:"汝近佳?何来之早?"曰:"奉兄意有求于姑母。"媪曰:"吾老矣,且赤贫无势,汝兄有何求我?"言时泪涔涔。女曰:"此为老人所能,决非难,第不识能允否?脱不允,侄亦不敢言。"媪曰:"汝趣言,吾若能致,当为力图。"曰:"无他,即嫂事也。"媪曰:"汝娶嫂耶?"曰:"否,表嫂也。"媪曰:"何谓?岂汝表嫂滋祸乎?"曰:"非也,因阿兄前日来省老人,睹表嫂之端严,惜其贫而嫠,兄甚怜之,且兄为老人侄,与子何异?况兄亦未娶。今为老人计,则莫若以侄作子,耦于孀媳。老者可得子,孀者可得夫,事为两全,且老人为嫂是依,而老人亦不失奉养,天生良缘,惟祈绾以红丝耳。况兄亦殊有家资,良足以娱姑母暮年,想将不恶。表嫂不但不离老母儿女,且得夫婿,更得多金,一举诚两得,老人其许之乎?"语时出千金之币示老人,媪视金犹疑言曰："容商之。"曰："事急不可待，缓则兄将他娶以厚奁者，而老人即无富荣之一日矣，请速决之。"媪曰："吾有何不可？特汝表嫂恐不能耳，数年心性吾岂不知也耶？"女曰："嫂至孝，有老人迫之无不从也。"媪曰："然彼固纯孝，然其性格至刚，恐不从。"曰："老人乌知之？或嫂阳节孝而阴奸恶，且久穷见富，即生羡心，亦今人之常。"媪曰："吾亦云然，吾为许之。"彼妹见媪已许之，乃纳金券于怀。媪见之心勃勃动曰："此金赠吾乎？"曰："事成之后，当赠老人，惟以何日成礼？"媪曰："听汝兄之意。"曰："缓五日可乎？"媪曰："可，佳期既卜，老身自此不患贫矣，乐孰甚焉。"侄姑计议既定，而其侄入，女士馔亦成，和色请姑氏与表兄妹餐，而此一席话，女士则犹梦梦。不识五日后丹枫庄上，仍有女士之足音否？

此次彼兄妹之来，乃即五日后之佳期也，故兄妹盛装而来，女士异之固宜然，终不知其蕴。及其姑氏令其易服簪花，以为老人之常态耳。女士奉茶来，媪谓女士曰："汝从吾来。"至室中谓女士曰："尔为吾挚爱至孝之儿，吾今有一言，尔其能听乎？"良久，女士答曰："母言之，当谅媳之能从否。"媪曰："吾讵贼尔？亦为尔计耳。自尔夫逝，吾家益贫，惟尔是依。吾与孙皆以累尔，吾心殊不安，必当有以酬尔。吾如轻尘秋草，去死已近，孙儿女年稚，吾死之后，伴尔何人？吾不能不为尔筹之，尔其许我，乃为孝。"女士曰："母何云？此为人子媳，自当孝养，安期云酬？今子既亡，为媳既爱吾夫，死而背之，心不能忍，且将以承夫之责。柰媳无能，不得使母乐此余年，罪莫大焉。今母忽作此语，得非媳不肖耶？然亦请母明以训诲，勿用介介，媳死所甘。"女士语且泣，盖此时犹不知旨也，故所问实非所答。久之女士复曰："母究云何？望告媳，必不违。"媪曰："能从之固善，老人此生不患衣食矣。"曰："母请言之。"媪漫言曰："在礼吾不应如此，然为势逼，莫可如何。"言复止，继曰："令尔再醮[1],吾殊无以对吾子。”媪语时,女士闻“再醮[2]”二字,若斧劈脑,心肺震动,颜如人死,手足如冰,立蹶,而媪则仍滔滔曰:“如何?”而女士已口鼻血涌。媪惊趋视之,迨已久僵。媪至此亦失声哭,而其哭也之为何?则非人之所知矣。

先李氏兄妹自得其姑母之许,归即意甚自得。其兄者,遂与妹议备婚事,凡新房陈设之品,新妇装饰之需,津津然道之也,其好逑之念,诚有辗转不得寐者。至四日之夜,所备胥具,将一一送诸姑母家。荷者负者充阗于途,兄妹行于前,洋洋然指丹枫庄矣。及至,适女士浣衣于井傍也。未至时,媪先归涤庭室,破旧之物悉迁于他处,壁张素楮,以掩其黝,一破窗而镶以玻璃,室中亦略有所陈。女士见媪如此其勤劳,以其为爱媳之故,躬亲操作,以分其劳,故敬感愈切,每于姑之劬动,辄往助之。老媪亦于其助之之时也,恒微以言挑之。女士愈惑,以为其姑之愈爱己矣,益怡乐焉。其姑其戚属所以遇之者,茫无知也,而媪则以媳之欢此也始相助,意其心已默许久矣,姑媳于是皆怡怡。此五日间,乃各喜其所喜者也。

夫媪与其媳相谈于室中也。器物已至,兄妹率仆运之入内,列置于房。有所悬列,须锤与剪,索之姑母。至女士门,闻室中哭声,以为新妇之佯泣也,谛聆则其姑母之声,粗莽且洪,哭泣间杂詈语,心疑不解,掀帘而入,见女士蹶卧于地,面及胸前之衣,皆洒血淋漓,闭目恹恹,口鼻出白沫,盖将死矣。姑母坐其傍,手持女士之手于其膝,号哭以詈其媳,并詈及己兄,而女士之一双儿女,则抚首触怀,呜呜唤其母。其形之不堪,其状之惨,则稍有心人者所不忍睹也。方是之时,丹枫庄上之蔓藤花草,及夫群鸽之鸣,野鸟之噪,莫不凄然动拂,以发起悲鸣,而天际愁云,亦冉冉将坠者。

---

① “醮”,原文作“蘸”,据文义改。
② “醮”,原文作“蘸”,据文义改。

况一双儿女，哀哀蒲伏其母之侧，虽人与之至仇者，至此当亦泪盈盈而下。然李某者，布设既完，入见如此，知必有变，“果此孀死，姑母于己，讵可即已？且方陈之物，更何术以返我家？人财胥失，是安可也?”思久之，呼其仆取煎姜之汤来，且谓其姑母曰：“姑母请毋伤，或不致有他虞，即有不测①，有侄。”急易其词曰：“即有不测②，亦莫可如何，唯听诸天。”李某此时殆以女士果死，姑母必藉以索金，故冀女士之生心甚切。未几姜水至，令其妹持注女士口中，而齿坚合不可入，以箸启之点滴而入。顷之喉中气咻然有生意，长嘘一声，眸子略转，见李氏兄妹及其姑氏均在其侧，儿女呜咽呼母。女士虽少苏，然视此一双儿女，其时其心当何如乎？徐徐谓其姑氏曰：“母……”呼声未发，气忽悠悠，颤不能出声，泪潸潸下。久之注目李某曰：“表兄，我今决嫁尔矣，第尔须允我所约，允则嫁，否则不，吾将立死。”李曰：“是安得不允？言之可也。”女士曰：“三日后成礼。”李某曰：“三月亦佳。”女士曰：“须于吾夫墓前成礼，且不跪拜尔祖。”李某亦曰：“然。”女士复曰：“成礼之日，我将服孝，偕汝共诣吾夫墓前，陈吾之苦，不得已从汝之情，然当屏侍从，不可有三人在。是皆能允我，三日后可成礼。”李某则于末之所言，心滋不悦，以为是不祥也，难以允矣。不允事复不谐，其佯许，于是曰：“胥允所约，不渝。”乃以词挑女士，女士怒以目曰：“吾既许尔矣，何絮絮焉！出勿扰我，吾将休矣！”表妹亦出室，即坐倚案侧，合其目，李氏兄妹不得已均出。媪见女士苏，心大慰，止其悲，又以女士之已许婚，颜色立霁曰：“吾儿，洵孝子也。”

女士默然，执其姑氏之手曰：“顷母何悲之甚？媳之晕蹶，诚

---

① “测”，原文作“侧”，据文义改。

② “测”，原文作“侧”，据文义改。

非悲也,母不闻乎乐极生悲欤?夫以媳之未尝觏富贵也,表兄不择孤寒,求偶于媳,他日必有以奉老母者,则老母必有以乐此天年,媳奚不喜极而晕蹶耶?”媪闻言狂喜曰:“吾儿敏慧哉!不惟有以奉我,且孙儿之抚教,被泽亦将无涯。彼为吾侄,亦若子也,幸汝允矣,老身良欢。”乃扶女士就榻卧,为之蒙被,留孙于室,告之曰:“不可外出,即在此,伴汝母,汝母而起,即呼我。”孺子皆曰:“诺。”媪遂出。彼姑侄三人斯时之心之欢悲若何,著书者亦难以说之矣。虽然,女士之贞,何遽允嫁是伧?其间非有所图耶?抑聊博亲欢欤?是皆未可知也。

女士卧者一日,精神颇健,稍进食矣。媪为女士允再醮也,爱之至,凡女士之饮食寒暖,日必数问。而女士固已察之,无事不从,言莫不听,于是姑媳大洽。

夫女士者,生于诗礼之家,幼鲜兄弟,父母爱之,既读书矣,又使学剑。盖以袅袅女子之躯,非有所挟,何以克尽其操?遂为购佩剑,延师教之,颇能其术。其剑也,长仅尺许,光冷森然,暴星光七,可以截铁而斩金,古剑也。女士来嫔金氏,亦伴妆而随,惟不常舞之矣。然而古剑者,具龟甲龙文之形,泄白虹紫电之气,深藏久隐有年,能不作匣里之吟哉?

女士之夫云亡,乃画《林野舞剑》之图。女士固习绘事也,画中舞剑之状,识者皆言非工剑者,奚能神似如此?然女士虽善剑,未尝一显技于夫,故媪亦不知其能剑,且不知有剑也。既与李某期三日,迨二日矣之夕,女士沽酒,待姑而酌。半酣,媪谓女士曰:“汝饮此,绵绵焉,福寿矣,愿汝富贵后毋相忘。”于是引杯邀女士饮,且曰:“祝汝新夫妇百年之好,子孙且满膝下,是即吾之所望者也。”女士曰:“谨谢老母,愿如老母言。”女士言虽若此,心已耿耿而泣欲下,似有无限悲怀,不能遽为老母详道者。良久继曰:“母老矣,颇不忍弃老母,孙儿女年稚,将来累母之处固多，老母若爱亡儿与媳者，则其善保暮年，以抚孙儿女成人，待其婚嫁，则媳当感母于无穷。嗟夫吾母！媳负母矣。”不觉泪下。媪曰：“何谓也？汝言何不祥？大礼将成，不宜出此沉痛之语。”女士无以为答，默焉久之曰：“恐表兄于成礼之后，不与母共居耳。”媪曰：“彼言必不弃我，况彼赘于吾家，且事为彼求我，非我求彼，似出其至诚，后必能孝养我。”女士曰：“能如之固善，母其休乎？夜深矣。”

李氏兄妹得女士许可，喜不可喻，出女士之室，告别姑母，即归家，惟静待此三日，而三日之长，较之三秋为尤永。日日视时表，屡启观之，恨其行之缓，自念：“我昔之在博场，彼行又何汲汲，不识世人之时计，亦如之否？”

丹枫庄主人金先生者逝后，女士葬之于庄之西兆，距屋半里许，地较庄为高。女士葬夫之时，艰难已极，然而环墓所植，有松柏也，且杂枫榆，枝柯苍曲，幽焉雅矣。在深秋时，林叶濡丹，飞鸟群鸣，松鼠隐没，似怜死者之茕独，而相伴以乐之者。虽然，主人之生也，既负英伟之志，赍恨而没，亦可悲矣。距墓之数十武有溪，水声潺潺然，横溪上者有板桥，溪之岸多垂柳，郁翁水上。循庄而至墓，必渡溪桥，有墓而后有桥者也。女士自其夫葬后，殷夏沉痛之时，必往省奠，必泪尽声嘶而后反。然有潘岳之悲，奈无还魂之术，夫地下之人，不知其知之否也。其母也者，虽常至其子之墓，容乃不悒，然则收醮其孀，不亦宜乎？

至三日之将曙，李氏兄妹急来丹枫庄，女士果孝服而欣欣然也。李某之乐可知矣，乐至颤震其躯。抚其颊，斜睇而注女士之衣，状至不悦。“其何以竟服此也？令之易，而其性刚愎，且有约。一篑之工，乌可自亏哉？然吾姑母亦愚而不禁，是不爱我也。”沉思久之，谓女士曰：“奚必服此？更之可乎？”女士曰：“吾第守吾约耳，吾之所以出此而先约者，盖聊以谢亡夫而已。吾固知服此之不祥，然许以身相属，讵不望尔福乎？此亦当相谅者，且礼毕，吾即去此服之墓前，不以归也。”李某则立喜曰：“贤哉！天之赐我，我之幸也！”状愈欢而媚女士，良久曰：“日中矣，其往而成礼乎？”女士许之。李某视其妹曰：“偕往乎？”女士急，曰：“当守约，约言‘不可有三人在也’。”李某曰：“然，吾几忘之。”遂起曰：“行矣！”女士亦起曰：“尔先行。”

古松铁曲，纤柳飘丝，萋萋之草，迎风而偃，及夫流泉皆汩汩然有悲声也。于斯时者，长板桥间，有一妇人，衣孝服而茕茕徐步来庄之西。首覆白巾不可辨其颜，其经灌木草发之下，翩翩然如九皋鹤，而胡为乎踽行于森寒冷气之中？彼其冰肤玉骨，必受寒矣。道旁栖鸟，鸣也哀惋，亦若知矜斯烈妇者。是人也，非即丹枫庄上之金女士欤？彼后李某而将至其夫之墓。夫李某者，固先已据石而待坐于墓旁矣。

女士至，李某起迎白：“谨迟久矣。”言时将引女士之袂赴墓前，女士怒曰：“何急哉？汝即止！待吾先以辞告亡夫！”女士即伏墓前而哭曰：“呜呼！吾夫死，吾何有意于人世也？继念母老无恃，儿女无怙，故吾不忍死耳，茕茕孤独而度此生。幸儿女之渐长，堂上甘旨，亦弗有空，方谓终此余年，竭吾为妇之职。今而老母竟逼吾再醮于君中表！呜呼呜呼！悲矣！兹谨泣血，以吾泪洒君之墓者三匝，将使痕血斑斑，追表二妃之竹，是吾志矣。君之墓旁，自此不有苦命人之足音矣。呜呼吾夫！其鉴吾怀伤哉！吾夫从此辞矣。”语毕起呼李某曰：“汝亦当告吾亡夫，以迫我之情，为我一释也！”李某不得已踉跄而往，将屈膝跪。女士曰：“当伏地，然后可诚其心！”李某亦从之，方匍匐，女士急自衣中出剑，曜光而闪，突斩李某头。此淫恶之伧，喉间数吼而绝。夫此刃也，深藏匣中作吟者久矣，今其一显用哉！虽然女士之仇固死而所以处一己之躯者又何如？

李某死矣，女士褫孝服置夫墓前，匿剑以归。媪惊问曰："汝何独归？汝夫[①]焉往？"女士从容曰："吾杀之。"媪犹以为戏曰："奚为作此不祥之语？"女士庄容曰："谁戏言者？"然后其姑及李氏之妹[②]皆大惊愕。李妹[③]流泪张目以啼曰："敢死汝夫，当鸣官府寸磔汝！"女士号而踊曰："吾一夫，吾之夫早死！所杀者淫徒也！禽兽也！为不知义之贼子也！吾为世除此奸□，谁是夫？即汝吾亦不以为戚属。"于是拔剑击案曰："有敢出此室，吾立刺杀之！"于是皆不敢声，皇皇无敢动。女士卧剑于案，握笔作书。其小儿女也，惟木然乡其母涕泣而已。书所言者曰：

吾年十九，来归金氏，于今十载有奇矣。自夫之亡，茹苦含辛，上事姑氏，下抚子女，吾笔记已详之。嗟嗟吾生！既苦之矣，且何再致吾于杀人之事？夫以丹枫庄之金氏者而杀人，其谁信之？虽然，吾固杀人者也。此非直吾一人之不幸，吾家之不幸，亦今日世风日隳之使然。呜呼！今世人心何其贼也若此？吾所杀者，固吾之亲属，吾姑氏之侄也。乃敢恣不顾义，强其亲属之孀以为其偶，佞容巧口，惑我姑氏，形则人也，心实贼兽。吾故以计诛之，以自救吾清贞之操，亦为人世歼此穷恶也。呜呼！吾亦将死矣。吾固知杀人者也死，然吾此事，法律当矜，而今日多金者便，公门之需，我无有也，且谁复屑与伧吏对簿哉。吾死矣，所难忍者，吾之儿女。儿女乎！母今长舍汝去，吾已以女属之于吾邻陈媪。媪谨厚诚笃，与汝母至善，可以抚汝等，汝等长其以事母者事之。儿女乎！当知汝母之不能不死，非忍心弃汝也……

书至此而止，心伤不能续也，楮为之濡矣。不一顾其子女而

① "夫"，原文无，据文义补。

② "妹"，原文作"妇"，据文义改。

③ "妹"，原文作"妇"，据文义改。

以剑自刎也。(完)

纯玉曰:“吾读吾友《丹枫庄》小说,初读之也,固知女士将罹不幸,盖其姑如此,无所言矣。益以亲属之相倾轧,境也尤惨。然不意女士之终能杀彼伧,且自刎以自洁,勇烈已夫。绝命之词,又何其明智,深知世怪也!嗟夫!今日世风不诚,为女士之言薄贼哉!丹枫庄主人,吾愿世之女子胥如之也。丹枫庄事,则今后不愿闻有此也。然非李氏之事,又奚征女士之操?非所谓‘磨而不磷,涅而不淄’哉?然吾友著此篇也,其亦有所沉痛于其中欤。”

——《妇女鉴》第一、二、三卷(1914)

哀馑记①

丁未秋重九后之二日,予以镇太火车由保阳达太原。午后五时至榆次站②,汽笛鸣然车止,乘客杂沓而下,急投旅舍,盖车不夜行,复不能宿客故。

车方抵站,旅舍之佣张帜以招宾客,予受永安帜树之装上,遂乘二轮骡车径达旅所,距车站可四五里,居城东廓之外,往来旅客多不便之,故宿客鲜不若他处之嚣。

予求小室二间,空气清疏,距街且远,后有余地,通之有户,其间杂植树木,而丛草尽萎,木多落叶,满于地上。暮近鸦阵倾斜,有来栖于院树者,仆仆风尘,竟日喧扰,得此心清怡矣。晚霞之光,映屋树而作绯色,乃兴然徐步室后之院。既而昏容漫天,霞光渐没,方忆昔所作“曲径堆黄叶,空山动白云”之句,而隔墙人语喁喁,且含悲哀之音。近墙侧聆之,则闻一老媪颤声言曰:“儿乎,汝

① 原文标“道德小说”,原署“畏尘”。

② “站”,原文作“跕”,据文义改。下同。

心何以忍也？吾祸汝良甚，汝其勿尔，吾心碎矣。”察其声者，媪齿似已脱落，精神必羸惫而年必衰也。一妇人曰：“母奚如此？母年老矣，况体衰弱，为人媳者，常使其姑无以果腹，罪莫大焉。母不责斥，反以孙儿女为怀，是使媳无地立矣，望母毋虑，善自卫为幸。夫子还时，吾亦不失为妇之道，若母茹饥忍寒，一有不测，其有何颜以对夫子？矧此女在家亦不得温饱，毋宁遣去，可得资以赡老母，非两全欤？”老媪曰：“吾儿乎，汝诚纯孝，虽然，吾虑汝抚之十年，一旦弃之，心焉胡忍？今当吏酷年荒，天灾频降，乃彼苍绝我之日，汝何百计以求延我残喘？况此女又为吾最钟爱者耶。吾知汝将不使我暮年饥寒，虽然，是犹食吾所爱之肉，且得资亦甚鲜，仍不免为寒馁之鬼哉！人而有心，胡忍为此？”妇人曰：“母之言慈爱矣，然吾家无粒粟，转为饿殍，一瞚间耳。今者有可生之道则鬻此女是也，鬻之于足食之家，女既无嗷嗷之苦，复得资以自赡，况女子即不贫也，无永依膝下者，母其熟思。”久之又曰：“鬻嫁固有殊，而于生离实同其辙，且夫天既生人，即磨练之，吾家如此，乃天故相虐者欤？不观夫古今之贤，其磨练，尤酷于此者也，幸母忍悲，毋作凄凉语。媳不孝多矣，然岂无人心者邪？夫猛如虎，毒如狼，犹不食所生之子，何况媳而人者乎？盖亦……”语至此，一妇人厉声曰：“鬻否吾不相强，奚絮絮不舍？吾相迟久矣，尚有多家待吾，若家家如此，吾将何以为资？如愿之，急随吾行，否则吾去矣。”

方是时，旅役以灯至。予询之曰：“邻居者何人也？胡悲哀之极，且和以口角之声耶？”役曰：“乃吴媪，年六十余矣，其子业贩骡，去三载不反，游踪渺然，遗母及妻女，家室萧然，莫可为资。幸妇贤孝，不惮十指之劳，足赡姑子。不幸天旱，草蔬胥瘁，人且相食，然而苛税日增，皇帝虽下赈济之诏，顾牧令反以物稀加税，不纳必受刑焉。夫富贵者，日益奢耀，而贫者脂髓将枯，日盼颗粒而牧令反措辞以增捐助赈。是故人心惶惑,盗跖蜂然,售儿鬻女之家不可胜数,吾晋之民奚不幸而遇此也耶?兹彼陈氏不已两日未食,现将鬻八龄之女,可得值一二金,用苏饥肠,顾其姑不允,是姑之悲也。”予曰:“尔能导其姑妇来面吾乎?”曰:“不能,吾之事冗也。室之右有巷,小门可通其家,其自往可耳。”予性素不忍悲泣之声,当探其所辈之由,遂偕婢秉烛由巷而达其家。

予至辟关而入,有老媪败衣据坑而坐,泪涔涔然,携七八龄之弱女,女貌甚聪。一妇人立其侧,形容憔悴,破衣败服,然态度庄严。见予至,皆大诧,而色惊。予曰:“吾乃旅客,来无他意,闻声之悲,所悲何由?其语我也。”良久,媪始迟迟道况如役者言。予乃谓妇人曰:“尔姑既不忍去之,又何强焉?”妇闻予言,耿耿不能作声,姑妇相对以泣。问其卖女之值则钱二千,予伤而给以钱,俾其祖孙长相依倚于一室也。

畏尘曰:“是岁晋中不雨者十有一月,草木胥焦,饥民遍[1]野,而官吏之征课犹弗已也,啼饥之声充耳不闻。嗟乎嗟乎!吏之不仁非纵虎狼于民间哉?”

——《娱闲录(〈四川公报〉增刊)》(1915)第十三册

① “遍”,原文作“偏”,据文义改。

幻影女士

幻影女士，白姓，生卒年不详，香港人，基督教徒，曾任家庭教师。与《礼拜六》主编王钝根交往颇深，担任过《礼拜六》杂志的撰著工作。著有小说《坟场谈话录》《声声泪》《回头是岸》《不堪回首》《慈爱之花》《小学生语》等近20篇。

坟场谈话录①

“今夕吾躯归故土，他年君体也相同”，此非基督教会公冢门前之联语耶？入门则芳草如茵，绿阴如幄，丰碑断碣，矗立坟头。两旁石刻天使，或俯首沉吟，或仰观天际，皆合掌膜拜，作祷告上帝拯救状。时虽申初，日影未昃，而坟场中一种幽寂之态，恍如薄暮，况复断碑触目（凡死于非命者必打断其碑），益觉凄然，乃循径至予所爱二女童之坟前，供花球于其上。仰视碑上大理石刻两女童，栩栩如生，宛然生前并首嬉戏状。四周小树初茁，松楸渐长，墓草宿矣。嗟夫！彼可爱之女童，已在上帝座侧两月矣。回忆去年此日，避暑山居，每当朝曦初上，斜阳甫下时，携手同往大学附近草地，吸鲜气，撷小草，二女童衣绛衣，短发纷披，跳跃林间，厥状美如小天使。今者小草无恙，犹夹书中；别墅无恙，犹在山下；

① 原文标“短篇小说”。

予亦无恙,犹在人间,而惟此可爱之女童,不复再见于朝曦夕照中矣,其家亦如烟飞云敛矣。同是此日,而变幻如斯,能不慨然?虽谓人生天地间,如蜉蝣暂寄,修短终期于尽,以较不免襁褓,不见日月者,则又何如?况丁斯乱世耶!然念二女童之死,犹有芳冢丰碑,他年侬死,知复如何?言念及此,万虑俱绝。

时微风忽来,似太挟哀怨之声,入我耳鼓。噫!谁来此间洒伤心之泪耶?举目四顾,则数武外玫瑰丛后,一少年抚石刻美人而泣。石像愁容惨怛,合掌向天,日照双瞳,莹如有泪。少年发其凄恻之声曰:“二百八十日快乐光阴,电光过去,从此愁城生活,永无尽期。回溯前因,不堪消受,舟中一见,飞絮沾身。彼苍狡狯,致我如斯,我又何力以与造物争耶?爱妻乎,往事如尘,休矣休矣!为时已暮,慈亲将倚门待我,下星期再与卿相见也。”言已,与石像接吻,巡视芳冢一周,垂首而去。予悚然听之,自念是人也,胡为哀伤至是,厥状如痴,其祟于撒①但者欤?将往一瞻彼墓。

行不数步,一素衣女手花一束,冉冉②迎面来。比近,则同学曾女士也。二年不见,惊问何来。友指少年哭拜之墓曰:“予特省此君来也。”予曰:“此君为谁?”曰:“子忆谢家姊妹乎?”予曰:“岂韵薇、少薇欤?”曰:“然!冢中人即韵薇也。”行及碑下,予观其文曰:“爱妻邹谢韵薇之墓　伤心夫婿邹震翰立　一千九百十三年七月二十日。”予友以花置冢上,复取一枝白玫瑰插石像手中,曰:“谢君,去年此日,正香消玉殒之时,惜我闻耗迟,不及视敛,道远未能覆土,惟藉此花以表我心耳。”予不觉泣下,展巾坐墓侧,谈别况。予询:“谢君何时于归?何日离世?我奚为弗知?”友曰:“子一离校,即渺如黄鹤,故人休戚,焉得而知?谢君历史,子忆之

① “撒”,原文作“撤”,据文义改。下同。
② “冉”,原文作“再”,据文义改。

欤?”予曰:“忆昔同砚时,彼尝告我,幼失恃,姊妹二人育于庶祖母,继母与其父居于对海,每星期必渡海省父母,如是而已。”友曰:“冤孽亦自渡海始也。自子离校,予与谢君亦出,往某校习师范,谢君姊妹每星期必渡海省亲。一日,谓予曰:‘此次渡海,小轮中一少年向我痴望,乃与妹起,凭栏避之。幸香江峡极窄,十五分钟已到岸,否则殊不耐也。’予闻言,不以为意。越数星期,复语予曰:‘是月真晦气,每渡海皆遇彼少年尾随。予乘舆,彼亦乘,予坐车,彼亦坐,及门乃去。予姊妹殊惧也,已告堂上,下星期不归省,以避之。’予闻谢君言,虽以为异,然犹以为无行之少年耳。数月后,谢君忽离校,问其妹,始知不久将于归,盖即嫁与尾随其后之少年也。少年邹姓,某富翁宠妾之独子也。年弱冠,为之论婚,无当意者。偶渡海,适与谢君遇,冤家路窄,撒但缠身,自后每星期特渡海尾随谢君,并以居址告母。母以溺爱故,躬自渡海,以恳谢君父母,不克,复托戚友以求谢祖,不得已而许之。婚定而谢君离校,壬子月圆,乃行婚礼焉。自是竟不相见,惟闻其妹言,谢君延教习于家中学文而已。去岁季夏中旬,其妹不到校,又不请假。师友均以为异,去书问之,覆音殊草率,仅‘姊病重’数字。乃访之,则已往邹宅,造视,则谢君于是早八句钟,离此浊世矣。”予曰:“谢君果得何病耶?”友曰:“胎里抽筋症也。其病从何而起,至今无一人知者。晚间方坐堂中,与姑嫜谈笑,诘朝六句钟,佣妇入室洒扫,则谢君横陈榻上,首垂于外,目瞪口闭如死人。妇惊而号,家人奔集,急发电话延医,及招邹子归,邹子盖寄宿于某校也。医至验为抽筋症,谓凶甚,急用电话延著名西医数人。德、英两大医士均与其中,共议救治之方。欲启其口,灌以药,顾口闭绝严,尽用诸仪器,亦无法启之,惟用银针注射耳。营救两句余钟始苏,目视诸人,泪涔涔下。未几,母妹、庶祖母咸至。谢君招妹近前,双握其手,珠泪盈盈,见者咸掩泣也。是日诸医更番守之,每两小时注药一次,予知谢君无完肤矣。是夕,复延看护妇四人守护,禁亲友入扰病者,终无起色。诸医相议,剖腹出胎儿,由德国大医生用手术,取胎儿,儿死腹中久矣。剖腹后,略有起色,家人稍安,冀有转机也,孰知次日创处忽发炎。诸医知无望,乃任所亲入视。嗟乎!各人之哀伤,吾不忍言矣。”予曰:“惜哉谢君!温顺贞淑,诚世间难得之好女子也。二九年华,荣花始茂,岂意兰方挺秀,横被霜摧,月正腾辉,遽遭云掩也!”友曰:“最难堪者其祖,劳而无功,更可怜者少薇,茕茕孑立耳。予至时,灵车方驾,天色惨淡,浮云蔽空,丧马悲鸣局顾,玄车徐进无声,环廊鲜花,憔悴作可怜红色。邹子伛偻车后,少薇痛哭失声,斯时予泪乃夺眶而出矣。道过公园,花草摇曳,似点首相送,林间小鸟,啁啾悲鸣,西人见此丧车,亦免冠为礼。出花园道,予乃与诀别,贮立以泣,至丧车不见始归也。君不见墓前石人,绝肖谢氏,盖邹子以谢遗照,令石匠仿刻者。每遇星期,必来与像痴语。”予闻友言,心乱乃如棼丝。

时已暮景苍凉,乃各别墓而归。念吾人生此世间,撒但常乘隙而入,不至愁城不止。予友之事,即撒但所拨①弄者也。噫!试问落残几许花,方能结果?然而佳果既结,任人采撷与否?不数日,必尽腐烂矣,况尘世扰扰,安有佳果?撒但何为而造此恶因?吾愿借天帝伟力,灭绝撒但,勿令芸芸众生为其颠倒也!

壬子秋间,予以同学汪女士介绍于姚氏,保傅两女童。两女均五龄,孪生之甘蔗也,入世而失恃,嫡母抚之。是春,欲令入某校幼稚园,卒以溺爱不果,欲使从次兄读,又怜其稚,且鉴于长侄为佣妇所误,致成痀瘘残疾,乃延女师教之,并任保护之责。予就斯职,未及二年,而其家庭乃烟消云散。姚翁有子女五人,长女、

① “拨”,原文作“簸”,据文义改。

长子婚嫁已毕，次子九龄，延师教授，最幼二女，予保傅之。女童美秀而敏慧，教之读新国文一二次，便领悟，今岁竟能作句，计加减数，予爱之不啻弱妹也。去岁初冬，其长兄逝世，遗下八龄残疾之嫡子，孩提索哺之庶儿，及少年孀妇。一家悲苦，惟赖二女为之排遣。乃至今夏芒种之日，二女童忽以染疫殇，翌日而敏慧之次兄继之。次兄既殇，姚翁及次妾相继殁。一星期中，死者五人焉。昔日泄泄融融，今者凄凄寂寂，只余孤孀之姑媳，及稚弱之两孙耳。两女童之病及丧葬，予尝为襄理，葬之教会坟场。事毕，而予亦病，乃辞职归。

昨偶探二女童墓，乃遇故人，班荆道恨，归而述之，用志吾哀。幻影附识。（不受酬）

——《礼拜六》(1914)第十九期

声声泪

今夏予病脑乱，厌尘俗，思见故乡云树，适表姊自穗石来省吾母，乃与之归江夏姑母家。姑家在村后，至为幽逸，出门一望，花实蔽野，黍稷盈畴。地处高原，不虞水患，故是岁三江虽涨，亦无恙焉。夏令田事大忙，予与表姊时立陇上看农家操作，足蒸湿气，背灼炎威，为状殊苦，则低诵《观刈麦》《悯农》诗以自警。有时天气晴凉，则扑蝶撷草以为戏。

一日，天色殊佳，熏风南来，予携小藤夹袋以贮草，表姊持小扇备扑蝶，随阡陌而行。至一小村，风景之佳，不减武陵源里。小街前一望尽是荷塘，出水芙蕖，亭亭植立，如玉如绡，笑靥迎人，芬香绕鼻。池旁松竹竞秀，与菡萏连漪相掩映。身到此间，心花怒放，恍若置身蓬岛，涤去万斛俗尘也。人家三五，屋前正对荷塘，屋后短篱，瓜藤蔓绕。巷口一蚝墙古屋尤雅致，门前老榕一株，蔽屋如盖,树下石凳一方,坐其上,则荷香阵阵扑鼻观。惜双扉锁紧,蛛网盈门,屋后小圃,亦已荒芜,惟老藤一株,蔓生篱上,瓜棚豆架,四散地中,雏鸡三数,喙食小虫而已。予与表姊展巾拂尘坐石上,曰:“此屋幽雅若是,任其荒芜,殊可惜哉!苟我有力者,必税居是间,侣清风,友明月,不较逐逐于热闹场中万倍耶!”表姊喟然曰:“世事如斯,令人意冷!耕云犁月,种果浇花,久蓄此志,奈愿与心违何!”言未既,一老妇自对户出,年可知命,两鬓已斑,慈蔼之色现于面,手小瓦盆,倾水于渠,瞥见予与表姊,微现讶色。予乃起立为礼曰:“敢问伯母,此村何名?”老妇曰:“小村名荷塘乡,以荷塘得名也。姑娘何来?盍进茅舍小憩乎?”予曰:“谢伯母,敢问此屋主人焉往,乃紧锁双扉乎?”老妇惨然曰:“兹事非数言可了,姑娘辈若不弃简陋,请入小坐,然后详以见告。”予诺之,相将入室。

室虽小而纯朴,竹椅竹榻,饶有雅致。老妇涤盏奉茶,殷勤让座,乃曰:“姑娘辈迨自香港或羊城归乎?”曰:“然,予辈固非生长此间者。”老妇曰:“姑娘必自临乡来,敢问贵姓?”表姊曰:“予姓吴,来自江夏(予不敢应,盖予非江夏人也)。”老妇曰:“姑娘岂为赏荷而来乎?”予应之曰:“否,信步入此耳,敢问对门邻居何事欤?”妇曰:“言之伤心,予不洒此泪久矣,盍述之,使姑娘辈亦同为彼可怜人伤也?本村自反正后,烟赌之盛,为前此未有,一般无赖,藉此谋生,致盗匪充斥。村中有某氏,固赌鬼烟精也,穷无聊之,投身绿林,对门之惨剧,实彼致之。是屋主人,商于梧州,死于去岁粤西兵匪之役,遗下闺中少妇,五龄稚子。家本不丰,孤儿寡妇,生活大难,犹幸妇明大义,抚孤守节,藉十指支兹残局,且甚贤惠,村人多敬爱之。每当夕阳西下,邻右稚子咸聚巷口,嬉戏于榕树下,拾落叶编作蓑衣,抟泥土而成玩物,磨蚬壳,拨泥沙,厥状至乐。妇亦携爱儿出,儿与群儿戏。妇坐树下石凳作针黹,时时以目关顾诸儿,若恐诸儿倾跌者,诸儿偶不慎扑地哭,妇必抚慰之,不独其子为然。儿亦秀慧,有时与之果饵,必称谢谢,乃以奉母,未尝先食,偶见母悲愁,必引母笑。予常谓苍天有眼,特使生此宁馨儿,以慰彼孤苦之孀雌也。今春三月,临巷某富翁嫁女,奁资甚厚,嫁衣皆为妇制,某氏侦知,乃引同党以劫掠焉。妇闻枪声,已知贼至,急藏儿于廊下草堆中。贼破门入,妇任其搜掠,贼以为有宝藏也,四搜之,于草堆中得儿,囊之以去。儿惊而惨呼,予闻儿哭声,心酸泪下,逆知妇必与贼纠缠也。又闻贼去声,妇惨哭声,不能再忍,披衣出视,则妇为贼扑于地。予急拯之,妇气如属丝而言曰:'姆……救我儿,贼囊我儿去矣,为我夺之。'言已立晕。予扶之还家,卧之榻上,救之醒。"老妇言至此,泪随声下。予与表姊呆坐听之,不觉泪下沾巾矣。

少停,又曰:"天已曙,众集祠中议此事。是役掠去小童五名,一即可怜之孤子,一为富翁幼子,一为富翁嫡孙,余两者亦殷户之子,劫十三家。众筹善后策,有谓报官者,有议金赎者,纷纷不定,卒决金赎。盖报官亦属无济,反致诸儿于陷阱矣,试问一年中出多少劫案,有几宗破获者?予闻此事,乃以告彼可怜人,彼闻而遽病。噫!家无长物,安得金?且儿年稚,惊恐致病,在所难免,因之长日惟以泪洗面。予慰藉之,看护之。至次日,贼果以信来,勒赎三万金。"表姊与予失惊曰:"噫!殆哉!可怜之贫孀,安得六千金取赎其儿耶?"老妇曰:"不止此也!"又言:"三日内不覆者,必尽杀诸儿。乡人接信,知为恐吓之言,托人与盗磋商,减至二万五千,限三日取赎,否必不候。"予曰:"孀妇安得此数千金?"妇曰:"是无虑,所恨者,犹豫不决,致兆此惨剧耳。"富翁素敬妇,且是夕妇之被劫,皆其所累(嫁女之衣为妇所缝,故连及之),愿出一万五千金,其他二子各出五千,议卒未决。盖两家虽殷户,五千金亦颇难为力,欲再议减,孰知次夕而惨剧出矣。妇自闻此,病略减,满望见其爱子,然后酬报富翁。予助之料理其居,妇归家,予往伴之。一夕,寒柝三敲,黑云沉沉,星月无光,虫鸣唧唧,鹃泣凄凄,孤灯茕茕,人声寂寂。妇已熟睡,予尚辗转床中,忽闻细弱之惨哭声曰:“阿母……救儿!”又闻尖锐呼声,至为凄厉,若为人刺杀而呼者。予大震,孤苦之妇忽跃起呼曰:“速救儿!速救儿!贼洞儿腹!贼洞儿腹!”且言且奔,猝如痫发。予大惊,急阻之,妇曰:“勿阻我!勿阻我!予见贼在荷池侧、丛林间,以利刃劓儿腹,儿呼母救也,姆助我救儿!”言已立晕仆,予救之,至天曙乃醒。时山光凝紫,似为小孩之血染成,飞鸟翔烟,恍如悯此穷厄者,可怜孀妇,竟扑出街前向丛林去。予紧随之,至林下,果见血色殷然,惟不见儿尸,想必恶贼取回矣。妇见血大哭,跪而吮血迨遍,乃狂奔向溪边去。予年既迈,知不能追及,乃大呼救命。村人争出问故,余期期不能出口,惟以手指往溪流曰:“追!追!……彼妇人!……”乡人知有异,发足追之,至溪边,则彼妇已随三闾大夫去,虽拯之起,然一缕痴魂,已向离恨天寻彼亡夫爱子去矣。

老妇言时,声声凄咽,一字一泪。予及表姊闻此凄悲故事,所携手巾,泪已湿尽,不知涕泗之何从也。予曰:“伯母,贼所杀者,真是可怜之儿乎?”老妇曰:“然,恶贼特杀之以示鉴,使彼富翁急赎取者也。不数日,众急以二万五千金赎群儿,贼并以死儿还之。儿妇之丧,皆予经理者。村中殷户,自经此惨事,均迁出香港或羊城以避之矣。”予曰:“是处离城仅数里,三十分钟久,汽车即达,何以贼匪猖獗若是耶?”老妇曰:“姑娘初返,安知是间之事?即村外亦有军营耳,何贼劫之夕,不见其抵拒?待贼过而后兴兵,烟馆摊场,一概不理。去岁搜烟,反捕良民,纵彼无赖,予亦无暇讲及之也。总而言之,某氏不引贼,贼不能入,村人不开烟馆、赌场,贼亦无地藏身,姑娘以为然乎?”

老妇言已,予辈亦辞归。来时草木欣欣向荣,及去则娇花惨淡,松竹含愁,恍惚见隔岸松杉间一愁眉双锁之少妇,手抱小儿,珊珊而出,求我为彼伸冤也。噫!花如解语还多事,石不能言最可人。沿途花木,皆有惨色,独彼顽石,了无戚容,予愿化为顽石,则此浊世中事,不闻不问,也可省却多少烦恼。惜为弱不禁风之红蜻蜓,凡事有心无力何!(不受酬)

——《礼拜六》(1914)第二十二期

回头是岸①

短竹为篱,青藤作幔,羊肠小径,曲达球场,场畔植芭蕉数株,婆娑如伞。一妙龄女子徙倚树下,手攀藤蔓,目眺归鸦。时则衔山彩霞,渐入天末,一钩新月,斜挂树杪,景至沉寂。女忽望月而吁,声凄以厉,若有无限愁思,藉此一声宣泄者。一稚子自树后出,握女手呼曰:“姊!”女抱之怀中,问:“弟何来?汝保姆安往?”稚子曰:“适自海滨戏沙,水溅保氏裙,今入室更衣去。弟觅姊不得,阿母谓在园中,故来相觅。天黑矣,盍归休?”女诺,携之入室。电灯已然,一中年妇坐沙发上,以手支颐,双眉深锁,闻女足声,立起抱女于怀曰:“汝竟于明日行乎?汝忍弃生小相依之母而去乎?汝忍舍娇憨可爱之佐治乎?”女双眸蕴泪,离母怀而抱稚子。稚子手环女颈曰:“阿姊,阿母谓姊去,姊去何处?携我行,姊爱我,勿舍我。”女微笑应之。保姆入,女曰:“汝偕保姆归寝,我行必告弟,弟且安睡。”稚子诺,与女接吻,道晚安而出。女目送之,乃投身妇怀,哭曰:“母乎!儿心决矣,郁郁居此,何补于我?何益于人?多愁致病,反贻母忧耳。母尝训儿,人生当其悲天悯人之心,儿此行往拯支那之苦女儿,扶彼无告耳。昨牧师告儿,支那婴堂所拾弃

① 原文标“短篇小说”。

婴日益多,儿往助彼教育也。”妇默然,久之曰:“我儿,汝竟以此生涯了前途耶?”女曰:“儿心已随逝水去矣,世无真幸福,博爱乃幸福。嗟夫！离乡背井,别母弟而远行,愿上帝恕我!”妇掩面曰:“上帝欤,愿加福于我可怜之女儿。”言已吻女额。女起曰:“儿归寝矣,愿母晚安。”乃登楼入一雅洁之寝室。室外为园,开窗则花香绕榻。女入室,矗立窗下。时黑云四合,盖星蔽月,沉沉树木,槎丫如鬼,女若无睹,久久乃启电灯,自橱出一箱。箱为银制,极精美,辟之,有书札盈束。女一一检阅之,垂尽,得一纸,似自日报剪下者,其文曰:“星期六日下午二时半,天文家某君,与某女士结婚于圣约翰礼拜堂。”女阅竟,叹曰:“前尘如梦,转眼成空,苦海无边,回头是岸,上帝鉴我,我心属之帝矣。”乃举书札付诸一炬,以灰和水饮之,既乃抚枕而泣。嗟夫！明夕此时,将以一叶孤舟泛汪洋大海而去,故园花木,不知何日复相见也。

五羊城外,珠海南滨,有校曰“支那小学”,校长为支那女士(Miss Chinese),妙年丽质,慈蔼迎人。校中育女童十余,皆无告之婴,贫家生女,往往弃道中,女士拾而育之于此也。一日,晨光熹微,晓露未干,女士以事赴村落,闻细弱之哭声出自陇间,细听之,知为孩啼声,寻声而往,则陌头落叶堆中,卧一甫生之女婴,身秽未涤。女士抱之起,裂衣裹之,径携返校。时草场上诸女童方拍掌高歌《上帝爱我》之歌,愉乐之情,活泼之态,殊不类世界最苦之孤儿也。一童睹女士,即趋前牵其衣,如依慈母,忽见女士怀中儿,益欢呼曰:“吾辈又得新侣矣!”女士微笑颔之,入室调理其儿。数日后,儿渐健硕,从此常在女士翼下矣。

吾闻欧洲高洁之妇女,遇失意事,辄寄其情于慈善事业,或来我国设婴堂,立学校,以教养华人,虽尽瘁不恤。返观吾国妇女,则又如何?予见闻寡陋,未敢饶舌,惟近观小说,凡失意者,皆以一死自了,绝不念父母邦家,诚恐涓涓不塞,将成江

河也。不忖谫陋，而作是篇，以为失意者劝。幻影附志。（不受酬）

钝根曰："遭逢拂逆而不自失望，牺牲富贵而服事贫贱，惟基督徒能之。幻影女士当是基督徒，故能以剀切慈祥之意，作此有功世道之文。然谓欧洲妇女遇失意事，辄寄其情于慈善事业，此言犹有未尽。盖欧美妇女，大半服膺基督教，热诚所至，甘弃食色居处之好，而尽瘁于慈善事业者，正不必失意者为然。若我国妇女，则梦见博爱主义者犹少，无怪其终日浮沈于衣服玩好虚荣浊想之中，而不复知野田草露间有僵卧垂绝之婴孩也。深望女士此文，普及中华女界，渐知济人为天职，失意者竭其力，得意者助以资，使震旦前途，不致为怨雾所阻塞，国家进步之曙光，庶几可睹矣。"

——《礼拜六》（1915）第四十八期

不堪回首①

一夜西风残绿叶，数声鸣雁报秋来。晨光入室，宿鸟惊飞，妆竟临窗，海风扑面，白云冉冉，天外飞来。正在心旷神怡之际，小婢忽来呼接电话，回顾时计，正指六时三十分，大清早谁来搅我，心中微愠，欲置不顾，转念或有要事，姑往听之。接问阿谁，曰："惠慈医院副医生，子白女士乎？"曰："然，有何见教？"曰："此间有病人，为女士旧友，今将不起，请来一决，并有要事相托，请速来院，十九号病室。"欲问病人谁氏，电线已断。噫！往见之乎，未识何人，不往见乎，未识何事，将请命于慈母，继念未及七时，母当未醒，医院距此不远，姑往一行，以觇究竟。遂返室，更衣，嘱老妪俟

① 原文标"警世小说"。

母醒告以顷接电话，往医院视一病友，不久当返，遂挈小婢而行。抵医院，看护妇引入十九号室，留婢坐室外。室中悄然，看护二，立案侧，医生立榻前，以药注射病人体。予近榻，睹病者瘦骨支离，憔悴如枯髅，细辨面目，心房大震。噫，天乎！予何不幸，而复见斯人欤？旋觉天旋地转，世界黯黑，昏惘中不知历时几许。启目，则所在已非前室，予身眠于软榻。医学博士奇尼立于侧，见予醒，以小杯盛药授予饮。饮讫，觉精神渐复，询之曰："予何为在此？"曰："顷者女士昏于十九号室，病人见之，亦长呼一声而晕，故移女士来此。"予念此中情事，奇君稔知，予将何以自白于奇君耶？噫！不问姓名，遽来探望，自寻烦恼，夫复何言？正自怨艾，一看护妇入，手挟一册。奇君问之曰："病者如何？"曰："死矣。频死，嘱以此册交白女士，并呼父母数声而殁。"奇君微喟，令以册授予。予请一视死者，奇君不允，曰："女士心脑受刺激过甚，何堪复见死者，以增悲愤？请归。"乃辞奇君，挈婢返。抵家已十时，家人均在膳室以待。母问病者为谁，予含糊应之。返室，扃册于橱，易衣下楼，用早膳，其时心中为悲为愤，不可思议，饭粒入口，如啖沙石，恐为母觉，强作欢笑。膳后返室，启橱，出册披阅，中有一纸，字迹纤弱，仅辨曰："嗟大予友！予今死矣，不听良言，致有今日，自作之孽，夫复谁怨耶？今者苦趣备尝，艰难遍历，悔无及矣。辱及父母兄弟，玷及亲戚友朋，罪孽深重，擢发难数，今频死矣，悔无及矣。三年罪史，详日记中，足为女儿作鉴，愿我女界，睹罪人之日记而知所戒，则罪人虽死，罪或可稍逭也。"噫！悔乎，晚矣！斯人之罪，虽死不足蔽辜也。更阅其三年中所为日记，既竟，思录之，顾每把笔，辄泪缘管下。悲夫！一失足成千古恨，再回首已百年身。不录其日记，则有负所托，然日记中似有利刃，见之则心若为所刺，脑若为所剜，隐隐作痛。无已，扃其日记，俟吾悲稍杀而后录之，先撮其要，以告世人，不负死者之托，亦不致重伤予心也。

斯人既死矣,其名当灭,称以死者可矣。当其未死之前三年,仅十有六龄,与邻人叶氏游。叶年弱冠,为其兄友,父母亦相识,两家时相过从。叶业书记,已有室,特其乡俗,娶妇庙见后,妇返母家,数年始复来,谓之落家。妇固未落家者,叶怅怅无以为欢。死者友叶,叶竭力媚之,或邀往酒楼小酌,或观剧,或坐摩托车,或打麻雀。死者家人以通家往来,犹兄妹也,不之禁。偶为友辈所见,从而规之曰:“欧美女子,素受教育,社会交际,已成习惯,犹多遗憾。我国女学,近甫萌芽,不从事于学问,而徒效他人之皮毛,无怪贻人口实。慎修厥身,无贻后悔,程度未至,勿妄效颦,世途险恶,人心难测,见识未足,年岁尤轻,好自为之。”死者初听而动容,不旋踵便忘却矣。叶欲与其妻离婚,父母不许,且商诸妻父,令来落家。叶对其妻,施以凌虐。妻固柔弱,顺受无忤。逾年生一子,叶仍无忌,与死者交游如故,且向之求婚,许以正室礼迎娶。死者许之,友辈哀其年轻也,复谏之曰:“彼人能负其妻,他日亦能负汝。汝设身处地而思,己所不欲,勿施于人。”死者曰:“奈吾爱彼之情何?”友曰:“人非太上,孰能忘情?然用情贵得其正,汝之所为,污辱高尚之‘情’字矣!汝既爱其人,当勉之进德修业,为爱国益群之伟人,则可谓之爱,为其次妻,以败其行,则不能谓之爱也。其人与汝为通家,往来有兄妹之称,岂必成眷属耶?且弃妻之人,必非君子,爱之何益?世界之大,何所不容其爱?昔英女皇哀立沙白,以其国为夫,其爱之也可知。汝欲用爱,则残疾之老弱,无教之贫儿,被弃之婴女,皆汝用爱之好机会也,汝何为不举汝爱情扩而充之,以增女学前途之异彩,而必举汝爱情,践而污之,以灭女学之前途之光明耶?”友虽竭力苦谏,舌敝唇焦,死者终不听。友辈知其不可救药也,咸远之,死者益无顾忌。叶逼其妻告堂上,向死者父母求婚。两家父母始怒,绝其往来。逾月后,死者逸出,以电话招叶同逃,往澳门税屋同居,俨然夫妇。澳门为著名赌窟,叶以轻浮之子,安能不染?数月后,资用荡然,遂诓死者往佛山,鬻诸娼寮。死者不能引决自裁,反安然操其贱业。居数月,徙之羊城。死者文学稍有可观,琴歌亦略涉门径,因之名噪一时。死者名噪而受其玷辱者,不可胜数矣,尝告人曰:"某闺秀为亲,某淑媛为友,以自增其声价。"试思闺秀淑媛之蒙其齿及者,其悲愤为何如乎?去岁,脱籍作商人妾,入门五月,生一女。商人之妻以女非商人血统,置之婴堂,审其历史,恶其甘于堕落,贱遇之。自是死者郁抑成病,抚今追昔,痛悔无及,往事前尘,不堪回首。念父母之恩,甘于舍弃,朋友之谏,执迷不听,痛定思痛,更胜脔割,精神自罚,倍觉凄悲。病势愈深,痛苦愈甚,遂将往事,一一记之,俾忏悔于一己,作前车于他人。商人见其病甚,送之惠慈医院。院主医学博士奇尼,死者昔日之校医也。死者见奇君,喷血如注,自知不起,嘱代招一友来,托以日记。友辈闻死者名,恶其辱及,皆谢绝,最后乃及于予,惧亦绝之也,乃嘱副医电告予而隐其名云。

嗟夫!予自壬子秋间,作保傅于姚氏,友辈音问鲜通,乃人事变迁,至于此极,伤心哉!死者已矣,未识吾女界中尚有如是之人否也?有之,则请以死者为殷鉴。(不受酬)

——《礼拜六》(1915)第六十七期

慈爱之花[①]

夕照衔山,暮云纵横,一线余殷,著于树杪。时则落霞别墅园中,有六七龄稚子五,憨跃草际,同拍皮球。芭蕉下有石案,一女

① 原文标"短篇小说"。

郎坐案前石凳上，对花谱而织帐衽，态度闲静。隔邻礼拜堂钟声鸣六下，一女郎盈盈自室中出，年较蕉下女长五龄，可二十许，举止雍容，衣饰端雅，行抵石案侧，取花谱于手，曰："征妹，彼莲瓣之度数不合，汝知之乎？"征曰："姊来耶！妹为此花误而拆者数矣，顷始知实花谱之误也。"言时，一稚子呼曰："大姊来矣！"于是群趋就女郎曰："大姊大姊，请讲故事。"女郎曰："昨夕教汝曹《采采芣苢》之诗，今试歌之。"稚子曰："诺！"应声而歌。歌已，静坐石凳，俟其姊发言。女郎曰："五人歌声齐整，音节疾徐亦合，姑讲一故事悦汝曹，以为奖励。"

昔有女子，酷嗜音乐，尤爱五弦琴。一夜，梦神与之五弦琴，绝精美，弦质非金非丝，而音韵清绝。女喜甚醒，则琴固赫然陈案上，惟一弦中断，懊丧甚，遍觅人续之，不可得，虽愿出巨金，亦无应者。一日，有老人至，女以为请，老人审琴弦有顷，曰："此琴非尘世物，弦非尘品可续，老夫亦无能为。去此数里，有礼拜堂，此中老牧师有弦，或能续之，女郎盍往求也？"言已飘然而去。女如老人言，抱琴入礼拜堂，求牧师。牧师曰："我为若续此琴弦，固无不可，然必得一奇花为代价。此花皎洁如雪，清芬远逸，娇嫩如初放之玫瑰，而瓣之纤细过之。若将此花来，我方能为汝续琴弦也。"女辞牧师，往山间觅此奇花。途遇老妇，负重物，不胜其苦，将助之，继念："奇花未获，助妪将废时，彼妪苦乐，于我何与？我惟觅我欲得之奇花以易琴弦而已。"不顾而行，又见一伤犬，足血四溢，垂垂待毙，为状殊苦。女颇怜之，将取巾为裹犬创，复念奇花未得，亦不顾而去。行行重行行，奇花终不见。火伞当空，炎威逼人，汗渖如珠，口渴欲涸，就潺湲之山涧，掬清流而饮之。饮已，顿觉神清气爽，步履轻捷。行抵一林，林间卧一女，衣服褴褛，形容憔悴，年与己若，于是恻隐之心大动。近而抚之，气不绝如缕，以巾就涧水湿之，覆于女额。是时觅花之念又起，将舍女而去，转念我得花以易弦,弦续而得精美之乐器,聊以娱我而已,我苟舍此可怜之女而去,设女不幸而死,不犹我杀之欤? 此女之命,较我之琴为重也,遂不复行,频以水沁女额而抚摩其手足。病女醒,问:“何所苦?”曰:“渴甚,乞畀以水。”女往涧掬而与之。病女精神渐复,言家贫甚,断炊竟日,奉母命往戚家求助,力尽神疲,昏卧于此。女闻言恻然,探囊出金二枚曰:“以此归赠若母。”病女感极而泣。女出手与病女握之而别,行数步,觉香气扑鼻观,瞥见绿草间一花植立,亭亭如玉,大喜撷之,狂奔而返,上花于牧师。牧师问所历,女举以告。牧师曰:“女郎始不助老妇,次不救伤犬,然终悔悟而救贫女,美哉此花! 善哉女郎! 予为汝续此琴之弦。女郎识之,汝鼓琴时,毋忘琴弦之续,为得奇花,奇花之得,为助贫女,凡人欲自得其乐,须先助他人之危难也。”

女郎言既,诸儿喜甚。征停针为姊曰:“此故事似曾闻之,惟不忆在何地。”女郎微笑曰:“诸弟且归室,勿搅仲姊。”诸儿应命去。征寻思有顷曰:“忆之矣,暮春之初,在督辕聚集,此故事盖一衣黑衣、状貌和蔼之老西妇所言。彼又谓妇女辈不惜縻重资于脂粉、香水、衣服、首饰,以求炫耀,不知西子蒙不洁,人皆掩鼻而过之,心之不洁,虽美其容,亦足取厌于人也。”女郎曰:“然,此西妇汝识之乎?”征曰:“非总督夫人耶?”曰:“否,鼓琴者乃为夫人,演说者予之师也。妹忆否垂髫时随予上校,彼抚妹发,称妹为美女子者乎?”征曰:“噫! 岂所谓某将军之女,弃富贵之家庭而从事慈善事业者耶?”曰:“然也,数年来颜色大改矣。妹见彼时,其颜如玉,其发如云,今则白发星星,无怪妹之相见不相识也。吾师已逾知命之年,犹热心于教育,虽以老病散其所设之校,然仍奔走传道弗辍。”征曰:“可敬哉姊之师也!”时一丸明月高悬太空,凉风飒爽,花影摇曳,姊妹二人徘徊园中,各有所感。姊仰首而叹曰:“亲恩未报难回首,掌上奇擎二十年。彼苍者天! 既赋我以孤僻之性，又赋我以异人之志，不宜生我于若是之家庭，更不宜夺我老父以去也。噫！人生不幸作女儿身，世上难言惟家庭事，母年高，弟齿稚，妹又荏弱，庶母无识，为之奈何？嗟乎吾师！予不知何日方能继汝之业也，嗟乎已矣！”妹呼曰：“夜矣，吾侪宜返室，天下无难事，坚毅可成功也。”姊点首，遂相将入室去。园中寂然，惟余月明花影。（不受酬）

——《礼拜六》(1915)第七十期

小学生语[①]

灯上矣，有十三四岁女儿坐案前温课，对坐十五龄之童子则方执钢笔绘地图。

女儿所读者为《中国历史》，至子胥句践事，忽掩卷凝思。有顷，叹曰：“忍哉子胥！引他人以灭宗国，是诚何心？然在当日，所谓敌国者，犹是同文同种，若在今日，不堪设想矣！孝子报亲仇，亦当顾祖国，奈何鲁莽从事也？句践之卧薪尝胆，卒以兴越，所谓能忍小忿而就大谋，则诚足为吾人法。虽然，句践若非受吴王之辱，又乌能奋励如此？故人之侮我，非能为祸也，转足以促我振作耳，明日当以此告同学，勿再与教师斗口角矣。”

童子置笔曰：“妹言何谓也？”

女笑曰：“英文教师耳，无论何事，涉及英国者，必曰：‘大英。’读物论则曰：‘某物运自大英。’读地理则曰：‘大英国旗几能蔽日。’前日留心数之，授课一小时间，‘大英’二字几逾百，同班之籍中国者皆愠见于色。夫中国亦堂堂大国也，徒以执政者谦让成风，遂拱手授人以利权耳。同班乃相约，每逢‘支那’二字，以‘大

① 原文标“国家小说”。

中华民国’代之。今日地理课答案,用‘大中华民国’五字者,无虑数百。彼见之冷笑曰:‘‘民国’二字,恐中国不能久享,以人民自治资格不足也。’”

童子曰:“此尚不足恨,若吾之英文教师,则尤可恶。学生终日劳劳,习课既繁,翌日被问,偶或遗忘,不能尽答,彼即丑诋曰:‘毋怪日本人谓中国人如豕,只知饮食与酣睡也,吾白种人必不若是。若曹父兄甘心受侮而不知奋,国民资格尚不足,遑论其他矣?’同学闻之愤甚,咸思一逞。幸汉文教师慈惠诚恳,每劝吾辈宜学涵养,毋作无意识之举动,众乃隐忍不发。近自国体变更论起,英文教员谓吾辈曰:‘中国人赞成帝制者,首推乡村绅士,盖自革命后,子弟辈目无王法,为彼辈所深恶也。’呜呼白人!知吾内容何其稔也!”

女曰:“吾之英文教员所言,有更可恨者,谓:‘支那女子只知赌博、看戏、装饰或慕虚荣,于国家事一无所知。吾白人则不然,其夫出战,则妻代其职,或入红十字救护伤兵。如有儿女缠绕,不能赴战地者,亦必抽暇助作军用品。寒风起矣,合亲友纠银成征衣会,缝厚绒衣服,寄赠军人。凡此种种,华人女子所未尝梦见也。’其轻蔑我中华女同胞如此,吾辈忍不与较,但铭心刻骨,留俟他日而已。”

童曰:“吾忆及仲秋时,以事渡海,同舟有白人二,高谈中日交涉事,旁若无人。彼二人者,一名咸勿顿,一名葛登,吾于其言词间知之。葛登曰:‘此次交涉,中国人低首下心,腼①然承认,何其怯也!若我白种,则必起与抗,宁死不辱!’咸勿顿曰:‘中国久称病夫,起且无力,遑论战?人民思想薄弱,事急则惶然叫,事定则淡然忘,君试观之,不久且怡然矣。’葛登曰:‘或不至如二辰丸案

---

① “腼”,原文作“靦”,据文义改。

之虎头蛇尾耳也，使二辰丸案，当日能坚持到底者，又何至有今日之事？中国之商务亦不致受诺大之损失也。’咸勿顿曰：‘商务不振，焉能自存？此次虽有人抵制日货，然必不能持久，盖见小利而忘耻辱，为一己而弃邦家之人太多也。平心而论，中华人性情，敏慧勤俭，坚忍耐劳，亦殊不弱于人，只以久处专制政体之下，受不完全之教育，养成依赖之习惯。当局者心存忌嫉，最恶人民高视远识，致有今日之衰弱，欲挽此弊，端在刷新教育。近来学校似有进步，然缺点仍多，至于家庭教育，更无可言。试过华人居处，必闻麻雀牌声，苟非极穷苦者，鲜不沉溺其中，他日累尽中华者，必麻雀无疑。’葛登曰：‘诚然，吾邻为某华绅住宅，其妻妾子女镇日从事于此，一任小儿辈荒废学业，是诚不解。’咸勿顿曰：‘不止此也，今岁《华民政务司年报》中，有谓华人妇女好观新剧，实欲与剧中人作不规则之聚会。新剧发达，此亦一因缘，于此可见中国礼教日益堕落。在昔中国女子，虽无甚高之学问见识，然多纯谨知大节，近则相率放荡，无复检束。昔以道德见重他邦者，今反不若人矣，此亦舍长取短，知模仿而不知审择之故。’葛登曰：‘中国凡百技艺，亦能发明，特不见精进，故落人后。’咸勿顿曰：‘白人研究一事，必竭智尽力，精益求精，悉以贡献于社会；中国人则适与相反，为师者传术于徒，只传十分之八，徒再传亦如是，愈传愈陋，所以败也。’葛登曰：‘毕竟中国人便宜，他人呕心血，绞脑汁，发明事物，彼乃安享其成。’于是两人皆大笑。有顷，葛登曰：‘中国政府不留意人民生计，人民尚欲仰赖于政府，不自振作，何日能兴？中国政府用人太滥，但自外洋毕业归者，不问如何，立予大用，姑勿论其他流弊，苟但有学问而无经验，办事即难得当。吾友库君，系出苏格兰望族，祖若父皆高级军官，叔亦锡兰总督，以坎丕列治大学三千人中名列第一之毕业生。初入仕途，乃不过在香港布政司署为副布政司之助手。于时习华人风俗人情、语言文字者三年，考合格,复发往羊城,习内地风俗语言者又三年,再返香港,仍不过为华民政务司署六等俸之职员。中国用人,有如是慎重否?无怪政治日敝也。’咸勿顿曰:‘吾甚愿为中国官员,升官易,入款多也。’二人复大笑。葛登曰:‘此次欧战,损失不资,和议成后,必将有事于远东,以取偿损失。’”言至此,小轮已泊岸,二人咸登,以后语吾不得闻矣。嗟夫!外人知我,详于我之自知,若长此沉迷,后患何堪设想?引领北望,祖国河山,日见侵于异族,沉沉大梦,何日方醒?当交涉激烈时,国人奋臂疾呼,声振中外,曾几何时,渐即消灭,若石沉大海,始则浪花四溅,终乃寂然息影。甚愿吾人养成深沉远虑之性质,自行其道,敌国亦无如我何,贸易人有主权,奚能强吾以购不喜之物?患在无毅力而徒事叫嚣,酿成无意识之举动,重为外人耻笑耳!(不受酬)

钝根按:咸勿顿、葛登之言,殊不尽然,第吾人对之,不能无愧。

——《礼拜六》(1915)第八十二期

恶作剧①

夏日阳光遍照,某妇曝其夫之皮裘于庭,适为西邻典肆司理某乙所见,思有以戏之,乃谓其伴曰:“今日天色甚佳,可取人家典质之皮裘,加以浆而曝于日下,候干则喷水少许,以热熨斗熨平,而后收藏,庶免褪毛之患也。”肆伴唯唯,语为某妇所闻,信为秘诀,如法行之,浆熨皮裘,而后收藏。迨冬月天气严寒,其夫某取皮裘出,一见大骇,询妇:“何以致此?”妇曰:“曩闻西邻典肆某乙言,裘经浆熨,不虞褪毛。典肆中人善藏衣物,言当无误,故仿之

① 原文标“短篇小说”,原署“香港白幻影女士”。

耳。”某知妇愚，受乙捉弄，即亦无语，乃筹报复之法。

翌日，乘渡赴某乡，访乙家，见乙妻，方朝餐，蔬食菜羹，殊俭约。某乘机进曰：“嫂何吝也？”妇曰：“乡人得此，亦复自足，城市繁华，又安敢望？”某叹曰：“嫂自俭耳！尊夫方贮妖姬于金屋，食前方丈，婢仆如云，嫂乃甘藜藿而居茅茨，诚贤妇哉！”妇曰：“君言戏耳！拙夫穷年役役，衣食仅给，安得如许资财供挥霍耶？”某正色曰：“尊夫年来获利甚厚，予居于邻，故稔知之。云‘衣食仅给’者诳也，嫂如不信，请赴省城西关某街某号一观便知矣。”言罢即起辞行。妇曰：“请稍留。”某驻足曰：“请赐教。”妇曰：“君以何时返省城乎？”某曰：“趁晚渡返。”妇曰：“君能偕予觅拙夫否？”某略踌躇，曰：“可。”妇乃摒挡事物，随某赴省城。

朱门相望，巨厦云连，城西富户聚处之区也。某日，晨光熹微中，一乡妇肩挑布袱，随一衣服修正之男子行其间，至一广厦门前，伫立而望。男子曰：“此间是矣，嫂请自入，予先归，免为尊夫所见，责我多事也。”妇诺。男子徜徉自去，妇即排闼直入。司阍者阻之，妇卸挑杆作当头棒，阍者出不意遽仆，妇径登大厅，见古玩罗列，金碧辉煌，婢女仆妇，衣服鲜洁，乃大骂曰：“负心人好享福！独苦我耶！”随骂随以棒击室中玩器。仆婢闻声争集。妇驱人毁物，厥状如狂。主人命众缚之，询其来历，妇曰：“予素安居乡间，清淡自守，夫在本城为典肆司事。昨日夫有友来访，谓夫纳妾居此，故随之来此觅我夫耳。”主人询悉居址，乃招乙来，谓之曰：“姑念汝妇亦受人欺，毁伤器物，可偿其半。乡妇识浅量窄，无怪其然，汝宜谅之。”乙惶恐谢罪，携妇归，询为某作剧，大恨，思手刃之以为快，执双刀觅某，声势汹汹。某闻而匿居阁上。乙至，某展经浆之裘，举以示乙，曰：“请君观此。”乙无言，垂首而去。

——《新申报》（1917年11月27日）

第三百六十五号“自由新语”

马嗣梅

马嗣梅,生卒年不详,曾任《眉语》杂志编辑,著有小说《绣鞋儿刚半折》。

绣鞋儿刚半折

夕阳古道,衰柳长堤,侬褰裳微步,凭吊其间。秋风零落,秋意萧条,常人遇之,辄动悲思,然而已凉天气,未寒时候,清幽高爽,断非尘俗碌碌者所可与语。矧侬情劫余生,久谢浓艳,苍松翠柏,寄我襟怀,抚弄盘桓,不忍遽去。忽于西风猎猎中,微闻鼙鼓声声,顿忆欧战方殷,渔阳挝鼓,惊破霓裳,顾中华中立国,何来此羯鼓渊渊?乃引领西望,第见彩帜飞扬,歌喉嘹亮,一群健儿,隐现于花明柳暗间,是何为哉?胡为乎来?及谛视之,固皆碧眼红髯者,乃悟此地为法人租界,彼辈就征返国耳,然其勇往直前,视死如归之概,已于歌声笑语中见之矣。

一伟丈夫,手挥国徽,高视阔步,踊跃相随者以百计,引吭以歌,振臂以呼,欢腾万状。侬亦不禁步之趋之,忽于此群壮士中,杂见一云鬓红颜纤腰长裙之女儿,与一男儿相挽依,妙目流盼,笑靥生春。此壮厉之军队,乃如冰雪之伴梅花,倍添冷艳。正惊羡间,此女儿向侬高举皓腕,笑语相招。嘻!侬忆之,侬忆之,此非吾友梅蕾耶?以疏阔久,几至不识,伊所挽依者,当为其夫,然侬欲从之,苦不得近,乃乘街车徐行随其后。当时尾行者,若人力车、若马车、若摩托车、车中若少年、若老人、若少女,咸目此一队爱国男儿而含笑。侬于其目光中研察之,知其或为父老,或为良友,或为爱妻,或为情人,作依依之送别耳。侬车杂行其中,所过处,凡属同盟国人,皆挥巾倚门欢呼相送。侬念兵凶战危,国家不得已而出诸战,当亦不祥之甚,主持人道者,咸目逆而吊之,视为惨烈之尤,个中人乃欢跃如中狂热,然其爱国爱荣誉之忱,要亦不可灭也。旋抵南浦,随梅蕾女士登一巨舶,侬急叩以此行所事,梅蕾笑曰:“小姑居处,不惯无郎,此汝昔以此嘲侬者,而今乃真见之矣。盖侬有郎才旬日,花前挽臂,灯下并头,偶或归来稍晚,侬即彷徨无所措,今吾夫返国从戎,乃令侬作闺中少妇,终日云天怅望,是胡可者?侬此行,盖欲作战云中之鸳鸯耳。”侬亦笑曰:“战场度密月,诚为佳话,然君此去,效虞姬之依回楚帐耶?抑作红玉之助夫桴鼓乎?”梅蕾乃攘其玉臂,扬其柳眉,欣然曰:“侬当斩将搴旗,杀贼擒王,以攫吾夫之功耳。”继之以吃吃之笑,渠夫亦为之莞尔,侬乃珍重道别。

奥塞风云,法人迫于同盟之谊,不得已而向德国宣战,法人素以善兵显著于历史,且得藉复世仇,故巴黎内外,咸兴高采①烈,弃其常业以从事于战场生活。八月二十八号,巴黎虽发生反对战事之示威举动,当经爱国会出而阻遏,并由警察维持秩序,人心即趋于一致,即旅居海外者,亦踊跃应募。上海法领事通告侨民之在兵役期限中者,当时在沪之法国后备队,应召集者,约一百五十人,及租界警士、义勇队、救火团等二百人,咸附亚美生邮船以返国。梅蕾之夫为后备军之军佐,甫于月初新婚,方期鹣鹣蝶蝶,共守晨夕,无奈军帖传来,伉俪私情,终不敌军国大义,乃携手同归,

① “采”,原文作“彩”,据文义改。

夫夫妇妇,死死生生,其情爱有足多焉。

梅蕾貌美丽如天人,性敏慧,豆蔻年华,杨柳腰肢,娇小烂缦,俨然天上安琪儿也。夫勃朗克爱之甚,护之亦周,梅蕾依之如傅保,卿卿我我,不可须臾离矣。既抵国门,梅蕾嬉笑奔舞,乃如小鸟之鸣春,啁啾上下,盖故乡重履,幼时垂髫侣,咸亭亭玉立,情致婉曼,姊妹花固皆兰蕙争芳桃李并艳矣。然国家多事,匹妇有责,巴黎繁华域,一易其歌舞升平之象,霓裳曲止,羽衣舞罢,香闺女儿,咸出其敏妙之手腕,辅助男儿所不及。若银行之伙伴、工场之夫役,与夫电车、火车之司机者,但见翩翩之影、纤纤之手、呖呖之音、氤氲之气,几如身入众香国里,有使人可爱可敬者。梅蕾见之,兴复不浅,乃亦任火车之驾御者。然非素习,辄至错误,往往车既莅站,以腕弱而不能立停其机。值雨,致旅客跋涉田亩泥涂中,状甚狼狈。梅蕾顾之吃吃笑不止,为状如花枝招展、柳丝迎风,复娇声顾车客曰:"侬误矣,顾诸君恕侬也。"车客皆为之灿然,盖其姣小憨顽之态,有不忍怒之者,勃朗克亦向之莞尔,梅蕾乃弃之,往充报馆书手。一日,以不见郎君已终日矣,乃作书寓之,情谈娓娓,醉人心脾,此盖梅蕾之恒情也。匆遽间,此一束情书,杂入文稿中,手民付之印刷,明日,巴黎人人咸诵此一篇情书而索解不得矣。报馆主笔某,以其易动也,挑之,梅蕾仍嬉笑若不之拒者。主笔请明日会于某餐馆,梅蕾乃挟其夫至,曰:"罗敷固有夫也,君不见侬指间固赫然有结婚之指环在?承君盛意招饮,侬夫妇谨领之。"直至杯盘狼藉,乃挽其夫珊珊以去,其娇憨类如此者。

光阴荏苒,英、法、俄会师以敌德,勃朗克激于义愤,愿以后备赴前敌,入机关枪队。梅蕾以不忍别其夫也,乃异想天开,竟以随夫从戎为请,主将婉却之,梅蕾乃娇啼婉转,竟夕未已,勃朗克不得已,携眷随营去。梅蕾虽困顿风尘,而嬉乐如故,一寸芳心中,仅知有郎,不知有恐怖危险也。勃朗克每于警备之余,偕其伙伴,作探险寻幽之举,梅蕾必从焉,伙伴亦以得亲芳泽为幸,咸相笑乐。梅蕾天性活泼,登山涉谷,矫捷若惊鸿,每以得先登高峰为乐,虽勃朗克呼之不止也,然卒以此颠扑,伤其纤趾,从此卧病房闼间。房系分赁农人茅屋之半,屋外碧水一泓,修竹数丛,风景殊不俗。勃朗克以玉人憔悴,寂处可怜,时时偷闲走视,或笑谈为乐,或偎倚相爱,温柔旖旎,不减画眉也。伤渐愈,梅蕾依附郎肩,涉足庭牖,芳塘柳下,红板桥头,时见璧人厮并,花鸟有知,亦常妒煞。

无何而动令骤下,总司令霞飞将军以德人之不尊重比国中立也,乃率前敌攻德边鄙。勃朗克以久不据鞍马,髀肉复生,今得此,乃不禁眉飞色舞。然一难解之问题,亦随之而至,盖军队既前进于战线以内,则此盈盈弱质,将于何处安置之?辗转思维,除别离外乃无善策,而梅蕾今乃真欲与其亲爱之丈夫别离矣。次早火车满载兵士待发矣,有一少女云鬓蓬松,泪光承睫,其纤腰锐屐最足动人情思,珊珊行近车门。车窗中勃朗克急俯其半身出,呼少女名曰:“梅蕾!”梅蕾见之,急张其粉腕,攀依窗口,作凄楚之情话,同车者咸为之酸鼻。勃朗克乃抚其玉颐,柔声慰之。未几而白烟缕缕,车轮展动矣,梅蕾犹依依车窗,力握郎手不忍释,勃朗克至此不得不忍心挥手去其爱妻。车行渐急,梅蕾乃离车痴立若木鸡,盈盈之目注射郎身,微闻其娇声颤动曰:“郎君,郎君,何日得与侬相见者?”言未已,而珠泪滴沥粉面矣,盖此于于巨物,一若攫梅蕾一缕芳魂以去者。

勃朗克别其妻,亦痴坐车中,同辈之声音笑语茫无闻知。在家相聚惯,方觉别离苦,此时勃朗克之心目中,惟梅蕾往日之声音笑貌在,今乃天各一方,相思不相见,虽叱咤风云之健儿,亦当泣数行下。一转念间,乃思我今当急图战功,得荣誉以博吾爱欢,勃朗克乃扫除绮障,致力于战争矣。军至战地,休止一昼夜,而战事起矣,法军入边界,攻德之亚尔萨斯。交绥之初,德军以炮火猛击,法军闲散以待之,勃朗克率其机关枪队,包抄至德军后方,前后力攻,而德军败矣。法军乃占据亚尔克区,另遣轻骑追击退走之德军,向墨尔化斯进发,法军乃复入墨尔化斯及劳伦斯。次日,霞飞将军出示曰:"亚尔萨斯之子弟乎！法兵含忧忍待四十五年矣,今得重履君等高尚之土,法军乃复仇巨业之先锋也云云。"

入夜,法兵营垒中,一片高歌欢饮之声震撼山岳,惟勃朗克耳中犹微闻梅蕾之娇音,呼郎君来也。乃出帐,仰视天空作惨红色,耳际闻远近炮火声断续如珠,盖两军之小队时相冲突也。行稍远,则腥秽杂作,残尸遍野,间有弱息一缕者,犹隐闻呻楚声。中弹之马亦僵卧血泊中,其未死者四蹄翻腾,嘘气吐沫,若雄心犹未死也,勃朗克以手枪击其脑,所以免其痛楚也。时淡月窥人,作凭吊状,四面山容如墨,沉沉若死,景殊凄寂,而西风拂面,亦殊尖利。勃朗克乃择径归帐,沿途遗弃军械之残破者,触革履锵然也。

隔朝而激战作矣,盖德军以劲旅图克复亚尔萨斯也。勃朗克知不可轻敌,乃据枪鞍发其机,子弹飞越若连珠,旋毁德军之土垒,而枪械稍止,然勃朗克已神疲力惫矣。正恍惚间,忽觉一滑腻之纤腕力握勃朗克手,继之以极甜密之接吻。勃朗克急回首视之,乃一少女含笑而兀立者梅蕾也。勃朗克急跃起拥之,方欲问所从来而大祸至矣,横飞一敌弹,贯勃朗克肩而穿梅蕾之酥胸,勃朗克顿失知觉。不知经几何时日,而勃朗克乃清醒,则身固在军医院中,急询看护者以妻之所在,则以洞胸死矣对。勃朗克闻未竣即晕去,历若干分钟,乃哇然哭出声。看护者复告以梅蕾葬已三日,所遗者惟绣鞋半折耳。

勃朗克怀履往哭梅蕾之墓曰:“卿在泉下毋恐,吾誓以战死,仍来与卿作伴侣也。”哭未竣,而军中喇叭呜呜以召集其战侣,勃朗克乃踉跄掩面去。此事也,侬在沪于其友马利佳女士处得之,因特记之,亦所以尽友谊也。

——《眉语》第一卷(1914)第一号

梁桂琴

梁桂琴,生卒年不详,曾任《眉语》杂志编辑,著有小说《一朝选在君王侧》。

一朝选在君王侧(参辑《对山笔记》)

明末,总戎李成栋降清,统兵南下,过辄残破,所掳妇女十余艘,旋为嘉定乡民所焚,死与逸各半。成栋责兵弁务掠吴妹以偿所失,后李征粤,乃嘱其弟侍母居松江,令麾下某统兵守之,某有泛卒,素不安分。一日,其友刘七舍者,走告卒,言任阳黄氏,尝党逆,家私千万,虎噬乡里,得数百人剿之,既除民害,且实军饷。七盖诬之以泄宿怨也,卒告某,某乃令裨将率众由刘河经昆山至七浦塘而进。黄家主妇刘氏丽于姿,孀也,时适与媪张氏,封锁楼房,料量细事,为迁避计,待旦则发矣。忽闻门外炮声轰然,响震屋瓦,李兵破扉而入,启廪廪空,搜房房洗,遍索无一物,裨将恚甚,俄见众拥刘至,注视久之曰:“赖有此,不然何以复主帅?”众以劳而无获,怒七之诳,即杀七,纵火烧黄居,掠近村数十家,遂掳刘去,张媪从焉。

刘女珍,嫁直塘钱氏,闻母变,惊绝,终日长号。钱翁令子赴松探耗。途次,即闻成栋以粤东降永历,亲属被收,所掠妇女,悉于南京安置。钱子乃邀刘之仲兄偕往江宁,觅至一都统署,见有遵奉令条:“凡栋所掳妇女,俱准亲人具领。”钱子喜甚,方欲投诉,适有武弁自内出,钱子揖而告之故,弁曰:“我本以吴人投旗,与汝岂无乡谊?”乃携钱子至静处,语之曰:“王爷固有此令,但司其事者为黑都统,非阿堵物不可。”钱问所欲,则曰:“视年貌以定多寡,美而少者必须百金。”钱以所持不足,遂偕仲归。珍曰:“诚得我母,金何足惜?”遂以千金促钱与仲复往。钱至,即觅所识弁,且许事成后,另酬五十金。弁以诸妇女系掌家婆二太所管,每百两例予十金,曰:“可。”弁即取刘之年貌籍贯去,久之出谓钱曰:“无其人也。”钱皇遽曰:“余已访确,何乃无之?”弁曰:“我亦欲得金尔,岂给尔者?适据二太言,三百余人中,遍询竟无有,得无误耶?”仲曰:“事已至此,果否乞查一确据,当有以报?”弁踌躇间曰:“得之矣。”疾趋入。有顷,袖一册至,谓二人曰:“此确据也。”钱阅至末页,果有黄刘氏,及从媪张氏,而珠圈标其上,傍注选入王府,如是者共有四名,弁曰:“如何?我不尔诳。”钱神呆僵立,仲亦无如何也,嗒然返虞,拟筹别策。

乃不数日,而刘书至。初,刘被掳至松,李母见而悦之曰:“此必宦家女,姑以母事我,行将送汝还也。”未几,成栋败,家属皆槛送京师,一应婢仆悉置南京,俱听本旗发遣,刘亦罣名籍中,为黑都统承管,妇女三百余。初至江宁,席棚露宿,几不欲生。越日,而满洲太太至,盖王府中总管老妪也,年已七十余,发白如雪,鬓簪花朵,衣履皆男子式,善汉语,滑稽多智,至则都统以下皆跪迎之。掌家婆二太上前叩首,恭引至棚。妪先作汉语曰:“诸姊妹无恐,我来作降福符官耳,特不知谁真有福者。”乃侧身入队,择当意者,拽裾使见,令至别所排列,共三十余人。媪上下睨视,指曰:“彼太长,此略短,甲似肥,乙较瘦。”乃去其半,令留者至前,谛视发肤掌臂,复隔衣扪其乳,十又去七,仅存其五,乃列坐待茶,殷勤问讯,审其音而耳属焉。一妇声微窳,复去之,旋起立,语四妇曰:

"无动,我欲一观履式。"因以指量其履,戏语曰:"无乃唐突,然不尔不见真才耳。"徐向一妇微笑曰:"塞楞塞楞。"塞楞者,满语盖言最好。其妇即刘是也,因顾二太作满语曰:"雅海沁兀律罕。"言渠婢,令随去可也,俄拥四妇登舆,进王府。刘持张媪痛哭曰:"入此万无见珍时,我命亦不久矣。"

至暮王晏,命四妇侍酒,满妪诫之曰:"至王前宜各叩首俯伏,命起乃起,慎毋哭泣,致王怒也。"已而三妇如所言,刘独倚左柱向壁侧立,而额光煜煜,时与灯烛光相射,目泪睫晕,微红如晓花含露。王见甚异,问何籍,不应,问年几何,又不应,问有夫否,刘忽大恸曰:"我民间寡妇,为李兵所掳,以恋恋于一女,故不遽死,今至此,已矣,盍速杀我?我良家女,决不肯为奴婢!"声呖呖如娇莺啭树,俄以首触柱,砼然有声。满妪抱持之。刘且踊且号,鬟髻尽解,发长委地,光黑如漆。王怜之,命妪引去,嘱善护持勿令悲损。妪遂引刘入己寝以安之,朝夕进参饮糜粥,糖霜果品满几案。刘勺粒不入口,坐卧惟泣。张媪忧之,私语满妪曰:"刘之悲毁,痛念其女耳,前在松江,传闻李兵复扰直塘一带,及今三旬无耗,若得通一音以慰其念,饮食或可稍进也。"满妪为启于王,王曰:"速令作书,当命捷足往探耳。"妪告刘,刘乃修书寄珍,首言:"我生不辰,叠罹险难,河干一送,岂意竟为长别!"中言:"七兽肆毒,唆掳往松,方幸李母仁慈,生还有日,不料罣名眷籍,忽又送入掖庭,所以不即死者,诚欲得汝一音,以瞑我目。"又云:"直塘一带,是否亦遭焚掠,或七兽未遂所欲,致汝家为破巢之卵,亦未可知,我书得达,急盼归鸿。"末言:"茕茕嫠妇,既已密制锦衣,洁身自守,倘罹横暴,愿投清风之崖,汝尚自爱,弗我念云。"珍接书,且泣且读,方与婿钱生议覆,而刘仲适至,反复阅书,作咄嗟状,谓珍曰:"汝母亦太拗矣,王非他,乃入关时从龙第一功臣也。下江南,降宏光,平两浙,以懿亲典枢务,功高威重,但得为王婢,亦足安乐半生,何必峻拂其意，回书宜劝其遇事婉从，设使激发雷霆，恐我与若俱无噍类矣。”珍覆书，始慰以无恙，后云：“母生儿亦生，母死儿亦死。”情殊依恋，无激劝语，盖鄙仲也，而仲乃私致书，盛言王功盖寰宇，得侍为幸，末则告以“家毁无归。婿家究是外人，难以倚托，不如自发根枝，使余等亦叨庇荫”。乃以书尾冒署伯兄名，而已附之，盖伯素贤者，藉以折刘也。先是，刘知王为发书，心颇感之，已日进粥糜，及回书至，知珍无恙，色为之喜，继阅两兄书，沉吟久之，忽愠曰：“此非伯兄言，乃刘二所为耳。”饬张媪火之。

无何，王妃忽喇氏薨京邸，讣至，设位中堂。满制，本旗妇女灶下者，例合哭临，在外则穿素而已。满妪语媪，媪以告刘，刘曰：“业啖此间饭，曷敢不遵大典？”乃缟衣练裙而出。王适遇之于中霤，淡冶若仙，瞥目时光恰两射，王曰：“此非触柱求死者乎？何亦雅素乃尔。”因语满妪，以刘骨相不凡，当善视，无与群婢为伍，自是满妪侍刘愈谨，启事辄跪。未几，王赐刘满汉衣服各一箱。越日，又赐参十斤、东珠百颗，刘若勿闻。旋又赐首饰一箧、宫扇二柄、荷包帕各四件、金银锭各一盘。满妪跪告，此皆王爷所赐，意良重，又曰：“王赐宜叩谢。”刘惟偃卧，俱置不省。是夜，王命刘侍寝，刘乃大号曰：“果也将婢妾我也！我难妇耳，生长良家，岂有罪而输为城旦者，任彼朝朝暮暮耶？”王闻即已。满妪殊讶之，私谓张媪曰：“刘自入府以来，王待之者，恩礼亦已备至，无论馈食沃盥等事，俱不令值，且又赏给稠叠，实为非常异数。王尚无子，今忽喇氏薨，群婢中亦无宠幸者，而独注意于刘，此大福将至时也，乃刘尚有不豫色者，何哉？”媪曰：“刘性高抗，居家喜南面坐，诸婢仆屏息听指挥惟谨，今一旦欲其卑躬屈膝，辱充下陈，宜其宁死不愿也。”满妪微会意，乘间语王，王遂以金凤花冠一品服为赐，既宣命。张媪低语刘：“王今尊礼至此，宜若可从。”时刘虽仍不言，而手受冠服，颜色甚和，满妪从屏隙中，窥知其隐，即宣言：“朝廷定例，凡正室不孕而侧室有子者，奏闻后，即册立为妃，今服止一品夫人耳，或尚有贵于此者?”至夜，王以御赐金莲蜡炬导刘入寝，刘顾妪，谓:“独忘拜谢天恩乎?”王即命移炬中堂，王中立，刘立其后之左偏，齐行九叩礼。至寝，刘徐御冠，易补服，向王三拜三叩起。王见其知大体，有淑嫔风，喜极，几无复平时威重。

是夕，刘侍寝，满妪乃退而讯张媪以刘之身世，张媪曰:“虞山刘氏，世业儒，家虽落，名楣也。兄弟守田庐。伯曰赓虞，邑诸生，品行修饬;仲曰肇周，则狡黠嗜利，不务恒业;黄刘氏者为妹，闺名三秀，慧而艳，六岁母死，父教之读，遇目成诵，捉笔作楷，秀逸独绝。时里有黄亮功者，居任阳之大桥，素雄于财，亮更善居奇。崇祯间，吴中水旱频仍，物价腾贵，藉之囤营籴虚，家益富。亮貌温厚，而中多机诈，蓄资巨万，节缩常若寒士，年逾二十，始议娶妇，则丧夫而挟重资者，父曰:‘嫠也，里多请婚者，何必是?’亮曰:‘我以车往，彼以贿迁，嫠何害?’遂娶焉。妇姓陈，善操持，勤纺织，相夫二十年，其业因之愈炽。亮素闻三秀之美，适陈病瘵死，乃挽郁某为媒曰:‘果字我，聘仪惟命，冰上人亦当厚报耳。’郁乃商之刘仲，仲曰:‘吾兄素迂阔，事必不偕，若能以二百金为聘，四十金酬我，我当曲为成之。’亮如命，仲遂乘间言于伯曰:‘妹年十四矣，凡求婚者，卜咸不合，意良缘或自有在，顷郁某来云，大桥黄氏，拥资百万，宅第连云，婢仆数十辈，既以丧偶，乏内助，欲为我妹议婚，弟思此事得成，妹终身可以无虑。’伯默然。顷之，仲复言曰:‘事固有不可执者，忆我母弥留时，执妹手，顾父及我兄弟，言曰:“此女吾所爱，他日务嫁家之裕于我者，无与寒士，酸秀才能有几人自奋为妻孥福者?但愿其安享朝夕，不致碌碌井臼傍，我目瞑①矣。”其言犹历历在耳，若今黄氏之富，罗绮盈箱，仓庾如栉，母若在，必

① “瞑”，原文作“暝”，据文义改。

诺无疑矣。’伯顿作色曰：‘汝何言？我家虽贫，固儒也，岂贪富厚而以妹为贾人妻者？且彼之先，陈氏奴也，本姓王，以背主而易为黄，居昆之石浦，乃祖名元甫，复归虞，家塘市。元母为某宦乳妪，宦有田三千亩，在虞，以妪故，委元课租，元自正犒外，复蚀其十之三，诡言农欠，积久而成小康。乃父洪，尤凶暴，尝悦一佃女，乃假佃以金，初不责偿，越三年权之，遂攫其女为妾，不久爱弛，将转鬻，女闻而缢。时某宦已死，子弟皆纨绔，不问生产，田皆分裂授他姓，洪欺宦无主，吞匿其半，自是大营宅地，居然为乡里富人，然里之衣冠士未尝与之接也。今亮之为人，固稍敛迹，然计升斗，权子母，刻剥图利，亦足称黄之肖子，且妹年十四，彼已四十余，年既不相若，门户又不相当，何可婚乎？’仲知言不能入，事遂寝。无何，伯幕游山左，至维扬，见婚嫁者络绎，询其故，缘讹闻朝命，有中使至江浙，采民女以充掖庭耳，乃寄书于仲曰：‘此信至吴，亦必惊扰，然是讹言，万不可信，误妹终身事。’仲得书，喜曰：‘四十金入我囊矣。’因招郁曰：‘前议可成，然宜速为择吉。’遂复书于伯曰：‘兄书未至，事已遍传，通国不择人而婚嫁者，不下数百家，司里恐临期不克应命，预稽户籍，欲将妹之年貌登册，不得已仍诺黄请矣，然此天作合，非由人谋，幸勿以为弟罪。’伯得书，抚膺顿足，复作书让仲，书未至而婚已成。逾年，生一女，刘爱之甚，曰：‘此我掌上珍也。’因名珍，然刘每虑无子。余（张媪自称）系刘乳母，时依刘，因余寡而无子也，刘尝私与语曰：‘痴老年半百，只一女，犹兀兀然朝夕持筹握算，竟不思身后倚托者为谁也，将若何？’余曰：‘俗有先取他姓子，养为己兆，而引之者，往往如所愿，盍试之？’刘点首。时刘伯兄有子三，季曰‘金印’，始受读，温文俊雅，刘爱之，欲抚为己子，乃言于亮。亮以刘才敏心细，平时为亮筹画，无不中，久已奉若神明，刘即庸奴其夫，亦不敢违颜色，因曰：‘诺。’乃治馔邀二刘。时伯归里已五六年矣，而未尝一至黄所，刘恐其固却也,私遣张媪致书,大略言:‘妹非私奔,既归此家,前事且姑含忍,兄妹之伦,义不可绝,今谨薄具杯酌,为戚里一申款洽,念兄素怜妹,来则愈有光,不然则是张其贱也,妹亦置颜无地矣。’伯见书,不得已,乃偕仲往,始与亮相见。宴毕,入辞,刘谓伯曰:‘珍将就学,苦无伴,金哥来此依我,与珍同塾可乎?’伯曰:‘婴儿不能离母,且徐之。’仲闻遽曰:‘我家七舍可来也。’刘未应,而仲即于次日携子往。初刘之为亮谋也,以伯品谊为乡里所重,故欲藉以修好,即为后日门户地,仲则其素所心鄙者,其子亦凡猥不足数,而亮见伯落落难合,不如仲之易宠络,因反怂恿之,遂留焉。七性暴戾,比长,而横益甚,尝戏珍,珍怒,白于刘,刘挞之,遂宿之外舍,食亦不令同席,任其去来,七乃日逐群恶少游,虎而翼矣。无何,刘字珍于直塘钱氏。钱籍娄东,徙于虞,翁年五十余,仅一子,美秀而文,尝侍其母,出观竞渡,邻舫则刘与珍也,两家通问,知里居近接,乃各过船,款语甚洽。钱母归,语翁曰:‘黄氏妇固倩丽,其女则尤娴雅,淑婉也。’翁遂请婚,刘亦以亲见故,遂许焉。七怒詈曰:‘父曾嘱我勿游荡,姑将以珍字我也,故抚我,今乃背约别字,将焉置我?’刘闻,怒甚,邀仲呼七而痛笞之,且诘以珍字汝何据?七无以应,因谓仲曰:‘七第欲我娶妇耳,然直言亦何害,乃敢以横语突激哉?’爰以百金为七婚娶,复置庄房一所令居,且以己之奁田三十亩畀之,曰:‘刘产仍归刘氏,愿汝守之,若荡废,无入我门矣。’七好博,未逾年而田屋尽售,妻无所依,自溺死,仲亦恶其无赖也,屏弗子,七遂寄身博场。钱生则游娄庠,出赘于黄,刘爱珍及婿,一应衣服之需,盘飧之奉,倍及丰美,既弥月,生奉父命告归,课举业,刘慰留不获,始饮饯焉。时七为败类,苦饥寒,尝仰给于刘。一日,适遇珍,七曰:‘珍姊,向问尔几时招婿?’辄怒骂:‘前日衣蓝衫冠方巾者谁耶?’珍不答,又曰:‘姊夫归矣,姊寂寞否?’珍怒,遂入。及晚,珍于寝所觉有异,急出呼父曰:‘房中似有贼！'亮率仆妇持挺入，搜至床下，得一足，痛击之，贼大号，视之，七也。刘忿极以剪搠其股，流血盈地，缚而闭之室。厥明，仲闻而至，欲投之河，刘不可，令仲锢于家。甫一日，仲妻忽阴脱之，自是七遂欲甘心于黄矣。黄年及周甲，而嗜利益甚，催租索逋，事必亲历，碌碌城乡，日无刻暇。一日晨起，持簿书将至刘寝，忽扑地，家人急扶至寝处，日未中而气绝矣。亮死，刘痛哭，成礼既殓，七自外至，突入穗帐，凭棺呼爹，为号泣状，既而呼刘曰：'娘，取斩衰来！'刘曰：'死者无子，安用衰？'七曰：'我固子也。'刘厉声曰：'汝自姓刘，与黄何涉？'七曰：'幼而抚我，长而室我，田畴畀我，虽非亲生，亦是义子，今黄乏嗣，婿外人，能独享此乎？'刘曰：'汝今何欲？'七大言欲分遗资，刘怒甚，令仆妇之有力者，缚诸庭，自取臼杵，痛击数十，曰：'此我分汝之资也。'七初出恶言，继以不胜楚，号呼求免，遂释之。七出，且走且誓曰：'必有以报！'刘乃集童仆，人给钲一具，戒以每日晚，即持此分布四野，伺有所闻，当即相应。无何，果有盗自檐而下，刘急令媪启小门，于宅后鸣钲，四处钲声齐起，盗遂惊逸，家人咸相庆，刘曰：'未也，乃更坎室之行道为阱，穴壁数处，中贮石灰末，而承以风车。数日后，复有盗数十，舣舟屋后之水门，夜将半，各明火执仗，斩门而入，将及内寝，前导者遇坎即陷，余盗知有备，方仓皇间，壁穴中灰末骤飞，尽眯贼目，乃各弃械窜。烛之，落陷者七也，跣足散发，皂衣墨面，形同鬼魅，刘曰：'我固知此兽所为，俟天明，当鸣之官。'珍曰：'鸣官恐伤舅氏心，不若纵之。'刘乃驱使出，自是里中无七之迹矣。刘连被惊扰，心常恐，因谓珍曰：'盗犹可御，纵火奈何？我当先安死者。'即葬亮于泖湖之祖茔，事竣，谓婿曰：'此不可居，我将依汝。'于是先举什器运至直塘，遣珍归，以一册付之曰：'除汝房中物，余俱在此册，囊米二百余斛，每贮银二锭，须亲检收，大小衣箱六十有四，各有银若干，柜三十七，或贮银，或贮钱，皆有号可稽，汝先发，我将踵至也。'乃佣工百人,连运数日。既毕,刘复遍招乡里贫户,饫以酒肉,尽焚其积年债券,且开仓廪,人给米二斗、麦半之、棉花五斤、菽五升,众罗拜曰:'夫人施恩,遍及我等,将何以报?'刘曰:'报何敢言?第有积粟二十余石,诸君能为我运至直塘否?'众曰:'惟命。'时值岁饥,乡间富室囤谷,每为贫民攘夺,刘反得而用之,不三日而运已尽。时刘本欲即赴直塘,视历,连日不宜迁徙,三日后乃吉,孰知越二日夜将半,而余与黄刘氏乃被难,流离颠沛,以至于此。"

张媪说既竟,满姬笑曰:"然则刘有今日,亦七致之,于以见淑女之终当配吉士也。"刘嫁王后,甚相得,逾年生男,太后闻之,赐洗儿钱百万,册为王妃,婿亦成进士。仲患消渴,卒于途,刘后复为亮访立本宗云。

——《眉语》第一卷(1914)第一号

柳佩瑜

柳佩瑜，生卒年不详，曾任《眉语》杂志编辑，著有小说《萧郎》《才子佳人信有之》《郎情如水》。

萧郎

凄凉旅馆不成眠，人到无家□□怜。花谢水流春似梦，□酸雨□□如年。春衫有泪□离恨，秋扇无情了夙缘。怆绝一奁明月镜，等闲□破镜难圆。

庚子秋窗□悼

“旅馆欹单枕，乱蛩鸣四野，助人愁。纸窗风裂，乍孤眠，被儿薄又怯，冷清清几时温热。”客窗寂寞，旅梦缥渺，余以探友来白下，安宿于某旅舍。更漏催残，黄粱①梦觉，辗转衾枕，乡思倍切，乃拥被剔灯，起坐床头，随手翻腾，得此断缣碎锦。顾字态婉秀，如出诸闺中手腕，而满纸悲酸，杂以泪血斑烂，有不禁令人恻然心动者。惜乎吉光片羽，赵璧难完，余复起身检索，搜尽帷榻，凑集黏合，仅得全词之七，而其飘零悲感之意，已隐约流露于字里行间。嗟乎！湘江之管拈来，啼痕渍碧。蜀锦之笺写出，泪点斑红。苏惠回文，织尽愁丝千缕。乐昌破镜，难成佳话重圆。千古第一

① “粱”，原文作“梁”，据文义改。

伤心事,莫如薄命到红颜。余好奇心发,誓踪迹此可怜女儿,期有以救济之,乃侦视室中,于镜屏后复得一残废之报纸。折叠甚整,展之,见一奇异之告白,标其题曰"寻夫"。呜呼!夫也不良,捐弃其妇,而此闺中弱质,犹生死缠绵,念念不忘其夫,风尘困顿,期鸳梦之重圆,抑亦痴心之甚矣。读其告白之文曰:"郎乎归来,妾秋水望断矣!在天比翼,在地连理,私誓耿耿,言犹在耳,奈何长安一去,归期屡误?须知闺中人金钱暗卜,楼头频盼,只有画梁双燕,年年飞来,陌头杨柳,岁岁春至,而终不见郎君欢笑入门来也。郎之去也,谓谋升斗以赡①室家,妾原欲携手同游,以长安居家不易,侬不忍重郎担负,故甘于孤鸾独守。然柳亭依依,凄凄送别,此景如昨,而郎君竟忍弃妾乎?郎去即无音信,妾初以谓能者多劳,郎君固无暇及私也,乃转瞬八载,翘首天末,鱼雁沉沉,郎君竟忍弃妾矣!忆昔闺中握别,妾谓郎曰:'春风几度,腹内已有声矣,周年归来,当可认阿父试啼声也。'今儿生已七龄,妾辛苦鞠育,聪慧俊秀,然犹不识其父也。嗟乎郎君!纵弃妾何忍弃此一块肉耶?近传闻郎君随幕来白门,妾典质钗珥,踪迹至此,徘徊盼望,而消息冥如,然旅况萧条,行不得也,归不得也。嗟乎郎君!果何所嫌怨而忍弃妾乎?妾今忍死以待郎归,愿明正妾罪,死亦瞑目,且此无知稚儿,亦当速求归束。郎乎其速归来!妾现寓旅馆,朝不谋夕,时时盼郎援手也。妾诚不忍宣郎姓氏,恐流传人间,骂郎薄幸,则妾心何安?郎读此当能自悟也。妾吴纫秋白。"缠绵悱恻,墨泪相和,天壤王郎,何忍心一至于此耶?

明晨,余乃就询于逆旅主人。主人告我曰:"旬日之前,有薄命女子携其稚儿,就宿于君所宿之室,挽余投登告白,招觅其夫。女子处室则愁眉双锁,终日以泪洗面耳。居旬日,而犹不见其所

① "赡",原文作"瞻",据文义改。

谓夫者。余叩以若夫姓名,彼坚不吐实,盖恐被人传说而笑骂之也,其用心亦苦矣。无何而女子病矣,音容憔悴,血泪斑烂,稚儿则绕床娇啼,此景此情,吾人见之,亦为之泣数行下。幸而病不数日,其夫踪迹至矣。吾人乃为之大慰,意谓闺中细君憔悴至此,为其夫者见之,尚不知若何怜惜,况其夫妇以久别而重逢者乎！孰知大不然,相见之下,彼女子虽絮絮诉别,切切言愁,而个男子乃以叱咤报之,斥其不安于室。女子虽遭夫君白眼,终以破镜得重圆,亦笑颜受之。尤可怪者,合浦虽幸珠还,而鸳鸯乃不甘同梦,当晚男子复匆匆去,娇妻稚儿之挽止不顾也。然而个女子则以夫也不良,涕泣终夜,病势益增剧矣。明晨,其夫复来,谓欲挈妻赴沪,顾女子则呻吟转侧,步履难支。吾人乃谓病者不宜劳动,且住为佳,余更愿以捐免旅资,俾尊夫人稍事休养为言。后男子乃谓若曹毋沌乃公事,且迫其病妻整理行装。可怜盈盈弱质,含悲忍泪,一举步一喘息,一动手一嘶啼,栗六终日而束其装。男子乃倾囊偿旅值,挟妻孥去。其妻登车时,眼泪犹夺眶出也。”逆旅主人既毕其辞,余不禁为之目眦发指,欲得负心人而甘心之,然细询行踪,则除此外固茫然也。余无可如何,只得付之一叹,匆匆附车返沪,以重理余笔墨生涯,然耿耿此心,实未尝或忘此可怜女子。

某夕,灯昏月上,余正与室人促膝话家常,忽闻警钟频鸣。余固救火会中人,救灾恤邻亦人类之义务,余急易装,跨自由车,追飞逐电以向灾处疾驰而进。至则万头攒动,火光烛天,儿啼女号,杂以墙侧屋圮,声殊嘈乱,兼以搬物者之东奔西窜,救火者之纷至沓来,扰攘万状。更迫近,则烟焰迷目,火炎灼肌,而地上瓦砾焦木,纵横交错,流水成洼,沾濡衣履。余此时激于义勇,亦不遑顾虑,乃独携机头,跃身上屋。西风甚劲,余跨据东厢,而火蛇万道,齐吐其舌焰以向余,余力注以水,火势稍杀,不意祝融君乃轻骑暗袭,已从墙外攻入余所据之厢屋。余以立身屋面,不及觉察,直至火炎穿屋脊出,忽闻巨声震耳,烈焰飞腾,而屋倾矣。幸余肢体矫疾,急攀缘电杆而跃入对室窗户。回顾尘烟蒙泷中,此巨屋已成可怜焦土矣,然亡羊补牢未谓晚。余乃亟亟思所以保全此身所在之室,凝神注目,手中发水如急湍,注射甚力。然亡唇之齿,终不免于殃及,盖此时火之先锋已疾入此室之大门。余四顾室中器物零乱,此中主人翁早已逃亡无孑遗,而余之伴侣,此时方致力施救于前方,亦无一人为余助者。余欲以独力敌此如狂之火焰,固已万难制胜,目击其焚烧窗牖,砰湃作声,若显其炎威无敌者。正彷徨间,耳际忽闻悲咽之呻楚声。余乃大惑,急寻声奔入隔室,而火之一部已占据其前端,后端另辟一室,障以木壁,壁有门扃焉。呻楚音又作矣,细审之,声发自壁内,娇颤类女子。余此时已不遑与火敌矣,急破门入,室中殊黑暗,一灯如豆,一女子蓬首垢面,缩身如猬,娇喘憔悴,状殊可怜。此时彼以盈盈之目注余,柔声一缕,仅辨其谓"愿君救侬"之一语,余答之曰:"君无恐,余救火会中人,固以救灾为天职者。"然此时火焰已窥门矣,余急挟此弱女夺门出,狼仓下楼。天乎天乎!此家后门已为火阻,女子见余颜色灰败,知处境极险,彼亦闭目缄口,紧攀余肩。余见其珠唇颤动,泪点滴沥,知其芳心一寸将碎裂矣。余犹勉强慰之曰:"无恐无恐,余有术出此险也。"乃急攫得一绒毯为女子围裹之,然此时则除余二人所匿之室外,几全为祝融世界,苟稍延缓者,楼板亦将覆余侪身上矣。余自思余与此女子岂竟毕命于此乎?若然者,生不同衾死同穴,反属此素不相识之女子矣。在此女子憔悴一生,今乃有余为之殉,固甚得计,而余则谓何耶?余思至此,自奋之念又起,与其坐以待毙,何如图万死之一生?回顾火势,则相逼而前,屋顶震动已作声,转瞬将圮矣。肌肤焦灼欲裂,呼息促迫万状,俄而黑烟滚滚,迷漫室中,至对面不相见。余肺部作恶,头目昏眩,耳际微闻①怀中女子嘤嘤涕泣。余乃奋力举步，向火焰疏淡处奔突求逸，然力实不支，足绊②于石，倒足火中，女子亦随余倒。蒙眬间，觉巨声震耳，灰砾压半身，惟不甚重，继闻人声嘈杂，余乃悟身畔之墙已倾，又觉头面沾濡，余心中固知救火者以水柱射余身也。顾力自争脱，终不得醒，此后则更恍惚无所感觉矣。

不知隔几何时日，余蘧然觉，则身卧病室中。帘外鸟语花香，帘内窗明几净，回顾吾妻，依坐床前，默察余之动静。此时第一萦余怀念者，则因处室中之可怜女子也。余不禁脱口问曰："彼女子如何者？"吾妻曰："彼受伤较君烈，至今犹昏沉未醒，恐不保其生命矣。"余此时乃觉手腕奇痛，头部亦受创，裹以巾，两足麻木若病瘫，幸旋即睡去，亦不甚痛楚。自此卧床月余，杖而能行。余乃挽吾妻臂，步入女病室，见彼可怜女子辗转床头，消瘦几不可认。余行近之，彼徐仰首向余。噫，异哉！彼女子面貌，余从何处相识者？今虽消瘦，然余固能辨之也。余乃俯首思索，噫！忆之忆③之，此固吴女士兰芳也。数年不相见，奈何憔悴至此？余乃呼之曰："君非吴家妹妹耶？曩在急难中，固仓皇未之辨也。"彼媛闻余言，亦作惊诧状，视余良久，乃亦"噫"声曰："君乃吾友方世俊也？侬固曾相识者？"余颔首报之。

读者诸君，余乃欲溯述余与吴女士已往之历史矣。妾鬓垂髫，郎发总角，同居长干，两小无猜，此余与吴女士儿时比邻之景象也。然竹马青梅，耳鬓厮磨，情根之茁，其发也渐。稍长且同塾读，出入相携，寒燠相顾，塾中一切缮作之劳，余每为之捉刀，师偶觉，责余，女士必于无人处温辞慰谢，颇足偿余痛楚，故余虽受责，

① "闻"，原文作"间"，据文义改。
② "绊"，原文作"畔"，据文义改。
③ "忆"，原文作"亿"，据文义改。

而心则怡然也。女士有兄,已娶,伉俪甚笃。女士羡之,尝于窗前柳下娓娓谈情,谓愿如兄之与嫂,终身不相离者,实则天真浑朴。彼时吾二人固未知世间有夫妇之名义,更不解夫妇有若何之实际,而私心耿耿,则但愿相守以终耳。居三年,女士父母以女年渐长,男女须别,且其父有楚北之行,于是举家北徙。余闻之,哭三昼夜不已,且欲余母挽之,纠缠不已。母笑曰:"此他家人,我岂能留之哉?"后见斥于吾父,余始不敢作此念,而女士则于余悲愤纠扰际不别而行,从此美人已属沙吒利,终身之约只得期诸梦里心头矣。又十年,余娶妻,情爱颇深,间思金装玉琢如女士者,当亦有郎如玉,藏之金屋作画里真真看矣。不意更于十年后患难相遇,而名花零落,玉容憔悴,一至于此。

余乃不得不寻根究底,以探询美人身世。女士唏嘘久之曰:"故人情深,劫花孽重,侬抵楚后,入某女学肄业六年,又随父入燕。侬父忽中于势利,入政界,奔走夤缘于权要之门。时某尚书当道,有子庶出,声色狗马,穷奢极欲。侬父欲结好于尚书也,乃以侬字之。侬母争之,无济,懊恨死。侬恸母之泪未干,而彼家强娶侬去矣。尚书郑姓,侬所嫁者名世禄,粗暴蠢俗,令人难耐。侬彼时虽属新妇,而依依白云,时下思亲之泪。世禄恶侬,未弥月而即与侬绝,从此凄对短檠,独守寒帏,世禄则纵情酒色。彼家人上下,且时以冷嘲热骂逼人难堪。侬乃诉之父,而父则漠①然视之,诉之兄,兄更置若罔闻。是年冬,父且以瘵死。呜呼!父乎!权势何在?而侬则终生抱恨矣。不三年,尚书以贪墨去职。逾年,尚书卒,妾卷资从家奴去。世禄则更狂放不羁,罗掘所有,挟之游沪宁。呜呼!夫也不良,至此而竟弃侬矣。侬初尚痴心盼望,且已孕而生子,侬更为之耐心抚育此可怜之稚儿。及儿已成童,而

① "漠",原文作"膜",据文义改。

浪子之消息竟冥如黄鹤。时则典货俱罄，朝不谋夕，侬不得已，携子南访，踪迹至白门，居某旅舍，托逆旅主人登报觅侬夫。”余闻至此，乃跃起曰：“余得之矣，是否具名吴纫秋者？且遗有‘凄凉旅馆不成眠’之残稿者耶？君更名，余已不识之矣。”女士闻余言，诧甚。余乃为之述于白下旅馆中得残稿，及如何访觅踪迹事。女士复续言曰：“不数日，侬朝夕所盼望之夫至矣。讵意茹苦十年，所得偿者，彼浪子之怒目叱声耳！然既见夫子，侬心亦安，乃从之返沪。不意入门见嫉者，已先有彼量珠以致金屋以藏之爱宠。呜呼！鹊巢鸠占，从此零丁母子供娇①妾之颐指气使，蓬首垢面，镜里容颜，已非故我。侬虽至此，然犹降心下气，以冀侬夫之自悟，然日积月累，非惟无以挽其心，且以娇妾之枕头谗嗾，竟售去侬之爱儿，不啻剜侬心头肉也。夫又怒侬之涕泣扰人，竟施以鞭挞。男仆走劝，则又诬侬曾与仆通，更逐仆而囚侬。呜呼！侬此时之所以恋恋不忍死者，终期踪迹吾儿图母子之团聚耳。幽室饮泣，自夏而秋，乃遇救于君。历劫重逢，当是前缘，惟侬躯摧残实甚，当无再生之望矣。”余至此悲愤不能自止，遂讯以彼负心人之住址，欲得而甘心之。女士谓：“宁人负侬，毋侬负人。君如念总角情，则为侬觅得此苦命之儿而抚养之，侬当含笑于九泉矣。”余妻闻至此，亦不禁热泪承睫，又孰知女士即于此时一瞑不视矣。医院中招觅其夫不得，余乃殓而瘗之西山之麓。一甑麦饭，三炷心香，挥泪而告之曰：“相爱有愿，相聚无缘，魂兮有知，当可自由入梦。余誓为汝觅抚遗孤，并当执负心人来请罪于墓前，天地悠悠，此心长往。”告毕，即束装携吾妻作四海之遨游，以期有所遇也。

——《眉语》第一卷(1914)第二号

---

① “娇”，原文作“骄”，据文义改。

梁桂珠

梁桂珠，生卒年不详，曾任《眉语》杂志编辑，著有小说《同气连枝》。

同气连枝

十里洋场，闹市如云，繁华绮靡，冠甲中国。居者习于奢侈，太半淫佚，花城歌舞，挥金如土，纸醉金迷，荡魄销魂。野鸳双双，既趋之若渊薮，孤鸾只只，复视之似乐土。崇山大川，何择尘土细流，重阁层楼，不妨藏垢纳污。家鸡野鹜，偏同时而出游。闺阁平康，几迷目以无别。然而十室忠信，百步芳草，羯鼓解秽，固大有人在，未必尽化靡靡也。

春申江之西，苏州河之北，有居焉。铁扉红楼，面水临街，推窗遥眺，则桅樯万枝，黑烟千缕，往来江中，如织如梭，更南顾而望，则公园见焉。假山叠翠，碧树笼烟，方亭点缀，铜像高耸，景不丽而清，地非僻而幽，诚闹区之桃源，亦喧市之蓬岛。时则夕阳斜照楼头，红霞满室，一端好女子支颐坐窗前，引领遥瞩，殷殷盼望，一若重有忧思者。噫！伊何人？伊何人？有女怀春耶？抑悔婿封侯耶？曰：否否，盖深闺阿姊盼其弱妹自学堂归来耳。

女盖阀阅家世，潜缨后代，父母早背，兄弟终鲜，骨肉之亲，惟一稚年之妹，茕孑孤苦，相依为命。女既悲身世，兼怜妹弱，立志守贞，抚孤不字，将待妹成年，为之择一如意郎君，赘为东床，以续书香，而了向日素愿。嗟乎！其心苦其志高矣。所幸父母遗资颇丰，不患穷乏，更佐以十指，良足温饱，于是谢绝宾客，伴妹讲读。惟一灶下老妪，兼司门户而已。又以妹绝娇痴，尝体父母遗意，关念手足亲情，遇有小过，不忍呵啧，姑息既深，将堕恶道。爱之适以害之，矧无才是德，此非其时，盲人索途，难免踬蹶。玉不琢，不成器，人不学，不知义，方之圆之，端赖教育，高楼深锁，何日成材？妹年十四，即送入女学肄业，每逢散学归家，月上时候，则灯下问字，窗前伴读，极人间手足之乐，问寒嘘燠，量食劝餐，切阿姊期望之殷。驹隙光阴，流水年华，其妹天真烂缦之年，倏已迅过，妙龄美好之日，正当及时。读书三年，即已头角崭露，能抽毫作短文，阿姊则中心欣慰，以为吾家有此女学士真堪压倒元白，九泉父母可以含笑矣。然而芳龄十余，正血气未定思想发皇之际，犹似素丝，染白则白，染黑则黑，其妹学友，讵皆淑德贞闲之姝，不无放浪佻达之女。阳春白雪，和者弥寡，下里巴人，学之正易，恋爱自由之说，虽未窥其义蕴，男女平等之谈，已能宣其旨趣。腻友二三，竟效法男子，日征逐于酒场，知己数辈，乃比拟豪贵，常从事于赌博，喝雉呼卢，通宵达旦，故时向阿姊索资，以供挥霍。初则姊因爱之甚，意不忍拂，慨然与之，继见其流连忘返，乃稍稍诮让，吝不给资。然堕落已深，非微力所能挽回。阿姊虽不给资。仍可时向友家借贷，资其逸乐。每日课毕出校，必呼朋游博，不甘深居简出，非昏夜不归。是日为星期之第六日，学校散课较早，故阿姊预立楼头，凭栏以盼妹归也。

少焉黄昏月上，明电辉耀，星光万点，灯火千家。遥见一翩翩女郎，珊珊而来，碧衫玄裤，体态绰约，瞬时已及家门，轻盈莲步，忽趑趄不敢前。楼头女子见之，急下楼自辟其户，执女郎手曰："妹妹归矣，妹妹归矣。"乃闭门携手以入，殷勤问以饭未。妹则愁容笼面,羞愧隐怀,赧颜嗫嚅曰:“妹已饭,惟妹不肖,日者运恶,每博辄败,囊金散尽,债台高筑,呼吁不灵,悔嗟焉及。好姊姊,亲姊姊,盍再赐妹银圆三百,了偿宿负之后,当洗心革面,勤学不辍,以副阿姊之切望。”

姊曰:“妹言改革者屡矣,初未见一践汝言,今日不知去何处输得如许,又来向阿姊要钱耶?呜呼!黄金易尽,欲壑难填,常此不变,行见汝沦落卑田,颠踬穷途,父母有灵,亦当痛哭。嗟乎!姊也不德,不能以至诚感汝,累及汝躬,姊罪深矣,将何以见父母于地下乎?”言已,声泪俱下,掩面哽咽不止。

妹见状亦稍稍感动,天良勃发,渐悔交并,然而昙花一现,旋若春梦之无痕,恶魔渐侵,宛似鸠居复夺主,物欲既深,天真汩灭,因强辩曰:“父母遗业,非姊独有,苟得畀妹半产,已足资妹挥霍,奈何吞没不与?岂欲留赠姊夫用耶?”

姊闻斯不入耳之言,大怨愤,自念:“数载辛苦,竟同流水。一朝反目,便欲析产。彼虽出言无情,我乃苦心难白。”悲从中来,泣呼父母不已,既而止涕怒曰:“父母遗产,固非微薄,汝亦尝思十年赡养,锦衣肉食,爱护珍惜,耗费岂是天雨之金?汝近更屡索所藏,狂事挥霍,资产已将殆尽。”语到此,复自衣厨中取饰匣示之曰:“所余惟此中戋戋五千余金之首饰,是父母生时之遗,易之购爱国公债票,利子收入,足供我姊妹温饱。妹如能屏除旧习,自甘蓬户,则从此闭门谢客,勿复嬉戏,不则,妹既供承有人,请从此辞,勿忆阿姊也。”语毕,恨恨自入他室,饰匣仍遗桌上,未及检入。

前尘若梦,旧影如云,既有今日,不该当初。女郎自遭阿姊严责,无异当头受棒,梦回意转,俯首内惭,天良发现,忽放光明,然而刹那之间,复为浮云掩蔽。盖女郎闻姊已去,始敢仰首,而桌上灿灿饰匣,直射眼帘,心旌摇摇,贪念忽萌,窃为此中金银,足供半生逸乐，取而去之，姊其奈何？嗟乎！人为物欲侵乘，良知已①泯，于是临深履薄，彼竟视为康庄通衢，甘冒天下之大不韪，而公然蹈之。女郎之萌此念，正患其良知为物欲蔽耳，时女郎瞰姊不在，即携匣下楼，出门蹈月而去。行及浦江桥头，小立闲眺，则见皓月当空，冰清玉洁，彼光潋滟，镜明晶澈，忽憬然悟曰："侬惟好嬉戏耳，此心本同月色水光一样皎洁，奈何一言不合，遂作鼠窃之行？既堕自己人格，复失阿姊期望，一失足成千古恨，再回头已百年身，完璧②归赵，回头即岸。"正欲举武返家，而身战手颤，匣落浦中，江水滔滔，逐流以去。噫！彼苍者天，岂不欲其悔罪自赎耶？女郎失匣，乃大震惊，自思匣中珍饰，为阿姊生活之源，一旦堕波，无日还珠，养生缺资，何以自存？遗祸阿姊，侬罪蔽天，碧涛万顷，其为侬葬身之所乎？既念徒死不足蔽辜，完璧差堪自赎，不如从今上达自奋，力图即聚，则姊妹之好合可期，父母之幽灵可慰也，于是掩面而去。

夜长烛短，望美人远，女郎之去也，翩若鸿逝，阿姊未及觉察。迨夜漏既深，犹未赋归，乃大忧虑，自怨出言过甚，不当令其置身无地，设有不测，何以对父母于九原？踯躅室中，坐卧为之不安。夜阑矣，而倩影仍杳然，乃坐待竟夕。破晓，即哀恳邻人，四出搜觅，及暮而犹无踪迹。时女已哭成泪人，没作理会，不得已登报求之。数日亦无佳朕，从此自怨自艾，独度其凄凉之岁月，每逢佳节，眷念及妹，不免泪下沾襟焉。

日月不居，催人易老，夏葛冬裘，倏已寒暑十易。一日，夕阳斜照楼头，红霞满室，女则眉黛深锁，支颐坐窗前，宛然曩年景象。忽见一驷马高车，得得而来，车中坐一女郎，窄衫长裙，花冠蛮靴，

---

① "已"，原文作"以"，据文义改。
② "璧"，原文作"壁"，据文义改。

双眸仰视楼头,若有惊喜之状。正疑思间,而车止门前,铃鸣门辟,女郎已入,御者荷巨囊随之。旋女郎登楼,迎而端详之,则妹也。十年不见,忽自天降,其一种若信若疑,一愁一喜之神情,直顷刻万变,不知是梦是真,不暇问答,即相持而泣。泣后,复相自责,各道别后之事。盖女郎自桥头去后,遍向旧交呼吁,到处罗掘,才得千金,乃乘风破浪,渡洋而西,至新大陆学美术画焉。且佣且读,备尝辛苦,六年而术精,复周游列国,广交名姝,以美术名于时。社会颇欢迎之。每一图出,不胫而走,都人士莫不争购,一时为之纸贵,因此得资颇丰,寸锱日积,三年而得二万余金。宿愿既达,旋赋归兮,束装乘轮,行色匆匆,一片归心,已随波南下,方抵国门,即趋视阿姊也。

姊闻妹自述毕,不禁破颜曰:"侬方自咎,曩为客气所乘,责言过甚,恐妹羞愤而遭不测,至今尚自引疚,讵料一语误会,几铸大错。是夕以匣示妹之时,此中已属空空,饰物珠玉,均已易购债票,别贮他箱,而妹竟认为连城之宝,不亦傎乎?"虽然,放下屠刀,立地成佛,不受激刺,安得今朝耶?从是姊妹辑睦如初,终身不相离云。

——《眉语》第一卷(1914)第二号

谢幼韫

谢幼韫，生卒年不详，曾任《眉语》杂志编辑，著有小说《他生未卜此生休》。

他生未卜此生休

斜阳黯淡，衰草萧瑟，猎猎西风，啸啼天末，鳞鳞湖水，呜咽人间。骚人雅士，每道西湖佳胜，风和日丽，薰人欲醉，殊不知一入秋冬，景象惨寂。四山云气，长含愁容，一洼涸水，荒芜满目，桃枯柳折，并败垣颓。渔家茅屋，严扃户牖。偶有白叟黄妪，探其半面，则缩颈蹙额，兴趣索然。行人过此，惟闻犬吠唠唠，发于垒垒荒冢间，画舫歌舞，兰亭酬唱，风流旖旎，而今安在？不独此也，南望雷锋，景更凄绝，黄土断碣，长埋血泪，风雨飘摇，鬼声四起。呜呼！此何地耶？西湖行乐处，何来此惕心警目凭吊欷歔之断头场耶？盖浙垣大吏，例于此清波门外，雷峰塔下，处决囚犯。霜刃横飞，头颅跃去，血肉狼藉，鹰犬四集，石城无言，绿漪长流。此一片销魂地，固已数百年相传，死者悠悠，来者续续，伤心惨目，无时或已也。

杀人越货，贪赃枉法，大盗恶吏，固宜纳之此中。间有顽夫淫娃，误蹈刑纲者，已属言之可悯，乃有兰闺艳质，冰清玉洁，论其节烈，更足以惊顽立懦。砥柱名教者，徒以势利污人，坐使脂粉娇娃,血染城头,多情儿女,恨埋塔下。刑之日,观者如堵。亭亭玉质,蛾蛾红粉,双腕如雪,桎梏系焉,圆肤如笋,缧绁在焉,秋水盈盈,泪界粉面,春山淡淡,蹙断眉峰,云鬟飞蓬,香颈低垂,此时芳心一寸中,当亦愁绪万端矣。即傍观者,睹此玉人憔悴,铁索郎当,俦不为之泣数行下,欷歔相对。彼虬髯虎额行刑之武士,见此红颜薄命佳人摧残,眈眈双睛中,亦不禁露其可怜之色,以注视此女罪人。庄严官吏高坐堂皇者,亦不禁霭容相向,柔声谕之曰:“汝今蹈刑而死,幸毋怨余残忍,亦国法使然,且汝聪明女儿,当有以自忏也。”女闻之,答曰:“杀人者死,侬死且甘之,盖侬之情郎,已候侬于地下,侬何乐而不死耶?西湖一片干净土,山明水秀,与侬心同此皎洁,侬死亦得其所矣。”吏曰:“汝死在俄倾,苟有所求,宜速言之,吾当于法外施仁,允汝所请也。”女曰:“侬死既随侬愿,他无奢望,惟有求于堂上者,请假侬片刻生,俾侬略事膏泽,毋使地下郎君。怒侬草率,且女为悦己者容,侬亦自爱其如花美眷也。”吏允之,女乃轻匀红粉,淡扫蛾眉,鬓之蓬者膏之,臂之垢者濯之,披罗裳,套绣履,条脱约腕,金钗插髻,环珮丁当,容姿绰约,宜喜宜嗔,不修不短,洛神风韵,固已醉倒道傍几多儿郎矣。女事竟,乃回眸一笑,向堂上微点其首曰:“可矣。”娇音未绝,而白刃过处,美人头已含笑埋于荒草间矣。观者齐回其首,盖不忍睹此血肉糢糊之粉面也。

美人死矣,世之多情人,苟悼惜此美人者,吾请为述美人之身世。初,美人之父仕于鲁,握臬篆,以清闻,鲁之民咸称之为廉吏蒋竹轩。竹轩有女,名婉仙,即此断头之美人也,婉仙生而贤慧,父课之读,尽经史,然竹轩以廉介不便于众,挂冠去,卜居沪渎,图林下乐也。逾岁,丧其配,乃以资购小家碧玉阿莲为箧室,入门见嫉,蛾眉工谗,婉仙周旋其间,固已难免勃谿,所幸醉心诗书,深居简出,亦无以逢彼之怒。婉仙所居,绣窗面临通衢,车水马龙,鞭丝帽影，固朝夕绕越镜台妆楼，如织梭之不息。然婉仙秉赋，不同凡俗，锦绣繁华，尘芥视之，惟每当夕照含山，流霞满空，婉仙辄依栏凭吊，寄目高远，退而即景成韵，句曰：“远峰寒碧夕阳殷，烟翠空冥西子鬟。欲去依依有余恋，晚红新月雾中山。”吟咏写怀，亦闺中之例事，不意即此一诗，已足颠倒狂生致杀其生矣。

陆生毅生者，浙之鸳湖人，负笈来沪，入某公学，奋志勤学，为全校冠，然痴于情，平居见妇女，则远让之，若将浼之者，是以年及而立，尚乏中馈选。居近婉仙妆阁，电车辚辚，适当绣窗之前，窗下又适为停车处，陆生朝暮往返，必于窗下延伫，积日既久，始知玉人咫尺，咳唾可亲。在陆生初犹端庄自持，目不傍视，无奈春色撩人，虽大英雄亦无以处此。于是每晚归来，必向楼头瞩目。玉人临空，香风四溢，情网重重，陷入实深，然婉仙固未之觉也。某日，婉仙正于楼头把笺推敲，忽风姨入幕，遽劫此一叶诗简以去，婉仙急追踪出，则此琳琅一纸，已掷地作金声矣。时适陆生下车返，见之，急拾而藏诸袖中，仰首向楼头一笑而去，婉仙羞颜双晕，以嫌疑所在，亦不便向陆生追索也。

陆生既得笺，宝之如拱璧，碧纱笼之，香花供之，绮情渺渺，已不能自恃其心，乃于衢中踯躅，过往益勤，深冀一餐美人秀色。然自堕笺而后，楼头玉人，深藏色相，陆生虽望断双眸，而终消息冥如。殊不知大家闺秀，礼义自防，闲蜂浪蝶，固宜严厉拒之，然谦谦君子，实非浮薄之徒。婉仙每日隐身于碧罗帏里，潜侦默察，觉其诚实忠悫现于眉端，况属读书种子亦不失为风雅，于是一寸芳心中，亦稍稍有伊人之影迹，然陆生固未之知也。遥望楼头，美人渺矣，伫探为劳，懊恨万状，积劳积恨。陆生病矣，于病榻维摩间，乃筹得一计，即赁居于美人对屋楼头，望衡对宇，绣帷在目，又过于窗外标陆毅生之名，欲美人见之也。次日，婉仙对镜梳妆，忽于镜中见对屋一少年，凭栏凝睇，憔悴甚矣。谛视之，辨为拾笺人也,急呼婢阖其窗,从此绣幔沈沈,不复见有美人之颜色矣。

虽然,婉仙外示决绝,而才子佳人亦难免于同度相吸,特以端重自持,故示静寞,实则俊逸少年时萦其仪态于美人胸忆间矣。然而陆生不复可耐也,乃径投以辞翰,倍道相思之苦,并自矢非浪子猎艳之流,甘于十年茕独者,苦无当意耳。今获睹芳姿,并漱诵丽词,一身傲骨,已为美人倾倒尽矣,但自顾寒酸,不敢妄冀,惟得一挹芳仪,虽终鳏亦足自慰也,又谓现就某公学读,毕业在迩,兼任某报笔政,聊得膏伙之助云云。婉仙得函后,仍置之不报,惟日购某报读,觉陆生著述,不独词藻富丽,且其胸襟阔大,豪迈之气,可于言外得之,一寸芳心,又为之增一步热度矣。陆生虽不获报,然琼瑶频投,觉美人亦不以为忤,从此情词绮怀,写尽心事于尺素中,俨然以神交相许矣。岁终,公学毕业,婉仙于报章见陆生之名高列案首,芳怀亦不觉为之一慰。越日,陆生以书来,略谓:“相知一载,相见无缘,今学事粗了,日内有故里之行,此别兼旬,美人果怜我者,请一现色相,俾得梦里相识,亦聊解相如之渴也。”深情缠绵,娓娓可怜,以婉仙之庄严,至此亦禁不起甜话儿热攒矣,乃去简,约以某日清晨,相见于愚园之曲栏杆畔。及期,陆生斋戒沐浴,凭栏延伫,遥见盈盈倩影,已隔花拂柳,珊珊其来。婉仙此行,乃携其乳妪,所以远嫌也。及相见,婉仙转觉羞涩,惟俯首弄巾,默然无语。陆生亦目灼灼如贼,偷窥美人颜色,惟搜尽枯肠,终不得一语以相慰问。乳妪乃笑曰:“君非陆家郎耶?吾家小姑,以郎深情硕学,愿缔清交,然亦惟雅淡相期,幸毋以庸脂俗粉相视。即此一晤,终身系之,郎须力自奋作,为闺中人生色也。书生一寒至此,小姑姑谨赠五百金,绨袍在是,膏伙亦在是,好自为之,前途勉旃。”生闻之,语语入于肺腑,倾倒感激,转疑梦中相逢矣。良久,生始揖而谢曰:“绮情厚意,鲰生固粉身莫能报,然至恩不言谢,生惟力自克励,以期毋负雅望。终身之托,生死以之,风寒侵肌,早回玉步，此心耿耿，相见有期也。”乳媪乃扶玉腕登舆去，陆生神往久之，始出园。明日，买棹作故乡游矣。

湖山无恙，沧桑小变，陆生盘桓故里，倏已月余，复束装来沪，走探美人消息。不意才及门墙，而素幡飘展，号咷盈耳，陆生大惊，急访诸邻里，知蒋竹轩已长辞人间矣。茕茕弱质，飘零无依，婉仙至此，悲咽无以自慰，抚棺长号，愤不欲生。幸乳媪看护甚殷，得免意外之虞，然而一度伤怀。美人病矣，病且咯血，床头饮泣，枕上洒泪，寸寸柔肠，婉转欲断，而此时一简飞来，陆生慰藉之辞也。婉仙读之，即覆曰：“慈父长逝，侬亦当随侍泉下，此生已无意作绮罗人矣，侬负郎君，愿郎绝侬，天下多美妇人，何必侬也。”生得书，知婉仙激于孝思，昏茫中语失常度，亦不以为意，惟静候佳人之自悟耳。

竹轩姬人，赋性本轻浮，竹轩生时，已勃谿频闻，老夫少妇，是极难相安者，徒以黄金买笑，相与苟安而已。今竹轩已死，姬人得为所欲为，缟素犹披身，夜间即拥白面郎卧矣，一家资财，尽付东流。然婉仙愁病中，固不之知也。婉仙卧病月余，柔骨支离，胭脂失润，近且奄奄一息，连朝绝粒。陆生闻之，傍惶无以为计。转念美人恩重，苟婉仙一旦溘逝者，吾亦拚此七尺躯殉之可也。思至此，即亦无悲。孰意莲姬以婉仙在侧，终多碍目，甚不便其私图也，乃黜去乳妪，且强迫婉仙赴杭就医。乳媪哭诉于陆生，陆生闻之，急携装从婉仙后，探知婉仙已进某西医院，心乃大慰。即卜宅于左近以探察，然而美人咫尺，欲入门墙而不得便，相思不相见，惟寄情于梦寐而已。婉仙既入院，莲姬过吝其资，天下何事不需钱，院中人以其无资也，置之，而婉仙病愈危矣。院中人以其将死也，即移置西湖某分院中，从此一榻凄清，无人问汤药矣。陆生访知其情，悲愤莫已，然乏名分，亦无由进探，辗转筹思，转念：“我此身已许美人矣，复何惜为？”乃忍痛力毁其股，亦得入分院就医。

陆生乃以资贿院人，得购药饵、衣衾等，供美人之调养，然终以进谒无名。缘悭一面，陆生所用资，即昔日得诸美人相赠者。婉仙自得陆生调理后，精神稍复，惟以大病之后，元气凋伤尽矣，兼之悲抑莫伸，涕泣时辄患怔忡，每气咽，一息仅属，必历一小时始苏，看护者视以为常，亦不经意。某日晨，婉仙以悼父情切，一时气厥，竟尔瞑目长逝。院中人草草为之棺敛，一柩葬身，寄诸禅院，此时掩袖痛哭匍匐灵帏者惟陆生耳。陆生尽其所有以料理芳魂，请于院僧，得随居禅室，长夜漫漫，虫声唧唧，寒风刺骨，灯影惊心，陆生悲恸欲绝，亦几疑此身已不在人间矣。然而婉仙固未死也，自入棺至寄柩，仅阅六小时耳。婉仙徒以气弱体虚，偶尔奄脱，一缕芳息，固尚盘旋喉际而未辞人世耳。院中人素以冷淡相视，亦即不察，匆匆入木，陆生又以名分所关，不获亲视含敛，直至夜尽更残，婉仙始遽然返魂。陆生正呜咽际，忽闻棺中悉索作声，急起细察之，更闻一缕弱息，咻咻有声，乃大喜，即报寺僧，相与裂棺谛视，则秋水盈盈，已能流转斜视郎君矣。

药垆茶灶，愀然相对，西风萧瑟，病榻呻吟。婉仙既庆更生，陆生尽瘁护视。倾国倾城，多愁多病，一对可怜虫，时耶？命耶？傍观者睹此情海惨状，莫不为之泣数行下。而在陆生，则以得亲芳泽，虽死犹甘，朝夕伴视，废寝忘餐，渴则为之饮，饥则为之食，寒则为之衣，动止则为之扶持，愁闷则为之慰藉。然而矮屋三椽，单衾一领，蜗居逼隘，容膝且难，更何以容两人睡耶？且少男少女，相处一室，一言一笑，触处招嫌。陆生乃不解衣带，凡历十昼夜，而不敢合目稍憩也。婉仙知郎君之苦衷，劝以日间稍睡，陆生曰：“愁病余生，正需人护视，我苟睡去，则将何以处卿耶？”婉仙闻之，惟相与握手涕泣而已。每值漏尽夜永，二人必喁喁话情，卿卿我我，恩恩爱爱，直以同衾共穴相誓矣。某夕，婉仙绺其一缕云鬟，陆生珍重藏之，且曰：“天可见怜，我二人得百年团圆者，洞房之夕，当以此为证。”婉仙亦一笑颔之。

婉仙死而复苏，事闻诸沪滨，莲姬乃买棹来武林，得婉仙于西子湖头，见其与少年一室相处也，曰：“怪道得不死，原来有人医相思病矣。”即不容置啄，立携之返沪，婉仙为言：“陆生之德不可忘，苟他日嫁侬者，非陆生不可，若夺侬志者，虽死不从命也。”姬佯允之。从此婉仙以此身有托，心渐愉快，并通函陆生，以慰其心。孰知莲姬已网罗密布，将迫婉仙入陷阱矣。盖姬以婉仙既复生，置之家，则多所妨碍，若以给陆生，则殊不值得。乃密赠之于某大老，以充下陈。议已定矣，而婉仙固未之知也。婉仙犹日作一函以报郎君，久之久之，两地鱼雁，仅见其往而不见其来，盖莲姬已密令人从中阻之，凡属双方函牍，尽为奸人所劫。婉仙正深骇异，忽得陆生来书，言已择定吉期，以图百两之迎，且谓近得巨资，可以毋虑冻馁矣。察其字迹，间有一二不似处，然婉仙以欣慰之余，亦无暇虑此及期，则彩舆一辆，翩然临门，莲姬与二三仆婢，匆匆料理登舆。顾新婚仪仗，状殊清寂，婉仙意谓寒素之家，无力备此，即亦不疑。及下舆，则所谓新郎者，固赫然一虬髯蠢夫也。婉仙乃恍然知已中计，然木已成舟，即决裂亦无济于事，乃即伪病，啮舌流血，状甚危急。彼蠢夫见之，亦即不相迫。婉仙乃密以重金贿左右，遣急足走报陆生，且具函曰：“盈盈弱质，已蹈虎口，然忍死须臾，以待郎一面，迟则恐不及矣。”

所谓某大老者，陈鲁仲也，以捐纳出仕，历任湘楚督抚，亦杭人也，性暴厉，目且不识一丁字，然以善结纳，多资财，势倾内外，以威杀人者，不知凡几。复喜渔色，近且与莲姬通，赠以多金。莲姬无以为报，乃以婉仙献之。此次返浙，假径沪渎，即纳婉仙去。婉仙随陈到杭，幸以伪病免辱。及陆生得报，愤骇欲绝，乃急饰为仆卒入陈邸，图与婉仙一面，连朝不得其便。一日，陈出赴他客宴，陆生乃入室与婉仙相见，正相抱泣，忽闻叱咤一声，而陈至矣，张掌如箕,奋髯如棘,提陆生去,从此即不闻陆生所终。在婉仙以谓陆生被逐矣,然既矢志自尽,亦即无恐,仍安坐以待之。忽见陈左手把壶,右手握杯,大脚步入门来,向婉仙作狞笑,婉仙大惑。少顷,又见一婢捧盆进,盆中热气腾空,佳肴也。陈乃据案大嚼,并挟一脔,强婉仙食之,婉仙辞以病,陈乃自尝之,且曰:“甘哉情人之肉也!”婉仙闻其语,大恐,急诘之。陈复作狞笑曰:“汝之情人,已为吾烹而食之,汝爱汝情人,吾亦爱汝情人,故以其肉葬吾腹中,岂不更亲密耶?”言罢,复以箸翻盆中肉曰:“若为心,若为肝,若为肺,若为肠。”状甚自得,婉仙见之,悲恸无以自持,亦即晕绝。比醒,则陈犹据盆大嚼也。婉仙转思此情人之肌肉,葬于犬狼之腹,无宁置侬腹中,且郎肉即侬肉也。思至此,急起攫而吞之,食且尽,然两行热泪,已夺眶出矣。回视彼蠢夫,犹扬扬自得也。婉仙思执而置之法,然世界黑暗,孰能伸侬冤?且彼陈鲁仲者,势炎薰炙,又孰敢当其锋?转思:“侬须臾且死矣,与其徒死。”何如为郎君报仇而死。”乃乘陈不备,举剪锋力搠其目,入眶盈寸,陈已负痛翻腾地上。婉仙复连刺其胸,成数十孔,粉颐已满沾血迹矣。此时家人四集,瞠目不知所措。婉仙即奔诸有司,慷慨自陈。官吏惧陈威,隐其杀陆生事,而以婉仙论抵焉。

——《眉语》第一卷(1915)第三号

昭英

昭英，生平不详，著有小说《苦女》。

苦女

著者何为标“苦女”一题？须知吾国女子无一非苦，尤以著者所见之女子为最。盖人之苦也有二，一精神上之苦，一身体上之苦。女子学无问，以有学问者视之，觉精神上有无限之苦。庸讵知正以无学问故，反减少精神上之苦？所以无问学之女子，只有身体上之苦。著者所述之女子，精神与身体俱苦。使非予目见其色，耳闻其声，即有善状事者，形之于笔墨，著者绝不信世间有如此残忍之人，使苦女受折挫至于此极也！苦女之姓氏里居，姑且隐之，即以“苦女”标题云。

苦女者，某县某里人也。父业儒，母某氏，性颇躁。女幼慧，略识诗书，及长，亭亭玉立，见者无不称羡。女姨某家小康，左阡右陌，居然里乡间一富豪。姨之夫，一老学究，岸然道貌，望而知其不可以非礼犯者。生一子，颇钟爱之，年与女若，秀外慧中，一对璧人，真天然配偶也。女母慕姨之富，欲以女许生，以亲结亲，无媒妁而聘礼已成。生与女两小无猜，竹马青梅，时相游戏，至此两情默悦，而踪迹反疏矣。既聘之二年，女父以痼疾故，医药之费所耗不赀。女兄年方十七，随族叔经商于某地，好赌嗜烟。族叔拒之,流落于外,年余无音信,渐至衣食不继。母女茕茕,无以自活。女母初尝告贷于姨,女心不然,惧腼不能言。每至绝粮时,母辄诟女,盖母秉性躁暴,故诟谇时闻也。然十五龄幼女,虽极亲爱之母诟之,当受诟时,未有不抑郁者。女舍嘤嘤以泣外,若无他术可以纾其悲。

一日,又绝粮矣,母复拟告贷于姨。女见数月以来,姨家婢仆皆有骄傲之态,且始之告贷也,无不如数以给,近则告十贷五,或二三焉。女知母往必见辱,因含羞言曰:“今日虽无粮,尚有破絮一件,可持以易米,且饱一餐,明日再作计较。”母曰:“尔以我向尔夫家借钱,耗尔夫家资财耶?家无一物,仅一件破絮,我将留以御冬,尔必欲当穷吃尽。尔转瞬出嫁享福,难道做娘的连一件破絮也无福消受?”女闻言大哭。母续骂曰:“尚未出嫁,即为夫家吝财,我只望将来靠尔为生,谁知尔到是一位辣手!”言罢长扬而去。盖女母并未有恨于女,不过借女以泄愤,女不能善体母意而泣愈悲。果也不出女料,女母大受姨氏之奚落,空手而回,既羞且怒,女于是受挫折愈甚矣。

是年冬,女母挽邻媪言于姨,送女于其家为养媳。盖因衣食不继,欲稍减轻家累也。女初入门,姨颇怜之,后因女母告贷之频,则以怨女母之故转而怨女。女母亦因姨见绝之甚,亦怨女不善为辞说。女既不见谅于母,又不见谅于姑,由是女之生涯日苦一日。间二年,女年十七,盈盈幼女,已作新娘。然此二年中,女受姑之虐待,已不可言喻。乡曲陋俗,凡待养媳者,饥寒打骂无所不施。女“生活于此”四字中,不必赘述。故此时虽作新娘,而蓬首垢面,灶婢不如。生怨之如仇敌,盖少年血气未定,爱恶以美恶为转移。一亭亭玉立之女子,变而为黄脸卷发之婢,此生之所以疾视也。合卺之后,仍处女于灶下,生不时代姑而操打骂之劳。盖生母初怀退婚意,只以生父迂腐,坚执不允。中旧国俗,以退婚为最不道德也。生母既屈于生父,不能言退婚,极力言于生父,为生与女合卺,意欲生使挫折女以至于死,再为生重娶也。女既不见谅于母,不见谅于姑,至是复不见谅于夫,苦女可谓极人间之苦矣!

一日,新谷初熟,女执爨①以炊,以馌田夫。日欲落时,忽一乞儿倚门而乞。女瞥见之,面目间颇有一二处似其兄,第尫瘦无人形,询之果兄也。女与母家绝来往已二年,女四顾无人曰:"母安乎?兄何时回家?"乞儿曰:"前月始回,母与我皆不食三日矣。母闻妹在此颇乐,屡托人致信于妹,欲丐升斗,皆云妹不肯见人,母极恨妹心之忍。母因屡次受姨气,不肯再来,我到家时,即欲来看妹,母禁止之。今饥不可忍,聊来求妹哀怜之,何妹亦如是形容乎?"女闻言哽不成声,泪簌簌不止,急至厨房盛饭二碗与兄,速挥之去。少顷田夫食饭不给,姑言女偷食,拳足交加,女泣涕无以自明。一小婢曰:"某姑未食,顷见其盛饭二碗与乞人,对乞人流泪不止。"姑大怒曰:"贱婢!尔自食尚可恕,尔前世食未足,见食即偷?今偷不自食,而与乞人,乞人系尔夫耶?"骂时生适至,连以足蹴之,硬以蜚语诬女。女半晌咽鲠言曰:"乞人系吾兄。"言未已,姑大骂曰:"尔兄流落在外,死多年矣!即使真是尔兄,不长进的花子,应该饿死!尔今无可抵赖,认乞人为兄,尔这贱婢,只可配乞人,辱吾儿矣!"言已捽女于门外,随阖其门。

是夕风雨大作,女露立门外,浑身上下悉湿。少顷雨霁,云破月来,照人颇澈。女对月而立,悲愤交集,自念:"初生时,父母何等钟爱,自父见背,母性乖张,结此恶姻缘,儿今日受此困苦,父在九泉,其知之否?母乎!何其慕人之富,使儿入此火坑②也?"女觅

---

① "爨",原文作"爂",据文义改。
② "坑",原文作"炕",据文义改。

死之心已诀,因思屈于悍姑恶夫之下,不得一吐其志,今拼着一死,毫无畏惧。牛圈外有焦煤一堆,女拣拾若干枚,书一诗于壁上,即触墙而死。明晨邻某生见之,录其诗。其姑以金钱赂邻居,使勿言,而以疾故报女母,并送女母钱米若干,略谓前日告贷见绝者,皆其女不肯。女母大詈女不良,竟不临丧。其姑以草荐裹而埋之。

诗云:

七月十日风雨夕,有女悲愤悲无极。一十九年常苦辛,天乎人乎知不得。父兮背我向黄泉,母兮不谅苦相逼。一自离母向夫家,寒不得衣饥不食。可怜鸡犬饱稻粱①,可怜婢仆服绨绤。忍饥忍寒不足论,动辄得咎遭谴责。娇弱岂堪受鞭笞?终朝肌肤饱荆棘。奈堪蜚语硬相加?忍以污垢玷白璧。茕茕天地一孤身,欲诉衷情谁惋惜?夫也不良翁姑恶,婉转顺从嗟何益?吞声忍泪朝复朝,酸咸辛辣填胸臆。人世路窄鬼路宽,悬帛乳药殷勤觅。月色惨澹照东墙,夜深天清人语寂。回身拜母遥相辞,可怜赤血污素壁。天为余愁地为悲,四野虫声正唧唧。

——《女子杂志》第一卷(1915)第一号

① “粱”,原文作“梁”,据文义改。

养晦女史

养晦女史，生平不详，著有小说《遗憾》。

遗憾[1]

忽把柔肠变铁肠，任人指点说兴亡。可怜纤弱金闺质，竟作孤鸿唳夕阳。

这诗便是这遗恨重泉的守桢子所作，他为何要作此哀怨悲凉的句子呢？这却有个天不满东南，地不满西北的缺陷在内，所谓曾经离丧，发此哀音也。此人世居锦里，家住华阳，幼承母训，长读父书，虽是个柔弱女子，却是志识高远，思想周密。每说一个人，不幸生为女子，闭处深闺，终其身只作些受人压制的事，再不能独树一帜，摈除旧事业，建树些新事业，不知同是人类，男子所能的，女子何独不能？会当雄飞翱翔，作一翻惊人事业，也使一般男子知道我辈，同此耳目，同此心思，同此智识能力，安得逊于男子？主意如此，这脑筋中便有个不倚赖人的方针了。乃兄愤生，亦是读遍古今书籍的醇儒，顾其妹不凡，课余时便与讲解书中蕴义，日遂相缘成习，竟自释疑问难起来了。

是以守桢受乃兄之陶镕，亦复不少，胸中学问，便日积日深。

---

① 原文标“哀情小说”。

是时正是及笄之年,从幼字与同里名儒之家,是年成礼,届期守桢出闺,这一切繁文勿庸赘述,且喜公公是个名士,夫婿抱璞子又是读书种子,这一个金龟之婿,大致有望的了。自己便循循谨谨,行起主中馈、相夫子的阃教来。这不倚赖人的主义,也渐渐在改了。岂意欢乐未已,忧愁继至,数年中翁姑去世,家业日渐雕零,谚云:“福无双至,祸不单临。”其婿亦得神经之疾,百事俱废,只苦守桢,日作针线,夜课弟侄。又二年其子女又夭殇,痛不欲生。这不倚赖人的主义,又须提议提议了。时值满清末季,废科举,立学校,女子亦有入校肄业者,守桢遂发了一种痴想道:“天既生我,就该用我,如不用我,自当灭我,且有志者事竟成,孔子云:‘不患无位,患所以立。’”从此便立意进学。次年,探得城西速成女师范招插班生,守桢不胜之喜。报名毕,自携考具入堂候试。试验毕,回家候信。次日悬牌,竟着令随班上课,从此守桢便是学界中人了。既系速成,又系插班,年假试验,正是毕业期间。试终放榜,守桢名列优等,厥志已酬,只等振刷精神,建树新事业了。次年正月,即受聘认教,不期恨海难平,数年中勤劳过甚,竟得手足均挛之症,百药罔效。此时守桢心志已灰,而境遇尤苦,且幸尚有二三同志,为其开解。改革后,无事可作,只得潜心耐性,自宽自解,馆于城东某氏,教读度日。

时当冬令,一日课毕,一天雪意,四座峭然,守桢便携了一本《毛诗讲章》,坐临窗下细味。览至《卫风·燕燕于飞》四章,触动愁肠,想卫庄之死,庄姜无子,继子又遭弑,甫留一恩信相结之篷室,亦不获斯①守,只落得涕泣送之,终归独自。试想自家,年近不惑,便成病废,厥志虽灰,犹望置妾诞子,继续箕裘,吾兄亦有同病之苦,安得一一补之?则死而无恨矣。愈想愈悲,不觉涕

① “斯”,原文作“撕”,据文义改。

泗汍澜起来，一手把着书，一手掩泪。正不可解，忽听周妈报道："先生，打金街聂先生来了。"守桢听报，连说快请，自己便迎出座来。接闻脚步声，周妈打起帘子，一进门，便向守桢道："日来好否？"回身坐于椅上。守桢道："也无甚大好，不过照常而已。"一面叫周妈泡茶，回头却见创之穿了一件青湖绉皮袍，罩着铁青摹本皮领架。便道："要下雪么？"创之道："何曾下雪呢？"守桢道："不下雪，为何你重裘蔽体的呢？"创之道："你是冷心冷面的人，所以不冷呀。"守桢笑了笑道："不说这些了，你到济群那里去过么？"创之道："未曾，前日我还拿信去问候呢，只未接回信。"守桢道："他忙呢，一星期有几处的课，那有暇时？改日我同你去，望候望候他好否？"创之道："不如明日去。"守桢道："好。"又道："创之，这两日外面有甚么新闻么？"创之道："怎么没有，难道你还不知道吗？"守桢忙道："甚么新闻？你说与我听。"创之道："因为学堂要放假了，戏园要兴旺了，这般不守道德范围的男女学生要出世了，各报章要添材料了，你说是不是新闻呢？"守桢笑起来道："你还是这么直言不讳的。"说话时，周妈端上点心，便让创之入座。看时是一盘瓜子，一盘胡桃仁，一盘西洋饼，一盘家造的李乾，泡了一壶灌县的茅田细茶。一面用点，一面便谈起前岁的国民捐，女界如何热心，去年的预备女子参政同盟会如何中止，已成立的女界联合会如何解散，均非意料所及。守桢叹息道："不必提那个了，正经前日议立的诗社呢，到要提倡提倡。如社成时，创之，我举你监坛好否？"创之道："你怎么叫我去监诗坛、吟坛呢？正经叫我去监察酒坛，我还得些实惠呢。"大家又笑了一阵。点毕，创之立起道："不早了，回家去了。"守桢也立起道："周妈叫提轿子。"又道："是否明日去访济群？"创之说："一定不误，守桢你好生调摄，倦时疏散疏散，不用胡乱思想了。"嘱毕执手告辞。

守桢送出,看着上轿,方回寝室,看襟上表时,已是亥正二刻,正欲少息,只闻一阵笑声,却是内居停姑嫂辈联袂而来,入室,便道:"先生会客辛苦。"守桢欠身,笑答:"好说。"让坐毕,便问道:"我们听见先生议论甚么预备女子参政同盟会呢,怎么叫预备参政呀?"守桢道:"如今是共和国,凡是国民一份子,都有发言权,自然女子也该参政的。只是甫经立宪,改革未久,女子中虽说数年来,学校林立,学问智识增长了许多,然而这宪法、国际公法、民刑诉讼,一切法律上的学问,方渐渐萌芽,更有经济上,学问也不深,阅历也不广,就是这二通二通的'参政'两字,谈何容易呢?所以要预备三年五年,养成参政的学识资格,才不至受人的驳呢。"他姑嫂笑道:"我们只说参政呢,原来还有这许多讲究。"守桢道:"不过略道大概,那法律上讲究尚多,我也不大懂,伯母等不见男界的法政学堂,由满清时就立起,不是毕业了数班么,也未见陶镕了好多大政治家来,甚么临民不苟,临政不阿的话①头,只管口中说得热闹,及至出以治事,他那法律就背不得了,这继续的效力,还知在于何年呢?"他内东道:"先生说的是,只是我们这女界,也不知甚时才唤得醒?要都是能自治的也好,却又良莠不齐,难以化育,所以就不能一体进化。"守桢叹道:"正是我说这些女子,毫无一点趋向,风俗相缘,把自立的性质都销磨尽了。此刻适逢其会,如祥阳一现,曀□俱消,正该摈除旧习,亟亟求学。有夙慧的呢,自然学诗、学礼,学力不逮的呢,在实业这面,讲求讲求,有甚么不能?其耐他,习与性成,第一件是父母不知教育,一味禽犊之爱,养成不受约束的性质,偶然高兴,说如今风气开通,要入校肄业,及至进了学堂,挂名是学生了,一切学堂功课,置之不问,只终日在戏园、公园、展览会、商

① "话",原文作"活",据文义改。

业场，足迹追遍，且还装出学生的样子。虽说一身朴素，却又故意装点出一两处动人的景况来，引得一般没人格的男子，如蝇逐臭，品头论足。他却不以为羞，反以为荣，反向人说的津津有味。偶然被学堂中管理人知道了，叫来大加申饬，责其不守规则，不知宝贵大好光阴，爱惜学生资格，无怪被男界轻视，女子无自治力。三戒五申，如再不悛，必然斥退，那不受约束的人，如何受得？便从此灰心，不进学堂了。还有一等人犹其可恶，自己倚赖成性①，不知整饬也罢了，他还说这些女子，不知要怎么了，终年夙兴夜寐，自寻苦吃，不知有何益处。此种言语，不一而足，你说令人可气不可气？安得一概化莠为良，化育得活活泼泼，攘攘熙熙，同臻幸福，方不负我中华为文化之国呢。”他姑嫂道：“我们也盼望得狠呢！只再看罢了。”说时钟已打了十二下了，都道：“夜深了，我们只顾长谈，忘记先生乏了。”守桢道：“夜长呢，谈谈何妨。”于是送出内东等，又坐了坐，始移灯就寝。

次日料理了学生功课，便乘轿过济群家来，到时勿庸候请，直造中堂。门上通报，济群搴帘笑道：“快进来，外面冷。”甫入门，便见创之已坐于椅上，面前摆了一个大铜火盆。一见守桢，便道：“怎的这阵才来？”守桢道：“我如何有你们高乐呢？我是谋衣谋食的人呀。”济群道：“快莫惹他的牢骚了，坐罢。”守桢坐下，见个丫头拿了烟袋来，便笑道：“济群，你家祥儿，越有出息了，我改日备礼来与你讨，你肯么？”济群笑说：“怎么不肯？古人中也有赠姬的故事呢，这个丫头有何吝惜？”创之道：“守桢，我把我的喜儿送你好不好？”守桢大笑道：“那却不敢当，论他那勤谨洁净，固不消说，我只怕有人不爱他那尊容呢。”大家都笑起来。创之道：“你还不要，我还不肯呢，那是我的左右手，怎肯割爱？”大家都说：“是的，

① “成性”，原文作“性成”，据文义改。

他狠忠心。”于时吃了茶,都问起守桢的病来。守桢笑道:“我那病么,容易好的,那一天不茶不饭不言不语的,就好了。”诸人又劝了一阵耐心调养的话,守桢答应,便提起诗社的事,“地点设于何处?”创之道:“地点就在此,不闹他闹谁呢?且又宽敞又方便,又有花可赏,好极了!”济群也笑说:“好,只成立的日子呢?”守桢道:“越近越好,月初就是了。”于是商酌了个冬月初二。创之道:“日子狠近,也须作个公启,知会他们一声。”济群道:“那有许多闲人来写信呢?不如作一首七绝,叫个家人拿去遍处一知会,岂不省事?”创之、守桢均说好,创之便立起,向棹上移过笔砚,铺了一张特别信笺,蘸了笔,向济群道:“你念我写。”济群笑道:“我等人来催花,你却先催诗了。”于时念道:

几枝疏影傍楼台,羯鼓频催未肯开。不是含香坚不吐,只缘欲待谪仙来。阴历冬月初二日座设舍下疏影轩煮茗候教。

含香社同人公启　恕速

写毕大家看了看,相顾而笑。守桢接过笔,又写了个某先生住处的单子,济群检过一边,便叫拿茶,大家坐下,又谈了一阵,济群便留吃饭。守桢笑说:“只吃饭么?创之不恼了?”创之道:“你知道甚么?俗不可耐的人,才不吃酒呢。”守桢笑道:“所以济群要请李谪仙来,好陪你吃酒,你们是名士派,诗酒风流呀。”济群也笑道:“有酒,不要把创之气着了。”守桢便告诉昨日的笑话,又言并昨夜同内东所谈女界黑暗的话。济群道:“不是呢,我狠想中央下个命令,实行强迫教育,使一般女子无词可措,十来年中,或者教育普及,还可以进化否。”守桢创之均道不错。说话时摆上饭来,三人把酒谈心,直饮至日昃时,方叫拿饭。食毕,饮茶略坐,守桢立起笑道:“酒也吃了,我要走了。”创之道:“我也走了。”济群便问轿子,窗外家人答应,提好了,创之、守桢一同致谢告辞,三人珍重而别。

守桢回馆，下轿入内，内东迎出，一同入室。学生入内致敬毕，守桢命坐，便叙了叙日间的事，也就各人归房去了。守桢安息，甫就枕，似觉到了一处，恍如昔年守闺之所，心中想道："我在那里去了这些时，今日又回来了。"正徘徊瞻顾间，步入父母房中，却见他父母坐在那里，守桢喜极道："原来我父母尚在呢，谁说是死了？"便扑上前，推着他母亲的膝道："娘你怎么同父亲都不要我了？我好容易怀想着了你。"他父亲似喜似悲的，他母亲道："你何曾想着了？这是梦呢。"守桢又似乎是梦，然而甫见着，这劳瘁恩勤的父母，便想起自离顾复后，便受了无数的委曲，心是酸透了，肠是寸断了，怎肯信是梦呢？便倚着他母亲的怀中泣道："娘，你再不要叫我去了。"便念着"无父何怙，无母何恃"的毛诗，就呜呜咽咽的哭，因哭出声来，忽然惊醒，却原果然是梦，便叹了一声。拭了拭泪，依然复卧，刚合眼，又入梦境，却又似出了闺的光景。依然在锦绣丛中，照常是钟鸣鼎食，自己却坐在窗下，面前院内，却栽着一丛白菊，那经过霜的颜色，愈觉精神百倍，是个昂然不屈的样子。正在看时，却又见自己的哥哥同夫婿在坐，谈叙家常。忽听有人说道："前日买的两姑娘都送来了。"守桢诧异道："那里的话，日子还不曾择呢，怎的就送来了？"一面说，一面立起，又回头向乃兄笑说："人都送来了，你们还不知道呢？"他哥哥指道："人家进来了。"旋见两个女子站①在面前，一般富丽端庄，且都是宜男之相，喜的拿起历日来。正看，又被东家的儿啼醒了，守桢咳嗽了两声，回想梦境，殊觉好笑，便又闭目宁神。倏见两妾各抱一儿至，守桢喜欢的接过怀中，左顾右盼，俱皆英物，且均牙牙学语，呼姑唤母，在膝上跳跃不已。守桢叫道："快抱两儿去，累坏我了。"这一叫，把床前的周妈叫醒

① "站"，原文作"跕"，据文义改。

了,便道:"先生梦魔了。"守桢拭目挑帏一看,案上残灯明灭,床前痴媪相陪,自己仍然独自,追想自己时运不齐,命途多舛,厥志难酬,此心已死,只看此刻,父母兄妹夫妻子侄,均归于幻。"这不是我父母说的,是梦呢,这正是唤我速醒,不必再作痴梦了,生劳不如死逸,这也是我一生的事业,正是劳瘁恩勤归泡影,养生送死其为谁。"思至此,更不能寐了,直看着曙光透帏,勉强起身,便觉四肢拘挛更甚。次日又添了神志散乱,守桢自知不起,也不肯服那些树皮草根了,便向内东说,欲停课数日。他内东忙应了,着人送先生回去,守桢便辞了回家,数日中,有加无减。这日守桢坐了起来,在床前案上,取了一张信笺,在枕边拿出铅笔,向纸上写道:

频年砚食苦奔波,四十光阴逝水过。伤情好似孤飞鸟,凄绝空留遗恨歌。梦醒黄粱①四十年,而今潇洒作飞仙。五伦关系都抛去,半世辛勤付一棺。

笔还未放下,已辞世了。正是哀哀精卫之魂,恨深怨海,点点守桢之血,痛绝重泉。

——《娱闲录(〈四川公报〉增刊)》(1915)第十五册

① "粱",原文作"梁",据文义改。

董俞

董俞，生平不详，著有小说《梦梅再世》。

梦梅再世[1]

情海无边，情天无极，从来好事多磨折，美满姻缘缔独难，月老佼诡，鸳鸯错谱，巧妻拙夫，千古同慨，若夫有情人多成眷属，此事固可以传矣。柳公子字寻梅，父以鹾商起家，世居蒲城。公子丰神俊秀，聪颖异常，既雄于财，更邃于学。自科举废后，即游学东瀛，入日本工业学校，数年前毕业归里，研深究极，将整顿中国之工业焉。其书斋布置华丽，陈设精雅，惟临广衢，车水马龙，甚嚣尘上。一日天气清明，惠风和畅，正修禊时也。门外车马声益多，公子顿触游兴，戴呢帽，披大衣，系桃红领结，围梨花硬领，口衔雪茄，匆匆而出，至公园。公园居蒲城之中，广可数十亩，楼台亭阁，鳞次栉[2]比，四时花草，争妍斗丽，每遇星期令节，工商学界之来游者，实繁有徒。公子既至园，巡览一周，爽心豁目，怡然自得。园中有一钓台，榜曰“羡鱼”，四面皆窗，为园之中心点，凡游园者，莫不经此。公子即品茗于此，倚栏四眺，心旷神怡，脱尘俗

① 原文标“艳情小说”，原署“董俞女士”。
② “栉”，原文作“鲫”，据文义改。

之胸襟，吸新鲜之空气，洵足乐也。公子坐久，检视时计，讶曰："已四时矣，何尚未来耶？"又以左手插入衣袋，取袖珍日记视之，笑曰："昨约五时耳，余悔早来，空费此半日好光阴也。"正自言自语时，有二女子经其侧，见公子独自喃喃，掩口作胡卢笑。公子觉，仰而视之，目眩而神往。盖二女子姿容窈窕，飘飘然如天仙之下降，当时视线所注，秋水盈盈，互相接触，如电光然。二女子面泛桃花，珊珊怯退。公子忽忽若有所失，如眼帘中有摄影箱，已将二女士之倩①影尽摄于脑海中。忽有一人拍其肩曰："君来何早耶？累君候久，恕罪恕罪。"又一人曰："夫子若有不豫色然，何若木鸡而思之深耶？请明以告我。"公子作遁辞曰："唯唯否否，盼君等来耳。"言未毕，先来者以手遥指，谓后来者曰："令妹与陶女士在此。"后来者即匆匆去，与二女士相谈论。彼何人斯？一报馆主笔章痴僧也，一本城世家子周作宾也。其修短合度，长裙洒地，作宾之妹静良也；态度轻盈，飘然若仙，陶女士冠英也。二女士同肄业于某校，以星期故，散步来游。公子自作宾去后，细询痴僧。僧与周家有中表亲，备悉底蕴，告诸公子。公子狂喜，自计年将弱冠，尚未缔姻，若得个中一人以为耦，则艳福无穷矣。转辗思维，遥见作宾向二女士作别，临行静良谓作宾曰："余适在家，见有柯君刺，邀哥晚飧，哥去也未？"作宾曰："余本约章、柳二君同往，故齐集于此。"即返至钓台，与柳、章同行，二女士亦赋归去来辞。

柯名佛心，与公子同学东瀛，毕业返国，适痴僧创办某报馆，倩柯任编辑事宜。柯因心存淡泊，厌城市嚣攘，择幽静地于城外，筑精舍数间，落成后，设宴款客。柯与公子等诗酒相酬，朝夕晤对，故相见时，不作一客套语。肴核既陈，宾主酬酢，猜拳行令，薄有醉意。忽闻帘钩丁东，环珮声响，一女士翩然趋入，取乐谱一册

① "倩"，原文作"情"，据文义改。

而去。公子素知柯无姊妹行,何来此窈窕淑女耶?乘醉问曰:"伊何人?"柯曰:"女士陶姓,幼失怙恃,无兄弟姊妹,于余有甥谊,故寄养余家。性甚聪慧,肄业某学校,考试辄为诸生冠,摽梅迨吉,君其为庶士耶?"公子曰:"请君无戏言,恐属垣有耳,令人难堪。"讵知私语切切,早飞入冠英之耳。少时,烛泪摧残,杯盘狼藉,客皆致谢,主人送客于门外。公子逡巡趑趄,目射楼窗,早有仙子俯身雕栏,嫣然微笑,目逆而送之。

时光荏苒,自春徂夏,溽暑炎临,学校循例放假。一日,静良与冠英同游憩园,荷净纳凉,薰风解愠,与静良窃窃私语。遥见公子负手行来,不期而遇,含笑示意,万丈情丝,已牢缚二人胸中。讵知冠英心有所触,帕遗于地,若不自觉。公子见之,俯①身而拾之,正襟敛容而言曰:"女士其遗帕否?"冠英搜索不得,红涨于颊曰:"然。"公子曰:"适仆拾帕一方,是女士物也未?若然,当令珠还合浦。"言时,即以己帕易之,递冠英手中。冠英明知非己物,以意会心,以心会意,俯首收受,致谢而去。

一日,公子至柯家。佛心尚未回,冠英出应客,导公子入书室,一金发奴捧茶贡客。公子欲寻数语作酬酢,偏索不得,如一部廿四史,不知从何说起,未既见之,似有千言万语,亦既觏止,转觉默默。久之,公子觍然曰:"女士于某校中,作何功课,可得闻耶?"斯言一出,如驷马奔驰,江汉横流,滔滔不绝矣。冠英曰:"某校中国文手工,算学英文,功课完善,教员亦循循善诱。余于去年春入校,明年上学期可以毕业。"公子曰:"科学精邃,谅女士聪慧,当别有心得。"冠英曰:"余尘根最钝,分科试验,屡占殿军,蒙君嘉奖,愧何如之。"公子曰:"柯家现居城外,离校较远,耽耽于书史者,日仆仆于道途,风霜雨露,随处堪虞。"冠英一闻此语,如醍醐灌顶,

① "俯",原文无,据文义补。

沁人心肺,答曰:“下学期拟寄宿校中耳。”无何,炊烟四起,暮鸦飞鸣,遂握手而别。晨星熹微,朝暾初上,公子独坐书斋,添香读史。阍者持刺入,言柯家相邀,公子遂整衣冠,至柯家,佛心含笑出迎,倩公子担任报馆论说,因章痴僧赴杭医病故。公子曰:“痴公何病,遂如是匆促,不及一别故人耶?”佛心曰:“渠有足肿之病,步履蹒跚,不良于行。痴公嗜酒如命,大约湿气下降,恨城中无良医,昨渠戚来言,杭有专治足疾某,故至杭求医耳。”公子曰:“虽然,余才拙,不足当贵报主笔,恐一经鄙人着墨,致贬贵报身价。”柯曰:“彼此知己,何庸客气,倘君有暇,请担任论说、时评两门,勿责余之诛求无厌也。”公子曰:“一之已甚,其可再乎?”柯曰:“君既担任论说一门,则时评又要倩人耳,虽然,幸犹有人在。”公子见几上有报,披而读之,柯曰:“请看今日之论说若何?”公子见是论近日之时势,洋洋千言,语语中要,不胜叹服曰:“是何人手笔?”柯曰:“请看署名便知。”公子见论题下有二小字,曰“慕柳”,遂问佛心曰:“慕柳究是何人?”柯曰:“久当自知。”公子曰:“有此大手笔,何不请其继续,而舍近图远耶?”柯曰:“此论尚欠雄壮。”公子曰:“有如女子口吻。”言未毕,帘钩声响,冠英珊珊其来,公子起身握手为礼,冠曰:“慕柳君来矣。”公子方知慕柳是冠英别号,亓赞叹斯论佳妙,冠英谦谢不遑,公子问冠英取“慕柳”二字何义?柯不待冠英之答,即吟曰:“落花有意随流水,流水不知意若何。”冠英曰:“恶,是何言也?来日见舅大忙,不揣鄙陋,愿代捉刀,甥素无别号,慕柳君才,署此二字,岂有他哉?今反为舅藉口,直以德报怨耳。”满面绯红,似羞似怒,益增妩媚。柯曰:“偶尔戏言,致触甥怒,吾过矣,吾过矣,愿甥恕之。”冠英曰:“舅氏何过之有?愿此后不作此种恶谑可矣。”柯曰:“当谨受教。”自是公子不特羡女士貌美,又钦女士才学,更喜其口角伶俐,故爱情层层叠起,又不知增几千万丈矣。

枯荷送暑，桐叶迎秋，学校中纷纷开校，冠英亦随班就学。一日，公子兀坐书斋，见邮使递一函至，视之则冠英辞别书也。独坐无聊，检视日报，有革命起义、武昌失守一节，讶曰："武昌离汉阳不远，我有中表兄妹，向居汉阳，此时枪林弹雨，饱受惊吓，吾将奈何？拟修书往招，不知邮政能传递消息否？"中心辘辘，苦无善策，适章痴僧来谒，痴僧先谢公子代理笔政，继述病情，并告公子曰："武昌起义，君知之否？"公子曰："适于报章见之，惟武昌接壤汉阳，武昌一得，汉阳已在掌握，吾有中表亲向在汉阳，音息未通，将奈何？拟修书相召，又恐路隔，转辗思维，未得善策。"痴僧曰："诚然，兵革一起，交通断绝，余闻革军，断铁轨以遏北兵，割电线以阻消息。君之中表亲，非李镜楼家乎？欲避此地，尚有轮船可通，君何不登报招之？"公子曰："诺。"遂起稿，托痴僧登于报端。白旗飘飘，军鼓扬扬，一戎衣而天下大定，大有武王灭殷之概。革军秋毫无犯，到处拍手欢迎，因久屈胡奴之下，惟恐革军不早来耳。然纷纷避难者，道为之塞，何耶？惧北军之骚扰耳。李镜楼与其妹冰飞亦附轮来蒲，至蒲城，天色已晚，暂居逆旅。次日至柳家，阍人通报，公子狂喜莫名，倒屣相迎，见镜楼风流倜傥，冰飞临风玉树，弱不胜衣之态，少小嬉游，一别十载，旧雨相逢，欢然道故，其乐何如！公子辟邻屋以居之，时相过从，朝夕谈心。

胡奴既逐，天下大定，镜楼以妹相托，只身赴京师入大学矣。冰飞毕业于汉阳学堂，于各国文字，均皆精通，惟中国文学，尚未精粹，正欲研究国学，革命声起，随兄避难。今知公子之于旧学，颇有心得，愿师事之。公子曰："以师事余，则吾岂敢？倘有一得一知，当悉举以告。"从此冰飞与公子交换智识，有疑难互相释解，有奇文互相欣赏，有时公子却沉思未得，冰飞一索即解。冰飞喜读《离骚》，公子每劝之，不听，曰："余读古人书，以《离骚》为最有味，怀才而受谤，德高而毁来，有动于中，故发于声，哀而不怨，婉而多讽,其《离骚》之谓乎?”言时,邮差送函来,公子视之,陶冠英简也。冰飞曰:“非肄业某校之女士乎?”公子曰:“然,君何由而识之?”冰飞曰:“余昔学英文于某师,师现担任某校英文教科,时对余言,冠英之学为全校冠。一日,余从师游公园,曾遇见之。”公子方启函,冰飞曰:“可共读否?”公子曰:“事无不可对人言,有何不可?”乃共读之,其辞曰:“寻梅君鉴:别无旬日,时萦梦寐,纸短情长,笔难尽宣。明日非礼拜日乎?桂子香时,菊花黄候,公园中大有可观,倘得惠临,携手同游,一倾积愫,无任欢跃,并祈珍重加餐。”读毕,公子约冰飞明日同行,冰飞唯唯。盖冰飞与公子相处既久,意有所属,今见冠英函,知公子别有恋爱,不无抑郁。次①日,冰飞适有寒疾。公子至,见冰飞泪积于颊,如经雨之梨花,睡态惺忪,脉脉无语,令人益怜。公子殷勤垂问,冰飞翘首倚枕曰:“余少失怙恃,赖兄提携,迄于成立,问寒无人,噢暖有谁?今病矣,药炉茶灶,谁为侍者?所以视人之椿萱并茂者,殆如天上人也。”言时泪下如雨。公子以己之帕拭之曰:“人孰无病?病须静养,若以不如意事扰乱胸中,则积忧可以销形,况世间最难得者兄弟,君尚有兄,若并兄而无之,又将奈何?凡事当退一步想,则觉天地宽阔,否则埋忧无地,芳心行且碎矣。”冰飞曰:“闻君妙论,能无感激而涕零,但凄风苦雨,惨雾愁云,教余如何度此岁月耶?”又曰:“今日非陶氏女约游公园乎?请君速行,免劳人望眼将穿也。”公子曰:“本约君同行,奈君病,余方寸已乱,遽尔忘怀,今当暂别,晚间再来问候。”公子去后,冰飞回忆适才公子之言,“句句入余心坎,何多情若此?恨无父母,一腔心事,诉与谁知?”由前思后,不觉痛哭失声。公子至公园,见陶女士倚栏独立,若有所思。见公子至,笑容可掬曰:“君来何迟也?”公子曰:“余约冰飞同来,适冰

① “次”,原文作“吹”,据文义改。

飞病，故迟迟吾行耳，累君久候，罪甚罪甚。”女士曰：“冰飞何病？”公子曰：“冰飞体本娇弱，忧积于中，以致成病。”女士曰：“余当与君同候之。”公子曰：“诺。”于是同至冰飞家，见冰飞斜欹寝枕，手《离骚》一卷。见陶女士至，连称不敢，点首致谢。女士曰：“君病甚，尚读《离骚》耶？”冰飞曰：“余与屈原同病，《离骚》云：‘疾病者，未尝不呼父母也，今父母安在？’”言时，咳嗽剧甚。女士曰：“春花秋月，岁月催人，君何不辟开愁城，别寻快乐？孤苦如余，寄人篱下，倘使君居余之地位，当终日以眼泪洗面也。”但冰飞见此一对璧人，自天作合，艳福双修，又羡又妒，虽经公子与女士再三劝慰，终难祛①心中之病根耳。

北风怒号，雨雪纷飞，镜楼以年假归，见冰飞病骨支离，形容憔悴，延医调治，终未有效。柳公子、陶女士、周作宾、静良等，时来问讯，互相劝慰，但冰飞自以为孤苦零丁，习闻慰言，终以为不入耳之谈，故病转剧。爆竹声声，又是新年，作宾之父因年将就暮，欲了向平之愿，恣情山水，故以静良耦痴僧，倩柳公子、陶女士为介绍人，议入赘周家。鼓乐喧阗，贺客盈庭，遂成婚礼。冰飞闻之，又多一结愁肠，多一番妒意。春草碧色，春水绿波，公子允上海工业厂聘，作工业师，遂整理行装，作游子之征，辞别冰飞。此时冰飞表愁惟泪，千万凄凉，叮咛再四，善保玉体而已。陶女士亲送离亭，虽桃花无语，而已黯然魂销。汽笛无情，惯催客行，公子与陶女士握手言别，一跃登车，如风追电掣，一转瞬已不知所之矣。红颜薄命，医药无灵，冰飞之病，日重一日，口中喃喃，尝呼柳公子及陶女士二人之名。昙花幻劫，紫玉烟消，镜楼素重手足之情，子规啼血，痛不欲生。幸章痴僧、周作宾等时相劝慰，稍杀其哀痛耳。物在人亡，更觉伤心，镜楼每过冰飞之妆阁，针线满箧，

① “祛”，原文作“袪”，据文义改。

辄泪涔涔下。一日，忽于箧中发见致柳公子一函，虽封口而未及投邮，盖其临绝时笔也。点首至再，纳入袖中。客里孤灯，游子思乡，一仆人手持一束入白。公子取视之，则章痴僧与陶女士二人函也，心突然动，诵之，知冰飞香消玉碎，神经为之颠倒，泪涔涔雨下，两目瞪瞪，仰天凄语曰："嗟乎！苍天无情，曷其有极？从此黄泉碧落，永无见期，不识冰飞有遗言否？"返乡之情，更形切迫。双扉忽启，游子归来，阍者曰："公子归来乎？"公子曰："然，尔知冰飞姑娘于何日死乎？"阍者曰："噫！已二旬矣。"公子即奔至李家，见素幡高竖，纸灰飞扬，不禁大哭。镜楼含泪而言曰："妹有遗书致君，请君阅之。"公子见书中笔迹，欹斜无力，知是病中手笔，乃读其辞曰："冰飞频死之日，致书于我生前最亲爱最敬之表哥寻梅左右。呜呼！冰飞与君，别仅数月耳。君行时，冰飞虽病，岂料数月后，已成鬼录中之冰飞乎！君尝劝冰飞不读《离骚》，谓积忧可以销形，今果验矣。冰飞频死，深悔不从良言，然已晚矣。蒙君教育，如同骨肉，此情此景，没齿不忘。冰飞之病，医者谓由忧虑中得来，固非药石可治。冰飞非不自知，惟不能常侍左右，书案共读，为冰飞最后之憾耳。愿君保卫玉体，勿以冰飞为念，则冰飞虽死，心亦安焉。"公子读毕，酸辛备尝，泪下如雨。镜楼婉言劝导，无如愁人相对愁人说，说起愁来愁煞人。适章痴僧、周作宾等，闻道公子归来，素知公子多情，于冰飞尤笃，遂相约至李家，竭力劝止。

光阴荏苒，暑假期近，学堂考试，诸生多一番栗六，研究书籍，彻夜不寐，冀名字之高列。陶女士举一反三，闻一知十，具有慧根，不必急来抱佛脚也。人谓聪颖者类多不勤学，愚劣者类多勉力，然著者以为不勤学者，类多聪颖，勉力者类多愚劣，非过激之论，亦知脑力有限，过于用功，则势成麻木，而聪颖者捷足先得，故某校分科考试，以陶女士为第一。自冰飞殁后，公子无限凄其，郁郁不乐,思作文以祭之,则个中情景,即罄南山之竹,亦难书其万一也。故每泪湿枕函,书空咄咄,即章痴僧、周作宾等频来闲话,亦不能稍杀其哀思。是日,痴僧等又来,未及坐定,但闻电铃声动,铃中问:“有人否?”公子曰:“有,余寻梅也,子为谁?午后公园乎?当践约。”铃声遽砉然而止。痴僧曰:“君知陶女士以第一人毕业乎?”公子曰:“未之知也,渠方来电话,邀游公园,君能同行否?”痴僧曰:“余报务尚未了,不及奉陪。”遂辞公子去。公子至公园,见陶女士笑靥相迫,先诉离别之思,继谈冰飞之死,互相泪下,惨不成声,后贺陶女士毕业,又欢跃无已。盖公子固深于情者也,怜女士与冰飞之才貌,虽一时瑜亮,而公子与冰飞相处既久,爱情有加,今冰飞既死,则以爱冰飞之情,全萃冠英之身,其爱情有不达于极点者乎?自陶女士毕业后,求婚者,户为之穿,佛心知女士心有所属,一概谢却。公子闻之,倩章、周为介绍,请婚于佛心。佛心笑曰:“日来求婚者,座客常满,使余舌敝唇焦,概为谢绝,原欲使璧人一对成眷属耳。”遂择日举行婚礼,郎才女貌,艳福双修,旁观莫不羡之。此时黯然魂消者,惟李镜楼也。镜楼知冰飞实为情死。而今白杨衰柳,墓木已拱,伤如之何!筵席未终,潜至冰飞墓,酸风楚雨,鬼语啁啾,不禁大哭。成婚逾月,公子赴厂办事,陶女士亦为海上某校聘作教员。汽笛呜呜,双双同行,时而探首外望,领略野趣,时而并坐横肱,喃喃私语。

不才为作《梦梅再世》小说,以传其梗概焉。

——《香艳杂志》(1915)第六、七期

石兰女史

石兰女史，生平不详，著有小说《姑恶血》《屠妇冤》。

屠妇冤①

真州屠人某，沉湎曲蘖场，恒以五豵博一醉，盖屠门中豪客也。屠之妇固小家女，然慧黠善修饰，姿首风骚，饶具英雌意态。里中狷薄儿，虽艳其色，未有敢挑之者，妇亦无邪念也。屠以嗜杯中，市脯微资，酣供大嚼，以故日形空乏，圈索然不豢刚鬣。日贩圩之鲜豚，市于泗源沟市，伉俪鼓刀，差足糊口焉。屠家距圩仅十里许，夕往而晓返，匪朝暮矣。

一日，晚炊烟起，收拾零星鲇脯，捉刀赴圩，既思秋深夜凉，且归浮一大白。归而谋诸妇，妇以宵行，劝毋中酒，近夕月黑风高，沿途芦滩荻港间，防有暴客要路。屠拍刺豜②刀，弹指铁响铮铮，视妇笑诺之，立索床头瓮，一举便尽，兴酣畅，谓妇曰："懒妇猪，快取彘肩豚蹄，好助而夫牛饮，毋作措大贫婆子态，视点酒片肉，如珍错也。速将来，迟则唾壶瓦枪，拳碎之矣。"妇未敢拂，漫应之。屠略餐饭，视妇痴嗤，操刀颠然而去。妇见其醺，阴念殊切，既思

---

① 原文标"奇案小说"，原署"石兰"。

② "豜"，原文作"豣"，据文义改。

屠富有力，虽醉或可抵强梁，展转终宵，不能成寐。

翌早，鱼虾市散，屠犹未归。妇疑惧，皇然独走，往逆于圩。途次，闻罾鳞簖蟹者言，芦中有人，魁梧短褐，断臂坦胸，观其襟血刀痕，绝不类陈死者。妇闻惊骇，乞渔者导觇之，引领沙汀，率行水浒，见一尸俯横地上。妇注目审视，果其夫也，触目惨殇，寸心立碎，抱尸痛哭，见者为之酸鼻。顷焉，里甲至，报呈于官。妇惟呼天抢地，候令莅验焉。真州令某氏，贪酷性成，恃奥援讼多武断，盖素以能吏自居者也。屠案发见，令于是日适有事在圩，因谒盐使，筹议缉枭。座中有圩董数辈，便与周旋，略叙温凉，辞涉屠案。董信口逢令，强作解人，谓："牧猪奴斗胆夜行，囊内料无财物，此定为奸杀无疑。"令谬应之。又一董云："晓闻路人传说，毙于苇丛沙际，血冱糢糊，形殊蓝缕，腰剸牛耳刀，非是绿林长物，此为同类相仇，因奸斗杀，可不劳龟卜也。"令是其说，据为成见，即往验视焉。登场见屠妇，脂粉虽为泪污，然顾盼生姿，眉目中尚含妩媚，因艳妇容，益信董言不谬，草草检验，爰命里甲速为盖棺。妇呼冤，阻之。令怒，拘妇去，点鼓排衙，仪毕讯妇。妇固利口，哭詈号天，语多侵令。令怒甚，威震雷霆，恐之以刑，逼诘素与谁通，是否串奸谋命。妇冤愤填胸，词锋益厉，笞焉不服，且泣于阶下曰："夫为人杀，不为缉凶，乃诬以奸，并无佐证，酷刑妄求，民之父母，忍如是耶?"公庭听讼者多，令大惭忿，洒签如雨，心狠①于狼，拍案怒呼，连声杖杖，气哽呃谓妇曰："本令拚褫职，定冤汝矣!"榜笞数千，身无可击，妇语呻吟，意犹强崛。幸令腹饥，思食公退，不者晚堂灯下，会见妇筋露矣。妇下狱，体无完肤，血浸衣遍如疤疥。狱吏之心，盖毒于蛇，恶于兽者，惯索滴泪钱，饮酒食肉，视为快心事也，见妇堪怜，为之惨痛，受刑之酷，可想见矣。

---

① "狠"，原文作"很"，据文义改。

越日,创深未合,更以法外之刑,力求其供。妇畏令残,权承之。及秋谳,不服如初。令虑狱悬不断,大吏处已,乃于宵分审妇,残忍布置,施以来俊臣、突地吼、死猪愁、凤皇晒翅、驴驹拔橛讯盗等刑,暴怒恣行,不得其情不已。妇毙于庭者再,骄喘如丝,依然诟令。令谓妇曰:"刑备尝矣,皮骨仅存,犹能反狱,壮哉壮哉!铁汉子不汝若也。虽然明知冤汝,安容汝平反,致坏本令前程耶?"妇曰:"忍心诬良,天理安在?"令曰:"冤汝奈何?"妇忽散发被肩,狂呼令之姓字曰:"生则含冤,死当为厉,魂魄有灵,定来索命。"令笑曰:"好向阎摩殿状诉之。"妇终未承,仍系于狱。令无已,巧赂上下,舞文伪供,坐以谋杀,辟无赦焉。既而妇就刑,柴瘦丑如鬼,而骂令声厉犹昔。妇死案结,距三月余,令以丁艰,卸篆侨扬。某夕,邻屋大火,殃及令居,数载宦囊,立成灰烬。岁余令患疯疾,失足堕井死。此事据白沙啸云夫人言之,盖清季光绪甲辰事也,时或传讹,而其事则为荔衫氏亲见,非盲谈也。

据荔衫氏之说,谓:"屠以醉后赴圩,确有贩豚之金。某恶少尾其后,迹至芦滩荒漠,始则向屠称贷,既则屠却甚坚。恶少素畏屠勇,未敢与较,因睏其醉,乃夺其屠刀,杀之于野,实为财物图命也。"恶少时已远扬,卒妇戮令死。几三载,恶少以酗酒伤人,陷狱自叶,始悉屠妇为真冤,而令之身死家亡,安识非天谴欤?然则果报渺茫之说,不敢必其无矣。石兰不敏,间于课儿端暇,略阅稗官家言,如俞成《萤雪丛说》,引《大藏经》云:"善若无报,其善未熟,其善熟时,必受其福;恶若无报,其恶未熟,其恶熟时,必受其苦。"佛家者言,多足为王治补,类如此也。若真州之令,酷刑任情,昌言明知其冤,必致屠妇于死,令之横,令之孽深矣!如董江都所谓:"季氏之恶已熟是也,安得不自杀其身欤?"乌乎!宗邦危乱,满目虫沙,人包祸心,险于鸟道,差堪寒鬼蜮之胆者,只天理耳,舍此则靡佗法矣吁!

——《双星》(1915)第三期

李凿英

李凿英，生卒年不详，著有小说《箱笼闲煞嫁衣裳》《破镜重圆》。

破镜重圆

柳堤青展，正春郊走马之天，桃坞红开，届斗酒听鹂之日。时火车站侧，绿草铺裀，野花杂裾。枝上莺儿，一声声啼不住，一似怜此有情眷属，离别之苦者。斯海上梅鹃生与西湖茹薇姑，牵衣惜别时也。

车未启行，坐客甚众，肩相摩而行。鹃生携薇姑之手，行行于草地上。鹃生曰："吾挚爱之薇姑，吾之爱卿也，如磁引针，如汤融乳，其中感情之同化作用，有不知何以一至于斯？夫双飞双宿，鸳鸯为同命之禽，一字一缣，苏蕙织回文之锦。才子佳人信有之，卿亦许吾以比翼鸟、连理枝乎？"

情语融心，略含微恼，红潮晕颊，半带娇羞。薇姑闻是言也，睥睨地上，默然不语。俄而汽笛一声，车将驶，鹃生亟登车。薇姑呼曰："鹃生！"一则鹃生已拥入人丛，不复能聆薇姑语。车驶且遥，犹见鹃生引领窗外。噫！薇姑之含情不说心中事，果无情耶？抑有情耶？曰："薇姑未尝无情于鹃生，特含羞难出诸口吻，意在不言中耳。"

鹃生情网中人也,少敏而好学,早岁能文,而才华卓茂,器宇轩昂,亦一翩翩之佳公子。父母咸钟爱之,尝语人曰:“鹃儿,梅氏庭前玉树也。”长求学西子湖畔修文庐,间吊岳王旧墓,凭苏小孤坟,英雄侠骨,儿女柔情,摩挲残碣,鹃生盖尝欷歔泪下,慨叹而不能自已者。落霞与孤鹜齐飞,湖水并天光一色,无罣又无碍,即佛即神仙。斯时也,鹃生亦别饶乐趣。

右邻为茹氏居,黻姑即茹氏之女主人。金相玉质,早传咏絮之名,习礼明诗,并夺治经之席,而杨柳纤腰,梅花体态,我见犹怜。一日,鹃生自门外过,瞥见黻姑,目之不少瞬。“嘻!谁家闺中娇女子,一绮丽若此耶?”

瓦屋铺鳞,石桥漱齿,孤塔撑云表,映入波中,屈曲流动,演成奇景。山麓水滨,时有樵人渔叟,点缀其内,一幅绝妙晚景图也。于斯时也,有一人焉,神情何其闷郁耶!步趋何其匆遽耶!乱烟啼鸟,暮色甚佳,乃不暇独立斜阳,领略此一霎可怜之景,盖心思悠悠,情思叠叠。伊人不见,延伫徒劳,反不若斗室流连,左图右史,得以排遣愁闷,彼道侧之闲花野草,亦何足以动其心而移其情哉?此即鹃生见黻姑后次晨之景,然则此日之黻姑如何?当亦与鹃生同病耳。

种就相思之草,义切同矜,相看解语之花,情深比翼。固不必翡翠香熏,销魂真个,而闻声对影,已足令人心醉矣。鹃生见黻姑之后也,时觉一纤纤之绮影,印入脑海中,而不能磨灭。有吴生者,鹃生之同窗友也。鹃生甚谫其为人,顾吴生与茹氏有世谊,藉之以介绍,计亦良得,乃易其厌恶之心,为殷勤之态。世来昂藏七尺,为茜裙向人低首,不胜屈指数,是亦不足为鹃生怪也!

桂府可登,须借吴刚之斧,蓬瀛在望,谁助王勃之帆?斯时有吴生其人,为二人任介绍之责,亦可谓天作之合矣。然而二人虽流水有心,落花含意,奈心旆遥遥,一时难系。早情丝缕缕,两地相牵,既无昆仑奴、卖花媪,则恃以为二人通情者,其属管城君欤?

一日,鹃生方愁坐无聊,系怀彼美,忽剥啄声起,邮使递进一函。手接一封书,欢生意外,耳听好消息,神会个中。伊何书耶?非鹃生终日盼望之一纸情书耶?启书展而诵之,其中惟小词两阕耳,其词曰:

玉叉亸处帘波漾,镜奁懒看娇模样。蓦听燕喃喃,才知春欲残。一春多少恨,酿就伤春病。多事恼鹦哥,问侬春几何。(右调菩萨蛮)

鬓云不整瑶簪堕,香尘悄把罗衫涴。娇煞碧苔痕,黄昏深闭门。栏杆排卍字,宛转如侬意。蝴蝶不知愁,有时飞上头。(前调)

小字簪花,清词戛玉,一往情深,早溢于言表矣。鹃生披览之余,神魂俱醉,乃握管作书,亦填小词一阕,赠薇姑曰:

含笑蹙双蛾,忒煞情多。纤腰一搦影婆娑,说到春情佯不解,故问如何。小醉玉颜酡,学唱莲歌。绯红两颊露微涡,还要檀郎私记取,偷送秋波。

香闺联翰墨之缘,技擅三绝,红袖结金兰之契,曲谱双声。自是以后,管城即墨,时为二人效奔走。虽少见面之时,不断相思之路,劈笺固多情趣,搦管费尽吟神。节序易更,绮思难杀,一转瞬间,已蟾圆数易矣。

好事遍难就,良媒总未逢。是日,鹃生忽接一函,睇之为父函。其中寥寥数言,召之归而已,乃作书与薇姑言别。薇姑送之行。

鹃生既行,薇姑乃怅然返。观碧苔丹叶,又易一翻惨象,怪春风秋月,空教两度销魂。翡翠衾边,鸳鸯枕上,彼有情之薇姑,殆不知洒却多少情泪矣。

名花多难,祸根种自前生,秋雁无情,惊信飞来一纸。彼苍苍者天,捉弄人一至此耶!一日,薇姑方晨餐,忽邮使递一函至,折而视之,颜色倏变,手持书而颤。呜呼!此奇异之书,何自而来?非鹃生之通辞也耶?

一片痴心,欲聆平安字,九秋绝命,遥递伤心词。方秋高听鹿,敢言左券可操,月落啼乌,竟尔噩音飞到。吁嗟乎!雀驷不寿,子敬已亡,服鸟入室,早离倩女之魂矣。其书曰:

吾最亲最爱之瓛姑鉴:曩承青盼,时许素心,以多愁多病之身,叨倾国倾城之眷。方谓春风秋月,好梦长圆,碧海青天,离愁不作,孰意契结三生,灾侵二竖,膏肓病我。痛相见之无期,情好怜卿,记临歧之相送,安得化身红豆,常寄相思,奈何埋骨黄泉,竟成永诀!嗟乎瓛姑!惨莫惨兮丧亡,痛莫痛兮死别。倘或前因不昧,结玉箫再世之缘,如其后约可寻,作崔护重来之想。自今以往,卿宜调玉质,遣愁思,往事休提。等云烟之过眼,旧诗可毁,防花月以伤怀,即使不忘故人,悄立闲阶,低呼小字,洒两行情泪,爇一瓣心香,于吾后生之愿足矣。幸毋过存忧郁,自损华年。忍死拈毫,祈卿珍重。鹃生绝笔。

三生恨石,方冀不磨分内良缘,万丈情丝,如何竟掣人间寿命?瓛姑之血竭矣,瓛姑之泪枯矣。早思青鹣并命,俾筑双双之情冢于人间,徒想丹旐招魂,且慰冥冥之情魂丁地下。瓛姑斯时,如病癫,如梦魇,遽拾行装赴海上。悲夫!红颜双泪,啼痕湿十丈红尘,黄草半凋,变色冷一抔①黄土。我本个中人,谁非有情物,能不洒此一掬同情之泪也哉?

城郭苍茫,炊烟缥渺,红豆意萧条,黄花色正娇。远林中,露一桁疏帘,斜欹斜照,一样风姿,秋光更比春光好。是时瓛姑愁绪萦心,愁丝绕脑,斜阳衰草,对此愁多少。既而汽笛声鸣,机韵已停,坐客鱼贯下,瓛姑亦与焉。

---

① “抔”,原文作“坏”,据文义改。

关山难越，谁悲失路之人，萍水相逢，尽是他乡之客。瀫姑一孱弱女子耳，长锁深闺，从未出门一步，身临异土，何堪举目无亲？萧郎家何处？瀫姑又安肯靦颜问道路行人耶？

瀫姑正迟留道侧，忽睹吴生。吴生者，即瀫姑之戚，而鹃生之友也。瀫姑招之曰："君何往？非往吊汝之良友鹃生耶？'解铃人即系铃人'，君能挈余同行也耶？"吴生曰："鹃生乎？吾与伊人别久矣，尚未闻此恶消息也。余虽不能追韩凭化蝶之踪，以一死随自己，然而豚蹄杯酒，亦当拟季札悬剑举耳。请伺诸翼日，于某栈舍相晤也可。"瀫姑徒唤奈何，遂暂以为驻足乡。

泪雨凄迷，愁云笼罩，"满耳笙歌听不尽，谁知都作断肠声"。是时瀫姑羁身于逆旅之中，觉尘寰间，所可亲可昵者，唯吴生一人也已。房隘且秽，夜不成寝，愁思随之而俱来，睡魔驱之以径去，直至曙烟如梦，朝旭腾辉，固未尝稍合其眼帘也。

次晨，吴生果至，雇马车一，遂行。路见歌衫舞袖，皆消磨于离恨之天，断井残垣，直打点作埋愁之地。举首艳阳如许，渐和泪眼以惺忪，回头芳事可怜，将逐晓烟而消歇。瀫姑之心伤矣。

车声辘辘，尘沙飘飘，车行未遑，忽路侧见一马车，饰甚丽，自东西驰，车上欹一少年，襟怀落落，态度翩翩，固俪然一鹃生也。鹃生见瀫姑，熟睨之，既而驱车径去，若不相识者。"异哉！咦！鹃生已逝耶？鹃生未逝耶？何视侬淡若路人耶？抑鹃生之灵魂不泯，而来一靦汝之薄命人耶？"愁绪纷歧，频洒长途之泪，情丝撩乱，早消怨女之魂。彼吴生者，又奚足与语？

车行不及数十步，瀫姑询吴生曰："鹃生寓何处？尚未至耶？"睇其面，似甚欢愉。既见瀫姑注视己，不胜惊讶者，曰："迩矣，行且至。"

未几，吴生驱车外与御者耳语。半晌，入谓瀫姑曰："生刍豚酒，一物莫名，将以两行空泪，作吊唁耶？余拟购诸肆，已嘱御者以涂,再晤于鹃生舍何如?”臌姑颔之,吴生遂停车去。

“人心之不同如其面”,是语也,窥透人情矣。臌姑方沉吟间,车忽转而折行。臌姑亟呼御者,御者故作未闻。斯际,臌姑微波倏起于心田,惊浪旋翻于脑海,掀腾颠播,不能自主。车有六窗,似有鹃生之影,隐约其中,向己扬手曰:“可怜之臌姑乎!汝又遭魔障也。”

车复抵前栈,即臌姑前所驻足者。臌姑诘御者曰:“彼人未嘱尔驭至某舍乎,尔奈何复返此?”御者曰:“伊所命也,余不知。”呜呼!臌姑至是,乃知与己同行之人实为枭獍,将以至剧烈之惨痛加之己身,其心诚不可测。意者“鹃生之逝,亦其狡狯之伎俩。吴生果出此忍心害理之举者,余誓与之不两立矣!”兴念及此,臌姑之心,遂不复片刻宁,而怒,而惧,而切齿,而惊心。嘻!杜兰娘未断尘缘,只道声断玉箫,重逢除教再世,吴彩鸾终谐仙偶,岂知光分宝镜,复合却在今生,彼奸人之计,适足玉成好事耳。

灯心吐黑,人泪飞红,寂寂深宵,谁伴旅客凄凉?蒙蒙月夜,已增羁人悲感,况泪荧眼角,空余未断之魂,苦溢心头,中有难忘之事,裂肠摧胆,不堪问矣,伤心惨目,岂待言哉?臌姑自经此番风浪,更深 层病根,更厚一重情网。私念辛苦历尽,适为奸人播弄之资,热泪一眶已由腮而下,于是移檠展幅,疾书三绝于断衿,遂晕绝不醒人事矣。其诗曰:

九原何处觅鳞鸿,一曲箜篌唱恼公。怪煞愁怀无术遣,背人阶下数残红。

途穷我亦洒啼痕,客邸连宵被未温。潭水桃花春去早,悔教前度识汪伦。

他生缘会渺难偿,拟诉痴情上绿章。揽鬓自怜还自恨,输他双燕过东墙。

臌姑神思恍惚之中,觉所历甚异,似聆人语曰:“是女郎神经已紊乱，非有大感触，不至是也。”微启睫，见人影曈曈，鹃生立其中。不禁大呼曰：“鹃生，汝尚存乎？”声咽不成言，复晕厥。既而薇姑复醒，隐觉有人偎榻傍，睇之鹃生也。“向因久别思何限，及至相逢话亦难。”历历无言，两心并痛，双双迸泪，四目齐枯矣。

薇姑询之曰：“子鹃生耶？子非鹃生耶？鹃生逝矣，此人世耶？此泉台耶？”共知牵系足之红丝，只期同穴，不道搦画眉之采笔，竟作离书。鹃生何薄于情，不掣汝之挚爱之薇姑同行耶？既睨案上之钟，犹铿然鸣七下，则又不类冥曹间耳。鹃生闻是语，泣数行下，赧然无可答，微应曰：“余固在，卿无伤也。”薇姑曰：“然则余前见马车之少年，非子也耶？”曰：“然。”薇姑作憾声曰：“汝视侬若路人而不顾，令余遭此艰辛也何心？”鹃生啜泣曰：“余诚不辞其责，然此为奸人之谋，卿省之，当不吾怪。”辟囊出一纸，薇姑接而读其文曰：

鹃生君伟鉴：曩闻朋友之好，伤于义则绝交，儿女之私，害于情则割爱。自与足下邂逅后，花前握手，月下论心，固自为交之深，谊之笃矣。然而夷光不归勾践，命也；双文不适郑恒，数也。侬近以白头有约，素志难伸，将明瓜李之嫌，请断金兰之契。盖吴生者，侬之所举为藁砧，君之所视为涕唾也。风箏马牛，未便缔往来之谊，书通鱼雁，恐易遭左右之谗。情不可以复联，愿忘旧好，义不可以强合，请待他生。缘叶成阴，怨芳时兮已晚，红丝有托，念友谊兮难全。在侬不能无负负之呼，在君不能无申申之詈，但帷房有障碍，未可明言，巾帼无外交，当蒙见谅。者番告绝，聊陈割席之词，他日相逢，莫践下车之约。薇姑裣衽。

鹃生曰：“余自得书后，始而悲，继而怒，终乃大惑，窃思薇姑非薄情种子，是书必赝鼎无疑，然亦未敢自信也。故余之始见卿也，卿果与吴生同车，乃怒不可遏。纵见卿愁容可掬，态不欢愉，意者或愧见余也，乃驱车去，心终不能释。饬人窥其后，卿固未之留意,随者既以所历之事复余命,且以断衿示余,余乃知为吴生之狡计。顾吴生意果何为?余诚不可知。斯时也,反愁我可怜之觳姑,将为彼枭獍所蹂躏耳。”觳姑赧[①]然报之以一笑,曰:“尝尽凄凉,不负侬心矣。愿郎爱侬,郎爱侬。”于是相搂而接吻。时窗外鸟语,栏边花香,一阵阵微风吹入,若为二人贺者。彼觳姑与鹃生,乐又何如耶?

无何,啼毂盈门,貂蝉满座,屏开孔雀,障设金鸡,照出绛[②]河鹊影,灯明五色云中,催来银海鼍声,蕊放万年枝上。一则风仪俊雅,洵是仙郎,一则妆束端凝,允为神女,厥惟鹃生、觳姑是已。噫嘻!好梦方长,良宵未短,床联翡翠,居然作对新人,褥隐芙蓉,却是重逢旧物。烟深玉暖,露重花浓,此时之绰态柔情,千金难买,往日之愁魂怨魄,一笔都勾矣。

蔫英曰:“此事闻吾兄德门所叙,吴生结果何若,事不详。”

——《眉语》第一卷(1915)第八号

---

① “赧”,原文作“赧”,据文义改。
② “绛”,原文作“绛”,据文义改。

任淑云

任淑云，生卒年不详，姊妹任翰芳，著有小说《沉珠》。

沉珠

稽山镜水，风景天然，夕阳西下，晚鸟投林。有客荡片舟于水滨，清风徐来，水波不兴，扣舷而歌，皆生平不得意之词。虽吾生之须臾，觉目前茫茫身世，脑海中感慨悲思，油然而生。继思天地逆旅，光阴过客，此天演循环，吾何感而何悲？时也舟离城十余里，余目注江景，暮霞散尽，长空澄碧。仰望空际，新月初升，明星数点。天青水碧，人在中央，有隔绝红尘之想，惜无诗才酒量，否则效捉月波心故事。当心怀之际，觇前思后，遽忆《聊斋》鬼吟一绝，略改数字，即朗吟曰："一江风月夜凄凄，侠骨贞心易化泥。千里关山今得到，梦魂孤洁不双栖。"人生不遇，每每狂歌当哭，余吟此绝，盖亦斯意。

未几，舟子告余曰："将夜炊矣，此处风景不恶，盍停棹乎？"余然其言。余欲饱眺乡村野景，俯身船外，惟见四处炊烟，袅袅①不绝，西数武有短篱回绕，修竹千竿，李花数株，楼屋隐隐，灯光灼灼。余目光为夜色所阻，未能远辨。噫！是处人家乎？

① "袅袅"，原文作"枭枭"，据文义改。

庵舍耶?猜疑间,骤闻娇脆之哭声,及凶恶之厉音,相将而出。泣者杂以最沉痛之语,曰:“婆婆请息怒,媳妇情愿求一死!”余闻斯言,为之悚然,复细按之,声确发于此楼屋内。余欲实验之,匆匆夜餐后,嘱舟子静俟毋哗,余即舍舟登陆,步月前往。约行数十步,楼屋在焉,修竹李花,历历可数。余从篱隙窥之,内极大净庭,傍植花卉,中有荷花池,池之前有石桌椅等,睹其状,知非贫苦者。上立一凶恶老妇,怪目浓眉,怒颜可怕,及一中年妇人,妆束均衣绫罗。中年妇时向老妇耳畔频频作秘语,又类若仆妇者四五人,有交头接耳,有私相嗟叹。所谓痛哭者,盖一如花如玉妙龄少妇,席地而坐,梨花面上,血迹模糊,柳叶眉头,伤痕重叠,一极可怜垂死之薄命花。未识谁家碧玉,误入虎狼之口,横遭摧折。余视之,安得不洒同情之泪哉?讵彼凶顽,不念弱质,犹忍以木棍频击。初少妇犹屡仆屡起,厥后声息渐微,一缕芳魂,悠悠忽忽,势已垂危,竟无一人为其救援,向老妇乞情者。中年妇与二仆妇均袖手傍观,露得意容,欣欣然有喜色。狠①哉!人孰无情,忍视死不援袖手傍观者?殆无人心矣!讵料恶妇铁石为心,终不畅其凌虐之淫威,高声喝曰:“汝诈死耶?汝诈死耶?老娘不虑穷鬼诈死!”喝令仆妇将少妇曳入小楼幽禁,复厉声曰:“明日待老娘再处死这贱人!”此时篱内之人声渐静,人散灯暗,双扉忽闭。余犹痴立篱外,为少妇哭,更为己哭。月色惨淡,风声凄楚,可悲可泣之夜景,更忆小楼幽禁之少妇,未卜生死存亡,苦无从询问。余不得已正举步思返,忽见舟子迎面来,促余速行。余询何急急,舟子曰:“东南乌云冉冉,雷声隆隆,恐大雨将来也。”余望之果如言,即随舟子返。下船未十分钟,忽大雨倾盆,雷电交作,风声水声,如千军万马,奔腾四集。余嘱舟子

① “狠”,原文作“很”,据文义改。

移棹于楼屋树下,停泊待晓,舟子从余言。余以风大难行,且欲观薄命女之结果,暂作浮水之居。

是夜心神不宁,虑难安眠,剪烛焚香,作长夜之坐。俄而雨声顿绝,风浪亦静,惟树上之积水犹滴滴于篷上。余朦胧际,仿佛少妇之啼声,又隐隐触余耳鼓。噫!真耶?幻耶?岂疑心而成暗鬼耶?侧耳细听似不谬,余即起推篷而望,觉新雨初霁,月色倍明。临江之楼窗忽大启,一极美少妇望空而泣,若烟笼芍药,雨洗芙蓉,临风欲倒,大有弱不胜衣之态。余正思慰间,不料少妇竟效绿珠坠楼,纵身下水,甘与屈原为伍矣。盖余舟与楼窗相隔咫尺,为树所蔽,故少妇不见余,而余视之甚明晢也。当其猛跃下水,若迅雷不及掩耳。余大惊狂呼救援,舟子惊醒,忙询何事。余告以少妇投水事,幸舟人识水,即泅入水中,约十余分钟复出,皆言遍捞不得。余遇此伤心事,不禁哀告舟子曰:“救人一命,胜造七级浮屠。汝可细心沿岸捞寻,倘能得者,余必重酬!”舟子闻余言,均艳重利,争先而往。余则独立江边,黯然魂销,出沉痛之语吊之曰:“呜呼少妇!汝姓谁名何?汝死者已矣,吾生者何堪?吾与汝素昧生平,又不知汝何事而致死;呜呼少妇!吾与汝境同而情非,汝何轻生而好死,不念父母之恩?吾即为汝雪仇,奈人死而无凭,且吾一价弱息,实无魄力;呜呼少妇!清风悼汝幽魂,吾他日必以彤管遗辉以光九原;呜呼少妇!寂寂夜台,幽幽恨海。”吾言至此,吾哀不竭。余正絮语挥泪之际,舟子已匆匆返,俱言遍觅无踪。余闻之悲甚,亦无法可援,只得付之一叹。

时残月疏星,曙色将临,舟子解缆,舟摇摇而离岸。余怅江中祝曰:“汝为孤鬼,吾为孤人,汝其有知,盍随吾同往?”祝毕,自觉倦甚,即蒙被而小睡,恍惚一丽人对余道谢曰:“夜来蒙姊错爱,为薄命人洒多少痛泪,怀感无限,然阿侬虽死,实胜如生,此后姊勿耿耿于心,至恶妇之报应,他日姊必目睹也。”语毕,飘然而去。余欲追之忽惊醒,知系幻梦。船已至家门,余遂上岸,录此以表我胸中之哀悼。

——《眉语》第一卷(1915)第九号

黄静英

黄静英，生卒年不详，苏州人。通英文、法文，曾任苏州宏志女学堂外语教员。著有小说《割臂盟》《覆水》《雪子》《拾翠》等小说近十篇，翻译小说《五万元》《最后之授课》《妒妇遗毒》（原名《妻乎财乎》）。

割臂盟①

沉沉庭院，万籁无声，一方明月，由阶除渐移而上，甫及纸窗，窗中忽嗷然长嘶，声类少女。嘶已复寂，其时有人衣白寝衣，蹑足穿庭而过，就窗隙窥之，室中洞，黑莫可辨物，其人乃推窗一跃而上，越窗入拨电灯之机。灯明，而十六七女郎，舒其皓腕，卧血泊中矣。其人大呼曰："速来！三姑娘自刎矣！"一人闻声，跣足疾驰而至，长几盈丈，发蓬蓬然四散，颤声曰："信耶，然则奈何？"白衣者曰："否，我睡眼朦胧，误为刎颈，实则自剪臂上肉耳。我已以围腰之带缚创处，汝且紧持带头，勿使弛缓，我去将药来。汝毋恐，有我在，我医生视之，直微伤耳，惟出血少，则就愈亦速。"语已，反身出。长身者泪盈于眶，俯首偎其两颊，凄然曰："我知之矣，何自苦乃尔？我唐润之虽措大，不能纳娼肆中人，顾汝既已自赎，则我

① 原文标"言情小说"，原署"静英女史"。

俸钱尚足以活汝。嗟夫我爱!我与若天长地久,永为夫妇矣。”语间,白衣者更衣携药至,后尾一人,手盥器相继入。润之作而言曰:“篁村君为我至友,又为医生,请君证盟。”复指女曰:“我与彼白首矣。”篁村曰:“汝神思已乱,毋多言,但以三姑娘付我,我能了之。”润之乃斜倚软榻,但有垂泪,不作一语。篁村与其副洗创口,敷以药,徐曰:“润之君且就寝,幸此间为医院,我将畀之入病室,饮以睡药,恐彼醒而作痛也。”润之张目视壁上挂钟曰:“勿须更睡,汝不见钟上已过四时耶。”篁村无言,俯身抱三姑娘,其副则张两手承其尻,匆匆去。是晚润之卧软榻中,昏然如醉,达旦未尝合目。

所谓三姑娘者,果何如人耶?作者乘其药力未醒时,一叙其身世。三姑娘姓章,名瑗,字佩玉,吴中靖湖厅人,少失怙恃,为其舅氏所鬻,九岁入倡家,十五梳笼,十六假母自上海携之溯江而上,自京口下关而至汉江,留三月,遵京汉铁道入都,隶百顺胡同群仙班。时民国初建,唐卒业于法兰西农科大学,为农部视察员,有友人招饮于小阿凤妆阁,阿凤与佩玉同在群仙班。唐初来京师,未有相识,友乃为之召佩玉侑觞。佩玉貌仅中人,而娴静类大家。座中拇战方剧,润之乃与佩玉深谈,颇相契洽,厥后每入胡同,辄一视佩玉,半年来未尝有染。一夕,佩玉忽以电话招润之。时已二时,润之寄寓于顺治门外某医院之别室,距百顺胡同可三里,同寓有尼其行者,润之曰:“否,我决去,我乘街车行。”车夫则留代门者,披衣匆匆出。既抵班中,门已虚掩,入房,佩玉已卸妆,拥被假寐,泪痕界面,默然视润之,久之无言。润之曰:“若何由召我?”佩玉呜咽曰:“冀得归宿耳。”润之曰:“卿之意向何指?”佩玉曰:“我辛苦半年,若尚未之知耶?”润之曰:“我知之,我但知汝有意于我耳,他事则未之深悉。”佩玉点首曰:“足矣,但期如是,我爱汝,且注茶饮我,我为若言之。”润之曰:

"诺。"佩玉竟茗,乃曰:"我爱,我赎身矣。"润之曰:"安所得多金?"佩玉曰:"假自他处鸨母耳。"润之微喟良久,仰首注视电灯曰:"何必乃尔?"语次,小阿凤推扉入,奔向软榻,颓然而倒曰:"疲极矣,今日出条子五十有奇,自薄暮至今,东驰西突,足无停趾,人谓我享盛名,我则入十八重地狱,人非木石,得无劳顿?"佩玉曰:"汝且假寐。"阿凤反身一跃,回头见润之曰:"姊夫在耶,缘何勿声? 三时有半矣,今日非留此不可。"佩玉笑曰:"汝安知其不留?"润之曰:"勿戏言,我令御卒候门,想渴睡死矣。"阿凤疾驰而出曰:"我当电告。"少顷,复入曰:"车夫待主人不至,正来电询,我已告之,且为嘱付账房矣。唐三爷不同他客,今日定情,即践他日白头之约。"佩姊姊勿疏懒,虽草草成婚,交拜之礼不可废,乃强之起,按之使跪,复拉润之,两人相向而跪。佩玉曰:"勿恶作剧。"阿凤高声曰:"一鞠躬,再鞠躬,三鞠躬。"正鸣赞时,两人已大笑而起。润之曰:"安有跪而鞠躬者?"小阿凤曰:"明日吃汝谢媒酒去矣。"回身掩关而遁。

荼蘼开罢,花事已阑,三贝子花园中,紫藤正盛开,牡丹亦含苞欲放。两少女方循围廊而行,一十八九,衣丝纱长褂①,以粉红秋罗为里,缀红白月季为项圜,两颊胭脂,作殷红色,曳旗履,状类健硕之男子。一则蛾眉淡扫,不假修饰,而韵致天然,自成馨逸,顾谓男妆者曰:"老二若已遣嫁,何为作如是装束?"老二曰:"老三竟出此语,我为汝羞煞! 我已知佩玉姑娘,一跃而为唐太太矣,自不妨淡装素服,若我则为人妾媵,以色事人,安可遽屏脂粉?"佩玉曰:"姊姊勿尔,我负兹虚名,不知何年月日,乃能如愿。"老二曰:"若债已了耶?"佩玉曰:"安得云了,刚偿其半耳,三月来万不得已,乃日与白发老翁作伴,百计献媚,始能稍得缠头,顾无夜度之

① "褂",原文作"挂",据文义改。

资,所得亦微。”老二曰:“然,此间非南中比,不谢客之谢客,尤觉左右做人难也。”方语时,忽有人大笑曰:“大难,大难。”佩玉回顾,则孙中将也。中将为润之至友,夙审佩玉与润之隐事。佩玉曰:“孙老,汝何为窃听?”中将曰:“我甫绕牡丹坛而来,偶闻一二语耳。老三,汝既称唐太太矣,安能再处淫肆?其速出而成礼。我每来班中,辄见出入汝房者,均须发皓白,方谓老朽怜汝娇小,不图有此苦衷,所负尚有几何?”佩玉以伞尖画地,嘿然不答。老二曰:“尔时所假七百金,约计尚有三四百金。”中将拍佩玉之肩曰:“有我在,易耳。”语时,闻履声橐橐,冠高冠、衣燕尾服者数十辈,自远而至,盖是时参众两议院方成立,政争正剧,某政党假园中开谈话会也。稠人中一老翁,突其双颧,随众徐步。老二夺佩玉之伞遥指之,老翁目注佩玉。佩玉曰:“老二勿尔。”就中复有举手招中将者,中将点首,顾谓佩玉曰:“晚来当召汝,行再相见。”言讫,疾驰去,老三与佩玉亦相将归。

是晚,中将就酒楼独酌,飞笺召佩玉。佩玉至,见为中将,讶曰:“孙老何为见召?”中将曰:“若谓我割靴子耶?我不敢夺人所爱,但玉汝于成耳。”时则乌师和弦待唱,中将因探怀出一金曰:“来。”乌师搴帘入。孙畀以金曰:“将去,三姑娘今日作郊游,疲甚,勿须唱矣,汝可先行。”乌师谢赏出。中将复出钞币曰:“此四百金,汝将去偿宿负,自明日起,勿使胡同中更有章佩玉其人。”佩玉曰:“是安可?”中将曰:“我嘉汝志趣,且润之亦非以部曹终老者,苟得高迁,安知彼不能偿此四百金?汝无须顾虑,能偿则我急人之急,不能偿则我与润之交谊,亦值得此四百金之訾仪,惟此时勿告润之,异日我自言之。”佩玉曰:“孙老……”中将不待其辞之毕,猛然曰:“汝自此时起,呼我为先生足矣,即沿俗,当亦称我以叔叔。汝为嫂氏,且为我所敬爱之唐夫人,愿此后无负此夫人之名义,百年偕老,则老孙虽马革裹尸,亦当含笑于地下。”佩玉曰:

"谨如命,惟先生勿自诅咒。"中将曰:"汝辈妇人女子,真堪发噱,我军人日祈战死,开口即不祥语,幸嫂嫂勿见责。"佩玉笑曰:"君既祝我偕老,我亦愿君长乐永康耳。"中将曰:"我赋性率直,不尚拘谨,请先纳金,然后饮酒。"语间,与佩玉斟酒。佩玉曰:"我受之殊愧,顾先生爽利,我亦不敢重拂雅意。"遂敛钞币纳怀中,更尽一杯而散。晚来十时许,园中所见老议员,来佩玉妆阁,见佩玉吃吃而笑。佩玉方归自鸨母家,心头突突,渴欲觅润之一面,而老议员则茫然不觉,强曳之坐其膝上,出金条脱加其两臂。佩玉奋然曰:"我不敢诳汤老,汤老亦勿以黄金掷之虚牝。"老议员尚欲亲其粉颊,佩玉起立,脱条脱掷向老议员曰:"质言之,我明日嫁矣,愿汤老勿梦梦!"老议员怒甚,拍案曰:"痴婢!我汤老二十岁出入花丛,今已三十余载,阅人多矣,从未见蠢蠢如汝者!"佩玉掩面而哭,老议员咆哮愈甚,院中姊妹,咸闻声而至。佩玉侍婢阿宝,尤加意劝慰,方欲觅佩玉谢过,佩玉已乘哄闹时脱身而出。刚及门,奋身一跃,取门上章佩玉彩招,呼街车向顺治门而去。既抵医院,润之方伏案作书。佩玉推扉入,倒卧椅上,两颊深红,作苹果色,气息出纳,失其常度。润之握手曰:"若又轰饮耶?"佩玉期期曰:"否,怒耳。"润之出螺旋开柠檬水饮之,佩玉曰:"我今当留此矣,愿汝电告班中,勿以人觅我,我此生不更入倡家矣。"润之曰:"此间乃我寄居之所。"佩玉愤然曰:"汝不纳我耶?"乃长呼王升,速延沈医生来。沈至,佩玉告以故。沈曰:"无妨,汝留此可也,且此间为别院,本非医院。"回身见彩招,面佩玉曰:"汝携之来耶?大佳!大佳!"立书一纸曰"唐公馆",幂诸彩招上,命人悬于门上,大笑而去。十一时开衾就寝,喁喁语未来事。至三时许,诸事已有端绪。润之戏谓佩玉曰:"若竟嫁我耶?今日之部曹,直类昔日之穷翰林,异日饥寒交迫时,勿弃我而去,幸自审度。"佩玉曰:"汝何以疑我?"披衣潜身出,润之以为如厕,不图竟割臂自矢也。

佩玉割臂之次日,抵午始醒,臂上刺刺作痛,失血过多,头中嗡嗡然,晕不能兴,张目四视,不审究在何所。一看护妇衣白衣坐于床沿,见佩玉醒,细声曰:“姑娘创口未敛,幸勿躁动。”沈医生暨唐先生方就午餐,不久即至。佩玉曰:“我渴甚。”看护妇取温水饮之。时润之亦至,问看护妇曰:“醒耶?热度如何?”看护妇曰:“较晨来为杀,先生勿与多语,恐不能胜悲感也。”看护妇因起立,润之俯身就坐,与之握手。佩玉垂泪,甫欲有言,润之摇手止之曰:“我何尝疑汝?夜来偶作戏语,竟累卿至此,令我惭悚无地。”佩玉点首,而泪落如绠。润之曰:“旦晚可愈,卿勿戚戚,继此以往,均我两人安闲之岁月,愿各自爱。”语次,医生亦至,为佩玉切脉曰:“无妨,脉殊宁静,且饮鸡汁,明日可以进饭矣。”又视伤处,绷带洁白如故,曰:“创口已合,四五日痂落矣。姑娘勿躁急,能安睡,三数日便已无虑。”次日热退,惟小觉疲弱,更阅四五日,果能强饭,体亦日适,惟结痂未褪耳。一日方暝,孙中将至,掷冠椅上,头汗涔涔,状殊匆促。润之曰:“君来自何许?”曰:“部中命予三日内南行,纡道上海赴日本,比来政争益烈,两党几成水火,不久即有乱事,我不忍见兄弟阋墙,因请于部长,至日本调查军械,业报可矣。”润之曰:“君已得确耗耶?”中将曰:“事势使然,军队中咸跃跃欲试。”润之曰:“我将安所置佩玉?”中将曰:“不烦汝躬环甲胄,有变则偕遁耳。”佩玉笑曰:“生则同衾,死则同穴。”润之曰:“否,北京为集矢之的,汝不见前此之兵变耶?苟孑然一身,何处不能容我?今则已成眷属矣,我殊为佩玉惧。”佩玉曰:“安得至此?”中将曰:“事固未可逆料,顾以军情论之,则北胜而南负耳。”润之沉思良久曰:“得之矣,汝为我携之南下。”中将不置可否,佩玉执不可,润之固强之。中将曰:“我将拼挡行李去矣,是否决于明日,苟吴中栖止有所，汽车中我任将护之责。”越三日，天津车站上，果见中将暨润之夫妇，老二之夫婿黄雅宜，亦携老二乞假南旋。中将谓雅宜曰：“得如君同行，大佳。润之必欲我偕其夫人同归，我方窘促，一有女伴，则唐夫人百事俱便，我亦得复我自由。”遂相将入票房买票。已而润之出一札畀中将曰：“烦君携去，一抵吴中，请偕佩玉往视，佩玉识字无多，深恐贻误。其人为我姨氏子，我已电告。佩玉此去，即寄居彼家。惟彼意欲寻亲，尚有洞庭山之行，亦乞转告，俾不至疑讶。”复顾谓佩玉曰：“途中宜自慎谨，一惟中将之言是听。”佩玉怆然泪下，期期曰：“我爱，我殊不能舍汝。”遂匆匆登车，掩面伏车窗而泣。老二与佩玉共处一室，甫欲劝解，车轮已蠕蠕动矣。第三日破晓，抵苏州，舍于客邸，遣人四觅其假母。抵暮，始得诸同春坊，遂饭之于德华菜馆，假母但谓：“汝初来时，一三十许男子挈之入城，其人则谓为其女，而汝则呼彼为舅舅。偕来者尚有一媪，跛其一足，署券时不知何姓。”佩玉曰：“知之，为陈王氏，故券尚在，至我舅氏，伪认其女而鬻我，决非真姓氏。我闻洞庭有东西两山，我为洞庭山人，究在何所？”假母曰：“音吐似为东山。”佩玉曰：“谢我母，我当往访。”次日，佩玉与中将乘肩舆入城，一视其戚串，即买舟至东山，泊渡水桥，遍访之，果得旧时老媪，畀以十金。媪欣然道既往事，滔滔不竭，且偕之视其舅氏。舅匿不敢出，老媪告以来意，始得见。询以父母坟墓所在，市纸钱，即陇头痛哭。归而安居金阊者可三月，暨南师败绩，中原颇似平定。润之函促入都，乃只身附车北行，赁屋于教场六条，小别重逢，亲密莫可言喻。厥后故乡人士之来往都下者，每视润之，辄请见夫人，咸以其举止端重，颇致敬礼。宁处可半载，润之忽得家书，谓将为之订婚，润之夙畏其母，未致径告，但云不能自立，不欲论娶。逾月，家书又至，则已聘定张氏女矣。张氏故吴中旧族，岳氏曾以考察商务，久滞欧西,归而提倡实业,为乡人所推重,两家夙有世谊。岳氏客巴黎时,又与润之相识,爱其谨饬,欣然许嫁,初未知其有妇也。润之在部中得书,惶恐无地,既不能毁约,又不敢径告佩玉,傍徨无措,怅怅归寓,神气俱变,颓然而卧,大类洪醉。佩玉疑其病作,倩人招篁村至。篁村方欲诊视,润之止之曰:“我无恙,特心病耳。”篁村曰:“部中事棘手耶?”润之曰:“否,异日当详告。”佩玉曰:“篁村先生夙称知己,曷勿今日言之?”润之伏枕不语,久之曰:“君等勿相扰。”篁村旋出,佩玉随之出,曰:“先生知彼果缘何事?”篁村曰:“我亦末由揣测,惟神情殊惶怖,我当以麻醉之剂镇之,俾得安眠,不则狂易发矣。”因开药笼,出药一丸授佩玉曰:“彼苟不欲服药,则融于茶中进之,明晨我再至,夫人且入,勿劳相送,我行矣。”佩玉归房,呼之不应,但蒙被坚卧。佩玉就案头倾药茶杯中,徐徐搅和之,药融,擎杯立床前,强之饮,润之亦不拒,饮讫,即昏昏睡去。佩玉屏去婢媪,独坐凝思,润之忽大声曰:“佩玉,我误汝矣!我尔时惜不径告!”佩玉曰:“何事?”急起视之,鼾声又作矣,始知其为谵语。佩玉缘是大惑,沉思良久,虽知事必因己而发,顾绝无端绪,无从索解。因为润之折叠衣服,忽于囊中得一札,上书吴门程寄,审为润之舅氏所寓,读之苦不能尽解,仅知张氏以润之纳妾,行且兴讼,劝之从速离异。佩玉阅竟,神思斗乱,几至不能自持。少顷,奋然取白兰地饮之,自思:“我生为唐氏人,死为唐氏鬼。润之有妇与否,订婚与否,非所问,润之果诳我,只有一死耳!”筹思既定,呼御者更延篁村,候于厅事。篁村至,佩玉出札示之曰:“先生试读之,不幸构讼,则润之身败名裂。我酷爱润之,且确知其未尝纳妇,用是辛苦相从,不意竟有今日。薄命人生长娼家,生死去留,无足轻重,但期润之不损毫末耳。”语罢,掩面而泣。篁村曰:“夫人少安毋躁,此事缘何至此,仆亦无由深悉,明日且一询润之。”佩玉曰:“无劳致询，润之夙畏其母，且张氏既与唐氏联姻，安有不先知润之已事者？仕宦之家，辄以为勾栏中人，可以随意弃取。事势至此，即润之尽力卫我，事亦无济，而两家从兹水火矣。嗟夫沈君！佩玉不失怙恃，何至为倡？既为倡矣，则为人妾媵，亦颇安适，乃不甘下贱，婢学夫人，遂至不可收拾。此后润之苟不见告，我决不语及，盖不欲以自误者误润之也。"篁村微喟曰："徐图之，夫人刚烈，然事或未必尽然！"遂珍重而别。润之翌午始醒，一跃下床，携佩玉两手，瞠目直视，突然曰："我爱……"方欲有言，似有物梗其喉次，语遂不续，匆匆盥嗽，进薄粥一瓯而出。厥后都中规画农事试验场，颇少余暇，南中亦无书至，润之虽心常耿耿，而忧烦已稍解矣。

一月后，忽有操吴音者来视润之，寓中门者不解吴语，告以润之在部，可造部径候。来客置不理，闯然入。佩玉闻声出视，则客已在厅事中，傲然曰："若为润之何人？"佩玉曰："我为其妇，客为谁？"客曰："我为其中表行，若果倡妇耶？我将问汝，润之何时纳汝为妾？"佩玉曰："客何唐突！我故为倡家女，我不自讳，而今日则俨然唐家夫人矣。客来不通姓氏，而大肆咆哮，一何粗犷乃尔？"客曰："我姓程，字曰贻之，苟不信，可问润之。汝倡家女不知羞耻，冒为夫人，我则无庸假冒。骚狐！汝夙工惑人之术，老表兄为汝播弄久矣，我沈贻之痛恶汝辈，我姑母亦恨汝刺骨，汝且自问，能为我表兄之夫人否？我奉姑母命，迫汝离异，汝苟抗命，则送汝入济良所矣！"佩玉笑曰："汝状既荒伧，口吻又大类村妪，我之能偶润之与否，润之自有权衡，不烦汝横加干涉，至济良所中，惟从良不遂之妓女，与受人虐遇之婢妾，始自行投入，从未闻表弟送表嫂入济良所者。"贻之语塞，头颈尽赤。佩玉曰："汝来自田间，未谙情理，我亦不加深责，汝且以润之订婚事语我，俾我自审。"贻之曰："汝有去志耶？汝坐，我语汝。前年南北失和，战事将肇,议员纷纷南下。时我姑丈方在沪上,席上遇老议员某,谓与润之相识。姑丈就询近状。老议员谓润之月入可千余金,部中萧闲无事,日就倡家征歌选色,近且纳名妓章佩玉,赁大厦为客邸,居然显宦矣。归告姑母,姑母大戚,急欲论娶。适张氏有女未字,遂委禽焉。"佩玉曰:"润之亦知之否?"贻之曰:"订盟后始函告,润之报书,意殊不欲。"佩玉曰:"彼未允耶?"贻之曰:"父母之命,媒妁之言,何必待决于润之?且我姑母为吴中牝虎,谁敢抗命?"佩玉点首,贻之曰:"汝意云何?"佩玉沉思良久,强为笑容曰:"君寓何所?"贻之曰:"金台旅馆。"曰:"然则君请先归,二时后,我来奉候。"贻之果先归。未几,佩玉至,携行箧一,含泪谓贻之曰:"谨如命,君亦不必视润之,我今日即离都门,附舟南归,后兹不复与润之相见,请君归报姑氏。我本无所恐怖,既爱润之,决不使润之为难耳。今日新铭开赴上海,我将以三点三十分钟行,君能偕赴天津否?"贻之曰:"可,汝既遵教,我事已了,明日亦将附汽车归,晚来当送汝登轮。"两人遂相与至天津。

是日,润之得苏州书,书为张氏所寓,略谓:"友人有归自都门者,备述足下近状,始知小女许字足下,足下未经画诺,且知已有夫人,此由南北暌隔,未悉究竟,遂至贻误。吴中僻陋,谣诼四起,闻尊府又谴人迫君弃妇。一夫一妇,欧西通例,足下与章女士成婚,既在订盟以前,自当以章氏为匹偶,安有第三人可以驾而上之?用特奉告,尚乞勿为流俗所动,勿为尊长所劫,宜尔室家,百年永好。仆则但期得足下一纸书,用为解约之证足矣,决不敢稍生异议也。"润之读竟,喜形于色,拍案曰:"张公不愧达人!"立复一札,亲自付邮。傍晚,正欲归告佩玉,适有人招饮,十时许归寓,则洞房寂寂,虚其无人矣。询诸婢仆,知亭午时有吴人来,相与争辩,审其状貌,颇似贻之,顾婢仆咸北人,不辨呶呶者作何语,但见其声色俱厉而已。润之曰:"必为贻之,此伧出言无状,罔识轻重,败我事矣。”急赴邻家假电话，遍询各旅店。至金台旅馆，果有程贻之其人，谓：“昨晚始至，今日三时，偕一少妇赴天津。”润之知为佩玉，顾为时已晚，欲踪往而不得，辗转终夜。翌晨附车行，至津，就餐德义楼。德义楼餐馆而兼客店者也，润之每至天津，辄寄居是店，店中人咸识润之夫妇，一见润之，即曰：“君亦南行耶？夫人先君去矣，何不偕行？”润之漫应之曰：“然，彼欲附车行，我恐其劳顿耳。”店中人曰：“否，彼乘新铭，舱位殊宽敞。”润之曰：“几号？”曰：“十三号。”润之微点其首，取纸烟燃之，旋起立曰：“本欲偕归，不图彼匆促乃尔。彼母方病急，欲归省耳，汝可为我取笔至，有电局写电之格更佳。”店中人将至，润之匆匆进饭一器，餐毕，即草一电云：“烟台招商局转新铭十三号章佩玉太太，望登岸，在烟稍待，即至。”润之电既发，即日就道抵烟台。时新铭尚未开，侍者送电至十三号，客已不在。初疑其登岸游散，迨哄传捞获一女尸，侍者驰往视之，果十三号客也，遂将行李留存局中，而陈尸善堂中，以待润之之至。润之至则新铭已发，局中告以溺水死，润之大哭失声。局中人曰：“夫人有行箧，君且发之，此亦一疑案，此间正待研求也。”润之见箧上加锁，掷而碎之，得一书，上书：“北京教场六条唐润之先生启，新铭船十三号唐缄。”书云：“妹自沈矣，薄命人自分不能偶君子，以速死为当，勿抗母命，立即南归成婚，则佩玉虽死之日，犹生之年。苟轮回之说不谬，来生再图相见。润之我爱鉴。佩玉绝笔。”润之凄然曰：“贻之杀我佩玉矣！”倩人导往尸所，哭之恸。既殓，回京为之发表，驰书告至友余允昌。时余方治田爪哇，未几，重至烟台，为佩玉营葬。润之遂南行依允昌经营农事，誓不复娶。

——《礼拜六》(1915)第五十九期

覆水①

著者曰:室中陈设之雅俗,每足以见主人之情性,若夫丽人妆阁,一榻一几,一屏一案,无不穷极侈靡,若欲以斗室泄其无尽之藏者。有一室,绮窗绣帘,文几玉轴,楚楚有致,壁上镜枢,咸嵌名画,余若支那之磁、镂银之器,堆列几案。一夕,华灯未张,悄无声息,火炉中光焰熊熊,作深绛色。一美人面炉而坐,黄金之发为炉火所映,幻为彩霞,双瞳熠熠,如雨点明星,温媚可人意,支颐而坐,若有所待。时室中更寂,即一针堕地,亦能闻声迹得。其人胸头突突,星眸微敛,焦烦莫可名状。久之玉容顿变,似缘失望而生疑讶,微语曰:"不审竟缘何事,迄今未至?五时为期,而今则六时矣,顾彼从未爽约。"语已伸欠而起,搴玫瑰色帘幕,探首窗外,喟然曰:"如此浓雾,安得不令人心悸?"语时微颤,而铃声忽动,遥闻门启,已而复闭。因移步迓之,相将入室,且曰:"汝来何迟?令人悬系。"少年面之坐,紧握其拳,徐曰:"卿念我耶?"笑曰:"然。"少年曰:"我来稍迟,已劳惦念,脱闻恶耗,不识且作何状?"美人微点其首,少年意似镇定,曰:"此来本有以告卿,愿卿拓数秒钟余暇回忆昨宵情景,然后奉白。"美人曰:"昨宵耶?君言一何奇突?我纵健忘,尚不至此。"少年曰:"不敢谓卿健忘,顾昨宵沦茗夜话,烛影摇红,花香四溢,远闻琴韵悠扬,因风而至,此情此景,毕世不忘,不识卿卿亦有以易此乐否?"美人微嗔,矢以天日。少年举手掩目,良久,敛手注视美人,喟然曰:"已矣!我一至今日,舍我爱外,已无长物矣。"美人闻言,意不能耐。少年曰:"卿亦知达各塔矿中破产否?否,我又忘之矣,新闻中尚未登载。质言之,我数千镑之

---

① 原署"黄静英女士"。

岁入，此后仅余数百镑矣。我深讶妇人女子，每以贫富为爱憎，得妇如卿，我心良慰。”美人耸肩曰：“吾尚未审我爱所言，岂暴贫耶?”少年曰：“然，如卿言，顾此亦无与我两人情好。”言已狞视美人，复曰：“卿岂因是戚戚耶?”美人曰：“然，我殊系念及此。”语次，流目四视，意殊不适，续曰：“笛克果贫耶？是安可者？然信如所言，则直可令人狂易。我酷爱盛饰，珠玉锦绣，与夫种种服御，无时或舍，我苟嫁汝，则凡百悉成泡影，君谓我甘以荆钗裙布终老耶?”语次，张两手四指，历历数其室中所有，复曰：“笛克达人，亦知古语所谓贫困排闼而入，则情爱夺窗而出耶?”少年起立，怒曰：“世亦有食贫茹苦者，安得尽如汝言？汝勿扰我，我过矣！我过矣！虽然，事殊易为，惟我有故事语汝，昔有一人，掘得金刚钻，盛以锦函，藏诸密室，爱护备至，遇识者始知其为碎玻璃，爽然若失。”语既，反身便行。美人阖户，枕椅臂而啜泣。

翌日，少年治事如故，状殊镇静。骤见之，初不知其身经奇变也，彼亦绝不介意，以为区区身外物，不足系恋，从兹力改靡丽之习，归于俭约，则规复旧业，亦大易事。一日，视其律师暨经理，整理帐籍，且在公司中进膳，匆匆便行，不敢告别，恐未必有重来之期也。是日午后，布置既定，就吸烟室中小憩。凡人百忙中，初不知有痛楚，斗然寂静，则心绪潮涌无可抑制。笛克吸烟时，酸楚万状，回忆二日前彼美双瞳剪水，射人欲眩，姿颜容体，状若飞仙，一若天生丽质，专为我笛克也者，曾几何时，已成幻梦。转念我昂藏男子，自应光明磊落，彼既负心，何庸恋恋？乃起立试镜，忽闻电话铃动，就听，则谓达各塔矿产公司并未破产，前此所闻，悉为谣诼。少年自语曰：“是又何关得失？即能恢复旧业，徒供妇人女子奚落耳。”且语且取壁上影像，像为一美女，玉立亭亭，呼之欲出，似尚含笑点首，招此如意郎君也。少年立掷于地，奋力践踏，惟恐其不成齑粉。忽有一人出其背，娇声曰：“我爱，若何为碎我影像?"回首则镜中人也。少年愤甚,仰天大笑,不作一语。美人则嘤嘤啜泣,匍伏其足下。少年厉声曰:"去休! 笛克措大,不足偶汝也!"

——《小说月报》第六卷(1915)第十一号

负心郎①

沪北某狭巷,贫民窟也。有夫妇二人,赁后楼为栖息之所,楼窄,仅容一榻,支板为案,案头置败书数册,一少年卧床头,就窗窦微光执卷默读。天色垂暝,几不能辨字迹,乃舍书欠伸曰:"何尚未归耶? 厂中放工久,不审沾滞何所?"未几,闻楼下门启,一老妇迎谓来者曰:"嫂何节省至此? 此农家用以饲豕者,嫂从何处购得?"一少妇应曰:"否,我嗜此,百觅始得。"语已,匆匆登楼曰:"劳君盼望,今日厂中又不散工资,计无所出,乃拾得菜叶半筐,意欲和酱煮之,苟汝不能下咽者,可加辣椒少许。"少年曰:"亦佳,腹馁甚矣,汝速治餐。"少妇乃取早餐余粥,杂以焦饭共煮之,即厨下分食。其时邮卒以书至,投诸客室案上。老妇呼曰:"楼上先生有信。"少年乃持饭器出而取札,读已,仍进饭。饭竟,喟然谓少妇曰:"憔悴如此,乌能习军事? 即去未能必录取也。"少妇曰:"书为何人寓?"曰:"同学耳,谓浙中方遣学生赴日本学陆军,我国军事方萌芽,应试者必不多,坚嘱赴考。"少妇曰:"汝曷不一行? 汝年甫二十,与其为穷秀才,不如稍习劳苦。外国学堂,循序渐进,但能自持,当有成就。"少年曰:"我意欲一试,顾安所得川资?"少妇曰:"我为若图之,试而能第,则若赴日本,我仍缫丝自给,卒业后,稍稍能自树,再图完聚如何?"少年曰:"败簏中但有残书,此外典

① 原署"黄静英女士"。

质又尽，戚畹咸在故乡，称贷无门矣。”少妇曰：“勿躁，且徐图之。”次日，少妇遍视邻左，历十余家，均不得当，后遇一媪曰：“我有金耳珥在，假汝付质肆，试而中选，富贵无相忘也。”少妇曰：“安敢忘媪？”

越三日，少年附舟归里。少年本读书种子，少明慧，年十五入邑庠，以游荡耗其资，夙负多，不能安居乡里，遂携其妇来上海，佣书自给。书肆中以其字劣，不暇传写时始付之，初则月写二十日，久之不及十日矣。贫无以自存，妇乃入缫丝厂为女工，恃工资度日者可两载。少年平时亦至友朋处小坐，以厂中女工要求增工资，半月来未尝得一钱，典衣易米，衣尽，遂不能出门也。归里后可十日，少年书至，谓应试者半武夫，试卷多不中程，已幸列第三，不久领川资归沪治装。少妇大喜，告邻媪。媪曰：“中经魁耶？然则汝家先生来当易称老爷矣。”少妇笑曰：“姆误矣，科举已停，安得复有举人？考取后出洋留学耳。”老媪曰：“留学后如何？”曰：“任军官。”曰：“武官乃贵于文官耶？先生读书人，安能任此？”少妇曰：“否，但运筹帷幄中耳，不烦亲列戎行也。”媪曰：“然则殊安适。我闻凡为官者必纳妾，嫂嫂日事操作，乱头粗服，类灶下婢，殊不称官家。汝家先生富贵而易妻，又且奈何？”少妇曰：“姆勿过虑，糟糠之妻不下堂，贫困至此，尚不忍恝然舍我，且数年来恃我十指为活，为姆所目睹者，得能安享富贵，方且招姆作伴，用报大德，我两人艰苦备尝，彼又何至弃我耶？”无何，少年偕派遣留学诸学生，同来沪上，客逆旅中。入暮，窃出视其妇，分治装之资五十金，俾偿夙负。少年既东渡，妇工作如故，少年亦以膏火羡余寄归，月可三五金，颇足赡给。翌年，暑假归，少年欲移居，妇执不可，仍居旧寓。留十数日，少年归珂里省戚友，戚友亦稍稍与之往还，不类前此之落寞矣。会浙中议遣女学生，十年前风气未开，应试者少。少年妇翁毛伍侯先生，为浙中名宿，生徒甚众，主持学事者咸门弟子,妇亦略识之无,遂得并遣。抵东都,入美术学校,科学非所素习,而作画殊勤奋。夫妇共处旅舍,一如在上海时,而月得官费数十金,景况向胜曩时矣。越二年,少年入士官学校,值星期,辄衣军服,来视毛氏。毛每亲为解腰鞓,去枪突,笑曰:"文弱如夫子,未及三年,雄健如此矣,习惯之能变体质,一何迅速耶!"少年亦笑颔之。迨卒业,某制军调赴沈阳任标统,毛亦于前一年归国。少年本拟稍稍摒挡,南来接眷,旋以事烦不能行。客居无聊,辄与朋辈作狎邪游。久之,渐萌故智,几误军政,为制军所闻,怒罢其职,乃踉跄南归,依毛氏。毛方售画自给,夫妇重聚,颇多家庭之乐,蛰居可一载。革命军起,少年奔走沪宁间,往来游说,颇为时辈所推许。沪上既光复,遂任要职,上海本群魔之窟,鬼物白日攫人财物。入暮则入销金之帐,縻财帛无算,少年遂暴富,起居服御埒王侯。吴中某女士,英雌也。一遇少年,误为当世豪俊,倾心结纳,少年亦百计温存,遂订婚约。毛氏侦得之,遍谒少年旧友,谋所以破坏之。少年窘甚,盖遇英雌时,初未言其有妇也。友朋中有出而排解者,嘱少年以二万金为毛氏赡养之资,而令毛氏大归。毛氏不可,邻媪适来谒,曰:"嫂勿尔,我不云富贵当易妻耶?人之相知,贵相知心。彼既有所属意,安可复合?不如佯许之而隐扼之。彼以庚帖还汝,则笑而受之,令汝署券,则抵死勿承。"毛氏点首称可。往复数四,议遂定。少年与某女学生成婚之日,大张筵席,军中自督师以下咸来贺,惟无戚串耳。三数日后,某司令遇少年于席上,握拳抵案,大呼少年曰:"汝来,我自今日始,与汝绝交矣。我今日遇毛夫人,语微时事至详,如此负心,我恨不杀却。"少年曰:"彼有隐疾,不能生育。"某司令顿足曰:"汝敢诬人!汝不忆蛰居楼头咬菜根时耶?"少年失色,不敢作一语。未几,少年弃妇事轰传遐迩。吴中去沪上不二百里,女士家颇有所闻,故为世阀,不能隐,乃控少年于法署。案未结而南北失和。少年复任参谋,财多而胆怯,未及交绥,荡扁舟宵遁,师败,窜海外,傺侘以死。某女士亦于邑无聊,病瘵旋没。毛氏席遗资,筑小屋西子湖边,徜徉于六桥三竺间。每见其晨曦初上,夕阳欲下时,携画板,默坐苏公堤上,对景写生也。(俳谐之文难与庄论本篇少年乃乌有先生著者特运广长舌为普天下负心人说法必求其人以实之凿矣。)

——《小说月报》第七卷(1916)第二号

雪子

长崎大德寺,为日人追凉之所。寺在半山,面南为峭壁,壁下为广场,适当寺门。每溽暑盖棚卖冰,入暮游客甚盛,裙屐连翩,男女杂沓,电光咸笼纸灯,凉风徐至,灯影摇荡。俯瞰市上,则万家灯火,历历可数。仰视山巅,则凉月一丸,出没云表。置身其中,恍似清凉世界矣。其时一老妪凭栏而坐,持金镶之管,实淡芭菰狂吸,默视座客,有开怀当风长吟和歌者,有履舄交错喁喁私语者,婢子三五辈,跋来报往,无停趾。中有一人,年可十四五,衣木棉之衣,缕缕作波纹,袖长及裾,折叠络于背上,皓腕尽露,腰系红花之绅,挽作巨结,手冰盘,行近老妪。妪曰:“若小坐。”女郎置盘而坐,曰:“姆需麦酒耶?”妪曰:“否,我见汝娇小可怜,大似大家闺秀,而供奔走耳?”女郎曰:“我孑然一身,不供奔走,安所得食?”妪曰:“若无父母耶?”曰:“然,我父籍隶支那,少时即来此间,不幸五年前见背,次年母又相继逝世,我无所归依,邻媪而居者,三载有奇矣。”妪曰:“然则若为日本人矣。”女郎曰:“然,母固日本人,我则支那人也。我康氏在粤中为巨族,昔年我叔亦经商神户,儿时时复来此省我父。我叔归国之次年,我父以购股票大遭亏折,郁郁成病,遂以此戕其生。”妪曰:“然则汝忆尔叔耶?”女郎曰:“安得不忆？顾我支那人而不谙支那语，且有生以来，未入国门，即去亦无从寻觅也。”妪曰：“我子设肆香港，我年必一至，留三数月，香港去广东至近，我为若访之。”女郎泪盈于眶，曰：“谢媪，得遇我叔，当丐金以报也。”妪笑曰：“我怜汝孤露，一为援手，我家资富厚，不望酬也。”语至此，客已渐散，妪乃探囊付冰值，复谓女郎曰：“汝仔细思之，勿遽告人，能与我偕行，亦大佳事，苟无川资……”语未竟，有人长呼“雪子”。女郎反身行，妪曰：“我姓高田，明晚当更至。”

八月初旬，新凉天气，残暑未退。南洋丸甫离长崎，乘客布置行装，粗粗就绪，咸上甲板纳凉。月色朦胧中，憧憧往来，莫可辨认。忽闻轰然一声，若有物堕水，须臾，又隆然作响。乘客均似疑讶，顾舟中机声、人声，无时或止，旋亦不复念及。间有凭栏而望者，昏黑中了无所见，遂不注意。未几，有水夫负一人至甲板，扶之卧于货舱之顶，开瓶倾葡萄酒灌之。其人为一少女，二目尽瞑，昏昏如睡，酒入口中，初不之省也。乘客有就询者，水夫但云中暑而晕，客亦旋去。水夫探手胸次，复切其脉，徐徐点首，意似无妨，遂反身下舱而去。未几，少女作呓语曰：“噫！我其葬身火窖中矣，我父若母在天之灵，其速来导我，我愿上天堂而决不欲赴广东矣。”语时星眸渐启，四瞩曰：“我在何所？岂已入冥界耶？”一乘客立暗陬窃听，一闻此语，行近女郎曰：“否，天色已瞑，此间为南洋丸甲板也。”女郎曰：“我尚在人间耶？”客笑曰：“然，女郎缘何晕绝？”女郎曰：“我渴甚，喉中格格不能更语矣。”客曰：“我以水来。”未几，手玻璃杯满斟汽水上女郎。女郎饮既，欠伸曰：“美哉水也！我更生矣！”客曰：“女郎何病？”曰：“我何尝病。高田老姆携我赴广东，期我于舟中，我登舟百觅不得，方欲登岸，而水夫牵我裾，曰：‘若缘何事？试告我，我为汝策之。’我质言告之。彼曰：‘我有策在，汝欲赴广东，但依我言，可以不耗一金而赴香港。'我曰:'我与高田偕行,彼既未至,我何能独行?'水夫曰:'高田携汝行耶?彼已购定船票,将于启碇时上船,汝且在此稍待。'遂引我至一处,越煤积而入,四围咸铁壁,曰:'汝在此小坐,高田至,我来召汝,勿窃出。此间至秘密,我怜汝无知,始肯留汝,苟为船主所遇,恐遭呵斥也。'我遂席地而坐。未几,又有两女郎至。水夫推挽而入,遂阖门去。室中纵横不及一丈,直一铁柜耳。久之,四壁渐热,烦闷不可耐,摸索得水瓶饮之,稍苏,而两人呻吟之声,惨不忍闻。我支持可二时许,徐徐饮水,二人声息渐微。我又遍觅室中,更得水三瓶,方欲饮两人,两人已无声息,抚之僵矣。未几,我亦昏然如入梦中。迨醒,则已在此间矣。"客方瞠目而视,而高田已至,疾驰而前曰:"雪子,若何不觅我,而匿居煤积中,几至窒死?我已为汝购船票,苟不遇汝,又将徒耗我资矣。"雪子曰:"姆谓三时至,我三时来而百觅不得遇,遂有人导我匿柜中。同处柜中者三人,已死其二,不识何人舁我来此。"高田曰:"汝命运佳,此去定当乐死。"少女曰:"我为支那人,得履国土而死,亦所甚愿,遑论苦乐。"高田乃笑曳之行曰:"汝在三等舱中,衣服衾席,已为汝预备。"因呼侍者,侍者至,高田曰:"即此人也。"侍者目高田,复凝视雪子曰:"良佳,我祝媪利市三倍。"遂携雪子就其舱位。

雪子舟行颇乐,既抵上海,见豚尾垂垂者数十辈,争来运货,前者喝耶,后者喝许,而取重之机,旋转作响。高田亦来与雪子凭栏闲眺。雪子初未知上海即为中国,询高田,高田伪谓此间为英国属地。更阅三日,即抵中国之广东矣。傍晚舟行,迨至香港。高田曰:"至矣,我携有脂粉,汝宜稍事修饰。"即挈之入二等舱,为之梳洗,出新衣易之,以行李付旅店接客者,遂乘车行。至大王街,见粉白黛绿者咸倚楼阑,衣胡桃绉之衣,花纹奇诡,多绘粗枝大叶,五彩缤纷,如花丛之蝴蝶。既入,一老妇出迓曰:"归耶,此次何仅将一人至?”高田笑曰:“折阅矣,两头已嫁海若而去。”老妇曰:“无妨,此人绝美,值可八百金。”语时雪子俯首斜睨高田,作惊讶状。高田曰:“非一千二百金不售。”老妇曰:“为齿尚稚,恐不耐操作耳。”高田曰:“姊又诬人,汝以雪子羞人答答,遂以为不能胜任,我则谓此人类含苞之花,一经热带上日光,不久且怒放矣。汝苟购得,当为汝家钱树子冠。得此奇葩,而赴新加坡,价不在二千元下。本拟南行,顾千草岛原两处,尚有三五人可以猎取,约期已迫,无暇及此矣。汝苟与我一千元,我与姊夙称交好,不敢较量。”老妇携其小腕,且缓其结束,雪子骇极而颤。高田曰:“若欲觅叔,且于客中觅之。此去广东至近,若叔又谙日语,或来访汝。”雪子怆然泪下曰:“姆,此为何处?人安可货?”老妇曰:“此间为娼肆,我为鸨母,买汝应客,客来汝但伴之宿,且语且摩抚其肌肤。”顾谓高田曰:“尚可。”高田亦曰:“尚可,任汝品评,我但问汝能出此千金否耳?”老妇点首。高田抚雪子之顶曰:“汝今日作妓矣,此后惟阿母之言是听,好自应客,脱有违忤,汝小心皮肉!”雪子曰:“我母死久矣,苟能复生,我虽日遭挞楚,亦所甚愿。”老妇立掌其颊曰:“痴婢!我非若母耶?花子,汝来将去,详加教诲,我无暇与此蠢奴语!”

花子自人丛中出,携归己室,曰:“雪子,汝勿戚戚,此间较故乡为乐,晨餐则有鸡卵、脍鱼,晚来则有牛排、炙鸡之属,肥腻而可口。”又袒其胸曰:“我在长崎运煤时,憔悴不复有人状,来此未及一载,肥实竟至于此,人生行乐耳。我辈日间萧闲无事,有钱则纵博,无钱则昏然酣寤;晚来客至,则长歌痛饮。回忆故乡奇臭之盐鱼,干黄之莱菔,不审曩时何以进饭也?我扶桑三岛,直野蛮之窟宅耳!我誓死不归矣!”雪子曰:“我儿时亦曾饱尝异味,我父来自支那时,辄捆载而至,我志不在饮食也。”花子曰:“然则男女之事何如?”邻室中忽发狂笑曰:“花子,若勿絮絮,且挟之赴肆中购服装,晚来则我有新制绢衣,权时假用。”花子曰:“阿梅,汝来为彼料量,今晚即令……”语未竟,阿梅曰:“汝来自田间,故须大加膏沐,然后应客。彼韶秀乃尔,老妪方目为天上神仙,安有不出供上客者?”于是阿梅张两手,承粉霞纺绸衣至。衣为西洋色,而略似寝衣。花子提其领,就雪子背上比其长短,曰:“颇相称,即此足矣。”顾谓雪子曰:“汝小坐,我为汝向阿母假取一百元,偕汝入市肆。”雪子曰:“我衣良适体,安用更制?且假金何所取偿耶?”阿梅笑曰:“汝岂无夜度资耶?我辈月入不过百金,娇丽如汝,约可得二百金。新来之娼,未有不向本家假钱者,我以为三百金尚不嫌多,矧此区区者耶?”花子起就鸨母许。未几,手钞币至,媵以借券,迫雪子置诺。雪子无已,乃书其名于纸尾。花子、阿梅相率携之入肆,购衣服、脂粉、香水等,价数倍,百金立尽。归而助之理妆,面上之粉厚可钱许,胭脂则取大块置掌中和水扑之,自颈及胸咸敷白粉。雪子引镜自照,几如玩具中之泥美人矣。花子曰:“我且导汝入视汝卧室。”雪子此时头脑已昏,匆匆随之行。花子一一指示曰:“寝衣则在此柜中,客既解衣,助之更易。曳履则在抽屉中。客去宜为之扣领结,加冠,缚革屦之线。盥器则在床下。此瓶为消毒之药,倾水中少许足矣。”复曳之出,至一处,类厕所,上敷人造石,自右渐倾而下,左为一沟,有孔导水,倚墙一架,架上一水柜,柜上一方匣,界为数十格,格置玻璃管一,匣中盛水满之。花子曰:“此亦消毒药,事竟则来此洗濯,勿怠,卫生局每周必行检验,如染恙则拘留驱菌院中。”复导至一室,室傍路,曰:“此为我辈坐待狎客之所,犹肆中陈列之室也。见有徘徊道左者,则呼:‘克姆海阿(Come here,来此也)!’惟不能立向门外,例须罚五十元也。客苟入而择人,指汝则汝携手导入卧室。既抵卧室,先问留否,留则五元,便去则二元,客付金上诸阿母。”然后阖扉,言尽于此。“汝去进膳,膳竟即至此间,晚来无客,非三时不能睡也。我去视阿母,询汝为倡之证取得未。此证需十金,阿母已为汝代付矣。本须汝自行俾警署中讯问,恐汝不谙规例,令玉龙代汝,玉龙与汝修短相若也。”晚餐后,入浴,重行理妆,遂与姊妹行同入应客之室。未几,一欧人闯然入,指雪子曰:“此童娃殊妖艳,随我来。”径入,雪子不解英语,玉龙译以告之。雪子甫起立,欧人即回身曳之行。

雪子留香港可一载,以立至门外者两次,为警署所禁,不能更留,阿母遂货之新加坡。新加坡有花街五,曰“马来”,曰“海南”,曰“西贡”,曰“买辣巴”,曰“烹达”。“马来”“海南”“买辣巴”在新加坡之中部,最为繁华,“烹达”则仅二十二家,余则娼肆愈少,妓与客亦渐下等。雪子居新加坡,欧人、美人、马来、印度、支那人争集其室,以日妓初来必至香港,香港倡家择其貌美者留之,渐南则价愈昂而貌亦愈丑。雪子在香港已称翘楚,至新加坡则绝世美人矣,宜其趋之若鹜也。居无何,不胜其扰。适警署张行署于花街,凡作妓者,一一传讯,苟有冤抑,或不愿为娼者,则由警署护送归国,年必二次。顾妓方欲博缠头归傲乡里,每多自误,辄答以自愿为娼,未尝虐遇云云。迨色衰则沦为印度、马来之侍妾,铜珥随肩,银钏缠腓,以终其身,不则中疾而死。其生入国门者,千百人中不及一人也。雪子抚念身世,恐蹈覆辙,因以被骗时种种情状告警官。警官以其为中国人而又无家,遂送归香港。香港警署悯其无告,荐至某西人处佣工。主妇遇之极厚,以雏女付之保育。每值晚凉时,辄曳乳母车,侍主妇游公园。

一日归途经一肆,主妇见红玉项圜,入而问价。肆佣不能定其值,招主人。雪子亦抱女孩随之入,忽见主人面目酷似其叔。交易竟,主人出杯茗飨客。雪子仰视壁间,则其父若母合摄之影正悬壁上,乃作日语问主人曰:“若非康姓耶?”主人曰:“然。”又指壁间照像曰:“此为何人?”曰:“我兄嫂也。”雪子投女孩于主母怀中,抱主人而泣曰:“若我叔父也。”主人不解,雪子泣述儿时事,始恍然大悟,相持而哭。盖雪子母死未及一载,其叔曾至长崎,遍觅不得,怅怅而归。数年来贸迁获利,设肆于此者三年矣。雪子语及一年前已来香港,又深恨平生谨饬,未尝涉足句栏,至同在香港而不能相见也。次日,雪子遂归叔家。婶母视之如己出,雪子亦依依膝下,过于所生。其叔恐香港有相识者,为之择婿于粤垣。雪子故明慧,未及一年,粤语已娴习,遂嫁于新会梁氏。

——《小说海》第二卷(1916)第四号

拾翠

拾翠,林姓,卖解人之女也。生小随其父母,游大江南北,通都大邑,荒村僻壤,靡勿至。年十六,流徙至吴江之笠泽。笠泽滨县区,吴中巨镇,多丝贾,父老事贸迁,子弟则藉其余荫,酒食征逐。林家卖技之舟,既抵笠泽,系缆市尾报恩寺前。里中少年争集,武生张二为之导,登舟调笑,见拾翠,抚其顶曰:“三年不见,长成如许耶!”拾翠嫣然而笑,俯首撚衣裾,而游目睨及一少年。舟中人日为烈日所曝,肌肤幻为赭色,筋肉暴起,虽加意涂泽,勿能掩。拾翠独白皙,修眉皓齿,楚楚动人,不类自风尘中来者。少年还视,四目适相值。拾翠复笑,少年转忸怩,欲有言而不能出诸于口。拾翠移坐近之曰:“敢问姓氏?”少年曰:“姓陈,行九,汝但以‘陈九’呼我足矣。”拾翠俯身加手其膝,仰承腻脸,目注陈九,不转瞬。姊妹行方任情戏谑,二姊玉仙回首见拾翠,翘其樱唇,瞋目顿足,曰:“拾翠,痴婢子挟得小郎君,独自享受耶?”陈九笑曰:“拾翠就我,我纳之矣。渠为我妇,若辈乃敢干与。”遂俯首亲其粉颊。姊妹行咸鼓掌狂笑,玉仙曰:“大佳大佳,拾翠遇客辄忤,低昂不就,几欲以丫髻终老矣。得郎如此,亦不枉此一生,愿好自将护,勿令他人攫去。”拾翠唾曰:“我无所虑,尽汝辈夺取,但恨陈郎不欲合汝辈捉腕捺胸,纷纭笑谑耳。”诸客咸大笑,哄然散。

翌日,择草软平坦之所,张网为闲,鸣金伐鼓,以召观者。日逾午,空巷而至,万人攒首,纲以内无隙地。初为角抵,益以杂剧,男女唱歌相和答,然多老稚。迨夕阳欲下,凉风徐至,乃树木悬绳为桥,去地可丈许。拾翠衣浅红纺绸衫,紧约其体,类汗衣,胸为之坟,黑帛缠两腓,碎步疾驰而出。既抵场心,对客鞠躬为礼,揎袖掠鬓,仰视绳桥,搓手缘木而登,囊沙为衡,系于竿之两端,持之步绳,如履坦途。右倾则囊左垂,左倾则囊右垂,每至绳尽,辄倒步归。有时脱然而堕,观者方愕骇,而拾翠已挂一足倒悬绳下矣。纨绔少年掬钱争掷之,惟恐其不中。拾翠侧首闪避,势愈险,行亦愈速,但见绳桥摇晃。陈九杂稠人中,袖手兀立,目注绳上,初不轻掷一钱。朋辈亦未之见,见之则惟有拾翠。可半时许,戏罢,复一鞠躬,翩然入。陈九排人而前,入帐中,出饼金三五授拾翠。拾翠笑曰:“何不掷诸场上?”陈九曰:“苟中要害,且奈何?”拾翠曰:“几曾见江湖卖解人中钱而死?陈郎痴情哉!”陈九曰:“卿速理妆,我假得黄氏别业,开筵宴客,招卿侑觞,舣舟柳下,待卿偕行。”拾翠重理双鬓,匆匆更衣随之登舟。

至则客已前至,喧豗满座,群起狂呼迓新夫妇,两人共入水榭。时皓月当空,水烟凝碧,池中白芙蕖,半已凋谢,莲房植立池中,受风摇曳,如短兵之相接,苏苏有声。席半,拾翠傍回廊行。陈九亦潜至,并肩徐行。执手曰:“我视郎君,天资秀迈,爽爽然别具一种天趣,不同俗子。我随我父若母糊口四方,不甘下贱,则无以塞姊妹行之口,随波逐流,正不知若何结束。郎如不弃,愿一援手。”陈九曰:“今日定情,不宜作此不详语,卿之归宿,即在我家。”拾翠仰面凝视陈九曰:“信耶?”陈九徐俯其首,亲其粉颊。拾翠曰:“我顽钝儇捷,旷然如麋鹿,君家亦能容此江湖卖技人否?”

陈九曰:“我妇客冬殂逝,舍老母外,但有弱妹,咸和蔼可亲。”拾翠曰:“我虽风尘贱质,然非好淫荡检者流,得侍太夫人,自当克尽孝道。”语已,黯然掩袂。陈九仰视银河,明星点点,浮云移蔽月光,凉风徐扇,暑气全消。陈九曰:“视席散未?”拾翠曰:“我且升树视水榭中。”语次,缘干而上,捷于猿猱,一转瞬已在绿槐高处。未几脱然下,顾谓陈九曰:“客散矣。”遂携手登舟。舟中已设文簟,高烧双炬,一小鬟延俟。陈九入,迎立曰:“姊夫且坐,我母以我舟烦扰,令我抱衾来此。”出冰盘,满堆雪藕、莲实、水红菱等,上陈九,乃助拾翠卸妆。拾翠解薄罗衫,仅余湖色半臂,皓腕凝霜,乌云委地,胸头则一痕酥透,双蕾含春,开衾侍寝,则俨然处子也。

秋深,报恩寺庙市渐稀,林家将移舟他去。拾翠邀陈九话别,握手欷歔,恋恋不舍,谓陈九曰:“人世姻缘尽是魔障,我两人别后,又不知添几许新梦矣。愿郎君珍重,勿以贱妾为念。”陈九曰:“若毋戚戚,我陈九昂藏七尺,乃谓不能蔽一弱女子耶?当请于老母,纳汝为箧室。”拾翠曰:“勿尔,妾虽愿充下陈,顾非李非奈,殊无益于我爱耳。”陈九曰:“留此更有三日耶?”拾翠曰:“然,仅三日矣,今日能留此一罄积愫否?”陈九曰:“否,我必归告老母,即来迓汝。”

是晚,十一时归,陈九之母尚与其弟坐谈。陈九面母舅,肃然长揖。舅曰:“若母盼汝殊切,闻汝迩来恒沾滞在外,宵深始归。少年人日与市井屠沽游,恐声誉日堕,续娶不易耳。”母亦曰:“婢仆中谓彼日赴林家卖技船中,我用是不无顾虑。”舅闻言,怒形于色曰:“彼江湖卖技人,技人咸知技击,汝直鸡肋耳,安足当彼老拳?汝苟爱惜生命,速与之绝!”语已,遂去。陈九怏怏归卧室,辗转不能成寐。平明,其妹锦官醒,闻反侧声,起视陈九。推扉入,见伏枕而泣,泪珠傍枕函而流,衾褥尽湿,枕畔一照像,泪痕点点。妹曰:"此为何人影像耶?"疾取视之。陈九曰:"他生未卜此生休,勿复致诘。"妹曰:"此非拾翠耶?哥哥何由得此?又何为饮泣?且告我,我不告母亲也。"陈九曰:"彼与我雅有情愫,已订白头之约。宵归,正欲请于阿母,纳为侧室,不幸遇舅舅,事不谐矣。"妹曰:"我亦颇有所闻,其人为人如何?"陈九曰:"舟中人多粗犷,而彼独柔婉,所谓刚健而婀娜者也。兄与往还几三阅月,绝未见娼家浮荡气,如能嫁我,而与我妹作伴,真闺中良友也。"妹曰:"曷不请于阿母?"陈九曰:"言之而不得当,奈何?苟不能得拾翠……"妹搀语曰:"我试为阿兄言之。天将破晓矣,兄且安寝。"陈彻夜未寐,昏昏欲睡。妹起身欲行,而阿母已至。妹急携其手,匆匆行。

既抵母所,母曰:"汝两人喁喁作何语?"妹曰:"哥哥悲楚极矣!宵来我闻涕泣声,起视则泪落如绠縻,枕边拾翠小像一帧,沾濡殆遍,兄非拾翠不欢矣,且奈何?"母曰:"九儿爱拾翠耶?我家衰宗,仅有此子,苟能相安,多一妾媵亦寻常事。顾江湖流娼,野性难驯耳。"妹曰:"我屡见拾翠演技时,跳跃往来,目不他瞬,盖欲以技名,非以色市者也。"母曰:"我终不以卖解人为然。"妹曰:"二叔家八哥哥好作狎邪游,自纳灵飞馆后,绝足不至北里。阿兄迩来亦不自检束,果不得志于拾翠,而流连他处,转不如竟纳之为愈。"母曰:"汝言亦有至理,且招汝舅舅商之。"妹曰:"舅舅固执而自信,昨夜不已言之耶?不如商之于三姨。"母曰:"可,汝去梳洗,我遣人迓之。"妹妆成而陈九亦睡足。妹曰:"阿兄且放怀,我已劝阿母延三姨矣。三姨至,事无不成。"陈九笑曰:"三姨至,汝宜告之,彼家非八百金不可。"妹摇首曰:"汝自言之,我但任转陈阿母,济否非所问也。"

未几,报三姨至。三姨者,英爽而善口辩,陈九外家有事,辄取决于彼,姊妹视之为参谋。寒暄竟,母曰:"妹其为我思之,九儿自悼亡后，居恒忽忽不乐。迩来稍稍从里中少年游，我亦不之禁，不意欲娶林家拾翠，竟至啜泣终夜。”三姨曰：“卖解之拾翠耶？娟娟此豸，我见犹怜。”妹曰：“哥哥谓乃母索八百金，姨母以为何如？”三姨曰：“即其一串歌喉，亦值得八百金，阿姊速以钱来。”母曰：“汝亦宜仔细思之。”三姨曰：“不烦思索，锦官，汝为我招九哥来。”锦官果呼哥陈九至。三姨曰：“汝今年十八岁，且曾娶妻，八岁时携汝入城，见泥人而号哭，必欲购取，不图长成如许，尚以眼泪为兵器也。”陈九笑曰：“我酷爱拾翠，恐为舅舅所阻，终不能如愿，是以饮泣耳。”三姨谓陈母曰：“姊姊果何如？”母曰：“事已如此，听汝为之。”三姨曰：“然则允许矣。九儿汝先行，令彼家作一货女之券，我携锦官乘舟来迓。”陈九去未久，遣人归报，谓林家了无异议。三姨果荡舟携金去，挟拾翠归。见陈母，盈盈下拜。母亦怜其温婉，抚其肩曰：“汝宜自重，勿令他人笑汝浮浪也。”拾翠俯首曰：“谨如太夫人命。儿虽浪迹江湖，略识大体，得侍公子，过去种种，悉当屏绝，惟未谙闺训，愿太夫人时加教诲耳。”三姨曰：“九儿赏鉴不谬的是可儿。”立脱缠臂金，加其腕。拾翠跪而声谢。锦官令婢仆洁一室，帏幕奁镜，均极整洁。即晚治筵宴戚串，宾客绝盛，独舅家无一人至。陈母屡倩人延请，竟谓不欲见此淫婢，陈母亦怏怏。酒阑，诸少年群入闹房，有请拾翠翻云梯者，群起和之，要请愈急。拾翠起立，挥手曰：“诸君且坐，婢子有一言奉白。”诸客咸就坐。拾翠从容曰：“婢子，卖解女儿也，翻云梯本我长技。苟在昨日，不问何人，命我奏技，敢不立应。今则居然陈家侍妾矣，深恐辱没陈氏，但有方命。”诸客咸震骇，逡巡去。

拾翠事太夫人至驯谨，每太夫人有疾，亲侍汤药，虽数十昼夜无倦容。太夫人视之如锦官，锦官视之如姊妹，教之刺绣、读书，稍一指示，立能了悟。陈九亦日匿闺中，绝不出门，闺房之乐，犹有甚于画眉者矣。半载后，陈母归宁，其嫂忽欲以女妻陈九，而其女兰成,骄纵不守阃范,悍名布里闬,且陈母亦不欲更为其子纳妇,佯应之曰:“容归商九儿。”陈九夙恶舅氏,自得拾翠后,不甚赴外家,闻言笑曰:“彼家牝虎,但留偶伧荒。我声誉日堕,非乘龙佳婿也。”

次年,陈九游学沪上,入夏假旋,坚欲拾翠入女学。拾翠故好学,遂入某女学校。笠泽女学简陋,不设宿所,朝出暮归。每有浮薄少年尾缀其后,拾翠虽出自卖技舟中,而凛然不可犯。里中徐三,富家子,佻仸好事。一日,拾翠散学归,与之并行道上。拾翠心知之,而目不转瞬。徐三以为业心许矣,至静僻处,隐身其后,骤出亲其粉颊。拾翠以肘抵其胸,立仆,归而咳血升许,从此游侠儿不敢轻犯,而徐三则衔之刺骨。有沈可光者,劣绅也,肢体虽残废,而阴贼狡狯,略谙文墨。里中奸宄,咸与交往,遇事辄就商,可光一一为之画策,而渔利焉。徐三病愈,造其门求计。可光曰:“此大易事,汝以二百金授我,我为汝筹之。”徐三探怀出钞币上之。可光笑受之,曰:“去休,明日有以报命。”

翌晚十一时许,陈母方酣睡,佣媪忽推扉入,搴帏低声曰:“殆矣,翠姑娘房中,似有男子与之喁喁语。”陈母曰:“安得至此?彼自梦呓耳。”媪曰:“良确不信,试自听之。”陈母强起,至门次,听之,果有语声,欲旋踵而扉启,一男子出,脱然跪地上曰:“太夫人恕我,我不敢污高门,翠姑娘招我始敢至,生之杀之,惟太夫人命。”陈母瞠目不语,头脑顿眩,昏然倒地,而其人已遁。婢仆群来灌救,不移时复苏,扶将入拾翠房中,而拾翠沈沈熟睡,推之不醒。陈母怒曰:“淫婢勿作态,彼已自承矣。”顾谓婢仆曰:“我疲极而心悸,且扶我归房,汝辈均在此监视,勿令有他变。”逾午,拾翠始醒,问故,咸不答,但云:“太夫人令我辈监汝耳。”拾翠讶甚,走视陈母,则舅氏已先在,见拾翠曰:“荡妇,汝以此间为娼家耶?陈氏一门清白,为汝玷辱尽矣!此间不能容汝,速行!”拾翠曰:“我本妾媵，去留本可任意，顾缘何见逐，宜明以告我。”陈母以宵来事告之。拾翠曰：“我未之知，惟平时易醒，而昨日则酣卧，致婢仆列坐室中而不之觉，殊可怪耳。”舅氏曰：“速去！毋多言！”陈母曰：“汝所有悉将去，我本可容汝，顾丑声已播，我亦爱莫能助矣。”拾翠叩谢，遂匆匆入房。未几，倩人延太夫人至，则一一将房中所有检交。陈母必欲以首饰之篋赐之，拾翠曰：“敬谢厚意，权为太夫人收藏，惟婢子有一事要求太夫人，勿遽书札告公子也。”陈母诺之。其时扣扉之佣媪方侍立，意似有得色。拾翠目光故锐，已觉之，遽握其腕曰：“媪与我相处未及匝月，视我至厚，愿汝送我至河干，我将买棹他适。”媪无如何，从之行。曲折至报恩寺后，四顾无人，拾翠揎袖扼其吭曰：“宵来事定与汝有涉，汝宜详细告我，不则杀汝。”媪张手作势，拾翠释手。媪曰：“昨日沈绅遣人招我，授我以十金，令以安神药置姑娘茶器中，且于垂暮时，引博徒罗麻子匿姑娘后房，嘱俟宵深时，走告太夫人，谓姑娘方与男子私语而已。”拾翠批其颊曰：“更有他语否？”媪曰：“无之，罗麻子告我，谓徐三以二百金求老沈设策，彼亦分润得十金云。”拾翠曰：“饶汝。”遂飘然登舟而去。

越四月，陈九忽得吴门某医院电，但云速来，匆匆乞假赴苏。至则拾翠方处产科室中，一见，绷儿付陈九曰：“此子头角峥嵘，汝家之千里驹也，好自抚育。我与若孽缘尽矣，请从此别我去，汝勿迹我。”语次，复出一篋曰：“太夫人爱我，以此见贻，累坠煞人。篋中有金条脱，为三姨所赠，请携还三姨。”陈九曰：“缘何决绝？”拾翠曰：“异日汝自知之。”夺身出门去，行绝驶。陈九追之不及，号恸数日，遂携乳媪怀儿归。

一日，喧传徐三、沈可光夜来被刺，失其首级。迨报县，则两头方悬大堂梁上，鲜血尚淋漓也。

——《小说海》第三卷（1917）第八号

鹅西女士

鹅西女士,生平不详,著有《苦海沈珠记》。

苦海沈珠记①

京都某报馆,洋楼高耸。楼下临门数间,皆办事人居,中独有一室,百叶之窗常开,茜纱之帘常卷。时有美少年凭窗而眺,或伏案作书,瓶花镜影,历历为之生色也。

报馆对门,有一堂鼎辉煌之官宅。时值夏令,夕阳西下,有美一人,携二三丫鬟,闲步门外,衣碧罗襦,浅色裳,白革履,纤不盈握。美人之面,与缕缕如血之夕照相映,愈形其艳,矫若游龙,翩若惊鸿,潇洒白得,不知有窃窥其低颦浅笑而魂消者矣。

美人谁氏欤?盖即官宅主人之女公子也。主人陇产,本巨族,益以宦囊,遂面团团作富家翁。先配夫人早卒,遗一子,已娶妇矣。主人复胶续富商女,亦颇腴丽,主人宠之甚。然与媳不相能,故主人宦游四方,恒与夫人偕,而儿与媳惟困守故园而已。夫人当宦鄂时,产一女,即不复孕,故爱之甚,字曰珠。后宦汴,女年仅八龄,披发齐肩,明眸皓齿,莲台龙女不啻也。

汴南有名士,楚姓,主人聘为幕府,重赖焉,暇更课珠读。珠

① 原文标"言情小说"。

慧绝,楚甚爱之。楚有子名恩郎,貌甚韶秀,与珠共卷读,暇辄临池墨战。如斯者四年,珠娘年十二矣。夫人以年长宜事刺绣,遂禁其读。自是与恩郎不复相睹,惟以寸笺托婢媪通款曲,亦皆小儿女琐碎而已。无何,主人复移宦于浙,楚辞去,于是珠娘与恩郎遂音信不复闻。

当武昌起义时,珠娘年已十七,芳名躁甚,问名之家,不可胜数,然掌上珠不轻许人也。至民国成立,主人移家于京,夫人与报馆中女眷过往甚密,珠娘亦时往焉。

一日,珠娘应报馆女眷招,挈小婢往。既入门,遇一少年奔出,几与之撞满怀。珠错愕却立,少年亦羞惧甚,谢罪不遑,且语且免冠为礼。珠娘至是乃赪然嗫嚅,不知所对,首微一俯,而玉躯颤矣。自是始,交乃日深,而友谊订矣。

少年年事十八九,貌殆如俗之所谓潘安、宋玉。幼亦纨绔者流,丧父后,家乏担石储,幸一管毛锥,足横扫千人,乃借报馆为一枝栖,非久计也。偶与珠娘接谈,道身世,珠娘忽触旧感,含笑低吟曰:“似曾相识燕归来。”

少年者,盖即七年前之楚恩郎也,报馆女眷乃其姨母,故可入内室与珠娘常晤谈。珠娘自是亦日至报馆中闲坐,即一日不往,恩郎必嬲小婢往候,或要至。恩郎以为得日对丽人,于愿斯足,南面王何足羡哉?

主人有友韩氏,亦为其郡望族,有女公子、公子各一。公子已在某大学肄业,年与珠娘若。数岁时,两家议婚,业有成言,以路遥,不可行采。既至京,韩亦移眷寓此,重申旧说,主人允焉,于是行且委禽矣。珠娘闻之惊甚,泣告夫人曰:“母更无他姊妹兄弟?儿愿效北宫婴儿子也。”夫人笑慰之曰:“痴儿勿令我痛,汝兄虽非我出,然汝乌可效北宫婴儿者?”珠娘负气,绝粒已二昼夜矣。夫人怜惜殊甚,商于主人,伪为悔约也者,实缓期而已。珠娘乃起,然主人已渐侦知恩郎事,痛加诋责,且幸幸然曰:“吾纵不许韩家,亦绝不能遂痴婢心愿也!”夫人亦禁不令出游,于是珠娘遂失爱,然犹邑邑以得免韩聘为幸也。

珠娘有友好君者,因旅学京师,寄寓焉,年稚于珠娘,事主人夫妇以犹子礼。自是珠娘乃时烦为青鸟使,好君怜之,间为一通款曲。一日,夫人召好君。好君往,则主人夫妇俱在坐,温语询以珠娘近况,亦略示悔心否,好君以实对。夫人顾主人曰:“痴儿执性,将奈何?君能怜我生平只此一块肉,缓图之可乎?”主人叹曰:“痴婢了不长进!夫人怜之,惟夫人意可耳!”掉首挥泪出。夫人私语好君,好君唯唯。

翌日,好君偕韩女公子至,为介于珠娘。韩女公子体肥而黑,面似五铢之钱,发如童山之可数,然金装玉裹,纷华殊甚。珠娘窃窃欲笑,私谓好君曰:“素闻人言其兄秀雅,今乃妹若是,则其兄亦大可知矣。”好君嫣然。

夫人使婢媪俱言恩郎为沪上之流氓,珠娘屹不为动。惟从未得恩郎覆书,不无疑贰,亦以为书来为门者拒,殊不知恩郎已另有腻友矣。寻为好君侦知,以告珠娘。珠娘泪下,转作狞笑曰:“真耶?负心人乌忍者?”好君慰之曰:“妹固早言斯人非淑者矣,彼既负心,姊非无义,闷葫芦打破,直作了一心事耳。”珠娘哽咽曰:“为渠拚生觅死,致失爱于父母,见议于同辈,今若此,复何颜生于世?”好君知其心碎,亟慰之。于是珠娘遂卧病,兼旬始起,而人淡如菊,玉颜憔悴,非复向时丰采矣。乃誓于父母前,终身不字,侍父母天年后,除却八千烦恼丝,永伴青灯黄卷,以忏情魔。夫人无奈,百计运动,始得退韩氏婚。然韩公子雅慕珠娘,一缕柔情,早已牢牢自缚。况校中同学,人人谀其得南威为未婚妻,今闻此耗,宁无痛心耶?

珠娘肌泽,莹如羊脂,卧时常著红绣兜肚,勒双金嵌翠条脱。

好君戏之曰:“此一幅美人春睡图,将令阿谁真个消魂也!”珠娘笑唾之。珠娘夙喜艳装,至是乃常作淡妆。至除夕,夫人令珠娘更新妆出游,珠娘乃重事纷华,颇动所感。翌日元旦,与珠娘方共食,忽婢媪传呼客来见太太。好君问小婢,客为谁耶?婢低笑曰:“韩公子来拜年也。”好君顾珠娘一笑,珠娘双脸微晕,颊涡略动,抛箸起携好君曰:“我辈姑往窥。”好君摇首笑,作羞状。珠娘不顾,自往屏后去矣。

韩公子貌丽甚,更衣饰华美,言辞工媚,知屏后有人,乃愈卖弄其技俩。珠娘观其容,已加许可,复听其言,语语若为己道,于是心醉矣,返室痴卧。好君犹戏之曰:“后悔乎?”珠娘泣下曰:“后悔迟矣,侬尚何面目可言者?”遂抱疾。越日,不能兴,灌以参汤,亦不克下咽。至夜分,稍清醒,促夫人归寝,屏婢媪,握好君手,呜咽喘息而言曰:“好妹,我将不起矣。”好君泫然,挥涕慰之曰:“姊毋多虑,小病才三日,俟静养自就痊矣,奈何为此不祥之言?”珠娘闭目摇首,憩移时又曰:“生平不幸,妹所尽知,不敢怨天,更不敢尤人,乃由一著之误,至于全盘皆错,悔何可言?死亦所愿,不然,苦海浮沈,不知前途尚有几许恶浪也?”语时,喘气不已。少止,好君已泣不能仰,以首置珠娘臂曰:“姊毋然,妹心碎矣。”珠娘喘且泣曰:“我言悲耶?心绪如麻,不自知其言之悲也。蒙父母钟爱,未报寸恩,反遗忧戚,子职谓何?已矣已矣!”好君痛不成声,珠娘转慰之曰:“妹连宵失眠,惫甚矣,其少休。”好君遂假寐,蒙眬中,似见珠娘起坐饮水状,匆促倒榻上。好君急起,撑起倦眼,俯视珠娘,已僵卧停息矣。好君惊呼,众人奔至,设法灌救。好君视案头倒卧催眠药水瓶一,亟呼曰:“无救矣!”时新年第四日也。

著者曰:“好君现为予友,此事渠所亲述者。越二岁,主人得膺重任,以哭女得疾,竟卒于寓。夫人往依其儿媳,媳固睚眦必报者,夫人晚景,悲可知矣。不识珠娘九泉之下,亦知自咎否也?"

——《礼拜六》(1915)第六十三期

薛振亚

薛振亚，生平不详，著有小说《佳名真不愧莺莺》。

佳名真不愧莺莺[1]

东风拂拂，杨柳依依，大地春深，樱花如海，千丛万树，皆吐轻红娇艳之色，衬以绿叶，较之我浙湖上孤山之梅花，别有一种丰韵。此非东瀛之富士山麓，开樱花大会时耶？三岛樱花，惟此更茂，每盛放时，各校例停课数日，为游赏之举。

木屋林林，比户如蜂房，高不过丈余，此东瀛之屋式也。缘海风锐利，高则必为飓所伤，室无高几，席地而坐，有古人风耶。内有二氏，一为吉田平太郎，妻莺子，美如安琪儿。夫妻间爱情极笃，一为佐藤福次郎，妻虹子，性颇狡，善词令，颜色尚娇丽，然较之莺子，则小巫见大巫矣。二人居相并，时相过从，莺子工美术，堆花造果，妙肖如生，盖曾于造花科高等毕业者，虹子则自逊不如。日者樱花节届，虹乃约莺作春游。木屐声中，笑谈喁喁，乃向山麓去。

花光人影，历乱不分，或于石畔品茶，或从林下饮酒，盖游人麇集，往往来来。众中忽有一少年，绮年玉貌，作西装，为英伦人，作客于此者，偕数友游观莅此。于诸女中睹莺子，觉仙子拈花，自

① 原文标“贞情小说”，原署“薛振亚女士”。

饶风格,樱花顿输其艳,一颦一笑,莫不令人之意也消,竟木立若痴。少顷夕阳在山,游人归去,此少年之神魂,亦随莺莺共去。盖少年为克兰氏,旅日方一载,赋性多情,见莺偕虹返,亦尾其后而行。虹性流动,时回眸视之作微笑。莺则性凝重,大异彼国妇女之习,不苟言笑,亦不返顾,竟入己室。克怅然不能入,乃细访姓氏,知莺夫乃书估,日往店中经理,晚始归也。又知莺恪遵妇道,一洗东瀛陋习,非易与者,乃搔首无计。久乃得一策,盖不如先结好虹子,虹与莺为友,使彼浸润,或可得一亲芳泽,思就乃大喜。

金钱作用,自是不凡,匝月后,虹子之门,忽有克兰之履迹。虹夫亦商家,然资不丰,故家用节俭,虹子颇以为苦,每自言:"俭朴乃吾国国习,然如侬家,每饭惟盐萝匐及盐虀二色,鱼则一月中,不过二三觏,肉食更无论矣。"故克初赠以少许衣饰,即心喜甚。久则克微露欲彼介绍与莺晤。虹曰:"彼畏夫甚,即侬家比户居,犹不一履侬室,安能令君入彼室耶?"生曰:"明日星期矣,彼夫必在家,当为余介绍见其夫,余自有主见也。如能入彼门,当以珠戒一作酬劳,何如?"虹心虽不乐,然利其珠戒,乃应曰:"诺。"次晨,莺夫早出,赴市欲购物,莺乃取履刷而置诸阈,复取杖进冠,跽送其夫出门去。方临镜挽髻,香云高耸,其黑如漆,盥面乃用廾华水,盥后不御脂粉,天然红白,服白色大袖衣,妆毕席坐窗下,制樱花一枝,红艳如生。忽忆"一月前,偕隔邻虹子往观花,归途有一西人尾余后,余乃不敢回首视。近则见此人,常于午后来虹处,此何故耶?"正思间,虹子翩然来,面作笑容曰:"莺娘手段真巧哉,此花鲜妍宛如真。犹忆我二人,前月作富士山游否?"莺笑让之坐,曰:"姊何早!侬夫昨属侬,赶制花十枝,因有人赴美,将持往赛会用也。"虹曰:"尊夫何早出!今有英伦克兰氏富商者,欲余介绍见尊夫,审知此人青年擅才貌,且有资,彼曾见妹,赞妹为天仙化人,恨不能与妹为友。"莺曰:"妹不愿与外邦人晤谈。彼外邦人,常鄙我国妇女无节操,侬颇耻之。”正语际，平太郎返。莺子迎门跽接夫，为夫取净履换之，复接冠杖，庋之架。平太郎见虹在，为鞠躬。虹谈次乃言及克氏，挽其作介绍事。平太郎曰：“此人现于何处？”虹曰：“彼言今午后，当来矣。”乃立起至门次，果见克兰从大道来，乃介绍与平太郎见。

克兰入室矣，聚谈矣，始知克有译本数卷，欲托平太郎介绍，售与书局。许以售成，当以三成酬劳。东人嗜钱，乃允之。实则克从他友购稿，非自译也。后又送平太郎衣料一袭，往来遂如至友。有时太郎留之饭，莺则跽侧敬酒馔，克固请与同餐。莺虽与克对食，而桃花面上，凛如霜雪，虽时笑语，亦庄重不佻。克竟百计无所施。一日，克请虹子偕莺子，赴剧场观幻术。奏技者为天胜娘，徐娘虽老，尚有余妍，高髻锦衣，婆娑于电光中作天魔舞。复以一女子纳箱中，封锁重重，枪声一响，此女翩翩从台下拍掌来。开箱视之，已空无所有。余则脚踏车比赛，连臂跳舞，佐以洋洋西乐，亦颇可观。克则殷勤倍伴，着意温存，无如莺冰雪聪明，不入圈套，克亦徒唤奈何耳。

一日克作诗二章，自道思慕意，并露不遂则愿踏东海死，挽虹代交。虹不慎，入室后，适太郎尚未出，袖中书忽堕。太郎俯拾，读之为情诗。时虹已觉，急速步避出。太郎怒责妻，莺冤愤填膺，百口分辨。夫不听，竟挥以老拳，复詈虹，莺痛哭。适剪花叶，遽以利剪自刺其喉，血如桃花，汩汩涌出。太郎始大惊急救，幸伤食管，医治匝晨始得愈。莺子自此，避至母家，去后其夫知之，亦怒责之。然虹善口给，夫随怒解。克则恐太郎与其为难，竟畏罪弃业而归国。有知莺母之历史者，云莺母本亚东人，家贫色丽，为东瀛人娶为妇，生女含有母之贞血，故异于彼邦妇女之情性也。然我国少年，每假游学之标帜，作海外看花之举，抛荒学业，购买文凭，比比皆是，观克兰之事，亦可作当头棒喝矣。

——《香艳杂志》(1915)第九期

雪平女士

雪平女士,生卒年不详,甘肃兰州人。雪平女士诗文、小说等多发表于《中华妇女界》。著有小说《贞义记》。

贞义记①

清中叶,蒲州太守刘登庸,平谷人,生女秀姑,端慧绝伦。需次京师时,与山阳程观察光奎子允元缔姻。未几,程南归,音问遂绝,刘罢官,自平谷迁津之北仓卒,家日落,遂鬻其宅。女与庶母姊妹,徙居李氏破屋,冬无衣,姊妹互相依背坐,值夏淫雨,相聚于屋傍草棚中,雨涔涔下不已,有好义者谋救之,知准提庵尼照震,颇好善,告以意,尼曰:"此吾意也。"洁一室,往迎之,老弱乃扶携冒雨踏泥来。无何,女之姊妹先后死。居半载,其庶母病疫,又死,女遂孑然一身矣。幸工针黹,藉以糊口,依尼居准提庵者十六年,复随移津城之接引庵,又十四年,外人无得见其面者。庵中有醮事,妇女纷来,知女名,争欲识之,女闭户不听入,皆敬羡而去。初女之弟宗善者,入赘武清李氏,生子永安,八月宗善之楚游不返。永安既长,岁一辇其母来省视,欲迎之往,女坚不可曰:"俟过六十徐议之耳。"

---

① 原文标"伦理小说"。

程允元归后，其父下世，家亦窘，每欲北上就婚，其兄不听往。有传刘女物故者，劝程别娶，程义不负刘，曰："即死必酹其墓，然后议。"迍邅坎坷，迁延者三十年。丁酉春，始附漕艘来，过平谷访女墓不得。遇舟人王某问之，曰："良有，然苦矣。刘公之殁也，其子壮者远出不返，妇女幼者多死，惟女第四尚存，曾许字淮上程某，闻程已古人，而女誓不别嫁，先寓吾仓准提庵，后迁津庵不知何如矣。"程跃然曰："予即程某也，谓女已死，此行特欲杯酒浇孤墓耳。今尚在乎？顾访之当何从？"曰："若有哑仆义人也，女在城时，节必往候。前数年闻庵有嫁女事，愤绝，觅尼拳殴之，既知嫁者为尼侄乃已。君得导引，宜可达。"程亟访哑仆得之，欣然拉程行。至接引庵叩门，尼照震出，具白原委。尼曰："子之来也无左验，真耶？伪耶？曩有新选大尹，少年丧耦，俾其戚托尼道意，女愠不食二日，累我谢罪，誓不复言始休，不可以重污吾贞女耳。"闭门径入。程惆怅久之。去至船，语其乡人杨某。杨乃约众，以男义女贞，公吁成全，连名具呈于运弁，遂移牒津令金公之忠。访之确，遣巡司吴某，喻尼劝嫁。女以无父母主婚辞。吴曰："县父母即父母也，且女之所以守者为程也，程已至而犹不嫁，将何谓乎？"女闻之，泫然泣下，于是乃许。时六月朔日，金公为洁馆，备彩舆夫马，具两姓官衔仪仗，特书义男贞女金字牌，执役数百人，卫程亲迎于接引庵。观者塞途，无不咨嗟叹赏，啧啧一词也。既而金赠以妆奁资斧，为具关文，送之南旋。

雪平女士曰："山阳吴恒宣曾作《贞义记传奇》，以演其事，首载邵荫南如棠《贞义行》一诗尤佳。予从亲串处借读一过，殆海内秘本也。因手录其诗一通，并记其始末，成小说一篇，仍名曰《贞义记》，附邵诗以传，犹之陈鸿作《长恨歌传》也。"诗曰：

猗嗟夫妇人伦首，男义女贞古无有。彼苍作合终有时，白首依然成配偶。岑川程氏家山阳，好客人呼小孟尝。需次京华名藉甚,殷勤为子择齐姜。蒲州太守衣冠族,有女深闺掌中玉。一见倾心缟纻投,百年愿把丝萝续。佳儿娇女甫髫龄,一语才通缔好盟。银河有待双星渡,未届鱼轩百两迎。从来世事有消歇,富贵荣华如转睫。雁羽终成南北阻,燕飞竟作东西别。弱冠乘龙愿未谐,相思何处问鸾钗。堂前空有宜男祝,牖下曾无季女斋。矫首浮云暗于邑,迢遥京洛无消息。夜夜时萦寡鹄愁,年年只抱鳏鱼泣。之子伶仃立路隅,蒲东归榇返乡闾。家园荡尽凄凉甚,一仆扶携到直沽。肠断同怀诸姊妹,空门寄迹甘憔悴。双影茕茕绣佛幢,临妆剩有乌云在。妾意君心各自留,断蓬飞絮两悠悠。任他邻女夸红袖,我望良人矢白头。苦志贞操神所祐,分明暗室朝曦逗。偶逐蒲帆直北行,其中自有机缘凑。系缆延回一水滨,征车仆仆拥飞尘。路傍争说刘贞女,触拨羁人记忆真。叩门寻访深深语,罢织停针听䙰缕。莫认浮游蜂蝶踪,须知本是鸾皇侣。风流令尹画堂开,五色花封手自裁。豆蔻稍头春已去,合欢枝上月方来。同心结绾无差异,上如青天下如地。蘋藻思将妇职修,结缡不负先人意。裙布相庄食案边,一经追忆转凄然。赤绳系足三千里,皦日盟心五十年。轻装结束回南弩,鱼水新欢艳行路。小筑枚皋旧宅边,亲操井臼相依住。唱随琴瑟有和声,一日贤名遍楚城。好共青灯酬络纬,羡伊黄发警鸡鸣。肩舆迎到黄堂侧,举止幽闲大家则。贞义长昭彤管辉,作歌示我邦人式。

妇女惟守节最难,非具有绝大毅力者不能。故历代咸尊视之,褒荣之典有加焉。伦常所在,举凡泰东西各国,莫不敬羡叹赏,以为美德。乃读时贤主张,谓妇女守节,足以酿成大家族主义,为国家前途之害。况处女守贞,尤大背人道,谊无所取。噫!信如斯言,则数十年后,惟字典中有“孀”字矣。悲夫!雪平附识。

——《中华妇女界》第一卷(1915)第十期

毛秀英

毛秀英，生卒年不详。与《礼拜六》主编王钝根关系密切，其小说末多有王钝根撰写的按语。曾翻译小说《寻夫记》《邂逅缘》，著有小说《髯翁之遗产》《奈何》《不当选之议员》《国庆纪念》等十余篇，多发表于《礼拜六》《新申报》等报刊。

子骗①

世界茫茫，诈伪日出，有所谓番天印者，有所谓倒脱靴者，有所谓仙人跳者，有所谓掷包党者，皆以欺骗之手段②，推陈出新，肆其诡秘，然未有谓他人父以肆其鬼蜮者。乃吾闻海上父老述一事，有足纪者，爰笔之如下。

沈介眉者，本地之富翁也，膝下仅一儿，乳名和尚，才十岁，而聪明伶俐胜常人，介眉爱之不啻掌上珠。一日忽失去，急命家人四出寻访，或登报纸，或发传单，终如海底捞针，一无踪影。介眉思子情切，渐成疯疾，日见饮食，如舜之见尧于羹，见尧于墙，夜间梦呓，亦如孔子之不忘周公，甚至遮路上不相识之少年而问之曰："子非和尚也耶?"少年不答，笑而去。里人多习知，其病亦不

---

① 原文标"社会小说"，原署"秀英女士"。
② "段"，原文作"叚"，据文义改。

为怪。

一日,介眉出游于途,遇有人一群,趋近观之,见一少年,操本地音,与卖果者争值。介眉忽动思子之念,因卒然问曰:“汝非上海人乎?”少年曰:“然也。”又问曰:“汝之名非和尚乎?”少年作惊骇状曰:“汝何以能知我乳名也?”介眉点首①狂笑,即为代付果值,携少年至其家,抚肩谓之曰:“父子相别,于兹十年矣,今日于无意中,复得相见,是天佑我也!”因备述其思子之情,并询少年迷失后事。少年跪泣曰:“儿不孝,违侍多年,罪莫大矣。儿忆十岁时被奸人拐卖某地富翁家为子,翁待儿甚厚,今奉翁命赴某中学校肄业,乃得复见亲生父母,是诚儿之大幸也!”介眉于是乐不可支,急入告其妻,谓昔之掌上珠,今还合浦矣。妻不之信,召少年入密室,询族人几何,及己生日。少年详答无误,介眉益大喜曰:“是真我儿也!”爰设盛筵,大宴宾客,以志庆贺。惟族人窃窃私议,谓是人年虽相若,而事终不类,是真是假,宜召其乳母来辨认之。介眉初不欲,后为族人再三怂恿,不得已从之。即命和尚之乳母来,指谓少年曰:“此人汝识之乎?盖即汝之乳母也。”少年闻言,趋前牵乳母衣,不胜依恋,唧唧哝哝,絮语甚久。介眉夫妇与其戚族遥立门前望之,相顾赞叹曰:“是真还珠,无可疑也!”

一日,有和尚幼时之同馆生张乃彪者至,细审少年面貌,不类和尚,因问之曰:“尔识我乎?”少年曰:“似曾相识,然久别儿不能举姓名矣。”又问幼时从何师,师家在何处,同馆有几人。少年均不能答,仅曰:“予善忘,幼时事强半失之矣。”张益怀疑,然未敢明言也。少年居介眉家,初亦无少异,久之,渐露乖戾,恣情挥霍,稍不遂意,辄肆咆哮。自是沈氏之家,无日无少年喧闹声。介眉溺

---

① “首”,原文作“音”,据文义改。

爱之,置若罔闻也。一日,少年复索巨款,介眉靳弗与,少年怒,乃出纠无赖四十余人至,行若盗寇,介眉夫妇从后户逃出得免。邻人闻之,咸为不平,相与报警察署,持械往捕,无赖悉已兔脱,仅得少年一人。局长严加审讯,少年始吐实,盖访知介眉思子成疾,乃向其四邻探悉家世,设局顶冒。及乳母来证,趋与语者,实许其重酬也,嗣复于乳母口中探出和尚幼时一切情事,故能言之确凿,足以欺介眉夫妇而有余也。局长于是以少年送审检厅,判监禁二十年,而介眉之思子病,亦霍然遂愈。

秀英曰:"今日之世界,一骗局之世界也。大者骗国,次者骗官,小者骗财,至于冒认父母以行其骗术,是殆所谓一骗而无不可骗矣。虽然,物必先腐也而后虫生之,苟非介眉有思子病,则此骗子亦安得乘间而入哉?"

钝根曰:"是非骗子,乃子骗耳。骗子容易辨,子骗最难防,谓予不信,试观茫茫人海中,守钱虏何止数百万?食贫茹苦,操作如牛,拔一毛利天下,有所不为,而独不惜以毕生汗血,供后人顷刻之挥霍,是皆受子骗者也,又岂独沈介眉为然哉?予故改此小说之名曰'子骗'。"

——《礼拜六》(1915)第七十四期

鬒翁之遗产①

金乌西下,玉兔东升,时有五十左右之鬒翁独坐一室,努目视报纸不稍瞬,一若与此报纸有仇而欲以目光射破之者。已而掷报叹曰:"嗟夫!国势日危,而当局者犹为庸人自扰之举,遂令宵小弄权,是非倒置,草菅民命,贿赂公行。可怜吾五万万同胞,酣歌

① 原文标"家庭小说",原署"秀英女士"。

漏舟之中,谈笑危墙之下,若不知亡国之痛,其将伈伈伣伣以毕此生乎?抑将……”言次,忽有一童子掀帘而入,跃登髯翁之膝,两手环翁颈而呼曰:“阿父,何事嗟叹也?”翁展颜抚儿发,旋又正色曰:“儿亦知吾国将亡乎?”童子愕然曰:“何哉?吾尝闻师言,我国土地之大,人民之众,出产之富,为全球冠。以儿度之,正可大有为也,奈之何其亡哉?”父曰:“儿言亦当,特吾国之在今日,执政者瞶瞶,不以国事为念,人民亦均无真确之爱国心,一若人民自人民,国家自国家,无密切之关系。如是而欲与泰西各国并驾齐驱,安可得乎?”儿恍然曰:“是矣,昨日闻师言,德、美诸国人之爱祖国,如爱其妻子,吾国人则不然,往往见小利而忘大义。如抵制日货之事,人弃吾取,绝不以同仇敌忾为心,致贻外人讪笑。若吾国人而有急公好义合群耐久之性,何致有今日?”翁点首曰:“善哉儿言!彼不爱祖国者,实人民中之蟊贼,人人得而诛之者也。儿乎!吾深愿汝为爱国者,他日光大祖国,辉耀门庭,予心滋乐也。噫!吾老矣,无能为矣,救国之任,敬托于汝辈之青年。汝辈青年,亟宜奋发精神,研求实学,以期维持危局,倘汝辈青年而仍如曩日之人民,则亡国之罪,均在汝辈青年身上也。吾可爱之娇儿,汝知‘祖国’二字之名义乎?祖者,创始之谓也,故开国成家者谓之祖。祖有遗产,保之而不失,为贤子孙,保之即所以爱之也;祖有遗法,守之而不废,则为佳子弟,不废即所以爱之也。吾国自吾远祖以来,生于斯,长于斯,衣食于斯,垂五千年,其关系不亦大耶?故不爱国,实与忘祖无异,儿能爱国,不啻爱尔祖也。儿乎!此金石之言,毋使一刻去怀,若不从吾言,便为大不孝。儿其志之,且尔明日入校,当以吾言为同学劝,复使转告他人,则一传十,十传百,百传千,千传万,愿今日青年子弟,尽变而为爱国之人,用以一洗吾昔日之大耻,岂不伟哉?嗟乎儿乎!自今而后,当努力为之,勿以事艰而灰心,遂甘坐视祖国之亡,须知有志者事竟成,古之人不余欺也。吾尝遍[1]观今世之人矣，多以毕生汗血资为遗产，畀其子孙。吾家固赤贫者也，遗产一无所有，吾之所欲畀汝者，惟此数言耳。然以吾视之，殊较千百万金为重大也。儿其体吾之心，善保此遗产。”童子肃然曰：“诺。”

二十年后，髯翁之祖国，与其暴邻交涉决裂而战，血肉相搏者五年，始告成功。全师奏凯归，马上坐一大将，勋章灿烂，制服辉煌，貌威严而英锐，度其年事不出三十，伊何人？盖即当年坐阿父膝上敬受遗产之童子也，不知经历几多艰苦，乃克建此殊勋。世界各国元首钦其勇，咸赠宝物，称为英雄。惜髯翁已前逝，不及见矣。（不受酬）

——《礼拜六》（1916）第九十四期

奈何[2]

绿阴幔天，碧草茵地，勃兰与玛格兰同坐树下，促膝谈心。勃兰曰：“嗟乎我爱！汝将弃余不顾乎？”玛格兰沈默良久，忽瞿然曰：“君何言？”勃兰曰：“吾与汝心心相印，同游者亦已久矣，汝乃谓予终不能与汝偕老，从此将天涯地角，劳燕分飞，岂我侪之爱情已告终乎？”玛格兰抚膺微叹曰：“噫！君犹未明予之苦衷耳，予固未尝一刻释汝于怀也！”勃兰嗒然痴注，作不解状。玛格兰续言曰：“家父为退老军官，仅恃养老俸度日，而此间百物昂贵，不足以资俯畜，乃思别谋营业，以裕生计。岂知命运厄人，投资某公司而公司倒闭，非惟毫无所得，反致负债累累，困极无聊，因思得一富婿，以为将伯。在理为子女者，当分父母之忧，予欲曲从严命，故

---

① “遍”，原文作“偏”，据文义改。

② 原文标“哀情小说”，原署“毛秀英女士”。

不敢自择爱婿,君能谅予苦衷,必不以予心为反覆。”言已,泪眼盈盈,抚勃兰肩,若恐所述过伤勃兰之心者。勃兰昂首长吁,欲言未发。玛格兰又曰:“虽然,吾父固未尝知我二人,已于此二年之间结不解缘也,愿汝油画所得,积蓄较多,即可成事。设使吾父稍知此情,彼亦雅不愿夺予之爱,宁忍贫苦以遂予欢也。”勃兰悚然起立,踯躅于碧草之上,叹曰:“天乎天乎!何不生予于富庶之家,俾得遂吾二人私愿,相与欢娱终老?乃以金钱困人,坐乖好事,良可悲哉!虽然,我爱试决言之,汝究竟能否与吾结不解缘,抑将弃予如遗乎?”玛格兰曰:“此则难言,我母卧病年余,今始稍愈,使知处境不宽,其病必复增剧,予何忍者?且予尚有幼弟弱妹,正在学龄,使吾父无资遣学,则来日方长,其何以谋生计?故予愿牺牲一己之欢娱,易得全家之康乐也。”勃兰曰:“如我爱言,则予之希望,终无可达之日矣。”玛格兰曰:“余固未尝片刻置汝之希望于度外,第事出无奈,愿君稍持克己之心,一如余之所为,则初虽甚觉困苦,日后自能渐忘,天下多美妇人,何必我?”勃兰曰:“欲予忘汝,别求所好,予终不能。予自垂髫入学,即钟爱于汝,每逢假期,予必偕吾姑同居此间,俾与汝相晤。稍长,予心益恋汝,须臾不能释。今使吾爱弃予而他适,予亦终为鳏夫而已矣。”玛格兰挥泪曰:“君勿再言,令人肠断。予之所为,亦万不得已,愿君毋益予悲。”勃兰惨然曰:“予岂敢益汝悲?实为情所驱迫耳!”玛格兰乃止泪唏嘘曰:“两利相权取其重,予于君之一方面为私情,于家庭一方面为大义,故予再四思维,不能不割私情而全大义!”语时唇齿颤动,几不成声。勃兰至此,亦哽咽而起曰:“行矣勉旃,我之情诚不能夺汝之理,然数年相爱,不可不留纪念。”因取衣袋中时计一枚,授玛格兰曰:“以此祝君,时时不忘于心。”玛格兰取手上戒指答之曰:“以此相戒,勿以予为念也。”勃兰出园,玛格兰送之,观勃兰尚有恋恋之意,玛格兰乃止之曰:“千古情场,终有结局,虽曰

‘有情人尽成眷属’是天下第一快事，然一成之后，情缘自此尽矣，与其享有尽之缘，不如留不尽之情。青山未老，绿水长流，后会有期，行矣努力！”二人遂别。

著者曰：“金钱之厄人有如是耶？天下伤心人读此当同声一哭。”

——《游戏杂志》(1917)第十九期

傅炼卿

傅炼卿,生卒年不详,浙江萧山(今杭州市萧山区)人,著有小说《姻缘误》。

姻缘误[①]

离我家东行约莫十里光景,有一个小小村落,叫做红树埠。这红树埠地方,有一家小户人家,姓洪,名叫大文,务农之外,兼营渔业,虽则食贫茹苦,忍饥耐寒,却也无忧无虑,快活逍遥。这日大文叫他儿子道:“绍文!”绍文忙着赶问:“爹爹叫我作什么?”大文道:“今儿家中吃的米差不多完了,快到埠头网儿尾鱼儿,好到市镇上换米去。”绍文应了,拿了一应渔具匆匆去了。

绍文年纪虽小,却生得诚实敦厚。他领了父亲的命,到了埠头,张起网来,凝心壹志的守着。蓦听得山脚边人声鼎沸,吃了一惊,由不得抬头一看。阿唷!这是什么呀?只见上流头淌下一件黑魆魆的东西,兀自七跌八撞价跳动。仔细一看,咦!这不是一个人吗?阿弥陀佛,救人一命,胜造七级浮屠,见死不救,那还成个什么人呢?绍文世世业渔,那泅水工夫自从小练就的,他便丢了网儿,去了上衣,扑的一声跳下水去,把那人拖了过来。这时岸

① 原署“炼卿”。

上众人，都立作壁上观，也有大声喝彩的，也有啧啧叹仰的。绍文救了那人，却是一个年过望六的农人，已是半死半活，就有众人帮他施救，好一回，算是醒了。又有一位好义的人，把他搀扶着到了家里，替他换去了湿衣。那人把神志定了一定，不觉叹了口气，问那一位是救小子的。众人都指绍文道："就是这位小官，他姓洪，叫绍文。"那人把绍文看了一眼，说道："咦！"良久，才说道："小官，你这是何苦来呢？"众人听了，都愕然不解。当下有个老人上前说道："客人，这你就大差了，适间要不是这位洪小官，你就有一百个性命也没有了，怎么倒埋怨起来？"那人叹道："老丈，那里晓得小子的苦楚，小子委实活得不耐烦了，才起了这个短见，偏给他救了起来！他呢，原是好心，可是小子给他害得不浅咧！"众人都道："客人光景有什么为难的事情吗？何妨说出来给我们听听呢？"那人叹道："说来话长得狠呢！列位请赐我喝口酒儿，提一提精神再讲罢！"众人依言，请他喝了酒。那人把精神一提，未曾开口，先洒下一大片泪雨。

小子姓张，没有名字，大家因小子生得怪头怪恼，都顺口叫我是张古董。小子住在徐家汇，世代靠着耕田为业，虽说辛苦营生，却保得衣食无缺，这也算过得快活了。小子生来就没了爹娘，幸得叔子忠厚，把小子抚养成人，到了二十岁上，又替小子娶亲成家，过了一年，就生一个儿子。人家因小子叫做骨董，就顺着叫他小骨董儿，有时叫他小董。小董生得文弱，一年四季天天离不了药炉，可想小子经纪人儿，那里受得这些瞎累？不上数年，便亏空了一屁股的债。幸得小董年纪大了，竟渐渐强壮起来，可是我们耕作人家，免不得餐风饮露，早起夜眠，小董却一件也做不到。要是略略辛苦了些，依旧七病八痛，千灾百难，小子弄得没了法子。当下隔壁有一位姓王的先生，他对我说："看来小董这人是不像吃这碗老羹饭了，好在天资甚高，何妨给他另换行业，不是一样吗？"

小子想了想,却也不差,便说:“既这么说,托你老人家留心留心,有什么店铺中,荐他学习学习生意也好。”王先生说道:“要做生意须识得几个字儿,你且索性再破些本钱,给他读个一年二年。”小子便说:“那么我就拜托你老人家教他点儿,不好吗?”王先生应了,小董便天天跟着王先生念起书来。这时小董才十二岁,人家都说他聪明出众,王先生更说得锦上添花。小子笑说:“好也罢,歹也罢,左右不想做秀才,中举人,横竖做些生意罢咧!”谁知这年正月里,我带着小董到城中徐钦言姑夫家拜年去。姑夫听得小董读书极好,问了几句,难得这畜生竟回答得头头是道。姑夫又叫出两个孙子和他比赛,又都给他比下了。姑夫十分惊异,倒说:“古董,你性固执,辜负了他的天姿,横竖我家请着先生,就叫他附在这里读书,说不定造就出好好人才,不比种田做生意好吗?”小子听了,自是欢喜,便叫小董跟姑夫家读书。好在小子的姑夫虽非什么富户,却也算得小康之家,他又是极其慷慨的,把学费膳资一概捐免了,倒减了小子不少的负担。这等亲戚,也总算难得了。

光阴易过,倏忽数年,小董已十六岁了,难为他竟读得满腹文章,差不多世家读书子弟还比他不上。小子虽不晓得什么,又是小子的姑夫和那先生都这般说,还称他将来必成大器。可巧先生辞馆回去,姑夫便对我说:“小董的学问是着实去得了,你也给他累死了,可是我那两个孙儿竟丝毫没有进境。我的意思,如今有两全之法,竟请小董继续教读,修金一切,一概照旧。在小董顺便可以自修,你也得些补助,不是极好的事情吗?”小子听了,真喜欢得说不出话来。可是小子是个笨拙人物,不惯客气,只连连说道:“好极好极。”谁知这年小董竟做了秀才,第二年会试,又中了举人。列位试想,小子一个农家之子,突然享到这般荣华,这可是做梦都想不到的吗!谁知小子生来福薄,只此便折了数年寿算,以后便是小子的死期了。

小子说到这里，先要把从前事情补述一番。原来小子的姑夫，只生一个儿子，娶妻四年，却替他养了两个孙子、一个孙女，便去世了。孙女儿叫做翠凤，生的闭①月羞花，倾城倾国，城内城外的美人儿，要算他首屈一指。小子的姑丈，拥着万把家私，自己又是有名的举人，眼看着如花般孙女儿，立意要替他选择一个快婿。不料他选得苛了，高不去，低不就，就把这位翠凤姑娘养到廿一二岁，不免有些怨天尤人起来。姑夫亦知道对他不住了，便急急要把他醮了去。当下却看中了小董的人才，便私下和姑母商议了一番。姑母是庸庸碌碌、一无所晓的人，有什么主张？一听丈夫做主。姑夫又和小子商量，小子却答应不下了。一则翠凤姑娘何等脚色，何等品貌，无论小董没有这般福气，就是小子也断乎当不起；二则翠凤是从小娇养惯的，只知饭来拿筷，衣来伸手，余外任是什么也不晓得。小董虽然得了功名，这功名是换不来钱的，怎么供奉得起呢；三则小子也听得翠凤平日性质极是高傲，像他们这样人家，却也不足为怪，他又那里看得起小董呢？有此三层原因，小子心中便盘算了三日三夜，终是不得主意，就暗暗告诉了小董。小董倒说得好，“婚姻大事原要父母作主，我那里晓得呢？”小子没了法子，又和别人商量，倒都不约而同齐声劝我允许，说得有千利而无一弊。可怜小子是忠厚人，经他们这般一说，心中早已活动起来。这日姑夫又叫了小子问话，小子便不知不觉的答应了下来。天呀！只这一句说话，就生生把小子活活的逼死了。

小子的姑夫，生性最是古板，家中事情，一概自出主张，别人是分毫不能干涉的，何况婚姻大事，更不容旁人插句嘴儿。这事

① “闭”，原文作“比”，据文义改。

成局了,翠凤姑娘却还蒙在鼓里。到了定亲这日,姑母方告诉翠凤:“你祖父已经给你许了人家了,就是你那小董哥哥……”这一句未曾说完,翠凤便哇的一声哭了出来。姑母宠爱孙女,知他定有什么委屈,拉着他的手,问个不了。翠凤哭得益发凶了,只闭着口儿一句不响,哭了一回,回到房里又整整的哭了一夜。翠凤的母亲是极贤惠的,得知这事,只说:“孙女儿事情原该公公作主。”倒来劝慰翠凤,翠凤便夹面的唾了他一口。他母亲也是毫无性气的人,倒反呵呵一笑,说:“你亦不用这般动气呀!”翠凤又唾了一口,一碃碌爬进床去,朝里睡了,再也不去理他。他母亲乏味了,只得自去和婆婆商量。姑母听了,大大的为难起来,说:“亲事已经定了,怎么好意思向人家赖婚呢?”便和他母亲同到翠凤房里,把翠凤拉了起来,委委婉婉的劝了一回,翠凤只是不响。姑母没了法子,倒笑起来道:“好孩子,我知道你最是明白,最是孝顺,必定是舍不了我和你娘。可是吗,横竖这里到他家近得狠呢,我就出个主意,叫你常常回来,不好吗?”翠凤恨极了,倒骂了一句“老贱妇!我还记得你呢?要是把我嫁那贱货,倒不如死了干净!”说着就跪了下去,罚咒道:“我刘翠凤如果嫁给那小贱货,便叫我不得好死!”姑母慌了,忙着拉他起来,说:“这个怎么好呢?”这一场大闹,小子的姑夫得知了,他是方正严厉的人,气得暴跳如雷,一叠连声,要把翠凤处死。姑母益发慌了,忙的把翠凤藏了起来,又替他竭力掩饰了一番,才算没事。

后来小董也不便再去教书,便辞了馆地。姑夫知他为难,也不相强。恰好翠凤的两位兄弟年纪却也不小,只一味糊里糊涂,不通世故。姑夫方因翠凤事情心中不快,他是极爱名誉的人,怕人家议论他治家不正,吩咐不准多说。不料这兄弟俩却拿了这件事情当新闻讲,说得街坊邻舍都晓得了。小子亦听得些儿,却不敢埋怨翠凤,只恨自己不该许这亲事,便料到将来必没好结果,心中十分忧虑,踌踌躇躇①。过了数天,便决计告诉姑夫,要他别订良缘。匆匆到了城中,和姑夫说了。姑夫大怒,劈面就把我打了一把掌,将我赶了出来。这是姑夫的天性如此,若还发起性来,是再也说不好的。到后来,却又想转来了,往往自己转向他人负荆赔罪,至于我们做小辈的,明晓他性格如此,那敢心存怨望呢?过了数天,果然姑夫回心了,想着对我不起,便叫了我去再三赔罪,又说前次所闻尽是子虚,别去相信他,离开了我们的交情。小子只得连连答应。

小子回到家里,千思万想,总想不出一个完全法子,又不便和别人商量,怕他们见笑,只私下告诉了小董。小董天性孝顺,倒怕我心烦,还再三劝慰了一番。咳!这也总算难得了。谁知这翠凤②姑娘,不但手段狠辣,竟做出意想不到的下流事情出来!原来姑夫年纪老了,一动一作都要别人扶持,只他一人便用了三四个家人,就中有一个最伶俐的叫做小宝,生得白净清脱,标致异常。这翠凤姑娘本来人是规矩的,至此心中郁闷,便日暮途穷,倒行逆施起来。当下看中了这小宝,便有些难听的风声传播出来。我听了这话,却还将信将疑,禁不住旁人说得活灵活现,有凭有据,不容小子不信,心中老大不得主意。可想小子家中,虽则贫贱困苦,却是世代清白,从没这等事情,如今得了一点虚荣,却把我家风都败坏,不但自己对不起,并且对不住儿子,对不住父母祖先,想到为难之处,恨不得一死干净。不料小董亦得知了,他是忠厚不过的人,倒劝我不要气急,说:“我家本是贫人,如今一跃而为绅士,不免有许多人忌妒,况且又攀了这家高亲,这翠凤又是有名的美人儿,难保没人从中破坏,希图非分,外间议论,那里信得许多?

① “躇”,原文作“踷”,据文义改。
② “凤”,原文作“凰”,据文义改。

再则儿非彼家不得有今日,深恩高谊也是不能忘却,就算真有这事,张扬开来,两边都有难看,不如早早娶了过来,怕不就好了?”小子想了想,委实一点不差,便和姑夫商量,择日迎娶。

数月之后,这翠凤姑娘已做了小子的媳妇,小子苦痛便从此上头了。翠凤初来时候,倒也没有什么,到了后来,便拿出娘家体统来,说矮屋层低檐,他是住不惯的;粗茶淡饭,他是吃不惯的;荆钗裙布,是穿不惯的;井臼箕帚,是操不惯的,天天吵得不得开交。小子没了法子,只得和小董商量,雇了一个老婆子服侍翠凤。偏生这老婆子蠢得什么似的,服侍得不能趁心,不上三日,便回覆去了。他便自己出去,挽着亲眷,雇了一个年轻仆妇,又逼着小董买这样买那样。小董弄得鞠躬尽瘁,筋疲力尽,他却看得不值一屁。一日,他忽然想着要吃蟹了,我只得自己去捉了几只,供奉这位女菩萨。烧熟了,送将上去,他看也不看,顺手把蟹连盘丢了出去。小子想着,生来熬筋熬力,做了大半世的人,虽没什么得意,亦未尝受人这般蹧蹋,想到苦处,不禁大哭起来。却好小董回来,问起原由,也禁不住勃然大怒,把翠凤拖来就打。小董本来文弱,自从弃农就儒,益发瘦得和鸡肋一般。两人打做一堆,翠凤用力把小董当心打了一拳,小董便吐血起来。小子便喊起屈来,要赴县告诉。翠凤自知理亏,深怕闹大了事,倒跪着赔罪,罚咒不再无理,才把一场风潮平了下去。可是小董却从此得了吐血的症,再也医治不好。

自从这回以后,翠凤竟着实平和起来,和从前如出两人。小子父子十分忻慰,都道从此好了。不料江山好改,本性难移,不到一个月,翠凤野性又渐渐发作起来。小子父子索性不去理他,由他吵上天,闹下地,一概听他的便,他倒也想不出什么别法。这日恰值村中赛会,小子因几个邻人约着同去看个热闹。小董怕我老了,防有不慎,定要送我同去,家中只剩翠凤和他用的妈妈。小子有了年纪,不能多行动,看了一回便回到家里,只见柴门深掩,敲打不开,好一回,才听得妈妈出来开门。小子走了进去,小董因另外有事,又到别处去了。小子坐了一回,喘息定了,只不见翠凤出来,心中含疑,便走到里边。忽听翠凤房中似①乎有人私语,心中大疑,也不去说破,只着人唤了小董回来,告诉了他。小董跑进房去,看了看。翠凤神色慌张,言语支吾。小董大疑,四处细看,只见床下伏着一人,却正是小子姑夫得用的家人叫做小宝的。小董一时不得主意,轻轻走出。翠凤也跟了下来,面如土色,手颤目瞪,倒格外递茶问水,小心巴结起来。小董心中不忿,不免指桑骂槐,打鸡斥狗说了几句。阿呀!了不得,这天下大祸事便发生了。

过了一天,小董念着他家恩义,还想好好感化他,始终没有说穿,谁知这毒妇心肠已狠到极处!小董受了这场气恼,便发咯血症。翠凤假作小心趋奉殷勤,不到两天,小董竟自身死。小子想着自己只生此子,原没什么意外希冀,偏是王先生替我出了这个改农为商的主意,又是这位要好的姑夫又出了这个改商为士的主意,把他齐一变,鲁一变,变到这个地位。小子也不敢怨天,也不敢尤人,只想命中注定有这许多磨②难。我便要活,也活不成了,更想到儿子已死,死得毫无证验,也打不出什么官司,就算官司准了,小子的姑夫始终没分毫错待小子,亦不便恩将仇报,横竖以后的日子,活一日多受一日气苦,何苦贪恋这没味的时日呢?定了主意,也不等小董开丧,就悄悄投了河,想这番是死定了,偏又给你们救了起来。如今话已说完,左思右想,还是一无生理,就算列位有意成全,怕也不能起死回生,少不得奉肯列位,还是让我走这条清净路罢!

---

① “似”,原文无,据文义补。

② “磨”,原文作“魔”,据文义改。

张古董说完了话,众人听了,无不咨嗟叹息。古董年老,屡受挫折,适间又饱饮河水,死里还阳,说了许多说话,再也支住不定,一仰身向后便倒。抚之,痰气上涌,忽听他微吁一声,又猛叫道:“天阿!我张……”一句话未完,早已三魂渺渺,七魄悠悠。呜乎哀哉!伏维尚飨!一时激动了红树埠全村人义愤,全体具了公禀,就请老人洪大文领头赴县鸣冤,少不得有一番理楚,著者却没工夫再去讲他了。

——《眉语》(1915)第十三号

佩瑛女士

佩瑛女士，生平不详，著有短篇小说《雄辩之女学生》。

雄辩之女学生[1]

钟楼突兀，高耸云霄，五色火砖，辉煌耀目，门内碧树夹道，缘以铁栏，中有修径，其平如砥，此非女子师范大学校乎？建筑之宏壮，学规之整肃，为京师诸校冠，故负笈来学者踵相接。校主素热心教育，且豪于资，其得此优美之成绩也，宜哉！

江碧秋者，年十六，天资颖慧，貌复妍丽，雅有辨才，长于应对，每一启齿，听者粲然。时值季春，广场之上，纤草为茵，四围植以冬青，修剪齐整，作浓绿色，树旁悉编竹篱，缀以野花，蛱蝶飞来，徘徊其际，似惜春光易老而及时行乐者。碧秋挽堆云髻，着绛罗衫，手持乐谱，盘膝坐草上，微风拂裾，飘然若仙。忽闻履声橐橐，碧秋回首遥呼曰："芬妹匆匆何往？来此来此！"秀芬不语，亦席地坐。秋抚其背曰："妹颊有泪痕，为谁所欺耶？"芬泫然曰："吾佩花球，为杨先生所见，夺而掷诸地，且申申痛詈，谓下次再若是，当记大过。姊思之，女子佩花，亦常事也，汹汹何为者？"秋蹙额曰："此伧殊可恶，吾必有以报之！"

---

① 原文标"短篇小说"。

杨文德者，英文、数学教员也。自谓学识渊博，阅历复深，恒恃年老，无所嫌忌。见学生有御绮縠，或梳新式髻者，立命易去，庭辱面斥，不为人稍留余地，故学生畏之如虎，服色几如村女。彼意乃得甚，逢人辄诩其教授之佳，管理之严，能使妙龄女郎不喜修饰，本校之能得令誉，实余一人之功也。

一日为土曜日，诸生咸告归省。文德立门次，目灼灼四察，忽涩声呼曰："碧秋，汝少待，汝为学生，奈何浓施膏沐，作此娇态？岂女德乎？"碧秋曰："师毋怒，生有母，孀居，生无昆弟，仅生一人。母素有肺疾，近发更剧，易怒善悲，每见生颜色清减，则愁然而忧。生不得已，乃敷脂粉，非为修饰，是悦母也。先生有教，请速言之，生归心如箭，急欲一省吾母也。"文德沈思有顷，竟不得一语为驳，佯作矜持状，叹曰："汝能孝母，今日之过可恕也！"碧秋与之鞠躬，遂出。

文德默坐斗室，披阅诸生数学卷，至碧秋作，私念曰："今日有以报之矣。"立命校役召女来。久之不至，方欲亲往，乃见女姗姗来迟，状至静穆。文德曰："吾唤汝，何不至？"碧秋曰："然则立此处者谁耶？师责生迟至则当，今谓生不至，宁不冤哉？"文德闻语大惭，默然良久，乃取一练习簿示之曰："题中所求为方根，汝乃答以方乘，何也？今岁暑假，汝可留级重习。"女曰："畴昔生患头痛，不能上课，师乃在教室中昌言，诬生诈病，以致同学姗笑，生之名誉，大受损失。昨日，头痛复发，未敢告假，勉强上课，数学舛误，愿师谅之。"文德语塞，强喝曰："既已舛误，尚敢强词夺理！下课上地理班时，当罚立十分钟，闻之乎？"女一无蹙容，但笑应曰："敢不从命。"

铃声琅琅，地理课届时矣。地理教员适请假，文德代理，高立讲台，观察诸生，忽见碧秋挟册昂然入坐，行若无事。文德大怒，欲肆痛斥，顿念："彼姝狡甚，惟校长甚爱之，常称其慧，顷者渠必禀明校长，奉命入坐，余若加责，必被折驳。"遂佯为不见，隐忍无语。实则碧秋顷在园中游览，今故作此态以惑文德耳。乃见文德高擎书册朗诵曰："地理可分四类，测量、形质、政治、商务是也。全球水多于陆，陆地仅占全体四分之一，故……"碧秋起立曰："否否，不然，陆少于水，仅为表面之观察，按普通入水三英里后仍为固体，则是陆多于水也，岂可坐井观天，遂谓天小哉？"文德无语，以手拊胸，摇首微喟曰："汝诚狡狯！汝诚狡狯！"

一日饭罢，诸生散步球场，时方亭午，温燠无伦，树丛中透日光一缕，射人眼帘生缬。碧秋方与同学闲话，忽闻文德呼声，不辨为谁。群赴之，见其面含愠色。文德面目，虽盛暑不减其度数，盖常在摄氏表零度以下，故能使见者不寒而栗，亦可怪矣。文德谓碧秋曰："汝履奈何不整？岂以为美耶？且尔女学生，何效荡妇装束？"碧秋曰："此履出自母赐，较常御者稍长，生恐拂亲意，故勉御之，以宽故，常致脱踵，乞师原谅。"德曰："此事虽可恕，然尔衣垢甚，何尚不浣？所授卫生诸课，岂未读耶？"碧秋曰："此中尤有苦衷，生家贫，春秋只有二袭，前服绛衫，为师痛斥，故御此缟衣，日久生垢，诚欲易之，无可易也。今拟另制一新衫，惟因课忙无暇，尚未竣工，非不解卫生也。师如见赐一袭，感甚感甚。"言已微笑，众亦粲然。文德私忖曰："吾在斯校执教鞭已将十稔，今乃遇此顽皮生，四十年老娘，绝倒绷孩儿矣。"不觉喟然长吁。众咸惊异，不省何为。文德撚须作下场语曰："碧秋，吾与汝二日之限，速成此衣，汝能之否？"女曰："诺。"

翌晨，上英文课。文德授课时，恒侦查学生之举动，忽见碧秋置书不理，但俯首弄物，思詈之，因在讲授，未便肆威。须臾，铃声琅然，诸生皆退，惟碧秋后出，文德呼止之曰："汝愿为本校学生否？"曰："是何待问？孰则不愿为学生而来哉？"曰："尔既自愿，何为目不视书？且手弄何物？可说我否？"碧秋曰："是奚不可？"遂探衣囊，出碎缎数块曰："此即为衣纽者，因师限太促，恐不能竣工,故携至讲堂为之。虽然师适所授之课,何以知生未习?”言次闭书,滔滔而诵,不差一字。文德大诧,故作郑重之色曰:“徒能背诵何益?书中之意,汝悉解乎?”曰:“解。”文德乃取书中至奥之义,质之碧秋。碧秋应声而对,了无难色。文德曰:“汝诚敏捷,今以十分钟休息之暇,令汝作一英文论说,汝能允我否?”女曰:“然,则师速出题,否则又将上课矣。”文德遂取粉笔就黑板书一题曰:“House is an useful animal”(译意:房屋为有用之动物也)。碧秋就题发挥,顷刻立就,以呈文德。文德观之,狞笑不已曰:“吾命汝论马,汝乃论屋,宁不谬妄?”(英语“马”为“Horse”,“屋”为“House”,仅差一字,文德误将“r”书作“u”,故碧秋文中有云:“古时之屋为无机动物,近世之屋为有机动物,故今屋较古屋为有用。”)碧秋曰:“此非生过,乃师过也。”德回视黑板,不觉大惭,嗫嚅曰:“此诚吾过,然仅笔误耳,汝知之,何不言?”女曰:“岂惟笔误?文法亦误,‘useful’之前,岂可置‘an’?仅‘a’足矣,《纳氏文法》四十二节已有其说,遑论高深,岂先生已忘之耶?抑别有心得耶?非生初学之人所敢知也。犹幸今日仅生一人睹此,不然,恐哄堂大笑,师之名誉扫地矣。生素受师恩,当谨守秘密,以全师名,所以报也。第二时已届,生不得久羁,愿先生自爱,勿再作此孟浪事,以贻口实。已矣吾师,勿以此介介,生亦不复侍绛帷矣。”文德聆语,面大赧,坌息出室,至校长处,力请辞职。校长莫解其故,力挽无效,询之则曰:“问碧秋可耳!”语已,理其行箧,匆匆而去。校长曰:“嘻!此老乃与学生赌气耶?亦可怪矣。”遂询碧秋,碧秋曰:“此事生已允杨先生为守秘密,将随吾身长埋地下,师可勿问也。”

著者曰:“碧秋固好女子,观其为杨文德力守秘密,可见其道德之高尚;抗辨不挠,可见其论理之精深。然文德以热心教育,甘为众怨所归,吾恐今之执教鞭者,对之有愧色也。”

——《礼拜六》(1915)第七十八期

姚琴媜

姚琴媜，生平不详，著有小说《一血剪》《白猫之性命》。

一血剪①

“嗟嗟吾姊！吾述此中心惨栗，愧悔不胜，幸分属夫妇，非他人比，且深信姊于亲前，决不流露一二，故敢直陈以消吾闷。顾转念以思，又恐姊或因是以妒以怨，而恨及伊人，致数年来同师之友，相爱之情，从此而斩，是则某罪不更大耶？故迟迟未敢言也。”

语时碧纱窗下，绣燕楼头，夫妇两人，并肩同坐。夫呈不豫之色，其妻屡屡问之，所答乃如是。不禁惊且疑，语之曰：“有何愤懑事？不妨详以告我，妾何人？岂肯于亲前进谗言耶？又岂肯效世俗之人，垄断君之爱情耶？约言之，誓守秘密，设法为君玉成耳。”夫曰：“善，今兹吾心碎吾肠裂矣。姊即责吾，吾亦奚恤，但愿吾姊终能曲谅吾心。”

既而曰：“费薛瑛，非姊同学友，交称莫逆者乎？两月前，曾来访汝，近已绝迹不踵吾门，但吾则朝夕过从，未尝或懈。彼父早丧，彼母已知情，而吾母亦曾一诫吾，惟吾父或犹未悉。姊则更不得知，彼本姊友，辗转而为吾友，始则相爱，继则相亲，终且堕入情

① 原文标“苦情小说”，原署“姚琴媜女史”。

网。嗟嗟！友而溺于情，吾知必无良果，今则果验矣。薛瑛行将出阁，不为吾友，而为人妻，此情此景，胡可深思？吾所不能忘者，薛瑛爱吾之情耳。直言之，缠绵旖旎，实超出姊之上焉。犹忆语吾之言曰：‘吾爱张鉴澄乎！汝本有妻，吾将他适，早知如此，悔不绝交。虽然，天消地灭，妾心不忘，惟拜手私祝，期来生化作鸳鸯。’又曰：‘妾未能为君守，实舅氏为媒，择婿已定，未可悔耳。母实愿吾嫁君，妾亦甘奉箕帚，即事君兼事君妻，妾亦何嫌？’十日之前，薛瑛曾语及此，而吾父威严，竟不可犯，谓吾能再娶而违父命乎？故始则漫应，继则拒绝。微窥薛瑛心中，似有愿为吾守，不甘他适之意。呜呼！误人终身，奈之何其可哉？更有不耐人听闻者，则语彼母曰：‘那家彩舆临门之日，即为侬绝命之期，此心此志，永矢靡他。’呜呼！吾忆及此，吾心为寒，果尔将奈之何？”

楼梯声响，一老妪来，妪何人斯？费氏仆也。遥闻妪曰：“奉阿姑命，来候夫人者。”急急趋来，似甚仓皇。噫嘻！彼何匆促若此？入门，径至窗下，顿足呼负负，厉声曰：“太夫人延公子一往，速行！阿姑自暴自弃，命之存亡，尚未可卜，猝然昏迷，似吞物使然，更以剪猛刺其喉，惨不忍睹，今更不知何若。”鉴澄聆其语，心惊身战，泪漱漱下，急下楼去。至则一息尚存，仰卧地上，血流遍地，喉间犹滴滴不止，盖贼及要害，危且殆矣。问以言，已不能答，两泪交流。见鉴澄面，急招之以手，频频摇动不止。意盖谓从此永诀，不再相见，继乃于血泊中，狂转其身，两眼闭合，气已尽绝。迨医至，已不可救。呜呼，伤哉！本是可人儿，竟赍恨以殁，苍苍者天，曷其有极？费夫人与鉴澄号哭均失声。初疑身在梦中，或者非真，继知果真而非梦，心亦凄怆。妪厉声曰：“恸亦何补？盍速料理？阿姑死惨矣，卧血泊中，不更惨乎？”乃唤众仆移置箦上。购办衣棺，悉鉴澄所经理。鉴澄慨然曰：“薛瑛为吾死，吾负伊多多，彼既死矣，吾何生为？”引刃刺胸，意欲自杀。费夫人急止之，曰:“汝为吾儿死,其如汝亲及妻何?幸勿造次,否则急死顽躯,何以对吾女?汝且上楼去,检点吾女衣,为之焚化也。”鉴澄偶于枕底,得磷梗一堆、书札一封,署其面曰:“鉴澄吾夫剖展。”费夫人讶曰:“此何物者?”鉴澄谛视之,不禁大骇曰:“是乃磷寸之杆,此为寄予之书。磷而仅剩其杆,则磷之红头,必为伊所吞。”费夫人曰:“然则既食磷寸,又何为欲断其喉?”鉴澄曰:“或者食之作呕,苦不可耐,力求速死耳。虽然,磷毒物也,食既如是其多,更断喉以速其死,存心之忍,何其甚哉!嗟嗟!吾剖此书,吾爱薛瑛,果安在者?倘知读此书时,即不见其人,庸或作答?将向何处递寄?呜呼痛哉!”费夫人曰:“词旨若何?试为吾一言。”鉴澄手启其书,墨迹犹新,伊人已杳,两行珠泪,对着花笺,字字辛酸,那堪消受?“呜呼薛瑛!汝作此书,哀痛怨愤,较吾奚若?虽然,吾误汝矣。”语已,摇首不止。费夫人催之至再,迫之不得不读。曰:“否,吾非不可以告母,告之,恐母苦更甚也。”费夫人曰:“吾女死,苦仅如是,苦岂仍有甚此者耶?讳我何为?且我所以究问,不过欲知女之心事。不然者,此书可暂留于此,吾将请问他人,汝其奈吾何?”鉴澄曰:“我试读之,母请勿躁,吾所以怕读者,恐伤母心耳。虽然,吾弗汝隐也。”诵曰:

鉴澄爱鉴:汝得此书,妹已长逝。虽然,吾以身许君,而君不吾留。今则大事已去,妹之身将永属诸人。然吾始愿,料不及此,请君毋忧,并恳慰吾老母,毋以不孝为怀。顾所以如此者,全为君耳,自信既许于君,岂可再适他人?君视彼枕底物,乃妹绝命之媒,不敢背却贞心,故永远为郎保守。噫嘻!生为腻友,死作鸳鸯,如痴若颠,乃侬心愿。并请告吾母,葬吾棺于汝祖茔旁,了吾素心。更有说者,妹无手足,老母半子之赖,且归无望,则痛心疾首,苦也何如?愿君待母以婿礼,晨昏善自慰之,则妹虽身死,此心或可稍释。嗟嗟!十九载风晨月夕,问暖问饥,伊谁勤劳?曰惟老母。方谓成人之后,有以报答,又谁知使吾老母,手理衣衾,竟作埋儿之人,则不孝之罪,其又奚辞?虽然,所为者,君一人耳。吾今为此,吾心如刺,不觉唤吾亲爱之鉴澄,唤吾亲爱之夫君曰:“其善体吾意,以事汝妻。汝妻亦吾密友,汝见汝妻,实不啻见吾,汝爱汝妻,亦不啻爱吾。汝能以视吾者视汝妻,则妾虽死犹生矣。”临颖恍惚,不知所云。

“呜呼母乎!吾负薛瑛,百身莫赎,临殁遗言,意既昭彰,请入执婿礼,举其棺以葬于先人之侧,聊以慰其心也!”费夫人曰:“吾既许女嫁汝,彼说如是,吾又何忍违其素志?惟那家累吾甚,虽未操刀杀吾儿,实间接杀吾儿者,吾甚恨之!今此一函通知,彼或不信,将奈之何?”鉴澄曰:“母毋虑此,今且料理殓具也。”匆匆径出。工匠纷纭,鼓吹齐作。殓毕。翌日晨,举而葬诸东郭之间。夫人泣而送之,奴婢亦从而和焉,一路行来,声声哀痛。呜呼!是可忍,孰不可忍?本是知音,而今安在?三寸桐棺,人天永隔,万苦千愁,向谁告诉?不获亲迎,竟来执绋,苦也何如?鉴澄际此,泪如泉涌,方巾湿透矣。抵乡,暂厝墓道。鉴澄再拜痛哭,极其悲伤,归告费夫人曰:“而今而后,当代薛瑛职,以子事母。”夫人谢曰:“承公子厚意,敢不祗领。”自是费张两姓,遂联死后之姻。鉴澄不敢告诸父母,先以己意与妻言之,略如上述。嗟乎!情之祸人,亦烈矣哉!

——《小说丛报》(1916)第十八期

张蕙如

张蕙如，生卒年不详，号栖云野客、馥香阁主，天津人。夫姓徐。其诗文、小说多发表于《眉语》《香艳杂志》《妇女杂志》等刊物。著有小说《珀钏女儿》《丽娘惨史》等。

丽娘惨史①

石翁者，沁阳之望族也。膝下一儿命名宝彝，翁爱如掌上珠，年甫十三四，丰姿磊落，聪颖绝伦，一时巨家争婚焉。媒妁往来其家，翁每令彝自择，彝常誓曰："不得名姝宁终鳏也。"一日薄暮，课毕出游于东郊，徘徊远眺，颇涉遐思，转瞬间见小车一乘，朱茀绣幰，拂面而来，审视之，内坐一女郎，容华绝代，笑靥横生，漫言粉琢香堆，成之不易，就使脂烘铅晕画亦都难。生目注良久，不觉神为之醉，意为之迁。是时，适邻叟过侧，趋而就语，生始回首，未及寒暄，即询其顷之所见。叟以同邑黄孝廉女对，芳名丽贞，依寡母居，言讫而去。生神魂丧失，怏怏而返，思慕綦切，饮食俱废，肌骨锐减，奄奄待毙，医药罔效，醮禳无灵。翁媪惶恐，无策可筹。邻叟闻生病剧来探，揣知其情，因告生父曩遇之事，翁急倩冰于黄。黄因门第相和，遂聊秦晋之盟，永结朱陈之好。生呻吟中知事协，

① 原署"徐张蕙如"。

雀跃起床,体亦渐瘳。方幸亲迎不日,合卺有期,讵知好事不圆,天心难问,魔鬼临缠,祸不旋踵而至矣。

同巷陆六者,游手无藉,嗜酒善博,穿穴逾墙,无不为焉。时当囊橐告罄,则巧诈百出,里人遇之,皆避三舍,虽腹诽之,莫敢谁何。一日,眉睫交际,扪胸自计,盖空儿访至,孔方黄鹤矣,忽闻吹擂盈耳,鼓乐嗷嘈,知为石生燕尔之期,遂喜颜霁开,私计曰:"闻新嫁娘出自富门,妆奁必甚丰盈。"不觉啧啧称慕,惟盼金轮之速去,只望银蟾可迅来,忿无后羿射术,恕少虬髯敏雄,已而人影散乱,鸟倦知还,壶觞自酌,淅米作糜。食讫,急寻坚水挺斧挟之而出。潜至石第,见高垣难逾,钻穴尤艰,踌躇良久,视一老树依垣耸立,猱升其上,系带于干,坠而下之。至院,残烛未熄,宾客犹存,遂隐身于厕中,静以待时。继而夜漏三更,险风慓慓,忽黑云蔽月,星斗无光,霹雳一声,暴雨倾盆。陆叹命途多舛,天公无情,又恐居人知觉,法网难逃,捶胸跌足,抱头欲窜。忽一巨物越垣而来,非兽非人,壮如天蓬,腰阔十围,高有数丈,心中忐忑,莫敢声息。睹巨物至寝门,不启自入,刻余昂然而出,执物莫辩何件,门户依然。是时也,钟鸣四下,雨散云收,鸡鸣犬吠,东方微白,深痛巨物欺己,搅去囊膏,吾当探尔巢穴,为异日报复计。卒之东廓竹园迤西,倏然而没,陆自言曰:"其入地乎?何如是之神也?"惊愕间,见兰若旁僧冢在焉,惕惕然忆此必怪物之所居。睨而视之,跌蹶而返也。

翌日,石瓮夫妇晨起,侍儿叩喜。亲族踵至,翁独力周旋,讶何不至,时已过午,心中恚曰:"若大儿何恋妇而背礼?"又转念曰:"儿病初瘳,今得佳妇,倾叙忱衷,故晏起也,但愿儿健,家礼何拘?"斯刻戚友毕集,欲睹新人,翁始遣婢往招。婢见寝门尚扃,叩呼久之,内不一应,后破窗窃窥,第见血迹狼藉,趋而告翁。翁惊疑曰:"清平世界,那得有此?岂婢之妄欤?"促导之行,呼叩依然,撬门而入，近榻视之，婢言非谬。翁桑榆之年，素负二竖，睹景伤情，一痛而绝，与勾魂使者，携手同逝矣。媪视儿身首异处，所有珍物，俱不翼而飞，新妇横陈，气息奄奄。死者不可复生，生者尚须急救，族戚等烹参煎茸，强饮新妇，半晌方苏。姑问其原，妇言畴昔之夜，风雨之际，忽进一手，大如芭蕉，儿遂惊倒，余则不复记忆矣。姑听斯言，将信将疑，自思："三从齐杳，独生何益?"呼天跄地，触墙而死。族等素涎其富，今得此机，如获指南，遂控丽于有司，纳贿隶隶胥之上下，捏词言丽私代奸夫刺害良人。而丽出自闺中，何从经此？临讯不知置词，惟有战栗。宰愈信其情真，加以梏械。丽不堪痛楚，是以诬服。既解郡，敲扑如邑，冤气填胸，觅死无隙，押诸监中，而受官媒之虐待矣。

此音传之丽母，如闻青天鸣雷，泪落如雨。"吾丽丽儿是何生孽冤，卒遭此奇祸?"丽之婶母劝曰："此非哭时，当遣老仆黄信速往郡中营托。"丽母依言，与仆三百金以往，又命治装自赴郡城探视亲生。既进监，一见己女，相抱痛哭，昏而复醒。监中诸犯，尽为酸鼻。丽母止泪问曰："儿何遭此？速告我知。"丽诉如前，"恨郡守昏聩，污我名节"。言罢大哭。丽母闻此，如箭穿胸，如油浇顶，哭曰："儿胡认此难洗之丑，千载门第，由此败颓，异日临堂，宁死弗认。"监卒促行，母女难舍，惟有以泪洗面，无法已矣。丽母随出多金，以安署人，忍悲含痛，流涕而去。

此种奇案，侦者四出，已将匝月，端绪毫无。街谈巷议，无不传为奇闻，皆延颈拭目以待其结果。

陆六闻此案之冤，心窃惜焉，自忖曰："畴昔之夜，越石家垣而惊我者，非此案之凶犯乎?"忽瞠目击几大言曰："信矣信矣。"于是恻隐之心陡然而起，曰："吾代黄小姐伸此不白冤。"复而转念曰："郡守若问何知之确？实言则二十鞭笞必加诸我矣，不关己事，莫劳神思。"此念顿息。又闻有论此案者，皆云无人揭晓，苟有之，则千金之富可立至也。陆闻斯言,利心渐炽曰:"吾当壮年,二十鞭笞,何惧之有?一可完黄女之贞,二能得千金之富。"方针立定,趋白郡守。守询:"汝何由知之?"陆以前夜所见对,守曰:"例有斯条,不能贷免。"遂杖二十,率隶胥数十辈同诣僧冢验之。

是日也,幽篁密茂,映日无光,清风徐来,淑气抒胸。逾过竹园,则见小山耸翠,细柳摇青,绿云横天,送艳飞馨,遥望茂林中隐有殿阁,谓是兰若。近临之,粉垣围盎,溪水横流,云锁朱门,石桥可通。迤西老松翳日,细草如毡,白杨凄列,两岸狐嗥,鸦噪其间。石麟埋没,藏春草以何深,铜雀荒凉,附暮云而不断。旁立一石,上刊四字"凄云寺界",府知斯地寺之所辖,遂率隶役同往叩寺。有时,出一小沙弥,惊问官府何来。府告以故,沙弥即禀师。师装衣出迎,请于禅舍,礼毕献茗。府道其详,僧曰:"佛地义产,非贫僧之阻驳,师有遗嘱,不敢违也。"府怒曰:"今与汝约,冢无异端,愿修庙宇,再塑金身,否则加汝以刑惩!"府令一出,斥声齐奏。陆闻此约,心中忧郁,若芒刺之在背,鹿碰于胸怀,为恐其言之不验,忽而声似山崩,冢顶塌陷。府率僧、陆趋前视之,则所谓僧冢者,一秘密地窖也。一僧操杖出,身躯伟①岸,膂力绝人。府兵合力攻之,始就擒,并搜得窖藏金玉无算,妖妇十余人。府乃释丽而置僧于法,复偿陆百金焉。

斯案既结,遐迩莫不以此为奇谈。丽贞见母,涕泣无时。母虽百端劝解,难释丽之心酸。思薄命之若此,声玷而难处江东,叹伶仃所独生,莫如全贞以成烈。蛾眉双锁,杏眼珠流,遂系三尺绫而随石生侍舅姑于极乐乡矣。府闻丽亡,落泪叹绝,请封为节烈妇,立坊标美焉。

——《眉语》(1916)第十六号

① "伟",原文作"倖(幸)",据文义改。

叶碧芬

叶碧芬，生平不详，著有小说《雷劫》《娩婳将军》。

娩婳将军①

西历一千三百三十七年，英法构衅，兵连祸结，直至一千四百五十二年，干戈始息，史家称为百年战争，盖世界上极有荣誉之战争也。先是法王佛里布四世，生有三男一女，女曰"意莎勃刺"，嫁英王爱德华二世。法王薨，三子相继即位，皆以天不永年，享国日浅。三子既逝，国人乃辅其老王从子立，号佛里布六世。其时英王为爱德华三世，意莎勃刺所出，枭雄英武，智略兼人，知佛里布六世之异懦也，遣使往法，谓老王无亲支，以血统论，爱德华当兼王法国，佛里布六世，疏族也，不可以王。法人闻之大哗，以为法国定律，女子不王，就使意莎勃刺犹存，尚且不能归嗣，况于其子。使还，英王大怒，英法国交于是断绝。

一千三百四十六年，英王爱德华率太子出师征法。法王佛里布六世领兵八万迎之，战于克利西。法师败绩。英兵进取加留士占领之。法王知势不敌，遣使媾和，寻为城下之盟。法以兵燹之余，复遭旱魃，重以瘟疫，民不聊生，民间殆十室九空矣。自后又

① 原文标"爱国小说"，原署"叶碧芬女士"。

经四年,法王佛里布六世殁,子约翰立,复开衅于英王。英王率师入法,大战于泊铁亚。法师再北,死伤逾万,约翰虏焉。法廷无主,政出多门,贵族肆虐,土寇蜂起,当轴大臣,束手无策,不得已乃遣使英国,割地求和。是年冬,约翰薨于英,太子查尔斯五世立,审知法不敌英,在国力凋敝。于是罢兵图治,修政事,奖武备,卧薪尝胆者垂九年。闻英王爱德华耄期倦勤,又值太子新丧,乃兴师旅,夺还法国失地。不幸天不眷法,至一千三百八十年,查尔斯薨,其子查尔斯六世立,年仅十二,不能亲政,贵族争权,分朋树党,寻至称戈萧墙,蔑视外侮,法之国运,因以复衰。

木腐虫生,古今常理,时英王在位者,为亨利第五世,亦一大有为之君也。睹法国内乱迭兴,率师五万,侵入法境。英师所至,披靡无前,既下巴黎,乃夺法王查尔斯位,废其太子,惟许查尔斯不殁时,准其代理国政。及后查尔斯殁,亨利复至巴黎,即法王位,号称英法共立皇帝。法太子出奔罗伊河,其地为法国之南境,英师势力未及。是年冬,亨利五世卒,其子立,号亨利六世。

一千四百二十八年,英既征服法国罗伊河以北各地,而河南各郡守,仍拥立法太子,河山半壁,勉力支持。但因都城失陷,国力凋敝,强邻蚕食,日进无已,全国人民,死亡者三之一,世界地图,几将不见法兰西名称矣。

罗伊河畔,有城名瓦仑斯,为法兰西南北枢纽,战事必争之地,若使英人据之,则法国万劫不复矣。一千四百二十八年十月十二日,英兵达城外,昼夜围攻,法人坚守不降,约六阅月,城内饷糈不支,城守屡遣使至西诺武城求援,然以太子及其大臣,已无恢复故国河山之志,偷安一隅,不欲出兵,法之社稷,不绝如缕。

以上所述,均系百年战争史之大略,而女杰贞德者,即乘此时会而产生者也。法之东北境有小村,名同美柳,贞德居焉。当法国国家危急时,贞德为十六龄女子,日随父母,朝耕暮织,家既寒微，地亦僻静，国家大事，从未预闻。先是一千四百二十一年，英兵破法入境，所过焚掠，鸡犬为空。村中青年，有因御敌负伤回者，贞德见之，为之流涕，其时才九岁耳。及后英兵至同美柳，恣肆骚扰，财帛衣饰，悉为所卷。敌去，村人皆贫不能自存，日惟相对唏嘘，以泪洗面而已。

古代出群英杰，负大难而成大功者，十九恒称神助，此固史册之所昭著，不独贞德已也。一千四百二十五年，时值炎夏，贞德散步园中，隐隐闻有人呼其名，举目四瞩，一无所见，甫惊诧间，仰见空中金光照耀，有神自称天使，诏贞德曰："贞德乎，汝不可不救法兰西社稷。"贞德战栗对曰："贱妾为农家女，手无缚鸡之力，一物不知，何能负此巨任?"天使曰："否，汝勿忧，是神命也，毋违。"言毕不见，贞德自是以后，爱国之念油然而生，立意舍身挽救母国之难，以尽天职，乃往请于其父，并陈颠末。父严斥其妄，且诏诸子曰："汝等善防贞德，渠若私出，即速捕而投之水中，若汝等因兄弟之爱，有所惮护，我将投汝等于水中。"时英人围攻瓦仑斯益急，贞德闻之，彷徨失措，盖赴国难则违亲训，顺亲又无以拯国亡，进退维谷，忠孝无两全之道。贞德有世父某，居于村之西鄙。贞德造之，陈述所怀，谓欲勉从亲训，而神命不可违，须早传神旨于太子，令其先解瓦仑斯之围，徐图恢复。某感贞德之诚，携之同往，谒大将军多勃利克，此一千四百二十八年五月十三日事也。多勃利克将军，将兵屯佛克鲁，贞德猝语之曰："妾蒙天使指示，愿救国危。"多勃利克见其服饰贱陋，欲斥去之，贞德复曰："我主怜殿下之困厄，使妾代传密旨，以救国难，愿为妾传达此旨于殿下。"将军问："主为谁?"答曰："在天之神。"将军大怒谴之。阅二月，英军势益张，瓦仑斯城危在旦夕，贞德复亲诣佛克鲁，谒勃多利克曰："法国之危，已如累卵，将军乌能坐视？愿假妾兵一队，往解瓦仑斯围。"将军审其精诚，乃令留佛克鲁候旨，一面申告太子。贞德留佛克鲁,寄居一木工家,时佛克鲁,议论沸腾,人人皆嗤辱之,斥其妄诞,而贞德不顾也。逾时蜚语渐息,有骑士约翰者,走访贞德,谈次为所感动,自言愿导之诣太子。一千四百二十九年二月二十五日,贞德自佛克鲁成行,甲胄全身,手枪腰剑,已不笄而弁矣。

由佛克鲁至西诺翁,须经一百五十余城,其间为英兵所陷者,十居八九,同行兵士咸有戒心。贞德辄宣神旨,壮其胆力,道行约十余日,卒达西诺翁府。贞德以书上查尔斯,陈述来意,查尔斯初以为妄诞,屏不之见。廷臣有阅历较深者,主张一面其人,德利玛亚怒曰:“国家兴师十万,日耗帑藏万千,至今无寸功可言,公等乃欲倚一孱弱农女,立搴旗杀将之殊勋,直梦呓耳!”发言盈廷,终日不决,事为查尔斯母所闻,乃谕令查尔斯见之。其时瓦仑斯城益濒危急,朝廷援兵遣发都尽,查尔斯不得已,乃姑询多数人之意,使诏贞德。一千四百二十九年三月九日,查尔斯服素服中坐,甲士三百环侍,贞德随使进见,从容奏曰:“仁慈之陛下乎,天主令妾传密旨于陛下,法国国王,即陛下也,何尚不速扫荡敌兵?行即位之大礼乎?愿陛下假妾以兵权,妾先解瓦仑斯之围,誓灭英兵,奉陛下入居伦时府。”言时音吐清越,风态凛然,查尔斯亦为之动容,当许其往援瓦仑斯。然以事属军戎,不能不出以慎重,乃召集王大臣,及高僧大儒于议院,纠察贞德。三月十日,院开,主席者伦时府僧正,纠察结果,诸人无以难之,于是朝廷百官,下及黎庶,莫不推崇贞德,许为爱国,而贞德遂得藉神使之说,以收拾其国人涣散之心。维时法国社会,有一极坚固之迷信:“以为天地间有百神,所以干涉人事,祐善殃恶,不少假借。”因是法之全境,虽被英人蹂躏,犹以为天神降罚,无可避免。国中僧侣辄持此说向人,谓欲免除此难,须祈祷天神,神自降生英杰,拯民水火,或谓英杰已降,惟待秉国钧者,破格用之。

查尔斯于贞德受纠察后,锡以古剑一柄、银甲一袭、素马一骑、步卒五千，令其即日出征。贞德陛辞之后，誓师出发。既抵瓦仑斯罗伊河，水势浩漫，桥梁船只，一无所有。贞德正惊疑间，遥见一舟如叶，游泳而至，叩之，为守城将领九拿亚。贞德具陈来意，九拿亚始集船渡之，贞德渡江入城，即欲开城迎敌。九拿亚以大兵未集，使姑待之。盖其时随渡兵士，仅为前锋一队，中权后劲，皆属沙尔领之，稍稍落后故也。沙尔与贞德不相能，欲败其谋，途中说兵士曰："主将今已渡河，此城或可保守，我等当退归西诺翁，保护殿下。"兵士等为游辞所惑，正拟返旆西行，而九拿亚适至，其议遂寝。五月四日，援军悉抵城下，法国前有童谣，谓将有一少女出拯法国，至是乃属意于贞德。

英兵闻贞德抵瓦仑斯城，士气稍沮。贞德遣使说英将曰："汝等起无名之师，连攻陷我国城邑，天神特命妾回复之，其速返我侵地，撤①围退兵，妾亦不动干戈，共享和平幸福。若仍执迷不悟，敢肆逞其野心，妾将振我师旅，力驱逐汝军于国外以报神命。"英将置不复答。贞德继遣二使，英将大怒，立下一使于狱，又一使则鞭而遣之，谓："汝法国之兵，生为男子，乃奉一农家贱女为统帅，耻莫甚焉，吾英人实莫屑与语。"使归，法军大愤。是晚，即有二三将校，乘夜出城，袭击英军，失利将溃。贞德闻报，跃马冲赴阵前，而九拿亚将军，寻亦驰至，一时主客易形，英兵遂落防势。法兵再进，竟夺敌人一垒，奏凯而还。次日，响明，贞德传令，备战日晡，拔队出城，直逼英军壁垒。行次战濠，被射而仆，旋见趋敌军士略有懈容，扶创奋呼，躬冒矢石。战士人人感泣，直冲英垒。英军大乱返奔，本营遂失，未几，撤围遁去。时距贞德入瓦仑斯城，仅八日耳。

贞德既解瓦仑斯城之围，即驰赴查尔斯行在，奏请速诣伦时，

---

① "撤"，原文作"撒"，据文义改。下同。

行即位礼,略谓:“陛下威泽,今尚未及全国,须早正位以定人心,且令敌军将士震慑皇威,庶可不战而服,此千载一时之盛也。”云云。遂以六月十日,令贞德为先锋,领兵一万二千,向伦时府进发,所过各城,望风归附。至七月十七日,查尔斯即位于伦时,号查尔斯七世。

贞德之志,第一在解瓦仑斯城之围,第二在奉查尔斯行戴冠式于伦时,至是志愿已酬,奏请放归乡里,查尔斯复温旨慰留,不令解职。一千四百三年五月十二日,英军忽围攻哥仑比纽城,查尔斯令贞德往援。贞德提兵六百,星夜驰往,满城军民,一睹贞德旗帜,忻喜欲狂。贞德进城少息,即向敌军索战。两军剧或逾时,卒以众寡不敌,法兵大乱,退至城下。守土者忌贞德功高,闭城不纳,贞德复入重围,遂受擒于敌军。

英人既擒贞德,举国相庆,以英国将士之死其手者,为数多也。是年十月,亨利六世开法教裁判所,审判贞德,以教律杀俘虏之条例,案悬不决,嗣以男装惑世,判处火刑。时为一千四百三十一年五月三十一日,法国人民闻贞德为英人焚毙,莫不气愤填膺,敌忾同仇。数年之间,罗伊河以北之失地,尽为法人恢复,英兵遂绝迹法境矣。

——《中华妇女界》第二卷(1916)第四期

张绍南

张绍南,生卒年不详,安徽合肥人。夫李寅恭,字勰宸,别号百卉园农,安徽合肥人,是我国著名的林业教育家、林学家,与张绍南为姑表兄妹。1914年,张绍南随夫赴英国留学,就高等女校学习看护学。1919年二人回国。张绍南热心社会活动,曾在上海发起组织女童子军团,是我国女童子军的首倡者。1921年,与丈夫在安庆创办安徽省立女子职业学校。著有小说《赖丁格》《英国改良监狱第一人》。

赖丁格 Florence Nightingale①

赖女士英产,千八百二十年,生于意大利之 Florence 城。其父饶有资财,故侨寓于此,未久回国。女士幼时居 Derby 省,受教育,性和平而畏有过失,人有所求必应之,自少蓄志为看护妇,亲戚朋友,闻而怪异,咸来劝阻。按八十余年前,英国上中等社会妇女,罕有为此项职业者,虽不似我国人轻视"看护"二字,略同侍婢,然未尝注意如近来三四十年,为社会所尊重。至于今日,虽王后贵族,躬自试行,国有专校,邑有夜班,此种学科盛行,几至家喻户晓。赖女士当年具有先见,立意行之,百折不挠,乃为看护学史上

① 原文标"记实小说",原署"留英看护专科李张绍南女士"。

之第一富有声誉者。

女士年二十二负笈法、德、意三国习看护学,十年余,归国就聘为伦敦医院看护长。既入院,厘订规则,除污栉垢,无不称善,他处医院,且采行其法,是为女士济世最初之时期。

年余,Crimean 战事起,因土耳其拒俄,英、法助土,于是开战。Crimean 者,俄南方之半岛也,英、法、土与俄战于此,路途困阻,英、法运送军需,必须一月之久始达。军粮既缺,兵士之受伤者将虞无食,国人相顾,急切无所措手足,其外交大臣 Herbert 氏亲往赖女士医院求助。伊立时应允,解医院之职,招看护妇四十二人,皆曾受此项教育者乘汽船赴土,此为千八百五十四年事也。

赖女士既抵战地,与其同志即往救受伤者。按此时军人蛮野,不能确守公法,有时炮击医院,故医士及看护妇,虽不在战线内,然其险亦与兵同。赖女士处之泰然,遇事不为所扰,恐致偾事。四十二人亦皆感其诚恳,力助不懈,如包裹易药,验视寒热度,料理饮食,诊察脉象,及一切护卫之道,日夜分班轮值,侍于受伤者之侧,罕有息时。战烈时,院中兵士日增,计数月间至万余人,赖女士既以慈爱加于兵士,无不感悦,有言必从,间有兵士不允外科医割治者,医士则往乞赖女士一言,即时领受无异词。此在医院中大略情形。

女士居土国 Scutari 城之明年,春气发动,瘟疫漫散,赖女士乃离院,出外察视,未久仍回,尽其义务。次年五月,战事停止,诸国议和于法京巴黎。七月,女士从容归国,为英社会所欢迎,报纸杂志满载其事,英政府酬以五千磅。女士得此款,为养成看护妇之用。在伦敦之 St. Thomas's 及 King's College 二医院,将 Crimean 战时医院中事编撮成书,并著有 Notes on Hospital 及 Notes on Nursing 等籍,皆为后人所爱读。

千八百六十七年,欧洲十二国及亚洲之波斯各代表,开会于瑞士之 Geneva 城，议保护受伤及医院之法，议案内容多出赖女士手笔，其法五条如下：

（一）交战国不得炮击医院。

（二）医院中所用之人，尽须保护。

（三）院中受伤者，敌军不得加以伤害。

（四）凡借房舍，或出劳力，以庇护受伤军士者，得免纳军税。

（五）红十字军得携带防险之必要军用物以自卫。

千八百六十八年又增入二条：

（一）海军中医士及看护男女，不可伤害。

（二）医院所用之船只，拯救溺水及受伤者，不许加以炮击。

又约定交战国之军医队，及附属医院中人，皆有大红十字在衣上，医院房屋及汽车载受伤者，亦有红十字记号。十九世纪以还，英人议以其王太后为全国红十字会长，而各市市长之夫人为其本地红十字会长，以管理其事务。

英后维多利亚于千八百八十三年，招集全国看护妇于伦敦，优加礼遇，并赠赖女士一珠宝，以为记念。女士于千九百十三年卒，至今社会中人犹称道弗衰。

——《中华妇女界》第二卷（1916）第五期

伍孟纯

伍孟纯，生卒年不详，祖籍广东新会(今江门市新会区)。父伍光建，原名光鉴，号昭扆，笔名君朔，译著颇丰。母吕韫玉，字慎宜。兄弟伍周甫、伍况甫、伍蠡甫，妹伍季真。著有童话《鸦声》《有恒与无恒》《驴子剃头》《报德》等，翻译新剧《捉迷藏》、小说《一篮花》等。

鸦声①

学堂放学了，一群小学生背了书包，手儿拉著手儿，一路走一路唱歌。一片天真烂缦，不知道天高地厚。走过一株大树，那树上有几个鸦，刮刮的叫个不住。这小学生群里有一个最淘气的，便出主意道："这鸦的声音实在难听，我们拿石子将他掷跑了罢！"一唱百和，大家都在地上拾了些石子，正要掷那树上的鸦，旁边却来了一位须眉皓然的老者道："小朋友们，不要拿石子去掷那乌鸦啊！"小学生们问道："老先生，没听见他的声音吗？难听的很，因此我们要将他赶走了。"老者道："鸦的鸣声虽是不好听，但也是天生就的，或者他的同伴反欢喜听他的声音，如同你的疼爱的小朋友们欢喜听你们的声音一样。况且我还有一个特

① 原文标"童话"，原署"孟纯"。

别的缘故，就是恐怕诸君掷石子去打乌鸦，这石子却会反掷诸君呢！”这群小学生都诧异道：“石子如何会反掷我们？”老者道：“我告诉诸君一节故事，诸君就明白这句话的意思了。”小孩子家一听见“故事”两字，乐的了不得，拍著小手掌道：“好极了！我们顶欢喜听故事，这故事是真的么？”老者道：“字字是真的，你们不要吵，我就讲。”小学生连忙道：“我们不吵，老先生快讲罢。”于是这一群孩子围著老者，等他说。老者道：“五十年前，我也是一个欢喜顽要的孩子。那时我在一个乡村人家种田，那家的人非常温和，因为他们心地仁慈，所以他们院里的鸟巢都比别家多些。内中有一个燕子在檐下筑了一个巢，秋去春来，年年如此。那一日天气晴暖，这燕子站在一根木棍上，向著我软语呢喃，仿佛是说你们都是好人，决不会害我的。那时候我在地上拾了一个石子，望准那燕儿用力掷去，打个正著，那燕子跌落下来，竟自死了。我虽然看见这燕子无辜横死，心中不免怜惜他，只是后悔来不及了。我没有将这事告诉主人，可是我那慈祥的主人已自知道了，他虽不曾呵责我，我看见他很有悲哀之意。我也觉心里难过，后来再也不敢看我主人的脸。现在我的主人去世多年，我想起那燕子，仍是十分悔恨。咳！小朋友啊！诸君听了这故事，便知道那石子是会反掷你的心了。”那老头儿说完了，叹了一口气，立起身来走了。这一群小学生静悄悄的听老者说完故事，大众心里都有些伤感，便不像以前那样高兴，手里握的石子也不知不觉的落在地上。那树上的老鸦叫了两声，也就飞去了。

——《妇女杂志》第三卷(1917)第五号

有恒与无恒①

利赛姑娘和他妹子阿梅都在屋子里缝小手巾。利赛缝的很快，一面缝，一面问阿梅道："你缝了多少了?"阿梅头也不抬，答道："我才缝了一道边。"利赛冷笑道："什么？你才缝了一道边！我和你同时做的，我这手巾的第三道边都快完了。"阿梅叹道："不知道怎么的，我就是缝不快。"利赛道："这时离吃饭还早呢，我且到园子里去，看看玫瑰花可曾开了。"说罢，将手巾掼在椅子上，如飞的去了。阿梅也想出去看看花儿，吸些空气，不过想起做事须要耐烦，不可半途而废，因此仍在屋里一心一意的缝那小手巾。第二道边缝完，利赛进来了，说道："你怎么做的这样慢？你永远比不上我了。时候早呢，我还要到我屋里去，将那幅新画挂在墙上。"利赛又走了，阿梅仍是低著头。缝了三道边，利赛方才回来。阿梅道："快吃饭了，你还不赶紧做吗?"利赛道："忙什么，只要两分钟我就做好了，我找著一部小说，汤姆说很有趣味，让我看几张再做。"阿梅道："那不太迟了吗？怕赶不上吃饭用。"利赛笑道："怕什么，谁像你那样慢。"说罢，坐在软榻上看小说，看的高兴，把什么都忘了。忽然听得饭厅上摇钟，这才惊跳起来道："吃饭的时候到了吗？怎么好？我的手巾还不曾缝完。阿梅，你的呢?"阿梅慢慢的站起来，将手巾折叠好了道："我刚缝完。"利赛姑娘这时想起《伊索寓言》上"龟兔竞走"的故事，暗忖道："那兔子自己以为跑的快，瞧不起那龟，便停在路上睡了，谁知一觉醒来，那龟已先跑到了。如此说来，不论做什么事，快慢倒在其次，第一还是要有恒心啊!"

——《妇女杂志》第三卷(1917)第五号

① 原署"孟纯"。

报德

有一位阔太太，这天出去，坐上了街车。车子还没有走的时候，瞧见路旁站着一个小穷孩子，因为走道乏了，故此在那儿停住了。那孩子满面愁容，怪可怜的样子，这位夫人便唤车夫叫那小孩子来。孩子也莫明其妙，只得跟着车夫进了车子。夫人对他和颜悦色的道："孩子，你可是走乏了么?"小孩答道："正是呢。"夫人道："我看你的样子，我便知道你是乏了，你是往那里去的?"孩子道："小子要到江边的一条兵船上去的，为了没有钱，不能坐上这车子，不是夫人替我出了车钱，只怕小子走到天黑还到不了那兵船上呢。"他们正说着，车子已停下了。小孩便站起身来，深深的替夫人鞠了个躬，称谢了一番，方始别去。

光阴容易，日月如梭，一转眼间，忽忽已是二十年了。有一位船主，这天坐在街车里，也看见一个可怜的老婆子背着好些东西，一颠一播，很辛苦的样子，走不上两步，便歇息一回，额上的汗珠有豆子样大，直滚下来。船主看了，心里好生难受，忙唤他上了车，也代他给了车资。老婆子感谢得很。车儿到了，两人分手，将各走各的道儿。船主对老婆子道："我二十年前家里穷极啦，常时出来，走多远的路，又倦又饿，也没有个钱买东西吃。有一回，我记得走的极乏的时候，实在饿得利害，真是寸步难行，只好站在那儿歇歇。不想有一位极慈善的太太可怜我，喊我坐上车子，替我给钱。今天我虽富贵起来，身为船主，但是那日的事，我至今不敢忘掉呢。"老婆子听完了，叹口气道："先生，那人便是我。后来我一天窘似一天，如今代人家背负东西，将就过日子罢了。今天身上一文都没有，故此只得步行，不能坐车了。"船主听得就是那位太太，忙道："原来就是老夫人，在下冒昧极了。"随又拿了念五个金洋,送给老婆子道:“在下因想起当年,承老夫人那般厚惠,屡次想要报答,因为访找不着,今天居然会着了。这几个钱敬送老夫人,望不要客气才好呢。”说完了,又说些别的话,方才告别。等他去后,这老太婆自言语道:“天下的人,个个都要像他那个样子,受了他人的恩惠,总不要忘了。虽然是件极小的事,也须谨记在心。我盼望世界上的人要相信我这句话,不要当做了寻常无益的言语。”

——《妇女杂志》第四卷(1918)第八号

徐文系

徐文系，生卒年不详，小说署名“明离女子”。舅父冯开，字君木，浙江慈溪(今浙江省宁波市江北区)人。著有小说《珠光剑气录》。

珠光剑气录[①]

战国之世，墨学一派，弥纶天下。自吕政刘彻，草薙禽猕，累世后辟，钳约弥厉，侠风歇绝，匪伊夕朝。共和肇造，灏制廓清，衢歌巷讴，靡郁不渫。幸际贞期，怨咨宜泯，而椎埋狙击，恣睢横逞，至使髦英伟隽，毕命都市，杀机人发，可为寒心。寻厥根著，良由公私不明，是非未瞭，荆高跷跖，视若同条，祸乱所届，岂直睚眦杀人而已？健儿身手，为人机械，弹丸蒙垢，匕首无色，侠义之不昌非细故也。女甥徐文系，撰《珠光剑气录》，固侠家言也。其复仇也，孝而侠；其救人也，仁而侠；其除暴也，义而侠。积于其中，发于其外，纯白耿介，贯彻终始。匹夫役利，颡其泚矣，取径虽狭，可达周行。触类兴感，用书其耑，援笔未终，三太息已。

宋教仁被刺后七日，冯开题。

杜约，字君绰，陕西咸宁人，游幕太原，雅为当道所礼重。偶

---

① 原署“明离女子”。

归家省母,途经蒲州,人马疲乏,投止逆旅,拟憩息数日,然后渡河而西。蒲州故繁盛,旅馆临通衢,车马往来如织,生恶其喧扰,择后院一小室居之。既解装,觉邻室先有一女郎处其中,与杜所居室仅隔一板壁,衣裳綷縩,声息可通。初不以为意,既而偶步廊下,适遇女郎自室中出,年可二十许,明眸皓齿,翩翩若神仙中人,窥其举止妆束,闲雅整靓,无风尘劳顿状,疑为大家闺秀,久留于此者。顾微觇室中既无婢媪,又少衣橐,一行箧而外,别无长物,为状至简率。探之逆旅主人,知其来此方一日,孑身出入,初未有一人与之往来,不知其为何等人也。未几,闻隔室微吟声,杜默坐静听,字音历历可辨,皆陕音也。杜知女郎为己同乡人,聆其所读,为五言古诗,但闻其发端句云:“大海何漫漫,千年不能移。太山自言高,精卫衔石飞。”杜恍忆为胡天游《烈女李三行》,音调铿锵,如聆天乐,杜神为之移。已而渐读渐厉,读至“一日但能尔,井底生朝曦。死父地下笑,生仇市中刲”数语,忽作激宕变徵之音。已而读又渐咽,凄断几不能成声,若泪随声下者,则叙父仇复后,李女自白之词也。至终篇,声若裂帛,咄然遂止。杜惘惘如有所失,心知女郎必非常人,其身世殆有伤心不可告语者,意欲过访与之言,藉悉其踪迹所自,然以男女嫌疑,不便唐突,亦遂置之。

傍晚,闻逆旅门外人声嘈杂,隐约杂有哭声,杜急出视之,见对门矮屋门外,一男子昂头立,状类贵绅,其旁环侍十余豪奴,气势赫赫可灼人。矮①屋门洞开,屋内一龙钟老妪伏地哭,且哭且指男子曰:“汝杀吾儿矣!”男子怒骂曰:“老泼妇,汝敢诈乃公耶!乃公即杀十人,谁敢奈何我?今念汝年老,姑留汝一命,若再哓哓者,行且立杖杀汝!”随语随上马,群奴前后簇拥去。是时观者如堵,皆有愤愤不平色,杜所见邻室之女郎亦与焉。杜见状,知男子

① “矮”,原文作“矫”,据文义改。

必非善类，又闻妪“杀吾儿”一语，益悯妪所遭之不幸，急欲知其究竟，不暇问旁人，径至妪前劝之曰：“媪勿哭，有事不妨相告，苟可为力者，当不吝臂助。”妪见杜恂恂有善气，意为感动，即止勿哭，但曰：“恶奴去远未？”曰：“去已远矣。”妪即引杜入，邻室女郎随之入。妪指床上曰：“客视吾儿，尚可救否？”语次，即又痛哭。杜见床上一女子横卧，血淋漓溢颈项间，剪刀犹在手，其为用剪自戕无疑。邻室女郎登床抚其体曰：“气息犹属，无伤也。”即去其手中剪，下床语妪曰：“若女犹可救，吾去去即来，若幸勿哭。”遂奔而出。妪犹哽咽不能语，杜方劝慰间，而女郎顷刻间已入，出药末敷床上女子伤处，复以布为之扎裹毕，告妪曰：“是药治刀伤经百验，若女命获全矣。”妪跽谢，女郎急掖之起，于是杜备询妪颠末，始知妪柳姓，家贫早寡，无子，只有一女，名青奴，慧美绝伦，为豪绅华京卿所涎视，或以势胁，或以媒诱，必欲得之为妾。妪母女恶其豪横，拒之甚力，而华恃势猖獗，且欺其小家力弱，顷遂率豪奴十余人至门，声言不从将行劫。母女战栗无以为计，须臾豪奴已撞门入，女恐为所辱，仓卒间竟以剪劙颈图自尽，华见状始悻悻去。杜闻妪言，既重妪之节操，复敬女之贞烈，不觉肃然改容，因曰：“彼獠虽去，苟闻女公子获全，必有后图，盍先诉之官乎？”妪摇首曰：“渠在籍巨绅，府县官皆仰其鼻息，虽诉何益？”杜曰：“然则盍避之远方乎？”妪挥泪沈吟不语。杜会意，即出至旅馆，解橐中白金三十镒，持往赠妪曰：“以此作川途费，俟女公子创稍复，其急行毋濡滞，迟则恐生他变也。”妪感极而哭。时邻室女郎在侧，时时目杜，似义杜所为，亦探囊出银十镒纳妪怀曰：“媪毋哭，此辈恶人，苍苍者天，必有以报之。”复以手指杜曰：“先生大好人，顷谆谆嘱媪，媪幸无负其好意也。”妪乃置银案上，收泪起立曰：“姑娘与先生真大慈善人，吾年老矣，无以为报，惟日祝上天默祐耳。”女郎笑曰：“吾岂望报者？惟愿媪勿过悲，吾心慰矣。”杜见女郎慷慨豪侠，无丝毫常女子态,心颇敬之。已而斜阳西坠,晚鸦归林,杜与女郎先后辞妪回逆旅。

入夜,杜一灯危坐,默感柳妪母女事,深怒豪绅之凶暴无人理,恨己孱弱无力,不能剖其腹而食其肉,复思今日世风之恶,世上薄命女子遭强暴如柳青奴者,何可悉数?因而悲愤交集,忽忽不乐者久之,遂伏案假寐。时旅中诸客咸入睡乡,人语寂静,惟闻窗外芭蕉,挟风萧萧作响,与阶前虫语相应和,凄动心骨。俄而城鼓已四更,杜自蒙眬中惊起,知已夜深矣,方欲灭烛就寝,忽闻隔室窗棂震荡,若有人自外跃入者。知有异,蹑足至壁旁,觅得一隙如豆大,以目贴隙中窃窥之,但见女郎窄衣短袖,立灯光下,眉目间隐隐露杀气,右手握一剑,血痕斑斑犹新,左手执巾揾茗碗余沥拭之。拭毕,反复抚视,光闪闪生人眼缬。杜见状骇甚,决女为红线、聂隐娘一流人物,啮舌勿敢声,遂就寝,惊疑辗转,不能成寐。须臾天渐明,始瞢腾睡去。及醒,已向午矣,急起盥漱毕,即徐步出,将密觇女郎所为。经邻室门,则女郎方挟卷静坐室中,见杜经过,即微笑点首,靓容端服,文弱若不胜衣,与昨夕所见如出两人。杜心疑,岂夜来入梦耶?正疑虑间,忽逆旅主人入告:“华京卿昨夜被刺死矣。”言:“华氏家人卧至夜半,闻京卿寝室内有声甚厉,群起视之,见寝室严闭如故,叩之不启,呼之不应,力撬门入。华僵卧地上,鲜血被体,胸已洞矣。屋顶椽瓦毁坏,殆即刺客出入处。壁上大书数语,书法秀而弱,不类盗贼笔迹,若出于女子手者。”主人言至此,出素纸示杜曰:“吾戚某为华司出纳,曾录得壁上语,君其视之。”既又密言曰:“华某恶贯满盈,杀之故大快人心,玩其词旨,殆非寻常盗贼所能为。是地为往来冲要孔道,当必有大侠税驾于是,或游戏神通,故托于女子笔迹,藉以自诡其行踪,亦未可知也。闻华氏家人惧祸,隐其事不敢诉于官,顷已治殓具矣。”杜读壁上语云:“为地方除大害,非为个人报私怨,若尔家根究株连,诬陷良善,吾刀犹利,尔其慎旃。”杜叹曰:“昨日威势,而今安在?人亦何苦而必为恶哉?”主人出。杜默证以昨夕所见,思刺华之事必出于女郎无疑,然秘之不敢泄,但中心向往而已。至午后,女郎挈装欲行,经杜前,忽问曰:“先生何姓?顷将何往?”杜惊喜答曰:“小生杜君绰,将回西安省母耳。辱女郎下问,于意云何?”女郎曰:“先生仁心侠骨,妾所钦敬,聊欲识其姓氏,无他意也。”杜曰:“区区何足挂齿。顷逆旅主人言,华京卿已被刺死矣,彼手刃华氏者,则诚大侠耳。苟识其姓氏,吾愿铸金事之。”女郎若不之闻,但曰:“先生珍重,妾行矣。”遂别而去。翌日,杜亦行。

杜既渡河,越潼关而西。一日,行抵华阴,旅店无聊,出门游眺,距逆旅数百武,一兰若兀峙圹埌中,宏敞壮丽,足供瞻览。上列横额,金碧夺眼,隶书“古法云寺”四字。山门内金刚努目,高及梁栋,左钟右鼓,气象整肃。门外参天松桧,根株皆盘错成龙蛇形,望而知为数百年古刹。杜褰裳逡巡入。至前殿,寥落虚旷,人迹甚稀,惟廊右阶上有二三枯僧,纵横席地坐,或以竹管吸淡巴菰,烟痕萦拂口鼻间,或袒破衲扪虱,以口啮之,口中犹喃喃宣佛号,客至,皆若无睹。杜亦径过之,不与酬接。殿后有小院,中植卉木甚繁茂,木芙蓉十数本,方烂漫作花。其东轩陈设精洁,几案无纤尘,几上瓶瓯彝鼎,罗列井井。中有古瓷盆,圆径可一尺许,满供佛手柑,丰硕无朋。四壁均悬玻璃屏,笼罩名人字画甚夥。杜风尘奔走,筋痛意瘁,已非一日,忽于无意中得此幽雅清寂境,不觉形神超越,徘徊徙倚,浑忘日暮。偶见一屏幅为刘石庵所书,杜爱其用笔圆妙,以指按屏上,虚拟其起伏之笔势。指力所抵,屏忽内陷,砉然应手开,则一小门也,广狭只容一人侧身出入。杜且惊且喜,方谓何物僧徒,思想灵巧,乃有此不可测度之构造。探首欲入,中为密室,氍毹贴地,壁灯灿然。二三艳妆妇女,方促膝谈笑,见杜入,群起诘问。杜曰:“来游戏耳。”妇女面现惊皇状,咸曰:“客休矣,速去速去,迟则祸且及,吾不汝诳也!”杜至是乃大惧,方欲退出,一僧已自外入,体度魁梧,双目稜稜若闪电,见杜发其秘,怒叱曰:“狂奴敢尔,汝死期至矣!”言次,突以手扼杜腕勿使遁。杜骇极无措,觳觫言曰:“我异乡人也,道经此处,偶尔游览,误入法地,罪当万死,然留此一宿,明旦即启行,大师可无虑其漏泄也,幸赦其冒昧,恩莫大焉。”僧狞笑曰:“宁我负人,毋人负我,既已入此室处,岂容复出?将毋谓僧人留客不诚乎?”随语随按杜于地,以绳索缚杜足若手,提之以行,曲折深邃,凡达屋数重,抵一荒院。院中乱草茸茸及腰背,墙高逾数仞,墙外梵呗声,若近若远。院殆寺之适中处,纵极声呼号,寺外人莫得而闻也。僧掷杜墙隅,笑曰:“而公方有事,屈客暂居此,今夜三更后,而公当送客归净土,客其勿汲汲。”言已遂去。杜被缚急,通身麻木不能动,仰睇四周皆峻宇,知不复有出险望,因念:“己死非命,乃无一人知,冤愤之气,何由得伸?复思老母日夕倚闾望,此时必且谓儿归有日矣,又焉知爱子已为俎上肉乎?”思至此,不禁呜呜而哭。俄而天色渐暝,凄风中人欲噤,墙头明月,从空际下照,满院澄澈如白昼。杜又念:“生平看月,多在客中,恒觉凄清寥落,恼人离思,何意此皎皎者,随我二十余年,今夕何夕,乃忽照此险恶可怖之景象?月而有情,应亦为我断肠也。”比夜渐深,更鼓四起,杜思时至矣,闭目待死,胸中怦怦若舂杵。忽闻墙上有声,若飞鸟自上而下,坠于院中。杜启目凝视,则一急装女子也,手中剑光,与月光相激射,闪烁耀人目睛。杜初疑为恶僧所使以杀己者,既已生死置之度外,即亦不惧,继从月下察其面貌,恍惚似曾相识。已而猛忆为蒲州逆旅中邻室之女郎,不觉惊喜,试呼曰:“女郎救我!”女闻声作惊怪状,四顾周寻,已乃得之,急以剑断杜缚,扶之起立,诧曰:“子非杜先生耶?胡为而至此?”杜具以告,且曰:“时已三更,恶僧旋踵即至,今当急图出险,不然,殆必无幸。”女郎见院侧有小屋,即引杜入曰:“子暂匿此,勿作声,吾了却秃驴,当来导子出。”遂纵身越垣去。移时不至,杜恐女郎有失,心忐忑不自宁,正引首凝盼,而女已至曰:“秃驴方与群雌泥饮,吾突入以一剑了之,诸妇女伏地乞贷命。吾约略询之,知皆为近地良家女,为贼秃所劫掠者。余拟一一纵之出,又恐濡时刻,因书数语墙上,责成他僧分送诸妇女归其家,又自述所以杀秃驴状,免为诸妇女累,处分毕,方得行,劳君久俟矣。”杜曰:“他僧皆不知乎?”女郎曰:“若辈此时方在睡梦中,安得知?”杜曰:“然则吾何从得出?”女郎不语,以带缚杜于背,挟而登,行屋脊如飞,屋尽跃下,其地为曲巷。时已夜深,行人绝迹,杜既得脱,即伏地谢曰:“女郎真巾帼中大侠也,微女郎,某必不免矣,感女郎援手,得全生命,无以图报,敢请女郎姓氏,俾作纪念,女郎幸毋自秘。”女郎曰:“妾在蒲州,目瞩君慷慨济困状,中心倾倒,重君高义夙矣,今日不自意,得脱君于难,此特天假手于妾,以呵护君子者,妾何功焉?虽然,妾伤心人也,生平踪迹,郁郁不可告人,辱承君子清问,实亦不敢自嘿,然言之綦长,道路仓卒,其何能罄?乞君预示寓所,当以明日诣君,一倾所怀。”杜闻言,出巷口周览,从月光中遥睇法云寺殿顶,约略得测所居逆旅之距离方向,因历历以告女郎。女郎颔之,遂去。杜亦纡回归逆旅。

杜既抵旅社,匆匆入卧室,疲甚,即就寝,静思顷者所历,苟非女郎救者,则此时身已登鬼箓矣,女郎究为何人?以何事而至此?乃至不可亿度,辗转达旦。晨鸡一鸣,遽起坐,待至巳初,女郎果至。杜起迎之,周旋毕,急询其身世,女泫然曰:“妾沈姓名昭逑,遭母变后,更曰‘昭仇’,华阴人,所居距此地西南三十里。父昌言,邑诸生,母吴,儒家女。妾家本寒素,父以授徒自给,妾十二岁丧父,妾母自父没后,矢志守节,藉针黹为生计。妾家故邻菩提寺,寺有僧曰‘明海’,趫捷有勇力,与贵官巨绅相往还,复阴结猾盗,互为首尾,藉势凌人。附近居民受其荼毒者,莫可悉数,其横暴猖獗,更有甚于曩日蒲州之华京卿者,县中官吏,莫敢谁何。涎吾母姿色,久蓄不良心,然以吾父在,犹不即发。母微察之,以告父。父惧祸及,方思移居以避,而病遽不起。贼僧至是遂大肆其牙爪,将使徒党趁夜劫母以去,或有知之者,密告母。母痛哭,计无所出,自思以卵抗石,势必不敌,遂仰药自尽。临终,坚握妾手呜咽言曰:'儿好为之,他日能为母复仇者,吾虽死,目亦瞑矣。'语毕绝。"女言至此,哽咽不复成声,泪珠滴襟袂间殆满。少选,又续言曰:"时妾年方十三,日夜痛母之死,誓欲为母复仇。自恨身为女流,且出单门,呼吁虽诚,畴为昭雪?计非孑身行刺,必不足以制其死命,而弱龄孱质,无拳无勇,轻为尝试,徒糜顶踵,于事何济?于是号泣绝粒者数日。或曰:'猗氏有张媪者,精拳术,一臂能敌十余人,子盍往师之?'妾心动,从其言,典质什物为途费,渡河北上访之。蹈荆披棘,奇楚万状,天晚迷失道,往往露伏草树间待曙,如是久之,始达猗氏。既询得张媪所在,即入门投谒,长跽媪前请师事,且告之故。媪亦感叹,曰:'明海贼秃,吾亦素谂其恶,然其力非吾所能敌。汝师我,亦不过尽吾术而止,持是以角彼,犹之败也。吾有师曰"太枯",古木庵老尼也,是其精能变化,诚得其术,虽十明海,足以了之。吾悯汝复仇念挚,必有以成汝志,汝苟勿惮者,吾当介汝至太枯处,俾汝罄其学,汝意云何?'妾感泣跪谢。媪次日即挟妾行。古木庵在闻喜县南,既至,妾随媪入庵。媪见太枯,具为妾达来意。太枯注视妾,太息曰:'个妮子有孝思,老身安忍靳其术不以付?第须一验其体量耳。'因招妾使前,以手扼妾腕,切其脉,复周按妾体,摩其骨格,良久喜曰:'妮子可教也。'张媪遂别去。妾留庵中,师授以种种术,由是妾得专精学习。师兼邃文学,讲武之暇,时教妾为韵语,曰:'以此陶冶气质,斯侠而泽于雅矣,不然,吾惧其莽也。'如是者,凡历七寒暑而学粗毕。一日，师招妾入室，拔壁上所悬剑授妾曰：‘子术已成，欲为尔母复仇者，此其时矣。是剑吾所爱，夙昔奔走江湖间，不义男子齿是剑者，不知凡几许。今年老矣，留之无所用，特以畀汝，汝其善用之。’妾受剑感泣。越日别师行，沿路寻仇，幸得与先生遇。”女郎语次，即探腰下，横剑示生曰：“是师所以赐妾者。”杜视剑鞘铭篆文四十有一言，其词曰：“皎若秦时月，冷似华顶雪。虬吞龙啮，万古不缺。于何砺之？民贼之骨，于何淬之？伤心人之泪，与妄男子之血。”杜因问曰：“明海今仍在菩提寺耶？”女曰：“然。”“然则女郎何以忽至法云寺？”女曰：“妾昨夕所杀之秃奴名圆空，明海之徒也。依明海势，横行无所忌，明海亦时至其寺，狼狈为恶，匪伊朝夕。妾昨道经此，乘便一踪迹明海，不意先生适遭难，俾妾得稍尽力，亦天意也。今日妾当赴菩提刺明海，明海非圆空比，妾能敌之否未可知，然母仇未复，生死所不暇计耳。”杜闻女郎言，心滋惴惴曰：“小生荷女郎救命德，极欲得女郎仇复佳消息，脱事成，不识可使小生闻知否？”女曰：“承先生关垂，感戢何似！先生苟欲与闻妾事，其小住新丰驿某旅店以待。妾请期以三日，事成当不逾期，倘三日外不至者，则妾死矣，先生其急归省老母，毋久淹为也。”语罢，眦泪莹然欲滴，杜亦感怆不自胜，遂别去。

新丰驿在华阴西，密迩西安。杜至逆旅，即解装焉，自以离乡匪远，不久可慰老母倚门望，心滋怡悦。然一念及女郎之蹈险，事成否？仇得复否？不至遭秃奴毒手否？即又蹙然不自宁。每一日尽，辄忐忑若有所失。晨起，则屈其指而数之，咄咄自语曰：“止二日矣，奈何？”如是者，自历一日至于二日、三日，而女郎之消息阒然也。去尽期愈迫，则心愈急，至第三日晚，望几绝矣。因念：“以女郎之孝思之侠骨，乃假手秃奴以戕其命，天虽醉，当不若是忍！”继又思：“自古义士孝子之不得善终者，踵相接也，成例具在，今欲为女郎一破之，天其安肯者？”念至此，心房趯趯欲碎，两颧火炙,坐立均不得安,乃绕室而走,且走且呼天,状若痫发。正屏营间,女郎忽翩然自外入。杜如得异宝,急呼曰:“女郎来耶！仇复耶?”女点首,随语曰:“秃驴大不易杀,妾几有性命忧。”杜曰:“女郎今日不至,小生将为女郎急杀矣！今请以复仇状语我,用破数日沈翳。”女曰:“妾自与先生别后,即于是日夜静至菩提寺,逾垣而入。寺屋深邃,视法云寺殆倍之。妾初经数室,均黑暗无人居,已而抵一密室,窗纱严闭,烛光中露有人影。妾穴窗内窥,果仇人也,横坐近窗榻上,翘其腿,一雏僧跽而捶之,傲兀之状,见之发指。妾思乘其不备,直入刺之,而秃奴目光忽灼灼四射,若有所警觉者。俄有两僧先后入,秃奴厉声叱曰:‘尔等真陈死人,窗外有刺客,乃瞢若无睹耶?’妾闻而大惧,急遁去。是夜不敢就寺左右宿,疾趋至十里外荒庵中伏焉。明夕又往,先蹲垣外察动静,忽一弹自垣内飞出,几中妾颅。妾知有备,又不敢入。翌日,徘徊寺门外,无以为计,旋见有三五妇女入寺进香者,妾遂杂而进,思乘间制之死。时秃奴在殿右箕踞坐,然烟斗吸之,态至闲暇,他妇女入不之顾,见妾入,则两目眈眈,上下注视不转瞬,又时时点头作狞笑,似已了然烛其隐者。妾又惊骇而退。既出,默念三次入寺,苦无下手处,秃奴之机警若此,其艺术之精悍可想,苟非吾师臂助,吾一身其焉克敌?思欲返求吾师,而道途辽远,又非旦夕可至,徒延仇人生命,于心实不甘。思至此,遂欲直入求幸中,然念大仇未复,又不忍以一身作孤注,回肠往复,迄不得当。迷惘中忽有拍妾肩者,回首视之,则太枯师也。妾喜极而泣,问:“阿师曷由至此。”师曰:‘吾恐汝有失,汝出门,吾即尾汝后,同行道途,同处逆旅,汝自不觉耳。’妾欲告以状,师曰:‘皆知之,不须汝言,汝姑随我至寺,吾必有以处之。’妾遂随之往。明海适倚寺门立,瞥见妾,怒诃曰:‘痴儿！汝何为者?前晚逾吾垣,今日闯吾殿,吾以汝女流不汝较,汝乃敢再三窥伺我,将毋谓吾刀不利耶?汝惜命者,宜速去,毋撄而公锋!'太枯师直前唾之曰:'秃奴!汝死期已至,尚欲哓哓耶?来,吾与尔一决胜负!'语罢,突举所持铁杖击明海顶。明海跃而脱,疾出师后,将扼师项。师倒挟其杖横击之,中明海股,股折,踣于地。妾急以剑剸明海胸,贯背而出,遂死。复拔剑劙其颈,肤坚若铁石,力刃之,首始离,乃帕首疾行。至吾母冢前,陈首于地,哭而祭之。祭毕,师询妾曰:'大仇已复,汝将焉往?'妾曰:'顶踵皆师所赐,愿事师终其身,虽然,妾与杜先生约,不可负,今当往新丰驿一践宿诺,师倘许之乎?'师曰:'是其解橐救柳氏女者耶?吾滋欲一见之。'今日遂偕妾至此,距逆旅数里,有荒①庵者,师所憩也。师命妾先致意先生,倘先生不以为渎,妾请导先生行。"杜许诺,遂出门踵女郎行。

是时月亭午,寒风中人,肤为起粟。杜道上悬揣太枯状貌,以为虽老媪,必壮佼如伟丈夫,自惭书生文弱,相对将毋形秽。已而至矣,荒庵门半掩,门外草树萧飒,若无人居焉者。女郎推门引杜入,见一老尼闭目趺坐蒲团上,其前佛灯幽幽如鬼火,万嚣沉寂,知其入定矣。女郎跽曰:"阿师,杜先生已至。"尼张目曰:"至耶!?"杜即前相见,伏地稽首,执礼甚恭。老尼掖之起,曰:"杜郎义士,老身不敢当重礼。"杜从佛火中默察老尼体度,支离柴立,身量殆不满四尺,面醮而鼻高,两目深顱,目光炯然与佛灯相激射,额上皱纹甚深,尘土填积,条条作黑色,衣坏衲至宽博,领袖廓落中,似可更容一人,语时,声慓锐若枯猿啸。杜奇其状,虽怪之,弥敬惮之,因曰:"夙仰阿师义侠,风尘奔走,末由通谒,今幸贤弟子引导,俾小生得瞻天人眉宇。小生不遇贤弟子,首领且不保,贤弟子不得承阿师教,亦无以救小生,是小生生命,贤弟子全之,亦即阿师全之也。幸亲宝相,其敢不纾诚顶礼?"太枯点首不语,复目视

① 原文此处衍一"荒"字,据文义删。

杜久之,问杜曰:“闻杜郎家西安,家中尚有何人?”杜答曰:“门祚衰薄,惟一老母在耳。”太枯曰:“娶未?”曰:“未娶也。”“聘未?”曰:“未聘也。”太枯面有喜色,指女曰:“是儿随我数年,品性尚不劣,母仇未复,耽误青春。今大事已毕,吾意欲为择一佳婿,俾得所托,而老身亦可了此一重公案。郎才德并茂,且与昭仇有缘,为昭仇婿者,其宜莫郎若。郎如不见弃,出家人愿为郎作蹇修,郎其云何?”杜骤聆斯言,喜出非望,转觉嗫嚅不能出诸口,但曰:“师命小生,小生复有何说?所恨文孱之质,不足以匹佳侠耳。”语次,微窥女郎。女郎俯首至臆,但以手弄剑绦,似不之闻者。太枯目女郎微笑,已而问杜曰:“郎有所佩否?”杜知旨,答曰:“有明珠一,为先人所遗,恭承先德,佩之衣带,顷刻不离,旅途仓卒,请即以是为聘可乎?”即探襟出珠授太枯。珠圆径可四分许,光熠熠如明星。太枯曰:“真宝珠也,光明以比德性,圆美以祝福泽,吾愿汝二人如此珠矣。”遂招女郎使前,为女郎系珠襟上。女双颊大赪。又解女所配剑授杜曰:“以此为报,郎明日可速归告太夫人,吾三日内当送昭仇至。”杜再拜兴辞出。抵逆旅,喜极不能成寐,迟明即起,跨马疾驰归咸宁,具以所遇告其母。母亦大乐,曰:“儿之生命赖女郎获全,其恩不啻再造,今乃得之为吾家妇耶!”遂命洁治室堂以待。越二日,太枯果送女郎至。杜与女成礼毕,太枯辞而去。女归杜后,事姑相夫,笃守妇道,安详娴雅,有林下风,见之者不知其为侠女子也。无何,杜母没,丧葬毕,女与杜尽斥其家所有,以振贫困,携一珠一剑,入太华山而去,不知所终。

题词一

闺秀　冯妘初云

明星有玉女,其人丽且烈。
娖娖丈夫子,唾之等蠓蠛。

十年寻母仇，脚插太华雪。
去来若飞电，容光照飘瞥。
蹋天磨宝剑，沃以群奴血。
漉血血不尽，拭剑剑不缺。
吁嗟人间世，侠风久寥沉。
佳人胡不来？苦海波浪阔。

题词二

闺秀　陈晓道微

人间季布尽红妆，若个男儿有侠肠。
不信闺中多感慨，却从笔底写芬芳。
磨天剑作庚庚气，唾地珠生的的光。
弹指华严现楼阁，此才原是不寻常。

题词三

闺秀　杨佶苓子

龙门传游侠，寂寥千载后。
何物女儿心，剡剡出匕首。
可怜宜僚丸，却为蛣蜣弄。
函光仰佳侠，寥落钧天梦。
（时宋渔父先生方被击死，故及之。）

题词四

闺秀　葛馥灵瑶

大官戴威徒满头，命在漏刻天之囚。
红线不来隐娘死，四方上下觅昭仇。
女郎矢口谈新理，但道结婚当自由。

剑术文心都绝世,试看磊落沈昭仇。

(尝谓今日女学界所称为先时人物者,彼其心目中但识得“自由结婚”四字耳。一切学问都不措意,飞扬跋扈,便尔称豪,可叹也!)

——《小说海》第三卷(1917)第八号

若芸女士

若芸女士，生平不详，著有小说《霜猿啼夜录》。

霜猿啼夜录①

夜已深了，那小巷子里住的些劳动工人，都进了黑甜乡，做他发财的好梦，惟有巷子末了的那一家楼上，还微微射出些灯光。这个楼上，虽只有一间屋子，却隔做两处。前面半间，靠墙放一架床，那床只有三条腿了，用一个破板凳支著，床上睡著一个六七岁的孩子。屋里的家具，不消说得，没有一样不是破旧的，却收拾得很干净。窗口小桌子旁边，坐著一个二十多岁的女子，就著惨淡的灯光，低头缝衣服。可怜他辛苦了一天，晚来十分疲倦，本该歇息歇息，只因想著缝好这件衣服，便可得著几百文的工资，故此连夜做去。只是人的精神有限，任他如何支持，那两个眼皮仿佛有千钧之重，只顾压下来。一个不留神，手中的针竟触进手指里去，他这才惊醒过来。定一定神，慢慢将那针拔出来，流了许多血，觉得那手指儿疼的很，一时不能再做生活，自己也实在困倦。眼见得这件褂子今夜缝不完了，对著这一盏半明不灭的孤灯，想起已往之事，旧愁新恨涌上心头，便伏在桌儿上嘤嘤啜泣。

① 原文标“哀情小说”。

那后楼正是他居停老婆子的卧室,被他哭醒了,因披了衣服,走过来道:“大娘子,这般时候了,怎么还不安置呀?”那女子抬起头来道:“妈妈,吾要在今夜缝好这一件褂子咧!”老婆子道:“大娘子,老身看你除了弄三顿饭以外,终天低著头做生活,有时夜里连觉都不睡,你也得稍微顾著自己的身体啊!”女子微叹道:“妈妈自说得是,只是我这屋里,连一粒米都没有了,要不将这衣服做完,明天那里有钱买米?”因指著床上道:“可怜吾那孩子,瘦得这样,再使他挨饿,吾做娘的于心何忍?”老婆子道:“这倒不消虑得,倘若明天缺少些什么,难道我们同住半年,还不能通融么?”女子道:“深感厚意,只是明天过了,还有后天咧!我也不知道将来如何是了?”那老婆子道:“大娘子,你虽是衣衫褴褛,面目憔悴,但是你那言语举止不像出身微贱的,况且时常听见你哭,想来心中必有不得意的事。”女子听得这话,不觉双泪如雨道:“咳!妈妈不问我还罢了,提起我的身世,真是不堪告人。”老婆子道:“这般时分,眼见得不能再去睡了,不妨说给老身听听。”

女子又叹道:“妈妈你瞧我脸上,不是已过中年么?其实年才花信,只因经历了许多忧愁烦恼,故此红颜老去,已不是当年的丰韵。我家原是世代书香,簪缨门第。我父亲母亲因只有我一个女儿,说不尽那百般疼爱,真是放在手上,怕风吹了,含在口里,又怕化了,那样的快乐,今生永远得不著了。我到十三岁的时候,便进了学堂。我的性质本来聪明,自己又十分勤勉,因此教习们都很欢喜我。每逢礼拜六,便回家去,父亲母亲如同得著异宝,问寒问暖,问个不休。第二天傍晚,依旧到学堂去,父亲母亲都立在窗口,望著我,直等车儿走得远了,还看见两位老人家站在那里咧!想起我父母当日海样的深恩,不曾报答一些,反而弄得身败名裂,清夜扪心,真是无地自容。”说到这里,那女子早哽咽得说不出话来。老婆子想拿话去安慰他,一时也想不起说什么才好。女子又含泪道："我在学堂里三年，每逢考试，总不出三名以外。同学也有羡慕我的，也有妒忌我的，我一概不理会。那时我已十六岁了，出落得非常美丽，二百多同学里，没有一个比得上的，因此他们替我起了一个绰号，唤我'嫦娥'，有些倾慕欧化的，便说我是'安琪儿'。我听了这些话，愈加得意，极力的讲究装饰。我有什么新鲜装扮，同学们都要学我，简直变成了装饰模范了。咳！谁知道我就因为生得美好，以致终身堕落在不幸之渊，经了多少忧患，偷生在此，可怜我心里万分悲痛也是该的。要说起我的罪恶，上天降罚，还未免太轻咧！

那年秋天，在一个朋友家，遇见一个丰度翩翩的少年。我的朋友便两下里都介绍了，才知道这少年姓赵，名唤友英，是我那朋友哥哥的同学。吾在学堂里好几年了，每逢开什么游艺会啊，运动会啊，我不是担认音乐，便是担认唱歌，在那稠人广众之间，向来是举止大方，没有一些羞缩的态度，却不道见了友英，反而晕红生颊，脉脉无语。友英恭恭敬敬的和我说话，我只不理他，坐了一会，便告辞回去。随后又遇见友英几次，便和他随意言谈，不像上回那样拘束了，觉得他不但丰姿英俊，性情言语处处都温存诚挚，竟是个多情的种子。从此我这一颗洁白无瑕的心上便印了他的影子，片刻都不能忘，每见著面，便有几句体己话儿说。大家在学堂里都抡著指儿数，那一天是礼拜，到了礼拜那一天，就是我们两人的快乐日子，花前月下总有我们的双影。我的父母见友英不像轻狂子弟，也就让他时常来往。有时在一处闲谈，友英的话又和我父亲对劲，见著母亲也十分恭敬有礼，因此两位老人家很欢喜他，我们也暗地里得意。

不料有一天，我父亲接到一封匿名信，说友英是外貌温恭，心地险诈，并且还有许多不名誉的事体。父亲疑信参半，悄悄的使人打听，原来都是真的，还有凭据呢！我父亲大生其气，吩咐门口的人,友英再来了,不许他进来。又唤我到面前,命我不要理那姓赵的。当时我听了这话,仿佛是一个晴天霹雳,又悲又恨。悲的是我和友英好比同命之鸟,一日不见,还如隔三秋,何况断绝了呢!恨的是像他这样的一个少年却不长进,毁坏了自己的名誉。转念一想,也许是仇人造谣言,不如明日去问问他才得明白。可怜那一夜,我也没好生睡,眼泪不知流了多少。次日,我说去看一个女朋友,便去找著了友英,一五一十的都对他说了。他不听则已,一听这话,气的脸都变了色,说'那个天杀的造这种谣言,一定不得好死!'便又低声下气向我道:'别人不信我,犹自可说,难道你也不信我么?'我还没答话,友英拉著我的手道:'除了你,没有第二个是我心上人。你要不信我,也不再理我,我还有什么乐趣呢?'说著便滚下泪来。我看见他这样子,不由的信他是个好人,因叹一口气道:'我便信你,只是父命难违,怎么样呢?'友英哭道:'是我没福,刚遇著你,偏有这些阻拦,早知今日,何必当初?现在也没别的法子,还是各自顾各的罢,不要为我使你失了你父亲的欢心,那我的罪就更重了。'我听他这样说,早也哭了。过一回,友英想出一个法子,以后明里是断绝了,暗里仍约在那个朋友家相会。我想一想也不妥,况且也不是长久之计。友英道:'这都是人家造的谣言,少不得有一天明白了,尊大人一定会回心转意,如今且慢慢的等罢。'商议定了,各自回去不提。

自此照这样又过了几个月,不知道怎么又给父亲知道了,便不许我再到那个朋友家去,又吩咐所有外面来的信件,一概先送到我父亲那里看过了,再各人的送给各人去。那时我心里的悲急是不消说了,弄得茶饭无心,坐卧不安,终日紧锁双眉。我父亲便唤我到跟前道:'儿啊,你是知书识理的人,总要放明白些,那姓赵的是个轻薄浪子,人家远著他还怕来不及呢,怎么反而同他亲近?上回我叫你和他断绝了,不但你不听我的话,背地里依旧幽期密约。友英果然是个有真性情有品德的人,他决不会教你这样行事,这不是爱你,这反是害你了。你年纪轻,不知道人心的险恶,世路的崎岖,你见那样甜言密语的,就信了他,这可是大错!况且你是大家闺秀,说出去,名声也不好听。我是四十多岁,快五十岁的人了,膝下就只你一个,总望你成一个贤德的女子,方不负我平日的期望和教训,我看你和我自己的性命一般珍贵,我向来是怎样的疼爱你,你仔细想想,便知道我的话是不错了。'我父亲说完了,脸上满含著凄惶之色。我母亲也含泪道:'好孩子,我不容易从小儿捧凤凰似的抚养到这样大,总盼望你有个好归束。你父亲教导你的,都是好话,你别尽著郁闷坏了身子,叫我们二人将来依靠谁呢?'我听了父母的一番话,不由的也落下泪来。咳!当时要能改过自新,至今还可以在父母膝下承欢,又何至于到现在这样呢?那时我原想从父母之命,和友英断绝了,无如心里终是放心不下,又兼有些同学说:'人总要能自由才有乐趣,如今讲平等主义,做父母不能干预儿女的自由,西洋人说的好,"不自由无宁死!"'你一句,我一句,我的心又给这些歪话打动了,误信自由,竟将父母的训诲抛到脑后。散课之后,觉得闷闷的,因出了大门,独自一个在空地上散步。只见迎面来了一个人,有点像友英,便立住脚,等他走近,果然是的。友英看了我一眼,低著头,又往前走。我心里悲喜交集,唤住他道:'好些时不见了,今日幸喜相逢,怎么不理我?'友英站住了,淡淡的道:'姑娘不理我,我那里还敢理姑娘呢?'我道:'你难道还不知道我的心么?我也是没法啊。'友英道:'当时你和我说什么话来?我还信是真的,谁知你竟以"没法"两字来搪塞我,还有什么说的呢?'我急了道:'我恨不能剖了我的心给你看,你总信呢?你也要给我想想,我还有父母,不比你是孤身一人啊!'友英道:'这样说,你的心还是向著我?'我道:'千百年有如一日,你不信,我总给你一个凭据看。此后你要见我,只消在这学校旁边等我就是了,差不多每天傍晚,我总出来散步的,但是你须秘密些,休要让我父亲知道了。'友英听了我的话方才欢喜了,两人又谈了好些时,听见学堂里敲钟,晚饭的时候到了,只得告别回去。

第二天是礼拜六,我照旧回家去,见过了父母,说了几句话,便回到自己屋里歇息。只见小丫头玉儿尽著望我笑,我有点不耐烦了,因喝他道:'越大越没规矩了,有什么好笑?'玉儿道:'我替姑娘欢喜,姑娘反怪我。'我问他有什么可喜的事,玉儿道:'姑娘的大喜啊!'我大吃一惊,连忙拉住他道:'可是真的么?'玉儿笑道:'怎么不真? 主人已将姑娘许给一位姓朱的了,听说一个月内就要迎娶,再过一个礼拜,主人就要接姑娘回来了。'我那时眼前一黑,几乎晕倒,好容易才支持住,因问玉儿:'怎么我一些也不知道?'玉儿道:'主人和夫人都吩咐不给姑娘知道,三个月前就说定了。姑娘除了礼拜六和礼拜都在学堂里,那里得知? 我因为朱公子人才品貌都配的上姑娘,代姑娘欢喜,所以才告诉姑娘,可是姑娘好歹别告诉人是我说的。'我道:'傻丫头,我怎会告诉人?'玉儿又笑道:'过一个月,咱们这里要大热闹了。'我道:'你出去罢,我觉得心里烦的很,让我静静的歇 回。'玉儿出去了,我倒在榻上,万箭攒心,又不敢哭,暗想:'我已把终身之事交给友英了,如何能再事他人? 我和友英认识了一年多,心心相印,真是在天愿作比翼鸟,在地愿为连理枝,要是生生的分开了,将来的悲酸岁月,如何过呢? 要实和父母说了罢,那是万不会许可的。'思前想后,几乎柔肠寸断。次日依旧强为欢笑,一点也不露出忧伤的样子,回到学堂,还是照常上课。好容易盼到下午,放了学,连忙走出大门,到和友英约会的地方。他已经先在那里,我一看见他,不暇说别的,含泪将这事都告诉了他。友英惊得倒退了几步,倚著一株树,两手掩著面,好半晌说不出话来。过了好一回,他才悲悲切切的对我道：‘姑娘啊，我们订交了一年，不想平日相爱之情竟付东流。咳！事到如今，也是无可奈何，只有愿你善事新人。一朝姑娘荣华富贵了，心里还存著一个友英，那也算得我的大福咧！’他说著，只拿一块手帕儿擦眼。我见他如此伤心，那里还忍得住呢？便也陪了他些眼泪。忽然友英止哭道：‘我真该死了，今天是姑娘大喜，这样掉泪，也不怕忌讳。’他说完了，转过头来，叹了口气道：‘姑娘再会了！’我上前急忙拉著他衣角道：‘友英你也须可怜些我，难道你①到今儿，还不知道我心里只有你一个人么？’说得友英又哭了些时，才呜呜咽咽的道：‘姑娘，你既不肯嫁那位朱公子，但是令尊同令堂的主意，你也肯……’我听到这里，真恨我一百二十个不自由，早自由一天，也就没有这些事了。当下我便对他说道：‘你不要急，我生是你的人，死是你的鬼，你走在那里，我跟你在那里，这样你可信得过了。’友英说：‘你想跟我逃走么？’我道：‘除了这样，没有别的路走了。’友英道：‘你是立定主意②了？’我道：‘是的。’友英道：‘你能离开父母么？’我道：‘关系我终身的大事，他们都不让我知道，简直拿我当作小孩子，我还有什么依恋的？’友英道：‘原是人各有自由之权，你能和我一阵走，将来不论到什么地方去，我们永不分离。’可怜我那时候，不知道怎么神差鬼使，吃了迷魂汤似的，竟定意跟那薄幸浪子一同逃走。过了几天，和友英约定了，到车站上等我。到了晚上，将房中的人都支开了，将历年父母给的珍饰并些银钱之类，放在一个皮包内。出房去看看，刚好看见母亲走过，望一望我的脸道：‘你脸上颜色为何这样难看？’我便说谎道：‘没有什么，不过有些头疼。’母亲道：‘早点睡罢，明天不用大早就起来。’我口内答应着，一阵心酸，几乎下

① 原文此处衍“你你”，据文义删。
② “意”，原文作“义”，据文义改。

泪,仍回到屋里写了一封信,放在桌上,是给父母的。一切收拾清楚,站起身来,提了皮包,屋里四围一看。想我从小至今,在这屋内住了十几年,一旦离去,永无再来之日,不觉泪如雨下。我知道这时候仆人们都在那里吃晚饭,再迟了就走不出去,顿一顿脚,只好开了房门走出去。走过客厅,听见里面父母说话的声,天良发现,想不去了,无奈天良竟战不过私情,心里还念着友英,叹一口气,含泪走出后门,寻了一辆车,竟自去了。因了私情,忘了父母慈爱之恩、抚育之德,膝下又没有别的儿女,我如何这样狠心?撇下年已半百的双亲,随人私奔。想那乌鸦反哺,羔羊跪乳,我连禽兽都不如了。清白的家声,父母的名誉,全被我一人败坏,我真是天地间一个大罪人啊!"

那女子一面说,一面哭。老婆子叹道:"不是老身多话,你那时候可也太糊涂了!你这一走,两位老人家一定要急坏了,但凡一个人,不论贫富贵贱,父母之恩是万不能忘的。娘子曾读书的,那书上不是劝人孝亲的么?"那女子哭了一回道:"妈妈说的话自是正理,无奈我年轻愚昧,信了'自由'两个字,殊不知自由原是有范围的。我这种举动,岂是自由?只好算做无意识,一味胡闹罢了。"我既和友英上了火车,一声汽笛,渐渐离了我的父母、我的故乡,心里也很悲痛,便举着泪眼向友英道:'我为你的缘故,抛了双亲,离乡背井跟你出来,你须怜念我,除了你,我是一个亲人都没有了。'友英指天誓日,说决不相负,我方才安慰些。到了上海,先住在客栈里,后来寻了一所小小的洋房住下了,又雇了男女仆人。我带出来的珍饰也值四五万金,将他变卖了,颇可度日。友英待我的深情密意更胜当初,不知道我们来历的都很羡慕我。过了年余,这孩子出世了,我和友英看得和掌上明珠一般。我因为有了小孩子,才知道父母是如何疼爱儿女的,才知道我父母不见了我,不知是怎样的悲痛呢!一年来,没有音信,不知身体何如,有些后悔,但是我已经犯了这样的大罪,还有什么脸面去见我父母?只好销声灭迹,在上海住着。只是我在家里从来不曾管过家事,这油盐酱醋等琐事都是母亲管的,所以我于持家一道一些不懂。友英虽有一个职业,薪俸却是极少,就靠着我带来的那些钱过了两年,也就所余无几。我很恨我自己为何当日不留心家务呢?想省俭着用罢,又有一件极叫我忧虑的事,比什么都可怕。原来他现在非常好赌,时常通宵达旦的在外面,输了钱,便向我讨,而且他的性情也不似以前那样温和。我有时劝劝他,他便说与你不相干,不要你管。起初我还当是输了钱,心里不自在的缘故,谁知那性了越变越坏。我还有几样首饰收藏着的,也被他取了去。我一说他,他就赌气,几天不回家,我也不敢再劝他,惟有暗中落泪。幸亏还有这个小孩子可以稍解岑寂,然而我每抱着孩子,便想起父母当日也是这般疼爱我的,那眼泪便像断线的珠子落在孩子的颊上。要在从前,我只要有一点不乐的意思,友英就来百般的温存劝慰,等有了笑容才罢。现在呢,不但不来安慰我,连一句略温柔的话都没有了,就是他爱如珍宝的孩子,也连正眼儿都不瞧一瞧。有一天为一件小事,他和我吵起来。我悲声问道:'你还记得,在火车上说的什么话?'他冷笑道:'此一时也,彼一时也,岂可一概而论?'我听了这话,仿佛背上浇了一桶冷水似的,浑身发抖。到此时,才恍然大悟,原来他是一个冷心热面虚情假义的人。看他这样,分明全不是当日的友英,简直变了一个人。可是我原拿他当作祸福相依、患难与共的人才跟他走的,谁知竟变了心?因哭着道:'我纵有不是,你也须看从前的情义,耽待我些,再不然,看在这孩子面上,也该可怜我。'友英默然半晌,冷笑一声,竟自走了。那一天又不曾回家,我在枕上直哭了一夜,万想不到男儿有如此无情的。次日便头疼发热,不能起床。傍晚友英回来了,到床边转了一转,寻着钥匙开了小箱子,取了些钱,一声不言语,又走了。我那时真是心如刀割,不禁捶床痛哭,要是还在父母身边,必定请医服药,有人陪伴着,有人侍候着,那像这样的寂寞痛苦?细想起来,惟有父母是真心疼爱我的。我病着也罢了,可是苦了那孩子,单靠着女仆,那里照应得周到?还好过了半个月,我的病也就好。友英和我的感情却一天坏似一天,家里的经济也一天窘似一天,男仆歇出去了,只用了一个女仆,又支持了半年。我一想起将来如何结局,便痛哭不止。有一天晚上,友英挟了一个小皮包出去,一连七八天不曾回家。我心里有些惶急,恰好接着一封信,是他的笔迹,我更害怕,以为出了什么乱子。拆开一看,妈妈,你知道上面说的是什么?"老婆子道:"我如何猜的着?"那女子站起身来,从一个旧小箱子内掏出一封信,给老婆子看。老婆子笑道:"大娘子,我是不识字的。"女子又将那信收藏好了,重复坐下道:"他信上说,我们缘分已尽,从此各顾各的,永断关系,小孩子也不要了,我也可以另寻合意的人,他并不干涉。那时我看了这信,昏晕过去。等到醒来,看见自己在床上,孩子在旁边玩呢,不觉伤心大哭。回想我和友英,并无父母之命、媒妁之言,不是正式结合的,无怪有这般散场。友英固是狠①毒心肠,我也过于糊涂,才上了他的当,后悔也来不及了。没有别的法子好想,只得自认苦命而已,但是我年纪还轻,孩子又小,往后的日子长呢,怎么样过?便想到先看看还有多少钱再说,谁知道箱子里的钱和些首饰都已不翼而飞,剩的没有多少了。我心内明白,是友英做的事,不料堂堂男子竟是人面兽心。我本是名门闺秀,犯了私奔之罪,变了荡子的弃妇,死不足惜,可怜孩子无辜,我若死了,他依靠谁呢?势必流为乞丐。我要不死罢,又无以为生,要说别抱琵琶,我已一误,岂可再误?因为当年误信自由,如今可真不自由了。我也不

---

① "狠",原文作"很",据文义改。

怨天,我也不怨地,我怨我自己,为什么不守父母的训诲?为什么瞎了眼,信友英是好人,弄到这般地步呢?

我到上海后,也认识了几个女朋友,可是世态炎凉,他们知道我已处窘乡,便不大理我。有的已晓得我来历不明,更看不起我。只有一位,还有怜悯之意,我便求他介绍我在一个女学校里做教员,束脩虽然不多,母子两人的衣食却也够了。只是一下了课,就躲在自己屋里。别的教习没事的时候,三五成群的闲谈,惟有我独自一个,不入他们的群,因为我怕他们问我的身世,我连父母丈夫的名字都说不出来的,所以总不和人多说话。然而他们背地里很有些谣言,我也只好装作不知道,不过那冷嘲热骂最是使人难堪。到了次年暑假,实在受不住了,便辞职出来。那时我用不起人了,什么事都是自己动手做,在家时本是横针不拿,竖草不拈的,现在做惯了,也不觉得什么辛苦。每到夜深人静,想起旧事,好像一场大梦,天涯沦落,举目无亲,只有这孩子相依为命了。后来看见报纸上的《告白》,有一个人家要雇一个女管家,所开的程度正与我相合,便依着那报上的住址寻到了。原来这家只有年轻的夫妇二人,用了些男女仆人,很清净的,刚好主人到汉口去了。我见了主母,这主母年纪和我仿佛,生得艳丽无比,从小娇养惯的,不耐烦理家,所以要请个女管事。主母一见了我,很欢喜的,便雇定。条约上本说不准带孩子,主母说我怪可怜的,许我把孩子带在身边,我自然非常感谢。他家人少,家事并不烦碎,主母待我也好,我便安心住下。主母好应酬,差不多天天出门,没有事的时候,我不是看书,就是抱孩子,再做些女红,这种日子,倒也清闲自在。有一天主母告诉我,明天主人要到了,我也不以为意。次日午后,主人果然到了。主母唤我进见,我一看见主人,满心惊诧,几乎喊出声来。妈妈,你道我的主人是谁?就是昔年甜言蜜语,哄我和他同逃出来,住了两年,撇下我母子,不顾而去的赵友英。当时我又是怨,又是恨,又是怒,都涌上心头,连忙自己按住,上前勉强行了礼。友英见了我,斗吃一惊,脸上一回红一回白,不知怎样才好。见完礼,我就奔到自己屋里,告诉一个小丫头,如果主母唤我,就说是头疼,要睡一回。小丫头去了,我掩上门,倒在床上,哽哽咽咽的哭了。以后见着了,我总不睬他,他的脸上也讪讪的,但是我听见下人们说的,主母和友英却是正式结婚的,成婚快有一年了,伉俪间的感情,仿佛他当初待我一样,见景生感,怎不使人心酸?我本想离开这里,不过友英跟我说,他撇下我另娶这主母都是万不得已的。我问他为什么缘故,他说:'话长咧!等有机会,再慢慢告诉你。'我明知这是假话,主母原是富室之女,五年前丧了父亲,和一个小兄弟跟着寡母度日。友英知道他豪富,使些手段,居然给他娶了来,有什么不得已?不过想哄他的钱罢了,将来资产骗完了,不消说得,也和我一般的下场。可怜主母,一些不知道,还终日欢喜笑乐呢!我打定主意,等友英分辨过了,我就走,决计不在他家,临走的时候,再留下一封信给主母,警戒他不要上友英的当才好。一天午后,我跟主母到一个亲戚人家去,谈了一回,主母想起忘了一样首饰,不曾带来,是亲戚向他借用的,好在两家离得很近,便吩咐我去取来,我答应了。回去取了东西,从一间小客厅过,听见友英和一个人谈天道:'就是那穿黑衣服的女子。'我听了一怔,这不是说我么?立住再往下听时,惊得呆了,心乱如麻,也不知道自己身体在那里咧!原来和友英说话的那人竟要讨我做侧室,怕我不肯,友英说:'这有什么难的,将他哄到你家里,慢慢劝他,定可回心,不然的话,当日怎么那样容易就跟我出来呢?'可恨啊!友英的心肠简直比蛇蝎还毒,已经逼得我身处这样境地,还要逼我,真不知是那一世的冤仇。也不能再听了,回身将东西送给主母,再回来,到自己屋里,欲语无泪,欲哭无声,心里说不出的悲痛。想我虽然误从友英,中道被弃,我还为他苦守，决不改志，谁知他毫无愧悔之意。我在这里好比身处荆棘，不如早些走罢！当天晚上，恳恳切切的写封信给主母，封固了，贴上邮花，揣在怀里，收拾了一个包裹，轻轻的将孩子抱起来，只见他睡的很好，并没有醒，寻了件衣服，给他盖上，然后悄悄的开了门，出去。

路静人少，星月在天，落叶萧萧，虫声凄凄，不觉万般伤心。寄了信，走着哭着，后来晕倒了。等到醒来，已在一个穷人家里，知道是他们救的。这家人心很好，问我为甚么倒在这里，我假说来找丈夫的，贪着不住客店省几个钱，因为路走多了，便晕倒了。他们倒信我的话。过一天，我出来找房了，刚好找到妈妈这里，有空屋子，便买些旧家具搬了来住。妈妈，这便是我半生历史，只为一念之差，终身堕落，有亲难投，无家可归，这茫茫大地，不知那里是我归束之处？我受这般痛苦是罪有应得，只是可怜这孩子何罪，也随我做天涯沦落人。我的境地越苦，爱怜这孩子的心也越深，因为这样，我才知道天下做父母的是如何疼爱儿女，越想越悔。咳！妈妈，我已三年不见那真心爱我的父母了，想我父母为他不肖的女儿，不知怎样的悲伤？怎样的凄凉？论不定这时也想起不孝的女儿。爹娘啊！你那里知道，女儿流落在此，求生不得，求死不能，茹苦含辛，过这黄连般的岁月。今生今世，永无再依膝下之日了。天哪天哪，我好悔啊！”女子说完了，早哭得和泪人儿一般，哀哀欲绝。老婆子也不禁流泪叹息。这时候天已渐渐亮了，窗外树上的乌鸦早飞出去寻找食物，去喂巢里的小鸦咧！

——《妇女杂志》第三卷(1917)第十一、十二号

朱敏娴

朱敏娴,生平不详,著有小说《女博士》。

女博士①

鸳湖俗名南湖,在浙江嘉兴城东南。湖中烟雨楼,向来号为名胜。湖的西岸,与烟雨楼后面相对处,有一小村,村人大半捕鱼为业,因此就叫做渔村。这渔村中却有一个隐士,姓王名苏,号慕范,原籍北京。他承父亲遗业,虽不算富翁,那开门七件事,倒也无须忧得。堂上老母,年近古稀,却还强健。妻赵氏,贤孝勤俭。惟膝下萧条,只生一女,名曰宝珠,取宝如掌珠之意。慕范家中,一切烹调洒扫洗涤等事,无不赵氏躬任。宝珠长大后,只教他静坐读书,又特买一婢,半为伴读,半供差遣。宝珠见他母亲终日仆仆,己却闲坐案头,便觉心中不安,屡欲帮同操作,无奈父母都不允许,只好上承意旨了。那伴读丫头小宝珠二岁,虽是村女,说亦奇怪,他见了书,便摇头晃脑,咿唔不休,遇有疑难,更要寻根究底,絮叨不了。但究竟来自田间,少见多怪,听了讲解,终觉有些不明不白,因此上格外鼓唇动舌,指手划脚的做作起来。加以面目黧黑,身体肥胖,凡见了他的形状,无不捧腹大笑,遂众口同声

---

① 原文标“科学小说”,原署“朱敏娴女士”。

叫他做痴丫头。

却说宝珠到了十六岁，慕范便送他到上海一个外国人开的女书院读书。那时痴丫头吵着定要跟同前去，被王母与赵氏喝阻，只好吞声忍气，因此越发痴憨起来，不在话下。光阴驹息，转瞬间炎夏已至，宝珠暑假归来，全家欢喜，这痴丫头更不必说。宝珠在家无事，日则温课，晚来常侍祖母、父母在瓜棚豆架下，说些学校中事。一日晚餐后，王母、赵氏夫妇及宝珠各携一竹凳，在屋东竹林边乘凉。痴丫头坐在一只小凳上，呆看着。慕范问宝珠道："这书院中，功课共分几门？你最喜的是那一门呢？"宝珠道："校中功课，分国文、英文、算术、图画、刺绣、缝纴、物理、化学、唱歌、体操等科，可任人选择，不必尽学。儿却最喜化学，因此就习化学。"王母道："什么叫做化学？莫非就是《西游记》上孙悟空七十二变化的化学么？这倒好玩。"赵氏道："女孩儿家不学些缝纴、刺绣，却学起什么变化来。"宝珠正待回答，慕范道："不是的，化学是专门研究天地间一切物质的变化，是从外国输进来的学问，我们中国向来不曾讲究过的。那外国化学名家，常有赖妻子之助，得以发明新物质者。宝珠的志向，倒也不凡。"王母道："什么佛则变化，我却不懂。"慕范道："宝珠你且在化学书中，拣一段出来，讲与祖母听听。"宝珠侧首想了一想说道："我家前前后后最多的是水，我就讲水罢。"正说间，只听霍的一声，一团黑影向前滚去。众人吃了一惊，定睛看时，原来痴丫头忽然望湖边直跑，因月色朦胧，竹影婆娑，但觉是一团黑影。不一时便跑回来，赵氏喝问何为，痴丫头道："我听见小姐要讲水，因先去看看水是如何。"众人大笑，宝珠喝道："以后不准如此，免得惊了祖母！"痴丫头应着。宝珠道："水是无色无味无臭。"赵氏道："什么叫做无色无味无臭？"宝珠道："视之无色，尝之无味，嗅之无臭。"王母笑道："无味无臭却是真情，无色却错了。自古道"山青水绿"，如何说是无色？"宝珠道：

“水深则绿,极深且现黑色,那黑水洋的水黑,就是这个缘故。水的本质,实是毫无颜色。”赵氏道:“我看水是白色的。”宝珠道:“如此说来,雪是何色呢?”赵氏哑口无言,半晌骂道:“女孩儿家才得一知半解,便冲撞起尊长来了!”宝珠含笑着,接续说道:“吾们的血肉,大半是水。十余岁的童子,肌肤丰盈,七八十岁的老人,形容憔悴,就因含水多少之故。那植物中也含水不少,譬如苹果百分中含水八十五分,红萝卜百分中含水八十八分,西瓜百分中含水九十分,就是泥土石块也无不有水在内,所以世界上的物质,水为最多。至于水中往往含有他物,譬如海水含盐,河水含杂质,惟天雨水最洁净。我们用的河水,还有微生虫不少在内,饮入腹中,危害不小,所以最好用炭硝滤过,否则必须煮沸。”赵氏道:“这到不妨,我家水缸中,常放杜仲与明矾,我想那微生虫一定逃走了。”宝珠道:“杜仲性毒,明矾味涩,均不宜多用,总以炭为最当。”王母道:“宝珠你学的化学,到是极有用处的。”宝珠道:“那水还有硬水、软水之分,我们洗涤衣服,不可不知。”说言未了,但听得噔噔数声,远远传来,正是城中金严寺的钟声。王母已呵欠连连,慕范道:“宝珠明日再讲经说法罢。”当下各人就寝,一宵无话。

次晨起来,便不见了痴丫头,众人心疑,到处找寻。后来寻至河边,见痴丫头满身淋漓,却连泥带水立在日光中晒曝。原来痴丫头清晨起来,到湖边浣衣,那时日出云中,微风飘拂,水面上起了绉纹,痴丫头拿衣展开,抛入水内,只有那件衣轻轻的浮在上面,并不下沉,又用手掌在水面拍几下,扑扑声响,觉得掌面甚痛,当下便恍然大悟道:“昨夜小姐不是说水有软硬么?这一定就是硬水了。”复昂首看看前面,却见绿叶盘盘,红花朵朵,经风吹拂,在那河中荡漾。痴丫头想道:“我何不就踏着硬水去采荷花呢?”主意一定,举步向前,只听得扑通一声,翻下水去。也是痴丫头命不该绝,跌下去时,却在一根凌荡竹边。水势上涌时,痴丫头顺手一把，却巧捏着竹竿，便慢慢的爬起来，到得岸上。看看身上衣衫尽湿，鞋袜沾泥，又恐见责，不敢跑回去，只好在日光中晒曝，等干透了再回去。众人看见，问明缘由，又气又笑，便喝令回家去换衣，众人也跟着回到屋里，整备早餐。宝珠道："不料讲论化学，几乎送人性命。"王母道："我也不懂哩！什么叫做硬水？"正说着，左右邻舍得知此事，都来问讯。王母便一五一十诉说一遍，众邻听了，暗暗好笑道："水那里有甚软硬？可见洋学堂洋先生妖言惑众，年青姑娘便信以为真。"口中却都说道："原来如此，万幸万幸！"说着相率回去不提。

到了晚上，众人又至竹林边乘凉。王母先开言道："宝珠快讲硬水罢。"宝珠道："水流过泥土时，消化各种物质，最多者为石灰盐与镁化物等，含有此种物质之水，就叫做硬水。肥皂在硬水内结块不化，故洗衣不易洁净。不含此种物质之水，就叫做软水，并非水真有软硬哩！"慕范道："如此说来，昨日都是金严寺的钟不好，钟声不响，老母不倦，水的硬软，自然晓得，痴丫头就不落水了。"说得众人都笑起来。宝珠道："水的功用，最广最大，可以止渴，可以涤尘，可以灌溉田园。不特止此，水实为宇宙间一大转运机关：消化土中诸物质，变做浆汁，升入草木之微管内，使枝叶滋生，这是一；又成血而流行于人畜体内，以运送滋养料，此是二；荡涤高山之泥，带金石质，流到低处，土脉因此肥润，这是三；欧美各国人还能利用瀑布，推行水轮，旋转磨具，可以制造物品，这是四；发源于山，朝宗于海，载负舟楫，以便贸易，这是五。其余功用，还说不尽言哩！"赵氏道："你说了半天，到底那水是何物呢？"宝珠道："水是轻、养二气所成。"赵氏道："难道水可变成二气么？"宝珠道："可变的，且变成后，养气有养气的性质，轻气有轻气的性质，与水绝然不同。那轻气还可以制成气球，升放空中，养气于我们身体亦大大的有利益呢！"王母道："什么洋气青气？我却不懂。

明天痴丫头又要做出什么怪事来哩!”宝珠道:“今日我已讲解明白,我想痴丫头无痴可发了。”说着,回头一看,痴丫头正在那里低头若有所思哩! 当下又闲谈一回,便各就寝。

次日赵氏入厨,猛然看见镬盖上套着一只大布袋,不解其故,便扯下来,拿盖揭起,倾水下去,以备煮粥,不料啧啧数声,那水忽不见。赵氏心疑,定睛一看,原来那镬子已有一个小洞,再看看灶肚,余火尚炽,陡然想起必是痴丫头所为,因叫:“痴丫头来! 痴丫头来!”竟无人答应。知已避开,便出门寻去。走至竹林边,见痴丫头坐在竹林深处地下,背向着大门。赵氏便轻轻走近,只听得痴丫头唱到:“化兮化兮,何试验之败也? 昨日既堕水,今晨复破釜,罪大滔天,难免刑焉,已乎已乎! 我其逃乎! 殆乎殆乎! 我将何往?”赵氏便向他头上猛拍一下,痴丫头大吃一惊,抬头一看,见是主母,不敢则声。

屋中王母、慕范、宝珠都知痴丫头又闯下什么祸,都赶出来询问。赵氏一一说了,宝珠道:“这痴丫头真痴哩! 他想拿水烧做轻、养二气,布袋想必是做轻气球用的。”说着回头喝问道:“是吗?”痴丫头点点头,宝珠道:“如此说来,那镬盖上一定还钻有洞哩!”众人回去一看,果有一洞。宝珠笑道:“倒也亏他想得出,在化学上取轻气,须用锌与硫酸或盐酸,倘要将水分解为轻、养二气,须用电气哩! 痴丫头那里省的呢? 倘将水煮沸,只能变为水蒸气,水蒸气遇着冷,仍旧可以变为水,苍天降雨,就是这个道理。”赵氏道:“我们且缓讲道理,先把这痴丫头开发了罢。”慕范道:“不要讨还身价钱,就叫他的娘来领去罢!”宝珠道:“这痴丫头虽痴,国文上颇见进步,近来方读《庄子》哩! 遣令回去,未免可惜。”赵氏道:“如此痴憨,将来还有惹风着火的危险,如何留得?”商量多时,便倩人去叫了痴丫头的娘来。痴丫头的娘已五十多岁,也有三分痴气,这叫做“有其母乃有其女”。当下得信前来,问何故被遣，王母便从头至尾细细说了。痴丫头的娘道：“我的女儿本来不痴，都被小姐化痴，现在要我赎回，万万不能。”王母又说不必缴还身价，他便喜笑颜开，千恩万谢。痴丫头却哭着不肯去，经宝珠慰劝，赵氏威吓，才勉勉强强的随娘而去。

后来传说痴丫头回家后，仍旧似醉似痴，用他的化学观念，就各种天然物逐件试验起来。偶然间竟发明一种新原质，这新原质与镭素相似，其光更强十倍，其名为钌。凡妇女经此原质照映，顷刻间肌理细腻，骨肉停匀，肤白如雪，血红如桃，因此环球各国的化学大家开会讨论，承认痴丫头为女博士云。

——《妇女杂志》第三卷(1917)第十二号

项佩兰

项佩兰,生卒年不详,浙江杭州人,著有小说《解语花》《渔家泪》《农家惨史》等近10篇。

解语花[①]

李女士名兰芳,字纫秋,年才逾笄,颇有姿色,幼时即随从兄读,稍长渐通文墨,工吟咏,邑中颇知名,富家子弟争来问字。纫秋咸以非偶拒之,尝语其父母曰:“有贫而好学深识女心者,女愿嫁之,不然宁终寡也。”父母素钟爱之,不忍拂其意。纫秋有花癖,家中辟一小园,杂植众卉,春夏之时,群芳繁艳。女徘徊其间为乐,尤好月季花,多至数十种,有名春宫锦、武陵春、赤玲珑、玛瑙黄、鱼肚白、大白球、御冠黄、瓜破脸、东方亮、粉桃红、醉杨妃等,其中以醉杨妃为最上,花厚而大,色淡红,香艳特异凡卉。纫秋宝如拱璧[②],城内外惟此一本,或以重金来求买一枝,拒之弗许。有至友强丐一株而去,竟不得活。纫秋由是爱之益甚,尝指以谓人曰:“此我知己也。”因名之曰:“解语。”

某日春游郊外,中途遇雨,趋避人家檐下,阶前绿茵繁薜,野

① 原文标“哀情小说”,原署“项佩兰女士”。
② “璧”,原文作“壁”,据文义改。

花盛开，就中月季一株，花萎将落，行近视之，乃醉杨妃种，纫秋骇异，谓乡村见何得有此花？适一老妇出，问所从来，老妇摇首不答，再三诘之，一怒而入。时雨已止，女懊然归，百思不得其解，岂灌园叟私植之以售人耶？乃以问叟，叟答无之。次日，复往老妇家询之曰："此花是否从别处移来，抑为汝家固有物？"老妇以其情殷，悄然答曰："此以数金换来者，不知费却几多工夫，始得植我阶下，吾子视之倾城不啻也。"复问："若子操何业？得之何处？"老妇曰："此予一生痛史，言之使我肝肠寸寸断，女士亦聪慧人，幸勿强干人家事。"言时，泪破眶而出。纫秋既不解其故，亦不敢再问，痴立莫知所出，既而遂归。复吓其灌园叟曰："汝以我花售人，已得之矣，直言之，不复罪汝！"叟乃实供曰："往岁主人游武林，适有一少年踵门求月季花甚切，并出数金馈予，拔一劣种与之。少年弃之曰：'是下品物，不足贵，我所欲者，解语花也。'予谓：'此花最不易植，得之亦无生理，邑中求者甚众，旋得而旋死焉，况吾主爱花似命，未尝轻以予人，若我私售之，必遭主人斥。'少年曰：'纫秋女士固有花癖，予久知之，但予亦深于爱花者，来意之诚，若为彼知，彼且许我为同调，一枝之赐，定所弗吝，况花之生活与否，在视乎种植者之法术，苟能适花之性，虽倒插之亦生，不然即一草之微，必至枯萎而后已。'言次，长揖数四。予以其意诚恳，不复可却，至园中折一小枝与之，彼即裹以罗巾，道谢而去。"纫秋问："识其里居否？"答曰："不识。"纫秋谓："此必风雅士，恨不一遇其人。"复意村中所见，必其住所。

逾日，复至郊外，往见老妇。妇适他出，其女在焉。阶前月季花已狼藉，苍苔不复见矣，为之怅然。久之，问女曰："是花果从何处来？肯转售我否？"言已，故出数金置女前。女佛然曰："此物足以吓官吏，不足压倒村人！吾等虽寒落，然此阿堵物犹粪土也，君即运千金来，不足易我一枝花！吾兄尝与吾言：'此花枯萎后,当使埋之于其侧,使人知彼爱花之切。'吾兄逝世将一周矣,花犹如旧,故吾母女之视此花犹视吾兄也。"纫秋愕然,良久曰:"君既不肯售我,请示我所得处,于愿足矣。"女曰:"是名解语花,惟城中李纫秋女士家有此种,女士有文名,工诗,吾兄每读其著述,叹赏不已,自以为弗及,倾慕之私无时或已。旋闻女士有花名解语者,思欲得其一株而无由也,乃以重金赂灌园者,始获之以归,培之植之,月余开花,大而香艳,每对花自语曰:'此生虽未与纫秋觌面,然得其称意花,晨夕伴读,亦可以无恨矣。'花谢之后,拾其花瓣,盛以锦囊,藏之枕下,待其枯而后埋之,予尝笑其痴,兄曰:'名花犹美人也,若以其摇落而委弃之,毋乃薄幸乎?'其惜花一至于此。客岁忽得心疾,不思饮食,惟日诵纫秋诗词。吾母谓其属意纫秋,欲遣媒以求婚,吾兄急止不可。月余,病益剧,梦寝间时呼纫秋之名。某夕,大呼心痛,咯血数升,口占《解语词》二十韵,嘱吾弟录之,寄与纫秋女士。吾弟一时惶悸不及握管,吟毕,瞑目而逝。"纫秋闻之,泪珠迸下,曰:"若兄埋骨何处?愿偕我同往一吊,以申敬仰。"女诺之,行里许,即抵其墓。白杨萧萧,凄凉满目,上书"陈君超凡之墓"六字。纫秋大哭而绝,久之复苏。女大骇,以谓此何如人,悲恸如此,乃叩姓氏,纫秋实告之,女亦叹息不已。纫秋归白父母,愿入陈氏门,执子妇礼,以终余年。父母有难色,纫秋哭不已,其母再三慰之。纫秋曰:"我虽不杀伯仁,伯仁由我而死,得一知己,可无憾矣。母不从吾愿,吾当死母前,以枯骨配葬可也。"其母知不可夺,遂择日送女至陈氏,老妇遇之如己子然。

钝根曰:"吾入世渐深,益叹知己不可得,若陈超凡,虽死犹乐,特恐世无李纫秋,小说家向壁虚造,徒足以陷读者于迷梦而已。"

——《新申报》(1918年5月30日)第五百四十一号
副刊《自由新语》

渔家泪①

破屋数间,坐落荒山之下,偕门一见,就可知道,这是贫民住的房子了。原来这屋里主人,姓王名乃德,娶妻林氏,早已逝世,膝下一女一男,男名瑞堂,年才二十,女名瑞娟,比兄还少三岁。那乃德当初是个极俭朴的乡民,素以捕鱼为业,如今因为自己的年纪大了,身体不大康健,一年三百六十日,总难免东疼西疼,腰酸足疲的,所以家中大小的事体,都让他儿子一人料理。这瑞堂虽然是个村乡的孩子,倒很晓得做人子的道理,晨昏定省,寒暑无间,世间大家读书的儿孙,还怕赶不上他呢!若问那瑞堂的事业,却是同他父亲一样,获利虽细,他一家人总是靠他过活的。须知他们一张网,抵得富人千顷田呢!

有一日,乃德忽然有了病,觉得体重头痛,全身发热。先时还扎挣的住,次后渐渐的倦了,心中只是要睡,因而和衣倒在床上,昏昏睡去。瑞娟见他父亲,平日间并没这般情景,心中自是忧虑,急得手忙脚乱的,想不出个主意来。瑞堂又到城里卖鱼去了,家里并没个人去找他,只得一人低了头,蹙了眉,在床沿上坐着,轻轻伸手摸他父亲的头,觉得其热似火,吓的瑞娟大哭起来,看看瑞堂又未回来。等了大半日,瑞娟忍耐不住,轻轻的起身,走至门首,探首外视。那时夕阳将下,村中邻人也有挑着担子的,也有携着东西的,一个个都是城里回来的,惟有瑞堂连个影儿也没有。瑞娟急急问那邻人,在城中曾看见他没有,邻人都道未曾遇着。瑞鹃一听这话,越发惶恐起来,心里好像十五个吊桶打水,七上八下的。正在胡思乱想,忽闻里面有声唤他,瑞鹃知是他父亲醒了,

---

① 原文标“社会小说”,原署“项佩兰女士”。

急忙回身向内。时室内已黑暗了,因即点了灯,走近床前,低声问道:"父亲,你好了么?"乃德道:"我只觉心烦口渴,四肢疲软,不大好动,别的却还如故。"瑞鹃听了,就去端上茶来。乃德喝了两口,便道:"不要了。"那时瑞堂刚才回来,立在他妹子背后,低声唤道:"妹妹,父亲是怎样丫?"瑞鹃回头,看见是瑞堂,忙说道:"哥哥,父亲身体有些不大好,你怎么到这时才回来?我望你眼睛都望穿了。"瑞堂听见"不大好"三字,就一边看他父亲,一边说道:"不瞒妹妹说,做哥哥的并不在城里乱逛,只因今日打的鲤鱼太大了,城中竟没个人要买①。也有说大了不好吃的,也有说太贵的,自午后等到日西,不得一点头绪。我正自靠着街头纳闷,可巧街上走来一个少年,他见了我的鲤鱼,便开口问道:'大哥,你的鱼可是卖②的么?'我忙答道:'卖③的。'他又问:'要卖多少钱呢?'我瞧瞧他的光景,像是一个急要鱼吃的,便道:'我这鱼非常的肥,非一千文不卖。'他开口就肯给我八百文,我犹嫌少不肯卖。那时傍边立著一个大汉子,向我说道:'你这会子不卖,还等到几时呢?你看夕阳将近西下,你们乡村的人,这时候卖了,就起身回去,跑到家里,也是一更多天了。依我愚见,不若便宜点子卖了罢!'那汉子一句话把我提醒,我就不敢执意,依言卖④了,要不然我到此刻还不见得回来呢。"说毕,瑞鹃唤他去吃晚饭。瑞堂因为父亲得了病,心中不大快活,吃了半碗,就不要了,遂走到父亲床边,坐下来,口里说些闲话儿,替他父亲解闷。乃德睡在床上,翻来覆去,十分不安,直到半夜后,才行睡了。

次日,乃德的病势竟慢慢的重了,比昨儿更觉不同。瑞堂慌

---

① "买",原文作"卖",据文义改。
② "卖",原文作"买",据文义改。
③ "卖",原文作"买",据文义改。
④ "卖",原文作"买",据文义改。

了,鱼也不肯去打,连忙赶到城里,请了一位医生来诊视。他说道:“这病不过是偶感风寒,吃两剂药,疏散疏散,他就好了。”说罢开方而去。瑞堂又忙跑到城里去,买药来煎好,让他父亲吃下去,又替他盖上被窝握汗。约有半日工夫,并无点汗流出,四肢发热如故。病到四五日后,越发的不对了,形容渐渐枯槁,手足也酸痛了,而且糊里糊涂,有时连瑞堂、瑞鹃也都认不清楚,时常把瑞堂唤作瑞鹃,瑞鹃唤作瑞堂,这真是病深神昏了。那瑞堂素日间买鱼积下的余钱也都用尽了,欲再去打鱼,一则没有工夫,二则也没有心绪,只得权将家中的什物以及衣服等件拿去当了,得了钱,就去市上买柴米①和药味来。原想父亲好了,就不至于窘了,孰知乃德的病日重一日,渐渐气息如丝,奄奄欲绝。衣物当来的银钱又用尽了,遂有终日不举火的时候。可怜瑞鹃哭得眼肿如桃,时时怨天公不仁,不应降病到贫民身上。瑞堂也无心去睬他,只好自己带着一张网,要到溪边去弄鱼。瑞鹃忙拉住道:“哥哥,你真不解事,父亲病到这个地步,你倒还有心肠,要带着这些东西出去打鱼呢?”瑞堂叱的一声道:“你可晓得锅中无米么?难道不去打鱼,坐令一家人饿死不成?”瑞鹃听说这话,便也让他去了。好半日方回,仅得小鱼数尾,计值不及百文,气得那瑞堂面呈灰色,泪痕盈脸,低声带哭道:“妹妹,到底怎么样了?我们没饭吃,饿了一天也是不妨的事,但是父亲的药资也没有着落,这却如何是好呢?”瑞鹃道:“我们的运气实在是不好,怎么连鱼也打不着呢?这真是天公侮弄我们,决定要把我们②放在死地么?哥哥,事到了极头的地方,还有什么法儿好想呢?”瑞堂道:“家内值钱的东西可还有么?”瑞鹃道:“略好些东西,前儿都拿去当了,我们贫苦人家,那里还有

① 原文此外衍一“钱”字,据文义删。
② “们”,原文作“门”,据文义改。

什么物件宝藏呢?”说毕复指着自己身上道:“妹妹穿的棉衣却是去冬新做的,哥哥你可拿去当了,也是救急的一法。”瑞堂道:“你好胡说,这样严寒的天气,那里有不穿棉衣的道理?倘或冻出病来,岂不更苦么?”瑞鹃道:“若能治得父亲的病好,我就立刻冻死也是心甘的,就是走到阎王的跟前,他也要称我是个孝顺女,比较苦活在世上还要干净许多呢!”瑞堂道:“我叫你休要混话,你偏又拉上这些话来,我如今到想出一个法子,但不知中用不中用?我有个老友名唤福郎,现住在城内,他手中到有狠多的银钱流动,而且素性是个轻财好施的。我欲去瞧他一瞧,把家中近况告诉一番,他必然要起怜悯我的心思,我然后漫漫的向他借贷,他必定允我。妹妹你看这法儿可好?”瑞鹃道:“既然如此,你就速去速来。”瑞堂一面分付他留心侍奉父亲,一面起身就走,一直跑到城里福郎家门首,唤道:“福郎哥在家么?”里面应道:“他有事到南洋去了,大约要一个月才可回来,你是那位?进来坐一坐罢。”瑞堂听说他不在家,不由的呆了半天,叹道:“我瑞堂的命运真真是苦哇!”说着拔腿就走。

走过两里多路,眼中只见黑幢幢的乌云,耳里只听一阵阵的寒风,一并从空中来了。瑞堂怕风师、雨伯要侮弄他,连忙把两步并做一步,恰是鸟飞兽跑似的,不到两里多路,那雨点就纷纷落了下来,密似散丝一般。那时瑞堂正在村中,四顾都是旷野,并无一个人家,连避雨的地方都没有。路傍虽有四五株大树,当这隆冬时候,枝上那里还有树叶?所以也是避不得雨的,只得胡乱瞎走,衣服打湿也不顾了。走了半日,才到家,那时瑞鹃正靠着门首盼望。瑞堂见了他,便气喘起来,说不出话儿。瑞鹃见他全身都湿了,忙道:“哥哥你怎么这样大的雨,也冒著回来?你那里还有别的衣裳好换呢?”说着便伸两只手向他身上乱打。那衣上的雨点,便簌簌滴下来了。便又问道:“你可有钱借来么?”瑞堂道:“他连影儿都不在屋里,数日前已到南边去了,我白走了一遭,虚受了一场劳苦,我们到底怎样好呢?”说毕,便脱下穿得棉袄,觉比前重了一半,便叫瑞鹃拿去烘了,自己倒在床上,盖着一条破被就睡了。瑞鹃手里携着衣服,走近床前,低声问道:“哥哥天色已晚了,邻家晚饭都早吃过了,我们家里还不知米在那里,难道再饿不成?”瑞堂道:“我们穷苦的人家,饮食没有一定的,有的便吃,没的便饿,今天实在没法想,只好再饿一回了。”瑞鹃忍住一把酸心泪,便到厨房里去,取出炉子来,把他的衣服烘好,就拿去给瑞堂穿。那时乃德刚才睡醒,瑞鹃兄妹听见他的唤声,便趋至床前,密问乃德,只道腹饥。瑞鹃急要煮点薄粥来给父亲充饥,瑞堂忙道:“前儿医生说这几天内还不宜吃饭,父亲请你再耐一天好么?”乃德低低应道:“我的病到底没有救了,你不妨给我两三匙薄粥吃下去,满满我的心就是了。”瑞堂那里肯依,便又再三劝慰。乃德终不肯听,叹道:“你们权当我死的,给我吃了罢!”瑞堂不得已允了,遂同到厨房里去,启视斗中,尚余残米三四合,乃取出淘了,放在锅中煮好,忙端上来给乃德吃了两三口,乃德就摇首说不要了。

次日,乃德昏昏沉沉的,如醉似梦,平素相识的人,却又认不出了。瑞堂欲去买些药来,手中又没有钱,不好做事,但到了这般紧急的时候,瑞堂又生出一个法儿来。原来瑞堂有个姑母,嫁与邻村姓张的为妻。他是一个丰富的乡民,但是爱财如命,不肯轻易借予别人的,所以他的亲戚朋友,并没一个和他来往。瑞堂的姑母却是比他不同,有时瑞堂到他家里去,他趁着丈夫不在家里,便把那些钱米私给他们,若在丈夫面前,就丝毫东西也不敢给了。那瑞堂想起他那姑母,素日间是时时顾著他们的,如今父亲得了病,他也常遣人来探问。我们今日这样的痛苦,若去告诉了他,求他发点慈善心,救救我们,他一定是依的。想毕就把这法儿对瑞鹃说明,随即跑出门去。

不到半刻工夫,已走到了姑母家里。他姑母看见他的面色十分忧惨,问道:“侄儿,你今天怎么样了?”瑞堂慌的连话也说不出来,半日才答道:“姑母,你可知道我父亲的病么?这几日病势越发重要,请个医生弄些药吃,可又没有分文,我同妹妹两天多没有吃过饭,今儿特来姑母跟前,请替我们想个方法儿方好。”他姑母听他的言语,心中自然明白的,便道:“你们的穷苦,我也狠知道的,但是我们家里,不是我自己管事,银钱出入,多在你姑丈手里,就有心顾着你们,也是爱莫能助的。今儿可巧,你姑丈有几块钱是给我买衣服的,我就拿来先给你用罢。”说毕就走进去,要拿钱出来。可巧他姑丈自外走来,瑞堂姑母一见他丈夫回来,就不敢把钱拿出。瑞堂见了姑丈,也好似鼠遇猫的,一点儿不敢作声。他姑丈是个重富欺贫的人,见了瑞堂,便问道:“你来作甚么?”瑞堂忙道:“我父亲病了。”说到这里,眼泪已经滴下来了。他姑丈叱的一声道:“你父亲有病,又不是我害他的,你怎么来告诉我?我又不是会做医生的。”瑞堂闻着这话,不觉大哭起来。他姑丈又道:“你不要哭,好好的去罢,你自己有伤心的事,不必在别的人家里哭。”瑞堂虽是个贫民,他的志气是不贫的,听着这些冷语,实是忍耐不住,即便起身就走,一路大哭起来。路上的行人,多立住脚看他,就中有个少年,拉着他问道:“哥哥,你有什么伤心事?便告诉我,我若有些能力,也可替你担点忧的。”瑞堂答道:“我们亲戚都不能替我分忧,何况你是过路的人,怎么能够替我担忧呢?”那少年冷笑着道:“哥哥,休说路人不如亲戚,要晓得遇着热肠的人,确比亲戚还好几分呢。”瑞堂听他话语,倒也十分有理,便把那家中情形说了一遍。那少年道:“这事是我们该应出力的。”说着便探囊取出十块英洋,递予瑞堂道:“囊中仅有这些,你先拿去用着,倘不够用,明儿再到我家里拿去。”瑞堂感谢不尽,连忙作揖,便又问他住址。少年答道:“我住在城内羊市街。”说着就自去了。那瑞堂得了银钱,自然喜出望外,一步步向家里走来。将次到了,遥遥的听见一片哭声,是从自己屋中飞出来的。瑞堂细听,知是他妹妹的声音,便知父亲死了,也就大哭起来。赶紧跑到家里,只见他的父亲早已双目紧闭,厌弃尘世去了。

——《新申报》(1918 年 8 月 26 日至 8 月 31 日)
第六百二十九至六百三十四号
副刊《自由新语》

徐赋灵

徐赋灵,生平不详,著有小说《桃花人面》《德国诗集》。

桃花人面①

我有一个同窗的女友,唤做灵芝,在校时是和他同级,卒业后也常相往来。他性情非常活泼愉快,无论和谁,都是有说有笑,很有兴趣,但是离开了人,他往往悄然独坐,对着一角斜阳,很伤心的含泪呆看着。其时如果有人唤他道:“灵芝姐姐,你做什么?”他也不回头。他是个极弱的神经质人,唱悲哀的歌,常常中途不能成声的。然而他的自负之心很强,想定念头,说了出来,任凭旁人怎样说,他决不更变。他常写信给我,说快死了,我非常担心,赶去看看,他竟若无其事,依然说说笑笑,宛如没有写信给我一般。这种事情,我曾遇过了好几次咧!竟有些莫明其妙。他的心思行为都是断断续续,乘着一时高兴做去,实是个放纵而矛盾的性质。他脸上很多媚态,对于异性,确有一种极强的魔力,在学校时代,颇有许多男学生转他的念头。家庭之间还好,哥哥在香港某公司占着重要的位置。父亲是个老绅士,性极古板,拘泥那财产、地位、名望等事,即使极有学问之人,苟家中财产不充足,他便不喜,

① 原署“徐赋灵女士著”。

反不如有财产而毫无能力之人,他倒很崇拜。母亲是不懂什么的,不过是虚荣心极强的人,喜欢装饰,万一衣服上有些不很流行,他便如受了无可挽回的大屈辱。父母都很爱这女儿,以为像灵芝那么美丽,而且多才多艺,世上实在不多。

灵芝一毕业,即嫁与一个某银行的顾问孙某。同窗的人都说父母一定垂涎这位经济博士,又为虚荣心所惑,将女儿嫁他的,然而我替灵芝想,不能算不是良缘。从来女子宛如一只鸟,小鸟一出巢,便向四面散去,永不回到父母处来,女学生出了学校亦然,因着各种事情,未必能时常交际。灵芝结婚后,我只去访问过一次。这一天没有遇见他的丈夫,从灵芝的口气听来,年约三十,很有些本领,银行中也颇信用他,很喜与人交际,外状颇壮快,其实性质却很不好弄。他的对待灵芝,旁人见了,那一个不称赞,然而嫉妒心也强到极点。某年夏天,灵芝又寄来一信,写得非常悲惨。我也明知是他的老毛病,然而到底不放心,姑且去探望他一下。他一见我,紧紧握着我的手道:“姐姐来得很好。”说罢,按着脸大哭。我便劝他道:“灵芝姊,做什么?你一向很乐观的,怎么如此悲伤起来?”我那时再用好言安慰,一手抚着他的背,一面用手巾替他拭泪,他仍泪流不止,也不答话。我见他头发很乱,只是靠在我身上欷歔,便道:“你且把为甚伤心的事告我。”灵芝道:“我冷静得很,谁也不来管我,我竟被大众抛弃了。”他说到这里,将头抬起些,但是声音低得不能接续,又伏下去了。我道:“那有这种事?我平日虽不很来,因为不肯抛弃你,所以特地来的,你别伤心,我们还是谈谈有趣味的话罢。”灵芝渐渐将他的泪脸,向着我强笑道:“姐姐你太无情了,你该与我下一回同情之泪才是。”我道:“你又来了,我理由也不晓得,怎么会哭呢?”灵芝道:“要理由么?没有理由就不会哭么?所以我说你无情。”他又笑道:“我可真要发狂咧!随口乱说,请你别见怪,肯来探望我的,只有你一人,叫我那里肯再和你苛求，强要你陪我哭呢？”他很轻快的说着，理理头发，重新坐好，却对我嫣然一笑。我也笑道：“只消你快快活活，我便喜欢，方才那种样子，真叫人难受，什么大众把你抛弃？”灵芝道：“并非谎话，我实在没趣，如此活着，倒不如速死的好。”我道：“别胡说，你前途颇多幸福，若说死，把他怎么样呢？”灵芝道：“我死了他反安乐些。”我道：“怎么你今天只是说这些无意思的话？”灵芝道：“怎么无意思？一个女子被丈夫疑及节操，这一生也就完了。”他说到这里，又呜咽不成声，脸上突然现出悲痛之色，歇了一回，定定神，才把详细的话告我。

此事出在十二月初，他丈夫为着行中公干，赴汉口分行办事，须逗留三星期光景。出发后，灵芝独自在家。第四天旁晚，许久未晤的一位表弟忽来访问，这一夜，直谈到夜深回去，后来因着灵芝寂寞，便天天过来闲谈。这表弟叫做祁翰臣，在某私立大学研究法律，年纪二十四，人很爽快。灵芝也是很文明，惯与男子交际。二人从小就很熟的，所以恨不得留他多坐一刻。有时从校中出来，也有带着友人同去的，平日总是一人直达内室，吃茶吸烟，只管谈天。某星期六晚上，天寒异常，关着门与婢女们一家人围炉谈笑，翰臣讲出各种笑话来，引他们笑得肚皮都痛。一回儿钟鸣十一下，他见时候不早，即道：“我要回去咧！”于是灵芝就送他出去，那知婢女一开门，即叫道：“奶奶，你看外面下得好大雪！”灵芝道：“怪不得如此冷，这怎么可以回去呢？不如在此暂住一夜罢。”翰臣道：“也好，好得明天是星期日。”灵芝嫁了过来，翰臣借宿，这是第一天。灵芝讲到这里，便向我说道：“姐姐你想他虽是男子，到底是亲戚，有什么要紧，这也犯得着动疑？难道丈夫对于妻子一定要行这么样看守权么？不喜欢妻子在明亮的光线下么？”翰臣后来又住过二三次，后来丈夫回来，也很愉快，翰臣也熟悉了，时常过来，大家相安无事。

三月里嫂子生了孩子，灵芝回母家去吃剃头酒，住了三夜回去，丈夫的态度突然一变，对于灵芝非常冷酷，夫妇之间宛如隔了一层墙壁。丈夫说话之间，往往说："妻子见了丈夫，抱着恐惧之念的，就没有做妻的资格。"又说："不谨慎是女子最应注意之事。"又说："我看你受的教育非常怪奇。"又说："我在外面做事，常常怕人嘲笑，真是难受的屈辱。"丈夫的说话，又像质问，又像商量，又像独语，时时两眼凝视着灵芝，忽然换换衣服，出外去了，去了之后也不就回来。此时翰臣也不来了，只有独自愁闷罢了。灵芝起初还不注意，后来见丈夫时常如此，便觉得他话中有因，一研究，居然把原因研究出来了。他想先把自己回母家去后，家中有些什么事，探索一过再说。那时问问婢女，回答得很简单，原来那一日，灵芝赴母家去后，他丈夫很早的从行中回家，脸色极不好看，一到家中，即究问婢女，叫他说出自己赴汉口去后，祁翰臣怎样的出入家中，借宿过几次，你主母用何等态度待遇他。这时候恰巧翰臣来访问，主人引他到书房里，与他对谈良久，后来翰臣怏怏辞去。去后主人怒容满面，闭目独坐，沉思良久，动也不动，大约隔了三十分钟光景，突然跳起来，出外去了。晚间喝得大醉，不认得归路，寻到家中，天已将明。翰臣不来，实因那一天伤了感情所致。灵芝于是晓得丈夫冷淡的原因，等丈夫回来，灵芝先开口道："你真误会了。"丈夫道："为何？"灵芝道："你近来的态度全然不对。"丈夫道："是谁闹出来的？"灵芝道："所以我说你是误会，你听信了他人的话，就疑心到我么？"丈夫冷笑道："那么我问你，你为什么要使人疑呢？"灵芝道："你疑的什么事？"丈夫道："我幸亏得你，已被人家取笑得彀了，你想丈夫不在家，一个年轻妇人留着年轻男子住宿，人家怎么肯不说闲话呢？"灵芝急道："这就是你的误会，难道我们相处多年，你倒信外人的话吗？我若有不合尊意之处，你可以别样处置，何苦坏我的名誉？可怜还要冤枉到翰臣咧!”灵芝两行伤心的眼泪,那深信不疑的丈夫一点不能感动,非但如此,并且疑念更重了,说道:“凭你怎样哭,总没有用处,你不但不向丈夫有悔悟之状,还说翰臣可怜,可见得你的行为,自己已尽行表明了,你当是瞒得过我么?你当是罪恶能消灭么?你自己问问心,对得起人吗?”这一场大闹,就是前天晚上,灵芝无可奈何,哭倒在地,过分刺戟精神,因此得了头痛,躺了一天,今天才起床。灵芝讲完,反抗之心甚强,即道:“我那里肯谢罪,实是轻蔑他,好好的夫妻,他不能明白妻子的心,胡乱疑惑,岂不是罪恶么?”我听了灵芝的话,便说:“现在的社会,还是尊男主义,对于女子,颇不公平。中国的妇人,大多数处于奴隶的境遇,世间虽是鼓励女子要抱进取主义,其实暗中还是以退守主义为美德,这是我们常常说的。”我安慰了灵芝一番,他答道:“是呵,丈夫把妻子奴隶似的压制着,束缚意志自由,只叫人绝对的服从。妻子仿佛是一件玩具,一近年轻的男子,宛如犯着大罪。这也不独是我家丈夫,也是人人如此的,现在的社会很不公平,什么伦理,什么道德,都是男子宽大,女子束缚。其实我也不怕什么,凭他怎样说,怎样疑,只消自己没有,心头无事,丈夫独断的怒着,我也丝毫无愧。”灵芝的语意,一味反抗心很强,我心中自觉有些不安,只得说这也不妨,万一再闹出什么事来,你且往丈夫素来钦佩的人那里去,说明情由,托他解劝,或者可以和平。

我这一趟①去后,恰巧无暇去探望他。经过了两个月,灵芝又有信来,说:“现在已归母家,丈夫恩义已断,我从此一生独处,不再嫁人。男子疑惑女子节操,实是男子一种虚荣心。与妻子离婚,也是男子的虚荣心,以示他的强硬,我实是做了这虚荣心的牺牲了。知我心事的,只有天和吾父亲与你,母亲的语气也似乎有

① “趟”,原文作“躺”,据文义改。

些疑着我,所以我在家度日也很无意味,有暇请顾我谈谈,或者我到府奉访,也论不定。”我读完了信,就覆信给这不幸的人,信中无非是和他表同情的话,请他来游玩。不知何故,等了他好久,他总也不来。据友人说,灵芝的父亲颇恨孙某,一心想再嫁个体面的女婿,给他看看。这一年年底,就再醮了,虽有请帖来,我恰巧住在杭州,没有与他相遇的机会。我想女子年轻,或者像灵芝那么的性情也好,有了些年纪,自然必须柔顺些,又想灵芝那么美貌的人,在处女时代,即与男子非常熟练,结了婚,或者反属不幸。

有一天,同窗的冯女士漫游西湖,顺便来访我,谈了半天,便谈到灵芝身上。他说道:“此人很轻浮,以前就不甚与我亲密。他不爱女友,反爱男友,他与男子谈话,另有一副表情,眉毛眼睛都能帮着他说话,令人见了也好笑。这种人往往喜怒无常,一刻与你很亲密,一刻又与你不对了。起初虽嫁得很好……”我道:“其实离婚倒是冤枉的,此刻听得又嫁了。”他道:“嫁一家人家甚好,不过听说已有很大的儿子咧!”我道:“自己不必费心力,人家替你养好儿子,做个现成的母亲,岂不省事?”他道:“你不知道,有三个姑娘,一举一动都监视着,翁姑又很严。灵芝同窗会从来没有缺席过,现在不到了。据人家说,又在那里闹离婚咧!”我讶道:“当真有这事么?”我惊疑不定,凝视着他。他道:“灵芝现在的丈夫,与我丈夫的友人某君非常亲密。听说他从前离婚,是与表弟有什么关系,至今还是如此,不知道真不真?有人还说曾见他与那表弟携手同行咧!”我惊道:“当真有此事么?”他道:“据说有人亲眼瞧见的,就算不成事实,但是有了这样的谣传,已经就是女子的不品行了。”关于灵芝的话,就此讲完,我还觉得灵芝的为人过于高抗,以致一班朋友,对于灵芝,感情是不怎么样好的。我即忙写信与他,隐约规劝,不料没有回音。不多几天,我又回到上海本寓,不期在路上偶然遇见灵芝,倒被他一吓。地方是沪南的龙华,时候是三月,正是春风和暖、桃花开放之际,我与丈夫及爱儿,三人同往游玩,瞥见前面过来一位打扮得天仙似的姑娘,张着灰色洋伞,半遮颜面,目光四射,似乎怕人瞧见。一个年轻男子,并肩而行,且行且语,形状很觉亲密,却不像是丈夫。四边的人都对他们观看,一半是有羡望之意,一半是带嘲笑之态。我粗一看,似乎此人颇面熟,然而也不一定要想他是谁,到走近时,洋伞一斜,便露出他的全体面貌来。我此时宛如触电一般,不消说了,这美丽的姑娘就是灵芝。我不免叫道:"呀!……"这是我想起了旧友感情,催我启口的,赶过去想与他握手。不料他非常冷淡,脸上也绝无笑容,对我大有不能令人接近之状,仅向我点点头,也不说一句话,也不止步,竟自去了。我想说:"灵芝姊别来无恙么?"说话已到喉间,却被他这个样子一来,这话就咽了回去,惟有惊视而已。后来渐渐走远,我也没有唤住他的勇气。我丈夫问我道:"是谁?"我道:"此人么?曾经在我家的邻居遇过他的。"

——《小说画报》(1918)第十三号

悟心女士

悟心女士，生平不详，著有小说《予友之夫》。

予友之夫①

“情”之一字，溺人最深，挫人至苦，历其劫者，如茧丝自缚，百解不脱，古今来能挥慧剑，觑破此关者，曾无几人。彼拔山盖世之英雄，犹泣歌于帐下，余可知矣。况痴男怨女，乃山川灵秀所钟，天地氤氲所泄，灵犀一点，触景生愁，遇物多感，一若为天所赋，初非人力所能为者。顾造物不仁，既锡此辈以才貌，而又力斩其福，使蛾眉螓首，每多见嫉之伤，白袷蓝②衫，常抱难言之痛，孽海茫茫，众生颠倒。噫！安得无量生公，为若辈说法耶？然而情之所至，金石为开，海可枯，石可烂，天荒地老，两情终始不渝，虽不能成美满之良缘，犹冀或偿相思于再世。盖两造心心相印，无憾九原，后之人凭吊欷歔，洒一掬伤心之泪，赋数篇哀艳之章，虽不能铭之景钟，书诸竹帛，而佳话流传，亦足以千古矣。所可恨者，落花有意，流水无情，秋扇见捐，长门作赋，十郎薄幸，小玉伤心，旁观者为之酸鼻，当局者抱痛可知。爰就予所知之事，濡笔录之，俾众生回头是

① 原文标“哀情小说”。

② “蓝”，原文作“篮”，据文义改。

岸焉。

予昔肄业某女校,校为教会人所创,地址幽旷,校舍雅洁,空气清朗宜人。校内小有园林,尤有广场亩许,细草如茵,花枝低亚,每当风日清和之际,鸟语迎人,予课暇把卷其中,恒悠然有自得之意。顾予性孤介,遇人落落难合,是以书史而外,惟踽踽踯躅于园中耳。某岁暑假届满,予校循例开学,予入校之次日,吾书之主人翁现矣。是时朝旭方升,予闲步至园,呼吸清新空气,并以所濯之绢巾曝于枝上,斗闻呖呖之音,若黄鹂鸣于翠柳。予回顾,见一年约十四五岁之女郎,黑发垂肩,容华盖代,含笑向予点首曰:“姊姊早安。”予报之,女郎曰:“姊乎,侬昨来此,百事皆弗谙,且课室绝多,侬殊不辨入何室为当,幸阿姊勿吝教也。”予睹其憨容可掬,遂导至各室观览,絮絮语之曰:“若者为课堂,若者为自修室。”又告之曰:“今日犹未上课,故君茫无头绪,待明日,教师必能一一语君,是校教师良和善,君其毋忧。”女郎色喜曰:“若是大佳,惟侬有不知者,仍当询之阿姊,幸阿姊勿厌烦也。”予笑诺之。厥后予二人遂为良友,渠既昵予如姊,予亦怜之若妹。渠慧甚,课毕,即从事游戏,所受之课,了不温习,迨诘晨,草草过目,辄已背诵如流。初入校,列于第五班,不半载,越入第三班矣。诸同学既有望尘莫及之慨,教师亦叹其造诣独深。且渠长于音乐,高歌一曲,响遏行云,偶作伊凉悲调,则泠泠之声,直与塞外悲笳,同其激楚。“潸气内转,哀音外激”斯二语,足以方之矣。音乐而外,尤喜操英语。虽所读尚浅,而以其慧舌灵心,有所闻,辄能强记,故平常日用言语,已能应对毋讹。予虽入校较早,然自愧不如远甚也。

隙驷不留,韶华易逝,计吾友入校,今已两阅寒暑矣。一日夕阳在山,霞光辉映于林杪,仰视太空,浮云如鸟,缓缓而飞。吾友亦翩然来前,亭亭玉立,时已不髫而髻。予笑把其手曰:“阿妹轻如梁燕,以何时来此?予殊弗觉。”友曰:“阿姊,君耳聋耶?吾皮靴声得得然，奈何弗闻？”时予手触其囊，觉其中有物，欲取出观之，渠执不可。相持间，予友力弗胜，乃曰：“姊必欲观者亦无妨，惟慎毋哓舌，否则侬怒姊矣。”予笑答曰：“必如约。”渠遂徐徐自囊中，出一四寸之小照。影中人，翩翩玉貌，仿佛叔宝后身，盖一西装少年之肖影也。予曰：“噫！伊何人？予乃未之谋面。”良以二年来，予恒出入予友家中，渠家自其孀母、稚弟外，初无是人也。渠告我曰：“是吾弟之友也。”予笑曰：“若人乃友于童子，且彼小照，妹何怀之？与谓彼为弱弟友，毋宁谓为妹友为佳耳。”渠闻言，靦然不答。予仍戏曰：“阿姊髦矣，出言不检，妹其勿嗔。”予友亦辗然，昵予往运动场去。

花事匆匆，一年容易，予已卒业于第一班，出校后，遂赋于归。予友则擢第一班，为是校高材生矣。时予虽困于家庭琐务，然一星期，例必二次造校省吾友。一日晨兴，忽女仆持一名刺进，视之，则吾友者。女仆曰：“此自某小姐家来，谓请主母速去也。”予颇讶其无故归家，念岂有恙耶？草草理装竟，遂至友家。其家去尘嚣颇远，门外清水一弯，尤可人意。予友之父，前清时，尝摄某关道篆，暮年购宅于斯，为退休计，逝后门庭清寂，迥异曩年矣。予入门，则予友之母迎于阶前，和煦慈容，杂以愁态。予知是中有故矣，因问之曰：“阿妹安在？乃劳伯母屈迎，侬何感当。”夫人曰：“渠适卧病，且不知君来，顷间迓君之仆，吾使之耳。”言已入室。寒温数语毕，夫人辄向予曰：“今日屈君来此，实不当，然吾有疑难事，非君莫能决也。”

予谦逊弗遑，询以何事。夫人太息言曰：“君知尔妹之病所由来乎？盖渠之痴性又发矣。”予曰：“何故？”夫人曰：“尔妹意中不已有所属耶？”予闻言恍然，知其言所指，即曩在校中所睹小影之少年，遂漫应曰：“予弗详也。”夫人曰：“吾母家有疏戚某，为吾之侄辈行,幼孤露,椿萱①均早弃世。其祖叔某,送彼入基督学校肄业,虽王孙而赋式微,然颇能发愤自砺,今年甫二十,已升入大学矣。渠无事时来吾家,与吾子嬉,故与尔妹亦甚稔。吾以其为内戚,且尔妹尚稚,故弗以彼之频来为怪,乃不知彼与吾女,两小无猜,竟有婚姻之约。"予曰:"伯母戚戚,即以此乎?伯母讵不以此段姻缘为然耶?"夫人顿足曰:"君乃愦愦!尔妹幼时,早已订婚他姓,安能更缔婚姻?"予闻言大愕,盖予友与予,虽无事不言,惟此节予殊未之前闻。夫人又曰:"此事尔妹恒讳言之,偶提及,渠辄□□,故家人鲜有道之者,是无怪君之不知之也。"日前尔妹忽自校中归,言有小恙,故归家休息。吾欲为延医,渠坚不欲。及夜与吾同寝,渠乃反覆不成寐,吾固诘之。渠曰:"儿有所思。"吾询以所思何事。渠曰:"儿思女子,何故必弃其固有之家,而适他人之家耳。"吾曰:"男有室,女有家,此古圣人之定制也。儿虽幼,读书多,奈何昧于斯礼,而思之至于中夜弗寝,抑亦痴矣?"渠曰:"不然,《关雎》乐得淑女,以配君子,故佳偶曰匹,怨偶曰仇,苟仇雠相对,又安能宜其室家?阿母乎,儿以为天下怨偶多也,且儿思吾家人口单薄,父又弃儿辈而去,今吾家仅余阿母与儿暨稚弟耳,愿奉母终身,不愿更至他人家也,且阿母爱儿,焉忍视儿入泥犁而不一援手耶?"夫人言至此,两泪已被其颊。予亦为之汍澜。

夫人续言曰:"吾闻其作痛心语,五中如刺,因慰之曰:'儿意殆不欲至婿家耳,兹事良不易易,儿当谅母苦衷也。'"予未及答,夫人又曰:"尔妹流涕至晓,诘晨未起。吾念此事突如其来,就中必有播弄者,思久,乃得一线之光明。念其平日所善者,厥惟吾表侄一人,因语尔妹曰:'儿胡为作此妄念?须知儿身已有聘夫,父母之命,媒妁之言,虽欲毁约,亦安可得?'渠曰:'母既洞如观火,

---

① "萱",原文作"楦",据文义改。

儿亦何必讳言。儿与表兄良相爱，儿明知不能更适表兄，然儿已与表兄约，誓今生不嫁娶也。'吾以其言绝憨，心滋怒，顾见其病，不忍呵叱之，缘其父早亡，吾抚二遗孤，曾费无数心血，始克睹其成人，今有此不特意事，真家门之不幸哉！君与吾女素莫逆，祈婉言劝之，苟能挽回其劣性，则老妇衔感无涯矣！"予沉吟有间，念兹事乃至难处，决非唇舌所可解决，以予友坚执性成，用情又极笃也，因转询夫人曰："吾妹所字者，究为何如人？"夫人微喟曰："婿良非吾儿偶，然渠父与先夫为同僚友，故面约为姻娅。尔时均在孩提，龙蛇莫判，焉知今日秦晋之为水火耶？"予乃起曰："既承伯母尊属，侄当力劝阿妹回心，今且往探之也。"

予既登楼，搴帘入予友室，则见绣幕低垂，锦衾深裹。予友奄卧于榻上，见予作惊讶状曰："姊来何早？且何以知侬归来者？"予曰："吾固不知，特便道一访伯母耳。"言已以手轻按其额，着手乃如火炙。予曰："不见阿妹才三日，玉容何遂憔悴至此？妹聪明人，凡事宜达观，勿自苦也。"友闻予言，知予已洞悉个中底蕴，默然不作一语。予坐其床前，微语之曰："顷伯母言妹有疾，命姊来，为妹解忧。妹当知伯母年高，凡事宜委屈将顺，以悦亲心。顾吾妹年稚，未经阅历，宜不知为人之难，故喜任性而行，然天下绝无美满无缺之事，是以达人旷观，君子安命。今妹此举，大伤伯母之心，吾妹素孝，当勿贻老母忧也。吾与妹同学以来，于心莫逮，遂不惮面陈逆耳之言，幸吾妹勿见罪也。"

予友闻予言，泫然欲泣者久之曰："妹思之审矣。"予苟适彼家，则生趣都泯，何以□人？因思牺牲一切，以慰慈母，顾念阿母爱侬，亦必欲侬得所，苟侬抑郁以终，阿母亦何乐之有？姊姊乎，侬命至薄，阿爹又早见背，安能不曲从慈亲？然虽屈从亲言，究与吾母无益，且侬非专顾私情，而不为家门计者，今但祈阿姊，转告吾母，允侬不嫁男人，则两均无损，否则非速侬嫁，真夺侬命矣。

予闻其激烈如此,知无可进言,遂舍之弗谈。少顷,夫人命仆妇速予午餐,予遂下楼,以其语细述于夫人。夫人曰:“是儿执拗如此,奈何奈何?”予曰:“伯母宜缓图之,操之过急,恐生变也。”夫人闻言忧甚,予亦不审慰解之方。日暮,遂兴辞归。

逮后予友病益笃,予日造其家。诸人相对,辄作楚囚之泣,迨予友奄奄一息,群医皆束手。夫人爱女心切,几至痛不欲生,故最终之解决,惟有曲顺娇女,毁其原约。掌珠幸得无恙,夫人之忧亦解。

翌年冬,予友已卒业,而其表戚某,则先一学期,已卒业于大学校。夫人既视其娇女为第二生命,又何能听其终老闺中,不数月,少年遂为夫人之赘婿。结婚之日,亲友毕集,贺者如云。一对璧人,群叹为神仙眷属,画眉琴瑟,夙愿终偿,比翼连枝,几不知人间更有愁苦事矣。

好景不常,盛筵终散,水满必溢,月圆则缺。予友于归未逾年,其夫遂有美洲之游。盖彼卒业后①,即为该校助教,而尤为教会宣力,故校长遣彼往美留学,俾深其造诣焉。在理新婚夫妇,一旦分离,应不免儿女情长,英雄气短,然予友颇明大义,遂勉以前程远大,勿恋私情等语,敦促之行。三叠阳关,一声汽笛,少年遂飘然而西渡。去后年余,予友系念颇苦,虽其间鱼雁往还,可通情愫,然而费长房缩地无方,亦徒增惆怅已耳。既乃请于母夫人,愿一往美洲探其夫婿,且广阅历。夫人虽不舍,然恐其忧思成疾,遂约以早旋,旅美至多不得逾一年云云。嗟乎!夫人此语,不啻②为其掌珠之谶语矣。

予友去数月,未与予一笺,予念之甚,且深以为讶。一日薄

---

① “后”,原文作“逡”,据文义改。
② “啻”,原文作“啼”,据文义改。

暮，忽其家仆妇仓皇入曰："吾家小姐归来，不审何故大哭，且面容黄瘦，顷已晕去数次。吾家老夫人张皇无主，命请夫人速往也。"予不待其词毕，立命驾诣之，途中忐忑弗已。既抵其家，则予友方眠于床，夫人坐其侧，母女相向流涕。予友见予益大哭，顷之始曰："阿姊来大佳，侬为阿姊述侬伤心之史也。"予力劝其安眠节哀，渠不可，遂揾泪为予述其居美所造之惨史。（以下皆予友自述。）

侬与阿姊等别后，抵纽约。侬初拟以电报告彼薄幸人（指其夫），既念侬非不悉语言，且侬骤至，渠必惊喜出意外，遂雇车直至其寓。一老妇出应门。侬询以密斯特某在家否，老妇曰："是支那人耶？"曰："然。"老妇曰："渠迁去已数月矣。"侬诧甚，念渠平日往来函札，皆自此间收发，岂迁居而不侬告乎？遂复与老妇为礼曰："密昔斯恕侬絮絮，侬盖新自中华来，故密斯特某之住址，侬初不知，如密昔斯知者，幸告侬为荷。"老妇诺而入，少顷袖一纸示侬曰："此即密斯特某之住址，渠临去时，曾嘱吾代收书函，今犹常来吾寓也。"侬谢之，匆匆挈行装，暂卸于旅馆少息。念个人何故施此狡狯之伎俩，令人无从捉摸，因呼馆役，为雇一马车，语以至某某所。馆役唯而去，旋入白曰："车至矣。"侬遂出门登车，语马夫速行，马夫曰："诺。"不十分钟抵其所，则见厦屋渠渠，类皆富者之居。侬下车数其门牌，然后叩关。一仆出应，睹侬为华人，知觅其主人来，辄曰："主人外出矣。"侬曰："尔主人是密斯特名某者耶？"仆曰："然。"侬遂以车资付马夫去，谓仆曰："侬盖密斯特某家中人，适自中华来者，尔主人何时始归？侬当入室待之。"仆闻言，肃侬入客室。坐定，侬偶游目四瞩，见陈设华美，不类学子侨居。仆告我曰："主人须晚餐时始归，惟主母在家，密斯欲见之否？"仆盖以侬为彼主人姊妹行，而所谓主母者，则不知为谁氏矣。阿姊乎！侬斯时如闻青天霹雳，震慑可知。予初闻彼老妇言，固已疑之,然不意薄幸人,遂已另娶也。侬时如在梦中,惟尚知强按神色,俾不为彼仆所窥,因曰:“尔主母非即密斯特某之妻乎?”仆应曰:“然。”侬泪盈盈欲堕矣,念彼姝不审若何美丽,其殆天仙化人乎?不然,何使薄幸人昧良至是?侬待久,始见仆导一丽人珊珊而出。侬进与握手为礼,彼姝亦和蔼迎人。侬视之,貌亦中人,特盛其服饰,金钻宝石,灿烂照人,觌面初逢,固将目为之眩也。

彼姝曰:“密斯远来劳苦,闻密斯为吾夫戚串,今夜必当下榻吾家,今行装安在者?”侬曰:“谢密昔斯厚意,侬已卸装于旅馆矣。”彼姝曰:“密斯如急欲晤吾夫者,吾当以电话速彼归来。”侬曰:“甚善。”彼姝曰:“密斯与吾夫若何称谓?请见告,吾当转达吾夫。”侬曰:“密昔斯但告以有自华来者,今在宅中俟彼,密斯特即知之矣。”彼姝诺而去。其电话室与客室毗连,故吾闻之甚了了,彼姝自电筒中传语,一如侬言。少旋,彼姝入语侬曰:“吾夫今日为银行延饮,顷以密斯语语之,渠即归矣。”彼姝款侬,殷勤甚至。侬亦含其辛酸之泪,强与周旋,陡闻门铃大震,彼姝欣然离座曰:“密斯少坐,吾夫归矣。”彼姝出,侬心痛乃如割。俄闻皮靴橐橐声,自远而近,则彼姝引薄幸人入矣。渠陡见侬,状态之怪,恐良好之写生家亦不能描摹其万一。侬下笑口:“郎君别来无恙。”渠闻颇形羞惭,恨无地缝可入,嗫嚅久之曰:“吾固知妹氏必来此,然何不先以电告,致吾失迓,抱歉良深。”侬曰:“年余不晤,郎遂以侬为陌路矣。”渠曰:“吾事谅妹已备悉,妹今亦不必作模棱语,吾负妹,吾罪诚不可逭,特此中委曲颇多,妹风尘劳苦,今兹殊难言尽,容当为妹细述之,至吾之无状,一惟妹处置可耳。”侬曰:“否,郎君负心如此,是与侬恩义已绝,且侬远涉重洋,为念郎耳,今郎既别有阿娇,即终老是乡可耳,又何必更思蜀耶?惟阿母现方倚闾而望,侬今与郎一言为决,愿郎将昔日结婚约指,暨侬小照,一一掷还为幸,侬于明日即将买棹归也。”渠曰:“妹胡激烈如此?妹不忆当日誓言耶?”侬曰:“忆之,当日结婚于礼拜堂,立誓于主前,神甫为证,戚友共闻,盖郎与侬誓共生死,未尝言与第三人共也,曾几何时,言犹在耳,郎已忘心,奈何犹以此诘侬?”渠曰:“妹言咄咄逼人,遂不容人置喙,吾与妹结发夫妇,彼异国之花,吾对之又安有情意?待他日归国,弃之如敝履矣。”侬冷笑曰:“此郎之惯技也。”

时彼姝虽不解华语,然睹侬两人神色,似已知其中有异,眸灼灼而视我。吾竟为之中慑,因语之曰:“密昔斯亦知侬与若夫之关系乎?侬盖彼结发妻也。”彼姝闻言,惊愕至不可状,旋掩面大恸曰:“吾误矣,吾乃为人所绐,误适匪人,可伤也!”侬止之曰:“密昔斯毋然,侬来非欲与密昔斯较者,且侬明日即返国,密昔斯毋恐也。”言已即以结婚之约指掷于薄幸人之前,复语彼姝曰:“密昔斯珍重,吾愿若夫妇和谐到老也。”遂含愤匆匆出,疾返旅舍。翌日而侬归矣。

予友述竟,犹自呜咽弗已。予为愤慨者久之,曰:“据妹言,彼姝貌仅中人,何以使人颠倒如此?”予友曰:“侬曾询之旅美华人,据言,彼姝爱其貌,负心人利其资耳。”予曰:“嘻,男儿若此,是亦一荒伧耳。妹今毋忧思过甚,伯母年高,妹当念也,且以妹之资质,苟能肆力于学界,则声名正未可量,从前种种,譬之昨日死,后此种种,譬如今日生,讵不可耶?”予友颔首者再。然莲性虽胎,荷丝难杀,予友遂一病不起。濒危之夕,犹举其瘦腕,拦老夫人之颈,亲额数四,喘息言曰:“侬负阿母。”又呼其弟曰:“阿姊负不孝之罪,弟必善侍阿母,以续吾过也。”旋与予握手长叹而逝,芳年才二十耳。伤哉吾友!彼已长眠地下,不复知阿母骤失掌珠,悲痛果何似矣!彼负心薄幸之荒伧,或仍偕其碧眼黄发之艳妻,共度自由岁月也。噫!

——《新申报》(1918年8月17日至8月25日)

第六百二十至六百二十八号副刊《自由新语》

曾淑温

曾淑温,生卒年不详,夫姓蒋。曾淑温曾游学日本东京,并在东京完成小说《蕙儿立志记》。

蕙儿立志记[①]

余今尚记忆,十五年前,余母曾以极柔软之声呵余曰:"蕙儿蕙儿,汝今年已经十四岁了,年纪也不小了。汝自从前年入学校以来,家事针黹,辍了不作;书法文字,习也不善。汝试自思,同学年纪较汝大的,文章做得何等好;较汝小的,平日如何用功。汝岂不是世界上第一个无用的人么?"余当时一闻母亲之言,汗流浃背,惭愧无地,觉世界上第一个无用的人,亦竟非我莫属了,急急的抱吾母而言曰:"阿母阿母,母言诚然,但是女近来时常思索,我国历史上有许多的贤明仁智、贞顺节义的女丈夫,尽可为我等的模范,作我等的准绳,但不知何人为最完全?女正在此凝思,想欲效法呢!"我此时话尚未完,听得门外有叩户声。我母急命我出视,见我东邻凤姊急急忙忙的跑了进来。我此时喜出意外,欣欣然呼我凤姊曰:"我好几日不见汝了,今日甚风儿吹汝到此?"凤姊答道:"我这几时因针黹缠身,不能偷闲前来望妹妹。今日闻得江

① 原署"蒋曾淑温"。

上竞船，极为热闹，特来邀请姨母与妹妹同往游戏。未知姨母与妹妹肯移玉否？”我母听得，随即答道：“自从前月二十八日，一直到了今天，已经十有余日了，云散而常集，雨霁而又降，使人郁闷不堪。今日天朗而气清，日暖而风和，身体非常愉快，精神非常爽适，正好往郊外散步，吸收新鲜空气，不意凤姊来邀同游，正是好极了。”于是我母遂命我换了一套新鲜衣服，与我凤姊三人同往江上观船去了。

比及已达江岸，竞船的人已经分了胜负了。但见挂红旗的船军乐大作，呼声若雷，挂白旗的船散漫狼藉，全无声息。我遂知道红的胜，白的输了。我母顾谓我与凤姊曰：“近来大雨连绵，江中之水约增五六尺，正好行船驶舟，难怪今日白帆之多，联络十数里耳。”继又言曰：“尔等亦知水乎？”凤姊答道：“水之为物，可以活人，可以洗物，可以灌田，可以行舟，其利益于人甚大。”我听其言，不觉大哂曰：“凤姊徒然晓得水的利益，而不晓得水的大害。我生平最可怕的就是水，最可恨①的亦是水。除了食料、洗衣之外，决不肯亲近他的。”我母急呵余曰：“尔等何苦嚣嚣如此！我教尔等观此水者，以此水足以为尔等之师法也。尔等亦知水之朝宗于何方乎？”凤姊与我同声答曰：“朝宗于东。”母曰：“既朝宗于东，何以此水却向北方而流乎？”我与凤姊俱默然而不能对。母曰：“此真可以为尔等之法效矣。夫河水之朝宗于东，是尽人之所能知者也，但是东方之地，未必无沙石以阻碍之，未必无山陵以滞塞之。虽阻碍矣，而江河则挟持之与俱下；虽滞塞矣，而江河则绕越之而仍行。无论小阜低丘之不能阻挠之也，即高峰大岭长林危崖，或横梗于其前，或突立于其旁，彼亦毫无畏惧，千曲万折，必达于东方之海而

① “恨”，原文作“狠”，据文义改。

后已也。尔等志之,尔等之处世为人,立定志向,必如江河之奔赴于海,才算得是个特立独出的女中丈夫也。且尔等独不闻古来最孝之木兰乎?木兰也不过是一个女子,若效常人之所为,学些烹饪的法则,习些织缝的事务,亦足以终身度日。但是木兰之心甚孝,可汗出兵,必定要他的父亲同往。木兰不忍他的父亲以衰弱残迈之年,躬服兵役之事,更兼上无强壮之兄,下鲜佼少之弟,可以替他出征,于是弃其织杼,投其针黹,跨其骏马,辞其父母,单身奔走万里之外,徒手百战沙漠之场。他的勇气也算得往古来今唯一无二的人了。他自从辞了他的父母,直到十二年之后,才得返归故乡。这十二年之中,时时与此等如狼如虎的兵卒同坐同行,日日与此等叫嚣无赖的暴徒共餐合饮,月月与此等行凶犯科的恶人同起同落,年年与此等无依无赖的匹夫争逐喊斗,而他人全无有能害之者,他的智巧也算得往古来今唯一无二的人了。他在外十二年,与外国战,与恶疫战,与暴夫战,与道路战,而不至殒其最纤弱最微小之身躯。而且他有伏侍之伙伴,有同行之兵官,谁知于此十余年之间,而竟不知其为一女郎,以故不至于污厥身,损厥名,丧厥头颅,削厥首领。直待至于其家,脱其战袍,着其旧裳,而始知其为女中丈夫也。由此观之,他的贞节,也算得往古来今唯一无二的人了。蕙儿蕙儿,尔欲效法古人,如木兰、梁夫人者,岂非是尔等最好的模范么?岂非是尔等最好的准绳么?"我当时听得我母亲的话,心中觉得非常快活,身体觉得忽然长大,直像是与木兰、梁夫人一般的样了。

归了家后,我母又将梁夫人的事实,一一细说与我听,那晓得我先前在凤姊家中,已经将梁夫人的事实阅览过了。我自从听得我母亲说了水的志气之后,日日思想立定目的,时时思想读书勤学。我的天资本来非常蠢愚,我的身体本来非常微弱,但是我不以为意，每日运动数十分，散步数小时，除此之外，决不肯游戏也。我母见我如此用功勤学，亦非常欢喜，从前时常斥我，自此以后，也不闻其谯诃之声了。我有这样的勤学，且不好时常游戏，应该可以不至于落第了。但是到了年终的试验，不料我的分数不足，竟被降在第三年级。我听得降班，非常惊慌，然而我已经晓得立定志向，断没有不能毕业的，我亦安之若忘。但窃闻各处有交头接耳者曰："像蕙姊这样刻苦勤学，不能卒业，岂不使人短气么?"又听得有人说道："蕙姊素来号称刻苦勤学，何以此次独不能得毕业？莫非是近来有疾病缠身不能用功么？若是不然，真正是个没有一点用处的人了。"我闻此言，心中甚是惭愧，继又想道："此等姊妹，多是以成败论英雄的，皆不可与之言，言则反受辱。"于是忙忙走归。我母闻我落第，也像是心中懊悔，后来见我不甚打紧，亦不烦恼了。我自从此次受屈之后，愈加勤勉，愈加用功，不上一年，我遂得毕了业，而且毕在最优等。我心中非常欢喜，非常快活，但是我进取之心仍犹未已也。

过了一年，我母亲命我往北京投考女子高等师范学堂，我也狠欢喜入师范学堂，为的是在师范学堂毕业，可以在他的学堂充当教师，教化儿童。我的心愿甚爱使我所教的儿童，一个个都有出类拔萃的才干、乘风破浪的志气。我虽日日竭力尽心教导他们，我也是一毫不肯辞其劳苦的，我在师范学堂的时候，就已经立定这样的目的了。不料四年之后，我又得毕了业，而且得了优等的文凭，得了优等的奖赏。我到了这时候，也不知不觉的心满意足了。恰巧此时有一女子高等小学堂缺少主任教员，那学堂的监督也时时怂恿我就职，我遂禀知我母亲，在此就职了。到了民国四年五月七日，我国因与他国订了屈辱的条约，某师范学堂的监督愤极而病，遂来请我代其职。我素愿在此，也遂承认了。

到了暑假的时候，我因别了桑梓六七年了，遂决意归乡省亲。不料既到家中，我母亲因染病已仙逝数日了。呜呼痛哉！我之所以有今日者，全由我母亲教诲之赐也。今我既已得成功矣，而我母亲遂决然舍我而长逝，岂不痛哉？岂不痛哉？

蒋曾[①]淑温曰："此徐女士蕙兰亲为余言者也。女士之母甚贤德，夫死，独力教诲其三女二男，皆有成就。病后，犹时时督励其子，无少异于前。余阅世之妇人多矣，求如女士之母者，有几人哉？故特于《立志记》后，略缀数语，以为其母颂。"二月七日草于东京。

——《妇女杂志》第四卷（1918）第九号

① "曾"，原文作"曹"，据《妇女杂志》第四卷第九号目录及小说署名改。

朱怀珠

朱怀珠，生平不详，著有小说《荒冢》《有情眷属》《辟尘珠》，均收入胡寄尘所编《中国女子小说》。

有情眷属[①]

一缕淡淡的斜阳，透过那小楼上的玻璃窗子，照在一位带病的女郎面上。这女郎约摸有十七八岁的光景，容貌本来是极美丽的，只因多愁多病之故，天然的美丽，都被损完了。灰白的面色，映著这惨淡的日光，越发显得可怜不过，一丝两丝儿娇喘，几乎接续不下去。半个身肢靠在铁床的栏干上，下半身覆著棉被，被缘上都被泪珠儿湿透了。这时候，立在他身边的，便是一个丫头和一个中年妇人。妇人向女郎道："珠儿，你听我说，你的病根，我早知道的。为娘的也不是有心难你。只因当初急急的为你择婿，便和程家结了这门亲戚。千错万错，不曾得了你的许可，便轻轻的把这事做成了。如今米已煮成饭，你也只得埋怨自己的命薄罢了。若说是要退婚时，那便做不到。我们是何等人家，无端的悔婚改约，便是他家不和你争论，旁人说起来总不好听，到那时便弄得求荣反辱了。况你心坎里的人，也不过如斯吗！咳！珠儿，你

① 原署"朱怀珠女士"。

是个聪明女孩子,一向又是听母亲教训的,这番应该原谅做娘的苦处了。”中年妇人一面说时,珠儿一面流著泪儿,兀自默默的不发一言,可知他肚里的心事,说也说不出,便说了也是无益,不如让他烂在肚里罢了。这时他身边的丫头,却插言说道:“丫[1]头有一句话,不知太太可让我说吗?”妇人道:“好丫头,你有甚么话,你只管说来,我不怪你。”丫头闻言,便拉著太太的衣服走至窗下,将嘴把插在妇人的耳朵里说道:“太太知道吗?小姐的意中人,不是他人,便是南门内的西医黄锡芝。小姐为他,病到这个地步,眼见得一条性命,生生的要断送了。”妇人道:“这事我也略知道的,但是……”妇人没说完,只见那丫头抢著说道:“太太如可怜他时,在这时候,须令他们两个见一面儿,倘然小姐的病好了,也算是这一见的效力,倘然小姐的病从此不好,也算太太不负小姐的一番深情了。”妇人道:“我也有这个意思,只是无端的使他们相见,不怕人家在背后说长说短吗?”丫头笑道:“太太聪明人,难道这点小事儿还不知布置吗?那黄锡芝本来是个医生,太太便将爱情不爱情的事,装做不知,只请黄锡芝来替小姐看病,还怕人家说甚么长和短吗?”妇人道:“这话也不错,便依你的话行事,只是你的嘴巴要谨慎些,万不可让他人知道了。”丫头答称知道,便奉命去请黄医生。

明天黄医生来时,这珠儿小姐的病越发加重了,昏昏的睡在床上,几乎连人也认不清楚。珠儿的母亲赔着黄医生上楼诊病,又托故避至窗外洋台上,留心看他二人,可有甚么话说。谁知黄医生,默默的不发一言,珠儿也闭着眼睛,并不知道诊他脉的是甚么人。他母亲重新走进房来,只见珠儿满面的泪痕,好像似雨打梨花一般,教他老母亲见了,禁不住一阵一阵的心酸。正在这时,

① “丫”,原文作“了”,据文义改。

黄医生忽然说道:“小姐病根已深,眼见是无救的了,如今也不必用药,还是预备棺木要紧,一断气时,便须入棺,一入棺便须下葬,因他所患的是痨病,倘然不如此,便要传染他人,我们做医生的,为慎重人命起见,不得不据实而言。老人家切不可为著母女之情,留下祸根在家里。”黄医生说了这一席话,便不肯开方用药,管他去了。这里的丫头向太太道:“太太,医生的话不错,我们家里还有少爷,小姐既然患了这传染病,是要留心防他。”当时珠儿的母亲闻言只是流泪,谁知不到片刻,珠儿果然四肢冰冷,一丝儿气息也没有了。这里大家忙做一团,哭的哭,叹的叹,一面报知他夫家,一面购买棺木。片时姓程的丈夫已来了,亲视入棺,老母亲遵著医生之命,不敢留棺在家。可怜珠儿午刻断气,酉刻已安卧在深山里去了。姓程的丈夫,虽然痛哭了一场,但是事过境迁,便已忘记,忽忽过了几时,便和他家女儿,别订良缘,双双的携手渡蜜月而去。看官,好好的一个女孩儿,为情而死,他已死的不必说了,只是垂死的老母,和未死的情人,见这悲惨的光景,度这痛苦的日子,那有不肝肠寸断的吗?

谁知离奇变幻的事,真令人猜不着,他老母亲正在眼泪巴巴的时候,忽见珠儿走近他身来,说道:“母亲毋悲,孩儿在此。”他母亲先吃了一惊,正要问他是人是鬼,只见丫头走上前来说道:“太太休怪,太太不知道这事的来踪去迹,怪不得你吃惊,如今按住惊魂,听丫头说罢。原来小姐并不是真死,乃是当日黄医生替他诊脉时,用麻醉药注射在他血管里,好像和死了的一般,但是过了三十六点钟,依旧要醒转来的。所以黄医生嘱咐太太,须将他速殓速葬。黄医生等你埋葬入山中,他便将小姐负了回去,坟墓依然封好。回去的时候,小姐还没有苏醒,过了半天,才醒转来,调息几天,精神也恢复了,连旧病也好了,只是碍着他人的耳目不敢走出来。黄医生一面又央友人替程家少爷做媒,使另和他姓联了秦晋,打听得他已娶过门了。如今小姐归来,再和黄医生结婚,想程家和太太也不能从中阻扰了。”丫头说这话时,珠儿立在一边,已羞得抬头不起,只见他母亲问丫头道:“好丫头,你如何知道详细?”丫头道:“这都是黄医生的计策,那日丫头劝太太请黄医生来诊病,便老早做就这圈套了,只是太太不知道罢。”珠儿母亲道:“程家已另娶了,我自然不把女儿给他,但是再和黄家结婚,他便不做声吗?”丫头道:“太太只说小姐是你的侄女儿,新从远方来投靠的,便由太太做主和黄医生结亲。小姐平日深居简出,那个认得是死后还魂的人吗?”珠儿母亲道:“这也使得。”当时丫头说明来踪去迹,老母亲看见已死的女儿忽然还魂,重依膝下,自然是乐不胜言,不必细表。且说光阴迅速,忽忽过了几时,珠儿便改了名字和黄医生正式行结婚之礼了,那丫头也另嫁一个如意郎君而去。

语云:“有情人都成了眷属。”像这一件事,也算是天如人愿了。看官们看了前半篇,暗暗里替珠儿流了多少眼泪,待看到后来,见他得了圆满的结果,也应该饮一杯酒,替他贺喜了。

——波罗奢馆主人编:《中国女子小说》,
上海广益书局1919年版

李碧云

李碧云，生平不详，著有小说《祈祷》，收入胡寄尘所编《中国女子小说》。

祈祷[1]

金陵城外，广大之礼拜堂中，气象静穆。老牧师服礼服，手执《圣经》，率众信徒祈祷于天主之前。众信徒合其两掌，置胸际，凝神屏息，故虽万人麇集之场，亦寂如空谷。信徒为男为女，为老为少，为黄种为白种，不一其类，而其心则无不同，即信仰上帝是也。

众人之中，有美少年，名曰马林，中国产也。初为上海某大学学生，于中西学术，均略涉樊篱，而尤嗜哲学家言。平日议论，反对教徒甚力，斥为迷信，尝于大庭广众之中，演说天主教之腐败，洋洋数千言，能使闻者心服，掌声雷动。其时有妙龄女郎，亦坐于众人之中，以听马林之演说。闻其言，独不以为然，起立辩论，然终不能与马林利口为敌，马林益自豪。以上所述，为马林平日事，而此日者，极力反对教徒之马林，亦合掌于天主之前矣。是时祈祷既毕，同声唱赞美之歌，而马林歌声，尤纯熟可听。歌罢，老牧师向众人言曰："吾传道中国，前后历十余年，所收弟子以千万计，

---

① 原署"李碧云女士"。

然而信道之笃,祈祷上帝之虔,未有如马林若者也。马林入教虽未久,然每逢礼拜祈祷之日,辄先众人而至,自始至终无倦容,诵《圣经》尤未尝讹一字,此至难得也。”老牧师言未毕,众信徒咸低首倾倒于马林之前矣。信徒中亦有少年女郎,流眸视马林,以表其钦佩之忱,然马林熟视无睹,盖其心中只有上帝,上帝外无见无闻而已。

已而夕阳在山,晚钟四动,礼拜日之常课既毕,众人乃相率出礼拜堂。礼拜堂外,车马纷纭,而马林亦挟其厚册之《圣经》归矣。马林既抵家,其老伯母迎谓之曰:“吾儿又自礼拜堂归乎?儿幼失怙恃,余抚汝成人,汝不为我计,独不为汝死父母计耶?闻汝自入彼教,将毁祖宗而不祀,信乎?”马林曰:“是也,然此不过暂时事耳,一旦所求既遂,吾立时出教籍也。”其伯母曰:“此言何谓?吾实不解。”马林曰:“实告伯母,吾之信仰非信仰上帝,实信仰前日演说场中之女郎,吾之祈祷亦非祈祷上帝,乃祈祷彼人也。盖彼教定律,非同教者不得结婚,故吾宁牺牲毕生之学问,不能交臂失此美人。”其伯母曰:“岂惟牺牲汝之学问,且牺牲汝祖宗矣?”马林默然。而逢礼拜日,至礼拜堂祈祷如故。

记者曰:吾上文述马林既毕,当分吾笔墨,补记前日演说场中之女郎。女郎夏姓,名秋莲,幼与马林有同学谊。马林艳其色,欲娶之。秋莲殊轻马林之为人,谓马林徒作大言。初无实际,故于某日,闻马林将演说,故意莅其场,思有以挫之。然马林口利,竟能颠倒是非,使闻者咸欢迎马林之说,秋莲益怏怏。初,秋莲本非天主教中人,是日之辩论,亦不过故意与马林为难而已。然在马林,则确信秋莲为彼教中人也。盖即以当日演说场中之辩论证之,故马林自入教以来,其虔心祈祷,人谓其祈祷上帝,实不知马林固别有所祈也。当其默祷之时,心中未尝不自计曰:“此时吾诵《圣经》,想彼美亦诵《圣经》;此时吾唱赞美诗,想彼美亦唱赞美诗，所惜者二人不同聚一礼拜堂耳。”

韶华易逝，马林自入教以来，已届一载。自信时机已至，即作书与秋莲道情愫，仍逞其雄辩之能，挥洒成数千言，自叙入教之始末，以表其悔过迁善之诚。故是书也，自爱情言，为求婚之书；自学问言，为投降之书也。自谓此书一去，事无不成者矣。

书既去，果得回书，寥寥仅数语，其言曰：

我之爱君，等于君之爱我。虽然，君言君入彼教矣，则侬为教外人，规以定律，则无福偶君子也。

马林览书，怅然若失，乃遍查教籍，果无夏秋莲其人也。乃叹息曰：“噫！吾一年所祈祷者如是而已矣！”

——波罗奢馆主人编：《中国女子小说》，
上海广益书局1919年版

中篇小说

易瑜

易瑜(1867—1932),一说生于1868年,字仲厚,别署玉俞、汉寿女士,龙阳(今湖南汉寿)人。父易佩绅,字笏山,号健斋,曾任贵州按察使,山西、四川、江苏布政使。母陈氏。长兄易顺鼎,清末名士。夫黄尊,秀山(今属重庆)人,曾创办龙南致用学会,授徒讲学。易瑜致力于女子教育,曾任汉寿私立女子小学堂堂长,先后执教于南通女子师范学校、南京复正女学堂、湖南省立第二女子师范学校等多所女校。著有《湘影楼诗》《瓶笙花影录》,以及小说《髫龄梦影》。

髫龄梦影[①]

自序

人之生也,虽享寿百年,其光景之过眼,若雷霆之惊相激也,若风之飘而旋也,转瞬即逝,莫可追索。然回忆儿时之耳所闻,目所见,身所历,其间悲欢苦乐,莫不印迹于脑中。偶一触及,虽隔数十年之久,犹若当时之真相,事过情留,时移物换,抚今追昔,能

① 原署"玉俞"或"易玉俞"。

不有感于心哉？自顾此身，将由壮而老矣，一旦悠然物化，则凡所印迹于脑者，亦随之而没矣。故举当日所闻所见所历，有可述者，一一笔之于此，无藻饰，无虚妄，随心所记，随笔所录，名之曰《髫龄梦影》。文字虽无可观，然当时社会之理想，教育之状况，余父余母之言行，余家之悲欢离合，或关于历史，或关于政治，或切于修身行已之道，以贡诸吾女界，或亦不无小补焉。

余家居洞庭之西，兄弟姊妹四人，余其季也。伯姊长余十三，仲兄长余九龄，叔兄长余三龄，余母生余，年已三十九，余父则四十三矣。余生二龄，即随父宦游黔中，是时情景，渺不记忆。次年余已三岁，余父官安顺府，家人皆随任，其一事深印余脑中者，则余叔兄入塾读书也。余与兄同居室，寝同榻，出入相偕，饮食相共，抚护余兄妹，则一媪一婢也。时兄年已六龄，延师启蒙，仲兄伯姊年长，别延一师教之。余自兄入塾，终日郁郁不欢，以嬉戏无伴侣也。一日，兄方读未毕，婢携余至门外窥之，见塾师写数字于纸，令兄识之，兄偶有错误，师以二指撮其眼帘，兄泣，余乃大哭。他日复往，则师方在厅次，与客畅谈，兄独坐对书，抑郁无聊，伏案而寝。时日将西下，花影横窗，长帘窣地，一蜂触窗纸，砰然作声，欲出不得。余心惧蜂之螫余兄也，呼兄令出，兄言："课未毕，师不允。"余曰："师方陪客，余绐言母令兄入，当得许可。"兄颔之。余出谓师曰："先生有客，母命呼兄入，乞早放学也。"师笑诺。余大喜，奔告兄。兄狂跃而出，其乐殆如鸟之出樊笼焉。

余父官安顺府六阅月，即解组归。当时之政绩，余固不得而知，但闻署中人言，父每出，父老必指顾曰："清如水，明如镜。"如是者再。去任之日，余犹记一婢名小兰者，抱余坐舆中。余左右顾，见比户排列酒筵，衣冠跪伏道旁者无数，或有置清酒一杯名香三炷者，又一中年妇携其子号泣随舆行数里始返。余后闻家人言，此妇因人欲夺其产，诬为不贞，谓其子非其所自出，父为辨明之,故感恩刺骨也。

余父去官回寓长沙,所居宅为某巨室之花园,林木蔚然,颇具亭台池沼之胜,每新雨后,池水初涨,龟鳖之属,沿石阑而上,余顾而乐之。时余已四龄,母命入塾随兄读书。师彭姓,为吾邑之老儒,颇慈爱余等。余读《三字经》,兄读《诗经》,每日中倦甚,伏案欲寝,师辄携余手环行室中,或给以果饵,惟不令出外耳。一婢名贵云,购自黔中,苗种也,他皆无异,惟目睛黄色,眈眈视人。余甚畏之,每值所求不遂,或啼或怒,家人必以之相惊曰:"贵云来矣,在隙中窥汝。"乃恐惧而止。其后师亦知之,余或倦怠不欲读,必曰:"贵云在外窥汝,汝其速读,否则我将令彼入也。"余大惧,始朗诵不辍。而当时虽以读为苦,然颇亲昵师,视之如乳保焉,故久亦渐安,不以入塾为苦矣。一日,余兄画群鼠于书面,师怒,欲责之,甫执兄手,余乃大哭不已,师笑释之,抚余曰:"汝友爱若此,吾为汝恕之。"至今思之,师诚良师也,惟所读之书,不合小儿心理,不能明其意义,终日咿唔,味同嚼蜡,徒费脑力,毫无所得。盖当时之教育,小儿入塾,始则《三字经》,继而《孝经》《诗经》《书经》《易经》《论语》《孟子》《礼记》,至《左传》而毕矣,义理深奥,卷帙繁多,求其熟读背诵,其困难处,真不可以言语形容,余当日亦饱经其苦也。

当时之陋习,女生三年必穿耳,五年必缠足。余以父不喜穿耳,尤恶缠足,故迟至六岁,犹未举行二事。余母亦与世俗之见殊,颇不注意,惟令从事于学。而余舅母及家中亲故婢媪等见余,辄曰:"汝不穿耳,不缠足,是何形像?不见贵云耶?彼苗种也,故不穿耳缠足,汝将与之同类矣。"余心惧,始欲缠足。是时舅母乃为余穿耳,余母不忍见,避之他所。舅母以油浸针线其中,两指轻揉余耳,令余他顾,俟余不经意,一针遽贯之。余微觉针处如蚁咬然,针入亦不见血出,盖余耳经其揉搓,血液他注,麻木而不知痛楚矣。余父后见之,叹息而已。一日,家人复群聚议余缠足事。余父犹坚持不许,余母笑而守中立,谓听彼父女之意,舅母辈顾余言宜听其自主,勿令他日长成怨人也。父谓余曰:“汝意云何?”我则谓:“天然之形体,束缚以求美观,甚无谓也,况并不美观,徒受痛苦,何益乎?”“然我亦不相强,视汝之志趣何如耳。”嗟乎!使余当日稍具知识,异于常人,必毅然从父之命,不为人言所动矣,奈何志趣卑下,耳濡目染,觉家中除苗婢外,无一非纤足者,不缠足终非所宜,乃决然对父曰:“儿欲缠足。”父长叹而起,家人皆笑。次日,舅母乃为余缠足,其后乃余母为余缠之。初犹不觉其苦,盖缠足之法,皆由慢而紧也,其后则苦不胜言。余将一一书之,以告今之不缠足者,知乐自由也。

忆余当日之家庭,固一优美无缺之家庭也。惟余无知,不从父命,为缠足所苦,身体常多疾病,欢趣亦渐减少,盖足痛不良于行,血液不能流通,筋骨不能舒展,行动需人,饮食无味,夜卧不能安枕,冬夜尤甚。足置被中,其痛如炙,足被缠裹,血液凝滞,久则溃烂,肉销骨腐,弯曲如弓,尖小如锥,始为大功告成矣。当时以此为女子惟一之天职,明达如吾母,亦不能使余勿罹斯难,况其他哉!今此恶俗将永绝于世不复见矣,故不惜琐屑言之,以为他日述古者之谈助焉。

余年八岁至九岁,为最困苦之时期。是时余父复之黔省,伯姊已于归,仲兄已授室,留湘应省试,惟余及叔兄随父母往。时余足已渐纤小,初余母为余缠之,手轻而缓,其痛犹可忍,又以家事太烦,在黔不久,复因事返湘。惟余兄妹依父,父以公务日居局中,其朝夕亲余而伺应余者,为一马姓之媪。以为余足将小矣,必须加紧,始可一旦成功,故用力缠之,足乃溃烂,脓血淋漓,而余日就黄瘦。父见之,以为病,令延医服药,不知为足痛也,他人虽知之,亦以为女子应受之苦,无过问者。余终日寸步难移,早起,婢负之至塾,偕兄读书;早餐时,婢复负之入;饭后,婢乃负之出读,日日如是,苦不堪言。见他人行动自由,不胜羡慕,心恒郁郁不乐,肌瘦如柴矣。尤有苦者,则塾师之虐待,使余等在塾,如依虎狼。此又当时教育界中之怪现象,不能不一一书之,以证于今之居学校者,其苦乐为何如也!

师为吾邑之老诸生,兹不必言其姓氏,尝闻吾母言,父为诸生时,即与之相识。一日同过市,遇一相者谈休咎,彼欣然邀父往,令判命之通塞。相者指余父曰:“君生平不爱钱,而终身不乏钱用。”又笑谓师曰:“君爱钱如命而终身无钱用。”师大惭愤,父再三慰解之始已。其教授余兄妹,月修十金,以当时馆谷言之,不为轻矣,彼意甚不足,欲兼文牍,父不可,由是而心颇鞅鞅,久则弥甚。是时余母犹未返黔,父常在局中不返,兄所读为《周易》,余则《毛诗》,彼于余犹可,惟虐待余兄殊甚。《易经》每授,必尽一卦,每日授三卦,能背诵始已,偶有错误,则拍案大怒,吼声如雷,再错则以手提兄之耳,令自观之,复批其颊不已。余则惊惶失措,伏案战栗,每值兄往背诵之时,以手指掩目塞耳,不忍见闻,或微启其目,见兄已归座,始获惊魂稍定,如逢恩赦。余兄敦厚,余颇狡黠,因惧其威而窥知其性,百计以媚之。师嗜饮,夜必数杯始眠,人以食物馈之,必储为夜饮之资。余乃日令婢媪等具枣栗修脯等,入夜亲携以饷之,多方以悦其心,以此之故,深得其爱怜,有过亦不加呵责,惟于兄则常以怒颜相向。然亦有一事能博彼欢心者,言之可发一噱。师喜弄牙牌,终日排所谓闷想荆州者,然心思迟钝,百无一成。兄性敏悟,最善此,不假思索,顷刻而就。师诧为奇能,每值困难时,辄呼兄为之变换更移,应手奏效。师乃大喜,摩其头顶曰:“聪明聪明。”每有客至,必举以告之。兄性含浑有容,虽经其虐待,从不言其短。余则深恨之,以其虽宽待余,然使余终日栗栗危惧,恐其笞责余兄也。一日,兄复背书有误,彼大怒,猛批兄颊,误中目,兄大哭,血涔涔下。是后父乃不令余等出读,彼始意不自安,辞馆而去。

次年,余父官贵东道,与余母先往,以余等寄居镇远。时余姊已归宁,仲兄及嫂亦偕至,所居宅为试院。其先课余读者,为一谢姓之老儒,性宽而慈,功课不深督责,任其出入嬉戏,又最喜谈故事,亲切有味,故余等深昵之,而书颇能熟诵,以授新书时少也。至是忽欲随父先往任所,乃另延一曾姓之孝廉,年仅三十余,面若秋霜,森然可畏,终日不言不笑,伏案写大卷白折,凡新书口授一二遍之后,纯任学生自动,不论字句多寡难易,每授必尽三页。余所读为《尚书》第二册,佶屈聱牙,非特不能背诵,且字亦多不识者,终日如坐针毡,不胜其苦。每见其伏案作书,不顾余等时,乃相与咨嗟愁叹,辍读私语,彼辄以戒尺猛拍其案,如闻霹雳,震惊失措。黔地多山,所居面山背市,书窗遥望,远岫如屏,参差罗列,行旅往来,历历在目,时时忆余之父母及师,皆陟此山巅而去矣。余等畏师之威严,苦功课之繁剧,父母皆不遑恋慕,惟念前此慈爱之师,今舍我而去矣,使人终日如居囹圄,其苦万状,每值朝暾映树,或暮色苍然,倚窗凝望,潸然流涕。又以兄年渐长,加课《古乐府》一篇,词旨深奥,苦难记忆。因恐余之扰其心也,乃令余先归。余不忍兄一人独坐,辄含泪俟于门侧。兄亦以泪眼时时望余,惟恐余之先入也。俟兄熟读背诵之后,始获携手偕归,且行且叹,谓今日之苦趣毕矣,奈明日何?嗟乎!至今思之,以不明小儿心理者执教鞭,其为害当何如也!

是年夏,余等始至余父任所。贵东道治古州厅在群苗中,万山重叠,险阻多瘴疠,苗民时有蠢动,人莫敢至。凡任斯职者,皆远居思南、铜仁、镇远等处。余父言既官斯土,焉可不亲履其地?故与余母先往,而余等后至焉。始至之日,闾里萧条,市廛不整,日用寻常之物,皆无从购置。偶行郊外,荒原败冢,白骨累累,入夜则青磷满山,时闻鬼哭,凄凉黯惨,如居化外。推原其故,皆因苗汉杂处,抚之者不得其道,故时有斗杀劫掠之害,居民不得安枕,行旅亦裹足不前也。当日苗民原隶土司,清初虽有改土归流之说,然其地土司仍未尽革,又有所谓通事者,皆奸民为之,倚汉人之势,朘削苗民,无所不至,故苗汉寻仇,相杀不已。余父知其弊,乃创议废土司通事,选苗民能通汉语者,为其保甲团长,悉除当日虐苗苛政,选苗民子弟之聪秀者,教以汉语,遍设义塾,延师以课其读。由是弦诵之声不绝于耳,苗汉之感情亦洽,近者悦而远者来,不数年而商贾云集,市廛繁盛,居民庐舍,鳞次栉比,非复昔日之荒凉景象矣。余犹忆当时幕府中蒋君字次香者,赠余父七律二首。余仅记其二联云:"三年政事纵横地,满目清明礼乐光。已听鲂鱼歌父母,更看威凤炳文章。"盖纪实也。

语曰:"饥者易为食,渴者易为饮。"又曰:"至诚而不动者,未之有也。"斯言也,以余父之治苗观之,益觉信而有征。盖当日苗疆之官吏,皆以化外之民视之,苛虐百端,故挺而走险。自余父至,抚之以恩,晓之以义,苗民莫不洗心向化,帖耳驯服。余常见苗中父老数辈,牵羊担酒,跪于厅事以饷余父。父温语慰之,言:"愿汝等安居治业,永保和乐,无相扰害,特此为仰事俯畜之资,我虽不食,我心滋悦也。"苗民叩首流涕,言不成声,感恩之至也。余父亦泣下。余等见之,亦流涕不止焉。

古州之苗民,土人称之曰"青苗",衣包纯青,所用之布,皆其自织自染,间亦购与汉人,质厚而密,颇禁浣濯。其风俗迥异,妇女皆不裩而裙,长可及胫,终年赤足,发蟠于顶,以木梳绾之,不用绳束,每一小时,必梳二三次,穿耳著银环,环眼之大,可容一米。颈束银项圈,富人所用,粗可径寸,其大如盘。间亦有容色秀美者,惟目睛皆黄耳。每年春季,举行舞蹈唱歌一次,其式辟地为广场,男女相携为一大圆阵,中设铜鼓一,以一人击之,众皆绕场而行，按节而歌，应其声以身左右屈曲，名之曰“摆鼓”。男女有相悦者，则自行婚配，父母不之禁也。余父尝命其至署中舞蹈一次，俾余等观之，余母犒以钱帛等物，欢欣鼓舞而去。

古州虽苗疆而有山水之胜，余父颇乐之，筑龙冈书院于龙冈，筑古欢阁于江上，筑容园于署中，时携宾从，赋诗为乐，或进生徒课文艺，而吏民之仰余父，若严父慈母焉。容园在署之东偏，旧为荒圃，离树参差，老屋数间而已。父因陋就简，略为葺治，筑高台一，上建小楼，名曰“飞秋阁”，俯瞰全城，历历在目，远山环抱，沧江如带。凿方池二，种莲其中，即以其土筑假山一，山势旋螺，曲径湾环，达于巅顶，周围环以怪石，鸱蹲猿立，颇饶奇趣，杂花掩映，藤萝牵绕。山顶树梧桐二，直干浓阴，亭亭如盖，下置石磴数枚，每风清月白之夕，列坐其下，如置身广寒宫阙，清凉沁骨，飘然欲仙矣。

园中蓄鹤二，素翎玄羽，丹顶烂然，仙姿可爱，饲以香稻，饮以清泉，日就驯熟。每值余父公余之暇，散步园中，依依左右，剔翎啄羽，若不胜其暇适者。鹤之眠也，一足独立，一足蟠曲，屈其颈，藏首于翼中，醒则伸颈长鸣，声入云表。饭后茶余，花阴亭午，闻其清唳，莫不动沧江云水之思焉。树顶常来野鹤一，向之俯而鸣，若欲招之偕往者。园鹤亦昂首奋翮以应之，殆其仙山俦侣耶。余父怜之，令园丁勿铩其羽，欲其冲举入云，蓄之年余，毛羽虽丰，卒以栖息日久，失其飘举之能力，高飞仅及丈余，翻然复下。不数年，其一病殁，其一为瘈犬所伤，羽化而去，惜哉！人言鹤寿千年，然畜于家中，往往不过数稔，殆饲养之不得法耶？抑仙禽不愿久羁尘浊耶？

余父爱民，出于天性之诚，常言生平居官，惟安顺六阅月，古州六年，为不负所学，其后一为陈臬，三居大藩，刑名财赋，皆非性之所近，且上有督抚，下有州县，治民之略，未获径行，故常郁郁不得志。父性声色货利,一无所好,平居手不释卷,花则色淡而香远者亦酷爱之,如梅、兰、莲、菊、水仙等类是也,又最爱春日之新柳,言为天下至美之色,性不喜薰香,及人造之香,凡香水、香皂之类,皆屏弗御,花香之浓烈者,亦不喜之。室中陈设,琴、书、名画而外,略置古鼎尊彝之属,疏帘净几,萧朗无尘,古香盎然,氤氲扑鼻。余等偶入侍侧,觉鄙吝都去,语曰:“入善人之室,如入芝兰之室。”斯言信矣。

余父生平起居饮食,皆有定时,较之今日言卫生者,殆尤过之。每晨春夏秋皆以六时起,冬则七时,夜十时眠。晨起略食滋补之品,如燕窝、鸡卵等,至十时早餐,下午四时晚餐,不多食肥甘之物,间日一食鸡鸭清汤而已,不食烟酒辛辣之品。饼饵之购于市者,亦不食。果之中嗜梨与橘,余皆不食,夏日略食鲜藕及瓜汁少许,夏不饮冷,冬不炽炭。每清晨及饭后,常散步于园囿空旷之地,最爱月,每值天空无云,月轮初上,徘徊瞻眺,竹床茗碗,恒视月为转移,或致通夕不寐云。茶之中惟嗜杭之龙井,每年春季,吾母为购置以备一年之需,间有不给,则饮清洁之沸水,亦不食他种也。每日饮三次,每次二瓯为度。生平无大喜大怒,亦未染危疾时症云。

余母性宽厚而待余等从未姑息,有过则正颜训诫,不加呵责,而余等畏之,甚于余父焉。时或塾师传语,人言今日之功课颇有心得,母心悦,温颜抚慰,慈爱有加,则余等如蒙九锡焉,故余兄姊辈莫不勤勉向学,欲求博母之欢心也。母善弈,每值余父公余之暇,净几疏帘,一枰相对,子声铿然,或静坐听余父鼓琴诵诗为乐。余父不问家事,无巨细皆委之余母。母心细如发,凡家人之生计,子女之教育,友朋之庆吊,亲戚之应酬,孤寒之赈济,莫不周详妥善,纤细靡遗。家中仆役,亦畏威而怀德,无偷惰怠荒之习,读书不多而见解明决,论断中理,庄颜和色,动止有方。余父有所疑,必就母剖决，有所忧，经母数言解释，则涣然矣。余父常言余母为生平第一知己，分虽夫妇，实兼友朋兄弟之乐云。

余母喜为家人谈故事。每值天寒夜永，炉火初红，茶烟漾碧，亲故团聚，婢妪环侍，言之娓娓不倦，听者尤津津有味云。而余最所乐闻者，则当日汉中被围，全家散而复聚。余将一一详记之，以见造物待余家之厚，而吾母之有远识也。

当日洪杨之乱，吾父率乡军入蜀。余母以兵凶战危，祸不可测，必欲随父往，又以军中不宜携妇孺，乃后父一日行，由陕之蜀，与父相距，或一二百里，或数十里不等，以便消息灵通，患难相共也。余父率孤军转战各地，复由蜀之陕。余母乃居汉中城内，时洪军党羽数十万，由豫鄂西窜，陷兴安，遂围汉中。余父驻军距城仅二十余里，当时援军虽众，而各争长不相统属，徘徊观望，故无成功。惟余父所部果健军有纪律，奋勇当先，为洪军所畏，又以众寡不敌，故城围久不能解。母携兄姊居围城中数月，居民粮食都尽，雀鼠皆空，地无寸草，牛皮所作之器物，亦煮而食之。其后乃人争相食，初犹待其自毙，继则不俟其气绝，已持刀相向而脔割之矣。其最难堪者，某姓一儿奄奄待毙，家人持刀环顾，儿哀告曰："乞稍缓，待儿目瞑，然后割之，免致痛苦也。"吁！惨矣！父母不知为其子，妻不知为其夫，饥馁之苦，有如是哉！母言当日食人过多者，目睛皆赤，其形狠厉，声若豺虎云。然当时死者瘦瘠殊甚，未能满其欲，偶见生人之肥者，辄眈眈视之，若馋涎之将滴，虽具人形，皆失其本性矣。而余家独未罹斯难者，缘吾母平日喜蓄干粮，如豆麦、芝麻、粟黍及干笋、木耳、海带之类。盖当日城未被围时，余父军中受伤之军士，皆舁入城中，俾母调治。凡裹创、涤污、药饵、调护，皆母亲督诸婢媪为之，勤劬备至，俨然一今之红十字会焉。待其健全，复至军中，有不治者，则为之棺殓埋葬，树碣以纪姓氏，故军中感激奋发，无不尽力。宅中养伤者常十余人至数十人不等,母以食指之多,故蓄储食物亦多,以备不虞也。城初被围时,诸人皆谓有隙可乘,愿竭力保余母出城。母言:“城中百万生命,悬悬待救,余安忍舍之独往?且余去而人心愈惶惶矣。”终不许。居民感之,争馈食物。初犹不意被围若是之久也,是后母知城中粮将尽而城围终不解,乃遣散多人,令自为逃生计,仅留诚恪者数辈。妇女中有二婢一媪,媪冯姓,尤有胆识,皆故乡携往者。母于是计口分粮,以豆麦等磨之成粉,水一斗,入麦粉一升,入釜搅之成糜,略加干菜少许,人日一餐,然食之颇耐饥也。蓄米一囊,则储为兄姊之用,日煮粥半升,二人分食之。尤奇者,宅中余母鸡一,每日必生一卵,数月不间断,亦不欲孵卵成雏(凡母鸡生卵十余枚之后,必歇卵数日,不饮不食,蜷倦窝中,俗称之曰“抱母鸡”,惟思抱其卵也)。母以油少许炸之,俾兄佐食。至城破始不知所终,故余兄至今犹不食鸡,感此鸡之德,施及其类也。

城陷之前数日,母亲视囊米将尽,而干粮杂物亦无几矣。环顾兄姊等,知死之终不免,奈何目睹幼稚,遭此惨酷,悲极欲自裁。冯媪力止之曰:“城中粮尽力竭久矣,溃陷必在旦夕,且主人兵距城仅二十余里,何患不能达?今徒死何益?”盖媪已备置垢衣敝履等,为毁形易服逃亡之用。至次日而城果陷矣,人言系某守备自开城以应敌军也。是夜漏下二鼓,兄姊皆眠,母独坐忧思,忽闻炮声隆隆,人喊马嘶,不绝于耳,起视窗外,火光烛天。俄而仆众奔告,言:“城陷矣,居民逃者纷纷,彼军初不之禁,宜速行,迟恐无及。”母乃携兄姊付健仆四人分负之,令其先行,己与冯媪等易敝衣垢履,以泥涂面,偕邻妇数辈同行。甫出宅门,烟尘满目,火光照耀,如同白昼。盖洪军入城,即令纵火,汉中故富庶,雕甍画栋,竣宇高墙,鳞次栉比,不转瞬皆付阿房一炬矣。栋折榱崩,墙坍壁倒,残砖剩瓦,堆塞街衢,余烬犹燃,炙足欲裂,死伤饿殍,盈积路途。饥民无老少，各持小刀争割死者之肉，就余焰中煨而食之。母言是时光景，诚有不堪言状者，所幸饥民老弱之逃窜者，洪军皆不之杀，惟贵绅巨室及现时之官吏遇之，则惨酷无伦；少壮之男丁，青年之妇女，辄掳之而去；金玉锦绣，弃掷道旁，无过问者。母与冯媪等行一昼夜，始达城外。母言汉中被围六阅月，而天之阴雨亦如是之久，愁云惨雾，黑黯无光，天时人事，适相符合矣。城外之路，泥泞尺许，举足没胫，马蹄踏践，凸凹万状，妇女之纤足者，寸步难行，倒毙无数。余母体素强，且耐劳健步，故得无恙。邻妇某，携一女，年十三，饥疲过甚，踣地呻吟，其母弃而不顾，匆遽前往，女哀号呼救。余母谓之曰："君曷少待君女乎？吾辈当缓行待君也。"妇摇其首曰："彼不起矣，吾何能待之？"前行如故，若不知为其女者。母不忍，潸然泣下，回视其女，宛转遂绝。母言是时人心澌灭尽矣，盖食人过多，残忍习惯，皆丧其天良矣。出城数里，止一败屋中，残胔零骼，纵横满地，亦不之惧。母言是时之心理，仅畏人而不畏鬼焉。颓垣半堵，倚之而息。冯媪出麦粉少许，持破盂挹沟水就地煨之，持以饷母。方相对愁叹，言儿女辈不知失散何地，忽闻外有幼稚啼泣声。母心动，令冯媪往视之。行数武，见一幼女坐泥泞中掩面而哭，媪辨其声，惊呼曰："汝迨星姑（余姊小名）耶？何一人在此？"执其手，姊惊惧，啼愈甚，盖媪面泥涂如鬼，不复能辨认矣。母亦继至，知为姊也，惊喜抱持，泣而呼曰："星儿，余在此！"姊大哭，扑母怀，几晕绝，盖不食已二日矣。其后姊始为母言，是夜二仆负之出城，突遇兵卒数人，持刀威迫，令弃姊于地，驱仆为负行李而去。一仆邱姓者，余之乡人，行已远，犹回顾姊大哭不已云，此仆后亦逃归，复至余家，母重待之，不忘其义也。

是后余父督战，坠马伤股，遂解军事归里。余母以思兄成疾，留澧州就医（时余舅父因公在澧）。初余父在军时，闻人言兄在敌营中,乃令一刘姓之仆往探之。仆固狡黠者,伪为乞食至其军。军士有怜之者,给与衣食,见其敏给,时或令其供奔走焉。久之,得出入自由,始知兄果在彼,为某首将之义子。仆乃言系奉主命来探访公子者,今闻在是,乞入一视之以辨真伪。军士以为言,某乃许之。入见兄冠金冠,衣黄衣,高坐帐中,远望仆,即呼曰:“汝刘七耶?何为来此?”仆膝行而前曰:“奉主命来探公子。”兄顾左右,目眦荧然,乃谓仆曰:“余在此乐甚,不思家也,可归告父母,亦无庸念我。”仆言:“公子不归,可书数字付我,俾持归复命以安主人主母之心。”兄颔之,索纸笔书己之姓名、年岁,母之姓氏,父之履历付仆,令持归。仆出,内复传语,言:“必欲汝少主归,可告汝主备盐若干斤,茶叶若干斤,并其所乘之白马以易之可也。”仆归,向父言。父以国事未宁,遑顾家事,乃置不问,母亦无策,惟终日饮泣而已,乃复令刘仆往探之。

母居澧州数月,一日,方昼寝,闻人言刘七归矣,母惊起,则刘仆已喘奔而入,言公子已归。母初犹以为诳己也,俄而宅门大开,兄乘舆至矣,着春罗衫,科头坐舆中,目灼灼左右顾。母省视良确,喜极,至不能言。时澧州居民,无老幼倾城来观,炮竹之声终日不绝。盖吾父当日率军入蜀,道经龙山时,洪党石达开率兵十万余,乘虚来窥,所过糜烂,时湘省防永宝,未防永澧,龙山永顺间,无一兵。父以客军与之遇,不肯避道,战于象鼻岭,以众寡不敌,亡二百余人,犹不稍退,相持十余日,援军始大至,得以保全西路一带,父之力也。石门黄主事道让有诗云:“百战书生匹马还,曾闻一剑独当关,而今吾澧万千户,齐把黄金铸笏山(余父字)。”即指此也。故澧州居民,亦感余父至极,是日闻兄归,皆啧啧称奇,欢呼庆祝,不绝于耳云。

是时母见兄归,病亦良已。兄乃为母详叙其生还之故,言当夜二仆负之出城,行未数里,遇兵卒数人执二仆去,弃兄于地,俯伏避道隅，始免为人马所践踏。久之，起立欲行，而泥泞太深，足陷其中，至不能移动，用力拔之，右足出而左足没，力尽智穷，仅[1]移丈许，饥疲交作，汗出如浆，倒地呻吟。忽来骑卒一队，兄乃大哭呼救，卒下马问故，兄伪言孔姓，城破随父母逃亡失散至此。卒喜其慧，抱置马上，偕至其军中，遇某首将，以为义子，深得其怜爱，军中乏盐，人皆食淡，凡获于民间之风干鱼肉类，皆留为兄食，他人不得染指。又言当日刘七来，思归至切，而忍泪不敢出，伪言不思归者，恐逢彼之怒也。居久之，彼军以金陵被围，警报日急，欲率大军往救，以兄幼稚，不便携行，将寄顿于某村之老寡妇家，多给金帛，令善为护持，俟后专健足来迎。兄坚不肯留，必欲偕行。某将持刀以惧之，言欲行，必杀却。兄伸其头颈云："欲杀便杀，留则不留。"某无以难，乃携之同往。母当日问兄："儿何以不愿留居村中耶?"兄云："随之往，东西南北，或遇官军擒获，或遇家人探访，皆可得归，如居荒村僻陋之地，谁知儿之踪迹，来寻觅耶?欲归不亦难乎?"噫！时兄年未及五龄，而思想明澈若此，宜吾母之痛不欲生也。后乃果如所料，行至湖北应山县，遇清忠亲王僧格林沁大军所拦截，为其所获。见兄黄袍金冠，疑为贼首，献俘于王，王亲讯之。王蒙古人，语言不通，兄乃执王之手，以食指蘸唾津书字于王掌，王笑令给纸笔，兄乃详书父之履历，己之姓名、年龄，并失散之故。王大喜，抱置膝上，曰："此子他日必成大器。"时应山县朱某在侧，王令其妥为送归。兄至县署，其夫人深爱之，久留不舍。居数月而刘七等探寻至湖北，闻道路争传其事，大喜逾望，遂往迎之而归。屈指由城陷至斯时，失散将一年矣。

余母尝举以训人曰："凡人居心行事，不悖天理人情者，其生平所遭，亦必有天幸。当日以四龄之幼子，八龄之幼女，失散逃

---

① "仅"，原文作"尽"，据文义改。

亡,饥馑兵戈,流离转徙,终得散而复聚,失而复得者,岂非天幸欤?然生平自问无他善行,惟居心行事,不敢悖乎天理人情耳。嗟乎!斯时百万生灵同罹浩劫,而余家一门,独得完聚,余岂敢以之为幸?余恒栗栗危惧,未识如何修省,始获仰答天恩祖德于万一也。”至理明论,故记之如此。

余母生平不佞佛,尤不喜谈鬼神怪诞之事,而当日汉中出险时,所遇诚奇特。母言当日城陷,与众偕行,烟焰迷天,举目不辨东西南北,死亡遍地,碍足难行,烽火之余,市廛变易,不识途径,故行一昼夜,犹未至郭门,饥疲恐惧,莫知所以。忽见道旁一中年妇,面容温蔼,着白衣青裲裆,招手谓母曰:“汝欲出城耶?速随吾行。”母惊异,乃随之而往。妇令母在后,持其衣裾,冯媪辈持母之裾。妇举步如飞,俄顷已至郭门矣,回顾母曰:“汝好行,吾去矣。”举手褪其裲裆,方转顾间,人与衣俱杳矣。噫!神耶?鬼耶?仙耶?佛耶?抑当日女界中,亦有所谓隐君子耶?是诚不可解者矣。

余父当日以一书生率新募卒二千余人(时湘抚骆秉章入蜀督师,父居其幕中,旋奉命募乡军二千人入蜀),转战数千里,破贼数十万。当道负余父饷二十余万,若在他人,早兵变被戕矣,而余父持之以坚忍,结之以恩信。故畏父若神,而兵视之若父,崎岖困厄,非人所经,忌之者复龋龁百端,使不能行其志,父皆不以为意。其在军中,有诗云:“本来面目无人识,错把孙吴作颂扬。”又云:“几回杀贼翻流涕,贼亦苍生大可怜。”撤军后,又有句云:“未受人怜斯是福,能容我退即为恩。”又云:“兵事易言原有戒,书生轻出自无功。”亦可想见余父之襟怀矣。

余父有良马一,白质而黑章,斑驳陆离,大者如杯,小者如钱,望之如洒墨然,英俊异凡马,他人莫敢近。临阵指挥如意,不假鞭策,每闻画角之声,则知将出阵,奋勇腾跃,刍豆亦不食矣。后父解军事归里，畜之于家数年。余犹及见之，家人或戏吹画角，犹振鬣长鸣，侧耳若有所思。老骥伏枥，志在千里，诚此马之谓矣（此马病殁于湘，家人以布裹之，葬于岳麓之下，树碣曰“函楼之良马”）。

余父治古州，为余家全盛之时，亦余髫年最乐之时也。余母年已五旬，而颜鬓未衰，望之才如四十许人，余父亦然。余姊丈已去世，姊长归宁（姊工诗词，善书画，自姊丈逝后，即长斋奉佛，余父特钟爱之），兄弟姊妹咸依膝下。余年已十龄，读书稍有所得，身体亦渐壮硕，能赋小诗，时与兄姊唱和，余父母咸顾而乐之。容园之中，杂莳花木，日就繁盛。园中桃李及他果树数百株，皆郊外所移植者，初非佳种，逾年尽变其性。桃树一株，仅结实数枚，其大如碗，其甘如密。石榴亦然，实红如丹朱，味与滇产无异。李则实大且繁，累累满树，皮色绿而内红如胭脂，甘脆无匹。署外为某姓之菜圃，仅隔一短垣，桃李皆同时移植，同时结实，然实小而味涩，不能入口，诚可怪也。古州气候极温，隆冬不降霜雪，春夏则多疫疠。自余父之来也，霜雪莫不应时而降，疫疠亦大减矣（初来时，所携仆役咸患膨胀之疾，惟余父母及余等则未传染）。雨旸时若，屡庆丰穰，四民乐业，强豪敛迹，政简刑清，吏民相安于无事，熙熙皞皞，有太古之风焉。

州治之四偏，有山名“五榕”，山顶危崖侧出，其平如掌。父于其上建小屋半楹，名之曰“古欢阁”，榕阴蔽日，苍翠之色，扑人眉宇，俯瞰江流，蜿蜒如白练。春秋佳日，余父携宾从赋诗其上，余母间亦携余等往游焉。余有春游七绝二首云：“十里东风漾落花，柳阴深处翠帘斜。游人已被春光醉，不到前村问酒家。山间竹径碧烟迷，隔水云峰入望低。齐奉板舆归去也，夕阳红射画楼西。”诗虽不佳，亦童年之天籁也，附录于此。

余等书室在二厅之侧，外有荷池，宽广可数亩，夏日着花极茂,翠盖红衣,鲜妍夺目,薰风徐来,清香满室,浑忘身在酷暑中矣。受业之师,初为胡姓,名政举,字孟存,黔之八寨厅人,孝廉也,后成进士,官县令。继之者一张姓之拔贡,忘其名,后由训导改官知县。二师皆循循善诱,和易可亲,于余之功课,虽不深注意,然亦时时引古证今,以相启发。余得稍具知识者,实赖二师之力也。余母每得珍异之食物、新奇之果品,必先以奉师,然后分给余等。师每举以训诫余等曰:"若母之所以敬余者,以其教授若辈也,故时以珍品饷余,足见其望子女成德之心,至诚且切。若辈之学业无进境,自顾固无以对母,然余亦何颜久居斯席也?"嗟乎!言犹在耳,而身已老大矣,碌碌如恒,回思当日,诚何以对余母及师哉?

余等之书室,初本设于园中,小屋三间,深藏树底,境颇幽寂。一日,余因小恙辍业。夜二鼓,兄犹未入内,母遣人往觇之。余心欲往迎兄,请于母,乃偕婢媪数人同往。一婢负余行,余手持圆形小纱灯一,余人或执一灯,或持双层之竹片,敲击作声,以园距上房颇远,地僻人稀,古木丛杂,夜往尤存戒心也。入园甫数武,一婢执灯前行,忽狂呼曰:"鬼火鬼火!"返身入人丛,惊惶失措,众询其故,婢遥指墙隅。余胆颇壮,举目四瞩,遥见古墙之侧,杂树阴中,现绿色之火球二,一大如盘,一小如碗,光凝聚而不散漫,大者高可五尺,小者仅三四尺,曲折湾环,循径前往,约行三丈许,飘然堕地而没。众皆见之,咸惊竦却立,然恃人多终不畏,乃往迎兄而归。于时众口纷呶,或谓为神,或疑为妖,终莫明其故,至今思之,若谓为磷,当碎点散乱,沾草着地,随风飘漾,未闻若是之浑圆而大者,且不疾不徐,如人执灯缓步然,究何物耶?志之于此,以质诸今之博物家,然谓为磷火,亦确有据,余父初至时,署中荒僻之处,往往发见枯骨累累,岂当日死于苗难,无棺而浅葬者欤?

当时教授初学之法,仅口授生书,考认难字,默听其背诵而已。学年渐长，读书稍多者，乃出一文言，令其作一偶句，俗称为“对对”。初三四字，渐增为五七字，然后乃学为诗，及作破承文。初授读时，亦不讲解，必待诸经读毕，学作八股，始开讲论孟及朱注或浅近之古文，或新颖之制义。若女生则终无听讲之日，以其不作八股文也。背诵之法，学生甚苦，而师则不劳而获其益，盖其平时初不留意省察，学生之能否勤读，能否记忆，能否认识，有无错误，皆取决于背诵之时，听其声音之断续连络，字句之清晰含混，以辨其智愚，察其勤惰也。然此犹为良好之教师，否则笔点口授之后，惟间日书写数难字以问之，背诵之时，亦不倾听，任其错乱颠倒而不顾，故有入塾数年，犹目不识丁者。“十年窗下，不若清谈一夕之功。”诚非虚语也。然此苦读之法，施诸聪颖之儿，亦能获效，盖读之烂熟，自能会通其意义。苏诗曰：“旧书不厌百回读，熟读深思义自知。”即此理也。由此观之，则诵读亦未必尽非，但不可过多耳，多读则伤脑耗气，损血液，大悖卫生之道。当日勤恳好学之儿，率皆身体孱弱，神气衰飒，体壮而学优者，千百中不得十一焉，徒事诵读故也。

今之学校，则惟注意听讲，虽课毕自修，亦禁其朗诵，恐妨害他人也。余尝谓教师授课时，宜稍留余暇，俾其静观一二遍，诵读二三遍，非静观不能领悟，非朗诵不能记忆，除算术外，各科皆然，二者不可偏废其一，勿徒事听讲也。尝观今之执教鞭者，多有恃其精神之充足，口舌之便给，一登讲坛，滔滔不断，若决江河，迨铃声一鸣，始投鞭而下，学生亦匆遽忙乱，预备上他课矣，遑记其唇焦舌敝所言之精理耶？若俟自修之时，重事研求，试问今之青年，能静修者有几人哉？故恒少心得者也。

余之初学作对赋诗，皆赖余兄之力。余每见师命兄为之，辄详询其故，兄为余讲解字句对偶之法，分门别类，一一缕述。他日师偶闻之曰：“汝欲学对对耶？”乃书“天上月”三字示余令对，余对以“水边云”,师喜谓为敏捷,后乃日出一语令对之,数日后,加增为五字。一日,方盛暑,余偕姊侍父夜坐庭中,余于月下折凤仙花数朵捣之,乞姊为余染指甲作纤月明星之式,姊不许。时余父手执纨扇,谓余曰:“闻汝学作对句,今试出一语,能对当命姊为汝染之。”余诺,父曰:“团扇如明月。”余方构思,忽檐际一萤飞过,余告父曰:“流萤似朗星,能对之否?”父笑颔之。次日书于课本,师易“流萤”二字为“大珠”,父见之曰:“工则工矣,乃不若流萤之雅切也,且必以物对物,何拘牵乃尔?”余母顾余曰:“伊辈初学,宜求工稳,所改究较原句佳也。”其后思之,父之意以师所改者殊板滞,余等效之而思想晦涩,母则恐余等闻父言而轻蔑师长,故为此转语也。

余年十二,犹与兄同就外傅,业师张姓,老诸生也,教兄作小题文,以备回乡应童子试,终日咿唔占毕,间日一作五言八韵之试帖诗。时余五经四书均已读毕,惟未闻讲解,不能深明其义。师授以《七家诗》一册,令余与兄同作试帖,惟不令作八股耳。一日诗题为“诗酒水云乡”,得“乡”字。余所作者,记其半云:“何处能销夏,云乡更水乡。酒从瑶盏注,诗向锦囊藏。器少相如涤,人原太白狂。金茎仙露碧,玉版墨痕香。”师见而惊异曰:“女子有才如此,不必更求进步矣。”是后乃不更授余功课,惟令温习旧者,亦不为之讲解,不令背诵,出则出,入则入,不复过问。于是一年,非特无所进步,其旧有者亦忘之矣。至今思之,可笑亦可叹也。(师初来时,问余何所能,余答以学对对、学作诗,师曰:“余出一语,汝试对之,朗吟云:‘池内荷喧知雨到。’”余应声曰:“庭前花落识春归。”师大悦。)一夕天初寒,余偕兄夜读。兄所读者为近人之制义一篇,俯仰高吟,求其能背诵始已。余已读毕,枯坐无所事事,深念兄诵读之劳,恨未能代之,置手衣囊中,得鲜栗数枚,就铜炉中煨之,去其皮,置兄案。兄且读且食,甚称栗之甘美,频问其有无。

余心惴惴然，恐栗之将尽，不能果兄之腹，心念此时如更获若干之栗，俾兄食之，则余心之快慰，当如何也？嗟乎！兄今渐老，余亦将衰，天各一方，悲欢苦乐，各自为谋，反不若童年之有真乐至性也。

次年，兄归湘应童子试，余始废读，稍习女红之事，而性又不相近，未久辄弃去，日偕女伴嬉于园中，久复生厌，仍从事于读，然苦无师，且无伴侣，不能有恒，余之学业有退而无进。职此之故也，余仲兄偶归，时或为余讲解诗词之奥义，而又未能长处家中。余父以余姊之故，尤不欲余多作诗，尝言："'女子无才便是德'一语，应改为'无才便是福'。"盖谓福慧不能双修也，偶见余诗稍佳者，辄戒余勿多作，于是而余之诗亦不能求其进境矣。惟余仲兄则深欲余从事于学，令余读《离骚》《文选》及《史记》《说文》等书，为余检置案头，然亦无暇为余讲解。余偶一翻阅，见其文义深奥，又不之喜，未终卷辄弃去。于兄案头得《吴会英才集》一部（毕沅编），深喜之，终日吟讽其中，尤酷嗜黄仲则先生《两当轩诗集》，后乃觅得其全本读之，手不释卷，致全集均能背诵，其集末附有所作诗话数则，中云："欲以岑嘉州、温飞卿、李昌谷三家之诗合刻，能读之烂熟，则下笔必有奇妙。"乃于《全唐诗》中检得三家之诗，各手录一通，又手录《两当轩全集》一部，故诗学略有心得者，此也。

是年余仲兄由黔返湘，赴京会试，手录《清初名媛诗选》一册寄余，题曰"熙朝鸾韵"，自跋其后，文极幽艳，兄自未存稿，而余此册亦不知何时遗失矣，惜哉！今仅记其末数句云："庚辰冬，与雪澄王子同棹潇湘，得暇观近人所纂《香咳集》，千腋攸萃，片羽足珍（此处阙二句）。于是弄墨晨书，燃脂暝写，择其尤雅，存以自娱。篷压座矮，身忽是童，船摇字斜，腕不为主。是时也，楚天冬瘦，君山似眉，洞庭宵平，娥月在掌，云璈奏曲，欲起四千载之湘灵。雷岸成书,将寄十三龄之畹妹(余幼字湘畹,故云)。”

又一年,余父去古州,复由湘而黔、而晋、而蜀、而苏。时余年渐长,余姊亦弃世,兄辈亦未能长相聚首,父母之年亦渐衰老,余母常多病,余日忧之,处境虽同而天然之乐则大减矣。子舆氏谓:“父母俱存,兄弟无故,为人生第一乐。”洵不诬也。今则此乐不可复得,若曰:“得天下英才而教育之。”则余岂敢?惟朝夕黾勉以求其第二之乐云。

——《妇女杂志》第一卷(1915)第六、七、八、九、十号

黄翠凝

奋回头[1]

第一章

广东某县,有一纨绔子,姓张,名晚成。父号广仁,拥巨资,好行善,乡里贫[2]乏无告者,每周恤之。年五十,暴病而卒,乡人皆痛焉。晚成年十九,姜氏以独子故,视如拱璧,纵恣之。婚于同乡陈孝廉女,名宝珠,美姿容,性婉娴,识书行孝,姜氏爱之。女少失恃,嫁未及一载,而又父亡。孝廉无子,所遗产业,妾尽与卖,挟资适他人,自后女则无母家之可归矣。广仁亡后,姜氏镇日悲泣,饔飧皆辍。宝珠忧之,惟日伴姑侧,毋斯臾去,择书中之谐谭可解颐者,说以娱之。姜氏得此贤媳,伤心为減。第晚成自父没,废诗书,纵游乐,常与三五小人群居终日,非游博流荡,则恋绿迷红。母妻深虑之,谏诫不听,卒无如□。然流光如□,忽忽广仁死已二年,晚成以狎亵荡产,卢雉倾家,仅余大屋一间,作母等栖息之所。

一日,晚成归,有数人尾其后。姜氏与宝珠见此情形,战栗问之。晚成喘急答曰:"吾今日又博负六百元会。"宝珠与姜氏一闻此言,遂急曰:"如何负此巨款,其将偿焉?"宝珠亦曰:"汹

① 原文标"立志小说",原署"番禺女士黄翠凝著"。
② "贫",原文作"贪",据文义改。

汹然数人随子后者为谁?”晚成曰:“此即吾负博之主也。”宝珠骇曰:“此款刻即索偿乎?”晚成未及答,厅外数人厉声曰:“待至何时?”晚①成顿足燥急曰:“汝等为我其说之时。”姜氏惊,宝珠亦颤动不能自立,仍合齿强制,一面慰其姑,一面挥其夫出求展以日。晚成曰:“我不能出,即出亦无效。”宝珠向有志,闻其夫说拟欲出与数人言,忽厅外吵嚷之声渐急。晚成疾言曰:“火速!火速!”宝珠因步出厅外,见有五人,衫袂尽穿红莨云纱,裹袖揎拳,貌甚狞恶,欲作攀门状。一见宝珠出,卸袖垂手,寂然不稍动。宝珠端庄问数人曰:“汝等来何为?”一人怒目大声答曰:“来此……”又一人貌似和平,止之曰:“娘子出来,汝等勿卤莽。”宝珠见此人尚可与语,即问之。彼人曰:“晚成与吾等博负银六百元,伊命吾等到此取□。”宝珠曰:“此处岂可任汝等喧闹耶?”一人愤然曰:“尔犹……”和平者又止之曰:“不可。”旋谓宝珠曰:“彼等无礼,望娘子原谅之。”宝珠因曰:“晚成,尔等素知其穷,何故偏与之博?”一人怒曰:“我等不惯与妇人言,可呼晚成出!”说时目眦尽裂。和平者曰:“伊亦曾赢我等,岂我等亦以穷而不归之乎?祈娘子说与晚成知,求其刻即如数与我等,则各去矣。” 人嘻笑谓众曰:“如无银,我等可在此作长寓之计。”有五人齐声曰:“晚成不畏死耶?”宝珠一弱质女子,而突然遇数粗鄙之夫,冷嘲热骂,裂眦喷沫,即以一壮男子处此,亦极难对付。宝珠知诸人难与辨驳,惟有早筹此款,始足以迸出之,然以累累数百金,刻下亦无从向人挪借。曩时未经破产,于戚友或易为谋,第今非昔比,人情冷暖,更谁为偿博债耶?思至此,不觉气沮,暗计曰:“惟此屋或可售之,但既售之,又无栖迟所,将若何?”五人齐声问曰:“娘子将作何计较?”宝珠曰:“此款汝等能

① “晚”,原文作“晓”,据文义改。

限我时日乎?”有二人曰:“不能,不能。”一人曰:“欲至何时?”宝珠曰:“一月可乎?”其人冷笑曰:“若一时间作一月或可。”宝珠闻言,愤甚,欲骂之,自顾薄弱,断不能与此强暴者较,旋又隐忍。和平者说曰:“一月过久,一日可乎?”宝珠未及答,彼等曰:“一日太长。”和平者回首低声谓众等,徐又对宝珠曰:“娘子急自为之。”宝珠曰:“以数百金而谋之一日,虽富者亦不易为,如汝等欲取此款,必俟一月乃可。”后彼等亦见无法强逼,不得已乃允其请。和平者问曰:“娘子以何作据乎?一月之久,难保无意外,须立券一纸,似觉有凭。”宝珠允之,已而券写就交彼等,始行散去,去时犹谓曰:“美哉此女!”宝珠亦无如何,惟有吞声而已。

自各博徒去后,晚成乃筹思卖屋之法,欲求其友史友虞为介绍人。史友虞乃富家子也,年廿四,性佻仸,好渔色,少时与晚成同笔砚,自晚成落拓后,少与往还。一日,晚成为卖屋事,往拜之。入室,友虞倒屣欢迎,甫坐,友虞问曰:“久未见君,近状何似?”晚成曰:“年来境遇不良,屡遭挫折,不如君之养尊处优,岂尚以故人为念耶?”谭次,因道及近年落拓之状,友虞亦为之惋惜不置。晚成又笑问曰:“君欲买屋否?”友虞曰:“以仆之贫,焉敢有此妄想?”晚成曰:“君何必谦?我实告君,近日正处窘乡,无以为计,迫得将住宅转卖,君甚为我谋之。”友虞讶曰:“是乎?君勿诳我。”晚成曰:“非诳君,实直言耳。”友虞俯首吟思,少焉曰:“此屋价值几何?”晚成曰:“千余金。”友虞曰:“吾无力购,有友人施姓者,正由外国回,颇富厚,闻欲买一宅,现侨居君家邻近耳。”晚成恍然曰:“是矣,施济仁耶?”友虞曰:“然。”晚成曰:“此人与吾家叔在雪梨埠营业,十年前曾回国一次,亦曾至舍下。”友虞曰:“此人好爽有风概,君既与之识,盍往商之?”晚成曰:“与君偕行,可乎?”友虞曰:“甚佳,我亦愿一往访之。”二人遂相将同往。

五凶悍者自得券后，无日不在门外询探，恐晚成他逃。而晚成自卖去住宅，另税小屋居，得银一千元，即日还去六百，余四百元，晚成默念曰："持此式可博回负去之项。"不图技痒一萌，自难遏止，径往之，乃又嗒然罄资以返。从此一室萧然，家徒四壁，嗷嗷数口，借贷无门，母则枕席欷歔，妻则牛衣饮泣。晚成睹此景象，不禁惆然自伤，然无术点金，不得已盗心忽①生。一日，窃邻居物被觉，捕送诸衙，囚之。盖邻居为冯仁伯家，仁伯为茂才，屡荐乡试不第，性极阴险，专事包揽讼词，与衙役为友，人极畏之。以其姓冯名仁伯，人以叶音呼之曰"逢人怕者是也"。

第二章

晚成自被囚监后，姜氏闻信，日夜惊惶啜泣，涕泗不停。宝珠本异常悲哀，惟恐触姑忧，亦只闺中暗暗垂泪耳。一日，姜氏早起，见宝珠牵丝缝纫，而体弱衣单，瘦如骨立，面上更现一种苍黄菜色，一见生怜。姜氏以其媳如此形容，知必为晚成伤心过度所致，乃吁气叹曰："数年来家道如此变迁，夫死子囚，一贫至此，犹幸有媳，纤纤十指，继日日之饔飧，不然，则垂暮老身久作沟渎中之饿殍矣。"姜氏思至此，不觉呼咽，泪涔涔下。宝珠正嚼线穿针，忽闻姑哭声，急放下缝物，行近姜氏前。姜氏拭泪曰："吾家一贫如洗，晚成又久困于监，释放之期未知何日。"宝珠曰："阿姑何必过忧？良人终有出狱之日，今有媳在，幸勿过事伤心。"姜氏又太息曰："晚成不肖，累汝艰难，当此少艾之年，饱受如许挫折，吾实不忍。"宝珠曰："阿姑何为者此言也？贫困亦人生分内事也，阿姑何以累媳为言乎？"姜氏忧仍不释，卒致生疾。此时宝珠忧惧万状，更不能言喻，日日惟有伴姑侧。女红既废，釜甑生尘，拮据千

① "忽"，原文作"匆"，据文义改。

般,无以为计,而姜氏之病,又日甚一日。宝珠乃将帐席典去,仅敷两日之医药费。姜氏病仍无起色,宝珠既无法筹挪,日睹姜病沈重,且己之帐席亦已典去,计无所出,后思尚有破败棉衾,复持出典之,又仅得二日之费。而宝珠日则辛劳事奉,夜则拥乱草以御寒,终夜不能入梦,又恐其姑需汤水,故辗转难寐,如是者又三日。此时寰堵萧然,室如悬罄,宝珠见姑病无延医之费,心益悲伤,转思施济仁颇义侠,若告以姑病,或能借助一二,遂告其姑曰:"媳今暂离阿姑往施济仁家去,约一句钟久始可回,姑祈宁耐些时。"姜氏凄然答曰:"噫! 媳乎,尔之行径,吾知之,尔不过欲向施济仁借助金钱,为老病之姑用耳。尔之帐席、棉衾,典当殆尽,尔虽不告我,而我已知之。媳乎,尔志良佳,尔心良苦,吾不自怜,惟怜尔生不辰,而适此恶夫婿也。"语至此,气喘声嘶,紧握宝珠手。宝珠拭泪答曰:"阿姑体既不宁,不宜想此不如意事。媳生平不羡富贵,不畏贫苦,惟顺理行之,此则媳之志也。"姜氏叹气曰:"尔既必欲向施氏借贷,姑去筹之。"宝珠唯唯辞出。抵施济仁家,适施济仁在,宝珠遂将来意缕述,济仁慨然曰:"此区区小事,何不早来告仆,竟迟迟延至于今乎?"言毕,乃入内小顷,复出,谓宝珠曰:"暂持此十金回治姑病,如再不敷,可来与商。"宝珠感激零涕,持金拜谢而去。

及抵家,匆匆推扉入,心念其姑寂寞,急趋姜氏室,行及室外,即欣然呼曰:"阿姑,媳已借得资回,阿姑不日可愈矣!"乃不闻姑应,因蹑足榻旁,恐惊其姑睡梦,轻揭破帐,俯首视之,不禁惊叫曰:"天乎! 姑乎!"随又以手摇姜氏,肩则挺然不动已。时宝珠全体颤动,细视之,见姜氏颈下紧束一带,目突舌出,知为自缢,乃大呼号哭。声动邻人,均奔赴诘问,宝珠哭诉以故,邻人皆惋惜嗟叹不已,遂各出资以助营葬之费。自姜氏死后,宝珠益觉悲楚寂聊,惟一人独处,动事针黹而已。

一日亭午,正俯首沈吟,追忆前事,忽晚成挺立身旁。宝珠大惊,瞪视不能语。晚成急挽宝珠手曰:“吾归来矣,并非鬼物也,尔勿惊。”宝珠凄然曰:“君归耶? 妾以为今生无相见之日矣。”晚成大惊问曰:“阿母何在乎?”语时目频频视宝珠,见其全身缟素。宝珠掩泣曰:“阿姑已长逝矣。”晚成一闻是言,悲感跪地放声大哭曰:“母乎! 母乎! 吾自愧不孝,使母终生为吾忧虑,而母死吾犹不能一领遗训,罪孰大焉!”语至此,捶胸顿足。宝珠见其如是悼伤,乃婉语慰之。晚成哭良久始收泪曰:“吾生平作恶,至贻妻母之忧,予苟不能刷耻改行,则何以慰母于泉下乎?”

第三章

宝珠闻晚成悔改之语,心犹不信,料其不过因一时之醒悟,乃作是言,遂愠色答曰:“子虽如此言,然我终不敢深信。”晚成见宝珠不信,乃长吁泣下数行曰:“噫! 吾之为人,即妻子亦不能见信,此则吾生平无一毫足以取信于人者,所以致之,但吾今日痛改前非,非复如从前者可比,盖大丈夫言必顾行,行必顾言,古人能为,岂我晚成便不能为之?”语至此,愤难自遏,乃奋袂起奔厨下,大声呼曰:“吾不孝不义,至令母死妻辱,尚可谓之人类乎? 自今以后,誓必痛改!”宝珠不解晚成何故,作此癫狂,已亦趋至厨内,见晚成右手高持一刀,以左指置砧上,挺腰厉目,凶暴惊人。宝珠睹此情形,慌忙急欲阻止,不意晚成手起刀落,而将指已截断数分,殷血淋漓,面色惨白。宝珠周章无措,一手握晚成伤处,口中惊叫曰:“子何故出此?”随即扶晚成出厅坐下,急将手帕①草草包裹伤痕。时晚成全体震颤,呻吟摇首。宝珠慰之曰:“姑暂忍之,妾今往买止痛药。”言毕,匆匆竟去。

① “帕”,原文作“怕”,据文义改。

少选，购药返，与晚成小心敷裹，再煎宁神剂以饮之。隔数少时，痛颇少减。宝珠劝晚成就榻安息，晚成曰："吾不思睡。"宝珠曰："子今日受如此痛苦，当必大耗元神，何不早寐以作休息？"晚成曰："虽然，吾不洞悉入监以后之家中情形，即寝亦不能入梦。"宝珠曰："子必欲知各事乎？"晚成曰："然。"宝珠曰："尔可假寐床上，俟妾一一告之。"晚成遂侧卧床中，眙目静听。宝珠曰："自尔入监后，尔母闻之，终日悲泣，夜间亦未尝安寝。"晚成急张目注视宝珠，只见宝珠泪乘于睫。宝珠举首亦见晚成泪落如粳糜，续言曰："亲因子得此凄凉，心内悲伤，当与阿姑同矣，然阿姑为高年人，不宜受此伊郁，以妾朝夕劝慰，泪或稍停，然忧恼之情，终不能遏，总之因悲痛过度，遂起沈疴。"宝珠言至此，即俯首不语，惟有举袖拭泪。晚成哽咽问曰："母病有资延医乎？"宝珠曰："以妾勤于针黹，每日之膳，尚可自给，乃于饔飧之余，节省颇有少蓄，遂延医调治。惟阿姑卧病已久，妾以事奉汤药，因废女红，自后医费不给，典质一空，而饔飧亦为之断绝。随往施济仁家借贷，幸济仁义侠，即与洋元十枚，并嘱善事阿姑。妾得银后，即赶急回家，不意回到家时……"宝珠言至此，不能复语，但伏案呜泣。晚成急起坐问曰："如何乎？请速告我。"宝珠复举首哽咽答曰："妾回家时，阿姑已经自缢矣。"言毕，掩面痛泣。晚成一闻是言，瞪目张口，气为之塞，良久，乃叹曰："天乎！母乎！何死之惨乎！"言竟昏卧床上。宝珠拭泪急扶之起，乃撼其肩，呼曰："子勿惊妾，祈速醒！"呼约六七分钟久，晚成始能呻吟哭曰："吾罪大矣，吾母因我自缢，我何以为人？"语时捶胸恸哭。宝珠流泪劝曰："子既知自悔，即今日改过，足以续补前愆。阿母虽在九原，亦当含笑。"晚成悲稍杀，乃再问曰："母死家贫，丧费从何去乎？"宝珠曰："悉邻人之赠也。"晚成复垂泪曰："幸邻人怜恤，否则不知又如何情状矣。"宝珠曰："子究因何事而罗监禁之罪乎?”晚成曰:“吾以家贫,故不得已为盗①,作此贱行,已有两月之久。一日,往冯氏家行窃,不幸被觉,竟拘捉送衙,时吾身藏匕首,乃诏我为大盗,即判五年监禁。”宝珠讶曰:“何未及一月而竟得释放? 岂子私逃回家耶?”晚成曰:“不然,今日衙官忽提吾再讯,诏我幸未伤人,遂将我罪减等,并勉励改过自新,吾之所以得归者乃如是。”宝珠忖曰:“既判以监禁五年,复再讯而忽得放释,其中非有人暗助,焉能脱羁绊而去犴狴哉?”正思索间,忽闻四跃鱼更,遂归榻就寝。

次晨,早起。宝珠照常女红,晚成因独坐无聊,去门闲步,并欲谋一正行工作。不料自去狱后,人尽知其历史,鄙其败行,无敢用之。晚成自思在家已有一旬,坐食亦非良策,乃决意往香江一行,或可谋得工作,遂将此意商之宝珠。宝珠亦极赞成是举,乃整备应用行李数事,涓吉明日起程。次早,濒行时,彼此预嘱珍重。宝珠复慷②慨勉曰:“此行务必努力自爱,妾虽女流,亦可自食其力,君毋以家计萦怀。”晚成曰:“吾断不负③尔志,尔祈勿忧。”言毕,匆匆辞去。至省,更换汽船,及抵港时,先入下等客寓。次日,觅得西营盘一百九十八号,一粗陋楼面,与房东订定,只租一床位,每月租值五角,遂回客寓,将行李迁进。事毕,每日出外寻觅朋友,求人代荐工作。光阴忽忽,不觉闲住旬余,而所托各友均无消息。晚成斯际忧心如焚,窃计带来资斧不多,已将用竭,若在延④半月,则又不知如何。后闻人言对海红磡⑤船澳中多用散工,每日工值可获三四角,其中之工人,或作扛夫,或作油漆,或作木

① “盗”,原文作“监”,据文义改。
② “慷”,原文作“慵”,据文义改。
③ “负”,原文作“员”,据文义改。
④ “延”,原文作“廷”,据文义改。
⑤ “磡”,原文作“碪(砧)”,据文义改。下同。

匠等。晚成计无所出,乃决意往红磡一探消息,遂循海旁行。至中环小码头,只见小火轮来往无数,板桥上有一人高呼曰:“油麻地!”曰:“红磡!”曰:“九龙!”其声喧嚣聒絮不一。忽见有小火轮,中多坐客,船上高插一牌,书曰“即往红磡”,晚成即附此船,而船中座客,叠肩骈背,几无余位,晚成只得在船头暂立。少顷船抵红磡码头,晚成随各人上岸,见此地住宅希少,店号货仓林立。晚成以急于谋工,不暇游览,只向沿途查问船澳在何处。已而,果觅得。至厂门首,举目周视,见有两印度巡捕,把手异常严防。晚成心颇惬怯,且不知此巡捕为何等权职,乃逡巡而不敢前,惟徘徊瞻瞩作门外汉而已。

忽有一人从背后呼曰:“晚成兄,何时来乎?”晚成回首一看,认得是施济仁,不觉喜溢眉宇。济仁问曰:“兄几时来此? 现居何处? 有事业否?”晚成答曰:“到香江已半月于兹,僦居西营盘第二街一百九十八号楼上,现尚赋闲,仍未有工作,今特来红磡,欲谋船澳散工。”说毕,又问济仁曰:“兄到此何事?”济仁曰:“吾上月在某街开一百货店,名‘利兴’。”晚成曰:“如此甚佳。”济仁曰:“兄何不迁来我店住乎?”晚成辞曰:“不可。”济仁曰:“来我店后,再谋适意之事业,亦未晚,至好,何必客气。”晚成曰:“既承提拔,实感大恩。”济仁曰:“彼此都是同胞,何必云谢。”又问曰:“君之令堂清恙如何?”晚成触起其母,不觉凄然答曰:“家慈已弃世矣。”济仁讶曰:“是耶? 然则何时弃世乎?”晚成答曰:“贱荆往府上告贷阿堵之日,即家慈永归长夜之时。”晚成言至此,哽咽不能再说,济仁慰曰:“老人体弱,此亦非意外事,但人谁无死,兄可勿悲。”晚成见在路上不便将原委告济仁知,只谢曰:“甚感兄意。”济仁曰:“吾今暂别兄回,请于明日迁往某街第某号弟处可也。”晚成诺之,遂互言再会而别。次日,晚成遂迁至济仁店中居住焉。

第四章

却说南亚非利加洲好望峰,此地大山绵亘,多产金矿。中有大塔,名地角塔,巍巍高矗,势若冲霄,接连两地,一名哥郎弥,一名恶加卢霞士,亦岨嶙联俪,崔崒千重。人民共十余万,中有德国充军犯人,厕离其间,然犯人期满,向例解回原境,而该处犯人,则多不愿复返故土,概落藉彼处,以谋生计。是地土人,野蛮不入教化,惟专事种植,绝未晓开掘金井,以富一国之利源。英人久已觊觎其矿山,常欲以强硬手段①夺取。土人不服,激而成战。后英人果得好望峰左右矿山九座,乃颁电香江领事,广招工往非洲。时有太古洋行总理,闻此消息,即与香江领事商办,承揽代招华人。领事准具所请,太古洋行于是派员在广州四处招集华人,并登广告。兹将其招工之规则,条录如下:

(一)每月每人工金六十元,约中国银十五元;

(二)凡愿往亚非利加洲之人,须先报名。落船之日,即付银十元,以资使用;

(三)华工落船时,由太古洋行付毛毡一张、小工帽一顶、工衣二套、竹箩②一事,工鞋一双;

(四)华人到埠后,须得依时作工,由晨七点钟起,至十二点钟停食午饭,再由一点钟至六点钟止,各工人始得回工厂休息。礼拜一至礼拜六日日皆如是,惟礼拜日则可停工休息。

(五)凡华工有病,或用中国医生,悉从本人自择;

(六)凡华工以三年为满期,即行送回本国,满期后,去留亦从其志;

---

① “段”,原文作“叚”,据文义改。

② “箩”,原文作“萝”,据文义改。

（七）凡华工之工金，须至好望峰之日起计，无得减少预支。

承松华工太古洋行约章告白

当日《太古招工告白》一登，香江及粤东全省有志远行者，无不纷纷欲往。太古另设一馆，专为招工报名用，而此馆每日之人，多至不能立足，故迟到者只引颈翘足门外。一日，晚成往油麻地，偶过该馆门首，见人多于鲫，心极讶之，乃挤前一望，见馆内出来之人，各拿一纸。晚成欲知何事，遂向人借阅，始知系《太古洋行代招华工章程》。晚成心忽跃动，即转身向利兴店之路行，沿途想曰："吾来香江已及一月，竟无机会可图，今太古洋行，既有此事招人，吾何不乘机谋之？万一或在非洲得志，亦未可定，且吾妻期望我甚切，大丈夫岂可老死蓬蒿？若在非洲得志之日，富贵而归故乡，则吾从前之丑行，亦可一洗而尽矣。"晚成想至此，不觉扰眦扬眉，轩轩自得。

亡何，已返利兴店，即将此事商之济仁。济仁力止之曰："非洲为热带之地，兄生长温带，一旦转换水土，恐于兄不利，莫若在此暂时守候，再相良机，勿庸急急也。"晚成曰："弟意已决，不再别谋，人生有四方志，非鹿豕也，何必恋恋故国耶？况此去不过三年，而驹光过隙，诚转瞬间耳。弟必坚志前往，兄毋劝可也。"济仁见晚成已决意，不便挽留，只得任其自由而已，乃曰："兄既必欲远行，弟亦不能阻止，但愿此行乘风破浪，满载荣归，则弟私衷可慰矣。"晚成见济仁允其议，心遂大安。至次日，早膳后，往油麻地招人馆报名而去矣。

第五章

晚成往招人馆报名毕，随向经理人问曰："何时启程乎？"经理人答曰："约后日。"晚成曰："后日吾来可乎？"曰："可。"晚成遂别经理人回。至启程时，晚成预妥行李，遂与济仁告别。济仁乃与晚成同往下船，及到油麻地招人馆，见各工人已经齐集，专待入船。未几，有一英国人到来查看，查毕，即导各人往船上。济仁亦随众人后，见各人陆续尽至船内，济仁欲与晚成话别，遂至英人前，以英语问曰："吾有一友附此船，今欲与之话别，能许我入此船一晤否?"英人曰："可。"济仁即至船中，觅着晚成与谈。晚成曰："吾今领得十元在此，烦兄代携此银回家，兼代对室人言明弟往非洲掘矿，三年后即可回家。"济仁曰："此银何不携往，以备不虞之用？至于贤夫人，弟必照应之。"晚成曰："弟到非洲既食于矿主，现又有矿工衣服，此款带去亦属无用。兄可代交室人，使彼得此以补不足。兄谓能照应一切，弟则尤感激无涯矣。"济仁见晚成固执，乃将该银收下。时轮船已将启行，济仁即与晚成彼此挥涕而别。济仁仍立码头注视该轮，晚成亦凭船仓观望岸上，只闻起锚及送行诸客珍重之声。约二十分钟后，汽笛一声，辗轮鼓浪，直望大洋而去，晚成犹凭窗远眺济仁，至不见影而后返入仓内。是夜辗转不能成寐，回思往事，即纵性恣博，遂致家道忽衰，从前养尊处优，今充置身重洋，当此贱役，万一己罹不测，客死他邦，则少弱之妻又不知作如何苦状矣。晚成兴念及此，不禁涕涟。时天将破晓，泪眼朦胧，乃阖眼静息。至次日乍然惊醒，醒时正早餐，晚成仍无心饮食，略食少许，即至甲板上游步，并眺望海山风景。幸该船此行专为善工而设，故各人于船中散步亦甚自由。

船行数日，忽飓风大作，船身簸①动，反侧不宁。晚成初时犹可站立，及后则不能起坐。船中诸人均挺卧仓下，呻吟叫苦之声不绝于耳。晚成至此时，觉头眩胸恶，随强起，扶窗栏一望，只见狂风怒号，浪如山立。正惊顾间，忽一浪由船尾撞至，船即起落如壁，晚成亦颠仆不能自立。忽又闻訇，然厉声连续不绝，迫急之势

① "簸"，原文作"箳"，据文义改。

如万炮齐鸣。不一时,英人高声呼叫,指挥船役整理各事者,旋闻劈桅声、铁练声、喧叫声,纷纷嚣聒,已而各水夫疾呼曰:"船将没矣!宜速逃生!"晚成一闻是言,慌忙无措,急翻身起坐,四面观瞻,复匍匐至甲板上,见帆樯、桁缆、绳梯等物,靡不付断节解,而船主及司机英人,奔来跑去,督率水夫放下舢板,俄而取出无数救生浮水圈,船中人莫不争先恐后,如蚁附膻,以夺取此物。晚成以人多挤拥,不得向前,只得瞪目注视而已,惟念处此危机,生死顷刻,若不谋自顾之计,则必沈于大海之中,乃举目一望,视有何物可以扶水,忽见船上高悬旗帜,复忖曰:"吾曾闻老于航海者言,若船遇险难,则必高悬难旗告急,今此船正值此会矣。"正惊惶思索间,闻一水夫曰:"船殆矣,可奈何?"言未毕,船中善工齐声哀呼曰:"天乎!吾等竟葬于海底乎!"惨怆之音,令人不忍闻听。正喧噪际,船身已渐渐低落,仓内入水甚满,众人知不可挽救,乃先后跳过杉板,各自逃生。晚成已惊至面无人色,忽一水夫高叫曰:"有船来!有船来!"晚成急随水夫所指处望去,果见一船由远远驶至。船上之人皆齐声呼救,以冀前船急来,晚成亦竭力同声大叫。时破船已尽入水,船主命诸人急登杉板,而前船幸已驶近,各人又由杉板而转登前船。呜呼!六百华工,今得生存者,只四百人,可怜跳入水者,虽有浮水之器,无如风狂浪急,此二百人竟随波逐浪沈埋于巨海之中,晚成幸得不死。过船后,风浪亦渐息,太古船主遂打电回太古敦促换一船,载各华工往好望峰去。

第六章

往非洲之船已经到埠,时正亭午,即有数英人领各人登岸。只见大山巍峨,树木森萃,诸山遍插旗号,迎风招展,阒寂无人。山之外,四设杉围,围外屯英兵数营,以备守卫。华工掘矿之处,共有四门,能通出入,惟每门亦有两英兵,荷枪值时立守,而其严密如是者,实防华工之私逃。围内有矮板屋数十椽,编以号数,每间限住十人,围外两边大山,有洋房十余座,高筑颠顶,为英兵官之眷宅。是日各人上岸,安顿行李毕。至晚餐时,有土人送至,食毕,各人休养一夜。次晨起,即有监工之人传呼曰:“各人宜换矿衣、鞋帽,以备工作。”各工闻言,均急更换。钟鸣七下时,忽有英兵数十前来编号,工人以十名为一队,每人给以器械。已而英兵引之前行,兴工采矿。

手胼足胝,茹苦含辛①,戒旦鸡鸣,则身勤于役,西山日薄,始影息于劳,如是者已亦阅月。不料彼处山岚瘴气,炎酷腾蒸,每日劳动于烈日之中,汗流如注,或因热渴,则饮以冷水,日积月累,感受恶毒之气愈深。间有仆倒山中则不能救治,英人乃将华工之尸身,裹以帆布,缚以长绳,并坠重石,拖葬于海。各人因睹此惨象,莫不流泪伤心。再越十余日,死者已逾大半,而各人更酸心惊骇,常欲私逃,惟英兵防守綦严,直无可乘之隙。晚成亦时时自思居此死亡之危境,不觉叹息实命之不犹,初意以为来此有机会可图,则一洗从前过恶,不料误投斯瘴毒之地,同群半折,兔死狐悲,况天有不测之风云,人有旦时之祸福,一旦不幸惨死是处,则吾一生之壮志未酬,弱妻仃伶,其谁周恤?晚成想至此,涕泗交流,随太息曰:“吾妻近况如何?然吾今日之状况,亦为我自致之,倘从前不作此荒谬卑鄙之行,则现在亦何致受如斯之困苦乎?”晚成由是郁闷不能寝食,自兹以往,则精神疲倦,操作缓然,监工英人以其怠慢,鞭挞交加,痛楚已极。然亦不独晚成一人而已,同群而被此苛待者,实不知凡几,或有不堪其虐,辄思自行溺海绝食而死,亦不胜缕指。嗟嗟!四百生灵,今则只余七十,而祈死者尚有帆布,裹坠于海,后以死亡既众,乃随意投掷深渊,惨目伤心,未忍坐视。

① “辛”,原文作“卒”,据文义改。

盖晚成自遭此鞭挞后，终日仰天号泣曰："天乎！冤哉！吾获何罪，而罹此惨酷之罚也？夫离乡别井，受十五元之工值，而得此种种之奇灾！牛马耶？奴隶耶？恐亦无此苦况！"同人闻晚成之言，语语刺心，更触起受苦情形，亦不觉随声痛哭。有激烈之辈，大声疾呼曰："兄弟，吾等数百人到此非洲，本谋生计起见，□以为谋稍有利益，得志之日，回国与吾父母、妻子欢然聚首一堂。今在此既不能如愿初心，复受人多方鱼肉，谁□□类惨劫逼临，以大好之身躯，供宰烹而袖手，能□兴之争衡乎？"各人闻激烈者言，皆踊跃曰："甚是！甚是！与之争衡□何难？"中有一年稍长者，起立问曰："诸君果能附和此言乎？然有何妙策而与之争衡耶？"激烈者忽闻此问，不觉瞪目呆视，附和者亦如冷水浇背。良久，始答曰："吾辈数十人并力，将英兵杀尽，而后逃回中国，亦非难事，况各人现有工金数十元，持此亦不愁无附船回国之费。"众即鼓掌称善，长者急止之曰："勿喧！勿喧！事机不密，则害成。英兵如探悉我等言论，则必受一番琢磨矣。"众曰："彼英兵不谙我等言语，且现非工作之时候，尔不见月明初昼，乌鹊无声，谁事干涉①。"年长者答曰："尔等竟以不谙兵事之数十人，而欲杀彼昂藏之数百英兵耶？正所谓螳臂当车耳。即我等皆强有力，幸而得胜，则岂能一旦逃脱乎？"众齐声曰："吾等既有船费，何故不能自逃？"长者曰："虽然如此，而我等数十逃工，未必有船容我等附载。"众曰："何事不容我等附搭②？"长者曰："吾等既杀彼数百之英兵，而英人断无罢手放吾等安然回国之理，即有船允载吾等回去，吾恐船至半海，必有兵舰截取吾等回。"众闻言，不禁愤号曰："然则吾等将永受英人之残虐乎？"长者曰："兄弟，犹不知之耶？吾中国人之被苛待

① "涉"，原文作"沙"，据文义改。
② "搭"，原文作"塔"，据文义改。

者,亦奚止英吉利一国?凡世界各国,无不以中国人为俎上之肉,而任意脔割之。”众益不平曰:“吾国与各国究有何隙?”长者曰:“非有隙也,弱肉强食,优胜劣败。我等为苦工,中国为苦国,何怪他人虐待乎?”众曰:“吾国又何为而至此乎?”长者叹气答曰:“中国政体衰败,军备薄弱,实业不兴,教育不讲,版图日促,生齿日繁,游民众多,此其大害。盖外国人之来我中国营业者,数十万有奇,而我国人之侨寓外国者,尤不可胜数。然外国人之到我中国,皆为多财善贾之上流社会,而我国人之往外国,尽属卑鄙下流如吾辈等,彼此一较,诚有霄壤之别。然若中国有力保护吾等,吾等亦何至于是?总之,中国不能保护在外华侨,则又非独外人虐约吾等之过矣?”众人同长者一席语,皆称服不置,乃大声呼曰:“兄弟,吾等自后须努力为人,以一雪国耻也!”已而众又问长者曰:“然则吾等竟不能回国乎?”长者曰:“此志恐一时难达矣。”晚成听至耳热,忽然起立高声曰:“吾等到此受如是悲楚痛苦,而中国官吏何知我等为无国保护之苦民?尚不思转弱为强,诚忍心哉?”言时声泪俱下,各人亦大悲曰:“吾等终为英兵鞭下之鬼矣!”

第七章

各华工受英兵虐待之苦,常欲逃遁,惟恨无良策,辄唤奈何。一日,忽见有一轮抵岸,船中约有七百余人,口操粤音,知是从广东新招来者。监工英人领上岸毕,命先前之七十华工,每领十人,分为十队,教授操作。然每队中,必用英兵一名管辖,间有不合意处,即鞭朴从事,即无甚过失,而英兵亦纵性拷打,以为嬉戏。因此新旧工人咸为不服,莫不自怨自艾,错投此邦,第敢怒而不敢言,只得吞声饮泣而已。晚成常自思曰:“吾来此仅六阅月耳,维日无多,然于赤日之中,奔走骇汗,受太阳之灼,烁遍体成焦,当此苦工,真不堪其劳矣,何时乃满此三年之自鬻耶?”晚成想至此,决意设计潜逃，故于每日放工时，则必凝思默念。但以杉围周拱，如此其密，英兵守卫，如此其严，两边连①接大山，而山上又是英官居住，后临大海，浩浩茫茫。前面路似平坦，特不知能通何处，欲向人探问，诚恐事机一泄，反败其成。惟有一二土人，性甚诚悫，似可婉词扣问，惜己未尝谙练土语，只于起居饮食数语能道之，晚成因此心内更伊郁不安，饔②飧为之大减。

一日，当黄昏时，一土人送膳至，年约二十许，貌极和平。晚成自以无聊，乃操土语顺口问之曰："君何名乎？"土人忽以粤语答曰："吾名佳那沙。"晚成讶曰："君竟能操粤语耶？"佳那沙笑曰："然。"晚成曰："君从何处学得？"佳那沙曰："吾自幼随父经商于西贡，曾开一洋货店，而所与吾店交易者，多是广东人，故吾父店内之伙伴必以广东人乃雇之。时吾年仅七岁，常与彼等狎习，故能说粤语。"晚成曰："此店现尚开否？"佳那沙曰："尚开。"晚成曰："子何故又回国乎？"佳那沙曰："三年前，吾有小过，为父痛责，因愤而逃回。"晚成闻佳那沙说出一"逃"字，心即砰砰然动，乃乘机答曰："壮哉君乎！若使吾为子，则断无此胆色，能一人逃走矣。"佳那沙见晚成称赞己能，乃面露得意之色，答曰："此亦何难之有？"晚成屡欲探其逃走之法，恐为佳那沙见疑，不得已，乃力制止，遂以他语乱之。自后，晚成日渐与佳那沙相契好，而佳那沙亦极爱晚成，暇则与之笑谈，得有珍奇之食品，必携来与晚成分之，如是又月余于兹。

一日，晚成与佳那沙纵谈好望峰地势，佳那沙言之甚详，晚成因而问曰："子熟于地理学乎？"佳那沙曰："吾在西贡时，曾习英文三年，即环球地势，亦颇能说出一二。"晚成曰："既如此，何不为吾

---

① "连"，原文作"运"，据文义改。

② "饔"，原文作"饗"，据文义改。

一道乎?”佳那沙乃侃侃然说曰:“世界有五大洲、五大洋,君知之否?”晚成曰:“不知。”佳那沙曰:“亚细亚、欧罗巴、亚非利加、亚美利加、澳大利亚,此即五大洲也。五大洋者,太平洋、大西洋、印度洋、南冰洋、北冰洋是也。”晚成曰:“我中国实居何洲乎?”曰:“贵国在东亚细亚,而与亚非利加、欧罗巴二洲相连属。”晚成即脱口曰:“然则由此可以直回中国乎?”佳那沙曰:“君既能由中国来,可知必能由此可返中国。”晚成曰:“虽然,第吾所指者,非说水程,乃从陆路也。”佳那沙曰:“陆路亦可。”晚成心中暗喜,遂极力赞佳那沙曰:“慧哉!君乎!如此年少,具此见识,吾不及子多矣!”佳那沙闻晚成一赞,更色舞眉飞曰:“吾详细说与君知,盖由杉围前门一路直往,绝无大山峻岭,间有小山,亦不甚险阻,惟不向左右两途行。过尽亚非利加洲,即到亚细亚洲矣,然其中要过一长河,此河名‘乃卢河’。过河后,即达阿拉伯城外,此处即为土耳其属地。若沿阿拉伯城而行,不久即到波斯,由波斯而直过印度,由印度而至暹逻,而抵安南,由安南则可到广东,第沿途所经崇峦大海,及各小国不可胜数。”晚成曰:“子之记忆力甚强,吾亦惠教良多。”佳那沙说毕,天已晚,体觉疲倦,已而兴辞出。是夜晚成通宵不寐,将佳那沙所说各路程一一详请注白,于是逃走之志益坚。惟杉围出入之处,英兵管守綦严,焉能有法出其罗网?终夜萦怀不已,忽得一计曰:“得矣,相机为之可。”

一日,佳那沙又来译语,晚成曰:“明日星期,今晚我等何不作局小饮?吾来此八阅月,而未尝饮酒,君能为我沽酒否?”佳那沙曰:“可。”晚成遂出八先令曰:“以四先令沽酒,四先令购肉。”佳那沙接银后,少顷即携酒肉回。晚成力劝佳那沙多饮,约一时,佳那沙已颓然大醉。晚成即扶之登己榻,脱去其所穿之号衣,随即穿于己身,又取所盖之毡,放于送膳筐内,并藏起数十元工值,急挑筐在肩上,匆匆出门去,幸各同伴皆未回来。及出杉围门口时,各英兵亦以为送膳之人不之问。晚成离围颇远时,知英兵观望不及,乃飞奔向前。至一僻静处,乘月色微朦,即放下竹筐,将号衣脱去,置在筐内,又取起红毡配在背上,弃下竹筐,如飞而走。及佳那沙醒时,不见晚成,又见己赤体,号衣亦不在身,心内大惊,暗思曰:"此必晚成逃走无疑矣,否则彼何以屡扣吾回国之路程乎?惜吾当日不知其计,宜速往报知守兵,便如其踪迹追之不难。"忽又自止曰:"不可,晚成待吾甚厚,若将彼提回,必无生理,姑且听之,只密追著取回号衣、竹筐,任伊逃去可也。"佳那沙想毕,即出杉围。守兵见其身无号衣,乃问曰:"汝何人乎?"佳那沙操英语答曰:"吾为送膳人,先间失下一物在围内,故来寻之,急未穿号衣耳。"英兵见其是黑种人,知非华工,乃放之去。佳那沙照己所说往中国之路寻去,约行三里许,见有一筐留在路旁,果是己物,遂揭视而号衣在焉①,乃欣然携归。

第八章

晚成逃出杉围后,依佳那沙所指方向而去,晓行夜宿数日久,已过乃卢河,复起陆前进约行六七里,远望前途一带沙漠,居民鲜少,草木依稀,浩浩茫茫,满目都是黄沙碎石。晚成不暇踌躇,乃直前进发。行半日,仍未过尽沙漠地,时当空红日,如火灾人,饥渴交乘,万难再走,思欲寻一稍凉之地,少作休息,惟一片炎蒸,绝无林木。正困急间,忽闻空际群鸟飞鸣,啁哳上下,晚成喜曰:"既有飞鸟,不远当有森林。"遂鼓其勇气,促步向前。行约三时间,果见远远一派丛林,不禁欣喜,极目光之点,回看沙漠已没,急急行前,随择一浓阴树下,合目憩坐。时正馁甚,而喉干欲裂,枯涸难堪,周旁瞻瞩,皆无泉水,心大燥灼,乃仰天长叹曰:"岂吾即在此

---

① "焉",原文作"马",据文义改。

槁卧而弊者哉?”言时忽见树林上,果实累累,晚成狂喜,猱升采食,而甘果味美,况当饥渴之际,尤为难得,遂大肆咀①嚼,果腹乃止。随又摘下数十枚,包以汗衣,预备途中饥渴之需,已而复趱程。

自兹每日经行之地,皆缘林荒草,渴则饮水,饥则搏兽血食,如是者又十余日。时与猛兽相邂逅,幸晚成未为其吞噬,但战兢惕厉,五中无一刻安闲。又越数日,已到稍有人烟之地,投寓旅店,询店主此为何地,对云:“苏丹。”问以陆行几何时可到乃卢河,答曰:“半月许。”次早,晚成复起行。及过乃卢河,抵土耳其属地,旋过印度,所见之人,皆秃首赤身,下体仅覆以布,惟瑰伟雄磔,肤色棕红。晚成太息曰:“噫!吾自好望峰出,不竟四十余天,已及印度矣。”细检囊中之资,以频入旅店,仅余二十先令,晚成心自忖曰:“区区之数,何足以卫旅行乎?”徐忖徐行,至一码头,见帆樯如织,轮船碇泊,不知凡几,有一大轮,紧贴码头,正值起落货物。忽见有数中国人,骈立码头侧,手执一纸,上写“安息旁行”字,晚成心大喜,窃计曰:“今日得遇本国人,宜向之一问途径。”旋即施礼曰:“先生,仆乃中国人,欲请教先生此为何地?”诸人诧讶瞪视晚成曰:“君既能到此地,而竟不知此为何地耶?此即孟米耳。”复问晚成曰:“汝何故来此?”晚成遂告以从南非洲逃出等事,各人骇异曰:“长途渺渺,西南异方,如何竟能达此?”晚成曰:“皆步行耳。”众更惊曰:“步行乎?过山涉水,不假舟②楫,岂汝为大罗神仙乎?”当数人问晚成时,晚成自忖曰:“若回广东,则船费不足,倘勾留于此,则无所依栖,莫若求伊提拔,或者于事有济。”想毕,答曰:“失路之人,漂流无定,欲回家,则

① “咀”,原文作“且”,据文义改。
② “舟”,原文作“丹”,据文义改。

无此资斧,苟谋得一小工作,于愿已足矣。未审先生在此,作何事业?不识能为我谋一工作乎?”数人答曰:“吾等为管工者,若子有心工作,则吾等可同子归店中,告知东主,或能为子设法也。”晚成闻言不胜大喜,因随之至店去。

第九章

晚成离家后,一日,宝珠独坐家中,弄针黹,忽闻门外剥啄,呼“娘子”之声。宝珠趋出,启门,见是旧日邻居之刘妪至,迎之入。宝珠徐问曰:“刘姆久不降临,令人念煞。”刘妪笑曰:“吾闻人说晚成贤侄出外谋生,未知是否?”宝珠答曰:“良人已出外月余矣。”刘氏曰:“娘子岂不嫌寂寞耶?”宝珠曰:“吾性喜幽静,亦殊不觉苦。”刘氏曰:“是乎?然则晚成往何处谋生乎?”宝珠曰:“伊初意往香江作工,前月曾有一信付回,云往南非洲掘矿。”刘氏闻宝珠言,佯大惊曰:“有是哉?远涉遐陬,娘子何为任之?吾闻南非洲为岚烟瘴气之地,凡去之者,十不得一生还。吾有一葭莩亲,亦惨死于此耳。”宝珠闻刘氏语,即面形忧怖之色,急问曰:“刘姆确有所闻乎?”刘氏曰:“吾生平不善诳人,汝素知之。吾以为晚成若未去,则可劝止其勿行。”宝珠曰:“去已久矣,今有何术使之归?”因泪盈盈欲下。刘氏遂慰之曰:“娘子何必过忧?语云:‘死生有命,富贵在天。’凡事总有定数,但晚成生性乖僻,即回来亦累娘子耳。然吾更为娘子不平者,娘子年正少艾,竟忍抛却而远别地方,幸娘子聪慧,能以针黹自给,不然何堪设想?”刘氏语时频频以目注视宝珠神色,而宝珠只垂首流泪,以袖拭涕。刘氏知其苦凄已极,乃乘机挑之曰:“吾有一言,望娘子三思。”宝珠答曰:“请言。”刘氏曰:“娘子才貌兼全,惜乎!误配晚成。倘能改适富家子弟,则擅专房之宠,抑亦何难?”宝珠闻刘氏一番之言,红晕两颊,始知其来非蓄好意,复恐其饶舌,急答曰:“刘姆之言差矣。吾虽女流,当知自爱,良人虽游远方,终必有回家之日,岂可因其暂别,而竟改志他适乎?”刘氏曰:“娘子所言甚是,但嫁得我邻居之富家子史友虞者,则又不知几生收到矣。”宝珠佛然曰:“刘姆请勿再言!妾家虽清贫,而对于晚成,实无贰志也。”刘氏见宝珠有愠色,乃不敢再语,随与辞而出。出门时沈吟曰:“吾受史氏所托,竟不成功,只得回覆之而已。”

史友虞既闻刘氏之说,便悒怏不快,然惟日孜孜,必欲设法得宝珠为乐。一日,绕室周行,俯首如有所念,忽冷笑曰:“宝珠宝珠,尔不过一孱弱女子耳,吾岂真不能使尔归吾有乎?”言毕,如甚得意。越数日,晚膳后,友虞更换新衣,直向宝珠家去。及抵门首,轻轻以手推门,而双扉虚掩,自行开关,友虞即踏步入。宝珠正在房内无聊,闻启门声急奔出视,见一人,身体高瘦,面色青白。宝珠知是史友虞,心即忐忑不已,强掣问曰:“先生来此奚为?”友虞微笑答曰:“特来踵候娘子耳。”宝珠曰:“多感盛意。”友虞曰:“闻晚成兄往外营生,属实乎?”宝珠曰:“然。”友虞乃行近宝珠前,双目炯炯,注视宝珠,问曰:“晚成得以出狱,娘子知何人之力否?”宝珠答曰:“尚未知之。”友虞曰:“此实吾与济仁兄之力也。”宝珠谢口:“如此,则感君等厚意良多矣,俟良人远归,当必有以图报也。”时友虞身渐逼近宝珠,宝珠见其如是举趾,心即惶恐,乃退后数武。友虞又曰:“吾是竭力保出晚成兄于狱者,为爱卿故耳。”宝珠乃叱之曰:“何物粗汉!发此狂言?”友虞色变,答曰:“娘子勿怒,吾知罪矣。”急抱首鼠窜而去,然宝珠已受惊匪浅矣。

第十章

友虞在宝珠家狂奔出,不意头目昏眩,误触石壁①,脑筋受伤,

---

① “壁”,原文作“璧”,据文义改。

归家不数日即毙。宝珠自受此大惊，随即生病，缠绵床第。邻人怜其孤，每相往还，施济仁亦频频照照。至于医药等费，施一人任之，宝珠更感激济仁不置，且居心光明。邻人屡劝宝珠致函促晚成归，无奈未知晚成踪迹，无可如何。

当晚成在孟米，荐谋得店中佣役，月薪仅得五元，栖迟不觉二载。晚成恨少年时失学，故于晚间暇时学习英文，两年来尽通英语。店中人以其颇勤谨，多敬爱之。一日，有友人持信来访晚成曰："今日得家叔在吉冷付来之函，内言代英人雇一矿工头目，惟要该人略谙英语，工值每月五十元。"晚成曰："君识英文，此席君当合式。"友曰："第吾素不懂矿务，故尔不能，因兄曾在非洲经验矿工，君若允就此职，必可胜任。吾之来告君者，乃欲为君介绍耳。"晚成曰："如此则感谢何似！"友曰："吾即日写一介绍书与君，可持此先往见家叔，则事妥矣。"晚成欢喜称善。其友乃即缮就一函，交晚成曰："君宜早日往吉冷，机会难得而易失也。"晚成曰："然，吾即往问吉冷船，何日启行，择其最早者附搭。"友曰："甚妙。"遂别去。

越数日，晚成竟往吉冷埠，遂就斯席。该地多锡矿，晚成甚尽其职，得矿主英人信任，约半年，矿事亦甚发达。此外并有两英人，一名阿士利，一名德卑，乃与晚成之主合股，开此锡矿者。晚成之东主名摩稚，其股份居最多，故一切矿务均归摩稚主权，惟管辖各项支款，则由阿士利及德卑操之。晚成乃管工之职，又且勤于事，故此二人亦甚喜之，又以其能操英语，特命晚成宿彼家，取其便于分遣各事。是夜，晚成虽已就寝，而仍未入梦，忽闻有两人步履声，知是阿士利等，盖阿士利惯在晚成卧室外廊下绕行，故不甚留意。约五分钟久，闻阿士利曰："德卑，吾等日夜筹思，皆不得一计，奈何？"德卑曰："吾筹得一法，但未悉尔意如何？"阿士利曰："请言之。"德卑曰："下星期乃摩稚请我等赴宴，至时乘间以毒药投入其所饮杯中。此药吾已预备,若饮之能令人无病,二日即死。"阿士利曰:"倘伊死后,何法取其十万磅之财乎?"德卑曰:"只须摹签名字样,写一临时遗嘱,谓将目下所开之矿山归属我等,如是办之则无不妥矣。"晚成静听二人密议,不觉毛骨悚然,忖曰:"毒哉彼等!摩稚与彼等绝无仇怨,何竟忍心至此?"时阿士利、德卑二人已回寝室,晚成人忖曰:"吾何不报知摩稚乎?但恐摩稚闻知,必不能轻容彼辈耳,惟吾尽吾力为之,务使不损彼二人,则吾亦可无愧。"思定乃睡。及次早,即经见摩稚,遂将此事一一继述。摩稚闻言,面色俱变,乃愤然曰:"吾本欲即行控彼,但惜未有证据耳!"又曰:"明日乃吾请宴之期,俟其已将毒药放下时,然后再酌。"又紧握晚成手曰:"吾以后之生命,均子之赐,子之于我,再造之恩,吾必不忘之。"晚成谦谢别出。至星期日,阿士利及德卑果到摩稚家,果乘间以毒物置摩稚杯内。摩稚已预知此事,故得觉,遂得二人证据,拘送下狱,官判二人一年监禁。摩稚因感晚成,乃以银五万磅酬给之。晚成得此巨资,遂辞摩稚回国。摩稚力挽晚成,劝令勿去,而晚成乃将妻室孤伶之故告之。摩稚无奈,任其暂去,且嘱再来,晚成诺之。

过数日,即附轮回国。船抵港时,即先访济仁。适济仁亦在香江,一见晚成回,且衣冠整齐,行李甚富,乃惊喜致问曰:"兄果满载荣归乎?"晚成遂将所历之事,一一告知济仁。济仁喜曰:"可为兄贺,然则五十万元之获,亦非易易矣。"晚成曰:"然。"济仁曰:"兄定于何日回乡乎?"晚成曰:"与兄几时归。"济仁曰:"吾亦恰有事回里,当可同行。"是夜遂宿济仁店中。次早共附轮回粤。至家时,宝珠一见,悲喜交集,互诉别后情形,及施济仁高义,相与感叹不置云。

——《神州日报》(1908 年 8 月 1 日至 8 月 29 日)

第四百八十至五百零八号

杨令茀

杨令茀(1887—1978),又名杨清如,江苏无锡人。父杨宗济,曾任溧阳县训导。长兄杨寿枏,曾在北洋政府担任财政部次长。夫李福康,江苏无锡人。杨令茀曾就读于上海务本女塾师范科,后执教于江苏如皋小学、南京女子师范学堂。钻研过英、俄两国文字,擅诗文,工绘画。1926年,携画作赴美国参加费城国际博览会,回国后受沈阳故宫博物院聘请,重摹历代皇帝像,并担任东北省特别区美术专门学校校长。1937年,赴美求学,后在斯坦福大学、太平洋大学、华盛顿大学教授绘画与中文。1965年退休后,在美国加利福尼亚州开设画室。1978年病逝于美国。著有诗集《莪慕室吟草》《武英殿吟草》《塞外吟草》《美洲吟草》,后汇编为《水远山长集》二册,另有中篇小说《瓦解银行》。

瓦解银行①

第一章　茗客谈瀛

软红十丈,芳草芊绵,画栋飞云,珠帘卷雨,垂杨夹岸,冶叶迎人,碧杜波墙,清芬散馥,而喷水之池,飞珠溅玉,鸟兽之囿,光怪

① 原署“女士杨令茀”。

陆离。此何地?京师著名之万牲园也。一劫红羊,是园几濒于厄,囿中瑰奇之兽,美丽之禽,虽未归劫火,瘐毙者亦复累累。时届暮春三月,草长莺啼,子夜楼台,丁年裙屐,文明巨子,新界群公,赌酒评花,命俦啸侣,兴复不浅,然灵光无恙,已非旧日繁华,未免令人流连增感耳。临池有馆,曰“观稼轩”,轩中棐几湘帘,清光致致。有客三五,列坐雄谈,被服豪华,意气飞越,大腹贾也。所谈者商界指南,花旗之近市若何,五金之涨落若何,共华帨革之赢亏,开滦矿务之起色,累瓦结绳,洞悉利弊。

时一少年,服最上乘哔叽之西式春衣,鼻架金丝之镜,襟针灿灿,领结艳艳,指头之钻石莹然,神宇间似重有忧者。凭栏而坐,栏外健仆数辈,鹄立以侍,望而知为贵介子。少年口吸淡巴菰,目送断云,听诸客剧论,群客亦殊无注意之者。

一蓝衣之客,谓一肥硕之客曰:“竹翁,公等所办银行已具眉目乎?集股已若干矣。公于商界局面之广,交游之众,自不难登高一呼,众山皆应。”肥硕者不待其辞毕,太息而言曰:“大难大难!创业殊不易也。自改革以来,银根奇紧,商界中人操算愈苛,守财愈慎,孰肯轻掷金钱,创业于时局未定之际?自仆等发起商业银行,赞成殊不乏人,至认股者则尚寥寥。现有资本,仅吾侪发起人所筹之二十万元,并外界招来之股,不过二十五六万耳。杯水车薪,断难擘画如意。仆意待股分招至三五成,然后开办,然需时必久。银行成立之期,非预算可得也。昨与诸公议筹得一速成集股之法,盖前朝贵胄,军界群公,所拥巨资,悉倒赔重利,贮之外国银行。苟出以营业,必为吾国实业界放一异彩,惜……”言未既,大嗽。一面目苍黑之客续言曰:“吾侪熟计之,苟于当世贵人中得一巨擘,列名发起,出而提倡,再得三五贵人赞助吾辈,为之运动,则事谐矣,集股奚患不速成?贵人之巨擘谓谁?吾意必出入新旧,连络裕如者乃可。”时肥硕者已嗽已,乃举一大拇指曰:“吾辈所属望者,某巨公也,非彼孰能胜任?虽然,某巨公第一贵人也,安能亲贾坚之事?无已其介弟公郎,伏龙凤雏,得一亦足以餍众望矣。”群客大笑。

第二章　风吹春水底事干卿

少年遥坐倾听,亦不觉为之龌然,沉忧之色,竟为此一片欢声卷入梨云深处,满志筹躇。临流自鉴其影,弃其余烟,忽发其声曰:“来!”声清越,浏然如击秋玉。栏外健仆趋跄至前,侧身垂手以待命。少年曰:“今日风劲,嫩寒戟肤,吾不欲乘汽车,盍返府中配轿车来?其速去。”仆唯唯退行,下阶疾趋而去。当少年言时,隔座群客,咸露惊喜之色,盖少年所谓府中者,即某公也,于是群客之视线皆集矢少年。蓝衣人旋亦离座起,凭栏视流水,去少年咫尺。少年方燃火吸烟,投火柴于地,误触客衣,客以手拂之。少年回顾,蔼然引咎。客庄敬足恭而对曰:“唯唯否否,是何伤?仆衣固未燃也。”因以通辞展询邦族。少年盖某巨公介弟五大人也,伏龙凤雏,邂逅得之,群客之喜可知。蓝衣者请为执价,引同侪一一见少年。肥硕者自陈黄姓,其字竹亭。蓝衣客瞿姓。余三客,一为朱姓,一赵姓,一周姓。少年和易可亲,绝无骄矜之气,自云曾留学欧洲某国之某某大学校,谈吐名隽,中西诸学,弥不淹博。款谈既洽,白日欲西,黄敬邀五大人宴于园中之西餐馆。少年慨然诺。

于是明灯耀电,盆卉扬芬,开琼筵以坐花,飞霞觞而醉月。群客既曲尽逢迎,贵人亦纡尊相按。语次,渐涉银行事。黄举琉璃巨觥,满酌香宾,起寿少年曰:“顷间所谈,五大人亦闻之乎?”少年曰:“否,仆殊未之前闻,适者俯鉴清流,观儵鱼出没,不觉悠然神往,殊不注意于他事也。”客曰:“然则请更为贵人陈之。”乃以自津至京所谋望之银行,覼缕道之。五大人大表赞成,第曰:“家兄拘教綦严,必请命后乃敢附骥。”客曰:“苟蒙赞同者,吾侪以明日造府待命如何?”少年可之。长谈一席,柳梢之月已倒影银塘矣。五大人开帘见之大惊,出怀中金时计视之,曰:“吾奈何善忘若此?”急顾侍者曰:“套车!”馆中侍者素稔贵人,趋承维谨,于是一片传呼伺候之声,倡之楼上,历级而降,阶下群仆嗷然应之。刹那之顷,则已手明灯,挟鞭策,各执其物,列于楼下。五大人从容而起,辞谢主人。黄亟签帐,群奉贵客下楼,分花拂柳,共莅园外。园外夜色沉沉,遥望平畴,已不辨楼台城阙,惟此门前明灯数十,列若繁星。一双套马车停于其间,车前药水灯二,尤闪烁如悬不夜之珠,使皓月夺魄。群客拱立罄折,目视贵人乘朱轮,驰怒马,鸣鸾和之铃,得得啼声,踏破满地月明而去,群客亦鸟兽散。

第三章　青鸟书来

巍巍巨厦,金碧交辉,下临一繁市之间,颜其额曰:“金台旅馆。”市声纷杳中,一骑驰红尘而来,止于旅馆之下。一健仆昂然下驹,入询于旅馆之司帐者曰:“天津来之黄老爷何在?吾奉某府齐书来者也。”司帐者适适然惊起立,柔其声而对曰:“然,有之。”立命侍者导之登楼上第三层,见六十四号黄姓客。黄客者,固僻嗜烟霞者也,方与瞿客吐雾吞云于一室之中。忽青鸟使来,不啻九天诏下,亟起迓之。书为一短简,简曰:“屡次惠存,筹商银行进行之法,条理完善,厘订集股章程①,亦备极周匝,无任倾佩。惟以总理见推,鄙人万不承认,必另择贤者而后可。兹定下午五时,在六国饭店商订一切。鄙人所介绍之诸股东均到,务乞命驾为荷。同寓诸公,均乞代邀(按此书非臆造,盖有所据)。竹翁先生,某某

---

① “程”,原文作“裎”,据文义改。

脱帽。”书后，誊①以知单。黄如命画知毕，复命侍者分送各号，要同来诸资本家画知，于是饱进紫霞膏，脂车秣马，以备赴六国饭店，作股东高会。

第四章　高谈雄辩皆沉雄

夕阳散绮，歌管呕哑，一鞭残照中，车马欢腾，集于六国饭店之下。彼齐云落星之间，雾幌画栏之畔，一长身玉立之少年，含笑凝睇，注视楼下。侍者报客入，乃殷勤起迓。既而来宾接踵，须臾已达百数，皆股东也。主人大开东阁，锦罽衬地，翠缯幕席，珊瑚碧树，满贮晶瓶，名画锦瓶，分罗四壁，五彩国旗，飘扬空际，琪花瑶草，编制花蓝鹤鹿之属，错杂电灯之间。洞厂巨室五楹，室之中央，所悬电灯，光皆八百枝，为某公府中移来者。其余额外陈设，亦皆某公弟先期布置，以铺张扬厉者也。坐上客，皆当世名人，白丁不许滥竽。

某公弟居主位，旁坐一小吏，工书擅属文，执笔掌书记。客皆就坐，某公弟乃宣布创办银行之宗旨如何，流通货币如何，挽救市面如何，争胜外国银行，以保本国利权。言时，出纸一束，孰者为章程，孰者为规约，孰者为预算表，孰者为职事单，一一指示，口若悬河，条理清晰。众皆折服，鼓掌赞成，于是若章程、若规约、若预算表，并皆通过。惟职员则略加更易，亦通过。总理之席，则虚左以待选举。黄出招股收据，属某公弟。某公弟命小吏遍递座客前，客认股若干，则小吏援笔书之，以收据缴股东，留其存根。须臾之间，认优先股者已逾千，集资百数十万，黄与发起诸人咸窃窃喜。某公弟离座而起，扬声嘱诸宾曰：“今为星期四，凡先认优股者，十日之内，款当缴齐。”众悉认可，于是八珍罗列，觞酌并陈，刀

---

① “誊”，原文作“滕”，据文义改。

义铿然,谈笑合沓,主宾尽欢,颓然而散。

第五章 叱起海红帘底月

是夕黄与瞿、朱诸友环坐一室,论适间宴会事。黄手雪茄燃火吸之,且吸且语曰:“五大人诚干材哉!运筹握算,无不中綮,吾侪自愧不如多矣。”瞿曰:“然,岂徒才识远出吾上,亦且谦谦有君子风,孰谓贵介子弟皆膏粱①废物?观其皎如玉树,不图乃智若子房,吾不敢轻相天下士矣。”言既,大笑,起向朱索火柴,朱授之,弃烟斗余烬,取烟纳斗,并以授瞿曰:“银行组织,方需进行,总其事者,必以总理。鄙意某君(指某公弟)虽才且智,然贵人也,运动集股,扩张声气,宜其擅长。苟事无巨细,悉以委之,恐将拙其为用。”言时,面黄曰:“临时总理,非公莫属,诸公以为何如?”众鼓掌曰:“然,吾侪开会举之。”黄期期作逊曰:“否否,不然,是胡可者?老夫耄矣,后生可畏。彼五大人者,曾留学欧西,内外之事,无不通晓,区区一银行,何足尽其才?第恐牛刀不肯杀鸡,无已思其次,则诸君皆最初发起之人,且年力方壮,精神充牣,于诸君中选举一人,强于老夫多矣。”周姓客大笑曰:“吾侪苟如公之清望之阅历者,无所用其辞,承认无愧耳,诸君以为何如?”众复大笑。惟沈姓客默坐一隅,目视电灯,时而点首,时而摇其摇椅,手持白玫瑰一朵,嗅之,呼吸揉搓②,花萎蕤欲死。周与邻座,以手拊其肩曰:“胡为乎面壁乎?亦有所得否?”沈遽然若醒曰:“君言何者?”曰:“问君面壁,有无所得?”沈曰:“然,有之。顷者瞑坐深思,思所以扩张吾银行之术,非同人分赴外埠运动,不能扩张。”众曰:“然。”沈语时,思得烟,乃趋圆桌取之。众请毕其词,沈返座,手误按壁

① “粱”,原文作“梁”,据文义改。
② “搓”,原文作“槎”,据文义改。

间电门,电灯尽灭,举室杳墨,众哗然。忽细语喁喁,来自帘外。黄不知电灯乃沈误灭,以为来人所为,乃厉其声叱曰:“准乃若此恶作剧者?”帘外人操吴音曰:“试猜之。”时则三五良宵,月明当午,风露瀼瀼,清辉满帘外。睹一丽人于帘之畔,玄裳缟衣,毫发毕见,微辨为名伎映月,游心名利,几忘月白风清。女闾固商界之以太,无时无地可以无之,非此不能振商业,此黄等之识映月也。曩者岐王宅里,曾闻子夜清歌,不意其油壁香车,翩然莅止,人且以为宵奔之红拂也。

第六章　人间何处觅黄衫

嗟乎！野有蔓草,零露漙兮,萼绿华来,天上春光,以之欲泄,而群伧倜倜,役于势利,卒不之悟,非至楚歌声里,不知汉兵夜至也。朱启壁际电门,举室豁然开朗,帘开丽人入,颦眉惨绿,为状殊庄,检袂前致辞曰:“诸公剧谈,妾来得毋败兴。”曰:“是何言哉?楼台烟景,为吾侪俗气所梦腾,得君来足为良宵生色。君作是言,谦之亦太甚矣。”言次,按电铃呼茶。朱则亲为拂几肃之坐。周则走趋跄,以绿锡包纸烟进,佐以火柴,映辞之曰:“诸公毋过劳,妾来欲作包胥之泣,无闲情论风月也。”众噪然,争相诘。映月曰:“妾妹停云,受知于某贵人,此妾畴昔之夜,得识荆公等非乎?”曰:“然。”映月续言曰:“讵意翡翠兰苕,和鸣未已,而罡风恶劣,媒孽中生。某珠宝肆以一纸帐券来索积逋,弱妹不善词令,致迕贵人,贵人拂衣竟去。挽其亲信之友缓颊,怒不霁,作负荆之书,怒复不霁,楚囚相对,乃忆诸公与贵人虽新交,然吾侪见贵人待宾客,未有敬之如诸公者。公等魄力,必足以左右贵人,苟得一言,必能立苏吾困,故不殚以匹马轻车,奔驰告难,惟公等怜而为之。”朱曰:“贵人乃决烈若是乎?是毋待进言,少迁将自悔。”曰:“是盖难矣,焚琴煮鹤,此中别有难言之隐。向也得之御者,凤凰池畔,别有良家。有女同车，新人如玉，每当上林花好，紫禁风甜，辄有一雪衣花帽之女郎，控金勒骄骢，与贵人作并辔之游，不知其为何许人？媒孽吾妹，必其人也，诸公试代妾思之。”朱频颔其首曰：“君言良非无因，然则既倒狂澜，恐非一言可以挽救。”曰：“停云之于贵人，已订白头之约，承贵人许以天中佳节，双桨来迎。乘长风破万里浪，遍历欧洲繁丽地，然后驻双旌于泬极，消受锦片前程于文明空气中。今盟血未干，宁便作秋风纨扇，得和事老小费周旋，行当言归旧好耳。”

诸客闻贵人既别眷新人，知其妹小星无望，不觉咸有难色。时则楼外漏声，迢迢将绝，人皆倦绝，几欲作我倦欲眠君且去之言。下逐客之令。

第七章 磨盾鼻一挥千纸龙蛇尤湿

包胥徒泣，秦人不许援师，盖诸客自知资格尚浅，不敢唐突贵人，美人不得已，和泪辞去。乃楼外金勒马嘶，人声杂遝。众旅馆徒者飞奔入，告贵客至。群客惊喜，美人亦窃窃私幸，趑趄不遽行。朱授意使避庑下曰：“卿且避去，当伺贵人之喜怒，为汝进言。”言已，皆疾趋下楼。而贵人已琼枝照耀，翩然为入幕之宾，于是群客欢声动天地，争奉贵人入坐，敬叩夜半亵尊之由。某公弟曰：“股东会散后，余以兄命往晤某总长，谈颇久。偶涉银行事，某总长大表赞成，用其戚名义认股三万元，并自愿为之鼓吹，驰书青岛，为我招股。”言时，出三万金之庄票一纸，向黄索收据填之，信手作一字缄封毕。召左右嘱之曰：“翌晨送之某府。”左右受命退。某公弟以庄票纳黄，黄受而藏之。沈客曰：“顷吾所言分赴各埠运动事，未毕其辞，为映月所沮。今幸贵人来，吾当为诸公毕其词，且以质之五大人，以为何如？”

某公弟骤闻映月名，神色微异，既复镇定，从容如常，曰：“愿闻公教。"沈乃以己所筹划者,一一为之道。某公弟击节称善,愿自认曹丘,谓某埠有巨商若干人,贵官若干人,与之交颇稔,某埠某埠又有若干人,亦皆相稔,许为作书。

于是议既定,某公弟趋案前索纸墨,群客为之伸纸研磨,拂拭几席,趋之维谨。某公弟挥毫落纸,瞬息为书数十余,春蚕食叶,无此敏捷。群客相顾结舌,黄则感激几于涕零。某公弟更为分遗诸客,某赴青岛,某往武昌,某至津埠,某至奉天,因才而施,众咸柝服。一夕运筹,不觉东方之既白。

第八章　神经病耶

月下壁而沉彩,日上轩而飞光,晓星璀璨,清气氛氲,诸客恭侍贵客,固未敢作倦容,然皆头岑岑,耳重听,心惛惘而欲迷矣。而某公弟犹兴高彩烈,高谈转清,映月久立庑下,欲待正事论毕而后入,而立愈久,某公弟悬河之口,愈无已时。映不能耐,推帘遽入,某公弟大骇,诸客仓卒若木鸡。姬面诸客曰:"妾立帘外,饱饫中宵风露者,欲丐公等缓颊,解吾妹之倒悬也。惟诸公毋吝一言,贵人无记旧怨,则虽驱妾赴汤镬,妾亦甘之,妾恐贵人去,故冒不韪遽来儳越耳,且言且欲呜咽。诸客欲觅一辞,而喉舌皆若缄藤扃镉者,惟集视线察某公弟颜色。"某公弟始颇谔然,既而一笑,神情转和,面诸客曰:"公等雅兴哉!姬何时在此?适姬所言,仆殊不解。"

斯时黄乃觅得一言,敬起立而对曰:"伊自云为妹乞怜者。"言未竟而贵人来,彼自趋避庑下,仆等固谓其已去也。姬期期尚欲续言,某公弟遽止之曰:"止止。"谓诸客曰:"渠病又发矣。"遽叱左右曰:"速将之去,尚听其在此溷人耶?"左右嗷然应,群趋而入。其猛如虎,促姬曰:"速去速去!脱不行者,贵人怒,汝殆矣!"拥姬狼狈去。姬喃喃尚欲有言,人声杂然不可辩。众客如堕五里雾中，张口结舌，目送姬去。某公弟从容谓客曰："诸公听之，仆自总角佐吾兄，出应宾客者有年矣。南国烟花，西欧声色，间亦领略，虽随俗浮沉，然实目空一世，罕所青眼。曩于歌妓停云，不过飞笺数次，乃其姊素患神经病，遽作桃叶渡江之请，言之刺刺，停云亦能传染其疾者，余心深恶之，故麾之不欲见，脱人有视余作沾泥之絮者，不徒累余清望，吾兄闻之，且苟责。"正襟危坐，侃侃而谈，群客闻之，益五体投地。朱谓黄曰："吾固谓姬突如其来，语言不次，状类疯痫，今知其为神经病，吾眸固不盲也。"

第九章　斗柄潜移

乘回风兮乘云旗，某公弟既鸣驺归去，群客始各归就枕，终宵不寐，惫困已甚，梦入黑甜，不知其为光天化日也。翌日某公弟遂以龙马银鞍，朱轩绣轴，为诸客设祖帐于正阳门外。诸客各以某公弟价绍书，分赴各埠征利。

发起银行诸资本家，既风流既散，分道扬镳。惟时黄已负临时总理之任，独留经营，曙后孤星，颇不自菲薄，方以用人行政，夙夜辛勤。

水石纵横，人兴土木，宣武门外之驴马市，百工麇集，力作于黄沙赤日中，吁气成云，挥汗成雨者，某银行之大建作也。

纷纷报纸告白，遍登某银行总理启事也。流水游龙，车驰马骤于廛闲扑地，歌吹沸天之大栅栏间者，诸股东之谈话会也。

河鱼天雁，函电纷驰，诸运动家之报告也。凡督工通信收支之事，虽有专司其事者，然黄以一身总其事，几日无宁晷。幸某公弟不以骄贵矜，凡所以助黄者，无微不至。黄之交游中，闻黄茑萝得附乔木，益信之若山斗，投资益踊跃。某公弟价绍之股东投资者，亦倍极跃踊。无几时也，得资三百余万。黄及某公弟驱车往返，悉贮之英商某银行。明月白露，光阴往来，某公弟导黄，日以联络运动为事。

黄方以冠①盖相尊，春风得意，讵意故乡警电，一夕惊传，游子天涯，宁不魂驰兴沮？盖黄固山左人，有老母年八十余矣，忽罹暴疾，发电促黄归，黄虽恋恋京华，然人子之责，不得不星驰归省。此时银行手续繁多，百凡待理，同来诸友，分赴各埠，不得遽归。乃幸有一倾盖新交之某公弟在，急命御者驾车趋某公府，至则阍人谓五大人公出，不得延见，脱有要事者，幸留一书，五大人归，当代呈之。黄不得已，如其言，作数行付之。

反辙言旋，心烦虑乱，黄虽久经阅历之老商家，然此时心旌摇摇，已失其主宰。既归旅馆，急飞笺遗捷足分邀银行诸司事，期以即至。事毕，突有一人推户入。视之，旅馆之司帐也。一手持帽鞠躬，谓黄曰："先生，某公府以电话索公，公其速往聆之。"黄曰："五大人乎？"曰："不知。"意者必为五大人。言时，黄已随之出户，至电话处。

壁际铃声方乱鸣，黄就而问曰："谁耶？"曰："公为黄竹亭乎？"黄曰："然。"遥闻电语中曰："至矣至矣，速请五大人。"须臾易，一浏然清朗之声曰："竹翁耶？"黄急应之曰："唯唯，五大人，仆在此，仆在此。"曰："向者惠临，失迓为歉，所谓有要事奉托者，果何事耶？"黄以得电知母病告，并道银行托孤意，电语中作逊词，曰："兹事殊重大，仆事冗，实不暇代公劳，公其另择贤者可耳。"黄哀之曰："仆斯时实无可托之人，仆去，多则一星期，少且一二日，惟公勿惮烦，俯允所请，哀之至再。"电语中作踌躇声，曰："为时不久，亦尚无伤，然则公以何时行？"黄曰："今夕交割，明日苟彼苍默佑老母无恙者，行即至耳。"电语中曰："余倦甚，以明日受公交代可乎？"黄曰："游子此时归心如箭，幸公赐以片响谈，仆即趋前交

① "冠"，原文作"寇"，据文义改。

割,不敢劳车驾也。”电语中遂无异辞。

黄疾返己室,则银行诸执事至矣。黄遂以母病暂归之意为之告,且以举代得人,沾沾自喜,嘱众曰:“仆行后,诸君一切施行皆可请命五大人,彼虽贵人,接之实蔼然可亲,诸君有事者,但放胆望谒之可耳。”众喏喏,代理得贵人,私心亦相庆。黄出大皮箧,中皆银行要件,凡资本存折,股银收据,及其他要牍,累累然皆在是箧中。其价值之贵,银行之命脉系焉。黄慎重护持之,别诸执事,复叮咛之曰:“仆以此存某公府,诸君脱有收支款项者,往面五大人,毋趑趄不前也。”于是乘其车,揭其箧,匆匆赴东城之某公府。

第十章　如此星辰非昨夜

安得黄金三百万,交尽美人名士,平原善挥霍,天意怜之,俾阮囊永无羞涩时,润色升平,亦风流韵事也。黄以交割之次日,简从轻车,平明早发,殊无为之祖道者。某公弟虽与之倾盖,然此时则一枕梨云,方沉醉于锦衾翠幄间,黄亦不敢作奢望。萧然出都去,时银行建筑之督工者,以群工需付工资,乃往商诸会计员,会记员曰:“余此间亦在在需款,盍偕往谒新代理乎?”督工曰:“善。”乃欣然肃衣冠,驾橡皮软轮车,驰赴某公府求谒。不幸贵人疾,阍者拒之不得入,乃嗒然而返。又次日,文牍干事员持函电数巨封,约会计督工同往白代理。阍者复辞以疾,如是者日复一日,银行司事诸人仆仆道途,奔走待命,而贵人颜色终隔阂云泥。诸司事乃相聚而言曰:“近世虽尚平等,吾侪因小人也,安可直接面贵人?惟忍之又忍,待吾总理来。”

苍苍暮色,辘辘风轮,汽笛一声,天津晚车停泊于京师车站。一肥硕之客仓卒下车,得金台旅馆接客者,急呼之曰:“趋以我之行李去,并以一车来接。”客者曰:“黄老爷何来之速也。”则大喜如命，以车至。黄登车疾驰至旅馆。时银行诸司事咸先在旅馆中，得黄皆欢呼曰："总理至矣！吾侪无虑矣！"黄曰："诸君得余电，知余今夕至乎？"众曰："然。"黄曰："余为人侮弄矣，何人仇我恶作剧？伪为吾母病，以电促余归，吾乃徒劳往返，吾母固未病也。五大人无恙乎？银行无恙乎？"曰："银行固无恙，吾侪托公庇护①亦无恙，惟五大人则为二竖子欺，谢客三日矣。"黄曰："然则吾宜趣去，敬问贵人疾，少间，当与诸君畅叙。"众曰："然。"公亦宜行矣。黄行，众坐待。

车马云屯，臣门如市，黄至某公府，御者投刺入。诸阍人殊洋洋不置答，一豹头环眼之阍人出，漫应之曰："客谁耶？"曰："金台旅馆之黄大人，为五大人至好，来问五大人疾者。"昂首视天际，沉思曰："吾日应此门，未闻五大人之客有黄姓者，其初次干谒者乎？然则五大人有疾，不见生客也。"黄探首车窗，闻言大愠曰："纪网试来吾前，吾语若，余与五大人朝夕过从，登门者殊非一次三日前，余犹与五大人相将出此门，同车疾驰骋，曾几何时，乃以生客拒之乎？"

言未几，行马数十，奉一朱轮双马车，疾驰而至。从者下骑呼接帖，某公府群仆皆端肃承迎，豹头环眼之阍人皇然曰："吾将接帖去。"弃黄不顾，疾驰而入。黄登某公府，皆与某公弟同出入，从无受此揶揄者，至是乃懊丧万状，直类木鸡。

良久御者请命曰："归乎？"黄愕然曰："汝言谓何？"御者曰："归乎？鹄候乎？"黄惊悟曰："夜几何矣？"曰："殆过十二钟。"黄迟迟曰："归耳。"御者乃扬鞭猛击马背，马痛疾驰归，则银行司事争趋请问。黄曰："五大人疾，未之见。"群窥其颜色，知必有异，维当总理前，不敢置辞，眉目示意而已。黄貌为敷衍诸人，而踌躇半晌，不得要领，然终不疑贵人有异志。时壁间时计铿然作二鸣，黄

① "护"，原文作"悀"，据文义改。

谓众曰:“夜已深矣,诸君归休乎!”众诺而退。

日复一日,黄车殆马敝,俟于某公府之门,阍人皆支吾敷衍,不为请命,乃发电各埠,告朱沈诸客。一日,黄复停骖,某公府谨伺贵人传见,惄焉疚怀,忧心如捣。正无可如何,忽府中传呼送客,重门洞敞,群仆列如雁翅。一华服昂藏之贵客出,主人在后,美少年也,锦衣玉貌,绝类某公弟。黄惊喜如获碧海空青,疾跃下车,忘命突围入府门。时贵客方登车,少年转身欲返,黄趋前遽引其裾,喘息不能语。少年回顾曰:“公耶?胡为作此状?”黄且喘且语曰:“吾今日乃得见贵人,久违贵人,清恙愈乎?”少年龋然曰:“病者五家兄,君误矣。”仆固未尝病也。

黄错谔谛谛之,则贵人第六大人也。曩会于某胡同同席数次,其兄既尊黄为上客,六大人因是识黄,今黄唐突而揽其裾,意颇不怿,曰:“先生吾与兄稔,吾兄最重先生,彼间关万里,远适异城,先生乃未与东都帐饮之列乎?”

黄耳际轰然如被电击,颤声问曰:“行乎?非病乎?然则吾银行之存折等何在?”六大人曰:“君言何哉?仆殊不解?”黄曰:“三日前令兄为吾代理银行,吾以存折要件悉属之彼,临行时以之嘱公否?”六大人大骇,愤然曰:“是何言?吾兄所为,余素不预闻,君言抑何唐突?速毕其说!”时两人皆立语,黄亦曰:“然,立谈不可,愿假一席地,俾仆毕其辞,仆此时如坠五里雾中,事将奈何?”六大人初以黄为市侩,心颇厌之,至是欲穷其异,乃许之,欣然导黄入。

蜿蜒迂曲,历数十门,至一敞轩,雕文刻镂,粲丽炫目。黄不遑瞻视。侍者开雾縠帘,黄从六大人入。六大人使之坐,侍者以香宾、汽水、雪茄烟奉客,复相谓曰:“六大人不吸锡茄,其以竹叶烟进。”六大人挥手曰:“去去,毋繁文,谁吸烟者。”谓黄曰:“客其速语我。”黄曰:“愿六大人毋嫌絮絮,先答仆数言。”六大人可之。黄曰:“令兄果何往矣?”曰:“奉吾长兄命,乘西比利亚汽车,赴俄罗斯侦探秘密。”黄曰:“以何时归?”曰:“不可知,多则数年,少亦数月。”黄以前事告之,曰:“彼临行时,曾以吾银行存折属何人?亦曾语及仆名否?”曰:“影响未言银行事,彼负职任为国际侦探,宁有闲情及商务？君言大有径庭。”黄曰:“余一商人,悉敢妄诬贵人？当交割时,固有尊府上宾某名士在,可以为左证。”曰:“某名士耶？彼固从吾兄赴俄国矣,孰为君证者?”黄瞠目不能语。久之,六大人曰:“五兄虽余与昆弟行,然彼行多诡谲,每有出人意料者,吾固不敢深信其必无。君殊长厚,所言或非无因,事果属实者,将若何追究？(作者曰:难兄难弟)其语我,或可少助于君。”黄以为试己,思:“昆弟间,岂有转助外人者?”曰:“谨谢六大人,仆感公德,此时计维归与诸同事筹一善策。五大人或不故相侮弄,当是临行匆遽,不暇及此,计此时去尚未远。仆当亲往追之,俾知吾银行要件,果在何处?”六大人微摇其首,而笑曰:“先生去,恐亦徒劳跋涉耳,脱吾兄有暇者,余当为君乘机进言,得吾长兄允为查究,则虽有神奸,莫可逃避,先生长者,至此时尚以吾兄为不汝欺乎?”(曰:其父攘羊,其子告之,可谓难兄难弟)黄闻其言,宁敢深信,茹苦含辛,唯唯而已,六大人微有倦意,乃举杯送客。

第十一章　五湖烟水失西施

云树天涯,客游欲倦。沈客在青岛,以某公弟介绍书,颇能出入于前朝贵族社会,虽杯酒交酢,车骑征逐,颇不寂寞。然诸贵人皆颦眉蹙额,终日忧贫谋望,事迄无要领。沈以函电询都中本部组织情形,而鱼雁沈沈,去而不返。

越旬日矣,一夕赴贵族余姓者之宴,芳酒既登,鸣琴初荐,忽沈之从者以电报进,曰:“自京师来者。”沈启视电码已翻,电中殊未详叙,只言本银行有要事,嘱速归,行览之,意殊忐忑。主人询何事,沈曰:“不知也,第促仆归。”主人曰:“然则公以何时行?”沈曰:“电促必有急不可缓之事,仆以凌晨早车行矣。”主人曰:“明日行,此间至济南,尚有一宿,济南至津,更须一宿,三日乃能达京,仆仆风尘,劳苦甚矣,今宜多进一殇,以壮行色。”沈曰:“主人盛意,敢不奉命,惟五更戒行,今夕宜早休憩,幸早赐终席也。”既复叹曰:“济南旅馆,湫隘殊甚,畴昔来时,卧几不能宁席。”一客曰:“是何伤?君未之闻耶?济垣有德国旅馆者,崇台曲室,焕若列星,兼以供应周至,乘茵步辇,珍馐琅玕,惟客所适,不是之舍,顾乃舍于中国旅馆乎?无怪君以旅行为苦矣。”沈亦镬然曰:“谢君指引,顾旅馆在何处者?幸更教之。”客曰:“在胶济车站左近,下车即是,君第驱车径去可耳。”言次,主人殷勤劝进,沈觉二目怦怦,股肉时颤,曰:“异哉!仆十余年奔走道途,曰行则行耳,此心震荡,未有若今日者。”主人慰之曰:“是或过劳故。”沈虽然喏周旋,终觉心绪不宁,乃赋醉言归。主人虽称良夜未央,不能留也。

阴历壬子四月八日,晨光熹微,晓露的铄。沈乘胶济车西行,时正向春之末,迎夏之交,花绽津头,烟收树杪,气候清和,岚影波光,无不入画。惜芸芸俗子,熙攘于名缰利锁之间,无暇及此,辜负大好霞光耳。

是夕,沈抵济南如客教,驱车于德国旅馆。旅馆距车站不数武,下临广场,崇楼杰阁,曲槛褒斜,壮丽悉如客言。旅馆悉依德制,侍者衣白色衣,缘以水红绸,洁无织尘,江南旅馆之西崽,皆作如此装,燕齐不多遘也。

沈以终日颠簸,疲极而卧。俄而餐室铃鸣,侍者来请沈①晚餐,乃欠伸而起,从侍者入餐室。中列长桌十余,幕以白色绸,瓶花缤纷,电灯数十,映照高下,四壁皆镜屏,恍若水晶宫阙,京师著

① “沈晚”,原文作“晚沈”,据文义改。

名之六国饭店,无此轩厂也。先有十余客在,率皆西人,间有一二黄色萎琐人,亦服华贵之西装,沈度其非中国人,则日本人耳。沈就一空桌坐,间列琪花十余瓶,倍余他席。侍者分布刀叉。忽芳气袭人,霞光透帘幕。侍者开帘,一花冠长裙之女郎翩然而入,花飞钏动,如万朵彩云,缭绕室中,镜屏耀之,举室皆丽。旅人萎顿之时,倦目为之豁然开朗,举一时室中视线,倾注此贵女,如被电掣,几不能转瞬。侍者至沈前,鞠躬请曰:“敬恳先生移座室西之一席,此间盖有人先定者也。”沈诺之,急依其所指而迁。侍者侧身导沈往,备致歉仄,沈殊不介意。

室中食客,手刀叉无不目注此贵女之座女长身玉立,衣饰悉巴黎时制,然审之固中土产也。贵女不就坐,徘徊镜屏前,徐抬其柔荑之手掠细鬓,冠上花枝巍巍欲颤,衣作浅绿色,项际绕明珠四五道,襟前缀白玫瑰一丛,宝气花光,与朝霞之颊相辉映,几不可辩。群玉山头,昭阳殿里,询为中国第一人也。一健仆入,持一钻石累累之小金镜,敬呈桌际。贵女愿之曰:“五大人胡尚不来? 汝往趣之。”健仆俯其首,睫垂自视其趾,耸肩唯唯,侧身而退。

贵女就案旁坐,取琉璃觥中蔻利沙饮之。时帘外花影横斜,帘波摇漾,幢幢人影,往来于疏灯淡月之下。贵女目注帘际似有所待。顷之向之健仆复入。女急询之曰:“客去乎? 五大人来乎?”仆启曰:“客已行矣,五大人在帘外,忽患头晕。”言末毕,女惊曰:“彼今何在者?”仆曰:“已返室,命请女公子。”女急起长裙曳地,疾趋而出,衣香鬓影,瞬息已渺,健仆随之。侍者呼曰:“有物遗忘!”仆返顾,取桌上钻石镜,怀之乃去。

座中西人咸驰目送之。沈邻席皆华人,一操楚音者曰:“异哉! 西方之人耶?”一人应之曰:“视其肌理莹洁,固近似之,然不闻其操圆熟之都下音乎? 以其语言觇之,必旗籍贵族也。”又一人笑曰:“君眸①子殊非盲者,彼固都中著名贵族,其父前曾出使日耳曼。女宿受德国教育,以长者故,肌理莹然,双波微碧,近似西方之人。”一人曰:“子何知之审耶?”曰:“余在京久,彼试马春郊,征歌剧苑,余遇之屡矣,非今夕初遘也。”一人曰:“顷者日暮依栏眺望,见一车驰来,车中人即此女也,骖乘尚有一少年,今胡不见者?”

沈正倾听,侍者以咖啡置其前,问需牛乳乎。沈颔之,侍者以牛乳代倾杯中。沈饮已时,众客亦络绎散,沈亦返己室。

登楼四望,夜色微茫,鱼云万叠,为明月韬晦光芒。济垣风物,窅不可辨,惟旅馆四围水月灯,高矗霄汉,为一片光明世界。沈所居为四十五号,其邻室幂掩蕙香,雕棂深扃,而灯光倍于他室,时闻刃叉铿然,间以细语。

沈微倦,遂入室,侍者以报纸来,沈手一纸,坐躺椅阅之,而思潮起落,时袭其心,阅报纸久,竟不知报中作何语。方沈沈欲梦时,忽闻门外大声语曰:“告彼御者,以夜半四钟来,五大人命愈早愈佳也。”一人唯唯,履声橐橐似下楼者。须臾复至,语声又作曰:“烦禀五大人,司帐者云夕当留此马车以应五大人之需,不然,济南马车仅此一家车行,距此远,往来恐误贵人事也。”大声者曰:“司帐良佳,计虑殊周匝,当代禀五大人,厚酬之。”

沈觉其声甚熟,方瞑想间,门启,侍者以茗入。沈取茗饮之,曰:“隔号之客,为何许人?”侍者悄然曰:“某五大人,当今某贵人之弟也,自京师来者,明日将有江南行。”沈愕然曰:“某五大人耶?余与之素相识者,天假使之缘,凄凉逆旅,得遇故人,余心滋乐。”乃出名刺授侍者曰:“速为我告贵人,余将往晤之。”侍者适适然惊,凝视沈面怡声曰:“适见先生渊渊有都下风,今果识贵人,而今

① “眸”,原文作“眸”,据文义改。

而后，知澧泉必有源也。”沈笑，侍者亦笑，待沈饮茗已，鞠躬受杯，启门而退。

沈起面镜屏，正襟拂袖，取冠冠之，启关立户外，踯躅庑下良久，侍者不至。沉沉良夜，星斗欲稀，柳外漏声，已三转矣。时旅客大率扃扉归寝，楼下人声未寂者，仅侍者奔走，工人运货而已。

迟之又久，侍者尚不来，沈出表视之，短针已指两点二十分，乃返室按电铃。须臾一侍者入，双目炯炯，精悍而黠，则非向之人矣。问客何需，沈曰：“汝非此室侍者，向之人何在？余使之投刺，欲谒邻室某五大人，彼久不吾报，何耶？”曰：“彼为司帐者遣去，客有所役，吾能代之。”沈[1]曰：“然则汝趋为我至邻室视之，五大人寝未？言沈某将来谒也。”侍者曰：“邻室耶？邻室何来五大人？乃京师某贵府之女公子居此耳，孰为先生言之？”沈曰：“顷之侍者为余言之，胡云非是？”曰：“彼误矣，余固知之谛也。女公子将由津浦至江宁，由宁至沪，然后乘海舶西行，游历欧西诸国。同行固有一伍大人，乃奉政府命赴西洋考察者，所居在二层楼之十五号，距此远矣。彼误‘伍大人’为‘五大人’，客轻信之，为其愚矣。”沈曰：“彼明明谓某公弟五大人，何得云误。”侍者曰：“噫！先生尚信彼乎？虽然，其言盖亦有由，彼伍大人者某公府高等顾问也，其来固自某公府，故彼愚者直目之以某公之弟矣，骇哉竖子！噫嘻！”沈曰：“然则吾亦欲一面其人，叩五大人近况。”曰：“先生休矣，人将早发，宁有不早憩者？此时当黄粱[2]已熟，无已，吾为先生侦之，脱未寝当疾趋来报先生。”沈曰：“善，汝诚便黠，迥胜向之人，趣去。”侍者含笑疾驰去。瞬息返命，喘息而言曰：“寝矣寝矣，不出吾度也。夜已阑，先生长途跋涉，晨征宜早，盍少息乎？”言时趋拂

① “沈”，原文作“黄”，据文义改。

② “粱”，原文作“梁”，据文义改。

卧榻,陈锦茵,复按壁际电门,灭灯光三分之二,曰:“先生卧乎?”沈方筹思旬日前出都,禾闻五大人有西行政策,则向之侍者所言,必为误传无疑,此时意兴已沮,沉沉思卧,乃颔之就榻。侍者操德语道晚安而别,盖侍西人之习惯也。

子兴视夜,明星已阑,漏声寂兮,赤骊频嘶,晓起则玉楼人已作双飞黄鹄。迟数刻钟,沈亦秣驾北征,伯劳飞燕,何日重逢,未可卜也。

第十二章　曲终人不见　江上数峰青

逝水年华,铅华销歇,含沙射影,鸿爪犹存。商业银行之灵魂,既为大西洋海水所吸收。诸股东聚讼皆无良策,事之究竟,不可臆度。京津各报,皆争载此事。阴历壬子四月十五日,京师某报新闻栏内,载《银行谝案续志》一则云:

商业银行总理黄某,既为诸股东控告,受司法处看管。昨日诸股东联名具禀,举代表瞿□□君、沈□□君谒某见巨公,请电召其介弟回国,与黄某对质,俾黄无所攀诿。某巨公绝无左袒之意,立允发电召乃弟,可称至公无私。闻之府中人云,某公弟之出洋,盖未尝禀命某巨公,则黄某所指,或非无因,诸股东意见现分二派。

甲派为贵族中人,则谓黄某托故出京,事有可疑,当其求代时何不通知诸股东,而竟私相授受?某公弟贵人,岂有甘为拐谝?其身价宁止三百万已耶?是必黄某欺心,乘其远出,故相攀诬。现纷纷发电沪上,阻其行旌,俾归来与黄面质,以发其奸。

乙派为商界中人,皆以黄某在商界数十年,数百万出入其手,皆诚悫无欺,虽其求代时过于轻忽,然暂行非长行也,不必宣示股东,未可以此谓有意欺惘。某公弟不告其兄,倏忽而去,其迹明甚。黄某必不敢轻诬当今贵人,兹事毋待哓哓,但观某公弟得其兄电召，能否坦然归质，则究竟如何水落石出矣，当拭目以观其后矣。

黄鹤一去不复返，白云千载空悠悠。范大夫行作海上陶朱公，谁复耐神洲纷扰者。某巨公发电沪上，托某道促其弟返旆回都，得复电，则彼五大人者，早以锦缆牙樯，狎银涛雪浪，作海马西驰，遄赴瑞典消夏矣。某巨公固圣明睿知者，清誉为其弟所累，则大怒，更得六大人从中怂恿，驰电瑞士，趋其归来，剖白此事，以保家声。

一日某巨公午梦初回，虚堂宾退，忽记室某持一巨函，则其弟覆书至矣，略云："已入瑞典某大学肄业，人之诬我，我实无愧，宁有为之废学者？脱欲强余归国，则兄自向吾校监督交涉之。"外附西文书一函，召翻译读之，则某大学规例也，其略谓："学子入校，虽有要事，毋许中途辍业者，如违规约，则当照会各国学校，不齿士类，重者且与以数年禁锢云。"翻译读已，某巨公赫然震怒曰："天下学校宁有若是之苛例耶？不肖子谓余不谙学务乎？"雷励风行，立命发电责之，谓："脱不归者，显有私弊，升天入地，余将以人逮之，吾为政而吾弟坏法，吾将何以对商民？"嗟乎！以某巨公之神威，虽华夏惊慑，然终不敌彼西土风云，迟之又久，彼五大人仍逍遥乎世界公园之瑞士，采兰赠芍，水渚山巅，兴复不浅。

西风萧瑟天气凉，草木摇落兮雁南翔，凉秋七月，某夕某报新闻阑内，见"银行瓦解之尾声"一则，题云："美哉逋逃薮。商业银行案悬经数月，兹以黄某所延律师某西人战败，诸股东必欲使其破产偿还。黄之家属以重金啖英商某，出而干与，驱车至司法处索黄。监守者欲禀长官，某英商不许自由行动，载之竟去。比长官闻之，驰骑追索已不及矣。闻黄某已得英商保护，潜赴大连，将迂道遄赴英国，为世外桃源。现法部声言将移文外部，与英公司交涉，恐此事终将因循了结矣。"

嗟乎！谁生厉阶，至今为梗，国际凌夷，纪纲弛废，作奸犯科者，悉以金钱势力，托庇西人，恬不知羞。昔者秦迁十二万户，以实咸阳，今则逐彼富人，使投西藉，富者益富，贫者益贫，兼以先朝勋贵，民党巨公，不得意于新政界者，亦纷纷挟资，适彼乐土，输出夜资，何可胜计？伤哉吾国宁有富强之日乎？彼黄商之乞援西人，因蛇影杯弓，授人口实，将生为异域之人，死作蛮夷之鬼，自贻伊感，夫复谁尤？吾国上流社会人心理如此，吾操觚至此，不禁发指眦裂，襟袖沾濡也。虽然，某公弟固词藻渊永，倜傥有大志，文坛诗社，时见其著作，曩见其题居庸关题壁云：

疏柳髡霜，高枫辞晚，西风人上征轮，羌笛吹烟，丛葭都作边声。层峦绀塔秋如画，问皇华多少长亭，数邮程猎猎樯旗，又指怀城。　　苍茫世事何堪忆，看数行归雁，霄汉云横，衰草连天，愁根梦里还青。霞边盼断相思字，怨迢遥燕树无情，订重来蕙雪销时，同把瑶樽。

一曲清商，余韵犹当绕梁三日也。

——《小说时报》(1913)第十八期

陈翠娜

劫后花[1]

一

矮屋三椽，黯黑如墨，屋瓦零落，蛛丝□屋角几满，阴惨之状，殆类鬼窟。屋主人乃一老媪，年可六十许，时方卧于室中，沈沈酣睡。晓风冷然，阵阵自窗入，吹及老媪之鬓，乃遽然而醒，挼其朦胧之眼，惘然四顾，则申申詈曰："卢姆愈老悖矣，乃并余之足炉，亦忘却耶？"天寒若此，老人又孱弱，非火勿暖，安可无此君？言已，亟缩其手于大袖中，高声呼卢姆。久之，始见一老妇蹒跚入，应曰："来矣，主人呼我何为？"媪曰："吾初以汝为死矣，乃屡唤而不一应。蚤起，即与被邻家佣媪谈笑，不复思治事，今日并予足炉忘之，若明日者，吾当服侍汝矣。"卢姆曰："嗟乎！冤哉！昨日之日，主人不谓明日为礼拜六，女公子当放假归来，令吾候门耶？故吾今日早起，即候于门，顾吾耳聋，乃不闻主母唤耳。"媪闻言，亟掀被起，笑曰："今日乃礼拜六耶？吾诚老悖，微子言，且忘之。若此，汝速去候门，勿使吾女植立致病。"于是卢姆复蹒跚而去。

① 原文标"哀情小说"，原署"十四龄女子陈翠娜"。

少顷,铃声铃然,卢姆操作如故,若不闻者。媪呼曰:“卢姆,铃鸣矣!汝勿闻耶?”卢姆闻语,立舍操作,奔而应门。门辟,遂有一女郎蹒跚入,修蛾笑展,梨涡晕红,宜人之态,霭然如酿浓春,虽布衣粗服,而一种温柔娇小之态,辄于无意中,流露其天真。向卢姆曰:“姆,安乎?吾母已醒未?”卢姆颔之,女郎遂含笑搴帘而入。媪见女郎至,则大喜,如获珍宝,亲其额者再,笑曰:“吾亲爱之素儿,汝在校中,佳欤?”女郎曰:“佳。”言次,则投其阿母之怀而笑。媪乃伸其僵①指,抚女郎之发,复曰:“素儿,汝之同学有欺汝者否?”女郎曰:“阿母,儿在校安甚,同学咸爱儿,无欺儿者。”媪乃展其枯白之颊而笑。

诸君乎,诸君当知此老媪及女郎,固非生长于陋巷中人者。彼其当时,亦一烜赫之缙绅,过其门者,辄复啧啧称羡。当时,媪犹少年,平时衣白绡之衣,凭楼而立,自下望之,俨如天人,非若今之老丑也。只以女郎之父,挥金如土,毫不吝惜。凡人之嗜好无穷,而财力有限,故不数载遂致破产,其父亦郁郁以死。素雪母女无以为生,乃货其余,迁入小屋,赖十指以为生活。素雪有兄曰梦兰,然已远赘他乡,睽隔既遥,音问遂中绝。然则素雪之家,竟尢其他之戚属,足为素雪母女助者耶?否否,素雪固明明有舅父,且甚富,特以生性吝啬,爱钱无殊其命。彼因老姊之请,以素雪送之入校,年出二十金,已如割其大肉,况其他耶?

二

绯桃初放,碧草如茵。板桥之下,流水淙淙,有类音乐。桥边垂柳,则皆展其如烟之叶,临风而舞。树阴中有儿童三四,争采草

---

① “僵”,原文作“疆”,据文义改。

中之果，且采且歌，为状弥乐。忽一儿回首呼曰："素雪姊[1]，勿更前，前则踹予果矣。"其时有一女郎，偕美少年至于树阴中，喁喁而语。女郎为谁？读者当不待予言，而知其为江素雪也。少年则为素雪之中表兄曰骆锦云者。

至是，素雪乃笑[2]曰："汝果何在？吾未之见。"小儿[3]乃撅其唇，舍群儿奔至桃花树下，拾其果，以示素雪曰："此果红酣可爱，当供之阿母房中。此果则紫而且绿，当以赠之素姊[4]。"因曰："素姊[5]，吾赠汝一绿果。"言时，纳其果于女郎手中，既忽诧曰："姊[6]，手何若是之冷耶？今日大寒，乃犹着此薄衣，是又无怪其然矣。姊[7]乎，姊[8]趣归添衣，姊[9]体弱，否则病矣。"素雪乃微哨曰："明春尚能衣此者，亦殊幸矣！"素雪语时，声至凄然，然已为少年所闻，则羼言曰："妹乎，昨雨初过，今犹未晞，花露沾君袜矣。"女郎低首，手适触少年指，不禁羞赧。盖女郎善愁，故少年不敢以慰语进，知慰之者，则女郎必泣矣。

天既薄暮，群儿皆散。锦云悄然曰："妹乎，予将有一语告君，然又恐汝悲，故迟迟弗能道。然兹事至要，终勿能瞒君。盖俟秋季毕业后，吾父将命余游学于海外矣。"素雪惊曰："兄，然则十月间，即当去耶？"曰："然，吾于此行，都无所念，不能忘者，惟妹耳，

---

① "姊"，原文作"妹"，据《申报》1915年5月3日第14版《更正》改。

② "笑"，原文作"哭"，据《申报》1915年5月3日第14版《更正》改。

③ "小心"，原文作"锦云"，据《申报》1915年5月3日第14版《更正》改。

④ "姊"，原文作"妹"，据《申报》1915年5月3日第14版《更正》改。

⑤ "姊"，原文作"妹"，据《申报》1915年5月3日第14版《更正》改。

⑥ "姊"，原文作"妹"，据《申报》1915年5月3日第14版《更正》改。

⑦ "姊"，原文作"妹"，据《申报》1915年5月3日第14版《更正》改。

⑧ "姊"，原文作"妹"，据《申报》1915年5月3日第14版《更正》改。

⑨ "姊"，原文作"妹"，据《申报》1915年5月3日第14版《更正》改。

故……"锦云语至此，以目视女郎。女郎乃俯其首，红潮直晕于颊，如玫瑰初放，初无怒意，乃续曰："良以吾二人于扶墙学走之时，即已种此情苗。十余年来，辄复形诸梦寐，亦不自知其所以。今者远行，予心碎矣。""妹乎，予实爱君，且爱君甚，愿吾妹怜予而许予……"少年至此，无意间执女郎手。女郎初不之拒，则即俯而亲之以吻。素雪羞极，不知所对。久之，始嗫嚅曰："否，此何可者？吾家贫，君父必不以此事为然。吾若许君，是背君父之旨矣。"锦云曰："此可不必虑，盖吾父于姑丈未死时，固尝有此意，但吾哀之以词，必能怜而许予，所待者，惟君之诺耳。妹果不予允者，则予亦无所希望，此一泓碧水，即予埋情之窟矣。"

三

其时新月色初上，写女郎婷婷之倩影于地。晚云如黛，微露孤星数点，灼灼而窥下界。则此少年者，方以指环加诸女郎纤指之上。桃花之瓣四飞，集女郎额，一若为女郎添妆者。

流光如矢，转瞬仲冬，锦云之行期已届。是日，素雪送至江畔，临别依依，不忍遽返①，又恐为人笑，然凄黯之色，则皆无可掩也。汽笛一声，舟已离岸，晚云四合，倩影渐渐而没，直至不见，素雪始怏怏归，其眼帘中，犹仿佛见锦云凭舷之影。

日复一日，素雪之家计益窘，锦云亦杳无音信。老媪无奈，不得不至母家称贷，乃命卢姆守扉，自与素雪相偕而行。至则其弟妇谢氏方泣，眼角犹含泪痕。媪大诧，询之，则泫然曰："嗟乎！吾儿死矣！"素雪惊曰："死耶？何以致死？"言时，力忍其泪，使勿夺眶出。谢氏不语，以案头报纸授之素雪。素雪诵已，心乃大跃，几欲突其顶门而出，其略云："太平丸自出发后，至今杳无信息，前日

① "返"，原文无，据文义补。

有舟过马哥海峡，得一断板于中流，书为‘平丸’二字，始知此舟触礁而碎，盖已久矣。”素雪读已，中心乃如沃醋，但见报上之字，渐晕渐大，幻其眼帘，辘轳而转。久之，忽如黑幕，盖已晕矣。素雪既晕，众乃大惊，媪则已狂哭。谢氏亦失色，亟止媪勿悲，令佣妇灌救。久之始苏，则复放声而悲，泪珠直被粉颊而下，如梨花之经雨。众不知订婚事，则皆啧啧，称其兄妹感情之笃。日既深暮，素雪已渐复原。媪不复可奈，乃以来意告之谢氏。谢氏喟然曰：“老姊，吾亦良知汝窘，特吾家内容，亦无殊于尔家，惟外观美耳，实则债台之筑，已较屋项为高。每欲助姊，终不可得，今且劳姊亲临，殊令予抱歉多矣。”老媪之来也，实挟奢望，至是乃大失意，冷然曰：“若是，则吾来为徒劳矣。”谢氏曰：“姊，是实出于万不得已，愿老姊恕之。”媪闻言，乃起立，忿然欲行。素雪急曰：“阿母，天晚矣，石路崎岖，恐不良于步。”乃向谢氏借提灯一盏，燃烛，别谢氏而行。

出屋未数武，忽闻水声淙淙，漱其耳鼓。素雪忽忆及花底求婚之事，今则已成虚愿，泪乃不禁夺眶而出。于斯时也，冷风一阵，直度丛树而来，灯罩已碎，烛乃陡灭。素雪呼曰：“灯灭矣，奈何？”既而曰：“吾几忘之，吾固携有引光奴也，当更燃之。”妪曰：“燃之亦必复灭，且耗火柴。今去家已迩，为途且稔，暗行亦无碍矣。”素雪曰：“诺。”遂复行。老妪且行，且申申詈其弟妇不情。久之，忽闻有声砰然，发于数步之外，素雪急呼曰：“母！”则已无应者，乃大惊，亟燃其灯，引领四望，乃不见妪影。其旁正临河流，黑波漾作圆晕，似方有巨物自上而堕者。素雪见此，知其母必无幸矣，乃竭声呼救，顾地僻无应者。其时月色黯淡，有如鬼境，杜鹃泣血，凄然似劝人死。素雪乃毅然曰：“素雪，汝生而苦，不如死而乐也。汝母已死，此世界复何可恋？吾其死乎！”又呼曰：“嗟乎吾母！汝且迟行，汝薄命女当侍汝行！”言次，以襟自蒙其面，展其足趾,蹈河而下。但闻水声砉然,素雪之倩影,遂不见于人间。嗟乎伤哉!素雪其竟死乎?果死者,则吾胸中但余眼泪,无复能书,以下但余白纸矣。

四

素雪既入水,久之不省人事,但觉眼前尽为五彩之缬,绕身而飞,两耳轰然如雷鸣。久之,大声忽寂,闻有人呼曰:“生矣!”素雪闻语,不禁微启其目,则见此身已在船中。上坐者为一中年之妇,年可四十许,女子无数,咸绕其旁而立。虽故为庄重,而艳冶之态,辄复飞逸。素雪愕然,意岂世上男女平权,阴间亦复如是?其上座者,殆世所谓阎罗欤?凝目伫视,而此所谓阎罗者发言矣,曰:“女郎苏耶,睹汝状,似觅死,汝固何如人哉?”素雪闻语,始审其为人,则以夜来之事告之。妇曰:“然则汝父在乎?”素雪曰:“嗟乎!吾不幸为畸零之人,阿父早亡,今予家中惟留一佣媪耳。”妇人乃微点其首,展颊而笑。少顷,回首向一女子曰:“夜且午,女郎甫苏,不耐久坐,汝可引至鹃儿床上睡去。渠床窄,恐不能容两人,则鹃儿可与湘娥同睡也。”其人唯唯,遂领素雪而出。

是夜素雪辗转不复成寐,其时虽已易燥衣,然为泪痕所渍,湿乃如故。时钟既鸣二下,忽闻隔舱有声喁喁,似为二人私语,其一人曰:“得此尤物,吾家生涯,当不虑寂寞矣。”则有一人笑曰:“然,是诚吾母之福,盖其人美且艳,不需身价之资,诚幸事也。”于是二人均笑。素雪听之,则先语者,颇似妇人,后者则即导己之女郎也。素雪乃不禁大愕,以为二人之语,何不伦至是?且适才舟中,除臧获外,无一男子,行状尤复可疑。思之终夜,终不得其解,更听之,则已无声,似入睡矣。

次日,头晕目眩,遂卧床不起,亦无存问者。至中午,始有一女郎捧饭具入,袅娜轻盈之态,洵非俗粉可比。既入,乃以饭具陈案上，娇声呼曰："姑娘饭熟矣，食乎？"素雪微喟曰："嗟乎！吾殊勿思食也。"语至此，复扶头少睡，既忽忆及昨夜之言，乃招女郎前，私以询之。女郎曰："姑娘犹未知耶？吾家盖妓院，昨为鸨母初度，故买舟至观音寺还愿，途中适见君漂流而来，乃倩舟子援……"素雪不待语毕，即大惊曰："妓院耶？"既而泣曰："吾命何薄，复遭此难？然予为良家子，何堪遭此堕溷？吾惟死耳！"语次，以手掩面而泣。女郎睹状亦大感动，美目莹然，噙泪欲滴，乃低声曰："姑娘毋悲，余鹃儿，固亦良家子，只以赋命不辰，父母早卒，叔贪金，鬻予妓院中。予初矢志不食，以图死，顾鸨母看守严，乃不得。今为鸨母婢，幸得清白，然而偶一不慎，辄受其笞，且一般龌龊奴，时复逼人不堪，能不为白璧之玷者，盖亦几希，故予未尝不思遁也。今姑娘既若是……"言时，以目视素雪曰："姑娘有兄弟，或亲属乎？"素雪曰："虽有寡兄，惟远赘，音□久寂，亲戚则惟舅氏耳。"

五

鹃儿诧曰："仅一兄而又远赘，则君家宗祀奈何？岂……"素雪叹曰："惟吾家贫，无以为食，乃始赘耳。"鹃儿喟然曰："嗟乎！黄金之祟人，乃能离间人家骨肉，魔力亦云伟矣。然汝既有舅，盍不寄一函去，告以近状？"既而曰："此亦殊难，盖此间咸彼家心腹，孰能为君作书寄邮？而予又为鸨母近侍，不可须臾离也，则奈何？"于是俯首沈思者久之。两人各不语，惟闻壁上秒钟的的，竞其繁响。既而忽鸣一下，鹃儿始觉，乃曰："姑娘好自珍摄，吾必为姑娘筹佳策也。"素雪突坐凝思，不觉已□薄暮。鹃儿复入，谓："舟已至岸，母特倩予速姑娘上岸。"素雪乃强起着衣，随众人上车。晚风扑面，头痛益剧，尚幸不久已至。门外环以红粉之墙，花枝掩映，时复探墙而出，重廊复阁，咸垂锦幕，富丽无伦。在理凡人入此当乐,以为此生何幸,乃得居此温柔之乡,然素雪则满腔悲苦,视此高堂大厦直不啻地狱耳。顾事已至此,亦不得不随众人而入。鸨母以其病未愈也,因命至房内少息。鹃儿应之,遂偕素雪入房。素雪以惫极,乃就榻而卧,辗转反侧,有如芒刺在背,所藉以自解者,则惟望鹃儿决策,冀得遁耳。日复一日,而策终不得,以鹃儿询①,亦但含糊应答。素雪乃大悲,疑鹃儿赚己。

六

一夕,素雪病少愈,乃拥衾而坐。忽一女子入,女名湘娥,院中之翘楚也。既入,乃曰:"阿姊,母命汝应客去,毋贪睡,常日佯佯如懒蚊,更如此者,阿母之鞭笞至矣!"素雪闻语,忽觉万种辛酸,直溯足踵而上,面色白如死灰,嗫嚅言曰:"愿姊恕吾,吾头痛甚,殊未能离床出。"湘娥闻言,则笑曰:"丑媳妇终须见翁姑,长日匿避,亦复奚益?今可去,略言数语,再归寝亦不妨也。"素雪无奈,乃随湘娥而行。其时电灯灿烂,曜如白昼,素雪行于其下,乃益形其美,半面方出画堂,而众之视线,已皆集注其面,采声四动,轰然如钱塘八月之潮。素雪乃羞极欲避,则衣角已为湘娥所扯,不可遁。而鸨母则大喜,亟为介绍,絮絮而语,若为李君,若为张君,若为新分发之知事,喃喃不休,如诵佛号。素雪窘极欲泣,以目视鹃儿。鹃儿似会其急,乃前请曰:"阿母,姑娘病初愈,不宜当风,吾意令趣返室为佳。"鸨母然之。素雪闻语,如得赦诏,亟辞众人而入,中心辘轳,突突跳勿已。"念予本良家女,今乃为妓,幸鹃儿为予排解。今日难关虽过,明日又如何耶?噫!吾惟有死而已。"既而念及鹃儿之言,则觉尚有一线②希望,萦回于其脑系之

① "以鹃儿询",原文作"以鹃询儿",据文义改。
② "线",原文作"绵",据文义改。

间，死念复消。盖人设非至愚，亦非至圣，生死关念，恒不忘情，素雪亦如是耳。顾无聊甚，乃手书一卷，藉以自遣。然心有所念，虽一字百诵，终无一字入腹。

顷之，忽闻履声跫跫。有一人笑曰："美人，汝乃知书耶？抑藉此媚我耶？"素雪大怒，抛书返顾，则所语者，即适才堂上所见之一人，曰金君者是也。耳面皆赪，似已洪醉，酒气扑人欲呕。见素雪抛书勿观，则自怼曰："噫！予诚孟浪，乃高声而语，致惊美人。今则美人书之画卷矣，然而此态亦佳。"素雪至此，遂不复可忍，怒曰："是何言？汝以堂堂男子，而乃欺一弱女，吾殊为汝羞之！"

七

醉人曰："嘻！吾爱，汝乃娇嗔耶？此态愈善，吾醉滋甚。吾爱，汝趣前，吾将与汝一行欧西之礼，汝之樱唇甜也。"言时以臀蹶门，门乃砰然而阖。醉人遽前，欲抱素雪之颈。素雪大惊却立，颤声而呼。其时门忽辟，一白袷少年偕湘娥入。湘娥见状，醋意顿沸，强笑谓素雪曰："阿姊恕罪，予乃孟浪，致破若侪好事。"言次，斜睨作冷笑。嗟乎！素雪受此毒虿，虽百口难辨，是无怪其花容之失色。少年见状，似颇怜之，乃呼醉人曰："吾友，汝今日非欲至剧场观剧乎？今已九时，更迟则且散矣。"醉人点其首曰："然，然则吾侪往矣。"谓湘娥曰："汝偕往乎？"湘娥嗤之曰："吾不欲往，汝偕素雪往可耳。"言次，径去，众亦散出。

素雪至是，乃不复耐，失声哭矣。月色既斜，寒风习习，素雪始推枕而卧。往事如尘，思之益增悲痛，直至五更，乃始朦胧睡去。顾睡亦不宁，时见其亲爱之阿母，现其和蔼之笑容，揽己于怀而吻其额。忽而景物又易，己身恍在柳树之下，与锦云携手偕行，喁喁情话，见锦云频以目注视己，则又不禁俯首赧然。既而念及其已死，则牵其衣大哭，哭久，则闻有人呼曰："姑娘！姑娘！"素雪异之,张目视,则己身仍在床上,枕函冷然,已为泪痕湿透。鹃儿伏衾而呼,素雪询其何为,鹃儿乃低声曰:“姑娘,今晨后园已开,园丁阿六适出外购物,母亦尚睡,时机不可失,趣起随予行,当可乘间逸也。”素雪闻言,惊喜过望,亟披衣起,随鹃儿行。其时天已平明,园中景至寂寞,阒焉无人,花草带露,微含笑容,似庆素雪之得生者。素雪至是,亦喜不自禁,而鹃儿则曰:“予二人遁后,鸨母必遣人四觅。予有表兄,去此不数咪,今可至彼暂住,待其觅少懈,再雇舟往姑娘之舅家可矣。”素雪应曰:“娟姊,汝诚我再生人矣!”

八

行行久之,始抵一宅。鹃儿以手轻叩其扉,门乃呀然而开。应门者为一雏鬟,见鹃儿,乃笑曰:“姑娘来何早耶?吾家主人尚未梳洗也。”鹃儿笑颔之,亦不置答,自与素雪携手入内室。则其表兄方伏而漱面,闻履声,立抬其首。素雪见之,大惊而颤。嗟夫!此所谓表兄者,非即昨夜之醉人乎?观昨夜之行为,即可知其品行之不端,且其衣服华丽,家境自丰,乃置其表妹于不顾,甚且躬莅其院为狎邪之游,则其人之全无心肝,又可知矣。由是言之,则吾人至此,直无异于自投罗网中矣。思至此,欲前又却,喘息不宁之态见于颜色。而其表兄则大呼曰:“噫!此安琪儿者,非即昨夜嗔予之美人耶?”语时,声浪之高,乃可震天。挥起手,面盆立倾,水乃淋漓满身,亦弗顾,且狂笑不已。素雪虽恶其伧俗,顾亦不敢怒,然鹃儿未尝知昨夜事,则复为之介绍。金君乃大乐,以为素雪果爱我矣,乃絮絮询素雪来意,且问已否早膳。鹃儿一一为之答,金君乃笑骂之曰:“贱婢子!谁欲汝为代表哉?”鹃儿闻语,亦不怒,复曰:“兄,吾辈须在汝家住三四日,再作行计。”金君曰:“然耶?”鹃儿曰:“谁诳汝哉!”金君乃色然喜,顾小鬟曰:“汝趣往令王媪设床,毋①慢客。”小鬟应声出。

九

顷之,闻有履声自外而入,金君问曰:“谁欤?”则有一人应曰:“金君,我湘娥也。”鹃儿大惊,急掖素雪登楼。楼上铺设甫竣,华丽殊绝,三面有窗,窗外一高楼,与此楼遥遥相对。素雪至此,惫甚,遂就一椅而坐。

光阴如逝,素雪居金家,倏已四日,受其秽亵之语,固不待言,特以鹃儿在,乃不敢肆,然素雪亦不敢怒,盖恐其报之妓院中也。今行期既至,素雪乃大喜,如犯人得赦,欣然与鹃儿往辞金君。金君忽发为诧异声曰:“嘻,汝欲行耶?往何所哉?”素雪曰:“往予舅氏家耳。”曰:“何日归?”素雪曰:“否,予不再来矣。”金君曰:“勿来耶?然则汝前者,何为又至予家?”素雪曰:“吾辈来时,非已与汝言之?因恐鸨母遣人侦觅,故暂避汝家耳。”曰:“即行乎?”曰:“然。”金君乃柔声曰:“吾亲爱之素妹乎!汝幸怜予而勿行,否则予心碎矣。”语时故现其和蔼之容,然其人惯以厉色向人,至此,虽貌为蔼然,而狞态乃益甚。素雪亦勿惧,抗声曰:“谁为汝亲爱之素妹?吾胡为永居若家?”金君曰:“汝意决乎?”素雪曰:“然。”金乃勃然而怒,而色立易,两目灼灼如火箭,视素雪勿已,凶光暴露,虽令铁人见之,亦且骇而镕化。然素雪已为愤火所烧,略不之畏,挺然而立,不前亦不却。金君曰:“然耶?……吾自有法治汝也。”语已,悻悻而出。

素雪遂与鹃儿登楼,整理行李。素雪本无行李,所有者,盖即鹃儿临遁时所挟细软数物耳。少须,履声自楼下而上,一人探首入内,曰:“素雪,汝尚在是耶?”素雪回首视之,金君也,则应曰:

---

① “毋”,原文作“母”,据文义改。

“然。”金曰:“吾今有以治汝矣。汝可静居此,以思汝过,吾待汝薄耒?”复谓鹃儿曰:“表妹,汝当善劝之,否则予必仍送汝归,见汝鸨母。”鹃儿怒曰:“表兄,汝如此行为,吾殊……”金君急止之曰:“若毋①语,时已午,吾今锁若辈于此,而偕湘……”其意盖言偕湘娥往观剧也,既而思此语不可对素雪言,若言之,则素雪必妒,此事之成败,未可知矣,乃即止不言。扃其门且下键,踯躅下楼去,履声震梯,乃作欣然之音。

十

红楼一角,素雪凭窗而泣,偶一昂首,见对楼一少年方倚窗观书。素雪忽得计,向鹃儿索素帕一方,向少年挥之,其意盖思少年援手也,顾玉腕□折,而少年竟若无睹。素雪乃大失所望,欲呼则恐为金家仆婢所闻,事且立败,筹思良久,终不得一策。既而念及儿时,初观小说,津津有味,其兄强欲与之行花下捉蝴蝶去,不之理,则取镜映日,照素雪之目,目缬致不能视,遂抛书勿观,今何不效之?思至此,乃移步至妆台前,取镜,乃倚窗映日,镜受日,回光直照少年之目。时方傍②午,日光烈甚,少年果抛其书,仰视愕然,既而见素雪挥绢作求救状,乃点首若有所悟。下楼,唤其仆至,负梯随己至金家楼下,以梯就楼,招手示意。鹃儿、素雪遂各缘梯而下,少年忽呼曰:“噫!君非妓……君非素雪耶?”素雪闻言,亦昂首以视少年,则其人即昨日之白袷少年也,乃应之曰:“然。”少年曰:“何以至是?”曰:“此事甚长,少顷当告先生。”少年颔之,乃肃素雪、鹃儿入内。坐定,素雪乃婉言曰:“先生救予,予诚感,余江姓。”少年不答,以目注视素雪,曾不少瞬。鹃儿笑曰:“汝痴矣。”

---

① “毋”,原文作“母”,据文义改。
② “傍”,原文作“愣”,据文义改。

少年喟然曰："嗟乎恕之！此君似吾妹耳。"素雪视良久，面□大赪，因询曰："先生何姓？"少年曰："江。"鹃儿笑曰："汝二人乃同姓耶！"少年曰："女士亦江姓乎？"素雪曰："然，适才言之矣。"曰："女士有兄否？"素雪曰："有一兄，远赘李氏，小字梦兰。"少年乃欢呼曰："然则必吾妹矣！妹乎！妹乎！不图与汝相见于是也！"

十一

言次，泪遽夺眶而出。素雪疑甚，不敢遽前，既而曰："汝试以左手示我。"少年诺，伸手示之，则有一殷红之痣，微作玫瑰色。素雪乃失声哭曰："果吾兄矣！"于是二人尽哭。鹃儿亦哭，然不自知其涕泪之所从来。少焉悲渐止，鹃儿乃曰："汝侪既为兄妹，乃不识耶？"梦兰叹曰："吾妹小予十岁，予自幼离[1]家，即就傅远出，其时妹方八龄，但以行称，而无小字。今十年不见，微予记忆[2]力佳，安从辨哉？"素雪乃询梦兰近状，且问嫂氏安否。梦兰泫然曰："不堪问矣。"素雪惊曰："何为？"梦兰曰："嗟乎！吾人年来音问断绝，是又无怪吾妹之不知，即予曩者，亦未尝梦想及此。当吾辈之归也，挈一狡仆，仆年老矣，事吾家久，发语诚挚，似可恃者，故不之疑，而孰知仆乃与盗通。当吾辈抵皖时，途过丛山中，仆忽嘬口作声。家人方愕，而盗已麇集。家人皆逃散，吾妻及岳父母竟死于盗，行李亦皆被劫去。幸予身尚有衷衣之饰，值金两许，可作路费，乃露宿破庙中。日藉卖[3]文以为糊口，幸所入尚敷予用，乃辗转来此，居且一月。顾命宫魔蝎多，复撄小极，昨始稍痊，金君强拉予入妓院，谓病后，勿宜闷坐。予不能却，乃强从之，然勿料竟

① "离"，原文无"离"，据文义补。
② "忆"，原文作"臆"，据文义改。
③ "卖"，原文作"买"，据文义改。

遇妹也。"素雪闻梦兰自述,乃始恍然,遂亦历历告以别后之事。梦兰泣曰:"吾苦命之母,乃竟死耶!"又自慰曰:"否,吾阿妹既能遇救,则吾母安可必其已死?妹乎,予甚拟一返故乡,访吾阿母消息,未识妹意以为如何?"素雪曰:"佳,吾亦思归,以慰予舅氏之心,盖彼辈皆以我为死矣。"梦兰点首曰:"然。"又谓鹃儿曰:"鹃姊,尔暂居此可乎?"鹃儿诺。明日,梦兰遂偕素雪起行。

十二

白雪未消,红梅乍放,板桥如带,通一穹门。有女郎及一少年立门次,频以手叩扉,若不胜其焦灼者。久之,始闻有人应声。门辟,则一老媪龙钟出,见女郎大诧,笑曰:"女公子耶?抑吾梦耶?"素雪笑曰:"卢姆,汝非梦,乃真也。"曰:"然则女公子数月以来,竟往何处?主母又何在耶?此少年为谁?"既而笑曰:"嗟乎!吾老悖矣,十年不见,乃竟不识小主人矣。"素雪、梦兰二人不禁同声而哭,乃各述前事。卢姆亦泣下,并述曩住小屋因欠赁资,已被屋主逐出,乃依妗氏为应门耳。言次,遂导入内,则其舅母方斜倚榻前,微蹙其额,若有所思,而身体则愈较去年为肥。素雪大喜,遽前抱其颈,呼曰:"舅母!"谢氏初未之见,及见,则喜不自①禁,呼曰:"素雪!汝归耶!尔去年失踪之后,真令吾忧煞矣!汝母又何往,亦随汝来耶?"素雪未及答,忽觉有人拍其肩,唤之曰:"表妹。"素雪大异,回首极之,则锦云也,喜极且愕,转不能作一语。久之,始曰:"表兄,汝岂为他舟所救欤?"锦云曰:"否。"而谢氏已笑曰:"素儿,汝误矣,触礁碎者,乃安平丸耳,吾儿所乘之太平丸,则为雾所迷,误入其方向,驶入极北,当时误以安平丸为太平丸耳。"素梦二人闻语始悟,各述前事。锦云乃觉悲喜交集,且有千万语言,

① "自",原文作"白",据文义改。

欲说无从，吾书遂亦不能一一书之。

十三

于时，一小鬟进曰："药熟矣。"素雪诧曰："舅母勿适耶?"谢氏曰："否，汝舅父病耳，病且久矣。"素雪曰："然则可偕吾一视乎?"谢氏曰："可。"乃相偕入寝室。既入，则老人方伏枕而喘，骨瘦有如绝食之豺。素雪悲声呼曰："舅父！如何矣?"老人仰视曰："谁欤?"既而曰："素雪！嗟乎！素雪！汝归耶？吾心喜甚!"言已，嗽不止。锦云扶之起以药进，未过半，乃又大呕。锦云急以手捶其背，询曰："父乎，药味恶耶?"则但点首勿答。锦云乃扶之复睡。顷之，顾梦兰曰："梦儿，汝偕素雪同来乎？吾姊安否?"素雪至此，双行珠泪几欲夺眶而出，然恐言之，重伤老人之心，则力忍不使出声，且频以目视梦兰，盖欲止之令勿言也。梦兰未觉，直言曰："嗟乎吾舅！阿母尔日自舅家归，盖已失足堕水死矣。"老人闻言，忽大呼曰："死耶？嗟夫！天乎！吾罪大矣!"素雪饮泣曰："舅父，此天数耳，安得引为舅父之罪?"老人曰："否，予尔夜苟令一佣妇送之，则又安有此祸？嗟乎！素雪，吾悔矣！吾不应待汝母女如是之薄，吾之待汝直一路人之不若，而汝不以为忤，且亲予若父。噫！素雪，吾今而知汝实为一温柔娇好之女郎。"

十四

素雪曰："舅父曷少睡片时？盖病中宜自珍卫，多语殊非宜也。"老人曰："予不思睡，且予之病危在旦夕，初非药石之所能医，若不乘此能言时而言，则恐将来且不能言矣。"语时，回视锦云，则泪垂于颊，喉间亦且呜咽有声。见其父视己，则立强为笑容曰："阿父宜少息。"老人曰："否，予言尚未尽。素雪，汝试近予。"素雪曰："舅父何命?"老人曰："予今有一事，愿汝诺之，盖予欲以汝为吾儿妇也。"素雪至是,羞喜交作,嗫嚅良久,始曰:"舅父言,儿安敢违?……"舅乃捶床大笑曰:"若是者,吾目瞑矣!"言毕,狂喘不已。于时天已入暮,而其舅父之魂亦随日光以去。

一年以后,锦云遂与素雪成婚,鹃儿亦至。素雪感鹃儿援己之德,乃为作合,为梦兰续弦。惟其母则至今未有消息,有谓其未死者,然吾不能以理想续之也。

著者曰:"有志竟成,观此亦可以见一班。吾之著此,所以讽世之临难而易志者。"

——《申报》(1915年4月30日至5月13日)
第一万五千一百六十二至一万五千一百
七十五号副刊《自由说》

绿衣女士

绿衣女士，生平不详。与《小说时报》主编陈景韩关系密切，二人合著有小说《空中行劫》《牢狱世界》，合译戏剧《拿破仑》、小说《美国之第一纪念日》《乔装之半夜》等。

牢狱世界①

有一日，天气甚热，为七月间，时值上午，余在俄都圣彼得堡之英伦旅馆卧室前房内浏览早报。有一差人，衣号衣，名墨克星者，至余房前，告余曰："公使命余告君，有一小包，自西比利亚寄来者，上书由公使转交于君，现尚在邮局，据警察说，于交君之先，须由警察检查。公使问君检查时，君将自去监察，抑或公使派人为君代表。"余一时不知所对，我之良心，激发我亲自前去，而西比利亚四字之经验，又若使我小心谨慎者，盖余认识之朋友在"西比利亚"者，大抵皆系被放之政治犯。而此辈朋友，寄我之物，小而至于一记念之残花，大而至于革命之文件，均未可知，我若自往，我尚未知小包中何物，而受警察唠叨之问，势必有害而无益。余乃决计请公使派人代表，遂谓来使曰："公使若能派人为我代表，则我实感激无暨矣。"墨克星去后，越一二小时后

---

① 原文标"社会小说"，原署"冷、绿衣"。

复来,手中挟一麻布之包,包口用火漆封固,包上书有余之信面,英俄文字各一,包之一边,为检查时刀所剖开,自其剖开处视之,中系贱卖之棉纱布,纵横历乱,为检查后任意塞入者。

余问墨克星曰:“此系何物?”墨克星恭敬而对曰:“唯上帝之,以我所见,似系余妻旧衣中之一袭。”余乃取而去其麻包,其中所有者则为熏烟所污之花布,每幅之宽,约一尺二寸至一尺四寸之间,共有十余幅,每幅相接,可长百余尺,观其布之样式,似系亚洲东方之产,余曾见之于阿尔泰山之寇及司蓬帐,盖以布为帐之里幅者,然有何人,乃以此破帐之衬布,特寄于余,而此破布之价值,实不及寄此破布之邮费,且此破布亦甚平常,又断非我西比利亚之友人,寄此以扩我新奇之眼界者。余既展布至于末幅,而中无所藏,余之希望亦已去其半矣。乃复取麻包上所书之姓氏地址验之,冀有所得,而所书姓氏地址,又似自名簿上钞下,字字平常,一无可异。更取邮票上所盖之印视之,印已模糊,又取火漆上之印视之,印上似一土耳其钱之式,麻包之内外面,均不知其自何处寄来,出于何人之手。余乃复取所有之破布而翻阅之,复一一为之折叠,而仍无所得。余意此中必有秘密,特不知其秘密在于何处。盖余思我西比利亚所有之友人,决无一人,以为我爱此破布,而以此破布寄我者,其秘密,或在此破布之中,或以此破布为会意之记号。余乃安坐地上,复取此布,仔细查考,即在此布以求字迹,寸寸细视,不敢少忽,于是查至末幅,乃有所得焉。末幅之布,入余手中,觉视他幅为厚,余乃举向日光中审视,知为夹层,而以与布一色之线缝之固者。此夹层之破布,约有十尺至十五尺之广,取视其中,藏有极薄之纸数张,纸上密书细字,背面俱尽,下所书者,尽系俄文,惟其首语之标题曰“牢狱世界”数字,则书英文,而以括弧记之。余见此书,虽在此书上不记日月,不记地名,不记书自何人之手,然余即忆及曾于某地某人，于谈笑之中，涉及此标题‘牢狱世界’之一语也。去年之夏，余在阿尔泰山，曾遇一俄国之少年新闻记者，名于勤姓伏鲁林者，为政治上之关系，而被放至西比利亚者，其详细之情形，余不深知。

渠为一少年，约二十八岁，双瞳作碧色，四肢五官，极其相称，有小小之稜角须，有棕色之发，发刈之甚短，然甚棉密。当渠谈话兴发之时，以指撚发，而发上耸，益足助其坚决之心。慷慨之气，渠之气概，印余之脑中者，甚觉其有非常之才能、非常之品格。其语我以西比利亚所身历之事，不但显其有传述事物之能，且能选择明显之法，使人了然。余与渠所谈者，不过一黄昏之间，其间所谈者，大抵皆为山美泼勒汀省之政治犯而被放逐者。殆至夜深，相谈渐及于牢狱生活。渠乃言及渠所身历之班屈罗牢狱，此牢狱之坚固，渠乃谓其虽炸弹有不能毁者。渠与余所谈之事虽无多，然皆精妙有味，无殊于小说。余因于临别时，谓渠曰："君所语者，何不笔之于书以寄我，我于明日将去此而行。此次谈话，恐为末次矣。余至明年夏间，将至圣彼得堡，君在此时间中，能设法记出此事，托可靠之人，送于我处否？我之行止，驻俄之美国公使必能知之，我之所欲得者，系君在牢狱中之生活一段，即君所亲身经历之事，如此久长陷于沉寂之境，君之感念何如？最足印君之脑而终生不忘，更系何事？"渠答余曰："余所印于脑中而终生不忘者，实为牢狱中之一事，但此仅关系我一人，君亦愿闻之乎？"余曰："然愿闻之，余所欲得者，正此等事也，君请勿惮自道其私。盖人在炸弹不破之牢狱中，决宜原谅其道私之不得为私，何则牢狱之中，所谓主人者，仅属一己，舍一己外，更无他事可道也。"渠乃笑而应曰："诺，我将书我所经历者，而名之曰‘牢狱中无我氏之有我谈’，君谓何如？虽然君亦不能以为必得者，盖俄国警察中人，亦以此等物为极有趣味也，苟为所得,必将收没。余只能勉为至善之法,以寄君耳。行矣,愿君幸福。”余与此少年之新闻记者别后,阅十二月,而此少年记者,不特不负我约,而以此牢狱中生活寄我,且能藏之于此极密之破布中,能逃过欧洲最细密之俄国警察之目,并几逃过余目焉。以下所述,即此少年记者伏鲁林氏所自书,藏于破布之中,寄余之牢狱中生活谈也。

余于末次别君,在一年以前,君曾语余,嘱余将班屈罗牢狱中之生活,笔之于书,以寄君,但恐余于此书寄君之前,君已闻此等牢狱之生活,数数而生厌矣。此等牢狱之生活,身受者多,人且视我言之更详而更有味,虽然同此区区牢狱之中,虽所居之地位相若,而其境遇,实有不相侔者。故君欲余述此牢狱中余之所遇,余之所为之历史,余仍不能不为君一述也。余欲述余于牢狱中一身最有关系之一事,余复不能不先述此棋盘格一段,以开其先例,盖此棋盘格一段,实于以后之事,有种种关涉之处也。

余被拘之日,为某夏之夜间,二时有余。拘余者为二宪兵,捕余而纳诸囚车中,押送至圣彼得堡老牢,名猎它斯甘者。君各处往来调查,想必曾至彼牢也。

余既押至牢狱后,即搜查我之全身,记我之姓名、年岁、职业,及一切之身分于牢狱簿中,而送余至一暗黑之监内,而禁锢之。

以上所述,均系常事,无足注意者。至明日早晨,余方立于牢窗之下,仰首以望窗外,忽闻隔房之壁上,啄啄有叩壁之声。余在平时,曾闻狱中犯人,常有叩壁为语之法,但其如何叩法,则余实未知。余闻隔壁之人,叩之屡屡,无以为报,则亦如啄木鸟之全无意识,啄啄数声,回叩以报之而已。但隔房之人,仍若不能满意者,壁上叩声,依然不肯稍息。又阅多时,余不得已,则又回叩数声以报之,如是者数回。余思如此往复叩应,我不知彼意,彼亦不知我意,又何益处?余乃决计置之,不复应彼,复立于牢窗之下，仰首视空，以默想余之境遇。但余默想时，则若勿闻，及一返念，余之身躯今在何处者，则啄啄叩壁之声，又依然入耳，如是者尽其日之上午。至午时，狱卒送食物来，则壁声始止。至食后，狱卒取食具去，则啄啄之壁声又作，如是者数点钟。余因决然自奋曰："今后余必力审其叩壁之语，不然渠或有要事告我，而我不之理，是负渠也。"遂潜心以听叩壁之音。余闻叩壁之音，连续之间，分有段落，因思此所叩之数，或于字数之数有关，如叩一数而即停者，系字母第一字之A字，叩二数而后停者，系字母第二字之B字，三数四数，悉以是推，是乃叩字中最简之想，为身居牢狱中人所初想及者。余念及此，始知已得其道，然余以数目读字母之法，素非所习，故演习至十余次，始能得解，而余之邻居，则以至忍耐之性，每次每次，屡叩其一字。久之，余始寻绎而知其语意，盖以数目计，为21－14－4－5－18－19－20－1－14－4也，以字母言，为u－n－d－e－r－s－t－a－n－d也，其义则为"知否"二字也。余既识此二字，乃细审之，而终日之间，其所叩者悉系"知否"二字，而叩此二字之叩数，每次必须百余叩，其人忍耐性，可谓甚矣。余思余邻居之人，见余久叩而一无回音，必思余为一落拓之人，或为一騃愚之人，否则必系一新入狱者，一时不能悟会，故用其忍耐之力，历久而不变。迨余既悟此法，急即回应以是，是字之字母，为y－e－s，所叩之数目，为25－5－17也。隔墙之人，既得余回应之壁语，则又以至审慎之度，叩壁而语余曰："听之，请再效更善之法。"

牢狱之中，沉寂无比，因之虽细微之声息，罔不闻知，而隔墙人之一举一动，宛若壁之透明而能见者。其始隔墙人持一坚物，约于一人一手之处，向壁坚叩一下，又向右一划，划后，又于其下，约距一尺之处，又叩二下，而又一划，如是者七次，共划七条。每条之长，约七八尺，其距离约一尺余。自后，又依次叩数，而作直划者六,即划于横条之中,于是遂成一棋盘格。棋盘格既成,复于格之两边,记其横直之数目。余从未知凡人竟可以耳代目,且能隔十寸厚壁,而一算学家能以叩划之声息,教人以平面几何者。

壁语之师,既教我以棋盘之格,复叩壁以语我曰:“尔置字母于格内。”余乃自门后槛上拔得一钉,如其所教者,而划格地上,书字母于内。渠后叩壁之法,于此而变。所叩之数,非字母顺挨之数,乃字母在格中之数。先叩其横,复叩其直,如算学上之索九九表者然。余诚不知何人始创此法,能使叩者省其十分三之叩数,譬如 u 一字母,依字母之顺序而叩,当叩二十一次,若依此格,则只须六次而可。但始学此叩法时,不能不用此格,置于面前,以备检阅,盖尚不悉何字,在于何格内也。及至用之稍熟,则不须再检格内之字,一闻叩之次数,而即知何格之字矣。及习练数日之后,且可不加思索,叩数几与字母无二。一分时间,能相谈至十余字之多,其运用可谓神速矣,虽然若再以缩写之法,用于其间,则更有不止此数者。

余既学得此法,隔墙之人,即以此法,叩壁而问我曰:“汝系何人?”余即以余之姓名答叩之。渠又叩问曰:“汝系绅士中人否?”余复答叩曰:“然。”渠乃叩曰:“我意亦然,盖我知我辈中人,断无不知此叩壁法者。我始以叩壁法问汝,几如授核桃于无齿之人,我以汝为终不能食而化矣,汝曷为而至此?”余乃叩答曰:“大概以文字贾祸,而以政治犯罪我者。”渠复叩答曰:“政治犯乎?我知若辈原非恶人,特以所写过多,不能自免。我前往西比利亚时,同行者亦有两政治犯,其一亦以文字贾祸者,汝可知我母国之文字,固不宜多书者,里语有之曰:‘汝之舌,能使汝流远地;汝之笔,能使汝入深牢。’”余乃反叩之曰:“汝为何人?”渠返答曰:“我为无名阿文(凡俄国游荡之徒,一经犯罪,而再获者,问其姓名,则必对曰

‘无名阿文’，以掩其前罪之迹。故‘无名阿文’之号，俄国罪犯中，年必有数十人者。俄官获此等罪犯，则施以肉刑，而复投之于西比利亚）。”余因又叩问之曰：“然则汝为游浪之客欤?”渠叩应曰：“然，树林为我之母，而牢狱为我之父。”余又询之曰：“汝处此已久欤?”渠答曰：“否，我在此尚未久，虽然，我在其他牢狱，则处之已多。我乃一逃犯，汝殆初次入此者欤?”余答之曰：“然，余系初次入牢者。”渠又曰：“余将教汝以有用之事。余为一音乐工，以铜币学成者，然而余知牢狱之情形，若舌之深知其口。”余乃应之曰：“愿受教。”

壁语之师，其所云者，诚非妄语，所言教我之事，亦非言过其能。自此礼拜内，尽将各处牢狱内之经历，一一诚信以告我，教我以三四种巧妙之暗号，又教我以牢狱中互通消息之法，如火炉、如煤气管、如面包、如钟摆、如《新约》圣书之类。渠又教我以一言，而为我深在脑者，则为“如遇偶放出监散步之时，无论何物，如纽子、别针、旧钉、线头、碎玻璃、烧残之火柴、纸烟之余尾等类，如有所见，皆当拾而藏之于身。盖因以指叩壁，不能持久，且其音不清，苟得一钮子或一钉，以为叩壁之用，则岂不善？如遇狱吏来查时，则或藏于火炉中，或藏于口内。用一别针或一火柴之梗，及一纸烟之余尾，即可以备写信之用。此等物件，如路遇时，可拾而藏之于鞋内足趾之间，不可忽也。我教汝细看一切物，注意一切物，搜集一切物，审察一切声音，如得一圣书，汝看书上之字，有以针刺孔者，如有则就其刺孔之字，以求解释。”

总之我邻房之壁语师，能教我以胜彼狱官之完全课程，然于其间，所最有用者，莫如棋盘格。既知此棋盘格之作用，则身虽处于深牢之中，而鲜有与人隔绝交通之时。盖彼深牢，虽人各一室，不能往还言笑，然有棋盘格叩壁之法，则仍能发其意思，互通声气，虽阅数月数年之久，而不至陷于沉寂之境也。

八月初旬,余被迁至炮台牢狱内。是夕,夜已中央,有宪兵二人,至余室内,呼余起,命余穿衣,引余出,入一四塞之车。牵余入,余问何往,则宪兵答我者,一如余入狱后常闻之言,曰:“命令不可泄露,然余亦大略能知之。”车行后,余在车中,默察所向,始过一长桥,转一湾,则闻蹄声橐橐,应于四壁返响,知已入于可怖之收纳政治犯之炮台牢狱内矣。既至狱内,牵余下车,押送余之两宪兵,即交余于此守狱之人,及守狱之二兵。此守狱之人及二兵,又押余入一长廊,至五十八号监内,而闭余焉。闭余之前,先为余易衣履,粗布之裹衣,长绒之履,宽博之外衣。易衣既毕,狱卒悉去,而余一人乃又四瞩室内之新世界。

余虽年少,体力强壮,性质活泼而豪放,然一入此牢,则不免毛骨悚然。而有使余不能不寒心者。狱室高而且广,原为建造而置一巨炮者。墙壁黑而且湿,冷气升腾,铁棂之窗,离地约距八尺以上,其岑寂而幽闷,几似藏棺之深椁,而非若寻常之牢狱与炮台也。室中之器具,有俄国制之砖造火炉一,联于壁上之铁床一,联于壁上之铁案一,木门为域之便所一,能在室外狱卒得铁管通水之洗具一。室中之火,则为一铜制之小火油灯,为彼狱卒临去时,置诸我床头铁案上者。余既审视一过,则又如我壁师之训,而静听四围,有无若何之声息否,不意杳无所闻,宛如纳诸墟墓之间,而全非人世者。正在凝神静听,忽睹厚门之上,忽露一隙,隙中两目炯炯,直视余身,余不觉大恶,如遇鬼魅。未几,两目倏去,门隙亦阖。呜呼!余陷此狱中,岑寂幽闷,已无生人之乐,然即静以求静,静亦适心之一,不谓此静境中,破此岑寂者,为此炯炯之鬼目,使余一睹之后,常留余心目之间,并此静之乐趣,而亦扰破之,是实使余最难堪者。余因思此亦易处置事,彼所能窥者,以室中有火耳,假使灯火而息,彼即窥,乌能见?因起吹灯息之,乃未几而门钥之间声响,见一狱卒,开门而入,手持一灯而语余曰:“息火不可也,汝若畏明而复息之者,将置汝于永不见光之处。”余不之答,俟其去后,乃取灯而置于最远之一隅。此时适值炮台内礼拜堂上之钟报一刻,此钟每报一刻,则唱“慈悲之上帝”一语。余遂渐入睡乡。余以感受门隙凄怆之眼光,以及空中苍凉之钟声,使余神经深印,梦中宛似将死,而送至墓地者。牧师为余丧礼。余自墓板之间,恍惚见其凄然之两目,见余尚生,而乃漠然不顾,怆然隐约而祝曰:“地与地中以及地面万物,悉为上帝所有。”祝毕,取其沙泥,以洒余身,余乃惊觉,张目以视,则见鼠色之曙光,已映于铁棂窗上矣。

余入此狱后,自后经历无数时日,悉如上述,无少更变。每日约有三次,每次约离四五点钟。狱卒自厚木门之小窦中,授食物于余。食时一无刀叉等具,惟恐罪人之以此自尽也。坚硬之面包与肉等物,均切成恰合口食之大小,遇有汤粥等,则木匙代之。除授食之外,狱卒之来窥探者,每一点钟,约有两次,因狱卒所御者,系绒底之履,故来时绝无声息。

此岑寂之深牢中,每日所闻者,唯彼凄远之礼拜堂钟声,及炮台上之午炮,所见者惟此高窗内之一线天光。余每日坐对此高窗,望其有时日光适于窗间经过,岂意是高窗者,不特高而且深,虽名曰窗,实与隧道无异。窗之两口,相距约有五尺,其腹则以水门汀为之,以故日光永无射入之时。每日能得见微光者,只有下午,在对面高墙上,返射之回光而已。

余入此狱后,狱中之情形渐审,第一不忘余怀者,即余欲以壁语之法,与邻狱之人相谈也。但于此狱中试壁语,实有甚难者。狱壁之厚,约有二尺,而监察之狱卒,门隙两目,又时常来临,迥非前之牢狱可比。然余之心,则不惮其难,而决意试之,乃坐于床头,以两手倚案而假寐,于眼杪中留意门隙之两目。未几果闻门畔索然一声,两目即时出现,见余假寐,不甚留意,更去而至他室。

余乃乘机垂右手于膝间，隐以叩壁，乃叩之而无回音，未几又叩，叩后，急以耳贴壁，以探声息，不谓所谓声息者，只余心之跃，得得有声，而余则别无片响也。余乃舍此壁，而叩他壁，一一试之，而其结果相同。是日，余所叩者，约十余次，均择最稳妥之时，勿使门隙两目所见。而乃无效。余思必左右邻居无人，否则我室之壁声，必不能达彼室也。至第三日，余知余所料者殆确，余乃以一人处于此数室之间，左右必无人在。余之壁师，曾谓无论何等狱中，必无不能互通音信之理。余初甚信之，迨至此狱，则有不然者，盖此狱设于炮台之中，回廊曲折，深阱无比，决非常狱所可同语，即彼多能善计之壁师，至此亦决无法。当是时也，余思欲以余之世界，与余外之世界，得一些少之交通，而无所望。授食之狱卒，则由窦中授之，而未尝交一语，窥隙之狱卒，则于门隙窥之，非特不能交语，而且炯炯两目，不露面形，使人全无人类之感想，益增凄凉恐怖而已。余入其中，诚若未死而卧于古墓内也。

是时俄国政府之待犯人，专欲弱其意志与身体，使易承认。如此活葬之境况，历一二月后，虽有至强健，极沉毅之人，亦不能固守其意气。一旦再经以可惊可骇之感触，鲜有不吐其真情者。是故当时斯决雷奈将军倡议，使牢狱之窗罩，不用布类而用金类，务欲狱室以内，不受丝毫之日光，以夺犯人得见日光之乐。其意甚酷。虽然，若余所居之炮台狱内，则更无需乎此，窗既高深，不窗罩已无日光，罔论布类与金类哉！

第一次破我此漫漫长夜之岑寂者，为我入狱一月之后，狱卒押我出幽室，至一狱官审问处。审问我者，为一衣蓝色军衣之军官，所询之事，为政治上之运动，及余之同党，并余报馆中事。问官之意，疑所有各种革命文字，均由余所在之报馆中印刷者。余则不之答者，居其多数。审问后复押余返幽室，且戒余曰："汝若长此坚不吐实，则将课汝以苦工矣。"自此以后，复入此岑寂之境，而无少改变，每日所遇者，唯彼狱卒一次之倒余粪具，三次之授余食物，及每月一次之以剪刀来，剪我发及爪而已。而此狱卒者，均不与我交一言，我亦不能与之交一言，且此狱卒，每次调换，以故余虽处之甚久，而未尝见有二面者。余则寂无聊赖，每日每时，只有独坐长思，与室中往来蹀躞，以及遥听凄然之礼拜堂钟声而已。有时猝然不意，见彼门隙之两目，则又使我毛骨悚然，遍体战栗者半日。此乃余在狱之生活，而必无他遇矣。

在此岑寂之狱中，最可危者，在能使人神经衰弱，余因想出种种之法，以破此岑寂，而使神经有所事事。第一次，余因每次所食之面包，存留少许，湿以吐末，抟之成丸，以为棋子之用。不谓行至第二第三日，忽为门隙之两日所窥，即有狱卒入余之室，取余所成之丸以去，且戒余曰："勿再如此，苟或然，将投汝于黑狱中矣！"自后余想出一法，拆余所履之一袜，抽其线，以打种种之结，藉以消遣，而复为狱吏所见，戒余以不许。余乃别无他术，只在胸中，或设算数，或作论说，或诵诗歌，以度长日。然兹数事者，只能营我之心，而不能劳我之体，我心甚以为勿足也。我又以为凡闻熟识之声音，亦足以破沉闷，乃大声而已与已相语，孰意此亦为狱中所禁，而为狱卒所不许者。余后于闷无聊赖时，只有作假嗽，或假气逆而已。

三月之间，其所闻者，远而隐约之狱卒号声，及午炮声，与每日时所闻礼拜堂之钟声，或作"慈悲之上帝"，或作"天城内荣光之上帝"，或作"上帝救护我皇帝"三语而已。其外则余每越三四日，必以指叩壁，而望或于夜间。邻室中已有人在，乃屡屡试之，而终无返音。然壁语之师，则尝诏余，无论如何，必有能与人互通消息之时，余故虽不得返音，而叩之也如故，自后而其言果验矣。

秋去冬来，而余之身体，渐觉衰弱矣。监狱之吏，亦有所觉，乃许余每日出幽室，至围墙之庭内，散步一刻钟或二十分钟，以稍舒郁抑。余乃遵彼壁语师之命,于所履之地,每一方寸间,必留心有无细物,可以收藏者否。一日,果得一灰色之小石,余乃拾而藏之口内,返室后,狱卒既去,细审之,乃一抟结之小面包,而非石子。擘而视之,则内有一纸烟之纸,为别针所刺,依棋盘格法,而表示者曰“Blok 勃洛克”。“勃洛克”之名,余阅之甚喜,盖即余前在大学中之同班生也。毕业之后,未知消息,余亦不意其为官吏所捕,而亦在此狱内也。余阅“勃洛克”名后,一时精神焕发,如遇故人。

越三四日后,余运大佳,余于散步时,拾得一狱卒所弃之破碎之纸烟一段,又于食物中,得一半坚之肉骨。余乃以纸烟藏之于足趾间,而以肉骨藏之枕内。烟纸为刺字之用,肉骨为叩壁之用。二物之得虽不相连续,欲刺字,则无刺字之针,用叩壁,则邻壁无人,然余思今日虽无用,他日必将有用者,且即今日得之,亦如贫人之得财产,稍足自乐者。盖余一无所有之人,而乃得一纸与一骨,在狱外之人视之,岂其在意?若狱中人,则壁语师固云:“一钉之用,可以变化不测,而勃洛克以一烟纸、一别针、一面包屑,而能传其名于我,使我有无穷之兴味也。”

余自拾得余友勃洛克之名后,余心若有所专注。余思彼用此法,而得达姓名于余,余亦用此法,未必不能达姓名于彼。盖彼于散步场内,必能寸步留心,较余更甚也。但余欲通信于彼,有一难处,彼之信,为烟纸之上,用别针刺以记号者,余今虽亦得一烟纸,容积可刺七八字,然而余无别针,实乏刺字之具。余因试以枕内细毛之管,就灯芯上之黑煤,用以书字,然而其法实不能行。遂又千思万想,以求其法。既而思及人间造字之先,原有结绳之法,因而欲按棋盘格之法,计其数目,结于绳上,然欲结诸多数目于一绳,必其绳或线甚长而不断者,乃能有用,余在狱中,又安得有此?于是余又千思万想,想及余所睡之枕套上,可以取此,乃于晚间卧后，暗暗抽其枕套之线。及线既得，乃暗结之。查狱之人，以余为卧，不甚留意也。至三日后，余已得有一线，约长十一二尺，线上已结有一百余结，悉依棋盘格之法，而结出伏鲁林颇强健数字者。结成之后，余思亦如余学友勃洛克之法，揸入于面包屑之中，既而思之，不如即杂乱其线，弃于散步场上，使人视之，若一乱线然者，即狱卒见之，亦必不注意也。至次日早，余果又往散步，乃藏线团于口中，至散步场时，即弃置于枯草之旁。余意甚得，以为自后盖大有希望也，使勃洛克而得此，其心之鼓励，必无殊于我得彼之姓名，且余更望彼复有回音示我也。

复至次日，余又往散步，则见余所置之乱线，已不在枯草旁矣。余心甚喜，盖喜勃洛克或已得此线，而将有回音也。虽然此皆余之希望，而非实能，果能达此希望与否，则非余所盖知也。自后余每日至散步场内，尽力搜索，自此垣以达彼垣，往复审视，而终无足以留意之一物。然而余心则终不失望，盖余于壁语师通问之前，彼之叩壁以询我者，至有数百次之多，彼不失望，而终达与我通问之目的，其忍耐为何如？我今欲达我之目的，非如其忍耐不了，且余每日如是审视寻索，于余亦甚有益，盖实足以使余心中有所事事也。自后二礼拜内，余复结线而置之散步场中者，凡二次。有一礼拜日之晚餐，余于鱼汤中得一细骨，余乃于地板上，磨之使锐，若一针然。余乃亦可效彼纸烟之纸，刺字其上矣。刺后，亦以面包屑团之，若余学友勃洛克之法，而弃之于散步场内。

余每次弃于散步场内之物，必于四十八小时内，为人拾去，且大半只于二十四小时内拾去者。然而拾去之后，终无良好之回音。自正月、二月两月中，余所拾得他人之所弃之面包屑团者，凡两次，其一为用半烬之火柴所书者，其一为木刺或别针所刺者，其上皆记姓名，及报平安等字，然而余皆不之识也。

余后知如此通信,无殊船行时,置信于浮水瓶中,投之于海,必俟后船之来而适遇之,乃能有用,不其难甚乎?盖与余同处是狱之政治犯,共有二三十人,此二三十人,每日依次散步其间。我欲投书勃洛克,勃洛克虽固亦在其内,然勃洛克所得者二三十中之一,而为他人所得者,十九分或二十九分也。虽此二三十人中,亦有不知棋盘格之法,而不及留心于此通信物者,然知者多数,而不知者不过一二也。余自后又知,此通信之法,当时一冬季中,虽彼此互投,而实无一人,得有正确之答覆者,无非错杂误报也。余所置之两次线结及一次烟纸之信,均入人手,而勃洛克亦得有他人之物,其一为一碎玻璃片,而上以油汁凝冻,裨显字形,而其字为记姓名及外三四字而已。

至正月之中旬,狱中之规律,似视前稍宽,其时又经第三级审官,问讯一次乃定。凡亲族,得于每月中,探视一次,无禁之书籍,亦携入狱中。余与亲族第一次见面者,乃为余母。一见之后,其悲苦实非人所能受,故即劝其以后勿再来见。所谓见面者,诚仅见面而已,不能相近也。其例,在一小室之中,两边皆以铁网相隔,中悬七八尺之距离,母在彼端之铁网外,而我在此端之铁网内,中则坐一无情之狱卒以监视之。所语只可家事,而不能一语涉及外事,苟有一语及外事者,狱卒即出禁制,谓将消灭下次相见之自由。我母一见我憔悴之状,虽在八尺以外,又有二重铁网以蔽,而眼中泪落,如泉之涌,我亦睹之而心伤,虽云相会,而不能携手谈心,以稍慰藉,徒然相对,增忉怛耳。我母又不敢一语及于外事,盖当时正有暗杀案之大狱,苟或提及,恐我致生嫌疑,枪毙或环首耳。未及十分钟时,狱卒即起立,余乃再以凄凉之目,视我将别母而退,此种亲族之会面,质言之,不啻最酷之一种心刑也。

视亲族之会面,足以稍慰余心者,则为能于狱中阅书一事也,但所阅之书，决无十年以内之新著。格物之书，在所不禁，名家小说，亦在可阅之例。达尔文之人种起原论，以俄文详译者，余于此次已阅第二遍，而此一冬季，余所阅者，又有英人迭根斯所著之《块肉余生述》及《孝女耐儿传》，美人科拔所著之《革鞋记》等书。每书为我阅后，取去时，狱卒必详细页页检查，恐余藉之以通消息，或窃取其页纸也。其外，余于是冬，所处了无所异，唯室中之光，略有稍异，因为日渐长，平时每日于下午二点钟时点灯，至此则五点钟时始点，平时于上午十点钟时息灯，至此则七点钟时已息。唯所谓光者，并非足满人愿之光，不过黑暗之墙，环绕之屋顶，高悬之窗，门隙之眼而已。且人苟每日有九十点钟在黑暗中，则可冥思幽想，趁意放怀，足适心志，若为此暗淡之光拘于室中，则心思为此物质所牖，更形愁闷矣。

迨冬既尽，余体渐病，食物渐不能下，夜复有不眠之症，形既憔悴，神经复极衰弱，心中郁闷，日觉其甚，平时疲软，气息奄奄，有时忽然血脉奋兴，心烦意乱，亦病使然也。余于时每于一刻钟内，闻屋顶"上帝慈悲"之钟声，及见门隙窥我动静之怪眼，心荡荡几碎，觉此酷刑之酷，更有甚于往日者矣。

自此以后，忽遇意外之改变。当春之初至也，余于夜间，偶闻狱内有足声，及镣铁之声，因思此殆新犯之来此者，当能稍扩余之世界。盖一冬狱中，居犯甚少，故各犯之居，每隔一室，虽有叩壁之法，而不能用。外间之事，余虽不知，自后追溯，方知此时适为一千八百七十九年春间，大暗杀案发觉，因而捕人甚多。第三宪兵队以为置此等人于平常监狱，甚形危险，故悉送诸此炮台狱中。每次之来，均以十余人为度，悉在夜间，余故不能详知，所得知者，唯梦中为彼镣铁之声，往往惊醒而已。余尚未知，所余牢室中，已悉有人住居之也。

一日之晨，时在春暮，约在五月之初，其确则余忘之矣。忽有触我之耳者,余甚惊骇,静听之,闻有迟速有节之音,起于余榻所靠之壁间。余犹恐耳误,属耳于壁而审听之,确闻得得之声,叩余而问余曰:“汝知之否?”余答叩曰:“知之。”渠复叩曰:“谢上帝!汝是何人?”余答叩曰:“余名于勤,姓伏鲁林。”渠答叩曰:“余不识汝,汝在此几何时矣?”余答叩曰:“大约已十个月矣,汝系何人?”渠复答叩曰:“余名奥尔加,姓诺威斯。”余于此时自思,渠乃一妇人,何亦能知棋盘格之叩壁法。余乃稍定其神,不即还叩,或使失我常度。余忽思及使我永不能忘之门隙怪眼,乃叩以告之曰:“汝且勿叩,查察之人将来矣,待其去时,余再叩以诏汝。”未几,门隙之眼果现,而室中寂然,余方低头看书,一无异状,乃又倏然而去。余因思自此后,约有二十分钟平安之时刻,乃复叩以问之曰:“汝自何来?”渠答叩曰:“自莫斯科来。”余叩曰:“汝知外间事乎?”渠叩答曰:“悉知之,汝知有人谋杀俄皇之案乎?”余叩答曰:“不知。”渠复叩曰:“然则汝知俄之宪兵长等与加高夫省总督二人,已被暗杀乎?”余复叩曰:“不知,谁杀之者?”渠复答叩曰:“虚无党人,系奉革命党实行部之命令者,既杀宪兵长与总督二人,又将设法以杀警务长,至后乃杀俄皇,不意事败,被拘者至数千人之多。”余复叩问之口:“汝何以知之?汝适自外间入狱否?”渠复答叩曰:“否,余在莫斯科狱中,已数月矣,即在彼处,余得学此棋盘格之叩壁法,然虽在狱中,狱卒不能禁我不知外事,因有法可以通我消息也,如在夜中,则在外用一烛一书,作记号以告我。”余复叩问曰:“汝来此几时矣?”渠复答叩曰:“余昨日始来此,我恐今晨叩壁时,无人能闻,或无人能知,因此间之壁甚厚也。”余叩问曰:“汝被控之案重要否?”渠答叩曰:“我亦不能深悉,我非虚无党,然我此次,已第二次入狱矣,我此次所得之罪,大概为宣传革命主义之故,自后定谳,或将流我于西比利亚,然我勿惧。”

自后二三日中,余与彼女之壁语者,约二十次,其时每在门隙之眼来窥之后。余乃略知彼女之家世,及所经历之事。彼女系出自小地主家,住于土浮之近方,年虽甚少,然颇热心于教育之十字军,思拯人民于知识之涂炭。数年后,彼就学于莫斯科大学,彼亦尝授学于工厂之秘密夜学,不数月后,为吏所捕,入狱者五月。出狱后,彼又入于一男女共同之会,研究政事与社会问题者。未几,是会渐趋入于革命精神,为警厅所解散。解散时会员有抵抗者,于是悉捕而投诸狱,加之以虚无党之名,此盖彼女之略史也。此等事,在俄国甚多,凡青年有学之女子,处此境地者,实不下数百人也。

自是以后,余与邻居五十八号之妇人,互相问答,精神为之振发,不似前此之沉闷无聊矣。又越二三日,余室彼方之邻居,五十七号之壁上,忽又闻得得叩声。余往应之,互叩姓名,皆不相识。据彼叩告,彼系原在此炮台狱中,唯在他室,今始易入此五十七号者。彼能告我以外间之事,视彼妇人所告,尤为紧要。彼又告我云:“汝不必畏彼门隙之眼,我等叩壁,即为彼所见,亦无妨碍。现此狱中,室已人满,不能用彼隔离之法,如用之,仅容我人三分之一耳,乌能安置其余之人?彼等之处罚我人者,只有减我食物,只给面包与水,入我黑牢,不见日光与灯,然是亦我人所能忍受,况黑牢之中,受罚之人亦已满数,我人尚有何畏哉?”

余闻邻友之言而甚然之,不及一日,而余邻友之言亦尽验。余方叩壁,而应为门隙之眼所见,然彼亦不能以投入黑牢罚我,只罚去我阅书及室外散步之权利,以及仅给饮水、面包之苦食而已。然余此时,既与室外之人,交通其意思,传达其言语,已有生人之乐,而全不以阅书、散步与饮食等为意矣。

然而狱官之对于我辈,其方法犹未已也。一日余又叩妇人之壁,问以外间新事,以余闻诸渠之消息,甚觉惊奇而有味也。迨闻其返叩之状态,觉与前异,所叩之字多依文法,不用前所常用之缩写法,而叩之手法,又视前严整而迟缓。余乃叩询之曰:“汝有病欤?”渠叩答曰:“否,余无病。”余又叩询曰:“然则汝何与平时异?”渠答叩曰:“我因昨宵失眠,故觉头痛。”渠又叩告余以革命党浮动之事,且问我以同党主人之姓名。余此时并不有疑于彼,唯思同党人之姓名,告人无益,且告之妇人,更属无益。妇人在牢既久,脑力自衰,一旦为问官所恐吓,每易吐实。余乃叩告之曰:“汝既头痛,余不与汝语矣,阅时有语,当再叩告也。”未几,彼方之壁,又叩而告余,彼壁之人,名曰“科毕柯”,其叩而告余曰:“汝其慎之,汝左室之妇人,已被移居于汝屋顶之室矣。左室中或处以狱探,汝勿轻与之语也。”余乃恍然,余因复至左壁,叩以告壁五十九号室中人曰:“汝其知之,无论如何恶探,即在隔室,亦决不能冒一有教育之女子。汝之诡计,非自真实之上帝死后,不能得售也(按:此言为俄之俗语)。”五十九号室中人,突然闻余所叩,一时若为诧愕,不知所对。有顷,乃返叩曰:“汝辈奸徒知之,汝辈奸徒,必先真实之上帝而死也,且有数辈,死期已将至矣。”此乃余第一次所之狱中侦探也,自后凡余所遇而有可疑者,余必谨慎防之矣。余后仍与余之右壁五十七号之科毕柯叩语,因知科毕柯之右室,即五十六号中,所居者为余一好友,姓提勃罗文,为威尔门步队之副队长。渠之被逮,余初未之知,其入狱也,系以重镣,科毕柯与之亦甚相熟。据科毕柯云,渠所犯事,甚为重要,渠本为军人,而又于被捕时,拔刀以拒捕。故其罪以科毕柯论之,至重亦不过终生苦工而止。然余则闻彼狱侦,有死期已至之言,心实为之惴惴,恐其祸有不止于终身苦工也。

二三日后,以今推之,知为五月三十号,科毕柯复叩告余曰:“明日日出时,汝友提勃罗文,将于此狱庭内受雉刑矣。我等最好不用叩壁法,而以口长呼,与彼告别。狱室之窗全开,我等于夜半中试之,必可达彼听也。”余甚赞成之。未至夜半,余已伫立窗下。有顷,始闻礼拜堂之钟,已敲“上帝救我皇帝”。夜半之记号,即有呼“提勃罗文”之一声,发自余邻室,随后乃闻较远较轻之声,答曰:“在。”越二分钟时,寂然无语,后又闻此远而较轻之声,呼余曰:“伏鲁林。”余急抗声而应曰:“余在此。”提勃罗文复呼而命余曰:“伏鲁林,且为歌《老队长之歌》。”《老队长》者,本系一有名之诗,而俄国按入曲谱者也。《老队长之歌》,我辈前于自由时,苟至兴高之日,同相唱和者也。此时余忧愤之情,及悲切之念,郁于胸中,一时几不能发吻,因思既为我行将长别之好友所欲唱,苟得稍慰其心,我奈何不勉力为之一歌?余乃抗喉而歌《老队长》之第一句,至第二句,邻室之从而和者二三人,余乃得藉其力,以终初阕。初阕既毕,提勃罗文呼曰:“甚佳!且歌第二阕!”于是提勃罗文先众而歌,其声甚形慷慨,而神情之间,亦已大有所感触矣。至第二行,歌者之声悉已噎戚不能成语,竟无一人能终第二阕者。唯闻余音袅袅。在余室之上,有一女子之声,终其阕调而已。提勃罗文于是又呼曰:“佳!且止!”又续呼曰:“晚安。”乃各寂然,余即时离去窗畔,倒在床上,以口自啮其臂,勿使我失声而哭也。自此以后,余等从无一人,再闻提勃罗文之声音矣。虽渠于将受雉刑之前,亦曾叩壁以与科毕柯告别,然其口终未发声也。余等是夜,预拟勖彼之言,未及告彼,而察彼之意,亦似不愿他人谈及彼事,况当时所歌之《老队长歌》,全无丈夫之气,临毕,又未与之辞别,此皆表示我等之怯弱,而使彼临死时,更增悲凉者也。呜呼!若在平日,我等所歌之声,既已耳熟,而用音亦习,安至于此哉?然当时所可怪者,余辈与提勃罗文交谈,且相歌唱,而狱卒并不禁阻,亦无禁阻之意,岂彼即欲利用我等之谈话,以有所窥探?抑或恻隐之心,人所皆有。即以狱卒之残酷,以因有人将于俄顷之间,即上稚颈之台,而不忍更加以束缚欤?是彼是此,我人不得而知之也。是日,余与科毕柯二人,均未叩壁以语,盖一则近日来食物恶劣,一则昨夜不及安眠,而复加以提波罗文被刑之感触,几使余等身心为之瘫痪。至明日,稍觉回复,而科毕柯叩壁之声亦起。

科毕柯叩壁语我之言曰:“诺威斯姑娘在汝室之上,汝既知之矣。今我等新得一法,可于上下两室间,互相叩语,一如邻室所为者。其法在汝室中之铁桌,装在壁间者,此铁桌之装处,上下同在一壁,铁易传声。汝若叩此铁桌,则上室之人,以耳附彼之铁桌而能闻,彼若叩之,汝亦如是。汝试以耳附桌,诺威斯姑娘将叩桌与汝语矣。”

未五分钟,而诺威斯姑娘果与我叩桌相谈矣。诺威斯姑娘叩桌之声,余闻之甚细,然以炮台中沉寂故,虽细而声甚清晰。故自此之后,至于狱终,悉以此法,与诺威斯姑娘不绝谈话焉。夫以素未见面之男女,而能各吐胸臆,如我之于诺威斯姑娘者,是诚世界之奇遇也。然至三阅月后,余却深信,余所识之女子,其相知之深,除我母外,实无若诺威斯姑娘者也。余之与彼,几于无所不谈,谈我等幼年事,谈我等父母,谈我等家族,谈我等在学时情形,又谈我等所交之友、所读之书,又谈俄国近状,又谈俄国社会,及救济之方,又谈革命之运动。余每闻彼语,愈信彼之胆力精明,胜于常人,而其见解之通达,希望之信仰,活泼坚忍,而均倾于乐观。故余此后之三月,虽在狱中,而无烦郁抑塞之气象者,皆诺威斯姑娘谈话之功也。

至夏之中旬,我等狱中之罚令(即为叩壁故罚去食物、散步、阅书等者)既已解除,又得每日散步于庭。一日清晨,为余在狱初度之生日,科毕柯与诺威斯姑娘,均叩以贺余。未几,诺威斯姑娘又叩以告余曰:“余适由散步返室,在庭中得蘩蕗之花,不能手以赠汝，特置诸路之彼端，在浴室之墙角外，汝可于散步时往索之，不啻名贵之百合花也。”余复散步而往，果索得之，然其花已萎，而此已萎之花，则至于今日，余尚珍藏之也。

至是年八月，狱期将满。一日早晨，狱卒启门入，谓余曰：“来。”余随之往，至狱官办事室，室中有护送流往西比利亚囚徒之押队长，呼余至前，记余之容貌、籍贯、年龄等于手折，以与余入狱时所供者核对。既毕，复押余至一巨室中，门有携械之兵士保卫者，室甚低矮，灯火甚微，中有二长桌，坐有十四五人，男女俱衣灰色之大衣，围而饮茶。此十四五人者，俱已定罪，有系同囚于此炮台狱室者，有系自他处押来者，足上均系巨镣。邻门之旁，有一小队宪兵，约七八人，又有侦探警察等，大半面蒙以物。仔细以察饮茶之犯人，有时接耳密语，若审察而得其间隙者。桌上寂然，除茶杯及镣声外，一无声息，诸囚亦不相语。于此俄顷之间，彼在旁之侦察者，即潜心探视，亦决不能知于此一群之灰色队囚中，有亲戚朋友，被囚至数年不相见，而今日始得见面也。

余方入室，即有一人起而迎余。余初不识为何人，继乃知为学友勃洛克，以两手抱余，抚余耳而语曰：“汝于余外，勿略示有相识之人，为彼宪兵侦探辈所窥伺也。”余已知其意，盖彼警察署者，于政治犯之历史，及革命党人之派别，知之甚鲜，非用此术使犯人之间，于无意中自行流露，则实难得其真相。迨犯人略一流露，乃复投之狱中，用法推敲，以求其案之究竟，故犯人亦知此意，即有亲戚朋友亦冷淡若不相识也。

余之对面，坐一老同志，即余辈久以为已死者。旁坐一男一女，系夫妇而未婚者，入狱三年，初未谋面，兹既见面，又以有侦察故，不敢目视而口谈。其次坐一颜色惨白之妇人，年约二十六七岁，手中抱一小孩，即在狱中所产者。此室之门开，每有人入时，彼妇人必惊惶而视，所待其丈夫之来者。不知渠之丈夫，早已受刑而死,虽视此门,亦终无益,然而渠则不知,座间虽多知者,亦无一人忍以告渠。

余入室时,室中已有妇人五。余急于其间,觅我叩壁谈心、相知有素之诺威斯姑娘,然年皆过老,实无相似之人,余因亦置之矣。未几,门又启,狱卒又引第六之妇人入,年约二十二三,发黑,御一高髻,眼亦黑而有光,清色之肤,与相称之体段,加以态度之调和,实能使一见而心醉。余乃自忖曰:“此必为诺威斯姑娘矣。”余见渠入座,即注目视之,若示之以余乃在此者。不意渠之视余,若了不介意,始则周视在座之人,既而定目注视在彼门旁之覆面之侦探宪兵等,气体泰然,了无惊疑恐惧之色。

迨至室中第末之人入后,时在天色将明之四点钟时,此黑暗之室内,遂现一种奇异怪骇之演剧,人多而寂,其寂又出于强制而不自然。其相反之理,已耐人思索,而又观彼崭然蓝色白带之警衣与灰衣铁镣相对,切切私语之狱吏与呆若木鸡之男女囚徒相对,使平常之人,一睹此状,亦将印于脑中,而终生不忘。若能窥其胸际,则此围坐之诸人中,悲愤、痛苦、怜惜之热潮,汹涌于灰色衣之衣底,不胜悲痛而心碎矣。

是日清晨五点钟时,余等自黑暗之室内,押入载囚之马车,载余等至尼古赖车站,装入直棂栅之火车内而送余等长途,以往荒凉无人之西比利亚去矣。

余辈犯人中,凡足系脚镣,而判至西比利亚做苦工者,则将押入矿中,其不判苦工者,则为寻常之服役。同行之中,不判苦工者甚鲜,唯诺威斯姑娘,与余旧友勃洛克及余三人而已。诺威斯姑娘则送至山美阪勒,勃洛克则送至开满奴哥,余则被送至阿尔宾。迨余等既与众犯分途,于火车中,得诺威斯姑娘与把晤,虽系初次面谈,其声音,其态度,入余耳目至浅,而相知之心,反系深窈而不可测,岂非世间至奇之事耶?余之爱诺威斯姑娘也,余亦不自知其始于何日，唯以余所能知者追忆之，大抵为在狱中生日之散步时，在路旁墙角，拾渠赠余之野花俄顷间也。火车既尽，乃同乘载犯之小轮，以渡欧比斯河。既而至山美阪勒，余与诺威斯姑娘告别时，乃与之订婚。诺威斯之刑期短于余，故先余而释放，释放后，即来阿尔宾寻余。迨君（指堪能氏）来游后，余即与渠结婚矣。

一年前，君曾嘱余记载狱中之生活，今此事多关系余一人，故特录呈，以报君命。

——《中华小说界》（1914）第八、九期

郭延礼　郭浩帆　总主编
济南大学中国近代文学与文化研究中心　编选

中国近代女性文学大系

小说卷（下）

鲁毅　薛海燕　主编

齊魯書社

2011—2020年国家古籍整理出版规划项目

2017年度国家古籍整理出版专项经费资助项目

吕逸（吕韵清）

王妙如

高剑华

黄翠凝《姊妹花》

邵振华《侠义佳人》

次眉女士《玉如意》

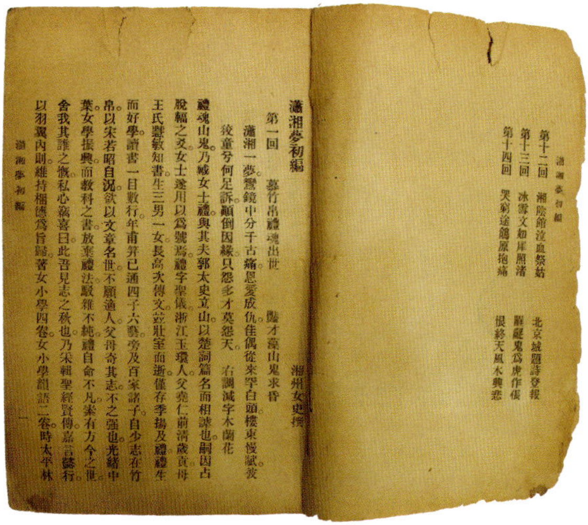
瀟湘夢初編

第十二回　湘陰館泣血祭姑　北京城題詩登報
第十三回　冰雪文如犀照渚　辟疑鬼爲虎作倀
第十四回　哭窮途鶴原抱痛　恨終天風木興悲

瀟湘夢初編　湘州女史撰

第一回　慕竹吊禮魂出世　豔才藻山鬼求昏

瀟湘一夢。鸞鏡中分千古痛。恩愛成仇。佳偶從來罕白頭。樓東慢賦。茭童兮何足訴。顛倒因緣。只怨多才莫怨天。　右調減字木蘭花

禮魂山鬼。乃臧女士禮與其夫郭太史立山。以楚詞篇名而相謔也。嗣因古脫輻之爻。女士遂用以爲號焉。禮字聖儀。浙江玉環人。父堯仁。前清歲貢。母王氏。嫛敏知書。生三男一女。長高。次傳文。並壯室而逝。僅存季揚及禮。禮生而好學。讀書一目數行。年甫笄。已通四子六藝。旁及百家諸子。自少志在竹帛。以宋若昭自況。欲以文章名世。不願適人。父母奇其志。不之強也。光緒中葉。女學振興。而教科之書。放棄禮法。駁雜不純。禮自命不凡。素有方今之世。舍我其誰之慨。私心竊喜曰。此吾見志之秋也。乃采輯聖經賢傳嘉言懿行。以羽翼內則。維持禮德爲旨歸。著女小學四卷。女小學韻語二卷。時太平林

瀟湘夢初編　一

湘州女史《潇湘梦初编》

《眉语》第十八号

小说卷（下）

孙青未

孙青未，生卒年不详，曾任《眉语》杂志编辑，著有小说《侬之心》。

侬之心

第一章

今日何日？正二十四番风信，一百六日良辰，金勒马嘶原上草，玉楼人折路傍花。在巴黎迤西之春艳湖上，风光旖旎，景色娇妍，车马杂沓，仕女纷缤，乃有一叶小艇，容与中流。艇中端坐一丽者，其白冠白裳，玉容媚态，为游人所注目而赞叹者，非现任外务大臣芬恩之娇女玉儿乎？

玉儿天生丽质，又复赋性放任，常携其小婢，出没于春艳湖上。于是一班惨绿少年，追随踪迹，颠倒梦想。故玉儿之出也，其前后左右，莫非王孙公子，色授魂与而求邀美人之一盼，然玉儿则对之淡如也。其时夕阳奕奕，薰风习习，玉儿乃徐展双桨，向湖东进发而入于万绿丛中，时已黯黯欲暮矣。

湖之东为玉儿之别邸，修竹一丛，玉桥高跨，桥东石径蜿蜒，苍松夹列，径尽为花苑，逾苑则轮①奂之建筑物在焉。玉阶百级，

① “轮”，原文作“仑”，据文义改。

级尽为梯,梯左为藏书室,右为休息室,登梯而居中者为跳舞室,左为餐室,右为会客室,更上一层,则玉儿之卧室、书室等在焉。诺大别墅,为之主者,惟此袅袅婷婷豆蔻含苞之美人。美人美人,得毋嫌太岑寂否?

然美人固不岑寂也,盖以玉儿之好客,平日既营营于酬酢问候,而每值良辰令节,玉儿必征集侪辈为家庭之宴舞。玉儿曾漫游欧东各国及新大陆,周旋于交际场中,罔不以善舞名,故玉儿别墅中之跳舞会,为全国有数之舞场。今日者,且为美人之生辰,其父芬恩乃为之竭力铺张,堆锦砌绣极尽华丽,而嘉宾如云。席间莫不举觞欢呼为美人寿,芬恩乃大乐。

宴罢入舞场,则金碧辉煌,雅乐幽扬,队队舞来,如蛱蝶,如花朵,各尽其致。而此时之玉儿,则如新柳经风,嫩花带露,国色天香,一齐压倒。于是一班富贵儿郎,围绕玉人左右,咸以愿与跳舞为请。然此中惟前任德钦使之子丽生,其跳舞之技,堪与匹敌。丽生固请之,玉儿乃半嗔半喜,若推若就,卒以情之所钟,相与携手作蛱蝶穿花之舞。进退疾徐,俯仰中节,傍观之拍掌喝采者,轰动如春雷。蹁跹舞罢,丽生挽之徐行,入花苑而止于紫藤棚下。此时也,一对璧人俯首无言,但觉娇喘细细,香汗涔涔,于沉静中微闻室中琴韵。枝头莺唱,而队队蜂蝶徘徊依恋于裙履襟鬐间,久之久之,若魂梦归来。丽生俯视玉儿,则已倾倒怀中,沉沈作春睡矣。美人睡态,倍觉撩人;两颐颜色,娇嫩若桃花;一点绛唇,鲜红同樱子;黛眉微颦,秋水不波;而一肱玉臂,与黑润之云鬐相映,倍添清洁。丽生饱览之余,恐风寒袭人,微撼玉体。玉儿欠身起坐,星眼斜睐,不觉玉腮带赤,珠唇微绽。丽生乃挽之而言曰:“美哉! 睡乎?”正情深处,忽闻吃吃笑声出自身后。丽生急回顾,则见一美丽之少年对之鼓掌,笑曰:“君等乐乎? 余侦之久矣。”盖丽生契友笛士克也。

丽生以少年晋爵,其才德固倾倒一时,而潘卫容颜,又复一时无两,今乃得美人为知己,丽郎丽郎,如此艳福不知几生修到者。然而好事多磨,良缘不再,盖丽生以政府之命,出使为驻英大臣,于是贵官达绅,一时之饯别致贺者,纷纷不绝。而在丽生,则以生离在即,殊觉寡欢,乃于起程之前日,亲诣玉儿之邸。玉儿为之开樽对酌,乃举杯致意,叮咛珍重,然两行珠泪已不禁断续落君前矣。丽生乃百端慰劝,并为之拭泪,且谓:“此去期以一年,卿能不忘我者,虽离犹合也。”缱绻久之,不觉日落崦嵫,乃珍重而别。

明日某商船自法驶英,在未起碇时,有一少年,服上官之服式,凭栏而与一绅士服式之少年话别者,盖丽生与笛士克也。笛士克劝以“大丈夫前程万里,当务其远大,决不可系情儿女,而为英雄之短气,且多情者略形迹而重心性,又何必昕夕厮守,方为有情?且余默察彼玉儿,亦不过寻常一骄荡之女儿,君亦何必殷殷若此?”丽生闻之,方欲置辩,忽闻汽笛三鸣,乃匆匆握别。

第二章

丽生居英之岁月,无时不以美人为念,花前月下,梦里樽前,相思倍苦,而得藉以舒通幽怀者,惟此多情之鱼雁耳。韶华荏苒,倏已秋去冬来,玉儿与丽生,鱼雁之往来频频也。及入春,忽觉玉人消息,渐形隔膜,甚且问候谆谆而冥无报命。丽生乃焦愁万状,眠食俱废,其对于外交之职守,亦多求塞责。盖关心于丽生者,无过于美人,宜其置国事于度外矣。

又谁意以英法之世仇,英人于丽生昏昏莫觉中,与德人秘约以谋法,而丽生竟莫之知也。幸而驻德公使事前觉察,宣布而解散之。然丽生则以此获咎,休职归来,征尘满襟,亲朋之慰问者,咸为太息。而丽生则以相思情切,急急欲一见美人,故反以得归为得计。乃于某日,沐浴衣冠,访美人于洛浦,默意情人叙阔,当不知若何缠绵，而此后岁月圆满快乐，当日增其爱情于无量矣。

行行重行行，沿石径而入花苑。苑中夏景，清爽宜人，道傍桐阴密布，池中荷风飘拂，紫燕呢喃，夏蝉嘶唱。丽生正俯首徐步间，忽闻婴宁一声出自百花深处，丽生心为之动，默意岂闺中少女，预卜金钱而知余归期，乃在此延伫乎？于是步履增其速率，频仰首遥瞻。及行近，则忽见彼玉儿者，出其艳润之双腕，环抱而与一不识姓名之少年接吻也。呜呼！别来不久，不意小姑居处，已有郎矣。丽生此时，如受电震，不觉退身树后，目定不少瞬，痴然若木立。而彼美樱唇中第一次发声，接触于丽生之耳鼓者，为“侬不爱丽生而爱郎”之一语。此语一出，丽生闻之，若罪人之受死刑宣布，忽觉目光昏黑，脑筋震乱，身摇摇欲倒。丽生急以手攀树枝，略瞑目休息，俄而心血潮动，愤火中烧，乃以右手插入衣袋中，取手枪，怒目视玉儿及少年。正欲举步直扑，忽又闻彼美人樱唇中第二次发声曰：“郎记取今日者，侬以终身许郎矣。”丽生闻至此，忽决然纳手枪于衣袋中，翻身愤愤出花苑，跃上马车，长驱归家。入书室，急阖其户，嗒然兀坐，若染神经病者。

虽然，玉儿以富贵姣娃，一身颐养，且天生美丽，赋性放浪。堕鞭公子走马王孙之钟爱于一身者，岂独丽生？徒以丽生容质之皎艳，交际之亲密，冠出侪辈，然时过情迁，在玉儿固以镜花水月视之，曾不知爱情有若何之价值也。于是乘间而抵隙者，有陆军少将吉臣。吉臣不务戎马于沙场，出其好身手以战服娘子军，剧场餐馆，鹣鹣比翼。从此前渡刘郎，视如路人矣。

丽生懊恨之余，杜门绝迹，视女子爱情等于水性杨花，从此避女子如蛇虺，轻女子如尘土，一切巾帼交际概从谢绝，除闭户读书外，惟时至笛士克家作清谈，以消遣。某日，笛士克方水阁延爽，一卷在握，有褰帘而珊珊其步者，则细君眉卿也，于是携手话旧，交杯言情。正相得际，忽有不速之客，飘然入幕者，则丽生也。当时一种诚切之爱情,不堪为伤心人地步,丽生惟默然兀坐,而神色黯淡,自不觉流露。良友如笛士克,岂能漠①然置之?乃剀切而言曰:"以君之多情,不患无美妇人,如玉儿者,美则美矣,其奈无真实之爱情,窃为君不足取。盖所贵乎爱情者,有正大之道德,坚久之志趣,不然徒缠绵于目前,有染之者,罔不伤志,愿君注意焉。"

眉卿亦言曰:"如侬与笛郎者,订交之初,固坦然未有若何之深情,往还久之,方觉彼此性情之相投,志趣之相合,而慨然以终身相期。然鹣鲽追随,谁不愿昕夕相守,但男儿事业,前途无量,万不可以私情碍公义,侬于是尝以爱国相勉励,而甘自处于茕独。

惟既许以终身,自当矢志靡他,非惟交际上之嫌疑,知所检点,即迫以父母之命,亦所不毁。君亦知侬与笛郎之爱情,经三年之阔别,父母又欲强侬他适,而当时一班浮浪少年又百端引诱,而侬终相守以示信于笛郎,方达此夫妇之目的。如玉儿者,直淫荡之尤者耳。"丽生闻彼贤伉俪之良言,恍然知玉儿之可鄙,然回首前情,终无以自解耳。

第三章

草木黄落,鸿雁南归,愁人对此,倍觉伤神。笛士克乃与丽生纵猎西郊,欲藉此以解彼烦恼也,于是仰击俯射,放鹰逐犬,不终日而所得盈鞍。丽生余兴未已,复纵辔入山麓。道傍老树,斑烂如龙鳞,挺其枝丫如舞爪,犹有二三黄叶,恋住故枝而临风展动。峰回路转,但见长篱如带,屏藩道左,而篱内翠竹千竿,萧萧成籁,数枝枫叶,夹杂其间,其艳丽不减于三月桃花也。

马蹄得得,沿篱徐行,篱尽折而左,则豁然开朗。阡陌相连,白叟黄童,往来田间,而夕阳一抹,斜映树稍,灿烂作黄金色。树

① "漠",原文作"膜",据文义改。

下白羊一群，起卧奔突于其间。丽生驻马凭赏，但见缕缕炊烟，出自茅屋，而鸡鸣犬吠，又东西相应。正神往际，忽闻婴宁一声，破空飞来。丽生急展步周瞩，但见彼耐冬树下，篱门在焉，傍门一石凳，有一憔悴可怜之美人坐焉。彼美人云髻蓬松，衣裳薄弱，而一双娇洁玲珑之纤手，一副皎嫩美丽之花容，直欲令人爱煞。然其眉峰浅蹙，直欲传其可怜之心事。丽生至此，无端倾倒，正欲趋前通讯，则彼美已呼归一群白羊，珊珊入内。丽生乃兀然马上，瞠目沉思。正无聊际，忽闻耳后有呼己名者，回顾则笛士克追踪至。时已暮色苍茫，乃相与并辔归。

春蚕未死，吐丝不尽。丽生罢猎归来，以日间之奇遇，展侧终夜。及晨光熙微，急振衣起，匆匆跨马去。家人询之，则以出猎对。谁知遥遥终日，不见丽生归来，家人正惶急间，忽见一人踉跄奔入，衣履尘垢，颜色惨败，而流汗满颊者，即丽生也。盖丽生侵晨走马西郊，徘徊于篱门之外，冀得再见美人颜色，然而静候终日，目断云烟，而美人不见。路失桃源，于是怅怅归来，昏黑中堕身马下，急起复跨之，匆匆返家，而饥肠如雷鸣矣。乃呼饭，饭已，兀坐室中，俯首作沉思，直至柝①转五次，始朦胧睡去。

一梦醒来，而已日高三丈，丽生乃急急盥栉，复跨马出西郊。举家见之，咸惶骇，急遣仆踪迹之，但见丽生止于篱门，即下骑徘徊于老树左右，而频频回盼，一若遥相关心者。然自朝至午，篱门之内，不见有若何之动静，而丽生犹自盘旋来往于原野，或坐地休憩，而眈眈之目，未尝一刻少懈也。俄顷②忽闻閧然篱门启处，一淡朴天然之少女，驱一群白羊冉冉出，就坐于门傍石凳上。群羊绕行其左右，一若亦知依恋美人者。彼美人乃伸其皓腕，以纤手

① “柝”，原文作“析”，据文义改。下同。
② “顷”，原文作“倾”，据文义改。

摹挲一小羊之顶而微含笑影。

此时之丽生,骤见美人,乃整理衣襟,徐行向前。转瞬已兀立美人之前,美人略仰首斜盼之。丽生伸手入衣袋,出名片一枚,以双手恭敬递送。美人乃起立接之,娇声读名片上字曰“伯爵丽生”,而两颐渐现桃花色,继复沉吟曰:“伯爵乎?君为伯爵?侬闻伯爵者,乃世间最贱最俗之名词也。”丽生闻之,惶悚而致辞曰:“诚然,余为俗子,不足以亲玉人,然余察令娘颜色,非出于贫贱者,且眉目隐含悲意。余迫于怜惜之真诚,敢一通讯,不自知其唐突,令娘芳名,尚请见示。”彼美人骤闻丽生一片温婉之辞,不觉玉容色失,俯其粉颈,颤声断续曰:“侬小字为莺儿。”仅此六字,已悲咽不胜,继且珠泪滴粒,沾濡襟袖。丽生于怜惜之余竟忘情,突自怀中出白巾递之。莺儿此时,既惊且感,急转身立,秋波横睐,而红霞朵朵,已染尽香腮矣。一对痴儿女相对默然,久之,丽生复致辞曰:“令娘何事伤心,竟尔悲啼?自诚余之过矣,然无论如何,万乞珍重自爱,悲能伤神,窃为令娘危也。”莺儿此时,亦含泪谛听,频点首以示谢。丽生觉有万语千言,从何说起,乃卸左手小指之指环,举以赠美人。莺儿见之,急摇其玉手以示意。丽生乃近立强之,莺儿急翻身入门。回顾丽生,盈盈双眸,若喜若嗔,彼乃复放其娇声曰:“君此后毋来此,将于君有不利也。去矣,如有积愫,鱼雁可通也。”言罢,急呼其群羊,莲步琐碎而入。丽生犹瞠目遥望,直至倩影隔绝,尚木立若痴。仆人乃为整理鞍镫,执鞭挽手辔而归。

第四章

某日,笛士克走访丽生,见丽生方伏案开缄而展诵。笛士克趋视,见字画端秀,大类闺中笔法,继见函末具名者为莺儿。丽生乃告以与莺儿西郊之奇遇,自此虽尺素常通,而丽生屡询美人遭际，而莺儿终守口如瓶，未肯略示端倪，函中言词，无非道性情，谈学问者。丽生忍无可忍，乃修函约期相见焉。及期丽生整齐衣冠，拂拭几案，煮茗开筵以待。又谁知日已过午，而芳踪冥冥。丽生无聊之极，独坐书室，口雪茄烟，手报纸以消遣。正岑寂际，忽见仆人传入名刺，视之，正眠思梦想之美人莺儿也。俄觉长帘开处，亭亭玉立，丽生急起迓之，相对坐定。虽觉美人消瘦，弱不胜衣，而艳光麝息，咄咄迷人，微睨花容，则已娇羞可怜。丽生乃复以美人家世为请。

莺儿默然良久哽咽曰："侬非不欲以一身历劫语君，然君多情人恐累君于悲苦也。"言讫，以盈盈之目视丽生，一若有无限伤心自眼光中传达者。丽生复强之，莺儿乃曰："侬生而失怙，长于侬者仅一兄，复居心不仁。父晚年惑一妓，一切家政付之妓手，而侬一生苦境自此始矣。此时父犹任海军大尉，家中惟侬与妓，而平日妓之残虐惨酷倍至。彼时侬年尚幼，不难以一死自了，然慈父之恩，固不能自解，乃请于父以入学避之。越三载，而父竟一病不起。此时兄游学俄京，电促之，竟不归。侬乃草草治丧，而此时之妓，忽一改变常度，谓侬为无父母者，怜惜倍至，而侬以童性未脱，竟受其欺。彼乃携侬迁居巴黎，侬亦十分信任之。彼且为侬置服饰，侬固一丽者，一经装束，自是胜人。彼复常携侬至剧场餐馆茶会舞室，于是声誉鹊起，外交日广。时侬年已及笄，而容光美丽，自顾犹怜也。"

莺儿言至此，丽生进以茗。莺儿略啜之，续言曰："时光迅速，又越三载，彼复偕侬迁入一华丽之新屋。呜呼！此华丽之新屋者，即世所谓平康也，而侬竟来此。自此彼尝强侬以接客，侬不允，彼妇百端骗诱继以恫吓。一日，忽来一显者，竟欲留宿侬处。彼妓复百端媚惑，侬至此羞极愤极，忍无可忍，竟放声大哭，詈妓及客。客去，妓乃操杖力殴，侬仍忍痛不从，自此彼乃衣侬敝衣，食侬恶食,而侬心未尝稍移。彼乃幽侬于别室,窘以饥寒,加以挞楚,侬但昼夜痛哭,悲惨之声达于四邻,而四邻皆妓居也。一日,忽又来一男子,貌似儒者,彼自称现在法部司,名昆卜。今偶入邻室,闻侬呼号声,且侦得侬之历史,特来相援,且劝侬今已入火坑,徒自悲苦无益也,不如佯为服从,而阴谋脱逃之得也。侬信其言,从之。自是昆卜尝来侬处,在表面视之,昆卜为侬客,而彼妓亦信之不疑。光阴驹隙,转瞬腊尽,而侬与昆卜所谋,时机熟矣。侬亦深感彼情。彼且谓有弟,未有室,当为侬介绍而缔姻焉。

然侬当时欲得自由之心切,亦不惶省察,但暂颔之。至某日夜,昆卜乃促侬收拾珍贵,挟侬而遁,暂匿于巴黎之南村。居未久,而妓已追踪至。昆卜乃以势临之,且出二百金,谓偿彼教养之值,实则侬行箧中不啻万金也。妓去,昆卜乃携侬抵彼家,谒其弟名育克者。呜呼!又谁知彼床头狮吼,自有妇也。侬至此乃大恚,欲复出亡,而彼兄弟又严守之。越旬日,侬乃得乘彼不备,舍一切珍贵而逃。及控之官,不意彼钱能动神,竟贿通官司,反诬侬为彼家逃婢,且谓窃彼家万金之珍,欲向侬追偿而逮侬于狱。居月余,侬日夜号泣,自伤薄命,幸狱司察侬冤,私释出狱。然天壤茫茫,此身藐藐,前途崎岖,作何归束?而仇家之侦捕,风声鹤唳①,必欲得侬而甘心。侬此时藏身无地,不得已修函告急于兄,又孰知彼不仁之兄,谓侬曾为妓,于门第有累,宁置侬于不问。侬处此水穷山尽,不得暂屈身为牧羊奴,全侬贞洁,以待贤者。”丽生闻至此,知美人身世,至此已毕,乃起言曰:“卿毋自苦,须知余爱卿甚,此后之保护怜惜者,自有余也。”言罢,相对黯然。莺儿固悲咽不胜,而丽生亦湿透青衫矣。

---

① “唳”,原文作“泪”,据文义改。

第五章

愿铸金铃十万，系住薄命花枝，此后之丽生，固俨然以保护美人自命。于是花前月下，促膝谈心，而新人旧人，固有邪正之判。丽生每为痴情颠倒，而莺儿则尝以正色庄语规劝之，且谓："人生固宜有情，然不能以私废公，人生若朝露，百年一旦暮，当此少年，事业正盛，君能爱侬者，尚请体侬意而勉力于公。"呜呼！腻友乎？益友乎？较之徒以色迷而昏人志气者何如？

韶华飞度，转瞬又见千红万紫，山光如笑，丽生乃携莺儿作湖上之游。烟波一棹，鸳鸯双栖，回顾半湖城郭移向身后，一叶短艇渐向春色深处进行，载浮载沉，乃维舟桃叶渡头。丽生与莺儿玉腕相携，耳鬓相磨，行行止止，不觉已深入桃花林下。人面花色，相映成艳，而落英点点，缤纷如雨，浅草细细，平坦如茵。丽生与莺儿不觉流连忘情，俯仰怡然，且丽质名花，撩人不耐。丽生但以双手紧握彼美柔荑，眈眈注视，一若有所请求于美人者。莺儿乃横波一顾，不禁嫣然露其齿。

丽生乃郑重其辞曰："余今敢以一言唐突卿卿，尚祈卿许余终身为卿之伴侣，而行结婚也。"莺儿骤闻此语，觉肢体颤动，颜色惨变，但俯首默不语。丽生复申说之，莺儿转悲为感，颤声曰："侬感君，然自问命薄，限于阶级，恐为盛德累，恐为名门羞，且终恐见弃于君也。"言至此，则珠泪断续，滴沥沾丽生手腕。丽生乃跪而誓曰："上帝凭之，余有敢轻视美人者，杀毋赦。"誓已，仍兀然屈膝于美人裙下。莺儿乃大羞，红晕遍粉颈，徐伸玉腕，挽丽生起。丽生渐以双手抱纤腰，俯首与莺儿接吻，而美人终身已默默相许矣。丽生乐甚，携手相视而笑。莺儿面色复赤，急侧首他视以掩其羞。久之，莺儿回顾丽生曰："君何爱于此贫贱之女儿而娶之？"丽生曰："余爱卿德，爱卿貌，贫贱何嫌哉？"莺儿乃以纤指折树头桃花，为丽生插于襟上曰:“侬之薄命如此花,愿君保护侬如保护此花,须知妒花风雨猖狂日甚也。”言至此,声复悲咽。丽生复百方慰之,乃携手登舟。舟荡漾湖中,丽生与莺儿并肩照影,觉一对璧①人,如玉树交柯。丽生复抱莺儿而三接吻,且卸左手小指环,握莺儿温柔之手,为之套于纤指曰:“即此作今日之纪念。”乃复自莺儿怀中取绢巾以为质。莺儿初但低头默然,继见手上指环乃极珍贵之钻石,乃曰:“侬无需此珍品,请郎易以他物。”丽生曰:“余物即卿物,何必易?”莺儿复强之,不可相与,一笑而罢。

舟抵岸,相将行,途遇丽生家中之马车,丽生乃挽莺儿共坐。丽生欲莺儿入城居己家中,莺儿不可,欲仍返西郊牧羊,且谓:“牧羊虽贱,亦职业也。人贵自立,其可因侬嫁得伯爵而遂荒废所业乎?”丽生知不可强,乃伴行至西郊。丽生扶莺儿下车,与之三接吻,复叮咛珍重而别。

别后,丽生亟亟部署婚礼。巴黎一般上流社会,咸知伯爵丽生娶得美人,方共谓不知谁家富贵娇娃,几生修到,得嫁此多情儿郎。正相猜羡,忽读报章载伯爵丽生系与牧羊女莺儿缔姻,于是人咸失望。丽生之戚属中,且有责以不知自爱者,甚至有登门质问者,丽生均一一置之,且谓:“婚姻为终身大事,决不可限于阶级而勉强配合,苟求与余性情相投,志趣相符,则已矣,其他不必问也。况此为个人关系,苟有丝毫虚伪掩饰,则终生苦矣,且汝侪不咸谓余娶得美人乎?夫既曰美人,则但求其美,何必论其身世云云。”丽生议论虽如此,然终不能解群疑,惟笛士克与眉卿则竭力赞成,且辅助丽生布置一切。

佳期日近,丽生大忙碌,另建别墅。卧室若何华丽,书室若何精雅,餐室若何清洁,会客室若何整齐,跳舞室若何轩敞,墙外花

---

① “璧”,原文作“壁”,据文义改。

园又若何屈折，以至于车马若何修饰，服用又若何珍贵。且丽生每日至西郊一行，以亲自报告于莺儿。莺儿惟劝以不必如此铺张，盖自问无福销受也。从此一对痴儿女，屈指盼佳期矣。

第六章

莺儿之主人，以莺儿今为贵夫人，不当复操牧羊之贱业，屡劝止之，而莺儿终以清贫无愧，勤劳如故。虽丽生常以盛服珍饰见赠，而莺儿则一一藏诸箱箧中，荆钗布裙飘然自得。常见一淡妆粗服之美人，手执短竿，群羊绕其傍，而一富贵少年席地坐，一手攀羊角，一手握美人腕，相与谈笑。不知者，谁料其为一对未婚夫妇也。

自丽生与莺儿订婚后，报章之宣示，街巷之谈论，莫不谓法兰西贵族中未有之奇婚，相与怪诧，而笛士克与眉卿则称丽生与莺儿为精神之婚姻，得爱情之正。于是以丽生之介绍，得先谒莺儿。从此莺儿闺中添一良友，凡莺儿一切装奁礼节，皆眉卿为之料理。转瞬距佳期仅三月矣，而莺儿犹一鞭在手，与丽生喁喁作情话也。

是日也，丽生新落成之别墅中，车马如云，宾朋满座，而室中装饰，辉煌灿烂，几疑人在天上。时为上午之八时，离行礼时间，尚有八小时之久。丽生自昨晨与莺儿握别后，心常恋恋。至钟鸣十时，丽生乃忍无可忍，潜驾车驰往西郊，入篱门，直趋莺儿妆阁。此时觉人语细细，暗香氲氲，丽生心中奇痒，乐不可支，但吃吃作笑，以一手搴软帘进内，但见莺儿倚软妆台，一种娇羞可怜之态度令人魂销。此时莺儿玉背外向，背后亭亭玉立者，则腻友眉卿也。眉卿正伸其粉臂为莺儿梳装，回顾骤见丽生，乃大骇，急问何为来此。在眉卿谓有不测事，而丽生来报告也，孰知丽生憨然答曰："何为而余不能来此？"眉卿乃知丽生童呆未除，不觉粲然一笑。丽生乃趋近莺儿身旁，默视莺儿面，觉莺儿淡妆浓抹，随处相宜，而此时珠围翠绕,更觉富丽天然,几疑天仙化人,洛神下嫁。丽生不禁频呼卿卿,而莺儿则终觉羞于启齿,终俯首默然,而桃花红晕,衬上胭脂,备觉鲜润可爱。丽生不禁痴痴目定,莺儿乃微以目视丽生半嗔半笑。眉卿知美人恼郎太痴,急命丽生退。丽生乃殷殷嘱眉卿偕新人早来,途中宜亦小心保护。眉卿诺之,丽生乃去。

丽生返家,已是中膳时矣。丽生乃一一肃客入座,于是筵开玳瑁,席陈珍错,而刀叉并举,笑语杂陈,席间莫不祝伉俪万岁,爱情圆满。须臾撤席,乃各命驾出行,一时车水马龙,齐集于庄严宏丽之礼拜堂,以俟璧人下降,而观婚礼焉。丽生亦装束精雅,驾栗色之亚剌伯高头马,坐一船式油壁车。一双御者亦服饰鲜明,伴坐者为契友笛士克。鞭丝一动,双轮展转,直驰向礼拜堂,沿途但闻拍手欢呼。俄而车止,笛士克乃携丽生入礼堂,恭立左方。此时男女来宾充塞前后,而花球滚滚,缤纷如雨,欢声嚣嚣,震荡如雷,真奇婚也!

丽生此时,惟屏息恭立,以静候丽人,而耳际时闻切切娇音,有赞叹新郎之富贵者,有称扬新郎之美丽者,而其大多数,则莫不以伯爵与牧羊女结婚为奇事。丽生一概置之,然时间秒秒过去,丽生偶举首,见柱头时间计针,已指定下午之三时四十分,距行礼时间,仅有二十分钟。又俄而钟鸣四下,而行礼之时至矣,然回顾左右,除教士及主婚人、介绍人等外,不见有所爱之美人。而一般来宾,面色皆惊诧,即沉静镇定之教士,其面上亦渐现疑团。丽生至此,心头如小鹿之奔突,恨不能飞往西郊,以一探美人消息。正扰乱间,忽闻门外车马声,丽生心中大乐,以为新人来矣,而数千之来宾,亦皆回眸外视。俄见眉卿发蓬蓬,衣裳垢裂,面部血迹斑烂,匆匆自外来。众见之,皆大声呼怪,此时笛士克即疾趋抱之。眉卿亦不遑他语,但默然趋近丽生,拽丽生及笛士克急至他室,阖其户。丽生见眉卿玉容惨变,知事中变,惶惶然急讯以玉人消息。

眉卿喘息久之，以极简单之辞言曰："车迷径，忽见两车夫跃下，开车门，力拽侬出。侬与争，彼凶殴，掷侬道傍。侬昏朦中，但闻莺儿呼车夫为昆卜，彼车夫乃驱车他去矣。"丽生闻至此，觉天地旋转，晕然倒地矣。

第七章

丽生醒来，回顾芙蓉帐里，孤鸾独宿，而脑中涨痛欲烈，不禁大声呼号。眉卿与笛士克急趋近问讯，复以汤药饮之。少顷，心神渐宁，而回想美人渺矣，不觉哇然哭出声，泪如泉涌，直至声嘶力竭，尚抽咽不已。笛士克含泪频频慰劝，而眉卿则亦珠泪滴沥，如带雨梨花矣。正凄寂间，忽有仆人匆匆入，手持一函，交眉卿，且曰："外间送信人，坐索谢劳费百金也。"丽生急自眉卿手中视之，见笔画颤乱而字体秀丽，则仍隐隐可辨其为出莺儿之手，其封面一行细字注曰："谁拾此函送到者，可索百金以酬劳。"丽生即命仆人给以百金，且询彼从何处拾得，彼曰："自南火车站轨道中拾来。"眉卿急启读函中语曰："可爱之丽郎鉴：侬匆促中作此函，第一语愿郎毋①悲苦，须知男儿前程远大，决不可以私情殉其身，且侬此身许郎矣，今虽被彼昆卜弟兄劫去，侬誓不失身于仇。今彼挽侬赴英京，途中如有隙可乘，当脱身归郎，以续前缘。不然者，侬誓以一死报郎，郎其善自解脱，另订良缘。侬志已决，郎其珍重，天可见怜，当有珠还合浦时也。莺儿上。"眉卿一读一拭泪，丽生则已捶床捣枕，悲啼泣血，笛士克急劝止之。丽生悲痛之余，神疲力倦，即亦昏昏睡去。笛士克与眉卿亦暂退休。

南柯梦转，夜景岑寂，回顾床前灯光凄清，窗外风声萧索，隔墙柝传五次，鸡鸣报晓矣。丽生思潮九转，悲从中来，继思以美人

① "毋"，原文作"每"，据文义改。

之爱我,我不可以负美人,乃跃身起坐,振衣下床,急急整理行箧,留字作别。于是开关重重,徐步出门,左手携一革箱,右手挟旅行衣一袭。回首崇楼杰阁,此中人正黑甜梦长,谁料此少主已冥冥天外。当时依依送别者,惟一矫健之黑犬,与凄清之明月也。

丽生至南火车站,已天色大明,乃急急购头等车票登车。汽笛一声,车已蜿蜒前进,约四小时,车抵海岸。丽生急下,购头等舱票,入舱稍憩。此时船之右舱老少男女笑谈杂作,有旅行者,有送行者,咸强言作笑,依依不舍。俄而警笛一鸣,一群送行人俱登岸,向船上人挥巾脱帽作别。又俄而汽筒呜呜,轮叶展动,船身离岸,乘风破浪,以渐趋于水平线下。此时岸上人,犹兀立遥望,正无聊间,忽一双马车如飞奔来,车中跃下一男一女,则笛士克与眉卿也,及见船影已冥,亦只顿足太息,相与怅惘而返。

船行海中,如履坦衢。一般旅客,父携其子,夫携其妻,相与游行凭眺,天伦相聚,乐趣怡然。惟丽生孑然一身,寂处舱中,脑筋紊乱,柔肠辘辘,视他人之欢呼跳舞,正如别具肺肠者。昏昏中不知越若干时间,丽生正默计如何抵英京,如何侦探美人消息,如何珠还合浦,忽觉船之前端微有震动,丽生亦不以为意。俄顷忽闻第二声发大响,船之全体轰动如天旋地转,继以呼号声、哭泣声、叱咤声、奔突声、水声、火声,杂然并作。丽生乃急起,排闼出,则但见火光烛天,人影窜集,而船之前唇已陷入海中。海水澎湃,倾入舱中,远望海际,昏黑如墨,而烟雾弥漫,寒风凛冽。回望船长,手握长刀,兀立船顶,正指挥一群水手,解放舢板。驱妇孺先下,有男子欲争先下船者,则群杀之,以故虽在危急中,而秩序井然。此时丽生已置死生于度外,即亦无恐,惟视此娇弱儿女为可怜耳。

丽生正神驰间,忽闻履声纤细,自身后行来。丽生急回顾,见一纤弱美人,正张皇无措。丽生急趋近之,思欲有以挽救之,不意相见之下,盖正生死以之之莺儿也。此时两人惟握手瞠目,不遑他语。丽生但曰:“卿毋恐,余当护卿。”及回顾,则所有舢板俱放入海中,船上人亦寥寥,船势益倾斜,而火已延及船腹。耳际声浪嘈杂,少数旅客此时亦不遑顾虑,皆奋身一一如蛙飞,跃入海中,海水溅成白沫。此时丽生与莺儿惟相慰相抱,张皇四顾耳。当此间不容发之时,忽有一救生船自远处驶近。丽生俟其来前,急抱莺儿,欲举而掷入船中,不料莺儿张粉臂力抱丽生颈部,且娇呼曰:“侬愿与郎俱下!”一刹那间,此救生船已随波逐浪,荡漾他处矣。丽生顿足太息,正危急际,偶回顾,忽见火光中犹留一救生圈在上舷,惟此时已在烟阵焰光中。丽生亦不遑顾惧,急奔往窜身火团中,力攀救生圈下。及奔出,则已炙及衣履,发亦蓬蓬焦灼。莺儿急趋近,为之扑救。丽生知无济,急倒身卧甲板上,转其体,火始压灭。丽生乃举救生圈为莺儿套之,紧抱玉体,且呼曰:“卿无恐!”莺儿亦呼曰:“郎自保重!”相与一跃入海。丽生犹恐莺儿之被溺也,在水中力举莺儿之体使浮。莺儿幸得藉救生圈之力探半身于海面,然丽生则已渐渐下沉。莺儿乃大恐,急以两臂力抱丽生,但美人力弱,不须臾而疲倦。正危急际,忽见此大船,以海水浸入火炉,砰然发大声而炸裂,全船没入海中。海水激荡成大旋涡,莺儿与丽生适当此旋涡中,几经冲翻,一对可怜虫即漂流不知所向矣。

第八章

幸而肇祸之处,尚不出法国领海界限,及天明,此一群遭祸之旅客,得藉舢板之救济,一一安抵海岸。被溺者仅八人,莺儿与丽生在焉。法国慈善会乃复驾舟往救,得丽生于桅顶,然已奄奄一息矣。急援之下,复救得四人,其二已绝命,而莺儿终无消息,乃先载丽生等归,送入皇家病院就医,笛士克与眉卿急来院看护。

丽生惟终日昏睡,历三昼夜,始通饮食,又历三昼夜,始略复感觉,回首见眉卿与笛士克,乃急询以莺儿消息。眉卿恐病中多感,乃伪答以同在病院就医,实则眉卿并未知此次丽生遇莺儿于船中也。又逾旬日,丽生日见健痊,眉卿乃与笛士克辞归,而易以院中之看护妇,以看护丽生。

此看护妇名秋奴,其美丽不减莺儿,尤可异者,美人身段、态度、眉目等,竟无一不似莺儿,苟不细辨之,必致误认也。此时丽生病眼昏花,直认秋奴为莺儿,于是尝询以遭祸时情形,又加以慰惜语。秋奴欲病人之安宁也,亦唯唯答之,实则视丽生所言不啻呓语。迨后相处日久,丽生又作种种情话。秋奴闻之,羞惭万状,然以丽生容彩风雅,爱情真炽,不觉渐形亲爱,春心动矣。在秋奴竟有仰望终身之意,然求婚之语,丽生未尝出诸口,于是一寸芳心忐忑不已。某晨,秋奴入室,丽生竟欲抱纤腰而接珠吻。秋奴拒之,且笑曰:"君视侬为何如人?"丽生乃大笑曰:"谁不知卿为余之未婚妻莺儿乎?"秋奴色忽变,急问曰:"然则君平日以侬为莺儿而爱侬乎?"丽生亦惶骇未答。秋奴复曰:"实则侬为此院中之看护妇,名秋奴者也。"丽生闻秋奴语,又详察美人眉目,觉较莺儿稍长,乃恍然知莺儿已不在人世矣,即放声大哭。秋奴亦悟误认己为彼之妻,然无端遭人唐突,今又弃置,亦不觉愤极而泣。一对痴儿女相对挥泪,院中人莫知所措,急召眉卿夫妇来。丽生始含泪告以原因,眉卿闻之,既可怜,复可笑,但曰:"君今唐突秋奴,君将何以对之?"丽生回视秋奴,则秋波桃腮间,半若含怨,半若含嗔,乃即向之鞠躬认罪。眉卿知秋奴在,足以解愁,即暂辞去。

此时室中惟丽生与秋奴相对默视,丽生乃百端慰谢,秋奴惟含怒默然。久之,各回首前情,不觉心动。秋奴乃愤愤曰:"问君此后将视侬如路人乎?抑犹有香火情也?"丽生乃恭敬答曰:"何敢便尔薄情?惟此身已许莺儿,此后愿与卿为最恩爱之兄妹。"言罢,复涕泪纵横,呜咽不已。秋奴知丽生为多情者,即为彼妹,亦不辱没,乃劝之曰:“丈夫磊磊落落,毋过悲抑。君既以此身许知己,终身不娶则已矣。须知君之爱情虽属莺儿,而君之身体则属国家,当此祖国多事,不思以身殉公,而乃毁于私情,将毋为天下之罪人乎?”

第九章

霹雳一声,普法战祸起矣。天祸法国,三战三北。九月一日,法皇拿破仑第三不得不肉袒衔璧,乞降于普鲁士,而幽囚于维耶伦士蒿。一世奸雄之俾士麦,复迫以法国名义与普媾和。拿破仑第三毅然曰:“朕爱法国,不愿以法兰西人民受辱,朕可杀,法兰西不可辱也!”俾士麦乃进逼皇后,皇后潜逃入英。此时也,法军所持以守御者,仅一巴黎都城,然目击苍灵涂炭,国势累卵,孰无血气,能不悲愤?于是共和党议员有国防政府之设,而丽生与笛士克为党中之议士。

其时笛士克与丽生俱授职少将,同隶属于将军脱鲁萧之旄下,而丽生以身愁国恨,悲愤填膺,然悼亡私痛,终不敌辱国公仇。又以爱国美人秋奴、眉卿等之劝勉,丽生乃暂释悲怀,戮力从戎。常见于弹雨硝烟中,而能身先士卒,纵横驰骤者,则少将丽生也。于是人咸感激,士皆爱戴。丽生又尝于苦风凄雨中,往来泥泞,问兵疾苦,又时兀立千军万马间,面部血痕斑烂,腰间宝刀缺折,犹懔懔然大声曰:“诸君其死战,宁为沙场死,莫作亡国奴!余今日与诸君死于此战,以保我法兰西威灵!”以故蕞尔巴黎,能当此数十万之普军而无畏者,未始非丽生之力也。

某夜,丽生酣战归来,独对孤灯,涔涔泪下。正悲咽间,秋奴珊珊自外入,白衣白帽,胸悬赤十字之勋章。盖此时秋奴与眉卿均投身赤十字之看护队,以疗治伤兵为事,及见丽生独坐悲啼,知彼念及莺儿矣,乃竭力温慰之。丽生含泪曰:“苟莺儿在此,则剑光粉腻,出入提携,何等快乐!今乃茕茕一身,苟一旦马革裹尸,亦不得一滴多情泪以慰九原也。”秋奴闻之,辄愤愤曰:“哥之言,毋乃重莺儿而薄妹乎?今妹与哥岂不亦朝夕追随乎?若哥一旦不测,则侬亦当挥泪一吊,甚且欲一死以殉哥也!”言毕,回眸他视,若含怒然。丽生乃大惭,急起立秋奴前,以两手轻按秋奴玉肩,俯而接吻于艳润之额。秋奴初恐丽生过于悲痛,致损心神,故作此娇情之言以解之,今见丽生乃深自愧悔,于是相与一笑握手而罢。

此后秋奴终恐丽生孤寂善感,乃请于队长,愿乔装作男儿,伴宿于丽生帐中,特为娇憨之态,以博丽生笑乐。丽生亦怜而爱之,然双宿双飞,但为棠棣之连枝,不作莲花之并蒂。自是丽生每出,必见一娇好之少年军人随侍左右,谁又知其为易笄而弁者。其时风云日紧,普军又进迫城下,城中以困守月久,粮食几尽,军民皆有菜色。丽生乃于督战之余,率民屯田,而己与秋奴等所藉以裹腹者,除尘秽之面包、腐败之马肉外,无他味,然得秋奴、眉卿等柔情慰藉,怡然自得也。

一日,丽生携秋奴登城瞭敌,目击普军灿烂遍野,而军中欢呼饮食,其苦乐较之法军有天渊之别。丽生不禁泣数行下,秋奴乃扶之归营,见案陈军事新闻一帙,丽生取而读之,见内述普军中将某昵一法国流妓,丽生不禁拍案大骂无耻奴不置,秋奴亦愤愤不平。少顷,相与归寝。及明而普军之宣战书又至矣,丽生乃奋勇上马,超乘而前。此次普军以炮队,法军以马队,丽生指挥士卒,直入敌营。正奔突间,忽一弹飞至,中丽生肩。丽生痛极而晕,堕于马下。

不知历若干时间,丽生霍然醒,觉肩头痛甚,乃忍痛大呼杀贼,顾此时已身在病院,忽见一眇目美人,冉冉自外入。丽生谛视之，噫！此何人？是乃魂梦系念之莺儿也。当时莺儿乃为述入海时，触于器而毁其一目，俄遇渔人得救，寄身乡间，直至普法战起，始悉郎君无恙。然戎马倥偬，无术自致，兼之爱国心切，乃托身为流妓，以惑普军中将，然守身如玉，未敢自弃也。以中将之宠爱，得入营帐，始于昨夜盗得普军之军令。方将设计脱身，而法军至矣，继见郎君中弹，乃得护送来此。言已，出普军军令，其中所述，皆敌军之策画，乃大喜。

第十章

合浦珠还，乐昌镜合，法军帐中，一双玉人，腻友娇妻，相顾怡颜。然美人义士不敢以私情废公义，莺儿与秋奴昼夜尽力于看护。丽生苦战归来，每日仅得与美人一接吻为酬劳。盖此时巴黎城已亟亟可危，败在旦夕，而此饥寒羸弱之法军，犹抖擞精神，东奔西突，未尝以挫败而少馁其气也。

丽生自得普军军令后，朝夕揣摩，已了然于普军之内容，而破敌在旦夕间矣。乃将普国军情草作露布，藏之帐内，俟天明颁发，少顷就寝。正朦胧间，忽耳际闻窸窣声，急开目视之，见一法军装束之窃贼，正入帐取露布及军事文书等而付之火。然火势已遍及，丽生即拔刀跃起，趋救，则已化作灰烬，乃急转身捕贼。贼狂奔，丽生追之，及门而获。谛视之，噫噫！伊何人？是乃爱情之敌，国民之敌，陆军少将吉臣也。此时丽生回忆前情，触目现状，不禁愤极羞极，频怒以目、蹴以足。良久，亦不与语，但鸣警军中，法军皆惊起，丽生乃以吉臣付军事裁判而傍听焉。

须臾，审判开庭，法官严辞诘责。吉臣乃供认曰："余初为少将，亦颇知爱国，后惑于外务大臣芬恩之女名玉儿者，乃埋身于温柔乡里。玉儿性豪爽，善挥霍，余仅有薄产，不数年而荡然无存。然此时玉儿固富饶一乡也，余乃依依裙带，而寄生于美人掌中。

美人此时以余贫困,时加白眼,且另姘识一少年绅士。彼二人朝朝欢爱,视余如赘疣。余乃大愤,意谓男儿何不能自立,而阘茸若此?幸而此时普法战事起矣,余乃投身为敌之间谍,以侦探法军情形,而报告于普军之机关部。余之任此职也,不自今日始矣。余非不知爱国也,实迫于贫困,而床头人朝夕唾骂,令人不耐,欲藉此以吐气耳。自余任斯职后,尝得多金,于是玉儿与余和好如初矣。近日普军某中将失其军令,知为流妓窃来此间,彼中将乃日夜忧虑,命余行窃,且许余万金之酬劳。夫万金之财,谁不欲得乎?余乃侦察三日夜,始知在少将丽生帐中,尚未宣布也,乃即窃而火之。今事已毕而被获,亦罪之应得,但乞君等勿伤余心爱之玉儿也。”言已,俯首无他辞。裁判官亦不加讯问,即判以铳毙之罪。

日光惨淡,吉臣垂头丧气,两手反缚于短柱而候刑时,俄顷,一军人执令跨马奔腾而至。行刑者乃双手举其枪,以食指钩机括。正危急际,忽见丽生疾趋来,立吉臣前,惨声曰:“吉臣少将乎!汝今以不名誉死,然余知非汝之罪也,汝盖迫于玉儿之骄横。余初亦昵玉儿,苟无汝夺余之爱者,则今日之铳毙,或非汝而为余矣,故今余深为汝惜,尚请汝告余以玉儿之住址。”吉臣闻丽生语语恳切,不禁双泪淋漓,呜咽曰:“玉儿现居爱谈恩街十二号屋。”丽生乃反身即去。于是枪一鸣,吉臣死矣。

是晚爱谈恩街十二号屋中,有一绝色之少女方衣极华丽之服装坐餐室中。一般无心肝之少年亦杂坐席间,谈笑并作,而灿烂之电火映射四壁,倍觉鲜明。中一少年略谈及战事,则群哗止之曰:“今夜只谈风月,如普军入城,吾侪亦不妨相率为顺民也。”

于是少女吃吃笑如莺鸣。众请少女抚琴,少女乃起行至琴座,徐舒玉腕,轻展纤指,而叮咚之声作矣。正欢娱间,忽见门帘一动,一英武之少年服少将服装,兀然立门外,怒目视众人。众少年大哗，少女急回顾，见之，忽俯首面赤，娇羞万状。此少年军官，盖数年前恩爱缠绵之丽生也。丽生此时，见此绝色之少女，则正爱情之魔女玉儿也。当时众少年见此情状，俱相①顾狼狈散退。丽生乃徐行迫近玉儿，玉儿惟俯首啜泣。丽生于鼻中时发其冷笑，玉儿乃渐屈膝于地，伏身丽生膝上放声大哭。丽生终以情所不忍，乃许以自悔，使投身赤十字看护队，以财产尽捐作军用。自是玉儿受莺儿等之感化，渐趋于善，终其身不再嫁。明年普法战终，丽生与莺儿再行婚礼于巴黎。

——《眉语》第一卷(1915)第三号

---

① “相”，原文作“向”，据文义改。

查孟词

查孟词,生卒年不详,安徽怀宁人。通英文,擅长钢琴,曾问业于金天翮。著有小说《宝石鸳鸯》。

宝石鸳鸯[①]

新月出岭,余霞满天,红照川原,转成紫翠,归鸟投林,其声哑哑,适与远来之汽笛,呜呜相唱和。嘻!此非哀亭盘车站之晚景耶?暮色苍茫中,陡闻一卖报童子,高声呼曰:"孟泰飞大侦探被刺于师脱令!速看!速看!"一时全车人俱为所动,争向购阅,而童子所囊之报乃立罄。须臾,轮机轧轧,辞站而去。众客均披报读之,见特别纪事栏内,赫然二号人字,映入眼帘,标题为《孟泰飞大侦探被刺纪》,其事曰:"师脱令馥克森街后地素荒僻,忽于昨夜,发现男尸一名,血痕狼藉,面目模糊,似死后故损破其面部,以免人识别者,见者竟不辨为谁氏。嗣探得馥克森街第四十四号为孟泰飞侦探住宅,孟泰飞前因事去南美,八越月二日前,始回国,昨忽失踪。按之死者年岁衣履,与夫种种形迹,足证明确为孟氏。盖自孟氏宅门起,至尸身发现处,履印杂错,似有多数人匆忙由此经过者。且离尸身五十步外,复有孟氏名刺一纸,必系主凶移尸

① 原文标"侦探小说",原署"孟词查女士",为查孟词之误。

后，搜其身畔所有时所遗者云云。”客中一类富商者，阅毕，投报于案，仰天长叹曰：“孟泰飞一生好义，遇不平事，尤无不尽其神妙不测之手腕，以扶翼之，故国人无不颂其德，天何不佑此老，竟遭此惨劫？哀哉哀哉！”

富商对座，为一女子，年约二十左右，丰姿绰约，韵秀天然。傍坐一少年，亦翩翩风度，气宇不凡，望而知为缙绅子弟，携此如花美眷，作新婚蜜月旅行者。时少年忽起立，取革囊置膝上，柔声问女子曰：“琦西吾爱，夜深矣，怯寒否？”言时，由革囊出一绯红丝巾，轻护其肩，又为理耳傍金丝之发。琦西回眸微笑，觉双颊承涡，愈增妩媚，出其柔荑之纤手，授少年曰：“可璧，吾已寒透腕矣。”可璧握而连吻之曰：“吾爱何不早言？致令我可爱之玉手，受寒至此。我悔以全神注报纸，而未念及卿也，卿其能恕我乎？”言已，复挽琦西香颈，接吻者再。少间，又曰：“琦西吾爱，师脱令去此不远矣，卿不见时计已指十点零六分乎？再越十分，吾侪将晤季父惠更生于宝宫，作絮絮谈矣（宝宫者，师脱令之大旅社也）。闻季父近患肺膜炎症甚剧，医久无效，病中凄寂之苦，可以想见，得吾侪往，其愉快为何如！嗟乎！季父生平经营商业，操奇计赢，营业每胜侪辈，于探郎藤矿苗后，更名噪一时。大资本家争先投资，请合股采办，举季父为总经理，职司筹画，日夜辛劳，而又性极慈善，以所得十分之五，慨助孤儿院教养费。盖季父时年逾耳顺，膝下犹虚，卿所知者，自去年秋，季父辞去职务，除日至孤儿院与二三孤孩散步游戏外，日惟寄情花鸟，其园内所植之百合花，色色俱备，为类甚夥，卿见之，必流连不忍去也。”语未毕，车已停机，乘客络绎下。二人知已抵师脱令，遂亦携革囊，逐乘客相将下车。出月台，见宝宫之汽车，伺于道傍。御者见可璧，即鞠躬曰：“密斯脱蜜昔斯可璧晚安，主人得密斯脱惠更生书后，已预备一室，专俟密斯脱枉驾。此室面爱俪湖，风景殊佳也。”可璧笑应之，并曰：

"康迭,汝尚在宝宫耶?前闻汝与一黑妇结婚,得产甚夥,有诸?"康迭曰:"是讹传耳,何处觅此好婚姻耶?去年密①斯脱可璧离宝宫后,仆曾往英基尼,至上月中旬,始返此间。"语时,御者开汽车门,速二人入。可璧偕琦西遂登车,康迭转扭机轮,疾驰而去。绿阴满道,碾动飞尘,不十分钟,已抵宝宫。侍者为携行囊,由升降梯上二层楼,店主彼得,已含笑出迎,状至亲切。琦西见彼得年约三十余,粗眉细眼,瘦削而长,与可璧执手为礼,寒暄毕,引至会客室。可璧遂询以季父惠更生居处,彼得曰:"令叔以肺病甚剧,已于今晨十时迁往葛雷特医院疗治。顷有人致函先生,以先生尚未至此,故书又携回,此时驾既莅止,可电令叔知之也。"言未讫,侍者持书至,授之可璧。可璧知为叔氏函,自医院饬人递来者,急破阅之,立作复书,交来人,且嘱彼得明晨八时,备马车以便早出。彼得唯唯,旋起身导可璧等至三层楼,绕阳台左转,至九十八号。可璧见室甚宏敞,计内外二间,器物陈设极精,壁间悬义大利名画种种,窗果面爱俪湖,湖中风景全见也。栏前列花二架,架上百合花盛开,迎风飘舞,状似欢迎此一对璧人者。彼得乃按铃呼侍者,进咖啡及白兰地,又谓可璧曰:"密斯脱可璧,旅行辛苦,得毋过劳否?"可璧曰:"然,或由火车中受凉耳。"彼得曰:"白兰地可以解寒,行装已卸,不妨觅薄醉也。"可璧谦谢,彼得随道晚安而出。

一竿红日,映入玻璃,可璧盥漱②毕,甫就早餐,侍者已持书至。可璧绎读未半,旋嘱侍者促致书人入。侍者随偕一年约六十余之老人进,可璧曰:"罗逑,昨夜老主人安乎?"罗逑鞠躬曰:"老主人自昨晨入医院后,病不见增减,顷嘱仆以此钥送来,请少主人

---

① "密",原文作"蜜",据文义改。
② "漱",原文作"嗽",据文义改。

速往医院,有要事商也。”可璧曰:“我已尽悉,汝先回,予立至也。”老仆唯唯去。可璧笑谓琦西曰:“卿愿偕我往否?”琦西曰:“善!”可璧遂取縇丽外套衣琦西,相与由升降梯下,共乘马车。可璧命御者先往季父宅,宅固在巴槐街二号。少间,车抵宅门,罗逑已出迎。可璧曰:“罗逑,汝何先我而至也?”罗逑曰:“仆自宝宫回,乃遵老主人命,来此专候即料理花事,闻车声辘辘,知少主人至,故出探视,便迎迓也。”琦西曰:“料理百合花乎?”罗逑曰:“然。”琦西曰:“季父病中,尚惓惓此花不已,爱花之心可见矣。顾何不移一二架于季父病室,以供玩赏?或可稍解烦闷也。”可璧曰:“卿言亦是,俟我事毕再计,且可与卿先一饱赏也。”二人遂携手登楼,入惠更生卧室。罗逑为启扃,室内窗叶紧闭,暗不见物。可璧按电灯使明,见室中舍铜床摇椅外,无他物。琦西异甚,然亦不询所以,姑观可璧作如何之举动。可璧曰:“琦卿可凭椅少坐以俟。”语时,移床近窗,并探囊出钥,以钥之一端,转楼板之小螺旋钉,钉脱板起,突现一钢板,板下藏机关箱一。可璧复以钥启之,得一小盒,外包以不灰木,可璧取纳衣袋中,仍扃箱板如故,复推床于原处,息电灯,偕琦西出,下楼绕书室而至花房。琦西凝视见玻璃室内异色杂错,所谓数十种之百合花,盖尽聚于此。可璧遂摘一枝,佩琦西襟上,曰:“琦卿行矣,时计已指八点三十分,恐季父俟吾侪久矣。”琦西曰:“季父固爱花如命,苟知吾侪与其所最亲爱之百合花作相见礼者,虽晚必不吾责也。”车既抵医院,可璧以名刺授阍者,曰:“皮达儿医士在院否?”阍者曰:“在。”随导二人入应接室憩坐。少间,皮达儿入,各握手为礼。皮达儿曰:“令叔患肺病已久,来院之前,由西班牙医士诊治。昨日十时始来院,即投以安神剂,俾其精神得少宁贴,肺病则未易治疗也,现卧三层楼九号病室。”可璧曰:“季父此时清醒否?可与之作片刻谈否?”皮达儿曰:“可。”乃引二人至惠更生室,则见老人衣白衣,仰卧病床,状至尫瘠。因候可璧已久，闻履声橐橐，即侧身外向，似预知二人之至者。可璧与琦西立近床前，与之行亲额礼。惠更生乃振其枯涩之喉，发一种凄切之声，谓可璧曰：“可璧吾爱侄，汝叔已望眼穿矣。以余灵魂与躯壳之分判，恐已甚易，行将与吾爱侄长别矣，小盒已取得否？”可璧曰：“取来矣。”语时以手入衣袋中，将取盒而陈诸床。惠更生急止之曰：“毋尔，可速往延律师摩诚比克至，欲属之以身后事也。”可璧曰：“诺。”复问曰：“季父此时觉何如者？”惠更生闭目宁息半晌，始复曰：“可璧，汝知尔叔爱尔否？延律师者，授遗产于汝也。盒内储藏物，竭毕生精力始得之于郎藤宝石矿，固为我第二之生命，亦旷世所无之奇珍也。汝宜宝藏之，勿令转徙他人手，没我伟业也。”语未终，喘息殊甚。皮达儿医士见状，谓可璧曰：“令叔此时宜静养，请密斯脱可璧外出稍坐。”可璧遂谓季父曰：“侄拟暂离一小时后再来，叔父可安睡矣。”遂别惠更生与皮达儿回宝宫。未几，即往律师摩诚比克处，告以季父病危事，于是偕摩诚比克及琦西复至医院。时惠更生已晕绝一次，见摩诚比克，乃作微笑曰：“老夫灵魂将返诸上帝，今得吾爱侄可璧在侧，吾心慰矣。请以遗嘱读而授之，顾可璧年少，未经阅历，后此尚望多所指导也。”摩诚比克颔首诺之。须臾，惠更生气忽上逆，医生皮达儿扬手令众勿声，可璧乃握惠更生之手，合眼为之默祷，并令人促牧师至。移时牧师来，则商业百战之惠更生已销声戢影，与此五浊恶世界长别矣。

钟声锵锵，花圈环绕，惠更生入墓礼毕矣。是日也，白马素车，携花往吊者，络绎不绝，而彼得亦与焉。牧师引众人祈祷读经毕，即为一班孤儿唱追悼歌。后摩诚比克并为简单之演说，以表扬惠更生一生功德。丧礼既成，可璧遂起谢来宾。翌日，偕琦西至叔父冢，督花匠种树。可璧指一白石十字架，与安琪儿像，谓琦西曰：“此彼得所赠也。”琦西曰：“彼得即宝宫之主人乎？”

可璧曰："然。"复语琦西以彼得历史，曰："彼固窭人子，幼时因剧醉后，抛石误伤安斯林公爵之爱孙，捉将官里去，处以四等有期徒刑。其父及白发之祖母悲忧致疾，彼得时业鞋匠，因亦中止。后其父竟忧郁而卒，彼得之舅父，旋为季父记室，以此事告诸季父。季父素慈善，遇此生死关系之事，尤肯极力助之，因谓彼得之舅氏曰：'曷不早告吾？致令其父郁郁死，哀哉！'于是季父乃出金赎之，彼得遂出狱，其祖母病亦愈。后二年，彼得乃向季父贷川资，赴南美巴西，云往经商，至五年前，始返故里。此数年中究何所作，彼得不以告人，人亦无得知者。既返，则出巨资筑宝宫以招待旅客，且彼得一生未娶，自南美归时，曾以美产之女孩为义女。"琦西曰："吾侪居宝宫之翌日，见彼得携一十余龄女童，散步爱俪湖畔者，殆即其人矣。"可璧曰："诚然。"琦西曰："此女风姿秀美，气度温文，颇有大家风范，且双睛蔚蓝，笑靥承涡，望而知为灵敏聪慧者。"可璧曰："此女良不恶，工画善琴，卿苟欲晤若者，告彼得介绍可也。"时已薄暮，花匠各散，二人亦返宝宫。

明日，可璧过彼得处闲话，彼得力与周旋，若惟恐不得其意者。可璧偶及琦西，欲与其女爱纶为友，倩为介绍。彼得闻可璧语，欣然允诺，为状至悦，曰："小女庸陋，不足以友夫人，既承不弃，当令其常侍夫人左右可也。前日夫人来时，本拟遣爱纶趋谒，以先生及夫人均无多暇，恐扰清兴，故未来前，且爱纶体弱善病，前日又以客感卧床也。"又曰："闻明日茀兰名科舞场开三周纪念会，主人约爱纶往弹琴，倘夫人有兴，当遣爱纶先至夫人处，以便同去如何？"可璧曰："善。"遂别。归告琦西以彼得语，琦西喜甚。翌日晚七时，彼得果偕爱纶来，脱帽谓琦西曰："小女爱纶，粗鄙不文，失礼处乞夫人恕之，兹后倘需彼者，召之可也。予当先行，爱纶留此，少顷，夫人可挈之同往，开会约八时半也。"

语已道别而出。琦西见爱纶玲珑娇小,弱不胜衣,衣襟上配以玫瑰,愈增妍丽,较之湖滨初见,尤觉可爱。爱纶见琦西美丽温存,亦不觉倾倒,二人于是乃如故识焉。爱纶曰:“可璧夫人,如曾在何处见过者?惟不能记忆矣。”琦西遂握爱纶之手曰:“爱纶姑娘,吾辈前此固未谋面,然或夙世因缘,曾为契友,亦未可知也。”言已微笑,复曰:“予今晚本不欲往跳舞会,因急欲一聆姑娘雅奏,万不能免此一行,顾昨闻姑娘玉体小有不适,不知病几时矣?”爱纶曰:“贱恙时作时止,已阅二年,故因之辍学者屡矣。”言时,稍呈不豫之色。琦西曰:“曷不往医院诊治?或可早瘳。”爱纶曰:“吾父不愿予往医院也。”言时,状尤悒悒,随出时计观之,谓琦西曰:“行矣夫人,已七时三十分矣,茀兰名科跳舞会所去此遥远,车行须三刻钟始至,且今日既逢盛会,观者必多,开会之第一节,即予之奏琴,不得不早往也。”于是琦西急更衣毕,携爱纶手登车。可璧则挟琦西肩巾,独乘一车。既抵跳舞会,主人及彼得已出迎,三人乃随之入座。少间开会,爱纶翩然登台,琴声作矣,高下抑扬,疾徐顿挫,各极其致。旋有四女童持花出,两两如蝶翅舞,且舞且歌,歌声与琴声相和。歌既罢,琴声转为哀音,闻者几为泪下。琦西谓可璧曰:“佳哉爱纶姑娘之记忆力!默奏此长篇曲谱,而能如此之曲尽其妙也。”旋闻掌声如雷,爱纶已翩翩下舞台矣。至琦西处,谓曰:“夫人,予体尤觉不适,思归矣。夜深霜露重,夫人亦早归为佳也。”琦西曰:“顷聆雅奏,敬佩敬佩,如姑娘去者,予等亦愿同归,寻常跳舞,原非予所乐观也。”于是彼得等四人,同登一汽车,遄回宝宫。既归,爱纶径别琦西入卧室,少进咖啡,就案傍安乐椅孤坐,默念:“琦西顷间项下所佩之宝石,晶光四射,良不易得之上珍也,美则美矣,未免易惹匪人垂涎。予以初交,不便规劝,故道此种种诳语,令其早归,免其或致意外疏失也。”又思:“今晚予友丽莲约吾在舞场晤叙，吾竟不待其来而先返，必疑我寡信矣。”遂就案作书报丽莲，略陈体又欠爽，未能践约等语。书竟，乃就寝。越数日，可璧忽接其父来书，言：“季父既授遗产于汝，曷不去宝宫而迁入季父之宅？既能撙节，又较安适云云。”彼得亦赞成之，惟琦西适撄微疾，爱俪湖空气新鲜，正宜养病，故拟于一月后再议迁徙。可璧以不忍拂琦西意，遂亦中止。兹后琦西遂日与爱纶，或偕游以揽风景，或对坐以谈学术，两人固甚相得也。由此爱纶竟得一良友，而琦西亦赖以作岑寂中之伴侣。

一日，可璧季父之老仆罗逑，匆匆至宝宫，气息咻咻，面可璧曰：“特白主人，老主人宅近夜屡闻异响，或有他故，不可居也。盖昨宵忽出一至奇特事，言之犹觉心悸也。”可璧惊甚，急询曰：“究为何事，而致汝惶惧若是？其速语我。”罗逑曰：“昨夜已过半，仆等俱就寝，忽守餐室之汤姆狂吠，仆辈恐有窃贼，急起巡视。行至后园，见老主人卧室之百叶窗缝内，有光外射。仆等既启餐室后，由餐室转而登楼，则门窗紧闭，无稍动静。少顷，陡闻一种尖锐声及铁索声，发自老主人卧室内，闻之令人毛发皆竖，簌簌作战。人声耶？鬼声耶？至今犹未能辨之也。仆等鼓勇启钥，时门上之气窗内，突现一怪物，狞恶若厉鬼，毛发四披，顶上发光，齿龂龂有声。仆即由袋内取出手枪，拨机猛击，惜未能中，而此物则益震怒，狂咆如雷，屋为之震，铁索锵锵，阴风肃然，仆等此时几疑已入鬼境矣，蒲亨明竟惊晕仆地，今晨已送入医院。嗣复启门入时，则此物已由窗如飞而去，正不知何物魔鬼，作弄人至此也？”可璧闻语，惊骇欲绝，随谓老仆曰：“汝曹毋恐，或一时神经错乱，造此幻象，亦未可知。汝其先归，一句钟后予必来也。”老仆既去，可璧遂披衣出诣律师摩诚比克处，告以此事之颠末，并约同往侦察一切。二人乃至惠更生故邸，老仆从旁指示，是为怪物出现处，是为枪弹击中处，遍阅一周，竟无踪迹可寻。更奇者，室中之物位置依然，窗扃如故。可璧曰:“以余观之,此必贼人乔装怪物,藉此恫吓居者,似此繁盛之区,安得有鬼?”摩诚比克曰:“诚然诚然,老仆等既屡闻怪声,想来此已非一次矣。此屋后与旷地毗连,吾等试至彼处探讨,或得端倪,亦未可知。”可璧即命老仆启扃出,但见树叶萧疏,苔痕剥落耳。摩诚比克出望远镜四照,则平原一片,覆以草茵,毫不露一二足迹供人寻绎者,讶曰:“奇矣!贼人讵不由此道入耶?今日余以赴友人约,故不能久留,明日当再会于此,共研此奇案。鄙人脱有补于君者,靡不尽力为也,惟欲穷此事之根源,恐非聘侦探不可,惜孟泰飞已死,否则以此老之手段,钩沈索隐,当迎刃解耳。”可璧鞠躬曰:“承先生指示甚感,明日午后,当趋告消息也。”摩诚比克既去。可璧谓老仆曰:“今夜慎守前园,勿燃灯,勿作声,觇其再来与否可也。”老仆曰:“诺!”且颤声谓可璧曰:“吾侍老主人二十余年,甘苦备尝,靡有怨心。仆无家无室,无所系恋,每月所入,咸助乞儿,今老主人逝未匝月,辄发现此可惊可怖之事,仆甚不安也。故仆对于此事,竭我力所能及者,愿牺牲此老命而为之。”可璧叹曰:“罗逑诚义勇哉!愿汝好自为之,不久当知其究竟也,惟蒲亨明现何如者?”罗逑曰:“顷有人自医院来,闻今日稍愈,不日当能告瘳,渠年轻体壮,当无意外之虞,主人请勿系念也。”可璧乃仍归宝宫。次日复至摩诚比克处,适已外出,阍者曰:“主人行时,嘱仆言如先生来,请稍坐以待。”可璧径入书室,坐沙发上,取报阅之。未十分钟,摩诚比克至,见可璧已来,甚喜曰:“余顷由侦探斯蒂芬处来,为君商前日事也。惟以斯蒂芬言,君等须暂归故里,盖既发现此怪状,则贼必有所图,日久恐有不利于君,无①妄之灾,避之为佳也。缉贼一事,予与斯蒂芬侦探二人任之,君无多虑。”可璧闻语,默思半晌,谓摩诚比克曰:“予昨

① “无”,原文作“旡”,据文义改。

已将此事电告予父，今晨得覆电，亦命余等速回哀亭盘，俟余等返，吾父当来此研究斯案也。兹闻斯君言，适与家父之意相合，去志已决，只得以一切事务重烦先生矣。”言时，起立作鞠躬礼，又曰：“行时当再来面辞。”遂别摩诚比克回宝宫，告琦西以斯蒂芬之意，且作书告其父以归期，盖可璧欲观此事之结果如何，故行期定于五日后也。彼得闻可璧不日离宝宫，颇形怏怏，谓可璧曰：“兹后消息，当一一电告，不知顷者尊仆云何？昨晚安否？”可璧曰：“昨日尚无动静。”彼得曰：“愿上帝祝福，勿为君前途害也。”可璧曰：“愿如君言则幸甚。”嗣后罗逑日来报告，俱无变异。至第五日，可璧偕琦西摒挡行李，正拟首途，忽得爱纶手札，叮咛珍重，并祝平安，交好之情，溢于言表，书曰：“别离在即，急欲与夫人一语，以倾衷曲，奈旧病复发，不能支撑，爱纶蒙夫人不弃，感何如之。临别赠言，尚乞夫人察之，夫人曩在跳舞会所佩宝石，希世之珍，意觊觎者不乏其人，途中慎藏，不可稍露贼人眼也，尚乞夫人察之。”琦西接书后，心感爱纶不已，以其年虽幼稚，见事颇周到，即以交谊论，识面未匝月，竟能直言不讳，其伉爽之情，令人生慕，遂报以复书，匆匆赴车站。比至哀亭盘，已日薄崦嵫，万家灯火矣。

距哀亭盘约十里许，有一地也，遥峰滴翠，近水拖蓝，客是中者，咸作世外桃源想，美其名曰“洗虑坡”，可璧父之别墅在焉。洗虑坡与哀亭盘之间，相隔一河，河通北海，故水流甚激。一日，新月半钩，寒星数点，河畔有二人鹄立作唤渡声者，系①何人？非可璧与琦西新夫妇耶？可璧曰：“琦卿，吾家之白帆小舟何在？吾父得吾书，知吾今日必归，无不饬舟子来迎者，今时已晚，何尚不见

① “系”，原文作“繫”，据文义改。

白帆舟耶？奇矣奇矣！”二人正焦盼间，忽欸[1]乃一声，小舟荡桨而至。琦西笑曰：“璧郎，不见迎面小舟来矣？惟帆为棕色，非白色也。”语时，舟渐近。舟子扬声呼曰：“岸上为可璧先生否？”可璧应曰：“汝非以扫耶？何迟迟乃尔？”舟子曰：“否，余非以扫，以扫顷以弄舟不慎，至误触邻舟，邻舟之老妪，适傍舷涤食器，竟落水溺毙，现以扫以捉赴警署受裁判，而白帆舟舟唇亦损，不复能行。吾即其友哀李泼第斯，有主人信在此，请速登舟，不见层云如墨，俄顷将有大雨至矣。”可璧随与琦西登舟既，离岸约二里许，忽闻水声甚急，似有自舟尾逐浪来者。可璧曰：“哀李泼第斯慎之。”言未讫，忽见二人面目狞恶，相继自水中攀船唇而上，立挤哀李泼第斯于河。可璧知为盗，急由革囊出手枪，俯伏舱中，低声谓琦西曰：“卿毋恐，速伏船尾板下，俟吾应敌。”琦西曰：“璧郎，今日之遇，结果未卜，至宜慎重。”语时，二贼已进舱门。可璧乘贼不防，拨动机弹，直向贼头飞去。贼向左闪避，谓可璧曰：“勇哉勇哉！今日之事，五分钟后，试观谁生谁死也。”急夺可璧手枪，一贼携枪，扑可璧，并于衣袋中出绳索，左右拥之，如恶虎搏兔。可璧身不自持，遂为紧缚，乃忽于万分匆遽中，闻汽船轧轧，自远而近。何处奥援，飞来天上？琦西乃竭力大声呼救，讵知来者非解围人，固贼之同党也。舟既近，即以锚钩住汽船，更挟可璧至舟舱内。琦西见可璧为贼擒去，愤急几狂，知其必来犯，已于此万死一生之际，琦西忽念及曩日与爱纶研究学术时，曾以无色花之化学品，配合试验，今所用之物品，尚余十之六七，惟内有镪[2]水一瓶，仿佛检点行装时，此物犹在革囊。琦西思至此，遂探手革囊，果得一玻璃瓶，喜甚，取出以俟。时贼既挟可璧至汽舟，更反身由窗入。琦西乘

---

① “欸”，原文作“款”，据文义改。
② “镪”，原文作“磁”，据文义改。

贼探首入窗，以镪水迎面洒去。此狞恶万状之面目，乃立成焦烂，贼痛极狂呼，双目紧闭，退首出窗，失足堕水中。汽船人见贼受创殊剧，怒益甚，急出枪迎琦西射击，竟中腿部。一贼复出绳缚琦西手足，掷向汽船而去。嗟乎！一对璧人，同罹惨劫，哀哉哀哉！可璧时为索紧缚，遍身已转青色，然形骸上之苦痛虽剧，尚不敌精神上之痛苦于万一，盖于此人声沓杂中，曾闻枪声屡响，不知琦西此际生死如何？当此时，惟深盼琦西之亦移置汽船也。俄见一贼手携革囊等入，然终不见琦西。少间，汽船已卸小船之铁锚，知行将展轮矣，后知琦西已不在小舟，"岂枪声闻处，即为我琦卿毕命时耶？抑贼人弃琦西于此激流之中耶？"脑海翻腾，重重幻想，不禁泪如泉涌，低声自语曰："琦卿，琦卿，岂与卿竟长别耶？"可璧思潮上下，一恸几晕，突闻砰然一声，如山崩裂，舟为所震几覆。可璧于昏晕中，为此一震，如醉初醒，疑舟已触礁，自分必葬鱼腹，只求速死而已。惟琦西消息全无，度琦西亦已必无生理，乃默祝上帝曰："吾之灵魂，已托于上帝之手，愿上帝垂怜，速令吾见琦西于天庭也。"正祈祷间，又闻铁链声锵然大作，盖向所闻剧烈之声，非触礁也，为一锐首巨船，横冲汽船而来，铁链声即抛锚钩汽船也。二舟既并，即见一老壮士，二手执枪，引绳下。贼舟被触，机轮已坏，众欲修整机轮，不料来舟已有人坠下，比闻链声，又见笨重之铁锚已钩住己舟，乃各惊视。群向此老壮士，各出手枪连击，然此老壮士左右闪避，无一中者。来舟见贼抗拒，亦放排枪示威，飞来弹子，中者五人，三人以伤要害立毙。余贼见势不敌，欲向水跃去，又为此老壮士连开二枪，中二人头部，立倒于甲板上。可璧束手观此一场猛战，如历梦境，正不复知此身竟在何处。俄见此老壮士一举手，巨船上又下六人，移受伤人弃铁板下，死者抛水中，反身入舱，负可璧于背，向巨船去。可璧在负者背上，俯视见汽舟舱底，水已渐满矣。可璧既至巨船，又见二人舁琦西入，可璧喜极欲狂。少间,觉身卧处摇摇簸动,知舟已启轮矣。回想适才之事,既如梦幻,惟究不知此老壮士为何如人也。可璧于数小时内所历之境,变幻百出,其究何结果,诚不可思议。

当可璧离宝宫之第三日,摩诚比克作书致可璧,告以近日宅内安静如常,蒲亨明病已告瘳,惟缉凶事,则仍无头绪。可璧父得信后,骇甚,盖可璧固未尝归也,安来此信?细视邮印,固寄至哀亭盘转洗虑坡者,又念可璧数日无信,苟有事离师脱令赴他处者,断无不通告之理,层层推测,疑虑莫释。正凝思间,又接彼得书,语略与摩诚比克同,中附爱纶书。可璧父惊诧殊甚,踌躇再四,遂急作复书致二人,或可得其究竟,兼询可璧以何日离师脱令,是否返家者,同行何人。摩诚比克接书后,知有变,乃急复可璧父,并告以颠末。可璧父得书,骇异欲绝,遂星夜乘火车至师脱令,盖谓根究此案,非在发现地不可也。可璧父既抵师脱令,遂先谒摩诚比克,细询一切。时斯蒂芬侦探亦适来,可璧父即倩斯蒂芬侦可璧消息。斯蒂芬慨诺,三人遂往宝宫。途次,斯蒂芬询摩诚比克曰:“可璧来此素稔者,有几何人?试历举之。”摩诚比克曰:“可璧君来此,专视惠更生先生疾,及先生殁,丧葬而外,时伴其夫人游爱俪湖,即师脱令最著名之茀兰名科大跳舞场,亦仅一次惠临。其他或有人访可璧者,余不得知,非询宝宫之侍者不可。”既至宝宫,访彼得。彼得见可璧父至,周旋甚殷,且出其诚恳之言曰:“世事沧桑,变幻莫测,不期可璧君竟遭此意外,闻之令人焦灼,究不知现时何若?上帝鉴佑,但愿尚得生存,则幸甚矣。”又曰:“吾与可璧二世交谊,今可璧遇此不测,苟吾棉力之所能者,必竭力而助之。”可璧父答曰:“感君热忱,惟可璧消息全无,生死莫定。老夫今欲求君助者,请告我以可璧来后与之往来者,属何等人。”彼得呼侍者入,询之。侍者曰:“可璧先生来后,仅有惠更生先生之老仆常来,他无有也。”侍者言毕,遂退。摩诚比克曰:“是案宜先访事出之地点，究在何处。”斯蒂芬曰：“然则电哀亭盘车站，或可知也。”是夕，可璧父即居宝宫。明日摩诚比克来，言已电哀亭盘车站，兹得其复，谓曾见二人（其述形状与可璧夫妇同）由车站向南步行去。可璧父曰：“是必渡河时遇险也，盖由车站至余别墅，有一河之隔，前此可璧返家，必先函告，余则备小舟往接，不知此次何以未有函来也。今事出仓猝，令余无所为计，且为日已将一星期，仍无端绪。嗟乎！摩诚比克君，此固遗产累人也，老夫行将就木，何堪负此重忧？是非特可璧之不幸，亦家庭之不幸也，愿以此事重托斯蒂芬君与先生二人。老夫自闻耗后，悲痛之余，心患怔忡，不能成眠者已四夜矣。于先生来之前一小时，忽咯血数口，自知此身不能久存人世，一切惟付诸天命而已。明日，老夫仍回洗虑坡就医，并探白帆船舟人以斯日河中消息。”摩诚比克叹曰：“苟孟泰飞大侦探今日尚在者，不愁斯案不旦夕露真象也。余已报知警署，先生去后，每日当以所探奉告。”可璧父握手殷殷，谢其诚挚。次日，即别彼得等仍回哀亭盘别墅。摩诚比克为悬五千磅之赏格，征其消息，一时报章喧传，群诧奇事，此等毫无形影之失人案，几无人不翘首拭目，以俟其结果者，而侦探警吏更无地不侦探之矣。

一日薄暮，斯蒂芬与友葛郎完夫互将此案反覆讨论。少间，摩诚比克亦来邀二人出外散步，并谓予虽非侦探，然连日为此离奇百怪之事所眩晕，直令人烦闷欲死矣，于是三人遂乔装出门，共至一小酒楼。楼濒爱俪湖，窗外清流，樽中碧浪，风景亦殊不恶。斯蒂芬曰：“余等曷即小酌，聊遣闷怀，此间予固无日不至也，楼虽小而尚称清净，且亦便于谈心曲也。”二人乃从之而进。侍者导至一室，室为长方形，中隔以屏风，屏风之左，已有三人，据坐狂饮。葛郎完夫低语斯蒂芬曰：“余等曷往他室，不见对面之人已醉，恐易扰吾人清谈也。”斯蒂芬曰：“无碍也。”三人乃背屏风而坐，侍者陆续进酒食馔,各放怀畅饮,斯蒂芬则时注视隔屏之三人。中二人年稍长,作商人状,一醉者年约三十左右,鼻架黑色眼镜,面满疤痕。醉者忽高声曰:"弗来特,余已不能更进酒矣,余目眦几裂矣。"弗来特曰:"海伦,余睹汝状,心甚痛,一失足成千古恨,然上帝未尝不许人自新,以余观之,日日可为汝悔改之时也,汝苟能力自悔改前愆,则今日之百磅,愿为汝贺。今日为余末次规劝之言,汝其审之,汝之刚愎成性,为汝毕身之大害,今日曾稍悟否?嗟乎海伦!我纵舌敝唇焦,而汝则东风过耳,仍不稍入也。"迎面年长者低声曰:"弗来特,何哓哓不休为?余于海伦,亦如君之热忱待之,然余性不若君之能耐,不复能再作无聊语。今侦探密布,法网大张,观渠有何术以逃也?彼时追悔恐莫及矣。"海伦冷笑曰:"咄咄!何物法网?彼侦探之生死权,尚操之我辈之手,何敢捉乃公去?"言时,为状至得,且含糊如呓语。又曰:"雅各,汝勿以今日向汝告贷百磅,致汝不悦,彼以今日事杂,无暇送来,岂真弃我耶?"雅各曰:"行矣,弗来特,絮絮何为?彼去死不远矣。"海伦曰:"死耶?苟死期至者,早死矣,不见我面之新疤乎?噫!负伤水底至二十小时之久,尚不死我,我自知"死"之一字,去我尚远。"言毕狂笑,面上之疤痕为酒烘染,如炉火之红。弗来特曰:"海伦,我今日之言,固言言自肺腑中流出,我为友之心,可谓尽矣。"又曰:"脱于我死前不闻汝悔改者,虽死后吾目必不瞑也。"雅各起身付酒资,促弗来特行,于是三人乃出。斯蒂芬曰:"君等闻彼三人之谈论乎?于可璧案大有关系,余等曷尾之。"三人遂亦下楼,见弗来特与海伦已至酒楼门首,时弗来特尚紧握海伦之手曰:"余愿上帝临汝,赦汝之罪,令汝速悔。"雅各曰:"十时矣,去休去休。"弗来特见海伦去远,喟然长叹,俯首偕雅各蹒跚向东而去。斯蒂芬曰:"吾等分途而行可乎?"于是摩诚比克与葛郎完夫潜蹑二人后,斯蒂芬则随海伦以往。摩诚比克见二人左转至馥克森街,叩一小书铺门,童子启键出,二人遂入。摩诚比克取日记识其门牌号数与铺名,缓步而回。

翌日,摩诚比克甫晨起,正拟早餐,忽接电话,盖斯蒂芬招之速往也,即匆匆进膳,携日记簿,乘马车赴斯蒂芬宅。既至,则葛郎完夫已先在。斯蒂芬曰:“君等昨夜所遇如何?谅无奇于予者矣。”摩诚比克急询所以,斯蒂芬曰:“坐,为君详述之。”遂俯身坐摇椅,口衔雪茄,徐徐言曰:“昨夜酒楼散后,海伦蹀躞至路隅,步次蹒跚,跌扑者屡。适对面有空马车一,停于一医生宅前,海伦乃谓御者曰:‘速送我回寓。’御者曰:‘先生,吾主人在内诊病,少间将出,余非道傍之待雇者也。’海伦怒詈曰:‘汝再言,吾将饱汝以老拳。’言已,出拳指御者面。御者知其为醉人也,置不理。海伦曰:‘吾以五磅酬汝,吾知汝必御吾矣。’御者厌其絮聒,鞭马疾驰去。海伦狂追未十步,酒气上涌,腿弱不能任,竟仆道傍,架鼻之眼镜已成为破碎之玻璃屑。海伦乃捶胸痛詈,匍匐而前。御者低首曲项,向之作鸬鹚笑。海伦呆立树底,而腹中辘辘呕吐者,再又倚树喘嘘半晌,始踉跄至鲁生街,转入一狭窄弄内。是处人烟稀少,电灯寥寥,海伦入弄,拭目仰首觅自家门户,奈苦光黯字迹不能辨,况醉眼蒙眬,益不之见。于是海伦徘徊半晌,突闻呀然一声,门启,一仆人状者出见海伦,曰:‘密斯脱海伦,夜深矣,仆已久待先生不归,念甚,又恐先生迷途,故出迎也。’海伦曰:‘余适由马车下。’语时,仆注视海伦鼻上跌创,似颇惊讶。海伦既入,仆随下键。斯时余遂不得窥其作何状,幸窄弄之后,即为礼拜堂之墓地。余乃绕小弄出墓地高处,遥瞩之,见海伦室中灯光殊辉耀,室之左右百叶窗,都紧闭似无人居者。海伦室外面窗一大杉树,予遂猱升其上,见海伦卧安乐椅,吸雪茄,吹烟缕缕,状颇安适,而仆人伺应汤茗甚忙。及海伦离室,仆遂闭窗。予闪于一巨枝后,未为所见,旋由树而下,思归卧矣。乃行未半里,回首见火光熊熊,上烛霄汉。

予惊甚，急审方位，正海伦所居之小弄也。予遂折回至鲁生街，则失慎起火者，果为海伦居宅。此时邻人甫从梦中惊起，故尚不闻人声，海伦此时亦不知仍在其中，抑已逃去。正踌躇间，警士与救火车已列队来场，予即以徽章示警士，告以颠末。然火气逼[1]人，竟不能近，俟火既熄，始于余烬内，觅出海伦尸首，已焦头烂额，如烬余之炭，凶魂厉魄，随彼飘渺之烟尘去矣。惟仆人则不见。时天将破晓，予亦归。二君试思此究何公案？所谓海伦者，今已焚毙，无从知其真相矣。吾昨于树上，见海伦屋内除卧榻与桌椅外，他无长物。彼海伦之仆人，究为何如人？且与可璧案，有何等之关系？此中消息，殊耐探索也。”言已，转询摩诚比克之所遇，摩诚比克以二人至书肆情形告之，于是三人复议询书肆之二人，或可略知海伦身世。三人遂至馥克森街，见书肆门首一童子，正事扫除，前询之曰：“密斯脱弗来特与雅各在内否？”童子笑曰：“主人尚未起，大约以昨夜睡迟故也。先生有事，请以一点钟后再来。”斯蒂芬曰：“汝以吾等名刺给汝主人，言有事与主人面谈。”童子曰：“诺。”遂持名刺入。少间出，谓斯蒂芬等曰：“主人房门紧闭，呼之不应，想睡正酣适，不易醒觉也，请先生等少待可乎？”斯蒂芬疑其托故避己，然亦无如之何，只有暂作归计，拟午后再来。讵知斯蒂芬等归甫三十分钟，忽接警察长来电，谓馥克森小书铺之主人，昨晚忽为人用绿气谋杀云云。斯蒂芬既得电话，证以童子之言，知海伦等三人之死，其原因当出于一，然一时竟不得要领，愀然曰：“嗟乎！吾业侦探半生，从未遇有疑难不堪如此者，不图于此数月内，离奇怪诞之事，竟层出而不穷。孟泰飞之暗杀，可璧之失踪，穷极探索，未有端倪，而纵火也，暗杀也，二巨案又同时发生，其情节更复曲折迷离。虽非予一人分内

① “逼”，原文作“遍”，据文义改。

之事，然既业是业，即人不我属，我亦当尽其天职也。”又曰：“倘长此以往，余将辞吾侦探之职，否则非特无以对社会，抑且自愧欲死矣。”盖当诸案发生之后，不宁斯蒂芬一人郁郁不已，即师脱令之警长警士，暨夫侦探官长，俱莫不焦灼万状，疚心自惭也，而一般人民更以真凶未得，惶惶不安。其最切盼者，则为可璧之父，与夫书肆之女主人耳。可璧父以忧闷成疾，奄奄欲死，常咄咄私语曰：“彼贼人，竟长此逍遥法外耶！”

纵火暗杀二案发生之第七日，师脱令警长，正聚一班警士侦探，津津乎讨论着手进行之方法。忽一长者自外入，须发颁白，精神矍铄，后随者为二男一女。众见之，皆翘首咋舌，不能发一语。阅者试思之，此四人为何如人耶？即彼轰轰烈烈之大侦探孟泰飞……可璧……琦西，已死及失踪之诸人，其一则为宝宫主人彼得也。时众人同声咤曰：“噫！孟泰飞先生，汝固未死耶？然而劳我辈甚矣！”孟泰飞笑谓警长曰：“有劳诸君，铭感殊甚，然真凶现已就获，汝等亦可稍慰，鄙人且宜为社会前途贺也。”警长等闻言，乃急起立鞠躬曰：“敬谢，真凶固何在也？”孟泰飞谓彼得曰：“汝试言之，庶破彼辈迷惘①。”彼得俯首，面作灰白色，如陈死人，默然半晌，始颤声曰：“吾彼得罪孽良重，固百身莫赎也，盖吾犯案至夥，殊非一人一事也已。十五年前，与一绿林人结为死党，共赴南美，同党于南美者有十余人，予从之游，并习剽掠上种种技能，造诣殊精。予去之后，党魁忽卒，予遂当选，嗣后之事，予甚得手。惟五年前，忽生思乡之念，故挟资回英，筑宝宫于师脱令繁市，从予者仅十人，余另举首领去矣。六月前，南美罗别克大富翁劫案发现，新首领与同党均被获，此案为孟泰飞大侦探所破。余得此消息，心甚懊丧，盖吾等自结党之后，凡有举动，几无人能知其底蕴。予

① “惘”，原文作“恫”，据文义改。

等谋划之周密,与夫党员所在地之势力,诚为世界绿林豪客之冠,今一旦为孟泰飞侦探所觑破,则来日之害,正未有艾,故急思潜戕之,以除巨患。乃俟孟泰飞侦探回第时,乘夜半潜入其卧室杀之,不知杀人者,反为所杀也。后惠更生卒,可璧夫妇寓宝宫,余久闻惠更生探郎藤矿时,得一奇宝,价值至巨,至是此宝乃归可璧,于是恶念顿生。当可璧、琦西出游爱俪湖时,曾入其室中,搜索一周,卒无所获。后见可璧夫人所佩之项饰,珍宝累累,余疑即为此物,复知误会,因疑惠更生之秘密藏物处,遂乔装鬼物,午夜至惠更生卧室,仍无所得。及可璧返哀亭盘,其所发致父之书,适为余所得,遂知其行期,并预布小船以待其渡,而竟为孟泰飞大侦探所劫去。当被劫时,余仅知计之失败,初未知为孟泰飞大侦探之所为也。后数日,同党海伦来,余乃赁屋居之,并媵以仆人,非厚之也,特督其行止也。海伦曾向予贷五百磅,许以大事必成,乃竟败北,心甚郁郁。且可璧之消息未得,而是日弄小舟者,及汽船内一切布置之人,尽为孟泰飞枪击而死,余者又渺不知其下落。吁!当时余适患虎列剌①症,未能躬预其役,乃委诸大之事于三数同志,致事败垂成,及今追思,犹懊恼万分也。盖是日者,余苟亦在舟中,则可璧琦西早与波臣为伍矣,尚何致有今日?虽然,此亦天命,或非人力所可挽回也。海伦负伤逃归,予乃责其负难,致遗后患,故金亦未之贷。海伦气愤而出,并谓将以吾党之秘密宣于外,故即于是夜伺其酣醉,乔装仆人,纵火以致之死。且知其友雅各、弗来特二人,或从海伦处得吾党内容,故予复以绿气杀之,将以灭口也。乃百计千方,枉自历碌,在在俱为孟泰飞所侦悉。今且被执,天实为之,谓之何哉?速定谳上断头台,死亦非吾所惧也。吾数千万之遗产,愿以半数归我义女爱纶。爱纶原非吾女,其母为

---

① “剌”,原文作“刺”,据文义改。

一银行主人之妻，其夫没五年矣，余以贪其资财而诱引之，至赫兰娜岛，遂结缡焉。结婚未久，余忽生厌倦心，遂更诱之离岛，乘间沈之阿摩曾河中。时爱纶甫五龄耳，爱纶性灵敏，颜色姣好如美玉，与余无异亲生父女，感情极密。及闻其母死耗，痛不欲生，日夕号哭，予甚怜而悯之，并极事抚慰，且中心为之感动，遂慨然允以终身不复再娶，以完全之爱情付之此儿。嗟予一生，厌与女子接，故慨然有此允许语也。"后复曰："嗟乎！十数年经营惨淡，真不啻一场春梦。噫！我无言矣，我无言矣！"于是孟泰飞大侦探乃对众宣言曰："彼得供既毕，吾亦不得不将吾之情形，稍稍述之。盖予自南美回时，已预知彼得之谋我，然于我抵师脱令之夕，彼得同党内适有一人，面目与予相肖者，已化装至予家，盗取予文件、相片等物，并至予友人处，冒取存银一千磅。及余得此消息，贼已杳如黄鹤。翌日薄暮，予坐书室，知刺客必来。当予抵师脱令数小时，予已探得彼得之举动，故此次另以一番手段对付之。及刺客来时，予蹲伏窗下，出不意毙之，并破损其面目，故遗名刺于地，僵李代桃，除彼得外，几无人疑之矣，兹后则日夜察彼得之行为，而警戒之。于发现鬼面明日，彼得正筹划劫夺可璧之手续，予曾飞弹恫吓之。时彼得一人默坐沉思，至得意处，忽作笑声，予即发弹向彼得案前所置之月份牌上飞去。是日为九月八号，余之枪弹即穿八号而贯入一信插，插内置信件无算，适洞彼得之姓名，而弹乃陷壁中，而所洞之书即同谋者授彼得之书也。彼得初闻枪声，有惊惧之色，后见枪珠并未伤及，反转为笑容，自祝曰：'大难之后，进行事业，正当一跃千丈也，其好自为之。'后予侦知其谋已成，将劫可璧于哀亭盘之河滨，予乃旦夕尾之，并杀尽其同党，携可璧、琦西，居以秘密之所，略予休养。仅海伦以琦西镪①水之力，

① "镪"，原文作"碯"，据文义改。

致获其逃生耳,否则一网尽矣。就小书肆之二人,已不幸为彼得所害,诚可惨也。”彼得曰:“是诚罪恶,予愿以五千磅恤其家族。”报章宣传,人心大快,而倾仰孟泰飞较前益甚。未几,彼得遂伏法,吾书亦止于此。

——《小说大观》(1915)第一集

影瑰女士

影瑰女士，生平不详，著有小说《闺中惨史》。

闺中惨史[①]

夫吾国社会旧家庭之黑暗，比比皆然，芦花被，黑心符，犹其一端耳。父子也，夫妇也，与夫姑媳之间，娣姒之际，种种色色，莫不各有其怪状矣。友人某女士，话吴中华氏倩痕小史甚悉，并出倩痕亲记之事实一小册授予，其间道黑暗家庭状况颇谂，关心社会者，当注意及之。悲夫！吾国旧家庭最可痛心之事，厥有二端，一为重男轻女之恶习，一为男女配耦之不慎，二者良为社会病也。重男轻女之恶习，原于轻视女子而起，而配耦之草率，多由于为父母者知识缺乏，富贵是图，绝不为其子若女一计及后日之如何也。茫茫孽海，莽莽尘寰，不知误却几许儿女，有心人安得不同声一哭耶？因为表而出之，其间事实口吻，俱本诸倩痕笔记之原文，只略加删润耳。

第一章

呜呼诸君！侬一断肠人也，举凡人世之薄命花、可怜虫，种种

① 原文标“家庭小说”。

之佳徽号,彼苍多情,偏锡诸阿侬一人之身,若尚不足示其恩惠者噫！茫茫造物,亦云狡矣。

悲夫！侬之不幸,非仅常人之身世不谐已也。孽根深种于前生,恶果顿成于今世,盖自幼时家庭间之种种经历,及夫后来之一切遭遇,几无一事无一日可令侬稍舒愁绪,略展笑颜者。吁！自呱呱坠地时,想彼茫无涯涘之天地间,愁惨郁结之恶气,即悉荟萃而笼罩于侬之身矣。嗟乎！命也如斯,夫复何言?

侬欲诉侬之身世,不得不将侬幼小时及家庭之状况一叙述之。侬之先世为吴之望族,有明一代,名将宿儒,出吾华氏门者颇众。降及清季,家渐中落,然宦途涉足,仍不失旧家风范。迨至侬祖父时,尚官洛阳令。

侬名倩痕,生小随祖父及父母居洛中,虽不敢自诩为雪肤花貌,玉骨冰肌,然当彼盈盈三五,织素年华时,固无人不道侬丽质天生,容华绝代也。此虽为他人夸奖之词,然私心暗忖,亦未尝不默认之矣。

侬祖父年近七旬,精神矍铄,性本慈善,遇人尤恂恂,故任洛阳令十余载,而上官同辈莫有与之或忤者。侬伯叔行三人,侬父居中,时虽俱已年三四旬,而尚终日孜孜于文艺,以备他日博一芹,或再进而夺状头也。父性迂谬拗执,尤嗜酒若命,故其后此之半身日月,俱消磨于彼壶中天地矣。侬幼失恃,后母王氏极悍妒,善逢迎,好趋附,为其特性,与侬性情一切,适大相反背,故母女之间,几若路人,毫无爱情之可言。姊弟行四人,侬最长,余三人皆男,俱系后母育。父母咸具俗见,重男轻女,且侬又为前母出,故三弟皆得父母欢心,而侬则否,白眼频加,时遭呵责,虽遇仆婢,俱较侬为优也。幸祖父慈祥,独钟爱侬,因而渺渺之躬,常得慈云庇覆,每值母氏怒责时,祖父即唤侬往,温慰而抚摩之,备极亲爱。

祖父爱侬,尤非煦煦者,居恒为侬筹身世之计,常曰:“吾老矣，风烛残年，知尚能偷息人间几岁者，倘一旦谢世，汝父昏庸，不明世事，汝之婚姻，经其选择，必无幸矣。稚子倘误适奸人，或庸碌辈，则害汝一生，追悔何及，故必须以我尚存人世时为汝择一佳婿，庶终身有托，不致他日兴遇人不淑之叹。惟此事殊非易易，不得不谨慎行之也。”彼时年幼不知远计，只知祖父善意可感而已。呜呼！即今思之，祖父之言，固言言药石也。

侬性喜静，雅不善剧动嬉游。诸弟年幼好要，终日嬉戏，奔走跳跃，无片刻宁定，时时复强唤侬与偕，稍忤之，母氏即从而责侬，且或痛挞焉。呜呼！中国男女之不平等也如是，安得不令人痛心疾首，兴人身不幸作女子身之叹耶？今就母氏遇侬姊弟不平等之处，约略为诸君道之。

母氏溺爱诸弟，尤以第四弟荷生为最，凡其一切动作，无论合理与否，从不稍加约束，虽尚年幼，而挥金如土，故后之家道中落，亦莫不由此溺爱诸弟所以致之也。荷生恃宠而骄，藐视诸兄，对此可怜之阿侬尤甚。一日，荷生游嬉后园，唤侬与俱。荷生喜猫，蓄猫无算，因携一最小者至园中，令侬抱之。时侬立假山间，渠适在池边钓鱼，偶一失足，几堕池内。侬惊急而奔，误将猫由石下堕，猫立毙。荷生痛猫，哭往诉母。

母怒，立呼侬至其前，以绳紧缚侬两手，引巨针刺之，殆责侬不知体弟所爱，致堕猫毙。侬痛极狂嗥，声为祖父所闻，令人召侬往，围始解。盖类是者正夥，此惟略举一端，以作社会重男轻女之一证耳。

第二章

侬性喜文事，读书而外，惟略事女红而已，他非所习。时侬年已三五，盈盈弱质，不任操作，时或多病，病中无俚，辄手温李诸诗吟诵之，如有余味，久之颇有心得，偶效其体，已复甚肖。祖父暇时即以诗文中利病为侬解释,侬每有所作,辄喜曰:“孺子可教也,当力助成汝志,左家娇女,不难重见于今日矣。惟文字为多愁种子,诗词尤甚,今日多一分造就,即他日多一分烦恼也,汝其慎之。”及今回思此语,良属不谬,倘侬蠢蠢不识一字,后即所如不偶,亦可少却几多烦恼矣。

顾侬虽酷爱文翰,而阻力横生,殊不能尽如侬愿。盖母氏生长蓬门,初不识文字为何物,且又习闻“女子无才便是德”之语,故痛恶之。侬每吟诵为所闻,辄龈龈詈不已,常曰:“女子不事米盐家计,勤勤向学,岂备他日攫状头耶?”幸居室远隔,又不时面,否则殆矣。

侬父素戆而懦怯,后母每有所诟谇,辄屏息受之,然有时酒后精神顿长,亦复怒目相向,纠纠有丈夫气,因之闺房之内,时起冲突,殆鲜一日宁静者。往往父母失和,其结果皆归罪于侬,呵责备至,令人难堪。每于夜阑人静,万籁俱寂时,辄痛哭生母不已,故枕上啼痕,常晕而不褪也。

父性虽迂谬,而放纵处亦颇不拘小节,歌场舞榭,曲院青楼,时时固有其踪迹也,惟行止秘甚,从不一为后母知。一日,某绅家适有喜庆事,侬伯叔三人俱往,座间群花围绕,一时名姬毕集,珠喉乍啭,逸兴遄飞,夜色阑珊,犹高烧巨烛,酒暖香温。欢饮未已,父气尤豪迈,乐而忘返,微为后母所闻,立遣一黠仆往侦。少间回报,尽吐其实,后母怒不可遏,始拟自往,后恐与祖父名誉有碍,遂变计令人召父,诡云忽罹急疾,非立归不可,己则侧身帏幕间,执杖以待。少焉父返,喘息未定,即至榻前,视后母,盖中怀栗栗,亦惧遭谴责也。才一揭幕,后母即以杖猛击之,真当头棒喝矣。父为所击,痛而大嗥,再视面部,血已涔涔下注,因返奔而出,至书室中。

时夜已过半,侬正欲眠,忽闻呼声,恐又有变,出户探之。知父受创，遂急往书室视父，创口尚不甚剧，然血缕缕出不已，亟为父包裹，并敷以伤科末药。事已，未敢闻诸祖父，盖恐伤老人意，更虑母知将又加责罚也。不幸次日竟为祖父所悉，怒甚，唤侬父母同往，各加训词，深致告诫。后母羞忿丛集，又迁怒于侬，谓祖父系侬所告，致其备遭训诫，此羞此恨，虽掬东海西江之水，所不能濯除，祸胎媒介，俱侬一人，实为不详物，不重治之，无以儆将来，遂尽褫侬外服，只余衬衣，以巨绳束结如拳，痛挞数十不止。怯弱之躯，经此重创，痛彻肺腑，晕绝半晌，徐徐复舒。归室后褪衣细视，伤痕遍体，密若鳞介，青紫间杂，无半点完肤，伤心惨目，不忍卒视，痛定思痛，悲感并生，既追怀生母，复念家庭黑暗，竟至如此，芦花被，黑心符，重见于今日矣。遂啜泣终宵未寐，又思且不仅侬个人日在荆棘中，即侬父亦时受凌虐，幸其尚有唯一消愁之杯中物，每值抑郁时，辄狂饮以舒其气，然有时反增其感慨，即长吁顿足不已。

父自头颅被击破后，愤感填膺，郁闷致疾，偃卧书室，一病□旬，药饵亦无人经理。侬既悬念，复不敢时往，恐又遭谴责，惟有闭门饮泣，痛生也不辰而已。父病愈后，匝月未入内室一步，盖聊以示冷淡也。后母虽怒而不敢有所语，原系己先失礼，且事或为祖父闻，未免又招训斥也，遂思以笼络手段结父欢心。父素吸阿芙蓉少许，因于榻上设阿芙蓉，具备果物饼饵数事，已则浓妆艳抹，坐而待之。令诸弟同往，强牵父衣而入，于是遂出其逢迎之术，笑颜斜睐，媚态横生，为父整衣脱履，近卧而偎傍之，媚语甘言，低歌浅唱。父为所惑，乐不可支，盖其能屈能伸有如是者，庸如侬父，焉得不玩弄于其掌握中哉！

第三章

双丸跳荡，荏苒韶华，柳盛花繁，蜂酣蝶醉，莺啼婉啭，燕语呢喃，春色恼人，风光明媚，早又明年三月时矣。

某日为侬祖父七旬诞辰，洛中绅士辈俱各有赠馈，并有送戏剧者，珍奇并集，瑰丽纷呈，洵极一时之盛况也。

是日侬伯叔行及侬姊弟辈，晨间即为祖父称祝。老人睹儿孙满前，不觉乐甚，随嘱侬曰："倩痕可早领诸弟妹至前厅观剧，一刹即开演矣。吾须招待各缙绅，无暇伴汝侪也。"侬诺之，祖父遂匆匆去。

侬既得祖父命，欣喜不可名状。盖侬虽好静，究在雏□，长日深闺，如笼娇鸟，未尝轻离，即偶有戚鄙庆吊事，后母亦必挈诸弟往，从不一与侬俱！故舍公廨中天地外，几不知人间尚有偌大世界也。平居既不越中门一步，游戏之举，固无从入目，戏剧更无论矣。且闻缙绅所送之剧，系由长安招来之名伶，色艺咸工，尤足动人视听，故侬一闻祖父之命，遂欣欣然，立呼诸弟及伯叔处诸弟妹偕往，盖渠辈俱较侬幼也。

时剧将开演，宾客满座，侬伯母辈并伴诸绅士眷属于帘畔而坐。绅士眷属十余人，老幼咸集，妍媸各别，艳粉浓脂，珠围翠绕，乍一观之，亦未尝不花团锦簇，丽色迎人也。惟世间万物，无论妍媸，孤置之，不甚见其好恶，倘以佳者与恶劣者同置一处，优劣自分，佳者欲佳，恶者欲恶，此固天然一定之理，亦为吾人所恒验者矣。盖当时众人正搔首弄姿，争妍斗艳，忽见群弟拥侬出，淡妆雅态，颇与众殊，于是一堂视线咸集侬身，转无半点喧笑哗乱之声。侬为诸人所视，转形羞涩，故抱叔氏处幼妹置膝上，逗与言笑。妹亦娇小玲珑，敏慧解人意，衣绯色衣，冠杂花冠，面若芙蕖，声如娇鸟，的的可人意也。时首演诸剧，皆循例为吉庆者，后遂间有各种杂剧，绘影绘声，形容毕肖，偶有一二家庭惨事，不禁复枨触侬之悲观，顿改顷间欢乐之态，一时顿觉愁丝万缕，萦绕侬身，虽处歌舞之场，只增烦恼，不觉其乐趣矣。嗟乎！此惟烦恼中之小焉者耳，岂知不幸侬之半身愁根孽果，即瞑瞑中种于今日矣。

盖为祖父祝寿诸绅士中，有李士修者，洛阳人，家颇殷富，田园所入，年巨万焉。子四人，溺爱而不知教育，故虽皆弱冠，一无成就，既不能于仕途谋进取，又不惯于商场营事业，日惟放迹狭邪，或沈迷饮博而已。四子中尤以幼者为甚，原丈夫亦爱怜少子，爱怜失当，遂坐此弊，且李绅青年亦一狂荡子，袭祖宗余荫，资财富有，足供挥霍，故五陵裘马，纸醉金迷，颇有足为诸郎之模范者。惟士修虽无行，学术经验尚较诸子为优，因支持家产不至一时中落。夫人赵氏，亦故家女，只慕繁华，不善家事，故诸子教育，一不稍加之意。三子年长，俱已婚配，第四子年十八，轻薄游荡，嗜赌尤甚，而面部黝黑，举止庸鄙，一无知能之无赖子也，知之者皆不屑与之论婚。

……①

每当夜深月黑，青灯晕小之时，茕茕孤影，孑然一身，仅一二小婢傍倚，垂头而睡，非使唤不一清醒。祖父热度高时，复呓语喃喃，悚人毛骨，而窗外风声淅飒，鬼车啾鸣，尤觉令人凄楚。彼时满堂黯淡情形，直有生以来所仅见者，惟较祖父临终之夕，尚觉惨伤之不同也。

偶念祖父倘一朝辞世，茫茫宇合，谁为爱护此苦命之可怜侬者？目前之境遇，日后之婚姻，在在均与祖父有绝大之关系，一旦梁摧栋折，此傍檐小鸟，谁爱覆之耶？思至此，遂清泪涔涔而下。有时祖父略清醒，唤侬至榻前，紧执侬手，含泪嘱侬一切，语至伤心处，辄呜咽不止。侬亦悲极，转无所答，惟以极单简亲切之言宽慰之，顾虽口中宽慰祖父，然而侬之心碎矣，侬之肠断矣。

祖父临终之夕，侬乃独坐以侍疾，愁肠百折，痛泪千行，一时

---

① 《神州日报》1916年2月18日连载，本卷未能搜集到底本。

并作。盖连日祖父病复加剧,日间医生诊视,云脉息大衰,恐旦夕有变,故侬悲思愈重。时檐前细雨,为风鼓荡,透窗而入,扑面甚寒,侬急离坐,忽庭中密雪霏霏,其势甚猛,顷刻已成银妆世界,遍地作惨白色,若知侬有重丧而预为侬吊者。

祖父本蒙眬假寐,至此忽痰涎上涌,气息断续,喉间格格作响。侬急至床前,遂令小婢往速父母伯叔辈,回视祖父,已昏不知人。侬惊魂飞越,失声而号,适侬父母伯叔辈齐集,群绕祖父卧榻而立,呼唤号泣同时并起。须臾祖父复苏,开目微视,不能作一语,惟握侬手,半晌始糢糊呼曰:"孺子,好自为之,吾他无所恋,惟不忍舍汝去耳。"言竟气息益促,两目上视。一刹那间,天地愁惨,骨肉崩摧,侬毕身最亲爱最慈仁之祖父,竟弃此五浊世界,及伤心之薄命侬去矣。呜呼!时侬哀痛过度,一晕几绝,复因两月侍疾,常日夕不眠,侬体本弱,遂种病根,未几顿罹剧疾,卧床不起。病中时梦祖父坐榻前视侬,抚摩温慰,犹若生前,梦中不知其死,亦复乐甚,迨梦回午夜,灯光黯然,始忆祖父已亡,顷间之乐全属幻境,不觉又痛泪涔涔,沾濡枕席也。

第五章①

侬一病数月,自冬徂春,始渐能起坐。病中痛楚,无人稍知,终日孤卧,形影相吊,父母从未一临视也,而诸弟复时来哄扰,以为笑乐,童子何知,且又习惯骄纵,谁为病中人一留余地耶?诸弟均不足责,后母亦不为异,侬独怪侬父懵懵,从无倚娇女,卧病垂危,竟不一视,亦云忍矣!幸获天佑,不药而愈,然数月之缠绵,至此益腰支瘦损,弱不禁风,镜中人面憔悴多矣。时自祖父殁后,早举家迁出官署,另购居宅,甚为壮丽,伯叔仍同居此屋,作为公产。

① 原文缺"第四章"标题。

侬室为三楹，独有小院落，与正宅隔绝，非故来此，不易有人至也，因之尚清静，然外间事亦不易知。院内植榴树甚夥，遮蔽半窗，日光几无微隙入户，满室阴森之气逼人。一日诸弟复跳跃而入，同声向侬曰："阿姊大喜，转瞬作富家娘矣。"侬知有异，急询何谓，二弟阿端曰："顷间闻父母闲话，谓去岁与姊提婚之本城绅士李士修，今日又遣人作伐，为其幼子订婚，父母立允其请，拟择日即下聘礼云，并闻母亲赞姊福泽厚，谓以姊丰貌偶李氏子，正相称合也。"言已嬉笑而去。

侬时病体新痊，气质犹弱，一经烦恼，头遂涔涔剧痛，夜间复寒热并作，呓语糢糊，时呼祖父，救侬不已，如此十余日，疾不稍减。此次母氏较前慈爱，令人延医调药，且己亦日来视侬。未几略愈，微闻已于某日下聘，是日爆竹盈天，声震屋瓦，诸弟复来告侬，盛言李氏聘仪之丰富，并作无谓之祝贺，仆婢亦然，均一一为侬斥之去。缘侬虽未见李氏子，然既为祖父所拒绝者，料其绝非佳偶，且曾闻侬乳媪略道其家庭景况，并其人之品貌鄙陋。盖乳媪曾住其邻右，知之綦详，而乳媪爱侬，虽不能若祖父，惟舍祖父，实只其人为最可亲爱者，惜渠与侬后母性情不洽，曾屡起冲突，故不能常在伴侬，仅偶尔一临而已。自与李氏子订婚后，中怀抑郁，常念祖父曾云："倘误适匪人，则毕身无幸。"私心惴惴，惟惧其不幸而中也，而病魔以侬善病工愁，遂又乘隙而入，一病沉沉，直至梧桐叶落，丛桂着花，人世所最艳称之团圆佳节时始渐已。

年华逝水，岁月催人，转瞬侬已十八龄矣。此两年中，李氏曾屡欲完娶，幸侬父以祖父丧服未阕，一切未便辞之，否则侬之不幸，当尤较早几时矣。是年春，李氏复倩人来约婚期，遂议定新秋七月。此数月间，后母督侬日夕营营，作无聊之妆奁预备，顾后母狡狯殊甚，妆奁各事，阳为奢华富丽，实则仅刺绣诸物，及衣裙之表面者，至金玉珠翠，及珍奇饰物，固寥寥也。犹忆侬指所日御之金指环一枚,原系侬生母旧物,同式二事,侬带一枚,其一藏后母处,形式颇旧,雅不为侬所喜,惟以其为生母遗物,恒珍视之,作纪念品。于归之前一夕,后母索此指环,谓侬另有新制,此不称时宜之物,可留为弟辈他年订婚之用。侬时不忍释手,思以理争,复恐人□疑侬争妆奁也,且后母不悦,或另生他变,随含泪付之,即此一端,亦可见后母遇侬之概略矣。

结婚之日,侬不乐而悲,暗思今日何日,阿侬此去,登云霄耶?入地狱耶?毕身命运固咸在今日定之矣,惟以侬理想,与夫种种事实证之,窃恐厄运多而幸福寡也,谚云:"女儿之命,若雪花飞舞,随风飘堕。此中瞑瞑之数,只可任诸天定。"此虽为譬喻之词,然以吾国黑暗之家庭,女儿婚姻之权,咸操之父母,而为其父母者,又复不慎重从事,往往以一生关系之举,玩忽视之,委诸一二奸诈媒妁之手,迨婚事已成,无可挽救,即使彩凤随鸦,亦惟椎心饮痛,委为天命而已,良可叹也。

第六章

乐声嘈杂,笑语喧哗,薄命侬入李氏门矣。俗例新妇当闭目如老僧之入定,云违则不吉。侬是日亦遵之惟谨,故洞房一切布置,及新郎面貌,均茫然未睹,只觉新郎酒气熏人,不可一刻耐而已。次晨起榻,始见所谓新郎者,背伛偻而面黝黑,目睛突出,双颊隆隆,并满具俗骨,庸陋不堪,望而令人增厌,时侬睹状,感愤殊甚,热泪不禁夺眶而出,源源不已。幸李氏子浑然不之觉,否则新婚第二日,即将起冲突矣,盖自知侬貌虽非绝代佳人,然而揽镜低窥,自信亦颇不恶,乃月下老人,偏恶作剧,红绳牢系,缘定三生,彩凤随鸦,名花堕溷,竟使侬葳蕤弱质,匹彼伧夫,不亦大可痛耶?

侬性素柔,喜缄默,不苟言笑,是非不轻出诸口,故虽鄙李氏子之为人及品貌，亦只背人掩泣而已。幸侬乳媪伴侬于归，知侬心曲，时时劝慰，且李氏子新婚之初，各事亦稍稍敛迹，故旬日之内，尚无甚口角事，私衷庆幸，以为李氏子才貌虽陋，而性情尚不甚暴戾，未始非不幸中之幸也。岂知奸人狡诈，良非吾辈未经世之闺娃，一时所能窥破耶？未几而故态萌矣。

嗟乎！“女儿命薄似秋云，侬比秋云薄几分”之语良信然也。夫秋云虽薄，尚时集时散，时厚时薄，而侬之薄命，侬之浓愁，乃永永聚而不散，结而不解，脱彼入此，愈增愈重，苍苍者天，不情殊甚。以若大之世界，无算之人类，何所而不可用其威力，乃偏以人世不堪之境遇，加诸一伶仃无告、孱弱可怜之妙龄女子，岂吾国女权不振，女子易侮，天亦择软弱者欺负之耶？然而酷矣！

侬自结缡之日，暂离黑暗之家庭，旋堕泥犁之地狱，固未尝处片刻满意境也。侬在家时，恒苦后母之虐遇，诸弟之欺侮，以为此间恶，不可一日居也。乌知后此即遇觅彼不完善之家庭，亦不可得，而黑暗不可居之景况，尤胜前此万倍乎！盖李氏原较侬华氏富，姑族复与相勒，诸子之妇亦皆富贵女儿，恣肆傲慢本为素习，且一物不知，惟金钱是尚，见侬妆奁俭薄，藐视良甚，偶尔相聚，辄冷嘲热讽，讥诮备至。侬始不觉，久渐知旨，殊觉不堪，然又不能与较，且亦不屑与较，惟有隐忍不言而已。

翁有宠姬二人，曰“羊华”，曰“柳絮”，俱系南方曲院中翘楚，重金所购归者。二人色艺俱佳，年皆二十许，尤以羊华擅宠，羊华善狐媚，工谀谄，冶容艳妆，轻歌曼舞，最能博翁欢，性复佻荡，不知礼范，亦青楼习惯使然也。柳絮本良家女，为匪人所诱堕风尘者，故性平善，遇人尤温淑，幼亦略习文字，粗通笔札，美而不媚，艳而不佻，故虽亦得翁宠幸，然较羊华逊甚，盖庸人陋见，每不能别好恶真伪也。柳之为人，落落寡合，不知者疑其恃宠而骄，不屑与人为伍，岂知伤心人别有怀抱耶？柳絮居恒感身世之厄，抑抑不欢,缘其蓬门碧玉,惯经淡泊生涯,金屋朱楼,翻厌膏粱①风味,常谓尘寰扰攘,人事变迁,高者易倾,满者亦盈,今日虽锦衣玉食,又焉知其后日如何者,故富贵繁华,吾人只可以过眼云烟视之耳,岂可沈溺其中,自寻精神上之桎梏哉?其超人之识有如此者。

侬自归李氏后,正苦满腔哀怨,欲诉无从,而柳絮见侬丰度幽娴,性情温婉,且知众人侮侬,乃夫婿不肖,乃为侬大惜,引为知己。侬以孑身孤立群魔环绕之中,得此良伴,不觉大喜,默念侬虽不德,天究不尽绝侬,故于沈沈黑暗中,赐此一线曙光,聊舒寂寞,惠侬良不浅也。尤有不幸中之不幸者,即姑氏虽不易处,然其因溺爱少子之甚,推而及妇,事事尚能体惜,惜无恒性,久而生厌,爱力遂弛,又复其严厉姑氏之本来面目。自姑氏弛爱后,茫茫日月,已不可堪。未几姑氏复殁,而种种之变端,遂相逼而来,然此尚为后此之文章,今当以所历之境依序为诸君贡之。

第七章

李氏固雄于资财,第取多非义,去亦非常,所谓悖入悖出,良不诬也。原李氏祖父某,曾任南方某地盐运使,贪婪殊甚,擅肆威福,恣情聚敛。蚩蚩者氓,谁无室家,往往一经勒罚,遂倾财产,鬻子女,一安乐家庭也,忽妻离子散,漂泊逃亡,或辗转流为盗贼,甚而尽填沟壑,永永埋冤,亦极人世最惨伤之境矣。凡兹种种,在稍具人心者,思及身受者有若大之痛苦,亦当稍稍改悔,而李某不尔也。居运使任十余载,腰缠百万,因遄返故乡,谢绝宦途,广购田宅,操奇计盈,效陶朱公故事,未几益富。遂以营业诸事付老仆江某经理,已则拥厚资,专作富家翁矣。偶有贫苦戚鄙告贷,必极力琐琐道其某事失败,某货亏折,终必不名一钱而后已,告贷者莫不

① “粱”,原文作“梁”,据文义改。

失望而返。怨毒所积，每有希其罹意外之变，或尽失其财产作一为富不仁之果报，顾虽衔之者众，彼固不觉，益沾沾自喜，诩为得计，亦守财虏之真相，不足责也。岂知天道循环，种因得果，未及三世，已食其贪婪吝啬之报已。吁①，天下之类李氏者正夥，睹李氏之覆辙，亦可以鉴矣。

老人逝后，其子士修，即李氏子之父，侬之翁也。少年无行，奢华狂荡，曾贿买一科第，而士林羞之，不屑与为伍。翁渔色嗜赌，缠头孤注，一掷千金，不之惜也。半身恣纵，先人傥来之资，已消耗过半，而每况愈下，降及侬夫婿辈，则尤不堪矣。

李氏兄弟俱类乃父，惟长者稍明世事，束身自好，余均不足道也，而尤以侬夫婿秉父性独厚，不肖之行，且犹胜之，性凶暴，嗜赌若命。未婚侬时，恒长夜不归，或宿勾栏，或藏赌窟，翁亦不之禁。惟金钱一切，均老仆江某所经理，江某忠诚信实，视主人事若己事，知诸公子之行动，于金钱限之颇严，李氏子不能予取予求也，遂负债累累。侬归旬日后，又复夜出大博，侬初不知其故态，时通宵不寐俟之，迨归则支吾其词以诳侬。久之侬略有所闻，乃微诘之，亦不以实对，惟渐向侬索簪珥诸饰以去，诡云应朋辈急需，数日即当原物归还也。侬以分属夫妇，虽知其伪，亦不忍过拒，乃每应其所求，惟不能满其欲。如是，又月余，有时博负归来，辄触绪而怒，狞目相向，愈形凶暴，侬俱忍不与较，任其咆哮而已。

侬自李氏子故态复萌后，愈悲遇人不淑，灯前掩泣，枕上吞声，一寸心中，千愁环绕，内既受夫婿之蹂躏，外复遭妯娌之揶揄。且翁姑昏悖，庶姑欺凌（羊华），最事和平者，惟柳氏一人而已，于是家庭之难处，较吾国国家对付列强之外交为尤甚，楚歌四面，强敌八方，而软弱孤军深入重地，有不为重重围困者几希。

---

① “吁”，原文作“盱”，据文义改。

一日,李氏子夜半归来,神色灰败,嗒焉若丧。侬知其又博负矣,因温语慰之,婉词劝之,耿耿初心,犹冀其或能一悟也。乃李氏子暴戾性成,蠢然不知侬意,闻侬语,反疑讥其博负,且本即含怒,遂借题发挥,大声詈侬,连呼不贤妇者再。侬略与理论,彼即以掌击侬,凶横殊甚,直似恶魔向人,丑行毕露。侬悲愤羞怒,一时并涌,思争门以泄愤恚之气,而力又不胜,遂只掩泣终宵,略舒悲怨。迨次晨翁姑起后,因往陈诉夜来其子之举动,以为翁姑明事者,知其子如是野蛮举动,及浪博情形,当必有以训斥之,而责罚之矣。乃有其子必有其父,致侬求伸反屈,抱恨含悲,尝第一度野蛮翁姑,不情夫婿之风味也。

第八章

侬往诉时,适翁不在室,姑氏闻侬言颇不悦,勉以数语慰侬,侬初不知究里,以为怒其子之不肖也。正在静待后命时,翁由外入,姑氏即将适所诉者转告阿翁,佯作怒状,令翁速往责其子曰:“人家千金贵体,岂容如此无礼,孽畜良不可赦,且贤妇规劝,正应悛改,乃反若此,真罪不容诛矣。”姑氏言罢,翁大怒,非怒其子不肖也,转怒侬不贤,干预大婿之自由行动耳,乃大声曰:“如此佳妇,不理闺阃以内之事,专事干涉丈夫行动,赌博细事,何劳汝贤姑媳多虑?且嗜好人皆有之,欲责可先责我,至于闺房之内,口角纷争,亦少年夫妇所不能免者,有何要事,致小题大做若此也。”言际声色俱厉,怒目灼灼视侬。

薄言往诉,逢彼之怒,侬此际之难堪,直有生以来所未尝有也。自胸腕至腹中,辘辘作响,互相起落,若为我作不平鸣者,垂首下视,默不一语。俟翁去后,即亦归室,甫至室门,泪已如雨下,续续若断珠泻落,遂卧床啜泣,哀哀不已。细思以娇弱高贵之身,乃受此奇辱,天地虽大,竟不能容一薄命女子,若在他人,倘受翁姑夫婿之虐遇，必立归母家，细诉悲苦，以泄气恼，或再进而与之理论，曲直是非，必得最终之胜利而后已。此固寻常人家力所能办者，回顾阿侬处境，则大异是，即挟一腔怨气，归而陈诉，彼昏愦老父，阴险后母，亦惟过耳春风，等闲置之已耳，甚或谬拘三从四德之困人旧说，及震于李氏富有之卑见，反责侬不守妇规，违背夫婿，触怒翁姑，非独不能为平愤怨，且将更增烦恼矣。

嗟乎！沈沈孽海，与彼余波，莽莽尘寰，留兹恨种，人生不幸，至侬而极矣。上而父母翁姑，下而夫婿兄弟，骨肉虽众，举目谁亲。人世虽宽，插身何地，不若还兹孽种，证彼虚无，速往清净界中，求生活之为得也。至一瞑不视，与世长辞，则渺渺之躬，可受天地清新之气，吹嘘而拂拭之，或转较生被摧残之为乐耳。于是一念既决，万像皆空，顿觉一切愁苦之境，去我甚远，身心泰然，了无一丝之牵恋，遂急准备以何法为宜。

思之半晌，以各种方法俱易为人所觉，致生阻力，不若脱一金指环吞之，金可坠肠，肠断则细如蚕丝、孤如朝露之阿侬生命，当已随之而尽，去兹五浊世，适彼安乐乡，追随我最亲爱之祖父及生母于地下，良不寂寞。思已，即将无名指一环取下，以重物槌之使成一块，以水送之下咽，若吞药丸者。吞罢，仍横卧榻上，静待死召。忽念哀哀父母，生我劬劳，抚之育之，顾之覆之，以致今日，匆匆岁月，已度侬十八年矣，其间艰苦备尝，酸辛遍历，而结果又复如是，安得不令人感痛也耶？

因又大恸不已，正凄楚时，忽乳媪至，携精细食物数事，姗姗而来。盖渠以侬夜来气恼失眠，悲痛过度，晨间复未进食，故特往市亲购侬平日所喜之物，归以备侬食者。入室，见侬卧床掩面啼哭，甚哀。初以仍感昨宵之事，继觉有异，急扶侬起，询侬何故。侬乃饰词以对，谓顷受翁姑训斥，故触念兴悲不自已耳。渠遂劝慰而解释之，琐琐与侬语，忽举首见侬右手失一指环，乃恍然失声曰:“噫!我知之矣,子必吞环图短见者,幸而察觉,否则将误大事!”遂急奔而出,须臾庶姑柳絮至,为侬料理药饵,并温词宽慰,苦苦劝侬毋轻生命,谓人之寿命,俱天所前定者,违天不祥,即至黄泉碧落,亦当受谴罚也。侬感其诚,又为所逼,无已,乃服其所调之药。姑氏亦遣人来询,并送他种药料至,诸妯娌复连翩而临,作无谓之周旋慰问,佯悲假怒,若俱为侬作不平鸣者,试测若曹之心理,此时定人人已讪笑之不遑,奚论怜惜者哉!

第九章

药服一日未见效果,于是举家惶骇,惟惧不救,盖渠等原非重视侬生命,殆以倘真侬死,母家必大起责问,或兴讼事,则与其金钱体面,均大有妨碍,故不得不尔。李氏子闻侬吞环图自尽,归亦略早,惟未至侬前,或恐触侬怒也。延至夜分,所吞之指环始随药而下,而侬之孽根于是仍不得断,殆薄命人罪罚尚夥,不能即了尘障也。时侬已惫极,遂蒙眬睡去,亦不暇再思虑一切矣。次日晨间即归侬华氏家,若曰归而诉冤抑者,缘彼辈懵懵,初不知侬家庭之内情也。归后父母知侬咋日事,果如侬所料,不加怜惜,尚责侬孟浪,致损华氏家声。侬已无奈,只有吞声饮泣,自嗟命蹇而已。

侬家日月亦复尔尔,未几遂复归李氏。李氏子故态依然,未尝稍改,又知其父袒护,尤觉一无顾忌,任所欲为。侬鉴于前事,遂亦缄口,惟尽侬应尽之家庭责任,作名义夫妇如初焉。岁月骎骎,年华代谢,侬归李氏已三载余矣,其间历史,他无足道,惟有一字告诸君,曰“愁”而已矣。岂知愁因未终,孽果复至,侬已便便大腹,将临蓐焉。时正冬夜,雪花如掌,严寒逼人,莹莹灯火,黯然无色,盖已拥衾高卧,不与风雪争胜负矣,而侬腹中之不幸冤孽儿,偏于此风餐①雪虐时，排关冒险而出，呱呱堕地。举室欣然，竞道儿音雄伟，必赋弄璋，侬亦略慰，盖以倘系女儿，他日不幸，又将如侬。乃众人举而视之，女也非男，于是室中顷间之欢笑，一时都寂，惟柳絮庶报姑曰："恭喜少夫人千金压室矣。"语声亦复凄细，缘其别有感触，心理正与侬同也。

侬时抚今念昔，感慨遥深，既悲侬往日情形，复哀彼今兹景像，默念女儿之不幸，竟若是之甚，堕地之初，已弄瓦弄璋，如是歧视，后此之命运，不卜可知矣，因黯然者半晌。是儿产时，姑氏正撄小疾，临褥，姑氏乃祝曰："倘得孙男，病当立愈，否则即天赐凶音，终不祥也。"不幸果得一女，姑氏乃大懊侬，由此厌视侬并及此女。女名"可儿"，貌颇韶秀，绝类侬面庞，不似乃父鄙俗相也。儿产未数月，姑氏病果不起，弥留之际，遍②给其私藏及饰物与诸儿媳，侬虽为其不悦，然因幼子之关系，所得独夥，妯娌辈因妒生恨，益与侬不睦。

自阿姑殁后，李氏从此多故矣。宠姬羊华日渐骄肆，包藏祸心，专擅家政，隐以正位自居，狂荡益甚。柳絮不直其行，又不甘居其下，且久参透一切，恹恹厌世，因恳翁欲削发入寺，谢绝尘缘，修清净之果，为他生种福。时翁久为羊华蛊惑，柳絮之爱已弛，故其要求，初亦不甚注意，遂允其所请，给其随身饰物，并给以番饼若干，备他日不时之需者。柳絮去时，与侬依依不舍曰："少夫人好自为之，平居可毋过事烦恼，夫婿虽不才，幸掌珠庄抱，亦可消却几多不快，且此儿不凡，他日定能胜阿母也。介少之人目前年少，不知自爱，然至中年，或可省悟，束身自爱，谚云：'败子回头金不换。'惟愿异日如鄙视也。"言已涕泪汍澜，已泣不可抑。

---

① "餐"，原文作"饕"，据文义改。

② "遍"，原文作"编"，据文义改。

柳絮去后,未几,羊华果称嫡,阿翁更强令侬辈以姑礼事之,侬虽不愿,然又何能与之抗?惟忍耻以昔日对阿姑之仪节,依样对付之,诸姒亦然。

羊华称嫡后,益无忌惮,任所欲为,且狂荡性成,通青年仆甚夥,尤与一伺应书室之俊童为最切。童年十八九,颜色甚佳,唐宫面首也,于是秽声四播,家中人莫不知之,所不知者,颟顸之阿翁一人耳。谚云:"若要人不知,除非己不为。"未几为翁窥破,遂又大起波折。

第十章

先是一日,翁偶至园中,闻笑声甚纵,自轩中出,进前窥之,见男女二人,偎倚密谈,即其至爱之俊童与羊华也,于是怒气填膺,欲直入批其颊,而送之官中治之,继恐丑声外扬,有伤名誉,乃隐忍不言,思于暗中责羊华,令其改过自新,而俊童以己所素嬖者,亦不忍遣之去,拟借故痛责罚之,或可知惧而止。思已,遂力自遏抑,折身而回,正行时,适过一屋檐前,悬一鹦鹉,鹦鹉见人来,乃高声唤客至。羊华闻唤急至窗遥窥,见翁匆匆前进,大惊,告俊童曰:"事败矣,适才笑语,定为老物所闻,或已为所见,亦未可知,不见彼所行之径,非由此室外经过,不可越耶!"俊童亦惊曰:"如何而可?待死而已。"羊华曰:"若毋惧,可暂归书室,万事有我在,绝不令彼老物稍有所苦汝也。"遂整衣归内室,若一无其事者。

是夜翁入内室甚迟,思及日间事,不觉怒形于色,甫坐定,乃对羊华曰:"汝归数载,我毫未亏汝,而汝反忍心害理,背理若是,且现又嫡妻视汝,尤当感恩图报,乃作如此好事,败我家声,既咎由自取,后此莫怨我太忍也!"言竟声色俱厉,并谓此后无事,毋得出内宅一步,否则今日事必为汝宣播,且当大受责罚也。

羊华日间,已早知有此举,已先事预备对付方法,是晚浓妆艳服,以候翁归。入门翁已先怒,滔滔不已,词色若甚可畏者。羊华屏息听之,故作莫明其故状,俟其语罢,乃回眸一笑,从容谓翁曰:“汝岂痴耶?顷所云云,究何所指,真令人不解也,且有何大事,值如此动怒,千金之躯,纵不自惜,独不为我着想耶?须知我今日之处境,名固与汝已敌体,实则四面受敌,诸儿媳颇不易与也,倘汝再信浮言,有所指摘,直不啻速我早死矣。”语至此,遂掩面悲啼,直偃卧翁怀间,反絮絮责问不已。翁为软语妖容所惑,早已一腔愤气,消归于无何有之乡,再见其涕泣不已,乃不知所为,转思有以慰藉之,乃低语以日间所见,故一时怒发于不自已,既有种种不便,此事秘之可矣,毋过事伤感,以损身体。羊华知为翁亲见,非仅闻声,事不可掩,遂柔声媚语,力言后此改过,并恳一时毋斥俊童他去,致事易为人知,有伤名誉,翁尽许之。于是一天雷雨顿化祥云,复为夫妇如初矣。

嗟乎!诸君,岂以羊华真能改过自新耶?倘能如是,则大是李氏之福矣。盖自此次后,羊华以既为翁所知,目前虽无甚变动,然终非长策,遂密与俊童计议,运李氏之宝贵玩器饰物,及现金等,约值十余万金。物既盗去,乃相偕而遁,原自姑氏殁后,家中一切,舍田园租赋,营业赢余,别有主者,余均羊华经理,于是一网打尽,席卷而空矣。羊华去时,系藉赴某寺香会为词,且其平素时往,故人亦不之疑,直至夜分未回,家人始渐诧怪,然恐其或有他故,留寺不归也。翁乃命人往寺迎之,而归报日间并未至寺,不知何往,遂举家惶骇,莫知所之。翁姑亦焦灼异常,谓恐或罹意外,因令侦骑四出,凡素与李氏有友戚谊者,探讯殆遍,乃迄无一人见其踪迹,至是翁乃恍然而悟,急觅俊童,亦杳如黄鹤矣。

翁既知究里,遂入室急检什物,见凡属宝贵轻便之物,莫不不翼而飞,再检书室及厅事等处,亦失物甚夥,综计所值约计去家产三分之一。翁于是顿足长吁,大呼:“我何老悖若此!养痈为患,我不得辞其咎也!”乃以拳自击,懊丧殊甚。家人闻声渐集,侬亦前往。翁乃对众缅述日前轩中之事,及晚间责备之情形,并报告今日所失之价值,令其长子等急遣人四出侦访,复亲诣赴洛阳令署告奸拐失窃案,属令严追务在必得,赏金多寡所不计也。

第十一章

羊华遁后,虽僮仆四出侦访,尤悬以重赏,而音讯杳然,殆飞鸿冥冥,邈不知其何所矣,久之盼获之心遂亦渐懈。

翁自受此大激刺,伤痛良甚,以既丧巨金,复失美妾,致家庭遭此不名誉事,抚躬自问,尤难为怀,原追维往事,率由己溺爱羊华过甚,致一切昏悖,蛊惑状态,受而不知,鬼蜮伎俩,蒙之不识,至成今日之变,于是羞愤过甚,寻乃致疾,病中糢糊,时呼负心妇不已。医云心疾不治,未几渐剧,卒至不起,时距姑氏亡期只一载耳。呜呼!人亡家破,莫不由宠溺彼妖姬羊华所致也,世之类乎此者正夥,可不以之作龟鉴哉?溯自姑氏亡后,此一年间之李氏家庭历史,如柳絮弃俗也,羊华称嫡也,踵接而羊华逃遁,阿翁逝世,赫赫之家,顿形黯淡,已极盛衰兴废之变态。而彼毫无心肝之诸子,于此惨变之中,不知尽礼守哀,维持此形将倾折之大厦,乃翁犹未殓,已事争产,叫号几至格斗,虽未若齐桓公之停尸月余,然已数日停顿矣。噫!得子如此,亦翁教育不善之结果耳,夫复何尤?

弟兄争产多日,卒经族长出而判断,目前只分动产,其一切不动产,暂时不析。年羡所入,供数人之常年衣食,仍令老仆经理。已分之衣饰、器具,各人可随意布置之。事定,侬与李氏子约得万金动产,弟兄辈仍同居此老大之广厦中。在他人有此万金之活动费,而每岁田园所入,又复可得若干,即不足言终身温饱,亦可谓半世小康已。乃曾几何时,而繁华事散,金谷园空,回首前尘,杳如梦幻矣，安得不令有心人抚今追昔，生无穷之感喟乎？彼手造此境况者，固咎由自取，罚不容赦，而侬也何辜，亦复连累及之，真人世之最不幸者矣！

自析产后，李氏子购博尤豪，千金一掷，视为常事。又与狂邻之荡妇通，其妇夫固里中无赖子也，素以索诈为生活，侦知其妇与李氏子私通事，遂时要诈之，几视李氏子为其金银窟，予取予求，李氏子不敢不应，于是时变饰物等事，作博资及与无赖子之费，不足则益以告贷，因负债累累，且非复若侬于归之初所负之款也。彼时虽有逋欠，只数百金数十金耳，至是乃动贷千金，或数千金，俱以公共之不动产作抵押物，物非个人所有，不计及也。未几更染阿芙蓉癖，吞云吐雾，宵以达旦，日在黑甜乡里求生活，虽视如生命之赌博，亦稍稍淡之，其他更无论矣。语云："铜山金窟，尚有尽时。"遑论侬所蓄之区区衣饰哉！

侬归李氏五载，迢迢日月，朝复一朝，所遇无非拂心之事。逆意之人，愁城坐拥，黑障重重，无一时一刻稍事快乐者，向人称为芙蓉之面、秋水之眸者，已浑不是旧时颜色矣，已而日益憔悴，瘦损恹恹，孱弱之态，几不自支，见者莫不为侬惜也。此数载中，愁丝缠绕，从未一开笑颜，昔时双涡承靥之姿态，久不见矣。自得可儿后，抚摩逗引，时或一破愁颜，原可儿慧敏玲珑，如初胎之奇花，在翼之娇鸟，有足令人不得不爱者。侬半身未解爱情为何物，盖所遇之人，初无用侬爱情之价值也，此充分浓郁之爱情，至是遂完全加诸彼娇小怜人之可儿身焉，可儿虽福薄，不得阿父欢，然有此慈爱之母，已较侬幸运多矣。

可儿聪慧绝伦，时只三龄，已知识如成年，且记忆力绝佳。侬偶教之诗歌，立可熟记，并数月后询之，尚能琅琅成诵，故自能言语以来，已识字千余矣。侬遂以愁苦之时间、完全之心力，均付之此儿，日消磨而不之觉，否则以年来种种境遇，侬复善病工愁，恐欲求此憔悴形骸,亦不可得矣。缘侬当未产可儿之三载中,愁绪恹恹,固无日不与病魔为伍也。特以与侬身世家庭,均无甚关系,故未琐琐与诸君道耳。

第十二章

李氏子既负债累累,约期所迫,诸债主遂踵门索款,子母相权,年来积累甚巨,每月所得公共产物之羡余金,尚不足付所负之子金也时届岁终,索债者复连翩而至,李氏子既无款与之,乃匿不之见,烟霞窟里一榻横陈,自寻其个中乐趣,一任彼债家之喧嚣坐索,不稍顾也。自晨至午,众人仍无去意,于是李氏子之长兄,无已,出而与商缓期。诸人不可,并恶言相向。李氏子长兄怒甚,然曲在其弟,又不便向人过事强硬,遂婉商再四,始议定分数期归偿,此次先与三分之一,已需三千余金矣。定议后,此款乃由其长兄数日交付,否则仍即登门索讨,或再甚而赴官中理论也。盖此辈多系赌博场中之徒党,博负而欠之者,彼等原非良善之徒,又知李氏富有,故任意啰唣,不稍留余地也。

李氏子长兄既勉为担负偿款,复受诸债主恶言,且知乃弟此款系因赌博而负,非若寻常之贷借款,遂愤气填膺,约同其次弟,唤侬夫婿往,乃痛责其过,且杖挞数十。于是呻吟床第,展转须人,又重侬之罪孽,而李氏子长兄于怒极时,复语侵及侬,谓妇也不贤,不知规劝,致令男子不才如是云云。侬既痛夫婿之受谴责,复又屈遭诟詈,衷怀抑塞,痛哭终宵,凌晨对镜,双睛已隆起如蟠桃。而李氏子受责,恶气难销,乃以侬为其舒愤具,任意凌辱,且毁坏什物,扑责可儿。可儿为父所挞,嘤嘤啜泣,可怜殊甚。侬大不忍,急挟至膝上,抚弄而亲偎之。儿得阿母怜,娇啼婉转,移时始笑,盖此儿娇弱,自呱呱堕地时,迄今三载,从未一受轻扑也。

数日李氏子创渐痊,行动如常人,事将歇矣。岂知一波未平,一波又起，俱侬命蹇有以致之也。诸君稍俟，今将暂停李氏家庭之恶剧，略述侬华氏之黑暗情形矣。

嗟乎！诸君，侬未启齿，侬已痛泪承眶，羞容满面，良不忍道，而又不得不为诸君道也。盖一则与侬后来之身世有绝大关系，一则可知侬命途多舛，所如咸逆境也。诸君犹忆侬有异母弟三人乎？此次兴波即第二弟阿端所为。欲叙阿端之历史，不得不先述侬家庭年来之状况。原自侬归李氏后之二载，后母因与伯叔妯娌不睦，遂析产分居，独持门户。侬父昏庸拗执，固前已叙之矣，故自祖父亡后，虽由依赖境地，进而为自立地位，然核其实在，仍日事坐食，托庇祖宗之余荫，且长日营营，胥消磨于壶中天地焉。侬家初不若李氏之富，而诸弟之无行，复与李氏子相伯仲，狎邪赌博，无所不为，专盗家中器物、金石、珍宝、旧版书籍①，以及衣饰等物，莫不窃卖②一空，由此家渐落。后母因溺爱故，不忍过责，任其举动错谬，不稍约束。父本庸懦，凡事惟后母命是遵，故对于诸弟，亦承阃令，不敢稍忤也。呜呼！中国之家庭教育不讲，流毒诚不知几极矣！

诸弟之中，尤以二弟阿端为最甚，盖阿端性慧黠，小有才，“才足以济恶”之语，良不诬也。因之其无赖思想，亦较他人为优，且恃才傲物，尤觉所行俱不谬，语云：“失之毫厘，谬以千里。”由此，一念之差，遂至终身堕入恶旋涡中，不可振拔，虽为其个人之失策，然亦父母教育不善之所致也。不幸而为侬之弟，又生骨肉关系，致祸水流传，复波及人世最可怜之无告女子之阿侬。生也不辰，堕兹孽障，意者，凡与侬稍有关系而略近左右之人，俱为彼苍所使，专为责罚磨折此苦命侬而来耶。

---

① “籍”，原文作“藉”，据文义改。

② “卖”，原文作“买”，据文义改。

第十三章

侬家境况，既不如前，后母遂亦稍稍防止诸弟，因而甘心堕落之诸公子，不得逞其挥霍之欲，平素藉词诳骗，固已时与侬索贷金钱，明知其初无需要，然以谊关手足，亦不忍过事推却，惟未能每求必应耳。惟欲壑难填，侬即有金窟铜山，恐亦不足供侬之良夫婿贤昆季之浪掷也。阿端既不得志于家，遂又思向侬告贷，而屡施之惯伎，复难于启齿，适闻李氏子债款事，知侬亦受辱，于是欲借题发挥，乃与彼绝大之恶波澜焉。

一日李氏子正为穷愁所迫，抑抑不乐，遂以侬为舒闷品。凡侬一举动，莫不加以恶声，甚而举拳捶击，痛彻肌骨，侬均含羞忍痛，不作一声，盖已成李氏子对侬之习惯态度矣。原伤心人纵受委曲，亦无可往而诉之也，自嗟命薄，误适匪人，莽莽尘寰，埋愁何所，悠悠日月，饮恨方长，一掬凄凉痛泪，年来亦不知洒却几许斛矣。时为新岁十五日，万家欢乐，庆赏元宵，孩童辈更鼓舞喧哗，专俟夜来之灯彩。金吾不禁，如游不夜之城，士女如云，若赴广寒之会，良足乐焉。岂知难测天公，不成人之美，午分时忽霏霏玉屑，直降大千，而助虐之风雨，复从而和之。顷刻之间，惨淡阴森之象，满布天地，令人易生沧桑观感，而忽有不速之客一人至，即侬弟阿端也。侬知又非佳兆，原近来因种种龃龉，侬父母与李氏已不通庆吊，且侬本非二老所钟爱者，恐即毕生不见，亦不以为念也，故舍阿端来告贷外，终岁不见华氏一人至侬处，如是已两载矣。

阿端既至，凶横之气满面，见侬大声曰："阿姊不幸，无辜受辱，弟虽不才，颇不能耐，愿为吾姊泄愤，毋为伧夫窃笑我华氏无人也！"侬不解所谓，急询何说。阿端曰："姊何尚懵懵？客□之耻已忘之耶？是可忍孰不可忍，弟誓必为姊报复之。"言已，复作狞笑,侬始明其来意,知又将酿祸,结果定为侬又增几许罪孽,乃果不出侬所料也,即力止之,并详言其中利弊,戒其毋妄生事。渠必不可,且强词辨论,谓倘不责之,毋以儆将来,日月其长,何能朝朝处黑暗而受侮辱也。

于是不与侬再计,急至厅事觅李氏子长兄,适与长兄遇,阿端乃抗声诘之曰:“吾姊何失德,致劳汝诃责备至?汝弟不肖,已累人不鲜,乃不事怜悯,反加欺侮,人心何在?天理何在?速以圆满之理论报我,否则必不汝宥也!”言际握拳相向,近逼其身,以待其答,长兄见状,及闻其所语,怒不可遏,亦大声曰:“汝岂颠乎?何语无伦次至是也?谁见欺凌汝姊氏耶?且吾弟不肖,已痛责之,汝乃不闻,反龈龈盲闹何为也?”言讫冷笑不已。

阿端力素强,至是亦不答其语,乃猛以拳击之,仆之于地,且击且语曰:“汝弟野蛮无理,侮辱吾姊,尚可强词曰夫者妇之,天或有可原,乃汝更从而助虐,总之汝李氏一门,俱非善类,吾父误吾姊甚矣,幸有吾在,汝侪孽畜,毋以华氏无一人也。”李氏子长兄本文弱,一经气恼,尤无缚鸡之力。前次责其弟时,既有其二弟为助,且李氏子嗜阿芙蓉,体惫不若健妇,故尚勉能应付,否则殊不易施其拍责也。既为阿端所扑,竟无能回击。幸正不可解时,家众闻声咸集,惟多仆妇辈,人数虽众,亦不敢有所举动,视之而已。盖当阿端来时,早侦知李氏弟兄俱出,独长兄在也。时有一二仆婢黠者,遂入内室报告。侬闻耗,焦灼殊甚,正拟至厅事喝阻之,阿端已气咻咻而入,笑对侬曰:“已为姊报恨矣。”侬时悲感并集,不知所答,半晌始太息谓之曰:“弟误我甚矣!此举非为怜阿姊,实转害阿姊也!”阿端亦不语,少间乃向侬恳贷曰:“阿姊有事,弟为姊助,阿弟有事,姊亦当为弟助也。兹弟有急需,须数十金,姊虽景况较前为艰,然此区区之数,吾知尚能为力,乞速畀我行,当他出谋生活,不再累高年父母之豢养矣。”侬早料其结果如此,不觉怒形于色，乃以无有报之。渠见侬怒，亦面色顿变。适侬因元宵令节，略取金饰数事，陈奁具边，拟午后或有兴致，少事妆饰，忽为所睹，遂攫之而去。

第十四章

阿端既攫金饰，知已无法取回，惟感命途多舛，厄运频仍而已，又以阿端肇此事端，既为侬弟，而又为侬事启衅者，祸根孽种，俱系阿侬致造，成此一重公案。既为阿端演此恶剧，则后此李氏诸人，对侬之感情，当益不堪，来日大难，荆天棘地，悠悠岁月，正不识若何度法也。忽转念事出侬弟，岂可不稍闻问，遂强抑悲苦，出离卧室，至李氏子长兄处，深深引咎，谢过不遑，幸伤尚不甚剧，然已起坐俱不便利焉。

侬至时，彼夫妇二人皆怒形于色，见侬亦不为礼，后以侬再三婉谢，情词恳挚，乃略转和蔼之容，温语慰侬曰："事既已过，可毋介介，创尚不重，不日当可愈也。"侬时私心感慰，谓一天风雨，从此消矣，于是略道他事而散。

夜分李氏诸昆季游博俱返，闻阿端事，大事愤怒，共责长兄太懦弱，何竟任其漏网而遁。李氏子尤怒不可遏，且受诸兄之诮责，谓："妇弟如此，妇横可知，枉作丈夫，竟不能约束一妻，坐视长兄遭人欺侮，骨肉重乎？夫妇重乎？吾不知吾辈何不幸有此不肖弟也！"盖诸兄知华氏弟兄俱系强横无赖者，复仇不易①，惟怂恿其弟，于闺房中蹂躏阿侬，可略舒愤气耳。

李氏子既受诸兄之激刺语，而又被酒，遂目眦尽裂，血管膨涨，凶恶之态，直如寺院中所塑厉鬼，跄踉入房，直扑侬而来，见之令人心悸，谁言恩爱夫妻，直一擒人之罗刹耳。至今思之，其恶态

---

① 原文此处衍一"易"字，据文义删。

犹印侬脑际也。时侬正傍一案而坐，支颐垂首，寻绎侬之旧愁新恨，盖此境已为侬近年来所惯习，每于无人时辄如温理旧书，然必细细环思所历之种种劣境，愁城坐拥，心绪恹煎，固已成侬朝夕相偕之良伴侣矣。

李氏至侬前，遂握拳拟侬胸，连击数十。侬本纤弱，为其猛扑，已不能支，又为所挞，乃随堕于地。李氏子更肆力遍挞，身体几无一寸完肤，痛不可忍，遂狂嗥数声，岂知彼丧心病狂之贤夫婿不见怜悯，反肆毒手，盖渠亦酒性上涌，醺醉糢糊，性灵已失。闻侬唤乃大怒，随手取案头剖纸小刀，紧执侬左手无名指，猛力一切，指随刀落，而血渍满室，李氏子面亦为血所染，狞恶愈不可视。侬一时痛极而晕，良久复苏，血犹续出不已，而指与心连，痛尤彻肺腑，再顾恶魔李氏子，已横卧榻上，鼾声大作矣。无已，乃呼女仆裂帛裹之，初无药饵敷治也。女仆见状，亦为侬下泪，詈李氏子无良不已，盖在稍有人心者，固莫不为侬痛也。惟其时乳母与李氏子龃龉，已早辞去，而稍称亲切之柳絮，亦复不在，孑然一身，纵受万千委曲，又谁可伸诉者耶？

侬受创后，椎心饮痛，几不欲生存于人世，徒以爱女可儿为恋，不忍遽弃之而逝。原无母痛苦，侬曾亲尝试之，不忍令可儿亦遭兹不幸也，于是死念既不能决，而生愁遂亦不可减，因愁成恨，因恨成痴，终乃罹神经疾，脑筋错乱，知觉全失，啼笑不时，眠食无度，而昏惘糢糊中，“恨”之一字，尤耿耿格胸臆，狂歌寄慨，痛哭泄愤，日夕扰攘，月余未稍已焉。

病中苦楚，良非生人所能耐。李氏子既狼子野心，视侬生命无足轻重，故自侬卧病，从未一来存视，且以侬之纷扰不宁也，并移卧具至书室中。长日悠悠，殊不见其只影，而妯娌辈平素既俱不睦，见侬罹疾，且幸灾乐祸之不遑，尚有谁肯来省视者？一切室中琐事，悉委之女仆一人。可儿娇小，复需人照料，故女仆纵极忠诚,亦不易为力,又何论寻常雇佣者乎?遂致偶索茶汤,亦无人一应。有时病稍稍减,神智略觉清醒,睹兹惨状,尤觉感慨横生,不可一日处孽境,悲痛既极,遂又昏惘,缠绵床第,日复一日,生人况味都尽矣。

第十五章

一日病复加剧,迷离昏惘中,自恨生殊无味,不如速死,于是手击胸际,一手挖右睛。原凡患神经病者,力每加巨,故侬当时用力过猛,致眸子破一小窟,血水注流满面,人遂昏惘,迨女仆见侬时,目睛已损其一,无法挽救矣。

嗟乎诸君!侬今已成残疾不完之人矣。先时之清如秋水之双眸,已眇其一矣,指缺目眇,几如刑余之人,侬不知前生种何冤孽也。

自眇目后,又月余,疾始稍愈,不药中医之说,想不谬也,不然以侬如此沈疴,医未抚脉,药未沾唇,而尚有获生之日,亦难乎其难矣。疾愈后,偶一对镜,不觉失声惊唤,盖镜中人面,几不自识矣,于是痛哭者久之。又因数月卧病,家事棼如乱丝,不得不稍稍清理,且可儿亦未免寒暖失时,致颜色亦不若前之活泼,尤需侬好自抚育,故不能不稍节精神,以对付彼种种不得已之事,遂忍悲收泪,仍尽侬贤母良妻之义务焉。

日月骎骎,春秋嬗递,不觉又二载矣。此二载中,李氏固门庭□故,家业渐凋,而侬华氏亦复事变频仍,不堪回首,总之凡与侬有一丝关系者,此时莫不运蹇时乖,多履逆境也。侬命所妨耶?天心所使耶?不得而知之矣。盖阿端自元夕攫侬饰后,即携资远遁,亦不知栖流何所。侬父母于诸子中,本最不善阿端,故其失踪,初不注意,迨侬罹神经病,父母亦略有所闻,惟一则平素本藐视女儿,一则频年早与李氏绝庆吊,故任侬恹恹欲绝,亦无一人[1]来存问。且未几长弟因与人争一妓,误死其人,其家属控之法庭。长弟惧罪潜逃,不知何往。死者家属仍不能甘,定欲侬父交弟出,并厚贿邑宰,志在必得长弟偿其生命,故邑令亦严限逼之。父无奈,遂挈家连夜亡去。

无何长弟为仇家侦悉所在地,乃执之官中论抵焉。父母既出亡,洛中原无不动产,且亦非洛人,无需定居洛中,故亦不复返,遂家鲁山。侬伯叔已于昨年各入宦途,携家远去,一之南方,一官京师,俱音讯隔绝,不相闻问。侬华氏合家,既无一居洛,李氏诸人,见侬伶仃弱质,乃益肆其轻侮强悍之举动矣。

此二载中,李氏子之形状,又复大变。原其个人所应得之公产,已为偿负所销蚀殆[2]尽,景况遂益不堪,且其近忽专与诸无赖子相结纳,博场烟窟,终日盘桓,大有此间乐不思蜀之概。有时偶归,必窃家中珍贵之什物书籍[3]等事以去,供其一日之挥霍,又不若初染阿芙蓉时之足不出户,终日高卧矣。

时侬室中所有之衣饰器物,凡属稍稍完好者,已凤毛麟角,渺不可见,盖数载中已为李氏子耗费净尽,至此竟无一物,稍可易钱币者。故李氏子每归所盗,强半俱系公共物,诸兄颇患之,且知其昵比匪人,尤恐他日肇事,或受牵率,遂益厌弃之,惟亦无善策,能加约束者,惟严察诸物,不令窃盗而已。李氏子自与诸无赖为伍后,每况愈下,愈趋愈劣,乃什物既不能得,遂将己所居之后截房屋、瓦砖等类,卸而售之,渐至屋瓦都尽,只余四周之墙壁,及倾败之栋梁,以代彼昔日巍巍之大厦焉,于是侬与可儿乃露宿。

李氏诸兄见其如是,遂藉词公议,逐其弟与侬外出另居,谓如

---

① “一人”,原文作“人一”,据文义改。
② “殆”,原文作“迨”,据文义改。
③ “籍”,原文作“藉”,据文义改。

此庶可保祖宗之遗产,否则此宏伟壮丽之巨屋,将为其拆卸成废丘矣。

侬夫妇既为诸兄所逐,乃于去城数里之村落,赁败庑三楹,聊蔽风雨,其公产所得之羡余,月仅青蚨十数贯,且每入李氏子之掌握,顷刻即尽,曾无分毫留以为侬母女生活者。后并此十余千之所入,亦无之,盖尽付债主逋欠矣,而侬与可儿之衣食所需,惟赖侬纤纤十指,为人缝纴,以博微资而度之也。吁!其艰苦之状况,侬亦不忍详道,以动诸君之感慨矣。

第十六章

流光逝水,日月催人,华屋山丘,沧田桑海,侬之身世,侬之际遇,亦不知几经变幻,只觉愁云惨雾,苦雨凄风,日笼罩于侬之一身,无片刻之暂离者。悠悠二十七载矣,此一岁中,所经历之诸事,可谓为侬此身履世之大结束。弱草轻尘,人生原寄,白衣苍狗,世态无穷,侬之念余年所经历,亦特为一场梦幻耳,又何足道哉?

是年侬之境况益恶,家徒四壁,顾影萧条,至无一衣可稍蔽体,一食能略疗饥者,冻馁交迫,愁惨欲绝。嗟乎!侬前此之梦寐中,亦未尝知此,盈盈弱质,后日当处兹境遇,受兹磨折也。

于此恹恹待毙,生趣毫无之日月中,稍有慰藉者,则可儿之娇小敏慧,足以解人之意也。可儿七龄矣,韶颜稚齿,秀韵天然,绝若侬幼时之小影,惟愿他日之命运,不似侬之蹇薄耳,可儿娇憨善解人意,知侬心绪恶劣时,故以种种方法慰侬,于是侬千叠之愁颜,时或为之一展,可儿尤解事,知家况窘迫,虽极饥寒,亦从不肯一向侬道,盖恐重侬忧虑,伤侬意也。顾境遇愈艰,李氏子之无赖亦益甚,未几竟因肇祸而戕贼其身。

一日李氏子穷极无聊,顿生恶念,偕无赖数辈,伙劫城中一巨室。巨室人众，且平素戒备极严，渠等往时，并未多携器械，故一经惊觉，追捕齐起，一物未得，众惧而逃。强壮者走脱二人，李氏子及其他三人俱软弱不善跳跃，咸被获。李氏子且因拒捕受创颇剧，迨入官，又为刑讯，尤不能支，无何遂瘐①毙狱中。

侬得李氏子之凶耗，感痛几绝，若无可儿之牵恋，已早随之同赴天国矣，乃极力与李氏诸兄告贷，始将其遗骸成欽。至时所居之三楹败屋，亦为屋主所收回，盖不愿与穷人居也。侬根据地既失，尤觉不知所措，天涯寥阔，怅怅②何之。无已，复思倚赖父母，虽属感情颇恶，然较李氏诸兄，究稍有别，或可苟延残喘，以抚可儿至成人。意既决，乃倩一邻舍老妪，伴侬往，惟空囊羞涩，旅费毫无，一时不能成行，只有风餐露宿，茹苦含辛，贮以待时而已。适有自鲁山来者，知侬父母消息颇详，因细询之。据云侬后母已殁，前数月老父携幼弟荷生他徙，闻欲有所投靠，亦不知所觅何人也，并谓侬父弟之种种艰窘不堪之状，几与侬相仿佛，闻之令人尤酸楚无已。

侬父既不居鲁山，一线之希望复绝，沈沈孽海，彼岸何方，安得慈航一渡之耶？于是仍携可儿沿街乞化，度此垂尽之岁月。一日天不绝我，忽值故人，盖于一僻巷中，忽睹曾经出俗之柳絮。柳絮不见数年矣，原其自离烦恼场，迄未一返也。虽与在俗时装服稍异，而丰神清丽，犹若当年，不禁令人兴今昔之感。

柳絮见侬，亦异甚，欲呼又止者再焉，盖柳絮初不料侬狼狈如是，故未敢冒昧认之也。侬见其犹疑不决，知恐误认，乃径前唤之，柳絮见果为侬，悲喜交集，紧握侬手，曰："少夫人，何一寒至此耶？几令故人不识矣，荒庵去此尚不甚远，可往促膝细话因果

① "瘐"，原文作"瘦"，据文义改。

② "怅怅"，原文作"帐帐"，据文义改。

也。”随导侬及可儿至一禅院，地颇清洁幽静，去彼崇楼巨厦，仙凡不可同日而语矣。庵曰“养真”，即柳絮所住持，惟此庵已非初出李氏所入者，故侬不之识途径也，缘侬前此知其庵之地址，沦落后，亦曾造访，至则门庭依旧，人物俱非，柳氏已因事久去，正未知其另居何所。

依既至柳氏室，遂各道别后状况，沧桑境换，人事情移，柳絮大为侬扼腕叹息，复见可儿韶秀，极赞奖之，乃谓侬既无去处，可即寓庵中，彼此亦可有伴侣。侬正患天涯飘泊，无家可归，得此清净之界，既可栖迟，又藉以虔心自忏，遂亟感谢之，并道欲虔修忏悔之意，柳絮亦极赞许侬志，谓如此最佳，可避却人间几多烦恼。

自是侬及可儿遂居庵中，青灯奉佛，经卷消愁，暮鼓晨钟，为侬此生之结果，删除烦恼，从此作槛外人矣。回首前尘，惊心往事，廿余载之沈沈梦幻，惟留作他日后人之谈助已耳。禅房无事，经诵之余，遂将侬半生遭遇之景况，一一记诸小册，亦留作纪念云尔，噫！

——《神州日报》(1916年2月11日至3月26日)

第三千一百六十八至三千二百一十二号

沦落女子

沦落女子，生卒年不详，江西浔阳(今江西九江)人。曾在汉皋(今汉口)任女校教师。著有小说《侬之影史》《落花怨》《埋情冢》，其中《埋情冢》为与聂醉仁合著。

侬之影史

嗟乎！韶光易逝，侬倏忽已十九岁矣。天涯沦落，客况萧条，对孤灯而有泪，望断家园，叹只影之无依，梦虚衾枕，屡欲濡笔书怀，又恐出言无次，且所言者又皆侬与筱郎之事，筱郎既与侬参商两地，无复把晤之期，言之愈足以伤侬之心，而乱侬之意，故旋握管而旋中止。兹以寒假暇日，百感皆增，再不得不奋侬之纤腕，以偿侬之素志。虽然，临颖徘徊，又不禁有一部廿四史不知从何说起之概也。

侬今未言之先，有一事不得不求阅者诸君原谅者。侬今日尚在患难之中，凡侬之籍贯、姓名，与筱郎之籍贯姓名，均不能一一道出，苟道出者，侬家必跟踪而至，侬家至而侬与筱郎之生命绝矣。虽然，筱郎已使君有妇，侬之郎筱郎，诚为非分，不惟非分，且觉愧赧无地，然舍此又别无称呼，今暂假之，或亦为筱郎所矜许乎。

侬父在满清时代，曾博一官，历任数载，颇有蓄积，乃自设一肆于己家,设分肆于某地。是时侬年才十龄,帘前门草,槛外调鹦,或偕邻娃跳舞于晚风骀荡之中,或随阿兄高歌于凉月初升之候,浑浑噩噩,盖绝不知人世间有所谓忧患愁懊之事。且肆中生意,蒸蒸日上,年终结束,获利甚丰。侬父尝顾而乐曰:“吾家从此当不患贫贱矣。”回想此言,再视今日,殆已成过眼烟云。所谓不患贫贱之家庭,侬遂不能立足其中矣。

当其时,筱郎适至。盖筱郎为侬家亲戚串,侬父悯其孤苦,挈之来家。侬当时正苦无侣,得筱郎至,欣喜莫可名言。筱郎固长侬四岁,侬父遂命侬兄之,筱郎亦视侬若妹,相随相倚,形影未之或离。尤奇者,自筱郎至后,凡平时与侬为伍之邻娃,侬皆谢绝之,一若天地间惟筱郎一人为能得侬之欢心,亦惟筱郎一人之一言一笑,足以使侬获美满之愉快,殆佛家所谓孽缘也耶?

自是以后,侬之闺闼,又增一嬉笑之小友。侬父复延师教侬两人读。侬当时年虽幼稚,智识却开,凡字过目辄能记忆,筱郎间或犹有不及侬之处,因是侬父母爱侬益甚,虽掌上明珠,亦不是过。尝抚侬而言曰:“吾年行老,一生骨血,惟尔与尔兄。尔若能从此努力读书,吾当为尔匹一名门,将来幸福,享受无尽。”于是凡侬所需,无不应声而至,筱郎遂亦因而同享此锦绣膏粱之生活。侬尝思人生斯世,若能长驻此少小华年,上承双亲钟爱,下得挚友嬉游,凡百世事,皆置不计,虽海外神仙,岂足艳羡?乃造物播弄是非,偏不使偿此愿,且令侬所视为快乐之光阴,不转瞬而变成烦恼。侬所视为闺友之筱郎,不转瞬做了情人,悲欢离合,重叠而至,忧患苦恼,澎湃而来,东奔西突,直逼侬至今日如丧家之犬,断篷之船,人事变幻,不可以逆料,竟至如此耶!嗟乎!侬言及此,侬真欲搁笔向苍天一问也。

驹光荏苒,筱郎至侬家已五易寒暑矣。此五载中,侬之生涯,暨侬与筱郎之生涯,无非读书嬉戏,形影相依,至繁琐,至芜杂,良不能言之而尽，即尽之，阅者亦未必欲卒听，故惟有搁置不道。是年侬已十五，筱郎则已成人，侬与筱郎之情感，既得此五年之酝酿，遂各臻于诚恳之地位。一日筱郎私语侬曰："吾自有生以来，从未得心性相投温存体贴之人如吾妹者，而今而后，吾当竭吾一生之情爱，以贡献于吾妹。凡吾妹所欲所思之事，吾亦必鞠躬尽瘁以为之，有一日吾妹，即有一日我；有一日我，即不能一日无吾妹。质言之，吾之性命，即吾妹之性命；吾妹之性命，即吾之性命，虽宝剑利刃，不能断此纠葛。"侬当时情苗既茁，骤聆此语，寸心中怔忡如鹿撞，且又觉此等语，皆侬向所贮蓄心中羞不肯言者，今皆为筱郎一一言之，岂心相印气相通，而盘桓脑筋中者，遂亦相同耶？

顾侬不无鳃鳃之虑者，则筱郎可永永与侬同处一家否也？若当此情浓意密之时，忽而劳燕分飞，两人情景，岂复能堪？不意老天佑侬，竟若深怜侬意者。五月间侬父忽诏筱郎曰："吾肆中贸易，日见发达，以吾与尔兄（即侬兄，侬父因爱筱郎，遂亦兄之）之力，良难兼顾，尔年行长，决不能就此荒废，嗣后当随吾襄①理肆事，苟不失败者，即为尔一生生计之长策，吾家亦即尔家矣。"侬闻此为之喜而不寐，盖一以为筱郎庆，一以为侬幸也。

筱郎既视事肆中，与侬虽不能时共谈笑，而一日中亦必数数见，每见则"筱哥""吾妹"四字，出诸侬两人之口者，亦必数十百遍，若乡妪之宣佛号，哝哝不绝。更或亲吻握手，以示情爱，在礼衡之，此等举动，诚为非当，然尔时堕入迷津，遂不自觉。所最令侬不解而至今追恨不置者，侬父母胡为亦放任若是？侬两人之此种破绽，固亦尝落之两老人目中，从未闻其一言警戒，岂犹以侬两人尚属混元无知识也耶？若早使侬与筱郎各知有所畏惧，今日之

---

① "襄"，原文作"勷"，据文义改。

局,或不至一变若是。

筱郎年事虽轻,才智却有过人之处,莅肆不半载,凡百皆能如侬父之意,甚或侬兄比之,犹逊一筹,因是侬家之人益礼重之,侬心益敬爱之。然又有两事最令侬耿耿于心而不能询之双亲问之筱郎者,一则筱郎曾否定婚,一则筱郎是否欲侬为妇也。不意侬正以是为念,而筱郎竟坦然语侬曰:“吾两人自总角以至于今,情爱可谓臻于极地,但吾两人决不能就此终局,会当谋一久远之计。吾固未尝定婚,妹亦闺中待字,吾甚欲于此结一段丝罗,不卜妹引以为当否也?”此等投侬心坎之语,侬闻之,喜当何如,甚至喜极舌结而不能作一语以报筱郎。筱郎忽误侬之意,愤然作色曰:“不愿则不愿耳,直一二语决之,奚用此冷面向人?”侬惶急低声曰:“兄误矣,妹岂不愿?特羞人答答,不敢语兄耳。”筱郎闻此,始为之大慰,复语侬曰:“以后妹当乘机以探老人之意,如事可为,吾当尽吾之力以图之。”言已,亲吻而去。

侬与筱郎既开此次之谈判,两人心地,遂如结晶体,一烛而尽知,彼此感情,亦因是而更得进步。凡侬一饮一食,必筱郎在侧而始得下咽,甚至购一物,备一衣,必经筱郎手泽而始称意,心心相印,固无时不以未婚夫妇自相比拟也。然侬窥测父母之意,似未尝注意侬两人之婚事,既未尝注意侬两人之婚事,则侬两人所自期之伉俪,安得有丝毫之把握?且侬父向者尝谓当为侬匹一名门,完此大事,以筱郎家事之式微,又岂在侬父之目中?然则欲结此一段丝罗,不綦难乎?侬思及此,忧心如焚,念渺渺此身,正不知作何收束,又明知筱郎当此期望方殷之时,决不能以兹失意之语告之,脱告之,必至酿成他变,然不告,又无以报命。尔时之侬,真如坐针毡而坠陷阱矣。

次年侬已十六,筱郎则弱冠矣。在礼,男大须婚,女大须嫁,侬父母应当稍有表示,而迁延复迁延,仍未见有若何之消息。侬忍无可忍，遂以之语筱郎。筱郎愀然曰："如是，吾两人不其绝望乎？"侬曰："今日或不至是，惟世事变迁，人所难料，即此不图，来日方长，余父母之如何摆布，则非余所知也。"筱郎曰："吾以沦落余生，蒙两老人不弃，提携教养，得有今日，奚能骤以此事干之？脱不见允，不适足召得陇望蜀之辱乎？以吾思之，犹须吾妹先助一臂之力，然后吾再以语哀之，或者苦心人天不负，有志者事竟成也。"嗟乎！侬父母之意，即已如前所述，侬以闺阁处女，安敢以姻事自陈？筱郎此举，毋乃太不谅人。

虽然，筱郎之苦心，侬亦知之，观其所语，亦属至情至理，侬若不负此责，兹事终当瓦解，思之重思之，亦惟有毅然任之。孰意天下事，竟有出人意表者，于时乃得一绝大之良机。先是侬兄幼时，曾患咯血症，每届春季即发，往年发时，多不过一二日而止，是年忽迁延至旬余，沾滞床席，几不起矣。侬父乃召筱郎至，惨然曰："尔至吾家，垂六载矣，吾之家事，亦当尽知，乃天不佑吾，不能卒吾之志，令尔兄一病至此。据昨日医者之言，当无生望，尔兄朝死，吾家夕覆矣。幸尔不恶，咸能继吾之志，今后吾当以肆中重任畀之于尔，尔若能克勤克俭，使吾门楣不至隳落者，此肆中之主人翁，非他即尔也。至尔之姻事，吾亦曾计及，吾一生血统，惟尔兄与妹，尔兄若不起，吾决不忍以尔妹远字人家，他日乘龙快婿，非他，亦即尔也。"嗟乎！以侬白日筹思，夜中成梦，所不能解决之事，侬父竟轻轻道出，侬闻之，喜当如何。翌日，筱郎亦举以为侬两人志贺，然侬思侬兄，若果不起，侬之家世，宁堪设想，他不具论，即老父数十年来所营营逐逐者，莫非为侬兄之计，一旦横遭此变，老父岂克胜此巨痛？是生而无以自聊，没而无以续嗣，清明寒食节，得不作若敖氏之鬼耶？如是，为侬计则佳，为侬家计则否，侬念及此，又不禁馨香祷祝，刻刻望侬兄之速愈也。

嗟乎！阅者诸君，侬之望侬兄之速愈，乃侬天良所发现，固以为侬父之言，已成离弦之箭，纵侬兄病愈，侬父亦必不至反汗，侬父不反汗，侬之好事，何患不成？如是，侬家不破，侬之志愿又偿，两全之策，岂善于是？讵日之局，竟大谬不然。

侬父诏筱郎之第三日，侬兄果转危为安，举家为之大喜，侬心亦因而大慰。一礼拜后，居然健饭，步履如常人。侬父顾而乐曰："会当吾家不至绝嗣，不然，安有今日？"侬兄曰："此天意，非人力也。"自是侬兄，遂从事调摄，肆中事亦置不理，举凡内外庶务，皆筱郎一人主之，辛苦劳顿，不堪言状。侬视之，乃大不忍，私念筱郎以此孱弱身躯，一旦负此重任，衡之精力，必不能胜，脱因而积劳成疾，岂非侬一生之累耶？遂以此意语之筱郎，筱郎笑曰："尔诚过虑，只尔家将来不以恩做仇，使我半途喜变忧者，今日之勤勤，固所愿也。"侬曰："男儿口敌将军箭，侬父决不至此，特兄非强健之人，终日如是，吾心不无耿耿耳。"筱郎笑曰："然则如何而可？"侬曰："吾父固深爱兄者也，倘吾以此情白之吾父，或另觅他人以为兄助，尔时兄不落得偷闲片刻耶？"筱郎曰："妹勿如是，吾殊不愿也。"噫！侬以此体贴温存之心，贡之筱郎，筱郎若不为之感激，殆何故耶？及后思之，始知筱郎自受侬父之命，即毅然以肆事自任，恐言此适足以灰侬父之心，故惟有竭力为之。噫！筱郎苦矣。

侬兄愈后之第二月，已暮春时候，侬父因分肆事冗，议携侬兄往理。时侬兄正拟旅行舒困，得此机会，遂欣然戒行。就道时，侬父语筱郎曰："吾行矣，恐数月后始能返肆，凡家中事务，尔均好为撑持，脱得平安无事者，吾心慰矣。"筱郎一一承诺。盖筱郎此时，已视侬家若己家，极欲竭其心力以尽半子之职也。侬父与侬兄既行，侬家所存者仅侬母暨侬与筱郎三人，余则肆中雇佣而已。侬家之居室，逼近肆后，侬母为利便计，复中辟一门以通来往，于是侬与筱郎，乃落得朝朝聚首，刻刻谈心，而侬一生贞洁操守，遂亦于此丧失净尽。及今思之，犹令侬追痛不已也。

呜呼！阅者诸君至此，必深致罪于侬，而责侬之不能守妇德一至于此也。虽然，侬固知罪矣，然侬有不能不求原谅者，一则侬年事虽幼，而情窦早开，对此美景良辰，不能自禁；一则筱郎甜言密语，节节动人，更有令侬欲拒不可者。固不知此中关系，遂足转移人之命运入于地狱也，且侬亦曾以危难之情白之筱郎，筱郎则谓侬两人之婚事，已有成言，勿论如何，必不至于翻覆，侬终属筱郎之妇，今日之事，不过寅年借吃卯年粮，官盐暂记私盐帐耳。侬闻之，虽刻刻自危，而大错已成，覆水不可复收，亦惟有如筱郎之言，作万一之想，讵料不逾月而事局竟为之大变。

一日，为侬父去分肆之第三月，忽接侬父来信。侬未启之先，以为此必平安竹报也，孰知破题儿第一行，即曰："筱儿知之，吾已为尔在此定婚，昨日下聘，颇极一时之盛云云。"侬阅之，一惊几绝。噫！醉耶？梦耶？传之非其真耶？亟持之以告筱郎，筱郎亦骇极欲狂。呜呼！前日谓"乘龙快婿非他即尔"之语，非出自侬父之口而入之吾辈之耳耶？胡不数月而遽行反汗，二三其德？侬父究何居心哉？及今思之，始知尔时侬父以为侬兄必无生望，故为此言以系筱郎之心，使专心致志于侬家，今侬兄既愈，侬家自有撑持之人，遂不得不仍援门户之见，为筱郎另婚他人。噫！为侬家计诚佳，为侬计则如何哉？

是夕，筱郎遂与侬密商救济之法，其法维何，则驰书侬父否认此议也，所持之理由，不外口血未干，言犹在耳，决不能弃此就彼等语。在筱郎之意，以为侬父爱己如子，此书一至，必大有效力。然侬思侬父生平作事，向无中道而废，况此婚姻大典，庚书已行，岂同儿戏，可以自由翻覆耶？纵侬父而可，彼女家亦未必可。筱郎此举，岂非不惟无益，而且有害。然当兹筱郎失意之余，又不能径语以此，苟语之，筱郎必致疑于侬，且谓侬授意于侬父也。嗟乎!孤灯只影,遂令侬垂泪到天明矣。

果也,一礼拜后,侬父之回书至,洋洋洒洒,所以责筱郎者备至,犹忆中有一段曰:“自尔至吾家后,抚育教养,无所不至,幸既弱冠成人,正当授室立家,胡反以吾之此举为不当?至前日以弱息许字之言,不过一时之戏,安足据为实事?小孩子不知长进,以后慎勿妄出狂言,要知吾之对尔,无不欲竭吾之心诚,为尔终身之策划,是非恩怨,尔泉下父当能知之,吾今亦不暇为尔道也云云。”呜呼!由是观之,侬父之意已决,筱郎必非侬有矣。

于时侬亦尝自筹一计,以为侬父母虽决绝,而爱子之心,必尚未没,倘侬以情哀之,或有挽救之一日,万一不允,侬即以失身事告之,侬父母纵不为侬计,独不为他日颜面计耶?既而一思,又觉未当,一则彼方之局万难翻覆;一则在家从父之古训,侬父拘执甚严;一则筱郎之至侬家,所以受侬父之恩,食侬父之福者,已属无所不至,乃不惟不稍图知遇之报,反渎乱帷薄,贻侬家庭莫涤之羞,纵欲原其情而恕其愆,又岂可得?因是三大原因,侬哀求侬父之心乃大灰冷,盖非惟无益,且必至惹出他日种种之变故,一线残生,正不知作何收束也。虽然,侬将又何以处筱郎哉?思之重思之,惟有自己终身不嫁,力劝筱郎承认婚议耳。牺牲一己之幸福,成就他人之好事,侬心之苦,可谓臻于极点矣。

次日侬遂以意语之筱郎,筱郎惨然曰:“吾前不云乎?有一日吾妹,即有一日我,有一日我,即不可一日无吾妹。今忽鸾离鹄别,吾心非木石,讵复能堪?尔父纵胁迫我,我亦决不承认也。”侬闻此,知筱郎情已难转,遂竭侬之诚恳以告之曰:“人之相知,贵相知心,苟能知心,虽天涯海角,亦如咫尺相睹,彼形式上之婚事,又何有于尔我哉?且余更有一言足为兄慰者,余自今以往,勿论如何,决不他嫁,凡余之对兄,均以夫礼事之,兄之于余,亦不妨以己妻目之,是则余两人仍夫妇也,所未圆满者,形式之合卺礼耳。”筱郎曰："尔何辜？吾胡忍因吾而牺牲尔一生之幸福？且人事变迁，未可逆料，焉知尔父母将来不又以逼我之他婚者，逼尔他嫁哉？即或不至于此，而人之贵有夫妇者，贵乎爱情也，彼女与我既无一面之缘，又无一分之爱，忽焉而命为夫妇，抑又奚乐？"侬曰："兄傎矣！凡人之所凭者，心而已矣。将来结婚之日，彩舆灿烂，鼓乐盈门，兄心中以为我来可也；定情之时，绣衾春暖，翠被香生，兄心中以为我在可也；推而至于一言一笑，一举一动，皆视为我，亦无不可也。如是，驱壳为彼女，精神则我也，兄又奚不乐？"筱郎闻此，始略有转意。呜呼！筱郎固明明侬之筱郎也，今轻轻捧赠于他人，侬虽力劝筱郎之承认，侬心中乃诚欲片片碎矣。

自是以后，侬遂无一日快，即与筱郎相遇，亦恒落落寡欢。秋后侬父回家，为筱郎定期冬月成婚。侬闻之，心如刀刺，然又不能于筱郎前形诸颜色。每值更阑烛烬，孤枕独眠，惟有啮被痛哭，自嗟薄命而已。语云："忧能伤人，愁多易病。"侬于时遂恹恹困顿床席间矣。筱郎见侬病，终日哭泣，伺侬父母不在侬室时，辄来询问，温存宽慰，无不备至。嗟乎！筱郎不至，侬犹可以自解，筱郎一至，侬病益深。一两月间，遂令侬形消骨立，不复人模样矣。

一夕，为筱郎归家成婚之前一日，夜将午时，筱郎忽至侬之外室，握侬手而泣曰："吾去矣，曩者吾从不肯与尔相离至一刻之久，今乃长途远别，会合难期，回首前情，回肠真寸寸断矣。吾兹亦无他求于尔，惟求尔慎为调摄，要知尔一日不痊，吾心即一日不安，吾心一日不安，则吾且大病矣。"呜呼！阅者诸君，侬当兹痛心之余，复聆此伤心之语，侬将何以置答乎？筱郎复曰："吾早知有今日之事，尔时真悔不应坏尔之节。不然，我即他婚，尔亦可另嫁，所堪留恋者，不过童时之爱情耳。诗曰：'天作孽，犹可为；自作孽，不可活。'我今日殆所谓自作之孽，遭此痛苦，固其宜矣。"侬亦泣曰："吾爱，勿言此，凡前此罪过，皆余一人致之，天所当殛者，侬一人耳,于兄何尤?惟侬所贡之言,愿兄勿忘。此次成婚之后,务将旧来意,怜取眼前人,盖彼女无辜,决不可因侬而损其幸福也。”筱郎曰:“金玉之言,自当铭之肺腑。吾行矣,千万珍重。”言已,与侬亲吻而别。嗟乎!生离死别,乃人生最大之悲事,况侬两人正当情浓意密之时,忽而伯劳分燕,各自西东,岂复生人所能堪?故筱郎去未及门,而侬遂晕去,及今思之,犹觉颤栗不已。

筱郎归后,侬病益增,然一念及筱郎嘱侬慎为调摄之语,又不禁望其速愈。向者侬父母欲为侬觅医诊治,侬辄极力拒之,今不得已始请于双亲,觅医施药,幸服未数剂,侬病即有转机。半月后,遂复亭亭玉立,步履如恒,然而揽镜自照,又不觉有人比梅花之感,乃不如意事,重叠而至。侬父忽于筱郎密月未满之时,函辞筱郎,勿再来肆。侬骤闻之,惊骇几绝,思侬父胡为忽有是举,得毋侬与筱郎之事已为所闻耶?如是,侬无幸矣。及后察之,幸而非此。盖侬兄愈后,深忌筱郎之擅权本肆,故乘此谗于侬父,侬父又适以筱郎阻其完婚,深为不悦,两事并发,遂致有屏诸门外之举。嗟乎!筱郎孤苦伶仃,一无生产,今忽遭此意外之变,后日将何以为生耶?侬每一念及,辄心痛如割,然又参商两地,不能筹一救济之策,日里思量,夜里哭泣,侬于是又入愁懊之境矣。

适侬家于时有事之分肆,侬乃乘隙私作一书,托肆佣陈某转致筱郎。盖筱郎家距分肆甚迩,转致甚易,殷洪乔之浮沉,当不足虑。讵书去月余,迄无回信,侬私心大为惊诧,念侬此等恳切之书,筱郎接之,胡竟置之脑后?岂前此之言尽为欺哄,今得新便忘故耶?抑因肆事之脱离,将致怨于侬耶?若前说而确也,则侬诚为自误,前此之惺惺惜惜,不过幻梦一场耳;若后说而确也,则筱郎殊太不谅人,即侬一片热诚,亦将付之流水矣。孰料天下事无奇不有,不独侬是时所揣测者为误谬,而侬意外之横逆,亦于焉而至。

盖肆佣陈某受侬书后，即私自拆阅，知侬与筱郎有秘密事，遂昧其天良，不惟不代转致，且以危词恐吓筱郎，谓侬两人私情侬父母均已知之，若不速避，前途不堪设想。筱郎平时固深信陈某者，闻言立匿，故不独无一字慰侬，且并踪影亦不之见。侬当时方处五里雾中，凡此情节，均不知之。及陈某归时，侬私叩曰："吾书已代达乎？想必取得覆书来也。"渠忽作狞笑曰："覆书耶？姑娘诚属痴望，当姑娘授余书时，余殊不知书中所云为何，及递之彼，彼阅未数行，即反喜为怒，碎书作片片飞，并厉声谓余曰：'尔为我转致，若嗣后勿再作如是无谓语，以乱余意！'噫！姑娘究作何语？胡足使彼恚怒，一至于此也？"嗟乎！阅者诸君，侬以满腔血泪，作此断肠之书，彼阅之，乃作如是答覆，胡一旦薄情至此？侬骤闻陈言，忿极几晕，复低声曰："凡君所言均确耶？"渠复故作诚恳状曰："余岂敢用诳？惟余曩者，观彼之于姑娘，似甚亲挚，今日奚为视路人之不若？岂老主人之辞彼，将迁怒于姑娘耶？抑慑于新妇之严威，不敢追念故旧耶？此中缘由诚令我不解。"呜呼！陈某之言，无一字不投侬之心坎，多情多义之筱郎，固如是耶？当日山盟海誓，犹历历在侬耳鼓，岂今日便弃之如遗耶？侬之策划，诚不能不谓之尽归失败矣。忿极时，几欲尽将侬之隐情，一一诉之陈某，以吐不平之气，幸而定力尚坚，犹能隐忍，不然，授盗以刃，彼之胁制侬者，更不知至于如何也。

嗟乎！侬当时旧病方除，又添新恨，兰闺绣闼中，乃不得不复理旧日茶灶药炉之生活。每忆往日病时，筱郎辄来殷殷询问，今日则翠被生寒，惟有梦知，薄筱郎之狠①心肠，能不教侬恨恨耶？所奇者，陈某每瞰②侬室无人时，辄亲至侬榻前，低首下心，温存慰

① "狠"，原文作"很"，据文义改。

② "瞰"，原文作"噉"，据文义改。

问,甚至侬所食之药饵,亦彼亲手致之,殷勤之态,几较筱郎为尤甚。侬当时以为彼方欲藉此以取欢心于侬父,故绝不之疑。

一日,侬精神稍健,方于书室整侬之书箧,陈某忽飘然而至,笑靥承迎曰:“姑娘已愈乎?”侬曰:“今日殊佳。”渠曰:“老主人近日因姑娘故,百不如意,肆中事,亦恒置不问,今睹姑娘状,当欣快无既矣。虽然,姑娘亦殊太痴,今日邮差递一函至,似为筱君致姑娘者,吾因一时未知冒昧拆阅,其中所言,殊足令人心冷。”言次,出一函授侬,侬亟取读曰:

余意中人观此:前接来函,殷殷盛情,溢于言表,余弗敏,敢不知感。虽然,余两人之缘尽矣。曩者余竭尽绵薄,为尔家经管,三四年中,绝无异志,不意尊翁以德报怨,以恩做仇,既翻覆余两人之姻事,复谢绝余一人之生计,质之情理,岂得谓平?虽然,尊翁为德不卒,固无论矣,独不解尔于是时胡竟默然一不为之圆转?岂口舌之劳,亦不欲为余尽耶?余之境况,尔尽知之,既知之,坐视尊翁之绝余而不为之救,则居心宁复堪问?幸新妇尚贤,不使我至于沦落,不然,其不作沟壑中人者几希!自兹以往,甚愿各行己志,我既有妇,尔可另嫁,此曩日之情款,尽可付之东流。更有一言不可不告之尔者,尔接此书时,切勿怨余,盖尔既负余于前,余乃不得不负尔于后,因缘果报,天理之常也,永诀在迩,伏维珍爱。知名不署。

侬读毕,大痛。嗟乎!筱郎,乃必欲逼薄命人一线残生而至于死耶?及细察函中笔迹,似又非筱郎之手泽,然封皮邮印,固又显然某某地也。嗟乎!筱郎,其绝余矣。陈某遂乘间语侬曰:“少年薄幸,诚属罪不容诛,吾向日见彼既钟爱于姑娘,复纵情于青楼,即知其人必不可与终始,今来书云云,固显然易见矣。惟姑娘以千金之躯,岂为彼人守从一之义?今后吾甚愿姑娘别择如意郎君,以作终身之计,非然者,此生已矣。”阅者至此,勿谓侬乃主人爱女,彼不过一肆中雇佣,胡敢于侬前陈此诚款?要知侬当髫年之时,彼即至侬肆,相随相习,若一家人,其言此也,殊未为失当,即侬当时闻之,亦几几欲引为忠告之语,固不知人情险恶,其用意别有所在也。迨后,彼无时不于侬前力诋筱郎之丑,侬始约略疑惑,思筱郎纵失信于我,固未尝得罪于渠,渠奚为攻击之不遗余力?得毋从中为祟,离间侬与筱郎之情愫耶?遂尽搜筱郎往日之笔迹,与前日来书一一校对,果大相悬远,其间虽间有相似者,大抵为作书人之摹仿。噫!此种伪书,胡为乎来哉?非陈某使人捏造而何?侬既了然此书之伪,复将陈某前日归肆时之言,一一轮回心中,亦觉无一不伪。嗟乎!侬固知多情之筱郎,决不至一旦薄情若此。独彼恶伧,侬果何所获罪于彼而必出此毒计也?自是侬遂竭力侦察彼伧之举动,凡侬之书室、卧室,均不许其轻至,意彼将可以已矣,讵彼犹不知返,缠扰纷闹,一如前日。侬至此,始深悔首不应托彼致书与筱郎,授以可乘之隙,继不应承认来书即为筱郎致侬者。盖来书首尾均未署名,侬不承认,彼亦莫可如何也。今隐情既半露于彼,则惟有严词拒绝,勿使其再与侬近,孰意恶伧绝无心肝,反挟此逼侬以无礼。噫!侬纵不肖,既失足于前,决不至再误于后。伧之此举,得毋太轻视侬之品格?侬愤亟,痛斥之。讵彼老羞成怒,恨恨谓侬曰:“尔勿假惺惺作态,要知尔与尔意中人之生命尽在我手,我朝出首与老主人,则尔两人夕同归于尽!”言已,探怀出一函曰:“此非确凿之证据耶?”呜呼!阅者诸君,证据为何?即侬托彼转致筱郎之书也。侬骤见之,愤懑几晕,欲觅一语以辨之,竟讷讷不能出口。彼复曰:“尔其愿自救以救尔意中人乎?抑愿自杀以杀意中人乎?两策惟尔自择之,我今亦不逼尔,尽尔仔细思量,然后语我。”言竟,拂衣欲去,复转而语侬曰:“尔慎勿谓此事纵出首于老主人,于尔两人之前途无甚妨碍也。尔当知女子所贵者贞洁,尔以千金之躯,一旦失身于人,老主人闻之,必不尔恕。至尔意中人,尔家费尽心思,抚育教训,彼乃不知感报,反渎乱其家庭,淫辱其子女,虽神明犹当殛之,而况尔父乎?凡此等等,均属事之必有,理之必至,尔苟非愚者,当知从违于其间也。”言已,盛气而去。

嗟乎!阅者诸君,侬以娇怯无能之弱女子,忽临此强暴,其败必矣,况其所言,均侬所朝夕惴惴引以为虑者,若果决裂,侬死不足惜,如筱郎何哉?侬当时恨无手枪在手,不然,直贯彼伧之胸矣。虽然,侬果将畏罪而从恶伧耶?侬虽死决不至此。思之数日,始得一两全之策,其策维何?则阳结欢于彼,而阴筹避地之计也。自是侬遂时与之周旋,应对之间,无不使彼获得圆满愉快。对仇人而取好,诚非生人所能堪之事,幸不逾月侬之大好机会乃至。

缘侬父于四月间,曾纳一小星,年少轻浮,与侬母大不相洽,夏间侬母遂欲挈侬往分肆以避之。噫!侬闻是,喜当如何,然犹恐侬父不之许,力怂恿之,于是议乃成。六月初旬,遂束装就道。侬当时得脱恶伧之窘迫,如出地狱而跻天堂,一种欢欣忭舞之状态,几不可以言喻,即青山绿水,亦若为侬表示愉快之意者。抵分肆之次日,筱郎即至,相见之下,惊喜交并。未见时,准备着千言万语,到相逢一句也无,侬当时真欲云云如是矣。

至夜分,侬心略定,遂将陈伧前后之言,一一询之筱郎。筱郎闻之,大怒曰:“陈某乃奸滑如此耶?吾何尝有是?”侬曰:“吾固知兄之必不至此,然尚有未尽者。”遂复将陈某所以胁制侬窘逼侬之情形,一一语之。筱郎厉声曰:“如是,吾必手刃之。”侬曰:“余两人心迹既明,报复正自有法,亦无用此焦燥,惟兄离余肆后,生计问题如何摆布乎?”筱郎惨然曰:“度日如年,遑问摆布。近方欲合族叔共组一肆,又以资斧不充,废然中止,瞻望前途,正焦灼忧虑,不知所届。”言已,长叹至再。侬闻之,心如刀剜,私念可爱之筱郎,岂将从此落拓耶?遂力请于侬母,仍纳筱郎于分肆,幸侬母不假思索,竟予所请。盖侬母素爱筱郎,此次又值中怀悒郁之时,正欲藉小儿女以事排遣,故闻侬言,即立允之。自是筱郎遂复供职于侬肆,凡侬向之所悬悬日夕不安者,至是乃得一一解决,中心愉快,真莫可言喻矣。

筱郎素性好诗,侬于时乃得偷闲学诗,绿窗低哦,红灯评韵,固极一时之乐。侬家曾赠有风琴一座,侬间或手谱一二调以佐筱郎之诗兴,不知者,固莫不谓玉人一对,占尽人间艳福也。顾筱郎有一事殊不满侬意者,其亲侬愈甚,则视其妇愈疏。侬思彼女何辜,无端遭此冷落,乃力谏筱郎,勿复尔尔,并时过其家,抚慰新妇。奈筱郎略不省悟,且刻薄益甚。侬思此何可者,纵新妇不之怨,其如人言啧啧何,遂自谋一策,以疏筱郎之情感。适是时侬之姑母主教某女学校,乃请于侬母,往该校肄业。侬母之于侬,素所言听计从者也,闻是,亦欣然赞同。议既成,侬始私语筱郎曰:“良人者,所仰望而终身也。彼女固未尝哀哀乞嫁于兄,徒以事势所迫,而为兄妇。兄乃不能稍存仁爱之怀,加以体恤,反凌辱备至,冰炭不容,质之情理,岂得谓平?兄前日归时,余固虑及于是,故不惜剀切陈情以为兄劝,讵兄如东风过耳,一不之忆?余至此,乃不得不筹一避地之计,其计维何?则将别兄而往学校也。”侬往校之议,筱郎初不之知,今骤闻之,不期愤懑曰:“尔将与余永绝耶?”侬曰:“兄误矣,吾前不云乎?勿论至于何地,至于何日,吾必永永爱兄,今日所以必如是者,实欲兄以爱吾之爱,转而爱兄妇也。”筱郎曰:“然则余将爱余妇,尔不入校,不亦可耶?”侬曰:“议已早成,焉能翻覆?且兹事为兄妇计者半,为吾前途计者亦半。兄试思吾既打叠以丫角终身,生计问题,自不能不早为筹备。此日有两老人在,固不患无衣食之靠,然两老人已是风烛年华,朝不保夕,设一旦就木,吾兄之能否照拂,正不可料,与其尔时临渴而掘井,何若乘此谋一进身之阶?故吾日夕筹思,惟有随姑母侍读为至计,设将来果克如我之所期,则兄亦可减少一分担负矣。”筱郎曰:“诚如是也,吾岂敢阻?惟是刚刚聚首,匆匆又别,于吾心不无耿耿耳。”侬曰:“兄亦太痴,须知吾侪决不能为目前儿女情怀计,要为来日立家大事计也。”筱郎闻此,始垂首至臆,默然无语。

侬即入校,与筱郎每星期仅把晤一次。侬虽不欲表示恋念之情,中心亦不无惆怅,尝于夕阳衔山,倦鸟投林时,倚侬校东楼,望侬家低声三唤。若在他人处之,必不免于病,幸侬犹能自解,每至情思困倦时,则焚香一瓣,取唐诗读之,读至快意时,牢骚愁懊,辄能消灭无踪。因是侬虽处此奈何天理,侬之腰肢体态,仍盈盈若平时也。

讵老天①厄侬,无所不至。侬方值此稍可伸眉之时,深恼人意之婚姻问题,又接续而至。侬是年年已十八,在礼雀屏选婿,亦正其时。奈侬意已有所属,纵潘岳重生,亦非所愿。其初侬每星期归时,侬母哓哓询问,侬意侬母不过意向如斯,未必果行也,故惟有以微言拒绝。讵侬母以为侬之拒绝,乃小儿女羞涩之故态,竟徇媒妁之请,字侬于城内卢家。议方成时,侬始闻之,大惊,复于侬母前竭力谏阻。侬母怒曰:“小妮子不知长进,岂将终身余家耶?”卒不听。侬窘极,及商之筱郎。筱郎愀然曰:“惟有逃耳。”侬曰:“避兄离母,余何忍出此?设中途破获,尔我岂有幸哉?”筱郎曰:“除此又别无他策,无已,牺牲尔之名誉可乎?”侬曰:“计安出?”筱郎曰:“无他,倩人将尔我之关系,宣之卢家也。卢家纵欲婚,亦决不至迎此不贞之女,如是,其议不攻而自破矣。”侬尔时以为此议较胜于出奔,遂立允之。果不数日,卢家竟使媒妁假词谢绝。侬母初不知此中原委,犹重怨卢家之二三其德。侬于是始知

① “天”,原文作“夫”,据文义改。

处世之真不易焉。

自是以后，侬遂刻刻提防，凡侬母与人开婚姻谈判者，侬必私察其人其地而施以前述之计策。约计半载之内，被侬与筱郎所破坏者，约有三四处之多。侬当时年少痴迷，遂以为从此可以逍遥闺闼，作处子以终身。孰料天下事有一利，即有一弊，筱郎竟因是而遭侬母第二次之斥退。作法自毙，侬至今思之，犹追悔不禁。何言乎筱郎竟因是而遭侬母第二次之斥退？盖侬母向喜过从戚友，凡侬向所破坏之各处，与侬戚友咸有几分交谊，因是以讹传讹，变本加厉，渐渐遂传入侬母之耳。侬母初本甚爱筱郎，至是实不能无所愤怒。一日，自某戚家归，方下肩舆，即呼筱郎至，厉声曰："自尔离余家后，余刻刻念尔，恐尔流离失所，无所依归，故复留尔于分肆，乃尔不以为德，反滥造谣言，以坏我家风，自今往后，吾不复敢再容尔，尔其速出……"言已，复入而责侬，并谓当速为侬觅婿而嫁之。侬闻而大惧，乃欲以商筱郎，则筱郎已负气归家矣。

自是侬与筱郎未见者数月。侬母又不许侬越雷池一步，即校内功课，亦中道而废，寂寞兰闺，真令侬闷熬。且筱郎离肆后，生计问题，如何布置，侬一不之晓。李后主谓此中日夕，惟以泪洗面，侬当时景况，真无以异是矣。直至今年（乙卯）正月，因贺年之故，始得与筱郎把晤，始悉筱郎之状况困顿万分。侬劝其从事教授，又甚不愿，万不获已，侬乃尽出侬之私蓄为筱郎自营一肆，历一月之功，始克告成。侬母闻筱郎忽独树一帜，甚为疑诧，屡询侬以筱郎之资斧奚来，侬只以未晤其人为对。盖侬之私蓄，尽取之侬父，侬母绝不之知也。筱郎既得有安身乐业之地，侬心乃稍稍宽慰，所未能满意者，则隔窗人远天涯近也（筱郎居室与侬肆仅间一壁，晓窗人静时，虽间能一觌，而满腔心事竟不得一申诉焉）。然思人生在世，安得尽如吾意？虽贵为天子，富有四海，亦恒宵旰忧愁,无时愉快,何况天忌聪明,聪明误我,今日之境,特我自召之,抑何足怨?侬思及此一副闲愁,惟有付之无可奈何而已。万不料母也天只,不谅人只,深恼人意之婚姻问题,又相逼而至。前此侬能于事前知之,尚足以设法破坏,此次则议垂成而侬始得悉,且前此所字者,皆在城内,故侬之术易售,此次则相距至数十里,非惟侬不之知,即筱郎亦无从探悉。侬万不得已,乃哀求侬母,收回成命。侬母怒曰:"尔意究属何居?屡梗余议,岂余为尔谋终身幸福为不当耶?若然,余行迎尔父至,尔欲如何,便如何也!"侬闻此,知侬母之意已决,大恐,亟欲与筱郎一商退避之策,又苦不能把晤,一寸芳心真欲碎成万片。及暗探姻事之进行,则又行书有日。嗟乎!阅者诸君,侬其怀惭负疚而琵琶别抱乎?非惟重负筱郎之初心,亦无以对彼新夫,匪然,则惟有一死。而筱郎又尝谓有一日我,即有一日彼,我之性命,即彼之性命,我若诚死也,筱郎决不能独生。我死所不能忘怀者,不过双亲与弱弟,若筱郎死,则寡其妻而绝其嗣,我何忍以爱人者害人?夫既不能嫁,又不能死,将何以解此纷难?忆自闻是消息后,白日筹思,夜中策划,废寝忘餐,神思颠倒者,历一礼拜之久矣。最后逼迫至没可奈何时,乃惟有舍取从前所有欲行之下策而行之,其策维何?则出亡也。

虽然,尘海茫茫,将又奚往?况侬乃一弱女子,从未出闺门一步,今忽作长途之行,更有种种挂碍之处。侬为此又不禁忧心如焚,焦灼莫可自已,乃老天若深助侬之行志,竟授侬以投止之方针。盖侬有同学女友,籍隶汉皋,忽于时致侬一书,谓渠已主教于汉皋某女学校,速侬出襄理校务。侬得此大喜,遂满心满意,以汉皋为侬所至之目的地。顾侬之此举,其告之筱郎乎?抑不告之筱郎乎?又不能不预为筹决,如其告之筱郎,勿论如何,必不肯使侬孑然独行,是不惟无益,而且多一层阻滞。如其不告,一旦忽闻侬失踪,必又增其疑虑。思之重思之,惟有临行时致渠一函,略告以必行之故，或者渠闻之，足以谅侬也。此两个困难问题，既得解决，侬心乃大慰，遂于夜深人静时，作长书一通，致侬姑母（即前主教于某女校，侬往侍读者），书曰：

姑母大人膝下。儿不肖，承我姑谬爱，施以教训，一载以来，获益非浅。乃儿不能发奋自励，为家族争光，反至身败名裂，贻讥乡党，至今日且须作出亡之逃女，天涯之孤儿，虽粉身碎骨，岂足赎此重愆乎？虽然，儿实有万不得已之苦衷在焉。儿与筱郎之事，想我姑已略闻知，此事在儿实为大错，故生平向不敢与别人言之，以言之适足以加儿之罪，而益家庭之丑也。今势成骑虎，追悔无及，万不得已，冒死为我姑一详陈之，一则使我姑知此事之底细，一则求我姑商量儿父以偿儿之素愿也。儿自幼即与筱郎相爱，尔时年事既小，知识未开，遂不知人世间尚有礼法在。及长，相爱日益深，相近日益密，心中脑中，觉除双亲外，无有更亲于是人者，而父母哥哥，又绝不加以约束。我姑试思，一个青年男子，一个娇小女儿，两心相印，两意相投，长日同处一室，如之何不为情所动？故三年以前，儿与筱郎之情感，即臻于极地。当时深堕痴迷，不知利害，过后思量，旋又追悔。盖儿虽未曾定婚，筱郎虽未曾有妇，而以筱郎之家世，与儿之家世相拟，决非匹偶，既非匹偶，又作何收束？因是终日惶惧，坐卧不宁，伤心眼泪，正不知洒却几许，万不得已，乃作解脱之想，冀以斩断情根，自求忏悔。不料鬼使神差，冥冥中相爱反至益甚，一若江河已决，愈抵愈激。前此尚不过浑浑噩噩，相恋相念，至此，则若人生之于性命，几不可以须臾离。且思从一而终，女子之德，儿既失身于筱郎，自当倚筱郎以终身，纵事机破露，亦惟有以死了之，故三四年来，名虽戚串，实则夫妇，月下花前，山盟海誓，不作人世并头莲，便做地下同命鸟，痴情痴念，自思亦几不解。不意去年儿父忽为筱郎定婚，儿闻之，大惧，思筱郎若果他婚，儿之希望即尽绝，亟央筱郎要求儿父，解散其议,儿父又拘执不允。儿当时情景,真如万颗枪弹,齐贯心腹,迨欲含羞以己事诉之儿父,而事局已成,难以翻覆,不告,又坐视情郎为人攘去,于心不能自已,思之思之,几欲魔矣。尚幸筱郎时为慰藉,寸心中略为宽坦,私念覆水既不可以复收,则亦惟有听其自然。讵料母也天只,不谅人只,儿之婚姻问题,又于焉发生。嗟乎我姑!儿既失身于筱郎,何可更曳残声,而过别树?万不得已,乃哀求老母,收回成命,不期不惟无益,而且下聘有期矣。嗟乎我姑!此情此景,儿将何以堪乎?无已,惟有一死,然思父母俱在,死之不忍,且筱郎更痴于儿,儿死筱郎必继之,儿死不足惜,筱郎死则如之何哉?既不死,又不嫁,两全之策,毕竟如何?思之重思之,乃有逃耳。盖儿去,许字之议始得破,许字之议破,儿始有设法之余暇,明知于礼不当,乃不得不冒险行之。虽然,父母之恩,昊天罔极,双亲抚儿教儿,至于今日,玉立成人,乃不能稍报养育之恩反贻骨肉分离之惨,抚心自问,诚可痛已。儿今亦无他求于我姑,惟求我姑第一知儿此行,实出于不得已,非敢故意避兄离母,作异乡之逃妇。其次则求我姑代达儿父母,取消许字之议,仍许儿以闺阁终其身。第一事既已如前述,以我姑明达之怀,当所深悉。第二事,儿家闻之,必不赞同,不知儿已筹之至熟。即以儿之家事言之,双亲在时,儿之衣食住三者,无论何如,当不至置之不问,待至双亲就木,更不知须几何年月,尔时儿之得生存此世与否,尚不可知。即或生也,以儿之学力,欲求一啖饭所,当亦易易,与其嫁一素不相习之人,贻父母帷薄不修之丑名,丧儿终身愉乐之幸福,何若将就此议之为愈乎?至儿此次忽然失踪,儿家必以为大失门楣之光,其实不然。儿于各亲戚故旧处,已均函知,谓儿行往他处就学,彼辈局外人,当不至从中如何查究。苟我姑以儿所要求者,向儿家言之有效,儿正不难反辔而归,非然者,儿亦惟有生作异乡之鬼而已。尤有一言,须求我姑鉴察者,儿之此举,乃儿一人之私见，筱郎绝不之知，将来幸勿牵涉无辜，致遗儿终身之戚。再儿此行所至何地，良不能为我姑言之，若我姑之能为儿守秘密与否，儿尚不能知，倘儿言之，我姑复转告儿家，则儿朝走，追者夕至矣。嗟乎！去乡日远，瞻仰无期，临颖依依，不胜怛恻悲痛之至。侄女亲上。

书毕，口诵一遍。时已夜午，村鸡四鸣，乃复奋侬之纤腕，作数语以告筱郎曰：

筱兄观此：不能晤谈，又阅一月矣。家母忽于前日为妹许字刘家，妹再三阻止，卒归无效，且闻行书有日，下聘有期。妹既立誓于先，决不能背约于后，万不获已，惟有一走。盖妹走婚议始得破，婚议破，妹之志愿始得偿，虽曰为己，实亦为兄耳。妹本想先期语兄，因恐临时阻我，以败我事，故惟有含默不言。至妹此行何往，所至何地，妹当守个人之秘密，不能使兄知之，待到妹家转意时，再以函告。别矣，从此天涯海角，良觌无期，伏维珍重。再妹此行，衣食住三者，皆无患缺，兄接此书时，无为妹虑。尔意中人白。

两书既封竟，纳之怀中。推窗视之，天已微明，乃细检侬之金饰，得廿余件，约值五百金，复搜索囊底，得洋百余元，预计此行抵汉，即无事，亦可足一岁之用，于是合金饰纳之小提包中。至于衣服行李，一不能携带，盖恐启家中之疑窦，而败乃事也。诸事既妥，伏枕小寐，恍惚中觉侬已起程，并觉所乘者非轮船，乃小舟。筱郎亦在焉，侬因与筱郎睽隔久，遂握手畅谈。不转瞬而所乘舟忽荡入大海中，举首四顾，茫无涯涘，且飓风四起。侬大惧，亟呼舟子返棹，舟子若不之顾。正播荡间，舟忽变而为两，一侬自乘，一筱郎乘之，再视舟子，则不之见。侬窘极，急呼筱郎来与共乘。筱郎不惟不应，反背侬而驰。侬愈呼，其舟愈远。侬思筱郎胡一旦忍心至此，坐视侬之危难而不之救？方愤恨间，侬舟又变而为大石一方,侬益恐,思水何能载石,沈溺必矣。遂痛哭而悟,则见红日已射碧纱窗,固一场噩梦也。及起,心头怔忡如鹿撞,思此梦若确也,则侬与筱郎之缘已尽,缘既尽,侬再嫁非为过也,又奚必奔走于天涯哉?既思梦乃幻境,非真事也,我胡为因幻境而灰素志,况思多成梦,焉知此梦非吾多思所致耶?思至此,仍复坚其行志。盥漱毕,亟趋母室。侬母向喜晏①起,是日独起甚早,岂预知其爱女之远行,故多与以团叙之晷刻耶?遂共早膳。食时,侬母兴会极高。侬则泪从心迸,私念明日此时,侬母必不能如今日此时,或且伏床啜泣,不欲就食矣。噫!因一己之私情,遗家庭莫大之悲戚,侬真死有余辜矣!

餐毕入室,见平日所爱之古玩书籍,衾枕衣服,须一一别去,更不知涕之何从。及视时计,已至十一点,私念上水轮船,行将抵埠,若再迁延,于事无济,乃毅然决然,携提包行。方出门时,偶念及此亲爱家庭,无端抛弃,几为之目眩神昏,趑趄不能举步。既出城,首往电局,致一电与侬友,盖侬未尝至汉,将约其于抵埠时迎侬者。次至邮局将所致姑母暨筱郎书投之。两事既竟,急行至江干,则轮船早至,遂择一二等舱坐之。半句钟后,汽笛一声,已鼓轮西驰。侬伫立船头,默念何处为侬之居室,何处为侬之游戏地,何处为侬与筱郎畅谈之所,今皆一一永别,思之真心痛欲折。再回视同舟之人,不下数百,似无一不熙然愉乐者,独侬则具此莫大之悲观。婚姻不得自由,驱侬至于如此,蜡烛有心,当亦为侬涕泣矣。

次晨抵汉,侬友已候侬于趸船。两年阔别,一旦相逢,其乐诚未可言喻。既至校,侬遂将侬此次出亡之原委,倾筐倒箧,尽诉之侬友。侬友亦多情人也,闻之为侬悲叹不置,乃请于校董,授侬以

① “晏”,原文作“宴”,据文义改。

教授之职。侬不敏，亦惟有勉就之。幸生徒不多，日犹能偷得数时暇晷，与侬友研求立身为人之学，以视在家时，日与忧患苦恼相周旋者，转觉清闲百倍。虽然，五年以前，不知有在家时之生活，在家时，又不知有今日之生活，过此以往，变迁靡定，更不知来日须至如何地位。侬思及此，一副闲愁，不知不觉又挂在眉梢矣。

授课约三月，筱郎忽追踪而至。先是筱郎有挚友某君视事汉皋，一日于途次遇侬。侬无意中，乃将侬之状况述告于彼，彼遂以函促筱郎至。侬初心本不欲再遇筱郎，以乱侬意，是时方欲探明侬家之状况，不得已见之。筱郎骤见侬，大怨侬之不应轻率他出。侬固早料及此，遂亦任之，复叩以侬家对侬之主张，则谓侦骑四出，不得其人不休。侬闻之，始知侬致姑母之函已属无效，芳心不觉冷却半截。嗟乎！飘萍断梗，侬将无归家之望矣。

筱郎逗留数日即归。侬自今以往，惟有竭尽侬之心力，以打量如何立身，如何做人。苟筱郎一日生也，侬即在世界上尽此一日义务；苟筱郎而不生也，侬亦即卸此一肩责任，偕筱郎同游于云烟飘渺之乡，而了此未了之缘。呜呼！爱河无岸，恨海难填，甚望普天下闺秀，勿再蹈侬之覆辙，则《侬之影史》，即前车之鉴也。

——《侬之影史》，上海中华图书馆1916年版

徐赋灵

徐赋灵,生平不详,著有小说《桃花人面》《德国诗集》。

德国诗集[①]

我丈夫是德国文学科出身的学生。他在德国诗人之中,最爱莱奈乌氏的诗。这一种皮面金边的小形诗集,常在他书桌之上。这位先生的诗,读了如见暮春落花,如闻少女夭逝。我丈夫时常讲给我听。这悲怆的诗味,最足令人感心。不想我有生以来的境遇,恰与莱奈乌氏的诗一般,世上再没有像我这般不幸的了。我在学校时代,把自身譬喻做野外开着的无名之花,时常伤心堕泪。世上的悲哀、世上的烦闷,怎么恼得人如此呢?我见许多学友,装束着女学生的样子,乐融融在街头行路,总不明白他们为何如此快乐。我在做学生时代,本来打算一生守着独身生活,最好为着什么公共事业,牺牲这无用的一生。然而我的性质,决不能做那枪炮声中,被受伤兵呼为慈母的奈丁盖尔姑娘。他的事业、他的名誉,若能移到我身上,我何等喜欢,但是我到底没有这勇气。我譬如春天开着的无名之花。我丈夫好奇,把我采集供养了,已有三年。我总也忘不掉的,我在女学校卒业后,不多几天,适当三月

① 原署"徐赋灵女士"。

十三日，乃先慈的十周年祭期。我姨母便与我谈种种旧话。我母亲去世时，我已十三岁，所以一切都记得。母亲是个温柔可爱的人，在生时常替我制各种衣服，说那一种颜色相称，那一种花样好看。我母死后，我想起无人再替我制衣服，不免大哭起来。小孩子的心中，自然这些事情比别的事来得伤心。这一天，姨母看看我身上衣服，说道："婉姑，你衣服何以如此质朴？你母亲若在世上，决不让你穿这种衣服的。"我被姨母说了这一句话，胸口已觉塞着，再也不能坐了，便往檐下去立立。这时候，正是春雨连绵的日子。邻家篱内的牡丹花，被雨打得低了头。对面一家的庭院中，一树桃花，倒冒雨开着，来得娇艳。那紫燕飞去飞来，也不怕雨。我眼所见，耳所闻，总觉伤心。这一夜，姨母又说："你母亲已去世十年，我有紧要的话，再也不能不向你说，你且听着。我听得你常主张不嫁，靠着学问之力，却是能够独立生活，但是普通的女子，倘有相当的姻缘，总应嫁的为是。婉姑，你到底主意如何？"姨母一说，我便戏言道："我今年二十三岁了，如果有人要我这种老太婆，就请你老人家介绍介绍。"姨母正色道："这话当真么？因为有个人很注意于你。"我便向他打听到底是谁。他说："婉姑你也遇过的，就是前天赠音乐会入场券的人。"我一听，心中一动。此人却是遇过，从前在朋友家中也会过面，谈过话。他生得身瘦色白，性情很温顺。那一天听他讲的，确是莱奈乌氏的诗。我总疑惑他为什么注意我这种人，问问姨母。他说："此人很想你，曾表示他的意思。"他还说："此人实爱你的举止文雅。此人无父母兄弟，是个独身，现在却在中学校充当教员。你嫁去之后，两人做起人家，享那家庭和乐的幸福。这一段好姻缘，真是难得的，不可错过。"我姨母一心要玉成此事，我也渐渐抛弃独身主义。这无名之花，竟没有人知道，已被人采集去了。结婚后，二人做起人家来，在十骑街租一所楼房。庭园很大，花坛上都种着西洋的花。我最爱的是这市街非常寂静,讲到声音,不过远远听得的车声,和邻家的琴声罢了。我丈夫不在家,我自习德语,就是莱奈乌的叙事诗,翻了字典,差不多也可以明白了。我丈夫最爱文学,我在学校时代,又爱读小说,看到女子悲哀的小说,往往替他下几滴同情之泪。某君所著的小说,我更爱读他最有名的《秋水记》,其中的女主人紫云,真是写得令人伤心。你想他在大病之际,心中挂念着丈夫,还强是把蓬乱的头发梳好,妆饰齐整,想到他此时的心理,怎能不替他难过?有一天,我和丈夫谈起此事,他说:“不错,小说果真做得好,我也极佩服,不过紫云的性格不很明了。为了这一点事,就害起病来,太不自然,要想死还不肯死,这是何故?这是读过西洋新著作的人,总有些不满足的。”丈夫说了,我就驳道:“不然,女子性质,大半如此柔弱,失了依靠,没有一个不如枯叶一般,绝无生意的。”然而我丈夫还是不信。我以为最弱的是女子之心,自己不是女子,总难明白,所以我也不再与他辩论了。一年之间,我家庭很圆满,梦也似的过去咧!我丈夫一有暇隙,即把欧洲新出的诗和小说讲给我听。我虽不很懂,到底灌些新知识进去。新派的戏剧,他也很讲几出有名的给我听。我们思想感情都过分强烈,与莱奈乌氏、哈依纳氏等相比较,如饮强烈之酒。你想世界著名的诗人,他的思想,他的牢骚,自然异乎寻常,教人受着了他的感触,也自然不同。我丈夫讲解这些文学时,总在楼上书斋中,坐在摇椅上,右手搁着,左手拿着书籍,慢慢的讲解。我坐在旁边椅上,端端正正静听。他讲到渐入佳境,他的说话必突然一变。他平日说话,不很流畅,到此便口如悬河,两颊红潮顿生。我也听得有趣,渐渐出神。一室之中,如有平和的神看守着。讲完之后,受人互相批评。我命婢女去取茶点来。那时的情形,至今仿佛还在眼前。我丈夫思想丰富,主义坚固,我当他师长一般的尊敬着。我的学友们,或嫁绅商,或嫁官吏,见他们享尽荣华富贵,我也不羡慕,也不妒忌。说出来虽难以为情,我深信世上再没有像我那么最得意的丈夫了,但是我的性质,仍旧柔弱不堪。第二年的春天,生了个长女。女子最忌生产,一生孩子,我家庭便顿时一变。以前我家中不过无聊时偶然奏奏琴,以慰丈夫不在时之岑寂,家中除琴声外,没有第二种声音的。自从长女一生,他的哭声,第一惹人注意,从此再也不能像昔日静悄悄看小说、评文学那么清闲了。总而言之,尽是空想成立的我的家庭,现在被一个叫做“实际”的扰乱分子袭来了。

我长女生后,丈夫也不很讲诗与小说了。他虽不断的仍把新书翻阅着,竟一点也不讲给我听。偶然夜间恳求他讲讲,往往讲到中途,女儿突然惊醒啼哭,或生其他事故,心总难以专一。莱奈乌氏的歌中说道:“欢乐难持久,相亲仅一时。”世上的事,真是如此,所谓欢乐,所谓夫妇的爱情,可怜不过如虹霓一现罢了。我想最悲伤的,要算是世上的人了。第三年二月杪,我丈夫略有公事,要出去旅行,顺便又想到望月渚去瞧瞧风景。他七八年前,去过一次,现在恰是顺路。我丈夫本很爱旅行,如遇名山大川,风景绝妙之处,实是他无上之慰藉物。他只消一有暇隙,往往出去旅行二日三日,回来时便把种种风俗风景详细讲给我听。我是生长本地,除新婚旅行外,没有出过远门,所以他的旅行谈,很惹起我的好奇心。我眼中没有瞧见过的山川风俗,颇使我醉于空想之中,弄得我为着那些风景风俗,时常做梦,讲出来又屡次被丈夫笑我。此次我丈夫动身后第三日,由途中寄来一信,第七日又寄来一信,比上次更远了。最后一信,是在大良城发的。此信写得最长,无非说独自一人,极寂寞的旅行,很忆念家中,冒着雨游览城中古迹,更写得详细。他最有兴趣的是菩提寺。进了寺门,见庭中古松甚多,且有一二株白梅间着。寺内寂静无人,我丈夫独自在内徘徊。大殿的庄严,一言难尽,要想进去瞻仰佛像,踌躇着半晌,方见一个年轻貌美的小沙弥走来，向他问信。沙弥开出口来，声如纯粹处女，而且脸上红着，才知道是个尼姑。我丈夫在古寺中松林间细雨如烟之际，由这少年尼姑领着游览，却很感触。我丈夫又在这尼姑的已往未来上作种种空想。后来参观大殿内部，另有一个中年跛足尼姑引导，到一处指点一处，非常亲切，此人我丈夫也很感动。游毕，再游览城内各处名胜，无奈湿云渐低，雨仍不止，到游罢返寓，已是大雨如注，全城被黑云蔽着咧！他信的最后，又写着道："公事已完，打算到望月渚去走一趟，看梅花虽不是这时候，好容易来了，一定要去游玩一番咧！"我丈夫在此信到家后的第三天午前九时回来。从前天起，我晓得他要回来，只是盼望着咧！我向丈夫脸上一看，不知是旅行中剃了胡须呢，还是别的缘故，颜色很青，略比前消瘦，他的态度，大有不安之状，说道："我将表忘掉在旅店中咧！表是银表，表链倒是金的，此乃亡友的纪念品，我极替他担心。"我丈夫一向思虑周密，从来没有忘掉过什么东西的，我很奇异，即忙将他摆在地上的一只旅行皮包拿起来。不料我右手一提，那皮包的双环同时脱落，这很重的皮包坠在地上。我就给丈夫看，我丈夫见了，不说什么，我就说："表恐怕不能到手了。"他说："不妨，放在那旅店中房内的抽屉里的，寄一封信去，必定还我的，他若不还，我决不答应他。"说着，又独语道："听得火车将到，便非常赶紧，不料把东西也忘了。"望月渚的情形，这时候我丈夫也讲给我听的，他说："那时梅花还没有开，所以游人甚少，但是也有几处，已开着十份之六七了。岭梅村等处都是附近的好地方，别处总没有那边这样闲静有味了。第一，美丽的女郎最多，我七八年前去时，已觉得如此，现在依然不变。别的地方，乡下人大半言语野鄙，也有美貌的女子，总不能惹人注意，只有那里，言语很有美感。总之这一处地方，有说不尽的高尚之点，实是不能忘掉的好地方。"我就问道："听说岭梅村，还有岭梅镇市街,那市街有什么可以助游兴的么?”他道:“市街上没有去,将来必定要去看看咧!”我说:“这市街也是很有名的,你怎么忘了?”他道:“望月渚的前面,就有新路,可以通岭梅镇的河岸。怎奈有高山遮着,山上过去,道路很险,下临深谷的狭道,只有一人可以通行。你想如此很险的山中,竟有很美丽的女郎住着,叫人那里肯信?”我丈夫说到这里,还是出神不置,我也被他说得心活,就道:“这种名胜地方,望你将来也带我去游览一回。”

我丈夫忘掉的表,过了一星期,居然无恙的寄了回来。婢女接受了,授与我。我一看,是用一只厚底小匣装着,匣上写着发寄人是旅店出面的。我丈夫正在观看,我送至他面前。他见表回来,非常快乐,急急打开,其中用旧报纸包着,表与链一些也不错。我丈夫说:“乡下人到底正直得很。”说时,用手巾将表与链揩擦一回。从此以后,并无什么变异。我丈夫每日到学校中去上课,我与婢女只是为着家中的事、女儿的事,忙忙碌碌的度日。有一天,那时总在五月里光景,我觉得我丈夫的举动很怪异。我恰巧有事走上楼去,我丈夫正在写一封极长的信,见我上去,急急将他藏去。这种事情,从未有过的,我实在奇怪得极,并且五六天之前,有一封信寄来,外面不书发寄人姓名,若没有那封信寄来,我还不致如此注意咧!他前日的书信,今天的态度,一定有什么秘密在里头。我脑中如电光一闪,大有感触,即问道:“寄给什么人的信?”丈夫道:“这是大良城的……”我笑道:“给我看看。”我丈夫忙道:“没有什么好看。”我道:“看看何妨?”我丈夫道:“没有什么意思,朋友的信,看他做什么?”他说到这里,忽更变语气道:“若是什么文章极好的信,看看还有些价值,现在不过满纸俗事罢了。”我丈夫如此回答,我也更变我的质问,说道:“前几天不是有一封没有发信人名字的信寄来的么?”我丈夫点头不语,我又问道:“那一封信从什么地方寄来的?”我丈夫泰然自若,在抽屉中寻出一信,说道:“是这一封么?”我一看道:“是的。”我丈夫道:“这是大良城一个昔日的学友所寄。”他说时,将信授与我。我那时疑心很深,展开来一读,不错,果然是朋友间戏谑的书信,我于是深悔自己的冒昧。我丈夫道:“你以为是怎么样?”我答道:“没有什么……”我丈夫道:“你一定以为我有什么秘密了。”他又笑道:“你放心,我断不会瞒着你有什么秘密的。”我说道:“我并没有如此想。”我说了这话,自己很觉惭愧。我丈夫一片清洁的心,我竟去疑惑他,无非是我的过虑。我丈夫决计不是这种人,我从根本上深信丈夫,所以这疑念一回儿就消灭得无影无踪了。一个月、两个月过去得很快,光阴飞鸟似的过去。过去的岁月间,我夫妇间事实上,已开着一条大沟。长女未产以前的快乐生活,与今日相较,真有云泥之差。不过这差,不是忽然的从这壁移往那壁,却是慢慢顺着路行去,一点也不觉得不自然,这实是人世悲伤冷静的常态。已往之欢乐,无非是一场青春之梦罢了,年轻时的烦闷或悲哀,这都是从各人的空想中分出来的,只消自己有决断,也未始不能打断念头,未始没有慰藉的方法。有了丈夫,有了子女,苦痛悲哀,非自己亲尝滋味不可,实在苦痛一物,正如萧萧雨滴,落在沙上,决不是青春时所想像的那么华美的。譬如音乐置诸高阁,诗集藏入箱中,这些物虽然可以慰藉,怎奈无触手的工夫,无消遣的心思。但是我丈夫的行为,别无变动,依然勤学不辍,他也从来没有一夜不归,宿在外面的日子,不过他对着我的态度,对着长女的爱情,似乎热度退些,但是冷可没有冷,万事依然很亲切,但不知何故时时长吁短叹,我却很担心。有一天,我偶然问问他,他答道:“我也没有留心,我真常常嗟叹的么?”然而他虽如此说,他颜色不好看,仿佛深有所思。我又道:“你近来不独长吁短叹,颜色也不佳,难道有什么忧愁的事么?”我丈夫道:“并没有那种事。”这时候我对他脸上凝视着,说道:“如有什么事,望你告我,无论何事,我当代你担忧。”我丈夫道:“没有什么。”我丈夫说了这一句,就不说下去,便又不知不觉长叹起来。他的叹气,他的颜色,似乎有什么秘密隐着,然而我们的生活上,别无变动,好好过去了。他的嗟叹,我却很挂念,然而我既深信我丈夫,把身体靠给他,还有什么疑念呢?如松树上的葛藤一般,只是依赖着他。其实有种种的传闻入我耳中,我一句也不去当他真有其事的。最可怪的,是有人告我说,亲眼瞧见我丈夫在车站上与一女子一同走出来,那女子年纪很轻,容貌极美。那密告的人还向我说:“夫人你须注意才是。”说罢,他又笑了一阵。我就问他打扮是否像妓女,他说:“一点也不像。”但是这密告的人,一向喜欢将无作有,揭人内幕的,所以我虽听了,决不留意。第二天,我丈夫上学校去后,我暗想或者有什么秘密的书信藏着没有,在抽屉内、书架内四面寻觅,一些也找不到。我丈夫有一个今年才十七岁的甥女,一定他与那甥女一同走着。

到明年春间,在花明柳暗的时候,我靠在楼上窗口,眺望外面景色,觉得我家四面的景象,大有留春不住的样子。我一见暮春将去,不免又想起那久未提及的莱奈乌氏诗来,心中非常悲凄,可怜我欢乐的春日,已梦也似的过去了。我独自伤春,忽想不如来奏一曲琴罢,便令婢女将女儿领往附近亲戚人家去游玩,就在楼上弹起琴来。玻璃窗外,落花如雨,我即奏《长恨歌》一曲。那昔日爱奏的乐曲,今天听着,何等动心,我中途想起往事,不免把琴又中止了。这一天的午后,我丈夫冒雨乘车归来,形状很慌张,好像要想向我说话,又说不出来。我正在奇怪,他说:“你且来,我有一句不能不向你说的话。”于是把我引到楼上书斋中。我夫妇二人,默然对坐,歇了一回,我丈夫似乎已打定主意,向我说道:“这种话,却是很难向你说。”他说了一句,又不接下去,便道:“我实在做错了事,非先向你谢罪不可。”我道:“谢什么罪?”丈夫道:“医生说今夜总有些危险了。”我道:“危险的是谁?”丈夫道:“我所做的事,望你恕我,实在对你不起。”我丈夫的话,没头没脑,如谜语一般,很不明白,我心头只是乱跳,便问道:“到底是什么事情?”我丈夫吞吞吐吐的道:“我……有个情妇,现在快死了。”此时他说了这一语,宛如毒矢贯我胸口,我惊骇得呆呆不语,丈夫又道:“都是我的不是,是我的罪恶。”停了半晌,又续着道:“但是我一一向你忏悔,你总可以饶恕我咧!”我觉得事情重大,也不要满足去打听他,只道:“什么事呢?”我丈夫道:“去年春间,我不是赴大良旅行过的么?这一回的事,还是在那时候开场的,我从那时起,已做恋爱的俘虏了,我当从头讲给你听,这种话说出来,虽觉得污你的耳,但是你要晓得此乃丈夫悔罪之话,且听他一下。我曾把望月渚的情形讲给你听过,说花尚未开,游客不多,我又把岭梅村的风俗连连称赞,说那边的女郎如何美丽,说话如何好听,想你总还有些记得,现在将死的,也是岭梅村女郎之一人。”我丈夫胸中,万念交集,颇难忍受,形状很激昂,把说话暂停一停,忽道:“医生说,无论如何,总没有救了,真是可怜。”我见我丈夫眼中已含着眼泪,我即问道:“人已在这里了么?”他点头道:“是的。”我一听,心中剧跃更甚,我丈夫道,待我从头至尾一一直说罢。我赶到大良车站,就是写信给你说明天要归家的,这一天午后七时,门外颇黑暗,我在大良用钱过多,怀中已不剩多少,暗想不能游览望月渚,只好没精打采的回去罢,倘使我那时立刻搭汽车归家,就不遇这种不可思议之运命,我也不造成这种罪恶了。不料在车站上瞧见壁间一方望月渚游览指南会的广告,他把车资、膳宿等费,写得很详细,与自己怀中的金钱一比较,只消回去时乘坐三等汽车,尽可以到望月渚去游览一趟①咧!我本酷爱山水,一心想去,便已决定,我

① “趟”,原文作“躺”,据文义改。

就打算购一张回去的车票，中途在桃源镇下车，赴望月渚游玩一天，问问车上执事人，他们说这一次特别快车，桃源镇不停，我想我七八年前去过一次，要去时非经过桃源镇不可，我一见桃源镇的山林溪流，必能想像往事，所以一定想去，于是决计乘直达桃源镇的火车，买了车票，又想桃源镇在山中，不晓得这车站附近，有没有旅店，又去问执事人，他说有一很大旅店，然而心中还想今夜一定在很脏①的被褥内睡觉，不能像大良旅店内那么舒服了。不多一回，火车已到，我上了车，又想今夜在山中旅店暂宿一宵，明日可赴望月渚探梅，宛如少年时代，兴致渐高。黑暗中一站一站的过去，车窗上见山的黑影遮着，晓得这里已都是名胜之区了，只是向窗外暗中望着。将近到桃源镇时，车行略缓，向窗外一看，知道火车现在在高地上行走，下临大谷，流水淙淙，四面俱是高山。少顷，见零星灯火，散在四处，火车已停，是一个很幽雅的小车站，线路上又没有桥，待汽车开去后，从线路上走至车站，收票时，我就问旅店在何处，他就指示黑暗中一所房屋，我走过去，推门而进，账桌旁坐着一个男子，很怪异的向我看看，也不立起来，我向他说明，我是来投宿的，他方始明白，说："这里不是旅店。"我就问："附近有旅店没有?"他就说："待我替你向前面的一家去问问。"乡下人到底亲切得很，他点了灯笼，领我出门，前面果然有一家灯光很明亮的屋子，他推门进去，说道："有客人在此，你们可以留宿么?"我自己也说："明天打算去游望月渚，只消一夜够了，随便什么地方都行。"柜内主人夫妇，相对坐着，主妇令一个女仆似的正在敲背，主妇便对主人一看，说道："我们这里是不行的，被人家说起来又不好，得罪了客人也是不行。"说罢，对我笑着，似乎很有深意，那领我来的男子道："那么领他到刘三家去罢。"主人也笑

① "脏"，原文作"髒"，据文义改。

着道:"很好,他那里一定侍奉周到的。"于是我又跟着他在暗中行走,突然脚下有一只犬狂吠起来,我大惊逃遁,幸亏被同行的人赶去。昨天下了雨,路上泥滑难行,走了二里光景,地势向下,低地上成一小村,灯光如天上疏星。他领到我一家室内,中央挂着一灯,旁边有米袋、菜笼等堆积著,账桌旁坐着的,大约是主人,年约三十五六。我一走进这屋,便有不快之声入耳,里面有女子喧闹声,客人骂詈声,不入调的胡琴声,我就想到这是乡下普通有的一种日间开茶馆,夜间充旅店的。我很觉不快,又见桌上杯盘狼籍,也无人收拾,我暗道:"怎么弄到这种地方来了? 倘使这里还有一家旅店,我必舍此他住。"那引路的人,却说过此外没有第二家,我也无法,只得闭着眼睛,暂过一宵罢,这真是我料想不到的。旅店主人见我的打扮与他们很两样,他便觉有些不快,起初说房屋不空,后来给一个仿佛似他母亲的老妇问答了二三句,便道:"那么且宿在此地罢,房间就空了。"叫我坐着暂等片刻,老妇即高声向内喊珠儿,无奈里面闹得利害,一点也听不见。老妇很怒,就走到隔壁一室叫道:"珠儿,珠儿,客人来了。"只见应声而出的,大约是主人的女儿,一个十七八岁的少女。不过他恰巧立在暗处,一时看不清楚,但是他的面貌姿态,很有一种难以言语形容的娇态。他就把我领进去,你道领到什么地方,原来就是闹得很利害的邻室,仅隔一重板壁,我真不快极了。停一回拿茶进来的,也是这名叫珠儿的少女,打扮得清洁甜净,走到客人面前,很有些难为情,两颊微红,低着头默然无语。我即问道:"你不是叫珠儿么?"我一引他,他便启口道:"怎么已经晓得了?"他答了一句,又道:"先生不是赴大良去么?"我道:"不然,从大良回去了。你是这里的人么?"珠儿道:"不是,还在南面,是岭梅村地方。"我道:"原来是岭梅村,那是望月渚河的对岸。"珠儿道:"先生倒很熟悉这边地理。"他想了一想,又道:"今天已游过望月渚么?"我道:"要明天才去,但是七八年前，去过一次的。”这时邻室又一阵大闹起来，我道：“怎么闹得如此利害？”珠儿道：“遇着这些客人，我们也无法。”珠儿说时，把双眉皱着，我道：“不是铁路上的人么？”珠儿道：“是的。”我二人正在谈着，忽闻外面老妇高声呼珠儿，珠儿慌张出去。世上最不解的，是人的运命，我与他一见面，谈了几句话，已觉得二人心心相印。我虽被他的面容美丽所动，然而好像有一种势力，把我二人的心互相接触着。歇了一刻，他又进来问道：“先生夜饭如何？”我道：“饭已吃过，喝些酒罢。”珠儿答应了退去。后来想想，我这人太糊涂了，自己竟忘了自己现在的地位，这种时候，喝起酒来，不是要与邻室那些喧闹的人陷入同一境界么？隔了十五分钟光景，却来了一个二十七八岁的女子，捧着酒具进来，于是连饮几杯，邻室的骚动，现在差不多达极点了，猜拳声、歌唱声、狂呼声、乐器声。我也借酒浇愁，不觉已酩酊大醉。邻室的人，大约也醉了，一半往里头，一半向外面去闹了，我自言自语道：“静了些咧！”忽然有人推门进来，我看时，是一个身材细长，二十二三岁左右的女子，手中提着一只胡琴，向我笑了一笑，和先前送酒具进来的女子，唤做五姐儿的，一同进来。我才恍然这一家旅馆，是带做土娼的，我也不去理他。五姐儿道：“那一班人真有兴。”那人道：“先生怎么不高兴？我来唱一个小曲儿给你听罢。”说时，就把手中胡琴拿起来，我急道：“不用不用，没有什么好听。”那人道：“唱一个何妨？”我道：“我不爱听。”那人便将胡琴放下，我不开口，给他个没趣，心中大大不快，却问道：“珠儿呢？”五姐儿对我脸上看了一看，笑着道：“对啊，方才珠儿在这里的。”即高声喊道：“珠儿快来。”喊了一声，珠儿姗姗进来。他那天真烂熳的态度，宜嗔宜喜的面貌，与二人相比，真如天仙与夜叉。珠儿立在五姐儿后面，见人家对他看着，他便低下头去。五姐儿道：“珠儿，方才这位先生只是牵挂你，你来替他斟酒罢。”珠儿道：“我这种人替人斟酒，要叫人减少酒量咧!”五姐儿和那一个叫做雪姑娘的一齐说道:“他说你好,自然要你咧!”珠儿听了,还是不肯,我见他可怜,便向他举起杯子来,他无法,即又斟酒,我一饮而尽,也劝他喝一杯,他说:“我是不能喝的。”但是他背着脸,也喝干了。不知不觉,我已大醉,到醒来一看,方才两个人,已不在室内,残殽冷酒,桌上早收拾干净,一灯如豆,照在上面,我暗想:“那些胡缠的人回去了么?”我又朦朦胧胧,不知前后,后来有人把我推醒,我醉眼迷离看时,触着细滑的手,确是珠儿。

如今该知道我丈夫的情妇,现在将死的少女,大约就是这珠儿了。我丈夫又把以后的事,详细向我讲述。我丈夫第二天是赴望月渚去的,回去时,与车夫在途中畅谈珠儿及刘三的旅店,这是半路上在一家饭店里吃饭之时,不意谈起来的。车夫说道:“这个乡村上,有这女子,实可惊异。去年春夏之间,在刘三店里住过五六个月,他到底不能与那边那些妓女相比。先生昨夜住在那里,见过他们,总有些看得出。那五姐儿,从前做过近村一家酒作主人的外妇,被他进了屋子,那主人还有五个孩子,他竟闹得没有安宁,直至那家倾家荡产,他就回到刘三处,天天骗那过路客人。”我丈夫又将珠儿的出身境遇,详细探问车夫,车夫方说:“珠儿生在岭梅村,家况起初还好,怎奈父亲与他哥哥都不务正业,又没有亲戚可靠,将家产败完之后,只靠母亲一人度日。后来父亲急病身死,哥哥应着法国招华工而去,母亲劳苦过度,到底一病不起,于前年秋天去世。珠儿只剩一人,由他伯父领去,这伯父又是个坏货,那里可以久居在那里,幸亏他有一个姊姊,嫁在桃源镇的农家,由他介绍,从这二月起,在刘三家里,做个幌子,不晓得他将来耽搁得长久些,也要变坏不成。”车夫说时,却很可怜他。我丈夫到望月渚去游玩,本来也带着行李,此刻打算由霜堰市经过,立刻搭车回去,不料听着车夫所讲珠儿之话,便改变方针,不赴霜堰,仍旧回桃源去了。我丈夫从此三日之间，不能离开这桃源镇的龌龊旅店，他却向我详细讲述的，这无依无靠的少女，很引动他的热情。他见夜间闹得惊天动地，更不忍弃了这可怜的少女，使他陷入那旋涡之中。我丈夫旅行回来，不是将一只表忘掉在旅店中的么？这不是真的忘掉，实因所带的钱已用完，托旅店中去质当的。我丈夫被不思议的运命支配着，就是被他自己常骂詈的五姐儿、雪姑娘等嘲笑，他也不顾，在黑暗的一室，送此三日。后来质表的钱又完，旅店又渐渐冷淡，最后一天，非常苦楚，囊中既没有钱，自己又因公事出来的，怎么可以久留在外面呢？他向珠儿说明此意，且言："还是你跟我去罢，此刻果然不容易，将来你一有机会，就写信给我便了。"于是定午后十点钟火车出发，无奈不忍别离，把如此一个可爱的少女，抛弃在那些鬼魔窟中，真太无情了。其实我丈夫已堕入盲目的恋爱之中，十分伤心。那主妇不知吩咐珠儿些什么，珠儿就不到我丈夫室内去了，他想如何熬到十点钟呢？忽然想起午后四点半钟，有一趟赴桂山的汽车咧！与其在此，情愿在寒冷的车站上去等候的，即到外面去问问时刻，恰巧只差十分，从后面捷径过去，还可以赶得到，于是立刻穿起衣服来。旅店中本晓得他夜间十点钟动身，此刻见他急急收拾，大家呆了一呆，都不知是什么意。我丈夫提着皮包，正想出门，那旅店中的老妇一见，即呼珠儿，代提皮包，送往车站。珠儿正在厨下井中汲水，一听得就赶出来，也来不及换衣服，从他手中接过很重的皮包，送他前去。我丈夫走得很快，恐怕乘不到火车，所以更急。从旅店出来，走上坡子，珠儿已气喘喘的勉强跟着。我丈夫将到车站时，回头一看，见珠儿还相距半里光景咧！不知何故，将皮包抱在肋下，低着头很迟的走着。我丈夫向我讲到这里，忽对我道："你不记得么？我到家时，你将皮包提起来，上面两个环一齐脱去，你给我看时，我胸中很忆念珠儿，为什么呢？他送我之时，也因环脱去了,所以抱着走的。他一到车站,就向我说皮包上之环,已在中途落去。我急急买票,已没有工夫向他告别,火车已到,我在车窗中向他看时,只见珠儿靠在翦票的木栅上,很可怜的向我看着,我向他点头,火车已开动。”我丈夫说完,我就问道:“他什么时候上这儿来的?”他道:“是我唤他来的,我一想起他,愈想愈可怜,总觉这一朵洁白莲花,长在污泥之中,总一步一步渐近堕落之道,他的惨状,仿佛常现在我眼前。然而在第二个月,珠儿若不为爱情所迫,没有信寄来,那光阴的力量,大可以医我的伤,不过留一点儿小伤痕罢了,不料他竟有信来,从此时时有书信往来。他与旅店的关系断了,独自到此,乃去年九月十五日。”我问道:“如今你说要死,究竟怎样了?”丈夫道:“他生在平和的山中,性质柔荏,身体薄弱,怎能在这喧哗不堪的都会中度日呢?肺部有病了。”我一听得丈夫说肺病,怎么不惊。他又道:“他在家乡时,却略有些咳嗽的,一到这里,气候大变,从正月起,就觉有病,到本月,忽然利害起来,吐血很多,昨夜痰盂内,吐了五盂,他自己说性命总不保了。”我问丈夫道:“医生看过么?”他道:“看过好几个医生,从本月起,都说不中用了,断难长久咧!”我又问道:“通知他家乡没有?”我丈夫道:“桃源镇的姊姊处,从前已通知过好儿次,今天早晨又打过电报,然而是个穷苦的农家,不见得会来的,珠儿自己说:‘亲戚处不必去通知,实在不想与他们见面,只消死在你的眼前,已能含笑入九泉了。’”我丈夫说时,眼中早含着泪珠。我听他如此说着,叫我怎能不表同情呢?他不幸的家庭,不幸的境遇,这一点儿已很足使我伤心,再加远离乡井,在这大都会的空气中,所靠的,只有一个男子,在普通情形,一定想见亲戚,想见姊姊,想归故乡,这都是人情之常。他说“死在你眼前,便可含笑入九泉”,此话何等悲伤,我不知不觉,也陪他挂下泪来。从玻璃窗内瞧瞧外面,风雨景象,如临画图,明明是一幅暮春的写景。我二人又暂时沈默半晌,我才问道:“他在这儿怎么生活着?”我丈夫道:“有个珠儿熟识的老妇,也是岭梅村人,年约五十三四,在中兴丝厂内做工,就与此人同居的,家在大久街,从早晨七点钟至晚五点钟,那老妇赴工厂去,不在家的。珠儿只是叹寂寞,实在他竟没有一个熟人,天天岑寂无聊,煞是可怜,在老妇停工的日子,才能领他到四处去游玩游玩。”我听到这里,更令我心酸,如此一个性情温良的少女,他患着咯血的肺病,还只有一个人独居着咧!我即立起来,向我丈夫道:“我们立刻去罢。”他道:“你也肯去么?”我道:“一定去!”我丈夫道:“你若肯前去,不知他怎样的喜欢,从前却时常说要见见你的。”我即吩咐雇二辆人力车,把长女托附近亲戚人家暂为照料。一点钟之后,二辆车子已冒着雨离开①十骑街的住宅了。

细雨之中,花朵也漫漫儿随着他落下,春天景色中最占重要主位的花,今葬入泥土中去了。车子向前进行,我胸中种种感触,交替往来其间。丈夫虽向我忏悔,向我谢罪,我听了这一番话,心中究竟舒服不舒服,我丈夫竟忘了家中有妻有女咧!想到这种地方,确是心中生一种说不出来的难过。再想他是个大文学家,无论遇见的是怎样的美人,是怎样的薄命女子,他竟把心移到一个乡间旅店中的一个女子身上去,未免太觉浅陋了。我胸中不禁热如烈火,又想到那少女在春雨连绵之日,离乡背井,连安慰他的人也没有一个,我又悲伤不堪。现在又不能细想那种事,肺病是一定无救的,我为着这少女,我为着我丈夫,必排去所有杂念,真心发出同情来,非尽力替他看护不可。这女郎的姿态,不知究竟如何?心中一想,仿佛就有一个可爱的女子形状,现出在我眼前,一回儿又似有一衰瘦不堪的女郎,在我面前出现,空想实是没有际

① “开”,原文无,据文义补。

限的。我丈夫的车子在前面,相隔五六尺。我正在乱想,车已到大久街。路上到处见落花满地,去年春天百花开放极盛之际,曾与我丈夫一同去看花,今年是不及赏花,花已落了。车子过了一家衣店,就在一条小弄口停着,大约是住在弄内了,走进去,过了五六家,到一家矮屋之前,房屋虽不很旧,却非常矮小,瞥见门内一个老妇,他一见人来,便慌张退进去,总也不出来,大概是见了我的缘故。我丈夫就说他要先进去,他即独自先行入门。我看看门旁,都是些破东西堆积着。我丈夫一回儿就出来,领我进去,我的眼中映些什么呢?我眼睛一瞧,顿时伤心的同情泪挂将下来。这可怜的不幸女郎,躺在布衾之中,见我进去,也不管垂死的身体,坐将起来,颜上含着无限羞愧,但是还对我莞尔笑着。他是突然变重的,所以不像普通肺病的人,那么瘦,颜色还不错,果然是个可爱的女子。我走到他旁边,他勉强启口道:"夫人,你当真肯到这儿来么?我实在喜欢感激得很。"说话时,他眼中已滴下珠泪来。我此时心中,一点也不想这是我丈夫的情妇,我全身生出真爱情来,一心要想把少女的病治好,就是万万治不好,也想等他略为好些,与他一同到外面去走走,当他亲妹子一般看待。只见他又微微笑着,叫道:"夫人。"我丈夫问道:"怎么样?好些么?"他点头道:"似乎好些。"我丈夫道:"你不用勉强,还是躺着罢。"珠儿道:"我……"正欲续说,忽然一阵咳嗽,非常利害,顿时脸上火也似的红着,即忙替他摩抚背部。老妇过来,使他躺下,仍旧不能止住咳嗽。这咳嗽过分长久,结果必定要吐血的。大家都很着急,要想使他止住,一面取药,一面取水,闹了一回,咳嗽还是不止,果然见他苦楚不堪,将头旋至旁边痰盂处,便吐出血来。这颜料似的鲜红血,吐得极多。我见此情形,宛如在那里削我身上之肉,你想如此一个妙龄的纤弱美丽少女,吐出这许多血来,不是悲惨极了么?我竟目不忍视,即向我丈夫低声道:"何不去请医生来?”我丈夫急吩咐老妇道:“我来替你摩抚,你去唤医生来。”老妇急急忙忙冒着雨往附近的医生处去了,我就过去替他摩抚背部。他吐血还不止,苦楚异常,差不多过了二十分钟,吐血才停。珠儿疲劳已极,毫无力气的将头横在枕上,吐出的血,痰盂中约占十分之四,大约总有一二合光景,手巾揩得鲜红滴滴,丢在枕畔,旁边的小说上,也有一二点染着。珠儿头发蓬乱,呼吸无力,两手乱颤。过了一回,我小声说道:“这便怎么处呢?”我丈夫也手足无所措,答道:“真没有法子。”我道:“这样的吐血,好几次了么?”我丈夫道:“这是第四次。”我心中忽然想起那小说《秋水记》中的紫云来,他临死还梳着髻,洗着脸,忆念那薄情的男子,将我抛撇。此刻珠儿果然悲惨,然而一比紫云,他还是十分幸福,有我们在这里照料他咧!老妇回来后,医生即来,这是医士的学生,年约二十七八,打听了病状之后,检阅血液,观察呼吸,诊断了半晌,他说:“除一向施行的咳嗽时之应急手段外,别无他法。”我丈夫送他到外面,他说:“吐血太多,一定无救了,这病又是急性,你须注意。”医生去后,我丈夫忽然想及,问老妇道:“他姊姊有回电来没有?”老妇因忙乱异常,把一封回电忘掉在外面,即忙取进来看时,只见写着道:“不克抽身,诸事奉托。”

这一夜珠儿到底死了。他临死的光景,我想起了就要难过的,只是他那时的情景,后来怎么能够教人不想起呢?那时候在夜间两点钟,他日间又有二三次强剧咳嗽,吐血甚多,每咳嗽吐血,衰弱必更甚于前。到日暮时分,病状已大大不佳。我们因他衰弱过甚,不要他多说话,无奈他晓得早晚要死,不能不把他的心话,一一说出来。肺病临死的人,要算与他病相比,是精神最清楚的了。他先向我谢罪,说:“夫人肯到此,我真是无上之快乐,昨天以为今生瞧不见夫人,就此死去,真是遗憾,现在能得夫人在旁照料,也是前世夙缘,我将死了,可怜夫人赦我一切罪恶罢。”他说到这一句话,我暗想为什么如此心地柔顺的少女,不能不死呢?我不免哭起来,就是上过学校有些学问的人,恐怕要这样心地柔顺的女子,也不可多得。讲到教育,他不过在乡间小学略念过几年书,生长在不知世事的山中,遇着恶境遇,也不感化,如此清洁,真是天女下凡。上帝见他留在这污秽苦楚的世上,未免可怜,所以将他收回去了。我既经晓得他是如此一个柔顺的女子,我就要比我丈夫先一着去救护这不幸的人。不料刚才相见,他已垂死,叫我怎么不哭?珠儿凝视着我的脸上,说道:“夫人,望你允许我。”我只是点头,他又道:“允许了么?”他脸上忽然一笑,将我的手用力握着。女子与女子,自有一种爱情,再加着临终的悲哀,自然更易动人。珠儿实是靠在我身上死的。又过了两点钟光景,病状渐渐不佳,问他有没有遗嘱,他说:“没有,能够死在你们二位身旁,我死也瞑目了,不过我家乡有个女友,名唤婉贞,此人家况与我大异,是个岭梅村富家之女,我二人从小交契颇深,他晓得我死了,一定替我洒几滴伤心之泪的,万一他将来有什么机会,得与二位晤面,望将我的情形一一告诉他,我此刻要想见面的,只有婉贞一人。”说至此,咳嗽又作,非常剧烈。断气在夜间两点钟,想起来,那时的状态,还历历在目,户外风雨不止,周围非常凄惨,室内灯光暗淡,病人床前,三个人连影儿也照得不清楚,病人的呼吸,渐次低弱,这真是钟表上的发条,将近走完,很有规则的声闻于室内,我三人仿佛被死神干涉着,一个也不许开口,呆呆注视他的脸上。莱奈乌氏诗集中有一首,题是《死之慰藉》,乃我丈夫平日所爱诵的,我心中此时不免想起他来。老妇忽然启口,才惊破这寂寞,说道:“呀!呼吸已……”我与丈夫急急凑到他旁边看时,呼吸果然只剩一线,摸摸右手之脉,也觉得似断似续。老妇即合掌念南无阿弥陀佛,又过了二三分钟,他的芳魂才脱离躯壳而去,老妇就把他的头正一正,说道:“他的事完了,可怜可怜,真是个好姑娘。”又向我丈夫道:“先生,他临终有你在旁,他冥冥之中,自然快活,我每天从厂中回来,他已是望眼欲穿,只是向我说今天先生又没有来,先生一来,他喜得满面堆下笑来,先生回去时,他顶好多留你一刻,有时还设法将你的帽子等藏去咧! 你一去,无非在眼泪中度日,天天嗟叹寂寞,他来到这广大的都会中,所依赖的,只有你一人,真是可怜极了,阿弥陀佛,但愿菩萨保佑,来生总可以投生在富贵人家咧!”这一向不很开口的老妇,此刻竟滔滔不绝的说了一大篇,说罢,又哭将起来,这是感情上突然一变,便失了平生的常调了。方才已托隔壁卖花的孩子去请医生,到这时候,医生才来,形式上看了一看,也就去了。医生去后,我与老妇收拾收拾,在他床前点了三注香,我三人只好静悄悄的坐着,以待天明。老妇愈想愈悲,不停的揩着眼泪,讲死者幼时的状况。原来老妇与他是近邻,和他母亲也很要好,他父亲是个荡子,所以他母亲的境遇极苦。老妇提足精神,说道:“那时珠儿不过七八岁,无论什么人见了他,没有不爱他的,不过性质柔弱,一来就要哭泣,我也时常抱他负他,有时还要带到我家里去与他同睡。他到十三四岁,就长得很美丽,与他所说的婉贞,二人实是村上著名美女。后来我因家况贫乏,就到此地来,以后的事,不很明白,听是十七岁时,他母亲死去,伯父又是个坏人,曾经想把他做一个老人之妾。”老妇说到此处,停了一停,又道:“那里想得到不久就会死的呢?”我听老妇之言,也深深把少女很短的一生想着。户外风雨渐止,床前一缕香烟,在室内缭绕着。

第二天天晴,我丈夫与老妇料理丧事,只是东奔西走,我很挂念女儿,先回去探望了一下,午后再来帮着做事。请一个尼姑来念经,就是附近妙莲寺内的,年纪还轻,只有二十余岁,去年他师父死了,就接下去当家。他念经声音清脆可听,在珠儿的芳魂,或者这少年尼姑念着,更足以安慰他。妙莲寺离大久街不远,我有一个女友死了,也停柩在妙莲寺内,我曾去过,所以晓得。我们本想将珠儿的柩,送还他家乡,无奈他家中已没有什么人,他自己以为死在我二人旁边,便非常满足,所以打算先寄在妙莲寺中,到冬天索性葬到我们的坟上去,以慰芳灵。到日暮时分,诸事差不多已齐备,他身体并不减瘦,脸上似乎笑着,他向极乐世界去了。我替他梳好了头,把自己头上的装饰品拿下来,替他一一插上。老妇只是一样一样叫我们不要忘掉,无非是焚化纸钱等风俗上的举动。我暗想从此我与他永别,想起他的一生,不由的泪下如雨,这一夜依然三人看守着。

第三天也是天晴,早晨八点钟入殓,入殓已后,即行出殡,送葬的人,只有我夫妇和老妇。妙莲寺一回儿就到,寺内桃树极多,可惜花都落了。安顿了灵柩,尼姑们在大殿上做功德,我们听了他们念经之声,更易感触,又想人生在世,将来必致一死,如此想着,倒觉得没有什么悲伤了,然而叫我们怎能忘掉他呢?丙舍之中,珠儿的一室前,庭中有五六株桃树,与我女友的一室,恰是背对背。我过去看看,知道我女友近日有人来探望过的,灵前有一瓶鲜花供着。后来诸事完毕,我们各人拜过了,向他作最后之告别,然后回去。可怜啊!这一个天真烂熳女郎,今年才十九岁,已魂归天上,把他的旅榇,放在与他家乡相隔千里的一个落花满地的寺内,就算他的结果么?

有一天,我夫妇二人,在十骑街的家中楼上,窗外唯见邻家蔷薇花甚开,桌上茶杯乱列,茶壶冷着。我正从寺内探望回来,我丈夫向我道:“你替我去过了么?”我点头称是,二人一问一答,就没有话了。我丈夫伏案翻阅莱奈乌氏诗集,可以晓得他方才只是沈思着,少顷,启口道:“可怜。”我也接着道:“是啊!”丈夫道:“这且不提,我对于你……”我摇头道:“别说那些话了,我今天在途中见卖花的有很好的踯躅花卖着,我就一齐买了,供在他灵前咧!”我丈夫道:“想起了更令人难堪。”我道:“确是难堪。”我说了这一句,也不续下去,我心中忽想起那莱奈乌氏的诗来了,实在我在这二三天内,把莱奈乌氏诗中的趣味,已在世上亲自经验过。我正想取诗集过来读读,我丈夫忽从抽屉中取出一封书信来,向我说道:“他姊姊有信来了。”我接过信来看时,那信中好像尽是眼泪,他说:“恨不能飞过来会他一面,无奈生活艰难,要千里迢迢出一趟[①]门,真难上加难,性命大概无望,一定死的了,种种连累尊府,实在有些对不起。”他信中虽写得很多不明白之处,然而他姊姊的伤心,我也可以想像了,我即问道:“他姊姊你见过没有?”他道:“没有遇过。”我丈夫说完,又默默深思半晌,忽对我道:“这事我实在对你不起,都是从我品行失检上来的,以前之事,望你恕我,珠儿见你至死还在旁照料,实在感激。”我丈夫说至此,似乎要哭出来,又道:“他从前很想要见见你,屡次向我请求过的。我伤心的事,以前也经过得很多,但是总也没有像此次那么离不开胸次的。你想这么年纪,如此温柔可爱。”我丈夫说到那里,已是眼泪填塞心头,只一阵酸上心来,底下便说不出什么话。二人相对,各默无一语。桌上展开着的革面金边诗集,我一见了便要触动我的悲伤。我要想向丈夫说,这与德国莱奈乌的诗意一般,但是我那里有这勇气,敢向他说呢?我们一室中的悲伤嗟叹,又似在那里怨恨春光易去。到明年的春间,那珠儿临终所挂念的女友婉贞,居然会见了。此人也生得温和柔顺,美丽可爱。把珠儿临终的话,一一向他说了,他哭得如泪人一般。他也把幼时的话,分别时的话,一件一件讲给我们听。第二天,我陪他一起到墓上去,只见去年冬天种的树,已很繁盛。婉贞拜了下去,他的头竟不能抬起来了,放声痛哭了一回。这一位乡村的姑娘,也是绝好的心地,

① “趟”,原文作“躺”,据文义改。

我在大都会中,受过教育的姑娘们,见过不少,如此真情流露的姑娘,竟从未见过。我陪了他从墓上回了,他到别处去了。我到家中,一抬眼就见那金边革面的德国诗人莱奈乌诗集,一见这德国诗集,就想起珠儿。咳!这德国诗集,不想竟成了我那伤心材料咧!

——《小说画报》(1918)第十六号

长篇小说

顾太清

顾太清(1799—1877),名春,字梅仙。原姓西林觉罗氏,满洲镶蓝旗人。嫁贝勒爱新觉罗·奕绘(1799—1838)为侧福晋。清代著名女词人,在八旗词人中有“男中成容若(纳兰性德),女中太清春”之誉有《天游阁集》《东海渔歌》。晚年以“云槎外史”之名著作小说《红楼梦影》,是目前所知中国小说史上有作品传世的最早的女小说家。

红楼梦影

故事梗概

清朝有明确署名的《红楼梦》续书共有13部,《红楼梦影》和《红楼梦补》被公认为是其中较好的两本。《红楼梦影》刊本题“云槎外史新编”,又题“光绪丁丑校印,京都隆福寺路南聚珍堂书坊发兑”。卷首有序,末署“咸丰十一年,岁在辛酉,七月之望,西湖散人撰”。经赵伯陶考证,云槎外史乃是清季著名女词人顾太清,撰序者乃是清季才女沈善宝。

小说写宝玉离家出走,贾政在毗陵驲将其从一僧一道手中领回。宝玉一改往日倚红偎翠之习，入为翰林，与宝钗生有一子，尽享天伦。小说对贾府怡红院生活如看灯、赏花、填词、猜谜、品茗、饮酒、听戏、奏笛等的描写，有意识地接续《红楼梦》风致，也反映出燕京的民俗风味。尤其在所写的诗社活动中，不少诗作似可在顾氏《天游阁集》中找到相仿之处。小说模仿金圣叹腰斩《水浒传》的做法，以一梦为了结，构思新颖。

本编节选《红楼梦影》第一、八、九、十四、二十一、二十四回，共六回。其中情节关涉《红楼梦》婚姻爱情、家政兴衰两条主线，可见其相对于原书的主要异同。

第一回　贾侍郎药医爱子　甄知县刑讯妖僧

话说贾政扶贾母灵柩，贾蓉送了秦氏、凤姐、鸳鸯的棺木，到了金陵，先安了葬。贾蓉自送黛宝的灵，也去安葬。贾政料理坟墓的事。一日接到家信，一行一行的看到宝玉、贾兰得中，心中自是欢喜。后来看到宝玉走失，复又烦恼，只得赶忙回来。

在道儿上又闻得有恩赦的旨意，又接家书，果然贾赦赦罪，贾珍复职，更是喜欢，便日夜趱行。一行到毗陵驲地方，那天乍寒下雪，泊在一个清净去处。贾政打发家人上岸投帖，辞谢朋友。总说即刻开船，都不敢劳动。

自己在船中写家书，先要打发人起早进京。写到宝玉的事，便停笔抬头。忽见船头上微微雪影里面，一个人光着头，赤着脚，身上披着一领大红猩猩毡的斗篷，向贾政倒身下拜。贾政尚未认清，急忙出舱，欲待扶住，问他是谁？那人已拜了四拜，站起来打了个问讯。贾政才要还揖，迎面一看，不是别人，却是宝玉。贾政吃了一大惊，忙问道："可是宝玉么？"那人只不言语，似喜似悲。贾政又问道："宝玉，你如何这样打扮？跑道这里？"宝玉未及回言,只见岸上有一僧一道赶来。此时①早有人将宝玉搀了进去。这里贾政一声“拿”,只见众家人带领水手将僧、道捆了。贾政吩咐道:“你们小心那妖人的邪术。”只见两个小跟班儿的五福儿、四德儿跑了去,每人脸上浇了一泡溺。贾政派人看守妖人,一面将备悉写了一封信,拿了全帖,差人去报武进县。

且说这知县姓甄名应喜,就是甄应嘉的兄弟,乃是进士出身,用了榜下知县,为官清正,真是恺悌君子,无人不感激。这日正坐早衙放告,头一起带的是伙骗财物的。这原告是个晋人,姓郝名义,就在这鼓楼前开着个长发布店。有个伙计叫作傅有义,当初本是个穷人,这郝老西儿因他打的算盘好,就留他作了伙计,有二年的光景,待他也狠好。这天姓傅的来了个亲戚,姓胡叫胡充,说是跟官,那官府船上要用四捆布,讲明价钱,雇了小车子推着,就教这傅伙计同了他的亲戚押着布去领钱。至今一个多月,连推车的都没了影儿了。县令听了,着郝老西儿回去听传。这里发票拿人。

第二起是开集艳堂的魏钱氏。他有个女儿叫作魏小青,是从苏州过来的,真是色艺双全。本处有个原任的公子,姓洪双名大器,同着他家的清客白墀,还有个朋友是监生,叫卜希文。这三个人长到他院中摆酒过宿。先还给钱,后来就把家中的古玩陈设都拿来折算。这日姓卜的借了他女儿一只金镯子,重五两二钱,说是作样子。讨着总说没打得。过了十几天,又打发保儿去讨。恰巧遇见他进当铺,保儿就跟了进去,藏着听。原来是他把镯子暂押了几吊钱,如今又拿了票子来找价要卖。正在商量,被保儿一眼瞧见是他家的东西,便说:“卜相公,怎么卖起我们的镯子来了?”卜监生如何肯认,便说是他娘子的,保儿讹他,凌辱斯文,动

---

① “时”,原文作“是”,据文义改。

手就打。保儿也就还了他的席，二人揪扭在一处。保儿的头也打破了，所以被地方拿了送县。知县审明口供，行文到学里，革去监生，枷号一个月，又断了十吊大钱给保儿养伤。当铺无干释放。又传了魏钱氏当堂领赃。那洪、白二位也就不究了。

将要退堂，又有普济寺的住持悟了和尚喊冤。因他庙里有几间闲房出租，有个秀才名叫吴彦时，十分寒苦，租了一间耳房用功。和尚怜他是个秀才，也不教他自己起火食，每日随着大众吃斋。先还是偷了海灯的油照亮儿，后来就教和尚给他买蜡①，渐渐的又嫌饭食不合口味，没荤腥儿，又要喝陈绍。闹的和尚烦了，要收房子。他倒说，既是"普济"，原该大家吃的。这和尚本来老实，只好将就他。谁知越闹越凶，教和尚替他接唱的。和尚无法，便请了几位相公们评理。他倒说这普济寺本是他的香火院，这和尚不安分，要撵了他，另换住持。和尚闹不过秀才，只好写张呈子来告状。县官问明原告，又行文到学里要了这吴秀才来。皆因公堂有神，吴秀才自然也就说了实话。知县就把这圣教中的败类交给老师，打了十板，记了一过，立逼着搬出庙去。和尚从此也就不敢慈悲了。

知县完了这三案，才②打鼓退堂。将到书房坐下，见门上的拿着一个全帖、一封书子进来回道："工部贾大人差人下书。"

县官说："贾大人不是起了身了吗？"门上的回道："据来人说，他们丢了的那位少爷找着了，还拿了两个妖人。"知县说："嗳呀，这贾宝玉还是奉旨寻访的呢，怎么偏偏的在我地方上。"

说着看了来书，说："你教长班拿我的手本先同来人去，我随后就到。再派四个快头，带了刑具去伺候。"门公答应去了。

---

① "蜡"，原文作"爉"，据文义改。下同。

② "才"，原文作"攙"，据文义改。

这里知县吃了饭,传轿出门。走到毗陵驲的地方,早有驲丞在道傍迎接。知县在轿子里拱了拱手,轿子已竟过去。到了码[1]头上,不见有贾政的官船。又过了一个小坡,远远的望见败芦丛中露着一根桅杆,上挂一面大黄旗,上头写着“工部左堂”,便知是贾政的座船。临近了,见一群戴缨帽的人在那里指手画脚。只见长班跑了过来说:“贾大人的官船在这里。”于是住了轿。船头上的人嚷道:“搭上来罢,地下滑。”这知县断乎不肯,便搭了跳板扶手,又铺上棕毡,知县下轿上船。这里贾政迎了出来,让了门。到得官舱里,知县就要行礼。贾政连忙拉住,说:“贵县咱们又是亲戚,又是世交,这如何使得?”

说着彼此作了揖,分宾主坐下。家人倒了茶,寒温了几句。知县说:“这件事实在是万幸,可喜可贺。”贾政说:“总是贾政无德,才有这样异事。”知县说:“也是世兄该有这几天的坎坷,但是那僧、道实在该死。”便叫跟班的去传给快头,先将妖人押去,晚堂听审。

又向贾政道:“请世兄见见,不知可否?”贾政道:“原该叫他出来请安的。”于是叫人将宝玉扶了出来,见他面色青黄,仍是僧装,见了人也不请安,也不作揖,只是发怔。知县道:“管家,你扶少爷进去罢。”便对贾政道:“据卑职看,世兄这光景竟是一团邪气,须得用药调理才好。”贾政道:“贵治必有名医。”知县笑道:“医家虽有几个,也都靠不住,无非是骗马钱耳!”说着打荷包里掏出一个纸包儿,打开是一丸子金丸儿药,托在掌上,向贾政道:“这是去年家兄寄来的保心丹,专能驱邪安神,用阴阳水调服。”贾政接过来,叫人依方调服。这里又说些闲话,看了看表,问道:“吃下药去怎么样?”家人回道:“吃下去只听肚子响了几阵,此刻出恭呢。”知县

① “码”,原文作“马”,据文义改。

道:“你看看下来些甚么?”家人进去,少时出来说:“走了些黑东西,像膏药似的。”知县说:“你再看看里头有甚么没有?”家人又去看了,说:“里头有好些像红线似的虫子。”知县向贾政道:“我们可以进去看看脉息。”贾政道:“原来贵县善岐黄之术呢。”知县道:“岂敢。”说着进了房舱,见宝玉脸朝外睡着,此时脸上已有些血色了。知县道:“不要惊动。”遂在床前一个小杌子上坐下看脉,看了一会,出来对贾政道:“病是退了大半,须把病根除了才好。”贾政道:“愚父子何以报答盛德?”说着又作了个揖,便要留饭。知县告辞道:“还赶晚堂审案呢。”又嘱咐道:“他不要吃,不可强吃。明日再送两丸药来,须把邪物泻净,那就痊愈了。”说罢,告辞上轿去了。

贾政送了知县,回进后舱。见宝玉仍然睡着,贾政便在对面坐了,呆呆的看他。只见宝玉翻身醒来,此时心中已经明白,瞧见父亲,慌忙跳下床来,抱着父亲的腿,放声痛哭。贾政道:“我的儿,几乎把为父的坑死!”便也哭起来了。进来两个有体面的老家人劝住贾政,问宝玉此刻觉怎么样?宝玉道:“觉着狠饿。”贾政命人伺候他吃饭已毕,又问他:“到底是怎么就跟了他们出来?”宝玉道:“那天同侄儿出场,走到龙门口,人多一挤,就不见兰儿。我想着他必是在下处等我。刚走了几步,就遇见那回送玉的和尚,说:‘他们都坐车回去了,我送二爷回府罢。’说着,又过来个道士,在我身上拍了一下,就胡涂了。后来也有明白的时候,也有胡涂的时候,只是说不出话来,也不知走的是些什么地方。今早一阵明白,看见船上的旗字,又瞧见五福儿在后艄①上,就知道是父亲的船,我赶忙跳了上来,就又胡涂了。”说着,夜已深了,父子安息。

次日一早,知县就差人送了药来,又打听宝玉的光景,又说请

---

① “艄”,原文作“稍”,据文义改。

大人耽搁几天听听这案再起身。贾政赏了来人,只得在此听信。便写了一封家信,就派鲍喜上岸,雇了个包程骡子,赶紧回家报信不提。

且说武进县将妖人过了一堂,十分狡展。第二堂,用了大刑,才吐实情。因同党中有个妖妇马道婆,是宝玉的干妈。因马道婆的引情,认识贾府。后来马道婆用餍魔法害宝玉,又教他们去解救。马道婆又把宝玉的玉偷了出来,教他们送去,故作神奇,无非为骗贾府的银钱。又究出那年把锦衣服赵大人的公子拐去,用邪术闭了心壳,假作罗汉降凡,到处惑众敛钱。没一年的光景,就把个少年公子折磨死了。所以那日在举场,遇见宝玉只身在那里发怔,他们就查赵公子的例办理,不想天网恢恢,遇着他父亲的船,罪无可辞。知县审明口供,当堂画供,作了文书,详了制台。因这宝玉是新科举人,又是国戚,曾奉谕旨寻找的人,所以连忙具折奏闻。马道婆另案业经绞了,无庸再①议。便请了王命,派了四个刽子,把这两位神仙送到太虚幻境去了。

这里知县差人把案底送与贾政看了,贾政父子才知全是马道婆一人兴妖,十分感激甄知县。自己到武进县谢过知县,即日开船趱行。此刻已是初冬,河面渐渐冻了。不知贵大人如何到京,且听下回分解。

第八回　一帘风雨祀花神　半夜绸缪偿孽债

话说宝玉留柳湘莲吃饭,刚放筷子,贾兰进来。宝玉教他见了湘莲,又问他:“吃了饭没有?”贾兰说:“还没呢!”宝玉说:“就在这里吃罢。”叫锄药到大奶奶那边说:“我叫阿哥在这里陪客呢,不用等他吃饭。”锄药答应去了。这里三个人吃着饭闲谈。宝玉

---

① “再”,原文无,据文义补。

问一路上的古迹,又问梅瑟卿的为人。柳湘莲便把一路上的景致细细敷演出来。说到游金山,贾兰道:“你们二位倒暗合了杜审言的一句诗。”湘莲问:“那一句?”贾兰说:“恰恰乎是‘梅柳渡江春’。”三人一齐大笑起来。宝玉说:“怎么有这样巧事呢。”贾兰道:“天下这些名胜,我几时才能见见这世面!”湘莲笑道:“今年中了进士,点了翰林,放个差出去就可以见着了。”贾兰笑道:“未必有那造化罢!就是有那命,到了那个时候,被众人拘束起来,寸步难行,终不及足下这闲云野鹤舒服。”湘莲笑道:“各有各好处。”

宝玉向湘莲道:“你说要出关,索性等我出了场,咱们多盘桓几天。”湘莲道:“我也是这么说,等听了你们的喜信儿,我们再起身。”宝玉问:“你同谁去?”湘莲说:“薛大哥要贩些皮货,叫我替他照应点儿。”贾兰问:“这保标也遇见过贼没有?”湘莲说:“怎么没有?那年从江西上杭州,走到玉山地方,这日有点阴天,走到申酉的光景,忽然从竹林里出来五个人,为首的是①个年轻的,走过来拦住脚夫们。我问他:‘什么事?’他说:‘谁许你们这么公然走路?’我就问:‘不公然走路,谁还给你下帖子通知你!’正说着过来个老头子,有六十多岁,比我高着还有一头,一部大长白胡子,打着他们的乡谈,我也不懂。他就扯开弹弓,我容他放了三个空弹子,到了第四个,我就还了手,把他的那个弹子碰回去,正打在老头子的竹笠子上。那个年轻的过来拱拱手,问了名姓。我也问他的名姓。”宝玉说:“想来是一家子。”湘莲笑道:“那里是一家人,都是些乌合之众。那个年轻的姓罗叫亚群,那老的叫马振,还有一个姓褚,一个姓申,那一个我不记得了。原来真是‘盗亦有道’,都陪个礼,不用咱们说话,他就督催着脚夫趱路,五个人一直送过山才回去,一路上也都说说笑笑的。”贾兰说:“那一弹子要是打不

---

① “是”,原文作“时”,据文义改。

着怎么样呢?”湘莲笑道:“也只好都送了他!”说的又都笑起来。此时饭已吃完,喝了茶,湘莲说:“不早了,我要回去了。”宝玉说:“闲了来谈谈。”湘莲说:“来倒容易,怕搅了你们用功。”说罢,拱拱手自回梅宅去了。

这里宝玉叔侄送客,进来同到王夫人上房,就把柳湘莲来拜的话说了一遍。王夫人说:“这不就是尤三姑娘要嫁的那个人吗?”宝玉说:“可不是他。”贾兰说:“太太瞧他还会保标呢!”王夫人笑道:“这么个能干人,怪不得尤三姑娘要嫁他!后来怎么又闹的抹了脖子呢?”宝玉说:“都是东府里闹的那些原故。”王夫人说:“本来尤三姑娘那两只眼睛长的犯相,不娶那样媳妇也罢了。”又说了几句闲话,王夫人叫他们自去歇着。于是叔侄各自回房。

且说宝玉一进院门,只见上房灯烛辉煌,恍惚宝钗在炕上坐着,还有几个人瞧不出来是谁。他便顺着西厢房的走廊来到窗下,隔着玻璃一看:见宝钗坐在炕里头,面向北;摆着一桌果菜,袭人坐在东边,挨着排插;麝月、莺儿坐在地下椅子上,向南;又是说,又是笑。只见小丫①头双环出来泼水,宝玉向他摆摆手,双环会意,悄悄的说:“怪冷的,二爷何不进去,排插后头不是杌子?”宝玉点点头儿,趁着丫头掀帘子,就跟进来,坐在杌子上。

只听宝钗说:“你倒是喝呀!”袭人说:“喝呢,奶奶也喝呀!”麝月说:“奶奶不用让他,他等人全了才喝呢!”莺儿说:“如今咱们这屋里,连上带下才几个人呢!那年二爷的生日,我跟了姑娘往怡红院去,那时候人才多呢,那个热闹法儿!”宝钗说:“那个热闹也不是常事。”袭人说:“真可是大家只为热闹,喝醉了,七颠八倒,侻下就睡。那一遭不是我们俩伺候着灯儿火儿的,饶是小心,还听多少闲话,造多少谣言,上头知道了还耽不是。如今虽说人少

① “丫”,原文作“了”,据文义改。下同。

些，省好些心。就像今日罢，奶奶这么赏脸，妹妹们拿我当个姐姐似的，就是多喝点儿也没乱儿。”麝月笑道：“你自试试，要是喝醉了，保管你有乱儿。”袭人啐了一口说：“你又扯到那里去了！”宝钗叫莺儿：“瞧瞧外边儿的火碗灭了没有？趁热吃点罢。”麝月说：“奶奶不知道，他留着肚子吃体己呢！”袭人笑道：“等我闲了，撕你那嘴！”莺儿说：“这有甚么呢？”麝月说：“可说呢！昨日晚上我给奶奶剥橙子，剩的就给我吃了，这不是体己么？我怎么不着急呢！”说的宝钗也笑起来。莺儿叫人换熟酒，双环答应过来，莺儿说：“你不中用，再叫个大些的。难道这么早就都睡了不成？”

只听宝玉笑着说：“没睡，伺候着呢！”三个人一齐站起，宝钗在炕上也欠欠身。宝玉说：“请坐。”自己就坐在袭人对面。袭人与宝玉、宝钗都斟了一杯，又给麝月、莺儿斟了一杯，他二人又回敬袭人。宝钗问宝玉：“你几时进来的？”宝玉笑道：“他们三个人争体己的时候就来了。”说的三个人都不好意思起来。宝玉问宝钗：“甚么事如此盛谈？”宝钗道：“袭姑娘的生日，难道你忘了么？”宝玉说：“不是明日么？”宝钗道：“今日先替他作寿日，明日正日子再吃面。”宝玉笑道：“趁着我不在家，这才是体己呢！”袭人说：“这是奶奶赏的。这些年，爷还没这么赏脸过呢。倒会说便宜话。”麝月说：“不用闹这些个给我们娘儿们瞧了。”说的都笑了。又喝了几杯，听见钟打了十一下，宝钗说：“不早了，再喝会儿该歇着了，明日还要磕头呢。”宝玉说：“我也困了。”于是大家起席，盥漱已毕，各自安歇。

宝玉想起方才莺儿说那年在怡红院过生日的话来，那是何等热闹，一时之间星流云散！如今虽有妻妾四人相伴，宝钗之端庄，袭人之恭谨；麝月、莺儿原是小丫头出身，虽然收了房，仍是各守本职，如何像晴雯之骄傲，芳官之轻狂？所以弄的个宝玉竟不能恣情纵欲，倒被他们拘束起来。因想到明日花朝，正黛玉二十冥寿,要祭奠一番,又不好明说,只说祭花神便可瞒过他们。这一夜真是展转反侧,直到鸡叫才略睡睡。天亮就起来,梳洗毕,到上房请了安,便出去叫焙茗买几样鲜果,再买两盆春兰。此话不提。

且说宝钗晓妆已毕,看着袭人打扮上,带着到上房给王夫人磕头。他自己又到李纨、周姨娘处去让。此时宝玉从书房进来,宝钗尚未回家,只见婆子们掇进两盆兰花,还有两大蒲包鲜果。麝月笑道:“寿礼来了!”宝玉说:“别混说,这是祭花神用的。你找两个好花盆换上,再瞧瞧那果子是几样,预备几个好盘子。”麝月就问:“供在那里? 不用香烛吗?”宝玉说:“晚上才祭呢。”说罢就出去了。宝钗同袭人回来,看见花果,便问:“谁送的?”麝月就将宝玉的话述了一遍,宝钗想了想说:“是了,今日是林姑娘生日,还是二十岁呢! 不要说破,只怕晚上还要往潇湘馆去呢!”袭人道:“那可使不得,屋子又潮湿,再搭着这阴天,还得奶奶拦他。”宝钗笑道:“不用拦他,也拦不住。索性叫老婆子去把屋子拾掇出来,笼上火盆,预备下茶水,屋子弄暖着点儿就是了。”袭人自去分派人往潇湘馆去。麝月找出两上蓝田玉的花盆,瞧了果子是八样,就拿了八个缠丝玛瑙的盘子,又是一个古铜小炉,用珐琅小盒装了一盒沉檀,又收拾出一份①洁净茶具。宝钗笑道:“好好预备,不然林姑娘是要见怪的。”

正说笑着,平儿打发老婆子拿着个拜匣,笑嘻嘻给宝钗请了安,又问了袭人好,说:“这是我们姑娘给袭姑娘祝寿的。原要亲身过来,这两日有点不舒服。”袭人笑道:“不敢当,年年叫姐姐费心。”宝钗问婆子:“只怕也快了罢?”婆子说:“听见说是月底。”袭人让他喝茶,婆子说:“不喝了,家里忙呢!”袭人腾了匣子,给了五百钱,说:“回去替我给姐姐道谢罢!”婆子答应去了。袭人把四件

---

① “份”,原文作“分”,据文义改。

活计送与宝钗看,宝钗说:“这槟榔包儿是他自己作的,实在下工夫。”袭人说:“奶奶留下使罢!”宝钗说:“你留着用罢。我有个平金的,也是他送的。”只见宝玉掀帘进来,问道:“谁送甚么?”宝钗道:“平姑娘给袭姑娘作生日的。”袭人铺下红毡,说:“等着给爷、奶奶磕头呢!”宝玉笑道:“不必了。”袭人便拜了下去,宝玉连忙拉他起来,又给宝钗磕头,宝钗拉起,说了几句祝词。又有众人拜寿、道喜,热闹半天。

晚饭后,宝玉向宝钗道:“今日花朝,我想咱们在园子里住的时候,逢时遇节大家玩耍,后来就搁下了。今日我要祭祭花神,自然是园子里清净些,你替我想个地方儿,那一处好?”宝钗笑道:“清净中之最清净者,莫过潇湘馆。然而祭花神须得一篇祭文,可别像①祭芙蓉神的那些‘共穴’‘同灰’‘情深’‘命薄’的字样,用不得!芙蓉神原不大识字,这花神可是品学兼优的,傥或冒犯了,又得一篇后祭文赔不是。”宝玉说:“你怕我作的不好,你就替我作一篇。”宝钗冷笑道:“又不是我祭,不犯尽着作那冒名顶替的事情。”说的宝玉无言可答,只好搭讪而已,笑着说:“三个人匀两个跟了我去,祭文也到那里再作罢。”宝钗道:“他的生日没有不②去的理,就叫麝月、莺儿跟去罢!”又问道:“今晚回来不回来?”宝玉道:“自然是祭完了回来好,又怕园门关的早,好些累赘。”宝钗道:“说准了,好把铺盖拿了去,不然怕冻着。”宝玉笑道:“这也好,索性明日一早回来,倒省事。”宝钗听了,叫袭人打点铺盖,又叫老宋妈跟了去,在下房伺候茶水,又说:“你们俩也拿床被去,看冻病了又是事。”于是婆子们将祭礼、花果,暨铺盖、脸盆等都搬运到潇湘馆去。这里宝玉不住的瞧表,宝钗说:“该去了!看下起来,就是

① “像”,原文作“相”,据文义改。

② “不”,原文无,据文义改。

那一篇祭文,还得作几个时辰呢!”宝玉站起身来说:“咱们走罢!”宝钗笑道:“见了花神,想着替我问候罢。”宝玉带了麝月、莺儿,笑着去了。

进了大观园,一路寻思这祭文的作法,太庄重不能尽情;若把私心写出,又怕得罪了黛玉。左思右想,犹疑不定,又不好回去合宝钗商量,说:“也罢!索性不用那些繁文,全凭这一瓣心香,以表精诚,或可梦中相见,亦未可知。”打定主意,不知不觉已到潇湘馆。见那满院的修竹更比从前茂盛,连那石子甬路上都迸出春笋来。抬头一望,密不见天,真是苍烟漠漠,翠霭森森,窗轩寂寂,帘幕沉沉。屋檐①下还挂个不全的铁马,被东风吹的玎珰乱响。此时将近黄昏,宝玉心中十分伤感。

莺儿过去掀起绛毡板帘,见当地笼着个花梨架白铜小火盆,临窗桌堆着那祭礼,满屋里却无灰尘。便教他两个把兰花供在迎面案上,又把小方桌抬来放在中间,把鲜果摆好,又供了碗雨前茶,前面设上小炉。麝月问:“二爷不是要写字吗?”宝玉道:“不写了。你舀水来洗洗手,拈香。”正自安排,听窗外淅淅沥沥下起雨来。宝玉净手拈香,恭恭敬敬磕了四个头,默祷一番,起来坐在椅子上痛哭了一场。麝月、莺儿看着又是好笑,又想起黛玉在日的光景,不免也都伤起心来。二人商量,过来也磕了四个头。宝玉站起来,看里间,见床上堆着两卷铺盖,宝玉说:“把我的就铺在套间林姑娘常睡的暖阁里。你们俩就在这床上罢!”麝月钩起秋香色软帘,只闻得一种香气,深浸脑髓。麝月说:“什么香?”莺儿说:“这是林姑娘。”麝月问:“你怎么知道?”莺儿说:“那年我跟着姑娘们放风筝,我光着脖子。林姑娘怕我吹着,就把自己的一条白

① “檐”,原文作“擔(担)”,据文义改。

绉绸手巾给我围上。后来我还去，就赏了那手巾，就是这个香味儿。我放在箱子里，薰的[1]衣裳都香了。”麝月说：“瞎说，这些年还香？”

宝玉听见这些话，便说：“你们不知道，像这样香总不会散的。所以古人曾说过‘至今三载留余香’，这正是一样的香了。”莺儿说：“这么说起来，我们姑娘那冷香丸的香气自然将来也是不散的了。”麝月瞅了他一眼，莺儿自知失言，忙着铺设好了，伏侍宝玉宽衣睡下。二人背起灯光，自去歇息不提。

且说宝玉虽傥下并未睡着，想起黛玉在时，花容月貌并那雅谑娇嗔，无一样不令人销魂，未免在枕上落了几点眼泪。忽听一阵风来，吹的那满院的嫩梢相触，便想起《西厢记》上的“风弄竹声则道金佩[2]响”，真成了“意悬悬业眼，急攘攘情怀”。

正想，只听窗外有脚步声。宝玉起身一看，见个垂髫侍[3]儿提着个绛纱宫灯，后面一个美人手扶小婢，姗姗而来。进门来，宝玉细看时，不是别人，却是黛玉，头挽云髻，身披雾縠。宝玉迎着问道：“妹妹身上好？”那美人并不答言，面带薄嗔，坐在生前常坐的椅上，说：“宝玉，你好！”说到这里，便滴下泪来。宝玉说：“妹妹还是恼我呢！”回头看了看，不见那两个侍儿。便走近前来，说：“并非我负心，因是双亲之命。自你仙逝后，我时时在念，刻刻难忘。你若不信，拿出心来你看！”黛玉道：“你这些话，我都不懂。自你搬出园去，我每日无非是调鹦、看竹，及时行乐。”此刻，宝玉恍惚自己娶的原是黛玉，仿佛今日正是佳期。向黛玉笑道：“数载苦心，也有今日了！”暗想道：“他们都说娶的是宝姐姐，原来还是林

① “的”，原文无，据文义补。
② “佩”，原文作“佩”，据文义改。
③ “侍”，原文作“待”，据文义改。

妹妹。”看他两道似蹙非蹙的眉,两只似睁非睁的眼。宝玉情不自禁,那黛玉也就半推半就,这一夜绸缪缱绻,不必细说。

只听一声鸡鸣,宝玉从梦中惊醒。那枕上云香,被中艳影,依稀尚在。看了看残灯微焰,窗纸发白。想方才的梦景,若说是梦,又历历分明;若说非梦,仍是我一人在此。也不管他是梦不是梦,也算是了结了我二人的心愿。翻来覆去,见天已大亮,自己起来,走到外间,见他二人并未卸妆,合盖着一床被,尚在梦乡。宝玉轻轻的坐在旁边。麝月一睁眼看见,便推莺儿。二人笑着起来,说:“二爷好早,别是没睡罢!”宝玉笑问:“昨夜花神来了没有?”麝月说:“怎么没来?”宝玉问:“你听见说什么没有?”麝月向莺儿使个眼色,莺儿说:“那些话,我可不说了!”宝玉又问:“你们到底听见没有?”二人齐说:“岂止听见,还瞧见了呢!”宝玉又问:“瞧见什么了?”麝月说:“那更说不得了!”宝玉听见这话,只道昨夜的事他们有所见闻,便红了脸,笑道:“不用闹了,咱们家去再说罢。”

不知宝玉到家说些什么,且听下回分解。

第九回　劝扶正凤姐怜夫　因积德平儿生子

话说宝玉带着麝月、莺儿回到自己房中,见宝钗正在窗下临镜,袭人站在背后篦头。袭人说:“回来了!”宝钗回头问道:“见着花神了? 花神可好哇?”宝玉笑着坐在旁边,说:“甚么好不好,不过是心到神知罢了。”宝钗笑问莺、月二人:“你们瞧见花神没有?”宝玉只怕他们说出昨夜的话来,忙着说道:“信他们胡说呢!”麝月笑道:“没见着花神,倒遇着雨神了。”莺儿说:“这一夜下的还了得! 对着那竹子,更响的利害!”麝月忙着伏侍宝玉梳洗毕,又吃了一碗莲子桂元汤,便往上房请安去了。这里二人便将昨晚如何上祭,如何哭,今早又谆谆盘问他们的话,细细说了一遍。宝钗对袭人笑道："不这么样，他也不依。傥或再发起呆性来，倒不好。"麝月说："这一夜又冷又怕，他躺①下就着了。只听后院里不知甚么响，吓的我蒙上头，才睡着了。今日二爷起来，我们还不知道呢！"

此时宝钗晓妆已毕，穿了衣服到王夫人处请安。只见李嬷嬷跟了巧姐儿过来请安，王夫人问嬷嬷："平儿这几日怎么样？"嬷嬷说："怀都下去了。"王夫人又问："你们太太张罗了些甚么？"嬷嬷说："昨日赏了五两银子，教他自己制办。"王夫人道："也可怜见的，头生末下的，知道用甚么呢？我业经都作出来了，明日是个好日子，叫人送过去，那个叫他留着零碎使罢。我派了老赵嬷嬷跟着，他进来了没有？"嬷嬷说："进来三四天了。"于是大家吃了饭。

李纨约了宝钗，同了巧姐儿去看平儿。进了院门，嬷嬷说："大奶奶、二奶奶瞧平姑娘来了。"只见平儿、丰儿笑着迎了出来。彼此问了好，进房坐下，丰儿倒了两碗茶来。平儿笑道："怎么劳动二位奶奶来瞧我！"宝钗说："太太狠惦着你呢！"嬷嬷就把王夫人的话说了一遍，平儿说："太太这样恩典，叫我怎么报答呢！"说着眼圈红了，又说："若是有我们奶奶也好哇！"说到这里更伤起心来。巧姐听见提起他娘来，也就滴下泪来。李纨说："这倒不是看你来，倒是招你伤心来了！你好好的给太太养个孙子，更疼你了。"

说了一回散话，都往巧姐房里来。宝钗问："巧姑娘做甚么活呢？"巧姐拿出个红缎褡裢，上面是福缘善庆的花样。宝钗问："拉锁子跟着谁学的？"巧姐说："平姐姐教的。"李纨问平儿："姑娘的东西，也得代着手儿作了。"平儿说："作出三十双鞋来了。"李纨

---

① "躺"，原文作"傥"，据文义改。

说:“我们也都作出几双来了。”巧姐见说他的嫁妆,就进里间去找出几篇仿来给他二人看。宝钗说:“字写的更长进①了。”李纨笑道:“你那天给我瞧的那跳格儿呢?”巧姐说:“那一天我拿去给二叔叔瞧,兰哥哥说写的不好,我就烧了。”李纨笑道:“那是怄你呢!我瞧着狠好。”又坐了一回,李纨说:“走罢,到你们家看看芝儿去。”说着就同着宝钗起身,巧姐、平儿等送出院门回去。无话可提。

到了次日,王夫人差人送来产妇婴儿可用之物,平儿看了十分感激。到了晚上,贾琏进来,平儿将那些东西给贾琏看了,也是感激,说:“明日我替你给太太磕头去。”说了回闲话,喝了几钟酒,就叫丰儿伏侍睡下。原来平儿自从受孕后,便不与贾琏同房,自在东里间。近日王夫人又派了贾琏的赵嬷嬷与他作伴,贾琏带着丰儿②在西里间住。刚然睡着,只见凤姐笑嘻嘻的同着尤二姐进来,坐在炕沿上说:“我们给你道喜来了!”贾琏问:“甚么喜事?”凤姐笑道:“咱们有了儿子了!”贾琏笑道:“平儿虽然怀孕,尚未分娩,还不知是男是女呢。”凤姐指着尤二姐说:“那不是!”贾琏一看,果然尤二姐怀里抱着个孩子。那尤二姐满眼含泪,望着贾琏点头。此时贾琏并不记得他二人已死,便问凤姐:“这孩子到底是谁养的?”凤姐叹了口气说道:“老太太告诉我的,说你我的行为断不能有后。皆因平儿素日为人恤老怜贫,处处积阴功、存口德,到后来还要受诰封呢!所以我来劝你,从今已后,把那酒色财气都检③点检点。酒是最能乱性,喝高了兴,竟会把礼义纲④常撇之脑后。色之一字,更是要紧。只图一时之乐,坏了他人的名节,坏了

① “进”,原文无,据文义补。
② “儿”,原文作“见”,据文义改。
③ “检”,原文作“捡”,据文义改。
④ “纲”,原文作“刚”,据文义改。

自己的行止。还有那嘴角儿上的阴骘，更是要紧，断不可谈论人家闺阁暧昧。见人升官，就起嫉心；见人有钱，就生妒心，不可不慎。你已是三十多岁的人了，老爷、太太年老，你有几个亲人？依我说，就把平儿正了位，于你也有帮手，于孩子也有照应。如今虽然都是他经手，到底众人不伏，他未免掣肘。你们好好的过罢，我再来瞧你！"回头向尤二姐道："咱们给他送去吧！"说着起身同去。贾琏此时又像知道他们已死，从梦中哭醒，见残灯尚在，看了看丰儿蒙头沉睡。贾琏叹了气，又朦胧睡去。

且说平儿睡醒一觉下了地，打开灯罩拨了拨灯。小解了，用凉水洗了手，重新上炕。傥下才一合眼，见凤姐带着尤二姐进来，尤二姐怀里抱着个孩子。平儿就请安问好，说："奶奶回来了？怎么这么巧，都一同来了？"凤姐说："因你在孩子跟前用心，我来谢谢你。"平儿说："奶奶这是怎么说呢！"凤姐说："告诉你罢，我们来给你送儿子来了！皆因你暗中有多少阴骘，携带的二爷也不致绝后。将来你受子之荣，也有人称你太夫人呢！"便向尤二姐说："你不用舍不得，将来也要沾光呢！"只见尤二姐就把那孩子塞在他被窝儿里。平儿急的说："这是怎么说！"只觉心头突突乱跳，及至醒来，觉得身子底下精湿一大团，吓的说："赵奶奶快起来罢，可不好了！"

赵嬷嬷从梦中惊醒，听见儿啼。偏是灯又灭了，鞋又找不着，就光着脚下地模火纸点灯，口里说道："我的小奶奶，你倒是早些言语呀！"平儿说："我还不知道呢！"贾琏原未睡实，听见婴儿啼①哭，又是他们两个人说话，就把丰儿叫起，对了个灯，看了看表，正是子正。自己也披衣过来，见赵嬷嬷还在那里找火纸，见拿了灯来，说："丰姑娘你把他抽起来，我好招拂孩子。"丰儿跳上炕来抽

① "啼"，原文作"啻"，据文义改。

平儿,平儿说:“你慢着些!我还起不来呢!”赵嬷嬷掀开被一看,才忙着把平儿的小衣褪下,见胎胞婴儿搅在一处,伸手就抱。贾琏见他赤着脚,抓了来把血,又是着急,又是好笑,说:“妈妈,你把袜子穿上罢,看着了凉。”便叫丰儿扶平儿坐起。自己到厢房窗外,把巧姐儿的李嬷嬷叫来。李嬷嬷上了炕,把胎胞和孩子理清。此时老婆子们也都起来,烧通条熬定心汤。李嬷嬷把脐带剪断,包好孩子交给平儿把着,又把炕上的血迹收拾干净。贾琏见是个男子,想起将才的梦来,要告诉平儿,又怕他伤心害怕。这平儿喝了定心汤,慢慢的把梦中之事告诉贾琏。贾琏说:“你奶奶可是穿着那在日常穿的那件月白绵袄吗?”平儿问:“爷怎么知道?”贾琏就把夜间的梦说了一遍,大家都觉诧异。

此时天已闪亮,贾琏看着平儿喝了粥,自己也喝了一碗粥,就往贾赦、贾政各处道喜回话,又到祠堂各处磕头。不一时,就有王夫人、邢夫人送过粥米、糖蛋等物。又见李纨、宝钗都来看视。平儿又把昨夜两梦告诉他们,二人亦觉稀奇。看那孩子,发长额宽,雪白粉嫩。李纨问:“过了月了吗?”平儿笑道:“我还不知道呢!大奶奶瞧我这肚子里挺硬,只是疼,别是还有一个罢?”大家都笑了。李纨说:“那是儿枕疼,不要紧,揉揉就好了。”宝钗说:“我那里有宁坤丸,回去找了给你送来。”平儿笑道:“上次二奶奶给的那药吃得吃不得?”李纨问:“什么药?”宝钗说:“胎产金丹。”李纨说:“正吃么!”二人坐了一回,同去到王夫人处回话说,平儿给太太磕头,又把他们的梦告诉了一遍。王夫人想起凤姐,不由伤心说:“平儿那孩子实在可疼!虽有本势,却不张道。为巧姐儿的事,琏哥就有这意思。皆因大老爷回来竟闹气,也不敢说。又搭着他有了喜,索性等养了再说。那也是定了的事了,倒是你们俩给他挑挑嬷嬷。可比不得兰儿、芝儿的嬷嬷,这可得留点儿心!咱们那位琏二爷是出名的淘气,别又弄出事来!”说的大家都笑了。只见贾珍父子过来道喜,李纨、宝钗便往稻香村来,叫人传给林之孝家的,把仆妇册子查查,有奶的传几个来挑嬷嬷。

至午后,见林家的带进三个媳妇来,都请了安,一排站着。林家的指着回道:"这个高身量的,是东角门的买办王德的媳妇。"李纨问:"孩子多大了?"媳妇回道:"四个月了。"又问:"你多大了?"媳妇说:"二十六。"李纨又问那两个。林家的说:"这白些的是跟三爷的常寿儿的媳妇,二十一岁,孩子八个月。这个黑些的是茶房汤铭的媳妇,三十二,孩子才满月。"宝钗问:"咱们家这些人,怎么才有三个有奶的?"林家的回道:"奴才查了原是五个人,那两个一个是老宋妈的孙子兴儿媳妇,现长奶疮;一个是鲍二的小姨子,乌贵媳妇,住娘家去了。"李纨看了奶,就合宝钗商量留下王德家的、汤铭家的,带过来请王夫人看。王夫人就留下汤铭媳妇,着林家的带去交给平儿,又说:"照芝哥的小李嬷嬷例,每月也是一两五钱银的月费。"林家的教给太太、奶奶们磕了头,跟着林家的去了。

晚饭后,贾政进内,王夫人把贾琏、平儿的梦说了一遍。贾政道:"天道悠且远,鬼神茫昧然。那也没甚么凭据。倒是合大老爷、大太太商量,把平儿扶了正,于琏哥好些。算了媳妇,他也好谏劝,我看那丫头还明白。他父母还是你们家的家生啊,还是外买的?"王夫人说:"他就是跟我大哥的韦善的女儿,自幼儿就跟凤姑娘,所以就陪了过来。"贾政笑道:"原来是他的女儿,这就怪不得了。那一年我扈驾北狩,还借过他几天,是狠朴实,官事也明白,比周瑞好多了。"王夫人笑道:"那是他们老爷的总钥匙,他那儿子,就不中用了!"贾政道:"有个好女儿就是了。等满了月,就把这件事办了。今日大老爷命名叫苓哥儿,十分欢喜,说要大办呢!"王夫人说:"七十岁得头一个孙子,花几个钱也是乐的。"

有事便长,无事便短,不觉已到三月初三,王夫人的生日。唱了两天戏，自然来些高亲贵友，不必细说。

到了宝玉、贾兰进场之时，王夫人合贾政商量，不必赁小寓，就从家里走，无非早些动身就是了。李纨自去料理贾兰的考具，不提。且说宝玉看着宝钗、袭人与他打点，又说带这个，又说带那个。袭人说："你别跟着搅了，让奶奶打点出来，你过了目，一装就得。"宝玉笑道："你们怕搅，我可又走了。"袭人听见这话，一阵心酸，滴下泪来。宝玉说："在家又嫌搅的慌，出家又舍不得，不然你就跟了我去。"说的袭人噗哧①的笑了。收拾完，次日四更就起来。叔侄两个来见贾政、王夫人。贾政嘱咐了些进场的话，二人一一答应。王夫人想起乡场的事来，就说："兰儿，你合叔叔拉着走罢！"贾政笑道："太太不必乱想，这一回断不能走失了。"就叫人出去看车齐了没有。宝玉说："程师爷还要送呢！"贾政说："这妥当极了。就去罢！"二人请了安，各人又见过母、妻。宝玉又与李纨请安，兰哥给婶娘也请了安。各人又嘱咐了几句，送他叔侄出去。

这里王夫人合宝钗盼了一日又一日的，把这九天熬过。见他叔侄二人笑嘻嘻的进来请安问好，这婆媳才都把心放下。原来王夫人许下心愿，背着贾政买了口猪祭天。

过了两日，十九正是苳儿的满月。贾赦教趁着这日摆酒唱戏，就推平儿登了琏二奶奶的宝位。平儿到祠堂行礼，长辈磕头。那玉字旁比贾琏小的都来拜见，平儿还了半礼。草字头的都给他磕了头。众下人都来参见琏二奶奶已毕，王夫人便向平儿说道："明日咱们商量喜事！"不知王夫人商量何事？且听下回分解。

第十四回　制瓜灯闺中斗巧　赏荷花席上联吟

话说王夫人等在稻香村吃了果酒，都到上房吃晚饭，又闲谈

---

① "哧"，原文作"嗤"，据文义改。

了一回，各自回家。这里预备车，平儿送邢夫人仍过东院住去，李纨等各自回房安歇。过了些时，都到上房请安。早饭后，大家闲坐。王夫人问湘云："你们太太总不出门，到底有甚么病?"湘云笑道："没病，就是不爱动，连娘家都不去。却很疼我，总说在家的时候，姐妹们一处顽惯了，怕我闷的慌，又说这里叔叔、婶娘又疼我，可以多住些日子，散散心。"正说着，见尤氏进来给王夫人请了安，问了众人好。李纨道："你这么早就来了!"尤氏说："不是今日瞧宝贝么?"宝钗笑道："天阴的这个样儿，还瞧甚么呢?"小丫头们说："吊点儿呢!"探春道："趁着没下起来，咱们园子里看荷花去。"尤氏说："你们去罢，我跟着太太。"探春道："你可得去，云妹妹还要听你唱'骤雨打新荷'呢!"尤氏说："嗳哟，我知道甚么'新荷旧荷'的。"说的众姐妹都笑了。李纨道："你明日请他到万柳塘，他才唱呢!"尤氏说："又'万柳塘'了，是'万柳庄'！亏来还没说着!"说的宝钗、探春、湘云都笑起来。王夫人不知其故，也随着他们笑。平儿问："我怎么没听见过?"这一问，更都哄堂大笑。

见三门上的老婆子拿着根青竹竿，挑着个西瓜进来。一看，原来是玲珑体透的瓜灯，还有个小封套儿。说："二姑奶奶给太太请安，问奶奶们好。此刻在姨太太那里呢。先教把这个送给姑奶奶、奶奶们瞧，少时还到咱们这里来呢!"宝钗接过封套。王夫人说："赏他一吊钱，回去说请姑奶奶同姨太太一块儿过来罢!"探春向宝钗手里接过封套，打开一看，笑道："这可是好东西，不给你们瞧!"不堤防，湘云一把抢到手里，李纨、宝钗都凑来同看①，原来是一张冰绞笺，上写着一首《鹊桥仙·咏瓜灯》：

并刀细镂，千花万叶，费尽良工心思。柔枝缠绕，却分明、更间着连环卍字。　　窗前巧制，檐前轻挂，消遣闺中游戏。夜深

① "看"，原文作"着"，据文义改。

光暗,到天明,剩几点盈盈蜡泪。

看完,大家称赞。李纨说:“好却好,只是收的太颓败些。”湘云、探春齐说:“这正是他见到的地方,本来如此。”

正说着,见宝玉、贾兰下了衙门,一同进来请安。湘云拿着那词,向宝玉笑道:“请教!请教!”宝玉接来一看,说:“到底琴妹妹有兴致,这几年,咱们把这些事都掷下了。”回头看见瓜灯雕的甚好,说:“咱们也弄这个顽顽!”李纨说:“教外头作了,我们看罢!”宝玉道:“那没意思,还是我们自己作有趣儿。”李纨说:“叔叔,瞧他那手,才有趣儿呢!”王夫人忙问:“手怎么了?”贾兰笑说:“昨日晚上就是作这个来着。走了刀,把左手大拇指头划破,洗了一盆血水。今日还裹着呢!”王夫人拉过来看看说:“这么大小子,还淘气!”只听人回:“姨太太、二姑奶奶都来了。”这里众人都迎接进来。

湘云先说道:“好词啊!”宝琴说:“难道就许你有‘卷起半帘香雾’么?”别人听了还不在意,惟有宝玉听见这话,便想起那一年大家填柳絮词,未免暗触伤心,就搭讪出去了。

这里众人坐了一回,探春说:“走罢,看荷花去!姨妈不去么?”薛姨妈说:“先请罢,回来找你们去。”王夫人道:“留下三奶奶伺候姨妈罢。”于是大家往园中去,将走到东跨所后角门,见静悄悄的掩着一扇。宝钗道:“想是都睡了,别把黄雀儿喂了猫。”众人便轻轻的进了角门,隔着花幛儿一看,原来袭人、麝月、莺儿三个人在廊下斗牌,小丫头翠香捣指甲花儿,宝玉坐在凉榻上弄玉簪花,双环蹲在傍边扇风炉,上面坐着个小银锅。宝琴低声说:“这样天气还弄火顽。”宝钗道:“又是蒸粉呢!”探春道:“走罢,别搅了他们的局。”说着径往园中走去。

进了园门,就往藕香榭来。原来这藕香榭是向东的门,四面抄手游廊,院内堆着些怪石,种着几棵梧桐、芭蕉。南面的五间大厂庭正临着那一塘荷花。北边就是惜春旧住的绣阁。众人进了厂庭，见上面挂着“藕香榭”，退光漆嵌蛤蚌①的匾，于是众人倚栏坐下。不多时②，稻香村的婆子送过茶来。湘云道：“叫个人去把藕香榭的旧主人请来，就说我们都等着呢！”李纨道：“别人不行。碧月去罢！”宝琴问：“怎么讲？”李纨道：“他合四姑娘最说的来。”探春道：“不好了，又一个疯子！”

不多时，碧月回来说：“四姑娘说，完了事就来。”众人问：“作甚么呢？”碧月道：“画画儿呢。”众人又问：“画甚么呢？”碧月说：“瞧着上头倒像没甚么。”众人正猜着，只见惜春扶了小丫头磬儿进来，都问了好。湘云问：“你画甚么呢？”惜春说：“没画甚么。”说着瞅了碧月一眼说：“又是你嘴快！”都知惜春的脾气，也就不往下问。

只见李纨处的两个婆子拿着掇丝大捧盒走来，揭开看时，是几个蓝玻璃家伙盛着时鲜果品。李纨说：“就摆在大圆桌上罢！杏仁酪得了，给姨太太、太太送过一罐去，剩的用大银罐给我们冰上。”婆子答应去了，又抬了一大竹筐西瓜、香瓜，一小坛酒来，道：③“随便都用些瓜果。”宝钗道：“今日你的东道，明日该我请了。”探春、湘云、宝琴齐说道：“既是如此，明日还是在这里好。”众姐妹说笑一回，都过王夫人处来。王夫人说：“二姑娘住下罢！”宝琴笑道：“是住下。”薛姨妈道：“没看见行李都带来了！”于是大家吃了晚饭，一宿晚景不提。

次日早间，天色甚好。将到午初，王夫人说：“把他们都找来，趁天晴，可要见世面了！”婆子们答应去请，不一时，贾珍、贾琏、宝

---

① “蚌”，原文作“蜂”，据文义改。

② “时”，原文作“是”，据文义改。

③ “道：”，原文无，据文义补。

玉、贾环、贾蓉、贾兰并尤氏婆媳都来请安问好。王夫人道:“弄盆水来,把妞儿的宝贝借来。”玉钏儿说:“早就预备下了。”婆子们用大铜盆盛了盆水,问:“放在那里?”探春说:“放在当院子里。”正说着,贾相国下朝进来,见这些人都站在廊下,院里又有一盆水,便问道:“看甚么?”王夫人就将原故说了一遍,贾相国进房换了便衣,也出来看。宝玉便将那物接来,放在水中。此刻正是万里无云,正顶上一轮赤日照在水里,只见那物在水里乱转,先不过在盆里虹霓似的一个圈子围着,后来就高出水面有三尺多长,忽然那日光被一片浮云遮住。王夫人说:“收了罢!”宝玉道:“我能放,却不知怎么收。”探春道:“捞起来就得了!”收了宝贝,贾相国说:“实在稀罕!”便对湘云道:“好生收着,别随便给孩子顽。”湘云笑着答应,又对薛姨妈道:“前者大外甥送的那龙舟,里头就有人议论。”薛姨妈道:“外省里新鲜物儿多的狠,到了京城里就有这些讲究。”贾相国道:“所以诸事不可不慎。”只听人回:“锦乡侯夫人来了!”贾相国带着子侄们出去,众姊妹也都往园中去了。这里王夫人会客,不提①。

且说众人到了藕香榭,早已摆设停当。看那荷花开的十分茂盛,结了许多莲蓬。宝钗教人采了几个莲蓬,湘云在席上用荷梗儿吸酒,众人说他的顽法总新鲜。探春道:“今日可别辜负这荷花了。”宝琴道:“是诗是词,我都不怕!”湘云道:“颦儿死了,偏不许你独擅词坛!”忽听背后一人笑道:“那位是盟长啊?”众人一看,原来是宝玉。李纨问:“你打那里来?”宝玉道:“才听见里头传出去,三奶奶受暑,教请大夫。我才到了屋里,问他们,说都在园子里,我就找你们来了。”探春说:“到底是填词,还是作诗?是各人作各

---

① “提”,原文作“题”,据文义改。

人的，还①是联句？"

正在商量未定，忽然一黑，下了阵暴雨。偏是南风，吹的满桌上都是水。一时雨过天晴，满池荷叶擎着那水珠儿西歪东倒，一群小丫头在岸上扑蜻蜓，远远的见玉钏手里拿着个东西，后头跟着②个人。一时玉钏进来，捧着个荷叶式的翡翠盘子，盛着一盘茉莉花，盒子里是一碟水晶角儿、一碟豌豆糕。说："花儿是太太教给姑奶奶们送来的，点心是璜大奶奶孝敬太太的，太太教你们众位尝尝。"探春道："咱们正没主意，茉莉花来就巧了，就用《爪茉莉花》调名联句如何？"宝玉问："是多少字？"探春道："这可不记得！"李纨说："拿词谱一看就知道了！"

宝钗教小丫头去告诉莺儿，把词谱第二套拿来，回头问："客走了吗？"玉钏说："客刚走，璜大奶奶就来了。此刻珍大奶奶、琏二奶奶都在上头呢。我还忘了一件事，告诉你们，众位不必过去，晚饭就在这边吃罢。"湘云递给他两个莲蓬说："你走着吃罢。"玉钏说："我见紫菱洲狠好的菱角，为甚么不采些来？"李纨道："你就带个信叫他们采些送来。"玉钏去了。

见莺儿送了词谱来，打开同看，是八十二个字。宝玉问："那位起句？"宝钗道："谁出主意谁起！"侍书早把笔砚笺纸摆好。宝玉拿起笔来，说："我写！"先在纸上写了《调寄爪茉莉·即景联句》。探春便念道：

雨过荷香，更添些况味。

宝琴接道：

微风动，

刚要往下念，湘云忙念道：

---

① "还"，原文无，据文义补。

② "着"，原文作"看"，据文义改。

闹红轻坠。翻翻翠扇，

宝钗笑道："好个'闹红轻坠'，这可不让你了！"便接过笔来写道：

看不定，琼珠破碎。

忽听远远蝉鸣，探春笑道："现成的来了！"念道：

是何处，断续蝉声？

宝琴笑道："你既问我，只好告诉你。"便念道：

绿杨外，残照里。

宝钗道："这过变的地方，可别脱了节。"李纨道："吃点东西再作，别像那年芦雪亭联句，不是作诗，倒像拼命似的。"

湘云正倚着栏杆，剥莲子往水里掷皮儿，把那芦稍上的蜻蜓惊起。他便一言不发，走过来就写道：

蜻蜓款款立芦稍，弄双翅。

写完，仍旧剥莲子。众人笑问："你为甚么慢条斯礼的？"湘云笑道："快了，又说拼命似的；慢了，又有不是。"只见探春走过来写道：

临水阁，画栏同倚。

宝琴正擎着个玻璃盏，说："三姐姐写罢。"念道：

持觞索句。

宝玉问道："许我献丑不许？"众人道："正要领教呢！"宝玉便来接笔，探春道："你念罢，我写。"宝玉念道：

片云生，催诗意。

众人笑道："这可牵强。"宝玉道："我说的是真景，你们看西南上又涌上来了！"忽然一阵微风吹过些声音来，大家细细听去，是"花儿鲜，叶儿鲜，菱角虽好，刺儿尖！"宝玉道："妙极，他帮了我了。三妹妹写上！"念道：

向晚来，听隔岸，菱歌起，

宝钗道:“何苦七拼八凑的,真可是填词了。”正在说笑,只听满池扑拉之声,飞起几只鹭鸶。宝钗道:“就用他收了罢。”向探春手里接过笔来。写道:

有鸥鹭,莲叶底。

宝玉道:“这也未必不是凑的罢!你说我的不好,你就改改!这位蘅芜君,我真惹不起!”湘云问道:“二哥哥如今还怕宝姐姐么?”宝玉笑道:“如今更怕了!”说的大家哄堂大笑,连地下伺候的丫头、婆子都笑了。宝钗把脸一红,刚要回言,见平儿笑嘻嘻的拿着一枝并蒂莲花进来,众人让坐,婆子斟了一杯酒。平儿向李纨道:“有人给你们阿哥提①亲呢!”要知亲事谁家,且听下回分解。

第二十一回　颤鸾篦如玉吹笙　啭莺簧双红度曲

话说贾琏叔侄三人从隐园回来,到荣国府给王夫人请安。恰巧姊妹、妯娌们都在上房闲谈,彼此请安问好。不多时,宝玉、贾兰也回来。贾琏就说起邢大舅挨打的事来。王夫人说:“这是怎么说?那么大年纪了,也不知打的轻重?”贾环笑道:“横竖也彀他受的!”王夫人向贾琏说道:“你打发个人去送几两银子看看!”贾琏笑道:“这倒好,挨顿打就得银子,明日我也出去招打。”王夫人笑道:“下作东西!也不怕小婶们笑话。”贾琏说:“妹妹们不笑话我。”尤氏说:“还有侄儿媳妇呢。”贾环说:“要不是老蓉,再不能白打白散。”贾蓉说:“倒不是怕事,我同着叔叔出去闹事,不用说外头,家里那顿打就足了。我可合谁要银子呢?”说的都笑了。宝玉说:“亏了我没去!”尤氏问道:“你去了怎么着?”李纨笑道:“自然是帮着打呀!”宝玉说:“我最怕打架的,不信问兰哥。”贾兰说:“有一天,下衙门走了不远,遇见打架的,顶马知道脾气,绕着小胡

① “提”,原文作“题”,据文义改。

同回来。”尤氏说：“要派你出兵打仗呢？”宝玉说：“横竖我一辈子不当那差使。”说的都笑了。王夫人说：“你们去罢！好让我们解闷。”贾琏等答应着退出。

玉钏问：“作什么？好预备。”尤氏说：“人多摇摊好。”王夫人说：“那倒有趣！”尤氏笑道：“我的主意总合太太的心。”李纨说：“既是这么着，明日你就告个长假，过来伺候太太，保管你又不愿意了。”说的连丫头、老婆子都笑了。

只见二门上的婆子拿着个红帖子回到：“王大爷家大相公成家，请太太、琏二奶奶吃喜酒。”玉钏接过递与王夫人看了，问道：“他们家谁娶亲？”平儿说：“想来是板儿，那两个还小呢！”王夫人说：“只好你①去罢。我出四十两银分子，再送分礼。”平儿说：“送礼也就是一坛酒、一只羊、两挂百子鞭②、五斤一对的喜烛。那么远，怎么去？”王夫人说：“只好住四五天，看看乡下娶亲的热闹，回来说给我们听。”

正说着，回进来二位亲家太太来了。才说了个“请”。只见薛姨妈、李婶娘一同进来，有几个丫头、仆妇跟随在后。众人迎到院里，请安问好。王夫人问：“怎么二位同来？”说着进房坐下。薛姨妈说：“亲家太太到我那里，说要到这里来，所以就一同来了。”奶奶们递了茶，玉钏笑道：“又来了两位送钱的老太太。”薛姨妈见桌上摆着筹码盒子，就知是摇摊，便问玉钏：“你怎么知道我们送钱？”玉钏笑道：“姨太太那一回要不输呢？”尤氏问：“谁摇哇？”李纨说：“你摇罢！”尤氏说：“我押，叫琏二妹妹摇！”于是大家押起摊来。玉钏算账，增福打水钱。顽了半天，到吃饭时候一算账，庄上赢了一百七十六千有零，薛、李二位太太倒输了六十多千。薛

---

① “你”，原文作“呢”，据文义改。

② “鞭”，原文作“煙”，据文义改。

姨妈问玉钏说道:"你可说着了!"玉钏笑道:"我们琏二奶奶下村的盘缠有了!"薛姨妈问:"二奶奶上那去?"王夫人就把王家请的话说了一遍。湘云问道:"那刘老老不知还有没有?可惜那'携蝗大嚼图'没画完,明日叫四妹妹找补上,传到后世,竟是一段①佳话!"

宝钗说:"你何不就作一部《大观佳话》?"湘云说:"叫我作,我这一枝春秋笔可不留情!"宝钗笑道:"自然是'寓褒贬、别善恶'。"李纨道:"好熟《三字经》!"宝钗说:"皆因这两天芝儿念呢,不然也就忘了。"于是大家说笑了一回。吃了晚饭略坐了坐,李婶娘住稻香村,薛姨妈同湘云仍在蘅芜苑住,尤氏回东府不提②。

且说湘云同薛姨妈回到蘅芜苑,那掌珠姑娘还等着见姥姥③,把个薛太太乐的搂在怀里就问:"我给你带来的顽艺儿瞧见没有?"嬷嬷说:"外头交进四个匣子,说是太太给妞儿的,我们等奶奶回来,才打开呢!"薛姨妈听了这话,更疼的不知怎样才好,说:"快打开,给我这宝贝看看!"原来是四个极细巧的自行人儿,说这是大舅舅带来的。湘云说:"难为大哥,有这耐烦儿!"薛姨妈说:"听见还有个会飞的,须得大院子才放得。他要送这里姨妈呢。"又说了几句散话,各自安歇。

半夜里下起雨来,到了次日,仍是蒙蒙细雨。那满院芳草经了这春雨,浅黄、深碧,映着那石上的苍苔,十分有趣。将梳完了头,见园门上的婆子拿着封信说:"这是山西随折差来的。"湘云看完,递与薛姨妈看,说:"忙甚么,还都小呢!"湘云问:"你听见几时取回信?"婆子说:"问了差官,有几天耽搁呢!"湘云叫翠缕拿一吊

---

① "段",原文作"叚",据文义改。
② "提",原文作"题",据文义改。
③ "姥姥",原文作"老老",据文义改。下同。

钱赏那婆子。说:“大雨的,累你了!”婆子谢了姑奶奶,自去听差。湘云向姨妈说:“这信上却狠愿意,但是这里不提,先不用说。倒是新近琏二嫂子托我,要向妈妈求亲,说仙保作媳妇,不知府上愿意不愿意?先叫我提提,如果愿意,再求二婶娘作媒。”薛姨妈说:“没甚么不愿意的。仙保比苓哥大两岁呢!”湘云说:“宝姐姐不是比宝哥哥大两岁吗?”薛姨妈说:“他们俩作了亲家,却是合式!”翠缕笑道:“那就是显道神遇见地里鬼了!谁也别说谁长,谁也别说谁短!”湘云瞅了一眼,说:“这又到了你嘴里了。”翠缕说:“我知道,当着他们不说。”

只见王夫人处打发人请吃饭。此刻雨也住了,出了蘅芜苑,远望稻香村,一路杏花半开,间着些垂柳。只见李婶娘扶着小丫头,李纨婆媳跟在后边。李纨说:“这才是‘好雨知时节’!”薛姨妈说:“下三天都不多!”李婶娘说:“看起来今年是好年头儿。”李纨说:“别的还是小事,人去好些灾病。”湘云摇着头说:“这位大太太恻隐之心普的狠呢。若是下涝了,又是天公的不是了!”一路说着话,已到上房。只见平儿打扮着,带了苓哥,还有巧姐的嬷嬷、苓哥嬷嬷,王夫人就问:“只带他们俩吗?”平儿说:“还有两个呢。”王夫人说:“去罢!道儿远。”李纨说:“出份[1]子,可少吃,看人家笑话!”湘云说:“那也没甚么,不过再画一张‘后大嚼图’!”说的都笑起来。于是平儿辞了众人,出去上车,往城东去了。

这里吃过早饭,人回:“东府大奶奶同璜大奶奶来了。”只见尤氏、金氏一同进来,都请安问好。王夫人向金氏问道:“你怎么总没来?”金氏说:“因病了,一向总没出门,所以没给婶娘请安来。”湘云鄙其为人,向宝钗使了个眼色说:“宝姐姐,合你借样书。”宝

---

① “份”,原文作“分”,据文义改。

钗说:“甚么书?你自己找去,左右在那隔子上。”说罢,站起身一同去了。这里尤氏说:“昨日输了,今日找老太太捞本儿!”王夫人说:“你们听听!我也是输家儿!”玉钏说:“大奶奶带了帮手。”尤氏说:“这倒不是,才在府门外头遇见的。”玉钏说:“赢家走了,没人摇。”尤氏说:“琏二奶奶不在家,叫环三奶奶摇。”如玉说:“我可不会。”玉钏向尤氏说:“那有输给琏二奶奶,拿三奶奶垫的?太太借给本儿,我摇!再要输了,看怎么着?”于是大家押起摊来,暂且不提。

且说湘云、宝钗到了东所,小丫头说:“奶奶同大姑奶奶来了。”就有人打起帘子。进房来,见宝玉给芝哥理字号。见他们进来,站起身来让坐。湘云说:“这才是教子成名呢!”宝玉说:“我不教了,找大姑姑教罢。”湘云瞅了一眼说:“又不是我的儿子。”宝玉说:“咱们换了罢。”宝钗道:“你别说,妞儿合我亲的狠呢!”翠缕说:“那几天姨太太家去了,他知道想,问姥姥怎么不来?”袭人说:“我就爱那小样儿!一点不像姑奶奶那时候,非凡的淘气!我们跟着,挨了老祖宗多少骂!”湘云说:“你爱,就认你作干妈!”袭人说:“我可没那么大造化。”宝玉问:“妞儿认字没有?”宝钗说:“认了好些,天天早起认给姥姥瞧。”正说着话,回进来,梅大爷来了。宝玉站起身说:“失陪了!”就出去会客。

宝钗向袭人说:“你随便弄点甚么吃的点心,等上头的还早呢!”麝月说:“不说还忘了呢,有三姑奶奶送的四盒饽饽、一罐奶茶,说是他们厨子作的。”于是摆上点心。二人用了些,又喝了奶茶,就过上房去了。那边也传了晚饭。谁知尤氏今日又输了二十多吊,倒是璜大奶奶赢了十几吊。至晚,二人回去。玉钏笑道:“璜大奶奶的车钱有了。”于是又说了回散话,各自回房安歇。

过了四天,平儿同了巧姐回来,见了王夫人请安,都问了好。

平儿又替王家道谢,说:“我到的那天,姑娘也到了他婆婆家,一同回来给太太请安,住个一个月二十天的。”王夫人说:“本来也总没住家了。”巧姐笑道:“他们家也不知有多少事,不是这家娶媳妇,就是那家嫁女儿。又多有在乡下住的,去一趟①就得好几天,我也想家了。”说着就滴下泪来。王夫人说:“不用伤心,明日歇一天,后日咱们瞧你太太去。”巧姐问:“怎么没见大娘啊?”王夫人说:“这几天又犯了水饮了。”巧姐说:“我去瞧瞧,还要瞧四姑姑去。”王夫人说:“吃了饭就不早了,索性明日再去罢!”玉钏问刘姥姥。平儿说:“今年八十六岁,还纺线呢!就是耳聋,要给太太请安来,怕车颠的慌。”又把乡下娶亲的规矩说了一遍,时已不早。王夫人说:“都歇着去罢。琏二奶奶想着传车,后日出门。”平儿答应,众人也都各自回房安歇不提。次日巧姐、平儿先到稻香村、蘅芜苑、栊翠庵都略坐坐,就到上房去了。这日不必细说。

到了第二日,饭后,王夫人带着巧姐、平儿,往隐园看邢夫人去。这里宝钗、如玉、文淑送太太出门。宝钗约了如玉去看李纨,玉钏说:“我也给大奶奶请安去。”于是一同到了稻香村。问李纨:“这两日可好些?”李纨说:“吃了娑罗子,似乎疼的好些。”正说着,湘云扶了翠缕进来,大家问好让坐。湘云问玉钏:“你怎么没跟班?”玉钏说:“里头是增福、小四儿,外头周婶子、我妈,还有吴大娘。”李纨问:“管事奶奶也跟出门?”玉钏说:“因延寿病了,太太带他去。”说着又问:“大奶奶不闷吗?”李纨说:“你替我想,甚么解闷?”玉钏说:“何不听三奶奶吹笙?”众人都说妙极,从没听见过。玉钏说:“有一天太太没在家,我倒听见过。”如玉说:“你还说呢,不是那天三姑奶奶看见,说了好些话。我再不敢弄那些顽艺儿了,二奶奶也听见了。”说着眼圈一红。宝

---

① “趟”,原文作“荡”,据文义改。

钗说:“他如今好多了,从前那脾气,合赵姨太太还闹呢。”李纨说:“今日解闷儿的事,不用告诉他就是了。”如玉被众人逼不过,叫小丫头取笙去。玉钏说:“我同你去。”不多时,只见玉钏同了双红进来,把笙递与如玉。如玉就问:“你作甚么来了?”双红说:“不是叫吗?”玉钏笑道:“是我邀来的。”这里众人才知是玉钏的矫召。如玉吹起笙来,玉钏说:“红姑娘唱两句,给大奶奶解闷。”双红说:“自到了这里,总没唱,都忘了。”宝钗笑道:“你拣记得的唱两句就好。”双红想了想说:“小姐,吹《寻梦·懒画眉》那一只。”众人听他叫“小姐”,都笑了。双红说:“叫惯了,改不过来。”说完,就整顿歌喉唱道:

最撩人春色是今年,少甚么低就高来粉画垣,元来春心无处不飞悬。是睡荼蘼抓住裙衩线,恰便是花似人心好处牵。

唱完,众人无不夸赞。宝钗接过笙一看:“我当是漆的,竟是个墨玉的,实在滋润!”湘云便念:“汉殿夜凉吹玉笙。”宝钗笑道:“你就知道董双成,往前呢?”湘云说:“自然是王子晋在缑岭吹的。”李纨说:“没见过两个人,到一块儿就拌嘴!”如玉站起身说:“大嫂子歇歇罢!”李纨说:“你们主仆可乏了!”宝钗说:“先请罢,我还合妈妈说句话呢!”玉钏说:“我跟三奶奶过去。”于是主仆四人一同去了。李纨说:“果然吹的也好,唱的也好。”又伸了三个指头:“那位也责人太甚!”宝钗说:“一位太讲究,一位不检点,自然不合式。”湘云说:“将才这支曲子,要是蕉下客听见,还不知有多少话呢!”李纨说:“何必如此!放着好不好!”又坐了一回,钗、云二位就回蘅芜苑去。

一进门,只听一片笑声,到了后屋,见薛姨妈歪在炕上看妞儿跑着顽。见他们进来,推着薛姨妈说:“姥姥起来罢!娘也来了,姨也来了!”宝钗说:“传饭罢。”于是娘儿四个吃了饭。只见宝玉、贾兰进来,见桌上摆着自行人儿,就知是薛家送的,说:“姥姥怎么不给我顽艺儿?”妞儿说:“哥哥拿去罢!”薛姨妈说:“不用给哥哥,等得了侄儿再给。”说的贾兰不好意思。宝钗问:“你们打那儿来?”宝玉说:“稻香村瞧大嫂子去。早就进来了,听见三奶奶在那,我不便进去,就到杏林坐了回子。后来听见吹笙,就听住了,你们都走了,才进去的。”宝钗问贾兰说:“三姑姑来了,可别提这事!”兰哥说:“母亲也嘱咐了。”大家又说了回散话,各自回房安歇。

过了两日,王夫人回来,李纨病也好了,一同接太太进房坐下。贾兰问道:“昨日薛大舅差人来问太太回来没有?说有送的东西。”王夫人说:“甚么贵重阿物儿,要我亲身接?蟠儿也是三四十岁的人,总是贪顽!”不知薛家送来何物,且下回分解。

第二十四回　指迷途惜春圆光　游幻境宝玉惊梦

话说贾相国次日带了宝玉、贾环、贾兰,安车驷马往隐园去看哥哥。见了面,彼此伤了会子心。贾相不便说出“贾母示梦”的话来。大老爷说:“这一向我狠想你。”贾相说:“因告病不便出门,今日来给哥哥、嫂子请安,还有件事商议。”大老爷就问:“甚么事?”贾相说:“我想天气渐渐冷了,莫若搬进城去,明年春天再回园子来。就是早晚弟兄们也好盘桓,孩子们也好侍奉。”大老爷说:“好却好,我这动转维艰,恐怕不能颠这么远路。”贾相说:“家里现成的行轿,慢慢走着,狠可以。”弟兄、叔嫂又说了回散话,便进城回府。

过了几日,看了个好日子,前一天打发宝玉、贾环带了轿子、车辆,去接伯父、伯母进城。平儿又派人把东院收拾妥当,到未申的光景,才到这里。王夫人带着众人过去迎接,自然预备酒饭,不必细说。次日,贾琏又到园子里办理善后事宜。

贾大老爷自进了城,贾相隔一两天必过来问安。宝玉等轮流了伺候。那琏二奶奶在公婆跟前却又十分孝顺，又有太医[1]院堂官送来的再造丸，病症似乎减了几分。自己也觉欢畅，有时也坐了小竹轿，到西院及园子里各处逛逛散心。贾珍父子也常[2]过来请安，又送过些珍禽异鸟挂在廊下解闷，倒觉比在隐园还心宽。一家上下都欢欢喜喜，可谓和气致祥。

且说宝玉这一日饭后，要到栊翠庵找惜春闲谈，进了大观园。此刻正是秋末冬初，众木摇落而相衰的时节。信步走到怡红院，见院门虚掩，推开门进去，无非是枯枝、败叶、砌草、砖苔。走上台阶，隔窗一看，满屋里虫网珠丝，迥非前度。暗暗点头，出来又走到潇湘馆，进去看时，冻竹、寒烟、疏窗、淡日，那一种凄凉，令人不堪回首，不禁滴了几点眼泪。暗想道："不如先到蘅芜苑找他们去谈谈，再上栊翠庵去。"及至到了蘅芜苑，进了门就有个婆子迎出来："请二爷屋里坐罢！"宝玉问姨太太、姑奶奶，婆子说："都到太太那边见客去了。"

宝玉走进房来，见那一切铺垫陈设甚至帘幔尽是雅淡朴素。想起那年老太太嗔着他爱素，还说了几句，赶着换上，谁知倒应在云妹妹身上。一边心中思思想想，并未坐下。出了院门，要往稻香村去，想了想：既是有客来，大嫂子自然也不在家，不如竟往栊翠庵去。

到了门前，见禅关紧闭。宝玉敲了两下，里面开了门，宝玉进门，见惜春迎了出来，说："二哥哥，久不见了！"说着兄妹进房坐下。宝玉说："你不知道，这一向忙的狠。二老爷罢相，大老爷搬家。大概除了你，没有闲人。"惜春说："二老爷予告，我还过去请安。听见太太说，因为梦见老太太才告休的。大老爷搬家，一点

---

① "医"，原文作"酱"，据文义改。

② "常"，原文作"长"，据文义改。

不知道，想来就为那梦中的话。”宝玉说：“可不是为那个？怕傥或有事，在园子里有些不便。”又说起贾琏辞差的事，惜春说：“这倒是正理。”宝玉说：“我这一向心里总是郁郁闷闷的，找你来谈谈。”惜春笑道：“一个人为甚么郁闷？”宝玉说：“皆因自己想不出那破除烦恼的法子，才来请教。”惜春说：“烦恼皆因自己寻，比如一个人住一间屋子，把他收拾的干干净净，门窗紧闭，任凭外面有甚么事，总闹不到里头来。若门窗俱敞，毫无守备，岂止小事，就是盗贼、虎狼都可以进来，竟会有性命之忧。”宝玉道：“据你这么说，人能自了就是了。”惜春说：“不然，古今那些杀身成仁、见危致命的，虽是外来的事，总因是素日守的结实，才能作出那样的事来。本来心就散着，再遇见事，闹个七颠八倒，抓不着头绪，不昏怎么样！”宝玉道：“我想除了烧丹炼乘之外，还有甚么功夫？”惜春说：“纯阳祖师说的‘忠孝义慈行方便，不须求我自然真’，这‘自然真’三个字，不是一面话。‘忠孝义慈’若是用了沽名钓誉的法子，更是造孽。千言万语总不出‘自然真’！”宝玉问道：“多情乃佛心，若用了自守的功夫，佛心就不必多情了。”惜春说：“这‘情’之一字，更有许多道理，所以人说‘性情’，情从天性中生出，才是真情，还归到那‘自然真’的埋上。人说‘情埋’‘道埋’，既合‘道’字并称，可见是个正经要紧的字，被那些下等众生把个‘情’字认错，作出些伤天害理、丧心昧良的事来，难道那都是佛心人不成？佛心虽以慈悲度世，也看甚么事，甚么人？自古以来，那些奸臣、贼子念几句阿弥陀佛就算好人，难道也去救他？”宝玉笑道：“我当了几个月的和尚，从没听过讲。今日听你这生公说法，使我这顽石点头。”惜春道：“就是儒教中圣人也是以忠孝为本，我并不知甚么说法，不过是自家兄妹，你既问我，我见到那里，说到那里。”宝玉说：“这倒是真理。”惜春说：“我也不管他真假，我也不合你饶舌，我有一件东西给你看看。”宝玉说：“给我看，自然是画！”惜春笑道:“岂止是‘画’,竟是一片‘大化’!”便叫侍砚、磬儿把那大元镜抬来。二人从屋里抬出一面青铜元镜,架在桌上。对面摆了张椅子,说:“二哥哥,你留心细看罢!”

宝玉坐在椅子上面,对元镜定睛细看,觉得恍恍惚惚走到一个所在。抬头看时,是一座白石牌坊,上面刻着四个字,是“太虚幻境”。宝玉说:“这太虚幻境是我来过的。”走去看那对联是:“冒暑冲寒名利场中称禄蠹,偎红倚翠温柔乡里号情虫。”

宝玉看完,说:“这‘禄蠹’二字是我说的,不想还有人用。那时候对子不是这两句,想是换了。”往北一望,是三间金铺兽面的朱门紧闭。便往东走,见一座衙门,暗想不便进去,又见有许多人出入,也就走了进去。一看,两边廊房尽是些纱帽圆领的人坐在上边,也有把卷沉吟的,也有据案发威的,也有形端表正的,也有胁肩谄笑的。宝玉看了,又往里走。只听有人叫,宝玉吃了一惊,看了看,是母舅王子腾,走过去请了个安。那王夫人问道:“你父母都好。”宝玉回道:“都康健。”王夫人说:“你既到这里,可以都看看。”宝玉答应着“是!”就往东走。见一座门上有块横匾,是“万古流芳”四个字。进去看时,并无房舍,树着无数的丰碑。看了看,都是古今那些忠孝节义的事迹,也有知道的,也有不知的,便仍旧走了出来。

又往西去,这西边门上也有四个字,是“三山在望”。宝玉暗想:“这‘三山在望’自然是海上仙山。白乐天《长恨歌》曾云‘其中绰约多仙子’,林妹妹自然在内。若是真能彀‘转教小玉报双成’,或可重睹芳容,细申委曲。”欲待进去,又不敢造次;不进去,又怕失了机会。犹疑多时,只好走了进去。及至进了门,一看,原来是一座金山、一座银山。也有推车的,也有担担的,也有往上堆的,也有往下运的,就与蚂蚁盘窝的一般。看了一回,甚觉无味。又往后走,迎面是座水晶似的冰山,有无数的衣冠人在那里倚靠。

宝玉走过去拱拱手,问道:“列位倚靠这冰山难道不怕冷么?”众人齐说道:“我们倚靠着他,只知其热,不知其冷。”宝玉又问:“倚靠他有甚么好处?”众人答道:“既承下问,敢不实言。既靠了他,连家中父母、妻子,甚至亲故、童仆饱食暖衣,这都是靠他的好处。”宝玉又问道:“似这等光天化日之下,这许多人倚靠,傥或靠倒了又当如何?”众人说:“假如靠倒了这一座,再去靠那一座。看足下也是宦途中的朋友,趁此极热的时候,何不过来靠靠。”宝玉听了这话,甚为可耻。一掉头就往外走,仍由旧路出了衙门。

沿着石牌坊就往西去,走不多路,见一座碧油栅栏。进去一看,是极大的一个院落,也有些树木,远远的见许多的女子在那里顽耍。也有打秋千的,也有放鹞儿的,也有投壶的,也有斗草的,也有蹴球的,也有踢毽①的。宝玉看了,自言自语说:“早知有这个地方,何苦合那群丧心病狂衣冠中的禽兽惹气,倒不如这个有趣。”要过去细看,似乎总走不到。及至走近,却是优昙一现。宝玉笑道:“你们合我捉迷藏呢!”

一回头,见西北上花柳丛中有座雕梁画槛的重门,便进去看时,满院奇花异草,那一种非兰非麝的氤氲香气,薰的人似醉如痴。猛一抬头,见袭人、香菱站在合欢树下换裙子,再看时又见晴雯歪在凉榻上撕扇子,又见龄官蹲在蔷薇架下画字,芳官站在旁边看他。宝玉说:“怎么他们都在这里,见了我也不理。别管那些,既见了他们,众位姐妹想来都在这里。”只见那边竹林里站着个人,留神一看,原来是紫鹃在那里拭泪,影影绰绰窗户里还有一人。宝玉这一喜,真是非常之喜。暗想,既见了紫鹃,窗里那人非林妹妹而谁?便急走几步,临近了一看,并非黛玉,却是平儿在那里理妆。宝玉便止住脚步说:“我再往后去,想来还有好去处。”

---

① “毽”,原文作“鞬”,据文义改。

分花拂柳，又往后走。见一湾流水，横着一道小桥，两岸上尽是垂柳，水中有几对鸳鸯。过了桥，却是一片坦平，中间一条甬路，通着一座朱门。进了门，两边尽是芸窗、绮阁、绣户、珠帘。看那乔松、古柏，参天蔽日，遍地苍苔浓厚，似乎久无人到的光景。乔松之下，立着两支胎禽，在那里刷翎。宝玉细细看这院中景致，耳边仿佛是檐铃之声。不看则可，这一看，真是正撞着五百年风流业冤！正北上一座红楼，几段①朱栏，只见钗、黛、云、琴凭栏谈笑。宝玉笑道："原来都在这里，你们到这神仙境界来逛，也不叫我一声！"只见他们站在上面笑着招手，意思竟是叫他上楼的光景。把个宝玉乐的手舞足蹈，走进房去寻找楼梯。把五七间的屋子都找遍了，也没找着。暗想道，必是从外头上的。出了房门，又把这座红楼周回绕了几遍，又不见楼梯。心中想道："那日听曲儿唱的是'无梯楼儿难上下'，难道真有无梯楼？若说没有楼梯，他们是从那里上去的呢？"展转思量，不胜焦燥。忽然一阵狂风，吹的二目难睁。

把身子伏在地下，俟风过了，睁眼一看，那里有红楼碧户！却是惨凄凄的一片荒郊，有许多白骨髑髅在那里跳舞。宝玉吃了一大惊，却也不知是真是假。

——《红楼梦影》，清光绪三年（1877）刻本

① "段"，原文作"叚"，据文义改。

吕逸

石姻缘

故事梗概

此篇讲述筠琅与珍蕤、亚云之间的传奇姻缘。筠琅与珍蕤青梅竹马,两小无猜,已经父母同意缔结良缘。珍蕤伯父为谋夺珍蕤家产,用诡计逼迫珍蕤另嫁赵家。珍蕤在出嫁之日自刎。小说原书附《〈石姻缘〉提要》云:"此叙一女子与一男子同居同学,两小无猜,女貌郎才,两家父母已默许矣。已而为伯所迫,另字恶宦,嫁日自刎而死。书中前半写其憨,中间写其旖旎缠绵,后半写其慷慨激烈,而以石始,以石终,事实尤奇变。可喜通体有正笔,有反笔,有埋伏,呵应笔,确尽行文能事,不图于闺阁中得之。"

本卷欲保其全璧,全本收录。

阳湖倪叟,世业骨董,以时艰,所业无问鼎者,不得已兜售于外,以易升斗。隔昨挟画造予寓,展视之,仕女也,笔致颇雅秀。予怜叟窘,以薄值购之。及睹署款,意忽有触,久久悟曰:"亚云亚云,非绘珍蕤小影者欤?"睹物兴怀,忽忆儿时影事,而故家乔木,绝艳哀情,有勿可以勿记者,黯然命笔,感慨系之矣。

予浙之崇德人也,幼居县治大街,赁静宜堂萧姓之屋。每岁除夕,比户咸出祖像悬厅事,明烛陈浆酒,家人依次荐之。某氏祖有宣庵公者,明季为部郎,其后亦有仕清者,故其历代遗真,服饰至匆一类,或方巾长领,或翎顶辉煌,然皆端坐者。独正中所悬,衣红袍,戴乌纱,执笏端,拱立而勿坐,询即宣庵也。西壁悬胖翁,短项微须,赤鼻滋巨,嘻口露齿,目稍下垂,对人若作狞笑,予畏之,经其前,目光辄注于地。其下一案,仅供瓶花杯茗,上张直幅,幅中块石兀立,下窄上宽,上置棋局,旁缋青磁鼓凳一,女郎屈膝其上,衣杏黄衫,粉红袴,外罩天蓝半臂,周沿片金,绣履凤头,衬以淡湖藕覆,髻云高露于顶,金簪翘然,殆曩日时妆欤?女郎面如瓜子,修蛾入鬓,皓齿微呈,双波盈盈,下注棋局,左肘支石,扬右手,拈子欲下,一若经营棋谱者。神姿朗秀,旷世无俦,而笔有化工,呼之欲出,然儿时蒙懂,则亦莫名其妙,但觉可爱之物,无若是像者。其下款则"亚云"也。尤奇者,予每眈眈痴视,设为四太(屋主之母)所见,则必凄然而叹。至图中之石,似于何处见来,急切殊难省记。吁!予言乎石,其事至哀。竟委穷源,宜先缕述予屋,倘亦阅者之所乐闻与?

萧为予邑闻家,洪杨之乱,已凌夷矣。屋凡两宅,毗连而异其外户,东名"静宜堂",西曰"雨砚斋"。予邑巨室,类有堂名静宜者,亦萧族之总名耳。屋沿明制,综计数十间,坚朴勿雕,饱经风雨矣。萧居于斋,予家则寓其后。三楹南向,隔一短垣,东厢达萧氏,右则小轩面东,掩映紫薇花里,额曰"且闲",予父读书处也。室后为廊,左转及梯次,接近弄门,厨扉并焉。厨有米栈,旁室则上有露台,登而右顾,皂荚高出于墙,俯瞰即为园次,由弄入园,仅数十步而已。

园广亩许,两面缭垣若矩形,偏西则魂石垒垒,蜿蜒中断。闻予父曾言,在昔必有巨石踞其中,盖叠石之法,所谓稚子千拳抱母者,今惟池水一泓,椭然有如巨镜,水藻浮碧,疏蓼垂红,亦有三两萍花,自成馨逸。予爱之,畜小鱼于中,尝临池观其游泳,父恐予溺,护以栏杆。一径曲而西,启扉即当西弄,此后户也。

东厢之外,雨砚斋也。斋无屏窗,空洞有类古殿,东西[①]庇以厢,西为四太卧房,沿廊朱栏两面,色黑垂朽矣。方庭丈许,正门则经岁常扃,例非庆吊勿启。家人出入,悉由东壁之扉,扉外地骤低。下石级三,北为庖厨,南为废圃,巨石亭立,蔓草离离,荒秽勿堪寓目。双扉之外,折而南则为正门,沤钉兽环,俨然巨阀,门濒大街之中。与西宅稍异者,以无门楼耳。北进为穹门,庭长而广,升阶而上,大厦巍巍,宏敞数倍雨砚,盖即静宜堂也。螭窗粉壁,修葺[②]一新,庭除清洁,花石整齐。西有皂荚一枝,大可合抱,叶稀顶秃,腹裂洞然,足容巨瓮。时则屋已易主,非复当年王谢。予游至此,辄作痴想,以为树阅兴亡,未免惓怀故主,而故主勿仁,殃及子姓,致勿能世其业。树怒无所泄,致裂其腹耳。然与否欤?

邑俗,自初三至元宵,则为灯节,十六之晚,则荐祖像而藏焉。予既爱珍蕤小影,尝留连厅事间,痴视眈眈,甚至忘食。瓶花杯茗,隔宿潜易;每得新果,亦偶荐之,勿令某氏知也。而于赤鼻遗容,则独心焉畏之。爱恶两臻其极,不自知其何心也。一夕自外归,闻振振作声,则赤鼻之像卷矣。予心窃喜,以为从此勿见此怪人,亦大快事!乃一转眼,竟及女郎;止之勿得,颠顿大啼。时四太扶杖来,摇手止予曰:“稚子勿哭!珍蕤在日,深厌儿啼;汝爱画中人,奈何触其怒耶?”予闻此语,啼声顿止,乃询四太,始知“珍蕤”两字,盖女郎小字也。嗣后入冬而喜,轮指以盼岁除;儿时心理,可笑人也。

忽忽数年,予上学矣,四太滋喜,叹谓予母曰:“如嫂者,可谓

---

① “西”,原文作“酉”,据文义改。

② “葺”,原文作“茸”,据文义改。

知教女之亟务矣。试观吾媳，若明诗礼者，则煌煌宸翰，何至摧烧！即如家传古砚，乃覆酱坛；继且驱犬，掷地碎之。无怪目吾厌物也。吾尝谓贫不足虑，所虑者以贫故，不获仰攀世族，所娶悉属小家，见识卑陋，更何礼教可言？迨乎书诗气衰，则且递传递劣矣！嫂昧吾言，当知厚女奁赠，勿若泽以书诗，俾明大义也。”盖四太次媳为某村田姓女，父盖土豪也。以势弱，勿足横乡里，慕某门阀，许之。四太以齐大非偶，愿娶儒门，特子既出嗣，势难专主，而家日凌替，勿暇苛求，乃俯就焉。孰知田貌勿恶，而蛮野不文。以夫书痴，不知治生计，归咎藏书，拉杂付诸一炬。而事姑尤无情理，至以厌物名之，是皆予所目睹者。然四太则大家子，少曾读书。见予放学归，辄考一日之功课，正谬指讹，诲予勿倦。得暇则举故事诏予，予乐听之，尤能牢记勿忘，述以娱母。四太喜曰：“孺子可教，诚吾忘年交也！”时四太八秩矣，闻见之广，自异常人，而身历盛衰，复经丧乱，故其腹笥之富，令人闻所未闻。良以暮景无聊，家人蠢蠢，举无可语者。予既有味乎其言，则谈者亦忘其倦，其境可悲，其情亦可感矣。

一日薄暮，手挟书，自前扉入，遇四太于厨外，面圃隅坐，低首瞌①睡。予撼之，附耳呼曰：“四太勿睡，门开风紧，勿虑痰喘耶？”四太闻呼始醒，而瘫罢殊难举首。予见旱烟之筒，倚其坐次，乃探囊纳烟，擡火上之，捧书而揖。彼摩倦眼顾予，喜曰：“孺子归耶？吾岑寂，待汝于此，不觉倦而思睡。嗟呼孺子！非汝，孰有关心吾疾者？”言次，揽予于怀，徐徐吸烟，既竖烟筒于地，量予身曰：“汝短于此者及尺，乃能娴礼敬老耶？顾吾老废，家人厌弃久矣。汝能敬礼勿衰，具见至性。汝母厚吾，尤无所报，思之滋歉。然孺子勿去，殆欲仍谈故事欤？”言已，略一构思，遂述画里真真一事。予

① “瞌”，原文作“磕”，据文义改。

跃然喜曰:“兹事信乎?惜哉珍像,勿能觌我。不然,予当日夕呼之。珍感予诚,或且珊珊来,慰予思慕,未可知也。”四太笑曰:“孺子痴耶?事载古籍,吾姑据为谈资。信否吾安知者?”且言且指巨石曰:“汝慕珍蕤,则此石为珍所爱。忆否?图中兀立者,非此石雏形耶?汝见此物,如见珍蕤矣!”噫!石固予习见者,前此未尝留意。兹闻四太言,不禁相端勿已。见其下窄上巨,一峰斜起,若鸟之张翅然,果与画中无异,乃深信之。日往来于圃,摩挲而鉴赏焉。

石高五尺许,其皴悉类云头,略杂斧劈。尤奇者,坡岭岗峦,无一勿备。尝考予邑名石,若梅花(梅花石为明季南城郡主梳妆处,俗呼梳妆台,今存西城隅友芳园故址)、绉云(绉云石为吴六奇赠查伊璜者,今存天中山)而外,厥惟兹石为最。然予儿时,焉知石之妙处?特以珍蕤所爱而爱之。惟予性綦癖,自幼生成。苟遇一事一物,莫不穷探其究竟。既闻四太言,亟询以珍蕤爱石之由,及其凭证。四太雅不欲言,予则恃爱而嬲,纠缠勿已。彼乃支予肩代杖,同行圃中,指石之坡隙,谓予曰:“此珍栽兰蕙处也。沿岗则种菖蒲,悬崖铺以翠云,沾泥和水,暇辄经营。而珍善种植,凡花草沐浴其手泽,罔勿欣欣向荣。”言次,指石背曰:“此种海棠处也,密瓣垂丝,与珍同艳。沿墙则修竹参差,皆珍所布置者。在昔出入,咸由厅事正门,此扉扃锢,厨为书室,登楼面圃,翠幕朱栏,几疑身入画图矣。每当棠睡乍醒,珍已起而凭栏,而天寒翠袖,月上银墙,则或倚石吟哦,流连忘寝。嗟乎石乎!宁知若干年后,孤立蔓草中,俯瞰群鸡,仰视烟突蒸腾耶?”四太言至是,突止曰:“吾老悖絮絮,竟忘诏尔,石曾刊字,实出名手。惜乎苔藓蔓延,勿能指其所在矣。”

予闻言,亟欲得其题字,惟莓苔厚积,久无所获,意骎倦矣,乃效珍所为,觅翠云等草栽之。一日得小树,长仅三寸许,拳曲可爱,予思种于峰壁。刮苔若掌大,忽现字形,其下亦然,特苦勿辩篆隶。拓纸问于父,盖"譬""云"两字也。奔告四太,以腹疾卧床,闻而叹曰:"嗟乎!此殆块石有灵,勿忍以哀哀之迹埋没勿彰,乃假手于孺子耶!虽然,吾死,无知其事者。向所勿言,意实待汝。今汝读书矣,吾风烛势将就灭,何可再延?特综始末诏汝,他日笔之,庶珍之义烈,阐扬后世;而大厦之归沈,尤见天理昭然,俾世人知所警惕焉!"

四太言已,老泪泫然。遂指床沿令坐,备述珍事于予。予怜其病,晨夕侍其侧,续续而谈,每至哀感处,不觉为之雪涕。综计所闻,笔之约万余言,姑讳其名,记之于下云:

邑绅某姓,字仲篪,有兄弟二,伯曰伯笙①,为诸生;季曰季琴,以游幕②往来浙鄂,而眷则乡居,盖四太翁也。伯居大厦,仲季则兄弟怡怡,同居雨砚斋。祖业既析,各拥田庐,不仅温饱已也。仲篪一子早殇,年及三十,季子名巽者扶床,仲始得女,名曰珍蕤。时仲已患瘵,无复育儿之望,故爱珍不啻掌珠,而疾势已深,未几遂殁。仲妻吴哀思成疾,沉绵床褥间,乳汁涸矣。时珍甫三月,乃雇乳佣哺之。顾珍已认母,啼勿就乳,易之亦然,彻夜啼饥,声嘶欲绝。吴氏既忧且恸,但期殉此孤雏,携伴亡夫于地下。嗟乎!珍果殇也,则亦已耳!而乃绝处逢生,意外忽遇沈氏。缘欤?孽欤?

仲既无后,继之者应伯次子,或季长男,顾斯时季仅一子,而伯子又为吴所勿喜。伯勿顾,以抱中儿名震者成服。吴意艴然,震亦旋殇,萧氏自此多故矣。

某屋之后,毗连沈氏居。沈亦世阀而凌夷者,沈妇陆氏素贤,

---

① "笙",原文作"韶",据文义改。
② "幕",原文作"慕",据文义改。

与吴雅相过从。会沈殁，复遭回禄，遗一子甫周，而女方弥月，妇子茕茕无以为活，女以惊故旋殇。吴怜之，庇以米栈。陆闻珍蕤悉啼，弥思殇女，以乳浆犹涌，索抱哺之。吴知无益也，姑置其怀，乃珍啼忽止，视陆面嘻笑，饱吮一无所忤。吴喜曰："此天缘也！"时珍以饥疲，仅存皮骨，厥状有类小猿，未几，肥白若瓠矣。吴乃留陆哺珍，而衣食之。楼居同处，如妯娌焉。

顾以陆出儒家，未可视同佣保，使家人称以二娘，己呼以婶。沈子名云，号曰筠琅，颖秀异常儿。吴无子，爱若所生，一衣一食，悉与珍分。二娘母子，自是得以温饱。而二娘习书算，工绣，复善围棋，既抚珍蕤，复襄家政，出入登记，事必禀承，一介勿涉于私，人皆敬爱之，无有异言。每至收租期届，辨色即起，分工储食而指挥之。迨米至，则持筹握算，佃佣无敢或蒙。而吴善雅谑，尝呼陆为账席，比及储谷开春，则又改称督白（吾邑故事，凡大家事田者，每至收米开春，必延人督之，名曰督白先生；今则民庶空虚，无此名称也久矣）。事繁任重，彼此信任可知。良以吴弱多病，得陆如释重负，暇则一枰相对，百虑皆忘，故吴尝谓人"夫在无此兴趣也"。

比珍离乳，吴恐陆劳，招珍就己。而珍慧黠，见母招己，颔首扑就之。迨既接抱，则回身复投陆怀，吮小手，笑声嗤嗤，似笑母之被骗也。母乃搂筠琅，示珍曰："吾爱筠哥，从兹勿复爱汝，汝其毋悔。"吴意欲引珍啼，而珍笑自若，且牙牙谓母云："筠哥爱吾，阿母宜爱筠哥。"吴乃笑顾二娘曰："婶视之，犊子不认母矣！婶爱珍，女之可也。吾子筠琅，失女得男，便宜无若我者。婶勿悔耶！"二娘叹曰："筠无主母，母子填沟壑久矣！安有今日？"吴亟截之，报以白眼曰："何谓主者？脱再言，勿怪绝交也。"

流年荏转，珍已七龄，筠琅八岁矣。伯笙有子三，长乾次坎，坎与筠琅同岁，三曰艮，则仅五龄。时方延师课读，吴商于伯，使筠①附塾焉。筠有宿慧，书经过目勿忘，师尝誉之。而乾、坎骄蹇，心鄙筠之孤贫，复以师誉嫉之，百计侮筠，见辄呼以佣儿。筠勿能堪，泣归诉母，二娘乃自课之。无何，珍舅名砚北者省姊，吴留于家，俾设帐于且闲书屋，以课珍、筠焉。从此分花靧面，共砚涂鸦，小影红窗，咿唔相对，友爱不啻同胞。艮以歌哀黄鹊，仅存曙后双星，同病相怜，不期然而依依蛩蚷也。

二娘教子綦严，有时亦纵令嬉戏，珍、筠勿解，则导之。尝谓："人于冬令烘炉，火热内蕴。脱勿使其宣泄，入春或致他疾。"宣泄之法，厥惟风筝，俾童子手挥目送，仰天以吸清气；而毽子一物，令人跳跃回旋，足以和血脉而健筋骨，是皆有益于童子者。春朝拨冗，特制蝶形两鹞，施彩绘以畀二童，珍、筠踊跃分携，乐无乃艺。后园空旷，细草铺毡，石畔犹存高柳，盖皆幸逃火劫者。风筝之戏，要惟此处为宜。翌日下午，天气晴明，但见双蝶凌空，随风并起。时则节届清明，童子类多放学。长天一碧，抹以白云，风筝飘荡其间，形式至勿一类。双蝶既起，渐高渐小，几疑破云而飞。筠琅系丝柳干，负手而观，既念珍蕤腕楚，欲代系之；珍方采烈兴高，坚持勿放，顾足楚，退坐于石，以休息焉。

忽焉天际有声，嗡嗡东来。俄见一鹞，形若巨鹰，色亦滋黑，直扑珍蕤之蝶。珍惧疾收，顾已勿及，鹰翅适触蝶翼，翼裂而分两勿均，从空下堕，触石碎矣。珍掷线卷于地，娇啼勿已。筠亟慰之，并探袖中巾，为珍拭泪。方喁喁间，忽闻有呼"筠官"者，四顾无人。一仰瞩，则张媪立露台收衣，举手西指曰："趣视此鹞，亦蝶也，而嘴添两须，工巧较胜，珍姑勿观，恣哭何为哉？"

是时，鹰已无踪，而风势转向东北，有须之蝶翩然与筠鹞并

---

① "筠"，原文作"云"，据文义改。

飏,相距益近,随风回旋。两线忽而交缠,筠琅徐收之,牵须蝶与之并下。适当草地,两蝶幸无少损也。持与珍蕤共玩之,忽闻叩扉声。张妈亟至曰:“吾见蝶出对邻,疑为杜氏物,顷见杜翁来,则叩扉者必为斯人。趣拔关,彼殆索鹞耶。”

启扉,果为杜翁,一女依其肘下。张笑曰:“不出吾料,果翁也。”翁方欲言,忽睹西隅巨石,不觉赞曰:“妙哉此石,得未曾有!”张曰:“石佳耶?吾则恶其碍路,脱有大力,掇弃久矣!”杜闻微吁,近石览赏之,呆状弥觉可笑。女牵翁袖絮语,乃始恍然,面筠自陈来意谓:“蝶为小女物,跌处意在是间,啼而聒我,故特走领,殊冒昧也。”筠琅取蝶还翁,而砚北适归。砚乐交游,挽留入内,少憩焉。

杜女小鬟垂额,发掩颈而风致嫣然。珍爱之,携与朝母,母亦爱其婉妙,携手询其年,答曰:“八龄,与珍同岁,生日较小于珍,名曰亚云。”言次,陆入端相良久,啧啧赞曰:“是娃美勿及珍,而奇秀在骨,内慧可知。苟以花比,珍如玉蕊琼英,自然名贵;彼则幽兰空谷,亦非凡品也。惜哉好女儿!乃勿读书,脱令入塾,足为珍儿采伴。”吴令亚云礼陆,且问愿读否?女言须待父命,而剪水双瞳,注珍上下,意似甚愿者;珍方嬲母,留女伴读,张媪传杜命,唤女归矣。

于是女起黯然,珍更泪荧于睫,挽女勿放,必翁允始可。母乃使请于翁,谓能伴读,则并学膳两免之。翁喜而诺,珍始释手。客去而日垂暮矣。

杜吴人,侨寓崇德久矣,擅铁笔,工画,尤善写真,赖以糊口。中年哀乐,赖女慰情。幸接芳邻,忽蒙援系,俾女习大家风范,勿仅读书也。私心欣幸,择日送于塾,感谢吴陆不置云。

薰风扇暑,绿满窗前。惟晓起日光满室,其热逼人。故自入夏以后,且闲书屋中璃窗尽撤,易以绿竹珠帘,随风拂槛,的的作声。人经其外，但闻书声琅琅，中有读“画眉墨似沈圭丸，水滴蟾蜍砚未干。休恨图经山色少，与郎终日远峰看”之句，音节清脆，有类雪竹冰丝。读者何人？盖杜女也。时珍习幼学，而于杜女所读，弥勿背之烂熟。特师虽授女，心勿为然，意以小女子所习，以唐诗女训为当，乃翁何意，令读棹歌耶？课毕访之，并陈来意，翁叹曰：“先生知吾画乎？弄笔半生，仅供饘粥。修名之勿立，夫岂画拙哉？患在勿学耳。夫绘事一道，腹有诗书，出笔自超流俗，吾虽中年补读，无益也。试观近代名家，如白阳题注精卓，文长诗歌奇横，南田行款洒落，或诗尾附跋，或跋后系诗，三绝交辉，其画于是益重。名满天下，夫岂偶然？吾至羡之，而潘鬓星星，顾已勿及，然苦心所得，弃置亦殊可惜，意欲授之小女，故令先习书诗，然后学画，借弥吾缺，吾无憾已。更有进者，吾虽吴人，流寓耳。先世实为禾籍，祖墓亦在彼间。故乡风物，时系怀来。竹垞诗吾所爱慕，而棹歌百首，于鸳湖掌故，囊括无遗。吾则橐笔浮家，欲归未得，借此聊慰乡心。鄙意令小女先诵诗，然后经书，俾幼年熟习，长而勿忘，他日学吟，庶有基矣。兹荷仲嫂错爱，令伴珍姑，使小草葳蕤，同受春风嘘拂。先生风雅领袖，当勿吝作育也。”师闻恍然曰：“有是哉！如翁者，可谓知本矣。而令嫒勤学可嘉，临书尤苦，圈多则喜，圈少则戚。吾今知其心，可谓克承亲志矣。”

无何，暑随蝉退，秋逐雁来。园中菜把肥鲜，二娘摘供午馔，珍、筠从其后，巽亦提筐随之。时则晨光曦微，巢鸟飞鸣而出，晓风徐来，睡思为之一爽。但见块石亭亭，积苔蒙碧，远望之，厥状若堆碧云，至可爱也；而地丁绽黄，马兰点翠，遍茁石根，浥露向人若笑。珍爱之，摘簪小髻，分贶筠琅，谓宜插于水盂。言已俯视，则草深露重，新履泥痕狼藉矣。喃喃自惜，杜女适至，入取旧履与珍。筠琅铺巾于石，令坐易之。珍喜曰：“筠哥厚我，吾乃勿知所报；云妹解意，尤能体贴入微。吾何幸得此良友！虽然，吾亦粗解人意者，特懒勿任事耳。即如胭脂之藤，妹每注视，盖待子熟，摘供丈人点染者，非与?”女笑曰:“姊诚仙，不然安知吾意?”�起欲摘，珍忽目禁之。筠悚立，珍乃易作巽辞曰:“子未红，摘之安用?”女闻珍奖狂喜，张两臂舞胡旋，愈旋愈急，珍、筠拍掌助之。二娘亟曰:“云姑勿尔！头晕颠矣，儿趣持之。”筠目珍，似取进止。忽闻“呀然”一声，女已仰跌矣。巽笑曰:“云妹身轻，宜能跃起，而乃仰面伸肢，效翻身三鹞奚为?”众俱哄然，女亦为之破涕。珍蕤已扶女起，惟左眼上皮微伤沁血，乃以巾拭曰:“险哉此跌！幸在此处，脱进数十步，颅着石块，奈何?”因恨恨顾陆曰:“寄母，吾殊勿解兹园！地兼砖石，高低勿平。果纯泥者，可以广栽花木矣。”陆叹曰:“珍儿乌知，此盖吾家屋基。惟近墙尺许，为汝家滴水耳。”言次，约略示珍，并携筠手，迤北指之曰:“此为厨，此某室;比及砖地，而基亦高，乃曰此厅也;沿廊入南斋，以面石故，名曰‘拜石’。嗟乎！吾嫔时，斋前花竹扶苏，翁家居，尝延诸名流咏觞于此。不图曾几何时，室庐一炬，石果能言，能无感乎今昔哉！儿须知，吾家既毁，所存厥惟此石。石状类云，祖甚爱之，尝谓尔父，得孙当名曰‘云’，取其寿比兹石。吾今诏尔，庶数典勿忘乃祖耳!”二娘言次泣下，珍、筠咸觉凄然。筠慰母曰:“阿母勿悲，先生尝云天下万事，贵有基础，则再造非难。人之学业，亦立身之基也。儿思屋既有基，则儿他日学成，立志恢复祖业，或且轮焕而光大之，未可知也。”陆闻儿言，不觉转悲为喜。而珍独徘徊石畔，赞谓陆曰:“石绉诚若云头，愈视愈觉可宝。”乃珍言未已，乾已突至，拊巽耳语。移时，巽忽变色随行，珍、筠亦同入塾。迨乎午炊将熟，巽忽哭归，墨满面而衣履泥污，厥状似鬼。母问之，泣曰:“乾、坎恶彼下流，甘与佣儿为伍，横被挞逐耳。”幸母贤勿较，然虑巽弱，勿胜群从之侮，托故改从砚北焉。

巽后尝谓人曰:“儿童就学，启迪故在良师，而薰陶尤贵益友。

方其转学之初，以与乾等相习久，凡诳语欺人等恶德，视若固然。乃同窗数月，见珍、筠等礼让无伪，不觉默化潜移，习于诚笃。盖童子之性，最喜效尤，至有见口吃而学期艾，长成勿能复改者，此非习与性成之大验哉？至于儿童戏嬉之事，初无成见。亦有未来身世，无意中竟露先机者，斯亦奇矣！”

斯时腊鼓冬冬，流年已换。某之比邻蒋氏，为子完姻，延吴赴宴，吴乃携珍、筠并往。比归，杜女亦至。珍出糕果分贻，互述婚礼之始末，女退，叹曰：“幸哉筠哥！躬逢其盛。若吾家则素鲜亲族。吉礼如何？未尝目睹。”巽笑曰：“羡鱼勿若结网，吾等可试为也。”珍闻滋喜，泥巽与女交拜，女摇首勿愿，谓：“甚乐扶姊为嫔，巽司赞而筠哥为郎。”众议佥同，分头备物。以年假故，同叙且闲。移杌于中，烛奴香鼎，及诸槃碟咸备，但甚细小，盖为儿童玩具。设既，珍、女入内添妆，筠郎面杌，忍笑待珍。巽则焚香燃烛，三请新娘出阁，口中鼓吹间作，为状甚忙。画屏启处，女扶珍盈盈而出，首覆红巾，与筠郎并立。方将展拜，忽闻对厢有呼珍蕤者。吴接谓：“大伯请坐，适见珍等聚嬉，吾当觅之。”珍急抓红巾在手，顿足呼曰：“伯来何为？乃梗吾事！然吾勿能勿面，奈何？”言已，加巾女首曰：“妹代我，我去矣。”女殊忸怩，筠则期期勿可。珍嗔曰：“此出吾意，奈何坚持？”言既，急出曰：“阿母，儿在斯！”沿阶入室，见伯隅坐，衣茧绸袍，青呢皮褂①，蛀孔已遍，面圆黄，酒皻之鼻，赤瘰堆垒若血。凡见伯者，因异其鼻，于眉目位置，勿暇辨也。而服装朴陋，或疑乡里穷儒，实则伯于是时，固小康，故谀之者谓为“金盘托荔”，诚富者相也。苟其一旦贫薄，则易誉为毁，其比喻必有难以入耳者。世道凌夷，何暇赘述，叙其问答可耳。

伯既见珍，欣然曰：“娇侄何来，乃衣华服？然侄貌殊称，脱与

① “褂”，原文作“挂”，据文义改。

儿辈服之，顷刻污矣！吾闻师誉汝慧，吾心至喜。特惜与佣儿伍，未免屈辱。娇娃，伯爱汝，会当驱之义塾耳。”时伯已醉，语言庞杂无伦。珍忽愤形于色，羞红彻耳欲泣。幸母来羼以他语，且询觅珍何事。伯始自觉健忘，紧挤两目，笑谓吴曰：“姚家甥女，一别两年。今远来，娣备小肴馔，邀娇侄相陪耳。”吴曰：“儿乎？珊姊远来，世父母命儿，儿可往矣。”珍诺而起，顾以伯辱云郎，心至勿快，乃勿待伯氏，先行。比至，珊已待久矣。妆束皓素，询知彼母已亡，而父遭大讼，家中落，叹息慰之。同面世母，母方系回裙，烹炙于厨。乾、坎立砧次，嚼肉骨脆然有声。艮以己少兄多，见猫呜呜索食，不禁迁怒及之。觅灯壳，塞猫于中，跌滚作蹴鞠①。于是呜声、笑声、母叱声，喧杂殊难立足。珍乃携珊出，私谓珊曰：“姊视乾哥等恣肆若是！世父勿教，乃辱筠哥，窃勿解其何意。”珊颔欲答，而佣催赴膳。食已，遂归。母犹倚榻未眠，陆事刀尺于灯下。母顾二娘曰：“婶闻伯氏语乎？曩拟娶珊与乾，今以彼家贫，奁资无着，已罢议矣。”二娘喜曰：“然则珊姑之福。惟彼姨母尚爱之，久居于此。成否未可必也。”

秋风多厉，一味凉生，帘卷西风，珍蕤忽撄小极。一日，斜照已沉，蛩声聒耳。珍时倚榻，目注壁钟勿瞬。珊持针盒伴之。珍曰：“珊姊，现已五时，筠哥放学久，何尚未来？”言已，闻笑声喧然。巽、筠争先入室。筠谓珍曰：“珍妹，吾得飞将军一，使临前敌。妹作壁上观可乎？”珍、珊勿解所谓。云乃捧小笼与珍，视之蟋蟀也，而巽手有盆，揭视亦有两虫。珍喜，催令斗之。珊以乃父善此，颇能辨其优劣，一见笼物，摇手曰：“此名青麻头，勇健异常，余子碌碌，非敌也。”珍等勿信，乃过盆执草撩其须，青者已近忽退，盆虫悚避于隅。珊笑曰：“吾言何如？兹虽小虫，仁勇兼备，凌强敌而

---

① “鞠”，原文作“躅”，据文义改。

耻于侮弱。只能另觅健者矣。”

自是筠、巽放学后，辄伏园次，寻声探石，所得凡十余，迄未有敌青者。筠心懊丧，珍更勿欢。一夕艮来，谓：“伊家庭院，入夜鸣声殊异，必为佳虫。汝等曷勿探之？”巽欲行，而筠犹犹豫，艮知其意曰：“入夜八时许，家人上楼，吾来同往何如？”届时，艮果至，巽、筠取笼罩随行，艮喃喃谓：“顷兄云前庭蟋蟀，已曾一睹。体既红，果捕得，则青红交战，殊奇观也。”比至，见月色满庭，蛩声应和勿绝。筠郎凝神侧耳，掏两头，就月光细视，亦觉无异凡虫。呼巽欲归，四无应者，久之闻呼扃门声。巽始疾出，盖为艮留于内者。翌晨珍愈入塾，杜翁以银丝额一头与珍，谓可敌青也。珍蕤喜出意外，方将纵斗，珊突至，附巽耳语。巽失声曰：“冤哉！”语未已，陆唤筠琅亟，其声若含盛怒。珍知有异，急诣前厅，则伯与乾、艮咸在，谓有三百钱留存书室，晓起忽失所在，此必筠于夜间潜窃，宜见还也。陆诘筠，而筠泣辩，巽复力证其诬。陆乃携巽面伯曰：“世伯勿怒，筠儿夜来，乃艮郎所约，来去俱伴巽郎，夹衣单薄，两手复持盆罩，何处可藏多钱？请诘巽郎，窃否立白。”陆言至此，伯笙怒叱曰：“止！”回顾吴氏云：“弟妇，此非乳佣耶，乃敢与主人抗辩！家规安在？在理立行驱出，以警余佣。”吴时战愤勿能答。而伯扬掌击艮曰：“下流不肖，甘伍奴子！勿宜打杀耶？”言已，驱艮嗷嗷去。而坎适入，谓父云钱已得矣。问何处，曰皂荚树腹。父怒叱，遂勿再言。而珍则悲愤交攻，厥于厅后矣。家人惶骇，扶置藤床，呼灌之。筠疑已死，执其手伏床痛哭曰：“珍妹为我而死，我何生为！”顿足狂号，二娘止之勿可。吴哭曰：“筠儿勿尔！此肝厥耳。”移时，珍果苏，见家众围泣，筠则首覆床唇，涕泪渍褥，顿忆顷事，微呼曰“筠哥”，不觉泪如泉涌。

珍蕤娇养处顺，人无有拂其意者。及见伯势汹汹，已使震惊失措。矧筠郎母子为己所敬爱者，目视被人凌践，屏处佣奴之列，悲愤宁能复忍？犹幸慈亲深爱,调护维勤。而珊女时来,百计为之娱乐。一阳既转,疾亦遂苏。特以伯屡辱筠,心滋戚戚。默念人类一也,官体固无少异,乃以贫富故,遂有阶级之分！然群从顽劣,品学安及筠郎？徒以居父荫下,资人食人,自尊若是,然则世间万物,酷毒无若金钱！苟无是物,人类不其平等耶？兴思及此,热泪浪浪,盖悲筠之身世,而为无量数似筠者不平也。继念贫薄若筠,何道足以自振？尝闻师言,谓筠郎文笔,小试必能入选,果能青一衿,则亦少吐其气,吾乐何如？思至此,不禁一笑,自是独居深念,喜怒不常。母疑其疾,屡问所苦。是岁筠年十四,以学子考期垂近,攻读至苦。一卷咿唔,每至午夜。珍虽侍母登楼,听筠读未彻,勿睡也。迨母催之,则微呻而卧。母问曰:"儿病耶?"珍叹曰:"儿固无病,所虑者筠哥耳！额炙手焦,饮食锐减。云妹谓儿,杜翁曾言,勿治且成瘵。昨赠以药,再三慰解之。濒行经石次,叹曰:'筠郎胡言贫？此石之妙,勿亚绉云。世有南宫之癖者,或出巨价购之,恨无识者耳！'嗟乎阿母,亦知筠哥心痗之故乎？盖闻寄母乳儿,实受母资,谓无怪伯氏轻之也。"言已,哽咽投母怀,泪渍母襟为湿。母乃抚咻之,恨曰:"孽哉伯筀,苦筠儿矣！特彼私心若揭,吾岂勿知,虑吾爱筠,或竟……赘……然吾誓勿继彼子,彼奈吾乎?"珍忽仰首曰:"母乎,儿顷思一策:此石儿购之,画价以抵乳资。筠哥心慰,疾自瘥矣。"母曰:"痴儿！石为祖遗物,乌可售人?"母女喁喁,二娘经户外闻之,拭泪而去。无何,县试毕,筠获首选,乃母喜可知矣。

筠既恬淡蕴藉,科名何足动其念。特以渺躬孤露,非此无阶自振,闻报未免欣然。迨轻装既束,短棹濒河,师将送彼,与巽赴禾矣。临行谓珍曰:"日来卒卒,未获深谈。妹前言实获我心,阿母筹之熟矣！此举果成,足以雪名义之耻。庶吾跻平等之域,祖物更何所恤。吾去后,愿妹为我图之。"珍笑曰:"君犹耿耿耶？吾必如君之愿。行矣珍重！鸳湖风景，畅好登临，此行吾至羡君也。”

是时交通阻塞，水行悉用客船，无所谓火轮者。船制精洁，每日可行百里。比试归，师罢矣，卧于中舱。两生踞船唇，指挥云树为乐。筠顾巽曰：“吾家石已易姓矣。”巽诘之，笑而勿语。暮烟四起，舟返语儿，登岸入弄，闻有呼者，视之则杜女与翁，立门次待其归也。

入园见墙垣洁白，修垩一新，蹲石之地，则池水一泓，朱栏四面。砚北不觉摩眼曰：“兹石何往？吾岂目花耶？”巽茫然勿能答，筠则会心不远，心喜无似，惟易石为池，殊出意外。适吴氏设席雨砚，为师生洗尘。侍食勿便他语，酒阑烛跋，乃询珍以石之所在。珍蕤笑顾二娘曰：“寄母试思，物既归我，处置由吾，今筠哥穷诘，岂悔前议耶？”言次，家人皆笑，亦无肯告筠郎。而珊姊爽直，已指东扉曰：“筠弟勿见此门拆改耶？石之出处可揣知矣。”筠起出观，但见石在圃中，倚竹旁花，颇饶画意，狂喜揖石曰：“石兄，今得所矣！”复揖珍蕤致谢，且誉其处事之当，程工之速。珍笑避曰：“勿敢掠美，宜谢杜翁，是皆彼之力耳。”

盖自筠琅去禾，二娘即以石事商吴。吴以儿戏视之，谓姑作售名，仍置原处可也，谁真买石者，聊释筠憾耳。珍独勿然，谓兹事筠哥切嘱，吾允受石，脱置原地，何必多此一言？且举事宜速，俾其归，喜出意外。言次杜来，珍商之，翁亦以名义勿合，无以释云心，于是吴意遂决，请翁相度地势，雇工洞墙壁，移置圃中。迨见石根既启，坎窟綦深，顿触胸中丘壑，乃谓珍曰：“石既徙去，寒烟蔓草，令人兴衰飒之感。趁此工人犹在，不若略加开筑，引水成池，然后围栏补树，勿仅留为记念，而掬水待月，亦资诗料于无穷也。”珍喜谢曰：“承丈诏我，当请吾母成之，惟须烦丈指挥耳。”比告母，母亦赞成，以珍既乐此，即费巨，在所勿惜也。

一日,珍忆绉云事,造杜翁问曰:“丈工铁笔,若兹石之巨,亦能刻字乎?”翁叹曰:“斯亦何难?特虑勿佳耳。”珍喜曰:“然则吾拟譬云两字,欲求丈为奏刀,不知许我否?”翁掀髯曰:“雕虫小技,得附贞珉而垂勿朽,吾之幸也!”于是经营钩勒,阅数日而成,珍蕤感谢无极,所难者,契约近乎市道,于金石古雅勿宜。筠琅①一再思维,无以自决,乃复问道于翁。翁始颇呈难色,既而喜曰:“得之矣!”授意筠郎谨求吴师作记,已则绘《譬云石图》,以赠筠郎曰:“一失一得,聊注遇合因缘。异日奋志云霄,愿子毋忘黄石。”筠琅展拜受教,不禁感极涕零。盖知杜翁期望綦切,以淮阴胯下勉之耳。嗣杜女奉父命,题四绝句,犹忆其一云:

海岳荒凉不计年,移根珍重到平泉。相期石与人同寿,一笑摩挲证宿缘。

图中题者甚多,而笼罩全题,应推亚云为首。骊珠独探,传诵一时,求凰者踵相接,翁殉女意却之。人事卒卒,年华有如逝水,吾书至此,虽接上章,然距筠之采芹,已阅三年,珍与杜女俱年十七,出塾久矣。时盐官有祝孝廉兰舫,宦裔也,拥资巨万,风雅怜才,绝无贵介气,且工诗画,所藏元明珍品尤多,家有古枫园,极文物江山之盛。四十无子,复赋悼亡,尝慕冒巢民为人,欲得如蔡女萝者,以乐唱随。物色频年,不胜才难之叹,良以天地灵秀之气,间世一出,如班曹管蔡之流,得天独厚,未可轻易遇者。一日,于友人斋头,见新悬杜翁所作仕女,附题一律,款署“亚云女史”,其末联云:

兜来裙布挑寒菜,牵取藤萝补短篱。风过忽闻香扑鼻,梅花已着隔墙枝。

祝击节曰:“安贫乐道,其人品德可知。得与偕老,南面王不

---

① “琅”,原文作“郎”,据文义改。

易也！”询为杜女，遂挽冰求为继室。知杜无子，愿供终老，翁将允矣。女闻饮泣不食，母叩之，女曰：“业贵专精，何可旁骛？吾传父业未半，一行作妇，中馈之职綦重，脱再埋头笔阵，则于妇道云何？矧富家子室有姬妾，其情匆钟，爱弛儿且被弃，父母更何赖乎？儿愿蔬布承欢，以待毕业，年长再议，未晚也。”翁然女言，婉辞祝氏。盖祝、杜相距甚远，亚云闺秀耳，深居勿出，乌知祝之为人，闻其富，遂以寻常纨绔目之，不其冤与？然祝慕亚云，心固未冷也。

嗟乎！物之于世，盛衰无定，贵得其时。如譬云者，自经劫烧，孤立于荒烟蔓草中，所与伴无聊之岁月者。厥惟候虫啼穴，积藓封云耳。诚如张媪所言，恶其碍路，思掇弃久矣，而乃一遇杜翁，灵顽顿异，佳人借以供养，文士传之咏歌，其际遇可谓奇矣！然而一转移间，出故主于墨池，一雪泥中之辱，则其有功于沈氏，岂浅鲜哉？

当筠、巽入学之时，伯笙三子，惟坎得附名榜尾。乾、艮被摈，妒筠刺骨，时思中伤之，而未有闲也。适珍以爱石故，修面圃之阁，绕以栏杆，移文房奁具于中，作起居之室。会杜以灵芝贻珍，一茎三秀，珍亟赏之，种于石壑，灌护倍勤。一时芳心有触，乃对芝草祷之，盖以芝之荣瘁，卜心愿之遂否也。小院无人，风吹裙带，喃喃自语，筠、琅之闻否未可知，而以珍爱之故，筠亦爱芝倍甚。连番小雨，灵芝生意盎然，珍心殊慰。第珍自起居小阁，遂扃双扉，藉免往来嘈杂。一日乾外出，适经扉次，觅隙内窥，见筠蹲地编细竹护芝，壅以沙泥，不觉狞笑曰：“奴爱此物耶？得之矣！”翌晨，珍入浇花，见芝拔于地，且曾践踏者，一抬首则双扉洞开，愕然呼母，顿足而泣曰：“是谁恶作剧，乃践吾芝！芝瘁，吾复何望？”乃泥母必究拔芝者。母慰解之，拾芝复种，则一茎折矣。然乾等浅见，意藉此少泄其愤，殊不若乃父深心也。盖伯既悬悬仲产，在例应畀乃郎，岂容外人染指？乃瞷弟妇无意，而视筠若禁脔，心窃虑之。比闻杜翁却祝，意忽有触，遂造杜寓，谋所以处筠焉。

比叩户，见一叟先在，须眉颁白，小童挟卷轴随之。迨杜翁肃入，但见曲径沿篱，开轩面圃，老梅四五树，拿枝横亘窗外，微风徐来，香雪霏于几案，纸屏木榻，朴雅无尘。主人延客东斋，为伯介见于叟。始知叟余姓，号小坡，吴兴人，寓崇德未久，与翁为翰墨交。言次，陈金于几，代友乞画，所挟卷轴，乃假杜女临摹者。伯意滋骇，默念是等物，苟出百钱于邑庙，其多足糊四壁，何用多金？思之殊难索解，则不禁窃笑叟愚。方欲接谈，翁已唤女，无何，履声细碎，亚云捧茗出矣。挽高髻，中贯珊瑚之簪，额罗未裹，分短发，刷蝴蝶之须，撩鬓于耳，垂后影蔽颈，厥状有如蝉翼。衣茧绸裙袄，腰束浅碧绸巾，杏黄纤履，绣三蓝打子之花，面色微黄，眉痕晕碧，眼波澄静，嘴角翘然若菱，潇洒大方，令人对而生敬。所惜者，眼角微疤耳。顾识者论之，其疤勿足损妍，转益无穷秀韵。皮相者乌足知之？

女既奉茶，与叟为礼，并礼伯氏，退于下座，乃与余叟清谈。三人挥麈风生，伯惟枯坐而已。久之，张媪至，为珍乞描履样，女告退，叟亦兴辞。翁乃叩伯曰："伯翁素未枉顾，此来必有所教。"伯嗫嚅曰："不揣冒味，敬与令嫒执柯耳。曩闻却婚祝氏，知相攸不在门第，足见高怀异俗。然伟平近在对宇，且与令嫒同窗，翁其有意乎？"翁恍然曰："筠琅耶？佳子弟也，吾殊雅重其人。惟小女固执，未肯遽离膝下。吾仅此女，良不欲重违其志，乞致沈府，容徐商之。"伯曰："否，此吾意，非由沈氏嘱托，拟俟丈许，告之耳。"言已辞归，翁殊诧其反覆。及与女言，始悟伯之所谋。以斯时震虽痘殇，仍望以坎嗣仲，虑珍妻筠，则筠贫，必畀夋田耳。翁遂修函却之，而珍已病矣。

晓日满楼，重帘不卷，珍卧临窗温榻，瘦损多矣。倦而欲睡，闻呼珍姊声，视之，杜女也。手拈绿萼折枝，巾裹梨桔，盖知珍疾而来。珍欲起，女亟止之，乃询疾状，珍曰："岁暮天寒，劳君枉顾，然吾无甚疾，第觉恶食，而夜难安睡耳。"言次拈花嗅之，剥果让女。女见侍儿出，探怀出纸卷与珍展视，乃己与筠琅小影，半身白描，形神酷肖。珍忽微红晕颊，啧啧誉之曰："曩见妹作，犹存笔墨迹像，不图相距半年，已入神化！妹之功力，可谓一日千里矣！吾至谢君，且为筠哥代谢。惜吾病勿能下楼，不然且当君面，索彼润资也。"言已，启齿嫣[①]然，神思顿爽。婢奉茗入，乃藏枕函，笑谓女曰："吾昨得咏梅两句云：一样春风无厚薄，南枝春到北枝先。慧心人当喻此意，愿乞和之。"女笑而起，见盆竹在几，倚以片石，谓珍曰："妹钝，以步韵为艰，谨以此竹，口号作答可乎？"乃曼声吟曰：

数竿雅合石为邻，清浅鸥波与写真。笑索梅花结清友，岁寒虽共不同春。

吟已，相视一笑，得意忘言。而二娘已捧点碟饷女矣，闻而笑曰："姊妹相见，便有尔许情话，恁梅耶、竹耶？"言未已，吴氏亦入，见珍笑语若平时，不觉喜曰："珍儿勿食三日矣！云姑来，勿药自愈，姑诚福星与？"既谓珍曰："儿发蓬蓬，不梳且纠结，吾为整理可乎？"珍摇首，吴乃削梨让女，并自尝，觉味殊鲜，乃谓女云："兹梨甘脆，勿异哀家，市上竟[②]无此物，姑于何处得来？"珍笑曰："母勿忆妹所读书耶？即所谓玉乳御儿梨，为吾乡名果。杜丈觅枝核种之，市上宁有此物？"吴曰："痴妮子，兹事十年矣！云姑固出阁，行且抱子，娘老善忘，乃能背其旧书耶？"言已，一室哄笑，女亦俯首嫣然。无何母退，女谓珍曰："姊裹乌纱，丰姿愈觉娟秀，吾当极吾力，另绘一图，足使天下美人失色。"珍喜曰："吾疾已愈，乞君速藻

① "嫣"，原文作"妈"，据文义改。
② "竟"，原文作"亮"，据文义改。

可乎?”女颔首而允,惟须觅一静室,乃移画具于起居室中,调铅研粉。珊姑乘间来,执浣笔烘膏之役。珍笑止曰:“嫂勿劳劳,巽哥行且怒我。”女询之,知珊、巽联姻,婚期勿远。珊姑伊谁?盖即四太也。

珊姑既婚,善承色笑,未几季复得子,吴心本爱巽郎,颇有继承之意。而雀屏之选,久已属意筠琅,曾宣于口,家人无勿知之。吴以兹二事含茹勿言者,明知伯必中梗,意筠琅文名籍甚,秋闱匆远,幸获一第,则势利如伯,唯诺恐后矣。惟珍、筠相见腼腆,神合貌离,然良缘美满,心喜可知矣。事闻于杜翁,戚然忧之,间造某氏,辄徘徊于譬云石畔,心口自语曰:“石乎,石乎!珍、筠遇合,未始非尔造其因,然则结果如何,善耶?恶耶?尔能点首示我耶?”呜呼!女娲不作,精卫难填;盛会如云,祸变忽起。著者于此,不能不咎末俗之误人也。

予邑每岁有水陆二会,春祈马头之神,集会珠村,旗鼓画船,鱼龙曼衍。村少年缚袴盘辫,树竹船唇,颠倒演剧于竹杪,盖水会也。陆会则赛于城中,以十月廿三日为神诞,高跷抬搁,百戏杂陈。扮剧者,都选八九龄俊童充之,鼓钲噬嗒,箫管悠扬,而拜香小队,歌亦婉转可听。迨乎仪仗已毕,则香鼎云蒸,灵旗风细,神乘显轿出巡,金冠绣服,目珠的砾左右顾。观者立肃其容,合掌磬折而礼神,有首触前人臀部者,有村叟吸烟,神来不及置烟杆,横执下拜,误触左右人头部者,妇女坠钗、儿童失帽者,于是詈声、哭声,杂以佛号之声,众声并作,而会毕矣。

计自十月朔起,邑庙演剧无虚日,万人空巷,举国如狂。凡城人居临街市者,招待戚友,尤形忙迫,城河如带,舟航拥塞,难通往来,可谓盛矣。是年秋末,有富宦赵氏,子以父疾,祷神竟愈,助千金于会首,踵事增华,益形踊跃。珍家远戚,无不乘兴而来,设榻备餐,二娘之劳苦可知已。

会赛于廿三下午,二娘留于家,珍侍母导戚眷登门楼,俯倚以待会至。此时通衢之上,士女如云,万头蠕动,东望有哹息来者,曰“头报来也”。果闻銮玲琅琅,两童乘马前行,年在十四五之间,衣玄缎袄裤,蓝缎沿其边,袄紧束,对襟而密扣,足穿鲤鱼式绣履,短发四披,辫如鬃漆,而姿容俊美,远望仿佛女郎,人皆诧之,盖与报子装束勿类也。其后一少年,乘枣骝骏马,锦鞯金勒,扬鞭徐行,锦衣玉佩,风流无匹;玄绒小冠之前,缀明珠巨若龙眼,日光聚彩,观者目眩。其人面色微黑,剑眉隆准,豪华之气逼人,望而知为金张子弟,特惜目光似醉,辄顾盼于脂粉丛中。群方窃窃议,彼已仰瞩及楼,忽有所注,停辔移时,既去屡回其首。须臾纵辔来,而锣鼓喧嗔,会之前驱者至矣。

前书所指西弄者,自是以后,每朝与晚,辄闻马蹄得得之声。邑人素鲜乘骑,人咸异之。日者张媪方灌园,侍儿踞石与谈,闻蹄声,启户窥之,谓张曰:“马上郎谁与?目灼灼乃窥吾门,吾殊畏彼。”媪曰:“吾闻人言,赵宦公子也。昨吾购物归,遇于弄中,一童含笑向吾语,似为公子所命。语啁啾类鸟,吾亟归告主母,谓:‘彼虽邑人,官粤久,粤音安能辨?脱再与汝语,宜避也。’吾知主母意,以其赛会之晨,眈眈视小姐,恶其轻薄耳。”方婢媪絮语间,珍甦就餐于厅事,时则日满廊栏,狸奴踞其上,低昂其首,伸足以盥面,既磨及两耳,珍呼曰:“寄母识之,筠哥信旦晚至矣!”吴诧曰:“儿安知者?”珍指猫曰:“母勿见猫盥耳耶?以首之方向测之,非海盐而何?”言次,巽自后来,手竿丝,小鱼二寸许,摆荡勿已,盖自池中钓得者。猫饥矣,食至,勿暇修其容,一跃向巽,呜呜乞鱼,时适邮至,果筠琅家信也。函裹修金,使者掣据自去,吴叹曰:“筠琅兹馆,吾心至感杜翁,则余叟安知筠才,为之介绍哉?东人为祝氏外家,藏书綦富,益筠远且大,勿第修丰也。”

阅函未竟,叩扉蓬蓬然,伯笙至矣,与吴请间,谈于且闲之居。

巽谓珍曰："妹见其鼻乎？一何欣喜乃尔。"珍颔曰："然，吾亦知之。"著者曰：吾书至此，阅者必訾吾言，盖以凡人喜怒，谓形于色则可，谓现于鼻，谁则信之？实则伯貌滋奇，而鼻尤异，喜则鼻赤，至于哀怒，亦呈异采，习见者无勿知之。至如耳之构造，亦与人殊，耳本反张，上端殊锐，厥状若剃发之刀。喜则静，一怒则伸缩上下，若础润之辨雨，无或爽者。故论伯者，谓其鼻司贪，千杯勿能餍其欲，耳司忍，任人哀告勿听也。

伯、吴坐谈久，声亦渐扬，珍等居厅事，以隔垣，勿辨何语也。珊姑匆匆来，怀襁儿，即其姑甫生者，呱呱啼勿止。珊乃呜拍之，且谓巽曰："伯与二姆争哄矣，姑恐惊小弟，命我避之。"巽讶曰："何事相争？"曰："珍妹姻事耳，君宜往劝之。"珍方反覆筠函，闻言惊起，笺飞于地，勿顾而去，比入厢内，但闻伯声似怒，坚叩诬公子之人。吴曰："姑毋论挟妓与否，但言走马会场，狂荡为吾目睹，何得言诬？吾仅一女，但得学优品粹者托之，贫富在所勿计。吾计已决，伯休矣！"伯曰："然则弟妇意中，必有学优品粹之快婿，是必胜赵氏十倍者。彼此骨肉，何讳为？"伯言次，杂以干笑，闻者以音吐卜之，轻蔑之态，实予人以难堪。吴氏勿复能耐，侃然曰："有筠琅也，吾已许之矣！"伯乃狂笑曰："佳！佳！佳！吾固知是伧，虽然，吾为家长，此事孰主婚者？"伯虽纵笑，声容狞厉无伦，闻者滋怖。既乃续詈曰："寒乞子，两肩荷一口，母尚佣于人，彼能赡妻耶？"复搓其手曰："吾误矣！何必赡妻，岳氏有产在，吃着勿尽矣。"伯言至此，伪作戚容，立呼仲名曰："伤哉仲弟！阿震殇后，孰议弟之香火者，但谱例具在，吾宗从无齐赘，矧奴子耶？"吴怒而颤，闻伯唤夫名，斗觉一缕酸辛，由足而上透胸臆，纵声号曰："吾夫何往，撇我勿顾！十余年茹苦停辛，抚成一女，乃并婚嫁之权，而勿予我，爱弟者果若是耶？"号哭间忽闻凄咽之声，起于隔室，知珍蕤泣矣。吴恐益女痛，忍泪咽之，悲已愈愤。适巽来和解，乃谓巽曰："侄思之，女为吾生，嫁否吾主。即嫁乞丐，人亦孰能梗哉？筠纵贫，衿青矣，卓然自立，力足赡家，非瞰吾产者，侄所知也。奈何以小人之心度之？"既面伯曰："兹言谱例，吾更有辞矣。在理大宗勿能出嗣，伯乃竟继六房，试问孰先违例者？矧筠郎未经文定，主婚之言，无乃早乎？"吴以愤激故，至此喘难复续。巽料伯必暴怒矣，孰知勿然。盖彼鼻已红，耳之牵掣亦定，温颜向吴云："确耶，然则空言耳！既未文定，另许勿为悖礼，吾姑勿论贵贱，即以势言之，须知吾宗衰也，赵方炙手可热，吾意勿如缓之。倘一决绝，后患亦正可虞。矧珍蕤长矣，此彼终身之计，是否宜决于彼，何庸尔我哄争？阿巽，尔谓然耶？吾姑去，再商可耳。"

伯归，果缓赵氏，实亦勿肯绝也。时适砚北疾归，乃挽杜叟转圜，嗣知吴终勿允，则亦勿再纠缠。顾自此以后，伯家罗雀之门，忽焉嘉宾数莅。主人纵啬，今乃破其悭囊，殷殷款接，灯红酒绿，相对倾谈。惟所言深秘，即妻子亦各茫然，矧局外哉？质言之，利伯而已。

无何，雨雪载途，大雷书至，砚北疾甚，放棹迓吴，迨吴赴玉溪（玉溪即石湾镇，距县治十二里），而雨雪益密，严寒凛烈。天未晚，黑矣，有卖珠媪葛嫂者，避雨诣萧。雪止将行，潜以纸卷与珍，若甚隐秘。珍疑之，登楼剪烛，拆而视之，则一短简也。书曰：

珍小姐惠鉴，妾粮船某卒妻也，昨有某客赂夫，令往盐官，将勿利于沈主，探之始悉其中狯谋。妾夫尚义，已却之矣，惟吾帮人众，贤愚不一，难保无罔利为彼所用者，谨先上布，伏乞谨备。妾慕小姐久，冒昧上闻，姓名不足辱尊听，祈秘之勿宣。某氏拜上。

曩时南省漕粮，悉以粮艘运北，俗称粮帮，帮有主登陆拜客，则晶顶拖翎，俨然官也。官有眷，扎裤而锥髻，人以太太称之，帮中人类皆北籍，短后腰铁尺，手二铁弹，声唧当，招摇过市，人咸畏之。而燕赵之士，慷慨重意气，肯为人死。邑之黠者，间有利用之以狙击仇家者。珍固习闻之,至寄简者,殆卒妇也。珍姑展诵已,目定神呆,有如中魇,微呼曰:“吁,筠哥危矣!”奈何时届开春,二娘指拨料理,未暇归楼,珍思其至而商之。支颐灯下,心绪若麻,忽闻楼梯登登,有泣呼侄女者,愕顾,伯母也。蓬首泪睫,入房屏侍儿,抱珍哭曰:“侄女救我,汝伯因汝,蒙大祸矣!”珍骇然曰:“祸耶?究何事者?”曰:“侄女知邑绅有包粮纳官事乎?盖吾邑每届完漕,乡民苦胥吏鱼肉,每托绅代纳,此风已久。每绅所包,有数户或数十户不等。汝伯老悖贪得,包至五十余户之多,尾欠拖延,亘十二年,益以子息南粮,综计竟及巨万。”珍靡言曰:“曷勿速缴?”伯母哭曰:“急切安得此资?即令倾家而偿,半数犹艰。赵先微有所闻,嗣以求汝勿许,衔汝伯刺骨,乃重赂粮胥,尽得实据,意以为姻事能谐则已,不则禀官,致我死命,有挟而求,计亦狠①矣!嗟乎侄女!汝伯老矣,此覆果发,老头皮断送,固在意中,而官司追比,尤必刀刀见血,试思家产备抵之后,吾母子赤贫,宁有啖饭地哉?汝伯愦愦,初勿即允,迨经赵使叠促,声色俱厉。吾诘之,始言其故。吾来,彼复坚阻,谓侄既勿乐赵氏,求之奚益?吾骫法,死当也,然侄女贤明,或不至坐视家破人亡而莫救,倘赐援手,则恩德无异于再造。”言已,伏叩珍前,珍掖之,亦悲泣曰:“此大事,一时安能决?姑俟阿母商之。”姆曰:“是安能待?赵限三日,今限且满,天明勿答,汝伯入狱矣!”二人对泣久,艮郎啼而来谓:“父咽盐卤,乾哥夺之,父怒击哥,几破其额。”姆闻益恸,珍挥手止众曰:“汝等勿嚣,容吾思之耳。”遂掩面卧于榻,时以伯母语喧,泣亦甚沸,二娘与珊、巽咸惊集室外,见珍跃然起,面红彻耳,惟为惊痛所激,滴泪皆无,扬声谓姆曰:“吾意决,救伯矣!”言出,姆如待死之囚,忽蒙恩赦者,牵艮衣,跪叩珍前,仆仆勿已。珍惨笑曰:

① “狠”,原文作“很”,据文义改。

"何作此态？速请伯来，吾尚有求耳。"艮郎如飞而去，微闻二娘谓珊云："珍儿昧昧，胡再不谋？"珍请陆入，投其怀哭曰："寄母亮吾，吾救伯，亦所以救筠哥，吾心勿能掬示，他日自知耳。"时则伯笙已至，顿足詈妻曰："吾肇祸，已拼一死，了此公案，孰令尔要珍蕤者？"抚心干号，但闻彼妻云："侄女救汝矣，胡勿称谢。"众见伯氏鼻纯赤，珍勿顾，伯忽怡颜抚珍云："娇侄果能大发慈悲，援我一家人耶？"珍慨然曰："然，惟吾有三事奉求。"伯羼曰："乌言三，百亦愿之。"珍曰："（一）母爱巽哥，欲继，虑梗于世父。欲吾许赵者，请克日集族众，立巽以承父后。"伯曰诺。"（二）赵游宦萍踪无定，吾于归，安能长承色笑？顾母爱亚云，愿世父主持，继云为母氏次女。"伯笑曰："添一侄女，乐何如之？愿闻其三。"珍曰："（三）吾既救世父一家，则吾奁应归世父担任，即所以报吾也。愿提父产十之三，为云妹他日陪奁，愿乎？否乎？"伯曰："甚愿，甚愿。惟弟产既属巽郎，宜巽允也。"巽曰诺。珍乃目伯曰："然则请书三据与吾。但是……"伯亟曰："侄言吾俱允矣，何尚言但？"珍曰："但吾嫁之先，筠哥设有不测，吾仍勿嫁，请与赵氏言。"伯骇曰："侄痴耶！此何虑者？"珍怒，伯笙悚惧曰："可！可！吾必转言，请毋虑。"

要盟既践，三事行成，吴归矣。而砚北迓吴，非疾也，盖以伯因赵事，谆托相劝耳。比归知此事，深讶两事之期，同此一夕。陆亦疑之，惟知珍性激烈，事既诺，宁死勿悔，则亦无可如何矣。陆殉珍意，此举勿令筠知，姑俟婚后再言。而赵氏得复，公子以望中仙人，得同衾幄，欣喜无似，催乃父速选吉期，俾得早谐美眷。此着实为伯之授计，良恐变生意外，冀卸责耳。故纳采逾十日，即为迎娶之期矣。

赵宦粤久，此乡宝玉，搜罗之富可知。至此悉出添妆，明珠翠羽，华彩腾辉，而锦襦绣服，更勿可以数计。其中有真金之冠一，七凤衔珠珞下垂，其巨若豆；而绣袍霞帔，咸为潮州包绣，凤龙之首昂然，身圆而隆起，其他金珠环宝，足敌王侯。赵翁虑其贾祸，请于邑令，饬团兵沿途拥护，其贵重可知已。邑俗，于吉期之上日，乾宅备送拢头。拢头者，女郎将嫁，拢发上环耳。礼盘既至，赍者数十人，萧之戚友争先睹为快，啧啧于珍之福厚也。惟珍则日与亚云为伴，吟诗纵酒，歌哭无常。较曩时娴婉之态，迥若两人矣。凡持服饰以进者，叱去不屑顾。事涉吉礼，禁两母勿预闻，伯笙夫妇，报往跋来，几于目昏声哑，珍藐勿顾也。

华灯四照，仙乐悠扬，迨拢头至，而萧氏奁妆亦发。新人上冠谒祖，礼毕而珍罢矣。憩息移时，闻人声渐息，乃起呼酒痛饮，惨然谓云曰："妹乎，吾爱譬云，顾物重而巨，勿能移去，心窃憾之。趁此人静夜深，意欲一祭为别，愿君相伴也。"言次，淡妆易常服，令侍佣移几于圃，陈香花清酌，携亚云手，珊珊同出。东扉启处，但见寒月当空，竹树扶疏，筛影满地，十年旧事，涌现心头，不觉泪如泉涌。焚香已毕，侍者铺毡以待，珍乃酹酒于他，展拜大恸曰："譬云，譬云！见汝似见筠哥，十余年相伴，从此永诀。天乎哀哉！"声容哀惨，亚云不觉失声，侍女亦相顾汍澜。见珍伏勿起，疑其哭晕耳。时则华堂之中，远宾先二日全者，轰饮猜拳，为声颇喧。至于内庭，则一清似水，亚云唤之勿答，及掖之起，不觉大呼而仆，侍女骇视：但见媚眼努睁，银牙紧啮，而颈血模糊，利剪犹握于手，盖已自刎矣！

合门惶骇，哭声彻户外，吴、陆晕厥者屡。亚云亦状若泪人，搜珍衬衣，得函一，上书"敬求寄母，转致筠哥躬阅，拆而勿缄"，文曰：

筠哥鉴我：珍奉母命归君，深幸此身有托，永矢白头，不图赵氏逼我，谋危及于君子。两全无计，故一死以明吾志。云妹德容兼备，多艺多才，足相君子，谨以相代，见彼如见珍也。嗟乎筠哥！

比翼中分，红巾易幕；先机之兆，鬼神诏示久矣！于伯乎何尤？珍勿孝，勿能奉母，负谴良深，所幸母怀之被格者，今悉遂愿，足以慰父于地下，珍死不虚矣。君单传，堂有衰亲，负荷綦重，为欢强饭，勿以珍为念。筠哥归乎！珍魂犹附譬云也。珍蕤绝笔。

后附绝命诗数章，仅记其断句云：

小谪尘寰十八春，依然清白女儿身。

亭亭一石如华表，会有香魂化鹤归。

嗟乎！绝世美人，收局若是，诚情天惨劫哉！至于筠琅，得书之后，震悼奚似？吾书亦勿更叙，以增读者之不怡。越年，珍死之夕，巽郎夫妇延崇福寺僧礼忏。时方二鼓，伯笙醉归，因田事思与巽语，入扉右顾，见月色满圃，有如白昼，一女负手，背石亭立，仿佛甚美。疑为巽妇，呼曰："珊姑耶？"女闻回首，则云髻笼松，玉容惨淡，盖珍蕤也。醉中忘其已死，犹喃喃呼娇侄，行次石坡，忽闻梵呗①声，顿悟非人，不觉噤而仆地。迨人见扶归，喉痧暴发，医禳罔效，口呼："吾实害珍，无关赵氏。吾何面见仲弟耶？"至三日，以手抓心而死。而子弟零落不再传，已售其产。时筠琅贵矣，乞假扫墓。亚云遂购其屋，即邑人所称之沈官房也（予邑旧俗，凡出仕之家，俱称官房，上加某姓，今已无是称矣）。

小坡之交杜翁也，实祝孝廉委之，俾广珍识，而源源之润笔，亦所以裕其境，使专心于绘事，然后求翁，藏云金屋耳。及闻珍死事，知亚云之归沈，义无可辞，爽然若有所失。惟孝廉旷达怜才，与登徒之仅谋利己者异，乃馆筠琅为书启，为延誉于公卿间。越年秋试，遂登贤书，连捷成进士。而孝廉之妾，竟举一雄。不数年，筠琅出守凤阳，杜夫人年仅三十，儿女满前，迎吴于任，与祝往来，若姻娅云。

---

① "呗"，原文作"贝"，据文义改。

予书至此脱稿矣。所勿能已于中者,仲早故,勿知其行何若。而季则谨愿人也,同怀兄弟,其相异若是,颇勿可解。嗣知伯于抱中出嗣,父宦①于闽,购妓为妾,骄纵忮刻,伯笙幼为所抚,殆习染以成天性欤?然则凡有子女者,于家庭教育,顾可忽哉?

——《石姻缘》,上海文明书局1917年版

① “宦”,原文作“宧”,据文义改。

黄翠凝

姊妹花[1]

故事梗概

《姊妹花》叙鲍夫人有三女:长女冰姿,次女冰节,三女冰雪,皆美而慧,人呼之“姊妹花”。在鲍夫人五十寿辰的宴席上,长姐冰姿高谈男女自由交际,并主张兴办女学。席间,大学生丁楚田对冰雪一见钟情,向冰雪求婚,二人订下婚约。冰姿嫁给赵庄士,婚后生子,可惜产后不久死于肺病。另有一女宋红亭见庄士鳏居,向他表达好感,无奈赵无意于她。红亭又转而向丁楚田示爱,后者移情于红亭。冰雪受伤害,当众责怪楚田朝三暮四,引起红亭记恨。适逢医学博士方春时追求赵庄士之妹锦娘,求红亭代作蹇修,红亭心胸狭隘,借机挑拨,使春时对冰雪衔恨,乃至于刺死冰雪,不料忙乱中在现场遗落了一封信。锦娘与春时订婚后,无意中发现春时是凶手,要他自裁,并承诺终身不嫁,以酬知己。春时冲到红亭家,向红亭表白,要红亭跟其一起出逃,红亭宁愿自裁谢罪,也不愿与春时在一起。春时见状,亦自裁死。楚田得知真相后,认为自己是这场错综复杂的感情纠纷的始作俑者,自责不

① 原署“番禺女士黄翠凝著”。

已。其妹锦娘信守对春时的承诺,终身不字。最终赵庄士续娶妻妹、二小姐冰节。鲍夫人目睹女儿们的情变过程,觉得男女自由交际和兴办女学确实能拓宽女性视野,增加知识,改变了前此观念。

第一章

烈风侵骨,冷雪砭肌,深巷无人,犬声如豹。时西边有一大宅,悬红结绿,洞辟重门,鼓乐笙歌,喧嚣聒耳。盈门车马,迎来纨绔之宾;阖室衣冠,尽作鞠躬之礼。盖此日为鲍家夫人五十年之初度,亲戚故旧,咸到上寿,子女家人,大开祝典。时值天气严寒,纷纷下雪,园中百卉憔悴,惟亭畔红梅嫣①然盛放,夫人因而留客夜宴,以赏梅花焉。夫人者,守孀之妇也,富拥巨万,秉性温良,素懔诗礼之训,御下故极严厉。生三女,无子,性皆纯孝,秀曼绝伦,识字能文章,戚党中,以其慧而贤,以“姊妹花”称之。长女名冰姿,任侠豪爽,巾帼饶有须眉气;次女名冰节,究心释典好奉佛,不茹荤;三女名冰雪,风神器识一如长姊。虽三人中志趣或有异,然其友爱尽敬之道,则三人皆同,他家姊妹花有所不及焉。夫人既无嗣,而得此三女,心亦殊为愉快。

是晚为夫人诞日,留客夜赏梅花,乃命三女率婢仆等布置暖花室,以为宴饮之地。三女以母命,遂欣然亲诣室中,铺陈妥帖,摆设整齐。正躞蹀间,忽冰姿之婢持一纸进,言公子送来者,冰姿问之曰:“公子来乎?何晏也?”婢曰:“适赵小姐患心痛疾,是以迟迟。”冰姿随接纸展视,其言曰:“适妹病,不克早到,候医生来诊脉,故尔濡滞至今。”噫!何其怪哉?夫赵氏非为鲍家之婿欤?而冰姿又非鲍家之女而赵氏之妻欤?何以婿到岳家,不能直接以晤

① “嫣”,原文作“妈”,据文义改。

其妻，而竟以间接投书之法以传语？阅者诸君，读书至此，能无疑其奇诧乎？不知夫人素守旧风，男女之交，殊严畛域。彼以为男不得入于阃，女不得出于闺，虽然是子婿之亲，仍不能破此严限也。故有时邂逅两姨于室，亦不得与之稍接谭焉。冰姿阅信毕，辗然向两妹笑曰："吾家风范亦可谓顽固矣，遂使同在一室男女，亦不便与之晤言者。"冰雪爽直答曰："姊言良是，吾等亦当开导阿母，俾我辈不至如此拘束。且姊夫人极文明，若我等常常得聆教言，于阅历上亦必增许多裨益也。"语次，顾冰节问曰："二姊，尔赞成此议否？"冰节答曰："妹之论甚高，吾亦自当称许。"冰雪笑指冰节曰："吾姊乃一无所可否之人，不过随口应之而已。"冰姿亦笑答曰："诚然，诚然！节妹①好参禅，焉有闲心管此尘事？"冰雪又笑曰："二姊之意以为摆脱六尘，洗涤八垢，勤修正果，立地可以成佛。殊不知此乃释氏之寓言，竟尔如此迷信，一如无知识之村妪，窃为节姊不取矣！"冰节急以手掩耳曰："雪妹勿须为不入耳之言，吾乐吾之所乐，为吾之所为，各行其志而已。"冰姿笑止之曰："无多言，吾等事已毕，可出覆母命为是。"言毕，互相嘻笑而出。

夫人见三女来，乃问曰："布置妥乎？"冰姿曰："妥矣。"夫人曰："庄士来已久，闻尔小姑有病，我适从书房晤见，渠云因此而迟来。"又曰："冰姿，尔欲见尔夫婿乎？渠现在书房与各表兄弟谈，如尔往见，则可着婢辈先往告知，使各表兄弟好行回避。"冰姿不禁笑曰："阿母仍不破除此旧俗耶？"夫人曰："何者谓之旧俗？吾甚不解，然则另有所谓新俗乎？"冰姿姊妹闻母言，各自掩口暗笑。座中诸女客间有明此义者，亦觉胡卢不已。夫人复问各女宾曰："速将破除旧俗之旨告我。"冰姿行近夫人前，坐其侧，以首枕夫人肩，徐徐言曰："适言旧俗者，乃吾家向所守之旧规矩也。"夫人曰：

① "妹"，原文作"姊"，据文义改。

"吾家之规矩岂与别家之规矩有分别乎?"冰姿曰:"然。"夫人曰:"别家之规矩如何乎?"冰姿曰:"别家之规矩,凡闺秀可以与男戚友相晤,并能于大庭广座之中,互相讨论接谈。"夫人一闻是言,大诧,急止之曰:"汝勿言,且勿高声。若使汝婿闻之,必骂汝不修帷薄矣!汝年少,阅历未久,出此不规则之言,殊见笑座中佳客。"夫人言时,举首周视座客。冰姿未及答,忽座中一客婉声言曰:"姨母有所未知,方才表姊之言,甥女亦极赞成其说。"夫人详视其人,乃其姊之长女,姚绮云也。夫人讶然曰:"甥女,汝亦以表姊之说当乎?"绮云曰:"然。甥当未配偶时,闺房之严密,阿母亦如姨母一体。及甥于归白郎后,为白郎开导一切。今阿母亦尽变旧时之性习,成一最文明之老人。"夫人益惊骇曰:"吾姊亦如是耶?"绮云点首答曰:"是甥来时,阿母嘱令将此不利人之旧习教告姨母,请姨母切要破除之。并劝二表姊不必持斋奉佛,此乃乡愚无知识之事,如何可迷信?"夫人曰:"汝婿亦羡此说乎?"绮云曰:"然。"夫人太息曰:"噫!不见吾姊一年,不意其变态一至于此!"又谓冰姿曰:"绮云夫婿劝伊如是,彼即行之,似亦无妨事。第庄士为一严正拘谨之人,断未必喜此行为者。"冰姿急曰:"不然,不然!儿今晚所以发此议者,盖亦儿婿之见耳。"夫人闻冰姿言,面形诧讶奇绝之色,久之,乃复曰:"时势变迁,人心不古,不意近年之为□婿者,竟好教妻子与男友接洽,亦奇矣哉!"冰姿笑曰:"母乎!何闭塞一至于此乎?夫男女之交,殊非奇事,苟存心光明磊落,何人不可以与之晤谈?"夫人曰:"诚然。但吾甚不解必以男女交际为言,其意何居?实则闺闱少女,突然而与男子相遇者,究何裨益乎?"冰姿答曰:"吾母差矣!此举不特于女子受无穷利益,即于男界亦享无限幸福。"夫人曰:"汝言如是关系,可详细剖解其理由。若其理不差,吾亦必从而改良一切。"冰姿闻夫人说,心跃跃喜,乃正襟肃坐,欲为母述。忽壁上挂钟当当响报七下,随有仆来告曰:"暖花室已张筵席，请夫人及各宾客同往。”夫人点首曰：“可。”复谓冰姿曰：“此事可待入席时再说。”诸客均赞成。

第二章

鲍夫人及三位女公子领诸客至暖花室，只觉香气袭人，温和如坐春风之中。况陈设精美，而于奇花异卉之上，缀以辉煌光耀之灯，正如火树银花，观之令人精神焕发。已而各客相入席，夫人随命女仆往对座之暖花室传言，请各男客放怀畅饮。夫人又与诸女客略尽通常应酬数语，酒数巡，复谓冰姿曰：“先间所言男女交际之理，今盍续言之？”冰雪与其姊并肩坐，乃掩口笑言曰：“今晚大姊为大法师，欲使阿母入解脱门，一洗濯其从前之拘谨旧习。”冰姿曰：“勿来取笑！”各客皆笑曰：“我等亦甚欲一聆法言，以祛俗状。”冰姿徐徐乃言曰：“近日之社会，非锐志求新之社会乎？昔时之人动以男女不相见，嫂叔不通问为合礼，今则不然。”夫人不待冰姿说完，乃急言曰：“然则男女相见，嫂叔通问为合礼耶？”冰姿曰：“凡男女相晤，而各守文明之礼节者，即相见相通问亦有何不可？且女子禁锢重闱，终身不令与一外界男士相晤，此亦殊非约束女子之善法也。”夫人曰：“汝之见解又如何？”冰姿曰：“儿以为女子为国民之母，女子智，则国民智；女子愚，则国民愚。天下兴亡，女子有责也。岂可以深处密室之中，寸步不出闺闱之外，以范围其心思，以专制其交接乎？夫目所睹，家庭之细事；耳所闻，家庭之碎言；身所历，家庭之俗务，如此又何能增益其心志，输灌其文明哉？必也使其交接社会，与男士多往来，然后阅历增而智识广矣。”夫人笑语曰：“女乎，汝诚痴人哉！女子所以操持家政，教育子女，但使男子无内顾之忧，则其应为之责任尽矣，何必沾沾以男女交际为进益耶？”冰姿曰：“阿母之说诚然，第如阿母所说，旧俗女子亦未必尽能如此。”夫人曰：“汝此为有见之言。”冰姿又曰：

"虽然未必尽能,然此等女子,得之亦殊易易耳。"夫人曰:"何如?"冰姿曰:"苟能使之入学校,略读书,苟非性质乖戾之女子,皆可造就此格。"夫人一闻"学校"二字,即瞪视冰姿语曰:"恶,是何言也!吾闻人言,学校为自由女子藏垢纳污之所,而自由女子又为游荡无赖之私娼。苟如汝所言,则闺秀良女亦将效彼辈之露面抛头,朝夕来往于康庄大道乎?"夫人说至此,颇形严厉之色。冰姿乃太息曰:"悲乎冤哉!中国女界,黑暗数千年,大梦沈沈,至今日而稍得一二热心人提倡女学,而发此一线之曙光。不意竟蒙斯大不韪之名,得此极秽亵之毁。吁!其亦苦矣!"冰姿言至此,气结不能语。

忽座中一人起立,说曰:"姨母乎,请无信此不入耳之谰言。学堂所以教育学生,为立志求学而入校,自由为最美之名词,且有极严之界限,自世人谬解此旨,故生此种种之讹说耳。试思学校之中,规则如何严密,正所以端人格而挽陋习,岂有作卑污之行,淫贱之事者?"夫人答曰:"绮云,尔未知之,外人之言,实有所见,毁誉之来,讵无因耶?"绮云曰:"悠悠之口,焉可作凭?况甥与两小姑入学校肄业二年,皆无乖僻之行。吾翁为一最顽固之人,如有不善,安能任之?至姨母所云毁誉之来有因,甥忆数年前,姨母亦曾受邻人谤,以姨母当此老耄之年,而又节操如冰霜,竟被此无端之毁,此又何故哉?飞短流长,乃流俗浅识者之惯习;无中生有,亦为好事者之恒情。先前冰姿姊所发之言,实有见地,甥胆大对姨母敢发此逆耳之论,自知越礼,然谬妄之罪,祈姨母曲原之。"夫人闻绮云一番高伟之辞,心颇折服,况又从自己身上说出一段切实引证,忽觉心如明镜,疑念冰消。夫人乃点首赞曰:"绮云,尔年虽少,具此卓识,吾闻之,颇喜。"绮云逊谢曰:"一得之见,自献其愚,何敢当'卓识'二字?"随视冰姿曰:"冰姿姊先前言男女交际之义,未毕其词,请再诲教。"时席中宾客皆曰:"我等亦极愿闻。”夫人又喜曰:“可再说,可再说!”冰姿以夫人坚执陈腐之言,心极伊郁,随以绮云发此破闷之论,意颇安舒;而冰节、冰雪等见其母忽转欢颜,遂又从旁怂恿其姊。冰姿于是抖擞精神,正襟而道曰:“夫我国向来重男轻女,彼以为女子之资格较男子实卑下,故不令知书,不使求学,务养成其一种奴颜婢膝,柔媚乞怜之志气。彼男子见吾国女子自居于卑贱,亦遂从而玩弄之,凌虐之,奴隶之,种种无形之惨待,真是言不胜言者。吁!女人何辜,遭此压制?今能一从改革,气象①顿新,情怀渐展,自能目空一切,尚可轻易任彼佻仗男子愚弄哉?其必傲然不屑与流俗为伍也,必矣!故愈与男子交游,其志操愈高尚。以其阅男子多,故不昧其目光,不同彼等终身受人禁锢、绝闻见之女子可比,此何故哉?又有理在。然因无意识之女子,绝无成见,凡闻‘男子’二字,即以为男子者尽可信任,尽是伟人,贤不肖亦无从分辨。纵父母命之婚配之婿,乃大恶不道之徒,而该女亦茫然不知。间有婿性情乖戾,闺房龃龉不宁,其尚不明所以反目之故,乃反自责曰:‘岂我貌不如其意欤?抑我不善于逢迎献媚欤?’嗟乎!惨哉!彼无意识之女子也,若易以高志多才贤淑之女处之,其必无此种想像,亦无此种自卑。虽然,儿不能责其无意识,不能责其自卑,此实由其父母过执旧见,不令知书,不令出与社会交际之所致。儿甚怜此等女子,每一念及,则梦寐亦不宁矣。”冰姿说至此,不觉桃脸微红,眉稍、眼角都带惨淡之色。冰雪、冰节频频俯首叹息,座中诸客俱为动容。夫人则抚膝定神,如有所思,良久始曰:“冰姿,汝言良是。吾虚生数十寒暑,竟不悟斯理!幸至今犹存世间,得闻此种妙论。冰姿乎!吾爱女乎!吾闻汝言,吾心顿朗。吾忆吾母年少孀居,家产尽为族人吞没,吾弟为族人所毒,遂致甘氏宗嗣绝灭。吾弟丧时,吾年

① “象”,原文作“像”,据文义改。

仅十六,母女相对悲泣,且受族中伯叔欺凌,不敢作一语。母因是郁郁以死,吾犹不能为母弟复仇。今日思之,实由无学问无智识之误。苟吾有智识,则母弟何至于受此惨死哉?”夫人言竟,复咨嗟不已。座客亦为之惘然不乐。冰姿姊妹见夫人追言昔日之伤心家事,恐其伤感,乃乱以他话。冰雪又故作诙谐语,夫人亦随之解颐。忽问诸客曰:“先间小女所论,列位以为然否?”诸客答曰:“女公子之高论,令人崇拜不遑。”绮云曰:“我等亦人也,当提倡此说,拯救我等之女同胞,勿使沈沈长睡,困于九幽地狱之中。不至国家兴替、社会趋向,吾女子概不知之。既不知国家社会大局,则为人妻、为人母者,何以相夫教子?何以用间接之力补助国家乎?”夫人闻言,乃鼓掌称是,各人亦随而和之。夫人曰:“今日之议,由吾家发起,当由吾家先实行,破去腐败旧俗可也。”各人又喧笑赞成曰:“甚善,甚善。”已而一客曰:“夫人原一最守旧最顽固者,今忽一变而为最文明最爽快之人,夫人为一发起人宜矣。”各人闻言举首视发此议者,梁夫人也。其夫为某省县官,夫妇颇开通,时以提倡女学为念,后以办事女员缺乏,故未能如愿耳。鲍夫人笑答曰:“蒙夫人过爱,然此举愚妹甚乐行,且发起人之责,愚妹不忍推委也。”冰姿、冰雪二人闻母语,欣喜欲狂,惟冰节则平淡静默如故。冰姿起酌诸客酒曰:“请干此杯,为吾女子文明寿!”各人均称曰:“愿如冰姿小姐言。”遂举盏一饮而尽。

鲍夫人曰:“吾既发愿实行,当从今夜起。对座暖花室有数男宾,吾并邀来此室,愿诸客毋羞避之。”诸客曰:“吾等既赞成此议,何敢有违?”夫人喜,命女仆往请各男宾来此室。不多时,各男宾同进暖花室,夫人及诸客皆起迎。夫人遂将先间之论,细述一遍。各男宾喜跃称羡夫人之活泼,又佩服冰姿之高论。夫人乃代各男宾彼此介绍,及至丁楚田与冰雪互相为礼时,楚田心窃惊曰:“不意鲍家姊妹俱天人,而冰雪尤美于两姊也。”丁楚田者,乃夫人谊姊之子，每值夫人生辰，其母必委楚田到贺。虽每年一到鲍家，而未尝与鲍家姊妹晤面。然楚田家世亦颇富厚，其父于三年前逝世，只余一老母在，极爱楚田。而楚田人甚聪明，貌如美玉，年未弱冠，现在某大学肄业，犹未许婚。绅商富户多欲以女配之，楚田概拒不允。其意谓“处于今世，尚可凭媒妁一面之词而谬订婚乎？若吾不见女之品格，必不能草率从事”。丁母以爱子故，不忍拂其意，又且楚田年尚少稚，乃不为之论婚，任其自择淑女配之。楚田既与各女客相见后，即各各入座。时已席散，夫人又复纵谈男女交际之界线，并女子应与男子受一体之教育。赵庄士乃暗暗欣悦，私忖曰：“吾妻之志，果属不凡，不料能开通其母如是之速也。”梁夫人问庄士曰：“君之夫人贤淑而明理，吾实为君乐。”庄士欠身略谦逊一二语。冰姿随与各宾款谈时事。久之，至夜深，诸客始散去。

第三章

楚田与庄士于祝寿次晨始去。自后楚田频至鲍家，至必与冰雪高谈时局。夫人亦极乐闻，且甚爱楚田之为人。每俟无人时，则窥探冰节之意，欲招楚田为婿。冰节答曰：“阿母无子，只生三女耳，若三女皆字人，岂不寂寞乎？且儿好奉佛，正欲立志不字，终生侍奉阿母，不使高年独自孤处也。”夫人曰：“汝虽立志不字，长处家中伴我，然我雅不愿如此。且闻汝姊之言，谓不宜迷信神权，此实社会一大阻力云。汝不愿早字，吾不能强汝。俟阅历深远，参透一切，而后决之，犹未为晚。但吾甚爱楚田，欲以汝字之。”冰节闻夫人发出是语，不禁红晕香腮，俯首沈吟，复举头答曰：“阿母为儿用意，诚大费思量，儿不能即如慈命，且儿不欲嫁此翩翩玉郎，阿母可勿与儿论此婚事。”夫人知冰节之志不能移易，乃罢之。又越数月，夫人注意楚田尤甚于往日，又微知楚田心慕冰雪，乃忖曰："若吾家得楚田为婿，则诚快婿矣。吾料其人前途不可限量，惟望得达吾目的，则私愿足矣。"

夫人正沈思间，忽闻室外橐橐履声，至户外而止，徐又闻弹扉声。夫人问曰："谁乎？可请进。"言已，见一少年入，视之，则楚田也。夫人喜曰："楚田乎！何一星期之久不见？岂有公务耶？"楚田至夫人前点首为礼答曰："适有学课，不能摆脱，故不暇来奉候耳。夫人安否？"夫人笑曰："幸尚强饭。"楚田亦笑曰："如是甚好。"言次，回头四顾问曰："雪妹往何处耶？"夫人曰："今早于八点钟即为冰姿接去，大约五句钟始克回来。"楚田仰视壁上钟曰："今已四句五十分矣，不久当回。"夫人曰："然。"楚田心亟望冰雪返，乃起绕室行，频视壁上挂钟。夫人曰："尔若厌寂寞，可到书室与节姊谈。"楚田诺诺而出，径至书室，见冰节一人默坐，手一卷，俯首观看。楚田微步至其前，低语问曰："节姑娘，不往佛室观《华严经》乎？"冰节陡然惊觉，掩卷回视，笑曰："楚田先生，几时到此？妾何竟不知？"楚田曰："来不久耳。"冰节曰："暑假将满，君仍在上学期之学校乎？"楚田曰："然。雪姑娘往赵家，姑娘胡不同去？"冰节①曰："适因精神欠适，吾本极愚鲁，性又喜静，若到姊家，或至减阻其游兴。"楚田曰："伊等往何处游？"冰节曰："往秦府新建花园赴宴，并玩赏其园景。"

楚田正欲作答，忽裙履綷䌨声，即回头看户外，见冰雪冉冉如仙女，带笑而进。楚田神驰意往，急迎步问曰："雪姑娘归何晏也？"冰雪答曰："适为家姊招往，故不在舍敬候，然妾未逆知君今日来，谅能原宥之。"楚田曰："岂敢见怨姑娘，未悉长日外游，归来倦否耳？"冰雪曰："否，否，妾最好动，倘再游两日，亦未必倦也。"言次，二人坐下，复谓冰节曰："大姊谓下次必邀尔往，勿再推托

① "节"，原文作"慧"，据文义改。

云。”冰节不答，笑置之。楚田问曰：“冰姿姑娘及庄士兄何时来此乎？”冰雪曰：“或于下星期，渠谓不晤君久，明日请君至彼家晤谈，且嘱妾回家若晤君面时，为传此意。”楚田笑曰：“渠等竟能料吾在此耶？”冰雪曰：“然。其意谓君必在此处。”言次，问冰节曰：“姊两手紧握额上，岂脑痛乎？”冰节曰：“然。今早尤甚，今已稍愈矣。”已而，又曰：“吾暂休息片时，妹与丁君坐谈可也。”遂出观书室而去。楚田笑谓冰雪曰：“吾以姑娘今日不回，正怨缘悭，幸姑娘忽返，始不虚吾今日之行矣。”冰雪曰：“二姊在此，即妾不回，与二姊谈，亦不致寂寞。”楚田曰：“虽然，但令姊性沈默，寡言笑，若与之久坐，索然无味，且不能不虑彼生厌矣。”冰雪曰：“若与谈佛，必津津不倦，然君又不同其旨，故格格不相入。”楚田目注冰雪，徐徐曰：“适在令堂室内，见姑娘之照像，酷肖姑娘，未审何时拍得此照，而姑娘竟秘密不出示人？”冰雪微笑答曰：“此照前月杪新拍，妾以其衣角不齐，不自惬意，故未请君看耳。”楚田曰：“只得一张乎？”冰雪曰：“三张，一张为长姊取去，尚有两张存在此处。”楚田曰：“能以一张见赠否？”冰雪略视楚田，作想状，随曰：“赠君乎？俟问阿母，乃敢如命。”楚田曰：“姑娘非无赠一照片之权，乃以嫌仆狂莽，故作此搪塞语耳。”冰雪急曰：“噫！君诚冤人过深，妾非鄙君，实因男女投赠之物，未便私相授受，须告知家慈，始见光明磊落。君如有疑，妾当即禀知家慈，敬赠与君也。”言毕，起身便行。及门，又回头曰：“请暂待，妾即来。”楚田微笑颔首，目送冰雪出室外，心窃叹曰：“美哉是女！吾阅人多矣，未有一能如伊者。若能得与订婚，则吾一生之幸福无丝毫缺憾矣。惟未悉彼女亦有心于吾否？倘伊亦有心于吾，则事无不谐，但屡窥其旨不可得，且其人庄重严肃，令人不敢稍以一词侵犯，每欲向之求婚，因畏其严厉，故又中止。今日之来，亦欲向之申说此意，故先求其照片，以探其心。彼既允赠照片与吾，当不我遐弃，何不趁此机以乘之乎?”忖想之时,冰雪已携照片入,笑谓楚田曰:“阿母亦赞成以此照片赠君。”楚田接照片,随谢曰:“得此片尤胜于得至宝,当什袭珍藏,以记美意。”言已,收入衣袋内。

冰雪复坐书案侧,楚田坐其旁。冰雪从书案取出小说,随手翻揭。楚田问曰:“此何书耶?”冰雪曰:“乃新译法国艳情小说。”楚田曰:“是书何如?”冰雪曰:“甚善。”楚田曰:“能为吾一述否?”冰雪曰:“妾适阅竟,君可携去一阅。”楚田接过,笑曰:“吾辈最宜看此等书,盖得以研究用情之当也。”语毕,收书置入袋,良久不言。冰雪曰:“君思何事?”楚田曰:“余之隐忧最难告人,久因此事将发心病矣。”言竟,稍露不乐之容。冰雪急问曰:“究何事耶?试为妾道。”又曰:“倘不愿人知,妾亦不敢强君说。”楚田曰:“非不能告姑娘,恐姑娘不乐闻耳。”冰雪曰:“岂有闻人忧闷事,而不愿听者,君请言,妾当敬听。”楚田迟疑曰:“若我之言有逆姑娘耳,务求原谅,必不可因词语不当而见罪也。”冰雪笑曰:“君真痴人,妾曾言之,必乐听君事。请速言,毋①再疑惑。”语毕,目视楚田,见其唇际微动,欲语还住。冰雪心大奇讶,忽闻楚田曰:“姑娘乎!尔能原谅吾之唐突,尚求姑娘终能祛吾此苦,则感姑娘德深且远矣。吾自去冬得晤姑娘,吾之灵魂,吾之神智,即为姑娘夺去。数月以来,吾脑间所旋转不能去者,惟姑娘之芳姿而已。吾今无所求,惟求姑娘稍施爱念,而许余敬爱姑娘,则吾虽死亦无憾矣。”冰雪默然听楚田一席话,如受当头一棒,两颊飞红,双目瞪视楚田。见彼两手颤动不定,冰雪即正色答曰:“妾年不过十七,尚属幼稚,且又与君结识非久,岂可遽尔论婚?倘性质互有不合,竟谬妄订婚,则将来之怨怼正多,君何不细察此理乎?”楚田嗫嚅曰:“姑娘之言甚是。但余非敢求骤允婚事,只求许仆敬爱姑娘耳。”冰雪心中默自

① “毋”,原文作“母”,据文义改。

忖问曰："吾于此人，虽觉有意气相投处，然交结日浅，何能与之遽言爱情乎？"乃爽直答曰："妾年幼不知爱情何旨，君毋滥用为要。"楚田闻冰雪言，大失所望，面色忽而红，忽而青，两唇翕张不能语。冰雪知出言过直决，令人难受，心颇怜之，复语曰："君毋恨妾不情，盖妾生平不懂爱情为何物，故君之所问，不能答也。倘不以妾为不可教，则请与君为一至友可乎？"楚田见冰雪如是言，虽未即允婚事，犹幸不为拒绝交际，心始一快，乃急答曰："蒙姑娘不弃，虽死尚铭盛德矣。"冰雪正欲以他语搀乱先间之事，忽一婢进来，请二人往用晚膳。冰雪如遇救星，急抽身招楚田同至膳室，而夫人、冰节皆已先在焉。

第四章

是日七月二十，为赵庄士生辰，乃邀冰节、冰雪、楚田同至家内小宴。午前各人均到，庄士夫妇迎至客厅分坐，庄士之妹赵锦娘亦随兄嫂招待来客。楚田此次乃初见赵锦娘，貌虽未及冰雪之美，而举止温雅，言笑安详，一见令人敬慕①。冰雪与之最契，且性情亦极投洽。楚田即问冰姿曰："令公子安否？吾不见彼经旬，迩日谅当可人。"冰姿笑曰："适乳母抱去，少顷便来矣。"楚田又回首问锦娘曰："闻姑娘善于画图，未审能赐仆俗眼一睹否？"锦娘答曰："此不过略懂一二耳，非尽精善也。君既不弃，可请往妾之书斋一看。"楚田喜曰："甚善。"锦娘随牵冰雪手，领楚田同进书斋。楚田举目周视斋内，只见陈设整齐，壁间遍布图画，隅置一外国琴，并乐器多种。锦娘让楚田坐，复由橱内出平日心爱之图，一一示楚田。冰雪曰："锦姊不愧为一大美术家，吾异日当来作小学生。"锦娘笑曰："如从妹为学生，恐青出于蓝矣。"楚田把玩各图，

① "慕"，原文作"幕"，据文义改。

称羡不已。冰雪曰:“锦姊不特善图画,且精于音乐,何不求其一弹乎?”楚田笑曰:“然,赵姑娘祈勿见却。”锦娘曰:“君请先弹,妾接踵。”楚田乃如其言,坐琴台前,按调鼓一曲,音节颇熟。曲终,离座曰:“献丑多矣。”锦娘连称曰:“妙妙。”楚田曰:“姑娘可速赐教。”锦娘随坐举手抚之,洋洋然,有如大珠小珠落玉盘之势,或悲,或喜,令人出神。楚田惊骇钦羡不迭。

时庄士、冰姿等亦进斋内,适曲亦终,冰节笑曰:“岂以吾来遂停之耶?”锦娘执其手曰:“节姊觉热否?吾颇不耐热,近数日较之一星期以前,亦稍退酷暑气矣。”冰节曰:“然。但吾不甚畏之。”楚田向冰姿曰:“玉体无恙否?何消瘦至是耶?”冰姿随坐安乐椅中,答曰:“虽无甚恶病,然只觉气逆不宁,医生谓有肺病,须幽静养息云。”冰节曰:“两月来,姊之精神都不快,宜请名医治之。”冰姿蹙额曰:“现所请之医生亦非不佳,无奈病魔不去,令人寝食不宁。”庄士答曰:“据医生云,此病不宜多劳,宜觅一幽静地养之。惜尔姊不能守此说,每日必亲自巡视家内一周,且于睡梦中亦注念小孩子。吾每每戒之,不听。”冰节①曰:“智民甚好,姊不用过于费神注念之。”冰姿笑曰:“我甚爱此子,　刻不能去怀。”正言笑间,乳母抱智民至。楚田急迎前抱,而智民殊不畏避,且喜与嘻笑。冰雪目视智民曰:“此子善解人颐,无怪姊姊爱之如命。”冰姿从楚田手抱过,置膝上,俯首以吻亲之,儿亦回接其母,相视而笑,观者亦为之生无限感情。庄士频视母子,面露戚然色,盖其忧冰姿病,恐致不起,而两岁之幼子伶仃失母,己则少年而鳏,此情此景,设想可悲,故其目睹母子,心窃闷闷。冰姿偶举首,见庄士双目注视于己,出神不语,即默会其意,乃急将爱子交付乳母,随强振精神,

---

① “节”,原文作“姿”,据文义改。

以他话笑乱之。庄士恐冰姿知其忧,亦急随①和而强笑。楚田见各人戏笑,心滋欢乐。且冰雪又时作诙谐语,令人乐而忘倦。庄士夫妇竟亦各忘隐忧。

楚田目睹美人,又兼如是爽快,心益敬之。故于冰雪一言一笑,无不逢迎尽致,欲博美人之爱也。迩来冰雪对于楚田之感情,颇异前昔,冰雪亦尝自疑曰:"我于其未求婚前,与彼绝无感情,且觉其一言一动俱有缺点,又似其人专意逢迎妇女,而博人赞美爱羡者。自求婚以后,每值其面,便觉有一种爱慕之感情,兼见其一举一动,无不投合己意。岂其举止果不同昔乎?抑我为其吸引力所引乎?虽然,我爱彼矣,我必竭力与此感情相抵,不使谬然妄订婚姻,务窥其人可否,乃能许之也。"冰雪决意与爱情相战,以窥楚田之行止,故常于楚田之前,尤矜意自克制,楚田仍未知冰雪之意也。是日冰雪在赵家与楚田相聚久,益觉其人文秀可爱,遂不觉与共言论,时流露亲爱之词色。楚田见冰雪情形,微觉其意,心窃喜之。

时晚筵已备,冰姿起邀各人同进膳室,庄士与冰姿并坐,楚田坐冰雪、锦娘之间,冰节坐冰姿右侧。酒数行,庄士笑问冰雪曰:"妹素诙谐,能发起为一剧谈否?"冰雪曰:"今日不能剧谈,为歌一曲则可。但妹作发起人,歌毕,当各和一曲为是。"庄士、楚田均曰:"甚善。"冰节曰:"请于席终时,往锦妹斋内,并和以琴,可也。"冰姿曰:"节妹之言甚合我意。"楚田曰:"既如是,则请于席终。我亦甚赞成此举。"一时酒阑,均出席小坐,始进书斋鼓琴歌曲。冰姿虽抱病,亦极欢跃谈笑。至夜阑,楚田送冰节姊妹回家。夫人见楚田送其两女,心甚感之,乃留楚田寓其家。楚田允。冰节先回寝室,只余夫人及冰雪与楚田坐。冰雪亦未免困倦,遂亦

① "随",原文作"髓",据文义改。

回室。楚田乃辞夫人,自入斋中休息。

次晨,冰雪早起,出见夫人问早安,而楚田冰节亦陆续至。夫人谓楚田曰:“胡为早起乎?”楚田曰:“昨夜睡时过早,故不能晏起耳。”夫人与两女略谈冰姿病状,言时色甚不安。楚田慰曰:“夫人不必过虑,我料不致大碍,惟须调治耳。”冰雪亦曰:“丁君之言不虚,阿母放心可也。”夫人勉强应曰:“然。”冰节回顾左厢曰:“阿梅来请早膳矣。”言次,一婢果来禀曰:“早膳已备。”夫人遂领楚田、冰节等齐至膳室。同用毕,楚田邀冰雪往花园吸取新鲜空气,二人至园中水亭联坐。冰雪手拈荷花一朵,近臭之,随曰:“妾性好花,因香清色艳也。”楚田笑视其面,答曰:“姑娘之貌尤胜于花,我爱姑娘,亦甚于姑娘之爱荷花也。”冰雪闻言,俯首不答,红[1]潮微晕,此时真应楚田言,与花同色矣。心益震荡不觉,行近冰雪前,低声曰:“姑娘究知有人因爱慕一己,而致晨昏忧郁乎?余为姑娘将废正业矣。如姑娘不怜,吾之生命亦将不保,姑娘其能睹人死而不救耶?”冰雪想曰:“吾昨日已立意与其吸力相抵,盖非薄情绝彼,乃欲久与交处,窥其品行。今又为其缠扰,使人方寸纷然,不能战胜其吸力矣。聆其言,使吾私心难受,吾虽爱彼,但其人仍似非诚慎君子也。”忽又自慰曰:“此乃吾疑虑过深耳,或彼不如吾所料。”想毕,遂和声答曰:“君毋怨妾短情,妾曾将鄙意见告,祈谅之。”楚田曰:“姑娘非无意识之流,岂亦不能自信耶?”冰雪曰:“俟商之家慈,始能报命。”楚田见冰雪稍动,知易谋之,本欲再行求其即诺,又恐烦扰多言,转触其意,遂不敢再言,惟嘱曰:“务祈早商令堂为要。”冰雪微笑点首,徐徐又曰:“时已晏矣,我等当回早膳。”楚田随冰雪行,至客厅左侧穿出中堂,适侍婢迎面报曰:“早膳矣,夫人及二小姐皆在膳室相候。”冰雪乃转入膳室。夫人

① “红”,原文作“江”,据文义改。

问曰:“园内荷花盛开否?”冰雪答曰:“甚盛,阿母不妨午后往观。”夫人曰:“可。”楚田及冰雪俱入坐共此餐。膳后集坐室中啜茗,冰雪欲更外衣,乃自入寝室,冰节亦随之。楚田乘无人在,即向夫人曰:“侄有一言敬问,未悉夫人嫌唐突否?”夫人曰:“有何说?请即告吾。”楚田遂将敬慕冰雪之意直告。夫人沈吟良久,乃微笑答曰:“尔曾向冰雪稍露意否?”楚田曰:“曾略述之,渠谓商之夫人乃可。”夫人曰:“吾再一问彼,当为尔撮成此事。”楚田闻言狂喜不置,随向夫人为礼曰:“感夫人之德实深。”夫人曰:“此事必谐。一星期内,当有以报尔。”楚田诺诺称谢,又曰:“侄今暂回相候,如有好音,请以函示。”夫人曰:“可。”楚田遂辞夫人回家。

第五章

楚田回家三日,得接鲍夫人信,谓冰雪已允订婚云云。楚田接信后,喜不自胜,乃持函告其母。丁夫人闻说亦大喜,即卜吉纳采。一星期后诸事已毕,而楚田已为鲍家之订婚婿矣。夫人每因寂寞,必邀楚田至其家,冰雪亦常与之晤面。时暑假已满,楚田乃回校中肄业,每值休息日,必至鲍家叙谈。凡冰雪出一言,发一议,楚田如奉钧天之诏,敬若天神,觉世界之爱情,为其二人独有,天下之美人,无有能及冰雪者。

一日,楚田适在鲍家,与夫人谈正浓,忽赵家仆来,出一信,谓庄士所致,并言主母病颇重。夫人闻说十分惊骇,冰雪则急视来信,内言冰姿病益重,特邀冰雪姊妹同往等语。冰雪以信中来意告夫人,夫人凄然答曰:“前星期吾往看彼时,心即不安,知其此病甚难医治,惟亦祈望遇有良医,得脱其病耳。冰姿若果不起,吾之伤痛真难堪矣。”言至此,泪下如雨。冰雪姊妹并楚田力慰之,乃忍泪曰:“我同汝等往一看渠。”冰雪恐母见冰姿病状伤感,即止之曰:“阿母今日不必同往,俟女等先去看望如何?若果病势不佳,当来告母,再往未迟也。”夫人遂依冰雪言。冰雪与冰节、楚田辞夫人偕往赵府。及抵门,则锦娘出接。冰雪举目视锦娘,见其双目微红,似曾哭泣者。冰雪急问曰:“大姊今如何乎?”锦娘戚然答曰:“病革矣。”冰雪等不暇再问,即随锦娘入,历厦数重,始是冰姿卧室,至则轻步,而纱幔低垂,悄然无声。锦娘搴帘先入,低声曰:“阿兄,阿嫂已睡乎?雪妹等至矣。”言时三人已入,庄士起立以接,答曰:“不曾睡。”继闻床上咳嗽声,又闻喘息问曰:“渠等来耶?甚妙。”冰雪等至床前答曰:“阿姊,妹来候姊病,今日已觉愈些否?”言时细审冰姿情状,见其瘦骨稜稜,胸高气急,两目深陷,颧赤如脂。冰雪不觉惨然欲涕,冰节亦回面饮泣。庄士俯首,襟袖间皆为泪点所湿。冰雪只得强制其悲,婉语慰藉其姊。冰姿吁气答曰:“噫!我今已为泉下物矣!与妹等将不久聚于世间也。然我犹恋恋爱此残躯,不忍一旦撒手而永归长夜。”语至此,遂出首床沿,仰视庄士,复又侧伏枕上曰:“若我不幸而死,庄士不知如何伤感。我自得病以来,常常为彼设想,若无可为筹慰藉之法。”庄士听至此,面如死灰,身摇摇几欲仆地,乃急以两手紧扶桌边,坐于皮椅中。冰雪知庄士此刻伤心已极,乃安慰冰姿曰:“毋作此不祥语,宁心调治,当无碍也。”冰姿又喘息答曰:“休矣,我无此希望矣!”言次,翻身向里曰:“我口渴极,可给我汽水少许。”庄士于案上取汽水一瓶,注玻璃杯,持至床前,温语问曰:“卿渴乎?”言毕,以手托起冰姿之首,缓注口中。冰姿只饮两口,即摇首不吸。庄士置杯桌上,又取药末一小包,放冰姿口内,以水送下。冰姿服药毕,紧握庄士手,惨然曰:“君乎,吾欲得君多劳数天,恐亦不能享此幸福。妾于归四年,今忽罹不治之病,诚负君多矣。然此种死别,本非妾愿,更非君愿,且惜幼子失母,他日慈爱之,教育之,种种提携,又不知倚仗何人。悲乎智民!彼生不辰,幼而无母。”言至此,便咽哽骄嘶,不能续说。庄士心如刀刲,肠若寸断,含泪答曰:“卿勿以不祥之状常萦脑中,人谁无病?岂病必不治乎?”时冰姿泪落枕畔,庄士轻轻用巾拭去,以吻亲其颊,再三慰之曰:“宜阖目休息片时,勿劳思想。不久医生当再来察验。”冰姿遂闭目不语,惟咳嗽无间止。时庄士呆立床前,咬唇默视床上病者。冰雪①等闻冰姿所说之伤心语,皆泪落如梗縻,不忍卒听。时冰姿似睡非睡,各人俱寂静守之。锦娘举首见庄士痴立床前,面如败灰,泪垂颊上,亦不自觉,情极可怜,不禁默忖曰:“倘阿嫂果不幸而死,则我兄之凄凉苦况何以遣之?今犹未死也,已如是情形,将来之景,不问可以逆知矣。噫!天乎!何酷待其夫妇乎?”锦娘随蹑足床前,牵庄士手,低语曰:“阿兄倦矣,可小坐床憩。”庄士闻锦娘言,始乍然如梦醒,乃随锦娘至案旁坐下。锦娘又出绣帕,为其兄拭去泪痕。楚田睹此情形,心为之酸楚,乃附冰雪耳言曰:“庄兄真可怜哉!我不忍看矣!”冰雪吁气答曰:“诚然。”语毕,泪又涔涔下。

时冰姿张目长叹曰:“我夫何往乎?”庄士闻声,急趋榻侧曰:“卿乎,吾在此,尔今如何乎?”冰姿喘曰:“觉心热如沸,且遍体不宁。”又曰:“可命乳母抱吾娇儿来。”庄士向锦娘曰:“烦妹传乳母来。”锦娘点首出户外,低语嘱小环毕,复入室中。冰姿又语冰雪曰:“若老母闻凶耗,不知如何伤悼矣。”冰雪答曰:“阿姊总宜抛撇一切思虑,则病势可轻,勿以不如意事,苦恼此孱弱之身矣。”言次,乳娘已抱智民入。庄士命至榻前,冰姿徐徐举其枯热之手,抚儿首曰:“儿乎,儿乎!尔识尔母否?尔少而无母,良可痛也。”儿嘻嘻对母笑,又以手捧母面。冰姿又曰:“尔虽无母,幸有父,亦不至无倚凄凉,且尔父极爱尔,吾虽死,亦稍慰。”言至此,气逆不续,双眼直视,面色转青。庄士急呼曰:“卿乎!卿乎!毋自苦!”冰节

① “雪”,原文作“姿”,据文义改。

等亦拥榻前叫曰:“大姊宜静神养息,勿尔尔!”冰姿微微启目,视各人环立身前,乃断续其声曰:“吾真逝矣,不能留矣!君乎,速握吾手,从此长别矣!”庄士洒泪握手,悲惨言曰:“卿乎,尔真弃我长别乎?吾宁与卿携手行,吾心极痛,吾魂将飞越我体。”冰姿犹勉强张目答曰:“否,否!”又曰:“男儿……男儿志在国家……勿因一妇人……珍重自爱,自爱……”至此遂截然不语。庄士急视之,则气已绝,以手按其胸,而心脉不动。庄士知冰姿已死,心痛如裂,长鸣一声,昏绝地上。锦娘、冰节等悲惊交集,楚田不暇他顾,忙抱庄士置椅中。适医士亦来,楚田求治庄士,医命扛置别室,乃施救之。冰雪姊妹及锦娘围尸痛哭。良久,楚田复来,劝曰:“姊妹等不宜过哀,现庄兄才醒,医生云,不可使之过伤,否恐生脑炎病。”锦娘问曰:“妾兄必大伤矣!今如何情状乎?”楚田曰:“伊醒后即下床欲来此。医士及吾力阻之耳,其如是伤心,必不能使之料理丧事,且当早为葬殓为是。”锦娘长叹答曰:“求君臂助吾兄一二,则感激实深。”楚田曰:“忝称戚党,当尽力代劳。”冰雪曰:“我等往一看姊婿。”言毕,遂拭泪同各人至庄士房。庄士凄然曰:“吾诚世界中之最不幸人,今爱妻已死,我尚何乐居此悲凉世界中乎?”诸人亦洒涕相劝。久之,庄士始收泪,斜倚床栏,频频浩叹。冰节心念智民,乃出室往抚视一遍。是日遍告亲族,及晚则各亲族毕至。次日尽礼殓葬,庄士凡昏绝四次,诸友皆怜慰之。冰节知老母伤感,乃先回家。越数日,冰雪亦告别回去。

第六章

庄士自冰姿死后,遂无意交游,惟独处家中,克苦自励而已。锦娘已于高等学校毕业,亦常在家中,持理一切家政,且绝不外出。时有同学宋红亭者,频来探候,锦娘甚感其诚。而庄士课余,亦间有与晤面之时。红亭家颇贫,父没母在,有一弟在学。红亭之得入学肄业者，乃蒙学女校教员怜其美慧，故免收学费，由是得在蒙学毕业。其时锦娘亦在蒙学，两小相识之。自出蒙学，便无资再入小学，锦娘又出资助之，现在小学已二年矣。其人颇聪颖，貌甚可人，惟双目带有一种不正之气，在有识者见之，必谓此相非良也。自冰姿死后，红亭至赵家益密。盖其欲得继赵氏之室，且欲吸引庄士之感情。其意庄士家巨富，若得为继室，则母家亦可致富，且为庄士之妻，其荣耀亦必胜人；又曾睹庄士昔日夫妇之敬爱，益心醉之。每与庄士晤，必措意迎合，极尽媚态。而庄士乃一磊落男子，不轻为情感所摇动，其尝言曰："情者，最高尚最清洁之物也，非可苟且用之，亦不能无之。"观其数语，即可知其人矣。故每值红亭稍涉情话，则必正色答之。锦娘常谓庄士曰："红亭乃一聪明美妹，且其极注意阿兄。而阿兄每与晤谈，落寞之至，何竟薄情若是耶?"庄士曰："吾不爱此人。"锦娘曰："虽不爱，亦不必如是。"庄士笑曰："妹非愚昧，何竟不明斯理乎？凡男女用情者，必爱之深而后用情也。既不相爱，胡可用情？且感情非可强之而有。若吾不爱其人，但因其人爱吾，故以假情报之，其人必以吾为真爱，愈缠愈深，迨后便生无量恶果，或且不幸演出种种之惨剧。吾甚畏之，吾故慎之。"锦娘曰："兄言良是。但吾以兄中馈久虚，故欲代兄觅一佳妇如红亭者，亦不为非偶矣。"庄士吁气曰："尔嫂逝世九月耳，非久也。吾与尔嫂结婚四年，为日虽无多，然吾夫妇之挚爱乐趣，自问家庭①幸福，吾实曾享之，而占人多矣。若欲再求一冰姿，吾恐世界中无复其人也。"锦娘欲答，而侍婢告宋姑娘来访姑娘，锦娘命请进。

婢去不久，红亭珊珊然入，与兄妹为礼毕，徐徐坐下问曰："锦姊近作何事耶?"锦娘答曰："亦不过稍理家内事。"红亭笑曰："以

① "庭"，原文作"廷"，据文义改。

姊一人操之,不嫌太劳乎?"言毕,转视庄士。庄士默会其言旨,乃俯首注视己履,作不闻状。锦娘答曰:"不妨,此区区事,亦云劳苦,将来谋办社会事,尚能胜之耶?"二人言时,闻格格履声至。庄士起出户一望,曰:"楚田君来乎,何久不至此?岂有他故耶?"言竟,二人同进室内。红亭举首看来者,不觉心内惊赞曰:"世间竟有此美绝男子!吾生平未之睹,不知其为何人。"想时,随锦娘起立以迎,锦娘即与红亭介绍。楚田亦留神审视此女,见彼著白轻纱衣,垂髫覆额,目俊而媚。楚田亦暗羡曰:"此女大佳,然亦逊吾冰雪一二。"庄士挽楚田坐,问曰:"日来曾至鲍府否?"楚田曰:"适从鲍府来。冰雪前日感寒病,特往一问。"庄士及锦娘齐问曰:"今已愈否?"楚田曰:"已愈,惟精神略倦耳。渠谓迟数天当来此候安云。"锦娘笑曰:"彼来甚佳,吾正苦寂寞。"楚田曰:"伊亦云恐姑娘寂寞,惜值染病,故不能速来。"锦娘又指红亭曰:"若冰雪来此,我当介绍宋妹与之为友。"红亭笑曰:"如此甚妙,素闻鲍家姊妹之名,惜未领教。"楚田闻红亭之声清婉如歌,心益慕曰:"如此娇音,若使之学音乐,当更出色矣!未审其曾习之否?"乃问曰:"宋姑娘在何学校肄业乎?"红亭曰:"在小学校耳。"楚田曰:"姑娘好音乐否?"红亭曰:"妾甚喜此,将来必专学此科。"楚田曰:"仆亦甚好之。"红亭曰:"君必优长此艺矣。"楚田笑答曰:"不过略知一二,何得谓之优长?"红亭微笑不语。楚田曰:"姑娘府上离此远乎?"红亭曰:"不远。"遂以居址告楚田,并曰:"君暇时可往妾家叙谈。"楚田曰:"诺。"乃默志其地,又与庄士兄妹言良久,复至膳室午餐。

楚田初犹不大注意红亭,及后以伊言笑可人,又殷勤邀至其家,不禁骤生恋慕,忽又自责曰:"我已与冰雪许婚,不可稍涉他念。且冰雪之美丽之举止,皆胜于斯人,我当无负冰雪为是。"楚田遂力遏其情,不敢越想。而红亭则全神注于楚田,且恨相见之晚。自楚田一来之后，其对于庄士之感情，全然消没净尽，又窃想曰："我未见丁君以前，惟有一意痴求庄士，以为世间无有庄士之美，不意竟有楚田其人。今以两人较之，觉庄士殊非风流出俗之辈，竟一槁木死灰、绝无情趣之人耳，其远不及楚田之温婉也。惟未悉楚田之金钱能及庄士否？"忽又曰："其常与赵鲍二家为友，谅亦不是寒酸子，吾何不缓探之？如是韶秀，即财力不及庄士，吾亦不忍见弃。但不知其已娶妻否耳？"红亭出神思索，忽闻楚田问曰："姑娘学校假期何时满耶？"红亭答曰："尚有三星期。"言毕目视楚田一笑，楚田为之神摇，亦以一笑答之。已而，皆离膳桌坐，楚田起向三人告别，庄士曰："明天可再来。"楚田迟疑答曰："明天往访一友，或不暇来矣。"言竟以目微视红亭，遂匆匆去，庄士亦回书斋。

锦娘与红亭复谈学校事。红亭以楚田事系于心怀，必欲一探其既娶与否。惟碍于言语，乃百思不得其词，锦娘又不再及此人，心燥如灼。忽得一策，乃问锦娘曰："姊识丁君之妻否？"锦娘曰："其妻即我先嫂之三妹冰雪耳。"红亭一闻是语，如冷水浇背，不禁失叫曰："噫！其已有妻乎？"语次，自知失言，急掩之曰："其妻即冰雪姑娘耶？"锦娘曰："然。"红亭曰："我甚慕冰雪之为人，姊能介绍妹与之为友否？"锦娘曰："此大易事。迟数天彼来我家，到时当约妹至此与晤。"红亭自闻楚田为冰雪既婚婿，如闻一大不如意事。举止失措，言语皆异平时。恐被锦娘窥破，乃强作笑颜，多方掩饰，使锦娘不能知之。复谈他事，至数分钟，始别去。是夜辗转榻中，想曰："楚田明日必来访吾，其于去时谓明日往访一友，不及其姓名，且又以眼色授吾，其来访我无疑矣！我明日当整洁厅事俟之。若彼果来，我不愁无法使之与冰雪离异也。"红亭此时以一见之人，为一方面之布划，自谓得计，乃安然睡去。楚田回家后，亦生一番想象，然其于别红亭时虽曾暗约明日往访，及归后，即又自止自责曰:“冰雪为我之订婚妻,且吾当时欲得之甚难,今既得之矣,而忽又爱慕他人,吾诚狠毒心肝,吾诚强盗举动,何以对冰雪乎?明日不必往见彼女。吾本非有意爱他,惟不解何故,见其一笑一语,即情荡神迷。”忽自拍手曰:“吾知矣,吾知矣!其目有媚力,故能吸人。吾明日决不见彼,免为所惑。”楚田决意不往访红亭,心境乃为之一清。时钟鸣一下,始合眼入梦。次日红亭专俟楚田至,乃更鲜服华装,以待心爱者至。午后犹不见楚田来,心讶曰:“何日昃仍不至乎?岂为冰雪邀去耶?”又自慰曰:“其既许我来访,虽至夜亦必来,且待之。”红亭心内急燥,频视壁上挂钟,一秒①一分目视其转。及至晚膳后,而楚田之踪迹仍杳然,红亭乃蓦地太息曰:“渠不来矣!渠不来矣!”

第七章

楚田自爽约不到红亭家后,心终不安,常念念不置,自思曰:“我前日默约红亭,昨日至其家过访,后以自责过严,乃失是约。至今思之,犹觉有愧。彼美必深怪我失信矣。以后见其面,以何词饰之乎?咦!我真愚哉!我虽与冰雪订婚,岂有因一订婚妻而谢绝不会一切女友乎?倘如是,则凡锦娘、绮云等,我皆不可与晤矣。既可与锦娘绮云等晤,则何妨与红亭会?且我与之晤言耳,非有他故也。嘻!我愚哉!我迂腐哉!即冰雪知我往访红亭,亦必不我怪,其人甚豁达,岂制我不结识女友耶?断无是理。昨日虽已失约,今日犹可补之。见时可以他事掩过,红亭亦必能谅我。”想毕,遂决意往访红亭。午餐毕,即易艳服,复向巨镜详视,自笑曰:“若红亭见之,当惊叹风流似张绪当年矣!”言竟,乃下楼去,沿途仍筹划对红亭言论时应如何发挥,如何举止。及抵门,举

---

① “秒”,原文作“抄”,据文义改。

目详审其户外，则墙垣之粉，已颓然剥落，陈旧不堪。乃款门入，则红亭立庭中，而启门者即红亭。楚田见红亭衣淡绿衣，两鬓抱颊，发光鉴人，笑盈盈趋前款接，言曰："以为君今日不来，竟出人意外。"楚田一见红亭，如久别初晤，乃不知先说何语为好。红亭又指老妇曰："此妾母也。"楚田趋与为礼。妇见楚田衣履炫丽，心颇怯之。红亭即领楚田上楼坐，室极狭小，而陈设怡人。楚田曰："昨日失约，望姑娘勿罪，然仆之不来，实有故。"红亭笑答曰："妾焉敢罪君？但疑君有何意外事，乃终日不安，为君忧也。今见君来，则慰甚。"楚田闻红亭说如此恳挚亲密之言，更于感激之中默增其昨日负约之惭，乃答曰："非有意外，不过略染微恙，故家慈不许外出耳。"红亭惊讶曰："君昨日病耶？然则今日亦未必大好，何故急急出外？别有他要事乎？"楚田曰："虽不大好，亦无大碍处。此外却无甚事，惟得趋姑娘前，谢失约之罪，则快胜于病之脱体也。"红亭忽回想前日楚田本非明明订约，今忽谓其昨日不来；我诚失言，而彼亦直谓失约，亦良可笑。楚田又曰："姑娘常至赵家耶？"曰："然。其兄妹都欢迎妾往。"楚田闻红亭言，心中如有所触，即脱口曰："赵君少年失偶，良可怜也。"红亭微笑答曰："君与彼有连袂之称，应尔为之忧戚。惟锦娘以琐琐之身，力任家政，殊属可悯，故我常往视我女友，必安慰之。"语至此，遂不言。楚田急问曰："姑娘知仆与其为连袂欤？然则谁告姑娘者？"红亭笑曰："乃锦娘告妾，但知亦无妨。"语竟，复视楚田微笑。楚田曰："原无妨，不过以为姑娘与仆前日才相识，何知之速耳？"红亭曰："闻冰雪姑娘极贤慧，且极秀美，妾实为君慰。"楚田曰："此亦不无言者过奖之词。"又曰："闻姑娘现正待字，信乎？"红亭即俯首低语答曰："妾生长寒素，而志愿又高，此生或不得当意者。"楚田曰："仆为姑娘介绍一人可乎？"红亭答曰："君毋取笑，妾之苦衷，非君所知。"楚田曰："非敢取笑，仆因庄士现未续偶，实欲为姑娘介绍之。”红亭不禁笑曰:“君以为妾乐此人乎?此人绝无情趣,如槁木死灰,非如君之……”言至此,即停顿不语。楚田已会其言,乃暗自太息曰:“惜我与之相见晚矣!若早与相识,则必能消受此女。虽然,冰雪高出于渠,但我今观之,则红亭另具一种妩媚,又与冰雪不同。且冰雪美而过威,令人不敢侵犯。若以两人相较,我颇嫌冰雪矣!”想毕,复向红亭曰:“人生最不平者为婚偶不齐,我阅人多矣,而嘉偶良少。”红亭曰:“冰雪姑娘美慧,君诚有艳福人。”楚田曰:“姑娘亦不过闻人言耳,安知冰雪性气之严厉乎?虽然,仆亦非厌恶之,欲得一最合者,本非易耳!”红亭曰:“富贵之女子,总有骄奢之气,故识者谓,求贤妇当得之贫家云,然妾不信此语。”楚田曰:“此语亦良是,盖贫家女无纨绔气习也。”红亭笑视楚田曰:“信乎?”曰:“然。”又曰:“姑娘能同往观剧否?”曰:“君欲往观剧耶?”曰:“然。未审令堂能见许否?”红亭曰:“家慈颇慈爱,妾言无不从。”曰:“既如是,请姑娘与仆同往。”红亭允之。楚田出时计视曰:“已五句钟,今可往矣。”红亭曰:“此时尚早,剧场七句钟始开演。”楚田曰:“先至酒店晚膳,而后至剧场,则不早矣。”红亭即起立言曰:“君请暂坐片刻,妾往更衣即来。”言毕,遂入室内,约半时复出。楚田举目视之,觉红亭艳丽绝伦,尤胜于初晤时。红亭笑曰:“可矣。”楚田即与下楼。红亭向其母曰:“丁君约儿同往观剧。”宋母目视楚田,又回视其女,笑容曰:“甚善。然丁君不畏倦耶?”楚田躬身答曰:“不妨。观剧亦一消遣事。”红亭与楚田别其母出门去。

二人并坐车内,沿路笑谈时事,至酒店下车。楚田挽红亭手入,同据桌而座,命取鲜肴数色,两人共膳毕,乃同至剧场,拣得适当之座位。红亭本非注意观剧,惟一心吸引楚田而已。剧台一曲将终,时忽一人在红亭之后问曰:“红亭姑娘,尔几时来此乎?”红亭骤闻此言,作惊回视,楚田亦一齐回首。只见一男子,年二十三四,体格轩昂,神采活泼,所穿之衣,亦复齐整。红亭乃笑答曰:“方君,尔亦来观剧耶?”曰:“然。”红亭遂向楚田曰:“此君为医学博士方春时先生也。”又向春时言曰:“是即丁楚田君。”二人乃彼此为礼。红亭又问曰:“君何久不至妾家乎?”春时答曰:“适有贱务,故未趋候。庄士先生近日好否?”红亭笑曰:“如不好,又必劳君矣。”春时及楚田皆大笑。春时又曰:“锦娘近作何事?”红亭笑曰:“妾知君必有此问。渠亦不过代其兄抚育幼子,操理家政而已。前两天妾曾往访之。”春时曰:“我常不暇,否则亦当过访。”红亭曰:“君得此女友,何竟不一谢介绍者乎?”春时微笑答曰:“姑娘善于嘲笑,但必有图报之日也。”红亭乃语楚田曰:“方君乃妾介绍其结识锦娘者,今故索谢。君勿谓妾市恩也。”言竟,三人复笑。春时曰:“明天正午往访姑娘,不悉姑娘有暇否?”红亭曰:“甚善,甚善。妾当恭候君至。”春时遂别二人,复回旧座观剧。红亭告楚田曰:“此人医学极精,谅君亦闻其名。惜其家綦贫,故屡欲得一富室女为妻,惟又多不如愿。”楚田曰:“何故不如愿?”红亭曰:“彼之择婚,非特择其财,且择其貌。前月有一富女,欲与之订婚,后以该女貌不扬,故又中止。其意极爱锦娘,但锦娘不易运动者。”楚田曰:“若其是医学士,即锦娘配之为妻,亦未尝屈辱。”红亭曰:“妾亦云然,惟事不能过速。须使其二人性情投洽,始可与论婚也。”楚田连曰:“甚是,甚是。”红亭心内又忖曰:“我能与楚田结识,必图后来之幸福,然方氏正求吾代其运动锦娘,我何不乘机而利用之乎?倘伊能如我请,则事无不谐矣。”红亭思至此,如已得计,心中颇觉自喜。楚田问红亭曰:“姑娘倦否?”红亭微摇其首曰:“否否!妾最好观剧,且喜诙谐。数句钟之久,岂能致妾倦耶?”楚田曰:“姑娘之活泼,真令人崇拜,惜仆与姑娘相见晚矣。”红亭略俯其首,双目频视楚田,随答曰:“感君厚意,妾未尝不知人之爱我者。”楚田闻其言,神益昏昧,竟将对于冰雪之爱情,已半移在红亭身上矣。时剧演已歇，二人乃携手出场，命车送红亭到家，而后己乃回去。

第八章

楚田自识红亭以来，无日不至其家，无时不系念于心怀，渐渐于红亭之一言一动，觉其无不远胜于冰雪，又觉红亭温柔从顺，总不似冰雪之凛烈如霜。以是每与冰雪晤谈时，常生龃龉。冰雪初亦不介意，渐渐始觉其改变，不解何故，心窃不安。然其人活泼洒脱，亦不以此事而生抑郁之感。

一日，为锦娘邀往赵府，红亭并楚田亦在。冰雪于上一星期曾在赵府见之，此次又与之相值。红亭人极奸媚，一见冰雪，即趋前与握手笑问曰："冰雪姑娘，何不光贲我家，而见弃若是耶？妹亦甚念姑娘，惜未暇奉候。"冰雪答曰："有暇当至尊府聆教。"楚田从旁答曰："红亭姑娘允至鲍府，我亦甚感美意，未悉真能往否？"红亭笑曰："必往。"锦娘问冰雪曰："节姊何不同来耶？"冰雪曰："渠性素好寂寞，故不能强之使来。"庄士谓冰雪曰："令堂近日好否？"冰雪曰："迩来亦胜从前。"言次，不复续语，盖恐触庄士念及冰姿伤心也。锦娘曰："姊以久处家中，殊觉无味，故邀妹一叙。"冰雪笑曰："妹亦思来此，即妹不见召，妹亦必今日自来矣。"冰雪与锦娘言时，楚田与红亭俯首窃窃私语。冰雪回首欲问红亭语，忽见彼等如是秘谈，心窃讶曰："楚田与彼结识，不过两月余耳，何竟如知交密友耶？"冰雪虽如是讶异，却并未有不悦之色露出。数人集坐叙良久，楚田只注意应接红亭一人，而置冰雪等若未睹者。冰雪思欲回，盖不忍视楚田之媚红亭也，乃起与在席者言别。红亭送之门首，且曰："姑娘何时有暇乎？"冰雪只以淡漠答之，匆匆竟去。楚田见冰雪临去情形，亦自知其触怒有因，然心乃愤然想曰："渠竟如是无礼红亭，我必有以报之，使红亭不受丝毫委曲乃已。”遂亦偕红亭别庄士兄妹而去。锦娘俟楚田出，乃对其兄曰：“奇哉！楚田近来之举止，大非昔日比，今日之对于雪妹，显然绝无礼节矣！红亭亦太不知自爱，已不应夺人亲爱之人，又竟当雪妹之前，故与楚田密语。吁！此尚成事体乎？”庄士冷笑曰：“所以我谓不爱红亭者，盖我已早窥破其人行径矣！先间尚有一事，真足令冰雪触目痛恨者，我见之亦几愤不能压。”锦娘急曰：“妹知矣，妹知矣！是楚田替红亭扇凉时乎？”庄士曰：“然。”锦娘曰：“座中各人能耐此热，岂红亭则不能受之欤？且此处甚凉，而楚田必作如是过分趋媚，直欲使冰雪不堪耳。虽然，男子有扶助妇女之责，然非舍己亲爱人，而谄媚他女子之谓也。我甚怜冰雪当时之难受，又怜楚田无端作此奴颜婢膝之态。我不责红亭，此事专属楚田之过。”庄士曰：“两人皆不能辞其责，惟楚田之罪尤深。”锦娘曰：“然。冰雪配此荡夫，良可惜也。”

楚田送红亭回家后，次日至鲍府晤冰雪，而冰雪初不欲见，后有言责问，乃出与晤。楚田一见冰雪，即若满面堆霜，冰雪作不见状。楚田愤然曰：“我以为尔不若彼辈之腐败物，乃一开通人，不意尔亦尔尔！”冰雪曰：“妾不暇与君辩，惟妾对于君，究有何过失？请明言之。”楚田曰：“昨日在赵府，我与红亭略接谈数语，而竟怫然去。且红亭送至门首，问尔数语，而尔冷然答之，使彼当时极难堪。此岂文明之举动乎？”冰雪曰：“我对红亭之冷暖，是妾与红亭之交际，不干君事。君何必干涉此等无谓事？”楚田曰：“不干我耶？但我既为尔订婚婿，即可干涉尔事。”冰雪佯笑言曰：“妾①与友辈意气不投，君能强之使投？天下间竟有是理乎？君既能干涉妾事，然妾亦可干涉君否？”楚田曰：“尔亦可干涉我事，此至公之理也。”冰雪曰：“君常挟红亭观剧赴会，以一双少年男女，无一年

① “妾”，原文作“委”，据文义改。

长之保证妇伴之同游,可乎?”楚田不意冰雪有此一问,遂致张口结舌,因羞成怒,乃曰:“我何尝一人携之与游?尔又从何处见来?”冰雪曰:“虽非妾所目睹,然妾所雇之婢,曾告妾数次矣。妾以君明公理、尚道德之士,故以此事为最微最小置之。及昨见君之与红亭举动,皆有大不合文明法度者,君亦自知之否?”楚田着急答曰:“我何尝有他意?不过略与之投机耳。”冰雪曰:“妾非责君与人投机,但君自思前日对于红亭之举动,可耳?”楚田自知理曲,乃不语,俯首想曰:“昨日本我不公,若使我与伊易地而处,亦当忿懑不堪矣。且我既与伊订婚,不宜另有他爱,以后当谨慎,免贻社会唾骂。”想竟,乃谓冰雪曰:“我诚过矣!我诚负卿多矣!此乃一时之昏昧,卿能原谅我自新否?”冰雪系慷慨女子,闻楚田自悔,遂将胸中积愤一并消除,乃婉言答曰:“妾何忍罪?此不过互相规谏耳。”楚田闻冰雪婉淑之言,心窃感悦。

二人又谈他事,适冰节亦来,楚田起与为礼曰:“二姊不礼佛乎?”冰节笑曰:“已礼过矣。”冰雪曰:“我姊本明白,何竟迷信神权,一至于此?鬼神之说,实属荒诞,且说能证出鬼神之实迹?几迷信其事,亦必有能致人迷信之处,始可信之。姊今以渺渺无凭之说,而死心蹋地如此,真令人惊绝怪绝。妹本不宜常渎我姊清听,但此举于社会大有碍,故力言之。”冰节答曰:“妹之言良是,我非不知神权之谬,惟我久行此道,且性又好此耳。”冰雪不禁笑曰:“姊真顽固,不可解劝。既知其谬,何又偏作此事?”冰节曰:“我藉以养气耳。”楚田亦笑曰:“养气非赖持斋,实多读书,所以致之。”冰节曰:“虽然,但我另有意在,妹等焉得知?”冰雪曰:“何意哉?请即示我。”冰节曰:“我言与妹反对,惟亦必剖心告知,始释尔等之责我也。我自去冬阿母祝寿后,即明迷信神权之理,但我窃念一切之男子,多半皆不洽我意,且多不知自爱之流,若我骤然自认不信神权,则阿母又将以我字人矣。”楚田曰:“字人亦甚好,何竟畏之?”冰节曰:“若欲求一完全好男子,我知甚难。即有之,亦未必为我求得也。我见彼等男子,谬谬然自称曰:‘我为国民,我为国民。’又曰:‘我为志士,我为志士。’而不意其口‘愿为国民,愿为志士’,其力则不实行。又且公德私德全撇不顾,只纵性胡行。甚至口说自由,而己则专制妻子弟妹;或因放荡任情,遂致爱子娇妻,等如陌路。此等不平之事,我常常闻之,又常常见之。凡我邻居之人,直无一不如是者。我故畏彼无心肝之男子,愿以持斋奉佛,杜绝论婚之人。虽然,我非敢谓天下之男子皆如是,但恐我无幸福,以享最明公理之夫婿也。”楚田曰:“二姊之言,不尽子虚。然所论男子之性质,亦未免过于克薄。”冰节曰:“我非克薄,但彼辈男子,多不堪与处者。”楚田笑曰:“然则二姊谓我亦如彼辈矣。”冰节笑曰:“是否,在君自为之。”楚田点首称曰:“诚如姊言,但我必不至若是。”冰雪曰:“我亦不敢信君之言。”楚田略愠其色问曰:“尔以为我是一无赖男子乎?”冰雪曰:“无赖或不然,但薄幸人,恐君终难免。”楚田曰:“我今与尔辩,亦无济于事,惟尔观我将来之待卿如何,可也。”冰雪曰:“妾亦希望君勿为妾所料。”言讫,格格不止。楚田亦不禁发笑,乃起身言曰:“晚矣,吾且回。”遂别去。

第九章

方春时自剧场结识楚田后,每俟楚田课余之暇,辄往红亭家与之叙谈,且挽红亭求楚田代向锦娘运动。楚田乐而许之,遂常偕春时至赵府。时或智民小病,则皆春时治之。凡赵府中人有病,亦无不求春时调治者。庄士兄妹甚感其尽心,锦娘由是与之颇洽。庄士每值想及冰姿伊郁不安之际,即邀春时过谈。而春时又极逢迎人意,举止诚慎,人皆称其为诚朴君子。然锦娘亦器重其为人,楚田、红亭又在锦娘前赞美春时,故锦娘益敬重之。春时亦知锦娘爱已,乃窃窃自喜。

一日,往访红亭,偶说及锦娘,红亭笑曰:“君托妾所谋之事,亦可谓称意矣!然未审能图报否?”春时笑曰:“终能图报,惟现在犹未得功成。”红亭曰:“须缓谋之,不能急迫也。”春时曰:“虽然,但此事一日不成,吾心一日不安。”红亭曰:“亦无怪君忧。妾目睹事将成而忽更变者,不知凡几。惟君此事,妾必竭力维持之。”春时曰:“亦望姑娘尽力一二而已。”红亭曰:“妾非不尽心力,然君知锦娘除我之外,尚有一密友否?”春时曰:“不知。”红亭曰:“该人常至锦娘家,锦娘略信其言。”春时曰:“姑娘究指何人欤?其友又于仆婚事有何关系?”红亭曰:“正为与君婚事有绝大阻碍也。”春时惊曰:“信乎?此何人哉?请速告我。”红亭曰:“乃冰雪也。”春时曰:“冰雪乎?其即楚田之订婚妻,吾曾见过其人。渠既与楚田订婚,何竟阻吾婚事?”红亭曰:“虽然,但其好挠锦娘婚,且致信劝锦娘不可谬然轻许,否则恐贻累终身非浅。其又谓君乃一贫苦中人,不过现藉医术攫人资耳。”春时听红亭说至此,不禁咆哮大怒,惭愤交并曰:“与其无怨,何必苦坏吾事?未悉锦娘今如何矣?”红亭曰:“吾之得睹是信,非锦娘示我,乃吾于锦娘枕畔得之。阅毕,复置原处。吾恐锦娘为其所惑,乃探其心。不料锦娘果已为其所动,尝对吾曰:‘婚事当缓俟之,尚有数事迟疑,不能决者。’吾闻其言,知冰雪之言毒发矣!惟不便明揭,只得尽吾言以劝导之,并设诸譬喻为言,锦娘始无语,略有回意处。但难料冰雪不再唆之也。”春时益着急曰:“然则,如何御之乎?”红亭笑曰:“除冰雪不唆摆外,则别无良策矣。”春时曰:“以何法使之乎?”曰:“试筹之。”春时曰:“面责其非,抑谄媚之欤?”红亭摇首笑曰:“两皆不可。冰雪性傲慢,而又掘强,若责之,必恨君,务败君事;若谄媚之,亦未必喜,其曾谓君窭人子,谄之亦无济于事,反受其揶揄耳。”春时复沈吟思索良久,忽举首曰:“可劝锦娘勿与彼往还。”红亭曰:“君知锦娘必如君言否?”春时曰:“不知。”红亭曰:“既不能决定,焉可劝之?倘被锦娘生疑,则事殆矣!且冰雪又常与庄士晤,其即不唆锦娘,亦能唆庄士。”春时曰:“如是观之,则不能复御此人耶?”忽又曰:“可否求楚田劝冰雪不可阻挠?”红亭曰:“若楚田允劝冰雪,而冰雪未必缄口不辨。倘楚田服其语,则又多一人为君阻力。吾曾代思之,此数策皆不可行。”春时听红亭语,面上骤变失望之形,吁气不语。红亭乃仰视壁上自说曰:“若使吾为男子,遇有此事,必出死力得回吾心爱之人。虽获大罪,亦所不惜也!”春时忽如有所触,随起绕室行,面色红赤,唇吻翕张,双拳紧握,时又切齿,状甚愤恨。红亭又故曰:“君岂无良策耶?果尔,亦诚可惜,堂堂七尺丈夫,竟受一弱质女子所制治!吾亦为君羞,惜吾无三尺剑,杀尽此种恶人。”言竟,目视春时。春时闻红亭一番激刺话,不禁怒气勃勃,目红如火,挺腰言曰:“吾必杀此人!”红亭见春时面白如纸,且声音高朗,恐为人闻,急至户前探首外间,左右一望,始回身低声曰:“君宜略低尔音,否则恐楚田来。”春时乃徐徐坐椅中,出帕拭额上汗。红亭曰:“杀之用何法乎?”春时曰:“吾犹未计及杀之之法,惟只知杀却此人,泄吾恨耳。”红亭曰:“妾曾感君有治病恩,若君欲有为,妾必助力。”春时喜曰:“倘姑娘能助我,后必有报。”红亭曰:“楚田乃冰雪订婚婿也,亦吾之至友。若冰雪死,楚田必极伤心。吾诚不忍吾友痛苦,君能以最善之法,慰其终生无此苦恼否?”春时以为红亭又存何意,乃瞪视红亭问曰:“尔究何意乎?”红亭笑曰:“吾言无他,欲子为楚田另觅一适意女子耳。”春时略一思索曰:“姑娘现未许人,吾请为姑娘介绍。楚田乃富家子,即配之,亦不屈姑娘也。”红亭曰:“虽然,但事后君便忘之矣。”春时曰:“否。吾既得姑娘臂助,焉得忘之?”红亭曰:“可。”春时曰:“此非寻常事,宜秘密之。”红亭又恐春时愤气消灭时,即不敢作,乃复以言实之曰:“若锦娘得作君妇,则君一生不愁金钱矣。盖庄士曾云其所有之财产,当以一半与其妹。果尔,则锦娘应有三百万两,君尚何忧乎?"春时闻三百两之巨资,心益跃动,谋杀冰雪之念益坚。惟一时无杀之之妙策,乃请谋于红亭。红亭曰:"姑俟之,一有机会,吾当告君。"春时诺之。红亭曰:"楚田不久当至,君可行,免招人议。"春时遂别红亭去。

红亭自与春时约谋后,乃渐与楚田疏远。有时楚田至其家,宋母辄覆之曰:"往访友,犹未返也。"屡至亦如是。又间在赵府相值,则淡然三数语即避去。又故在锦娘前谓楚田时至其家,皆为拒绝等语。锦娘问以故,则曰:"渠既与冰雪订婚,不宜与他女过相契爱,吾故不喜与之往还。"锦娘心服其言,且信昔日之举动,皆为楚田一人之过失,乃敬之如初。冰雪闻其事,亦暗称其义。惟楚田则暗诧红亭何忽见拒,谓:"其另有意中人,故与己示疏远矣。"

是月三十日,即冰姿逝世纪念之辰。锦娘与庄士预日整备各品物,以备次日祭礼。是日冰节、冰雪、楚田、红亭等均至,惟春时因下乡医症,乃走函告锦娘,谓三日后始返,并请锦娘劝慰庄士,毋过悲戚等语。锦娘接书阅毕,沈吟想曰:"春时之爱我,可云周到。其每作一事,必与吾商之,然吾未尝有半毫报之者。今观此信,情致缠绵,不能置之不覆,姑作数行,免为其怪我太不近人情。"想毕,遂振纸作书。写竟,复低诵一过。其函曰:

春时吾友左右。顷接君书,知有数日之别,嘱慰家兄悲戚,尤觉感君雅意高情。惟路途舟楫之中,希为珍重自爱。是祷。赵锦娘敬言。

诵毕,入封内,命仆送往春时家。仆回报谓春时正部署行李,将起程矣。是日庄士绝无兴致招待各友,惟对冰姿之像,悲怆泛澜。各人行礼毕,均辞去,只冰雪一人留宿赵家。盖冰雪与锦娘最投契,每见即不忍别,而冰雪亦甚乐居赵家。晚膳后,锦娘携冰雪回室，二人对坐谈心，又言红亭近日大变前度，冰雪笑曰："吾亦甚敬其人，能猛改前过。"锦娘曰："诚然。"冰雪曰："闻姊将与春时订婚，有是说乎？"锦娘面微赤答曰："然。但必须商之阿兄。"冰雪曰："令兄必赞成此事。"锦娘曰："阿兄亦颇器重渠，惟未尝言及许婚事。"说至此，冰雪视时计曰："夜深矣，姊宜往睡。妹常留宿此间，可毋客套也。"锦娘笑曰："微妹言，吾亦欲回室矣。因智民微有咳嗽，故心念之。命一婢来伴妹，可乎？"冰雪曰："不必，姊室与此室相隔不过一壁，且有一大窗，声气可以相通，殊不寂寞也。"已而锦娘遂道晚安，径向隔室去。盖锦娘与冰雪之卧室，本有一门通往来。惟锦娘回室时，不从外门，而由室中之门行者。行后，冰雪亦掩扉上榻而睡。

第十章

锦娘回室中，即就寝智民床边，细问乳娘曰："智民之咳，今夜如何乎？"乳娘低声答曰："亦如日间，但频频呼茶，状甚渴。"锦娘曰："方医生曾以药水送来，谓渴时可和温水饮之。"语毕，即于桌上取一瓶，再小心细视瓶外之字。看毕，复置旧处，乃命其婢取寝衣更换。婢名清兰，颇聪慧，锦娘极信任之，随嘱曰："清兰，尔今夜可在此睡。或智民呼茶，则以此药一匙和温水与饮。"言时，手指桌上药瓶。清兰曰："诺。"锦娘又曰："藤床可睡否？"清兰曰："可。"锦娘即登榻卧，然心念智民病，辗转不安。适智民又呼茶，清兰即如锦娘言，以药和水与之饮，饮毕，复睡。少顷，清兰亦睡熟，乳娘及智民皆有鼾声，惟锦娘犹未入梦。且觉室内空气不佳，乃思下榻小坐，又恐惊醒智民及隔室冰雪好梦，遂蹑足下床，将桌上之灯，旋至极暗，复坐安乐椅内，仰视皓月。回忆去秋今日，嫂氏病故之时，阿兄如何昏绝，冰雪姊妹等又如何惨伤，思之不觉泪下，乃举手拭泪。忽闻隔室冰雪呀然叫声，锦娘料冰雪或因恶梦惊叫,急起立窗下。窗与隔室通,惟一白花帘垂阻,揭帘而视,室内之灯已灭,只余月影射入而已。忽见一人影昂然立冰雪床前,隐约似一男子,但不能辨面目。锦娘大惊,急放帘不敢动,在帘后窥之。旋见该人手中持有一光芒耀目匕首,适置怀内,又在袋里出一帕,拭其匕首。出帕时,有一白色之物,由袋口坠在地上,而该人不自知也。正举步向房门出,锦娘知为盗,失声呼曰:“噫!强徒强徒!”言毕,倒身椅内。清兰已被惊醒,跃下床,将灯旋明,问曰:“姑娘何事?”锦娘指隔室曰:“有贼,今已去矣!汝速往,否则雪姑娘惊煞!”清兰即过隔室,急然电灯,冰雪床上并无声息,心稍安。忽见一物在地上,急检视,乃一信,曾拆阅者,面书“方春时先生”五字,料为锦娘致春时之函。欲返身交锦娘,时锦娘已惊呼捕盗,家内人皆陆续登楼矣。清兰遂将函置衣袋中,复至冰雪床前,问曰:“雪姑娘曾受惊否?今贼已逃出,姑娘不须惊恐也。”言时揭帐而视。清兰揭帐后,急松手倒退数武,颤声呼曰:“天乎!天乎!杀死矣!雪姑娘死矣!”锦娘闻言,急奔冰雪床前,揭帐细视,床席皆血,冰雪之首斜欹枕侧,项边鲜血淋淋下注。锦娘见此情形,面色灰白。时各人已进,庄士亦至,见冰雪之状,皆惊不可言,将襟抚视,已气绝矣。庄士兄妹惊惶无措,急命请医,又着人往报鲍府及楚田。

不久,医生及各人均至。医生察阅毕,即曰:“已无救,盖喉已断也。”时警察亦至,勘视各地,知凶手由园进,凡各门之钥,皆用药水溶断者,此外遍觅无甚形迹。时锦娘以目睹一切告警察,警察遂一一详注册内而去。已而医生亦行,冰节、楚田等惟抱尸痛哭。庄士曰:“各物丝毫无失,而只杀冰雪一人,此必为仇杀可知。”楚田曰:“然。但冰雪乃一闺秀女子,何事为人所怨?”锦娘曰:“此必蓄意谋杀,伺之已久。否则,无如是奇特也。”时冰节恸极而晕,各人急救之醒。冰节哭曰:“悲乎!吾妹无端罹此惨死,吾姊妹三人，今只余我矣！吾之痛苦，何以堪？”言竟，复掩面泣。锦娘闻冰节言，肠为之寸断，乃顿足呼曰：“吾曾见斯贼，惜不辨其面目耳！无论如何，必竭我能力，为冰雪报仇也！”楚田流泪不言，惟时时注视冰雪之尸，心内如碎如裂。

一夜纷忙，天已破晓，乃备礼殓埋冰雪。冰节只得回家安慰其母，而夫人则伤痛不堪，日惟饮泣悲哭而已。红亭闻冰雪被杀死，即趋至锦娘家探其事。锦娘一一告知红亭，愀然答曰：“奇哉是事！冰雪本无仇敌之人，而遭此惨剧，良可惜也！”锦娘吁气曰：“然。十余日以来，吾仍惊悸不置。”红亭曰：“方君常到姊家，可请以宁神之药饮姊。”锦娘曰：“亦有饮养心之药，但吾惊骇已极，且目睹冰雪之状，每合眼，即见此可怕之景象呈吾前。”红亭曰：“无怪其然。吾目未见，闻之亦毛发森立。”言时忽闻弹扉声，冰雪曰：“请进。”红亭举目视，则方春时也。春时见红亭在，乃微笑问曰：“姑娘几时来此耶？”红亭曰：“来已久矣。”春时复问锦娘曰：“令侄佳否？”锦娘曰：“幸已止咳，皆赖君之力也。”春时随坐曰：“仍当小心饮食。”锦娘曰：“君今日有暇否？”春时曰：“已诊过诸病家，适为令兄召来。”锦娘心知其兄请春时来议婚事，盖昨日春时有信致庄士求婚，庄士以信示锦娘互商，而锦娘已允，故庄士请春时来面许之。春时适从庄士书斋来，而婚事已约定明日纳吉。春时得此佳音，心中乃大乐。锦娘亦已预知，故一见春时，似觉有一种特别感情，非平时可比。而红亭仍不知此亲已成。三人坐良久，红亭起辞曰：“妹今日不暇久坐，尚须往看楚田君也。”锦娘曰：“若如是，不多留妹坐矣。”红亭遂别二人去。

径至丁家。丁夫人见红亭来，乃笑问曰：“姑娘诚有心人！吾儿自因鲍女死后，终日伊郁不安，幸姑娘时来劝慰，故近能稍解矣。”红亭闻丁母言，心暗喜，佯问曰：“楚田君在家否？”夫人曰：“在园内耳。”言竟，偕红亭同入园中亭内，则见楚田独立栏内。夫人呼曰:“有客来访汝,汝其出迎。”楚田回视,见红亭偕母来,乃出亭接曰:“闻姑娘今日来,故在此相候。”红亭笑曰:“适在赵府为锦娘留坐闲谈,后值春时至,妾乃来此访君。”楚田曰:“幸未失约。”丁夫人遂与红亭入亭中,三人俱坐石杌上。红亭曰:“君知春时之婚事否?”楚田曰:“不知。”红亭曰:“闻庄士将以锦娘许之。”楚田曰:“此说闻之已久,但仍未有成。”夫人问曰:“春时即方医生乎?”楚田曰:“然。”夫人曰:“以庄士之富,允以其妹许方医生耶?”红亭闻夫人言,心窃惊曰:“不意丁母亦如是势利!据伊之言,则吾恐难与其子订婚矣。幸其钟爱楚田,或不忍拂其意也。”楚田答曰:“庄士兄妹皆豁达人,断不以贫富为界域者。”夫人点首不言,少顷,自出亭去。楚田乃向红亭问曰:“姑娘知仆近日之苦况否?”红亭曰:“知君心境不安,故来访君之频也。”楚田曰:“吾亦念姑娘。但有一事,未悉姑娘能体念否耳?”红亭知其必为求婚而言,乃答曰:“若妾力所能为者,无不竭力如命,请言之可也。”楚田曰:“吾见姑娘以来,即悔昔日急于订婚鲍氏。今鲍氏可勿论矣,而姑娘能与仆订婚乎?”红亭闻楚田之问,正中其怀,故作迟疑之状。楚田又问曰:“事之可否?求姑娘速示知。仆之敬爱姑娘,谅姑娘亦已洞悉。”红亭徐徐答曰:“君之爱妾,诚至矣,尽矣!愧无以报君。今许为君妇,以冀报君之万一。”楚田闻红亭之言,乃喜曰:“吾慰矣,吾生平幸福满矣!”言时,丁夫人复至。红亭又与夫人略谈,即兴辞回去。

第十一章

锦娘之婢清兰,自冰雪被杀之夜受惊,遂卧病甚剧,直至锦娘订婚三日,始能下榻。乃忽忆检得之信存在己处,未交锦娘,即开箱取出,见封背有数点血迹,不觉惊曰:“噫!此可怕之血又触吾眼帘矣。然当时吾未尝见有血迹,此或忙乱中不及细视。此血必冰雪姑娘项上飞溅者。勿论如何,此乃主人之物,交回主人可也。”想毕即携信至锦娘房。适锦娘正卸衣欲睡,见清兰来,乃问曰:“清兰,尔今全愈否?手内之信是谁付来者?”清兰答曰:“此乃冰雪姑娘被杀之夕在地上拾得也,谅是姑娘之信,故检置衣袋。后因惊悸纷忙,至今始忆及。”言毕以信递锦娘。锦娘反覆视封面,不禁大惊,忖曰:“此乃吾手书,何竟在冰雪卧室中,且又有血迹?”随想随抽信出,阅毕,益惊曰:“此信正冰雪被杀之早,吾付春时者。既已付去,何又落在此间乎?噫!奇矣哉!怪矣哉!”言至此,面上之色忽如灰败。清兰见锦娘如是情形,莫测其意。锦娘以此事关系春时,乃不欲宣扬,随谓清兰曰:“尔可去,吾适触起雪姑娘,心甚不安。”清兰唯唯而出。锦娘执信沈思,乃细验封背之血迹,三点皆如指模,又且指头之纹皆有印在此,更显得确系染血之手曾触是信者。忽又自语曰:“吾犹忆见该贼取帕时,一白色物落地,而该物颇似此信。”锦娘此际猛然跃身下床,倒卧椅上,双手掩目曰:“可怕!可怕!”又曰:“彼真恶人!彼真恶人!惜清兰惊病,今日乃出此信,致我订婚于此恶贼。天乎!悲哉!吾有何罪,而偶此恶人?冰雪又与何怨,而遭此惨杀乎?”言毕,复仰首追想该贼之举动之体格,无一不与春时相符合,乃知杀冰雪之凶手,非别人,即春时无疑矣。乃垂泪潜思:“若将此事经报警察,明正其罪,则赵家声誉亦因之而坏。必以善法处之为妙。”想至此,心如刀刺,头脑若焚,终宵忿懑不安,就桌疾书一纸,邀春时即早来。书毕,坐以待旦。天甫明,即差仆持信送春时处。

约八时,春时至,锦娘邀至斋中。春时见锦娘面色惨淡,乃问曰:“卿无恙乎?”锦娘不答,起掩斋扉,复坐下,乃曰:“无恙。”春时又曰:“邀仆到有何事与商耶?”锦娘曰:“前者君往乡间医病,妾曾有函致君,今欲得该函一睹,祈即日惠妾。”春时见锦娘言语离奇,且此信即日已失去,今锦娘忽而追索,是何故哉?于是心乃警惧,答曰:“卿取此信何用?”锦娘曰:“姑勿问何用,但交妾一看可也。”春时饰词答曰:“该信于下乡诊症时失去,姑娘能原谅我否?”锦娘曰:“此信未必于下乡诊症时失,君无诳我!”春时益惊曰:“诳耶?非也。”锦娘曰:“冰雪之被惨杀,君知其原委乎?”春时被锦娘一问,面色忽变青白如灰,急答曰:“噫!卿何竟问此可畏之事乎?冰雪之死非吾目睹,吾何能知?”锦娘厉色曰:“君谓不知,吾终不深信!该函已在妾手,今请君自睹之!”言毕,出其封示春时曰:“此非该信之外封耶?月日尚书其上,封背并有血迹,君细视之。”春时至此张目手颤,接过略看,随交锦娘曰:“吾亦不知此信何故落于此间,吾知卿今将疑我为杀人之罪人矣。嘻!卿何昧昧,竟忍心疑吾及此?”锦娘冷笑曰:“吾疑乎?吾忍心乎?冰雪呼叫时,妾在窗外尽窥之。尔在袋中取帕拭手上血时,此信随帕飞下者,尔忆之否?”春时大惊,急问曰:“然则尔尽见耶?”语甫出口,急又改曰:“然则尔竟谓见吾耶?来杀冰雪耶?”锦娘见其词色慌张,言语错乱,益信非误,乃曰:“不特吾见之,且有他人见尔如何入室,如何行刺,且此人愿作证人。后吾曾以此身许尔,尔罪宣扬,于吾名誉亦不雅,吾又不便身自宣布,故禁使其人勿言。堂堂丈夫,宜保全祖宗及一己之名誉。妾亦无法救尔,惟尔知自爱者,宜自裁,犹不失为丈夫也。”锦娘言至此,英气勃勃,又言曰:“君若能轰烈自裁,妾当终身默守吾节。倘不以名誉为重,恐亦有人出首,与尔为难。”春时知难瞒锦娘,乃流涕曰:“吾罪大矣,诚不可赦!但吾之成此罪恶,皆缘卿故,卿宜谅之。”锦娘惊曰:“缘我故耶?”春时曰:“红亭告吾,谓卿久有意于我,而为冰雪所谗间,故又中止云云。”锦娘听至此,乃恍然曰:“噫!愚哉!吾何尝闻冰雪间尔婚事一言?此乃红亭利用于尔,实则其欲嫁楚田,碍冰雪在,故用此间接毒策耳。”春时闻言,顿如大梦初觉。锦娘又曰:“尔竟为一女子所愚,遂至犯杀人之罪,宁不愧乎?妾言尽矣,宜早为之,不至受法堂宣布之辱为要。”言已，匆匆启扉回己室。

春时见锦娘已去，独处斋中，知无可救。惟锦娘所发之议，又不能决策照行。切恨红亭设此毒策。一时惊愤交并，蓦然立起，急出门，直至红亭家，以此事之泄，详告红亭曰：“尔诚毒哉！玉成己事，而设陷阱以误人！今事至此，无可挽回，惟尔救之矣。”红亭曰：“君自杀人，自谋之，何竟牵及于我？”春时怒曰：“此皆尔谋，尔以为解脱尔罪，能与楚田结婚耶？”红亭曰：“吾何故有罪？吾何故不能与楚田结婚？”春时曰：“吾将此事告楚田，尚娶尔毒妇耶？”红亭惊曰：“尔竟欲将此事告楚田乎？然则尔罪亦难逃也。”春时曰：“吾自知难逃，但必不任汝逍遥法外。”红亭曰：“尔欲吾筹款助尔逃逸乎？”春时冷笑曰：“岂为此哉？今锦娘既不嫁我，我不能不远逃，然必不任尔与楚田结婚。尔我不如并逃至政法不及之处，阳为兄妹，相机而行。”红亭曰：“相机行何事耶？”春时曰：“以尔之姿容，或可助吾谋事。”红亭愤然曰：“尔欲吾受尔终身躯策耶？”春时曰：“吾今日之事，亦未尝不是受尔躯策！尔自筹之。总之，尔不能卸身局外矣！”红亭知不能用强硬与争，乃曰：“容我熟思之，明日当至君寓报命。”春时曰：“可。若明日不见尔到，吾即以此事往告楚田。”红亭曰：“明日午间定至。”春时遂匆匆回己家，束装以俟红亭来与偕逃。

及次日午刻，红亭果至。春时阖扉问曰：“尔意决否？”红亭问曰：“尔欲吾以姿容助尔运动耶？然则助之之法，必先告我。”春时曰：“此难预言。但吾所指挥，汝即为之可也。”红亭曰：“吾不能终生受人羁困。吾昨夜思之再三矣，与其一生为人奴隶，无宁忍一时之痛苦，以了此残生。吾之千谋百算，亦欲求将来之美满幸福。今幸福既不能求，而反受诸多凌辱，此谁能堪之？吾意已决，与子齐归天国矣。”春时惊曰：“如是乎？吾不能从尔言。”红亭厉声曰：“尔勿望逃生，若尔不从吾言，吾亦自首于官署。且吾来此处，已告吾母。尔若毒谋杀我,则我必知尔必不能逃法纲也。吾等诚世界中之罪人,实足羞耻,莫若作一英雄结果,亦可掩前愆。”春时见红亭一团必死之气,闻红亭一席勇敢之言,知其意已决,乃沈吟久之。忽亦决然曰:“锦娘亦责我自裁,今尔又来迫我,丈夫岂尚不及一婷婷闺女哉?倘我自裁,或得锦娘一幅可怜之泪,为我向空一洒也。”红亭曰:“诚是。”春时曰:“尔尚有词乎?”红亭曰:“吾无言矣。”乃由衣袋出一书,面写“丁楚田先生玉展”,放桌上曰:“此即吾自宣布罪状书也。”春时出手枪二,以一授红亭,一握己手。红亭稳坐椅中,春时以枪①按脑际,而手颤复止。忽门外一阵人声,红亭急曰:“速完我等事,警察至矣!”春时为红亭一吓,急扳枪机,枪声随发,而红亭之枪亦鸣。呜呼,二命送在顷刻间耳!春时之仆,闻室内轰然一声,急趋视,双扉紧闭。知有变,即奔户外呼救。不一时,观者麇集,破其门入,见二人均握手枪,知为自裁者,遂往报警察临验而散。春时之仆,将桌上函代交楚田。楚田得信,尽悉红亭之奸险。恨当日之为其愚,痛冰雪之惨死,郁郁不已。而锦娘则终守前言,果终身不字。后冰节与庄士结婚,夫妻相爱甚笃云。

——《姊妹花》,上海改良新小说社1914年版

① “枪”,原文作“抢”,据文义改。下同。

王妙如

王妙如(1877—1904),名保福,钱塘人。幼聪慧,嗜史书。年二十三时,嫁同邑罗景仁,结婚未满四年而卒。妙如博学多才,善写小说、传奇。著有《小桃源传奇》(戏曲)、《唱和集》(诗词集)。另有《王妙如女士遗墨》署"王妙如书并绘",卷前附王妙如女士传及墓志铭。有长篇小说《女狱花》(又名《红闺泪》《闺阁豪杰谈》)传世。

女狱花[①]

故事梗概

《女狱花》叙两位女子为争取妇女解放所走的不同道路。侠女沙雪梅,才貌双全,却嫁了一位狭隘的酸秀才。其夫待她如奴,雪梅忍无可忍,将他误杀。雪梅入狱后结识了革命党人,待从牢里逃出,遂和他们一起进行暗杀活动。遇见主张和平革命的许平权女士,两人从话不投机到结为好友。沙雪梅因革命不成,最终愤而自焚。许平权留学日本归国后,与丈夫一起启民智、办女学,事业轰轰烈烈。此书对妇女所受的压迫作棒喝之声,有一定的进

① 原署"西湖女士王妙如遗稿　中国青年罗景仁加批"。

步意义。作者笔下的两位女性，目的相同，前途殊异。表明作者拥护的是进行社会改造的维新主张。小说在叙事技巧上时新时旧，不甚协调。

《女狱花》，又名《红闺泪》《闺阁豪杰谈》，共十二回。卷首有沧桑寄客《叶女士序》、俞佩兰《俞女士序》，卷末有夫罗景仁《跋》。每回有罗景仁批语。扉页印作者肖像一幅。本卷收录全文。

叶女士序

旷观千古，横览全球，无代而无人才也，无地而无人才也。然天地精华，川陆灵秀，其磅礴郁积独钟毓于须眉，而于女子何阙如耶？抑独钟毓泰西各国之女子，而于中国又何阙如耶？盖由女学不兴，女权不振故也。尝考历史，间有一二作者，本至性发为文章，得附于著作之林，昭兹来许。宋元而后，阒寂无闻矣。嗟乎！女子亦国民，何害于国，何令其愚且弱也！岂专制之压力至于极点，女界之奴性亦至于极点耶！然天道循环，剥极必复，压力愈深，激力必愈大且速。所虑者，开创风气为难耳。今则国中言女学、女权者亦稍稍萌孽，莫不恶专制、爱共和，以唤醒国民之梦梦，而畴谓巾帼中之愚且弱者如故也。

甲辰之春三月既望，罗君景仁出德配王妙如女士所著《女狱花》小说征序予，何人斯敢序此麟麟炳炳之文？第伏读一过，无一事不惊心怵目，无一语不可泣可歌。且小说为文学之上乘，风气之先声，最易提倡国民之思想，发达人心爱恶，功力甚巨。今之小说关乎政治者指不胜屈，而足与此媲美者诚不易得。爰不揣愚昧，赘以数言。呜呼，女士逝矣！使天假其年，竟其才智，肆其魄力，鼓吹女界革命之大风潮，瀚知非异人任也。虽然，女士逝矣，而苦心孤诣遗此一书，亦足以开民智，醒迷信，育一国之文明。凡我同胞群当醉心于此，则是书其不朽矣，女士其不死矣。

光绪甲辰三月既望，沧桑寄客识于亦园。

俞女士序

中国旧时之小说，有章回体，有传奇体，有弹词体，有志传体，朋兴猋起，云蔚霞蒸，可谓盛矣。若论其思想，则状元宰相也，牛鬼蛇神也，而讥弹时事、阐明哲理者盖鲜矣！至于创女权、劝女学者，好比六月之霜，三秋之燕焉。近时之小说，思想可谓有进步矣，然议论多而事实少，不合小说体裁，文人学士鄙之夷之。且讲女权、女学之小说，亦有硕果晨星之叹。甚矣，作小说之难也！作女界小说之尤难也！西湖女士王妙如君，以咏絮之才、生花之笔、菩萨之心肠、豪杰之手段，而成此《女狱花》一部，非但思想之新奇，体裁之完备，且殷殷提倡女界革命之事，先从破坏后归建立。呜呼，沧海中之慈航耶！地狱中之明灯耶！吾愿同胞姊妹香花迎奉之。惜天不永其年，中途夭折，不能竟其振兴女界之大愿力。然理想者，事实之母也。后之人读其书，感慨兴起，将黑暗女界放大光明，则食果应推女士之赐矣。钱塘俞佩兰序。

第一回　男尊女卑人权缺　月白昏黄梦境奇

沈沈女界二千年，惨雾愁云断复连。精卫无心填苦海，娲伦何日补情天。

自由花已巴黎植，专制魔难祚命延。血雨醒风廿世纪，史臣先记女权篇。

这一首诗，乃是亚洲大陆的大国一个大豪杰所作。这人学通中外，才冠古今，且有一种特别性质，于男权极盛的时代，竭力扩张女权。他的振兴女界的著作极多，在下因欲说这部《女狱花》，故无暇去讲他。看官,且将这首诗的意思仔①细想想,已可知他是一个开辟女子新世界的哥伦布了。但是当日普通的男子,视女人像个买落的奴隶,看了这首诗,无不笑他痴,骂他狂,以为世界上面,岂有此阴阳反覆之事,则女权是无人肯重的。而为女子者,亦因做惯了奴隶,极不知苦痛,所以又把他的说话当作耳边风,不肯细心思量,竭力把自己主权恢复起来。咳！照这样子看来,虽有这个大豪杰婆心佛口鼓吹革命,而我们二万万女子,已是入了十八重地狱,永无超升天界日子呢！岂知天下大势,压力愈深,激力愈大,若顺着时会做去,则将来的破坏还不至十分凶猛。自经一再压制,人心愈奋愈厉,势必推倒前时一切法度,演成一个洪水滔天之祸。所以这个大豪杰的诗词,当日虽极无影响,不到数十年,就酝酿了一位杀人不眨眼的女魔王沙雪梅出来了。②

雪梅住在这国的东南的东乡,本是天气温和,山川明媚,产生人物之地。他的父亲,亦是一位路见不平,拔刀相助的好男子,只因家道贫困,日以教习拳棒为事。雪梅幼少时,母亲教他针黹却不甚喜欢,惟于其父亲练习拳棒时,常常留心观看。他父亲正因年已老迈,并无儿子,生平习的武当少林拳术,苦无传人,今见雪梅喜欢,故把内堂、外堂诸拳经细心传他,又把各拳中最要的解数,一一指点。雪梅又能凝心静气,时时学习,不到两载,诸般谙熟,真欲青胜于蓝呢。

光阴似翦,日月如梭。又过了数年,父母相继而亡,雪梅尽哀尽礼,收殓安葬,孤苦零丁,独自在家练拳术。一二恶少不免有不良之心,只因雪梅虽艳如桃李,却冷若冰霜,另有一种凛凛气概,兼他有一副好手脚,故无人敢犯他的。且乡中诸父老闻雪梅有嫡

① “仔”,原文作“子”,据文义改。下同。
② 眉批:女魔王出世了,我劝洞里蛇的男子,稍敛些威福。

派拳经，欲子女学得一二套回家，亦可防御盗贼，故就学者日众。雪梅当时，颇不寂寞。雪梅且因父母在时，未曾读得几年书，深以为一大恨事，今见同学姊妹中，有文理通顺者，彼此叨教，以资学习。从此雪梅日则教人拳棒，夜则挑灯读书。

忽一夜，正是深秋天气，雪梅在窗下用功，觉得微冷侵肌，即起身披了一件夹衣，复向案前坐下。看不到十数行书，忽有衣履翩翩一少年，进门而来，挈彼同行。走数武外，见有一所高大房屋，少年挺身而入，己亦不知不觉随之而去。过了十数进，少年得意扬扬，缓步而行，己亦且行且顾。见前面一进房屋，较外边诸进更为宏丽。① 外门挂着一块泥金大匾，上面写着黑漆漆"十九殿"三个大字。里面上头高耸耸坐着老老少少、贫贫富富的无数男子，底下笑嬉嬉跪着老老少少、贫贫富富的无数女人，且与一群一群的牛牛马马一同跪着，旁边摆着从来未见过的各种刑具。雪梅看到这里，正在心里踌躇，猜不出这是什么地方，不觉足趾已到门前，少年拥之而入，且拉他至众女人与众马牛跪的地方跪下。自己却跑到上面，屁②股一耸，坐在那边空的一把交椅上，摇头摆尾，与众男子不知说什么说话。雪梅此时心内思量，我并没有犯什么罪，何以跪在这里？且即平时，为人打抱不平，或得罪了一位官长，故把我跪在这里问罪，难道这许多女子都得罪了官长吗？且即都得罪了官长，何以与一群一群的牛马同跪着呢？忍不住扒起身来，欲向在上得人问一句说话，忽见众男子齐声喝道："跪下去！"雪梅接口问道："我有何罪，要跪在这里？"众男子答道："你并没有甚么罪，这是你辈做奴才的本分。"又众口厉声喝道："跪下去！"雪梅听了，气得柳眉倒竖，杏眼圆睁，心内思量：我们国中，并

① 眉批：十九世纪为男权极盛之时代，其建作物安得不宏。
② "屁"，原文作"庇"，据文义改。

没有对平平白白的女子叫奴才的,这正是外国野蛮的人不可以理喻了。正欲使一套落花流水的拳头将众男子一齐打倒,则听轰天镇地的霹雳一声,众男子忙忙从椅上逃下,众女人纷纷从地下扒起,倒把雪梅吃了一惊,呆了一呆。定睛一看,并没有什么高大房屋,有什么众男子、众女人与一群一群的牛马,有什么从来未见过的各种刑具,自己仍坐在案前凳上。一窗月色,皎洁可爱,四壁①虫声,悲凄欲泣,案上青灯,又复火光似豆,心内一想,原来就是南柯一梦。雪梅此时,即将案上灯台拨了一拨,把所看的书抛在一边,仔细把这梦思寻,终不能猜出有什么道理。②

呆坐半时,则听邻屋鸡声喔喔乱叫,知天将要亮了,即起身走近床前,和衣睡下。忽又听得剥筑叩门声音,即跃身而起。见东窗上面,日光照得如火一般,知时候已不早,想必是学生来学拳棒了。开门一看,果然不差。大家走进堂前,一齐坐下。雪梅即将昨夜的梦说了一遍,欲众人详解详解。诸学生中,有的说道:“先生专管闲事,恐怕日后打坏了人,有一官司到来,应该小心为是。”有的说道:“我近日听有人同父亲说,洋鬼子势耀极大,我们的国,日后终要被洋鬼子占据的。依这梦想来,大约洋鬼子得了我们天下,就把我们女子当作奴才看待,也未可知。”最后教雪梅国文的又说道:“我闻圣人无梦,梦乃是人的心思扰乱所成,最无凭据的,可不必考究他。”乱乱轰轰,猜了一会,终不能猜出什么道理。雪梅见日已将午,只得把拳棒教习一回。及至学生去后,雪梅又闭户思寻。

未知终能猜出否,且听下回分解。

金风飒飒,玉漏沈沈,披襟夜读,幻境黄粱。是梦耶,非梦耶?

---

① “壁”,原文作“璧”,据文义改。

② 眉批:大梦初醒,还是痴迷。

非非梦耶,非非非梦耶!总之,自由平等大风潮已由欧洲①鼓荡而来。即无梦警,男尊女卑之陋习,决不留片影于二十世纪中。作者之所以托梦境者,因小说第一回须将全部笼照,一蹈实境,必至挂一漏万。故有名之小说部,每托此为终南径也。

第二回　书呆侠女联姻眷　五言八比误儒生

话说沙雪梅自学生去后,闭了房门,又把梦想了好一会,终不能猜出十分道理。过了几日,渐渐忘怀了。如今按下不表。

且说这西乡有一暴富人家,姓秦名贺,乃是胥吏出身,为人刁滑刻薄,常常包揽词讼,鱼肉乡里,因此得了许多造孽钱。年近花甲,老妻已故,单有一个儿子,名叫赐贵。赐贵幼时,贺老头儿爱若掌珠,即请一位有名的老先生教他读书,且想娶一房美貌的媳妇与他,日后亦可料理家务。但是高也不成,低也不就,足足说了四五年,却说到沙雪梅家来。那时雪梅父亲还在,闻说媒的人家就是老贺,初也不甚应允,却这时赐贵读了廿来年书,方进了一个叫名秀才,雪梅的父亲心内想道:"秀才女婿必是满腹经纶,正与我女儿相配的。亲家翁的声名虽不甚好听,但年已老迈,不久就要物故,这也可以不必过虑。况我女儿年已及笄,我已到古稀时候,不如将就许下,了却心头一桩大事。"故到媒人再来说时,即满口应允了。贺老头儿闻此喜信,即择了吉期,厚厚的办了聘礼。那日体面万分,亲友来贺,把个老头儿笑得口也合不拢来。② 缔姻已毕,即请朋友托有名的星卜家,择日迎娶。岂知回信转来,说今年年庚不利,择在明春。老头儿虽急急欲见如花的媳妇,但是一个最相信阴阳的人,当时无可奈何,只得等待明春高坐,在上面做

① "洲",原文作"州",据文义改。

② 眉批:贺者在堂,吊者在门,我劝老头儿不必太高兴。

公公了。

忽一日,老头儿正因公事已毕,在家闲坐。则听得儿子赐贵在隔房吱吱唔唔的乱叫,知道他又读什么诗文,心内想道:“我前日把他读书的意思,只因有了文墨,愈加可以舞文作弊。岂知他读了廿来年书,平时将公事与他商量,一些不懂,却无心进了一个秀才。老夫当日也很欢喜,但前日听同事的朋友说来,现在时势,秀才是最无用的,不如学着我们事业,倒是一个长深饭碗。① 老夫心下一想也是不错,儿子赐贵虽读了书,进了一个秀才,却是迂腐腾腾,一无奇谋巧计;且前日叫他起一封信稿,竟写了好几个白字,正如俗话所说,文不能当誊录生,武不能当救火兵,恐后来非但发财无日,连我这儿的②老家私也保不住了。倒是叫他早早改习为是。”主意已定,欲唤儿子出来吩咐几句,即隔房叫道:“赐贵!赐贵!”赐贵当时正高声朗诵《仁在堂》文,父亲叫他没有听见。贺老头儿又厉声叫道:“赐贵!”赐贵听得父亲叫他,即一手拿着所读的文章,走到父亲跟前,问了一声:“叫我何事?”老头儿说道:“赐贵,你想我这大家私从那里来的?这都从我心灵手敏、跳走衙门而来。你虽进了一个秀才,但是不中用的。③ 你想我们国中,秀才也不知多多少少,敲更的也有秀才,推车的也有秀才,做烟伙、做龟奴的也有秀才。你想秀才若有用,何以要敲更、要推车、要做烟伙、要做龟奴呢?我给你想来,倒不如改习了我的事业。我将生平秘诀告诉与你,来④日也可以烈烈轰轰做一番人家。你心下以为如何?”赐贵心内想道:“做我父亲的事业,要茶馆吃茶,酒店吃酒,烟盘吃烟,交接了上上下下许多朋友。我是见了生人就要脸

① 眉批:可见我们国中的秀才尚不能及胥吏。
② “儿的”,原文作“的儿”,据文义改。
③ 眉批:秀才听者!
④ “来”,原文无,据文义补。

红,这是万乎做不到的。况且古人说,秀才为宰相之根苗,我今年已进了秀才,或者明年举人,后年翰林,大后年放了学差,或后又发达上起,岂不荣宗耀祖吗?”即将此意告知父亲。老头儿又劝道:“孩儿有所不知,天下的秀才,我已说过,不知有多少,个个要放学差,难道学差有这许多吗?况且近日的举人、翰林,常有事情请教我的。可见中了举人,点了翰林,也不甚中用。① 赐贵,你千不可想差了念头。若说我这些事业你做不到,你不听人说:‘天下无难事,只要有心人。’你若能用心学习,自然是水到渠成了。”说至此,即将一本律例的书交把了他,叫他学习学习。

赐贵拿了这本书,回到书房坐下,忽然想道:“前时拿去的《仁在堂》,遗失在父亲处。即起身去拿。”见父亲坐在上面问道:“你不去学习,来这里何事?”赐贵即以拿《仁在堂》对。老头儿厉色说道:“这本书要他何用!你还不死心塌地,赶紧改习么?”赐贵被父亲训责了一番,不敢上前去拿,呆立了一刻,仍回至书房内坐下。心中闷闷不乐,勉②强将父亲给他的书翻开来一看,见有一行上面写③着“十恶律”三字。另行低一格又写着:“一曰谋反,二曰谋大逆,三曰谋叛,四曰恶逆,五曰不道,六曰大不敬,七曰不孝,八曰不睦,九曰不义,十曰内乱。”心内想道:“也记不得这许多。”及读起来,也无甚腔调。正在烦恼万分,则见父亲缓步出门去。赐贵即将这本书抛开,复起身至父亲处,寻那本《仁在堂》文。寻来寻去,也寻不着,忽见字纸笼内露出一本书角儿来,想道必是在这里了。抽出一看,果然不差。欢喜得了不得,即拿至书房内,平平直直,在书箱内藏好。从此父亲在家时,勉强将律例书看看。及出

---

① 眉批:举人、翰林听者!

② “勉”,原文作“免”,据文义改。下同。

③ 原文此处衍一“者”字,据文义删。

去后,即将那本《仁在堂》拿出来朗读。

忽一夜,老头儿将一张紧要公事的底稿叫他去抄,说定明日要拿,自己却出门会友去。及至次日匆匆回家,则听得儿子书房内一片“好啊好啊”的声音,和着那一片拍桌蹬脚的声音,倒吃了一惊。急急走进书房内一看,原来只有赐贵一人坐在案前凳上。及把案上仔细一看,所抄的底稿抛在一边,居居正正摆着那前日掷在字纸篓内的一本《仁在堂》文。老头儿厉声喝问:“底稿有抄好否?”赐贵面如土灰答道:“没……没……没……没有……抄……抄……抄好。”此时①老头儿气得眼珠突出,把那本《仁在②堂》文撕得五花六碎,又把赐贵恶骂一回,痛打一番。适值有个老朋友来家,苦劝好些说话,老头儿的气方漫漫平下,同了朋友吃茶去。复又吩咐赐贵道:“这底稿赶紧抄好,我即刻要拿到衙门里去的。”赐贵等父亲出去后,大哭起来。心内想道:“这本《仁在堂》文乃是老先生给我的。曾听老先生说过,‘这部书是路德先生所作,是我选择理法最双清者,订成一本。你能时时熟读,将来秀才、举人、翰林,正如拾芥了。’如今虽进了一个秀才,但是没有了这本书,将来举人、翰林是无望的。”想到这里,当时父亲所打的地方又酸痛起来。正苦到上天无路、入地无门的时候,忽见案上那张底稿儿被风吹得乱动,心内忽想道:“总是这个冤家不好,害我到这等地方。”急忙把眼泪向袖上一揩,气吁吁跑③到案前,把那张底稿儿向新磨好的墨盒内浸下,又把撕破的《仁在堂》文收拾起来,用纸包好,藏在书箱内。然后却背着手,垂着泪,慢腾腾的走到书房后轩的床前,直挺挺像死尸的睡了。

---

① 原文此处衍“老此”两字,据文义删。

② “在”,原文无,据文义补。

③ “跑”,原文作“砲”,据文义改。

贺老头儿与朋友吃了一开茶，心里想："县内公事要紧。这时候已不早。"即别了朋友，回至家中。走进了书房，不见赐贵，案上并没有抄好的稿纸与那所抄的底稿，连那撕破的那部文章的片纸只字也不见了。惟一个既圆且大的墨盒内，有一张纸儿浸着，上面有一只字角儿露出。仔细儿一看，却是我亲手写的底稿。心中气得了不得，急忙将这纸儿从墨盒内提。那知出墨汁甚浓，非但字辨不出，连撕也不甚撕得开了。老头儿心下又是一急，昏倒①在地。

未知性命如何，且听下回分解。

文不能当誊录生，武不能当救火兵，读书人之普通状态也。作者何以独骂秀才者？盖借一秀才，为一切读书人之六寸照相片。大于秀才者，即六寸照片放大为八寸，为十二寸。小于秀才②者，即六寸照片缩小为四寸，为二寸。骂秀才，实骂尽一切读书人也。

第三回　秀才公夜作书院　豪杰女大闹闺房

话说贺老头儿因儿子赐贵把他一张紧要公事的底稿浸污在墨盒内，心内又急又气，昏倒在地。赐贵当时睡在床上，朦胧中听得有人叫他的声音。开眼一看，乃是自己用的丫③鬟立在床边，两脚乱战。即开口问道："叫我何事？"丫鬟道："不……不……不好了，老……老爷死……死了。"赐贵漫吞吞的又问跳道："这么死的？"丫鬟也不回答，说了一声，就在这里蹒跚而走。赐贵跟了出去，将眼往下一看，父亲倒在地下，已死得双脚壁立直，难道还活

① "倒"，原文作"到"，据文义改。

② 原文此处衍一"寸"字，据文义删。

③ "丫"，原文作"了"，据文义改。

吗？赐贵看了，一言不语，立在旁边，像木鸡一般的好一会，然后将父亲尸骸收殓了。

光阴似翦催人老，雕尽朱颜白尽头。过了二十七个月，孝服已满，心内想道："古人三十而娶。今我年纪已差不多了，况有人传说沙雪梅的父亲已于去年弃世，雪梅又什么教习拳棒，终日在外闲走，不安女子本分。不如趁这时娶来，还可以约束约束。若日后胆子愈养愈大，要约束他很是费力。"主意[1]已定，择吉迎娶。交拜以后，赐贵将雪梅一看，则见他燕瘦环肥，适合乎中。素口蛮腰，兼备其美。惟柳叶眉间，烟痕点点，另有一种刚强气概，心中倒也欢喜的。雪梅将赐贵一看，则见他面方耳大，眼细唇厚，一种颟顸的相儿，说也说不能尽，心中却是闷闷不乐。但一月之中，外人看来，也很是和睦。忽一日，赐贵在书房内做书院，时交二鼓，要用晚膳，雪梅唤丫鬟叫了数次，终不见来。雪梅心里想道："做什么书院，有这般要紧？"即到书房来看，赐贵也不来理睬[2]。雪梅见他弯[3]腰曲背，坐在案前，眼上带着一副既圆且大玳瑁边水晶眼镜，手中拿着一枝不黄不白又长又大的刻花水烟筒，案上放着一本既旧且破用纸裱过的书，对他忽而将头乱点，忽而喃喃小语[4]。忍不住问道："做什么书院，有这般要紧？"赐贵即对道："此是龟山讲舍，五更要缴卷的。"又问道："这本破而且旧的是什么书？"赐贵道："此是《仁在堂》文章。"雪梅又说道："我闻去年已有上谕改试策论，难道近日书院犹是考文章吗？"赐贵道："何曾是文章。"雪梅道："既不考文章，你何以看文章呢？"赐贵道："这个原故，你且漫漫听我讲来。去年间上谕下来的时候，我哭得了不得，心内想道：

① "意"，原文作"义"，据文义改。
② "睬"，原文作"采"，据文义改。
③ "弯"，原文作"湾"，据文义改。
④ 眉批：确是秀才状态，恐丹青不能画出此神妙。

从此举人、翰林真无望了,坐立不安者好几日。忽一日,教我书的老先生来,我将此事同他说了一番,又对他哭了一回。老先生笑道:‘小孩子真不懂事,策论就是①散行的文章,文章就是骈体的策论。你仍将《仁在堂》散行的文,时时用功,日后又可成为策论名家了。至于考乡试时,书也不必多买,头场只要买《御批通鉴》一部,二场只要买《时务大成》一部,三场考的是四书义、五经义,你所有的“四书”“五经”“味耕录”仍旧可用,不必另买诸书。只要熟读仁在堂文,已足中举人有余呢。’我当时听了,也有点儿不相信。后在书坊内买了一本《策论大全》看了几篇,头一段②正是起讲,第二段、第三段、第四段正是文章的三大段,学他做做,也很容易。过了几日,就是这龟山讲舍的考期,我仿《仁在堂》散行的文体做了一篇,居然考了第一。愈相信老先生的说话,真是金科玉律,一些不错。”③说到这里,忽大叫道:“啊呀,不好了!”雪梅忙问道:“有什么事?”赐贵道:“时候已不早,缴卷要来不及了!你赶快出去,不要在这里乱我心思,延我时刻。”雪梅看了这般呆不像呆、痴不像痴的光景,又好气,又好笑。即忙回至房内,吃了夜饭,脱衣睡下。

次日起来,心中犹是郁郁不乐。忽想道:我同学妹妹,有数月不见,不如今朝走去谭谭,也可解解我闷。主意已定,即将房门关好,又走到书房内来,通知赐贵。岂知他睡的死尸一般,叫也叫不醒来。就叫丫鬟关好了门,缓步出去。及至次日早晨回家,则见赐贵坐在上面发话道:“我们诗礼人家,不比寻常小户。做女子的应该坐在深闺刺绣,岂可在外闲走?你前日出门了几次,我已吩

---

① “是”,原文无,据文义补。

② “段”,原文作“叚”,据文义改。下同。

③ 眉批:确是名论,不能以人废言。

咐你过,以后决不准再出去。你总将我的话当做耳边风。这回竟不通知,任性出去,愈觉不像样了!你不看见书上说‘女子十年不出闺门’与那三从七出的道理么?”琐琐碎碎,说个不休。雪梅也愤愤的对他了几句,知道这人是死牛血一般,说也无益。忍着性子,走进书房内坐了一会。随手将桌上的一本书拉来,却是《斯宾塞女权篇》。看了三五章,忽拍案叫道:“是了,是了!我做女儿的时候,不明明做过一个梦么?梦中不明明男子坐在上面,女子同马牛跪在下面么?又不明明男子叫我为奴才、奴才么?我前时模模糊糊不知道这个道理,今日想来,一些不错。我自从嫁了过来,这个呆物,即叫我涂脂粉,带耳环,缠小足。我虽未曾依他,也不知闹了多少口舌。近日越法摆出男人架子,连出外走走,也要他管起来。咳!我想出工钱雇来的下人,一月中也要走出数次,今我连这点①儿自由权也没有,真把我当作买来的奴才样呢!”想到这里,愤火上升,把银牙一咬,暗暗的骂了几声:“男贼!男贼!”忽听外边赐贵像个粪苍蝇一般,飞到这块,闹到这块,飞到那块,闹到那块,渐渐的闹到房里来了。雪梅也不理他,仍是愤愤坐着。则见赐贵装着杀头相儿,大声说道:“我说的话,句句是至理名言,你从今以后,须要对天发誓,洗心革面才好。如若再犯,定将你休了回去。”雪梅听到此间,大怒道:“我有什么大罪,要叫我对天发誓,又要把我休了回家!至于出外走走,也很通行的。你自己没有朋友,终日在乌龟壳里搦着一本书鸡喤鬼叫,难道叫人也绝了朋友,学你这样吗?况我又不是你买来的奴才,一切举动受你压制,亏你说这话时羞也不羞!你说从今以后不准我再出门,我明天偏偏再出去,看你这么样?”赐贵听了,气得面上青一块,红一块,老羞成怒,口吃吃道:“你本不是个好东西!你这贱人,做女儿

① “点”,原文作“的”,据文义改。

时在外闲荡,我已疑心与人有染。今到了这里,仍时时刻刻要出门去,一定有了奸夫无疑了。你这贱人!"雪梅听到这里,无明烈火直高三丈,忙立起身来,指着赐贵骂道:"你这男贼!你这男贼!"赐贵道:"你敢骂我么?"雪梅道:"我平日受你的气已够了,又胆敢骂我贱人,说我有奸夫!今天与你一齐算账。"赐贵见雪梅走近身来,对着他小肚皮就是狠①命一脚,则听"啊呀"一声,倒在地下。

未知性命如何,且听下回分解。

婚姻不自由,最为男女之大魔障,而于女子为尤甚。世间不乏才女,每被蠢夫压制,以致抑郁而死。吾读"红颜多薄命"诗句,每觉冷冷泪下,恨无女娲五色之石,将此情天补满。吾只望天②多生沙雪梅等人,用着长枪大战,杀尽蠢夫。吾尤望③天多生女摆伦之作者,用着秃笔残墨,喝死魔王,引世人同登极乐世界。

第四回　黑暗囚牢无天日　沈沦女界起风潮

话说秦赐贵见沙雪梅骂他男贼,又走近身来要同他算账,心中又气又恼,对着雪梅小肚皮,就是狠④命一脚。岂知雪梅心灵眼快,闪在一边,随手将黑虎拳头偷心的打去。则听"啊呀"一声,"秦赐贵"正变了"寻思鬼"了。雪梅看了一看,心中很是爽快,即叫丫鬟进来,告诉他一番说话。自己却带几个铜钱,到县里首告去。县令听说人命大事,立刻坐堂,传雪梅进来。雪梅走到堂下,则见上面坐着一位油粉脸儿八字胡子的官长,下面立着戴活和尚帽儿的几个差役,听那官长问道:"你叫什么名字,你夫又叫什么

① "狠",原文作"很",据文义改。
② "望天",原文作"天望",据文义改。
③ "望",原文无,据文义补。
④ "狠",原文作"很",据文义改。

名字?为何将他打死?”雪梅将这事的源源本本说了一回,那人拍案大骂道:“你这贱婢好不安分!你夫叫你在家刺绣,正是做妇人的极大道理,应该牢牢记着,时时遵守。今你既不听夫主忠言,又将尔夫打死,真是罪不容诛了!本当将你立刻处死,念你首告,姑且宽免。你且上来画供。”雪梅听了这番说话,知道同他辩论徒然皮肉受苦,即慨然上前将供画下。那戴活和尚帽儿的差人,将枷锁与雪梅戴上,押着监门内去。

雪梅走到那里,则见门不像门,好像狗洞一般,里面又低小,又黑暗,又潮湿,好像猪房一般,闷闷的坐下。不多几刻,有一蛇眉鼠眼又小又胖的人走进门来,大声喝道:“你这打死亲夫的贱人,可晓得这里规矩么?”雪梅笑嬉嬉的对道:“什么规矩?”那人道:“我们在山靠山,在水靠水,新来的犯人总要孝敬我们些。”雪梅道:“今日没有带来,改日自当从丰奉上。”那人冷笑道:“真个没有么?”雪梅道:“整个是没有,散的有点①儿。”说着,从衣袋内拿出十多两的一包碎银子,递与那人道:“这个权且收下,改日再重重孝敬。”那人接了,说了几句恭维话,颠头颠脑而去。又过一刻,有人送一碗黄糙米饭,及一盘淡白菜进来。吃了数口,连喉咙里也咽不下去。这一夜中,不知骂了多少男贼男贼。

到了次日,众犯人都发话道:“你这妇人,到了这里也该忍些性儿,什么男贼女贼,叫闹不休,累得我们也睡不安耽。”雪梅忙陪笑说道:“我在这里实是男人害我的,所以千声万声骂他。”有一犯人道:“我闻说你是打死亲夫,罪有应得,你尚如此骂他。譬如我到这里,皆由我这黑心物,自己有了淫妇,将我看作眼中钉,恨不立刻死了。忽一日,我在邻舍家坐坐,即诬我与人有染,欲谋死他。即将他暗藏在我衣袋内的一包砒霜为证,将我送到这里。我

① “点”,原文作“的”,据文义改。

想你处这个地步,连嘴唇皮儿也要骂破了。”雪梅听了,又骂了几声男贼男贼,随口又问众犯人道:“你们这么到这里的?”众犯人答道:“也不必说起,总是这个冤家不好。”雪梅听了,桃花含露,柳叶凝烟,叹一口气道:“世上无知的女儿,到了十几岁时候,就想要嫁男人,以为嫁了有多少好处。咳!你不晓的这男人,正是我们千世冤家百世仇,只可以杀,不可以嫁的!”有一犯人插口说道:“平平白白杀他,也未免太过。”雪梅道:“列位有所不知,你想我们女子六七岁时候,只因有了男人要娶小足的陋习,父母就硬了心肠,把我们一双圆兜兜光滑滑的天足,用布裹起来,受这无罪的非刑。我们那时,眼泪不必说起,就是浓血,也不知出了多少。幸而皮肉腐尽,筋骨折断,方成了三寸金莲。你想人生血脉,犹如机器一般,一件损坏,件件都出毛病。我们国中,缠成小足,害瘵病死的,也不知多少。即不死去,行一步路,尚须扶墙摸壁,名虽为人,实与鬼为邻了。然在家时,父母犹知爱惜,不肯使我们十分劳苦。及至囚笼抬去后,上受公婆的差役,下听冤家的话说,此中苦楚,正如哑子吃黄连,说也说不出来。然我们既受男贼的种种苦痛,假使男贼对我们同心合意,如贴身奴隶一般,倒也气得过去。那知这男贼外则待我们如奴隶,内则防我们如盗贼。你想男贼身边,铺床叠被捧茶盛饭的无非女人,我们并不疑心他做出什么外事。那知我们与男子,即谈几句闲话,男贼就当作犯了什么奸情,防备的十分紧密。咳!男贼待我们,什么夫妻不夫妻,直是奸奴贼婢呢!且种种不平等之事,说来犹令人发指。你想我们女子,男贼死后,如下了阿鼻地狱,永无造升日子一般。幸而有几个铜钱,也可糊涂过世。不幸开门七件,件件皆空,忍着饥寒,对孤灯坐下。又听这边儿啼,那边女哭,此中情景,万翦穿心。欲守则万难过去,欲嫁则又防人非笑,眼珠泪儿,好比檐头滴水,不知不觉直滚下来。若在男贼一边,前妻的尸骸尚端端正正睡在棺中的时候,后妻的身子已亲亲热①热抱在怀内了。岂不令人气死吗?且我们中国,男女婚姻,皆由不关痛痒的媒人东骗西瞒成的,非如文明各国婚姻自由,男女共能实享爱情。则嫁了过去,两人性情自不能尽行符合,名则添了一个配偶,实则多了一重烦恼。然男人与妻子不对,还可另娶一个,俗名叫做"两头大"。又可以买妾宿娼,解解忧闷。我们女子,在古时候,本有下堂求去之礼,自从出了千刀万剐的秦世王,会稽刻石,立了许多暴法,又有一班眼小于豆无知无耻的宋儒,逞其臆见,说了好些'饿死事小,失节事大'的狗屁说话。从此女子与男人,正如世俗所说的相去五百级了。咳!种种不平等之事,我也说不能尽。请众位仔细想想,男贼待我们,何尝有一些配偶之礼?直当我们作宣淫的器具,造子的家伙,不出工钱的管家婆,随意戏弄的顽耍物。咳!男贼既待我们如此,我们又何必同他客气呢?我劝众位同心立誓,从此后,手执钢②刀九十九,杀尽男贼方罢手。"说至此,只听得一人大声喝道:"你们是想执了钢刀逃狱吗?我老实对你讲,这个牢狱虽小如鸡笼,却胜于铜墙铁壁,料你这些妇人那里逃得出去?"雪梅抬头一看,原来就是讨他孝敬的那个人,笑了一声,不言不语的坐下。

息了一会,昨日送饭的人将饭菜送来。雪梅勉强吃了一口。到了晚间,仍照老样的饭菜送来。雪梅一口不吃,坐在床前,心内想道:"我首告的意思,原不欲连累他人。如今大事已了,坐在这里何用?难道杀了一个男贼,就出了心头一口恶气吗?"主意③已定,即将枷锁钮断,作了一个蝴蝶穿花的势,上了檐头。又作了一个蜻蜓点水的势,出了衙门,从低墙边跳下。走了好一

① "热",原文作"熟",据文义改。
② "钢",原文作"刚",据文义改。下同。
③ "意",原文作"义",据文义改。

刻，将将要到城边，则听后面人声嘈杂，回头一看，无数灯笼火把蜂拥而来。

未知雪梅能逃得出城否，且听下回分解。

世间种种不平等之事，皆由男女不平等而起。深远者姑置勿论，即如至浅至近之婆媳一项，强女子离开生育我、抚养我之母亲，而奉事渺不相属之姑嫜。为姑嫜者，以为儿子我所鞠育，媳妇礼应奉事，诃斥如奴婢，差役如牛马，女界所以层层黑暗也。吾知作者心中无限悲愤，特借演说一番，将男女关头重重打破，殆所谓“射人先射马，擒贼先擒王”意乎！

第五回　恨专制昌言哲学　辨种类痛骂须眉

话说沙雪梅逃出狱门，将要走到城边，后面人声嘈杂，灯笼火把蜂拥而来。雪梅不慌不忙，将身跳上人家屋上，卧虎形的伏着。又听得锣声、鼓声，仔细一看，原来是人家娶夜亲，并非是什么追兵。雪梅等他过去后，从屋上跳了下来。又走了数十步，方见城门。雪梅做一个飞燕扑帘的势，上了城墙，又作一个猛虎出山的势，下了城墙。走了有一会，天上的行星渐渐儿稀少，树中的宿鸟乱乱儿啼叫。抬头一看，对面的山峰，已隐隐约约露出笑脸来了。未几，胭脂一般的红日已挂在高山上面。那时正是仲春天气，山青水绿，柳暗花明，燕子双双，呢喃小语，蛱蝶对对，高下垂飞。心内想道：“万物有情，各得其偶，何我女子，遭此魔头！”忽又触念道：“我尝闻大哲学家之言，太古时候，男女可以任意交媾，没有什么夫妻规则，这个情景与今日下等动物无异。自后时世界渐渐进化，男女各自与所欢之人互相联合，不像前时之滥意宣淫，于是成了一个夫妇。但夫妇初成的时候，叫做养子夫妇。因其生平目的在于生养苗裔，子孙已长，夫妇渐散，其情形实与目前燕子结巢养子一般。虽夫妇的组织尚未完全，然当时做男子的并没有压制女子的权势,做女子的亦没有倚靠男人的心思,夫妇之间倒觉自由自在。自养子夫妇进化,变了一个专制夫妇,于是或强夺,或购买,女人的身子当作男人第二个财产,种种夫为妻纲,妻为玩物的谬论一齐出现。此时做女人的正与犬马无异,无一些自由权利。再由专制夫妇进化,变为自由夫妇,那时男子敬爱女人,女人亦敬爱男子,出则携手,入则并肩,好比连理的枝、并蒂的花、同林的鸟、比目的鱼,你唱我和,实享爱情。夫妇之规则,至此称为圆满功德。照此看来,专制夫妇时代,正是女子黑暗地狱。做女子的,应该并着脑血、颈血、心血,与时代大战起来。一战胜后,自然是光明世界了。俗语道:'吃得苦中苦,方为人上人。'我们今日,正当用着铁血主义,不可以疏懈的。"

自己暗暗策励了一番,信步走了十数里。则见前面好像火山一般,万道红光,冲天映地,心中很是疑讶。急急走了数十步,仔细向前一看,原来是千株万朵的杏花,开得珊瑚玛瑙一般。雪梅心中顿觉一爽。且顾且行,且行且顾,杏花疏处,露出一个酒帘儿来。雪梅心内想道:"饮酒赏花最是人生乐趣。今日适逢其会,倒可消遣片时,解解忧闷。"漫步走进店门,拣了一副座头。酒保送了一碗状元红酒来,摆了一碟朱沙色的油花生,一碟玫瑰色的炒虾儿①。雪梅吃了几口。抬头向窗外一看,说不尽千红万紫,身子像个坐在杏花林中一般。赏了好一会,漫漫的将酒吃了几口,又将里面一看,房屋虽不甚宽大,倒也幽雅,两面挂的画儿亦看得过去。粉壁上面又题着无数诗词,忽见有一块墨汁深浓,笔法秀丽。雪梅凝神一看,乃是四首七绝,诗曰:

情天从古未偏颇,女男平权创释迦。只为后人公德缺,中郎灶婢尽韩娥。

---

① 眉批:点染得法。

岂尽须眉逞夜郎，无才无德病红妆。桃花艳丽金莲俏，惯作青楼窈窕娘。

文明伉俪羡欧洲，公义私情两处周。羞煞双双觑粉蝶，有时不敢到妆楼。

沈沈大地风雨斜，天力终差人力些。纤手翻成新世界，香闺普种自由花。

雪梅观毕，心内思想："照这几首诗看来，今日女权已甚发达，将来革命似无有不成的。"心中很是欢喜。又将诗念了几遍，见下面写着"佛婢题"三字，忽又感慨道："这个女子定是我们的普救主！但恨今日无缘，不能共谈心曲，又不留下真名姓，使人可以物色。真所谓天涯地角无寻处，若要相逢在梦中了。"心中郁郁不乐，呆坐了好一刻。会了酒钞，懒懒的出了店门，漫漫的过了杏花林。

又走了十数日，见前面一座高山隐约在云雾里头。走上山来，四面老树参天，怪鸟惊人，无数的鹿儿、兔子往来奔跑。走至山顶，也觉香汗泠泠，见侧首有一所古庙，坍败得了不得。门上挂着隐隐有"伏虎殿"三字一块匾，信手推门，门即豁然而开。六七只野猫见有人来，一轰逃去。雪梅将里面四下一看，并没有什么金身，只有几堆泥土，一张破桌而已。跳上桌子坐了一会，忽听得远远似有铜锣声音，心内想道："这个地方荒僻的很，何以有人敲锣？"猜了一会，也猜不出什么缘故。那个声音越听越近了，即忙下了桌子，走出庙门，跳上屋瓦，蹲着四看。那边古木丛中坐着一个狮子，旁边立着、跪着好几个大虫，把他舔毛，把他供食。未几，狮子摇摇摆摆而去，有几个大虫随之而去。有一个在荒郊闲走，见对面有一艾叶母豹从林中出来，他即竖起尾巴，大吼一声，狂奔而去，将豹扑倒。那豹也把他舔毛了好一刻，方才立起身来要走。大虫似有不足的意思，仍将豹扑倒，一爪踏着，一爪在他背上乱打。雪梅心中怒道:“我闻大虫与狮子不是同种,大虫与豹是同种的。何以见了狮子就低首下心,见了豹就耀武扬威呢?就说狮子势力极大,非大虫所能敌,然有好几个大虫,岂不能弄倒一个狮子吗?豹之力虽比大虫稍弱,然既恭恭敬敬待他,则大虫亦应该爱惜些,岂可擅作威福呢?① 咳!黑白颠倒,世人是常有的。难道大虫亦学人的故智吗?我今日虽不能杀尽是畜生的人,且先杀此似人的畜生。”即作一个疾风扫箨的势,呼的一声,骑在老虎背上,举起秀球花拳头,在他颈上乱打。大虫亦作一个溜地十八滚的势,狠②命扑斗。

未知谁胜谁败,且听下回分解。

千呼万唤始出来,犹抱琵③琶半遮面,此小说书中出主人翁之法则也。又有一法,于开卷数句中,即将主人翁叙出。但此书无速出主人翁之理。因改革之事,须由激烈党之破坏,方有平和党之建立。吾不知作者几许经营,才出“佛婢”二字。又不肯将真名姓轻易露出,真可谓得小说家之嫡乳。

第六回　女国民著书醒世　庸医生借刀杀人

话说沙雪梅骑在老虎背上,举起纷团花的拳头望他颈上乱打。大虫亦作一个溜地十八滚的势,狠命扑斗。旁边那个艾叶母豹,走近身来,反帮着大虫来咬雪梅④。雪梅此时心中愈觉愤怒,双脚在老虎肚皮上狠命一夹,一拳在老虎头上狠命一击,那老虎大叫一声,四足腾起,从山顶上跳到平地。说时迟那时快,雪梅见老虎望空跳去,即将双脚一松,作了一个惊蛇入草的势,斜刺里钻

---

① 眉批:正喻夹写,得小说上乘法。

② “狠”,原文作“很”,据文义改。下同。

③ “琵”,原文作“瑟”,据文义改。

④ 眉批:世人大抵如此,岂仅一母豹?

去，攀着一支树枝落下。息了一息，从半山中赶将下来，不见大虫。四面找寻，一些形迹也没有。恨恨的好一会，只得望前走去。

走了数十里，见远远有一所村落炊烟四起。再走了百来步，听得树中雀儿嘈杂乱啼。朝天一看，眉毛的月亮挂在头上了。及至走到村落，已是黄昏时候。四面找寻客店，一处也没有。心内想道：今夜只得在人家屋里借宿借宿。见斜对面有一土墙门，双门关着，门前一枝马缨花向人乱摇。雪梅暗想道："就是这里了。"走近门前，将门轻轻敲了几下。里面有人问道："何人敲门？"雪梅答应道："是我，是我。"则听呀的一声，双扉已开。有一丫鬟，手中拿着一支蜡烛问道："来此何事？"雪梅即将借宿的话说了一遍①，那丫鬟道："你且立着，我要问了主人来。"说毕，就进内去了。未几，见那丫鬟出来，说道："你进来，你进来。"雪梅走进了门，那丫鬟仍将门关好，领雪梅到厢房坐下，即将手中的蜡烛给了雪梅，转身就到里面去。雪梅坐了一会，见破纸窗外人影一闪，却不见有人进来，心中倒是疑惑。② 忽又听得脚步声音，见那丫鬟走进门来道："主人请你进去。"

雪梅随了那丫鬟走到厅上后轩，见桌上摆着如月亮的一盏洋灯，当中挂着一张亚细亚东部舆地图，旁边挂着西洋女杰美利莱恩、奈经慨庐、独罗瑟女士、苏泰流夫人四张大照片。那丫鬟道："请坐。"雪梅将将坐下，见有一妇人从里边走将出来。雪梅将他一看，一个鹅脸蛋儿，一双细纠纠明晃晃的眼睛，一副乱篷篷紧密密的眉毛，年纪约有三旬上下，身上穿的衣服亦很雅洁。雪梅想道："必是他家的主人了。"即忙立起身来，则听他说道："请坐，请坐。"自己却在旁边凳上坐下，即问雪梅道："请教尊姓大名？"雪梅

---

① "遍"，原文作"匾"，据文义改。

② 眉批：人影一句，省却许多笔墨。

心里想道:看他这个样子,亦是女中英雄,即将真姓名说出来,谅亦无妨,况这个小小村落,就有意外之变,我亦无难逃脱。雪梅正想到这里的时候,听那妇人又说道:“贵客莫非是罗兰夫人一流人物,真姓名不可告人么?”雪梅此时心中了然,即将真姓名告诉了他。则见他忙立起身来道:“原来是雪梅姊姊,多多失敬了!”雪梅看了这番光景,倒猜不出什么缘故,只得转问他名姓。那妇人道:“我姓文,名叫洞仁。”雪梅听了,愈觉猜疑。洞仁嬉嬉笑道:“姊姊却不认识我,我却认识姊姊。”说着到里面拿了一张报纸出来,指着一行与雪梅看。雪梅看是紧要新闻,里面写着自己教习拳棒,打死赐贵,与狱中演说、县里捕拿的事实。洞仁又说道:“自前日我的至好女友吕中杰寄了这张报纸来,我看到这里,想得姊姊了不得。今日到来,实是三生有幸,请姊姊就住在这里,妹妹可以时常叨教。”雪梅说了几句谦虚话,洞仁即领雪梅到书房内去。雪梅见他书架上书籍杂乱,桌子上面又放着好几本书,中间夹着几张稿儿,知道他这时正著甚么书。

两人谈了好一会,丫鬟送上酒菜来,两人且饮且谈。雪梅忽说道:“近来世界上普通男人,大抵当女人为灶婢,料理琐屑事务。看书会友是男人最恨的,不知姊姊修了几世,得嫁文明夫婿,有如此自在得很。”洞仁笑道:“世界上的男人那里有一个文明的?就有几个号为文明的人①,亦是外面装着文明样子,里面愈觉得野蛮不堪。我是从小立誓不嫁男人,才有这个地步。但我幼时亦受小脚的毒,近来虽已竭力放开,终觉不大自然。且我们国中旧风俗,做女子的专讲袅娜娉婷,娇姿弱质。所谓体育之事,一些儿也不讲究。我前时亦染了这些陋习,以致今日身子很不强壮,不能为

① 眉批:号为文明的人听者!

同胞上办一点儿事业。然尝闻古人说,有能行之豪杰,有能言之豪杰,有能文之豪杰,三个名虽不同,其实是一样的。妹妹今日自己想来,只①得学那能文的豪杰,稍尽些女国民的职任罢了。”雪梅赞叹了几句,又谈论了好些学问。见玻璃窗上隐隐约约有亮光透进来,未几丫鬟送上脸汤、早饭,两人用毕,坐了一会,雪梅起身要走。洞仁问道:“姊姊要到那里去,有这般要紧?”雪梅道:“我出狱的时候就打定主意②,要到开设女报的张柳娟那块去。”洞仁道:“原来是柳娟这块,姊姊从何处认识?”雪梅道:“我并未曾与他会面过,但平日看他的女报议论畅快得很,心中很是佩服。近闻他又组织一党,欲将二千年来被男人夺去的权利夺了转来,我欲前去帮助帮助他。”洞仁道:“如此说来,就住在这里,亦可以帮助他的。”雪梅急口说道:“姊姊不要专打闷壶卢,使人猜疑要死。”洞仁笑说道:“那柳娟亦是我的好友,他报中议论,有许多是我的。姊姊③就住在这里,亦可以笔墨助他,况我看姊姊容貌消瘦得很,还请养息几天为是。”

雪梅被他苦留,只得住下。过了几天,忽觉四支酸痛,身上发热起来。洞仁即请一个很行时的医生,姓岳名叫师神,来把雪梅看病。那师神把雪梅两手的脉诊了又诊,口中的舌看了又看,即坐在房内开下一方,摇摇摆摆而去。④ 雪梅自吃了这位先生的药后,身上的热愈觉如火炭一般,兼且人事不如,口中胡言乱道。一日,洞仁在旁边服事他,雪梅即指着洞仁骂道:“你这男贼,今朝果被我打死了! 你这不辨种类的贱大虫,且先了账你!”息了一息,又大声说道:“难道杀了一个男贼,就罢了么? 我欲将你们男贼的

---

① “只”,原文作“尺”,据文义改。

② “意”,原文作“义”,据文义改。

③ “姊姊”,原文作“姊我我”,据文义改。

④ 眉批:岳师神可算中国医生的代表。

头,堆成第二个泰山!将你们男贼的血,造成第二条黄河!"说毕时,扑的一声,身子翻到里床去了。洞仁见了这个光景,知他病症已是十分凶险。一阵心酸,吊下几点泪来。

未知雪梅性命如何,且听下回分解。

激烈党、平和党起,中立党亦追风逐电而起。此中立党,并非中立于新旧,实中立于激烈与平和。其生平思想,恐激烈惨行破坏,平和难以建立,故每以笔墨生涯,为醒世之具。作者此回中,特出中立党之文洞仁,吾知其学有根底,笔无疏漏矣。

第七回　慈航渡人钦巾帼　开门揖盗恨尚书

话说文洞仁见沙雪梅胡言谵语,病症凶险,簌簌的吊下几滴眼泪。则见丫鬟进来,报说隔壁董小姐来了。洞仁心里忽想道:"这位董奇簧姊姊,西医上的学问虽未知晓,中医上的功夫很是研究的。今日到来,到可同他商量商量。"即忙走到书房与奇簧谭了几句闲话,就请他来看雪梅病状。奇簧将雪梅的病症仔细诊视,又将岳师神开的药方看了四味,见头一味是苔参须一钱,第二味是大熟地四钱,第三味是黄芪,第四味是归身三钱,拍案骂道:"这个方了该死的很!"洞仁道:"什么缘故?"奇簧道:"他将这位姊姊的病看错了,他见他身子羸①瘦,猜是虚弱的症,开下浓重补剂。那知他是操劳过甚,又兼风寒所致,须先投以清理之剂,则热自然而然退去。他不知道,却将邪气关入内面,不能出来,这是医家最忌的。则如人家屋里墙门坍败,盗贼蛇行而进。这个人家须先将盗贼赶出,然后修理墙门,此为上著。若将墙门先行修好,那时欲将盗贼赶出门去,势必飞檐走壁,房屋尽被损坏。这个病症就是如此,你道危险不危险?"洞仁听了,呆了好一会。则听得奇簧又

① "羸",原文作"嬴",据文义改。

说道:“姊姊不必着慌,我已开下一个方儿,吃下去或可挽回。”即命丫鬟到大药铺去配药。丫鬟转来,奇簧[①]又将药片一一看过。等他头煎吃毕,方回家去。次日,复来问病。洞仁道:“神识略清些。”奇簧知有转机,嘱将旧方再吃一帖,后又来诊视数次。雪梅的病已觉好得多了。

一日,奇簧又同洞仁来看病状,雪梅即挣札起来谢了二人好些说话。雪梅忽问奇簧道:“姊姊学此医道,未知目的何在?又既有此好本事,何以不悬壶渡[②]世呢?”奇簧道:“我们国中,十男九痔,十女九带,真正可算为一国病国。[③] 则医道应该人人研究的。且我们女子很害羞耻,有种种病儿,对男医生说不出,以致不医而死。妹妹学此医道,实欲普救二万万疾病的女子。然我今日,《内经》以下诸医书虽大半研究过,而西医上的骨学、化学一些不懂,则悬壶渡世,妹妹终有点儿难以自信,岂可医着时医,将别人的身体试自己的手段吗?妹妹想出洋游学几年,然后回来救人呢!”雪梅赞了几句,奇簧道:“姊姊大病初愈,还宜保养,不可多说,致伤元气。”即嘱雪梅睡下,自己同洞仁出外去了。自此每日过来,谈些学问,解解雪梅忧闷。

又过一个多月,雪梅病已全愈,起身要行。二人款留不住,只得与他饯行。临行时洞仁又拿了好些金银送给雪梅。雪梅道:“这个东西随处有的,不必姊姊费心。”洞仁笑道:“难道姊姊是五空先生,随意可以摄取的么?”雪梅道:“妹妹虽不是五空,却亦是暗中借的。每打听刻薄人家盘剥厚利,熬成一个大家私,给子孙嫖赌吃著,故妹妹用他的儿,消些他的冤孽,播些国内文明。”奇[④]

---

① “奇簧”,原文作“簧奇”,据文义改。

② “渡”,原文作“波”,据文义改。

③ 眉批:确是病国。

④ “奇”,原文作“寄”,据文义改。

篑道:“姊姊说话本是不错,但洞仁姊姊盛意,亦不可过却。”雪梅即随手取了一些,与二人一笑而别。那时正是酷暑天气,赤日当空,一些云影也没有。① 走了十数里,香汗如珠子一般,只得在凉亭上息了一会,缓步而行。

一日,正在郊外行走,觉得几阵荷风,爽人心髓。绿树中的晚蝉嘒嘒乱叫,青天上的红霞闪闪照人。前望城门,虽有一里多遥,心内很是快活,蹀躞而行。见侧首有一洋人,东倒西歪而来,走到雪梅跟前,与他行接吻之礼。雪梅将洋人仔细一看,也不认识,那洋人却拉着雪梅衣服乱走。雪梅忙问道:“拉我何事?”洋人操中国话答道:“我同你要子去。”雪梅道:“我与你不认识,耍子什么?”洋人道:“我爱你这副标子面孔,决要同你耍子一会。”雪梅骂道:“你这该杀的洋鬼子,这般无礼!”洋人亦骂道:“你这双料奴才,好不识抬举!上年我们打败拳匪的时候,我同好几个朋友到你们尚书衙门内去。那尚书见了我们叩头礼拜,哀求饶命,请我们吃酒,又叫太太小姐出来陪我们。我们初时也规规矩矩。吃了一刻,一个朋友醉了,将他太太抱在身上,乱摸乱弄。我那时很难为情,岂知你们尚书仍是和颜悦色,又把我们筛酒一会,却吩咐小姐们道:‘好好服事洋大人。’自己却走到里面去。息了一点多钟,也不见他出来。我们一个朋友道:‘我闻中国官场想要升官发财,每以自己妻女为送上司的礼物②,今日这个情景,实是他巴结奉承,我们何必不受用呢?’然后我们十数个兄弟,将他太太、小姐二人,轮奸了一夜,好不快活。你想尚书的太太、小姐尚且同我们耍子,你这……”说到这里,“哇”的一声,吐个不止,身子却滚到地下

① 眉批:夏景如画。
② 眉批:官场中人听者!

去了。雪梅初听他说话的时候,本是怒火上升,想要用武,今见他酒气奇臭,知是一个醉汉,与他怄①气也无益,即飞步往前走去。一路走,一路想,我今日处这个地位,已是愤怒要死,不知太太、小姐处那个地步,这么样呢?咳!你这老乌龟,你只要保的自己头颅,却把妻女来卖人情!从此我沙雪梅愈识透男贼的狼心狗肚肠了。

想到这里,已是黄昏时候,急急走进城门。只见房屋美丽,灯烛辉煌,前面有两盏灯笼,写着是魏注仁官客栈。心内想道:"就在这里住了一夜。"再走几步,进了店门,走堂的即领雪梅到里面一所楼屋,乃是六椽的三间。二人上了扶梯,雪梅见居中一间灯光明亮,知已有人住下,即拣了左边一间。走堂的即将挂的洋灯旋亮,问了雪梅饭食,出外去了。雪梅见床帐凳桌很是雅洁,知道这里是上等人住的。坐了一会,走堂的将酒饭送进来。雪梅吃毕,坐在窗前乘凉。忽听得隔房有娇滴滴声音,仔细听了一会,心里想道:"奇了!奇了!"即轻轻出房而去。

未知这是什么声音,且听下回分解。

人生处世,外界刺激力甚大。所处之境为平和,性质亦渐归平和,所处之境为激烈,性质亦渐归激烈。作者因欲酝酿沙雪梅为激烈革命党,故每回中说尽男子强权。此回于无可说之处,特借洋人口中演说一番,非但笔墨之夭矫,其识见亦何等卓越!

第八回　两党魁相逢旅馆　三伏夜大斗词锋

话说隔房有娇滴滴声音,雪梅仔细一听,即轻轻出房而去。

---

① "怄",原文作"抠",据文义改。

此是什么缘故？因这个声音，就是吟着前时酒店中佛婢所题的四首七绝，又吟着许多振兴女学诗。① 雪梅心内想道：“这人必是佛婢了！即不然，必是佛婢的好友了。”急急走到他的门前，板缝里一瞧，则见桌边椅子上坐着一位西施样的二八婵娟，一手攀着一只弓靴，一手扶在椅背上。身上穿一件元色纱衫儿，一条湖色的纱裤子，对着洋灯，随口吟哦。旁边放着一个箱子，贴着一个红条，竟是“佛婢”二字。雪梅看到这里，欢喜得很，即推门而进，急口说道：“佛婢姊姊，你在这里，想死妹妹了！”那人立起身来，将雪梅仔细一看，问道：“姊姊何人？”雪梅即以姓名告诉他。那人道：“姊姊果是赛儿村沙雪梅么？”雪梅道：“不错，不错。姊姊真姓名叫甚么？”那人道：“我姓许名叫平权，姊姊从何处认识我？”雪梅② 即将酒店之事说了一遍。二人又谈了好一刻。平权问雪梅道：“姊姊这回出来，必定要做一番大事业，未知手段如何？”雪梅道：“妹妹想组织一党，将男贼尽行杀死。胯下求降的，叫他服事女人，做些龌龊的事业。国内种种权利，尽归我们女子掌握。”平权道：“这样的革命，妹妹想来，恐做不成功的。”雪梅道：“何以做不成功？”平权道：“凡流血革命，施之于不同国土、不同宗教、不同语言、不同种族，一无爱情的人，很是容易。女子与男人，同国土，同宗教，同言语，同种族，爱情最深，革命安能成呢？”雪梅道：“话虽如此，但男贼待我们，种种暴虐，已与异族无异。俗语道：‘仇恨深者，一室也是吴越。’一旦事起，何患爱情不能斩断么？”平权道：“就据你说，竟能斩断爱情，与男子血战一场。你想天下动植诸物，谁不爱自由？谁不爱生命？何以若者能自由，若者不能自由？

---

① 眉批：大慈大悲救苦救难观世音出世了，善女人善男子皆当开一欢迎会。

② “雪梅”，原文作“梅雪”，据文义改。下同。

若者能得生命，若者不能得生命？可见得天演之理，优胜劣败。花枝一般的女子，安能敌铁包面皮的男人呢？”雪梅道：“我们女子的身体，虽被男贼害得如风吹得动样子，但男贼亦安见强壮呢？各种卑鄙的贼男，我且不必说他。就有几个人人崇拜，号为国民的①，平日间烈烈轰轰说些流血事业，及闻捕拿会党的信息，即东逃西窜。甚有改变宗旨者，则平时说几句门面话，不过骗些铜钱，为吸洋烟、吃番菜、坐马车、嫖婊子的经费而已。我们女人冰霜性质，何患敌这种墙头草的男贼不过？”平权道：“号为国民的男子虽大半如此，但女人今日已在男子势力圈内。若要挣②脱，亦决无此容易。譬彼印度人，性质何等刚勇，一被英人管束后，奴隶之苦，惨不忍言。虽有人日日要革命，日日要独立，第恐创革命建独立的事业，仍难望诸今日的印度人呢！”雪梅道：“印度乃是贱种，自然不能脱离网罗。我们女子脑质优于男人，安得以印度人为比例呢？”③

平权道：“据泰西生理学家说，蝼蚁脑质最优，飞禽次之，人类又次之。何以今日不为蝼蚁世界，又不为飞禽世界，而独为人类世界呢？推其原因，实由蝼蚁身体的构造大不完备，飞禽亦很有缺憾，故人类独有世界的权利。女子与男人身体构造皆无大异，然女子不读诗书，性灵痼弊，紧缠小足，身体戕贼，则先天构造虽已完全，而后天缺憾不少。欲行激烈的革命，万不能成功的。”雪梅道：“我们女子虽皆醉生梦死，住在女狱里二千余年，然其中岂无惊天动地的女豪杰么？你想文章有班婕妤、谢道韫，孝行有缇萦、曹娥，韬略有木兰、梁红玉、唐赛儿，剑侠有红线、聂隐娘、公孙

---

① 眉批：号为国民的听者！

② “挣”，原文作“振”，据文义改。

③ 此种观点乃小说中人物的观点，我们不予认同，只保留资料。

大娘,此外有名豪杰,我也不能尽说。可见我们女子,并非尽染陋习,一无振兴气象①。一声革命,恐有如铜山西崩,洛钟东应,罗裙兄为旗,红粉儿为城。顷刻之间,尽是漫天盖地的娘子军了。”平权道:“照这样说,安得为女子即能革命的证据?你想希腊国,非西欧文化的渊泉么?诗词有荷马、束福克黎,法律有梭伦、来喀瓦士,哲学有苏格拉底、柏拉图、亚利士多德,武功有泰迷德克黎爱、巴米嫩达、佩洛比大,何以一亡于罗马,再亡于土耳其?自拿破仑死后,自由空气吹到希腊国来,那时一二爱国的人,即要革命。你想孟孟懂懂的一般希腊国人,安能敌精精明明的一班土耳其人呢?幸有英、俄诸国,鉴他苦衷,去帮助他,方成个似独立非独立的国度。你将今日普通女子形状仔细一想,就知不施教育,决不能革命的。”②雪梅道:“我闻天的生人,生命与自由同赋,故泰西人常说:‘自由与面包不可一日缺少。若缺了面包,人要饿死;缺了自由,人亦要困死的。’据你说来,此刻不要革命,则重重束缚,与牛马无异。还成一个人吗?”平权道:“天的生物,原是各给他自由。但有自由的资格,方能享受自由。没有自由的资格,决不能享受自由。譬如牛马,天亦何尝不与以自由,人何以要束缚他。只因他没有自由的资格,主人豢养他,非但不肯为主人尽力,有时且反噬主人呢!今日普通女子,一无学问,愚蠢不亚于马牛。若即把他自由,恐要闹出□□程的氏二夫笑话来了。”雪梅听到这里,即跳起身来,说道:“照你这样讲,今日我们二万万女子,应该做二万万男贼孝顺奴隶么?”平权见他言词激烈,知他宗旨已定,欲强劝他也无益。且革命之事,无不先从猛烈,后归平和。今日时势,正宜赖他一棒一喝的手段,唤醒女子痴梦,将来平和革命,

---

① “象”,原文作“像”,据文义改。

② 眉批:此一段说话,可抵一部希腊史。

亦很得其利益。即随口说道:“姊姊时候已不早,明日再谈罢。”雪梅也不回答,匆匆出房而去。

未知后事如何,且听下回分解。

此回口战,最难下笔。一须各肖声口,二须各有道理,三须归重许平权,四须顾全沙雪梅。此四条中,惟第二条、第四条为尤难。因作小说者,无不知侧重主人翁。若笔无分寸,必使沙雪梅说话,可以轻易剥击,则不成沙雪梅矣;必使许平权得胜,沙雪梅理缺势穷,则下回亦无激烈革命事矣。作者运笔构思,般般俱到,吾知胸无学问者,决不能作此回书。吾又恐胸无学问者,亦不能看此回书。

第九回　地黑[①]天昏兴女教　舟沈釜破夺男权

说话沙雪梅与许平权话不投机,匆匆出了平权房门,走到自己床前。摸出时辰表一看,已是三点零四十九分。就在床内和衣睡下,翻来覆去也睡不着。则听蚊市成雷,鸡声报晓,耐心片刻,朦胧睡去。及至次日十一点半钟起来,即到隔房来看平权,那知平权已动身走了。只得回至房内,吃了饭食,会了钱钞,出了客栈。走了几步,心内想道:“前因贪玩野景,路上耽搁好几日,今野景大概已赏玩过。况此地至张柳娟处,又是一水之路,不如坐船为便。”漫漫的走到轮船局内,买了一张票儿,附轮而去。

不多几日,到得柳家。二人一见如故,请雪梅至书房内吃酒,且与二位女友相见。一位姓吕名中杰,即前时送报纸与文洞仁的;一位姓仇名兰芷,即前时结夜亲,与夫不睦,到此来的。[②] 四人

① “黑”,原文作“昏”,据“目录”改。

② 眉批:随手带映结夜亲之人,第四回结尾不为闲笔。

传杯递盏,畅谈心曲。雪梅说起许平权之事,柳娟道:“这人我本认识,且其历史知之甚详,他的住处离此地不过二百里之遥,本是个书香人家。他父亲叫做许杰,亦是一个怪男儿,平生以三尺剑、万卷书为第二个性命,却不欢喜仕进。中年选择一位才女,做了妻房,生下一男一女。男的取名保国,女的取名平权。佛婢乃是他自己取的别号。当日许杰夫妻抚弄子女,沈吟诗酒,极享家庭幸福。每当酒①酣耳热的时候,常对妻子道:“‘世人云:‘女子无才便是德。’又云:‘做女儿的时候,不可使其读书识字,若通了文理,就有什么楼头柳色,窗前蝶影,做出许多坏事。’不知做出坏事的女子,正因文理不通,不能看深奥的书,只能看浅近小说。② 你想,我们现在的小说,大半无赖荡子,序些儿女私情,没有一点学问话头。就有几种为才子游戏笔墨,做女子的不能知其运笔构思,只见海市蜃楼,以为实有其事,所以闹出东阁聆琴,西厢待月的笑话来了。咳! 这些腐败的小说,实女子的大魔头。我已立志,用些心血,将旧时的小说世界洗涤一番,普救种种陷溺的女子。但我这个女儿,长大起来,要比儿子格出尽心教育,使他日后做些光明正大的事业,以塞老朽的嘴巴。’平权的母亲答道:‘教育女儿,亦是父母的天职。我想世上无知的老头儿,生下一个儿子,欢欢喜喜,以为是我的后代;生下一个女儿,愁愁闷闷,以为是人的媳妇。所以贫苦人家,凑些铜钱,使儿子读两年书。富贵人家,儿子廿来岁时,还请着先生教育他。至于女孩儿,贫贱人家没有一个读书的。富贵人家中,文理粗通的女子亦好比晨星硕果。岂知人人不使女孩儿读书识字,日后我们娶来的媳妇,亦木偶人一般,儿子大受其害。且西哲尝云:“女子者,国民之母也。假使身

① “酒”,原文作“洒”,据文义改。
② 眉批:为女子伸冤。

体羸弱，所产子女亦羸弱，思想呆滞，所产子女亦呆滞。"照此看来，女孩儿不读书识字，卫生学不讲，身体自然是羸弱，世界事不□，思想自然是呆滞。羸弱呆滞之母，安能产果敢活泼之子呢？'所以平权父母，将他兄妹①二人一体教育，妹妹亦曾在该处读过好几年书呢！"雪梅道："你既同他认识，何不请他来此，同叙大义。"柳娟答道："你且不要性急，听我漫漫的讲下去。"中杰与兰芷齐声说道："我们且饮几钟再谈罢！"于是四人各饮了好几杯。

柳娟又说道："妹妹去读书的时候，保国只有八岁，平权只有六岁。他二人历史、地理的大略都已知晓。妹妹初时很是惊讶，后知他呀呀学语之日，他的母亲将天文地理各种歌略教他学习，故到六七岁时，已明世界大势。② 光阴迅速，转瞬六年，平权的父亲一病而亡，母亲亦相继而逝。妹妹那时，仍与他兄妹二人一堂研究学问，且与平权结为异姓姊妹。又过了两年，平权的哥哥保国，见我国政府与外国立了密约，知道组北东们地方已被他人骗去，心中很是愤恨，而又无计挽回，自刎而死。那时妹妹已开设这个女报馆，听了这个凶信，即请平权到此地来同住。岂知平权自他父亲死后，性质忽然更变，日日夜夜看着大乘佛经，为人甚是冷淡，与妹妹的意思③渐渐儿不合，故妹妹去叫他，一味推托不来。到了去年，常因女权之事，与妹妹大起冲突。他的古怪话语，我也不欲尽说。你看前年这个报上，女界普救主的男女平等论，并与妹妹论学书，就知这人的性格了。"说至此，柳娟脸上含有怒意。兰芷道："平权的历史，雪梅姊姊想已知道。我们且饮酒罢。"

---

① "妹"，原文作"弟"，据文义改。

② 眉批：可见家庭教育的要紧。

③ "思"，原文作"恩"，据文义改。

四人又饮酒了一会,下人拿了一封信来递与柳娟。柳娟看了,顿觉柳眉紧锁,杏眼低垂,颇有愁虑的意思。究是什么缘故?因这封书信从文洞仁处寄来,内有“近来忽患吐血毛病,所做《女界灯》小说万不能届期交到”的话头。柳娟正为这月的报章将要付印,缺这一回小说,安得不着急呢?平权问明了缘故,即以另做一部自任,柳娟方才开心饮酒。过了两日,居然做成了数章,他的书名叫做《仇书》。柳娟看了,很是佩服,即印在报上了。不多几日,又来了两位女友①,一位姓施名如壂,一位姓岳名月君,二人亦是女②界健将。从此六人,日日夜夜组③织革命的方法。

未知能革得成否,且听下④回分解。

此回书中,据《水浒》等笔法论之,理应许平权出场,但使烈烈轰轰之惊天女子,变为冷冷清清之退院老僧,读者未免扫兴。然此回犹只叙沙雪梅,不叙许平权,亦未免喧宾夺主。作者手写甲处,眼注乙处,其笔墨真出乎天天,入乎人人矣!

第十回　奋雄心扶桑游学　痛女教乡梓重⑤回

话说沙雪梅、张柳娟、仇兰芷、吕中杰、施如壂、岳月君六个女将,日夜组织革命的方法,未知能革得成否,这个问题是看官急欲知道的。但革命成败的时候,在雪梅诸人,用尽脑血、心血、颈血的数年之后,而此数年间,尤有紧要的事呢!今故将雪梅诸人,按下不讲。

且说许平权那夜与雪梅口战后,次日起来,来看雪梅。则见

---

① 原文此处衍一“我”字,据文义删。
② “是女”,原文作“女是”,据文义改。
③ “组”,原文无,据文义补。
④ “听下”,原文作“下听”,据文义改。
⑤ “重”,原文作“里”,据“目录”改。

房门双双关闭,叫他几声,也不答应,知他尚是睡着,心内想道:“前日我有信与文洞仁,约定后日到他家内相会。若此刻不动身,决要失约了。且我会过了他,还要赶紧出洋去呢。这个沙雪梅的人品,虽是矫矫不群,令人爱慕。但话语昨日也说完了,今朝不会他也不妨。主意已定,即收拾物件起行。过了两日,就到文家。洞仁接待的很是亲切。平权说出雪梅之事,并将自己一番议论同告诉他,洞仁赞叹不置。是夜平权又说起出洋之事,洞仁道:“姊姊即要去游学,妹妹决不敢作儿女之情,阻君壮志。且隔壁董奇簧姊姊亦想出洋学医,今与姊姊同伴,实为两便。”说着即嘱丫鬟请了过来,三人谭了一夜。次日奇簧回家,收拾行李。忙碌了几日,别了洞仁,同奇簧买舟而去。

那时正是深秋天气,满林枫叶,红的如桃花一般;两岸芦花,白的如柳絮一般。平权看了,忽感慨起来,对奇簧道:“这个情景,像煞是春天。妹妹几欲错认了他!难怪世上无知的人,每到中年时候,犹自为幼少,顽顽要要,不做一些正经事业。岂知再过几年,就要呜呼哀哉呢!”奇簧听了,亦是浩叹,说了好些日月无情、人生难再的话语。不觉舟子已到通商码头,二人即带行李上岸。在客寓中住下一宵,次日又到街上买了几种食物,乘了一只往长崎的轮船。不多几日,到了该处。则见众山峨峨,远连云表。平权心内想道:“这个地方,前时我们的学士大夫也误认为蓬莱岛,说甚么黄金铺地,碧玉为桥,人若到此,即能白日飞升,但在今日,即愚蠢无学之人,已无不知道是日本国了。可见列国交通,于智识上大有益处。譬如我前日住在内地,见几个租界,即当作福地洞天。岂知这里住了几日,那租界已看不上眼。我若到西洋去,恐连这里也看不上眼的。可见游历亦是很要紧呢。”平权正在思思想想,则听奇簧说道:“姊姊,我们赶紧收拾物件起身,火车将要开了。”于是二人乘了火车,到了东京。平权入师范学校,奇簧入医学校。

光阴如箭,转眼数年,二人学问,皆已毕业。惟内地著书醒世的文洞仁一病而亡。那日噩耗传来,二人悲伤得了不得。究竟平权达观生死,壮志未灰,约定奇簧游历世界一周。于是二人复治装起行,一路上赏玩名胜,考察人情,不知不觉到了法国巴黎。坦坦大道,全体敷石,车轮行过,一些声息也没有,且常有人拿着香水到处敷洒。平权爱恋此地,即找了一间客寓住下。次日又同着奇簧到国民图书馆去,见他规模宏大,所藏的书籍竟有三百万部之多。平权心内想道:“法国是自由发生的地方,果然与别国不同。”游玩了好几个时辰,才由旧道而回。路上又随手买了一张新闻纸,拿到客寓内观看。奇簧见他看了一息,神色忽发呆起来,叫他也不答应。又响响的叫了几声,则见他将头摇了一摇,口中叹了一口气,对着奇簧说道:“你来看,你来看!”奇簧走到平权身边,见报纸上已滴着许多泪珠。仔细将报一看,里面载着女界革命党首领沙雪梅因大事不成,同其友张柳娟等七十余人,自焚而死。奇簧看到这里,亦泪如泉涌。平权对奇簧哭说道:“姊姊你想我们女界黑暗了二千余年,幸亏得文洞仁、沙雪梅、张柳娟诸人,或用笔墨,或用口舌,唤醒他们的迷梦,近来才有一线下光明。不[①]幸洞仁去年病死,那时妹妹已感伤得很。姊姊虽竭力劝我,到了今日,犹是耿耿于怀。岂知沙雪梅、张柳娟诸人,今又罹此巨祸!你将女界前途一想,安得不令人悲伤么?咳!沙雪梅、张柳娟诸人,虽手段过于激烈,妹妹早逆料其不能成功,但此等人在内地运动运动,亦不可少。今既先后丧亡,恐女界又要黑暗了。妹妹此刻已立定主意,即回国去办些女学堂启发他们的智识,造成真正革命的基础,不知姊姊还是同我回去,还是要游历一周呢?”奇簧道:

---

① “不”,原文无,据文义补。

"妹妹听说美国医学极其讲究,意欲到那边考察考察。但我与姊姊自洞仁处认识后,情同意合,姊妹花一般。虽到了东京,你住在师范学校,我住在医学校,每逢星期仍聚首谈心。今一旦忽然分离,你到地球的这面去,我到地球的那面去,心中实是恋恋不舍。"平权含泪答道:"姊姊既有志到美国去考察医学,何必作此儿女态度!你我日后自有相见之日。我们此刻就收拾物件,明日动身罢!你迟了一日,就迟了一日祖国的学问。我迟了一日,就迟了一日女界的文明呢!"奇簧只得含泪答应。到了次日,二人一揖而别。

奇簧在美洲游学了一年,乘船回国,开了大大的一个医学堂。我国①医学进步,大半奇簧所造。这是后话,此书无暇细讲。且说平权别了奇簧,坐在轮船上长嘘短叹,茶饭也无心进用。见旁有一个面庞极熟、洋装的中国少年,时时对他观看。一日,那少年忽问道:"平权姊姊,你为着何事这般伤怀?人生行乐耳,何学孤雁之哀鸣?"平权听得此话,即正色答道:"看你的外貌很是文明,何以说话如此轻薄②,一些道德心也没有?"那少年忙陪笑说道:"我心中实爱惜姊姊,不欲忧闷伤人。忽听见船外雁声,故胡乱说出此话。姊姊,你在东京已住了三年,留学生会馆中,我与你又会过两次。你想我黄宗祥,岂是无赖荡子呢?"平权听得此话,心内恍然。原来是高等学校卒业的宗祥,平日亦竭力唱导女学③,二三月间,闻他游历欧美,近来想是回国,故在此处会见,亦推下笑脸,说了几句不是的话。宗祥又问道:"姊姊端的为着何事,这般忧闷?"平权即将洞仁、雪梅、柳娟的事说了一遍,宗祥亦感伤起来。从此二人结伴同行。每当平权愁闷的时候,宗祥又谭些学问,解解忧

---

① "国",原文作"门",据文义改。

② "薄",原文作"簿",据文义改。

③ 眉批:高等学校二句,写出宗祥实非无赖荡子。

闷,平权很是佩服。宗祥敬重平权之心更是十分浓厚,渐有欲联婚姻之意。

未知平权肯允否,且听下回分解。

前数回中,既言沙雪梅磨刀霍霍,决意激烈革命矣。若不将他革命之事铺排一番,未免笔墨疏漏。然必叙他招罗女党几何,杀僇男子几何,则又成笨伯矣。作此回中一笔带过,却含着无数余缊,何等神妙!吾不知作者此种笔墨,从何处得来?

第十一回 重爱情谊结夫妇 开学堂说破人天

话说黄宗祥与许平权结伴同行,谈谈说说,渐有欲联婚姻之意。平权早已看破,对宗祥道:“男女私情,人所不免。但妹妹此身,已立誓许与我国四万万人,何敢自私自利?今又承哥哥眷爱,请与哥哥约结婚之期,请自今始;完姻之日且待女学振兴之后。”宗祥听了,忙拍手道:“妹妹实是妙人,哥哥敢不如命!”从此二人愈觉爱亲,每日谈些科学,交换智识。不多几日,到了本国。宗祥本是富家,即拿出二三万银子,同平权办了一个大大的女学堂。堂中之事皆请平权主持,自己却住在与学堂相近的家里,著些振兴女界的小说。平权当时立了 ·个章程,请了几位女教习,招了一百个女学生。

那开堂的一日,平权演说道:“我的同胞妹妹啊!我的同胞妹妹啊!你们今日,量都知道女人权利被男子夺去了,但你们知不知道女人权利什么缘故被男子夺去了呢?混沌初辟的时①候,本为毒蛇猛兽的世界。自体格最全、脑质最优的人类出后,战胜那毒蛇猛兽,方成了一个人类世界。但那时人类的性质与毒蛇猛兽无异。你们看上古史中的凶恶酋长,每饮弱者的血以为酒,吃弱

---

① “的时”,原文作“时的”,据文义改。

者的肉以为菜,可知那时只讲强权,不讲公理了。自来女人的势力比男人稍弱些,安得不受其压制呢?原男女共为体格最全、脑质最优的人类,并非男是高等动物,女是下等动物,身体构造亦无歧异。头同圆,趾同方,官同五,支同四,不过牝牡之间稍异点①儿。何以女子的势力弱于男子呢?女人的弱点在于依赖性质,你们且想一想古时俗语,什么在家从父,出家从夫,夫死从子;什么夫荣妻贵;什么男尊女卑,这就是从来女子依赖性质的照相片了。② 至于今日,这种劣根性较前更深。愚蠢的下流女子,我且不必说他,即在诗礼人家,做女子的,早眠晏起,不治生业,日高睡醒,缠脚梳头,已虚度了半日光阴。中膳用过,或者凝妆静坐,或者看些闲书小说,至于管理家政,也要看他高兴不高兴。一生的大目的,只在夫婿登龙,博得一副花封紫诰,就是上了天堂了。咳!这种无行无业的女子,若不受忍苦耐劳的男子管束,亦非公理。非洲有一种蜜蜂,雌的性最勤俭,采花酿蜜甚是忙碌。雄的性最懒惰,坐食雌蜂采来花蕊,日以交媾为事。故常交媾完后,雌蜂即咬死他。照此看来,天下动植诸物若要权利,先贵独立。同胞妹妹啊!我们今日不必去夺男人的权利,只要讲求我们的独立。若我们能独立,那男子不得不将权利还我们了。讲求独立的方法仅有两条:一条是除去外边的装饰,一条是研究内里的学问。何为除去外边装饰?沙雪梅先生的《仇书》大约你们已看过的,书中有一节说:女人种种的装饰,皆男人种种的制服,譬如带环儿,即是插耳翦的意思;带手钏,即是带手枷的意思;缠小脚,即是刖足的意思;涂脂抹粉,即是插了粪扫帚,搪了花脸儿,伏地请罪的

① “点”,原文作“的”,据文义改。

② 眉批:活画出无知女人状态。

意思。[1] 他的说话,虽未免过于激烈,但我们女子,真正何苦做这无益的事呢?且好好一双耳朵,无缘无故刺他两个洞,受这无罪的毒形;好好一双手臂,带着这重累的物件,运动上诸多不便;至于紧缠小足,不但行路不稳,实为致人死病的魔鬼。花粉之质,尽属汞石,涂在脸儿上最易侵害血管,这是我们应该赶紧除去的。除去以后,自然身体强壮,手足灵便,正可趁着如箭的光阴,做些光明正大的事业呢。何为考究内里的学问?我们国中,普通女子德育、智育、体育之事,一些儿也不讲究。做姑嫜的,差役媳妇儿如奴婢;做晚娘的,虐待前子无异仇敌。买来的丫鬟,亦是人类任意鞭挞,反不如善良家之猫狗。你想合不[2]合公理呢?我佛释迦涅盘说法,本为万古不灭的大教,应该人人皈依的,但那些和尚、尼姑,非但大乘经典未曾入目,即小乘经典亦未能了解。名为佛徒,实则佛教的罪人。无知女子,偏将锱积铢累的血钱,供他偷婆养汉的经费。你想呆不呆呢?泰西女人,无不练习柔软体操,故筋骨强健,与男子无异。我们女人,专讲装得如花枝一般,嫌身躯雄健,每有减食为瘦弱的。非有大事,决不肯散步街市。终日坐在深闺,描鸾刺凤,以致思想呆滞,做起事来,较男子终逊一筹。照此看来,女人若有学问,决不如此举动,被男子种种看轻了。且更研究历史、地理,则世界大势心中了然,思想自然而然发达起来。精通格致、算术可以制造器械,谋些铜钱,不必坐食男人的血本。咳!我们女子能够如此,男子自恭恭敬敬,两手捧了权利还我们呢。这个道理很容易明白的。俗话道:“吃人一碗,被人所管。”今女子竟能自食其力,若男人犹行野蛮手段,无难与他各分疆域,强权是无处逞的。且男女之间,天生成有一种特别的爱情。

---

① 眉批:奇想天开。

② 原文此处衍一“和”字,据文义删。

一切君臣、父子、兄弟、朋友的恩义，皆不足以比他。男子的所以压制女人，一则①由于②女子衣食专赖男子供给，经济上很多困难；一则由于不明道理的女人，男子□宠他些，必至弄娇撒泼，生种种过分的要求。因这后天私欲的魔障，故把先天爱情压住了。今女子既能自谋衣食，不必累及男人，又能知书达理，为男人闺房中之益友。则男女的爱情，如枯木逢春，勾萌渐达。那时相见如宾，说不尽万种恩爱呢。同胞妹妹啊！你们仔细想想，做女子的可不赶紧讲求独立吗？讲求独立，可不要赖学问吗？我劝你们从此后，将恨男子强权的心思，变为恨自己无能的心思；将修饰边幅的时候，变为研究学问的时候。恐须眉男子将要崇拜我们了。安能逞强权呢？”③当日平权演说已毕，众女学生拍手而散。

未知后事如何，且听下回分解。

此回演说，下笔甚难。新奇之论，易流于激烈；平正之论，易流于庸腐。吾不知作者用尽几许心血，句句从学问上出之，不涉一些意气，自能使人娓娓动听，可谓尽演说之能事矣。

第十二回　论进化欧洲幼稚　讲平等震旦文明

话说许平权开了一个女学堂，那日演说一番，心中很是爽快，从此尽心教育，女学上得有进步。一日，正当功课完后，坐在书房内，心里忽然道：“我们二万万女子大都无知无识，蠢如鹿豕一般。区区这个女学校，教育安能遍及？则师范学堂，今日亦很要紧的。”即刻命工人将里边坍败的房屋修理起来，作为讲堂卧室。立了一个详细章程，额招师范女学生六十名。那日来考者，竟有六

① “则”，原文无，据文义补。
② 原文此处衍一“爱”字，据文义删。
③ 眉批：至理名言。

百余人之多。平权即将各种普通学与各学生当面问答,又出一个论题,令学生各做一篇。待至学生去后,已是傍晚时候,平权吃了膳夜,即在书房内将那些论说阅看。则见各人论中,皆有男人不得压制女人,女人不可受男人压制;女人须用强力夺权利,男人决不肯轻将权利给女人;非我族类,其心必异;女子对男人,须用对异族之法的各种话头。平权心中思量,前时我们女子皆守"以顺为正"之道,决无有与男子抗抵的。今日女权如此发达,岂非由沙雪梅破坏手段酝酿所成吗?欢喜了一会,忽又感慨道:"照这样子看来,只知强权,不知义务,必使祥云袅袅的家庭神圣园,变为惨雾沈沈的家庭修罗场。那时男女争权,恐世界非但不能进化,将要退化了。"心中闷闷不乐,即走出书房阶前散步,不知不觉,走到花园里。

那夜正是积雪初晴,皎洁洁的一片月光照在白梅花上,好比琉璃世界一般。① 赏玩了好一会,觉得几阵松风,冷人心髓。一连打了几个寒噤,即忙回到书房里来。见案前坐着浑身通红的一位男子,心内很是惊讶。急走几步,仔细将他一看,原来是那个宗祥,低着头看那些论说,身上披着一件大红的雪衣。宗祥见平权进来,即立起身来问候。二人坐谈了一息,宗祥问平权道:"我闻天的生人,无分男女,则男女是应该平等的。我们国中,素来重男轻女,国家上的权利,女人一些没有,倒也说得过去。但在欧洲各国号为平等,何以女子犹无②参政权呢?"平权道:"昔时的欧洲与今日的中国真是一样。我记得西人有一个笑话,说前时亚拉伯有一个人,叫他第一妻挑水,第二妻磨谷,第三妻煮饭,惟第四妻容貌甚美,故现不叫他做下等事情。照此看来,欧人前时亦很野蛮

---

① 眉批:冬景如画。

② "犹无",原文作"无犹",据文义改。

的,惟近来力求进步,稍稍发文明的光辉。但今日犹在幼稚时代,一切制度尚未完备,不必说女子没有参政权,很是不公平,就是细腰的这件事,何曾异小脚的陋习么?若后来文明日进,细腰的陋习自必竭力除去,参政权亦男女共有的。”宗祥听了,很是佩服。说了几句赞美平权的话。平权又说道:“妹妹近日心内思想有一件事,实男女间之大不平等。但那件事平等的时候,即人类灭绝的时候了。你想男女交媾共享欢娱,何以生育子女的苦痛要女子独受呢?文明极顶的时候,做女子的定创出各种避孕之法,决不必等地球的灭日,人类已是没有的。自此之后,必有比人高等的动物管理世界。其生育子女,雌的决不受一些苦痛,另有神妙的方法。但这个方法,即问今日有名的哲学家,也不能说出来。因其身体构造,不知是什么样子,其安能妄断呢?”说至此,与宗祥大笑了一回。自鸣钟上已是十二点零五分,宗祥告别回家。平权也是睡了。次日起来,将那些论说看毕,定了名次,即上班去教授。

光阴迅速,转瞬一年,女学堂学生皆已学习专门科学,师范女学生亦已毕业,又另招了一班新生教授。过了十数年,城里城外,皆有好几个女学堂。那时女子状态狠是文明,与前时大不相同,做男子的亦大半敬爱女子。平权心内想道:我前时与宗祥立约,本说女界振兴之日,为你我完姻之日。今日女界也可算昌明了。虽宗祥见我时并不将此事提起,但是他也如我的样子,用了心血数十年,竭力把女界洗出光明。今日不与他完姻,未免失信。且我若不婚嫁,国中普通女人必误会我不悦男子,将来愈传愈误,必人人欲为沙雪梅,欲为文洞仁,大伤天地生成之道。安可因区区一身的习惯,为二万万女子的祸根么?主意已定,渐将此意告知宗祥,宗祥亦很以为是。成亲之日,宗祥对平权作揖道:“恭喜妹妹大事成了!”平权亦回揖道:“这个功劳应该归哥哥的。妹妹近日看世界大势,移风易俗,莫妙于小说。世界上的人,或有不看正书,决无有不看小说的。因正书中深文曲笔,学问稍浅的人决不能看。即使看了,亦是厌厌闷倦。惟小说中句句白话,无人不懂,且又具着嬉笑怒骂各种声口,最能令人解颐。不知不觉,将性质改变起来。① 哥哥啊!我想你数十年中对着一盏孤灯,吮着几点残墨,绞脑筋,洒热血,叫醒女人的长梦,痛骂男子的强权。今日我们女子香闺前的自由花儿,岂不是哥哥一枝妙笔中生出么?"宗祥道:"如此说来,哥哥又要崇拜妹妹了。哥哥前日有一番议论,说一国之中,若没有女国民,决没有男国民的。一个人小的时候,心中皆无定见,只有摹仿的能力。母子之间最为亲切,则一举一动,自然而然学作母的样子。你想前时我们女子,有光明正大的举动么?即使幼时,出外游学,思想竟能开发起来,到得成亲以后,困于家常琐屑,英气也渐渐消灭。妹妹啊!你怀着菩萨心肠,舍身渡世,将直接之善女人、间接的善男子,从火坑提到金莲座上,非特我们二万万群钗女子,皆当焚香叩首;即我们二万万须眉男儿,也当跪食慧果了!"当日平权夫妇的恩爱,自可不言而喻。即普通夫妇,亦不像前时的野蛮。那夫妇的爱情,如胶似漆,真是说也说不能尽。我记得那个大豪杰还有一首七绝,极描写"爱情"二字,我且讲出来,结这部《女狱花》,诗曰:

赢得书香胜粉香,文明小史演闺房。
堂前燕子窗前蝶,岂独天台有阮郎。

小说结尾,与楔子一般,一则须将全部笼照,一则须将全部收束。庸手作此,或病拖沓,或病枯率。此书结尾,何等圆足!且有三长焉:虚虚收足本部之意,不将余义收尽,可使后人续补,一长

① 眉批:□□□小□□主意。

也;带描出世界文明,夫妇想见如宾,充足《女狱花》之意义,二长也;合于寻常小说,归结于团圆,不使俗人訾议,三长也。吾观此回书,叹观止矣!

跋

王妙如,名保福,泉唐人氏。幼时性质聪慧,且嗜书史,年二十三,匹予为偶。予每自负得闺房益友。乃结缡未足四年,而竟溘然长逝矣!其生平所著之书,有《小桃源》传奇、《女狱花》小说、唱和集诗词。而《女狱花》一部,尤为妙如得意之作。尝对予曰:"近日女界黑暗以至极点,自恨弱躯多病,不能如我佛释迦亲入地狱,普救众生。只得以秃笔残墨,为棒喝之具。虽然,革命之事,先从激烈,后归平和,眇眇一身,难期圆满。惟此书立意将革命之事,源源本本历道其详。非但一我妙如之现影,实千百万我妙如之现影云。"每作一回书,必嘱予略加批点,以为互相规励之举。乃杀青未几,人已云亡。披览遗稿,我心惨惨。体厥遗志,付之剞劂。聊志数言,以当序跋。

光绪甲辰仲春,泉唐罗景仁志于双人轩

——《女狱花》,清光绪甲辰(1904)刻本

邵振华

邵振华(1881—1924),一名在刚,字襄君,号绩溪问渔女史,安徽绩溪人。父邵作舟,廪贡生。夫劳絅章,浙江桐乡人,邵振华为其继室。邵振华著有章回小说《侠义佳人》初、中集合计40回(商务印书馆排印本)。

侠义佳人[1]

故事梗概

此篇写妇女组织晓光会在上海、济南等地推广女学、反缠足、反赌博吸毒等活动的事迹。主要人物邓撷英、高剑尘、华涧泉、柳飞琼等出身、学历情况各有不同,各自都面对不同的家庭或社会问题。故事采取谴责、黑幕或社会小说常用的"驱使各种人物,行列而来"的写法,皴染了以家庭生活和女性经验为重心的近代都市或乡村生活场景。

《侠义佳人》,题"绩溪问渔女史著"。现存四十回。初集二十回于宣统元年(1909)四月印行,中集二十回于宣统辛亥年(1911)七月印行,皆由商务印书馆出版。

① 原署"绩溪问渔女史著"。

本编收录初集第一回、第三回、第十六回。

第一回　说开端村人好利　爱莲钩乡女愚顽

话说山东济南府有一村，名曰金村。这个村的原名，并非叫做金村，其实叫做景村。因为这村上的人，爱钱如命，见利即趋，日日夜夜，总将金银财宝四大宗放在心上。不管吃饭睡觉，总是想著这四宗。而且乡人不识字，"景""金"的音有些相像，自然将"景"字改做"金"字，景村改做金村了。故金村的人，到了他处，人若问起你老兄是那一村的人，总说是金村的人，没一个说是景村的人。久而久之，就将这景村改做金村，景村反无人知道了。这个金村，离省城甚远，村中约有三四十家人家，人烟也还算稠密。一片土房茅屋，家家煮的小米饭，蒸的高粱面馍馍，并烧的大白菜。虽没有鸡鱼鸭肉，然而粗粥粗饭，甚是安稳。唉，看官请诸位想想，现在中国，乡下人能够吃碗安稳饭的，还不是神仙么？这金村的人，竟有神仙的福分，享受安稳饭吃，是何缘故呢？现在中国的百姓，不能吃安稳饭，其故亦有多端：或是水灾，或是天旱。幸而免了这两种天灾，又有甚么拿革命党哩，拘赌棍哩，闹教哩，毁学哩，这几宗里头，不管那一宗出了乱子，总是这些乡民倒运。那真正闹乱子的人，早不知逃到那里去了。到末了无非乡人晦气，拿的拿，打的打，搅的真是鸡犬不宁，还有功夫吃安稳饭么？这金村却免了这几宗：第一，地形高，离河远，没有水患；第二，种的是高粱小米，不怕天旱；第三，这个金村，是在穷乡僻壤，没有甚么教士来传教，故无闹教之事；第四，是地土荒瘠，开不起学堂，何来毁学？第五，是人不开通，又不识字，为文明人所唾弃，那还有革命党运动其间？第六，是地既瘦瘠，非劳动不能衣食，那有功夫赌博？就要赌博，也没有钱。以故就是捉赌，也无从捉起。这金村既免了以上几宗，故反变为乐土。

话休烦絮,言归正传。却说金村有个富户,姓张名保,家中富有田地,牛马成群。在乡下人中,算是有钱的了。不过乡人俭朴,虽有几个钱,自家仍旧是同着工人下地,播种芟草,没一样不做。这张保出身是很穷的,幼时父母早亡,贫苦无依。还亏一个亲戚,把他荐在一个陈姓家做长工。起先没有工钱,后来慢慢的开起工钱来。张保为人老实勤谨,一个钱也舍不得用。十几年间,居然积起一百多吊钱,遂买了几亩田地。张保虽然有了田地,却仍在陈姓家做长工。他人问张保道:"你有了田地,为何不回去耕种,自立门户呢?"张保答道:"若是自立门户,却要自己开伙仓,样样都要自己买,这几亩田地够干甚么的?我如今把田地租给别人耕种,自己仍旧做长工。田地既有租钱,我又免了家用饭食。还有长年工钱,这不是利上加利吗?"人家听了,都赞他人虽老实,算计却很精明,将来一定不可限量的。再说张保的男东家,不知如何得了一个损症死了。女东家羊氏,年纪还轻,又无儿女。向来见张保勤慎,又有几亩田地,年又强壮,看来很有点出息,非寻常长工可比。遂打定主意,嫁了张保。羊氏丈夫的父亲是个外路人搬来的,虽然有些田地,并无亲族。所以羊氏嫁张保的时候,并无人拦阻。非但无人拦阻,连产业亦随之嫁人。张保是做工出身,向来衣食靠人的,一切举动都是听人差遣的。如今忽然娶了东家奶奶,他看羊氏嫁他,真如王姬下降一样。不论甚么事,只要羊氏一声呼唤,他就马上诚惶诚恐的做去。羊氏见他如此小心,也甚高兴。不过古人有言:"习惯成自然。"羊氏起初见张保凡事遵命,自然是很喜欢,后来渐渐见惯了,也就不觉其好了。偶然张保有点错误,羊氏就数骂起来,不说他负心,就说他自大。张保听了,那里敢哼一哼。

光阴迅速,张保娶羊氏已是十几年。羊氏生了一子一女,子名有才,女名桃姐。有才至十余岁时,相貌果然比乃父好得多,就白也白了好些。村人交相称赞。羊氏见众人称赞他儿子,也很得意,便对张保说道:"我们有才的相貌,人人都说是像我。我想这话实在说的不错。如果像你,像个黑馍馍似的,那还成个甚么样儿?"张保道:"桃姐长的也不错,就是头发略黄些。"羊氏道:"桃姐头发黄些,有什么要紧?现在年纪还小呢,女长十八变,不怕他丑到那里去。"说著呆了一刻,又道:"我想有才这孩子比你强得多呢!你看他白松松的脸儿,还好叫他去放牛放马,跟著长工下地割草不成?也好叫他去念几句书,没的叫人家说,这么大的财主,儿子连字都不识。'土老''土财主'的说,好听么?"张保道:"识字果然是好。不过我想我们这庄家人,识了字也无用处。我见了字,头就昏了。左一横右一直的,闹个不清。有一日我见了一个字,问了问村上先生,他说这就是'喝水'的'水'字。后来我又遇著好些人在那里识字,我想我也认得一个字,何不去显一显能耐?我就走过去说:'我也来认一个试试看。'他们见我说起认字来,大家都诧异起来。内中李二哥,是前日见我识过水字的,就立起来说:'张大哥,你今天能把水字指出来,才算有本事呢!'我听了,果然走到桌子傍边一看,见有一本书,很大的字。先生说是本《二十四孝》,里头说的都是些孝子。我看了半天,果然被我认著了。这不是水字吗?王老四他也是素来认识字的,听我说水字,连忙走来一看,说:'果然不错,被你认著了!'于是众人都走过来看我认'水'字。谁知先生也走来看,看了一刻,问我道:'你认的水字在甚么地方?'我就指给他看。他一看不禁哈哈大笑,倒把我吃了一惊,连忙问他为何大笑。先生道:'不笑还待怎么?你再看看你的水字。'我看了又看,实在看不出不像来,我遂赌气道:'你说那一处不像?'先生道:'这是"卧氷(冰)捕鲤"的"氷(冰)"字。你怎么说是水字?'我道:'那是先生欺我不识字,故意这么说罢哩!怎么不是水字?'先生道:'你再细看看,这"氷(冰)"字有一点,那

“水”字无一点。你可明白了?’我看了看,果然有一点。王老四道:‘我刚才立的远些,没有看见那一点,所以也认做是“水”字。如今看见,的确是个“氷(冰)”字。老大,将才你认错了!’我道:‘我又不做先生,管他认错不认错?’说著我就回家了。你想,一样的一个字,多一点就会变做另外一个字,其实那一点并不大,也值得如此大惊小怪。”羊氏道:“我说的正经话你不听,糊搅蛮缠的说了这些闲篇儿,谁来听你。我如今说我的正经话,你再敢开口,我就要骂了!”张保听了,一声也不敢响。羊氏道:“我想叫有才去上学,念上两年书,你说好不好?”张保道:“好。”于是果然叫有才上了书房不提。

再说桃姐年纪渐渐长成,羊氏把他双足紧紧的裹上,任他哭泣,不肯放松。过了几年,桃姐的脚已裹小了,羊氏十分高兴,就是桃姐也觉得意非凡。村上同伴的女孩子,都羡慕他一双小脚。一日羊氏正在那里教桃姐做鞋,叫他拿鞋样来。桃姐去了半天,拿了样来,望炕上一扔,自己就坐在炕沿上,将几双鞋面捏在手里,翻来覆去的看,意思要拣一双颜色最鲜明的做了穿,越显楚楚莲钩,惊魂摄魄。正在思想处,忽然听见羊氏问自己道:“你这鞋样,怎么比你脚小好些?你不要拿错了。”桃姐道:“屋里只有你我两个女鞋样。怎么会拿错?那是你眼花了。”羊氏道:“你拿脚来,我比比看。”桃姐道:“比他做甚?”羊氏那里肯听,不由分说的拖过脚来一比。这一比,鞋样比脚小了寸把。羊氏登时大怒,伸手一掌,打的桃姐大喊起来,继又大哭起来。其实羊氏这一掌,不过是虚张声势,并不甚痛。但桃姐最喜装腔做势的,大喊大哭起来,好叫人晓得他妈打他。这是他向来挨打的老规矩,不足为奇。羊氏打了一掌之后,又骂道:“你这不成才不要脸的东西!我这一巴掌,也不见得疼到那里。你就这么大喊大哭的,我还要割你的肉呢!”桃姐听了“割肉”二字,就马上在地下乱滚起来,赛过真割肉一般。

正在碌乱三千的时候,进来一个人。羊氏一心在桃姐身上,不曾看见,桃姐却看见了,连忙喊道:“大娘救命!”羊氏道:“混帐东西,你叫谁救命?我几时要了你的命,你要叫人救命。”正说著,只听得背后有人说道:“大婶子,别生气。大冷的天,孩子在凉地下坐著,要著了凉了。你老人家也歇歇儿罢!”羊氏抬头一看,不是别人,正是有名的村上大娘张大娘。这张大娘与张保同姓而不同宗,他的男人名张大,死了多年了,遗下几亩田地,不够他妻子吃的。他妻子王氏,能说会道,又年纪大些,所以村上人见了他,总叫他大娘,后来叫顺了嘴,不问长辈晚辈,都叫他大娘,竟成了个村上大娘了。村上大娘夫死之后,所遗田地既不够吃,遂有时出来给人家做做媒,混碗饭吃。他又嘴头上来得,很是能说。偶然做个把媒,也可以得些媒金。后来他见这做媒生意,很可做得,既不费力,又不费钱,仗著一张嘴会说,就可以骗得人相信,藉此得许多媒金,何乐而不为?遂变了行业,做了媒人专家。成日里东村来,西村去,男家如何有田地,女家如何有妆奁,富贵荣华,由他随嘴瞎说。就是后来有些不对,那里管得许多。今日之来,也是为此。他本是一团高兴,预先打点一番说话来做媒的。不料一走进门,看见羊氏恶狠狠①的,在那里打骂女儿,倒不好意思开口就说媒就一屁股坐在炕沿儿上,说道:“大婶你不要骂他了。你说甚么割他的肉,亏你养的,你倒不疼,我倒怪疼的。桃姐你起来,有我呢,你妈不打你。你快起来。”羊氏骂道:“不成才的东西,想要装高底装小脚呢。我叫他使劲裹紧,他不听,要装小脚。你想脚要裹得小,那有装得小的?他现在不晓的那里学的妖怪样儿,装小脚。我不割他的肉割谁的肉?”说著将桃姐拖了过来,举起一只脚来,指给村上大娘看道:“他的脚已裹断了,脚趾头也折了,再

① “狠狠”,原文作“很很”,据文义改。

裹紧点,不敢说三寸,那四寸是拿得稳的。怎奈他不长进,不肯上紧裹,所以脚还是这么大。”村上大娘道:“不要生气了,桃姐的脚,我看很小了。若说垫高底,那是姑娘家爱好看,甚么要紧?如今城里镇上,那个不垫高底?小了还要小,好看还要好看,多著呢!像桃姐这般面貌,脚又小,将来怕不寻个好婆家。大婶你不要生气,我今天特地来给你老人家道喜!”羊氏道:“我没有喜事,你道甚么喜?”村上大娘道:“你家有个好小子,我来做媒,难道不算喜事么?”羊氏听说给儿子做媒,马上就笑逐颜开的道:“大娘炕里坐,你说的是谁家的姑娘?多大岁数?”村上大娘道:“你老人家别忙,我说来,包你愿意。你且叫桃姐坐起来,别在地下了,怪冷的,炕上来坐。好孩子,你上来,听我说。”羊氏也道:“你还不上来,想再讨打么?大娘,你说的到底是那一家?”

看官,自来夫人,最喜欢的是说媒。一听见人家与自己儿子说亲,总高兴非凡。即定亲之后,提起聘媳也是喜悦异常。对人总说是聘媳如何有规矩,有才容,亲家教诲如何好。及至过门之后,遂将从前的规矩才容,一扫而空,变为种种罪恶。提起媳妇来,就怒气勃勃,数说媳妇不肖处,几乎举天下之恶,备诸一身,此乃妇人的普通毛病。

闲话少说,再说羊氏听见村上大娘与儿子说亲,就将打骂桃姐的怒气,登时消归于无何有之乡,催著村上大娘说是那一家的姑娘。村上大娘哈哈的笑道:“你老人家怎么这般性急,我说的是前村李茅兰李秀才家二姑娘,今年十六岁,人才生得水葱儿一般,做的一手好活计,一双小脚不到三寸,并且八字生的也好。公婆相合,助夫旺子,大富大贵。大婶你愿意不愿意?”羊氏道:“既如此说法,我有甚么不愿意?你且拿八字来,我叫算命先生算算看。不过前日沈二嫂子也拿王三毛家的女儿八字来,我叫人算了算,也还不错,不知两个的八字那个好。”村上大娘道:“一定是李家的好。王三毛家的女儿，我也见过，脸上有麻子，脚也不小。"羊氏道："我听说李家穷的很，将来嫁装怕不好。"村上大娘道："你听谁说李家穷？他家其实并不穷，不过赶不上你老人家罢哩。我是常到李家去的，他家的事我那一件不知道？他家大姑娘，已经出阁了，也是说了个有钱的大户人家。不怕你老人家生气，恐怕比你府上还要好点呢。他家大姑娘过门之后，小两口好的很，公婆也喜欢。如今二姑娘比大姑娘长的更好看。听说他家因为没有儿子，将来二姑娘出阁，还有田地带了来。他家因为你家小子生的好，有才学，所以愿意。差不多的人家，莫想他答应一句。"

羊氏正想回答时，恰好张保自外间进来。羊氏对张保说道："大娘今天来替我家小子做媒，你看好不好？"张保道："我还不知道是谁家的姑娘，怎么说好不好？"村上大娘抢着说道："就是李茅兰李秀才家的二姑娘。大叔料想也知道的。"张保对羊氏道："这些事我一点不懂，你看着好就好。"羊氏道："人家我看着还对，只怕他是个秀才，看不起我们这样人家，那就难了。"村上大娘道："若说他家虽是秀才，钱却没有这里多。这事只要大婶愿意，包在我身上，一定成功。"羊氏道："我也不能做主，等八字算过，再到大仙跟前求求签，要是签上说好，八字也好，我没有不愿意的。大娘明天讨了八字来再说。"村上大娘答应了，羊氏留村上大娘吃了晚饭才去。

再说，村上大娘回到家中，次日起来梳了头，换了件干净衣服，又换了双新布鞋，戴了枝旧绒花，胡乱吃了早饭，就到前村李秀才家来。一路上心中盘算，见面时如何说法，就可以成功，不多时到了李家门口。原来李家只有六间平屋，一个院子，傍边一间柴房，一间毛厕，院子里有两棵大槐树，大门口有棵大垂杨柳，门口对面，是块打粮食的四方场。李茅兰的祖上本有几个钱，如今到李茅兰手上，也没有甚么了。不过靠着是个秀才，乡下人都有些怕惧他。有时也替人家打打官司，城里也去过两回，认识两个衙役。李茅兰却对乡下人说，同官是盟兄弟，只要他开口，官没有不听的。这话众人听了，也有信的，也有不信的。然大众都怕了他，就是不信的，也不过是背地里说说，总不敢当面驳他。

这日李茅兰吃了早饭，闲著没事，含了枝长杆旱烟袋，走到门口看野景，只见远远的来了个妇人，及走近来仔细一看，原来是张大娘。当下村上大娘见李茅兰立在门口，连忙抢前一步，叫声："老相公，你老人家好早啊！"李茅兰懒洋洋带答不理的道："也不早了，你来做甚么？"村上大娘道："我没有甚么事，好多日没来望望大奶奶了，今天特来望大奶奶。"李茅兰便也不再问了。村上大娘见李茅兰没话了，就一直进了大门，望屋里走。见李茅兰的妻子冯氏，同小闺女桂金在那里洗衣服。冯氏见村上大娘进来，随口说道："张大娘，你怎么许多日子没来顽顽？可是又做媒忙的没了工夫了么？"村上大娘忙笑道："我的好奶奶，我那一天不记挂着你老人家，可不是前两天做了个媒，跑来跑去，跑了几天，忙的甚么似的，所以没来望望你老人家。今天闲着没事，我就忍不住了，一早就到这里来。奶奶可笑话我，我来讨饭吃呢！"冯氏道："张大娘又说笑话了，你成日家做媒，还说没饭吃么，你也替我家做个媒。"村上大娘嘻嘻的笑道："奶奶真是活菩萨，怎么我肚里的事，没有说出来，奶奶就知道了呢。"冯氏道："你当真来做媒么？你到里屋坐坐。等我晒上这件衣裳就来。"村上大娘道："我在这里站站儿，也是一样。我还怕站大了脚么？我今天来说的，就是我们村上的大财主张保家的小子。他家小子今年十七岁，也是上学念书，听说念了不少的书了。他妈要定个好媳妇，听见我说你家二姑娘，怎样有人材，怎样贤惠，就一心一意的叫我来提媒。我怕你老人家不肯，没答应他。后来被他再三缠不过，今天才来说一声，不知道奶奶意下如何。"冯氏道："他家有多少钱？有多少田地？有几个儿子？"

正问间,李茅兰从大门口进来,听说甚么儿子,就接口问道:“谁家几个儿子?”冯氏道:“张大娘来替我们二闺女做媒,我问他男家有几个儿子。”李茅兰道:“是那一家的小子?”村上大娘道:“我们村上有名的大财主张保家的小子。”李茅兰鼻子里哼了一声,就不响了。村上大娘是个乖巧人,见李茅兰这个样儿,就知道他的意思,连忙说道:“论他家里呢,原配不上你老人家府上。不过他家有的是钱,小子也还不错。他妈因为他爹为人老实,村上人都欺侮他家,想定个有势力的人家闺女做媳妇。凡事靠著亲家,就没有人敢来欺侮他家了。这些村庄有势力的人,除了你老人家,还有那个?况是你老人家同城里的官,都是你兄我弟的。官见了你老人家,都要客气三分,别说这些乡下土老,谁还敢说甚么?张家久慕你老相公的大名,才叫我来说亲。如果老相公肯答应这门亲事,那就是张家福运来了。从此后老相公是张家的亲家,就是张家的泰山了。谁再敢欺侮张家?那不是张家一家都受着你老人家的恩惠么?”李茅兰听了村上大娘这一套恭维话,甚是顺耳,心里很为舒服,就说道:“你说的也很懂礼。我虽无钱,却有势力。俗语说的好,‘臭铜钱’。可知道铜钱虽好,总是臭的,那里赶得上秀才的清贵。论他家本来配不上同我家提亲,如今他既然闻我的名,慕我的势,要高攀高攀,我也不妨俯就俯就。张家到底有多少田地?几个儿子?你且说给我听听。”村上大娘笑吟吟的道:“他家的田地数不清,总有好几顷。只有一个小子,也上学念书。今年十七岁,白松松的脸儿,长长的身材。他爹妈当他宝贝一样看待。张家的房屋,比这里大的多。一共有三进,每进有五间正房,两间偏屋,三个大院子。用着好几个长工。他家大娘好脾气,要是娶了这里的姑娘,一定疼的很。你想疼儿子还有个不疼媳妇的吗?老相公再去替他家管管家,照应照应钱财,教教女婿,张家那就乐飞了。老相公你看好不好?依我说今天恰巧是个好日子,不如趁今天,你老人家就出个八字罢。"冯氏对李茅兰道:"你看怎么样?"李茅兰道:"拿八字去,也没有甚么要紧。我要是不愿意,就是拿了去,也作兴去拿回来的。"村上大娘道:"着啊。老相公说的不错,就请老相公写个八字罢。"于是李茅兰拿红单帖写了一个八字,交给村上大娘。村上大娘又坐了坐,便回到本村,到张保家来。见了羊氏,将八字交给羊氏,又对羊氏说李家如何有势力,将来姑娘过门之后,李家答应如何照应亲家,从此以后就没有人敢欺侮大叔大婶了。说的羊氏眉花眼笑,高兴非凡。

过了两日,村上大娘来讨回音,问八字好不好,对的呢不对,羊氏道:"八字很好。大仙跟前签也求过,签上说,'女命大贵,多子多孙。'我想就托大娘去说说,问要多少聘礼。"村上大娘一口应承:"是,是。"跑了五六天,方才将这亲事说成。行聘、纳采,这些琐事,也无须细表。

再说光阴荏苒,日月如梭,倏忽间一年已过。羊氏见儿子已经十八岁了,就对张保说明,秋间替有才完姻,叫村上大娘去说。女家起先说闺女小,不肯就出嫁,还要过两年再说。后来说来说去,说的女家肯了,方才择定吉期。到了吉期,请了许多客。北方风俗,新郎是不亲迎的,只打发花轿去。

谁知花轿方到李家大门口,只听得砌的一声,李家大门早已关得铁桶一般,再也叫不开。欲知后事如何,且听下回分解。

第三回　少见寡闻以人为鬼　多迷善忌敬鼠为仙

却说上回书中,说院中有人叫妈的,乃是羊氏的女儿桃姐。因为羊氏出去了半日,还不回来,屋里又来了两个异样的人,桃姐见了害怕,所以来叫他妈回家去。羊氏听见是桃姐的声音,又听说家里有奇怪人,也甚疑惑,随即立起身来道:"我来了。"又向大嫂子道:"家中不晓的来了甚么人,我要回去了。外间有烧下的水,银子媳妇要喝时,你去倒罢。”说话间,已走到堂屋门口。见桃姐立在院子里,羊氏道:“你说话为甚么不到屋里说,要在院子里怪声怪气的,吓我一跳!”桃姐将头一扭道:“屋里有吊死鬼,我不去。”羊氏道:“人没死,你说甚么鬼?”桃姐道:“没有吊死鬼来迷人,怎么好好的一个人会上吊,我若进去,再迷我呢?”羊氏连忙喝道:“不许混说!”揣羊氏的心思,是惟恐怕吊死鬼听见桃姐的话,当真来迷桃姐。又像是吊死鬼,立在自己背后,马上就要将桃姐拉了去似的。急急忙忙的拉了桃姐,走出毛家门口,方才一块石头落地。好像是出了毛家门,吊死鬼就不能来了。

羊氏定了定神,问桃姐道:“你说家中来了奇怪人,是甚么样奇怪人?”桃姐道:“我说不上来。我看了那人,怪害怕的。”母女二人,一路说著话,已到了自己门口,见门口立著好些闲人,都是本村的。有些在门口立著,不敢进去。有两个从里头出来,嘴里说:“你们真胆小,为甚么不进去看看?”羊氏接着问道:“屋里来了谁?”那两个人道:“是两个洋鬼子。”羊氏听说是洋鬼子,登时变了脸色,比遇见活鬼还要怕。只在堂屋门口打圈圈儿,不敢进去。恰好里面走出一个人来,叫一声:“姑妈,你回来啦。”羊氏一看,不是别人,乃是羊氏娘家侄儿媳妇的姊姊潘氏。羊氏道:“原来是你。怎么说是洋鬼子?我说好端端的,为甚么来了洋鬼子?倒叫我吓出一身冷汗来。”潘氏道:“姑妈,里面坐,我同你说,你不要害怕,客人是有两个,并不是洋鬼子。”羊氏道:“不是洋鬼子,让我进去看看。”说着话,一脚跨进里间门槛,伸头一看,喊声“不好”,望外就逃。谁知脚上穿的木头底,本不平稳,慌忙之间又踏着一张白菜叶,一个立脚不牢,滑溜溜跌出去二三尺远。幸亏潘氏扶住,不曾跌伤。看官,要晓得这就是女人裹脚的坏处了。

潘氏正要安慰他别怕,话未出口,羊氏已是气喘吁吁的发作道:“二姐,我又不曾得罪你,与你无怨无仇,你为甚么叫洋鬼子来害我？还骗我说不是洋鬼子。你吃洋鬼子的教,帮着洋鬼子骗人！我是你的亲戚,咱们平时也不错啊,你也犯不上叫洋鬼子来算计我呀。你是甚么心眼儿？你说!”潘氏刚想开口分辩,里间又出来了一个女人,羊氏却不认得,料想也是吃洋教的。那女人说道:“这位大嫂,你不要害怕。我们不是洋人,我们是城里来演说的。”羊氏道:“你不是洋鬼子,里头两个是洋鬼子。你不要多说了,你快叫那洋鬼子赶紧出去罢。我家不吃洋教。”那女人又说道:“我们不是叫你吃教。”羊氏心中想道:“他不叫我吃教,这洋鬼子来做甚么？莫非来拐人不成?”心中一面盘算,眼睛里一面细细的看这女人。见这女人约有三十来岁,皮肤不甚白,五官倒也端整,身材却不十分长,而甚肥胖。穿了一身黑衣裙,两只脚并不十分大,却穿的是男人鞋样。潘氏见羊氏不言语,连忙过来说道:“姑妈,我说不哄你老人家。你看这位奶奶,也说不是洋鬼子,你老人家怕甚么？我还没有同你细细的说哩。若说清了,包你老人家一点儿都不怕。”

羊氏未及回答,听见里间村上大娘道:“大婶,你来罢！我陪了这位洋太太,坐了够顿饭时了。他们的话我虽不大懂,看他的样子倒甚和气,你来罢。”羊氏起先以为村上大娘回去了,今见他在里面坐着,洋鬼子并不曾难为他,胆子大了一半,硬硬头皮,走进里间,紧贴着村上大娘坐下。桃姐也悄悄的藏在羊氏背后,潘氏同那女人也进来了。羊氏正想问时,又见外面进来两个男人,一个是王老四,一个是村上先生。窗户外头,还立着好些人,有伸头探脑的,有唧唧私论的。村上先生向羊氏点点头道:“你叫他看看太阳看。”羊氏道:“叫谁看太阳?”先生道:“就是你说的洋鬼子。”羊氏道:“叫他看太阳做甚么?”先生道:“他们不是说不是洋鬼子吗？其实是洋鬼子不是洋鬼子,一试就试出来了。”羊氏道:“怎么试法?”此时见那女人张口要说话,又见那洋鬼子向那女人使个眼色,像是叫他别说的样子。先生也不管他,只顾说道:“我叫你叫他看太阳,就是要试他是不是洋鬼子。你晓的洋鬼子、洋鬼子的,为甚么叫他鬼子呢?就是因为他与鬼一样的,不能见日光。他们的眼睛不能看太阳,看了太阳就要瞎的。”羊氏道:“难道他们活在世上,就永远不见太阳么?”先生道:“你们娘儿们家到底不懂得甚么。我常听见人说,他们的国度在我们地底下,你想地底下怎么有太阳呢?所以他们到我们国里来,总是要用块布蒙着脸。有些洋鬼子不蒙布,就要将帽子戴的低低的,盖着眼睛,不见太阳。”羊氏道:“他们住在地底下,怎么钻出来呢?我听说地底下是地狱,人死了做了恶事,方才打到地狱里受罪。这么说,他们是从地狱里来了。”说着连忙移到炕里,靠着土墙坐着。好像那两人登时就要变做厉鬼来捉他似的。先生听了羊氏的话,沈吟了半响道:“地狱吗?他们总不是在地狱里。”忽然又道:“是了,你想地上这么大,地底下一定也是这么大。他们想是在另外一处,不过同地狱相近罢了。所以叫他鬼子,也是因为他同地狱相近的意思。”王老四道:“为甚么要叫他洋鬼子呢?”先生道:“听说他们有股羊骚气,所以叫他洋鬼子。”羊氏道:“他们到底怎么钻出来呢?”这一下子,真把先生问①住了,再也说不出。还是王老四聪明,说道:“我想他们总是用梯子,要末有地方台阶似的,从那里一步一步的走上来。”先生道:“不错,不错,前些时不是闹甚么铁路吗?大约就是他们鬼子走的那条路了。”

此时潘氏实在忍不住了,说道:“你们不要乱说了!他们不是鬼子。”见那个年长的洋鬼子道:“我们委实不是洋鬼子。我们从青岛来,是来劝人的。你们不要怕,不要疑心,我们决然不是害人的人。”潘氏接着道:“他们是行好的。”又指着那个着黑衣裙的女

① “问”,原文作“关”,据文义改。

人道:“他是我东家奶奶的妹子陈奶奶,那两个是从南方来的,是两位小姐。”此时羊氏已将那两个洋鬼子细细的看了一遍了,见那年长的是四方脸,皮色略黄,身材长大;那年少的,是圆脸,皮肤甚白腻,大眼长眉,身材不甚长。一色的都是黑衣裙,脚同男人的脚一样,那鞋不像布做的,又叫不出甚么名色来。看他们的眼睛,也没有奇怪处,就是相貌,也不难看。又听潘氏这么说,羊氏心中已有一半信他不是洋鬼子了。遂放胆问道:“你们说不是洋鬼子,你们为甚么穿这样奇怪衣裳呢?”那年轻的小姐道:“我们是洋装。”村上先生插嘴道:“茶叶有洋装,怎么人也有洋装?”那年轻的小姐发怒道:“我们是劝他女子的,你们男子不许多嘴。”那年长的小姐对那年轻的小姐道:“你忘了么?会长交代的,不论何事,总要处以和平,何况他们这些乡愚,终身的口不择言,你还想责之以礼吗?”羊氏见他们说这些话,一句也不懂。就是赫赫的村上先生,终年之乎者也的教书,今天听了这几句话,白瞪了两眼,一句也解说不出来,心里又疑心是他们骂自己,不晓的究竟骂些甚么话,想要同他对骂,又想万一不是骂我,那不弄糟了吗?心中左右为难,脸上马上就面红耳热起来。又怕人家看出他为难的样子,失了堂堂的先生体统,只好讪讪的走开了。

此时外间已哄传张保家来了洋鬼子,大家都要来见见世[1]面。登时来了甚么毛大嫂、毛二嫂、王大娘、王四娘,还有好些老太婆、小闺女,挤了一屋子。然大家究竟有点怕洋鬼子,不敢开口说话。因此屋里人虽多,却没声音。陈奶奶开口道:“你们大家坐下,听我说来,你们就明白了。这两位小姐,那年纪大点的,姓华,是杭州驻防旗人华小姐。那年纪轻的,姓孟,是四川人。”孟小姐、华小姐道:“我们从上海到青岛,从青岛到济南府,又从济南府到此

① “世”,原文作“识”,据文义改。

地。”羊氏道：“我们这村子，是个穷村子，又小又穷，你们来做甚么？”孟小姐道：“我们奉了会长的命令，不管甚么穷乡僻壤，都要到的。不论大小贵贱，都是一律平等。”华小姐对孟小姐道：“亚卿，你又说文话了，他们如何懂得？甚么穷乡僻壤，甚么一律平等呢？你须知他们是愚人，须用土白解说与他听，还怕他们不明白，如何说起新名词来？”孟小姐道：“我们会里的宗旨，以及会长的历史，我且不说与你们听。”华小姐道：“会长，就是会里的头儿。宗旨就是志向。我们会里的志向，同我们会里的头儿的事情出身，我们这时候不必说给你们听。因为这时候你们还不明白。就是我说了，你们也弄得不清楚，所以不说。日后你们总会知道的。我们到这村里来，是劝你们去听演说的。我们的会设在城里，你们不妨去听听。”羊氏道：“你们会里有甚么顽意儿？是个甚么菩萨？灵不灵啊？”陈奶奶笑道：“我们会里没有菩萨，也没有顽意儿，只有一个台，有人在台上说话，讲道理给大家听。台下面有好些凳子，你们要去，可以坐在那里听。”村上大娘道：“我晓得了。你们说的不是会，是大鼓书，我从前也听过的。甚么五虎平西呀，大红袍哇，玉蜻蜓啊，任甚么都有，好听着呢。”孟小姐大笑道：“这个大鼓书，恐怕你不曾听过。你们何妨去开开眼儿？”华小姐指着孟小姐对羊氏说道：“你别听他，不是大鼓书，是个演说台。我们的会叫做‘中国女子晓光会’。”看官，你知道这“晓光”二字是何用意？为甚么拿他来取会名呢？原来是取他“晓光一线，渐进光明”的意思。

闲言少叙。再说羊氏虽然听不懂甚么演说台、晓光会，却见华、孟二人和气，便渐渐的亲热起来，对潘氏道：“客人来了这半天，我连茶都没有泡一碗。二姐，你替我陪着他们坐一坐，我去烧口水来。”陈奶奶道：“你不要客气罢，我们也不渴。”羊氏那里肯听，一直的往外去了。在下如今乘着羊氏去烧茶这点工夫，且将陈、华、孟三人的历史叙说一遍。不然,只顾往下说,不从头里讲,看官不要生闷气吗?

却说华小姐名叫采蘩,字涧泉,杭州驻防旗人。父母双亡,家有两兄。他从小也读过书,后来又出过洋。毕业回来,想开个女学堂,因经费难筹,力不从心,遂作罢论。此时有女友招他入晓光会,他初尚犹移不决,后来遇见晓光会的会长。一见之下,钦佩无地,遂立志入了晓光会中为会员。他本来认得孟亚卿,他入会之后,遂将会中善处,一一的告知亚卿,并劝亚卿入晓光会中的明丽学堂。亚卿入明丽学堂后,夙夜用功。毕业后,校长甚称扬他,此时会长正要叫华涧泉到山东去,劝人入会,带着考察女界的黑暗,报告总会,并随时随地演说种种教育科学,期使灌输文明,脱却黑暗。涧泉言,恐一人力薄,演说不周,须再添派一人。会长遂命孟亚卿同去。是要叫他增长阅历,不是仰仗大才。所以此次亚卿同涧泉来山东,譬如学生跟了先生的一般,诸事均是华涧泉作主,亚卿不过分劳罢了。华涧泉有个姑母,嫁在山东济南府顾家。姑丈已死了多年,只有一子,名廷和,字蔼人,系东洋留学生,卒业回来的,开起口来就是“阿衣乌爱屋”,写起信来,却又有点文理欠通。华涧泉平时有些看不起他,此时倒又不能不借重于他。一则他表兄满口的民权民智,此回演说,一定赞成,并可相帮劝人入会。二则山东除了他表兄之外,也无别的熟人,可作居停。所以此次华涧泉同孟亚卿就在他姑母家住下。每日出来考察考察本地风土人情,蔼人是十分欢迎,又领涧泉等到他岳家住了两天。适值蔼人的妻妹陈奶奶王兰归宁,一见亚卿,如同故交,情愿报名入会,并愿引领他们二人到各村考察风俗民情。不过王兰虽然生长在济南府,却不曾到过乡间,必须有人领路,方好起身。正好潘氏在他母家做乳娘,此时孩子已经断乳,潘氏说乡间有他的亲戚,所以他们三人拿潘氏做了乡导,一同到张保家来。

事已表明，言归正传。再说羊氏出去之后，孟亚卿对王兰道："兰姊，将才他们说的，好笑不好笑？还有那个男人家说的话，更加叫人可笑可鄙。"华涧泉道："你初次出来阅历，所以视为诧异。我前两次在浙江，遇见的也是愚顽到极处。不过比起今天所遇，似乎好点。"王兰道："浙江到底开通的早，不比我们敝省，真是闭塞极了。"华涧泉道："不必客气，愚暗之人，何省无之？"孟亚卿道："女界这么黑暗，我国怎么能强？男女何能平权？"村上大娘道："你说黑暗么？"亚卿甚是诧异，他这么个粗婆子，倒懂得黑暗。又听他说道："你去看看别家，那才黑暗呢。这屋里，新糊的窗，又是粉莲纸，雪白的照了满屋子里亮，小姐们还嫌黑暗么？"亚卿方知他听错了话，不由的好笑起了。此时屋里闲人已走了好些，只毛二嫂同宝珠未去，村上大娘因媒事未说好，也未去。说话间，羊氏已拿了茶来，桃姐也拿了两碗茶，跟在后面。王兰、华涧泉、孟亚卿及潘氏每人面前放下一碗。孟亚卿看看自己面前这碗茶，既不是茶碗，又没碗盖，是一只粗瓷蓝花饭碗，有几片粗茶叶浮在上面，还有许多水沫沫儿，混混沌沌的，实在有点龌龊，竟不敢沾唇。羊氏道："我们乡下人，不是会亲请客，不喝茶的。这叶子是个亲戚送我的，我收了好两年了。今天泡了出来，不晓得味儿还好么？"孟亚卿道："难道你们永远不喝茶么。"羊氏道："我们都是喝白水。"华涧泉道："是的。我听我姑母说，北方乡下人都是喝白水，没有上客不泡茶。他们今天泡与我们，是十分敬重我们了。"正议论间，外面有个男人叫道："有才的妈，天不早了，你还不去做饭吗？我吃了饭，还要到毛二嫂子家里去呢。大嫂子说，人少害怕，叫我去陪他们一回。"羊氏道："你叫老二烧着火，炒白菜，我就来打点饭。"王兰道："张大嫂，你们这村子客店在甚么地方？借光叫人领我们去。"羊氏道："说甚么客店？就在我家住下罢。"孟亚卿道:“那是万万住不得的。还是叨光领我们到客店去好。”村上大娘道:“不瞒小姐说,我们这小村子没有客店,叫他领到那里去?”三人听了,很是踌躇。王兰埋怨潘氏道:“你怎么不说明没有客店？这时候到那里去寻客店呢?”又自怨道:“该带个男下人来,那就可以叫他到别处寻客店了。都是涧泉说不要带,如今怎么好?”羊氏道:“我们的房子虽不大,一间房子还誊的出来,还是在我家住下罢。”潘氏也道:“姑奶奶同小姐不要再寻客店了。这是我的亲戚家。住下罢,怕甚么?”王、孟二人尚不肯,还是华涧泉见羊氏留客乃出之至诚,并非虚邀,况且天已不早,客店尚未寻着,遂应允了羊氏,在他家借宿一宵。羊氏见客人肯留,甚是欢喜,遂去料理房屋晚饭,回头对村上大娘道:“你且别去,替我照应照应客,吃了晚饭去。李家的那八字,明天你去拿来算算再说。”华、王诸人一面叫潘氏出去取了行李,一面叫羊氏不必留晚饭,说:“我们饭菜均有,可以不必再客气了。”羊氏那里肯依,华、王等见他如此要好,只好随他去了。羊氏出去之后,华涧泉又将屋里诸人一一问明姓氏,及本地民情风俗。闲话间,见宝珠只管摸脚,不是抚摩脚后跟,就是抚摩脚指头。华涧泉晓的他是脚疼,意欲乘此时劝他放脚,遂问道:“这位姑娘,怎么只管弄脚?”宝珠不响。毛二嫂道:“他成天的闹脚疼。”华涧泉道:“这好好的一双脚,裹他做甚？况且小脚没有甚么美。大脚也并不难看,何苦自讨苦吃呢?”毛二嫂鼻子里一哼道:“我们做了女人,为甚么不裹脚?”涧泉道:“若说女人就要裹脚,我也是女人,你看我好好的两只脚,一日也不曾裹过。”毛二嫂道:“我们不是洋教的人,总要裹脚的。”涧泉道:“我们也不是洋教,你要晓的,古时候的人,也是不裹脚的。”忽听亚卿叫道:“涧泉姊,你快来看这个顽意儿,有趣得很。”原来孟亚卿见华涧泉与毛二嫂等说话,自己插不上嘴去,遂走到外面望望野景。回来在堂屋里看见他们八仙桌上供着一个龛儿,挂着红布幔子，掀开一看，不觉好笑起来，遂叫华涧泉来看。涧泉听了亚卿叫他，便走到外面问道：“你叫我看甚么顽意儿？”亚卿拿手一招道：“在这里。”涧泉看时，原来龛上供着一个五寸长的泥人儿，头上立着一个二寸长的泥老鼠。华涧泉见了也是好笑。正笑时，王兰同毛二嫂、村上大娘听说顽意儿，也跟着出来看。一见他们在那里看幔里的泥人、泥老鼠，村上大娘慌忙过去，将幔子放下，恭恭敬敬的对着幔子，合手拜了两拜，口里祝道：“大仙在上，他们是远方来的客人，不知道大仙的灵圣，求大仙不要生气。”亚卿看了，越发大笑起来。华涧泉问道：“这是个甚么大仙？”亚卿道：“大仙头上怎么又立着个老鼠？可是大仙喜欢老鼠么？”村上大娘连忙摆手，叫亚卿别说。毛二嫂道：“这个大仙，我们村子里十家有九家供的，百灵百显，求甚么应甚么。”又低低的对华涧泉道：“这位大仙，小性儿的很，你叫那位小姐别对鼠大仙笑了。”华涧泉也不回答，同了王、孟等诸人仍旧回到里间房里。亚卿又问道：“你们这个大仙，到底是个甚么仙？”桃姐道：“是个老鼠精。”毛二嫂喝道：“胡说！叫你妈撕你的嘴！”华涧泉道：“你们不要这么怕，大仙决不来害你们。你们听我说给你们听。”

要知说些甚么，且听下回分解。

第十六回　吃鱼翅根根细嚼　咽乌烟滴滴生吞

话说迪民进了二门，里面已迎了一人出来，迪民的丫头道：“那个人就是江家的姨太太。”说话间，那姨太太已到了跟前，笑对迪民道：“四小姐请进。”迪民略谦让了几句，一同到了里面。这所房子本是孟家的，迪民见他修饰的也甚华丽。走到里面厅上，又有三个女子，打扮的同姨太太差不多，但岁数小点，都是厚厚的香粉、红红的胭脂，梳的最时样的头，不到三寸的脚，大红缎绣花小红鞋，各人身傍一个老妈子搀着。姨太太道：“这是大少奶奶，这是四少奶奶,这是三小姐。”迪民一一见过。姨太太让迪民坐了,敬了茶,摆了点心。姨太太道:“我久闻四小姐的大名,总想见见。恰好小姐回家,我得见小姐,也是我的运气好。”迪民道:“我一向在上海,不曾拜望过姨太太。”迪民见少奶奶同小姐在一处,低低的评论,心想大约他们是评论我不裹脚,遂道:“少奶奶,小姐为甚么要裹脚?现在风气已渐开,不裹脚的很多,小姐们何不入了天足会,放了脚不好吗?”少奶奶同小姐都你看我、我看你的相对而笑,并不开口回答客人的话。还是姨太太会说,替他们答道:“少奶奶们都爱好看,不肯放。小姐的脚,是我替他从小裹的。我来的时候,他才七岁,他娘不大明白,不管他们的事,他都是同我睡,我替他裹脚,晚上疼的睡不着,我也陪着他不睡,替他抚摩,他哭我也疼的哭。他爹爹叫我替他放松了罢,我说:‘娇女不娇脚,他哭,难道我不疼吗?但是要小脚,不能不吃苦。’他吃了三年的苦,才有这双小脚。如今他爱好看的很,我倒劝他放了小脚罢,他自己不肯放。”迪民道:“伯母呢?我想拜见拜见。”姨太太道:“我们太太有毛病,怕见人,小姐不要客气了。”迪民道:“既然伯母怕见人,我也不敢请见了。”姨太太道:“小姐在上海办的会,听说好的很,我听见我们老爷说小姐是个才女。”说着叫丫头拿个旱烟袋来,大少奶奶连忙起来拿了一根真湘竹、金镶嘴的长旱烟袋来,替姨太太装上烟。四少奶奶点着火,姨太太慢腾腾的吸着了,二位少奶奶才敢退归原坐。

迪民道:“二位嫂嫂于归几年了?”两位像是不懂得迪民的话,半天不响。迪民又道:“两位嫂嫂有几个令郎?”四少奶奶像是害羞,不肯说。大少奶奶只是笑,也不肯说。迪民看这样忸怩情形,腼腆态度,心中又是好笑,又是好气。心想:女子见了女子,还这样娇羞,一点都不大方。怪不得人家说我们女子,是见不的人的人,如同花鸟一般,要他人遮护的。这话真是一点不错。姨太太道:“我们大少奶奶是苏州人,四少奶奶是杭州人。四少奶奶今年才好日的,大少奶奶已养过一个姑娘,没有了,今年又要添小少爷了。”大少奶奶更是通红了脸。迪民道:“我们会中有好医生,据说小脚的人临产,是很吃亏的。大嫂既已卜熊,何妨放了脚,不但产时容易,即小儿也要强健些。”姨太太道:“他们那里肯?就是少奶奶肯放,少爷也不肯叫他放,我们少爷最喜欢的是小脚。那年定亲的时候,我们大太太骗他说:‘新娘子是大脚的。’他听了一定不要。闹着要退亲,后来我对他说:‘是大太太骗你,你不要生气。’他才不闹了。”迪民听他们说这些话,才知道江家是个极守旧、极腐败的人家。过了一刻钟,老妈子来说,席已摆好了。姨太太与迪民定了席,大家入座。头一道菜,上的是鱼翅。姨太太用筷子夹了一块鱼翅,送到迪民小碟中。迪民就大大方方的吃了。再看几位主人,碟中虽摆着鱼翅,嘴里却不动,迪民以为他们想是不吃鱼翅,故只让客。谁知仔细一看,他们鱼翅是吃的。原来他们的吃鱼翅,与迪民的吃鱼翅却不同。迪民的吃鱼翅,是一块一块的吃。他们的吃鱼翅,是一根一根的吃。并且真是不但是食不露齿,连嘴唇动也不动。大约是放在口里含了一含,并不咬碎,囫囵吞下去了。不然怎么能够不动一动?迪民心想他们今天不是吃饭,是受罪。就笑嘻嘻的道:“姨太太怎么这样客气,不用菜?倒是这个客人大吃大喝的,主人反不动筷。岂有这个理?”姨太太道:“我老实的很,少奶奶、小姐吃。”两位少奶奶同小姐微微的笑了一笑,各人拿筷子举起来,放在嘴边上比了一比,就依旧放下不吃了。第二道是虾仁,迪民冷眼看他们,每人吃了一粒虾仁,就不吃了。以后的菜大同小异,约略的一筷半筷就算了。这桌菜统算起来,只能算迪民一人独吃,主人不过是个摆设罢了。饭后姨太太又邀到自己房中坐了一会,迪民兴辞回来,姨太太同少奶奶、小姐送到二门口。

迪民一径回到家中,见过陶夫人,适值子常也在这里,迪民道:“二哥回来了,爹爹呢?”子常道:“爹爹同三弟还要到湖北去寻名胜,我不愿意,所以先回来了。”迪民道:“可惜我不同去,要是我同去,就要到鹦鹉洲去访访萧芷芬,看看他家中的内容。不晓得萧芷芬回来了不曾?”子常道:“听说萧芷芬反对你的,是你一个真敌手,你倒去访他么?”迪民笑道:“二哥没有老,怎么记事情这样颠颠倒倒的?萧芷芬几时同我反对?他为人爽直,不避忌讳,真是我的好帮手。可惜还没有见过面,不晓得他回国了没有。”子常道:“那更好极了,我只怕有人同你反对,做你的敌手。如今没有敌手,是好极了。”迪民道:“天下事那有没有敌手的?但如今与我的敌手,不是一人,而在众人,就显不出同我敌手了。”子常道:“这话怎么说?”迪民道:“敌手即是阻力。试问天下事,不管中国外国,东洋西洋,大事小事,那一人那一事没有敌手?我这晓光会,是要女子光明,而女界中黑暗的事,不可胜数,我要光明,他偏要黑暗。这就是我的敌手。上而古之帝王,下而世之名士,高者圣贤,下者庸夫,那一个没有敌手?所以项羽者,刘季之敌手;谢元者,符坚之敌手;窦建德、刘黑闼者,李世民之敌手;讷尔逊者,拿破仑之敌手;穆罕默德者,耶教之敌手;老聃者,孔教之敌手;李白之诗,则杜甫之敌手也;三苏之文,则曾欧之敌手也。即庸夫一举一动,亦莫不有敌手。但其事既微且小,史书不载,人自不察,遂不之觉耳,何言无阻力?但阻力虽大,则须坚以待之,莫或稍挫。则终有一日达胜阻力之目的,若稍懈怠,则全体散,而不能达其所期望矣。若我开的晓光会,我自信我的定力能够敌阻力,则我的期望终有一日达到的。”子常笑道:“我不过随便说了几句话,倒引了你一篇大议论。”迪民也笑了。

这日陶夫人的病已好,迪民连日伺候病辛苦了。陶夫人嘱迪民早点去睡觉,恐怕辛苦坏了身子。这也是慈母爱子之心,不足为奇。迪民遵依母命,老早就回房睡觉了。辛苦了的人,自然是一上床就睡着。迪民正在酣呼大睡的时候,忽然外面有人将迪民的房门打的乱响。那时正闹甚么匪乱,迪民从梦中惊醒,听见这样打门,以为是必有甚么匪警,连忙拿了一枝手枪,一杆五响快枪,想要到陶夫人那里去保护陶夫人。谁知开门举灯一看,并不是甚么匪人,乃是一个老妈子。迪民问:“有甚么要事,这样半夜三更乱打门?”那老妈子睡的糊里糊涂的道:“了不得了,出了人命案了。太太叫我来寻四小姐,问有甚么药没有?”迪民放下快枪,怀了手枪,亲自来到陶夫人这边来,问陶夫人到底出了甚么事,要甚么药?陶夫人骂那老妈子道:“糊涂老婆子,连句话也说不清楚,真是白吃饭了,倒把四小姐吓一跳。”迪民道:“我不吓,要甚么药,快点说,免的误了人。”陶夫人道:“就是日里请你吃饭的江家。刚才打发人来说,他家那个大丫头,吞了生乌烟,要点解烟毒的药。我晓得你有,才叫那老婆子到你那里讨点,谁知他说不清楚,倒把你吓一跳。”原来晓光会常备有救烟毒的药水,并救烟用的家伙。诸会员人人都学过,每人出去演说,总带着这救烟毒的药水,及药针、皮带之类。预备遇有这等事,即可助人一臂之力。迪民自然是有这套药水、药针、皮带的了。当下迪民对陶夫人道:“我那里是有这药,但恐他们家中没有人知道用的法子。我想既是女人服毒,我还是亲自去一荡的好。”陶夫人掀开帐子道:“你这孩子,真是个呆子!只要将药同来人说明用法就是了。一个丫头吃了烟,也值得亲自去一荡?天气这样冷,又这等夜深了,倘或受了凉呢?怪不得在会中耽阁几个月,来家总是瘦瘦的。”迪民道:“救人须救彻,我多穿件衣服,就不冷了。”也不待陶夫人再说,就回到自己房中,取了解毒药,及皮肤针,并皮带钢圈等,又叫一个会中跟来的使女,并老妈子,同江家的来人一直望江家而来。

好在没有几步路就到了江家。来人领着迪民,一直到了里面。姨太太见是迪民自来,甚为诧异,让了坐,姨太太道:"一个毛丫头也值得劳动小姐贵步,真是多多得罪小姐了。"迪民道:"贵贱虽殊,人则一也。如今他怎么样了?请姨太太领我去看一看,凡服毒的,总是以早救为妙。迟了毒一发作,就难治了。"姨太太这时心中虽有贵贱的界限,却也怕这丫头真个服毒死了,恐有人说话,巴不得早点好了,免耽是非。遂领了迪民到东边一进平房中。这平房一排五间,一边是大少奶奶住,一边是老妈子同丫头住。迪民进房时,老妈子等正搀着那丫头走路。因为老妈子等说,吃了生烟,只要搀着病人不住的走,待病人走的乏了,那生烟就会自家吐出来,所以姨太太叫老妈子扶着那丫头不住的走。迪民见那丫头约有十八九岁,姿色若何,没有细看。只见他面色青白,头上的汗珠有黄豆来大。迪民对姨太太道:"病人宜静不宜动,叫娘姨们将他放在床上,让病人养息养息,有热开水同冷开水各拿一杯来。"那丫头在床上滚来滚去的乱喊,又说情愿死,不愿意活着,药一定不吃的。迪民配好了药针,放出了空气。叫人将那丫头的一只膀子伸出来。那丫头虽是不肯伸出,无奈人多,不伸出也要伸出。迪民轻轻的将药针刺入皮内,慢慢的放完了药水,将针拔了出来。那丫头并不曾觉着痛。迪民道:"你们拿个大痰罐来,预备他吐。"果然不过一刻钟,那丫头真个翻肠倒胃的大吐起来,吐出来的都是些烟。吐了一回,不大吐了,迪民道:"他吃的烟太多,毒还没有出尽。要用药水洗洗他的肠胃,才无后患。"又叫人拿水来,配了十几碗药水,拿去叫那丫头吃。那丫头那里肯吃,撇手将碗连药水打在地下。姨太太喝道:"你这样不识好歹!你再敢这样,我一定打着问你吃不吃。"老妈子又拿了一碗药水来,叫他喝,那丫头咬紧了牙关,只是不肯吃。迪民道:"他既不肯好好的自家吃,只好用蛮了。"叫老妈子等将那丫头的手捉住,又叫人用铜钳将牙齿启开。迪民将皮带放入口中，直接食管。皮带的外口有一铜圈，将嘴撑开，不能闭上。然后拿药水来，一碗一碗的灌下去，毫无阻碍。那丫头睁着两眼，一点不能自主，随迪民吩咐吃几碗药水，就是几碗药水。迪民灌了三碗后，将铜圈皮带取出。不多一时，那丫头又是一阵大吐，吐的还是黑水。迪民命人扫净了床前秽水，又取了皮带同药水来灌。那丫头连忙道："我情愿吃了，千万求求不要将皮带放进我嘴里。"迪民道："我也知道皮带放在喉中是很难受的，但为救你的命，也就不能顾你难受了。如今你肯自家好好的吃，那是再好没有的。"那丫头又喝了三碗，不多时又吐了一阵，后来渐渐的吐的不黑了。末了吃了药水，吐出来的仍是药水，迪民见毒已净，叫人扶他安身睡下，拿出些善后的药来，交与姨太太，叫他按时候给那丫头吃，又对姨太太道："毒已解尽，只要安心静养，饮食留心就是了。"

此时天已亮了，迪民即辞了江家姨太太，回到家中，见过陶夫人，陶夫人尚未起来。迪民回房梳洗了，想着江家的丫头为甚么要寻死。大凡一人在世上，非有不得已的事，那肯寻死？大约江家总有虐待婢女的事，才致那丫头寻死。遂叫随身的使女，吩咐他每日去看看江家的那个丫头，带着打听打听为甚么要吃生烟。自来婢女对婢女，最能泄漏主人的秘事，况此事并非秘事，那有不好探问的理？不多几日，就将江家的一本历史，从头至尾，完完全全的打听来报告迪民了。

原来江家的老爷，名骏人，是江苏常州府阳湖县人氏。举人出身，家道并不富足，而家中排场则甚阔绰。骏人捐了个候补道，指省江西，同迪民的老太爷，本是旧相识，所以这次出洋，遂将家眷托了仲容。江骏人性好花柳，曾在天津交①过一个妓女，姓赵，

① "交"，原文作"做"，据文义改。

名叫小仙,二人很要好,遂替小仙赎了身,作为姨太太。这位姨太太,年纪既轻,性又伶俐,人材出众,骏人自然十分宠爱。骏人的太太,本是个老实人,自从赵姨太太进门之后,太太渐渐的騃愚起来。始而騃愚,继而疯痴,后来竟大狂起来。逢人不是哭笑,就是打骂。只怕骏人一人,不管怎样发狂,打人骂人,只一见骏人,狂态立改,变为痴騃的样子。骏人虽说夫妻情薄,待大妇冷落,然见他这副样子,蓬头垢面,破衣乱裳,心中也觉怜悯。所幸者,太太有三个儿子,一个女儿,赵姨太太一无所出。骏人虽十分宠爱姨太太,然看儿女面上,不能不稍稍加惠于其母。姨太太甚想生一子,作为后来退步,免吃人的亏,无奈自家只是不生育。骏人曾许他,将第三个儿子过继给他,作为姨太太的儿子。将来这个儿子,若有一官半职,紫诰花封,多是姨太太的。这话虽差慰姨太太的心,然姨太太是何等伶俐的人,岂不晓得是眼前好听的话?故外面虽装做喜欢的模样,心中却是总不满意。起先,姨太太初进门的时候,伺候太太甚有礼,后来见自家的宠爱坚固了,家中各人的脾气性情摸准了,就慢慢的放出手段来摆布太太。骏人是无言不听,无命不从,所以将太太逼的气成疯狂,尚无人怜恤。姨太太待少爷小姐们外面也甚好,里面很为苛刻利害。就以小姐而论,听说七岁上做了一件棉袄,一直到十七岁没有换过。骏人只见儿女外面着的体体面面的,那知里面着的破烂旧棉袄呢?骏人虽甚爱惜儿女,然一则是男人家,不大管这些细事;二则儿女见了骏人,有些怕惧,不敢说姨太太的苛虐。以此骏人一点也不晓得儿女吃苦的事,一心以为姨太太贤惠。每对人说:“小妾虽是青楼中人,他的贤惠,真可算是青楼中圣贤。”骏人的家事,不论大小,都是姨太太做主。家中婢仆叫太太为“呆太太”,呼姨太太为“太太”。谁知事不由人,乐极生悲。近年来儿女渐皆长成,渐渐的不服姨太太的使令。小姐尚柔软可欺,少爷们一日强梁一日,又加骏人因为儿子大了，不好再虐待其母，恐怕不服。故待太太也稍加礼，并且特为太太收拾一进屋子，一边是太太住，一边是少奶奶住。又雇了一个老妈子，专伺候太太。虽说不到太太那边住，却也常常到太太那边去看看。这种情形，触在姨太太眼帘中，怎样心中不气？暗中很同老爷闹过几次。无奈骏人终怕儿子媳妇说闲话，将来传扬出去，被朋友们知道，招人议论，不肯听姨太太的话。姨太太又思自己年长色衰了，老爷的恩宠已比从前不同了，再不及早设法，将来还不被人冷落吗？就立意想抱一螟蛉子为己子。后来又想老爷必不肯遵依，就是老爷肯遵依，那三个少爷也不肯。就是眼前怕老爷的威严，不敢说闲话，将来老爷百年之后，那螟蛉子，他们也是一定要赶出去的。左思右想，末了想了一个好法子，就于晚间对骏人眼泪鼻涕的说，自家无子，将来老年无靠。又说三少爷说过，一定不肯过继。后来才说，想买个丫头，叫骏人收了，将来若生了儿子，就算是自家的儿子，雇个乳母奶着，将那生子的丫头打发了。这个儿子既没有了亲生母，又是自己扶养，日后大了，定与自己生的一样。骏人听了姨太太的话，连连摇头说"不可"，姨太太问道："怎么样不可？"骏人道："要再收个妾，是没有甚么不可。要是说待生了子，就打发了，一则我已收用过了的人，无缘无故的怎么好另外给了人？再则人人都有爱子之心，怎么好夺了人家的儿子，弃了他本身？使人母子分离，也太忍心了。我已有三个儿子了，不必再生甚么儿子。你要想子孙，怕日后无靠，三少爷既说不愿过继你，大少爷为人很老实，将来他有了儿子，我给你过继一个孙子，从小你就抱过来，好不好？"姨太太听了骏人的话，半日不响。姨太太本来以为骏人向来宠爱他，如今虽说待正太太好点，待自己却也没有变心。今日的话，想骏人一定遵依的。不料骏人竟不肯听，心中不觉大怒，然而面上仍假装高兴的样子。骏人知道姨太太不满意，次日在书房中，叫了三个儿子来吩咐,叫他们要孝敬姨太太,大少爷唯唯的答应,二少爷三少爷都低头不响。盖姨太太的为人,有点不大正派。先时曾同一个二爷有首尾。后来有一年广西匪乱,那时骏人是在广西当差,家眷也在广西,后遇匪乱,骏人就将家眷送回苏州,单是一人在外,不知若何。姨太太回家没有一年,弄的名声很不好。还是骏人的一个远房叔叔,看见太不像话了,又不便干预,遂写了一封信,告知骏人。骏人接信后,急的无法。接家眷到广西来,又怕匪乱,自己回苏州又不能。想了多时,才想着改省江西,将家眷接到江西。因为这个缘故,少爷们都看不起姨太太。不过外面迫于父命,不得不恭敬姨太太点,心中那一个不想替母亲报仇?三人之中,要算大少爷顶和平点,所以今天骏人的吩咐,尚唯唯遵命,那两位就不肯答应了。当下骏人见景生情,知儿子们同庶母大有芥蒂,想设法替他们和解。然一时之间,那有现成的话呢?遂约略说了几句,就过门了。

再说姨太太见昨日说的话不行,心想:男子每每不吃明的吃暗的,我要买了一个有姿色的人,不怕他不上钩。那时如果生了儿子,我就有题目好做了。主意定了,嘱了下人们,叫他们留心,要买一个好看点的丫头。不多时果然买了一个,有二三分姿色,姨太太叫他常常的伺候老爷。骏人也是一个聪明不过的人,平时姨太太是惯会打骂丫头的,今见待这个丫头非常之好,又常常的叫那丫头来伺候自己,已估量着八九分了。所以那丫头虽然来伺候,并无所染。约摸一年多了,姨太太见计不行,遂将怨恨骏人的气,尽泄在那丫头身上。再加近年来,骏人因姨太太两次闹的名声很臭,心中也有些不快。待姨太太的情,外面虽是照旧,真情实已淡薄了许多。每每的不在姨太太房中住。今回的出洋,若是前几年,一定要带了姨太太同去。今回却不肯带姨太太去,只说是海路凶险,天气不合宜,将姨太太留在家中,只带了二少爷去。因为二少爷本要出洋留学,就一当两便的带了二儿子去,又怕家眷送到苏州,仍像从前似的闹了笑话,又怎么好呢?后来才想起仲容来,就将家眷送到彭泽县来住下,重托了仲容。姨太太因为骏人不肯带自己出洋去,很生气,继又说骏人既不肯带他出洋去,为甚么不送家眷回苏州去,要送到彭泽县这个小地方做甚么?是甚么用意?后来到了彭泽县,见住的房子也甚华美,骏人又叫他到孟家去顽顽。陶夫人本甚和平,赵姨太太见有人家来往,心中才平了点气。然骏人出洋后,他心中总是气闷,又嫌那丫头不会伺候人,以致骏人看不上眼。初时打骂尚不大利害,及骏人出洋之后,那打骂就一日凶似一日。常用碎碗片划那丫头的手足面部,夜间不许那丫头安睡。不是半夜里叫起来烧茶,就是叫起来捶背。种种虐待,也不是一日了。

昨日适值请孟迪民吃饭,姨太太平日饭量甚好,每餐要吃两碗饭。昨日为了请客人,要假装斯文,所以样样菜上来,只动一筷。及至客人回去,他肚子已是饿极了。厨子是向来晓得的,本来替姨太太、少奶奶、小姐预备下有饭菜,等客人回去后,从新再吃。但姨太太生平最喜欢有一样东西,就是刚才席间上的火腿烧甲鱼。此物在夏天秋天之时本甚多,但在冬天,却很难得。姨太太虽说是选来敬客,也是自己解馋。客未到的时候,就交代那丫头,叫他等撤菜时,看管着那碗火腿甲鱼,不要叫厨子偷吃了。及至迪民回去,姨太太吃饭时,要那碗火腿甲鱼来下饭,谁知遍寻不见。叫那丫头来问,那丫头哭丧着脸,只是不敢说。姨太太打了两下,才说是怕厨子偷吃,拿来放在姨太太房中桌子上。后来老妈子来,向他讨姨太太的擦脸手巾及小镜箱,他拿了出去。回来见隔壁的两只大花猫在桌子上,连忙进去赶时,那碗菜已经被猫吃完了。姨太太不听犹可,听了之时,气的直跳。拿过鸡毛帚来,就是一顿打。后来越想越馋,越馋越气,饭后烧了一个红烙铁,叫了那丫头来跪下,问他:“为甚么要走开,不管那碗菜?想是你的腿痒,我来替你解痒。”那丫头吓的脸色改变,哀号求饶。姨太太那里肯听,只当不闻。就在那丫头腿上烫了两烙铁,烫的那丫头满地打滚。姨太太道:“你要怕烫,赶紧去买了甲鱼来,叫厨子照样烧了拿来,我就不烫你。那一天买到,那一天饶你。”

那丫头哭哭啼啼的回到下房,心想:甲鱼知道那一日才有?我若日日的受烫,不如还是死了好,免得在世上受罪。总怨爹娘忍心,为甚么将我卖到人家做丫头?要是跟着爹娘,随便怎么不疼,决没有烫儿女的。爹娘因为荒年,才卖我出来,叫我吃碗饱饭,省的大家一同饿死。那知道我今日吃这样苦?若是早知道我吃这样苦,情愿一同饿死,也不卖我了。一面想,一面哭,心中因为怕烫,就怀了寻死的念头。等到晚上姨太太吃晚饭的时候,轻轻的走进姨太太房中。姨太太是有嗜好的,就拿了一只茶杯,挑了些乌烟膏,和水喝了,匆匆忙忙的走回下房。心中怀了必死之心,遂没有露出一点服毒的话头来,同伴中也没有一人知道。

姨太太吃完饭,同少奶奶们谈了一回天,回去过了瘾,坐起来喝茶,怎么茶杯上有些烟膏?忙拿烟膏缸来一看,果然少了好些烟。姨太太吃了一惊,连声叫老妈子们来问,都说不曾动过。少奶奶、小姐们也都赶过来问甚么事,姨太太说了一遍,三少奶奶道:“怕是秋鸿吃了生烟了罢。”一言将姨太太提醒,忙打发老妈子去看看,是他吃了烟不是。过了一回,老妈子来说:“秋鸿不肯说,我看他那样子,是吃了烟了。”姨太太道:“这怎么好?他要死了,他的爹妈若知道他女儿死的不明,一定要来纠缠的。闹出去,这个名声还好听吗?如今不管怎么样,总要将他救好了再说。你们快点去请二位少爷来商量商量。”三少奶奶道:“可惜二嫂不在家,回娘家去了。不然,他常说有个甚么方子救吃乌烟,是百灵百验的。"姨太太道:"远水那里救得近火?还是快点叫少爷们来商量的好。"老妈子遵命,走到外书房告知了二位少爷。只见三少爷冷笑一声。

欲知后事如何,且听下回分解。

——《侠义佳人》,商务印书馆 1909 年版

南浦蕙珠女士

李友琴(1881—1915),江苏镇江人,父李兰孙,商人。夫陆士谔,小说家。有《最近女界现形记》,题"南浦蕙珠女士著"。1909年10月新新小说社刊前五集,次年6月刊后六集。吴泽泉、刁斌等认为蕙珠女士极有可能是陆士谔夫人李友琴,见吴泽泉《晚清翻新小说考证》(《中国社会科学院研究生院学报》2009年第1期)、刁斌《晚清稀见小说鉴藏录》(上海远东出版社2013年版,第9页)。

最近女界现形记

故事梗概

此篇以晚清上海士子福天星的游历为线索,写江浙、福建、江西等地区官场、学界、女界、宗教界等社会阶层的习气,尤其对女学生、女宗教家的生存现状给予了重点描绘,对女性获得平等社会地位持悲观态度。这篇小说不同于《官场现形记》《二十年目睹之怪现状》等谴责小说之处在于:其一,文笔蕴藉,乐于展示旧知识分子趣味,与《老残游记》有同工之处。其二,对不同阶层的个体,包括女性,表达了悲悯之心。其文化立场有儒家人本思想与近代西方人文思想交融的痕迹。

《最近女界现形记》，题“南浦蕙珠女士著”，内文作“南浦慧珠女士”。1909年10月，新新小说社刊前五集，次年6月刊后六集。本编收录第一集，即“初集”，共四回。本编根据新新小说社1909年版点校。

赘　言

南浦销魂客，绮年玉貌，惊才绝艳，风流文采，倾倒一时。由孝廉举特科，因缘文字，触怒贵人，几罹于祸。繇是，黯然归来，雄心灰尽，日征逐于红灯深屋间，不作纡紫拖青之想。定公诗云：设想英雄垂暮日，温柔不住住何乡？客虽非垂暮之年，然大有终老是乡之概。尝窃慕蜀郡成都之间卖酒浆者之遗风，乃由黄歇浦溯江而上，阅一年，历大江七千里。凡诸闻见，案日记之，得十巨册。慧珠受而读之，觉山川文物，风土人情，种种现状，尽在目前。客固好德而兼好色者也，故于女子社会交接最多，记之独翔。慧珠尤好事者，以酒食余暇，仿小说家言，成书五集，凡二十篇。既竟，遂名之曰：女界现形记。慧珠识。

第一回　福天星击楫渡江　霸王庙卸装下榻

案：那一年八月八日，上海招商局码①头，江裕轮船开往汉口，只见那第三号官舱的小牌子上写着“福公馆定”四个字。那官舱的门正开着，里头仿佛管家似的一个少年，低着头，不知在那里掏摸些什么。一会儿，有个卖雪梨的小贩子提着满满一筐的莱阳嫩雪梨，高声叫买。那少年便走出来道：“卖梨的来！卖梨的来！”那卖梨的小贩子就答应着过来，陪笑道：“这是②真的莱阳嫩雪梨。”

---

① “码”，原文作“马”，据文义改。

② 原文此处衍一“的”字，据文义删。

那少年捡了一个瞧了一瞧，摇摇头，似有不狠合意的意思。卖梨的小贩子又陪笑道："这是顶尖的雪梨呢！"那少年道："胡乱买一点子罢。一角洋钱几个呀？"卖梨的小贩子道："四个。最便宜了。"这个当儿，那第四号官舱里，走出一个十五六岁拖着辫子的女孩子来道："买梨呀。几个钱一个呀？"那少年抬眼一瞧道："这么的坏东西，一角洋钱才只得四个呢！依我说，一角洋钱十个罢。"卖梨的小贩子道："差远得多了。"那女孩子笑道："也没甚么差远。我们恰才买的一角钱八个，比这个大着好多哩。"说着，又有一个二十来岁的俊俏女子走出来，一望而知是女学堂的教习，倚在门边，也不言语，只是微笑。那卖梨的小贩子道："这么着吧，也是八个梨儿算一角钱罢。因为差不多将快开船哩，折本卖的。"那少年冷着脸，只说一角钱十个，少一个不要的。卖梨的小贩子道："也好也好。这一筐梨不过三四十个，一并买了，好吗？"那少年笑道："谁要这许多，敢是当饭吃不成？"那女教习道："阿素，我们也买几个吧。"那女孩子名儿就叫阿素。阿素走近一步，瞧了瞧，大约不过三十来个，便问那少年道："大爷拣吧。余下的，我们要的。"那少年笑道："好好，便叫卖梨的小贩子般在这里罢。"那卖梨的小贩子便一五一十的般出来，恰恰三十二个梨儿。那少年使摸出三角小洋钱来递给①卖梨的小贩子道："这两个梨儿饶了。"那卖梨的小贩子也没说话，把这三角小洋钱掂了掂，听着洋钱的声音是响的，提了那个空筐子，一径去了。

那少年便检了十来个大的没烂点的梨儿笑道："姑娘尝个味儿罢！恐怕不鲜甜。"阿素便笑着兜去衣套，那少年便一个一个的放在衣套里。阿素回顾身去，向那女教习道："小姐，这梨儿，这位大爷给我们的。"女教习道："使不得，还是我们回了几个罢。"那少

① "给"，原文作"结"，据文义改。

年走出一步,笑道:“这点子算什么,若是要回我们的,那就不成话了,瞧不起我们了。我们爷也是狠和气的。”这个当儿,阿素把梨儿已安放妥贴。听他们在门旁边讲话,便顺手倒了杯茶,又拿了两枝三炮台绿雪包的纸卷烟,递给那少年,似乎回敬梨儿的情。那少年忙陪着笑接了,先呷了茶,又摸出一个金镶全蜜蜡的烟嘴来装着,划支火柴吹起来。那女教习含笑道:“你家爷是姓福吗?”那少年道:“是的。”阿素在小牌子上瞧着道:“姓这个福字的却少,没听见过呢,敢是外国人吗?我记得小姐常说的有个外国包打听叫做福尔摩斯的。”那少年笑道:“我们爷是杭州人,怎地是外国人哇?”那女教习笑道:“阿素跟着我认了几个外国字,听了几件外国故事,一开口便是外国长外国短哩。须知中国书也要读得多才好呢,《百家姓》上不是着末第二句叫做第五言福吗?不是我们同胞的姓氏吗?”又问那少年道:“你叫什么呀?倒也是和气不过的。”那少年笑道:“我叫福寿呀。有什么好?终不过一辈子的奴才罢哩。倒是我们爷的脾气儿和平,容易服伺,就是做奴才一辈子的幸福呢。”那女教习听了,便知是世仆,一定是大家子人家了。那公馆两字,也不是上海时兴的滑头公馆了。

看官须知,若说滑头公馆,还不算最没出息的公馆呢,就不过一般市侩积了几个钱,就要讲究那排场了,也不去考察“公馆”两字怎样的讲义,也裁了一幅红笺,写了某公馆的字样,贴在门儿上,就自以为体面狠哩。还有那半间破屋贴着五六个公馆条子,这个也是上海著名的破公馆。虽然就不过市井的笑话罢哩,还是清白人家,比着应分的公馆倒值得多呢。至于现今新兴的,有一种娼妇,也假着公馆的牌号,售其淫赌的事业,这个也不是上海才有。湖北省城里廖太太的廖公馆,王二小姐、王三小姐的王公馆,岂不是极著名的大台基?重门深户,直有五六十个房间,一日最少也有十来场麻雀。赵大人总督湖广时,不是封禁了吗?咳,真个封禁了吗?这会子可以不说,横竖后面有正传呢。

所以那女教习头里见了“福公馆”三个字,也不在意。及知是世家子弟,心里就动了一动,便道:“福寿,你家爷叫什么呀?”福寿道:“我们爷叫福天星。”刚说着,恰已瞧见了,便道:“我家爷来了,姨奶奶送下来的。”那女教习跟着福寿的眼线瞧去,只见一个少年穿着英白春纱长衫,蟹壳青实地纱军机褂,架着金丝眼镜,衔着纸卷香烟,手携着一个俏丽女子,年纪仿佛比福天星倒①大些,约略有三十岁左右了,这个当儿已到面前。

福寿道:“爷来了,戏馆刚刚散吗?”姨奶奶笑道:“福寿你竟糊涂了,这会子差不多三点②钟哩。群玉坊的殷姑娘今儿才晓得我们爷出门去,不知道那里来的信息,我们在天仙茶园听清客串的戏,因此殷姑娘亲自找到天仙那里,死活的要拉我们去坐一下。我们只得听了市隐居士串的《空城计》。进了场,就同着殷姑娘一块儿去,到他那里坐一下子。岂知殷姑娘忒要好了,晓得我们爷爱吃广东菜的,便去杏花楼叫了一桌八块洋钱的一桌广东菜,又去请了同春坊的徐韵宝徐姑娘、三马路的秦缦云秦姑娘,来替我们爷饯行。那徐姑娘、秦姑娘死活的也要替我们爷饯行。我们再三再四的说,时候来不及了,秦姑娘、徐姑娘那里肯依?因此殷姑娘出的两全法子,叫徐姑娘、秦姑娘合请了一桌,于今在三马路。来呀,我慌得什么似的,恐怕要开船了呢。”天星道:“我的酒量,实在不兴,不过两三杯酒,脑儿涨得狠。”正说着,只见合船上的电器灯忽然暗了。三分钟时,依旧光明了。天星道:“要开船了!这是催送客的上岸呢。虽然还有三十分钟才拔锚呢。”姨奶奶道:“我

---

① “倒”,原文作“道”,据文义改。

② “点”,原文作“记”,据文义改。

上岸哩。家里的事你放心,不用记挂。你逛一会就回来才是,别懒怠写信。"天星一一答应了,姨①奶奶又嘱咐福寿道:"你好好的伏伺爷,别叫爷生气。伏伺得好好的,回来时我把小玉丫头赏你做妻子,好吗?"福寿屈了一膝道:"谢姨奶奶的赏,奴才不敢叫爷生气的。"姨奶奶点点头道:"这就是了。"天星也丁嘱了姨奶奶几句,姨奶奶自去不提。

且说福天星,在房间里瞧②了一瞧道:"这箱子怎地不交到箱舱里去?不是稳妥了吗?"福寿道:"横竖我们独包的这号官舱,行李也不多,着实舒服呢。"天星也不言语,顺手拿个梨儿,叫福寿扦去了皮,吃着。一面在身上③摸出一篇行李的帐儿来瞧着,原是姨奶奶写的:

第一号大板箱内贮爱庐文稿四十部计三百二十本。
第二号大板箱内贮爱庐诗稿一百部计四百本。
第三号大皮箱内贮棉夹衣服计二十三件。
第四号大皮箱内贮小毛衣服计九件。
外国皮箱内贮应用杂物择贵重者计之:
雕瓷内府印泥盒一个、珊瑚泥十二两。
玉石大小印章共计十八方。
汉甘林瓦砚一方、紫檀盒附。
上赐白玉闹龙笔架一府、红木座子附。
汉玉墨床一座。
十两金条一百根。
十元裕宁钞票一百张。

---

① "姨",原文作"属",据文义改。
② "瞧",原文作"然",据文义改。
③ "上",原文无,据文义补。

现洋二百元。

天星看了微微笑道:"要这许多做甚么?"便叫福寿把这外国皮箱安放自己睡的那个床底下,又嘱咐道:"仔细留神着,别不小心闹出乱子来,不是玩的呢!"一时只听得气笛一声,双轮并发。天星道:"开了船了,就不要紧哩,没有人敢偷东西的了。"

于是走出门去瞧瞧,那第四号里的那个女教习也倚在门边闲望。天星瞧了瞧,那女教习含笑道:"福先生,谢谢你的梨儿呢!"天星愕然,莫知所对。福寿却听到了,连忙笑着跑出来,说明缘故。天星连连道:"这点子算什么?这点子算什么?"又道:"姊姊贵姓哪?"那女教习道:"姓白呀。"天星道:"贵府呢?"那女教习道:"金匮县的。福先生请里面坐坐谈谈,使得吗?"天星狠是欢喜,便道:"好的好的。"回头对福寿道:"你别跑开去,房里留心着。"福寿笑着答应了,道:"素妹妹,我们也说说话儿好吗?"阿素笑着说:"好的呀。"

不说福寿和阿素谈天,且说天星顺步儿踱进第四号房间,笑道:"白家姊姊也是到汉口吗?"白教习道:"是的。这会子受了武昌的什么女学堂的聘,充当英文教习,兼手工教习呀。"天星道:"狠好狠好。"白教习又递了杯茶,敬了支纸卷烟,天星站起来接了,道:"姊姊是出过洋的?"白教习道:"也算不得什么,就不过东洋去了三年,去年上半学期毕业的。回来之后,就在上海城南的那个公立女学校当了两学期的教习,也不过胡弄局罢哩。咳!我们中国女学堂风气开是终算开了,也算发达了,但是只图形式上的闹热,若说精神上的教育程度还远得狠呢。不是我也在这里闹这个巴戏了,应分回护些,我们的女学界其实是说不得。非惟没有一点子的利益,倒是内底子里的坏处,说起来着实寒心。怪不得一般顽锢的要攻击我们呢!"

天星道:"是哪?姊姊自己不说呢,我也不敢在姊姊面前说。

若讲到女学堂呢，原是我们中国第一要紧的事，我们中国的国弱民贫，推其原理，却是女子没得教育之故。至于女子，都是依赖男子过活日子了，还得男子天天的打饥荒。于是夫，男子家只顾自私自利，不顾廉耻，不顾公理，只晓得自己弄得钱，养得活一大堆的妻女。团体的两个字，一点儿找不到。人各一心，所以被列强践踏得不堪说想哩。这个议论虽是近日的通论，其实也未必尽然。何也呢？我们中国的女子却也不尽是依靠着男子过活的，倒是男子依靠着女子过活的，其实不少呢。姊姊想呢？譬如当婊子的，别说苏杭、上海、湖北、广东、南北两京，许多热闹地方，不是都有成千累万的婊子呢，就是穷乡僻壤、市镇村坊，那不当官的土妓也着实不少。这么着许多的女子，不是拿身子来赚钱，养活他的男子吗？这是一宗儿。还有给人家佣工的妇女们，计算起来，较之婊子的数儿，要多着十倍还不止呢。就是那当婊子的，一个□子最少也得三五个女佣，那土妓也雇着一二个女佣，这是不正经的佣工。至于世家大户，不是丫①头媄妇，成群结队的吗？哪怕经济人家，稍可过活，也要雇一个媄妇使唤使唤。这许多妇女，别说都是养活男子的，就是不养活男子，也不用男子养活了吗？这么算起来，我们中国的女子，不用男子养活的，只怕十分里面倒占了三四分哩。还有一说，有钱的人家女子们虽是坐着吃死饭，其实也不过靠着家产，不是男子去掏摸钱来养活的。没钱的人家女子们也不是坐着吃着的，也会寻些钱来帮衬男子，譬如洗衣服哩、做针黹哩、拣茶叶、缫湖丝，种种不一，赚钱的门路狠是多着，一时间也说不了的许多。至于庄户人家，那一家不是男耕女织，自然也是帮着男子的吃着养生。就不过一般经济人家的男子，叫妻女们去做佣工，似乎面子上下不去，只得死活的弄钱来养活

① “丫”，原文作“了”，据文义改。下同。

着。其实内中也不是个个女子家吃着死饭的,也有些靠着针黹上摸几文的,也好多着呢!这么着的计算起来,我们中国的女子真正依赖着男子过活的,只怕十分里面还没二分呢。何尝是女子累穷了男子哇?!于今有识之士,也多有明白这道理,只是没教育的坏处,所以兴起这女学堂来。见识果然不错,但是章程科学,又是迂缓不急,于妇道上头,一点子没得关切,即如姊姊担任的英文的一科,这个尽可以不必。何也呢?女子家只消明白女人家应分的学问,那就是了,要懂得外国语言文字做甚吗?姊姊虽不同胡闹的一般样人,然而到底说不得。至于我刚刚说的女人家只消明白的女人家学问这句话,假如给那些没意思的人听了,又要骂我顽锢,男女不平权。咳!我们中国,只说是男子是全权的,女子是没权的,那里得知底里的弊病哇!最坏的是女权太重。上至国家,下及庶民,阽危倾覆的现状,还是男子闹出来的呢,还是女子闹出来的哇?眼前的且不必说,不信史鉴上去瞧呢,那一代不是丧亡于女子之手?老妇授权,少女惑主,这八个字实在是千古定论。譬如寻常的百姓人家,男子一死,便寡妇当家了,一定是闹个七颠八倒,就是有英雄豪杰的儿子,着实可以做一番事业,都被那寡妇牵掣了。姊姊倘不嫌我没见识的人,可以谈谈的呢,我有一本没发刻的《寡妇毒》的稿子在那里,明儿找出来,给姊姊瞧瞧呢!”

白教习道:“福先生见识学问果然是超人一等,我们须得常聚才好。还没问福先生,可是也到汉口吗?”“原是有点子那么的公干。”天星笑道:“我于今是名利两字都勘破了,可知这世界不配我闹的呢。”白教习笑道:“福先生这话恐是一时间有激而云然罢。不是我恭维的话,我们虽是萍水相逢,不知底细,然而听着方才的一番议论,学问见识不用说了,自然是最优等的了。况且观察福先生,言外之意却是最热心的。”

白教习还没说完，天星抢说道："姊姊这①句话就对了，我福天星今儿不意之间又得了一个知己了。既是这么着，我也不肯藏头露尾的说了，姊姊也是社会上有知识的人，想来天公旷议的风潮终晓得的？"白教习道："那个什么不晓得？当时我还在东洋肄业，那留东女学生公电上的白……"天星忙站起来揖了一揖道："姊姊不用说了。我记起来了，姊姊一定是白璧姊姊了。"白璧忙还了一福，笑道："真正是巧相逢哩。天公先生，我有一句话不得不说，依着过去的时代呢，自然是灰心之极了，勘破了名利关头，说得也是不错。然而目下的时局却又不同了。先生正当英年有为之日，不可磨灭了志气。先生虽是已灰了心，不肯担当社会上的庶务，只怕社会上不容先生作江湖闲散的神仙哩。"天星叹了口气，也不言语。白璧②又道："这会子逆江上渡，到底做些什么呢？"天星却又含笑道："姊姊别笑话。横竖你我已深知底细，说说也罢。"说着又是沉吟吞吐。白璧笑道："光生说呀！"天星扑的一笑道："只为我发了一个呆性，羡慕着司马相如的故事，因此要到成都去逛逛。"

白璧听了大笑，忽然的脸上一红，低头不语。天星也不在意，因问③起白璧的家况来。白璧迟疑一会道："既承先生下问，只得倾心相告。我家虽是金匮县的原籍，其实先父已是生长在上海了，先父的坟墓也在上海了。先父是挟形名之学，历游五六省。"天星道："尊讳可是金字旁的吗？"白璧道："不错。"天星道："如此就是起明先生了。起明先生作古了，却没知道。这么说来，我们又是世交了。起明先生原是我家如山叔祖的门生呀，姊姊晓得

① "这"，原文作"只"，据文义改。
② "璧"，原文作"壁"，据文义改。下同。
③ "问"，原文作"向"，据文义改。

吗?”白璧道:“这个倒糢糊了。”

天星道:“起明先生我也不过见过一面。想来作古之后,积蓄是有点的。”白璧道:“咳!说起来却也惭愧。好在我们一来是世交,再者是同志,而且先生也决不笑话的。先父作古了,整整的五年了。那年我是十六岁。先父身后只剩得二百余金,继母又是说不得的,这二百余金,还不肯尽数断送在先父身上,那饰终的将就,也不说可知的了。我的亲舅舅是好的,表哥哥也是好的,日后支持门户的浇里,都是亲舅舅和表哥哥一力承当。于是相安了半年光景。我继母有个侄子,叫做汪又钜。虽然是捐了个监生,下过一次乡场的,其实文理还弄不清楚。他的老婆死了,我继母就把我许那汪又钜做填房。我的亲舅舅说这头亲事狠不合式,年纪也差得远了。”

天星道:“那汪又钜多少年纪了呢?”白璧道:“当时已三十岁光景了。”天星道:“却是大差远了,而且姊姊当时也不过十六岁,不该就许填房呀!继母太太算什么意思呢?”白璧道:“咳!谁懂他呢!亲舅舅再三的阻止,到底不成功。我继母说,女儿的亲事,老子死了,自然娘作主呀,舅舅也没名分干预呀!而且一样的舅舅家去做媳妇呀。要是亲娘不死呢,自然给你的儿了做老婆,做你的媳妇。就是他老子活着,也要从活着的老婆说话,不见得想着死去的老婆的哥儿侄儿呢。亲舅舅听了这么的一篇蛮话,直气得说不出话来。但说,既然如此,也好,外甥女儿我不放他挨饥受冻过日子的,我自有道理的,你的日用开支,我却不管哩。我继母听了这句话,笑道:这是明明逼我嫁人了!既然不容我守寡,也没法子的。”

天星听了狠不为然道:“如此说来,你家继母太太狠没情理的人哩!”白璧道:“于是赌气收了汪又钜十二块洋钱的定礼。先生,我苦哩!那汪又钜是那么的一表人才呢,女孩儿家虽是不该说的，然而王道不外人情，年纪上头差远些，倒也罢了，只是一个猢狲脸，一脸的烂麻子，又是抽雅片烟的，一天要抽一两开外雅片烟，还要三不两时的胡家宅哩、跑马场哩，去打野鸡，再者不是小东门哩、香粉弄哩，吃花烟、跳老虫，都是罢不来的。没钱使了，剥了衣服去当。不时的长袍短套的出去，剩了一件单短衫了回来。”

天星听了皱眉道：“那是太没出息了。光景家计上也不什么样吗？”白璧道：“头里是开钱铺子的，于今也没了。过去呢，还狠可以过去。亲舅舅知道既经收了定礼，自然没挽回的了。我也没法奈何，只得求着亲舅舅想法子，退回了定礼。那怕死，也不愿嫁过去的。那时候，恰恰我的表哥哥在东洋留学，暑假回来说，妹妹，这头亲呢，怪不得妹妹不情愿。就是又钜这人，我们也不屑和他招呼，假如遇着了，只做不认识的似的。既然这么着，妹妹也到东洋去读书，避过几年再说罢。横竖哥哥一块儿去，一块儿来，怕什么呢？并且妹妹也最欢喜读书的，我就着实欢喜。舅舅说：若是愿意的，这学费等项自然是我们爷儿两个承当。天公先生想罢，我还有什么不愿意哪？”天星道：“这位舅舅和哥哥着实好的，你那位舅舅是谁呀？”白璧悄悄的咬着天星的耳根子嘁喳的一句。天星拍手道：“原来是这位老先生，真不明说了，都是同志。”

白璧道：“我去了东洋，不过三四个月，继母就改嫁了。”天星道：“倒也干净。然而这头亲事终竟不了呀。”白璧红着脸道：“这会子终算得不了了之了的。何也呢？又钜生了一身杨梅疮，那个那个。”天星道：“懂了懂了，可曾写了退婚的证书吗？”白璧道：“写了的。”天星道：“这就好了，姊姊今年不是二十一岁吗？”白璧道：“属鼠的，二十二岁了。”天星道：“如此，我却虚长姊姊三岁。”

于是谈谈说说，颇觉投机，不觉已过了南京。恰有南京下来的几个朋友，住在第二号官舱里，说起是芜湖道聘的幕友。天星忽然想起，芜湖道某观察的公子是同年，并且还兼一点姻谊。一打听,某观察因丁内艰,这几个朋友是后任聘的,天星一想,既然路过,应分去吊一吊丧。左右闲着,又没要紧的事,便定了主意,对白璧说明原委。又道:“这两天我们心腹都谈出来了,你家舅□□然是好的,但是力量却也极拮据,这位老先生的家况,我也仔细姊姊的窘迫,也承你都告诉了我了。就是这会子虽得了好些的事情,也不过二十来两银子一月进款,主婢两口子,那里有得开销呢?姊姊不用见外,我却盘川狠富余,用不了许多,而且一点子的微名,到处还有供给。”说着,拿出二十根金条,递给白璧道:“姊姊收着,以待不时之需罢。”白璧道:“这是那里说起?”天星道:“我们既属同志,不用说了。”白璧面孔一红道:“横竖心照就是了。”天星点点道:“彼此。”阿素抢出来笑道:“我也情愿。这是天大的欢喜呢!”天星瞅了一眼道:“你晓得甚么?”

白璧道:“你到了湖北,也有找处了的。差不多快到芜湖了,我们帮着收拾罢,这被袱应分我来收拾呢。”阿素道:“我给寿阿哥打铺盖。”天星微笑,点头不语。一会子已到芜湖。天星就招呼了名利栈的接客的,把行李一一交付了,又与白璧说了一车子的话。白璧送到船头上,直望到福天星的影儿都不见了,才回房去,只觉得寂寞了许多。

阿素道:“福爷这人着实是好的。听着寿阿哥说,他家里大奶奶也标致的,二个姨奶奶也好的。前儿送下船来的还是今年五月里娶的。不知什么缘故,福爷今是二十五岁,这位姨奶奶倒三十二岁了。”白璧笑道:“傻丫头,你懂得甚吗?只消情谊合了,管什么年纪大哩小哩。并且男女的情意也不在那话儿上的。譬如男的对男的,女的对女的,一样也有情投意合的。难道也做得来那话儿吗?就不过一男一女一经情投意合了,似乎除了那话儿,终觉得太生分了。”阿素悄悄道:“昨儿晚上,我外边去逛了一回,瞧着门关得紧紧的,推了推又推不开。寿阿哥招招手,偷背和我说,爷在里面,别进去。我就寿阿哥铺上睡了一觉。好一回,差不多天快亮了,福爷才过去的。到底在里面做甚么呀?”白璧低了头不言语。阿素笑道:“小姐说说也不要紧呀。”白璧道:“你们的事我也瞧觳了,大家明白就是了。”

且不提白璧主婢的话儿。且说福天星,就在名利栈要了一间外国房间,说明主仆两人房饭,每天大洋两元。逛了一天,探听着某观察的太夫人是殁在省里的,某观察已星夜回省了。跑了个空,着实懊悔。自怪作事卤莽,没有打听明白。要是和白璧一块儿湖北去逛几时,岂不有趣?就是成都,去也罢,不去也罢,于今姑且逛一天。仍旧趁了轮船,湖北去找白璧罢,安庆也不高兴上岸了。

这日,吃过了夜饭,闲着没事,想外面去逛逛。芜湖是没到过的,就左近瞎跑一阵子,也是乏味。便叫福寿去请了栈里的账房先生来,和他商议要请这帐房先生,陪出去玩一下子。帐房先生道:“我却事忙,又且也不狠熟悉玩的门径,我们小老班却狠玩的。倒是叫小老班陪去罢。”天星道:“狠好狠好。”一时帐房先生去找了小老班来,天星请教了小老班的名姓,却原来叫作干啸畲,啸畲也请教了天星,天星说了,彼此谦逊一回。

啸畲道:“近儿新到了一班女戏,果然是好。只怕天公是上海来的,司空见惯了呢。虽然,先生解个闷儿也好。这里的门户人家过去是没有什么玩意的,倒是停儿回来,叫几个来栈里,却好玩儿得多哩。天公在上海,虽是玩惯的,这里却别有一种风味。”天星着实高兴,便属付福寿道:“别跑开去。要是静静的守着房间睡一觉,倒也使得。”说罢,便同着干啸畲,一径来到咏霓髦儿戏园。

这时,园子里上上下下已坐得满满的了。恰好第三间厢楼里,有四五个坐位空着。天星笑道:“这座位倒还狠好。”那案目(戏园里招呼听客者谓之案目)的瞧着天星是个阔客,并且天天送戏单到各栈房去，兜拦听客，就认得啸畲是名利栈的小老班，因此着实恭维。端上四个碟子，又取了一张明儿的戏单，请问了天星的姓，住第几号房间。天星是玩惯的人，自然懂得，不必现惠戏钱的了。便说第五号大菜间，姓福，案目的连忙答应了，又陪笑道：“福老爷可要陪坐？”天星笑问啸畲道：“这个陪坐的款儿，却不明白。”啸畲道：“这个款儿，上海是不兴的，天公自然不懂了。这里是这个样儿的，譬如欢喜那一个女伶，就可以叫他上来陪的，仿佛上海叫局的样儿是的。”天星点点头道：“倒也好。譬如叫一个来陪着，坐一回子，给他多少钱呢？”啸畲道：“这是没定规的。要是意思之间，合式的点出戏，却是四元洋钱，另外再加赏钱。譬如点了戏，或是到他的寓里，或是叫他到栈里坐一会，说说话儿也使得，就是陪着睡觉也使得。”天星道：“原来个里的女伶兼做生意的，却是同天津、北京、陕西、河南差不多的，倒狠可以玩他一下子。不知那个是这里顶尖儿顶儿？”啸畲道：“天公瞧戏单上，就有点子数儿哩。”天星笑道：“也是一法。”唱前四马戏的，想是大高而不妙的，便从第五马瞧起。

徐菊香	徐兰香	定军山
紫樱馆	金如意	断　后
金丽卿	花文绣 花文艳 花文锦	（八大锤）（诸仙镇）
红梨馆	金桂琴	跪　池
钱珮玉	钱　珍	新安驿

天星笑道：“大约这金丽卿、红梨馆算金梁玉柱的了？”案目的陪笑道：“福老爷说的是。金丽卿年纪还只得十六岁哩，面盘儿也狠标致的；红梨馆却是文静不过的，只是年纪差些，光景三十岁是有了的；这紫樱馆倒是上海来的，原□子的名字叫花红芳；金如意

是紫樱馆的侄女儿。”天星道：“花红芳我却晓得的，品貌是不好的，又黑又胖，那双手仿佛印度人的手差不多儿。”那案目和啸畬都笑起来。案目的道：“既是福老爷知道的，却不敢相欺，说不得七身还靠不住呢。”天星道：“我却不欢喜年轻的。听你们说的那红梨馆，倒合着我意的呢。”案目的忙答应着道：“马上就去唤来，马上就来的。”天星含笑点头。

瞧那戏台上，恰是“小上坟”，将快进场了，接着就是“定军山”了。一转眼间，“小上坟”已是进场，就大锣大鼓震天价响的打了一阵。蓦地里，锣鼓一煞，接着吹打了一套“将军令”，出齐了队子，虽是髦儿班，跑龙套的却也不少。正在静悄悄的，打到第二套戏锣的当儿，只见那案目笑嘻嘻的引了一个大姐来。到了面前，案目的对那大姐道：“这位是福老爷。”说罢自去。那大姐就向着天星赔笑叫了一声“福老爷”，天星含笑点头。

啸畬笑道：“阿珠，你家三小姐呢?”阿珠回过头来一瞧道：“嚄，干老班呀，和福老爷一块儿吗?”啸畬道：“可不是吗? 我说你家三小姐是文静不过的，所以福老爷就高兴，要瞧瞧你家三小姐呢，你家三小姐在那里做什么? 还不来呢?”阿珠笑道：“不瞒福老爷说，三小姐正在梳头呢。案目的来寓里关照了，赶忙着梳完了头，马上就来的。恐怕福老爷不耐烦，因此先叫我来伺候福老爷的。”说着递上水烟袋来。天星接了。

没一会子，阿珠向那边招招手。啸畬向那边一望，笑道：“天公，三小姐来了。那穿元色的就是呢。”天星连忙抬①眼瞧去，只见那红梨馆三小姐，长条身裁，瓜子脸儿，穿着元色外国水云纱，夹袄一色的，裤儿系着四寸宽玉色纯丝的带儿，果然是淡妆靓服雅致非常，横波一转令人魂销。王次回说的“徐娘风味胜雏年”，斯

---

① “抬”，原文作“枱(台)”，据文义改。

言良是,斯言良是!

珊珊其来,已到天星面前,含笑叫了一声"福老爷",又叫了一声"干少爷"。啸畬笑道:"到底是三小姐有规矩,不象阿珠的没规矩,只管向着我老班长哩老班短哩。"天星笑道:"啸兄未免太认真了。"阿珠笑道:"到底福老爷量大①。有所说的,宰相肚里好撑船哇。"啸畬也不回答,拉阿珠靠着身边坐了,交头接耳的不知说些什么。

天星瞧着三小姐,着实合意。也没工夫听戏了,牵了三小姐的手,笑道:"你今年几岁了?听说差不多三十岁了呢。我却有个自己也不懂的脾气,那十七八岁的随他怎样俏皮,终不欢喜的,听着三十多岁半,我的心就荡起来了。"三小姐笑道:"这话只怕福老爷心头不似口头罢。"天星着急道:"我从来不会说诳话,不信你去打听,终打听得到的,而且狠容易。这个紫樱馆,不是叫花红芳吗?"三小姐道:"不错不错。他是上海来的。"天星道:"这人我却认得。你去问他,只消说杭州人,有个福天星,住在上海西门外福家花园的,他不欢喜年轻的女子的,今年三月间,选讨了一个上海的老妓林笑春。打量花红芳终有点子晓得的哩。我是今年二十五岁,笑春不是三十二了吗?"三小姐惊喜道:"阿呀,笑春阿姊嫁的就是福老爷了。那是晓得的狠呢。"天星道:"你认得笑春吗?"三小姐道:"非惟认得,而且最要好呢。想来福老爷终听他说过的了,我就是谢飞云呀!"天星笑道:"真正不说不知。五月间你不是在苏州春仙里唱戏吗?他给你的一封信,不是我写还有谁写哇?有趣有趣!想不到在这里遇着你,我也差不多要想出病来了。"三小姐笑道:"这又是那里说起?"天星含笑凑着三小姐的耳朵,悄悄的道:"不是说句下流的话,至于说到那话儿的趣味,笑春也算得

---

① "大",原文作"人",据文义改。

最优等的了。笑春笑我没见世面,可晓得有个谢飞云吗?于是我备细问他,他就备细说了。我就成日家痴想,不知那一天有得遇到这谢飞云。假如一辈子的遇不到谢飞云,我也算冤枉了我的一个人哩!”三小姐笑道:“呸!你去信他瞎说。你点戏点不点?”天星道:“那里肯不点呢?”三小姐瞅了天星一眼道:“阿珠,去拿粉牌来呀。”天星道:“点两出使得吗?”三小姐道:“两出还可以。虽是这里不比上海,十二点钟定要收锣的,这里是没限的,那怕唱到天亮都使得。其实多唱人要乏的呀,我却没有连唱两出的规矩。笑春阿姊分上,也说不得了。”

说时,阿珠已拿到粉牌。天星提笔便写“小宴”,又想了一想,写出“骂曹”两个字来。三小姐忙道:“这是昆腔的‘骂曹’呢,还是京调的‘骂曹’呀?”天星笑道:“尽便。”三小姐皱眉道:“恰恰的都没有的。”天①星便顺手拿了个纸吹一抹,笑道:“如此,你自己点了,我来写罢。”三小姐想了一回道:“‘荡湖船’好吗?”天星道:“好好!这里倒不禁吗?”三小姐道:“方才的‘小上坟’你不见吗?”天星道:“不错不错。‘小上坟’唱得,自然都可以唱得了。”

一时点戏的牌子挂了出来,大众的人一瞧,点的是红梨馆的“小宴”“荡湖船”,接连两出。都道红梨馆是最标的,肯唱两出,终是狠阔阔的人了,或者是最恩的恩客,大众都要瞧瞧这个阔人。有的说,那第三间厢楼上不是?红梨馆还陪着说说笑笑,狠是高兴哇!于是一人传十,十人传百,一刹那间,大众人的头不约而同的都向着第三间的厢楼那边来了。

内中忽有一人嚷道:“这不是福孝廉吗?”天星却也听着,跟着声音一瞧,却是个和尚。忙招手道:“痴和尚来呀!痴和尚来呀!”三小姐道:“如此,我上妆去呢!索兴我一并唱完了,再来陪你,好

---

① “天”,原文作“大”,据文义改。

吗?”天星道:“最好最好。”

不说阿珠扶着三小姐自去。这里那个痴和尚已上楼来,笑道:“天老爷,多早晚到这里的?”天星道:“昨儿才到。”约略说了原委,转问痴和尚道:“你怎地也在这里?”痴和尚道:“咳,惭愧,惭愧!那一年不是我在上海四马路什么戏园子对面,租了一幢房子,开了一个佛店?”天星道:“是的,我还记得,叫做‘灵芸寺下院’呢。”痴和尚道:“可不是吗?这个灵芸寺下院做得着实兴头,我还靠着相面算命的把戏,哄得堂子里的先生、小姐、娘姨、大姐们,那一个不相信我痴和尚是个活神仙哇!就是公馆里的乡绅大户人家的太太、奶奶、小姐们,也给我哄得失魂落魄似的,拜我师父的也有,寄名与菩萨的更是不少。这么着的一玩,不觉玩了一年有余。忽然间跑出这个混帐王八羔子的赵礼堂来,又是生生的碰到了一个瘟脏官,坑得我上海地面上存身不得,只得离了上海东奔西走。又是年余,我的师父德荣和尚恰好在这里上游三十里的乌江口霸王庙里当住持僧,没法奈何,只得来寻师父,暂且安身。不料我的师父没得几天就死了。于是我就承袭了这个霸王庙。可喜这霸王庙狠有田产,一年坐着,稳稳的有三千串钱的租米,岂不是有趣吗?因此就住长了。横竖我年纪也差不多五十岁了,还想什么呢?天老爷,既然是闲逛,到我庙里去住几天。”天星道:“那里冷清清的,有什么好玩,不必罢。到底你上海的那个乱子,怎样闹出来的?你倒说说。”痴和尚道:“这个乱子说起来狠长呢!天老爷别认是乌江口是小地方,其实狠有玩头呢,并且那里还有个厘金局子,可想热闹哩!这个也不以为奇。倒是狠有几个齐整怪标致的女孩子。”天星听了这句话忙笑道:“痴和尚,我们明儿就去好吗?”痴和尚笑道:“好好,这样罢,明儿我到栈里来,请你老人家的安。或是玩一天,或是就到庙里玩去,再商量罢。现儿还有几个朋友在那里呢,不奉陪了。”天星道:“如此,记清楚了名利栈第五号大菜间,别混忘了,才是饥荒哩。”痴和尚连连点头道:“记得记得。停儿和红梨馆两口子多欢罢!”笑着去了。啸畚笑道:“这个和尚疯疯癫癫的,倒也好玩。前儿我们栈里也来住过几天的,闹婊子竟不避人的。”天星笑道:“这个和尚,竟是个孽障!”

说时,紫樱馆的“断后”已完了。原底子是接着金丽卿的“八大锤”,红梨馆就提先唱了“小宴”,再唱金丽卿的“八大锤”,中间隔了一出“大奏子”,就可以多歇一会力,就觉得不乏了。只见台上,跳过加官,三小姐扮的是唐明皇,那陪唱杨贵妃的却生得圆姿替月、润脸羞花,台步声容亦极老到,打量着也有二十四五年纪。天星不禁喝采道:“好一个妙人儿!”因问啸畚道:“那扮贵妃的是谁呀?”啸畚道:“这是钱佩玉。也是个极标的人,怎地肯陪唱,却也诧异。一定是天公的大名所致。”天星着实高兴,便在身上掏出一大卷钞票来,拈了三张做赏钱。啸畚道:“钞票不好,虽是三十块洋钱掷到台上去,一点子声音都没有,觉得不气概。我给你当个差,到帐房里去换现洋钱来,放起赏来,锵锵然的,声音岂不威武?”天星笑道:“既然这么说,就烦劳啸翁罢。”又拈了三张,一并六张,交给啸畚去换现洋钱。一霎时换了现洋钱来,啸畚就替天星放了赏。果然好听。那后台谢赏的已早在戏房门的帘背后张望,只听得铮铮铮的一阵响,马上跑出来,作一个另有一种样子的揖。

一时“小宴”进场,接着“八大锤”锣鼓喧天,直闹得大众人的眼花脑涨。“八大锤”之后,终道是“荡湖船”了,岂知并不减马,仍旧是红梨馆的“跪池”。“跪池”之后,钱佩玉唱了“新安驿”。及至红梨馆唱完了“荡湖船”,已是差不多三点钟哩。

那“荡湖船”没有进场的当儿,阿珠早已上来伺候。嬲着天星,要一块儿到寓里去。啸畚笑道:“别和我们闹这空巴戏,你家三小姐早早的预备着了哩。”阿珠倒呆了一呆道:“预备着什么呀?”忽然一想,扑的一笑,拧了啸畲一把。恰恰的三小姐已上来了,笑道:“谢赏谢赏!”天星也笑道:“辛苦辛苦!”啸畲笑道:“别客气了,累得人怪肉①麻的,走罢走罢。”于是天星携了三小姐的手,一路说着笑着走着。啸畲道:“阿珠,我们也亲热点点,也携着走罢。”阿珠原来和啸畲也是有意思的,因此真的也携着手一路走。

一时出了戏园子,三小姐道:“我的寓里,算不得什么,也还齐整。稍微坐一坐,让我找了一件东西,再一块儿栈里去好吗?”天星道:“将就些罢,什么时候了,还要巴巴的闹些什么来呢?”三小姐捏了一捏天星的手:“过将就不得的,懂吗?”天星点点头道:“既是将就不来的,就去坐一坐。”原来三小姐的寓处,就在戏园子横里,不过五六十步的远。于是略坐了五分钟时,三小姐道:“阿珠就家里睡罢,不用去了呢。”啸畲使个眼风,阿珠会意,便道:“也好,明儿我来梳头好吗?”三小姐道:“好的,饭后三四点钟来,别一早的跑来闹得人不舒服,我是不依的。”啸畲背了三小姐,笑向阿珠,舌头一伸,阿珠禁不住鼻子里哧哧哧的响起来。天星倒有点了面孔红了,搭讪道:“走罢。”三小姐道:“走,走。”啸畲又向阿珠递过眼风来,似乎“我陪他们去了,马上就来,别先睡了”。阿珠也递还了啸畲一个眼风,似乎说“专待你就来,胆子儿大着些,不怕什么的”。这个当儿,天星携着三小姐,已离着啸畲有二三丈路的远了。一会儿已到了名利栈,啸畲便分付茶房,找一个齐整点的小房间,预备福老爷的管家睡。茶房答应着“有有”,啸畲便送天星和三小姐到了房里。三小姐道:“这个房间倒狠齐整,我却没来过呢。”啸畲笑道:“房间也齐整,人也漂亮,福大爷的被褛,快收拾

---

① “肉”,原文作“内”,据文义改。

了,那边去睡。”福寿橛着嘴,收拾了被襆,茶房替他拿了到那里去睡。啸畲也一溜烟不知溜到那里去了。

这里天星果然大乐,一夜无话。次日,痴和尚来谈了一会天。天星道:“我们这里玩两天了,再到你庙里去玩好吗?”痴和尚笑道:“我尽管伺候着。且待天老爷玩彀了,到庙里去玩个新样出来罢。”天星含笑不语。第一回毕。

第二回　任大令专办厘差　胡三老接充巡长

案:福天星在芜湖名利栈,和咏霓髦儿戏园女伶红梨馆谢飞云狎玩了五七天,就觉得不过如此而已。痴和尚又日日来催,到他庙里去逛几天。这日,天星就同着痴和尚到了乌江口,福寿料理行囊,一件一件的,帮着火工道人般到霸王庙里去,天星也监察了一回。一时调放停当,痴和尚笑道:“天老爷,瞧着这庙的规模还体面吗?”天星笑道:“荒村冷庙,也算得有点子体面哩。”痴和尚又笑道:“既然在这里住几天玩,少不得霸王面前去上炷香磕个头,也算会会房主人。”天星大笑道:“和尚说的还算正经,若是要我磕头,这可不能。项羽虽是一勇之夫,还识得虞姬是个美人,分别时还晓得有些依依不舍的模样儿。这点子上就值得我福天星作一个揖,其实还是虞美人的分上呢。”痴和尚道:“别唠叨哩!再说起来,提防着霸王老爷生气了,仔细大巴掌打过来,别叫喊痛。”天星笑道:“正是鸡肋不足以当尊拳哩。”

说笑一回,信步儿走至庙门外眺望,只见这乌江口原是一个尖嘴,横叉①在大江之中,这霸王庙正在矶头上。天星不禁骇然道:“这庙地势好险啊!”痴和尚道:“可不是吗?要是没这个树林子时,这矶头那里保得住哇!没这座庙时,恐也镇不住这数百人

① “叉”,原文作“义”,据文义改。

家。”天星笑道:“这树林子的话,原是不错,幸亏这五六百株大柳树的根子绊结实了,保得住这个矶头。若说亏了这庙,才镇得住这数百人家,这么的话只得让和尚说罢,也只好去哄那些愚夫妇罢哩。”痴和尚笑道:“天老爷别说罢,我算是个和尚,就只得摹仿和尚的调罢哩。且到街上去打个样好吗?”

天星笑着走着上了街。只见一条长街,约摸有半里路长,大半是草房,虽是冷落荒村,却还各式俱有,酒店、茶店也不止一家,就不过都是不成个样儿的。最诧异的,十家里面倒有三五家都贴着一方小红纸,写的是“内有南烟”。天星走了百十步,却瞧着“内有南烟”的条子已十来张了,故瞧了一回,到底不懂。因问道:“这个‘内有南烟’是什么东西呀?”痴和尚道:“这是卖大烟的人家,就是烟馆。但是这里是个小区处,当真的烟馆呢,却没有的。假如某人家有人吹大烟的,就可以花几文钱到他家里吹几口,倒狠有点玩味的呢。”天星道:“这个也没有甚么玩味呢。”痴和尚笑道:“横竖闲着,不妨去见色见色。得了这玩味,只怕天天要闹着吹大烟呢。”天星原是个少年好事的人,不高兴的事儿是没有的,便道:“如此,就去吹大烟。”瞧着有这个条子的人家,望着里边便走。痴和尚一把拖住道:“别瞎跑,这里不好,我们胡三老家里去。”天星道:“胡三老家在那里呢?”痴和尚道:“前面拴着一个黑驴子的那一家就是。”天星便然跟了痴和尚走去。

远远的听得一个女孩子的声音嚷道:“老师父来哩,老师父来哩!老师父,你说过江去一天就回来的,怎地去了十来天呢?做坎肩的青布给我买了没有?”一路嚷着便迎上来,瞧见痴和尚背后跟着一个华服少年,却呆呆的不言语了,打量着:天底下有这么样的男子的吗?敢是天上掉下来的神仙了。天星瞧着那女孩子,约略不是十七岁便是十六岁,穿着大红大布的裤儿、青布衫儿,襟袖上还装着五彩绣花栏杆,却也有三分姿色。痴和尚笑道："欢喜，你瞧瞧这位爷，俏皮不俏皮？快给我床上的被襆去收拾收拾，给这位爷吹大烟的。"欢喜道："这么着，且慢且慢，堂屋里坐一下子。我去收拾洁净了，别弄肮脏了爷的衣服。"痴和尚笑道："我说欢喜这小孩子是玲珑不过的。"说着便让天星堂屋里坐，又见一个狠蠢的婆子走出来陪笑道："老师父怎地过江去了好多天的？"痴和尚道："内老班（上江风气称女主人为内老班，男主人为外老班），先泡碗家园茶来！"那内老班看着天星也看得呆了。痴和尚又笑道："内老班，你活了五十四岁，可没有见过这样的人物呢！就是芜湖近来稍微有几个齐整点的男子家，然而也找不出这位福老爷的好模样儿。福老爷的好模样，别说芜湖哩，就是上海这么的好区处，象福老爷的好模样也着实少呢。"天星听着，只是憨笑。那内老班嘻着嘴，眯着眼，听痴和尚说完了，又怔了一回道："嗳，张铁口的算命着实有道理哩。今年大正月里，给我们二孩子算命，不是说今年上半年有大贵人？"痴和尚听着，内老班不知要说出什么的疯话来了，忙止住道："别乱说！快去泡来呀！"内老班自觉也太忘情了，便搭讪着烧水泡茶去了。天星却是没到过这里的，那种方言却也不狠懂得，只听着内老班嘁喳嘁喳的，不知说些甚么。就不过神色之间，终是赞他标致的意思，也不留意。

岂知乌江口的男子妇女，忽然见了一个少年美貌、衣服丽都的人来，大家传说起来，都要来瞧瞧，骤然间聚集了数几十人，把胡三老的门口都垛住了，仿佛看新娘似的。天星着实烦躁起来。痴和尚忙道："你们别这么啰唣！我不常和你们说过来，你们别把厘金局里的管师爷当做天上无双、人间少有的美男子。于今见了这位福老爷，才晓得我是不哄你们的了。横竖这位福老爷，在我庙里狠要玩几天哩。我挨着次序排日价，一家一家送过来，和你们说说话儿，让你们开个心儿，见个世面儿。"大众听着，都道："老师父又要拿我们来开心了。怎地叫做让我们开个心儿呢?"一阵子的嬉笑,一蜂相散了。

这个当儿,欢喜跑出来道:"老师父,房里收拾好了,请这位爷里间去吹南烟罢。"痴和尚便引着天星踅进了一扇芦席门,就是黑黑地的算一间卧房的中间,劫摆着一个大木炕,挂着一顶原底子光景是白麻布的,于今改变了淡墨色了的帐子。痴和尚大赞特赞欢喜的手脚灵快,收拾得非常洁净,天星却还是徘徊犹豫,不敢坐下,只怕肮脏了衣服。痴和尚笑道:"天老爷将就些罢,横竖你难为了一件衣服,算什么呢?"天星也觉得欢喜十分收拾过了的,只得配着在这里,做一套衣服不着,玩一个畅快,领略些尽乡风味,也算见个世面。于是就横躺下去。欢喜忙端过烟灯、烟枪,那支烟枪天星又诧以为奇了。你道那烟枪是那么个款样儿呢?却是一个磁的,仿佛药瓶似的,居中间椎了一个小孔儿,把一根一尺来长的竹管儿装在瓶口里。痴和尚也觉得天星在那里纳罕这支烟枪,便笑道:"这个叫坛子,不叫做烟枪,其实骨子比着下江的烟枪,吹起来愈加爽快灵通,但不过没有在坛子上装过烟的,到底装不上去的。欢喜,给福老爷上烟呀!"欢喜就在天星的对面躺下烧烟。天星仔细瞧瞧,那欢喜圆圆的胖胖的一个面盘,皮色儿倒还不甚黑,不甚么粗糙,一双眼睛却是水汪汪的黑白分明。一双脚札里得十分尖瘦端整,却已换了一件簇新的鱼肚白的竹布衫。这里这件竹布衫的名贵,却比着妆蟒还狠,假如该了一件竹布衫,大家都羡慕得不得了。万一遇着了喜庆事体,须得千恳情万恳情的找几个和该竹布衫的妇女们,最有交情的去借,借到时非常荣耀。这乌江口虽是个小区处,然而也有六七百人家,一股①脑儿找不到十件竹布衫。这胡欢喜却一

① "股",原文作"监",据文义改。

个儿该了两件,果然是富贵尊荣已极。这件是新的,还在三月间,就是厘金局里的管师爷所赠。

且说天星,把欢喜瞧了一回,便含笑道:“你叫欢喜吗?”欢喜原来和管师爷相好已一年有余,管师爷原是扬州人,伴得熟了,所以天星的话说有八分懂得,便陪笑答应道:“是呀,我叫欢喜呀。”这个当儿,痴和尚瞧着天星和欢喜攀谈了,彼此都是老手,用不着帮忙,就一溜烟到外边和内老班商量去了。天星却不曾在意,因又问道:“你今年几岁了?”欢喜道:“十九岁了。”天星笑道:“十九岁了?我估量你不过十六七岁的模样罢哩。”欢喜笑了一笑,手里一口烟已装熨贴了,便递过来。天星接来,吹着觉得还不甚么臭,将就吹着玩,却还使得。吹完了口烟,笑道:“难为人家。”欢喜笑道:“福老爷倒也会说我们边的话的。”天星道:“我只会说这么的一句。”天星却有冒冒失失的脾气的,最欢喜动手动脚,不管三七二十一,便在欢喜面上摸了一摸。只为天星这人,却合了施耐庵说的“潘、驴、邓、小、闲”五个字,好算得五德兼备。因此尽让冒失,从不曾闹过乱子出来的,所以惯了的。欢喜便笑了一笑,拿眼瞟了一瞟道:“粗糙得狠的。”天星笑道:“白嫩白嫩,有趣有趣。”

且不说胡欢喜和福天星香温玉软,其乐陶陶。且说乌江口的大众人沸沸扬扬的传说起来,说霸王庙的老师父领了一个神仙似的福老爷,现在欢喜那里吹烟,欢喜的气运果然算得交足哩。别说福老爷一定是肯花大钱的,就是不肯花钱,对着这样标致的人儿,说说笑笑,玩一下子,也要敲破了五千零四十八个木鱼才修得到呢!内中一个人说道:“这福老爷一定是上海来的,上海地方才有这么着的标致,这么着的气概的人呢。”又有一个人道:“定然是了的。何也呢?老师父不是前儿在上海做过生意的吗?想来还是在上海时候的老朋友哩。”再有一个人说道:“老师父这个人着实是最没良心的,得了肯花钱的人,终归[1]去巴结胡三老家里去。前儿管师爷来了,和欢喜牵线,冯老爷要弄个人,又和印深做媒,不想想珍珠娘儿两个都是和老师父有交情的。老师父一个不称心,就仿佛天生不认得似的,更不想想珍珠娘儿两个,为了老师父一个人,受了他们的外老班多少打骂,多少气苦。外老班死得到底不明不白,于今弄得珍珠娘儿两个饭都没得吃了。老师父意硬着心肠,瞧都不去瞧一瞧,让他们受见。那一天王副爷(厘金局的巡丁为之副爷)不是和珍珠有点子意思了,老师父就对王副爷说,珍珠这人有瘑疮的。王副爷就不要了,和春香打交情了。不过十来天罢哩,春香的耳根子上环子也有了,指儿上戒子也有了,髻子上簪子也有了,那一件不是芜湖陡门巷震和银楼的?十足纹银呀,听说停儿米厘动了,还要兑钏臂哩,只怕竹布衫也有点指望呢!假如老师父不说这句诳话,这个大运不是珍珠交进了吗?不是两三年的嚼吃就不愁饥荒了吗?咳!老师父这么样的促狭,头顶上只怕不是没有天的哇,瞧后来罢。”

一时间东也传说西也议论,一个风声吹进了管师爷的耳朵里。那管师爷恰恰的正在那里造八月分的报销册子,和冯老爷商量道:“听说省里已委了任大令来接办了。既然运动不灵,我们也不必张面子,只消彀的上比较才是,何犯着多花钱呢?”冯老爷道:“这个自然,我们省一点是一点呢。”正说着,一个写大票的,叫做沈柏荣,是冯老爷和管师爷的心腹,先听着了胡欢喜那里的信息,便当做了紧要新闻似的,马上进来通报。冯老爷虽是和欢喜的姊姊印深相好,横竖将快要走的了,也不在意。管师爷倒大不为然,心上写了一个酸字,便道:“痴和尚这贼秃,又没有知道省里的信息?我们这里都嚷着留办的,不该如此欺人呀!我倒要去瞧瞧,

---

① “归”,原文作“规”,据文义改。

上海来的什么样的一个阿物!”因问道:“柏荣,可晓得这人姓什么?”柏荣道:“他们都说是什么福老爷的。”管师爷沉吟道:“姓福的,我在上海却也教过两年的书,倒没有听着姓福的。而且姓福的,我们汉族却是没有的,光景是旗人哩。”冯老爷哈哈大笑道:“管老夫子,你自命是博学才子、识时俊杰,我却也测量不出你的学问。往常只有让你一个儿的说话,今儿也给我抓住了。你既然是个秀才,可曾瞧着我们浙江的闱墨。我虽是个假在行,却也曾考过两次小考,捐了监生,下过一会子乡场。没捐功名的时候,也要轧在读书人堆里充个假在行,各省的闱墨也要买几本来瞧瞧。我们本省的闱墨自然不用说了,庚子科中第六名的福海,岂不是姓福吗?”管师爷道:“敢是驻防了?”冯老爷道:“呸,那福公是我叔叔的内侄,内侄的阿舅,阿舅的表姊夫,表姊夫的堂妹丈,堂妹丈的连襟,不是我们也是亲戚吗?当时开贺的那一天,我还穿了一天的衣帽,替我们敝亲福孝廉知宾呢。”管师爷笑道:“这一门子的亲戚,转湾倒不少!叔叔的内侄是头一层,内侄的阿舅是第二层,阿舅的表姊夫是第三层,是第三层,第四层是什么呀,我记不清楚哩。”冯老爷道:“表姊夫的堂妹丈呀。”管师爷便道:“表姊夫的堂妹丈是第四层,堂妹丈的连襟是第五层,堂妹丈的连襟又是那个呢?”冯老爷笑道:“就是福天星孝廉海。”管师爷道:“嚄!福海就是福天星吗?”冯老爷笑道:“岂敢说是舍亲?”管师爷笑道:“如此我又□□着你更要明白些,你晓得那一科,贵省是什么题目?”冯老爷道:“这时候,我已捐了功名,就不过没有出山,所以不记得了。”管师爷笑道:“到底只好尽让我说话。你本省的就不记得,我隔省的倒偏记得。那一科的题目是‘夫子自道也’一句。这种学问,到底我们在庠的来得清楚,秀才价值八两库平银呢,合起洋钱来,十三块整足无零呢,岂不名贵?岂不香脆?要巴到十三块,不是容易的呀!”忽地的跳起来道:“别瞎嚼蛆!到底欢喜那里滚来的什么样的一个阿物,须得去瞧瞧!"

说着一经来到胡三老家里,只见痴和尚在堂屋里泡了壶茶,搁起了一双腿,坐在板凳上,和内老班嘁喳嘁喳的说话。内老班却站着,湾着腰嘻着嘴,听痴和尚说一句,把个脑袋点个不住,点一点嘻开了嘴,念一声阿弥陀佛。管师爷明知作怪,便笑骂道:"贼秃,鬼头鬼脑说些什么?"痴和尚和内老班正说得兴头,冷不防倒唬了一跳,抬眼一瞧,忙道:"管师爷!请坐请坐。"管师爷道:"大烟发瘾了,快点灯拿烟来吹。"说着往里间跑。内老班忙道:"管师爷,对不住!大炕上老师父有个朋友从上海来的,在那里吹。管师爷今儿就将就一会子,就大炕对面的小炕上吹罢!小炕上也是洁净不过的。"管师爷已防着,姓福的人着实少有,万一恰恰的是个福天星,倒要拉拢拉拢,后来是有大好处的。因此暂把一个酸字涂抹了。倘然是个无名小卒,再发作起来不迟。便顺口道:"一样的一样的,分什么大炕小炕哇,远客自然该敬重些。"

三脚两步已进了里间,只见欢喜已站起来,陪笑叫管师爷,又忙着小炕上去端整烟具。天星却躺着,斜着眼睛,只见一个三十五六岁的年纪,削骨脸儿、鹰爪鼻、黄狼嘴、高体骨、暴眼睛,穿着一件半新不旧的宽大靛蓝纺绸长衫,也没穿马褂肩坎,带着一个腰圆玳瑁凹晶眼镜,心里战敠道:"好一个有城府的人!"管师爷瞧了天星一眼,只觉得清华高贵,气宇轩昂,眉目间自有一种英爽之气,天公旷议的锋铓自然是这种人的笔墨哩!便摘下目镜陪笑躬身道:"老阁下姓呀?"天星少不得忙站起来道:"福,足下贵姓呢?"管师爷道:"管。台甫呢?"天星道:"不敢,先请教。"管师爷道:"请教请教。"天星道:"天星。"管师爷连忙说:"久仰久仰!旷议一篇,使尸位者胆落。杜牧"罪言"、夫之"噩梦",足比伦矣;若夫王梨洲之《明夷①待访录》,瞠乎后矣!"天星听了,居然是个读书人,便笑道:"空言无补,徒惹是非,兄弟是天下之至愚者。"管师爷道:"太谦了,可喜敝居停是阁下的令亲。阁下的公馆,想来就在霸王庙了?"

这个当儿,痴和尚却早已进来,预备着周旋拉拢,只恐怕管师爷不问情由,摆出一副吃醋面孔,得罪了天老爷,岂不疙瘩?及瞧着管师爷已经自己拉拢了,决不会吃醋的了,就安了心。所以只陪着笑,也插不上嘴去。天星笑道:"痴和尚是老朋友,这会子在芜湖相遇了,他定要请兄弟来玩几天。兄弟原是闲着,所以今儿一块儿来的。足下说贵局的总办是兄弟的亲戚,不知是那一位呀?"管师爷道:"敝居停,姓冯,官印是一个元字,表号是荔斋,不但是阁下的令亲,而且据说还是极相知的呢。"天星沉吟道:"冯荔斋是谁呀?亲戚里面倒狠想不起来呢。"想了一回,到底摸不着头脑。只得含笑道:"兄弟常在外面瞎跑,而且近年来又住在上海了,家乡亲戚实在生疏得狠。"嘴里虽是这么的敷衍,心里却嫌厌着管师爷胁肩谄笑,着实瞧不上这么样的人。又且拉亲道故,冯荔斋这人却没个影响,老大的不高兴和他说话。因此又道:"足下请过瘾罢,兄弟还要外面去逛逛,失陪了。"说着②抓了一块洋钱给欢喜道:"难为你,给你使罢。"拉了痴和尚,向管师爷一拱手就走了。

痴和尚便跟了③出来,欢喜忙着送出门来,一片声嚷着:"福老爷没事来玩玩,没事来玩玩。"天星随便答应着。痴和尚笑道:"怎地就跑了?"天星笑道:"这种卑鄙的人,谁高兴和他说

---

① "夷",原文作"夸",据文义改。
② "说着",原文作"着说",据文义改。
③ "跟了",原文作"了跟",据文义改。

话?蓦地里人还没认清楚,就拉起亲戚来了。'冯荔斋'三个字听都没有听到,督是忒糊涂了。"痴和尚也是好笑道:"于今世界上,管师爷的一流人也忒多。稍有一点名望的人,不管认识不认识,都拉到自己身上,不是相知便是亲戚,算装幌子的,其实不是这样,那里骗得饭吃呢?既这么着,我们怎样?还是回去,还是再玩一下子?"天星道:"回去罢,歇歇儿再玩好吗?"痴和尚自然顺着天星的意,那里肯说不好呢,便道:"最好,我也想回去歇歇呢。"于是一径回到庙里。福寿已把铺陈被襆收拾停当,痴和尚忙着叫唤小和尚,另外炖起水来泡龙井嫩茶。一时吃了夜饭,谈了一会,各自安睡。

于是排日价和痴和尚玩了好几天,天星却不寂寞,倒有些新样儿玩出来,暂且案下。且说省里委下的任大令,接这厘金局的差使,不多几天果然到了,就借霸王庙作了公馆,痴和尚自然又有一番应酬,预备拉拢地步。不过两三天,任大令和冯老爷,算清交替,文卷关防,移交已过,冯老爷打点动身,辞了痴和尚,回省去了。怎地没有说到辞一辞福天星呢?只为当日管师爷马上给冯老爷说,果然就是福天星,冯老爷便马上到霸王庙拜客。天星已嫌着管师爷忒趋时,老人的不高兴,所以冯荔斋冯老爷来拜,给了一个不见。冯老爷收了一个没趣,因此动[1]身的时候也没告辞,就是这个缘故。

可晓得这任大令——任大老爷,是个什么东西?我们上海人说的叫做"滑头",年纪只得二十五六岁,苏州人,狠有家财。老子是个大商家,只为儿子在上海大嫖大赌,弄得个不成话儿,因此花了几两银子,替儿子捐了一个县丞,分发江西。岂知任大老爷喝着嫖赌正在兴头上,那里高兴去做官?重复一想,听说江西的萍

---

① "动",原文作"重",据文义改。

乡,女子天下独绝,比着苏州女子还要好上多倍呢,只是萍乡是个万山环抱的苦地方,没有人去玩的。江西省城里的婊子都是萍乡的女子最多最好。因此和老子说,江西去呢,倒也可以,只是县丞忒小了,不体面。要我去呢,给我捐个道台,才可以去得。没有道台呢,还是尽着我上海玩去,别理我。他老子原只得一个儿子,而且年纪也六十多了,如何不欢喜儿子呢?于是仿佛买卖东西似的,说来说去,捐了一个知县,加了运同衔、一条花翎,任大老爷方始得高兴到省的。居然粉嫩的脸儿,配着黯蓝的顶珠,绿油油金汪汪的花翎,倒也配色十分好看。仗着有钱,自然诸事便宜。不到半年,就得了这乌江口厘金差使。地方虽苦,出息最多,一年期满,稳稳的三四万吊钱可以受用。这点子还是案着天理良心的钱,要是不理会病国殃民,是十万吊钱也算不得什么。这任大老爷,银钱上头却希淡的,别说想法子弄钱,就是赔贴些也不在心上。倒是乌江口的一班女孩子,大遭际运了,那胡欢喜、王珍珠、什么春香哩、桂联哩,一般儿有姿首的,就大展经纶,各争长短,于今就从欢喜那里说起。

一日,欢喜的老子胡三老正在家里坐地,忽然厘金局里来了一位师爷,嚷着要吹大烟。三老慌忙陪笑,招接到房里点灯挑烟。一面端整,一面忙叫大女儿印深陪师爷吹烟口,嘴却问那师爷道:“师爷贵姓呀?”那师爷笑道:“我吗?姓曹,苏州人,中过副榜的任大老爷,我的表兄弟,我是办文案的。”三老愈加恭敬道:“原来是表老爷。表老爷大烟有瘾吗?要是有瘾时,我们明儿芜湖去买上大土,煎了好烟,收拾了房间,预备着表老爷天天来过瘾,好吗?”表老爷道:“瘾是有的,我却不比别人。老实说,和老爷一个房间,堂而皇之的摆着烟具,成日家吹大烟。而且老爷也欢喜闹几口,就不过没有瘾罢哩。我好笑着,郭师爷、张师爷偷偷掩掩的吹大烟,防着老爷瞧见,其实老爷还象孩子似的,怕什么?最欢喜大家一块儿玩,一块儿闹,这么着倒不高兴的,明儿我还似得指点他们呢。"三老应酬了几句,即便退出。

老例,厘金局里的师爷来吹烟,是女儿应酬的。表老爷瞧瞧印深,光景二十三四岁,没有什么动人处。虽然,也搽了一脸的铅粉,一大块洋红,夺过签子来替表老爷装烟。表老爷笑道:"你叫印深吗?"印深点点头。表老爷又道:"你不是有个妹妹叫欢喜的,怎地不见呢?"印深道:"表老爷你怎地这么明白呀?"表老爷笑道:"老实说罢,我们老爷最爱玩的。一到这里,就打听谁家的女孩子最好,都说胡三老家的二孩子叫欢喜的,要算乌江口的尖儿顶儿哩,所以老爷叫我来瞧瞧,倘若老爷欢喜时,有大好处呢。"印深笑道:"大好处呢,我们不想。但不过我们的老子向来是充厘金局里的巡丁头儿的,去年冯老爷手里就换了黄老二了。"表老爷道:"要是你老子误了公事了,才换的?"印深道:"为了公事错误了,倒也罢哩,只是为了……"说到这里又不说了。表老爷瞧着印深不说了,便笑道:"懂了懂了。"印深笑道:"懂了什么来呀?"表老爷笑道:"自然是不是黄老二的老婆,便是老二的女儿,和局里有权柄的师爷们有了什么故事了。"就换了印深笑道:"若说师爷呢,前儿的文案师爷,管师爷天天在我们家里玩的。可可的是冯老爷瞧上了黄老二的妹子爱香,那爱香倘是俏皮的倒也罢了,却是个又黑又胖,年纪儿更不对了,他是属猴子的,不是三十八岁了吗?"表老爷道:"对了对了,昨儿我瞧着的。他到局里来,和黄巡长说话的必是这爱香了,果然生得蠢笨。这冯老爷可称独具只眼了。这种闲事不用说他,到底去叫欢喜来给我瞧瞧。就是你老子要做巡长,其实容易。"印深道:"若说妹子吗,这两天还瞧不到。"表老爷诧异道:"什么说?敢是亲戚家去了?"印深道:"横竖说说也不要紧。只为霸王庙里的痴和尚,有个朋友福老爷,叫什么福天星,所以痴和尚打趣叫福老爷去叫做天老爷的,从上海来的。那福老爷的模样儿,竟说也说不相象,仿佛花纸儿上的差不多儿。不但模样儿整齐,又且钱也狠多,瞧上了欢喜,天天要欢喜到庙里去陪着玩,这几天索兴晚上都不放回来了。没有十天日子,已经弄了百十块洋钱了。听说就在这两天要动身了。须得福老爷动身了,再做商量。”表老爷道:“福天星在这里吗?我和老爷都是朋友呀,倒要去会会他。”印深道:“别去别去。前儿冯老爷据认还是亲戚哩,知道了马上到庙里去拜会,福老爷倒说没有这亲戚的,别来胡闹,不见不见。冯老爷一时头里面子上那里下得去?又没奈何,他只得红着脸回到局里,只说福老爷喝酒喝醉了,别理他罢。”表老爷听了笑道:“没有的话,福老爷最是和气不过的,不会得罪人的。老实说,我们在上海的时间,那一天不是一块儿打牌,一块儿喝酒呢?”

说着,忙忙的跑回局子去,一路嚷着:“小菊小菊,天公在霸王庙里住着,玩欢喜呀。”任老爷忙道:“什么说?天公会到这里来的?只怕听错了。我们霸王庙里也住了两三天,怎地不见他呢?”表老爷道:“光景玩昏了,我们去瞧瞧他再说。”于是表兄弟两个一路奔霸王庙来。

恰好痴和尚和福寿在大殿上闲逛。任老爷笑道:“大和尚,听说有位福老爷寓在这里,我们是老朋友,请他出来。”福寿细细的认了一认,也不言语。痴和尚笑道:“任大老爷,曹师老爷,这位是福老爷的管家,认识吗?福老爷是不狠见客的,任大老爷、曹师老爷既然老朋友,想是知道的,前儿冯老爷讨了个没趣儿。”表老爷道:“别瞎说,你只给他说任展云在这里就是了。”痴和尚瞧瞧福寿道:“还是你去说一声罢。”福寿又打量了一回道:“这位曹师老爷果然有些面熟,似乎我们园里,到过一会儿的。”表老爷笑道:“那里是一回哇,只怕十回也有了。”福寿进去了好一回,只听得天星嚷出来道:“果然是小菊,得了差了,可贺可贺!”任大老爷、曹师老爷都道:"天公你也忒会玩了,竟玩到这里来了。"天星笑道:"梅生你是一定办文案了。"曹师爷笑道:"岂敢岂敢。"福寿端上了烟茶两事。天星道:"前两天却也听着和尚说,这里来接差的是姓任,年纪儿狠轻,我也疑到是你。继而想想,你到省还不到半年,决不会委出来的,要是同姓罢哩。刚要想瞧瞧到底是也不是,你又接了差了,般到局子里去了,不在这里了,我就不在意了。而且我是马上要走哩,假如忽地的遇着了知己,又有许多耽搁,所以我也不打听了。即使明晓得是你,老实说,我也悄悄地走哩。今儿你们找上来,倒不好意思丢你们的脸,不出来见见。"任老爷笑道:"你原是这个怪脾气。"曹师爷笑道:"我们来得不知趣了,把欢喜冷落了。"任大老爷道:"倒不是的,假如我这会子到这里来,不是带了一班朋友来接差,却是带了几个女孩子来玩的,他就忙了。一打听是我,不用说了,马上跑来。万一打听着不认得的,那是更忙了,一会儿找名片,一会儿找什么文集诗集,一会儿呢写副对儿,一会儿画幅画儿,找门路送过去,打抽丰拜会,忙得一身臭汗呢!"说得福寿站在一旁,禁不住好笑。天星笑道:"你还是尖嘴薄舌,于今是一个官了,还不改变改变。仔细得罪人闹乱子。"任老爷笑道:"不用仔细,只消死活的花钱,那里会得罪人哇?老实给你说罢,我到省不满一个月,就闹出乱子来了。有一位极阔的阔道台,我背后骂了他一声混帐王八羔子,给一个专拍马屁的同寅说给这位阔道台听了,这阔道台不答应了,定规要在抚台面前说我坏话,参我的功名。好容易挽了,几位同寅到阔道台那里去讨情告饶,于是这位阔道台吐出口风来,要我五百银子,非但不说我坏话,并且还肯替我做朋友,想法子弄差使。我就拿了一千银子的票子,亲自到他公馆里,见了这位阔道台,说银子五百,谨遵台命,只是一时不凑手,我有一千的票子,请大人找五百出来。这位阔道台倒说,老哥给你玩哇,谁要你银子哇!既然如此,少不得替老哥收着。停了一回,倒说还要请我吃饭。只说罢了,找头给了我,我要走哩。这位阔道台说:将就罢。我说:若是不找,我要骂的。这位阔道台笑道:我们知己,说句玩话儿有什么要紧?我说也好,就指着这位阔道台道:你这混帐王八羔子!这位阔道台倒说:老哥狠爱玩的,有趣有趣。这么一来,倒彼此知己起来了。就是这差使,也是这位阔道台的门路呢。你想,只要舍得钱,还会得罪人吗?"天星笑道:"这是你的滑稽讽世了。"曹师爷道:"这却是实事。不信到江西省城里去打听,官场中人,晓得这事的,差不多十有八九呢。"天星道:"咳!于今世界上的事,千奇百怪,无所不有。要是身历其境才相信,若是没有身历其境呢,到底不相信有这么着的奇怪。就是小菊所说的,这位阔道台虽然是奇怪的了,其实于今的巴戏,比着这件事更奇怪的好多着哩!闲话少说,欢喜的交涉,你们怎地也知道了的?光景你们两口子来找我,我并不是管着朋友的交情。敢是要访问这里乌江口的尖儿脑儿哇?"任老爷哈哈大笑道:"你是偶然住几天的客,我们是日子还长呢!"表老爷笑道:"正经的话,你无缘无故的,跑到这儿来做什么?"天星就仔细说了一遍:"这里是痴和尚死活的要我来逛几天,不觉一逛就逛了十来天。明儿已预备着一准动身呢,既是你们都在这里,眼见得明儿是走不成了的。但是这位欢喜姑娘,我今儿就要移交给你们了。"任老爷笑道:"这个使不得。你动身之后,我却不用客气。并且这欢喜,我还没有一面之缘。天公既然赏识呢,人品儿自然不用说哩,终是极好的了。"天星笑道:"若说人品呢,就不过山中无虎,狗称王罢哩。既是这么着,明儿我们玩一个新样子。明儿我的东道,借你局里的厨子办一桌菜儿,摆在欢喜家里,大家一醉如何?那间我就算办了移交的了。"任大老爷、曹师老爷都说道:"好极好极!有味有味!"痴和尚笑道:"这个玩意乌江口从来没有的,好算得开山老祖哩。"又说了一会闲话。任大老爷、曹师老爷告辞而去。

回到局里,任老爷笑道:“天星这人竟是一个猴儿了,无缘无故的跑到这里来,玩一个乡里女子。”曹师爷道:“还有一件正经。欢喜这人虽没见过,能得天星赏识,想来终不错的了。恰才印深说,三老原是局里的巡长,因为前任冯公爱上了黄老二的妹子爱香,因此把三老撤①差,改委了老二。”任大老爷忙道:“爱香的人品光景也是好的了?我们马上去瞧瞧,好吗?”曹师爷笑着摇首道:“不用去瞧,就是昨儿我们瞧见的,和黄巡长说话的那个又黑又胖,年纪儿有四十来岁光景的。”“那个雌儿呀!”任老爷道:“呦呸呦呸!原来就是这个阿物!老冯、老冯竟是个登徒子哩!黄老二只该了这么着的一个妹子,那里配得靠着妹子得意发财。梅生哥,快快给我撤掉他!我是不肯委屈人的。”曹师老爷连连点头道:“原该这样,原该这样。”忙拟了稿子交给书禀的誊写,没一顿饭工夫,书禀的已誊写熨②贴。任大老爷瞧道:

专办任谕

照得本局,辖地辽阔,领卡较多,歧路纷繁,河港丛杂。向设巡长一名,选本地乡民之精练者,率督乡勇十二名,局勇三十六名,兼领炮船八艘。按日巡哨,查缉漏私,责任何等烦重。查巡长黄老二,怠慢公事,收受陋规,劣迹昭著,着即撤差外,另行从重澈底究办。所遗巡长一差,即着胡三老接充,郑重当差,毋负委任。毋违,切切!

发局门实贴

任大老爷瞧了大赞道:“好好!狠要重重的办他一办,才晓得

① “撤”,原文作“撒”,据文义改。
② “熨”,原文作“慰”,据文义改。下同。

任大老爷是玩过大局面的。这么鬼一般的妹子,也可以来朦混么?"便叫家丁任禄盖了关防,马上发贴。任禄接了,掩了口好笑。任大老爷笑道:"你笑什么?"任禄道:"任禄不敢笑。"还没说完,忍不住"吓"一声。任大老爷、曹师老爷也觉得好笑。任大老爷笑道:"笑便笑了,说什么不敢?既然是不敢了,还要吓出来做什么?"任禄死活的忍住了,盖好了关防,马上去贴在局门口。黄老二登时眼睛白定了,一把拖住了任禄道:"任大爷,我没有怠慢公事呀!"任禄笑道:"上头也原晓得你勤奋的。"黄老二道:"既然晓得我勤奋,怎地撤我的差呢?"任禄道:"你去想罢。前儿你的差怎样得的,今儿接你差的又是谁?"黄老二道:"咳,爱香的外貌果然差点,那里晓得爱香的内貌非凡精致呢?"任禄笑道:"糊涂虫,懂得甚么?于今世界上只须一点子皮毛,倒可以发财呢。假如没一点子皮毛,虽有出众的实学,老实不中用。请你别说罢。"

一刹那间,胡三老已经得信,忙找了件长衫,内老班和印深娘儿两个非常高兴,一个儿替三老扑鞋子上的灰尘,一个儿替三老捋直了绠子。三老更是脚不点地的跑到局里。一众巡丁、炮勇司事人等都知道三老的宠任,将来未可限量,那一个不是看风使船的,都围拢来,三阿哥、三叔叔、三伯伯,还有的直是乱嚷着三爷爷、三老爹。三老竟来不及招呼,唱了一个大喏,拉着任禄笑道:"任大爷,难为任大爷回一声老爷,说明三老求见。"任禄笑道:"恭喜恭喜,跟我来。"三老喜气洋洋的跟了任禄,来到签押房门首。站住了,任禄进去回了又出来,向胡三老努嘴儿。三老忙进里边,向任大老爷磕了头,请了安,道:"谢大老爷恩典!"又向曹师老爷也磕了头,请了安,道:"谢师老爷栽培。"任大老爷、曹师老爷在场面上说不得别的话,但不过勉励了几句,三老领命退出。回到家里,已有一大堆的亲邻好友挤了一堂屋,你也说恭喜,他也说恭喜,直闹得个一团糟。第二回毕。

第三回　纡尊降贵蓬荜生辉　得意忘形主宾打架

案:胡三老梦里头①都想不到,凭空又得了厘金局巡长的差使。一般赶热的亲邻都要他忙个不了,凑分子送人情,胡三老的门面非凡热闹起来。仿佛酸秀才中了举人似的体面,只怕还没这么的兴头。人情势利,从古皆然,不在话下。

且说福天星,到了次日,真的办了酒菜,闹到欢喜家中去。欢喜自然高兴,叫老子娘和姊姊印深把堂屋收拾得洁净异常。房间里却是亲自动手,什么不相干的讨厌东西都移放在后面空屋里。这么的一番调排,果然房间里觉得宽展了许多。又问痴和尚借了几件桌儿、椅儿,排得完善齐整,比着上海次等野鸡妓女的房间差不多儿。一时,天星同着痴和尚先到。欢喜忙迎出来,请房间里坐地,笑道:"福老爷瞧呢,收拾得齐整吗?"天星笑道:"狠齐整,只是我没福儿消受这么好地方,这是任老爷的公馆了。我给你说,听说你老子昨儿又接了局里巡长的差了。其中的道理,你是聪明人,自然知到的。我要叫你任太太了。"欢喜低着头,只是憨笑。痴和尚笑道:"欢喜……"底下不知要说什么。恰好任大老爷、曹师老爷同着三位师爷一阵风卷了进来,天星一一招呼,请教名姓。一个五短身裁,年在四十以外的,说是姓高,表字儿叫做至明;一个一脸烟容十分寒俭的,说是姓周名行生;一个猢狲似的,说是姓刘,号梦花。天星寒暄几句,便叫欢喜大炕小炕上都点了烟灯,说行生是一望而知烟中大将,别客气,小炕上去吹罢。梅生这里来,也吹罢。于是一刹间那房间里烟雾迷漫起来。痴和尚帮着欢喜、印深,一会儿倒茶,一会儿拿烟拿水,忙得光头上热腾腾地,仿佛初出蒸的馒头似的。这高至明是湖南姓高的,不问而知自然有笆

① "里头",原文作"头里",据文义改。

斗大的帽子荐下来的。任大老爷所以请他做总收支的好事情,不但另眼相待,又是嫖赌惯家,气味相投。因对高师爷道:“至明,你瞧着印深好不好?”至明笑道:“印深的心地光景没有欢喜玲珑,倒是一个本色的人。至于品貌,虽不甚么俏皮,其实鼻儿、嘴儿、眉儿、眼儿,生得还算完全。”任大老爷笑道:“印深,听到了吗?高师老爷赏识你了,还不亲近亲近?高师老爷是管银钱的,若是巴结上了,着实有好处呢。”天星笑道:“至明和小菊做了连襟,岂不是好?”至明笑道:“好是好的。只怕印深嫌我老了,我估量印深的意思倒在刘师爷身上。”印深道:“‘甘蔗老头甜’这句话,高师老爷还找不到吗?”众人拍手大笑道:“妙谈妙谈,果然是本色的人,心直口快,没有假惺惺的。”痴和尚更是把印深捧在高师爷怀里。高师爷顺手一抱,把印深满身摸索,摸索得印深奇痒难熬,告饶不已。众人又是和调一番,闹得个不成体统。天星大不自在,闭着眼装作打盹。岂知刘梦花早已瞧上了印深,昨儿晚上,一个儿溜到印深房里,吹了好一回的大烟,送了两吊钱,总算有了情分。而且装幌子哄着印深,自以为帐房师爷的,因此印深也一万分的巴结。晓得帐房师爷是管银钱的缺分,名位算是比着文案师爷次一等,至于在他们地界上的利益,要算帐房师爷第一了。不料这会子,任老爷说是高师爷是管银钱的,就晓得刘师爷是吹牛皮了。说谎话骗人,路数不正,就心上眼上都没有了。终算零星卖了两吊钱,就一味的巴结高师爷了。刘师爷头里冷不防戳破了机关,有点子惭愧,继而瞧着印深只顾着至明,于自己身上太难堪了,未免因羞而变酸。这酸字要是不发作才好,若是发作起来,就变幻不可思议了。且看后文罢。

一时三老放轻了脚步,恭恭敬敬的走到天星面前,低声陪笑道:“福老爷,酒菜已端来了,还是放在堂屋里呢,还是怎样?”天星笑向小菊道:“你说放在那里好?”任大老爷沉吟道:“堂屋里觉得宽畅些。但是我虽然不理刑名,究属是我的部民,游狎民女,有玷官箴。这里虽是天高皇帝远的地方,到底不雅,况且堂屋靠着街坊,无门无闼,禁不住庶民观望。还是房里,似乎便宜。”天星道:“啐!房里!竟房里了,有什么啰苏!部民哩、民女哩、庶民哩,一大堆似通非通的话!我说要人不知,除非不做这事!既然做了这事,就事无不可对人言了。依我,还是堂屋里宽畅些,横竖预备着丢了这臭东西就完了,到底没有杀头的罪名哇,怕什么?”任大老爷道:“好好,果然怕什么?倒好引些人来瞧瞧,倘是有好的女孩子,记在心上。”曹师老爷笑道:“欢喜,还不打任老爷两记巴掌?福老爷刚要移交,还没接事,已预备着跳槽了。”欢喜笑道:“这会子还没移交呀,尽管让任大老爷放肆罢,停儿移交过了瞧罢。再敢说这么放肆的话儿,哇……”任展云舌头一伸,直有三尺八寸另三分长。众人又是拍手和笑。笑罢,天星道:“三老去,端整在堂屋里罢。”三老忙答应了五千四十八声的是,伛偻退出,和老婆两个,七手八脚兴兴头头的调排端整。

于是福天星请任大老爷任小菊坐了第一位,曹师表老爷曹梅生坐了第二位,高师老爷高至明、周司爷周行生、刘司爷刘梦花、老师父痴和尚依次坐了。天星坐了主位,一共七人。欢喜、印深轮流筛酒。酒至半酣,只见天星口中微吟道:

茅屋深藏绝世姿,丰神不让李师师。

词人老去春魂死,遮莫缠绵不解痴。

梅生道:“妙极妙极,‘词人老去’一句却是《阅微草堂笔记》上脱胎下来的。”天星微笑道:“可晓得纪文达从何处得来的?我们上海人最时兴的是高邕之的字。大家都去学了高邕之的字,对人家说,不肯说学了高邕之的字,竟然说临的是云麾碑。假如有人问他们,云麾将军是谁?谁人的书丹?那就张王李赵的乱说一阵。偶然有个通品,记得了北海两个字,终还疑疑惑惑,究竟①不知孔北海呢李北海。其实高邕之的字,二十年以前还稍有点点李字气息。晚年来写得油腔滑调,离奇古怪,起笔收笔既不象撇兰又不象画竹,愈趋愈下,竟成了字妖。梅生论诗,以《阅微草堂》据为典故,依着那一般论字的,却算不得离经呢。明经先生到底学问有根蒂。"梅生笑道:"一句话又惹你骂人了。"小菊道:"'遮莫'两字,诗词里头却也常见,到底做什么讲究呀?"天星道:"这是土语入词章。始见于太白集,后人效用着实不少,'遮莫'犹言尽教也,《随园随笔》曾载这一条。"梅生道:"今人都以'遮莫'两字作'不许'解,果然差远了。"小菊道:"是呀,我问来也作不许解的。所以竟疑惑,'遮莫缠绵不解痴'的一句,不是不通了吗?"天星含笑点头,又吟道:

画中爱宠镜中花,禅味浓于春意赊。

若个情关真解事,江南黄叶旧词家。

梅生筛了一大杯酒送到天星面前,嚷道:"罚罚,罚酒罚酒!"天星愕然,连众人也是不懂。天星道:"罚我甚么?"梅生道:"罚你说诳。"天星道:"我从不会说诳。难道多年老友倒还信不过么?"梅生道:"向来原知你不会说诳的。这会子别了半年余光景,是新进步的学问。你喝了这杯酒,再给你说。"天星没法,只得喝了道:"我说的那么的诳话?须得请教个明白。"梅生哈哈大笑道:"第二首诗第二句,不过说了一个空字,情还可原,且是实在情形。明儿你不是你要走了的吗?过眼云烟便成陈迹,那是狡童荡妇最可怜的事。我就许你说这句话罢。"天星笑道:"说得奇吗?要是你不许我说,便怎样?"梅生道:"所以许你说呀。第二句就该死了。据你说来,和欢喜两个一块儿起卧了十来天,竟没有一点子沾染的,

① "竟",原文作"景",据文义改。

同床各梦。只怕没有这么一对的呆男女哇。第三第四句恐怕人家不信,还要自称自赞。这么的假道学、伪君子,可恶可恶!我曹梅生没有杀人的权,那就罢了。若说有了杀人的权,不杀你这假道学、伪君子的!福天星非丈夫也!”说着,又是一大杯酒送到天星面前道:“快喝,快喝。”天星听罢,长叹一声道:“咳,真所谓从小人之心度君子①之腹,我也不和你②辩。我且问你,当年我和犀灵女史盘桓了一年有余,可称得形影不离的了。到底有沾染没沾染,当时你也深知其细的。且问你,欢喜和犀灵比较起来,姿色风雅谁高谁下?若讲到交情上头,犀灵女史若无我,是早已玉碎香销,墓木已拱的了。只讲交情两字,如何包括得许多?直是有救命之恩、再生之德。虽是相随了一年有余,终竟没一点子苟且。欢喜终不过一个村落间黄毛丫头耳,我就春魂无主、把持不定了吗?”梅生低头无话。小菊道:“这点子我却信得过天公的。”至明等一般人听了半信半疑。至明捉个当儿,悄悄地问了欢喜,便对众人道:“难得难得。”天星也不言语,依旧吟他的诗道:

猩红大布作裈裆,格调居然媲孟光。
最是惹人心醉处,鬓边一簇野花香。
村歌随意替郎歌,绣口杨妃差不多。
我是春明池上客,自应亭北小婆娑。
剔起妆台短颈檠,教郎仔③细看分明。
眉间一点朱砂记,绝似郎君无限情。
一声归去暗销魂,无计要留泪暗吞。
罢也叙环空纪念,痴心枉拟附长恩。

---

① “子”,原文作“了”,据文义改。
② “你”,原文无,据文义补。
③ “仔”,原文作“子”,据文义改。

梅生听了便道："光景完了？"天星笑道："自然是完了，还有什么再好说呢？"小菊道："这六首诗就题他一个题目，叫做《欢喜词》，岂不是好？"天星道："倒也使得。"

又闹了一阵酒，看看已是暮色苍黄了。天星道："送行诗已吟过了，就算移交过了的哩。"小菊笑道："如此，倒却之不恭了。明儿是我作东，替天公饯行。"天星道："不必不必，心领了。明明我是一早动身哩，这会子就此别过。将来回家时，我再来小住数天，大家乐一乐罢。"小菊梅生晓得天星脾气有点古怪，没有多说的，便道："如此，回家时，务必再来畅叙。"天星答应了，又道："还须得去收拾收拾。失陪了，后来再会罢。"于是别了众人，和痴和尚回到庙里，不在话下。

且说任大老爷高兴非凡，带了一般师爷，重复回进欢喜房里，酒却八分了。便对至明道："高师爷，你和印深两个亲近亲近，索兴印深的房间里去吹烟，谈谈说说，岂不是好？"至明便笑道："既是你撵我了，我还敢不走吗？"印深便忙到自己房里炕上，掸了掸灰尘，把被襆折了折齐整，和高师爷两个唧唧哝哝说些什么。这里刘梦花和周行生在小炕上吹烟，曹师老爷却一溜烟回到局子里去过瘾了。欢喜烧了一口烟，递给任大老爷吹。岂知任大老爷睡熟了，便悄悄的跑到小炕边和刘梦花道："昨儿刘师爷来吹烟的，有这事吗？"梦花道："什么没有？我恨你姊姊，太没情分了。昨儿和我怎样要好，今儿瞧也不瞧我一瞧了，仿佛没有交情似的。"行生道："昨儿你回局的时候已有三更天了。问你你不肯说，原来在这里，赶这把戏哇！"梦花道："可不是吗？我给了印深两串钱，花钱的手面也不算不阔的了，交情也不算不深的了。今儿见高至明似乎体面些，就不把我放在眼上了。咳，惹气呢不惹气哇！老实说，鸨儿爱钞，姐儿爱俏，我的年纪，我的面皮，那一件彀不上高至明吗？"欢喜道："刘师爷别动气，印深是不知好歹的人，别理他，我却不是糊涂行子，刘师爷照应我些罢。就是周师爷要过瘾时，尽可以这里来呀。”周行生、刘梦花都笑道：“欢喜，别瞎说了，你是……”说着到这里，向任大老爷努努嘴。欢喜笑道：“周师爷、刘师爷说错了，我们这里是吹烟的地方呀，又不是真心当王八的人家。我们姊妹两个又不是婊子，就不过老爷师爷们高兴来玩一下。就说是婊子，难道一个婊子只许接一个客吗？”周行生、刘梦花都摇摇手道：“欢喜，我们只道你是①明白人，怎地这么糊涂？说出这么的话来，倘使给老爷听到了，岂不是要不高兴吗？并且还疑是我们在这里引诱你哩。”梦花忽地站起来，走了出去。欢喜就躺下替行生烧烟。行生道：“方才福老爷说，和你两口子，一块儿了好多天，还没有沾染，只怕没有的事呢。”欢喜道：“咳，说起了这福老爷，真是悔气！我活十八岁，十三岁就应酬局里的师爷们。男子家也瞧得多了，从没有福老爷这么样的人的。得了人家的钱，自然替人家消个遣儿，解个闷儿。倒说福老爷只会嘴儿上说说的，头里我还没什么，后来弄得人家坐也不是，睡也不是，真心弄得人说不出的苦。要弄他的钱，没法子只得也假装起正经来了。”行生道：“这么说来，果然没有沾染的了。”欢喜道：“我何苦要说诳话呢？假如有了沾染，犹如这火。”行生笑道：“这又何必罚誓呢！”又笑道：“这两天福老爷给你吃几天的空心汤，团肚子，必然饿了。你不嫌我时，替你玩一下好吗？”欢喜瞟了行生一瞟，恰好装好了一口烟，向行生嘴里乱塞，笑道：“这么样好吗？”

正在乱塞的当儿，只听得梦花和至明在印深房里大闹起来，只隔着一层帘子，最是切近，顿然把任大老爷惊醒过来。张眼一瞧，只见欢喜和行生玩得个不成样子。任大老爷顿然大怒道：“欢喜，算什么个样儿！行生，你也不老成！”这个当儿，又听得至明和

① “你是”，原文作“是你”，据文义改。

梦花打起架来,似乎至明被梦花打倒,把一层帘子都压坏了。任大老爷也不管行生和欢喜的帐儿了,连忙跑过印深那边来。只见印深散开了衣服,呆呆的站在一边,不言不语。至明被梦花打倒在地,气喘喘的只喊道:“犯不着动粗,有话好好儿的说!”梦花也不理会,把至明就是一巴掌。至明便大喊救命,一时胡三老、内老班、欢喜、行生都跑了过来。任大老爷忙道:“到底为什么呀?有话好说,别动粗。”梦花道:“高至明忒可恶了,让我打死了他再说。”任大老爷道:“别瞎说,打死了人不要偿命吗?”又向着印深瞪瞪眼:“衣服还不穿好了?”一语提醒了印深,登时脸涨绯红,连忙放下帐子,背着人炕上去整理衣服。任大老爷一把拖开了刘梦花,发话道:“你们都是不要脸的东西!快给我回去。”高至明在地下爬①起来道:“这还了得?回省去同你这王八羔子说话!”任大老爷听到了这句话,只吓得魂飞天外魄散九霄,忙道:“你们两口子闹,别把我拖累了!”至明道:“东家放心,决不延累到东家身上的。东家待我是好的。这个王八羔子,婊子生的,不知道怎地和我不过去,我也找不到。我高至明从小在督抚衙门里当少爷,后来老子没了,跟了哥哥弟弟在司道衙门里当二老爷。但不过这两年里头,兄弟失和,出来玩玩。果然是靠着厘金局的收支事情混饭吃吗?老实说,现在本省的抚台是我的谁?不是我丈人吗?藩台是我的谁?老实说我还长一辈哩。东家是一明一白的,不信问问东家。不是东家谢委的那一天,我丈人当面说的,我有个女婿闲着,老哥带他去给一点事情。他不象你这刘梦花的王八羔子,婊子生的!总局里门房求的,这么野蛮,和我动手!不消三天,是有人来问你的!”说着气忿忿地跑回局里,马上叫底下人收拾行李,连夜回省,快快叫船到南昌去。

---

① “爬”,原文作“扒”,据文义改。下同。

印大老爷忙亲自到高师爷帐房里,作了一揖,道:“至翁,凡百事情,有个商量。至翁回省见了中丞,岂不要怪兄弟吗?”梦花头里虽晓得高师爷有大帽子荐下来的,却不知道抚台的嫡亲女婿,藩台还是高师爷的外甥女婿,所以说是他的小辈哩。抚台、藩台都是至亲,而且省里的大中小三班候补人员非亲即友,倒有十之三四,要算最阔的人了。就不过滥嫖狠赌,闹得个不成样子,所以他丈人弄他出来的。假如回去告诉了大人,这个乱子自然不小。因此害怕,便也陪着笑,向至明连连作揖道:“高师爷别动气,小的喝醉了酒,失魂落魄似的,原不过和高师爷玩玩罢哩。小的没有西瓜大的胆,敢和高师老爷打架?高师老爷这么动气了回省去,小的这里也吃不成饭了。”任大老爷喝道:“你闹了这么的乱子,得罪了高师老爷,还想在这里吃饭吗?至翁且慢,兄弟总有个道理。至翁尽管过得去才是。”曹师爷也不得个主意,想了一想,便笑道:“高至翁只怕还没过瘾哩,到我们那边去吹烟谈谈。”

说着,不由分说把高至明拉了过来。任大老爷忙呼喝人泡好茶,曹师爷请高师爷躺下,连忙替他烧烟,任大老爷连忙掇个机子请高师爷搁脚。至明忙站起来道:“东家这样,我倒不安了。到底是我们不守规矩胡闹,倒累东家操心,那就该死了。”小菊忙躬身陪笑。至明忙道:“东家请坐了说。”梅生也道:“老表弟,既然至翁如此谦虚,瞧得起我们,老表弟坐了说罢。常言道,恭敬不如从命。”于是任大老爷任小菊请高师老爷躺下了,自己斜坐在高师老爷搁脚的机儿上,道:“兄弟仰仗至翁的地方,正好多着呢!至翁在尊丈人那里上安禀时,照应兄弟几个字,就受恩不浅了。所以兄弟在至翁身上处处用心,就是至翁的饭菜,比兄弟这里多添两样,还恐怕厨子作弊,兄弟不时的暗暗查访。昨儿午饭时,兄弟假意来请教至翁一句话,其实是兄弟瞧瞧厨子作弊也不。”至明笑道："怪昨儿吃饭时巴巴的和我说话，我心里倒还说，东家不知趣，吃饭时跑来胡闹，原来有这道理，真是不说不明了。"小菊又道："头里几天，兄弟粗心，没知道至翁有几口烟的。及至梅生哥说了，我连忙问梅生借了一缸烟送过来。"至明道："果然忘记了，还没有谢谢东家。这烟却是梅兄煎的，这烟着实好，大土烟，到底两样的。"任大老爷又说了一大堆的恭维话，乃道："梦花这混帐东西，怎样冒犯起至翁来了？"至明道："诧异得狠！印深这人原是东家要好，叫我消遣消遣客中的寂寞。方才酒后，也不用细说了。无缘无故的，梦花跑进来乱打起来，我还不懂呀。"小菊梅生都说果然诧异。梅生便道："来唤刘梦花进来。"须臾梦花已到。小菊喝道："还不跪下！"梦花瞧着任大老爷翻脸了，已是着忙，只得跪下。任大老爷问道："高师老爷自和印深玩笑，与你什么相干？你竟这么野蛮，得罪高师老爷，你的胆子到底有那么着的大哇！印深又不是你的老婆。假如是你的老婆，高师老爷给你们的脸，玩一下子，这就是你的运气走鸿了。你得罪了我，倒还不在乎，你可晓得高师老爷是谁？"梦花磕了一个头道："小的该死了！求大老爷、高老爷高抬贵手，饶了小的醉了。"任大老爷道："当你一个人样子看待，带你一块儿去玩一下，竟闹出这么天盖不下，地载不住的大乱子来！我问你，到底为什么缘由哇？"梦花又磕了一个头道："小的因为昨儿晚上曾到印深那里吹了好一回的烟，又花了两吊钱订了交情，十分投机。印深情愿嫁与小的做老婆，真是誓海盟山，如胶似漆。不意大老爷方才把印深替高老爷做媒，小的心里好笑，印深已经有了主顾了，料得印深一定不依的。那里知道印深竟变了心了。因此小的多了几杯酒，一时头里不由自主，鬼使神差，该死该死，把高老爷冒犯了！"任大老爷道："呸！原不过为这点子的不过去，可怜儿没玩过把势的昏蛋！"说着笑向高至明道："请至翁的示，还是送这昏蛋到芜城县去打一顿板子呢，还是怎样?”梦花连忙磕头求饶。至明冷笑道:“这会子的样儿又是怪可怜的。”梦花听着口风活动,忙又求道:“高老爷,饶恕小的这一会子罢。自今以后,再不敢到印深那里去了。”任大老爷喝道:“若是高师老爷做好事饶了你,我大老爷也不容你在这里了。”至明道:“咳!我岂不知道,这王八羔子婊子生的,花的了八十吊钱走门路,总局门房替他求的。这八十吊钱还是合了一个单刀会,凑集拢来的。我也做些好事,罚他十吊钱,给厨子办一桌酒儿。明儿端在三老家里,我们坐着喝酒,叫他站着筛酒,并且要他装着狗子似的跑哩跳哩叫哩。我们吃了的肉骨儿、鸡骨儿、鸭骨儿、鱼骨儿,一古脑儿叫他抢着咬嚼,消遣我们喝酒。做得到时一笔勾销,我请大老爷调你一个好点的事情,多摸几个钱,回来满了差,大家一块儿回去快乐。然而,印深不深印却不在我心上,你有本领,尽你去玩。”梦花连忙磕头道:“样样依得。就请高师老爷替小的帐上支出十吊钱,叫厨子办去。”小菊梅生都道:“这么着倒好,有玩头。只是便宜了他。”梦花道:“承大老爷、高师老爷、曹师爷的情,造化了小的。”至明道:“既然圈开,就不用‘小的小的’来。”梦花忙答应了几个“是”。任大老爷道:“去罢。”

梦花又磕了头,爬起来退了出去。一众人围拢来问道:“怎样了?完结了没有?”梦花伸伸舌头道:“几乎不得个开交,于今终算完了。”便一五一十的说了。周行生听了,颇替梦花抱不平道:“梦花,你也忒没用了。这么着的事,瞧他们闹到那里去,拼着自己的饭碗打破,只怕老爷的差使也丢了。闹得顶真起来,还不是但不过撤①差的话儿呢!你若不依时,你老爷也会替你兜收。”内中有一个姓张的,狠有见识,道:“梦花,我教你一着。不然,真的明儿装狗子给他们消遣么?”梦花想想,果然明儿装狗子太难堪了。忙

① “撤”,原文作“撒”,据文义改。

道:“张师爷有何妙见?请教请教。”张师爷笑道:“有何难哉!你只管去收拾铺盖,说怎地教人装狗子,没这么理性。情愿请假回省去,请教朋友,有这种的款式,再来装狗子,替老爷们消遣下酒罢!这么一个风声透到老爷耳朵里,就吃不住了,自然而然颠倒央求你了。抓住义头,以备后来挟制地步。于是夫,你要发多少财就是多少了。但不过将来别忘了我的好处。”大家一想,果然妙计,都说张师爷的画策果然高妙。梦花便案着张师爷的计策,假意收拾行李,唤巡丁去叫船,请假回省。

那消一刻工夫,一个风声已吹到任大老爷耳朵里。这时候,至明、梅生打对儿吹烟,小菊站在中间指手画脚。一会儿说上海的某婊子面盘儿俏丽,一会儿说南昌的某婊子脚儿小,那个应酬周到,这个曲子漂亮,谈个不了。一听了这个风声,却呆了。梅生道:“完了完了,一定有人提醒了他了。这么着倒吃不住,眼见书缠到老表弟身上来了。”任大老爷少年性子发作起来,便道:“这么可恶!马上送这王八羔子到县里去,打烂这王八羔子的狗腿!”就要写信送去。梅生忙道:“使不得,使不得!这么一来闹糟了,而且却不是玩的事情,倒是我们当朋友的,都不在乎,你说完了。”至明道:“果然使不得。为了我连累了东家,于心何安呢?”梅生道:“这件事只有小菊从中委曲些罢。”任大老爷想着丢了功名,倒一点子没有希罕,只是给人人笑话,却合不上算。便忍了气,叫底下人去请刘师爷进来。底下人忙忍着笑,来到梦花那里,道:“刘师爷,老爷请!”张师爷在旁边道:“如何!方才是唤刘梦花进去,这回是请刘师爷了。”又附着梦花的耳,说了几句,梦花笑着连连点头。一时梦花随着底下人,来见了任小老爷,扑的跪下道:“小得该死,闹了乱子,自己想想,没脸报效大老爷了,只得请假回去。而且装狗子,也没学习过。还须得回省去,请人教导了这装狗子的巴戏,学习后纯遂了,回来替老爷、师爷们消遣下酒,取个快乐。

不然装得不象，又要老爷师爷们生气，那就吃不住了，罪更大了。”小菊、至明、梅生不等梦花说完，三个人把梦花抱了起来。小菊笑道：“梦兄你也太老实了，那里有这么的款儿，就不过说句玩话儿罢哩！你只想，真的要你坏钱吗？你瞧你的帐上，支了钱没有？原是说一句话儿玩哇！既然这么着，至翁和梦兄为了一点点没要紧的事儿，存了一点子意见。大家同事，承不得意见的。兄弟这会子得了这个差事，就靠着高师爷、刘师爷操点心儿，废点神儿，多少弄几文钱回来。满差时快乐几天。这个都是仰仗着师爷们的。这样罢，明儿兄弟做东道，欢喜家去乐一天。”梅生在一旁帮着说了好多的话，始得完结了这件事。

咳，好好的一位大老爷，何等尊重。就不过心里有了一个欢喜的女孩子，还没有真个什么交情，竟然弄得七颠八倒，受制于小人之手，可怕可怕！若说种种未来的受害影响，就没个尽期了。第三回毕。

第四回　禅房寂寞快说奸谋　旅店凄凉惊闻噩耗

案：福天星同着痴和尚从欢喜家回到庙里，天星吩咐福寿道：“把东西收拾了，明儿一早准定动身了。须得赶到芜湖，搭着轮船到汉口去。倘是明儿搭不着轮船，又要多耽搁了。我给白小姐的信，不知他收到也没收到？倘然没收到时，不知他怎地的盼望呢！”福寿心里也巴不得主人早一日动身，就可以早一日会着了白小姐，自然春儿妹子也有得会到了。因此高兴非凡，连忙①打起精神，把一切东西收拾起来。

且说道上水轮船饭前就到的，而且算不住停多少时候的。假如货物多，停五六个钟头也是有的。假如没有货物，竟轮都不

① “忙”，原文作“忘”，据文义改。

停的。就不过打着慢轮,划子上驳了客人上船,也是有的。据福寿的意思,少爷打算在芜湖耽搁呢,就不用说。打算芜湖不耽搁了,直须天没亮就要动身才好说。说是这里到芜湖,只得三十里路。这是上水呀,算不定时候的。天星笑道:"别多讲章了,我也明白你的意思。巴不得我立刻到了汉口,立刻过江到武昌去找白小姐。我见①到了白小姐,我也好了。你也好了。是不是?"福寿道:"福寿是没这意思,不过芜湖的上水轮船到得狠早的,所以说一声呀。"天星笑道:"知道了,知道了②,你赶你的去罢,我却和大和尚作一个竟夕之谈了。"痴和尚道:"最好。"福寿自去不提。

天星道:"前儿你在戏园子里说的,你离开上海的缘由,究竟是那里着的呀?这会子须得要说个透亮才好。不然就一辈子不知道③这缘由了。"痴和尚笑道:"你回来时,难道竟不到这里来玩几天了吗?当时不晓得我在这里呢,也不用说了。于今既然晓得我在这里了,只怕不好意思过门不入呢。况且我是老了,于世界上种种的竞④争思想,一概消灭的了,断断不会云游别处去哩。"天星道:"来呢,回来时预备着来玩几天的。但是凡百事情最难预料,朋友离合是有定数。不是我说这么没兴头的话,那时回来的时候,到底算定的日子应准不应准,自己也没个把握。而且即使回来,那时间是不是仍是这么着的空暇,更是不得而知的。"痴和尚道:"天老爷说的着实有道理,果然不差。咳!我当时上海的一局巴戏,只有天老爷面前,所以说得。假如那么的一班假道学、伪君子跟前,老实说我也不高兴谈天。老爷想罢,男女饮

① "见",原文无,据文义改。
② "道了",原文作"了道",据文义改。
③ "道",原文作"到",据文义改。
④ "竞",原文作"兢",据文义改。

食,人之大欲也。这句话不是贵教中的大名家孟老先生说的吗?"天星笑道:"不错不错,敝教中宗孟老夫子说的。"痴和尚道:"是了。岂不闻三教同源的一句吗?"天星笑道:"别用这么着的帽子头了。你说了男女饮食的这句话,我已知道了的,正是'小人闲居为不善,我却如见其肺肝然'哩!"又笑道:"你们和尚倒也便宜。在我们,一定是剪缏子的事了。"痴和尚也笑道:"给你猜着,我当时不是在四马路租了一幢房子,开了一所灵芝寺下院吗?"天星道:"可不是吗!我也到这灵芝寺下院玩过几会的。"痴和尚道:"那时间我还是初创的时候,不成个局面哩,没几时工夫你浙江去哩。不是你说你的什么亲家老爷办军务不军务的,所以接二连三的电报,巴巴的叫你去了,才算完事的呢。"天星笑道:"别拉扯了,但讲你的巴戏罢。一定又是希奇古怪的。"痴和尚面孔一板道:"事情呢,在我们没缏①子的作出来了,终觉得有点子诧异。假如你们拖尾巴的作出来,也不过扯淡得极的一件事。我所最恨的,是你的亲家老爷。"天星奇道:"你又不认得他,他也不认得你。而且我家姑丈是湖南人,在浙江做官,与你什么相干呀?恨他怎的呢?"痴和尚道:"若然不是他,巴巴的叫了你去,你终在上海尽玩的。我和你又是最要好的朋友,那个狗儿王八的瘟官和你也是最要好的朋友,岂不是任凭这鸟居闹到天尽头去,我在上海终还不致于站不住脚。不瞒你天老爷说,我丢掉上海的地方,实在伤心哇!但靠着一张嘴巴瞎嚼蛆一阵,起码二块大洋钱。一天里弄二三十块洋钱,狠省事呢。到了夜里,那一家媠子跑不进?不是本家(鸨母,上海也谓之本家)。我的徒弟,便是先生(妓女,上海人谓之先生、大先生者浑倌人也;小先生者,清倌人也;小本家者,鸨母之亲女儿,饰以应

① "缏",原文作"绠",据文义改。下同。

客之谓也。慧珠上海之南乡人，未免有上海之土俗称谓搀杂其间。校字者当发明之，以便阅者）。叫我师父。老实说，吃着喝着，那一件不供给？”天星笑道：“脱了一句了。还有，睡着，那一个不仰攀？”痴和尚大笑道：“他们既□仰攀，和尚少不得就要俯就哩！老实说罢，头里没跑长三嬁子（娼家之最高等者）时，心心念念的巴不得到长三嬁子去玩一下。后来跑得惯了，竟嫌厌这许多小本家、大先生，一个一个那是庸脂俗粉，没一个清高雅致的人。于是转念到大家闺秀中去了，果然是说煞不错的，美人出大家。”天星把手在桌儿上一拍道：“作孽的和尚，该死的贼秃！”痴和尚指着天星笑骂道：“啃啃啃，你也是个假道学、伪君子！我却要入定去哩，不高兴说给你听了。”天星道：“呸，你也彀得上入定哩、出定哩，无非也同我差不多儿，做一个香梦罢。快给我说个爽快，倒好耍子的。”痴和尚忸怩道：“天老爷，依我说，还是将来回到上海去，觅第一张三百七十九的《苏报》，第六号册的《二十世纪现状报》，自己去瞧罢！这两种报上头，载得明明白白、仔仔细细的。《现状报》上而且还有一篇论说呢！”天星道：“快说快说，这两种报那里还觅得到呢？”痴和尚笑道：“说是尽可以说得，先要约法三章。你听我说完了，再许开口。若然又是和尚作孽哩，贼秃该死哩，这是不兴的。依得我就说，依不得，你也没法子逼着我说呢。”天星忙笑道：“依得依得！好师父，说罢！”痴和尚道：“咳，可怜儿的，我的某小姐呀！（慧珠原编小姐名姓及其父兄爵里，一一备载。校者以其是①非美谈，一概抹去，聊存忠厚。虽曾披露报章，亦未揭出父兄名籍。）”天星听了，忍不住要笑，只怕痴和尚又要多疙瘩，不肯直截爽快的说出来，只得死活的忍着。

---

① “是”，原文作“事”，据文义改。

只听得痴和尚又道:"某小姐呀,你别怨我和尚没良心。乐的时候大家快乐,到了没趣的时候我就丢了。其实那里是我的问心哇!你别怨恨我和尚,终是你的王八的老子、狗儿的哥哥逼得我没法子呀。还有那个瘟官,要他瞎起兴头想发大财,提起了我,恨不得马上要了你们的命呢。天老爷,我从头至尾的说给你听呢。"天星点了点头。痴和尚道:"当初灵芝寺香火之盛,要算得英法美三租界统共二百七十一号佛店里头。我的灵芝寺下院第一把交椅算不得,第二第三是抢得到的了。单说那某小姐,仿佛小说书上说的沉鱼之容、闭月羞花之貌,这十二个字,某小姐恰恰当得起。那一天坐了一部轿子马车,带了一个小丫头,只得十三岁,到了我那里,烧了炷①香。那小丫头我知道的,我就一百二十分的周旋。老实说,于今自己客气一句说是老子,其实还不算得老,当时自然是个少年。若说满身骨子里的俊俏风流,不怕你天老爷动气,你天老爷也算得万中选一的人了。然而和我比较起来,还欹些精神举动,终嫌老实。偶然之间,到底要露出读书人的一般酸气,却是美中不足。我虽是光光的和尚,倒没有似你的短处。那小姐却是一口京话说道:'这里有位痴大师父吗?狠闻得这位大师父,相理命理高明狠呢。'我便说:'岂敢岂敢,就是小僧胡乱谈谈命相,小姐若要谈谈时,请楼上去。'那小姐就说,费心大师父。我当时已租了两个楼面,一面铺设着外国房间,非常精致;一面铺着红木大理石的器具,终算书房似的。于是到了楼上,那小姐含笑道,好精致哇。我说出家人到底乏味,虽有这个排场,无非是镜花水月罢哩。"

天星听了虽不言语,却也皱着眉头摇了一摇的头。痴和尚就又道:"我说,小姐还是谈命?还是看相?还是命相合参呢?"那小

① "炷",原文作"注",据文义改。

姐道:“命相合参。”我便说,如此请小姐的贵造,那小姐便说,戊子年丁亥月戊午日癸亥时。我老实说,何尝懂得什么戊土丁火庚金癸水的许多巴戏哇?就是相面的道理,也何尝懂得三停五岳的许多话说哇?终不过信口开河,应人而施罢哩。我就戊子丁亥戊午癸亥的瞎说一阵,又给我把那小姐的花容月貌饱看了一会。我就假意失惊道:“诧异诧异!据命里相里判断起来,和尚却不敢说!小姐这么的富贵人家,断断乎没这事的。”那小姐道,请大师父直说呢,常言道,君子问灾不问福呀。我还假意迟疑道,说出来岂不要吃大巴掌吗?照理断起来,一定是将来只得做个偏房,并且还先奸后娶的呢!那小姐红着脸低了头道,别问他准也不准,可有什么法子,忏悔忏悔吗?天星听到这里道:“大和尚,我要违背约章了。我要问你,这么的话可是乱说的?而且听那小姐的口气,又是洞中心病似的,却是仙人了。”痴和尚道:“我也料到你要问的这个,却不算违背约章,我不过怕你骂罢哩。我给你天老爷说一个明白仔细罢。我当时用的心机也算得用尽了的。我勾结了许多人家的丫头、仆妇,侦探得人家奶奶、小姐、太太、姨太太们的许多隐情,到了相面算命的时候,故神其说。”天星道:“虽然,终不见得要你相面算命的,都给你侦探得明白仔细的呢。”痴和尚道:“你到底还不知江湖上的伎俩哩。大凡一百个里头,有了一个谈得神仙似的,这个牌子就响了。何况我手笔也大,党羽也多,侦探着隐情的人,一天里终有一二个。何以呢?譬如有我党羽在那里的公馆哩、乡绅大户哩,出了一点子为难情事,到底变尽方法,使得奶奶、小姐、太太、姨太太们来叫我相面算命。于是我相面算命的名望差不多神仙似的,名也响了,利也彀了,岂不有趣?不知不觉的,色胆也大了。以往之事,也不必细说了。单说那小姐,也是我的党羽侦探的。他原是和一块儿打公馆的表兄弟有了话儿了,那表兄弟却已定过亲了的,就是这点子为难。那小姐的老子、哥子都在那里做官,他的表兄弟却已有了好日子,要做亲了,因此和表兄弟两口子商量个计较。天老爷你想,一个不出闺房的小姐,一个是不出书房的少爷,有什么知谋?就不过干急一阵子罢哩。这不是我的生意到了吗?咳,于今想想其实是个孽障。头里原不过打算弄些子钱罢哩,及至瞧见了那小姐,竟迷迷糊糊起来了。其实我那时候胆子还小,虽是心里嫌厌着那些表子,没个真好的姿色,到底好人家的奶奶小姐有几个?爱是爱的,不敢莽撞动手,就不过存了一个不臣之心罢哩。那一天一见了那小姐,就没把持了。其中的翔细不必说了。如是者两月有余,那小姐那姨娘也有了话了。幸而得了他的姨娘一臂之力,没闹乱子时容易做手脚,闹了乱子时,透个风声使我逃走。"天星道:"你原是逃走的,那就没吃苦呢。"痴和尚道:"你听我说呢。因为胎生可以不吃苦的,到底吃了一点子小苦,所以我恨煞那瘟官呢。不但我一个儿吃苦,连我那一般的同道们都受了害了。同道们又恨煞我一个人,于今只说我和小姐的话儿破败了,给老太太晓得了。咳,那老太太好利害,不动声色,儿子那里一封信,孙子那里一封信。"天星道:"老太太是小姐的祖母太太了。"痴和尚道:"是的,那老不死的害人精已八十多岁了,他儿子、孙子接到了信,恰好都没差使的当儿,马上回来,一张状子告我勾引良家闺女。多亏姨太太给了一个信息,我立刻逃走。已到镇江,还被那瘟官捉着,岂不冤枉吗?弄得我头两万的家私,花得一文不剩。我只得约略给你说了,若要仔细,还须得仍旧去找第三百七十九号的《苏报》,第六期的《二十世纪现状报》瞧罢。"天星听了,长叹一声道:"可见得妇女们入庙烧香是断断使不得的。不怕你说我头巾气,我福天星将来有一日飞黄腾达,得假事权,要好好的整顿一番呢!休认我是一个浮滑少年哇。"痴和尚道:"这话不差。我于今醒悟过来了,也是这么着想。然而,须得身历其境,才晓得呢。"天星笑道:"既然醒悟了,还说什么混帐的老子、狗儿的哥子,又说什么瘟官不瘟官呢?咳,你们没缏子的趋奉工夫,果然一等的了。所以士大夫还要堕你们的奸计,何况妇女们呢?"说着,天已微微的亮了。福寿起来,把昨日雇定船叫起船家来,般了行李,没顿饭工夫,已熨贴停当。痴和尚送天星上了船,殷勤一番,告别自去。

天星便吩咐开船,只怕任小菊曹梅生等赶来送行,又多耽搁。恰遇着一帆风顺,不消两个时辰,已到了芜湖。方知当日的上水轮船乃是怡和的瑞和轮船,并且还有大阪公司的襄阳丸。天星道:"闻得大阪轮船要争胜三公司的生意,所以非但价值便宜,而且侍应极为周到。"因此把行李起到大阪公司去,问可有官舱,独包一间。公司里的司事道:"这是说不定的。且待轮船到了再说罢。"正说时,只听得远远地呜呜的几声汽笛。天星踱到江边间望,只见一缕浓烟,直冲霄汉。少时已见是淡黄色的船身,明知是大阪公司的船了。怡和的船色却是黑的,太古的是白的,惟有招商的船色和大阪的一样,是淡黄色的。不过烟筒上的颜色黑白不同就是哩。转瞬之间,一①旁码头早有一二百名扛夫伺候在码头上,就知货物狠多,有好一会儿耽搁。公司里的司事道:"福君尽好玩一会。我船上去,调排得出来最好。"天星道:"费心足下哩。"公司里的司事又道:"今儿货物最多,只怕有好一会开船呢。"说罢自去。

天星因就江边阅江楼茶馆里去,泡了壶茶,凭栏远眺,颇豁心胸,又闲步一回。却见有四五个中年妇人一桌儿喝茶,旁边放着七八个包儿光景,也是出门的行径。内中一个最有些②姿色的,大约三十五六岁,穿着一件半新不旧的元色熟罗夹袄,十分俏洁。

---

① "一",原文作"已",据文义改。

② 原文此处衍一"些",据文义删。

对一个稍微年长些的、似乎贫苦些,只穿一件青羽绫的单衫子,已是八分旧了的道:"李三嫂,我们早晓得大阪公司的船先到,懊恼买了瑞和的船票哩。不然这会子已上了船了。"李三嫂道:"可不是吗?那边总理望我们,只怕眼儿都望穿了。周大娘办点事情,着实能干,将来我们教会里更有生色哩。"周大娘笑道:"那也不过尽着我的能力罢。但是我年纪也不算轻了,只怕出力不讨好。"众人都笑道:"这是周大娘忒嫌虚了。若是我们存了一点猜疑妒忌的心肠,还成个话儿吗?比着周大娘大着十来岁的同志,还在那里吃豆沙的吃豆沙,吃玫瑰的吃玫瑰呢。"周大娘笑道:"他们的资格深呢。"李三嫂笑道:"周大娘差不多也吃了十年多了呢,还算资格浅吗?"周大娘道:"嗳,让我算,我家男的恰恰死了十三年了,我守满了三年孝服,就吃的承众同志的好意,就吃芝麻的。这十年工夫,立了十七件大功……"李三嫂道:"嚄,十七功了!我们还只知道十六功呢。这一功还没布告吗?"周大娘道:"是呢。这一功还是这几天里圆满的,总理处已收到了。光景接事时布告哩。"李三嫂道:"这会子的一大功,余多少筹子?成条呢不成条?"周大娘笑道:"这会子自己也可以说得体面哩,岂但是成条子,直余着四条八十二粒呢,差不多好算五个了呢。假如积数里头取点巧儿,五条筹子着实宽舒哩。"李三嫂咋舌道:"诸位听到吗?我们教会开了五六十年,同志的也有论万的人,立大功的却也不少,那里有三十岁以外的立大功?有这么的富余,可不是拼着性命换来的吗?就是当今总理,立第十一功余着一条四十三粒,大家诧以为奇了,他年纪只得二十五岁呢!"众人都说周大娘可称教会中第一人了,总理极该让位呢。周大娘笑道:"那里敢希望总理的名位哇!有一分能力自然该出一分能力,我算是接了协理①的缺,心里

---

① "理",原文作"里",据文义改。

着实惭愧呢。”

天星听着他们的谈话,竟一句也不懂,狠是诧异。听他们说的什么又是教会哩、同志哩、立功哩,若说“同志”的两个字,倒象新学界上的人。瞧他们的神情,却断不是新学界上的人。若说“教会”的两个字,又断断不是什么天主教哩、耶稣教哩。听到后来,更是离奇怪诞,几乎不能辨句语。瞧瞧那个周大娘还有些姿色,却信得过王次回的一句诗,叫做“徐娘风味胜雏年”,倒还高兴和他说话。上文不是说过的,天星是有一种冒冒失失的举动。不管这个妇女认得不认得,招惹得招惹不得,尽管冒失过去。因就走近一步,陪着笑道:“周大娘、李三嫂,你们说的甚么?我虽听了好一回,一句也懂不到,给我说个仔细,使得吗?”周大娘打量了天星一眼,站起来陪笑道:“爷上姓呀?”天星道:“浙江姓福的。”周大娘笑道:“福爷听我们说的话,可是不懂吗?福爷既然没有我们教会中同志交往,我们却不敢乱说的。会章如是,只好对不起福爷了。若是福爷定要明白敝教的事情,敝同志也极愿意招接。待我指引福爷一个区处倒使得。”天星道:“那就来不及,我立刻要下船动身哩。”周大娘道:“敢是到汉口吗?”天星道:“不差,搭襄阳丸去呢。不是船已到了好一回了,差不多要快开了。”周大娘笑道:“如此却好。我们也是到汉口的,只是买了瑞和的船票。这样罢,汉口南城公所西首太平巷里,粘着‘鸠江公寓’四个字的条子的,到那里问周大娘周寡妇或是新任周协理就是了。倘然我不在那里,是有人招接的。记清楚了?”天星就在衣袋里掉出一本记事簿,拿着铅笔写了。

还要问时,却见福寿同着大阪公司里的司事寻上来了。司事道:“福君,第六号官舱却已包定了。只是又有一位女客,就是女班里唱戏的红梨馆,也要包一间官舱,却是没了。恰好尊纪瞧见了,说是和福君熟识的,将就合了一间,不知使得吗?红梨馆倒欢喜答应了。”天星听了,又是欢喜又是乏味。欢喜的是在轮船上可以解个闷儿,乏味的是到了汉口多一个纠缠。白璧这人倒有点子意思,头里轻薄白璧的原意,因为深恶那一般假冒了“女学生”三个字,无所不为,所以只当婊子似的对待他。及至谈到学问上头,却处处与自己合得着,又深悔轻薄了白璧,于是立誓终不相弃。沉吟一回道:“既然说过了,只索罢了。”司事的欢喜道:“成全了我们敝公司里的生计了。如此,请福君下船罢。”天星答应,又和周大娘道:“那里再见罢。”于是一径下船,到了第六号官舱。红梨馆谢飞云已先在里面了。

天星笑道:“巧极巧极,恰恰在一块儿。光景受了汉口的包银了吗?”飞云道:“不是的。汉口土垱里新开的大乐园,也是这里的老班开的。大乐的生意,不狠发达,被怡园压住了,所以派我去唱几天。日子不多的,最多十日半月罢哩,仍旧要回来的。”天星倒合了意了,不致没限止的纠缠,最多也不过敷衍他十日半月罢哩。

不一会开了船。一会儿过大通安庆湖口,一会儿到了九江,停了五六个钟头。天星买了好些磁器,及至开船,已是夜间九点钟了。一会儿驶进湖北地界,过了武穴、黄石港、黄州,已是午饭时候。将近薄暮,乃到汉口。天星和飞云道:“你也住大菜间吗?(汉口大餐馆兼理旅馆,仿西式也)”飞云道:“前儿我住的海天春倒狠好。宴宾楼不过名儿好,其实实际上头还是海天春便宜,房间又宽,饭菜又齐整,伺应又周到。”天星道:“既然这样,还是我们包一间呢,还是怎样?”飞云瞟了一眼,嫣然一笑道:“只好叫你姊夫了。我这里又没多天的耽搁,这里又不似芜湖兴点戏的。我共总十来天,还想打把势吗?”天星笑道:“这样说法,做姊夫的悔气了。”大家一笑,便叫福寿找个海天春的接客的,把行李交代了。接客的一时般运停当,住了第一号大房间。

便知富顺洋行就在这一条街上。富顺洋行买办戈松泉,原是表兄弟,家中信札往来,早说寄在松泉处的,因就来到富顺洋行。松泉恰已端整了马车,要到华景街、华景里,上海名妓胡玉莲那里碰和去。松泉正待跳上马车,天星恰在东张西望,找寻富顺洋行的牌子,已瞧着上马车的正是表兄弟戈松泉,忙叫唤道:“松泉松泉!”戈松泉抬眼一瞧,忙一只脚缩住了道:“福哥你怎地今儿才到,如夫人的信得了没有?”天星笑道:“在途中耽搁了十来天,今儿才到,在海天春一号住。”松泉道:“如夫人急痧死了,有信在这里。”天星听了,恍惚青天里打了一个霹雳,说话都说不出来了。松泉道:“且到里面去坐了再说罢。”天星就同松泉楼上房里坐了。天星道:“好端端的,怎地没多天就会死了的?”松泉道:“天有不测风云,人有旦夕祸福,那里说得定呢?并且闻得上海的疫症狠是不得了呢。”说着就在信夹里找了一封信出来递给天星。天星接来瞧着,还是封的。松泉道:“还有一封电报,就是如夫人的死信。不知那里去了,一时找不来了。”天星道:“不用找了,想来也不过这几个字罢哩。”说时已拆开了封皮,抽出信来,也没几行字,写着:

天公大丈夫青览,班生此行,恍若登仙。遥想起居,诸维康吉,定符默祷。日前急电,度邀英鉴矣。香妹送行回来,时已四鼓有半,少停,微觉不适,至翌午呕泻交作。诸药并进,毫不见效,延及夜半,珠沉玉碎矣。可惜可惜!虽然死生有命,修短有数,我夫子还当付诸达观,勿过惋悼,至要至要!匆匆上达,一切翔情,容俟续告,敬请旅安。

意可敬上

天星看罢,叹了一口气,也不言语。松泉道:“这也没奈何的事。我恰要玉莲那里去,我们一块儿去,散谈散谈,好吗?”天星道:“可是上海的胡玉莲吗?”松泉道:“不错。”天星道:“今儿我不去了。你有事,明儿我再来谈罢。”说罢,没精没采的回到海天春。飞云道:“怎地泪汪汪的?”天星就把这信给飞云瞧道:“你的好姊姊急痧死了。”飞云也伤感了一回。到底并不是亲姊妹,一会儿就放过了。天星夜饭都不吃,和衣而睡。飞云也不好意思十分什么,也不言不语的陪着。福寿伺候了一回,自去睡了。天星睡了一回,又睡不熟。起来闲步一回,瞧瞧表上已一点钟了。叫飞云睡了,又伤感一回。顺手拿着纸笔写出十首落花诗来,那诗是:

酸风冷雨战兰苕,为替花愁瘦损腰。
宿梦难寻金粉地,还魂须买紫罗绡。
星松窗畔词波冷,云朵篇中丽气销。
拟鞠蜂媒与蝶使,冤由一一替侬招。

红大可怜绿奈何,骊歌才唱又悲歌。
支卿未解同心缕,毛遂空余两手搓。
西府花开春已老,夕阳红纫好无多。
算来误尽轻离别,懊恼词成付碧波。

恶雨狂风吹第弹,弹章连夜付青鸾。
倘教再上枝头闹,愿向三清殿里安。
绝少痴心天亦妒,已非故态胆先寒。
眶中不是江南泪,洒向花魂倍觉酸。

草草光阴短短缘,金炉香烬玉生烟。
从前意态徒追想,此后情怀最可怜。
桥上丁宁如未尽,梦中消息尽堪传。
阑干曲处招魂好,断线珍珠颗颗圆。

枝头觅觅复寻寻，香已消残影已沉。
蝴蝶不知还眷恋，桃花薄命却堪谌。
侬非柔懦唐天子，卿更艰难蜀帝心。
罪案连霄亲手判，仓庚处死画墙阴。

漫说柔乡与醉乡，清波流不到横唐。
楼中盼盼缘偏短，河上卿卿话更长。
送别那堪题道扇，招魂何处是春坊。
眼前一滴伤心泪，滴破云机第几张。

燕支门巷画眉人，也识文园渴病身。
曲水红绫留小字，洽条蟢子上罗巾。
故随郎意情犹浅，肯寓箴言爱始真。
记得秋霄风雨夜，因缘香火话频频。

落花消息度长门，私讶谁摧五色幡。
岂是离魂疑倩女，竟同赍恨比王孙。
迷楼影事都陈迹，旅馆寒灯不可言。
聊借长江一掬水，比将宋玉赋《招魂》。

迷楼原是旧儿家，桃柳依依故故斜。
难得当筵歌《大雅》，不堪回首叹飞花。
精魂碾破三更月，孽债酬君一寸纱。
漫说鸳鸯真福禄，故乡尤未种胡麻。

叶叶枝枝共一沤，谁能打破此关头。

抛残粉黛遭时妒,检到巾箱夫子愁。

午夜轻寒惊出梦,三生缘尽本难留。

兰因絮果今何在,妙谛三三自去求。

第四回毕。

——《最近女界现形记》,上海新新小说社 1909 年版

高剑华

梅雪争春记

故事梗概

故事发生在美国，女主人公莲娘具绝世姿容，与游客爱唐·纳克司一见钟情。莲娘的父亲赌债累累，把莲娘输给了商人杜律恩。婚后莲娘生了一对孪生女儿，姐姐叫梅珠，妹妹叫雪玉。某日莲娘巧遇已成婚的纳克司，两人重燃爱焰。杜律恩发现二人私情后疯狂报复，导致纳克司破产，莲娘恹恹病死。杜律恩追杀纳克司的儿子穹恩，而其女梅珠、雪玉却都爱上了穹恩。穹恩专情于梅珠，而雪玉则对穹恩因爱生恨，帮助父亲杜律恩追杀报复穹恩。穹恩与梅珠虽数度遇险，但都逃出了杜律恩、雪玉等一伙人之魔爪。后穹恩与梅珠胁持杜律恩赶往教堂为二人证婚，不料杜律恩往酒中投毒，梅珠误饮身亡，杜律恩亦自尽。穹恩悲痛不已，经雪玉百般照料，二人渐生情愫，后成婚，继承杜律恩全部家业。

《梅雪争春记》全文共二十章，最先发表于《眉语》杂志，因《眉语》停刊仅刊至第十四章，未完，署名“高剑华著”。后出单行本《梅雪争春记》，共二册，署名“许啸天著”，上海新学会社印刷发行，1916 年 7 月初版。本卷节选署名“高剑华”之第一至十四章。

第一章

话说美国加都哩城,是个极繁盛的省会。日间贸易往来,甚为忙碌,几无一个空闲人,无一片空闲地。晚上笙歌聒耳,现出那一片歌舞升平的景像。且城中住宅,也都是些巨绅富商,把住的屋子点缀得非常华丽,更把这加都哩城洪染得花团锦簇,璀璨庄严。其间有一间顶华丽的屋子,据故老相传,说是个贵爵的邸第。到了后代,王孙歌式微的时候,没奈何只得把祖上遗下来的这所住宅卖给某富商。当时人家议论,狠可怜这清华子弟,只落得沦落在卑田院里,度这凄凉寂寞的生涯。到叫个庸庸驵侩,去管领名园,消闲清福。且不是天道不公平么?有时傍人取笑,说这所房子住了那粗蠢商人,和几个肥头胖耳的老婆儿女,好像山鸠入了孔雀笼,一定还要嫌不适意呢!

闲话少说,且说这个邸宅外面围着一道矮墙,里面有许多树木花果,开放得浓荫滴翠,火喷霞蒸,崇楼画阁,深深的埋入花城中。其中有一角妆楼,在丛林深处,半遮半露,越觉得精良雅致。隐隐望见妆楼里面的珠帘绣幕,不住在那里飘动。过一会儿,那绣帘轻轻的揭起了,啊呀!原来并不是肥头胖耳的老婆,却是个柳腰杏脸百媚千娇的绝世丽姝。你看他远山低画,荷粉轻弹,说不尽的温柔艳媚,描不尽的袅娜风流,再看他柳腰无力,斜倚栏干,两道蛾眉,蹇得锁也似的紧;两行珠泪,滴得雨也似的密。咳!美人,美人,天生你这样琼资丽质,为什么还要使你柔肠百结,愁绪无聊呢!这时,正碧盛开,一双粉蝶,穿花上下,翻飞无定,仿佛人间夫妇恩爱缠绵。可怜那美人是樱桃红破,香靥添涡,啭出那花底莺声,带嗔带恨的说道:“你这两个宿世冤家啊!你来是添我心绪,引我愁思!你故意的妆出那双宿双飞的形状,你分明是来羞我的，你分明是来气我的！”说到这里，那声音却咽住了。便慢慢的走进房里，关上窗子，放下绣帏，把个美人倩影深深闭住了。

看官，这美人究竟是谁呢？待做书的人慢慢说来。原来这美人的名字叫得莲娘。这莲娘生在美洲的一个乡村地方，这村子里的景致非常明秀，从古以来的明山净水，毓气钟灵，原是造美人的材料。所以这莲娘幼小，就赋成了绝世姿容，具希时俊美。只可怜他是个贫寒女儿，把明珠美玉披了些裙布钗荆，跟了父母粗的细的，不住的操作。他父亲的性子暴躁得和干柴烈火一般，他母亲到是最贤惠的妇人，禁不得他丈夫常常的殴妻辱女。莲娘虽生的娇小稚弱，时时见他母亲垂眼泪，心中着实可怜。每天除了操作之外，还要安慰他母亲。他母亲看见这枝女儿花开得十分茂盛，千娇百媚，奇艳芬芳。擎在手中，登时觉眼目清凉，把自己心中无限的烦恼愁苦，一把子都丢在九霄云外了。虽如此说，到底是快乐的时光少，啼哭的时光多。俗语说的忧能中人，他母亲常过这不太平的日子，渐渐有些精神短少了，病在床上。从此全亏了莲娘一人持支家务，料理病人。他一个小女孩儿，那里担得这些责任，自然觉得拮据万分，这也是没法的事。谁知天公作恶，到了莲娘十六岁的时候，那慈悲的母亲就撒手归天了。这一来，把个绝世美人憔悴得不堪田地。再看他父亲，仍旧和没事人一般，在外头吃酒赌钱，无所不至。家里剩了个娇弱女儿，蓬门荜户，寒夜孤灯，春江秋月，苦雨凄风，只落得唤一声母亲的阴灵，诉目前的苦况。正是依泪似桃花，低头堕红雨。

却说莲娘正在那凄苦不堪的当儿，到碰着了五百年前风流孽冤。在水边林下，一个是堕鞭公子玩水游山，一个是薄命红颜浣纱溪畔。谁知那少年一见莲娘，就当他是个离碧霄的活神仙，爱慕什么似的。两下里无端邂逅，意惹情牵。到了后来，行了欧西各国所通行的礼节，两人握了握手。从此他二人就恋爱起来。这少年是城中一个商人的儿子,叫做爱唐·纳克司,这纳克司的父母已经没有的了,却传下了一份极大家产。这家产是一爿顶好的商店,叫他现成做个主人翁。他过日子极快乐又极闲暇,携着竹杖芒鞋,天天寻山问水的游玩。这日到了村子里,却巧遇见了这人间少有天上无双的莲娘,忽的胸中感触起来,觉得河山虽好,终不及美人的艳丽。从此他便不往别处去游玩,却常常的探望莲娘,觉得做人的趣乐,都要从莲娘身上发生出来的。有时打起了他的痴念,恨不得把这个娇滴滴的玉人儿做了他床头的艳妻,但是目前虽不能如愿,指望将来啊,玉池同栖,鸳谱双填,做了一对思情美满的夫妇。到此地位,他二人的心中真是同心合意,似漆如胶。谁知好事多磨,良缘易折。

一日晚钟初动,霞映芳塘,莲娘的父亲回来了,后面跟着一位客人。这人却生的鸠形鹄面,长瘦身材,莲娘一见就吃了一惊。他父亲笑喜喜的道:“女儿,这位是杜律恩先生,是个城中有名的人物,你来见了罢。”莲娘没法,只好依他父亲的话。说也奇怪,那客人的一双眼跟了莲娘的举动,上上下下仔细打量一番,随口对他父亲称赞了几句。莲娘看了这副形状,惹气得狠,便自己回房去了。只听他父亲同客人唧唧哝哝的说了一会子就散了,莲娘也猜不着是怎么一会事。到了第二日,就告诉纳克司。纳克司也猜不出什么意思,只得安慰莲娘道:“无论如何,总没有我们的事。”于是二人仍就狠欢喜的散了。谁知那个杜律恩①从此以后常常到他家里来厮缠。每日来了,总要斗到半夜三更,才肯回去。这日莲娘坐在房里,只见他父亲狠高兴的走进房来,莲娘道:“阿爹,客去了么?你来做什么?”他父亲道:“你问得我好,我是来贺你的喜!”莲娘道:“呀!这话怎么讲?你老人家既然天天不在家里,丢

---

① “恩”,原文作“思”,据文义改。

了我一个人孤苦零仃的住着，还有什么可喜的去处呢?”他父亲道：“这话不是怎么讲，为的是你的年纪已大了，差不多是婚嫁的时候了。”莲娘听得奇怪，因为他父亲从没有这样关切过的，因也低头不语。又听得他父亲说道：“事到其间，我也只好告诉你了。因为我的运气真不好，自从你母亲死了，我的赌钱总是输的。”莲娘道：“是呀，你把东西都输光，怎样过日子呢?”他父亲道：“你别作声，我还有话讲。东西输光，你是晓得的了，房子、田地都输掉了，最难堪的就是我把你这人也输了。”莲娘听了这话，几乎晕倒了。他父亲又道：“杜律恩先生真是个好人，我到输钱不得了的时候，总是他舒我的困难。我因为没有东西作抵，把你抵把他，起初原想还他钱的，后来竟越输越大了，他借我的钱也不知其数了。杜律恩先生也想见你这个人，谁知他第一次见了你就爱你，连钱也不要了，一口咬定要你这个人，我懊悔也来不及，我已答应他了。”莲娘听完了，气得要死，恨不得跑去把这个不仁的父亲，咬他几口肉下来，辨辨看究竟是什么东西做成工的。可是这莲娘原是个极孝顺的，想到事已如此，吵也无益。只得忍气吞声的和他父亲说道：“我是已经被父亲卖掉的了，你以后还是戒了赌罢。倘若再输了，就没有第二个女儿可抵了。”他父亲听了这话，如同心坎上深深的着了一个钉子，心中也着实懊悔。眼见得一个如花似玉的女儿被自己陷入泥途，一生幸福都消灭尽了，真一失足成千古恨，再回头已百年身。

再说莲娘等他父亲走了，两行热泪方才如潮似涌的迸将出来。可怜一双千娇百媚的秋波，却做变汩汩滔滔的泪泉。到了末了，只得拭干眼泪，走到一张破桌子傍边，拿他平时所用剩香笺，拿起笔来，一字也写不出，只把那爱唐·纳克司五个字在眼前乱转。要在平时，这区区寸笺早已满载芳情，又想到纳克司这时还在那做美满酣甜的梦哩，那里知道他一腔心愿转眼空花。从今后

彩云飞散,咫尺天涯,再从什么地方去寻乐趣呢!如此柔肠百折,哭一回,叹一回,方把这信写完了。信上说道:

我的爱唐,你见我这信,你就知道这消息不祥的了,因为这信纸上点点斑斑都是我的泪痕。唉!我的亲爱!你从前所怜惜所偎倚的莲娘已被忍心的父亲卖掉了!此中原因不能详细告诉你,总之出于"忍心"二字罢了。你见了这封信,不用再来见我,倘若我再见你时,我就要发狂了。至于我所嫁的人,也不必告诉你,我是世间最薄命的女儿,母亲既然丢了我去了,我现在和你又要生离。可怜凡我亲爱的人都要分别了,大概我一日不死,这磨难一日不了。以后还有什么为难的事,也只好听天由命的了。我只盼望你不要念我,你的身体要保重。我以后要拿你这副可爱的面貌,柔和的声音,还有英武不群的气概,时常想念想念,做我一生一世的幸福了,想你也是愿意的。爱郎啊!你要知道我心中爱你,无论万劫千磨,这爱根是永远断不了的,别了!别了!千万保重!

末后,签上自己的姓名,如同释了重负一般,却和衣和履如醉如痴的倒在床上,想起前尘影事,真如万箭攒心。如此不多几日,这位绝世无双的莲娘竟做了杜律恩的大人,从此睹花洒泪,睹月怀愁,可怜这无知的杜律恩化了多少昧心钱,仅仅得着了个美人的躯壳,究竟何曾有一日欢乐过呢!

第二章

却说杜律恩既娶了莲娘,起初原是狠得意,以为半生潦倒,今日娶了一个美人,可偿夙志了。后来见新娘娘不大理人,他以为自己不惯同女人周全,所以得罪了他。想了许多法子去奉承这位夫人,别说千金难买一笑,这个杜律恩足足的化上了万金,谁知总不开笑口,反到变了个无言无语的息夫人了。杜律恩没法可想,只率由他罢了,自己想道:"既然没福消受这位美人儿,还是干我自己的营生罢。"从此只是早出晚归,见了莲娘也不敢和他去握手亲吻,不过点点头儿,和极生疏的客人一般,两不相涉。说也奇怪,这么一来,那莲娘到反喜欢起来。杜律恩到喜出望外,也不知他欢喜的原故,心中十分纳罕,暗想女子的性情真如春云一般,乍舒乍展,最是变幻不测的。看看莲娘的举动,前后如出两人,一洗从前忧愁无聊之态度,变了一副喜笑甜嗔的面目,杜律恩一时也摸不着头脑,落得消受了这假艳福,至于别的事体,一概不问不闻。可怜这杜律恩差不多活了半世,过了半世平淡无味的日子,那里有尝着过这种温柔滋味呢,早已乐得神魂颠倒糊里糊涂,把个莲娘看得同圣母一般的高贵。莲娘的说话,他便当做圣母下来的谕旨,总没敢违背一次的。那里料到莲娘并不是有真情爱他,不过当他个帘中使婢,帐下驯奴,将就使唤罢了。等杜律恩①转了背,他依旧声声唤着爱唐·纳克司名儿,哭一会,叹一会,这也是红颜薄命,才士飘零,千古一律的。恁你怎么个自怜自怨,已自无可奈何了。

流光弹指,这样悠悠忽忽的过了几年,那亭亭净植的莲娘居然产出两颗莲子来了,连枝并蒂的一对双生女儿花,把个杜律恩乐得什么似的。每日到了满天霞彩一片苍烟的时候,急急忙忙回来了,却三步并作两步的跑到他夫人房里看看两个女儿,一个美貌夫人,左顾右盼,十分遂意。只有他夫人看了女儿,神气之间总是淡淡的,并没有十分爱惜,不过尽他做母亲责任罢了。原来莲娘的意思,以为这杜律恩是个鄙贱不堪的浊物,所以把两个女儿也当做荒丘野种,怎比得幽谷兰胎。杜律恩那里知道内中情形,只当他身躯娇弱,受不得些儿辛苦,所以时时厌烦两个孩子。这

① "恩",原文无,据文义补。

且不表。却说不多日子,两个小娃娃已经蹩着小腿,蹒蹒跚跚的能够学步了,那小嘴儿一天到晚便同娇莺乳燕一般的学舌,咿咿呀呀唤着母亲。这么一来,把莲娘的满心幽怨,一片牢骚,竟被①两个孩子远远的推到了瓜畦国里去了。每天只弄两个孩子来消遣,心中真有些快乐起来。要是这样的日子尽过下去,应了前人所说"百年如朝露"的一句话,莲娘就是个古往今来的贤妇,杜律恩也是无独有偶的一个福人了！谁知事有不然,也是杜律恩生来薄福,那天公也要作弄他些,叫他不得安安稳稳的过日子。

事有凑巧,也是杜律恩家合当有事。这日正值来复日,加以天气晴朗,风清日丽,莲娘同杜律恩商量要同梅珠、雪玉出去闲逛一会。这梅珠和雪玉是两个女儿的名字。当下杜律恩听了夫人所说的话,自然有一百个愿意,连忙去喊了一部马车。只见他夫人打扮得丰神绝世,华彩飞扬,冰绡雾谷,翠钏珠环,越显得纤腰檀口,水眼山眉,两条玉臂扶着一对明珠,嘻嘻的笑着,后面还跟着一个三十多岁的保姆,一齐上了马车。春和天气,满地落花,衬着马蹄又稳又疾。不多时,早已到了郊外一带,山青水碧,柳媚花嫣,气象狠活泼。这时莲娘把孩子交给保姆,自己轻移莲步,慢淌湘裙,领略山川景物。原来这些大家闺秀到了这个时节,都要出来顽耍的,所以偌大一个郊原,都被那些红男绿女点缀得旖旎风流。杜律恩看看自己妻子,虽然淡妆轻点,觉得妩媚天然,更比别人胜些,心中更加得意。走了一会,莲娘转了湾,因为走得有些热了,要到树荫子里去纳凉。冷不防对面也来了一男一女,携着个孩子,正和莲娘打了个照会。谁知这莲娘被那男子看了一眼,登时三魂渺渺,七魄悠悠,一齐出了窍。两只脚好似被钉子钉住了一般,老大的移他不动,一个身子竟是虚飘飘的要倒下来。再看

① 原文此处衍一"被"字,据文义删。

那男子时,还不住的拿眼睛看着自己,那目端眼角明明露着些愤懑抑郁的神情,觉得越加难受。只听得杜律恩说道:“哪! 爱妻,这个男孩子不是也有梅珠、雪玉一般的美丽么!”莲娘听他这么说,不觉吃了一惊,才把刚才呼出的一口气收了转来,细味这“爱妻”二个①字,好像有万分说不出的苦趣含乎其中,一时也回答不出什么,只略为点点头。那一男一女也往自己身边肩碰肩的走过了。莲娘找了一块石头上坐下了,只管出神。杜律恩当他走得乏了,让他休息,也不言语。

看官,你道这个一男一女究竟是谁? 那男的原来就是绮年玉貌的爱唐·纳克司,和莲娘分别几年,一般的也娶妻生子了。却说爱唐·纳克司自从那日别了莲娘,又得着了莲娘那封悲惨无聊的信,真的气了个半死,还想去责问莲娘的父亲。后来想到自己和莲娘的爱情原是私下的,如今平白地去见了他父亲,说不定还要吃他的钉子的。又想到不如去见莲娘,和他决别一番。仔细忖度,又是不行的。倘若见了莲娘,那种生离死别形状,岂不更加难受了吗? 一个心上好似吊上了十五只吊桶,在那里吊水,七上八落的,好不忙碌。后来打定了主意,立刻马上离开此地,去做那天涯沦落的伤心客,立誓永不回乡,做个异乡之鬼,也胜似那两只眼看见莲娘做别人家的夫人好些。当下就收拾起一肩行李,把莲娘送他的一块丝巾握着,叹口气塞在自己里衣袋内,匆匆走出。从此把爱莲娘念头一笔勾消,一心思想只当莲娘死了。及时行乐,到处留连,有时碰着新月窥帘,清风入户,未免勾起了前尘影事,几乎要滴下泪来。便立刻去找他的朋友谈谈话,或者赶到俱乐部里去顽顽,算自己排解自己的意思。

如此萍踪浪迹的过了几月,不知不觉到了维也纳。一日正在

---

① “二个”,原文作“个二”,据文义改。

旅馆里休息,侍者送了一封信来,原是他母舅写来的。原来这个母舅是在他家营业上做个经理人的,如今特地寄信给他,心上早猜着有紧要事体了。那信上说的,他近日成了肺病,据医生说是不能好的了,大盖①还有几天可挨,叫他赶紧回去料理一切。这一次弄得爱唐不能不回去了,又引起他家乡之感,当下便收拾行装动身。不多几日,居然在大西洋船上,望见自己祖国璀璨庄严,非常绮靡,顿觉胸襟舒畅好些。谁知回到家里,他的母舅刚刚的做了个长眠人,身后留下一个十七八岁的女儿,到也是位齐整姑娘,这时哭他的父亲,晕倒尸首上,白发红颜混在一起,几乎辨认不出。屋里围着许多司事人,爱唐看了十分伤感,只得忙着料理后事。从此杜门不出,天天陪着孤苦伶仃的妹子。自己原没有别的意思,冷眼看他的妹子似乎有些爱慕的神情,爱唐便趁此机会和他的妹子求婚。看官晓得,爱唐·纳克司这样手段②,未免有碍道德。原来他心里并不曾爱他妹子,不过要遮傍人的耳目起见。他的意思,以为纵为一百妹子,也敌不过一个莲娘。这且不表,且说爱唐不多几日竟娶了夫人,因为居家无事,暗中时常打探莲娘下落,谁知蹈破天涯,连个影儿也不见。自己发了狠,把心死了,再也不要去寻他了。况且这样鬼鬼祟③祟,委实对不住自己妻子。他夫人原是沉静女儿,那里知道丈夫的肚子里有这许多皮里阳秋呢!这样静静的过许多时,夫人生下的一个孩子已经有三岁了。齐巧这日领了夫人儿子出去逛逛,不想偏偏会遇着这个风流冤家,见他那副含颦敛恨的态度,越显得妍媚入骨,登时间眼花撩乱口难言了,只能抬起眼波,同莲娘通了个款曲。眼光到处,猛可的

---

① “盖”,原文作“盍”,据文义改。
② “段”,原文作“叚”,据文义改。
③ “祟”,原文作“崇”,据文义改。

有个男子,站在莲娘背后,禁不住一把无明孽火,从丹田里直透出来,按也按不住,几乎冲破了胸堂。又恐怕自己妻子觉察,反为不妙。只得照常玩笑,那身子被莲娘的眼光射着,呆呆竟变了块石头了,心中便想定了一个主意。至于他打的是个什么主意,在下著书的也就不知道了。

第三章

却说莲娘坐在一块石上只是出神。过了回儿,梅珠、雪玉叫道:“娘……娘在这里做什么?”莲娘听见女儿声音,倒吃一惊。看看夕照含山,苍烟敛树,时候已经不早了。便懒洋洋的立起身来道:“我们回去罢。”于是大众回到家里。可是一寸芳心,那里受得起许多激刺。到了这时,觉得左右不自在起来,恹恹牵牵的一连病了三五天。这日晚上莲娘正在园里闲步,鼻管里闻一阵阵的花香,觉得病体苏爽了好些。看着无数繁星拥着一团精圆明洁的月亮,射得花影缤纷,不觉长叹一声道:“爱郎爱郎,我和你既无缘分,为什么偏偏的又遇着你呢。”这句话说得凄楚可怜,禁不住呜咽起来。耳朵里隐隐听得脚步声音,却又不甚明白。仔细再听时,觉得就在自己背后,暗想:“难道杜律恩回来了?他见我无端哭泣,岂不要被他盘诘么?”正要回身躲去,只听得那人说叫道:“莲娘。”莲娘回过头来,看见一个长身玉立的男子,莲娘惊道吓:“我在这里梦魔了!你难道爱唐么!我不是做梦么!”说着扑的晕倒了。原来当日爱唐遇见了莲娘,又把情丝紧紧的缚住了,千方百计的要和莲娘把握一回。一天到晚,总是痴痴迷迷的要见他。时时在杜律恩门口走过,总得不着机会。这日正碰着杜律恩出去,门未关好,趁便跑进后园。谁知莲娘这时正分花拂柳冉冉而来,嘴里喁喁哝哝在那里唤他的名字,早已神魂驰荡起来,身不由主的三脚两步跑了过来。当下莲娘慢慢的苏醒了,一个身子软绵绵的倚在爱唐·纳克司怀里，心中有多少的离愁别恨，一时都并作泪珠儿，籁籁落落流个不住。爱唐凄然道："都是我和你生来命薄，不知为什么要受上帝的这般谴责，叫我们离开。但是我并不相信上帝，所以我冒险来看你。"说着又连声叫道："莲娘，莲娘，我狠爱你，我情愿拿我自己的生命换得目前光阴，死了也狠甘心快乐的。"说着低下头去在莲娘樱唇上接吻。这时万籁无声，月光惨淡，那光景来得凄清寂寞。这个当儿，正莲娘和爱唐·纳克司两下里深深的种了个孽因，渐次发生起来，就有后来的那般恶果了。这也是人逢极处无可奈何，并非是安心要干那丧廉失耻的勾当。大凡男女的爱情，愈生阻力，热度愈高，到得末了免不得桑间濮上，成就了幽欢密爱，什么伤名败节的这句话，那里还顾得许多。这便是有情不遂的结果了。

闲言少叙，且说爱唐·纳克司自从见过莲娘之后，心中还是恋恋不舍的。因此常常出去，乘①便去见莲娘。可是俗语说的，"若欲人不知，除非己莫为"。不知怎么一来，这个风声传进杜律恩的耳朵。杜律恩满心疑惑②，又不好特然之间去盘诘莲娘，只得暂时忍耐，留心莲娘的举动，却也看不出什么。倒是莲娘自己有些觉察了，知道他丈夫处处地在那里防范他，故意逞妍献媚，跬步不离的哄得个杜律恩死心塌地，满心疑虑都抛到九霄云外，心中暗暗的埋怨那些朋友，瞎造谣言，污蔑他的妻子。过了几天，杜律恩从外边回来，刚到家门，里边走出个男人，巧巧的撞了一个满怀。杜律恩不防头，到吃了一惊，暗想这是什么人，走得恁急促。略一转念才醒悟道："哦，这人大盖与我妻子有了交关的。"再看他形容俊俏，衣履风流，登时怒气填膺，要想问问那人的姓名，却已

① "乘"，原文作"剩"，据文义改。
② "惑"，原文作"感"，据文义改。

经走得牢远。别说自己生了两只脚,就是添上两条腿子,只怕也追不上了。深恨自己生得愚笨,竟想不起来,一时错过,到给那厮便宜了,不能捉住了他,去问我那个不贞的妻,看他这会子,还妆着狐媚子骗人不骗呢。心里越想越恨,气得两足挪移不动,呆站了一回,知道没甚意思,便慢吞吞的走到里边。眼看见自己妻子站在那里,只不理会。莲娘见他丈夫回来,这一惊不小。又看杜律恩那恶狠狠的形景,几乎要把自己吞了下去。知道爱唐已被他瞧见了。刚刚他两个女儿牵了一只小狗在草地上顽,这会子看父亲回来了,便飞也似的走来。谁知去不到跟前,早被杜律恩一脚踢了开去。莲娘看了又羞,又痛,又懊悔,恨不得着个地洞,立刻攒了下去。那脸上惨白得和纸儿一般,一个身子兀自索落落的打战。没奈何只得回到房里,自己也着实懊悔,做这不名誉的事儿。料想这世里再不能与爱唐见面,家里呢又失了丈夫的欢爱,想来想去真是乏味。从此孤衾独拥,终夜凄凉。有时杜律恩进房来,可怜莲娘一见丈夫,如同坐上针毯一般,那身子由不得时时倒退,弄得羞答答只是抬不起头来。

你道杜律恩果是怜香惜玉的人,这会子怜念妻子,来劝慰他的么?原来这杜律恩最是生性刻薄、阴险难测的人。别人有了错处,那里就肯轻轻放过了呢。何况这“情敌”二字,凭你一等的正人君子,为了这两个字,也要闹到了花残月缺、流血伤身,才肯甘休哩!惟有这个杜律恩依旧不动声色,不过时常用冷剑去刺莲娘的心肺。所以莲娘看见丈夫,知道又有什么噩耗来了,由不得把身子倒退几步。杜律恩却满面春风的,手中拿着一张报纸,依旧和先前一般称呼道:“爱妻,你来瞧瞧这里有篇极好的新闻咧!我特地拿来给你解个闷儿的,你却不要辜负我的好意。”说着展开报纸,递与莲娘。莲娘没奈何只得拿报纸来看看。只上面载着《爱唐氏之破产》,上面还有长篇大论都是说爱唐·纳克司坏话的。

那莲娘早已看得头晕眼花、神驰心痛，无奈杜律恩还在那里倒核桃车子般的朗声诵读。后来实在支持不住了，便和杜律恩说近日身子委顿，不耐看这种东西。杜律恩道："怎么，不看了么？嗳，我也忘记了，你还病着呢。不看也没有什么。横竖你知道也罢了。"莲娘知道他在那里嘲笑他，低下头一声儿不言语。杜律恩道："你为什么总不言语？你心里在那里替他担忧么？"说完了对夫人微笑道："我今天还有事哩，请你恕我，我不能陪你了。"说着就走了。这莲娘又气又羞，双手掩住脸哭了一阵。再说杜律恩自从见过爱唐·纳克司，知道就是莲娘的情人，便百计寻思，要想破坏他的营业。不知怎样一来，外面放了些风声，把爱唐·纳克司的银行生生的拉倒了。那些存款的人，你也来抽股，我也来抽股。还有那位多情多义的爱唐夫人，也打听得丈夫有了外遇，这一气非同小可，便恹恹的得了一病。日里缠绵床榻，眼见得家业凋零，又见爱唐自己一天到晚愁眉不展的，心中愈加着急。爱唐·纳克司到此地位，自知追悔已来不及了。谁知不到几天，这位爱唐夫人亡故了，弄得爱唐·纳克司措手不及，真是没兴一齐来，剩得父子二人孤孤零零的十分悲惨。觉得屯身不住，便把儿子送到小学校里，自己便躲入乡下去了，这杜律恩方才称愿。因为莲娘并未知道，故意拿报给他瞧，要想狠狠①的气他一下子，给自己出气。这是杜律恩生性刻薄过人之处，并不打量别人受得受不得，只顾他自己畅心遂意罢了。

有一天，莲娘独自坐在房里，手托着腮，只见他两个女儿回来了，看见莲娘十分亲热的叫道："母亲！母亲！"这时二人已在雏年，天机甚是活泼，同在附近一个小学校里。这梅珠、雪玉二人生得非常美丽，形状举止生得一模一样，都很像他母亲的。就是天

---

① "狠狠"，原文作"很很"，据文义改。

天见面的人,一时也辨不清楚,外人是更不必说了。止有一件,这雪玉虽在雏龄,声音来得洪大些,而且性情暴躁,有些男儿气息,因此父母心中未免有些儿爱憎。大凡父母对于子女,也有个同气相投的性质。所以莲娘的爱怜梅珠,又比雪玉胜过几倍。有时雪玉气忿了去告诉父亲,杜律恩倒给他东西,吃的玩的不据什么都有,总不叫他失望的。且说当下梅珠拿着个书本子说道:"娘,你瞧罢! 这是我的名字,先生说这两个字母写的狠好。"莲娘道:"是你写的吗?"梅珠道:"不是的,这是穹恩写的。"莲娘随口道:"穹恩是什么?"雪玉道:"娘,你还不知么,这是阿姊的好朋友,叫得爱唐·穹恩的。我可不希罕他的字呢。"莲娘听到这里,陡的吃了一惊,登时颜色变了,随即和二人道:"你们去顽顽罢,我今日倦了。"梅珠听了雪玉这般说,心里有些不耐烦。后来见母亲打发他们出去,也只得走了。这里莲娘听见女儿说提起爱唐,想着前事,好生伤感。这爱唐·穹恩原来是他的儿子。前头原是个富家公子,如今为了自己一个人,闹的他家破人亡,累得这小孩子孤若伶仃。想到自己一生造孽不浅,上帝也不能恕我的了。这时走到神像边,跪着祷告。四壁静悄悄的,没一些儿声息,觉得万物皆空,一无牵挂。正在这时,猛听得一片人声,如潮如涌的吹进耳管,当是自己心神不正的原故。只见一个仆人荒荒张张的跑进来道:"夫人快出去罢,主人不好了呢。"

第四章

话说莲娘听仆人说道:"主人不好了!"也摸不着头脑,只得跟着那人出来。只见杜律恩躺着绳床上,不住呻吟。看那形状,十分痛苦。莲娘心里感动,滴下泪来,看着医生裹伤。一群仆役都在房外伺候。杜律恩见莲娘站其榻前垂泪,心中暗暗纳罕。因向莲娘笑道:"你在这里替我伤心么? 这次大概是你的真心了,我狠感谢你。我伤还不至于死,你可不必为我伤心。仔细哭坏了你美丽的容貌啊!”莲娘听他丈夫的话头不对,便呜咽道:“吾的丈夫,你为什么要说这些话?我来瞧你,是应该的。为什么要谢我呢?”那说话的神情非常可怜。这时医生已出去了,众人也都散去,只有夫妇二人。要是杜律恩是个多情男子,这时候也就不说什么了。凭他在跟前,使他改过自新,后来的家庭也就可以圆满了,偏生事不凑巧,这次受伤也是冤家路儿狭,单单的被爱唐·纳克司撞倒了起的。

这时爱唐住在乡下,伤妻念子甚觉无聊。眼里所见的一片青山,耳内所闻的潺湲碧水,回想当年也在这个地方同莲娘第一次相遇,何等情致,何等缠绵。自己也深为怪异,为什么一见了他,便种了爱根。那时候的身子,好像被无数情丝缚住了似的,竟是一时舍不得离了这里。那时这山水之间,也觉得充满二人的爱情,一见了他似乎在那里含笑相迎。不想这回子再来时,已迥不如先前的形景儿,也不知为什么这样个凄凉冷淡起来。想来都是这一片痴情,弄得个落花流水,惭愧无颜,再有什么面目去见社会上的人呢。这一日实在闷的荒了,想去探访朋友,藉此可以解解闷。想定了就一脚踏上车了,自己开着向前行去。谁想对面来了一人,仔细看去,知道就是杜律恩。仇人见面,自然有一腔怒气。这个当儿,杜律恩也在那里看他,却还看不真切,便放慢了脚步儿。后来才知道是爱唐·纳克司,两个眼只钉住在爱唐脸上。四目相窥,两边的眼光里,如同下了战书一般。谁知这无情的汽车,竟如飞的向杜律恩这边走去。说时迟那时快,竟将杜律恩撞倒了。爱唐方才省悟自己只顾看人,也忘记收纳车机,忙下车来看时,已经晕绝了,一只腿子折断了,兀自在那里流血。大凡美国上流社会的性质,最是崇尚义气,倘若撞倒了路人,自己也不肯苟且逃避,有的亲自报告那人的家族,或者送往医院,情愿赔偿医费的。如今爱唐却撞倒了一个天大的仇人,那里还有心肠去理他呢,便自己上车去了。殊不知怎么一来,杜律恩起了满天疑阵,对于爱唐的仇恨就更深了一层。

且说当下杜律恩把如何受伤的情形告诉他夫人,还说爱唐有心报仇,所以残害他的。这时杜律恩把无数气脑都发泄在夫人身上,说了不少讥笑莲娘的说话。弄得夫人站脚不住,只得回房去了,料想杜律恩再不能回心转意的了。这里杜律恩看他夫人羞脑回房,却万分得意,并没什么懊悔的心肠。因想自己这样的口材,竟可以当个议员,只怕还能够在社会占了上风呢。且说莲娘的初心,原想杜律恩虽然生性刻薄,却为着自己真心要在丈夫前忏悔,或者杜律恩顾念前情,仍旧认他是个法律上的妻子,以后不至于受他这般奚落了。所以杜律恩嘲笑他的时候,他也并不动怒,只是忍受着,一声儿不言语。后来,还对他丈夫哀求,说不要这样奚落他。在实在难受得狠,又说自己还要教导两个女孩儿,给他留些脸面。谁知杜律恩听了这话,越发①火星直冒起来,说道:“女儿么,我的夫人,你不教导他也罢了!要是被你教育的和你自己一样,到不好了。”莲娘听了这些话,那身子又冷了半截,一阵子灰心失望,扑簌簌的吊下泪来。这时神情可怜极了。别说是个人,就是个百练金刚也要化得绕指柔呢。亏这铁石心肠的杜律恩也不理会,还在那里发话,那里话里好像和着了尖刀毒药一般的,又快又毒。莲娘知道没了指望,才回房去的。这时两个女儿虽未长成,却如草木当春,日逐鲜艳,那性格依旧和幼稚时代一样。梅珠秉性柔媚,遇人和霭,雪玉却刚强果决,不肯让人。家中无论上上下下的人,个个都爱梅珠,个个都畏雪玉。大凡小儿女入世以来,最亲爱的人就是生身母亲。这姊妹二人见莲娘颜色日渐憔悴,明

---

① “发”,原文作“法”,据文义改。

知为他父亲起的,究竟也不知为了些什么来着,心中未免有些含冤抱屈的,替他母亲不平。

这年冬间,万物枯萎,莲娘的身体也同秋风落叶一般弱不禁风,只是奄奄一息。睁开眼只见两个女儿闭目凝神的在那里祈祷,并不见杜律恩的影儿。一阵心酸,胸口突突的乱跳,又想起自己行为暧昧,可是当日和爱唐的这段情爱是永永不能忘记的。莲娘这时触景生悲,眼里仿佛见他死了的父亲。同他陪罪,说是你的一生幸福,都被我劫夺尽了,一时心神散乱,看着那人又不是父亲,竟爱唐·纳克司站在自己面前,满面忧愁。莲娘失声道:“嗳,你来了么!”说着自己惊醒,知道自己的一只手按在胸前,手内还搦着爱唐·纳克司的照片,用尽气力拿起来看了看,那游丝般的气儿已经接不上来。医生看着神气不像了,便打发人去告诉杜律恩。杜律恩正坐在一张轮椅上同两个书记谈话。原来杜律恩自从受伤之后,那只腿子变了残疾,不能走路,因此多添了两个书记,自己只坐轮椅,使人推着。心里痛恨莲娘说,都是给莲娘害的成了个废人了。莲娘一晌病着,还当他是没脸见人,所以说病了。忽然听说不好了,心里正在诧异,叫人推着椅子,自己看去。谁知夫妇二人,已无一见之缘。这个绝世佳人,竟是长眠榻上了,一手按住胸堂,一手垂在榻下,颜色还是和生前一样,眉宇之间十分沉静,却是满屋静悄悄的只有两个女儿哭泣之声。教士来了,替死人祈祷,那形景极其悲惨,末后拿布幕遮盖尸身。杜律恩狠悲惨的道:“爱妻,你恕我罢,我是病着,不能和你亲吻了。”说着拿起垂落的一双手来,意思要在手上亲个吻。那手上原是拿着一张照片。杜律恩知道莲娘临死,还在纪念爱唐的,这时并不动怒,暗想莲娘到是有情女子,可惜自己没福,不能得着他的爱情,可知这“爱情”二字,不是金钱换得来的。到了今日,他的年纪还是狠轻,竟是这样个下场头。这也没法,只得料理事体。这日便是莲娘的末日了，生平万种情怀，一天丰韵，都赴与断云流水了。当此撩人天气，无那春光，那一角妆楼也就没有了美人倩影。那无知的蠢蝶，依旧捉对儿游戏呢。薄命桃花，还是开得红红的，想媚这屋中主人，却不知此中再没有赏鉴他的人了。

再说杜律恩自从夫人死后，自己便是个独夫了。一天到晚仍旧指挥一班书记，干他自己的营生。得了空儿，便看看两个爱妻的纪念品女儿。无奈两个女儿终日哭母，到反引起了许多心事。又到莲娘住的妆楼上走走。原来杜律恩对于死过的夫人到十分尽心，凡有夫人用过的东西，住过的屋子，或脂粉妆奁之类，都保守得牢牢稳稳的，一些儿也没人敢动。那班书记们都掩嘴儿笑他，说他是个呆子。杜律恩走到园子里玩玩，看见那石级底下密密层层种着许多红香鲜翠的灌木，因叹口气道："这都是夫人的手泽呢。我想他的年貌正和这花儿差不多的时候，谁知竟死了！"杜律恩的这种举动，自从夫人死后，成了习惯了。每天除办公事之外，总要到各处去闲逛一回。有时招呼女儿过来谈谈话，自己也并不想续娶的念头。他以为莲娘原是天字第一号的美人儿，当初也曾享受过温柔幸福的，如今也就不再想了，况且女儿也大了，智识也渐渐的有了，正可以消愁破闷，何必又多此一番举动，没的惹人笑话了。所以打定主意，把凄凉寂寞的日子，镇镇过了七年。

时在一千九百二十六年，梅珠和雪玉已有二十一岁了，却是成人之年。照例做父母到了这时，都要交还子女自由权的了。从此无论何事，父母都没有干涉的分儿，只得做个傍听罢了。比不得那个老大糊涂的支那国，凭你做子女的活了一千岁，也还在父母的势力之下。那女子更加可笑，有了父母，还有翁姑，有了翁姑，还有丈夫。嗳！这样看来，竟比世界上的三等奴隶还不如呢。那欧洲女子却是不然的。这时杜律恩正在那里打算如何给女儿过生日,因为过圣诞便是女儿的诞期。因为他家从来没有这样大庆典的。如今要办这种宴会,到是千载难逢的一桩奇事,所以一班家人婢女和书记们,忙得个皆天黑六国七乱。当下杜律恩请了好些宾客,登时把这所冰冷无味的屋子,拥挤得马仰①人翻,只听见欢笑拍掌的声浪。杜律恩非常高兴,看见姊妹两人打扮得花枝招展,正在那里应酬宾客呢。大家的眼光都射在他二人身上,口内没一个不赞叹的。又对杜律恩握手道贺,说他有这两个女儿是狠荣耀的。杜律恩只得含笑谢他们。再说他姐姊二人,和人说完话,顽一会子,回头只不见了父亲,因别了众人去找。谁知找了半天,连个人影儿也不见。后来方想起来,不要在楼上空屋子里罢,因急急跑上楼去,果然见他父亲满面忧愁的坐在那里,见二人进来,抬起头来道:“你两个来作什么?”梅珠笑道:“父亲独自个人躲在这里,叫我们好找。”杜律恩道:“咳!你们两个孩子,那里知道我的心事。今日若有你母亲在,还不知这样个热闹有趣儿呢。”说着又叹口气。二女听见提起母亲,都有些悲伤之意。雪玉道:“正是呢,我母亲究竟为了什么才死的,我还疑惑呢。”杜律恩听了此话,登时变了颜色。

第五章

话说杜律恩听女儿提起母亲,登时变了颜色。想起当日情况,心中是苦是甜,一时辨不出什么味儿,止不住流下泪来。这梅珠姐妹见他父亲怎样伤心,也就呜呜咽咽痛哭不止。杜律恩搂着两个女儿和他诉说夫人当年之事,却并没提起先前自己和莲娘的父亲交情何如以②及钱银等事。雪玉天性躁烈,听了这话,白瞪着

① “仰”,原文作“抑”,据文义改。
② “以”,原文作“已”,据文义改。

两眼问道:“怎么说我母亲是无耻的女人么?”说着珊珊的走到窗子口,望着母亲小照,似乎怨他行为不端,自己也蒙羞辱①一般。梅珠不响,脸上现出狠镇定的颜色,心里研究他父亲言语的真假。此时三人各有所思,最悲痛的却止有杜律恩一个人。想起当日娶新夫人的形景,也同今日一样,那时人人都来贺我,说我娶了美人,就是自己也许为全世界最有幸福的人,谁知后来竟闹了乱子,这可算得乐极生悲了!抚心自问,觉得自己处置莲娘太煞狠毒了些。如今莲娘已死了,那爱唐父子虽然破产却是无恙,心中实在气他,不过暗暗打算如何报仇才能称愿。这时楼下客厅里边十分热闹,什么琴声、笑声挟着杯盘、刀叉的声音一阵阵吹向耳边,可怜杜律恩满心悲惨,听着这种声浪尤其不堪,一时万绪千端涌上心头,正不知如何是好。梅珠、雪玉也因触动愁肠,拿绢帕子频频拭泪。杜律恩因说报仇之事,问他二人可愿意,二人激于悲愤,都说愿意。杜律恩自是得意,当下就拿着手枪交给女儿,又拿了一本《圣经》教他立誓,二人跪着立誓,又和他父亲接吻。于是雪玉推着轮椅送杜律恩出去,剩下梅珠一人,悄悄的拿出手枪来瞧瞧,因叹道:“我虽拿这东西,却是不能去报仇的。”

且说梅珠不能报仇的原故,当莲娘未死之前,梅珠还是小学校里的一个学生。那时已有十一二岁光景,常时姐妹之间不大和穆,一心所恋便是爱唐·穹恩。这穹恩也是颖敏男儿,和梅珠真如阳春着锦一般的聪明俊美,只是两人都属童稚,也无人去防范他们。雪玉在傍十分气不过,时时乘二人不备,从中破坏。当时爱唐家业萧条,因为止有此子,所以尽力培植,已经力不能支学费所出,不得意落了亏欠。那时校中人人取笑这小爱唐,叫他穷小

① “辱”,原文作“寻”,据文义改。

子，独有梅珠一人，不但不看轻穹恩，还且暗里帮助他，所以穹恩对于梅珠既恩且爱。每日傍晚二人分手时还依恋不舍的。雪玉看了又妒又恨：妒的是阿姐温柔使人怜爱，恨的是穹恩对于自己却毫无情分。却看准了穹恩所犯的是个“穷”字，每每拿穹恩之物如铅笔、水瓶及日用紧要的书，不是烧就是毁，却故意去告诉穹恩说是梅珠弄坏的。穹恩因为梅珠弄坏的，一笑罢了。有时把穹恩的大瓶墨汁①推在地上，拿些剩的墨汁去拭在梅珠身上。梅珠不知是计，由他闹去。雪玉又去告诉穹恩说阿姐倾了水瓶，衣上还沾着呢。穹恩信以为真，忙忙的去收拾桌子，可巧梅珠撞进来看见，失惊道：“怎么好好的倾了墨汁，岂不可惜。”穹恩不觉呆了一呆，知道雪玉用计骗他，细看梅珠裙子上真有墨汁，梅珠也醒悟过来，知道雪玉所为，只得上前安慰穹恩，教他不要着急。穹恩笑道：“吾的爱人，我不着急。”说着握了握手，一笑而罢。过了一会，梅珠重复进来，手内拿着水瓶来送穹恩，原来此种物件，校中随时都可支领的，雪玉所为诸如此类。一日也是圣诞，校中无事，学生都要去做祷告，到早十点钟祷告完了，都到广场内去玩嬉。小儿天机甚属灵敏，当下梅珠一人高踞石上扮撒加林皇后，穹恩情发乎中，站在梅珠膝下俯首称臣。那时被雪玉看见了，一手推下梅珠，自己攀在石上，号令穹恩。穹恩不听，两眼只望梅珠。雪玉发恨道：“蠢婢还不走开。在这里做什么？”梅珠没法，赸赸的走开。这里雪玉见穹恩没精打采的，自己也觉乏味，也不顽了。

这时梅珠才十二岁，这年冬底校中行毕业式，梅珠和穹恩就此分手。自此长日住在家里。彼时莲娘已经得了肺病睡在床上，梅珠天性柔婉，伴母不离。有时夜深人静，梅珠伏在桌上写信，言辞悱恻缠绵。莲娘大惊，知道此女已堕情网，此种爱情必无结局，

---

① “汁”，原文作“水”，据下文改。

一时痛女伤己，不禁心酸泪落。后来觉得自己这病是不能好了，因叮嘱梅珠道："我死之后，万不可再爱穹恩。"因把自己身世与爱唐的关系告诉梅珠，又说自己死后，杜律恩必定要懊悔自己行为太狠。归根结底，一定切齿爱唐，还要报仇。所以别说你这世里不能嫁得穹恩，就是爱唐父子的性命还恐保不住的，你千万记我此言，或者将来还有幸福。当下梅珠听得此言，好像兜头浇了一盆冷水，心里又酸又苦，十分难受。直待莲娘死后，果然依莲娘的遗言不把穹恩放在心里，到觉怡然自乐，不似先时愁苦了。这七八年间，止有一二次，在博览会或赛马时相见，且相见之期甚短，竟不能略通款曲。这日忽然听他父亲说报仇，不觉引起情思，暗暗心惊。心下暗想母亲为人果有灵智，此事竟被料着。又想母亲临命时那悲啼辗转形状，实在可怜。想到此处，禁不住掩面痛哭。看看雪玉被杜律恩这番说话打动了，好生气愤。自己待要说不去报仇，又有雪玉在前，恐怕落了褒贬。一时想定主意，只说愿意替父亲报仇。杜律恩喜之不尽，商议定了。梅珠一人倚在阑干上，只是出神。夜气十分①清冷，差不多已有十一点钟，到得一点钟时，那些宾客才渐渐的散尽了。杜律恩坐在房里盘算日间之事，暗想两个小孙子到还容易相信的，听了几句言语就那般勇敢决裂，因点头笑道："爱唐、爱唐，我与你势不两立，不得你的性命，我是不快活的。"这时听得外面哗啷②的响，有东西破碎的声音，接着梅珠叱骂的声音。杜律恩听不过，叫人推着椅子，自己出去瞧看。只见梅珠指着一个婢女在那里痛骂，那婢女也饮泣吞声的站在一傍，地下泼着满地都是碎磁片子。梅珠却气的了不得，连夜叫人把婢女赶出去，不要他伏侍了。那人无奈，只得垂头丧气的出去

① "分"，原文作"汾"，据文义改。
② "啷"，原文作"嘟"，据文义改。

了。这里梅珠还是气得乱骂仆人,说他们怎样懒,把事情都推与婢女,才弄坏东西的。家人见婢女原做坏了事,引得主人动气,也极平常的事,各人都安寝无事。

且说杜律恩蓄意复仇,早已暗结私党。当日美国社会虽属和平,无如人心各有不同,又且静极思动。凡是乡间或冷僻[①]地方,党派杂出,宗旨不一。有的是无政府的民党,也有一般帮着政府说,这些百姓不用压制是不行的。那时美国本是民主,皇室制度久已消灭。人人尝着这共和政体的味儿不甚甜蜜,就想出个王室主义,立了个党派就叫王党,意思要仿着英国旧制,才肯罢手。那民党是不必说了,自然是克意求新,监察政府,因此两个党派时时冲突。政府到没什么受着利害,不过等两党争斗时发出兵来,捕的捕,捉的捉,从中调和一下子,也平静了。那些亡命之徒得了性命,便缩着脖子往乡下一躲,甚且煽惑愚民,蝇逐蚁附,另成党派,弄得政府防不胜防。当时杜律恩本来是个平民,因为富有家产,便做了皇党领袖。他心里原不想要同别人为难,不过要借[②]皇党的刀子去杀爱唐全家,便算大事成功了。好在那些人都是磈磥,只要有钱,就是出个号令,叫他们拿手枪去打天上的太阳,也没有做不到的,因此筹画了几个月。那爱唐住在乡下如何知道,有一天早晨起来随便走走,猛听得枪堂发声,又闻得板机括[③]的声音,连忙倒在地下,却好轰然一声,那弹子向他身边飞过,心下已猜着了八九分,这谋害之人总是杜律恩的指使。自己呆想了一会,如何可免此祸。回思目前虽生无味,死了也没有什么要紧,不如遣开儿子,不要使他受累。想定主意,拿起笔来,写[④]了一封介绍书,

① “僻”,原文作“墒”,据文义改。
② “借”,原文作“债”,据文义改。
③ “括”,原文作“刮”,据文义改。
④ 原文此处衍一“信”字,据文义删。

打发穹恩立刻到英国一个朋友家里去住。自己便离开乡下，回到旧屋里。几个仆人见主人回来了，非常欢迎，纳克司笑道："我谢众人爱我之情。你愿意见我，我喜欢极了。不过我惭愧先人产业被我所毁，弄得没脸见人。"说毕，长叹一声。那仆人听爱唐言辞凄楚，人人泪下。这里纳克司走进卧室，顶头看他夫人小照挂在壁间。那容貌似悲似喜，暗想这人生前何等温柔，自己委实对他不起。纳克司生平柔和寡断，所以事多舛错。过后方知，却已经来不及了。这时旧愁新恨，心绪如沸，天也渐渐晚了，心里着实害怕。暗想自己是胆子狠大，今日不知为什么，心中烦得坐不定立不定，一时朦朦睡去。刚在醒来，只见自己仆人立在床前。纳克司倒吃一惊，问仆人来作什么，仆人道："外面有个人要来见你，说有句要紧的话要告诉你。"

第六章

话说爱唐家的仆人进来同他主人说有人要见，这时候差不多已有三下钟了。纳克司十分疑惑，猜不出是吉是祸，连忙跑到客厅里。只见一个女子面孔向窗子外张望，不承望爱唐已经站在他背后，回过脸来，不觉吃了一惊。随即开口道："你可①是爱唐先生么?"纳克司道："是的。"那女子揭起面纱，到还有几分姿色，走到灯光底下，拿出一封信来。看官，这女子到底是谁？原来就是当晚梅珠赶出来的那个婢女。原来梅珠并没知道穹恩到英国的信息，所以着急。当下趁杜律恩和雪玉送客的时候，只推有病，回到房里匆匆的写信，写完了悄悄的同婢女商量了这个计策，叫他故意砸了东西，一时赶了出来，便去送信。那时杜家上上下下的人如何想的到此，也就混过去了。

---

① "可"，原文作"后"，据文义改。

且说当下爱唐拆看了信，信里不过说父亲如何设计谋害你们，叫他父子好生准备的话。爱唐看完了信，长叹一声。因为夜深了，留婢女住在家里，教他想法子去回覆主人。自己出了会神，暗想幸亏穹恩到了英国，不然是终久要被祸的。如今只剩自己一人，好似入了陷阱一般，无①论何时都可以算自己的末日了。想了一遍，真是心灰意懒。后来要想去吩咐仆人，叫他小心防范。走到客厅门口，看见地下有张白纸，用蓝黑水画着一只美人眼，秋水盈盈的，动人心魄。暗想这是谁画的玩意儿，画得恁般精致动人。自己也想拿来细看，刚弯着腰拾那纸儿，自言自语道："怎么这个眼儿到活像莲娘？"把玩一会又赞叹一回，再看那拾纸的地方露着一柄晶萤闪铄的刀尖，不觉失声道："吓，嘈了嘈了！"心中一吓，把手中的纸也丢了，方才醒悟过来。想起方才那信中原说杜律恩暗结私党，这种党人杀人时，专用各种记号作个预告的，想来自己是难保的了。因此反大着胆子去拔那刀子，却再也拔他不动。回头看那纸上的美人眼，兀自贮满凶光，不觉吓出一身冷汗来。要想叫个仆人时，不知怎样连嗓子提不起来，暗想生平何等胆壮，何必这么葳葳蕤蕤的，登时站起来伸手开门。谁知那个刀子竟是活的，早已刺在胁下。这里，仆人听得纳克可在客厅里人喊一声，赶将过来，已经躺在地下，周身都是血，胸口插着小刀。众人只是发怔，面面相觑，也想不出凶手是什么人。可怜爱唐生平并无罪恶，只为一念之差，恋爱莲娘，弄得身恙白刃，在未死之前已经担受许多惊恐，到了这时终不免一死。

再说梅珠打发婢女去后，心中着实担忧，恐怕走到半途被人看出，吃他捉住了，夜里一夜不曾合眼。直至天明，依旧毫无动静，心才放了，倒在榻上睡了一会。起来仍旧跑到杜律恩办公室

① “无”，原文作“全”，据文义改。

里，只有杜律恩自己坐在椅子上发愁，梅珠也不知其意。只不见了雪玉，梅珠因问雪玉那里去了，杜律恩道："他么，刚才和我说闷的慌，这会子出去闲逛去的。"梅珠听了信以为真，便不再问。谁知一连三四日依旧不见妹子影踪，心中未免疑惑。想再要问杜律恩时，谅也未必肯告诉我，不如自己暗中窥察，或者能够知道妹子消息。这日齐巧到父亲房里去，尚未跨进房门，只见杜律恩拿着个纸儿正瞧看呢，脸上神气十分得意，一边看，一边点头一边笑，那信封子掉在地上也不觉得。梅珠看去，正是雪玉字迹，因蹑手蹑脚走上去。却被杜律恩听得了，回过头来见是梅珠，失惊道："姑娘，你这会子来做什么？"说着把信收起，藏在抽屉内。梅珠道："呀，阿爹，这是怎么说？我不是天天到这里来的么？为什么要问起来呢？你不愿我来也罢了，只拿雪玉的信来，我瞧瞧就去了。"杜律恩听了这话，登时脸色全变了，厉声答道："这是万不能的！你不要在那里做梦哩。"梅珠道："雪玉原是我的妹子，怎么他的来信父亲既然看了，我就不得看么？"杜律恩没了话说，只得拿出手枪来威吓着，要想立逼女儿出去。梅珠哭道："我为什么要被父亲打死，你难道不念我是你的女儿么？"杜律恩道："哼，不说这话罢，你现在竟成了我的反叛了。"梅珠道："怎我①是作的反叛了？"杜律恩道："你不用装神弄鬼的，打量我不知道么？我和你说罢，你曾经打发女仆送信给爱唐，如今爱唐已经死了，他的灵魂还在那里感激你哩！你可知道我的侦探时刻都跟着你，凭你作什么，我能够晓得。"这时，杜律恩说得起劲，冷不防梅珠绕到身后，嗯的将手枪夺了去，指着杜律恩道："你不用说了，你的心肠比什么都来得狠，忍心害理的，只想谋杀人，自己狠得还不算，还要拿金钱买嘱别人，也去帮你干那有天无日的勾当。如今又哄着自己

---

① 原文此处衍一"你"字，据文义删。

女儿杀人谋命的,你不过拿些金呀珠的去哄动雪玉,我可不希罕那种牢什子的。”这一席话说得杜律恩哑口无言,又被梅珠逼着拿出信来。那信上说道:“我奉父亲之命,跋涉远道,千苦万辛才得小爱唐踪迹。不幸资用匮乏,又多一波逝矣,望父亲寄下金钱,万勿短少。并求前所允吾者亦并弗忘,紧要紧要。”梅珠看毕大惊暗想,穹恩现在不知在那里?又拿信来看看,后头还有一行小字写着,“有信只寄于泽浪第一百十号哈蛮老人,彼自知道”。因想哈蛮究竟是谁:“哦,是了,说不定也是一个侦探。”忙把信纸叠好,走到妹子房里。把衣架上的衣服自己穿上,对镜端详一遍,觉得没甚分别。因点头自叹道:“穹恩、穹恩,我这样的装神弄鬼,都是为着你呢,你在那里可能知道吗?”于是提着皮包匆匆出门而去。

那穹恩别了爱唐不多几日,便得着父亲死耗,因为爱唐预先叮嘱,叫他安心住着就是,一时死了也不要他去理丧。所以这穹恩受了父亲遗嘱,爱唐虽然死了,他依旧住在英国,心里如何不悲痛呢?因此闷闷昏昏过了几日,觉得生趣全无。看官试想,这时的穹恩自然不幸到极点了,做人到此地位,也只好听天由命罢了。无如生逢磨蝎,那老天还要叫他受些苦脑,这穹恩原是少年,血气充足,那里耐得住这般羁扼,早就不耐烦起来,要出去散散闷。这日独自一人偷偷出去,到了一个公园。可巧前面来了一位姑娘,向花径里遮遮掩掩的走将过来,那地上的花草勾着裙边,唏唏喳喳的发声。穹恩看呆了,煞住脚,暗想这姑娘好生美丽,那两道眉儿比青山还远,两个眼儿比秋水还澄,那香腮檀口竟①比夭桃秾李还要鲜艳几分。这时却越走越近了,穹恩失声道:“嗳呀!这人好像是梅珠姑娘呢!”只见那姑娘同乳燕般的望他身边掠过,把个穹恩看得神痴木立,竟是越看越真,愈瞧愈爱,两只脚不知不觉的移

① “竟”,原文作“意”,据文义改。

动起来跟了过去。那女子往外就走，回转头来一看，也像吃了一惊似的，踟踟躇躇的一会儿，上了车往穆斯山一带跑去。穹恩也忘了情，止想或者梅珠见了我，一时想不起来，所以不来同我招呼的。因此也跳上马车一直跟去，到山脚下都停下了。那女子又往山上走去，上面也有几个人，在那里打猎。穹恩也跟上去，指①望那女子再一回顾，恐怕就认出来了。无如那女子又走的飞快，也只得赶着，心道："这女子果是梅珠么？"原是雪玉有意勾引穹恩，所以方才也妆出愁眉不决的样子来，好叫他心中疑惑，跟了来的。这时走到一株橡树根前停了一停，又回顾穹恩微微一笑，却忽然不见了。穹恩才欲寻觅，却看女子站的地方卦着一张白纸，陡的吃了一惊。

第七章

前章所记，爱唐·穹恩在穆斯山拾得可怕之美人目，却不见了真正的活美人，也不知道这一纸美人目含有无数危险。虽然老爱唐惨化未久，遗嘱传来，教他谨慎自保，但是穹恩并非身历其境，现在身离祖国日子渐长，把前此恐慌渐渐的有些淡忘了，心中恋恋不舍的便是刚才缥缈难寻的美人。这美人偏生的又活像杜律恩·梅珠。梅珠啊，美人啊，登时把穹恩的脑海扰个希乱，眼里迷离恍惚的风吹草动，还当是梅珠蹇裳款步的声音。自己也不知站在什么地方②了，半日也没影踪，这心里越越的抛旋不下，觉得天地虽大，区区一个穹恩弄得没了摆布。原来这"痴情"两字竟已为爱唐氏的遗传，就这穹恩自幼和梅珠两人恋爱，已经尝尽相思滋味，这会子如何撩得开手？且说当穹恩十分无味的时候，眼见

---

① 原文"望"字之前衍一"出"字，据文义删。

② 原文此处衍一"站"字，据文义删。

得一纸美人目被风吹着,兀自翻飞无定。穹恩长叹一声,刚欲转身,冷不防被背后两人紧紧挟住,向穹恩笑道:“公子这会子可去不成了。”穹恩一时不得主意,暗想:“莫是山中劫贼么?”因问道:“你们要什么?”两人听穹恩这般问法,觉得好笑。还有一个生得狠胖的,脸上颜色狠不自在,似乎有点不忍的样子,也帮着两人把穹恩捆在树根子上,管自己去了。止有胖子走在后面对穹恩说道:“我同你并没有仇,你可莫怨我。”穹恩十分害怕的点点头,看见三人一同走了,自己挣扎一回,依然不动。心中又慌乱,竟想不起是恁么原故,看来这三人是买嘱了来谋害我的。但是方才的美人究竟是谁呢?咳!美人,美人,你竟是我的魔鬼么?一时又懊悔不遵父亲遗嘱私自出游,又不知这些人拿什么法子来杀我,枪耶?刀耶?或者还有猛兽毒虫耶?我虽失了幸福,这些猛兽毒虫倒得了幸福,拿我的血肉去果他们的毒腹呢!不觉叹了一口气。这穹恩原生的勇干豪爽,在英国少年中也算得出类拔萃矫矫不群的人物,这时自料难免一死,横竖多活几年也是要死的,打定主意,心里反觉坦然,无事的一般。忽然听见吹哨子的声音,便挺挺脖子,合着眼,侧耳朵听了半日,也不见动静。触鼻子闻得一股烟焦气息,诧异道:“难道这海滨失火,巡警在那里吹哨子么?”暗想这些人为什么也同我一般的不幸呢!这时耳朵里又听得一阵脚步声乱跑,还当谋害他的人来了,越法不去理他。等他跑到自己面前停也不停,直冲过去了,这时再也忍耐不住,便睁开眼来,看时失声道:“啊呀!我这会子要葬在火里了。”接着又有一个大獐子往这里跑来,心中想道:“獐子是要吃人的,我能够被他咬死,到还罢了,因此等他过来的时候故意咳嗽,引他发怒。”谁知这獐子要想逃命,那里还管别的,只管往前直撞,那声音叫得十分惨苦。穹恩不觉滴泪道:“为我一人,残杀这些生灵,岂不可怜?”他自己眼前有多少危险并不在意,只是没有法儿去救这些野兽,到觉难过得狠。那树上的雀儿忒楞楞①飞去了，只剩几个在枝上竭声啼叫，穹恩自言自语的道："这个雀儿是有子的，所以不忍飞去。"正在这时，忽地起了一阵风，火越发猛了。刚值秋末冬初，天又长久不下雨了，那草木甚是枯燥，怎禁得风狂火烈，早已烈焰腾空，连那方才啼叫的雀儿，也直扑下来，闷死了。好在这个海滨极少居民的，所以尽人谋害，竟没有一点救星的。止有几个渔户，谁有工夫来管这些闲事？所以除了野兽、山鸟啼叫之外，并没一些人声。穹恩知道喊救是无益的，傍边一株树，已被火烧断，上面的枝丫倒在穹身上。穹恩以为死期到了，瞑目凝神的在那里祈祷。忽然转了一个念头，道："万物趣乐都不如人，尚且求生怕死，为什么我这会子到安心就死呢？"这样一想，又发生了无数希望，眼看着火势延着自己身上，万分着急。谁知这一来倒得了生机，因为身上捆的绳子先着断了。穹恩曳去绳子，立起身来就跑。烟迷了眼不辨方向，检没火的地方跑去。也是穹恩合该不死，渐渐的走到一个山嘴边，空气略为清爽。因为蹈着焦木，浑身热得血管几乎要沸了，这时也无暇计及。谁知往下一看，又失望了。原来这山嘴之下竟是峭壁，正在没法处，一眼看见下边垂着一条绳子，似乎有人走过一般。一边还有枪同弹子，料着那些人也往此地下去，因为两手扳绳子，就把枪弹丢下了。这时，火势也平下了，穹恩也乏极了，倒在地下。

再说雪玉受杜律恩哄骗，安心要替父母报仇，却明知穹恩狠爱梅珠，所以想定了这条计策，自为万全，恁凭你有一百个穹恩，也没有不落这个圈套的。当时穹恩看见几个打猎的，便是杜律恩的党羽扮的，后来又听见吹哨子，这是他们的暗号。当下雪玉坐在一只小船里监督，看他们攀绳子逃下来，知道事体成功了。那

① "楞楞"，原文作"摱摱"，据文义改。

几个人把手罩在额上仿佛称庆的意思,雪玉也和他们举手,同上官答属①下的一般。随后几个人都散了,雪玉还在船里,船夫把舵,等火灭了再走。雪玉道:"哈蛮,我们走罢。"看官,这哈蛮是泽浪地方有名的一个船户,便是前书所记雪玉信中的那个哈蛮老人,被雪玉卖嘱了来的。且说当下哈蛮喘吁吁的答道:"姑娘,你看山上还有人呢!"雪玉抬头道:"我也看见有个人,好像就是小爱唐。"哈蛮失惊道:"就是那人么?咳,我听了有点害怕。"雪玉道:"不见得是真的,我是疑心罢了。不要管他,我们走罢。"哈蛮也说道:"去罢去罢,不要疑惑了。"刚举起篙子,往水里一点,听见放枪,却正打中篙子,落在水里。随后又是一枪中哈蛮身上,船身一侧,哈蛮已丢在水里,雪玉大喊,船身被上流瀑布所激,立刻冲下去,哈蛮的尸首也浮在水面乱荡。雪玉害怕极了,那船也越走的飞快,似乎流到一个山峡边。两山瀑布夹泻而下,把船身翻腾起来。雪玉大喊,见山上有人悬绳子下来,雪玉叫道:"救命吓!救命吓!"那人急急的下来这当儿,冷不防涌起一个大浪,那小船立刻翻了。

这山原名穆尔卑黑斯,英国有名的一座猎山,春夏之交风景是最好的。山下四面都是瀑布,溅得和银丝雪浪一般,却是十分危险的,英人平时都称他是穆斯山。且说当下雪玉随在这危险的涡旋里被穹恩所救,雪玉并不知道救他的就是小爱唐,后来看见穹恩在他旁边,觉得惭愧得狠。那穹恩神气十分疲乏,脸色有些发青。雪玉此时不禁可怜,因对穹恩道:"我谢你救我。"穹恩答道:"救你么,这是天幸,不然我的枪是没情分的。"雪玉道:"我谢你不念前恶。"穹恩微笑不答。过了一刻,穹恩道:"我是乏极了,

① "属",原文作"尾",据文义改。

还是走罢。”于是[1]二人走下山来,可怜穹恩叠经危险,心力俱瘁,此时着实有些支撑不上来,渐渐的倚在雪玉臂上,好容易走到居民房屋,借了一所板[2]屋,那穹恩竟是昏迷不醒的病了。这几日,雪玉做了穹恩[3]的看护。在雪玉心中,境界已是大变。先前呢,原是要替父亲报仇的。到得此时,非但不能报仇,还且受了恩惠。小爱唐病中扶持,益[4]全靠雪玉一人。为日渐长,雪玉[5]看护穹恩事事出于情爱,穹恩却全然不觉。有时神志清朗,便含笑向雪玉道谢,有时昏惘,便声声唤着杜律恩姑娘,或者直叫梅珠,口中绵绵不断的诉说自己苦况,如怜如怨,似苦似甜,甚至于痛哭而罢。雪玉此时虽有醋意,却也可怜,到把些违心之言去安慰穹恩,稍觉得好些。雪玉好生不快,无奈这事不能强迫的。这日穹恩的病略觉好些,默无声息睡在榻上,面色惨白,两手搁在胸部。雪玉呆看了一会,自怨自艾的道:“我的宝贝,你一心只爱梅珠,看来我是没福的了,可是我操这番苦心为的是什么?”说着不觉滚下泪来,在穹恩嘴上亲了一个吻,点头叹道:“往此以后,恐怕要和今日一般的亲个吻也是不能的了。”因把自己襟上的鲜花摘下来,插在穹恩胸前,无情无绪的走到海边,眼看着白蘋秋草,暗暗筹思如何转移穹恩的爱情。这里穹恩一忽醒来不见一个人,要想立起身来,冷不防那襟上的鲜花先已掉在地下。穹恩吃惊道:“怎么他赠我这个花? 咳! 你这苦心我自然知道。只是我不能负人,就不能爱你。”刚说到这里,听得一阵小蛮靴的声音,推门进来抬头一看,正是雪玉,穹恩回想前事还是可怕,却还感激他病中看护,并不乘机

---

① “是”,原文无,据文义补。
② “板”,原文作“版”,据文义改。
③ “恩”,原文作“思”,据文义改。
④ 原文此处衍一“搔”字,据文义删。
⑤ “雪玉”,原文作“玉的雪”,据文义改。

害我。因此笑容可掬的说道:"我谢姑娘盛情赠我这花。"那人并不答言,拿手帕子盖在脸上,好像在那里啼哭哩。

第八章

却说穹恩正在对那位姑娘含笑道谢,无奈那人总是一百个不开口。穹恩吃惊道:"怎么我怎的开罪姑娘了么?"那人嗤的一声笑了,口中说道:"我并没赠你什么花儿、果儿呀。"穹①恩道:"嗳,你难道不是雪姑娘么?"那女子笑道:"我也不知有什么霜姑娘雪姑娘的,你说的是什么?"穹恩一时摸不着头脑,沉思半晌,方才醒悟道:"是啊,你竟是我的梅珠吗? 我一时竟忘了你。"说着两手伸开去抱梅珠,谁知梅珠登时沉下脸来,一手推开穹恩,颤声叫道:"先生,我和你从此分手了。"穹恩听了这话来得特兀,好似石破天惊的,吓得说不出话来。半日才问道:"这话真的么?"梅珠冷笑道:"怎么不真? 你现在有了别的姑娘,可是这位姑娘就是我的妹子,他非但不念姐妹之情,并且专和我作对。你现在自然被他迷惑,做了他的情人了。我和你从前的事请你都忘记了罢。"说完了僻转脸儿竟袅袅婷婷的走了。穹恩此时又羞又恨,羞的是方才错认了雪玉欢容,使②他虽有冤屈,无从辨说。恨的是自己的命运不济,虽爱梅珠尚无结局,况生平痛爱的梅珠又不谅人情,说出这些话来,真是有冤没处诉。两眼白睁着望着梅珠,一口气呵出了,几乎收不转来。说不得做了个英雄气短,那眼泪如潮水一般的滴下来。和梅珠说道:"你慢些走。"梅珠回过头来,见穹恩怎样也就懊悔,不该说这冷话去激他的。这时也不顾别的,只得安慰穹恩,说明自己心迹。原是狠恋爱的穹恩听了这几句话,乐得无可不可,

---

① "穹",原文作"穿",据文义改。

② "使",原文作"谢",据文义改。

好像发狂似的叫道："梅珠梅珠，你真心能爱我么？你能丝毫不恨我么？"说毕便不响，等梅珠如何回答。谁知等了好些时候，梅珠再也不肯响一声。穹恩道："你只说你心里恨我么？"梅珠娇嗔满面的说道："我为什么恨你？"穹恩喜道："这样说来，你是爱我的了，可是吗？"梅珠不响。穹恩①道："爱妻来罢，于梅珠与小爱唐的婚约从此定了。"原来梅珠自从见阿妹报父之信即刻动身，既到英国，也不知费了几许周折，才得寻着这个所在，殊不知小爱唐已经过无数危险，幸而还不曾死。所以二人见面这欢喜自然不必说了。当下穹恩和梅珠说道："我此刻忽然想起自己的家乡，仿佛美利坚的风景比英国来的美丽，我的意思要同你回到圣格汀礼拜堂结婚，吾爱可愿意么？"梅珠道："是呀，我也是仓②卒离家，因为要来救你，如今也想着家人团聚是狠有乐趣的。"刚说着，穹恩道："听罢，那不是扳机话的声浪么？"话未说完，那枪弹往梅珠身边掠过。梅珠道："这是谁人放枪呢？"穹恩道："不用说了，自然是你的妹子看见你来了才放的。我们还是逃罢，不要呆等在这里吃弹子了。"于是两人跑出屋外，沿堤一带都是芦苇，里边停着一条小帆船。梅珠道："哪，这不是船吗？"穹恩道："这可好了，我们上船罢。"正说着，枪声又起，弹子如雨点般的追来，幸都落在水里。穹恩竭力划船，不到一刻钟，上流水势非常湍③急，梅珠惊叫道："那不是他来了么？"这时，穹恩也看见了，一时心慌意乱。水势愈紧，一阵子风起了一大浪，那船不知不觉的载满了水，就沉下去了。二人都浮在水里乱浮，半日才得着海滩，随后听见雪玉在那里喊，知道那只船又翻了。梅珠生性仁慈，听了十分难受，皱着眉道：

---

① "恩"，原文无，据文义补。

② "仓"，原文作"怆"，据文义改。

③ "湍"，原文作"踹"，据文义改。

"天吓,我的妹子要淹死了。"穹恩道:"吾爱,那是一条毒蛇,救了他便要害你的。"梅珠道:"我们住的是什么地方?"穹恩道:"是个海岛。我听这里口音狠似南方人或者就是爱尔兰岛,或者是雪兰,我们不要管他,且找个地方休息罢。"于是二人再走,跄跄踉踉也不辨方向,天色又晚了,加以秋气阴森十分寒冷,二人相抱虽觉颠困,无奈爱情足以迷人,所以心中只想早归加都哩。

心愿已足,是日晚上八句钟,到吧克典村房居住,穹恩疲乏极了,梅珠记念雪玉,以为他淹死了,惨恻不能成睡。明日又借村人小船到英国南方市镇找旅馆歇宿,这时二人心中乐极,因为到此地位,离美利坚不远了,只隔着大西洋,再过一礼拜便可到自己所希望的祖国了。想到这里,把一切忧虑恐惧一齐丢开。穹恩和梅珠说道:"我仿佛看见圣格汀十字架受着阳光照在海里,又听见钟声乱响,景像甚是不祥。"梅珠道:"我也这么样,并且见我自己冠花冠,披白纱躺在地下。"说着狠凄惨的叫道:"吾亲爱的丈夫,我们后来还有什么危险么?"穹恩道:"这是我合你乐极生悲,没有的事。你好生等着我,到码头去定船,这一刻工夫,大盖没有什么可虑的去处。"说着头也不回的去了,这里梅珠独自坐着拿新闻纸解闷。半日,婢女推进门来,拿桌上花瓶灌水。梅珠暗想:"这婢女倒还生得俏丽端净。"因问他叫什么名字,那女仆见问,含笑答道:"我名耐兰,姑娘有什么使唤的事么?"梅珠道:"也没什么,只是你生的这般美丽,为什么给人当使女呢?"耐兰见问,登时双眉紧锁,两颊添愁,眼波溶溶的似乎要滴泪的神气。梅珠此时不禁动了怜悯之心,越发同他亲近,问长问短的。那耐兰又生得婉转得人意儿,耐兰一边装瓶内的花,检那一朵大的玫瑰花递给梅珠道:"姑娘,这花香的清洁,姑娘美貌,衬着这花儿越法艳媚了。"梅珠笑道:"我谢你的赞美。"随即接过那花往鼻子止一臭,觉得异香触脑,沁人心脾。一个人晕沉沉的不得劲儿,要想唤人,却连一丝气力也没有。只见满屋里东西,连那窗外的树木都是天翻地覆的乱转。一会儿女仆出去了,随即有人进来。你道这人是谁?原来就是自己的妹子雪玉。那时雪玉虽然落海,幸亏被一只渔船救护。又打听得梅珠踪迹,追随到此,住在隔壁房间侦察梅珠举动。那耐兰原是他的同伴,受雪玉指使,故意打动梅珠,乘间将闷药涂在花上,送给梅珠。可怜梅珠做梦也不曾料到有此一着棋子,被他算计了去。且说当下雪玉见梅珠尚有知觉,便笑道:“阿姊你这会子还想到圣格汀么?小爱唐虽然爱你,可是你那里有这段幸福。你好生住在英国,我合小爱唐成婚后再来看你罢。”这时梅珠已渐渐的不省人事。雪玉忙把自己的衣服同梅珠互相更换了,把梅珠藏在床下,自己坐在椅上。不到十分钟,穹恩回来了,面上略有笑容,向雪玉道:“你不厌烦么?今日巧得狠,我已得了船票,我要立刻马上就走,可好么?”雪玉暗笑穹恩眼盹,低声答道:“我亦归心如箭,我们走罢。”于是两人匆促上船而去。

第九章

小爱唐携情人上船,船名麦浪,是只大号邮船。此等邮船可以出重价独雇,因为寻常轮船人种杂乱,并且杜律恩富有金钱,自不难趋使党羽星罗棋布的散在各处搜寻他们。那时且不又着了道儿,所以,雇了这只邮船,自为千妥万妥的了。况且那伙侦探不是海鸟,不为伏在水里扑人的,所以不用担忧。“除了侦探,那老天凭空里难道长出手来和我为难么?”穹恩想到这里,快活极了,把以前的种种恐慌一把子丢在九霄云外,拿眼精不住往四下里瞧,这小小一条邮船,看来竟是个羽化登仙的天堂,心中暗道:“只要早些开船,便没祸水了。”因此立刻叫舵工开船。舵工见他着急,说道:“时候还没到。”嘴里这样说,心中打量:“这客人一定出去奔丧的,迟了恐怕财产得不着哈,咱①自吃了这碗飘流饭,什么人都看的出来。”这时,却被他催不过,只得开了。

那船身慢慢的离开英国,沿路经过好几个海岛。回顾岸上,房屋、树木渐渐缩小了。穹恩立在船上,如同出笼的雀儿一般,飞鸣跳跃乐不可支。想到和梅珠结婚以后到各处去度密月,把前途的景像架了许多空中楼阁。一时又想着,自己情人又是天字第一号的美人儿。咳!别说他花底莺声,风中柳态,婉媚百出,便是他不言不语独坐幽闺,也足令人销尽柔魂哩。一边想一边走进房舱,见他情人一人静坐,秋水凝眸,不知一寸芳心里想些什么。穹恩含笑问道:“你在这里想什么?我同你到外去走走不好吗?”雪玉不答,穹恩又说道:“这里海风大得狠,你须戴帽子放下面纱才好。”雪玉才慢慢的站了起来,倚了穹恩的臂膀,珊珊的走到甲板上,凭栏小立,领略海天风趣。遥看远天如洗,一轮黄金似的丽日照在二人身上,十分憩适,加以海鸥长鸣,涛声震耳。从来佳景似佳人,穹恩看海景,又看看玉人,两两比较,终究景不胜人,便搂住纤腰,低声唤道:“我可爱的梅妻啊!我和你久别十年,可是这十年光阴,我却牢牢记住了你的声音笑貌,那一时一刻不把你来想个儿百遍呢?咳!那人世上的功名利禄珍华锦绣,我到看得希松,只是总不能忘记了你这么一件宝贝的。我的梅珠,你心里觉得怎样?你到底也说句话儿,使我听了岂不更加喜欢了吗?”看官们试想,这个雪玉虽然狡狯,被穹恩恁般逼迫,这哑吧如何再妆得下去,没奈何这好大胆回答道:“郎君啊,我也是和你一颗心的。”说了这句便截住了,再也说不下去。穹恩以为他害臊了,心中非常喜欢。拿起纤纤玉指,接连亲了几个嘴。虽说欧俗文明,那做女孩儿的原也脱不了羞耻的。那雪玉却并不是羞耻,为的是刚才

---

① “咱”,原文作“喒”,据文义改。

穹恩说的絮絮情话，又羞又气，心内特特乱跳。要是别的东西呢，偷的盗的，拿来使用使用，横竖也是一样的，和自己买来的也没甚分别，只有“爱情”两字，如何挪借得来？可怜雪玉煞费心思，这样藏头露尾，到弄了个骑虎难下。俗语说得好：狐狸精变人，终有显尾巴的日子。弱水迢迢，不知何日盼到圣格汀。到了那时，安知不曾败露。倘然被他看破了，非但所事不成，我这脸儿往那里藏去？自己又是无能女子，那时候的饥荒才难打呢。想到其间，方才懊悔千不该万不该用这条李代桃僵的计儿，心中小辘儿七上八下撞个不了：“看看穹恩那种温存怜惜的神情，正在那里媚他的情人，要是我此刻漏泄一点机关，这个又勇又健的男子只消一拳，我就受不得了。”

忽然听穹恩叫道：“吾爱，你瞧那边也有一只船和我们同路的。”雪玉看时，见他女同伴立在船头，拿手巾塞住口，同他打招呼。这一来把一寸芳心扰得更乱了，暗想：“现在有了帮手，要杀人是容易的了，但是我心何忍？穹恩死了，岂不是我自己的希望乐趣一般的同他同毁了吗？”忽然转念，自己责骂道：“呸！糊涂了头，不要在这里做春梦了。你看他和梅珠的爱情打得火也般的热，海枯石烂，他二人的爱情自然至死不为变的。我还望他感动些什么？况且我的道德也丧尽了。平心而论，那个肯要个罪人来做妻子呢？如今我既不能达我目的，少不得要替我父亲报仇了。那时父亲见了我，还要当我一个千古不磨的功臣哩。”主意想定，那一缕柔肠也就变了百练金刚。却好小爱唐说道：“我有点小事走开十分钟，你在此地等我。”说着①掉头去了。雪玉暗笑：“这也是你命里该绝。”等他转背时，拿起手枪对准了要放，小爱唐又立

① “着”，原文作“若”，据文义改。

住了,拿手遮太阳,不知看什么,那里知道顷刻之间就要归到那①极乐国里去,同这世界永远告别了。正这当儿,猛听得扑通一声响,那水里登时涛飞浪涌,又听得狠悲惨的呼声。你道这小爱唐可曾打死?或者穹恩受枪之后,站②不住掉在海里,残喘尚延,所以发他最后的哀鸣。原来穹恩并不曾死,还是囫囫囵囵的,连指尖儿也不曾弹着一个,并且还听得呼声,连忙出来。看那舵工不知何时跳下海去做这个水把戏的,穹恩放下舢板救了起来,幸而没淹死。问起来时,也不是舵工有意寻死。当雪玉开枪的时候,却被舵工看见了,那枪子就缩住了。暗道:“这件蠢货留在此地梗事,不如先结果了他。”那舵工见他半晌迟疑,却也料着几分。便乘他不防备,把手枪夺下。雪玉不依,乘便挤落水里。却是舵工命不该绝,被穹恩听见了。舵工对穹恩说道:“你听,你的女伴行凶,不拘束他么?”一句提醒了穹恩,向雪玉脸上一瞧,失声道:“吓!你原来并不曾死,你的阿姊那里去了。咳!我竟上了你一个恶当,来来,姑娘,我们坐了再讲罢。”说着拿眼看舵工,似乎要他帮忙的意思。舵工会意,上来拉雪玉的臂,雪玉喊道:“了不得,你们两个男子要谋害一个女人么?”二人不答。雪玉料想,喊是无益的。二人领到一间黑暗的房屋,雪玉问要他做什么,二人还是不答,管自己出去了。后来听见门下了锁,也就明白了。

穹恩同舵工商量把船退回去,不过从午间到此刻,已有六点多钟,就是回转也须这些时刻,把穹恩急得和热锅上的蚂蚁一般,两眼白瞪瞪的望着口岸,心想只要看见那几个小岛也就好了。忽然那舵工走来拍穹恩的肩膀,穹恩吃惊道:“又是为什么?”舵工皱眉头低声说道:“先生,你可要小心那只帆船,也跟我们倒退,他又

① “到那”,原文作“那到”,据文义改。

② “站”,原文作“凝”,据文义改。

不是水警渔船，是不会到海洋里来的。难道他因为海里好顽得狠，撑着个船来游历的么？”穹恩道：“你看见船上有人么？”舵工笑道：“先生，船上没人怎么会走呢？”穹恩道：“我不是问这个，我问有可疑的人么？”舵工道：“我正为的是这个，那船上有个狠美貌的女人，仿佛合你的女伴差不多，女人伎俩最喜翻云覆雨，令人难测。”穹恩道：“可有什么法子？”舵工道：“没有别的法子，我把船开得快些，能够早到口岸，就不怕了。”穹恩探首望那船时，仅离五十码，一边说道：“快些走罢，不然就要被他赶着了。”舵工道：“你别响，让我听听这机器有点奇怪，为什么这样响？”穹恩忙道：“宁可慢些，不然机器要炸了。”舵工道：“是的，我们还是慢些好。”于是把机器放慢了。过了一刻，舵工诧异道：“这机器还是这般响。”穹恩道：“我也看见那汽管里的浓烟红得可怕。”舵工听了这句，登时跳直跳起来，大声呼道：“差了差了！”这时好像发狂似的喊道：“先生，我们的事情败了！”穹恩狠镇定的问道：“好朋友，究竟怎么样？”舵工狠害怕的神情，叹口气道：“还有什么说的，我们把那女子放在机房里，我的船是要毁的了，我们还是想法子逃命罢。”穹恩道：“这法子不用想，自然是跳下海去，不过没得救生船也难。”舵工道：“你不要迟疑了，有上帝保佑，我是不怕的。你看船身非常震动，不久就要炸了。”说着奋不顾身一跃而下，穹恩也跳下去。这时差不多要十二点钟光景，月色狠好，望着对面一个岛上，树木还是狠清楚。随后又一人跳在水里，知道是雪玉，却不见他泅过来。穹恩合舵工两人在水里过了十分钟，浮到一个岛上，坐在海滩。穹恩道：“这是什么声音？”舵工道：“自然是那船炸了。”接着海面上一派火光，那船竟烘烘地着了，穹恩伸伸舌头说道：“我们迟一步就要变成焦炭的。只是那人也烧在一起没有？”舵工道：“你的女同伴么？仿佛也跳在水里。你还在记挂他么？”穹恩狠惭愧的答道：“你不要趣笑我。你要知道我们是男子，该应救护女人的。这也没法的事。”舵工道:“看那黑影是什么?”穹恩道:“好像帆墙。”舵工道:“莫是那只女人坐的帆船?你留心看他往那里去的。”穹恩道:“好像也到这岛里来的。”舵工听说,登时把眉眼直竖起来,说道:“我们还是避开的好,恐怕来的不怀好意。我看见船里有五六个人,你的同伴也在内。”穹恩打了个寒噤,立起身来,往岛尖上,躲在岩窟里。过了一会儿,帆船到了,止听得一人嗐声道:“我的眼花了么?”又一人道:“寻罢,一定躲在上面岩窟里。”这人的声音分明是①雪玉。穹恩害怕得发抖,合舵工挤在一起,好像打丧的兔子。后来还是舵工胆子略壮些。他说:“与其伏在此地,不如逃走。就是被他捉住了也好,肉搏一下子,死得爽快些。”于是两人走出岩外,因为野草太长,有人走过总要响的。那些人听见了追上来,穹恩没命的奔,那些人也没命的追。这时候要迟一步,不消说自然要流血了。好在这些人因为追得忙,也没工夫放手枪。二人跑到山颠,看见帆船泊在海滩,也不顾性命,奋身跳下,找着帆船。那船上有个少年,刚要张口叫人,却被舵工在喉咙口上一扠,在船板上乱滚。不到五分钟就死了。船上张帆走得飞快,却听见岛上发狠奇异的声浪,因为船不见了。

第十章

夜里起的是北风,却是顺风,船上张帆走得非常迅速。穹恩道:“这尸首难看得狠,不如丢在水里。”舵工道:“这样狠好。”于是两人把尸首阆在海里,看他起了个浪花,便不见了。这时二人默无声息。舵工睡着了,手里握舵,鼿声呼呼的响。穹恩心绪不宁,不能合眼。月色朦胧,天上浮云一团团的叠起来,把月光遮得没了缝儿。觉得昏沉可怕,耳朵里听见有人长叹。穹恩问是

---

① 原文此处衍一“个”字,据文义删。

那个,却并没人声。不到五分钟那太息之声又作,穹恩听得毛发直竖,暗想莫是那个少年变了鬼,来捉①人的。咳! 人同人还好想法子抵敌,人同鬼却是没法想的。想到其间,越加害怕,只好去叫舵工。舵工在睡梦里惊醒,以为船上失火了。穹恩同他说有鬼,舵工好笑。穹恩道:"你笑什么,我知道你笑我是个懦夫,我听见的声音却是真的。你身上有柴火么?"舵工道:"有是有,不过他也跟我们落过海,有也不中用了。你寻寻看,这船上包管有的。"穹恩依言在船板上乱摸,却摸不着一件东西。后来脚踏着板有点活动,舵工道:"好了,底下一定有东西。"于是挠起甲板,果然有火柴同蜡烛酒瓶之类。舵工大乐,拿起酒瓶,精神也添了几倍。穹恩道:"我们不要忘记,我们是为鬼才寻东西的。"舵工道②:"不错,鬼是我的好朋友,不然这酒是那里来的?"穹恩道:"别只顾酒,先寻寻可有什么。"舵工拿着酒瓶往里就跑,穹恩拿蜡烛照他,搜寻一遍,并不见什么。舵工道:"里头还有间舱房,这门不大好开,大盖是锁的。"说着把门蹋破了,里面有个女人狠着急的叫道:"你们又不容我安生,这会子又叫我到那里去!"穹恩听了声音直扑过去,抱着梅珠道:"你上了人家的当了!"梅珠又如梦初觉的看着穹恩,说不出话来。穹恩道:"天意如此,叫我们颠到错乱。因为你的相貌太像他,所以我也受他的愚。"因将前事告诉梅珠,梅珠道:"他用毒药闷到我,后来的事,我竟③一些也没知道,也不知为什么到了船里。"穹恩道:"这自然是你昏迷不醒,才舁你上船的。你听舵工独是在那里叹气,他是被女人吓怕了的,我同你出去。"

---

① 原文此处衍一"捉"字,据文义删。
② "道",原文作"的",据文义改。
③ "竟",原文作"意",据文义改。

舵工见二人出来,吃了一惊,以为就是那个女子,后来看见梅珠同他握手,狠温柔的同他说话,才放了心。有两点钟工夫,大家无事。舵工把舵,梅珠睡在穹恩身上,睡着了,穹恩看天想心事。两点钟之后,舵工走过来,脸上现出忧愁的神气。穹恩问他船到那里了,舵工摇头道:"你不问我这个,你出去瞧瞧。"穹恩探首外望,只见白茫茫一片。舵工道:"这样大雾,连罗盘针也没用的。倘然来去的船多,一定要撞翻的。最不幸的这洋里没有别的岛屿可以暂停,这时候止有五点钟,等到十二点钟这雾就好消了。"于是三人都是愁眉不展,怕的是在十二点钟以前被什么祸。过了一刻太阳出来了,还是模糊不辨方向。舵工道:"那面有小汽船来了,不知往什么地方走的。"穹恩道:"那汽船的颜色狠新。"舵工拿望远镜看了看道:"我知这个汽船的来历,你知道我们先前坐的海滩是什么?"穹恩道:"是个岛屿。"舵工道:"那岛上有个船厂。"穹恩道:"船厂怎么样?"舵工道:"那条船是厂里的,但是厂里只有买船,没有雇船的,所以我疑心他们偷来的。你须小心,不要再吃他们的亏,这次落海是没性命的了。"再看那船越走越近,离开七八丈远,留心看船上的人,却看不见。不到十分钟,听见那船上发喊,一阵狂风似的,立刻把帆船撞翻。那条小汽船经此一撞,也撞炸了。船上的人落水逃命,还是两不相让,用力撕打。内中一个扯住穹恩的领口,穹恩着急,把那人用力推开,却不见了梅珠。舵工道:"我们来罢,不要打了。"这时来了一只救生船,把穹恩、舵工都救了起来。穹恩呆着水里,舵工道:"先生,你为什么竭力保护那个女人?"穹恩道:"女人么?你不要太轻藐了,他是我的未婚妻。"舵工听他郑重其事,有点好笑,却又不敢笑,同他握手,贺他有狠美貌的妻子。

从这日起两方面都无事可记,更过一来复,穹恩到了美国,长日想念梅珠,却是故乡久别,一旦重逢,自有说不出许多感慨。最悲惨的跑到自己家里,却不见亲爱的父亲。一个白发离披的老仆人,见小主人归来无恙,想起老主人横遭惨祸,不觉对面长号。这时穹恩已如惊弓之鸟,不敢住在家里,依旧萍踪浪迹的过日子。舵工做了穹恩的仆人,为人甚是忠谨爱主,此是后话。梅珠既为雪玉所得,同船返家。可怜一个忠厚柔弱女儿,到处都遇敌人。当下雪玉同徒党十几个人,推梅珠去见杜律恩,同献俘虏一般。杜律恩①笑道:"我的儿,我狠愿意见你,因你在外边非但没替我办事,而且从中阻挠。你有意同我为难,这是好极了,不过我的事情,仍旧要办的,我并不因为你损害我半点志气。你既然来了,少不得要想个妥当的法子待你。"梅珠听了,也不害怕,从容说道:"阿爹,我也并不因为你的几句说话,生半点恐惧之心。"杜律恩道:"这好了。"说着看看仆人,吩咐把梅珠送到一间房里,自己不放心,坐了轮椅,也送上楼去,对梅珠说道:"你平时最爱这间屋子。我早已想好了,这里风景又好,你也不致十分无聊,你须盼望我早点报仇,那时凭你上天落地,我不再来干涉你的自由了。"杜律恩此举绝无人心,把自己女儿当作囚徒,禁锢住了,自以为千妥万妥,从此梅珠的命运又转到黑暗之中。悠悠岁月,寂寂空闺,此中况味,靡复不堪。有时看见一个雀儿、一只虫豸,都生羡慕之心。窗下又是清溪,想到无可如何,恨不得跳将下去,寻个自尽,免得在人世上受千重磨劫。略一转念,便想到小爱唐的命运,"有日灾消福至,刚要旧缘重续,我已一抔黄土,瘗玉埋香,那时叫小爱唐何以为情?"因此把自尽的念头又打消了,提起精神过了好些日子。想了个消遣的法子,养了几个雀儿,停在肩头听听他的鸣声,润润他的羽毛,算是一日的事情完了。后来雀儿又顽烦了,要求他父亲弄几本小说来看,杜律恩虽然答应,却还不放心,恐怕看

① "恩",原文作"思",据文义改。

了小说要照样做起来,所以止拿平淡无奇的几本小说给他瞧。你想这杜律恩待女儿的手段可利害不利害?那梅珠却并不知道父亲有这种手段,以为一件事情要求成功了,这就是父亲有慈爱之心。

这日正伏在窗子口瞧看路上的热闹,对面来了一个人,向自己略为瞧了瞧,便匆匆走过。那背影儿煞是像个小爱唐,不到几秒钟便模糊不辨。只见手杖上的铜头,还在斜阳影里一烱一烱的发光,自己的灵魂离了躯壳,仿佛也跟了一步一步的越走越远,直看到崦嵫日落,人影依稀,方才嗳声叹气关上窗子。睡在床上,自怨自艾的哭了一回,懊悔方才不曾同他打个招呼。"说不定我看见他,他还瞧不见我呢。咳!要是这样到不如不见他到也罢了,如今叫我千不是万不是,不知怎样才好。我这颗心几乎为你想碎了。"说着又坐起来,对着镜子理理鬓发,整整衣服,觉得自己容貌非但俊美,还且媚极,却又是对镜微笑,以为天生我的美貌,必定赐我无量幸福的。后来又看见母亲小影挂在壁上,想起母亲生前虽没人去禁锢,他却自己抑郁而死,"我不要也蹈母亲覆辙①,把这个清静寂寞的屋子做我最后的结果。咳!穹恩一日不死,我便要做一日父亲的囚犯。倘小爱唐真个被人捉住,那时肉临砧上,岂能保全我的残命一条?还要活在人世上干什么?不如趁早自己寻个结局,人既归尽,便再有什么悲惨痛楚,也沾不到我身上来呢!"这日夜里,不消说的做了一夜恶梦。一忽醒来,已是日影横窗,雀儿在树上一来一去的乱啼。

常言道:"景由心造。"这时晴天丽日,鸟语花香,人生当此没有不兴高采烈的,梅珠却毫不在意,依旧想他昨日趁早寻个结局的念头。腾地想起那窗外清溪到还是个清静之所。因此把衣服

---

① "辙",原文作"辄",据文义改。

换的狠清洁,眼里看看别的东西都是毫无干系的,止有这个不言不语的慈母,好像现出极悲苦的神气。梅珠呆看了一回,走到窗子口,望着绿水澌澌,点头叹道:"落花有意,流水无情,今日之后,小爱有知,对此盈盈弱水,不知①怎样个悲痛呢!"一句话未了,猛可里一件东西望窗子里,和箭也一般的射来。梅珠不防,到吃了一惊。抬头看时,失声道:"嗳下,原来是你!"这是谁人丢来的什么东西,待做书的慢慢说来。

第十一章

梅珠看见的人就是小爱唐。小爱唐站的地方是个三层上的荫架,梅珠见了已是胆寒,却不敢高声呼唤。拾起那件东西,原来是表,里面夹着一张纸,纸上写道:"我自别后,无一时一刻不想你,踏破铁鞋无觅处,却不道咫尺天涯,此红楼一角中,竟贮我心爱之玉人。我之来此无虑数十百遍矣。我爱居此,谅为严父所禁。昨日斜阳影里见我芳卿,卿亦见我,我当时魂与身离,头目晕眩,心房跳跃,逆料芳心亦必悱恻动情,不能成寐。今与我玉人约今日之夕,当借傍舍之运木机救卿出险,那时我二人携手到第二礼拜堂结婚。过此以往,吾侪但有幸福,无复恐怖。卿卿之意如何?愿乞三思复我。"梅珠看完了,在信笺上亲嘴,也写了几个字,不过说同他表同情的话,拿东西裹了送给穹恩。穹恩得信,脸上有喜色。俗语说得好:若欲不知,除非莫为。当穹恩看信的时候,竟被杜律恩②一个党羽看见了,也攀上荫架。穹恩并不害怕,后来看见那人攀住穹恩手臂,用力推他却推不动。那人见推不动,换了法子去扠喉咙。梅珠看得几乎发晕,便两手掩住脸,不忍再看。

① "知",原文作"怎",据文义改。
② "恩",原文作"想",据文义改。

到了末了,听得那人大叫一声,从荫架上直送下去,差不多有五丈高,也不知生死如何。这里梅珠见穹恩无恙自然欢喜,想起方才结婚的话,心中大乐,凡百境界登时变迁,转觉事事安适,一花一鸟都能助人兴致。芳心一点,钦佩小爱唐神勇非凡,况且不到一日工夫,我就是①他的妻子,永永受他的保护,那时看我这不仁的父亲怎样个对待我。

正在胡思乱想,呀的一声开门进来,原来就是妹子雪玉,面容惨淡,手里拿着的不知什么。梅珠问道:"你作什么来?你须明白,我是个最不幸的人,还是你的俘虏,你一定受过父亲的犒奖,于心还是不足,这会子来同我缠什么?我实告诉你罢,我再不受你侮辱了!凭你有什么手段,我死了也再不出这屋子的。"雪玉道:"阿姊,不说这话罢!以前的事不用再提,我如今也懊悔,不该和你为难,我现在问你,你爱穹恩么?"梅珠道:"他是我的丈夫,我为什么不爱他,我爱他到极点,你也不能干涉我。"雪玉道:"你爱他么?可是我也爱他。"梅珠冷笑道:"你也爱他?无谓得狠!"雪玉道:"世间未婚男子如公共品物,既无一定归宿,那里禁得人人爱他,你既说是你的丈夫,你却并无律师证婚,又不得父亲许可。你不见父亲手卜的侦探大大报告爱唐的消息么,那报告的信笺和雪片也似的。你还当他是你的禁脔,不许傍人窥觎,你岂不枉费心计了。"梅珠道:"依你说便怎样?你说爱唐终有一日死的,这话不错,但是我是个女人,爱唐死了,既不能替他报仇,我自拿身子殉他。你那时难道也来干涉我?说我不得父许可么?"雪玉道:"我想也不用殉葬,现在就可以死。"梅珠道:"你说的是决斗②么?"雪玉道:"是的,我合你都为私情所害,

① "是",原文无,据文义补。
② "斗",原文作"闹",据文义改。下同。

但是永久相持终无了局。我想不如决斗的好。”梅珠道:“这事狠好,我们的事立刻可以解决了。”雪玉道:“我们不用枪,拿这个美人目挟在纸堆里,那个拿着就饮毒水。”因将毒水倒在杯里,二人并不恐怕,当时诸事部署都完了。梅珠道:“事已如此,不到五分钟,不是死你就是死我,无论死那一个,爱唐氏终为不死的人,所有这最后光阴,你能言归旧好么?”雪玉愀然道:“阿姊仁慈,当邀上天恩赐,死后灵魂必登天界,我是罪人,死后必沦地狱。”梅珠道:“以前种种,我都恕你,你也恕我。”于是一对姊妹花,平日虎视眈眈①,在此最后之时刻,亲爱得和小孩子一般,可怜孽海风高,爱河浪恶,只为一点痴情,宁使香消玉碎,却也毅然不顾了。这一举手一瞬息之间,可怕之美人目竟被雪玉②所得,梅珠痛极,握雪玉手不忍放,雪玉笑道:“这是天意。”拿起毒水便吃,梅珠掩面痛哭晕倒在榻上。

这日傍晚,穹恩冒险救出情人。当穹恩上运木机时,危险已极,两手攀住轮郭随势旋转,每旋转一周,必经梅珠窗口一次,因此乘间救出。穹恩坐的是汽车,手段十分敏捷,到底杜律恩③的耳目众多,一群如虎如狼的党羽早已知道,要想追逐汽车,可是两只脚的人如何赶得着风驰电掣的汽车?这算得欧洲④人作法自毙的证据了。且说这一群人追不着汽车,想法子放枪。穹恩的汽车受枪,油箱炸破了,箱里的油渐次漏光了,料到不久就要停止。幸亏走过一爿车行,忙还了车。那街上的汽油忽然着了,火光蜿蜒合长蛇一样,后来车子也着了,知道是敌人在那里纵火,于是趁敌人不能追赶便加力开车。

① “眈眈”,原文作“耽耽”,据文义改。
② “玉”,原文无,据文义补。
③ “恩”,原文作“思”,据文义改。
④ “洲”,原文作“州”,据文义改。

一转眼便到礼拜堂，牧师穿了长袍子，狠留心看两人停了半日，才问道："先生恕我，我以为先生的婚因是不正当的，不然为什么这般急促?"穹恩因将自己原故说明，那律师翻礼簿叫他检字，照例①新妇也要签字的，谁知这个新娘竟迟疑不决，一时不肯下笔。穹恩大惊，牧师发笑，似乎说自己眼光不错的样子。这个当儿外边来了三四个人，谁知新妇见有人来，竟如疯魔一般的乱跑乱跳。穹恩十分不解，却又可怜，以为梅珠见了敌人，料到婚事不成，所以伤心成病的，想到这里，自己又伤心起来。眼见得这清冷教堂闹得沸反盈②天，只听见他们那里叫"雪玉！雪玉！"暗想那里来的雪玉，拿眼睛不住的瞧望，止有自己的情人被人围住了。这时，方才如梦初觉的走将过去，揉揉两眼，对面瞧着清楚。这风吹杨柳雨打桃花。不是雪玉却是谁呢？雪玉知事情败露，又见穹恩有意看他，便也不顾别的，提起脚来往门外跑。那些人只顾雪玉，并不注意有穹恩立在傍。穹恩趁他们忙乱之时，一溜烟的跑了，幸而没人撞见。

再说梅珠醒来，好像有他妹子睡在地下，一回儿想起我原为妹子死了才晕倒的，眼前却不见了妹子的尸首，那些衣服帽子黑黢黢的堆得一地，回顾自己身，衣服脱得一件也没剩。这才明白过来，知道被雪玉算计了去。私心忖度着结婚时间已过，咳！要是他二人结了婚，我这生命也不要了。梅珠虽然生性和平，到此田地也受不得了，心里越想越气，恨不得插起两只刺膀，飞到礼拜堂里去辨个明白，脑胆乱得发狂一般。没奈何拿起雪玉的衣裳来穿了走出去，那个看守的老婆婆以为他是雪玉，笑道："姑娘，你阿姊寂寞得狠哩！你多坐一回也罢了。"梅珠不响，同他笑笑，却三

① "例"，原文作"倒"，据文义改。
② "盈"，原文作"盆"，据文义改。

步并作两步的跑到楼下，听他父亲同人说话。另外还有一个男人高声说道："我办这件事几乎送了性命，你难道不肯酬谢我么？"杜律恩道："'酬谢'两字谈何容易？况且那人并没死，你的金钱也没得到你手里的。"梅珠知道是讨酬金，暗暗地骂了声狠心的父亲，却也没心肠去听他。刚欲转身，听得杜律恩说道："外面什么人？你去看看。"说时迟那时快，立刻走出个又长又大的男子来挡住去路。梅珠没法，只得垂头丧气的见他父亲，杜律恩道："你住的嫌不适意么？不然出去做什么？我知你是个不能安分的人，你既不能安分，我却还有法儿处置你。"说着便叫人把梅珠送出去，从此梅珠的生计愈加不堪了。

第十二章

话说小爱唐第二次受愚，邀幸逃出礼拜堂。走在街上，听得马蹄蹴蹈，他就害怕得了不得。其实偌大一个加都哩，马蹄声音是常有的，无如这个声浪，钻进穹恩耳朵里，便可算仇人的追骑了。当下穹恩看见骑马的是个官兵，便大大方方自己走，也不打主意要往那里走，听凭两条腿随意掉换。后来看见一所新房子，上头仿佛有女人的哭声。穹恩暗道："我真晦气，又听见这种不祥的声音。"心里这么想，脚步放慢了，听听那个女人哭得狠是悲切，看看那楼底下的人有十来个，在那里吃酒，都是些下流社会的人，听见楼上的哭声，竟毫不在意，觉得奇怪极了。这时打量那啼哭的女人，一定有极难受的境遇，或者有人强迫着要他做件事情，不然就是被①人监禁在那里，也未可知，但是无论怎么样总不关我的事。想到这里，又感触起自己的梅珠，百劫千磨，不知将来作何了局。雪玉既然能到我这边，他自然先要把梅珠安置停当了的。这

---

① "被"，原文作"彼"，据文义改。

样推想,梅珠总不在那间房里,一定住在一个极隐当的地方,这个地方就难猜了。大盖我们两个人都有魔鬼驱逐我们到危险的阶级内,这时狠懊悔方才不应该逃出来的,倘然有一天捉住了我,他们自然把梅珠放了,让他自由。因此爽性立在街上,把帽子戴得高些,好叫人认得他。谁知立了半日,那些人都不是来捉他的。他等得不耐烦就要走了,临走的时候,听听楼上寂然无声。从玻璃窗里望进去看见一缕头发,心里一跳,因为他认得一缕头发,差不多在头发上亲过许多嘴。连忙去问店主人,店主人是个秃头,竭力辨护,说没有的事。穹恩知道又是杜律恩的同党了。穹恩用话去打动他,并许给他钱,店主人的心有点金质镕化了,就迟疑起来。后来被那些吃酒的人听见了,同店主人不依。穹恩知道这些都是私党中人,同杜律恩连络一气的。内中有一个胖子认得穹恩,对他的同伴说道:"朋友不要忘记了职务。"于是那几个人动蛮同穹恩打起来,却打不过穹恩,因为他们酒吃得太多了的原故。后来越打越凶,十来个人把穹恩围困起来,穹恩寡不敌众,差不多要败下来了。忽然那上头挂的煤油灯绳子断了,丢下来,才把那些人吓跑了,有几个身上带着火在街上乱跑,那灯里原加着满满的一瓶油,倒在地下淌满了,登时满屋子都是火。这时,楼上女人知道火着了,急得乱喊。穹恩道:"梅珠你把绳子放下来。"梅珠照样把腰里的带子与领巾接长了,系在窗子上,把余多的垂下来。却好穹恩的手攀得着了,梅珠朝下望着不敢下来。穹恩着急得狠说道:"你看,火已经延到你身上来了。"梅珠还不敢下来。穹恩没法,只好自己爬上楼窗,把梅珠抱下来,逃出火线。有好些警察拦住了,不许乱走。有个警官去问店主人为什么失火,店主不敢把实话告诉他,只好说是客人纵火。后来听他说出穹恩的名字,只好丢了梅珠跑了。后面警察同了几个官兵追赶。店主人想要献功,也同几个伙伴追赶。

走到大河边，穹恩跳上帆船，有几个警兵跳上帆船，穹恩没法，只好蹈上桅樯，立在尖上。那店主人手下的同伴，都是天不怕地不怕的，也不顾性命，攀住桅杆上的绳子，那些看的人在那里喝采。穹恩所站的地位危险到了极点，傍人都替他担忧。有个巡官说道："好顽得狠！差不多同打猎一样，不过打猎打的是野兽，这个却是人。"后来听得众人哗噪起来。谁知穹恩知道用武力敌不过众人的，想法子跳在海里。那起警兵同伙伴恨极了，嘴里乱骂，只好垂头丧①气的回转，再说店主人见事情不成功，损失得太大了，有点生气，想起自己的酒店毁了，几乎要哭出来，穹恩又丢在海里。其实穹恩被警察捉着了，是要受裁判的。那时穹恩供出店主人暗结私党，店主人就要吃亏的。他恰不想到这层，以为在上官面前没得献功，就懊悔得了不得。后来这一群人回去的时候，路上碰见一个女人，头发是黄的，腰肢狠细的，这就是梅珠，在一家店铺内打听小爱唐信息。那些人正没处出气，就把梅珠捉了去见杜律恩。原来杜律恩这时狠生气，因为雪玉回来了，那侦探把刚才的情形告诉了他，知道两女儿都不中用，后来全靠别人帮忙的了。自言自语道："叫女人去报仇是靠不住的。女人的心是最痴，只要男子用点温柔手段，没有不顺从的。"且说店主人同几个伙伴对杜律恩把当时情形添了许多花样，说得落花流水，无非是说穹恩打上店门，勒索梅珠，自己同伙伴如何出力，禁不得小爱唐放起火来，只好散了。随即告诉警察竭力追赶，连警察也没有力量捉他，被他跳在海里淹死了。杜律恩问道："你看见他死了么?"这句话把店主人问住了，同他的伙伴面面相觑。因为当时看见穹恩跳在河里，他们就回转了。况且又在黑夜里，也看不清楚。杜律恩见他不能回答，料到他们信息都不确。这时傍听的人只有梅

① "气"，原文作"表"，据文义改。

珠十分着急,后来看见店主人回答不出,晓得还有点希望。当下杜律恩把店主人同伙伴打发走了,叫道:“狄曼克。”一会子走进一个人来,梅珠不认得,大盖是个侦探,因为他的脚步走得十分轻便。杜律恩说道:“你晓得你脸上狠有点惭愧么?”那人道:“是的,我狠惭愧的,我因为不料到不是梅珠,不敢乱下手,所以被他逃走的。”杜律恩又叫了一个人进来,看守梅珠,自己却同狄曼克走出去,不知商量点什么,傍人就不能猜度他们的秘密了。

再说杜律恩同狄曼克商量了许久,也不知想了多少法子。过了几日,虽然打听不出小爱唐的消息。到捉着了一个穹恩的仆人球慢,因为他到处要打听主人的消息,到了末次,就上了个大当。有一天他在街上走来走去看见一个朋友,这个朋友在爱唐家当过总管的,他就问起穹恩的信息,那个朋友原是个极精细的,同他使眼色,等他的朋友去了,傍边一个绅士打扮的人拍球慢的肩膀,引到他一个僻静地方,极其郑重的说道:“你要寻你的主人么?”球慢道:“这个不用说了。”那人道:“你的主在妒佛。”球慢听见主人有了着落,乐得了不得,便问他主人详细情形,那人待说不说的样子,似乎秘密得狠,略为说了几句,还谆谆叮嘱不可同别人漏一点风声。球慢谨慎从命,立刻租了一匹马,屈指算计不到二点钟工夫就可以到了。谁知到了那里,还没下马,被三个大汉捉住,把他关起来,说他是冒用私币的。球慢知道中计,辩护是无益的,只好束手待毙。原来球慢就是以前的舵工,现在不做舵工了,人家都叫他的名字球慢,他却狠有点阅历,起初因为不愿意被人监禁,在房间里乱跳。至于那些人捉他的缘故,为的是去了穹恩爪牙。这三个人轮流看守着,过了几天,那个球慢非但不记念主人,还且骂不绝口,都是怨恨主人的话头。起先人家以为他有意哄骗他们,后来竟日日如此把那看守的人打动了,以为受了磨折自然要变志气的,慢慢的去问他以前是个什么人,他说是舵工,所管的船被穹恩毁了的，说着还骂，说以后还是当水手的好，再不愿跟这晦气主人。看守人道："你这话真的么？"球慢睁着眼道："怎么不真？"原来这日的看守人叫得白朗，是杜律恩手下一个最得意的人，听见球慢这么说，要想勾引到自己党里。况这时的球慢势穷力尽了，因此费了许多思想。谈了半日，果然球慢一说就听，还替他们想了许多捉穹恩法子。这班人听得十分希奇，其实球慢想的法子只好骗乡下人的，好叫人家上当，于是那班人让他自由出入。球慢也不逃走，天天混在一起，跟他们办事，那班人觉得十分投机。球慢不去的原故，一则要去他们的疑虑，二则利用他们打听两方面的消息。有一天他跑到先前住过的旅馆里，那个店主人却十分和气，握了球慢的手，走到一间房里，身边拿出一件东西，抖开来是一条领巾。球慢认得是主人的物件，仿佛是告诉他安然无恙的意思，想起主仆情深，心里感动滴下泪来。店主人道："昨日有朋友从布朗维来带来的，叫我交把你，说你自然明白的。"球慢谢了旅店主人，仍旧回到妒佛去了。

第十三章

再说球慢回去了睡在床上，这时差不多夜已深了，一路盘算爱：唐既然不死，自己还有希望。要想离间这班人，却又不知主人的住址①，过了几分钟，听见有人来了，他便在床上妆睡着。来的是两个人，却不见那个白朗。其余的两个人，像有什么紧要的事，行色极是匆忙。一个说道："睡罢，明早还要赶紧办事。"那人问道："办什么事？"先前的那人说道："吉第，你知道么？我受他的吩咐，要同白朗到芝加哥去。"吉第道："没得别人同走么？"那人道："有两个，一个是女人，狠美貌，狠和气的，一个就是本人自己，因

① "址"，原文作"趾"，据文义改。

为恐怕这个女人在半路上逃走,差不多同哥萨克兵押犯人一般。”吉第道:“我懂了,那个女人就是杜律恩·梅珠。”那人道:“你别响,仔细人听见了,那个球慢在家么?”吉第道:“我去看来。”说罢,向里面走来,见球慢口张目闭的睡着,鼾声打得狠响,吉第退出去低声说道:“那个蠢汉睡着了,大该没有听见。你不放心他么?”那人道:“是的,那人告诉我,叫我不许告诉一个人,也不要自言自语,恐怕板壁缝里有耳朵听见了。”吉第道:“他为什么要把这个女儿送出去?”那人道:“因为他两个女儿都是劲敌,所以要把劲敌摆布开了,才好做得成功事情。他第二个女儿也软禁在家里。”吉第道:“你为什么把这话都告诉我?”那人道:“不错,我还要你帮忙。”吉第道:“帮什么忙?”那人低声道:“帮我看守那个舵工。你要仔细,不要放他出去。过了明天,就不要紧了。”说完就不响了。

知道已经睡着,球慢立刻爬起来穿上衣服,到旅馆里写了一封信,叫店主人交把他的主人,自己却到跑到车站上等。不到五点钟,就看见白朗同昨夜谈话的那个人来了,后头便是杜律恩同他的女儿。那女儿的脸上含着无限愁痕,云鬟不正,衣袖参差,一望而知受了强迫的。这时白朗拿眼精四面不住的看,因为有一人告诉他,球慢不见了。这时球慢扮了个下等工人,同他们在月台上走来走去的闲看,好像也在那里等车子。到六点半钟开车,球慢买嘱了验票人,把他的衣服拿来穿了,跟在后面验票。再说旅馆主人拿了球慢的信,看了好几遍,觉得不大有头脑。谁知不到十二点钟,果然穹恩来了,旅馆主人喜欢得狠。原来穹恩当日落海,并不曾死,被一只飞艇救起了,却不敢回到旅馆里,只好在别处担搁了几天。后来看了球慢的信,立刻叫旅馆主人去雇一只飞艇,因为那信上有一句说那个女人究竟是谁,尚未确实云云,因此又迟疑不决,想了一会,决计冒险去杜律恩家里走一趟①。于是赶快的走,不到十分钟,就到了。

这时杜家的景像狠是寂寞,看门的人在那里打盹儿,他忽记得梅珠的话,大门里面有个秘密邃道的,因此蹑手蹑脚的向那个墙壁上摸了摸,好像有极大的螺旋钉,把螺旋钉旋得重些,有扇小门沉了下去,往小门里进去,一直就是花园,上面有许多藤葛罨护住了,一点也看不出。穹恩暗想:“这个法子妙极了!那班侦探黑夜里跑进跑出,那看门的做梦也不料到有人在他身边越进越出的,狠自由呢!记得前回,梅珠住过的楼房,前面有狠多的树木,大该就是这个园子了。”他却不敢直接走上楼梯,最不幸的就是,白天不比夜里容易办事。立了一刻听见楼窗响,窗口扑出个女郎,就是雪玉。穹恩②道:“哦!这个妆楼竟是个大监狱,而且专囚美人的。”雪玉在楼上看见穹恩,现出惊疑颜色。后来想起自己苦楚,含着一包眼泪。从来妇人的眼泪力量最大。况且雪玉被监,也因为同穹恩有了爱情。穹恩一时情动,不知怎样才好。要救他出来,又不狠容易。看看雪玉正拿手帕子写字,写好了丢下来,上面写道:“你能带我逃走,我有法子可以到你身边。”穹恩看完签了字,说道:“可以的。”雪玉不比梅珠那班娇柔,所以不用人扶持,狠容易的下来了,身上穿他父亲的衣服,狠像个美少年。

穹恩同雪玉依旧往那个秘密地道内出去。到旅馆里,看见傍边空地上有架飞机,随即坐上往芝加哥进发。将到两点钟时候,看见车头上的浓烟缕缕,但是总不见人。等车子停了,穹恩把机关扳了向左转,走得狠慢。原来从妒佛到芝加哥的火车,有

---

① “趟”,原文作“躺”,据文义改。
② “恩”,原文作“思”,据文义改。

十来个站头,走到站头,总要停的。停车之后,有好几个客人下来,雪玉道:“你看见狄曼克么?”穹恩道:“狄曼克是什么?”雪玉道:“他是我父亲雇的侦探,最有名的。你看他狠留心的在那里看人。”穹恩道:“我们不要被他看见。”说着把飞机开到车站后边,兜了好几个圈子,然后火车开了,飞机也慢慢跟了走。穹恩没有看见梅珠,心里非常懊闷。其实雪玉早已经看见梅珠在末了一部车里,还恐怕穹恩看见,故意指点他说这是加桑德村,这是巴皇教堂,这里有新别墅,那里有旧堡寨。喃喃絮絮说了好半日,穹恩唯唯否否毫不在意。这时差不多又要到站了,汽管叫了一声,梅珠向车窗里望了望,穹恩看见了,只是人间天上相逢无从,几乎变了一片望妻云。雪玉看了妒忌死了,心里气极了,脸上不露声色,总是微笑。他的笑容最是可怕,那个香腮檀口里,实在比尖刀还要利害。谁知穹恩见梅珠含愁蹇额的坐在车内,早已心旗遥遥,却忘记了自己在什么地方。忽然大响一声,飞机坏了,情形可怕得狠,飞机在空中盘旋①而下,幸而不曾伤人。雪玉得意得了不得,以为穹恩灰心了不再走。谁知穹恩为人却不然的,他心里要做的事,无论如何困难,都要做到的。当时飞机虽坏了,赶紧跑到车站,同司站人商量,要把他的空车头借来用。起初那人不肯,后来去问站长。站长听说肯出狠重的价钱,也就答应了。于是开车往芝加哥竭力追赶,不到几时又追着了,前车的人都看见了,后面的车是杜律恩包的,所以没有闲人。穹恩首先看见梅珠,第二个看见验票人就是球慢,后来他两个人都看见穹恩。球慢看见主人喜欢得什么似的,只有梅珠看见穹恩,那脸上的愁烦又加上几分,似乎怨他不应该这样冒险。穹恩看

① “旋”,原文作“疑”,据文义改。

了愈加可怜。过了几分钟,两车相接的时候,球慢先把梅珠送到车头上,自己也跳过来,随即开车倒行。于是人不知鬼不觉梅珠姊妹都被穹恩救出来了。这次梅珠同穹恩第三次把晤,几经危险。梅珠自是有无限若干的爱恋穹恩,爱到极点,只有无限的泪珠儿做他的表示。所以二人到此地位,也只得互相搂抱,痛哭一回,低回婉转的说诉了一回。最难堪的便是雪玉,一个娇弱女儿,竟做了情场失意人,既不能笑,又不能哭,看看阿姊同情人,还在那里说一回,笑一回,并肩携手,亲爱得和胶漆一般,两面相投,再也分不清是你是我,再不想别人的难受。后来还是球慢走来说道:“我们还要预备对付他们的法子,那边不见了人,自然要追寻的,那时我们拿什么法子对付他?”穹恩道:“你说的不差,我好像听见车轮声,恐怕他们就来了。”梅珠听了这话,着急得狠,也并不为自己着急,因为穹恩也在此地,不要被他们捉住了。雪玉在傍边发冷笑。且说杜律恩坐的坐位同梅珠隔着几个房间,因为他要同狄曼克说话,狄曼克生平最喜欢为虎作伥,所以他就了这私家侦探的职务。据人家说,他一生一世没有真名字的。要知道他的名字,除非要用了催眠术,叫他自己说出来。但是侦探身上想用点法术,比什么都难,所以只得说说罢了,究竟也没有人去实验过。当日杜律恩同他说许多话,觉得十分投机,每逢到站的时候,叫狄曼克同白朗出去监督,恐怕梅珠逃走。到了临了一次,狄曼克照样出来巡查,却不见两个人,去问站长问有没有看见这两个人,谁知站长忙得狠,说道:“没有留心。”狄曼克没法,只好去告诉杜律恩,杜律恩气得了不得,当面把狄曼克说了几句。叫了管机的人来,同他说把机器开回去。那人不肯,说道:“这件事犯法的。”后来狄曼克同白朗要将他丢到车窗外,那人怕了,不得已开倒车替他们追赶。

第十四章

却说小爱唐看见后面的火车赶上来,正想不出逃避的法子。看看追得越近了,那个机器人把车停下来。穹恩问他为什么不开了,那人说打倒车是机器要坏的。穹恩不管,硬要他开,于是几个人冲突起来。那舵工拿起司机的人往窗外一丢,穹恩就携梅珠下车,因为碰巧有火车在这时开往繁斯去的。可巧这里才上车。狄曼克等已占据穹恩所弃的车头。那几个人在那里发狠奇异的声浪,因为他们不料到仇人已经逃走了,望失了才发喊的。球慢道:“你看那个司机人从地下爬起来替他们开车。”穹恩道:“这班人原是热带上的象,不凿不走路的。”

过了一刻,车头碰着了,这时好像两营对垒,就要开战的一般。穹恩少年心性,那里肯落人后。他却先到车头上去见杜律恩。杜律恩不认得,看见一个长身玉立的少年,狠恭敬的同他通姓名,穹恩微笑不答。这时止有杜律恩独自坐在轮椅,傍边一个人也不留。不料这个宿世冤家能够到他面前的。当下杜律恩见穹恩不肯回答,觉得诧异,不得已再问了一声。穹恩扶扶帽子,掸掸灰尘,徐徐答道:“你定要苦苦的问我,岂不自己惹气?全于我的名字,你不问我,我也要同你说的。你还记得我的父亲爱唐·纳克司么?”杜律恩冷笑道:“是的,他的结局狠好的,上帝鉴临,我盼望你也同你父亲一样收成,那就谢天谢地,才是真正的现世报。你这次来寻我,你自己也就有点背晦了。大盖是天数如此。”说着张口便要叫人,只听得穹恩道:“喳,你叫人罢。”杜律恩此时仿佛见了猛虎毒蛇一般,不觉倒抽了一口气,再也不敢做声,穹恩把手枪藏好了说道:“今日之事我为政要,你响一声,你就不用活着了。我同你虽然有不共戴天的仇恨,却是两不相识,岂不是个缺点?所以我要来见你,并且要你晓得,无论你闹到天翻地覆,我仍就是个我，毫发也不会伤一根。我自从父亲死后孤零无助，只身奔走异国，为的是你不容我安生住在国里。你却有无限若干的爪牙，供你驱使，总共数起来，侦探、党人，同你自己亲生的美人，这一群人无异喂①饱了的猎狗。就是那个美人，也好算有天地以来的第一个魔鬼，那副桃腮樱口，明媚秋波，竟是迷人的桎梏，稍一着手，便成圈套。但是有了这许多利害东西，摆布一个孤苦无依的小孩子还是不能。你也未免太可惜，而且不上算。”杜律恩气得发战，说道：“算了罢，不必再挖苦我，我这趟②算是毁了，但是我落在你掌握之中，为什么不马上杀我？”穹恩道：“这却有个原故，因为我将来要娶你的女儿，断没有娶妻杀父的道理。”杜律恩怫然道：“我没有这么个强悍女婿！你须小心，现在不杀我，将来我还要杀你。”穹恩道：“我永远恭候你罢，一日不杀我，总要做一日梅珠的丈夫，就要做一日你的女婿。”说着叫球慢把杜律恩闭在一间小室里。走出去的时候，叫球慢分付司机人，叫他停一回开车。自己跑到前车，走了半里路，并不见车头开出来，知道自己的说话有效力。原来是那司机人本来不愿意开车，听球慢这般分咐，当他是杜律恩的仆人，因为他此刻不做验票人了，所以认不出来。停了半日，听见有人噪嚷起来。

当穹恩走出的时候，那狄曼克等几个都睡着了，车子又停了，睡得更加安稳。等得醒来见车头停下了，忙去找杜律恩，听见他在小房间里喊，知道闹过乱子，登时吵嚷起来。天色已经傍晚，只好再追，却已是来不及了。

再说小爱唐当时得意的了不得，不想这个百世仇人，竟被他一时降伏住了。这里梅珠看见穹恩回来，不觉笑逐颜开的将自己

① “喂”，原文作“喽”，据文义改。
② “趟”，原文作“躺”，据文义改。

的纤手按住穹恩的手背,说道:“你没有受伤么? 我狠为你担惊呢!”说着含着一包热泪要滴下来,穹恩神经一动,心头小鹿儿突突地乱撞。也不顾别的,扑在梅珠怀里,脸儿贴着酥胸,觉得又香又软,看看柳条儿的眉稍含着无数春情,一双蔚蓝色的眸子注定在自己脸上,似乎要把这美貌郎君深深的刻在自己心坎里。这时穹恩好似浴在爱河里,遍身都是舒畅快乐。那梅珠故意撒尽娇痴,嗔怪穹恩,说他不该这样冒险。穹恩禁不住这种温言软语,早已拿起两手捧住了粉腮,接连亲了几个嘴,说道:“我是何等的人,承姑娘这般宠爱?”梅珠把穹恩一推,娇嗔道:“谁叫你问这个来?你只要听我一句话也就罢了。”穹恩道:“听你听你,我永远不忘记你的话。”梅珠又道:“你听听看球慢嚷什么?”说着球慢狠生气抓住雪玉。原来当梅珠同小爱唐说话的时候,雪玉在隔室听见笑声,早已带了三分妒意,禁不住隔着板缝偷看。谁知不看到也罢了,看了时越发叫人不耐烦。这个小爱唐原是自己心坎上的男子,如今眼睁睁的看他同别人恋爱,自己只好退在傍观局外之例。这口怨气如何咽得下去? 暗想:“与其看这不入眼的形状,不如趁此闹个人命关天,大家死了,岂不干净? 横竖人世也同朝露,有甚希罕?”刚欲拿起手枪,不想那玉臂上早已着了一拳,登时麻木不知,那个手枪早已滚在地上。回转头来,见那宿世冤家的球慢。雪玉道:“你真是个魔鬼,又来破我的秘密了。”说着叹了一口气。球慢那里肯就此甘休,立刻要他去见穹恩,照以前帆船上的办法,依旧把他关在舱内。

正在这时,杜律恩的车头又来了。自己车子忽脱链,看看前车虽走得飞快,却同这部车子脱离关系,依旧停在路上,做了一件司机人的遗失物。后面的车头又快到了,穹恩道:“这次要束手待毙了。”球慢道:“还不致如此,前面有步街车。”穹恩道:“这是别人的东西。”球慢道:“我不管,拿来用罢!”穹恩道:“人家不答应如何？如故他喊起来当我们强盗怎样？”球慢道：“我们有四把手枪，可以打死个人。”穹恩道：“依你，我们就走罢。”于是四个人上了街车。梅珠见穹恩带雪玉上车，狠不以为然。上头驾着一头马，力量狠小，球慢狠命的鞭策，那只马痛得利害，向前直奔。不到半里路，马吃不住倒下来。

当时雪玉是大众的俘虏，诸事没有他开口的分儿，只好听人调度，他也不肯多开口。其实几个人当中算他顶有心计。这时雪玉早已跳上了一部站里的柴车，穹恩还下死劲的鞭马，那马已睡在地下吐白沫，一步也不能再走。于是也搭柴车，叫雪玉坐在最后。

这时那个车头也到了，正不知穹恩往那条路走。狄曼克看见柴车上有人招呼他，这人便是雪玉，因为坐的最后，前头的人没有一个留心他的举动，狄曼克晓得雪玉的暗号，一定是敌人也乘柴车附往别处去。雪玉趁火车过桥走得慢，想法子攀上车顶，慢慢的爬到别部车子里，仍旧把车链弄脱了。此等举动十分危险，差不多的男子还不肯这样冒险。再说穹恩的车子忽然中止，回头却不见了雪玉，后面的车头又追上来。球慢道：“这事有点不妙，我们不知何时失了那个女人，一定又是那个女人作怪，同他们打过招呼。我们方才都不曾留意，不然为什么他们把车子直追上来，好像晓得我们在这里的样子。我们还是走罢！不要在这里老等他们。”三人等车子稍停的机会下车，踉踉①跄跄逃往僻静之处。后来听见天崩地析的响了一声，原来是车头同柴车相撞，两车都逸出轨外，撞伤了几个路人，血液模糊。狄曼克以为内中有穹恩等几个人，快乐得了不得，相顾庆贺。

---

① “踉踉”，原文作“狼狼”，据文义改。

这日黄昏时候,狄曼①克等骑马,雪玉乘车,不期在繁斯地方碰见了。于是把繁斯做了父女议和之地,令雪玉改过图新,从新把特别权利再做盟约。原来雪玉到了繁斯,在车窗内望见球慢等几个人往乡下走。杜律恩听说穹恩并不曾死,拟于明天派人往美沙镇上去侦探。这是后话,不知可有实行没有。

——《眉语》(1915 年 11 月 7 日
至 1916 年 4 月 3 日)
第十三至第十八号

① “曼”,原文作“慢”,据文义改。

次眉女士

次眉女士，亦作次眉女史，生平不详。

双泪痕[1]

故事梗概

此书模仿狭邪小说《花月痕》，讲述两对情人的爱情故事。其中湘灵似韩，羽仙似韦，凌波似杜，琼姑似秋；湘灵与凌波有情人终成眷属，而羽仙与琼姑之间终究是悲剧的结局。小说用双线结构，两两对照。写琼姑的悲惨遭遇，羽仙之拳拳挚情，感人至深。

本卷节选《双泪痕》第一至十六章，第二十一、二十二章，共十八章。

第一章

庚戌之春，京师陶然亭之侧有二女郎，一年十七八，一才及笄，均服时式学生装，挽蝴蝶双飞髻，履巴黎贵妇人新式革靴。春葱纤指，约以金刚石，与太阳相掩映，光彩夺目，蹁跹袅娜，飘忽若仙，由亭之东款款而上，罗衣乍飘，兰麝馥郁。俄一少年绕而下，

① 原文标“哀情小说”，原署“次眉女士著”。

适相值，目注女郎，神魂俱荡。少年为谁？乃苏人沈湘灵，京师大学学生也，有才思，美丰姿，远近争婚之。湘灵高自位置，常曰："不得色艺俱绝者而偶之，宁终身鳏也。"以故二十犹未婚。是日睹女郎，独视不转瞬。女郎见其状，哝哝私语，若深怪其痴者。行数十武，其长者忽回眸顾湘灵，秋波乍转，流盼生光。湘灵不觉大动，念谁家阿娇，如此艳冶，得毋杜兰香重到人寰耶？急尾其后，女郎方款步登车，湘灵趋而随之。行数里，至喜儿胡同，一门北向，榜曰"礼部谢宅"，车遂止，女郎下车，珊珊而入。湘灵徘徊门外者久之，自是神魂颠倒，梦寐中不忘二女郎矣。

及下星期，湘灵以慕女郎故，复游陶然亭，冀女郎再至。自辰以至日中，踪迹殊杳，及日已西斜，犹环绕亭畔，低回其伫立处、经过处、哝哝私语处，及回眸转视处，盘桓而不忍去。次日，湘灵寝食俱废矣。有高生竹轩者，湘灵之挚友也，闻其病，趋而问之。湘灵泣下，且告以故。竹轩曰："君亦太痴，天下多美妇人，以子之才思，不愁无良匹，何遂为一女子而颠倒若是？"湘灵惨然曰："君未当其境，故好出大言。我当日何尝不作是想？乃求之数年，卒不一睹，是知天生丽质，乃间气所钟。过此以往，恐升天入地，难求太真矣！"竹轩笑曰："子何见之不广？他口引了视　人，正不知如何颠倒也。"湘灵频摇其首曰："曾经沧海难为水，除却巫山不是云。"竹轩恚曰："君不信，可即随我去，一睹谢家阿娇，方征吾言之不谬。"湘灵惊曰："毋得喜儿胡同第几家，颜曰'礼部谢宅'者乎？"竹轩讶曰："然。君何由知之？"湘灵乃离席再拜曰："不佞所魂梦难忘者，即此豸也。"竹轩曰："若然，子诚伯乐也！然则余之目力亦不恶矣。果为是，予请得而效力焉。"湘灵喜极，问："高与谢何好，女郎字未？"竹轩曰："谢亦浙人，字闽山，乃余之舅氏行；纳粟为郎，挂籍礼部。有女名凌波，美而慧，即君所遇之长者也。其幼者，乃谢夫人姨表甥，庾其姓，琼姑其名。性聪颖，七岁能诗，其父某本江南处士，无子，年六十生琼姑，爱之甚笃。五六岁时授以唐诗，辄能了解，常语人云：'此吾家女学士也。'琼姑才八岁，竟失怙，且母早丧，依于叔母。叔母乃一聋瞶妪，其从兄虎而冠者，日与无赖游，赌乏资，遂阴鬻琼姑赌友家，转徙至杭，僦居谢氏邻宅。谢夫人见而悦之，询其颠末，始知为庾氏女，其母且与夫人为姨表行。乃赎之归，俾伴凌波读。凌波于琼姑为长，妹之意甚洽。琼姑聪颖尤胜凌波，谢夫人爱之益笃。及闽山宦于京，携眷居焉。时凌波已长，用琼姑计，要求父母欲入女子师范学校。闽山顾不欲，以夫人爱女故，卒许之。今姊妹皆寄校宿，星期辄回家。不图为君所遇，不可谓非天缘矣。"

湘灵既闻女郎历史，倾慕愈深，遂恳竹轩执柯。竹轩曰："君之所爱者，姊乎？妹乎？"湘灵曰："二者皆我所欲也，不可得兼，则取其姊焉。渠与我有一盼之情也。"竹轩笑曰："以子之才学，向彼求婚，有何不当？惟闽素极顽固，视新学如蛇蝎。每闻学生名，辄指天画地，谓以夷变夏，无父无君，种种谬论，令人作十日呕。我虽与彼为至戚，从不与通问。君诚欲婚凌波，必先与凌波交。凌波顾爱才，若凌波属意焉，再谋诸谢夫人，或可谐也。否则，终成画饼耳。"湘灵曰："诚如子言，当如何而后可与凌波交也？子能为我计乎？"竹轩曰："容再图之。"湘灵频蹙其眉曰："相思病苦，度日如年。迁延一月，恐索我于枯鱼之肆矣。君爱我，生命皆悬于君手，幸速泛慈航，度登彼岸也。"竹轩笑颔之曰："三日为期，当有以报命。"乃别去，湘灵送诸门，犹叮咛再四。自是日夜盼其来，冀得好音。乃四五日，踪迹殊杳，招之亦不至，因疑其妄，然终不能忘情于凌波。念："师范学校非遥，彼既每周归，何不候诸门，亦得一见颜色。"转念："款洽难通，虽偶尔一见，昙花幻影，转眼便空，欲求进阶，舍竹轩终无他路。且渠即不来，不能禁我不往，觌面而求之，彼岂能恝然哉？"念既定，不觉坐以待旦。

第二章

湘灵之慕凌波,有若仙女,对于素昔亲厚之竹轩,亦遂视同方士。天甫明,肃衣遽起,访竹轩于琉璃厂。竹轩犹高卧,隔窗而呼之,良久始起,谓湘灵曰:“胡太早?”湘灵曰:“仆以为晏耳。君饱食高眠,而忘饿者耶?”竹轩叹曰:“子何不通之甚!八珍之味,岂咄嗟可办?我为子筹之数日,欲得当以报,自以为有功于子矣。今子见面,曾无半言相慰劳,辄曰‘我以为晏耳’,诚非某所敢闻也。”湘灵急离席,鞠躬而言曰:“湘灵不敏,开罪于先生。幸先生怜其愚而宥之。”竹轩不觉失笑曰:“坐,吾语子。”湘灵曰:“诺,请赐教。”竹轩问曰:“子所求于我者,为一时计耶?抑终身计耶?”湘灵曰:“何谓一时?何谓终身?”竹轩曰:“若仅与凌波作文字交,是谓一时计,不过启口之劳耳。若欲永订鸳盟,以图终身,则凌波殊难自主。非取容于闽山,无益也。君请择于斯二者。”湘灵戚然曰:“终身之计固所愿也。然如闽山者,何以取容焉?子曷为我图之?”竹轩曰:“我已询之谢氏,君之父与闽山固有旧,当时君尚幼,故未悉。诚以世谊而谒之,投其所好而语之,闽山必悦。我再为君介绍于凌波,以文字结姻缘,双管齐下,则事谐矣。”湘灵问曰:“何以投其所好?”竹轩曰:“君亦太愚,我已为子言之,闽山者,顽固之极者也。君与语,口勿离顽固之言,举动仿顽固之状,随机应变,如新剧家登场,极力描摹而已。”湘灵笑曰:“人其谓我何?”竹轩曰:“昔为著青衣,求一面美人而不可得者。今子之所为,枉尺而直寻,犹以为屈乎?”湘灵笑诺,与竹轩约期而别。

越二日,湘灵晨趋竹轩家,早膳后同赴谢宅,投刺入门,门者肃入客室。俄而闽山出自内,宽衣大袖,步履从①容,一望而知为

① “从”,原文作“纵”,据文义改。

守古派。竹轩以目语湘灵，湘灵会意，急趋前长跪。闽山拜讫，分宾主而坐，略叙寒暄，便问湘灵入学校未。湘灵曰："入则入矣，然非所愿也。"闽山讶曰："少年好新，何得非愿？"湘灵曰："不然，侄固尊经好古者也，彼无聊科学，令人烦厌。不过科举既废，聊假此作进身阶耳。"闽山频点其首曰："若贤阮者，可谓铁中铮铮，不为流俗所渐染者矣。"湘灵唯唯。

俄而车声在户，凌波姊妹珊珊而来。竹轩笑而起，湘灵亦起。闽山止之曰："小女儿也。"时凌波已入，竹轩揖之。湘灵随而揖之。凌波乍惊，微含羞态。闽山示以目，遽引去，湘灵、竹轩亦即告别。

湘灵既谒闽山，复与竹轩计，求所以通诚于凌波。竹轩曰："下星期当与君同往师范学校而候之。"及是日，果偕而往，徘徊于门外。久之，凌波姊妹始出。竹轩伪作行路状，趋与相值，欣然问好，曰："二妹归乎？"凌波笑曰："然。"因问竹轩何往。竹轩以手指湘灵曰："与沈君往某处访友耳。"又曰："渠尊君与舅氏为莫逆，彼此皆世好也。我辈正可同行，以免途中寂寞。"于是四人且行且语，竹轩历述湘灵家世及其才思，且曰："渠颇钦仰二妹。"湘灵欣然笑曰："某日相值于陶然亭，不知竟属世谊。前周造府后，闻竹兄述女士才学，崇拜殊甚。"凌波亦曰："先生过奖，实不克当。某日闻家君述先生高见，诚出人一等。"湘灵不觉赧然，自问与闽山所述乃不堪对人之语。况凌波姊妹，皆女界英俊，设不知此中委曲，将贱视我矣。愧悔交集，耳颊尽赤。又见琼姑从旁微笑，更觉无地自容。竹轩急为之解释，谓："某日晋谒舅氏，非湘灵故作违心之论，又必大受教训矣。"湘灵色始霁，如释重负，深感竹轩，且服其灵敏。

俄顷，竹轩又顾谓凌波及湘灵曰："君等皆世好，一切先生女士之名称，未免疏阔，不若易以兄妹之为愈也。且皆善吟咏，倘结一翰墨缘,我虽不才,不能附骥,然从中作一诗使,较邮筒当便捷也。”数人唯唯,各自谦逊,及近喜儿胡同,始别而去。是夜,湘灵即宿竹轩家,谋所以撮合之法。乃私议下星期由竹轩之夫人约凌波姊妹往游农事试验场,命湘灵先候于畅观楼,作半日之欢会。

农事试验场在北京城外数里,地甚宽敞,乃载振为农工商部尚书时所建,故时人又号为“振贝子花园”。园内分动物、植物二园,动物园无甚风景,植物园颇可游玩。时值深春,繁花似锦,细草如茵,莺啭绿杨,蝶迷红杏。湘灵以慕切凌波,不暇流连,略一观览,即趋赴畅观楼。楼固为慈禧太后游玩憩息之所,故陈设甚丽,彝鼎字画,以及美术物品,无不具备。湘灵独坐其间,日既中,凌波犹未来,正涉遐想,忽睹一美丈夫,容貌魁伟,目若悬星,与湘灵相对而坐。少顷,少年遍观楼上陈设,及至慈禧照片,忽翘首微叹,若有无限悲感。湘灵异之,乃留神察其形色,少年亦频以目顾湘灵。俄而少年由东楼下,湘灵犹目送之,默想此人器宇非凡,一种愤时嫉俗之思,溢于仪表,必怀才不得志之士,悔未一聆其言论,必大有可听。转念凌波将至,亦无暇他及,于是念少年之心,不觉渐息矣。

无何,竹轩夫妇与凌波俱来矣,相见略叙寒暄,各就休息,倚栏者、踞坐者、申谈者各异其态,惟湘灵反默然无语。凌波亦凭栏遥望,目注楼头杨柳,仿佛若有所思,与湘灵情态不觉默合。俄而竹轩呼:“凌妹!”凌波笑而前,竹轩曰:“妹近有吟咏否?”凌波笑曰无。竹轩又盛夸湘灵能诗,便呼:“湘灵!”湘灵趋而至,竹轩曰:“如有佳作,凌、琼二妹赏鉴颇不差也。”湘灵弥自谦抑,谓:“暇时当索枯肠而就斧政。”于是各询所学,谈兴勃发,津津忘倦。不觉日已西下,乃款步出门,登车作别。及抵都城,则斜晖已杳,惟见满城灯火,万户炊烟而已。

第三章

当湘灵候凌波于畅观楼之时,不常见一美丈夫乎?在湘灵心中,顾以未聆其言论为憾,岂知此君固已访湘灵而未遇也。湘灵返校时,校僮告以有客来访,且留函焉,乃拆视之,略云:

湘灵足下:别三年矣,海天辽阔,回念故人,时萦梦想。足下颇无恙乎?松托迹东瀛,无可告语,独一良朋,聊堪为足下赠耳。其人林姓,字羽仙,君请揖而见之,亲聆其言论丰采,斯知我言之不谬也。松龄再拜。

湘灵阅书后,急问林所在,僮云寓居王部曹家,即香炉营第几条也。时湘灵倦游初返,拟次日往访之,然尚不料日间所遇者即此君也。

情能娱人,思多致疾,湘灵自识凌波后,思慕之切,岂间须臾。况连日劳顿,夜复不寐,次日果病。四日始起,访羽仙于王宅,投刺入门。主人出而揖客,问羽仙,则已他适矣。湘灵愕然曰:"某日归自外,得松龄手书,盛道林君才,以夜深不便过访,次日复有采薪之忧,今杖而能起,初不料其行之速也。惟既未睹其人,尚愿闻其平昔,幸先生有以告我。"王曰:"林无锡人,孤山处士之后裔也。幼负名,有傲骨,疏狂不羁,时人多嫉之。年十七,负笈游东瀛,六年而返。抵京后,见时政窳败,不胜愤怨。某日谒君未遇,乃独游农事试验场,登畅观楼,览行宫之陈设,谓以一国脂膏奉一人,不幸为之流涕。"湘灵始恍然于某日所遇者即羽仙,不禁拍案而起曰:"若然,我固已遇之矣。"因述所见,且言其相貌,咸相符合,为之欷歔者久之。且曰:"我固异之,以为非风尘中人也。但彼既抱愤时之想,今将焉适?"王曰:"渠友人招游燕赵,渠亦慕燕赵悲歌慷慨之风,故不盈朝遂行。"湘灵闻其举动,想像其丰姿,不觉嗒然若丧。

第四章

良朋未遇，腻友不来，皆人情最难堪事也，湘灵兼而有之，其愁绪大可想见。况数日内，已有微恙，日者以访羽仙，又感风寒，不觉奄奄复病，倚枕长思，形影自吊。竹轩闻而视之，相见呜邑。竹轩慰之良殷，且①曰："君事会当竭力，幸自保也。不然皮之不存，毛将安傅？"湘灵点首曰："我非不知。然脑筋纷乱，魂梦难宁，诚不自解何以至此。"竹轩曰："请取《心经》而读之，自释矣。"湘灵亦粲②然，因相述羽仙事，竹轩亦为之感叹不置。默坐良久，始别而去。

竹轩既去，湘灵独卧床头，转侧难安，回想竹轩言，强自遏制。然神经已乱，若不自持。越三日，病仍未痊，作书招竹轩，竹轩来，面有喜色。语湘灵曰："日者我命内子揄扬足下于凌波，凌波曰：'我察其貌，已知其才。'内子复道君倾慕之忱，且言君病及病之所致。凌波默然，内子挑之曰：'姑岂能恝然乎？'凌波仍不语。内子曰：'如许佳公子，姑不欲得良匹则已，若欲得良匹，舍此将安择？'凌波俯首低声曰：'父母在，我安能自主？'内子曰：'不然，是在姑。姑如愿意，虽不得专，父母岂忍重拂哉？'凌波曰：'即如嫂言，恐渠未必真爱我，果真爱我，渠胡不自爱？'言至此，声渐低，颊尽赤，俯首弄带。内子察其心许，乃叮咛数语而归。"湘灵听毕，精神不觉为之一振，病亦若失。次日乃以书达凌波，略曰：

凌妹如握。竹轩来，转宣盛意，且感且泣。湘自问才惭子建，貌愧潘安，猥蒙不弃，曲赐矜怜，此情此德，剉骨难忘，差幸贱恙已除，聊堪告慰耳。下星期为春暮之日，一年花事，九十韶华，遥想

---

① "且"，原文作"旦"，据文义改。
② "粲"，原文作"嚓"，据文义改。

陶然亭边，烟迷碧树，莺老垂杨，未审吾妹肯从我一送东皇否也？临楮神驰，书不尽意，兼问琼妹近好。湘灵谨启。

书既去，越日果得覆函，略云：

湘哥惠览。得惠书，知贵恙已痊，至欣且慰。曩者竹嫂来，述哥病况，妹为之不怿者累日。窃妹不过蒲柳弱质耳，学仅涂鸦，才惭咏雪，非有西子王嫱之色、雪儿红线之才也，乃承过爱，嘉赏特甚，心非木石，夫岂无情？惟哥以超群轶类之姿，又值青春年少，正发愤有为日也，若以妹而放弃可宝贵之光阴，销磨不世之才，则巾帼蛾眉，适成鸩毒，而胭脂红粉，何异虎狼！不惟有害于哥，抑且增羞于妹也。今读来书，意者哥已回悟耶？妹实盼哥之真悟焉。承召送春，当即遵命，与琼妹偕。此覆。凌波敬启。

湘灵①得书，反覆三读，喜极而愧，叹曰："今而后不敢薄视裙钗矣！"及届星期，湘灵乃趋赴陶然亭，日高仅数丈，游人稀少，但见落花满径，绿惨红愁，已非初游时风景矣。徘徊四望，不禁有青年易老、美景难常之慨。俄而凌波姊妹携手而来，风鬟云鬓，薄袖单裳，袅袅然弱不禁风，与初见时又是一番态度。寒暄后，凌波微睨湘灵，低声曰："两周不见，哥何清减乃尔？"湘灵半饷，答曰："卧病数日，不觉渐瘦，然妹亦弱损几分矣。"凌波嚅嗫不能语，红潮微涨。琼姑曰："渠二日前亦感冒，昨始痊。"湘灵惊曰："妹顾有恙耶？予殊未知，不然，胡敢远劳，今得毋恶风乎？"凌波答曰："否。"湘灵终不自适，手足微若无措。凌波力白无恙，琼姑亦力为解释，湘灵始安。坐须臾，琼姑忽曰："天气晴明，何不遍游近处，较胜于寂坐也。"乃由陶然亭而东，徐行柳阴下，蘼芜不扫，蜂蝶犹忙，琼姑顾谓湘灵曰："君乃吟坛中人也，如此风光，不有佳作，何申雅怀？"湘灵喜曰："高见甚是。今日为送春之日，何不各赋送春诗一

① "灵"，原文作"云"，据文义改。

首?”凌波笑嗔琼姑曰:“尚好闲行,尔独多事。”琼姑曰:“随意乱道,有何费事?湘哥亦非他人,岂尚计我工拙乎?”湘灵笑曰:“妹何谦抑乃尔?”琼姑又问“律诗欤?绝句欤?”凌波急曰:“绝句耳,何必多费思索。”琼姑乃随口念道:

九十春光点缀新,东皇遽作别离人。今朝莫惜樽前醉,明日莺花不再春。

湘灵急曰:“绝好佳句,但将‘再’字改作‘是’字,似更含蓄。”凌波深以为然,因吟道:

东郊饯别何须悲,春去春来自可期。试看今春陌上锦,繁华犹是去年枝。

湘灵曰:“好个‘繁华犹是去年枝’,意曲而新。”亦吟道:

都城春去暮云愁,草自青青水自流。独有流莺还惜别,声声啼断柳枝头。

琼姑点首称善,且行且语,信步忘劳。不觉午鸡已唱,湘灵固未晨餐,饿腹雷鸣,行距前门不远,遥见食馆,相将而入,煮酒呼肴,极一时之乐。日既西倾,琼姑欲言别,湘灵犹若未足,凌波恐父母悬念,终不敢久留。临别时微顾湘灵,低声曰:“病初愈,宜留意。”湘灵木立无以对,凌波示以日曰:“行矣。”湘灵徐曰:“妹珍重,毋我念。”凌波俯首应之,乃徐步出门,告别而归。湘灵嗒然若丧,往访竹轩,将求其作伐也。及门,闻哭声骇绝,询诸仆婢,则竹轩忽有父丧,急趋而吊之,询其颠末。竹轩泣曰:“遭家不造,严君已捐馆于金陵,明日须往奔丧。”湘灵闻之哑然,亦不觉泣数行下。其泣也,为竹轩吊,即亦自伤也。

第五章

湘灵既用竹轩计,得结交于凌波,翰墨往来,几无间断,闽山殊未知也,湘灵欲待竹轩重来,为之作伐。光阴荏苒,不觉一年,竹轩杳如黄鹤。一日湘灵方伏案作书，询竹轩行踪，校僮忽执电报一纸，以授湘灵。视之，乃由姑苏来者，急译之，则“母病急，速归”五字，大惊失色，急作函别凌波，检点行装，即于是晚由津浦线南下。及抵车站，则凌波与琼姑亦珊珊而来矣。盖凌波接湘灵函，时仅五钟，料湘灵尚未成行，故趋而来别。相见后秋水盈盈，默然无语，湘灵亦然。良久，琼姑顾谓湘灵曰：“尊堂想亦感冒耳，此去料无恙也。至家时，烦以片言相告。”湘灵曰：“深蒙惠爱，仆方寸已乱，不能多言，惟遥祝家堂无恙，秋来仍与两妹聚首耳。”琼姑曰：“暂别数月，转瞬即来，途中幸自珍摄，毋使凌姊念也。”凌波仍默然，时已七钟，距开车时仅五分耳，琼姑起而告别，凌波亦徐徐而起，盈盈欲泣，始终无一语，惟出金刚石指约一枚，以授湘灵曰：“珍重。”湘灵点首曰：“诺。”亦以所佩时计而赠之。汽笛一声，车轮乍动，两人目光犹盈盈相对也。

湘灵既别凌波，凝想不置，及转念母病，亦复凄恻。既抵家，见母方呻吟病室，呼儿不已，形容惨淡，惫骨仅存。湘灵五内俱裂，延医侍药，半月中寝食不遑。及午节后，母病稍痊，始以书报凌波，且约暑假后仍就学京华，相与握手也。书去十余日，凌波覆函忽至，略云：

湘哥如握。别后匆匆，蟾圆一度，榴花照眼，蕉叶当窗，回念知音，常萦梦想。顷读惠书，始知尊堂就痊，哥亦无恙，秋风时节，即当重来，私心窃慰，喜何可言。惟日昨回家，忽闻家君已调外用，将听鼓于豫章，七月杪①便当就道，恐哥北上之日，即妹南下之期。回忆陶然亭畔，畅观楼头，啜茗谈心，评诗论文，曾几何时，而迹与时迁，踪难萍合，感慨当如何也。倘哥苟念旧好，尚望惠然早来，聊话一年情思，否则云山千里，聚合难期，江天南北，空系驰思

① “杪”，原文作“秒”，据文义改。

耳。临书依依,欲言难尽。

湘灵阅罢,不觉神丧气沮,欲即束装入都,而母病初愈,未敢远离。且时距七月相隔尚遥,乃以一纸报凌波,约乞巧日前北上。流光易度,荏苒已是秋初,湘灵方拟刻日成行,忽然母病又发,视前尤甚,三日已不能起。湘灵心胆俱碎,念意中人远别,则愁思百结。闻堂上呻吟,更殷忧内煎。如是者半月,母病稍痊,而湘灵又病矣,倚枕遐思,悲感交集。如是者又半月,湘灵杖而能起,而凌波来函再至矣。略云:

曩读惠书,日日盼哥来,乃梧桐已老,音讯犹虚,岂别有他故欤?胡片言不以相赠也?妹有父命,殊难久待,拟由京汉线绕道广平,省外祖,再过豫章,明日朔即就道。妹行矣,哥其自爱。

湘灵执书,惘然者久之,恍惚若有所忘,如是数日,独卧空斋,秋风细雨,无限愁思。一日正枯坐无聊,仆夫忽白客至,视之则竹轩也。久别重逢,挑灯共话,各道离怀,及述凌波远别,更欷歔不置。少顷,竹轩忽语湘灵曰:“君曩者所述之羽仙,我已悉其行踪矣。半月前,我晤其弟,其弟柏年,余之新戚也。为余道羽仙历史甚详,且曰不久即归。予深慕其为人,急欲一瞻其丰采。”湘灵曰:“我慕之犹渴,我虽未聆其言论,然观其器宇,亦出人一等也。”竹轩曰:“但恐彼来,我又他往。”湘灵讶曰:“君又有远行乎?”答曰:“然。”问:“何往。”曰:“辽东,一周内即行耳。”湘灵为之不怿者久之。默然相对,村鸡已唱,始各就寝。湘灵神思昏昏,若醉若梦,时见凌波、琼姑花前并立,时见羽仙抚胸长叹,时见凌波、琼姑、羽仙三人共话,或歌或舞,或哭或笑。及醒,回想梦境,不觉哑然自笑,然以为一时幻想耳,岂知此时羽仙亦正在幻境中也。

第六章

羽仙自去都后,遨游燕赵间已阅一载,及金尽裘凋,始由广平赴临清。八月将半，行近邯郸驿，西风萧索，鸿雁哀鸣，遥望平原旧址，惟见寒烟芳草，衰柳斜阳。及抵驿馆，则夕晖已杳，月正东升，旅况凄凉，不觉闲愁猬集，展转床头，苦不成寐。二更既尽，犹闻庭树萧萧，阴虫戚戚，乃起坐对月，把酒高吟，率成二律，以题于壁。未几酣醉，忽闻门外有声，宛然如流莺乍啭，仿佛若呼林郎者。念："月明人静，胡得有此，得毋梦幻欤?"然审听再四，呖呖可辨，乃强起启门，竟阒无人影，惟见列宿疏疏，月明如昼。正自嗟异，瞥见前面村落，楼台高耸，隐约如绘，不觉游兴勃发，乃信步前行。至则垂柳万条，修竹千竿，羊肠小径，曲折通幽。迤逦进山口，则一石洞，仅可容人，再行数武，渐次宽广，佳木奇花，葱茏烂灼。一道清泉，从花木深处，泻于石隙之下，涓涓作响。仰观俯视，不觉心旷神怡，念："北方焉有此境，得毋世外桃源欤?"且行且想，忽见溪水当前，已无去路，回头欲返，苦不忍置，略一流连，而来径迷离，亦复莫辨矣。乃循溪而行，一路烟迷雾结，约里许，小山斜阻，山后仿佛闻吟咏之声。转过山坡，有亭宛然，颜曰"招鹤"。一丽人亭亭立松树下，如芙蓉映日，梨花带雨，神凝秋水，靥笑春桃，仿佛广寒仙子，旷世而无其匹，含情凝涕，目注羽仙。羽仙急趋前为礼曰："失路之人，迷而难返，倘不以唐突见罪而垂怜焉，愿顶礼以报。"丽人欲言复止，半饷以'手指东南'曰："过此一角，有水仙宫，君待妾于梅花下，妾即来。"言罢，已失所在。羽仙循径向东南行，经几许曲折，果见楼台高耸，楼上下皆水仙，旁植绿萼一株，高与檐齐，花正盛开，幽香馥郁，沁人心脾，憩息其下，颇涉遐想。而丽人殊杳，久待不至。乃巡檐西下，仿佛闻管弦之声，再听又若哭泣，终莫辨所自来。又行数武，忽见粉墙一带，庭院依稀，及近仰视，门上颜曰"歌管楼台"，门之内怪石林立，崚嶒如鬼。向之丽人，垂首呜泣其下，瞥睹羽仙，急呼："林郎救我!"羽仙方欲趋入，双扉忽扃，声影俱寂，惟见杨柳含烟，粉墙在望，临风惆怅,无限凄凉。忽然西风槭槭,毛发皆悚,回视水仙宫,万花齐落,玉树飘零,庭院楼台随风而灭。急夺路趋出,则大海茫茫,渺无涯岸,仅有古寺一座,断垣颓壁,满径蓬蒿,颜曰"绿萼观",一老尼执拂团坐,羽仙趋前顶礼,求示去路。忽闻哭声甚惨,心神摇动,不觉回顾,则丽人在焉,宛转娇啼,以手牵羽仙裾曰:"妾忍死待君久矣!"语罢,狂风大作,发木走石,老尼已失所在。顷刻海水腾啸,人与屋俱倒海中。羽仙大号,砰然一声,坠于床下。凝神四顾,孤灯在壁,曙色满窗。梦中景况,犹在目前,惊骇欲绝,怅然者久之。

次日午后,检点行装,径趋驿站,携囊登车,汽笛一声,奔驰如电,有倒山倾海之势,与梦中绿萼观倾覆情状,仿佛相似,不觉万感俱来。而旅客闲①谈,述京城乐事,或盛称小叫天之音节,或品某妓女之姿容,及某官僚之运动,一般不堪入耳之言,令人闻之作十日呕。羽仙素抱愤时嫉俗之思,值秋风落魄之际,聆音欲涕,触目皆悲,骤闻此社会污秽之事,不禁别有伤心。所幸车行甚速,不久已抵浚县,乃下车,仍投旅舍。次日策马东行,三日始抵临清。

第七章

斜阳城郭,暮烟楼台,遥望城外孤村,竹篱茅舍,柴门之外,有叟翛然,目视羽仙,掀髯微笑。羽仙急下马,长揖呼之以伯,叟亦答礼,携手入室。叟严姓,自号松雪老人,盖羽仙之父执也,素器重羽仙,久别相逢,欢然道故,把酒临风,纵谭忘倦。叟叹曰:"以子之才华,不容于当世,复遨游燕赵,习其悲歌慷慨之风,将为不平之鸣,奋翼云霄乎?将随波逐流,与世浮沉乎?将沉沦丘壑,长绝人世乎?"羽仙肃衣而答曰:"侄闻豪杰不随俗转移,英雄不因人

① "闲",原文作"间",据文义改。

成事,得其时则驾,否则浪迹山林,与草木同朽耳!安能以洁白之身,蒙世俗之尘埃哉!”叟点首称善。越三日,闻武汉革命起,羽仙急别叟南下,冀效微力。行一日,闻京汉交通断绝,不得已仍返临清。叟劝羽仙买舟,由运河回天津,航海而南,羽仙从之。行数日,河水甚浅,至九月将半,尚距天津数十里。夜泊孤村,月明如昼,二更既尽,犹展转不寐。忽闻邻舟有女子吟咏,声细如缕,听之,闻吟曰“荒烟十里邯郸道,古树苍茫挂落晖”,不禁骇绝。盖所吟即羽仙题邯郸驿末句也,心异之,乃启篷引首而望。见二女亦并坐望月,皆绝世佳丽,一稍长者曰“风清月朗,其如此良夜何”,一稍幼者俯首默坐,良久,谓长者曰:“姊视邯郸题壁之羽仙为何许人?”长者曰:“睹其悲歌慷慨,想亦少年落魄,自负非凡之士。”幼者频点其首,良久叹曰:“‘名士坎坷①,红颜薄命’,此两语殆成铁案。即以妹论,零丁孤苦,姊虽怜我,视犹手足,然会合难常,分飞有日,他年结局,不知若何也。”羽仙闻之,不觉长叹。女子大惊掩入,寂然无语。羽仙甚悔,未竟闻其说,欲自通姓,以夜深不便唐突,左右寻思,计无所出。拟俟天明后询其仆役,设法通问。意既决,不觉昏昏入梦乡矣。及醒,欸②乃一声,舟行已远。询之舟子,云距夜泊处十里矣。问邻舟为谁,以不知对。大为失望,及抵天津,犹独立船头,以俟其至。数尽千帆皆不是,已杳如黄鹤矣。

第八章

津门为繁盛之场,又值武汉革命,旅京人士咸纷纷南下,愈有踵接肩摩之势。羽仙归心似箭,无暇流连,次日即登轮航海。舟中人甚拥挤,笑语雷动,惟所述皆南方革命事。最有趣者,有人述

---

① “坷”,原文作“轲”,据文义改。

② “欸”,原文作“款”,据文义改。

京师官僚狼狈之状,谓王公大臣正在办公,忽闻革命军起,有惊骇倒地者;有反戴大帽,以花翎向前,手战身僵,不能移步者。散值后,或卧床拥被,有如感冒,或咨嗟太息,徘徊终宵。种种怪状,闻者无不捧腹,羽仙亦觉可笑。乃凭栏遥望,明月一轮,烟波万里,豪气顿增十倍,把酒吟风,不觉欣然而醉。

三日抵上海,勾留数日。闻南京已下,羽仙乃赴江宁,有友人援入参谋部,擘①画甚多,及南北统一,人咸劝羽仙入政界,羽仙甚不谓然,且曰:"共和虽标题,然教育殊不发达,我辈正宜从事根本,集多数热心家以植人才,不然,祸犹未艾也。"有识者咸伟之。羽仙遂一肩行囊,遄归无锡矣。至则老母嬉笑,弟侄欢迎,盖羽仙离家已阅四载,远别重逢,家人聚处,日与老母述北方风景,以博其欢。其弟柏年,顾善持筹,已娶妇生子。一日,其母谓羽仙曰:"儿遨游南北,意中亦有佳妇,可主中馈者否?尔年已长,不得谓柏儿有妇有子,奉母有人,而遂久旷也。"羽仙曰:"儿数年来,以事业未彰,故未留心求偶。今以母命,当从事物色,惟此为儿终身事,稍一不慎,则毕生附骨疽也。"母曰:"听尔自择,惟不宜过迟耳。"

其明年,羽仙就教席于扬州,暑假回家,与母述扬州风景,谓烟花三月,十里垂杨,流莺欲语,细草如茵,洵为东南名胜。其母曰:"我虽未抵其地,然闻不及西湖,若夏节,犹以西湖为胜。"因略述其梗概。羽仙闻母言,游兴勃发,急白母,欲乘暑假内,一览西湖名胜。其母亦望羽仙物色佳偶,遂许之。柏年忽谓羽仙曰:"兄若赴杭,弟可为介绍一居停。"问为谁,曰:"沈湘灵也,此人于兄,颇切倾慕,去年冬,常托人询兄踪迹。"羽仙惊曰:"此君在杭乎?我两年前固访之而未遇也。"柏年曰:"渠在杭任教席,僦居楚宅,

① "擘",原文作"辟",据文义改。

距西湖仅数十武耳。”羽仙甚悦。越二日，羽仙辞母赴杭，其母又嘱以留心婚事，羽仙敬诺而别。

第九章

群峰耸秀，碧水潺湲，西湖胜景，实冠东南。羽仙虽遍历名区，皆北方风味，雄浑有余，秀美不足。一旦临西湖，如抵仙壤，下车之初，不遑食息，即一艇清风，遨游湖上。一更向尽，始返寓下榻。次日清晨，徒步苏堤上，徘徊四顾，遥闻灵隐寺钟声悠然，使人神怡心旷。时则晓日将升，朝霞映水，堤上垂柳如丝，微风稍动，珠露欲滴。羽仙顾而悦之，信步忘劳，不觉日高数丈。

晨餐既毕，访湘灵于楚氏，投刺入，湘灵倒屣出迎，谓羽仙曰："自畅观楼一睹荆州，倾慕两载，不图今日惠然赐教，真三生之幸也。”羽仙亦曰：“旅东时，闻松龄道兄平素，渴想殊深。入都后趋候未遇，适有燕赵之游，未获再访。日前舍弟述兄眷念，且悉兄居近西湖，既晤良朋，又睹名胜，此行殊不虚矣。”湘灵问羽仙行李何在，答曰：“已税车旅舍矣。”湘灵曰：“敝庐虽小，聊堪下榻，当与君作三日长谈，何必独居客馆耶?”羽仙曰：“相隔不远，往来殊便，且君亦作客，奚必扰及居停乎?”湘灵曰：“此间居停，乃与弟有密切关系，殊无妨也。”羽仙问居停为谁，答曰：“姓楚，名小石。”曰：“戚乎?”曰：“否。”曰：“然则有何关系?”湘灵笑曰：“事甚可奇，而原因尤远。”因述在京时如何与凌波相遇，如何交好，及分别时如何情状，复盛夸其色艺为近世所仅有。羽仙曰：“佳人遥隔，然则君颇在颠倒中耶?”湘灵曰：“不然。事常有出人意表者，在凌波南下之时，我固以为后会难期矣。及去年十月，偶至上海，一日，游兴忽作，乃驰往愚园，憩息片时，忽见二女郎，偕一中年妇女，冉冉而来。隐约中似识其面影，及近果凌波姊妹也。惊喜过望，终不知其何自而至。询其颠末，始知凌波至广平时，其外祖将移家天津,外祖顾无子,留凌波帮理什物,闽山不能久待,乃与其夫人先行,留一仆二妪随凌波。至八月十九,始与外家共出邯郸驿,分道而南。及抵浚县,闻武汉革命起,车遂停,乃与老仆计,往投表叔钱家,小住数日。其表叔乃浚县典狱官也。越三日,风声益紧,上下交通俱断,钱甚惧,乃送凌波姊妹及其眷属,由运河买舟回津。十月,航海来沪,寄宿姨丈楚小石家,同游者即其姨也。予以是亦留沪,时相过从,意甚得。及阴历年终,予家屡促予归,时闽山亦还自豫章,携眷回浙,予乃别凌波而还。今年春,友人聘予来杭任教职,予正念凌波,故欣然许诺。及三月前,楚小石亦移家回杭,其夫人颇契重予,故舍予于此室。予曩者曾求楚夫人①代予求婚,闽山不许,予甚失意,计无所出。君高才,亦有良策告我否?"

第十章

湘灵述毕,羽仙不禁长叹曰:"此事还在凌波。凡母之爱女,常不忍过拂其意,凌波执而不二,终必谐。我所叹者,琼姑耳,不幸零丁孤苦,复不幸有出人之才、惊人之貌,其结局正不知奚似。惟予亦有一事,视君更奇,试为君述之。予去年道出邯郸,曾有题咏,及由临清返天津,夜泊孤村间,闻邻舟女子咏了诗,了由月下窥之,见二女貌若天仙,且怜予不遇,又自叹身世。余数年潦倒,不意红粉中竟有知音,不禁长叹,女子急掩入。次晨,予舟解缆早,遂不复见,至今犹萦梦想。"

羽仙言甫毕,忽一女郎珊珊而来,羽仙视之,目不转瞬,女郎返身欲避,湘灵急止之,且曰:"此林君羽仙,予之好友也。"女郎闻羽仙名,亦至惊愕。女郎为谁?即羽仙月下所遇之丽人,与湘灵所述之琼姑也。盖羽仙目中早有琼姑,特未知其名。琼姑心中早

① "人",原文无,据文义补。

有羽仙,特未睹其面。今相遇于无意中,一则睹数月前目中之人,一则闻数月前意中之名,皆惊骇欲绝,转若梦幻,目灼灼相向。湘灵不禁骇异。羽仙忽问琼姑曰:“君非运河舟中曾咏邯郸题句者乎?”琼姑曰:“然则君即邯郸题壁之羽仙耶?”湘灵始恍然大悟,曰:“君两人意外奇缘,使我惊绝。闷葫芦若不道破,我方谓子著魔也。”言罢大笑,复曰:“今日之会,良非偶然。”因对琼姑历述羽仙家世,及舟中闻吟咏后之感想。三人对坐,烹茶谈心,羽仙曰:“仆风尘潦倒,三年于兹。阮籍途穷,知音寥落。亲戚故旧,有眼皆白,无口不黄。自念七尺昂藏,不容于当世,每欲从赤松子游,与人长绝。邯郸拙句,不过酒后狂歌。蒙君谬赏,时挂齿颊,实生平意料所不及。自舟中闻咏,时萦魂梦,徒以无路谒荆,惟作知己来生之想。不图天假之缘,使仆与君重会于今日,以偿一年倾慕之私,诚意料所不及也。”

琼姑亦曰:“妹自邯郸道上读君佳句,至今不忘,当日孤舟夜月,愁思万重,自念雏年孤苦,寄人篱下,顾影自怜,殷忧郁结,偶忆君诗,觉天涯沦落,身世茫茫,彼此皆有同慨,为君悲又为己吊。然以为南辕北辙,相去殆几千里,不图近在咫尺,失之交臂。今日之会,实梦想所不到。”

湘灵笑曰:“羽仙才调绝世,琼妹色艺非凡,天生丽质,必有佳偶。今日良缘,殆千里红丝相系于无形中乎?”琼姑红潮满颊,低首不言。羽仙曰:“仆自愧庸拙,蒙琼君谬赏,已喜出望外。若得时相过从,风晨月夕,曲膝谈心,或有吟咏,使仆聊参末坐,为愿已足,何敢竟涉妄想,以辱知音?”琼姑闻言,忽现失意之状,若有无限衷曲,以湘灵在侧,不便缅述者。因念与羽仙虽仅一面,然神交已久,今日之会,方谓天假之缘,从此或遂私愿,乃彼仅以我作一腻友,讵尚昧我衷曲乎?转念父母若在,此事岂待己谋?不幸茕茕一身,有怀靡诉。兴思及此,不觉盈盈欲涕。在羽仙心中,又自以少年贫贱，虽感琼姑知遇，然彼既无父母，又鲜兄弟，依人篱下，已失自由。谢氏如果爱①琼姑也，必为论婚世族，岂肯下降寒门？谢氏如不爱琼姑也，亦必婿彼膏粱，以图余润。虽闽山素行，尚未可知，然以湘灵之才，犹见拒绝，其识见已可想像。所谓今日奇缘，适以增他日之烦恼耳！不禁悲泣中来，满怀凄恻。

湘灵见二人含泪相顾，不禁暗中叫绝："叹彼情爱，不在我与凌波下。然我求鸾之愿，至今未酬，彼岂遽谐凤卜？设天公多妒，不使有情人终成眷属，恐恨海中又添一席矣。"于是三人默然相对，各有心事难言之隐。时正停午，闲庭寂寞，鸦雀无声，惟阶前红日，与泪容遥遥相映而已。

半晌，湘灵始问凌波何未来，琼姑拭泪徐起，手出一书授湘灵，谓："凌姊前日感冒，且以封伧来，刺刺不休，令人烦闷欲死，故凌姐愈不适畅。今日以妹来姨家，故嘱便道来访，且欲俟彼伧去后，与兄同游西湖，一遣烦闷。"湘灵喜曰："正好与羽仙介绍良友，四人同往，作一日欢聚，惟须约法三章，不得无故下泪，及作凄惨语。"羽仙叹曰："悲者不可使之乐，犹乐者不可使之悲，心有所感，夫谁能禁？"湘灵曰："不然。哀乐之来，由人自召，至人无梦，达人无忧。我辈作事，尽其力之所能为，成否皆天，乐天知命，奚以悲为？"琼姑急曰："妹甚服湘哥之论，且事无定理，人定可以胜天，我辈从此矢志而为之。"语至此，自悔失言，羞红满颊，回首望日，俄而曰："日之夕矣，凌波望眼将穿。"因问湘灵所约何日。湘灵曰："十五明月正圆，以下午五钟，齐集放鹤亭，九时乃散。妹意何如？"琼姑点首称善，遂转身告别。二人送之门外，羽仙旋亦回寓。

---

① "爱"，原文作"受"，据文义改。

第十一章

及十五日，湘灵过羽仙寓，羽仙乃携琴一张，与湘灵同赴西湖，憩息放鹤亭畔。顷刻琼姑、凌波亦至，湘灵为羽仙介绍，各道倾①慕，湘灵旋问凌波："玉体无恙否?"凌波答曰："偶然不适，承兄眷念，今已卜弗药矣。"羽仙微视凌波，见其风韵绰约，修短合度，如水中仙子，波上灵妃，与琼姑不相上下，默念如许佳丽，无怪湘灵魂梦颠倒也。及斜阳已下，明月东升，乃泛舟湖上，双桨轻摇，水波荡漾，回视近郭楼台，依稀如画。时正夏末，荷花万朵，含苞未放，微风稍动，幽香四散，叶下细鳞游泳，犹仿佛可辨，临风把酒，继以高歌。羽仙乃张素琴，抒玉腕，鼓高山流水之调，音韵悠然，使人神怡心旷，尘襟尽涤，恍惚在万山丛杂之中，松风泉韵，盈盈耳际者，满坐皆倾，凝神听静。少焉，音节乍转，嗈嗈喈喈，如凤翔天际，凰飞云外。湘灵击节而叹，满浮大白，琼姑、凌波咸倾耳如痴。及琴声既歇，湘灵呼："琼妹!"琼姑犹默然领略琴韵，耳无所闻。凌波笑牵其袖，琼姑仍未觉，三人均笑。良久，琼姑忽叹曰："美哉！飞凤求凰之曲也。"凌波笑不可禁，急抚其肩曰："妹殆著琴魔耶!"琼姑亦粲然。湘灵曰："琼妹可谓羽仙之钟子矣。"

凌波问羽仙："今日风景亦可谱入琴韵否?"羽仙曰："凡有声者皆可谱，若有景无声，只可于音韵之中寓其神似，非至精者不能体会也。"琼姑曰："君试为之。"羽仙乃凝神静息，正襟危坐，转轴拨弦，作悠扬轻清之音，如微风初起，如绿水潺湲，飘飖轻迈，纡徐②婆娑，使人闻而心悦，恍惚在清风明月之下，荡漾扁舟之中。三人皆赞赏不置。曲奏既终，羽仙复谈琴理之妙。琼姑津津乐

---

① "倾"，原文作"顷"，据文义改。
② "徐"，原文作"馀"，据文义改。

听,且求指示音节。羽仙一一告之,授以数操,嘱其每日演习。时已八时过半,湘灵乃举杯劝酒,畅饮既毕,不觉九钟。凌波欲告别,云不敢久留,恐为父所觉。盖是日之游,凌波乃托词往楚姨家晚餐,其家庭固未知也。琼姑颇流连不忍去,旋问羽仙有几日勾留,羽仙答以半月。及舟已抵岸,乃各致意而别。

羽仙归寓,回想琼姑情态,恍惚若梦,竟终夜不寐。次晨往访湘灵于楚宅,询闽山平素,且问求婚始末,及见拒之因。湘灵曰:"闽山性最顽固,视新学如仇。予向彼求婚,彼谓我求学数载,青衫如旧,是盖以仕宦为荣者也。"羽仙叹曰:"然则琼姑堕落,正未可测。予今日翻悔此来,增我无数烦恼,我固不足惜,其如琼姑何?"湘灵曰:"不然。予事不谐则已,万一谐也,当与凌波合力为子谋。"羽仙曰:"噫!子事尚如镜花,焉能预为人计?况予命多舛,想亦无福消受琼姑也。"言罢凄然,既而曰:"予之来,与家庭约十日即返,今已一周矣。欲去此而归,琼姑不可不告。子能为我告之乎?"湘灵曰:"否。渠家庭甚专制,渠能致予函,予实不能覆彼书。恐为闽山所觉,则渠姊妹无容身地矣。幸渠姨丈居此,凌波尝与过从,消息不至断绝,子欲别琼姑,当俟其自来也。"羽仙默然,坐移时,垂首而去。

第十二章

羽仙之来,其母尝嘱其物色佳人,羽仙顾未甚介意。及遇琼姑,未尝不私心窃喜,以为幸继宿愿,且上慰母心。及闻琼姑种种不自由,方寸已灰其半。嗣湘述闽山平素,益如春梦乍醒,万念皆灰。徒以琼姑知遇,不忍恝然即去,犹冀湘灵婚事万一能谐,则彼所谓合力代谋者,未免不见诸事实。左右寻思,如抽丝剥茧,时而狂喜,时而若丧,一日中回肠殆九转也。

西湖每至夏季,王孙公子、少年美妇,咸假此消暑。斜阳初下,游艇如梭。羽仙自遇琼姑,举平日贪山玩水之性,一变而为求鸾之心,眼前好景,若无所睹矣。惟日过湘灵寓,冀琼姑复来,乃望穿秋水,而信杳青鸾,神思纷乱,度日如年。一日又访湘灵,探意中人消息,甫坐定,邮封忽至,拆视之,则琼姑函也,略云:

羽哥如晤。自识荆州于邂逅,聆雅奏于舟中,虽觌面仅及两次,而欢好宛若平生。盖由于吾哥神韵丰采,有以感人之深也。妹虽女流,性殊狂傲,视富贵如浮云,王侯如敝屣。徒以我生不辰,夙遭闵凶,既无父母,又鲜兄弟,托螟蛉于异族,孤零堪悲,怅蒲柳之靡依,殷忧罔极,是则所以寒心耳。乃者承哥不弃,引为知音,实平生所未料,梦寐所不到。语曰:“士为知己者死,女为悦己者容。”妹也何心,能无感泣?自某日别后,忽忽若梦,倚枕长思,万感交集,尚幸凌姊厚爱,视同手足,犹未即就憔悴耳。回念吾哥旅况寂寞,每欲趋访,无如寄人篱下,动不自由。下周又为姨丈生日,一旬中凌姊颇不暇,妹亦未便外出,倘吾哥能作十日留,一俟此间无事,妹当乘间走访,否则约诸异日耳。区区之意,欲言难尽。妹琼启。

羽仙阅毕,感叹不置,念十日非远,遂留焉。然愈感琼姑知遇,暇辄凝想。越一周,不觉亦病。湘灵日往视疾,欲为延医,羽仙却之,且曰:“病无他恙,予①亦曾习岐黄也。”乃自拟方,服药后病渐减。过三日,凌波与琼姑至楚宅,湘灵告以羽仙病,乃趋旅舍而视之。见羽仙虽能起,然消瘦殊甚。琼姑即前问疾,情颇挚。羽仙视其形容惨淡,亦疑其病,转诘之。琼姑泪潸然下,但泣而不言。

初,闽山之寿也,封碧岩重来。碧岩者,即前次琼姑与湘灵所称之封伧也,家素丰,父为前清道尹,与闽山为中表戚,年十八而

① “予”,原文作“子”,据文义改。

未婚,貌美善谀,中乌有也。然闻颇悦之,欲以凌波属焉,有意而未发。然封实垂涎琼姑,久欲委禽,虑琼姑不欲,见琼姑时,故为殷勤状,欲结其欢心。琼姑辄避不与语。封犹疑其羞涩,乃以己意私白谢夫人。夫人曰:"琼姑虽视予犹母,终非我出。此渠毕生事,当先询之。"封以此犹欲求好于琼姑,琼姑益厌恶之。封无术,乃重赂其婢,其婢巧儿,性最黠,间往来楚家,曾询得琼姑与羽仙游湖事,竟密语封。封恨极,然以爱之甚,不忍与绝,转藉此以挟之。

一日,琼姑折花于园内,适封趋至,笑而迎之曰:"妹在此折花乎?"琼姑默不应。封曰:"此鲜明之花,惟吾妹始合簪之,以妹之仙姿,与花相掩映,真个花容月貌矣。"因于枝①上折一朵,以授琼姑曰:"妹再簪此,则花开并蒂。"琼姑却之。封曰:"然则妹以所折者赠我可乎?"琼姑曰:"园中若干枝,任若所取。"封曰:"枝上者我不爱,入于妹之手者乃我所爱耳。"琼姑厉声曰:"既入我手,决不以赠人,且我手得毋有珍异乎?我殊不愿闻此轻佻语!"言罢遽去。封尾之,且行且语曰:"妹乎,吾挚爱之妹乎!我为妹寝不安、食不甘,今妹不稍假我以词色,毋乃太忍耶?"琼姑若无闻,惟趋而走。封亦趋而遮之。琼姑怒曰:"若将何为?"封笑曰:"我无为,惟一事,妗已予诺,只须妹允耳。"琼姑斥之曰:"若事与我何干?若速去,我不惯与男人语,毋刺刺讨人厌。且若自谓谙礼节,嫌疑所在,容讵不知?"言罢,愤然而怒。封亦怒曰:"尔不惯与男人语,胡与林某游?我与尔一言,即曰嫌疑,然则昏夜与人谑笑扁舟中,便不避嫌疑耶?"琼姑骤闻斯语,如半空霹雳,且惧且愤,厉声责之曰:"若见我与谁游?"封冷笑曰:"我不见,终有人见,若速回厥心,我尚不因此减吾爱,不然……"琼姑曰:"不然将若何?"封曰:"不

① "枝",原文作"技",据文义改。

然，尔时便见耳。”于是琼姑欲避无地，欲言无词，惟顿足而哭。凌波忽趋而来，睹其状，询得其故，恨欲绝。又恐激其怒而泄之也，转婉言而语之曰：“封表哥，君男子，何必与女儿较。且君又言爱琼妹，如是而迫之，爱于何有？语曰挺而走险，和氏之璧，贵其宝也，捧而碎诸柱下，君将安用之？”封欣然曰：“我何尝迫之，渠性太躁，忒不我容耳。诚如妹言，敢不惟命是听？”凌波曰：“若然，君且退，我亦劝琼妹回也。”封连诺而去，凌波始与琼姑入，琼姑伏床而哭。凌波劝之曰：“妹亦太直，彼纠纠者，过激则祸生。况我辈隐事，不知何人饶舌，致为彼所悉。宜用缓兵计，使不泄于父前，事尚可为。”琼姑曰：“不然，缓之于一时，焉能缓之于永久？一旦不遂其求，终必泄之，泄之则休矣。”凌波曰：“是视我为转移也，使我而不得济也，正不知何死，胡有于妹？若幸而济，当疾为妹谋。尝闻之母曰，妹终身事必不强，果尔，谋之当可谐，谐则彼无能为矣。”琼姑始稍释，然终不悦也。

越二日，即闽山生辰，宾客称觞。封纵饮堂上，未几大醉，出而呕。琼姑刚如厕，适相值于室侧。封又遮而要之曰：“妹何往？我为妹秉烛。”琼姑漫应之，疾趋而返，封捉袂使不得行，酒臭薰人。琼姑急欲哭，遥望①见凌波，亟呼之。凌波顾谓封曰：“封表哥醉乎？”封曰：“未也，我见琼妹来，将为秉烛耳。”凌波曰：“我在是，君请速入席，不然如此状态，非所以取人悦也。”封无已，释而去。从此琼姑一举一动，必与凌波偕，且常匿寝室中，惟恐封遇。次日，凌波过母所，适值封于阶下，左右无人，封欣然问好，且曰：“某不揣冒昧，欲结好于琼姑，舅与妗无异词，妹之所知也。惟察琼姑意，似不相属，妹曷为我言之？”凌波曰：“以君家世，何患无佳妇？琼姑素羞怯，且性癖，不轻许人，我母亦不肯相强，知强亦无

① “望”，原文作“聖（圣）”，据文义改。

益。君何不释之?不然,亦宜缓不宜急,谚云:‘瓜之生摘者,不适于口。所贵于琴瑟者,谓其调和也。’若鼓而不成声,君亦何所取焉?”封笑曰:“妹诚解人也,然我以慕之切,不觉求之殷,区区方寸,岂有他哉?”凌波曰:“我且乘间达君意,君亦四方物色之。天下多美妇人,胜似琼姑者,奚止千万?正不必刻舟求剑也。”言罢返身即去,以语琼姑。琼姑泣曰:“此真我命中魔也。”自是日夜不怿,三日憔悴不堪矣。

及见羽仙,羽仙怪而问之,见其泣而不言,复询凌波,凌波代述颠末,羽仙凄然无语,相顾流泪而已。湘灵曰:“封已去乎?”凌波曰:“未也,今日往沪访友去,行且来。”羽仙曰:“渠来将若何?”凌波曰:“来亦不妨,不过我辈隐微,虑其泄漏,致遭父谴。然察其意,犹在痴想中,尚不欲以此见绝,则保无他故也。”羽仙曰:“果尔,琼妹亦毋容过忧。”琼姑曰:“妹初无所忧,特自憎薄命,动遭磨折,使人悲怛耳。”羽仙叹曰:“红尘纷扰,谁非磨折?隐忍而待之,则地狱中尚有光明。予所希望于妹者,凡事俱作达观,不必自苦耳。”琼姑颔之,既而曰:“金石良言,当谨受教,但哥以妹故,卧病此间,将为之奈何?”羽仙曰:“我病良瘥,早已可起,所以不即归者,以妹未来,未使不辞而去耳。”琼姑曰:“然则今拟何日行?”曰:“三日内。”琼姑曰:“哥去亦良佳,不然烦暑迫人,羁旅颇苦,妹又动不自由,不能为哥破闷,诚不如早归。惟三日内,妹是否得闲①送别,尚未可必。”言罢,泪欲堕,羽仙急慰之,然眼眶亦渐红矣。俄而琼姑又问会期,羽仙曰:“梅花初放时,当束装重来,与妹作半月聚也。”琼姑点首曰:“诺。”坐移时,楚宅忽有婢来,谓封在楚家,询谢姑娘所在,主母答以已归,命要路来相告,请姑娘早去也。凌波叹曰:“是殆前生孽障乎?”乃徐起而别,琼姑微顾羽仙,哽咽不

① “闲”,原文作“间”,据文义改。

能言，仅道珍重而已。

凌波、琼姑既别羽仙，湘灵欲送之，凌波止之曰："此去为大道，设遇封伧，又饶舌矣。"湘灵乃返。凌波刚出门，果见封于门外，封惊问曰："妹至此何为?"凌波曰："访友耳。"问："何友?"曰："某女士，师范学校同学也。"封始无语，然心不无疑也。次日封将归，恐琼姑与人有约，乃密以所见语闽山，欲闽山禁锢之，使不得通往来，以绝其念也。闽山闻封语，遂大怒，遽呼凌波、琼姑至，诘之曰："尔昨日何往?"凌波曰："至姨家。"曰："还至何处?"凌波睹其怒，度封已言之，因低声曰："归时遇同学于途，邀过其寓，坐刻谈片耳。"闽山厉声曰："谁个同学？知是何处荡妇？小女子不守闺训，日日浪形于野，辱我家风。再如是，杀却贱婢矣！"言罢，气咻咻如牛。凌波、琼姑俯首不敢辩。闽山怒未息，指琼姑曰："多管是若所使！向者入学校，亦若所唆耸，我已隐怒未发，今更得意矣！若好为之，后再与若言。"凌波哭曰："此皆儿过，父有谴责，儿愿躬受，幸勿冤人。"谢夫人亦劝闽山曰："小妮子偶然过失，责其改耳，何必如是，毋乃自苦。"乃命二人入，琼姑哭不欲生，凌波劝之再四，且曰："是我负妹妹，如有万一，我必从于地下。"琼姑感其情，强自忍隐，然悲切五内，肝肠寸裂矣。

越日，闽山使人至楚宅，告以此事，且嘱其勿再招凌、琼也。楚夫人不怿，召来婢而告之曰："归语尔主人，训渠女何必我告，我岂诱之耶？亲戚而有往来，讵为创举。渠既不通交际，则从此绝耳。如是喋喋者，我不惯闻也。"婢归以告，闽山愈怒，遂禁锢凌波姊妹。越日湘灵闻其事，趋告羽仙，憯然若丧，怅怅遂还。

第十三章

羽仙既别湘灵，遄归无锡，其母笑迎之曰："儿归乎?"羽仙曰："归也。"母睹羽仙颇消瘦，怪而问之。羽仙曰："客中感暑，小病数日,是以瘦耳。”母曰:“今愈否?”曰:“愈矣。”母曰:“西湖夏景若何?”羽仙曰:“良佳。”母曰:“此去亦有所遇否?”羽仙曰:“儿已觅得佳人矣。”母骤喜,急问故。羽仙缅述琼姑事,盛夸其色艺,且曰:“是儿所素慕者。”因以舟中闻咏事告母。母曰:“诚然,则我心亦慰矣。”

羽仙留家一月,暑假已满,复如扬州。开学后,校友谷芝圃语羽仙曰:“此间新设一女校,高女士若兰实主教授。女士毕业金陵女校,颇负盛名,拙荆与有戚,乃聘之来,今寄居寒舍。我与语半日,聆其言论,勃勃有英气,男儿所不及。明日行开校式,君曷往观乎?”羽仙曰:“诺。”次日果偕谷往。若兰先在,谷为羽仙介绍曰:“是即高女士也。”若兰顾羽仙曰:“足下得毋林姓乎?”羽仙曰:“然。惟素昧平生,女士何由得知?”若兰曰:“某年在南京时,曾于教育会场聆君高论,有同学李某,其兄与君同事参谋部,知君平素,李为我道君甚详,所以至今不忘也。”羽仙曰:“诚然,女士言之,仆犹记其仿佛。当日在会场时,见有金陵女校校长,与学生十余人,入会参观,中一高其髻而饰其襟,翘然于众中者,非女士耶?”若兰曰:“然。尔时听君演说,为鼓掌声所搀杂,仅聆数语,已识君非流俗中人。及君演说毕,匆匆遽去,我各处访君历史,嗣闻同学言,益切钦慕,旋闻君已离南京,不图今日复瞻山斗。”言罢以手支颐,若甚愉快。羽仙微睨之,见其姿容婉妙,态度从容,幽雅中含英气,与琼姑不相上下,不觉诧异,默念:“红颜中何多隽秀,岂天地灵气多钟于女子耶?”俄而摇铃,若兰入席去。羽仙即前参观,见若兰对学生演说,议论风生,娓娓动人,益加敬慕。行礼毕,羽仙辞归。从此时相过从,星期日多会于谷家。谷之夫人雅能谈,羽仙客中得此腻友,颇不寂寞。

一月后,若兰忽以诗稿一册授羽仙,且求斧政,羽仙睹其诗颇多好句,中有《落花》一绝云:

落英未必解相思，人为花愁花不知。只事惜花憔悴者，为花偏赋断肠诗。

羽仙不觉拍案叫绝，次日见若兰，誉不绝口，且曰："敬诵佳句，令我忘餐，不图闺阁有此诗人也。"若兰曰："雏儿学吟，焉知工拙。以君非他人，不惜献拙，君何必过誉若此。"羽仙曰："不然，仆平素不解誉人，诚以女士高唱，令人艳羡。"谷亦从旁交赞，自是诗笺往来，竟无间断。

一日，谷谓羽仙曰："子与若兰交一月矣，其人果何若？"羽仙曰："女界中之豪隽也。"谷曰："其待子若何？"曰："蔑以加矣。"谷曰："子亦知其意乎？"羽仙曰："方以类聚，物以群分。志同者交自深，男女如一，彼岂有他哉？"谷曰："不然，若兰于子，顾别有心也。"羽仙愕然，谷曰："若兰尚未婚，平日高自位置，虽求婚者接踵其门，辄不当其意。日者内子怪而问之，且曰：'若相士多矣，岂无一可偶者，得毋欲配天人欤？'若兰曰：'是何言？我所以迟迟者，以终身事不宜潦草，诚欲得丰采如林郎者而婿之耳。'内子转以告予，予以若兰亦合与君偶，故愿为执柯。"羽仙曰："冤哉！我已有他约，前盟不可背。不然如此佳丽，有何不当意？"谷讶曰："君已有他约耶？"羽仙曰："然。"因以琼姑事告之。谷曰："订婚否？"羽仙曰："尚未。"谷曰："是无盟也，何有于背？且天下事，仰而跂之则难，俯而就之则易，君何必舍易图难，希冀于不可必得者哉？"羽仙曰："虽无婚约，然已心许，尚何盟如之？且我闻之，人所贵者信，人而无信，不知其可。况婚姻为人伦根本，不以信将之，则根本坏矣，何以正家室？"谷曰："诚如是。予①亦不敢相强。"旋以其事语若兰。若兰叹曰："善哉林郎，可以风矣！"以此益敬爱之。居无何，湘灵以书来，略曰：

① "予"，原文作"子"，据文义改。

别后寂寞特甚,个中人消息,亦殊断绝。秋风黄叶,夜雨孤灯,著眼成愁,有声皆泪,此情此景,谁复能堪?乃者敝友竹轩来,仆告以近事,渠慨①允作伐。次日即造谢氏之门,乃执柯者言甫出于口,主人翁已怒形于色,指天画地,诟詈万端,不特无济于事,且辱及良朋,言之可耻,思之伤心。嗟乎!已矣!虽嫦娥降世,玉女投凡,亦谁能觋然人面,再登谢氏之庭乎?临书神乱,不尽欲言。

羽仙阅毕,知事已无望,不觉神丧气沮,忽忽若病,眠食顿减,三日不能起。若兰闻而视之,诘其疾,羽仙但泣而不言,若兰慰之良殷,日必三四度,至十余日不少愈。谷视其病甚奇,苦致研诘,羽仙以实情告之,谷曰:"事之不谐,咎在谢而不在君。君诚钟情,若兰之情岂少减于琼姑?刻舟以求剑,舟朽而剑不得,亦未免太执矣。"羽仙曰:"不然。若兰顾无异琼姑,然事有先后,且琼姑固以死相誓者也,我必候之。"若兰闻其事,遽往见羽仙,告之曰:"谷之言,幸毋以介意。我与君交以情,不以迹,情之深者顾不在于琴瑟。况君与琼姑事,未便即绝。我岂忍以一己之情,转陷君于无情哉?君幸自保重,毋使有意外之灾,反以促琼姑之命,是琼姑未便负君,君先负琼姑。"羽仙闻其言,不觉泣下,曰:"感妹盛德,刻骨难忘。"自是羽仙疾渐瘳,与若兰交益密矣。

第十四章

光阴迅速,岭梅乍开,羽仙抚景怀人,无限惆怅。越半月,年假将至,忽接湘灵来电,谓闽山外出,琼姑染疾,请速来。羽仙转商谷,即束装如杭,径赴湘灵所。晤面无他语,惟询琼姑病,湘灵曰:"病或无他变,然瘦已甚矣。"羽仙曰:"君见之否?"湘灵曰:"我未见,乃闻诸凌波。"羽仙曰:"凌波可自由出入乎?"湘灵曰:

① "慨",原文作"概",据文义改。

“事甚长。初,闽山以凌波事,与楚姨颇有隙,谢夫人尝咎闽山。及闽山有京都之游,谢夫人乃偕凌波姊妹来视楚姨,且道歉仄,自是往来如初。及琼姑病,凌波请予延医,予故荐子。子且少憩,我请楚姨偕子往,伪为医生而视之。”羽仙应曰:“诺。”湘灵趋告楚姨。俄而楚姨来,寒暄数语,即同往谢宅,视琼姑于病室。

琼姑呻吟床头,望见羽仙,不觉于邑。羽仙即床前视之,见其瘦不盈握,肝肠寸裂,泪潸然下。幸室无他人,徐慰之曰:“我已来,妹幸自保。”乃诊其脉,曰:“病在肝,抑郁之所致也,宣则愈矣。”琼姑微点其首。旋有婢来,羽仙乃即案前作方,随即别去。琼姑服药已,病顿减。次日,请羽仙覆诊,就原方略改之。如是者四日,即能起,再服数剂,病若失。楚姨语谢夫人曰:“医云琼儿病在肝,不宜闭置室中。我且带彼去,略一散荡也。”谢夫人曰:“甚善。”乃命凌波与琼姑偕楚姨归。

凌波、琼姑既至楚宅,坐移时,即来视羽仙。琼姑曰:“妹以贱恙,劳哥远涉。”羽仙曰:“是何言,妹尚客视我耶?”于是四人围炉而坐,各叙阔别。时值腊初,天气严寒,湘灵寓宅花木丛杂,窗外绿萼一株,花正盛放,清香喷溢。羽仙曰:“前接湘灵函,自分已决绝,不图梅花开放,依然重聚。”琼姑亦曰:“自哥别后,日坐愁城,及抱病在床,以为将登鬼域。尝欲作书达哥,转念薄命如斯,生不若死,故不忍以惨怛之言,增哥悲感也。”言罢凄然。凌波曰:“妹病刚愈,何必重提旧事,自求烦恼。”湘灵亦曰:“今日佳会,宜尽一日欢。”乃入室取酒,围炉对酌。俄而楚姨至,笑曰:“君等良药,旨酒自饮。不一邀主人,毋乃太吝?”四人笑而起。湘灵曰:“有酒无肴,故不敢惊佳客耳。”楚姨曰:“胡不我谋?”遽命婢将肴来,重入座,饮数巡,楚姨曰:“红炉绿醅,雅兴不浅。君等皆骚人,何不各赋一律,以赏寒梅?”四人皆曰:“善。”乃群推楚姨为主司。羽仙问楚姨曰:“限韵乎?”楚姨曰:“不必限韵,惟以速成为妙耳。我且以

箸击炉,击三挝而诗不成者罚。"四人皆曰诺,俄而凌波先脱稿,次湘灵,次羽仙,琼姑最后。各缮就给楚姨,楚姨以次阅之:

十月阳春去复来,群花落尽放山梅。冬天冷逼风三面,玉树妆成雪数堆。莫道神仙新眷属,还看歌舞旧楼台。檐前索笑容何淡,品格犹须几度猜。

凌波

晴天早放绮窗梅,为有清香遍地来。瘦影冷催风料峭,疏枝影逼鹤徘徊。琴停逸韵疑新约,笛弄红腔忆旧裁。浅淡得宜尘外赏,此君端合占花魁。

湘灵

流水高山理素琴,美人香草觅知音。冻花著树霜三径,疏影斜横月半岑。梦入罗浮寒夜永,魂随庾岭暮云深。几生修到纤纤影,莫负巡檐一片心。

羽仙

风雪连天独去来,岭头消息到寒梅。香余老干冰为骨,冷逼疏枝雪作堆。闲怨不堪传玉笛,此身端合住瑶台。当年误识林和靖,寸寸相思欲化灰。

琼姑

阅毕,各有夸赞,羽仙顾谓楚姨曰:"夫人如此高兴,何不同赋一律?"楚姨曰:"我实不善诗,且梅花故典,君等已略道之,我更无由下手。无已,案上水仙,亦不可不诵,我且赋二绝。"湘灵曰:"甚善。"楚姨略一构思,吟曰:

此花正许列仙班,品格清高不等闲。霜菊露荷难与伍,独留水石种盆间。自顶黄冠作散仙,水晶宫里住年年。偶因小谪人间后,一点香心冷又圆。

四人亟称好句,咸满引一杯。再饮数巡,乃罢酒,烹茶纵谈。至夜,凌波、琼姑始偕楚姨入,即宿于楚家,次日乃去。后三四日辄一至,或清谈,或酌酒,或请羽仙鼓一二曲,意甚适。一日,凌波、琼姑正在湘灵寓,忽一婢趋而来,曰:“主人行将至,姑娘请速返。”凌波愕然,与琼姑匆匆而去,湘灵叹曰:“专制魔王来,渠姊妹又入地狱矣!”羽仙凄然,欷歔者久之。

第十五章

凌波、琼姑既归,闽山随至,幸未觉其事。越数日,闽山将出吊于戚家,计有一日留,凌波乃以短函约湘灵,欲作一日会。书成,命婢付邮。及门,为闽山所得,立呼凌波至,以书掷地下,詈曰:“贱婢,决西江之水,不足以濯此垢也! 祖若宗,为尔辱尽矣!”凌波哭,闽山亦哭,谢夫人与之偕哭。半晌,闽山卧榻上,叹曰:“不图竟有此女也!”凌波泣曰:“与湘灵顾无暧昧事,辱及父母者。”闽山怒曰:“尔以情书致人,何辱如之!”凌波无以答。谢夫人乃携之入,哭曰:“儿为人所害矣。”凌波隐几而泣,夫人命琼姑劝之,嘱曰:“善劝尔姊,往事已矣。父训儿,不为耻。尔素慧,彼必听尔言,吾即以凌儿托。”

闽山愤不食,谢夫人慰之,且曰:“凌儿已长,宜早婚,此渠终身事,虽权操父母,但今非昔比,宜稍择其意。吾闻湘灵家世亦不恶,渠既爱之,不如即与论婚焉。”闽山切齿曰:“宁死凌波而不婿湘灵。”夫人哭曰:“然则将奈何?”闽山不答,夫人又问之,闽山曰:“即嫁之,亦必门楣相当。叛逆之徒,非谢氏偶也。”夫人曰:“君意中有佳婿否?”闽山曰:“吾意中只有碧岩,富而知礼,合为吾婿。以彼属意琼姑,故未便为凌波议。无已,且函请童某谋之,童乃其舅,又与我厚,彼此易磋商也。”夫人曰:“然则即行乎?”闽山曰:“诺。”次日果以函致童。时封方有滇南之行,来舅家作别,童即以告之。封默念凌波色虽逊于琼姑,然琼姑之怪癖,实不如凌波之和婉,能得凌波亦良佳。乃告童曰:“甥始意本在其姨表庾氏女,但既承谢家不弃,甥只好听命。惟甥此行不可缓,今且去,此事便请舅主婚,俟甥明春归,即谋亲迎也。”童诺之,以书覆闽山,事濒就矣。谢夫人召凌波而告之,凌波面壁而泣曰:“儿宁死而不适封。”夫人劝之曰:“封亦良不恶,且父已许之。父老矣,儿又不乐,人其谓尔何?”凌波泣曰:“儿不孝,不能得父母欢,遂有今日,倘可回也,父之恩也,儿之幸也。不然,儿亦不能许二夫,父母且以儿为夭耳。”谢夫人乃转商闽山,曰:“凌儿不欲,将若之何?”闽山怒曰:“驷不及舌,吾书已去,尚可挽乎?女子不遵父母之命,是谓忤逆,忤逆之子,吾何爱焉?”决然不顾。凌波闻父言,知事无回机,乃遣琼姑探消息于母所,乘间作书以致湘灵,略曰:

别后变生不测,父兮不谅,迫婚于封,命也如斯,夫复何言?呜呼!已矣!三年厚爱,永无再见之期,九泉有知,愿订来生之果。临死赠言,五中皆裂,纸短情长,伏惟自爱。

书成,以重金赂妪,俾密付邮。次晨,湘灵得书,阅毕大恸。时羽仙方理琴窗下,闻湘灵哭,投琴遽起,趋问故。湘灵曰:“凌波死矣,书在是。”羽仙惊魂骤丧,如闻霹雳,急取书视之。读未竟,泪不可忍,叹曰:“婚姻不自由,其惨剧乃尔!”既而曰:“琼姑与凌波情逾骨肉,凌波死,琼姑必难独生,其绝命想在数日耳!”言罢于邑,无限酸楚。

俄而楚姨来,询得故,亦即泣下,复向湘灵取书,阅罢,沉吟良久,曰:“此事至奇,我曩闻封爱琼姑,尝求诸凌母,嗣以琼姑不欲,亦即不强,今于凌波,胡独不然?意者闽山所为耶?然凌母无不与闻,闻之必告凌。凌如以死誓,岂遽无回机?况琼姑在侧,顷[①]刻何便得死?此书昨日所发,若果死,未必无消息,我且使婢询之。”羽仙深以为然。湘灵以婢行甚缓,复遣仆去,探诸谢氏之门。

---

① “顷”,原文作“倾”,据文义改。

两人翘首阶下，以俟回音，心若惊鹿，惟祷告覆命者，不带凶讯来也。于是风送竹声，日移花影，亦惊为将命之使。其惊悸之状，虽写生家亦难描其万一。

俄而使者返，谓谢氏门前无他消息，仅传女公子病耳。湘灵骤闻斯语，不觉念佛一声，羽仙亦点首曰："幸。"互度其故，湘灵曰："得毋琼姑在侧，不得间以死欤？然焉能日日坐守之，是往无生理也。"羽仙曰："不然。渠既以书致子，非事有挽回，一宵中无不死也。今犹在，此中殆有好消息。"湘灵且信且疑，若惊若喜。未几楚姨来，笑曰："我固料琼姑在，凌波不死。今果然。"湘灵急问之，楚姨曰："适婢返，仅知昨宵凌波自缢，为琼姑所救，他无所悉。惟凌波既无恙，想有他故，明日再探之。"湘灵终不怿，一日夜神情仿佛，终宵不能交睫。次日楚姨来，曰："谢家有人请我去，不识有何事。我且至彼家，当问得详情也。"言罢匆匆出门。

楚姨既去，湘灵候于室中。及午，楚姨犹未返，湘灵急极，与羽仙徘徊案前，一刻如一岁。俄而有婢来，云主母刚归，身已乏，请君速入。湘灵随婢去，羽仙呼曰："如有佳讯，速出报予。"湘灵答曰："诺。"是时羽仙脑海中波澜层起，急欲闻其消息。历半时许，见湘灵趋而出，笑不可禁，羽仙问之甚急，湘灵惟点首曰："谐矣，谐矣。"羽仙笑曰："子现状，与某年四月八日被选为总统者恍惚相似。"湘灵亦笑曰："予此喜南面王不易也。"羽仙曰："勿多言，速述若事。"湘灵徐徐啜茗，从容而言曰："予顷入，见楚姨倚榻上，望予微笑曰：'娇客来矣(俗呼婿曰娇客)。'予骤闻是语，心花怒放，乃欣然请教，楚姨曰：'渠已倩我作伐也。'予曰：'然乎？'楚曰：'然。'予曰：'是何故？愿闻其详①。'楚姨曰：'前事子已闻之，毋须赘，且述昨宵险剧：初凌波以书致子，死志已决，琼姑察其形

① "详"，原文作"评"，据文义改。

色,顷刻不离。入夜后,凌波促琼姑寝,琼姑亦促之寝,解衣登床。凌波时时呼琼姑,觇其睡未,琼姑假寐以察其异。及半夜,凌波呼琼姑不应,乃徐徐起,即床后投缳焉。琼姑遽起而救之,且呼婢奔告其母。其母趋而来,泣抚之曰:“儿事尚可挽,何遽若此,重伤我心。”凌波但哭不言。琼姑私告凌母曰:“凌姊若不得沈郎而嫁之,终无生理也,母何不曲从其意?”凌母曰:“有我在,必从之,尔速慰之,毋躁也。”言罢遽去,哭告闽山曰:“尔胡杀我女?凌波若死,我必不生。”闽山至是亦良不忍,踌躇莫决,凌母时时迫促之,磋商半夜,次日亲往辞婚。今晨乃请予作伐,尔且速备质物,诹吉交换。惟结婚必俟明春三月后也。’予再三致谢,乃趋出告子。”羽仙曰:“君与凌波可谓天从人愿矣。”湘灵曰:“今而后,当为子谋也。”羽仙曰:“谨以奉托。”

湘灵既与凌波交换质物,遂订次年佛生日行结婚礼。羽仙与湘灵约曰:“君与凌波已缔盟,其家庭甚专制,从此凌波必不肯与君会,以触父怒,琼姑更不敢越家庭一步矣。予事必俟子行婚礼后,方可提议。予留此无益,且岁将暮,拟即归,俟明年四月再来贺子。”湘灵以为然,羽仙遂别去。至家,其母问婚若何,羽仙伪告曰:“谢夫人已允矣。俟明年春暮时,闽山归,再纳采也。”母信之,喜极。

次年春,羽仙仍馆于扬州,灯节后辞母如扬。至则谷已在校,相见甚喜,询若兰,亦来也。次日,与谷往访之,若兰问琼姑消息,羽仙悉述其事,且曰:“中和节为湘灵结婚期,彼当为予作伐也。”谷曰:“谐。可决乎?”羽仙叹曰:“天下事每多不测,尽力而为之,谐否皆命,焉能决?”若兰曰:“若是,可速谋,胡必待湘灵之婚也?”羽仙曰:“湘灵未婚,无可以作伐者。”若兰曰:“何不挽凌波谋之?”羽仙曰:“消息已断矣。”若兰无语,坐少时,羽仙亦出。从此每日上课,星期辄与若兰会于谷家,颇不寂寞。及届暮春,风雨缠绵，落花无语，芳草有情，遥念琼姑，无限感想。

未几，湘灵有函至，请羽仙如杭，羽仙乃请谷代任教务，趋赴西湖，时已四月初六。越二日，湘灵与凌波结婚于楚宅，鸾交凤友，燕侣鸳俦，屏开翡翠，帐暖芙蓉，其欢喜之情，记者亦难描写其万一。所难堪者，羽仙以渴想饥慕之余，见他人玉粒尝饱，琼脂乍咽，一时垂涎羡慕，正如荒村小儿，数日不食，骤闻隔邻午饭香之态。然方谓佳境随来，不久当有好消息，于是痴立鹄候，拟过三日即请湘灵作伐。彼新婚者夜短如梭，而凝想者日长如岁，两人适成绝对反比例也。

第十六章

三日既过，湘灵、凌波鸳鸯并驾，携手归宁。羽仙目送青鸟，心系赤绳，其悬望之殷，与湘灵遣仆问讯时，尤更加倍。不数小时，湘灵夫妇已回矣，羽仙倚门候讯。湘灵下车，羽仙察其颜色，并无喜容，心乍冷，旋问曰："不谐乎？"答曰："未定。"入室后，羽仙又诘之，湘灵曰："见丈人后，盛称君家世才品，凌波从而和之。旋道来意，丈人默不一语。凌波目语予，止予勿言。旋入内，白其母曰：'琼姑与儿情逾手足，母亦爱之甚，宜为择佳婿。如林郎者，实英俊也，琼姑曾见其著作，颇属意之。望阿母曲从其愿，则高天厚地之恩，琼姑与儿实身受之。'其母似有难色，欲言复止，旋曰：'我甚爱琼儿，当再谋之。'"羽仙曰："子度此一寸生机，可作几希之望否？"湘灵曰："一二日后，当使凌波复往，必有好消息。"羽仙摇首曰："子未思也。夫生者与非所生者，固大有分别，夫人虽悯而怜之，其如闽山何？况闽山固蓄怒琼姑，凌波可以一死回父心，琼姑未能也。以予所度，事其殆矣，惟人事不可不尽，子与凌波幸竭力图之。若闽山意中尚无他人，其成也亦未可知。"湘灵敬诺。

其明日，谢家有妪来，凌波坐而问之，答曰："奉主母命来视姑娘。”旋即告别，凌波留其午膳，辞曰：“家尚有客。”问为谁，曰：“童姓，殆为琼姑作伐者。”凌波大惊，问主人意若何，及婿名姓。妪曰：“不得其详，但闻客言，明日使翁家来纳采耳。”凌波茫然曰：“翁家何处，得毋封家之误欤？”妪点首曰：“然，渠言与主人为至戚。”凌波始恍然为桃代李僵之计，急告湘灵。湘灵愁眉交锁，曰：“前楚姨谓卿自缢后，父母曾磋商半夜，殆即谋此事。卿前日与母言，母有难色，亦必为此，今且奈何？若不可挽回，琼姑必无生理，我亦无以对羽仙。”凌波曰：“且俟我一往谋之。”乃趋驾归宁。

凌波至谢宅，闽山适送童某出，旋以其事告凌波，谓已以琼姑配碧岩。凌波闻而心伤，在父前不敢出声，即趋入见母，哭曰：“父竟以琼妹代儿耶？”谢夫人曰：“父实主之，我亦无法。但碧岩家颇饶裕，貌亦不恶，儿其善劝琼儿，将顺而已。”凌波泣曰：“碧岩外美而中腐，且性险无常，喜新厌旧，断非佳偶。琼妹将无死所矣。”夫人曰：“我固不愿。以尔故，许之于前，故不便与尔父争，且争之亦无益。”因述其始末：“初，汝父见尔自缢，心良不忍。惟已许封氏，无计挽回。踌躇终夜，忽念碧岩颇爱琼姑，若以琼妻之，彼必愿意。乃与予商，予以为善。次日乃往商童，伪言：‘定婚时我方在戚家，已与儿许婚于沈氏，然闻碧岩亦属意敝亲庾氏女。儿女婚事，虽由父母之命，然亦宜略采其意，今如此，敢以敝亲改事之。’童顾尝闻碧岩素爱琼姑，亦遂允诺。故越日乃请楚姨来，与尔许婚湘灵也。”凌波闻母言，泪如雨下，曰：“儿负琼妹多矣。”复哭求其母，及未纳采时，往辞封氏。其母凄然曰：“木已成舟，虽死我无益于彼，儿必逼我，岂不欲我生耶？”凌波知已绝望，乃趋琼姑室，见琼姑方检点笔砚，从容若无事然。凌波甚怪，疑为未悉其事，因泣告之曰：“我重负妹。”琼姑叹曰：“妹之命也，于姊何尤？”既而曰：“姊来时，羽仙尚在否？”答曰：“尚在。”曰：“渠知予事欤？”曰：“未知。”琼姑曰：“姊去，宜婉告之，但言妹梦不祥，一年必死。如此泉下物，实不足以累君子。幸毋与人争，且速择配焉。”凌波泣曰：“虽然，妹何以自处?”琼姑曰：“安命而已。”凌波曰：“何以安命?”曰：“嫁之耳。”凌波愕然。琼姑曰：“姊怪妹耶？妹岂甘之？姨之命不敢违，且自问寡福，不能得佳婿，只有低首下心，听造物之低昂耳。”既而曰：“日夕矣，姊曷去?”凌波曰：“我已与湘灵约，今夕不归。”琼姑曰：“新婚数日，何得便离?”又促之去，凌波坚不听。琼姑恚曰：“是何为者？岂以我有他变欤？我固已言之，必不与造物争低昂，姊何疑为?”凌波曰：“我何尝作是想？不过与妹幼同宿，长同伴，三日不见，仿佛若有所忘，辄欲与妹共卧耳。”琼姑感其诚，眼眶微赤，泪欲堕，强忍而止。未几已夜，凌波终不安，琼姑再三释之，且曰：“妹执不嫁，既忤姨，且累羽仙，故不如降志而两全之。”凌波信而怜之。琼姑又促凌波寝，灭烛登床。凌波转展不寐，鸡鸣始交睫。忽觉有人呼之，惊而醒，呼琼姑，不闻应，索之已杳。急起烛之，则无人影，遽呼婢，撰搜不得。及至后门，门已辟。凌波大号，知必葬身鱼腹，盖谢宅之后，距西湖不远也。急命往湖畔求之，殊无踪迹。归搜其室中，于枕畔得一书，略曰：

吾凌姊乎！吾挚爱之凌姊乎！妹与姊相依十载，情逾骨肉，容忍舍姊而长逝？奈天也无情，实逼处此。彼封伧者，何如人也，姊顾蛇蝎视之。虽无羽仙，妹宁肯靦颜为之妇哉？呜呼！命也如斯，夫复何言？计为有死而已，且死必于今日。若待婚约既成而后死，则死犹含羞，此妹所以决然不少顾也。所幸姊愿已偿，妹亦聊慰。魂如有灵，当祝尔鸳鸯并俦①，以报十年厚德。林郎羽仙，情逾碧海，妹不忍以临死哀音，增其悲感，尚为我善慰之，且致意湘灵，毋以亡友为念。

琼姑泣启

① “俦”，原文作“寿”，据文义改。

凌波阅书，肝肠寸裂，始悟其于检点笔砚者，乃作书已毕也，其故为从容者，恐人疑而防之也。回想其情态，愈想愈惨。及天明，归报湘灵，湘灵亦深悲悼。羽仙闻信，沿湖而哭，三昼夜不绝。湘灵夫妇为之废寝忘餐者累日，乃悬百金命人购尸，四日卒不得。或言流入钱塘江，羽仙顺江而下，沿途问讯，半月杳然。不得已返扬州。临风堕泪，望月伤心，实无一日不以眼泪洗面也。

第二十一章

羽仙之行也，以午后三时，马氏眷属已于午前就道，相隔殊远，于是追之不及，投宿驿店。次日早起，即催夫役行。及午，询诸路人，云前途家眷，仅隔二十里。羽仙命舆速进，乃羽仙心殊急，而舆行偏缓。未几，至一山中，斜阳仅挂，怪鸟乱啼。一役急呼腹痛，停舆路侧。羽仙乃下舆步行，使一役代肩行李，行李固甚重，行行且止。及下山，有小溪，板桥通焉。羽仙刚至桥上，一役从后猛推，砉然堕水。水深流急，自分已无生理。回念生平，若何抱负，一朝坠落，如是而没，心殊不服。气愤交集，猛力一跃，竟浮水面，为杨枝所挂，急握以手，攀援而上。衣履湿透，肌肤冰寒，举首四望，暮色苍然，迷闷不知所往。乃延溪而行，伶仃独力，无可问程。约一二里，渐入山中，丛岭合沓，只有鸟道，下视谷底，昏迷不知其几千万寻。膝行数十步，夜渐深，黑如漆，举手不能辨掌。狼奔鸱叫，魂魄皆丧，隐伏不敢动，窃恐果兽腹，仰天长叹，欲哭无泪。默想为一情人罹此惨厄，岂情欲中皆苦海耶？一念骤萌，万虑皆灰，亦不知身在何处矣。

未几，残月初升，小道依稀可辨。强行半里许，隐约中闻犬吠，念必有村落，竭力前进。至山下，见前面忽现灯火，趋投之。村中皆茅屋，门尽闭，仅北向一家，双扉犹未扃，遽入求宿。一妪外出，问客何来，语嘲哳难辨，羽仙语之，妪亦不解。俄一老叟来，叟颇能作客语，羽仙告以故。叟恻然曰："客中遭难，事诚大惨，幸遇老夫，敝庐聊可下榻。"羽仙大喜，如离虎口，骤登天堂，即随叟入。室中无甚陈设，然清洁异常。叟肃羽仙坐，略展邦族，叟自言谈姓，名皋，号逸伦。语罢，遽出呼茶，复入内将衣服来，为换湿衣，更命人以姜汁作汤。曰："君先饮此，聊以驱寒。"情殊殷恳，羽仙惭惧不安。旋以馔具入，叟又呼热酒，逊羽仙入坐，曰："盘餐市远，食无兼味，幸毋以简亵见怪。"羽仙肃然曰："行道之人，仓卒遇难，既无葭莩之亲，更无一面之识。慨蒙解衣推食，方感切五中，愧无以报。叟且言简媟，益使小生惶悚无措。"叟曰："尘世茫茫，谁无患难？急难而不相救者，非人也。"因述其少年作贾江汉间，曾三次被盗，两次落水，皆为人所救，"至今回想，其艰苦之情，历历在心。适睹君状，益增仆感"。羽仙曰："叟亦过来人乎！无怪乎如此慈悲也。"于是相对而饮，叟量豪，雅能谈，且多豁达语。及饭毕，坐少顷，叟顾羽仙曰："君劳顿太甚，且受惊恐，请早将息。"言罢，秉烛导羽仙入室，始别而去。

次日晨起，叟已先在，羽仙辞叟欲行。顾衣内仅留数金，虑不足，欲有请于叟而未便言也。叟遽曰："君有事，仆不敢留。惟长途遥远，身无长物，仆当稍助资斧，以壮行色。"言罢入室，取十金与羽仙，羽仙拜而受之。叟又留早膳。俄顷，膳已备，羽仙食少许，匆匆即行。叟送之，羽仙曰："云天厚谊，不敢言谢，后会有期，再以报德。"叟谦逊不遑，更命人送之三十里外始返。行一二日，沿途问讯，计与马相隔约在一日程，乃尽力穷追，三日卒不及。未几，日已下，又至山中，羽仙踌躇不敢行。俄见一人来，羽仙要而问之，其人曰："此去二十里，始有客店，若速去，可与我同十里程。"羽仙欣然从之。其人行甚疾，羽仙苦不能及。约八九里，山愈密，崎岖难行。其人时遥立以俟，若甚不奈，厉声问曰："尔既无力，且不识途，何独行为？"羽仙凄然告以被劫。其人亦即悯之曰：

"果尔,我再送君十里。"羽仙甚感之,问其常行此道否,其人曰然。羽仙曰:"数日间,见有巨宦携眷过此者乎?"答曰:"有之。"问:"相去几许?"曰:"远矣,君问之何为?彼为君何戚?"羽仙含糊应之。其人诘之甚厉,羽仙心顿疑。忽一人又至,貌甚狰狞,两人譊譊不知作何语,亦来盘诘。羽仙更惧,不得已,据实告之。其人始无语,便导羽仙行。又里许,路愈窄,羊肠小径,曲折通幽。俄而山尽路穷,羽仙问:"此何处,胡导我至此?"其人曰:"小路较捷耳。"羽仙辞以难行,一人乃负之。俄至一山洞,捉使羽仙入。羽仙始知为盗,因哀之曰:"我身无长物,仅留十余金作川资,得之无益于君,有损于我,胡相逼也?"其人笑曰:"穷措大以十余金骄人耶?我岂屑此?"羽仙曰:"我亦知尔不屑,然胡强我入?"其人曰:"入见我寨主。"羽仙疑惧交并。惟既入虎穴,不容不入,且察其情不恶,当可以理喻,因慨然随之入。

洞之口仅能容人,其黑如漆。蛇行数十武,恍惚有光,再进则妙壤天开,村舍宛然。几疑世外桃源,非复人间。辗转达一院宇,竹篱茅舍,幽雅殊甚。二人入白。俄一三十许少年,修长貌伟,眉目间英气勃然,笑而出,急握羽仙手,曰:"君即林君乎?"羽仙曰:"然。惟素昧平生,义士何由得知?"因转询之。少年曰:"仆乃官场所目为盗魁,而野议所许为侠客也。三年前曾游冠盖之场,痛流俗之日下,世态之炎凉,故隐居此间。借山林豪杰之力,聊以自雄。然所劫皆不义之财,所杀皆不义之人。暴者锄之,弱者扶之,悭吝者破之,商旅之行于途者暗护之,急而罹于难者救之。虽所为无益于大局,亦聊作不平之鸣,以补少数之缺陷耳。闻君有夺妻之恨,君之仇人,仆已刃之。君之夫人,仆已救之,在此不远。君且少息,当使人导君去。"羽仙骤喜如梦,谢曰:"蒙君高义,何以为报!"少年笑曰:"大丈夫施人而望报乎?"随命二盗乘夜送羽仙出,既而呼之返,问曰:"仆视君状颇狼狈,得毋有穷困否?"羽仙告以被劫，少年遽命人将千金赠羽仙，羽仙却不受。少年曰："君以此为不义之财乎？"羽仙曰："否。无故而受施，是以不敢耳。"少年固强之，羽仙乃受其半，即辞而出。

第二十二章

羽仙既出，随二盗行十余里，至一古刹。断垣颓壁，草荒蔓烟，仰视门首，榜曰"绿①萼观"。不觉骤惊，回忆邯郸旅梦，如在目前。神魂飘忽，默然如痴。二盗促之入，见一老尼团座诵经，盗白之，尼徐起，导羽仙入。转过兰若，忽一小室，尼启门呼曰娘："子，爱尔者至矣。"羽仙遽入，则拥衾独卧，倚枕呻吟者，果琼姑也。

久别乍逢，悲欢交集，此人情常态，况羽仙与琼姑，经年惨别，消息如烟，千里离魂，相思入梦，以艰难万劫之余，乍逢于青灯古殿之下，其凄惨酸恻之情，直从五内流出。相顾无他语，惟握手呜哭，琼姑亦哭，既而曰："郎何得来此？妾濒危者屡矣，不图犹与郎会。"羽仙抚之，且告以故，琼姑叹曰："薄命人重负郎君！"因略述所遇。初琼姑在柯家，日盼羽仙来。未至，柯遽携琼姑入粤，侨寓于马宅。马见琼姑，悦之。柯妻固甚妒，因以琼姑转鬻于马。马欲纳为妾，琼姑以死拒，马终善抚之。琼姑犹冀与羽仙遇，因绐马曰："半年后，当惟命是从，否则死耳。"马喜诺，琼姑乘间作函，将达羽仙。因以十金赂一妪，使付邮。妪受其金，复以函付马，马以是识其内容。及羽仙入粤，登报访柯。马察知其事，遂绐羽仙，谓琼姑已死，且诬指灵柩所在，将以绝其望也。及马移家南雄，行七日至深山中，为群盗所获，数其罪而戮之。因劫其货，掳其妻妾，琼姑亦与焉。及见盗魁，琼姑泣诉其状，且言羽仙将至。盗悯之，

---

① "绿"，原文作"玉"，据下文改。

送诸绿萼观,且命人求羽仙于途,故得以重聚。羽仙闻其事,始恍于前后所遇,感叹者久之。

俄顷,老尼以山茶进,羽仙接之。饮少许,即给琼姑饮。左手执盏,右手挽其颈,睹其面庞,红颜已瘁,瘦骨仅存。不觉方寸如割,曰:“胡憔悴至此?”琼姑摇首不语,泪潸然下。羽仙慰之曰:“险阻已过,从此皆坦途,卿宜作乐观也。”琼姑叹曰:“夕阳无限好,可惜近黄昏。妾心疾已深,元气尽丧,恐不能以身报郎矣。”言罢于邑。既而曰:“凌波、若兰尚在广州乎?”羽仙曰:“然。”曰:“若兰何许人也?”羽仙略述其梗概。琼姑曰:“贤哉女子!妾睹其状,固慧而侠者。已婚未?”羽仙曰:“未。”琼姑曰:“若是,则妹少慰矣。”问之,但笑而不言。无何,鸡已鸣,尼呼曰:“鸡鸣矣。”琼姑曰:“久别话偏①多,不觉夜已阑,郎劳顿太甚,且宜早睡。”羽仙曰:“我亦忘妹病,絮絮久谈,妹请将息。”老尼乃为秉烛,为羽仙下榻于隔室。

羽仙拥被而卧,默念琼姑病状,方寸都灰,转辗床头,苦不成寐。时闻琼咳嗽声,未几益勤。羽仙遽起,趋而视之,见琼姑仰卧枕上,气喘而面赤。回视所咳,片片如落花,满地鲜红,诊其脉,细而数,为失血家忌症。不觉五中乍裂,且深山古寺,夜深又无药,束手无计。历半时,天将明,始略愈,顾谓羽仙曰:“郎且睡,胡在此?”羽仙曰:“卿病至是,我焉能安?岂谓我狼心而兽脏者乎?”琼姑惨然微叹,既而曰:“顷稍愈,郎暂去,俾妾少息。”羽仙不得已而出。次晨,问老尼药肆所在,尼曰:“远矣!此去三十里,始有市也。”羽仙固善医,乃择虚痨失血各药品,胪列数十味,央尼买之,将再配置。琼姑闻而呼曰:“郎来。”羽仙入,琼姑曰:“往来六十里,老尼焉能行?渠纵慈悲,我亦何忍?且妾病已入膏肓,匪药所

① “偏”,原文作“徧(遍)”,据文义改。

能医也。”羽仙不听，又欲自往，琼姑哭止之。适有田人将如市，乃使代购之。

及午，琼姑疾益剧，哭谓羽仙曰：“病已不起矣！妾死不足惜，其如负郎何？”既而曰：“妾视若兰美而贤，且与郎为患难之交，复有德于妾。妾薄命，不能以身事郎，且报若兰惠，九原有余恨。郎如体妾心，幸毋负若兰。郎有贤妇，若兰亦得所，妾死且瞑目。”羽仙泣曰：“卿之生，不舍仆而罹于难，卿如有万一，仆岂忍背卿而向人？若兰之惠虽难忘，然渠已言之，情之深者不在于琴瑟，我不娶，渠亦不嫁也。前言犹在，我必践之，卿幸毋我迫。”琼姑曰：“噫，痴郎！无益于妾而有损于郎，郎何乐此？且郎顾有母，日日盼郎有妇。若以妾而背高堂，妾固负罪，君亦何安？语曰：‘鸟之将死，其鸣也哀；人之将死，其言也善。’郎幸纳焉。”言罢而晕。羽仙抱而哭之，曰：“仆为卿跋涉千里，卿胡忍舍仆遽去？”未几复苏，摇首曰：“郎毋哭。”徐握羽仙手，叹曰：“有郎如此，妾胡肯死？命不由人，亦谁能强？”因泣数行下。

俄而购药者归，羽仙拟方配药。既进，历数小时，疾少愈，精神为之一爽。琼姑曰：“妾服药良安。郎技何神，岂真能起死而回生耶？”羽仙喜曰：“我固言病可医，今果效。卿宜静息，毋焦躁，过数日便可望瘳。”琼姑亦骤欢，曰：“果尔，则幸矣。”因相与共谈往事，语及磨折处，辄复酸楚。羽仙急以笑谈解之。及夜，再投原剂，鸡方鸣，疾骤变，诊之，乃绝症。时交冬至，羽仙心知无救，执手而哭。琼姑痰厥不能言，目灼灼视羽①仙，状至苦。俄而痰忽落，厉声呼曰：“情郎自爱。”遂不复言。可怜芳魂艳魄，顿归乌有之天，冷雨昏灯，醒到三更之梦。两年情爱，顷刻分离，羽②仙不觉

① “羽”，原文作“琼”，据文义改。
② “羽”，原文作“琼”，据文义改。

泪竭声嘶,肝肠寸断矣。

少顷,老尼来,顾谓羽仙曰:“居士何悲之甚也?”羽仙曰:“情之所发,能毋悲乎?”尼曰:“居士误矣!夫情之所发,不外于悲欢离合。欢极生悲,合久必离,故欢者情之因,悲者情之果,合者情之因,离者情之果,既有其因,必有其果,故曰:‘无欢无悲,不合不离。’居士解人,岂此区区者而不悟乎?”羽仙怃然曰:“理则诚然,情犹难割。”尼笑曰:“居士且即空处而求之,则会心不远矣。”合掌而去。越二日,殡琼姑于观内,三日移衬返广州,为文以祭之,其辞曰:

惟无情年、伤心月、长恨日、断肠时,薄幸夫林羽仙,谨以心香泪酒,致祭于未婚妻庾琼姑之灵前,而言曰:伊天道之无常兮,卿实遘此闵凶。幼既失所怙恃兮,藐一身其茕茕。托螟蛉于异姓兮,卒所爱之不终。心戚戚以远慕兮,殷忧绝而靡穷。居深闺以待字兮,冀所托之得人。忽封姨之摧残兮,乃怀恨以殒身。幸渔父之援手兮,方更生之获庆。何天祸之未悔兮,竟重罹夫灾眚。既堕落于勾栏兮,复陷身于妾婢。愁冤烦其莫诉兮,盼良人而未至。泪淋浪以沾襟兮,口呜咽而难言。忍荼毒之最哀兮,极人生之至艰。天惨惨其将昏兮,风凄凄而断魂。予方抵此土兮,卿遽还其真元。叹恨海之茫茫兮,竟妖梦之是践。怅幽冥之永隔兮,神飘惚其难返。抚灵榇而伤心兮,嗟予命之多舛。呜呼已矣!卿之罹此灾凶兮,亦惟予之故也。魂魄如有灵兮,当随予而归也。望山兮寂寥,临水兮滔滔。鸟哀鸣兮俯翼,木落叶兮萧萧。日西倾兮岁云暮,哀郁结兮谁与诉。泪迸流兮心戚戚,盼重泉兮长叹息。吁此恨之终古兮,夫谁云夫有极。

及抵广州,则湘灵、凌波、若兰咸在,闻其事,即柩前而哭之,情颇惨,凌波犹甚,若兰起而劝之。湘灵徐询琼姑病状,且曰:“我接若兰电,趋而来,方为君窃喜,不料人事变迁,如是莫测。”羽仙叹曰:“两载私情,一场幻梦。昙花泡影,转眼皆空。仆今始信尘寰消长之数矣。”因略述琼姑情节及其所遇,言罢相顾凄然。又三日,乃载琼姑柩,航海而归。抵无锡,葬诸林氏墓地。湘灵、凌波、若兰咸集,哭之甚哀,闻者为之堕泪。葬既毕,羽仙家居事母,闭门谢客。回忆老尼言,颇有所悟。暇辄学参禅,卒不复娶,若兰亦终不嫁云。

呜呼!情之杀人也甚矣哉!古今来英雄豪杰,死于是不知凡几。佛言色即是空,空即是色,岂色相中无良果欤?孔子曰食色天性也,非无眼界,及至无意识界者,岂能恝然耶?顾尘世钟情如湘灵、凌波之圆满者,千不获一,而与羽仙、琼姑同一堕落者,比比皆是。果安得菩萨慈航,普渡众生中怨女痴男也哉?噫!

——《双泪痕》,上海文明书局1915年版

玉如意[①]

故事梗概

《玉如意》原书所附的《玉如意提要》:“此书为次眉女士近作。叙一少年、一女郎均有山水癖。不约而遇,萍水姻缘,遂成知己。中途遇盗,赖少年力救乃免。女有中表某,屡欲婚女,女终不从。少年亦遇一侠妓,情好甚笃,少年亦不为之动。卒与女阴订盟约,以玉如意为质。奈两家各有继母,遭谗被锢,相思成疾。一医生哀其情,谋诸侠妓,设计携二人逸。讵知二人多方误会,同死山中,而医与妓反成佳偶。全书六万余言,以绮丽诙谐之旨,写缠绵悱恻之情。生花妙笔,出自闺人,尤足令须眉拜倒。”

《玉如意》分上下两卷,共二十二章,本卷全文收录。

---

① 原文标“苦情小说”,原署“次眉女史著”。

第一章

南海之中,有山曰普陀,在浙江定海县之东,广四十里。其最高者,为白华顶、锦屏山、光熙峰、大小雪浪山。东尽鼓磊,西尽大小风洞嘴,南尽道头杨梅跳,北尽伏龙山。中有普陀寺,香火之盛,甲于国中。三四月之交,远近士女,登山结香愿者,肩摩踵接。诚东南之大观也。

甲寅春,二月既望,有一少年,年二十余,美如冠玉,服西式旅行服,负小革囊,独游山上,将登白华顶,憩于松树下。松下有亭,一老妪市茶其中,亭畔清流一派,从岩上流出,泻于石髓之下,涓涓作响。少年顾而乐之,踞地而坐,悠然自得。未几,树木深处,转出一人,秃顶而红须,面苍黑如鬼,猝至少年前。少年骤惊。其人问少年何往,少年漫不应。其人又曰:“君若登山,我愿为导。我乃此山樵人,山间僻径皆悉,当导君遍游诸胜,且为君荷什物也。”言时径取少年革囊。少年峻辞却之。樵人曰:“怪哉!我且为君引径,胡以恶言相向耶?”逡巡而去。立于亭畔,口喃喃与老妪语。妪频呼狗儿,盖狗儿者,樵人之名也。

俄闻革鞋声响,由下而上,隐约于深林之杪。少年凝神静睹。忽一女郎,年可十七八,装束淡雅,容华绝世。执手杖一枝,初无伴侣,姗姗而来,坐于石上,目注流泉,若甚爱悦。少须,移步溪前,出白丝巾以戏水。水与巾激,浪溅作花,湔弹满面。女郎急起,以巾拭额,嫣然微笑,如带雨梨花,无限娇润。老妪睹其态,哑然无语,既而欢曰:“何处娘子,艳丽如斯。遮莫老身,亦被摄魂去。”狗儿更注目张吻,木立不能动,一若神魂已离窍者。

未几,女郎就息亭中,老妪呼之坐。狗儿从亭畔跳出,立于女前,张口而笑曰:“奇哉!娘子着靴,得毋外国装乎?”女郎睹其状,默不语。狗儿曰:“娘子莫非昨晚来,舍于普陀寺之侧者乎?”女郎漫应之。狗儿曰:“娘子胡无伴侣,岂一人登山耶?”女郎颇厌恶之。狗儿又曰:“山有盗贼,娘子不识途,得毋畏怯?”女郎厉声曰:“虎狼且不惧,何畏乎盗?”狗儿曰:“娘子毋我斥。我见娘子只身,恐娘子遇险,故以实告。将护送娘子去,亦不较值。但得一日裹腹,包管娘子安全。凡山中各名胜,皆引娘子遍观之。”言罢,以目顾妪,曰:“娘子不信,可问妪,彼素知我。”妪亦从而附和之,曰:“良然! 此人颇诚朴,姑娘若使为导,万无差忒。”女郎曰:“我自能行,焉用导。”狗儿犹喋喋不休。女郎斥之曰:“我已告尔,胡多言!讨人烦厌!”狗儿始赧然而去。

女郎之憩于亭中也,顾与少年相对。嗣狗儿障隔其间,玉山芙蓉,咫尺不现。狗儿去而障碍始除。女郎举首,已睹少年面。顾盼间,似曾相识。少年亦频以目答之。有顷,女郎问少年曰:“君亦游山者乎?”少年曰:“然。”因转询女郎。女郎曰:“将登白华顶以望海也。”少年徐徐起,行近亭右。女郎微睨之,欲言复止。既而曰:“妾似于何处曾与君值?”少年曰:“仆亦觉之。”女郎曰:“其在上海欤?”少年曰:“否,仆素厌繁华之场,一年未抵其地。”女郎曰:“然则妾误矣。顾与何处遇君,胡一时不能记忆?”少年曰:“去年此时,女士曾游庐山否?”女郎曰:“然。”少年曰:“是殆遇于此处。”女郎举首东望,曰:“庐山乎? 君言之,妾犹忆其仿佛。君迩时莫非着灰色猎服,革履麦帽,背荷猎铳,倚树而远眺者乎?顾事隔一载,君独能记,妾乃善忘。犹误称上海,一何可笑!”少年曰:“是不然,当日登山者皆男子,妇女仅女士一人耳。仆于一人中记女士故易,女士于众人中记仆故难,并不关于善忘也。仆犹记得女士,乃服西式妇人装,立于绝高处,振袖迎风,飘佛若仙。仆当时不敢以世人目女士,以为非山间之麻姑,即汉皋之神女。今日重遇,翻疑此山非天台,胡亦有仙子也?”女郎曰:“妾尘世陋质,君过誉,妾何克当?”少年曰:“否,仆素不解谀人,当时实有是想,故直道之。”女郎曰:“君去年登庐山,今又游此,岂亦爱山游乎?”少年曰:“仆惟山是嗜。终岁恒七八月作山游。”女郎笑曰:“可谓与妾同志矣,妾亦有此癖。不知君所游历者几何?”少年曰:“仆十三岁学矿,十八毕业,遨游名山,今已四载。所历者在江南则钟山、摄山、金山、焦山、蒜山、茅山、惠山、黄山、齐山、灵岩、虎丘、天平、洞庭、九峰、浮渡、敬亭、翠螺、九子、八公等,凡十九处。浙山则灵隐、天涤、天目、富春、招隐、金华、烂柯、括苍、雁荡、四明、雪窦、会稽、云门、天台及东山、砚山、径山与此山,共十八。江西则庐山、马当山、石钟山、小孤山、西山、麻姑山、玉笋山、金精山、大庾岭、龙虎山,凡十。湖广则君山、衡山、九疑、岳麓、澹山、云山、鹿门、大洪、赤壁、武当及桃源洞、朝阳岩,凡十二。广东则东山、白云山、罗浮山、白鹤峰;广西则都峤、勾漏,共六。福建则壶公、武夷、霍童及方广岩,凡四。山东则仅登太山。其余云、贵、川、陕,河南、山西、甘肃、直隶尚未涉足。然南方所历者,已六十有九。至于各山胜迹,殊难阐述。亦有山负盛名,而无甚可观者。如江南之八公山,湖广之桃源洞,皆平淡无奇,纯以人得名耳。至若浙江雁荡,名初不著,其中谷邃峰叠,奇怪万状,秀甲东南。尤奇者,山顶一湖,方可十里,水常不涸。昔谢灵运癖丁山水,搜奇剔隐,靡所不至,独失一雁荡。可见胜地显晦,亦有幸不幸耳。”女郎曰:“然则东南名胜,君已游遍矣。”少年曰:“仆意犹未足,倘再得数年暇豫,尚欲遨游西北。”

女郎既聆少年语,仿佛若有所思,乃以杖拄地,嫣然启齿,谓少年曰:“晤言许久,尚未聆君姓氏。虽然,妾请以意度之,可乎?”少年笑曰:“名岂可以意度耶?且仆草茅下士,名殊不著,与女士又素昧平生。虽曾于庐山一睹芳容,初未接语,女士果安知仆名者?”女郎微笑曰:“姑试之,君得毋柏姓欤?”少年曰:“然。”女郎曰:“然则君之名殆即‘秀峰’二字,而隶籍于吴兴者乎?”少年骇然曰："奇哉！胡一度而中？女士岂有神术耶？"女郎笑曰："妾所游名山，凡四十有六。每所至，辄于层岩绝壁，人迹罕到处，睹君题名。或刻诸树上，或镌于壁间，或凿石作书，或画竹成字，形状不一，各臻雅妙。故'吴兴柏秀峰'五字已印妾脑中。意必当世奇人，每于空中想像而意求之。不觉幻结一君形，一若高宗之梦传说者。适察尊容，猛然感触，觉与妾平日脑海中所想像者仿佛相似，故试度而中耳。"柏闻女郎语，欣然而笑，曰："女士真慧人也！仆当日，山中题名，不过暗作记念，并非登广告者，故每于隐僻处书之。何幸为女士所睹，且蒙悬想若是，诚仆梦中所不料。惟女士能以意度仆名，仆竟不能识女士，相形之下，未免惭愧。未审肯谅仆愚而赐教否？"女郎曰："妾各处因未题名，无怪君不知。惟彼此既为同志，妾亦不防奉告。妾姓柳，家住金陵。"柏曰："仆闻金陵有女曰柳三娘，癖山水，殆即女士欤？"女郎曰："然。妾于姊妹中行三。妾实字如意，三娘乃妾之行名也。父官武职，前清时，驻节滇南，妾乃生长于滇。滇人多山居，妾幼习其风，故好山。光复后，乃南下，遨游东南各胜，乐而忘倦。虽死于是，亦甘也。"少年曰："若是，则女士之名亦早入仆耳。仆尝闻柳家三娘为金陵奇女，与仆有同好，每恨不一见。今年春，仆移家金陵，尝访求女士，闻女士游虎丘未返。未几，仆亦游天台，不意竟值于此处。岂萍踪聚合，亦自有数耶。"言罢，微睨三娘。三娘以手支颐，笑容微露。时则微风初动，碧水潺潺，枝头好鸟，雍雍和鸣，一若助其谈兴者。

第二章

秀峰与三娘语，正在投机之际，老妪忽呼曰："娘子高谈忘倦，得毋渴乎？我有山茶，曷少饮以润喉舌？"旋执一盏授三娘，又以一盏递秀峰，各饮少许。妪顾而笑曰："相公、娘子真个一对好鸳鸯!”三娘嗔之,娇羞微露。秀峰亦红潮满颊,低声曰:“女士少憩,仆且先行。”三娘微诺,秀峰遂行。举首见狗儿,犹立亭后,目注视三娘不转瞬。秀峰不怿,行行且止,立于山腰,意欲待三娘。未几,三娘携杖而来,狗儿随之。初,三娘见秀峰去,默然立亭中,移时亦行。匆遽间,遗巾于地,即来时持以戏水者也。狗儿从亭后转出,目送三娘,睹遗巾,急拾之,展巾痴笑。立少顷,系巾于尻,急追三娘,连呼娘子。三娘行不顾,狗儿趋益急。三娘行较缓,狗儿要而遮之,笑曰:“娘子得毋有所遗乎?”三娘回顾身上,以手探怀,曰:“无所遗。”语罢即行。狗儿曰:“娘子少住。”乃于尻后取巾示三娘,曰:“此非娘子物欤?”三娘见巾,将取之。狗儿展巾于手,嗅以鼻,笑曰:“香矣哉! 娘子薰以何物? 令人着鼻欲晕。”言罢又嗅,始徐徐递三娘。三娘颇怒,又视巾上已着鼻涕,双眉直竖,以巾掷地,詈曰:“蠢贼! 何污吾巾!”狗儿反大笑,即地上拾之,曰:“我以娘子遗物,不敢私匿,以还娘子,娘子反掷之。娘子既不取,我顾视为珍异,乡中何曾见过? 且留以拭汗去。”

时秀峰方立山腰,见狗儿缠绕三娘,因折而下。闻狗儿语,怒目向之。狗儿始从间道彳亍去。三娘曰:“此伧殊可恶! 无礼于妾频矣。妾以其愚而宥之,彼竟不自悟!”秀峰曰:“仆行时,窥其意不善,目灼灼如贼,恐不利于女士,故候女士于途。”三娘曰:“承君雅意,今请与妾同行。”秀峰曰:“深山密树,女士荏弱。仆初时雅不欲留女士在后,奈老妪语不顾轻重,令人难受,不得不先行耳。”三娘首渐低,旋复他顾曰:“村俗婆有何知识? 君看岩上兰花盛开,妾且同君去,一赏逸品也。”秀峰举首,果见数百步外,石壁凹中,香草一丛,浓茂无比。乃与三娘拾级而上。径殊险侧,三娘以一手攀藤,一手扶杖。秀峰时时掩护之,若惟恐其失堕者。

及至岩上,三娘香汗微溢,如映日夭桃,益形娇艳。秀峰即树下以革囊置地,命三娘坐,己乃以草拂石,坐于三娘侧,展巾拭汗。

三娘亦探手取巾,忽忆巾亡,双蛾微蹙。秀峰急于衣底另取一巾以付之。时则淡云轻飞,微风初动,空谷幽兰,随风飘拂,细流涓涓,与松声相间。三娘斜倚树上,笑顾秀峰曰:“君看此中雅境,真乃入鼻皆香,无声不韵。若得一知己,风晨月夕,拂石共话,扫叶烹茶,终老是乡,足矣。若夫困守深闺,老死绣阁,目不睹山林之趣,耳不听泉石之声,则锦绣丛中,何殊地狱哉!”

秀峰曰:“仆亦云然。吾人处世,正如白驹过隙,会当及时行乐耳。然庸夫俗子,逐逐声利之场,以罗绮为悦目,丝竹为娱情。自仆视之,直尘泥与糟粕耳。仆以为,天地间自有妙趣,松风水月,涧岛丛花,入耳为声,寓目成色。以视罗绮丝竹,雅俗固何如也!不过人之清浊不同,则好恶各异。仆性孤僻,与人殊好,每欲求一同者而不可得。今遇女士,一言一语,无不先得仆心。仆何幸得此知己!诚不可不纪念之。”三娘以一手支颐,一手指谷中,欣然微笑曰:“空谷幽兰,即我两人纪念,君曷不折取一枝以赠妾乎?”秀峰骤喜,曰:“好个空谷幽兰天然纪念!然非如我两人清雅,亦曷克当此?”即至岩前俯视小凹中无数花朵,乃攀树而下。见丛中有并蒂兰两枝,喜极,急折之,攀树而上。三娘即岩前而引之,春葱纤指,着手如绵。秀峰心乍动,以花授三娘,曰:“此芳洁之并蒂花,惟女士始合佩之。”三娘执花微笑,赞不绝口,曰:“妾昔日游山,从未见此可爱之兰,使人心馨目悦,恋恋难舍。”秀峰曰:“兰顾无足奇,所奇者兰而并蒂,仆亦未见。一若山谷灵气,为女士特开一枝者。”三娘晕红微涨,俯首撚花,以一枝饰襟上,以一枝转授秀峰,笑曰:“山谷灵气,亦为君更开一枝矣。”秀峰欣然接之,佩于腰间。三娘曰:“以君之闲雅,以兰为佩,直觉竟体皆芳。”秀峰笑曰:“女士吐辞如兰,闻声亦香,岂特芬芳竟体哉?”三娘不觉粲然。

坐移时,日将停午。三娘曰:“憩息已久,曷更上一层,以观海涛乎?”秀峰曰:“诺。”负囊于背,与三娘俱上。行半里,入山深处。但见秀岭参差,烟树迷蔓,一路山花涧草,撩乱如麻。红点杜鹃,白分蝴蝶,三娘叹赏不置,曰:“人言湖上春好,自妾观之,不如山谷多矣。”秀峰曰:“分言之,山中固胜于湖上。然湖上有山,则湖亦好;山中有湖,则山更妙。如香山诗:‘湖上春来似画图,乱峰围绕水平铺。’可见湖上所以似画者,正以乱峰耳。若有湖无峰,平淡无奇,有何可观?”三娘点首,曰:“此论诚确!君言之,犹使我追忆西湖春景也。”又行半里许,距顶上不远,已见大海。烟波万里,一望无际。白日一轮,与波涛相映,燿烂作黄金色。俯视岩下,深邃无底,石磵分痕,苔花着色。群峰小嶂,若断若连。秀峰笑顾三娘曰:“仆适言山中有湖,则山更妙,今山下有海,山与海俱妙矣。”三娘曰:“此山突出海中,妙在层峦叠嶂,迂回曲折。若挺然孤峙,如小孤山之在鄱阳湖中,便无意味。”秀峰曰:“此言正合仆意,仆于此山亦取其曲折,惟尚未到绝顶,女士可再登高处乎?”三娘曰:“游兴未阑,正宜再上。”乃曳杖徐行,路愈崎岖,秀峰在前,时以一手援之。

俄而天渐阴,风渐起,山谷腾雾,洞口迷云。行至树丛中,忽闻怪鸟乱鸣,其声凄楚。三娘神色惨变,忽呈恐怖状。秀峰问之,曰:“妾觉心中有物萦扰。”问:“何物萦扰?”曰:“雾气耳。”秀峰曰:“女士畏雾欤?”三娘曰:“非畏雾也,恐雾起时有盗贼耳。妾犹忆与阿父游黄山时,亦值大雾,忽于深山中遇盗,幸随从甚多,故未遭险。若如今日则殆矣,妾所以恐怖也。”秀峰曰:“此山并无商旅出入,又在海中,必无盗贼。所虑者虎狼与大蛇耳。若女士有畏心,不如归去。”三娘踌躇曰:“山景以此时为佳,苦不忍辜负。且少游片刻,想不至便遇险。”又行数十步,遥闻身后有呼娘子声,以为狗儿也,益厌恶之,然尚未介意。于时风更大,海涛怒涌,巨浪排山,路险侧难行。秀峰方以手援三娘,忽见百步外一莽汉,躯长面黑，狰狞可畏。错愕间不觉手骤松，三娘失手而堕。秀峰惊魂失色，冷汗浃背。幸三娘为石所障，尚未颠落。秀峰力曳之上，回视莽汉，相隔仅数十步耳，又连呼娘子。三娘、秀峰皆惧，鼓力疾走。是时雾益深，十步外不见人。三娘不敢行，与秀峰隐伏茂草中，忽闻莽汉自语曰："怪哉，分明在此，胡匿不见？"两人益惧。然闻声不见其人，俄又闻曰："山只此路，我且下山而候之。"少顷，始寂然。三娘曰："伏此终非善策，不若且行，或有他径。"秀峰以为然，相将出草中，循径而上。

转过一坡，见小亭。三娘行已倦，因就憩息，与秀峰商酌下山计。忽闻云雾中隐有笑语，听之，一人曰："娘子何往？"三娘疑为莽汉，骇绝，欲走，其人已至。视之，乃狗儿也。三娘心始定，秀峰问："狗儿胡至此？"狗儿笑曰："不听我言，果遇盗乎！"秀峰曰："此何处？盗贼敢匿此间？"狗儿曰："我亦不知，但我来时，见彼犹坐路侧，以候娘子。若再遇则殆矣。"三娘惧极，汗出如珠。秀峰亦愁眉交锁，不知计所出。狗儿坐地上，于腰间出火石取火吸烟。连称盗凶猛。旋以手指壁上曰："先生不信，壁上尚有字，乃盗所书，惟我不识。"秀峰趋视之，猛见"混江王"三字，乃大惊失色，回顾三娘曰："混江王非徐淮剧盗乎？前以被捕，胡得在此？"

初，徐淮有巨盗，绰号混江王，有万夫不当之勇，杀人越货，如探囊取物。后以至某市上强奸民间女，警兵数十人围而捕之，犹格杀三人，始就擒。未数日复越狱逃。官府悬重赏缉捕，乃藏匿普陀山。秀峰尝于报章睹其名，知其凶悍，魂惊胆丧，急无所择，转瞬间计狗儿。狗儿曰："欲脱此难，除非由别径去。"秀峰曰："尔适言径熟，果有他径否？"狗儿曰："有则有之，但须厚赏我，始导君去。"秀峰一一许之。狗儿曰："若然，且随我来，山后有小径，可达普陀寺。"秀峰三娘不待细辨，竟以狗儿为护符，不知虎去狼来，祸且不测矣。

第三章

秀峰与三娘随狗儿行里许，入丛山中，盘旋鸟道，怪石狰狞。秀峰心渐怯，谓狗儿曰："此何处？距普陀寺尚有若干程？"狗儿曰："远矣，十之仅得其三也。曲折而下，径更险。"三娘力已疲，时时停步。未几，至密树中，浮云四合，山色凄惨。三娘频呼秀峰曰："妾心摇摇无主，且此处万木阴翳，设遇虎豹，且将若何？"狗儿曰："速过此崖，路渐平稳。"秀峰乃携三娘手，行过树林，至削壁上。路险峻，侧身方可过。俯瞰绝壑，深邃无底，骇极不敢行。天色渐暗，雾益重。狗儿频频促之曰："不速行，猛兽且至矣。"秀峰急极，以一手扶壁，一手曳三娘，转过山角，路略平。行数武，又一深壑。芳草浓密，两壑相间处，浮出石块，广三四尺。步石始可过，无可攀援。狗儿语秀峰曰："此处不可联行，君宜先过，俟立足稳处，再引娘子。"秀峰信之，狗儿以足蹋石，以手招秀峰。秀峰刚至石上，石微动，狗儿起足，石骤翻。轰然一声，秀峰倒堕于崖下。

三娘惊魂失色，顿足号呼，大詈狗儿误杀柏郎，犹不速救耶？狗儿曰："彼自堕，于我何尤？且壑深万丈，皮与骨皆碎矣，有何可救？"三娘急极而哭，又促狗儿救之。狗儿曰："娘子毋哭，渠与娘子不过路人。既死矣，何所爱恋？且速随我去。若足痛难行，我且负娘子。不然天将暮，必有虎狼。"言罢，即笑至三娘前。三娘大怒，切齿詈曰："恶贼既害柏郎，又戏我耶！少刻呼人来，将杀尔，以肉为脔！"狗儿曰："我肉腥，不足餍娘子口。娘子毋怒，且速去，此非安乐乡也。"言罢又笑，三娘怒不可遏，执手杖以击之。杖起，为狗儿所夺，弃之地上，返身来曳三娘，无礼更甚。三娘急极，以手探怀，砰然一声，狗儿大惊而走。

初，三娘之游山也，恐山中有险阻，曾携手枪藏于怀中。及为狗儿所困，急取枪而击之。随手触机，机动弹发，破衣而出，再撚，则空如也。急于怀底取弹，纳枪中，狗儿去已远矣。三娘望而切齿，旋至壑上，俯首下视，亦不知几寻丈。但见异草牵藤引蔓，垂丝穿石，并无秀峰踪迹，乃疾声大呼，寂然无闻，意为已死，不觉心伤，抚膺痛哭，山鸟皆惊。自念："与秀峰虽交游未久，然一见倾心，相逢恨晚，平生知己，仅见斯人，况渠因伴我，始展转而罹于难。是渠死乃为我而死，渠既为我而死，我又安忍独生?"兴思及此，便欲自戕以殉之，转念："崖深草密，设或挂藤待救，我死，谁复为之援手者？纵令攀援得出，然见我殉渠，安知渠不殉我？是渠不死，而我反促之死也。顾我即欲死，乌可不一探究竟，而贸然以死耶?"于是转身即地上拾杖，欲攀援而下，见壑口草丛中有石浮出，障碍其上，因以手撼石，石殊薄且有断痕，乃取枪击之，十余发，石已崩裂。

三娘击石已，乃以枪置怀中，方欲攀藤而下。忽然一阵狂风，发木走石，乱树丛中跳出白额猛虎，张爪吊睛，乘风咆哮。三娘胆丧魂飞，昏倒草中。虎从三娘身侧跃过，幸为草所遮。未几，虎去已远。三娘渐醒，扶杖徐起，自以为梦，凝想移时。复鼓力入壑，以杖拨草，援树缓下，心悬悬若堕。渐入深处，微闻呻吟声。三娘且惊且喜，急呼："柏郎无恙乎？身在何处?"秀峰曰："仆为细葛绷腰，幸未伤损。惟葛细不堪用力，不敢稍动。"三娘乃再下数级，见秀峰倒卧葛绷上，相去仅四五尺。三娘乃于腰上解带，以一端系枯树，以一端缚小石垂下，以授秀峰。秀峰遂得援带而上。既出壑，相对如隔世，悲喜交集。三娘缅述狗儿与猛虎事，秀峰泣下，曰："仆重累女士！脱有不虞，仆死且负罪，今幸安全。此情此德，将何以报！"三娘曰："噫，是何言！君非为妾，焉罹于灾！妾尚不谢君，君胡作是语？岂以妾为泛泛者乎?"秀峰曰："非也，盖患难之际，有切于中，不觉其形于口耳。"三娘曰："妾此时觉有无限事，以方寸已乱，不能道一语，且寻路下山去。"秀峰曰："诺。"二人乃循径而下。

未几，至一凹中，虎迹宛然。三娘曰："妾睹此，心犹寒，得毋再遇否？"秀峰曰："想虎已远去，何得再遇？"行数十步，忽见路旁草地上团团血迹，三娘益惧，曰："虎已伤人耶。"再视，见余尸零落，秀峰曰："是必狗儿也。"三娘曰："乌必其为狗儿。"秀峰曰："草中尚有白巾，乃拾女士遗物，非狗儿而谁？"三娘视之，果见白巾弃路上，溅有血痕，叹曰："此伧丧心害人，竟果虎腹，何报之速也！"秀峰曰："倘果报不虚，则混江王亦不应漏网也。"三娘曰："作恶必受殃。若杀人越货者得保首领，则世无善人矣。"秀峰点首。未几，两路歧出，无所适从，茫然停立，四顾寂静，无可问程。三娘曰："歧路莫辨，为之奈何？"秀峰曰："且择较坦者而循之。"三娘称善。行数步，三娘以杖画地作记。秀峰曰："是何为？"三娘曰："恐有错误，预为回头时作一记耳。"秀峰深赞其慧。约莫行里许，途已尽，举视前程，大海茫茫，已无去路，仓促回头，不觉已晚。三娘于怀取时计视之，竟四钟过半矣。秀峰长叹，顾谓三娘曰："仆犹记得宋应昌咏此山诗曰：'洛迦山浸海波中，大士西来彼岸通。不是世人迷苦海，肯教说法到天东。'今仆与女士行至此处，何遂不遇大士，慈航渡登彼岸也？"三娘闻秀峰语，春山蹙损，曰："随缘顺境，稳立足跟，苦海中自有宝筏。"秀峰点首，循杖迹而返。迹尽处，绕过小径，又临歧路。正忧闷间，忽睹一犬，秀峰曰："此必寺中犬也。"乃随犬行，果抵原路。见山下微露亭角，秀峰曰："面前有亭，非即来时路乎？"三娘曰"然。"秀峰始喜，曰："是皆狗之功也！此狗胜狗儿多矣。可见人之无良，不若禽兽！"再行数十步，三娘足顿停，骤露不怿状。秀峰曰："此去距普陀寺不远，女士胡不怿？"三娘曰："君不闻狗儿言，混江王候我山下乎？设与值，将若何！"秀峰曰："此乃日中事，今相隔四五时，未必犹在。"三娘曰："果尔，固所愿也。"

俄而达亭下，老妪已不见，夜色苍然，烟雾迷蔓。刚至溪前，猛闻笑声。见一人立路侧，果混江王也。以手指三娘，曰："相候久矣！"三娘急欲死，秀峰以身障蔽之。盗怒，猝击秀峰，秀峰顿踣，堕于岩下。三娘益惧，乃于怀中取枪击盗。盗殊敏捷，以短杖挑枪，枪落溪中。盗笑顾三娘曰："娘子技止此矣，今且若何？"三娘计穷，哀之曰："我身无长物，仅有金刚石指约一枚，且以授汝。"盗摇首曰："我无须此。"三娘厉声曰："然则欲何为？"盗曰："我欲得娘子为夫人耳。"三娘大怒，詈曰："贼子何敢尔！"更以杖击盗。杖为所夺，三娘自分无生理，欲投水自尽。正万分危急之际，忽闻步履声。见雾中趋出十余人，各持利械。惊愕间，其人已近。视之，乃警兵也。

盗见警兵来，乃弃三娘与警兵斗。盗勇不可当，伤警兵二人。警兵人众，奋勇直前。盗力单不敌，始就擒。警兵以刀穿其肘，锁而去。三娘始至岩下，扶秀峰起。幸岩高仅数尺，未受重伤。秀峰叹曰："一波未平，一波又起，不死者几希！前途再无险境乎？"三娘曰："此皆为妾误，使君罹大厄。"言罢，眼眶骤赤，泪珠随下，秀峰急慰之。三娘问所苦，秀峰曰："仆甚乐，为女士刀锯鼎镬，仆甘如饴。惟自愧身为丈夫，不能庇一弱女，劳女士以凶器自卫，顷非警兵来，不几殆乎？女士之受惊，实仆之无能。重以女士之抚慰，愈增惭赧。女士安之，无以仆为念。"于时天色渐暗，急整顿衣服，匆匆偕还。三娘嘱曰："今日所遇，且各守秘密，妾家庭甚苦，泄则不利矣。"

秀峰方欲问故，忽见一老妪来，呼曰："姑娘何往，日暮不归？何处不寻遍。"三娘曰："贪看山景，不觉晏耳。"妪曰："适间有兵捕盗，姑娘得毋遇之乎？"三娘漫应曰："未。"妪又曰："未遇则佳，姑娘速去，朱公子来矣！"三娘闻妪语，色立变，双蛾顿蹙，曰："彼来何事？我有行必随，如是不知趣，殊令人厌死。"妪曰："渠来乃好意,姑娘每不谅人,未免过执,使人难受。”三娘厉声曰:“谁呼彼来!乳妈但知护短,频频责我。我殊不耐此喋喋也!”妪曰:“姑娘毋怒我。我从此不敢随姑娘,免作眼中钉。”三娘默不言,妪喃喃不休。秀峰遥随其后,闻两人语,心殊郁闷。及至普陀寺侧,见三娘与妪入一旁舍,一男子立门外,向三娘狞笑,连声呼妹。三娘漫不应,径趋舍内,男子随之。秀峰亦就宿僧寺。

入夜后,秀峰遍体微痛,乃伪言遇虎坠岩,求药于寺僧渡空。渡空为制草药以疗之,痛稍愈。然回念三娘,不觉萦绕①方寸,亦不知其家庭有何苦事,朱公子为彼何人。据妪所言及三娘所答,则其人殆有意于三娘,而三娘不许者。然视其状殊蠢劣,短项颇腹,无怪三娘厌恶。惟朱既见弃于三娘,犹缠绕不休。察妪语意,又似力为袒护者,其中必有他故。且三娘曾云家庭甚苦,或者父母有所强迫欤?果尔,则三娘殆矣。于是展转寻思,如抽丝剥茧。比及五更,始略朦胧而睡。

第四章

秀峰以忆三娘故,终夜不宁。次日早膳后,即辞山僧,附轮返宁波。及至舱中,则三娘在焉。老妪与朱亦坐其侧。秀峰即对面而坐,相对默然。舱中客殊稀少,山僧外,游人仅三娘与秀峰数人耳。满船寂静,悄然无声,惟闻舟行破浪,滔滔作响。三娘频以目盼秀峰,时而俯首沉想。春山蹙损,秋水凝波,似愁非愁,如病非病,一缕幽情,隐含眼底,满眶心事,堆上眉尖。秀峰微睨其态,如有物触脑,有棘刺心,喉若骨哽,咯咯难下。不觉发为长吁,急返身向窗外,引首望海。未几,三娘亦至窗前,伏于第三格窗棂中,遥望普陀山,叹曰:“美哉,山也!”秀峰应声曰:“真个好山!势如

① “绕”,原文作“扰”,据文义改。

压海，高似凌云。”朱公子亦探首第二格窗中，曰：“山好哉！”三娘气极，急反面向定海岸，秀峰仍顾普陀山，朱公子则左右视。

朱公子曰：“人言朝南海如登天，今视之殊不然。”三娘、秀峰均默不答。朱公子又曰：“妹昨日游山，中有若干景？”三娘若无闻，朱公子又问之，三娘曰：“尔又不能为普陀山作记，何问为？”言罢，返身入舱，朱公子亦随之下，问益烦：“山有何花？有何草？多少峰峦？有何趣味？”刺刺不休。三娘隐几假寐，默然不应。朱公子曰：“妹欲睡乎？舱中顾有风，慎防感冒。且少耐坐，听我述一故事，为妹解闷。”三娘呼曰：“十世祖！尔且静息，毋缠我。我殊倦，怪畏烦恼。”朱公子曰：“终日游山，殊不觉倦，我与尔语，便畏烦耶？”三娘曰：“我言君不解人情，尔又不悦。人各有爱，游山我所爱，干君底事？我今后且日日作山游，便死亦不返。尔又将我何？”朱公子曰：“我乃笑语，何苦自咒？如是性燥，无怪乎多病也。”时妪在侧，为朱抱不平，侧目闷唇，呼曰：“公子罢休！我家姑娘，真个金枝玉叶，比皇家公主犹娇贵。”三娘闻妪语，怒极，欲责之。顾旁有他客，恐妪更出他言，反为笑柄，乃强自隐忍，含怒欲发，不觉眼眶微赤。秀峰不忍再视，徜徉步出舱外。

未几，狂风骤作，浪高数丈，更相触搏，飞沫起涛。舟行海中，随浪起伏，时升时降，如天旋地转，从九霄堕下。满船座客颠倒如酒醉，或抱头僵卧，或按腹大呕，朱俯伏舱中，不敢稍动。妪更昏沉似泥。三娘以频年游历，惯受风波，独安然无恙。转念山下与秀峰语，为妪所扰，未竟其说，欲乘间再谈，藉吐衷曲。始以防闲过密，咫尺相对，不敢道一辞，中心烦闷，乱如焚丝。重以朱公子无端缠扰，妪又冷语冰人，益复焦灼，眼前孽障，无计解除。正在万分愁苦之际，忽得巨浪之力，降伏妖魔，一若风师海若，亦解慈悲，为有情人故作方便者。

时秀峰方凭栏独立，举首四顾，见大海茫茫，风波险峻，顿增身世之感,不觉怆然下泪。忽闻咳唾一声,回首见三娘已立身后。秀峰急以巾拭泪,强作欢容。三娘已窥其意,忽动中情,亦遂凄然含泪,未语先悲。秀峰急以辞掩之,曰:“巨浪激舟,女士殊不畏颠播耶?”三娘曰:“否。”秀峰曰:“仆亦惯此,不特不畏其险恶,转觉狂澜澎湃,奔腾浩汗,为宇宙奇观,足洗胸中愁尘,令人爽然自得。”三娘曰:“妾胸中愁尘多矣,今为彼伧缠扰一日夜,又堆上几斗。非得眼前巨浪一洗积秽,行且闷死。”秀峰曰:“彼二人何在?”三娘曰:“不禁风浪,已沉眠如豕矣。不然,妾何能至此,与君共语也。”秀峰笑曰:“然则洪涛巨浪,乃为我辈作谈局者。仆昨闻女士言,殊切于中,以未闻究竟,一日不怿,更不知朱公子为谁。适察其状,未免太不解事。”三娘叹曰:“此乃妾命中魔星。”三娘语此,眼眶已赤,泪不可禁。秀峰已猜其一二,惟不知有何别故,使三娘伤心如是。徐问曰:“彼与①女士为戚欤?”三娘点首,更不言何戚,秀峰亦未便深诘,相对默然而已。

停少许,三娘微顾秀峰身上衣,曰:“狂风多厉,君得毋衣单欤?”秀峰曰:“否,仆固曾着底衣,初不畏风。惟女士体弱,且有拂意事,乘时可自保,不必过闷。即如令亲,仆虽未知为何戚,然亲戚往来,合则密,否则疏之。渠即不解事,女士勿与较量而已,何必长萦方寸也?”三娘曰:“不然,彼②乃妾母内侄,于妾为中表,甚得母欢。假势以凌妾者,非一日矣,妾欲疏之而不能得。不然,亲戚不睦,何至萦怀?妾虽愚,亦不至此。”秀峰曰:“信是,则尊慈亦太偏,胡竟袒护亲戚以凌骨肉?疏其所亲,亲其所疏,于心容忍乎?”三娘摇首吁气,哽咽而言曰:“妾实无母,此乃继母,非生我者也,不然,胡至于此?”言罢呜哭,泪如串珠,滴滴堕栏杆上。

---

① “与”,原文作“于”,据文义改。
② “彼”,原文作“被”,据文义改。

时则阴云密布，四围无光，风愈急，涛愈怒，天色惨淡，无限凄凉。秀峰触动中情，泪如雨下，顾谓三娘曰：“女士顾有失恃之哀耶。此中惨境，仆实尝之，无怪女士之伤心也！”三娘惊曰：“君亦无母欤？”秀峰曰：“仆十岁丧母，迄今十稔矣。中间经历，苦不堪言。适闻女士语，顿触哀感，不觉寸衷如割。”三娘叹曰：“‘相逢都是可怜人’，此语可为君与妾咏。妾丧母已四年，今妾年十九，母故时，妾才十五耳。犹忆母在时，父母爱妾如掌上珠。母初殁，父怜妾犹甚。未几，继母来，日进谗言。父初犹不信，继母亦不敢公然肆虐，惟冷语冰人，令人难受。一年后，谗益甚，浸润之谮，父渐惑之，不时以恶言相加。妾幼好游山，父不惟不禁，且每与同游。自有继母，遂任妾独往，使一妪为伴，或在僻处，则加遣老仆，然犹未之禁也。一年后，继母语父，谓女儿游山，不可为训，遂渐阻妾行。惟妾有山癖，数月不入山，辄忧闷成疾。犹忆妾病时，父适外出，妾卧病在床，水浆无人过问，药不入口。继母日日聒谇，谓妾假病，捏造恶语，遍告邻右，以暴妾丑。复乘间穷搜室中，凡妾母遗物，稍贵重者，攫取殆尽。妾举目无亲，虽有长兄，亦妾前母所出，且常不在家。有二姊，又已出阁。以故零丁一身，惟引颈待死。”三娘语至是，已咽哽不能成声，秀峰亦凄然堕泪。

少顷，三娘拭泪重述曰：“妾当时自分必死。未几，舅父来，睹妾状，恻然不忍，始携主其家。舅固家沪上，妾在沪养病，数月始愈。然继母虐妾，犹曰母也。最可恨者，则同来之乳妪耳。方妾母在时，妪之谀妾，无微不至，藉以讨母欢。妾母误以为善，金帛任其所取。妾家固小康，彼数年所得，不下千金。母死时，所以遗之者良厚，盖隐寓托孤之意也。乃自继母来，彼乃百般媚继母，凡妾一举一动，一言一语，必私白继母，以取容悦。继母亦遂以彼为心腹，使监制妾。一若革鼎时，小人变节，不惜残其旧主后嗣，以媚新朝而博爵禄者。幸妾年已长，洞察其奸，未为所毒，不然，早已委身泉台矣。”

秀峰抚膺长叹曰:“世情险侧,大抵如斯。惟女士以髫龄弱女,遭骊姬之变,奸人播弄于其间,犹得保全至今者,亦云幸矣。更不知何以恢复自由,犹得寄情山水也。”三娘曰:“事甚长,君亦非他人,不妨相告。初,妾病后,居舅家半年。父归,舅乃以继母种种虐状告父。父虽未深信,然颇怜妾,间尝责继母。母以是与父诟谇,人恒不直继母,于是继母稍稍敛恶,阳为慈爱以欺父,阴实恨妾,欲置之死地。至于妾之行动,更不甚管束,惟每行必使妪偕,假称伴随,实施监察。妾明知其意,将顺而已。故妾虽似自由,其中种种束缚,与囚徒无异。尤可恨者则朱伧耳,彼亦移家金陵,每日必至妾家,纠缠不已。语言无味,面目可憎,妾见辄避之。初不稍假以颜色,奈彼觍然人面,不自知羞。妾虽待以畜类,彼犹赪颜相向。继母又纵容之,彼更有所倚仗,且不时以金钱赂乳妪。妪顾豺狼心,惟利是嗜,每妾所为,必以告朱,妾家居不啻地狱。故时出游,又恐朱随至,恒先往舅家以避之。今游此处,以彼他往,不知何以忽来,必妪阴使人告之也。然皆妾苦命,故有如许魔障。”言罢,不觉又哭。

秀峰曰:“噫!仆昨闻女士语,自言家庭甚苦,仆以为必有不如意事。初不料若是之甚也。惟仆亦然,仆继母丁氏,其虐亦不减于尊嫜,仆从不敢向人彰母恶。今以女士为患难交,且亦有同病,故不容自隐。仆丧母时,较视女士犹幼。继母恒暗虐仆,父在前,又故为慈爱,过于所生。惟父家居日少,父出则颜色顿改,面恒若飞霜。时仆方肄业小学,归辄食余食,恒不得一饱,如是两载。十三以后,始寄宿校内,如出囹圄。但至放假时,望见家门,便生恐怖。仆是时已解事,又不欲以实情告父,恐父不悦,忍受而已。所幸父慈,无晋献昏德,不然早为申生之继矣。延至今日,继母之虐,虽不如从前,然不时冷语,令人难受。家庭中颇无生趣。

故仆每以采矿为名，终年游历，聊以自遣。方寸中何尝有十分快乐也。”言罢，相对于邑。未几，风渐静，浪已平。秀峰问三娘此去将何往，三娘犹未答。忽闻妪呼姑娘，三娘颜色立变，仓皇急走。秀峰怅然，痴立移时。舟抵宁波，匆匆登岸。猛抬头间，五百年风流孽冤又来矣。

第五章

秀峰登岸后，行数十武，犹垂首忆三娘。至一桥边，绿柳新浓，斜阳犹挂。忽闻有人呼柏郎，声娇细如流莺乍啭。秀峰愕然，猛举首，见一丽人，年约二十许，服菜绿色时式衣，青丝洒花裙。乌云压鬓，秋水凝波，与斜阳相掩映，正如芙蓉出水，娇润无匹。偕一垂髫小婢，亭亭立柳阴下，目盼秀峰，嫣然微笑曰：“柏郎不认得妾耶？”秀峰茫然，丽人笑曰：“十年隔别，君遂忘丽娟乎？”秀峰始恍然曰：“卿丽姊耶？胡在此？阿母无恙乎？”丽人曰：“妾侨寓此间已两年，曩闻君毕业后，恒作山游，每恨不相值，今由何处来，得至此地？妾家不远，请便少憩。”秀峰犹未答，忽闻革鞋声，见三娘款款而来，秀峰乃辞丽娟，曰：“姊既家此，暇时当来过访，今尚有小事，不克细谈也。”言罢即行，丽娟止之曰：“君少住，听妾一言。妾与君虽属异姓，然当时情如骨肉，别后何尝忘君？今君见妾，不及两三语，忍拂衣去乎？”秀峰口呐不能答。三娘已近，见秀峰与丽娟语，频目秀峰。秀峰益急，又欲行。丽娟命婢强曳之，使不得去，且曰：“妾母与君母如何情好，当君母弃世时，妾母如丧手足，又闻君家庭事，每日念君，恨不得一见。今君即不顾妾，独不念妾母乎？且以情论，妾母即君母，君即不念妾母，能不自念其母乎？”秀峰闻是语，凄然感动，不得已乃偕丽娟归。

初，秀峰之母有闺友杨氏往来甚密。杨寡而贫，秀母时时周恤之。杨有女丽娟，美而慧，长秀峰一岁，秀姊之。时共家姑苏，两小无猜,常骑竹马共戏,俨如小夫妇。杨颇欲婿秀峰,有意而未发。适秀母死,杨贫不能自给,有远戚居杭州,往投之。未几,戚亦故,杨困甚。时丽娟年十四,工刺绣,仰十指度日。杨多病,丽娟奉母甚孝,邻右争夸之。杭有某公子睹丽娟美,欲媵之,愿以千金为聘。公子有冢室,甚妒。闻其事,禁锢公子。丽娟亦不愿为人妾,事遂寝。越二年,杨殁,贫不能殓。公子利其机,使人讽示丽娟,以百金为葬母,而求欢焉。丽娟不得已竟许之。自是流为妓,渐习丝竹,每学辄能,又耽书籍,以是名噪一时。然性豪爽,每得缠头费,辄以济人,人咸以"侠妓"呼之。少年公子争以一见为荣。而丽娟殊冷落,独顾念旧好,不忘秀峰,移家宁波后,常使人探其踪迹。是日于无意中相值,喜出望外。忽见其意不属,急极,以母挟之,欲渐引入胜也。然秀峰自遇三娘,已有沧海巫山之感,更无得陇望蜀之心。故丽娟虽如火之热,而秀峰终如冰之寒也。

随行数十步,转过曲巷,遥望翠竹阴中,一带粉垣,数楹修舍,门外马缨一树。丽娟以指叩门,一妪应声而出。入门一小院落,游廊曲折,阶下白石乱砌,自成纹理。上有小屋三间,两明一暗。穿过回廊,乃一小园,中植芭蕉数本,梨花一树。时值二月,花正盛开,满树如雪。树下一小池,游鱼可数,池上蔷薇满架,深绿笼烟,醉红映日。转过蔷薇架,又一短墙,墙外垂杨数株,鸟声聒噪①。随墙而东,忽一小门,以竹作扉,门内见小厅一座,上下两层,帘幔低垂,阶下牡丹芍药,含苞欲放。秀峰随丽娟至帘下,一小婢启帘,相将偕入。厅中陈设,无不幽雅,几案桌椅,皆以湘妃竹为之,两旁书架,彝鼎古玩,以及秘书法帖,罗列殆满。丽娟揖秀峰坐,呼婢进茗。秀峰请见丽母,丽娟曰:"君毋急,少坐再述。"

坐移时,丽娟起引秀峰登楼,转过书架后,步梯而上。楼亦三

① "噪",原文作"躁",据文义改。

间，南北皆窗，中一间，大理石长案，案上书帖画本，以及文房宝具，皆极精雅。南窗下一小坑，上设古瓶，插山蕙数枝。北窗下楠木琴几，横素琴一张。两壁皆名人字画，如唐伯虎人物，米襄山水，及苏黄墨迹，疏疏磊磊，点缀适宜。秀峰叹赏不置，心颇奇异，念丽娟出自寒微，何得如许贵物，岂已适贵公子耶？又不便致问，惟留神细察而已。及翻阅图书，皆有小章，镌曰：丽娟珍藏。乃顾谓丽娟曰："十年隔别，不意丽姊高雅如是！且左图右史，盈箱累箧，岂女学士已作尚书耶？"丽娟笑曰："高誉何克当！惟近年薄有余资，妾又不爱服饰，故聊备此，为闲时消遣计耳。"秀峰闻有余资，颇不解。坐移时，又请见丽母。丽娟曰："少间君自知。"秀峰益疑，如堕九重云雾，莫测真相，然犹不料其为妓也。

少顷，婢妪进膳，类皆珍馐。丽娟邀秀峰入席，相与对酌。席次，各述往事，每谈至两母间，辄复于邑。然丽娟遭遇，犹不以实告。问其母，惟含糊应之。酒罢，秀峰起辞，丽娟曰："君来此为客，别无居，停夜将何住？岂以妾非陈蕃，便不可以下榻欤？君毋乃太生分也。"秀峰曰："非也，弟来谒阿母，阿母又不见。与姊谈已久，恐夜将深，姊家无他人，是以求去耳。"丽娟曰："阿母事甚长，当为君细述。若以妾独居而远嫌疑，乃轻薄者所宜防。今君与妾皆非其人，岂数年不见，将有疑问于妾哉？"言罢，凄然泪下。秀峰急慰之，力白其无他意。丽娟拭泪曰："妾自幼伶仃，每有心事，无可告诉。君若念昔日螟蛉之谊，不以微贱见弃，在此少住，妾尚有无数辛苦，为君细道。要不过以君为至亲，藉吐衷曲，固别无他意也。"秀峰曰："果尔，姊但言，弟暂不敢过拂。惟阿母果何在，幸实告，毋使我如在雾中也。"

丽娟闻秀峰语，啜茗少许，徐徐答曰："君问阿母乎？请恕妾欺诳之罪。"甫二语，已哽不成声，泪珠泉涌。秀峰骇然曰："姊毋哭，但请直告。"丽娟呜咽曰："妾母见背，已六稔矣。"言罢又哭。

秀峰凄然曰:“阿母已早故耶?”丽娟点首,秀峰曰:“然则姊何在此,且似发迹然者。”丽娟泣曰:“噫!孤苦如妾,有何发迹?君不知妾已堕苦海矣。”秀峰双眉顿蹙,戚然动容,曰:“是诚何故?其中殆有惨境乎?”丽娟且泣且诉,因举母死后如何情状,如何艰苦,如何为妓,及各种始末,一一备述。秀峰叹曰:“姊亦生不逢辰,遘此闵凶。然仆入室时,见姊室中陈设,又不睹阿母,固已怀疑于中,不料果遭惨劫。惟此乃命薄所致,非姊愆尤,且为母失身,更有可悯。仆知姊有素,姊即直言,岂有不相谅?”丽娟曰:“妾本不敢隐,以君不入妾家,又急欲与君伸诉,迫切中不得不假词以要君耳。”

秀峰默坐良久,无言相对,心殊不安,夜静又不便告别。转念三娘,更不知何往,方寸萦扰,回肠百折。丽娘频述旧事,絮絮不休,秀峰心不属,若无所闻,每语辄漫应之,有时点首而已。丽娟曰:“人事惨变,无非抱幻。妾犹忆昔时,与君共戏,妾才垂髫,君犹总角,小儿女何等快乐!转瞬间境异事迁,十余年来直如一梦。”秀峰微微点首,丽娟又曰:“妾身处苦海,春花秋月,夜雨黄昏,无非惨境。终日所见,非纨绔公子,则市狯鄙夫,铜臭薰人,奇形刺目。妾每睹此,辄自烦怨,念遭逢若此,生不如没。”秀峰又点首漫应。丽娟曰:“妾恒扪心自问,不知何罪于天,受此磨折,每于无人处凭空堕泪。今日见君,尤使妾动当年之感,因而追思君母,复及妾母,向使两母犹在,妾是时必安居篱下,岂有今日乎?”言罢,以手拭泪。秀峰仍默然,曲肱于案,惟知点首。盖心犹在三娘,并不闻丽娟作何语也。丽娟睹其状,急欲哭,推案而呼曰:“柏[1]郎!妾与君总角之交,情殊不薄,今妾遭逢不幸,披肝沥血,为君诉苦,君岂铁石人耶?胡遂无动于中,而漠然如是?”秀峰骤

① “柏”,原文作“相”,据文义改。

骇,曰:“姊何语?仆始闻姊事,固已肝肠寸裂,只以动不自由,不能为姊效力耳。”丽娟曰:“是诚难怪,然妾与君语,默然不答,何哉?”秀峰嗫嚅曰:“适闻姊言,顿触仆家庭之感。旧事萦怀,致失对答,别无他意也。”丽娟默然。

未几,漏初下,秀峰有倦容,若不耐坐。丽娟觉之,问曰:“君欲睡乎?”秀峰曰:“然,仆昨游山,尝失足堕,夜来不曾睡,骨痛难堪,故思卧耳。”丽娟曰:“妾顾不知,君胡不早言?俾为君延医。”秀峰曰:“并无大恙,姊毋介意。”丽娟乃起,引秀峰至东左一室。室中几案,皆香梨木,中嵌大理石,案上各置小瓶。瓶中或山兰,或木笔、海棠、碧桃之类,红淡相间,清香满室。两旁粉壁,悬名人书画数轴,中间一大镜,高可五尺。南窗下梳妆台一架,精巧夺目。惟并无床褥,仅妆台畔设一小美人榻。秀峰就榻而坐,时近二更,窗外月移花影,风送微香。丽娟斜倚窗前,亭亭似玉,嬿婉如春。花影灯光之下,益显娇媚,目顾秀峰,嫣然启齿曰:“君言倾堕,得毋有伤痕欤?”秀峰曰:“但觉胁下微痛。”丽娟曰:“曷试按之?”秀峰以手自按,则伤痕突起,不觉骤惊。丽娟乃即妆台下,取如意锭一枝,以酒磨之,令秀峰解衣,亲以鸽羽醮如意为敷患处。偎傍之际,觉有一股幽香沁入心脾,秀峰心旌忽动,一缕情丝,从心坎流出,上入脑际,摇摇不能自主。转念间,急自镇定,敛神而起,谓丽娟曰:“仆颇欲睡,不知何处有闲榻,请使婢导仆去。”

于是丽娟徐起,引秀峰至镜下,以手按机,机动,镜豁然开,乃一小门,门内即卧室。中一钢丝铜床,以春纱为帐,被褥皆锦绣,温软无比。对床北窗下,一横案上设古鼎,内焚百合香,异香满室。秀峰曰:“此姊卧室欤?”丽娟曰:“然。”秀峰辞曰:“仆岂敢宿此?”丽娟曰:“但睡何妨?妾尚有他室也。”言罢,乃移鼎帐内,以薰被褥。薰已,亲为铺叠。秀峰局曲不安,忽闻北窗外,人语宛然,声甚熟。但一时不能深辨,乃问丽娟:“对户何处?”答曰:“旅馆。”便以手启窗,猛见对楼电光下立一丽人,即三娘也,相隔仅数尺。三娘举首,望见秀峰与丽娟语,频频顾盼,若甚惊讶。秀峰窥其意,急极,又无由自剖,乃促丽娟去。丽娟殊殷勤,絮絮不休。小婢复以燕窝进,秀峰食不下咽,丽娟劝益殷。三娘于对楼望不转瞬,秀峰右左乏术,含怒不便发,强食之。食已,又力促丽娟,语几失次。丽娟乃为掩窗,秀峰止之。丽娟将由床后去,秀峰又阻止,使从床前片门出,盖欲令三娘望见,以表示无他也。丽娟甫出门,犹殷勤叮嘱。秀峰无暇答,匆匆掩门,复至窗下,目语三娘,一种似急非急,欲言难言之情状,虽画工亦难描写。未几,妪呼三娘睡,三娘始掩窗而入,秀峰亦就寝。又时闻三娘与妪诟谇声,惟声细不能甚辨,似妪欲三娘回金陵,而三娘不允者。三更既尽,声始寂。秀峰转展床头,回肠九曲,且两胁复痛,苦不能睡。鸡鸣数次,始渐交睫。转侧间,则红日三竿,已上窗棂矣。

第六章

秀峰既醒,忽见窗棂红日。翻身急起,更无暇他顾。猝然启窗,则三娘已斜倚栏干,凝眸不转,云髻犹遍,衣衫未整。目睹秀峰,似笑非笑,似嗔非嗔。正如刚熟荔枝,微含酸意,令人空中领略,心痒难搔。秀峰此际,恨不化作鹦鹉,飞上栏干,剖心掬肠,以求表示。惟力运脑筋,以无线电频频自白。三娘察其意,若稍领会,往复运神。正在眉语目答之际,丽娟忽由床后转出,见秀峰凭窗痴立,已怀疑惑,举首睹三娘,不觉一惊。急掩身床侧,微露半面来窥。秀峰心无旁驰,惟与三娘视线直贯,一来一复,略无停瞬。丽娟睹其状,如青梅入口,一缕酸意,从鼻孔直达眉尖,面庞上渐露鲜彩,恰似杨妃带醉,斜倚床柱,默然无言。俄而微风忽起,三娘以手牵衣,以示秀峰。秀峰不悟,又示以目。秀峰回顾身上,仅穿夹服,始会意,急返身取衣。猛见丽娟,不觉赧然。丽娟微笑,但引首望三娘,三娘返身急去。秀峰殊不悦,然无如何也。未几,小婢亦将衣来,曰:“姑娘早起,胡不着衣,在此何为?”丽娟曰:“我学潇湘子看呆雁耳。”婢不解,问:“呆雁何在?”丽娟笑曰:“痴婢! 非尔所知也!”秀峰虽知其刺己,若为勿闻而已。

未几,小婢奉盥,请秀峰沐浣。浣已,与丽娟共至前室。丽娟就镜台下理妆,秀峰坐其侧。水晶帘下看梳头,自是风流艳事,惟秀峰心已他属,默然枯坐而已。丽娟窥其意,嘲之曰:“妾欲朝南海,恐与大士无缘,欲与君同去,聊借一点灵犀,默通彼岸,可乎?”秀峰曰:“奇哉,仆有何灵犀得通彼岸,且仆固由南海来,所谓大士者,不过昔人之寓言耳。”丽娟笑曰:“不有灵犀何以乐极,观音出现于咫尺间耶?”秀峰始悟其嘲己,默然不答,红潮微涨。丽娟曰:“君胡不语? 岂欲于无形中暗通消息,与大士接引乎。”秀峰益窘耳,颊尽赤,曰:“仆愚陋,姊毋以冷语刺人。”语罢,怒欲去。丽娟握发而起,曰:“偶尔戏语,胡即认真,犹作小时态度耶?”秀峰面壁不答。丽娟笑曳之,秀峰不觉亦笑。丽娟曰:“妾请庄语,君诚有奇遇,不妨实告,或可为君效力。”秀峰终不敢泄,力辨其无。丽娟曰:“然则彼姝何以留情于君,目不转瞬耶?”秀峰语塞。丽娟笑曰:“果尔,君眼色亦不差,婉妙如此,我见犹怜,何况君乎?”秀峰曰:“姊何必调侃如是,岂必迫仆去耶?”乃拂衣而起。丽娟笑曰:“妾再不敢言,君少坐,早膳已备矣。”秀峰不听,正争持间,不觉胁痛又作,立不稳,仍返坐榻上。是时丽娟妆已毕,就榻前而抚之,复令解衣视之,则伤痕益剧,乃急为延医。

膳后,医来。诊视已毕,出膏丹为敷治,嘱曰:“伤痕已现,保无他虞,惟二十小时间,宜静息不可他行。”秀峰殊不悦,然胁痛不能强,忍耐而已。然回忆三娘不知何往,心焦灼如火。未几,丽娟下楼去,急乘间转入后室,启窗窥之,则对楼已空寂无人影，凭窗嗟叹，怅然若失。忽闻步履声，丽娟已至，见秀峰神色，已窥其意，但不便再言。欲以术收其放心，乃故为他辞以解之。秀峰终不释。丽娟曰：“妾常学琴，今日闲窗无事，请鼓一曲，以解君闷。”乃命婢焚香，以琴置几上，凝神静息，鼓高山流水之曲。音韵悠扬，如万山丛杂之中，松风水韵盈盈耳际。秀峰固知音人，骤闻此曲，悠然感动，因琴而及山，因山而及游山之人，三娘之影忽幻于脑际，不觉倾耳如痴。及曲奏既终，丽娟推琴而起，笑曰：“节疏技浅，不足中听。”秀峰若无所闻。丽娟以为倾心于琴也，私心窃喜，欲以此再动之，因更作飞凤求凰之操。秀峰果大为动听，心系三娘益切，几有颠倒欲狂之态。丽娟以为可乘也，试以游词挑之。秀峰竟漠然，神情更不相属。丽娟殊骇，莫知计所出。

未几，日已停午，秀峰淹淹欲睡。丽娟曰：“君看园林春色如许，何不一赏群芳，以消午闷。”言罢，即促秀峰行，款步下楼。由小院转过短墙，但见绿媚红娇，风和日暖，丽娟叹曰：“如此良辰，怎忍虚度？”曲折西行，至蔷薇架下，青石莹洁，乃相对而坐。小婢随以茗进，秀峰始终默然。丽娟曰：“相对无言，殊负美景，妾请为君度一曲以消永昼。”秀峰固解音节，闻丽娟许为度曲，亦遂允诺。丽娟俯首击节，轻啭歌喉，唱《牡丹亭·惊梦》一出。声音宛妙，娓娓可听，至皂罗袍一阕：“原来姹紫嫣红开遍，似这般都付与断井颓垣。良辰美景奈何天，赏心乐事谁家院。朝飞暮卷，云霞翠轩。雨丝风片，烟波画船，锦屏忒看这韶光贱。”一字数转，柔蔓动人。秀峰击节叹赏。丽娟幽情忽露，星眼微饧，香腮带赤，急俯首啜茗，依次再唱。及至“这衷怀那处言，淹煎，泼残生除问天”，音忽凄惨，眼眶微红，不觉泪下。秀峰睹其状，良不忍，曰：“以下数阕，仆且献拙。”丽娟曰：“君固善此乎？”秀峰曰：“数年前曾习之，今节奏强半遗忘矣。”乃以手按板，刚唱“山桃红”一阕：“则为你如花美眷[1],似水流年,是答儿闲寻遍,在幽闺自怜。转过这芍药栏前,紧靠着湖山石边。”声顿停。丽娟曰:“君胡不唱毕?”秀峰不语,再促之,不觉面赤。丽娟忽悟,亦回首他顾。

无何,金乌西倾,秀峰微有怠意。丽娟曰:“妾且与君绕过竹林,看虞美人开未。”秀峰精彩都无,勉随丽娟行过竹后,果见深丛晕碧,艳朵啼红,泪洒湘妃之血,香描玉女之魂。秀峰对花惆怅,叹曰:“美人逝矣,小字虞兮,回想楚项当年,舞罢乌江,歌残夜帐,事业名姬,同归消灭,人事昙花正可作一例观耳!”丽娟曰:“世无不散之因缘,有不磨之情种。以楚项之雄,临死不忘一美妾,可见情之所钟,端在豪杰。君固多闻博记,古来英雄俊彦,有不为情所动者否?”秀峰默不语,然心服其论,益慕三娘,不觉神情仿佛若有所忘。丽娟莫测其意,曰:“君有何心事,如是局戚。”秀峰终不敢言。漫应之曰:“仆离家多日,恐父母见责,思归心切耳。”丽娟默然微叹。俄而斜晖欲落,宿鸟归林。乃随步出园,入室晚餐。丽娟更出,荼蘼旧酿,酌以玉盏,殷勤相劝。未三杯,秀峰辄辞,不胜杯杓,强之终不饮。丽娟无计,听之而已。

晚膳既毕,秀峰又欲睡。丽娟曰:“食罢不宜眠,君若不喜清谈,妾且与君奕,聊解烦闷。”乃呼婢挑灯,相与对弈[2]。秀峰心不属,局未半而大负,辄罢之。丽娟又强使步月,绕过阶下。花香月影,院落沉沉。丽娟诵李太白《春夜宴桃园序》,欣然自得。秀峰兴趣殊淡。丽娟恚曰:“如此良宵,千金难买。君乃萎靡不振如老僧,是诚何故?”秀峰曰:“仆亦不自知。”丽娟曰:“君爱丝竹,妾请与君弄笛可乎?”秀峰曰:“姊为之,仆当听。”丽娟乃取玉笛,吹“步步娇”“懒画眉”“玉交枝”“好事近”诸艳调以挑之。秀峰枯坐

① “眷”,原文作“春”,据文义改。
② “弈”,原文作“奕”,据文义改。

如木,丽娟又为吹箫,翻作凄惨之音,数停数起,如泣如诉,宿鸟皆惊,绕树而啼。秀峰戚然而动,曰:“姊毋为此悲音,酸人胸臆。”丽娟释箫而叹,泪下如珠,曰:“声以宣意,意有所郁,焉得不悲?且妾自堕落以来,何日不在愁苦中。惟性情素傲,不肯轻为人道耳。昨日君来,妾以君为螟蛉姊弟,不惜披肝沥血,为君倾吐,乃君意殊落漠,不知何以见摈于君。妾自问无大差忒,所不如人者,命耳。此妾所以自悲也。”秀峰凄然曰:“绻绻之情,仆岂不识,惟仆亦有万难言之隐。仆家庭事,姊所深知,自顾茫茫,不知如何结局,纵心怜姊,力有不逮,故不欲以无聊之言反萦姊念。况姊虽堕落,犹无拘束,天下不少有情人,以姊之才貌,降格而求之,何愁不登彼岸,以视仆之种种束缚,犹胜多矣。”丽娟知其意终不属,必有他约,不觉俯首若丧,然心仍不死,犹欲以术笼之。

夜既深,登楼就寝,丽娟依傍左右,殷勤不稍懈,秀峰不堪其扰。漏三下,丽娟始去。秀峰解履登床,于窗中望见对楼灯影,恍惚间疑三娘犹在。启窗睇视,则倚栏干望月者,已易他人矣,怅然就寝,神思昏乱。又念丽娟无限纠缠,莫可解脱,告辞又不允,辗转寻思,惟有私逸。次早,天甫明,即披衣起,装束既毕,摄步下楼,转过阶下,曲折绕出园中,寂无人影。及门, 老妪已起,见秀峰,问何往,秀峰告以将归。妪曰:“胡不俟姑娘起而后去?”秀峰诡曰:“昨晚已与姑娘言之矣。”出门径去,行数步,念如是而逸,更无片言相慰藉,殊负丽娟心,悔未作一函留别,乃折回,呼老妪而告之曰:“姑娘若问我,但言我有急事去,不欲惊姑娘睡,故未面辞,得间当即来相访,且为我致意,请姑娘自保重,幸毋烦恼,以伤玉体也。”言罢,匆匆径去。

第七章

秀峰既离丽娟宅,时仅日出。行过曲巷,怅怅无所之,追念三娘，更不知何往。将欲返家去，又苦爱春游，不忍辜负。且忆三娘与妪谇语，未必返金陵，意者犹作山游欤？然以南方之大，名山之众，安知其所去，亦何从而迹之？心中犹豫，无所适从。正在踌躇之际，忽然有人呼之，回顾则普陀寺僧渡空也。问秀峰曰："如此清晨徘徊道左，低首何所思，堕伤得毋愈乎？"曰："愈矣。"曰："然则何思之深也，岂心有牵挂欤？"秀峰曰："仆欲作山游，以莫知趋向，是以踌躇耳。"渡空曰："南中名山随处皆是。"秀峰曰："惟其太多，故反莫择。"渡空笑曰："任凭弱水三千，我只取一瓢饮，执一而求之。名山固在目前，若心有岐途，处处皆罣碍矣。"秀峰曰："妙论顿开茅塞，仆当敬佩，但不知高僧此去何往？"渡空曰："将往灵隐山访某长老。君诚无趋向，何不偕贫僧去，一赏西湖风景也。"秀峰闻渡空言，忽忆山中与三娘论湖上春色，三娘追思西湖不置，或三娘已至西湖亦未可知。乃欣然许诺，竟与渡空同去。

既至杭州，渡空邀秀峰径赴灵隐寺。秀峰以意在三娘，急欲访其踪迹，乃税居逆旅。入门，阅旅客一览表，初无三娘名姓，访诸别舍，踪迹都无。嗒然若丧。次日，晨餐既毕，独游湖上，步过苏堤，但见深红浅绿，碧水青山，感物怀人，徒增惆怅。未几，日渐中。念旅舍寂寞，无可消遣，乃访渡空于灵隐寺。坐谈半日，饭罢而归。则斜晖已堕，群鸦绕树。及抵旅舍，力已疲倦，闭门而睡。方欲就枕，忽闻隔室有人语，声甚谂，仿佛可辨，细听则朱公子语也。且喜且惊，乃摄足而起，见壁间有隙，伏而窥之。果见朱与妪语，三娘并未在，心颇怀疑，又见妪神情诡异，时与朱附耳低言，疑益甚。倾耳细听，则可惊可怖之声，悠然入耳，不觉汗流夹背，手足皆颤，窘急无术，匆匆下楼去。

初，三娘至宁波，朱与妪咸劝之归，三娘不听，欲往西湖，恐朱之尾之也，乃伪言往舅家，附轮赴沪。朱公子托辞访友，竟随之去。三娘愤极，然无如何。既抵沪，三娘与妪投舅家，朱宿旅舍，然不时侦察三娘,更使妪暗递消息,三娘不知也。居三日,三娘忆朱已返,乃偕妪乘沪杭车如杭。登车后,约一小时,朱公子忽至,盖三娘行时,朱已得讯,隐随其后也。三娘见朱,骤惊而愤。朱笑至其前,曰:“妹亦如杭耶?”三娘以首向外,若无所闻。妪佯问公子何往,朱曰:“我思西湖春景佳,将往杭州踏青去,本欲邀妹子,又恐妹力已乏,不敢相扰。若知妹子肯来,当早来趋候,亦得先为照应。妪亦太笨,胡不使人通知我,令我妹子独往。明日归家,阿姑不知,方谓我善于偷懒,不顾妹子也。”妪笑曰:“公子惯会作好语,己则独乐,密往西湖,惟恐我等缠扰。今为我所值,始来周旋,犹责我不使人来告,试问公子在沪,几曾来舅家?公子住址,我且不识,何由相告。公子诚顾妹子,便当早来相邀,途中多一男子,亦可照料。公子事前不通知,今乃饶舌乎?”朱闻妪言,故为着急状,曰:“冤哉!冤哉!我若不顾妹子,有如此……”妪急止之曰:“我亦笑语,公子何必宣誓。”三娘闻两人语,早已怒火中烧,至此更不可忍,顿足牵妪衣,曰:“妪不欲我生乎?胡刺刺恼人欲死。若再言,请以刀断我颈,毋使我生受也。”二人始赪然而罢。

及至杭,寓居旅舍,朱公子随之,三娘无如之何。坐少顷,朱如厕。三娘愀然出门去,独游湖畔。朱返,不见三娘,问妪。妪叹曰:“已出门去矣,我阻之亦不听。”朱曰:“我为此姝心血已尽。我每欲动以情,渠不为情动,见我辄怒。譬如今日事,妪为我不为不周,奈渠性拗何!”妪曰:“非我抱怨公子,实以公子无能也。渠父母固已允诺,何能任渠性。公子素自夸,胡不能驾御一雏女。此皆由公子平日懦弱,有以纵之耳。若稍示以利害,焉得如是。”公子曰:“我何尝不知?我以此乃终身事,姑丈虽允许,亦须渠心向。若太强迫,又恐有他变,且我心实爱之,更不忍过拂,故仍以柔制,不料柔亦无用。我今已穷术,妪阅历深,曷为我设一策。”妪曰:“有何难事,逆取顺守而已。”朱曰:“何谓逆取?”妪曰:“天下事,每难于创始而易乐成，女子无论如何贞洁，如何强硬，但得强以一度合，以后便来自就，更无烦相求矣。”朱曰：“此言良确，然最难者即此一度耳。”妪笑曰：“我有一计，包管公子成好事，惟当重谢老身而已。”

朱闻妪言，欣然问计，且许以厚谢。妪低声曰：“即在今宵，我适来见旅客稀少，正好行事，夜来公子且毋睡。我待姑娘熟眠，轻启关，方公子入，就床上而迫之。女子几曾不好色，鲜荔枝入口，焉得强吐。即不然，羞耻所在，渠亦不敢声扬也。”朱公子且惊且喜，曰：“计良妙，但犹恐有变，且我怯渠性烈，设未事而醒，彼不呼奸而呼盗，则为之奈何？尚烦妪熟计。”妪沉思曰：“呼盗乎？是亦不可不虑。”踌躇良久，忽问朱曰：“此间药肆，公子有相知者否？”朱曰：“有。”妪曰：“交如何？”曰：“密矣。”妪喜曰：“果尔则得之。”朱急问之。妪附耳曰：“公子速去，购迷药少许，姑娘固好饮，且以药置酒中以饮之，使迷不得醒，则公子为所欲为耳。”朱大喜曰：“如此妙策，阿妪何处想得来。若事成，明日会当重谢。”于是讨论进酒之法。秀峰所闻者，即此事也。朱与妪谋既定，乃径至药肆访友，托词购迷药。匆匆返寓，以药授妪。妪使人沽酒，分两壶而盛之。一壶置药以饮三娘，一壶给朱，俾与对饮，使不疑。布置已妥。朱乃凭栏而望，见三娘已归，喜告妪，妪匆匆入室，以杯盘置几上，故使朱先酌。妪乃即楼前呼三娘。三娘至，见朱酌酒，默然不语。妪曰：“我沽得良酿，公子饮之甚甘，特留一壶以待姑娘，姑娘曷少饮以作消遣乎？”三娘闻有留酒，果入席就酌。妪乃以壶置三娘前，三娘臭之，味甚香冽，谓妪曰：“酒气殊佳，妪曷饮少许。”妪急曰：“姑娘量佳，饮此一壶，尚有一壶，我与公子共之。”三娘亦即不语，但视盘中干脔曰：“有美酒无佳肴，烦妪至楼下问有美味可以佐酒者乎？”妪果下楼去。三娘执壶目视窗外，袖乍动，箸忽堕，顾谓朱曰：“妹已倦，烦哥为妹拾之。”朱急俯首拾箸，见箸落三娘裙下,乃弯身探手,即裙边拾之,仿佛闻余香,依傍不忍舍,徐徐而起,以箸授三娘。俄而妪奉肴至,乃相与对饮。是时秀峰已返,即隙中窥三娘,见三娘持壶斟酒,把盏将饮,急极欲呼。适馆僮送茶至,秀峰乃扬声谓僮曰:“壶中有毒不可饮,速倾之。”僮愕然不解,曰:“壶乃君之物,果有何毒?”秀峰又高声曰:“我自知之,故告尔,尔胡不信?”僮始去。秀峰忆三娘必已悟,又窥之,则三娘饮酒自若,秀峰无术可施,惟搔首顿足,暗中叫苦而已。

未几,壶半尽,三娘面颊微赤,如雪里红梅,再数杯,玉山颓然,妪乃扶置榻上。朱公子色舞眉飞,与妪交头接耳,吃吃作笑声,即欲就榻肆淫。妪以手指几上,更东张西盼,乃呼馆僮撤酒具。秀峰于隙中睹其状,行见一朵名花立遭蜂毒,千金良璞不保贞姿。有恨难言,束手无策,转怨三娘执迷不悟,自贻伊戚,又咬牙切齿,咄咄作空。再听隔室笑声益频,更不能忍,负气而出。甫至楼下,辄复自返。刚近壁间,忽闻有声轰然,度三娘已受辱,急极几狂,欲排关而执之,又恐以非法获罪,因返身下楼,将呼茶役,拟取得剩酒为证,执以鸣官。转念剩酒必已倾堕,且身无瓜葛,亦不能作当事人,转展寻思,如痴如痫。僵立楼下,正在心口相商之际,忽闻身后有人拍之,回首惊顾,见一人掩口微笑,睇视之,则三娘也。

第八章

初,秀峰闻朱与妪谋,惊怖万状,急出门,迹三娘,遍求不得,乃坐待于门首。三娘归见秀峰,因怪其狎妓,怨望之色微露于面。秀峰不暇细辨,急请间告以所闻,语未竟,妪忽呼之去。秀峰因伏而窥之,见三娘饮酒自若,疑其不己信,且恨且惜。忽凭空见三娘来,莫知所自至,疑以为梦,半饷无言。三娘曰:“君怨妾耶?”秀峰曰:“女士非已中药欤?胡得遽醒?”三娘曰:“妾自有却酒方,此处不便言，请偕至湖上，为君细述。”秀峰果随三娘行，及湖畔，残月东升，岸下有小舟。三娘曰：“湖中夜景殊佳，今幸得闲，曷乘月一游？”秀峰曰：“渠二人得毋来乎？”三娘曰：“君勿虑，来将登舟。”甫坐定，秀峰又问。三娘曰：“妾初闻君语，且惊且恨，至楼上，果有酒两壶，妪以一壶授妾，妾试以酌妪，妪托词不饮，妾心已了解，乃故遣妪楼下。又以箸坠地，使朱拾之，因乘间易其壶，渠犹不知，遂与妪共饮。妾度彼已中药，不久必发，乃伪为昏迷状，使彼不测，不然渠若先醉，必疑有人漏其消息，势将及君。君不识妾意，屡于隔室呼有毒。妾恐彼惊疑，故益满引。彼未知是伪，见妾佯醉，方快乐欲死。正鼓舞间，朱先倒，妪随之，僵卧如死尸，所谓害人适以自害耳。”

秀峰闻三娘语，且喜且愕，曰：“女士如是慧巧，然仆已魂惊胆破矣。”三娘笑曰：“君日来乐甚，亦须稍受恐怖。”秀峰红涨于颊，曰：“噫！女士固以仆为儇薄儿耶？是诚不知仆心矣。仆日来如处荆棘，方幸得脱，与女士遇，女士当日独未窥得仆情状乎？”三娘曰：“妾何尝不见，妾初过桥边，视君与彼姝语，以为君之戚属，及至旅舍，以朱伧询得对楼为妓院。未几睹君，始知与君语者即妓也。夫狎邪之游，少年所不免，妾岂敢以此薄君？且妾与君虽神交已久，然觌面问名仅及一次，以患难故，不惜倾心吐腹，掬诚相待，要皆以君为至诚人耳，故虽睹君于妓馆，仍不敢易态相视，如是待君，亦良不薄。君诚爱妾，胡乃隐妓床后而相窥，故与妾周旋，使妾不测，妾不幸冒昧中又曾牵衣示君，致为妓所察。彼妓女飘泊杨花，凭依靡定，今日事君，明日依人，设以此扬言于众，播传于妾家，君纵不自顾，其如妾何？岂只顾一时兴趣，遽忍以妾为戏乎？妾诚不能无疑问于君矣。”言罢泪堕，不胜酸楚。

秀峰瞠目结舌，含冤莫诉，方欲伸辨，三娘又曰：“君无怪妾言，妾自数日来寝食俱废，胸中积郁，烦闷欲死。诚以妾家庭苦境,无故尚起波澜,若此事一发,更不知至何地位。不然,偶尔戏弄,妾亦何至以此怨君?”秀峰益急,眉绉面赤,曰:“女士冤人,且使仆一言相白,死亦无憾。女士以仆为有意相戏乎?”三娘曰:“妾固如是疑君。”秀峰正色曰:“如是豺狼行,仆有此心待女士者,有如湖水!”因举所佩时计,投水以自誓。三娘急止之,则已堕水中矣。三娘不怿曰:“君诚无此心,直告可耳。妾即错怨君,亦可恕妾愚,何必投物以誓!岂以妾为顽梗,不可以言喻者乎?”秀峰曰:“非也,仆以女士言之确凿,急无以自剖,惟有指水自盟耳!且仆之入妓馆实为计所诱,身入牢笼,无可解脱,尚肯戏弄女士耶?”因举丽娟始末及当日如何情状,历述一遍。三娘始恍然,益感秀峰,更深悔前言,不觉方寸萦扰,默然相对。时近夜半,人语都寂,但闻桨声与蛙声,遥遥相应耳。

有顷,舟已绕湖一遍,至孤山下,但见月影徘徊,波平如镜,乱峰倒插水中,依稀似画。秀峰见三娘默然无语,知其心有不释,因指湖上而告之曰:“此湖三面皆山,一面附廓,由南北诸峰连亘而至。东州列岫,近而秦望,远而桐扣,左龙飞,右凤凰,南屏以为冠,赤土以为襟,鸦鸡延为向背,灵鹫衍为胥附。五峰指列,三竺骈罗,真乃合五洲之芳泽,集万山之鲜溜,以成此东南雅境。加以水中孤立一屿,所谓湖中有山,山下有湖,湖以山显,山以湖胜。仆前日与女士所论,良不谬否?”三娘笑曰“诚然!妾此来即为君一言引起也。”秀峰笑曰:“仆此来亦料女士已来,而始来也。”三娘曰:“然乎?妾犹以为适相遇耳!惟妾与君顾未相约,君果何以料之?”秀峰曰:“仆某夜闻女士与妪有谇语,料女士必不返金陵,然尚未知至此。及仆逸出妓院,正猜度女士去向,忽闻某僧提及西湖,猛忆山中语,料女士必履行此言,故追踪而来。及至,不见女士,尚以为所度不中,嗒然若丧。不料女士故绕道上海,后仆而至。”三娘笑曰:“君之度妾行踪,亦犹妾猜君姓名,皆意会而成耳。

惟妾来时颇欲扬言于君，以朱在侧，恐为所闻，故守秘密。卒之君能以会意，朱亦能以诈度，双方皆不能秘，岂非奇事乎？”

秀峰曰：“以意会者不足奇，以诈度者至可惧。其中不有细作，亦安得行其诈也？”三娘点首曰：“此何待言，妪即切近之奸细。妾之有此，犹肘下豺狼耳。不然，何有今日事？设非遇君，妾岂不断送于细作之手？尚能遨游此处，讨论湖山之胜乎？”秀峰笑曰：“女士毋怨细作，亦无德仆。仆亦细作也，侦探敌军动作，报告于司令，即细作之力。至于布置防御，反守为攻，指挥自若者，则司令官之功也。”三娘笑曰：“然则君处园中，顾无细作，胡亦脱险而还耶？”秀峰曰：“女士得细作效力，故能反守为攻，仆无细作效力，所以临阵脱逃耳。”三娘不觉大笑。秀峰曰：“女士且勿笑，仆虽示弱脱逃，然敌人不得再追，女士虽反攻取胜，敌军未碓，祸根犹在。设卷土重来，其害必烈，不可不预防也。”三娘叹曰：“此语良然，妾亦已计之。彼既同来，此间必难再住。妾拟明日仍往外家，少住数日即返金陵，此乃避目前祸患。至于后来事，妾命中既犯魔星，惟有稳立脚跟，时时自检。再有不测，妾荏弱一身，亦何能为？当誓死以挽父母之心，万一无效，则避难于九原耳。”言罢泪落，秀峰为之凄然。

俄而月影将中，闻岸上鸡声已唱，三娘惨然曰：“只顾谈心，不觉时晏，设魔星翻身，则祸发目前矣。”急命舟子移船近岸，匆匆上岸去。三娘复问秀峰此去安往，秀峰答以回金陵。三娘嘱曰：“连日所遇，宜始终守秘密，妾与君尚有后会，否则殆矣。”秀峰敬诺之。三娘又问：“丽娟不至饶舌否？”秀峰曰：“渠固不知女士名。且此女虽处青楼，尚非他妓可比，狎客亦不多，仆于彼又无仇怨，不致故为播扬。”三娘曰：“果尔，妾心亦少安。盖妾处积弱之下，稍有差忒，便如惊弓之鸟，惟恐遇害。顷与君言，一时不揣，不觉过激，亦实以心有恐怖，故言词颠侧。君如爱妾，尚望见宥，而毋妾怨。"秀峰闻其语殊可怜,心殊酸恻,急慰之曰:"仆深知女士心,当时实恐女士以误会而生恐怖,急欲解释,故冒昧中投物自誓,后悔犹不及,尚敢别有芥蒂乎?况仆与女士,论交则为知己,身世又有同病,只有相怜,而无相怨。苟有可为女士致力者,死且不辞,怨于何有?"三娘叹曰:"君如是待妾,妾何幸而与君遇,更何不幸始遇于今日!然妾从此死亦无憾矣。"言罢,已见客馆,将叩门而入,细辨之竟非所寓,盖已行过数百步也。急折回,至则灯灭人静,呼良久,一茶役始应门而出。匆匆上楼,则妪与朱犹僵卧地上。三娘乃登床假寐,然亦不敢安寝也。

次晨,红日三竿。妪先醒,呼朱,朱犹卧;呼三娘,三娘故不应。妪愕然如梦,含糊自语,曰:"怪哉!我分明一壶置药,胡无药亦可迷人?岂我一时颠倒,两壶并置欤?"因垂首细思,辄复自怨。时至床前俯视三娘,时至地下以手曳朱,时又东西望,怪状百出。三娘听其言语,可恨又可笑。欲指其奸,又恐逼之太甚,挺而走险,不如羁縻弗绝。乃佯作欲醒状,于床上欠伸。妪即前抚之,三娘张目视妪。妪问:"姑娘醒乎?"三娘抱怨曰:"昨夜酒谁沽得?得毋有毒欤?不然,饮少许,胡迷人如是。"妪嗫嚅不能答,呐呐然曰:"我亦不知,且我亦才醒,公子尚犹僵卧也。"三娘曰:"然则旅馆欲谋为盗,故以药迷我欤?妪且呼沽酒者来,我当诘其故,报告警署,以惩治之。"妪面色骤变,足摄不肯前,三娘故促之。妪行至楼前,立少顷,又复返曰:"沽酒者已不见,惟不知果否有毒,且酒壶已倾,亦无证据,不便鸣官,行李又无遗失,他乡作客,得过且过,我劝姑娘不必发作耳。"三娘恚曰:"人方毒我,我亦安然受之乎?在家时,母亲顾谓妪老成,阅历深,使来伴我。我年少,以妪为护身符,有人害我,妪尚不能照料,妪归何以见我母?我固不解事,惟妪言是听。至家后,父母问我,妪勿怪我直言也。"妪惶惧莫知所对,只云:"姑娘释怒,姑娘恕我,念我老耄,且勿以告父,留我面皮，则感激姑娘，以后惟命是听。”三娘始不语。

俄而朱已转侧，妪曳之起。朱见妪瞠目而视，又不敢作声。妪亦神情沮丧，一言不发。三娘欲挑其怒，因问朱曰：“酒好否？”朱敢怒不敢言。三娘曰：“此贤妪之所赐也。”妪曰：“此何语！我岂未醉乎？”三娘曰：“妪醉我未见，妪醒我不知。”妪欲再辨，三娘掩耳不听，匆匆如厕。朱乃怒目向妪，曰：“老贼婆谋为我成好事，胡以药迷我？”妪曰：“冤哉！我明明以净酒付公子。”朱曰：“尚曰净酒，我昏迷几死，知尔与谁谋，故欲害我！我平日待贼婆不薄，所以给贼婆者不下数百金，竟如此相报乎？”妪受屈无可伸，气郁不能言。朱怒不稍熄，声益大。妪惟恐人闻，而莫可止之，急而哭曰：“公子试一回想，我害公子，果何所为？我岂自求死路耶？”朱叫曰：“尚好机会，胡迷我，使不得动？”妪闻其大声不顾，急曰：“天皇且勿怒，毋使人闻，两俱不利。”朱曰：“谁教尔如是？”妪见其怒不释，无可劝止。秀峰于隔室闻其语，故作咳声。妪惊愕如闻雷霆，趋至朱前，叩头摇手，哀使勿语，又探首门外来视，见无他人，又轻声谓朱曰：“公子少忍，容细思，我果害公子，便请杀我，否则毋白地冤人，日后尚有报效时也。”朱犹欲再言，三娘牵帘而入。

妪见三娘，骤惊失色，三娘曰：“我又非猛兽能噬人者，胡见我来，作如是状态，岂有不能见人事乎？”妪急曰：“姑娘惯会调侃人，老身年已六十余，行将就木，有何不能见人事？”三娘嗔之曰：“谁合与尔言此？”妪腼颜而笑曰：“我老耄言语颠倒，冒犯姑娘，姑娘亦勿怒，且来理鬓，早膳后往西湖散闷去。”言罢，即促三娘坐，为之挽头上髻。又顾朱曰：“公子无事，何不往门外略看湖景，胜似枯坐也。”朱乃阑珊而出。妪私语三娘曰：“姑娘此来，不料朱公子又至，致阻姑娘兴趣。且此处旅馆又不佳，更难稍佳。据我愚意，姑娘不如暂回上海消停数日。使公子不觉，再来独游，较为畅快。姑娘以为若何？”三娘闻妪语，与平日绝殊，知其心有愧怍，忐忑不安,或朱有怨语,惟恐泄漏,故假作谀词,无非欲速离此处。但自问与秀峰夜游事,久住亦恐布露,速去亦佳,乃谓妪曰:“旅馆既难住,便从妪言,下午转沪。”妪甚悦,检点行李。早饭毕,三娘呼妪及朱,往湖畔缓步。盖恐朱闷坐旅馆,或探得晚间事也。将近一时,始趋车站。秀峰以独坐无聊,亦同车赴沪,不过相见无言,默然心会而已。

第九章

既至上海,三娘仍投舅家,秀峰与朱各宿旅舍。次日,秀峰往游愚园,见园内布置不脱俗尘,且游人繁杂,憩息少顷,嗒然欲归。刚及门,见一中年妇人与二三女郎,珊珊而来。最后一梳双鬟望仙髻,春绡青羽裙,淡装而革履者,即三娘也。秀峰立门内,不便与语,惟遥相顾盼。时则有三五少年,窥见三娘有潜鱼飞鸟之姿,散麝开莲之致,仿佛玉环飞燕,重履尘寰,于是交相赞叹,颠倒欲狂,一种轻薄之态或现诸颜色,或行诸言语。秀峰睹其状,怒火中烧。三娘亦眉竖颊白,急呼同伴去。行至门首,适一仆与妪来。三娘问妪何作,妪曰:“家中有人来,召姑娘回家。”三娘曰:“家中有何事?”妪答不知,三娘默然。中年妇人曰:“即无要事,何必便去?尔家父母亦太自外,岂舅家不可以舍甥女欤?”妪笑曰:“我亦云然。奈我家主人过惜姑娘,但使数日不归,便自记罣。其实舅家有何不方便?且舅母又爱甥女,待我与姑娘归,当婉告主人,暇时再来,多住一向也。”三娘曰:“妪且罢,不必多言。”因与二女郎携手登车,马蹄得得,其去如飞。秀峰怅望移时,嗒然返寓。

是晚,秀峰兴趣都无,倦游思返,乃乘沪宁车回金陵。既至车站,购票毕,刚欲上车,又遇三娘及中年妇人与女郎二三人,携手同行,送三娘至车上。秀峰即对面而坐。妪见秀峰,眇一目来窥,似甚怪其相值之频者。秀峰若为弗见,故举首向外,但闻二三女郎与三娘哝哝私语，及汽已鸣，始殷勤叮嘱而别。三娘犹倚窗目送之。车行既远，始返身向内。则朱公子忽至，欣然而笑，坐于三娘侧，三娘目若无睹。朱公子频与语，三娘亦若无闻，或曲肱假寐。朱自觉无兴，始默默独坐。妪不时周旋之，然亦不敢多言。秀峰更悄然无声，巫山在望，咫尺难通。及斜阳欲落，已抵金陵。相将下车，始终无一语，惟于临岐处，以秋波送别而已。

分手后，各自返家。在三娘处，继母积威之下，更有一语言无味、面目可憎之朱公子纠缠于其前，作眼中不拔之钉，转因此最无味、最可憎之眼中钉，追思最有味、最可爱之意中人，遂觉天渊不能喻其高下，薰莸不能形其香臭，无奈高难独攀，下苦易堕，香已无闻，臭则偏近。其情绪之烦恶，心理之苦恼，固不待言。即秀峰虽无无味可憎之人，以触其感想，然而情人不见，相思难忘，晨风月夜、庭草春花，无一非牵愁之物，且家庭多憾事，动不自由，回念一同病相怜之人，追思其可爱之貌、可怜之语、可感可泣之情，更回想如何相见，如何交谈，则亭外松竹、涧中流水、三娘之白巾、老妪狗儿之丑态，以及一草一花一木一石，历历如在；如何折花，如何观海，则崖下花香，洪涛巨浪，一一不忘；如何遇盗、如何堕崖、如何脱险，则混江王之凶猛，狗儿之恶状，及挂藤时之恐怖，三娘援救时之情形，及警兵捕盗后之光景，老妪忽来时之声色，如在目前。更由此递及舟中共语，妓楼相望，中间丽娟之纠缠，逃往西湖之仓卒，旅馆饮酒前后之或惊或喜，游湖时之或诉或泣，车中之无言相对，临岐时之秋波送别，始自见面，终于分手，三娘之一言一语，一颦一笑，皆深印脑海中，一丝不漏，直觉世间无此知己，天下无此情人。思之终夜，不觉东方之既白。

次日，晨餐后，秀峰神色昏昏，或坐或立，脑中咸有一三娘小影，念相去不远，欲造其第宅。傍门瞻望，或幸睹芳容，藉疗渴慕，乃悄步望柳家而来，刚过曲巷，垂首疾行。忽一醉人，颠跛而至，望见秀峰,猛捉其襟,哈然而笑,秀峰大愕,其人笑益扬,曰:“柏兄阔别许久,何处访君不遍,君果安往?今日始遇于此处,岂非幸事?且速过敝庐,有好事与君语。”秀峰定神细察,始知为金陵王生,著名粗暴之夫。秀峰素恶其人,因与继母有瓜葛亲,未便公然拒绝,乃婉辞曰:“仆适有要事,且俟暇时再过访也。”王曰:“遇君良不易,君勿诳语,速随我去,少饮数杯。”因捉臂强之行,酒臭薰人,秀峰益不耐,苦莫能脱,因大呼曰:“如是粗莽,岂所以揖客乎?”王但笑不顾,曳至门外,推之入,狂呼家人治具。秀峰曰:“君有何事,请速语。”王曰:“且待酒来,三巡后再与君述也。”俄而设筵丰盛,促坐对饮。王连举数觥,秀峰恐其醉,更肆狂扰,又托词求去。王曰:“如是急急,莫非有桑中之约欤?”秀峰曰:“君亦列身士林,胡语语不脱市井气。”王笑曰:“小书生又作处子态矣!我且问若,尊君在家乎?”秀峰答曰:“未。”王曰:“若然,正可多饮,少间与君共话佳剧也。”秀峰又问何事,王曰:“我适从友处来,闻得一奇事。若遇我,岂不甚妙。”言罢又笑。秀峰颇不耐听。王又曰:“此事甚有趣,非君,我顾不以相告也。”秀峰曰:“果何事,吞吐若是?”王曰:“君知金陵有柳三娘乎?”秀峰闻三娘名,不觉骤惊,然不敢实吐,伪应之曰:“亦闻其名,但未见其人。”王曰:“若个美人尚未见过,真枉住金陵矣。”因述其如何美貌,如何慧巧,手舞足蹈,口角流涎。秀峰曰:“君但言其事,不必表示其形。”王曰:“是不可简略,须得细述其人艳丽,自我视之,举世无其匹,但有一缺陷,不幸无母,继母甚虐,可惜仙岛名花,时遭蹂躏。今更有奇事,即发生近日间。”秀峰曰:“愿闻其事。”王曰:“三娘有中表朱某,与我有交谊。朱欲得三娘已非一日,奈三娘苦不愿意。数日前,适三娘游某山,回至西湖,天赐巧机,朱乃与其乳母谋,酒迷三娘。在朱方庆大功告成,不料为三娘察觉,反使朱与妪饮药自迷,一夜不曾醒。朱公子怅悔欲绝,初疑妪不力。昨日妪归,历思前事,谓当是有一少年。”秀峰急问：“少年何事？”王曰：“闻少年温柔俊秀，亦与君等，时与三娘同寓。相见时，眉目含情。妪疑谋时为少年所听，密告三娘。又忆饮酒前，三娘尝遣妪下楼，更使朱拾箸，必于是时暗换酒壶。次日，三娘神情又似伪醉，于是疑益真。朱因恨少年。闻少年昨日亦来金陵，今朱与妪谋，度少年必至柳家，探望三娘。因使妪坐候门前，但见少年至，便伪三娘命，召之入，因而缚之，或鸣官，或闭置后园内。柳宅后园甚大，树木又多，更蓄动物数种，或即杀之，以果兽腹，想妪今已在门外矣。我且与君去视少年来未，果系如何人，亦算是一出风流谑剧也。”秀峰闻罢，如平空霹雳，肝胆俱碎，瞠目结舌，热念冰消。王笑曰：“君闻而害怕乎？”秀峰曰：“计太毒，使人可惧。但此谋君何得知？”王曰：“我适由朱家来，渠亲为我商之，所以知之甚悉也。”言罢，又促秀峰去。秀峰苦辞，几于泣下，始得脱，丧气而归。伏枕长想，寝食都废，不觉奄奄而病。

春雨缠绵，相思梦苦。秀峰卧病床头不觉一周，父又他出，家庭中仅一漠不相爱之继母。寝食无人过问，日对空庭，夜伴孤灯，凄风苦雨，有景皆愁，无声不惨。秀峰此时不复知有人间生趣矣。不料奄奄欲毙之际，忽一卢扁所不能拟，和缓所不能创，专医相思之药方，凭空飞下。秀峰但一寓目，则十分不快已愈却九分矣。药方唯何？盖即三娘之情书也。仅寥寥数语，在秀峰视之，则虽连城之璧、随氏之珠，亦不过是。书曰：

妹柳如意，致书于秀哥足下：妹与哥相聚四日，而别已一周，离多会少，感也如何，愁滋甚矣。况夜雨缠绵，滴滴皆从心上落，此情此景，哥其有同情乎？回想山中把袂，湖上谈心，厚谊深情，使人感泣。古人云：“人生得一知己，可以无憾。”妹从此亦无憾矣。哥诚相爱，天晴日烦相候于莫愁湖畔，妹当乘间而来，藉诉七日之思，不然，行将闷死矣。春风多厉，诸惟自爱。妹如意启。

秀峰读罢,眉飞色舞,十分愉快,病忽若失,惟祷告天公速晴而已。然举视空中,阴云四合,大雨倾注,寸衷焦急,烦闷更甚。未几帘溜忽断,黑雾渐开,登楼四顾,则山色半明,云低欲敛。晚餐既毕,再望天际,见星光数点,隐约可辨,私心窃慰,如获喜报。挑灯入室,展三娘手书,默读一二遍,安然就寝。酣眠一觉,则红日三竿,窗棂皆赤,翻身急起,仰空欣笑。匆匆早膳,整衣而出,径趣莫愁湖上。但见翠柳织浓,绿波淡荡,沙暖泥融,烟轻草碧,以幽窗苦雨,相思卧病之后,骤睹此湖光山色,日影花阴,其怡悦之情,恰如脱离地狱,骤升天堂,处处皆神仙之景。此时秀峰几疑不在人间矣。未几,花阴停午,三娘犹未至,秀峰独步堤上,望断春云,盼穿秋水,玉人不见,芳草徒青。及时近四钟,饿腹雷鸣,力倦难支,以为三娘必有他故,不能践约。方将丧气而归,转过堤岸,遥见柳阴中一风鬟雾鬓、阿娜如仙之美女,飘然而至者,竟三娘也。

相见握手,便以哥妹相称,不复称女士与君。三娘曰:"哥来良久耶?"秀峰曰:"然。仆晨餐后即候妹于此。"三娘曰:"妹以邻姊妹来访,喋喋不休,恐哥久待,心急欲死,顷始得间,故奔而来。又恐哥不耐坐,或已归去,致负良约,心悬悬如鹿撞,至今犹未宁也。"秀峰曰:"仆亦知妹有他故,然犹恐家庭发生别事,正在揣度中,若稍迟,则仆已回家去矣。"于是挽手同至柳树下,即石上而坐。三娘忽觉秀峰有病容,问曰:"哥胡消瘦如是,得毋病耶?"秀峰叹曰:"病已数日,非妹函来,将索我于枯鱼之肆矣。"因述其相思之苦及病中情况,与继母漠不相关之态度,言之不觉泪下。三娘更凄然色变,叹曰:"无母之惨,一至于斯!此与妹当日情形如出一辙。妹因亲尝其滋味,思之酸心。妹前在车上见哥神色即不佳,深恐或不释于妹,家庭又不如意,春寒易感,足以致病。每欲乘闲访哥,迫于身不自由,不但不便造谒,欲通一函件已费尽几许心力,始达邮筒。故每一自想,心绪烦恶,无刻不在苦恼中,且苦雨连朝,更增郁闷,愁已难排,何况于病。”言罢,春山蹙损,泪含欲堕。秀峰恐其自伤,急曰:“忧闷数日,幸得相逢①,且春日暗明,正宜畅叙,请勿以旧事萦怀。”于是步出柳外,行数十武,见一树樱桃,花开似锦,斜阳挂树,春水微波,湖光花影与三娘娇容相掩映,益衬艳丽。俄而树上黄莺娇语,花瓣齐飞,落于三娘鬓上,恰似寿康公主梅花点额。秀峰微睨其状,不觉默然魂销。三娘以白巾微掩半面,嫣然启齿曰:“哥憎妹耶?”秀峰不觉益动,四顾无人,急移身近三娘前。三娘轻舒玉腕,与秀峰握手,相视微笑,欢生眉宇。秀峰复追叙前情,曰:“仆自山中闻妹语,已视妹为平生唯一之知己,感已入骨。然有心事,不敢冒昧自陈者,诚以妹有种种牵制,恐不成,反增妹累耳。惟方寸犹不相忘,所以见丽娟时,任彼如何情好,亦恝然置诸度外。不然,仆与丽娟乃总角之交,素相契合,久别乍逢,渠又缠绵尽致,仆岂肯以其失身而薄之?所以不敢相许者,实以遇妹于前,心中有妹,故不为闲情所摇动也,及回家后,追思妹之一言一语、一举一动,顾终夜不寝。次日早餐未饱,即匆匆往妹家来,意欲于门外幸一相见,藉偿半夜之思。”三娘曰:“哥固至妾门外,果在何时,是日妹尝一至门前,何未相值?”秀峰曰:“且待仆言,所谓世事不测,人谁能料?仆当日幸半途而返,设至妹家,今已物化,即不然,亦在缧绁中矣。”三娘惊曰:“此何故?哥速告妹。”秀峰乃以遇王生,闻朱与妪所谋事,详告三娘。三娘曰:“毒哉彼伧!狠哉恶妇!豺狼之不若矣。无怪当日恶妇半日不入室,竟不料其暗设罗网以害哥也。设不遇王某,妹之害哥,岂可言喻。”秀峰笑曰:“侥幸事,每得于失意中,仆初遇王时,为彼所萦扰,恨之岂不入骨?及闻妪事,几如跳出虎穴,心胆俱栗,热念冰

① “逢”原文作“逄”,据文义改。

消，然仆之病，未始非基于此。”

于时三娘默立少顷，毅然曰：“谨定趋向，稳把舵根，风浪虽险，未便倾覆，愿与哥共勉之。”秀峰曰：“此言仆当盟诸心肺，非至山尽水穷，便不止步。”三娘曰：“方寸既定，以后应作乐观。即间有磨折，亦可委曲求全，留得金刚不坏身，便不愁不登彼岸矣。”言罢，不觉斜阳已落，飞鸟乱啼。三娘曰：“日已夕矣，妹不敢久留。”乃于衣底出时计一枚，以授秀峰曰：“此中有妹小照，聊作今日纪念。”秀峰欣然受之，惟自顾身无一物可以转赠三娘，意颇踌躇，三娘问之，秀峰曰：“仆以急欲见妹，故来时匆遽，竟未携一物，无以赠妹，为之奈何。”三娘曰：“下周星期六，妹当往远戚李家贺结婚，请哥候妹于朝阳门外，妾乘间与哥同游紫金山。”秀峰曰：“诺。”乃匆匆入城，珍重而别。

第十章

三娘既归，时已薄暮。牵帘入室，悄无人语。将欲呼婢挑灯，忽闻妪至帘窗外，喃喃自语，曰：“若个女儿，不守闺训，辄露形于外，暮犹不返，亦不知与谁攀谈，全不顾体面。”且行且语。入门见三娘，误以为婢。盖三娘有婢名巧儿，美而慧，小三娘二岁，幼伴三娘读，粗通文字，常为三娘心腹。继母疾之，因禁制使不近三娘。另以妪为三娘服役。妪疑巧儿暗递消息也，因责之曰：“尔又送是非来也，只顾取欢于姑娘，不管主母怒。明日当告主母，以针刺尔肉。”三娘忍怒不发，任其自语。妪犹喃喃不休，以手索几上，取火燃灯，骤睹三娘，大惊，耳颊尽红，三娘默相其面，一言不语。妪赧①然笑曰：“姑娘已归耶？老身望穿双眼矣。”三娘曰：“妪适作何语？我举动顾受妪干涉耶?”妪曰：“老身何敢干涉姑娘，不过

① “赧”原文作“赮”，据文义改。

以姑娘年尚轻，不惯一人行，且天雨后路滑难步，晚犹不见归，诚恐万分有失，则罪在老身。适才急切中，言语倾倒，然无非好意，姑娘幸勿见疑。”言罢微笑。三娘嗤之以鼻，曰：“妪脏腑我已洞悉，犹以假面目欺人，我有何事违犯闺训？尔见我与谁语？作何不顾体面事？且略述一二。”妪笑曰：“姑娘且息怒，老身适已自认，言语颠倒，开罪姑娘。姑娘且念昔时怀抱持携之情，即有万分不是，或亦有一二分好处，须恕我无害姑娘意，语虽粗莽，心实可宥，姑娘不必受气，请速出晚餐也。”三娘曰：“谁与尔絮絮，语甜如蜜，心毒如刃。我且告尔，我并非婴孩，可玩弄于掌上。以后宜略自揣，当日如何相待，不必以我为可欺，而遂肆阴狠也。”妪犹欲自辨，三娘挥之使去，始赧然而出。

三娘独坐灯下，情思无聊，亦不晚膳，悄然就寝，拥衾独卧，万感俱来。回念平生旧事，无非惨境。然无意中遇一境同志合、情真意切之秀峰，与订终身之约，则私心窃喜，转念家庭专制，动不自由，今日之因，正不知如何结果，后顾茫茫，生死莫测。兴思及此，又复凄然自吊。更念妪之阴险，已成肘腋之患，朱之凶顽，尤种痈疽之毒，加以继母暴虐，老父昏迷，兄弟不相爱，无一非致死之道，不觉悲从中来，心伤罔极，抚胸堕泪，襟枕生寒。及鸡声三唱，犹展转床头，目不交睫。每想至无可奈何之际，但觉身热如火，心冷如冰，旧恨丛来，新愁猬集，残更断漏，一刻如年。迨至更筹数尽，如花似玉之三娘，已不觉三分憔悴矣。

次晨早起，默对妆台，云髻慵梳，修眉懒画，千愁万绪，亦不知来自何处，但觉神思昏昏，欲睡不能，欲坐无力。如是三日，渐次委靡，偶然对镜，不觉骤惊。自念：“苗条弱体，若再烦恼，十分容貌，怕不上九分消瘦。回想日前与秀峰相约，从此宜作乐观，今乃一味悲辛，设数日相见，睹此憔悴形骸，岂不使秀峰翻增酸楚？况后事尚未发端，便自求烦恼，是一生心事，不坏于他人，而误于自身矣。”如是寻思,辄复强作宽解,立向妆台前,略整云鬟,淡扫蛾眉。晨餐既上,勉食数粒,即趋入后园,独步花间,以受新鲜空气。时正三月,园内群花盛开,深红翠绿,燕语莺啼,乃穿花踱柳,自寻乐趣。见架上秋千,顿触所好,攀援而上,舒腕蹑屣,略一二蹴,力倦不支,身倾欲堕。方将停足,忽一人趣而至,张两手作欲抱状,连呼勿堕。三娘俯视之,则朱公子也,急斥使远立,徐揽索而下。

初,朱公子闻三娘病,入室视之,不见三娘,以问妪。妪告之,乃悄入园内,见三娘蹴秋千欲堕,急欲献殷勤。三娘殊厌之,故斥使远立。朱极力承迎,曰:“我昨闻妹病,欲来视疾,又闻妹畏烦,不敢相扰,不时使人探听,心殊记念,一夜不曾眠。适遇妪,云妹在园内,度妹已愈,不觉骤慰,始敢来此为妹解闷。忽见妹在秋千上,势将倾跌,心惊欲吐,至今犹未定也。”言罢赧然,作种种痴状。三娘嗤之曰:“多谢好意,后勿复尔。或我病无恙,君且成痨瘵矣。”朱笑曰:“为妹而死,亦复何悔。”三娘闻其言,可恨亦可笑,思有以窘辱之,稍杜其妄,想因绐之曰:“真无悔否?”朱毅然语,教我何处去?”三娘曰:“果不去否?我言语不逊,若小有乖忤,且勿后悔。”朱笑曰:“以妹温文,岂有乖忤事?即间或诙谐,终不出雅趣,我自乐闻,悔于何有?”三娘曰:“且请同往。”朱公子如奉纶音,喜溢眉宇,谨随三娘而行。

行过杨柳外,循竹篱而西,从小门入,另一小园,即蓄动物处也。盖柳家后园,有东西之别,东园皆植物,西园则植物之外,兼养动物。朱公子随三娘既入西园,忽见笼中白兔光彩耀目。三娘极口赞曰:“美哉玉兔!可爱哉玉兔!”朱公子亦应声赞曰:“好兔!诚哉其可爱也!”三娘曰:“事甚奇,我所赞好者,君亦赞好;我所爱者,君亦爱,此诚何故?”朱欣然曰:“我亦不知其所以然,但一事一物,妹以为好、以为可爱,每与我有同情,即如此兔,我见之,正在羡慕,尚未形诸口,妹已代我而言之,一若先得我心。大约我之心理,即妹之心理;妹之心理,无异于我之心理也。”三娘曰:“心理相同欤?我尚不知君犹有心理,但君既爱之,何不抱之来?”朱公子果探手笼中,将白兔抱于怀内,如抚婴儿。三娘问曰:“人之于子,莫不有最亲之爱情,此种爱情,在西洋风气,当以何种表示之?”朱公子无意中卒然答曰:“接吻而已。”三娘曰:“接吻可表示爱情乎?君何不代我与白兔一接吻也?”朱微笑曰:“与白兔接吻乎?”三娘曰:“然,我视兔如子,此所以代我也。”朱少踌躇。三娘曰:“我所最爱者,君不能代我表示爱情乎?”朱至是不容不许,因毅然曰:“代妹为之,何事不可?”遂不顾腥臭,俯首与兔接吻,三娘意始满足,欣然复行。未几,又见山羊一群,啮草树下,三娘问朱曰:“君视山羊若何?”朱踌躇不能答,不敢曰好,亦不敢曰恶,乃故为模糊之语,曰:“是在各人之性,好之者以为好,恶之者以为恶耳。”三娘以手抚羊角,曰:“我则以为大好也。”朱公子曰:“妹以为好乎?我亦云然。”因以手抚羊背,状至亲热,如弄婴儿。三娘曰:“游戏之事,我所好者。大约君亦同好。”朱曰:“我已言之,乃心理关系也。”三娘曰:“心理乎?我心理爱羊殊甚,君请再与羊接吻,则真足以代表我心理矣。”朱公子曰:“山羊乎?”三娘曰:“然,是亦代我表示最亲切之爱情也。朱沉吟曰:“兔与山羊,岂无分别欤?”三娘曰:“我爱山羊,尤甚于爱兔,君不表同情乎?”朱曰:“于妹所爱,何得不表同情。”三娘曰:“然则非接吻,必无以表示之。”朱公子不得已,又俯首于山羊两角之间,相与接吻。羊以舌舐朱面,腥臊之气,触鼻欲呕。三娘笑曰:“此虽游戏事,聊以征君之心理耳。”朱曰:“我亦聊以自表也。”三娘曰:“仅此一二端,犹难表示其底奥,须再试一事,方可洞悉君之臟腑也。”朱曰:“惟妹所命,但妹能出诸口者,我皆能行之。”三娘曰:“然乎?”朱曰:“然。”三娘欣然点首。

俄而行近豚室,三娘顺径而下,朱公子随之。至一臭沟侧,朱停足曰:“此处不洁,曷速返?”三娘曰:“我视黑面郎肥腯未。”朱公子不解,忽见肥豚数头,三娘曰:“居家之要,称租蔬鱼猪,猪实不可少之物。”朱曰:“诚然,近人尝有养猪而致富者。”三娘曰:“然则君必爱猪,便请与猪接吻,表示心理与我看也。”朱怫然曰:“是恶乎可?”三娘曰:“君恶之乎?彼与君固同性,彼亦丰耳硕腹,团团然富家翁模范,与君正可作一例观。君又何恶夫彼耶?”朱曰:“妹谑人太甚,胡以我比猪,妹岂与猪亦有爱情乎?”三娘色立变,面飞霜,厉声曰:“我生平所最恶者即猪耳。”朱公子骤惊却退,塌然一声,翻倒臭沟内。深沟尺许,广五六尺,恰能容人,适二猪浴其中,朱卧猪上,猪骤跃,朱益落,一猪由朱身上过,猪蹄践朱面,朱乃狂呼。三娘鼓掌大笑。朱由沟中撑扎而起,刚匍匐而上,泥滑足,足失又堕,如耕牛落水。三娘笑益纵,仰首弯腰,身几倒。忽婢巧儿来,闻三娘笑,急问何事,三娘高声曰:“我在此看猪戏耳。”言罢,笑不可止。巧儿至,见朱公子起自沟中,遍体污泥,眼耳鼻口皆满,笑曰:“公子何处不可浴,胡为乎泥中?”朱懊丧欲绝,跄踉而去。巧儿顾谓三娘曰:“姑娘勿笑,妪来,又将饶舌,谓姑娘有狂病也。”三娘闻巧儿语,顿触旧事,黯然不悦,乐极生悲。三娘从此渐入惨境矣。

第十一章

三娘正在狂笑之时,骤闻巧儿语,猛忆三年前,以游戏狂笑,继母指为癫痫,闭置黑室中,幽囚半月。旧事重提,顿增悲感,又念:“朱公子受此窘辱,亦岂自甘?若再与妪谋,告诸继母,又指为癫痫而幽闭之,则一举一动皆不自由,秀峰之约亦不能践矣。”回想无母之苦,泪不自禁,悄然入室,拥衾昼卧,徊徨终日,心不自安。未几,忽闻继母大怒,詈:“贱婢胡敢欺我,得毋发痫耶?是殆将求死矣!”三娘疑为怒己,悲填胸臆,自分将受幽囚,又闻妪喃喃不休,亦不辨作何语,因益惧,方寸惊恐,更不知将施何毒。俄闻藤鞭挞案声,以为将施夏楚,急欲泣,顷刻挞声乱响,闻巧儿号哭求饶,始知责婢,心渐释。然悍虐之声,入耳生怖,又不知责婢何事,恐于己有牵涉,意不自宁,彷徨终夜,拥衾叹息,自怜薄命而已。

及至星期六,三娘早起,装罢,即告父母,往李家作贺客。刚欲出门,适妪至,问三娘何往,三娘告之,妪曰:“老身且随姑娘去。”三娘力却,妪请之再。三娘笑曰:“彼处必不以迷酒毒我,妪无庸虑也。”妪始赧然而退。三娘乃独赴李家。至则宾客盈室,见三娘来,争相招待。中一女子,年可十八九,貌仅中姿,而风韵绰约,大有弱不禁风之态,衣服都丽,一望而知为富室女,坐次,频顾三娘。未几,贺客拟推代表读祝词。咸言二柳女士,便有人来请三娘。三娘力辞,且曰:“读祝词有一人足矣。”俄倾,群拥一柳至,即频顾三娘之女郎,盖亦姓柳也。于是三娘推柳,柳又推三娘,三娘力白有病,柳亦以病辞,乃另推他人而代之。柳既得脱,乃与三娘共语,攀宗谊,各展里居。柳自言句容人,小字淡春,亦行三,曾肄业某学校,以体弱病多,故未毕业,语次甚相得。日将午,三娘恐秀峰久待,急欲去,而柳喋喋不休,三娘殊不耐,托故而行。时贺客愈多,三娘乘间私逸,径趋朝阳门,则秀峰已先在矣。

握手相见,各道相思。秀峰曰:“妹归后,家庭颇无恙否?”三娘曰:“幸无他故,惟老妪背有烦言,然见面则胁肩谄笑,所谓小人阴险,可恨亦可畏。”秀峰曰:“是无他法,预防之而已。然仆当时,犹恐妹归太晚,或遭父母谴责,不觉心中悬悬耳。”三娘曰:“承哥厚爱,哥近日亦无他事否,玉体已强健乎?”秀峰曰:“尚幸无恙,惟家父已归,此后倘蒙赐书,不得不稍慎重,诚恐为家父所得。虽父尚爱我,不加谴责,然未事先泄,不免别有波澜,致阻后路。”三娘,曰:“此诚要语,惟闲时顾无须通函,心相应者亦不在形迹也,况妹家庭监督犹密,即欲寄书,付邮皆甚难也。”秀峰点首,随于衣底取出玉如意一枚,及四寸照片一张,以授三娘,曰:“无以相赠,聊以此物作一纪念耳。”

三娘展视照片,乃西式猎装,三娘曰:“妹记得在庐山见哥时,即此服也。”秀峰曰:“即在庐山树丛中拍影。”三娘曰:“即此已值连城之壁矣。”又视小如意,乃碧玉所镂,精巧玲珑,上嵌明珠,大如指,奕奕有光。秀峰曰:“此仆家藏之宝,乃先大父过建康时,以万金购得,相传为六朝宫娥殉葬之物。此真夜光珠,黑暗中常放光如明星。先母在时,爱之如生命。母殁,父曾拟以此为殉,以祖传旧物,故不敢,仍留于此。仆恐为继母所得,什袭而藏之,今特以赠妹。”三娘笑曰:‘此名如意,妹亦名如意,他日合浦珠还,如意仍君家旧物也。’秀峰笑曰:“仆以如意赠如意,正欲其如意耳。”相与粲然,乃同行至紫金山下。三娘四顾无人,徐徐解襟,以如意系胸前。秀峰曰:“何不系诸腰间,更觉妥当。”三娘曰:“不然,此乃服膺之意耳。”秀峰笑曰:“妹真如意哉,无事不如人意,无语不如人意,但以如意系于胸前,俯仰时终觉不如意,且恐露出形迹,不若以小照挂于此处,以如意仍系腰间,则服膺之义,人与物略示分别,更无所不如意矣。”三娘欣然曰:“此论甚惬如意心,君真如意之如意,无事不如如意意,无语不如如意意。”秀峰微笑曰:“仆能如如意之意者,尚还有在。”如意晕红微涨,星眼微睗,俯首系如意,无限娇媚,初不待巫山之会,秀峰已魂销骨醉矣。

三娘系如意既毕,又展视小照,嫣然微笑,将以系诸胸前,又恐棱角现露,乃更解夹衣,系于底衣上,然苦无可寄处,俯首沉思。秀峰曰:“仆有一法。”乃就三娘头上取金针一枚,在照片之端,钻一小隙,更于腰带上抽丝线一条以穿之,然后俯首三娘胸前,代系于底衣扣上。三娘底衣乃最淡水红色,紧贴皮肤,隐约如玉。偎傍之际,但闻幽香一缕,非兰非麝,触鼻欲昏。秀峰神魂俱荡,更不知身在何处，但觉心旌摇摇，不能自主，又不敢略露轻狂，因强自镇摄。三娘亦微含羞意，急自掩襟，以首顾山上曰："此处无甚趣，且登高处一视长江胜景也。"秀峰曰："诺。"乃徐徐而上。行里许，三娘香汗微溢，娇润如出水芙蕖，立于小树下，与绿叶相掩映，又如初放牡丹。秀峰微睨其貌，几于无处不美。自念远山芙蓉，不知何日与共四壁，停树遐想，默然神移。三娘曰："欲穷千里目，何不更上一层也。"言罢又行，秀峰随之。约半里，渐达最高处，俯瞰长江，盘旋如带，远树稀微，楼台隐约，烟景历历如画。秀峰叹曰："河山无恙，时事日非，仆至此不无今昔之感矣。"三娘曰："滔滔者全国皆是，何独此处?"秀峰曰："诚哉！中原无干净土也。"三娘曰："君不读苏眉山《吏役论》乎，今其时矣，安得有干净土耶?"秀峰点首微叹。三娘曰："君亦无事叹息，不如遨游名山，行吾素志，保全我干净身也。"秀峰曰："此言甚惬仆意，处此时代，只好谢绝尘俗，去寻桃花源也。"

再行数百步，已至绝岭，三娘回首俯视，以手指金陵城中，曰："妹今日立身高处，回望下方，直幽邃如地狱。试想彼处如何可居，所以妹处家中，每惶恐不安，深恐有牛面鬼魔来摄魂魄。"秀峰曰："妹何不挺白玉之晶莹，以镇群魔?"三娘不解。秀峰笑曰："妹不闻秦皇故事乎？昔秦皇以金陵有王气，凿诸山埋白玉如意，以当王气，王气且可当，何况幺魔小丑。"三娘笑曰："是殆雄如意耳，使妹而雄也者，则白角如意，直当指麾三军，纵横天下，而犹作雌伏乎?"秀峰为之粲①然。未几，日已西倾，三娘微有倦容。秀峰曰："此山大观，已止于此，不如循路下山。至明陵前，略一休息，便入城中也。"三娘曰："然。"乃携手而下，遥望大江南北，荒烟横霭，风景依稀。三娘曰："此山佳胜，全在外来美观，本身固无大幽

① "粲"，原文作"粢"，据文义改。

趣,不若普陀山之曲折幽深,妙境层出也。”秀峰曰:“此所谓以地得名,使非踞金陵之形势,临长江之胜景,则钟山之名岂得流传于历史耶?”三娘点首称善。

俄至山下,穿过甬道,已达明陵,古木萧森,荒丘宛在,秀峰叹曰:“太祖开基,以科举取士,岂不曰:‘英雄尽入彀中,永无辍耕太息者乎?’卒之,异族侵陵,子孙夷灭,三百年龙蟠虎踞,只留得后人凭吊地步耳!’”三娘曰:“此犹在社会闭塞之时,民智未开,且太祖亦无秦皇之虐毒,操莽之否德,故犹能迁延三百载,留此一片丘陵于后世。否则身败名辱,虽欲求官车晚出,亦不可得矣。”秀峰默然神会,颔首者再。三娘又曰:“人生富贵,正如昙花泡影,转眼皆空,所不可泯灭者,犹是一段虚名,千秋万世,尚有定论。”秀峰曰:“妹所语皆至理名言,世之蝇营狗苟者,闻之当愧死。仆自数年来略读诗书,默观世局,沧桑之变,瞬息辄更。我辈处世,若所行不能有造于社会,以流芳百世,宁可遁迹林泉,与草木同朽,正不必背道驰驱,遗臭万年也。”三娘曰:“此言甚惬妹心,妹之所以取于哥者,亦即以此。至若利禄之徒,终日驰骋,自鸣得意,在妹视之,直尘秽与污泥耳。”

未几,山衔落日,树噪群鸦。二娘曰:“欢谈忘日暮,家中人又将猜疑矣。”秀峰曰:“仆亦只顾凭今吊古,切己之事反毫无计画,妹此次回家,彼此恐难通问,倘有所图,果凭谁作寄书郎耶?”三娘戚然曰:“是诚无策,为之奈何?”秀峰曰:“日又将暮,且渐行,于途中细思之。”乃携手就道。三娘俯首沉思,既而曰:“急切殊难计较,妹意不如下周重作山游。穷数日之力,谋一万全之法。”秀峰喜曰:“果尔甚妙,但游何山?何日出游?将于何处聚首?皆不可不预定。”三娘曰:“即君意所向者指定之。”秀峰曰:“东南名山,仆游历殆遍,此时风景,到处俱佳,所谓美不胜取,一时反莫能择。”三娘曰:“就近斟酌一处而已。”秀峰曰:“往灵岩游馆娃宫之故地,瞰太湖之春色欤?游虎丘,览剑池、古鹤涧、千人石诸胜迹欤?抑赏洞庭之橘柚,品惠山之名泉耶?游黄山之三十六峰、二十四溪、八岩、十八洞耶?”三娘笑曰:“哥且勿为名山述历史,只择一交通便利且便于寄宿者可耳。”秀峰曰:“是则莫若庐山。”三娘曰:“庐山乎?固妹初睹君处也,今日重游,何妙如之?”秀峰曰:“果尔,将于何日起身?”三娘曰:“下周星期四可乎?”曰:“仆为妹便,惟仆当于何处候妹?”三娘曰:“妹先至舅家,哥请候妹于上海,小住二日,然后溯江而上。”秀峰曰:“妪来,何以处之?”三娘沉吟未答,不觉已至秦淮河畔。秀峰乃停足,又问何以处妪,三娘戚然曰:“妪乎?”声未止,猛闻一人呼曰:“妪在斯。”二人大惊,相顾失色,妪已喃喃而近。秀峰仓皇疾走,三娘趑趄而不能动。

第十二章

夫妪不过三娘之乳妪耳,以三娘之灵敏而又善于词令,隐有丈夫气,胡竟屈于雇佣之下,畏之如虎豹?阅者须知,三娘所畏者非妪,乃纵妪之继母也。三娘怯于继母之积威,而妪适为其耳目,故不觉以畏继母者畏妪,且妪之来,实继母之使之也。继母胡使之?初,三娘往李家,妪欲随三娘,而三娘斥之,以是怨三娘,乃谮诸继母,谓三娘每好独游,恐有不洁事。继母久欲握三娘短,正未得间,闻妪语甚悦,果使妪将父命,往李家召三娘,乘便侦其形迹。妪至李家,三娘已出。妪乃四处访察,卒不知其去向。日将暮,遇一家僮,问之。僮素疾妪,因绐之曰:“在秦淮河畔。”意使妪夜出秦淮,俾陷于途也。不料冤孽相逢,偏多巧合,妪刚至河畔,三娘、秀峰适至,正与相值。是亦三娘薄命,应遭磨折,故有此适然之事耳。三娘既见妪,惊魂不定。妪曰:“老身奉主人命,往李家召姑娘,闻姑娘午刻已归,何处寻未遍,姑娘果安往?适间郎君,为姑娘何人?得毋至戚欤?不然,胡如是浓密也。”三娘每与秀峰谈,舌妙莲花,至是竟涩如酸李,面赤耳红,半饷答曰:"渠亦外家之戚也。"妪曰:"外家何戚?何从未闻姑娘述过?且前游普陀与西湖时,有一同行同寓同舟同车者,非即此人耶?迩时姑娘亦未与叙戚,岂今日始认亲欤?抑外家新戚乎?"三娘语骤塞。妪笑曰:"想必姑娘之友也,虽然,若个翩翩佳公子,诚不没辱姑娘。老身乃姑娘乳妪,姑娘又无母,我又屡受尔母惠,终不忘德,敢不图报于姑娘?姑娘但有难言事,可直告老身,只有曲成,断无相害也。"三娘素知妪奸险,终不敢直言,然既为所值,亦难强赖,惟含糊应之,曰:"妪毋冤人,其实乃戚属,多年不见,故屡不敢认,适又相遇,偶然间忆之耳。"妪曰:"果尔,既认戚矣,便可过从,胡见老身而返走也?老身已知之,姑娘无非疑老身,故不肯直告,其实我乃姑娘人,姑娘计亦左矣!"三娘曰:"妪何相煎太急!我即有不是,不应与远戚攀谈,然妪既云不忘母惠,岂遂无半点情,而必如是迫人也。"三娘至此,实已词穷语塞,不惜出此乞怜之语,其心肠真已寸断。无如妪豺狼成性,惟知嗜利,绝不念旧德,奸阴百出,必致之绝路而后已。自是,三娘渐入地狱矣。

及至家,父母咸诘其何往,妪急为代白曰:"往李家作贺客后,至秦淮河畔　观春景耳,此亦小女儿常事,主人且看老身面,毋加谴责。"言罢,即催三娘曰:"姑娘且入房卸妆去。"三娘果如婴儿之依母,惟妪指挥,然心中方怪妪何以不加谗言,而反为掩护,岂真天良发现欤?入房后,妪又喃喃与三娘耳语,谓:"姑娘放心,倘有他事,包管在老身。"因又问其所共谈者果属何人,家住何处。三娘顾灵敏,不过怯于家庭专制,有时若痴然,胸中殊了然于妪之奸计,因始终不为所惑。凡妪问皆漫应之,而不以实告。妪亦窥其意,然只疑其谲不易惑,未知前谋已泄,尚欲徐徐图之,于是故为殷勤,屡以甘言相诱。三娘见其形状,疑益甚。俄闻继母呼妪,妪匆匆去。三娘五中惶恐,惟恐事发,然待之终夜,寂无影响,心稍安，疑妪又复德妪，展转寻思，不觉回肠九曲矣。

次日晨起，三娘呼妪，欲少赐以金帛以贿其心，乃久呼不应。晨餐既毕，踪影都无，亦不知何往。三娘正在疑惑，忽见妪坌息急奔而至，曰："殆矣！多言者泄其事于父，谓姑娘与狂生同游，父大怒，老身受责不浅矣！"三娘大惊，面如灰土。俄顷，便有人来呼三娘去，妪随之。既入室，翁坐床上，怒容满面。朱氏立翁侧，抱儿冷笑。翁见三娘，怒目相向，曰："贱婢！昨与何处狂生作私游！"妪急曰："并无其事！不过与外家一远戚，共谈数语耳。"翁怒曰："有何亲戚？"妪赧①然而笑曰："真个亲戚，老身在外家时，曾亲见之！"朱氏曰："既为亲戚，胡不家来？必喋喋于途中，岂不避嫌疑乎？且亲戚何姓何名？胡久不相闻也？"妪曰："我善忘，姑娘速告父母，免使父母怒。"三娘低声曰："儿遇彼河畔，匆匆仅数语，并未问姓名。"朱笑曰："奇哉！姓名且不知，有何亲可叙？得非姑娘聪明太过，读书太多，佳人慕才子，或在湖上访得才子来也。"言罢，又顾妪曰："妪素诚朴，今亦学作诳语，果得姑娘多少孝敬也！"妪喃喃细语，抱怨三娘曰："是则休怪老身矣。"三娘俯首无言。父怒益甚，厉声曰："贱婢！男女授受不亲，况无故与人私游，我家家风，为尔辱没尽矣！"三娘无词可辨，遂掩面而泣。

朱曰："午间即去，夜分不归，亦不知同至何处，有何笑柄！"三娘哭曰："儿并无他事，以辱及父母者，阿母幸勿冤儿。"朱顾翁曰："忆尔家女儿与人私游，我训彼数语，便以我为冤人。"因转身向三娘曰："姑娘，我一时冒昧，开罪于姑娘，姑娘恕我，后再不敢论姑娘矣。"于是翁怒不可遏，即床前取鞭，将挞三娘。妪苦代哀告，且以身障蔽之。翁愤甚，顿足而哭。朱曰："我固不言，但见父怒，我又不能隐，姑娘平时每喃喃道人短，人或不如尔意，辄以官家小姐

① "赧"，原文作"赮"，据文义改。

而骄人。今日所为,岂不顾小姐身价耶?夫桑中之游,乡邻所不齿,而纵不自顾,其如父誉何?父老矣,尔又不悦,我即不尔训,人将嗤尔,且尔尝读书,无父母之命、媒妁之言,背家庭而相从,岂书中所训耶?语云:'女子二十而嫁',今尔才十九,何遂急于有夫?"言罢,又转身顾翁曰:"君亦不必怒在一朝,但使平日稍修教训,不令纵游山中,乌得有今日?我当时固不谓然,只以非所生,恐人饶舌,道我虐待前母子,故宁缄默,又以渠性高傲,应知自爱,今始知不然,尚复何说?"于是父怒愈甚,面如土灰,三娘则已成泪人,不复有颜色矣。

俄顷妪故作排解,且曰:"小女子虽有过失,只戒其将来,主人幸释怒自保。"更为三娘拭泪,促使回室。三娘乃含泪而去,伏床大恸。妪力劝之,状殊殷勤。未几,私语三娘曰:"事已如此,徒哭何益?老身甚惜姑娘,倘有驱使,当无不尽力。以老身愚见,昨日郎君亦殊佳,姑娘既与同游,终必传播于外,不如以错就错,且作尺一书,我当代致郎君,使速往沪请舅母来,即谋执柯。父终爱女,事当可谐,不然,姑娘从此休想出闺门一步矣!"三娘以妪语语动人,且皆切实之图,心渐惑,欲如所请,方将答妪,忽见巧儿隐妪后,目视三娘,意恐三娘信妪者。三娘会意,故谢妪曰:"承妪厚意,夫岂不感?惟我于郎君,实未悉其姓名,更无他事,并非诳语。"妪微笑曰:"噫!姑娘至今犹不信老身乎?则姑娘亦诚误矣!"三娘恚曰:"必无其事,何以出诸口,妪休矣。我心如割,妪幸恕我也。"言罢又哭。妪始赧然而去。

妪去已远,巧儿乃阖门,密告三娘曰:"姑娘信妪乎?贼村婆阴狠如豺狼,今日之祸皆贼婆所造成也。"三娘泣问故。婢曰:"今晨起,见主母由妪房中出,婢子怀疑,尚未知何事。既而妪趋出门,良久始归,又即房中与主母语。婢子窃听之,闻妪笑谓主母曰:'老身已告朱公子,公子甚喜,但途中人终未悉其住址。主母可告主人，先惩创之，而后施以幽禁，但不可谓老身所语，使彼不疑我，乃乘便而诱之，俾作函致途中人。我伪为寄书郎，但得其函，则有把握矣。'婢子闻此言，即趋告姑娘，不料妪骤出，径赴姑娘室，婢子遂无术，惟恨贼妪入骨。适闻其以甘言诱姑娘，惟恐姑娘堕其术，稍覆半语，祸且莫测。婢子急欲死，又不敢明言，只以目语，幸姑娘会意，未为所惑，但彼既蓄恶念，必尚有他谋，犹不可不防也。"三娘闻巧儿语，不觉感泣，急握其手，曰："我举目无亲，惟尔是赖，若幸脱于难，不忘报德。"婢曰："姑娘毋作此语，折杀婢子！苟可以为姑娘效力者，婢子何惮而不为？"三娘曰："若然，则受赐不浅矣。"婢曰："姑娘且将息，直以身为重。妪所为，婢子当往侦之，倘有所闻，当即来报。无事，婢子便不至，免使生疑，更无人通消息也。"言罢即去。三娘独坐室中，回想继母言，一度思则一度哭，五内皆伤，双眦尽赤。自午至暮，直以泪泉洗目矣。

第十三章

新月如钩，春愁似织，三娘正对灯洒泪。巧儿忽悄然而入，低声语曰："婢子适过主母室，闻房中哝哝议姑娘事，婢子不敢久听，姑娘可由此处穿过回廊，听主母作何语，否则，长在梦中也。"语罢，摄履而去。三娘轻步台阶，转过回廊下，暗伏继母隔室，倾耳细听，但闻继母曰："此皆尔纵容之过也，谁家女子敢如此放荡！稍迟则丑语播扬，家声扫地矣！"俄闻老父叹息，既而曰："信尔言，惟有速为定婚耳。"继母曰："舍此有何策？"父曰："尔族兄尚在川东，不必俟彼归乎？"继母曰："若俟之数月，尔家女儿更不知作出何事，谁复要娶荡妇也！"妪曰："事诚宜早，不然女儿过大，情窦已开，既有人引诱之，老身亦难保其无他故。"父曰："朱家亦知昨日事否？以后夫妇间不至因此失睦乎？"妪曰："是无烦主公虑，朱公子非其人也。"因盛称其平素如何诚笃，如何情好。父曰："果尔，明日即吉期,便可订婚。”三娘听至此处,泪下如雨,几至失声而哭。急返身入室,跄踉不能步,刚至床前,翻身倒卧,一恸遂绝。

未几,巧儿来,见三娘僵卧床上,呼之不应。烛之,面色惨变,微息仅存,大惊欲呼。而妪忽至,望见巧儿曰:“贱婢胡此何作?”巧儿切齿詈曰:“贼妪害杀姑娘,犹自詈人耶?”妪怒曰:“贱婢胡敢伤老身!”巧儿手指床上,哭曰:“妪无目欤?”妪犹不信,乃喃喃即床前来抚三娘,睹其状,始大愕,返身急走。巧儿曳之,脱袂径去。巧儿急极,欲奔告其父,忽闻呻吟声,则三娘已醒。巧儿抚其胸,轻声而呼之。三娘开目见巧儿,自以为梦,辨既真,始潸然泣,哽咽不能语。巧儿泣问何事,三娘犹未答。妪与朱已至,闻三娘哭,便詈巧儿曰:“我道何事,竟商量作态吓人也!”因驱之出。巧儿依依不忍,朱提耳捉去。三娘哭呼巧儿为呼阿父来,则巧儿去已远,但闻朱遥应曰:“父已睡,不便为小事而起,作态亦无益。”于是三娘益悲,抚床自痛,泪如泉涌,妪犹喃喃作慰语。三娘哽咽而詈曰:“妪犹视我为木偶耶?日以甘言来诱我,不惜致我于死地,我诚与妪何怨?妪在我家十余年,母在,金帛惟妪自取;母殁,我惟妪是赖。妪若人也,即不报德,亦不应相仇,胡忍为虎作伥,必陷我绝境而后止?我果死,妪亦何利?岂尚能久居于此乎?”言罢,哭益哀。妪惭赧不安,疑巧儿泄其消息,曰:“此必巧儿所播弄也!姑娘若听贱婢语而冤及老身,则诚大误矣。”三娘曰:“我非聋聩,何待巧儿语?西湖之迷毒,夜来之私议,岂巧儿之所知乎?”妪至是老羞变怒,益激之曰:“姑娘以夜来议为老身咎乎?此乃大好事,父母实主之,老身自愧无功,姑娘顾以此为谤耶?”三娘哭曰:“豺鼠妇!如是害人,我死且不甘,当为厉鬼以摄尔魄!”妪始悻悻而去。

三娘独卧床头,倚枕呜咽,回忆父言,事已无挽救。转念与秀峰如何爱好,如何倾心,追思前事,如剥茧抽丝。及想至热度最高之际，忽然跌落，如从南极火星中翻堕北冰洋，陷于万丈雪山之下，毛骨皆冰，冷泪长流，襟枕皆湿。自念荏弱一身，重遭压迫，父兮不谅，母也无良，死原含悲，生尤无益。此念一萌，急支床强起，沉思半饷，辄复倒卧。转侧间，忽忆玉如意，触物伤心，不觉益恸，乃撑持至床下，就案前而坐，以首隐几。俄乃裂帛代笺，挥泪研磨，作绝命书以致秀峰。然精神枯竭，把笔辄昏，作数字每一停。数停数起，且书且哭，书成则泪亦干。人欲倒，而满笺如乌云，仅能辨字形而已。略一隐伏，即腰中解玉如意以笺裹之，仍置衣底。已而移身床前，见白带一条，飘飘欲动，视之，即在普陀岩下，以援秀峰之带也，因揽带大恸，便欲自经。曳之下，结其两端，以一端挂床柱上，即案前移坐椅，登其上而投焉。时则鸡声遥唱，灯昏欲蕊，室冷凝冰，子夜凄凉，如闻鬼哭，可怜薄命红颜，绝命在瞬息间耳。

三娘方引颈于带，悬足而起，结骤松，榻然一声堕于地下。方匍伏而起，觉有物碍足，跄踉又倒。以手扶地，见玉如意落地上，哭而拾之，猛念："投环而死，则此物及书必为姬辈所得，岂能复入秀峰之手？以彼世世珍藏之物，权以赠我者，冀城与璧俱还也。我死而璧不归，不惟无以答秀峰，且负其先人矣。"兴思及此，踌躇无计，默想移时，念惟巧儿可托，然半夜不见其来，度其已睡；欲乘夜呼之，则相隔太远，力弱难行；欲俟至次日，又不忍视婚约之成，生受气愤。不得已鼓勇出门，扶壁而行。至回廊下，但见夜色沉沉，阴惨如冥界。展转而达巧儿卧室，排关而入，即床上而索之，则床空无人，将觅诸别室，夜深又无灯火，更不知所在。若秉烛而来，又恐惊人，反生障碍，急极流泪，复延壁而返。及阶，忽然冷风扑面，黑暗中若有鬼影，但求死心切，不惟不惧，反乐与之游。即向黑影中而摸，摸索之，又殊无一物。默念鬼神之说，若真遭厄至此，亡母岂无闻见，胡竟不稍出现？如是思想，转瞬间见回廊下仿佛有影,身长短与母相似,再视益真,急趋而握其袂,则俨然有物,不觉哭呼,则又无形体,细察之,乃黑衣一袭,挂于檐下。嗒然自失,返身入房,仰卧床上,力竭神疲,转侧不能自动。

俄而神思昏迷,仿佛见秀峰已至,颜色憔悴,形容枯槁,惨然不语,似怀怨望,因哭呼之曰:"君来索如意乎?如意犹在也。"秀峰不语,急趋而曳之,则又非秀峰,乃朱公子也,因大惊反走,朱公子力追。朱行殊疾,而己行殊缓,转过一角,妪又当去路,朱已追及,急莫能逃。朱忽蹶,视妪亦不见,始转身急走,然黑暗无路,仿佛闻人语,听之,又似秀峰哭,问之又不答。俄而哭声与语声,或前或后,或重或轻,渐繁杂不可辨。正在迷难之际,似有人语之曰:"尔欲见意中人乎?渠已以尔作秋扇矣。"初犹不信,继而言之确凿,不觉失声而哭,暗中酸楚,如处九幽十八狱,觅死无地,乃以首触壁。忽觉光明微现,即有人挟之行,告以秀峰顾未负心,则秀峰便在目前,相对酸恻。举首四顾,恍惚又在山中,立于绝壁层岩之间,俯视涧底,其深万丈,亦不知何以至此,然秀峰凄然无语,但索其如意,因哭而授之。方执如意于手,忽闻身后人声汹涌,似有人执绳来绾,急极欲奔,岩石崩坠,从万丈层岩上倒下。号哭而醒,始知是梦,冷汗淋漓,视窗前曙色已稀微可辨矣。少须神定,回忆梦境,离奇仿佛,自以为心理之幻想,惟保存如意之心益切,急盼巧儿来,日出犹未至。念日内即迫婚之期,忉怛欲绝,翻身而起,将觅巧儿,见妪已在廊下,因停足不进。俄而又闻继母声,似呼妪往朱宅者,心骤恸,泪堕如绠,又欲自经,一念如意,辄复强忍,倚床悲思,方寸如割。俄而日高数丈,实不忍视纳采者之来,乃强起出房,迹巧儿所在。转过回廊,忽闻继母与妪语,咨嗟太息,若甚失意。心顿疑,贴耳于壁,听其作何言。良久,继母曰:"然则只有暂罢耳。"言罢即出。三娘急返身而退,回至房中,默想继母言。想为己事,然何以咨嗟叹息?又称暂罢,岂朱家闻我与人同游事而翻然见弃欤？果尔，则何幸如之？惟朱素冥顽不灵，不复知有羞耻，断不以是变其欲心，岂别有他故欤？但事已确定，必无波折，岂妪与继母所言者非此事耶？然继母早起，即遣妪去，适必才回，其所语必为此事。其中疑问，隐约莫测，如堕九重云雾，莫辨东西，竟百思不得其解。未几，巧儿忽趋而至，问曰："姑娘知朱家凶讯乎？"三娘方意为朱公子暴亡，且喜且惊，不觉坐几歪斜，身倾而坠，巧儿急扶之起。亦不暇他语，便问如何凶讯。巧儿曰："婢子亦不知，但晨起闻主母呼妪，命赴朱家，适间妪归，垂头丧气，连道怪事，主母问之，则言夜来有凶讯，然未言何人已死。主母斥婢子不使听，婢子乃趋避之，今闻主母已与妪同往朱家矣。"三娘默然，既而曰："尔速去，探听之，倘有所闻，急以告我。"巧儿惨然曰："主母归，婢子岂复能见姑娘乎？昨夜事，婢子已受切肤之痛矣。"因举身上以示三娘，则鞭挞之痕历历犹在。三娘抚之泣下曰："我误尔，但尔亦怜我无母，暂忍痛苦而已。"巧儿亦哭曰："使婢子犹在，虽刀锯鼎镬亦岂敢避。但昨闻主母语，恐旦晚将鬻婢子矣。"三娘泣曰："然乎？"巧儿曰："夜来闻妪言，犹恐鬻为妓也。"三娘泣曰："忍哉毒妇！然则且奈何？"巧儿但呜哭。三娘曰："尔伴我十余年，宛如姊妹，今尔以我而罹于毒，我胡以对尔？"言罢，握手而泣。则朱飘然而至，怒容满面詈巧儿曰："我方以亲戚暴故，心伤不已，尔犹在此泣怨我耶？"因握发提去。三娘泣曰："儿有罪，刀锯鼎镬，愿自受之，何与巧儿事？渠幼随儿读，初无乖舛，即鬻之，亦不合为妓。"朱怒曰："我鬻婢，亦须承尔命耶？谁与尔言我鬻婢为妓？我且寄语，毋过使小姐性，须知名分所在，不便使尔以履压冠也！"且行且詈而去。三娘无可奈何，只有望空洒泪而已。

巧儿既出，三娘展转寻思，不忍坐视，念惟有哭诉老父，乃轻入父室，则父已不在，沮丧而返。及午，遥闻巧儿哭声，趋而视之，则一中年丑妇已挟巧儿去，但遥望三娘挥泪作别，盖鬻巧儿之谋，妪筹之已熟，价已早定，特待时而发，故夕议则朝成也。三娘既失巧儿，从此愈堕地狱，更无复过问者，即朱家果丧何人，亦未得知其真相，独坐幽房，度日如岁。及晚，父归，又不敢公然往问，但于隔室或窗棂外悄然私听，始知朱氏凶讯乃朱公子之父，殁于川东，朱将即往奔丧，婚事暂可搁置，犹有一线生机，然举目无亲，动不自由，对镜长愁，攀花堕泪。越数日，已居私约之期，而足迹不能出闺房半步，遥想意中人消息，肝肠寸裂，不知秀峰亦将有同境矣。

第十四章

三娘与秀峰不尝约星期六同游上海，再溯江而登庐山乎？在秀峰固晨夕屈指，盼星期六如望岁，且以秦淮河畔无端遇妪，恐密事败露，更不知三娘至何境界，急欲侦其消息。而闺门似海，无路可通，犹希冀风波不起，得践前约，乃预期托故，婉告父母云某处矿山如何丰美，将往试验之。父以其所学如是，亦遂许焉。及星期六，天明即起，仍携试矿小机告别而去。刚及门，邮封忽至，视封面字迹端好，颇似女子手笔，意为三娘函，窃幸未为父母所见，急藏袖里，离家门既远，始就静处而拆之。先视后款，不禁愕然，盖并非三娘手书，乃丽娟来函也，略云：

曩承屈驾，正切瞻依，乃妾方深投辖之情，郎竟作不辞之别。女元龙高卧犹酣，太上君仙踪乍远，抚情长想，怅也何如！妾自念堕落烟花，每怜薄命，今以欲离苦海，不惜自毁香巢，前度刘郎，久已绝迹，近且蹴居金陵矣。密迩非遥，君亦肯惠然赐顾否？倘发慈悲，以宝筏超度众生，则杨枝一滴，待救者尚还有人，而十级浮图，君亦当食大士之报矣。

秀峰阅罢，以其意在求援，念自顾不暇，何能为人谋，且犹谓待救者尚犹有人，丝牵绳附，更不知纠缠何极，何肯自投罗网，因裂其书，决绝不少惜，但径趋城外，候三娘于下关车站。

日高数丈，车已列而三娘未至。候至午后，踪迹犹杳，念必有他故，欲折回探其消息，更无从访问，又恐或附江船去，进退莫决，计不如候诸上海，乃匆匆登车，一路凝痴想，心颇不释。既至，下榻旅馆，即乘夜径趋其舅家，探三娘踪迹，然素无瓜葛，未便造次，仅依其门外，留神察看而已。俄见门开，见女郎数辈，笑盈盈而出，方疑三娘已至，视之，并无三娘影，惟一着菜绿色夹袄者，犹认是与三娘同游之人，触类凝思，益增惆怅，嗒然归寓，犹冀其次日或至。晨餐后，又往迹之，至暮，仍无踪影。如是四五日，卒不见来，心渐灰，意必有他故，不然断非负约者。展转终夜，双睫为之不交，百度猜度，甚至想入非非，不觉泪流枕席。越日，附车而返，至金陵，亦不回家，绕道过柳宅，遥遥盼望，亦不敢公然问讯。日将暮，腹枵目眩，始垂头丧气而归。及抵家，闻室内有客，刚至厅前，见一女仆倚门而立，恍惚识其面影，惟一时不能记忆。忽趋而过之，见丁坐于门首，抱膝冷笑，翁则踞坐厅上，望见秀峰，掀髯呼之，怒容微露。秀峰不知何故，俯首而入，猛见东隅坐一女子，不觉骤惊，女子为谁？盖即缠绵尽致之丽娟也。

秀峰既睹丽娟，心忡忡如鹿撞。丽娟徐徐而起。翁指丽娟，问秀峰犹认识之否，秀峰半晌不能答，目怔口呆，状类聋哑。丽娟曰："君胡不语？父在前，岂可隐乎？"秀峰嗫嚅曰："渠杨家丽娟姊也。"翁曰："近见之否？"曰："半月前曾一睹之。"翁曰："睹之何处？"秀峰不敢隐，答曰："宁波。"丽娟应声曰："阿父母听大郎语，儿言顾不诬否？"秀峰曰："姊果何言？"丁冷笑曰："尔且自问丽娟，可面质其虚实。"秀峰急极，更不知所语何事。丽娟状殊雍容。翁正色曰："渠言尔与渠已订婚，岂有其事欤？"秀峰闻父言，如平空霹雳，曰："此何语？谁言之？"翁曰："丽娟言之。"秀峰乃怒目向丽娟曰:“姊无故胡出此言?我何处与姊订婚,胡冤人若是?”丽娟从容不迫,曰:“事难久秘,语云:‘丑妇终须见姑嫜’,妾虽陋,然既已与君订约,断不能不发表,父母顾爱君,木已成舟,无不俯允,君若只事隐瞒,妾岂能长作无家之妇哉?君不如速认,求父母优容可耳。”秀峰急极,耳颊尽赤,顿足曰:“谁与姊絮絮,姊岂癫痫耶?我几曾与尔有约,速与我质,不然,行将唾尔面!”丽娟笑曰:“噫,愚哉!郎也可隐者,妾自为君隐,不可隐者,胡可为君隐也?君且速应,何必装聋作聩,至于此极!”秀峰至是气愤填胸,直趋丽娟,瞋目而斥之曰:“如是冤人,不畏人拔舌地狱乎?”丽娟亦愀然作色曰:“好汉作事,胡学女子态?既有今日,当初便不应承应,妾实不惯此软赖。”秀峰厉声曰:“尔不惯,谁曾惯?尔谓我软赖,尔胡不直诉,故模棱其语?”丽娟犹从容如初,半吞半吐,秀峰则急极,以手捶胸。

翁睹其状,顾谓丽娟曰:“尔亦不必吞吐其词,有则直言可耳。”丽娟曰:“阿父若疑儿,且问大郎在儿家宿几宵矣。”秀峰未及答,丁便迫问之。秀峰恐直言愈难剖白,因诳言未宿。丽娟曰:“噫,君白面欺人,无怪妾谓君软赖也。君宿妾家,明明两夜。妾且问君,君来时与妾遇于桥下,偕妾而归,此非妄语否?”秀峰曰:“是尔假将母命,强我入室,然我尚未知尔为妓也。”丽娟曰:“邀则有之,此姑弗论。但君晚餐后,妾与君挑灯相对,妾述母死惨境,君亦历诉失恃之悲,然后重提幼小事,然乎否耶?”秀峰曰:“是尔为我言,我感触伤心,此乃天良所在,然始终有何他约?”丽娟曰:“君毋急,待妾细述,是夜君卧妾室,初入房,君言游山堕岩,解衣见伤,妾亲以如意锭为君敷患处,今伤已愈,遂忘殷勤之情耶?及随妾就寝,妾以百合香薰被褥,君不记之乎?”秀峰曰:“尚有何事?”丽娟曰:“妾不敢妄言,然即此已足证明矣。次日,妾为君延医,与君游园,君犹忆观虞美人而发感慨乎。是夜妾犹与君煮酒弹琴,吹箫步月,然后就寝。次早,君始去。前事历历,父母在前,妾岂诬也?”秀峰至是语顿塞。丁母曰:“日日言采矿,耗资费力,乃采至青楼中,岂温柔乡顾有矿苗耶?”

秀峰受继母冷诮,恨丽娟欲死,然无可自白,但詈之曰:“尔信口开河,诬人不顾轻重,我与尔果何仇怨?”丽娟笑曰:“是又奇矣,事固有根源,岂凭空所可捏造哉?”秀峰曰:“根源何在,必有证据。”丽娟曰:“即此便足,何须再证,君始赖未宿,今证实则又索据乎?”秀峰怒曰:“不有证据,我指尔为杀人犯,尔岂承认耶?”丽娟曰:“君不必支离其词,妾实不欲再言,反撄父母怒,君必欲索证,亦有何难?”因探怀中取一物置几上,曰:“君请自认,果阿谁之物?”秀峰视之,乃碧玉小章一枚,乃己旧物,平时系于时计上,不知何以落彼手。至是益百喙难辨。翁把玩小章,尚镌有“秀峰”二字,因目秀峰,默然不语。丁作色曰:“此皆采山之效也,尚未掘得金矿,便欲贮阿娇乎?”秀峰气极欲哭,即而曰:“此实我偶然遗失,并非结婚订据也。”丽娟方欲再言。翁止之曰:“坐,予语尔,尔事我已了了,不论其虚实,咎皆在秀儿,但尔亦我螟蛉女,于秀为姊弟,如其好也,则幼小之情,自与寻常异,不然,虽父母尚不得而强之。谚云:‘瓜之生摘者,不适于口。’此言虽小,可以喻大,尔固慧人,当能解此,惟尔年少无母,不幸失堕,我念畴昔之情,不无动于中,今来良不易,倘有缓急,我亦非他人,权以尔为己女,亦需一付妆奁费。”言罢,起身入内,慨出千金,曰:“尔权受此,得间常来过往,我年老亦乐与尔谈,不必以区区者而生芥蒂也。”丽娟起立,曰:“儿自幼受阿父厚恩,感无以报,今又受此,父必以儿非人,但儿有心事,此时难为父述,他日父得知,当不儿责,儿权告别。”言罢,以金付女仆,复顾秀峰曰:“君此时胸中必恨妾欲绝,异日君自识,妾不敢再语。”因鸣谢而去。秀峰怒目送之。

丽娟既去,继母刺刺不休,谓无故耗千金。父呼秀峰,秀峰垂手侍立,泪下沾襟,咽哽自剖。父曰:“我深知无是事,一小玉章亦非为婚约者,但事之起点,皆由尔好游,故动生纠葛,不然,何得与彼遇?焉有今日?耗费事犹小,名誉须自顾,往事已矣,且戒将来。尔采山非一载,并未见有何成绩,纵有之,当道者不提倡实业,阻力横生,亦难开采。家中聊可过活,无须尔经营大业,但得保守现状,不使另生他故,我愿斯足。今与尔约,自今为始,休再出游,且闭户读经,杜绝野性,虽无甚发迹,亦不失为时尚之佳子弟也。”秀峰俯首无言,惟暗中叫苦而已。

第十五章

春树笼烟,空阶锁月,落花无语,翠草生寒。秀峰自幽闭以后,日对空庭,夜傍灯影,回想意中人,咄咄书空,寝餐俱废。不及数日,已奄然似病,倚枕长愁,辗转不寐,追思前事,如何遇合,如何希望,如何而受幽闭,不觉捶床切齿,虽幽梦中,犹詈丽娟不置。再念三娘消息无闻,又不知发生何故,是否同一苦状,历历推想,恨不篝火磨刀,以斩二三魔障。转念家庭压迫,祸发庭帷,则又热念都消,嗒然若丧。如是三日,形神憔悴,倚床叹息,白昼亦渐不起,但时展三娘所赠时计,玩不释手,凝想如癫。一日正在痴呆之际,忽一小僮趋近榻前,欣然而笑曰:“公子喜事至矣!”秀峰惊问何事,僮曰:“主人将为公子定婚。”秀峰骇然曰:“确乎?”僮曰:“何得不确?冰人才出门也。”又问定,未答。言已诹吉纳采。秀峰骤哭曰:“我命休矣!父兮母兮,胡终身事亦不儿谋也!”僮惊曰:“此大好事,我方为公子贺,公子何哭为?”秀峰曰:“是岂尔所知?”僮曰:“公子度欲得佳人耳,然闻冰人言,所议者乃美人也。”秀峰以手捶床曰:“世岂再有美人乎!”僮益惊曰:“怪哉!公子未闻未见,何遂知其不美?”秀峰频频摇首,连道不美且曰:“速为我呼媒者来,我当以巨石击其颡!”僮莫测其故,犹欲再语,秀峰遽斥使去。

僮喃喃自语曰："冤哉！柳家有女，何处不有郎君，必嫁书呆也？"秀峰忽闻柳家女，扶床遽起，急呼僮返，问适作何语。僮曰："我言柳家有女，错配书呆。"秀峰曰："岂媒所云者即柳家女欤？"僮曰："然。"秀峰急问何地、何名、若何相貌。僮曰："是即不知，但闻柳家有三女。"秀峰曰："所议者三娘欤？"僮讶曰："渠所言者，即第三女也。"秀峰曰："然乎？"曰："然。"曰："无他误欤？"曰："公子亦太多疑！媒言之确凿，我听之历历，岂有他误？"秀峰乃鼓掌大笑。僮亦笑曰："公子得毋癫痫欤？何前之戚戚而遽狂然？"秀峰欣然摇首曰："尔不必问，但所言不误足矣。"既而问冰人为谁。僮笑曰："不以巨石击其額乎？"秀峰曰："花香供养之不暇，何敢稍有乖忤也？其速以姓名告我。"僮曰："其人不常来，故未悉其姓氏，明日当为公子问之。"

俄顷翁至，见其愁容骤失，眉目间隐含喜气，颇不解，因问其病。答曰："略愈。"翁曰："果尔甚佳，我已为尔议婚于柳氏，其家有女公子三，此其幼者也，闻颇淑美，颇当尔意否？"秀峰曰："父母主之，岂有差忒？"父欣然曰："若是，我心甚慰，明日交换质物，不久当择吉迎亲。尔有家，不至复有放荡之忧，我年迟暮，承色笑者亦多一人也。"秀峰方欲再问，忽传客至，翁匆匆而出。次日，婚约既定，秀峰病亦瘳，安心休养，满拟结婚后鸳鸯并驾，同作庐山之游，遥想其乐趣，满志踌躇，色舞眉飞。未几，渐闻僮辈道岳家里居颇不符合，问其名，又不知，但言不在金陵，心骤疑，适见翁立庭树下，趋问岳家籍贯。翁言："句容人，以贾而致富者。"秀峰不觉失声而哭。翁大愕曰："是何故？岂不称尔意耶？我已询尔，尔言无差忒，胡作如是态？"秀峰泣曰："儿所言乃金陵柳，宁句容柳耶？"父惊问何复有金陵柳，有何纠葛。秀峰但泣不言。父问愈急，不得已以实告，且曰："儿坠崖时，若非三娘，已无生理，背之不详。”父大怒,詈曰:“不肖种子! 日在外作不正勾当,犹不直告,今木已成舟,岂复可返悔耶?”愤然径去。秀峰垂首呜咽,如失魂魄。

初,秀峰之病,翁忧之,欲弛其禁,丁阻之,且曰:“一度出,耗金盈千,一年十二度,等而计之,不数年,君之家资已荡然矣。尚有幼子,必欲纵之,则拆产可耳?”父踌躇曰:“然则奈何?”丁曰:“医药俱在,有何不了事?”翁终爱子,知儿病非药石可医,因商诸丁,欲急为议婚以解之。丁虽疾秀峰,但此事不便阻止,反怂恿之。适句容有柳和者过金陵,与柏翁有旧,踵门来访。坐次,问令郎婚未。柏答言未婚,且曰:“君交游甚广,倘有淑女,当烦作一冰人。”和曰:“何事远求? 仆同族中一富贾有女三,幼者颇不恶,今尚待字,倘肯结婚姻,仆即代伐焉,其父母固犹在金陵李宅也。”因盛夸其门第,及女之贤淑。柏翁甚悦,即请和往。和果至李宅晤柳翁,为达柏意。李家有人识秀峰,亟赞佳公子不可失,翁益慕柏富,议遂谐,即订约于李宅。李氏者,即三娘远戚,柳翁女,即三娘所见之淡春也,亦行三,故柏翁语秀峰时,但言柳氏第三女,秀峰则误为三娘,方不胜欣悦,不料名有适符,铁乃错铸,公子无缘,红颜薄命,一若天公多妒,冥冥中有鬼神使之者。

自是,秀峰悔恨靡及,旧病复发,神经颠倒,状类癫痫。初犹默默若痴,呼之亦不应,继乃长吁短叹。丁指为癫痫,秀峰益狂,见人辄詈,喜怒无常,饱暖不辨,或延屋而走,或抱柱哀啼,或剪纸作鸢,或跨竹为马,作种种痴状,或堆石作山,跳舞其上,或掘土为湖,以竹叶泛舟。偶有人移其一石,填其一掘,或抛置其一物,则伏地而哭。柏翁忧闷无术,醮禳益剧,医师诊视,投剂发表。力倦不支,则稍宁静,少顷又发,见医反走,药之亦不饮,强之则哭,家人为之不安。防稍懈,则拔关而逃,沿市唱歌,手舞足蹈,行经纸铺,伏地乞纸,剪作须,好事者更为涂面,俾作周仓,荷木板为刀,招摇逼市,观者如堵,一市为之哗然,相传以为笑柄,道遇警察,执而送之归，而柏氏癫儿之名，不一日已传播金陵城内外矣。

未几，传之句容。柳氏得讯，初犹疑为蜚语，继而言之确凿，李家亦有人报告其事。柳翁闷欲绝，自念选择数年，得婿如此，不仅为显者笑，且何以处女？自悔孟浪，转念癫痫，当有宿疾，因深恨柳和，谓其诳己，往责之。和力辨议婚时并不癫，恐道路传闻不确，劝翁自诣金陵相婿，即或初起，医之当愈。翁颔之，果至金陵，先过李家，李备言婿状，翁顿足而悔，隐有离婚心。及往谒柏，柏延入厅上。柳询婿病，柏初尤讳言子癫，但云十日病魔，今已略愈。柳请见婿，又辞以病，称病愈即命拜岳。柳不释，请之益坚。方持论间，秀峰忽由堂后转出，唇染朱而阔张，眉画墨而下垂，左手执扇，右手持索，赤足而纸帽，状似鬼判，望翁憨笑。翁大惊却走，喘息不宁。柏见之顿足，叩以杖，踞地大号，命数人缚之入，号不已。柳翁神稍定，言："癫狂如是，胡云已愈？"语次，颇涉诮让。柏急谢过，托云："适复发尔。"柳悄然不悦，谓："婿病如此，为之奈何？"柏曰："君固爱女，然仆亦爱儿，当竭力求医，若终不愈，仆亦自恨，断不以痴儿而负令嫒也。"言罢泪落。柳亦凄然，数语即出。

柳归，告其妻，相对于邑。未几家庭尽悉，多言者泄其事于淡春。淡春素娇怯，每欲得佳婿，父母爱之，选择良苛，及议婚柏氏，因李氏赞秀峰美，淡春信之，心窃喜，忽闻婿癫，心骤悲，朝夕郁郁，常对父母怨李。父母劝慰之，隐示悔婚意，淡春又不欲蒙恶名，但自泣恨，不时使人暗察婿状，初犹冀其或愈，而秀峰癫益甚。丁固疾秀峰，更为播扬其事，不稍隐讳。丁有兄弟，间往来句容，见柳翁，辄述秀峰状，且更甚其词。翁悔恨欲绝，因复商淡春，欲另择婿。淡春泣曰："儿许婚柏氏，远近无不知，今悔之，微论柏氏有词，儿亦将奚择？"父母怼曰："然则甘心作癫儿妇耶？"淡春又摇头不语，垂首呜泣。父母无如何，因渐候之。不数日，秋风未老，句容柳已就萧条,而风声所及,金陵柳亦渐憔悴矣。

其先,秀峰癫痫初发,沿街唱舞,柏氏癫儿之名满布城内外。三娘在闺中,微闻其事,即疑为秀峰,但传者未详其名字,悬念不释,惟身处幽闺,无由探听。未几,婢仆辈有道其里居形貌者,确似秀峰。三娘忧闷无极,意其癫痫为己而致,自恨重负知己,郁郁成疾。李妪闻而视之,且询病状,三娘漫应之。李察其忧郁,劝解良殷,既而曰:“姑娘与句容柳家女同一病状。”三娘问:“句容柳为谁?”李曰:“即姑娘在我家所见之绿衣女郎,群推为读祝词者也。”三娘曰:“得毋苗条瘦体,小字淡春者欤?渠亦胡病?”李叹曰:“冤哉!渠家父母爱渠若掌上珠,择婿数年,议者辄不当意,今年才卜得佳婿,乃订婚未半月,婿骤疯癫,岂非怪事!”三娘问:“婿家为谁?”李曰:“姑娘不闻金陵城中,有狂走市上涂面如鬼、荷木板为大刀者乎?即其人也。”三娘骇然曰:“殆即柏家男儿欤?”李应曰:“然。”三娘始知秀峰已早订婚,大失所望,神魂若丧,然转念无故癫狂,必大受强逼所致,略迹原心,不觉泫然欲泣。李睹其状,疑为为淡春悲,因告以事有挽回。三娘曰:“婚约已定,何可挽也?”李乃述柳翁有悔婚意,且言柏家亦不强执。三娘闻此语,犹有一线希望,晨夕悬想,幸李言之或验,然而明月空阶,深闺永昼,孤梦难圆,有怀靡诉,善病工愁之三娘,不死者亦几希矣。

第十六章

入秋以后,秀峰癫狂如故,时则冷露凄清,西风萧瑟,梧桐落尽,鸿雁哀鸣,深闺病柳,憔悴难堪,句容一株,则犹较甚。恨锁眉梢,愁穿秋水,不见封侯夫婿,徒闻狂走郎君。望残月而伤心,听寒蝉而堕泪,不到重阳风雨,而溺溺织织者,顿归乌有之天矣。于是噩耗传来,柏翁方以儿病未愈,烦闷无计,骤听媳亡,如闻霹雳,念从此谁复以女妻癫儿者，自伤迟暮，有子不能成家，若待幼儿成人，尚须十载，老病残年，恐人与骨俱朽矣。转展寻思，悲从中来，不觉泪下。正在于邑之际，独步庭前，忽闻室后喧哗，视之，见秀峰正摹仿新剧，扮演《错姻缘》一幕，时哭时笑，痴态百出。柏翁触目伤心，趋而握其臂，哭曰："痴儿！《错姻缘》且不可保，尔知尔妇已为尔而死乎？"秀峰骤闻妇死，目瞪口呆，爽然若失，冷汗淋漓，衣衫尽湿，痴立无语。呼之亦不应，扶置榻上。默卧移时，长叹一声，而从前癫状竟不复发矣。噫！奇哉，此种狂病！胡来之骤而去之速？其中怪异，诚大有赖人寻思者。

柏翁甚知秀峰，见其癫狂骤愈，遂转忧为喜，逢人辄道，以示子不癫，欲为论婚世族。秀峰乘间泣告父，谓非金陵柳不娶。且缕述颠末。翁恐其复癫，亦不忍过拂，但念与柳氏素无瓜葛，无可通媒，迟迟半月，遍求戚好。适有胡生，自言与柳翁有旧，翁托而伐焉。生毅然自任，因往见柳。柳延之入，寒暄数语，胡便盛夸秀峰才藻，渐达来意。翁笑曰："是曾涂面荷刀、狂走市上者乎？闻已订婚句容，岂岳家恶其疯癫，业已废婚欤？何子之惠顾老夫而不忘息女也？"生急白："癫病已愈，句容婚约，乃其女暴亡，翁如不信，小生当引秀峰来，请试其言论丰采，倘有乖舛，小生便毕世不敢登长者之庭矣。"翁微哂曰："子言或不诬，但息女已许字，有负盛意，尚烦相谅。"生曰："确知令爱待字，故敢来请，且渠家世良不恶，尊府择婿亦匪易。渠既深仰高阀，愿求援附，先生亦乐得佳婿，何必见拒之深也！"翁正色曰："实相告，息女虽未订婚，然心已许人，且如是疯状，纵其愈也，亦可想见。仆与足下固世交，息女之娇怯，足下之所知，君何必强为他人说项也！"言罢，神色不相属。生惭而退。

翁既送客，入内告朱，相与大笑。朱固嫉三娘，因呼而嘲之曰："姑娘真乃名噪金陵，即市上疯儿，亦雅爱姑娘，踵门求婚矣，此尔终身事,尔其愿意乎?”三娘面壁而答曰:“人顾未可以貌取,使其人非生而疯者,安知其不愈?不然,世之疯于心者,岂少也哉?是在父母。”朱曰:“尔真愿意耶?必毋后悔。”三娘曰:“婿之贤否皆命,悔于何有?”翁察女意,真心骤怒,詈曰:“贱骨了不长进,欲作疯儿妇,宁不羞死?”三娘颜色惨变,含泪引去。朱顾翁而笑曰:“尔家女儿,王孙公子每不中其意,我疑其欲嫁天上人,今乃钟情于疯癫,真不愧为柳家姑娘矣。”翁默然含怒。朱正色曰:“君毋默然,且试度女儿素性,非有他故,岂甘心作疯儿妇者?适听其语,谓:‘非生而疯者,安知其不愈?’颇似知之有素。以我度之,前妪所见与彼共语者,想即其人耳,此中恐大有暧昧在也。”翁信以为然,怒益甚,欲急醮之,而朱公子犹未归。将招以电,正在磋商时,门外白胡生又至。翁拒不纳,生请益坚,朱阴怒之,因耸恿翁,使出而责胡。翁遽出见胡,胡欣然承笑曰:“适忆先生拒婚之意,谓令爱素娇怯,想先生于儿女婚事不肯强迫,果尔,何不一询令爱,倘其愿也,则先生何乐而不为?”翁方蕴怒,忽闻胡语涉含混,益疑女与秀峰有约,怒发冲冠,因指天画地,诟詈万端。胡亦怒,语相侵。主客大哄,翁遽命家人逐之,胡乃遁。

初,胡之覆命也,柏翁父子延颈待覆,见胡生至,急问谐否。胡但摇首曰:“难矣,难矣。”秀峰泫然欲泣。及胡缕述柳翁语,生疑其爱女,不欲草草从事,因哀胡重往,俾翁询女意,胡颇不欲再见翁,因秀峰情急,不忍深却,故复见柳,即秀峰意以告之,不料翁暴怒,以致主客相侵,胡盛怒而返,以白秀峰,且曰:“天下多美妇人,以子之才藻,何患不得良匹?请稍假时日,便为子觅一佳人,幸毋再以犁牛之子为念也。”柏翁以胡受辱,亦大詈柳翁不置,因转责秀峰,谓:“倘再提及柳氏女,便当逐出门庭,不以汝为子。”秀峰自知绝望,隐恨不敢语,径趋入室,伏床而卧,日暗泣,眠食顿减,梦中辄呼三娘。柏翁见子日渐羸瘠,且忧且怒,使人劝之,秀峰终不听,翁无法。丁氏对翁怼怨,谓纵子不加管束。翁因呼秀峰而责之曰:“人方不齿汝于人数,尔犹以人为念乎?况为一女子,不顾父母之忧,自问何以见人?吾老矣,尔必不吾谅,是尚得为孝子耶?”秀峰见父怒,不敢面违,但泣言知悔,然心中实未尝断念也。

半月以后,病愈剧,医屡更,卒不稍效,柏翁忧闷乏术,或劝翁改延西医,翁亦以为然。时金陵有西医梅乐山者,日本之留学生也,为人豪爽不拘,其言行皆不阿随流俗,每遇一事,人所以为难行者,彼必以为易,若曾以片言许人,微论如何困难,必多方营救,务求济事而后止。以故时人咸尊重之。惟有一种奇性,以山为命,故其名亦曰“乐山”。常持一种学说,谓养病必于山中,欲建造高山病院,见人辄演述山中好处,谓高山上得天地之清真,且沈静之气可以养性,可以怡情,曾著有《高山病院解说》,洋洋数万言,阐发精微,人常以异人目之。柏翁闻其名,延诊秀峰病。诊毕,翁问:“病无恙否?”梅曰:“此积郁之所致也,使移养山中,则无不愈。”翁默然。及翁出,梅复详询秀峰病情,无微不至,既而曰:“奇哉!此与柳家姑娘同一病症,竟无一不相似也。”秀峰骤愕问:“何处柳家?”梅以三娘告。秀峰泫然曰:“先生曾诊柳姑娘病乎?渠病势若何?”梅曰:“惫矣,眠食俱废,神思纷乱,一切皆与君等,然君殷殷细询,渠与君岂有何关系乎?”秀峰不觉泣下,梅骇问故。秀峰泣曰:“先生义士,倘肯救仆于厄,仆始敢言,否则先生亦不必细问,仆病亦非药所能医也。”梅素豪爽,见秀峰情殊哀切,因慨然曰:“君诚有隐曲,不妨详告,倘可为效力者,仆何惜不为?”秀峰方欲陈述,柏翁适至,秀峰目示梅,梅会意,因复言病状。

梅顾谓翁曰:“病良剧,须精细研究,始敢处方,翁如有事,且请自便,仆当与少君详究病源也。”翁亦以父子相对,秀峰不便缕述,略坐少顷,即起身入内。秀峰乃缅述与三娘如何相见、如何结约,以及中间丽娟之诈骗与二柳之误会,每至伤心之处,辄咽哽不能成声,梅亦为之凄然,不觉浩叹,既而曰:"'士为知己者死,女为悦己者容',此语可为君二人诵。仆所谓人生所最难得者知己,而犹难得于失意之际,更难得于巾帼之中,故同一知己,若受知于得意之时,其感触心十分之三;受知于落魄之际,其感触心十分之九;落魄之际,更受知于巾帼之中,则感触心直达十二分以上矣。仆为此言,亦非为君事,故扬巾帼,顿贬丈夫之气,诚以混浊时代,须眉眼孔每出于巾帼之下,不禁有所感触。即以君论,才华器宇未必遽出人下,生不逢时,郁居林下,寄情于山水之间,以消磨岁月,要皆失意者流,加以家庭牵制,动失自由,精神苦恼,亦与落魄无异。乃平生落落,卒少知音,忽遇一柔情慧眼之红颜,相知于无形之外,一见倾心,彼此又有同病相怜相爱,无怪君之梦魂颠倒,誓死不忘也。"

秀峰不觉骤起,急握梅手曰:"他人有心,予忖度之,夫子之谓也!仆何幸得遇夫子,今夫子既洞悉仆之病源,幸夫子有以医我。"梅曰:"君毋急,仆即为君效力,亦须徐图,且仆词犹未尽。仆适论巾帼,然丽娟亦巾帼也,仆虽未识其人,亦尝闻其名,固尝有侠妓之称。今据君所述,乃一欺诈取财之贱妇耳,岂妓女中之名为仗义多情者,皆纯盗虚声,以骗人图利耶?不然,丽娟胡亦享'侠妓'之名?此诚仆所不解,不免犹有疑问。"秀峰叹曰:"此辈下贱,有何研究之价值?但请先生速谋良策,救仆于地狱之中,便生生世世不忘大德。"梅曰:"大丈夫施人尚不求报,君胡作是语?惟君二人皆不自由,急切中有何良策?"秀峰曰:"仆性命悬于君手,君必有以救我。"梅以其情切,沉吟良久曰:"仆为君计,非先脱离家庭,虽有术不能施。"秀峰曰:"良然,惟何以脱离之?尚乞先生教我!"梅曰:"仆请持我学说,游说于两间,使吾术得行,则君事亦谐矣。”秀峰甚悦，即呼人请翁。翁出，梅语之曰：“少君病良剧，若闭居此地，仆诚术浅，未便决其必愈，诚依仆计，速迁移山中，不出一月，必占弗药矣。”翁默然移时，曰：“请先生且试医之，幸而见效，宁以家居为便，诚以豚儿年幼。此次致病之由，亦以游山所致，实不欲仍蹈覆辙，望先生谅仆苦衷。”梅曰：“是非仆所知，惟仆平时学说，固主张高山病院者，并非为令郎始有此论。”翁曰：“仆亦知先生良意，然此时实未敢从命。”梅见其意执，亦不便强求，反启翁疑，乃处方而去。

第十七章

越日，又往柳家，诊三娘于病室。是时三娘病体微弱，瘦不盈把。梅睹其形，恻然心动，欲有以慰之，然室中婢妪咸在，又不敢告以他语，但言：“姑娘服药后，宜略疏散，不可久闭室中。”复出，语柳翁曰：“曩我言令嫒病由忧郁所致，今察之益真。仆自学医以来，每欲建设高山病院，此翁之所知也。仆此种学说，尤适用于忧郁之病。就令嫒论，其病已非轻，翁必欲求奏效，非宗仆学说，迁诸山上，诚恐尊宅空气不佳，难望速愈。”柳翁曰：“息女近服先生良剂，似有微效，何必就养山中，且寒舍间有园囿，可以怡情，可以悦目，至于居处饮食，仆家略解卫生，但求先生诊治，无庸他虑也。”梅以所说不行，闷闷而归。置之固不忍，救之又无策，转展寻思，左右乏术。日既午，柏氏有人来，谓公子望先生甚急，幸移玉速临。梅即命驾而往，至则秀峰倚枕而待，望见梅，急曰：“仆秋水几穿，先生来胡晏？昨说得毋行乎？”梅恐伤其意，因绐之曰：“适仆往说柳翁，翁意稍动，然其意欲俟女略愈，然后依仆言也。君且毋急，此事责在仆身。”秀峰曰：“非仆性急，身居地狱，度日如年，倘迟之数月，将索我于枯鱼之肆矣，纵决西江之水，又何能起死回生耶？”

梅笑曰:“君之情急,仆岂不知,然居者固艰,行者亦不易。仆自昨日受命,何曾片时少安?亦欲仆效绵薄,必须力所能至,不然我又缩地无法,俾君二人顷刻即合也。”秀峰曰:“虽然,君幸速图之。”梅点首应诺。继而秀峰又问:“三娘病状,不致有他变否?”梅漫言稍愈,秀峰始略慰。坐少顷,梅起告别,秀峰又叮嘱再四,一一强允而出。至家后,回想二人情节,及其种种牵制,颇不得何种法术为之撮合。筹思终夜,渐涉踌躇,反悔一时好事,自求烦恼,然转念:“其相思之苦,恳托之哀,未免有情,谁能遣此?设易位而处,我亦犹人,我幸居于第三地位,苟可以为人方便者,何忍遽辞劳苦?”一念既定,不觉坐以待旦。天甫明,即起盥沐,欲即赴柏家,详询两家渊源,及戚属中有无借助。因为时太早,独步庭下,俯首沉思,既而红日已出,始匆匆出门。刚行数武,忽瞥见一人来,笑呼:“梅兄无恙乎?”视之,则故人潘生也。

潘名静斋,赣人,与梅有旧,隔别数年,把手道好。潘曰:“曩闻兄悬壶金陵,久欲趋访,适仆有庐山之游,故未果。今始造谒,幸相值,若稍迟,便相左矣。”梅曰:“仆亦闻兄侨寓金陵,会于青楼中遇知音,已置阿娇于金屋,果有其事否?”潘笑曰:“仆来即为此爹也,今适有病,敢烦妙手,一扫夙疾。”梅曰:“是无不可,但仆尚有急事,亦为人医沈痼,其人正延颈待药,须先至彼处,再过尊府,但请以地址见告,仆午间即来。”潘曰:“内子病亦良急,诚不能久待,且此处距敝庐不远,尚幸先临。”因强邀之,把袂不使去。梅无奈,随之行。途次,各叙前事,梅曰:“曩接兄函,自道有原宪之贫,今已发迹耶?”潘曰:“狂傲如仆,何由发迹?犹是清风两袖耳。”梅曰:“若然,阿娇自何而至?”潘笑曰:“书中自有颜如玉,阿娇岂必黄金始可买哉。”梅笑曰:“穷措大不必夸口,不有阿睹,阿娇岂不翼而来,安知君不为红颜折腰,到处乞援也。”潘曰:“将伯之助则有之,若折腰乞援,仆尚非其人也。”言罢，相视而笑。

未几，行至秦淮河畔。一门北向，潘停足曰：“至矣。”携手入室，室内陈设虽皆朴素，然雅洁异常。家无童仆，仅一垂髫小婢供指使。坐谈片刻，梅请视病西施，潘笑入内。俄引一丽人出，含愁带病，婉妙如大家子，绝无勾栏习气。与梅鞠躬，即潘身旁坐，楚楚可怜，大有弱不胜衣之态。梅略询病情，答言不思饮食，常奄奄欲睡。梅就而诊之，诊已，曰：“奇哉！何肝病之多也。此亦一忧闷所致者。若欲速愈，但移居山中可耳。”潘笑曰：“良医也，仆已卜室庐山下，布置早妥，病愈即发。”梅曰：“可无久待，旦晚可即去。仆且为拟一方，携药往山中，服之无不效也。”俄而处方毕，即起身告辞。潘强留早膳，且言：“内子闻君将至，已扶病作庖丁，君必不可却其意。”梅曰：“是诚何安。”旋闻帘内小语，谓晨餐已具，即有小婢奉杯盘出。潘自入内将酒肴，往返数次，乃肃梅入座，筵殊丰盛。梅谓潘曰：“君既不丰，胡如是破费。”潘曰：“此皆出自内子意。仆迩来虽贫无立锥，然赖内子货卖妆奁，少得微资，勤慎经纪，仆竟坐享贫福，更不知有贫累。”梅叹曰：“贤哉妇乎！勾栏中乌得有此人也。”潘曰：“君毋薄视勾栏。以仆所见，侠女贤妇多出于此中。”梅摇首曰：“君适逢其一耳。若云多侠女，仆良不信。君不闻啧啧人口之‘侠妓杨丽娟’乎。”潘曰：“诚哉侠也。”梅叹曰：“君所谓人云亦云。据仆观之，实一欺诈取财之贱娼耳。”

于是潘生瑟然而惊，瞿然而骇曰：“君未知其平昔，胡为妄加毁语诬人。若是，君若目此人为贱娼，则二万万女界无一善人矣。仆虽刀锯当前，斧钺在后，必攘臂与君争也。”梅曰：“君尚与仆争乎。仆固亲闻其事，深知其有贱行。”潘曰：“仆更亲见其人，深知其有侠骨。”梅厉声曰：“君何所见而云然。”潘亦厉声曰：“君何所闻而语此。”主客纷辩，势汹汹几用武。帘内人盈盈而出，梅始起身致谢。潘曰:“勿作客语。且先辩此事。”女曰:“君亦不必纠辩,丽姊固非其人,然梅先生亦岂无故作毁语者。想丽姊性素傲,公子王孙辄不在其眼底,难保不以此开罪于人,怨之者故加诬谤。而梅先生常往来于显者家,一般蜚语适入先生之耳,先生信以为真,故有是论。然一经道破,便可释然,何必纷争若是。”梅曰:“诚然,仆闻之确凿。”潘又急叩其事。梅乃以丽娟如何至柏家,如何诈骗千金,细述一遍,声色俱厉。潘不待语毕,急曰:“必无此事。君所语,与其人行状绝不相类,可决其为蜚语也。”梅曰:“子诚何心。我与彼无仇,岂肯捏造黑白耶。”女止潘勿争,因问梅所语,果何时事。梅悉告之。女骇然顾潘,作小语。潘亦惊,反身问梅曰:“君所言柏家,莫非与丽娟有螟蛉之谊者乎。”梅曰:“唯然,仆所以恨之益切也。”潘叹曰:“果尔,则丽娟愈不可及,实相告,其所取者,已转赠仆矣。不然,仆固一贫如洗,何能于勾栏中买佳丽哉?”梅愕然问故。潘乃揖梅坐,复命女入厨下,热酒暖菜。主客对坐,述丽娟事。潘曰:“初仆过金陵,闻秦淮河上新妓巧云,堕落甚苦,见人辄哭。仆怜而访之,宛然大家子,叩其出身,但泣不言,谈次,遂相怜爱。仆乃悉货行装,得数十金,往图宵聚。夜阑,为予述旧事,谓出自大家婢,幼伴女公子读,故略通文理。嗣以获罪主母,阴鬻青楼中,甚非所愿,言罢于邑。求予为援手,自愿备妾媵。予辞以力不逮,相对惨然,终欲誓死相从。鸨母窥其意,大加予以白眼,予惭而出。自是巧云败装毁容,终日呜咽,鸨母责之,辄欲觅死。时丽娟与对居,闻其事而悯之,遂入询其颠末,哀其志。竟访予于客寓,见面便言,意中人盼君良苦,君独无情乎。予凄然告之曰:‘穷蹶之士,惟有痴可献知己,一宵之聚,实倾囊而为之。虽欲再往,其如囊空何。’丽娟曰:‘但使有心,囊空亦何害,予矢诚自投。’丽娟诺而去,将予命往见鸨母,愿赎巧云。鸨母难之,非千金不许。丽娟立货奁装,仅得金五百。予不忍相负,丽娟力言无妨,具云有螟蛉兄弟可作将伯之助。越数日,果将千金来,立赎巧云。更出金为赁宅,复助妆奁。予甚德之,丽娟归功于出金者,问其姓名,又含糊不应。但言后当有会面期。予方疑其施不求报,岂知其曲折巧取,不惜自冒恶名耶。”

梅闻潘语,拍案曰:“奇哉!渠顾为济人而行骗术耶。若然,则诚不可及。但君顾蒙其德,而坐享艳福,而受骗者已受祸无穷矣。”潘骇问何故,梅曰:“事甚长,但君既间接受其惠,亦不妨相告。”因历述秀峰受骗后种种苦况,及与柳三娘相思情节。潘益惊,问何处柳三娘,梅告之。潘叹曰:“是尤大奇,内子固出自柳家。”因遽呼巧云出,为言其事。巧云者,盖即三娘之侍婢巧儿也,与三娘情殊密,既闻三娘苦状,含泪欲哭,既而曰:“姑娘遇我厚,我虽不害姑娘,然间接受我影响,我何独安乎?”梅曰:“不特嫂氏不安,仆见其事,且为之不悻者累日,常欲代为撮合。奈两家皆屈于继母之下,同一苦状。父又爱听枕边语,竟无由效力。每回念其情,不觉恻然中动。”巧云切齿曰:“先生毋道其继母,且世无此毒妇。不然,我家姑娘素得父爱,岂忍过拂其意,遂加禁闭耶。此皆以夫己氏馋闲其中,犹有一村妪趁风助虐,故演成今日之苦剧。”梅曰:“嫂但知柳家夫己氏之虐,不知柏家亦隐有一骊姬也,否则秀峰岂得一病至此。仆所难于设法者,正以两家各有毒妇耳。”巧云曰:“然则为之奈何。”梅摇首叹息,潘亦戚然无词。主客相对,酒肴盈几,客不举箸,主人亦忘劝客。默坐良久,梅忽问丽娟所在,欲一访其人。潘曰:“适有宁波之游,且晚将归,容再与君同去。君若急欲见其人,可先视其小照。”因指壁上照片曰:“即此是也。”梅视之,乃一绝色佳人,且艳丽中隐含英气,不特无勾栏风,即大家女儿,亦罕有其俦匹,不觉悠然羡慕,叹息久之。未几酒罢,乃起身作别,匆匆而去。

梅既别潘,径造柏家,途中见仆夫数辈,大呼:“先生来乎,急煞公子矣。”及至，则秀峰已扶杖立阶前，引颈而望，泫然曰：“先生果安往，亦知仆情急乎。事何若，仆望先生良苦也。”梅曰：“君亦知仆为君事，终宵不曾交睫乎。今晨即趋赴君所，途中为友人强邀去，然已探得消息，于君事不无少补。”秀峰急问何事，梅乃以丽娟救巧云，及巧云出身事，细告秀峰。秀峰始恍然于丽娟原函，所谓待救有人者，即巧云也。又曰：“当食大士之报。疑即指三娘。盖丽娟曾以此相戏。”顿悔未应其召，致演成中间波折，又恨丽娟故作隐语，使人疑惑莫测。转念巧云为三娘侍婢，当知其消息。因问梅曾闻巧云作何语。梅曰：“渠但述柳家继母之虐，至其姑娘状况，以相隔已久，亦无所闻也。”秀峰又问：“睹丽娟否。”答以未返。秀峰曰：“归时，君请速访之。问渠陷我至此，于心何安，且所谓大士之报，今果安在。”梅茫然不解，秀峰乃以丽娟致书事告之。梅曰：“果尔，仆必访之。渠既肯为巧云谋，必强使为君效力。果其允也，仆必有把握矣。”秀峰曰：“但恐彼嫉我却其情，而幸灾乐祸耳。”梅曰：“君毋过虑，仆且凭三寸舌而说之。”秀峰曰：“是在先生，倘事谐，当速告我。”梅颔之，然后诊其病。秀峰曰：“病且不必诊，全凭先生妙舌生春耳。”梅笑曰：“然则吾手无用乎。信如君言，我当改业，向篮桥路上贩卖琼浆，以遍医相思病也。”秀峰为之粲然，梅亦旋出，秀峰更再四嘱托之。

第十八章

越日，梅又访潘，询丽娟踪迹，且述秀峰如何情急。潘曰：“内子亦以此事，终夜为之不安。仆正欲往视丽娟归未。渠素侠，当与彼同谋所以报秀峰者。”梅曰：“然则，仆且与君同去。”潘曰：“诺。”径出门，趋赴丽娟宅，至则双扉犹扃，叩之，一老妪出，云姑娘尚未返，梅怅怅而归。潘邀过其家，少憩片刻，亦不听，分手径别。转过乌衣巷，再行数十武。忽见舆中一丽人，似曾相识也者，急忙中苦不能记忆。舆过既远，犹俯首沉思，忽恍然大悟，即所见小照之丽娟，追想其容不啻杜兰香重履尘寰。急返身追之，更不暇邀潘，径造其宅，踵门求见。老妪熟视不相识，因坚拒不纳。梅自言潘生之友，媪聋瞶若不闻。梅情急，大声告之，媪但摇首。俄一小婢出，问客何为。梅告以故，自道姓名，谓："适与潘生过访，未遇而归。今知姑娘已返，尚有急事，敢请见。"婢嘱少待，旋入内，少顷，即出揖客。梅随婢至会客室，见室中陈设仿佛老处士家，绝无半点尘俗，举首四顾，颇涉遐想。俄闻帘钩忽动，丽娟款款而至，相见鞠躬，分宾主而坐。丽娟曰："闻金陵有名医梅君，即先生乎。"梅应曰："然。"丽娟曰："然则久耳大名矣。"梅曰："仆亦闻金陵有侠女，昨晨潘君为仆言之甚确，始信名不虚传，令人悠然羡感。适与潘君造访，闻莲舆未返，方深惆怅，不期遇于途次，随踪复来。诚以仰慕之切，故敢不辞冒昧。"丽娟曰："辱承枉顾，先生荜户，但不知与潘君有何旧好，顿蒙过爱若此。"梅曰："仆与潘乃总角之交，无事不谈。然非潘君，仆顾误闻柏言，而错怪侠女矣。"丽娟笑曰："先生顾往来柏家，渠以我为诈骗乎？妾当时实悯巧云之苦与潘君之情，欲为成全，而自顾无力，故不惜乞诸其邻。念柏氏素丰，拔一毛而救二命，妾何惮而不为，但尔时曾以函召秀峰，渠竟恝然不顾，妾愤极不得已，出此下策，虽冒恶名，然问心无愧，故不求人谅也。"梅曰："唯然，仆所以钦佩不已，但潘君固荷德靡既，而秀峰则受祸无穷矣。"丽娟曰："此诚何语千金容伤其毫发乎？"梅曰："非金钱之谓也，渠实以此致大病，至今未起。"丽娟曰："先生差矣，渠乃为一意中人颠倒欲死，于妾果何尤。"梅曰："不然，非卿则不受幽闭，不至与意中人隔绝不通也。"因举其种种原委，详告丽娟。丽娟曰："今已如何？"梅曰："惫矣，势将待毙也。"丽娟曰："然则先生将何以救之。"梅曰："此非药之所能医也，仆术诚浅不能救其病，救之者，其为侠女乎。"丽娟曰："先生毋过奖，妾何术能起沉痼。”梅曰:“但以救潘生者而救之,则沉痼立起矣。”丽娟默然不答。

少顷,梅促之曰:“卿致秀峰之函,不尝有‘十级浮图,当食大士之报’之话乎?今秀峰亦待救时矣,此种功德,幸自居之。”丽娟曰:“妾闻之,天下事俯而就之则易,仰而企之则难。全国之大,不少有情人,岂必柳三娘始可以言情欤。刻舟而求剑,胶柱而弹琴,是何痴迷一至于此。”梅笑曰:“尊论良确,然世人通病,每每舍易而图难,刻舟胶柱者亦岂止一秀峰,且秀峰之病,病在痴与迷,世固有不痴不迷,而亦蹈刻舟胶柱之讥者,惑不滋甚哉。此君子之道,所以贵夫恕也。仆亦以其情有可恕,且深知其所不忘情者,不仅一三娘。不过事有先后,三娘适遇于前,先入者为主耳。心有所主,故后来者不能夺其所好。此即秀峰痴于情之处,惟其痴于情,而其情始笃。设令见异思迁,知难而退,以智自矜,则句容之婚早已完聚,卿将取其智乎?抑取其痴耶?故不痴不迷,不至于是。卿固慧人,当能解此,诚恕其痴迷而曲成之。他日,寻源追本,彼焉能忘情于卿。否则痴情莫诉,秀峰惟有执一而死耳,卿亦何所利焉?抑仆犹有进者,卿素负侠义,漠不相识如潘生,且不惜冒恶名而周全之,秀峰顾与卿有螟蛉之谊,若坐视而不救,果何厚于潘而薄于秀,而亲其所疏,疏其所亲哉。”于是,丽娟俯首无词,爽然若失。

俄顷,潘生至,望见梅,讶曰:“仆方欲邀君,君竟先我而来乎。”梅曰:“为人作嫁,不觉情急难待。”潘曰:“仁人也。”因转顾丽娟,先谢其曲折周全之德,然后为秀峰说项,且曰:“巧云将扶病而来。”丽娟笑曰:“我非王母青鸟,专为人通消息,胡但有相思者,皆来缠我也。”梅亦笑曰:“大士法力无边,能为人度一切苦厄,所以参拜者不觉其多耳。”丽娟曰:“说士亦太苦,以如此妙舌游说于两家,何愁事不济。妾乃一女流,诚何术能为人度苦厄？况两家之事，君所深知，妾即欲为效劳，亦胡从着手。”梅曰：“但发宏愿，自有方法，仆筹之已熟，只俟卿一诺耳。”丽娟曰：“先生果有妙术可解其厄，妾与秀峰固总角交，岂忍坐视而不为。请速以方法见示。但力所能到，当惟命是从。”梅喜曰：“果尔，则秀峰受惠无穷矣。仆为此事筹之已累日，必使两人得通消息，然后方可徐图。仆虽往来两家，与三娘终难通讯，必得一最灵敏之妇人，亲与三娘接洽，详悉其情节，念非卿无可使者。”丽娟曰：“素无瓜葛，进身良不易。”梅曰：“是必降格而为之，然后得达。”丽娟曰：“为女仆乎？”梅笑曰：“非也，看护妇耳。”丽娟曰：“既允代谋，看护妇亦何敢辞。”梅曰：“若然，仆当即荐卿去。卿为坐探，仆则传递于两间，向机进取，事必谐矣。”潘笑曰：“君两人可谓医相思之专家也。”丽娟曰：“不有专家，君亦未便坐拥佳丽。”三人不觉大笑。

未几，巧云亦至。丽娟曰：“又来一说客矣。可惜太迟，大功已被他人夺去。”因以所谋告之，巧云亦喜，既而曰：“姊如此出力，妹岂忍坐视，倘有驱使，愿效微劳。”丽娟曰：“冉弱之躯，有何劳能效？必欲为我分任，恐未登柳氏之庭，而母夜叉已鞭逐尔矣。”梅曰：“嫂无急，后当有相烦处。嫂但速往庐山，检点房舍，仆已以高山病院之学说，劝两家移病人于山中。虽未即行，然尚有可望，俟当尽力而说之。果从吾说，则东道主人翁，即贤夫妇之职也。”巧云笑曰：“若以先生大力，使妾得与姑娘重聚一堂，直当买丝绣像，花香供养也。”梅曰：“何克当此？但事犹在预料中，行否，且观后效耳。”言罢，起身即去。回家后，则柏家仆已坐候于门外，言公子病急待医。梅方欲行，而柳家又有人至，梅乃先赴柳宅。

既见柳翁，便问令爱服药若何。翁言无甚效，梅故讶曰：“仆前方斟酌尽善，何以不奏效。”翁曰：“是则非仆所知。”因请梅复诊。见三娘神色益闷,问之不甚答。梅出语翁曰:“令爱之病,病在肝,若调养不得法,起居不适宜,虽有卢扁,亦难为力。仆视翁家婢媪,皆不解窥伺病人心理,翁何不雇一看护妇,俾专俟起居饮食。”复力述看护妇之好处,与医药有如何关系。翁以女病久不愈,亦疑婢妪侍奉不周,果从其说,即托梅代雇。梅毅然承应,谓某院有某某看护妇,极为周密,但得彼来,病必渐愈。翁甚悦。梅乃别翁,趋赴柏家。入病室,见秀峰方伏枕上,喃喃自语,怨梅未至。转面见梅,不暇他语,便急问所谋济否。梅嗤之曰:“噫!仆为君奔波不停晷,见面曾无片言相慰劳,辄问济否,天下容有此理乎?”秀峰愕然,自知冒失,泫然曰:“仆愚鲁,开罪于先生,幸先生怜而宥之。”梅笑曰:“君毋急,实相告,事已有端倪,故敢以此相戏耳。”因告以所谋,秀峰骤喜曰:“先生如是用心,仆何以报德。”梅曰:“我悯君痴于情,始为致力,夫岂望报哉?君可速作尺一书,明日即使丽娟密递三娘,仆再为君取回函也。但得其确信,庶几可图良策。”秀峰颔之,急起身,即案前剪纸抽毫,每述至伤心处,辄凄然堕泪。书毕,付梅。梅乃持函重访丽娟,商议既妥,然后回家就寝,然已力疲神倦矣。

第十九章

秋水长愁,霜催白雁。西风已老,人似黄花。三娘卧病数月,每念意中人消息不通,肝肠寸裂。一日晨起,方对镜茹悲,含泪欲坠,忽闻来一看护妇,乃梅医生所荐者,急敛容而起,则看护妇已牵帘骤入。三娘眼光尖锐,认为丽娟,莫测其所自来,惊疑不定。丽娟盈盈含笑曰:“姑娘病无恙乎?我看护妇也,梅医生荐我来侍姑娘。”三娘犹豫,莫知所答。丽娟坦然,但殷殷问起居,然后为整理室内,启窗拂尘,调和饮食,检点药料,俨然看护妇之动作也。婢妪辈咸俯窗来窥。三娘如堕九重雾中,心惴惴不安,又不敢即问。及婢妪已去，丽娟四顾无人，悄然问三娘曰："姑娘认我乎？"三娘益疑，低声曰："尔非看护妇，谁教尔来者？"丽娟曰："姑娘勿疑，自有佳处，后当为姑娘细述之。"三娘惶惑莫测。及夜静，三娘又诘丽娟所自来。丽娟曰："实相告，我秀峰之密使也。"因即衣底，取书付之。且曰："姑娘可细阅，有未尽者，可问我。"三娘急折书，果秀峰手笔，略云：

别后变生不测，遂使咫尺天涯，消息长梗，中间重以二柳之误会，铸成大错。回忆明月舟中，紫金山下，言犹在耳，事岂忘怀。乃凤卜未谐，鸳盟遽断，仆诚何心，能不悲哉。当此之时，计惟有一死长谢知己耳。然而情丝难割，痴念未消，既不愿偷生而背前盟，亦不忍徒死以杜后望。五内萦扰，如火如荼，面壁抱柱，书空咄咄。嫉我者欲肆谗言，遂妄加毁语，奴仆无知，一唱百和，而疯癫之名，藉藉人口。在诬我者，固自鸣得意，然我亦顿开茅塞矣。念程颢之老成，轻则不取，富弼之修谨，狂则见弃，句容之所以采于我者，不过老成修谨之虚声，人云亦云耳，虚声坏，则其心悔矣。仆之所以狂歌市上，装疯作剧者，皆所以自坏虚声，隐以启句容之悔也。然而数月以来，家人之揶揄，继母之惨虐，偶有乖忤。动施鞭挞，饮恨吞声，惟于无人处放声大哭而已。呜呼！遭逢如此，容有生人趣乎？然犹曰一时坎坷耳，或者了除恶果，继续良因。玉杵犹存，再到蓝桥之路，凤楼伊迩，重吹弄玉之箫，则虽含垢忍辱，为牛作马，亦复何憾。不料错缘已断，佳偶犹乖，鱼虽求水，萝不附丝，徒羡王谢之门，莫缔朱陈之好。纵教同心倩女，欲离枕上之魂，而一别萧郎，已断重逢之路。呜呼已矣。仆心已碎矣，然而蚕丝未尽，蜡泪难干，回念知音，犹萦梦想。所幸丽姊慈悲，梅兄仁爱，愿作传书之青鸟，探消息于蓬山。尚望片纸时，来慰相思于梦里。临笺堕泪，书不尽言，西风渐老，诸惟珍摄。

三娘览书，且读且哭，泪滴书上，层纸尽透。丽娟力为劝解曰:“姑娘毋徒自伤,应细图后事。且梅君为姑娘事,已奔走累日,欲为姑娘力图完聚,故使我来面达姑娘,互通消息。天下事虽极艰难,然尽力而为,不愁不济也。”三娘拭泪曰:“我命薄,深负秀峰,又重劳丽姊与梅君,深恐虎口之下,难全余生,徒负厚德耳。”丽娟曰:“不然,事在人为,既有梅君双方撮合,必有效果。姑娘幸毋急,但有机可图,我当不避艰险,为姑娘致力,必使姑娘得归秀峰而止。”三娘曰:“素无渊源,蒙姊如是过爱,将何为报?”丽娟曰:“姑娘不知我乎?非我自矜,我虽微贱,然颇好成人之美,所曲全亦不仅一二人。即如姑娘之侍婢巧儿,我亦代效劳,今已得所矣。”三娘惊曰:“巧儿顾我之心腹,情同手足,自分别后,正无日不为伤心。姊已救之于火坑中乎。”丽娟乃以潘生事告之。三娘感激不置,且曰:“姊如此侠义,倘蒙不弃,愿结为姊妹。”丽娟初犹谦挹,三娘请之益坚,即于闺中焚香为盟,丽娟为长。自是无人时,便以姊妹相呼,俨如骨肉矣。

丽娟笑曰:“秀峰以我为姊,今妹又以我为姊,他日牵羊成礼后,我将以妹为弟媳乎,抑以弟作姊倩耶?”三娘晕红满颊,以手障面,笑牵丽娟袂曰:“姊无嘲,妹妹常闻姊与秀峰竹马共戏时,已有定分。”丽娟笑曰:“妹勿以小时事相戏,恐心中要食杨梅也。”三娘低声曰:“姊太小觑人,英皇岂不可为乎?”丽娟笑曰:“多感盛情,天下多美丈夫,如是拳大婿,我何必分人之宠,食人余脔也。”三娘笑曰:“姊不忆为人,以百合香熏被褥,醮如意锭敷患处乎。”丽娟笑曰:“噫!尚未合卺,辄与人喋喋作床头语,薄郎君宁不羞死。待尔花烛后,当以云板挞尔,而寄于秀峰也。”三娘曰:“姊但知羞人,己则作伪,宁不自羞乎。”丽娟曰:“实相告,我与秀峰乃幼小之交,岂独无情,但隔别十余年,音问不通,我又不幸堕落,彼亦不知我消息。中途复与妹遇,已结不解之缘,我岂肯夺人之好。不过初时我犹不知,秀峰亦祕不相告,始有中间之曲折。使非梅君,我顾犹在梦中,尚肯来此,为妹作撮合山耶。"因述梅如何相劝,且曰:"此君为妹,无微不至,他日事成,真应买丝绣像,毋忘蹇修也。"三娘感叹不置,因细询梅历史,丽娟略述其梗概。三娘曰:"妹视其人亦温雅君子,察其年龄不过二十余,但不知其婚未。"丽娟答以未知。三娘默然。时已夜深,丽娟曰:"明日梅君当来,妹曷以片纸俾达秀峰。"三娘点首,乃即案前剪纸作书。略曰:

丽姊来,得悉手书,一字一泪,使妹不忍卒读。呜呼苦矣!自惭薄命,空负吾哥,使哥展转陷于艰困,罪固不容辞。然妹之惨境,亦诚有为哥所不及料者。自秦淮分手,前情顿露,父兮不谅,母也无良,始则大加谴责,继乃重施幽禁。妪又播弄其间,旋即有迫婚之事。妹自问已无生理,惟有一死以自靖。犹忆当时惨境,随身惟影,举目无亲。风雨五更,疑是相思之鬼;罗巾一幅,几为毕命之符。所以未便即绝者,徒以如意犹存,尺书未达,不敢以君家旧物殉薄命人于地下耳。故强自隐忍,坐以待旦,欲以原物付托于侍婢,然后投缳以报。乃天不绝人,顿开生路,婚约未成,朱父骤丧,妹遂得苟延残喘,以至于今。然而身处愁城,魂随君右,秋月春花,无非伤心之色,晨风夜雨,都为断肠之声,加以道路传闻,人言藉藉,虽审听难真,然妹固知哥之病有自来矣。遥度深情,悲酸难已,重阳既过,蹇修忽来。继母虽诮谑万端,妹惟含羞自认,卒之未转父母之心,反增拒婚之意,妹至是万念已灰,寸衷欲断。回首前盟,连理花空留幻影;伤心底事,三生石莫证前缘。呜呼惨矣。妹自问黄泉路近,今生无复报哥之日矣。岂意青鸟飞来,妹犹得与哥互通消息哉。岂天将悔祸,再为我两人开一线生机乎。苟有他图,妹惟誓死相从耳。西风迫人,事不宜缓,请与梅君急筹良策,妹当延命以待。书不尽意,伏惟珍重。

书成,泪落如雨,衣衫尽湿,丽娟力劝始止。次日,梅来诊三娘于病室，丽娟乘间以书授梅。梅藏诸袖底，急趋赴柏宅，转付秀峰。秀峰读至悲惨处，辄哽咽下泪。既而以书授梅曰："仆已心痛，请君同阅，便知此中苦境矣。"梅接而读之，亦为之凄然，既而曰："事已如此，且速图良策，正不可徒事悲酸也。"秀峰曰："仆乱如棼丝，诚无可设法。先生多谋，乞为仆出一计，但有可行，三娘固誓死相从，仆亦当舍生听命。今后两人性命，皆悬于先生之手，先生必大发宏愿，渡我苦厄，当结草衔环以报。"梅曰："君勿作是语，仆当竭力为之，断不敢稍避艰难也。"于是俯首沉思，苦不得策。秀峰时时促之，梅曰："我曩欲以高山病院之说游说两家，使君两人得集合于山上，为权宜救急之计，但柳翁既惑于床头语，说之固匪易，即尊君仍怯于阃威，亦未便听从。若欲重提婚事，微论君家不肯再作无颜之请，柳氏亦断无前倨后恭之事。若此二策皆无效果，仆犹记君言，谓三娘犹有舅母，据仆愚见，不如使三娘以尺一书致外家。仆当作寄书郎，亲至上海，令彼舅母来金陵，即携三娘养疴沪上。然后溯江而登庐山，君乃伪为病剧，我便以种种利害力说尊君。尊君爱儿，较柳翁爱女，稍有分辨，当不忍过执，如是，则庶几谐矣。"秀峰曰："此计甚善。"旋作书，以此意告三娘，仍由梅转达而去。

次日，梅至柳宅，以秀峰函密授丽娟，俾转三娘。旋访潘生于秦淮河畔，适潘他出，巧云自出应客，寒暄数语，便询三娘消息。梅悉告之，且语以所谋，巧云甚喜。俄而潘亦归，巧云起身，顾谓梅曰："先生连日劳顿，请稍憩息。妾代吾家姑娘聊具薄浆，敬劳从者。"因嘱潘留客，即入内作膳。梅为潘详述近日事，且促潘速迁庐山，以作东道主。潘喜曰："我固急欲行，只以未知柏柳消息，胸中不无系念，内子较仆尤切。今赖君多谋，力为撮合，仆当奉命先驱，扫榻以待。"俄而酒肴已备，潘劝客良殷。膳既毕，梅方起别，则丽娟忽飘然而至，笑语梅曰："游说不行，乃欲学骗术，得不避张仪盗璧之嫌乎?”梅曰:“仆受卿陶铸,聊师故智耳。”相视大笑。丽娟乃出函付梅曰:“此三娘致舅家书也,君既允作寄书郎,今日便当就道,不然,痴娘子情急难待矣。”梅笑诺之,坐少顷,丽娟即去,梅亦乘夜赴上海。

梅之行也,顾未告秀峰,秀峰望梅不见,大有一日三秋之思。越二日,梅始返,往见秀峰。秀峰急曰:“来乎?”声顿停,复婉其词曰:“先生劳顿,事若何?”梅戚然摇首。秀峰神色骤变,曰:“不谐欤?”梅曰:“尚未可定。仆至沪时,投函入门,良久一女仆出而传言,谓主人已他行,主母又卧病,俟稍痊,当来视甥女。仆告以柳姑娘病中苦思舅母,倘舅母不能来,望命一妪赴金陵而迎之。女仆入白,旋出语予,谓当如所请,想不日将有人来。但以仆所料,恐非舅母躬至,柳翁未必允许耳。然事已如此,殊无他术,君且以尺一书,先告三娘,使与舅家妪商,但言舅母病甚剧,苦思甥女,柳翁或不便深阻。”秀峰以为然,果作书致三娘,告此意。书成付梅,梅径趋柳宅。适柳翁外出,妪乃延梅入厅上。丽娟旋出,托言姑娘畏风,导梅入室诊察。梅四顾无人,急出函授三娘。三娘展示未竟,妪骤入,笑曰:“姑娘所阅乃阿谁来信耶?”三娘大惊失色,藏书袖中。梅急为掩饰曰:“非书也,乃药方耳。”妪曰:“药方乎?主人正欲取视,曷付我。”梅曰:“妪勿诳言,主人不在家,且此方乃日本文字,视之亦不识。”妪曰:“识否我亦不知,但主人出门时,嘱我来取。”言罢,即向三娘坚索。三娘怒曰:“药方亦干妪底事?”因举函掷之炉中。妪冷笑而去,于是风波顿起矣。

第二十章

初,梅荐看护妇于柳氏,朱颇不欲,以翁已许之,不敢过拂。俟丽娟至,与三娘密甚,朱愈怒,因衔丽娟,而更及梅,阴使妪察其举动。是日梅来,丽娟导使入室,妪怀疑,因伏窗外而窥之,见梅出函授三娘,故骤入,欲执其短。及三娘以书投火,乃冷笑而出,以其事告朱,喜有隙可乘。翁归,朱问翁曰:“梅何许人也?”翁曰:“医生耳。”朱冷笑曰:“医生得毋治相思病之专家欤?”翁骇然曰:“此何言?”朱曰:“人方为汝女儿作寄书郎,君犹在梦中耶?”翁大愕,急问故。朱以老妪语,甚其词而告之。翁骤怒,大声詈梅,呼家人而告之,曰:“梅来,当以杖逐诸门外。”丽娟闻其事,惶恐不安,密告三娘曰:“事泄矣,既逐梅,必将及我。我去,复谁为妹通消息者,前谋不尽付东流乎,且将若之何?”三娘掩面哀泣曰:“姊去,妹惟死耳。”丽娟不觉亦泣。俄闻翁詈声益扬,丽娟益急,三娘哭益哀,手牵丽娟衣。丽娟莫知计所出,沈吟少顷,猛然省悟,耳语曰:“阿父行将逐我,若俟其逐而后出,则不能再至矣,不如我先去,与梅妥商,入夜始返,纵逐我,未便使我宵行,但得暂留一夜,我便有救妹策也。”三娘哭曰:“已至绝路,尚有何策,但得姊稍伴片刻,妹死无憾。”因捉袂不使行。丽娟急极,顿足曰:“妹胡太愚,速放我,无误大事。”三娘释手而泣。丽娟蹑履出门,急趣梅寓。至则梅犹未返,因坐而候之。

未几梅归,丽娟急告以故。梅惊曰:“仆顾恐有他变,今既然为之奈何?”丽娟曰:“事急矣。过此已往,三娘不复有生理矣。”梅曰:“仆亦知之,但急极果有何策?”丽娟曰:“妾适思之,天下事,处常则守经,处变则从权。今两人生死皆决于今日,与其坐以待毙,曷若冒险出走。虽事非常经,然为一时权宜之计,不得不出此下策,高见以为何若?”梅沉吟曰:“事如败露,为之奈何?”丽娟曰:“不然,乘夜而逸,未便即露,但脱离金陵,露亦何伤,君须知两家婚好,所以不成者,皆以后母梗塞其间。至两翁儿女之情,未便斩绝,若木已成舟,只有将顺而已。即不然,名誉所关,亦胡肯自暴其丑也。”梅曰:“此论良确,但我辈为人代谋,尤宜谨慎,至如何出走之法,不得不详加审度耳。”丽娟曰:“我两人分任其责,君导秀峰,我引三娘,约一地点为集合之处。”梅曰:“三娘病未愈,焉能出走,当命一纪纲,五更时备舆,候卿于柳氏门外。仆乃与秀峰径赴下关,俟卿至即附轮而上,再至庐山下,避居潘君家。”丽娟曰:“是更妙,柳宅园后有门,君即候妾于门外,请以拍掌为号。”梅敬诺。俄而,日已将暮,梅趋赴柏宅,丽娟亦暂回柳家。

丽娟既返,遇妪于门内,因伪告妪曰:“我有一事,烦妪婉告主人可乎?”妪问何为。丽娟曰:“梅医生荐我来时,本约以姑娘病愈然后去,但我接梅家书,有急事待我返。我欲明午即行,又恐主人不许,求妪善为我辞焉。”妪笑曰:“正合主人意,实不敢屈留也。”丽娟欣然曰:“若是则幸矣。实相告,尔家姑娘亦太乖,小有不遂,便怒形于色,我以职移所在,曲意而承迎之,岂真我所愿乎?”妪讶曰:“诚大怪事。老身以汝与姑娘甚厚,岂亦面从耶?”丽娟叹曰:“噫!妪岂知看护妇之苦乎,无论病人如何怪癖,亦不能稍与计较,诚以所学如是,否则受人唾詈耳。今幸脱离此处,投宿一宵,明早便行,主人处亦烦一致语,可无容我面辞。”妪诺之。丽娟趋入三娘室,三娘伏床未起,泪眼尽赤。丽娟悄然告之曰:“妹无急,已筹有万全之策,俟夜静再为妹细述也。”三娘犹疑其故作慰语,哭曰:“策将安出?”丽娟低声曰:“逸耳。”旋闻窗外有履声,急目示三娘,因故扬声曰:“姑娘毋怨我,我明日即行耳。”俄而妪入,谓适白主人,主人已应允矣。丽娟谢之再四。及妪去,丽娟徐徐闭门就寝,始以所谋细告三娘。三娘若痴若梦,莫知可否,但微微点首而已。

解履登床,展转不寐,孤衾妒梦,玉漏惊魂,此时三娘大有一更一年之慨。四更既过,丽娟悄然而起,为三娘披衣挽髻,作西洋妇女制。以纱障面,己则仍扮看护妇,衣白衣。漏五下,乃轻启室门,扶三娘出,复返关之,转过回廊,曲折而抵园内。时已十月,微霜初降,残月如钩,树影萧疏,朔风凄惨,三娘齿战肌栗,步履跄踉,丽娟挽之而走。既至后门,丽娟伏门细听,轻拍其掌,旋闻门外应声,乃启门,小语曰:“来乎?”应曰:“来矣。”隐约中见有车马,丽娟急扶三娘坐车上,转身至门首,虚掩双扉,然后匆匆上车。马蹄得得,循径缓进。既出城,东方已白,乃扬鞭疾走。抵下关,则梅与秀峰先在,三娘遥见秀峰,仿佛不甚相似,秀峰亦惝恍若梦中。是时江轮已至,丽娟径扶三娘至船上,入大餐厅中。梅亦曳秀峰随至,相见惟把手呜泣,酸楚之情,不复可禁。秀峰哽咽曰:“我不图犹得见妹。”三娘则不能道一语。丽娟劝之曰:“既离虎穴,宜抱乐观,况两人病犹未愈,尤应自爱。”三娘始勉强收泪,以巾拭目,拭已,复授秀峰。秀峰执巾于手,熟视三娘,见其红颜憔悴,面庞间与往昔判若两人,不觉酸生胸臆,泪珠串连,呜咽曰:“妹胡消瘦如是?”三娘泣曰:“妹何足惜,只负吾哥,使哥一病至此。”言罢大恸。忽闻人语喧哗,丽娟忽掩三娘口,各有惧色,凝神静听,始知船将解缆。梅乃起别,于衣底取药一包,以授丽娟曰:“烦卿收执,使按时调服。”转身顾秀峰曰:“为君奔波累日,幸不辱命。此去皆坦途,望自珍重,仆请暂别。”秀峰谢曰:“深蒙拯救,碎骨难报。但事泄后,犹望包容,俾全始终,则生生世世不忘大德。”梅慨然曰:“君但放胆,脱有愆尤,仆当身任。”因握手作别。三娘亦向梅鞠躬,丽娟送梅于窗外。

未几汽笛一声,舟已离岸。丽娟曰:“为弟妹事,使我胆悬欲落,今始稍释矣。”秀峰曰:“与姊别后,渐罹惨境,不料递承怜爱,力为援引,此情此德,没齿不忘。”丽娟笑曰:“今日不怨丽姊耶?”秀峰曰:“害之惟姊,救之亦为姊。昔日之不容不怨,亦犹今日之不容不德耳。”丽娟曰:“怨固不辞,德亦不受,要皆为他人作嫁衣裳耳。”秀峰曰:“为他人作嫁者,安知其不为己作嫁耶?”丽娟笑曰:“泥像过水,未登彼岸,便欲中流渡人乎。”秀峰曰:“不得不有此心耳。”三娘急曰:“梅君婚未?”秀峰摇首微笑。丽娟嗤之曰:

"啼痕犹未干,便觍颜而笑,得不害羞耶?"言罢,转身倚榻上曰:"连日不得睡,且少休息,任汝两人自叙离怀,但勿时啼时笑,作小儿态度也。"三娘曰:"姊亦太劳,诚宜稍睡。"乃急为叠被,状殊殷勤。丽娟笑曰:"奄奄病体,何必顾我。即有心谢蹇修,亦不在今日也。"三娘晕红微涨,低声曰:"姊惯调侃①人。"丽娟笑而起,急曳之坐,始返身就寝。

三娘乃与秀峰各述往事,每至最苦处,辄复下泪。但三娘见秀峰病况萧条,恐引其悲感,不敢过于自伤,而秀峰见三娘形容惨淡,欲解其忧烦,亦遂强作欢喜。所谓卿须怜我,我怜卿,不觉破泪为笑矣。未几日高数丈,太阳光线直射窗中,与三娘病容相映,惨淡之色,忽带有三分喜气。秀峰亦觉可爱之日光,与曩日顿异,乃握三娘手曰:"自紫金山一别,许久不与妹共立日中,遂觉目色无光,故同是日也。昨日之日不啻惨日,而今日之日便是喜日,推而言之,无物不然,此中奥妙,在我亦不自知。"三娘笑曰:"此乃情之所致,即妹亦岂不如是。犹忆与哥别后,虽明月春花,都是愁景。今与哥聚首,虽秋山红叶,亦现欢容。所谓境随心转,时与事迁耳。"秀峰欣然点首曰:"妹诚善于解释,但闷坐舱中,何如凭栏一视秋水。"三娘曰:"正合妹意。"因携手至栏干前,俯仰四顾,但见江涵雁影,日映寒烟,白鹭成群,丹枫两岸。三娘曰:"久困幽闺,骤观野景,直如困鹤离笼,遨翔天际,不复在人间矣。"秀峰曰:"但得舒散数日,妹病必大愈。"三娘曰:"今已觉精神骤爽,特不知哥如何耳。"秀峰曰:"噫!我何尝有病,所谓因恨成痴,转思作想,日日为情颠倒,不觉忽忽若病。自见吾妹,便愈八九,又得江山远树,为我消愁,半年宿病,已尽付东流矣。"三娘为之粲然。

---

① "侃",原文作"悃",据文义改。

俄而,丽娟已醒,不见三娘,急出舱外,见两人倚栏并语,宛若鸳鸯,心忽动足顿停,俯首默然,颇涉遐想。少顷,北风骤起,秀峰恐三娘弱不禁风,挽手入室。忽见丽娟痴立舱外,因呼之。丽娟微惊,旋笑而入,问三娘:“病骤愈耶?”三娘答曰:“似觉渐愈。”又问秀峰:“遂无病乎?”秀峰曰:“梅君良医,丽姊妙药,有起死回生之功。即三年宿疾,亦当若失,况弟仅得之半年中乎?”丽娟笑曰:“然则何以谢医,更何以谢药?”秀峰曰:“以医谢药,以药谢医耳。”丽娟微瞋,然心已深许,一种似羞非羞之态益显娇媚。三娘亦笑曰:“妹视梅君侠而多情,与丽姊真天生匹偶,哥必为曲全之,使妹亦得佳姊丈,不特阿姊快乐,即为妹者亦有欢心也。”丽娟红潮骤涨,转身向三娘,以手按其两胁曰:“妮子不害羞,卺犹未合,便助男儿而调侃姊妹耶?”三娘笑不可忍,娇声求饶,既而曰:“妹子好意为姊,姊犹谑妹,他日花烛夜,当诉诸姊夫,罚姊三百杯欢喜酒,为妹子消气。”丽娟笑曰:“甫能得脱,又复饶舌。”因叉手又欲按之,秀峰急代告免。丽娟曰:“尔有男子作护符,且不与尔较。”因以手理发,转身步出舱外。

日既午,丽娟乃出药以授二人,服毕就餐,笑谈数刻,略有倦容。丽娟促使少睡,乃展被对榻而卧。两人自数月以来,非愁即病,未尝安枕,是日心愿乍慰,且劳顿之余,疲倦已甚。甫就寝,睫即交,沉眠一觉,已是次日。天明,秀峰翻起,见对榻上三娘犹在转侧,云鬟撩乱,星眼微饧,即榻前而抚其面。三娘宛转而起,瓠犀微露,媚容可掬。秀峰亲为着衣,既而为之掠发。三娘揽镜自照。秀峰又抚其肩,镜里相窥,益觉可爱。三娘笑曰:“哥视妹比昨日如何?”秀峰曰:“昨日如绿萼,今朝似牡丹。”三娘笑曰:“哥今日亦有秋菊春松之别矣。”正在互相调笑,丽娟飘然而入。秀峰释手赧然。丽娟微笑不语。及午餐后,舟抵浔阳,匆匆登岸,即雇马车循马路,径赴庐山下。至则已四钟,距潘生家尚隔四十里。

盖潘家在庐山下南康境内,乃换肩舆而往。行二十余里,时已薄暮,寒月初上,朔风微起,四野无人,抵一茅①店下,停舆稍息。秀峰乃下舆缓步,至三娘舆前,问颇劳顿否。三娘转侧欠呻,娇弱无力。秀峰扶之下,曳入店中,方行三四步,忽于月影中瞥见一人,狰狞如鬼,不觉惊魂失色,遍体作战。其人为谁,盖即巨盗混江王也。乐极生悲,横祸飞来矣。

第二十一章

其先混江王被擒后,监禁狱中,尚未就法。适匪乱劫狱,遂得脱逃,匿居庐山下。是日往某处会盗友而返,于秀峰换雇肩舆处,已见三娘,日间未便肆劫,因尾行数十里,欲乘夜而掠之。至茅店下,秀峰始睹其面,惊怯无主,急扶三娘入店中,密语三娘与丽娟,相顾失色。三娘更惊欲哭,丽娟急止之。视店内有小房,仅一老妪。乃托言如厕,相将入房。三娘齿战身僵,秀峰仓皇失措,丽娟则俯首沉思。秀峰商诸丽娟,欲暂住不行。丽娟曰:"荒村野店,必不可久留。"秀峰曰:"然则命舆夫趋告潘君,使率人来救乎?"丽娟摇首曰:"路隔数里,往返当在一小时。盗见我不行,必即此行劫,我辈手无寸兵,舆夫数人,微论不能舍身相卫,即肯效力,亦不能敌盗之凶猛,是坐以待毙耳。"秀峰哭曰:"进退无术,然则为之奈何?"三娘俯首呜泣,左手握秀峰,右手挽丽娟,哭曰:"妹薄命,负姊与哥,今日已抵绝路,万无生理。姊与哥不若先行,妹留此生死自受。盗见妹在,必不追哥,至潘家速率人来救,若天不绝我,或犹可及,否则来收妹骨,他生再聚耳。"秀峰泣曰:"我与妹生则俱生,死则俱死,惟不可祸及丽姊,便请姊速赴潘家可耳。"

---

① "茅",原文作"芽",据文义改。

于是丽娟奋臂而起，毅然曰："患难而不相救者，非侠也。盗所欲得者妹，我请与妹易服而往，尔两人在前，我为殿，盗必劫我，则尔可脱。"言罢，遂解身上白衣，使三娘扮看护妇。三娘泣曰："妹子愿死，必不累姊。"丽娟曰："尔死，则秀峰亦死，是死二人也。我舍一身，则二人皆活。与其以一死而及二，何如活二而舍一，妹必毋执，速解衣授我。"三娘摇首而哭，执不从。秀峰亦泣曰："我乃咎由自取，胡忍使姊无故受祸。"丽娟斥之曰："唉，竖子不足与谋。"相持许久，舆夫时时促行。丽娟扬声应诺，转身向三娘怒目切齿曰："寇急矣，不从吾计，我当极柱而死。"固强解三娘衣。三娘不得已，哭而授之。丽娟急取而着之，仍以纱障面，三娘乃服白衣，装束既毕，秀峰三娘俱哭挽丽娟，情甚哀。丽娟亦不能复忍，泪渐下，又闻舆夫催促声，急收泪出门，丽娟执秀峰手曰："弟扶我上舆。"秀峰忍泪扶置最后舆中。见混江王立于十步外，目眈眈如虎，不觉心伤胆碎，急与三娘上舆而去。三娘在前，秀峰次之，丽娟最后。

行半里许，夜色沉沉，风凄月惨，丽娟独坐舆中，毛发皆寒。至幽邃处，猛闻一声呼喝，混江王突出舆前，手执利刃，光芒闪烁。舆大大惧，弃舆疾走，混江王乃即舆中，夺丽娟，负于背上，趋入山中。丽娟自分无救，呜咽而哭。盗且行且笑曰："娘子无哭，我负娘子作山寨夫人，强似痴书生，吁吁唔唔，半生不得发迹者多矣。"丽娟度三娘去已远，因哭而詈之。盗亦不顾，行益疾。越深谷，穿小径，亦不知已至何处。念一入虎穴，必无余生，不觉大恸。俄而高山斜阻，盗依山疾走，转过山坡，猛见火光中猎夫数十人，汹涌而来，盗惧而返走，丽娟乃狂呼求救，盗弃丽娟于地，抽刀而刺之，伤一臂。丽娟负痛大号，刀又下，刚欲着体，猛闻砰然一声，盗忽踣。猎夫已趋而至，见盗中弹脑裂而死，因围视丽娟，问何以被劫。丽娟泣告以故。猎夫悯之，又视其血殷衣袖，更为恻然。一年老者，即前为裹伤处，丽娟乃哀使舁至潘家。猎夫允之，以一人负之行，约半里，至山下，又见十余人燃火操刀，疾趋而至。及近，则当先者，即潘生也。

丽娟睹潘，急呼之，潘骇然而喜曰："丽姊已脱险乎？"猎夫曰："被盗刺伤矣。"潘又凄然而悲。急抚其臂，扶置地上，见血痕满衣，心骤酸，泪随下。丽娟摇首止之。但问三娘秀峰无恙否。潘曰："已安抵仆家，惟以姊遇险，心伤不已耳。"丽娟点首，旋脱黄金指约，以谢猎夫。于时，朔风益紧，阴云迷蔓，丽娟创痛肌寒。潘急命人舁之归。巧云方与三娘秀峰相对而泣，忽闻丽娟至，急趋门外，悲欢交集，丽娟亦昏昏若梦，扶手入室，徐述途中事。三娘抚其伤处，泫然而泣。丽娟亦不禁痛苦。潘乃乘夜出门，往邻村访求刀伤药，途中遇雨，既而下雪，往返五六里，乞得少许而归。巧儿急为敷治，三娘秀峰围视其侧，如孝子之奉慈母，终夜不息。次日，雪犹未止，丽娟创痛甚苦。潘冒雪求药，劳苦特甚，然敷之卒无甚效，秀峰乃作函招梅。不知梅生与柳翁，亦正在纠葛中也。

初，梅既送三人，回寓后，见柳翁与一少年，汹汹而来，心知事发，亦即不惧，反笑迎之，翁不暇他语，径捉梅襟曰："还吾女来。"梅佯惊曰："令爱有不测欤，然生死命也，与医何尤。"翁厉声曰："引诱良家子女，汝佯作不知耶。"梅讶曰："奇哉！我诱谁家子女，翁得毋癫痫欤。"翁大怒，势将用武，少年劝止之。顾谓梅曰："先生不必装聋瞶，实相告，舍妹夜来已随看护妇私逸矣，看护妇乃先生所介绍，先生当负其责。"梅曰："令妹携看护妇而逸耶，果尔，则翁不能辞其咎。"翁愈怒，肆口大詈，梅从容曰："翁毋怒，仆且询翁，令爱年几何矣，谁得而引诱之。己乃不能防闲于未然，而怨及他人，世间容有此理乎？"翁气结不能言，但声称将起诉，梅冷笑曰："如此暧昧事，翁既不惜名誉，仆何所惧乎？"少年不怿曰："先生亦毋太执,若诉诸法庭,我家顾丧失名誉,先生宁能脱身事外耶?与其两俱不利,如何互相保全。”梅点首称善,因问保全之法。少年曰:“看护妇之去向,先生必无不知,但请以实告,使我迹得舍妹所在,则于先生无尤矣。”梅力白不知,但既承嘱托,当极力代访。三日后再当报命也。少年颔之,因劝翁归。少年者,盖即三娘之前母兄也。

柳翁既去,柏翁旋来。梅延之坐,柏翁曰:“适仆来访,闻先生与柳翁语,仆不便与柳相对,故暂返,今始敢造谒。尚有一言,先生幸勿见罪。先生昨夜事,未免过于孟浪矣,在仆自问,豚儿失教,何敢归咎先生,但既承不弃,稚子无识,应进而诲之,不宜将顺其恶也。”梅犹欲自辨,翁遽止之曰:“仆初不似柳翁之粗暴,先生幸勿稍隐,但言其去向。望先生念仆年暮,为我劝之归,不使有意外之虞,则感且不朽。”梅肃然动容曰:“长者见责,小生甘受。但小生实以爱惜令郎生命,不得已而出此。脱有愆尤,小生拚身受之,断不祸及贤乔梓。若有机可图,敢求长者俯允小生之请,以曲全儿女之情,则为幸多矣。”翁泫然曰:“先生厚德,夫岂不感,惟仆实心怯,诚恐事败,不特贻累先生,亦且灾及寒舍。今已如此,仆何敢过拂,只惟命是从耳。”梅力保无差忒,且约三日覆命。翁领之,感谢而去。梅乃遍求柳翁戚好,多方说柳,更密召柳公子,直告以故,惟始终隐其去向,但言尊府乃仕宦之家,须以名誉为重,不如婉求令尊,曲成其事。既保家声,兼全骨肉,否则两败俱伤,尊君亦何取焉。公子许诺,转劝翁,翁不得已,亦遂允之,使公子告梅,梅喜极,急转语柏。俾两家订约,然后告以所在,柳翁乃使其子随梅,附轮赴浔。径往庐山,迎三娘于潘宅。梅生此时,自幸大功告成,不胜欣悦。岂知天公多妒,不使有情人终成眷属耶。

第二十二章

月望，庐山雪霁，清境天开。秀峰与三娘宿潘生家，已历五日，此五日中，固应有最乐之境，然以丽娟痛创故，竟晨夕为之不欢。是日，丽娟稍愈，秀峰始略释。又视雪后晴霁，山中风景殊佳，因顾谓三娘曰："久不与妹登山，今日天晴，忽动游兴，妹能随我略登高处，一览庐山积雪乎？"三娘顾有山癖，欣然许诺。秀峰乃换猎装，着貂皮外套，三娘亦服西洋狐裘，系香罗带，以如意为佩，履革靴，携竹杖，与秀峰挽手出门，踏余雪，步仄径，履声叮叮，如碎玉。行半里，犹未至深处，而严寒迫人，遂停步，翘首四顾，三娘遥指一峰曰："君看对面孤峰，高耸晶莹，如白玉者，非即香炉峰乎？"秀峰曰："然。"三娘曰："妹犹忆初见哥于彼处，夭矫如游龙，私心窃度，以为谁家俊郎君，而温润若是。乃昔之顾盼留情者，今已宛然携手，若至彼处一寻旧迹，不亦聊偿当日私愿乎？"秀峰曰："可恨积云阻人耳。"既而叹曰："我初见妹，正在二月，妹固艳丽如春，山亦葱笼可爱。今相隔年余，山之苍苍者，且成白首矣。山犹如此，何况于人。"三娘闻秀峰语，忽忽不悦，默然无语，俯首弄如意。秀峰睨其状，自悔失言，急乱以他语，曰："十月先开岭上梅，今雪且降矣，必有梅花，何不踏雪而寻之，胜似枯立。"三娘点首，乃依山而行，但不敢深入。三娘行行回顾，心终不怿。

是时柳公子与梅，已至潘家，闻秀峰三娘登山未返，梅急欲告知其事，公子亦深念三娘，乃同入山中而迹之。行半里遥见二人徐步山上，因疾趋而呼。三娘忽见兄来，误以为追己也，大惊失色，急挽秀峰而走。梅与公子追益急，三娘秀峰走亦疾。梅且追且号，汗流浃背，声嘶气竭，秀峰三娘卒不少顾。但望香炉峰而奔，其行若飞，梅苦不能及，急躁欲死，恨不肋下生翼，凭空飞上，乃心愈急，而足遍缓。趋行里许，步履益蹇，公子犹穷追不已，相隔仅数百步,行将闻声,忽失足堕落山凹中,及匍匐而上,则踪影都无,盖已至香炉峰下矣。

秀峰三娘既至峰下,疲倦亦极,且路峻难行,因相抱痛哭。俄见柳公子又来,三娘哭曰:“逃亦死,归亦死,与其死于地狱,毋宁死于高山。”秀峰曰:“我至是,亦乐死而不愿生。”于是鼓勇而上,行二里余,既至高处,冰雪满山,严寒彻骨,以久病之余,奔驰四五里,力尽气竭,苦不能支。见十余步外,古柏一株,三娘以手指树曰:“已至妹初遇哥处矣,即死必于是,庶足慰我灵魂。”秀峰泣应之,乃强行至树下。三娘左手执秀峰,右手握如意,三呼吾哥,秀峰亦三呼吾妹,各哭一声,长眠积雪上,可怜倒凤颠鸾,不卧鸳鸯之帐;芳魂艳魄,顿归冰雪之天矣。

未几,梅与柳公子追至,见二人冻死树下,公子大哭曰:“妹乎,尔胡死于是?尔始与人约,何秘不吾告,展转罹于难。我来为尔成就百年事,胡见我而返走,自投绝路,九原有知,应亦自悔。”梅亦哭曰:“秀峰,仆为君奔波半月,日不遑食,方幸大功告成,可偿君愿,君胡遽没,使仆心痛。如今而后,更谁与仆谈高山病院之趋旨乎。”两人相对而哭,泪下凝冰,面颊皆冻,体战肌寒,凛乎不可再立。乃哭拜而下,以其事告潘,潘亦骤悲。丽娟巧云闻其事,哭益恸,即欲奔抚其尸,潘劝止之。乃自率数人入山而舁之归,惟两人手结而不可解,因并移之,旋以电告两家。越二日,柏翁来,心伤不已。潘因为制大材而合殓之,以玉如意为殉。诹日,葬于潘生宅后,临穴而哭者六人,舍翁外,以丽娟巧云为最哀,闻者为之堕泪。

葬既毕,柏翁与柳公子先归,梅以丽娟创未愈,因留而医之。越半月,始结痂焉。丽娟甚德梅,且佩其义,梅亦深重丽娟之侠,情好渐笃。时梅犹未娶,潘生乃本秀峰意,力为撮合,卒证盟约。是岁十二月,结婚于潘宅。花烛之夕,丽娟重述旧事,道秀峰舟中语,夫妇不觉下泪。其明年十月望,为秀峰三娘周年纪念,梅生夫妇不忘蹇修,并驾上其冢,潘与巧云,亦临而哭之。麦饭一盂,芳坟三尺,西风瑟瑟,落叶萧萧,盼重泉而不见,怅往事而怆神。因联一绝,以纪其事。潘:蔓草荒烟映落霞。巧:红颜命薄薄如花。梅:鸳鸯人上鸳鸯冢。丽:日落垂杨有暮鸦。

——《玉如意》,上海文明书局1915年版

湘州女史

湘州女史,生平不详。

潇湘梦初编[①]

故事梗概

《潇湘梦》,章回小说,共十四回,题为“潇湘梦初编”,署“湘州女史撰”,似曾连载于《中央时报》,1918年出单行本。本书叙述了浙江女士戴礼,自幼立志不嫁人,及长,精研礼学,创办女校,才名远播。一夜,忽然做梦,竟嫁给郭立山为妻,女士为之不悦久之。孰料郭立山并非梦郎,而真有其人。他是湖南湘阴人,名宦郭嵩焘的族侄。立山仰慕女士已久,丧妻后,请人赴浙求亲。女士嫁入郭家,发现立山沉湎赌博,且与寡嫂有染,而缔姻的初衷亦非爱慕自己的才华,竟是贪图戴氏的家产。不多久,郭氏弟兄以谋夺家产不果,将女士与所产幼女逐出家门。小说未完。既题初编,想来应有续编,或是作者挖坑不填,或已完稿而未刊。不过,虽曰小说,却是真人真事;惟关于戴郭婚事,传说记载出入甚多,读者需要慎重采信为要。

---

① 原署“湘州女史撰”。

序

湘州女史曰:余与郭复初太史,有孔李之谊,而与戴圣仪女士,无一面之交。前数年闻太史就昏东浙才媛,通省闻之,莫不曰惟佳偶,余亦甚艳之。时欲赴湘阴一晤女士而未果,旋闻其归宁。而余居省城营盘街,比邻张寓。故若何离间,若何捐弃,靡不了了。窃常为之不平,随笔记之。拟成一哀情小说,代鸣其冤,而苦于女士家世著作,一切茫如。去秋移家都门,闻女士在女子师范任教,乃往见告以来意,女士殊感余,泣诉以抱屈情节。余笑曰:“吾居近张宅,知君事较君尤详,但语我以出身,及等身之业足矣。”女士乃出诗文数册授余曰:“生平所作诗文,皆有序述,便君采取,后此事吾当随时函告也。”又手录浙台诸先达轶事,命余补入。今年六月来别余曰:“我将回浙省父,必再赴湘鸣冤也。”余曰:“然则吾暂搁笔,以俟君夫妇后此如何结果,当为君续编也。”时民国七年八月著者识。

第一回　慕竹帛礼魂出世　艳才藻山鬼求昏

潇湘一梦,鸾镜中分千古痛。恩爱成仇,佳偶从来罕白头。楼东慢赋,彼狡童兮何足诉。颠倒因缘,只怨多才莫怨天。(右调减字木兰花)

礼魂山鬼,乃戴女士礼,与其夫郭太史立山。以楚词篇名而相谑也。嗣因占脱辐之爻,女士遂用以为号焉。礼字圣仪,浙江玉环人,父尧仁前清岁贡。母王氏慧敏知书,生三男一女,长高次传文,并壮室而逝,仅存季扬及礼。礼生而好学,读书一目数行,年甫笄已通四子六艺,旁及百家诸子,自少志在竹帛,以宋若昭自况,欲以文章名世,不愿适人。父母奇其志,不之强也。光绪中叶,女学振兴,而教科之书,放弃礼法,驳杂不纯。礼自命不凡,素有"方今之世,舍我其谁"之慨,私心窃喜曰:"此吾见志之秋也。"乃采辑圣经贤传,嘉言懿行,以羽翼内则,维持梱德为旨归,著《女小学》四卷、《女小学韵语》二卷。时太平林树琪任教玉环,尧仁常以礼文属评定。树琪疑其过时不嫁,必好禅学,乃出题命礼赋之,以觇其志。

隋高祖禁毁佛天尊及神像赋(以帝晚年深信佛道为韵)

背道离经,惑民诬世,蠢兹诐辞,竞为妙谛。弃发肤如敝屣,庸夫无怪其然;斫木石以成形,英主亦崇勿替。缅诸信之隋君,独不鉴夫梁帝。当高祖开皇末年,陈佞速亡,殷鉴不远。道术灼见虚无,人心莫不思返。或碎偶人,或毁梵苑。撤去金身金殿,本禅机之四大皆空;攻乎无父无君,挽儒行之五常非晚。无如君心不悟,纶綍昭宣,谓彼慈悲敷教,清净参禅。玉宇琼楼,虽耗斯氓之腴产,丹经宝箓,要皆醒世之真诠。咨尔四民,毋毁像以矫正;畏罹八难,务敬佛以祈年。于是元元束手,处处皈心,恪遵明诏,敢辟梵音。沮万方之攻击,任二氏以浸淫。兰若增辉,仍此诱人之境;莲台普建,孰不咎帝之深。况彼德悖彝伦,道非忠信。或求真而身潜,或爱物而生殉。或妄希度世,而弃亲如遗,或自诩生天,而焚尸不吝。消灾作福,种种诃诶,带纳披缁,骎骎日进。不见夫古先哲王,首出庶物,曾闻恭己畏天,未有媚神佞佛。溯此辈既属虚空,容吾人毁之曷勿。深宫祸起,方知佛固无灵;储贰变生,未见福兮可乞。客有顾海上之三洲,忆商丘之四皓,信经国之宏猷,惟任贤之为宝。霸先叔宝,枉舍身于空门;嬴政刘彻,徒求仙乎蓬岛。此修史者所以皆斥异端,故翼圣者感之而作原道也乎。

尧仁性好花木,园中名花异卉,栽植甚繁,有吉祥草一盆,已阅数十春秋。丁未冬十月,忽挺干开花,花内白外紫,细瓣①攒簇

① "瓣",原文作"办(辦)",据文义改。

如瓦松,清芬袭人。喜而顾礼曰:“尝读卉谱,是草得花不易,发必国有赦书,家有喜庆。汝夙抱先觉之志,此瑞或应在尔,可为我图以纪之。”礼承命乃绘一图,又作长歌于上:

重阳序过阴渐伏,羲仲驱轮行北陆。园林萧索菊丛残,经冬舒秀惟松竹。春风曾未到南枝,那得梅花慰所思。极目荒凉无限意,喜逢瑞草挺神奇。

叶如翠带临冰沼,中有一枝天下少。群芳谱擅吉祥名,此草开花乃佳兆。或颁赦诏或征书,或运亨通或迍祛。泄泄天工有异应,时来何必藉吹嘘。

鲤庭置之数十载,岂是光韬甘迹晦。盖缘开欲际祭良时,始发精英呈姿态。轻红淡白细葱笼,花样玲珑含紫茸。标格出尘谁得似,几回待乞紫泥封。

紫泥拟上皇畿请,此瑞须知胜嘉颖,国香敢秘在山家,只合移栽紫薇省。应怜僻处孰知卿,忍使穷乡老一生。欲借太常图片影,好凭驿使贡神京。

戊申岁礼年二十有九,以乡居孤陋,苦乏师承,禀告父母,欲北游求学。于夏五月随树琪之族叔丙恭,及其友陈廷韶,亦礼向所问业者,入都师事永嘉徐侍御定超。宁海章检讨梫,并喜其有著作才,爱之愈所生,梫又出其书示诸同事,翰院中莫不叹为仅见。静海高庶常毓浵,敬爱特甚,视礼若女弟,时匡不逮焉,为呈书学部审定,以非同乡,不欲越俎,其呈词仍推章梫出名:

呈为代进《女小学》四卷,恭请审定训示事,窃见近年自奉谕旨创立女学以来,京外各省所建女学堂,风行林立,惟学堂所用教科课本,尚多未备。而坊间流行之女子教科诸书,率多采之东洋成编,略更面目,是以男女平权、昏姻自由之说,时而羼入。持论偏激,与中国礼教大相刺谬。中外风俗不同,女教尤甚。躬逢清时,全国普设女学,诚亘古未有之盛轨也。窃谓宜以开浚知识,维持礼教，二者并重，乃无流弊。中国自古女学之书，鲜有专编，虽间有《女诫》《女论语》诸书，篇章寥寥，且多散佚，以故善本流传甚罕。今职所进《女小学》一书，为浙江玉环厅女士戴礼所编，其书分《女学》《女行》《妇德》《母仪》四篇，凡八十章。盖仿朱子小学之例，采择经传格言之有关女教者，及古今女学之书，分类摘辑，各系论说，辅翼正教，屏斥谰言，议论谨严，文理明通。若以为修身教科之书，裨益人心，实非浅鲜。原书文法虽似略深，然多采撷经训，并可兼收肄经之用，可否请审定为女子师范学堂修身课本，及普通女学堂修身教科参用之书，使从学之女童早服膺于正训，则平权自由之风无自而入。虽有谬论相传，不驱自息，似深足为女学之正则。且其书出于女士之手，观感兴起，当不乏人，尤可为提倡劝勉之资。是否有当，伏乞钧鉴批行。

部批为程度颇高，不合女小学之用，准作为女师范学堂修身参考书，毓淞又出资序刊行世，以王校孔氏补注《大戴礼记》，赠礼属为注。其造就相期之切，虽父兄无其恳至焉，顾礼虽师事徐章，而学业实成于毓淞。常遗以诗文，皆勉其毋负名世，累辞数万，不能备载。录校书致礼一函，并诗二首：

自读锦制，钦佩无任。荒遁不才，猥蒙推信，许从事校订之役。妄申固陋，谬加芟益，规杖漆琴，方深惭怍，叠荷赐简，渥承褒许，何以克当。手录第四册，砚诵终篇。其间改订之辞，益为精美。研心一朝，刮目三日。清才笃志，冠轶等伦，斯可见矣。至于尊著，理之纯正，语之谨严。俟撰序文，再竭鄙诚，以志敬仰。仆窃见中国女界沉昧千年，往日才媛，但矜吟咏，今时学女，或染自由，臧谷亡羊，所失相等，求其才思渊懿，宗旨纯粹。如女士者岂惟近代所希闻。抑亦间生之名世，亟思早布尊作，俾广流传，为海内女界群英，示之轨路。晚近读书之士，好讲词华，罕躬义蕴，因而略施润色，求其便于通行，实则精义本在不磨之列，未能更赞一辞，惠加奖藉。已觉过情，况思问道刍荛，寸心益滋悚仄。虽方雅命，应谅私衷，前时盥诵一斑，知左右于秦汉前书，博观厚积，惟文词一事，酌古亦须准今。庶深不至艰，质不伤朴。若夫雕琢之章，本非闺中所必重，然论序传记书启之文，既可扩发心思，抑亦深切日用。书窗清暇，宜略留心，取材于古书，借经名著，则无适不宜矣。词赋韵文，若用以抒写闲情，吟啸风月，诚非礼教所宜。然《汉广》《小戎》皆出女子之手，但求轨之于正，亦风雅之一宗。至于六书识字之源，九数治生之用，人生必需者更无庸论已。窃谓以女士明敏性成，学业有素，似宜扩发志气，勉作传人，即以目前已至之程而言，一间之达未难，千秋之基已立。异日名齐班宋，并耀古今，亦清时女界之光也。大著俟付印时再述序文。以质裁定，并乞惠复数言，不胜延企，附诗二律即希雅政：

班昭文史宋昭书，绝调千秋响未虚。谁识英才出巾帼，全将俗艳涤裙裾。毫端风雨题鹦鹉，卷底星霜辨蠹鱼，沧海横流东去急，回澜还藉女相如。

古墟榛莽日沉沉，芟尽荒芜见苦心。性比兰芳还好学，才高柳絮不轻吟。定知白璧难韬彩，从此黄钟有正音。家学曲台薪旨在，金闺原可嗣儒林。

礼得书，愧感无似，即踵原韵以酬之：

终军壮志右军书，只觉天高万象虚。好骋宏文修法服，休援大道让香裾。时方逐鹿当腾骥，技已雕龙莫羡鱼。外侮不殊秦虎噬，折卫樽俎赖相如。

天经地义渐消沉，追痛无人寄此心。游北何缘亲浩瀚，图南未遂愧愁吟。不期周道凌夷世，重听虞廷正始音。审识斯文今有主，幽闺放意赋归林。

第二回　怅北堂一言回绝　怨蹇修千里徒行

莫把牢骚怨所天,须知露水亦前缘。秦台此日容萧史,不赋朝飞第二篇。

秋七月,黄严馆俞澍棠朱文劭闻礼文名,聘授女书。礼与毓澎心迹若青天白日,而友爱犹棠棣之花。时相咨询,学问日益,如坐春风,几不知有客居之苦。礼乃取吉祥草花图,添绘柏花、桧花,是二花即戊申春三月,礼将入都之先,而柏树、桧树一齐开花。花黄而小,累累如贯珠,香闻数里。礼日涉园中赏玩,故能摩拟写生,题名三瑞,以赠毓澎,并乞题咏。毓澎为赋之:

寸草春晖恋,欣欣亦有知。花争金粟艳,节近雪华滋。随月盈朱荚,凝云耀紫芝。北堂萱永寿,喜见舞莱衣。

桧柏坚贞质,凌寒本后凋。秉心贯金石,结蕊散琼瑶。百卉原羞伍,孤标自不摇。大材期有用,肯逐众芳娇。

毓澎又出所著草庐韵言,及亡姊毓沄,漱泉山房遗稿,乞礼弁言。

草庐韵言序

夫感盛年之丝竹,每情有难宣,览满地之江河,惟诗焉可寄。是以楚臣哀郢,而著《九歌》;汉使羁胡,爰兴五古。况乎大块之文章在我,不待雕镌。满腔之悲壮如君,能无陶写。吾读淞泉太史之诗,益信所托之深者。而立言必富也,盖其胸如月皎,质若冰清,薰性兰芳,秘思藻耀。文追长吉,呕心发天地之奇;忧等少陵,举目有河山之感。故草庐即事,无疑云疑雨之吟,而蓬岛纪游,多忧世忧民之句。格排艳体,思绝绮情,蹈厉发扬,如《满江红》之拟《朝天阙》。超心炼冶,异清平调之取媚掖庭。厥思无邪,于诗概见,而且忠忱奋激,不失温柔。词旨谨严,仍归风雅。宜乎弱冠蜚声乎蕊榜,青年秉笔于兰台。洵文苑之英华,为儒林之翘楚者也。若礼者一丁仅识,二酉初窥,虽蠹简之勤披,究骊珠兮未得。诵南风而立惭墙面,师北学而行有蓬心。乃蒙屡奇鸾笺,扬云霓之晻暧。乍披鸿制,恍玉佩之陆离,命以弁言,辞难获已。嗟夫宫商既奏,羞陈靡靡之音;海若当前,难骋洋洋之美。斗珊瑚于石氏,固为当世所讥;炫璞玉于郑门,得不扪心有愧。余言非过,请看字字珠玑;卿试掷之,定作声声金石。

花间盥露读瑶篇,尔许清才骨已仙。几日钓鳌从海上,前身应是李青莲。草庐风雨偶潜踪,不见南阳起卧龙。想为残山剩水恨,羞丁季世作词宗。平步瀛寰志未酬,壮怀激越藐沧洲。东游拾取诸名胜,尽入奚囊一卷收。忏绝闲情旷代无,明明心迹似冰壶。多文自古妨多福,都为风流好演敷。染素会闻青出蓝,吟诗敢诩门义尖,雷门布鼓殊堪笑,令我徒怀观海惭。

漱泉遗诗序

夫感骚人之哀怨,发潜室之幽光者,人同此情,今何殊昔。而况妍辞逸思,群推清照文高,碎玉零香;又等淑真命薄,信丰才之啬遇,尤千古所同叹者也,则有漱泉女士者。淞泉(字毓澎)太史之伯姊也,幽兰抱质,金粟后身。髫龄解识虫鱼,束发兼通音律。蔡文姬性成颖悟,深宵辨父琴弦;甄皇后天赋聪明,常日用兄笔砚,刻白传之石。可征家学渊源,灼徐勣之须。备极天伦友爱,棠联棣萼,凤楼之句初修,菊伴蓬蒿(苑伴蓬蒿乃漱泉诗句)。燕婉之求不遇,茫茫天壤。谢女多愁,郁郁终风。卫姜抱疚,虽职修中馈,敢云怨偶之成仇,而诗咏仳离,不免问天而搔首,伤哉不造,命也何如。是以百美吟成,彼美已游逝水。百花咏就,名花已逐罡风。簪折瓶沈,未答大雷之启;篇残简断,尤伤小谢之心。宜乎太史人琴痛切,手泽珍藏,拟梓遗诗,属余为序,获窥篇什,几兴观海之思,用布简端,少慰重泉之恨。

翦烛讽佳句,校诗想俊才。孤标如倚竹,同调有吟梅。品重金闺秀,缘悭玉镜台。藻思未流布,蕙质惜先摧。

梅花家学句清新,飞絮飘零命不辰。自古才媛皆啬遇,阿谁能似管夫人。红颜薄命最堪怜,精卫难将怨海填。群季有才应不负,高悬彩笔慰重泉。凤去箫空两渺然,妆台犹赖有诗传。广陵调散人何处,焉得黄泉起漱泉。水月聪明冰雪姿,狂风吹散恨迟迟。我观遗稿悲卿遇,聊借题辞作挽辞。

时礼文名藉甚,为郭立山所闻。立山字复初,籍湖南湘阴,丧偶已二载。读《女小学》而善之,棂素厚于立山,窥其意旨,乃挽徐定超辈,议与之作伐。方礼之始入京也,住温州馆徐宅,黄岩喻编修长霖走访,叩其何故不嫁,礼斥以昏事有父母主之,若不应向我提及。长霖自悔失言,礼不怡者数日。定超实与闻之,故同人相戒,不敢向礼语昏事。群议遣使问厥父母,推定超作书,超以楚俗剽悍,恐礼性习不洽,犹豫不决。适丙恭回南,请任其事。冬十月到玉环,谒尧仁,盛言郭立山人品学识为词林冠,故徐章辈,属我来此玉成。尧仁有允意。商诸王氏,问以吾女知否,丙恭曰不知。王氏曰:"徐师无信,吾女不知,我不能许。"丙恭言之再三,则云:"若然,必接吾女归,我试问之,当有以报命。"丙恭无奈,只得据实函复棂等。礼时一切不知,方奉毓澎命,仿《女诫》例,著《女型》四十篇,忽接母书促其归,言都中有人及尔昏事,我不放心,其速归,并未及所议之人姓氏。礼当即欲归,毓澎以著述未竟,作书留之:

来笺备悉,知君月内,拟随乡长,返驾珂乡。问信徘徊,无任系念。以君守正好古之专,其为人所钦佩,非仆一人之私言。所以愿左右少留京师者,因曾闻尊师徐班侯(字定超)侍御,言及贵处,乡居海滨,见闻未广,而闺中厉学之日,为期甚迫。京中女界,即鲜同志，而贵乡前辈诸公，可师事者未尝不聆其绪论，获益甚巨，为千秋计不得不作此想也。君但以千秋为心，自爱精神，自重身体，德不厌坚，志不厌远，书不厌多。仆所深望于君者如此，而君之所以不虚生者亦在此。请此后多著等身，仆仍获充校印之役，则报我者厚矣。更进片言，勿嫌琐屑。以君年如此，而学已远到。若假君以百年，所造必在班宋左郑诸贤媛之上。微敢沮君孝养之诚也，实以君再来不易。素性爱人之德，过于自爱，近世人情日下，茫茫天壤，焉得有德有才之人。既遇其人，敢不直言。知我心者，当不嗤其僭妄也。

礼得书遂止，乃以毓泖欲留其在京，多富著作之事，悉详告母，又谓明春准归省，仍当北上也。己酉元宵，礼忽梦游山水间，步入万花深处。一小轩榜曰潇湘，境甚幽雅，轩畔有夜合花一树，悬一小册，上题“姻缘簿”，始恍然悟为梦幻，急取视。凡男女二名书一叶，姓氏皆倒写，己名则与郭立山并列，怅然而寤，尚未知立山何如人。夏四月女型编竣，棂复命继刘氏开《广列女传》，作《清列女传》。礼答以将归省亲，必再来也。起身前一夕，棂语之曰：“乡之人以喻公为鉴，不敢问昏事，我非蹈覆辙，以分离在即，特询汝，幸明以告我，我亦受人托，不得不然。”对曰：“愿闻。”棂曰：“若父母未必无信来，同人之议尔昏事，尔必有闻。”对曰：“然。”棂曰：“吾已知若父有允意，所不可者若母耳。但不知若父母天年终后，嫁乎不嫁，希明以示我。有人慕尔甚，虽白首亦愿虚室以待也。”对曰：“不嫁乃我志专求学，非父母所禁锢，焉有俟其死而后嫁之理。”棂曰：“行矣，吾当复吾友。”次日礼遂行。

第三回　辑礼书再上神京　修列女又呈史馆

慧业追前古，宏才继二刘。盛名非福泽，何事怨灵修。

夏五月，礼随朱文劭家属旋南，父母告以郭立山求昏种切，并问识是人否,丙恭言其信然否。礼闻郭立山三字,愀然失色,曰:“有是哉?吾其不免乎!”王氏惊询之,对曰:“实未识其人,未闻其事,唯得梦甚异,恐无以自全耳。”乃告母以梦,复曰:“名倒列者,显见颠倒因缘,必非好相识也。”王氏叹曰:“是非偶然也,且汝生平有于忠肃之奇,凡梦无不验者。苟品学果优,吉凶只可付之天命。”尧仁当即函托长子妇韩之胞侄潮,时肄业京都法政,属访立山德性问学。冬十月,复书大致同林言,父母亦喜,乃函达棂,允郭姻事,棂复以立山之母,已与之别有所聘矣。礼时家居,遵毓洲之言,博采《周礼》《仪礼》《大小戴记》之有关梱教者,仿江氏永《礼书纲目》礼例,分类编辑,不足则取资子史书传,名之曰《女礼》。成书二十二卷,越一年脱稿,拟奉棂命,续修列女,通检家中,只得数十人。庚戌春仍偕丙恭北上。先以礼书奉毓洲,不负相期之意。时毓洲移家都门,萦心家务,不及专注礼之学业,留稿久不报。礼遂居棂家专修列女。棂适为大学堂分科提调,于藏书楼假取二十二省通志列女,及名家文集中列女事略,备其采取。礼博览穷搜,删繁就简,以夜继日,自夏徂春,得三千人成八十卷。分孝行、贞信、节操、义烈、贤淑、才德、附录为七类。

孝行第一

昔婴儿子撤环终养,缇萦没身代父,前史称之。我朝以孝治天下,中梱闻风,孝女辈出,或救亲致命,或为亲报仇,养生送死,女承子职。故有终身不嫁,而君子不以为矫者。以率性而越人情,不能不原其诚也。至妇事舅姑,详为内则。然分尊恩疏,初无鞠育之劳,终能克谐以孝。其亲人子之孝其亲者,不尤足多哉。

贞信第二

礼女子许嫁缨,明有系属于人也,夫既属于人,则虽未成昏,而名分已定,守贞不嫁,曰惟非礼可乎?曾子问篇,所谓未昏夫死,服除可以再适者,为常人言,不责之备耳。俗儒不明此旨,遂力排女子在室守贞之非,殊失我朝旌表贞孝之典例,非敢取也,故列诸贞女著于篇云。

节操第三

郊特牲曰,一与之齐,终身不改,故夫死不嫁,守节之嫠。岂必皆娴于古训哉。乃能操守坚定,行合典经。甚则厄穷坐困,颠沛流离,至九死一生之际,而不贰之志,终无或息。质诸诗礼之训,庶几不悖。斯亦降衷之懿德所存者也。余故类而存之,庶使穷阎苦节,姓氏不泯,而身之者,亦有以砥励焉。

义烈第四

语有之,守节难,死节易。吾独以为不然。志士杀身成仁,孔子称之。矧深闺弱质,乃能扞拒强暴,骂贼不屈,何其壮也。且有所托匪良,天只不谅,惨其肢体,绝其饮食,之死靡佗,尤常人之所难能。至于无故殉夫,虽不无过情之处,然遭时之变,士大夫之辱身丧节者比比矣。而兹之慷慨引决,视死如归,又岂易言哉。

贤淑第五

无攸遂,不自专,妇道之恒也。乃有贤达淑慎,卓识过人,或抚孤于危疑之际,或应变于颠险之间。言动可法,从容中礼相夫教子,方之古断机封鲊,挽车举案之流,何多让焉。故论次贤淑于篇。曰母范,曰妇型。所以资效法云。

才德第六

《易》离为女象而系之以文明,女子之有才宜也。盖文以辅质,观敬姜孟母之所论,殆庶几与闻圣人之道者欤!兹篇所取,皆才德兼具,立诫垂训,有补伦纪。其或渊雅而富文辞,或敏慧而工书画,苟不逾于闲检,又何伤乎?诚欲以破无才是德之谬说,媲美《周南》,为女学正轨,而以材艺可见者附焉。

附录第七

窃览志乘,国初列女,有殉明国难者,或立功致忠于明,而殁于顺治间,若沈云英、刘淑英其人者,入清朝于义未洽。夫名分之间间不容发,忠孝大节,岂以男女而异,故别为明季列女附焉。所以兴耻教忠,不敢以著于我清者,泯其真也。

时礼学馆纂修,侯官陈衍妻萧道管博学多才,著有《列女传集注》《说文重文管见》等书,死于光绪末年。礼乃采入才德一类。棖复命选志行卓异、传详且佳者五百余人,分十三卷,援二刘之例,人各系以传赞,属衍定可否。衍谓赞词质而不俚,毋须删改,辛亥春正月,棖并前著《女小学》及《韵语》,均与之代呈史馆:

具呈本馆纂修官章棖,为代呈《皇朝列女传》等书事,窃查馆章,凡孝友列女各传,例由采访得实,甄录编纂,兹有浙江玉环厅女士戴礼,手辑《皇朝列女》十三卷七册,又已印《女小学》四卷一册,《女小学韵语》二卷一册,统共十九卷九册,函请代呈本馆,以备采择。查该女士戴礼,年已三十二岁未字,孝事双亲,其所著《女小学》,宗旨纯正,曾经学部定为女师范学堂参考之书,其《皇朝列女传》,仿刘开广《列女传》之例,纂录具有依据,义法亦尚谨严,特为代呈,恭请查照,备案采择施行,实为公便。

越一月,礼随棖族人等回家,以书呈史馆。父母无恙,乡居殊乐,乃注释《大戴礼记》。秋七月七夕,礼梦入一山,不高而秀,山之阳有茅屋三间,不华而雅。进见一老者,道貌清臞,草冠布褐,侧坐其间,向礼略一欠身,即复坐,而问曰:“学诗乎?”对曰:“向未专力且非所好，故不能也。”老者笑曰：“尔非不能诗，毋庸瞒我。夫诗言志，汝辞已能达意，但嫌太质直。盖诗贵浑含不露，虚处传神。”礼知非常人，乃向前施礼，求示姓名，笑而不答。礼趋出，遇一樵夫，指其居而问曰：“系何人？”樵夫曰：“渔洋山人也。”礼失惊曰：“彼乃我朝诗学名家，故唯询我以诗，惜未向其求益也。”心殊悔恨，遽然惊觉，乃知是梦。起而告母，深以为异。然诗本非其所好，故亦无心研究，惟偶一为之。师友见者，皆谓其远胜曩日，礼自亦不知其所以然。逾月，武昌革命军起，海内分崩，玉环僻处海隅，人民安堵，鸡犬不惊。九月浙江变起，群推山阴汤寿潜为都督，温州则公举徐定超为军政，令各州县竖白旗一面，上书“大汉”二字，以示人心向附。乡曲民俗仄陋，以礼系徐门生，又与汤相识，求书干谒者，日踵于门，礼屏绝不见，坐卧一小楼，额曰“小曲台”，寓于中定礼意。视膳外，足迹不下楼。又遗书定超，责以作官新室，超以被众所迫，固辞不获告之，并寄以诗：

守土原非分，乡评辱谬推。况当饥馑后，更乏济时才。去已芦鸿杳，迎如竹马来。自惭老不死，傀儡尚登台。

礼即信笔答之：

生死寻常事，孤忠青史推。文山垂万古，孟頫枉多才。大节休轻弃，修名不再来。愿公期此志，同上子陵台。

第四回　歌麦秀神伤鼎革　废蓼莪目断亲丧

一楼一榻拥牙签，不问人情不卷帘。亡国文存无正朔。只题年月学陶潜。

冬十二月，接梫书，知鼎革之变，礼北向而泣，赋七律七绝各四章以见志。及与梫唱酬诸作，约数十首，题名《孑遗吟草》，多忿时疾世之作。王氏诏之曰：“率土之滨，莫非王臣。忠孝伦常之首，不以男女或异，汝能以遗民自待，自兹著述，当法陶潜，以甲子纪年。”礼再拜受命,仍注大戴不辍,逾年告成。壬子秋九月,王氏忽患吐泄,筋肉暴缩,医药罔效,逾日而逝。礼哀毁殊甚,几不胜丧。适陈衍在京,寄以诗云:

二戴渊源远,姚江淑气偏。能追刘向作,独有大家编。佳传劳彤管,哀思触断弦。忧时如漆室,持较定谁贤。

礼于丧次,接得此诗,窃意衍既感而谢我,正可求撰母氏墓志。乃挥涕执笔,依韵答诗,又撰《先妣行述》哀诔,并函请愿执弟子之礼于衍焉:

率土臣纲坠,丹心总不偏,遗民焉覆载,浩气寄诗编,取义求薇蕨,居丧废诵弦,何时死忠孝,魂逐楚江贤。

先妣行述

乌乎,我先妣竟弃不孝以逝矣,中路婴儿失母,皇皇焉莫知所如,苫块中念及先妣之淑慎敬戒,可以昭宣壸则而无疑,故泣血而述之曰:“先妣王姓,外王父步霄公之长女,母舅国鳌公之伯姊,性婉嫕孝谨,念步霄公继殇诸舅,唯存国鳌公,时先妣甫笄,辛勤抚字,分外王母之劳,步霄公嘉其贤孝,尝叹曰:‘惜不作男儿,以光大吾宗。’特钟爱,授以诗书,一览无遗,年十九于归,逮事曾祖王母,奉王母以顺,相家君以敬。逾年,适江氏之姑有行,而北堂两世居嫠,会计需人,漏卮甚巨,先妣无不平,而犹出妆奁之精美者以奉姑。故我姑之尊章,江太安人,恒以此重之,家君治儒业,敦友谊,交际甚繁。曾王母王母,或倦应酬,先妣必竭力周旋,婉语曰:‘不厚此属,恐夫子外出,无以取重于人也。’嗣后家日落,王母老而传,先妣遂与家君,撙节用度,先业赖以不坠。不孝礼上有三兄,四子书皆先妣口授。纫针①补缀,未或雇人,自奉虽约,而于祭

① “针”,原文作“箴”,据文义改。

祀恤贫，又常若不及，窭人告粜，每藏钱于米内还之。太平章谓东太夫子，贫老无归，流寓吾乡，先妣常馈遗，犹患其不敷。遂商诸家君，迎养终老，其慈祥仁恻，天赋然也。唯疾帷薄不修之事，至老弥笃，谓人曰：'吾所不能容人者止此耳。'盖世无不可葢之愆，惟玉壶一失，虽善补者不能令其无缺焉。里有夫死者，必劝其终守，委曲为陈不二天之义，贫不能自存，则资助之。训子女首重廉耻，有过必私自切责，未尝于人前诟訾。尝云虽提抱中，亦当养其廉耻，知耻则过寡，人以为名言。及先长兄高，授室韩氏，温恭达礼，虔供妇职，殊慰先妣。未几而王母与长次二兄相继殂，先妣历年哀悼，憔悴日甚，尚赖季兄扬，克谐以孝，率诸侄承欢左右。不孝礼得以北上求师，涵泳经史，归日必捧至膝头，询以敩学，不孝礼详述在京，承章一山（字梫）、高淞泉两太史教育相期之切，喜极而悲曰：'吾少好学，为妇功辍业，常以为憾，子女四人，惟长子天资颇高，不幸游庠旋死，仲习武经年又死，念季独任养亲，百务交责，又不克力学。汝能读书，良慰吾心，但一女子以著述成名，而不能宠荣及我，然此亦吾命也，吾终不以女学不能致贵富，而使汝废学，故一应家政，躬自持筹，不使不孝，用力不专。'间因事勖礼曰：'有我在，汝若不勉力肄习，恐异日悔之莫及也。'故不孝礼自幼不问官事，稍长又缺温凊，顾于学粗知自奋。万里远游。执玉奉盈，未贻先妣羞，亦不负先妣尊道学、重节操之志矣，惟痛连年奔走，罄其积蓄。先妣素性过俭，愈益刻苦，甚至前年病后，屏绝参苓，兄嫂屡劝不从。不孝礼间或进言，辄愀然曰：'吾为汝多费，势不容已，已复不节，则非变产不可。以五十亩之家，今年卖一亩，来年即少一亩收成，吾恐一而二，二而三，不上数年，家业告罄矣，乌乎哀哉！'先妣善心计，精治生，实非拮据。持以不孝礼，未知经计，惧陨成业，故设言垂戒，冀知克俭耳。去春家侄死，礼闻丧归养，越秋冬辄有鼎革之变，先妣素抱大节，不无河山之感，故甚重忠贞之士。一山师丹心不屈,甚相敬重。前月复闻其抱病,怃然顾礼曰:'汝师之疾,大抵忧患所致,汝可迎其居此就医,不触国家之痛,当可勿药,且吾昔能为汝父事师,今岂不能为汝奉师乎?'礼每怀师德,又重以慈训恳至,爰于九月七日,书上吾师复音未下,而先妣于十九夜,忽患暴疾,医祷无效。廿一日巳时,寿终适室。距生于皇清道光乙巳,享年六十有八,乌乎痛哉!以先妣之训子抵励,淑躬勤俭,虽晋之陶毋,隋之郑母,何以过此?独恨礼中闺掇学,不克如士行善果之树立,以对扬母范。拊心擗踊,何以生为?特念我先妣母师仪型,自堪传后,若任湮没,而不得以垂则来妇,矜式乡闾,亦名教之责也。故谨纪其大略云。时鼎革后一年,壬子十月朔日己丑,女礼跪述。"

先妣哀诔

维皇清鼎革后一年壬子,秋九月二十有一日己卯,我先妣王太孺人卒,乌乎哀哉!昔少君嫔鲍,德曜归梁。室有贤妇,夫德弥彰。婴母知废,陵母知兴。昭昭义方,令子钦承。《易》曰家人,利于女贞。齐家之道,厥惟内成。穆穆我母,伉俪吾父。以敬以别,追踪往古。不事纷华,允执令轨。遭命不辰,背阳即阴。哀我人斯,受训特深。诲习诗书,慈帏垂则。念昔劬劳,昊天罔极。何以述之,纪其徽音。何以永恩,辞托翰林。乃作诔曰:英英我妣,出自有王。传家清节,奕世青缃。笃生令媛,厥有休光。闻诗闻礼,承匡是将。和畅春日,操励秋霜。疾彼邪僻,服习典章,孝事二人,有秩有常。公宫四教,无怠无荒。礼仪法度,中表之望。之望伊何,婉娩贞顺,纳于酒浆。克谨克慎,观于祭祀。克诚克信,芳誉峨峨。日新日进,聿嫔吾父,正位居室。庭帷之外,无故不出。壶范森森,德音秩秩。思媚君姑,不遗纤悉。夙兴夜寐,不敢暇逸。恩厚女妹,贤声洋溢。亦既鞠子,抚字周密。周密伊何,教诸抱膝。奉负提携，必示诸佶。亦既授书，尚慕三迁。不遑启处，课子韦编。不惜剪发，愿子友贤。兰擢玉拆，何辜于天。敬姜哭子，凄绝经年。幼子幼女，依依膝前。抚之靡笃，爱之靡厚。怒不忍责，过不忍诟。念切饥寒，顾瞻肥瘦。如抱保子，如视冲幼。乌乎哀哉！顾腹之慈。终身之爱，罄竹南山，不能备载。庶几遐年，永垂慈诲，孺慕毕生。莱衣不废，云胡不造，乃罹斯殃。疫鬼肆毒，祷祀不康。医无仓公，孰起膏肓。释无图澄，孰使再生。形神渐离，欲赴九京。鬼伯催促，泉路偕行。念母所遗，惟余与兄。年逾而立，性犹稚婴。奄忽失恃，怆焉欲绝。擗踊哀号，椎心泣血。痛我慈范，于焉陨灭。悼我亲恩，于焉永诀。嫂侄慞惶，童奴凄咽。音容日远，俎豆虚设。乌乎哀哉！孑孑子女，自此靡依。神伤形瘁，目断魂飞。自兹岁寒，谁与添衣。自兹腹喂，谁与疗饥。自兹凉德，不复知非。自兹犹豫，谁厥从违。乌乎哀哉！嗟嗟游子，无母依闾。天涯飘泊，谁望归与。致身忧患，谁能慰余。谁与持筹，使不废书。谁望著述，要我虚誉。鲜民之生，痛也何如？乌乎哀哉！念我亡国，痛抱山河。赖有贤母，忠经切磋。澡身溷世，义亦足多。兹复弃余，伤如之何？从今天属，言志靡佗。从今诵诗，永废蓼莪。兴言及此，涕泗滂沱。乌乎哀哉！欲觐慈容，除非梦中。空庭冷露，虚室悲风。凄怆怵惕，履之忡忡。魂兮焉往，精爽难通。乌乎哀哉！箧有遗衣，笥有遗袆。褰帷定省，不见慈萱。杯圈罗列，手泽犹存。皇皇充充，莫知其原。乌乎哀哉！追维我母，天赋慈仁。奉先思孝，恤老怜贫。惩淫励节，化恰比邻。尊师重道，轶类超伦。无忤于物，无竞于人。温恭敏慧，卓尔不群。黾勉宗事，相我严君。画荻断织，仪型诫子。慈母兼师，允矣女士。克勤克俭，躬执麻枲。采蘋采藻，于沼于沚。实聪实哲，克令克柔。兢兢业业，允励厥修。通于性理，不务旁求。达于撙节，衣不重裘。圣人有言，事亡如存。送终之礼，宁质不繁。比素上世，配德达尊。潜灵幽室,永隔尘喧。空施穗帐,虚置襚衾。人亦有言,神鬼涂沉。若离若即,莫克追寻。朝夕跪奠,冀魂之临。孰云我母,不闻其音。乌乎哀哉!望灵触地,痛绝罔闻。凄凄切切,凝神蒿焄。返魂无术,如捣如焚。思维大德,必得其寿。劲草难偃,贞松并茂。何天不吊,暴疾莫救。岂使令终,免罹兵寇。茫茫气运,羌难凭究。最伤人事,茕茕在疚。哀我何恃,孤露谁覆?乌乎哀哉!泣思亲兮欲绝,重泉逝兮难追,灵寂寂兮无声,心忽忽兮如癖。悔重游兮冀北,痛两载兮生离,未封扬兮母范,必纪德兮丰碑。欲追随兮黄壤,奈亲骨兮未藏。悲季兄兮孑立,顾大事兮谁襄,勉苟延兮一息。俟归柩兮山冈,终致身兮成仁,俾母训兮克彰。

礼闻黄岩王舟瑶,学问渊博,抄寄行述哀诔。托其子敬礼,代致其父,求铭墓碣,并请北面。时章梫出京居沪,礼亦抄奉一份,恳其表墓,并呈一律:

北鸿乍向越南飞,审识先生已赋归。小子不惊山木矣,老臣终感国家非。幼安木榻风何古,靖节桃源志可希。他日乘桴浮海去,杏坛应许一枝依。

第五回 酬罔极一女征文 发潜德群贤表墓

痛抱河山靡孑遗,伤心又触蓼莪诗,悲吟缝线思亲句,肠断闻雷泣墓时。表德泷阡惭往哲,流芳彤管待吾师。文孙地下应随侍,暮景凭伊好扶持。

冬十月,梫得赴,先寄挽联,并允为墓表:

神州竟陆沉,贤母独洒新亭泪。大义遵慈教,弱女能为泷冈文。

礼自制挽联:

画荻辜贤母艰辛,一德无成怜弱质,丸熊有史臣褒宠,三迁终显慰重泉。

丹诚怀故主，执德不回，终向往倚闾激子；清节绍厥先，洁身长往，应羞为亡国遗民。

形魄返其初，追忆音容如在，魂气无不之，应怜子女靡依。

礼居苫块兮丧有尽，诗废蓼莪兮哀无终。

戴母王孺人墓碣铭

往岁见玉环戴女士礼，所著《女小学》四卷。其书用朱子小学，蓝氏女学之意，略变其体，分为女学、女行、妇德、母仪。采辑经传，加以发明，义正而词醇，余深重之，以为有裨于教育。壬子孟冬，女士寓书余子敬礼，言其母先一月逝世，葬有日矣，述其遗行，乞余铭墓。余视其述深叹其母之贤，而知女士之学所自出，故不敢以不文辞，按述孺人姓王氏，玉环人。考讳步霄，妣吴氏，孺人性婉嫕，有二弟先殇，惟幼弟存。孺人友爱抚字，以分母劬，父嘉其贤，叹曰："惜不冠，以大吾宗也。"授以书史，辄通大义，年十九归同里戴君尧仁。祖姑君姑，两世嫠居，孺人事之，咸得欢心。夫妹有行，出己奁具资之。家业稍落，孺人勤劬撙节，赖以不坠，顾啬于己而厚于人。戴君治儒术，喜交游，宾至如云，孺人咸接以礼。窭人有告粜，隐返其值，太平章谓东者戴君师也，穷老无归，孺人劝其夫迎至家，敬养终其身。性能容物，遇失节人则疾之特甚曰："它事皆可忍，独此不可恕耳。"里有丧其夫者，孺人必劝其守志，为委曲陈从一而终之义。连举男子三，女子①一，《孝经》《论语》，咸自口授。其教首重廉耻，子女有过失，必私加训戒，不于俦人前诟訾，尝曰："孺子当养其廉耻，知耻则过自寡。"闻者以为名言。长子高既为诸生，有声庠序，未几卒。次传文，寻亦逝，季子扬持家务，不克专力于学，孺人乃遣其女，远游从师，罄其所

① 原文此处衍一"子"字，据文义删。

积，无几微吝，故女士得以一志于学有所成，以著述闻于时，乌乎！自周官妇学废，女界沈沈，梦无知识，由是家庭无良教育。家庭之教育不良，故学校之教育亦无由善，而影响遂及于社会。近日救时之士，皇皇以提倡女学为务，可谓知所亟矣。顾重知育而轻德育，误解平等自由之学说，抉内外而蔑礼教，逾闲荡检，旁决横流，害人心以祸风俗，其患较诸不学为尤烈。若孺人之教，以节义廉耻为重，根诸经训，施诸家政，用以养成良妻贤母，非深得女学之本，而足以救今日人心风俗之失者与！铭曰："是教育之母，我铭其墓，用垂不朽。黄岩王舟瑶纂文。"

戴母王孺人墓志铭

冬子冬衍自闽至都，温州玉环女弟子戴氏礼，邮书告其母孺人丧，及行述千百言，求为志墓，语至哀痛。礼前数年游京师，请业宁海章一山太史之门，沈潜经史，仿刘向《列女传》体例，撰清《列女传》七编，就正于衍，写定上之国史馆，先室人萧道管，以著有《列女传集解》与焉，礼弱女子能力学自致若此，则母孺人之教也，焉可以不志？礼之述略曰："先妣姓王氏，玉环恩贡生步霄公长女，外王父连丧诸舅氏，惟存国鳌舅氏。先妣甫笄，力分外王母吴孺人劬劳，外王父爱逾男子，授以诗书，一览无忘。年十九，来归家君，逮事曾王母。王母两世早失所天，生产托人经济，干没甚夥。适江氏姑母有行，先妣出奁赠精美者赠之。家君以岁贡困场屋，交际投赠，先妣必黾勉供亿。礼上有三兄，经传皆先妣讲授，长兄高聪颖，弱冠游庠。仲兄传文习武，均早逝。三兄扬理家政，举业作辍，乃蕲礼问学有令誉，割忍慈爱命远游，临发训之曰：'吾少慕读书，夺于妇职心滋憾，汝能弥吾憾，自吾视之，男子女子①，

① 原文此处衍一"子"字，据文义删。

所生一也。顾守身如执玉，如奉盈，吾系此至竺耳。’礼忍泣谨受教。间岁归，犹抱置膝上，询敩学，抚爱如婴儿。比年家中落，田不百亩，先妣与三兄精核俭约，劣可自给。以礼求学多费，至衰病屏绝参苓。然家君业师，太平章谓东先生，贫老流转吾邑，迎养终于家。礼师一山先生，鼎革后感时疾疢，先妣欲以待渭东先生者。待焉未行，而先妣忽患暴疾，医祷罔效。于壬子九月二十一日巳时，弃兄扬及礼而长逝矣，寿六十有八。痛哉！礼自幼不问宫事，稍长又缺温清，虽于学粗知自奋，而先妣顾而乐之。为日甚短，天乎酷哉！孙四：长玉琇，早卒；次玉瓈俱长兄出；次玉球；次玉璈，三兄出。孙女四，曾孙一。将以明年葬于县治蒲田村凤凰山之麓。衍以为女学者，经史之谓。西汉班姬，犹词章也；东汉班昭，则经史矣。清二百余年，妇女以词章名，无虑百十人，湛深经史，不三数人。太孺人有子能读书，不幸早世，以实学注意季女，宁夙愿止此哉。然太孺人之学识可知已，铭曰：‘无非无仪乃女子，胡有士行仆厘尔。敛之壶内居家理，含以化光陈纲纪，海邦弭楫昔至止。鸟澜龙跃照清驶，礼家有相景彤史。侯官陈衍撰。’”

戴母王孺人墓表

光绪戊申岁，玉环女士戴礼，携其所著《女小学》四卷、《女小学韵语》二卷，来见于京师。时朝廷方兴女学校，当事奏定学程，意主博涉。予以女士之书足箴时弊也，持示高潜子侍讲毓浵，深韪予言，为印行而呈诸学部。女士受母教，熟习经史，侍讲勖其注《大戴记》。予谓国史《列女传》，尚无作者，盍为之，居予寓度岁，别去逾年来京师，则《列女传》成数巨册矣。予为征取各方志，及诸家文集，以附益之。女士亦居予寓，历寒暑，昼夜甄采，辑录不释卷，选其尤著者五百余人，厘为十三卷，介予送史馆。予每晨出供职，归则质证疑义以为常，因悉其家世，与其母王孺人之言行甚详。宣统辛亥春间又别去。书来则云奉亲之暇,专治《大戴》,武昌变起,海内骚然,女士屡书问讯,予皆以义无可去告之。腊月共和诏下,壬子予以德宗实录未成,抱病纂辑,稿成而后行。女士数来书,述母命,南归可避地其家。予作书报谢,而《大戴礼》注,亦卒业见寄矣。是年十月,予至上海,女士母氏王孺人之讣,及其先妣行述、哀诔、征铭之书,以次偕至。时南北转徙,猝无以应也。癸丑之春将卜葬,陈石遗(字衍)主政衍,为撰铭幽之文详实有义法,已介予邮寄女士矣。因特举其母言行之有关世道者表之。孺人训子女首重廉耻,有过必切责,未尝于人前诟訾,尝曰:"提抱中亦当养其廉耻,知耻则过寡。"孺人性慈恻,惟疾帷薄不修之事,至老益甚,谓人曰:"吾所不能容人者,止此耳。"盖世无不可盖之愆,惟玉壶一缺,虽善补者不能泯其迹。里有夫死者必劝其守节,委曲为陈不二天之义。此数者行述之所著,亦尝亲闻于女士,而女士所终日兢兢者也。夫节义之兴,原于有耻,孺人之言,顾独为妇女规法哉。国变以来,四海鼎沸,士夫或始相恩义,而终为仇敌,或忽为仇敌,而忽相恩义,其苟合苟背,曾犬羊豺虎之不若,无耻故也。先王之世,鉴于禽兽之无义无别,不可以自存也,乃循循焉而范之以礼,天下于是乎长治。天祸中国,乱未有艾,苟欲其平定也,舍孺人知耻数言,无以为当务之急。故表出之,其世系子姓,皆备于志。不复叙云。宁海章梫表。

礼先后接得,哀感无似,遂以墓志,仍求衍书,衍又转乞长沙郑编修沅篆。盖梫以所撰墓表,代求钱塘吴侍读士鉴书,以舟瑶纂墓碣。为求阳羡朱编修宝莹书。礼俱刻诸墓石,又拓数千本,以遗师友。其居丧伤心之句,多不胜纪。录其哭母七绝四章:

寂对孤灯洒泪红,悠悠身世恨何穷。可怜倦倚妆台坐,不见慈亲勖用功。不是穷经可写忧,名山事业已千秋。最怜扶病劬勤读,谁数更筹劝暂休。小楼剩有影随形,漏尽依然手一经。记得去年当此日，萱花香里学趋庭。三十三年掌上珍，不知人世有艰辛。只今孤露谁持护，发发飘风泣鲜民。

礼又作悼躬赋，其序云：

辛亥季冬，运逢鼎革之变。壬子季秋，重以慈母之丧。未迄一年，叠膺大故。惄焉如捣，痛莫能胜。彼黍油油，哀吟麦秀。飘风发发，肠断蓼莪。白帽终身，寸心已死。穗帷只影，万感俱生。时值酷炎，更阑不寐。乃泣血而为赋曰：

胡遭命之多艰兮，丁邦家之式微。繄遗民之安适兮，又失恃而靡依。顾河山而魂断兮，对灵寝而神飞。子欲养而亲不存兮，鉴吾丘而知非。忧悒悒而频结兮，泪泫泫而沾衣。强伏枕而假寐兮，冀梦恋乎春晖。诚有感而必通兮，恍神绕乎慈帏。怅残漏之声频兮，益反侧而歔欷。何非类之比比兮，哀孤忠之茕独。问桑梓之何在兮，纷甘心乎异族。悼予生之薄祜兮，逢阳九之百六。天属莫可告语兮，积牢愁之万斛。予虽置身汤火兮，终不易吾初服。鸟兽不可与同群兮，愿投身于穷谷。漱清流而枕白石兮，佩秋兰而餐菊。怀耿耿其安如兮，盟贞心于孤竹。块独处而穷蹙兮，何所忧之多方。树亭亭而欲静兮，风荡荡而逞狂。天阴阴而欲曀兮，月黯黯而无光。慕汉南之遗烈兮，遵大义乎首阳。羡沈刘之忠勇兮，扬有明之清芳。向往哲以自励兮，凛母师之规章。志好古而殊俗兮，恩浊激以清扬。步中庭而徘徊兮，夜何其而未央。

第六回　子遗吟士女赓和　集唐句南北倡酬

朱萼新抽万卷书，梅花林外跨青驴。望衡乍喜相邻并，珍重新诗独起予。（集渔洋句）

时王舟瑶后雕草堂落成，赋诗四首，遍征名人属和，礼依韵制以寄之：

九峰崿崿石斑斑,蓬户松窗筑此间。须信孤忠追舜水,慢将高蹈拟商山。凄凉身世悲亡国,结架严林学闭关。莫讶客来无觅处,笼中放鹤待公还。

谢辞轩冕修初服,早著文章欲等身。浪迹江河情洒落,藏名台岳气嶙峋。管宁未肯轻臣魏,鲁仲原来不帝秦。好续桃花源里记,他年仇豕有门人。

遁世何须学炼形,遗民终古炳儒硎。林间蝉翳愚公谷,槛外猿啼太素亭。当户七松姿滴翠,迎人五柳眼垂青。曾闻文质小邹鲁,知有孤臣凛圣型。满园花木影萧疏,大隐先生自结庐。白帽风流高士传,黄冠珍重右军书。冲虚郑敬终垂钓,憔悴灵均赋卜居。不见靡臣扶少帝,遥怜遗老涕涟如。

山阳吴怀清太史,有述怀集唐句,七律三十首。梫拟梓行世,命礼题辞。礼奉命乃集元遗山句,成五七律八章。

天门笔势到闲闲,诗在严姿隐显间。白帽枉教淹晚节,深居那得似禅关。燕云义侠风流远,相国文章玉笋斑。(集有陆润庠太保题词)后日山阳养衰疾,系舟山是读书山。书林头白坐吟呻,元是中朝第一人。文字谁如祭征虏,服膺先就楚灵均。黄图赤县风流在,酒榼书囊浩荡春。却恐声光埋不得,今年天壤姓名新。

正始风流一百年,题诗端为发幽妍。半生与世未尝合,一读丹华似有缘。世外华胥谁复梦,竹溪衣钵有真传。玉堂人物今安在,落日孤云望眼穿。纸尾题诗一慨然,素风才到此公传。风流肯落正始后,诗印高提教外禅。庾老未应忘啸咏,庄周阴助想当然。知君不假科名重,下笔须论二百年。元祐诸人次第来,醉吟应在钓鱼台。寻芳自分无闲日,信口成篇底用才。楚客登临动归兴,渊明此意亦悠哉。亭中剩有题诗客,梁父吟成白发催。一回拈出一回新,难状灵台下笔亲。日月难淹京国久,书生只合在家贫。鸡豚乡社相劳苦,王后庐前尽故人。天上近来诗价重,严姿洲景尽天真。

伥鬼跳梁久，优伶伎华陈。膏粱无急变，巧伪失天真。天地怜飘泊，山林有外臣。殷勤诗卷在，同咏舞雩春。儿案满书史，长吟有所思。局中无旷迹，意外脱艰危。摧割时宁写，犹为谈者资。相招有仙掌，到日更题诗。

怀清得诗，作书报谢。集唐句七律四首以赠礼：

两首新诗千里道（徐铉），忽惊手重抵琼瑶（白居易）。新亭举目风景切（杜甫），山郭月明砧杵遥（韦庄）。直遣麻姑与搔背（李商隐），偶逢神女便吹箫（陆畅）。天荒地老无人识（李贺），水宿风餐鬓须焦（殷尧潘）。因知好句胜金玉（贯休），笔下篇章似涌泉（徐贲）。昔日繁华今日恨（司空图），诗家眷属酒家仙（白居易）。薜荔衣裳木兰楫（罗隐），冰雪容颜桃李年（武元衡）。举世更谁怜絜白（韦庄），风高还想北窗眠（韦庄）。毫端翦削有余功（方干），白雪纷纷落郢中（李中）。芍药与君为近侍（罗隐），莲花不肯嫁东风（韩偓）。诗听越客吟何苦（杜甫），酒伴衰颜只暂红（白居易）。不见戴逵心莫展（独孤及），男儿未必尽英雄（罗隐）。麦秀渐渐遍故墟（胡宿），家家生计只琴书（韦庄）。早知世事长如此（罗隐），先惠高文谢起予（韩愈）。翠袖自随回雪舞（李商隐），石房无侣共云居（陆龟蒙）。小巫神气终须怯（刘兼），欲报琼瑶愧不如（司空图）。

礼集渔洋句，五七律四章以酬：

麦颗风炉手自烹，一枝筇杖万缘轻。玉峰学士数相见，红杏尚书久擅名。何日高楼寻紫阁，未能采药入青城。定知妙不关文字，六代淫哇总废声。水部风流似郑虔，乱书堆里日高眠。何山往事思求点，弘治文流竞比肩。谁嗣箧中冰雪句，分题都在浣花笺。诗名流播鸡林远，远道风花蜀国弦。

正气留终古，宁忘社稷仇。离宫半禾黍，野哭聚沙洲。岂谓无双士,常怀第一流。崎岖苍海意,何事只淹留。嬴政昔构逆,神州日沉沦。至今悲蜀帝,江汉有遗民。遗恨成衔璧,孤忠久致身。鲁连终蹈海,志士耻帝秦。

怀清二集唐句,七律四首以赠:

往哲搜罗妙入神(李中),文章心事每相亲(钱起)。应将笔砚随诗主(白居易),不服丈夫胜妇人(吕温)。懿德好书添女界(徐夤　来书谓母氏潜德尚待阐扬,并寄陈君衍志墓文称为女有士行,可见家学渊源其来有自),朝衣暂脱见闲身(张藉)。三千里外无由见(张藉),致仕崔卿拟卜邻(白居易)。珍重来章相借分(姚合),缄题重叠语殷勤(白居易)。堪为列女书青简(刘禹锡　女士曾撰《列女传》七编上之国史馆),难得闲人话白云(王建)。几度思归还把酒(杜牧),半生辛苦慢为文(徐夤)。岁寒高节谁能识(牟融),惟有松枝好寄君(清塞)。直置心情无貌敬(韩愈),难堪今日在风尘(张藉)。诗书何德名夫子(严维　来函有以诗为贽,愿执弟子礼之语,何德以堪,只增惭悚),门馆多逢请益人(周贺)。老大希逢旧邻里(刘禹锡),眼前失落故交亲(白居易)。当时门客竟何在(骆宾王),举世滔滔莫问津(徐铉)。平生志业有谁知(张藉),两处空传七字诗(张藉)。方外共推为道友(李尧夫),世间何处有男儿(罗隐)。青山不厌三杯酒(李远),玄发看成一把丝(白居易)。早是有家归不得(无名氏　山阳等处已为匪陷),中原回首益堪悲(牟融)。

礼亦集唐句,七律四章以酬:

水天凉冷雁离群(鲍溶),望断故园沧海渍(清塞)。过客不劳询甲子(李商隐),几人终肯别嚣气(韩偓)。胸中歧路平如砥(贯休),天下何人不识君(高适)。直道莫抛君子业(杜牧),古来荣利若浮云(骆宾王)。寥亮幽音妙入神(郎士元),与君相向转相亲(刘希夷)。亭皋寂寞伤孤客(郎士元),涕泪天涯惨一身(顾况)。白日放歌虽纵酒(杜甫),青山何处不愁人(钱起)。陶潜旧隐依稀在(杜荀鹤),犹隔千山与万津(纪唐夫)。采花廊下映朱栏(张藉),新赐鱼书墨未干(刘禹锡)。合在深严齐散木(陆龟蒙),惟思脱冕事星冠(羊士谔)。酣歌自适逃名久(司空图),横笛偏吹行路难(李益)。老去一身须爱惜(白居易),青山无限水漫漫(刘长卿)。节概犹夸似古人(高骈),苦吟林下避红尘(杜牧)。风尘海内怜双鬓(顾况),蓬梗全家望一身(张藉)。独在异乡为异客(王维),羁情含蘖复含辛(施肩吾)。著书不向时流说(秦系),素是诗家倍益亲(李嘉祐)。

怀清三集唐句,七律四首以赠:

风流才调爱君偏(张继),俗韵惭居鹤氅前(张贲)。地角天涯渺难测(骆宾王),鱼来雁去是因缘(罗隐)。可怜庾信寻荒径(李商隐),犹欠君平卖卜钱(韦庄)。碧水青山无限思(元稹),低头只是为诗篇(朱庆余)。谢朓每篇堪讽诵(杜甫),料量时辈更谁过(李涉)。中郎有女能传业(韩愈),师保何人为琢磨(周昙)。几度别巢悲去燕(赵嘏),老忧王室泣铜驼(李商隐)。甘陵旧党雕零尽(刘禹锡),皎絜孤高奈尔何(贯休)。不惜瑶华报木桃(钱起),只将清韵敌清醪(裴夷宜)。春风小榼三升酒(白居易),梦笔深藏五色毫(李商隐)。野客碧云魂易断(谭用之),一头白发气犹高(贯休)。长安客舍热如煮(王维　久不雨　热甚),沙恨无金尽日淘(殷文圭)。故乡芜殁兵戈后(许浑),今日时难不易狂(沈彬)。梅向好风惟是笑(唐谦彦),草知无道更应荒(徐振)。寻花偶坐将军树(赵嘏),修竹能深夫子墙(钱起)。乘兴还同访戴客(白居易),乱时同葺读书堂(杜荀鹤)。

礼乃集唐句,七律四章以酬:

东山旧路独行迟(刘禹锡),风雨销磨绝妙辞(王维)。词客有灵应识我(温庭筠),闲身事少只题诗(司空图)。睡时分得江淹梦(方干),摇落深知宋玉悲(杜甫)。日暮乡关何处是(崔灏),负他黄菊对东篱(司空图)。深秋犹见海山薇(陆龟蒙),贫觉家山不易归(罗隐)。僻路浅泉浮败果(韩偓),白云芳草与心违(司空曙)。三吴方伯多顾盼(李白),五柳先生自识微(司空图)。清思密谭谁第一(曹唐),更当齐夜忆元晖(司空曙)。风急天高猿啸哀(杜甫),强抒离抱立高台(韩偓)。谢公难避苍生意(吴融),传野非无济世才(韩偓)。宾馆有鱼为客久(许浑),故乡终日望书回(刘沧)。十年失路谁知己(钱起),泪滴间阶长绿苔(郑谷)。休官罢任已闲居(白居易),小碎诗篇取次书(元稹)。翠羽冲花他自得(杜甫),青云器业我全疏(李商隐)。故园迢递千山外(刘兼),旧友相依万里余(郎士元)。他日新诗若见报(韩翊),高梧一叶下秋初(许浑)。

第七回　念师恩倾助薇蕨　觊遗产重执斧柯

世途何险巇,直道痛沉沦。一念酬师保,无端祸厥身。赖昏欺死友,逐臭悦新人。大德曰不报,斯言始信真。

礼师章棂,字一山。浙江宁海人,其先家甚窭。父名槐,姓耿介,而不善居积,故棂逾冠未授室。龚幼卿者,棂师也,见其文器之,乃不责之聘,而以女嫁之。龚氏有贤行,极得舅姑欢,生子三女一。及棂入翰林,二亲已殁。遂忘龚父知遇德,遇妻日薄,甚或饱以老拳,又纳妓金鸿仙为妾,原籍绍兴,亦姓章,金从鸨母姓也。棂宠之专房,憎龚益甚。幼卿函来,迄未一答,死复不临其丧,乡之人咸斥其忘本。女名以保,幼字黄岩陈氏,婿父名洛东,亦名下士,素与棂交最契。及棂为官,颇以门第自高,旧时亲友,咸视之漠如也。洛东家虽小康,而敦俭朴,棂要索聘金甚巨,东不之许。棂藉图悔亲,并面诋洛东,语甚难堪。东衔之,未几呕血死于津门。当革命事起,以保年已二十余,犹无所归,且父以母故,视之无恩，遂自由改昏唐氏。棂始亦以为羞而绝之。及后居青岛，因乱仍返沪，乏资不能行，向同人告帮，得洋蚨百元。时鸿仙连生四女，女各雇乳妪抚字，家口众多，所得之数犹不足，乃函告族侄章孚，借洋百元，孚转知以保，又其夫将有事青岛，遂夫妇偕行，备洋二百拟贶之，先使其亲俞姓告棂曰："若女偕婿来省亲。"棂怒曰："勿使入，吾不愿见也。"俞曰："伊送银来，将若之何？"遂出银，以保遽入视其状，鸿仙见钱，急以目示意，棂手接之，而口犹呐呐云："我不要，我不要。"抬头见婿女，即起让座，殷勤臻至，犹时夸诸人曰："吾女卓识，有知人之明，能自得夫。惜不栉，否则总统纵不逮，而总理总长，实优为之。"闻者莫不捧腹。母以子贵，并龚氏而亦重之矣。先是，棂居沪时，时函告礼，以贫无一官，资斧不继，礼念其教训阐幽之德，癸丑春，乃与兄扬备银八十元，亲送至沪，奉棂为修敬。棂固辞，扬必欲其受，乃告以亡母遗田五十亩，专供礼学费刊资，棂乃信其有余而收之，赋诗谢礼：

天意摧中国，频年降鞠凶。独留女贞木，不让岁寒松。汐社崇闺范，遗民式礼宗。著书有余痛，桑海泪填胸。

礼依韵酬之：

党学倾天下，非徒逆焰凶。伤时怀老杜，蹈节励贞松。幽禁悲孺子，中兴忆穆宗。丧人欠一死，赢得恨罗胸。

棂时忆及立山继室张，死已年余。吾当重与执柯，事而成礼既有资，即郭之利也。鸿仙在旁竭力赞成曰："说成必使两家多备银到沪完姻，一切属我代办可也。"棂益喜，乃函告立山。时夏四月也。案湘阴郭氏，其先自广东迁湘，已三百余年。族中多贫而不法者。清咸同间，郭抚部嵩焘，及弟志诚意诚，建中兴大绩，始为时望所归，而其间之比匪凭势益纵恣。嵩焘患之，乃移家长沙。立山其族子也，家极艰苦，父先阅，母张氏，有壶德，生六子，立山其幼子也。抱质特异，劬学忘寝食。十六入泮宫，嵩焘见其文而异之,乃招与同居,而自课之,学乃大进。逮入词林,父及上四兄相继逝世,五兄名立章,自幼嗜洋烟,溺嫖赌,鸡奸狗盗靡不精,群目为地痞,犯奸宄事,时为人吊打,家人亦恶之,乡无与昏者,及立山登进士第,始有室。势乃大炽,捐职衔,炫顶戴,自称五大人。乡曲狷薄子,咸仰其眉睫。出入公门,包览词讼,淫人妇女,占人膏腴,人无敢哉,母衰瞀不能制,立山意亦不善之。然无如之何。丙午春,元配周死,遗子女各二,不能不再娶。己酉夏闻棂述礼频行语,知无可望,方续昏长沙张氏。张氏父母双亡,及弟赞朋,育于庶母,庶母系出安徽,买自苏州,年甫不惑,美而多资畜。生二男,皆病癫。壬子春张以产死,方疾亟时,其庶母来视,及嫡女死,谓立山无人看顾,不忍即返,乃留郭家伴立山,两月不归。四嫂恐贻门第羞,乃据实禀姑,姑性素严正,惟年已八十,目盲足病,日在床第,凡诸家事,不之告则不知也。闻媳言,乃大怒,诟张妾,立遣出门,屏绝其往来。张妾知不可延,乃约其同去,立山时犹未及乱也,故初未之许。然当国变妻丧,又母嫂时有间言,终日郁郁,未几病。张妾遂邀其养病为由,日逐函促,立山固辞不获,乃之其家。张妾久知其窭而贪,乃遗以多金,使与梁璧垣合股开矿,立山感之入骨,遂以身报焉。复虑张族有不平,托言授赞朋书,而长住张家,双宿双飞,俨如夫妇矣。银钱服御,一切皆存张宅,三节回家,越日即促之去。顾张妾与立山虽不啻配偶,然不能得老母意,行正式结昏礼,于归郭氏,终不能失憾于四嫂,乃日唆逐其嫂。立山心术虽坏,然以叔逐嫂,究竟有腆面目,乃结好于立章,时邀上省。张妾曲尽殷勤,一意媚之;立章有所干谒,立山即与函托人情。立章喜出望外,乃计使其逐四嫂。立山故意不肯供给家人用度,立章伪函责之,复书于兄,略云:

四嫂昔当弟妇产难阻医,致其惨死,又唆母冤我忝外舅媵,并绝其往来。弟忿痛成疾,几死其手。此恨实深刺骨,且母既有若斯贤妇，更何患甘旨欠缺，但当我已死可耳。实与兄言，苟渠在家，弟甘死于外誓不归，不能复顾家矣。

立章以书遍告族党，痛诋四嫂一身，祸我合门，其速去，否则责其养家。由郭氏向无恒产，房亦租住，全凭立山资给，故挟此为难。四嫂被迫不过，只得泣辞老姑，出居益阳。姑无女，四嫂又系童养媳，故姑媳爱好如母女，及被逐，姑哀忿交并，左右乏人，饥寒不免，戚里无不深疾立章、立山之不孝也。虽然母子之怨由四嫂积，而兄弟之情因张妾厚矣。其家自四嫂出走，益畏彼妇之口。立山之在张家也，家人相戒不敢言。嗣因赞朋有事居外，不能托教书为名，乃就省城梁璧垣家授徒，以欺老母，实则一月中无三日在馆焉。长嫂素阴狡，且鉴于四嫂。直言取祸，遂竭力帮椋，瞒姑以取媚于二叔，而姑遂如赘疣焉。顾姑虽衰，而神志清明，明知四媳之去由张妾，虽疾如寇仇，然又无术禁子之勿往，惟急图与之续弦，冀远彼妇，又苦于病瞽，不能相攸。当梫函提昏事，立山溺于姘妇，不欲续昏，辞以道远乏资，成昏不易。梫又告以礼有母遗田产，可作嫁资，立山心动，乃告母，母喜之不胜，促昏定早日成礼。梫知尧仁忠厚，可欺以道，乃执昔日之言，以书告其亲事，今始说成之意：

蓂阶（字尧仁）先生台鉴，久未通问，倏见沧桑，曷胜浩叹！迩维起居端好，前在京师。曾奉手教，属梫作伐，以令爱许郭复初太史续弦。时在国恤期内，答请缓商。今年同乡叶乙青茂才，迭书来告，愿为令爱作伐，属询郭太史心意何似。窃思郭太史当代大贤，令爱亦曹大家流亚，洵称两美必合。因商喻太史志韶（字长霖）、王观察玫伯（字舟瑶），均极赞成。移书湘阴，得其回信，称母命欣允，特地隔事重，成礼不易云云。弟已答以事均易办，并照录原信呈阅，尊意何如，应何如定礼，即请示知。道远诸事从简便办理，计早在洞鉴之中也。附呈郭信：

续弦事,家母甚欣允。欲得贤女,无如注礼堂者。但弟现境极艰难。家兄充盐局分办,侄辈充司事,月入只得数十元。弟奉母与家兄同居,一女许嫁马通伯(字其昶)之子,明年将出嫁,正苦费无所出,二子读书须筹钱,此俱是实在光景也。孟光之贤,虽不计此,然后日生计,亦甚艰难,一切望兄酌定之,并望随时函报为幸。

尧仁得书,犹豫不决,忆昔年虽有函属棂,允郭亲事,但际世变,又闻湘地,时罹兵乱,迁延不报。棂一月中连发十有二函,并促其就年内成礼,谓父在为母期,礼交冬已可除服矣。扬天性孝友,同生止礼,相依为命,本不忍嫁之数千里外,特以妹受其教育,母蒙其表墓;棂德至矣,义不可辜,乃劝父允之。唯成昏必俟二十七月,终制后再议。癸丑冬,棂挽长霖同作冰人,交换庚帖,姻事已定。

第八回　结朱陈玉环入赘　拟孙刘豫兆不祥

士二其行女可哀,一生身事误蜂媒。早知此日歌团扇,应悔当年下镜台。弱质岂知伪有道,贪夫原不解怜才。孙刘戏拟虽成谶,英烈千秋总不灰。

甲寅春,棂将有青岛之行,作诗别沪上汐社诸友,并以遗礼:

惊隐题名墨未干,江风吹散碧波团。虫沙满目飞尘暗,薇蕨一盘和露餐。失水鱼衔枯索易,覆巢鸟得稳枝难。坐中诸老同身世,漫说扁舟入海宽。

社局更番十数巡,乱离相见倍相亲。去年腥血翻江月,今日烟花送暮春。同命不生全胜代,僦居多是孑遗民。赠言珍重寒松约,敢负初心作美新。

礼步韵和诗,隐以嘲之:

痛洒新亭泪未干,流离无处系黄团。孟光何必齐鸿案(师母屏居故里),络秀应能具豕餐。永夜曾吟栖寂句(师前别爱妾甫越月即吟双目鳏鱼永夜醒),双飞不叹路途难。朝云岭表随坡老,身自飘零心自宽。一曲骊歌酒数巡,别来社友阿谁亲。田生茅屋聊容膝,渔父桃源自有春。章铸不为元代吏,陶潜自拟葛天民。乘桴浮海成诗谶,何日从游觅句新。

棂得诗函告礼曰:诗绝佳,惟第一首于棂身上太典切,刻将发印,恐人矧笑,乞改数字,礼以其言善,乃为更制一诗:

痛洒新亭泪未干,飘零随处系黄团。挂冠北阙明�节,遁迹南山种豆餐。击筑同吟离别句,停骖不唱路涂难。生怜幼主忘衰病,只觉年来衣带宽。

朱宝莹赠礼七律四首:

括苍山水擅清嘉,文采风流信足夸。修史大家传著述,谈经小戴更萌芽。泷冈孝女光青史,宁海师承接绛纱。更有蕨薇奇节在,莫从姑射论铅华。

一幅蒲帆鼓浪归,故园珍重启荆扉。后苍门下传人少,道蕴江东作客稀。风絮枝从黄歇浦,雪花吹上素娥衣。瓯江倘拜文丞相,似向西山学采薇。

谁言结袜似王生,旧梦依稀说玉京。有幸青山留息壤,无边绿树隐江城。赏春花鸟游人少,落日卢龙送客行。一段浮云傍扬子,诗中领取隐人名。

且向人间汗漫游,任他呼马与呼牛。黑风吹海金鳌动,白雨横江石燕流。一桁茅山弘景宅,半篙春水洞庭舟。垫巾折角吾何敢,独对沧波数白鸥。

礼和以四律:

神武投簪海内嘉,清才劲节两堪夸。翻书应感藜燃火,绮思纷如桂茁牙。遗老自传居士孱,鲜民生愧浣溪纱(温州浣纱溪昔有孝女养亲不字,浣纱此溪故为名)。孔旸八体光阡表,金石常昭潜德华。

一自申江买棹归,居庐终日锁双扉。三间吟泽知应少,五噫伤时和亦稀。恋主懒斟陶令酒,娱亲幸有老莱衣。追踪舜水真高雅,不食新朝蕨与薇(公居租界)。

记曾海上识先生,相向凄凉说燕京。报国未能追信国,倾城最恨是干城。千秋浩气怜同调,三叠阳关怅远行。楚水吴山无限意,只期青简后来名。

安贫不惜市中游,忆否君公学贩牛。老我烟波庐北渚,任他沧海水东流。白云亭畔侪猿鹤,明月滩头事钓舟。留取丹心天地久,闲来黄浦狎沙鸥。

是年秋,梫青岛回沪,叠函约两家到上海毕姻,一切有其妾代理。尧仁以交冬葬妻讫,除服即嫁女,虑费不支,无以应章之挥霍,必欲乞其入赘,梫执不肯。扬无奈,乃通函郭氏,立山允之。梫闻甚憾,遍告友人云:"戴擅自通函郭处,目中乌有媒妁,欺人太甚,自兹我必与戴氏绝往来。"乃一应属长霖独任,冬十月礼葬母,十一月服满,因夙患恶心症,闻黄岩有乩方,治病甚验,遂去止于舟瑶家。托柯骅威等请乩,乩仙自称董双成,赠七绝二章:

证得前身住帝乡,红尘偶调梦黄粱①。金砂倒写因缘谱,不值胡麻一饭香。

人间岁月却非长,不忆前生姊妹行。记否红鸾花下约,何劳月老系丝忙。

礼得诗怅然不乐,忆及旧梦,愈益怏怏,遂集演渔洋句以答之:

仙令妙文笔,其言明且清。寒芒生海外。落笔干天精。欲把浮丘袂,能移谢尚情。他年履道宅,遥指赤霞城。

---

① "粱",原文作"梁",据文义改。

冬十二月二十五吉期，立山来玉环就亲，酒阑人散，顾礼曰："若室中何以无兵？"礼骇然不解，立山曰："楚越友人，以我须发皆颁白，且尔之凶名振华夏，此来入赘，皆嘲为刘备招亲，洞房中必排列刀剑，使娇客惊魂，章喻皆自命诸葛亮，我则呼之为吕范孙乾。"礼乃悟其戏，亦为之解颐。触及前梦乩诗，知其语亦不详之兆也，沉吟良久，唯问其何所闻而谓我凶悍。立山失笑曰："尔入都甫三日，喻太史叩以云胡不嫁，当面碰钉，时我与彼，并任大学堂教席，曾以计激使自言，同人问其同乡有戴女士，经学湛深，尚未字人，有诸？喻曰然。诸子曰，刻有人品学年龄，与复初相若，丧偶已二载，汝可与执柯。喻急询何人，我始云，人实与我无上下床之异，请勿疑，必俟能说合，然后可告以姓氏。喻始疑曰："乌有人而不可语姓名于媒氏，必汝欲效温太真也，然我向亦喜成人之美，无如此女太利害，我不敢与言，奈何？"众激其有心作难，喻被迫不过，只得说出，若何问汝，若何被斥，在座闻者皆大笑，是以汝凶名与才名，并满都门，人莫不知也。"立山蓄发如蓬葆，使礼栉之，强为剃去四围，便于梳栉。立山嘲之曰："昔张文襄有任我大学监督意，有东洋教习知之，特敬我，见必脱帽，刻又得女士剃头，可成一对。"遂作联云：大学堂洋鬼子脱帽，小曲台女经师剃头。礼诮之曰："女经师对洋鬼子，尔大占便宜。"一笑而罢。又一夜立山起如厕，礼奉水请盥，嫌冷不肯洗手，礼作口号讥之云："尴尬天下无，拉屎不洗手。若问系何人，湖南郭复初。"立山答之曰："古人说洗耳，不闻说洗手，复初夫子名，岂君宜出口。"复谓礼曰："我之先龌龊特甚，惜尔未之见耳，脸一洗半年，其他可知。"礼闻点首曰："苏眉山谓王荆公：不洗脸，非人情，即此可觇君心术。"立山闻荆公之说，即改袁氏枚《刘先生东吴招亲》诗为戏云："刀光如雪洞房冬。"礼续云："信有人闲作婿穷。"立山又续云："烛影摇红郎半醉，合欢床上梦荆公"。时立山乐极，作书广告亲友，誉礼之才之德，为当世所希，又录其自制结昏联二对以上报，尝对礼自夸文章为天下第一，礼叩以会状胡以为他人夺去，立山曰："殿试策都是虚对，只我与张文襄是实对，且文亦不如我，故总批谓三百年来，未见似此文渊博者，惜誊错一字，否则必点状元无疑。且我生兆乌龙入梦，曾为宣统帝少师，不革命，四五年后帝亲政，我必拜相也。"礼复询其子女性质、嫁娶事，立山曰："二子生时，皆有贵征，长子生红光烛天，邻右皆骇为失火而赴救；次子则连胞胎而产，其胎衣紫色，渠母几惊绝。长女已嫁马氏，长子聘妇周，闻已入天津女学校，今之女校多不检，某校女生因奸受胎，某校女生则室藏男子，我必与绝昏，有子不患无妇。"礼大骇，再三劝之，卒不听，唯阴告扬曰："渠言夸而诞，心僻而险，我不知死所矣。"

第九回　诽寡嫂毕呈丑态　问奁田悔续鸾胶

绸缪鱼水有文君，悔向高唐梦楚云。欲壑未填空跋涉，新昏已恨误传闻。

一日礼偶问其兄弟同居，必家庭和好。立山叹曰："是焉可得，由吾家无长物可析居，皆仰给我一身，若听其穷饿，虑伤老母心，唯四嫂太不堪，我始不容其同居。余拟俟母归山后，我即携妻子住长沙，故今年与梁璧垣合股开矿，得钱亦不置庄田，虑为其所分也。"礼乃问四姒何如人，若胡以遣之，立山曰："母以童养媳也，极宠爱之。张氏存日，受其磨折①姑勿论，方产难危急际，吾遣轿接医，渠阴沮轿夫勿往，及吾知之，救已勿及。死又不许我立木主，又时语侵其庶母，并唆母不准其往来，我一气成噎疾，否则胡为未老而发苍白也。尚赖张庶母有德性，不以母嫂故，而仍爱我如女存，接我居其家，调治年余病始痊，否则死已久矣。故我不容

---

① "折"，原文作"拆"，据文义改。

其在家，亦亏五兄，能与母反对，而逐之益阳。不然尔去，亦难相安也。”又言张庶母之贤：“我今来此，衬衣皆其手制。我之续昏也，无一毫不平意。尔去必往见之。”礼曰：“自然要去，但我必先拜元配母家，再赴张家，惟称之庶母乎？抑母之乎？”立山曰：“渠乃名不正，言不顺，胡可母之？嫡母已无，若称庶母，又恐其不悦，我意只与之含糊可也。我在伊家数年，并未有称谓，只与之糊里糊涂。”礼不觉失笑。立山以夫妻爱甚笃，乃以言挑之曰：“闻一山云，外母有田五十亩遗尔，尔既归我，因若何带湘？”礼告以先慈有遗命，与我备读书资本，并非赠嫁。立山曰：“若何拘泥，孰嫁女无奁赠？昔我丧偶，曾文正有女孙将适我，媒言有十万嫁资。又元配存日，母家带来金器，皆变卖为我葬父费。张氏囊亦有言，我如不出仕，恐无以度日。渠要分母家田百亩归我。今尔五十尚不肯，抑何量之不广也！岂仍坐食戴氏乎？”礼正色对曰：“嫁资本应有，然亦称家之有无。吾兄嫂若分有百亩，则我五十犹可；刻每份只三十，我未嫁则戴氏女，可以多据，既嫁则郭氏妇，不可据为己有也。要惟十亩，乃吾父与我作嫁资，可带；余乃母所置，必不可有也。”立山曰：“然则我上一山当矣。我固辞昏，缘长嫂能奉母抚吾子女，自一身长住张家，本可不再娶，而渠谓尔有田，可以济我贫，致多此一举耳。”又礼祖遗有明版《十三经注疏》，立山曰：“是书值甚巨，可带去，且尔既嫁，尔家无人需此也。”礼闻言不悦曰：“吾家有兄侄，遑得云无人？此言尔忍出诸口，我不忍畜此心也。”礼见其如此贪婪，心实鄙之，乃戏之云：“吾家有宝藏，逐年有千金之利，昨父兄议与我，惜不能带，奈何。”立山急询之，礼笑指屋右毛厕曰：“即是物也，尔若能携去，一生坐食不尽矣。”立山亦大笑，骂其奸狡，而心实衔之。乙卯正月，夫妇同归，至汉口客寓，无事乃相谐谑。立山问曰：“昔闻章喻言，尔自矢非我不嫁，故续娶张氏也，以为负汝。今乃得谐夙愿，乐何如之？”礼闻言勃然变色曰：

“乌有是事哉！我一处子，若自择配，且直陈之师长，廉耻道丧矣。”立山曰：“孟德曜之欲得梁伯鸾，古今亦无非之者，是何伤？”对曰：“我实无此事，君勿妄言以浼我。”立山嗤之曰：“尔始终嫁我，我即流言，昔在京藉一山牵引，曾时幽会，人必信之，尔须百口亦难辩白矣，哓哓胡为者！”乃书一封云：“老僧到此休哓舌，小姐从今要剃头。”礼亦笑，戏捋其须曰：“玷人名节，每日罚打三拳。”其先在浙时，扬以楚越饮食异味，恐妹不宜，时向其询问，又礼屡呼为王荆公。至是闻三拳之说，即应曰：“穷老不干净，每日三拳，即出对曰：穷一拳，老一拳，不干净一拳，拳拳服膺。”迫礼对，礼辩白：“嫌不洁信然，嫌穷嫌老，吾家本无此心，何太诬人。”立山曰：“不嫌穷，何问饭？不嫌老，何揪须？”乃自对曰：“浙几天，沪几天，又武汉几天，天天啕气。”及归湘阴庙见，已二月初矣。姑怜其母家遥远，且六子妇，已死其二，兼之妇人性情，凡妇初来，多加意珍惜，故尤爱之至笃。长嫂与立章，久稔立山尽母天年，即不能瞻彼合门，兼知二子不材，若无内主，或不即析居。故其胶续也，自母外人咸不愿。长男本臯年二十，肄业京都，立山离其聘妇周，改聘王氏。次男本概年十六，聘左氏，凶狡悍逆，与立章无异。当继母张妊身，虑其产子分父爱，故殴其腹，冀胎坠，及产又咀其死产难，死后乐甚曰：“吾无后患矣。”及父又续昏，计无可阻，知家人咸同此心，日问立章：“以若何可致之死。”立章嗤之曰：“始来胡得死，姑俟其至，尔父必上省。尔可曲意逢迎，日与之寸步不离，言我辈之过恶，渠如信必有诋吾属之言，尔一切告我，我自有绝之之计。”本概依言，竭力尽孝。礼果悦爱之甚至。立山归未浃旬，张妾叠函促之去，喜其母子和，乃命礼授子书。郭氏向无家法，男嫖女赌习为常。大嫂三女皆嫁本城，立山走后，遂同归，男女群聚，日夜打牌。礼恐本概废学，特禁之，众皆憾之。立章大怒，肆口骂詈，又嘱本概，诈奉母命戒赌，早起即到母房读书，夜乞伴母寝。礼不从，然必读至夜深始出。一日礼晨省，姑忽戒之曰："我闻尔大姒五兄云，尔夜同子寝，而不遣之就外传，此何意也。"礼明知姑极厚己，必为谗言所中，乃婉言告以夫命课读至更深，实未与同榻，既承命媳当上省，转知伊父使自教。忍气回房，次日即至张家，面斥立山曰："尔家母子若避嫌，则不该使我教子，如不避嫌，则尔兄嫂不应唆姑而出此。"立山大惊，急询何故，礼备言其事。时立山夫妇爱犹笃，乃宛转劝之曰："吾家兄嫂本不良，向以语尔，特以母老故，尔稍宁忍之。至次子果不肖，训亦不易，我当即自授。"礼闻气平。张妾闻之，觑立山不在，挥涕谓礼曰："昔尔姊在伊家，受尽酸辛，夫又在京，凡母家差男仆来，四嫂即唆姑以污言相诟，不容其见面。六月炎天，不敢于院中纳凉，偶看书遣闷，即詈其看淫词，败坏门风。兼之子女忤逆，种种苦楚，濯发难数。最可伤者，临死呼天曰：我不嫁郭氏，不至短命死也。伊母家距百余里，尚罹惨酷，况尔数千里远嫁，其何以自全哉。"礼亦为之泣下。住三日，乃返湘阴。时已怀妊，四肢浮肿，饮食不进，正待收拾行装，遣本概上省。早起梳栉，忽立章本概相殴，礼焉知其伪，急出而架开，立章痛詈其纵子犯上，礼以无理之徒，不足与辩，遂回房。本概告以"今早五伯命我通知母亲，谓房东三月初六有喜事。要母还其所居室，备延宾客。儿云：'还即还之，家中那间房与我母住，以便盘移拾物。'渠即怒叱云：'着汝母走开，箱箧不准盘，至尔母居，宜问尔父。'儿知其有心遗母，且欲占房中物，遂答以：'然则必待我打上封条，我即奉母依吾父。'五伯益怒，谓儿打封条，是防其作贼，即行凶殴儿，儿忍气不过，回手是实，非敢打伯父也。"礼即使子往省避之。立章已诉遍族党，言其纵子行凶，殴伤伯父，族中鹰犬，不容本概上省，强使与立章叩头，又群集要礼率子向立章负荆。礼曰："礼嫂叔不通问，内言不出梱，无弟妇与兄公请罪之例，且此子非我所出，纵我之训未旬日，亦难罪我失教，若辈使伊父来认罪可也。”众不能屈而散,立章日使房东,迫还卧室,礼叠函促夫归,至初四不到,无奈力疾同子上省。立山已得兄信,见妻子至,亦盛气诘问相殴事,礼备细告之,立山睹其病状,知妊身,亦凄然久之,唯劝其暂在张宅,以便调理。张妾闻妊,佯失惊曰:“殆哉。”含泪言:“昔汝姊之死于产难,实被四嫂所害。”乃言阻医事,与立山之语合,又添上生产八九日,家中无一人看顾。房内不许置炉火,又我一身兼煎药看护,厨房又远,不能兼顾,方调参,又入侍病人。四嫂窥不在,即拨去参汤,冲入冷水,未断气,家人纷集,要分衣饰,盖无不利其死也。渠有我在侧尚尔,汝冬间生产,将谁恃。礼闻言殊忧曰:“复初曾语我,父老将来恐有鞠育事,牵绊不能行,今年可以一归宁,刻有妊,未知可容我归乎?且拟即母家生产,未知能答应否?”张妾极赞成曰:“是胡不可者?汝姊曩亦欲如此,汝弟不肯,我至今怨之。”礼乃告夫,以欲返浙生产事,立山曰:“尔未经生育,我母又盲,无妥人看视,兼之水土不同,恐调理失宜,在浙固妥,但必须决定方可行,否则秋凉欲回,胎已六七月,路上不可行也。”礼感其体贴。赞朋闻讯,急止之曰:“姊胡不达,而信人言?郭氏焉有生产倾人事,我当力保,至今番决,不可回浙。不听我言,终贻后悔。”礼叱之曰:“尔姊夫庶母云云,何言我信他人也。”赞朋再三苦劝,张妾知之,盛气语礼曰:“我方詈汝弟之阻尔行,渠昔为固执,而致姊死,今又欲祸汝矣,尔万不可信此子言,盖渠男子不解生育之艰难,且未深知郭氏妇女之阴险也。”言罢泣不止,礼乃决计起身,夏四月,立山亲与料理行装,送至舟分手,各形怅怅,珍重而别。

第十回　信谮润夫婿离心　怀旧恨恶媒施毒

虺蜴为心狼狈奸,逃生翦发有何颜。须知今日虽昏证,就是当时撮合山。

郭立章待礼离湘,即上省与张妾定计,然后告立山,言礼自为姑戒远其子,当即破口大骂,又作文一篇,詈姑及夫,种种不堪,且言贫至无住处,我不归浙,将至露宿乎。宜告族人以大归事,又造言张氏之死,谓家人害之,即将张妾告礼之言,以反坐之。张妾又云:"怪道其两次来此,皆谓我女不得其死然,我斥其妄,渠反忿忿,语侵及我,谓我女若存,或不能邀婿同居也。至提及大归,我又再三劝解,谓尔夫娶妻数千里之远,亦颇费心血,且夫妻又相爱,何忍为家人细故,永绝伉俪情,渠转怒云:'复初若不顾,我当算还其昏娶费;如必不可,我即寻死,胜死于彼家人之手也。'"立山听兄语,犹疑信参半,及闻张妾言,乃大怒,且久憾其不携亡母所遗来归,固已疑其不能夫妇同心,愈想愈忿,即函告梫,使训饬礼,果真弃我而返,亦听之。梫正恨其不肯于沪成昏,拂其宠妾意,得书狂喜不能自制曰:"吾忿可蠲矣。"遂函复立山略曰:

戴不践《女小学》之言,侍始恍然,喻公亦早料到,嫌穷更卑下。侍前以为必无之事,而喻亦早料到,早有多人,说戴易好易厌,今未到郭家,欲飞身而去;既到郭家,即欲飞身而返。盖皆料其不能久居湘,万不料其荒谬至此。为今之计,不但听其回玉环,即请其回玉环亦好,于盛德丝毫无伤也。侍已属玫伯志韶,劝此君安居玉环,不必再来湘。例玫伯计必能妥,至戴父兄向不问女事,先请放怀,媒人皆属同好,自必裁以情理,不致有事。涉讼则万不至此,犹可担保也。

一面抄立山信,遍播浙台诸友,言其夫妻离异,登诸报纸,时礼病妊,在玉环犹未之知。惟父女时函致婿,迄未一答,尚忧其或有病为念,至今是阅报乃知。父急询礼,礼据实禀知详细,父顿足曰:"痴儿汝中人反间计矣,复初与张妾,必有暧昧事,故设谋以倾汝,汝可速归,则大归之诬,不辩自明。复初或能悔悟,若在此生产,今岁难返,恐久而尔夫妇益离心,且张妾既蛊回浙,则生产危尔之说必虚设,赞朋之言然也。况妇道一成不变,夫婿即有失德事,尔亦当以婉顺承之。”礼泣受命,遂觅女仆,于秋八月回湘,时胎已六月余,舟舆振动胎气,艰苦弗胜,立山仍在张家。姑九月七日生辰,见其远道怀娠,先期赶到,殊喜慰。大嫂久知叔有与绝意,屏不与言。立章日寻事唾骂,礼一味含忍,及姑生辰,立山推疾甚不能归,礼初未之疑也。俟过诞日,即往候问,立山避不见。张妾见计已成,颇形冷落,唯问其回母家收租多少,带银若干来。礼对以母所遗田,我嫁已归还父兄矣,张妾益薄之。礼已知疾系诈称,遂忍气归。

数日即闻人谓其至张宅寻夫,詈其胡不归,又勒索银钱,致立山气出病来。礼明知又中张妾计,未几,幸立章亦出外,姑已略知子意,见其将临月,时拊之叹曰:“尔夫不家食,母族又远,我老而盲,日夜忧尔生育事。”礼慰之云:“母家遣老妪同来,可照应,襁褓一应均备来,托慈荫,届时想当无害也。”有族姒盛氏者,守节妇也,与礼交甚契,姑知其爱礼至,私语之云:“吾长媳性阴挚,不若四媳能事我,又为二逆子所逐,我身畔全赖六媳,胎孕沉重,犹日与我按摩身体不离侧,我于其生育,不能将护殊忧心,惟日祷天及先灵默祐耳。”又时诏礼勿劳动,以重我忧,自爱胜爱我也。冬十一月朔夕,举一女,家人看护亦周至,具见张妾之言妄也。女生时足先下,合门咸危之,立山得信,亦不返顾。产后有所需,家人皆云其久无钱寄回。礼至是无异于丐妇,复不能出求乞,惟凭老妪日取一盎糙米饭入房,又不敢向厨房要菜,故产后数日,即患血崩症,骨瘦如柴,焉得乳。幼女日夜啼饥,尚赖长侄妇冯氏,先一月少产,犹有乳,乃助哺之,方得延女命。十二月尽,立山方归,视礼及所生女如陌路。非丧非故,昼夜居于外。甫过年,张妾已使人促其上省,立山告以俟过正月十七,立章生辰,即来也。届时礼亦随群叩祝,扶病应酬,又冒寒染病,昏卧于床。妪以甫涤襁褓,多置炉上，夜失慎，礼惊起扑灭，已烧去大半，不足洗换，向立山要数尺布添制，立山怒不理。湘地多雨，浣物不易干，天气寒冷，幼女尿湿，无物可对换，皆凝冰。礼又恳其买炭，便烤干可换，立山辞无炭，自则昕夕坐大嫂房中，围炉向火。礼恨曰："无炭焉得火。"乃自往觅嫂房，得炭，方安炉置火，立山即入，责之曰："我闻大嫂云，汝去年生产，独用炭五担，则其他可知，我实无力可供给，且我家有规矩，每房一样，人各一担。尔浪费，故多缺，讵能容汝强取大嫂炭？"礼亦怒曰："汝家分炭，亦分米否？大房六人，我只二人，所余米亦足以质炭，且我产后有所需，家中多推尔无钱寄回，不与预备，所用炭，皆我典衣饰自买，焉有五担炭与我？非可食之物，我多要胡为者？"立山无言可对。又一夜，责其用大洋灯费油，礼即换用少者。立山见之又曰洋油贵，可点清油，盖欲其自买也。礼曰："我但凭家中，若用洋油便点洋油，用清油即点清油。"立山越日赴姘妇约，阴使兄嫂，日俟其短，随时报我，以便出之。去未几，家人遂以所支各店铺债款，皆诬礼所支取，以告立山，礼犹一切未知。及立山后日函致其兄告绝时，提起始知焉。丙辰春二月，四嫂女婿，龚英之祖母死，姑闻拊礼而叹曰："暮年人不啻风前烛，不能保旦夕，尔夫胡久客不归，我时问及，或言在省教书，或谓其开矿，究为何事，馆何地，尔当有闻，可实告我。"盖礼平日知长姒逢迎其夫，代瞒其宿张妾事，故不敢举以禀姑，虑为其所卖，及是积怨已深，亦不暇为祸福计，乃直陈端委。姑大恨曰："逆子知我绝张姓，彼乃故悖我，我焉能容？尔可代我作书切责之。"礼如命，而不敢直书，以撄其锋，乃婉词讽以宜防瓜李之嫌，不可久恋张宅。立山得书，不啻火上添油，顾一时未得劣迹可离绝，乃思以莫须有陷之。适礼兄将其《大戴礼记集注》十三卷印成寄至，礼校勘误字约数千，乃作正误表，撰成已届端阳矣。立山已决计架害，藉端出之。故至节即回，礼自至湘，从未作丹青，家人并不之知，时偶与次女禄宜，绘一折扇。立章即使幼子本松本柏，亦乞其画扇。初六日节后无事，正误表亦与立山看过，始作书付邮，属兄再印好，订入书后，倦极假寐，忽闻本松本柏，在房门口偶语云："父叔已定计，婶不日赶出，此房明亮多陈设，我们可移住。"礼闻甚疑，旁晚有两人觅立章，语良久，及去，立山即率本概入房大骂曰："刻当世变，邮件皆拆验，一有可疑即拿究，昨因汝信上画鸟，打上暗号，警察来查，祸我合门。"礼惊云："我信上并无画鸟，且信今何在，可验明白。不得无凭证而妄屈人。"立山曰："渠看我兄弟面情，信已寄出，安得凭据。且合县妇人，只尔善绘事，若何不屈他人而屈汝。"礼始悟曰："昨与汝侄画扇，故汝兄知而设此计，然亦未尽善也。信可递出，则无关系显然，当请巡警至，与面质。"次早遂通知邮局，要昨来警察到家，立章立山急避开，礼询其查究画鸟事，警察云："乌有此事，我辈因正误表，初看不到，及读尊信，始悉注经勘误事。夫以女士注经，乃希有之事，故造府拜访，藉申敬意，并无查究之事。"礼诉以夜来事，警察亦叹曰："是必为他故，假此以诬害耳。"及去后，立章即叱立山本概，将礼打死，免一家受害。时长男本臬适在家，颇有天性，知母抱屈，乃力架开父弟，扶母回房，伤已遍体。可怜八十二岁盲姑，无力禁逆子之枭张，以保全弱媳，乃泣命回母家养伤，至秋凉，我必命人接汝归。立山求之不得，遂慨付川资，使归浙。幼女本兼食其嫂乳，至是食不足。炎天酷暑，跋涉涂中，母女皆羸疲不堪，甫到家即病。礼恐贻父忧，尚未诉以受屈事，玉环疫疠流行，幼女染之，吐泻交作，医治不效，未旬日而殇。礼时魂飞汤火，寸裂肝肠，终日如痴，终宵不寐，形骸骨立。父兄忧之，延医诊治，如石投水。父尚以为夫妇失和，家庭恒有，而不知立山已灭天良，欲与终绝也。乃驰书告以女殇，礼痛女成疾甚凶，乞其临存也。

第十一回　丧天真逆母出妻　发传单鸣冤写恨

嬖孽倾心灭五伦，衣冠禽兽玷儒绅。豺狼成性残天属，有北何年畀此人。

秋七月，立山得书，即通知梫，使设计以绝礼归路。又函告扬，文约万余言，略谓其悍泼不守妇道，嫌贫自愿大归，在家多费油炭，支取账目，又诬其与大嫂，并六十多岁之张岳母通奸，己已气成噎症，且贫无所居，打流僧舍，故宣告离婚。礼一忿几绝，即欲力疾回湘，禀姑作主。旋接得黄岩王舟瑶、喻长霖、柯骅威连名函聘为女学校长，父兄以其疾未痊，不堪远涉长江，乃劝其权任数月，藉遣殇女痛，兼可与诸公筹一长策，再返湘理论不迟。礼遂到黄岩。立山即寄庚帖，使梫交长霖还礼，又力托舟瑶等，动以危言，阻其回湘。礼气忿益深，欲辞教赴湘，骅威咎其误教务，函告其父，不容其归，舟瑶又嘱扬，必勿使其至湘，恐至悬□服卤事，悔之晚矣。骅威又当面斥礼云："立山不要尔。尔去被赶出，颜面失尽矣。"礼忍气吞声，延至年假，不得已暂返玉环度岁。时礼犹未知若辈之受梫托也。及读梫致立山书，始知之。抑亦险矣。姑张氏自礼回浙后，日夕怀想，频促遣人接其归。立山恐其姑媳通信，乃嘱邮局，凡湘阴玉环来往信，皆交彼收，不准与传递。惟礼八月与姑制棉鞋，托盛姒代奉，始得达。然致盛书，已入立山手矣。姑接鞋感泣。冬十二月本枭重昏王氏。姑立命立山接妇归。立山大怒，而詈母出乱命。母忿极。已有平日悯其姑媳者，作书由省邮传告礼，以母子交恶事。礼泣下，乃决计回湘。父乃修书与立山，婉言劝导。又命义男邱传昌，并一妪，送礼返。时扬本拟亲送妹，以父老多病不敢离。礼遂于丁巳三月廿四到家。姑见之喜极而悲曰："自汝去夏受屈归，我自秋徂冬，日促人接汝，皆不理我。我知汝不忘我，总能回也。"时长女静宜，适归宁湘阴，性颇贤孝，事后母如亲母。唯立章见辄怒詈。传昌即到张家觅立山,苦辞不在。访寻数日,无奈于廿九日回浙。立章俟其归,即邀族中地痞郭寿生、子梅、伯俊、仲儒、良生、楷卿,又女光棍系已故郭会林妻,及子梅伯俊妻等到家,治酒会议。谓礼恶逆犯上,使群逐其出门。静宜不平,痛斥立章曰:“祖母爱之,恒言其孝,渠不孝何人?且伊为妇,只有博姑欢,未有博汝欢者。”立章大怒,挥拳欲殴之。又促族党迫礼出。礼问众胡为者,皆不能对。良久,寿生上前曰:“六哥与五哥,去年已析居,尔宜往省共夫住。此所居室,乃五哥独租者,故今汝盘出。”礼知其穷于辞,乃诘之曰:“我在浙,虽不知其分居事,但此房器具,皆我六房物。我非无子,当不须五伯入继,何得渠租屋,而安我拾物。”众又曰:“然则尔夫去年已函告绝,尔胡复来?”礼不禁失笑曰:“我未犯七出,渠何能出我,函诉吾兄?乃谓我嫌穷大归,我本无此意,自然回家。若果认真离昏,谈何容易。新法律必双方愿意,刻我不愿,若胡得遣我?按古礼则我姑爱我,虽殁身,渠不能慢我,况现存乎?”众曰:“然。然则尔不愿离,去夏胡归与?”礼怒曰:“为渠兄弟,以莫须有平空屈殴,奉姑命归宁,是何伤?且复初苟不出川资,我能飞回浙地乎?”众不能屈而散。立章见此计不成,又通知立山,乃函告族人,略谓戴狡猾善逢迎,母已昏耄,故受惑。若容其在家,我即远避衡岳,死不回头。大旨与当年逐四嫂之书同意。四月初四,立章得信,即厚赂前数人,用强推礼出。礼喊姑,姑在床大号曰:“二逆子昔逐四媳,今又逐六媳,使我无人侍奉,我不如早死。”立章怒骂曰:“汝宠爱二淫婢,将使其为娼养赡尔,故不要儿子。”姑闻而气噎声嘶,遂晕绝。礼当夜同老妪栖身客寓。次日有女仆私来告礼曰:“老太太自昨迄今,哀号不辍,饮食不进,将若之何?”礼泣曰:“我甘死若辈手,不忍一日离姑也。”即回家。立章闭门以拒之,又使族党来迫礼写愿离昏甘结。礼誓死不屈,日逐回视姑,皆不得入。忿极,乃上省，至郭炎生家，辞非郭姓，不听入。适大雨，至炎生庶母梁氏家，已夜深，不容其过夜。又到郭琮翰寡母聂氏家，聂氏有相留之意，无如立山先使炎生子通知，不容其相留。礼奔波一夜，趁天早到张宅，辞不在。礼入坐片时，张妾即大骂赞朋，不早盘家居乡僻处，至惹多人，来觅复初，使我不安静。赞朋乃诳礼云："立山已回湘阴。"礼不信，然奔走一日夜，精力交困，不得已回湘。至月尽，姑疾已大渐。立山迷恋张妾尚不归，恃李介春知事，乃其兄弟鹰狗，遂呈请驱礼出境。二十七夜，忽来县役，持票拘礼曰："尔夫状告尔，刻传听讯。"不由分说，强拥之到署。介春作威高坐，旁列警兵数十，吆喊升堂。朱笔点名，如临大盗，而立山不到。礼大怒曰："汝半夜捉我，我虽盗贼，亦须失主对案。离异事无一人可讯者，吾夫不在，若胡违法拘我？"介春曰："刻非讯案，乃我有言开导尔。尔日夜欲回侍姑，姑已将死，汝去即诳尔迫死，属办尔。尔勿自投罗网。不如自认离昏，免受家人害。且尔夫已绝情，在郭家究无好处也。不若写一愿离昏据与我，我必判郭家出川资，使汝回浙也。"乃令左右呈笔砚。礼怒叱曰："我必欲入侍姑疾，任彼诳我。汝办我可也。至昏事当离，汝可出判决书，要我自写必不能。"遂执笔大书"齐妇含冤，三年不雨"。放笔顾介春曰："我即去侍姑矣，死后请即置我大辟，我得追踪孝妇，死有余荣。"介春拍案大怒曰："郭六大人早已说过，尔奸狡莫测，我若出判决书，汝必持以上控。今必欲尔写，果敢抗逆，我当押汝入狱。"两旁警役，各大声示威。礼神色不变，尚詈介春为郭氏爪牙，藐法乱纪不绝声。天已将晓，观者纷入，介春恐干众怒，乃急使礼出。道闻人语，立山果于是日回。乃归家叩门，门启见礼而复闭。又值大雨，礼浑身皆湿，恨极，以夜来事细告子师徐廷麟，及四嫂妇翁孙海樵。二人素正直，闻而大不平，乃见立山，问以昨夜县据尔妻去，群集观讯，尔脸面何存。立山伪推不知，立章斥二人帮礼致口角。时礼受水伤,发寒热,腹泻不止,病卧,昏不知人事者二日。五月初一辰刻,忽梦姑入,拊其腹曰:“儿为我苦汝矣。”礼惊呼而觉,疾顿止,精神骤长。乃泣谓妪曰:“吾姑其死矣,否则焉能愈我疾也。”旋闻人言姑已死。礼遂散发衣孝衣,徒步奔丧,哀感行路。及抵家,又闭门。礼遂坐于门外。立山使子梅由后门出,而痛詈之。礼惟号泣不之理。坐至夜半,邻居群集,咸为之不平。立山患之,仍使警兵强拥之去。礼即欲赴省上控,介春又使役押定,不容上省,立遣其回浙。礼遂至汉口,打发妪回家,自趁火车入京,已初六日矣。黄岩王亮妻杨曾馥,字桂君,无锡人,向与礼有一拜之交,乃招其同居,视若同胞。礼当作冤单,遍告天下:

乌乎!狐媚弃妻,冤埋无地,鸱枭食母,罪迹熏天。若郭立山之害理灭伦,郭立章之穷凶极恶,实人神所同疾,天地所不容者也。妾系立山再继妻戴氏,尊章以浙地远归,钟爱特甚,夫妇情好,初本甚笃。唯夫兄立章,乃嫖赌烟无恶不作之地痞,倚弟翰苑之势,本县知事,为其鹰犬;族中光棍,为之爪牙。包揽词讼,奸人妇女,凶狡暴戾,遐迩侧目。妾归未几,夫即外宿。命授书前子,偶言嫖赌之害,立章以触其秽迹,疾我如仇。妾夫原不类其兄,孽由前继室张氏,父母早逝,仅存庶母,方其产难,来视嫡女。年尚少于立山,态不殊乎文君。张氏死,邀立山同居长沙。且其家无嫡子,箧有多金。旷夫易以情投,寒士不难利诱。故苟合数年,鲜回省母。续娶后鸳衾未暖,雁足频催,只觉露水之好,益增伉俪之仇。其爱他人妇,固非一朝一夕之故矣。立章素亦狎昵张妾,见有隙可乘,乃谣诼多方,日夜以莫须有三字,含沙射影,造成离昏之事实。立山更藉题发挥,终岁不归,弃捐之心,因之益剧。立章及张妾,力唆其出妻,因碍老姑之爱,又无七去之条,乃函告媒章棂,诬我嫌穷,自愿离昏。棂为我向不听其于沪结亲,正怀忿未泄,得信恰中其心,乃覆函赞成,并担保必无后患。立山以其函件,粘抄具控,作为应出凭证。无论嫁已三年,曾生一女;离合主权,与媒无涉。况我在棂门下多年,学行伊所素重,曾属修《列女传》,代呈国史馆。今乃出乎反乎,非挟隙,讵能昧心若此?立章见事机已就,日率族党寿生、子梅、伯俊、仲儒等,胁写离昏凭据。宁死不从,彼无法可施,竟以野蛮手段,推我出门。知事李介春,受立山贿嘱,帮凶作恶,施其威权,强我离昏。在妾远嫁数千里,被人鱼肉,只有饮恨。惟我姑年逾八旬,病足丧明,以爱媳故,在床哭阻。立章逆母,极鸱张之势,致我姑气郁而死。合地自该恶党外,莫不痛心疾首,叹为家庭惨变。此立章立山,无故逐我,迫死老母之实情也。妾闻先姑之丧,匍匐奔赴,立山又托介春,派警阻胁,不容视殓。乌乎孰无父母,该知事为人走狗,擅作威福,禁人送死,导民不孝,真社会之蟊贼,豺虎所不受者矣。内则曰:"子不宜其妻。父母曰:'是善事我。'子行夫妇之礼焉,没身敬之不衰。"矧我姑耄期,以爱媳为左右手,立章立山,竟夺其所爱,促其余年。厥罪上浮于天,犬彘不食其余矣。妾因李介春受赂,不能鸣冤,冤沉海底,死不瞑目。故泣血述其梗概,惟有道君子悯察焉。

第十二回　湘阴馆泣血祭姑　北京城题诗登报

锄逆未能冤毕世,诛心有作亦千秋。生花笔写终天恨,字字酸辛血泪流。

当礼未入都之先,棂方与张勋等办复辟。在京遍布谣言,谓礼始则嫌贫大归,刻又时去骚扰,勒索银钱。湖南合地,皆疾之刺骨,并怨我不该作伐,贻祸复初。浙台同乡,询其何故,夫妻不睦。棂时住新婿家,语众曰:"礼该死,要卖亡母遗产归郭氏。"复初乃有道之士,岂贪异姓之财,故以此薄之。以保闻而驳之曰:"我知礼甚深,其人向不解理财,焉肯卖母田作嫁资之理。信果有诸,吾谅立山喜之不暇,尚暇鄙之乎?”桯语塞。及复辟事败严拿,乃藏章孚家二十多日。临行惜命,翦辫逃生。礼时典衣饰,得洋二十元,托律师陈洪鉴,代呈大理院,未几该律师拐银逃走。礼客涂资罄,艰窘万分。女婿马根硕闻之,乃告其父其昶,于秋七月荐礼任女子师范经学专修一席。时冤单传遍,楚人皆知,咸往女校,叩其备细,均为之不平。礼乃到湘阴会馆,开同乡会诉以冤情,又自呈大理院,批示以“宜先控诉本省高等厅”。迨年假出校,即欲返湖南具控,以兵变不可行,乃居湘阴馆。戊午五月初一,乃其姑小祥,礼遂备酒醴设位遥祭,自撰祭文,语极哀痛。同馆读者,多为之泪下:

维戊午五月朔日丁亥,孝妇戴氏,敬以清酌庶羞,遥致祭于皇姑张太夫人之灵曰:乌乎哀哉,茕茕弱质,远道来归,终风且暴,尚赖慈帷。胡天不吊,乃育元凶。鸱枭食母,痛抱蒿宫。乌乎哀哉,追维我姑,终温且惠。壶德翼翼,克明克睿,聿嫔吾舅,以顺以敬,睦姻任恤,卓著高行。乌乎哀哉,诞十六子,夭殇者十。哭泣劳瘁,昕夕忧悒。年届耳顺,丧明病足。越二十载,日困床褥。乌乎哀哉,自我为妇,姑已双瞽。拊我畜我,不能目睹。仁煦和风,慈畅冬日。爱愈所生,若加诸膝。乌乎哀哉!我来自越,服习异宜。慈怀廑念,新妇羸饥。悯予母族,道阻且长。阴疾孽孽,疢抱庄姜。狐媚工谗,入宫见妒。憾已盲如,伊谁将护。亦既妊身,以喜以惧。惧罹产厄,恒为心怖。冬温夏清,屏不许前。诏我自爱,养志斯贤。乌乎哀哉!我躬生沐,慈德汪洋。苟有寸长,必曲称扬。奉职无状,含宏不校。敬抑扶持,辄云达孝。乌乎哀哉!狐媚伊何,厥氏曰张。五郎六郎,聚麀媚娘。豺狼蜂虿,挟毒百出。举莫须有,藉端弃黜。兄逐弟妇,伦纪销沉。率子殴母,乃兽乃禽。逆母出妻,汹汹狂猘。慈姑怒阻,咆哮反噬。姑忿填膺,号恸不食。耄期何堪,寝疾斯亟。我来侍疾,不容瞻依。自恋姘妇,大渐不归。哀哀我姑，卒以冤死。谁使之然，曰惟逆子。爪牙密布，虎视眈眈。熏天逆焰，不容视含。我号于野，行道痛疾。合邑皆知，口碑可质。彼苍者天，胡宁忍予！夺我所恃，厄我焉如。乌乎哀哉，滂沱涕下兮！无处旁求，孑身天末兮。谁赋同仇，情甘一死兮。逝水从游，千回万转而难忘兮。不共戴天之仇，矧我姑之徇爱兮。为谁倾生，我何安于北邙兮。容与九京，蹈白刃而奚恤兮。糜百体以何辞，彼大义之灭亲兮。先型在而可师，历艰辛而北徂兮。奈独力之难支，爰排云而呼冤兮。怅积怨之未雪，经年困于逆旅兮。恨漫漫而欲绝，视昊穹之瞢瞢兮。日椎心而泣血，愁郁郁其谁语兮。独申旦而凄咽，慈云远而谁覆兮。何孤露之多艰，肠惄焉而如捣兮。嗟无方以锄奸，中自省而胡颜兮。同姑仇乎宇寰，心惝恍而如疑兮。频梦绕乎慈颜，履春霜与秋露兮。羌怵惕而泪潸，乱曰忆昔在湘兮。病骨淹留，梦魂亲炙兮。厥疾乃瘳，乃知我姑之仁爱兮。穷死生而罔改，遑云幽明异路兮。灵无时而不在，兹届小祥兮。惟神鉴临，焄蒿凄怆兮。反求诸阴，生刍一束兮。来格来歆，神其有知兮。鉴我哀忱。

立山自出妻后，心满意足。以矿产所积金不下十万，其先已于岳州置田百六十亩，于本城买屋一所。至是又于湘阴买田。争田限疆界事，与陈嘉祐等数十人涉讼。众遂将其一生劣迹，撰成公启，送其看毕曰："我辈将印传单，广告罪状。请尔细阅，并无虚捏。若肯退让，则吾属亦留汝颜面，不刻流传。"立山见件件皆实，自觉心虚，遂回众人，再三认罪，甘心退让，但乞勿印。合邑莫不窃笑。旋又得礼冤单，恐一声张，张族不容其长据外父妾，遂秘不敢言。而气礼不过，乃诬礼时投匿名信与之，要害其性命。湘人又转告礼。礼益切齿，又列举其丑态，制七律十章，遍登各报馆，以舒冤忿：

诗咏墙茨最可羞，甘将秽德彰千秋。逾垣苦恋他人妇，同室翻成不世仇。幽鼕风流诚可爱,糟糠敝屣复何尤。凭吾寸管存公论,要尔污名万古留。

旷世才华绝世姿,一朝失足悔迟迟。吴宫花草悲西子,陈国株林斥夏姬。卓女求凰今古贱,张郎控鹤简篇垂。可怜多少知名士,如茧缠身死不知。

怜君十载在词林,忘却清华励品箴。远色忍违宣圣戒,痴心犹鼓长卿琴。最伤慈意污名教,放弃彝伦误诲淫。太息老亲将易箦,逆儿尚拥合欢衾。

凄凉身世一蜉蝣,频断鸾胶渐白头。只为佳人延性命,不关名士自风流,经年侍疾恩何厚,如此钟情世罕俦。何必别寻仙路去,此身久已老温柔。

华国文章著作才,忍将廉耻委尘埃。逆亲逐嫂三纲绝,弃媳休妻五品隤。彤管有人声罪状,玉堂自此潴污莱。须知神目原如电,暗室欺心天网恢。

甘将财色易清贞,清夜扪心恐未平。鬼哭泉台怜失节,罪标天简溺倾城。忍蒸外舅专房媵,不计前妻结发情。他日披毛同带角,惺惺①未及惜惺惺。

牡丹花下死甘心,烽火连天梦不惊。仟使同牢呼负负,那堪片刻舍卿卿。三传弃妇贻家祸,九地含羞恨馆甥。淫律报施应绝嗣,循环天道最分明。

红光照室紫胞胎,无耻如斯可怪哉。异志常夸龙梦兆,欺人自负帝师才。阴图私产天真丧,公启同乡罪案该。劣迹斑斑皆纪实,采风他日有兰台。

同怀有五号鸱枭,地痞声名遐迩昭。嫖赌大烟三字会,奸回多诈百技超。通衢在昔遭群殴,古庙曾经吊一宵。语涉元凶污齿

① “惺惺”,原文作“猩猩”,据文义改。

颊,南山罄竹不胜描。

冤鸣纸上泪沾襟,任重身孤感不禁。半世穷经成个是,满腔积恨寄哀吟。慈姑地下难瞑目,严父天涯更系心。回首不堪对师友,名山事业痛销沉。

礼一日走访师衍之子陈声洎,声洎字公荆,优于诗,长为人作嫁衣裳。偶因事忙,乃命礼代作五古挽诗二首,礼即为赋之:

人生天地间,淹忽若朝露。毁誉徒萦怀,贵富焉足慕。譬彼原上草,依依笼晓雾。烈日忽以炙,蔫黄践尘污。譬彼园中花,灼灼韶阳煦。春去谁与荣,嫣红难久驻。譬彼水游鱼,泛泛江流泝。泉源一朝涸,枯腊肆中厝。譬彼山中兔,三窟巧筑护。猎犬一相值,伤哉供馔哺。万物有时尽,兴亡若指顾。矧兹精血躯,寿无金石固。少壮能几时,倏焉已岁暮。七十曰古稀,夭殇不胜数。世无百年人,人生良可怖。纵使享期颐,亦不离丘墓。丘墓不可离,寿夭天所赋。所贵在修为,毋为物欲误。鬼伯一催促,身死人所恶。勉力惜分阴,慎勿等闲度。

旷览百家言,躬参三教旨。宣圣赞鬼神,德之曰至矣。禅学主寂灭,老氏习内视。究之徒自欺,谁能逃生死。求仙乃服气,佞佛或烧指。留形形不留。行功功乃否。不知天地义,妄自竞奇诡。阴阳赞化育,生生乃不已。《庄》《列》虽寓言,《周易》具至理。荣枯相代谢,物久无不毁。矧兹远世嚣,安居于蒿里。不求千钟粟,守素谁诟訾。不及一朝忿,安贞无非是。浩气还太虚,精神复本始。间游乘文螭,啸傲侪仙子。吸露饮沆瀣,逍遥乎云水。血肉归复土,一任饱蝼蚁。齿骨化玉石,仍为世珍美。处世良不易,夜台乐无似。人心险以巇,鬼道直如矢。

礼又赋五古一篇,以赠曾馥、声洎,有序。

余家小园,有棠棣梅花。乃家大人手植,日夕绣咏其下。旅燕经年,苦怀园卉。赖有紫荆丹桂,与我为邻,藉消岑寂。爰赋五言长句以纪之。

环山老处士,手种凌寒质。数点天地心,望重广平笔。同生有棣华,韡韡正而葩。椿老萱花萎,日夕相庇遮。霜雪不能侵,鸩鸠何肆毒。窃取南宫影,供彼狂且瞩。怪鹗坏南枝,笑桃泣漂泊。悯哉百卉魁,凄凄悲零落。幸逢云外客,收拾返瑶京。不教诸天女,随风散琼英。瑶京有荆树,灿灿炫文藻。对此卓荦姿,黯黯形枯槁。忆昔立雪中,曾荷梁木荫。托质在一处,能无梦草念。念兹无双品,乃遭此蹂躏。枝干任摧残,贞心终不朽。

礼志切复仇,同仇终鲜。独居深念,忧从中来。身世茫茫,万感交至。乃赋五古一篇以自悼:

抱质幼卓荦,万卷希遍读。早慧多薄祜,无文宜百禄。奈何外斯道,无以娱心目。学海远游泳,饮者未果腹。焚膏以继晷,尚惜寸阴蹙。譬彼远行客,兼程竞驰逐。捷足欲先登,见星不遑宿。云何甫中涂,忽焉断地轴。井底潜神龙,阳九数百六。行矣赋离黍,归与泣莪蓼。读礼废弦诵,闭户修初服。木塌坐未穿,雄鸠日剥啄。念昔坐春风,璇闺被化育。误彼言如簧,讵料人不淑。宋人歌寄猳,《周易》兆反目。尊章斥狐媚,枭鸟食母肉。慈云忽已散,孑孑伤茕独。仇深不共天,力弱卒未复。吊残吴市箫,击破燕士筑。当世无秦君,徒效申胥哭。

夏六月,礼以旅费不继,且其兄时以函告父老多病,命其归省;又声洎亦将回闽,礼遂与偕归,频行以诗赠声洎,兼别曾馥。

天涯牢落久,岁月恨中过。尝胆寸心苦,含辛一载多。与君犹雁序,不忍唱骊歌。别况添惆怅,低徊感若何。

更阑不成寐,展转思何穷。不为求师误,何来怨偶终。还乡怜弱草,异地感飘蓬。无限离忧系,数声风笛中。

第十三回　冰雪文如犀照渚　龌龊鬼为虎作伥

落月停云梦未通，知君积恨满诗筒。诛心凭我辉彤管，嘘气何人化白虹。吞炭市朝惭国士，同袍巾帼有英雄。生怜雁断衡阳路，漂泊天涯血泪红。

丁巳秋，戴礼师陈衍，在闽得传单，不胜忿激，遂采入《石遗室诗话》。登诸《东方杂志》。其略曰：

温州玉环戴女士礼，字圣仪。受业于余者十年，而初未见面。绩学能文，著有《大戴礼集注》十三卷，《清列女传》七类，以外《女小学》杂文之类尚夥。惜故见自封，不知种族之别、公天下之理，拘于《白虎通》三纲之旧说，而不知其非圣人之言。年三十尚未适人，值前清革命，遂自命亡国遗民，必欲得一旧官僚，而不事民国者，而后嫁之。于是误适非人，终为所弃，亦大可悯矣。先是，礼受业于同乡章一山检讨梫，梫为作媒，以适湘阴郭编修立山为继室。立山者筠仙抚部之犹子，抚部丧其元妃，先纳妾生子矣，而后娶江左钱氏女为继室，未几以宠妾故，出其妻。立山固能继家学者也。立山之娶礼，非慕其才，乃涎其有奁赠，就赘玉环。成婚之夕，即询其奁田若干亩。礼答以亡母虽留有数亩薄田，乃以为他日刻书之费，非以赠嫁。立山大失所望，黾勉同归庙见，已冷落无伉俪情矣。张妇者，立山前继室之父妾，美而有财。前妻产难时，张来视，立山与乱。张长沙人，立山馆于长沙，如匹偶之相从，终岁罕归。归则屡与礼反目，责以妇女不宜著述好名。适礼所著《大戴礼注》，印本多讹字，别印校勘表数页，分寄各处。被邮政检查者拆开，疑其为秘密电文，持向郭宅诘问。立山遂藉此取闹，迫礼大归。礼泣辩即有小过，未犯七出何条，立山必不容，卒大归玉环。（以上皆据礼鸣冤原文）

礼所著《女小学》《女小学韵语》，早上学部。《清列女传》早上国史馆,皆章梫代呈。《大戴礼注》已行世,革命后,清史馆采访员王亮代呈清史馆。能为诗尤长集句,但仍多旧思想耳。

衍文素为海内推重,明目张胆,雷厉风行,几于传遍寰宇。郭立山以终老是乡,意欲已足,情真事实,故亦俯首无辞。唯二三知己,若章梫辈,谣诼纷纭,谓立山须发皤然,祸皆由礼。始而诟谇,继而谤讟,郁郁于中,至起居张宅,实病不能兴。况张妾乃其前继室生母,马齿已增,三月桃花,未免改色。目为奸宿,不亦冤哉。礼闻之曰:“其然,岂其然乎。夫娟娟此豸,既为我所诬,又终养吾夫胡为者,即是以思,可以悟矣。矧徐娘犹存丰韵,史公未刑蚕室,双栖双止,八阅春秋,何以信其坐怀不乱?吾当继苏眉山作辩奸论,以晓盲聋之士。夫禽兽之行,传曰必诛;狼狈为奸,律胡可逭。寄豭杀无赦,秦政非苛;相鼠刺无仪,卫风垂诫。故《易》重外内之正,而《礼》严淫泆之防,况乎苟合纯奔,如羊之游牝,上烝下乱;犹鹿之聚麀,充外舅之辟阳。免卿夜奔,处情人于甥馆,宜而宵征。芍药栏旁,共设钗细申誓;芙蓉帐里,结成露水良缘。嫠妇风流,狡童志溺。特是髡如鹙顶,杨梅之疮毒何深;藉非髢饰鸦鬟,葫芦之形容绝倒;采补术妙,夏姬之狐媚神乎。消渴疾膺,司马之龙钟甚矣。袄神庙火焚斯已,温柔乡老死犹甘。胶漆恩深,不顾沈郎腰减;硫磺性烈,可怜奉倩神伤。钩月带三星,固所愿也;两斧伐孤树,其能久乎!然精神殊觉难支,而面首何妨再选。且彼美固蛾眉臻首,矧此君已鹤发鸡皮。登徒子交不厌多,河间妇爱胡专一。人多不解,吾亦云然。非情有独钟,乃势所必至。缘张姬所生二子,病犯风瘨。共禁一房,畜如人彘。大襤褸满承人矢,烈火盆四起狼烟。是以卖俏窥东邻,岂乏甘心同梦;不洁蒙西子,那堪掩鼻求欢。壮岁阅人,终鲜偷香之客;贴钱养汉,欣逢逐臭之夫。夫夫也文章非不犹人,龌龊尤推独步。囚首丧面,而谈诗书。亏体辱身,侈言理学。尤过犬豕之秽,不啻饕餮之贪。

实无范丹之穷，重有和峤之癖好。唐皇作戏，阿姨反赠缠头；贾后宣淫，小吏匆游异境。酌钱泉兮解渴，入鲍肆兮疗饥。蛆集腥膻，本朽腐之所化；蝇营粪土，乃臭味之相投。如影随形，固结莫解，丧名堕行。夫亦何惭，犹复斁彝伦，残天属；近类淫兽，远愧贞禽。诚国法之所难容，为人群之所唾弃者也。则有原其同气，或系妄人，群起哓哓，实为聩聩。谓予不信，究之何事非真。代渠呼冤，抑亦弗思之甚。使无桑濮之遇，孰亡瓜李之嫌，是故仲子可怀。尚赋逾园之戒，而况室人交谪，乃无速狱之虞。登报白冤，置邮传命。无远勿届，如水周流。自非面壁九年，底事老于彼室。不越雷池一步，分明克践吾言。弃结发兮如遗，羌噬脐兮不悔。呜呼株林托讽，陈侯不免危亡。鲁道兴歌，齐子胡知羞恶，良朋执友，尚为无颜，淫妇奸夫，公然双宿。女非椓，男非宫。何所见而验其无私，何所据而疑吾为妄。聋不难乎目击，瞽亦可以耳闻。试侦彼妇之所欢，究是何人之夫婿。”

戊午夏六月，礼归省父兄。甫越月，玉环知事江恢阅，市侩出身，最善夤缘奔竞，趋势虐民，原籍安徽，乃湘阴县令李介春同乡。介春遂托其扬言礼在京恣意污蔑，毁坏立山名誉，已控准湖南省长，移文浙江省长，现奉密饬，解礼上省。又私示意其父执叶佩璈，威胁其父，使礼匿迹，再不可造言生事，我当曲为周庇云云。乡曲人心仄陋，畏官势如虎，致尧仁惊惶无地。礼闻言大怒，挺身到署，要验公文，请其解省。恢阅闭门不敢见。礼含忿归家。秋八月，业师陈衍挈眷避兵寓沪上。时立山凭张妾厚资赂章梫，密谋图礼，梫愧未有以报命，乃变白为黑，肆口谤礼，代立山申辩，非一日矣。嗣因徐总统继任，张勋蒙赦，梫又潜至北京，运动复辟，不果，复返沪，密告于秀水沈侍郎曾植。适与衍相值，梫即谓其袒礼，登立山劣迹于《东方杂志》事。又言礼种种过恶，指不胜屈。衍答以礼原汝弟子，亦该为辩护。在我则师弟未见面，固难必其贤否。渠亲受业于汝门下两年,文章道德,向曾誉不容口,艺苑中人所共闻。即我罗置门墙,亦由尔介绍也。刻因不善于立山,辄疾如寇仇,何以取信于人乎。棂语塞。曾植亦谓衍驳之甚当。冬十一月,礼谒师上海,住月余。其兄扬素患咯血症,愈已数年,及是为父老多病,止一女弟,又遇人不淑,流离失所,忧惨交集,旧疾复作,势甚危险,礼遂归侍疾。己未春二月,陈声洎荐礼就其亲乐氏教授,礼禀命父兄,均为家庭多故,入不敷出,使勿辞。入京闻吴怀清尚未回乡,乃趋执弟子礼。一日,怀清出其乡人戴姓所撰《吴孝女徇亲记》,属礼题辞,遂为赋之:

落魄滞神京,凄迟客异地。偶过吴差山,获窥《孝女记》。借问系何人,蜀山灵赋畀。人言女幼时,至性已卓异。循陔言采兰,旨甘慈不匮。习劳挑文贡,执勤当户织。父也惜如珍,珍之愈群季。缓急信可恃,缇萦垂徽懿。哀哀乔木摧,寸草谁覆庇。反哺痛未申,二竖驱无术。穗帷来悲风,麻衣渍血泪。清流曹娥逝,烈焰衍纶炽。杀身追芳躅,夜台永随侍。毁瘠不灭性,斯言非弗识。率性越人情,人亦哀厥志。烈烈孝义心,峨峨邦人思。纪之永弗谖,于以锡尔类。孝德通神明,流风冀广被。征诗励薄俗,要道藉勿坠。勿坠曰伊何,天经与地义。

江阴谢鼎镕以先祖东纬侍疾图,托声洎乞礼题咏。礼为书其后云:

永怀河海慈,未竭涓尘报。苍苍树欲静,溧溧风何暴。萱花色日悴,舜草形益耗。酷暑求冰澌,祁寒躬露祷。真诚格天医,至性感贼盗。缅彼都人士,绘图表清操。述德有文孙,扬休化悖骜。征诗资观感,中闺亦倾倒。孝无患不及,敢为同人告。身非出空桑,思之躬自悼。

礼在京感伤身世,终日抑郁。课余无事,以八音为题,慢成一律:

金钗分股亦何伤,石琢肝兮铁作肠。丝断难成机上锦,竹枯终挺节间香。匏瓠甘苦谁能辨,土堘荒凉恨倍长。(殇女本玉旅瘗玉环)革去牢骚殊不易,木强心在耐风霜。

逾月得扬书,告病转剧,忧伤不寐,口占七绝四章。

三树荆花两树空,一枝又弱不禁风。阿连镇日思千里,知在西堂梦幻中。

废寝忘餐暮又朝,朝朝泪血染鲛绡。沉冤迫我为羁客,沧海桑田怒未消。

少壮因循不学兵,却教翰墨误生平。诛心未正千秋论,逆焰难凭一剑清。

浩浩长天难覆恨。茫茫何地可埋忧。红绡红线今焉在,我欲飞神驭气求。

第十四回　哭穷途鸰原抱痛　恨终天风木兴悲

太息家山白发亲,倚闾目断女儿身。陔兰载采知何日,寸草春辉痛莫申。

夏四月十九日,扬卒。礼闻讣一恸几绝。病卧数日,乃强起撰兄行状,且泣且书。文中渍满泪痕,遂求吴怀清、陈衍撰传,均哀其志,尤为纪述云:

先兄行述

兄名扬,字传洙,别号子瀓。性孝友,谨言行。温良恭俭,极得堂上欢。当余生兄甫二周,以母氏好俭躬自乳,兄推乳哺余,忍饥困,怡怡如也。母氏尝言,兄自提抱中迄于成立,未尝斯须忤亲意,顾得于天者独厚,而扼于天者又何酷也。仲兄死年甫十五,母氏昼夜哭,兄率余多方作小儿戏以娱母,而家政已躬任矣。好学书,奉亲有间,即留心籀篆,然闻命即投,无稍延。故不及肆力于经史。娶陈氏,幼孤失教,不守礼法。母因而寡欢,兄嗣后恒郁郁,终岁未尝见齿,知其憾深矣。越二载,王母卒。甫终制,而伯兄仲嫂相继殁。至是而安亲抚孤,百务丛集,心力交困,遂成呕血症。尚赖长嫂韩,贤孝能养,故余得以旅京治著述。未几蒙侄死,韩痛子几成疾。时余《列女传》适告成,乃归侍养。而兄终以室人不类,操劳过度,食减事繁形日瘁。母氏窃忧之,尝属余奉兄出游避烦扰。而兄以亲老不忍离,余未能强也。丁母忧,哀毁逾恒,治丧葬竭诚尽信,必使无悔焉。苫次中不暇自哀,而哀弱妹之靡依。友爱益恳至,委曲将顺如不及。三年丧毕,余将有远行。兄已惄焉如捣,加以彼伧之苛虐,遥遥数千里外,为所鱼肉。兄之痛为何如乎?故兄之死,余实不能无疚焉。兄悯我艰,悉以母氏遗产岁入均寄以资我。己虽娶妇嫁女至拮据,不肯费分文。或余归,必先期储食物以待。故余终兄之世,人谓纵母存,亦不过是也。精会计,尤长于百工营造。规矩准绳,皆能测度。是以乡愚之求助者,趋之如归市。以兄义不自利,性不惮烦,故长日扰扰无宁晷。然不知自爱以爱父母,此实贤者之过,余亦不能为兄讳。驯至疾日亟,犹强起执务,欲以安父心。而不知适所以贻父忧也。余尝婉劝之。辄怆然曰:“吾自揣生平可以质天日,昭昭在上,当不至使吾不克终养也,庸讵知天道之不可恃哉。”兄卒于鼎革后八年己未四月十九日子刻。距生于光绪戊寅十二月十九日未时,享年四十有二。生子女各二,长子已授室,有孙一,孙女一;长女归陈氏,先二年死,遗一外孙;仲子次女,均待年未昏也。时己未五月初七日丁亥,同怀女弟礼,挥泪述。

哭季兄文

呜呼伤哉,吾兄死矣,我不忍言也。吾与兄岁距二周,生犹共乳。悠悠四十年,手足相依为命。虽颠沛流离,备尝人世之酸辛,其间慈母见背，不至苦无所恃者，恃吾兄也。中谷仳离，不至穷无所倚者，倚吾兄也。呜呼伤哉，自今而后，茫茫天壤，踽踽独行，无复有哀我之人矣。诗不云乎，岂无他人？莫如我同父。尤有可伤者：父逾古稀之年，载罹丧明之痛。养生送死，唯兄是赖。且以兄之至孝，百尔孙曾，难乎为继。吾恐垂暮之亲，必为兄而伤生。而踵之者，则无告之妹也。呜呼伤哉，仲侄讣来云，兄自子刻终，酉刻殓。而口不闭，目不瞑。吾固知兄之不能瞑也。呜呼伤哉，当盖棺之时，魂甫升而魄未离，肉虽寒而心未死。呼号之声，声入心通，正昔人所谓，欲视眼无光，欲语口无声，而精爽不昧，又焉能漠无感觉也。呜呼伤哉！吾不能堪此无告之岁月，誓将奉兄于九原。死而有知乎，荆华烂缦，棣萼联辉，孰云黄泉之下，非吾天伦聚乐之区邪，死而无知乎，毕世牢骚，得与物而俱化，不尤愈于延一息余生，抱无涯之戚乎。呜呼伤哉！吾目枯矣，吾心碎矣。复何言哉！复何言哉。特以兄之笃于行，啬于遇，非人情之所恒有者。故虽哀毁骨立，恻怛迷惘，而不能已于言也。呜呼伤哉，兄致疾之原，自家而外，戚党周知，而况同怀女弟乎。然礼兄生前之意，不能不为亲者讳，而顾归咎于天也，岂得已哉。乃饮泣含冤而为文曰：明明上天，仁无不覆，我独何辜，罹此茕独。祖父单传，孰繁吾族。孤苦零丁，惊心似鹿。奕世孤孀，同声一哭。系惟吾父，诞育三子。伯氏游庠，卅余乃死。仲先谢世，无誉无毁。爰有予季，德冠闾里。温温恭人，振振麟趾。明良天赋，宽惠性成。不竞不伐，克廉克贞。忠为人谋，勇于存诚。与物无忤，师友心倾。和而不流，不愧神明。人干非意，报之以让。仁施及物，不责其偿。朝乾夕惕，束身砥行。在邦无怨，随时俯仰。穆如清风，吾宗之望，少仪殊众，克己敦伦。抗心希古，抱质粹纯。自幼而长，德日以新。自壮而死，克顺厥亲。孝弟之至，可质鬼神。友于同气，如手如足。刿丧至再，彼苍何酷。力竭安亲，情伤天属。连支之痛，痛焉如劙。哀我二人,备尝荼毒。中道靡依,惘惘何之。哲兄如母,拊我益慈。射牛不较,炙肉分痍。嗟余经岁,在天一涯。涉岗之望,如渴如饥。形虽暂隔,神实未离。呜呼哀哉,遭家不造。死丧孔多,捋荼茹蓼。精力销磨,一木支厦。能无跌蹉,身非金石。渐至沉疴,父兮永叹。伤如之何,亲邻感喟。戚友呻吟,祷祀祭祀。竞矢丹忱,呼吁无灵。陨涕垂襟,追亡悼存。莫不伤心,视如路人。厥惟同衾,呜呼哀哉!自兹望绝,春夜游园。自兹诗废,有杕鸰原。大雷音断,悼离句存。拊心僻踊,痛胡胜言,日居月诸,长抱烦冤。当复何时,见我季昆。只余梦境,若即精魂。呜呼哀哉,凄凄长夜。寂寂九幽,母兮兄兮。聚首邙丘,系余漂泊。胡日归休,永怀慕景。心不遑留,顾瞻诸孤。涕泗横流,呜呼哀哉!悼我无母,伊谁畜拊。念我亡兄,伊谁御侮。孑孑孤身,茕茕老父。父衰侄幼,谁撑门户。吁嗟徂兮,痛摧肺腑。

戴君子澂传

君名传洙,一名扬,字子澂。玉环女士戴礼之兄也。父尧仁,贡生。母氏王,通经有士行。兄弟三,次居季。少而孝友,甫二龄,妹礼生,推乳哺之,而自忍饥。年十五,仲兄传文殁,母昼夜哭。则率妹多方作小儿戏,冀减母戚。然助母理家政自此始。娶妇陈,失母欢,以是郁郁,终岁无笑容。幼承家学,长嗜书,尤喜习籀篆。无何王母卒,伯兄诸生高及仲嫂相继殁。家侄又丧。家多故,乏内助力,遂辍学,而遣妹游学京师。百务丛集,焦劳过甚,患失血症。母窃忧之。会礼自都返,母喜命侍兄出游,可以避嚣静摄。君念亲老,不忍朝夕远也。寻居母忧,哀毁逾恒,丧葬尽礼,顾怜妹无依,转抑哀调护之。委曲将顺如不及,迨礼远嫁,占脱辐,君闻之益悲,时以母遗资,寄济所需。虽自遇窘急,不稍挹注。或归宁,预储食物以俟如母在。然工心计,乡人有营作,必乞为料度,算无遗。

求者益众，不以为扰，皆有以应之。心力日耗，病根日深。犹强起治事，不令父知，恐贻老人忧也。己未夏四月，竟以不起。年甫四十有二，有子女各一，孙男女各一。余不文，奚足以传君，第悯女士之过戚也，因次所述以贻之，俾垂诸家乘，以诏后人。

旧史氏曰，女士研经稽古，怀旧情深。癸丑秋，见余借浇集，自沪题辞，贻书愿居弟子列，余逊谢焉。今春入都，竟执贽，常相见，因悉其家世。一日来容甚戚，怪之云："家书告兄病剧，恐无生理，已而果然。"且曰："礼失恃有年，曾不觉无母之苦，为有兄故。而今已矣。"言讫涕洟交下，为解慰者久之。观女士伤感之深，益征君友爱之笃。自末学废经，异说蜂起，至登大学讲席者，亦忍为父母无恩之言，遑论其他。书云惟孝友于兄弟。呜呼！如君可以风矣。时己未中夏。山阳吴怀清。

戴扬家传

戴扬字传洙，号子溦，浙江玉环人。父尧仁，邑诸生，岁贡成均。母王氏，扬第三子。生甫二龄，妹礼生，推乳哺妹，自忍饥怡怡如也。自孩提至成人，未尝几微忤二亲意。年十五，仲兄不禄，母日夜哭，扬率妹多方作小儿戏娱母。未几家侄又逝，长嫂韩氏，痛子成疾。韩贤能养，至是劳瘁，萃扬一身矣。母能读书，以妇女不学为非道。扬幼劬学，累于家务，不克嫥厥业，乃命礼游学京师。数年，撰《清列女传》《女小学》诸书，上学部国史馆。乃归养母，母旋殁，而扬痛心之事起矣。湘人郭立山者，官编修，貌为朴诚，实贪财好色徒也。耳礼名，又耳其家素封，有奁田若干亩，浼章梫喻长霖，再求昏。戴氏以为官人端人也许焉。立山行年五十，须鬓半白，绥绥然走数千里，赘于玉环。日入三商后，遽询奁田。礼对失所望，复不能容悦，勉随至湘，不相中。立山欲去之久矣。适礼印所撰《大戴礼记集注》，邮寄校勘记。邮卒发之，疑为密电，持诘郭氏。立山因发难，嗾其兄若子殴礼，拳脚交下，捽置大门外重闭焉，亦可谓惨无人理矣。礼典衣零丁流转入都，充女校教授，艰于归里。扬猝闻，不知存亡何所，急难罔从救，则椎心茹痛大呕血，久之病益甚。己未四月十九日，遽卒，年仅四十有二。娶陈氏，子女各二，孙、孙女各一，外孙一。扬善书，习篆隶，精会计，长于营造，工料皆预算不少差。乡之求董工事者，踵相接。终岁劳劳，既病不自休，以示无疾，宁老父心。礼劝节劳，怆然曰："吾自揣事事可质天日，当不至中岁遽死，不获终养吾父。庸讵知天道之不可恃哉。"

陈衍曰，礼寄文字，请业于余，数年被出。而后谒余上海，涕泣言仅存一兄，必哀其妹以死。立山余识之，不谓其披猖至此也！礼一处子，被说缨汝从数千里外，一旦摽而出诸大门，强暴何异焉！扬死，礼状其事乞传，哀而述之。时己未季夏，侯官陈衍。

声泊友武进王倬，为赋挽诗一首：

举世重嚣竞，庸行非所珍。贤者甘独善，孝友还其谆。胡此犹有靳，拂乱遭频频。荆树忽如剡，宣荣复辞春。每兴豆箕感，谁为膏盲振。毕构余弱妹，延陵痛哀亲。生死一弹指，悲愉恍前尘。佛言业之世，此果即彼因。责天终梦梦，疾俗徒踽踽。左芬翥奇翰，班姑著等身。足与发潜暇，庶几慰酸辛。

秋八月，尧仁以痛子成疾，卒于初四日。礼十二日接讣，十五日旋南。怀清寄以挽联云：

北学仰师资色壮门楣遽恸遗书忍再读，南行践妖梦悲生哀经未容破镜看重圆。

湘州女史以词结之：

惆怅彩云易散，尚有余霞璀璨。收拾付文翰，凭我写君积怨。休恨，休恨，留取千秋定论。

——右调如梦令

跋

余自别戴圣仪女士，倏已年余，未通鱼雁。前月偶阅《中央时报》，见有《潇湘梦初编》，此稿向未示人，惟女士录去副本。兹既上报，必已来京。往访萍踪，始悉其今岁春间入都，舍馆于江右乐氏。《潇湘梦》乃浙江数巨公为介于报馆，又拟刊以行世，具见彰善瘅恶，人有同心。余复叩以胡久不以近事相告。女士怆然陨涕，出其亡兄行述示余，略述所罹鞠凶，多悲不能成语。归而纪之，将为续集，未脱稿，忽女士号泣来别余云："不幸吾父又死，即日奔赴，愿君好为之。自今而后，吾其无意于人世矣。"噫！彼苍之扼女士，胡其酷哉！余亦为之泣下，冤结纡轸，复恐其不永于年也。故不及俟《潇湘梦》全集续成，即以近日所纪者，列初编之后，便付梓人。时己未中秋日。湘州女史。

——《潇湘梦初编》，1920年版

郭延礼　郭浩帆　总主编
济南大学中国近代文学与文化研究中心　编选

中国近代女性文学大系

散文卷（上）

王凤仙　姚金笛　主编

齊魯書社

图书在版编目（CIP）数据

中国近代女性文学大系 / 郭延礼，郭浩帆总主编；济南大学中国近代文学与文化研究中心编选. -- 济南：齐鲁书社，2021.7

ISBN 978-7-5333-4238-8

Ⅰ.①中… Ⅱ.①郭… ②郭… ③济… Ⅲ.①中国文学－近代文学－妇女文学－作品综合集 Ⅳ.①I215.01

中国版本图书馆CIP数据核字（2019）第293187号

责任编辑：向　群
责任校对：赵自环
装帧设计：郭　觐　李　生

中国近代女性文学大系·散文卷（上、下）

ZHONGGUO JINDAI NÜXING WENXUE DAXI SANWEN JUAN

郭延礼　郭浩帆　总主编
济南大学中国近代文学与文化研究中心　编选
王凤仙　姚金笛　主编

主管单位	山东出版传媒股份有限公司
出版发行	齊魯書社
社　　址	济南市英雄山路189号
邮　　编	250002
网　　址	www.qlss.com.cn
电子邮箱	qilupress@126.com
营销中心	（0531）82098521　82098519　82098517
印　　刷	山东临沂新华印刷物流集团有限责任公司
开　　本	880mm×1240mm　1/32
印　　张	255
插　　页	72
字　　数	6400千
版　　次	2021年7月第1版
印　　次	2021年7月第1次印刷
标准书号	ISBN 978-7-5333-4238-8
定　　价	1980.00元（全12册）

2011—2020年国家古籍整理出版规划项目

2017年度国家古籍整理出版专项经费资助项目

裘凌仙

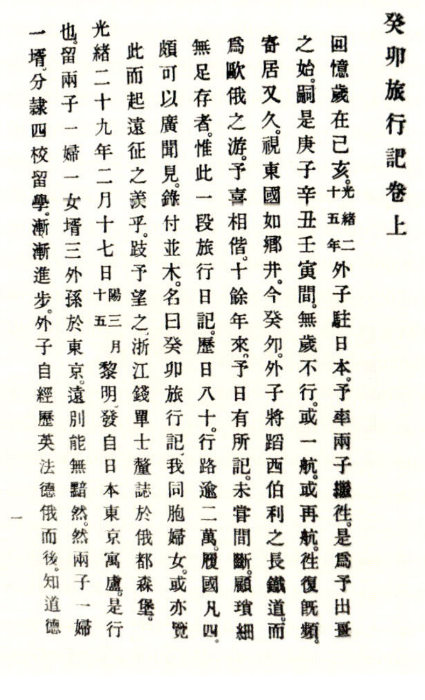

癸卯旅行記卷上

回憶歲在己亥。（光緒二十五年）外子駐日本。予率兩子繼往。是爲予出疆之始。嗣是庚子辛丑壬寅間。無歲不行。或一航。或再航。往復既頻。寄居又久。視東國如鄉井。今癸夘。外子將蹈西伯利之長鐵道。而爲歐俄之游。予喜相偕。十餘年來、予日有所記。未嘗間斷。顧瑣細無足存者。惟此一段旅行日記。歷日八十。行路逾二萬。履國凡四。頗可以廣聞見。錄付並木。名曰癸卯旅行記、我同胞婦女。或亦覽此而起遠征之羨乎。跂予望之、浙江錢單士釐誌於俄都森堡。

光緒二十九年二月十七日（陽三月十五）黎明、發自日本東京寓廬。是行也。留兩子一婦一女壻三外孫於東京。遠別能無黯然。然兩子一婦一壻、分隸四校留學。漸漸進步。外子自經歷英法德俄而後。知道德

一

单士厘《癸卯旅行记》

姚蕙（姚景苏）

张竹君

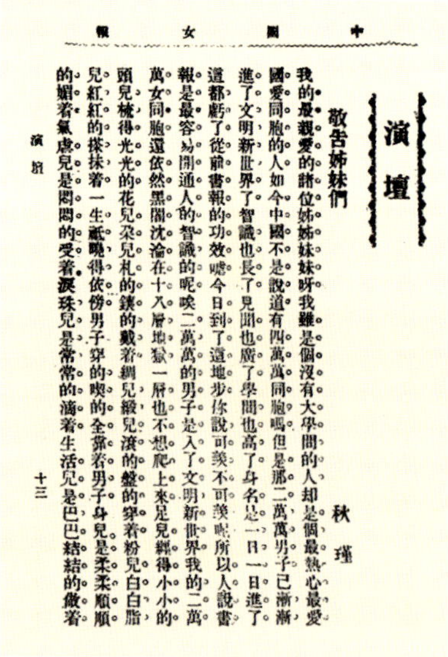

中國女報

演壇

敬告姊妹們

秋瑾

我的最親愛的諸位姊姊妹妹呀我雖是個沒有大學問的人卻是個最熱心最愛國愛同胞的人如今中國不是說道有四萬萬同胞嗎但是那二萬萬男子已漸漸進了文明新世界了智識也長了見聞也廣了學問也高了身名是一日一日進了這都虧了從前書報的功效嚜今日到了這地步你說可羨不可羨呢所以人說書報是最容易開通人的智識的呢唉二萬萬的男子是入了文明新世界我的二萬萬女同胞還依然黑闇沈淪在十八層地獄一層也不想爬上來足兒纏得小小的頭兒梳得光光的花兒朵兒札的鑲的戴着綢兒緞兒滾的盤的穿着粉兒白白脂兒紅紅的搽抹着一生祇曉得依傍男子穿的喫的全靠着男子身兒是柔柔順順的媚着氣虐兒是悶悶的受着淚珠兒是常常的滴着生活兒是巴巴結結的做着

演壇　十三

秋瑾《敬告姊妹们》

吕碧城

薛锦琴

杜清持

张昭汉

胡彬夏

吴长姬（吴孟班）

散文卷（上）

目　录

导 言

一

古代女性文学的文体类型主要是诗词,散文较少。近代以来,特别是戊戌维新之后,随着女学的兴起与女权的倡导,女性散文开始兴盛与繁荣起来,创作成绩斐然。可以说,女性散文的灿烂是近代文学新变的一个重要呈现。

近代女性散文的发展大致有两个阶段:

第一阶段,1840 年至 1897 年。这一时期女性散文作者为闺中才女,作品数量不多,较少公开发表,较之此前的女性文变化不大。如赵棻的《顾孺人传》《幼卿妹传》,裘凌仙的《子畏于匡辩》《秦良工辩诬论》,萧道管的《平安室杂记》《戴花平安室记》,李畹娱的《七夕乞巧记》《虎文传》《郭有道论》,薛绍徽的《英玉三姊五十寿言》《西子论》《秦淮赋》,等等。

第二阶段,1898 年至 1919 年。这一时期的女性散文,无论是创作主体还是文体种类、题材内容、表现形式等各方面均发生了巨大变化,而且数量激增,呈现出前所未有的景象,女性散文创作蓬勃发展。

1898 年 7 月 24 日,中国第一份女性报刊——《女学报》问世。无论在中国妇女运动史还是女性散文史上,《女学报》的问世都是一个重要事件。借助《女学报》,女报人与女作家们集体公开亮相:主编裘毓芳、康同薇、李端蕙等,主笔薛绍徽、康同薇、沈和卿、潘道芳、蒋畹芳、章畹香、李端蕙、潘璇、张蕴华等。她们倡导女学,公开发表自己的见解与主张,如潘璇的《上海女学报缘起》、刘纫兰的《劝兴女学启》、卢翠的《女子爱国说》、睢念劬的《睢氏论兵》、蒋畹芳的《论中国创兴女学实有裨于大局》《开创女学堂论》等。同时《女学报》向社会广大女性征稿:“敬恳海内文人闺秀,襄兹盛举,各抒所见,源源惠寄论说。”动员女性踊跃投稿,从此女性写作走出闺阁,告别了“内言不出于阃”的境遇,进入一个崭新时代。

1903 年 8 月,金天翮的《女界钟》在上海刊行。《女界钟》高扬“女权革命”,唤起了女性群体觉醒,以此为标志逐渐掀起了女权运动的高潮。在女权主义思潮影响下,女性报刊纷纷问世,如《女子世界》(1904)、《北京女报》(1905)、《中国女报》(1907)、《中国新女界杂志》(1907)、《神州女报》(1907)、《女报》(1909)、《妇女时报》(1911)等。各大报刊中的“论说”“演说”“演坛”“女学文丛”“女界文坛”“妇女谈话会”“尺素”等栏目,都是女性散文发表的重要阵地。在女权思想启蒙与新媒介环境中,广大女性纷纷拿起笔撰文立说,抒发情怀,女性散文特别是女性政论文的创作开始兴盛。此时期重要的作家有陈撷芬、胡彬夏、秋瑾、徐自华、吕碧城、吴弱男、张昭汉、施兰英、燕斌、谈社英、汪杰梁、姚蕙、杨季威等。

辛亥革命之后,女子学校发展迅速,接受现代教育的女性人数激增。新式教育体制下的女性茁壮成长,纷纷登上文坛。女性杂志也密集创刊,如《神州女报》(1912)、《眉语》(1914)、《女子世界》(1914)、《妇女杂志》(1915)、《中华妇女界》(1915)、《女子杂志》(1915)等,女性发表文章的阵地进一步扩大。此时期老、中、青女作家汇集,近代女性散文创作进入丰富多彩的繁荣期,无论散文作品数量还是女作家数量都达到了历史新高。散文题材与种类更加多样,如刘瑬的《女子教育宜谋经济独立策》《义务教育责在妇女议》《中华妇女之生计》,伍崇敏的《男女自由平等之真解》,陈汉侠的《敬告女同胞文》,计宗兰的《桂林旅行笔记》《游虞山记》,范娴增的《女子之对于后母》《吾之家庭》,李佛如的《我之妇女职业谈》《就学之经验》,俞淑媛的《我家之家计》《改良婚嫁议》,高君隐的《论女界修饰奢侈之害》《中等社会之家计》,高剑华的《俪华馆游记》,吴峥嵘的《女子职业造福社会论》,龚晖的《金陵旅行记》,等等,政论文外,游记、叙事文等也都丰富多彩。而且随着女学的发展,女子学校的期刊也相继问世,为广大女校师生提供了发表作品的平台,女学生散文大量出现。

二

近代女性散文文类众多,包括政论文、游记文、传记、书信、日记、杂感、随笔等。其中,女性政论文是一个全新的文类。“近代之后,特别是 20 世纪初(如溯其源,大约在 19 世纪末),在女性文学中,出现了大量的政论文并涌现了一个女性政论作家群体,这点则是戊戌维新时期之前所未有的文学现象。”①近代是中国政治、思想、文化大变革的时代,在思想启蒙与女权运动中,女性政论文应运而生。潘璇在《上海女学报缘起》中说:

我今日提起中国的女子,真是可怜,缠脚的痛苦,忍他受难终身;不读书的糊塔,忍他愚鲁终身。其中磨折的情状,难以尽言,屈抑的情事,不知凡几。文明之国,数千年来,不得女学会、女学堂、女学报了。孟夫子道:“人皆有不忍人之心,人皆有是非之

---

① 郭延礼、郭蓁:《中国女性文学研究(1900—1919)》,山东教育出版社 2016 年版,第 167 页。

心。”这不忍人之心在那里？这是非之心在那里？现在中国所以致困穷、受凌辱的原委，虽不得谓单为这个缘故，但是要求那兴人才、致富强的根源，这女学可以不立吗？这胎教可以不讲吗？

可以说，兴女学、倡女权是女性先觉者办报与著述的缘由，是她们写作的内驱力。《女学报》之后，女性报刊如雨后春笋般出现，仅1902—1913年十余年就出现60余种，至1918年，可考的女性报刊已达97种。① 编辑们鼓励女性积极投稿，参与各种话题的讨论。比如，《女子世界》(1904)第一期“女学悬赏征文”有二题：“女中华”“急救甲辰女子之方法”。第十一期的《恭贺新年》热切期望女性读者发表见解：“我们报里头，本有女学文丛的一门，倘有新理论、新理想，便请寄到报馆里来，果然是绝妙的、簇新的，我们定然佩服，代为登报啊！”《妇女时报》(1912)第五期的征稿：“军兴以来，恒有女子之热心国事者，到处演说。崇论宏议，足以启发女界同胞者，能赐本志，尤感。”而且，报刊还通过策划时政话题，引导、鼓励广大女性参与讨论，如《妇女时报》(1912)第六期有组织“女子参政”问题讨论的“编者的话”：“女子参政方有萌蘖，本报绝对承认之，惟恐非可以一蹴，凡关于参政及种种运动之文字，本报均欢迎登载，并为他日参政之预备，而关于女权之宣扬，尤望惠我大文。悬赏文：说女子参政之理由。”女权运动与女学的发展、女性报刊的大量出现及其对时政问题的关注，催生了女性政论文的蓬勃发展，政论文的数量在近代女性散文中占了大部分，并以陈撷芬、裘毓芳、秋瑾、林宗素、燕斌、何震、张汉英、杜清持、唐群英、吴木兰、江纫兰、张竹君、张昭汉、吴弱男、杨季威等为

---

① 陈静：《中国近代妇女报刊考述(1898—1918)》，《编辑之友》2018年第4期。据陈静最新考察结果，1898年至1918年间，女性创办以及面向女性读者的妇女报刊共计101种。见《中国近代女性文学大系·文学评论卷》“导言”。

核心,形成了一个庞大的女性政论作家群体。女性政论作家群体主要由女权运动领军人物和骨干、女性报刊女编辑、女主笔、女记者及在校女学生组成①;女性政论文的主要内容有倡导女学,弘扬女权,议论时政等,其审美风格表现为激昂慷慨、气势充沛。"如果说,中国散文的写作在历史上一直是与政治生活紧密联系在一起的,从而形成了它与拥有政治生活权利的男性这个性别紧密联系在一起的特性的话,那么,近代知识女性以介入政治生活的形态,开始前所未有地介入到中国散文的写作之中,从而改变了之前的那种性别与文体的关系。"②女性政论作家群的崛起与女性政论文的繁荣,无论在文学史还是妇女运动史上都具有重要的里程碑意义。

近代女性游记也是一个新文类。古代女性深居闺阁,较少旅行者,近代以来,女性开始走出闺房,甚至走出国门。单士厘的《癸卯旅行记》(1904)是近代女性撰写的第一部外国游记。其丈夫钱恂在该书的《题记》中云:"以三万数千言,记二万数千里之行程,得我国妇女所不曾有。"作者记录了由日本出发,经朝鲜,到达俄国的旅行见闻。单士厘在该书《自序》中曰:"今癸卯,外子将蹈西伯利之长铁道而为欧俄之游,予喜相偕。十余年来,予日有所记,未尝间断,顾琐细无足存者。惟此一段旅行日记,历日八十,行路逾二万,履国凡四,颇可以广闻见。录付并木,名曰《癸卯旅行记》。我同胞妇女,或亦览此而起远征之羡乎?跂予望之。"她希望自己"广闻见"的旅行,能唤起广大女性"远征"的渴望。

同年,另一位湖南女性程琼也冲破种种障碍,随女弟子一家开始了远游:

① 郭延礼、郭蓁:《中国女性文学研究(1900—1919)》,山东教育出版社2016年版,第171页。

② 林丹娅:《从闺阁诗到散文:从秋瑾看女性写作近代之变》,《妇女研究论丛》2014年第6期。

予自有生以来，非不稍有知识，奈闺门之禁，已阅四十余年矣。……岁癸卯，有女士王琼娟者，问字于予，相依既久，情谊弥笃。女士之父，亦当今志士也，居恒究论教育之本，颇以昌女学为怀。迄孟春，将携其女赴沪，入女塾。……且又惜予之怀抱，更不应久居闺牖，乞予同游，既足以增益予之见闻，复资其女游学之顾问焉，一举而得两善，计莫便于此者矣。其时予以只身远游，虑滋疑谤，又因气体怯弱，难耐风霜，未遽应请者累日。而其父劝驾甚殷，极言游历察学之效益。且家庭教育，乃学校之先河，而女学尤为教育之基础，考察有得，其影响必有不可思议者。故予再四筹思，不独王君之盛意可嘉，即女界中原有自治之责。况年逾四旬，人寿几何，行将就木，冥然罔觉，徒负此生，深可愧矣。因告诸子大，乃亦力赞其成，始决计出游。(《游历记》)

作者从武汉到南京、上海，再到杭州，一路游览各地名胜，考察各地女学，结识了很多"有志之女士"，顿觉眼界大开，志气大增。正如鼓励程女士外出游历的王君一样，致力女学的有志之士都认识到游历对于女性独立人格养成的效益。广州女学校的创办者杜清持在《女子世界》(1906)发表《论游历阅报为女子立身之要务》一文，强调游历对于女子立身的重要性，鼓励广大女性走出家门，开阔眼界。各种妇女报纸杂志也纷纷关注女性游记这一新文类，如《妇女时报》自1911年至1917年共出版21期，刊登的游记中有20篇确定为女性所作；《妇女杂志》自创刊起就开始刊登游记，自1915年至1919年刊登的游记中，有31篇确定为女性游记，数量可观。女性游记作者主要由三部分组成：一是具有新思想的闺秀。这类女性出身士绅官宦之家，自幼接受良好的家庭教育，同时又在近代思想变革的大潮中接受了新思想，在丈夫或其他家人的陪伴下走出了家门，见识到外面的广阔世界，在游历中记录下自己的见闻与感想，如单士厘、程琼、濮宿贞等。二是职业知识女性。她们大多在新学堂接受了专门、系统的新式教育,有些人还留学海外,这类游记作者主要为女教师、女报人、女编辑等,她们的游记有任职旅行记、探亲访友旅行记、休闲游览记等。三是在校女学生。在新式教育环境中,她们有了很多出游的机会,留下了大量的游记,如参加集体活动出游记、求学或家校之间的旅行记、近郊游览记等。女性游记成为近代女性散文中非常重要而又特色鲜明的组成部分。

女学生散文的浮出也是前所未有的文学现象。近代女学兴起之后,"女学文"开始出现,一些杂志专门为女学生开辟专栏,如《女子世界》的"女学文丛"、《妇女杂志》的"国文范作"、《中华妇女界》的"国文成绩"等。随着女学的发展壮大,各地女校也陆续创办了自己的校刊,如《惠兴女学报》《竹荫女学杂志》《直隶第一女子师范学校校友会会报》《江苏省立第二女子师范学校校友会汇刊》《浙江省立女子师范学校校友会杂志》等。"女子学堂主办的女报,也是值得注意的生力军。"①这些杂志与校刊为女学生发表文章提供了很好的平台,围绕这些报刊,形成了一个颇具特色的女学生创作群体。女学生散文有论说文、游记文,以及书写读书体验、校园活动、师生情、同窗情的叙事文、抒情文等。具有女学生特色的女学生散文大量出现,是近代文坛一道亮丽的风景。

三

较之古代深闺中的女性写作,近代女性散文在书写范围、表现手法、语言表达等方面都发生了根本的变化。

近代女性散文内容涉猎广泛,更关注现实社会与现实人生。

---

① 夏晓虹:《晚清文人妇女观》(修订本),北京大学出版社 2016 年版,第 38 页。

与古代女性相比，近代女性的生活空间与社会身份发生了根本的变化，特别是接受了新学堂教育的知识女性，她们走出家门，视野开阔。近代女性散文的题材范围从国内到国外，上至民族国家，下至柴米油盐，其内容概括起来主要有：倡导女学、呼吁女权，如康同薇的《女学利弊说》、裘毓芳的《论女学堂当与男学堂并重》、燕斌的《女权平议》、秋瑾的《敬告中国二万万女同胞》《敬告姊妹们》、龚圆常的《男女平权说》、张肩任的《欲倡平等先兴女学论》、吕碧城的《论提倡女学之宗旨》《兴女权贵有坚忍之志》、杨季威的《普及教育与女子教育》、江纫兰的《说女子参政之理由》等；关心国家时政，如薛锦琴的《薛女士锦琴演说》、胡彬夏的《胡女士彬夏演词》、黄芬慧的《敬告全国之女子》、施兰英的《中国爱国女子请看》、张昭汉的《争约劝告辞》、蒋振懦的《蒋振懦女士苏州争约社演说》、秋瑾的《普告同胞檄稿》、吴弱男的《哀"猪尾"》《问中国如何能独立》、吴芝瑛的《上袁大总统书》、吴淑卿的《上黎都督书》、陈婉衍的《女子北伐队宣言》，涉及革命、参军、筹捐助饷以及拒俄约、抵制美货、保路权运动等；关注实业经济与女子职业，如姚蕙的《女子实业谈》、张凤如的《筹备中华女国民银行缘起》、傅梦兰的《妇女实业宜速筹改良之方法论》、刘璠的《中华妇女之生计》、吴峥嵘的《女子职业造福社会论》、杨素芸的《说妇工》等；国内外旅行经历与体验的书写，如单士厘的《癸卯旅行记》、燕斌的《留日见闻琐谈》、杜清持的《西湖游记》、吕碧城的《游庐琐记》、陈仪兰的《西泠游记》、余佩皋的《南游日记》、汪杰梁的《如皋旅行记》、陈汉侠的《汴梁游记》、王士英的《游襄国记》、彭胡清的《润州旅行记》、计宗兰的《桂林旅行笔记》、高克兰的《江西女俗谈》、高剑华的《俪华馆游记》、蔡苏娟的《牯岭五日记》等；有关家庭生活，如姚蕴素的《论为继母之义》、陈仪兰的《吾人家庭勃兴之动机》《改良家庭之一》、金媛贞的《破坏家庭幸福之危险动物（呜呼妾)》、姚蕙的《改良家庭之商榷》、陈撷芬的《姑媳要平等》、范娴增的《女子之对于后母》《吾之家庭》《妇言》、俞淑媛的《我家之家计》、素霞的《余家十年来之状况》、高君隐的《中等社会之家计》等;关于读书及学校生活,如邹莲芬的《读韩昌黎代张籍与李浙东书书后》、虞琬正的《读郇子劝学篇》、陈撷芬的《做学生的快乐》、计宗兰的《我之学校生活》、叶雪梅的《说秋夜读书乐趣》、丁瑛卿的《述校中暑假开学后之状况》、顾谷绥的《参观吴江联合运动会记事》等;另外,还有历史文化、世俗日常等其他多种题材。概而言之,近代女性散文中,政治、经济、文化、历史、军事、科学、教育及家庭生活、世俗日常等,无所不及。可以说,女性散文题材之广,前所未有。

近代女性散文的表现手法也丰富多彩,其中不乏新奇怪异的表现。如燕斌的《本报对于女子国民捐之演说》采用寓言的方式呈现女性被重重压迫的处境:

"史"字先走下去,我只得也随着下来,觉得里面鬼哭神号,阴风凄怆。朝四处一看,地面虽不甚大,却恍惚像长江大河,五岳四渎,都包括在里面,难道是个幻境么?

"史"字说:"你不看见这上头一层,原是'奴隶'两个字的位置,这个地方还在奴隶的底下,方是'女子'两个字的位置呢。"

我踟躇道:"这个地方可有'国民'两个字么?""史"字大笑不止,说道:"想寻'国民'两个字,还得到先才所见的两个字合成的最大怪物脚底下去看。'女子'两个字自从被上面'奴隶'两个字压制在这块儿以后,那能够和'国民'两个字见面呢?你若问他'国民'两个字,恐怕还未必知道哟。"

该篇演说写一个梦境。梦境中"我"的魂灵游到"文字姻缘"的地方,欲求"女子国民"四个字。在"史"字的引领下,"我"发现"我那最尊贵、最亲爱、金碧辉煌、神圣不可侵犯"的"国民",被两个字合成的“怪物”踏在了脚底下，“我”十分惆怅。欲查“女子”二字时，又被“史”字领着拐弯抹角，来到“妖雾迷天，腥风遍地，说不尽那一派目不忍睹、耳不忍闻、悲惨恶劣的景象”中，该处的大牌坊上有“奴隶世界”四字，“我”随着“史”字，过了一道门槛，又在暗中走了许久，才见到这个世界的主人翁——“奴隶”。“奴隶”二字合在一处，“千变万化，鬼头鬼脑的，真是形容不尽”。“我”以为这是“女子”的“变像”，“史”字摇头，拉着“我”的手转到“奴隶”背后，在地面上的一个大洞里才发现了“女子”。原来“女子”两字还被“奴隶”两字压制着，根本没有机会与“国民”见面。看到黑暗地狱般的景象，“我”难过极了，大叫一声，“登时如天崩地裂一样，上面的奴隶世界，不知到何处去了，现出一轮晴日”。此时，“我”被外面的大炮惊醒，发现自己方才在午睡中。作者采用形象化的寓言、拟人化的手法、奇诡的想象，将抽象的思想具体化，直观、形象地呈现几千年女性的生存真相。其表现手法新异、独特，给读者一种崭新的阅读体验。

女性白话散文的大量出现。近代女性散文家也是白话文的积极实践者，最早的女报《女学报》“不仅是近代女子得平权的起点，还是推行白话文的前沿阵地”①。它最初拟定的名字为《官话女学报》，可见其白话自觉意识。《女学报》主笔潘璇认为，“古话除考古外，没有别用。不如用白话的易读易晓，可以省却那些无限的工夫，好去揣摩这些有用的实学”（《上海女学报缘起》）。主编裘毓芳为清末白话文领军人物裘廷梁的从侄女，在叔父创办的《无锡白话报》（《中国官音白话报》）担任编务，亦为其重要撰稿人，同时还与叔父一起创办了中国历史上第一个“白话学会”。

① 王绯：《第一张女报与白话文圣手》，《中国妇女报》，2012 年 3 月 13 日。

1907年创刊于日本东京的《中国新女界杂志》也大力倡导白话，刊登了不少白话体散文。在晚清白话运动中登上文坛的女作家们，很多都是白话文的自觉实践者。如潘璇的散文：

再说这《女学报》，他的好处，是我现在顶要紧讲的，请你们听著：第一件……人要知道这树什么树，盛不盛，能不能结果子，不是要先瞧这花和叶吗？那女学会内的消息，女学堂内的章程，与关系女学会、女学堂的一切情形，有了《女学报》，可以淋淋漓漓的写在那里，像绿的叶，红的花，人见了不悦目、不爽心的吗？第二件，女学会内的人，有了这报，知道会中一切情事，省了会内司笔许多信札笔墨。……这报上有那些新闻、时事，主笔新编的女学演义，看了可以解厌，可以消闷，况且长了许多见识，阔了多少胸襟。(《上海女学报缘起》)

这报称名女学，是天下女子的学，我是女子，我便有兴《女学报》的责任。见路上有两个挑担，一是外人，一是姊妹，两人都弱了，我不当帮助我姊妹么？这不是我私见的话，凡有人性的，不能不有这亲疏的义气。况且挑的不是他姊妹一人的东西，也是我们各人的东西哩！(《论女学报难处和中外女子相助的理法》)

潘璇是较早用白话写作的女作家，她的白话文生动活泼、通俗易懂，被称为“白话文圣手”①。又如杜清持的《男女都是一样》：“连日冷雨凄风，晚上睡也睡不着，一时间就好像有许多烦恼，堆上心来。又可恨自己没得学问，不能学人家长篇大论的从笔上吐出来，就恨我从前读得书少，所以想做篇论说来表白下我的感情也不能。越想越气，不觉就坐到天亮。你讲没得学问，岂不苦煞人吗？唉！今天我们中国的女权，也算沈沦到十二分了；中国的女学，也算昏昧到暗无天日了。”其文亲切自然、生动鲜活。

---

① 王绯:《第一张女报与白话文圣手》,《中国妇女报》,2012年3月13日。

在女性白话散文中,秋瑾的白话文可谓是一个典范,她的《演说的好处》《敬告中国二万万女同胞》《警告我同胞》《敬告姊妹们》在当时产生了很大的影响,如:

从小生下来,遇着好老子,还说得过;遇着脾气杂冒、不讲情理的,满嘴连说:“晦气,又是一个没用的。”恨不得拿起来摔死。总抱着“将来是别人家的人”这句话,冷一眼、白一眼的看待。没到几岁,也不问好歹,就把一双雪白粉嫩的天足脚,用白布缠着,连睡觉的时候也不许放松一点。到了后来肉也烂尽了,骨也折断了,不过讨亲戚、朋友、邻居们一声“某人家姑娘脚小”罢了。(《敬告中国二万万女同胞》)

唉!二万万的男子,是入了文明新世界;我的二万万女同胞,还依然黑暗沉沦在十八层地狱,一层也不想爬上来。足儿缠得小小的,头儿梳得光光的;花儿、朵儿,扎的、镶的,戴着;绸儿、缎儿,滚的、盘的,穿着;粉儿白白、脂儿红红的搽抹着。一生只晓得依傍男子,穿的、吃的全靠着男子。身儿是柔柔顺顺的媚着,气虐儿是闷闷的受着,泪珠儿是常常的滴着,生活儿是巴巴结结的做着:一世的囚徒,半生的牛马。(《敬告姊妹们》)

秋瑾的白话文通晓流畅,深入浅出,既有语言的形象性,又有内在的韵味,真正达到了言文合一。“我们可以毫不夸张地说:像这类的散文,在‘五四’时期白话文学中,不论就语言的明白晓畅,抑是它文学的表现力,都堪称上品。”①

潘璇、裘毓芳、秋瑾、杜清持、陈撷芬、燕斌、蒋振懦、吴弱男、陈雅云、黄芬慧、汤雪珍等很多女作家,都介入了白话散文写作。她们的白话散文有种天然的亲和力,通畅易懂,平易近人,新鲜生

---

① 郭延礼:《中国近代文学发展史》,人民文学出版社 2017 年版,第 1404 页。

动。女性白话散文的大量出现不仅在女性文学史上是空前的,而且较之同时代的男作家,其白话运用也更自如、更成熟。

四

较之古代女性文,近代女性散文呈现了许多新的精神特质。归纳起来,大体有如下几点:

(一)女性主体意识觉醒。在女权思潮冲击下走出闺房的近代女性,其创作有着鲜明的女性自觉意识。杜清持在《女子亟宜自立论》中说:“盖中国四百兆人,女子居其半,男则教以齐家治国平天下,女则概不预闻,岂女子独不能齐家治国平天下乎?均是人也,亦具五官百体,亦衣亦食,殊非异类,置而弗教,相沿成风,视若玩物,俨如废人。”倡导“男女平权、各求自立”,呼吁女性走出闺门,与男子一样接受平等的教育,“凡女子皆宜入塾,教之诲之,一与男子等”。秋瑾在《敬告中国二万万女同胞》中慷慨激昂:“那些男子,天天说‘心是公的,待人是要和平的’,又为什么把女子当作非洲的黑奴一样看待,不公不平,直到这步田地呢?”“当时那些腐儒说什么‘男尊女卑’‘女子无才便是德’‘夫为妻纲’,这些胡说,我们女子要是有志气的,就应当号召同志与他反对。”在反抗男性压迫的同时,她也一并反省女性自身的责任:“陈后主兴了这缠足的例子,我们要是有羞耻的,就应当兴师问罪;即不然,难道他捆着我的腿?我不会不缠的么?男子怕我们有知识、有学问、爬上他们的头,不准我们求学,我们难道不会和他分辩,就应了么?这总是我们女子自己放弃责任,样样事体一见男子做了,自己就乐得偷懒,图安乐。”她呼吁女同胞们尽快觉悟起来,并在现实生活中付诸行动。在《敬告姊妹们》中,她对广大安于现状的女子循循善诱:“试问这些富贵的太太奶奶们,虽然安享,也没有一毫自主的权柄罢咧?总是男的占了主人的位子,女的处了奴隶的地位。为着要倚靠别人，自己没有一毫独立的性质。”她呼吁姊妹们摆脱奴隶地位，独立自主：“但凡一个人，只怕自己没有志气，如有志气，何尝不可求一个自立的基础、自活的艺业呢？如今女学堂也多了，女工艺也兴了，但学得科学工艺，做教习，开工厂，何尝不可自己养活自己吗？”这为女性解放指明了出路。

许玉成在《对于女界第一次演说稿》中反复阐释了“自由”的含义，反驳了“船随水高，妻以夫荣”的荒唐：“所以我说姊姊那个尊贵是靠不住的，若要靠得住的尊贵，除非有了自由权，方在可以靠得住。要晓得我们不过是个女人，女人同男人有什么上下，我们定要服从他，依靠他，引到他当我们是一样器具、一件玩意儿的样子，你说是可叹不可叹？”女学生张肩任在《欲倡平等先兴女学论》中说：“溯自有生之初，女子本与男子同具体魄、同赋灵魂，当时无男女一切平等焉。乃至后世，扶阳抑阴之说起，女学亦因之而侵灭。女子遂以无学之故，养成一种倚赖男子之腐败性质，媚男子，畏男子，一切听命于男子，男子呼曰牛，则牛应之，呼曰马，则马应之，斯无一人能居高尚之人格矣。呜呼痛哉！岂我女子独非人类乎哉？乃现世之女子，犹不知自振，徒怨男子压制不能平等，而不知吾辈之学界浅陋，脑力未优，一切知识皆不男子若，试问有何能力可与男子平权？有何品格可与男子同位？”她认为长期以来，因女子学识有限，渐渐养成了仰仗男子的依附人格，在男子面前当牛做马，要想摆脱牛马地位，实现男女平等，不能一味抱怨，必须通过女学获得与男子同样的知识与能力。

尤为可贵的是，在女学、女权运动中，女作家们对“男子之倡女权”有着十分的警惕。龚圆常在《男女平权说》中说：“男子之倡女权，因女子之不知权利而欲以权利相赠也。夫既有待于赠，则女子已全失自由民之资格，而长戴此提倡女权者为恩人，其身家则仍属于男子。”告诫女同胞，权利不能靠男性赠予，女性应“振袖

疾起","尽义务以求自立"。陈撷芬在《独立篇》中更是层层分析:

今中国二万万女子,盲其目,刖其足,樊笼其身体,束缚其智慧,方且不能识字,何论读书?方且不能读书,何论学与权?……即存以兴女学、复女权为志者,亦必以提倡望之男子。无论彼男子之无暇专此也,就其暇焉,恐仍为便于男子之女学而已,仍为便于男子之女权而已,未必其为女子设身也。就其能设身焉,不能自谋其学与权之女子,能受彼明达男子之教乎?借曰能之,则与其使彼受明达男子之教,毋宁得明达女子自教之矣。且今天下男子之失教者,十人而九不啻也。彼明达者,方以兴女学,备教育后来国民之用,我岂可转以己之教育望之男子乎?我又何忍以二万万女子应尽之义务,责之彼明达男子乎?呜呼!吾再思之,吾三思之,殆非独立不可!

她认为长期以来女子身心被牢牢束缚,即使有"以兴女学、复女权为志"的女性,也往往把希望寄托于男子,而男子的"女学""女权","未必其为女子设身";即使能为女子设身,而"不能自谋其学与权之女子",也未必能受教;即使能受教,与其受教于"明达男子",不如受教于"明达女子"。而且,当下众多男子失教,"彼明达者"也并非以女子本身为目的。所以,不能把女子自身的教育寄托于男子。作者呼吁女子彻底摆脱男子的"维持与干预",实现真正的独立。

反抗男女不平等的处境,呼吁女性思想上摆脱对男子的依附,经济上谋求独立,争取教育权、财产权、参政权等应有的权利,是近代女性政论文的重要主题,女性主体意识的觉醒是近代女性散文最突出的一个特质。

(二)国民思想形成。"国民"也是近代女性散文中的一个核心高频词汇。近代以来,伴随着现代国家概念的出现,国民思想开始传播,女界精英们在倡导男女平等的同时,也把女子与国民身份联系起来。莫虎飞在《女中华》中说:“盖天生男女,未始有异,同具耳目,同具手足,同赋自由之权,同赋主人翁之责任。是故男子当尽爱国之责任,女子亦当尽爱国之责任;男子当尽国民之义务,女子亦当尽国民之义务。女子者,亦国中之一分子也。”认为女子与男子一样同为国家主人翁,“姊妹乎,姊妹乎,其二十世纪中华之主人翁乎!”陈撷芬在《女界之可危》中写道:“吾中国之人数也,共四万万,男女各居其半。国为公共,地土为公共,财产为公共,患难为公共,权利为公共。我辈既有公共责任,宁能袖手旁观,甘亡其国,甘失其财,甘弃责任,甘抛利权,甘为亡国之奴隶,甘为印度、波兰也?”认为“国为公共”,女子应与男子一样承担“公共责任”。而要尽国民责任,就应具有相应的能力,正如胡彬夏在《论中国之衰弱女子不得辞其罪》中所说:“夫以二万万女子,居国民全数之半者,殆残废无用,愚陋无知,焉能尽国民之责任,尽国家之义务乎?”燕斌在《中国新女界杂志》的《发刊词》中说:“中国虽有多数女国民之形质,而无多数女国民之精神,则有民等于无民。”希望教育界“发挥其新道德而活泼其新思想”,“斯教育一女子,即国家真得一女国民。由此类推,教育之范围日以广,社会之魔害日以消,国民之精神即日以发达”,其创办杂志的目的即“造就国民”。在《本报对于女子国民捐之演说》中,她又反复强调:“本社最崇拜的就是‘女子国民’四个大字。本社创办杂志的宗旨,虽有五条,其实也只是这四个大字。本社《新女界杂志》从第一期以后,无论出多少期,办多少年,做多少文字,也只是翻覆解说这四个大字。”

女子作为国民一分子,其权利、责任与义务成为近代女性散文尤其是政论散文言说的重要主题。唐群英在《女子参政同盟会代表唐群英宣言书》中说:“呜呼,我二万万同胞女子,独非堂堂大共和国之国民者乎？资居人后，何委靡若是，何放任若是，何锢蔽若是，抑何不自知其耻若是？”江纫兰在《说女子参政之理由》中为女子争取参政的权利：“民主共和，实行平等主义，男女平等，即男女平权。参政者，平权之确据也。男子为国民，女子亦为国民，同为国民，而不许同参国政，乌得谓之平权？”沈时华在《忠告女同胞》中呼吁女性觉悟起来，担负国民的责任：“呜呼！中国为四万万共有之中国，天地之育众生，无强弱之分，父母之育我辈，无男女之别，皆爱之若一体。而我侪所受之责任，应与男子相同，国有难，则共肩之，国安乐，则共享之，岂可漠然无关，若草木之空生世界乎？”又如吴夙英的《如何而受参政权》、姚蕙的《国会刍言》《南北释憾之平议》、张凤如的《筹备中华女国民银行缘起》等，都陈述了女国民在参政议政、金融实业等方面的责任与义务。

“女国民”是“中国女权运动史上一个划时代的概念”①，国民思想也是近代女性散文的一个重要新质素。

（三）“个人”意识萌芽。近代女性散文创作还超越了性别话语，在个人与群体的关系中强调“个人之权利”。吕碧城在《论提倡女学之宗旨》中说：“国家之公益者，合群也；个人之权利者，独立也。”没有“独立之气”，不能“收合群之效”，“故欲固其本，宜先树个人独立之权，然后振合群之力。盖无量境界，无量思想，无量事业，莫不由此一身而造，此身为合群之原质。若此身无独立之气，虽使合群，设遇攻敌，终不免有解散败坏之虞。故独立者，犹根核也；合群者，犹枝叶也。有根核，方能发其枝叶，借枝叶以庇其根核。”她认为提倡女学的目的不仅在于“普助国家之公益”，还在于“激发个人之权利”，“个人独立”是“根核”。“以个人独立权

① 郭延礼、郭蓁：《中国女性文学研究（1900—1919）》，山东教育出版社2016年版，第179页。

为根本,这一在‘结论’中出现的断言,足以确证吕碧城的‘女权’与‘女学’论说带有个人主义的色彩。”①在《敬告中国女同胞》中,她这样表达自己的个性独立:“无论古圣大贤之所说,苟其不合乎公理,不洽乎人情,吾不敢屈从之;无论旧例之所沿习,众人之所相安,苟其有流弊,有屈枉,吾不敢不抉摘之。非尽违圣贤之议论,尽废古人之成说,不过择其善者而从之,不善则改之耳。”这种独立于“古圣大贤”之外的思考与判断,无疑是个体意识的觉醒。

尽管理论层面的“个人”建构并不多见,但女作家在自我经验的个人化表达中,自觉不自觉地伸张着“自我”,“个人”悄然出场。如湘君的《我之夏闺消遣法》、陈仪兰的《吾人家庭勃兴之动机》、计宗兰的《我之学校生活》、范娴增的《吾之家庭》等,都是自传体散文。《我之夏闺消遣法》记叙了“我”的“夏闺生活”。从早上起床、盥漱到夜间就寝,其间的烹饪安排、一日三餐、水果冷饮、家务琐事、读书阅报、晚凉散步等,一一详述,将自己的私人空间及生命体验袒露在读者面前。《吾人家庭勃兴之动机》叙述了作者结婚十年以来从困顿到勃兴的日常生活。其间的家居财产、日常饮食、家庭收入、各项开支,以及日常起居、子女教育、家庭娱乐等,拉拉杂杂,将自己的家庭生活全盘托出,作者言,“其琐碎处,正幸福处”。《我之学校生活》叙述了作者游学京师的个人成长体验。作者将自己的求学生活分为恐慌时期、竞争时期、耐苦时期、悲哀时期、疾病时期、优游时期、烦劳时期、责任时期,详细记写了各个时期的生活日常与心理路程。这种对个人日常生活与自身生命体验的书写,都是作家个性的显现,是“个人”的现身。

(四)科学话语出现。鸦片战争之后,随着西方自然科学的传

---

① 夏晓虹:《晚清文人妇女观》(修订本),北京大学出版社2016年版,第226页。

入,近代文学中出现了科学元素,科学话语也出现在近代女性散文中。胡彬夏在《二十世纪之新女子》中倡导二十世纪之新女子应该学习广博的知识:“区区一物,如一衫或一裙之微,与数学、理化、心理学、审美学、文学,及作文时之方法,即各学校所谓修词学者,皆有密切关系,此一事实牵连六七种学科之证也。反之,一学科亦牵连无数事实。”钱蕙兰在《太仓妇女迷信谈》中认为,妇女的迷信思想皆因为“科学未明,有以致之”,“我愿我天下之诸姊妹,尽能粗求智识,略明学理,以扫除迷信,一洗其前日之旧习,而为家庭子女之良模范”。在提倡科学、反对蒙昧与迷信的同时,近代女作家们也以一种科学理性的精神解释自己所观察到的自然现象,如《游虞山记》对所览景象的解释:“旁有朱砂洞产朱砂,白鳝洞产滑石。余乃向居者取朱砂、滑石而细视之,则所谓朱砂者,似系水酸化铁混粘土之物;所谓滑石者,似系硫酸石灰之类。乡民无理科知识,而名之以朱砂、滑石,固无足怪。”《润州旅行记》对泉水的观察:“以愚意度之,必此种泉水由泉眼上腾时,有气促之上升,而其促之上升之力,又必甚强而后始可排去上层水面空气之压力,以达其突然上升之目的,不观乎泉水上腾之处水色皆青乎?”这些科学话语显现了作者一种全新的认知图景,展现了近代女性开阔的科学视野。

近代科技图景在女学生散文中更为常见。如杨雪琼的《游金陵劝业会记》参观记录了南洋劝业会各馆的展况:“此馆中分六部,先入陶器部,次土木建筑部,次化学工艺部,次染织工业部,次采矿冶金部,次制件工艺部。六部中以我一人私见观之,觉织物及矿山模型及雕刻等作,最为精细。”游记对各地的教育、实业、工艺、美术及医学卫生、海陆军用等,有详略得当的记述与分析。直隶女师范生刘岐渤在《游种植园记》中记述了她在直隶水产学校参观学习的过程:“既而由该校长导至礼堂右旁之物理室中,其所储之器械，乃为物理学实验之用具、天文器，与夫声电热力汽光等学之器皿，无不备有。观且尽，并由孙子文先生试讲各物之学理。时余且聆且观，无不登记日簿，以为回校之参考。”这些科学图景的记叙，展现了新式教育背景下近代知识女性的知识结构，呈现了女作者们的科学素养。

女性意识、国民思想、“个人”意识、科学话语是近代女性散文的重要思想特质，这些新质素使近代女性散文与古代女性文的精神面貌有了根本的不同，同时也标示着创作主体完成了由闺秀向知识女性的嬗变。

在本卷编纂过程中，济南大学文学院郭前孔、张秉国、高龙奎三位同仁参与了部分篇目的录入或校对工作，研究生牛银风等参与了部分篇目的录入工作，在此表示谢忱。

限于编者的水平和经验，本卷难免有许多不足或错漏之处，敬请读者批评指正。

编选说明

一、编选范围。本卷编选范围为1840—1919年间中国女性创作的散文作品,包括政论、游记、传记、书信、日记、杂感、随笔等。

二、选录情况。本卷选收作者共计225位,散文共计536篇。其中,约10%的篇目来源于单行本,约90%的篇目来源于近代报刊。来源于报刊的篇目又多集中在女性报刊,这些作品大部分是首次被发掘。

本卷分上、下两册。两册选录情况如下:

上册:选收作者62位,散文223篇。本册首位作者赵棻生于1788年,末位作者张肩任生于1889年,时间跨度大,汇集了传统闺秀与第一代知识女性的作品。其中以第一代知识女性的散文居多,其写作或发表的时间多集中在1898—1915年。从本册作品中可窥见女性散文由传统闺秀文到新体散文的变化轨迹。

下册:选收作者163位,散文313篇。本册作者主要为19世纪80年代、90年代以及20世纪初出生的近代知识女性,其作品写作或发表的时间多集中在1903—1919年,这些作品几乎全部来源于近代报刊。该时段女作者数量、散文作品数量都达到了历史新高,题材与文类更加多样。本册作品集中呈现了新式教育背景下近代知识女性的知识视野与精神风貌。

三、编排原则。本卷所选作者按其生年排序;生年相同者,按其收入本卷第一篇作品的时间排序。生年不详的作者，按其大致出生年代、作品发表时间两个维度考虑，集中编排在相应的时段，如潘璇、许孚、刘纫兰等作者，置于19世纪70年代出生的作者之后、80年代出生的作者之前；曾韵兰、陈超、吴淑真等作者，置于19世纪80年代出生的作者之后、90年代出生的作者之前。同一时段生年不详的作者，按其收入本卷第一篇作品的时间排序。同一作者的多篇作品，大致按其写作或发表的时间顺序，或单行本中的原序排列。

赵棻

赵棻(1788—1856),字仪姞,又字子逸,号次鸿,晚年号善约老人,上海人。祖父赵文哲,诗文大家,“吴中七子”之一,军机处行走、户部主事。父赵秉冲,户部右侍郎。母李氏。夫汪延泽,乌程(今浙江湖州)人,儒林郎。子汪曰桢,精史学、算学,会稽教谕。女汪曰采、汪曰琛、汪曰杼、汪曰杏皆有诗名。赵棻工诗文,著有《滤月轩集》。

顾孺人传

吴县毛君庆善,述其继配顾孺人之行,乞余为传。余闻之《诗》曰:“无非无仪,惟酒食是议。”《礼》曰:“内言不出于梱。”妇人者,谨《内则》而已,立德、立功、立言非其职也。顾《诗》三百篇,妇人女子之辞居其半,抑又何欤?经不云乎:妇德、妇言、妇功,妇人德功或不必同男子,言则无以异也。古妇人以立言著者,鲁之敬姜,汉之班昭尚已。班氏《女诫》,不越闺门,敬姜训子,通乎天子、诸侯、大夫、士庶,均有切于先王治化之原。立言如此,虽圣人无以易焉。是安得以“无非无仪”“内言不出”概之欤?夫徒尚文采,无益理道,虽公卿达官之言,无足取也。苟有补于世道人心,虽田夫牧竖之言,不可废也。而况妇女之贤者乎?若孺人者,可谓能立言矣,故不辞而为之传。

孺人讳蕙，字畹芳，长洲人。父纯熙，以绘事名吴中。孺人幼承父学，工画，善诗词，继室于毛君。君舅以其能画也，出所藏名人手迹，俾临摹之，艺益进。君舅故善鉴赏，评其画，以为可与文端容、恽清于相颉颃。孺人归时，姑程已前卒。自伤不逮事姑，检阅所遗物，辄恻然。抚前室子文珪，恩谊备至。毛君广交游，每举文宴，孺人必躬亲酒食，俾得尽礼于宾朋。毛君屡应乡试，不得解，心抑郁。孺人慰之曰："士以砥行立名为贵，科第奚足重人，居易以俟命可耳。"孺人既擅诗画名，缣素流传，人无不珍重，然不屑以此著称，尝谓人当力敦善行，而善行以孝为首。故其在室及为妇，惟兢兢于孝，闵世俗有不能尽事亲之道，撰《劝孝编》一书，皆前人论孝之说，梓以行世。又集前言之有关于名教者，为《格言类纂》，以教于家。其著书之切于伦常日用者如此。夫述往训，示来学，儒者之事也。孺人以一妇人为之，可不谓贤乎？方之敬姜之训、班氏之诫，何多让焉？世于孺人徒称其才艺，而不知其善于立言，余故著之。其他善行虽夥，非孺人所重，故不著。嗟乎！以孺人之志，使得为丈夫，立德、立功、立言，奚难兼有其业？余又深惜孺人之为女子也。

——《滤月轩集》，清同治十二年(1873)刻本

幼卿妹传

妹名棻，字幼卿，先司农公季女也。生有异禀，三岁识四声，五岁读四子书，至十岁而五经毕诵。闺中无师友，伯兄子启服官中书，仲兄君复需次县令，予则南归汪氏。先公亦以部务殷繁，不能时时督课。而妹能以深潜之思，默通群书之义。尤好《春秋》，尝合三传研求其同异是非，以折衷于圣人之旨。于《国语》《国策》，亦多有评论。其意盖欲以伏氏女、班大家自期，视世之女子

以能诗词著、才华名者,蔑如也。妹许字陈氏,先公卒,妹尚幼。陈氏以吾家将南旋,恐他日迎娶不便,遣媒来致辞,意欲即日成婚。妹闻之,谓母与兄曰:“焉有居父丧而出嫁者乎?越礼孰甚焉。”坚执不从。妹旋遘疾,以道光二年卒,年仅十八。呜呼!伤已。予于归时,妹才四岁耳,后乃不知其能好古且守礼如是也。妹诚知书,其辞婚丧中何足重,独怪号为士大夫者,敢陷身于非礼,恬然行之而无所愧也。先公生子女各二人,予与子启、君复年相亚,自幼同读书家塾,稍长以古今体诗相切劘,甚乐也,而妹以最后生,不及与。迨先公服阕,两兄各仕宦,母李太夫人又病中风,数年不愈。妹于侍奉之余,暗然闺中,孜孜以经书自娱。既夭其年,所论述诸书,俱散佚不可得见。今两兄俱逝矣,所存者唯予,不忍妹之泯没无闻也,故述其大略如此。

——《滤月轩集》,清同治十二年(1873)刻本

园林春晓图记

昔东坡守杭州,筑苏堤于西湖,而后之绘咏西湖者,遂有“苏堤春晓”之目。诚以风光之融冶,景物之暄妍,莫春晓若也。虽然,风光景物,何地无之,岂苏堤所得专美哉?特名缰利锁之流,胶胶扰扰,不暇领略焉耳。吴江姚君晓岩,尝作《园林春晓图》,请余为记。君殆能领略此意者欤?语有之:“一年之计在于春;一日之计在于寅。”盖古者四民,莫不勤于其职,凡其为一日之计、一年之计者,每孜孜唯恐不及焉。君屏迹邱园,治家教子,克俭克勤,又睦姻任恤,为乡闾所称。宜其以古人为法,而独有取于春晓者。怡然自得,悠然神会,夫固动与天游,而未可泥迹象以求之也,又岂徒抚时序览物华而已哉?宋熙丰间,苏州姚淳家有园亭,颇足雅致,东坡为作三瑞堂诗,称其孝友,至以董召南比之。吴江本苏

属也，君岂淳之后人耶？何其隐居行义之相类，虽阅数百年而如出一辙也。余不文，何敢妄拟东坡？惟抒质直之词，祛诬饰之弊，或庶几无悖于古人云尔。

——《滤月轩集》，清同治十二年(1873)刻本

林普晴

林普晴(1821—1873),字敬纫,号骏兰,侯官(今福建福州)人。父林则徐。夫沈葆桢,晚清重臣。林普晴兼资文武,辅佐丈夫读书理事。沈葆桢守江西广信期间,太平军围攻,时葆桢出城筹饷,郡城空虚,普晴血书求援于驻玉山之饶镇军,兵至围解,普晴以此名闻。

致饶镇将军书[①]

将军漳江战绩,啧啧人口,里曲妇孺,莫不知海内饶公矣!此将军以援师得名于天下者也。此间太守,闻吉安失手之信,豫备城守,偕廉侍郎往河口筹饷招募。但为势已迫,招募恐无及。纵仓卒得募而返,驱市人而战之,尤所难也。顷来探报,知昨日贵溪失守,人心皇皇。吏民铺户,迁徙一空。署中僮仆,纷纷告去。死守之义,不足以责此辈,只得听之。氏则倚剑与井为命而已。太守明早归郡,夫妇二人,荷国厚恩,不得藉手以报,徒死无益,将军闻之,能无心恻乎?将军以浙军驻玉山,固浙防也。广信为玉山屏蔽,贼得广信,乘胜以抵玉山,虽孙吴不能为谋,贲育不能为守,衢岩一带恐不可问。全广信即以保玉山,不待智者辨之,浙大吏

① 此篇写于清咸丰年间。

不能以越境咎将军也。先宫保文忠公,奉诏出师,中道赍志,至今以为心痛。今得死此,为厉杀贼,在天之灵,实式凭之。乡间士民,不喻其心,以舆来迎,赴封禁山避贼。指剑与井誓之,皆泣而去。太守明晨得饷归后,再当专牍奉迓。得拔队确音,当执爨以犒前部,敢对使几拜,为七邑生灵请命。昔睢阳婴城,许远亦以不朽。太守忠肝铁石,固将军所不吝与同传者也。否则贺兰之师,千秋同恨,惟将军择利而行之。刺血陈书,愿闻明令。

——《清代闺阁诗人征略》卷十,1922 年铅印本。参校张晖点校《施淑仪集》,人民文学出版社 2011 年版

濮宿贞

濮宿贞(1829—1921),字仲璇,文章署名“姚濮宿贞仲璇氏”,上海人。父濮涵焕。夫姚元滋,富阳知县。长子姚文栋,近代著名地理学家、外交家;次子姚文枬,近代著名社会活动家、史志学家、教育家。濮宿贞通经史,能诗善画。

金陵游记

岁次庚戌,余年八十有二,时长孙明辉寓居金陵。金陵开劝业大会,来接余及父母诸亲长到彼观览。至四月十二日,大儿文栋偕妇由翔来申,陪往金陵。是夜议定,次儿文枬、次女文蕊,四人同往。翌日晨起,带两女仆,登头班车。车行如风,闲观窗外;平畴旷野,树木参差;耕牛眠地,飞鸟掠田;高房矮屋,市镇人烟;景象变化,无穷换目。余正遥望,忽目前暝黑,车上点灯,仍车声隆隆;稍逾片时,豁然天朗,红日在山。余问其故,始知造铁路时,至此被山阻住去路,凿石而通,刻在山底行车。余未到过,莫明其妙。出得山外,行过镇江,景象又更。云山莫辨,山顶见一点小亭,余问之,枬曰:“此北极阁,金陵快到矣。”未敲五句,果然已抵金陵。遥见明辉已车傍等候,气笛一声,即带从人上车调度。余等一一下车,才行数武,又见孙妇挈诸曾孙,亦在前途马车等候。招呼毕,孙妇陪余母女坐马车,明辉陪伊父母、叔父及诸小孩坐小火车。

马车迅速,先到大石桥,孙妇导进墙门及二门西侧墙圈门。进见好一大庭心,方约二三丈,平铺石板。向南平房三间,中作饭堂,左首即余卧室。掀帘进,见南北有窗,中摆铁床,右设皮榻,桌椅精洁。南窗悬网络窗帘,北窗外墙扒外国花,明窗净几,足堪娱目。右边即伊父母卧室,与左边一色,惟无皮榻,多两皮椅、一藏橱,桌椅亦俱红木。餐室中台凳俱竹。孙妇又次间房对面北对照三间,右边炕床几椅,会客所;左边书房,书桌书架有眠床。询知文栴谘议局办公夜归宿此。余想现惟次媳次孙三代在申,过节亦欲来此,不意出外反能团聚目前,真意外之喜悦。日暮文栋等亦到,即在庭中聚坐饮茶。不移时,夜膳安寝。明日憩二天。

十六日,儿辈陪游鸡鸣山。山顶有大士殿,故又名鸡鸣寺。余等佛前礼毕,即往后楼。有河房、饮茶所,余凭栏一望,风景绝佳。古树奇峰,浓阴淡翠;晴光照水,数点荷钱;见高峙云霄者,询知即北极阁也。更有一奇,遥望一线之堤,浮于水面。上有人家鸡犬,三面临水,买物有小舟来往。其中尚有五岛,目不及视,云是后湖也。余等品茶眺远,乐而忘归,不觉夕阳在山,倦鸟还飞,催促游人,掷茶杯即返。明日陪游莫愁湖。莫愁像供中间,傍有石碑,惜字迹模糊,不明其事。模糊中略见少年出嫁云云,大约做过一番有益于世界之事,故有此遗迹。周遭回廊栏干,栏外即莫愁湖。湖中荷叶未芳,望中风景,与鸡鸣山后湖仿佛。左边有胜棋楼,端坐中山,红栏碧瓦,明帝君臣好奕之古迹也。后边古树巍巍,乱山叠叠。余等拾翠寻芳,徘徊野眺。明辉又叫果茶于内,只得重到回廊,团坐饮茶。再览周回佳景,久观觉较后湖略胜。饮茶毕,归家四点钟矣。次日,文栋等六人陪往雨花台。出聚宝门,见城郭比吾乡高大,城圈内层层甚深邃。大约有半句钟,始出城门。前进仪凤门时,因坐马车故未注意,车行将近,遥见壁门大字

“天下第二泉”。车抵台前,车不便行,众皆下车步行。余车三人扶上,及到茶肆,见小而且暗。主人迎曰:“后面坐。”余等往后边,步上二级,见一竹房,清洁爽亮,三面有窗,窗外即雨花台也。台产文石,周回遍地都石子,由人拾取,并不禁阻,只无好的。土人待雨后拣寻,得颜色佳妙者,装于盆中,供游人,售贵价。吾女等上台游玩,拾石为嬉。大媳陪余小坐竹房,品茶歇息,玩弄盆中石子,中意者买其数枚。望中风景,逊于他处。不移时,诸人罢游,回坐竹房,茶点而返,顺道入胡园。此园售券,每小洋一角。步进,见房屋、旱船半旧,无甚可观。再进,见有平厅三间,铺设齐正。向外湘帘一排,帘钩半挂;中出一水阁,面面雕栏;栏外湖池,周回山石树木;厅楹挂一水牌,茶点、小酌、正菜俱有。惜余等已饱,否则可领略其巧拙耳。此地山石树木,较莫愁湖不同,但各有所长。莫愁湖诸处,天然远景;此地加琢磨装饰,亭台也,红栏也,小桥也,望中华丽可观。孙媳陪吾女等上山拾级攀藤,倚红摘绿;小孩在亭上,招手点头,欢呼嬉笑。大媳陪余倚栏遥看,树林中诸人穿山过桥,忽隐忽现,较自游更乐。若待荷花盛开,荷香满座,在此临风把酒,真有其喜洋洋者矣。直待晚霞照水,红日西沉,诸人下山。此日归家,又不早矣。次日游清凉山。登扫叶楼,倚窗四望,极目遥天,大有“欲穷千里目,更上一层楼”之概。南望诸山,丛丛碧色;西望长江,白如银縺。俯视田畴,齐如划格;番番叠翠,隐隐飞禽。遥望山低树矮,城郭如蟠龙蜿蜒而游。余畅观山水,心旷神怡,不觉诗兴勃勃。奈余久疏文墨,不敢留题,恐污佳山佳水。寺僧与文栋素稔,送上点心茶果,殷勤致意,面盆四色,青红黑白,颜色可观。用罢点心,夕阳西下,归家将上灯矣。孙曾四代,团坐庭中,时明辉启余曰:“风景如何,诗兴如何?”余曰:“风景绝佳,只空生诗兴,余久疏笔墨,汝岂不知?既已来问,付汝一绝。”口占曰:“秣陵风景画难成,惹动诗怀顷刻生。几次摊笺还掷笔,有辜水郭与山城。”大家付之一笑。日游处处留连,夜归团坐庭心,沉瓜浮李,听古谈今。天伦之乐,其乐何如！回忆润生公一世,为国为家,风尘劳苦,而无一日如是之乐境,故虽在谈笑,念此反觉酸辛耳。

四月二十八日,劝业开会,我家全往。车声辘辘,兴致翩翩,往丁家桥进发。见会场广阔,游人稠密,牌楼巍峙中间,三门进出。两边买票处,每券小洋三角,小孩减半。进内劝业正门,门立收票人。余等进内,见当中喷水池,再进一宝塔,名纪念塔,两边小亭为音乐亭。再进公议厅,再进事务所,其会场路甚遥远。凑游人之便,另开东西两侧门进出。东侧至丰润门,西侧至三牌楼,各书劝业路。两行落成名馆,各省各类之货物,先是教育馆、药材馆、美术馆、暨南馆、京畿馆、江西馆、安徽馆、四川馆、广东馆、湖南馆、湖北馆、通运馆、机械馆,其参考馆有第一第二,共有二十五六馆,其他记不清楚。余到过武备馆,陈设盔甲、枪炮、军衣、军帽等,俱用武之器。余不识其中妙处,无甚好看。药材馆各省之药,出产地、用途、重量、价目,种种标明,极其有用,惜乎不能记忆。美术馆许多刺绣字画,人物、花鸟,绣得玲珑活泼,件件得神。内中有一硬对,实称罕见,笔法颜体,写得极好,绣工又极高,见之十分可爱,不知出于何处,惟记其款字。及到回时,车中思想,款字毫无,自叹年老健忘,徒增无用之目。进江西馆,磁器如山,花瓶有丈余高,别致东西,有玩意的,有正用的,一一不少。各馆如此。见诸馆中,京都一馆,最为珍贵。宝石、白玉、翡翠、东珠,穿成玲珑各色并如意等,有珊瑚,有玛瑙,有碧霞犀、金心石,种类不少。又有象牙丝编成眠席,刺绣单条俱仙佛云雾,见之耀目,听说出于宫中。然余意教育、工艺两馆为最。若人人能受教育,则世界人才众多,能尽道德,建勋绩,使万物各得其所;勤于工艺,可立富国之基础,此二馆固应排列在前也。

余游览以来,忽已五月中,计来此一月多。常忆初来途中风景,见山顶一点小亭,人踪可到。故到京以来,日想北极阁,恨儿辈不依。吾想迟至今日,天气又炎热,更不能依吾,心甚焦灼。又想以后万不能再到此,不得已,只得自由前去。一日黎明,趁大都未醒,唤起女仆二人,嘱带皮椅,喊起车夫,从容出门。车乘晓风,驱车前行,得到山前,见山路有层级,甚喜不难上山。即下车,步上一二十级,皮椅略坐,再行一程,再坐片时。且行且坐,领略层层风景,不亦乐乎!余正坐览周回,见来一游山女,丰韵翩翩,急行而来。女仆眼快,曰:“像少奶奶来矣。”及到面前,果是孙媳,曰:“阿翁知觉,着人促我快来。”余极喜,曰:“正恨一人,汝来陪侍,兴致更加矣。”二人在半山,谈谈讲讲,且行且坐,不觉已到山顶,并不觉吃力。见一庙门,举步进内,向南黄罗帐幔,想必是普门大士。庙中现有香烛,余即拈香礼拜,傍边钟鼓齐鸣。拜毕出外,寺中一僧不见,只有香火一人。其境亦觉爽快。二人行走山径,见有门,即进内,惟见一梯,二人即上梯。又见空空一间,并无台椅,面面有窗,茫然不知所在。见有窗盘,登高凭眺,饱览山川,树木参天,古山围绕。极目遐思,忽想六朝以来,几许王侯将相、学士佳人,荒冢残碑,想必不少,不知隐于何处。遥观良久,满目萧然;吊古思今,不胜感慨。回身四望,只见钟山,不见其阁。问孙媳曰:“北极阁究在何处?”孙媳笑曰:“大人非身在阁中耶?”余亦笑曰:“此即北极阁耶?糊涂矣,糊涂矣。”二人笑谈下梯,行行山路,遍踏青青。曲径通幽,见一客所,桌椅俱全。二人趋步进内,小坐片时,有送茶至,余等正旱逢霖,喜出望外。二人即饮茶歇息,坐隐山中,如登仙界。坐谈少刻,出寻原路,仍缓缓下山。山路清凉,毫无暑气,及到山脚坐车,觉夏天景象。到家已点半钟。家人中膳伺候。

是后连日歇息,或与诸人弄牌;或同大媳围棋;或对坐车,看曾孙女嬉笑为乐。流光似水，忽六月初矣。次媳挈明珮、肇里亦到，才住三天，如意桥吴宅邀去。曾孙肇里随其祖母，孙女明珮陪余不去。吴宅系次媳母族，亦寓金陵。

如意桥至大石桥，惟一箭之路，故早来晚去，仍目前热闹，到处同陪。次媳精神甚好，天天到会场，博览亦甚注意。若肇里不去，在家与肇培游戏，或随余玩弄花石。一日文栋陪览湖北馆，命肇均引路。曾孙肇均，年小聪明，因伊父在劝业会中，常随往返，故路径已熟。即遵祖命，驱车前行，由三牌楼至劝业路。甫进会场，又命先寻饮食所歇息。果然觅得极好所在，茶点、小酌俱全，开在竹园中，进内见周遭绿竹，满座凉爽。余暗忖十龄童子，已能井井有条，余心喜悦。饮茶毕，进点心、小菜极佳，且别致适口，素性添饭添菜，两媳亦同午餐而出。文栋本喜余游玩寻乐，前远在俄德，传音托陪看花游春，今日亲身陪侍，得其所哉，素性刚直，但喜怒不形，今日见伊掀髯喜悦。导出竹园，进西侧门，场内玩处极多。馆舍商市，两行密布，其装饰点缀，百不一同。游客虽众，会场广阔，不觉拥挤。观览无厌，只天气炎热，体中小有不爽，意欲先回，因恐儿辈不安，且坐憩息所。而文枬前来问余热否，出宝丹与我。余略口含，凉入脏腑。枬不知余不爽，又问去看黄冈竹楼可否，是湖北馆模型古迹。余觉略爽能去，即同到竹楼。饮茶人多，不进。楼前有一山坡，望去树木疏疏，荷花两缸。文枬送余上坡，见两媳先在。见余至，忙起坐拉椅。余坐定，霎时凉风微扇，荷香馥郁，顿觉暑气渐消，兴致又起，想宝丹甚有功效。再坐片时，与两媳同下山坡。时文栋同友人他往，文枬导游赤壁。见一红墙，墙下一河池，池中一小舟，舟人摇橹而荡。不若再扮一苏东坡，口唱“大江东去”，更助游人一乐也。行走之间，又见模型，为诸葛武侯隐居之隆中。卧龙先生并不高卧，坐起案头，傍立小童。外边树石丛丛，真一小古迹，亦一佳景。再向前行，有放鹤亭、黄鹤楼,到处观览不尽。若游客无力行走,场中有车有轿,有憩息所、饮食处。凡便客娱客,随处皆有。况场内车比场外不同,场内车坐身低矮,起坐甚便,且车夫在后推走,不遮望眼,每次铜元六枚,到处由人。各馆之中,各省之物,各类之货,笔难尽述,游人多见所未见,不暇目给。余惟选买雕石数枚、雨花台石子数枚而已。又有梭子式盆四只,还价不成而罢。此日归家亦不早。明日睡起,见桌上梭式盆四只、图书石四付,询知昨夜文枬带归。余暗讶曰:"盆子还价,文枬在侧,图书石还价,并不在侧,何以知之?"

一日,明辉欲余去观会场夜色,余顺其兴致,早用晚膳,三人陪往。车行半路,已见天际通红。及到会场门外,早见星火密环。自牌楼至后边竹园,电灯耀目,彩色层层,繁华太甚,余不甚喜。

回寓后有思乡之念,离家已久,有两月余矣。秣陵风景,领略大半,劝业会中,亦观览其半,儿辈费钱想亦不少。况人入乐处,不宜太畅,虽孙媳留待凉天,余心一定要回。想文枬素顺吾心,商于文枬,枬曰:"仍坐火车,抑坐轮船乎?"余想轮船尚未坐过,费用如何。文枬即去看江裕轮船,定于明日开行。余当夜告明,即着潘妈收拾行装。大媳初欲同回,后因寓中人少,一时未能即行。时次媳归宁滁州,次女久已回去,惟文枬、明珮,陪侍回沪。家中上下十几人,送至下关。上趸船,江裕船未到。待二三点钟时,趸船上又见一番都见所未见之好玩。各处轮船来往,到岸者,上货下货者,遥望人头济济,如蚁如潮。六乱之中,大有部绪,一丝不乱,商家做事,十分可爱。坐船已到,就此分别,各有黯然。诸人又随上轮船,稍玩而别。女仆惟潘妈一人,文枬在下关雇一男仆小李,人颇能干。余与诸人别后,进舱见已铺设齐整,细微之物,俱已全备。明珮在我一房,文枬对面房舱。才一坐定,中膳送进,未曾举箸,船已开行。日坐舟窗,看飞山飞树,待至日落暝蒙,枬曰:"金山来矣。"余忙出外,已在面前飞过,尚不能认真。将十一点钟,送希饭,进小菜四碟。十二点钟,人声已静,文栫亦睡熟。余与明珮未寐,二人轻轻出外。月明如昼,四无人声,二人凭栏,水光满目,凉气侵人。珮笑呼曰:“看江清波荡月。”余喜曰:“汝可见境旷露涵山。”此刻二人甚乐,徙倚舟栏,饱赏江景。最妙一阵风来,波纹似锦,此情此景,令人何以消受。珮曰:“波纹虽好,只是月影已碎。”余曰:“不妨。”珮又曰:“风来月影碎,风定月团圆。”余曰:“汝可将‘风动波心月影碎’七字对来。”伊思索间应曰:“‘云迷山顶寺钟遥’可否?”余曰:“‘遥’可改‘迟’字。但‘迟’字不及‘遥’之响,即‘遥’字可也,大有‘夜半钟声到客船’之意,恰合此时此景。”二人怡然观玩。星移斗转,余心神渺茫,如入蓬莱之梦。珮道余有倦意,催促进舱,余尚不舍。进房已四句钟矣,尚嘱曰:“留心早起,看江中日出。”前在钱塘江,亦在舟中见江边推起半轮红日,大如笆斗,红似火炭,摇摇摆摆,缓缓而上。待至点许钟,方全离江面,水天一色,霞光满目,大有可观。明日又得观长江之日出也。岂知睡醒已日高三丈,文栫进曰:“已到申浦矣。”余等忙梳洗毕,已听外边人声鼎沸,出外一望,亦人头济济。人丛中前来二人,一次孙明燽,一外孙范熙圭,笑曰:“在茶肆中候久。”文栫就此分派上岸,小李甚能干,二人早已舒齐,上岸叫车装车。外孙坐我车中,途中问问家内起居,平平稳稳,直抵家中。吾女与次孙媳迎出,笑曰:“归兮归兮!”

——《妇女杂志》第四卷(1918)第八、九号

刘璿

刘璿(1848—1915),字邦瑗,晚年号林下老人,巴陵(今湖南岳阳)人。父刘长清,粤西提督。夫林文钊,曾在四川、湖北做官。长子林传甲,近代著名学者,执教于京师大学堂,所著《中国文学史》(1904)为我国较早的文学史著述。刘璿热衷教育,任奉天女子师范监督,创办黑龙江女子教养院并亲任院长。著有《林下诗存》六卷。

妇女杂志发刊辞

中华民国四年一月一日,上海商务印书馆《妇女杂志》发行。是日也,黑龙江省立女子教养院成立。院长刘璿谨撰发刊辞,布告于我全国女同胞曰:

人生天地间,不可一日无所养,即不能一日无所教。吾国女子自娲皇至今五千年,大抵养而弗教,禽息兽视,如浑沌未开之天地。一部廿四史中,女子之流芳百世者,曾不数十百人,如一线之曙光。近二十年中外大通,形见势绌,乃知欧美列强纵横于世界,非徒船坚炮利也,实由贤母良妻淑女之教,主持于内,为国民之后盾也。起视吾国妇女,倚赖成性,失养失教,能不痛哭流涕而长太息也耶?

养民之要道有三:曰衣,曰食,曰住。教民之要道有三:曰德育，曰智育，曰体育。形而下者之谓器，养民之事也；形而上者之谓道，教民之事也。吾辈老妪，十年前历经患难，固尝纺织缝纫而后得衣，播获烹饪而后得食，牵萝结茅而后得住，此贫家妇女所同也。若夫秉承庭训，以正心诚意明其德，以读书励志瀹其智，以弓马击剑锻炼其身体，当时少年妇女，罕有同志焉。可知教育不普，虽有一二受教育者，终亦老于深闺，无益于国也。

近十数年，女教渐兴，各省长官依部章，先设女子师范学校，各县亦渐设女子小学。鄙人不敏，亦尝沿长江暨沿海以考查之，又沿铁路，经中原，入京华，出塞外，以考查之。则闻某校制服整齐，为某洋服店所包办也；某校厨膳精洁，其庖人曾为某大餐店之名厨也。学生入校以后，居移气，养移体，如贫者暴富，贱者暴贵，他日归乡里，不能一日安居也，服务边省瘠县，亦不能一日安居也。女教之不适用如此，已足以为社会嫉妒者之口实。何况自由之说，决裂范围，平权之风，竞求参政，果何益于国也？

瑬孤女也。先大人提督粤西军务，为民效命，捍洪杨于龙虎关，殉城而死，以激起三湘之士气。先慈周太夫人，以遗书授读，俾得粗识仓文，与闻孔道。青年早寡，有遗孤三男，乃以得诸母训者教授诸子诸妇，各能自立，咸效力于教育界。“己欲立而立人，己欲达而达人”，久欲广立孤儿院，施以小学实用主义而力不果。镇安右将军朱巡按使乃三顾蓬荜，咨以女子教养之事，将移殖女民以实边塞。瑬乃以垂暮之年，为此报本返始之计，力薄任重，比于愚公移山，子又有孙，孙又有子，庶继成斯志乎？

自今日始，吾愿吾妇女界之主持女教者，致力于衣食住之本原，以溥德育、智育、体育之教于全国，视国民之饥者，犹己饥之也，国民之溺者，犹己溺之也。吾妇女界夙秉慈善之天性，人之好善，孰不如我？合我全国妇女界二万万之心思才力，以《妇女杂志》为机关，互换德智以求有益于吾国，则《妇女杂志》之风行全国,顾不重欤? 区区黑龙江省立女子教养院计画不过千人,已垦之学田不过七千余亩,幸得朱将军提倡,力底于成,移畿南山左江北灾区难民于此,教之养之,亦吾国妇女界前此未有之创举也。璠年六十有七矣,炳烛之明,用志不纷,博爱笃敬,力行不惑。海内妇女界之爱国好学者,庶三复兹编,而肃然兴起也。时民国三年立冬日,巴陵刘璠识于黑龙江奎垣学校之复雅堂。

——《妇女杂志》第一卷(1915)第一号

女子教育宜谋经济独立策

方今国家贫弱,教育待兴,女学萌芽,仅有师范中小学之制,尚无专门大学之基。国帑空虚,省县经费有限,是以女学经费,恒不及教育费十分之一,比之西球北美,共和先进国之女子教育,相去何啻天渊。吾女同胞不求独立能力,教育家亦不师美利坚之经济独立,沉沉大陆,坤轴荒荒。今日国民知立国之本在教育乎,抑知教育之本在经济独立乎?

吾国经济困难,可谓极矣。减政之议兴,于是国立省立各学校,受其影响;自治之制隳,于是县立城镇乡立各学校,受其影响,至私法人私人所立学校,全国中殆屈指可计耳。以视美利坚私立大学,岁出百万元,不需国家补助者,其基本之巩固,果何由而致之耶?

吾敢断言之曰:中国有家庭,无家庭教育也;有国民,无国民教育也。无共同之道德,无独立之能力,积金钱以贻子孙,不知兴学校以教子孙也。有金钱有势力者,延蒙师于家庭,以任管教,若豢牛马而雇牧圉焉,稍长则延西人,教以洋文,但求其能媚外求食,不知西文有科学焉。若言送其子女入学,或留学,则其母恋恋不能舍焉,其祖母尤恋恋不能舍焉。此种老媪,儿时既未受教育,垂老之时，尤为教育之障碍，非吾国民之蟊欤？

欲劝导此种浑浑噩噩、不识不知之妇女，以助教育之进行，则女教育家之专责也。《妇女杂志》，其鼓吹全国之机关也。果全国妇女皆有知觉，则拔全国妇女之金银钗钿簪铒，创立全国妇女银行，可建全国铁路，用其余利以办理全国小学，悉以妇女为教员，崇尚实利主义，永维世界和平。此吾理想中之目的，果能实行，则国利民福，万世永赖也。

欲提倡此经济独立主义，施及全国，非旦夕间所能奏功也，必也以身先之。择美利坚女子教育，可为模范者，实行仿效，则当以麦里梨痕女士终身为教育法，且以终身募集之款，悉为学校基金。于是基本巩固，可久可大，则由小学升为大学，始终数十年，一意进行，未尝少怠耳。

吾国山东临清，有义丐武训，终身行乞，集资万金以兴学校，洵清史一代之完人也。深闺妇女，有能若义丐者乎？则女子教育之经济独立，初非甚难也。二十年前国人反对学校，十年前国人反对女学，皆成泡影矣。法令已规定之女子师范，各省尚勉立一二校以求塞责，若女子中学校，则惟沿江沿海各大省有之，边省距欧洲交通最便者有之。若夫研究女子适当职业以图将来国民经济之发展，俾能自立于生存竞争之世界，则海内女教育家，亟应研究之大问题也。

吾闻沿江沿海私立学校，往往立一帜以为募捐之地。所募之捐，又消耗于常年用费，往往费用罄，则学校亦随之而消灭。其基金巩固者，若津之南开、沪之澄衷浦东、浙之安定，未易多觏。其他私立法政大学，发卖文凭者，更在不足比数之列，宜其蓦然而炽，消然而灭也。

敢敬告我海内女教育家曰：吾人一生不能作许多事业，但求作一事有益于身，有益于家，有益于地方，有益于国民，有益于后世,则以一生之力为之,未有不成也。一生所积,不以私子孙,以一家之力经营一事,未有不成也。果行孚于乡里,信著于国民,则人之好善,谁不如我,义声号召,巨款斯集。方其未成,人视为至难,及其既成,又视为太易。苟非潜修笃行数十年,乌能收效于一旦耶?

余手创女子教养院,既采用经济独立之策,更拟于黑龙江各县每县创一经济独立之女校。虽年近七旬,精力尚健,子妇继起,生徒众多,终当成吾之志。爰以兹策,著之简编,布诸女报,海内贤母良妻任教育者,共以热诚毅力图之,吾国犹可为乎?

——《妇女杂志》第一卷(1915)第二号

义务教育责在妇女议

中华民国四年一月一日,黑龙江女子教养院开院礼成。次日电奉大总统申令实行义务教育。院长刘璐集女学界而忠告之曰:"义务教育,责在妇女。"因纵论共和国义务教育,宜取法于北美。初等小学教员,宜全以妇女任之,而后教育可普及也。

教育范围至大,海陆军兵事教育,男了之事也。农工商实业专门教育,男子女子所共也。师范教育,女子优于男子者也。美国之初等小学教员,悉以妇女为之,非偏重女子也。世界政治,终以平和进化为极则,军国民教育,究竟有损于人,不如实利教育之有益于人。德意志教育,颇抑制女学,竟酿此欧洲之大战,全球悉受损失,何如美国实利教育,垦辟洪荒为乐土也。吾国自清季甲午庚子,屡启外衅,而国益危。近岁一次二次革命,而内乱益棼,皆军国民教育施之不审也,宜乎实用主意之研究,风行一时,而返诸本原也。曷取法于美利坚乎?是以世界之趋势观之,宜责诸妇女;以国家之现势观之,亦宜责诸妇女也。中国今日财政困难极矣！施行义务教育，则人民负担必重；增筹学款既艰，则分配教员薪水必薄。以美国之富，小学教员，薪水甚廉。若以男子任之，则朝东暮西，不能久于其职，教员必久任而后收成效，则不能不责诸妇女。美国麦里梨痕女士，终身教育，担任一校事务至数十年，集资至数百万之多，其后妇女从风而起，咸以教育为天职。吾国女学，方在萌芽，然以黑龙江之边僻，女学亦创始十年。师范中学，既已成立，于普通教育之外，设施特殊教育，必使贫民子女，皆有教育，而后有中人以上产业者，当然强迫就学。果女子小学普及，未有男子不自警也；果省城小学普及，未有各县不效法也；果边地小学普及，未有各省不奋励也。吾愿女学界勉之，不能不以义务教育之责责诸妇女也。

或者虑吾国各行省女子师范，人数不及男子师范之十一，遽以义务教育责诸妇女，是付托非人，犹不教也。不知吾国师范生额数，分配全国学龄儿童，不敷甚巨。现时尚无精细调查，可决其在五倍以上也。若推广女子师范于各道，普设女子教员讲习所于各县，则女教员辈出，可按年而计。黑龙江女学初兴，只女教员一人，用郑康成高足弟子转相授受之法，使甲级学生教本校乙级，丙级生教本校丁级，高等小学生教初等小学生。虽一时权宜之计，然女师范完全科未毕业以前，此项讲习生创办女子小学六十余校，未尝无进化之力也。以美国教育程度之高，完全师范生犹不可多得，仍兼用一年二年讲习生。吾国教育欲普及，其可不用女子讲习生乎？且讲习生资格既浅，任事必勤，学术未深，研究必力，得良师主持之，则冬夏例假、日曜例假，可补习也。江省女学人数，较各省为多，经费较各省为少，皆讲习之效也。女校职教员薪水，恒不及男校十分之八，是以就经费就事实言之，亦不能不责诸妇女也。

儿童之生也，无论男女，爱母之心恒胜于爱其父。黑龙江省，向多用山东老儒为塾师。儿童就学之年,恒在十岁上下,始读《三字经》《百家姓》也。自幼女学校成,于是七岁女生,亦知就学。自女子两等小学校成,按年次编初等高等七级,于是七岁女生,遂完全自成一级,而男子小学七岁小学生,犹参差不成一级。上年省立第一师范学校,延女教员讲习所之优生为附属小学教员,于是第一年级,乃纯为七岁学生也。是不用女子为初等教员,必不能画一学龄。就学年龄既差,平时教员,必多窒碍,将来升学,亦复悬远。大学中学之不良,皆由小学所致也;小学之不良,不用女教员所致也。黑龙江亘古穷荒,十年来进化如是,盖妇女有责也。余肩此教养之义务,创造儿童家宅十四五岁,年长各生,皆余之助手也。五年以后,欲得儿童家宅之教师者,其求诸黑龙江可也。十年之后,黑龙江有儿童家宅五百所,庶乎义务教育之设施,稍有端倪耳。

——《妇女杂志》第一卷(1915)第六号

中华妇女界祝辞

中华民国四年一月,上海中华书局《中华妇女界》出版,标贤母良妻淑女之主义,蔚为巾帼之光华。是日也,中华民国极东北隅黑龙江上,有女子教养院成立,殆亦中华妇女界前古未有之创举,与《中华妇女界》同为吾女界之明星。院长巴陵刘璿南向裣衽敬告诸姑伯姊曰:嗟乎嗟乎!璿固中华妇女界二万万分之一分子也,幼遭洪杨之役,先大人提督广西军务,殉焉,遂为孑然一孤女矣。幸慈母可依,教育有素,于是蓬门纺织,以求箪粥,读经则娴《内则》,读史则慕《列女》。寒灯如豆,轧轧焉机声与书句相叶,此六十年前中华之孤女也。今以四方多故,疮痍遍地,日德交战,山左震惊。益以水旱灾祲,流离失所者,不知凡几。吾不哀壮者而哀幼者，不哀男子而哀女子。敢泣告于吾国妇女界曰："是孤女也，可奈何，大慈大悲，救之拯之，教之养之，是所望于我妇女界。"

吾少为孤女，知孤女之苦，不知慈母所以教养孤女幸而成立者用心尤苦。及笄而嫁，年三十四而失所天，提携遗孤，奔走谋食，远在异地，亲戚乖离。乃退隐应山，纺绩力作，为儿衣食，以昔年闻之慈母者授之诸孤，不出山者十二年。岁凶谷贵，菜根为粮，地方官绅念先夫治狱仁恕，馈以廪粟，而后未亡人得免于冻馁焉。亦不幸中之大幸也。今之孤苦无父并无母者，更将谁依，何以教之，何以养之？尤所望于我妇女界。

"己欲立而立人，己欲达而达人"，孔子之训也。"老吾老以及人之老，幼吾幼以及人之幼"，孟子之训也。孔孟皆孤儿也，终成大圣贤人。余守志至今又三十四年矣，诸子幸能成立，有所尽于教育界，诸妇亦创立女学。虽黑龙江亘古穷荒，十年以来，弦诵之声不绝。五年前女子师范成，三年前女子中学成，今幸女子教养院又成，田产八百亩，集资二万元，可教养数百人。女界幸福，萌芽于兹。然局于一隅，未能遍及各省也。《中华妇女界》宗旨正大，编纂诸先生诸女士又皆问学斐然，热心教育，吾将决其风行海内，为吾女界贤师良友，吾又将视其传布之广狭，而征吾女界风气之闭塞也。�年六十七矣，他无所求，惟冀拯吾女界于水火之中，培其德性，养其身体，启其智慧，以免其苦若孤女而腾笑于外人，斯足矣。吾愿各省女子教养院林立，尤愿《中华妇女界》之家弦户诵也，跂予望之矣。

——《中华妇女界》第一卷(1915)第一期

中华妇女之责任

中华妇女知中华妇女之责任乎？顾亭林曰："天下兴亡，匹夫

有责。”而匹妇不与焉,所以然者,缘女子只知有私爱而不知有公益。今既文化日进,女权日昌,自兹以往,吾中华妇女可及早猛醒,而引起爱国之责任矣。夫不知爱国者,未始不知爱乡里;不知爱乡里者,未始不知爱家庭;不知爱家庭者,未始不知爱所生之儿女。吾见中华全国,北而索伦、鄂伦春、赫哲,南而苗蛮、番黎、仡佬、僮爨,虽至悍至妒至顽至愚之妇女,固无不爱其儿女者。知爱其儿女,斯即妇女天然之知识,亦即妇女天然之责任也。推其爱儿女之心,以至于爱家庭,爱乡里,爱国家,则修身、齐家、治国、平天下之责任,固二万万女同胞所同负也。

中华妇女之责任,果安在哉?义务教育是也。欲中华民国亿万斯年长存天壤,非教育无由也,非国民教育普及无由也。国民教育普及,而后中华民国之基础乃固,否则民自民,国自国,国与民离而为二,国将不存,吾人民又安托乎?盖欲国之兴者,必人人受教育;欲人人受教育,必先施以家庭教育;欲兴家庭教育,必自注重女学始。法国之乡学,夫妇同负责任;美国之小学,妇女完全负责。中华苟欲取法共和先进之国,其必师法美国乎!

吾国户口,号为四万万,学龄儿童,无精密之调查,以人口十分之一推之,必有学龄儿童四千万人以上。以四十人中须小学教员一人计之,全国至少须有小学教员一百万人,乃能普及。此百万人,其使百万健儿分任之乎?抑使百万妇女分任之乎?是妇女所能任,固不必倚赖男子也。不倚赖男子,而全国教育可普及,则吾国百万健儿,可从事于海陆军、外交、内政各实业,而不为儿女所累矣。

或曰中华妇女教育,方在萌芽时代。各省立女子师范学校,不过一二处也,各县立女子小学,亦不过一二处也。偶有县立私立女子师范,全国寥寥,可偻指而计也;与师范同等之女子中学,全国寥寥,亦可以偻指计也。女子高等师范学校,列在教育部令,尚未实行，又安得师范之师范。中华妇女之程度如此，或侈言参政，或主张从军，皆不自量之呓语。今欲托以全国小学教育，以迪将来之国民，亦犹世俗之呓语乎？

虽然，吾谓中华妇女可任义务教育，盖有自信力也。曷以自信如是？盖自信其有自动力也。吾读《中华大字典序》，知陆母读书，不过三年，而勤于自修，每字必求其本义，终能教子以成大名。盖善教育者，必有自动实力；被教育者，亦发生自动实力。欧洲声光化电各发明家，皆有发明之实力者也，即有自动之实力者也。瑬本孤女，吾母纺亦纺，吾母织亦织，吾母读亦读。不识字则求之《康熙字典》，不识古人则求之《尚友录》，不识地理则求之《地理韵编》，不识典故则求之《佩文韵府》，皆自动力也。余侍母教十余年，家庭教育不如私塾之咿唔朗诵、学校之按课讲演也。然自奋不止，豁然贯通，教成三子三妇，皆用此法。孔子所谓“愤悱而后启发”也，中国妇女富于自动力，谁谓不可任全国教育乎？

余欲使全国小学教员皆用女子，奔走南北，发起女学，注重师范。长妇创办幼女学校，甲班学生教授乙班，高等小学生教授初等小学。当女师范未毕业以前，推广女子小学六十校，实赖此也。故女教员讲习所之学生，虽若昔年之速成简易各师范，然年限浅则程度低，不敢自是，求学益力，此近十年经验之结果也，盖用女教员之利甚多，姑举最要者三端如左：

一、妇女有恒性，不似男教员喜投身教育以外，视教员为无足量。

一、妇女有俭性，不似男教员之挥霍糜费，故各国女教员薪水较廉。

一、妇女有慈性，不似男教员之粗率，儿童乐于就学，不以上学为苦。

恒也、俭也、慈也，中华妇女之美德也。具此三德，而毅然以义务教育自任,吾妇女其进化乎?吾中华其进化乎?

——《中华妇女界》第一卷(1915)第三期

中华妇女之生计

中华妇女二万万有众,果皆为分利之人乎?是未知中华妇女之生计也。中华妇女固有冶容华服逸居而近禽兽者,上焉则富贵人家之眷属,下焉则女闾倡伎耳。此类分利之人,当不过妇女总数百分之一,此百分之一以外,悉勤俭以治生计者也。

中华生计之大端,素称男耕女织,自洋布流行,中华妇女遂失纺织之大利。湖北纺纱厂、织布厂,或改用男工,惟余缫丝一厂为女工也。江苏、上海各丝厂,则女工甚多。绣工为女子天职,亦间有男工。塞外不出棉,而妇女多织席为业。因土炕必用芦席,用途甚广也。

中华名产,丝茶并重。丝业既赖妇女以为蚕缫,茶叶亦赖妇女以为采撷。吾观于湖南之安化,湖北之崇阳、咸宁,福建之南台、武夷,知吾妇女托生计于茶叶者,亦无异于丝业也。或谓中华素为文弱之国,妇女之文弱尤甚,是以生计不充,此亦似是而非之言也。吾观于湖南湘水上游,零陵县则妇女多肩挑百余斤,而趋两广之大路也。又观于湖南沅水上游,沅陵县则妇女多背负百余斤,而趋云贵之大路也。女国民之劳动如此,又何异于男子乎?

凡能劳动之妇女,其俗必天足。若湖南之西,桃源女子旧多缠足不事事,一逾辰龙关入沅陵,则天足矣;湖南之南,衡阳女子旧多缠足不事事,一逾熊飞岭入零陵界,则天足矣。总之,地方愈繁盛,则妇女愈骄奢;愈瘠苦,则妇女愈劳动。既能劳动,则生计亦裕。黑龙江省最富庶之绥化、呼兰、海伦、巴彦四县,至今妇女犹有缠足不事事者。若讷河、布西、嫩江、瑷珲偏瘠之区,各站妇女无不天足，且赤足践冰雪而挑水焉。一省之人，风气互殊如此，知我中华妇女具有开荒探险能力。南行不避苗岭瑶峒，北行不避冰天雪地矣。

中华妇女在二十年前，无论何省，无不能自制衣履者。近二十年来，市上之衣庄鞋店日多，妇女生计日困。昔年妇女家庭，无不刺绣缝纫实习，以应实用。若十年来女学渐兴，缝纫列为教科，有毕业后而不能自制衣履者，刺绣为职业之专科，师范中学则为随意科。偶一为之，则成绩品也，展览会也，陈列所也，非复二十年之精细切实用也。大教育家谓吾国教育幸未普及，如果普及，全国皆高等流氓，妇女亦不务生计，侈言参政运动选举矣。呜呼！

中华妇女，旧道德极尚谨严，是以各省监狱中女犯，不及男犯百分之一，乃新学未普，而旧德已漓。学校教育虽不良，尚有教育官厅主持考查，随时纠正。若丝厂之设在通商大埠，茶庄之设在深山僻野，聚居妇女，既百倍于学校，又无道德高尚、品学端粹之士以董理之。于是女工所至，或良莠不齐，外诱之私，良不易防制。有心世道者，谓法国自女工发达后，无良好之家庭。中国女工幸未发达，若女工厂发达之极，亦将随法国之后，离婚堕胎之事，且数见而不鲜矣。呜呼！

近日新事业用女工者，如火柴厂也，造纸厂也，电话交换机也，轮船火车之售票也，商肆之会计也，医院之看护也，小学校女学校之教员也，凡此皆女子正当职业。视昔日中华妇女之生计，当更广大。失之于彼，则得之于此，亦天地间自然之理也。

中华妇女尚忧生计不足乎？抑亦竞奋以自进乎？二十年前翰林名孝廉教学，月脩不过十金，今日初等女教员，月脩或倍之。中学师范之女师，月薪由数十元增至百元矣。水涨船高，生计愈艰，则智力愈进，中华能自立而为国乎？妇女能自立而为人乎？视生计何如耳。余虽年近七旬，一息尚存，治生不懈，敢不大声疾呼,以警我中华妇女界?

——《中华妇女界》第一卷(1915)第四期

黑龙江救国储金团演说书

国也者,我四万万同胞所公有也;金也者,我四万万同胞所各有也。黑龙江全省丁口共二百四十万余,当全国人民二百分之一耳,僻在东北,天寒地远,人力未尽,物力未兴。然国家地方岁入已九百五十万,每人平均担负四元有奇,海关及公债票、储蓄票之收入,犹在外也,是黑龙江人民之负担重于各省,因以见爱国热诚之发展,优于各省也。

余尝游川边、黔苗、粤瑶之境,其民知有土司而不知有国也;内地穷乡僻壤,其民知有乡党邻里而不知有国也;市井之民,则县有县界,省有省界,亦只知有县有省而不知有国也。外人讥我二十二行省为二十二国,李文忠公谓甲午之战,以北洋一隅当日本全国,皆我国民无国家观念所致也。

中华民国既成,以人民为国家之根本,此五大民族之国,即五大民族所组合也。欲公司之成立,则必赖股东厚集资本,而严重监督,集资不厚,则杯水车薪,虎头蛇尾,外人所讥为五分钟爱国热也。监督不严,前清用海军款修颐和园,内务府郎中岁赢百万,南京政府瓜分比款,皆其前辙。虽然前此之失败,皆后此之殷鉴,是以救国储金团,人人皆为股东,人人皆有监督之权也。

国民教育之义务,今年已风动全国矣。黑龙江则上年已调查学龄,普设讲习所以整顿师范,通饬公私小学,均遵部定教科书以划一课本。内地所视为困难而不能即办者,黑龙江人少之区亦或简而易行。且铁轨直接欧洲,尤得风气之先,不出户庭,可与欧美人士相见,国家思想、民族思想因以发起,而救国储金团以成。

救国储金团本由上海发起，不一月而全国响应，乃人民之公意，非若政府之苛派。黑龙江之绅界、商界、学界发起兹事者甚众，盖人人有应尽之义务，不必居发起之美名。学界之发起者则出于青年之学生，盖绅界父老持重，恐巨款难筹。商界方筹办内国公债，须公债足额，再集储金，其急公爱国之心则同也。

学界负指导人民之天职，方诸生徒手奋呼之时，正职教员节衣缩食之时也。开评议会于省教育会，推举代表，分赴各界接洽。其章程办法，一同于各省，且推广分团于各县，于以见我国民程度大进，心志齐一，外人敢以二十二国诮我乎？

救国储金团既成，学界任职务者以余为最长，盖行年六十有七矣。此六十七年中，历见越南、缅甸、琉球、朝鲜之灭亡，库页、台湾、帕米尔之割让，旅大、胶澳、威海、九龙之租篡，有生之日皆国耻之日。今日少年詈吾辈老朽为顽锢，不知爱国，不早救国，以致国家失败，至于此极。吾侪老朽，诚不能辞其咎，是以对于国家国民之公益，竭绵[①]薄之力以服永久完全义务。盖欲使我年岁相若之富家翁，人人皆知积资财以贻子孙，不若积资以救吾国。吾国存，子孙乃有托足之地；不存，则寄重资于青岛银行者，今安在哉？

国民四万万有众，本合男女而并计也。爱国之诚，男女无殊，老幼无殊，一息尚存，力行罔懈。愿我女同胞出其奁物，拔其簪珥，巨金立集，合资五千万元，为一大公司，整顿制造以求巩固国防，保卫民生，以自立于天壤间，斯可矣！非然者，水火刀兵盗贼及不肖子孙，皆足以罄其所储，而黄金掷之虚牝，曷若以有用之财，救我最亲爱最信赖之国家乎？余虽老朽，喜后起英俊，能担当国事，爰濡毫大书特书，为黑龙江救国储金团宣告书。

---

① “绵”，原文作“棉”，据语义改。

呜呼！此我先妣绝笔之文，《林下文存》最后之一篇，纯乎爱国之金石言也。自救国储金团发起以来，少年激烈者或以死建言。先妣则从容劝导，奔走劝导，务使汉满蒙回各族同胞晓然共喻，竟以年老力衰，积劳致疾，遂以不起。呜呼！含殓之日，女生哭吊者千人，葬于黑龙江省城东北一里三珠树西，永为龙江女学鼻祖。每日晨昏，必有女生绕墓而哭，诵此绝笔之文大呼爱国云。呜呼！不孝男林传甲泣志。

——《妇女杂志》第一卷(1915)第九号

裘凌仙

裘凌仙(1851—1906),字筱芸,号明秋馆主人,广陵(今江苏扬州)人。父裘云栋,杭州通判。夫秦国均,江苏无锡人,永嘉知县。女秦飞卿,能诗文。裘凌仙自幼随父读书,工诗善词能文,古风、词、散曲尤佳。著有《明秋馆集》。

子畏于匡辩

或曰:子畏于匡,因匡人之围子也。实则不然。盖子貌似阳虎,匡人疑而围之,又何用其畏惧哉?慨文王既没,文不在兹,恐匡人非可以言喻也。存戒备之心,遣使求解于卫,亦君子达变之机耳。且宁武子之援未至而匡人之围已解,匡人非欲与子为难,明矣。当子过匡之时,匡人初无围子之心,以颜刻一言,遂起匡人之疑,盖匡人只知颜刻曾为阳虎之从也。夫子周流列国,所如辄阻,动为小人所忌;君子临深履薄,思患预谋。子观于陈蔡之间,绝粮七日,藜羹不充,犹讲诵弦歌,略无惧意,岂独畏于匡乎?当时周道衰微,礼义将堕,诸侯以诈力相尚,以侵夺为功。假无夫子行道于四方,后之人几不复知有礼义矣。盖夫子闵世运之衰,不惮艰难,不怯强御,虽有过陈之困、过匡之围,而夫子之游如故也。朱子云"有戒心",固深见圣衷也。

——《明秋馆集》,民国三年(1914)铅印本

秦良玉辩诬论

明季秦良玉,土司之女也。因流寇之乱,慷慨誓师,力保乡里,屡歼逆贼,遂闻于朝。怀宗遣使加奖,使臣与语,误牵其袖,良玉抽刀断袖,其英烈之风,令人至今思之,犹凛凛有生气焉。而说者乃谓其少年貌美,身在戎间,有男妾十二人。噫!受诬若此,今之闻者,犹代其痛心疾首。试为设身处地而思之,其中委屈,有不欲言而不得不言者。盖良玉之统三军,与贼相抗,肘腋之间,岂无亲信之人以为指臂之助?良玉奇女子也,从事者咸得皆如良玉,晨夕借筹,午夜画策,忠于为国,几忘其身,冒险矢石之间,对垒锋刃之下,又何暇计及小节小嫌哉?诬言之来,未必不由于此。况当时血染战袍,铁衣不解,岌岌然有不可终日之势。萋菲之来,不暇自辩,亦不必自辩,而后人则不得不辩。而何以后人不能揭其苦心?语多疑似,辩犹不辩耶。嗟夫!

——《明秋馆集》,民国三年(1914)铅印本

海参崴形势考

海参崴在太平洋之北,东界倭苏里湾,西界大碑得湾,为天然绝佳之海。凡俄人得之,竭力经营,欲为其舰队之根据地。且其地设当西比利亚铁道之冲,为中俄二国之咽喉。惜其天气不佳,夏酷热而多雨,冬则苦寒,惟春秋二季,最为相宜。然俄国虽在欧罗巴洲之境,实则处于极北之方,濒于北冰海之滨。每交冬令,风猛水坚,兵船不能停泊,兵士尤苦严寒。俄人久欲得一善地,作水师停泊之处。于西历一千八百六十年间,偶见此港,波平浪静,于此停泊兵船,可以借此操演。其地则又四通八达,有事调遣兵船,

便于呼应；又可达东西洋各国，凡至日本高丽诸海口，无不便捷。是以英人亦注意于此，急欲得而经营之。虽尚未闻英人有争之之说，然以地利所在，终不免于竞求。该处现已为俄所有，无他国西人过问者，则或因纡道不便远取，或因国弱未敢遽争。俄人据此，扼天下之吭，骎骎乎逞其长驾远驭之策，经营不遗余力。有心人可知其志之所在矣。

——《明秋馆集》，民国三年(1914)铅印本

重申海参崴形势说

(因有驳前考为未是者，再申说辩之)

按海参崴虽一海口，而其形势确有可考。当此各国争强之日，一湾一港，无不竭力经营。其先必游历，所至著为论说。若海参崴，则俄人于一千八百六十年因北冰洋苦寒，始于此港停泊兵船。以其地在东北，界温寒二带之间，得东方之气，水不甚冷，与吉林犹隔沙漠之地，虽云近于中国，而距东三省尚远。以地球论之，俄与中国新疆、吉林为连界，然则吉林在东，新疆在西，岂地亦不可据与？盖有以也。俄之东则界于鸭绿江，俄之南则界于新疆，俄处于正北，枕于北冰洋，海参崴在其左，即前考所谓东偏也。西伯利、高加索二部，为俄之属，犹中国之行省，乃正北偏东之部落。海参崴在二部东，向故与俄近。盖地球环转，形如浑仪，万国五大洲，皆在地球之内。况天地之象，一画而分太极。天形圆，地形亦圆，地形圆则八方之位，圜绕其中，是有带转之义。地有分野，天有星度，温寒黄赤之道，辨于秒忽，稍不精详，则疑团生矣。海参崴地虽海口，实关乎欧亚大局。俄人驻兵开埠，渐集商贾，至今已数十年。茫茫海国，漠漠平沙，中国闭关自封，又何尝注意于寒荒一海口哉！

——《明秋馆集》，民国三年(1914)铅印本

蒋振懦

蒋振懦(约 1851—?),吴县(今江苏苏州)人。热心女学,热心社会活动。1905 年与王谢长达、陈星昭等人捐款创立苏州振华女校,同时参与创立苏州女界集议会、苏州争约社等组织。

蒋振懦女士苏州争约社演说

今朝我们同胞办华工禁约事,实在是万不得已的苦衷。且为我同胞讲讲:

我同胞听我的话,除非人类,没有不发指而眦裂的。华工是何等人?我中国同胞的兄弟。禁约是何等事?是不许我同胞立足美国的方法。自从禁约一定,我同胞到美国上岸时,先关在黑暗房屋内几个月,然后审问合例不合例。讲到审问,又凭一人判断,不许旁人听问。华人费去多少盘缠,一犯苛例,空手而归。因此,丧身亡家的不计其数。同胞想想看,真正气愤,真正羞辱!美国从前倘无我同胞代做工作,加罅宽尼一带,金矿铁路如何能筑造开采呢?一旦功成汗血,便用不著我同胞,就想绝其来路,所谓鸟尽弓藏走狗烹的前事,实在不公平得很了。现在清国政府不能抵制,事事退让,诚恐有伤睦谊。曾君少卿想一极和平、极文明的法子,就是不用美货。吾辈虽然是女子,然在四万万人中,居然占得半部分,凡寻常日用里头,想来美货亦不少,岂可全无心肝,甘居化外么？或有人说道：男子的事，女人家不必过问。试想女人与男人，同具五官支体，男人有血性，女子岂可无血性？倘不去争，是女人真是凉血动物，真非中国子民了！况禁约一事，关系很大。譬如一家大户人家，哥哥被西首人家欺侮，弟弟不去与闻，缓一刻就要欺到弟弟身上了。并且不独西首一家，东首一家看我好欺侮，也要来尝试尝试。这个道理是的确不易的。所以吾辈虽是女子，不能不结一大团体，同男子的共谋抵制，但是办法要文明，除掉不用美货紧持到底的事，此外一概不问。否则，数年以后，恐有无数美国人来欺我，地球上无我同胞立足的地了。姊妹想想，可怕不可怕，当行不当行呢？

——《女子世界》第二年(1905)第三期

曾纪芬

曾纪芬(1852—1942),号崇德老人,文章署名“聂曾纪芬”,湖南湘乡人。曾国藩季女,嫁入衡山名门聂家。夫聂缉椝,浙江巡抚。曾纪芬幼承家学,工书,善诗文。

致万国妇女和平会颂词

维救主降生一九一五年之五月,当欧洲列强血战方酣之际,中日交涉会议未决之时,而世界闻名女士,乃有万国和平会之组织,倡导大同主义,开大会于我素敦睦之美国,将以协议世界永久之和平。猗欤休哉,可谓知本者矣!余以衰龄,惮于跋涉,未克躬与其盛,惭怍滋甚,爰述鄙见,以表颂忱。吾国立国四千余年,先代贤哲,注重和平,垂训后世,典册犹存。如孟子之言曰:“善战者服上刑,连诸侯者次之,辟草莱、任土地者又次之。”故武王克商后,即放马于桃林之野,以示弭兵。盖古代圣贤君相,莫不以穷兵黩武为戒。虽春秋之季,兵连祸结,然犹以尊王攘夷为辞,初未敢明目张胆,夺人土地,据为己有。迄乎汉兴,匈奴时为边患,于是我国始从事兵备,盖非得已也。西邻诸国,自近世纪文艺学术大兴,而后国家主义学说乃极盛于一时,国际之间猜忌嫌怨,无所不用其极。平日君相相见,欢洽逾恒,一旦因土地之细故,遂不惜牺牲其财赋人民,以决胜负于枪林弹雨之中。呜呼!天下公理,若果可诉之于武力，则与基督所训爱仇如友之道，大相背驰矣。先君文正公之言曰："天下之风俗，起于一二人心术之微。"会员诸君，身为国民之母，博学宏识，义举仁心，其所建议，影响于国家世界者至大。措斯世于永久和平之域，微诸君其谁任之，岂仅私衷所为颂祝者哉？谨贡芜词，用伸鄙意。并祷上帝，祝福诸君健安进步。

按：今年四月间，世界各国有名女士，曾开协议世界和平会于旧金山之巴拿马博览会。吾国女界并未派代表莅会，诚为憾事。后有西人某敦请聂曾纪芬女士赴会（女士即长沙基督教青年会总干事聂君其焜之母），女士以年高路远辞之。特以其殷殷劝驾，不忍辜负，故作是篇，寄会以答盛意。有此一举，似可于该会中为我女界占一席也，故录其颂词于此。记者附志。

——《中华妇女界》第一卷（1915）第七期

述曾文正公家训

阳历八月二十六日，幼稚教育研究会在江苏省教育会所开成立后第三次大会，承聂太夫人曾纪芬惠临演讲，闻者莫不感佩。予以其言诚能针世砭俗，亟请缮写成稿，登于女报，使我全中国女界皆得有所闻知。庶几太夫人之救世宏愿得普及于闾巷，而彼骄奢惰逸之风，或因此稍为敛迹乎！谨以载诸篇首。彬夏识。

日前朱胡彬夏女士到舍间，以此次贵会大会招鄙人到会演讲，力辞不获。鄙人自惟愚昧，生平于教育既无研究，德行更无可言，何敢高据演坛，随意论列？连日踌躇，谨以少时随侍先君文正公所闻庭训，略述一二，以贡献于诸君。至于词令拙陋，惟诸君谅焉。

先君当太平倡乱之际，戎马倥偬，不遑宁处。迨总督两江，始迎眷赴署，不及数年，而先君弃养。且居官之日，案牍劳形，家人相见之时既少，故鄙人之所闻者，更不及先兄等之半。至于先君之道德文章，已有专集行世，无待赘述，惟以所习闻于庭训者，为诸君道一二焉。先君生平以吾家起寒素，一旦位极人臣，深恐余兄弟姊妹习于富贵，沾染骄纵习气，故训余辈第一注重谦字。家书中尝云："世家子弟最易犯一傲字，见乡人则笑其朴陋，见雇工则颐指气使，此即日习于傲。"又云："吾家子弟满腔骄傲之气，开口便是道人短长，笑人鄙陋，均非好气象。"鄙人闻西人教育子女，亦最注重礼貌，应对进退，动中规矩，与先君之教训相合。但观近年以来，向学生徒，多于尊卑长幼之礼漫不讲求。自从民国成立，更为忽略，对于尊长，辄有睥睨一切之概。此种骄傲性质纵之不已，他日宁得为循循有礼之高等国民？甚望诸位注意此层教育也。第二注重勤字。余家先世业农，先君通显后，家书中屡劝子弟遵守先曾祖星冈公"考、宝、早、扫、书、蔬、鱼、猪"八字。"考"谓祭祀祖宗；"宝"是仁爱亲友；"早"指早起；"扫"指洒扫；"书"指读书；"蔬"指种菜；"鱼猪"指养鱼喂猪。均须躬亲，深恐子弟习于惰逸。常曰："家败离不了一个奢字；人败离不了一个逸字。"又曰："欲去惰字，总以不晏起为第一义。"先兄长(惠敏公)于咸丰六年完婚于乡，先君函谕有云："新娘初来，宜教之入厨作羹，勤于纺绩。"又询："一二三诸女已能做大鞋否？三姑一嫂每年做鞋一双寄余，所织之布做成布袜寄来，余亦得察闺门以内之勤惰。"在两江督署时，亲定课程，令诸嫂及余姊妹每日到小厨房做小菜二样，早晚均须纺纱绩麻，或自己缝衣做鞋。故鄙人幸能略知家政，实赖先君先母教诲之恩。近来国人日趋惰逸，因之国势日即衰弱，兴言及此，感叹系之。第三注重俭字。先君于太平乱起以前，已官礼部侍郎，平日训余辈云："所谓奢者，不必锦衣美食，但使绸衣皮袍，俯拾即是，舆马仆从，习惯为常，即日趋于奢矣。"家姊出阁时,每人奁资均只二百金,衣服只二箱,均系实事。平日只穿布衣,即有喜庆,亦不许过于华丽。在江督任时,严禁州县办差,自支廉俸。宴会只准用鱼翅,席不准用燕窝烧烤,并戒僚属,相率成风。其时南京城内,自乙丑年至壬申,无有用烧烤席者。岁俸有余,捐作公益善举。薨时宦囊所余无几。即鄙人所育子女,二十岁以前,亦不令穿皮衣,不给月费,诚以俭为美德,甚恐不能遵先君遗训,以误子弟。惜晚近世风,习于奢侈,青年子弟,多尚丰衣美食。弊之所极,每年金钱流出海外不可计数。则先君之注重勤俭,诚今日之急务矣。鄙人犹忆先君手书课程表中,有四语云:"家勤则兴,人勤则健;能勤能俭,永不贫贱。"今日中国贫弱极矣,使人人得先君之遗训而景行之,庶乎其有补乎?梁任公近编有《文正嘉言钞》,抉择详备,诚今日教育学生之良课本也。

——《妇女杂志》第二卷(1916)第十一号

曾懿

曾懿(1853—1927),字朗秋,一字伯渊,号华阳女士,华阳(今属四川成都)人。父曾咏,任户部主事、吉安知府等职。母左锡嘉,清代画家,与其姐左锡蕙、左锡璇并称左家三才女。夫袁学昌,武进(今属江苏常州)人,光绪举人、湖南提法使,与曾懿为姨表兄妹。四子袁励衡,民国著名银行家。曾懿通医理、擅诗文,有《古欢室诗词集》《女学篇》《中馈录》《医学篇》等,其次子袁励准将其合辑为《古欢室全集》刊印面世。

女学总论

今以我国幅员之广,包罗四万万人之众,而女多于男,徒以不兴女学,使女子蛰处深闺,无知无识,悠悠忽忽,坐受淘汰于天地之间,不亦大可惜哉!夫国者,家之积也;家者,个人之积也。女子有学,其功仅一家而止,扩而充之,无家不学,直一国之福也。况女子之心,其专静纯一,且胜于男子,果能教之得法,宜可大胜于男子者。杨子云:"虽云色白,匪染弗丽;虽云味甘,匪和弗美。"女子不学,智识何由开耶?故男子可学者,女子亦无不可学。历观古今女子,具有过人之才学,享淑名膺贤誉者,何可胜数!懿尝谓:陶融女子之性质,必教以读书明理为第一义。读书则明理,理明则万事发生之原也。推之经史、词章、图画、体育诸学,可以益人神智;算学、针黹、工艺、烹饪诸学,可以供人效用。能秉此学以相夫,则家政以理;能秉此学以训子,则教育以兴。《大学》所谓"不出家而成教于国",真笃论哉。今之为父母者,每于女子多不知教以文学,又不知扩以智识。幼时在家,惟父母是依;及其于归,惟夫是赖。夫富亦富,夫贫亦贫。尝见富贵之家,娶无学无德之妇,奢侈逸豫,靡有厌足。广蓄奴婢,被服绮罗,暴殄天物,全不知稼穑之艰辛。相夫则夫受其害,教子则子受其害。天下人才不兴,必女教之失也。国欲治安得乎?其贫贱之家,则归之于命,全不知振作有为,自甘居于人下。即有自奋自强者,亦无非凭十指之针线,为人作嫁,博取微利,即糊口尚不可得,何云致富?比者各省女学渐启萌芽,女学既兴,无论贫富,均能入堂就学,从此刬去锢习,与男子以学相战。驯至男女智识相等,强弱自能相等,不求平权而自平权矣。此非直为女学界之转机也。且从此男女智识互相竞争,各求进步,黄种之强,殆将驾环球而上矣。懿愿天下之为母者,教育子女,经理家政,务各尽其道,使男子应尽之义务,无不与女子共之,男子应享之权利,亦无不与女子共之。分之一家蒙其庆合之,则一国受其福,影响之捷,速于置邮。一国之中,骤增有用之才至二万万人之多,夫何贫弱之足患哉!

——《古欢室全集·女学篇》,
清光绪三十三年(1907)刻本

萧道管

萧道管(1855—1907),字君佩,一字道安,号道安居士,侯官(今福建福州)人。父萧凌皋,商人。母林氏。夫陈衍,侯官(今福建福州)人,号石遗老人,光绪壬午举人、学部主事。萧道管诗文俱佳,擅考据之学,著有《说文重文管见》《列女传集注》《平安室杂记》《道安室杂文》《萧闲堂遗诗》《戴花平安室词》《然脂新话》等。

种竹小记(乙亥二月)

夫渭川千亩,箨龙有聚族之乡;水屋三分,野鹤有营巢之志。数墨君于堂上,访青士于林中。翠袖难逢,贤人已往。乃有铭成陋室,地仅拓夫三弓;赋就小园,阶只留其盈尺。呼绿拗儿而不到,请二三子而未来。占西南之得朋,坐左右以佳士。问世人那知其故,谓一日可无此君。于是命锄月之长镵,拥拂云之新帚。坐我林下,徐来清风;如彼楼中,最宜急雨。卖珠侍婢,惊日暮而天寒;吃笋抱孙,待添丁而生子。彼夫丈夫十万,多则多矣,童子一窠,美则美矣。然粗才贻笑,日报徒劳,岂若此干青霄直上,是名野人之家;补丹将集中,自记筼筜之谷。

——《道安室杂文》,清光绪间刻《石遗室丛书》本

双骖园思旧记

双骖园为龚氏别业，在乌石山之阳，儆玉兄公赁居奉母。余岁时伏腊诣之者屡，至则登降眺望以为乐。顾往往怃然久之，盖是时李氏姒琬华没已将十年矣。回念居妙巷时，余与琬华日相语，琬华喜为诗词，而余喜学为文。余喜听琬华读诗词，琬华喜看余写字。尝戏余曰："人言睫毫长者聪颖，信然？"琬华字体稍弱，故云。余所居室前有竹，有花，有草。一日，至余室，坐对庭柯，曰："吾人如一树花，殊不任风雨。然木本者尚耐久，虽过花时，绿阴犹清润可爱，草本则凋谢较易。君木本也，吾则草本矣。自武平一行跋涉，惶恐至今，犹悸殊惏然无远志。"余甚怪其言不类二十许人，而琬华不三四年死矣。自余见琬华，多穷愁憔悴，所居斗室，芦帘纸阁，且不能完葺光洁，镜台梳洗，书签药裹，与红白褓裸丛杂满前，今则牙牙雁雁者，舞象舞勺矣。山居佳胜，长逝者如斯，非木人石肠，能无山丘零落之痛耶？己丑三月。

——《道安室杂文》，清光绪间刻《石遗室丛书》本

戴花平安室记

吾乡井关外里许，有汤泉焉，高树生凉，流水萦带，风房水榭，纵横其间。往岁七月，石遗出浴，归携玉簪花双朵，余戴其一，以其一遗琬华。秋花香多清冽，色艳而不缛，木兰、素心兰、秋海棠数者皆逸品。玉簪，余尤爱之。其明年四月，余以妙巷屋逼仄，移居水流湾。琬华二月产一女，不举而病，七夕后一日死矣。余往哭之恸，夜归，窗前玉簪花数盆正盛开。怅触芳馨，美人焉往？增余酸痛，为不寐者累夕。旬月间，石遗屡同其伯兄出游写忧。一

日,归告余曰:今日复至去年摘花处,戴花人有亡者矣。得诗一首,曰:又是西风曲水亭,玉簪花发去年馨。戴花人尚平安否,樊榭新词不可听。第三句樊榭词用山谷尺牍“花数枝,漫送余春,尚可赏否,戴花平安否”语也。顽钝之躯,至今无恙。因署所居曰戴花平安室。但使蒲柳未零,亦免贻君之神伤已。庚寅十月。

——《道安室杂文》,清光绪间刻《石遗室丛书》本

游京口三山记

旧读吾乡郑荔乡先生诗云:“金山如丽人,明妆炫华屋。焦山如静女,翠袖倚修行。”梦想久之。及石遗游湘归,有《江中回望金焦二山》七言古篇,中亦暗用荔乡先生诗意,但稍有抑扬于二者之间,而实未登二山也。后数年寓家上海,石遗屡往来于江上,乃有《晓起登北固山》《放舟至金山江天禅寺》二诗,亦尚未登焦山。又数年,移家武昌,余乃得见荔乡先生所谓“如丽人”“如静女”者,其言诚不我欺。由是往来江上,舟过金、焦、北固下者八度,乃得登三山,而均造其绝顶。事有至近而若远、至易而甚难者,往往然也。北固多楼观,少林壑之美,自下望之,与湖口石钟山酷相似。金山虽环以梵宇,结构庄严,而山椒拔出寺表,有亭有塔,高凌天风,有碣书“江天一览”四字。盖北固、焦山俱在眼底,与江流相映带,弥觉秀丽。北固有宋吴琚题榜六字,云“天下江山第一”,似当移置于此也。焦山岿然中流,兼林壑楼观之胜,最高处“吸江”一亭,似金山“江天一览”处,惜在望者乃一濯濯之象山。而金山之供人眺览,仅等于登金山之眺北固,不若其眺焦山之苍翠在眼也。至于寺院楼阁,皆依山枕江,实兼幽旷二致矣。故游乎山之中,则焦山胜;观乎山之外,则金山胜也。焦山岿然中流,故自外观之尤胜。若金山亦在中流,一如昔日,则外观之美,岂必焦山胜耶?余

游北固、金山，在丙午二月三日。是日大风卷云，春寒僵人。上“江天一览”处，与风相抗，几仆者屡。次日放舟至焦山，风日晴美，盘旋石磴，不觉登顿之用力。在金山观东坡玉带，焦山观杨文襄留带及《瘗鹤铭》残刻。午饭枕江阁，日斜刺船归。同游者石遗及大儿声，暨从仆张宗杨。

——《道安室杂文》，清光绪间刻《石遗室丛书》本

言愁

愁如海也，井蛙不知有海；恨如冰也，夏虫不知有冰。其于人也，为愚故愈愁。以愚本无愁，无所谓愈；如其不愚，未有不愁者。愁之数，以愚之数为反比例，而境遇不与焉。进乎愁者，若忧患，若悲哀，皆愁之变相。人有祸在目前而不知忧戚，至死亡而不知哀者，非其天丧，乃其天全也。不知者，其未来者也，祸在目前为未来，戚至死亡为见在。未来则愚者不知，见在虽愚未有不知者。曰天下无见在，即见在即过去，未来不迎，过去不留，何知之与有？然莫不知饱暖，饱暖其见在乎？即饱为过去，自一咽再咽以至数十百咽，其间有见在者矣。寒之需衣，自身之在衣，皆见在焉。若鸟之有羽，兽之有毛，拔其羽，刮其毛，未有不鸣号者。未饱而夺之食，亦犹是焉。及其即餍，刍豢不拒，盖过去也。杞梁之妻善哭其夫，至于崩城，河间妇人则若无事焉。荀粲神伤以尽，庄生则鼓盆。高子羔泣血三年，未尝见齿，原壤则登木而歌，人之度量相越，若犬马之与我不同类，未为充类至义之尽也大。鸟兽失丧其群匹，越月逾时，犹必反巡过其故乡，翔回鸣号蹢躅，乃能去矣。然如庄生、原壤、河间妇人，彼或有托而逃，或出于此而入于彼也，然则愚可学乎？绝圣弃智，塞聪黜明，不能举剖斗折衡以为例也。剖与折，一举手之劳，斗衡已失。塞之而犹聪，黜之而犹明，非入

定面壁不可矣。若圣与智,不以入定面壁而遂弃绝也,造物之不齐也。有得失之辨,而苦出焉。所谓苦者,皆其意有所欲得而不得,与得之而不久、失之而不复也,不欲得之则不得不以为苦矣。何以欲得?不过夏虫之欲得夏,井蛙之欲得井而已。若夏虫欲得乎夏之外,以至于冰;井蛙欲得乎井之外,以至于海:则多此夏以外、井以外之境于意中,不视止欲得井、止欲得夏者已侈乎!虽不得,固无失其为夏虫、井蛙也。人情莫不好合而恶离,好则欲其合而恶其离;恶则欲其离而恶其合。好恶无定在,离合又无定在,而苦乐生焉,而命运之说起焉。同耆、同听、同美、同然,言其大概也,有大同实有小异,有小异斯有大异。菖蒲、羊枣以至于痂,不同耆也;环肥燕瘦,以至易内好外,不同美也;党牛怨李,剧秦美新,不同然也,而好合恶离则无不同。然死亡,离也;妃偶之不如愿,亦离也。夭卒为死亡,寿考亦为死亡。相如得文君而如愿,相如不得茂陵女,又不如愿:无他,恶离故也。人间天上为离,山川舟车亦为离,异室异床异被亦为离,自身而外无不离者。虽身以内,亦何尝不离?不聪则耳离,不明则目离,齿摇则齿离,发落则发离,面枯则颜色离,体疲则精神离。昔昔梦为仆则富贵离,昔昔梦为帝则贫贱离,人梦觉则魂气与躯壳离。合者其传舍,离者其归宿。离者,其本来也无愁,有天子,知有愁,焉得无?无当读毋,禁止词也,莫愁正其例也。秦皇、汉武不自安于夏虫、井蛙也,刘禅、陈叔宝庶乎近之。

——《道安室杂文》,清光绪间刻《石遗室丛书》本

说乐

乐无涯也,而行乐有涯。于是乎苦与乐息息相关,如环之无端焉。孟子、荣启期皆有三乐,一至难,一至易也,而实无易之非

难。父母安得俱存,兄弟安得无故,不自主也。若何而后不愧不怍,无标准、无界限也。舜日为善而不愧怍,蹠日杀人亦不愧怍,各适其适也。尧舜不能保丹朱、商均之不肖,何以教育英才?后世有以讲学而门户,植党而水火者矣,曾何乐之足云?荣启期之乐得为人,其不得为人之不乐,吾无从知之,可无辨也。必乐为男子,则妇女将绝迹于天壤乎?必乐乎老寿,则曰幼、曰弱、曰壮、曰强、曰艾,皆将汲汲顾日影,而戚戚于死期之将至乎?乐之高尚者有二,曰感情,曰名誉。富贵者,所以供斯二者之取精用宏而已。无斯二者而徒富贵,不过藏货财之藏,土木偶像之衣冠而已。感情、名誉,二而一者也。有名誉未有无感情,有感情亦未有无名誉者。感情易解,名誉难言,流芳千古,遗臭万年,此所谓臭彼以为芳,仁者见仁、智者见智也。

汉高约法三章,“杀人者死,伤人及盗抵罪”,简约至矣。然“窃钩者诛,窃国者侯”,身外之物,孰则非盗无已,其杀人伤人有罪乎?然以挺与刃,以刃与政,杀伤有得见不得见者矣。古云杀之而不怨,情欲之感则有之矣。自道学者言之,若污齿颊而自有千古者,有乐道之者也。蔡邕之哭董卓,桓温之慕王敦,士各有志也。自李太白死,三百年无此乐,知德者鲜也。“人生行乐耳,须富贵何时”,此轻世而肆志也。行乐云者,道在振作而有为,因势而利导,急起而直追也。然而有胜情矣,又必有胜具,有胜具矣,又必有胜流。三者备矣,而所谓良辰美景,赏心乐事。以时势造英雄者,皆将以英雄造时势乎?然而英雄不世出,时势又不可待。所谓陈、徐、应、刘,一时并逝也;所谓期年之间,丧赵云、阳群、马玉、阎芝、丁立、白寿、刘郃、邓铜也。故均之英雄,有为帝王者矣,有为将相者矣,有为盗贼者矣。均之帝王,有为一统者矣,有为偏安者矣,有为割据者矣。其遇顺也,德小者为里胥,为县大夫,稍大者为诸侯,又大者为方伯连帅,又大者为天子。此千载而不数觏者也。其处逆也,能守一寨者,环寇数千焉;能守一城者,环寇数万焉;能将十万者,寇至且百万焉。国侨揞拄弱郑,诸葛割据蜀中,而秦政之并吞席卷,又徒以土崩而瓦解。“生于忧患,死于安乐”,造物无才,而借口于持平也。且夫“众人熙熙,如享太牢,如春登台”,言众人无识,但顾目前之乐乎。宇宙之大,品物之盛,犹大飨也。聪明英秀之子,犹上宾也。礼行终日,宾主百拜,庭实旅百,奉之以玉帛,肉干人饥而不敢食,酒清人渴而不敢饮,此何为者耶?及卷三牲而归之宾馆,则日晏人倦而思卧矣。故《鹿鸣》之燕群臣嘉宾,《常棣》之燕兄弟,《伐木》之燕故旧朋友,盛世之元音,千载而一时者也。死丧无日,无几相见,乐酒今夕,君子惟宴,有泣下沾襟耳。谢安石先乐后忧,范希文先忧后乐,二者未知孰得而孰失也。

——《道安室杂文》,清光绪间刻《石遗室丛书》本

平安室杂记

余初嫁之明年二月,移居妙巷,室极小,向窗处仅一书案,与君共之,曲尺而坐,膝相促也。窗前种竹二三十竿,金银花一架,绿阴在地,幽香入帷。是年光绪纪元,君为其仲兄邀,往经院巷寓斋攻举业,闲日一归。余日取《通鉴》欹枕阅之,倦则易以唐小说及《聊斋志异》《红楼梦》之属。岑寂况味,黯然鲜欢。既下第,不复往。则买菊花于小院中栽之,案头罗列瓶盎供折枝。上灯,离离疏影蘸窗纸,粉壁如画。余诗所云“窗纱厌白地,位以瓶花影”者也。是秋肌容略瘦,君题楹联云:“翠袖影婵娟,日暮天寒倚修竹;疏帘风料峭,秋深人瘦比黄花。”腊月,余产一男而殇,病甚殆,君亦病。次年二月,呼画师写小影,君题《洞仙歌》一阕云。

是年丙子当乡试,君在家与沈丹孙、陈少虞诸人为帖括之会。

其时年少气盛，不甚以功名为意。夏月溽暑必昼寝，或席地卧黄琉璃，饱啖荔枝、菱藕诸果品，瓶中多插白莲花。夜往往达曙不寐，剧谈杂乱无次，而自有蛛丝马迹，牵连其间，一语龃龉，继之以争，倚枕龂龂不相下。必论辩透彻，芥蒂消释而后止，则又酣嬉淋漓以为乐。室既东向而浅月出，竹影婆娑，从疏棂中斜筛床上。并枕共语，视窗纸白，寺钟鸣，始倦极而寐，率以为常。当时精神饶富，而纵意所至，殊不知自爱惜。君绝不畏蚊，而余极畏之。君贪凉，睡不下帷，余肌肤时时遭噆螫，裤管下，足纨上，终夜搔痒不得休。小婢早头触屏风矣，曾有联句一章："凉宵同不寐"云云。八月杪，与君陪余母亲游石鼓山，宿东际楼者二夜。喝水岩、舍利窟诸处，余均能上下石磴，不坐篮舆。归用西洋法照二相。次年正月，潜儿生。未弥月归宁，隔宿，遂生于母亲家。

是秋七月杪，君病甚剧，近重阳始勿药。君伯兄与陈芸敏、徐仲眉、叶临恭诸人，为降神之戏。夜夜净几明灯，联吟倡和于沙盘木筏中。君亦彻晓不寐矣。岁暮犹不少休，骖鸾倡和集厚径寸，余亦偶有和诗。其明春，伯姒李琬华病，此事遂废。

戊寅二月，余又举一男。移居水流湾，屋甚开敞。夏日纱帱竹簟，卧其中，不复为吾宗之露筋神矣。忆露筋神姓萧，小字荷花，见何书忘之矣。五月，与君夜游小西湖，泛舟，宿宛在堂，得数绝句。是冬，移居西门街，屋三楹，有小池，缭以碧栏，环以假山，上为小露台，旁为花坞。花木则有木芙蓉、石榴、千叶桃、水杨柳之属。是岁，君有《除夕杂诗》五首。入春多雨，池水遂盈，绕池青草莓苔，如绒如罽，重以绿阴压檐，举几榻衣袂，无不苍润欲滴。残花坠叶浮水面，久则池水不洁。余戏缚小竹网，竹竿为柄，倚栏持向水上捞之。池小，不久已净尽，少澄则晶莹见底。秋来木芙蓉盛开，日百十朵。晓起新开者，朵朵白如霜，近午渐转红，隔夜者红似锦，君诗所云"芙蓉红白天初晓"者也。芙蓉盛开，而君有杭州之游,余与君别始此。九月,余举第三男,十日而君行,由甬上抵杭,小别仅四十日,以出门后不得余手书,心动急归。余为钞《游杭诗》一卷。

庚辰,君假馆于余府巷曹氏楼,去家仅一牛鸣,早出夜归。入秋,有友人招游武夷,以事阻,不得往。冬,余又产一女,不育。君家贫,余年年举子,以初、二乳皆不育,举潜儿时,乳遂绝不复湩。一子须一乳妪,费亦大矣。然殊不知忧贫也。

辛巳正月,君为武夷之游,别三十余日即归。余为钞《游武夷诗》一卷,作序一篇。是时,君草创《元诗纪事》,急欲成书,阅市借人,日日摊卷瞑写。有时借书麇至,叠床庋架,满室满堂,余亦分抄撮之任。时西街屋已老,居停大修葺之,筑墙垩壁,三阅月始复故处。余寄居母亲处,真如元遗山《移居》诗所云"故书堆满床,故物贮满箱"者。余怀第八胎,七月而病血崩,行步则滴沥如屋漏。九月产一男,坠地已死。血崩时,人常昏晕,服翁医师药,乃渐愈。君忧甚,为和衣卧者月许日。有二词记其事,余亦有律句一首。明年壬午又乡试,君假馆丰井营,约以半日为仲容六姑课子,晨往,未申归。归则屏去一切,执墨卷咿唔,不复如往时之泄泄矣。

癸未正月,君入都。先是,余产子多濒于危,计是夏又当产子,有戒心,因遂偕行。不知者多匿笑之。至都,稍游陶然亭、天宁寺、崇效寺、法源寺、苇湾、十刹海诸处。既报罢,不可留,无计复登览,赁舟南下。潞河中风景,君诗所云"麦稍漾浪齐于柳,港势回环已似沾"者,尽之矣。至沪,君先督行李登轮船,余尚在客邸中。忽乃心伤悲,若有一哀之遇也者,不禁哭出声。同舍人大骇,须臾君仓黄归,乃知君登船后,复返岸,浪翻小舟欹,遂坠水,浮沉数十,须臾才援一篙而上也。五月半至家。六月朔,复举一男。君是年仍辑《元诗纪事》。甲申七月三日,为马江之战。马江去会城五十里,午后忽闻炮声轰震,赤光烛天,报捷者相属于道,谓已毁法人若干舰。夜三鼓，当道犹在梦中。天黎明，闻城市中肩舆担夫，填咽转徙，乃知昨已大挫衄，船司空所造诸战舰，已灰飞烟灭，督师者已奔鼓山下乡村中。法船已盘踞港内，择诸炮台、船厂要害者，测量轰击瓦碎。城中诸大吏，缩头不敢出衙署。新团练使献闭门塞窦之策，将囊沙塞七城门。人心皇皇，惧坐以待毙，仓皇出走。余家故无长物者，亦持挈老幼，暂避西关外宝福乡墓佃家。宝福乡去城不远，避此者得以行止自如耳。来者余与君两老母、余三男子，君则同一力留看家中，时往来于其间。余生平未尝执爨，至是始学为之。六七人居一室，木榻木案外，炉灶、烟突、清器、虎子、龙具、觥盘之类，罗列左右，乃知田家风味有如此也。

八月，全家移居建溪之房村口，为吾闽西路盐船查验处。李畬曾氿君暂董其事，借以为避地计也。所居背山临流，正屋三楹，有楼有别院，亦三楹。别院有桃有梅，登楼一望，则《竹楼记》所谓“风帆沙鸟烟云竹树而已”。此地去建郡一日路，君偶往游，数日归。早起放船下溜，在船上假寐著凉，归后即病疟，不食者十日，委顿甚。余携家护君还省，时十月也。卧病三阅月，腊月方大愈。以房村账目有交割未了者，腊底携一仆往，新正晦日回家。除夕前二日，与余书云：“吾此来心绪殊凄然。前度尔我双栖，犹苦岑寂，际此风物凄紧，百感峥嵘。日将西入，天色黝黑，荒村人少，远闻鹧鸡声，空山伐木声，与落叶凄厉声。庭中苔草渐有青色，门前老梅作花已满树，糁白地上，厚寸许。仆人折来教插瓶，谢绝之，谓无此佳兴。种种酸臆，不知若何之一往而深。一路来时，滩声潺湲，倚枕不寐。向晚冻云四合，作欲雪天色，增人凄恻。今夜一灯荧然，揽衾入梦，不知梦能还家否，不知何时入梦也。既来此矣，姜白石词云‘第一是早早归来，怕红萼无人为主’，大约在拗九前后而已。家中绛桃，书到时定将的的作花。仆归时，落英飘尽矣。"

丙戌,君在都门。春尽日寄余书云:"今日春尽日矣。起略早,作殿体书三开,一面写,一面欲假寐。饭后手惫极。偶出门,见柳花飘扬,新燕连翩,不觉黯然。各处花闻已盛开,终日埋头,未曾往看。劳劳而来,匆匆而去,天下何不值如之。有词一首寄读云云。"是年又下第。

烟目靓清,留连景光,竟夕不寐者,吾两人之常也。在台阳时,居一危楼,楼外有榭,榭外有台。每海月东上,开窗四顾,弥望恶竹及稻田。东南数里外,参差雉堞,映带寒山一逻,作伤心碧色。因念十年来,走京华,过春申浦上,避地于蛮溪之滨,作客情况,难具论矣。然未有若是之寒心飘摇,凄寂无主者。依人情况,燕幕本少安巢,海外飘零,弥觉家山路断也。

——《平安室杂记》,清光绪间刻《石遗室丛书》本

单士厘

单士厘(1858—1945),字受兹,萧山(今属浙江杭州)人。父单恩溥,嘉兴教谕。母许仁林,早逝。夫钱恂,吴兴(今浙江湖州)人,晚清外交家。单士厘曾随夫游历日本、俄国、荷兰、意大利等国,著有《癸卯旅行记》《归潜记》,是中国第一个走出国门并留下游记作品的女性。此外,有《清闺秀正始再续集初编》《清闺秀艺文略》《受兹室诗钞》《懿范闻见录》等。

癸卯旅行记(节录)

回忆岁在己亥(光绪二十五年),外子驻日本,予率两子继往,是为予出疆之始。嗣是庚子、辛丑、壬寅间,无岁不行,或一航,或再航,往复既频,寄居又久,视东国如乡井。今癸卯,外子将蹈西伯利之长铁道而为欧俄之游,予喜相偕。十余年来,予日有所记,未尝间断,顾琐细无足存者。惟此一段旅行日记,历日八十,行路逾二万,履国凡四,颇可以广闻见。录付并木,名曰《癸卯旅行记》。我同胞妇女,或亦览此而起远征之羡乎?跂予望之。浙江钱单士厘志于俄都森堡。

癸卯旅行记卷上

光绪二十九年二月十七日(阳三月十五)　黎明,发自日本东京寓庐。是行也,留两子一妇一女婿三外孙于东京,远别能无黯然?然两子一妇一婿,分隶四校留学,渐渐进步。外子自经历英、法、德、俄而后,知道德教育、精神教育、科学教育均无如日本之切实可法者,毅然命稚弱留学此邦,正是诸稚弱幸福,何惜别之有?且予得一览欧洲情状,以与日本相比较,亦一乐事。时大坂正开第五回内国博览会,尤喜一观。遂命长子妇侍往大坂观会,俾于工艺上、教育上增多少知识。午前七时余,汽车发新桥驿。家人之外,同国人、日本人送行者数十。汽笛一声,春雨溟蒙,遂就长途。新桥、神户间,所谓东海道者,予已三度经过,均晚发晓达,未得领略风景。此次虽雨窗模糊,究比宵中明亮。自山北驿至御殿场驿,穿过隧道不少。急湍峻岭,翠柏苍松,仿佛廿余年前游括苍道上。过琵琶湖,南入西京近乡,夹道田畴,正事耕作,现一种农家乐境。午后九时半,抵大坂,寓环龙旅馆。自新桥至大坂,凡日本三百五十六里半(日本一里当中国六里)。

十八日(阳三月十六) 观博览会。外子承日本外务省招待,为赴会之宾,有优待券。予相偕而往。外子云,虽不如昔年法国巴黎之盛,而局面已不小。况既云内国博览会,自不能与万国博览会相比拟,而其唤起国民争竞之心则一也。会场地凡十万余坪。其中万二千余坪为建筑之馆舍。会中凡分十馆,汇记如左:

曰工艺馆,为此会主中之主。栋宇连亘,品物充牣,较他馆为盛,无一非本国人工所成。此会每五年一回,以与其前次之会相较,验工作进步之程度,故精制固所共珍,即粗制亦在所不弃。更助以图画、模型、解说书等,务使览者了然于其发达状况,用意全在工商。馆中执役人,尚女少于男;窃度第六回之会,必女多于男矣。华人向译此种会曰"赛珍",曰"赛奇",皆与会意相剌谬。

曰教育馆。日本之所以立于今日世界,由免亡而跻于列强者,惟有教育故。即所以能设此第五回之博览会,亦以有教育故。

馆中陈列文部省及各公立私立学校之种种教育用品与各种新学术需用器械，于医学一门尤夥。更列种种比较品，俾览者得考见其卅年来进步程度。年来外子于教育界极有心得，故指示加详，始信国所由立在人，人所由立在教育。有教必有育，育亦即出于教，所谓德育、智育、体育者尽之矣。教之道，贵基之于十岁内外之数年中所谓小学校者，尤贵养之于小学校后五年中所谓中学校者。不过尚精深，不过劳脑力，而于人生需用科学，又无门不备。日本诚善教哉！

中国向以古学教人，近悟其不切用而翻然改图，官私学堂，大率必有英文或东文一门之功课。试思本国文尚未教授，何能遽授外国文？无论其不成也，即成，亦安用此无数之通外国文者为哉？要之教育之意，乃是为本国培育国民，并非为政府储备人材，故男女并重，且孩童无不先本母教。故论教育根本，女尤倍重于男。中国近今亦论教育矣，但多从人材一边著想，而尚未注重国民，故谈女子教育者犹少；即男子教育，亦不过令多材多艺，大之备政府指使，小之为自谋生计，可叹！况无国民，安得有人材？无国民，且不成一社会！中国前途，晨鸡未唱，观彼教育馆，不胜感慨。

曰农业馆，凡植物及畜牧皆隶焉。即如米之一种，每匣仅装合许，凡数千百匣，盖别其为何地所产与何种肥料所培。卖约开始甫一日，此千百匣为一人尽购而得。（会例：凡买会中物品，留俟会散始取去。）可见彼中人留心实业。

曰林业馆。闻此业各国均以为巨额之收入。日本亦仿各国例，分帝室产（即御料林）、国有产、民有产三种。国有产最多，民有产次之，帝室产独少，有比较图悬示。或不知帝有与国有之迥别，故特揭之。

曰水产馆，陈列鱼鲊、海苔等类。鱼本日本所独富，渔又日本所擅长。观其渔法、渔具，随时随地随鱼而异，分示极细。闻宁波渔具,为欧美所艳称,惜无会以表显之。

曰机械馆。此馆所陈,亦日本所自造;而其式其用,皆学自西方者。

曰通运馆,汽车、汽船、电线等属焉。亦取法西国,而无一西国品。

曰美术馆,绘绣、雕刻、抟塑之属,而绘绣尤多。各馆卖约品不少,而此馆卖济者独不多,岂价值较昂欤?抑风俗尚朴欤?有一绣虎踞草石间,初无彩色,不过白黑青三种暄染浓淡而已。然陈其所绣之线,多至一百六十余种,知绘影绘声之绝技,不外分析浅深,浅深烘托而光出,光出而影声均现矣。东京工业学校,昔曾一观。其染织一科,先从光化着手,故彩色夺目,而在绣尤难。

…………

曰参考馆。日本此会,虽为内国工艺而设,而其意未尝不欲为他年万国博览会之基础。乃设此参考馆,为陈列外国物品之所。然在西方工商程度已高之国,罕愿送物品于幼稚之日本,故所列西品,不过日商之贩自西方,与西商之贩售于横滨者而已。中国则由日本领事向政府及各督抚敦劝,故勉出物品,以应此请。湖北居首,四川随之,各有 小区,列物数十种。虽人工物与天然物并陈,然意在劝工商,不在竞珍奇,已与会旨相合。山东物、两江物迟至,无地可陈(欲预会,必先向彼政府定地若干。湖北以预定,故有地,他省则否),尚未启箧。福建物列于台湾馆之隅,大起学生之感情,现正谈判中。此次各省派遣候补道一二人,各总其省事,且别有多数之游览官。北京政府,更派勋贵预会。他日诸巨公归国,不知有何报告,能阐明会意否?

曰畜牧场,备牛马等家畜之栏,然畜物尚未进会。

曰体育会,为研究各种体操及自转车等事。

曰植物场,莳花果及园庭栽树之模范,标明种植之法,何等培养,得何种结果,其理浅易,颇便民用。习见之品为多,珍卉不概见。

各馆中所有各肆各会,其装饰点缀,千百无一同者,各因其所列物品,以生情趣。如列金工物者,其装饰多金类。列绣物者,其装饰即绣屏、彩幛。若林业馆各门,多用木材嵌合。农业馆各门,多状疏篱瓜蔓,作一种村朴景象。有糖品室,即列丈余巨蔗十数,以当门垣。此其余事,亦颇足见即物即景之趣。外子云:彼一切庋置配合,悉符西法,可征其办事之不苟。其他休憩所、游戏所等,凡以便客娱客者数十处。并有医疗所,盖日聚一二万人于一地,安必无猝遭伤病者乎?有一饮食所,名牛乳模范店者,其待客食品,则牛肉、鸡肉、羊肉外无他肴(羊为日本所最珍),牛乳、麦酒外无他饮料,而选材烹饪,与器皿几椅,无不精洁。一客至,则以牛乳一觥、肴三品进,糖及乳脂佐焉,价仅三十五钱。其解说书所载,欲以廉价精美之品,示国人以卫生之法。一饮食之微,用意周挚如此。

别院曰赤十字会,所列品皆治疗所用,如刀圭、护伤衣布等类,无物不洁益求洁,便益求便。此会尤重在军用,故急治法与搬运伤病人法更为注意。当明治十年时,入会者仅三十余人,今年已增至十七万五千余人。此为万国会,故救护伤病无分彼我,两军相对,虽敌人亦一体救护。外子云,昔在俄国克雷木地方观俄英法战争遗迹,尚存俄后亲手治疗伤病用品,如药瓶、药布等。盖各国君后无非此会中人,日本皇后亦此会领袖,甲午之役,亲驻广岛,治疗病兵。此会多妇女,缘女子心细而慈祥,故于治疗尤宜。

十九日(阳三月十七)　仍游博览会。

二十日(阳三月十八)　外子所得之优待券,本可游东京、名古屋、西京之六七离宫。在东京时,以治行匆匆,未及游。道经名古屋,又未克中途下车。今日特乘汽车,往西京一游。入西京,仰见皆郁翠之山,随处有清洁之流。街衢广洁,民风朴质,远胜东京。下汽车乘电车,抵离宫名御所者门前。步入苑,松柏梅柳,夹道临池,寂静严肃,仿佛诵唐人早朝诗。徘徊广苑,正不知应从何门入,遇一书生询何往,告以欲入离宫。彼特为询问确实,导至一门。外子出名刺与优待券示守官,守官导入室,出簿请书姓名。日本用西例,得挈妻子游,故予及子妇均随入。

守官导游十余所之宫殿,尽广洁古雅,想见唐宋遗型。外子言,此与西国宫殿,华朴天渊。西国宫殿,一石之嵌,一牖之雕,动以千万金相夸,陈列品无非珠钻珍奇,予益知日本崇拜欧美,专务实用,不尚焜耀。入东京之市,所售西派品物,亦图籍为多,工艺为多,不如上海所谓洋行者之尽时计、指轮以及玩具也。故从上海往游日本者,大率叹其贫弱,正坐不知日本用意耳!藻井屏桥,多半名人绘画中国古圣贤像及事迹,令人起景慕心。元旦受贺殿,泉石花木,点缀广庭,风景最佳,凭栏驻望,心神怡旷。

游毕辞出,前导引之书生候于门,坚邀游其学校。是日校中休假,引观一切颇详,且特试化学数种以观。出游金阁寺,本名鹿苑寺,西京名所也。山水池石,楼榭花木,无一不古风华式。寺僧以古法烹茶进。日本人好此,今女教中尚留此一种古派。昔在爱住女学校校长小具贞子家曾饮之,彼道烹法饮法甚详。读唐宋笔记吟咏之言煎茶者,略或似之。出寺已晚,不及游二条离宫及本愿寺,逐汽车返大坂。

车上购新闻纸,读俄帝于其先帝解放农仆之记念日,重颁新谕,允各派信教得自由,允地方自治制度益扩张,又救助被强制之劳动农民。报语称颂弗置。予等将有俄行,闻俄事弥留意。俄于地方自治,颇非其政府所愿。徒以邻逼文明,非稍作门面语,何以自侪于列强?故以先所谓自治者,仍有名无实。此次重颁新谕,若官厅果愿奉行,岂非千百年俄国一大革新乎?然远征近验,知其必不能也。

廿一日(阳三月十九)　上海孙君实甫,商于大坂有年矣。明时局,无中国官气,与外子友。是日偕其夫人,邀予等同乘汽车,游堺之水族馆。堺距大坂不远,馆亦附属于博览会中。水族百数十种,多畜于壁嵌,便人谛视。嵌法:穴壁储水,上覆玻璃以引光,内嵌玻璃以引人目。玻璃内流水汩汩,沙石荇草,各就其所畜水族之本性以为配置,俾游泳其中者,一如旧所习惯,以遂其生趣。巨大水族,别畜以水池水槽,各标其名与产地。适有小学校教师率幼生二三十来游,师指壁上所悬图及字示诸生,诸生欣然领悟,盖正与读本相印证。予见所未见,目不暇给。外子云,巴黎水族馆品类,尚不能如此之多。孙君伉俪饮予等于堺之层楼。堺濒海,水族鲜美。晚,归大坂。

廿二日(阳三月二十)　大雨竟日,予等冒雨游博览会。是日游人少,予等得从容细观。饭于会中,晚归寓所。中国妇女本罕出门,更无论冒大雨步行于稠人广众之场。予因告子妇曰:“今日之行专为拓开知识起见。虽踯躅雨中,不为越礼,况尔侍舅姑而行乎?但归东京后,当恪守校规,无轻出。予谓论妇德究以中国为胜,所恨无学耳。东国人能守妇德,又益以学,是可贵。夙闻尔君舅言论,知西方妇女,固不乏德操,但逾闲者究多。在酬酢场中,谈论风采,琴画歌舞,亦何尝不表出优美;然表面优美,而内部反是,何足取乎?近今论者,事事诋东而誉西,于妇道亦然,尔慎勿为其所惑可也。”

廿三日(阳三月廿一)　今日为横滨之日本邮船过神户向上海之期,予与外子应由大坂向神户附舟内渡,为上海之行,先令子妇乘汽车归东京。弱女子千里独行,虽在外国,亦颇悬心。幸同车有女子,且已先期属东京校中女干事时任竹子君,按时刻在新桥停车场相迓,必无虑。遂分道而驰。

予等至神户,九时登“西京丸”,此舟予已再度乘矣。有松方幸次郎君,为松方正义伯之子(伯曾任总理大臣及大藏大臣),久游欧美,商于神户(川崎造船所),与外子为谈教育、谈船舰之旧交。遇于“西京丸”,闻外子将游俄,颇惊讶。盖日本重视外子,以为与时局有绝大关系。今舍日本而北游,不能无疑。岂知外子年来自悔闻见太多,知识太早,颇用静观主义,为娱老私计,无论在何国,均不愿为有关系之人乎!

十时舟行。此一段海程,左右皆山,浓树扶疏,耕渔错落,为风景绝佳处。入夜,渔火隐现如繁星,尤称绝景。西人过此,每坐甲板上眺望不忍去。予八度经此,亦观览不厌。

廿四日(阳三月廿二)　午前四时抵下之关,泊舟受煤。此为日本己国船往来受煤之最良港。昨年予乘汽车到此,曾一访乙未媾和之所谓春帆楼者,今时局更变矣!午后三时受煤毕,开行。

廿五日(阳三月廿三)　午前二时,梦中闻大声发于船底,全舟为摇,知必有损,而行驶不略停。外子起观,山近波平,谅无大害。五时半,下碇长崎港口,知船底触岩受损,水入货舱。同舟俄人四五,华人十余,均仓皇唤渡登陆。外子不为动,予亦安坐餐室。九时,勉曳入船坞,乃出险。坞名立神,在长崎市之对岸。泻坞中水,至午后四时方毕。石级层坡,高三十余尺,工程颇巨。长崎本冲要港口,时有外国船入港求修缮,故有坞凡三。予等仍在船静候。船处干坞中无他苦,惟水源不便,故浴室、W. C. 室皆闭,为最困事。幸女仆殷勤,予无所苦。斧斤之声,铮铮于船底,入夜篝火工作。初,船长尚拟修毕驶行。迨入坞,知损处不小,事务长来告曰:当易舟渡海,已电神户召船来;惟须后日晡,所召船方来耳。予等决计在船守候,盖予及外子外无他客矣。

上海李兰舟君,本外子昔年森堡旧友,今任海参崴之商务委员,时正假归,道出长崎,闻外子以舟损暂留,遣人来迓。外子遂往谈,留宿岸上。

廿六日(阳三月廿四)　外子偕李君兰舟共谈,外子又偕李君登岸。予独坐餐室,时登甲板。住舟岸上,别有一种景象。作东京诸女友书,告以别后事,船虽损,人无恙。又电复实甫夫人之慰问。

廿七日(阳三月廿五)　偕外子渡港,步长崎街市,见所谓"中国街"者,杂乱不足观。盖有局面之华商,均不在此街耳。饭于福岛馆,订下月重莅长崎就寓彼馆之约。午后回船。船长美国人,六十余老翁,能日本语。来谈,再四道歉仄,自言任船长三十年无过失,今出此变,悔恨无喻,其敦实可敬。六时,神户召来之船到崎,明晨换乘驶行。

廿八日(阳三月廿六)　午前十时,换乘"萨摩丸"。船长送至坞外渡舟,殷勤若不忍别者,何情谊之深耶!船上执事,如事务长以下至男女仆,皆换乘。午后五时行。此为丁酉冬小叔幼楞东渡之船,今六年矣。

幼楞东渡,乃外子依托彼陆军少将神尾光臣而行(时神尾任大佐)。盖留学日本之举为外子所创议,而以幼楞为先导。外子每自负,谓日本文明、世界文明得输入中国,而突过三四十年曾文正国藩之创游美学生议、沈文肃葆桢之创游英法学生议,而开中国二千年未开之风气,为有功于四万万社会,诚非虚语。彼游欧美之学生岂必乏材?徒以程度相去太远,莫由将欧美文明运输我国,而必借道于日本者,阶级不同也。予谓幼楞虽病未卒业,而论输入文明之功,其嚆矢不在外子而在幼楞。外子亦掀髯谓然。

廿九日(阳三月廿七)　船小,颇欹侧不适,予坚卧室中。外子本定"西京丸"廿七日到上海,留二日,于三十日仍乘"西京丸"返长崎,以与"小仓丸"相衔接而向海参崴。今既延误,须改易行期矣。长崎、海参崴间,日本邮船每二周一回云。

三十日(阳三月廿八)　大雨溟蒙,此船长初航中国,未谙吴淞口外水线,又雨蒙不辨前途,故频频停轮,午后三时始抵岸。幼樗候于栈桥,望见喜甚。并知予弟伯宽、表弟许可庄亦候予于上海。冒雨登岸,颇感困难。寓晋升栈。此次本作长行计,故衾褥洗面具等,均已无须自备。今船期既误,不得不多留上海数日,而中国栈中不备此等供客之具,乃从同乡胡仲巽家借用数品,又自购数品。一履本国,反多不便,令人失笑。

三月一日(阳三月廿九)　雨沉沉不止,闻此雨已四旬不晴矣。命轿访亲友数家。予非好乘轿也,奈街衢有不通马车、人力车者,又行人无公德心,不可以步行,安得不轿?忆去岁旅居租界,曾访城内务本女学堂主人之吴怀疚夫人,及日本女教师河原操子氏。马车驱城外,步半里至学堂,道秽人杂,几不可耐。夫上海城逼近租界,且又历五十年之久,竟无一毫改新意,殊不可解。

二日(阳三月三十)　迁福兴栈,虽较晋升略洁,然烦杂仍无异。本国旅馆,殆无一可居者。弟辈聚谈,亦殊欢乐。

三日(阳三月三十一)　旅客初归,俗事纷集。外子久厌俗事,而船期未届,议定偕予率诸弟驾舟泛僻乡,作清闲数日之谈,以避沪渎之嚣。予及诸弟均欣然。

四日(阳四月一日)　晨起,同栈湖北四学生谒外子,乃自强学堂之俄文生,新奉官派赴俄留学者也。此学堂俄文科本外子所议创,四生又外子在学堂时来入学,有旧谊,极愿随外子同作俄行。外子雅不欲再闻鄂事,去岁已坚坚辞绝,然四生初离乡井,即沪上已不免生疏,何况异国?其情恳切,不得已姑令四生自行电询湖北请进止,告以月之廿二日方“伊势丸”自长崎向海参崴,必于月之十四日由上海行乃合宜。诸生愿诺。予闻此,知湖北当局必以此谆托外子,昨日所议避嚣之举必不成。外子既不能不在上海为诸生代劳,予决计乘此二三日之闲暇往硖石镇省母堂。午后三时，偕伯宽等附小汽船行。

五日（阳四月二日）　午后二时抵硖石，家庭絮谈至夜分。

六日（阳四月三日）　竟日谈。晚乘月率朝日婢步行至东南湖母舅家，距予家不足三里。中国妇女向以步行为艰，予幸不病此。当在东京，步行是常事。辛丑寓居镰仓，游建长寺则攀树陟巅，赏金泽牡丹则绕行湖堧，恒二三十里。然在中国，则势有所不能。此硖石为幼年生长地，今已老，乡党间尚不以予为非，故特以步行风同里妇女。

七日（阳四月四日）　家庭闲谈，继慈、叔母、弟妹等均以士厘明日返沪，将为二万里远游，不胜离别之感。

八日（阳四月五日）　伯宽之友顾、金二君，欲见予谈日本女学事。论乡曲旧见，妇女非至戚不相见。予固老矣，且恒与外国客相见；今本国青年，以予之略有所知，欲就谈女学，岂可不竭诚相告？乃偕伯宽接见，为谈女学之宜从女德始，而女德云者，初非一物不见，一事不知之谓，略举日本女学校教法告之。中国女学虽已灭绝，而女德尚流传于人人性质中，苟善于教育，开诱其智，以完全其德，当为地球无二之女教国。由女教以衍及子孙，即为地球无二之强国可也。

外子每谓中国人类尚不至遽绝者，徒以人人得母教故。世禄之家，鲜克由礼，然五六岁时，必尚天良未泯，何也？母教故也。迨出就外傅而渐即浇漓，至应考试、得科第、登仕版，而日就于不可问。何也？离母远也。细思诚然。

午后一时，附汽船向上海，可庄送予行。

九日（阳四月六日）　午前四时抵上海，知外子已允携鄂生四人同行。发出各处信件。行将远别，言事言情均不能少。

十日（阳四月七日）　访本国女友及东国女友数人。

十一日（阳四月八日）　外子为湖北四生汇款，分析公私，划算数目，事极琐碎。中国无钱币之政，所用或不一之生银块，或不一之外国银货，或不一之本国银元，此次湖北①交到之款为盐库平银。盐库平者，湖北盐道衙门所用银块之轻重名也。全国所谓平者以百数，而以库平为最重。曰库平，表其重于他平；曰盐库平，又表其轻于库平。究值几何？任市侩之判断而已。各生所携零碎私款，半为湖北自造之银元，此银元又非上海所通用。种种歧异，一经换算，层层折蚀。更欲备日本币、俄币两种为旅用，宜其烦矣。幸四人均情谊相关，视前数次带学生二三十人行，外子一人独任其劳，其难易迥殊矣。

十二日（阳四月九日） 外子无十分时之暇，深以为苦。

十三日（阳四月十日） 李君兰舟家招饮，其太夫人率两女、一外孙女接待。席间谈卫生事。因谆诫缠足，群以为然。兰舟又极言中国女教女容，必宜改良，盖借予之稍知女学，欲以劝励其姊妹也。

十年之前，岁在癸巳，外子从俄归，箧中有铁路图表，知为兰舟所撰。又闻其由西伯利陆路归国，时未有铁路，万里长途，三马敝车，冰雪奔驰，较缪君祐孙之仅至伊尔库次克者过之，盖中国一人而已。当时外子由海程归，先兰舟半年。合肥李相访俄才于外子，外子以兰舟对，时兰舟尚在途中也。李相属外子函电探兰舟，亟令赴天津，于是兰舟之名遂登于朝云。

兰舟于乙未岁又条陈总署，言俄人志在接路中国地上，凡六道，西三道利多害少，东三道利少害多。其东三道，一为由斯特列田斯克经齐齐哈尔而至营口，一为由赤塔经齐齐哈尔而至旅顺，一为由恰克图经张家口而至天津，皆据俄人所撰之书。时南皮张公权两江，亦电奏问俄将造“中国铁路”达鸭绿江口，请中国预谋

① “北”，原文作“此”，据语义改。

抵制。总署未尝不采,详询海外。奈答者曰"李、张均误以俄路归宿在中国海口,情形隔膜,可以无庸置论",一语扫空。正不知答者于丙、丁、戊间,亦曾追悔前言否?外子时在金陵,故知而见告如此。

明日午前将登舟东渡,竟夕碌碌。

十四日(阳四月十一)　午前七时,渐次招令同行者相继登舟,外子再往复而始毕,已九时矣。船名"弘济丸",与昔年所乘之"博爱丸",式无稍异,盖本赤十字会之姊妹船(日本于同式军舰、同式商船均呼姊妹,盖本于西称也),战时则会中自用,平时则赁与会社也。十时船行,送者数十人,郑重而别。

十五日(阳四月十二)　舟行大海,镇日卧息,半因船醉,半因在沪冗倦。

十六日(阳四月十三)　午前四时抵长崎,予屡屡经此。起见山翠空蒙,残月在水,心境旷然,如逢故人。上月所订之福岛馆人,已来舟相迓矣。前屡偕外子带若干人来日本,皆神户或横滨登陆,行囊过税关,予未亲见,且每已得外务省知照,故事事简易。此次十人登陆,只予一人通语言,又未先告外务省,不得不亲入税关。行囊四十余,一一运入验场,待检视且标"入许"二字,乃得携出场。虽旅客数十,物件数百,亦不免呈混杂状,然无敢搀越,无敢喧嚷,固由关役驯和,亦由旅客自重。曾见上海所谓洋关者矣,初无验场,关役在栈桥上,择人拦①阻而验之,雨雪亦然。又不尽阻,亦不尽验,使人不知所从。关役又尽西人,语言不通,且或染中国习气,旅客困苦可想而知,外国幸无虑此。

入福岛馆一一位置毕,饭后率诸人往劝工场各购用物。凡劝工场所陈列,除民间需用寻常品物外,大率以当地产出品及当地

---

① "拦",原文作"栏",据语义改。

最销售品为多。产出品者,如在西京则织物多,在岐阜则纸物多是也。销售品,如在非通商地则内国用者多,在通商地则外国用者多是也。横滨为通商地,乃英美船常过之处,故劝工场物多投英美人嗜好。长崎亦通商地,而为俄国兵、商船常集之处,故劝工场物多投俄人嗜好。此之谓劝工,此之谓通商。

十七日(阳四月十四) 风雨竟日。

十八、十九日(阳四月十五、六)

二十日(阳四月十七) 予家留东之男女学生四人,皆独立完全之自费生,一切选学校、筹学费,悉悉往来于外子一人脑中。女学生之以吾家为第一人,固无论矣。两子均已毕小学校六年级之业,而跻入中学校之第一年、第二年级,在中国人循序修学,亦不作第三人想。外子每以此自慰老境,然筹画谈何容易。自留此三日,见外子终日忙忙,无非为学事、费事及家事,与东京函电交驰。予因本国无一处可以就学,不得不令子女辈寄学他邦,不胜慨叹。初以为候船无事,将往此间附近之熊本地方,访女友柳原氏,一览彼地名胜与所谓沙中温泉者。岂知如此鲜暇,不能如愿,知游福非可轻得。

廿一日(阳四月十八) 徐君显民,在上海以其犹子委托外子携至日本留学。伊初出国门,诸感困难。是日为觅从者送至大坂,再由孙实甫送往东京,一切皆宁波人张君济庆代劳。张君为邮船会社中人,无中国官气,故任事真恳。

向海参崴行之"伊势丸",昨日发于神户,明日可抵长崎,午后即行。今日预备登舟,先已由会社电神户定船室。此船积石数仅千二百五十吨,汽机压制限仅八十磅,故一等只十四位,二等只八位。往返电商,始定一等四位,二等五位;一等赁每人四十圆,二等二十五圆也。通例:于外交官,船赁可割十分之一五,外交官妻亦然(上海之日本邮船会社竟有二次不允予之割。引领事署深泽君曾再四与商，竟不允，此会社中最无理事）。日本于学生由上海东渡，亦得割（三等不割）。此次上海之邮船会社，知诸生之赴俄也，不允割，长崎邮船会社更无论矣。

连日予小病，又事烦，胸襟不舒。午后偕外子出门散步，意欲登诹访山，未至，见层坡高耸，询知上有天满寺，登焉。残樱在枝，芳藤倒垂。憩于茶寮。长崎名物有所谓"鸡锅"者，穴案之正中为圆孔，孔悬器置炽炭，上承一锅，炙鸡肉，客自调味就食。忆括苍冬令有此食法，姑试之，就藤花下坐饮啖鸡。仍步归，汗出，顿觉健爽。

廿二日（阳四月十九） 付出各种旅用料，为各人简行囊。饭后，会社以小汽艇迓渡登"伊势丸"，日本邮船之向海参崴者，其航期每二周一回。"小仓丸"为"命令航"，盖奉政府命令定航期者也。"伊势丸"为"自由航"，盖以会社己意定航期者也。船长肥后庆次郎颇殷勤，因今日一等船室尚不敷予等四人所居，特让己室以栖予等，约明日再移。午后五时行。

廿三日（阳四月二十） 午前八时抵朝鲜之釜山港。雨止而风，遂不登岸。此地有华商百余，皆山东人，零星小贩而已，中国设一领事官。而日本之箱馆地方，有华商营极大海产业，乃既设领事，又复裁去，其理非可研究矣。釜山海关役服装与中国者同。外子云，盖本昔年赫德所定，今虽入日本人手，犹沿旧制耳。

此船三等位百数十，中国人、朝鲜人不少，有浙江四人，山东三人，不通语言，均欲往海参崴而未购切符。山东三人出金指环二、银时计一，浼外子向船上事务长质保，勉而后可。而浙江四人，竟只纳半赁。船例，于次埠令无切符者登岸，不复允载。事务长鹤田氏姑率此四人往询中国领事官，领事拒不见，而此四人者又与在港之百余华商无相识者。船上既不允乘载，岸上又无可通财，不几有饿死釜山海滨之虑？群求外子，外子乃为补四人半赁

(三等位每人十圆),而诘其何以不备船赁,遽尔出国。据山东人张姓者云:本在海参崴设药肆,往来屡矣。四浙人均业成衣,亦屡屡往来。自有俄国铁路公司船航行此海,凡华人渡航者,往往不必先纳船赁。船既到,令已纳赁者一人先登岸,向相识肆中取赁补纳,便可登岸,初不知日船之非俄船比也,云云。论正理,自以日本船例为是,然小利诱人,最宜施之于中国。日俄两国于国际上手腕敏钝不同,即此可见。此舟本应今日晚行,因风留泊釜山港。

廿四日(阳四月廿一) 风强。午前八时半,船勉出口,不能进,十一时折回,午后二时仍入釜山口泊。

廿五日(阳四月廿二) 风仍强。午前六时又勉出口,不能进,九时折回。十二时仍入釜山口泊。

廿六日(阳四月廿三) 竟日风强,不能行。

廿七日(阳四月廿四) 竟日风强兼雨,不能行。今日为“伊势丸”应抵海参崴之期,岂竟尚滞釜山乎?

廿八日(阳四月廿五) 风平,午前八时出口,满拟明日可抵元山。乃午后二时,雨骤降,风骤劲,船小,推进器力弱,不能进。通常每时行十迈,今日仅能行二迈。船无电灯,夜行水天如墨,听浪打船舷声,危甚。

廿九日(阳四月廿六) 午前九时,风力未减。船长自度不可复进,又折回向釜山,是第三次矣。夜十一时,仍入釜港泊。此次行程,一阻于“西京丸”之触岩,再阻于“伊势丸”之遇风,正不知何日可达森堡。

四月一日(阳四月廿七) 船长言此次当俟天气确定乃行,今日必不出口,乃偕外子渡登釜山岸。密树一山,为日民万余群居地,有驻兵约一大队,有临时宪兵队,有领事,有警察,有学校,有幼稚园,有病院,有邮电局(朝鲜自有邮递司、电报司)……一切贸易工作,皆日本人,即渡船篙工亦日本人。彼朝鲜土人除运木石重物及极劳极拙之事外,无他业。见土人运木者,横负长五六尺之大木于背,喘步市街,几不知市街尚有他人他物者。孩童除拾草芥弃物外无他事。思欲一睹[1]土风,乃觅人导至土村,望去尽宽博白衣,污成灰色,坐立颇倚,口衔烟管,土舍板屋,所售烟草、草履及不洁之食物而已。食进于匕,盛于铜器,食毕即以此器盥面,甚或他用,同行者谓仿佛奉天乡境云。船上佣彼苦力数十辈事搬运,事毕以舟渡之归。舟小人多,不能容,日本人捽其发捺入舟底,彼两手护发,哆口而笑。又见其一步一坐,无丝毫公德心。无教之民,其愚可叹,其受辱不知又可悲。予未得睹彼邦上等人,然即此可推。

二日(阳四月廿八)　船受煤、水、食物充足,船长言果得好天气矣,午后五时半行,一夜稳渡。是日有一日本船名“万国丸”从山东来,入釜山口,亦午后行向海参崴。此船载中国人五百乃至六百。闻每岁阳四月后半始,山东人陆续往海参崴者三四万人不等。此种人初非尽留崴埠,盖散布俄境、满境,以劳动为生者也。政府不知此事,即崴埠商员亦不能查知其数,俄官亦不能确知。

三日(阳四月廿九)　晓起,波平如镜,左岸山尚戴雪。同舟客登甲板眺望,无不忻快。有日本邮船会社客夫妇二人,乳一数月之儿,连日母子困惫,啼号可悯,今甫活泼。予等异国客,得船长亲切,故虽滞一周,不感困苦。

四日(阳四月三十)　午前四时抵元山港。邮船会社欲邀外子登岸作字,予偕往。社屋三四楹,社员三四人,集一室中,白木几椅外无他物。外子云,以视中国招商局之华美,奚啻天渊,然贸易事固不在饰观也。社员亲自研墨舒纸,外子为书二十余幅。观

① “睹”,原文作“赌”,据语义改。

者环集,有朝鲜人亦立窗外延颈企足,彼半观外国客,亦半观所书字,令人兴同文之感。朝鲜人好书联语于门,有一联曰:“人谁敢欺修身者;天不能穷力穑人。”委心任运,昧于物竞之理,已觉可笑。又一联曰:“烧薪烧灾去,汲水汲货来。”则求幸福于无何有之乡,而不图自励,日就困绝,岂曰无因。此港人烟不及釜山之繁,而风景胜之,税关亦如釜山例。日本人千六百余,有领事。中国人五十余,小商店三四轩,亦有领事。

五日(阳五月一日)　午前八时抵城津。遥见山麓有城址,古亭翼然,盖昔年城楼欤?此港人烟,又不如元山,且开港未久,故初无贸易。日本人务加其在朝鲜之势力而开此港,所谓贸易者,名而已。凡釜山、元山、城津三港,除釜山有米外,其余一器一物,无不来自长崎,所居屋亦庀材载来,其不惜经营如此。奈所占地瘠,无补本土,宜其视他国之不费战力,而得六十八万二千方启罗迈当之沃壤要区而深嫉矣。午后五时行,明日可抵俄境之海参崴。自长崎至釜山,海里百六十一。自釜山至元山三百零四,自元山至城津百三十,自城津至海参崴二百二十云。

癸卯旅行记卷中

四月六日(阳五月二日)　晓梦初醒,见彩霞旭日,交映水中,山耸螺鬟,波如砥镜。亟起,携远镜登甲板窥望,则一岛孤耸,灯塔高峙,知是海参崴港外矣。

海参崴者,中国人旧名。近海产此,故名。俄人得地必改名,且屡改,今名务拉的乌斯托克(日本人书为“浦盐斯德”者,以读此四字略近俄音也)。此为咸丰十年所“赠”与俄国者,俄建为东方第一之重要军港,而附设商港。自光绪廿四年又“慨赠”辽东半岛与俄,于是旅顺大连湾为俄人东方不冻之第一良港,而海参崴次之。

舟循岛左缓行，入所谓金角港者，炮台左右高下，参差而列。再进则依山列屋，三面环抱，市埠在焉。舟下碇。

舟甫碇，小舟百数竞集来渡客。舟子十有八九为中国人、朝鲜人，彼久寄崴埠，岂不知俄例不许来客之骤登岸乎。环球各国，不论为何等人，不论来自何地，一概禁止，非有本国准据，不许履境者，惟俄（禁止入境犹可言也，为未明其为何等人也。至禁止出境亦非准据不可则奇矣，犹可言也，为稽察国人他徙也。至禁人由此地徙往彼地，相隔二三十里，为时或仅十余日，亦非准据不可，则奇而又奇矣）。予与外子，先由驻俄之中国公使给凭，又曾由驻日之俄国公使签字，为最优等之准据。鄂生四人，由湖广总督给凭，而驻汉口之俄领事签字。余人则由江海关道给凭，而李兰舟代向驻沪之俄领事签字（有例费，亦不小）。自长崎来者，亦可由驻崎之华领事给凭，而俄领事签字（例费更昂）。总之非有据不可。

然问当港华民四五万，不尽有据。俄官曾严令检查，不但入境准据多半无有，即所课税之身纸亦互相换验，难核确数（俄例：人无贵贱老幼，给一身纸，按年课税。无身纸，苛罚之严不可思议。此身纸又时时索验索费，而华人竟有无此身纸而混迹崴埠等处者）。劳动人太多，尽逐不可，遂饰词罢查。

舟碇中流，待医官检疫。此各国通例，俄于此独宽。医官三数人驾艇来，登甲板一周便回帆。问有疫与否，向非所严，惟遇机密欲阻外国船入口，则可以有疫为名，施其禁令。

俄顷，二警察佩长刃，腰短铳，二关役执铁剌、手封漆，来验舱加封。俄顷，三官来，一役捧小箱侍。官入餐室坐，与船长一为礼，呼酒来，欣且笑，强船长以酒。船长固不饮，坚辞始免。侍役呈箱，退立梯侧。官出箱中印，舶长出上、中、下乘客入口准据俾验。官授印船长令代劳，惟予及外子者一纸，彼官手加印。久久毕,官去,则甲板上税官立,舷旁关役守,监视乘客运行囊登渡舟。运者关上人,物无大小,必出资二十戈;虽一杖、一雨盖,苟非自携,必二十戈。运至岸上,列于坡地,开拆检查。其无验场如中国,其严检过中国,遇东方人尤严,盖无方寸之包不开视,甚至棉卧具亦拆视,一盆栽之花亦掀土验之。盖俄人拙制造,一切精制多来自外国,其严检固用保卫主义也。外子云,昔游土耳其,土关向称严检,犹不至如此。予等一行,则先由驻俄公使向彼外部托电彼关放行,故特蒙优待,以小汽艇渡我,不验一物,群以为异。

此港中国设一商务委员(商务委员所享权利不如领事官,日本先欲于此设领事,俄不允,遂降而设商务委员,中国踵其后),即李兰舟也。兰舟适假归,代理者为同利号商主关君寿彭。关君粤人,商此港廿年矣,明事理,无中国官气。承兰舟之托,来舟相迓。商务署中李君次山、黄君朴臣亦来坡上,极周挚。予等一行九人,同投宿商务署,盖兰舟约也。兰舟推外子爱以及同行诸人,尤可感。否则骤入俄境,事事受窘矣。

自今日为始,所履之地,皆用俄国历日。今为俄之四月十九日。俄与各国同用太阳历,何以与各国又相差十三日(每月之十四日为各国次月之一日)?外子昔年在俄时,历与各国差十二日(每月之十三日为各国次月一日)。今差十三日者,一九〇〇年各国不闰年(二月廿八日),而俄国闰年(二月廿九日)故也。至相差十余日之故,则各国所用历乃教主格勒革理第十三所改之新历(一五七二年时教主)。而俄既不宗格勒新教,即不用格勒新历,而仍用其东教之旧历耳。

世界文明国,无不用格勒阳历(回教各国自用回历,安南国别有历),一岁之日有定数,一月之日有定数,岁整而月齐,于政治上得充分便利,关会计出入无论矣,凡学校、兵役、罪惩,均得齐一。故日本毅然改历,非好异也,欲得政治齐一,不得已也。予知家事经济而已，自履日本，于家中会计用阳历，便得无穷便利。闻外子述南皮张香涛之言曰：世人误以“改正朔”三字为易代之代名词，故相率讳言，不知此三代以前事耳。汉兴，承用秦历，代易矣，而正朔未改也。太初更历，正朔改矣，而代未易也。厥后凡易代仓皇之际，必无暇改正朔；而统一稍久，修明制度，则往往修历，本朝亦以康熙之盛始修历。然则改正朔与易代不相干，何讳之有？诚名论也。

然惯历亦不妨并存。日本乡僻尚沿存旧历，以行其岁时伏腊之礼，庸何伤乎？至与外人交涉，则必存明治某年之国历。乃闻外子言，中国驻外各使馆，凡以本国政府之言告彼政府，仅用彼历而不兼列我历，诚可诧异，犹曰：“与外人交涉，虽存我历，彼不知也。”乃见今之学西文者矣，学数月，偶执笔学作短札以致本国人，亦开笔第一行即书西日月年，而从未见书光绪几年者，是何故欤？予素鄙此，故日记首列我历，而兼注阳历也。

七日（阳五月三日）　外子往答关君，且偕其往俄税官长处谢其殷勤。此为东方总关长，权力及于贝加尔湖边，故托其电满洲里之税关属放行。伊允诺。而重大之物八件，即由伊漆铅封识，谓无论何地，可免开视云。伊夫人亦出见。俄顷，伊夫妇来答。伊夫人盖知予之偕行而来访也。予初未知，不及迓，伊夫人亦不下车而返。予颇歉然，乃作汉文道歉书，托关君译致。

八日（阳五月四日）　凌晨偕外子步出门，循港至市，为一览此间风土。先见所泊巨军舰二，舰皆四烟突，不知其名，更不知为何等舰、有何等力也。去岁日本横须贺造成一军舰，举进水式，仿西例延男女宾。子妇以女学生故，蒙女校长挈之往，列女宾之末座，亦得预闻其造法用法。而予屡经吴淞口，外子每指所谓“海容”“海圻”者曰：此中国新军舰也。无论我妇女辈不获登，即外子亦未尝登览。以视异国之每舰炮数、炮力、速率、船质，必一一详播,惟恐人不知者,相去何如耶!(人人所用日记本,无不刊印此种事。)

步三数里,访当港著名之纪念门。门峙港滨,乃光绪十七年辛卯(一八九一),今俄帝尼果赖司第二当为太子时,在此举铁路起工式,而建此门为纪念也,上表尼果赖司肖像。彼国蓄意通西伯利铁路于海参崴,诚谋国之必要,岂知更横贯满洲,出于意外乎!旁有博物院,院小,门亦未启,谅无多品,亦遂不观。

院外丰碑高峙,遥望为新镌汉文,奇之。就观,乃宁古塔副都统讷荫,因庚子俄兵占塔城,而颂俄将功德者也。碑阴为译俄文。讷荫满洲世仆,其忠顺服从,根于种性,见俄感俄,正其天德,但文字非所长也。不知何地某甲,为捉刀此绮丽词章。文录如下:

夫值甲仗星驰之日,而能以禁杀为心;当寅威凯奏之余,而能以招怀为事:俾百姓各安其业,一城奠厥攸居。此其人求之于中国不为罕闻,而求之于外洋实所稀有,乃不意今得之大俄国东海滨省巡抚迟公焉。公为俄疆名宦,海隅旧臣。于本年夏,陡有拳匪倡乱,衅构邻邦。公乃统节制之师,雕戈电举;拥貔貅之众,铁骑风驰。竟以八月初旬据塔。斯时也,睹山城之烽燧,襁负塞途;闻火器之砰轰,哭声遍野。以为敌人入境,玉石难免俱焚;而况言语不通,华民安必无恙?岂敢期其不肆杀戮,城中安堵如故哉?而公则不嗜杀人,而能济众。其始则军容甚盛,阚若雷霆;其终则恺泽旁流,霈如雨露。缉盗贼以安民业,百务俱兴;开囷食以救民饥,万家食德。他若设养疚之所,以理民痌;建义塾之坊,以便民学。在施其恩者,固已无怀不至;而受其惠者,行见有口皆碑矣。予等幸被涵容,得依光彩。是翁矍铄,堪比功建壶头;都督仁慈,难禁碑留岘首。忻此日干戈已戢,俾寰海群登衽席之安;冀将来和睦恒修,幸吾辈共享升平之福也。是为记。署理宁古塔副都统讷荫率合属官员铺商等建。光绪二十六年十二月吉日立。

李兰舟以此碑竖立崴埠，引为国民之大辱，曾录告北京政府，政府不答。

此碑为讷荫由宁古塔越万山辇来，以献于迟怯苛夫者（旧任之固必乃脱，俗称为巡抚者，时统兵占取宁古塔）。迟不敢秘，以告俄君。俄君谓不应受此举，而迟适去任，后来者欲却不能，欲受无主，乃置碑院外耳。

午后，日本之代理贸易事务官铃木阳之助君及外务书记生佐佐木静君来访，予亦出见，为外子传译。（本任之川上俊彦君时适假归。）

九日（阳五月五日）　外子往访同利号关君，予亦往访其夫人。予不善粤语，赖关君通意，又即在同利购旅用品数事。同利为当港华商之第一家，然所备中国品不多。粤产数种之外，略有江浙织物，亦仅为旅崴之华人所用而已。其他十有八为上海转来之所谓洋货者，外子曰，多德国品。其二阶所列，则日本品矣。华品之不适外国人用，顾如是耶？

此港四近一二千里，居民稀少，又仅事渔猎，无所需乎货物。虽屯兵增官，商贩随之，而意在招徕，故曾定为无税口岸。迨日本工艺进步，运入港者日多，俄人嫉之，遂废无税之令。李兰舟在此，曾创陈华货免税之议，果得其政府允诺。乃日本欲援此例，故不四月又废免税之令。今同利所储货，尚是免税期内所输入者，彼谓以后恐以税重无利而减少商货矣。此港所食米皆来自日本。日本以己国所产精米运销于美洲，次者运销于邻近，而己国又输入中国米食之。盖输出者得善价，而输入者为廉价也。又此港虽濒海，而水淡不成盐，所食盐均由香港运来，其实半为吾浙之岱盐。濒海渔业颇盛，赖盐渍致远，所需尤多。

去年外子预议中英商约，知洋盐入口一事颇费争持。外子本疑洋盐贵、华盐贱，断无运洋盐销华地之事。然则入口之议何自而起?初以为欲由此口运彼口(如由镇江运至九江),借毁旧约轮船不运盐一节;今始知香港积盐过多,欲谋销路耳(按约凡货自香港来者名洋货)。今春在沪,又闻德商欲揽载淮盐出口,每岁认额颇巨。询其果运何地,则云满洲俄境各城。自满洲境内顿增百万俄兵俄民,需盐自多。德商此议,诚为敏眼;惜中国盐官徒拘旧例,不知改张耳。

李兰舟在此曾劝华商设一病院,免受俄例苛虐,果得俄人允许,并允以每年所征每人二卢布医费,统拨还供华医院费用。在俄人可谓极尽情理,而华人转以院规治病用西法,输助不勇,致院屋虽立,而治疗未能实施,可叹!又闻海参崴每死一华人,非极有力者,往往弃置僻处,任俄官埋葬。询以何故,则谓家有死人,非报官不可,报必俟医官验视,方许殓葬,时或借词须剖验;苟欲免剖验,非贿五百卢布不可,故不敢轻报。又此间强盗极多,俄官不甚措意,即控亦无效,故盗胆愈壮。闻前数日一书生遇华人二,运一巨囊登山,有血痕,迫视之,弃囊去,则赫然被支解之死人也,案亦莫发。闻杀人事,几于无旬无之。

此间有一奇女子名彩林(或曰姓蔡名林),无锡人,年已六十余,先嫁一俄人,现嫁一张姓者。女通英、俄语,善经营,富资财,颇见信于市上。得彼一言,数万金可立贷。其资财半由俄夫所遗,半由营积所得。闻曾聚资一归内地,而官绅欺之,将不保其所有,遂重游不复归。殆亦德国之浙江人田阿喜流亚欤?

是日偕外子往答铃木夫妇。铃木导观乌苏里之停车场,为指示一切。俄例宽,任闲人入场登车无阻,不如日本之非有据不得入场也。俄车一等者青色,二等者褐色,三等者绿色。(日本一等者白色,二等者青色,三等者赤色。)

十日(阳五月六日)商务署中有俄员邬君,通华语(邬为东方学堂学生,此学堂程度大约与日本高等学校相等。俄例,于学课非所重，学生每自谋生计，故邬君得出勤于商务署。日本于学生不得兼勤者，以重学课故），连日为予等奔走，摒挡汽车及行囊事，颇劳。是日又承李、黄两君以俄地旅行迥非他国可比，且交界换车最难，重要物件被窃又是常事（刘君仕熙者，李君之友，亦外子之友，居哈尔宾，曾有金珠器数事，值价五六百金，托一友人亲携赴哈，道出崴埠，即由李君送之行。此友人郑重受托，讵行至交界，一眨眼被人窃去。俄人既多盗贼，俄官又不辑盗贼，任诉无应者，竟归乌有。李君自经此事，颇以交界换车为畏途），恐予等种种不便，乃嘱邬君伴送予等至交界。邬君允诺，予等亦欣然。（幸俄例不重学课，故邬君可暂辍学。）

午餐后，一行十人启行。先是有行囊大者八件，存海口税关，亦同利号代取来。（给赁八卢布。在长崎亦曾存关，无赁，盖专便旅客荷物。）商务署中先向车驿定专车，驿长曰可，但驿权至交界而止。果已备一专车，不乘他客。此车半为一等位，半为二等位，十客同乘，颇安适。此驿长之情，商务署之力，亦邬君之劳也。

二时十八分车行，关、李、黄三君挥巾别。自此铁路可直达森堡（止贝加尔湖回岸，未成，然亦不出二十年）。当光绪廿六年日本工学士田边朔郎经此驿时，停车场之混杂不可名状，发车不依时刻，乘车不依切符，今已渐除此弊。予等所购切符，为乌苏里线及国境东线者而已（线名解见下文）。过国境东线，当另购满洲东线之切符，赁价固较日本为昂，而携带品运赁尤昂。华人所携，本较西人为多，在日本一等位者可得百六十斤之重额，而俄路仅得卅余斤而已（一铺特）。如此远行，岂卅余斤之物所能敷用？盖俄人本不为旅客谋便利，无足怪也。此车有食堂（每餐四品，价一芦布，茶一杯十五戈）。

自此西驶，所历铁路线名，先列如左：

线　名	位　置	唯斯特数 (每一唯当中国二里)
乌苏里	海参崴、伯利间	七一七(今所行者仅一〇二)
国境东	尼果赖司喀、柯乐特倮甫间	九一
满洲东	柯乐特倮甫、哈尔宾间	五三六
满洲西	哈尔宾、满洲里间	九〇七
国境西	满洲里、契丹司基间	三四〇
后贝加尔	斯特列田、梅索瓦间	(今所行者仅一六七一)
贝加回岸	梅索瓦、伊尔库次克间	二九二(今未成)
中西伯利	伊尔库次克、鄂必间	一七一七
西西伯利	鄂必、车里雅宾间	一三三二
乌　拉	车里雅宾、兹拉特间	一五〇
欧　俄	兹拉特、萨马拉间	七九一
	萨马拉、莫斯科间	一一一八
	莫斯科、彼得堡间	六〇四

车行左临海(即阿穆尔湾),而右倚山,颇饶风景。行百二里,抵著名与满洲铁道分歧点之大驿,东西图籍所共载,以今帝之名名驿,所谓尼果赖司科者,中国旧称为双城子。然今又不名尼果赖司科矣,自彼本年一月一日始,改用东方海军大将之名,名曰司柯里乐夫矣。俄人割人土地,必易新名,欲使人无怀旧之感。今此地入俄手已四十余年,即铁路告成,亦已八年,而忽又改名,殆以乌满铁道分歧点,其名惹世界耳目,故易名以避之欤?

午后十一时,抵柯乐特倮甫驿,华人称为五站,或曰驿距双城子五站,故名(站者,约人马行一日所能至之路)。国境东线至此已终,乃购满洲东线之切符(时尚未能购直达满洲西线之切符),即在驿中换乘,例不受关吏之检查。况自东而西,乃为由俄入华,其关权应在华而不在俄。然今日关权，乃在俄而不在华。闻不论自西而东与自东而西，均事检查，盖逼近日本。俄人恶日货入其境，并恶其入华境也。至于俄货入华，一则曰旧约界左右五十里任便往来（西北荒界旧例），再则曰此五十里即一百华里。试问入境百里以后，尚可扼地设关征税乎？然则陆路俄货，永无征税之策矣。

予等就停车场食堂稍憩，入一等待合室。守者睨视久，盖华人向不乘一等位也。食堂男女客饮啖方喧，武官为多。一妇人殷勤让坐，语言不通，致谢而已。候一时许，邬君导登车。车室坐位不裕，邬君以未尽所受委托之义务，亦换乘再送，辞之不获。又一驿至朴喀尼次那耶，译言交界，盖已入满洲境八俄里矣。自柯驿至朴驿皆山路，穿隧道五，闻最深者一百萨仁（一萨当华六尺余）。朴为第二等驿（凡五等），驿长较柯之为三等驿者为尊。邬君向商，请增坐位，果为增开一室，邬君遂辞返崴埠。此路不备华人有乘一等位者，故一等切符无华字。其二等切符有华字，谛观乃为自秦家冈（即哈尔宾）来交界者，而非自此间往哈尔宾者，一切尚未合规则。邬君有心人也，与外子谈俄商之不得自由贸易，俄学生之不得自由读书，言之慨然。

十一日（阳五月七日）　午前六时抵马桥河驿。冲寒一望，见山阳爽垲处，有俄人聚居，稍远有华人村落。必铁路开筑后，方始成聚，在昔不知要隘，荒山绵亘而已。俄过穆林驿，因车无食堂，故下车购食物。驿左右支板为屋，沸水待茶、炙肉团饵者，皆俄人也。下等劳动，则半役华人（入满境后朝鲜劳动渐少）。九时过带马沟驿，凡穿隧道四，其一行四分钟，闻百九十五萨仁之深云。

午间绝牡丹江而过，迤南即宁古塔城。溯顺治十一年（一六五四），俄可萨克兵直指宁古塔，为中国都统沙尔呼达所败，往事不复可追矣。浙人吴兆骞侍亲荷戈，记宁古塔政俗颇详，今亦时异势殊矣。南望增叹,不知撰碑之讷荫,尚在塔城否?

午后三时,过横道河子驿,驻停稍久。本可下车就食,雨雪泥泞未果,草草购物充饥而已。今日所行,忽为山间平路,则左右山坡,时有杂花,略存春景。忽为山路,则怪石枯树,近逼车窗。又或已伐已毁之树根,巉立道侧,无虑千万。又路工未毕,故沙石材木遍卧道上。山戴积雪,涧冱层冰,有一种阴迷气象。回忆日本近日,鲤帜飏风(东俗以重午为男儿令节,家有男儿者,制帛或纸为大鲤,树杆悬之。儿多者鲤多,大小飘荡,颇堪悦目),菖蒲踯躅次第放花(日本菖蒲开五色花),何等和暖。入暮,抵一面坡驿,云开月朗,乔木筛影,从窗外飞过。凭枕观之,剧饶诗境。予年来久辍韵语,盖无心事此矣。

十二日(阳五月八日)　午前五时抵阿什河驿。此本名阿勒楚喀,有副都统驻此。予盥梳未毕,不下车。外子云,除俄武官外无所见。少顷,武官数人登车,脱帽解佩刀,熟视予等,若深讶华人何以得乘一等位者。中一人,观其服装制度,知与日本中尉相当,以华语询外子何往。告以将往森堡,彼色渐解。俄驻轮,外子以为是哈尔宾矣。此武官曰:此非哈尔宾,乃三家子也。三家子,地名,不见于车驿表,幸此人之见告。

又数分时,至哈尔宾。外子本欲一览俄人所夸为“东方新都”者,又得李兰舟之弟字辑甫者,与昔年森堡旧友李君佑轩,均在哈尔宾铁路公司中,可藉为东道主,先已函告(两电竟未达)。是日二李君在驿相候,欣然造其寓,见辑甫夫人与蒉文卿之夫人,殷勤欢聚。蒉夫人且让己室以栖予,尤感。异域逢女友畅谈,愉快非初意所料。解衣就寝,自离长崎至今,为第一夜安眠。

十三日(阳五月九日)　先是,森堡使馆寄来东方铁路公司介绍书,专为予等谋乘车便利。是日外子持书,偕李君佑轩往访铁路总监工之代理并执哈尔宾行政权之俄人曰达尼尔者。一见介绍书，谓贵客既由森堡总公司介绍而来，必当竭力周旋，俾无旅行之苦，此我职也。又谓自哈尔宾乘车可以直达森堡，无庸换乘，当为备一等者二室，每室二位，而两室间有门，可开可闭者。外子又询大件行囊运致之法，彼言此间尚未有定例，可由公司中先命人送至满洲里驿，交次等之急行车代运，则运赁廉而到着速，计期二十日，不过迟人到一周而已。其运证可令所命之人曰李宝材者（俄人，通华语），在满洲里面呈。彼又为计核种种赁金数。外子询车固直达森堡，但可否于莫斯科下车，作一二日之游览。彼言长途已为贵客备专室，倘中途下车，此车室已不复能他售，恐非公司所愿云。凡此，皆李君佑轩传译，外子归述如此。

惟是先闻哈尔宾尚无直行车达莫斯科，顷在贝加尔湖畔换乘，今乃云直达森堡。外子以达尼尔身在局中，且有总公司之介绍，所言当必无误，遂电告森堡使馆，言某日可到。盖一车直达，无须有人相迓（本约有人在莫斯科相迓云），且不复作驻游莫斯科之想。电用法文，盖俄例不许人在其境内发密码之电，今哈尔宾即用此例也（海参崴之中国商务委员且不得发密码之电）。

午后偕蒉、李两夫人步游市街。两夫人虽不能如予之健步，然已除内地风气，以步行为快。晚景苍茫，极目无际，所谓塞外日落沙平者，亲见之矣。

十四日（阳五月十日）　外子率同行诸生往游新哈尔宾，俾略见俄人之布置与用心。新哈尔宾土名秦家冈（朴驿所购二等切符，其言秦家冈者即此），俄人定名曰诺威倮特，译言新城（赁车非用俄名不可，因车夫皆俄人），各国人所注目，以为俄人新定之东方大都也。予等所栖者名旧哈尔宾，土名香坊，旧为田姓者烧锅所在。五年前，俄铁路公司人欲占为中心起点，乃逐锅主而有其地。予与蒉、李夫人所居，尚是旧址，尚有断垣。

烧锅者，满洲境上一大生业。其主必富资财，役人畜，制高粱为酒,所称为烧酒者也。其酒不但为北方所盛行,且销售于江南。锅主既营此大业,每扼要筑垣,如城如隍,以防外侮。垣中亦有街市,群奉锅主为长,俨有自治风气。垣周大者二三十里,视江浙小县邑,有过之无不及。此香坊者,其一也(左近尚有一次等者,闻庚子之乱,土人毁之,官兵毁之,锅主遂亡)。秦家冈者,乃久无人迹之地,或者先为秦家所有,故冈以秦名,然莫可考矣。

俄公司既占香坊为起点,初意亦就香坊经营都会。乃续见冈地爽恺,濒江而不患水,尤占形势,于是于冈建都会。今划入界内者一百三十二方华里,已建石屋三百所,尚兴筑不已,盖将以为东方之彼得堡也。兵房已可容四千人,亦兴筑不已。哈尔宾左近,扼满蒙之正中,濒松花之大水,洵为无上之要区。既已数百年荒弃,则俄人度地经营,亦势所必至之事,不得谓强夺我土地也。

铁路公司人告外子曰:俄人在哈尔宾购地,固以己意划界,不顾土宜,以己意给价,不问产主,然全以势力强占,毫不给价则未也。有之,惟满洲世职恩祥。恩祥恃其世官之焰,本鱼肉一方,自俄人来此,更加一层气焰,每霸占附近民地,以售于俄人,冀获微价。恩祥又肆其霸力于傅家店,俄人利用之,故土人畏之,官宦又媚之。傅家店者,昔年不过数椽之野屋,近民居约万户,华人谋食于铁路者夜居于此,屯中"红胡子"所巢穴,现为恩祥所庇护。俄人欲将屯地圈入界内,以扩张路域,屡向华人言之,想实行此事亦必不远。

闻庚子以前,路工所佣劳动华人,不问其为直隶产、为山东产。拳乱以后,禁绝直隶产而专佣山东产(彼不知拳之源于齐鲁间)。此等最下最苦之华工,昼役于路,夜宿于傅家店,彼俄工固列板屋而居于路侧者也。俄工污秽亦不亚华工,然公司每以华工污秽,易肇疫气,傅家店距路不足十里,易于传染,啧有烦言。其意非尽逐华工不止,徒以佣值廉而工事未竣,不得已耳。或曰:我务清洁我工,俾无所借口,岂不为我工姑留一谋生计?不知俄意本借防疫为名,以拒绝外人,初非真爱民命。任我如何清洁,彼必有词,岂但尽逐华工!外子所言如此,深以不中为幸。

予等未至哈尔宾之前一日,为俄国令节。李君佑轩是日休暇,自香坊乘车至秦家冈,在冈时延,以道远马疲之故,饭于肆,且命车夫就食,可谓毫无过误。忽有警察役,怒车之驻于肆门也,捽车夫殴之。车夫固俄人也,与辩是奉雇主之命。李君亦闻声趋出,向警役用俄语声说。讵警役骤加殴辱于李君,可谓奇极。李君以铁路公司之高等华员,且善俄语,竟以一车夫就食之故,大受警辱。事后诉于总监工,总监工虽极力抚慰,而不闻一惩警役。俄政固如此,不足怪也。

同日,阿什河有俄兵刃杀一解饷华官之仆于途,并伤二同行人(一为旅店中人,护送此华仆者)。阿什河之华官,正来哈尔宾谈此,外子闻于李佑轩座上者也。俄人肆虐杀淫掠于东三省,自以海兰泡之杀我男妇老幼三千余人于一日,为最著称。黑龙江沿岸,被杀者数十数百,不可枚举,此将军寿山之所致,犹曰此庚子事也(华商永和栈、日本商加藤写真店,均以献贿于武官幸免)。辛、壬以来,被杀一二命,见公牍于三交涉局者以百数(三交涉局注见下),不见公牍者不知数。至于毁居屋,掠牲畜,夺种植,更小事矣。此在民间被害,初亦愤;愤而诉,诉而无效,亦姑忍耐;忍耐久,且以为非人力所能回矣。即在华官确知民间被害,初亦愤;愤而诉,诉而无效,亦姑忍耐;忍耐久,亦以为非人力所能回矣。

俄人之夷我满洲也,先借拳乱为名,尽搜括官用武器,更以检查隐匿为名,纵兵役任入人家,搜括铁器,甚至田器亦被取去。俄人蓄意先欲民间无抵抗盗贼之力,则盗贼自炽,而彼得以武力治盗为名,益张其兵力耳。红胡,彼所利用而保护者也,然亦不过纵使援民,而哥萨克之防范红胡仍不遗余力。此其意,吉林将军长顺知之,而无可如何。

又闻一俄医士之言曰:曾亲至东省,欲以医学考察种族灭绝之原因。尝见一哥萨克持刃入一老幼夫妇四人者之家,攫少者肆无礼,其三人抱首哭,此哥萨克次第杀此四人而出。夫哥萨克诚强暴,然四人者,纵无器械,岂竟不能口啮此兵,而默然待死乎?此不必以医学考察,而知其必灭云云。予叹谓此唾面自干之盛德乎！专以克己无竞为学派者,其效乃召灭种,可骇！达尼尔者,代茹古维志而为铁路总监工者也。然名为铁路监工,实于哈尔宾地方操立法、行政、司法三大权者也。三大权操于一手,今世界列国君王且无之,而达得之,幸福耶否耶?

奉、吉、黑三省各设一交涉局于哈,例以候补道府司之,闻黑局为最贤。此三局住屋员薪,均由俄人供支。华员感俄人之为增差使也,其视俄为主,而视本省为客也,固宜。局员惟恐失俄欢,仰达尼尔鼻息,惟恐不谨。局有谳案,非达诺不敢判,且非达诺不敢讯也。工役交涉案必请示于达,即傅家店一赌博案亦必请示于达也。吉局员且有苦求俄人优给薪水宽给住屋者矣。李君佑轩云,去年疫盛时,俄人好行其德,散给茶与糖于华民,而委其事于交涉局员,局员散其茶而匿其糖。俄人知之,先颇讶,后知为中国官场常态,遂不语。

三局设于江沿附近。江沿者,沿松花江岸,距秦家冈三数里,今市廛集处,俄警察局暂设于此。外子乘车往答局员,见所谓辕门者、大堂者,种种肖中国衙署。大门旁一鼓一梆,又四旧铁刀,栅系荷校者三数人。车夫用华语毒詈此荷校人,作极村辱语。一中国所谓"二爷"者出,笑靥向车夫,怒目视荷囚。献种种媚于车夫,真不愧为局中人矣。

庚子之乱,黑龙江有协领曰庆益斋者(不知其名),统兵一大枝,在松花江北岸向江沿发炮四五十出。时哈尔宾无俄兵,总监工厌之，乃聚工人二十，驾小舟一，渡江吹喇叭以恐之。协领果闻喇叭率兵狂遁，所遗物品不少。李君佑轩等正苦乏糖乏茶乏烛，不意协领所遗不少，遂取归供用。

连日萁、李二家以精馔饷予等，多南方食品，询知哈地固无有，即奉天、吉林两省城亦罕售者。幸铁路通，旅顺又现今无税，故运致不难耳。哈地乏薪，所燃薪多北自黑龙江水运来，间或东自宁古塔陆运来，凡在公司中人，皆公司供燃。不然，则一家所需，岁非四五百金不可，诚巨额也。又乏蔬类，一金之值，可得菠菜六斤，他可类推。有南人一二，赁地种菜，颇获利。惜向达尼尔赁地，价奇昂耳。稍廉者地必远，运致匪易，获利又减。予思此一带本空旷无人，今忽聚十余万人于此，每日食料即不少。倘铁路有阻，几不饥困？不可谓非危地也。

去秋辽东不丰收，交涉局员创为运上海白米来此平粜之议，义声震一时。平粜者，为利贫民也。试思此间贫民，食白米乎？抑不食白米乎？白米即平粜，其价能廉于杂粮乎？然则此平粜白米，利翎顶辉煌之官幕耳，非利贫民也。然谓局员豫为己谋，则又不尽然，总之不从实际着想耳。

哈地稍有局面之华商，仅华昌泰一家。予偕萁、李夫人往购旅行用品。见所售仍日本品为多，无怪俄人深嫉日本商工，百计以禁遏之。

哈地尽用俄之不换纸币（大率一卢一枚者），贸易无大小，皆以卢布计。旧日所有之制钱及吉林自造之银元，仅可为一葱一菜之交换而已。彼芬兰、波兰，亡入于俄者且百年，而民间尚用格勒历、用旧币。而哈地不五年已尽忘旧惯，竞投俄好，岂果种性血统之不同乎？抑教育久亡之故乎？

先是十日之夕，郇君在朴驿发一电致李缉甫，今四日矣，尚未到。缉甫曰：先日曾有阿兄海参崴来电，久不到，向局中走询，局员指案侧尘土中百十纸曰:安必无君电,盍自检之。检果得。询其何以不见送,彼曰:谁为君任配送职乎?想朴驿之电,亦在此尘土中矣。一笑!

昨日途遇达尼尔,邀顾其家,辞之。彼又浼李君佑轩来邀。今日即赖李君传译,往访其夫妇。相见觉待客之殷勤,较日本人加一层亲切,且自出器械写真订赠(此订赠者至今未获)。外子云,此虽小节,亦可见俄人外交一手腕。

十五日(阳五月十一)　昨来大雨道泞,事事艰阻。正午,一行九人发自香坊。李佑轩、缉甫、蒉少君皆远送于秦家冈。此第一等大驿,故局面不小,然板屋黑暗,土石堆积,盖工程甫半,惟食堂已粗具。

驿中亦有万国通例之赤帽役,为客送小手荷物。然仅送一等客,不送二等客。华客向皆三等位(西人惟劳动苦役者三等),间有二等位者,则指定某车以区别之,不许入他二等室,其"优待"如此。

李君佑轩奔走代购切符,距车行不过十余分钟,而切符不可得,乃先导予等登车,而徐俟切符之来。比登车,则达尼尔所允一等位四人二室者无有也,乃四人一室者也。所谓一车直达森堡者不然也,且非直达莫斯科也,乃仅达满洲里者也。仓猝间无暇与追辨(达亦不面)。所最感困难者二事,一为已信达尼尔言,电森堡使馆以到著期,且言直达森堡,无须人迓(使馆本约有人在莫斯科相迓)。今事事变更,俄例又不许发码电,外子又不通西文,将何由改告使馆?一为已信达尼尔言,备车赁及食费,今事事变更,必不敷用,囊中不裕,而仅仅数分时间,安所得金?幸李缉甫急出百余卢布,李佑轩亦出数十卢布相借,又允再属达尼尔,加电先送行囊之李宝材者,令其续送至伊尔库次克,照料换车。语初毕,一洋人急送切符九枚来,汽笛一声,遂行。行后,将所畀卢布与赁价核算，计缺缴十五卢布。彼人乘机蒙混，是社会惯性，无足怪；即达尼尔所言不实，亦其社会惯性，无足怪。所得总公司介绍函，其利益如此。不过予初从东方来，不免叹一诚一伪，相形顿异耳。

达尼尔又切实言午后一时正发车，勿稍误，其实一时卅分方行。驶过松花江桥，此为满洲路上第一等桥，望见汽船三数，喷烟激浪。松花江不准行船，为同、光以来中俄一大问题。一水之航，昔龂以争；万里之域，今慨以赠。安得令人不哂！

此车有食堂，得便利。餐四品，价一卢廿五戈。餐后凭窗远望，此著名之松花江、嫩江间流域，千里膏腴，然夕阳送晖，极目无人，耕牧大利，久任抛弃。一二十年后，必有享此大利者，但不知为何种人耳！浙人周君少逸，久滞黑省，近广招开垦此千里膏腴，其识远大。惟不知占我疆土之客，能容我民享有此利否？

十六日（阳五月十二） 未明，过齐齐哈尔，驻停最久，惜未起观。然俄例停车场必距市都十五里，必无所见。午前六时半，过碾子山驿，渐渐见山。山坡野桃着花，回忆五日前在磨刀石横道河子一带冰雪埋没者，气候相殊，如隔数月。七时半至成吉思汗驿，或谓是汗生长地，不知确否？闻昔有成吉思汗篱巴者，今已无有，其即奉天柳边之类乎？路左倚山冈，右傍河流（水入嫩江），野屋三四轩，谛视均俄工人所栖，不见一土人。奇渥温苗裔式微，遗烈堕落，耕牧旧地，致为昔日臣服者所蹂躏，能不起读史之浩叹乎！

八时半抵札兰屯驿，下车散步，购俄产黑面包尝之，果别有风味。凡满洲路停车场，虽诸事草创，而售食物处必先备。车场左右，或架板屋售物者，皆俄人也。我华人仅少数负筐叫卖粗粝而已，又往往被阻，不令与乘客近。华客颇愿向买，然必飞越下车，乃克交易。无如停车久暂，非所谙悉。买者既恐回车之不逮，卖者又恐售价之不及取，于是逡巡互失者比比皆是。至路工所役，何尝不有华人、朝鲜人,然尽是极劳极贱之役,稍居其上者无有也。此驿有一捩轨机之华人,域外仅见,询知为宁波产。在博都河驿遇一售鸡子之吉林人,询知工役上多山东人,若吉林、奉天人则千里罕遇云。十一时,抵巴里木(土人呼为喇嘛山)。自成吉思汗驿至此,有山而不险,有水而不污,有树木而不为窝集,真膏腴地,惜未有人耕牧耳。午后三时五十分,抵著名之大兴安岭。山势陡峻,上坡昂度逾于千分之十五,不得谓非险坡。在高原已拔海面二千二百英尺,渐登渐高,至山顶则拔海三千六百尺。所谓兴安驿者,正在山顶。有华式庙,闻中祠女神。列车上坡时,首尾各用一机关车,或推或挽,曲折六七乃达。工役忙忙,闻隧道已穿通,凡千四百十五萨仁。但隧中修治未毕,秋冬方可通车。

夜半十一时抵海拉尔,下车散步,月明如昼,寒气逼人,重棉犹凛凛。海拉尔在呼伦贝尔城南(亦约十五俄里),城为山西人聚市之所,有副都统驻此。过海拉尔,为著名大湖沮洳低地。月下经过,远望则水影苍茫,渺无边际;近看则植木水中。支板如桥,而轨敷其上,断续不一。车行其上,缓如人曳,而轨力犹格支不胜。益近呼伦淖尔(即达赖)、贝尔淖尔之间。两淖尔水溢数百里,春夏为患,岁成恒例云。又闻此一带水中,不生种种动物,格致家方事推求,未明其理。

同车有俄人夫妇,均善华语,盖汉口俄领事馆之书记生,挈妻假归也。同行四学生,与其在鄂相识,故介绍来谈,互访亲切。然俄交大略可见,不与深谈。又有比国人,乃芦汉铁路之技师,善华语,老于路工,多识华情,外子与谈颇频。

十七日(阳五月十三)　午前八时余,抵满洲里驿。虽距界线尚有十八俄里,而已为满洲铁路之终点。予等所购切符,至此驿已终,须续购矣。外子偕比国人往电局发电,告森堡使馆以车非直达,仍须有人在莫斯科相迓。彼局中恶见外国人,睨比人良久,责以不脱帽。比人不得已脱帽致礼，彼始掷出一纸，俾书电文。所书者为法国语，局员不解，谛视良久，质之旁一人，又谛视良久，始核价。计发十余字之电，费时间五十分云。

癸卯旅行记卷下

四月十七日（阳五月十三）　今日另购切符，由国境西线入后贝加尔线矣。午发车。在列国通例，各公司各线，有互相抵算之契约，故无论越过几线，其切符可同时并购，而乘车或随时更换，从未有重购切符而不必换车者。此满洲里驿，乃重购而不换车，亦俄国公司之特色。闻此车驶至贝加尔湖畔方止，岂后贝加尔线与国境西线，均已通用满洲公司之车耶？

先是驻车满驿，有税官登车，问外子是某君否。外子答是，彼言随带行囊已奉电放行，遂逐件加一封识而去。比国人为传语："当在哈尔宾时，闻此关之严，不可思议。有旅顺华商，新从俄归，言过此关时，有一极小之日本寒暖计，亦为所取去。有一俄武官，方从北京掠物归国，关上见珍品满筐，疑为日本制？将取去，此华商代认为中国制，乃放行。"又昔年湖北自强学堂之俄文教习波里君（外子昔所延订），遇于哈，为言满驿关例，专事搜索日本制，虽纤毫必收没云。今见此关之严，果无异海参崴。予等从日本来，岂无一二品日本制？今得放行，非得彼政府电托不获此。虽然，俄例无事不可以贿通，久蒙各国之认许者矣。

切符之价，先纳坐席（如一等位若干），再纳急行，再纳寝台。夫坐席之外再加寝台，犹可言也，为坐者不必定寝也，然长行已断无不寝之理矣。若急行之加，真不可解，岂同此一车，纳急行价与不纳急行价，其到着不同乎？此次予等托一庶务长代购切符（此庶务长之职，日本列车所无；英法德等国，车行极远不过一二日，亦未必有此；不知美洲长铁道有此职否），车行后缴纳余资，外子谓差百余卢。然语言不通，无从询问。姑向比国人谈及，此人允为代询。经五六时间，彼将所差之百余卢缴回。此老年人，非比哈驿之十五卢有心蒙混，盖俄人算术本拙，又各种赁价，分合纠纷，更与他客赁价，牵涉致误耳。

闻外子云，昔年驰驱于欧西各国之郊，凡越一国境，则风尚景物顿然改易。即比与法，种族同，语言同，而风尚景物仍不相同。何也？既已各自成国，即各有其政其教之区民于不同也。乃予今日出满境，入俄境，不见所谓不同也。车驿之结构，车道之管理，车员役之服装、人种，无不同也。教堂尖矗（俄例每村落必有数教堂，堂必有尖，金银色灿烂耀目），水塔高峙（俄例每车驿必建塔储水，盖沙漠乏水，冬令水冰，皆宜先备），无不同也。所微不同者，满境上不十里必建屋驻哥萨克兵，车经过，则出二三人负铳向车立，不知何意。夜行望灯光疏落如星，皆兵房也。而一入俄境，此兵遂少，盖其疑信不同也。中国妇女闭笼一室，本不知有国。予从日本来，习闻彼妇女每以国民自任，且以为国本巩固，尤关妇女。予亦不禁勃然发爱国心，故于经越国界，不胜慨乎言之。

十八日（阳五月十四）　午前四时，抵契丹司基驿。此为国境西线与后贝加线之分歧驿。后贝加线，又东北至斯特列由斯克止。此驿驻车卅分时。凡驿有歧路者，驻车必稍久。考日本记载，每谓分歧驿名开伊多罗甫。今此契丹驿，其即开驿之改名欤？抑另一地乎？不可知矣。总之俄术在淆人耳目耳。

又百七俄里至赤塔，此为后贝加省著名之市，屋宇整齐，非复满洲路上草创景象。闻此地有巨商，以造酿致富，本波兰志士被追放者，历万辛自营生计，颇得众心。昔虽致富，而尚被种种苛例。近今俄于西伯利渐渐视同域内，不欲含怨者之丛于是地，故追放数年减一年，而待向所追放者亦宽一层云。残月挂林，远山戴雪，凭窗窥望，哀彼波兰遗黎。

此一带雅布鲁诺山脉，为西伯利铁道拔海最高处，凡三千五百英尺，较兴安岭仅减低百尺。然兴安升降陡峻，非穿隧不可，雅鲁迤逦上下，可沿坡而行。虽然，究以昂度太高故，每一辆之八轮汽车，仅可带廿三辆之货车，不如满洲道上之可带四十辆也。遍山弥野，皆属森林。林皆针叶树，无阔叶树。地无积秽，时见野烧痕，其广数里。

东驿左右，每见蒙古人三五群聚，袖手徘徊，一若甚无事者然。头戴皮帽，略如故乡村儿之狗头帽，及纨袴子弟之拉虎帽，顶缀红缨，腰束彩绦，右衽大袖，皆广缘如村妇衣。衣兽皮，不加布，即以皮之革为表，注目列车，口嚼食物。噫！此种人不但不能自立，并不堪作奴仆，予谓亦坐不施教育之故。又悟衣之左右①衽一大一小，乃蒙古风，前此固如日本和服，两②衽大小维均也。

乌的河畔有驿名希洛喀者，或曰此真成吉思汗诞生地。下车散步。铁道在两山之间，满山翠柏，居民不少，景物亦佳。山间平地，窄者里余，宽者一二十里。山下大溪即乌的河，忽洒为数渠，忽合为一流，其地果灵。闻居民事耕，所产小麦、大麦、葱、薯等，兼畜牛羊，其生活之度虽低，犹胜于满洲道上之成吉思汗驿。

十九日（阳五月十五）　黎明，知将过色楞格河桥，特起观之。四山环抱，残月镜波。予幼时喜读二百数十年前塞北战争诸记载，其夸耀武功，虽未足尽信，然犹想见色楞格河上铁骑胡笳之声，与水澌冰触之声相应答。今则易为汽笛轮轴之声，自不免兴今昔之感。然人烟较昔为聚，地力较昔为任，则又睹今而叹昔。凡政教不及之地，每为国力膨胀者施其势力，亦优胜劣败之定理然也。

---

① “右”，原文作“吝”，据语义改。

② “两”，原文作“雨”，据语义改。

天明,渐渐从山缺树隙望见水光,知为世界著名之第一大淡水湖,所谓贝加尔湖者矣(中国旧籍或称白海,元代或称为菊海)。自过上乌的斯克,浓树连山,风景秀丽,殆迈蜀道。而此夷彼险,但有怡悦,无有恐怖。因想苏武牧羊之日(武牧羊于北海,海即贝加尔湖),虽卓节啮雪,困于苦寒,而亦夫妇父子,以永岁月,亦未始非一种幽景静趣,有以养其天和也。旅行记程以及日本各记载,皆以梅索瓦驿为湖畔换渡之所,今日车至梅驿不渡,又二驿始驻车。岂所谓贝加尔回岸线者,已引长至此欤?此车本来自旅顺,经过哈尔宾而止于湖畔者也。

予等将与此车别。庶务长颇殷勤,送予等渡湖,登久闻之所谓碎冰船者(船凡二,予等所登者名贝加尔),并代索船室键,开室俾予等安坐,因赠以外子昔年巴黎购来之精制指南针,盖悟与俄人交涉,必处处有赠物也。船为英制,长二百九十尺,吨数四千二百。除船底一层外,其平岸一层,船腹有轨,船轨与路轨凑合衔接,汽车即循轨入船。船可容车二十七辆,载之以渡。渡车以货车为尤便,盖省上下搬运之劳费。若客车则换乘为便,不必定载原车以渡也。予等所乘之急行车,本不带货车,故未见其载车。其上一层为大食堂,两傍为乘客休息房。其后为二等位之食堂及休息房,亦宏敞。船身宽博,迥异寻常。甲板上为游眺所,烟突凡四。凭舷一望,极目千里(湖南北千二十华里,东西百五十华里)。

环湖尽山(峭立四周,无一隅之缺),苍树白雪,错映眼帘。时已初夏,而全湖皆冰,尚厚二三尺(湖面拔海凡千五百六十英尺),排冰行舟,仿佛在极大白色平原上,不知其为水也。别有天地,何幸见之。或谓此世界上水最清澈之湖,惜今日之见冰不见水也。然吾江浙间之太湖,上受天目诸水(如贝加尔之上受色楞格水),下泄吴淞等江(如贝加尔之下泄昂噶拉江),虽大小什一,亦复极目无际,水清澈底(贝加尔水之淡而不咸,以水流泄故)。而皑皑白冰，非所见也。故此渡极乐。

至船之所以碎冰，初非以冲力撞冰也，故船首不锐。乃船机吸此冰下之水（冰无论如何厚，其四五尺下必水），以喷出舷外，冰无水相承，自以重力不均平而致裂，更助以船之推力，推开此既裂之冰，而船进矣。故湖中之冰，虽坚可碎，而湖边之冰，转以水浅，而船力所不及。舟行二时许（他人渡湖，每曰须四时许，或是从梅驿而渡，故路远），达西岸。（闻湖有一种奇鱼，长五六寸，头部之长占全身三分之一，眼大非常，且能飞。鱼虽小，能潜于二千尺以外水底，而不畏其重压，惟出水见日光乃溶。）此湖多疾风迷雾，故冰渡尤稳。（蒙古音谓此湖曰达登淖尔。达登者，含神奇意与富有意。）

将抵西岸，乘客纷纷争先，一如中国长江轮船状态。据云恐彼处车位不良，且或竟不得坐位。外子笑之，谓当不至此，遂从容步至车侧。见一等车一辆，欲登，则车仆以美国人专赁对。又一等车一辆，则坐位已满，始信争先者为洞知俄情者也。

外子率予等徘徊车侧，犹盼有续来钩结之车，乃距车行不过十分钟，而寂然不闻。彼送予等渡湖之庶务长，旁皇不安，左右奔驰，商于此驿之长。驿长耸肩张掌，反覆与说，竟无效。此庶务长将归湖东，急急为予等提手荷物置食堂中，邀予等在此食堂坐，尚以为行二时许，至伊尔库次克大驿，必有车来钩结，备予等坐位。乃比至伊驿，仍复寂然。非但予等无坐位，更有从伊驿登车之二德国客，亦无坐位（二等位），同行学生五人亦无坐位。幸汉口俄领事之书记生夫妇于伊驿下车，让出二等一室，招学生速占。奈俄顷间已被一人占去一位，仅余三位（此人后仍让出）。于是三学生姑居此室，仍余二学生无着。正纷扰时，一德国老妇人通华语，愤予等之不得坐位，代为争论，比人巴君亦助辨。聚议四时之久，始勉腾二等位者一室，予偕外子及所携二女子皆不得已挤入此二等室中,已倦极矣。俄人动辄自夸优待华人为他国所不及,今果见其“优待”如此。至售出切符若干枚与车室若干坐位不相符合,亦惟俄人之经理“周密”如此。

车过伊尔库次克,予因车室未定,且怨声盈耳,怒容满座,故无心纵观。有银行人携三百卢布来,请外子签字领受,盖李君辑甫恐川资不数,电汇此三百卢来也。又森堡使馆来电,知使者托陆君子兴亲赴莫斯科相迓。陆君为外子十二年前好友,更忻慰。

予昔年初习日本文时,曾试笔译福岛安正君(今少将)《单骑远征录》(少将任中佐时,一人策马于俄及满蒙之境者再阅寒暑,所传日记曰《单骑远征录》),中有叙伊尔库次克一段,录存如左。虽为壬辰、癸巳间事,亦可参知大略:

伊尔库次克濒昂噶拉河右岸,人口大约四万七千,位西伯利之中心,亦第一都会地。观光察势,无如此地,故留马十日,得巡览哥萨克骑兵、豫备步兵大队营、专门器械学校、陆军病院、候补士官学校、小学校、博物馆等。

此地驻屯骑兵仅哥萨克一中队耳。时已严寒,道路冰结,不便骑兵之运动。蒙参谋部长之厚意,召集于参谋部门前,演密集运动,相邀观览。路冰结,滑甚,易蹶,而驰驱颇熟练。

步兵大队以五中队编成,兵员千二百人(按:今已大异)。

器械学校以九年卒业,生徒二百许,为学术应用之组织。校内有教场,有工场,一面为研究学术,一面为练习实业。其所制造之机械器具,皆坚牢而价低廉,故民间定购者不少,盖此地必要之学校。

陆军病院,时有患者百许。院内有看病夫学校,生徒六十人,三年卒业,六年服役。

候补士官学校,为养成步兵大队、骑兵联队士官候补者之所。现步兵科二十人,骑兵科九人,二年卒业,以见习士官归本队,而待士官缺出之采用(按:此大概如各国通例)。

小学校凡十五,纵览其一。此校资本金,悉由豪商集成,故不收生徒之授业科。石造层楼甚宏壮,百事整顿。讲堂上揭集金者之肖像,以垂不朽。

博物馆,亦称西伯利第一,建筑壮丽。楼上所藏书籍中,中国书多,又藏各国关于地学之杂志等。楼下则西伯利古代之器物,及矿物、植物、动物,搜集陈列,又古今之货币。其少少外国品,亦颇可观。就中最可注意者矿物。西伯利所采堀之金,当一八九〇年凡六万三千四百三十二封度,翌年六万五百五十七封度。盖伊尔库次克、后贝加尔、黑龙江三省,金坑极富。今交通未开,机械未全,而所获既如此。一朝大铁道通,机械工夫,运搬便利,其采获殆不可测。

当时铁路未成,所经营者已如此。近今二三年来,必有进步。昨冬有旅行者经此,观察所得虽未详细,亦录如左:

伊地建筑,十九皆木,惟总督官舍、博物馆、剧场(土木之费凡二十余万卢)、教堂、商业学校等为石造。道路则不石不木,尘芥没踝。所最经营者,教育与慈善事业。全都大小教育处凡四十余所,有宗教、商业、工业、矿山、女学、兵学、医学、幼年学(为储武学材者,七八岁以上至十余岁为止。观其教法,亦颇认真。饭时游客至,即邀共餐,茶一杯、肉两片、面包而已。食前后生徒起立,对耶稣像高唱赞美歌。盖俄人于教育上处处带宗教性质,不但孩童也,于武学尤甚。人之贤否,课之高下,无不以宗教之信仰分数为定)、孤儿院、小学校等。关于慈善者,又有罪人儿童之收容所、贫民院、无宿者之宿泊所、恶童惩教所。余如学术协会,亦所注意,而尤重地学会(博物馆即附属于此会)。工商业尚未臻盛。本来人口稀少,因金坑多,四方招集劳动,于制造业未暇及也。制造品多来自欧俄。农业畜牧,亦未足以养当地之民,故畜类多来自托穆司克及斜米帕拉庭司克,或来自蒙古。价格之贵,职是之故。

伊地有名之大监狱,所谓西伯利监狱者,世人记载,待遇囚徒之残忍,举世无双,不忍卒读。而据当局者言,则曰待遇之亲切,无异父兄之待子弟。其信然耶?但愿所言不谬。当地风尚不靖,杀人放火,习为常事。无论田舍与市内,夜间人人警戒,不敢外出。盖从欧俄放逐来者,种类繁多,有剥夺公权之强制移住民,有并夺公私权之定期追放民,有因行政处分而被追放者,狞奴恶汉、豪杰志士均不少,近七十二年间约有五十万人。当时为助西伯利之开拓而放逐此种人,然而怨毒在人,于今日行政上未必便利。

自上乌的斯克以西,伊尔库次克以东,凡贝加湖南岸一带地,逼近我恰克图地方,为二百年久通之商路,故每遇出境华人(蒙古人亦不少)。所谓商者,除茶与织物外无他物。然茶利尽归俄商,华人不过小贩而已。织物销售不多,齐晋产而已。若江浙间织物,非所好也。

二十日(阳五月十六) 凌晨寒甚,车室中八十度之寒暖计(俄国通用)仅九暖度,其冷遇如此,亟命车仆燃薪取温。至食堂早茶,知学生夏君与二德国人,昨夜均卧食堂,且无榻,寒甚。二德人方怒形于色,彼盖二等客而无室可容者也。予等一等客四人既居二等室,而二等客遂无室可容。彼满洲道上俄武官概不出赁资,占居一等位,而乘客之有位无位在所不计者,盖本为兵路,非商路耳。若西伯利路,亦岂尽供兵用,无藉商利乎?今日始见耕地,又胜满洲一层。

廿一日(阳五月十七) 黎明抵堪斯克,亦繁盛地,惜未起观。又八驿至沃林斯喀雅驿,驻车不行,闻因前途桥断待修之故。此亦大驿。下车散步,距市远,无所见(西伯利路车驿照例距市远),惟见一四无垣卫之木屋,中列极粗木长几数十,几旁各列极粗木长凳,一几一凳相配列,地污秽甚。同行学生曰,此酷似中国之学政试士院，盖乡僻之菜市也。村中妇孺聚道旁，蠢蠢然向列车骇望，口嚼葵子。驻车历九时之久，颇生厌。此长铁道本单轨，又路工不巩固，此等事闻所恒有。然以路工而论，西伯利路究胜于满州路。满路专为据地用兵起见，于工于商于农皆非所顾。中国人不知，以为自有此路而商务必有变动者，非知俄情者也。

当地之正午，在森堡为午前七时四十四分，盖相差二百五十六分，而经度六十四度也（经度相距一度，时间相差四分）。予等此行，自海参崴至森堡，经度相距九十六度半，故时间相差三百八十六分。车中顷刻不同，故不能确知为何时也。今日驻车久，感时间之不易计算，记所经大驿之时间相差如左：

森堡正午	莫斯科	午后零时三十分
	萨马拉	一时十九分
	乌　发	一时四十二分
	米雅司（乌拉岭顶）	二时一分
	车里雅宾	二时四分
	鄂穆司克	二时五十二分
	鄂　毕	三时三十分
	伊尔库次克	四时五十六分
	梅索瓦	五时二分
	赤　塔	五时二十九分
	哈尔宾	六时十八分
	海参崴	六时四十六分

车行既速，于时间差异关系极巨。在战时用车，尤贵精算。譬如东驿西驿相距七百里（姑以中国旧说，命之曰经度，相距三度半），车行速率以一时七十里计（速率大概），则历十时而达。今东

西驿各于正午发车,速率无稍异,而东车抵西驿时为午后九时四十六分,西车抵车驿时为午后十时十四分。非车有迟速,乃午线不同也。闻德意志以国境东西相差三十余度,车行时间,易淆头脑,于战事尤非便,故于甲午阳三月三十一日之夜半,改全国用一律无殊之正午。惟与种种政令相关,改易非易,先事商议,凡历十年云。

乌苏里线及满洲线之车,食事均用俄例,每日一度(俄人往往每日一餐)。此车用各国通例,每日二度(早茶不计)。早餐价七十五戈,晚餐价一卢,加茶等大约每人每日三卢。长车无事,食时为乐;然食堂坐位,极多不能过二十人,而乘客几倍。故掌食者必豫向乘客商定食时,二度之食事,必四次方毕。又此车有浴室,每人价二卢,而水浊逾黄河。虽然,究胜不浴,亦增愉快。

晡,抵克喇斯诺雅尔斯克驿。驿濒叶尾赛河。河为西伯利四大水之一,桥长三千十七英尺,尤冠四桥。地繁盛,教堂尖矗满目,停车场亦壮丽。一望芳草如茵,远山添黛。彼状塞外者,动砌以衰草平沙等字者,踪迹仅在漠南北一带,初未逾杭爱山、唐努山、萨彦山而更北,故不知纬度五十五、六之间,尚有宜耕宜牧之沃土耳。今日多见阔叶树,凡地有阔叶树者宜耕。

线路穿过森林。溯开筑时,非法禹刊,即法益焚。然用焚尤易于用刊,故烧迹满目。惟一事最奇:现今列车日日通过,而线路左右数里,尚有数抱大树火焚不熄者,计非数日不能焚一树。将谓人力所为欤?四旷荒寂,何人劳力出此愚策?将谓车过喷火所兆欤?一星之火何能焚此大树?且距线路远者,又何说乎?不可思议。惟火光熊熊,如列庭燎,颇悦目耳。

车行,掌车者告已添车一辆,劝予等分室,惟仍是二等车。在彼极为无理,然四人分二室究便,遂允之。于是予等四人占二室外,夏、沈二学生亦得一室,二德人亦得一室,又一等乘客之驻长崎英领事亦得一室。领事善东语,且通东文。邻室相近,知予能东语,愿相见,遂略谈。彼亦怨车甚,问外子曰:君为政府人乎?谓俄人为好友乎?外子答曰:我非政府人。彼笑曰:然则君必知俄人者也。

廿二日(阳五月十八) 晨过阿臣斯克,下车就食于车场。俄路惟食物最备。场中间有售宗教书者,而从未见售新闻纸者。盖俄本罕施小学教育,故识字人少,不能读新闻纸。且政府对报馆禁令苛细,不使载开民智语,不使载国际交涉语,以及种种禁载。执笔者既左顾右忌,无从着笔,阅者又以所载尽无精彩而生厌,故新闻纸断不能发达。此政府所便,而非社会之利也。

此驿见一华人负囊登车,求售绢物。询系山东人,所售即山东所织。俄于他国人入境之禁綦严,且课税重重。此小贩人所获几何,而不远万里作此营生,想见吾民生计之艰。闻一路至森堡,此等亦不下数百名,间被杀死,且或加以有疫之名而虐死之。死后彼官以一纸空言达彼内部,转达外部,而告于我使馆,我使馆本不知此等人姓名、来由、踪迹,亦遂置之,其不告我使馆并不达彼内外部者无论矣。虽然,视满洲境上哥萨克之时时杀人而上官方奖励之者,仁厚多矣,无怪俄官之动称国政仁厚也。譬如水旱偏灾,发帑移粟,乃行政者分内事。而在俄国则必曰:"此朝廷加惠穷黎","此朝廷拯念民生"。一若百姓必应受种种损害,稍或不然,便是国政仁厚。此俄之所以异于文明国也!

午抵玛里音斯克驿,见积石炭不少。先是汽机燃料用薪,盖东方材木多也,至是始用石炭。午后抵台噶驿(此驿有枝路通托穆司克,为西伯利线唯一之枝线),下车饮茶。夙闻俄国尽力于西伯利移民事,以台噶左右为最枢要地,今在此果见数十辆之移民列车,车外标可容若干人(细察所载民数,必逾于所标额数,而不顾坐卧之足敷与否,空气之足养与否,则俄官任事不实通病),车中设一暖炉,无窗无榻,极似载货之车。老幼男妇数十人挨挤其中,若羊豕然。然岁岁迁民(近一年迁数达二十万),愈迁愈东(此驿迁民并未下车,必有更东之行)。彼藏相威特巡回东清,其覆命之书,筹于后贝加尔以东广拓迁政,诚为要图(后贝加尔以东者,满洲之谓也)。千里广土,百余年国禁不许开垦之未辟精华,安得令强邻不艳羡?

此处有市矿石处,盖附近所产。以二十戈市一烟吹盘,质类中国所谓玛瑙者。夜半过鄂必河,自此又入西西伯利线,惜未起观。鄂必亦四大河之一。鄂必以东富兽皮(野兽极多),鄂必以西富谷类,此西伯利二大富源。

阅各种记载,知此一带多追放人列车。铁栅环车,铁索缚身,兵卒肩铳持刀立车外,作种种可怖状。凡追放者,固多因对压制政府施反抗而被罪,亦多阴险之为,陷于不幸者。追放并及妻子,往往从车窗目①送西行客而流泪,言之可悯。予等幸未遇。

廿三日(阳五月十九)　晨起,见沮泽满野,树根辙迹半没水中,此额尔齐斯河附近泛溢之水,亦有名沼泽最多、盈涸无常之地(即达布逊淖尔左近,今入俄境)。过此,又为有名之千里平原、一无所见之地(地为有名谷仓,农作颇勤勉)。旷野风磨峙立,予为初见。

今日为俄令节日,处处悬旗。节有大小(大节悬旗),而为学堂休暇、工作辍业则同。一岁三百六十五日中,令节居四分之一,加以暑休(大约九十日)、寒休(列氏零下十五度外),则学生功课几不足五分之三。故一俄教育家之言曰:若欲使俄国学生与他国学生受同等之教育,非比他国学生加二年之学期不可。诚哉是言。

① “目”,原文作“日”,据语义改。

午后，过鄂穆司克驿，亦西伯利大都市。市濒额尔齐斯河，昔读《新疆识略》，知此河近傍战绩不少。下车瞻眺，不胜感慨。

予等所乘之车，因续添，故无仆人，盥室无涓滴之水，W. C. 污秽不堪，卧室中尘灰飞积，无人顾问。犹曰仓猝续添，未及增仆也。乃入夜键两端之门，清晨不启。予等四人及二学生、二德人、一英人（即长崎领事）、一美国妇人，尽被闭此车中。欲呼无从，欲出不能，饥不得食，寒不得火，犹曰可忍耐也，倘遇不测之灾，则此十人者，不将坐死车中乎？俄人之“优待”如此。回忆“西京”“伊势”二船上何等亲切，今履此危境，不免因今日一行之受害，而念及①他日故国之受害，愤惧无已。外子命学生切告车掌，始允不键。

廿四日（阳五月二十）　睡未醒，忽驻车不进。左右皆车，一无所见，但望停车场壁上题字，知为坏乃科甫驿耳（距鄂穆司克三百六十唯）。历六时之久，始复进。不数里，又驻于旷野。下车前望，知有来车出轨，故相待。久之又进，见右侧轨下千百枕木累叠以辅路基。小桥坡倒，亦累枕木以承车，勉可缓进。工人百余，集犹未散。乃识驻车之故。

昨日以来，无驿不见移民车。昨午以后，始不见积雪。鄂穆司克以西，平原大陆，变为波形起伏，河流有舟供渡，浮鸭知春，略见江南风景。车驿廊下，积新犁不少，盖移民所用。

薄暮，过车里雅宾斯克驿，此为乌拉岭东麓，此为西伯利铁道西端最终点（过此即入乌拉岭越线）。停车场石建广丽，为西伯利线之冠。下车散步，颇思购乌拉铁矿制成之细工物，以为记念（久闻乌拉岭上多细工金品）。乃列肆已闭门，仅购二粗品。先闻此驿旁有极大移民厂一所，可容二千五百人，屋宇粗拙，旁有病院，

① “及”，原文作“又”，据语义改。

容七十人,教堂、食堂、浴室、洗濯所等备。十年以来,曾容六十万人之过境。他驿旁亦有此等厂,但不如此驿之大。极拟往观,亦以日暮不果。

廿五日(阳五月廿一) 向例过乌拉岭巅,必在昼间。此次两次遇险,迟至夜间。盛传之欧亚分界石碑竟不得见(闻碑为竖立三角塔形,围绕铁栅,一面书亚细亚,一面书欧罗巴,一八四五年立,当道光乙巳)。经过米雅司驿,时尚昏暗莫辨,仅从隐约中望见松影蒙密,下听轨间溪流潺湲而已。予生四十六年,今日始由亚入欧。虽然,福岛安正君之言曰:混然一大地,何欧、亚之有?况横目纵鼻,灵心性,固无轩轾,所异者语言面色而已,诚然。

自过兹拉特驿,山环水抱,顿入佳境。矿厂林立,人烟稠密。自此行二百十二俄里,皆山水胜处。尤以自维索伐耶驿至乌斯喀塔夫驿三十里间,忽曲折,忽开朗,傍流倚山,听松看花,尤为佳绝。视日本之国府津、箱根间,有过之无不及。午后过乌发驿,阔叶树怒张,蛙声盈耳,又是一番景象。两傍多耕作。

此一带石油夥积,先是汽车燃料十八用薪,其二用石炭,至此更兼用石油。

廿六日(阳五月廿二) 今日车行,纡回于萨马拉河、倭尔噶河之间。倭为入里海之大川,汽船为有名浅水船,偶望见之,明轮在船尾。忆在汉口曾见一上驶宜昌之汽船,亦如之。河产一种鱼,孕子极肥,为俄人供馔珍品。予偕外子至停车就食,果极腴美。或盐渍致远,亦为各国所珍,究不如鲜者之尤美矣。

河流弥漫,长堤断续,舟楫鱼簖,一切景物极似江南,令人左顾右盼,目不暇给。倭尔噶河滨之萨马拉驿,为有名之分歧大驿。西两路均通莫斯科。南一路渐引渐长,将出彼之斜米帕拉庭斯克(或译曰七河省),而入我新疆北路者,与其里海东岸一路,已引长至安集延,而瞬将入我新疆南路者,正如巨蟹右螯之双铗。而营口已成之路与张家口必造之路，又如巨蟹左螯之双铗，向我北京云。

廿七日（阳五月廿三）　一路繁盛。午前九时过都拉驿。屋宇整齐，草木畅茂。午后二时，抵莫斯科旧都。外子之友陆君子兴，远自森堡来，迓于车侧。外子一见忻然，盖相别已十有一年。车场宏丽，此为长铁路之终驿，无论再向何地何国，必换车矣。予等所购切符，虽至森堡，然所谓寝台赁者，所谓急行赁者，至此驿而止。陆君以为予等即于今晚换车向森堡，故已属驿长就车场中借辟一室，为予等待时之用。外子于莫斯科为旧游地，然欲予等一览旧都景气，故决意就旅馆留宿，作二日之游。遂由陆君导至一馆，名"斯拉夫"。俄人皆斯拉夫种族，即以种名名旅馆也。陆君又向驿长言，伊尔库次克以西，以一等价而坐二等室为不公，彼唯唯而已。俄人不欲内外上下之情通，故不重行政诉讼法。

论人民进化之理，由草昧而臻于文明，大率分五顺序。最初除避饥寒外无生活，遇水而渔，涉山而猎，食肉寝皮而已，所谓狩渔时代。久知野获者之不足恒恃也，于是牧饲家畜为食，所谓畜牧时代。久知徙逐无定之不足以为恒产也，衣食之外，兼谋居处；血肉之外，兼嗜植物，于是耕作土地事起，所谓农业时代。久知各恃其余粟余布之不便通有无也，于是组织交通信用之机关，为有无互济之媒介，所谓商业时代矣。此时彼此相通，智巧愈进，而嗜好亦愈繁，于是各出智巧以精制造，各精制造以投人嗜好，更进而为工业时代。此五时代各有顺序，初非一跃可超，而其程度之迟速，则在民智之高下与教育之有无。顾此乃上下千年之谈，而非纵横万里之谈，不意予于三十日中二万里间亲见之。自海参崴穿山而西，入宁古塔之境，此三百年发祥地，旧史所谓"林木中百姓"、所谓"打牲乌拉"者，流风尚存，非所谓狩渔时代乎？更西出蒙古之境，经阴山之北，沃土未耕，而牛羊驼马均极蕃息，非所谓畜牧时代乎?更西入西伯利之西境,民风仆质,而富号谷仓,非所谓农业时代乎?(其麦岁输德、奥等国。)至越乌拉岭而历莫斯科,交通便,阛阓盛,虽工业不闻于世界,而已骎骎乎跻商业时代矣。安得再道德、法、英、美诸邦,一观所谓工业时代乎!

庚子巴黎之万国博览会,有所谓“亚细亚俄国出品馆”者,中设西伯利铁道列车,其入口处模拟莫斯科之停车场。购券入场,备觐列车之寝台、食堂、读书、运动、游技、休息、通信、祈祷、澡浴、医疗、写真暗室(为乘客途中洗写真片所)等。观毕出口,则豁然模拟北京之停车场,示一车直达之意。俄耶?中国耶?不可思议。此异邦人所记载,而本国驻览者不一言及也。予初谓列车必如此周备,今亲见者,乌有所谓读书、运动、游技、休息、通信、医疗、暗室者耶?但见食堂之隅,悬偶像为祈祷所耳。

廿八日(阳五月廿四)　晨闻教堂钟声,如远雷,如聚蜂。相传此处教堂锐顶万数。东教教堂,其式样不但与新教异,并与旧教异。满洲线上,数已百十,屡见之矣。(日本东京有东教教堂一所,乃维新前所建,至今追悔失策,指目痛愤。)俄意务欲使人迷信宗教,则一切社会不发达与蒙政治上之压迫损害,悉悉接于天神之不佑,而不复生行政诉愿、行政改良之思想,颇见效验。

游博物院。外子曰,此院宗旨,在考其国历史,而风俗次之。故无外国物,亦无天生物。又以教立国,故所藏以教事教物为多。

游画院。所悬万幅,油画、水画、铅画皆备,其绘光之技尤不可思议。光肖,则无笔不肖。且能因光肖声,雨、风、泉、石及人物形神,莫不如闻其声,至绘声而技绝矣,此为日本所未及见。

游育婴院。宏大拟王居,岑楼五重,复道阔寻丈,胜于上海城外里巷。每一广室,略如中国仕官家之大五开间,而不隔断。每室栖五十儿,一媪乳二儿。床榻衾褥,纯白取洁。治疗、洗濯、饮食,无事不注意。凡在院者千六百余儿,其寄育于外以及出资即令亲母乳儿者不计。院中女执事百数，皆本由在院之婴长成，不能不叹其有效。末至收婴所，据云每日必收廿二三乃至廿八九婴。收法：先去婴之旧衣，裹以软衾，置盘中权其重量，复以软迈当（尺名）度其胸围、头围、身长，又以验肺之寒暖计测其有病与否，一一详记，并记其姓名、住址、生月日（无姓名者记送来人之姓名、住址）。毕，命任乳之媪抱归乳室，事务秩然。院中除下男、门役外，皆妇女。主院老妇导观周指毕，出册请注姓名，并言前未有中国妇人来此者。予不谙西文，为书汉文数语，又捐附十卢布而出。

就食肆名“莫斯科”者晚餐。曰此肆仆役服装尚仍旧式，故往一观。肆存三椅、三刀匕及三人用之食皿，云是昔年今俄皇加冕时曾就此肆一餐（一太后用，二君后用），故留此纪念。

夜，陆子兴邀往花园观剧。此俄夏令景象。人兽递演，种种解颐。

廿九日（阳五月廿五）　昨日既驱车一览大概，今日更步行一览。此间环王居作城垣形。昔外子从莫斯科携归银画一幅，正是此城，今幸亲见。先至大教堂，即历代君后加冕处。四周黑暗处皆教士骸棺。正中座下，黑木长数寸者，云是耶稣受钉之木。出堂入旧宫，一广室正中玻璃立橱，中悬其君后及太后当加冕式时所服之银鼠氅、钻宝冠、教杖等。外子云，昔年即悬其父加冕式时氅、冠、杖等（阿列克三特第三），今景移而物亦换矣。室中所列万品，多其历代君后遗物，无非钻宝珍奇，与宗教所关之品。又历代各国赠与之品，珍贵炫耀。中有鞍鞊一具，云是一七八九年中国所赠。工固华产，非不精细，但较各国所赠，不免相形见拙。且既为帝室馈赠，而中国记载不闻此事，何也？又一银制杯，已毁损，为其先帝阿列克三特第三被轰不中时留遗物。

历观各种勋章殿。俄制，有一种勋章，即建一殿。顶及四壁，无非绘刻此种勋章之式饰,及曾受此勋章者之姓名。更观其餐殿、寝殿、读书殿、梳沐殿、珈琲殿、延见男女宾客殿(俄虽专制,然待臣下犹用客礼,共坐共餐,不事跪拜)。一柱、一门、一地板、一用具、一绘幅,种种奇富,不可名状。先闻各国宫殿推俄为第一宏富,外子云诚然。及观其先帝大彼得手制靴,硕大无朋,而制作坚朴;又其所卧床褥,亦朴陋;可见彼邦崇尚奢侈,乃在大彼得以后。

又有密楼,曲折而登,为皇帝与三大教长密议机事处(三教长:一莫斯科、二畿耶甫、三森堡)。小梯危楼,务求曲密,想见当日无政之非教。又一室,寝床帐褥,皆中国织品,闻拿破仑入莫斯科时曾寝其中云。出宫循城,望九十年前拿破仑统兵攻入处,烟云苍茫而已。

盛传莫斯科之"王钟""王炮",今皆亲见。炮形直大如筒,古代旧式,了无足异。钟已碎缺(日本记载至重量八千六百贯目),缺片在地,缺处可容人入,为拿破仑败退后俄人纪念之作。周围文字,非今俄文,乃旧日斯拉夫文字也。

游所谓"帕萨时"者,仿佛日本之劝工场,而富丽过之。列屋数百,悉悉层楼,纵横街衢十数,悉覆玻璃。珍异日用,毕陈待售,惜不见教育用品出售耳。

绘印端书(即明信片)千百种待售。购一托尔斯托肖像。托为俄国大名小说家,名震欧美。一度病气,欧美电询起居者日以百数,其见重世界可知。所著小说,多曲肖各种社会情状,最足开启民智,故俄政府禁之甚严。其行于俄境者,乃寻常笔墨,而精撰则行于外国,禁入俄境。俄廷待托极酷,剥其公权,摈于教外(摈教为人生莫大辱事,而托淡然)。徒以各国钦重,且但有笔墨而无实事,故虽恨之入骨,不敢杀也。曾受芬兰人之苦诉:欲逃无资。托悯之,穷日夜力,撰一小说,售其板权,得十万卢布,尽畀芬兰人之欲逃者,藉资入美洲,其豪如此。

芬兰本瑞典国之一部,百年前俄人灭取之,照例施种种苛例。(俄待他种如芬兰,如波兰,如犹太,皆有种种不思议之苛例,罄竹难尽。大意无非欲遏民智,俾就夷灭。安知他日不有四三皇而六五帝者乎!)芬兰人心不死,暗行其自治,暗行其教育,且不甘学俄语,不甘行俄币,不甘遵俄历;而于俄之苛例,究不能逃也。昔年外子在俄,曾役使芬兰夫妇二人为仆,亦曾助资俾往美洲(壬辰年事)。今闻俄例更严,不允给出境凭纸,且设种种苛例,不遵例者不给准婚凭纸。其禁设学校(俄设高等学校,亦禁不准入),断其入仕之途(俄官无一芬人),在武备尤禁。又强设医院(选极下等之医生设院于芬,俾收不杀而杀之效),无非欲塞其智慧,绝其种嗣(禁婚嫁),又不欲留种他土,故禁不使出境。俄廷用心,可谓周密。

回寓晚餐。自伊尔库次克西来,车上食品,有动物,无菜类。此于卫生不宜,易致肠胃病。滞此二日,得食植物,喜甚。餐毕,部署登车向森堡。八时半赴停车场,九时半行。仍加急行赁,又加坐位赁。据云倘不加坐位赁,竟或不得坐席云。因止一宵,故未加寝台赁。宵行无所见,但知为复轨(萨马拉以西始有断续复轨,奔萨以西始真复轨,其先均单轨)。又坐立稍稳,不知如乌发一带,轨形高下如波,左右不平或差寸许。此俄技师之能事,他国人所未有也。

三十日(阳五月廿六)　此为世界有名之直线路,亦为俄造筑最先路,又为筑价最昂路。七时半,下车饮茶(此车无食堂)。九时半,抵森堡。

此行路费,一人之资约四百五十卢布。

上海至长崎——船价(一等)二十四元(二等十八元)。

长崎至海参崴——船价(一等)日币四十圆(二等廿四圆)。

海参崴至交界——车价(一等)俄币六卢四十八戈(二等四卢

八十九戈)。

交界至哈尔宾——廿一卢五十戈(二等十一卢五十戈)。

哈尔宾至满洲里——五十四卢(二等卅三卢①七十五戈)。

满洲里至森堡——百一卢(二等百十三卢七十戈,并急行、寝台)。急行:三十七卢廿戈。寝台:卅一卢四十五戈。

莫斯科至森堡——急行,六卢(二等五卢十戈)。

车行饮食、行囊运赁等——百卢。

当哈尔宾濒行时,李缉甫所言托达尔尼电李宝材续送至伊尔库次克,迄无其事。想达尔尼必面允缉甫所请,而实未电也。又达尔尼所谓行囊八件二十日可到者,计五十四日乃到。到而开视,则失去外子礼服花衣一、实地纱袍套各一,予狐皮礼服一、棉袍一、厚皮外罩一,计六件,共值价二百卢布。窃物为俄关恒有事,不足怪也。

伊尔库次克以西所纳一等车赁而所坐二等位事,往返函询,无非此推彼诿。陆子兴向道路部面陈此事(约如日本递信省),历年半,始送来九十余卢布,而邮局又扣去三卢余。

——清光绪三十年(1904)日本同文印刷社排印本

① “卢”,原文作“灵”,据语义改。

李瓛娱

李瓛娱(1863—1899),字陶吟,河北任丘人。父李苏辰,任邱知府。夫白昶,武安(今河北邯郸)人,任山西长治、霍州等地知县。瓛娱早慧,博览群书,耽于诗,善书画。著有《剑芝阁诗钞》二卷、《续选》一卷、《词钞》一卷、《赋钞》一卷、《试帖》一卷、《文钞》一卷。

七夕乞巧记

七月辛巳,溽暑乍退,秋怀独清。予方正襟危坐,侍婢来告余曰:“今当七夕,理宜乞巧。瓜果已陈,酒醴既好,迟恐天孙驾旋,虽勤无所用矣。”予乃肃然而起,瓣香再拜而祝曰:“惟神灵圣,云汉昭然。拙能使巧,丑能使妍,贫穷者能富贵,夭悼者能长年,凡斯数事,神实司焉。今娱以骑省之年,远违色养,有士安之病,何计生全?亦刚亦拙,不儒不元。疾恶如仇,莫扪朕舌。嗜书成癖,岂待言筌。无酣眠之坦括,有晒腹之狂颠。但求化百炼之钢,柔能绕指;平千寻之浪,澹若晴川。”祝毕归寝,梦一灵妃乘云车,驾赤螭,降于中庭,召予而告之曰:“适阅所奏,具晓至诚。吾能赐汝父母以汾阳之寿考,而不能正汝之狂清。盖富贵本从天授,而心性实由人生。是以屈子独醒,不能一醉;周令沈湎,难遇其醒。太柔则近于奸佞,过默则蹈于欺朦。或禀质瑰奇,当济之以浑厚;或赋性果毅,宜辅之以和平。圣人有作,必择乎中。汝其勖哉!”予闻斯言,恍然而悟。伏枕终宵,不知云軿之已去。

——《剑芝阁文钞》,清光绪间白袒刻本

虎文传

虎文姓苗氏,燕人也。其先见于有虞,曰有苗,尝负固不驯,舜乃舞干羽以招之,三旬乃格,因氏焉。其后以武勇善治盗闻天下,田畯农夫争迎致之,而其族因以大显。虎文乃其裔也,初名豹。生而才捷,刚猛疾恶如风,见不善者必聚而歼诸。由是鼠辈畏而恶之,毁谤日至,几不自容,每循墙而走,重足而立。适李子以事至燕,见而惊曰:“豹质而虎文,真英物也。”字之曰虎文,与之归鄂。其所以待之者良厚,文亦感激思奋。时鄂多鼠贼,因命讨之。文一战而尽,靡有介遗,田畴赖以屡稔,文之力也。后随李子居狼孟、居郇城,所至之处,崇墉不穿,嘉禾无害,人皆望其风采。有韩卢者,性凶狡,嫉其能,思中伤之而不得。一日,适李子他出,乘机突入,裂眦抉齿,斗狠不解。比李子归,亟救之,已无及矣。文张目诧曰:“遂成竖子之名。”愤惋而卒。李子悼之,深瘞于园中,为作传焉。有子六人,皆散居他方,虽勇健足称,然德不及虎文远矣。

赞曰:赫赫苗氏,礼载书封。桓桓虎子,世挺豪雄。早慑群小,晚奏肤功。震荡巢穴,鼠贼潜踪。廓清疆场,年岁以丰。仁德遐被,骏誉日隆。嗟彼小丑,遽肆狂凶。胡为不备,致殒犬戎。缅怀英魄,永閟园中。白榆列宿,黄土尘风。旧勋长往,余烈犹崇。

——《剑芝阁文钞》,清光绪间白袒刻本

郭有道论

盖闻知人不易，山川莫喻其深；保身则明，管蠡难窥其大。当汉季衰微之世，正处士横议之秋。不有英豪，孰为冠冕？猗欤有道，幼禀瑰奇。慨慷辞亲，不处斗筲之役，激扬善类，遂开谈论之风。就学业于三年，博通典籍；振声名于一见，望若神仙。高遁岩阿，周游郡国。以元礼之高简，兼叔度之宏深。贞孝见称，既具珪璋之品；明哲无失，复多器识之才。季伟叔达，则藻鉴咸归；子厚仲文，亦陶甄并化。德乎雅俗，百年之名世挺生；学贯天人，一代之兴亡早识。以逊言危行之道，开忠告善导之诚。故士类莫名其德，而宦寺莫肆其谗也。迨夫党锢事兴，无救燎原之势；陈窦并命，每兴殄国之悲。彼夫孽由自作，君子见机；此则行成于身，达人抱憾。要之陶物振俗，蔚为一世儒宗；据德安仁，洵是千秋人杰。

——《剑芝阁文钞》，清光绪间白昶刻本

致蕙荪表妹书

小雨初过，远山如沐；园花艳发，幽鸟间关。伏思纱窗绣倦，书阁春慵，何不来此听松亭中，赏彼芳润乎？如肯惠然，幸携侍琴、捧剑二妹来，当令其松下张琴，花间舞剑，亦快事也。清兴如何？望即移玉。

又

昨来得侍清谈，顿消鄙吝，非我叔度，孰能陶镕如此其速耶？偶作《园中四时词》数首，录呈以博一粲。得无责其绮习未除乎？不罪不罪。

又

婢至捧诵芳什,口齿皆芬,细腻缠绵,直恐天花着袂矣。但我辈谨守闺阃,除针黹外,别无所营,不于此时少逞妍辞,以自娱乐,岂复有生活耶?彼荆棘横胸,强作解脱语者,吾无取焉。

——《剑芝阁文钞》,清光绪间白昶刻本

程琼

程琼(1864前—?),字玉夐,湖南宁乡人。其弟程颂万(1865—1932),热心新学,1897年创办私立湖北中西通艺学堂,1899年任湖北自强学堂学堂提调(校长),兼管湖北洋务局学堂所。程琼1903年曾随友人访学南京、上海、杭州各地女校,在上海结识杜清持等女界名流。

游历记

予自有生以来,非不稍有知识,奈闺门之禁,已阅四十余年矣。自甘淹没,不预兴亡,疾病多端,无能为也。追忆笄年,二老见背,深疚侍奉无状。自矢贞居,以奉王母耄耋之年,王母享寿百龄。终养后,历数年,吾弟子大官于鄂,迎予同居。岁癸卯,有女士王琼娟者,问字于予,相依既久,情谊弥笃。女士之父,亦当今志士也,居恒究论教育之本,颇以昌女学为怀。迄孟春,将携其女赴沪,入女塾。谓予师弟之间,情逾骨肉,不当遽令乖违。且又惜予之怀抱,更不应久居闺牖,乞予同游,既足以增益予之见闻,复资其女游学之顾问焉,一举而得两善,计莫便于此者矣。其时予以只身远游,虑滋疑谤,又因气体怯弱,难耐风霜,未遽应请者累日。而其父劝驾甚殷,极言游历察学之效益。且家庭教育,乃学校之先河,而女学尤为教育之基础,考察有得,其影响必有不可思议者。故予再四筹思,不独王君之盛意可嘉,即女界中原有自治之责。况年逾四旬,人寿几何,行将就木,冥然罔觉,徒负此生,深可愧矣。因告诸子大,乃亦力赞其成,始决计出游,惟坚持节操,自信无恐,不避艰远,力疾首途。泛大江,至金陵,眼界一新。登北极阁,入明故宫,观方文忠血迹碑,抚今追昔,不胜沧桑之感慨已。曩之所慕秦淮名胜之地,如莫愁湖、桃叶渡等处,亦复凄凉满目。花天酒地,痴儿骇女,歌哭相仍,皆由吾国向来贱视女流,是以女教不兴,女学不闻,误尽苍生,殊堪痛惜。且误会圣人立教之旨,以柔靡为美德,以卑下为本分。诚如是则古之曹大姑何以通文,木兰何以能武?况亦不仅木兰、大姑为然,若今之女人,徒以不出闺门为戒,且以饰容缠足,求悦于其夫为义务,置之圈禁之地而不惭。至若学问一途,则鄙夷而厉禁之,谓非分内应为之事,且以无才即德为训,岂不谬哉,岂不恨哉?如予之稍具思想,幸得自由,虽深慕东西各国文明学术,奈无游学之力,师友之缘,又焉能遂志乎?是以抑郁成疾,不合时宜,令人笑诧,讥为异物。呜呼痛哉,此吾闺党之不学,即吾中国危亡之朕兆也。至若泰西诸国,男女平等,学业同修,故虽户口少而人才多,方域狭而国势雄。且简其卒业之高等男女学生,梯航数万里,以至我华,开设各种学校,诱掖奖励。虽曰争教育权,而其中一二志士,未始不热心激励我国之男女,舍旧从新,变更积弱,以救亡而图存。是以我国之有志者,莫不愤兴,各省学校,次第创设。予观金陵女校数处,内有美国女塾,教习狄氏明氏,皆美国著名教育家也,通晓中国语言,略识文字。与予接谈数次,相得甚欢,欲止予行,分任中文教习,其意良殷。予因其宗教不合,且教务颇繁,恐绵力不任,况游兴未阑,故未允也。旋至沪,值天雨不止,坐困一旬。及稍晴,出游女塾二所。一为美国女士明氏姊妹所开,规则完善,且察伊姊妹,并血性真诚,与予颇相敬爱。一为本邑志士吴馨捐资特开之务本女塾，其中规模宏大，造就无遗，故远近有志之女士云集。予入其塾，得晤吴君之夫人葛尚平、王君之夫人沈竹书，其才与学，均有可观。又晤日本女教习河原操子、粤东女士杜清持，二人者，尤为杰出。接谈之下，议论纵横，而清持之志愿远大，且将游历日本，欲得其强国之宗旨，以归救中国，提倡女学，为吾巾帼吐气扬眉。惜予孱躯多病，不获同游，欣羡无已。继而琼娟父女，忽有事于杭城，更要予作西湖之游。旅居张学使署中，其太夫人相待甚优，馆予园中，层台曲榭，鸟语花香，夏始春余，殊爽人意。予师弟因得讲习之所，徐图遍历西湖，旬日间一再往游，拜岳忠武王墓，次历文澜阁、楚王宫、于忠肃公墓，及中兴诸名臣祠宇，又三潭印月、雷封塔等处，天生胜景，逐处宜人。予读历代诸名臣祠墓碑铭，尤令人慷慨激昂，悲恻浩叹，不能自已。彼时虽见踏青士女如云，要皆总总蚩蚩者流，绝少精神，不具思想。可见吾国教育不完，致人讥为半开半教，真可恸也。予乃一深闺老女，毕无闻者，岂图有此畅游哉？此皆王君劝驾之功，与吾弟匡助之殷，俾予得以遍览名胜之区，又历观诸女塾，得识中外之女士多人，扩我见闻。积郁一开，沈疴顿起，幸何如之，乐莫甚焉。于是曩之鄙吝全消，精神益愤，而欲效诸志士之为，力求当世有用之书，躬率琼娟，朝夕讨论其旨，以趋于实学，抱此志愿，未知能酬否也。虽然，事在人为，气不可馁，苟有高明特达，为予启迪而赞助之，更得诸名女塾陶镕而进益之，他日幸获有成，得附名于爱国女学之途，以偿其素志，方为不负吾此生也。

——《女子世界》(1904)第十二期

姚蕴素

姚蕴素(1864—1944),字倚云,文章多署名"范姚蕴素",安徽桐城人。祖父姚莹,清代名臣。父姚濬昌,任江西湖口知县等职。母光氏。夫范当世,通州(今江苏南通)人,李鸿章幕僚,诗文大家。姚蕴素曾任通州公立女子师范学校首任校长、安庆女子工艺讲习所所长、南通红十字会会长。与易瑜、吕惠如为好友。著有《蕴素轩诗集》《沧海归来集》。

论为继母之义

家庭中有天然之亲,亦有义合之亲。父母、兄弟乃天然之亲也,继母、姑媳、娣姒、姑嫂,皆义合之亲也。妾生子女,又居天然义合之间者。不可因义合之亲,致伤天然之恩。顾人能处之均得其宜者,自非深于诗书,富于学力,德行醇粹,性有涵养,加以严肃精干之才力,洞彻乎情理,深明乎礼义,不足感之使其诚服,而致一家雍睦,浑然相忘,以召嘉祥也。

夫为继母者,实居伦常中最艰难之境况,苟非才德优美,不能善处其家而执家政。若其人德虽温良,性过懦弱,仍不得家庭之安谧,况失之强悍者乎?盖常人之情,多畏恶而凌善,故须教育之陶镕,而后或改。为继室者,须知己既续其名位,乃为死者之代表,其义不容不尽其职任。然才德不称之庸人,又乌知己为他人之代表，即应尽其义务者哉？故生种种不平之现相，而致一家无安乐之兴味矣。

苟继母奸恶不慈，子女必受其屠毒，或子女桀傲不驯，继母必受其忤逆，此人情不平之常理。顾不平之原因，由何而起？盖天然、义合之理未明，彼此各怀非亲生之意见，暗存心迹，以致乖戾。呜呼！舜遭极不慈之后母而能大孝，后世有几人耶？尝闻古今贤哲多出贤母之善教，而继母善教前子者罕。盖非继母心术不公，但知宝爱己出之子女，不以平等真诚之慈爱待前室之子女。即子女性质不醇，恃其内外祖父母之爱护，而不听从继母之命令，故作刁难，存心违抗故耳。然欲两方之慈孝，须恃当此境者仁术程度之高低以为主，而兼一家至亲骨肉维持之热心以为辅，而后始能责其教育之有成。此间复杂原因，不可概论。

大抵继母入门时，前室子女年龄幼稚，智识未开。继母诚能以慈爱为心，视同己出，则感情易入，教导之功亦易显。苟其子女年已及壮，或贤或不肖，资格皆成，为之继母者虽有贤能，亦无所为用，不过徒负名分，非盛德宏才不能令其悦服矣。设遇两贤相值，乃其家之幸福。故古语云中年丧妻为大不幸，此之谓欤？嗟呼！世之本生母贤，子媳犹且不肖，况继母诚不贤者乎？故鲜能宁其家。苟得彼此均歼其非亲生之意见，凡事大公无私，以恩义互相感化，久之使其意合情投，自然上慈而下孝，然后始得其平焉。

鄙人髫龄失恃，性复不敏，蒙先君之慈爱，受趋庭之训诲。先君以世传文德，择婿必重文行，高范伯子之英才，故不辞小嫌，授以继配之命。自惭德薄才庸，夙夜惶惧，诚恐有忝所生，而累祖德。故于归之后，拜于前室吴孺人墓下，不禁苍凉身世之感，而挥无穷热泪，祝之曰："吾为子续，殆命也夫！今为子之代表，子之父兄子女，我之父兄子女也，应尽之义务，不得而辞焉。子其有知乎? 其无知乎?"且吊之以诗曰:"他日黄泉会相见,眼前人事归吾营。"故廿余年间,兢兢操守,未敢稍贪自逸,每遇一家患难之秋,未尝少避。不幸临老而作未亡之人,不能从死,则有生一日,即有义务在焉。非敢自伐,诚以此中实有备尝之甘苦,聊语诸生,以示为继母之义理有所在焉。

芦花之变为千古伦常惨痛,文能抉出其流弊所在。末段尤足针砭薄俗,有功于世道人心不少。西神

——《妇女杂志》第一卷(1915)第九号

薛绍徽

薛绍徽(1866—1911),字秀玉,号男姒,侯官(今福建福州)人。父薛尚忠,岁贡生。母邵氏,能诗画,通音律。姐薛慎徽、薛嗣徽。兄薛裕昆,广东知县。夫陈寿彭,侯官(今福建福州)人,外交家陈季同之弟,光绪举人,福建船政学堂早期毕业生,清末任邮传部主事,民国后任海军部军法司代理司长,曾游学日、英、法等国,精通英文、法文。薛绍徽是中国近代著名女翻译家、女诗人,代表译著有《八十日环游记》(陈寿彭口译,薛绍徽笔录),另有《黛韵楼遗集》。薛绍徽之女陈芸,著有《小黛轩论诗诗》。

女教与治道相关说

今世之士,论治道者,咸欲仰追三代之风,以成其盛也。然夏殷之礼,至孔子时,杞宋虽存,已不足征,故有吾从周之语。周自二南起化于淑女,十乱治合于妇人。文武之道,布在方策。周官旧制,内宰之职,掌其阴礼,而内则昏礼,遍及闾阎,以循妇道。上自宫闱,下迨闺阈,无不知学,彬彬然成周之治,所以享国而长久也。女教与治道相关之效验,有如是者。

秦政原吕氏之遗孽,既无胎教母教以裨之,及其兼并六国,焚灭诗书,以愚黔首。儒且坑之,遑论女教?其臣如李斯、赵高之徒,但知牵犬为乐,指鹿立党,收燕赵韩魏齐楚之精英,实之阿房,荡君心,惑君志,安有所谓妇道妇礼哉?故秦仅二世而亡。因无内助之功,使其刚柔并济,以成治道之隆焉。然女教至是,亦几几乎微。

迨及汉高持三尺剑,马上得天下,溲溺儒冠,安望其兴女教乎?既宾天而吕雉专制,诛刘王吕,女祸之变,于是乎烈。孝文即位,赐天下女子百户牛酒,遣欧阳、夏侯、晁错受书于伏女;又因少女缇萦上书,而除肉刑。故论两汉治道之盛,终莫孝文若。无非隐维阴教之益也。惜其尚黄老,谈鬼神,不能广开阴教,恢复周家遗制,致使两汉享国,仅及于周之半,此又汉文之过也。

成周学校之制,二十五家为闾,闾有塾;五百家为党,党有庠;万二千五百家为州,州有序。由家塾党庠州序,达于王国,无人不学矣。夫无人不学者,岂独教男而舍女乎?东迁而后,王室虽微,女教犹然未坠。春秋战国,兵戈扰攘中,而齐桓卫姬不听音乐;楚庄樊姬,不食禽兽,齐楚于是乎霸。递及藏文仲母,因隐语而知齐国有兵;晏子婢,因浩浩而知宁戚寄意。此外如公父文伯母,如弓工妻,如女婧,如女娟,如宿瘤,如无盐,或行其志,或达其事,或见其言,无不足关于治道。若而人者,虽曰未学,夫谁信之?

汉以来,家塾、党庠、州序之设,皆不及于周也。人多失学,男子之中,且有不知经书为何物,况在妇女耶!然世儒之家,自相为学,以补朝制所未足,而女教一线之绪,亦赖此以不坠。历代史简,列女传略,皆昭昭可考。今择其有关治道者言之:具知史书,锦车特节,大小昆弥,皆授印绶,若冯夫人嫽者,非足任使才乎?事三代主,用一好心,海南部落,悉就安抚,若进国夫人高凉冼氏者,非足保疆土乎?行县录囚,必闻平反,障后胡床,察闻剖断,若隽不疑母、郑善果母者,非足资吏治乎?虏庭赎归,父书默写续成表志,以补兄篇,若蔡文姬、曹大姑者,非足备于史官乎?周官音义，独成家学，讲堂纱幔，传授后生，若宣文君韦氏宋母者，非足表师范乎？称量见梦，夜珠入选，词章彩丽，靡然成风，若上官昭容婉儿者，非足掌文衡乎？集名香茗，字格簪花，椒颂雪诗，抑扬风雅，若鲍昭卫恒、刘宣妻陈氏、王凝之妻谢氏者，非足列文苑乎？筑城御敌，突围乞师，织簿桴鼓，毡甲裳旗，若朱序母韩、荀崧女灌、韩世忠妻梁夫人、阿邻妻沙里质者，非足录武功乎？俭散家粮，输免下户，急公好义，乃国之资，若愿琛母孔氏、杨六才妻刘氏者，非足称义侠乎？文成锦字，绢绣法华，机绝针绝，亦国之宝，若窦滔妻苏若兰、东海奇女卢眉娘者，非足夸技艺乎？上焉者明德马皇后，能诵《易》，好读《春秋》《楚辞》，尤善《周官》，袍衣疏粗，是率天下以俭约；和熹邓皇后，能史书，通《诗》《论语》，省珍费，裁至数千万，是率天下以崇实；顺烈梁皇后，好史书，治《韩诗》，以《列女图》为鉴戒，是率天下以法则。此皆后汉母仪也。唐有文德长孙皇后，宋有宣仁高皇后，淑德幽光，无不秉其所教，出其所学，赞佐乾图也。若夫班婕妤、左贵嫔、徐贵妃、花蕊夫人等，珥笔宫庭，修明彤史，开一代文章制作之仪，所以补于治化之功者，亦非浅鲜。汉后学校失，女教泯，而巾帼之中，群才启发，如此其众，设使当日相承周制，迤至于今，几二千年，吾知闺中贤媛，其数必不止于此者。夫天下之治，本非一人之力，人人共此心，男女共此志，治内治外，各展良图，则国之贫弱，又何足患。昔者孔子一车两马，奔驰列国，欲行其道。孔子之道，何道也？王道也？周道也。故其教人也，兼男女而言之，是亦不外周官之制耳。而周官之制，莫精于柱下史老聃，固孔子所尝师也者。周道衰微，老聃西出流沙，化为释迦，周官旧政，自是存于西域，后乃渐移而渐西，所以成今日泰西各国之治。泰西各国，男女并重，而男女并教。尝闻绎如夫子，言其文学一科，若诗、若乐、若画，原有定额，以待女士，由文部给以文凭。经三考者，职等吾国翰林；两考者，职等吾国举人。后复添设医科之额。然闺秀之中,能娴各种学问者,亦不乏人,皆出为女学教习。墨洲美国,女教尤盛,且欲争科律之选者。又按日本地志,言其维新后,立大学七、中学二百二十四、小学四万七千零七十余,各因其近,分派而统属焉。日本政记,明治四年十二月,始制女学校于东京。六年一月,令男女六岁以上,悉就学。九年十一月,女子师范学校成,皇后亲行开业式,并谕曰:“设女学,幼稚教育基本,不可忽诸。”出内库金为建筑资。自是每值甄别期,后尝临焉。其所慎重于此者,盖与治道有关,为立国根本,是则周官之制,又复自西而自东矣。近者士大夫,蒿目时艰,欲变旧习,以师西法。各省闻风兴起,立中西学校者,不一而足。京师大学校,亦经明诏饬定规模。孔子曰:“齐一变,至于鲁,鲁一变,至于道。”将见周官旧制,又复盛行于中国,是亦礼失求野之意也。女教昌明,可期而待,余故择其有关治道者,著为说。

——《女学报》(1898)第三、四期

秦淮赋

甲辰腊月,余率儿女访绎如夫子于秣陵,寄居东关。老屋数椽,寒梅两树;积雪凝砌,溪水当门。围炉煮茗,既乏咏絮之才;隔院烧灯,那有献椒之颂?春日弄暖,花光微薰;六朝山色,青映疏帘;十里歌声,时闻残月。仲秋既望,泛舟秦淮。见夫衰柳条粗,苍葭叶短;渔舟呕哑,画舫喧腾。名士担簦,不翅过江之鲫;胡姬压酒,犹歌玉树之花。风俗移人,谁悲往古?山河宛在,我幸来兹。爰感而为之赋曰:大江东去,秋色西来。人间何世?江南可哀。山苍苍兮木叶下,波黯黯兮芙蕖开。晕楼台兮斜照,送今古兮秦淮。

粤自吴战长岸，楚获余皇，芦漪浸驰，菜色逋亡。解脱剑佩，求掩盎浆。江上之渔父已渺，濑水有女子遗芳。究属何地，语焉不详。秦始并天下，至丹阳。凿横渎，断连冈；压王气，号龙藏。句容之流南汇，溧水之源北张。绕方山而绵亘，出长江以汪洋。役千夫之杵畚，拟万世为帝王。八千之子弟忽起，百二之关河莫当。笑失鹿之无策，慨逝骓之可伤。汉属荆国，复隶江都。建业是宅，起于孙吴。龙蟠虎踞，鼎峙一隅。栅塘缭绕，城阙盘纡。乃开运渎，以挽飞刍。立烽堠于白马，饰宫寝于太初。神龙、赤乌之殿，仙灵、云气之图。萃连樯与巨舰，通水道与陆衢。经始之作，乃在具区。石头之降幡既竖，横江之铁锁遂虚。花草冷故宫之色，尘沙埋折戟之粗。迨元帝之东迁，恃建康为机枢。马栅夹筑，河桥前趋。淮口屯戍，南塘列居。温峤布其营垒，王导筹夫转输。白石破苏峻之胆，南桁枭王敦之颅。宋齐梁陈，风景不殊。倏兴倏废，曾不须臾。维时惠风弄春，璧月映水。琼花吐芬，金山凝紫。避地萃乎衣冠，涉江采其兰芷。马嘶舟子洲边，燕入乌衣巷里。莫愁驾郁金为堂，桃叶隔长干之里。欢吟乐府之辞，依展澄心之纸。复有黑头狎客，无愁天子。大舍小伶，临春结绮。华林园有列肆之陈，芳乐苑成屠沽之市。柏梁灾而建章营，褚渊生而袁粲死。荷荷则索蜜可怜，咄咄之书空无耻。帝王之家可不生，文武之道斯已矣。遂令金粉飘零，豪华中止。桓伊之笛步无声，孙楚之酒楼自圮。柳思张绪当年，树对桓温如此。新亭之泪未干，西州之哭无已。二十四浮渡，竟散风烟；五十六篱门，难寻基址。旧梦一痕，迷离烟沚。

隋唐以后，蒋州、扬州，疮痍既复，天地皆秋。望牙樯之不再，有宫锦而来游。野草生朱雀之桁，青天落白鹭之洲。杨花飞而李花发，宫城辟而子城周。留窗子以泄水，睡卧榻之可忧。虽复霓裳羽衣之曲，岂免提鞋刬袜之羞。阑珊春事，花谢水流。亡何泥马沉浮,小作勾留。通鹳觜之故道,战龙湾之上游。金山寺红袍玉带,黄天荡铁绠大钩。奈湖山之灯火,老韩岳之貔貅。明祖脱袈裟,缀冕旒。用陶安救民之策,立南都应天之休。湖填燕雀,星列女牛。一十四楼,花光绮丽;九十六里,雉堞环周。贯淮流于中道,闹画舫与兰舟。念否泰之必复,岂盛衰之有由?既而同室操戈,称兵靖难。补锅之匠沉沦,火烧之头送断。方正学十族骈诛,黄尚宾一门鱼烂。不回榆木之车,又冷绿杨之岸。比及天荒地老之时,谁发水剩山残之叹?既将监国迎来,莫揭留都防乱。捕复社四公子,起先朝三大案。燕子朝飞,春灯夜灿。美人之额纸糊涂,马家之口金璀璨。左宁南忽兴江上之师,史道邻竟葬梅花之畔。孝陵之松柏已枯,南部之莺花顿散。从兹板桥寂寥,淮水弥漫。张魁官压笛伤心,卞玉京弹琴悲惋。徐青君居卖石园林,寇白门冷丛残池馆。沧海田成,红羊劫换。

嗟嗟!霸图易歇,胜地休夸!剩垂杨以系马,吊流水于栖鸦。丁字帘前废渡,辛夷花里谁家?罢盒子之雅会,放瓢儿之菜花。蓬蒿埋其客路,芦苇挂夫渔叉。金陵之春酿竟渺,女墙之月影偏斜。惟有寒潮急浪,犹如铁板铜琶。忽有歌声,隐于蒹葭。歌曰:“沙棠之楫枯木槎,劫余老树纷盘拿。欲向小姑祠宇去,青溪九曲暮烟遮。”又歌曰:“闸上谁怜张丽华,两行秃柳散烟霞。留得千秋呜咽水,更与何人作浣纱?”移舟呼之,茫茫水涯。所谓伊人,是耶非耶?

——《黛韵楼文集》卷上,民国三年(1914)刻本

外国列女传序

昔神禖开女教,婚姻可正人伦;嫘祖立妇功,蚕织实资内助。所天定,则万物于以生;地道成,则中国于以大。顾麟趾、关雎,南

国化行淑女；而寄猳、逃嫁，西方别有美人。异俗殊风，各行其是；征文考献，宜有其真。故王嫱从胡俗，史不讳书；蔡女拍胡笳，传犹特列也。矧乃纪两戒河山以外，溯四楼射猎之遗。流沙、弱水，原王母所居；末羯、苏毗，号女子之国。婆罗门咒云吉利，肇三十六国语言；胭脂山脉发昆仑，成八十四变颜色。若必文以德藻，黜其淫哇，微特纠错玄黄，抑且消沉无有。何以见彤管之阳秋，补史家之外乘乎？

迩来吾国士大夫，慨念时艰，振兴新学。本夫妇敌体之说，演男女平权之文，绍徽闻而疑焉。夫遐荒远服，道不相侔；闺范阃仪，事尤难见。登泰山而迷白马，奚翅摸槃；游赤水而失玄珠，有如买椟。适绎如夫子载搜秘笈，博考史书，因嘱凡涉女史记载，递及里巷传闻，代为罗织，以备辑录。计工七百余日，综得二百余条。绍徽为分十端，厘成七卷。既而又将刘薙两目，列作付录一册。外国女事于焉备矣。

嗟夫！积块四极，悉是坤维；罗刹七天，非无女市。刘更生不删嬖孽，能为传记之先；解大绅尽录古今，未及冒鄙之类。诚以挛鞮裔远，爰剑种多。欲用夏以变夷，必采风而问俗。况观人必先于内，入国必察夫微乎？据树欧丝，非若九头纪；被发覆面，只在三河间。西施、嫫母，好恶自出人心；桓嫠、夏姬，褒贬且留皮里。纵玉关杨柳，或有冬青；奈西域葡萄，不名旌节。据事直书，适从其类；钩玄索要，悉如所言。如是我闻，难免志寡记繁之诮；云何于意，聊资是非得失之林。然而欢虞见霸者之民，嘻嗃占家人之吉。情缘义起，礼与俗通。嫁乌孙于远道，不妨别抱琵琶；执叶柳于中原，亦复操持井臼。却笑颜回、禹稷，固易地则皆然；惟知女诫、闺箴，算得天之独厚。借其镜烛，显我文明。所望静女其姝，善心为窈。永毕永讫，维持内则仪容；如友如宾，特立中闺品望。四德表幽闲之操，自然风教宏施；万国咸袨衽而来，岂果河清难俟也哉?

——《黛韵楼文集》卷上,民国三年(1914)刻本

代拟南洋周制军暨配吴夫人七十寿序

河山两戒,森牙旗棨戟之光;福寿双星,叶天地神明之庆。是以延禧纯嘏,为国佳祥;辉日熙天,与民欢洽。而况令公寿考,犹有举案齐眉;老子婆娑,何难比龄旗翼。冬日可爱,古来尤稀。作锁钥于北门,占星辰于南极。跨大江而标柱石,万物隶通;开寿宇以转洪钧,百神荐祉,如我玉山尚书者乎?

公秉三十六峰之灵秀,罗二十八宿于心胸。从戎投笔,班定远立志封侯;帷幄运筹,骆宾王为臣家客。既而津沽榷税,卢沟治河,水功偕农事并兴,船算与市租俱减。议楼船于横海,练我水犀;因梯航之款关,致其名马。至若提点刑狱,布化承宣,五术观风,六条行国,木铎喧而燕民悦,福星载而蜀道通。吏职既精,帝心简在。齐鲁称治,吴越宣威。本亚夫之故裔,将军能真;似公瑾之复生,英雄难老。今年十有一月,为公七十寿辰。凡职隶帡幪、分居寮寀者,咸制锦称觞,哦诗献寿,礼也。惟是杜预智名,久钦海内;宣公奏议,遍布人间。登二十四考中书,功留河朔;配三十二人图画,名附云台。垂誉史书,镂铭钟鼎;虽大书特书而不尽,岂苦言甘言所能谐哉。用特裁汰腴词,扯摭实录。罗口诵之碑,侑手仇之爵。约举公莅任两江以来,所施设诸大端,以表惠泽,以明政策,可乎?

庠序旧制,原以礼乐为先;文学专科,合与语言并重。所以文翁化蜀,益从学宫;裴颀刻经,重修国学。道不越格物致知,书广搜旁行斜上。外舍内舍上舍,更辟八十斋;上士中士下士,总限三十岁。岂若唐兴学舍,一千二百区,宋费田租,二万五千缗已也。

公于是自三江师范学堂以下,增广学室学额,又保存上海复旦公学。周官九府,黄金错其文;汉代百铢,白选论其利。变骑马人头之法,仍为轮郭文章;杜綖环鹅眼之私,别具炉锤翦凿。顿使公私出纳,量增其赢;黑涩驳斑,莫生其弊。有道则见,所值岂仅一文;无翼而飞,论价自然十倍。公于是整顿银元局,添建新厂。龙蟠虎踞,佳气郁夫金银;白下石头,长江作其襟带。谢太傅苍生霖雨,缅冶城之高风;梁武帝佛子慈悲,剩台城之遗迹。是宜崇其铁瓮,固我金汤。役把杵之千人,筑崇墉之五版。欲使九攻不破,非可丸泥封关;但教众志克成,无妨布金散地。公于是修江宁府城,开筹捐局。济众未能,尧舜犹病;交钞有法,元明遗规。张罗在有鸟无鸟之间,谁沾德惠?设筹于总制经制而外,别出权衡。塞弊窦以浚利源,合公财以便民用。为忧帑藏之空虚,故使钱币以周转。匪糊纸裁皮之制,局号宝泉;无生尘朽贯之虞,券称交子。公于是裁善后局,设官银号。江淮雄镇,非文弱坐治之区;奸猾犯科,须大将督捕之力。锁长江之天堑,何容南北分疆;占女牛之星躔,宜有骑官主国。请回蝉冕,特驻虎旌。代宪府以星营,改宣抚为都督。旗旄犄角,得左辅右翼之资;刁斗遥闻,息一国三公之议。公于是请撤江北巡抚,以提督代之。从来通财鬻货,必为市于日中;转物候时,立榷会于天下。昆仑营舶,能算其赢;茶马设司,当因其利。矧互市竞相来往,远人必待怀柔乎。宜有贾区,俾其列肆。课婆兰之载,百事乃兴;辟虾蟆之场,万货俱悉。公于是广下关,通商场,设迎宾馆,议开海州商埠。教战之法,本见于吴;训练之官,特开自宋。项羽应三户而霸,子弟八千;周武定一月为期,丁兵十二。由是选六郡之良家,作十年之教诲。军心既一,士气乃张。视之如爱子婴儿,自成锐卒;卫我若股肱指臂,竞效前锋。公于是设督练公所,改旧营制,行征兵之令。余皇巨舟,固勾吴之遗制;艟艨斗舰,成赤壁之奇功。虽然横汉天船,犹是星皆拱北;即使飞云大舶,何能车独指南。胡越无共济之异心,南北岂分军为得计。黄头共练,青雀遥通。合作一家,全仗巨川舟楫;惠此中国,讵惊隔海烟尘。公于是以南洋师船并沪上制造船坞,合北洋海军。且也建标立候,陈肆辨物,而精材聚焉;丹砂黄金,慈石铅锡,而宝藏兴焉。递若旗枪妙品,谱于陆家;笱罶异名,疏于《尔雅》。种由烂石,羡自临渊。制法莫秘于枕中,疆界别求乎海外。公于是兴商务陈列所、验矿公所,派员至印度考查种茶制茶诸法。又为鱼业公司,创绘鱼界海图。更若《春秋》所纪一十二公,或讥断烂朝报;玄奘能得六百余部,无虑翻辑异书。日知日闻之必录,小史外史之所司,无捕风捉影之谰言,岂祸枣灾梨之著述。一编风世,《七略》名家。公于是为《南洋官报》,加增日报;并为江楚编译局,广聘译员;更设官书局,售出版诸书。

凡兹十目,期仅一年,亦云伟矣!公生平俭约,见事精明,宽厚待人,勤慎持己。食无异品,见范质之闺门;忠不忘君,若鲍永之行县。直不疑弗言吏绩,长者可风;颜有道秉性老庄,爱人不杀。阴行果昭阳报,福履自得寿天。龙马精神,诚国家之祥瑞;儿孙簪笏,拥陆地之神仙。伫看褒、鄂形容,绘之台阁;所愿松乔岁月,拥此旗旄。德配吴夫人,礼娴内则,箴守中闺,修整珩璜,维持蘋藻。曳柴佐晋陵之治,内助成诸葛之贤。散誉彤华,雅羡如宾久敬;相臧白首,何妨偕老兴歌。岁星合照江南,有和神当春之妙;寿人并赓乐府,享从心所欲之欢也已。

某某章武识荆,桑乾御李。金堤立马,犹留奉和之诗;浑河溯源,亲领扼流之策。今日者感春风之化被,喜冬至之阳生。用征杖国休祥,敢附麦邱祷祝。噫嘻!老人星见,却和织女交辉;寿者相成,当与陀移并齿。

——《黛韵楼文集》卷下,民国三年(1914)刻本

英玉三姊五十寿言

设帨本内则之仪，欣逢艾岁；寿人乃房中之曲，庆洽齐眉。沃盥俪笄，已赓偕老；姊咨妹昧，岂得无言。虽女子终远于弟兄，实合风诗旧训；况齠龄相资以文字，何妨扯拾陈辞。岁次戊申，月当壬戌。维我英玉三姊，五十双寿。绍徽言告夫君，率同儿女，红尘西笑，奈羁千里秋风，野鹤南飞，谨寄一樽春酒，礼也。

犹忆夫偕承母训，共读闺箴。姊常簪花以作字，妹亦索笔以画眉。伯兄能赋拟高轩，长姊竟集成香茗。父笑顾母曰："人羡河东雏凤，似刘家之三；孰知南阳卧龙，数葛亮第二。"盖谓姊淑质日新，清心玉映。徐惠妃《小山》之作，未及笄年；谢道韫柳絮之吟，别饶幽致。其时家庭雍穆，颇类小康。无如天道苍茫，忽歌何恃。姊乃深感杯棬，代操井臼。赠物榜壁，岂敢污于严君；听经就篱，将有成乎弱弟。每当璇闺人静，棐几灯昏，课我女红，导我妇道。授曹大家之训，面命耳提；讲宋尚宫之书，钩玄索要。而姊夫安溪陈啸岚明经，吾父高弟也。等终军之弱冠，慕少君之贤能，正欣载酒侯芭，适合相攸之选。讵意传经子夏，转为庐墓之悲。于是乎麟书绝笔，鹗巢坠风。诵恩斯勤斯之义，怀二人于九原；歌叔兮伯兮之章，招阿兄于五岭。姊遂椎髻鹿车，去接梁鸿之案；妹若无家燕子，往依卢姨之居。时绎如夫子，声驰艺苑，名著文坛。柳屯田之新词，唱宜好女；罗江东之妙句，播入香闺。姊因告妹曰："才华若此，相如奚至长贫？布币非夫，游楚必然可事。"用是媒定焉，遣嫁焉。僚婿亚婿，成门户于两家；赠诗和诗，接婢媪于道上。眷念旧情，宛如昨日。然而姊自为妇之初，宜家以后，断织勖学，烹雌佐餐，随冢妇升堂，为小郎施障。鸡鸣佩用，侍立寝门，夙夜执勤，必成手迹。藁砧既冠童子之军，遂得成均入贡；儿女虽就外傅之读,犹传口授秘书。顿使威姑含笑,愿子孙悉如。新妇孝思,中表传闻,论礼法必准夫人仪则。岂虚誉哉?可谓善矣。姊夫能记蔡碑,洞知罂镜。陈彭年为学,密室篝灯;谢安石作文,碎金积玉。加以任侠尚义,嫉恶如风;赎钱脚费,除啬夫之私;白马单车,降鬻山之众。以故蓝溪父老,平海耕夫,感从事惠,欲辟生祠;聚仲弓门,如求折狱。尝偕姊归展,妇孺欢呼于道,故旧荐食于堂。虽非壮士还家,奔走有骇汗之辈,谒见诸兄复我,同归有携手之人。莫不仰冀缺之如宾,惟德所聚,见老莱之委畚,为寿之征也已。

绍徽则随夫游学,到处移家,楚尾吴头,燕南赵北。翻大雷寄妹之书,临流生感;诵杜陵有妹之句,对月兴怀。所幸塞雁常通,河鱼无阻,此言客况维艰,彼道家居不易。纵是米盐细事,无非药石良箴。慰睽隔之相思,似音尘之遥接。壬寅秋,始偕绎如回乡,寄居姊宅,入门相见,俱已老苍,执手殷勤,杂为悲喜。诉旧事则辛苦备尝,听好音竟苍黄入报。桂子香多,娟婿幸忝秋闱之捷;蓬门瑞集,沙哥亦分乙榜之光。乃叹文章有价,大乔之双眼如珠,直教松柏生辉,女媭之寸心欲瘁。此皆姊生平友爱之苦衷,故获渺冥之厚贶。悉就姊家,使姊亲见之,抑何巧欤?既而二女同居,一年相聚,论诗读画,笑共婵嫣,稚女豚儿,干呼阿奶。姊犹关心疢疾,经营药饵茶汤,替理巾箱,摒挡男钱女布。奈姊有爱妹之深心,而妇秉从夫之大义。梅花朔月,依然马背船唇;杨柳东风,弥望暮云春树。情焉能已?末如之何!

今者姊已祥占大衍,自登眉寿之基,朗若双星,高照榕阴之域。长君种得兰荪,少子培成桃李。佳儿佳妇,能承菽水之欢;鼓瑟鼓琴,合享优游之乐。遥知菊盏飞传,共作千春之庆;莫以茱萸遍插,为少一人之嗟。噫嘻!封姨本少女之风,深愧伯姬有娣;月姊得长生之药,永伴谭公维私。用写手足离合之忱,聊当曼福骈龄之祝云尔。

——《黛韵楼文集》卷下,民国三年(1914)刻本

代救济善会拟致高丽国王书

盖闻周急继富,惟君子有权衡;济众博施,是王道无畛域。豹皮往而鹿皮报,义切唇齿辅车;礼成文而行成章,交处久长欢洽。况在槐榆橘柚,兄弟一家;贸易有无,玉帛两国乎?所以恤邻请广恩施之路,叩门敢呼水火之求也。

恭维大国王综百济,领三韩,秉八教以舞天,驾九梯以立国。魁头露紒,兆启维新;发政施仁,法取合德。日者欧墨合纵,津沽有事。簇八国旌旗,转万里糗糒。马腾士饱,行役无患其苦饥;攻坚乘瑕,窥边必操其胜算。王乃恻隐为怀,慈祥是念。刍粮馈远,免道济之量沙,韦牛犒师,等弦高以却敌。用赠联军粮食烟酒等,遂使远近嗅地之卒,左右骨都之侯。咀啜和灵,馎饦含露。投良将之醪,葡萄醉卧;喷蚩尤之雾,烟叶生香。鼓腹望尘,欢声动地,猗欤休哉!非王之惠不至此。

嗟乎!天祸亚洲,困在中国,三辅震惊,六师巡狩。幸有圣明在上,不难销兵气,以为日月之光;递而庶职同心,行将展庙谟,仍复河山之旧。止戈为武,知几者神。谅王遥闻,必宽廑念。惟是狼烽烟熄,五幡之鹅鹳潜收;而燕子田芜,四垒之雁鸿毕集。或麻鞋出走,未充行在拾遗;或游骑无归,徒羡回军跛者。或王途商贾,落魄堪怜;或土著黔黎,无家可别。田庐荡尽,沟洫余生。薪桂米珠,鸠形鹄色。大仓小仓,遭剽掳逼到饥寒;甲粢乙粢,无等差将谁缓急?敝会同人,时艰蒿目,愧无报答乎升平;好善从心,共醵资财以赈恤。窃仿西国红十字会之例,六疾则敷药饵,五穷则表纩衣。佽资斧于穷途,赒干粮于饿殍。且复瘗埋枯骨,抚庇

孤嫠。凡分所应为,责无旁贷。实事求是,率意孤行。无如创深灾广,费巨事烦。杜少陵广厦万间,非可支于一木;白太傅长裘十丈,究须集夫千狐。昔齐通告籴于鲁,晋役泛舟于秦,邻交有道,邦家克昌。吴即蒲羸,越讵幸灾;赵可约欢,燕奚吝酒。绨袍宛在,何妨爱及屋乌;私廪可分,安问风殊牛马。果呼吸痛痒之相关,胡被发缨冠而不往。伏望大国王广布福田,宏开惠泽。邻子犹之兄子,此忧甚于彼忧。慨发府金仓粟,苏我孤寒。譬如夏雨春风,活人骨肉。千金市义,百万卜邻。公真长者,岂无意于得鸟张罗?士感壶飧,期图报在伤心当厄。

——《黛韵楼文集》卷下,民国三年(1914)刻本

覆沈女士书

书来论缠足之苦。坦坦王道,慨灭趾之不行;汹汹狂澜,忽现身以说法。仗慧心之一片,苏窘步之双趺。第用意虽属可嘉,惟所言未免过当,是以不揣固陋,为陈一二。

夫所谓缠足非古者,非也。李斯裹足之语,已见于秦;梁莹约缣之文,更闻于汉。缠双行之新罗,曲搜乐府;量几分之钿尺,事纪唐诗。微步珊珊,凌波冉冉,纵琐屑之难征,有词章之具在。厥风之来不已久乎?又所谓缠足为亡国遗制者,亦非也。妲己之说,不闻三代遗书;窅娘之妆,尚属五季习俗。晋有凤首之鞋,唐有鸦头之袜。上起妃御,下迨阎闾,是皆敛指纤纤,现出圆趺致致。岂若马嵬锦靿,教天子暂蒙尘;宣和鞋尖,扶佳人快上马哉?至若仁爱无伤于穿耳,岂父母之不慈?闺房有甚于画眉,匪男人之轻薄。将相本无定种,诗书即可自强。妇女固有其真,柔顺始为正则。全凭十指,压针线于连年;黾勉同心,课米盐于中馈。女德能修,妇道乃备。凡所谓弱种强国兴业持家之说,又在此不在

彼矣。

嗟乎！裸衣以入，神禹不敢违异国之风；断发而来，泰伯何常变勾吴之俗？彼异端之女与邪说之徒，胡不思西国细腰是好，饿死几希；东瀛黑齿犹存，养生奚碍乎？有举莫废，免俗未能。如缠足者，虽异截鹤以续凫，无殊削趾以适屦。且双钩莲瓣，纵教细小可怜；而几寸弓弯，诚见蹒跚不进。升沉嗜好，似别咸酸；宛转时趋，各随妆束。是缠之固属无妨，即不缠亦何不可耶！如谓既缠者俱宜一齐放却，换骨无丹，断头莫续，必欲矫情镇物，势成非马非驴，安能易俗移风？转作不衫不履。犹复孜孜，以谋履制，使不知足以为屦，窃恐非宜；欲如称体以裁衣，所差有几。不过易高底为重台，变新月为琴面，即无红帮黄繶之形，讵免宝屟香綦之赋。虽云返朴，实反增华，无益之为，可笑孰甚。呜呼！淑德以幽闲为贵，须知女子有行，立言与义理相关，莫作小人下达。

——《黛韵楼文集》卷下，民国三年(1914)刻本

西子论

夫倾城倾国，非哲妇之能妖；而君宠君怜，实王心之自荡。倘乾纲果然克振，则地道必底于成。奚至鹿上苏台，草埋幽径。失霸业之雄图，贻佳人之薄命哉。若西子者，生世久微，丽质独绝。家住苎罗村里，浴经脂粉塘中。采香归去，傲东施以捧心；负薪行歌，薄嫫母之衣锦。笑伴浣纱姊妹，掩此蓬门；讵知尝胆君臣，居为奇货，于是土城容步，遗世独立；入市金钱，先睹为快。虽艳帜之高标，匪始愿所及此。迨夫辞越国，入吴宫。珠帘蔽景，明镜靓妆。椒华海灵，铜沟玉槛。酣豢富贵，悉出恩施；终老温柔，敢忘敬爱。无如黄池之牛耳，方盟东海之蒲嬴。欲竭笠泽，三战甬东。一廛绣罗蔽面，勾吴之地遂墟；鸱夷沉江，响屟之廊绝响。吁其亡

矣,何其惨也!

顾或谓骊姬祸晋,本计倪之谋;褒姒亡周,见伍员之谏。乌喙未忘雪耻,姑为一介见遗;蛾眉不肯让人,况有三年学服。借女戎以观厥内,使劲敌竟坠术中。然而非也!西子虽并南威之美,实乏伯嚭之奸。纵逊樊姬谏猎之诚,实无越女击剑之道。既奉命以来嫔,当委身而事主。艾陵之师,自是君王好武;属镂之赐,不闻女子有言。其无负于吴者,胡敢贰于越耶?又或谓夫差既败,范蠡相携,扁舟偕隐,话烟波于五湖;治产积居,助货殖于三徙。同是功成身退,相惜惺惺,免教鸟尽弓藏,转呼负负。然而亦非也!西子匪东郭有乱齐之祸,无息妫存灭蔡之心,奚必隐忍偷生,蒙耻再醮乎。且溯夫椒行成之际,终犹卑藁葬之时。其间生聚教养,少艾已变阿婆,安能浓抹淡妆,耳顺犹称娘子?为之说者,岂是理耶?

嗟嗟!破吴者越也,非西子也;亡吴者吴也,非西子也。使无争长于晋之盟,敌固不得窥其后;使听先事于越之说,戎将何以生其心?风雨五更,凤字之挽歌谁托?朽株二女,蛇门之艳魄犹神。此皆夫差之失策,抑亦西子之不幸矣!晚节能香,剩陶菊之秋容得似;舌根不死,问肯涛之风味如何。想绰有余妍之态,可无是非;若蒙以不洁之名,殊嫌唐突。

——《黛韵楼文集》卷下,民国三年(1914)刻本

医隐园记

丁未冬,绎如夫子观政邮部,余率儿女随之北上,寄居力君轩举员外后宅西院。一室如舟,八窗向日。杂镜盒于牙签,伴绳床以药鼎。盖余舟车困顿,触发旧疾也。维时卷地风号,极天雪虐。炉火凝而不温,砚冰冻而欲裂。偶缘病间,遥窥帘隙,见夫枯树槎

丫，粉墙低亚，饥鹰上下，黄沙迷漫，不辨地势方广，第觉寒威凛冽而已。

经春而后，百堵皆兴。凿井通泉，叠山垒石，半畦种诸葛之菜，矮篱挂邵平之瓜。新栽之柳都活，前度之桃又开。复有上苑枇杷，扬州芍药。来禽有帖，海棠无诗。含芬吐芳，绮绣交错。曾日月之几何，成画图之一幅。其天工之变幻欤，抑人力之经营欤？余乌乎知之？只以窗临场圃，地似蓬壶。草色入帘，花光拥榻。若丘壑宜置此子，若看竹奚问主人；若取明月清风之无禁，若对茂林修竹之有情。顾而乐之，无能名焉。绎如告余曰："此盖力君之医隐园也。"

噫嘻！力君职本农官，学通医理。辅君可成农稷之治，活人久擅岐黄之能。列十二教以植民生，遇七十毒乃见症结。黍稷稻秬别土宜，寒热温凉论药性，既熟《齐民要术》，兼具良相始基。况逢龙虎之时，无俟熊罴之梦。固不必隐，又何能隐哉？绎如曰："否，否。上医视神色候，大隐略迹论心。所以伯高、俞跗，不著职官；大乙、雷公，自传息脉。抱朴求令为丹砂，太仓列名在方术。自古医无不隐，惟隐乃足成夫医耳。"余曰："是已。"夫钟鼎虽尊，奚若山林之乐；官禄可慕，何如泉石之清。故张良从赤松，李泌学辟谷。名愈重则节愈高，才弥大而退弥速。《易》占肥遁，《诗》咏衡门，良有以也。力君未届引年，忽怀知止。身虽留以恋阙，赀早办夫买山。无远志之二称，让老夫之一着。思之烂熟，赋待遂初。

若兹园者，地是幽、燕，天邻韦、杜。隔松筠之庵，接长椿之寺。量来十笏，拓彼三弓。基不必广，以人传；树不在高，以花胜。葡萄、苜蓿、柑橘、芙蕖，杂然前陈，别饶风趣。奚翅张家别墅有牡丹，梁氏故园引凉水耶？当夫凉雨微霁，皓月初生，力君常招绎如，徘徊花底，偕话桑麻，术辨青囊，书搜金匮。对奇石交论千古，指绿杨春作两家，可谓盛矣！然而董奉杏林，苏耽橘井；蒙庄吏隐,曼倩陆沉。虽居朝市之间,不啻蒿芦之下。臣心如水,花气长春。几疑羲皇之世,见此神仙中人。斯真隐者,医云乎哉!日者,绎如将携家具,更拟卜居。胜地不常,芳邻难再。爰引女子识卖药之例,用仿左芬赋方物之词,特写元白结邻之欢,并纪梁孟赁春之迹。自惭芜拙,聊报居停。是为记。

——《黛韵楼文集》卷下,民国三年(1914)刻本

吴芝瑛

吴芝瑛(1868—1934),字紫英,号万柳夫人,安徽桐城人。父吴康之,曾任山东郓城等地知县。母张氏,江苏丰县人。堂叔吴汝纶,清末桐城派诗人代表。夫廉泉,江苏无锡人,光绪举人,户部郎中。吴芝瑛与秋瑾、徐自华为密友,曾资助秋瑾到日本求学。秋瑾牺牲后,吴芝瑛与徐自华不顾自身安危,遵秋瑾遗愿将其安葬于西湖湖畔。吴芝瑛通文史,能诗文,擅书法,著有《帆影楼纪事》《剪淞留影集》等作品。

秋女士传

秋女士瑾,字璿卿,浙江山阴县人。女士幼承家学,甫笄,涉通经史,喜为歌诗,然多感世之辞。年十九,嫁某县某官某,生一子一女。女士居京师有年,痛愤庚子之变,以提倡女学为己任。凡新书新报,靡不披览。以此深明中外之故,而受外潮之激刺亦渐深。一日,脱簪珥为学费,别其夫,送其子若女就鞠于外家,孑身走东瀛留学。时京师诸姊妹与相识者,置酒于城南陶然亭饯之,以壮其行。女士既之东,见留学界种种腐败状,欲拂衣径归。女士性伉爽,遇有不达时务者,往往面折庭争,不稍假借,以此人多衔之。甚或举苏菲亚、罗兰夫人以相拟,女士亦漫应之,自号曰鉴湖女侠云。后以取缔规则自东归,在沪创办《中国女报》。闻母丧,仓皇归里。明道女学堂欲聘为教师,不就。今年五月廿六日,徐锡麟之狱起于皖,浙中大吏指女士为同党,杀之。

吴芝瑛曰:女士生平好负气,今之死非其罪。纵官吏横暴,不至若是酷,是必有挟私愤而陷害之者。假手于党狱,以为献媚长官之计,而其咎不尽在官吏也。呜乎!此之谓预备立宪。

——《神州女报》第一卷(1907)第一号

纪秋女士遗事

呜呼!天地果无知乎?天地有知,则女士不应以非罪死,死尚蒙此大恶;若果无知,则短长善恶,糁为一尘,吾又谁诉此烦冤?今距女士之死已旬日矣,余既为之传,又纪其遗事曰:女士自号鉴湖女侠,平生豪纵尚气,有口辨,每稠坐论议风发,不可一世。其在京师时,摄有舞剑小影,又喜作《宝刀歌》《剑歌》等篇,一时和者甚众。女士原作绝佳,有上下千古、慷慨悲歌之致,惜随手散佚,不可得见矣。女士平时持论,谓"女子当有学问,求自立,不当事事仰给男子。今新少年动曰'革命,革命',吾谓革命当自家庭始,所谓男女平权是也。"余时时戒之,谓:"妹言骇人听闻,宜慎之。"女士曰:"姊勿怪!吾所持宗旨如此。异日女学大兴,必能达吾目的,其在数十年后乎?然不有倡之,谁与赓续也?"女士东游时,值宁河某君以戊戌事自首,系刑部狱。女士方脱簪珥,谋学费,窘迫万状,不得遽行。闻宁河事,乃分其金以应急,展转达狱中,属勿告姓名。宁河会赦出狱始知之,时女士已东去。宁河寓书谢之,事后与人语,辄为涕零,然女士与宁河初不相识也。某女士赠诗有曰:"隐娘侠气原仙客,良玉英风岂女儿?"二语能佛仿其平生云。女士自东归,过沪上,述其留学艰苦状。既出其新得倭刀相示曰:"吾以弱女子,只身走万里求学,往返者数,搭船只三等舱,与苦力等杂处。长途触暑,一病几不起。所赖以自卫者,惟此刀耳!故与吾形影不相离。”余戏曰:“当此黑暗时代,留学风潮且大起,一发不可遏,倘遇关吏诘问,得毋疑妹为女革命党乎?”女士笑曰:“革命与革命不同,姊固知吾非新少年之革命者。”既而行酒。酒罢,女士拔刀起舞,唱日本歌数章,命吾女以风琴和之,歌声悲壮动人。旋别去,不复见。曾几何时?而昔日戏言,不知其遂成谶语也,悲夫!今女士死矣,呼天天不闻,呼地地不应,吾又何必再讼其冤?然罪人不孥,古有明训。吾与女士有一日之雅,又能道其平生,愿以身家姓命保秋氏家族。望当道负立宪之责任者,开一面之网,饬属保全无辜,勿再罗织成此莫须有之狱,诬以种种之罪状,使死者魂魄尚为之不安。此余既为之传而又纪其遗事之微意也。

——《新闻报》1907 年 7 月 24 日

祭秋瑾女士文

呜呼璿卿,南国之秀;志度渊英,贞不天佑。兰薰而摧,镆刚则折;物忌坚芳,其信然耶?自古皆有然,我又何嗟!惟君之懿,早岁蜚英:爰自笄年,学综两京。藻藻下笔,鼠却狐惊。海飞龙啸,气横太空;震发聋聩,不雌无雄。(传言女士幼承家学,甫笄,涉通经史,喜为歌诗,多感世之辞)。儒文侠武,道莫能两;怪哉惟君,靡不毕张。拔剑砍地(天僇生哀词注称女士好击剑,有《宝剑歌》),肝胆芬芳(传称女士扶人于厄);曰仁者勇,虽柔必强。

迨年十九,作嫔于王;嗡嗡訾訾,骇君之为。君曰郎无,吾告郎知;自谓吾虎,郎何鼠期?郎不吾与,吾不郎雌;吾唱无和,逝将去郎。一朝奋发,伏剑乘桴(天僇生哀词注,又称女士往日本就学,买船票必乘三等舱,与苦力杂处,日以宝刀自卫)。劲翮独翔,孤风绝侣;上于扶桑,尺笺郎语。郎无妇予,吾不汝郎;汝能凤占,无复吾望。吾夫赤县,规古英皇;坚贞自矢,允迪国光。礼失求野,言戾此方;倏闻网罗,寥廓高翔。乃眷西顾,反我旧疆(传称女士以留学取缔归国);国之不竞,民之无康。矫首舐天,抗论决策;义穷机象,载鼎载革。革者伊谁,翳惟我与;羲文迪我,垂象二女。兑以说享,离曰重明;文明以说,惟女克贞。西方美人,曰有罗兰;实始翦君,我是则瞻。越有一麟,景行武阳;相胥下民,衎胄偃王。夙与君知,歼狐麟伤;君曰已矣,吾道何穷。反袂掩面,欲叩上穹;如何上祇,不殄妖凶。封豕负涂,积疑张弧;得君婴牙,殒真玉躯。薰风罢暖,辍晓允吾;彼苍者天,矜君无辜(传称女士就义丁未六月六日,时阴雨晦冥者旬日)。七字成狱,哀感行途;彼何人斯,鸾凤肆屠。呜呼哀哉!

时屯必亨,运蒙则贞;天降丧乱,靡国不平。后天而应,蚩蚩者氓;已日乃孚,君志今成。君身夙死,于君何悲;惟我与君,好合连枝;愿言勿获,永怀令仪。摛辞千言,以写我思;侑此一樽,神鉴予私。呜呼哀哉,尚飨。

黄帝纪元四千八百有九年十月念七日桐城芝瑛撰。

——《新闻报》1911 年 12 月 25 日

吴芝瑛致徐自华信

寄尘吾姊尊鉴:

正深驰系,适奉初四日手书,具审一一。天胡不仁,夺姊爱女,触物增恸,奈何奈何。妹今日得噩耗,悲悼殆不可言。尚望吾姊抑情自广,勿为无益之悲,致伤玉体,岂胜翘祷。西泠得地,与湘乡郑节女为邻,鉴湖从此不死矣。越绅全体赞成。此姊热诚所致，钦佩莫名。妹久病未愈，昨复寒热大作，似伤胎气，恐有小产之厄。本拟日内来杭，先过石门奉访，以此又不果。两三日内，倘病势略定，外子当先来杭，会同刘庄马卓群君，料理造墓之事。届时再行奉闻。鉴湖独立性质，不应附葬，妹亦谓然。前函云云，盖防官场干涉，为指鹿谓马之计，非真自营生圹也。吾姊当察此意。今既得地，公然营葬，不知本地官绅，有无阻碍？此亦妹之过虑，或不至有此也。妹所购地在南湖之滨，明年即结茅移家其间，并拟建一水阁，名曰悲秋。吾地距秋坟不远，可岁时祭扫，多植花木，使成一名胜记念也。慧珠诚有心人，不得一见何也。此问无恙。不宣。

妹吴芝瑛上言。十二月七日。

前已托马君卓群代觅丙舍。西泠左近亦有丙舍，拟请函托越绅，一面将秋柩运至湖上，为第一要着。至造墓事指日可成，惟虑墓成而柩不能速来，或生阻力耳。能密运不使官场知之否？登报一书，至今未见。鄙意葬时暂勿发表，一二月后再为树碑何如？碑文及集联，皆写就，既葬后再付刻，事前防泄漏也。尊意何如？

——手写稿影印件，载《书法》1979年第6期

吴芝瑛复女子北伐队邵君书

贵重之心绮邵先生英鉴：

昨承赐答，如挹芳徽，旬月积思，为之一慰。今日全国人心为革命风潮所鼓动，如水赴壑，不可遏制。儿女英雄，乘时崛起，或输金钱而助饷，或投班笔以从戎，万众一心，卒造成我民国共和新政府。闻先生气体素弱，而热血满腔，犹是腾沸，有一拳打碎黄鹤楼、二脚踢翻鹦鹉洲之概。壮哉！此行直为苍莽神州，放一异采，不独为女界光也。陈司令风怀磊落，平时教育，以提倡民贵为宗

旨。往年曾与吾友秋君，抵掌谈天下事，引为同志。今者河山锦绣，还我河山太平，恨吾友赍志以殁，不及见大功之成，与先生等痛饮黄龙，一雪二百六十余年之耻。抚今追昔，能不泫然？芝瑛于新旧学问，一不通晓，又体弱不振，自甘废弃于世。展诵书词，重荷褒宠，至悚不能卒读。然相见恨晚之情，则惟日深剧。不知西窗剪烛，樽酒论文，何日得一偿夙愿也。率报，敬贺共和新喜。霜寒惟加卫鼎茵，以慰遐想。吾子之至友吴芝瑛谨启。

——《民立报》1912 年 1 月 7 日。录自郭孝成编《中国革命纪事本末》，上海商务印书馆 1912 年版

吴芝瑛复女子北伐陈司令书

贵重之也月陈先生麾下：

景行清芬者久矣，每于新闻纸亲炙志行，知先生哀民生之愁激，悼女界之沉沦，投笔从戎，倡议北伐，一洗数千年来女子昧弱之习，如拨云雾而见青天。吾界之泰山北斗，微先生谁与归也。顷辱华简，三复惊叹，实慰平生。自维庸陋寡学，讵有以忝女豪之知，故闻命震惭，不知所以为答。先生倘许陪侍玉台乎？芝瑛头彩丝绣之矣。秋烈女曩曾相识，抚影增恸，当有同情。顾前踬后兴，卒达共和目的，先烈英灵，亦可告慰。其成功若是之速，中外历史所未有也。昨闻清使撤回，和议已归无效，两方面为极端反对，又将以兵戎相见。项城不得总统，居常鞅鞅，故为此孤注之一掷。雄师北伐，痛饮黄龙，此其夙愿。惟同国推刃，自相靡敝，久而不解。两虎之噬，恐利卞庄之刺，项城之肉，其足食乎？秋烈士墓表原石，存吾悲秋阁中，兹检奉拓本一纸，书画墨迹，尚在寄尘徐先生处。他日黄河桥上，筑凯旋之门，勒石纪功，芝瑛当濡墨以待。请以此书为左券，何如？此报。即颂麾福，并贺新元。吾子

之至友吴芝瑛谨启。

——《民立报》1912 年 1 月 13 日。录自郭孝成编《中国革命纪事本末》，上海商务印书馆 1912 年版

上袁大总统书
（民国二年七月廿一日）

容盦先生执事：

月前外子廉泉由津门归，携豹岑公子见诒《容盦弟子记》《圭塘唱和诗》等册。美哉！公之忠于前清至矣尽矣！弟子辈之铺扬讴颂，可谓无间言矣！大臣引废，觞咏游钓，固其所也。

武汉事起，公迟回审顾，卒能徇南人之约，推覆清廷。南人亦以五条之信誓，授公为民国临时总统。南人之深信公、厚恃公、推戴公，公亦居之不疑矣。然当时一般之可怜老顽固，莫不动色相骇，戟指走詈，谓袁某某到底是奸臣，今果篡位矣！又有略似有知识者，谓总统自然孙文做下去，如何忽以艰难甫造之新民国之总统，授诸满清斥废之大臣；况袁某某狡诈性成，偏用群小，将来必无良结果。为此两种言者，皆似有理，不知甚非也。我公能知大势所趋，弭定北兵，推翻清祚，其知识即为非常人。国者积民而成，总统者为吾民服务之首领，文言之为总统，质言之，一服役之头儿耳。服役者之头儿之位，何篡焉？吾父老昆季吞声饮恨二百五十余年之专制苦恼，一旦引吭拍翅，重见天日，其功烈之甲乙丙丁，自在来日之民国史中，吾今非稽勋者不暇列也。惟中山先生之必以是区区者辱公，此实公理良心，昭如天日。当是时也，南北争都，颇费词矣。中山先生坦白为怀，专使赍授，乃京津哄劫，使者仅免。有谓是公之狡弄者，吾始未信也。北使之来迎中山先生往也，南人又大动猜疑，先之以克强黄先生，中山先生亦夷然命

驾,一堂杯酒,欢若平生,南人于是益信我公之诚为我民国服务之首领无愧色矣。中山先生以交通利便自任,一心于铁道,黄先生亦解南都留守之职,致力于营矿。两先生之不肯再插身政界者,实非有意使公不疑,以为公既出身受此担负矣,公亦熟稔亡清之政治之如何失败、共和国之应如何刷新,公智略非常人,又富有扬历亡清国三十年之经验,今者身膺民国之临时总统,自然事事以准绳约法、体恤民心为当然无或失之措置;以为总统可以去职,约法不可有违,某某可以殒身,民心不当或失,吾民国有此神圣不可侵犯之总统,中外熙熙,额手相庆,并亦无所用其顾虑矣。两先生之并力于路矿也,实为各服务于吾民也。盖信公之深、恃公之厚,遂推戴我公至于此极也。乃当时颇有谓两先生之为此也,使公不疑也。夫果有心使公不疑,是畏公也。今试走国中,集三尺童竖而语之曰:“孙文、黄兴畏袁某某乎?”无不匿笑而跳矣。两先生之心理,以为袁某某为吾民包罗一切杂务之服役头,吾辈亦当尽其心力所能为者,竭诚贡献于吾民。政界有某矣,念吾民之生计日蹙,惟路矿为现今至不可缓之要需,故挺然以工头自认。嗟乎!两先生之心迹,胡复不能见谅于同具耳目之徒也?岂同是人也,而肺肝果别乎?

顷者东南宣告独立矣,讨袁军之旗鼓震布中外矣。吾信公之凶恶,似不尽如檄告者之穷极。然吾闻誓师者之言曰:“某之本志,惟在倒袁。”又曰:“袁某一日不去,誓不生还。”呜呼!一堂杯酒之客,今作不共戴天之仇。昔之深信厚恃推戴为总统者,今乃曰罪魁、曰独夫。吾民之无恒欤?何张臂响应者四集也?吾知公闻东南之独立也,必掀眉一见齿曰:“若辈乳臭,能亦与老夫弄兵乎?多见其不自量也。”嗟乎!公生平以武力自负,公今亦知即以武力自困其生乎?武力者,外交家相持不得已者所为。今以武力欲束缚强迫一室中至穷苦至亲爱之家人,谓从此可关门做皇帝,公得毋喷饭乎？吾不敢谓讨袁之军果能决胜于袁家之将，吾更不敢谓袁家之将果能悉效命于我公。公英敏人也，果敢人也。英敏者无不先知，果敢者无不毅退。吾爱公智略，惜公名誉，愿我公以民心顺逆为从违，以大势涣聚为进止。公之府令不常曰“国利民福”乎？试问如何使国利？如何使民福？不必以前事言，即以最近之不可思议之北兵南下言之。为利国乎，利何在？为福民乎，福何在？夫上有利国福民之总统，下乃有称兵讨贼之义师。吾民虽愚，公理具在；吾民虽懦，良心皆同。公毋以吾民愚且懦也，玩弄而煎迫之。此在亡清时之皇帝之专制也，犹或审择为之，今民国之总统矣，乃以专制之实，蒙共和之名。共和共和，乃恃为济恶之符乎？

吾民盖疾首痛心者近一年矣，公之膺临时总统至今日不过年有半也。年有半之总统乃有一年之怨毒，公亦翩然引去乎？吾不敢谓继我公者为何如人，其贤者也，民国之福也，倘不肖也，民国之命也。然国亡于继公者之人，不亡于我公之手，此吾所谓爱公智略，惜公名誉，愿我公乘此时际幡然远去也。公诗不云乎：“人生难得到仙洲，咫尺桃源任我求。”苏门咫尺，非公之桃源乎？逍遥洹上，非公之仙洲乎？归欤？披蓑垂纶，赋诗携尊，三十年前清之大臣、一年半民国之总统，姬侍之奉，儿孙之趋，优游休养，以娱余年，人生之荣遇如我公者亦鲜矣。公取号曰“容盦”，毋自苦也，必有容也，其从容而安也。倘一意不回，将以是区区者据为公家之长物，必欲以兵戎相见，则民心愈愤，内忧外患相迫而来。岁月不居，金石易弊，公于此时局踏情况，不难预知。乃亦效项王之诀曰“非战之罪”乎？昔也见放于满清，今也殒生于民国，得罪废帝，诒愤中山。吾知公英敏果敢，万不出此。

芝瑛女子也，一无党籍之关系，读容盦弟子之记，诵圭塘唱和之诗，闻讨袁之军之声罪日厉，审人心大同之所归向，五内怦怦，不惮斧镬,为此招隐之文,聊尽忠告之末。为民国生命计,为我公誉望计,何苦以区区服役之头儿,把持糜烂我一室中至穷苦至亲爱之家人乎?抑芝瑛曾闻之中山先生矣,公不尝云以一日在职为苦乎?是吾民之推戴公也,公且以一日在职为苦矣,是良心上发现之语也。今吾民群起而反对如是,公即自信一无所开罪于吾民,亦应飘然去职,静观万变,以谢天下,以息群疑。吾知公于此,必不以据位为乐也,必有所牵制者也。然公之智力,亦奚致为左右者牵制,陷公涂炭灭绝吾民国乎?公朝去而吾民早安,公夕去而吾民晚息,公不去而吾民永永无宁日。吾民永永无宁日,于公何利焉?

总之,吾民国现时存亡绝续之机捩,惟在我公一身进退去留一拨之矣。病久心慌,语不成文,仅求达意,幸赐察焉。民国二年七月廿一日,江苏独立之第七日,桐城女子吴芝瑛上书。

——《中华妇女界》第二卷(1916)第五期

燕斌

燕斌(1869—?),笔名炼石,又称炼石女士,祖籍河南,长在粤西。1905年东渡日本,于东京早稻田同仁医院学医。留日期间,积极参加社会活动,大力提倡女权。曾组织中国留日女学生会,任书记一职。创办《中国新女界杂志》,任主编与主要撰稿人。

中国新女界杂志发刊词

国于地球之上,无论疆域之大小,人口之多寡,其女界恒居全国民数之半,此常例也。使其女界黑暗,则虽男界开明,亦只得谓为半开化国,而况女界黑暗者,其男界必无独能开明之理。

欧美诸强国深知其故,对于女界实行开明主义,与男子受同等之教育,其爱国之理想、国民之义务,久令灌注于脑筋。故其女国民惟日孜孜以国事为己责,至于个人私利,虽牺牲亦不之惜。斯其国始得为有民,宜其国势发达,日益强盛而莫之能侮。

我中国女界数千年来,墨守古训,积重难返。处今日世界,交通竞争剧烈之时,而男女不平等之习惯,痼塞智慧、残贼肢体之恶魔,依然盘据于社会上,根深蒂固,未易尽除。浅见者,方谓此无妨于国运之进步也。岂知中国人口虽众,此二万万中,最多数之女子既已如此,则是中国虽有多数女国民之形质,而无多数女国民之精神,则有民等于无民。

况家庭腐败者,其儿童教育必不完全,是未来数万万的伟大国民,已于幼稚时代最净洁之脑筋中,种以最顽劣之恶因,流害曷可胜言?

又况女界之与男界,有最密接之关系者也。无高尚的理想,则男子之志气为之消磨;无独立的生活,则男子之资财为之耗弃。职是之故,无怪乎以硕大民族,势力衰微,经济困难,至于此极!

近年以来,朝野上下,始从事于女子教育问题,通都大埠之间,女校相继成立。虽规模未备,甫具雏形,较诸东西女界,瞠乎其后。然就吾中国论之,不可谓非为吾女学界开一新纪元也!

但深望当事者,勿徒尚物质的教育,必发挥其新道德而活泼其新思想。斯教育一女子,即国家真得一女国民。由此类推,教育之范围日以广,社会之魔害日以消,国民之精神即日以发达。十年以后,如谓中国女界不足与欧美争衡者,吾不信也。

顾东西女界教育而外,可以发明新理、提倡精神、联络感情者,惟恃乎杂志。吾中国茫茫四百余州,杂志之作亦云夥矣!然出于吾女界所自力经营者,曾不获一睹,非吾女界耻乎?

然则《新女界杂志》之出世,其所担负之天职何如?姑无具论。惟愿吾女同胞家置一册,人手一编,察其主义,观其言论,而见诸实行。更愿吾男同胞赞成而绍介之,令其普遍于家庭社会之间,则亦未始非改良积俗、造就国民之一助已。

——《中国新女界杂志》(1907)第一期

女权平议

自人道主义之说兴,女权之论日以昌炽,浅见者必惊其奇辟,目为邪说,从而力驳之,以为乾刚坤柔,男尊女卑,乃不易之定理,女子以卑弱为主,何权之有?噫!为此说者,所谓夏虫不可语冰,井蛙之见，不足以知天之大。若是之流，岂足与辩？假令其环游五洲，目睹夫文明社会之盛象，畅聆名家学说，熟读书报，以洗涤其脑筋，增益其智识，则于女权之说，当必翻然改悟，竭力赞成，有断然者。

今试统观全世界诸国，其女界之程度，彼此各殊，而权利之强弱，亦不相等。然但就积极的与消极的两方面论之，则近世女权之最发达者，当以北美合众诸州为最，女权之最不发达者，则以吾中国为最。

嗟夫！吾二万万女同胞，不幸而生于女权最不发达之中国，经种种之恶趣，受种种之苦况，既已数千年于兹矣！以例彼新大陆之文明女国民，逍遥于平等自由之域，毫无抑制者，奚啻天渊！

吾思其故，吾知其中必有大原因也。今欲推翻已往之腐败社会，扶植女权，催其发达，当首令吾女同胞知女权之原则，与女权之设施，及女权之将来；次宜就中国历史上之性质，所以妨害于女权之故，精研而深究之，证以欧美之事实，斟酌损益，以定吾中国提倡女权之方针，分其次第，期以实行，而后中国女权之发达可企而待矣。

欲知权之原则者，须先知女界最初之位置。夫女子自原人时代以来，与男子并生于面积一亿平方哩，容积二千亿立方哩，循其轨道，绕行日轮之地球大陆之上，而同为万物之灵长、世界之主人翁者也。奇哉造物！其嬗生人类也，不独生男子，不独生女子，不于男子女子之外，更生一种如何之人，以与男子女子相鼎立。前者闭关自守，逞其管窥，尚得造一荒诞之说以愚人。今五洲交通，智识发达，据人类学者之考察，虽有黄种、白种、黑种、红种、棕①种及族类支派之分，谱系纷繁，不可胜计，得一言以备之曰，男女而

① “棕”，原文作“综”，据语义改。

已,此造物于男女之外,不令复生人类之明证矣。妙哉造物!其化生男女也,不令男子占人类之多数,而仅生少数之女子;复不令女子占人类之多数,而仅生少数之男子。昔囿于见闻,仅据一方面男女之调查,尚不足以为定论。今合观全球十四亿人口之历史,乃知男子与女子,虽数千年之久,其人数之各计,所差者常不甚相远。此又造物不令男女人数不平均之明证矣。夫世界人类既只有男女,男女之数又常平均,可知造物生人之本意,其视男女皆人类而已,无所偏于男,无所重于女。其所以分为男女者,不过以为滋生之妙用,非有所尊卑强弱之别于其间。后世不查,压制女子之风,日以加甚,积之既久,成为习惯。又无探本穷源之论以辟之,蚩蚩然日囿其中,不能自觉,反视此等贼害人权、背弃公理之谬俗,以为天经地义,牢不可破,此岂造物生人之本旨哉?试观上古洪荒之世,社会之雏形,尚未成立,人心浑朴,欺诈不生,无所谓阶级也,无所谓尊卑也,无所谓礼法也,男女各随其天性,起居饮食,纯乎自然。斯时男女之能力必相均,体力必相等,所处之地位,亦必不相上下,则其权利之平等,无待言矣。况男女两字者,非天生的徽号,乃人定之代名词也。当夫书契未兴,结绳记事之时,男并不自知其应名为男,女并不自知其应名为女。夫既不自知其所当名者,则于其后定名之时,即互易之,名男为女,名女为男,或并男女之名而更易之,命以他名,则积久成俗,虽至今行之可也。夫男女之名,既能更易,复可推行,则凡夫妇之名,嫁娶之制,男刚女柔,男尊女卑,男外女内,一切不公平、不道德人为之习惯,使于最初制定之时,皆反是而行之,以为夫者女也,妇者男也,女应娶男,以之为妇,男必嫁于女,以之为夫,且必女刚男柔,女尊男卑,女外男内,方为夫妇之定义,阴阳之至理,天经地义之常则,遵是以往,浸以成俗,虽至今行之亦可也。夫果如是,则所谓男子者,日处于今日女子之地位,始也勉之,继也安之,终也乐之。将见女子之刚者日益刚，而尊者日益尊；男子之弱者日益弱，卑者日以卑。不数千年，所谓今日男子之世界者，必尽变为女子之世界。然此乃必无之事也，即或有之，吾知吾女界虽据今日男子之地步，无论如何发达，而其慈惠之本性、博爱主义之公德，终较今日之男子为优。必不忍戕贼人道，亦置之于黑暗地狱者数千年，以痼蔽其智慧，残害其肢体（指缠足言），以为玩物而不之惜。且必日思所以维持提倡之道，竭力尽心，破除障害，发达其教育，增进其人格，保护其权利。凡社会之上人类所能习之学术（海陆军、法律、政治之学皆在其内），所可为之事业（选举、被选举权及官吏、军人皆在内），无不与男子共之。必不至若今日世界之男子，幸而独据有社会中无上之神权，遂诩为独得之奇，谨护而严守之，惟恐女子之稍一染指也（文明如英国，对于妇人要求选举权不惟不许可，且加以制裁。男子自私其权利之心何其甚也，然用心已苦矣）。由是言之，则吾女界之于人权，固自最初以来即为造物之所许，且本与男子处于对等之地位，而又富于慈惠博爱之心，为男子所难能，足以傲须眉而光巾帼，非天实使独哉。乃至今日，竟伏于蠖屈之境，无女权之可观者。自吾思之，实非吾女界人格上之关系，不足与男子享同等之权利也。诚以太古以降，人类肇生，男女同优游于无为之天，吾女界性质宽仁，以为男子者，与吾有同类之谊，必不至如虎豹蛇蝎之野心，谋加害于我也。信之既深，防之即疏，而岂料造化之机，静极必动，天不欲人类永居于淡泊之域，而将令其演悲惨之活剧，以开后此数千年舞台之初幕也。于是男子中有桀骜者起，负雄毅之才，抱无厌之欲，逞残忍之心，纠合党类，征伐他族，创立部落，自为酋长。强者诛之，弱者奴之，社会阶级之雏形，始以出现。其欲焰之所被，以波及于其平日最同等最和爱之女子者。揆其私心，直欲诱以甘言，迫以威力，强令服从，尽以供其嬉谑玩弄之具。噫！天胡不仁，降此元凶，以为吾女界数千年来最初之仇雠,而人道唯一之公敌耶!然当其初,吾女界中,必有一二强有力者,以高尚之理想,勇健之毅力,威武不屈之精神,伸其理论,鼓其学说,仓皇奔走,大声疾呼,以提携倡导当时之女同胞,以与男子相搏击于天演之场,不知几费经营,几经岁月。然两界竞争,必有一负,昊天不吊,降此凶灾。嗟乎!当时吾所最亲爱之女同胞,不幸而陷于被征服之地位,悠悠千古,变本加厉,智慧汩没,形质凋残,遂酿成近世纪之现象矣。凡此之故,中外古今如出一辙。彼欧美女权之所以能强半恢复于吾国之前者,以其得力于宗教上平等博爱之主旨为之调和,故其受毒于男界之压制者尚浅,得保全本然之人格,举一切姻婚之自由,学问之自由,生业之自由,皆未曾为男子所专利,故不难渐趋于平等之域耳。嗟嗟!女同胞,勿谓欧美之女权为其所独有,吾辈不可以企及也。彼亦女子,吾亦女子,虽种族之不同,自造物视之,则同为女子而已。彼既能复女权于既往之时,吾岂不可复女权于未来之际?而况女权者并非造物之所禁,且为吾所固有者乎?语曰:“不自由,毋宁死。”吾窃一易说曰:“女权不复,毋宁死。”此女权之原则也。

——《中国新女界杂志》(1907)第一期

本报对于女子国民捐之演说

廉郎部的夫人吴芝瑛女士,素来是狠开通的,汉文甚好,写的字更好。他所写的小万柳堂帖,是最有名的,大约都早已知道了。所以他的历史,暂不必说,单说他曾倡办过一件事情,叫做女子国民捐,印刷了许多章程,分散各处,又登载报章。当道大员,赞成他此举者颇多,凡是女子认捐者,其款皆汇存户部银行,以为偿还国债之用。吴芝瑛女士声明把他小柳堂帖所卖的钱,均充捐款以为倡首,天津又设了演说场,专演说女子国民捐的道理。所以自发起以来,认捐者甚为踊跃,从北京新来的朋友说,京城里到处皆贴着女子国民捐的告白,大约别处也是一样了。

若论这件事,到底该办不该办,大约赞成的多。本社同人也狠赞成,但虽同为赞成,却微有点不一样,此话么讲哩?盖凡是别人赞成,是赞成他的事实,本社赞成,不独赞成事实,更要竭力去赞成这名目。本社最崇拜的就是“女子国民”四个大字。本社创办杂志的宗旨,虽有五条,其实也只是这四个大字。本社《新女界杂志》从第一期以后,无论出多少期,办多少年,做多少文字,也只是翻覆解说这四个大字。本社创办的人,把这四个大字,在肚子里头,酝酿了好几年,虽说整天挂在嘴上,逢人就讲,那听着的到底有限,所以才费尽心血,求帮告助,办起这个杂志来,仗着一枝笔,代嘴说话,宣布这四个大字的意思,好教大家都尝尝这四个大字的滋味。

不想吴芝瑛女士,却早已把这四个大字,四平八稳,安置在一个捐字上头了。本社同人,如何能不竭力赞成哩!

本社创办人于数月前,在报上才看见“女子国民”四个字的时候,顾不得再往下看那个“捐”字,就乐的了不得,又伤感的了不得,把报推开呆呆的,默想了好几天,饭也吃不下,觉也睡不着,如同着了魔的一般,这是甚么原故哩?(我先交代明白,我现今病已好了,可不是说疯话。)我现今先说其时乐的道理,然后再说伤感的道理,诸位可仔细听着呀。

这“女子国民”四个字,自从当初造字的老祖宗苍颉,造出这四个字起,经过了四五千年,他们四个字总没有在一伙儿亲热过一回。我当初曾做过一个梦,魂灵游到一个地方,见大门外站着四个东西,是肉生的“文字姻缘”四个活字。他还招手教我进去看哩,我进去一看,原来一部《康熙字典》的字,都成精了。有几个字凑成到一块,在那里神头鬼面,耀武扬威哩!有几个字结做一团,在那里工妍献媚,昏暮乞怜哩！其余千形百态,有好几千个,我也记不清了。只有项上两个字里头的最大怪物,据说若把他二个拆开了,他的毒气还可小些。偏偏凑巧,他两个却早就连合起来,放出凶光万丈,臭气千条,恶不可当。所有一切的字,若是会奉承他,还可偷生苟活,若是稍微冲犯着,可就没有命了。听见有个“史”字偷对我讲,他两个字从中国三皇五帝的时候,就渐渐凑到一堆。秦始皇的时候,可就发作起来,大出其毒气。又说他于西历十七世纪以前,在西洋各国,也是最凶的。后来因为闹的大狠,以至逼出来对头,自从交到十九世纪以后,他在欧洲踮不住脚,灭了凶光,收了臭气,大败而逃。现在他的威风,日减一日。四十年前,在日本国也被打出来,止剩有中国俄国,还将就可以住得。但是俄国里,他的对头太狠,危如累卵,早晚是不能住。惟独中国,本是他极好的一个养老院,忽然于丙午年七月十三日,有五百零九个字,连合起来,放出祥光瑞气,颁行各省,声明教大家预备资格,约定年限,定要把他两个字合成的大怪物,在中国几千年放出的毒气,斩草除根似的,拆开了消尽了,不准他们两个字再到一堆,结合起来害人。若果如此,不是极好的事么。

“史”字对我说罢,我正要再问个明白,忽然想起我那平素最崇拜的“女子国民”四个字,何不趁这个“文字姻缘”的所在,查查他四个到底是甚么情形,也好回去添些子将来作报的材料。于是四处寻了许久,总寻不着,焦急万分,遇着一个“儒”字。他对我说:“我记得从前做无情截搭题八股的时候,到了中段,渡有过去,不是查《康熙字典》字脚下的典故,当作舟船,烘托着就渡过去了么？你照我从前的那个查字典的手段去寻他,漫说是四个字,就是四千个字,包你也查得出来。”我听见恍然大悟,急忙走到他们总机关的所在,按着门类,先查那“国民”两个字,及至查到他的住处,只见乱烘烘的,许多似是而非的东西都在那里鬼混,惟独“国民”两个字的真象不知何时才能见着哩。我当时着了急，只得再寻着那个“史”字，请他指示。“史”字说：“原来你不知道么？‘国民’两个字，自造物生人以后，本来是有无上的位置，自从先前讲过的那两个字的怪物连合起来，这国民被他的毒气薰坏，可就无生气了，如何能不失其所哩？若要寻他的所在，请随我看来罢。”我乃欢欢喜喜，跟着“史”字走去，直走到原先那两个字合成的最大怪物背后，“史”字指着他脚底下，教我看。我不解其意，遂走近跟前一看，嗳哟！原来我那最尊贵、最亲爱、金碧辉煌、神圣不可侵犯的“国民”，不知从何时走了败运，被那两个字合成的怪东西踏在脚底下了。我当时十分惆怅，欲上前去救他一救，又想我一个人没有恁们大的手段，惟有凭吊唏嘘，歌以当泣，唤一唤他的灵魂儿，或者苏醒过来硬着头皮，仗着精神，能从他脚底下扒出来，后归本位，放大光明，岂不是千古佳话么！遂顺嘴胡诌了一个小小的歌儿，呜呜咽咽的，向着他，唱了几遍。歌曰：

噫嘘唏，危乎伤哉！汝何惨澹而无光兮，辱在泥涂。汝乃神明之胄裔兮，奈何迷其本性，失其精神，遭蹂躏于独夫？悠悠劫梦，一睡几千年兮，滚滚长流，巍巍泰岱，河山破碎赖谁扶？哀哉今日，其谁为汝悲兮，天暗淡其失色，景凄凉其奚如。前途危险，其不可测兮，极力振拔，尚恐其不及待兮。汝何忍垢忘辱，久居此而伏处？以我梦中之魂，唤汝魂中之梦兮。声呜咽其欲绝，泪淋漓而如雨。汝如长此而不醒兮，吾将化为九天之鹏，以扶摇于太清。摄取月界、日界、众星界、无量数界之自由空气兮，制为药剂，以涤汝之脑而健汝之形。

我歌的到了凄凉欲绝的时候，那许多有国民的架子，没有国民的骨头，素来最会奉承这两个字合成大怪物的东西，鬼头鬼脑的，都来窥听，似乎也有些感动的意思，居然顽石点头了。忽闻“史”字道：“你不必只管吊他脚底下的，你且看他头上的是甚么。”

我闻言举目一望,奇呀,何以他头上又有“国民”两个字哩？我甚不解其中的道理。“史”字说:“你别粗心,你细细考查,就知道了。”我又再往前走近些,过细的一研究。哈哈！我知道了,原来他头上顶着的“国民”两个字,有点子洋气儿,脚底下踏着的“国民”两个字,你看,那脑后头还比他多一条最尊贵的宝贝哩！“史”字道:“那有洋气的,他们在十七世纪以前,也是被他踏在脚底下的。后来有几个国医,用返魂汤,把他救醒了。他才知道那脚底下是狠臭的,万不是‘国民’两个字存身的地方。他才挣命似的,费了九牛二虎之力,闹了好些年,方才渐渐的扒出来。后来越发英雄,居然扒到这怪物的头上,发作起来,把这怪物压的再不敢直头。你看他如今凌驾全球,顾盼自雄,有多们光彩罢!”我听见此话,不觉连连点头叹息,向“史”字道:“我想从前造字的时候,是一样的‘国民’两个字,无论中国外国,就是字体有些不同。但既是意思一样,自然价值也是一样了。可恨早被那有点子洋气的,占了先风,就得意起来,把我这最亲爱的‘国民’两个字,看得一文钱也不值。不惟不肯救助,还要趁风打劫,昧着良心说,这正是待贱种的法子,强权的道理。咳,可见‘自强独立’四个字,是最有滋味的。自己若是在他以前,就自强独立起来,包管他又要拍起马屁了,说这真是伟大的国民,世界上的天国,不知道要甚么样巴结才好哩。咳,人情大抵皆是如此,只怨自己不争气罢了,尽怨人家,终是无益。”“史”字道:“你说的果然不错,皆因他自己不能要强,累我几千年来,面上狠是没有光彩。现今只指望他快醒过来,也照人家那个样子做去,作出轰轰烈烈的大事业来,包管登时就可以教人家另眼看待,不惟可以洗洗从前的耻辱,还可以同他并驾齐驱哩!”我听罢,甚以为是,又问“史”字道:“我欲查的还有‘女子’两个字,若到他原地方去查,恐怕也查不着,现在我急于要看他两个字的情形,索性也请你指教罢。”“史”字惊讶道:“原来混混沌沌过了几千年,居然也会转起运来,不断的有人问他。咳,无如他两个字,实在可怜得狠,你方才见‘国民’两个字,踏在人家脚底下,就伤感的了不得,到底他还有点国民的样子哩。若说‘女子’两个字,漫说给他加上国民的徽号哪,你还没有见着他那头脚的样儿,古古怪怪,真是五洲未有,世界无双,所以浑身上下想搜出一点国民的气来,也狠费事。况且他那存在的地位,你若见着,千万可别哭死了,将来做《新女界》杂志的时候,恐怕少了一位主笔呀!”我着急道:“不怪你生在世上好几千年,原来老的狠唠叨,别只管说罢,他到底是在那里,请你赶快领我看去。”“史”字道:“我说的是真话,你别忘了,既一定要看,随我来。”遂一同走去,转湾磨角,走了许久,来到一个所在。只见妖雾迷天,腥风遍地,说不尽那一派目不忍睹、耳不忍闻、悲惨恶劣的景象。到了头层门口,“史”字让我进去,我惊问道:“这就是‘女子’两个字的住处么,未免太难以为情了。”“史”字道:“这岂是‘女子’两个字的住处,乃是‘女子’两个字,自往日以来,就被这里面的东西压制住了,所以才困在这个所在哪。”遂用手指着里面正中的物件,对我说道:“你看这不是这个地处的代表名词么?”我顺他手指处看去,原来是正中有一座大牌坊,上有白华华元宝镶成的“奴隶世界”四个大字。字上用无数的大烟灯,顺着笔画,密密层层的排列着。两旁有两座大烟枪筑成的枪塔,与日本去年靖国神社用打仗的枪凑起来筑成的两座枪塔仿佛一样,真算是难得哩。但是因为那保命延年的福寿膏,于近来才真个倒了招牌,都知道他是个毒药,约定期限,要除他,所以这里的两座大烟枪的塔,眼看着要倒下来,连字上烟灯也不亮了。惟独那四个元宝镶成的字,越发自己放出光来,分外好看。我正在那里呆想,忽听“史”字说:“你不是因为要看‘女子’两个字的情形才来的么。今既到了此地,何不进去看看?”我被他一语提醒,遂约了“史”字,一齐向里面走去。到了后面正殿近处,只见有许多字在那里乱闹,仔细看去,内中有甚么“媚”字、“谄”字、“骄”字、“谀”①字、“贪”字等类甚多,今也不暇细述。又有几个字合成的,甚么软骨汉、叩头虫、厚脸皮、三副脸、吞钱兽等类,也是甚多,今且不必叙他。“史”字对我讲:“这些字都是这奴隶世界内唯一的土产,这里的人,一天也离他不得哩。”我急于要看“女子”两个字,在这里到底是甚么光景,所以顾不得细谈,拉着“史”字就往前走。上了正殿的台阶,只觉得一派铜臭气,直奔入鼻孔,薰的脑筋儿狠不自在。“史”字道:“你若在这儿住上几天,被这气儿薰惯了,自然就不觉得。”我只是摇头,顷时到了门槛儿傍边,甚高,只是超不过去,我十分着急。“史”字道:“你想过这关口,有钱就行。”我乃大悟,急向袖内一摸,幸亏还有几文老钱。我刚摸出来,里面就滚出两个小奴隶,笑嘻嘻的,伸手把钱接过去,乐的他眼儿都没缝了。那小奴隶把钱在门槛上一按。说也奇怪,那门槛便真个低了,让我同“史”字过去。“史”字道:“凡在这奴隶世界里头求生活,遇着过不去的地方,惟有拿出钱来,万事都消。这是我几千年经验过来的无上妙诀,你可传语世人,都须知道呀。”

进得门来,只见里头黑洞洞的,看不见东西,我急忙拉着“史”字,要他引我到明处。“史”字说:“这里面深得狠,路也崎岖得狠,皆因为许多年以来,被这些人的心眼上气儿,薰的太久,把阳光蔽住,所以竟成一个黑暗世界了。”我随着“史”字在暗中走了许久,幸亏到了一处,闪闪的放出光来。仔细看去,却仍是元宝的作用。只见正中有“奴隶”两个字甚大,合在一处,在那站着,千变万化,鬼头鬼脑的,真是形容不尽。“史”字道:“这两个字,就是这个世界内的主人翁。其余那些,大概都是这样,你只看他的行径,便可

① “谀”,原文作“谀”,据语义改。

以知道一切了。”

我问“史”字道:“难道这就是‘女子’两个字的变像么?”“史”字摇头道:“不是不是,这两个字的程度,据你看来,虽不成个人格,但他若比其‘女子’两个字,还算是狠有势力的。‘女子’两个字,受他的野蛮压制,也算是到极处了,如何比得上这两个字呢。”我惊异道:“哦呀!我所最亲爱的‘女子’两个字到底在那里?到底是甚么样儿?你你你,快些说给我听罢。”“史”字拉着我的手,望这两个字的背后一转,磨个湾儿。地面上有一个大洞,看下去有许多层小梯儿。

“史”字先走下去,我只得也随着下来,觉得里面鬼哭神号,阴风凄怆。朝四处一看,地面虽不甚大,却恍惚像长江大河,五岳四渎,都包括在里面,难道是个幻境么?

“史”字说:“你不看见这上头一层,原是‘奴隶’两个字的位置,这个地方还在奴隶的底下,方是‘女子’两个字的位置呢。”

我踟躇道:“这个地方①可有‘国民’两个字么?”“史”字大笑不止,说道:“想寻‘国民’两个字,还得到先才所见的两个字合成的最大怪物脚底下去看。‘女子’两个字自从被上面‘奴隶’两个字压制在这块儿以后,那能够和‘国民’两个字见面呢?你若问他‘国民’两个字,恐怕还未必知道哟。”

“史”字又说:“你看这里地势,大致可分作三个大流域。这‘女子’两个字在中央流域的,比起在北方流域的,算是略微好点,南方流域的,却又有些不同的地方。但是那所受的苦处,却都是地球上独一无二的,教作同病相怜罢了。”

“史”字说罢,用手一指,说:“你去看罢。”

我遂朝四方看去,只见起初,大半是粉白黛绿,浑身上下稀奇

① “方”,原文作“力”,据语义改。

古怪的,那还有点本来面目。正惊讶间,忽一阵腥风到处,倏然现出了悲惨的世界,真个耳不忍闻,目不忍睹。“史”字指示道:“那前边现出的一条大水,可不是甚么扬子江、珠江了,乃是自从‘女子’两个字被压制在这儿以来,那无量数的血泪儿,经过了几千年,从一珠一点,积累成支支大水。若论这大水的名儿,便唤作血泪江,也非虚语呀。至于这黑腾腾的,迷天漫地,一派令人惊心怵目的景象儿,乃是‘女子’两个字,负着天生来最优的脑质、最灵的心思,却被痼闭在这奴隶世界,做了奴隶的奴隶。那些天赋人权,不消说是享受不着了,就是连做个再层奴隶,还要欺凌压制,使他一生简直没一毫自由的乐趣。那吃苦不过,自缢自杀自毒,种种惨死的,这三个大流域内,自古及今,每天多少总许有些,还有那求生无计,求死不得的,更不知有好多,大约总要占了多数呢。你想这般怨气积累起来,一天多似一天,那还了得?当初祖宗留下的,一片上好的光明世界,竟变着黑暗地狱了。况且厉气充就,自然要酿出灾异来。所以不过十数年,总要荒旱一次。荒旱大了,就起了刀兵。刀兵一起,总是奴隶杀奴隶,吃亏最狠的还是女子。好容易平定了,又添上无数的怨气,不久又要荒旱起来。如此累次亏损元气,把个最大的民族,弄成人口有减无增,并且所增的人口因为女子怨抑太甚,形质单弱,所以竟一代不如一代。照这看起来,以后若不急早改良,只怕不上几百年,这个奴隶世界就没有人了。考究最大的原因,不皆是因为太压制这‘女子’两个字所至的么?”我听着“史”字说出这一席话,不由得面上青一阵白一阵,心里头又是疼,又是恨,又是气,又是急。呆呆望着“史”字,脑筋内和燃了火似的,身上和凝了水似的,觉得有无数的话要问“史”字,却又一个字都讲不出来。直等“史”字滔滔的说完,我此时真是难过得极了,不觉大叫一声。说也奇怪,登时如天崩地裂一样,上面的奴隶世界,不知到何处去了,现出一轮晴日。这女子的地位却升了上去,那怨气化作了清洁的空气,腥风化作了和暖的春风,血泪儿江却化做一碧千里,输入文明交通利便的水儿,粉白黛绿,稀奇古怪的人类,却都化做普及教育、装束文明、平等自由的国民了。我当时同“史”字,却立在一个最高峰头,举目看时,到处国旗招展,一派弦歌的声儿,被阵阵天风送到耳边,好不热闹。那厢半天里,霞光瑞气结成两行大字,横天竖地,比电光还亮。我同“史”字看去,乃是:

破迷误五千年,大好河山,凭谁把狮魂叱醒;

拯沉溺二亿众,如斯身手,看他将坤轴转来。

“史”字欢喜异常,向我致贺道:“你看汉族进化,社会文明,天空示象,良非偶然,以后我‘史’字面上也狠有光彩。设非你适才发钧天的洪响,安能震开这混沌的奴圈么?”我方欲回言,忽然一阵人哄马嘶,仿佛在战场上一般,军乐振耳。大惊,回头看时,却被一声大炮震动林谷,把我惊的,彷佛神经异动,莫知所以。急忙抬头一看,原来方才伏在书案上打午睡呢。立起身来,开窗临街看去,见有一队军人,奏著军乐,唱著军歌,刚才过去。这才明白梦中惊醒的原故。回头看著时辰钟,方交正午,那一声大炮,想必是个午炮了。正在凝思,忽然下女送进午饭来,我也无心去吃,令他依旧取去,回身坐在一把椅子上。想道,梦境无凭,多因我平日脑筋中,时常计算这些事,所以才现出这个幻象了。咳!细想起来,世上的事,何尝不是做梦。你看自古及今,那一件事情不同梦里的景况相合。若说梦境即是世态的影儿,据我看来,只怕活动写真,还没有这样毕肖呢。只可怜那奴隶世界内,伏处在奴隶底下的那些女子,现在依然是受无穷的苦恼,不知到何年何日才当真的。有人来叱开混沌圈,现出光明界,把女子地位一直升了上去,成了真正的女子国民。那时候,不单“史”字面上有光彩,便是我做演说的,面上也狠有光彩了。

以上是我当初梦境首尾的实况。不料现在猛然从报上看著“女子国民”四个大字,果然连合在一处了。平日一番希望的心思,都涌了上来,以为目的果然达了,如何能不欢喜呀。所以下面的字,都顾不得看,便欢喜的了不得,这也是一定的人情呢。

但是我既然欢喜了,却又伤感的了不得。这是甚么原故呢?皆因我当时欢喜罢了。凝神一想,还记得当初梦里的光景,以为这必是有人发钧天的洪响,方能有这般效果。但不知是何人的作用,必须看个明白才可放心。遂又往下一看,却不提防,奴隶世界里头,当初修那白华华大牌坊时候,最有功劳的一个“捐”字,不知怎样贪心不足,他算计男子还嫌不痛快①,又来神头鬼脑的,埋伏在这里,来算计我们女子了。

当时正惊异间,只管呆呆的看著他出了神。忽然又像②在梦中一般,看见“捐”字从纸上跳了下来,对我说道:“你千万不要怨我,并不是我自己要来,乃是你们女界中的朋友,特地把我请出,替他帮忙,好办那期望的事情呢。”我听罢,正在纳闷,他又说道:“虽不是我自己要来,但是我此番出现,却与从前不同了。从前诚然有些不甚正大,此番却实是好意,敢包有益无损了。”我问道:“你何妨把这理由讲给我听。”他道:“你前次不是看过了‘女子’两个字的所在么?你看他们多半是钗裙粉黛,埋没一生,把社会上的资财也消耗的够了,何尝尽过半点儿国民义务呢?你想普通一般的女子,若是家里景况略微好些,那一位不是金的银的,绫儿缎儿,满头满身,装扮著和妖怪似的,自己觉得狠体面,只落得人家将他看作③玩物。这是何苦呢?若是各人肯守本分,洗却脂粉

① “快”,原文作“决”,据语义改。
② “像”,原文作“样”,据语义改。
③ “作”,原文作“坐”,据语义改。

气习,把耗弃的钱省了下来,去做那利国利民的义举,这不惟把女子的人格显得高尚了,并且爱国爱同胞的思想,也可以向那五千年未开辟的脑海里,下上一个大大的种儿。虽说不能立刻就把国民资格炼成了,也未尝不是一个纪念罢。况且我此次虽说名为'捐'字,却是和剥地皮、敲骨髓的那个'捐'字不同,实是因为你们自家人闹出祸事来,以致每年得赔人家许多金钱。这钱出在那个身上呢?还得老百姓担任。倘若力量担任不下来,却怎样呢?那可要当真请出剥地皮、敲骨髓的'捐'字来,那还了得么?若等到那个'捐'字出现的时候,虽说女子不能直接受苦,但是他家中的人吃苦了,他还能过平安日子①么?倘或那一个'捐'字闹得紧了,逼出乱子来,那可是女子直接受苦的日子到了。细想起来,不是狠可怕么?所以我此次出现,专为挽回这段危险来的。十八省的女子,若是皆明白这个道理,并不用多,只要每人捐上几两铅粉、几朵鬓花、一双耳环的钱,合二万万女子算起来,已经除了偿这赔款,还有余呢。若那慷慨的,再肯每人舍上一件衣服的钱,富的把那金珠首饰,每人舍上一二件,可就了不得了,简直可以立刻兴起一队海军呀。你想于国家于同胞,有多大的利益罢。其实在每人身上有甚么损害呢?又有人说,他捐的钱,都交在户部银行,明明是为虎作伥②呢,不过去供给政府的霍挥罢了。提起赔款来,一定还是去剥削百姓罢。咳!他这话却讲错了。若是女子真能人人明白,当真照我适才所说的做了出来,积成偌大的巨款。从来有义务必有权利,大可举出代表来,和著政府,向外人算清赔款,就将此项钱,还清了他。一面宣布天下。试问那些地方官儿,还敢用著这赔款名目去骗人么?不惟百姓永远不受这害,只怕中

① "子",原文作"了",据语义改。
② "伥",原文缺,据语义补。

国女界名望，五洲万国都要敬仰，再也不敢轻视了。这那有一点弊病拉？无如一般妇女们，总是唤不转来，闹了这一年，捐入的款，还不够零头的零头呢，如何能济事。这能怨他不得已，又去剥削百姓么？至于政府供给的挥霍，咳！不要说罢，他若真个挥霍起来，何求不得，还在乎你这几个钱么。况且就任他挥霍了，究竟还是用在政治上面，终须有个报销，有个著落，也比那太太们奶奶们整日里施僧修庙，焚香赶会，拜佛念经，拿著有用钱财去供给老和尚挥霍强的多罢。又有人说，那发起的人，乃是为他丈夫升官发财起见，那里是真心为同胞呢。这话更一发可笑了。从来就事论事，只问他这件事的好坏罢了，何必去牵累别的。况且世界上豪杰，凡能创兴一件有益事情，到了后来，无有不享受权利的。若因他将来可以享受权利，便要责备他起初便是私心，那世上人，除非都不做事，方算得好的罢。如此苛求，真是大惑不解了。"

"捐"字说罢，一转身，仍旧归其本位。我把他这一席话，细细研究了半天，不觉微微点头道："不料这个'捐'字，竟能说出一番大道理来，真是一点儿都不错。倘若二万万女同胞，真能合力同心，成了这个大义举，不果是无上的光彩么？"怎奈大家不齐心，胡抛浪费是舍得的，提到这些事，不独一毛不拔，还装做假文明，故意批评人家个不是，以为这便是大国民了。其实比这更高的主意，更有益的事情，又何尝做过一件呢。奉劝大家，千万别学这个时派儿，还是一齐放老实些，实心实力，做点实在的事，到还有些益处呢。无如那一点子时务都不晓得的，却又占了最大部分，所以这目的是万达不到的，我如何能不又伤感的了不得么。咳！这个女子国民捐的事，我也不再讲了，但我那梦中最后的佳境，不知何日才能见著呀。

——《中国新女界杂志》(1907)第一、二、三期

本报五大主义演说

列位呀！凡做一件事，必须把主义先拿定，然后做出事来，方有条理。若是没有一定的主义，只知道糊糊涂涂做去，那大纲已乱，枝叶还有可观的么？若问甚么叫做主义，这却极容易解。譬如有个人要放脚，先立定了这个念头，以后天天想法子去放他，心眼上总忘不了这事，无论用多少手段，不至放开了不止。就是有人阻挠，也不理他，绝不半途而废，你想他何以能有这样坚忍呢？乃是他先拿定了一个放足的主义哟。他若是不先拿定个放脚的主义，随意儿做去，今天听见人家说放脚好，他就去放脚，明天又听见说放大了狠丑，还是小的好，他便又去缠脚。像这样的人，别人都笑他耳朵根软，我说他耳根儿是狠硬的，只是没主义罢了。

又譬如有个人想上学，便想法子去上学，就是本处没有女学堂，也要到别处去，这上学便是他的主义。

再譬如有个人想到外国去留学，他立了这个念头，就是父母不教他去，或是没有学费，也要想法子，必定要去了方休，这留学便是他的主义。

照这譬语看来，主义两个字，已经明白了。但是以前所说的，都是一个人心上的主义，与本报所抱持的主义，性质上比较起来，略有点不同。

本报所抱持的主义，乃是本社同人，大家会合起来，准情夺理，商量著立定了五条光明正大的主义，以为以后作报时，一定不可挪易的大方针。并不是一个人心眼上的私见所造出来的。所以说与前头所说的，性质上有点儿不同呀！

若问本报上的五条主义，是怎样讲。列位莫忙，候我先把五条主义的名儿写出，然后将他的意思，按著次序，逐条细细的讲

来,你道可好罢。那五条到底是甚么呢,请看:

第一条　发明关于女界最新学说。

第二条　输入各国女界新文明。

第三条　提倡道德,鼓吹教育。

第四条　破旧沉迷,开新社会。

第五条　结合感情,表彰幽遗。

以上这五条,就是本报所抱持的主义了,以后本报无论办多少年,作多少文字,皆是从这五条主义的正面、反面、侧面、傍面、对面、前面、后面发生出来的。总而言之,只是要竭力发挥这五条主义罢了。若是无关于这五条主义的,便不是本报内应有的文字,即不能登入,以后投稿的诸位同胞,请留意些。

若问本报这第一条主义怎样讲。列位呀,须知道中国女界,自古以来,直到如今,已经好几千年,却是卑弱的太狠,日甚一日,比如在黑暗地狱一般,真是可怜得狠。这是甚么原故,才坏到这个地步呢?据本社同人看来,实是被中国以前那些旧学说所害的。所以现今如果要造出一个新女界来,第一先须把中国已前的旧学说痛痛快快一概驳倒,不使他在社会上再占势力,来陷害我们女界。却扬旗击鼓,冠冕堂皇,从那新知识、新理想里头,发明出来一种极光明、极正大、关于女界的最新学说,使我同胞们都尝尝这个新滋味,把那脑筋里头,从娘胎里传染来的浊质,如伐毛洗髓一样,都赶了出来,让他飞散在半天,与空气自由化合,或者能变作新鲜气儿,到还有点用处呢。如其不然,恐怕世界上一切动物,有些染著这气儿,也雌雄平等起来,那可不是顽的。

所以说现今这个时代,乃是新学说战胜旧学说的时代。从今以后,那不公平不道德的旧学说,万不容于廿世纪的新世界,可以预决的。但是我们中国女界,尚在新旧交战的初点,那旧学说仍是颇有势力,新学说已经发明的不甚多。真能知道这个道理的却是更少,若任其悠悠忽忽过下去,我们女界到那一年才能兴旺呀。

然欲扑灭旧学说,非先发明新学说不可。凡社会上的人,所以要崇拜旧学说,皆因不知有新学说的原故,若是都知道新学说的理了,谁还去崇拜旧学说?所以说新学说多发明一层,自然旧学说的势力减去一层。欲兴女界,不先发明些新学说灌入人类的脑筋,是如木之无本,水之无源,徒在枝叶上用功夫,讲些物质上的学问,终久是无有好效果的。

所以本报特将这个主义,列做第一条,要替我们同胞,担任这个最重要的义务。

本报于这新学说上,加上一个"最"字的意思,乃是因为进化的程度是无有穷尽的,学说的进步也是一样。往往同一学说,此时看著是狠新的,再过几时,虽不算旧,却更有新的生出来了,自然以前的无甚价值。本报的主义,是无论办多少年,所称道的学问,总是要那当时最新的,方合定例。但是发明两个字,必有出人头地的学识,高洁绝伦的理想,又加以阅历,方可以做得到,这是极不容易担任的。本社同人,学识浅得狠,理想既低,阅历又少,虽说略能作几句文字,不过比不识字的强些罢了,如何敢轻易发起这个大问题呢?

咳,本社有个不得已的原故,列位如何能知道呀!

你不看中国男界的学说,比起女界来,已算是狠发达了,但是对于女界这一面,总是以为无关紧要,未曾著实的研究一番。别的且不讲,即如最有名的两个大党派的机关杂志,各逞党论,争持不下,却无片语只字道及女界,以为如此便可以兴中国了。

哈哈!他岂知道,这们大的一个中国,原是女子与男子各分一半的,无论那一边,若不先把女界提倡起来,要想中国兴旺呀,就如一个人,得了半身不遂的病,虽有一半身子能活动,也带累的不起床了。但是他们的眼光总看不到这儿,真可怪呀。

据本社看来,男界中既不肯担任这件事,难道就罢了不成?我也不必学那大文豪家的要求本领,只须我们女界中富于责任心的,出头来发挥这个问题,岂不分外真切么?

所以本报的主义,第一条就先把这件事题了出来,无论本社同人有这发明的手段没有,本报上是万不能没有这条主义的。

若说发明出来的学说,必是欧美女界已经说过的,那可未必尽然。从来发明学说,与医生下药一样,病症不同,自然药味也不同。即如中国女界向来缠脚,难道欧美女界也曾劝过放脚么?其他习惯上种种不同,如尽以欧美的学说抄袭来用,是不能切题的,所以必定要自己去发明才好。

况且欧美女界,其发达的程度还不算十分高尚,所享受的权利还不算十分满足,缺点尚是狠多呀。

我们中国女界,虽说埋没了好几千年,然其天生的脑质,遗传来的种性,实是狠优美的,并不比西洋的白种人差些。

此后我们女界,若是发达起来,一定可以匹敌欧美,并且还要比他高。所以将来发明出来的学说,且许有欧美女界所未及道的,那时不惟同胞受其益,世界且将蒙其惠呢!

列位呀,我们中国女界实在是可以发明最新学说的,何苦自视太卑了。以上是就精神上一方面说的。若就物质上说,我们中国女界,科学程度简直浅得狠,如何能想发明哩。但是西洋从前的大发明家,所发明出来最有名最利用的东西,如蒸汽机器,如望远镜,如电气,如重心力,为现今世界上最不可少的。他初发明的时候,并非就能做到现今这样儿。那蒸汽的理是从开水壶里头的汽把壶盖冲起来,才悟出这水蒸汽是有力量的,因而造出机器来,轮船火车可就离他不得了。望远镜是从拿着两片玻璃相加着看,观见对面的塔近了大了,因而造出远镜来,天文台上,战场上,旅行家,可都离他不得了。电气是从放风筝悟出来的,重心力是从苹果由树上坠到地下悟出来的。凡此皆是寻常人所共见的,从有心人偶一观察,就有许大的作用,其他也有许多是从科学里发明出来的。我们中国人难道脑力比不上西洋人么?据本社看来,不惟男界有发明的日子,就是女界也是一样的。只要大家鼓起勇气来,尽力考求实在学问,凡世界上的事,都是人人有分的。不过本报上的主义,所说发明最新学说,还是归重在精神上的。

然精神上的最新学说,本报上所发明的,必须关于女界,方合定例,如若太宽泛了,别的杂志上尽可去登,何必占这《新女界》杂志的几页纸呀。

本报的位置,现在还没有定论,将来或可作为中国女界中一种机关杂志,也是有的。所以凡我同胞,皆须把这个报,看作是大家的治病良药,不是一两个人私有的东西,人人都担负着撰述的义务。除了不是中国的人,是万不能推辞的。所以凡有发明出来的,关于女界最新学说,只要与本报体裁相合,本社无不登录的。

列位呀,人贵自强,物须独立。快些站起来,看看欧美的女界,是甚么样儿了,看看欧美女界的学说,是甚么样儿了!

我们自己姊妹们,还不及早争这口气,大家合起力来,发明些最新学说,把那害人的旧学说推倒,撞起自由的钟儿,竖起独立的旗儿,轰轰烈烈,将这中国造成一个极文明的所在,好教欧美女界来看看,也见得我们中国女界是一种最高贵的人物了,难道不是赖着发明学说的力量么?

那时候,只怕男同胞们,也要占多少光荣,享多少幸福,难道不是赖着这发明学说的功劳么?

哈哈!诸位姊妹们,大家快打起精神来,实行本报上这第一条主义呀。天下无难事,只怕有心人,难道还指望别个不成?

若问本报上,这第二条主义是怎样讲,列位呀,请候下期再罢。

若论本报这第二条主义呢，乃是现今我们中国女界，论起学问来，尚在幼稚时代。专靠著自己去发明，是赶不及的，不得已，才采用一个借镜的方法，把西洋各国以及美洲日本，凡系女界的新鲜学术，奇巧技艺，都尽其所知，译记出来输入祖国，使诸位姊妹们，见了每期的杂志，便恍如每日在外国读书看报、观风问俗的一般，自然渐渐的就觉得世界上的事情原来如此，女界的责任，女界的权利，原来如彼。人家也是个女子，原来有如许的本领，如许的才学，自然皆生出一段进取的气象，自强独立的志趣，断断不甘居人后，那就可以渐渐兴旺了。

就此看来，这第二条主义，不正是现今狠要紧的一个条件么？但是有一般人说，我们中国人，何必学外国的风俗呢？这话可有些错了。我们并不去学他的风俗，乃是要学他的学问。从来世界上学问，真是无有穷尽的，各文明国的女子教育，都是狠发达，比起中国来强得多。每年关于女界的出版书类，合计不下数万种。所以他的文明，更是日新月异，公理日以昌明，人格日以高尚，绝不像中国专守数千年的旧习，不肯改变的。幸亏现今大家渐渐醒过来，才知道女学是要紧的，从此努力做去，前途是一定昌盛的了。但是目下女学程度，不用说是浅得狠，若要以有限的时日，求至速的进步，除了输入东西女界已有的文明，以资效法，再没有别的上策了。

输入的方法有二，第一是翻译，第二是记述。翻译，是把外国关于女界的书报，择其有关系的，将其意思改成汉文，以供同胞的流览。记述，是用我的口气，说他国内的事情，叙他书中的道理，以供同胞的考察。即此可见，这两种方法都是并行不背的。

目下日本女学程度，比中国，已有天壤之别了。算起他进化以来，不过才三四十年。当维新以前，他国内女界，除了未曾缠足算是好的，其余黑暗情形，较之中国，还甚几倍呢。他进步极速的原故，皆由于数十年前，一般人士游学欧美，观其女界开明的景况，与社会上一派文明的现象，回头来又想想本国女界，才恍然大悟，知道女界万不可无学，女学是与国家有绝大关系的。于是决计提倡女学，还恐怕赶不上人家，所以竭尽心力，把西洋的女学书报，译成日本文，又编成种种记述体的文字，登入国内报章，或刊行单本，流传各地，如此始终不懈，一直把欧美文明输了进来。他那女同胞，才知道学问是紧要的，整日里去研究，到了如今，才得著这个好结果。他现今虽已如此发达，那热心女子教育的，仍然把欧美文明输入本国，每年计之，较之从前，反更加多了。

即此看来，我们中国女界，若要振兴起来，也必得顺著这个道儿，是一定的了。但是这输入两个字，是最无限制的。试问各省闹著兴女学，若调查女学教科书、参考书，以及记载史传言论，种种的紧要书籍，简直不完全得狠，如何能济事呢？现在译界中，出版最多的，第一是法政书，其次是工艺与普通学，至于女学书类，肯从事于翻译的，实在狠少。西洋文的书报，且不讲他，就是日本文的书，关于女学，极其要紧的，若到东京市书店内，或图书馆里一看，已是美不胜收。如认真为输入女学文明起见，非创立一所大大的译社，多集人才，广招资本，专以译印女学必要书籍为事，永不间断，方才可以有济。若是专靠著在本报上，每期任这输入的义务，不过九牛一毛，那译述不尽的多著呢，如何能敷女同胞的采用么？

但是这输入文明，乃是本报内一件应有的责任，无论译得尽译不尽，反正每期是一定要译的。天下事只怕简直没人去办，那就没得法了。若要有人做开了头，把大家的兴会鼓动起来，自然做这件事的，便一天多似一天，断没有不日见兴盛的了。

现今应输入的文明，虽说甚多，本报的主义，总以输入最新的为主，这是甚么意思呢？因为东西各国，无论那一种学问，都是愈研究,愈多发明,愈发明,愈有进步。所以一切书籍,都是新出版的值钱,销路既畅,又有声价。那前几年的,便弃如糟粕,抛在旧书坊里,原定价一元的,不过只售得二三角。再旧些的,便更不值钱,甚至无人过问了。不像我们中国,世家大族专讲究藏古书,蠹鱼吃的字都不见了,还是宝贝呢。到书坊里一看,十分之八九皆是几十年前出版的,价钱却是一样,并且那旧版还要贵些。咳,即此一端,已可见中国守旧的病根是狠深了,如何能望文明发达呀。幸亏自从把八股废了,这才讲起时务,近来更进化了,新书渐渐多了,专卖新书的铺子,把木版书店顶的没甚利市了,这不是狠可喜的现象么。然和东西各国比较起来,我们的出版界究竟还在幼稚时代,大约从此努力做去,将来一定可与各国争衡的。但指望从事于这项文明事业诸公,千万要吸取人家的精华,勿徒取其糟粕,便是同胞的大大幸福了。

本报自第四期起,要把体例大加改良,那可就与这条主义更相合了。这是怎么说呢?本社自第一期杂志发行以来,叠奉内地女志士来函,皆是竭力赞成,极蒙奖励。但是信后多半皆带一段告诫的话,大致说道:第一通俗体文,宜居十之六七;第二不宜全恃空论,当于家政、生理、卫生、教育、手艺、科学等门,一同注重,则于内地女学界,有实在的益处,自然无不欢迎的了。本社接到各信后,见各省女同胞的期望,皆不谋而合,又商议了数次,赞成这个办法的,竟居多数,所以勉从众命,决计从第四期起,以后每期改为时论、社说、家庭(家政附)、传记(史传、记载二门并入)、教育界(凡教育学、学堂章程、国内外女学调查皆列入)、女艺界(手工、美术、用器、画复、音乐歌、游戏法皆列入)、通俗科学(凡关于家事日用,浅近而有兴味之理化及其他科学,以浅显之文字出之,并附图列说使阅者易解)、卫生顾问(凡生理、卫生、体育诸学说,择其与女界切要者列入此门,以维持女界之健康)、书札(以本社与海内外男女同胞紧要信件及由他处觅得者列入，但以关于女界为限）、文苑（诗、赋、词、曲、传奇、琴歌、杂文、剧本、弹词皆列此门）、小说等十一门。此外时评、谈丛、专件等三门，遇有必要稿件时，皆可临时增入。就此看来，以后本报输入学术的新文明，较之前两期，不更多些么？其他如精神界的新文明，理想界的新文明，亦必择尤输入，总期空谈与实学，并行不背，如此办法，可算真正实行这第二条主义了。至于本报第三条主义，怎么样讲，请俟下期再说罢。

本报第三条主义，虽说同列在一条里面，却实在有两种作用，诸位想必已经知道了。但是这两项，又有互相为用的地方，并且有极大关系，万不宜分开的，这是怎么说呢。

这第三条主义，不是提倡道德鼓吹教育么？就字面上看起来，道德是从心上生出的，教育是从人家授与的，一自内，一由外，万不能当作一件事情，是必然的了。既是如此，何不把他分作两条主义，岂不清楚？难道本报创办的人，只图省事，竟不问理由，强写在一条上面么？哈哈！这是一定没有的。诸位呀，若想知道这个原故，须先要晓得这个道德，是本报所提倡的道德、这个教育，是本报所鼓吹的教育，和那从前所讲的道德教育有分别的。现今若有人问道，贵报所提倡的道德，所鼓吹的教育，到底是怎么样子。何妨讲出来，给大家听听。

咳，你不要着急，我自然一定要讲的。你不看见这几个月，投来许多道德教育的稿子，多半是由那他理想发出来的，与本报的主义不能相合，以致不便登载。这都是本报上第三条主义没有早些发表的罪过，难道现今还肯不快讲么？

但是本报这条主义，乃是从世界进化的公理上面发明出来的，并不是本报的偏见。诸位若看了这段演说，自然就明白了。

从前我们中国所说女子的道德，只算得是个服从主义，务必要把女子的人格抑制到尽头,强迫著许多女国民,去矫揉造作,戕性贼情,作那极不堪的奴隶生活。反说道这方是淑女,这方算良妻呢。相传既久,全社会上都把他成了风俗,认为至当不易的大道理。不但男子乐得利用这个习惯,便是我们女界,也尽被愚弄住了,迷却本来面目,竟能甘心顺受,说道这正是作妇女的本分,万难违背的。设或有个聪明女子,略生些高尚理想,那女同胞们不惟不表同情,反群起而攻之,以为他简直是个怪物。甚至嫉之如仇,不以齿于人类,纵害其生命,也是没人怜惜的。咳,是非颠倒,到这步田地,无怪混混沌沌,过了几千年,还是个黑暗世界呀。这作俑的罪过,究竟是谁该担任呢?

像这样腐败道德,本报力求改良,尚恐怕不能得个速效呢,如何肯去提倡。本报所提倡的道德,乃是世界通行的女子新道德。怎么叫做新道德,这个问题,却不难解。那"新"字,不正是旧字的反比例么!既然称为新道德,自然和旧道德一定不同了。

新道德的作用,是以慈惠博爱为第一要旨,而又持己要高尚,应事要谦和。凡一切交际,总须保护自己的人格,亦须敬重他人的人权,就是对于亲族骨肉,也是一个样子,这方算得二十世纪的女子新道德呢。

现在设有反对的人说道,贵报既要提倡新道德,但是那旧道德已经存在了几千年,请问有甚么坏处,这新道德又有甚么好处呢?

咳!像这种无价值的话,本可不必同他辩驳,无如现今社会上,这类理想的人还是狠多,所以不得不开谈判了。

若说旧道德没有坏处,怎么中国这几千年来,人种日见衰微,漫说那二万万妇女,和废物和罪囚似的,淹淹无生气。便是全国男子,也都委靡不振,只知顾惜身家,任凭外人欺辱。那爱国强种的团体,总是结不起来。难道中国的人,是天生成的奴隶性根么?

据本社看起来，我们中国人的聪明脑力，要算世界上数一数二的，并不比西洋人差些，只是因为被那旧道德钳制的太深了，把天然的智识丧去，所以才坏到这等地位。

即如天生女子，本来是与男子同为万物的灵长，合力把世界组织起来的。虽说生理上的构造不同，那心性脑力终无大差异，自然就该立于同等地步。无如旧道德的学说，务以卑下顺从为主，家庭的里面，妻对于夫，守绝对的服从主义。又不许干与社会上的事情，稍微越了这个范围，便大家议论他不懂道理，没有德性，再没有人看得起他。可怜那些女同胞们，从小时在娘肚里，就感受了这个气儿，及至长大了，又整天听这些奴隶的教训，把脑筋里装得满满的。咳，他如何敢不遵守么？便是受尽压制，还得强颜顺受，方博得个贤良的名儿。但是个个都郁闷坏了，举国女界，没一位不带著血气病，再也治不好。所以生下儿女来，染了这病体的遗传性，及至成人以后，再也不得强健，并且一代弱似一代。西洋人讥笑我们，送了一个名号，叫做东方病夫。我想这话虽说刻薄些，然平心而论，也是句实话，这都是被那旧道德所害的了。

况且妇女们，若没有高尚的理想、独立的人格，他那平素教导儿女，自然是极没有道理了。这一般国民，从小时便受了家庭的恶感化，大来如何能有作为？诸位请想，其中的关系有多们大罢。

以上这几宗，不过是举最大的讲的，其余那不公平无公理的地方，还多著呢。总而言之，这个旧道德的学说，一定是当初创自男子的，所以才设出许多圈套来，束缚我们女界。在那创始的人，必定自谓得计了。岂知女界中人，虽然被他抑制住了，但是相传既久，全族的男子也大受其害，反被外人来抑制。他当初若晓得后来子孙竟受这等大祸，必定早改方针了。据这看起来，能说他没有坏处么？

至于这新道德的好处，若详细说来，却实在多著呢。

第一件是女子的新道德,若果然发达了,便可与男子同具有国民的资格,尽一分国民的义务,国家便可实在得著女国民的益处了,这是甚么原故呢?

原来从前女界的位置,是与国家毫无关系的,这却真算错了。试问女界人数占了举国户口的一半,能说他不是国民么?既算国民,他食著国土上所生的粮食,用著国境内流通的钱财,和男界是一样的,难道不该担任国民义务么?这担任国民义务,必先富于爱国思想,把国看的比自己生命还重,无一刻能忘了。不惟自己担任义务,并且相夫教子,也是以此去劝助他、训导他,遇著国家有了大事,如美洲的南北战争、日本的日俄战争,以及水旱奇灾,内忧外患,无不尽心竭力。组成团体,或募款,或看护,或救助,施种种方法,以为男界的劲援。诸君请想,从来中国妇女都被三从四德禁锢住了,看著他的丈夫比天还大,简直不晓得国是个甚么东西。遇著多事的年头,男子设或被征调出去,临行的时候,不惟不知勉以忠义,并且哭得和泪人似的,把男子的心肝都搅碎了,如何还有心去打战?至于在家的妇女,除却舍了身命,候着敌人来时寻死罢了,再没有比这更高的主义。若说组织团体,替国家尽些力量,补助那男界力所不及,如欧美、日本各国,那战时妇人的伟业,可就连作梦也想不到了。咳!国家徒有许多人民,到危急时候一点益处也得不著,难道是生来的秉赋就不如欧美、日本的女界么?我看实在不是的,不过只因爱国思想没有发达而已。若问如何方能发达,那可除去提倡新道德,再没法子了。

第二件是女子若知道这新道德是应该崇奉的,自然一般的人格都高尚起来。就家庭上说,便成了幸福家庭,就社会上看,便成了文明社会,再也不至于生出那一派的怪现象了。这是甚么道理呢?

原来女界自被男子征服以后,伏处在男权专制底下,他的固有人格早已销灭了。虽说极其服从,可是家庭内活泼的气象一点也没有了。并且压力既大,往往激起反动力来,成了无意识的冲突,那家庭的光景还可问么?假令全国女界,能把个人的人格看得著重了,必定持己庄正,处世温和,无卑下的弱点,亦无凶傲的劣性。对于丈夫,以平等的待遇,交相敬爱,不惟不至拖累男子,并且可以同做事业,互相补助。若果如此,那家庭的快乐是莫可言喻了。家家如此,那社会上的现象还有不文明的么?这实是新道德的功效呀。

况且慈善性质,本是女界固有的特色。当痼闭时代,尚能施些小恩小惠,以致被男界看轻了,讥为妇人之仁。须知这个性根是极好的,不过因为没有把范围大大的扩充罢了。假如新道德能以发达起来,那慈惠博爱的热度便可澎涨到极点。到那时候,全国女同胞们同心协力,把社会上一切冤抑困苦、荼毒残忍的事情渐渐都扫除了,不使人类再受损害,造出一个光明世界来令大家享受,这女界的功德有多们大罢。

诸位莫说这是瞎话,万万作不到的,那可未免是井蛙之见了。

你请看欧美的大女慈善家,自古及今,史不绝书,那巍巍的功德,致令世界上人类都崇拜他。因为无可称颂了,遂代他加上尊号,唤做慈善女王,或是无冠女帝。你看平白一个女子,能得著这样无上的尊荣,就是帝王还不及他,岂是无故得来的么?

我想他决不是像中国的老善人们,整天焚香拜佛、施僧斋道那样行善的法子得来的。一定有些最大作用,可以福国利民,弥补世界的缺陷,为男界所甘拜下风的,所以才能收这般效果。

欧美女界的慈善性质,本是同中国女界是一个样子,只因他那新道德早就发达了,所以便能做出大事业来。

我们中国女同胞们,若能将这性质也扩充大了,从新道德上实心努力做去,不惟欧美女界的伟迹可以作得出来,并且可以比他们做的格外出色,更有益处呢。这较之小恩小惠,不实有天渊之别么?

以上说的都是新道德,所以必须要提倡。及那最大的好处,其余好处,还多著呢,现今也说不尽。

总之,这新道德和旧道德比较起来,那个有益,那个有害,大约稍微明白的人,无有不赞成这新道德的。

所以本报提倡的道德,便是这个新道德。但是为甚么把鼓吹教育和这提倡道德放在一条主义里面,是怎么原故呢?本报因为这新道德的要素,虽是根于心性,然所以发达的原动力却实在基于教育了。中国女界,数千年以来,并没受过文明的教育,所以新道德的理想无由发生,终日困在混沌世界里面,把优美的性质都汩没了,这能单怨女界没有本领么?

——《中国新女界杂志》(1907)第二、三、四期

女界与国家之关系

积人而成家,积家而成国,国之名称,所以代表全部分之积体也,家之名称,所以代表一部分之积体也。积体者何?人而已。人者何?男女两界而已。无男而仅女,无女而仅男,皆不成其为国,并不成其为家,且为古今中外必无之事实。信如斯也,则男界之于国家,必有密接之关系可知。自今视之,固已久为人所共见、世所公认矣。独怪女界之于国家,其密接之关系,何以尚未为人所共见、世所公认也?吾思其故,吾为女界忧;吾推其祸,吾更不仅为女界忧。有治国齐家之责者,胡可对此漠然哉!

夫女界一生,其百年以内之光阴,就一般境遇言之,约可分为三时代,盖无一日不与国家有密接之关系者也。试为吾同胞言之:

一曰女子之时代。孩提无论矣，及其稍长，则为之父母者，对于此少女所负之义务，为至重焉。此之时代，亦为学年，谓正求学之年也。盖其脑筋洁净，性天活泼，无世务之扰、嗜欲之累，诚一生中最珍贵之时日也。而道德之良否、学识之智愚、品格之高下，其终身所以安身立命者，无不于此际造其因。故东西各国，所谓女子教育者，大抵皆施于此时。虽至贫无力，政府亦必资助学金，俾其成业。是岂好为多事哉？诚以未来之多数国民胥望此辈韶年之女子，以造育之、抚教之于将来也；又以举国之幸福家庭，亦胥望此辈韶年之女子，以创造之、经营之于他日也。夫期望之者既如此其大，使不预储其材焉，求其胜任，岂可得乎？泰西教育家之言曰："觇其国之强弱者，先观其女学之程度。"由是言之，则女子与国家之关系为何如耶？彼世俗有轻女之风者，每谓女子于归以后，即为别家人，无须枉费精神，为他姓造就贤妇。其论之谬，姑无足辩。但使他姓之于其女子，皆如此之存心也，则势必举国无名媛，将从何处觅贤妇以佐佳儿，而诞育贤子孙哉？斯其家未有不败，种未有不弱，国未有不衰。凡此之辈，其不尽义务于其女者，斯对于其国为不忠，对于子与婿为不仁，对于其孙曾为不慈，对于其祖宗为不孝，非苛论也。且吾中国社会，对于女子更有最不仁之行，为世界所未有者，则缠足是矣！夫毫发之微，皮肤之表，苟有损伤之者，莫不决眦相向，且思有以报复之。人各自爱其肢体，其常情固如是耳。刖为五刑之一，古以加诸罪人者，近世尚嫌其残暴，而特废之。缠足之惨，其较刖刑直相等耳，何忍竟施之无辜之幼女耶？造物生人，一肢一体之微，莫不各有其功用，而足之为用，实与手为并重。以童年敏活之灵趾，帛以束之，布以缠之，极剥肤折骨之惨。虽终夜泣号，不惟不加怜焉，反怒骂之，威吓之，击挞之，以迫其顺受。为之长上者，反自诩曰："余惟不溺于私爱，故肯为之尽力，他年庶为吾门楣光。"噫！吾不解谁作之俑，传此怪俗,致令少女之生涯,陷于悲境。迟之既久,举步维艰,周身气血不能流通,斯疾病生矣。此时为病女,将来即为病妇,病体之遗传,势必更生病子孙。使仅为一人一家之事实,则所关尚细;无如千百年来,统二万万之妇女,已皆沦于此境界,迄未改革焉。则其人种之健全,必不可得。彼东方病夫之徽号,诚哉其有自来矣。故论女子之时代,其与国家之密接关系者,就普通论之,当以教育为急。惟在吾中国,则尤以天足为先。

——《中国新女界杂志》(1907)第二期

美国女界之势力

现今世界上各国的女子,最有势力的,以美国为第一。本期论著门《女权平议》内,已经提过。兹特将日本书报上所言美国女界势力的事实,择记出来,请大家看看。我今先说明,以后所记的,句句皆是实话。诸位可别疑惑,说世界上那有这样奇事哩?那可未免少见多怪了。

却说美国自从独立战争以后,他的民主共和国一直发达起来,进步比箭还快。当时同著他国家一齐发达,更有异常进步,为地球五大洲内,独一无二的,就是他国内的女界。

美国女界历史,说来却是狠可惊人,然若先把一个自然的公理参透了,可就觉得不惟不奇,并且凡是世上女子,都可以做得到。这是甚么原故哩?

大凡女界所以要受男子压制,不得不服从他,皆因为没有独立的学问,所以没有独立的事业,凡事皆仰给于男子,如何能不受他的支配哪?

若是一国中女子,人人知道要强,同心努力,先去造就学问,凡男子所能学的,无论是甚么海陆军、政治法律、工业农业商业、哲学理学文学医学等等，都要分配开了，去研究个毫无余蕴，然后各人去做社会上一切事业。凡男子可以做得到的，无论他有多们不容易办，也要仗著相当的学历去做他，决不让男子作那独门生意。

如果真能这样，你就不必倡平等、讲自由，包你自然就有势力。

这句话并非强词夺理，因为女界的学问事业，既能都与男子一样，并且还要高些，他没有可挟持的把柄，敬服且来不及，如何还敢扯起大架子，来欺服人么。

所以说人生的幸福，都是心血和脑力换来的。你如在社会上尽一分义务，自然就有一分权利，尽十分义务，就有十分权利，这是丝毫也侥幸不得。所以本报提倡女权，是要指望大家先从真实学问下手，然后从事于各种事业，将来方可如美国女界一样，得个完全好结果哪。

这叫做天然的进步，文明的竞争必须如此，方能达这个大目的。不是说恁么也不做，整天空谈阔论，以为就可以行了。甚至吃男子的，穿男子的，一辈子瞪著眼，袖著①手，当太太奶奶②。如果像么样，要想得女权，不如早些转生到美国去，还有点指望，如其不然，就再迟五千年，不过还是个太太奶奶罢了。

现今如有人说，我们中国太太奶奶们，也有狠威风的，据看起来，不是早就有了女权么。哈哈！像这样的女权哪，不要说罢，省得污了这枝笔。

我已把那个自然的公理讲罢了，言归正传。单说现今美国女界，其于事业的各方面，不但与男子平等，并且还有强似他的地步。今且分出次第来，细细说个明白，诸位可听③清呀。

---

① “著”，原文作“黄”，据语义改。

② “奶”，原文作“奴”，据语义改。

③ “可听”，原文作“听可”，据语义改。

(1)律师界　律师就是辩护士。各国文明法律上,凡两家争讼,皆要请律师代他辩护。但是为律师的,必须受过专门法律学教育,得了文凭,又经法庭认可,方为有效,这是狠不容易的。但是美国女子,他在专门大学内,法律的学问同男子一样儿研究,并且他的脑力比男子还强些。每逢卒业时候,优等的文凭,总要有几张落在女子手里。所以距今二十三年前,美国高等法院的法庭曾立了一个许女子为辩护士的议案。后经联邦议会之决议,同时女律师得这个特权的,至十五人之多。其余在各州当律师的,据一千八百九十九年的调查,已共有二百零八人。现在又过了七年,自然是更必加多了。

(2)教师界　教师就是西教中传教教师。向来各国传教的教师,皆是男子的专业,惟独美国女界,得了个于各派宗教上能自由为教师的特权。据一千八百九十九年时之统计,全国妇人之为教师的,已有一千二百三十五之多,今尚增加无已。且此种事业,又为彼女界最合宜的生活。

从今以后,如再过百余年,必定大变形势,宗教上的全权,必全归女界手中,说教的演坛上,只怕连男子的影儿都没有了。此乃是美国人自己说的,可见不是假话了。

(3)教育界　美国女子,自小就与男子受了同一的教育。原来女子比起男子来,脑力强得多,心思灵得多,所以试验的成绩总是女子分数多些。

各男学校里头,从大学校以下,多有以女子为教员的。到了现今,已成了极平常的事。就是欧洲也是一样。惟独亚东各国,大不相同。文明如日本,尚且不许女子受高等教育。所以女子的学问,总比不上男子,如何能以够当男子的先生,不知何日方能比得上美国呢?

(4)发明界　发明是创出一个新鲜法儿,制成物件,可以供人类的利用,为向来所没有的。各国政府对于这发明家有个特别法律,乃是凡发明出来的,于呈验后,即特许其专利若干年。于期限内,不许别人仿造,国家担认保护,此乃是鼓舞的良法。但是向来世界上的女子,于工业一途,虽然有些出色人物,不过模仿男界已制成的罢了,如何能够独运奇思,于发明界自树一帜呢?

从前英人伯桑德氏,曾著书宣言,说女子必有发明的才力,反覆详尽。当时都笑他迂阔,没人理他,谁料这个事实,却见于美国了。

当一千八百零九年时,美国有一妇人,曾得过特许专利的证书,是为女界发明家鼻祖。自此以后,美国女界中,头戴发明家荣冠的人日见其多,直至今日,合计起来已有四千多人。特许局的名簿上,已经大半是女发明家的名字,那特许局的官吏,每相顾失色,发起男子末路的感慨。就这看起来,世界上的女子,若肯认真讲求学问,真可胜过男儿,岂独美国女子能做到这步田地么?

(5)官吏界　世界上各国的官吏,无论大小,皆是男子的专业,从来没有女子作官的。惟独美国,自从联邦议会许了女子可为高等法院的辩护士后,于是各州法廷也为女界开放门户,认许女子有任尊贵裁判官的资格,所以司法权一方面被女子侵入了。

他如大藏省会计课官吏,现今已全入了女子手里。其余如邮便事务,各州以内,到处皆是女子执掌。连那视察工厂,管理关税,一切重要职务,任用女子的也是狠多,共计现在华盛顿政府,妇女为官吏的已有六千余人,立于高等地位的有百余人。其负重任,为外交官的也不少。即此看起来,美国女子在官场的势力已经如此,若再过几时,还不知要怎样发达呢。

(6)议员界　必有选举权的人,方能举别人作议员,必有被选举权的人,方能被别人举他作议员,这是一定的道理了。但是各国宪法上,从未认许女子有这个权利,美国的女界却狠有幸福,早已享受这个特权了。何以见得呢?距今三十余年前,拍斯维窝泯盖洲已许女子与男子有同等的政权,其后结果甚为良善。于是科尔拉多洲于十年前,遂许女子有选举、被选举权,其结果至立法部有女议员三人。又伍陀洲的宪法,于政治上承认男女为同等,其女界现有为元老院议员的,又有康农夫人,现为合众国元老院的候补议员。千八百九十六年,爱达活洲同其邻近的科罗多洲、阳新古诸洲,也仿照伍陀洲等处先例,改正宪法,承认女子有参政权,不惟女子得为议员,其立法部内已经有一位女政治家了。现今世界上,美洲以外,惟独澳洲女界享了这个权利。论其这两处的人类,皆是当初从英国迁出去的,难道英国是他两处的母国,种族相同,文明程度也是一样,怎么英国男子就不肯把选举权分给女界么。哈哈!我知道了,共和政体的国民,到底比立宪国国民高些呀。

——《中国新女界杂志》(1907)第一、二期

名誉心与责任心之关系

中国一部二十四史,从头至尾,那一处不是男界的事业?即此可知我们女界,是向来不肯出头在社会上作事业的。所以办事的学问,也就不去研究,专让男界据为独得之奇,以致把女界看作简直无能为的。妙在我们女界也并不去和他竞争,只仗著依赖性质过日子,这如何能有自由独立的时候?现今这几年,却大相同了,守著旧样儿,执固不化的,固然还是狠多。那受些新教育,肯出头办事的,却也不少。这不是狠好的事么?

但是有许多人,起初也狠热心办事,一旦略微受些风潮,便把心灰了,不是不敢再去做事,便是不高兴去做事了。

又有许多人,办事虽然热心,但是略微存些意见,便与同伙起

冲突,争是争非的,反把公事搁在一边了。

大凡办事的人,一有这两种现象,未有不失败的。这在男界,尚且难免,至于我们女界,但愿没有这种毛病才好,只是恐怕更不能免罢。

我今研究这个原因,大约由于好办事,与肯办事的分别了。

据我看来,这好办事,便是失败的根由,那肯办事,方是成功的主力,这是甚么原故哩?

原来这个好办事的人,未必是真心愿意做事的,必定有些希图体面的意思,唯恐人家不知道他是个出色人物。凡是照这样作事的,便叫做①名誉心了。

那肯办事的,却大大不同,一经他认定这事,是有益社会,是该办的,便拿定方针,任劳任怨,努力去做,不达到他的目的不止。凡是照这样作事的,便叫做责任心了。

大凡有名誉心的人,起初办事的时候,却也狠肯尽力。虽然遇事多好铺张,若不留心审查,与那有责任心的人到也差不多。但本来是为名誉才办事的,若是半途生出不名誉的障害,或是别人同他作事略微出色些,显不出他的名誉,岂不与他初心大相违背?便忍不住要露出破绽②来。不是没心再去做事,便是忌妒人家做事。到了那时,只顾著争意气,便把正事抛在九霄云外了,这如何能以不失败呢?

那有责任心的人,只知道尽他的义务,并没有计及名利,但求这件事能以办成。无论有甚么魔难,有甚么危险,一概不能摇动了他的志气,就是别人代他飨受些名誉,他只求实际上与社会有益就罢,决不和人家争长计短,所以事体办的一定能有条理。同

① “叫做”,原文作“做叫”,据语义改。

② “绽”,原文作“锭”,据语义改。

伙的人,一定同他可以处得来,即令有几位不识世务的和他为难,久而久之,自然也都被他感化,不惟不阻害他的事,并且还须协力去做事哩。世界上像这样的人,还有办不成事的么?所以说这样人,和那存名誉心的,大不相同了。

若论起这名誉心和责任心,其关系于事的成败,固然有这们大,但是有名誉心的人,也不能说他就简直是坏的。我还记得常有一句俗话:“三代以下,惟恐不好名。”可见这好名两个字,虽不甚好,较之那简直不顾体面的人还强得多呢。不过只是一味沽名钓誉,假使事体顺手,果然就如愿以偿,当真得了个大大的名誉,只然是兴高采烈,扬厉铺张,一帆风顺的做去,再没有别的意外了。这不也是狠好么?但是大凡办一件事,焉能自始至终尽是顺手的?设或一点儿不如意,势必就要败兴,再若不幸,遇著一个大激刺,可就简直无心任事了。必至借端委托,甚而起了个厌世的思想,发出些无味的嗟叹,与他那最初任事的情状,绝不相同了。这是甚么原故呢?这都是被那一腔名誉心把他误了,所以才有这般现象呢。

这个毛病呵,古往今来,男界中的英雄豪杰也不知被他陷害了多少。现今才交到二十世纪的新世界,从这一世纪起,正是我们女界人物吐气扬眉的时候,现在虽有几位女同胞出头在社会上作事,然不过是点萌芽罢了。往后出现的,一定还多著呢。

所以特地把我所见得到的,向我最亲爱的女同胞表白一番。但愿凡是出头作事的姊姊妹妹们,都要认定方针,把办事看作比性命还重,一经入手去做,便要自始至终,无一些退缩的意思,利益不必计他,便是毁谤也不必理他,只知道尽我的义务,达我的目的罢了。即或一次失败,二次还要再办的,虽至三次四次,以至多次,总之我既认定了这件事,除非我死了,方算作罢。有我在这社会上一天,总是要办一天的,即或我一人办不了,也是要运动别人协力去办的。甚至我半途不幸要死了,还是要恳托一位知己续办,方才能瞑目的。

我的姊姊妹妹呀,我们以后办事,必须要得像这个样子,方才算得有责任心呀,方才可以为同胞谋幸福呀,方才不致于蹈男界的覆辙呀,千万莫要被那个名誉心迷误了本性呀!

我知道我们女界人物,一经发达起来,一定要放些奇光异彩,好替那二十世纪中国女界发达史上生色,决不致于尽归失败的。但是我素来作事,便是整天的把这个关系来勉砺自己,每想向我二万万姊妹谈谈这个关系,又苦于没有许多嘴。今儿趁巧有个杂志了,所以特地申叙一回,但请都把他来勉砺一番,好教以后大舞台上,我们女界也演出一番破天荒的活剧,这便是我所最期望的了。

——《中国新女界杂志》(1907)第五期

留日女学界近事记

第一节　留日女学生会

我们中国女士,留学日本东京,在各学校肄业者,据最近的调查,已经知道的不满一百人,其余在校外豫备的尚多。因东京地面太大,调查甚不容易,从前女留学界又未有团体,所以不能尽知呀。自从西历去年暑假时候,有一位女留学生,姓李名元,于湖北人,年方十九岁,在日本留学已经好几年了,现在女子第一高等学校肄业。他因为女留学界没有个团体,不惟①机关不灵通,精神也难振作,所以当放假时,四处奔走,调查运动,要组织一个留日女学生会。后来得了诸女士的赞成,签名于簿子上的共有七十几

① “惟”,原文作“推”,据语义改。

位。于是议订了章程,在中国留学生会馆开了第一次大会,公举黄华女士为庶务(即会长),杨女士庄为书记,余外还有几位职员,这会就才成立了。正待要登报发布,忽然黄女士因事辞职,杨女士因要回国,故也辞职,遂又于西历十一月二十日开第二次大会于会馆,补选干事。当场公举了李元女士接任庶务,燕斌女士接任书记,又修改章程,诸事议要,方才散会。

今将留日女学生会现任干事开列于后:

庶务	李元
书记二人	燕斌　唐群英
会计	汪平
学务二人	陈德馨　吴亚男
招待二人	龚圆常　胡蕴庄
弹正二人	王昌国　李瑛

以上一共十位职员。自此以后,同心努力,按著章程上所规定的做去。虽说各人皆有学校内的功课,不能整天去做事,然学课余暇及日曜,彼此时常聚聚,研究些办法,认真去做,自然是日见其兴旺了。况且从前因为没有团体,没人招待,以致初来留学的,人地生疏,言语不通,有多少苦处。今后有了这个会,凡是内地女同胞要来留学的,不怕没有来过。只要由上海或天津动身之前,寄一封信来,说明白来的人姓甚么,名甚么,年岁,籍贯,何日动身来日本,坐的是甚么名字的船,大约那一天可到横滨,或是只坐船到神户,由神户坐火车来东京。只要此信一到,立刻就可以知会招待员,届时去到横滨海岸上招待。若是由神户换坐火车的,则只可在新桥火车站招待。到东京后,如要买日本衣服,为一切的事件,都不至于叫初来的为难。如若要上学报名,或在外豫备日语,一切交涉,有学务干事哩,即或干事不得闲,其余会员中帮忙的也狠多。但是既经招待了,可是必须入会。及至过了几个

月，日语能说了，可是更须尽点儿义务，也照应照应后来的人。总之，去乡离土，远渡重洋，游学异国，在男学生初来到，这个滋味已经狠苦的，何况我们女学生。然而男学生一到东洋，他的同乡狠多，亲友也必不少，尚可有个依靠（今男学生总数一万八千多人）。惟独女学生，素来与男学界狠疏远，即男学生虽有热心的，也不便十分周旋。所以我们女学界，若没有个独立的团体彼此互相提携，不惟对不住后来留学的女同胞，也见得我们女学界太无资格了。现今所以能有留日女学生会，尽皆是李女士爱同胞的热力所铸成的，留下这一个大大记念，诸位可别忘了呀！

第二　成女学校

日本的成女学校，素来没有中国女学生在内。自从西历去年冬天，有一位湖南女留学生，姓张名汉英字慧芬，才学是狠高的。他费了许多心血，运动款项，在成女学校内，特开了一个女子速成师范班，请田君子勤当翻译。学生一共有十余人，自西历去年十二月十六日开课，其功课狠完全，今录于后。

正课：修身，汉文，日文，教育（教育学史、教授法、管理法），心理大要，论理大要，世界地理，世界历史，算术，代数初步，几何初步，物理，化学，博物大意（动植矿物），生理卫生。

随意科：音乐，唱歌，家政学，体操（以上每周共卅三小时），编物，造花，裁缝（以上每周共三小时）。

此班到西历一千九百零七年十二月就可以卒业了。内地女同胞中，如有想来学速成师范的，快些来赶这个班，还可以将就插入哩。寄宿舍就在学校内，也狠合宜。学费每月四圆，舍费食费另外算。此是其中的大抵情形，我已报告完了。单说这位张汉英女士，前日将他在成女学校中，过日本除夕的日记文寄来一篇，嘱为登载，今特照录于后。内地女同胞见了，也可以知道日本女学校内过除夕，是这样的光景：

日历十二月二十一日,晴。是日尚抱病,五句半钟起床,强勉梳洗,心殊不畅,洒扫房室事,蒙同学代作。闷坐无聊,不思饮食,忽忽若有所思,惟不知其所从来耳。八句钟时,副舍监岩田样,送来食物一盘,嘱用开水泡服。其色如雪,其薄如纸,其明如镜,其轻如毛,皆作平方形,瞰之知其为米粉所制者。日俗过年时,必造此物,呼曰饼,甚清淡,殆与中国年糕之取意同,然用糖甚少,即此可知其俭德矣。午后五句钟,将用晚膳,时即日本除夕也(乃中历十一月十六日)。与两舍监同席,其料理共五种:青鱼、红萝葡、黄豆腐、绿海苔、白芋头,皆极淡泊。所谋团年饭,如此而已(中国女学堂诸位姊妹们,若过除夕,吃酒席正高兴的时候,千万要想这想个景象才好)。膳毕,副舍监引入职员室,上悬电灯,光华耀目,地铺绣毯,壁置暖炉,温和如春,各国书画,掩映四壁。中设一席,置古铜炉一具,幽香袭衣,清趣宜人,恍惚置身小瑯环间也。正舍监宫田琴子,命众咸就坐,计斯时在场者,副舍监而外,有住校诸女教员,及日华同学诸姊妹共百数十人,周围绕座,如盘龙势。有顷,下女呈银丝细面及雨前茶,琴子先生歌太平歌曲,高唱入云,令人心醉。曲终,饮茶食面毕,琴子先生携一篮,内盛橘柚,令歌一曲者赐一枚。无论东西谱调,各随其意,于是弦歌之声,达于户外。余亦歌古诗一章:“爆竹声中逼岁除,春风送暖入屠苏;千门万户曈昽日,咸把新桃换旧符。”舍监笑曰:“桃符古俗,相传为驱神逐鬼而设,用之埃及朝鲜印度则可,盖其国内遍地皆活鬼也。若敝国自维新以来,每逢度岁,惟家家门前皆插植物而已,以贵国声名文物之邦,此等迷信,急宜改革。”余闻而失色,因急信口复歌一曲曰:“岁云暮兮暗断肠,吸取文明兮归故乡,花放自由兮种四方。”一时拍掌之声盈耳。少顷,会散,时计针已达十二点,遂自归寄宿舍。一灯寂寞,万籁无声,遥忆宗那,依然醉梦,时局逼人,悲感交作,低徊叹息,亦不知其忧之所从来矣。

以上就是张汉英女士在成女学校中过日本除夕的实在景况，月前他因事回国去了。

原来这成女学校内所设的速成师范班，一切交涉，全是湖北匡君一（字群观，罗田人，现留学法政大学专门部）所办成的。计开此一班，以三十人为限，学费共八百圆，寄宿舍费在外。现有中国义务教授三人，义务翻译四人，所以生徒无复须另摊译费。

据师范生唐群英女士、孙清如女士、林步荀女士、高女士诸人，皆言此校校长、监督、教员对于中国女生照应周洽，教授热诚，非他校所能及。彼又深虑中国女生来日本求学，狠不是容易的事。初到东京，日本学校既不能入，又没有专为中国女生特设的完全豫备学校，所以从前初来留学的，多系在校外学习日语，以致延①稽岁月，日久仍无所成。且有因在外豫备，极难完全，遂仅学音乐手工数月，安于小成便即归国的。

凡此诸端，于女学前途大有妨碍，故今于成女学校内，特设支那女学生部，共分五科，课程极为完备，即以匡一君为监理员。今将其简章登录于后，凡有志留学诸姊妹，想必狠是欢喜看的。（简章略）

——《中国新女界杂志》（1907）第一、二期

留日见闻琐谈

日本维新以前，一切文明悉得自中国，昔尊孔教影响与其社会者甚大。即以男女位置而言，刚柔尊卑内外之说，盖亦甚强。今欧化主义盛行已四十年，女子教育范围日广，浸浸有普及之势，较之中国，可谓盛矣。然从其家庭的里面观之，妇人对于其夫，仍

① “延”，原文作“廷”，据语义改。

尚服从主义,今举数证据如左:

(甲)妇人之称其夫“但但”(音译,如华语之老爷)此为日本人力车夫(即拉东洋车者)呼座客之尊称,最卑贱者之所出也。妇夫之间,乃有此习,其服从为何如。

(乙)普通社会,谈话之际,偶以指作势,形容其所欲言之事物者,夫则必以右手大指代之,妻则代以小指,习以为常,妙在妇向人言其夫时,亦竟伸大指喻之,其不平等为何如。

(丙)夫有客来,妻必跪进饮食,夫陪客食,妻虽在傍,不敢同食。妙在夫及客并不让其食,且客去时,多行跪门叩送之礼。尊其夫之友尚如是,则尊其夫可知,孟光举案齐眉,殆尚不足为有礼也。

其他相类之点尚多,兹不赘叙。惟可怪其吸取欧美文明已如此其久,国家进步如此其速,女界之位置,独无所增益,其故安在?吾以为其原因有二端。

(一)维新之功,全出于男界,女界无与也。故对于社会上不能占据势力,男界因得以限制之。

(二)教育虽普及,究其实际,因被男界限制之故,所得者仅物质上的文明,其精神教育则非女子所得知,故所造就者,良妻淑女,其上选也。

有此二原因,故其位置,较之欧女界相去尚远。然其种族上,社会上,尚不至受其大害。如中国之衰弱与黑暗者,则亦有故。兹特揭其最大者数端,以告吾同胞之留心改良女界者。

(甲)举国女界,自古无缠足恶习,故血气疏畅,身体强壮,生子多健。

(乙)女子未受小学校教育者甚少,故能独立营业,不必全赖男子。

(丙)于法律上,妇人虽尚受夫之保护,不为平等,然凌辱虐待之事,则已乌有。

（丁）女子自小学校起，即以爱国思想输入脑筋，故儿童幼时，得直接受母之感化，而国民之基础以立。

（戊）女界既知爱国，故遇国家多事时，能合群以报国（如日俄战争时，笃志看护妇会、爱国妇人会等团体之功绩是已）。

（己）女界皆尚洁净，知卫生，喜沐浴，时运动，饮食淡泊，治事勤俭，故其疾病少，家道齐。

（庚）夫死，妻可再婚，社会不以为耻，法律不以为禁，故户口日增，人无废材。

（辛）举国无惰妇，无丐女。自贵族以至平民，无博赌①烟酒诸嗜好，耗弃光阴。

（壬）俗忌早婚（早聘之事尤少），男女非学年以后，有所成就，不得嫁娶，故无发育不完之害，生子健全。

（癸）妇女行止极为自由，与中国深居绣阁、键之闭之、视如一种奇宝、不许稍一现形者大异，即任意往来交际场里，亦莫之禁。

夫其情形如此，故民族不致羸弱，社会不致腐坏。所缺点者，惟其妇女，于政治思想极为薄弱，于权利问题并未研究，甘让男子操政界之特权，独处于不平等之地位，毫不为怪。此欧美女界所以独擅其光荣，而东洋诸国历史上终遗此最可耻之缺点也。奉告女同胞，吾辈此后求学之方针，其物质上的学问，及日本之美俗（如前所举之十条），不妨近取诸东洋以医痼疾，而精神上的教育，则断宜以欧美为师，而锻冶以最纯洁高尚之理想，使相化合，另造出一种新文明，则吾女界，庶由家族的妇人地位，进而为国家主义的妇人，更进而为世界主义的妇人矣。

日本女界杂志，在东京出版者，现有十余种，累幅连篇，皆家庭琐事居多，甚至生花料理裁缝等，亦列专门，提倡精神之著作千不得一，其价值可知。惟近有福田英子创办②一报，名《世界妇人》，专以

---

① “赌”，原文作“睹”，据语义改。

② “办”，原文作“辨”，据语义改。

唤醒女同胞,增进其地位于世界为目的。其志愿深可嘉许,月出二期,当推为日本第一有声价的女报。此次日本妇人对于议会之请愿,要求加入政界者,详录于记载门国外之部,实福田英子所主张也。

——《中国新女界杂志》(1907)第二期

东瀛览胜赋

人心本至乐也,触于兴则发焉。茫茫海陆,动植毕陈,此造物所构之公园,以供吾人之流览也。而况山河灵秀,都邑繁华,昔称蓬岛,今号瀛洲,如东洋之日本者,幸旅其地。阳春佳日,气暖风和,不有胜游,何娱心目?余于乙巳东渡,时值严冬,预备语言,潜居鲜出。越明年仲春,始偕二三良友,遍游于东京,览其名胜,心畅神怡,胸豁意适,爰作斯赋。其辞曰:

余从震旦,远涉重洋,经黄海,趋扶桑。乘长风而破浪,驭浑脱之飞航。骋怀纵目,仰视宇宙,我如一粟。以我一粟之精神,而寄傲于天地,享自由之幸福。于是远望群岛,遥见东瀛;舍舟登岸,爰居日京。练习语言,嚘嚘嘤嘤;终日寂寥,疲倦乃生。

是日也,仲春望后,百卉呈妍,景风扇物,草绿平原。春山如笑,晴日丽天。遂约良朋,纵览东都,遍游名胜之区,试登高而望远,瞻瞩驾于山隅。

余乃指数方面而谓客曰:“太虚辽廓,如铺锦云者,上野公园也;演艺之场,鼓吹远响者,浅草也;孤台高耸,万木繁植者,日比谷也;长桥蜒①蜿,如龙卧波者,厩桥也。此皆名胜之区,而吾与子之所共睹。眼界一新,其乐何如。”客曰:“唯唯。”

尔乃博览文明之盛,学校如林;纵观商业之奇,工场高迈。电

① “蜒”,原文作“蜓”,据语义改。

气乾坤,电光世界。电线之标柱,多于藉田之农夫;电车之导线,多于机上之丝缕。街道行人,唯闻木履之声,绝无喧哗之语。商贾之贸易,半是静淑之少女。

适当亭午,乃谋果腹,直登高楼,檐横绿竹。料理(日俗肴馔曰料理)既陈,杯盘不俗。美酒盈樽,主客情笃。开明窗以临眺,见宫城之在目,扣栏环顾而歌之。歌曰:一角紫微殿,四围赤城霞。绕堤杨柳,两岸樱花。昔为神仙窟,今作帝王家。

一歌未已,幽兴复起。又歌曰:借问神仙在何许,五色云深不知处。珠宫贝阙①,变为名利场。玉液琼浆,化作济时雨。

浩歌既毕,酒阑膳已,游兴复伸,与客偕起,遂乃乘汽车于饭田,临海岸于品川。波光荡漾,点点帆船,天空海阔,俗虑俱忘。望祖国而不见,怅前路之茫茫。客曰:"暝色在山,日已夕矣。"余曰:"东方澄澄,冰轮将升。目穷千里,物我忘形。淹留少刻,与子同行。"徘徊道左,挽客联步,复乘汽车,以寻归路。既返吾庐,月明如素。感斯游之愉快,向同胞而共诉。托鱼雁以传声,爰挥毫而作赋。

——《中国新女界杂志》(1907)第三期

① "阙",原文作"关",据语义改。

裘毓芳

裘毓芳(1871—1902),字梅侣,别号梅侣女史,江苏无锡人。晚清白话文运动和女权运动的积极参与者。裘毓芳自幼聪颖,十一岁由叔父裘廷梁亲自教读,有深厚的文史功底,且通晓英语。1898年5月协助叔父裘廷梁创办《无锡白话报》,主持编务,成为我国最早的女报人之一。1898年7月担任《女学报》主笔,提倡女学。戊戌政变后,其办报活动从此中断,后随丈夫杨君石至安徽。

论女学堂当与男学堂并重

中国版图之大,人民之众,物产之繁衍,为环球各国所共推,宜若可以雄视万国矣。乃近数十年来,国口以蹙,财口以困,民无以为生。泰西诸国迭起图我,忍辱受侮,坐视死亡。天使之然欤?人使之然欤?或曰:人数日多,地力不足遍给也。或曰:海禁大开,银币流入外洋,国用所以不支也。裘毓芳曰:中国之贫弱,特生利分利之说未明,男女失学之故耳。向使中国之人,无论男女,各有谋生之学、自养之术,将见商通而国愈富,人众而财益增,何贫弱之有?无如中国四百兆之人,男子无学不能谋生者百余兆,女子无学而待养于人者又二百兆,生利者十二三,分利者十七八,源一而流百,不涸奚待?

善夫泰西各国之为学也,无论男女,逾八岁不入塾者,罪其父母。女子之学业成就者，为工，为商，为医生，为教习，与男子无异。开女子谋生之学，即可减男子分利之忧，而即为国家生利之助。故泰西之富，富于工，富于商，又富于女子之自能谋生也。

中国之女子，蔀耳目，束肢体，幼脂粉而老米盐，圈禁房闼，不识一字，即或略通文墨，亦惟吟弄风月，沾沾自喜，绝不足助生计，而遂以块然无用之身，群焉待养于男子。而为之男子者，遂人人有妻子之累，室家之忧。富者坐养数十人，以分其财；贫者竭毕生之力，而不足数女子之奉。一人如此，人人可知；一邑如此，天下可知。是国家之财，匮于无用之男子者固多，匮于坐食之女子者尤倍之也。而无识者犹持“女子无才是德”之谬论，视女子如奴隶，如木石，必欲锢其神志，使为天下之蠹，吾不知其何心也！

方今朝廷振兴学校，培养人才，男子之学将渐趋于有用，而女子之学仍鲜讲求。今岁沪上创兴女学堂，意良法美，诚盛事也。然一隅之地育才有限，倘廿二行省闻风兴起，遍开女塾，使为女子者咸得广其学识，尽其才能，将中才者，可自谋生计，不必分男子之财，而智慧者且致力于格致、制造以为国家用，化二百兆聋瞽而聪明之，其必大有益于强种富国之道。毓芳一僻陋女子，何足知天下事，然区区私衷，窃不能自已。海内贤达君子，有广为提倡，振兴女塾者乎？未始非挽回利权之一助也。相夫教子云乎哉！

——《女学报》(1898)第七期

唐群英

唐群英(1871—1937),字希陶,湖南衡山人。父唐星照,清末湘军提督。母曹氏。夫曾传纲,湘乡荷叶塘(今属湖南双峰)人,曾国藩堂弟。受秋瑾感召,1904年赴日求学,1906年在东京参与发起中国留日女学生会,后任《留日女学会杂志》主编。回国后曾担任女子参政同盟会湖南支部会长,并参与创办《亚东丛报》、《女子白话旬报》(后改名《女子白话报》)、《女权日报》等。中国同盟会最早的会员之一,南社社员,女权运动领袖,教育家。

女子参政同盟会代表唐群英宣言书

天赋人权,而人自弃之,则其权晦;即或不自弃之,而有法焉以摧残压抑之,则其权亦晦。圆颅方趾,群焉生息,无男无女,一切平等,以其人焉耳。法律自由,共同享有,男之所得,女亦宜然,以其权焉耳。乃有数千百年违背人道,灭绝公理,对于同等之权利,日以其法律、政治、习惯剥之削之,著为令典,垂为条教,如我民国今日之女权者,盖其亡不绝如线矣。是可不大声疾呼,为我四万万男女同胞涕泣告之哉!

我国共和,以人民程度论,则政党会一奔竞场也,代议院一茶话会也,行政官厅一市侩流氓不负责任者之栖息所也。女虽不振,男顾何如?然吾非谓我女界程度即与诸男等也,亦非谓今日我女界程度与诸男等,遂欲同时攫取政权也。往者,民国政府成立金陵,吾与二三同志联络女界组织参政同盟会,上书于孙大总统,陈说于南京参议院,宣布本会同盟宗旨于各报章,今日又北来久矣,呼号奔走,不惮烦劳,岂不知我国女界程度尚未进于英美之域,参政之目的此时固不能达到耶?又岂不知我国所谓有参政权之男子此时程度尚不齐一,若复有一部分之女子加入其中,政界之纷扰将益甚耶?盖人权之伸缩,恒视国家之政体为转移;政体之良否,恒以法律之规定为根本。民国新立,正宜破除前日之积习,伸张固有之民权。然有绝对的可以认许在宪法上永久不移易者,则如人民之参政权是;有不必为特别之限制以待其将来之程度发达齐一而亦可认许之者,则如现在我国女子参政权是。此固吾人今日急当注意之问题,且亦有万不可不极力争持之险象。何则?凡人权利之被侵夺,由于压抑者半,由于放弃者亦半。今虽以共和为政体,以平等待人民,而女界女权原为女界自宜主张之天职,苟悠悠忽忽一听他人之予则予之、夺则夺之,其幸而犹有一部分之权利畀我女界,尚可言也;其不幸而仍如前此之剥之削之,则不可言也。其幸而剥之削之犹或有一线之存,尚可言也;其不幸而仍如前此之违背人道、灭绝公理,使我女界永沉黑暗地狱,无复天日,则更不忍言也。吾因女界有如此之险象,故不得愤然起;又因女界程度幼稚,事实上暂难达参政之目的,故不要求政府法律上积极的保护,而必结合我辈全体挟全力以要求其消极的保护。积极的保护者,法律上明示我女界得有参政权之谓也;消极的保护者,不必法律上明畀我女界参政权,但使对于女子不加制限,对于男子不认专有之谓也。虽然吾言至此,不禁为我女界同胞痛。乌乎痛痛!我辈沉沦苦海以迄今兹,而理想上有莫大之希望,事实上未免有暂时之让步也。吾言至此,又不禁为我女界同胞喜。乌乎喜喜!专制之毒焰已为民国所廓清,我辈诚能同心一志,充足实力,不患不有夺回我女权之一也。日中不彗,是谓失时,操刀不割,失利之期。天下事往往有明知其收效甚迟,而当时必毅然决然以争之者,职是故耳。且我女界对于政权其不能不争之理由更有四。

一曰约法上之理由。临时约法第五条曰:“中华民国人民一律平等,无种族、阶级、宗教之区别。”关于此条,以广义解释之,则凡于中华国人民皆有法律上之平等,初无所谓阶级之区别。本无阶级区别,即不得于我女子显分阶级而有不能与男子同享之权利。约法上无明文,此义自包含其中也。以狭义解释之,则约法第五条仅列举种族、阶级、宗教三者,而男女有无区别之问题不及焉。乃第十五条有曰:“人民之权利有认为维持治安时,得依法律制限之。”既曰“制限”,则同一应享之权利有时而靳与之者可知矣;既曰“认为”,则不必法律上定有明文,凡在个人之权利皆可以“认为”二字判其当制限与否,又可知矣。审如是也,脱令我女界之权利或有与男界之权利相冲突者,保无有自私自利之男子认为维持之必要,准用第十五条之规定而制限我女权者乎?然此犹为事实问题也。临时约法即将来民国宪法之根据,而其所根据者已如此,他日国会成立,制定宪法,又保尢有变本加厉对于我女界之权利特下严格之解释者乎?毋信人言,人实诳汝。酿酒党告宣战于华盛顿,富族党之崛起于纽约,皆女权魔障也。彼文明种族无在不主张共和,乃对于女子应有之权利其出而攻击不遗余力者,不仅男子之一部分,且转在利害关系之女子一部分,矧我中国囿于积习匪伊朝夕,而将来制定宪法又实实难免此障碍!我虽不起,其如人何?人即不振,其如权何?此对于约法上不能不争持之理由也。

二曰现行法上之理由。民国新建,一切法典尚未成立,故大总统前此有暂适用现行法之命令。顾现行法者,亡清专制政府愚黔首、夺民权之乱法也。观其斤斤然修改法律,禁买卖人口,删除奴仆奴婢各条,而关于一夫多妻之制,绝无限制,且存养奴婢者,惟庶民之家有十等处罚。伪文明之法制,其现象自应如此,则亦何足深究!第我女子辈之在今日民国,有急宜十分注意者,即妻妾制与财产制是也。各国法律无承认妾制者,惟于有夫之妇因谋家政统一起见,时有限制之处。而寡妇处女法律上皆认为平等,一切私权除公法及其他特别法之限制外,皆得享有之。乃现行法则不然。生命权,凡人所宜主陈者也,现行法则有夫殴骂妻妾因而自尽身死勿论之明文。所有权,男女均应享有者也,现行法则有原有妆奁并听夫家为主之规定。妻之于夫,虽法律上或有特别限制,实则敌体也,现行法则有夫服期、妻服三年之丧制,下至妾婢,其严格之取缔殆难更仆数。今我民国立法,关于此等废弃人权、绝无天理之法律,吾固知其必将绝迹于天壤间。然其中如礼制、民制各条,虽非情理,实则沿于惯习,不独男子未能察觉,恐我同侪亦习而忘焉尔。皮之不存,毛将安附?天生我女子,五官具备,心思能力亦无异于常人,乃法律上之私权尚不能完全取得,遑论政权哉?然不取得政权,断难达私权完全之目的。此对于现行法上不能不争持之理由也。

三曰我国家社会上之理由。自三从四德之学说中于人心,于是一般男子以有德无才为女子之天职。而女子不自知其为男子愚也,亦相安于无知无识,有耳而聋,有目而瞶,有口而喑,有手而骈,有足而刖,有心而茅,起居服食仰给男子,颐指气使听诸男子,金粉胭脂以媚男子,不曰家长则曰所天,不曰阳刚则曰阴伏,男子则有万能,女子则惟一顺。昔吉尔曼氏谓:“养尊处优自安,故我之妇女为历史上之怯人。”若我国女子,上焉者,男子之玩物耳;中焉者,男子之使仆耳;下焉者,恣睢磨折,凌虐禁锢,使之死不得死,生不得生,犬马且不若耳。呜呼,此尚有人格哉!故以今日中国女子论,求一法律上之提携而保护之,已如提出地狱升入天堂,矧敢妄冀政权,与诸男子抗?第恐不起而力争,并此亦付子虚耳。且女权不张,则男子对于家庭仰事俯蓄之务当全负其责,其结果往往有因儿女情长竟使英雄气短者。溺情者无论也,其他则大抵原于家庭女子之无独立生活、充分知识、不能相助为理者,比比然矣。是故男之不强,实由女之不振,女之不振,实由权之不张。诗曰:"枝叶未有害,本实先拨。"吾于兹深惴惴焉。此对于我国家庭社会上不能不争持之理由也。

四曰现今世界趋势上之理由。说者谓弱为女子之特质。斯语也,颟顸实甚。天之生物,予其翼者夺其足,予其角者夺其齿,惟于人特全。男女无异,弱其智,则女与男同一脑力,弱其能,则女与男同一行动,弱其势,则女与男同一立于地球之上。是其所谓弱者人弱之或女自弱之,天固未尝弱之也。此理久为世界所公认。如欧如美,发达最先,故其提倡女权最力,而女权之发达亦最盛。达尔佛等国女子取得学校选举权,露西那等国女子之取得赋税选举权,犹曰半女权国也。其他各国女子,为议员者则有,若芬兰;充下议院议长者则有,若挪威;举各处市长者则有,若英吉利、澳大利业、新锡兰。诸国之数邦者,皆以至大且重之完全选举权畀诸女子,卒能恢张国势,主持公理,为天下倡。是则我之所谓弱彼独以此强,诚不解。夫贵耳贱目之邪说,何以随声附和者之纷纷也?今且俄之妇女有选举市参事之权矣,德之农妇有选举农业判事之权矣,法、意、匈、奥及巴尔干半岛有选举商业判事之权矣。已发达者固增进不已,未发达者亦有一部分之权兴。独我民国,竟无萌芽。呜呼,我二万万同胞女子,独非堂堂大共和国之国民者乎?资居人后,何委靡若是,何放任若是,何锢蔽若是,抑何不自知其耻若是?且此非独我女界之耻也,亦男界之耻也,而亦民国之耻也。如耻之,莫若师之。曷师之?人所争者,我亦宜争之,人所有者,我亦宜有之而已矣。畴昔我女界参政团成立,英之伦敦女子政治及社会联合会以电来贺。我国女权不知何日始克恢复,而彼乃殷殷致祝,惟恐或后者,毋亦人同此心,心同此理之所在,胡越可通欤?况彼旗鼓四张,屡战胜于男界,风潮所靡,若决黄河之水,沛然莫能御之,而我国之男与女若犹漠不关怀也,不独我国民不可谓之人,即我民国亦不可谓之国矣。此对于现今世界趋势上不能不争持之理由也。

嗟乎!嗟乎!不自由毋宁死。人之自爱,谁不如我,独无如为一般重男轻女之学说所蔽,遂沉沦陷溺不自觉矣。其亦有闻而兴起者乎?美之提倡女权也,其禁酒党及社会党皆以提倡女子选举权之条文著之党规。而如芝加高之共和党、屯浮之民主党,一班男子且为之鼓吹,故能使威尔逊夫人等克奏肤功。我国女子独无效法威尔逊夫人者乎?我国男子又独无为芝加高与屯浮之政党者乎?毋谓人强,自立即强,毋谓人智,自立则智。吾不悦吾辈女子今日即厕身政界,而深虑我女子或且不自知其有此公权。吾并不患吾辈女子不有此公权,而深恐将来虽知主张此权仍不免势力之薄弱。故身可杀,此心不可死,头可断,此权不可亡。如彼男子垄断政界久矣,欲为先事之防,端赖主□之□,倘是热区区者而不余畀行,将修我戈矛,整我甲兵,凭我一腔血与诸男子相见。女子勖哉!

——《民国新闻》1912 年 9 月 4—13 日。参校全国妇联妇女运动历史研究室编《中国妇女运动历史资料(1840—1918)》,中国妇女出版社 1991 年版

张汉英

张汉英(1872—1915),字惠芬,号惠风,湖南醴陵人。父张云齐,附贡生,学通经史。夫同邑李发群。张汉英肄业于长沙女子中学堂,1904年作为官派女留学生赴日留学,入日本实践女学师范班,并在日本加入同盟会。辛亥革命后与好友唐群英积极参与女权运动,先后创办《万国女子参政会旬报·月刊》《女权日报》等。1914年创办醴陵女子学堂并任校长。女权活动家、教育家,南社社员。

万国女子参政会旬报宣言①

男女平权之说,由此上溯,在十年以来,吾国谭者绝尠。革命告成,此说乃浸昌浸炽,将发生女子参政之事实焉。虽然,吾国女界程度,视彼欧美何若,以彼女学先进,颉颃男子,无可多让,犹呼吁奔走,绵历年载,未告成功,则吾女界可自省矣。是故平权之与参政,不患求之而不能得,患得之而不能有。汉英沈沈以思,睊睊以悲,皇焉以惧,蹶然以兴,以为造就女子之知能,在广设学校,而灌输女子之学识,则在编述报章。此本旬报组织之原因也。吾国女报亦间生矣,其失在自视过薄,类以苟且简陋之纪载,为一知半解之饷遗,是使吾女界终无与男子知识平等之日矣,即吾女界终

① 原文标题作《本报宣言》,此标题为编者据内容所加。

无与男子权利平等之日矣。取法于上，适得其中；取法于下，伊于胡底？人方愚我，奈何自愚？故本报自警：必以最高尚之理想，达最英锐之论调；以最翔实之述录，造最正确之言论。而于中外纪事尤所注意，原本方策悉为有统系之编纂。而事以类从，纲举目张，条分缕晰，俾学子暨从政者便于研究而取法焉。不特饷吾女子将来政学之南针，亦以药彼男子现在政策之砭石。谓予不信，请再视本报之政纲：

一、对于政府者。政府为万恶之原，如水在川而不可去其堤防，如兽在囿而不可去其槛柙。故本报主张政府之权力为有限制的，以充实吾女子爱国心，而与男子分担此巩固共和之天职。

一、对于国会者。国会为吾国之新产儿。哀哉！此幼稚之男子乃视为专利品，屏吾女子而独为之。果能不为利惕，不为威疚，胜此全国人民代表之重任，殆属可疑之一问题。故本报主张国会用监督主义，以矫正其行为，促其进行，而为厥后盾。

一、对于政党者。政党亦为吾国之新流行品，男子又专有之，而感情用事为现今政党之通病，其最下者则放利而行，无所不至。故本报持不党主义，以精锐之眼光观察各党，其政见之良者，自予以充分之赞成，其不良者，必为极端之反对。愿与吾女界及男界无偏无私，共誓为公忠坦白之国民。

综而言之，本报之言论为独立的、健全的，不惟欲超出杂志界之上，固当为吾全国国民造成至正大至光明之舆论，非仅提挈吾女界而已。世有作者，弗易吾言。

——《万国女子参政会旬报》第一卷（1913）第四期

蔡汪名论之广义

余闻之陈德晖，陈德晖闻之北海后身，北海后身闻之蔡孑民。

蔡之言曰:“吾党举事,当体察国人大多数之同意为进止。”北海后身又闻之汪精卫。汪之言曰:“有真是非而后有真利害,利害有时与是非相违,是非不真,则利者非利,而害者非害。”呜呼!蔡汪二子之论,庶乎求之道德与学术,非夫纯以感情用事,取快一时之口说者矣。记者不敏,请就二子所论,推阐其意,以为个人之利害,庸有与是非相反;而大多数之利害,则决无与是非相反者。例如政客叛党以市金钱,国务员计借款回扣之丰啬,而不问条件之仁酷。画地为饼之名士朝秦暮楚,热中之时流,首鼠两端,入主出奴,翻云覆雨,放利而行,此皆牺牲其名誉,汩没其良知,以骛一切之利,所谓利人之所害,而是人之所非。若夫志士仁人,哓音瘏口,腓无胈,胫无毛,以形劳天下,甚至杀身以徇其名,以成其仁,于其身非利也,而不可谓为非。此则利害与是非相反之关系于个人者也。至一乡一邑一国利害之现状,则即是非之见端。若谓牺牲大多数现在之身命,以谋将来不可知之利益,则非特理想所大谬,抑亦事实所必无。不必远征旁引,请即以近事明之。往岁南北言和,五族统一,遂使全国人民锋镝之痛、板荡之苦,以武汉一隅辛亥百日而止。是其利于全国,可断言也。宁能执以后之变迁,追咎以往之抟合乎?激者以为今日朝野之汹汹,由于不能真得共和;不能真得共和,由于不能实去专制;不能实去专制,即由于仓猝言和,而迁就统一,其言似矣。虽然,南军以汉阳之险,悉水陆之精锐而不能守。其时新堤岳州上至长沙,千里内外无一坚垒。白下虽下,一败逃之张勋,犹不能追而歼之,坐令与倪嗣冲崛强徐颍之间,梗我北伐之道。而所谓北面招讨使者,张空名而无一旅,逍遥海上而不敢进。综计当日南军之胜兵,殆能战者不及二万,以此而欲北向争衡,胜负之数不待智者而决矣。兵连祸结,糜烂数省,瓜剖豆分,孤人之子,寡人之妻,安在复有今日之幸福哉?是故孙、黄明彼此之势,审中外之情,拥数十万乌合之众,不肯轻于一纵，立罢南都，拱手而让之袁氏，邀受职之誓言，定共和之名词。今虽事实上未达目的，此自国人程度与世局运会相差之故，非可专责之人事也。今当日久以兵战苦人民，其厌乱之群情愈愁怨，则其忍痛而待共和之决心愈涣散。今当路不过置国事于不问，未尝别有所苦吾民也，而吾民已口出怨言，况如前策，欲令连兵数岁而不解哉？果其如彼，则洪杨之覆辙行当复见，虽欲求此似是而非之共和不可得也。余故曰，大多数之利害，决无与是非相反者。一二褊激之徒谓政局之争持，须诉诸武力为解决，谬欲以此求国人之同意。求之而不得，则谓此多数者不明真是非，而少数者明真是非，则与其求多数之同意，毋宁求少数之同意而可耳。呜呼！诸君宁谓此芸芸者众，将各掷其身家性命以加入羹沸鱼烂之局，而供诸君决斗之品耶？又将忍此种种之苦痛与恐怖，而为诸君试验之地耶？有以知其必不然矣，则蔡先生所谓大多数之同意，至可念也。论者谓今日舆论，几于是袁而非孙、黄，以此为无真是非之一证。不知此乃孙、黄之自取，与一般攀附孙、黄者所酿成，非可专责之国人也。方其谢总统，辞留守，联骑入燕而调和南北，单车赴日而亲睦国交，此时国人之心理大多数无不倾向孙、黄，即素与有怨者，亦变其反对之论调。盖公理不可泯，而民望不可强也。既而孙握全国铁道权，黄得川粤汉督办，复弃之而握全国矿务权，国民已因羡生妒矣。而孙、黄于铁道、矿务，又实尸位无所表见，于是其艰难尽瘁之前事日以淡忘，焜耀烜赫之现状日以激刺，加之引渡汉冶萍、抵押招商局、朋分比借款三事之嫌疑，日回绕于吾民之脑镜。而其下之贪天功以为己力之徒，又日夜如蜩如螗，至足取社会之厌，于是信仰之心，不得不变而为憎恶之心。而此时之同盟会则方合并小党三数而改组国民党，党势日益发展，国会选举占全数十分之六，党人之意气日益张，而国人之憎恶亦日益甚焉。宋案发生之始，为人心倾向转移之动机，乃国党不善迎此哀怜震悼之诚，而惟日肆其无益之叫嚣与诟詈。国人疑于非宋君之殉全国，而将以全国殉宋君，浸推浸荡，则转一切恕政府而怒国党。国党虽日日揭橥所谓民生主义，号于众曰，吾将福吾国而利吾民，无如国人一不之信，谓共和告成以来，吾侪惟见十数伟人，盛其车马宫室之居，极其子女玉帛之奉。吾侪所以报伟人革命之劳亦已至矣，而共和之所以福吾侪者，盖未见其朕兆焉。且南京政府已事之成绩，其于建设之能力，实为一大疑问。今政府诚非善，而欲吾侪夺政府以畀国党，国党之所为果能较善于现政府与否，问之心而固非所慊。此亦至公至平之衡量，而非可概以无意识无公道诟之者也。吾不云乎，吾国人遗传之心理，乃哀弱而恶强，好安而厌乱。今袁氏虽得志，吾国人固非有所私于袁也。去李烈钧而李烈钧奉命即行，去胡汉民而胡汉民即日就道，传黄克强而黄克强挺身对簿，其淫威既莫之予抗。而三边屡败，俄约几如城下之盟；二五取盈，借款不支卒岁之用。合五千年以来暴君、污相、庸主、贪臣之历史，盖未足以传吾今日之政府焉。此而谓能维系人心，永久弗去者，又有以知其必不然矣。至于政府附属品之进步党，本以利合，在势固当破裂。物必自腐也而后虫生之，党必自破也而后众裂之。天下宁有聚群好货之徒，日日搧挡阿堵物，而能泯去私争，绸缪公益，固已成之团体，出而图利天下者哉？以保皇之梁启超、白面之熊希龄、号为实业家之张謇，视为惟一无二之人物，宁不轻民国而羞当世之士哉？国党幸少安，国人之弃袁氏与进党，殆可翘足而待。不患国之不己知，而患己之无以为国用。继自今，非励道德而富学术者，无以应世变而为时栋。既非可强国人之心理以相倾向，亦非可巧取豪夺，窃政柄而忝国钧，有时即幸得之，适足以甾其身，而贻祸且永永而无极。谚有之，当局者迷，旁观者清。彼等有参政权之男子乎，盍三思此言。

——《万国女子参政会报》第一卷(1913)第四期

复张纫兰女士书

捧读大著，辞隽义腴，求之吾界同胞，洵称翘楚，企慕之殷，载饥载渴！第来函大旨，与娣近日所主张各树帜旗，俨同壁垒。在吾辈偶出于立论之异，在他人遂假之为同室之戈。当此女权颓落、积重难返之余，女室之昌明与否，视乎提倡者之毅力如何。摅同舟共济之心，以复天赋人权之旧，犹惧为积威所劫，艰巨难胜。今乃各骋舌端，互相訾谪，沈沈女界宁复有光明之一日耶？则虽以吾之至亲至密之姊妹，亦不敢随声附和，强异从同，以贻二万万同胞前途之黑暗。谨以鄙衷所及，为吾姊质之。

自武汉起义，民国肇基，霹雳一声，群聋皆起，举三千年至黑暗至污秽之帝国，一跃而入于庄严神圣之域？志士号于朝，庶人沸于野，所奔走以共相讨论者，无论千条万绪，要皆吾国数千年来所创见，非仅女子参政一端已也。曰消灭君主，曰组织共和，在今日观之，已视为吾民固有之权利，神圣不可侵犯，固有之能力，推行绰有游刃。而在数月以前，满清政府尚目为程度未齐之国民，未可假以政权，即在吾同胞内部之心理，亦且怀疑而不敢自信者也。曾几何时，功成搏俎，躐于共和之林，亦未见其不足。

以今日吾国女界之程度，而要求参政之特权，固不敢过为高论，谓吾辈今日之政见，已超出参政资格之上。然以之步男子之后尘，与政体之末议，按步就班之效果，非幸获也。顾谓一参政权，必演出光怪陆离、非男非女、非僧非尼之恶剧，不悉吾姊果何所见，而发此自卑卑人之呓语？至谓吾姊涉猎各国之政法，游学文明先进之美洲，犹不敢要求参政，意若女子参政为西欧所无，遂不敢自我作故者，则又醉心欧化甚矣。博博大地，芸芸群生，静察潜观，以进化为公理，故玩故习常者目食之庸流，变通利用者造世之要义也。自由平等之谈,虚君民主之制,不见于古,何以创始于西欧?女子参政未昉于欧,何不可权舆于东亚?如谓一趋一步,必踵哲人,则是我黄帝子孙必奉日耳曼人为圭臬,天演公例,夫岂其然?若夫罗兰为革命之元勋,苏非亚为民党之领袖,卡荼著四月之花,伊利萨伯以三岛为婿,女可继祚,无哲妇倾城之嫌,女可监军,无兵柔不扬之惧,英声茂实,具载史策。考之西欧,更仆难尽。虽无女子参政之明文,已成女子参政之默许。吾姊西学闳深,想当早有所闻矣。

吾姊又谓无夫主义一倡,则吾国民族必灭绝于无形无影之境,萃萃女士尚安所用参政权为?夫无夫主义之倡,充其流弊足以灭吾种族也固已,然参政、无夫绝然两物,风牛马不相及也。设曰有之,其过激之势欤!吾国政治革命既导于前,社会革命自踵于后,使仍持三千年之徽墨,以桎吾二万万之手足,沉女界于九渊之下,摧女权于无何有之乡,牴牾愈甚,感情愈乖,始或出于抗夫,继或出于离夫,终或至于无夫,以必伸其参政之目的,而后因亦犹共和必革命,乃成宪法,以铁血始已倒行逆施,有所迫耳。若夫彼此平权,女可参政,出之势隘之中,曝之重光之下,舒女界久郁之心理,即以纪欢忻鼓舞之新元,吾知伉俪感情必且有日印日浓,韵谐笙罄之音谊如胶漆之固者矣。则女子参政不徒改良社会之先声,抑亦无夫主义未雨之桑土。知无夫为可惧,则参政愈不容缓矣。吾姊对于无夫主义惄焉深戚,而不思急求参政以图补救,是犹止沸扬汤,抱薪救火。爱国爱夫,夫岂若是?至若自由积极,或至无夫,民族雕残实基于此,法人前车足为殷鉴,然无须为吾华虑也。西欧以社会进化,故骨肉之观念微;吾华以宗法立邦,故五伦之感情重。一探民族之特质,而溯其递嬗之本原,杞人之忧,吾知免矣。至若因新闻记者怀疑之说,遽恃为洛钟梁山相应之援,抑又过矣。夫新闻记者所持之理由,大都囿于旧说之窠臼,或习于旧俗之陋，不能自拔，或昧于进化之机，终以自蔽，已有驳辞纷腾报纸，无庸刺刺不休，再劫楮墨。

若夫吾人应尽之天职，视男子为尤繁重，弱冠以降，簠簋无暇，更无余力干与政治。其说似已。然吾人要求政权，非以之为角逐名场之资，实赖以为吾人尽职之盾。使吾人幼而父，长而夫，老而子，随在有恃，罔或差池，无非无仪蜉蝣，一世虽属依赖劣根，毋宁长此终古！使不幸而遭家不造，外顾无人，六尺方孤，一坏初逝，豪强凌侮，责在未亡，其将任人摧残，吞声饮泣，如吾国今日之女界乎？抑将矢志直前以与抗也？苟无参政之特权，终谓他人之父母欲不溺职，讵可得哉？则知吾侪之要求参政，非仅私权之关系已也，上而国家，外而社会，内而家庭，胥以之为要素。区区烹馈、缝纫、桑麻、酒醴之细故，无当于天职之价值也审已。

吾姊又因吾国男子之腐心利禄，遂谓女子参政狐媚蝇营，愈不堪问。则抑何不思之甚耶？天之生材，倍蓰不齐；贤佞忠奸，不一而足。男子而腐心利禄者有之矣，然二万万之男子不可以腐心利禄概也，则何能以狐媚蝇营四字尽局全国之女子？患女子之狐媚蝇营，遂欲将全国之女子尽禁锢于政权之外？抑将因男子腐心利禄，遂将全国之男子尽屏除于政权之外乎？夫使吾女界同胞于此数千年中而果有完全参政之一日，所行所为而果出于狐媚蝇营之一途，一旦而欲取消成案，撤其政柄，犹为因噎废食之论。何也？自有历史以来，男子而腐心利禄者代不乏人，而今日之参政自若也。况以数千年全未参政之女子，乃欲据悬揣之理论，以必其为狐为蝇而桎之疏属之山，是何说也？吾国生齿号称四兆，积二兆纯粹狐媚蝇营之女子，吾国之人格尚堪问耶？锢二兆女子于政权之外，而以全国命脉付之腐心利禄之男子，吾国之危险又堪问耶？吾姊固女界一分子也，欲断女子为狐媚蝇营与否，请先以己躬为前提。吾姊而果为狐媚蝇营也，则己之人格已卑，请勿复相天下士矣；吾姊而非狐媚蝇营也，则人之好善孰不如我，请勿轻相天下士矣。吾姊之说，以之阻女权虽不足，以之祸天下则有余，虽多方掩护，亦万不能为吾姊讳也。

吾姊又以治内治外之辞为平等自由之解，其说又非也。吾国女界之埋没久矣，雄飞雌伏已视为天然之支配。治内治外之名称，原于阃内阃外之分，非内权外权之谓。乃欲挹兹谚语，巧为牵合，燕说郢书，可嗤孰甚？

又谓女子参政纷扰争逐，骚然溷秽，种种怪状杂沓麇至。试问妇姑勃谿，夫妻诟谇，纷扰争逐之现状有甚于今日者乎？以依赖为天职而人尽可夫，以身体为玩物而悦己者容，中媾溷秽之现状有甚于今日者乎？欲拯其末流之弊，须投以固本之方。有参政权而家庭之专制祛，闺门之反唇无由起；有参政权而独立之生活进，女子之人格日以崇。正本清源之方，久安长治之要，端在于是。吾姊之说，盖亦反其本矣。

汉英留学东瀛，惭增故步，愧无新智，敬贽同胞。惟念天下之大，匹妇有责，未敢葳蕤，以负天职。用是组织同盟，要求参政，宏我汉京，俾臻上理。鸡鸣风雨之怀，皇皇午夜；莺声乔木之志，眷眷终朝。惟祈吾界同胞，共谅斯意，时患玉音，以廾茅塞，拜命之辱，永矢弗谖耳。临楮屏营，神与书往，江天在望，延伫为劳。肃此，敬颂春禧。诸维心照不宣。

——《民立报》1912 年 3 月 21 日

徐自华

徐自华(1873—1935),字寄尘,号忏慧词人,石门(今属浙江桐乡)人。祖父徐宝谦,清光绪年间进士,官至安徽庐州府知府。父徐多镠,清朝国学生,曾任石门县商务分会会长。母马持玉。夫梅福均,南浔(今属浙江湖州)人,生员,早逝。徐自华曾任南浔浔溪女学校长,此间与秋瑾结为挚友,秋瑾牺牲后,为其购买墓地安葬,并组织“秋社”纪念。1913年接办上海竞雄女学,任校长。著有《忏慧词》《听竹楼诗稿》《秋心楼诗词》,另有作品散见于《中国女报》《小说林》《申报》《时报》《大汉报》等报刊。南社社员、同盟会会员。

兰湘姊传①

姊名蕙贞,字兰湘,姓徐氏,先叔父蓉史先生季女也。生而聪敏,性极豪爽。幼年随宦,长于珠江。叔父最怜爱之,公余授以经史,颖悟非常。以需次县令,政务殷繁,不暇时督课。而姊雅好读书,能以静者之心,潜通诗书之旨,恒闺中自相切磋,盖未尝一日受之师云。书法尤佳,有晋人风格,兼善尺牍。初未谙韵语,岁丁亥,叔父权篆顺德,函招家君,余随侍同往,姊妹始常聚首。姊长

① 此篇作于1904年。

余一龄,性情洽合,遂如蛩駏之相依,因同起卧,偕形影也。时余初学为诗,出以相示,姊诵之,喜曰:“余思学此久矣,子既能诗,幸教我。”余唯唯谢不敏。自是朝夕苦吟,互相酬唱。诗成,辄呈家君改削。叔父政暇见之,亦往往许可。甫阅岁,叔父因病乞休,同归故里。厌家居尘俗,养疴西湖,姊更诗学日进。湖水当门,山峰在望,徘徊吟眺,日夕其中。香暖挥毫,霞舒写韵,与余及韵清女史,诗筒邮寄,络绎不绝,固自以为分湖午梦堂,无稍让焉。庚寅冬,叔母周宜人丧。姊哀毁躄踊,形神俱瘁。复以父老弟幼,摒挡家事,吟咏遂辍。而姊自此病矣,已更增剧,遂卒。时壬辰二月廿四日也,年仅二十有一。芳兰委露,溘然而逝,玉竟长埋,香难再返。既夭其年,而所著《度针楼诗稿》,亦俱散佚不复得。乌乎伤已!会余检旧稿,忽从箧得姊手钞诗三十余首,盖均当时姊嫌字劣弃之,为余所珍藏者。屈指姊亡已十二年矣,披章宛诵,涕泪潸潸,不觉襟袖尽湿焉。虽寥寥短篇,绝少巨制,然皆原本风骚,激发情性,语甚隽永,不同凡响。使天假之年,其所成就,当不止此。独惜乎其兰摧玉折,先百卉而凋零也。余故重伤吾姊妹之薄命,因述其大略如此。并写遗诗,敬附拙稿。吉光片羽,或借此而存焉欤!甲辰正月谷日,妹自华撰。

——《南社丛刻》(1911)第四集

秋女士历史

秋女士祖父为闽中太守,生七月,即赴台湾。父由幕改官,复宦游湖南。后居京师,愤庚子之变,破家庭范围东游。甲辰年,孑身航海,至东后,遂有名于学界。重兴共爱会,女士为会长。性慷慨,工词令,雄辩高谈,听之忘倦,登坛演说,舌灿莲花。八月十三日,为戊戌六君子成仁之期,留学同人设会公祭。女士演说之沉痛,闻者皆为泣下,其爱国爱同胞之热忱,溢于言表。虽俄之苏菲亚、法之玛利侬,有过之无不及。常减省己之学费,助人学费。有某女士随父之东,父亡,无所归,女士为出学费,挈之返国。乙巳冬,为取缔规则事,女士恶外权强迫,拂衣竟归。返后,教育不遗余力。丙午仲春,至浔溪女学担义务两月。国文既佳,科学尤精。夙患心疾,虽发亦必为之上课。诸生坚辞,不听,曰:"岂可因我一人疾,荒大众功课?"其热心也如此。故诸生对之感情颇富,常曰:"虽枳棘不能久栖鸾凤,先生既来,暑假前不放去矣。"三月间,姑苏陈君书来,延聘女士之爪哇,诸生闻之,环绕饮泣曰:"先生何厚爪哇而薄我等?"时将试验,甲班生不肯温课,声言秋师将去,我辈无心试验矣。女士慰谕曰:"我非无感情,弃君等而去。此间只四十余人,吾去后,尚有明师在;爪哇百万人,地居热带,肯往者鲜。一样同胞,当思其大。人生岂鹿豕也而常聚乎?君等不肯试验,使我进退维谷。请好好温课,我试验后始去。若赴爪哇有期,再来与君等作别。"再四婉言,诸生始温习。余妹小淑,女士爱同己妹,欲挈赴爪,曰:"若肯偕往,学费若干,我一身担任。"因堂上不允,遂作罢论。四月八日,女士临行,送至河干,莫不流涕。五月中,女士果践前言,来与诸生别。濒行,出盘龙翠钏为赠,余答以金表链,曰:"愿我二人盟言金玉。"时甲班生吴君家贫,艰于学费,将半途辍业,女士慨然肩任。挈往,送入宗孟女校。女士驻沪后,有同学诸君,挽留组织《中国女报》,咸相谓曰:"君所持宗旨,欲开通女界,今内地女界,现像黑暗,不思设法开通,而远赴爪哇。虽均是同胞,得毋舍近而就远乎?"女士然其言,遂创办《中国女报》。将章程登诸《中外日报》,入股者寥寥,亦可见我女界同胞程度矣!经济问题,颇形支绌,女士由沪而扬,由扬而鄂,竭力经营。弱质驱驰,风霜憔悴,可谓不惮卒劳也。十二月,闻母丧,仓皇返绍。今春二月,余晋省,适遇焉。泛舟西湖,日暮犹徘徊岳王坟畔,不忍去。歌《满江红》词,泪随声下。余促之始归,谓余曰:“首期《女报》,颇嫌草率,君能代我驻沪数月否?”余以母病辞之。女士颇不悦,责余忘公益恋家,作诗规之。五月中旬,便道语溪,过宿余家,留连三日。余讶其瘦,问何为而若此,女士长吁曰:“事多拂逆,臂助少人,家庭之中,无开通可共语者,痼疾愈发愈深。现办女子体育会,赴沪数日,当即返。”临别,心疾大发,余谆谆相留,病痊再去,女士不可。力疾而行别未二旬,忽闻皖案起,波及受诛。呜呼惨矣!女士东游于前之历史不能详知,窥其诗稿,得一二梗概。盖绿衣黄裳,抱卫庄姜之憾,故弃家求学。一子一女,有云系妾出,未知孰是。其生平喜读游侠传,慕朱家、郭解者流,任侠好义,挥金如土,广交游,诚女界之豪杰。所作诗词论说,感慨悱愤则有之,指为悖逆证据,则天下岂皆无目者也。

——《小说林》(1907)第六期。参校郭延礼、郭蓁编
《秋瑾集 徐自华集》,中华书局2015年版

秋瑾轶事

女士工诙谐,词令之妙,使人解颐。课余无一日不与余雅谑。戏赠余句,有“安排娇骨用鞭挞”,余亦戏答云:“自笑诗魔爱秋色,何妨傲骨受卿挞。”女士曰:“子称我卿,礼太不敬。”余曰:“雅号璇卿,焉能禁人不唤?”女士曰:“人皆称我竞雄。卿字,不敢呼。”余曰:“人不呼卿我独呼,始特别。”女士曰:“子亦王大人对安丰语耶!”余笑曰:“非也。平生风骨峻嶒甚,每到低头总为卿。”

余见其咏梅诗,有“不遇师雄”句,问有何寄托,女士曰:“子又胡说,咏梅则咏梅,有何寄托?赵师雄罗浮一梦,岂非梅花之典乎?”余笑曰:“诗人吟咏,往往寄托遥深,如此胡赖,真当我门外汉矣!”

女士亦笑曰:“子以为有寄托,即有寄托可耳。请试言其意云何!”余曰:“我不问何意,只问赵师雄究竟有否?”女士答曰:“赵师雄不在人间,子姓梅,请问和靖如何?”余笑曰:“珊珊玉骨谁能近,字与林家恐未真。”女士大笑曰:“子真胡赖矣。”

女士雅量,虽一二十巨觥不醉,酒后纵谈更豪。余不喜饮,常强之使醉。一日酒后,余凭窗执卷,女士夺之曰:“女学士,请勿观书,看我舞刀如何?”余曰:“佳极!”女士即出日本所得倭刀,盘旋起舞,光耀一室,有王郎酒酣、拔剑斫地之气概。已而将刀授余曰:“子试为之。”余曰:“不能,无魄力,难学子之英雄。”女士戏曰:“既知英雄,胡不具俊眼?子看我如古时何人?”余亦戏曰:“子好兵器,刚毅英勇,如孙夫人。未识谁为刘先主,见子战栗而跪乎?”女士拍余肩曰:“子工诗文,不亚徐淑,吾为子再觅秦嘉可乎?”余失笑曰:“何出此匪夷所思之语?”女士笑曰:“吾与子相等。子可觅秦嘉,吾亦有刘先主。”余味其言,知其隐矣!

女士擅辨才,口角不肯让人,遇顽固者,常当面讪诮。余戒之曰:“子太锋芒,恐招人忌。”同看《女娲石传奇》,余戏曰:“四十八位女豪杰,璇卿必居其一。”女士答曰:“七十二位女博士,君亦在焉。试评我像此书中何人?”余曰:“琼仙。”女士曰:“何以像琼仙?”余曰:“颇自负,尚意气,好胜心甚。”女士笑曰:“冤哉!余何曾对子自负耶?”余亦笑曰:“子对我不独无倨傲,且极温让,亦唐太宗看魏征,人云疏谩,我见其妩媚耳!”

女士与余论交,每每泣下,叹女界之黑暗,云:“我最喜广交,闻女界有名者无不往访。岂知皆沽名钓誉,徒托空言,屡次扫兴,故心灰意冷矣!学识志力,毕竟还算男学界中有几个人物,女学界则竟少出类拔萃为同志者。”余曰:“内地人材稀少,东洋留学女生,岂无矫矫者?恐子太自负,故曲高和寡耳!”举最著名数人问之,女士曰:“我心中无是人,便不知如何。子既云有名,请问何人肯出而为公益事,牺牲一己?人皆云我目空一世,与子相处月余,当知余非自负者。庸脂俗粉,实不屑与语。余之感慨,乃悲中国无人也。”

女士爱国心之真挚,时时感触生悲。一日余至其室,见偃卧饮泣。知余至,垂帐向内,余骇然,搴帏问曰:“子有恙乎?”不答。“何忽作此态?”又不答。“思家乎?”曰:“我无家可思。”“思亲乎?”曰:“母虽老,嫂甚贤。”“忧国乎?”摇首拭泪。余坐床沿,默思良久,忽悟曰:“今日三月十九,乃前明亡国之期,子得毋感触于此乎?”女士瞿然,握余手曰:“慧哉子也!既解此,胡不与我同志?”余无言慰之,作谐语曰:“子必长公主,抑费宫人转世耶!”

女士自诩乔装人难辨别。余哂曰:“丰神态度,毕竟不同,乌有不能辨别?岂人尽无目者!”女士曰:“子勿如是言,我明日倩数人易钗而弁,一试法眼。”翊晨星期,约数女生男装,偕至宜园摄影,倩余品题。余曰:“小淑文秀,惜少潇洒;希英魁梧,而无跌宕;薪蘋则软弱,浑似女儿腔矣。数子之中,自然是君英爽倜傥,最占优胜,亦乔装日久之效果也。”女士大笑曰:“好月旦!面首三十,只中一人耶!我与若姊妹共摄一影若何?”余曰:“君如此装束,不便奉陪。”女士笑骂曰:“迂腐顽固,真不可教者。”

余姊妹与女士一见若素相识,一日不至其室,必呼小淑问曰:“令姊胡不来?使人岑寂。岂恼我乎?”接陈君书曰:“我有事赴苏,三四日即返。”去两日回,时夜半,余起而问曰:“归胡速?”女士笑曰:“恐子望陌头杨柳。”余曰:“开口即戏,如此匆匆,究为何事,可告余知否?”略坐,相辞归寝,女士留曰:“今夜请同榻,有事奉告。”问何事,曰:“说出子必骂我。”余曰:“勿言,我已知子欲至苏校耶!”答曰:“非苏校,爪哇欲聘教习数人,路遥,鲜有人往,我已允之。”余颦蹙曰:“海岛热地,子有痼疾,孑身万里恐不宜。”女士曰:“子勿作儿女态,我生平喜为人所不为之事,死且不惧。令妹小淑，余素爱之，可否偕往，略为臂助。子真爱我，定肯许可。”余谓此事我无主权，二亲若允，无不赞成。堂上果不许，女士与小淑皆怏怏。诸生不肯试验，余约同事公留。女士曰：“子肯肩任小淑赴爪，则留至暑假。”余曰：“小淑是妹，堂上有亲，焉能专主？”葛君亦曰：“君不能因小淑一人，却大众之情。”女士卒去。小淑感念知己，每以亲在身不能许友为憾也。

临别，女士赠余盘龙翠钏，余答以金链，曰：“愿我二人盟言金玉。”女士笑曰：“此薛宝钗之金锁也。”余亦笑问：“子此去为教习乎？为和尚乎？”时余有他事同赴沪，将到，促曰：“快梳头。”余曰：“子不见小婢晕船耶！”曰：“我为子梳，胜尊婢万倍。”余笑曰：“何福得此侍儿！”女士曰：“子不见陈淑兰赠外诗？”余曰：“处处欲沾便宜，却出语不祥。”笑曰：“子怕我溺死，我必不如是死。”执镜自照曰：“好头颅，孰断之？”余恶其语，夺镜，失手堕地碎。女士大笑曰：“子欲吉语，偏是恶谶。”

一日，余约女士及吕女士共游张园，小憩品茗，见一留学生挟一雏妓，乘马车至，相将入，隔座恣谈笑谑，女士喟然叹曰：“君辈见留学界腐败形状乎？我往询是何处人，当面谏之。”余笑曰：“此辈半年居校，鸟入笼中，今来花姣柳媚之地，正欲赏心悦目，为消夏计，干卿甚事！”吕君亦曰：“目下暑假归国者，不知凡几，大半挟妓俊游，君如此干预，未免太劳。”女士不听，作东语询之，留学生与语，面有惭色，雏妓则怒目，独至阶下，即乘车去。余笑谓曰：“子真杀风景。”女士亦笑曰：“余如骨鲠在喉，不吐不快。”其疾恶若仇如此。今死非其罪，是必其平生太率直，口角取祸，人皆挟私愤而陷害之者。

——《小说林》(1907)第七期。参校郭延礼、郭蓁编
《秋瑾集 徐自华集》，中华书局2015年版

祭秋女士文并序

秋瑾女士,字璇卿,一字竞雄,别号曰鉴湖女侠,浙之山阴人也。祖、父皆名宦。女士幼长于闽,复随父宦游湘中,后居京师。旧学既深,新书浏览,以振兴女学、恢复平权为己任。游学东瀛,有名于时。余初未之识也,丙午仲春,晤于兰溪。同事两月,雅相怜爱。自后女士赴沪,创办《中国女报》,余父丧奔归。从此行踪,遂同水萍风絮矣。今夏诸姊妹,约余作西湖之游,方欲作书招之,共为消夏计。书未寄而恶耗来,皖中徐锡麟之案起,疑女士为同党,诛之。呜呼!女士何罪而遭此奇冤奇惨之狱耶?彼苍者天,又何故施与女士如是暴虐酷毒耶?其生平事迹,吴芝瑛女士既为之传,复记其余事。余因恸成疾,近始小瘥。嗟夫!余疾能瘳,芳魂难返。悲不能已,作文祭之,并哭以诗,聊鸣余哀。

呜呼璇卿!子独何辜,罹此冤狱。死蒙恶名,身遭惨戮。疆臣郡守,横施残酷。斯人斯报,莫不痛哭。乃兹报馆,争讼曲直。不惧权要,不畏罗织。发言著论,秉持直笔。覆盆之下,希冀昭雪。呜呼璇卿!好名太甚,祸及厥躬。慕子者多,嫉子者众。谗人谤语,蒙蔽宪聪。不图党祸,施之闺中。明达者愤,顽固者訾。谁家有女,复使读书?谁家有妇,复肯为师?于子为戒,恐遭祸罹。女界现象,黑暗若斯。女学发达,前途可知。言念及此,则为女界恸且不遑,又何暇为子一人哭其私。

呜呼璇卿!去岁仲春,余始识君。辨谈锋出,英爽扑人。任侠负义,傲气凌云。悲歌好剑,使酒工文。检君行箧,更窥全集。愤世诸篇,雄豪激烈。感怀等作,缠绵悱恻。君才君望,女中之杰。

呜呼璇卿!如何道韫,不配参军。天涯漂泊,同调无人。

(“如何谢道韫,不嫁鲍参军”“高堂有母发垂白,同调无人眼不青”“祖国陆沉人有责,天涯飘泊我无家”,皆集中佳句。)度君身世,见诸咏吟。所遭非偶,酿成恶因。同居两月,余性好戏。执君诗稿,诘君历史。君曰勿问,余已隔世。言次长吁,泪珠忽坠。余心不忍,有伤君意。乃命酌酒,共论他事。君歌余和,相拼一醉。醉后痛谈,所持宗旨。嗟夫巾帼,放弃权利。不图自立,甘受专制。提倡女学,开其识智。男女平权,请从余始。愿为同胞,牺牲一己。生名流于天下,死传闻于后世。苟达目的,奚惜一死。热血不知,洒向何地?曾几何时,言犹在耳。身死名传,目可瞑矣。

呜呼璇卿!别子未久,声音笑貌,在余目中。不可复见,能勿号恸?谁收玉骨,谁营芳冢?谁赋招魂,谁为冤控?人生处世,蘧蘧大梦。恶梦如斯,余心更痛。

呜呼璇卿!循环往复,兴废衰盛。若欲不死,除非无生。子固先逝,我岂长存?何敢不达,涕泪纵横。惟其文字之契,相知之深。感念平昔,不能忘情。子生明敏,死必英灵。魂兮归来,以慰余心。

——《神州女报》(1907)第一号。参校郭延礼、郭蓁编《秋瑾集 徐自华集》,中华书局2015年版

鉴湖女侠秋君墓表①

君讳瑾,字璇卿,又字竞雄,姓秋氏,自号鉴湖女侠,越之山阴人也。家世仕宦。少长闽中,复随父湖湘,适湘乡王氏。生平慷爽明决,意气自雄;读书敏悟,为文章奇警雄健如其人;尤好剑侠传,慕朱家、郭解为人。丰貌英美,娴于辞令,高谈雄辩,惊其座

① 此篇作于1907年。

人。自以与时多迕,居常辄逃于酒。然沉酣以往,不觉悲歌击节,拂剑起舞,气复壮甚。所天固执袴子,至是竟不相能。

值庚子变乱,时事益亟。君居京师,见之,独慨然太息曰:“人生处世,当匡济艰危,以吐抱负,宁能米盐琐屑终其身乎?”洎甲辰夏,乃东渡海,赴日本肄业。稍暇,与其同志重兴共爱会,而己为之长,誉日鹊起。东国留学,慕君者众,每际大会,辄以约君一临莅为荣。而君亦负奇磊落,往会,则抠衣登坛,多所陈说。其词悲感激切,荡人心魄。人之闻者,未尝不泣数行下,而襟袖为之渍也。又好节己费以助人学,从之游者莫不叹服。

居东二岁,而取缔事起,学子骚然。君以外权之横,不忍独留,亦导同志拂衣归。归益引女学为己任,提倡不遗余力。主讲浔溪学校,教育弥至。有吴生者,艰于资,将中辍,君深慨之,挈往海上,俾成业焉。因留办《中国女报》,冀以少警聋瞽,而闺阁荏弱,劻勷不闻,经费坐支绌。君经营罔倦,编纂益力,并日冒风雪,走求援助,栖栖不以为苦。乌乎!洵可谓热心公益而励世摩钝者矣。君母丧,乃暂还越,后仍往来吴越间。至丁未五月,皖中事起,而君方自沪归,居大通学校。大通者,徐锡麟所兴创,而君素赞成之者。故浙大史谓君同党,遽杀之,时六月六日也,年仅三十有三。呜呼惨已!

迹其行事,不拘小节,放纵自豪,喜酒善剑,若不可绳以理法。然其本衷,殊甚端谨。在稠人广座,论议锋发,志节矫然,人辄畏重之,无有敢一毫犯其词色者。虽爱自由,而范围道德,固始终未尝或逾者也。徒以锋棱未敛,畏忌者半。呜呼!此君所以死欤?尝生子女各一,今在湘中。

后七阅月,石门徐自华,哀其狱之冤,痛其遇之酷,悼其年之不永,憾其志之不终,为约桐城吴女士芝瑛,卜地西泠桥畔,葬焉。用表其墓,以告后世,俾知莫须有事,固非徒南宋为然;而尚想其烈，或将俯仰徘徊，至流涕不忍去，例于岳王坟同不朽云。谨表。

——《女子杂志》(1915)第一期。参校郭延礼、郭蓁编《秋瑾集 徐自华集》，中华书局2015年版

为秋瑾营葬事徐寄尘致吴芝瑛书

芝瑛贤姊热鉴：

十月初五日曾由爱国女校小淑舍妹处寄呈一函，为秋女士葬事，约姊同为发起，开会登报。初八日得姊覆舍妹书，喜表同情。所云不必开会登报，反使无益于事，犹见阅历之深，高论不磨，曷胜钦佩！妹敢不遵芳命乎？逮读十月十七日《时报》，见姊有力疾首途欲赴山阴之语，妹恐姊急欲行矣，故即于廿二日赴沪，拟面谒共筹办法。讵料寓开泰栈才二日，家慈飞札催归。因小女患白喉症，卧疾于外家也。不得已匆匆返棹，未睹芳仪，不胜怅怅。倩舍妹小淑廿五日亲造尊府，面告一切。嗣后叠得两书，命妹预为购地，地成，再图会葬。舍妹小淑亦代传谕，有"地如姊得，营葬妹任之；地如妹得，营葬姊任之"云云。妹为女殇，心伤浃旬，未赴西湖觅地。十一月初七日又接姊书，知地已得，在大悲庵旁云。拟营生圹于其中，葬秋妹于旁之意。妹因未与越郡同人议决，一人未便认可，故不裁答。妹女丧甫毕，即于廿五日渡江赴绍兴会葬，同人议决此事，咸谓秋女士在日，独立性质，不肯附丽于人。此其一生最末之结果，若竟附葬，不独有违其生平之志，吾辈同人，亦有憾焉！故妹偕同人亲赴西湖相地，已得，在西湖中心点苏小墓左近，与郑节妇墓相连，即苏堤春晓处。美人、节妇、侠女，三坟鼎足，真令千古西湖生色。地段虽小，尽可独一方面。同人均以为可，非妹一人之私见也。姊所得地，本欲同去相看，凭同人择其善者葬焉。奈遍访西湖，不独无大悲庵，且不知有慧珠比丘耳！岂

前日电文错误，抑僻居幽境耶？无从寻访，只得空回。今请姊从初议，地为妹购，姊任营葬，望速派人来杭料理造墓事。运柩一节，亦已议妥。俟墓造成，由同善堂运送来杭，省得现在来杭，又须另觅寄厝也。特此登报布告，伏冀垂鉴！

妹寄尘

丁未年十二月初四日

——《神州女报》(1908)第二号。录自郭延礼、郭蓁编《秋瑾集 徐自华集》，中华书局2015年版

徐寄尘致吴芝瑛书

紫英贤姊夫人赐鉴：

流光似驶，转瞬间又报春来。近维献岁迎祥，履端集庆，曷胜遥祝。妹自笑陈人，又逢新岁，睹此时局艰危，愧无才智匡济，徒增愤叹而已！我姊寄居海上，为女界文星领袖。玉轴盈笥，牙签堆几，时而咏吟，时而临池，琴瑟在左，丹青在右，徜徉小万柳堂中，乐何如哉！可望而不可即，能不令人企慕耶！玉体珍摄，定平复如旧，念甚！

去腊接奉手书，承赐慰言，感谢无既。正思裁答，又得南园先生输信，知文旌赴杭矣！妹亦就医晋省，面告一切，谅姊已知详细。不知璇柩何日来杭，何时入圹？妹返棹时，因工匠价目太昂，尚未讲定，以后若干，始行包办。南园先生何日返沪？归途雨雪，此役未免太劳也。妹归舟即返浔度岁，僻处一隅，尚未得省中及石门来信，故均未有闻耳。此上，即贺新禧。

正封此函，忽接绍兴来信，知鉴柩二十二日入圹矣，不胜欣慰。尤见我姊热心高谊，令我浙人感佩。同人中有询问会葬之期，并云最好正月中旬。否则时间太晚，彼此有课，不克分身，与

会之人恐未必多也。妹因未与姊议定,不便遽覆,未识尊意若何?玉体已复元否?正月中旬可能得暇?会葬时,玉趾临杭否?如何办法?坟事约在何日工竣?会葬日期由尊处择定或妹处择定?统祈示知,以便作覆也。草草再颂曼福。

妹寄尘再拜

戊申一月五日

——《时报》1908年2月26日。录自郭延礼、郭蓁编《秋瑾集 徐自华集》,中华书局2015年版

悲秋记

卿之赴义山阴也,先来余家。时已夜半,众俱安睡。忽闻叩门声,咸大异之,急遣婢启视,乃君也。不禁欢甚,与寝处者三夕。君为余慷慨论事,且示决死意。余知其不可劝,遂听之行。临别,君出翠钏一双,盛以手枪匣,郑重畀余,以当他日纪念。余初以为,君未必遽死也,而孰知天贶之辰,余方得君初三所发函,而君已殉烈于轩亭之畔乎?悲乎,痛哉!

君之来语溪,在五月十二。其去也,为十五。时已昏寝,君意在赴沪,而欲便道,一过鸳湖。行装将发,余为祖饯。君忽面色惨白,落杯于地。余亦惊怪,急起询之。君谓:“心疾忽作,奈何?”余乃令两婢左右扶掖,为之捶背,而痛久不止。余谓君:“今夕不能行矣,盍姑倚俟之”。君以有约,必不可。余曰:“然则明旦专舟送君赴约如何?”君始首可。时钟鸣已三下。疾稍止,余因从容叩君:“者番奚事?匆遽乃尔!”君约略以其大概告。余颦皱曰:“时机未熟.君得毋太躁欤!”君毅然慷慨言曰:“无论如何,余愿为女界革命之先导!”余虽心为危,然极壮之。天未明,君已起,欲行。余遂与别,亲送至溪上。但见曙星冷落,烟树朦胧,恍忽若有阴

气,沉沉来袭余襟。余婉语曰:“沪游返无事,可再来否?”君皦然曰:“从此恐不再来矣!”悲夫!余至今睹西溪之晓风残月,每不禁追忆当年而泪珠盈袖也。

君性英爽沉毅,好高谭雄辩,时有侠气扑人眉宇。喜弄刀剑,常佩倭刀一柄,夜分辄置床头,以为警备。一日微醉,纳凉庭院。夕阳初下,新月如眉。树杪微风,习习吹袂。君曰:“值此佳景,舞刀一回,助子诗兴,如何?”余曰:“可!”乃凭栏品茗,观君旋舞。觉阴风冷气,飒飒逼人。月色刀光,辉映莫辨。忽余女阿蓉手持晚香玉数朵,呼母,欲穿花球。君见之,遽置于地,曰:“此何时,尚欲穿花球耶?可来,余教汝刀法!”蓉遂依君旁,摩挲倭刀者久之。复顾谓余曰:“阿母,儿亦欲买此刀一柄,何如?”君大喜,抚蓉背曰:“好女儿!有英气!胜汝阿母多矣!他日我当将此刀赠汝!”呜呼!孰料言犹在耳,明年六月,君即就义轩亭。及孟冬某日,蓉儿亦复夭逝。国仇家恨,重叠而来。能无恫乎!

今杭州光复矣,而沪上亦有女子军事团、北伐队等组织。使君而存,定能步木兰、良玉之后尘。率敢死队,为北伐之先导。直捣黄龙,与余母女相痛饮,其快慰为何如哉?而今已矣,悲夫!

——《大汉报》1911年11月28日。录自郭延礼、郭蓁编《秋瑾集 徐自华集》,中华书局2015年版

秋社主任徐自华女士与绍兴军分府书

绍军政府诸执事先生钧鉴:

得秋壬林书,知章介眉案已了。秋社祭产,据孙德卿君报告,贵府诸君会议只拨田四五十亩,竞雄女校另行设法。仰见帷幄贤劳,至周且匝,甚感,甚感。虽然,华窃有所未满也。缘章氏田产三百亩捐充秋社,系出于介眉之自愿,亲口为华言之,探其语气,

以为家财房屋。既，再拜稽首，悉数而贡献诸贵府，则不腆下选，属诸秋社以聊表咸慕女侠之忱，用意亦甚光明磊落。当时众耳共闻，敬谓章氏天良未泯。今此案既了，而秋社仅拨田四五十亩，一若出于贵府诸君之德惠，然则华敢请问：余下之田二百五六十亩，是否还诸章氏乎？抑为贵府所没入也？幸即明白宣布以昭大公。盖华非真欲为秋社争兹田亩也，苟得贵分府推好生之意，悉将此项田亩璧返章氏，俾其家糊口有资，不致仳离失所，在今日实行人道主义之际，华且钦颂不迭，何敢退有后言；惟恐仍行没入，以充他项费用，则竞雄女校即越中公益事也。以章氏亲许秋社之田，为秋侠缵承未竟之志，于理未必有舛，而贵分府必强持之曰：军饷、军饷。华不解今日民国统一，北伐取消，尚何所用其囊括者，至欲筹充地方行政经费。在贵分府为一郡代表，自应高掌远跖，而有确实之征收，巍巍都督，尚何必分秋社之肥，以为快乎？

夫秋瑾越人也，章介眉越人也，以越人毁越人之墓，责令赔偿，理所应得，而章介眉愿之。今贵分府非越人耶？执事诸子非越人耶？溯革命之元勋，思大通之遗恨，在贵分府与诸执事又何一而非秋瑾之旧部、何一而非秋案之党人耶，乃独不为秋氏扬眉，为越人吐气，显欲于章所助秋社之田强为支配，岂诸君之贤，反不若章之不肖乎！此诚华所疑，莫能明者也。

惟夫君子爱人以德，决不敢以道理悬隔，遽相诘责，故先以书闻。倘使事出谣传，言之非确，诸君幸甚，秋社幸甚！不然，浙水波深，稽山云黯，前途事业，正有可为，贵分府诸君亦何不善加珍摄，为民自爱乎！专此布达，临颖无任祷盼之至，伏维明贤。不宣！

石门徐自华谨启

民国元年二月廿六日自杭州发

——《神州日报》1912 年 3 月 4 日。录自郭延礼、郭蓁编《秋瑾集 徐自华集》，中华书局 2015 年版

祭张同伯文

维民国元年十一月之①日,秋社同人徐自华等,谨以清酌庶羞之仪,致奠②于张君同伯之灵曰:

呜呼!善不必福久矣,乃遽夭兹哲人。方脱离乎羁绁,得一吐其酸辛。看胡焰之销铄,喜赤县之更新。跃斯民于虞夏,振熙皞之精神。将扩张夫政党,一振起乎吾国民。何临风而羽铩,信天道之不仁。盖溯君之节概,夙磊落而轮囷。具民族之观念,多交结乎豪英。遂遍通乎山寨,尤倚仗乎伶伦。用得收其效果,与徐秋而交亲。嗟二君之遽丧,亦亡命而潜身。终不泯其初志,屡奔走乎风尘。奈网罗之四匝,竟罹祸于海濒。长囹圄之束缚,哀吾道之难伸。呜呼,噫嘻!值民国之初建,正大地兮皆春。君既获免于狴犴,夫固吾党之所欣也。遽修文于地下,宁意料之所臻也。感悲风之萧瑟,又寒雨兮纷纶。谨临觞而一恸,知余哀之逡巡。呜呼哀哉!尚飨。

——《南社丛刊》(1914)第十一集。参校
《江苏革命博物馆月刊》第一卷(1929)第三期

寒谷生春记

重阴冱寒,万籁具息,拨炉灰兮不温,负檐曝其谁献。急景如驰,长年殆尽,已矣乎,其穷阴尽晦,一瞑而不复春乎?乃主人方雷颓于室,而有客已跫然于门,急出迓之,则客子非谁,乃吴中老

① “之”,《江苏革命博物馆月刊》作“十”。
② “奠”,《南社丛刊》作“尊”,据《江苏革命博物馆月刊》改。

名士，所谓老瞿吴梅先生是也。先生素擅才名，风流一世，尤善吹箫度曲，著述殊夥。曩在吴门穷巷，每辱枉顾，盖心仪其人者久矣。会友芳旧主亦翩然来集。友芳，余总角交也，三十年前嘘寒问暖，伴读联吟，几无片刻之离，先君视同犹女。暇辍教之度曲，自以碧玉箫倚声属之。月明凉露，往往夜午不休，余《忏慧词》中《意难忘》一阕即感此事而作也。今忽忽十数年矣，美人迟暮，业洗尽其铅华；赁庑萧骚，终难忘夫结习。盖顷正与倦鹤、小凤、朴安诸子，有《七襄》杂志之刊，兼与病倩相倡和，故兹特来访也。余因为介绍与老瞿会。能事各具，倾慕弥殷，言谈既浃，雅乐斯作。爰命奚奴携洞箫来，为度《小宴》一曲。成连海上，不禁移我之情；安世房中，宁有逾此之乐。洋洋乎，沨沨乎，亦几几声振梁尘，偕琯灰而欲动；春生寒谷，忘岁事之将阑矣。于是诸子群起击节，叹赏不绝，举酒属客，而推余主觞政，以志一时之盛云。

余乃谓诸子曰："今日雅集，固不可无觞政，向来吾曹所行各令，虽甚新鲜，然事后思之，亦尚容易。今拟一令，用花名一、诗句一、词牌名一、葩经一，末结以昆剧名，须一气贯串，蝉联而下。佳者各贺一杯，否则罚依金谷之数，如何？"众初难之，朴安曰："不如除去昆剧名。"病倩曰："令官既已出令，我们多想想亦很有趣。"老瞿亦称是，请余先说。余乃饮一令杯，举令曰："牵牛，微云淡河汉，鹊桥仙，今夕何夕，密誓。"飞觞欲用座上人姓，众以为太苛，遂改用酒字诗句。数得瞿安，瞿遂接令曰："我早已有了，只是欠佳，管他，说出聊以塞责。"令曰："海棠，乞借春阴护海棠，海棠春，之子于归，定情。"飞觞仍及余，余即曰："将离，送君还旧府，离亭宴，赠之以芍药，南浦。"瞿安大呼曰："敏捷之至，且佳极。连飞觞，劝君更尽一杯酒，一气相生，宜各和一杯。"小凤接令云："柳枝。"众笑曰："错了，该罚。"小凤云："我误记是美人名。"遂改曰："柳花，也应攀折他人手，章台柳，在河之洲，折柳。"次及韵清曰："桃花，昨夜风开露井桃,小桃红,灼灼其华,郊游。”飞觞轮及倦鹤,令曰:“菊花,莫嫌老圃秋容淡,秋霁,君子有酒,赏秋。”大众道好,各贺一杯,次及病倩,时病倩方为沈职公母撰挽词,心有所枨触,因举令曰:“忘忧,举杯消愁愁更愁,无闷,焉得萱草,别母。”倦鹤曰:“病倩思亲矣,须慰一杯。”众从之。次及朴安,说曰:“木兰,桃花马上石榴裙,霜天晓角,萧萧马鸣,虏征。”小凤击节曰:“以花名当人,佳极,宜各浮三大白。”轮至周君景瞻,咄咄虬髯翁,盖不速之客也。乃大声曰:“今日冬至,大总统方祭天,诸君何竟不为作一纪念耶?”遂满斟一杯自饮曰:“牡丹,万国衣冠拜冕旒,谒金门,赤芾几几,游殿。”众大哗曰:“景瞻想入都作官矣,宜饮一杯。”景瞻笑受之。飞觞又及韵清,曰:“杨花,杨花愁煞渡江人,长相思,嗟我怀人,阳关。”次又及瞿安得:“梨花,夜雨梨花吟,春云怨,彼美人兮,题曲。”又及余,余亦曰:“梨花,惆怅东阑一枝雪,酷相思,胡为乎泥中,埋玉。”病倩曰:“太颓丧了,且花名已说过,不如另换一佳者。”余曰:“诺。既如此,当再说过,使大家一笑。”遂曰:“合欢,连理枝头花正开,贺新郎,宴尔新婚,佳期。”众笑称好,各饮一杯。又及朴安,云:“杏花,春风得意马蹄疾,烛影摇红,烂其盈门,试喜。”酒字又数到病倩,曰:“芙蓉,不向东风怨未开,隔浦莲近,薄言采之,秋江。”瞿安曰:“妙在一近字,颇入情,应贺。”又及余,乃曰:“梅花,疏影横斜水清浅,暗香,其实七兮,占魁。”倦鹤曰:“‘其实七兮’不妥。梅花当暗香时,尚未结实,宜换一句。”余曰:“改作‘探芳讯,雨雪霏霏’如何?只是没有昆剧名。”老瞿曰:“诗要好否?”众称佳。遂飞觞至倦鹤曰:“桃花,人面不知何处去,绛都春,出其闉阇,访翠。”众以桃花重复,欲罚。倦鹤不肯,病倩曰:“命意甚佳,算了罢。”因飞觞又及余,余曰:“今日如何只管轮到我?”韵清曰:“谁叫作令官?此所为请君入瓮。”余笑曰:“玉簪,记取初眠乍起时,鬓云松,首如飞蓬,劝妆。”又及朴安,曰:“虞美人,时不利兮骓不逝，虞美人，天实为之，别姬。”次又及病倩，曰：“荷花，桂棹兮兰桨，西施，有美人兮，采莲。”小凤曰：“‘桂棹兮兰桨’恐非诗句。”朴安云：“《离骚》亦佳。”飞觞罢，又及余，时已酒阑，群嘱收令。乃曰：“桂花，秋景今宵半，人月圆，携手同归，赏秋。”遂尽欢而散，明日写此，为《寒谷生春记》，时甲寅冬至后一日也。

——《七襄》(1915)第七期。参校
《江苏革命博物馆月刊》第二卷(1930)第三期

故王翁墓碣铭①

剡人王逸，既葬其祖父于邑西乡独乌梓村之原，复具状乞文于余，辞不繁，而其人之行谊节概，显显在目。余以是知其言之诚，与其事之信可传也，因不辞而为之碣。逸之言曰：吾祖讳脩宫，其为人也，大类余。娴技击而善发枪，发无不中，尤习驰骋，豪于饮。洪杨倡义，祖年方壮，闻之，即入其军，为裨将，率师驻宁波。久之，洪败，乃散其部曲，归山中。日夕纵饮，终其身。颓然放废，一不问人间何世矣。以民国纪元前八年甲辰某月日卒，即太平天国亡后四十岁也，春秋六十有九。配祖妣袁，子一，启孝，即吾父，先吾祖卒。生平尚气义，重然诺，亦君子人也，今悉从祔吾祖墓旁。逸之言止此，逸之为人信亦若是也，是宜铭。铭曰：

索虏猖狂乱天纪，覆明邦社截明祀，历二百稔冠荐履。敻乎尚哉洪天王，辞严义正师堂堂，以伸冤愤以安攘。粤有奇材剡中杰，扬鞭崛强入行列，一军海上森矛戟。沧桑陵谷矢不移，翩然隐遁深山崖，悲来一恸倾千卮。天荒地老讵无望，地转天旋忽昭

① 此篇作于1915年。

旷,殁十年后虏竟丧。虏人丧兮神州还,孙有劳兮终不得闲,覆君土兮艰乎艰。剡山之阳剡溪曲,厥土高垲允亭毒,魂其安兮集遐福。

——《江苏革命博物馆月刊》第二卷(1930)第五期

伍崇敏

伍崇敏(1874—1964),字树芬,江苏南京人。夫毛邦伟,贵州遵义人,光绪举人,后入日本东京高等师范学校,回国后历任北京优级师范教员、北京女子师范教务长、教育部佥事、北京女子高等师范学校校长等。伍崇敏1904年留学日本东京高等师范,1905年加入中国同盟会。1910年回国后,历任女子师范学堂附属两等小学堂指导师、北京女子高等师范训育主任、北平妇女救济院院长等职,终生从事教育。

说廉耻

余读报章,知女子将有参政权,不禁欣然色喜,且久静思动,颇热心官途,爰就老于官场中人而问之曰:“官海茫茫,何由入道?”官场中人曰:“嘻!自共和宣布以来,吾党大受排斥,日闻天然淘汰、人为淘汰之说,中心恐惧,念从此以后不敢再问时事。不意大难渐平,吾道复炽,今更得女界加入,将来发扬光大,真可震耀全球,共和民国不难改作共和官国。子其勉之,吾将有以告子。昔先达有言曰,为官之道首在竞争,竞争之术当以无耻为前锋,以寡廉为后盾。斯言也,吾始疑之,继经数十年官海风潮细心体验,而始知其言之不误也。盖为官之人最忌有耻,有耻则拜干父、认门生及其他卑污事皆不肯为,羞恶之心盛,利禄之念淡矣。无耻则能忍人之所不能忍,能为人之所不屑为,笑骂由他,官自我作,趋炎附势,到处逢迎,婢膝奴颜,投无不利,故以之为前锋,则如泼地水银,无孔不入。旁观者虽诮其颜之厚,而我则深信其顶有光焉。然政以贿成,非钱不可,几曾见名为官吏,有不惟利是图者乎?卖官鬻爵,国家明定规条;谋缺求差,吾人暗通关节。平日两生三节,炭敬门包,皆为礼之所不废,且官场交际需用尤多。单夹棉皮,添制惟嫌其少;花酒牌局,应酬不可不周。苟运动乏资,则前途无望,使非贪多务得,何能挹彼注兹。明知民脂民膏来源不易,然念官之乐,不能计及民之苦也。故以寡廉为后盾,然后可以希荣固宠,立于不败之地。要之宦途虽广,入道有由,无耻寡廉,格言可佩。果能由此入手,身体力行,则有才者一日三迁,位登极品,无才者亦素餐尸位,按部推升。虽民有安危,君有兴废,时有治乱,国有存亡,吾道万难磨灭。谓予不信,试证诸目前。不观今日共和政府中,不有昔日保皇人物乎?昨日残杀革党者,今日即欢迎革党者乎?拒德麟之赂,如朱芾煌者曾有几人;存舆论之真,惟天铎报馆独不受贿。足见喜谀好货,人情皆然。送旧迎新,文明所许,寡廉鲜耻,诚无往而不得其宜。子其勉之,慎勿因国体变更,轻听流言,以致信道不笃,诬将来之好生涯也。”余闻言而惊,继而叹曰:“嗟乎!廉耻道丧,然后可以作官,此所以具高洁之性者,其能与流俗竞争,避世之人入山惟恐不深也。然君子道消,小人道长,上行下效,捷于影响,是以兵匪大肆掠夺,皆谓取不伤廉。国民拔本国旗,而树外国旗,恬然不知愧耻。呜呼!昏天黑地,万鬼横行,天下岂有如此之共和国乎?且夫全国人民廉耻道丧,而国不亡者未之有也。吾又安能以女界之清白,入此官吏社会同流合污,以速民国之亡也乎哉!”

乃说者曰,无耻之徒亡人家国,古今一辙,历历可征,吾无疑义。至贿赂一事,虽曰伤廉,而目为亡国原因,毋乃言之过甚。余因此质问,颇有研究价值,不得不比较论断之,以伸其说,而穷其义。其谓贿赂非亡国原因之说曰,政治界中,无论君主立宪、民主共和,贿赂俱所不免,盖人多品杂,竞争剧烈有以致之也。昔英相瓦儿坡氏,偕其友至议会,指会中人而私告之曰,某也出资几何,某也纳款几何。其腐败政略,历史亦曾载之。德法诸国,率多类此,美国则更甚焉。日本法学博士高田早苗曰:“年来本国政治界日形腐败,竟有出金千元运动议员者,然未若美国运动费,概在万元以上者也。”由此观之,东西各强国,何尝不行贿赂,而国势至今不衰。然则谓贿赂非亡国原因者,其说未可厚非也。其谓贿赂为亡国原因之说曰,希腊之亡也,岂不曰人心腐败,贿赂公行乎?罗马共和政治之灭也,岂不曰人心腐败,贿赂公行乎?黎毕儿氏者,美国政治道德家,慎重不苟言之人也。今其言曰:“吾以历史为根据,静观古今各国,未见有贿赂公行而其国不亡者。”其言可深长思也。朝鲜我之近邻也,数年前遣使调察日本行政事务,参观司法省,行至厨门,见木牌上大书“贿所”二字(日本称厨房曰“贿所”),喟然叹曰:“我国虽贿赂盛行,尚未设有赂所,不若贵国之机关完备。”新闻登载其事,传为笑谈。乃曾几何时,而国非其国矣。前清时代,亲贵专权纳贿,上至总督巡抚,下至府厅州县,皆视其地方肥瘠,定贿赂等差,自以为假托立宪美名,长享万世富贵。不意人心思汉,天诱其衷,数月干戈,民国大定。不知者目为惊世骇俗之举,而有识者见其政治腐败,早知必有今日矣。由此言之,亡国原因又何尝不由于此?然则谓贿赂可以亡国,何以英美诸国至今益强;谓贿赂不能亡国,何以罗马朝鲜至今无望。其将何所根据,断定二说之是非乎?曰,当依据国民性质,从根本上而下论断焉。不见夫北京之道路乎?大雨之后,各胡同内泥深数尺,经数日而潦水尚存。若马路上则不然,雨后数刻即干燥如常,行人不苦。夫受雨均也,马路则为害甚浅,胡同则为害甚深者,诚以马路地质坚固,胡同地质薄弱也。故行贿均也,英美诸国不遭危亡之祸,而朝鲜等国竟以此灭亡者,亦以英美诸国之国基巩固,朝鲜等国之国基浅薄也。英美诸国,其社会善良,国民皆能热心宗教,保守道德,所腐败者不过政治家中之一小部分耳。一经国民指摘,即不容于社会,或自行告退,或勒令罢职。故其失也,如日月之食焉,于国家大局无关也。若朝鲜等国,政治腐败,官吏贪赃,久为世界所诟病,其教育目的亦不过养成官吏,并非造就国民。是以国民道德坠落,智识不开,但知营私,不知爱国,互相争利,上下若狂,适与英美诸国立于反对地位。所谓上下交争利而国危者,此之谓矣。故余得比较二说而论断之曰,贿赂有亡国之道,幸而不亡者,国民根性良善有以匡救之也。

我国承亡清之后,号改共和国体,犹是腐败人民。若在十九世纪以前,久为列强所兼并,乃自革命以至今日,列强仍严守中立毫不干涉者,岂果多所牵制乎?抑震惊吾国数千年君主专制,一跃而为民主共和,能应二十世纪世界之趋势,公认为文明举动,故盘马弯弓,不敢发耳?设能从此发愤,力图自强,砥砺廉耻,痛矫亡清之弊,则朝无幸位,野无贤人,风俗改良,道德进步,内治整理,外患消除,吏与法美携手同盟,共谋世界全体人民幸福,为东洋各国树风声,庶几无负此番改革精神,留万世不磨美誉。倘腐肉不去,新肉不生,徒务其名,不务其实,因陋就简,听其自然,则亦亡清之续耳,又何贵有此革命乎?是所望于大总总行政用人,审慎出之,不使无廉耻之人得以幸进。各报馆监督政府,果能扬恶扬善,不令无廉耻之事再有发生,男女学界鼓吹文明,确能激发国民廉耻心,使不肖者更新,自爱者加勉。如此则分子尽善,社会健全,民国根基从兹永固。呜呼!机不可失,时不再来,亡国恒于斯,得国恒斯,吾国民其念之哉!

——《女子国学报》(1912)第一期

男女自由平等之真解

天生男女，本无厚薄之殊，而体质心情，则显有强弱刚柔之别。大抵男子刚强，女子柔弱，征诸世界各国，莫不皆然。是以古代女子皆因柔弱之故，不能自谋其身，须俟男子扶养，仅知服从男子命令，无自由平等之可言。及十八世纪之末，法国革命大重人权，自由平等学说勃兴，女子始有自立思想。迨十九世纪以后，物质进步，生活艰难，男子不能尽其扶养责任，势不得不提倡女子自劳自活精神，于是女子日兴，女子职业范围大加推广，同时女权问题即因之而起。至于今日，男女界竞争益烈，自由平等学说愈发达焉。夫以柔弱女子能操男子职业，自当享男子同等权利，至公至正，本无可疑。然必谓男子职业，女子皆须操之，男子权利，女子皆须得之，是又未明男女固有特性及分业之原理者也。夫自由者，因人固有特性，发挥而光大之，不加强迫之谓也。男子有男子特性，女子有女子特性，各因其特性就一定职业，不为苟异，亦不必强同，是即谓之自由。设不问男女特性如何，必欲强而同之，削足适履，取方就圆，欣欣然号于众曰，自由自由，听者不察，和而倡之，亦曰自由自由。呜呼！岂真自由乎？吾惟见其不自由而已矣。平等者，对称之谓也，如左右手然。左手持碗，右手持箸，左手执纸，右手执笔，交相为用，各适其宜，未有谓其不平等者也。今有人曰，右手持箸，左手何为持碗？右手执笔，左手何为执纸？必也右手持箸，左手亦持箸，右手执笔，左手亦执笔，然后可谓之平，有是理乎？男子治外，女子治内，责无旁贷，事有专司。故男女对称，内外并重，交换智力，是即平等。今因女权发达之故，谓男子治外，女子亦当治外，誓必与男子同职业、同利权，然后可谓之平。斯言也，是犹使左手放弃其应尽责任，代右手效持箸执笔之劳也。信如是说,男子治外,女子亦当治外,家庭大事无人过问,则家道苦而社会动摇矣。前美总统罗斯福谓其国女权大张,非国家之福,欲采男治外、女治内之治,以相维持者,职是故耳。近年来我国女学日兴,女权亦大发达,然矫枉过正,不免有误解自由平等之说者,以致我国女学反为世所诟病。吾侪稍受文明教育,固当深探女子固有特性,熟察社会一般情形,为多数女同胞定标准,不当好高务远,以少数特别人心理,遂不惜破坏家庭社会秩序,沽无益之虚名。须知世界进化事业孔多,男女无共同性质之理由,有分担职业之责任。深愿吾女界同胞,三复男治外女治内之明训,巩固家庭社会治安,慎勿妄袭自由平等皮毛,必须坚持自由平等真理,庶家齐国治,得长享自由平等幸福焉。

——《中华妇女界》第一卷(1915)第一期

张竹君

张竹君(1876—1964),广东番禺人。出身官宦之家,精医学,通外文。曾就读于广州博济医院(中山医学院前身),后转入夏葛女医学堂。先后创办或参与创办广州禔福医院、南福医院、广东私立公益女学、广东育贤女工厂分院、上海女子兴学保险会、上海女子中西医学院等。1911 年发起组织上海红十字救伤队,带队奔赴前线救治伤员。辛亥革命后,参与组建中华民国女子参政同盟会,与唐群英、沈佩贞、林宗素、张汉英等同为女权运动的中坚人物。被誉为“中国第一位南丁格尔”“女界之梁启超”。1964 年病逝于上海,终生未婚。

记张竹君女士演说

女士张竹君,广东人,十余龄即精医学,兼通外国文字。在粤创南福医院、女学堂、女子保险会、实业学堂等,所费无虑十数万,吾女界中救国之伟人也。竹君今年二十余,其成立已如此。今以东省战祸方炽,欲投身红十字会以自效于国,道出上海,爱国女学校特开会欢迎,并请竹君演说。本社记者得就旁听,因速记其辞如左,吾国女子闻竹君之论可以兴矣。

余生于粤,粤之地理言语,皆与黄河、扬子二流域绝殊,故余渡海至此,所见风俗习尚,往往若呈怪象。夫同一国土,同一民族,今日吾目之所接者,即前日吾魂梦所极不忘之同胞耳!虽然,人安于所习,而不喜于所不习。所习者未必尽善,所不习者未必尽不善,而人终不以彼易此者,殆习惯之果成为天性欤?今承诸君之召,吾对此席间之女同胞,实有无限之爱情,即对于旁听诸君,亦实有无尽之敬意。言语本不足以宣达衷隐,矧余所操者,又为粤音耶!余闻林少泉先生言:爱国女学校,遇礼拜必开演说会。余此来,本欲闻诸君之宏议,而诸君顾坚欲以演说属余。余既无预备,而对此同胞姊妹,感情繁生,则余所欲发之语言,更如乱丝,将不知所理矣!

爱国女学校,为中国教育会诸君所立,诸君热心教育,吾已深敬。诸君言教育,而必先及女子,立此极完全之女学校,为吾国女子造福,余又不能不代我全国女子表感谢之意于诸君也。吾国人数号称四万万,有识者更以集合团体为办事之始基。虽然,教育不兴,则四万万犹之无人也;团体不固,则四万万犹之散沙也。今日之学堂,谁非谈教育者?今日高知之士,谁不言集会结社者?然以余所观,足以当教育之名,而验其团体之固,虽经百撼莫或动者,舍教育会与爱国女学校,夫谁与归?中国者,长睡之国也。睡狮不醒,长夜漫漫;春雷一声,群蛰胥起。乌乎!爱国女学校,其将为春雷乎?虽然,吾爱爱国女学校,吾敬诸君,而吾终不能不为我女界痛哭者,则以倚赖之根性至今犹未拔耳。今试问发起而立此女学校者,果我辈女子乎?管理此女学校、任教师之职者,果我辈女子乎?吾故断言曰:若无中国教育会诸君,则此爱国女学校之名词且不能出现于世。此吾不能为吾女子讳也。

夫辨察万类,必求其因。吾辈女子夙昔潜处于男子肘腋之下,今欲脱出他人之肘,顾乃群聚肘下而谋求去之方,胡其戾于理之甚?余考其故,则知其受病之原在于学之不足。学不足,斯不能自立,不能自立,而求出肘下,与男子立于同等之地位,是犹航断港而求达于海，终于无功而已矣！

虽然，学也者，非无所受而能也。今欲受学，不能不丐于人，而环顾我女子社会中，果何者足为我丐？然则，今兹之不得不暂时俯首听命于热心之男子者，亦时势所无可如何矣！然吾闻之，古之英雄往往不为时势所格，且能造出时势者。吾今敢以一言献于我女同胞之前曰：公等须谋造时势者，倘借口于吾之前说，而为暂时丐学之计，久久而忘之，久久而安之，始则倚赖一年焉，继则倚赖两年、三年焉。倚赖之性与年相积，即独立之性与年相消，则今日本为求解脱而来学，而学成适益缚其手足，此不宁非吾辈女子之所愿，抑亦非教育会诸君意也。

天下之事，何者谓能，何者谓为不能，只视吾志何如耳。欲出中门，而转侧于阈，夫岂阈之足限吾步？毋亦吾之惧怯不前而已。余闻内地女子稍有知觉者，辄对人而嗟曰：吾固心于学者，然吾父尼我，吾母又尼我，吾亲戚又尼我，吾财产不丰又尼我，吾丈夫子女又尼我。嘻！之数说者，谓其为巧辞，则非巧辞，谓其为衷言，则吾决知其非由衷者也。己不力学，己不树志，于人何尤？于境又何尤？

中国之危，于今已极，扶颠定倾，吾人之责，下手先着，舍教育未①由矣。戊戌、庚子之事，曷尝不足以震荡耳目？而当时全国幼稚，骤欲举而措之，有如投洑望洋，不辨涯涘，其失败也固宜。今诚能萃热心之士，而着手于教育，则他日可以共同一致，指臂相应，条绪井然。欲谋救国，自不贻盲进之诮。要而论之，欲言救国，必先教育；欲先教育，必先于女子。而女子所宜先者，则首自立自爱，次则肆力学问，厚结团体。此余演说之大旨也。

抑余更有言者，今中国有两时代焉：竺旧之夫，则为睡梦之时

---

① “未”，原文作“末”，据文义改。

代;骛新之士,则为言谈之时代。夫行之维艰,古圣有训。大厦将焚,彼幕燕者更何取夫喃喃为也? 故欲救空论,必兴实业,且女子苟能治实业,即为自立之首基。余在粤所办女子实业学堂,今已粗有成效。吾故甚望爱国女学校,亦能注意于女子之实业,则有裨于吾女子者大矣。

吾今操粤音,甚憾不适于诸君子之耳。今将竭一礼拜之脑力学习官话,倘征程未发,当于下礼拜六再来赴会,以罄所怀。

竹君演说既毕,合座拍掌,声动四壁,竹君欠身致谢,徐步下发言台。爱国女学校教习汤君、校长钟君,致答辞甚长,容续录。

——《警钟日报》1904 年 5 月 2—3 日

卫生讲习会演说

本会开会大旨,汤君既详言之,余今请引申汤君未尽之言,而为诸君告。吾国女子,有大害于卫生者二事:一为缠足,一为粉黛。缠足之害,人人知之,吾今可暂置而不说。至于调弄铅华,果能饰观与否? 吾且勿问。第粉质乃杂合极微之铅而成,附铅于面,足为肤肉之害。盖吾人周身皆有无量数细管,以排泄汗气,今于面部涂以铅粉,日积月累,极微之铅,已满布于排泄汗气之细管,人身应排泄汗气,即因管塞而不能排泄矣! 且铅甚有毒,能害血输,故涂粉日久,其面必现青色,此皆铅之为害也。面部之细管血输既受铅害,而失固有之功用,此一部即病矣! 此部既病,他部且必因此而生病,是则区区铅粉,实无异于鸩毒。至如发部,欲其黑光,亦用黑油或胶漆涂之,其害于发者,亦如铅粉之害于面。人之有发,本以卫脑,发既受害,脑必随之而伤。鄙人稍知生理,故为诸君切言如此。诸君果知宝贵生命,断不肯不受吾说,而甘心自残,以博男子之一顾也。然吾考求女子之必为此饰观,盖亦有故。凡人之生，苟衣食丰足，不求外给，断无仰首向人，以献殷勤之侧媚。女子必涂饰其面发，残害身体而不之顾，但求媚于男子者，正以己无生业，一切养生之事，皆依赖于男子，苟离男子，即不能自立，不得不以可怜之身，为侧媚之态。今日欲推论其极，吾且声呜气噎，不忍卒言。万年黑暗，历劫不复，今日苟仅执生理卫生之说，昌言女子欲其破除解脱，亦乌从而能之？故必为女子求一方法，使于生事得所资，待可以自立，不求生存于男子之手，乃庶几其有济。

然此种事，望诸男子，殆无望也。不观今之政府乎？彼亦尝于国中有所改革，有所兴作，然并无一言及于女子，则以政府中人皆男子也。且彼措置，亦太傎矣！今使女界长此黑暗，而欲求国民于现在村娃之手，未见其能得也。今且勿论女子与男子之牉合，其关系为何如，特以人之生也，必赋形于父母，秉于母者，实多于父，苟以卑弱丛疾之女子，亦安望有伟大国民出耶？独是今日，男子其受外力钳制，虽较女子减轻一层，然实同处于长夜漫漫之国，同居于内压外逼之地。男子第自为计，已有我躬不阅之叹，奚暇更及于女子？故予窃欲吾侪女子汲汲讲求卫生，汲汲从事工业，以求自强，以求自养，而去其昔日之依赖。此二事苟能诚心求之，以为自立基础，而更加益以学术。吾见今日荒荒大陆，有吾女子树一帜、张一军于其上，他日羡世界女权者，将不羡欧美，而羡中国。盖中国男子之相去不过五十步之于百步，男子之无政治思想，且略等于女子，则今日吾辈急起直追，不难于实际上与男子获同等之权利也。鄙人欲以卫生及手工等事为女界建设之基本，吾同辈想当以此举为然，而急就此去苦就乐之途，以耀光彩于中国乎？

案：张女士演讲之词甚长，苦汉字困于形体，无速记之减笔字，举纤悉以记之。故所录者，仅得概略，遗佚甚多。然就此区区一小篇，已觉其心长指远，且语气之激昂沉挚，尤足以振兴顽懦，宜乎当日听讲者，鼓掌不逮，而叹为胜鬟妙音也。

——《警钟日报》1904 年 5 月 25 日

感情演说

今日诸位贵客光临，可称盛会矣。吾以为今日之会，有三幸焉，请言其大概。吾于去春来沪，身体甚强，颇思在沪办事。因与同志议设女工学堂及卫生讲习所，极有兴会。乃五月间忽闻先父噩耗，其时正在开办学堂，不克回籍奔丧，此心悲痛，常如刀割，因此触发旧疾。七月开学后过于操劳，复感新病，缠绵床第，屡更医药，未能见效。至十一月间日见危笃，幸遇世伯李公诊治，得以转危为安，此乃吾一人之幸福，所谓一幸也。人生恩情莫如父子，其种种关切，亦莫如父子。凡为父母者，莫不望其子女显名于世，又莫不望其子女常保安康。设其子女有不测之事及疾病缠身，为父母者不知若何迫切。斯时有人为其子女维持调护，得庆安全，为父母者又不知若何感激。今吾只身在外，举目无亲，疾病相侵，风潮迭起，吾父母在九泉之下，不知若何忧急。幸有李公赤诚相待，视吾如亲生子女，既愈吾之疾，又助吾之事，并以台脱略形迹，易招疑谤，又时时规劝，吾既事之如父矣。吾父母在地下，亦可以释然无忧。此乃吾父母之幸福，所谓二幸也。李公向不行医，而治吾之疾，应手而愈。吾历叩中医门径，李公一一指示，因思中国女界向无学医之人，吾于西医略知梗概，若再益以中医，岂不全备？但念吾一人受之，而不思普及女界，吾心何安？今得李公发愿，创设女子中西医学堂，使数千年女界未开之学业由此而开通，由此而发达，以后吾中国女子疾病可不假手男医。此乃中国女界之幸福，所谓三幸也。吾今日拜李公为义父，诸位必以为此世俗之事。吾非不知其俗，且李公坚辞再三，但吾之心觉得不如此，不能一日安也。大凡人情之至即是天理,顺吾之至情以循天理,又何论雅俗乎?望诸位谅之。

张竹君女医士近认李平书太守钟珏为义父,月之六月,从俗行过继礼,大觞宾客于沪之愚园,名曰园游会。中外缙绅淑女临者百余人,称盛会焉。初,竹君将行是事,外闻谣诼繁兴,略谓竹君负盛名于女界,不宜多此一举以为薄俗倡。竹君微有所闻,因思发表其意见于众,乃于先一夕草成此稿,拟于开会日演说。讵是日来宾极众,座上几不能容,竹君为女席主人,蹀躞其间,往来酬应,竟无演说之机会。事后乃将此稿交来本社,托为附刊于报栏,以告知竹君者。同人初念此个人之事,不足以博读者一顾,旋思竹君生平影响于女界者甚大,其一举一动多为世人所属目,故录之,并述其事之梗概如此。社员某记。

——《大陆报》第三卷(1905)第一期

女子兴学保险会序

痛哉!吾二百兆之女子也,其贫者、富者、老者、少者,肝郁之病十人而九,凄怆之情尽人而然。此岂徒缠足之苦、体育之缺有以致之哉?盖其境遇有难言者矣。论者不察,以为胸襟之狭隘、性情之偏挚,足使之然。彼何尝设身处地,一究女子之悲苦及其危险耶?则请为一一数之。

数千年以来,女子无才便是德之说播满于社会。为女子者,舍顺从之外无思想,舍中馈之外无义务,不学无术,以浅陋相夸尚。夫女子为人群之母,母教之不讲,民品所由败也;女学之不昌,人种所由弱也。大局阽危,任其责者,病狂之男子居其半,柔弱之女子亦居其半。驯此不变,即无列强之瓜分,亦难免于天演之淘汰。其险一。一家之中,必生利多而分功密,其家乃亨。今之女子大半坐食,男子每竭蹶于家计之艰难,而遂斫丧其爱国之志行,此虽由男子之痴恋乎?抑由女子之不能役其力以自养,有以短其气也。由是之故,人人皆重家而轻国。夫如是,国安得不危且弱也?其险二。女子既不能役其力以自养矣,则必待养于夫若子。设不幸而夫早丧,则如失所天矣。嗟乎!此世所以有"死在夫前便是福"之说乎!度丁斯危者,无子则毕生以殉之,有子则含辛而偷存耳。其险三。然而有子可恃,犹有希望也。设不幸而其子幼,则如之何?设不幸而其子不肖,则又如之何?每见世之寡妇抚其孤儿,恒不免姑息,其子长而浮荡,致覆其家,往往有因此而抑郁以丧其生者矣。其险四。然而使其家未中落,或有其夫之伯叔兄弟,则犹不致如飞鸟之无依也。倘家本单寒,又无亲属,则斯时也只影凄凉,惟有仰视天而俯视地耳。其险五。然而使居于其乡,则犹有戚党之周恤也。倘随宦他乡,或游贩异域,夫死无依,如大厦之莫支,旅榇未归,魂兮何往?日暮风萧,寒帷泣血,求生则怅然无之,求死则目必不瞑,此非人间之至惨而女子之所常遘者乎?其险六。其或年在幼稚,遽失怙恃,虽有伯叔兄弟,其抚我育我未必果如生我者也。倘并此而无之,则其孤苦又奚若?饥寒之不恤,疾病之谁诉?幼而失学,长而粗鄙,亲戚远之,乡党笑之。其险七。非独贫贱之家,其所处至难也。即使生而富贵,而或遇悍戾之舅姑,或遇浮荡之夫若子,则其困难且有甚于贫家者。外观者徒见其席丰履厚,遂从而欣羡之,曾知其体魄之弱、疾病之频者,果何由耶?其险八。自唐以来,缠足之风日播月盛,谬俗相传,流为种习。平居则贼其体、残其肤,其苦已不可言;猝有水火盗贼之变,非含辱偷息,则自经于沟渎耳!其险九。买奴之俗振古于兹,贫贱之家偶值凶年,即难免贷其妻女。即使阀阅名门,而猝遭兵燹,室人离散,能必其可免乎?至流为娼妓,则尤有不忍言者矣!其险十。无识之民,怵于生计之难也,不求生利之方,而惟思行险以侥幸。于是购彩票,好小赌,纷然若狂,女界之下流者为尤甚。欲望愈大,利源愈竭,资本愈亏,生计愈蹙,于是无耻盗窃之风作矣。其险十一。此十一险者,险之尤大者也,其余诸弊指不胜屈。呜呼!吾不忍言,思之心酸,言之喉噎。即就其荦荦大者言之,度非蠢然一物者,当无不太息而流涕也。于此而犹有熙熙攘攘、嬉游酣佚者,其无人心者耶?其燕巢危幕,不知其危者耶?

夫吾女子之险若此,岂天生女子必与以若是之厄境乎?抑吾人自造之者乎?推原其故,半由于男子之压制,半由于女子之放弃。彼男子之肉,其不足食矣。吾女子之构成此险者,厥有二原因,盖一由于不知学,一由于不能群。不知学,故志虑浅薄,无以周知天下之故;不能群,故痛痒不相关,平居既不能有乐群之益,猝有变故,又不能为将伯①之呼。芸芸以生,有同孤立,腐败若此,涣散若此,不能自振,又何足怪!鄙人窃不自揣,志欲联合海内诸女士为一大群,取数千年之恶习扫除而更张之,举此十一险者芟夷而平荡之,永不留此恐怖之纪念于吾同种。其术无他,未蹈斯险,则预防之;既蹈斯险,则拯拔之。修智育以求自治,习工艺以求自养,联同志以求自镜,此预防之术也。凡吾女界之颠连而莫告者,孤寡孤独而不克自治者,则协力以匡济之,此拯拔之术也。严于自治,以成一己,勇于合群,以结团体。始于立志,中于忧虑,终于实行,虽艰难百折,必达目的而后已,揆诸博爱之理,庶无悖欤!鄙人不才,先为之倡。我二百兆之同胞,眷怀大局,抱陆沈之惧者,其亦有取于是乎?

尤有虑者,此会以慈善为目的,富贵之家优游暇豫,或可无求于人,然目击同胞之颠沛流离,度热心之士当不忍于漠②视!且取

① “伯”,原文作“孤”,据语义改。

② “漠”,原文作“膜”,据语义改。

精用宏,挹注最易,尤望各发愿力,成兹义举。女子感情最烈,哀乐过人,倘袖手而不救,如秦人视越,人之肥瘠,漠然不动其心,更何望男子为我辈援手耶?况富贵无常,岂无不虞之变?即日居富贵之乡者,亦安能无须群力之相扶?然则保险之会,在团体固有不可卸之义务,即为个人计,受益亦未可量也。况斯会之成败,全视经费之充绌;经费之充绌,全视乎有力者担任之轻重。盖斯会之起,贫乏孤独之人必乐于入会,以所费省而所得多也。至于富贵之家,多狃于目前之苟安,自非热心爱群,度无不吝啬而幼步者。夫使一会之中,鼎力者寥寥,则经费必支绌而不可持久。况斯会拟设会场四所,内附学堂,核其经费,岁以万计,而匡扶救济,尤未易一二数。倘经费困难,则亦终于无成而已!夫一群之初合也,发起之人奋臂而呼,以为天下必将响应,既而以阻力多而助力少也,于是初之以大团体自期者,继将仅成一小部分,又不幸则仅能起风潮,以一耸人之感觉而已。此非发起人吸力之有大小也,视乎赞成者助力之众寡而已。同胞乎!同胞乎!如不望斯会之成则已,倘望其成也,则愿力不可不宏,热诚不可不涨,密勿勤劬,必共底于成而后已。批茶之行,耶尔丁格尔之志,愿与诸志士共之也。

——《中国新女界杂志》(1907)第四期

张竹君女士致英按察使书

(为刘阿妹事)

敬启者:

敝国民女刘阿妹被印度人蒲及、项生等二人轮流强奸一案,闻已由尊处讯过,证据确凿,中外咸知,兹闻定于明日(礼拜三日)复讯定断。想贵按察使遇事秉公,对于此等野蛮举动,定必尽法惩治无疑。但鄙人不能不为事前之预计者,试问贵国视印度人民为劣等人民乎？抑视与贵国人民为同等乎？倘视为劣等人民，今犯此不法，正可以处劣等人民之法律处之；倘视为与贵国人民同等者，则贵国人格文明，出此败类，更应严法惩办，以尊国体而崇道德。总之，印奴出此野蛮举动，印度既为贵国属国，不特敝国人民不幸，即贵国亦有所不幸也。鄙人忝任医生，又为女子保险会长，见吾女同胞遭此污辱，实不能不为伸诉一二。敝国女子素重名节，刘阿妹尚属处女，今遭野蛮人轮流强污，试问后日尚可以为人妻乎？犹有人纳以为妻乎？倘处印人以十年二十年之监禁，则十年二十年之后，仍得逍遥法外，而刘阿妹则罹此奇污，终身无洗涤之日。照敝国法律，强行轮奸良人妇女，为首者斩立决，为从者绞监候，所以定如是严刑者，原欲尊崇女德而惩强暴也。今印人犯案正同，务望贵按察使参考中外法律，严惩蛮奴，以昭公理，而平人心。且保全和平，惟有公理。此事出现日久，传扬颇广，吾国旅居上海女界，疾呼奔告，愤愤同深。此时群众视线，皆注集于贵按察使，所以明日之讯，务愿贵按察使力持公理，重惩淫凶，幸甚幸甚！附呈敝处女子保险会章程一纸，并希察阅。

——《民呼日报》1909年5月26日

拟致沪上信教华人书

嗟呼！强邻侵迫，国事日非，翘足引望，西北西南，风云日紧，瓜分惨祸，昔日仅闻诸言论者，今将着为事实。际此危急之秋，凡我同胞苟稍有血气而略知爱国大义者，宜无不义愤填膺，共图所以御外人而保全国土，是亦国民应有之义愤也。乃我今独不解沪上之信教诸同胞！

夫基督教之行于我国也，垂数十年，信徒之众，无论通都大邑，即穷陬僻壤，亦必立有教团。而沪上则固为吾国教团之集合点,教友之盛,非他处可同日语。富有学识者大有人,声闻卓著者大有人,且颇有怀抱热心,仰体上帝博爱之旨,实行其事以救济同胞者,如国内苟有灾荒剧烈之处,皆能大发慈悲,募集巨款,拯援灾黎,此亦大可钦敬也。顾提倡慈善事业,诚足多矣,独至事涉国家或与外人交涉者,则遂噤若寒蝉,不复有斯须之声响,咄咄可怪!是岂以信道之徒,不应有国家观念耶?抑念教由外人传入,今日教中执牛耳者,纯为外人,未便为间接之开罪耶?准此二说,鄙人窃以为大谬者。倘谓信教之徒不应有国家观念,则今日欧美各国,上自君主,下逮庶民,几无一非信道之徒,何尝因信道而减其爱国之热度,或因信道之心愈笃,而爱国之心愈挚者,则有之也。且国家为我人民公共之寄托所,国家苟有不测,吾人寄托无所,乃成亡国之信徒,即曰不受外人若何凌侮,亦复何颜随上国人民而顶礼上帝耶?若惧为间接之开罪,则何如信道之初即隶籍外邦,他日两国有事,不但于祖国无所关怀,且可为虎作伥,以博外人之欢心,不亦善乎?

鄙人亦为耶教中人,且信之弥笃,横逆事来,无论巨细,必祷告上帝,以求默援;原以上帝至公无私,具有万能,抑强扶弱,正是上帝博爱平等之真旨。如我中国,哀弱至此,强敌环伺,竞用侵凌,想吾最敬爱之上帝正在垂怜我国之不幸,或竟深冀我四万万同胞集合成团,万众一心,爱护祖国,以消弭强敌之窥伺,亦以保持世界之和平。准是而言,上帝方以爱国企望我同胞,凡吾同胞而信道者,尤宜深体而力勉之。夫信道者,敬信上帝也。若信道而惟外人是服从,则信者为道,而所以信之者外人也,不特信道不真,直是借信道以媚外人而已,如斯信徒,吾知定不为上帝所喜也。且爱国之念,非特为国家计而应有,即为个人计亦应坚持而勿失。今日吾国信道同人,得外人欢迎而引为同志者,固皆尚负此老大帝国民之名号也,万一他日者神州有陆沉之痛,凡我国之信道同人，其能享外人之特别优待乎？抑将与多数同胞遭人之异视乎？至斯而悟，惧不及矣。诸君子悟道真切，识见高远，想当有高明见解，诚非一管之见所能窥及，但鄙人既有此疑团，不得不妄言以直陈之，冒渎非所计也。

又鄙人于每星期四下午四点钟在派克路育贤女校内开会讲道，自此星期四（十六日）起，讲道之外，令与会者诚求上帝，呵护我国，以副上帝企望吾侪之至意。凡吾同人，苟不吝玉趾，惠然肯来，谊联同志，讨论一堂，尤为忻幸。

日前西园开组织义勇队大会，乃有伶界、工界各举代表到会，请愿联队附入，是亦可见吾中国人心之不死也。人之为善，谁不如我，愿诸君子共勉之！

——《神州日报》1911 年 3 月 18—19 日

致神州日报函[①]

启者：

武汉事起，鄙人即组织赤十字会，率同会友医生遄赴汉上，两月以来，虽不敢谓救死扶伤克尽厥职，但伤心惨目之事，枪林弹雨之危，可谓目击之而躬冒之。且自民军失利以后，由汉口而汉阳，由汉阳而武昌，藐躬之屡濒危险，饱受困苦，固属天职内事，亦何足论。惟我军艰难缔造，徒以器械不敌，致遭挫失，兴言及此，弥用慨愤！而北军之残暴焚杀，灭绝人道，言之尤足使一腔热血愤不能平。今者鄙人因体病回沪，抵埠后深蒙诸同志偕来慰问，但贱恙迄未痊可，未克一一答问，歉仄良深！一俟精神稍复，当择地开一大会，敦请诸同志联袂惠临，锡我明教。且鄙人亦可藉将两

① 原文无标题，此系编者所加。

月来之经历为我诸同志详述之,想诸同志当亦乐许我也。张竹君敬白。

——《神州日报》1911 年 12 月 20 日

赤十字会会长张竹君女士演说文

余自九月初三起程,初七到汉。时值两军开仗。到埠时,船主宣言,北军现攻武昌,所有泊近汉口各轮,均须远离,船中搭客,须即登岸,因该轮须退出六十里外云。余早知此次到汉,人地生疏,原意到埠之日,先在中西旅馆或商务印刷所小住,而两地均在中国界内,又因汉口失利,故与余之初意,大为相反。

时适有红十字会马医生来,谓现时伤者极多,幸得君等来,极为欢迎。余即命会员二人,随伊先去,候其来迎。讵守候多时,迄未见来,余即另雇别船上岸,不知所向,人迹极稀。但闻炮声隆隆,弹如雨下,所遇之人,皆是逃避者。

时有一西人谦鸣先生来,谓有屋一所,请余等先到暂驻。余等极喜,即偕各会员押药料行李以往。少顷,马医生至,谓何以在此,已代觅得房屋,并借用药料等物。余以此次为慈善事业而来,何分畛域,但求尽我天职,故允其请。

维时即有军政分府遣人前来,请余诊治受伤之某标统。分府距属所有五里之遥,余向不能走路,而当时亦不自知其苦。沿途求医者极多。既至分府,即为受伤兵士诊治,计有三十余人。轻者令自回营,重者送回圣公会。及余回寓,则已有受伤者五十余候诊。旋有税务司来,邀余至邮局设院,而无一切用物,幸于印字馆假得茶炉,方可烧水,然亦仅饮白开水而已。至各会友之赴大智门抬受伤者,则饮食皆无矣。

初八日,流弹更多,马路遂无行人。

初九至十一日,无日不有受伤者送诊,称药量水,日夕大忙。

十二日夜,火势逼近邮局。余适于是日赴武昌诊治受伤之某标统,未及见之。是日也,四钟起行渡江,在织呢厂登舟,至草湖门方起岸入城,七钟至武昌。诊毕,已深夜,不能渡江,又不愿扰军政府,故与一女医、一女会员宿于客栈。栈中人大为欢迎,虽寝具不洁,亦不计也。

十三日早,渡江回汉口,知局内病人以火势烧近,已移至旧设之大清红十字会。

十四日至十七日,连日皆有误伤者就诊。旋见火势更近,飞弹极多,故余等亦谋他徙。

十八日至廿三日,俄领事时来探望,极力赞许。谓有一茶栈,能容多人(阔八丈五尺,深二十丈),内有大厨五间,及自来冷热水管、蒸气炉。俄领事及俄商墨厘勤,时以肉食蔬菜及铜元等见赠,余深感之。自徙俄界,时入武昌,因无战事,故未有重伤者。后得司令部通告开仗,嘱备出队救伤。余等之最危险处,多在渡江时。虽武昌日有小轮来往,仅每日一次,余不耐守候,故自备小划子渡江。自汉口失后,北军用招商趸船作炮台,以轰过江者。

有一伙夫自茶栈出外买油,过华景街,北军见其臂有绘红十字之白布,谓是匪徒而深责之。伙夫云:吾辈是行慈善事业,救受伤者。北军不信,连放三枪,一入肺部,一入脑部,一入腿,仆于路。旋有人送往天主教会医院,尚能言语,旋以伤重而死。余因赠以安家银三十元,并一切计之,共用一百十五元。此十五日事也。余即托马医生与冯国璋交涉,马医云事在中国界,不能过问。

廿四日,至武昌。凡自汉口四码头赴武昌者,北军必开枪乱击,余被北军连放七枪,幸未一中。渡江之人,日有受伤者,余等能避之,亦上帝所默佑也。

廿五日,闻知民军由汉阳冲入汉口,故发队到汉阳,又连受数枪,幸未中。会员步行,余则坐轿,北军见之,故放炮相攻,幸为温医生所知,遂将余轿推倒,得免此劫。

廿七日,到汉阳。借汉阳县署设一分院。该处一见十字会三字,频送受伤者来,自朝至夕,应接不暇。余又到总司令部,问有无被伤要紧人物,据云无之。时已夜深,路途不辨,且路广不满六尺,左是田,右是塘,余在马上十分惊恐,几陷塘中。又值军事紧急,艰苦万状,不可言喻。回院后,满地伤人,盖以棉毯,垫以稻草,至十二钟后,始无伤者送来。炮火连天,终夜不绝。余是日因到战地,携带女员同行,该院后靠龟山,再往便是汉阳铁厂,余心甚怖。后觅得老妪作伴,余心始安。

廿八日,战事稍静,粗将分院布置。

廿九至十月初二等日,早则渡江,夜回茶栈。

十月初三日,有人报告,清军逼近十里浦,各会友医生,纷纷惊惧,多回茶栈。余即渡江,途次又遇开花炮弹,幸在空中炸裂。到汉阳后,借得小轮一艘,尽将百余伤者运回汉口。沿江炮弹乱飞,幸无一中。及抵码头,中西人士极为欢迎,如俄领事、太古买办及韦子峰诸君,借用马车者有之,送牛奶及种种食物者有之。

初四日,汉阳分院仍有伤者送到。余于会友中,如徐宗汉女士、唐守德女士、苏慧慈女士素具肝胆者,请其留此料理。又蒙内地会医生,相助为力。

初五日,在汉阳,率同会友舁出受伤兵士,或送与同事各会,或送入武昌。余是日单人匹马,直上龟山瞭望,途中被弹从耳边飞过(弹子长约八寸),略受小伤,亦云幸矣,想清军疑我是标统也。

初六日,医务极忙,余不暇渡江,仍发人到江边接收受伤兵士。是夜四点钟,汉阳失利,各会友几陷城中。渡江时又遇沉船之险,有男会友二人素有力者,跃过邻船,得庆生还。

十月初七日，仍发队冒险渡江，弹如雨下，在所不顾。拟进汉阳城，清军不许，当时被轰十七枪，均无一中。余等以深入内地，亦无怨言。

初八、九日，均从事于裹扎剖割中。

初十日，余因感触微菌，左手致肿，虽属不便，仍复勉力从事。

十一日，手肿更甚，加以热度反常，力不能支，幸得诸会友戮力同心，余亦稍慰。回想数十日中，出队时所食者，不过煨薯、油饺、烧饼等物，食不知味，寝不交睫，在会诸友，比比皆然。今不幸抱恙，又值备办冬衣、药料等事，故暂回沪上，借此养疴。以上报告，皆是到汉后身历目击之大概情形。

至十一日以后，因日事药炉茶灶中，未暇记及，望垂谅焉。

附稿：

按：张女士除将前项报告嘱为登报外，续又交来演说稿一纸，并为照录于后。

我对诸君说，现有许多说话系讲不出者，因余要将十字会放下，方能将苦衷说出。我之服制是军装，是以欲将十字会脱离，而改变我之方向也。

十字会者，须确有十字会资格，方为无负厥职，否则或以十字会为发财之媒介物，或以十字会为奸细之传舍居，则大失其宗旨也。夫十字会之工夫，必能于□□战时，身入战地，拾出受伤者，为第一要务，其实效则为补两方面卫生队之不足。倘若待其送来，不知死者无数矣。是以十字会可到之处，无有不到，但不宜深入战线之内耳。

因是之故，余有满腔苦况，不能不为诸君告也。余自离上海医院五十天，闻十字会中，有为敌军间谍者，有冒名诓骗者，诸如此类，不可胜计。是大污我十字会名誉也。余是汉人，自不能使我不爱汉族。但置身十字会中，则无前仇怨，无分种族，所以我不作侦探,又不派队到清军处为奸细。深望十字会诸君,认定宗旨,勿在汉军中为虎作伥也。余在汉阳时,目见有四人冒十字会名义为汉奸者,谓余不信,请到武昌军政府一查便悉。余睹此情形,心惨欲绝,是以不愿①为十字会,而设入②女子军矣。余不日再到武昌,北伐在即,余乃将随营同往矣。愿诸君勿以十字会为儿戏焉。余等幸甚,十字会幸甚!

——《神州日报》1911年12月28、29、31日,
1912年1月2、3、4日

论组织女子军队

窃念任事必求称职,始有实效之可征;志士不尚虚声,只图有功于事实。吾言乎此,吾不能不有所感焉。我中国政尚专制垂数千年,至清代而更甚。即以男子论,亦未得一日之自由,女子微论矣。重阁深闺,泯泯没世,顺从主义,今古同轨。一若天生女子,不予以作为之能力,而为原生废物焉者,是亦大可悲已。逮及今日,老大国中,而有惊天动地之革命大风云。炎黄胄裔,屈伏于异族下者数百年,倏而发扬蹈厉,共知天赋人权之不可放弃,不惜牺牲身命,以赤血黑铁,从事革命,扫除数千年之专制而为共和。壮哉,吾同胞也! 女子犹是人耳,宜乎同时并起,与男子争一日之衡,以尽应有之义务,而图应享之权利矣。如今日吾女界所新发生之种种团体,鄙人不敏,虽不能随众姊妹后共襄盛事,而私心窃喜。正以为我女界进步之猛锐,非所意及,循是而往,驾欧美而冠东亚,无多让也。虽然鄙人亦有不能已于言者,愿与诸君共商酌

① "愿",原文作"顾",据文义改。
② "入",原文作"人",据文义改。

之。民国新立,百务待兴,凡我女界,苟有志于辅助国家社会,其功最伟,其事正多,而惟组织女子军队一节,甚非鄙人所乐赞同也。金闺妙质,志切从戎,风声所树,洵有振懦起弱之功。而揆诸事实,则似有不甚适合者。兵凶战危,自古垂警,居今之日缔造邦家,以流血为主义,能战死为荣幸,虽未可以古人之陈说阻志士之进行,然亦安得不审利害,不计损益,徒尚一时之盛誉,而贸然为之者。出入于枪林弹雨之中,近逼于短兵相接之际,须胆力,尤须体力。及至胜负既分,追驰奔逐,又非捷足善走,不得为功。纵今日所编之女子军队俱能挑选合格,而就生理上切实言之,比较男子相差终远。况今日之女子军队半皆大家闺秀,读书明理之俦,虽未至贻讥文弱,而欲与强悍之北军决斗于疆场,不必论其胜负,但默坐凝思,其危险之状,已有不胜惊恐者。且事非素习,仓卒从军,纵曰勇气百倍,仍恐力与心违,此不特女子为然,即男子亦何尝不然。苟必欲勉强从事,当两军交绥之际,吾恐别项军队将不及为杀敌致果之用,且将翼卫我女子军队而不遑矣,其利害损益,尚待智者而决乎?抑更有进者,今后女权发达正无限量,男女平权将见事实。惟男女之等级愈平,男女之交接必愈近而愈多,苟无坚忍之道德,为中流之砥柱,前途之危险之悲惨,非可数言尽,是尤望吾女同胞深切注意者。鄙人涉世十余年,未能于社会国家稍尽天职,涉心自问,愧也何如。今诸女士有此事空往古、名震全球之盛举,乃复敝我秃笔,妄抒谬论。明知重撄芳怒,大违众心,然管见所及,断不敢安于缄默。罪我谅我,非所计也。吾望诸女士斟酌尽善,明以教我,幸甚!

——《妇女时报》(1912)第六期

曾兰

曾兰(1876—1917),字仲殊、纫秋,号香祖、定生慧室,四川华阳(今属成都)人。父曾恒夫,开明绅士。妹曾阖君,蜀中名士。夫吴虞,四川新繁(今属成都)人,近代著名学者、思想家。曾兰能文善书,曾担任《女界报》《娱闲录》《妇女鉴》等报刊主笔。南社社员、女诗人、书法家、政论家与小说家。有《定生慧室遗稿》上下两卷,另有小说《铁血宰相俾士麦夫人传》《孽缘》。

女界缘起

吾闻斯宾塞尔之言曰,人之为学,实男女二类之总名,而无特别之意义。世界公理固无男女之别也。吾国女学销沈数千年于兹矣。自女子无才为德之谬说深中人心,而凡为女子者,智不离乎酒食,足不逾乎阃阈,举天下至卑极陋之事,惟女子一一践之。孔子至以女子与小人并举,漫无区别,推原其故,皆由于未尝进化也。

遂古之初,人智暝昧,其视女子仅同于奴隶牛马,供其驱策,比于财产玩物而已。今日女子之耳环髻簪,犹属当时管辖女子之遗制,可以想见。故为女子者,徒知服劳奔走,依赖男子如天,一切大事不得与闻,否则牝鸡司晨,为家之索矣。蔽聪塞明,等于废物,男尊女卑,遂成公例。其所由来,盖非一朝一夕之故。《易》

曰："在中馈，无攸遂。"《诗》曰："无非无仪，惟酒食是议。"孟母曰："妇人之礼，精五饭、幂酒浆、养舅姑、缝衣裳而已。"班昭曰："古者女生三日，卧之床下，弄之瓦砖，明其卑弱习劳，主下人执勤。故曰：生女如鼠，犹恐其虎。"种种谰言，不胜枚举。三从之外，加以七出，束缚压抑，惨无人理，缪种流传，积非成是。于是顺从以外无道德，井臼以外无事功，针绣以外无教育，筐箧以外无权利，脂粉以外无品性。胶蔽耳目，拘束形骸，以视今日欧美女子，实有天渊之异。欧洲自卢梭、福禄特尔、穆勒、约翰、斯宾塞尔诸鸿哲提倡女权，男女久归平等。美洲男女同校，自小学至于大学，学科一律，女子之成绩反优于男子。立法、司法、行政，女子皆得为之。纽约一府女子之为官吏者且数千人，而发明家尤以妇女居其多数，美洲人致有男子末路之叹。其成为庄严璀灿、荼火锦绣之新世界，岂偶然哉！

盖女学不明则女权不伸，而平等自由之幸福亦即无其资格以享之。矧女子者，又为未来国民之母。若教育偏重男子，则虽学校遍地，人皆入学，而涉足家庭，则母妻姊妹之伦皆不明天下之公理、国家之大势，拘牵龌龊，不可与言。此于儿童幼稚之时，必不能使家庭教育与学校教育相辅，以造成完全之国民，并使壮年男子抱非常之志者，亦为家庭所累。于无形之中，生出弥天之阻力，以销磨其志气，更安望其有所赞助于国家社会乎？由此观之，女子教育不昌，不惟将一国女子尽弃为无用之物，并且累及一国男子皆归于无用之地。恶妇破家，此之谓矣！

今欲使一国男女皆具共和国民之程度，自当以教育为先。下田歌子曰："支那之土地人民十倍于日本，而其强弱相反，实以女子无教育之故。"女子教育之方法，则当以女学会、女学报、女学校数者并举。吾蜀僻处西方，见闻狭陋，女学校首重讲经之外，则视造花、编物、音乐、图画为至要。不特于普通学未暇过问，即所谓贤母良妻之智识材能,亦缺其修养。夫振兴共和国之女学,以求步美洲妇女后尘,岂仅造就贤母良妻而已!而犹傲睨自若,以为尽教育女子之能事,诚不足以语国家百年之大计矣。若夫粉白黛绿,高髻长裙,搔头弄姿,徒具形式,心醉倭风,自矜欧化,而黄花误读、孤竹不知、聊辨孟坚、未详王粲者比比皆是,弥足羞也。至于学会、报纸,更为沈滞。其关于女学者,概类于羚羊香象,无迹可寻。同人等有慨于此,特发行斯报,深愿诸姑姊妹联袂而兴,俾女界大放光明,并驱欧美,由学问竞争进而为权利竞争。斯宾塞尔曰:"欲知一国人民文明程度何如,必以其国待遇女子之情形为断。"世界日进,人类之感情日有变迁,则女子屈属于男子之俗不久必变。夫同类不平等,以力相压服,乃悖乱之制、禽兽之道也,不可立于共和之国。

东洲专制既久,因愚而弱,以顺为正,今日男女之争方始开幕。在社会则妇女当为丈夫之顾问,言教育则妇女尤为幼稚之导师,全国之民智、民气,妇女皆可以转移之。吾辈自当一扫从来屏息低首、宛转依附、深闭幽錮、卑鄙污贱之戮辱桎梏,发愤而起,以光复神圣之女权,使罗兰夫人、苏菲亚、木兰、秦良玉诸人不得专美于天壤。则斯报之出世,谓为美利坚之"自由钟"、批茶女士之"五月花"可也。

——《妇女杂志》第一卷(1915)第十一号

秋瑾

秋瑾(1877—1907),原名闺瑾,字璿卿,号竞雄,别署鉴湖女侠。山阴(今浙江绍兴)人。祖父秋嘉禾,清代举人,长期在福建做官。父秋寿南,清代举人,官至桂阳知州。母单氏,浙江萧山人。夫王子芳,湖南湘乡人,捐官户部主事。秋瑾1904年赴日留学,入东京实践女学校。先后参与创办“演说练习会”与《白话》月刊,并重兴“共爱会”。1905年加入光复会、同盟会。回国后曾执教浔溪女校,任绍兴大通师范学堂督办。1907年1月创办《中国女报》,倡导女权,宣传革命。1907年7月15日,因筹划光复军起义被杀于绍兴轩亭口。秋瑾诗、词、文兼擅,以诗歌成就最高,还创作有弹词《精卫石》。秋瑾牺牲后,其女王灿芝等人将其作品陆续编刊为《秋瑾诗词》《秋女士遗稿》《秋瑾女侠遗集》等数种。

演说的好处

演说一事,在世界上大有关系的,所以我们不能不注意。我国把演说看得很轻,以为口里说说,有什么大不了,何必是要去练习他;到了演说的地方,当作家常话,随便说说,无关正事,不足动人,这还可以算得演说么?然却怪不得,都因为从前不曾练习的缘故。为什么演说一事,在世界大有关系的呢?因为开化人的知识,感动人的心思,非演说不可。然而我常常听见人说道:“这如今岂不有报纸么？有了报纸，岂不能开化民智，为何要演说呢?”唉！这话可就差了。如今看报的人，可以分做四等：一等就是官场，一等是商家，一等是闲荡的人，一等是平常读书人。读书人看报，亦有爱新议论的，亦有爱看顽固议论的。闲荡的人看的报，又与别的不同，不过看些《笑林报》《花月报》，戏园中那几个开演，书场中那几个登台。商人看报，不过看看报纸的反面：钱米各业的行情，可以用他居奇的方法。那官场看的报更觉可笑，不过看一种《申报》，因为《申报》上都是恭维他们的话，所以官场中人除了《申报》，别种报都不要看。

现在我们中国，把做官当做最上等的生涯。这种最上等的人，腐败不堪：今日迎官，明日拜客；遇着有势力的，又要去拍马屁；撞着了有银钱的，又要去烧财神；吃花酒，逛窑子，揣上意，望升官，种种想头，还忙个不了，那里还有工夫去用心在报纸上呢？并且报上的话，与他水火不相投，为什么要去看他呢？中等的人，做做生意，亦没有看报的思想。那些下等的人，更不消说了，一万里头，能有几个认得字呢？既然不认得字，拿了报还不知是横看是竖看呢；况且他们亦不晓得报中的好处。就是有认得几个字的人，报中议论亦解不透，何苦月月花钱去买报看呢？所以开化人的知识，非演说不可，并且演说有种种利益。第一样好处是随便什么地方，都可以随时演说。第二样好处，不要钱，听的人必多。第三样好处，人人都能听得懂，虽是不识字的妇女、小孩子，都可听的。第四样好处，只需用三寸不烂的舌头，又不要兴师动众，捐什么钱。第五样好处，天下的事情，都可以晓得。西洋各国，演说亦为一种学问，岂非因演说一事，世界上大有关系么？

如今我国在日本的留学生，晓得演说的要紧，所以立了一个演说练习会；又把演说的话刻了出来，把大家看了，可以晓得些世界上的世情、学界上的学说。唉！列位不要把这个演说会看轻了，唤醒国民，开化知识，就可以算得这个演说会开端的了。

——《白话(东京)》(1904)第一期。参校郭延礼、郭蓁编《秋瑾集 徐自华集》，中华书局2015年版

敬告中国二万万女同胞

唉！世界最不平的事，就是我们二万万女同胞了。从小生下来，遇着好老子，还说得过；遇着脾气杂冒、不讲情理的，满嘴连说："晦气，又是一个没用的。"恨不得拿起来摔死。总抱着"将来是别人家的人"这句话，冷一眼、白一眼的看待。没到几岁，也不问好歹，就把一双雪白粉嫩的天足脚，用白布缠着，连睡觉的时候也不许放松一点。到了后来肉也烂尽了，骨也折断了，不过讨亲戚、朋友、邻居们一声"某人家姑娘脚小"罢了。这还不说，到了择亲的时光，只凭着两个不要脸媒人的话，只要男家有钱有势，不问身家清白，男人的性情好坏、学问高低，就不知不觉应了。到了过门的时候，用一顶红红绿绿的花轿，坐在里面，连气也不能出。到了那边，要是遇着男人虽不怎么样，却还安分，这就算前生有福今生受了。遇着不好的，总不是说"前生做了孽"，就是说"运气不好"。要是说一二句抱怨的话，或是劝了男人几句，反了腔，就打骂俱下；别人听见了还要说："不贤惠，不晓得妇道呢！"诸位听听，这不是有冤没处诉么？还有一桩不公的事：男子死了，女子就要带三年孝，不许二嫁。女子死了，男人只带几根蓝辫线，有嫌难看的，连带也不带；人死还没三天，就出去偷鸡摸狗；七还未尽，新娘子早已进门了。上天生人，男女原没有分别。试问天下没有女人，就生出这些人来么？为什么这样不公道呢？那些男子，天天说"心是公的，待人是要和平的"，又为什么把女子当作非洲的黑

奴一样看待,不公不平,直到这步田地呢?

诸位,你要知道天下事靠人是不行的,总要求己为是。当时那些腐儒说什么“男尊女卑”“女子无才便是德”“夫为妻纲”,这些胡说,我们女子要是有志气的,就应当号召同志与他反对。陈后主兴了这缠足的例子,我们要是有羞耻的,就应当兴师问罪;即不然,难道他捆着我的腿?我不会不缠的么?男子怕我们有知识、有学问、爬上他们的头,不准我们求学,我们难道不会和他分辩,就应了么?这总是我们女子自己放弃责任,样样事体一见男子做了,自己就乐得偷懒,图安乐。男子说我没用,我就没用;说我不行,只要保着眼前舒服,就作奴隶也不问了。自己又看看无功受禄,恐怕行不长久,一听见男子喜欢脚小,就急急忙忙把他缠了,使男人看见喜欢,庶可以借此吃白饭。至于不叫我们读书、习字,这更是求之不得的,有什么不赞成呢?诸位想想,天下有享现成福的么?自然是有学问、有见识、出力作事的男人得了权利,我们作他的奴隶了。既作了他的奴隶,怎么不压制呢?自作自受,又怎么怨得人呢?这些事情,提起来,我也觉得难过。诸位想想总是个中人,亦不必用我细说。

但是从此以后,我还望我们姐妹们,把从前事情,一概搁开;把以后事情,尽力作去。譬如从前死了,现在又转世为人了。老的呢,不要说“老而无用”,遇见丈夫好的要开学堂,不要阻他;儿子好的,要出洋留学,不要阻他。中年作媳妇的,总不要拖着丈夫的腿,使他气短志颓,功不成、名不就;生了儿子,就要送他进学堂;女儿也是如此,千万不要替他缠足。幼年姑娘的呢,若能够进学堂更好;就不进学堂,在家里也要常看书、习字。有钱作官的呢,就要劝丈夫开学堂、兴工厂,作那些与百姓有益的事情。无钱的呢,就要帮着丈夫苦作,不要偷懒吃闲饭。这就是我的望头了。诸位晓得,国是要亡的了,男人自己也不保,我们还想靠他么?我们自己要不振作,到国亡的时候,那就迟了。诸位!诸位!须不可以打断我的念头才好呢!

——《白话(东京)》(1904)第二期。录自郭延礼、郭蓁编《秋瑾集 徐自华集》,中华书局2015年版

警告我同胞

我于今有一大段感情,说与列位听听。我昨天到横滨去看朋友,在路上听见好热闹的军乐,又看见男男女女、老老小小都手执小国旗,像发狂的一样,喊万岁,几千声,几万声,合成一声,嘈嘈杂杂,烟雾冲天。我不知做什么事,有这等热闹。后来一打听,那晓得送出征的军人,就同俄国争我们的东三省地方,到那里打仗去的。俄国,我们叫他做俄罗斯,日本叫他做露西亚,这就叫征露的军人,所以日本人都以为荣耀,成群结队的来送他。最奇怪的就是我中国的商人,不知羞耻,也随着他们放爆竹,喊万岁。我见了又是羡慕,又是气愤,又是羞恼,又是惭愧,心中实在难过,不知要怎样才好。只觉得中国样样的事,色色的人,都不如他们。却好我也是坐这次火车走的,一路同走,只见那送军人的人越聚越多,"万岁""万岁""帝国万岁""陆海军万岁",闹个不清爽。到了停车场,拥挤得了不得。那军人因为送他的人太多,却高站在长凳上,辞谢众人。送的人团团绕住,一层层的围了一个大圈子。一片人声、爆竹声夹杂,也辨别不清。只见许多人执小国旗,手舞足蹈,几多的高兴。直等到火车开了,众人才散。每到一个停车场,都有男女老幼、奏军乐的、举国旗的迎送。最可羡是那班小孩子,大的大,小的小,都站在路旁,举手的举手,喊万岁的喊万岁,你说看了可爱不可爱?真正令人羡慕死了。不晓得我中国何日才有这一日呢?

唉!列位,你看日本的人,这样齐心,把军人看得如此贵重,怎么叫他不舍死忘生去打仗呢?所以都怀了一个不怕死的心,以为如果我们不能得胜,回国就无脸去见众人。人人都存了这个念头,所以回回打仗都是拼命攻打,不避炮火。前头的死了,后头又上去。今日俄国这么大的国,被小小三岛的日本,打败到这个样子,大约就是这个缘故呢。并且当军人的家眷,都有恤费。这家人家如有丈夫、儿子、兄弟出征,就算这家人家很荣耀的;若是做贸易的人家,门前就挂了出征军人的牌子。各处旅馆、酒馆、照相馆及卖买各铺店,都大书特书的,写道:"陆海军御用品""军人优待半额"。明明是一百钱的东西,军人去买,只要半价。可怜我们中国的兵,每月得了克扣下来的几钱口粮,又要顾家,又要顾己,够得什么呢?见了营官统领,就是老鼠见了猫的一样。当差稍不如意,就骂就打。有点声名的人,见了兵勇,把他当做是什么贱奴一样,坐都不愿意同他坐在一处。富贵的人家,自己尊得了不得,锦衣玉食,把自己看得同天神一样,把兵卒轻视得同什么贱人都不如。及等得有战事起来,又要他去打仗,不管餐风宿露,忍饿受寒的辛苦,只叫他舍死忘生的去打仗,你说能够做得到做不到呢?纵然打了胜仗,那些锦衣玉食的营官、统领来得功,兵的身子上并没有好处;而且那官并没有到过战场,不费丝毫力气,反占了功劳,得了保举,你说怎么叫人家心服呢!怪不得这些兵勇要贪生怕死,见了敌人,就一溜烟跑了。中国如今一说起这些兵丁,都说是没有受过教育,所以如此。一提起我们中国人没有受过教育的害处,千言万语,我也叙不完,三天两日,我也说不尽。众同胞们不要性急,待我下回再仔细说给你们听听罢。

唉,就是受了教育,也要那些做官有钱的人,把良心摸一摸才好。我说这个话,人家必定要驳我的。说兵丁有了教育,那些官吏一定也有教育,自然都文明了,待人也平等,断不是从前这样野蛮的。这话驳得何尝不是。但我想起来,我们中国今日不是俄人占了东三省么?那日本人不是为争东三省,同俄人打仗么?虽然今日日本胜了,也是日本占去的,那肯归还中国?并且还想占福建呢!德国也想占山东,英国也想长江,法国也想广西,就是素守门罗主义的美国,亦想来占这些地方。其余欧洲的那些小国,也都要分点肥儿。列位想想,我们中国地方虽大,那里禁得各国的分瓜剖豆手段,你一块他一块地来抢么?这眼前就要亡国了,那等得到教育普及呢!万来不及的,只有趁如今尚未亡的时候,大家想个主意,挽回过来,免得做那亡国的贱奴才好。但是这个事情,却不是一个人做得出来的,须要大家丢了自私自利的意见,结个团体,方能做得到。唉,这个结团体的话,也不知有多少人说过了的,到如今尚是这样,可见是很难的事情了。但是依我想起来,却没有什么难处。列位只把那亡国后的惨状想一想,那时财产都归乌有了,无分妻子姊妹弟兄,或做人婢妾,或为人奴隶。而且自己的身子,也不知是死于枪炮,死于刀斧。就是外国人不将我当时弄死,把我去受种种凌虐,也不过多做得几天亡国的贱奴,多受些苦楚。究竟有什么好处呢!还落了一个骂名千载。倘是都同俄国虐待那东三省的人样子,尽把你们往水中一赶,任你有千万贯家财,却不能带了去嘘。即或侥幸不死,你还能安享富贵么?那外国人抢了你们的财产,又恐怕你们这些人,后来生复仇的思想,必不准你读书,必不准你管事,必不准你说本国的话。恐怕你们有了智识,又要开会提议,生出那报仇的事与那独立的事来。到这个地位,不怕你子子孙孙不永世当他的奴隶。你看那些印度人,头上包了几人长的红布,站在街上,不是做奴隶的样子么?并且还要想出毒法子,使这异他的种族,慢慢地灭亡呢。等到种已灭了,根已除了,报仇的人,就再没有了,土地是外国的了,从此中国的名字,及中国的人,再不能在地球出现了。列位想想,可惨不可惨呢！如今大家还趁早好好想个法子,救救自己的中国,将来懊悔也来不及了。所以奉劝列位,切不可学我们从前懵懵懂懂在世界上混。到如今晓得了,忍不住的要痛哭流涕了。列位如不甘心做那亡国的贱奴,不如真真的大大的结起一个极坚固的团体来。有钱的出钱,有力的出力,大家都存个毁家拼命的念头,同外人去争去打。若是胜了,我中国就强起来。就是不胜,也不过是一死。轰轰烈烈死了,比受外人凌辱死了,有百倍的荣耀呢！后来编在战史上,中国也有大大的名誉。就是子孙不肖,愿做那亡国的贱奴,他念起祖宗的威名,也可以把他的志气激发起来的。宁死不辱,这是我中国的古话。如今能够个个都存个毁家拼命的念头,今日死一千,明日死一千,宁可将中国人死尽了,再把空旷地方与外国人。外国人得了空旷的地方,没有人替他当奴隶做苦工,他也就不能安享的。况且我中国四万万人,人人都怀了这个念头,与他死斗,断没有不胜的道理。趁此一刻,舍得身子与他争,到后来,子子孙孙享不尽的幸福呢！你说便宜不便宜！何苦白白的把这土地财帛,去送把外人,又讨不得外人好处。所以我劝列位醒醒吧！譬如日本人,他就怀的这个心思,宁可没有了人,断不肯没有了国的。所以如今强到这个地步,威震全球。走出来的日本人,随便到了那一国,人都欢迎他,说他是英雄豪杰。并且日本国随他什么人走出来,都是意气扬扬的。可怜各国把我们中国人看得一钱不值,遇事讥诮,什么“拖猪尾巴的奴才”“三等的奴隶”“忘了自己汉人祖宗的贱奴”“只晓得奉承满洲及外国人,无一毫自强独立性质的贱货”,种种的话,我们觉得羞愧得了不得。列位想想,如今就是这样。后来的情景,真是不堪设想了。唉,列位想想,趁这时候,尚来得及。大家组织起来,快快组织起来呦,有钱的呢,把钱拿出来养兵,或做些兴学堂、开矿山、修铁路、造轮船的事,把自己国中的东西都保住了,免得把外人得了去。一边练起雄赳赳的兵来。奉劝富家子弟、官宦儿郎，再不要自尊自贵了，与其他日做亡国的贱奴，反不如在今日做一个轰轰烈烈的丈夫。只要有当兵的标格，却不能论贫富的呢。实实在在练起来，这练兵的法子，也照各国的样子，把当兵的看得极尊重。如有出去打仗的，家眷须也立个抚恤的会，免得他再有家累。优待军人，这是第一要紧的事。就是军人也愿意拼命去打仗，这是一定的道理。学堂也是要紧的，因为养成国民的智识，教育后起的人才，都在学堂呢。铁路、轮船是不必说了，就同那一个人身上的血脉一样的，如果让外国人得了去，就像断了血脉一样，可就不能免死的。并且是运送兵卒、东西，又快便，又灵通。今天要霸占这块地方，他的兵来了，列位怕还在梦中呢。我们若想做事，又不快便，又不灵通，你说败不败呢！所以铁路、航路，归自己中国开通建筑，这是很要紧的。矿是列位都是知道的，我们中国不晓得有多少呢！金银铜铁锡煤各种，那样是没有，那样不是要用的呢？为什么明明自己有这样好产业，不晓得用，反去送把外人！你就送他，他未必感你的情。用了我的钱，反来害我们，你说可恨不可恨呢！如今声声口口说中国穷，放着钱，白白的送把外国人，可惜不可惜呢！何不自己来受享受享的。只要拿一百万二百万的本钱出来，就可以开出无数的金银铜铁来。俗话说的一本万利，这个还算不上一本万利么？处处都自己开起来，怕不做富翁么！随便办什么，都不必愁没有钱了。列位以为我的话是不是呢？劝列位样样办起来试试看，那时间家也富了，国也强了，岂不好么？若不肯毁家，不肯拼命，就是做一万年，都是不行的。列位请你细细把我说的话想一想，看到底如何呢！

——《白话(东京)》(1904)第三、四期。参校郭延礼、郭蓁编《秋瑾集 徐自华集》，中华书局2015年版

致湖南第一女学堂书①

诸姊妹青鉴:

君居乡间,妹游海国,觌面无从,相思日切。久欲上书,因无闲暇。今闻贵学堂遭顽固杜本崇破坏,然我诸姊妹切勿因此一挫自颓其志,而永永沉埋男子压制之下。欲脱男子之范围,非自立不可;欲自立,非求学艺不可,非合群不可。东洋女学之兴,日见其盛,人人皆执一艺以谋身,上可以帮助父母,又可以助夫教子,使男女无坐食之人,其国焉能不强也? 我诸姊妹如有此志,非游学日本不可;如愿来妹处,俱可照拂一切。妹欲结二万万女子之团体学问。故继兴共爱会,名之曰实行共爱会。公举陈君撷芬为会长,而妹任招待。寄呈章程三十张,望不妥处删改,并请推扩如何? 望赐复函为荷。匆草复达,一则无暇,二则友人行期太促,不及细呈。容后再续。敬请学安! 乞恕不恭。

妹璇卿秋瑾顿首

——《女子世界》第二年(1905)第一期。参校郭延礼、郭蓁编《秋瑾集 徐自华集》,中华书局2015年版

致王时泽书②

吾与君志相若也,而今则君与予异,何始同而终相背乎? 虽然,其异也,适其所以同也。盖君之志则在于忍辱以成其学,而吾则义不受辱以贻我祖国之羞;然诸君诚能忍辱以成其学者,则辱

---

① 原文标题作《留学日本秋女士瑾致湖南第一女学堂书》。

② 此篇作于1905年。

也甚暂，而不辱其常矣。吾素负气，不能如君等所为，然吾甚望诸君之无忘国耻也。

吾归国后，亦当尽力筹划，以期光复旧物，与君相见于中原。成败虽未可知，然苟留此未死之余生，则吾志不敢一日息也。吾自庚子以来，已置吾生命于不顾，即不获成功而死，亦吾所不悔也。

且光复之事，不可一日缓，而男子之死于谋光复者，则自唐才常以后，若沈荩、史坚如、吴樾诸君子，不乏其人，而女子则无闻焉，亦吾女界之羞也。愿与诸君交勉之。

——录自郭延礼、郭蓁编《秋瑾集 徐自华集》，中华书局2015年版

中国女报发刊辞

世间有最凄惨、最危险之二字曰：黑暗。黑暗则无是非，无闻见，无一切人间世应有之思想、行为等等。黑暗界凄惨之状态，盖有万千不可思议之危险。危险而不知其危险，是乃真危险；危险而不知其危险，是乃大黑暗。黑暗也，危险也，处身其间者，亦思所以自救以救人欤？然而沉沉黑狱，万象不有，虽有慧者，莫措其手。吾若置身危险生涯，施大法力；吾毋宁脱身黑暗世界，放大光明。一盏神灯，导无量众生，尽登彼岸，不亦大慈悲耶？

夫含生负气，孰不乐生而恶死趋吉而避凶？而所以陷危险而不顾者，非不顾也，不之知也。苟醒其沉醉，使惊心万状之危险，则人自为计，宁不胜于我为人计耶？否则虽洒遍万斛杨枝水，吾知其不能尽度世人也。然则曷一念我中国之黑暗何如？我中国前途之危险何如？我中国女界之黑暗更何如？我女界前途之危险更何如？予念及此，予悄然悲，予怃然起，予乃奔走呼号于我同

胞诸姊妹,于是而有《中国女报》之设。

夫今日女界之现象,固于四千年来黑暗世界中稍稍放一线光矣;然而茫茫长路,行将何之?吾闻之:“其作始也简,其将毕也巨。”苟不确定方针,则毫厘之差,谬以千里。殷鉴不远,观数十年来,我中国学生界之现状,可以知矣。当学堂不作,科举盛行时代,其有毅然舍高头讲章,稍稍习外国语言文字者,讵不曰“新少年,新少年”!然而大道不明,真理未出,求学者类皆无宗旨,无意识,其效果乃以多数聪颖子弟,养成翻译、买办之材料,不亦大可痛哉!十年来,此风稍息,此论亦渐不闻;然而吾又见多数学生,以东瀛为终南捷径,以学堂为改良之科举矣。今且考试留学生,“某科举人”“某科进士”之名称,又喧腾于耳矣。自兹以后,行见东瀛留学界,蒸蒸日盛矣。

呜呼!此等现象,进步欤?退步欤?吾不敢知。要之,此等魔力必不能混入我女子世界中。我女界前途,必不经此二阶级,是吾所敢决者。然而听晨钟之初动,宿醉未醒;睹东方之乍明,睡魔不远。人心薄弱,不克自立;扶得东来西又倒,于我女界为尤甚。苟无以鞭策之,纠绳之,吾恐无方针之行驶,将旋于巨浪盘涡中以沉溺也。然则具左右舆论之势力,担监督国民之责任者,非报纸而何?吾今欲结二万万大团体于一致,通全国女界声息于朝夕,为女界之总机关,使我女子生机活泼,精神奋飞,绝尘而奔,以速进于大光明世界;为醒狮之前驱,为文明之先导,为迷津筏,为暗室灯,使我中国女界中放一光明灿烂之异彩,使全球人种,惊心夺目,拍手而欢呼。无量愿力,请以此报创。吾愿与同胞共勉之!

——《中国女报》(1907)第一期。参校郭延礼、郭蓁编《秋瑾集 徐自华集》,中华书局2015年版

敬告姊妹们

我的最亲爱的诸位姊姊妹妹呀，我虽是个没有大学问的人，却是个最热心、最爱国、爱同胞的人。如今中国不是说道有四万万同胞吗？但是那二万万男子，已渐渐进了文明新世界了，智识也长了，见闻也广了，学问也高了，身名是一日一日进了，这都亏了从前书报的功效嘘！今日到了这地步，你说可羡不可羡呢？所以人说书报是最容易开通人的智识的呢。唉！二万万的男子，是入了文明新世界；我的二万万女同胞，还依然黑暗沉沦在十八层地狱，一层也不想爬上来。足儿缠得小小的，头儿梳得光光的；花儿、朵儿，扎的、镶的，戴着；绸儿、缎儿，滚的、盘的，穿着；粉儿白白、脂儿红红的搽抹着。一生只晓得依傍男子，穿的、吃的全靠着男子。身儿是柔柔顺顺的媚着，气虐儿是闷闷的受着，泪珠儿是常常的滴着，生活儿是巴巴结结的做着：一世的囚徒，半生的牛马。试问诸位姊妹，为人一世，曾受着些自由自在的幸福未曾呢？还有那安富尊荣、家资广有的女同胞，一呼百诺，奴仆成群，一出门，真个是前呼后拥，荣耀得了不得；在家时，颐指气使，威阔得了不得。自己以为我的命好，前生修到，竟靠着好丈夫，有此尊享的日子。外人也就啧啧称羡，“某太太好命”“某太太好福气”“好荣耀”“好尊贵”的赞美，却不晓得他在家里何尝不是受气受苦的！这些花儿、朵儿，好比玉的锁、金的枷，那些绸缎，好比锦的绳、绣的带，将你束缚的紧紧的。那些奴仆，直是牢头、禁子看守着。那丈夫不必说，就是问官、狱吏了。凡百命令皆要听他一人喜怒了。试问这些富贵的太太奶奶们，虽然安享，也没有一毫自主的权柄罢咧？总是男的占了主人的位子，女的处了奴隶的地位。为着要倚靠别人，自己没有一毫独立的性质。这个幽禁闺中的囚犯，也就自己都不觉得苦了。

啊呀！诸位姊妹，天下这奴隶的名儿，是全球万国没有一个人肯受的，为什么我姊妹却受得恬不为辱呢？诸姊妹必说："我们女子不能自己挣钱，又没有本事，一生荣辱，皆要靠之夫子，任受诸般苦恼，也就无可奈何！"安之曰"命也"这句没志气的话了。唉！但凡一个人，只怕自己没有志气，如有志气，何尝不可求一个自立的基础、自活的艺业呢？如今女学堂也多了，女工艺也兴了，但学得科学工艺，做教习，开工厂，何尝不可自己养活自己吗？也不致坐食，累及父兄、夫子了。一来呢，可使家业兴隆；二来呢，可使男子敬重。洗了无用的名，收了自由的福。归来得家族的欢迎，在外有朋友的教益；夫妻携手同游，姊妹联袂而语；反目口角的事，都没有的。如再志趣高的，思想好的，或受高等的名誉，或为伟大的功业，中外称扬，通国敬慕。这样美丽文明的世界，你说好不好？难道我诸姊妹，真个安于牛马奴隶的生涯，不思自拔么？无非僻处深闺，不能知道外事，又没有书报，足以开化智识思想的。就是有个《女学报》，只出了三四期，就因事停止了。如今虽然有个《女子世界》，然而文法又太深了。我姊妹不懂文字又十居八儿，若是粗浅的报，尚可同白话的念念；若太深了，简直不能明白呢。所以我办这个《中国女报》，就是有鉴于此。内中文字都是文俗并用的，以便姊妹的浏览，却也就算为同胞的一片苦心了。惟是凡办一个报，如经费多的，自然是好办了；如没有钱，未免就有种种为难。所以前头想集万金股本(二十元做一股)，租座房子，置个机器，印报编书，请撰述、编辑、执事各员，像像样样、长长久久的办一办，也不枉是《中国女报》为二万万女同胞生一生色，也算我们不落人后，自己也能立个基础，后来诸事要便利得多呢。就将章程登了《中外日报》，并将另印的章程，分送各女学堂，想诸位姊妹，必已有看过的了。然而日子是过得不少了，入股的除四五人以外,连问都没有人问起。我们女界的情形,也就可想而知了,想起来实在痛心的呢!

我说到这里,泪也来了,心也痛了,笔也写不下去了。但这《中国女报》,不就是这样不办吗?却又不忍使我最亲爱的姊妹,长埋在这样地狱中,只得勉强凑点经费,和血和泪的做点报出来,供诸姊妹的赏阅。今日虽然出了首册,下期再勉力的做去,但是经费很为难呢。天下凡百事,独立难成,众擎易举。如有热心的姊妹,肯来协助,则《中国女报》幸甚,中国女界幸甚。

——《中国女报》(1907)第一期。参校郭延礼、郭蓁编《秋瑾集 徐自华集》,中华书局2015年版

某宫人传①

宫人世居湖州南门外道场山中。乃父若祖名号、职业均未之知。宫人名亦未悉,惟以应选入宫,咸以宫人称之焉。姿容丽都,秉性灵绝,工诗谙画,且善优于词令。入宫以后,经时未几,即为怀宗所爱悦,命侍公主。

公主得之,倾盖如故。出入寝膳,莫不与俱。感情固结,如漆如胶。形影相依,不使偶离。两小无猜,因为人间乐事。不意宫人于此,与公主俱,虽似十分快乐,偶一相离,辄披发大叫,痛苦不已。

小家碧玉,燕处深宫,既得怀宗之欢心,又与公主深相契合,彼独何心,背人号哭?讵以"深宫恒寂寞,无计度芳春",万斛深情,心头忐忑,有"无语怨东风"之意,不禁洒此冷泪欤?抑以身列宫娥,一切举止,不甚自在,有"寄人篱下总低头"之感慨,不禁为

---

① 此篇原稿书写于旧书页背面,1907年秋案发生时,被搜去作"罪状"公布。

之呜咽欤？亦以流寇猖獗，小丑跳梁，廷臣昏愦，国几沦于异族，不忍见亡国灭种之惨剧，满腔牢怨，无处发泄，悲从中来，爰为啜泣？观其对王承恩所言“文武官员，徒耗国家饷糈，徒负封疆重任，非特不能报效同胞，任彼宵小，倚赖他族，倒戈相向，无上可恶，较彼狼虎，毒亦加甚。恨我身为妇人，又乏尺寸权利，不克效死疆场，为民请命；然矢志弥坚，誓不作异族仆妾，贻祖宗羞，却非彼气焰赫赫，身膺重任，天生一副奴隶根性不知忠孝廉耻为何物者所得相比拟。设一旦事急，我必以身殉国，不使负七尺躯。王公，王公，牢记我言，伫看我伏剑之日”等语，爱国热诚，直溢于辞吐间矣。呜呼，伟哉！

□具灵敏之神经球，放活泼之哀的罗，精密观察，料事如神，曾不几时，果有三月十九之变。悲夫！悲夫！我国民对之，当起何种之感情乎？

是日也，李贼等众攻陷京城，怀宗见势不佳，计无所出，既不能摧彼暴徒，又不忍为彼凌辱，爰使子女、妻妾，皆以身殉，而自缢于梅山。呜呼！明太祖数年血战方得夺回之一片锦绣山河，至此复丧失矣！无上凄惨，即今思之，不禁为之心裂焉！宫人于此，目睹种种惨状，热血团结，誓必除此公敌，拯救同胞。心绪万端，殚思良策。正踌躇间，忽闻公主呼曰：“父皇欲命我死，斫我左臂，一时昏去，不意睫下竟苏。尔等速即刃我，免致为贼所害。”乃即生一计，曰：“公主勿尔，请以衣服易我，我当替公主死。”又曰：“事不宜迟，勿稍因循坐误。”且嘱何新负公主走，再三叮嘱，语极诚挚。公主亦无如何，尊彼而行，乃衣公主衣，遂避入于井中。

时李氏之兵，蜂拥入宫，猝见井中有人，便即吊出，观其衣服华美，不敢慢侮，献之自成；自成悦甚，拟以为妾，既复送于罗将军。

罗将军者，自成之心腹人也。当时自成以宫人与彼，寸衷喜悦，达于极点；而同营诸人，咸为设酒庆贺。席上种种恭维语，或则赞伊忠勇，或则夸伊幸福，此唱彼和，充填耳窍。罗将益喜，开怀畅饮，不觉酩酊大醉。既而散席入房，又为宫人缠住，连进数觞，使之脑热骤增，神经昏乱，和衣倒睡。

宫人见罗睡倒，屏除仆人，扃闭门户，潜将酒菜几品，陈设桌上，以祭先帝及王公之灵，下拜挥泪曰："我所以冒为公主，本欲蛊惑李贼，便即歼除，藉为我帝报仇；不意是志莫偿，今至于此！"一语一泪，痛哭逾时。追祭毕，时已夜半，营中寂静，鸦雀无声，启帐视罗，鼾声隆隆，十分酣睡。因即卷袖携刀，刺彼喉际。罗既受刺，犹能跃身而起，大声呼救。宫人恐不能敌，致为彼制，骈刀乱戳，直至头落方罢。洎众贼闻声来救，破门入室，痛骂一番，举刀自刎。

伟哉宫人！其爱国之热心也如此！其思想之毅烈也如此！其魄力之圆满也如此！彼李贼既坠术中，旋复变计，宫人之志，抵死莫偿；致一片锦绣山河，间接而沦于异族，神明圣胄，悉为他家奴隶，万劫不复，迄于今兹。呜呼哀哉！胡天不吊，事至于此？虽然，天道无剥而不复，吾人无困而难亨，往者不可谏，来者犹可追。同胞姊妹，联袂而起，勿使宫人专美于前焉可也。竟宫人志，责在后死，我辈青年，其可放弃厥责耶？

——录自郭延礼、郭蓁编《秋瑾集 徐自华集》，
中华书局2015年版

普告同胞檄稿[①]

嗟夫！我父老子弟，其亦知今日之时势，为如何之时势乎？其亦知今日之时势，有不容不革命者乎？欧风美雨，澎湃逼人，满

---

① 此篇作于1907年，是秋瑾为组织光复军武装起义所写的告全国同胞书。

贼汉奸,网罗交至,我同胞处于四面楚歌声里,犹不自知,此某等为大义之故,不得不恺切劝谕者也。夫鱼游釜底,燕处焚巢,旦夕偷生,不自知其濒于危殆,我同胞其何以异是耶?财政则婪索无厌,虽负尽纳税义务,而不与人以参政之权;民生则道路流离,而彼方升平歌舞。侈言立宪,而专制乃得实行;名为集权,则汉人尽遭剥削。南北兵权,既纯操于满奴之手;天下财赋,又欲集之一隅。练兵也,加赋也,种种剥夺,括以一言,制我汉族之死命而已。夫闭关之世,犹不容有一族偏枯之弊,况四邻逼处,彼乃举其防家贼、媚异族之手段,送我大好河山。嗟夫!我父老子弟,盍亦一念祖宗基业之艰难、子孙立足之无所,而深思于满奴之政策耶?

某等眷怀祖国之前程,默察天下之大势,知有不容已于革命。用是张我旗鼓,歼彼丑奴,为天下创。义旗指处,是我汉族,应表同情也。

——录自郭延礼、郭蓁编《秋瑾集 徐自华集》,
中华书局2015年版

致徐小淑绝命词[①]

痛同胞之醉梦犹昏,悲祖国之陆沉谁挽。日暮穷途,徒下新亭之泪;残山剩水,谁招志士之魂?不须三尺孤坟,中国已无干净土;好持一杯鲁酒,他年共唱摆仑歌。虽死犹生,牺牲尽我责任;即此永别,风潮取彼头颅。

壮志犹虚,雄心未渝,中原回首肠堪断!

——录自郭延礼、郭蓁编《秋瑾集 徐自华集》,
中华书局2015年版

① 此篇作于1907年7月10日。

致徐小淑书[①]

惠函热心溢满朵云,聆诵之下,不胜感佩。惟敝报独立经营,财力万分支绌,况知音寥寥,将伯谁呼?同心缺少,臂助无人。叹同胞之黑暗,痛祖国之无人。不图得阁下热心青眼,赐我砭言,感何胜言!近日因经费无着,报馆暂行中止。惟三期之报,仍拟续出。如有惠稿,即请赐寄绍兴南门内和畅堂某收为荷。草草手上,敬请学安!

秋瑾顿首

——录自郭延礼、郭蓁编《秋瑾集 徐自华集》,
中华书局2015年版

① 此篇当作于1907年。

施淑仪

施淑仪(1877—1946),字学诗,崇明(今属上海)人。父施启宇,进士,历任湖南泸溪等地知县。母黄氏。夫蔡南平,崇明(今属上海)人,留学于日本早稻田大学,早逝,时施淑仪不到三十岁。蔡南平去世后,施淑仪将全部精力投入到教育与著述中,任尚志女塾教员、校长、学监,崇明县女子职业学校(后改县立女子师范学校)校长。著有《湘痕吟草》《冰魂阁诗存》《湘痕笔记》《冰魂阁野乘》等,辑有《随园女弟子佚闻》二卷、《清代闺阁诗人征略》十卷、《补遗》一卷。

尚志女塾生旅行记

旅行备数善,故塾生时有行者,而于春日为多,则以景物之胜也。三月十四日晨,总理徐君戒诸生旅行,盖距前次旅行三年矣。总理始意先游寿安寺,继航南沙,故舟楫供张咸备,而是晨风甚不得渡,乃只游寿安寺。于是叹吾乡风气之朴,以人胜天之无具也。日向午,诸生校服绒花成列启行,蒙养院诸生附焉。既出城东南门,乃循河而东,未至寿安寺百余丈,南绕海塘。忆昔之旅行过是也,江潮初涨,潋滟不波,舳舻上下,帆影凌空。今则怒涛翻雪,澎湃拍堤,水点溅人衣袂,览物之情能无异乎?及入寺,见棂槛剥损,佛像黯淡,尚不逮前。山上竹树稀疏,虽亭塔依旧，而塔阶久失，登眺无由，令人不胜惆怅焉。游览既倦，乃列坐以憩，分给果饵，移时即改道西行。而沿途花片掠地，柳絮飏空，麦陇翻涛，恍疑陆海，同行者发类飞蓬，洵有致也。乍过大石桥，闻枪声历乱，知为军士演阵。至而伫览，觉所演殆不异塾生，意彼军士亦有进乎？俄而入城东门以返校，时尚未薄暮也。诸生之旅行者八十七人，蒙养生二十人，校长、院长、总理、教员各一人。蔡施淑仪记。

——《妇女时报》(1913)第十二期

西湖日记

西湖风景甲于全国，梦想多年，无缘一至。前清宣统纪元季秋之月，在校请假旬日，挈一小婢往游。以九月二十七日抵沪上，二十八日上午十二时乘火车起程，下午三时抵嘉兴。时宿雨初晴，望见鸳鸯湖中，落帆亭、烟雨楼诸胜，恨不下车一游。口占一绝云："烟云深处万人家，塔影凄迷日影斜。纵目鸳鸯湖畔望，载将风景满征车。"以五时抵清太门，下车检行李入城。寓姻伯王丹揆京卿监理行辕，时副监理钱君亦同乡，其太夫人、夫人，间日辄陪出游焉。

二十九日，出涌金门，泛舟至三潭印月，俗称湖里湖。其上平桥九曲，长数十丈，其旁有亭翼然，作卍字形。桥尽处有碑亭，望遂湖心石浮屠三，即所称三潭印月者也。口占一绝云："小船斜系小瀛洲，修竹排墙万景幽。三面青山一湖水，波光潭影两悠悠。"自御碑亭折回，迤东稍折入月洞门，为彭氏退省庵。竹篱缭绕，芙蓉三五株点缀其间。有楼三楹，下供刚直公遗像，貌极清古。房舍不雕不琢，想见此老风致不凡。楼下黑暗异常，盖古人之筑屋，于光线不甚讲究也。傍有祟祠，公没后，后人筑以祀公者。中为神龛,左右有便坐,供游客憩息。守祠者以藕粉饷客,风味可人。

卍字亭旁有美人石。当公在池中取出时,老友某戏之曰:“得无令小姑生妒耶?”以公诗有“十万大军齐鼓噪,彭郎夺得小姑回”之句,用其意戏题一绝云:“日向西湖学笑颦,美人不怕小姑嗔。中兴元老风流甚,九曲桥边证夙因。”相传公微时,有邻女梅仙者,具殊色,慕公才学,愿委身。里妪达其意,将有成议,忽为势阻。女怏怏而卒,公闻之恸甚,誓愿写梅花十万幅以报,祠中石刻尤得意之作。余即题诗云:“潇洒淋漓着手春,暗香疏影尽传神。老臣为爱西湖好,来与湖山作主人。”

过高氏别业小憩,其地幽深静雅,夹道遍植菊花。归舟沿南屏山麓,经白云庵,即漪园旧址(黄仲则先生诗所谓“池台入暝难留客,鱼鸟能愁不近人”者,即是此地),遂往访之。左为南丰别墅,祀曾忠襄公,右祀月下老人,世所传主婚姻之神。每当春秋佳日,红男绿女,祈祷不绝,可见少年人于婚姻一事本极注意,乃不敢自由择配,至乞灵于冥冥不可知之神,其迷信可笑,其不自由亦大可怜矣。出寺回望,秋山平远,如蛾眉淡扫,夕阳红叶,风致嫣然。题一律云:“清梵响悠悠,清泉自在流。题诗寻古寺,载酒趁扁舟。叶落群山出,云封丈室幽。西湖比西子,意态又经秋。”

是日初至湖上,心旷神怡。晚归天气骤寒,舟行播荡。钱太夫人归而呕吐,余亦觉眩晕久之。

三十日无风,湖平如镜,稍作靴纹绉耳。放舟至卧龙桥下,宋氏端友别墅。其地面湖背山,烂然金碧,有平台作圆月形,有燠室作轮船形。回望隔湖诸山,青葱杳霭,雉堞参差,不减天然图画。在船室茗坐良久。见有游女数人,貌不美而涂脂抹粉,其足纤纤,行步摇摆如风中柳,大率外籍人,亦足令人可悯也。

竹素园即湖山春社,前清雍正间浙抚李敏达公所建。当时塑象极工，湖山正神，相传敏达自肖其相，十二花神肖其姬侍，毁于咸同之乱，现已改建左文襄公祠，仅以其旁为湖山神庙，供神位而已。有泉自栖霞山下涓涓流入园中。临流构小亭，名曰流觞曲水。园虽陈旧，而莳花叠石，俱见匠心。在园中茗坐许久，见一联云："翠翠红红，处处莺莺燕燕；风风雨雨，年年暮暮朝朝。"与花神颇称切合。

至两宜楼小饮，醋鱼莼菜，为湖上专有品。酒后谒岳忠武王墓，转至精忠祠，向神像行鞠躬礼。祠中有石刻《满江红》词，读之激昂慷慨，爱国之念油然而生。忠武一代伟人，然且不废吟咏，今之妄人，动辄扫弃一切，可慨也。夫敬题一律于壁："风雨西湖护大坟，英灵赫赫至今存。黄龙痛饮千秋恨，白骨沉埋万古冤。翠柏齐南表心迹，青山屹峙葬忠魂。江潮不尽兴亡感，回首栖霞暮色昏。"

忠武为祖国第一流人物，其姓名妇孺咸知。成仁时年仅三十九岁，使天假之年，建树何可限量？忠武没而兆神州陆沉之祸，此桧之所以罪通于天也。

夫秦桧于忠武，初时不过政见不同，非有深仇宿恨，而卒出于相杀，小人之狠心辣手如是。世之专以卑劣手段排除异己者，其桧之流亚与！

宋太祖以忠厚开基，祖训不杀大臣。桧虽穷凶极恶，仅以"莫须有"三字，不足以肆忠武于市朝，处骑虎难下之势，只得以暧昧手段，毙之于狱，桧亦苦矣。然忠武虽惨遭非命，而幸免袁崇焕之凌迟、方正学之赤族，宋祖之保全士类远矣哉（尝论东坡先生亦以生于宋代得保全首领）！十月初一日午后一时，钱少夫人陪游湖上。余天性洒落，贳瓜皮小艇，自往荡桨。至刘问刍别墅，门有榜额曰"荷花世界柳丝乡"。其庄窈窕繁华，甲于湖上，琼楼玉宇，不过如斯，令人叹为观止焉。问刍本富贵中人，事事模仿随园，徒增俗气（如筑坟园后，以姬侍八人分列左右之类），特不知斯园视前代之集芳园何如耳。三时登湖心亭，赋即景一绝云："风光到处足勾留，秋入湖心一点愁。柔橹自摇水深浅，半亭松竹枕清流。"四时再至退省庵，五时谒钱武肃王祠，观苏公所书表忠观碑与钱梅溪临本。市菊花数株归，日暮泛舟湖上，得一绝云："小船荡漾进西湖，落日衔山似画图。苍翠万重双塔耸，波心如镜水平铺。"

初二日八时，肩舆出钱塘门，沿湖入灵隐。飞来峰界天竺灵隐之间，高不逾数十丈。山巅镌佛像殆遍，庄严宝相，极雕琢之工。冷泉在飞来峰之下，水石相激，殷殷作雷声。泉上有亭，相传为东坡先生判事处，入呼猿洞寻一线天。口占一绝云："乘兴来游鹫岭边，弥陀静镇此山巅。冷泉亭畔泉声急，古洞闲寻一线天。"

即在山中饭，饭毕入云林禅寺。时大殿毁于粤乱，尚未重建，仅有后殿。至松霭山房，寺僧出茶点款客。步行至罗汉堂，瞻仰清高宗仁宗御容。杭人颇佞佛，到处香火不绝焉。

三时上韬光，山径迂折作螺旋状。舍舆步行，历石磴凡数百级。松竹交荫，如行绿云海中，衣鬓尽绿。寺有诵芬阁，轩窗整洁，阁之上为炼丹台，望见钱塘江一白无际。山中多枫树，深红浅绛微黄淡绿，无所不有，俨如一幅丹青。登眺良久，始题名于阁而下，得诗一首："直上韬光兴不穷，洞门静对海潮东。忽闻云外敲钟急，疑是人间无路通。四面炊烟迎薄暮，万山落日照空蒙。莫言我辈皆柔弱，捷足先登第一峰。"

初三日访小万柳堂，瞻芝瑛女士肖影。有自写近体诗悬壁上，其一云："天地苍茫百感身，为君收骨泪沾巾。秋风秋雨山阴道，太息难为后死人。"盖营葬秋侠时作，读之令人增朋友之重。

湖上招提，以净慈与昭庆为南北巨擘。净慈寺有神运井，相传宋僧道济运木于此，故名。寺中望雷峰塔颇亲切，或言宝叔塔如美人，雷峰塔如老衲，一以绰约胜，一以婆娑胜也。题净慈寺诗一首："楼台倒映水中央，引得游人兴味长。塔影摇红湖漾绿，残碑无语对斜阳。"舟中闻晚钟声，口占即景一绝云："落日正衔山，留连未欲还。暮烟笼不住，钟动翠微间。"

初四日午后一时，游孤山，登放鹤亭、巢居阁，谒林处士墓（旁有咸同间全家殉难之林典史墓，又有创行新政之林迪臣太守墓）。吊惠兴女士墓，女士满洲人，以身殉学，令人景仰不已。

有兰因馆，明女士冯小青之墓在焉。墓为道光间陈云伯大令重修，其子妇汪允庄尝赋诗纪事。先生表章风雅，在常熟为柳夫人修墓，一时闺秀题咏绝多，足为湖山生色。惟吾乡无韵事可以表章，不免孤负先生耳。在墓上高咏小青诗，"瘦影自临池上照，卿须怜我我怜卿""夕阳一片桃花影，知是亭亭倩女魂"等句，飘飘欲仙。因叹红颜薄命，千古同悲，不知造化小儿，何以弄人至此！

至楼外楼小饮，旋至广化寺，寻六一泉、蒋公祠，登数峰阁。四时至文澜阁，为四大藏书之一，藏《四库全书》十六万册、《图书集成》万余册，惜不获开橱一览。行宫在文澜阁右，临湖有榜曰"日月光华"四大字。红墙碧瓦，焕然一新。外面辉煌金碧，而墙以内鞠为茂草，颇有老大帝国外强中干之模象。是日在孤山前后，登眺竟日，得诗一律云："楼殿参差倚碧空，画船摇向六桥东。梅花想见三春景，桂子常怀八月风。缓步独寻和靖墓，吟魂疑入广寒宫。凭栏笑指西湖好，一角雷峰夕照红。"

步行至诂经精舍，命工榻钱梅溪临唐帖。旁为三忠祠，庚子之祸，袁、许二公，死事甚烈，徐氏非其伦也。二公当就义时，极慷慨，监刑者为侍郎徐承煜，叱役去其衣冠。许公曰："吾辈奉旨正法，未奉旨革职，况犯官就刑，例得具衣冠，汝作官久，何未知耶！"徐不能对。又相传袁公微时，馆某相国家。某总管来谒，至密室，袁公在焉，适有他客来，相国出，总管与公谈，执公手戏曰："何柔荑若此耶！"公正色曰："手虽好，可惜不会要钱。"总管为之面赤，其丰采可想见矣。袁公系家君座主，家君书斋有袁公遗像，已悬十载，见之令人肃然起敬。

"美人名士英雄墓，一样累累古道旁"，张船山先生《咸阳怀古诗》也。自孤山道中，经西泠桥抵岳坟，颇有此象。苏堤界内外湖，连日系舟其下，赋即景一绝句云："苏公遗趾至今传，位置天生本自然。闲向锁澜桥畔望，绿波如画柳如烟。"登俞楼灵松阁西爽亭，买碑帖数种。归舟见湖光潋滟，水波不兴，余霞返照，成万道黄金色，白香山诗"烟波澹荡摇空碧，楼殿参差倚夕阳"，亲历其境，始觉其绘景之工。舟中偶成一绝句："平湖秋景水澄清，塔影山光照眼明。风静夕阳人意好，四山重叠暮烟横。"

初五日晨八时，肩舆出清波门，游石屋洞。洞轩敞如屋，有东坡与陈述古等题名。后一穴作螺形，署曰沧海一螺。两旁有石级可登，左曰别院，右曰石楼。石楼之前有一穴，洞口甚窄，入之则豁然开朗。有人署曰瓮云，诚胜地也。舆行经烟霞洞之下，未及登陟，闻曾经到过者云：洞有石刻罗汉像，雕琢颇工，其上有佛手岩、联峰、象鼻岩诸胜。近年自学信上人主之，庄严一切，颇能涤除旧习（寺中不供一佛，惟门前有财神石像，后人改为苏公像）。是日题石屋洞一诗："曲涧苔侵翠，斜阳洞转昏。鸟声关不住，枫叶满前村。"

俞荫甫先生称九溪十八涧，为西湖最胜。纡道往游，溪流万山中，曲折环抱，愈转而愈幽秀。缘溪行，倏左倏右，过涧之水，必有大石亘其流，履之而后过。俞先生有"重重叠叠山，曲曲环环水；丁丁东东泉，高高下下路"二十字能写尽其胜。因口占一绝云："一曲清溪一涧流，高高下下领云浮。更听泉水丁东响，古木参天万景幽。"

理安寺在九溪，寺前有楠木数百株，黛色参天，夕阳穿漏。寺中有法雨泉，清莹可鉴，泉上书“渧滴归原”四大字，取以洗目，爽洁异常。寺僧以笋面饷客，别饶风味。题一绝于寺：“斋房饷午餐，煮出山笋鲜。闲看入岫云，静听法雨泉。”

三时抵龙井寺，寺僧导观龙井，及御书“湖山第一佳”五字。登眺良久，理安至龙井道中，得诗一首：“天生好山水，占尽是余杭。乘舆上山行，引我游兴长。山路更盘纡，松风飒然凉。乱峰夹清流，曲径通修篁。俯听泉声咽，仰掇幽花芳。楩楠挺天秀，日午漏阳光。历级向前行，直上最高冈。中有象鼻峰，峭壁行徜徉。更观神运石，摩挲御书旁。忆昔翠华临，至今亭榭荒。老龙蟠井中，附会殊荒唐。倚槛望西湖，豁然见钱塘。湖水碧澄澄，海水自茫茫。夙抱山水乐，至此愿始偿。行吟万岭中，人世顿然忘。”

五时下过溪亭，出山拜谒于忠肃公祠墓。尝论明代名臣，守经多而达权少，可与行权者，惟公及张江陵数公而已。祠为近年重修，焕然一新。乾隆间，袁简斋先生曾作碑文，洋洋二千言，文极闳丽，往尝喜诵之，寻其石刻不可得，殆毁于乱事耶。敬题一律于壁：“南北双峰一望收，湖云祠树两悠悠。新宫赫奕英魂在，断碣荒凉正气留。社稷功高君返国，圣明炀蔽事多秋。那堪凭吊斜阳里，暮景苍苍不尽愁。”

初六日登吴山，在阮文达公祠稍坐。望见浙东诸山，浅深浓淡，倏忽变幻。无数风帆估舶，出没于云烟杳霭之中。俯视城中，烟火万家，鳞次栉比。下山至清和坊，又至梅花碑，下舆步行。杭州风气闭塞，不如苏沪之开通，大家闺阁，出必肩舆。是日钱少夫人相陪步行，盖破例也。

初七日，徐君燕庭介绍至省垣各女学参观，别作参观女学堂记。

初八日，泛湖，连日经行苏小小墓下，以诗吊之云：“佳人何幸传名誉,争道孤山有姓苏。曾结同心松柏下,墓门千载傍西湖。”

西泠桥下,有贞女郑淑嫦墓,其旁即秋瑾女士墓。时已被官吏发掘,片瓦无存,踯躅于斜阳衰草间,不免凭吊一番。默诵“玉肌白刃两如雪,一笑相从飞碧血”二语,犹想见其临刑时,折玉摧兰,牵云曳雪之惨状,因念人生在世,既不能无死,死又非常苦楚,贤愚圣盗终不能免此一关。顾死于疾病,与死于国事所受之痛苦等耳。而太山鸿毛,其轻重不可以道里计。且闺人流血,最易惹人注目,死状愈惨,人之惋惜之者愈多,而传名亦愈永。因叹秋女士之死得其所,追悼一诗云:“扶桑万里只身游,国事驰驱几度秋。惭愧输君先一着,英名侠气动全球。”

秋女士天资英迈,偏遇极不乐之婚姻,故有“如何谢道韫,不配鲍参军”之句。又常言家庭者,地狱之变相;婚姻者,非刑之别种。其言极痛。主张家庭革命,政治革命,牺牲一身,其素志也。余尝论女子无事不让男子一步,惟能为国流血者,较男子为便宜。试观近年来之死于革命者不下百人,人往往莫能举其姓氏,独秋女士之名,昭昭在人耳目,岂非以其女子身耶?秋女士之赴市也,虽肉袒反接,而态度尚能从容,授首时引颈受刃,毫不畏缩。凡吾女同胞,或不幸而步女士后尘者,当以其从容就义为法。故事,决囚虽妇女亦不免解衣就刑。秋女士到案,即要求谓断头沥血,余所不辞,惟求行刑之时,不解衣,不枭示。官吏许之,故得衣玄色生丝衫送终,在当时已属非常优待,而女士当生死呼吸时,尚谆谆于保存体面,则其平日之所养可知矣。

相传秋女士在睡梦中,闻死刑宣告,初时不肯就缚,但言待予闭目定一定神。或疑女士亦不免以死为畏,余谓此不足为女士病也。彼女士虽豪杰,然亦血肉之躯,其畏受痛楚之情,当与常人无异。昔有畏死而行不成步者,人曰:“子惧乎?”曰:“惧。”曰:“子既惧,胡不归?”曰:“惧,吾私也;死,吾公也。”知此者可以论秋女士矣。

初九日出凤山门,取道江干,过六和塔,十余里抵梵村。右转入万竹丛中,中无杂树,绿云一片,苍翠如幄,曲径通幽,仰首不见日色,但闻泉声、鸟声、钟声、磬声、梵呗声、落叶声而已。寺前有洗心亭,亭畔植有桧柏楩楠之属,与幽篁相掩映。有巨杉四,高出云表,护以槿篱,中荫小亭,清圣祖御书“云栖”二大字及“云松间”三大字,碑刻在焉。巨杉之侧,有莲池大师埋骨之塔。外有太素锦庵主之塔,莲池之妻也。入寺有僧徒招待,至便坐,茗谈许久,食面一盂。前日在理安寺,寺僧出其所藏贝叶见示。此日在云栖,见董香光《金刚经》墨迹,皆希世之珍也。

虎跑寺在大慈山,即宋时祖塔禅院。自云栖归,迂道往游,日已向暮,但一品其泉,匆匆即行,入清波门,天已昏黑矣。题虎跑泉一绝:“枫叶满山红,犬吠白云巅。自携龙井茶,来汲虎跑泉。”

初十日,休息三天。本拟至清涟寺,观玉泉之鱼,及游香山、紫云等洞,再至灵隐访三天竺,后因牵系校事未果。是夜口占一绝云:“滴尽残更夜正长,满天明月满庭霜。《离骚》读到无声处,断雁寒云泪几行。”遂以十一日乘火车抵沪。越日回乡。归后忆西湖,曾作绝句二首:“最忆西湖二月天,六桥花柳正含烟。夕阳返照雷峰塔,风景依稀在眼前。”“两宜楼上醉千卮,莼菜鲈鱼味尚思。最是辉煌里湖景,引人清兴倚栏时。”

——《妇女时报》(1914)第十三期

对于烈妇殉夫之感言

余编《清闺秀略》,浏览诸大名家文集,见其所为传志,对于殉夫之烈妇,尤力为表章。其死者虽间有受外界所逼迫,不得不出于身殉，而处顺安常，以一死为名高者，实居多数。呜呼！何其愚也！晚近风气渐开，矫激之风，宜可稍革。乃女学界中以殉烈闻于世者，亦已不乏其人。而文人学士，尚从而煽扬其波焰，岂其劫数犹未尽耶！夫吾人生二十世纪文明社会，自有文明国妇女共由之坦道，应尽之义务。乃不此之务，守其狭窄偏枯之旧信条，以贵重之生命，付之一掷，一若天生女子，专以供男子殉葬之用，何其所见之不广也？吾故按切时势，揭其万无可死之理由，为女同胞进一解焉。

甲、与平等之学说不相容也。男女平权，为世界新发明之公理，亦既百世以俟圣人而不惑矣。惟吾国旧习，亘古不以女子为人格，女子亦不敢以人格自居。一与之齐，隐然有同生共死之义务。夫死则谥曰未亡人，言其当死而未即死耳！吾女同胞生于此种教义之下，无怪其误认从死为当然。今真理既明，知女子亦世界完全独立之一人格，安有同一人格，有某从某死之义务？吾女同胞尚毋妄自菲薄，为人作殉葬品也。

乙、与人道之主义不相容也。吾国有强迫人守节之陋俗，有识者犹谓其背违中道，有伤天地之和。今以血肉之躯，毕其命于水火刀绳之下，其惨酷宁堪设想。前清中叶，相传有旌节不旌烈之说，所以慎重民命，为人道计也。今号称共和，安有容许此残酷风俗之理？夫一二人愿甘就死，似乎无足轻重，无如一经社会提倡，其祸不可胜言。尝见《榕城诗话》载一诗云："闽风生女半不举，长大期之作烈女。婿死无端女亦亡，鸩酒在尊绳在梁。女儿贪生奈逼迫，断肠幽怨填胸臆。族人欢笑女人死，请旌藉以传姓氏。三丈华表朝树门，夜闻新鬼求返魂。"而《武进县志·方履篯传》亦称："闽俗妇欲殉夫者，戚党为筑台于通衢，而送妇登台自缢。履篯委曲晓喻之，革其俗。"夫灭绝天理，至于如此，仁人君子，其亦有动于中欤！

丙、与国家之思想不相容也。二十世纪之中国,已脱离宗法社会而入于国家社会。吾侪女子,一方面为家族之分子,有对于家族之义务;同时复为国家之分子,有对于国家之义务。贤智者富于国家思想,未尝不思得当以报国。顾欲思报国,则必先具能报国之主体,古人所以有留身有待之说也。夫历史上不乏圣贤豪杰,而无补于今日国家者,以其无此生命耳。质言之,惟生人乃能报国,死则欲报无从矣。不惟此也,壮姣妇女,为一国中富有生殖力之健全分子,无端杀一壮姣妇女,不啻杀国家一健全分子,对于国家当科以叛逆之罪者也。试问自杀者,及提倡自杀者,能尸此重咎否乎?

丁、与社会之事业不相容也。社会事业之不发达,虽不一其因,而个人利己思想实居其一。有人于此,宁牺牲一身,以殉所爱。此其道德识见,已超越利己主义之范围,而入于爱他主义之范围。此等人才,若导之以社会思想,必易于领略。孟子曰:"善推其所为而已矣。"吾女同胞果能移其忠于一人一家者,以忠于社会,未尝不可稍有建树。彼扶兰斯志·南丁格尔,其去人亦正不远耳。嗟乎!天地生才,不易易也。合女界全体人才,急起直追,犹有乏才之叹,奈之何一事无成,甘心与草木同腐!吾女同胞即不自为计,独不为社会之大局计耶?呜呼!

戊、与迷信之破除不相容也。宗教家之作用,在导人以死后之希望。受其感化者,以为人死有鬼,而鬼有饮食男女之欲,不异生时。生前伉俪,死后仍行夫妇之道。妇女之迷信此者,谓与其忍受数十年之苦雨凄风,不如早自引决,以图九泉之聚处。"人间限满归泉下,他日相逢亦快哉!"此可代表一班之思想矣。故居今日而欲以殉夫为非无意识之举动,必以死后有知为前提。然试问当女学萌芽时代,而先导之以种种迷信,利果足以偿其弊否乎?

己、与人格之修养不相容也。《记》曰:"寡妇不夜哭。"又载:

"穆伯死,敬姜昼哭,文伯死,昼夜哭。"夫哭子以夜而哭夫不以夜者,所以明其哭之不由情欲起见,而自蹈于嫌疑之地耳。平心论之,闺房燕婉之私,本无羞耻可言,更何嫌疑可辟?如敬姜者,诚不免矫枉过正。顾情欲虽不必讳言,然亦何至示人以一日无夫,即不能生存于世。品格高尚者,必有道以处之矣。昔满洲有官尔佳氏者,将仰药以殉,母与姑止之,答曰:"吾年少,傥异日中有不自得者,不若早自决,于吾心为安。"此其言不啻将殉夫者心理和盘托出。吾女同胞之有学养者,其肯以情欲之奴隶自居乎?

以上所举,凡以证明烈妇殉夫之不当耳。然使一人死而一人得生,于义尚为有取。汉盛道妻赵氏,字媛姜,道起兵事败,夫妻执系当死。媛姜夜中告道曰:"法有常刑,必无生望。君可速潜逃,建立门户。妾自留狱,代君塞咎。"便解道桎梏使走。道已远,乃以实告吏。应时见杀,或一人死而一家有益,于理亦有可通。钱牧斋尚书卒,族中觊其家财,柳夫人出期以明日,所须惟命。柳部署家仆,备絷维之具。申旦群宗至,列坐丧次。柳潜令扃前扉,已则登楼似将持物以出者,久之则已投缳矣。大书于壁曰:"并力缚凶党,然后报官。"乃尽缚族人,鸣诸官而置之法。牧翁身死而家不破者,柳之力也。若今之无故殉夫者,其理由果安在乎?

虽然,论者勿以吾之言为欲以贪生畏死为同胞倡也。吾以为人生在世,当务大者远者,当生而生,期于无负此一生;当死而死,期于不虚此一死。若区区为一男子牵率而死,觉鲜小不足言耳。古人有言曰:"死有重于泰山,有轻于鸿毛。"而所以为轻重者,因时代而异其标准。昔在专制君主政体之下,以忠于一姓为人臣之大节。若生今之世,而沾沾于保一姓私产,则一不祥之人而已。不宁维是。"千古艰难惟一死,伤心岂独息夫人。"人之所以有所惮有所畏,而见义不能勇为者,亦曰死之足以困人耳。今殉夫者既已拚此一死矣，何不将此身作已死看待，无所罣碍，无所恐怖，出其身为国家社会尽力，不济则以死济之，岂非毅然奇女子哉！且均之不过一死，烈烈轰轰而死，不犹愈于默默无闻而死乎？孟子曰："先立乎其大者，则小者不能不夺也。"又曰："可以死，可以无死，死伤勇。"孔子曰："岂若匹夫匹妇之为谅也，自经于沟渎而莫之知也。"愿吾同胞三复斯言也。

淑仪过来人也。束发受书，亦尝企慕乎忠孝节义诸狭义，当其更历患难，未尝不痛不欲生也。近数年来，获读东西诸大哲之学说，足以开拓心胸，推倒一世，又如山阴道上，应接不暇，思想为之一变。自律律人者，不复如曩者之狭窄矣。师友之重视我者，谓我才未尽，而时以罗兰夫人、苏菲亚之事业相期许。不佞固未足以当此，而女同胞中，不乏聪明俊伟之才，倘有能牺牲生命为社会造幸福者乎？吾心香以祝之矣！

——《妇女杂志》第一卷（1915）第八号

徐安详女士追悼会启

徐女士安详既殁之十日，尚志女学同人将为会追悼，以致哀思。宜有称述，告诸知女士者而张其志行。淑仪不自揆，辄揾泪泚笔为叙之曰：

女士字叔明，校长引恬先生次女，世居城东之侯家镇。幼时先生即挈之城而授之读，已敏爽无羞涩态。清光绪丙午，先生创女学。叔明复偕妹安贞肄业，由高等小学晋师范科迄卒业，凡九年。在校举止活泼，而不流于佻。不占毕孜孜，而各科学咸得崖略，尤竱研究体育、音乐，为同学最。自其入师范科时，已兼初级乐歌、游戏之教授。既卒业，又与同学张汝新俱肄业上海中国女子体操学校，成绩优异，校试尝冠其曹。邑中习此者，前无其人，实自叔明始。今夏毕业归里,校中设体育研究会,叔明举所得输之同学,冒溽暑传习,秋间始业,于任课外,兼文藻、惠明、同善三小学义务教师。三校者,与叔明同毕业师范诸生所创也。叔明已就职,则殚精力,欲罄所能。会本校议举十周纪念祝典,而全邑亦有联合运动会之事,乃命诸生按班更迭训练。淑仪尝规以过劳,叔明曰:“吾方憾为时促,尽我所知,并日而教,犹虞不及,奚暇自恤为?”如是者四十余日,昕夕往来,教督不少休,卒用是积瘁患疟,首部作痛,然仍不旷课,经人力阻,始就诊医院。医谓神经耗惫,宜静自摄。叔明自谓已愈,吾事方殷,讵可苟安。仍授课不辍,至二十九日晚,猝眩晕而厥,目直视,呼之不省。中西医多方诊治,幸得苏,然语尤蹇涩。一二日后病少间,能答问,众方庆幸,以为更生。不意又越二日,症忽变剧,于十一月四日下午十时溘逝校舍,年二十一耳。

叔明性果决有为,壬子之春,以绾发为髻,徒饰美观,无裨益而縻时费事,遂毅然引剪去之。众莫不愕然,已乃大感动,纷纷去其髻。同里祝君振纲,少年劬学,而丧其聘妻。戚友为之介,叔明默许之,而使告父母,既允,乃约以双方均能自立为成婚期。呜呼!教育未溥,得求学已万幸,学而几于成犹未可遽冀,成而致丁用更安可必。男子且然,况我侪女子!即成而有志于用矣,又每羁于室家,且以不殖而日趋荒落,甚者竟不永其年而抱疾以死。如是而所谓学成致用者,在今日宁非必不可得之数乎?淑仪所见类此者比比也,所为于叔明弥增其感痛者也。女学之始,笃旧拘墟者,恣为攻讦。引恬先生于疑谤朋兴之中,贞固坚持以底于成,而臻今日,亦既阅十年矣。此十年中生徒成材者,仅数十人,而死者亦夥。王如兰死最先,其继者蓉清王先生之季女玑,殇于疫。而淑仪之女侄凤如于前岁死,陆亦豪于前二岁又死,亦豪即祝君所聘妻也。最近瞿诵芬以产难卒于沪。诸人之死,淑仪每为之悲恸,而于今叔明之殁,其悲恸尤甚,全校诸生,靡不怆然。夫亦可以知其故矣。淑仪既痛叔明,而追及于诸生,感逝怀人,潸焉出泪。因并箸于篇。

——《妇女杂志》第五卷(1919)第十号

杨庄

杨庄(1878—1940),字叔姬,亦字淑姬、少姬,号兆仙,湖南湘潭人。王闿运门下唯一的女弟子。夫王代懿,王闿运之子。杨庄自幼天资聪颖,尤有诗才,与兄杨度、弟杨钧被称为“湘潭三杨”。曾东渡日本游学,回国后投身实业教育。著有《湘潭杨叔姬诗文词录》,王闿运为之作序。

杨女士庄寄外书

文育先生赐鉴:

藉读来书,知安抵东瀛,且当入学,谋身谋国,强立不回,进德无量,乐可知矣。窃思我国游学之士,实似积病将亡,不甘就木,持此形骸,以遗医者。是以扁鹊之神,治此膏肓之疾,虽稍[1]稍有一线之生机,而欲与夫生而精神卓立者相等,万不可得。虽然,求效有方,爱生有兆矣,庄则并此一线之生机皆不可得。知有卢跗,不能就治,既不能治,并其方法,皆成杀人之资。势迫如此,其不坐毙得乎?今则日事琐屑,徒耗精神,空有自爱之心,而无求益之处。人生几何,行将就木,虽欲不悲,不知涕之从何出也。嗟乎!夫人深处藩笼之中,屏弃增进之业,心如死灰,手无一技,其与夫

① “稍”,原文作“稻”,据语义改。

身体疲癃、耳目不全者何以异？甚之则又与夫禽兽之日事饮食、无思无虑者，又何以异？禽兽之中如精卫之填海、子规之啼[①]血，事属荒诞，然实类蓄怨终身、志将必偿者。人秉天地山河之灵以生，其所以胜于疲癃与禽兽者安在乎？故人之生也，必求有以自立，自立之道，必求所以成学之方，学成而后可以谋身，身成始克及于谋国。故有国家之思想者，始则为声名学问之羞，继以成邦国安危之责，身国之忧兼重，则必将誓拯横流，以安国础。东汉颠而未倾，踣而未覆，范氏以为仁人君子心力之所致，岂不然哉？或以为运距阳九，数当劫变，信天命之推移，非人力之所及，则岂不愧古人而羞当世之士乎？且兽之铮铮者，必不容异种之探其窟也；鸟之铮铮者，非类必不敢颠其巢也。人之才志之铮铮者，亦必愤同类之颠亡，痛国家之孱弱，而思有以挽回之也。况当此生存竞争之时，懦夫亦有立志矣，有志者其能堪乎？然必欲拯同胞，申国耻，舍学问未由也。学问之道、非进则日完课业，退则一己研精即谓之学，必将亲师从友，辩论是非，得其精神，而后可以成学。君今则有师且有友，愿自愤，毋自弃。庄窃有乐羊子之妻之心，勉为片言，以助高明，亮不以人废言也。庄之言此，谓之为空言以护己亦可，谓之为饰辞以责人亦可。盖知而不为，是空言以护己也。既不能为，而故以告人，是饰辞以责人也。虽然，庄之素心，君已知之，今之事势，君已历之矣，毋庸缕言矣。悲夫，庄则已矣，君其勉之。

女士为杨君度之女弟，归于王君代懿，实为湘绮先生之子妇，禀承家学，夙有令名，观于此书，可以见其为人矣。爰函登录，以为吾湘女学之倡。

——《游学译编》(1903)第八期

---

① “啼”，原文作“血”，据语义改。

林宗素

林宗素(1878—1944),原名易,闽县(今福建福州)人。女记者、女编辑,同盟会员。1901年随胞兄林白水赴杭州,协助其创办《杭州白话报》。1902年随兄嫂到上海,入爱国女校就读。1903年随兄留学日本,积极参加留学生的活动,与胡彬夏等爱国女学生组织“共爱会”,回国后担任《俄事警闻》《警钟日报》《中国白话报》等报刊的编务工作。1905年再次东渡日本,入东京女子高等师范学校,同年加入中国同盟会。辛亥革命后回国,任女子参政同志会会长,与唐群英等代表上书临时参议院,要求女子参政。1914年应邀赴南洋,创办华人学校,并参与商业活动。1922年回国定居。

林女士宗素女界钟叙

处二十世纪权利竞争之世界,苟不先归重于学问,而徒昌言民权、女权,无当也。以路易十四世为之君,梅特涅为之相,犹不能使澳、法平民终受羁轭,况夫犬羊贱族,讵可以终长于华胄,茶脆须眉,又岂足以作威于裙钗。若是乎民权、女权,举不必忧矣!中国女权之变,于今为极,虽然苟丧失权利者,仅我二万万之女子,而彼男子者,举凡参政、选举、代议、请愿、言论、出版各自由权,皆完全无缺,则吾国今日犹不失为日本,而试问今此权之果奚属也?由前之说,权既不必忧不复;由后之说,则举吾全国之民,无论男女，悉堕于奴隶境界，同病相怜，不能自拔。斯何以故？曰：是惟无学之故。

夫太初之民，思虑最短，舍饥食渴饮外，几无所求，渐次乃知有权利，渐次乃知有竞争，而今则优胜劣败，已成公例。人则高尚，而我鄙僿；人则德慧，而我晦盲。吾见其虽畀以权，犹且不能自护终日，况尚待于争竞而后得邪？

女子者，诞育国民之母。今吾国之亡既二百六十年，觍颜事仇，恬然不怪。所谓国民者安在？吾痛夫吾国女子之不育矣。北美之独立，人第知有华盛顿，而不知彼十三州之民，人人皆有独立之资格，而华盛顿乃克代表之，以成其功。今之卖国者，人亦仅知一女子耳，而不知我二万万之女子，若人人皆能为贞德、罗兰，人人皆不肯卖国，则彼媪者又何能为？舍多数主人而不责，但日怨群盗之不我卫，毋亦见哭于盗矣。故今亡国不必怨异种，而惟责我四万万黄帝之子孙。黄帝子孙不足恃，吾责夫不能诞育国民之女子。虽然，处以是责，则凡为女子者必不服，盖未尝从事于学，无怪其不克胜任也。

吴县金君出所著《女界钟》以示余，余观其书，为女子辩护者甚力，其所以代谋兴复权利者，亦首以学为归，金君诚我中国女界之卢骚也！虽然，权也者乃夺得也，非让与也，今使为我女子辩护而代谋者，第出于金君，其与不流血、不颠覆，而希冀政府之平和立宪也何以异？夫金君之意，吾何敢不佩，而吾之为此言者，特欲以自鞭策我二万万之女子，使之由学问竞争，进而为权利竞争，先具其资格，而后奋起夺得之，乃能保护享受于永久。若其柔弱如故，愚暗如故，则金君此书虽一旦大动于世，彼辈男子慨然尽举畴昔所占据之权利，一一让兼而还付之于我女人，此固非吾之所愿，抑金君之意，殆亦非然也欤！

——《江苏》(1903)第五期

女子参政同志会宣言书

女界黑暗,亘千①百年,赖近世西学潮流灌注东亚,于是男女同胞中偶有高瞻远瞩之英,攘臂奋呼,欲为吾中华女界辟一新纪元,奔走不遑,数年于兹。沪上一隅,光复以来,吾姊妹之执干戈、筹饷糈者群集于此,踵趾交错,远近闻之,莫不改容起敬。自揣吾姊妹等进步神速,旧耻可雪,参政思想因以勃兴,联合同志,结社讨论。宗素不才,谬承众会员举为本会代表,躬赴南京谒孙大总统。大凡政治结社,宜得行政官厅之许可,监督而保护之,故须将宗旨、组织等之内容上尘清听。幸女界有福,孙大总统又素持平权主义,承面谕以事堪嘉许,竭力赞成;且谓本会之为女界代表,亦可承认,惟应注意于政治智识,使女界不懵于政局,方能有实益而无流弊。宗素面承策励,即述将创办法政专修学堂,预储智识,以期共守法律,权义之界不致茫昧,以慰大总统之美意,以免大总统之深虑。并谓既荷许可,当以此问答之言登载各报以为证据,亦蒙首肯者再。回沪以后,日报所揭,语意详尽,可覆按也。

今观中华民国联合会上总统书,与总统覆中华民国联合会书,不禁骇诧。该会指宗素为一女子谒见,孙总统亦谓为他人闲谈,将置全体会员公举代表之名义于何地乎?要求参政权乃女界同胞同具之心理,乃谓系宗素个人思想、个人行动,宗素虽无状,亦甚耻独为君子也。总统为行政之总揽②机关,本会因监督保护,例须受行政上之许可,故先求总统承认,非抹煞立法一方面,置将来国会议决于不顾也。大总统毅然许可并允登报宣布当时问答

① "千",原文作"去",据语义改。
② "揽",原文作"榄",据语义改。

之语，亦为行政上之活动，借以鼓舞女界之进行，非为所抵触于立法权也。本会以天赋人权为职志，以储养政法知识为中坚，以坚忍决心必达目的为后盾，自修养其女子之才学，徐以待国会之多数议决，非沾沾于总统一诺即有喜色，该会一疑即有愠色。本会虽粗具规模，未有非常之表见，而攀援依附之积习断不敢留存，不但我会内之党员共矢之，即会外之人民亦差信之。在总统固谦而且慎，用防弊；在该会亦老成持重，足备他山。惟总统以为个人闲谈，该会以为片言许可，似于行政立法之界限，犹未审其不相侵越，殆未免鳃鳃过虑也。

至该会以为本会一得总统赞成，更形恣肆，一得于君则热中，正专制时代之鄙夫陋劣男子厕足仕途者或者有此现象。吾姊妹等虽学识浅陋，比之该会人才，自愧无能为役。但以小人之心，度君子之腹，虽欲为该会曲辨其不然，终若无以释女界之疑，亦不禁为该会惜也。但该会之意，亦从慎防流弊起见，雅意可佩。本会但当益自慎勉，毋贻女界羞，原不必哓哓置辨，反失止谤不如自修之义。而虑多数不察者，骤观报章揭载之言，几疑前此之登载矛盾如此，或者为报纸失实，或者为宗素有意铺张，夸示流俗。念及前途，或有因此而生其观望者，则本会进行之不速，无以获女界之幸福，并无以副男子赞成员之期许，皆宗素一人安于默默之咎也。故卒不避烦渎之嫌，而直以个人闲谈之资格宣布之，庶几不轻以本会作争论之烧点也。世之览者，亦借是以悉本会之宗旨已矣，幸毋视①为攻讦之文，谓为谈笑而道也，可谓涕泣而道也，亦无不可。

噫！吾本会之会员、赞成员，宗素尚有一言郑重以相告：吾国中各会，屡兴屡仆偻指难数者，皆由不坚持其主义之故。欧美女

① “视”，原文作“现”，据语义改。

子要求参政权，积月累年有进无退，至今或得或不得，犹未能全收圆满之效果。而寻其循环起伏之痕迹，大抵社会之诋诃居其半，政府之留难亦居其半，艰难险阻备尝之矣。而彼都女界人士未闻有苶然自馁者，再接再厉，愈挫愈奋，今则大有成绩，烂然放异彩于西方，所谓“锲而不舍，金石为开”也。若恃有爱我者之相助，而胆粗气放，因有疑我者之相厄，而再衰三竭，柔靡不立，真个闺中无丈夫矣。参政重权，虽总统许之，国会许之，人民许之，群聋议乐，群盲议礼，自惭形秽，终亦退处于无权而已矣。不然，即总统自初无此承认，国会到底无此议决，而人民感于女同胞之力争上游，以屏诸政局以外为可惜，则大多数民人之陈请，国会终不能不议决，总统亦何力之有？行见民国宪法起草之日，载笔以书女子参政之条，吾全国姊妹其勖之。宗素不敏，将来溯参政权成立之始，视为得鱼之筌焉，则其荣幸又何如哉！

——《妇女时报》(1912)第六期

龚圆常

龚圆常(1878—?),安徽合肥人。夫蒯寿枢,安徽合肥人,蒯光典之子。1902年龚圆常随丈夫前往日本,就读于日本实践女学校。先后加入“共爱会”、中国同盟会、中国留日女学生会。与胡彬夏、林宗素、唐群英、王莲等同为早期留日女学生。1910年回国。

男女平权说

与民权并现于社会之上,而有待于倡导者,实惟女权。吾国志士,愤世俗之日非,阃内外显分畛域,遂昌男女平权主义,谓同具面目,不应有所轩轾。于理论上,诚当如是。然天赋既殊,义务即异,性有所近,才有所长。政治、从军,男宜优于女;教育、美术,女宜优于男。相辅而行,不可事事相提并论也,窃谓平权如均贫富,如平天下,各顺其条理,各尽其义务,互相掖助,因时利用,使国中文明达于极轨,而后可曰平权。然瞻吾女同胞,其能有此资格者几人?其能知此者几人?朝闻倡平权,视其人,则曰伟丈夫,夕闻言平权,问其人,则曰非巾帼。噫!彼日创导,而我惟袖手;我愈袖手,而彼益布告。此男子之爱情欤?此于女子果有利欤?吾不敢信。盖期望人者,决不欲其有所依赖,而必求其独立。善自助者,决不乐他人代为筹长策。男子之倡女权,因女子之不知权利而欲以权利相赠也。夫既有待于赠,则女子已全失自由民之资格,而长戴此提倡女权者为恩人,其身家则仍属于男子。且男子既可以权利赠人,必其权利之范围恢恢乎游刃一国而有余,而后能施及帷房也。我中国之男子,其果何如乎?空言无补,来日方长。我女同胞犹不振袖疾起,尽义务以求自立,恐载胥及溺之祸之即在眉睫间也。裙钗脂粉小队中,其大有人在乎?吾知其无待人谋矣。

——《江苏》(1903)第四期

郑家佩

郑家佩(1878—?),湖南长沙人。夫陶思曾,东京法政大学留学生,湖南都督府参事兼法政专门学校校长。1903 年郑家佩随丈夫留学日本,入东京实践女子学校学习,是清末湖南第一位女留学生。

致湖南民立第一女学堂监督教习书

佩去秋东渡,濒行之际,过承宠锡诗文。至今每展行縢,浣薇敬诵,感佩无已。湖南女学,自诸君子苦心提倡后,今岁又有李夫人创捐巨款,设立淑慎学堂之举。佩居海外,逖听之余,欢欣无既。所愿经理得人,完全布置,基础既固,徐图扩充,为三湘七泽女界,种此福田。此佩所侧身西望,日夜心香祝之者也。此邦女学,日形昌盛。女学生之曳红裙,挟简册,结伴联群,出入于学校者,道路之中,触目皆是。女子大学,设立不及三年,用费十八万圆以外。佩所入之学校,亦生徒五六百人。其教法则以德育、智育、体育三者并重。德、智二者,固不待言。今就佩所目击体育之善美处而缕陈之。今春华族女学校运动会,佩往观之,见其于竞走、唱歌、舞蹈、风琴、自转车等,无不矫健娴习,运掉自如,别有一种精神,令人欣羡不置。上自皇后公主及贵族命妇均来观看,其注意如此。至美术学校、工艺学校,无不精妙绝伦。女学报出版者,亦有十余种。今当日俄交战之际,母训其子,妻勉其夫,及身入赤十字社,为战伤军士看护妇者,几于指不胜屈。有八十岁之老妇,愿捐其度老资为军费。在辽东之艺妓,能盗俄武将之地图,献之国家,其爱国之挚,信非教育普及之力不至此也。我国女学,今始萌芽,湘中略有根柢。所愿诸君子宏宣教化,时时以国耻种祸相棒喝,道艺兼修,不遗巨细。夫我国素以女学闻于天下,今复济之以学业智术,开之以国家观念,则于将来之中国,必有无穷之影响,岂得令日本独美于前欤?佩所入之实践女学校校长,为下田歌子。中国在此者仅五人,湖北新到五人,闻系地方公费,豫备入校。贵校生徒,想进步日增,可贺可贺。余不罄言。

——《女子世界》(1904)第十二期

康同薇

康同薇(1879—1974),字文僩,号薇君,南海(今广东佛山)人。父康有为。夫麦仲华,顺德(今广东佛山)人,康有为弟子,留学英国和日本,曾任香港电报局局长。1897年康同薇任澳门《知新报》记者兼日语翻译,发表革新时论。1898年与梁启超夫人李惠仙等,在上海创办中国第一份妇女报刊《女学报》。

论中国之衰由于士气不振

重矣哉,士之于国也!强弱系焉,兴废系焉,教化系焉,风俗系焉。不知先王之道,不穷天人之化,不明政治之故,不达诸教之理,不审各国之势,不究物理之微,不谙古今之变者,非士也;睹奸凶乱国,王室凌迟,兆庶涂炭,四邻交逼,上下穷困,盗贼迭起,社稷将亡,而不疾首痛心、握腕痛哭、思振之者,非士也;睹圣教式微,礼乐废坏,外教纷布,内民托庇,人之视我为野番,以我为无教,而不深引愧耻、痛自激励、思救之者,尤非士也。若夫士则仰观造化,俯察宗教,综览今古,横审中外,以圣人之学,治天生之民。故国家隆替,视士气之昌微;奸佞之乘权,因士气之衰靡。盖士之是非,众所绳准也,岂不重哉?

夫历往古观来今,兴废之迹,得失之端,未有不由士者。《诗》曰:“济济多士,文王以宁。”此文王以多士而兴者也。逮乎始皇暴虐,畏士清议,乃禁《诗》《书》、坑儒士,禁偶语、愚黔首,而人士之口,卒不可塞,民庶之怨,因日以殷,不终二世,而亡其天下。东汉桓灵,以庸弱之姿,信谗邪之寺,钞锢贤人,害杀良士,汉社遂虚。宋之元祐庆元,明之东林复社,士气抑塞,国运朽败。此古用士不用士之效也。夫才者国之基也,士者才之宅也;士盛则其国强,士寡则其国殃。近征外国,莫不皆然。美、英、德、日,今号强盛之国也,然英、日三岛之地也,德三十余小国之一也,比利时万余方里之小也,崛然兴,屹然盛,左强邻,右雄敌,未敢片言侵犯,岂非能自振,则弱小不可轻哉!土耳其、波斯、印度、中国,古称文明之都也。土耳其屏藩内叛,国权外失,六大国欲分之久矣,印度已隶于英矣,波斯阴属于俄矣,中国且有瓜分之说矣,岂非不能自振,则广大不足恃哉!夫美以士立,日以士强,岂非士之可贵哉!中国颓弱废病,不振者久矣。甲午之役,以堂堂四千余万方里之国,挫于区区三岛之众,失东藩、割台湾、偿巨金、开商埔,盟城下,立自缚之约,失百世之威,倾吾民之膏液,戕吾民之财命,使天下之民,挢口咋舌,震惊悚骇者何欤!夫日本戊辰以前,危困之状,与今日中国等耳。自天智至孝明千余载,外戚擅权,王纲解纽。奉承鸿绪者,尽皆藤原氏之甥;叙位朝廷者,无非藤原氏之族。宗室削弱,兆庶无告。贿赂遍于朝廷,田园布于天下,而诸国吏治废弛,叛亡蜂起,令宰逃职,豪武牧民。原平二氏,起自武功,夺藤原、履故迹,专横之行,日进不衰,威福之状,有加无已。德川家康,丰臣氏之雄藩也,以权诈阴险之行,坐持政柄二百有余年矣。自昔藤原柄政,相家执权,保平乱国,武门专肆,大政移于关白,全权归于幕府,将军以世,君如赘旒。自公卿迄舆隶,各分采邑,以赡家族,臣将军之臣,民将军之民,积弱相安,不知有君,此我中国从古所无,即魏晋盗窃,亦未尝如此之久而甚也。当此之时,内则抑压其民,苛赋重敛,公七民三;富商豪农,别有编派;间或罗罪,律无定式;畸轻畸重,唯刑吏之意;含冤茹苦,无可诉之门。越分上请,扳轩泣诉;奏牍未上,刀锯已加;瞻仰君门,如天如神;积威力劫,压制已极,此又中国之所无也。外则德、美、俄、法、奥、荷见逼,鲸吞虎视,肆其雄略之威;弱肉强食,任彼膏腴之取。幕府则胆如鼷小,识似犹卑;畏难苟安,唯命是听。索偿巨金,无勿予也;要辟口岸,无勿从也;立约弗敢过问也,曲直弗敢与判也。敬其敌,虐其赤;取容一时,偷安瞬息,不知倾覆之近在旦夕。此中国之同病,可为痛息者也!

德川晚好儒,建孔子庙,讲程朱学,由是士知君臣之义,民有勤王之心。儒生源光国箸书,首倡尊王之义;藩主齐昭立说,主持攘彝之议;激动人心,感发士气。度边华等译西书,新井君美、傅雅兰学、山县昌贞、高山正之、蒲生秀实等,或箸书寓意,或泣哭动人,或演说劝化,或面折权贵,或刺主和之臣,或袭外国之使。其生徒故吏,星繁云众;发激甚多,倾动天下。故处士横议沸盈,如风雷之相应,乃至潜交公卿,密连大藩,以抗幕府,于是公卿藩侯,多主攘彝之说。然尊攘之士,褫官者十七人,幕府方且厉其威棱,大索严锢,而人心益横,士气益张,伏萧斧、触密网,至不可胜数。前者骈戮,后者辈起,一往不顾,视死如归,用能使公卿悚变,幕府危惧,革八十国封建之积势,收千余年已坠之神柄,使神武坠绪,亡而复存。明治维新,肇有端略,皆诸士之功也。于是日本维新政治,更正条约,颁定宪法,以张国法,开国会以伸民气。变政仅二十余年,而挫割四千余万方里、四百余兆人民之中国,威振海外,名振英法,推原所自,岂非士气之振致之哉!

夫日本之士,得中国学术之绪余而若此;我中国之士,受数千年之圣教,师传未失而若彼,岂不异哉!尝独居深念,穷思其故,岂船不坚、炮不利无以助强欤?土地僻小,不足自立,物产薄劣,不足自供,无以致富欤?草昧不辟,无教之国,无以称文明欤?则皆非也,士气之不振也!苟安幸免,心私志散,以酿成此不痛不痒世界耳。推吾中国之士之意,岂不曰势之强弱,国运也;事之成败,朝臣也;素位而行,吾何预于国,国宁赖于吾哉!

夫胚三王、孕五帝,聪秀开敏,翘然而首于齐民者,士也。孔子一布衣耳,车马栖栖,斯人是与;伊尹一耕夫耳,先觉自任,沟中己溺。彼二圣者,夫非犹是区区之士邪!昔郅恽投竿,范滂揽辔;东撤上书,东林攘臂;请朝太上,则帝车可牵;廷议大礼,则宫门可挽;匹夫抗愤,娆直斯行;亦宁非中国之士邪!虽然,中国士气之不振,抑有故焉。汉初道杂,黄老乱真,发点之始,痼毒既剧。逮及晋世,崇尚释道,清谈之误,因以亡国。有唐继起,士节扫地,奔走权门,恬不为怪。宋儒独善,自谋既优,流风所畅,为害亦烈。自明迄今,士习之弊,亦有数端:贞逸自高者,则绝世离群,山林深密也;风流自命者,则沈酣诗酒,驰逐声歌也;迂阔远事者,则委于国运,安于朝廷也;考据之家,则禽鱼草木,嚼之愈甘,贾、马、杜、郑,旋其胁下;尤其下者,皓首词章,终老帖括。举凡民生之疾苦,郡国之利病,种族之存亡,宗教之兴替,不啻楚弓得失渺不相关。呜呼!以此言士,士气可知;以此求士,士才可数;以此厉士,士节可想矣!此中国所以变法数十年而不强也。更有无赖学子,于中国之学,懵然未尝问津,于是彝其语,西其服;压人以气,大于夜郎;而英法之文,率未上口;格致之学,犹未窥径;猎其皮毛,失其窾要,其为士者又何如矣!此中国所以变法数十年而益弱也。即有一二志士,热血救世,合大群,倡实学,修圣道,攘除耻辱,整理天下,乃大心未就,而谣诼旋加。锐气而前,无聊而返,岂不痛哉!观邻火而闭门隐避者,灾必自及;睹里贫而厚藏自备者,盗必横侵。独不见印度乎?隶英六十余年,而议院不有印人之迹也。“非我族类,其心必异”,种类之辨,西人最严,彼诚奚爱于吾哉!若夫安其故常,绝无振作;好虚谈,远实学;贱农工,恶商贾;善藏畏事，图自私自利之计；就缚制艺，无利民便国之事；甘心为印人之续，俯首就奴隶之贱：殷鉴不远，窃为天下贤士伤之。夫天下事顾亦人为之耳，公车上书，激动全国，强学立会，开发天下，士气一振，群然景从，已然之效也。春秋之义，责备贤者，反不讨贼，赵盾等于弑君，邻国不救，齐桓引为大耻。以此律之，则中国弱危之弊，不能无咎于士君子也。若夫斗筲之量、无识之人，斯固无与于责焉矣！夫合天下之士气，乃心王事，日、美之所以兴隆也；士与国离，自私自利，波斯、土耳其、印度之所以衰颓也；宁孰乐焉。吾也漆室抱忧，投梭而起，杞人之念，益用拳拳，天下士其同此衷否耶？

——《知新报》第32册，1897年9月26日

女学利弊说

凡物无能外阴阳者矣，光有白黑，形有方圆，质有流凝，力有吸拒，数有奇偶，物有雌雄，人有男女，未有轩轾者也。形质不同，而为人之道则一也。夫学者学为人所必需也，一饮一啄，一言一行，非生而已然，则皆谓之学。是故扶床之孙，即挟之以步履，盈尺之孩，即训之以称谓，其有咿哑而不能成声、翘企而不免却步者，鲜不以废疾忧之。夫废疾于语言动作，则亟亟然以忧；废疾于知识学问，则安焉习焉、恬不为怪者，何哉？岂女子宁非人？固天生之戮民，而亲之弃体哉？毋亦未加之意焉耳。

不宁惟是。学也者，固文教野蛮之所攸分也。国也而野蛮半其数，家也而野蛮共其事，不亡何待？不乱何俟？同薇居常想念，以为天之生斯民也，既有男女之分，即有智愚之别，虽有巧妇，不及拙夫，虽有贤姬，不如莽汉。天所兴废，人无能为。及今思之，乃知有大谬不然者。何言之？波斯、印度，耻其国之有女也，不敢

以示人,美利坚睹其女之多也,群喜而贺之。夫亦犹是人也,而轻重若此,乃知男女之轩轾,良有所因,而国家之盛衰,亦非无故也。

夫欧美之强,度越前古,而考其制度之美备、人才之众多、智慧之浚发、风俗之敦实,泱泱乎雄视万国者,胥成于学校。其学校之制,凡男女八岁不入学者,罪其父母;幼学处所,男女并同;及其长也,别为女学以教之。学分三等,循序而升,高等师范,下及百艺,视其性近,乃入专门。由是辅之以女红场,广之以女学会,上以蓄德,下及艺事。其教之也,分圣教、闺范、修身、教育、天文、地舆、律法、家政、医算、格致、音乐、书画、女红,各有专门,学成者同得优第。故美、法之女,有为臬司者,英、美之女,有为天文生者、典吏者,有为传电报、司文案、医师、律师、教授、传教者,类皆与男无异。

日本步武泰西,亦重女学。其女学之制,约分十三科:一修身,二教育,三国语,四汉文,五历史,六地理,七数学,八理科,九家事,十习字,十一图画,十二音乐,十三体操。其所以异于男学者,不过数事。盖德足以自辅,才足以自养,相砺以廉节,相信以德义,而不为严密之防,不兴猜疑之心。内顾既寡,而工业得力,既无坐食蠹国之民,即收兴业植产之益,此西方所以致富强,而王道之成,治外必先乎治内也。

且夫福兴有基,邦乱有胎,国之强弱视乎人才,才之良窳视乎幼学。西人蒙塾,多用女师,盖以其专精静细也。然尚不若贤母之益,何则?初生之赤子,天性纯一,其性情嗜好,惟妇人能因其势而利导之。且孩提之童,狎母而畏父,习于父者寡,成于母者多,幼之所学,壮而行焉。引线之差,视乎起点;九层之台,立于初基。故谚有之曰:“少成若天性,习惯成自然。”记曰:“行远自迩,登高自卑。”根本之地,顾不重哉!

夫女学者所以端本也,本端则万事理,故太妊胎教,厥产圣子，孟母三迁，乃成大贤，此又人才之关系也。夫孝以事父，贤以相夫，义以训子。大义弗明，三从之道阻矣。修身立志，言动作为，圣道不闻，则举措乖方矣。今女学废弛，流弊无既，不得已乃严其防范，密其扃钥，拥其面，刖其足，惴然歉然，恐尚有失，而名节日下，世风愈颓。虽曰刑于之化，防其未萌，而疑间斯存，人道益苦，犹之防盗，严刑峻法，以为得计，而盗风之炽，日甚一日。盖不穷本溯源，去害兴利，使遂其生且浚其智，譬犹止沸而加薪，不绝之于此，而绝之于彼，岂可得哉！

夫女学不讲，而几以防盗之法防之，日望天下之贤母教其子，淑妻相其夫，孝女事其父，使家庭雍睦，闾里熙让，仁义之风播于国，敦厚之化遍于都，人人皆修其身，齐其家，以致平治，不亦难乎？语云："家齐而后国治，国治而后天下平。"盖福之兴莫不本乎家室，道之衰莫不始于梱内，往乘所纪，言之綦详，今而欲为起化之渐，行道之先，必自女教始。故古者内政修明，为之宫公保傅，以正其趋，为之典礼训言，以迪其志。是以教成于内，而顺成于外。所以佐妇德，善风俗，而上古风化之厚，亦由于此也。

春秋之际，内习渐蔽矣，然而秉礼者贞而难犯，称古者辩而有辞。盖其时师保之训、宫庙之教，殆未尽废，而先王遗泽浸灌已深也。若夫老莱之妇、黔娄之妻，岂独娴于礼节、习于古训哉！观其所论，殆与闻圣人之大道者也。及至末世浇漓，重才华而轻德行，女教益衰。士夫既无实学之足法，而女子日习于邪僻，以文词自炫，以才藻相矜，而先王所以立教，君子所以端化者，亦鲜能明其旨。乃因噎废食，为词以号于天下曰："女子以无才为德。"其尤甚者，倡伪古文之说曰："牝鸡司晨，非家之祥。"于是无非无仪，酒食是议。父若兄，夫若弟，相戒惟恐其妻女之识一字、解一理，以败闺范。举中国二万万之人，有目而暗，有耳而充，有脑而闭，有心而蓬，以成此不痛不痒之世界。使外国嗤为半教，视为野蛮，岂不哀哉,岂不痛哉!

虽然,由上之说,则不学之为害矣。然今日之号于大众,而自以为读书者,卒未睹厥效,何哉?夫海内淑秀,知书识字者非无其人也,然其上者则沈溺于词赋,研悦于笔札,叹老嗟悲之字充斥乎闺房,春花秋月之辞缤纷于楮墨;其尤下者,且以小说弹词之事,陆沉于其间。而为父兄者,不能因其道而导之,反以为无所用而禁之。夫若此等事诚无用也,然短视而并去其目,跛步而并断其足,掩耳盗铃,自为得计,宁不哀哉!

学非所用,用非所学,虽男子亦知其无益也,而奚论妇人耶?彼班姬续史,伏女传经,韦母下帷以讲学,二宋继轨而授教,观古之贤女,类能引经据义,以决祸难,苟非读书,谁复能此?是故泰西各国深通古义,昌明女学,即小如瑞典、挪威,女子百人中不识字者一人耳。日本新树小邦,前十年间,女学生徒二百余万,教习千余员,学校三百余所。而我文明之邦,圣教之泽,神明之裔,山川之秀,二万里之地,二百兆之女,曾未有一女学以教育妇女,此何故耶?且西人在我通商之地,分割之境,皆设学校教堂,以教我女子,我有民焉,而俟教于人,彼所以示辱我也,无志甚矣。

闻之海不择细流,而百物被其泽;圣人辅相天地,而有生赖其拯。未有泽及草木,仁被禽兽,而教不逮于妇女者。是故孔佛之道,男女平等,孔子编《诗》,则首《关雎》,传《礼》则详《内则》,大义昭然,至可信据。而无知妄作之吴培,乃复禁妇女谒圣庙,一若此二百兆之人,无与于教化之事也者。呜呼,不亦示敬弥甚,而去道弥远乎?窃尝观大地奉教图矣,举中国之大,而惟佛教之从,盖于孔子无与焉者。

虽然,其又奚怪也?夫中国妇女所拜者菩萨,至圣列贤之名未闻也,所礼者经忏,传记大义不知也。吝于为善而侈于饭僧,愚于医药而智于祈禳,笃于事佛者,莫妇女若也,莫妇女众也。四百兆之众，闻圣教者仅十之一二，而事佛者乃半之，其曰佛教，何足怪哉！若不早图，安其故习，一任此圆颅纤趾之辈，自生自灭于高天厚地之中，吾恐不归释、必归耶，奉彼教者日益多，归吾道者日益寡，靡独国家之危，系于眉睫，即吾教之亡，亦弗远矣。且缠足之害无人不知，而受斯害者，举天下而皆是。盖皆妇女惑于祸福，不明大义之所致也。

今缠足之祸，虽或稍戢，然开会者不过通商数区，入会者不过通人数辈。行省之大，充耳不闻，毋亦知此理者尚少也。若欲扩其救人之心，非先遍开女学以警醒之、启发之不可。曰：女学如此其亟亟也，然神州之大，行省之远，流风所⿱，未易遍及，有其举之，条理奚在？曰：遍立小学校于乡，使举国之女，粗知礼义，略通书札，则节目举矣；分立中学校于邑，讲求有用之学，大去邪僻之习，则道德立矣；特立大学校于会城，群其聪明智慧，广其材艺心思，务平其权，无枉其力，则规模大立，而才德之女彬彬矣。起二万万沈埋之囚狱，革千余年无理之陋风，昌我圣道，复我大同，于嗟中国，其毋塞才壅智而自穷！

——《知新报》第52册，1898年5月11日

王莲

王莲(1879—1940),字荷卿,湖北恩施人。本姓尹,婚后随夫姓王,祖、父两代均以进士入仕。夫王璟芳,被誉为“施南才子”,1899年赴日本留学,参与编辑发行《湖北学生界》。1902年王莲赴日,入日本实践女学与女子美术学校,是清末湖北第一位女留学生。

恩施王荷卿女士致某女士书

夫人妆次:

前日渡汉匆匆,未遂拜谒之私,至今为歉。昨得宝兄手谕,反承先施,并蒙垂询,幸何如之。支那女学之失传也久矣,加以三从七出,束缚其身心,穿耳缠足,束缚其手足,终身闭置,徒供男子之玩具。吾辈一弱女子,莫知振脱,受大害者,乃在吾国。姊不见累次之战,辱国赔款,利权全失,推原其故有二,一弱一愚,皆受之自家庭。女子两足纤纤,终日危坐,百病丛生,胎元不足,生子不夭亦仅矣,安望强健儿哉?此弱之原。初举一子,亲族相贺,咸谓此子长成,必得富贵,父母亦沾沾自喜。在溺爱者,陷其子于下愚。稍有教训者,不过时以及第做官之言、显亲扬名之事相勉。夫至掇一科授一职,父母之诰封至,训子之功亦告成矣。国家如何分割,支那如何危亡,终身不闻,为之子者,亦置之度外,剥民之皮,掠民之财,既媚上司,又媚洋人,只要好官我做,上可尽孝,下可发家,以全国爱官爱钱之父母,养成几多做官找钱之好儿子,又有如是之妻教其夫婿。此愚之原。既弱且愚,支那之将亡,谓犹是天意哉。吾辈弱女子,关系国家果何如也?妹少未读书,不知大义,两足已缠,身体甚弱,素性好游,随侍西蜀、北京者有年。庚子之乱,两足之累,得免于难者几希,闻出京未数日,凡令闺命妇,受辱受祸,为最惨烈,至今思之,血肉犹悸。而外国何以强横如是?每欲身至其国,详细视察,以决此疑。长崎抵港,东京入学,所见所闻,另一世界,宝兄当能详述,独有二事,愿与吾姊誓发宏愿,移之中土。日本女子自四五岁以至二十,无不持书包系红裙,来往于道路,问何人,则学生也,问何学,则与男子无异,反多治家训子之法,缝纫烹调之事。问何以必学,则贫者必学生活,富者必学道理,否则父母恶之,无与联姻者。有与妹订交者,大都口操三国之言,心系国家之事,而身体伟大,两足健步,能日行百里,常以两人争跑,其快如飞。妹与相对,既感且泣,遂锐意入学放足,以为将来我国姊妹之先声。所入学堂,名为帝国妇人协会,是日本宫主教师下田氏所立,中有日女百人,中国女子六人。妹之来也,下田极意厚待,遂入彼塾。每日三餐,略如中土,洒扫躬亲,起眠有时,晨八点钟上学,往返步行中国四里。近日专学日语、算学、画学、体操,每日约教三时,其后日添学何学,尚未言明。妹过时后学,中文又浅,不免吃苦,不之畏也。放足之举,蓄意甚早,家人以既缠不能再放劝之,因循至今,此时改装,不能再误,从广东同学觅得广东、江苏放足善法。头数日,以温水和醋,泡洗十余次,洗后用棉塞满指缝(稍用力分开),用棉裹之(能赤双足更好),盘坐移时,赤足就寝。此数日稍觉烦苦,半月以后,即可裹棉著宽大之鞋袜,游行自如。妹已放两月,毫不觉苦,近则日行十里不疲,指渐开,背渐平,闻半年之后,当与男足一样。生今之世,多一聪明强壮,即多一人之不亡。姊以是二者,劝活多人,其功德当不在女娲大禹下也。望恕狂愚,肃此敬问坤安。妹王莲荷卿裣衽上言。

——《女学报》第二卷(1903)第一期

支那女权愤言[①]

吾国女权之衰息,数千年于兹矣。同属黄帝之裔,而蓄之为玩物,均处覆载之中,而泛之于黑狱。其曰"女子无才便是德",则秦政焚书坑儒之毒计也;其曰"内言不出入,外言不入出",则秦政偶语弃市之淫刑也;重门固扃,虽春秋佳日,不得越雷池半步,则秦政之万里长城也;穿耳缠足,化百炼之刚,易为绕指之柔,则秦政之销兵器为金人也;发皇服从之贱说,放距平等之大谊,则秦政之以吏为师也。以一秦政而压无数之公民,则陈涉、刘邦可接踵而纪,以一秦政而压一私人,又张百般之羽翼,以为监督,为警察,则虽黄梨洲、卢梭无如何矣。悲夫!悲夫!谓支那无女权,则何以吾孔子手定之六经,于匹夫匹妇之名词大书特书?夫曰匹者,惟一无对之谊,是男皆有完全之主权,可无疑矣。窃以为此必吾古[②]昔尢数女中豪杰,牺牲其眈,与男子冲突,而特订之先法也。不独是也,《传》有之曰"国之大事,在祀与戎",而春秋时大夫之妻,躬主祭祀,勾践伐矣,与其夫人,分任内外之责,且使臣聘间,外入游历,有见君之礼。孔子圣,不能不屈于南子,迨子路疑问,愤见颜色,孔子从容之曰,"予所否者,天厌之,天厌之",是女权固孔子所公认。孔子而生于今日中国,有提出男女平等之问题者,孔子必与于名誉赞成员之列,而不否决之也。女权光明之霾没,

---

① 此篇署名"楚北英雌"。

② "古",原文作"占",据文义改。

当自汉之贱儒始。《礼记》本为汉人伪纂,《内则》一编,则毒四千年而未息。《大学》亦多汉人伪入,试一读其未有学养子嫁之语,当哑然失笑。夫产育国民,为妇女对于一群之义务,此何等伟大事业,岂可视为儿戏?自有此语,而妇女无不放弃其义务,支那民族之为人弱,实作此语者阶之厉也。嗣是以往,扶阳抑阴、夫为妻纲之学说,益蔓延于全社会。其自称也以夫之名①,而不以己之名。是夫者,妇之代表人,而妇者,夫之寄生物也。夫之称妇也,曰室人,曰内子,是妇者终身倚傍夫之门户者也。世世儒者,赞诵历史之人物曰大丈夫,而不曰大女子,曰英雄,而不曰英雌,鼠目寸光,成败论人,实我历史之污点也。此谊,斯篇特其概说,不知我二万万之同胞,亦有闻吾言而兴者否?

——《湖北学生界》(1903)第二期

① “名”,原文作“民”,据语义改。

姚蕙

姚蕙(1879—1918),字景苏,文章多署"张姚蕙景苏",武林(今浙江杭州)人。父姚菊岐,清翰林,任山东学政。夫张静江,浙江南浔人,国民党元老。姚蕙曾任《世界》画报主编,神州女界协济社副社长。

国会刍言

景苏曩读约法,久注意于国会,日与月与,荏苒代谢,屈指开宗明义之尊严重要,距今已无几时。女界既无代议士,即不能有发言权,参政同盟诸姊妹就使旁听列席,已绝对无左右政府之希望。吾侪智识浅短,亦当噤口时事,勿庸呕肝吐胆,以剖露其靖外绥内之热忱。然而刍荛之献,个中苟犹有深心人,未尝不乐为采纳,则吾女子际此得丧存亡之俄顷间,虑方针之错迕,惧大厦之崩摧,将调护而维持之,偶出其庄辞谐语,固宜有以笔代舌之天职也。溯东亚自中华民国发见,荡除专制毒螯,缔造共和幸福,为上下五千年纵横三万里之破天荒。前者譬若死之期,后者譬若生之日,从根本上解决,但冀一了百了,岂容一误再误。凡有血气,莫不怵惕惟厉,中夜以兴,其能漠视此国会也乎?国会者,中央民意机关之司令部也。总统之选举,阁员之赞同,宪法之编纂,庶政之裁决,济济焉,翔翔焉,皇皇焉,穆穆焉。其地位为全国才俊贤豪萃荟之奥区，其肩负为全国生命财产寄托之巨任。非公忠无以福国，非平恕无以利民，此则记者所馨香祷祝，将拭目以觇旋乾转坤之伟谋者矣。夫天下事，历一层阶级，即多一层进步，遇一次失败，即多一次经验。往者不可谏，来者犹可追。试回忆临时政府期内，其昭昭在人耳目者，讵不有参议院之法定职权。徒以党派争衡，意气用事，纷扰不已。至于调停，调停不已；至于迁就，迁就不已；至于规避，规避不已；至于放任，明于观人，暗于观我，厚于责人，薄于责己。不良之结果，乃至坐误事机，环生障碍，非特行政者之咎，抑亦议政者之失，此殆无可讳言者。鹬蚌之旁，渔翁伺之；螳雀之后，童子乘之。处漏舟之中，而酣嬉鼓舞，愚夫宴乐，智士伤悲矣；立岩墙之下，而蹢躅徘徊，当局迷罔，旁观震悚矣。是故国会将开，一方面之关系，则选举总统也，赞同阁员也。前此之失，失在人人知有权利，不复知有道德。民国民国，绝不以国家为前提，便私图而害公义，谓之不忠，不忠不可以立国。此中宜有诤友，繄惟诸君子抱公忠以扶掖之。一方面之关系，则编纂宪法也，裁决庶政也。前此之失，失在人人知有法律，不复知有习惯。民国民国，绝不以民人为前提，挟偏见而昧平情，谓之不恕，不恕不可以服民。此中宜有调人，繄惟诸君子持平恕以休息之。矧今日者，言乎国势，不曰泰山，而曰累卵焉；言乎民生，不曰衽席，而曰水火焉。中外延颈企踵于此一发千钧之国会，负担若何，其重且大，行路若何，其远且难，稍或不慎，颠蹶随之。记者昔闻姆训，敢进俚言。夫国会者，妊孕之母也。国会发生之手续，诞育之儿也。清心寡欲，非礼勿视，非礼勿履，是为胎教。先天孳乳，灵根斯茁，后天培养，年寿斯永。有良好之产母，然后有良好之产儿。罕譬而喻，亦若是焉已。道德之在人，良知良能者也。惟夺于权利之私，往往求所不可知，求所不可能。迨心劳日拙，而祸患已丛矣。习惯之在人，与知与能者也。惟狃于法律之偏，往往强以所不知，强以所不能,迨令出不行,而信用已失矣。欲祛厥私,须秉厥公,公忠然后能保其国。知今日已无可再掷之孤注,则忿戾贪黩之念不期而自捐。欲泯厥偏,须剂厥平,平恕然后能和其民,知今日已无可再蹙之生机,则残忍刻薄之心不期而自化。《诗》曰:"无竞维人,四方其训之,不显维德,百辟其刑之。"又曰:"维此圣人,瞻言百里,维彼愚人,覆狂以喜。"窃愿诸君子慎终于始,其毋号呶如故,噂沓如故,使中华民国之大命,就倾于千人为俊、万人为杰者之手也。

——《神州女报(月刊)》(1913)第一期

改良家庭之商榷

世无蔡邕,焦桐之嗣音,不能振响于胡笳十八拍也。世无李靖,红拂之侠遇,不能称绝于凌烟廿四人也。世无冯魂冯盎,锦伞之遗烈,不能播芳于岭海三千里也。吾女子俯仰身世,对父母为一时期,对夫婿为一时期,对子孙为一时期。上寿龄百,同堂五世,宇内曾有几人?其抱有缺陷、受诸苦恼者,自古迄今,何可胜道?固亦人生遭际有幸有不幸,而家庭专制之贻害为多焉。圣哲之礼教,既递衍而失其本真;晚近之人情,又相率而趋于凉薄。以至末流加厉,谬说沿讹,罄南山之竹而弗能书,汲西江之水而莫可濯。昔人有言,和气致祥,乖气致戾,伦常所系,岂其微哉!景苏幼诞诗书之族,长归德礼之门,愧无惠姬之贤,枉有若兰之誉,不干造物之忌,生而凡庸,非作无病之呻,讵有愤懑。然而浏览载记,体察世情,溯有知觉以来,所见若何,所闻若何,所传闻若何,亦越有年,颇资考证。是以不经之事,非常之故,未可概论,论其普通者,请得而缕述之。方其在室,则有父母,有兄嫂,以天性之亲,谓必虐待所生,虽在乡曲,亦知其妄。惟是重男轻女,教育本不同等。或以长属异姓，无关系统，遂判爱憎，又以遣嫁损财，骨肉生嫌，每滋多口。倘复怙恃早失，孤雏宛转，庶孽零丁，仰提挈于顽兄，供使令于悍嫂者，其困苦颠连，尤不堪以言状。此其有待于商榷者一也。迨其适人，别有舅姑，有妯娌，如《内则》所云鸡鸣盥栉诸仪，久已无此繁缛，大率舅远而姑近，妇亦事舅易而事姑难。厨下羹汤，帷中针绣，皆丛咎之端。娣姒相处，贫富势利之见，举不能勉，勃谿诟谇，胥缘以生。所恃以黾勉同心者，厥惟夫婿，鹿车鸿案，世所艳称。其或士也罔极，二三其德，狐媚堕蛊人之术，揄攘兆夺嫡之谋，往往正不足以敌邪，情不能以胜欲，此其有待于商榷者二也。至其生子成立，则有佳儿，有贤妇齐眉。二老举半生辛苦经营者，付诸若子若媳，退处宽闲，藉娱迟暮，奚为不可？所虑者，象贤难卜，驽劣偏多。昵床笫而薄庭帏，恣挥霍而虚甘旨，桑榆晚景，其何以堪？矧乃孤鸾恒寿，寡鹄频歌，为之子者，苟非暴戾性成，必且劬劳念切。设有悖诞之妇，则役姑嫜若婢媪，亦世态所时有。此其有待于商榷者三也。综此三者，为家庭之缺点，实皆吾女子之隐忧，欲谋所以改良，其道有二。一为学问之指导也。古者妇学姆教，载在礼经，自宫闱达于乡闾，观感所及，化行俗美。后世刑于之治无闻，家督不能率之以正，习俗移人，贤者不免。于是婉嫕弱质，桎梏深闺，戕形伐性，犹托慈爱。既嫁而后，以为当然受夫家束缚，风气敝[1]陋，可为痛心。今则女权伸张矣，尊重人道，新理方在萌芽。吾女子亟自为谋，开通其智慧，增长其能力，牝马利贞，行地无疆，可不务乎？一为生计之维持也。古者公卿大夫之田禄，士庶人之恒产，先贤立制，冠昏有礼，老幼有养，融融泄泄，蒸为太和。后世生齿日繁，奢费无节，穷檐编户，甚有生女不育者，又或争奁索聘，以昏姻之故，踵成仇雠，

① “敝”，原文作“敞”，据语义改。

含垢忍尤,将终其身受兹影响。今则女界文明矣,依赖之根性,渐次划除。吾女子亟自为谋,勤勉以修其职业,俭约以厚其封殖,用财自卫,人不敢犯,其庶几乎!由是以谈,家庭之多故,非古制之失,乃末俗之偷。而吾女子适承其敝,欲求根本解决,殆非学问与生计双方之补救不为功。若进而上之,和亲康乐,道德之涵濡,严肃整齐,法律之保障,则尤大而政府小而社会之相恃以为维系焉,独家庭也乎哉!

——《神州女报(月刊)》(1913)第一期

南北释憾之平议

今日之斗,斗在同室;今日之忧,忧在萧墙。幸而尚未决裂,危疑震撼,已岌岌不可终日。长此相持不下,浸至祸变猝发,即无渔人在旁,鹬与蚌亦必有两毙之势。吾侪女子同处将倾之大厦,亦当以排难解纷为职志,用竭刍荛愚悃。介子墨客卿为鲁仲连,愿当局者虚己以听焉。景苏纵览中外历史,一切非常惨剧,小者流血暴骨,大者亡国奴种。冢碣吊之有余痛,书册读之有余哀。综其造因伊始,起于不平者居多数,以不平之故而激荡之,鼓煽之,涓涓可成江河,星星可致燎原。有平其不平者,则潮落岸阔,烬灭烟销。固转瞬间事,平之维何?开诚心布公道而已。夫专制恶名也,共和美德也,脱专制而组共和,当其统一,早应消弭南北之界说。向使孙袁携手,黎黄推心,国务、参议两院,贤能并登,智勇毕效,明耻教让,戮力同心,内而宁辑疆土,外而绥靖边圉,官吏节约,矢忠矢勤,军警保安,知方知礼,创痍于以渐复,觊觎于以隐杜。大总统精白乃心为天下帅,立法行政诸巨子又皆克修厥职,以天下之重为己任,由临时政府以报绩于正式政府。吾侪女子虽复不在其位,亦且欢歌忭舞,拭目以观中华民国之告成。而乃昊天不吊，国基未巩，党争转烈，一般狐鼠鬼魅，遂缘以乘机伺隙，流其毒而肆其奸。彼其小人情状，术工攫夺，技善迎合，大率恶治而喜乱，只图一身之私利，岂复顾万世之公害？以致北为若辈所蔽惑，南为若辈所玩侮，接触日益厉，仇怨日益增，祸患之机日益亟。设不从根本解决，惨酷之变已伏于眉睫间。窃谓南北两方面始终一猜忌之心误之耳。北方之士，旧官僚占优势，南方之士，新政客占优势。以冰炭水火之绝对不相投洽，复有从而构陷者，乃至乱气狡愤，阴血周作，各思一逞，堕入交互搏激之惊涛骇浪中，以同归于尽，此诚悯时救世者所无如何也。虽然，景苏以毫无知识经验之女子，亦尝借箸为诸伟人筹之。南方势力诚不逮夫北方，山陕新疆或隔越，川滇黔桂或辽远，姑勿论，以湘鄂赣皖之形便，江浙闽粤之联络，号召湖海亡命，奋必死之心起而抗衡，要非一鼓所能殄灭。北方势力诚较厚于南方，奉黑三省或牵制，齐豫二督或庸懦，姑勿论，以冯段之拱卫顺直，倪张之横蔽江淮，实具建瓴之象，若凭其武怒，徒知杀戮为能事，亦未必不激起意外。微特蒙藏有关交涉，即内地伏莽，在在有窃发之惧，一旦兵连祸结，必致全局糜烂，不可收拾。设果逞匹夫私忿，冒大不韪而为戎首，适足自速死期，以启列强之分割。不宁惟是，侨商财产，教士生命，必难漠视，友邦群起干涉，亦决不听我之自由行动，以扰旦夕之治安，必俟仗义执言，否或挟兵威以胁我解散，始各偃旗卷甲而罢，腾寰球智士笑，贻神州国体羞，其时之惭惶愧悔，当事者又将奚若？故不如两方及早释憾之为愈也。或曰：猜忌复猜忌，北有骑虎难下之势，南有铤鹿走险之势，徒假笔舌为调人，如忠言逆耳何？景苏曰不然。南北猜忌，以私害公，是其远因；宋总长之暗杀案、大借款之签押观，是其近因。有此二因，遂至杯弓蛇影，风声鹤唳，而皆不免庸人自扰之讥。吾以最平恕之心理悬想之：一则尚在嫌疑地位，果其坦白居心，何必因恼羞而成怒？一则实有正当需要，果其主持合理,何必挟隐秘以招尤?吾以最平和之手续处分之:一则务求信谳,应准制裁之定律,何必豫加以罗织之文?一则严核用途,应察交付之分期,何必概施以抗争之举?天下事急之则身败名裂而莫之或恤,宽之则情恕理遣而可以相安。贾谊之言曰:“与民为敌者,民必胜之。”若政府与民人宣战,其名义为不正,吾知北人之必不为也。尸佼之言曰:“国有政事,以庇吾民,不宁是惧。”若民人与政府宣战,其名义为不顺,吾知南人之必不为也。今日者,国会成立矣,制定宪法,选举总统,组织阁员,于南北诸伟人是赖,其各释憾平争,群策群力以巩固此璀璨庄严之新造邦,勿以小不忍而乱大谋,使有万劫不复之悔,则亦庶乎其可也!

——《神州女报(月刊)》(1913)第三期

政府请基督教祈祷电文书后

世俗鄙夷迂谬浅人,辄曰此妇人女子之见,不足与谈天下事。吾侪为妇人女子者,亦遂蒙此普通诟病,虽有兰台淑姬,絮阁才媛,秉严正之性,恢闳远之识,具光明俊伟之概,抒精深博大之论,末由邀达士通人之鉴别,而一雪巾帼沈冤。则以卷葹吐萌,婺星发晓,开明之数不敌昏罔之数,纵复抱世界之戚,动家国之慨,亟欲参预其间,无望于当轴者之曲谅。呜呼!呜呼!天下事诚非吾侪敢言,犹冀任天下之重者,其所见不至出我妇人女子下也。昨者报载北京电文,通告基督各教,请为开议之国会、新成之政府、将选之总统、民国之宪法祈祷上帝护佑,并祈祷中政府得由各国承认,全国得底安宁,高行之士得被选用,政府得建巩固之基础。于是基督各教同于四月二十七日举行祈祷会,沪上教堂林立,基督教徒是日之欢歌忭舞,为我中华民国竭诚请命,热忱挚谊,良足感谢。景苏以妇人女子身,幼读儒书,长承家学,既未知基督三宗之原理与其派别作用为何如，近且杜门养疴，于社会少闻见，亦未知对此非常创举一般舆论为何如，扣槃扪籥之愚，并未敢仰窥万能政府福国利民种种之用意为何如。特怵此危局，芒刺在背，骨鲠在喉，不得不随感觉而有所倾吐。夫今日之中国，上争下竞，只在私利，不但为无法之国，亦几成为无教之国。默数政府中人物，非前朝旧宦，即留学新生，一则素恶基督教，一则向斥祈祷为迷信。今兹之举，毋乃违心，违心者心不属，以此号召四方，耸动万国，先无洁斋致敬之真意，上帝临汝，其又奚言？昔者子舆氏有云："求则得之，舍则失之，是求有益于得也，求在我者也；求之有道，得之有命，是求无益于得也，求在外者也。"此在吾儒治心之学，晓然于天人理欲之故，特严此在我在外之界说，矧其为寰球观听之所寄，薄海意向之所趋，于我将来内政外交之出入轻重，有无量数无穷期之绝大关系者哉！或曰，临时政府将终审时度势，建此唯一无二之政策，敷遗我后之人，融洽中外无隔阂，消弭强弱无凌暴，开布公诚无虞诈，乞灵于救主，跻盛于大同，为宇宙止杀机，为氓庶迓景福，一举而万善备，意者昊苍至仁，冥漠中默牖其衷与。虽然，景苏不才，亦尝浪迹海外，穷睇眄于文明上国，聆绪论于闳达巨儒。侧闻蛮野部落漫无系统，其初孳乳驯育，爰资宗教。厥后进化，则有大哲学家为之阐明伦理，大政治家为之修明法纪，大创造家为之发明物质，诸家出而宗教保持其已往，不能限制其未来。天演公例，彼亦退听焉。今循其宗教已往之迹，表示同化，恐不惟无以戢各家之野心，乃适以资口实而授之柄。且我国而为无教之国也，则亦自比于蛮野部落，不能不求介绍于彼所私有之上帝也。我国而非无教之国也，昭事上帝，聿怀多福，则犹有我孔子之遗①教在。孔子删订六经，祈祷之辞，掌于《周礼·春官》郊

① “遗”，原文作“遣”，据语义改。

祀之典，大率勖以敬天勤民，为临御天下之本。其在于《诗》，一则曰“皇矣上帝，临下[①]有赫”，再则曰“荡荡上帝，下民之辟”。其在于《书》，一则曰“天聪明，自我民聪明；天明威，自我民明畏”，再则曰“天视自我民视，天听自我民听”，是勤民以外无敬天之事，即敬天勤民以外无祈祷之事。其于君臣之间，亦只曰格于皇天，格于上帝。则知孔子之教，天人之际，以一诚相感召，而归重于人事，则祈祷时接其神明，通其昭告而已。鲁《论》记孔子疾病，子曰：“某之祷久矣。”王孙贾问媚奥、灶，子曰：“获罪于天，无所祷也。”是以《中庸》子思子述祖训子告哀公曰：“斋明盛服，非礼不动，所以修身。”然则用人行政者，非修身无以资表率，非斋明守礼亦无以知天知人而树之风声。上年南北统一后，天坛开放一事，西报著论非之。是临时政府期内，几不知有历代所敬之天，所郊祀之上帝。吾国固有之孔教孔祀，且欲从而废弃之。若勤民之实心实政，更不闻有一二沦浃四万万人之肌髓，而惟闻督税也，催征也，增捐也，纵军警以扰民也，任官吏以违众也，导天下以权利，祸天下以贼杀，举国方在愁云惨雾中，而货贿充牣者得志，淫靡放佚者快心。周公之营洛邑也，曰“祈天永命”。今还而质诸政府，多方之小腆，何以不能靖奄？共济之大川，何以不能容薁？成汤之祷桑林也，六事责躬，曰：“政不节与，民失职与；宫室崇与，女谒盛与；苞苴行与，谗夫昌与。”今还而质诸政府，法律命令，将谁适从？遗老佚民，将谁访问？府第之奢侈不饬，倡优之狎昵不惩。驵僧之技，工于市廛；鬼蜮之谋，行于肘腋。无周公成汤之精白乃心，而徒等诸佛脚之抱，骏奔走于神父牧师礼拜之堂以贻国体羞。夫独不思东西友邦之万目睽睽，名义可假，事实不可掩乎？夫孔子之教，中国之魂也，其道之贯彻在诚，而条件在忠恕。景苏前著

① “下”，原文作“上”，据今本《诗经 · 皇矣》改。

《国会刍言》，谓不教忠不可以立国，不教恕不可以帅民，盖深惧乎道德隳落，礼乐崩坏，自绝于孔氏之教，即以自绝于天而不可救药。今且谓他人父，谓他人祖，此其病在离魂，不因病而药之。譬犹病家，有和缓而不知召，有卢扁而不知求，仓皇失措，间延缁衣而为之忏悔，招羽士而为之禳解，否或投足卜筮之肆，倾心巫觋之门，其曷有瘳？虽然，吾于基督教祈祷之请，未尝不喜政府之翻然猛省，今而后知有天，今而后知有上帝，今而后知有护佑民国之上帝，而能默体上帝护佑之心，因以福吾国利吾民，吾国民亦时时以上帝之心为心，而日与上帝相对越，则知上帝非基督教之所私有，乃普天之下人人之所公有。咸有一德，克享天心，固可无宗教之见存，沾沾焉以祈祷为能事也。

——《神州女报（月刊）》（1913）第三期

女子实业谈（节录）

夫储备人材，曰在学堂；经验贸易，曰在公司。学堂而含有公司性质者，如蚕桑、树艺之兼有场所，其规模可以类推。公司而具有学堂性质者，如呢革制造之即隶厂工，其形式可以类推。鄙见拟悉由女子合并交错而组成之，有何种学堂，必特设何种公司，有何等公司，必预立何等学堂，科皆出于专门，材不取诸异地，此其上也；有学堂而未设公司者，则与某公司为一组，有公司而未立学堂者，则与某学堂为一组，通其变以不倦，定其数而有常，抑其次也。如是则学堂为根源，从事者无卤莽之弊，而公司之振兴即于此肇之；如是则公司为归纳，抱才者无弃遗之嗟，而学堂之发达，即于此卜之。顾如鄙见云云，犹有足以滋疑者，兹非一手足之烈，亦非一旦暮之功，讵不病穷大以失居，诮浮游之鲜据？然而积土为山，抟沙作器，小以成小，大以成大，始而劝导，既而集合，终而推广,譬之一人善射,万夫决拾,万数年间,风行通国,亦意计中事。迨夫货产骈阗,物力充牣,论储蓄则遍设银行,需要供给,绰有余资,并世之周白圭、越范蠡,何必不有裨于国家财政?论保卫则广立商团,捍御折衡,成于众志,无形之夫人城、娘子军,何必不有助于国家武力?审若是,是女子实业之发展,又将以觇民国之富强焉。《传》云:"民生在勤。"《诗》云:"自求多福。"我诸姑伯姊其有意乎?谅不以景苏之言为河汉也。

——《神州女报(旬刊)》(1913)第七期。录自全国妇联妇女运动历史研究室编《中国妇女运动历史资料(1840—1918)》,中国妇女出版社1991年版

潘璇

潘璇，生卒年不详，字仰兰，上海人。《女学报》主笔之一，白话文的积极倡导者与实践者。

上海女学报缘起(节录)

世界上万事万物，皆有个根本，我从来未见有无根本而能生出事物的，又未见有根本既坏而能生出好事好物的。这女子岂不是世界上生人的根本么？你们不明白这个话儿，请听我讲一番道理：今有良田一块，那个不想种的五谷出来。既种五谷，那个不想收成的好谷米。可恨世人将良田抛荒，从不理会，要想收成的好谷米，这是万万不能的。你要知道这世界上人，都是女子生出来的，为何将这女子当作废物，不要他读书明理，不要他通晓古往今来的事，反要他受许多束缚，吃许多苦楚，将女子一身变成顽蠢壅滞的血肉。这样行为，要想他相助丈夫，生出个好儿子来，是理上断断没有的。岂不闻古人有胎教的法，若要培养人才，定须从此处起点。

我今日提起中国的女子，真是可怜，缠脚的痛苦，忍他受难终身；不读书的糊塔，忍他愚鲁终身。其中磨折的情状，难以尽言，屈抑的情事，不知凡几。文明之国，数千年来，不得女学会、女学堂、女学报了。孟夫子道：“人皆有不忍人之心，人皆有是非之心。”这不忍人之心在那里?这是非之心在那里?现在中国所以致困穷、受凌辱的原委,虽不得谓单为这个缘故,但是要求那兴人才、致富强的根源,这女学可以不立吗?这胎教可以不讲吗?记得印度有句俗语道:“你鸡笼里谷也没有,水也没有,母鸡已饥渴得欲死,还要想吃蛋,那里蛋来?”这话很有个情理,安得有大善士,发大慈悲心,把这情理来说透么?可喜今天我拜读到《女学集议初编》。这本书上,洋洋几万句话,字字都像我心里有的。看完了像个罪人见了恩赦的诏谕一般,抖起精神,慌忙的把墨磨了,记道:我们穿裙梳头的两万万人,今天方得了生机,从此女学一经提倡,好像电气的机关一拨,天下不风动疾走,不吸引连合的,我不信。将来相夫课子的道理学问,个个得知。欲治其国者,先齐其家,家道有成,治国平天下还有难吗?

万事倡始,阻力必多。现在可欣喜的,是各位提倡的人,个个苦心孤诣,竭力尽诚在那里办事,巴①不得一天就见了成效。所以虚心下怀,集思广益的,定办了女学堂、女学会、《女学报》三件事情,一并举行,真是天下女子的福气。有了这女学会,这班太太、奶奶们,年老年壮的,无论富贵贫贱,可以会在一块儿,阐扬这女学的宗旨,个个痛痒相关,容易公议办事。像泰西的女学会内,有女红会、女书会等名目,我们也可以络续办起来了。有了这女学堂,这班闺秀小姐们,读过书和不读过书的,朝夕互相切磋,容易长进功夫,将来学有成效,自不难智出人上,才贯中西的了。

再说这《女学报》,他的好处,是我现在顶要紧讲的,请你们听著:第一件,这女学会、女学堂、《女学报》三春事情,好比一株果树。女学会是个根本,女学堂是个果子,《女学报》是个叶,是朵花。人要知道这树什么树,盛不盛,能不能结果子,不是要先瞧这

---

① “巴”,原文作“把”,据语义改。

花和叶吗？那女学会内的消息，女学堂内的章程，与关系女学会、女学堂的一切情形，有了《女学报》，可以淋淋漓漓的写在那里，像绿的叶，红的花，人见了不悦目、不爽心的吗？第二件，女学会内的人，有了这报，知道会中一切情事，省了会内司笔许多信札笔墨。报章上引证那些典故法子，讲论那些工艺文学，使人可以斟酌摹仿，又省了先生们许多唇舌讲解。至若女学堂功课，今天是这样，明天差不多又是这样，未免容易厌闷，这报上有那些新闻、时事，主笔新编的女学演义，看了可以解厌，可以消闷，况且长了许多见识，阔了多少胸襟。第三件，中国古来女子，识字读书的法则，太不讲究。本报体裁有次序，字眼不深奥，可以补那个缺处。因为寻常的法则，识了几百个方字，就把《大学》《中庸》《女诫》《女训》《列女传》这许多书，郎朗的大声念起来，书里面的意思字眼，多是曲折古奥，男先生解不到的也很多，那糊涂的父母，不问他书中的精味，懂与不懂，见女儿能背几本书，就算了结。这样读书，好像不读书。待出嫁后，忙得头昏眼暗，忘记得一个字也没有了。更有迂腐的人家，要末给女儿不读一书，不识一字，若是读得书的，就要他埋头苦读，和男子一样，能笺注，能吟咏，做得曹大家、班婕好方好。我亲看见，好几个为此变了书痴，成了疾病的不少。更有的读了几年书，账目信札不能写，那传奇小说的书，却能看得几部，手不释卷，满肚子里都是神仙鬼怪、才子佳人的典故，因此以致逾闲荒荡的不少。这两样读书识字，还是不读书、不识字的好。我们这报，不致文义太深，看了不懂。字句皆雅俗共赏，所论多女子实学。现在的风气，江河日下。市上有一种报，笔墨太冶荡，只顾自己的消场，不顾了报章的体面，女子们看了，最不方便。本报则无论那一条，随地随时都可以看得。你们道这个比例，进步了多少哩！第四件，本报专用官话。本报体例，亦分四个大段：一论说，二新闻，三征文，四告白。无论归那一项，讲的上的,多是关系女学纲目、修身、教育、家事、体操、官话、汉文、洋文、史学、地理、算学、物名、格致、习字、绘画、裁缝、音乐,十六课的事情,用白话演说出来。看报的你又得了方便,因为我们看文理深的书与报,那不懂文理的人,看我们有味,便要为他们讲解出来。但是讲解很难,文字与白话是两道的。用白话讲那文理,这段书反觉率然无味。这是我们时常做过的。现在你们看了这报,都是已经编为官话的了,就可以随口读出。一个人读,能数十人听;一个人看,能数十人知。岂不是爽快的么?你们看这报上,有一句字,就是一句话,不要如寻常读书念经的腔调,像白话的放胆讲出来便了。

这四段话,是大略。请你长久看了这报,定不知不觉的奋发起来!想这官话编的《女学报》,真是有用。

——女学报(1898)第二期

论女学报难处和中外女子相助的理法

日报通行在中国,已经许久了,到今天更见日盛。至于设报的人,或者是本国的绅商,或者是外国的教士,从来没有我们本地女子设立报的。故此不独他们男子和外国人,看为希奇,即我们自己,岂不也觉得新奇!直把戒外言、内言的这块大招牌,这堵旧围墙,竟冲破打通了,堂堂皇皇的讲论女学。女主笔岂不是中国古来所未有的呢,我们现在竟直认不讳,亦畅快极了。

然而,这《女学报》,毕竟还是初次试行,不怕做的人没有,只怕看的人没有,不但怕看的人没有,又怕做的人没有。所以这《女学报》,有好几件难事,请诸位听着:第一件是著述的难。不知两万万女子中间,能当主笔的,有一两百人么?那绅宦家闺秀,不少通才,惟既属绅宦,则门深如海,本报不易得其著作;那商贾家闺秀，云泥之隔，虽没有很远，然而要他讲新学，论格物，则非其所学。男子且不能，况女子么？至西书院出身，能则能矣，恐怕风气初开，看的人不对脾胃。现在这《女学报》，开在上海，是人材荟萃之区，呼应天下，声气易通，谅必征文不少。不然一张纸上，几千万字，若要蝉联不断，虽是你才储八斗，亦不能取之不尽，用之不竭。这就是《女学报》著述的难。第二件是印销的难。从来每有极好的人，起来救世，人家受他的恩惠，后来便中止的。不为人手不齐，即为银钱不继，虽有了这偌大耐久的心，也就冷下了。现在这报，开创的资款，也不很大，出报的张数，亦不很多。你们知道这《女学报》是什么好处？我道这报是救我们二万万人，得平权的起点。《女学报》多印一天，多销一张，便是平权的话，多引一线，多积一面，关系正是不浅呢！然而只怕渐渐的财力乏了，看报的人，或不知道这报里的好处。这就是《女学报》印销的难。为上这两件难事，第一深望我们本国的女子，各人出心力帮助这报。为什么缘故要帮助呢？我讲一个比方你听。从前有一个古国，攻无不取，战无不胜，推其究竟，为这国中有一样宝贝，就是一枝牧杖。这国军师，把这枝牧杖擎高起来，军士便齐心的大声呐喊，敌军便乱窜的逃了。这故典并不是寓言，有泰西古史可考，形容他们军士有主意及踊跃的心。这《女学报》就是我们这枝牧杖了。设若你一个人不向前做去，像百人中只差九十九分之一，不甚紧要。然依理性推去，却是不然。这九十九人见了这一人退避，便九十九人也有退避的心想。这比例就是百分之九十九了。这报称名女学，是天下女子的学，我是女子，我便有兴《女学报》的责任。见路上有两个挑担，一是外人，一是姊妹，两人都弱了，我不当帮助我姊妹么？这不是我私见的话，凡有人性的，不能不有这亲疏的义气。况且挑的不是他姊妹一人的东西，也是我们各人的东西哩！第二更深望外国的女子出心力帮助这报。为甚么缘故要帮助呢？按外国称报馆的年期，有一岁、两岁、五十岁、一百岁的名目。外国女学报是英国罗拿马利氏首创，百余年来，风气日盛。其中最出名的，有哀里癣安脱及巴脱司两种报。他们报的年寿，已经久远的了。去年日本东京，亦出一新报，名《女学新志》，也比我们多长成几个月呢！我们这报新出，真像初生的婴儿，在在要乳母育养，怕他哭坏了。又像学步的小孩，处处要人当心，怕他跌坏，下次就不肯走了。你们看见婴儿在哭，小孩在跌，谁不愿帮助援手的么？当法国鲁伊皇在位的时候，英国亨利皇在位的时候，泰西妇女的苦，不亚我们今日。你们现在生在升平之世，岂不记着古人创立女学的难处，不当来帮助我们么？讲到帮助的法子，也有三个：一就是帮助文墨，请各人立愿，月写一两段，一两篇，寄登这报，补我们心思的不及。古人三不朽，立德、立功、立言，那一样我们女子不当为的。二就是各人当量力，争先恐后的购买这报，分送亲邻，长进他们的识见学问，比送他样礼物有益得多。这就是古人所讲爱人以德的道理也。三就是乐助捐款。因为集款既多，这报一切都容易讲究得尽美尽善了。

——《女学报》(1898)第三期

许孚

许孚，番禺人。生平不详。

潮州饶平县隆都前溪乡女学堂记

天下事以力行为勇。潮有陈君步墀者，实率是道以行事。然势孤见阻者数矣，而志愈坚。古所谓豪杰之士，其惟斯人乎！其惟斯人乎！中国女学，废之二千余年，去冬海内有志之士，倡于沪滨，识者伟之，而各省未闻焉。呜呼！西人遍地女学，日本区区三岛，犹与之并驾齐驱，以中国之大，而只沪滨一隅倡之，何其陋也。君居饶平之隆都，地故乡僻，倡之者一，而笑之者百。乃不顾是非，不惮劳苦，毅然立女学于其家，为诸人倡。呜呼，何其勇哉！或曰：君不过教其家人耳。许孚曰：不然，君之志力行之志也，君之道力行之道也，设使天下之士，尽如君之教其家人，是遍天下女学也。女学既兴，远可保教，近可保种，强神州者宁有过耶！今中国二万万之男子，大半不识字，男多不学，遑问乎女？然则吾圣人之教，又何日而昌明哉！教不昌明，民智终蚩，豪杰行事，动辄阻挠。西人游民我而土番我，亦以此也。嗟乎！岂运会使然欤，毋亦人习偷安，反以振作为多事耳？

陆象山曰："宇宙内事，皆吾性分内事。"顾亭林曰："天下兴亡,匹夫之贱与有责焉。”若君之勇于力行皆足以药世之委靡,岂独女学一事为然哉!

——《女学报》(1898)第二期

刘纫兰

刘纫兰，字淑蕙，自署古高城人。生平不详。

劝兴女学启

敬启者：天有日星，气有阴阳，时有春秋，礼有内外，人有男女，伊古以来，未有能改者也。女之与男，形质虽殊，姿禀无异，岂容轩轾于其间哉？痛乎！子舆氏之言曰："人而无教，则近于禽兽。"所以人之有子，当授读之始，即教以诗书礼乐，以陶其性情；教以经济学问，以开其志气。历览二十四朝史册，上而轩顼，下而国朝，名臣名将，学士文人，代有作者，而名媛淑女，则什不一获焉。岂非大不可解者乎？岂其以男之近于禽兽为可耻，女之近于禽兽为不足耻乎？何其重视夫男，而薄待夫女也！嗟乎！女学之不讲也久矣，欲女子之有学问也难矣。

夫三代以上之妇学，史无可考。然吾尝以意度之矣。英皇助解阜之勋，涂山佐随刊之绩，有娎创业于鸣条，太姒嗣音于周室，皆能辅佐君子，以定邦家。是以礼传玉女之文，诗重好逑之咏。盖其郑重女学，如此其甚也。故西岐之子，咸赋《桃夭》；江汉游女，亦歌《翘楚》。何女学之昌耶！何女士之众耶！降至后世，女学失传，二千年来，遂不知女学为何物。以妇女为玩好之具、耳目之娱，铅华其面，朱丹其唇，钳穿其耳，束缚其足。一衣之费，动盈千百;一钗之工,竟值兼金。理义不加,礼法不设,至于今日,二万万之女子,无不工颦妍笑,浓抹淡妆,堕乌之髻,不绝于世,折腰之步,充牣于乡。冶容诲淫,蛾眉肇祸,侮慢翁姑,侵凌夫婿,伯叔则争竞资财,妯娌则德色箕帚,一字不识,一理不晓。又其上者,批风抹月,弄草吟花,写妖艳之词,发言情之句,拾李易安之唾余,采朱淑真之遗沈,自以为椒花柳絮,绝擅高才,向不知其流于淫佚之道。娼妓之流,濮上桑间,何以异此。夫使举天下之女子,尽如谢道韫、蔡文姬之徒,亦复何补于世?何补于家?况乎能与其选者,千万中乃不获一人耶!女子之生,天地不能禁其智,鬼神不能靳其才,而以失教之故,自安于玩好之具、耳目之娱、淫佚之道、娼妓之风,岂不大可惜哉!女教既失,妇学不讲,乡曲学辈,创为女子无才便是福之语。执是说也,必将尽中国二万万之女子,举陷于晦昧之途,可谓不揣其本,而齐其末。以聪慧之淑质,自甘于野蛮之俗,违礼背经,莫此为甚。近日风气大开,民智日启,有志之士,设女学于上海,海内喁喁,大有转机。然以十八行省之大,而仅有一学,譬如一杯水救一车薪之火,亦安能挽数十世之颓风乎?况吾乡素无学会,高门淑媛,讲解无从。纫兰不揣鄙陋,欲兴此学于桑梓之邦,虽妙手空空,难兴学会,然深闺之中,亦可自为讲习。特恐众志未悉,请先言其利:西人女子,各精一学,故能相其夫以成事业。中国女子,柔弱巽懦,每被欺凌。有女学则知识日广,慧智日生。日有健妇持门,亦胜丈夫之盛。利一。古语云“恶妇破家”,诚哉言也。父子不睦,兄弟不和,皆由妇人。有女学以明其理,自无长舌厉阶之患矣。利二。人非圣贤,孰能无过,为之妻者,当婉以劝之,切以争之。自女学失传,而相夫之贤,遂无闻于世。女学一立,贤哲自出,不惟有益于妇女,并可有益于其夫。利三。太任胎教,孟母三迁,陶士行、欧阳文忠诸人,皆以贤母成名。近来女子,则纵子者多,教子者少。有学以挽之,有子能教,人才日出矣。利四。广识群理，兼收众艺，即有他故，不致冻馁。利五。至于语言文字、天文地理、算术格致等学，尤人之所当共知，而其更有不可胜言者。有数善而无一失，世之为女子者，何苦不自致于文化之域，而自甘于禽兽也哉！纫兰为整顿女学起见，用申此说，尚望德门贤媛，广兴女学，以群经诸史、刘氏《列女传》、班昭《女诫》、宋若莘《女论语》、朱子《小学》、吕氏《闺范》、陈文恭公《五种遗规》为主，而以新译西方诸书为辅。家弦户诵，彬彬翼翼，以兴女学，以昌国运，除二千年之积弊，复三代之旧规，岂不伟欤？顾亭林先生曰："天下兴亡，匹夫与有责焉。"兰谓：天下兴亡，女子亦有责焉！世之阅此启者，如以为可教而辱教之，又幸矣。

——《女学报》(1898)第四期

卢翠

卢翠,广东新会人。生平不详。

女子爱国说

中国女学不兴,二千年于兹矣。吾辈日在黑暗之中,无知无识,一家之事,尚不能晓得明白,况一家之外,有所谓国事乎?不知国者,人之所积而成也。族分男女,然其为人则一也。国之所以有赖于人,与人之所以共保此国,亦一也。中国四万万人,吾辈实占二万万,向使吾辈皆如西国女子,人人读书,人人晓普通之学,人人习专门之业,不特于一家之中,大有裨益,即一国有事,亦岂无以报效于毫末哉!奈何为女子者,必曰吾辈不可谈国事也。请观于古,则漆室县之女,因忧鲁国之危,而放声大哭矣;又有寡妇,忧周朝之失天下,而不恤其纬矣。请观于今,近日美国与西班牙国交战,有美国女子约六十人,合为一党,自称练勇,联名禀请国家,愿到古巴地方,与西班牙人打仗矣;又有美国纽约地方女子,因法国暗助西班牙,于是聚集于卞内鼻馆地方,约二千余人,议论此事。有缝衣女子,扬言于众曰:"法国可恶,大家不可用他衣帛绢布等物。二年之内,不准法国之衣帛绢布,入我口岸。"于是二千余女子,皆赞成之。斯可谓有谋国之志矣。噫!东方女子,岂不若西方女子之忠忱爱国乎?方今瓜分之局已开,国势日危,有声同叹。前月明诏特下,谕各庶民,皆得上书。夫民也者,男谓之民,女亦谓之民也。凡我同辈亦可以联名上书,直陈所见,以无负为戴高履厚之中国女子也。谨以管见所及,条举题目如下,求海内闺秀,如我同志,著成条折,登《女学报》,并乞都察院代奏,上达圣听,天下幸甚。

一请皇上继祖宗孝治天下之心,将世祖章皇帝仰承皇太后慈训,所制《内则衍义》一书,并撰序文,颁行天下,提倡女学。一请皇太后、皇后,如西国设贵妇院例,设贵妇院于颐和园,召各王公大臣命妇,一年一次,会集京师,并远聘各国女士,同入斯院,讨论女学。兹拟十二事于下:立女塾,设女学报,植女公会,启女观书楼,劝女工,恤孤老,奖节孝,赏才艺,设女书会,立女医院,赛美会,练女子军。一请皇上命贵妇院,公举十二人,为女学部大臣,分任各省,广开女教,并准荐拔高等女学生及闺媛,入贵妇院授职理事。一请皇太后、皇后诏天下,凡妇女请诰封者,须捐金入女学部,以品为差。能捐多金者,准举荐入贵妇院。一请皇上举女特科,定女科甲。一请皇上重申缠足之禁,违者罪其父母。一请皇后游历地球一周,期以三年,并召选宗室之女,聪明美秀者,咨送外洋游学。

——《女学报》(1898)第五期

睢念劬

睢念劬,生卒年不详,邗江人。《女学报》主笔。

睢氏论兵

试以兵论,我中华女子亦大有人焉。花木兰之后,则王廞起兵,以顾母孔氏为军司马,廞复以己女为真烈将军。唐行营节度使许叔冀,以卫州女子侯氏、滑州女子唐氏、青州女子王氏歃血赴义,奏授果毅。陈州女将白颈鸦,为契丹怀化将军。至若冯夫人锦车持节以和戎;浣花夫人出射募兵以御敌。冼氏高州人,秦末五岭丧乱,氏集兵保境,蛮酋不敢侵轶。及赵佗称王,氏因入觐,佗心大悦,与论时政及兵法,智变纵横,人莫能折,乃委其治高梁,恩威振物,邻郡赖之。郑保英任契平县,贼围城急,英领兵讨之。既而城孤无援,将陷,英妻奚氏率家僮及城内女丁固守。贼退,奏闻,封为诚节夫人。张茂为吴郡太守,被沈充所害,妻陆氏,倾家产,率茂部曲为先锋以讨充,充败。陆诣阙上书,为茂谢不克之责。诏曰:茂夫妻忠诚,举门义烈,宜追赠茂太仆。刘遐妻邵读女,骁果有父风。遐为石季龙所围,妻单将数骑,拔出遐于千万人之中。晋李秀,刺史李毅女,植五苓夷围城,毅病卒,众推秀领州事。秀励将士,固守城中,粮尽①拔草炙鼠而食之,伺夷稍怠,辄出

① “尽”,原文作“量”,据语义改。

兵掩击，卒破贼。冼氏高凉人，太守冯宝闻其志行，聘为室。宝卒，册氏为高凉郡太夫人，赍绣幰油络，驷马安车，鼓吹麾幢，旌节如刺史之仪。王仲宣反，夫人帅师讨之，披甲乘马，抚巡诸州，岭南悉平。封谯国夫人，开幕府官属，给印章，便宜行事。皇后赐首饰及宴服一袭。会诸獠叛，敕其招慰，夫人亲载诏书，自称使者，历十余州，宣述上意，所至皆降。及卒，谥诚敬，庙食千年。以巾帼弱质，成节钺奇勋，何其盛也。唐公主嫁柴绍，初高祖兵兴，主与绍发家资，招亡命渡河。主引精兵万人，与秦王会渭北，绍及主对置幕府，平定京师，号娘子军。李氏者，雷州人。五代间，声教不暨，以强凌弱，李氏勇敢有谋，众皆信服，遂推以为主帅。伪南汉既平，余党剽掠，皆为李氏兵所败，一方赖之，私谥曰宁国夫人。虞氏者，英德之虞湾人。唐末黄巢破西衡州，虞夫为寨将，与贼酣战而死。虞躬擐甲胄，率昆弟及乡人迎战，贼败去，虞亦死焉。其后兵猺为乱，每见虞朱衣白马，率兵而来，贼辄惊溃。嘉定间敕曰：夫人生能摧黄巢之锋，殁复制峒蛮之寇，封为正顺夫人。曾妇宁化人晏氏，夫死守孤不嫁。宋绍定间，寇破宁化，晏氏依山为寨。贼遣人索妇女金帛，晏召田丁谕曰："汝曹衣食我家，汝念主母，各当用命，不胜即杀，我因解首饰悉与之。"田丁感泣思奋。晏自捶鼓，使诸婢鸣金。贼退，乡人挈家趋寨者甚多，乃析寨为五，互相应援。贼弗能攻，凡存活老幼数万人。韩蕲王夫人梁氏，身援桴鼓，战摧兀术；平阳公主招亡降盗，威震关中，有名将不敢望者。天辅六年，黄龙府叛卒攻抄旁近部旅，是时阿邻从军，沙里质纠集附近居民，得男女五百人，树营栅为保守计。贼千余来攻，沙里质以毡为甲，以裳为旂，男子①授甲，妇女鼓噪，沙里质仗剑督战，凡三日，贼去。崔立之变，妻自毁其容服，携妾及二子，给以采

① "子"，原文作"女"，据语义改。

蔬，自汴走蔡。蔡被围，丁男皆乘城拒守，谓仲德曰：“事势若此，丈夫能为国捐躯，妇人独不能耶?”率诸命妇自为一军，亲运矢石于城中，妇女争出继之。詹氏者东安人，李漆之妻。丁亥漆集兵勤王，以总兵官战殁，詹氏代领其众，攻复泷东西州县，以功得参将，未岁病卒。周忠武夫人刘氏，偕忠武从征，战功最多。忠武阵亡，夫人自刎。贾万策妻沈氏云英，杀贼先报父仇，陷阵又夺夫尸，功授将军，并通胡氏春秋。王圣开妻毕氏著，国初人，父被贼害，氏陷阵杀贼，夺回父尸归葬，偕夫双隐，工诗。徐襄毅公都治妻许夫人，国初时守镇殁于王事，以次子永年世袭云骑尉。

以上略举数人，念劬一人所知，其余不知者盖甚多也。由此观之，吾中国坤道，不但易兴文事，并亦易兴武备也。二千余年，惜无提倡之人耳！

——《女学报》(1898)第六期

蒋畹芳

蒋畹芳，生卒年不详，浙江上虞人。夫刘姓。曾任上海第一女学堂教习，《女学报》主笔。1911年在上海参与发起世界女子协会。

论中国创兴女学实有裨于大局

天地之生人也，阴阳平等，无有偏毗，同此形骸体质，即同是血气心知。故女教一端，直与男教并重。如古时班昭之《女诫》、刘向之《列女传》、郑氏之《女孝经》、《女训》、《女范》诸书，凡散见于六经诸子外者，莫不班班可考，奉为女学之准绳。观乎此而可知女之不可不学也明矣。

自后世浅见者流，拘女子无才便是德之说，以为女不必学，即学之而亦无用。于是扶阳抑阴之习，相沿至今，几成不可振兴之势。吁！可慨已。以中国四百兆人民，男女各居其半，而独使二百兆女子沉沦湮没，不知学术，国势贫弱半由于此。

当今海内贤俊，知其弊而思有以挽救之，慨然为创兴女学之举，开中国风气之先，是诚补救时局之一大助也。特是事当创始，一切章程当以讲求实效为务，凡女生入学者不分贵贱，不问贫富，一律教训，中西并习。而课法宜先以经传授读，因材施教，俟其字义明晓，继以讲解，然后再课以专门之学，如医学、算学、法学、杂学等，俾之各专其一，而针黹、纺织、烹饪之事兼之。每月由教习悉心考课，奖其勤而惩其惰。再限以年期，以为毕业之程。如期满所学有成，或即拔为堂中之教习，或由学堂给凭，俾至各处行其所学。即不愿行世，而本所学以教子相夫，亦不失为内助之贤，而不致虚糜食用，一无所能矣。此女学得益之大较也。

而或者曰："今中国当危急之秋，府库空虚，变端纷起，安有余力以创此缓不济急之女学？且向所设立之同文馆、武备、储材各学堂，年期不可为不久，章程亦不可为不善，而从未有一特出之才为天下用。男学尚如此，而反欲望女学之必有成效，其可得乎？"然而天下事，虚浮者鲜实效，有志者必成功，无论其为男学女学，苟能实事求是，何患无成？观泰西各国，男女并重，其女子当及岁时，皆须入塾学习，学成后亦可行事谋利，是以富强立见。吾中国妇女无论大家小户，皆闭门不出，借男子以为养，则是务农之人一，而食粟之人不一，谋利之人一，而分利之人不一，奈之何国不穷且弱耶？为今之计，女学诚不可不兴，尤不可不尽心极力，以图其成。苟其有成，则国家转贫为富、转弱为强之机，虽未必尽由于此，而要亦救弊扶衰之一大关键也。窃愿与有志之士拭目以俟之矣。

——《女学报》(1898)第九期

开创女学堂论

吾中国人材辈出，而学问艺术之出自巾帼者绝少，岂男多智而女多愚，男尽巧而女尽拙哉？亦由于不学故耳。考之母仪载于礼经，胎教传于戴记，宫中宗室，古经序其纲，德言容工，昏义详其目，可知女学之重，自古为然。至后世古义浸湮，壸教阙略，流俗浅见每泥于扶阳抑阴之积习，一若女不必学，即学之而亦无用者。

于是普天下女子,几不知学问艺术为何事。都邑且然,无论乡閭;大家且然,无论比户。即间有学者,不过略识几字而已,何足云学哉?今海内通人集众倡议,创设女学于沪上,为当今开风气之先。采泰西之美制,复往古之遗规,中西并习,学艺兼参,一切章程,美善无憾。斯则创千百年未有之盛举,育二百兆久弃之人才,于提倡风化之中,立扶持阴教之法。将来推而愈广,成效彰著,使普天下女子莫不知学,不至终废于无用,诚千古绝大之美举,而裨益时局之一助也。岂不善哉!岂不善哉!归彭城蒋畹芳女史谨识。

——经元善《中国女学集议初编》,
清光绪年间铅印本

杜清持

杜清持,生卒年不详,又名杜清池、杜青持、清池女史等,广东番禺人。夫曹有成,平湖知事。杜清持曾在广州创办培英女学,与张竹君、马励芸等创办广东私立公益女学等。为广东开办女学的先锋,教育家、女权先驱。辛亥革命前常在《女子世界》《女报》《女学报》等刊物发表著述。

女子亟宜自立论

夫天生万物,必有所用,人则贤愚贵贱,皆有所事事焉!有大人之事,有小人之事,女子何独不然?盖中国四百兆人,女子居其半,男则教以齐家治国平天下,女则概不预闻,岂女子独不能齐家治国平天下乎?均是人也,亦具五官百体,亦衣亦食,殊非异类,置而弗教,相沿成风,视若玩物,俨如废人。然则四万万废者居其半,实则二万万而已。如千斤之物,一人肩之则不胜,分而任之则有余力。观诸西人皆富强,男女均自食其力故也。是贵自立焉!自立之法何?设女学、阅报章、交游广、知识多而已。盖欲阅报章,必由女学始;欲知识多,必由交游始也。观诸近世女子,终日深处闺中,甘居玩物之列,递相无及,遂成牢不可破之风。偶见一二面生之人,则进退维谷,踞踧不安,况欲其出而问诸世乎,何可得也?故虽有能自食其力者,授徒为师,成就后学,本至尊贵事,亦必异口同声曰此为贫所迫也，若稍可度日，亦不操此业。终日凝坐，有如盲聋，问以天下有几行省弗知也，五大洲为何名弗知也。若而人者何欤？不阅报章故也。世未有生而知之者，必教而后知也。故女学不设，目不识丁，报章又何从而识哉！迨至于归有日，则日常操作家庭琐事，至斯时亦皆置不问。使为父母者，兼顾不暇，财既竭矣，力更从而竭之，且戚友有事，亦云勷理。而父母为己辛劳，反坐视焉！忍心害理，莫此为甚。纵使财有所不能致，抑力有所不逮欤？惟晏然深匿于闺中，徒作唏嘘之态，甚至饮食亦必父母从而进之，非如此造作，则皆指为不知耻，习非成是，良可慨然。自幼至长，无一不竭父母之财力，无怪其谚有赔钱货之称。故因女子之无用，而生重男轻女之心，溺女之风未始不从兹而兴也。故凡女子皆宜入塾，教之诲之，一与男子等，长则可以出而问世，坐而言者即可起而行，毋分男女之心，毋存倚人之志，平权而行，握定自然宗旨，蒸蒸日上，则将来更有胜于男者，亦未可限量也。且愈积愈弱，莫挽颓风，胆志亦从愈抑。故夜闻响动，则杯弓蛇影，草木皆兵，齿颤心惊，欲其出面巡视，势所不能，宵小亦得借此而觊觎，以其荏弱可欺也。物腐而后虫生。子舆氏云："夫人必自侮而后人侮之。"诚至言也。且阅历多则知识广，知识广则胆志自然而生矣！观诸世俗出游建醮之事，岁费不资，以有用之财供无益之项，何如悉拨而设女学，则日进文明矣！故中国欲振兴，必男女平权，各求自立而后可。苟有同志者，或以余言为不妄乎？据意见之所及而言，虽为愚者所诮笑弗恤也，敢质诸有志维新者。

——《清议报》第76册，1901年4月19日

杜清池女士在广东演说稿

吾知今日女子所目而染、口而祝、心而醉、梦而求者，非曰自

由,则曰平等哉!夫自由云何?无压制之主义也。平等云何?无偏重之主义也。吾女子向所谓不能自由平等者,毋以为男子所侵压耶!然吾谓公理既明,当不虑男子之压制而转患吾女之对于同类,仍此专制仍此缚束耳!故欲与男子行自由平等,必先从女与女始;欲女与女行自由平等,必先从家庭始。一曰对于所生之女子。冤乎痛哉!吾中国女子之受家庭刑厄也。悲乎惨哉!吾女子之害同类也。好一副完全自由格,天犹不惜以与之,为之亲者又当如何保护之?乃不惟不能保护,且利其荏弱而侵凌之,不仁孰甚!故自离襁褓以迄成人,如穿耳,如缠足,是为初级刑法,有不服从者,必鞭挞多方,痛楚呻吟亦所不顾。既离此初级刑法,又为次级刑法者,则为私配。举素不相识之人,无论为喑哑废疾愚鲁不才,惟信媒妁巧言,卜算签语,并不问其女之乐允否也。且曰婚姻之事,自当以家长主之,若任其自为相攸,不至淫乱者几希。由是虽竟遇喑哑废疾愚鲁不才者,而女子以压力所迫,直没奈何矣。呜呼!子舆岂不云乎?女子生而愿为之有家。何所谓愿?自必足满其意志而后可。若以素不谋面之人,性情不必相合,学问不必相等,遽令相从,藉曰愿也,亦必发自父母之口,而非出自女子之心矣。至有适字未嫁,而夫婿先夭者,亦强女子以奔丧守节,则尤悖情理!夫以此为尽情耶,则无片语周旋,何情之有?以此为报恩耶,则无一物交换,何恩可言?直以陋俗相沿,习焉不察故耳。然女子而柔弱也,则饮泣吞声,长此终古;女子而倔强也,则压力所迫,愤恨寻死者有之矣。噫嘻!人莫不爱其子女,不知爱子女之自由乃为真爱也,若反侵之,则父母也与仇敌何异?家庭也与囹圄何殊?一曰对于使役之奴婢。事之最不平最可怜者莫奴婢若哉!既役其力,复鬻其身,且并其人权而鬻之,如牛马、如鸡豚,饮食惟命,奔走惟命,鞭挞惟命,此奴婢之实情哉。噫嘻!何以至此?其年凶而以易粟欤?家贫不足养育欤?诱拐而转鬻欤？幸而得主人欢，则固足称福，不幸而遇残忍之主妇，则衣制之，食制之，主母骂之，苦役之，笞拷铁烙，晨哭夜号，直牛马鸡豚之不若。呜呼！畴无父母，畴非人类，同育于天演之中，彼已居于至劣等级，又复施以种种野蛮手段，是真有人心者不忍出此也。吾愿我辈壹念同类之宜矜，奴婢遭际之足悯，不以牛马鸡豚之法养之，而以平等之道相遇。夫所谓平等者，非必尊人抑己也，特视为只供奔走服役之人，如店东之用伙伴然，鞭扑固不可，即衣食亦不得刻薄之。不然，婢子同类也，与同类相处尚不能平等，何怪男子之以不平等相压哉？况鬻奴之制，实野蛮时代所仅存，惨莫甚于黑奴，而美国文明卒行放释之例。今日鬻婢之制虽不能骤除，然使平等主义果行，则回视我辈，造福未尝多让于五月花也！

按：女子自对之不平等，不使自由者，无过于姑之于媳、嫡之于庶，殆无别于奴主，而终身受束缚，则又过之，此中国女界中亟宜更改者也。撷芬附志。

——《女学报》第二卷(1903)第一期

男女都是一样

连日冷雨凄风，晚上睡也睡不着，一时间就好像有许多烦恼，堆上心来。又可恨自己没得学问，不能学人家长篇大论的从笔上吐出来，就恨我从前读得书少，所以想做篇论说来表白下①我的感情也不能。越想越气，不觉就坐到天亮。你讲没得学问，岂不苦煞人吗？唉！今天我们中国的女权，也算沈沦到十二分了；中国的女学，也算昏昧到暗无天日了。我们同类还不振作起来，是想倚赖那个咧？但是讲复女权，兴女学，不是陡然间做得到的事情，

① “下”，原文作“吓”，据语义改。

其中当做的事也狠多呢。要逐件的数出来,也长得狠呢。但是其中有两件事,是最要先做的,也是我一生最大的一个愿头。你讲是那两件事呢?讲复女权,就一定先讲不裹脚;讲兴女学,就一定先讲读书。这两件事的好处,我暂且不讲,先讲讲破坏这两件事的阻力。因为这两件事,其中的阻力也狠大呢,人家不要我们做这两件事的也狠多呢。这一种人的意思,以为女人的自由权,是断不能复的。如果准他不裹脚,他就会①到处乱跑,做出些不好的事来了。殊不知女人不裹脚,第一件是复回他天赋的权利。因为天生出他来,原是想他不裹脚的,不是一生出来就带他一双小脚来的呀!第二件的好处,是保全他的卫生。不裹脚,周身的血气,才能彀运动,身体自然由此强壮,就是寿命也会长些。第三件,遇着水火刀兵的事,走也走得快些。第四件,可以随意出外游历,自然那见识就会一天多比一天。看起来这几件事,都是有益于女人的,无一毫是弄坏女人的。那种野蛮的人,他偏要说女人可以出外,就会做出坏事来。咳!何不想想现在普天下的男子,都是不裹脚的,难道个个都是出去做贼做强盗的吗?而且你越俾他出外,他的见识自然一天高过一天,世界上的公理自然一天明白过一天。见得男女都是一样,自然见得一切交际狠平常呢。譬如有一件物件,放在箱子里头,一有人来,你就赶快把那个箱子盖起,人家越发想看你箱子里头东西的。如果你是大大方方,将那个箱子常常开着,任人家看,自然人家就见得狠平常呢。既然看惯,自然就不会十分爱看的了。所以男女相见的道理,也是一样意思。照这样看起来,可见不裹脚这事情,是绝无流弊的了。如今又请讲讲读书的阻力。女子读书也有一种不通的人不愿的。他的意思,以为女人家认得字,就了不得了,就会放刁了,连丈夫都会被

---

① “会”,原文作“哙”,据语义改。

他欺倒了。唉！殊不知如果是这样，又不能叫做读书了。如今讲读书，不是讲徒然认得两个字，会读两三本木鱼书，就算为读书的。一定要读些有用的新书，靠读书来明白人间的公理。见得男女都是一样，就当尽国民的义务，各人都出来办事，各人都出来谋生，彼此创出一番新世界来，何尝有一毫流弊呢？而且不裹脚同读书这两件事，都是女子本来应当做的事。譬如画一圈子在这个地方，所有圈子里头的地方，都是女子的地位，到处可以走得的。何必要讲圈子呢？见得究竟是有个界限的。所以自由也是有一个界限的，不是讲自由就可以乱跑。倘若一讲自由，任他跑出圈子外去，那就落他刚才讲的阻挠的口了。他们生怕女人家走出圈子外去，所以他就连圈子里头的地方也一步不准他走，这个岂不是压制到极顶吗？我们还可不谨守自由的权限，脚脚立在硬地上打硬仗吗？而且不裹脚同读书这两件事情，不独在女子一无流弊，且有益于男子不少呢。今天我们中国的穷，也是穷在女子不能操作，不能谋生，赚钱的人少，食饭的人多，所以才会穷到这个田地。如果女子不裹脚，他就自然能操作；女子读了书，他就明白公理，不肯白生在世间食饭，就会出去谋生。多一个人办事，就是多一条谋生的路。试问你一个人养一个人容易，还是一个人养几个人容易呢？这可以不问而知了。这岂不是卸轻了男子的责任吗？唉！这两件事，既然为女子当尽的义务，且又有益于男子，凡做女子的，又何乐而不为？凡做男子的，又何乐而不扶助女子呢？所以今天我望各位女子，勉力来做这两件事；又望各位男子，极力来扶助女子做这两件事。将来同享自由的幸福，使我一生的大愿，也一旦而偿，这就算是万幸得狠了。

——《女子世界》(1904)第六期

文明的奴隶

前次我所说的男女都是一样，岂不是以提倡女学为第一问题吗?但是我见所谓志士的,看见那种受压制暴威的女子,息喘喘,气奄奄,无以自存,无以自立,也未尝不恻然动容的说:“唉!可怜,可怜,我何不同他平权呢?我何不同他平等呢?但是我怕他孱弱到这个样子,愚蠢到这个样子,就是把权还他,也怕他没有行权的资格;同他平等,也怕他未得平等的才能。没得法,只可由他就罢了。”唉!这一句话,岂知就是平权平等的阻力?独不想想权是天付他的,女子自己有的;等是天定他的,女子自己生成的,并不是随人付给他。若一概以为女子人格未备,无可平等平权,岂知所称的人格,乃是后起的人格,不是固有的人格。其后起的人格,若学问、思想、才力,不能与男子比并;但是讲他固有的人格,我试问男子真情的爱,有能及女子不能呢?男子忍耐的心,有能及女子不能呢?这个并不是我故意帮护我们女子,因为俗话说得好,有一句“妇人孺子之仁”。妇人是大的,孺子是少的,而他为仁的程度偏是一样相同,是可知孺子乃是天性最率真的,到他长大的时候,就难免有些巧诈心肠。惟有妇人从小到大,都是同孺子一样的率真,可见妇人是实在可贵的了。又见男女交际的时候,起初钟情时,男子的爱力就狠专;到一有别遇,就得陇望蜀的心又起。惟妇人起初就狠难结爱,既能达了爱情之后,就终久不离。这性情之真,又是男不及女。因为妇女性质,素来柔弱,所以魄力也是因此孱弱。惟其柔弱的缘故,就生成一种沈忍的性情,为男子所难及。如缫丝顾绣的手艺,是女子最合式的。其余可以类推。唉!同是体魄,同是灵魂,我晓得天然的人格,男女必定相差不远;若讲到后起的人格,就是一个绝大问题。如果望妇女自能达其目的,我敢为当世自任兴女学、倡女权的定一方针曰:竭力为妇女做奴隶。呸!岂有此理!我这句话又说错了,“奴隶”两个字,岂不是名最卑、业最贱的吗?拿他来加在男子身上,不但不通,而且丑极。但是鄙意所说的奴隶,不是讲要磕头作揖乞怜买笑于个人,乃是奔走服役于千万的公群。做主人翁的最多,故当奴隶的义务也最重。即如今日兴女学的人,就不知费了几多精神,才能彀到。此外如订章程、集同志、筹款项、定教科、编课本,种种事务,数也数不完,不是男子同他尽力奔走苦心经营不得。更不止此,还要时时保护他,以防他破坏;时时考察他,以改良功课。然后开化文明的结果,才可望有收成。譬如种田的人,起初须要锄田割草,然后才下谷种。到他发芽的时候,不论早夜,不论冷热,都是小心栽培,时时浇灌,费尽几多辛苦,然后才得谷米收成。法国那一个叫做卢梭,他做世界上的奴隶,辛苦到讨饭吃,到处的避人拿捉,终身流离失所,飘泊无依。终久他那篇《民约论》,也还做成,如今欧美的人,狠多叨他的光。就是吾们中国那位孔夫子,也曾说过“杀身成仁”,佛氏也曾说过“舍身渡众”,耶稣也曾说过“流血救世”。故苟能有益于成仁、渡众、救世,就无论自己怎么样,也不推辞,何况做奴隶吗!今日之兴女学,又何尝不如成仁、渡众、救世呢?况且我们中国的男子,已经做了妇女的奴隶好久了。守公认的俗例,妇女就成天坐在家里,寸步不出。衣服也推诿拨男子,柴米也推诿拨男子,甚至置一物件,用一个钱,也无不推诿拨男子。稍不齐备,就要哝哝啠啠起来,以为女子用男子的钱,是应该的。而男子也心甘情愿,永世劳劳碌碌的不辞。如果女学既开,妇女将来就可以自立,岂不是把这文明的奴隶,换去了野蛮的奴隶吗?况且既然肯认为妇女的奴隶,他就会顾名思义,断没有把那压力来加在主人身上的了。或者说,中国今日尚且羞耻做外人的奴隶,况女子更是最愚最蠢的人,还要做他的奴隶,岂不大可耻吗?殊不知我所谓“奴隶”,乃是极自由的奴隶,不是专制的奴隶;有精神的奴隶,不是没志气的奴隶。以大总统的尊贵,也不过是服役于一国的股东。故此“奴隶”的名似贱而实在不贱,不过总要看他所服役的事怎么样就是了。各位各位,成天的讲替这个世界上效力，而至切近的家人，倒不能为他效力吗？与其做这野蛮的奴隶，做到无了期，不如做这文明的奴隶。这文明奴隶，只销做三五年，就永世不用受妇女拖累了。这种奴隶，可不乐得去做吗？

——《女子世界》(1904)第九期

论游历阅报为女子立身之要务

今日设女学之问题，诸志士非欲唤起柔魂于阴阴翳翳，而跻之于光天化日中乎？窃思我辈已备极压制之苦，一旦与言复女子之权，平男女之等，虽至下愚，耳鼓未有不乐闻，脑筋未有不感动者。譬犹对寒者以语衣，对饥者以语食，虽未加诸身，入诸口，亦必欲求一日得之而后快。未其所以求之者，非谓日日冀人怜之而赠之，悯之而饭之，若必如此，则不至冻死馁死者几希矣。吾女子之欲以平权平等，望男子与之，亦何异于衣食倚诸人耶？不惟不可恃，亦必不可得，故欲求衣食，必先尽所以求之务义；欲求平权平等，必先求能为平权平等之资格。所以养成平权平等之义务不一端，而阅报游历实为其要点。

瞽者之厌于视，聋者之厌于言，非其不爱视言也。不能闻见，即无感觉之力，斯不知其所爱矣。中国女子之乏爱国、求学思想，非性质独劣也，无所知即无所爱矣。报纸者，合种种学界而详列之，窥奥而阐发之，岂仅为增知识已哉！其震荡人、作用人之力，乃至因他国新闻纪事，起本国政治思想，其效盖亦大矣。我国近年来报纸踵出，然求女子阅报者，百人而不得一。谓全由女子不识字而致乎？顾何以《封神》《西游》小说诸书，销路不减，而寻常女子于此等书，多能言之有故，数典不忘也。谓女子识字人少，报纸文言，或难尽解。然如《杭州白话报》，则专为妇孺说法，上海

《女子世界》，则材料尤丰富，叙事尤简明，何以俱未一睹也？然吾谓不读则已，读之未有不感而兴起者。今女子之愚昧，由于无新思想，吾特悲其无思想激刺之材料耳。人人皆知阅报，即为铸造新思想之材料，未有不能登文明之阶级者，平权平等文明之至高级也。此阅报之关系何如也！

阅报之益，固贵能激动文明思想矣。然使徒有是思想，而无达此思想之能力，则惟是袖手旁观，奄奄待毙，如嫠妇之悲周，漆室女之倚柱，虽终日痛哭流涕，而一片热血，其如徒托空言何？故欲求为达此思想之义务，则莫若游学。游学之益，愈远愈广，愈久愈多。以今日之中国，求一稍美备之男学堂而不可得，况女学乎？然或谓中国女子，素以不出门为守礼，以读书为末务，且跋涉长途男子尚却足，而欲求之于荏弱无知之女子，无乃悬格太高，可言而不可行乎？吾应之曰：不然。我辈今日不欲脱离奴隶圈则已，否则必先造人格；必欲造下乘之人格则已，否则不能不游学，以养成造人格之材料。以屋内之人，谈门外之事，其真伪相去，不待智者可知。游学之远近，当视其资斧多少以为比例。然不必遽言欧美，或东洋亦可；亦不必遽言东洋，或由县而郡而省会，亦何不可？即使出里门一步，亦无不可谓之游学。何也？其眼界进一步，知识亦进一步矣。我辈今日，欲求平权平等，断不能不从广交游长智识做起，而游学实又为其先声也。近者上海、湖湘，翩翩东渡，著女子游学之先鞭矣。吾粤女子，不乏有志有力者，其并驾齐驱，无让人独步也可。

——《女子世界》第二年(1906)第四、五期

西湖游记

四年六月一号，天色晴明，早膳毕，约母妹及卓友母子共五

人,乘马车至火车站,登特别快车。三点五十分钟启行,沿途景色颇佳,风和日丽,桃柳夹道,榴花似火,乡人农事正忙,牧童驱犊,村女采茶。首经龙华站(三月游龙华看桃花为沪中胜景),旋经明星桥、辛庄(是为特别快车,小站,故不停)、淞江、石湖荡、枫泾(均停车)、嘉善站,山水幽雅,回桥古寺,有如画图。停车片刻,再驶至嘉兴(停车)、峡石(停车)、王店、斜桥(不停)、长安(停车)、许村、笕桥、临平、艮山(均不停车)各站,始抵杭州。验票员唐禹州知余等为同乡,招待颇优,且通知稽查员免验行李,并代雇胶皮车数辆。至旧旗营清华旅馆,访梅弟之同谱兄柯君叔芸。值公出,乃先定房下榻,时已入黑。八句钟,用膳后,步至西湖边小公园。是处无甚可观,不过为游客小憩纳凉之所。远望西湖,惜无月色,不能明了。旋返旅舍,地尚洁净,惜蚊虫极多,常扰清梦。

二号凌晨,天朗气清,惠风和畅,命湖船往游西湖。舟颇宽敞①,内分三舱,中设炕榻,而舟子仅一人在后舱划桨,了无荡漾,不知船已启行。惟见景色自远而近,波平如镜,不闻水声,游鱼荇藻,历历可数,中流容与,俨如置身画图中。楼台塔影,均倒浸湖中,如分上下两层,保叔塔与雷峰塔(俗传昔白蛇精水浸金山时,为法海和尚收镇于此)遥遥对峙。秦望山顶,有寺如罗汉佛形,旋泊小瀛洲。此处在湖心建筑,如小海岛然。湖有石鼓三,与桥眼相对,是谓三潭印月。进内参观,庭院颇多,四面均临山水,余等购西湖图及白莲藕粉少许。渡长桥,过小亭,假山玲珑,从湖心突出。平桥六六,曲径三三,转折至洲后,临渊羡鱼,俯首叉取,则均顾影惊散。有小娃撑小艇蛰伏其中,以小钢叉取鱼虾颇易易,因给以铜元数枚,假其小艇荡桨湖心,命拍照者在亭内开镜拍照,三潭印月、雷峰塔均摄影其中。

---

① “敞”,原文作“厂”,据语义改。

复至先贤祠，彭刚直公退省庵，余倚假山，卓童坐山上，其余倚树阴，拍照，乃出小瀛洲。下船掉至刘庄（即粤人刘学询别墅，经政府所藉没），回栏曲榭，不可胜数。惟落花无主，燕子楼空，顿现一种荒凉景象，余与九妹各择一胜境拍照焉。既而阍人启钥，导至宗庙堂内，则轮然焕然，丹青尚未剥落。有赤金如意二柄，长约二尺，宽厚可五寸余。玻璃罩珊瑚树二株，高可盈尺，树下植玉葱羊脂桃，白玉鹤双栖，此物已值不资。后进为卧室，椅榻均紫檀制成，惟蛛丝尘迹不少。至院前紫藤架下，母亲坐凉椅，余与九妹侍立拍一照，卓友母子亦然。适柯君跟踪而至，略道寒暄。随至刘墓所，冢以石砌成，居中为刘氏与其原配马夫人合葬之生圹。旁两冢，侍妾各四人，均预镌姓氏于上。浏览既毕，相与登舟，鼓棹而前，穿桥眼而过，桥上镌“津梁览胜”四字。迎面一桥，旁槛均白石雕通花，名玉带桥（俗所用之点心有名玉带糕者，即仿此形）。越此桥不远，渡跨虹桥，遥见酒帘迎风招展，柯君命泊焉。进杏花村酒家，是处为天然山水，食品中以淞江鲈暨鲜虾鲜笋为最佳。随意小酌毕，行数武，抵岳武穆祠凭吊。首进中座，塑宋岳王像，两旁为将士像。次进为岳王与其妃并坐像，院中两廊为其子媳五侯、五侯夫人像。再进后院中，天阶左有铁铸佞臣秦桧及其妻王氏，右铸佞臣张俊、万俟卨像，均朝岳墓作跪形，粪秽遍体，乃为游览不平者所遗也。旋拾级登最后进，当中为武穆坟，左旁乃其子岳云之冢，均作圆桶形，顶光泽如覆盖。祠中所镌联匾虽多，然无甚佳构，不外赞美忠烈而已。独墙上墨沈淋漓一小联，别具思想，文曰：“青山有幸埋忠骨，白铁无辜铸佞臣。”下无姓氏，殆为游人所留题。随出门外甬道，石牌高峙，上镌金篆，书“碧血丹心”四字，为前浙督所题。循堤边行，至宋庄。适庄主人七秩庆寿，正肆筵设席，院前层叠然寿灯数百盏。余等乃退出，由阍人导登楼。复下至别院，是处建于池中，作一船形，中悬匾额云“四壁湖山船为家”,旁有山石,如泊岸然。余等坐船厅小憩,侍者奉茶,随意给资。乃登舟侧假山,与九妹侍母同拍一照乃出。转折至浙忠烈祠内,有杨烈士哲商君小影。登假山顶小亭,穿出门外数武,至女烈士秋瑾祠,是名秋社。只见冥幡招展,挽轴高悬,如孝堂设祭状,其妹秋珵一联为最惨痛。堂内置遗像,高可数尺,作东洋装束,旁有前清李知县牌位。女仆献茶,庭院寂寂,现一种惨淡状,令人有唏嘘之慨。随出经秋坟,状如八角凉亭,柱础均镌联对,四面皆通,中为窀穸处。再行经郑淑娥女烈士墓,按此处本为秋坟原址,为前清政府所发掘。继至钱塘名妓苏小小墓,亦为凉亭式。除柱联尚存外,已剥落不堪,墓顶瓦砾堆积。相传谓土人以瓦砾多掷其上,则蚕事较盛云。愚人之愚,诚大惑不解矣!复行羊肠小道数里,时斜阳颇热,循径渐升而高。过小孤山畔,闻上有姑嫂坟,是处为林和靖梅妻鹤子之隐居。余等忽与卓童失道,未便逗留,赶前寻觅,随地势斜下。经徐烈士锡麟祠,门闭不能进,惟铜像巍峨,耸出墙外。嗣经浙军忠烈祠中,铜柱高标,遍刊阵亡将士姓氏。旋抵公园,是处亦辟山而成,前低后高。因母亲步行过多(虽年届古稀,尚能健步),乃进内择座位小憩,品茗,用生果。余与九妹纳凉片刻,复到各处游行。曲径虽缭绕,然道道相通,地势宽广,花木繁盛。院中高竖石柱一,直镌金篆书“浙军凯旋纪念碑”七字。循径拾级而登,达山顶亭,俯视全湖,毕现目前。复绕后境,返母亲纳凉处。舟子来,谓因余等陆行既久,将舣舸至园门首伺候。讵风起水涌,致将篷窗玻璃打碎,幸余等登陆,否则受惊不小。俟风稍定,始克前进。余等乃择山旁小桥,凭曲栏,拍一照。时舟已泊门,因登舟,经平湖秋月(为西湖名胜境之一)前,觉无甚可观,故不停泊。穿锦带桥,水颇急,且有沸声,如广西之陡河然,拍照者以舟子独力难持,因举篙助相。渡桥后,水势虽缓,惟稍有风,故不及上午之平稳。掉至宝石山麓,登岸,是处无石埗,仅踏草坪，而草长没胫。按，湖水虽浅，惟底无沙石，悉为香客之宝帛灰，苟堕其中，势必陷没。余等乃步步惟谨，深恐蹈水中，母亲则由柯君竭力扶持，幸不远即现小路。沿途而进，渐升高级，峭壁如雉堞，均雕嵌佛像。母与卓友坐阶下小憩，余等循径以升，间有小门跨级上，穿过复登，不知道路之几许，足力几莫能继，卒达山巅。仰视保叔塔，高插云霄，以石砌成，无境可上。然就塔脚俯视，已觉下临无地，远望全湖，苏堤六桥，晚景如绘，行人小若蝼蚁，余舟泊堤畔，大仅盈握耳。旁有英人梅医生办事所，花木甚多，地亦幽雅，深有出尘之象。余等坐石栏将息片刻，下与母亲等会齐登舟。返棹时已暮色苍茫，迷离鸦影。柯君拟邀至酒楼小酌，余等以竟日叨扰固辞；讵甫抵客舍，复馈酒菜来。晚函致梅叔十一弟。

三号，黎明起，命肩舆作陆行。街道不甚宽，然间亦有小石桥，流水潺湲，清晰可听。循西湖畔行，重经秋坟、苏墓侧，经旋麻疯院、栖霞寺、九里松亭，抵灵隐寺，又名飞来峰，山门高阔，进内石道旁为峭壁，现佛像数百尊（相传此山石均自黑夜飞来）。旋进大殿，佛像巍然，旁列五百罗汉僧象，钟磬铿锵，作佛事。各地标明绝无募化，殊落落大方，余无可观。俟卓友参神毕，乃登舆，抵三天竺，亦为一寺门，规模较小。再行至中天竺，有放生池二，其中游鳞甚多，中有金鱼数尾，长竟逾尺。继至上天竺，较前广大，然绝无景致，游者无非以参神为目的。余等素辟迷信，故觉绝无意味，所见不及所闻，较昨日之游，不啻天渊。门外一桥，上盖如屋，多售玩具。余等购茅竹箸及小篮，旋出山门小憩。俟舆夫午膳，该处不啻村店，食品粗劣，余等故不用，旋升舆从云栖寺进发，闻相距三十五里之遥。山级壁立，舆夫颇苦，拟步行稍释其负，而赤日当空，不能举步，山行六七里，路渐平。俄又进前山，四无人烟，万山重叠，岩巉可怖，蒙茸乱草，深藏肩舆，左右顾盼，无非虎豹虬龙，同行数舆彼此莫能睹，悉为层峦叠嶂所蔽。舆夫吁声如吼,余等心极不安,且道路崎岖,屹坐不敢少侧,然进退惟谷,无可如何,惟悔此行之无谓。山级约数百,高下不一,此地名十里卧龙荡是也。遥见竹林夹道,阴森可爱,僧人合十道旁,念阿弥陀佛一声,乃给铜元数枚与之,窃喜兰若当不远。讵过此又如天梯,至半山平台,有古寺一,停舆小憩。僧人持部化缘,因与购龙井鲜茶叶小许。复行数里,至武云寺,如山居然,乡人在内选茶,并以鲜茶奉客。因再行过碧松亭,是处路颇平,石桥流水,景色清幽,鸟声时作人言,清脆可听。歇凡数次,经古木参天,行丛林中,如碧绿世界,古树过后,竹林接连数里,均为云栖寺所植之茅竹,按竹类不一,而以此为最可观,干修而直,枝叶细密,至此大有出尘之想。经一亭,前后通境,上镌"回龙"二字。迎面一亭,内竖石碑,为前清康熙帝御书"松云间皇竹"等字。复经放生所,此数里中,均为寺之辖境。比至,则殿宇巍峨,拾级而升,住持合十肃客入,并款以斋筵。时腹正馁,颇觉可口。客堂中悬匾额为"绿云静境"。旁两楹联,均以木雕成,文曰:"山溪一曲泉千曲,竹径三分屋二分。"又一联曰:"剪半岭寒云补衲,留满窗明月淡经。"流连片刻,出山门,穿过三聚亭、七佛亭、梵渡之云亭,山畔有之江学校,过开化寺,乃归路与来路迥殊,绝兀梯级。出山门不远,绕行平田阡陌,继沿钱塘江畔,潮声澎湃,浪花千顷,从江心直涌至山麓。八月有浙江观潮,即是此景,所最奇者,由绝顶而降至海隅于不觉也。遥见石碑高耸,刊"江岳钟英"四字,循径而升,进定慧寺,抵六和塔前。是塔为木制成,建于院中,有级可升,高凡十三层,亦为眺远纳凉之所。登舆复寻归道,至济阳郡王邸前小憩(今为自治团)。顺经南屏晚钟(是为名胜之一),进慧禅寺一游。僧众环绕化缘,内塑济颠禅师像,有运木古井,余等布施少许即行。跨长桥,渡杜子桥,进清波门返旅舍。四号天雨,膳后母亲与卓友往新舞台观剧,余与九妹旅舍观书。申时稍霁,约柯君领至恒丰店购绸缎,返时衣履俱湿矣。

五号黎明,命胶皮车至火车站,搭早快车。经浙江农林试验场,地平一片,植物颇多。唐君禹州适以事赴沪,沿途招待更优,并款以西餐。抵站后,复代雇马车,且自为御,直送余等返天潼路叶汉九妹处,并云苟拟重游,可先函知,当得半费票,并免验行李。情意殷殷,殊属可感,所最奇者,不过萍水相逢耳。因以食物数事馈之。按该处人情纯厚,余等之游,不患饥渴,每到一处,无不献茗殷勤也。

余夙梦游名胜,且得句,醒辄依稀,比至西湖,如有所触,特续成之,聊作痴人说梦云尔:

夙梦今方证,扁舟一叶轻。雷锋悬夕照(雷峰夕照为西湖十景之一),柳浪啭流莺(柳浪闻莺为西湖十景之一)。花港鱼初跃(花港观鱼为西湖十景之一),平湖月正生(平湖秋月为西湖十景之一,是联为梦中先得之句)。南屏钟彻耳(南屏晚钟为西湖十景之一),遥渡一声声。

——《妇女杂志》第一卷(1915)第十号

杜阅波

杜阅波,生卒年不详,又名杜月波,广东番禺人。杜清持之妹,曾与杜清持创设广东女学堂。

羊城女士杜阅波演说

今日之会,为讲求女学起见,欲拯救我女流,其盛德苦心,已为诸君所共鉴。窃思我女子为人所排抑压制者垂数千年,即有稍具思想者,亦不过吟红掇绿,绣月雕花,于诗词而外,一无所见。欲其确能自立,足与男儿埒者,渺无其人,可无痛欤?今承诸君不弃,大发爱力,助我以自立之力,开我以进化之方,将欲救我二万万女子于出生入死之中,置我二万万女子于自立自由之地,而我等仍不自振奋,以立于人群竞争间,岂不上负天赋之心,下负诸君之望哉?然我女流在今日而言自立,已难乎其难矣!性质之腐败,思想之壅塞,精神之颓萎,资格之卑下,自顶至踵,几无半点可以副个人之原理,完天赋之义务者,虽欲开化且难,而况于欲其自立哉?妹虽学界卑浅,脑力未优,不揣愚昧,以为诸君演说者,其方针则以开女子之进化为先,成女子之自立为后,进女子之学力为次,辟女子之积习为首。妹不敏,请为诸君一发挥之。谬哉孟子之言也!曰"以顺为正者,妾妇之道",从而三从之义烈焉,夫纲之说出焉,董江都又从而附益,创为扶阳抑阴之谬论,后而无才为德、守礼不出之等等恶毒，蜂起朋兴。置我女流于人类之外，以为非同此灵魂体魄而生于天地间者。而女子则又以为内不能自立，外不能谋生，不得不隐忍姑息，听其酷施野蛮手段，而女子之原质削矣！此女子之受毒总原因也。然既不能自立，又不能谋生。少则受制于父母，以为在家从父也；嫁则受制于丈夫，以为出嫁从夫也；老而受制于子，以为夫死从子也。生于人世间，虽百数十年，真无所事事，于是其性质日渐而日腐，其思想日退而日没，其天赋之原理，个人之义务，则又日暗而日亡，而女子自立之资格无存矣。此女子受毒之次原因也。在男子以为女子之易欺也，更施其野蛮之毒手，借以为玩弄之器皿，从而细其腰，缠其足，鲜花红纷，无非取悦之谋。上焉者则教吟咏，下焉者则教歌舞，于纵欲玩弄而外，无所索于妇人。至太史公之通达，犹有“女为悦己者容”之语，其在妇人则性质已腐，思想已没，不特不抗其野蛮，借藉以为献媚卖笑之助，而女子面目无遗矣。此女子受毒之又次原因也。在女子之原质既削尽，女子之资格亦无存，女子之面目又无遗，则女子者曾动植物之不若矣！更何言乎脑力，更何言乎思想，更何言乎学界，更何言乎自立，更何言乎女权。呜呼！其原因有三，其毒种之相传者数千年，则其恶毒流传固结者，已不知几千万级矣。女子而至于今日也，恶毒传之，压力制之，儿女累之，习俗闭之，奄奄然已一息之死人矣。审其原，察其因，则欲兴之者必先废，欲鼎之者必先革。其废之革之道惟何？曰厥有二端：一先破心志上之界限；二先破形迹上之界限。何谓破心志上之界限？女子受毒已深，直禽兽草木之不若。禽兽尚能营巢觅食，草木尚能纳炭出清，而女子则一无所用。而其心志上之界限，则以为女子者，于人群上无涉，于人权上无涉，于国界上无涉，于学界上无涉，于个人之义务上无涉，于家室之生计上无涉。而独谨守其顺从之义务，谨守其玩弄之义务，谨守其不学之义务，谨守其深处之义务，竟自外于人群世界间,其受种种之恶毒深入,亦谨守之而不移,几于支那大陆上,已无妇女之一种人矣。兹欲去其种种之恶毒,当辟其心志上之种种界限。俾知人群上亦有女子之分,人权上亦有女子之分,国界、学界上亦有女子之分。个人之义务与男儿等,家室之生计亦与男儿共。其男子之责任,即女子之责任;男子之义务,即女子之义务。本同生于天地间,初无男女之别者,亦无男女之差者。是则去其恶毒,即所以破其界限,即所以定其心志;定心志,然后可与言进化。何谓破形迹上之界限?自男女有别之义起,而男女之界分焉;从而叔嫂犹不通问,不同食,不共席;每见男子即避之惟恐浼,而畏之若虎狼;终身不能友男子,亦终身不能见男子,而男女之界烈焉。即稍有一二妇人破除界限,则谓之为荡妇,谓之为淫妇,讪笑之,掊击之,而男女之界更烈焉。严我女子之界限,即所以制我女子之自由。务使我女子既不能修学,又不能广识,如傀儡木偶。然今欲除其腐弊,必当破其形迹上之界限。破其行迹上之界限云者,男女平权,无差等之区别也;男女同类,无优劣之区别也;男女同形,无怪异之区别也。男可修学,女亦可修学;男能自由,女亦能自由。一扩其行迹上畏男子、避男子之陋习,而同学于世界之间,同享其幸福于人群之上。无男相,无女相,合男女之界限而一之焉,然后可以言进化。吁进化者,人群之阶级也,首不求其人群之进化,而第欲求其个人之自立,是犹欲不阶梯而升高,不食物而果腹也,岂可得哉?故欲我女子之自立,必先求女子之进化;欲女子之进化,必先辟女子之心胸;欲辟女子之心胸,必先除女子之恶毒。此一定不易之理也。近世哲学家曰,二十世纪乃女权发达之时代,其言而有稽也,吾愿诸君勉之。即其言而无稽也,吾更愿诸君实力而勉行之,奋臂而改进之,以达其文明之极点,则幸甚。

——《选报》(1902)第三十期

黄钧

黄钧，生卒年不详，字菱舫，江西清江人。日本奈良女子高等师范肄业。女权运动先锋。

黄菱舫女士女界钟叙

癸卯夏，钧索处江滨，溽暑满天，炎瘴蔽目，晚风飒至，微观沈思。嗟夫！人有学识，斯有权力，有权力，斯可抵御外侮，此固强权学者发明之公理。近士夫所谓物竞主义，上九天下九渊、前千年后万祀，神圣豪强、颛蒙衰弱，所莫或犯、莫或异者也。以今日女界卑贱、鄙污①、奴隶、玩物种种惨恶之现象，岂男子举手投足区区压制之能为力哉？无亦我二万万同胞不学艺术，自放弃其权利也。驯至屏息低首，宛转依附，深闭幽锢，二千年矣。纵有不甘于奴隶、玩物，大声疾呼，起而抗之，则举世之人莫不戮之辱之，摧之枯之，非独男子然也，女子亦目为怪物。悍者肆口诋毁，弱者腹诽远走，相戒不敢信。岂竟土木之形骸、囚虏之根性然哉？嗟乎！吾女子且莫自轻视也。

凡世界人群智识学业之进步，其事万端，而其元素有二：曰社会，曰教育。言社会，则妇女为丈夫之顾问；言教育，则妇女尤为

① “污”，原文作“汙”，据文义改。

幼稚之导师。是以全国之民智、民气，妇女可以转移之。吾人亦知欧美日本之所以强盛乎？虽然，以欧美日本人类同等、男女平权之说，矫良妇女风俗之会、妇女参与政权之议，及妇女关系于人群社会之理，一旦移之于东土，无论二千年废学之女子，即今对于女子有莫大权利之男子，舌敝唇焦，涕泣而道之，吾恐为顽石之点头者，百无二三焉。欲卑之无甚高论，又恐近于筐箧之谈，则无宁噌吰镗鞳以警醒其梦寐，庄严璀璨立言放大撮影，或者取法乎上，仅得乎中也。

翌日，扬千里书来，述其友金君所著《女界钟》之宗旨，及其开导之方针，窃喜予言之有暗合焉，遂书以报之，俾芟削其繁辞一以为叙。乌呼！钧亦二万万女子社会之一分子也，夫岂敢高眠吴言，为是狂①激之语乎？世之览者，当亦省予言之悲也。

——《江苏》(1903)第五期

① “狂”，原文作“汪”，据文义改。

黄谦

黄谦,生卒年不详。曾任湖南第一女学校监督。

黄女士谦送郑家佩女士东游序

中国自秦汉以来,薄视女子。即有能教女子者,亦只以不出户庭为静,不谙外事为贞,他非所知也。今日者各国并立,强弱视学术。学术宜有基础,弗牵累,于是恃女学为要务,下田歌子所以演说于东京也。吾湘学校次第兴,女学校亦兴。陶文毅公第四曾孙妇,长沙郑氏望族也,年廿六,夫子思曾春间曾游学日本,令与偕往,都人士咸属耳目焉。兴学名媛,同时祖饯,甚盛事也。虽然新学甫兴,吾湘人皆踊跃从事,而究识未定,气未壮,志未坚。前者而有益也,遂增进志;前者而或未有益也,未必不萌退志。是吾湘学术之进退,将惟君是卜;即推之中国兴衰,汉族存亡,胥将于君乎是卜。君至彼都,登蓬莱之巅,四顾环宇,欧西白种,若是耽耽,红种邈不可稽,黑种、棕色种、铜色种,亦日朘月削,而黄种尤岌岌不可终日,忍令蓬莱三岛,专足为中流砥柱乎?以君之心,行君之志,异日学成言归,女学日进,君之惠也,湘人之幸也,下田歌子不能专美于前矣!于是斟酒而进祝曰:愿君遇弗己若者,无有矜心;遇事有阻力,人以为难者,无有馁心。又进规曰:愿君涉险难,任艰重,实心实力,弗自珍其身。饮食起居,寒暑燥湿,卫生术极力讲求，以图进步，为吾湘先声，为中国先声，愿君甚珍其身。又斟酒而进归曰：愿君十二时中，念念弗忘中国，弗谓中国可恃，亦弗谓中国不可恃。所可恃者学耳，君岂忘国者耶？愿君力学以弗忘中国。黄河清矣，长江又清矣。天下清淑之气，已由北而南。三湘七泽九嶷，天下之望也；近今以来，尤天下之望也。况中国二男三女，四万神明之胄，已占其多数也，可弗念欤？可弗念欤？

右稿为适许黄女士谦所作。女士为第一女学校监督，湖南女校之名誉，女士尤有力焉，湘中女子，莫不感恩。然今日女学，被杜氏所挫，则读斯文者，其亦有动今昔之感者欤！震旦一少年慨志。

——《女子世界》第二年（1905）第一期

吴蕊先

吴蕊先，生卒年不详，又名蕊仙，字绛珠，安徽歙县人，剧作家吴承烜(1854—1940)之族妹。吴蕊先与陈琴仙、鲍蘋香诗词唱和甚密，与吴芝瑛、李定夷有交往。在《女子世界》《爱国报》《小说月报》《小说新报》《香艳杂志》等刊物发表诗词颇丰，另有《女抄袭家》(小说)、《五女缘弹词》、《西泠剧弹词》、《潇溪女史弹词》、《瑶台第一妃》、《苏小小弹词》等作品存世。

祭周碧琴女士文

去年避寇，小住鹿门，今岁还家，闲过萤苑。衰草凝碧，秋花惨红；十里春风，香残豆蔻；二分明月，翠减梧桐。瘦鹤翩跹，总带凄凉之色；哀蛩啾唧，悉成懊恼之音。方期绣闼吟俦，清闺良伴，玉珰缄札，锦字交投，通黄耳之尺书，慰丹心之寸意。菊泉寿永，橘井春回，梅姑射而返魂，药嫦娥而却死。讵料小怜续命，徒开两泪于黄花；大舍多才，已断双声于绛树。呜乎哀哉！犹忆东阁时过，西窗夜访，病成解㑊，态失嫶妍，扁鹊缘悭，纯狐祟惑。每泣红颜命薄，难忘白发年衰。执手奄然，一诀恐成千古，伤心去也，重逢当在九京。咽不成声，怜还顾影。三条烛尽，烛奴何忍催行；一穗灯昏，灯婢亦知惜别。四壁可堪鸡唱，五更又怕鹃啼。强颜作慰藉之言，掩面下滂沱之涕。所有通宵之语，无非绝命之词。已而於邑向余言曰："计姊扬州停泊之时，是侬阆苑归真之日。"满腔血热，十指脂寒；草碧断肠，椒香合口。盈盈秋水，眼波流无限之情；淡淡春山，眉样皱可怜之色。行行且止，恻恻难胜；蹙额牵衣，忍心分袂？自古东郊送别，南浦伤离，有此销魂，无兹堕魄。兴言及此，抱恸奚如。珍抵邗经月，而碧琴姊氏之讣音至矣。呜乎哀哉！繁霜曲谱，愁摧屡日之心肝；落月屋梁，疑照旧时之颜色。碎琴子夜，蟹行索妃；解佩丁冬，鹿佑惊女。料缠绵绮语，得生兜率之天；想缥缈芳踪，应在罗浮之地。女娃之邱谁哭，羲和之国难居。枉诵《心经》，犹是忏成鹦鹉；虽赓眉介，未能寿乞蟾蜍。述病中问答之辞，作死后孤凄之诔。不复代为梳洗，倚名花飞燕之妆，徒令慷慨讴思，拟落叶哀蝉之曲。珍且随鹤吊，又逐鸥浮，杭苇竹西，问梅枝北。饮泣而寻旧迹，塞悲而慰新魂。薤露晨歌，松风夜冷，屧廊如故，镜槛犹存。不碍之城，年年佛国；长生之路，处处仙乡。蝴蝶罗裙，化作绿云飞去；鸳鸯铜瓦，梦随皓月归来。

——《女子世界》(1915)第二期

雪后梅窗夜饮启

佛界千花，迷六花之眼界；仙香五瓣，沁一瓣之心香。铜瓶贮酒以消寒，茜窗窈窱；纸帐悬灯以照夜，梅阁深沈。念五纹刺绣之无聊，敢一局敲棋之有约。仿雅人之高致，畅同伴之幽怀。早呼竹里樵青，煎茶以待。会看花前萼绿，并蒂齐开。三白满浮，酒龙战酒。半红深刻，诗虎催诗。此予所以趁雪后之余闲，作梅边之小宴也。造化坤元，文明贲白。彤管共彤云一色，素裳与素雪争妍。冻结玉楼，寒都起粟。光摇银海，炫欲生花。黄封喜温，翠袖忘薄。锦结双子，金盘五辛。芋火工夫，十年兽炭。花风消息，数点蜡梅。滕六之威，实由巽二。兑初虽吉，何啻咸三。葭管吹灰，信贞元之来复。莲台咒钵，悟色相之全空。尘劫谁输，天公玉戏。沙量无数，云母屏开。甘苦备尝，宁问檀槽滋味。淋漓尽致，且寻芗泽生涯。为女儿身，有有娘忏消泥絮。吐才人气，无无老幻说昙华。富贵浮云，光阴逝水。忍青年之孤负，令白日之虚抛。一入侯门，离多会少。再求净土，物是人非。与其赠别江南，一枝春寄，曷若联吟台北，群艳夜来。玉笛横吹，不作离鸾之曲。金樽酣饮，共追醉蝶之欢。是为启。

——《女子世界》(1915)第二期

新岁与陈琴仙书

姊羁湖北，妹下淮东；天各一方，地限千里。岁聿云莫，人何以堪？长河易冰，薄海多雪。一读《思归引》，再读《行路难》。潇碧湘青，离情似水；山黄岳白，乡梦如烟。何去何从，相思相望，几经辗转，几经反侧，想姊氏亦同此拳拳也。迩值辛盘饥岁，子佩迎年。就谂客踪匏系，家学薪传。颂陈室之椒花，歌王孙之桃叶。灯婢共烛奴当夕，粉君与脂相媚春。食余祀灶之羊，处有贺堂之雀。望风怀想，祝露诚倾。妹犀齿虚添，蛾眉谁妒。斗尖叉之韵，茗战北台。分射覆之曹，灯谜东阁。送暖之屠苏蚁绿，宜春之帖叶猩红。郫筒一双，薛笺三叠。油花夜卜，诗草晨飞。赌谢傅之棋枰，摹笠翁之笛谱（谓挡蜃楼记）。溯夫桃源避乱，竹屋联吟。戏赛紫姑，说穷黄老。姊浮三白，妹刻半红。为忆旧游，悉成陈迹。友松竹而慕消寒之社，对茶花而思耐久之朋。言大非夸，无我当推阿士。情深若揭，有人致慨彼姝。脱裙而斗草赢多，掩袖而簪花格妙。银瓶坠水，耻为思妇之词。画烛成灰，不滴愁人之泪。拟潘岳《西征赋》，比庄周《知北游》。离索之感深，会合之缘浅。鹧鸪南北，鹣鲽东西。绵绵远思，恻恻生别。梅魂易冷，桂魄难圆。能无赋感旧而襄羊,诗怀人而独鹿也哉?他日者,衡浦雁回,高楼鹤返。八行系帛,一字缄珰。倘随云锦而来,请倚熏笼以待。

——《女子世界》(1915)第二期

答琴仙书

琴仙三妹:

比奉手书,如依眉宇,欣悉揽三山之胜,畅二水之游,哕堂上之凤皇,飞矶边之燕子。踪寻旧院,想人面于桃花;泪洒新亭,瘦楚腰于杨柳。中秋怀古,水调歌头,清夜遣怀,金陵渡口,雅人高致,羡妒交并。姊以拜访东园,薄言北渡,走笔屡偿诗债,挑灯易惹愁魔,四壁虫吟,一窗蟾冷,镜花红笑,帘蒜白描,正欲抽毫,有怀系帛。适南征雁过,西逝鸟飞,得尺牍于刘令娴,解议围于谢道韫,喜拈红豆,顿慰相思,淡到黄花,还来践约。容比秋瘦,气同晓清,把袂何年,倾襟此月。附词将意,不尽所言,匆复芜笺,伏希藻鉴,虔请荃安,并颂蕃祉。

——《小说新报》第二卷(1916)第九期

问陈琴仙病书

琴妹芳鉴:

黍谷春回,兰闺昼静,忆汉皋之解佩,劳湖井之投书,黄耳突来,素心顿慰。望风怀想,寒侵姊妹之花,对月旁皇,远馈君臣之药。就悉吉人天相,竖子日消,小鸾之梦煮无忧,扁鹊之功收有效。泉流橘绿,苏耽之树秋香;院落杏红,董奉之林春暖。吹愁尽散,鹤楼之笛倚落梅;志喜何云,蟾窟之臼研灵药。蒙猬毛累重,马齿岁增，俗忒难医，贫真莫疗。痛余心捧，同病相怜，效及眉颦，自惭不类。使逢青鸟，探两字之平安；人比赪鲂，苦数年之劳瘁。耽吟成癖，痼腕里之烟霞；酣睡成魔，谈眼前之风月。为摅近况，用敢远闻，词客有情，故人无恙。喜卜灾消勿药，所期忧弭采薪。妹氏在今，雅人嗜古，诗宜少作，无呕长吉之心肝，餐且勉加，类保曾贤之手足，慎起居而珍卫，节饮食而护持，顺请痊安，统希惠照。

——《小说新报》第三卷(1917)第四期

陈琴仙

陈琴仙,字友瑟,江苏盐城人。生平不详。

与绛珠书

绛珠我姊芳鉴:

范堤一别,岁序几周,别梦依依,离悰惘惘。三年楚北,一水淮东,尺素难通,寸丹如结。近想起居安燕,吟咏吉羊,遥企㠶辉,倍殷葭思。妹迂途京口,取道石头,唤渡清溪,维舟白下。不料妹方南入,姊已北游,一面缘悭,五衷情切。惟是摩狮子岭,登高而兴尚豪,上凤皇台,望远而怀益畅,溯逃叶渡,打连日之桨支,访李香楼,吊当年之扇坠,台城杨柳,万缕情丝,淮水芙蓉,一襟泪粉。薄游胜地,适值中秋,是岁丙辰,是月丁酉,重倚东坡之水调,聿来南部之金陵。去熙宁八百年,仙才怀古;隔汉广一千里,旅迹铭今。卢女莫愁,紫姑如愿,所期不见,相望何言?㡀雀桁之花魂,系缆而丁冬听漏;堕鸡笼之雄魄,分光而子夜读书。二水中分,鹭洲洗恨,三山前耸,螺岫堆愁,为逐东流,眷言北渡,藉请玉安,统希鉴照。

——《小说新报》第二卷(1916)第九期

陈彦安

陈彦安(1880—?),浙江元和人。1902 年赴日本,入实践女学校学习。

劝女子留学说

不登山者,不知泰岱之高;不赴海者,不知沧溟之深。我中国女子,日居深闺,耳无所闻,目无所见,故外国之如何强盛,中国之如何衰弱,女学之如何不振,皆毫不相关,以为此男子当为之事,我乃女子,不必干预也。噫!谬矣。人也者,非男子始得谓之人,而女子不得谓之人也。既同为人,即当同受教育。中国则不然,以男为有用,女为无用,以男为当学,女为不当学,故男则束发后即令读书,教之以进德修业,教之以修身齐家,虽贫贱之子,亦恐不识一字为终身之累,故犹思勉强就学数年。至于女子,则洞其耳,裹其足,饰涂其面目,一若天地间一种玩弄之物者然。谚曰:"女子无才便是德。"是恐二万万女子读书,将来智识日深,国中有用者过多,将无容才之地也。噫!谬矣。人有恒言曰:"女子治内。"苟女子非从事于学,其将何以治内耶?故谓女子不必学,无是理也。且夫我中国今日之弱何?莫非女子无学有以致其然哉?试验之欧美各国,可以明矣。若法若美若英等,其女学最盛,故国亦最强,女子所任之事,往往有胜于男子者。法之罗兰夫人、英之独罗瑟、美之美利莱恩等，其所为之事，恐须眉男子亦有所不能也。即我国东海相望区区三岛之日本，维新以来，仅三十余年，国中之女子，诵读之声无间都鄙，即至专门高等之学，卓然成才者，亦不乏人。我国女子，所以不如人者，大要有三：不问外事，一也；不讲读书，二也；终身依赖于人，三也。于是坐听为人之奴隶玩弄，皆茫茫然，以为女子当如此。呜呼！国中若是者占民数之半，国乌得不亡哉！

由此观之，女学之关系于国之存亡实大矣，可不悚耶？可不勖耶？言念及此，我二万万同胞中有一滴血心者，当共肩斯任，则不愧生于大陆之上矣。天地之有众生，无强弱之分，父母育我辈，无男女之分，皆爱之若一体，而我侪所受之责任，应与男子相同，皆有国民之责任，国有难则皆肩之，国安乐则皆享之，岂可漠然无关，若草木之空生世界乎？但我国女学之不振，已四千余年，欲兴女学，无从措手，故不得不采他国之长，而为拯救同胞之计。日本与我国道路相隔，仅一东海，文字相同，资费又廉，以日本之女学而敷入我国，最为相符。我同胞中其有志东来者乎？此吾所日夜祈祷者也。

《江苏》（1903）第二期

杨季威

杨季威(1880—?),江苏吴江同里人。父杨敦颐,商务印书馆编辑。杨季威曾就读于上海务本女校,后任《神州女报》主编、神州女界协济社副社长、江苏省立第三女子师范首任校长等。

致某报记者书①

记者足下:

民国底定,共和政府成立,凡为国民莫不欢欣鼓舞,诚以久困专制恶政之下,一旦得享共和幸福,如逢阳煦,不自禁其快乐也。而我二万万女同胞,夙承人类至不平等之待遇,今居然共享自由,故其自幸尤为特甚。惟其自幸,故战战也勉自策励,以副共和国民之资格。民国创基,虽皆男子同胞之伟业,而我女同胞之协助力亦非小。今为察人类之进化,保社会永永之无争扰,与促进女学之程度,故于宪法将定之际,要求与女子以参政之权。而足下宏见,对于女子之有参政权不能无疑,著为论说,公之天下。然窃于大论所列三条,痛言女子不宜有参政权者亦不能无疑,敢请言之。

一、人类程度,分于知识,而知识者后天所能增长也。试问今

① “某报”系上海《民立报》。

日先生之有此卓绝知识，为天赋乎？抑由读书而来乎？则程度安有高者永高，低者永低者乎？我女同胞轻视，失于教育，自知今日程度不足与诸男子同胞先生相颉颃，然亦安知不能自勉而增进乎？大论有“欲参与政治，不可不具有政治上之知识与政治上之能力，今全国之男子不解共和国家为何物者尚居多数，何况女子？”诚然，诚然！则男子之中尚有多数不解共和国家为何物者，安得成为共和国？自必教之使有此知识。然则男子可以教之有知识，女子独欠智而不能得此知识乎？故言程度不足而女子不宜有参政权者，恐未必确。

一、所谓特性者，必所长者屡试屡效，而所短者屡为屡败，非无实在经验而可妄断者。则女子既未曾有政权，更何有失败之证，据以显其特性之所短乎？窃思同为人类，苟与以操练，未有不能成材者。至牝鸡司晨，男子生子，为世界决无之事，有证可寻，今以之相喻，未免太不合乎论理。

一、维持家庭生活，固于巩固社会秩序为至要。然安见尽国内女子，无一人非治家政者？遑论欧美，即我国今日女子之为家庭以外之事，何可胜数，其有社会秩序扰乱之确据否？女子既非全数治家政，则任政治职业，与今日之任实业教育者何异？何至家庭无人维持？且家庭为一人切己之事，人人自知保持，必无不调置妥贴，而拂然不顾者。此则所谓我女子之特性矣。故女子有参政权而至家庭失序、社会扰乱者，恐未必确。

夫要求参政权，肇自英伦姊妹，我女同胞素非好为过举，以相仿效，诚知为今日之所当为耳。

一则女子之有参政权，为人类进化必至之阶级，今日不实行，必有他日。则与其留为日后之争端，不若乘此时机，立完全民权之模范。二则轻视女子为我国疾，而大事大权尽握于非女子之手，女子知识之乏盖大原因。女子而有参政权，则所痛恨之积弱弊病必能专意施救，以求女子程度之日高，即国民程度日高。有当与否，伏祈以公理为断。幸甚！企甚！余不白。

——《妇女时报》(1912)第六期

告读书明理之女子

呜呼，我国女子有不生息歌泣于此黑暗女界之中者乎？有未身受男女不平等之种种苦楚者乎？顾能悲其黑暗知其苦楚者，有几人耶？藉曰有之，而其志愿欲排此黑暗、除此苦楚者，有几人耶？藉又有之，而能真实舍其一切，以为根本之挽救者，有几人耶？彼饮酖如饴，茹荼若荠，醉生梦死于金玉锦绣中者，吾且无暇责之。我读书明理之女学界者，以我全国女子计之，乃极少数之凤毛麟角，他人弗学，而吾独然。夫岂天之宠厚，盖亦责任所寄在是矣。数千年之积习，数万万同胞之沉睡，胥赖今日稍明公理，稍知物竞之少数人，以铲除之扶济之，其责任顾不重哉。然而环顾社会，精察现象，有战战危惧，忧思萦怀者。每闻论者曰，今日之女学界能作大言者不乏其人，而能实行者，盖寡发挥议论，辄就国家大事，不及于琐琐细故。观其实行，则并家庭改良而不可得，以所习学问为一己之享用者有之，牺牲其才力以为他人造福者，千难一人焉。乃致未睹新学说之精神，而先忽我善良之道德者，尤其下焉者耳。噫，余愿与海内诸姑姊妹，共聆斯言也。虽然，人之责我，或重且周，而我之自责，亦未可以轻且约也。挽救女界之责任，我切己之责任也；切己者而放弃之，谁其为我任之耶！

夫医者之于疾也，以先究其病之源，然后遵其涂而施之针砭，则疾庶几可瘳。试思我国男女之不平等，其原因种种，实因重男轻女之恶习，浸淫以至于今。古者生女三日，卧之床下，弄之瓦砾，是女子自呱呱坠地，已为恶劣之习例所影响，而为人歧视。至于成年,至于死亡,无处不受不平等之待遇。潜心考察,往往于极细无谓之风俗谚语中,亦可得重男轻女之恶意。可见此恶习之靡漫,充塞于我国之空气中者久矣。故女子长而靳与以学问,幽之深闺之中,使其所闻见,皆足以养成其拘迂柔弱之品性。惟以依赖为希望而已,习惯为第二之天性。我女子所历者,既为若是之生涯,其思想志虑,又安所得其活泼而广博,又何所恃以享生人之权利?呜呼,女子遂完全束缚于男子之下,而屏绝于人类之外矣。

我读书明理之女子,既负先觉之责,当得其致疾之原因,然后从根本而一一改革之。教育为莫急之务,必使全国女子得普通知识,急与女子以平等之教育,而社会之改良,又不可不与平等教育并重注意。种种社会之旧制及恶习,凡有损于女权者,设法以转移之。盖习俗之于人,实具一种绝大之魔力,故习俗恶者,大为社会进化之阻。且我国今日普及教育未行,普通社会之年长者,均未尝学问,若不绝其恶习惯,一般年幼者,日在其薰陶之中,虽稍受教育,其定力未坚,仍不足与万恶社会重男轻女之魔障战也。是故我学者今日,于一方面当精究学业,为行平等教育提倡女子真实能力之地,一方面则静察社会之情形,凡人自初生以来,所历之种种不良习俗,无论小大,得其改良著手之处而实力励行之。记者深幸得与读者诸君,互相讨论,后此当以次论列,以资商榷,诸姑姊妹,尚其勉哉。

——《神州女报(月刊)》(1913)第一期

告国会议员

人曰,我国人之恒性,惟知有一己,而不知有公益。故国运如今日之危,国政如今日之棼,尚无有肯舍私以挽救者。每任一事,必先计自己之利益,然后问其事之职务,于己有利者,虽明知才不足任，行误国民，亦贸贸然往；于己无利者，虽明知其事重要而不可不急为者，亦鲜肯涉足者。此所以国政民事之至于此也。然以近事观，有不尽然者。不闻夫国会议员之运动选举者乎？先也，用种种手段联络感情，使人崇信，以厚其票数，此为正当之运动办法也。不济，继以哀乞恳求，再不济，继以黄金购买，更不济，继以巧谋诡计，其废寝忘食，不知昼夜，丧其人格，耗其精神者，夫谁不曰，冀于我中华民国第一次之正式庄严国会中占一角席，以自负四万万同胞托付之重任，以为我四万万同胞幸福之制造人。盖已自信具此肩担之能力，而有不能轻托之他人者，故毅然以自荐，又虞人不吾知，故慨然费其至贵之精神、至宝之金钱以运动之。呜呼！其急公，其热心，其爱人，其爱国，以视昔人三聘而始出，其相去为何如耶？我故曰有不尽然者也。虽然，今国会之开幕近矣，诸君之惟一目的地其到达之期亦不远矣。诸君脑中所预备之种种利国福民之条件，足以惊国人而慰国人者，愿熟思而牢记之，慎勿任之逸去，我国民有厚望焉。

——《神州女报(月刊)》(1913)第一期

普及教育与女子教育

一国国民之程度，不以少数杰出者为标准，而以普通之程度为标准，不尚杰出者之望尘莫及，而在普通社会之有平均之常识，此所以今日世界之竞竞焉言普及教育也。试观今日我国之情形，全国无学识者几占十之八，故虽版图之广，地产之富，对外则适足以启外人之野心，对内则政体虽已共和，而人民未知享受共和政治之真趣，不能相与以筑成坚固之国基。教育也，实业也，凡所以强国而与人竞争之事，咸衰替弗振，有提倡者，亦不能得社会之共同欢迎、共同赞助，则事倍而功难半焉。其甚者，若对盲者以奏艺,虽竭其能以表演,而观者且无由知其趣味,发其感情焉。由是观之,则当此新政未行、百废待举之时,不得不速谋普及教育,以为设施之本,况乎世界怒潮之猛击我亚东海岸耶?

夫言自强,为道至赜,为术至繁,而以普及教育为入手者,盖追其本也。苟得其本,功效斯可期。然而期普及教育之功效者,尤有其本焉,则非女子教育而何哉?夫女子者,居国民之半,与男子同生同息,相与共活于此东西南北之间者也,其互相关系至密切也。况乎女子为国民之母,负责家庭教育之重任。儿童自初生以至入学,皆为其母教育之时期,即入学校,其感情亦惟母为最深,其模仿言行亦惟母为最甚。母而有教育也,儿童于不知不觉之中得良好之教师;母而未受教育也,儿童且因之而得不良之言行习惯,以减少学校教育之效力焉。夫今日之儿童,即为他日国家之主人,其今日之思想言行,即为他年成人之始基。故善瞻人国者,辄注意国内之儿童,以为他日国民之标准。噫!女子教育之影响,固不仅及于女界一部分而已也。我国女界承先儒腐败学说之流毒,其失学至此已极,且勿言教育之原理、世界之常识,求能解字者万一耳,则其家庭之教育,尚足恃哉?故今日而不速振兴女子教育也,吾知即普及教育而能实行,亦必不能得完全之效果。况普及教育以小学为基本,而女子乃天然无上之小学教师也。试观世界先进之国,其有实行普及教育而不大半赖女界之力者,未之有也。是故家庭保姆也,学校教师也,举凡厉行普及教育之利器,俱不可不先振兴女子教育以养成之也。

虽然,女子教育之说之入于我人之耳也,十余年于兹矣,何至今日而所谓女学界者犹仅尔乎?夫亦以社会之程度,其知识未能见教育之重要、女学之重要,故提倡者虽竭其力,而苦社会之不知欢迎也,不知赞助也,以是而进步未能完美。是则欲扩充女子教育,又不得不使社会先有欢迎赞助之知识,则普及教育者实隐足为女学之助也。夫我国今日普及教育既不可一刻缓,则女子教育尤不可一刻缓矣。

——《神州女报(月刊)》(1913)第二期

论人母对于子女之希望与责任

人类孳生,前者善遗,后者善继,人群因以演进,世界于焉发达。夫天之生人非偶然者,故于己身有应尽之责任,于后生有应有之希望。而子女者,为直接承接血胤之人,对于父母,既有绍述先业、增荣先人之分,对于社会国家,复为他日之主人。故子女之贤、不肖,非仅系乎家门之盛衰、父母之荣辱,乃社会国家发达与否之关键也。又人母者,为抚育子女至亲至密、至重至要之人。儿童自智能始现之后,微至一颦一笑之间,亦能受母教之影响,而人之智德健康,每以幼年时代所感受所发现者,为之基本。盖人天生有蛰觉(subinitial consciousness)者,凡人毕生所见、所闻、所触受,皆为蛰觉所存留,纤屑无遗。存留之后,即发于自己之神经,成为自己之言行思想。故其蛰觉所受者而善,其人亦善,所受者而不善,其人亦不善。则人既希望子女他日成为善良之人,即不得不尽其相当之责任以成就之,使触于其蛰觉者,尽为善良者。抑有进者,乐善恶恶,人之恒情,而母子尤有天情,为人亲者,未有不乐其子女之有端正言行,聪明姿赋,与强健体魄。每见家有顽愚羸弱儿童者,于戚党中见宁馨儿者,辄作艳羡状,此希望心之流露于不知不觉者也。顾不知儿童乃如纯洁之帛,施以朱则赤,施以墨则黑,其良其否,初非天成,实有以致之然也。虽脑质与身体之构造,非人力所能为,则智愚、强弱似亦非人力所能为。然世有太姒,乃生文王。则愚者既不可委之于天,而羸弱者益由于遗传与保育之未得其道耳。其他性情、思想、品行,尤以母教为之准衡矣。

我女子之责任,固非仅在教育子女。然业为人母而子女适在教育时期中者,苟非他日公共教育已施行完善,则其责任断不可旁贷,即其志愿欲有所为,亦必其光阴、精神无妨于分内教育之事而后可。否则舍近图远,吾未见其当也。彼学师范者,苟得文凭,勿问其所学如何,要不免其教师之资格。而人母者,子女之第一教师也。则苟有子女即不啻受师范之文凭,勿问其程度如何,要亦不免其教师之资格矣。既有资格,即当尽其责任。故凡子女之德育、体育、智育之发达,胥为母者所当注意者也。

今述注意之点于左:

(一)保育之法。卫生家曰:婴儿身体脆弱,起居眠食、空气温度偶一失宜,即罹疾病,或且夭殇。夭殇为人类不幸之事,且亦为人母失望苦痛之事,而疾病每留为他日成人虚弱之因。故保育之法不可不慎。饮食、衣服必求适宜,居室必透空气而清洁洒扫,起眠时刻须视幼儿所宜,游散取乐尤不可强之使等于成人,致索然无活泼精神以违其性。及其少长,自有取食理衣之能力,即当时时教以卫生知识,以御疾病。

(一)家庭教育。凡儿童之举止品性,视各人之气类而不同,总之必使寓有端正仁厚之致。故其一举一动之间,必时细心留意之,察其然者奖励之,非然者纠正之。而无论或奖励、或纠正,必明语之故,俾知所适从。而儿童之智慧,每以外界启导之力而益发达,有意识之讲述问答、玩具制配,于儿童理想聪明之操练有绝大关系。故彼教育家于幼稚园中恒多授各种手工,均所以启其灵窦者也。至生而愚昧者,亦未尝不可以人力转移之。意国有女医名嫚娣所锐者,悯愚者之无由得学问,以为其脑实非无用,乃如机器之未开行耳,苟有精良之钥,必可启之灵活者。乃发愤研究教育之法,从幼童为入手,若年已长者,则真且难于为力。而嫚娣所锐先一一静察其性情,然后从而诱导之,并不勉强束缚之,仅顺助其自治之能力。故受其教者莫不欢慰，数年之间竟有优于一般所谓智者也。而子女之性情气质，为母者安有不洞悉者？则亦因之而用心引导之，以嫚娣所锐为则，必有裨益，即未能一一优于智者，亦较胜于听任之也明矣。

（一）修身作则。凡为他人模范者，不可轻举妄动。子女实为模仿之人，常以督率之人之一行一动为模范。故必先力自慎重，凡待人接物、言论思想之高野，苟期其子女如何者，则如何之。吾为此言，有问者曰："如子之言，人有子女，不啻笼鸟，不亦太束缚乎？"曰："此固视人之希望如何耳。若所期者仅为半截之人格，或腐败之人格，则家庭教育固不妨持落托主义，如我国国民大概所受者然。为母者，即以西洋妇人之酗酒、日本妇人之卑鄙、江浙妇人之娇懒、苏沪妇人之赌博、贵族妇人之放逸，数者备行于一身，亦无不可。且亦知学校之设校规乎？似亦至为束缚人者。然自好学生视之，固无所苦，盖其举止自动合乎规则也。人之所以视为束缚者，以无自然动合乎规则之道德、眼光、知识，则知子女之束缚人母，虞其不克尽责者，惟力增其教育人之道德、眼光、知识耳。"问者唯唯而去。

夫既有教育人之道德、眼光、知识，而具亲切之希望，时时以达此希望为念，则孟氏之三迁，自有视为必不可少之事。而吾知扶兰志斯、苏菲亚、孔孟、华盛顿其人，大半成于贤母之手者。世之人母，有知扶兰志斯、苏菲亚、孔孟、华盛顿者，曷亦希望其子女、教育其子女之为扶兰志斯、苏菲亚、孔孟、华盛顿乎？

——《神州女报（月刊）》（1913）第三期

忠告女学生

今日旧社会之心理，往往不满意于女学生，或谓为借口自由，或谓为习洋文以自炫，或谓为喜作时世装束。有之者虽为少数，而论者每好以少数概刮多数，遂视女学生为莫不如是者矣。此甚望女学生之自慎自勉者也。记者最近闻诸蔡孑民先生之谈女学曰："今日女学正为过渡时代，我人以先觉之地位，居于此过渡时代之中，其责任乃至艰重。一方面当力求前进，革除无理之习俗；一方面尤当体察社会程度，以渐进为手段。普通人情未及见到之事，不可急进以行，必力自慎勉。否则一启社会不信任之心，每易生阻力，转使女学之进步不能得自在态度云云。"夫今日之女学生者，过渡时代之先觉者也。则即能真识自由之界说，则以尚未为社会欢迎之时，亦不宜轻于借口，况识之未真之失于虚浮耶？习洋文以自炫者，国文无根底故耳。然任之国文未有根底，即偏习洋文者，负教育责任者之过也。故我女学生于此固当自勉，而为父母者亦不可不为儿女慎择学权。至作时世之装束一层，则记者有一至浅近之言以为忠告。夫装束为人之外观，而可从之以瞻内蕴者，故端雅朴素者，每使有知识者见而起敬。若彼作时世装者，则幸而博无知识者之一羡而已。此一敬一羡之间，我尊贵之女学生当亦憬然辨其轻重，好为时世装者亦废然自失乎？

——《神州女报(月刊)》(1913)第三期

告主持教育者

教育而不普及，即硕学名彦，时有造就，于国民之基本程度终不为增进。故今日我国既知国民程度有欠，谋所以增进之者必注意于普及教育之真精神，使向之或为经济、或为境遇所困而未逢求学之机缘者均得教养，此所以有心者之日以女子教育、平民教育为提倡也。盖他国恒情，在未文明及度之时，寒苦社会每失教育之机，而我则又具特有之情形，而致全国女子失其教育之机者。故他国之实行普及教育，惟注意于平民教育，而我则不得不兼著意于女子教育也。今之主持教育者,幸致意焉!

平民教育之进行,以义务小学为主,则幼既受学,及其长时,社会自无不学之人。惟目前寒苦社会中,除幼童而外,窃以为有至可悯可虑而不可不亟亟为之谋者,为年正壮幼而求活于劳动之人,当可学之龄,而为境所限,悲孰甚耶!且既无教育,则一旦为饿寒所驱,不为干犯不法者几希。试观今日各地之盗贼扰乱,无非失业游手为之耳。其既流为盗贼者,诚难委还。惟现在之劳动有业者则可以法杜防之,故义务小学可收效果于将来。而多开义务半日学校,或黄昏学校,教授浅近之知识,而专重道德,以为劳动界补习之机,亦未始不可救急于一时。主持教育者,幸致意焉!

——《神州女报(月刊)》(1913)第四期

女界当提倡好学之风

我人求学,固不可离之师傅,第学生时代为期有限,后兹随时随地端在自修,非仅学校为谈学之地,一入社会家庭便可抛弃也。我女界今日得入学校者,按之全体,为难逢之幸福。故在学之时,自当勤勉倍恒,而退学之后,尤应格外宝视此已得之基础,而加之自修,即不幸身主琐务,难亲笔墨,亦当以学问二字为意向所注。乃今有所谓某校学生、某校毕业生者,一离学校则俨然旧社会之少妇。居恒不及于典籍,朋友相遇,所谈者神怪也,所研究者衣饰之时新也,未尝闻及于学。款接戚党,处置家庭,则迷信恶习,无不遵循。夫前此女界混然不学,其意向不及乎学宜也。故凡见识言谈自成其无学之派,致著述引证,一则曰此妇人女子所不若者,再则曰此妇人女子之言也。今以曾受教育者,而所行所道与未学者同辙,此无他,未逮注意于学问之程度,而自主之力未足以敌社会之同化力耳。是所谓邪胜于正也。故我女界于要求平等教育外,宜感发人人倾注学问之心,使成好学之风。泰西女界无不可谈学论道,而研究学术之会社林立者,好学之风为之也,因好学之风盛,而学问之进也愈力矣。我人以女学为希望者,可不务乎?

——《神州女报(月刊)》(1913)第四期

女子承袭遗产问题之商榷

呜呼!今日谈社会学者,方竞倡遗产归公之论,而我侪犹亟亟以研究承袭之问题,其得谓之时乎哉?且我国女子之不得承受先人遗业数千年于兹,国家律法载之皇然(即辗转承继之制),社会习惯牢不可破。今思所以反之,而又出乎女子之口,彼泥古之辈将不为之惊绝曰:“今之女界惟权利是争,好为空前创举。斯乃先圣遗制,反之不祥,则汹汹反对,讪诮相加,又何以逃。”故记者平居虽尝与友人抵掌剧谈,而卒未道只字者也。顾社会学说既难定实行之日,遗产承袭即未知废止之时。而事有必至,理有固然,此不公平制度终难服人。虽人自立是尚,何需乎遗产,特男女等血胤耳。女子既无不可为后嗣之理由,即无不可受遗产。今不以女子为延祚之人,遂于家庭之间备受歧视。充极为父母者自私之心,男子子必冀其贤,女子子则无关于世系,而可吝与以教养矣。是我国重男轻女之恶习,实肇于斯,而女学之废,此亦惟一原因耳。且试纵观社会、家庭之间,因承继法而致骚扰者,岂乏其例?往往有女无男,其家产即为他人应有之资,甚者易箦未竟,而尝鼎一脔,群相争夺,争夺剧烈,至于死者失殓,尸虫达于户外。寻则整产分裂,讼费是充而已,亲族因之失和,家业因之扫荡,风俗凋败,孰逾于此?是我侪所不能默然者也。

考彼西洋各国承继之法,类不屏弃女子。子女并有者,其资产或均分,或略别轩轾,或仅授之子,至无一定,各惟遗嘱是准。

惟无子而仅有女者，则惟女袭之，又若子女并无者，则依亲疏与意愿二者以择后嗣，或男或女，均无不可。非若我国承继之法，既重亲疏矣，而又舍亲以求疏。亲者或为所爱，疏者或为所憎，而又舍其亲者爱者，以授之疏者憎者，颠倒离奇，不可究诘。推其原因，视男女非同等人类耳。女子虽同为父母遗体，初无罪眚，而为父母者若耻其为后裔者，必得须眉者称子称孙，则死而瞑目，泉壤增光。虽气类非同，感情不属，或且以半生血汗之资供挥霍之囊，亦所甘心。噫！男子之贵乃至于斯，无责其对于女子，俨然有居高临卑，有吾无人之概矣。

虽然，亦律法与习俗所范围，考父母者之本心，或未必然耳。夫私其所亲，人之同情，而家产遗传之制，纯为人类自私之现象。则遵其本意，自为至亲是遗。故舍女而及他人者，于一方面既剥夺女子应有之权利，于一方面且与遗产之本意相刺谬耳。或曰："女子有婚嫁关系，适人而后终属异姓。男子承继，始克保存姓氏。"夫世系追溯，在乎血胤，非为形式之姓氏，不然，同姓何以有不宗？且西人父子易姓，亦未闻以斩宗目之。苟世界之上遗有血统，即为后裔不绝。若以旁支族人为嗣，虽血脉有通，卒非吾系，则较之直接关系之女子子所出，其亲疏虚实为何如耶？抑有进者，人之遗后，非仅在他日之绵续不绝而已。贵有可为先人光者，则对于世界有以自慰。而长老说古，稗史记述，每颂祖德，然荣既有之，辱亦难逭，则转不若姓氏不一之为隐便也。况乎我国俗尚偶然有所谓招赘例者，则姓氏亦依然耳。尚何惑哉！综上所云，因我国古制之不列女子为承继人也，其影响于社会心理、女子教育既如彼，而家族间之纷纭不便复如此。特习惯既深要使国人习焉处之，而难鉴其弊，实则未尝不隐为社会进化之阻力者也。我国风俗制度之不得当者比比，其影响于社会，适如丛病之集人身。然吾见医者之于丛病之夫矣，苟可为力不使纤病是去，盖减一分痛苦,即复一分玄气。改良社会之道亦若是而已乎！故家族承继法之当然修改也,女子非不可不受遗产,而不可不得为承继之人。惟我国旧习与各国有殊,享受遗产即为承继先业之代表,故我所云女子承袭遗产问题者,就其连带者而云然耳。

——《神州女报(月刊)》(1913)第四期

祝宗梁

祝宗梁(约1880—?),河南固始人。出身书香世宦之家。夫林传甲,侯官(今福建福州)人,著名学者。1905年祝宗梁随丈夫奉调,从广西赴黑龙江省城齐齐哈尔。1906年与丈夫在齐齐哈尔创办第一幼女学校,为黑龙江第一所女子学校。祝宗梁志在女学,先后担任幼女学校、女子师范、女子两等小学堂、省立女子中学的校长。编有《龙江女学文范》等教材。

由黑龙江入京师旅行记

余自齐齐哈尔晓发,亲友学生聚于车站送别,挥巾脱帽,黯然魂销于道左矣。余居卜奎十年,而一旦舍去,辞北门之管钥,就南陆之轨辙。东湖别墅,攀堤柳以萦怀;西路江村,饫膏粱而饯远。当时幼女,今朝已作人师;边徼编氓,近岁渐开学校。愿功成而身退,惧名高则毁来。幸先茔之粗安,恸邦家之多事,激发远志,将赋周游,遂自兹始。此地在黑龙江省城正南,十年前之荒壤,古冢累累。及开埠以来,南城以南迤逦数里,皆新开世界。余虽力薄,不能多殖产业,然犹有劝业场二十间,屹立乎南城市场之西焉。天甫向曙,电灯犹明,遥望外交署高楼,国旗高举。日本领署之旭旗,高举于其南,俄国领署三色旗,高举于其西。公园未雨亭,卓立于高峰之上,为一城名胜,周天门、张桂林觞咏之所也。汽笛一声,火车遂发。车厢既小,坐位无多,盖此为齐昂铁路,为程雪楼将军以八旗生计之款筑此,系德商泰来洋行承办,本城八旗父老任总协理焉。余亦购此铁路股票,虽不获利,究竟系吾国自办已成之路,较之他省糜款多而未成者,不犹愈乎?车经梅楞屯,有女子小学,门下士戴振基、李天职夫妇所经营。江省女学多以夫妇同负责任,自愚夫妇为始。今愚夫妇连带辞职,即所以明连带之责任,并望及门弟子中夫妇同负责任者,知责任无已时,不以去就易其志也。梅楞者,蒙古官名也,江省南抚内蒙,西连外蒙。余设兹校及发起多赖温和、泰来、肇州、肇东、安达各女学,皆在东蒙古哲里木盟境内,视汉蒙女同胞宛如姊妹娣姒之在一家也。又南过五福玛,俗名乌虎玛,变乌虎为五福,从学校之称也。往者土人之名,多不雅驯,自有乡校,即从新称,如卧牛土之改名卧龙乡是也。春秋大同,夷狄可进化于中国,北貉旧壤,易曰龙江,亦进化之景象欤?愚夫妇之来也,尚无齐昂铁路,乘牛车,冒风雪,旋转沙涡中,饥寒彻骨。偶憩于五福玛之茅店,餐牛肉干饼,若天厨之馔,所谓饥者易为食乎?车小住,即行,转瞬抵昂昂溪中国车站,在红旗营,犹系华官主权。易马车至昂昂溪,则俄人所谓齐齐哈尔车站,东三省铁路图亦从俄人名称,其实距齐齐哈尔已四十五里矣。齐齐哈尔本系站名,在嫩江之西,今日称为齐齐哈尔屯。清初三贝勒芥尔古泰用兵于此,乘坚冰一夜渡江,营帐全徙,蒙人以为将军从天上来,遂有风吹卜奎之神话。此后蒙古人遂心服清室,若有天命焉。今一名而化为三处矣,改设行省以后,电报局仍用齐齐哈尔原名。吾国政治不画一,此其一端也。至此则江省所发广信公司官帖,即不易通行,向俄车站购俄车票,必以俄币,俄语谓之卢布,俗语则谓之羌帖。盖俗以俄为西羌,谓之老羌,羌帖之名,由官帖、市帖而推言之,北方不称票而称帖也。既登俄人火车,是为东清铁道,清已亡而名未改,其实权则属俄人。俄兵驻此者夙称劲悍,今则精锐皆调往前敌,代以老弱,持洋枪侧立,如拄杖然。车轨广阔,与西伯利亚合轨,工坚料实,不愧泱泱大国风也。入客车,见有不买票而登车者,伏匿三层床榻之下,查票者不之觉,而管车者因以渔利。俄国人之舞弊更甚于中国,亦由教育不良,未能普及也。东经烟土屯,属林甸县,康熙时建义侯林兴珠驻军之处。闽人水师营立功塞外,自兴珠始。今女师范之林英、女中学之林森,皆闽裔也。建义世泽,不亦远乎!又东有珰鼐屯,有盐池,地含碱性,荒莱未开。又东为安达车站,距安达县尚五六十里,即谙达俺答之转音也,有铁路交涉分局驻此。修铁路时,俄人出资,由中国设局,则当日中俄之交涉可想见矣。又东为满沟站,俗名甜草冈。南赴肇东,北赴兰西,皆产粮重地,豆麦输入欧洲,皆由此上车。今年龙江道立师范学校设于肇东,是为实行以道区为师范区也。又东至对青山,地属呼兰县,陆路半日程,是以呼兰人晋省,皆于此上下。今呼兰水灾,陆地已行轮船矣。过松花江大桥,横亘若长虹,为此行最长之桥。其下有轮船往来,俄国船凡数百只,直达黑河及伯利各埠,出海通库页岛。吾国吉江轮船不过数只,往来松花江、嫩江、呼兰河而已。过桥为哈尔滨,即吉林之滨江县。洋楼高耸,烟筒吐烟,皆火磨面厂居多。华人王允升新营洋烛厂,曰丰顺制烛厂,资本只三万元,一年而赢利四万元。可见吾国工商尚可自立。惜哉!主权半属俄国。入其市,驶快车一周,恍如身在欧洲大埠。盖招牌街名皆用俄文,华工华商亦操俄语。公园之中演俄国剧曲,然有一华商而娶俄国女子二人为妾,亦相安而生子焉。车站附近有俄国女子商业中学校,学生五百余人。是以俄国商店无不以女子司簿记者。车站有卖①书报者,售咖啡面包者,亦女子也。食西洋大餐,举箸之间,每人二元,可见欧洲生活程度之高,传染入满洲矣。午餐后,车首向南,由干路折入支路。经双城,昔为府,今改县,曾设女师范而中辍。其南有老少

---

① “卖”,原文作“买”,据语义改。

沟,形势险要,有小轮船通吉林,方吉长铁路未通时,吉林以此为出入孔道焉。入吉林境,禾稼比江省加高,天暖地腴,得于自然界较厚也。夜车不息,遂至长春,长春为日俄铁路之交,又为吉长铁路联络之点,居哲里木盟之适中,蒙古放荒后最繁盛之处。教育部拟设高等师范于此,以培东三省中学师资,至今未能举办。奉天师范虽有专修科,然偏于南满,不能兼顾吉江也。长春以南,购日本火车票,必用日本老头票。俄人屡败,羌帖大落,日本战胜青岛,则老头票涨价。昔年羌帖,每元银六钱余,抵我一元二角有奇;今羌帖每元,只抵我八角有奇。观于商行价值,可知胜负之数矣。过冒图小息,求中国食物不可得,不得已食东洋料理。便当一匣,白饭如雪,其冷如冰,鱼肉皆作甜味,犹想见东瀛留学界之状况焉。沿途各小站皆有儿童负帙上车,男则青衣,女则紫裙,一望而知其为学生也,至大站,则下车,鱼贯以入小学焉。交通既便,学龄儿童可通学于数百里外。在车中儿童活泼异常,歌词不可尽解,有最沈著语,则曰“南满南满是我乡,我之父兄死战场”。呜呼!日本人视南满若己有,火车两旁无华人商贩足迹,可不惧乎?过开原铁岭,望见民居栉比,不愧大县。每县各有小学二三百处,各设师范中学及女师范,殆由受激刺愈深,则进化愈速。多难兴国,殷忧启圣,其斯之谓乎?至奉天,为前清陪都,东三省总督所驻,省立师范凡十七级,中学逾七百人,省城小学满五百人以上者六校。女子师范用男教员,视江省程度较高,惜无女子中学也。次日登京奉快车,俗人犹呼车站为清国车站。两日以来,周旋俄日之际,碧眼红裙,语言各别。入中国车站,即见中国食物,杂然在前,卤鸡油果以当晨餐,恍然若出洋回国者,土物可爱,油然生爱国之心焉。车首西向,过巨流河铁桥,平地泛溢,见电线上悬有萍梗,可如前日之水势。火车至此,不敢急行。护路绿杨,保持堤障,为日俄铁路旁所未有。静坐车中,但见万树退飞,日影历乱。过锦州,有农业试验场,当铁路旁,天更暖,地更腴,禾稼更高,胜于长春以北矣。有农夫自开鲁朝阳来,知热河所属,移殖之盛,胜于吉江也。至山海关,从前关内关外之车,至此小息一夜,今慢车亦至此小息。望见群山万壑,从太行来,向医无闾而去,以达长白兴安,屹然为三省之镇。关城负山带海,明清之际,用武之国,今飞车往来,成坦途矣。临榆县治此,空气高洁,有汽水清冽,饮之可以涤烦。在卜奎久病,至此呼吸海气,复饮清泉,沈疴遂爽然若失。经北戴河,西人避暑者皆回京师,则西医换气之说可信也。滦河桥梁巩固,风帆上达热河。多伦,元之上都河,通漕运焉,足见东蒙文化与直隶有密切关系,唐山路矿专门学校毕业生多有实用。粤人在此自成一街市,是以交通部中粤人之权颇重也。芦台附近有制盐厂,风轮自转,吾国旧制之适用者也。至塘沽为海轮停泊之所,北洋之门户也。至天津,为直隶巡按使所驻,辽金时不过一荒陬,明人设天津卫,渐因海运河运之交,日臻繁盛,升州设府。通商以后,形势重于保定,直省遂由保定而默移于此矣。由津入京,车首北向,车中人数骤增两倍,几不可容足。至丰台,有岔道通京张铁路,互相联络。畿疆附近,禾稼弥丰,南苑官荒,都成熟地,村村相望,树树相连。至永定门,过永定河,此唐人所谓无定河也。昔者范阳为边镇,今则燕台为中央矣。穿城隙而入,庚子联军所毁也。当铁路初兴,由芦沟桥达汉口,谓之芦汉铁路,不敢修铁路于辇毂之下,则当时在朝君臣,其愚骇殆不若今之孺子也。庚子肇祸,不亦宜乎?车过崇文门,至正阳门而止,于是乎京华气象在目前矣。正阳门方拆城,以联合京奉、京汉两线,在奉可购通票赴汉口。既至京,则小息焉。此行不过三日程,黑龙江省距京驿路不过三千三百里,然铁路则环东南西北四面,车首方针四易,而后达焉,实迂远五千里而遥。不过铁路甚便,驿路甚艰,人皆避难而趋易焉。若由通州北修铁路,经热河,过洮南,至齐齐哈尔,成一直线,则两日可到京师,不必绕道于日俄。惜京热洮齐,空成计画,尚得谓交通便利乎?呜呼!黑龙江昔为遣戍之地,人皆视为畏途。十年前日俄战事方终,愚夫妇仗剑出关,其时仆从皆不肯同往。今则日俄同盟,快车联络,东三省虽在关外,然京师一日至奉天,二日至吉林,三日至黑龙江,冠盖往还,无异畿辅。黑龙江省城,马路、洋楼、汽车、电灯、电话,一切文明外表颇能摹拟京师。历任黑龙江长官及属员,由黑龙江入京师,皆能自见。京师女学界服务于卜奎者,亦十余人,则此路之往来亦寻常事也,每人车费总计不过三十余元。东北地满,有待移殖,余以投荒日久,见闻寡陋,重瞻京邑,无异乡人入市。都人从余谈边事,访旧途,余喜国人之好远游,亦乐于讲谈。南人入都,每嫌物贵,然东三省则更贵;南人入都,又嫌天寒,然东三省则更寒。于是有惮物贵天寒不敢出关者,则告之曰:"物价贵则农工商之利多,官吏之薪厚;天气寒则御寒之器尤精,在家拥炉,有严冬著单袷衣者矣。"北京者,辽之南京,金之中京,元之大都,明人始定名北京,清人则称为京师,不称北京。盖汉满蒙中心点,距回藏稍远。今日塞北正待开垦,则此地宜名曰京华,不可学明人都北京,弃三卫于塞北也。自北京以北,北极更高,北风更厉。然在黑龙江之南,想黑龙江北,俄人犹且经营,便觉一缕热心可抵结冰点以下之寒气十度。余在北京,不衣裘即表示北京非中国北境,即所以保固中央也。海内同志,当有味于斯言。

——《中华妇女界》第二卷(1916)第一期

与龙江女弟子论北京女学书

鄙人自别卜奎,南入榆关,方拟北出居庸,拼挡蒙事,适因京师展览国货,偶尔句留,遂参观北京各学校。乃知都中女学虽盛,然以北京丁口二百万之众，与卜奎丁口五万相较，虽卜奎女教尚未普及，已有女生千人，则北京应有女生四万人，合于四十倍之数，始足以称之。现计京师公私中外各女校不足三十余处，学生总数不过六千余人，仅比卜奎多六倍，虽多而未之多也。公立女校，如部辖女子师范学校、京师学务局设之女子中学各小学，皆以男子为校长，惟私立之尚义女师职业学校，培根、振儒各女子小学校，乃以女子为校长。吾国都城所在，宜有女子大学。中国学制尚未及此，而美国教会所组之协和学会，已设协和女子大学校，附设贝罗女子中学校，另设协和女子医学校。北京女学程级以协和为最高，不独英文、算学也。中国学校废经而后，男子且不读四书五经，协和女校于幼稚小学亦不读经，而女子大学则以《论语》《孟子》《春秋》《左传》《周易》列于国文。吾悲吾经科大学之辍，他日当求之于外国女校也。教会设学，宗旨无非推广传教，非耶教之女生，在彼教学校毕业者甚少。星期日祈祷悔过，究胜于放浪闲游。吾国欲学生勤学修身，何若星期日讲演孔教经书大义，俾《周南》之化，《内则》之法，永永不敝乎！教育部令明明有女子高等师范之规定，然北京女子师范学校尚非高等师范也。虽请设专修科，亦以财部为厄，尚未能举办。京师女子师范本科四级，豫科一级，讲习科一级，与各省女子师范无异也，不过任用男教员，科学程度较高而已。最新设备为烹饪教室锅灶、橱柜、碗箸等，无不清洁。然每星期只实习一次，于家政仍无大影响。此项实习生置之家庭庖厨中烟薰油炙之处，恐不能实施也。私立尚义女师范学校，每月补助不过百元，教员皆尽义务。每当国立女子师范招生，则私校女师范生纷纷应试，程度稍高者自易取录，于是私立女师范一级仅剩七人耳。合京师公私两处女师范额数，仅比卜奎多一倍，亦未足多也。公立女子中学校有中学本科三级、附属职业科一级，其校舍设备仅仅比于卜奎，学生皆不寄宿、不寄食，与我宗旨相合。每学生一人月纳学费一元，则卜奎一时办不到，将来必须办到。现在教令中学校应设豫备学校七级，龙江女中学先有豫科，教育部认可，余因事实上必需而设之。京师公立女中学尚未及此。私立女中校为女子法政降格改办，只中学一级，学生十二人，附有高小一级、初小一级，级数不能相衔，经费支绌，恐难久支。然高小学生毕业者日多，则女子中学当然按年添班。若此校不支，将来公立第一女子小学，必升办中学而拓充名额也。公立第一、二、三、四女子高等校，及国民学校六处，其班次在七级以上，设备比龙江县立第一女校为完善，然男子为校长，终不免隔阂也。私立女子小学级数不多，有名两等而仅有学生两班者，如觉民女学、立强女学之类，精神形式多无足观。初等级中或有年逾廿岁之妇人，其教员则有高等小学毕业生充数耳。财力不给，则四出募捐，已成弩末，大有欲罢而不能之势。其能推当道夫人为名誉校长者，则筹款稍易耳。女子职业学校只职业一级，附初、高各一级，与卜奎女子职业学校人数相若。视日本女子职业学校人数逾二千者，瞠乎后矣！民国以前，二龙坑尚有女子蚕业讲习所一处，今因款绌，停闭久矣。首善第一女工厂出品颇能适用，附有初等女校，资本充裕，视卜奎爱国女工厂为优耳。京师第一蒙养院原系私立，章仲和总长夫人主持之，不在京师地方教育行政系统之下，查学员亦不敢查。欧美幼稚园为贫民计，吾国蒙养园则贵胄学校之流。院舍崇闳，院生皆以车马送迎，红墙绿树，宛若宫府，而名额则寥寥焉。中央蒙养园附于中央女学校，校长王昌国，湖南醴陵女士，在女子参政派中最为稳健者，作事亦有秩序。女子法政不成，则退为女子中学，又不成则退而为高等小学，又不成则专办国民学校，附设蒙养园，精神团结，好整以暇。张季端学使送其文孙数人入中央蒙养园肄业，可见王氏品学足以见重于老成人。每月所得补助费不过百元耳。总之北京女学课程因师资易得,是以高等女子小学级有老翰林教国文,大学生教算学,当然比卜奎程度高。且男教员到校既多,相习成风,自无嫌疑臆说。各女生衣服亦多朴素,走读者或不乘车。然女子师范中学之体操,究不如卜奎远甚,且未习枪操,猝闻卜奎女子兵操,若视为最新最奇者。龙江边壤,其俗尚武,即此一端,亦见军国民教育精神,足以自豪于各省也。余既遍观女校,复观各男子学校。男女合校合级者甚多,总以合校异级为正办。北京师范学校附属小学以二部授男生,单级授女生,洵可为法,究不若江省师范附属小学以女教员授初等第一、二年级尤为便也。至女教员任专门教员者,于中央法政专门学校见女教员二人,一德国妇人授德文,华人胡钧之妻也;一美国妇人授英文,华人刘成禺之妻也。以欧美人入我国籍,遂握我专门学校教鞭,则欧美女子之盛可想,世界大同,此其权舆乎?从前奉天女子师范多用日本教员,北京亦然。今则中国女子毕业生日多,手工、音乐、体操等科均与日本无异,是以日本女教员亦期满辞退,果海关、邮政所用客卿皆如女教员,华人庶几自立乎?北京教育界多兼任教员,按钟点给薪水,几如酒醋零沽。教员但负时间以内责任,摇铃时或未到,升堂后仍点名,耗其多少时间,每一小时实际不过得其半耳。近日教育部议禁行政司法人员兼任教员,事实上尚多办不去。女校薪水较薄,且有义务职,不支车马费者。于是女教员摹部员兼差之风,亦有一教员兼公私三四校者,终日奔驰,营营逐利。于是乎学生之视先生,为每钟一元二元之佣保,无复有尊崇敬畏之心。自问在卜奎办女学十年,尚无此习,不愿此后有此习也。北京社会奢侈,征逐最多,第一文酣武嬉,几以听戏为正当之功课。民国以前无坤角入都,物价尚平,今则百物皆昂,女优薪水有多至三千五百元者,比总长官俸三倍有半。于是北京中下等人家歆羡其利,有送其女子学戏者,且昌言前清世爵翰林亦且唱戏,世风日下,无法挽回。若夫女子有专门医学,行道于北京者不过四人。此外女子营业,若玉姮照相馆、润身女浴所,皆谢绝男子而独立者也。近日京师命相之术盛行,有纫兰女史者,以课命言休咎,生意亦佳。惜不知经营生计之正道,如东西各国女子专精簿记,为商家管账,尤有益于经济也。尝往农业试验场、中央公园花木繁盛之处,又往东安市场、劝业场商业繁盛之处,皆见游女如云。若蚕业试验场、棉业试验场研究科学之处,惟西人挈孥偕往。中国女子学力不及此,男子学力亦不及此也。武英殿古物陈列所,有明清景泰蓝、珠玉树之类,游女亦多往观,虽每人瞻览费一元,亦所不惜。若交通博物馆陈机械、电线、铁道、桥梁种标本,则游女不之顾,游士亦不顾也。北京教育会附设京师中小学校成绩室,教育部发交儿童艺术展览品,每星期二日,略有女子入览,皆女校之教员学生,而寻常妇女亦不之顾也。游士入都,奔走利禄,于教育品亦不之顾也。呜呼!中国日趋于空疏,日趋于无用,日趋于奢侈,皆游士游女之咎也。鄙人虽负艰苦卓绝之志,南行不避烟瘴,北行不避冰雪,凡苗畺、瑶峒、达呼哩、巴尔虎之人,无不可感以赤诚。惟此北京之社会,则明知危亡在旦夕,而酣嬉如故焉,斯则不敢久处而欲投蒙荒以自奋也。万里驰书,布告诸弟子,各求实学以自立,则鄙人虽去而化身千万,仍在黑龙江上也。源之远者流自长,根之深者叶自茂。江省女师范阅十年而始毕业,学生既足自立,创始者即可引退。盖草创粗材,只能自无而有,由少而多,至于修饰润色,则继我后者其才十倍于我,必优为之,教育事业空前而不绝后也。回忆三间茅屋中,与诸弟子讲授伊始,黍稷馨香,菜羹共味,无仆从执役,而诸弟子洒扫必勤,风雪无间。今楼阁高擎,电灯光耀,庶事有员,服劳有媪,龙江进化,已成安乐之乡,岂忍轻去哉?日本人福岛辞关东都督曰,若已成事,可让后贤,有经验者,须另营未成之事业,盖意在蒙古也。日本人志在蒙古,吾国教育家志不在蒙古,谁与启蒙乎？今蒙古教育研究会积极进行，建议事项，多所规画。虽成不成未可知，然如十年前之黑龙江，岂能梦到今日之进境乎？余是以不办北京之女学而爱蒙古之小学，库伦都护犹载商馆教科，从吉张绥热三十县已次第调查，仍冀学校自无而有，由少而多焉，虽总长三易，吾之宗旨终不易也。北风早寒，霜雪戒途，有志者各自勉旃。

——《妇女杂志》第二卷(1916)第一号

与龙江女弟子论察哈尔女学书

鄙人去卜奎半载矣，长安虽好，不欲久居，恐过于安逸，不复能耐边苦也。蒙古之行因国体未定而暂缓，及国体定，遂决然北行。出西直门，经颐和园之跸道，前清慈禧皇太后以海军经费营此，乃致甲午之败，复致戊戌庚子之变，终成辛亥之革命也。至车站登车，循京张铁路以北，经清华学校，留美豫科也。吾闻美国自小学至大学，莫不男女同校。清华不收女生，于是女生官费留美者甚少。至清河沙河，时已冬至，流水未冰，足见北方地气渐暖，无异黍谷春回。太行山色愈看愈近，远峰积雪，上浮云端，晴日折光，望见五色石，如娲皇炼出，与国旗辉映。车至官沟，景象益奇。万里长城或断或续，烽燧斥堠，遗迹荒凉，峨峨群峰，不见一树，盖明人防边所伐也。穿居庸关八达岭山腹而过，幽冥黯淡，想见开凿之难，吾国工师詹天佑所成，不假手于西人。此路为吾国最完全之主权，无复南满东清之感触。出险以北，是为康庄，货车接轸，载马牛猪羊南下，商肆亦盛。又北经怀来，即慈禧敝衣徒跣、豆粥难求之处也。晚过宣府，夕抵张北，暂寓金台旅馆，名称价值设备饮食埒于京师，惜乎学校教育之程度不能如此也。察哈尔都统、兴和道尹、张北县知事，皆侨寓直隶万全县境。所有察哈尔行政机关，如财政、军政、审判、垦务、巡警、学校，亦在万全县境办理，须出大境门外，始为察哈尔辖地。方明之季，恃插汉数十万之众，以御满洲数万。然林丹汗自覆其军，于是有清徙其人，空其地，另招内蒙来附之人，编察哈尔八旗，隶于内务府，别设牛群、马群、羊群及太仆寺牧场，以储上驷。但都统限于旗缺，不能提倡教育，虽商业殷盛，而庠序无闻。幸直隶省曾设张家口、独石口、多伦诺尔三厅于察哈尔左翼，山西省曾设丰镇厅、宁远厅、陶林厅于察哈尔右翼。近岁复设兴和厅，居七厅之中，内务部遂用以为道尹之名，合左右翼而成一特别行政区域，并兼辖锡林郭勒盟十旗焉。莽莽风沙，文士罕至其地，虽七县共有小学百余，直私塾耳。是以全蒙教育会，对于全蒙教育以师范为根本之根本。首以传习塾师为亟，次以讲习蒙师为要，终以完全师范为归宿。至于女学，则著手比龙江更难者。左翼女子已染宣府缠足之风，右翼女子亦染山西缠足之俗。今左翼区域只多伦县立一女学，系教会女学毕业生办理，知有宗教，不知有教育。右翼区域，只丰镇县立一女学，系一年近七旬老塾师教授，亦不知教育为何物也。吴县陈钝子先生，审判处周健龙处长之德配，办理女学，开通风气，具有经验，至察哈尔逾年，亦未能著手。直隶万全县，在张家口书院街立一女学，延怀来某女士为教员，经费支绌，形式简陋。学生三十人，诵国文一册至五六册不等，十年来无一人毕业，来学者则以车送迎，因缠足也。西壑子美国教会亦有女学，仅有女生九人，诵国文第七册而已。偶见国民小学中，有垂辫戴耳环儿童，疑为女生，既而询之，则男生也。塞北蒙人多不肯剪去发辫，而富家男子宝贵者，则穿耳以禳不祥，或以禽兽之名为名焉。民智不开，可发一笑。市圈为旧日蒙俄通商巨埠，不许女子插足其间。而沿途车旁，常有妇女追随乞钱，不事生活。欲雇一媪，以代操作之劳，则月索佣资五元，不肯煮饭洗衣。可见此邦妇女之懒惰，不易教导矣。妇字从女从帚，则箕帚为妇女之天职，与小学之洒扫义本相通。十数年来，都会商埠之女学，程度愈高，愈不能操家政，致贻反对女学者之口实，何尝非办理女学者作法于凉也。吾既不用仆媪，而躬操井臼，亦所以示教也。桥东车站附近，若怡安街、福寿街一带，京津流娼所萃，洋货店、饮食店为之附庸，遂别开一新世界，较黑龙江之永安里更有甚焉。凿朴为华，奢侈品流行塞北，他日亦无异关东也。昔年中俄陆路互市，自恰克图、库伦、张家口入京，自有东清铁路以后，市圈贸易遂衰。然俄商枢立洋行，仍夫妇同住张北，收买皮张，无异卜奎俄商秋林洋行，以女子司会计也。余念察哈尔女学，毫无根柢，只好从根柢上做去。劝私立小学兼收女生，遵部令男女同校，早立国民教育之本。劝中学师范生，年寒假回籍，各教其妻女，以为身不行道，不行于妻子，其家不可教，而能教人者无之，借以立家庭教育之基。至于女子师范之计画，则视区会所在而定之。张家口虽不为区会，亦不失一大商埠资格，其贸易之盛，不让东省之哈尔滨。盖张绥延长于宁夏，张多延长于库恰，皆大陆必由之途。俄人经营哈尔滨，设女子中学，注重商业。张家口之万全女学设立十年，尚无高等小学之资格，亦无人为商业中学计画也。现在察区有移治多伦之议，未能遽行。如果移治，则以多伦女学为女子师范之豫备，丰镇女学为女子中学之豫备，亦可导风气之先也。计画定则数年或十数年，亦必办到，未必察哈尔不如齐齐哈尔也。多伦为张库之中枢，内外蒙古集合之场。余方拟遍①览蒙荒，时值巴匪肆扰，镇守远征，未能遍②游锡林郭勒十旗。如果能仿照江省郭旗、杜旗、札旗之设治，则蒙荒二十区女学亦不难成立。但须俟十年中垦务发达，则风气自南而

① “遍”，原文作“编”，据语义改。
② “遍”，原文作“编”，据语义改。

北，亦循序渐进也。边风萧飒，胡马不骄，四野笳声，呜咽悲梗。闻儿童唱蒙古歌，其音节亦与龙江三蒙音节相似，惜无蔡文姬十八拍为之点染。北地膘脂，红颜不媚，几如渥丹。其女衣亦杂红绿，宛如三十年前嫁时衣。猾商以贱价收北京原当旧式衣，出口售之边氓，得利数倍，亦见风气古朴。关东三省，女学并盛，实始自奉天，而龙江继之，吉林富于龙江，亦踵起而鼎立，不过奉吉屡次易人，龙江则一手缔创，略有系统，是以奉吉无女中学及教养院，而龙江有之。今著手于察哈尔，在北三区之南，距京只一日程，亦犹赵次帅提倡奉天女学时也。他日绥远、热河，女学鼎立，亦犹吉江之于奉天乎？则察哈尔所负责任甚重也。察哈尔八旗，汉、满、蒙、回、藏杂处，是以商店招牌或兼书蒙文、藏文。此种办法，卜奎三十年前有之，近日皆同化于汉文。然察哈尔蒙人兼操汉、蒙语，亦汉蒙天然之翻译乎？若夫清真寺、西域楼，其富数倍卜奎，亦无清真女学之兴，是之谓非无款也，乃无人也。蒙古教育会规画全蒙，以张家口为嚆矢。方奉天女学初开，商务印书馆即设分馆于奉天。龙江女学成立较早，则龙江分馆成立亦早；吉林女学成立稍迟，则吉林分馆成立亦稍迟。今年余始从事蒙古教育，并筹张家口分馆之设立。而分馆以成，私心窃祝热河、绥远之女学继兹并进，热河、绥远之书业亦继兹并进，则塞外邹鲁之名，不独著于龙江也。此邦女学需用蒙文，而黑龙江女生能蒙文者，皆各有职务，未能远行。余仍持就地培材主义，以本地之款，办本地之事。余愿以十年心力经营全蒙教育，而后以满蒙经验施之新疆十年，施之青海、西藏十年。假我三十年以营国民教育，为众人所不为，使边地同于内地，女子之学同于男子，庶几酬我二十年前之志也。遂移居上堡之下蒙古营，就新营房以设学校焉，从垦务局请领陶林县属奎腾梁之地，以殖学田焉。奎腾者，蒙语所谓冷也；梁者，蒙语所谓山冈也。此为奎腾宗梁永久之纪念乎？或与黑龙江之奎腾山、奎腾河鼎立而三乎？愚者殖私产以自丰，以为子孙之业，而子孙或不能有，是以清初顾亭林所至必有产业，去则留贻著述以垂不朽焉。塞北地质不如关东之腴，而土厚水深，寻常穿一井，亦须十四五丈，始能得水。择瘠地而处，敢辞开创之艰乎？长城万里，足以回旋，塞外岁除，急流不冻，冬日负曝，与中土无殊，蒙人告余曰，南人带得热气来矣。余亦愿以一片血诚，融化冰天雪窖，则蒙以养正，庶几圣功之始乎？星周成岁，又报新年，诸生其以新事业报我乎？

——《妇女杂志》第二卷(1916)第二号

吕清扬

吕清扬(1881—?),字眉生,原名贤鈖,又名美荪,字仲素,号寒碧山庄主人、齐州女布衣,安徽旌德人。父吕凤岐,进士,翰林院编修、山西学政。母严士瑜,沈善宝外孙女。长姊吕惠如,妹吕碧城。吕清扬曾任北洋女子公学教习兼北洋高等女学堂总教习、奉天女子学堂教务长、女子美术学校名誉校长等职。1935 年东游日本,旅居南京多年,晚年寄寓青岛。其诗词收入英敛之选辑的《吕氏三姊妹集》,另著有《辽东小草》《葂丽园诗》《阳春白雪词》《瀛州访诗记》《葂丽园随笔》等作品。

书端中丞奏兴女学事

我国教育之腐败,至今日可谓极矣。然十年前嚣嚣之论,兴学堂、废科举,今日始实行之。夫兴国要在人才,人才端赖教育,而论者以学堂兴、科举废,遂谓兴国之本可以立矣。殊不知本犹有本,瞢焉未察。教育偏重于一部分,未能普及,而教学者终日勤勤,其效果终乃泯泯,不得与同种同文区区岛国之后起日本互雄角峙于东方,其故何欤?是在不端本之本,而治枝之本也。夫国之本在家,家之本在女,本之本谓何?女学是已。试观五洲之国,女学昌,其国昌;女学衰,其国衰;女学无,终必灭之。此皆有历史可征,非过言也。彼日本之君民,有鉴于斯,视女学与男学等,振之兴之，提之倡之，保之护之，一若慈母之噢咻其怀中之爱儿者。我国反是。一二有志之士谈女学者，闻者必疾首蹙额，相攻而哗，曰：是女权也，乌可兴，兴则吾羁轭之具将焉施，奴隶之权将谁役乎？其创兴者，必多方阻之遏之；其已办者，且锄之刈之，若似莠草之害嘉禾者。而吾政府亦以疲敝之秋，不遑念及，遂漫而视之，一听其销落湮沉，不稍顾惜，不大可痛哉？

乃近者吾驻法孙使，有请兴女学之疏。今兹复有端中丞面奏，力为提倡，当蒙两宫允即开办。端抚并云此番出自宸断，当不虑为众论所摇夺也云云。於虖，此深可为吾女子庆也。虽然，吾重有忧焉。夫我国丛弊之端，首在君民之分太悬，上下之情不达而窒。其间为蠹为奸、病民误国者，惟官而已。是说也，吾不敢谓官皆不肖，其忠勤奉公者固多，而贪污偷惰者亦复不少。朝廷以女学责诸官吏，吾知虽日下一谕，于事无与也。岂不鉴彼各省之男学堂乎？明诏煌煌，饬之督之，其荒僻之邑，窎远之区，有奉旨数年而未兴办者，有仅改书院之名而为学堂者。其教习则啮八股、嚼试帖之腐儒，薪水乃得减之克之。其学生则来去无常、散漫不稽之恶少，自表面观之，固学堂矣。男学如此，女学可以思矣。

或曰：方今时局维艰，百政待举，岂有盈余筹此细事乎？应之曰：否。国家苟不欲端国本、兴女学则已，苟欲兴之，岂必尽需库款，亟颁明诏，严饬各疆臣，无论大小州县，期以一年，普设女学堂，以有司为监督，绅耆为学董。教习则延聘女师，近地无合格者，则聘诸远方，或以耆年有德者暂充之亦可。盖女学初兴，女师殊不易得，数年之后，毕业人众，学堂皆更女师矣。至经费则视地方之肥瘠，拨以公款，其必不足，官为津贴。其校所毋事华美，即以地方之善堂公所为之；其教习则厚以薪金，以示优异。学生则廉收学费，以广激励。学额不可限定，务以多多益善。一年分两学期,一学期学董呈成绩簿于监督,监督于年终汇呈于本省之学务处,学务处复详之京师管学大臣,而为之稽察焉。疆吏有玩忽经年而不兴办者,则严予降革,州县有玩忽不办,或办行不力者,则褫职而严谴之。至绅董,非一人,且人皆有女,未必尽把持公款而阻兴学者。果使有之,当按以蚀款误公而重罚之。其办有成效者,官则奏请升调奖励,绅则荣以职衔匾额,有奖有罚,毋玩毋忽。果如此办法,而犹复曰女学难兴,吾不信也。矧我中国以神明之胄,秉灵秀之资,男女并重,教之育之,而犹不能与欧美文明之邦抗手,同立于天壤之间,而称为完全之国者,吾尤不信也。夫如是,女子既免坐食分利之虞,得为完全之个人,而男子亦已无内顾交谪之忧,可以尽心国事矣。嗟乎!我国溯自往古,非女教之不讲,女学之不昌。曷观乎《内则》等篇,为女子之准则,《诗》三百篇,半出于妇人之手也。乃浸衰浸微,此道湮没殆绝。呜呼!我庄严光明之女界,变为黑黯幽惨之地狱,沉沦几二千年,今日者复由黑黯幽惨之地狱,将还入于庄严光明之世界。其斡旋之功,谁其尸之?其非我明达贤智之端公乎?虽然,倡之者端公一人也,虑或有囿于故见者,于此瑰丽之花方始萌芽露蕊,复摧之拉之。吾安得馨香祷祝衮衮之诸公,尽化而为端公也!吾又安得馨香祷祝,煌煌熵熵如锦如荼之女学,早日浡兴也。斯岂仅吾女子之幸福哉?鄙人苦未读书,有志向学,闻端公之奏而喜之,爰以书此。至所议之当否,命笔之拉杂,所不计也,伏望热心女学者鉴察之。

——《大公报》(天津)1905 年 11 月 30 日

人间最乐之生涯

莽莽芸芸,尘海扰攘,贵者营其禄,而贱者趋其食;富者劳其神，而贫者役其力。孳孳而往，以毕其生，不啻时计针格，格之运行，无或一杪稍停也。美丽山河，庄严世界。嗟！嗟！登崇而远瞭，何一种阴霾惨雾，酿成吟呻痛苦之人间世乎？然而生于斯者，虽曰天上天下，惟我独尊之人类，自谓享极点之幸福。而为天之骄子者，自吾观之，直蠕蠕之可怜虫耳。跂足而望，引领而欷，安得觅片席之清净土，以憩吾尘嚣倦厌之余生。邈漠天空，飞丸若织，此星球尔也，彼星球恐亦尔也。吾将焉遁乎？然吾人于焦苦之极，效阁龙之探险，能于脏肮腐浊之界，独辟优美黄金之境。若田家之于粪陌，旁择隙地，规为小圃，编篱莳竹，花也，木也，蔚然成丛，而偃息其中，聊以卒岁。呜呼！此何境欤？是吾中国之新大陆也，是即今日之教育界也。

教育也，才能制造之料也；学校也，知识出产之地也。适从何来，遽集于此？吾人得入为学生，已窃深幸。矧为学生之教师，造就国民之人格、之智能、之道德，无上之权力，悉操之于吾人之手，而无上之荣誉，亦悉飨之吾人之身。彼尊崇之官吏，猗陶之巨商，其视此何若哉？夫此最厚之宠赐，吾人欲谢而莫知谁何也。然而权利与义务相对待，有义务而责任出焉。学校，公圃也；学生，未茁芽之种子也。持此一握文明种子，而播种之，培植、灌溉、调护，一有不慎，使其蟠曲而生，凋零以落，不得绽璀璨之花，结硕大之果。吾为此喜，吾又为此惧。虽然，是有术矣，鼓千百吨煤力蒸汽极度之热诚，倾注于学者之身，设使启迪之方虽未尽善，或亦不致尽误后生，而为学界待罪之公仆也乎！

女子天然富于感情，性质之敦厚，思想之绵密，诚优胜于男子。且其爱情之醲郁，尤为无上之美德。爱者，实群德之母。苟爱之不挚，则意志不坚，万事不足以立，又遑论乎公私之德乎？今试以二端征之。其爱一己之厚也，则修品洁行，必无微芥之疵瑕，超入完人之圣域，而后俯仰无惭，悠然自慰。又若之于学也，弥沦之爱,充斥于脑,笃嗜之心,由斯而生,其艺之不精,未之有也。是以教之最易感受领悟,修业之进步,有如春草之滋宿雨,一夜怒发,新绿芊绵,弥望无既。其于师也,苟受热诚之感力,则倾其爱慕以赴之,非特无冲突之患,而于教授,尤称便利。女子为国民之母,先铸母仪,而佳儿之模范以成。为女学教师者,既占平和最优之位置,复执最先之教育权。凡一国之民,莫不自吾人之手,卢牟而亭毒之,以作教育之基本,而为立国之原素。其化育之功,有不欣然自得者哉?

人之不能孑然孤处,块然独存,必也群积而居,然后遁其枯寂淡漠之乡,而得生人之趣。不观夫鸦军蚁阵,觅食止宿,必相召集。矧人类之至灵,泊然而无乐群之志乎?家人之聚集,社交之组合,均少数之团结,未必日接亲密。且也骨肉之情话,友朋之往还,均有时而尽,何如知识授受,日相讨研,为乐之畅乎?又何如聚百十灵颖温顺之女学生,日与切磋学问,为乐之更畅乎?授课振铃,诸生鱼贯入讲堂,而寂静之中,但闻革靴橐橐之响,淆然一片。既入,石笔磔磔之声砉然满堂,文明现象陈之眼帘,使人心神愉快,发高尚之美情。呜呼!极乐之生涯,吾人实独享之。他日虽出此学界,而一幅纪念之美撮影,历久印之脑海,萦萦而不能暂忘者也。

——《大公报》(天津)1907年6月17日

万泉河放舟记

茫茫堪舆,森森象有,而颀圆趾方,戴天履地,所谓参三才合四大为万物之灵者,蠹于其间,矻矻兀兀以劳其生,悠悠忽忽以穷其年。其由来莫究,其归极不知,夫亦何乐之有哉?顾天心仁爱,非尽刍狗置之,是在人之善择以纾其忧劳焦思之苦,而俯仰自得,左右逢源,会心处固不在远耳。试观清丽之山川,娟媚之花草,何一非大块之文章。苟吾之善为拾取,则流水行云,落花啼鸟,半林黄叶,一抹红霞,何在而非写我之幽襟,供吾之玩赏。风光笑傲,云物游观,悠悠天壤间,实一绝大俱乐部也。

予性喜游,每遇名山水,登临玩眺,乐辄忘归。窃尝抱环游地球之想,宗悫长风,徒负壮志,不克达其目的。岂苍苍者,故缓□其期,使他日获愿,愈觉其兴味之美乎?顾年来奔走学界,以尽个人之天职,孜孜日鲜暇晷,春秋佳日,虚掷为惜。然于万冗一闲之际,辄作谢康乐之流连,借以纾其积悃也。今春将来,辽沈友人咸泥其行,谓该地枯窘,恐非吾子之所宜居。然而事势有不可拂逆者,姑勇往焉。既至,访寻名胜,冀作意外之遨游,而闻者无以应,寂寥嗒丧,兴味索然。

昨承同校友人召,作万泉河之游。万泉河者,俗呼为小河沿,沈阳佳胜之中心点也。面积虽不甚广,而菰蒲夹岸,鸥鸟亲人,一水潆洄,深入莲潜,洵憩息尘襟之清凉世界也。于时斜日薄山,新蟾浴水,扁舟一叶,欸乃中流。或入荷汀,或维柳岸,一任櫓人之所止,而舟中诸客杂坐,谈笑尽欢,清兴娓娓。当斯时也,予情思徜徉,超然物外。忽触忆醉翁亭山水之胜,风景之幽,脑海里一帧小撮影,顿现于想像中。此际虽身历万泉,而神游琅琊,恍惚间万木郁葱,千峰曲叠,湿云生袂,凉绿侵肌,栩栩焉而有还乡之乐。盖予家永阳,距滁四十五里,频临之地也。正神思飞越间,忽数声啼鸟,俨如梦醒,则藕风蘋露,时送微凉,纵目游观,固仍万泉之佳景也。

噫!真耶?幻耶?岂一身而历两妙境耶?嗟彼醉翁当日之乐,恐不及吾今日之乐也。已而暝色苍茫,西北之楼阁隐约,烟树间模糊不可辨,但见星星灯火,点缀于远近而已。美哉游乎!孰谓枯窘之乡,遂无此清灵之地,作吾人之天然俱乐部,为吾人之课余休憩所耶?窃喜今之所遭,殊出友朋逆料之外,归而记之,以见予无所往而不乐也。

——《大公报》(天津)1907年6月29日

薛锦琴

薛锦琴(1883—1960),香山南溪(今广东珠海南溪)人。父薛三镛,上海捷成洋行买办。夫林天木,康有为弟子,毕业于美国芝加哥大学。薛锦琴自幼随父居上海,1896 年入上海育材书塾读书。1901 年上海民众召开拒签俄约大会,薛锦琴上台慷慨演讲,被认为“中国第一个当众演讲的女性”。1902 年随叔父薛仙舟赴美留学,毕业于美国芝加哥大学。留美期间,曾创立“中国女维新会”,担任《神州女报》在美国发行的负责人,任神州女界协济社教育部正长等。1914 年回国,任上海诚正学校校长。后随丈夫辗转岭南大学、广西大学任教。丈夫去世后,薛锦琴赴香港,任国华银行储蓄部主任,1960 年逝世于香港九龙。

薛女士锦琴演说

中国之败坏一至如此,推其原故,实由居官者无爱国之心,但求保一己之富贵,互相推诿,将一切重大要紧之事任其废置;而在下之士民又如幼小之婴儿,不知国家于己有何关系,视国家之休戚,漠然不动其心。有此两种人,上下之间不能连联,以致受人欺侮。若英、美、日本诸国则不然,无论为官为民,皆视国家为己之产业,视国家之事如己身之事,上下之间连为一气,人心团结,国势强盛,所以外人不敢欺侮。

今日俄约迫我急矣,而在下之人不识不知,视若于己毫无关系,此最大谬。今日救急之法,当上下合为一心,以国家事为己身之事。现闻我国各大官,如刘制台、张制台、陶制台、西安政府与明白之大员,皆知俄约不可允,不可签押,特虑有一二大臣私交于俄,主持此约,竟欲允俄耳。我等当连合四万万人,力求政府请将主持俄约之大臣撤退,另换明白爱国之人为议和大臣,则俄人迫胁之事庶乎可以挽回矣!(以上译自二月初七日《字林西报》)

——《中外日报》1901年3月27日。录自全国妇联妇女运动历史研究室编《中国妇女运动历史资料(1840—1918)》,中国妇女出版社1991年版

留学美国中国女学生薛锦琴致其友陈慕义书

慕义爱姊雅鉴:

久未接手书,闷闷。妹近日功课颇繁,故未奉书久矣,歉甚。妹现移居Cakland,以近学校故也。当妹未迁移之时,可称一段笑谈,可忿可痛,略述之以与吾姊一观,亦足以知白人如何相待我东亚人也。初,家叔往Cakland为妹寻舍,访之数家,皆曰吾屋虽有,惟不租与Japanese(即日本人)也,遂入而闭门。噫!受此言已可忿可痛,然亦无可如何。复蒙垢而前问,不意有一家主人一见即允,于是遂付以定钱,告以明日迁移,遂相告别。至明日下午,使人携行李物件往,岂知已变卦于昨夜矣。而妹等未知之也,至晚犹洋洋然乘车以往,入院叩门,而屋主出,不启门,问其故,则对曰:"汝不知我令尔辈另觅别处乎?"妹曰:"何故?"彼曰:"我初以汝为美国女子,故应之。"家叔曰:"汝岂不知我非美国人耶?且子应之,我信之,故有今日之举,不然我胡为来哉?子亦知乎食言者犯律也。"

屋主见己理屈,遂婉言曰:“是非之所欲,不过为同居者所迫耳。子亦知我非富翁,吾焉能与彼等相拒,彼等皆曰如子来居,则彼等将另迁他处,我不得意而拒子,望子恕我。”家叔曰:“深夜何处觅屋,子其为我思之。”彼沉思良久曰:“今晚子可留居此处,待寻得后,再移迁可也。”叔曰:“然。”是夜遂宿,至晨遂赴学堂。午后偕叔同往寻屋,将晚未得一舍。妹曰:“叔可毋寻,明日再觅可也。”叔曰:“唯。”又行数街,见有招租,又入而问。一妇人出,引妹观看曰:“汝爱是屋乎?”妹曰:“唯。”遂相订定,携行李而入,自是安如泰山。居三日,互相言谈,彼问妹曰:“汝日本人乎?”妹曰:“否,我大中国人耳。”彼闻之亦无他言。至晚忽来叩门曰:“我有言告汝,今日汝告我为中国人,我偶告同居,彼等皆不愿,故请另移他处为幸。”妹曰“:子初许我来居,故携行李来,今忽反是说,究因何故?”彼曰:“我初以子为日人,故留居,今知为中国人,故同居者皆不欲。我甚爱子居此,惟我一人不能专主,幸其谅我。”妹亦无可言。后叔至,与言,叔责之曰:“我必他移,惟不能如是之速也。”至明日遂寻得一舍,即今日所居之屋,屋主颇好,祈勿挂念。观此一节,岂不令人痛哭流涕否?妹现虽得安居,而心未尝不有所感也。考期在即,书不尽言,吾姊自爱。

夫薛女士者,因国势艰危,故只身万里,而向异国求学。美国既称文明冠全球,见此宁不敬而优待之乎?虽然吾一牛一马一草一木,亦不愿彼轻视,然即以其自居尊贵,不与吾国人同居而言,岂亦不视优劣而作盲眼者乎?呜呼!吾诚不知地球上何处为文明矣。吾同胞闻之,当一同声哭也。吾国学界中人至彼文明国而求学,尚遭如此轻视,倘我同胞不知自愤,日后牛马奴隶之惨,更甚于此千倍百倍也。呜呼!吾同胞速认定一目的,向前勇进,毋待后日悔晚也。记者附志。

——《女学报》(1903)第四期

论德育之必要

德育者,乃教育之要旨,而为构成此世界之一元素也,故欲言德育,请先言教育之起原。

教育之初义,乃以人事之经验,以补天然能力之所不备也。凡世间动物,莫不有其天然之本能,即英文之所谓天性 Instinct。如鸟之筑巢、兔之营窟①,是其例也,此不学而能者也。人亦有然。当图腾社会之人类,其生活至简单,如韩非子所谓“古者丈夫不耕,草木之实足食也;妇女不织,禽兽之皮足衣也”。当此之时,人但率其饥食渴饮、昼作夜息之天然性,取天地生成之物品以为养,初无取乎学也。殆时代递嬗,生齿日繁,天然物品供不逮求,不能不借人力以为之补助,则耕织造作之事业缘此而兴矣。更进而入于家族社会,则长幼之节、尊卑之分缘此而起矣。更进而入于国家社会,则一切礼乐政刑,秩序统系,缘此而生矣。于斯时也,人类非徒率其不学而能之天然性,而可以为生也,故教育尚焉。然人类之不齐,嗜欲之无极,非徒任其自由放纵而可以为治也,故不得不有法律以为之度量分界。然法律也者,不过一补助机关耳,苟人不自爱,吾信其虽日戮一人,而法律终无效也,故德育尚焉。由此观之,则德育者实人道之本,而治术之原也。吾请以个人为主体,举其对于各界所应有之道德,依次而略论之。

一曰对于自己之道德。道德者非唯以自身为主体,而对于身外之客体而发生也。即自己对于自己亦有其道德焉,此即一身之行动,对于良心所应有之道德也。正心诚意为大道之本原,苟一言之发,一念之萌,于良心有所未惬焉,斯为不道德矣;立志务求

---

① “窟”,原文作“屈”,据语义改。

清明，行己贵乎有耻，苟其志节，而不能自爱自重焉，斯为不道德矣；力虽不能养人，而必求能自养，学虽不能济世，而必求能自济，苟学问能力，曾不求所以自立，而唯他人是赖焉，斯为不道德矣；秉气以生成兹形骸，天地万有，唯人独尊，是则天生我材必将有用，苟不自励，而甘与草木同腐焉，斯为不道德矣。此不过略举数端，以明斯义，若欲悉数，虽更仆而不能尽也。吾见乎近来一部分之新少年，每借大人不拘小节之一语为护符，遂明目张胆，以作无忌惮之小人，而不以为耻。公行苞苴，旁若无人；自居高明，下流如鬼。若而人者，其果为大人与否，吾不敢知，但见其不拘小节而已，此岂大人不拘小节，实小人不知大节也。其将来对于国家、对于人群所建立之大业，今未可期，但使清夜自思，其对于自己之道德果何如耶？此真可为长太息也。

二曰对于宗族之道德。语曰："其所厚者薄，而其所薄者厚，未之有也。"旨哉言乎！从未闻有乖离忤逆之子弟，而可以为高尚纯洁之国民也。自近来平等自由之学说输入吾国，而血气未定之少年，甚嚣尘上，如饮狂泉。彼等不持此向政治的方面以进行，唯借此决破藩篱，便其私欲，甚者乃倡为家庭革命之谬说，以乱伦常。学绝道丧，至此而极。呜呼！江河日下，狐兔骄人，此风不杀，几何不举人类而禽兽之也。为斯说者，岂不曰吾将高掌远跖，为世界之大英雄，谁复能谨愿笃诚，以作家庭之佳子弟也，且既献身于国，则不复得为家人有矣。吾则以为天下必无无儿女心肠之英雄也，父母且不爱，而谓其能爱国民乎？此非欺人，自欺而已。愿吾国之少年男女，毋自欺也。

三曰对于国家之道德。对于国家之道德，与对于个人之道德有大别焉。牺牲一己之利益以厚其俦，固为道德之所许；牺牲本国之利益以厚其邻，则为义理所不容。何则？国家之立，所以合群力而御外难也，是故对于国家之道德有二义焉：一曰敌忾，此对外而言也；一曰忠爱，此对内而言也。二者缺一则非国民之道德矣。父母之于子女也，生之育之，辅之翼之，故子女之于父母，有报恩之义务，不尽斯务是为不孝。国家之于国民也，其恩亦与父母同。苟无国家，则吾之生命财产无所庇托，且将不能一日立于天地间也，故报国之义务，凡有血气莫不宜然。不尽斯务是为蝥贼，案诸道德，则当以大逆不道论其罪也。

四曰对于人群之道德。所谓人群者，有广义、狭义焉，故其道德亦缘此而有差别。以狭义言之，则以能固其本群、利其本群为标准，常不惜戕贼他群以自益。例如古代希腊不以人道待奴隶，今世大哲犹莫之非，盖以当时之社会，唯此乃可以利其群也（此之所谓人群，与前节之所谓国家有差异，勿误视之。所谓国家者，以国为界，同国之人即为本群也。而此之所谓奴隶与人民，则同国而生差等，盖以阶级为界，而非以国为界也）。于今视之，则兹义已成僵石矣。以广义言之，则如墨子之兼爱，耶稣之爱人如己，是其例也。

以上所论，前两节属于私德之范围，而后两节属于公德之范围也。私德不修，是为禽兽；公德不讲，是为蝥贼。吾草斯论，吾兹惧焉。盖道德也者，国民之元气也，元气不足，死将不远，宁望其能竞存乎？愿吾国之仁人君子，毋不揣其本，而齐其末也。

——《留美学生年报》（1911）第一期

吴长姬

吴长姬(1883—1902),字孟班,湖州归安(今浙江湖州)人。夫邱震,元和(今江苏苏州)人,游学日本,维新志士。吴长姬肄业于上海中西女塾,是上海女学会的重要筹办者,女权先驱。

拟上海女学会说

呜呼！十九世纪之文明进化者,果何在乎？此最近世之第一大问题,不可不知者也。盖十九世纪之文明进化者,女权增进之世界也。女权何以能增进？由妇女学识之有进步也。夫人有学识,斯有权力;有权力,斯可抵制外侮。此强权学者发明之公理,万不可犯者也。吾中国二千年女权之遏塞久矣,推原其故,岂非妇女不学之故哉。夫惟不学,权利尽失,于是男子遂得非理加之,奴隶、玩物皆不免焉。积而久之,妇女亦自甘于奴隶玩物,习焉不觉矣,此人群之所以不昌也。于此二千年昏黑世界中,有一人焉,不自甘于奴隶玩物,起而抗之,则举世之人,莫不戮之、辱之、摧之、梏之。非独男子然也,女子亦目之为怪物,相戒而不敢从。驯至屏息低首,宛转依附,以受压勒抑制为公理,以柔顺服从为义务,深闺幼闭,永不见天日。鞭挞詈骂,甘受不辞。人生之酷烈,至斯极矣,岂不痛哉！岂不痛哉！方今之世,文运渐进,风气大开,人类同等.男女平权之说,遍唱于欧美、日本诸邦,于是有矫良妇女风俗之会,有妇女参与政权之议。呜呼!此真文明发达之所由来矣,吾人亦知欧美日本之所以强盛乎?凡人种智识术业之增进,具事万端而大要有二:一则由于社会之改良,一则由于教育之得绪。从社会上言之,妇女者,固丈夫之顾问也;从教育上言之,妇女者,又幼稚之导师也。是故女学者,全国文明之母;女权者,万权之元素也。欧美诸国,知其如此,是以人群昌炽而势力充分,得以风驰电激以全世界也。中国民智不开、民气不振,男子既甘伏于专制政体之下,而女子亦受缚于男子权界之内。祸根不拔,谬种斯传,遂以国政非民人所干预,公论非妇女之所发,至使文明诸邦,目我有野蛮之行,无爱国之心者也。呜呼!吾中国其果有野蛮之行乎?吾中国人果无爱国之心乎?是大不然。盖体积庞大,则感觉必迟;压制既久,则抵抗斯难。故非受大创则不醒,非生大力则不敌也。往者甲午之役,大梦始觉,国民精神,于斯唤起。识时诸子,既大声以告海内,而女学堂、不缠足会相继而起,而女学之说,此为权舆。然发难者,类皆士夫,而女子阘茸不能自竞。乃者庚子之役,十倍甲午,积困积弱,至此为极,物穷必反,理之固然。吾知春雷一动,万蛰皆苏,进步之例,愈进愈骤,女权女学,必应时而起矣。安知二十世纪之老大帝国,不大冲突于世界乎?归安吴长姬等,睹中国之积弱,由于女权之放失。女权之放失,由女学之式微。思之思之,痛之耻之,不揣固陋,拟开一学会,以增进妇女之学识为事业,以发达妇女之权力为宗旨。他日女子于世界中为男子对待之半之义,女子有言论思想独立自主之行之理,其可发明矣乎。窃持此义,以告同学诸女,佥谓吾等同处此二万里区域之内,同为四万万人民之一例,有改革之责,发言之权,及此颠沛,宁能坐视?故不辞嫠妇恤纬之愚,用申漆室悲吟之志,发为公言,以风中国。呜呼!吾二万万之女子,其将永远为奴隶、为玩物,以终此天长地久之世界乎?抑将奋然兴起,并力竞进,以享文明之幸福耶？世有抱扶衰起微之志者，必投梭而起，以从吾游矣。光绪辛丑二月十六日稿。

——《中外日报》1901 年 4 月 7 日

致汪康年书

二月二十三日归安吴长姬白穰卿先生足下：

伏下风闻高名之日久矣，以未得一接颜色、睹丰采为憾。长姬悼女学之式微，悲女权之放失，思有以匡救之，抱此耿耿之苦心，三数年于斯矣。然古人有言：羽毛不丰满者，不可以高飞。抑又闻之：有非常之人，然后有非常之功。今女学会之设，实为中国四千年以来开辟之举，可谓任重道远非常之举矣。而长姬闻见浅陋，力量绵弱，五洲大事，十不窥二三，专门学术，瞠目未睹，其弗克胜任也必矣。或谓长姬，曷弗学中卒业，然后为之，便可令其事增大，斯言良是。然震旦积困，强敌外压，生灵有倒悬之厄，种族抱沦亡之痛，失今不图，噬脐莫及，徒增后日之悔耳。今长姬所以不复自揣，褎然为群首而倡行之者，譬犹救焚济溺，虽濡手足、焦毛发不顾而为之。生之不辰，丁斯否运，虽他才学不及长姬十倍者，犹将奋然兴起。所谓矢在弦上，不得不发，非敢盗名字于流辈，驰声华于侪类也。抑又有进者，人生百年，有如朝露，而女子弱质，寿命更促，往者公恪之先姊夙抱此志，云须待时，一旦溘逝，化为异物，志气莫遂，赍恨九京。长姬有鉴于此，岂可复令重蹈其咎耶？惟今之际，实为发难，凡百事端，擢指难数，皆须一一经始之。而同心厕名于发起会员者，不过同学诸女七八人而已。又出类拔群之举，颇能惊俗，偶一举足，谣诼纷来，兹事大难，夫人知之。惟持积蚊成雷之义，坚忍不拔之志，不敢过自菲薄耳。窃闻高义，私心若有所感，意者鉴此事艰力微，将悲其志，悯其弱，起而倡导之赞助之乎，是不得不望于大君子者矣。然男女有限，责任攸别，夫女学会者以妇女而办，妇女之事乃妇女之责任，与男子无与也。今者效将伯之呼于公前，无乃自放弃其自由欤？是不然。盖发轫之始，必由群力，先河之导，端赖前哲。其所以仰望大力者，惟此之故，毋谓女子阘茸不能自立，终须男子辅持其旁也。谨布腹心，维执事图之。并附上章程一卷，苟有谬妄，请加匡正，伏祈垂察，幸甚幸甚。长姬再拜。

——录自上海图书馆编《汪康年师友书札》(一)，
上海古籍出版社 1986 年版

陈撷芬

陈撷芬(1883—1923),笔名楚南女子,祖籍湖南衡山,生于阳湖(今江苏常州)。父陈范,《苏报》馆主。母袁幼蕊。夫杨希仲,江北(今重庆)人。陈撷芬于1899年在上海创办《女报》(后改名《女学报》)。1903年因“苏报案”随父避走日本,与秋瑾相识,担任留日女学生组织“实行共爱会”会长。后与夫共同赴美留学,归国后在重庆办学。陈撷芬办报期间,发表了大量与女性解放有关的文章。

独立篇

芬何人斯?中国所谓女流、以妇竖并称者也,中国所谓无才为德、以读书识字为多事者也。平居自思,既生为女子矣,又生于女权不振、女学不讲之中国矣,我何能为哉?亦惟是守无才为德之说,为一无才无学之人而已。虽然,尝读书阅报,觉夫东西哲学之所言议,及我中国通儒之所发明,于我所独居深念多相契合。于是喟然叹我虽生为女子,虽生于女权不振、女学不讲之国,我之思想智识固未尝异于彼男子,异于彼东西人种也。屏我曰女流,德我以无才,彼为此菲薄之词者何哉?于是再而思,三而思。呜呼!岂人之菲薄女子哉?女子自菲薄耳!我自安于卑下,人乃得以女流概我;我自安于无才,人乃得以女德困我。我才矣,我才而德矣。彼德非所德,岂足以束缚我哉?我挽其流而上之,人且视女流为不可几及,乌敢以妇竖并论?呜呼!为男子尚可以无学,为其学者众也;为东西各国之女子尚可以无学,为其学者众也。今中国二万万女子,盲其目,刖其足,樊笼其身体,束缚其智慧,方且不能识字,何论读书?方且不能读书,何论学与权?生小家者如此,缙绅世族亦如此;蠢蠢者如此,秀慧者亦如此。曾无一二人矫正之,引二万万人之事为一己之事,徒以身命肢体委之男子。即存以兴女学、复女权为志者,亦必以提倡望之男子。无论彼男子之无暇专此也,就其暇焉,恐仍为便于男子之女学而已,仍为便于男子之女权而已,未必其为女子设身也。就其能设身焉,不能自谋其学与权之女子,能受彼明达男子之教乎?借曰能之,则与其使彼受明达男子之教,毋宁得明达女子自教之矣。且今天下男子之失教者,十人而九不啻也。彼明达者,方以兴女学,备教育后来国民之用,我岂可转以己之教育望之男子乎?我又何忍以二万万女子应尽之义务,责之彼明达男子乎?呜呼!吾再思之,吾三思之,殆非独立不可!

所谓独立者,脱压力、抗阻挠犹浅也,其要在不受男子之维持与干预。夫维持美名也,干预热心也,奈何却之?虽然,独不思吾女子所以受压力、困阻挠以致今日者,其始非皆由维持干预来乎?譬之联邦,情意虽孚,必各有自主之权而后可称联邦也。一旦望人之维持,受人之干预,几何不为属国矣。吾愿明达女子有兴女学、复女权之志者,勿自比于属国也。夫创一女学塾曰谋之男子,立一女学会曰谋之男子。女子之数少于男子宜也,数虽不少于男子,而耳目思想或有不如亦宜也。今占籍则有赢而无绌,较性质则有过之无弗及。谓愚妪蠢婢之多耶?吾视彼冠裳之老成犹愚媪,吾视彼猾薄之子弟犹蠢婢。谓女子读书识字者较少耶?吾视彼男子所读之书如未读,吾视彼男子所识之字如未识。谓天下女子久受制于顽固之若父、若夫、若兄弟、若子孙耶？吾视男子亦徒能骄其妻妾耳。大官则受制于朝廷，小吏则受制于大官，百姓则受制于小吏。今且举朝廷大官、小吏、百姓而悉受制于外人，其于吾女塾女学之会不能有所裨益，殆无以大于女子。且试觇今天下之男子，其举一事而能确有共和思想者何人哉？自相陵轹，自相肉食者，盖无往而不然。而于吾女子之事，望其维持，听其干预，曰此必胜于吾自为之。呜呼，何其暗耶！

夫女子读识字者虽少，非竟无读书识字者也；愚媪蠢婢虽多，非尽愚媪蠢婢也；受制于顽固之若父、若夫、若兄弟、若子孙者虽众，非竟无可以自立之人也。选于万人而得一，则二万人矣；选于十万人而得一，则亦二千人矣。或用其智，或用其才，或用其资，或用其势，有二千人分布各省，犹患不足提纲挈领耶？二千人为之提纲挈领，不逮十年，女界中殆无不兴之学，亦无不复之权矣。不务合其类，仰鼻息，冀余溉，碌碌因人成事，而犹若有德色焉，其视甘受压制、甘为奴隶者相去一间而已。吾无取乎尔！吾无取乎尔！

——《女学报》第二卷(1903)第一期

学问要和岁月争

诸位姊妹，我们又过去一年了，已老的又老了一岁，已长的又长了一岁。就是幼小的，也离那“长”和“老”近了一年。咳！我们年岁长得这么快，学问见识也要长得这么快才好。若是岁月一年一年的过去，人的学问见识仍旧如故，岂不被这岁月所笑么？我想我们一定不要让岁月独自的快，想一个法子来与他争一争。这个争的方法，我现在说出来与诸位听听，诸位不要笑我说痴话。这岁月是个无影无踪的，怎么和他争呢？但是我们的精神，都被这无影无踪的收去的。俗话说,岁月不待人。这句话,诸位想想,可怕不可怕,可恨不可恨?他不待我,我所以要一定要和他争。争用什么方法呢?只有不知足三个字,可以争得过这岁月。这不知足三个字,我们中国人差不多人人都有,我怎么晓得呢?因为有许多证据。诸位请看做官的人,做知县的时候想升官发财,升了官发了财,又想升更大的官,发更多的财了。这是做官人不知足的证据。做商人的起初开了一个小店的时候,想开大店,开了大的店,又想再开大的。这是商人不知足的证据。读书人乡试的时候想中举人,中了举人,想中进士、点翰林,中了进士,点了翰林,又想放学台、放主考了。这是读书人不知足的证据。还有一种读书人叫做名士,他倒不把这做官、发财、中举、点翰林的事放在心里,但是他看得名声比他们的升官、发财还要重些。若是一县晓得他是一个名士,他总想一省晓得他是名士,等到一省晓得,又想一国晓得了。这是名士不知足的证据。还有那些无行业的下等人,在游戏场中、赌博市口,他们的夸多斗靡,争逾赢,夺财利,那一种不知足的心,比以上所说的更是利害。这些都是一种一种人的证据。我虽然不敢说人人都有这不知足的心,然而实在有的多,没有的少。以外还有许多证据。女人的着衣服、打首饰、梳头装饰,无一不是精了求精,好了求好,就是顽耍小事,大家也都有争强夺胜不知足的心。这"不知足"三个字,移在学问上来,这学问长进就不可限量了。不但可以和岁月争,到得业成名立,自足千秋,这岁月再快,也与我无干了。我想我们彼此存一个心,把这岁月当做一个同学同班的人。他一天多一天,我们也要一天长进一天。这法并不难。一年不过三百六十日,我们只要一天多一个见识,添一种智慧,就不让这岁月了。再要能一天多几个见识,添几种智慧,处处当心,时时留意,更是无穷无尽的长进。总不要让一日一日的过去,以为不要紧,没有什么可惜。岂不晓得一日一日的过去就是一月，一月一月的过去就是一年，岂可让一日轻轻过去，我们的学问不长进么？我常常听见人说，一个人在世上不过几十年，何不寻些快乐，为什么一定要寻苦寻难的闹学问？这种人，我不是讲骂人的话，实在算不得一个人，他这话误尽了天下苍生。天生一个人，有灵性，有思想，有四肢百骸，是叫一个人做一个人的事，尽一个人的义务。若是终日寻快乐，岂不是与禽兽一般？何必要算人是尊贵，禽兽是卑贱？不过是因为人有灵性、有思想，能彀做事的缘故。一个国是家与人积成的，人人都存了寻快乐、怕艰难的心，怎么有强盛的家、兴盛的国呢？况且学问也是极快活的一件事，耐着心学，越学越有味。看得自己一天长进了什么学问，长进了什么见识，自慰自乐，比到那种终日顽笑、东游西荡的快乐，真是天壤之别了。再试一想，他们东洋西洋各国，通国的人都能识字、能看报，比到我们中国又是天壤了。我并不称赞外国，他们也不算稀奇。因为他们从小教育好，又有各处的学堂，通国的人不论穷富都进学堂去学，所以他男女都识字读书。我们既然没有许多好的学堂，没有力量的人，虽然要学也不能学，这是人生最可伤的一件事。但是自己苟然要学，随处可以学的，像前面讲的，一日只要学一件，一年就是三百六十件，十年就是三千六百件了。我做这篇演说，就和与诸位姊妹的一封信一般，以后看报的、做报的，大家都要存一个心，和这个岁月争，总不要被他一年一年的长起来。我们的学问见识仍旧这么长，这么短，这就要被他笑了。再把“不知足”的三个字，移在学问上来，精了还要求精，好了还要求好。譬如马车已经算快，还要想出电气车，洋灯已经算明亮，还要想出电气灯。他们外国人能彀胜过我们中国人，也是“不知足”三个字，不过他们是用在有益处的事上。我们从今日起，到十二月三十日止，到了三十那一日，拿了自己的日记簿，与这岁月来比较，比较到底是那一个胜。今年争了，明年再争,几年的比较就把学问成就了,几十年的比较就把人成就了,好不好呢?诸位姊妹想一想。

——《女学报》第二卷(1903)第一期

尽力

中国为什么不强?因为没有人材。为什么没有人材?因为女学不兴。这是一句笼统话,本报上也曾大略说过,诸位也都晓得,但是还有许多枝枝节节的原因也是狠要紧的。我去年报上做的一段演说,题目是一个"等"字,劝人做事不要等。这一段演说出去,就有许多人来说,我从前做一样事狠欢喜等,现在看了这段演说,不论什么事都不等了,觉得省了许多事。做演说的人听了这个话,真觉得欢喜。并不是因为说我的演说好了,我就欢喜,因为我做演说的意思,为是要看的人看了觉得好就照着做。不愿意看的人,看了只口里说一句倒说得不错,仍旧不肯照着做,这是于列位狠没有益处,于做演说的人也狠是失望。虽然诸位有见识的,自己已会做好的事,用不著我的演说。但是不论什么,人总有一时想不到的去处,有人提醒一句,就当下明白了,"狂夫之言,圣人择焉"就是这个意思。何况我们中国女子从小就没有受好的教育,不许读书,不许交朋友,现在要想做事,岂有不要人提醒的道理?我做一篇演说,一面劝我二万万姊妹,一面劝我自己。所以我狠巴望诸位姊妹看了就照了做,若是看了觉得不合意,尽可写信来说。做演说的说错了,得了诸位的信,也可以长些见识,得些益处。若是做演说的说得对,诸位也可以长些见识,得些益处。岂不是彼此有益的事么?如今世界上说的互换智识就是这个了,不必一定要见了面,才可以互换智识的。隔了几万里几千里也可以互换智识的。我和二万万姊妹虽然不能都会面,都可以互换智识,这就是做报的人切心巴望的了。这些都是题目外的话,如今要说到题目上来了。这题目就是"尽力"两个字。"尽力"两个字,有无穷无尽的好处在里面,与"等"字恰恰是一反对。不论什么事,只要尽力去做,总没有做不成的。俗话说,天下无难事,只要用心人。这"用心"两个字,就是"尽力"两个字。比方有了一件为难的事,总不要先存了个心,这件事真是烦难,我没有力量做,这就终久不成了。什么叫做奴隶畜生?奴隶敌不过主人,所以做奴隶;畜生敌不过人,所以做畜生。我们若是遇着一样为难的事就不肯尽力,倘然有个尽力的人做成了呢?我们敌不过他,比较起来,岂不就是他的奴隶、他的畜生么?所以不论什么难事,总尽我的力量做去,自然就不觉得难了。我怎么晓得呢?譬如我们这件事喜欢做的,虽然为难,被喜欢装满了脑子,便不觉的难了。我们如今但是要喜欢这"尽力"两个字,自然事事都喜欢做,事事都不难做了。去年我在学堂里读书,学堂里的规矩每一季要考,考的时候,把一季读过的书提出几句来问。有一个同学,他读的一本地理志,有许多海湾海岔的名目,常常心上发愁,恐怕许多名目记不清楚,索性不高兴去记了。后来一个先生劝他说,你尽你的力去记,不要自己先存了一个心说记不清,不肯尽力,那恰真就记不清了。这同学一想真不错,就把烦闷的心除得干干净净,尽心尽力的看几篇,都记得了。我由他这件事,所以相信不论什么难的事,只要肯尽力,没有做不成的。就是万一有做不成,尽了力做,心上也没有后悔。每一个人存了这个尽力的心,还有什么难的事?现在我们兴女学,说起来都说是件难事,实在并不是兴女学难,就是没有肯尽力的人。要是我们二万万人尽力要兴女学,岂有兴不起的理?做事的尽力做事,读书的尽力读书,没有力量读书的,若是自己明白,可以劝人读书,也是一样的。虽然别人当时不相信,我总尽我的力,久后他总有相信的日子。他们外国人为什么办一样事,又容易又快,难道他们真是人人都有非常的才学么?不过人人肯尽人人的力。我听说他们美国,若是有人做一件于国家有益的事,没有力量做成,傍人听见了,就尽了各人的力去帮助。有一个做佣妇的,年纪狠老了,他听见一个人要办女学堂,因为经费还没有足,所以没有成功,这佣妇就拿自己一年所聚的苦钱,都去捐与这开女学堂的人。咳!他们做佣妇的都有"尽力"的思想,做事自然就容易了。我并不是做了中国人,说外国人好,不过是说他们的法律好,教育好,所以人人都有好的思想。我们中国人真是可怜,从小到大,没有这些话听见,也没有这些事看见,就有聪明才智,也不用到这些事上来。所以不能怪我们中国人不好,只能彀怪我们中国的法律、教育不好。然而他虽然不好,难道我们就随了他不好的法律、教育做不好的人么?一定总要想法改正这法律,改正这教育,人人尽人人的力,自然就改正了。总之,我这女报是为了中国二万万姊妹做的,盼望我二万万姊妹各人尽力,做事的做事,读书的读书,劝人的劝人。不到几年,我们二万万女人就另是一个新世界,不但像他们外国一样,直可胜过他们外国了。

——《女学报》第二卷(1903)第二期

姑媳要平等

上一期报上演说的第三篇,是广东杜清池女史的来稿,是劝天下女人先讲平等的。我附了几句在后边,说中国女人不平等的,无过于姑媳,无过于嫡庶。如今要把这句话畅快演说一番。列位听者,我先说姑媳一层。外国人娶了妻子,就与父母分居,我从前狠说他不好,以为就孝道上论,缺了晨昏的侍奉,岂非为妻子疏了父母么?近来见他们外国人,虽然分居,却一时不忘父母,得一件好物,也留著献与父母;有一件新闻,也留着说与父母。隔一日二日见一面,那一种亲爱情形,非但口中道不出,就是笔下也写不出。况且他虽然夫妇同居,也是各人做各人的正事。事毕的时候,携手同车,偶一徜徉,并没有因此忘了父母的,也没有因此误了事业的。再一看中国人家庭的气象,儿子娶了媳妇,生了孙儿女,还必定住在一处,把这父子分炊,看成极不好的一件事。果然一家和爱也罢了,儿子媳妇天天讲孝道,揣度他心上,十个中倒有五个想离开父母的。这么说起来,难道外国人个个天性都好,所以离开了还不忘记么?难道中国人个个天性薄,所以住在一处倒不亲洽么?实在的缘故,就在这姑媳太不平等上起的。列位听我细说便知道了。父母在儿女身上,自小到长成,用的心力、费的精神真是无穷无尽,父母便不存责备,不望报答,儿女也没有忘记的。至于媳妇,他家中却另有为他用心力、费精神的。人在那里,凭空叫他丢弃了这个人,嫁到夫家,把翁姑当了父母,在翁姑心上以为我的儿子,是我用心力、费精神生育教养,以致成人的。如今替他娶了媳妇,也应该和儿子一样孝顺,于是把要想责备儿子又不忍责备的心,一概移在媳妇身上,自己却又不能把媳妇和儿女一样看待。列位试想,这媳妇在家中,为他用心力、费精神的父母,倒并没有责备他,如今遇著这责备他的人,却并不曾受过他的乳哺教养。天下有几个明白到极致的女子,想得到这责备是因夫妇一体,代人受的呢?想得到翁姑的责备,是为曾经用过心力、费过精神在儿子身上,并不是无缘无故责备的呢?况且翁姑只把他当儿子责备,又不把他当儿子一样爱惜,怎么叫他心上服呢?这边越不服,那边越责备,初起存在心上,渐渐露到外面。十家姑媳倒有九家不和,姑媳不和,又责备儿子,母子之恩,夫妇之爱,顾了一面,就差了一面。青年向上的日月,为家庭琐屑为难,把志气也堕了,把精神也耗了。做父母的想不到因小失大,反说娶了媳妇,连儿子也变坏了,于是把媳妇格外的憎嫌。列位试想,媳妇终年在愁怨之中,还有什么心思用到正事上去。有了胎孕,也郁闷坏了,有了子女,也蹧蹋坏了。眼前的乖戾,便含着日后的败坏。一家如此,家家如此,还有强国强种的希望么?考求这个缘故,全是不分居所致。列位试想,父母翁姑在儿子媳妇身上,怎么能彀没有责备的心呢?住在两处,没有天天交涉的事,就只责备他的正务,只责备他的立身。住在一处,就要责备到交涉上去,琐琐屑屑,反把他的立身、他的正务搁过一边去了。这种弊病,越是世家大族越利害。我劝世人,把媳妇看成儿女一样,存一个平等的心思,能够分居,固然自极好,就是实在不能分居,也务必把这当媳妇如牛马奴隶的心来改了,才有好儿子,才有好国民。

媳妇呢,还说是小辈,至于嫡庶之间,尤其应该平等。论理一夫一妇,是生人的正理,这娶妾一层,本来是男子极不应该、极犯法律的事。女人不能禁男人不娶妾,却把这妾来种种的凌虐。列位试想一想,嫡也是一个人,庶也是一个人,本来二万万同胞都是姊妹,何况同嫁了一个人,更是姊妹中格外亲近的了,怎忍把他当奴隶、当犬马呢?譬如一个使女,还有出嫁的时候,嫁了便不是使女了,这妾却已是嫁了,不能再做别人家的人的了。把他当奴隶、犬马,就整整的叫他做一世的奴隶犬马,世上酷毒的事还有更甚于此的么?还有些人非但把妾看成不平等,甚至生出子女,也和嫡出的分作两样看待。娶一个别人的女子来作奴隶,却不知害了自己许多子女都作了奴隶。在男子自作自受,本无足惜,我只可惜他好好的子女被人无故的作践,作践也罢了,反说庶出的子女性质不好(中国向有此不通之说),殊不知全是“不平等”三个字,害坏他的性质的。列位再试想一想,世俗称呼为什么把妾叫作姨太太呢?为是太太的姊妹叫姨太太,是把妾当作姊妹的意思,所以也叫姨太太。无奈中国人专讲虚文,就称呼上看去,似乎当他是姊妹，就实事上看去，却连丫①鬟、老妈子都比不上。还有些世家大族，庶出的子女都不把生母当母亲待，反说是好规矩，真真可笑。我劝二万万同胞姊妹，如其有力量不许男子娶妾是最好的，切不要外避妒名，内行毒计，切不要拿男人无可如何，把手段都用在同类身上。

——《女学报》第二卷（1903）第二期

论女子宜讲体育

体育与德育、智育并重，男女一也。中国女子非但无体育，且从而戕贼之。戕贼之道不一，以裹足为最甚，其他种种如穿耳，如养指甲，不一而足，无非为美观起见，甚且楚宫有饿死之细腰，石崇有减食之舞妓。吁嗟哉！博吾一时耳目之娱，贻人以终身羸弱之苦，彼创为此等之男子以人为戏，其心诚不可问。顾男子创之，而女子遂相率为之，非特列身姬侍者然。即夫君子偕臧，宜家令德，宜有自主之权矣，亦复转相仿效，甘弃其螓首瓠犀之素质，而堕于脂粉地狱。吁嗟哉！吁嗟哉！吾揽书史，读诗词，见夫艳妻妖女，以及袅娜娉婷、娇姿弱质等字，辄为作恶数日。同是人也，彼桓桓纠纠，独为男子之美称，而加我以夷于流荡、比于凶折之名，且若非此不可者。而女子亦遂承认之，呼牛呼马，悉听之人，岂不哀哉！岂不奇哉！夫女子所以承认者，其心以为男子好此，则非此不足为美观耳！夫搔头弄姿，丈夫不免，况女子爱好，出于天性，人皆誉之曰美，而曰吾甘不美焉！岂尽人所能哉！虽然，吾愿吾天下女子一细谂之，果其为美否也？

夫誉人之美必曰色。色之润泽洁白与否，全视其血，体气强，

① “丫”，原文作“了”，据语义改。

血管利,则其色白且华。否则焦黄枯涩,人人病容,徒以脂粉掩之,转增丑耳!其次则曰姿。举止大方,动合天则,姿之美也。原于素养,非可矫饰,若乃龋齿折腰以为媚,婑媠委靡以取怜,正人君子鲜不厌之。嗟乎!明明非美观,不过丧心病狂之男子,为便于其狎侮压制,因造作此等名词、此等形容词,诱吾辈趋之,奈之何吾辈堕其术中而不悟耶?夫使创此之男子,果以此为美观,则彼何不自为之,而使吾女子为之也?愿吾同胞同性二万万之可怜虫,自今以往,知而自改之,而劝人改之,必人人皆知非体育不能美,斯得之矣!

《诗》曰:“硕人其颀。”又曰:“如山如河。”曰:“令仪令色。”请试玩之,硕也、颀也、山也、河也、仪也、色也,孰非体育代表词哉!以视佻薄词人之所形容,孰非反对哉!奈之何一二通文之女子,亦乐诵其所形容,以为香艳,甚且效而为之耶?苟知体育与德育、智育并重,则必其恶此反对体育之词,同于德育、智育反对之词矣!奈之何人名曰险恶则怒,人名之曰愚蠢则怒,独至名之曰柔肌,名之曰细骨,则喜且甚!其词曰弱不胜衣,曰柔若无骨,而无不乐居也,夫亦不思之甚矣!

且大体育非特与智育、德育并重也,实为二者之本,体育既废,德育与智育亦随之矣!君不信,君见有纤足弱步、行则依人者,能尽其相夫教子之责任乎?井臼不能操,提抱不能任,遑论其他乎?亦惟是终日凝妆,如世俗所谓画中人而已。吾不解天下男子,尽驱女子为画中人何意也?吾又不解天下女子,亦自甘居于画中人何意也?夫画为硕人,画为如山如河,画为令仪令色,犹可也,而必画为媚,画为惰,画为欹斜,画为倾仄,强美者使不美,又强以不美为美,意无非欲毁其体育也,而德育、智育随之矣!在彼丧心病狂创为此等之男子,非不知也,彼以为但便吾狎侮压制,并其德育、智育毁之不惜也,且以为非并毁其德育、智育,犹不能便吾狎侮压制也。数千年沈沈黑狱,自西方女权史之输入,而始放一线光明。吾愿同胞同性二万万,及此时光,悉改前习。夫世界虽有此平权自由一说,吾不能自改;虽有日日导我以平权,聒我以自由,且任吾之取携者,吾亦岂能受之哉!然则欲免于奴隶犬马之辱,在自改;欲自改,在体育。非第我女子然也,女子亦何莫不然?

——《女学报》第二卷(1903)第二期

群

"群"之一字,是制造大事业的根基。一个人就有异常的聪明的资质,各样全备的学问,没有群,一个人总不能做成大事业。虽然女子中如批茶,男子中如卢梭,以及各国初开风气的人,他只仗着一枝笔、一条舌,和全国无见识人挑战,表面上看起好像是没有群的了。然而我却料定他心上结的群真是大,真是坚固呢!诸位姊妹试想,他不是爱全国人爱到极点,怎么发得出那么恳切通透的议论?他既爱到极点,岂不是看得全国人像自己一样,他心上岂不以为全国的人都与他是一群?倘然有人去望批茶、卢梭,我想批茶、卢梭一定总是待他们十二分的亲爱。总没有说我管我、你管你,你的事不要来问我的道理。所以随便什么事,总是"群"字制造成功的。然而我们中国人的群却是两样,有结群作恶的,有结群骗人的,有结群游戏的,身体终日终夜在一处,心上究竟还是你是你,我是我。诸位姊妹请看,那些吃酒赌①钱的朋友,没有事的时候哥哥弟弟,随便什么亲人都没有这么亲热,等到有起事来,一个个影子都不见了,那里还有什么群?所以这样的群,就结得千千万万也是没用。真真的群,面上就冷落到万分,身体虽然

① "赌",原文作"睹",据语义改。

隔了数万里,有了什么事,都能舍身忘命的帮助。这样的群,随便遇着什么事什么话,总不能疏淡他的心。我们古人有一句话,说是身合不如心合,这真是不错的。像现在的时候,就是没有见过面的人,也可以结群的。这个不见面的群,还比见面的更坚固呢。时常见面的总有彼此意见不合的地方,然现在有志人结的群,都是因为强国强种的事,固然不比向来赌①钱吃酒的群,然而常常为了一件事,彼此意见不合,就散了群的多得狠。虽然真有学问、真有爱国心的人,只要别人做的事,与我爱国救种的目的同,别样事情随便与我合不合,都可以不计较,那怕就拿刀来杀了我的头去,只要我的头杀了与我目的有益,就被他杀了也可以。有这种人,自然不要紧,但是那里去寻这么多好的人。所以我说不见面的群,比见面的群还好些,就是这个缘故。但我们女子比他们男子容易得多了。女子的爱情比男子重,猜忌闹意见的心比男子少,只要能彀读了书,明白了国家的思想,爱情放大,局面放阔,做起事来,一定比他们男子弊病少。我奉劝我同胞的姊妹,不要以为自己是个女子,是要依靠男人的。我们女子的人数有二万万,苟能彀彼此同心,怕不能做成大事业,何必要依靠人呢?但是总要晓得做事的根基是个群字,是心志的群,目的的群,身体能彀群固然好,倘然不能彀,我以为不见面的群还更好呢!这缘故上面已经说过,也不必再说了。

——《女学报》(1903)第四期

做学生的快乐

我在上海的时候,常常要想将女学生所处的境遇,告诉告诉

① “赌”,原文作“睹”,据语义改。

没有进过学堂的姊妹听听。近来到了日本看见他们女学堂里的女学生,也有许多有趣的地方,所以先演说出来与诸位姊妹晓得晓得。日本从前女学也是不讲究,比我们中国还不如,后来他国里行了新法,女学就一年年的振兴。现在遍处都是女学堂,每一日早晨①倘然是坐在窗口里看,只看见头上挽着云髻,腰间束着玫瑰花颜色的绛裙,手里拿着一个书包,一行一行的过去,面上没有一个涂脂抹粉,都是白净本色。还有一种年纪小的,头顶上结一个蝴蝶结,是彩缎带编成,总根的地方还有一个蝴蝶结,蝴蝶结底下的头发都是散披在背后,这个样子更是好看。到了学校,没有上功课的时候,几十个同学女朋友聚在一处,在那碧草丛中,有携手一淘走的,有拍球的,有唱歌的,碧色的草,绛红的裙,风吹得飘飘飞舞,真是映得好看。体操的时候,几十个人排得一样齐,每一个凝神聚气,都看着教习怎样,就都跟了怎样。(咳,我想我们中国现在那些大帅大将练的兵,恐怕还不如这些女学生多呢。)学生固然好,然而教师待学生也像慈爱的父母爱儿女一样,所以学生爱教师也像爱父母一样。(我们中国那些先生师长,自己学问一点都没有,专拿些做奴隶的法子来教学生,还要作威作福,自尊自大,将学生视如奴隶。最可痛恨的是打学生一件事。他自己做了一个教师,还没有明白这教育是怎样讲法。教育是要体验学生的质性,耐烦任劳,教育成功学生的人材原是一件不轻容易的事,岂有只要打打骂骂、作威作福就可以么?然而苟然能彀教育出来许多人材,也是一件最有乐趣的事。那些不要脸的师长先生,天东地西还没有晓得,配做什么教师!我真是替他们羞愧。)那体操的时候,脚步一样齐,手足的一起一落都没有一毫参差。弹琴的声音和那唱歌的声音调合在一处,音韵的抑扬顿挫,手足的上下疾

① “晨”,原文作“辰”,据语义改。

徐,那一付情形令人看了真觉得起羡慕的心。我看到好看的地方,恨不得同了二万万姊妹都来看。等到体操完毕了,许多学生也有拉着先生手的,也有拉着先生衣服的,就像多少蚂蚁扛了一样东西,簇捧着一路的欢欢乐乐的去了。放了学,同学朋友中间来来往往,真有无穷无尽的乐处。诸位看到这里,中间必定有人说,女子应该要姣姣弱弱、婀娜苗条的,身体好了,一定就有粗俗气,再去练了体操,放大了脚,岂不做了一个女强盗么?咳!诸位没有晓得,身体好了,另外有一种好看。不必说外国异种的远话,单说现在上海几个女学堂的女学生,诸位如不相信,都可以去看的。一个个神清气爽,磊落大方,脸上洁净本色,头髻梳得光亮,也不插花朵,布帛衣衫,纤尘不染,底下束了黑裙,鞋子亦有着皮鞋的,也有着圆头鞋子的,在那一带绿阴里一对一对的走,脚步都是一样,身体没有一点湾曲,好似春天的修竹一样的细直。这一种文明的好看,真是如雪之洁,如水之清,比那种涂脂抹粉、一步三扭的小脚伶仃的样子,真是天地了。比方有两朵花,一朵是干枯憔悴,枝软瓣垂,一朵是水汪汪精神满足,诸位是喜爱那一朵?又比方写两个字,一个字写得像描花一样,一湾三扭,一个字写得龙飞凤舞,墨迹淋漓,诸位是喜爱那一个字?我想总是喜爱有精神的花,有气势的字。

诸位姊妹倘然个个都拿脚放大了,进了学堂,愿意到上海学堂,自己本国的更好,倘然到日本来留学也好,不到几个日就可以改变一个样子,改变的样子就是从枯憔改到有精神,从描花改到有气势。诸位姊妹倘然进了学堂,连出来都不想出来。我再不说谎话,我是从学堂里读过出来,我是缠了小足后来放大,样样都是经验过来,再告诉诸姊妹,并不是口头禅说说的。望我同胞姊妹总不要失了做学生的日子,随便什么事都还可以一生缺少一样,独有做学生的事,要是错过了真是可惜呢!

——《女学报》(1903)第四期

中国女子之前途

或问曰:吾中国十九世纪以前之历史,曾有于吾女界放异彩者乎?曰:有之。不观木兰从军乎?以一弱女子只身万里,立勋烈战功于塞外,奏凯而旋,虽其夥伴亦互惊异而相谓曰:“同行十二年,不知木兰是女郎。”伟哉!以此一言,可知其在军中之日,无一毫儿女子气矣!综其十二年中,始而出征,终而奏凯,不知有多多少少奇奇怪怪,可谓吾女界生异彩,可谓吾女界歌舞,可谓吾女界绘摹之事也。虽史所未载,至今诵《木兰歌》,如见其慷慨辞父母之时,如见其跃马横戈、誓死搏战之时,如见其面辞尚书郎、敝屣利禄之时。呜呼!吾以为此吾女子之军歌也,吾尝百遍读之。

噫嘻乎,美哉!木兰者,可谓十九世纪以前吾女界之英杰矣!可谓十九世纪以后吾女界之龟鉴矣!我同胞能则效之否?我同胞能更越过之否?夫木兰者,生男尊女卑之时代,故其当日出征时,仍不能不改换面目,凯旋之际,尚不能明言女子。呜呼!有木兰之才与志,尚不能不托名男子以从军。茫茫数千年,除木兰幸露头角外,岂遂无一人有特别思想耶?不过束缚于风俗,受制于家庭,虽有异才奇志,亦不能越此范围而展其才达其志也。呜呼!故吾中国女子稍有才学者志气者,多不永其年,职是故矣,既杀其身又蒙以恶名,以证实其无才为德之谬说。伤哉!惨哉!物极则反,器满则倾。考五洲各国虽从前亦有抑制女子之习,然未有甚于吾中国数千年不一改革者也。其压制既重且深,既酷且久,其反动力亦必勇烈宏大矣!

美!美!美!吾敢断言曰:吾中国二十世纪后之女界,为超越欧美、龙飞凤舞一绝大异彩之时代。其故何?曰:吾中国女子有三特色,请举以质于吾同胞。一曰吾女子有坚执心。请试观是古至今,为孝女烈妇者可为车载斗量,虽为家族思想所限制,然非爱情坚执者能致此乎?吾中国人心散乱皆因无爱情耳!苟女子一旦幡然而明,知国为至宝,彼岂不以其爱父母、与夫从一而终之爱情,移爱于国,移爱于同胞乎?其结团体也,必致永久不散,死生相共矣!一曰吾女子有慈爱心。一身虽安享,而若见贫苦人则觉恻然,必设法而施给之。至寒暑两季,多有制寒衣药食而施给者。此虽为小仁小义,然其平等心、怜恤心即此可见矣。吾中国之压贫趋富,只图一身之安逸,除我而外,人奴我同胞,人杀我同胞,我无事也。吾女子倘成就学业,得参预政治、外务,必有平等、公和、自爱种族之心。一曰吾女子有报复心。中国向有谤女子之言曰:“最毒妇人心。”吾知此毒性,亦为吾女子之特美性也。中国人之无恨心也,日受外人之涂毒而不知恨。尚有趋奉之者,即今之满洲异族,食吾之毛,践吾之土,二百六十年矣!不明白者,尚不足怪。有心内了然,一身稍受利禄,虽其日杀我同胞,日残我土地,我一身安而已,何论其何者为异类,何者为同胞乎?苟有益于我之利禄,则且助异族而杀同胞不恤也。呜呼,惨矣,悲矣!我女子若能一旦明白满洲之为我异族也,残酷我同胞,断送我土地,则其仇恨心必坚决,不顾一身之利害,必辗转设计而对敌之。所谓最毒妇人心,既知其非,必与其始终反对,无忽而仇敌、忽而和好之病矣!吾女子有此三特性,苟能人人读书,知大体,爱国爱种,办事之手段必胜于彼男子也,必优于彼欧美女子也。

或者曰:中国女子既有此三特性矣,岂欧美女子无之?现今美洲之女界已达极点,吾中国即能与并驾齐驱亦可矣,何能胜之?曰:此因国势而分之也。当日日、英、美、德之改革,虽亦有激动之事,然始终未经大杀戮,出而争之者男子多,女子鲜有预问者。故其改革后女子有平等思想,无政治思想也。当改革时既少尽义务,改革后得权利也必稍轻。故美洲女学虽冠此日之全球,然未有女子预问政治者也。法兰西当日之改革风潮最剧，其转折也最久，其杀戮也最多。彼时全国激动，无分男女，甚至有妇女背负小孩，而手持刀枪往夺自由、面包者，虽其改革后亦未定有女子参预政治权，然多少女英雄皆出现于法国历史中。故以文学而论，自宜以美洲为最；若以英雄体格，无姣弱之状态，尚以法国为最。中国女子既具此三特性，又处于最大改革之时代，苟无知甘为人奴则已，有丝毫知识者必合群而争之，发其爱力、慈悲、狠毒之心，破败之，组织之，流血者成业者必与男子相等。改革时之尽义务既与男子等，他日之权利亦必与男子平。故吾又敢断言曰：欧美女界之兴惟文学，吾中国他日之女界，诚珠光剑气交聚之女界也。此可为吾中国女界欢欣鼓舞而预贺者也。

又或者曰：中国十九世纪以前之女界既如彼，二十世纪以后之女界何能遽望发达如此？曰：十九世纪以前，上无引证，旁无仿慕，偶有特别性质，欲思稍动，而男子群起压制之。今则万国踵兴，新书新报，日多月广，男子明白者非但不阻止，且有昌言女学者。虽彼等所言未必有真实心，然吾辈即可借彼口头禅之力，以行吾之真实事也。噫嘻乎，美哉！吾辈现今之地步，真万世不易得之地步矣！

女界之前途既如此矣！吾同胞二万万试思之，如何能入此美世界哉！或袖手旁视而能入乎？曰：谬矣哉！世岂有不尽义务而能享权利者也？今日之义务轻一分，日后之权利减十分。吾为吾女界告，以后当认定一目的，揣己所长而专习之，能言者则鼓吹之，能文者则扬厉之，能行者则实行之。须知此日此时为吾女界中由黑暗而反光明之时代，勿失此机会，而再陷入十八层地狱也。十九世纪前女子不成事可谅之，十九世纪后女子不成事，则不能恕矣！吾为吾女界喜，吾又为吾女界危，吾日夜馨香而祷祝，愿吾同胞勉之！勉之！

——《女学报》(1903)第四期

女界之可危

寒风四逼,挑灯独坐,心神耿耿,急有一物如警钟巨鼓,铿然而鸣,震然而荡,突然而来,使吾目眩而脑晕,手震而足软,神摇摇而不自觉矣。

何物?何物?何物?即吾女界之生死转机事也。呜呼!现为何时?国已无而种将亡。吾辈之责任,兴复一千余万方里之汉地,救转四万万将灭之同胞,以后成一片洁净之乐土,享共和之幸福,亦在吾同胞为之;神圣之种一变而为奴隶,最古之国一变而为各国分割,亦在吾同胞为之。同胞同胞,至此日此时,当必洗净脑浆,认定目的,自警自醒,自勉自励矣!

吾中国之人数也,共四万万,男女各居其半。国为公共,地土为公共,财产为公共,患难为公共,权利为公共。我辈既有公共责任,宁能袖手旁观,甘亡其国,甘失其财,甘弃责任,甘抛利权,甘为亡国之奴隶,甘为印度、波兰也?吾忧之痛之,不惭一顷之力,而欲填沧海,泣血以告我同胞,而尤专告我女同胞。

彼男子也,学界也,美游学者百人,扶桑学者千人;报界也,新闻杂志不下数十种;合群也,团体也,种种名目,日益见增,教育之,尚武之,开化之,警醒之。吾虽不敢曰至美,吾亦知彼等所创为幼稚时代,然试问东西各国之改革,岂非从幼稚而进为全备?即观吾女界近年之历史,数年以前,至此时之程度,其高下若何?五六年前,不知维新为何物,革命则耳所未闻,脑所无存,亦不知何者为会,何者为团体。自往年清俄密约事起,海上志士集议于张园电争,吾女同胞中之薛锦琴,倡吾女界数千年未有之事,慨然前往,流涕而言,当时感动者多人。于是各省闻而继之,纷纷电争,俄约之事得以中止。以后设会集议之事,遂日多一日矣。近年以来，革命之言，几日有所闻，受制于独夫数千年，与夫受制异族数百年向未一醒者，亦翻然而明矣。此宁非集议设会之功乎？然吾自问吾女界中，除薛锦琴争俄约以外，以后曾有预闻者乎？

国既为公共，宁能让彼男子独尽义务，而我女界漠不问耶？非但彼男子欲始终鄙我，不能平等，即彼男子以平等与我，我辈自由，问能无愧乎？虽然，彼男子向自谓尊贵，一切有益之事为彼专有，分毫丝厘不让吾女界。至今日而国已沦亡，全种人岌岌为各国公用之奴隶，彼向自谓尊贵之人亦可愧已矣！我辈数千年为彼奴隶，岂至今日时尚昏然不知，再欲随男子之后，而作异族奴隶之奴隶耶？抑至此日而欲与男子争前忿耶？

或愿随男子为彼异族奴隶之奴隶，则他日全种为奴隶之时，恐彼尚以不寻常奴隶相待我也。吾前阅法国某报有曰："支那土地为至美之地，惜支那人贱种，他日倘据彼土地之时，当洗尽彼种而另布好种也。"呜呼！我同胞闻之乎？他日为奴隶之时，欲如波兰、印度之象，吾恐万不能矣。彼为奴隶如此，我辈苟为异族奴隶之奴隶，吾又何忍再言？想吾同胞当亦不愿闻也。既不愿闻，宁有愿为之理乎？

或与彼男子争前忿也，曰：彼既自谓尊大，独享权利，则患难彼亦应独任，何必吾辈预闻也？吾则曰大谬矣！彼男子独享权利之时，吾尚可不预闻而让与之。何者？曰：从前女界虽权利失尽，然义务亦失尽。既不尽义务，即有权利，亦他人与我之权利，非吾辈自争之权利也。与其得不全不备之权利，则全让与彼可也。今日则可尽义务之日矣，得完全权利之日矣，不奋勇而向前，岂真如彼男子鄙我曰女子者奴隶性质也？故吾辈即欲与之争，须先争尽我辈之义务，则权利自平矣。倘执迷而徒知男女不平之不应，不思如何可以平之，虽日夕愤恨痛哭，岂有分毫之益于女界哉？

吾日夕危之、恐之、忧之、悲之！吾女子界中，较吾学者有人，较吾明者有人,较吾能为者有人。吾望学者教无学者,明者醒不明者,能为者倡不能为者,或者能救灭族之惨,回复已失之国。否则,吾不敢言,吾不忍言,吾不愿言。吾偶一思,吾为之肝胆摧;吾再为吾女界一思之,吾人亦不知何在矣!以己所知,泣血以告,知者罪者,吾不计焉。

——《中国日报》1904 年 4 月 26—27 日。录自全国妇联妇女运动历史研究室编《中国妇女运动历史资料(1840—1918)》,中国妇女出版社 1991 年版

吕碧城

吕碧城(1883—1943),原名贤锡,字遁天、明因,后改字圣因,法号宝莲,别署兰清、信芳词侣、晓珠等,安徽旌德人。父吕凤岐,进士,翰林院编修、山西学政。母严士瑜,沈善宝外孙女。长姊吕惠如,二姊吕美荪。吕碧城二十二岁获《大公报》主编英敛之赏识,在该报上发表了不少诗文,后担任天津女学堂总教习。辛亥革命后,任袁世凯总统府秘书,1915 年辞职。1920 年后游历欧美,皈依佛教,1943 年病逝于香港,终生未婚。吕碧城为南社社员,著述颇丰,以词作名世。其诗文收入英敛之选辑的《吕氏三姊妹集》,另著有《信芳集》《晓珠词》《欧美之光》等。

论提倡女学之宗旨

女学之倡,其宗旨总不外普助国家之公益,激发个人之权利二端。国家之公益者,合群也;个人之权利者,独立也。然非具独立之气,无以收合群之效;非借合群之力,无以保独立之权。其意似离而实合也,因分别详言以解明之。

有世界必有竞争,而智慧之机发焉,优劣之种判焉,强弱之国别焉。竞争之道,惟合群乃能取胜,盖万事莫不成于合群,而败于解体也。上智之士,合群力以争于全球;下焉者,积私力以争于同族;而顽谬之鄙夫,则以一身之力,争于同室焉。今顽谬之鄙夫,闻兴女学、倡女权、破夫纲等说,必蹙额而相告曰:“是殆欲放荡弛跅,脱我之羁轭,而争我之权利也。”殊不知女权之兴,归宿爱国,非释放于礼法之范围,实欲释放其幽囚束缚之虐权。且非欲其势力胜过男子,实欲使平等自由,得与男子同趋于文明教化之途,同习有用之学,同具强毅之气。使四百兆人合为一大群,合力以争于列强,合力以保全我四百兆之种族,合力以保全我二万里之疆土。使四百兆人,无一非完全之人;合完全之人,以成完全之家;合完全之家,以成完全之国。其志固在与全球争也,非与同族同室之男子争也。

或曰:中国之自强,在二百兆之男子足矣,奚用女子为?而不知国之有男女,犹人体之有左右臂也。虽一切举动操作,右臂之力居多,然苟将左臂束缚之,斫断之,尚得为活泼之躯乎?尚得为完全之体乎?假使此一臂之人,穴居野处,与人无争,虽缺一臂之力,尚可勉强支持。若驱之入人群争竞之场,其有不颠而踣者鲜矣!在昔日以半强半弱之国众,闭关自守,尚不至骤形其颓坏。今则门户洞辟,万国往来,以半强半弱之国,与彼男女均强之国敌,其败也不待智者而知。

近日日本盲哑儿童之入学者,约万余人;英国妇人复有聋瞽学堂之设。彼本残疾之人,尚不舍为弃材,岂中国二百兆完体之人,反舍之为弃材乎?中国自嬴秦立专制之政,行愚弱黔首之术,但以民为供其奴隶之用,孰知竟造成委靡不振之国,转而受异族之压制,且至国势岌岌存亡莫保。吁!可畏哉!而男之于女也,复行专制之权,愚弱之术,但以女为供其玩弄之具,其家道之不克振兴也可知矣。

夫君之于民,男之于女,有如辅车唇齿之相依。君之愚弱其民,即以自弱其国也;男之愚弱其女,即以自弱其家也。自剪其爪牙,自断其羽翼,故强者虎视眈眈,欲肆其擒搏手段焉。国势至此，再不觉悟，更待何时？惟愿此后合君民男女，皆发深省，协力以图自强。自强之道，须以开女智、兴女权为根本。盖欲强国者，必以教育人材为首务。岂知生材之权，实握乎女子之手乎？缘儿童教育之入手，必以母教为基。若女学不兴，虽通国遍立学堂，如无根之木，卒鲜实效。故外国婴儿学塾，多以妇人为师也。欲求强种者，必讲求体育，中国女子，不惟不知体育为何事，且紧缠其足，生性戕伐，气血枯衰，安望其育强健之儿？固无怪我中国民种之以劣闻也。由是观之，女学之兴，有协力合群之效，有强国强种之益，有助于国家，无损于男子。故近世豁达之士，每发其爱力，倾其热诚，以提倡之。其不明此理者，则每以分己权利，脱己羁轭为忧。

吾闻李文忠对德相毕司麦，自夸其平粤寇之功，毕司麦犹以杀戮同种讥之。今男子以本国女子受己压制为荣，岂不大谬乎？既无权术压制敌国，徒施其野蛮手段，压制同室无能为力之人，存一己之私见，忘国家之公益，吾故目之为顽谬鄙夫也！右论国家之公益。

今欲激发个人之权利，姑先从个人之形体上论起。夫此身者，为天所赋，完全自由之身也。与以支体，使能运动；与以耳目，使能见闻；与以唇舌，使能语言；与以精神，使能发思想，运智机。天之生人，未尝不各与一完全之形体也。既得形体以生于世间，犹未得求生之道，必待大圣鸿哲出而为之筹画，使各遂其生。故上古之民茹毛饮血，穴居野处，乃有有巢氏出，教民架木为屋，以蔽风雨；神农氏教民稼穑，以养其身；黄帝元妃教民蚕桑，以暖其体。为日愈久，而筹画愈精，乃得成一雍容和煦之世界，俾人民优游其间，各遂其生焉。故圣王之治天下，不令一夫失所；欲不令一夫失所，必不夺个人之权利。

权利者，遂其生之要素也，视己之资格能为何等之人，即为何等之人;视己之才干能为何等之业,即为何等之业。士农工商种种生业,随己之所欲而趋之,此即应有之权,无甚羁勒之苦也。乃中国之民,同生于公众之世界,同具个人之形体,忽严划为两界,男子得享人类之权利,女子则否,只为男子之附庸。抑之制之,为玩弄之具,为奴隶之用。荀奉倩曰:“女子以色为主。”太史公曰:“女为悦己者容。”是指为玩弄之具明矣。《诗》曰:“乃生女子,载寝之地。”又曰:“惟酒食是议。”则甫出母胎,便寝地以卑之,以酒食为责任,是指为奴隶之用明矣。造其驯伏之性,夺其自主之权。权者,人身运动之大机关也。无权,则身为木偶,虽有支体以资运动,然压制之,排叱之,即不得运动;虽有耳目以资见闻,然幽闭之,不许出户,即不得见闻;虽有精神以利思想,然不许读书以开心智,即难发思想。是天赋之形体,已不能为己有焉。

夫奴隶乞丐,虽无一长物,而一身尚可为己有,女子乃竟奴隶乞丐之不若,更何言乎女学?更何言乎女权?至于事业,为官为吏,固不可得矣。以至于为士不能,为农不能,为工不能,为商不能。下至欲为奴隶,亦不克自主,只有仰面求人给衣食,幽闭深闺如囚犯而已。囚犯犹有开赦之日,此则老死无释放之期。嗟嗟!是何乾坤,而有此惨澹昏黑之地狱耶?昔白傅诗云:“为人臭作妇人身,百年苦乐由他人。”盖古人已知其隐痛矣。然今试举一女子问之曰:“尔苦耶乐耶?”必曰:“吾乐也,无所苦也。”此皆由性质之腐败,思想之壅塞,脑力之消亡,奴隶之性造成习惯,不以为苦,只求得衣食之资,花粉之费,便相安而自足矣。“哀莫大于心死。”吾二万万同胞,诚可谓身未亡而心已死之人也。

呜呼!一枕黑甜,沉沉千载,哀我同胞,何日是鸡鸣兴起时耶?惟愿此后,各唤醒酣梦,振刷精神,讲求学问,开通心智,以复自主之权利,完天赋之原理而后已。夫夺人自主之权,即阻人运动之机;阻人运动之机,即断人求生之道。人生于世,孰不求生?

今日之言自主,乃环球最当之公理,绝无可讳者也。凡我同志,其慎重以图之,勿畏难而退败,则幸甚。右论个人之权利。

结论:民者,国之本也;女者,家之本也。凡人娶妇以成家,即积家以成国。故欲固其本,宜先树个人独立之权,然后振合群之力。盖无量境界,无量思想,无量事业,莫不由此一身而造,此身为合群之原质。若此身无独立之气,虽使合群,设遇攻敌,终不免有解散败坏之虞。故独立者,犹根核也;合群者,犹枝叶也。有根核,方能发其枝叶,借枝叶以庇其根核。二者固有密接之关系,而其间复有标本之判别,窃冀览者毋河汉焉。

——《大公报》(天津)1904 年 5 月 20、21 日

敬告中国女同胞

凡我女子之生于中国,不克与男子平等,且卑屈凌辱,置于人类之外者,固为万世一定不移之例矣。盖中国以好古遵圣为癖,以因循守旧为法。于所谓圣贤之书,古人之语,一字不敢疑,一言不敢议。虽明知其理之不合于公,其言之不适于用,亦必守之、护之、遵之、行之。至一切教育、法律、风俗,明知其弊有损于世,明知其腐无补于今,亦不肯改革,曰古法也,曰旧章也。《传》曰:“惟女子与小人为难养也。”乃竟侪女子于小人矣。孟子曰:“必敬必戒,毋违夫子。以顺为正者,妾妇之道也。”《诗》曰:“乃生女子,载寝之地。”因而有“夫纲”之说,因而有“三从”之义。设种种之范围,置层层之束缚,后世遂奉为金科玉律,一若神呵鬼护之不可移易者矣。只此“好古遵圣,因循守旧”八字,遂使我二万万之女子,永永沉沦,万劫不复矣。今欲超拔我二万万沉沦之女子,必须破此一定不移之旧例。欲破此一定不移之旧例,必须辟其好古遵圣,因循守旧之积习。否则闻导女子之自由,倡个人之权利者,必

群起鼓噪之,排抑之。愚不敏,请呈浅说以辟其积习。

夫圣贤者,虽有过人之卓识,盖世之圣德,恐终不免有缺陷处。且时势变迁,人情移易,古法虽精,恐不合于今世,况未必能垂之久远而无弊也。缘世事莫不贵乎变通,法律以日改而日平,教育以日讲而日善,学术以日究而日精,智慧以日斗而日辟,变通不已,真理乃见。故泰西常曰古不如今,世道日进故也。中国则曰今不如古,世道日退故也。今人之病痛,谓除古人之耳目外,即无耳目;除圣贤之思想外,即无思想。故无论有弊无弊,惟敬谨守之而已。法国大学家笛卡儿之学说曰:“若但以古人之耳目为耳目,以古人之心思为心思,则吾之在世界不成赘疣乎?”审如是也,则天但生古人可矣,而复生此千百万亿无耳目无心思之人,以蠕缘蠹蚀,此世界将安取之?故笛氏之言,最能破学界之奴性,实获我心。

吾常语人曰:无论古圣大贤之所说,苟其不合乎公理,不洽乎人情,吾不敢屈从之;无论旧例之所沿习,众人之所相安,苟其有流弊,有屈枉,吾不敢不抉摘之。非尽违圣贤之议论,尽废古人之成说,不过择其善者而从之,不善则改之耳。如此然后可与言进化,可与言变通,可与言改革。且教育者随世界而转移者也,况立此颓败之国,生此竞争之时,为风潮之所驱,不自立则不可以自存者乎!此吾率土同胞所当打破迷团,力图自立,拔出黑暗而登于光明。上以雪既往众女子之奇冤,下以造未来众女子之幸福,使之男女平等,无偏无颇。解其幽囚束缚之苦,御其凌虐蹂躏之残。复个人自主之权,遂造物仁爱之旨,以协力自强,立于人群竞争间。此吾之所馨香祷祝,以盼于重造世界之英雄也。吾同胞!吾同胞!盍一奋然兴起乎?

——《大公报》(天津)1904年5月24日

兴女权贵有坚忍之志

登山者，不可畏路径之崎岖；涉海者，不可畏风波之险恶；创伟业者，不可畏事体之艰难。窃维中国人心涣散，志气不坚，发一言辄模棱，举一事类团沙。或空言无补，或有始无终，或事已垂成，往往因顽固之阻挠，而意兴颓败，致使功废半途，为后世之遗憾。我女子不幸而生于支那，憔悴于压制之下，呻吟于桎梏之中，久无复生人趣。岂知物极则反，忽而有男女平权之倡，此又不幸中之大幸也。

夫女权一事，在外国则为旧例，在中国则属创举；外国则视为公理，中国则视为背逆。盖彼顽固之辈，据惟我独尊之见，已深印入脑筋，牢不可破，讵能以二三书生之笔墨争哉！虽然，刚刃可折，不可使曲；匹夫可杀，志不可夺。彼强权者，亦视吾有牛马驯伏之性，故被以羁轭耳。若我有自立之性质，彼虽有极强之压力，适足以激吾自立之志气，增吾自立之进步，亦何虑乎？夫以二万万之生灵，五千年之冤狱，虽必待彼苍降一绝世伟人，大声急呼，特立独行，为之倡率，终须我女子痛除旧习，各自维新，人人有独立之思想，人人有自主之魄力，然后可以众志成城，虽无尺寸之柄，自能奏奇功于无形，获最后之战胜。但今之兴女权者，较创国家、夺疆土为尤难。创国业者，犹众人之所共闻也，历史之所共见也。若女权，则我中国闭关自守，数千年来从无一人发此问题，为众人耳所未闻，目所未见。男子闻之，固叱为怪异矣；即女子受压制之教育，既成习惯，乍语以此二字，亦必茫然不解。是必须先为之易旧脑筋，造新魄力，然后再为之出暗世界，辟新乾坤，岂非较之创国尤难乎？而女权之兴，虽较创国为难，若告厥成功之日，则其功较创国独伟，其利益较皇祚独重，其幸福且将永久享受而无穷。

自丁酉戊戌以来,女学始萌芽于上海,骎骎乎颇有进步。迨至今日,则女学校立矣,女学会开矣,女报馆设矣,女子游学之风行矣。此不过草创伊始,为日未久,故尚待改良,徐图精进。然行之日久,我女子岂不能实收回其固有权利乎?今欲求持久,则力有不足,且顽固诸辈,复压制阻挠之。其何以能成此宏功,偿此大愿哉?则曰"贵有坚忍之志"而已。使吾二万万同胞,各具百折不挠之定见,则阻力愈大,进步愈速。

处此黑暗世界,野蛮之辈甚多,迂腐之习未改,訾诋谤诽,自所不免。而事之有益于众生,无害于国家者,我女流必人人皆视为应尽之责任,宁冒万死而不辞。虽能糜其身,而不能夺其志;虽能阻其事,而不能缄其口;虽能毁其名,而不能馁其气。竭力为之,今日不成,明日为之;明日不成,后日为之。鞠躬尽瘁,死而后已。果能如此,而终不获与男子同趋于文明教化之途,为平等自由之人者,则余未之信也。若有其志而不思达其愿,勤厥始而不免怠厥终者,则贻同志之羞,与顽固以口实。所谓胜则王侯,败则贼寇,遭后世之唾骂,反不若今日之不兴此女学,不倡此女权之为妙也。与其蜷伏哀鸣,何如登高痛哭。近世哲学家曰,二十世纪为女权发达之时代,是为二百兆女子祸福转移之人关键。时哉不可失,海内同志,诸君子,其共勉之哉!

——《大公报》(天津)1904 年 6 月 13 日

教育为立国之本

今日之世界,竞争之世界也。物相竞争,优胜劣败,固天演之公例,而我中国不克优胜于世界者,其故何在?愚弱而已。何以愚?不学则愚也。何以弱?不智则弱也。既愚弱,自危亡,欲救危亡,非学不可。故竞争风潮剧烈之时代,即学术发达之时代。

近日欧美之日臻于富强，互争雄于二十世纪者，亦由学校之盛而已，故学校者，教育之地，人才所出之渊薮也。凡国家欲求存立，必以兴学校、隆教育为根本。吾中国自迭经甲午、庚子之难，朝野上下竞言变法，以求达于富强之目的。今日甲献一策曰理财，明日乙献一策曰练兵，诸如此类不可枚举。虽曰理财为养民之本，练兵为保国之本，然国之本果以财为可恃乎？果以兵为可恃乎？此吾之所以不能已于言者也。

当今时代固为战争之世界，风潮冲突声撼天地，其所争者有三：曰兵，曰商，曰学术。若以兵战为可恃，则亚历山、拿波伦辈，当其盛也，威震全欧，然一败之后，则武略亦随之而灭矣；若以商战为可恃，则上古埃及、波斯等国工艺懋迁等事未尝不精，而至今竟散为流亡之种族矣。于世界中所被最广久而弥彰者，其惟学术一道乎。如培根、笛卡儿、孟德斯鸠、卢梭诸人，皆握转移世界之大权，为十九世纪文明之原动力，其关系于世界，岂浅鲜哉？故欲立国者，必以兴学校、隆教育为当今之急务。

教育者，国家之基础，社会之枢纽也。先明教育，然后内政外交，文修武备；工艺商业诸端，始能运转自由，操纵如意。若教育一日不讲，则民智一日不开；民智不开，则冥顽愚蠢，是非不辨，利害不知。所知者，独自私自利而已。以不辨是非，不知利害，但知自私之人，而从事于所谓理财、练兵、工艺、商业诸端，其不北辙南辕舍本逐末者几希。古语谓"工欲善其事，必先利其器"，而教育者所以培植甄陶此种种人材也。不然者即以中国之地大物博，富甲全球，然自己不能理其财，自己不能享其利，如几上之肉，只供外人之攘取争夺。纷纷扰扰狼视麇集，分之不匀，且迁怒于我。故国有利源而无教育，如室有资财而无主人，徒启群盗之争端，为致乱取亡之捷径。至于练兵，若不从教育入手，则无爱国之精神，无军人之资格。平日奴颜婢膝，不过畏我之威，利其数金月饷耳。

倘使威势一败，则转而奔走，为敌人之爪牙矣。至若专制学堂，时人谓之为制造奴隶厂，以其志趣不过借为富贵利禄之阶梯，而毫无国家思想，绝少爱群公心。往往借通几句洋语，反挟外人势力而鱼肉同种，殊堪痛恨。故立国之道，在有完全美善之教育，以培植根本。不然，虽有财而不能为我享，虽有人而不能为我用，尚安望争雄于各国，竞存于世界乎？故今日中国者，欲求富强之根本，非兴学校为普通强迫教育不可。

或曰：中国当此阽危万状迫不及待之时，方整军经武之不遑，何暇为此迂腐缓图乎？答之曰：孟子不云乎？“七年之病，求三年之艾，苟为不畜，终身不得”，则今日中国之教育是也。

——《大公报》（天津）1904年6月18日

论上海宜设女学报及女学调查会

凡一国革新之际，必头绪纷纭，万端待理，然其第一切要之事，则莫如教育。盖教育者，国民再造之机关，国家命脉之所存系也。吾国自变法以来，举国以兴学为急务，固得其要领矣。识时之士，更为探本穷源之策，而提倡女学，是以近数年间，凡通都要埠，莫不逐渐开办女学堂，而女学生之出洋者，亦以日多。上海一邑，尤为女学会萃之区，姑毋论其内容如何，即表面观之，亦勃然灿然，一文明之现象矣。然窃尚有所戚戚于怀而不能自已者，则以吾国女学，当此幼稚时代，纷歧复杂，未能统一，宗旨既殊，门径各异，少相关之情，无调查之会，一任其自消自长于冥漠之中，欲求其改良进化，速发达而无堕落，以臻于完美之境，亦大难矣。且沪上人物殷繁，风气奢靡，虽日接文明之气，然岂无一二恶风劣俗混入其间？是又须吾女学界诸君有抉择力，有淘汰力，有消化力，然后方能受其益而祛其弊。然此等识力，求于青年之女学生，实非易易。然则补救之术将何如哉？或谓若统归国家摄理，划定规制，编定教科，提纲挈领，而一事权，则不致散漫无稽，冥行而盲进。然而为此说者，亦非吾所敢闻也。何则？无论此说之于现时事势不可行，即能行矣，而不观今日之男学校乎？风潮冲突，层见叠出，官府兴学之宗旨，恒与国民教育主义相反对。男子尚如此，其待女子更可知矣。夫由前之说，放任之弊也；由后之说，干涉之弊也。是均未能尽善也。然则究何以维持而匡正之乎？无已其仍求之我国民自治之道。自治之道奈何？曰：是在我国人之有真心实力者，出其毅力，固立团体，创一机关，以互相稽察，为互相监督，则我女学界之前途，庶有豸乎！

报纸者，近人所谓社会之监督，国民之向导也。且凡读书者，莫不阅报纸，即莫不受其感化力。故报纸恒握操纵学界之权，而适能于学校之外，补教育之不足。故近年以来，各种之科学，皆有专门之报，以助其发达。独我女学，尚付阙如，虽偶出一二种，其体例亦未称完善，一似女界之杂志，并非专讲女学者。且多尚浮华虚饰之辞，而无精当确实之理，故其于女学界之势力也亦甚微。今宜创一女学丛报，月出二册，专讲女学，以纯正之宗旨，透辟之识力，主持清议。凡教育之原理，女学之讲义，皆不厌其详。凡学堂之优劣，学课之高下，学制之变更，亦潜心探访，随时登录。褒之贬之，俾知所劝戒，则劣者有惕励，而勤者益奋勉矣。

其外宜设立女学调查会，东西洋各种事业皆重调查。一业有一业之调查，一地有一地之调查，随时报告，以通声息，故能察其消长，悉其利弊，辨其得失，因得从此以改良。夫办事之方，必出以理想，加以参考，经以实验，方知有所去取也。吾国女学草创之始，一切未从实地经验，兼之师范乏人，教授管理之方法，未免失宜。加以各各分立，声息隔阂，甲处有所经验而改革，乙处固未知也，且将率而行之。乙处既已经验而心得，丙处犹未知也，更无从仿而效之。辗转遗误，暗中摸索，其稽延时日，可胜道哉！今若实力调查，详明揭示，俾令办学务者，于得失利弊了如指掌，则有所抉择，不惮改革。且为各女学互通声息，互相联络之机关。果能行之如法，吾知女学进化之速，当可翘足待也。

近者闻苏州设立私塾改良会，以热心教育之士，行其实行主义，以改良各私塾，其影响于我国前途者颇大。彼蒙小学之学生，何其幸也！惟我女学，尚未闻有经营筹画，谋所以改良之者，其故何耶？夫强国之道，固以兴学为本源，而女学尤为根本之根本，源头之源头。本之不固，其枝不荣；源之不清，其流必浊。其理固莫易也。然则今日女学改良一事，乌得目为缓图而恝置之也哉！

——《教育杂志（天津）》（1905）第十二期

天津女学堂总教习吕碧城女史参观北京豫教女学堂演说

敝人孤陋无学，窃闻京师为首善之区，且女学渐次兴立，亟欲一游以观其盛。兹乘新年休学之暇，前来参观于豫教女学堂。时值皇后千秋令节，学堂中循例举行庆典，借伸爱国之忱。是时师生咸集，约数十人，其秩序之整齐，规条之严肃，令人见之钦羡无已。此诚为女界文明之现象，亦中国前途之幸福也。敝人厕身学界，敢不敬献数言，为女界贺，并为中国前途贺？夫女学之关系最大。凡世界文化之消长，国家之强弱，种族之优劣，社会之隆污，莫不视女学盛衰为比例。不见今日所称文明中心点之美利坚乎？据千八百九十九年调查，大学以次及各专门学校女生，约在四万人以上。若东洋崛起之国，以蕞尔三岛之地，其高等女校亦不下数十区，寻常小学校无处无之，其盛兴如此。若女学不昌之国，如中国、朝鲜、印度、波斯、土耳其是已。而反观其国势为何如耶？

吾国妇女之势力，只能行之于家庭，不能行之于社会。惟其不能直接行之于社会也，故反能以间接之力为社会生恶魔、造恶因焉。请详其说。吾国人数号四百兆，女学不兴，已废其半。不宁唯是，彼二百兆之男子，被家室牵累，颓丧其志，相率沦于困苦之境，而迫成卑鄙苟且之行为者，莫不因以一人而兼养数人之故也。孟子曰："民无恒产，斯无恒心。苟无恒心，放僻邪侈，救死不赡，奚暇礼义？"管子曰："仓廪实而知礼节，衣食足而知荣辱。"岂不然哉？今再进一说，则人之成立者，胥赖家庭教育定其基也。西方之谚曰："摇篮所学，入墓方休。"诚以儿童幼时血气未定，有所习染，壮大难移，所谓"少成若天性"也。苟为母者不明道德，曷以教子？就此四百兆之民而论，其已长成者居其半，其尚未成人者亦居其半。此半部分之国民，孰不由妇人之手薰陶而养育之？则女学之兴顾可缓哉？吾更为女学生贡其词曰：君等赖人以生，其困苦者无论矣；即荣贵者亦何尝不仰人鼻息，岂少家庭之隐痛哉？今欲脱此苦境，舍求学末由矣。若西国女子，多学问优长，故能各执其业，与男子分道扬镳。若美国之的沙丁省，有一女子之煤油公司，其间总办、佣役出入交涉，无一不以女子任之，且皆未嫁之女，有夫者亦不许入，更无论男子也。其他工厂执役、学校教师、报馆主笔，女子操其业者以数十万计。其自立之能力如此，更何有幽囚束缚之苦哉？不惟此也，方今学校日多，男子必人人获受教育。男女之学问既分高下，资格亦因之有优劣之别。交际之间，家庭之内，相形见绌，自不能致亲爱和平之幸福。乌乎！诸君能不早为之计哉？今吾国女学已有勃然发动之机，诸君果能从此立志求学，猛进文明，则岂独让彼东西女子专美于前？行见二十世纪东亚之舞台上，必英俊之女子与豪侠之男儿互相辉映，并驾齐驱。此敝人所夙兴夜寐，馨香而祷祝之者也。

——《中华报》第412册，1906年2月12日

女子宜急结团体论

自欧美自由之风潮，掠太平洋而东也，于是我女同胞如梦方觉，知前此之种种压制束缚，无以副个人之原理，乃群起而竞言自立，竞言合群。或腾诸笔墨，或宣之演说，或远出游历，无不以自立合群为宗旨。纷纷纭纭，其热肠侠骨，真心爱群者固不乏人，而乘此风潮，以图炫耀于一时者，亦比比皆是。其从事笔墨者，则如荼如锦，一纸风行，其清辞善辩者，则灿花妙舌，娓娓动听，其远出游历者，则又以博望浮槎，顾盼以自豪。一时风起水涌，英雌女杰，层见叠出，不可谓非我女界之一线光明也。然而获名誉则弃义务矣，因私见则忘公益矣。其略能搦管为诗文论说者，既傲然自恃，而目能辨蟹行书，或手治专门学者，又若惟我独尊。平心而论，自立云云，私心希冀，不过如此，固然其无足怪。然吾窃异彼终日以合群为言，而必位置较我不相上下，性情与我颇相融洽，方引为同志。否则甲诋乙之无学，乙轻甲之无名，互相妬嫉，互相攻诋，欲合反离，各成孤立。小小之群不能合，遑言能达其目的，而获其益乎？嗟嗟！吾非谓我同胞人格之不高也，志趣之不壮也，吾寝食中，梦寐中，所崇拜，所希望，所亲爱之女同胞，吾焉肯訾议之，实以平日期望之者甚切，故责备之者甚深耳！

或谓人之才能各有不同，门户亦复互异，岂能强为联合？若第责其无爱国心可矣，责以互相攻击可乎？盖有团体必有抵排，愈抵排而愈成团体。假令以汉文自负者，专结一研究汉文之团体；以洋文自负者，专结一研究洋文之团体；以科学自负者，专结一研究科学之团体，各立门户，分道而驰，以达其爱国之目的，亦何不可？故只当问其有爱国心与否，而不当徒以互相攻击责之也。斯言也(某君在大同学校演说，盖为回护某女士之辞，然一语之微,影响甚大,不得不为矫正之),予大不谓然。大凡人之所以攻触排抵者,为宗旨不同耳。若同具爱国心,则宗旨既同矣,而犹肆其攻击抵排,是直忌人之技能,妒人之名誉,乌乎可也?何也?譬之人身,手足耳目鼻舌,所用各各不同,而各尽其能,彼此互用,聚成一体,未见其自相冲突,自相戕贼也;即使有之,亦必醉癫之狂汉。乌可以我女界而有此魔障也?夫好胜之心,自利之心,固为人之天性,无可讳言。但须熟为计算,舍短取长,舍小取大,斯为得耳!若舍大取小,舍长取短,于同群之中各各竞争,冀以排倒他人而独立,相倾相轧,同室操戈,自相摧灭,一旦外患乘之,终至国亡家破,而身亦随之为奴隶,为牛马。呜呼!身且不保,遑计身外之利益哉?是何如结为团体,捍卫一国,而协力排倒他国,则牺牲个人之利益,以图公共之利益,己身可借之以存立;大则如法兰西之革命,美之脱英而自立,流几多之颈血,掷几许之头颅,而得收今日之效果之为愈乎!而不然者,覆巢之下无完卵,漏舟之中无完人,我同胞其勿思幸免也!然此对于国家言之也。若于男女间论之,则不结团体,女权必不能兴;女权不兴,终必复受家庭压制。诸君以为今日已脱男子之羁轭,登自由之新世界乎?盖犹未也。不过才见影响,才茁根芽,若不合力培植,设或一旦倾覆,彼时压力必益加重,非我女子所能任受。拟其祸害之止境,必匪仅今日自由之乐,名誉之荣,灭如泡影,且恐贻为将来之口实焉!语云:同舟遇风,则吴越人相救如左右手。况我同胞既同在学界,又同一宗旨,吾辈而不能合群,更何望他辈之能合?此时而不能合群,更何望他时之能合?故吾深望同胞,急结成一完备坚固之大团体。一人倡而千百人附,如栽花然。一粒种发为千丈树,果其根柢深厚,生机活泼,则同根之树,必无此枝荣彼枝悴之理。吾女同胞,特患狃于故态,不能结大团体耳,何患不收花簇文明之效果哉!而非然者,子矛子盾,自相抵触,吾窃有所不取矣!

——《中国女报》(1907)第二期

为郑教习开追悼会之演说

今日此会,系因北洋高等女学堂总教习郑夫人,勤劳教育,体质亏弱,因染病逝世。鄙人忝属同群,特开会追悼之。乃承诸君光降,敢不致谢。其开会宗旨可分为二条,特敬陈如下:

(一)表学界之同情并示此后合群之道

方今有志之士,皆亟亟提倡女学,其热心毅力,良堪钦佩,顾世事非个人独立所能成者,是则合群之道宜急讲矣。夫学校事体与家庭不同,家庭中有血统之关系,具天然亲爱之性质,最易结合者也。而不善处家者,且骨肉冰炭,同室操戈,况以家族不同,性情面貌不同,语言习惯不同之大多数人,使终日相聚一堂哉?如各省男学堂,叠起风潮,酿破坏之结果,虽原因复杂,而不能合群,实为其通病。甚愿吾女界毋再蹈此辙,自窒其进化之机。虽然,吾今以合群倡于女界,诸君必以为老生常谈而厌闻之,且訾吾拾人牙慧,而作此无谓之语也。然而究发于至诚,非寻常泛泛之口头禅可比,请诸君细审之。

据现在女学之势力言之,与男学实不能同日语。何则?男学已骎骎日盛,有颠扑不灭之势,女学则才茁芽耳,根基未坚固也。以办理法言之,男学易而女学难。女学在中国,为不习见之创举,动辄掣肘,加以女子向受锢蔽,识量狭隘,少团结社会之能力,多破坏社会之性质。古人所谓谋及妇人,其事必败是也。据是观之,女学将来为发达为堕落,尚不可知。然吾疑将来设或不幸,其因必起于内,盖物腐虫生,必内界互相妒忌,互相排挤,卒至两败俱伤。而外界之阻力逞之,女学破坏,女界全体悉被其影响,所谓覆巢之下无完卵,漏舟之中无完人也。苟吾女学界诸君,和衷共济,则学课不完善,可徐图改作之;管理不合法,可徐图整饬之,必有达完美之一日。但恐不能相群,则变相百出,全体瓦解耳。今日之会悼郑教习也,然既已逝矣,安用絮絮作悼语哉！吾请以痛郑教习之心,移而痛女学界之前途可乎？近者各处女学风潮叠起,常州粹化女学校,因请教习事,被两江学务处斥为不顾嫌疑,毫无忌惮,札府饬县,将教习撤换。松江清华女学校,因起谣诼,致经官集讯。而浙江乐清明强女学校,乃至被县官武断,吏役骚扰,几兴革命大狱。事既愈出而愈奇,势亦愈变而愈险,其详情亦不必言,但愿后此急讲合群之道,共求教育之改良进化。弭外患于无形,保女学之长立,毋使后人过女学之地址,如经古战场,女学之名词,成为中国历史上之陈迹,而睹此至不幸之事也。吾之为此言者非他,盖对于女学爱之深,则虑之切;虑之切,则不觉其言之沉痛耳！

(二)论凡人当尽义务于社会,宁死社会勿死于家庭

昔者女子不与外事,故事业扩张之范围至狭。今丁此过渡时代,新感情,新思想,缤纷交触于脑,俯拾即是,而居中者至歧路彷徨,应接不暇,终自堕入困难纷扰之境而已,与社会固无所裨益也。夫女子居全国人数之半,举凡人种之淘汰与否,家教之隆污与否,皆身当其任,无可推诿。据大者言,过去之女子,为现在世界之母;现在之女子,为未来世界之母。其关系至重,故须抱一定之宗旨,毋徒追逐风气已也。如近时有志女士,或奔走国事,或提倡女权,其志愿之伟,令人惊叹。然大率终年碌碌,一无所成,盖事业与权利,皆随个人之资格而为进退者也。人格未成,且不能救己,遑言救国哉。为今之计,惟有极力求学,学成而后展其经纶、偿其志愿斯可耳。即对于女同胞之义务亦然,与其徒劳奔走,为无意识之运动,何如讲求家庭教育,外兼研究社会教育之为得

乎!

虽然,为社会尽力而勤劳以死,如郑教习者,有几人哉?浅识之人,睹郑教习旅亡于外之惨状,且怀戒心,将来女学界聘教习之事尤难。盖今之充女教习者,多南北奔驰,辞家就聘,意外之虞在所难免。如家姊受电车之伤,几濒于死,苟深藏绣阁,乌有此事?况人之护惜生命,趋利避害,固生物之天性,无可讳亦不必讳也。而吾倡言为社会作牺牲者,讵矫情哉!然其中有区别焉,智者对于利益,舍小取大,舍短取长,在抉择之力耳。如人人莫不欲寿命之长,而至长百年亦不过三万六千五百昼夜,过此可消灭矣,惟智者能延长于世界。其法维何?则此身之外,更有世界也。有现在之世界,有未来之世界,有精神之世界,有理想之世界。现在之世界者,生存时之世界也;未来之世界者,死后之世界也。如此郑教习已死,而我辈之聚会为郑教习也,则今日仍可称为郑教习之世界耳。精神世界者,形质亡而精神不灭,如孔子,如释迦,如耶稣,谢世已若干年矣,其道力深入人心,其精神常贯注世界。今日之世界,称为孔氏之世界可也,称为释氏之世界亦可也,称为耶氏之世界亦无不可也。理想之世界者,凡有特别思想之人,必有特别之希望,常于此身之外,别有一理想构成之世界于脑中。如郑教习平时以女学发达为希望,死后而女学盛兴,与其平时想像之光景正合,则其灵魂游行于此理想构成之世界是也。若凡庸之人,但有生存时之世界与梦寐中之世界,身死则与草木同腐,不若前所言有不死者存也。吾此番言论,得毋近于宗教家之观念乎?然稍解哲理者定悟此旨,不尽以为荒谬。要而言之,作社会之牺牲,仍属利己主义,但庸俗之眼光,不及此耳。

更以至近理譬之,旧社会之妇女,因勃谿之苦,仳离之悲,而自戕者不知凡几。昔曾调查自戕人数,女子恒多男子二倍,与其坎坷抑郁茹痛以亡,何如为社会勤劳而死。苟郑教习死而有知,地下相见,能不为若辈呼冤耶?吾以平时种种感情,发为是论,匪独于教育为然。愿吾人于所当尽之务,皆作如是观可也。

——《直隶教育杂志》(1907)第二十一期

北戴河游记

“欲把西湖比西子,浓妆淡抹总相宜。”此二句于西湖之神态,殆摹拟尽矣,然犹系中国美人态也。若夫海滥之风景,清奇高抗,气象万千,有如西方美人,细腰捷足,曳长裾飘飘欲仙,令人见之,具潇洒出尘之想,则北戴河似焉。其地附近唐山,夙称名胜,为旅居北方之西人避暑之地。

余于今夏以养疴故,曾寓该处连峰山顶甘德璘女士家。女士英人,为余校中之教习,暑假后相约前往。届时女士病,须缓一星期起程,余乃随其母夫人往焉。是日晨搭汽车,晚六句钟始抵该境。天阴雨,渐就昏黑,气候凉爽,有如深秋。下车以肩舆拾级登山,入其舍,谒见甘德璘君,六旬余老牧师也,略叙寒暄。晚餐毕,即归寝。

次晨睡足,双眸甫豁,觉白光照耀遍室,乃海气涵映窗槛间,几疑身在舟中,泊于大洋,盖其舍背山面海也。著衣起,不待早餐,出而瞻眺。甘牧师亦早起,为余指陈各处。东望为秦皇岛,惟积沙成片,余无可睹。因忆姜白石词“燕拂黄沙,天垂碧海”之句,恰符此景。西北则昌黎县,孤竹国遗址在焉,甘牧师犹能道伯夷、叔齐之故事。南面则苍溟无际,回抱此山境而已。余欲下山观海,甘牧师谓相距尚有数里,必果腹方可往。余弗听,独乘兴前去。蜿蜒行数武,即怪石崚嶒,大者如屋,小者如拳,石齿巉巉,辗然作狞笑状。老木悬崖,如长枪大戟,槎丫交错,叶离离作古翠色。过此则为松林,拔地参天,一望无际。渐闻波涛溯湃之声,不辨为松风为海浪也。其时旭日初升,万松竞翠,此声此色,直若濯发游大罗天,听钧天广乐,心身愉快,殆为余生平第一次所经也。游行良久,始抵海滨,密沫湔裙,积沙没屐,惊涛骇浪,复拍拍而来,声若巨雷震耳。独立须臾,陡然悚惧,乃踉跄觅归径。顾腹馁力疲,欲少憩赁肩舆归,四顾更无人踪,遑论屋舍也。复力疾前进,路转峰回,始见村舍。有黑蹇数头系林下,村人劝策蹇归,乃赁其一。扶持登跨,颇惧颠陨,极力控御,汗出如浆。

少顷竟抵原寓。余恐狼狈状,为甘所哂,勉作优游之态。甘迎问曰:“劳乎?”余曰:“差可!”甘笑曰:“吾以远光镜,窥见君在海滨困顿之态矣。”乃相与大笑。入室午餐毕,欲复游,则体惫不克起行,乃与甘夫人坐谈。夫人年老,惮于出游,喜絮语家庭事,不啻中国妇人习气也。

次日膳毕,余乃由山后信步而下,与前所游者,境又迥异。屋宇相望,炊烟缕缕,隐约于林峦箐密间。沿途居户甚多,而屈臣、良济、利亚诸药房及照像馆皆备焉,一繁盛山市也。复折行而西,赁得一蹇驴,扬鞭策进,较昨初乘时,颇驰骋自如。道出村落,稻畦渔港,农家风味,复宛然宜人。途畔,豆棚数架,为茶肆,加非、汽水、啤酒等,罗列满几。有西国军士数人,憩息其间,睹余扬鞭而过,颇啧啧称异,盖其地绝少中国妇女行踪也。出村,南趁,则连峰矗天,迎面尽羊肠鸟道,乃舍驴徒行。松杉夹道,石卵累累,圆泽如玉。有清泉泻于崖畔,响潺潺然,若琴筑。余因诵“清泉白石无人到,一阵松风响似涛”之句,至于往复数四。俄而渐至山顶,半日在松阴浓幂中。忽而天开日朗,襟怀顿阔。乃踞绝顶,俯瞩八荒,惟见苍烟默默,林嶂模糊,所谓北戴河者,曲屈如银线焉。兀坐数小时之久,始悄然下,觅径返寓。既至,甘与夫人方坐廊间闲话,乃相起让坐,谓余曰:“君甫至山,即逐日作汗漫游,何体力轻健乃尔?我辈久于山居者,尚不逮也。”余问山居潜伏何所修养，甘曰：“余研究植物学，以此山为实验之所。君试看此丛槲林，其种类同也。叶以千万计，亦莫不同也。若以极精之显微镜测之，当无一同者。其形式，必有纤微之差异，此真宰造物之妙。昔达尔文曾养鸽试验其理，始由二同形色之鸽递嬗卵翼，繁殖千百，终乃无一同者。粗而视之，其形色相类者固属不鲜，然不得谓之尽同也。人类亦然，孪生之子，外人见之，不能辨识其甲乙，家人居处至稔，则能识之。植物之叶，正复类此，特吾人眼光甚巨，彼之区别至微，故不能察辨耳。西人推勘物理，其精微若此。”余曰：“匪独西人，吾国固早有先觉者。周代有士曰庄周，吾国哲学初祖也，尝创万物毕同毕异之说。谓万物总谓之物，莫不皆同，是万物毕同；若分而别之，则人耳、目、鼻、口、百体、草木，莫不皆异，是物毕异也。与达氏之说，讵不吻合耶？惜吾国物理之说，多散见于政治丛书，不特立专科，致后世湮没无传耳。”甘亦为称叹不置。坐谈既久，不觉皓月东升。时值六月既望，晓珠斗大，破出沧溟，银辉烂然，海面径可十丈，此又为余生平看月之奇遇。同此月也，隐约花阴，照耀深院，不过助骚客之悲，引春闺之怨而已。安有此异彩，以辟吾眼界耶？欣赏移时，兴辞归寝。

次晨阴雨，云气蒸腾，环抱山舍，门槛外咫尺莫睹，四大皆空，似悬屋宇于天际。须臾晴霁，山峦林莽，始蓦地涌出，亦幻景也。山之南，产野花，色蓝而艳，余拟移植盆中，乃乘雨后，荷筐锄下山，信步觅而劚之，忘其近远。忽云气氲氤起裙袂，俄而林嶂暝合，一白无际，莫辨归途，心大惶急，往复周匝于云间，久之始达原处。自此每值阴雨，不复敢下山矣。

一日凭栏晚眺，夕照正明，古柏乔松，万山一色，惟片雪冉冉，漾于凉翠丛中。渐近方辨为缟衣女子，急注视之，乃玕德璘至矣。后随一髯客，下骑入门，相与欢笑。询知髯客为天津《益闻西报》记者，英国高文君也。是夕醵饮甚畅。次日，玕德璘约余暨高文同游石条山。策蹇齐向东进，行近海岸，一无山林，惟蜃灰及蚌壳，堆积成堤，绵亘数里。海水作蔚蓝色，浪花翻滚如雪，拍堤有声。忽迎面山如屏障，横绝去路。高文谓须绕道而过，余与玕德璘欲试其趫捷之能固不可，乃以二骑授高文，令先往山前守候，乃耸身跃上，跻至颠顶，即攀援藤条，缒缘而下，竟达彼岸。

玕德璘著香色縠裙，薄若烟雾，为藤条所罥，破裂殆尽，亦不暇顾。翘望石条山，尚距里许，已俨然在目，为双笋形，高耸若插天之柱。余等乃牵骑步行，少顷，已至山麓。山赭色，石质皴裂，苔藓斑驳，颇具古峭之致。前麓濒海，二山交涧处，有石梁弯曲如弓，天然作门洞状。余等三人，伛偻而入，有白鸥数十，惊起翔于海面，盖潜伏沙际者。沙中多五色石子，映水晶莹若宝石。余爱而拾之，裹以手帕。高文谓手携不便，乃为余悉纳入衣袋。两袋皆满，复脱帽盛之。方游赏间，而雷声隆隆，天将暴雨，乃觅骑，间道急奔连峰山。甫抵寓，即大雨倾盆，山林昏翳。高文沿途为余载辎重，卸装后汗喘不已。余与玕德璘虽狼狈，尚较可也。

越日天气晴朗，午后，玕德璘备浴衣，将诣海岸沐浴，约余往观，甘夫妇暨高文亦往焉。比至，已残照西匿，镜海不波，余霞散绮，景色至绚丽。已先有多人浴于海面，容与中流，乍沈乍起，如凫鹥之游泳。水边丽人，尚络绎而来，绡縠綷縩，与海水啮岸之声相和乱。绕岸红礁巉岩作结晶状，散乱于清流急湍间。岸上多铅皮小屋，乃各家所置。浴时先入屋，更浴衣而后入水，其衣式与常服不甚悬殊，但略短而已。

玕德璘等换衣毕，相率就海滩清浅处徐徐而下，余亦裳搴涉流，择礁石之平者，踞坐作壁上观焉。惟见浴者散于海面，而女子较多，散蜷发，攘皓腕，奋其轻躯，与海水相激战。波涛涌至，尽灭其顶，涛退始得复现。浪花多处，簇拥芙蓉，彷佛浴神化身千百，作水国之嬉游也。余为目眩神移久之，偶返顾己身，则裙裳为浪花所溅，湿其大半，尚不觉也。俄而海水激礁石愈厉，浪花斗大，砰击而来，飞琼迸玉，作四面之攻。余方顾而乐之，心暗忖：若观钱塘潮，较是为何若耶？蓦闻玕德璘呼曰："君不速下，海潮生，不得渡矣。"余遥视之，则海面浴者渐稀，已陆续登岸。玕德璘亦张其两臂，如鸟鼓翼，拍浪而来。余始急下，跋涉登岸，甘夫妇暨高文已易衣候立于岸。玕德璘亦至，入室易衣毕，乃相率归寓，余至是亦叹观止矣。爰于次日束装旋津，纪其游踪如此，且因之重有感焉：吾国人当炎夏之际，褦襶汗喘于市井之间，国有胜境，不知辟而游之，乃为他人捷足先登，反宾为主。彼今日之蜃楼海市，即吾昨日之断井颓垣也。嗟夫！又岂一北戴河为然哉？

——《妇女时报》(1911)第一期

游庐琐记①

余夙慕匡庐之胜，于本年七月十四夕由沪附轮前往。以竟日疲劳，入舱即寝。顾岸头人语嘈杂，苦不能寐。夜半启碇后，涛声汩汩，渐催入梦。次日向午，残暑忽厉，餐堂中电扇环拱，竟乏凉飔。同舟诸人多就余闲话，略与酬答，即入室偃息。静卧片时，转觉凉爽，盖日已夕矣。越日，舟过小姑山，亸鬟鬟黛，秀挺依然。忆予髫龄时曾经此处，倏逾十载，有如《楞严经》阿育王所云"每过恒河辄形异昔"者，非耶？又一日晡，始抵浔埠，宿九江公所。荒驿无眠，坐视星河渐黯。夜四鼓，即乘肩舆，向牯岭进发。沿途峻岭平畴，参错竞秀。约行五小时许，由舆夫指示，见余所预订之旅馆隐于山坳翠霭间，以为近在目前，瞬息即至耳。讵峰回路转，历无数峭壁悬崖，该馆尚忽隐忽现而不可及也。又半时许，经一街

① 据李保民《吕碧城诗文笺注》，该文当作于1917年9月。

市,乃就山势所辟者,邮电、警局及店肆皆备。街尽处为修洁之坦途,山色横空,清溪不断,路旁球场、花圃布置井然,而该旅馆在焉。馆名 Fairy Glen,译曰"仙谷",名颇称也。予入所订之室,窗对层峦,凉翠扑人眉宇,乃就榻偃息,足不出户。昼闻鸣瀑潺湲,间以隔户之啁啾欧语,夜则怪鸟哀虫互相唱和。侍者谓此间安谧,可开窗而寝。予嘱其闭百叶窗,盖既懔于夜景之凄厉,复忆昼间所睹山势之峻险,得毋有所谓山魈者耶?虽不迷信,固有此感想也。昨夜宿浔驿时,挥汗如雨,今则翠被惊秋,不耐五更寒矣。气候因地而别如此。

次晨,出门散步。门外群山环拱如屏障,相距似仅二丈许。山麓为浅溪,天然如城濠。溪中怪石堆叠,绵亘数里,清泉湍激,随与俱远。山腰石齿嶙嶙,破黛痕而呈褐色。凹处鸣瀑琤琮,泻于丛篁翠筱间。水禽娇小,悠然飞鸣,有仙意。更行里许,则乱峰苍莽,寂无人踪。纵目四瞩,惟岚影与远天相映,身孤心怯,不欲再进。延伫之顷,遇一樵者,因就询归途。其人欣然为导,并谓此间向多虎患,后经西人雇猎者搜捕,现已绝迹云。行经溪畔,予询此中何来如许怪石,其人曰:"此秦始皇凿骊山时所移至者。"复杂以神话,语津津若甚有味。复行经几曲峻巘,路渐平坦,洋楼绚然点缀于翠微间,则已抵原境矣。予谢别樵者,拾级登山,径归旅馆。予室前有长廊,装以玻璃窗,左右隔以板壁,每室皆如此也。顾壁不甚高,其上皆通。一日,邻室西童数人架叠桌椅,欲跨壁而入,予止之曰:"勿尔!否则余将告知尔母。"一童答曰:"吾无畏!盖汝不识我母为谁。我母乃密昔斯台乐耳也。"予为失笑,乃按铃呼侍者,告以故。侍者往该室,吁长声叱之,如驱逐鸡犬。一阵履声蹴蹈,已群向林中奔去矣。

山中阴雨,则云气腾涨,山峦悉隐。窗外景物,虽近咫尺,亦漫无所睹。轻云冉冉,且由窗入室,予每以口吸之,盖吾人已身在云端也。惟秋寒袭人，愈形萧索。越日，天忽放晴，微云抹空，蔚蓝无际，与朱楼翠嶂相辉映。景至明靓，气候亦融暖如春。午后予散步山麓，山花作蓝色，娇艳可玩，散于山隈。寻而撷之，渐忘路之远近。偶一回顾，则千峰夕照，又易原境矣。欲行迷路，欲伫立以俟行人，既足音杳然而日堕崦嵫，依依何往，悔惧交并。方彷徨间，忽山麓之翠丛微动，一白衣西人款步而出，向予致辞曰："予睹君于前山，为时久矣。君必迷途，愿为引导可乎？"予欣然谢之。询其姓氏，为威而思。彼语予时操英语，然予固辨其为德人也。伴予至旅馆门外，并以所采之紫花一握，赠予而别。

次日午餐时，来一肥客，挈一美妇，气度名贵，光艳照人。每次入餐堂，必易服装。其衣亦诡丽无伦，薄绡抹胸，袒其皓腕，如轻烟之笼芍药。胸前恒悬宝石，亦逐日易之。如其色绛，则衣裙以及腰带、手帕等皆绛；若碧，则皆碧矣。髻鬟高拥，作旋螺状。一日，忽鬓云低亸，斜覆其额，若有意效予之梳掠者，尤饶风致，但予较彼实自惭蒲柳耳。吾友某君有"西方终觉美人多"之句，可谓知言。

归云弄暝，宿鸟喧晴，山窗昏晓，倏已十度。箧中带有体操书，每晨按图演习毕，即进早膳，阅书报，然后梳沐入客堂。午餐饭后假寐，习以为常。是日午睡起，天气和暖，乃易单衣出游。甫行至绿阴交蔽之石径（由旅馆下山之路），觉凉飔袅袅，砭人肌骨，乃复返取黑绒大衣，披之而出。遇威而思于门次，盖为谒予来也。遂同行溪畔，于途间谈话，抵御碑亭，止而小憩，已暮山凝紫，一丸赤日艳如火齐，渐匿于湿霭间，返射作奇彩。威而思嘱予注目视之，时丹轮尚余半规，其堕力甚速，倏乃无睹。予慨然曰："是不啻送人易箦也，我亦何乐乎视此。然彼固万劫不磨者，伊古以来，先我辈来此凭眺者，不知几千万人，皆逝而不返矣。"威曰："君言固当，然何感慨之深也！"时欧战方启，威而思日盼捷音，而不知德意志帝国之命运同此将沉之旭日耳。予兴辞,威仍送予返寓。

阳历九月半,计予别沪寓亦已半月矣。是日,威而思约予出游,予辞谢之。向晚,天气沉霾,亦犹予意之不适,未进晚膳,颓然就寝。次日,偕同寓俄国茶商高力考甫游鹿岭。其地风景幽绝,石壁峻嶒,叠为平坂。飞瀑缘之曲折而下,凹处积潴成池,清澄澈底。乱石槎丫,间则激为雪浪,泻入松阴作琴筑声。山颠陡峻如矗笋,有数人攀陟而上,以远光镜遥瞩予等,并吁长声呼高力考甫,彼亦吁声答之,且告予曰:“若辈皆俄国教士也。”俄而,踞山颠者发为长啸,高力考甫亦歌以答之。相距虽远,声浪为空气所传,亦颇清朗,是足见西人之善于行乐矣。予等旋取径返寓。晚餐后予与旅馆司账爱格德夫人闲话,高力考甫来索纸笔,就案头作书,爱格德故以肘触之,阻挠为戏,且语予曰:“彼乃作情书也。”予不觉失声而笑。爱格德曰:“汝笑何为？讵以彼年老不应作情书耶?”予顿悔冒昧,乃亟辩曰:“否,予乃笑汝之善于雅谑耳。”爱格德有幼子,年甫七龄,憨而多力,每见予则拖曳而走,强与嬉戏。予力不胜,则随之往。一日,夺予妆镜,予恐其碎之也,力持不与。镜有机括,予左指适夹机中,彼力阖其机,指如被钳,痛甚。予呼其释手,不顾也,乃以右拳痛捶其首,始释去,而予指肿且破矣。恚极,奔告其母,戒以后不许入予室。彼虽不敢入,然每遇予,必拈糖饵举示,呼与嬉戏。

久客伤时感事,无以自聊。闻有三叠泉者,风景最佳,拟游毕即作归计。黎明备糇粮,登舆出发。其先天尚晴朗,唯凉风飙起,已而湿雾腾涨,数尺外昏无所睹。初行皆土山,遍草莱而乏乔木,间有黄菊、玉簪花等,皆瘦弱不茂,以所处高寒故也。更进则为石山,峻峭可怖,所履皆欹侧之石,无尺寸土,益以湿滑而寒风愈厉,雾气着人眉发,凝如微霰。舆夫等颇能履险如夷,予心悸不已,默念万一倾踬,则头颅碎矣。山童无丛莽,惟短松疏然生于石罅,夭矫各具姿势，如日人所售之盆景，颇可爱也。约行半日许，始抵一寺，叠石为屋，仅堪容膝，舆夫等群入厨为炊。予为风寒所袭，颇感不适，就佛堂假寐。已而僧来礼佛，膜拜诵经，且击磬焉。因室小，相距咫尺，梵音直贯耳膜，因自讶曰："吾身何为在此？讵梦境耶？"四顾乱山积砾，荒渺无垠。一西人面白皙，微有短髯，因兵败国破愤而自戕，由巨石跃下，头颅直抵于地，有声砰然，即委身不动，盖已晕矣。须臾，勉自起立，予视其颅凹陷，盖骨已内碎而皮肤未破。予知其已无生理，钦其为殉国烈士也，乘其一息尚存之际，遽前与握手为礼。其人精神立焕，且久立不仆。予讶之，因问曰："汝将何如者？"意盖谓生乎，死乎。其人答曰："我为汝忍死须臾。"言甫竟，血从颅顶泛出，鲜如渥丹。予大骇，立时惊醒，则一梦耳。舆夫来问欲观三叠泉否，距此已不远矣。予曰："天尚未霁，白雾迷漫，即往亦无所睹，日暮途远，宜早归也。"乃复忍寒下山，薄暮抵寓。或问此游乐乎？予惘然无以为答。次日，即理装返沪。

——录自李保民校笺《吕碧城集》，
上海古籍出版社 2015 年版

访旧记

庚申春季客京师，偶以事赴津，暇时访同学女友于某小学校，盖相别已十年矣。驱车入僻巷，茅屋土壁，与惨澹日光同色。小家女三五踯躅于短檐下，多着红布衫，足小如粽，而泥污殆遍。间有挟书袋者，盖即吾友之门徒也。已而抵校，屋宇稍整洁。一聋媪应门，余投以刺。俄顷，导余径至吾友某女士处，相见凄然，几不能语。风韵犹似当年，而憔悴殊甚。盖女士以侯门丽质，赋绿衣之怨，大归后为某小学校长，菲衣粝食，与村娃伍，断送韶华于凄风苦雨中,已不知几历寒暑矣!

忆昔同学时,某年其舅翁持节过津,参观吾校,武士控怒马,列队先至,蹄声载道,惊尘蔽空。制服肩章,金彩灿然之使者一再驰报,某公始挈其公子莅止。校中诸生排队迎之,行一鞠躬礼,女士与焉。公子即其夫也,亦呆然随乃翁受参礼。同学中有黠者,目女士努其唇作哂状,而女士脸霞赪起,泛入蝤蛴之雪矣。沧桑弹指,以今例昔,犹梦幻耳。倾谈移晷,惘惘而别。归途寻味,为悲感不已。

是夕,返京寓(时余寓北京饭店),华灯如雪,方张乐跳舞,如春潮之涨也。登楼入室,案头已积函盈寸,匆匆展阅,殊少佳讯。时将晚膳,而形神倦惫,不欲下楼。盖入餐室须严妆也。乃按铃传餐入寝室,膳毕,不易寝衣,即颓然卧案上。诸银器为灯光迅射,照眼生缬,耳畔隐隐闻乐声,苦不成寐。百忧骈集,生趣索然,如处墟墓。晓色初绽,即曳衣起,推窗而眺,时广衢如砥,尚少行人。徙倚之顷,率成一绝,即寄吾友。诗曰:"又见春城散柳棉,无聊人住奈何天。琼台高处愁如海,未必楼居便是仙。"

——《半月》第二卷(1922)第二号

横滨梦影录

一九二二年四月,余由坎拿大搭轮返华,道出横滨,偕同舟美利坚妇女数人登岸游览。时英太子华尔士御驾将临,通衢灯彩缤纷,如云霞四泛,弥望无际。日政府为特建行宫,镂金凿石,庄丽无伦。余等信步入览,重阙凌霄,华灯夺月,晚妆倭妇,曳锦襜,插步摇,成队出入于长墀曲槛间,气象严贵,恍见东方古代文明,令人生异感。

方徘徊间，倏一少年趋前招待，衣欧式礼服，佩金章，缀以红缎小缬，仪止楚楚。余等告以停泊参观，幸蒙不拒，复加引导，殊为感谢。该少年操其倭音之英语，殷殷询余行踪暨学业甚详，余略答以肄美术于哥仑比亚，此行归国而已。彼出其名刺授余，加注住址，谆以别后通讯为请。余默念同来者众，彼何不悉与周旋，而独注重于余？讵所谓唇齿之邦，谊应亲善耶？余年来浪迹天涯，盍簪之雅，遍于各国，惟于东邻缺如。此盖因外交杌陧，而私谊亦以隔阂。兴思及此，不觉微慨。余等兴辞，诸美妇中，惟一年长者与少年握手为礼，余皆避去。余仅颔首，亦即迅步趋廊外，少年则急引手穿槛花(时槛上遍置盆花)，招余曰："此别未必重逢，请一握为幸。"余从之。塞德尔女士睨余輾然，余亦匿笑，遂踉跄出。登舟时，蹑渡板，余投其名刺于海，默祝曰："沉者自沉，浮者自浮，余某某，不友其仇。"

厥后渐忘其人，迄今已二载。乃昨夜梦与家族聚处如旧时，熵灯闲话，其乐融融。忽一僮款扉，投以名刺，视之，则横滨所邂逅者。方诧愕间，僮复扛一巨箱入曰："此某君所遗也，请检收。"而箱面之邮券及旅馆封标，皆来自东瀛者。启之，内满储美术用品，尤以图画颜料、毛笔等居多。吾母顿严霜幂面，怫然曰："不肖儿，余纵汝游学，竟滥交若此！友及木屐儿耶？"余欲辩，而格格莫致一词。家人环视，虽不明加指斥，但或努其唇，或嗤以鼻，鄙夷之情，有甚于语言者。吾母检点各物，一一掷之于地。一物一詈，而不或变，余惶愧无以自明。方窘迫间，工厂汽笛齐鸣，遂蘧然而醒，如释重负。追忆曩年情境，犹历历在目。横滨经地震奇灾，全境陆沉，谅其人已罹此劫。

余今于寒雨潇潇之夜，濡笔为记，白骨有知，于坼岩硝烬中，或亦破涕为笑。嗟乎！人事沧桑，瞬息万变，而余当日以国仇为芥蒂，殆犹未参佛氏戒嗔之旨欤？中华民国十三年三月三十日，圣因书于沪西寄庐。

旧作《浣溪纱》一阕，移题此篇，似亦切合：

残雪皑皑晓日红，寒山颜色旧时同。断魂何处问飞蓬。

地转天旋千万劫，人间只此一回逢。当时何似莫匆匆。

——《社会之花》第一卷（1924）第十期

张昭汉

张昭汉（1884—1965），字默君，湖南湘乡人。父张通典，举人，曾协助曾国荃督办两江学务、任临时大总统秘书等。母何承徽，博古通今，工诗文。夫邵元冲，曾留学日、美，任孙中山机要秘书。张昭汉1907年毕业于上海务本女学师范本科，出任江南粹敏女学（即民国江苏省立第一女子师范学校）教务长。后入南社。1911年与陈鸿璧等人创办《大汉报》，任主笔。1912年发起成立上海神州妇女协会并任会长，继之创办《神州日报》，担任神州女校校长。1918年留学哥伦比亚大学教育学院，曾为纽约中国学生联合会主席。回国后曾任江苏省立一师校长，主持《上海时报·妇女周刊》等。张昭汉是著名妇女运动先驱、作家、书法家、教育家。有《大凝堂集》《白华草堂诗集》《玉尺楼诗集》《红树白云山馆词》等。

争约劝告辞
（抵制美约演稿）

呜呼！今日之世界，非竞争剧烈之世界乎？俄、法、德、美、英，如虎如豹，如封豕长蛇，万目一的，直冲我东亚之大陆。而中国适处于中心点，国势不振，民气馁弱，一国之利权，殆悉为外人所执，我同胞为其鱼肉奴隶久矣。而最令人眦裂发指者，莫若美国之禁华工约。呜呼！昔我华人，内地无可聊生，乃冒危险，越海洋，不远万里以求生活。至日渐增众，而美人乃设苛禁。溯其原因有二：一患我国民膨胀以占其地也；一因我华人耐苦任劳，非彼国人所能及，虑其工艺利益悉为华工所夺也。于是百端虐待，阴害明欺，惨无人理。吾同胞既远侨异国，呼吁无门，数十年间，死亡相继，逮至近日华工之数，殆减其大半。今更订约苛酷，且波及士商。痛哉我黄帝子孙，何罪何辜，乃遘斯屠毒耶？此我同胞所宜卧薪尝胆，以图雪斯奇辱者也。彼美人既以野蛮无礼施诸我，大伤友邦感情，而我与其绝交涉，不购其货物，不为过也。今吾国民大动公愤，力谋抵制。而沪上学界、商界尤为先导，遂影响全部，咸以不购美货为惟一妙策，盖非此不足以警彼白色子之野心也。

呜呼！近数十年来，我国民能结群努力，全国表公情若此者，当自今日始。余不禁为祖国前途贺。然余又不禁悲且恧者，何我女界独寂然无闻也？女子岂非国民乎？岂无血气者乎？此吾二百兆同胞当引为深耻而奋袂兴起者也。且美货为我女子所主持、购用者几居大部分，如家庭用品，则煤油、肥皂、香烟、布料、纱线等类；装饰用品，如花边、洋绒、珠钻、香水等类；学校用品，如书籍、纸笔、墨水、乐器等类。此项货物，每年输入何可胜计？今者施君兰英登高一呼，为女界倡。我同胞极宜赞成斯举，以表同情，广结团体，坚持不购美货主义。各竭血诚，遍发传单，劝化内地女界，家喻户晓，庶几一律实行。俾男女同心，通国一致，商贾不为之销售，车役不为之运载，民间决不购用，则彼碧眼赤发奴，虽有狡谋奸智，其奈我国民耶？是则可谓实事求是者矣。

虽然，余更欲为吾同胞进一言。不闻彼西人讥我国人之言乎？曰：全体无公共心，无恒性。每任一职，每作一事，未有始终如一者。今日全国鼎沸，曰抵制美约，乃恃一时盛气耳，乌足介意？噫！诸君诸君，闻斯言，其感情何如耶？愧奋何如耶？深愿我女同胞坚定不摇，始终实行。幸毋逞一时血气，慕一时名誉，若彼寻常聚会者，为私害公，旋结旋散，致虎头蛇尾，贻外人以口实也。同心共德，坚持团体，以御外侮，以图补救，幸弗贪小利而不顾公益。愿与诸君共勉之。

再者，欲御外侮，必先求有以自立。今吾同胞既以不用美货为抵制，宜亟运动有资本者，广兴工艺制造，以济中国之用。则非惟不致仰给外人，利权外溢，且广开民厂，工业大兴，内地贫穷，各得所养。拔本塞源，莫善于此。愿诸君勉而图之。祖国幸甚！同胞幸甚！

——《女子世界》第二年（1905）第二期

原情

异哉！情之为物也，刃之而不伤，火之而不灭，其势力足以移易社会，成败事业。其现像也，为喜、为怒、为爱、为恶、为哀、为惧、为欲。斯何自来乎？圣贤之所以救世而行其道，豪杰志士之所以杀身而成其仁，皆性之储能而情效实也；斯又何自来乎？请论情。人当初春时、惠风和畅时、花气袭人时，浴和霭之日光，吸清新之空气，与良朋欢聚，尽管弦觞咏之乐时，当此时也；无论何如人，必怡然涣然，养养然达于脑，形于一切举动，所谓感情之积极是也。又当秋冬时、西风黄叶时、穷阴积雪时，与人相聚久，一旦生离或死别，黯然销魂，怆然涕下时，当此时也；无论何如人，必凄然嗒然，沉沉然刺于脑，恫于灵魂，所谓感情之消极是也。至若闻异族之侵侮，睹同种之沦胥，奴隶桎梏，牛马鞭棰，无可挽救，则愤然拔剑，几欲牺牲厥躬，以拯同胞于水火。假若闻祖国之振兴，见国民之独立，战胜之旗，纪念之塔，光荣名誉，必忻然鼓掌，不知意气之何来也。凡此百感苍茫,六种震动,溯其原,皆情之作用,流露于不自觉之中而已矣。古人鄙情,拘牵于狭义,以为媟嫚之资,阴柔之用。噫!殆不知情之原者也。虽然,人格有高尚,有卑下,情寓于人以为作用,故情之不能无区分者,势所必然,理所无如何者也。纵观古今中外之人物,其所以成旷世功业者,何一非由其抱壮伟之情意,以施诸仁而藏诸用耶?独夫民贼,国亡种灭,又何一非由情意恶劣,人格降下,以构成其最后之结果耶?呜呼!邦国兴亡,种族强弱,非神谋鬼谋,盖悉视其人情以为判别者也。吾愿同胞善养其高尚优美之情意,以救世济人。毋曰英雄气短,儿女情长也。世无英雄,无儿女。善用其情,可以新中国入水而不濡,入火而不热。惟至诚者如神,吾病夫世之以情为鄙夷也。反其意,作《原情》。

——《女子世界》第二年(1905)第三期

说爱

爱身者不能爱国,爱国者不能爱世界,公私之情异也。爱身者谓之利,爱国者谓之义,爱世界者谓之仁。仁与义可也,利不可也。吾考中西伟人行事,皆以仁心为根,古义为干。如周武王诛一夫以救民,华盛顿战母国以独立,批茶著书,代数百万异种鸣其不平,而使脱奴隶,缇萦上书以除肉刑,木兰从军代父而救国,虽行谊不同,要皆由爱之一念,弥沦周浃以构成今日之世界也。夫国民之心精脑血,必有附著以施其作用,不爱国则爱身。今我国人但知个人主义。倾世界之热力,以注于一身一家,而无公德合群平等博爱之心。即有通人志士,互结爱力,大声疾呼,垂涕而道,顽固者或且嗤为病狂。是虚悬吾国于天地间,一任路人之蹴踏,鹯狐之残食,而拂拭保护之者为多事矣。以太绝而大地将随太阳以俱没,爱力亡而人民终随国家以同尽,可不惧乎?吾国民而知此也,以个人主义,变为爱种之心。苟有强邻异族,侮我同胞,蚀我土地,则眦裂发指,卧薪尝胆,引为大仇,期于必报。欧美虽强,岂能攖爱国国民而损其毫末哉!日本是矣。日本之国民,所谓“大和魂”者,具爱国精神者也。用能区区三岛,挫折强俄。中国今日危矣,然得无数志士,犹可救也。地球虽灭,而爱之花尚开;中国虽亡,而爱国之志士灵魂不死。我同胞盍三复斯言?

——《女子世界》第二年(1905)第三期

班昭论

班昭续汉史、著《女诫》,名重当世,号为大家,师表宫帏,其才不可谓不大,其学不可谓不深。但《女诫》七篇,持论实为可议。不辞狂瞽,请申论之。夫天生蒸民,秉彝攸好,无男女一也。立于天地间而为人,则皆当勤学好问以自强,造成高尚之资格以自尊,乃能保其固有之天职,尽其国民之义务。而《女诫》乃以“卑弱”“下人”为宗旨,养成柔懦根性为目的,是使群女子相率而为自暴自弃也。暴弃之人,安能立于天地间以自存乎?国于天地,必有与立。纵观中外古今之历史,其所以能维系于国家不败之地者,何一非由人民之自尊?何一不在人民之自强?惟人民中之秀拔出群者,以自尊之大义倡率一世,以自强之志气振作同胞,用能独立不羁,而莫敢予侮。由是观之,《女诫》宗旨,实乃大谬不然者矣。故夫今昔之时势悬殊,人之才智,亦当因之进化。况兹民族主义之时代,艰难险阻,百倍前世。我国民竭其智而尽其才,犹惧不能胜任。女子岂非国民之一分子,正当努力学问,增益其所不能,自尊自强,显其落落云鹤之精神,励其皑皑冰雪之志节,养其谡谡松风之德操,抱其岳岳千仞之气概,与彼男子同登二十世纪之舞台,以与欧美列强相角逐,则国威之振,有懔乎其不可犯。非自尊者国亦与之俱尊,自强者国亦与之俱强哉?若女子皆尚卑弱,自暴自弃,则已废其国民之半部份,而男子亦并受其累矣。且培植人材,基于幼稚。今既无令妻贤母,以施家庭教育,民族馁弱不问可知,此其国安能自存于世界乎?呜呼!自张禹、孔光曲学阿世以误汉,刘歆点窜伪经,助成新莽之淫威,专制流毒,至于今日。吾不知班氏之罪,其与张、孔、刘歆何异也!身为女宗,乃亦鼓吹其倾诐之邪说,自居于卑下,复导国民而从之,吾又不知与冯道、张宏范辈何以异也!一言不智,昭之罪不容逭矣。吾安敢随流俗人之后,昧昧焉施其崇拜哉?

——《女子世界》第二年(1906)第四、五期

神州女报发刊辞

四千余年专制之恶毒,今铲除矣,国民色然熹而相告曰,共和共和,亦知革专制而共和,果谁为之乎?讵革命军之力所能为,乃四百兆同胞心理作用之效果也。盖吾人之心意不甘再钤压于专制政体,念兹在兹,昕夕思奋,精诚所至,金石为开,故武汉起义,全国向风,并起而亡满清。复九世之大仇,促二八之胡运,功成数月,一跃而臻共和,自生民以来,未始有矣。夫革除建虏之专制,涤瑕荡秽,而民国以成,岂惟男子心理为然哉?吾女界志士,固多与诸先烈奔走呼号,赴汤火冒斧钺而弗辞;洎运动成熟,义旗既举,则吾侪尽其心力,或托钵募饷,或束发从戎,或振笔锋,洒墨泪,发挥共和主义,鼓励军人敌忾之气。东吴光复,兵未血刃,大兵甫集,金陵遂克,奄有东南,大局底定。革新事业,女子且与有功焉。虽然,天职所寄,义曷容辞,奚足道欤!临时总统之政纲,主张男女平权。殆有见乎天赋人权,男女同等,而知女子心理亦

不甘再卑屈于男子专制之下，是以平其心，以平其政，而男女平权，遂决然定为政纲也。顾权之平，必先平教育。孟子曰，人皆可以为尧舜。苟能受同等教育，则尧舜人也，吾亦人也，奚分于男女？亦为之而已。男子可为尧舜，女中固有尧舜焉，而可自暴自弃乎？且国家之盛衰，常视乎教育。教育有本，必为国家主义，务使民智、民德、民力蒸蒸日上，然后能独立竞存于优胜劣败之场。教育方针，当善用其民之长，而匡救其短，又当通观世界大势，求适应今日角逐之用，以陶铸一种健全国民。是必先使人知有权，扩充其个人主义，刮磨其奴隶性根，人权发达，然后国权乃始强。而在民国，尤不可不视为要图。

鄙哉小丈夫，奈何于女子教育，绝不平等，必使我女子蚩蚩然，戢戢然，永为其奴婢而后快，不知有国，且不知有权哉！今日有新国家，正患无新国民。昭汉之愚，以为民国第一要义，当知国所以立之物质，而明定教育宗旨。今教育部所定，以道德教育为主，实利教育、军国民教育为辅，美感教育为应用，可谓止于善矣。促人民之进化，在持此宗旨，断然而行之耳。果能笃行强迫教育，俾普及于男女，皆可各执一业以自立。而男女学校之课程学级，胥归于一，学制美备，而学风大醇，精神上鼓其自由，规则又养其秩序，庶可收同等之效，而二万万女子，咸有转弱为强，造成完备国民，各尽其对国家之任务，以参预政治。夫民国谛造，五族一家，彼满蒙藏回之民，犹无歧视，脱对于我神明华胄同休戚共患难之女同胞，而乃视若疯人囚犯，摈而弃之，剥夺其公权，弗许为国服务，非丧心病痫之徒，决不忍心害理如此！吾知聪明正直者，必能主持公道，扩张爱力，深愿国家揽英接秀，罔间笄弁，庶民知民力，骤增一倍，使中华勃然以兴，且驾乎欧美之上，必不斤斤于男女，自划鸿沟，以损减国家之实力，可断言矣。《书》曰：知之匪艰，行之维艰。王阳明谓人能脚踏实地，便是奇才。苟吾人能敏于知,而勇于行,群策群力,百折不回,则天下事其足办耶?

今本社同人,既殚精竭力于教育、实业之预备,故鼓吹平权之道,及参政之理,崇实黜华,唯德是蹈。应而和者,遍于南北。又将以研究所得之一知半解,就正于海内贤人君子,因是报而发表之。

化其褊心,平其客气,以深求夫公理,则天下之真是非乃可见,造成舆论,庶几厝国家于长治久安。夫人虽欺人,决不忍自欺其良知。凭良知之所信者以立言,则真正之主张,当以福国利民为鹄,致不怀挟党派私意,攘夺一己之利。视异党如仇寇,恣攻击而竞丑诋,以贻祸国家,岂以是为鸣高哉?政党之公心,政党之正义,政党之直道,胥宜尔尔。今之自命政党者,其政治思想、道德观念皆不免薄弱。故虽知有党,而不知有国,且惟知有意见,并无政见,莠言自口,鲜知自惭。一二人风气既成,千百人亦浸淫为习尚,风飚电激,淆乱华夏,于是数千年来所赖以立国之道德,遂不复能维系人心。沈醉不臧,不醉反耻,举国如饮莨菪之酒,横行狂走,而莫之能止。故舆论不足为国家之福,是非颠倒,惑人心而反为祸胎。外人知其然,乃无忌惮,而大倡瓜分,如彼泉流,无论胥以败,诵《诗》者所谓"忾我寤叹"矣。窃维兴教育、造舆论,皆必有纯洁之道德,使国民心理得所归宿。然道德之教育,必藉感以引之,使感动于不觉,则道德心油然而生。且富强之道尤必模范于道德,乃能取信而持久。教育宗旨,斯为美耳。至于言论,则《周易》所谓有物,不可不三复之。《诗》之"辞之集矣,民之协矣,辞之绎矣,民之莫矣",辞者非人之所以通乎?我言论界,诚不忍欺其民知,孳孳学术,先正其心之所向,以播为声气,国民道德将因之以自存,培其根本,卫其成长,国粹欧化,和合而凝,新气运自此廓开,而吾国庶有以立于宇宙也。昭汉庸愚懵瞀,内疚斯言。

本报同人,学谫能薄,日希望夫教育之同等,政治之改良,亦何敢妄以为少数人心术之微、论说之陋，即以转移风俗。然而男女平权之公理，终不能磨灭于天壤。精卫填海，愚公移山，区区用心，窃欲以一其道，粹其气，渊其识，练其才，慎言论，笃践履，劝勉吾二万万同类。庶几人材蔚起，无男女皆有以扩政治之思想，急国家之义务，而不越道德范围。是则本报所力求完善。幸海内贤哲硕彦，不我遐弃，而辱教。

——《神州女报(旬刊)》(1912)第一期。录自谈社英编著《中国妇女运动通史》，妇女共鸣社，1936年

先考伯纯公行略[①]

先君讳通典，字伯纯，号天放楼主，晚号志学斋老人。吾张先世，自曾祖以上，世居湖南湘乡城北，乡人名为张家湾者也。嗣家中圮，至先王父海英公，复殖产于城外泉井坳，所居曰一字墙，聚昆季家焉。海英公讳鉴南，妣氏李，三子，先君最长，生于清咸丰九年己未八月丁巳。幼而岐嶷，负异禀，稍长，研治经籍，暨明儒王、黄、顾诸子之学，于姚江尤有神契。盖其平生经世之略，匡济之德，固涵养有素矣。夙鄙夷科举，不屑为顾，先王父母望之綦殷，勉赴以慰之。甫成童，一试入庠，弱冠以后，卓然树立，声誉斐[②]然，同乡如曾、左诸公，争礼重之，许为国士无双。

清光绪己丑，曾公国荃督两江，敦邀入幕，任奏牍，兼江南水师学堂提调。尝为条画经营南洋群岛诸策，拟设领事，通轮舶，岁

① 本文题目，《中华妇女界》本作《张伯纯公行略》，今从《南社文选》本。

② “斐”，《中华妇女界》本作“裴”，据《南社文选》本改。

游弋兵舰,抚护国侨,振商业。曾大叹服,然恐格吏议,不果上。先君是时所主治国大纲凡四,曰正人心,曰求人才,曰理财,曰练兵。尝与友人翟孚侯先生书论及之,都万余言。后二十年,吾国主变法者,要不能越是书之规模,而正人心一端,则当世士君子,鲜有道者焉。继复进而博观时事进化之势,究察欧美致治之道,知民族嬗衍,非变政致强,则不足以图存,愤胡清专制之蠹国毒民,慨然以廓清痼疾、改善政治为任。纠同志,图改革,谋摧陷虏廷,建立民政,一时英俊如赵声、禹之谟、秦立三之伦,胥乐为勷助,奔走十余年,弥历辛苦,几频危殆,当道以其潜力之倾动东南也,甚蕲得而甘心。于是先君境益窘,不知者或动以稍易素履,则咈然曰:"柳下有难枉之道,吾而忍枉道干进者,久赫赫然且贵显,然奈吾夙志何?志不可夺。君休矣!"谢而去之。同志以是益知先君之皎然不欺其志也。所谂有道员罗长裿者,尝司盐榷大通,以事迕民,民群围榷署,申言必得罗某,枪声震屋瓦。罗惧,知不免,忽得谲术,以人乘垣,辞曰:"某奉职无状,死不足惜。虽然,某张公某之戚也,诸君忍不能稍推爱耶?"时率民众者为秦某,江湖侠士,夙慕先君为人,闻之诧曰:"有是,几使吾侪他日无以见张公。"遽率民众数百人去。后罗于先君述其事,先君愕然,且固不识秦,因从容谓之曰:"君后从政,幸爱民,毋复浪假鄙人名以解围,徒益鄙人罪耳!"然自是愈韬晦,兢兢恐人知,维举昔所蕲向以教育培国本、以实业苏民瘼二者,汲汲为之弗倦。岁丙申,陈公宝箴抚湘,雅知先君,力挽相助。先君乃为倡矿务总局于长沙,外州县分局十数,其开采龙王山、水口山及黄金洞诸矿,现岁入可二百万,非仅辟湘中未有之业,而东南矿务,实滥觞焉。湘矿在中国居甲选,皙种人久觊觎之,方幸吾国人不知其利,而自为之谋,屡思攘臂染指其间,洎闻是举,则皆相顾叹异。寻倡保卫局于省,举境肃然,为吾国警政之始。立宝善成机器厂,创用电灯,并设和丰火柴公司,小民之食其利者,男女数千人。盖自海禁既启,吾国百物,除茶丝外,悉仰资欧美,唯湘矿能获其利,而火柴一项,大都来自三岛,唯和丰能分其利。

岁戊戌,与谭嗣同、黄遵宪、陈三立、康有为、梁启超诸先生,倡南学会、时务学堂、《湘报》、《时务报》于长沙,海内名流,一时毕凑,举湘省民知之昌,学术之盛,盖莫是时若矣。时经济特科征士,江督刘公坤一以先君奏闻,远道寓书相劝,先君审虏廷不足与有为,辞弗行。会政变,六君子殉难,先君以耿介不阿,亦去而之鄂。督抚张公之洞、谭公继洵闻而致之幕中,以鄂全省营务相属,乃始编练新军,举黄公泽生及族叔紫峰,各将一营为之率。武汉军政,至今斐然可观者,盖有自来也。

岁庚子,与唐君虎臣谋政治革命,未成。东走沪,与容纯甫、章太炎、严又陵诸先生,发起国会于沪莼味园,与会者数千人,朝野皆震。江督刘公乃复以上海制造局广方言馆属之,意在羁縻也。拳匪构乱,载漪矫诏命各疆吏诛绝西人。先君知必肇奇祸,亟致书刘督,力请封还伪谕,任保护长江商务及外人身命财产,刘如言,东南得以无恙。已而先君志事,清廷已有所闻,而谗聱宵人,更从而媒孽之,以是遇益穷,而造次颠沛之际,仍一出于义。粤汉路工约成,湘鄂之士,栗然危惧,亟立联合会,推先君代表,由皖抚邓公华熙、桂抚王公之春委任,赴京力争,卒得废约自办。时当道捕党人严,先君所至困厄,独刘督雅重之,仍延入幕。先君为养晦计,遂携家息居白下者有年,安贫知命,怡怡如也。刘公殁,周公馥继之,任以两江学务处参议,兼编纂学务杂志。先君念今日学绝道丧,知育渐进,而德育不修,非拔本塞源,提醒其良知,则放心不收,即病根永在,请昌明国学,以勿欺良知为准则,以通经致用为指归。先是江南风气锢闭,闻兴学辄群起指而骇怪,阻碍横出。先君则排百障,任劳怨,力为整顿者数年,所倡有若养正学堂、养正女塾、湖南旅宁公学等。

岁乙巳，应友人公推，监督皖江中学于芜湖，其施教以知耻、立志、好学三者为正鹄，故一时及门，多为后起之秀。然校中教授，如苏玄瑛、陶成章诸君，固当时知名士，而富革新之志者，以是大吏尤惎之，遂辞职返宁，由宁而吴。时抚苏者为陈公启泰，邀往相佐。是岁，有宵小以革命巨魁谍先君于江督端方，端电陈抚命交省，陈以百口保之，乃免。未几，粤督张公鸣岐闻先君留心实业，电请入桂。先君夙知桂柳多膏沃未耕耘，可辟以殖湘吴之民，兴南越之利。既往，专任垦务，设垦牧公司于贵县柳州，跋跡往来，历数千里，垸埆坎坌，崎岖蛮烟瘴湿间，乃病足。先君体素伟硕，神清气健逾恒人，虽频遘邅迍，不少苶，至是乃须发鬖鬖尽苍，渐就衰矣。继游肇庆，王道雪澄，浼助政是。先君首察民瘼，以该地为滨海要会，商舶连樯，辐凑而群萃，然往往苦飓风，乃言于王道，相得良港，建筑船泊，舟楫资之，以避风患，生命货财，赖以全者岁无算，粤民歌颂至今。

辛亥春，以事之广州，会民军将举义，同志赵声问策于先君，并偕赴香港，大会诸同志。先君为条画方略甚备，然以各方部署未周，主稍缓，某君尼之，以是有广州之挫，赵声与七十二士殉焉。先君深痛之，遂患不寐。时城中百计搜捕党人，先君方居警署，同志不能出险者争就之。先君乃于缇骑纵横之际，力脱十余人于危。暮秋归沪，适武汉革命，震动全国，遂集同志取苏州。先是鄂中民军，乘新兴之锐，势张甚力，仇杀满人，江苏旗族，人人自危。迄先君克苏之日，易兴汉灭满之帜为兴汉安民，一城欢动，兵不血刃而事定。金陵方负嵎，闻之大震，守志以懈，联军遂乘而得其志。后有以苏督相属者，先君一笑去之，弗欲与彼碌碌者较一日短长。南京政府成立，聘先君为内务司司长，再任为总统府秘书，于国计民生，多所擘画，惟时有梗其议者，卒不果行。新国规模，未克远大，先君每与人论及现势，未尝不太息痛恨于世道人心之不可救也。临时政府既解，归年余，尝一至北京，郁郁弗乐，即浩然南旋，蛰居海上，经岁，惟闭户课子女自娱。

甲寅春，复遄返湘，谋集海外国侨巨资，兴办全湘矿业，适欧战起，事未果。乃暂权衡榷，址居回雁峰下，山水明秀，足以乐道赋诗，乃姑安之，为力除宿弊，免苛敛，商民感之。奉职数月，而比较长巨万，未及期，复调司湘潭，衡民群吁留之，不获。去衡之日，绅商扶老携幼送数十里，且有登舟垂涕，恋恋不忍去者。湘人士叹百余年所仅见，匪仅以政绩卓异已也。先君濒行，寄谕不孝等曰："厘金病民之政，吾于亡清数请蠲除以利商，当道弗从，因循至于今日，且以溷吾，辞之不可。顾自承乏以来，民幸不苦，今既释责，行将辞潭言归，自喜两袖萧然，无一不洁钱渎吾家耳。"至省，五辞潭局事，不得。湘潭厘金，在湘为最下，年耗损甚巨，人咸视为畏途。先君往未三月，复盈收四万八千余，商民且忻感，闻者叹服。初夏，湘中水灾，先君亲巡各卡殆遍，相度修理，以防泛溢，体为湿热所中，心瘏力痡，积劳成痗。六月上旬，偶婴小极，医者又庸误，致汗出如沈，遂患手颤，然浸假渐差。八月十二三日，起居视事犹如恒，且自撰《煤铁公司宣言书》及辞职详文，各纵横数千言。十二夕，作长书寄沪寓，字整秀若平时，复与族叔子岷论时事及家事甚悉，神采奕如。十四日晨兴独蚤，微觉弗适，医至与谈病况甚久，并亲送之庭际，已呼仆炊米饮，复自起易外衣，既瞑坐榻间，色洋洋如恒时。少顷，仆以米饮进，遽麾去之，已而呼之不答，众始觉有异，群医集治不效，至午刻，竟弃不孝等而长逝矣。乌乎痛哉！时中华民国四年八月十四日乙卯七月初四也，年五十有七。悠悠苍天，曷其有极耶！卒之日，自晨至午，始终无颦蹙及呻楚状，比殓，面色如生。其明于生死之际，神志湛定，而学养之冲粹者，固足以临危而不乱乎？与局内外百执事之属，姑未信凶耗，比趋室睹状,莫不哀恸失声。先君莅潭甫三月,其遗爱感人已如是。不孝昭汉、元群等在沪闻噩电,奉母驰归。不孝元祜自保定奔丧,抚柩躄踊,痛不欲生。

伏念先君天性肫厚敦笃,接物处世,以诚以敬,不作疑猜之心,小人或以其易欺,肆为狃诈,往往一笑置之。友朋尝以古道不能处今世为言,则逌尔曰:"诚能格物,矧在人群,我待人以诚,性夙然也。宁能逆亿人之负我否耶?"其坦率磊落盖如此。事先王父母至孝,于诸弟悌,于诸子侄慈惠以教。先七叔少海早殁,力抚恤其庶母及妻孥,其孤侄及戚属子弟之寒俭者,常自节衣食以佽助,俾得就学,故旧有困乏者,辄倾所有济之,不足则典质以与,务解其厄。迨司衡榷,百务纷赜之际,犹惓惓先七叔之子谋弟,恐其乡居废业,命来衡送之入学,公暇教诲无倦。于母氏结缡三十余载,燕好如一日,每得一诗词,虽远处湘粤,旅幽燕,必邮母氏索和,并命儿辈赓作,以娱老怀。处忧困之际无戚容,尝顾不孝等怡然曰:"吾毕生轗轲,怀抱未稍酬,惟妻如孟光,足与适道,儿女尚知自爱,他日当有绍述吾志者。家庭之乐,差足慰耳。"不孝等闻斯言,既悲先君之遇,复惧子道之亏,惟誓痛自策砺,冀有所树立,无忝所生,讵图遽尔溘逝,使不孝等抱靡涯憾,彼苍厄人,抑何其酷,悲夫悲夫!即署次成服分奠后,谨护柩以归,奉窆于湘乡胡家冲夹璧山祖茔,首亥趾巳。发椓之日,会葬临送者载道,商民沿路祭奠,皆戚戚哀慕,若丧所亲。

乌乎!先君著述宏富,少时有《天放楼袖海堂文集》,壮岁有《匡言》及《志学斋笔记》等。而前岁寓沪,以比邻兆焚如,藏稿悉毁,今存者弗逮什一。行将编录次第,谨以付刊。母何氏承徽,字懿生,衡阳何璞①元先生之季女弟也。生不孝等七人。子三:长元

① "璞",《中华妇女界》本作"仆",据《南社文选》本改。

祜,肄业保定军官学校,妇李;仲元群,肄业南洋大学;季元雄,肄业上海尚公小学。女四:长贞琬,适黔阳黄本璞,已殁;次昭汉,现办上海神州女学;次宏楚,适应城蒋作宾;幼振亚,肄业神州女学。不孝昭汉,哀毁余生,方寸已裂,不能文辞。顾先君言行有不可湮没者,敬略述其大概。唯当世有道闳博君子,矜而锡以志铭,或宠以哀诔,俾光泉壤,永志不朽。谨述。

——《中华妇女界》第二卷(1916)第六期。

参校《南社文选》,民国十三年(1924)排印本

陈鸿璧

陈鸿璧(1884—1966),原名陈碧珍,广东新会人。父陈兆桐,招商轮船局总办。弟陈抱一,著名画家。陈鸿璧曾就读于上海中西女塾,后毕业于上海圣约瑟西童女校。1905 年前后开始介入文学翻译活动。曾在上海民立女子中学和育贤女学校任教,在上海创办招收粤籍学生的幼稚园与小学,曾任上海神州女学校校长、《大汉报》主笔等。著名女教育家、翻译家,同盟会员,终生未婚。译有《苏格兰独立记》《电冠》《第一百十三案》《印雪簃译丛》等。

张昭汉与苏州光复

武汉起义后,湘省首先响应。时清军既南下,人心摇动,而张勋负固于金陵,苏、沪亦观望不动。余友张君昭汉慨然谓余曰:“金陵不下,东南半壁无根据地,天下事未可图也。然欲克宁,必先得苏、沪,以壮声势。”时君方习英文于圣约瑟女书院,因是毅然解学出,日奔走于各地,以联络同志,谋光复计,寝馈俱废。至九月十三日(11 月 3 日),陈英士君、李燮和君等乃攻克制造局,恢复上海。张君谓二三同志曰:“上海既得,陈、李诸君坐镇不暇分身,东吴之事实吾辈之专责也。”遂于是日随乃父伯纯翁返苏。濒行时,复请龚君铁铮赴吴淞,说炮队统领朱庭燎君共襄义举。既归,亟运动军警各界,并约章君荻秋(章君为此役军界之最得力者)、成君国屏等往说程公雪楼。程意为动。时沪虽已建义旗,而吴人素怯谨,至是仍未敢公然谈革命。而张君预备一切,在其饮马桥寓斋中,事无巨细,一二躬自为之。午后复自往市购白布十余尺,乘肩舆归,裂布为旗,可数十,其母、妹缝之。张君一二亲书四大字于上,曰“兴汉安民”。所以不用灭满字样者,盖不欲惹起种族恶感,致满人多遭杀戮而扰治安,其用心良苦矣。后制长旗二,大书“中华民国江苏都督府”,以备悬于旧抚署之门也。又以其弟元祐之方石砚盖,令人于密室篆刻“中华民国江苏都督印”,后实以棉,外以朱缎裹之,俨然一庄严灿烂之印绶也(是印曾往市求代刻,而各店无敢应,故不得不自以砚为之)。张伯翁乃拟安民告示曰:

照得军民起义,同胞万众一心。所至秋毫无犯,莫不踊跃欢迎。各省名城恢复,从未妨害安宁。苏省通都大邑,东吴素著文名。深虑大兵云集,居民不免震惊。今特剀切宣告,但令各界输诚。愿我亲爱同胞,仍各安分营生。外人相处以礼,一团和气不侵。旗满视同一体,抗拒乃处死刑。共和政体成立,大家同享太平。

张君率弟妹各楷书数百纸,两昼夜未眠食,毫无倦色。及十四夕(11 月 4 日)军士之同志者数百人皆应召至,张君扫除一大客厅以客之。众议既定,公举章君荻秋为临时司令官,军士无不听其指挥。时诸人有议举张伯翁为都督者,张君父女皆慨然谢曰:“吾辈志在澄清宇内,光复旧物,何必自行执政!程公雪楼抚苏以来,政绩卓著,且素明大义,我等斯举,必忻然赞成。苟公举为江苏都督,必孚人望,且以一夙富经验之疆吏而为民国之都督,既悦民心,复可为西北诸省立一好模范,岂不一举两得?”众鼓掌称善,于是遂决属意于程公矣。军队部署既妥,即遣使数十,乘夜半张贴告示于各城门及通衢,时驻城外之马队、步队、工程辎重等队亦已联合。十五日(11 月 5 日)破晓,各军整队冒雨入城,会齐城内之兵官,直往抚署。至八时,群请程公登大堂,誓词毕授以都督印。程公鞠躬受之,鸣炮九响,门外遂高悬雪色之长旗,飞舞风雨中,若与曙色秋光争洁白焉。俄顷间,兴汉之帜遍城中,军警绕臂之白布与安民之告示,触目生惊喜,庶民咸拭其晓梦初醒之眼,奔跃相告,几疑神兵自天降。嘻!彼等安知主动其中者,乃一青年女子耶?是日,各界往饮马桥张寓听新闻、索白布者,户为之塞。时将近午,沪上所派来吴谋光复者始到。车甫抵站,遥见城上之白旗,相顾愕然,入城询得情形,莫不叹是日办事之神速。

其翌日,程公以军政府初建,江宁未下,人心未定,不能无言论机关,以主持正道,鼓吹军人尚武精神,遂以江苏《大汉报》属张君,就沧浪亭畔之可园为报馆。该园颇宏敞,编辑印刷及发行皆在焉,聘金君松岑、陈君去病、傅君钝根助主笔政。三君皆同盟会旧同志,而雄于文者也。余亦滥竽其间,担任译电及西报论说等。张君经理兼编辑,百忙之余,常手草社论,洋洋万言,或作微言、时评等,苦口婆心,不啻大雄棒喝。其发挥共和真旨,鼓励军士敌忾之气,尤不遗余力。金陵一举而克,苏军健儿能踊跃从各军后者,实受《大汉报》之影响不鲜。

夫吴会之役,兵不血刃,鸡犬未惊,固赖程公之明断识时。然苟非当时举事者措置得宜,假使一疏忽,则军警操戈于内,驻防营疾视于外,有隙可乘,奇祸骤至,则光复之主动者不立为鱼肉乎?顾张君毅然行之,但知有大局,而不暇计一身一家之利害,其豪侠勇敢之概,足以光中国而愧须眉矣。

——《神州女报(旬刊)》(1912)第一、二期。

录自全国妇联妇女运动历史研究室编

《中国妇女运动历史资料(1840—1918)》,

中国妇女出版社1991年版

张昭汉

张君昭汉，字默君，湖南湘乡人，夙抱大志。痛满清之专制，耻国势之衰微，遂醉心革命。自甲辰秋由龚君之介绍入同盟会，运动奔走，不遗余力，并担任销售民报，东南女界略有革命思想者，君之力也。秋瑾制炸弹于沪，张君密为筹画经济。孙少侯之役，张君亦遥为协助。会事败，虏督端方派巡警围伺其金陵铁汤池寓所者数日，时君已来沪，得免于难。戊申(1908 年)春，端方忽以粹敏女学属君，函电交驰。札委既至吴(时君已由宁迁寓苏州)，举家疑而尼之，君慨然曰："大丈夫当乘机有所为，奚惧为哉?"遂至宁。时粹敏方在风潮澎湃中，学子已四散，闻君至，复负笈返者八十余人。君竭力改良校务，粹敏遂大发达。秋间端方复延君兼任督署内模范小学教务，君喜有可图，慨应之，而不受其脩金，数挟炸弹出入于端氏之内宅。但其时赵声已去宁，军界表同情者尚少，亘数月而布置未周，君以举事以兵力为重，军界无可恃之首领，动必偾事，遂谓同志某曰："端方直我掌中物，歼之如杀蝇，使赵百先在，金陵固可一举而得。惟今内容若此，吾何必打草惊蛇，蹈徐锡麟覆辙? 时机坐失，良堪痛惜!"会秋操，端方之皖，君谓熊成基曰："既江宁无备，君能善结皖军界，伺隙而动，则长江下游可易汉帜。宁、皖既固，赣、鄂、湘诸省必有同志响应，大局可图矣。"自熊败于皖，君悲同志之摧残，忧改革之多阻，慨愤成疾，残冬几不起，遂力辞粹敏事。举校苦留之，端方复畀札慰留，并许任事三年后，咨送游学美国，君以体弱，且伤心国事，乃坚辞弗往。明年秋初，挟笈来沪，入圣约瑟女书院，屏除一切，读书养性，以待时机。

——《神州女报(旬刊)》(1912)第二期。

录自全国妇联妇女运动历史研究室编《中国妇女运动历史资料(1840—1918)》，中国妇女出版社 1991 年版

丁志先

丁志先(1886—1903),原名喜仙,嵊县(今浙江嵊州)人。父丁谦,举人,曾任象山教谕。志先好读报章,知新学,闻时事。1902年入读上海务本女校。1903年10月病逝。

不缠足会序

体日弱,容日瘁,步履彳亍,跋涉艰难,悲夫吾国女子之缠足也。吾国素不讲女学,故缠足之风由渐而起,致女子尽失应有之乐趣,应得之权利,甘为玩物,甘为奴隶,人得而欺之弃之,且悬七出之条以恐惧之。年深月久,为女子者,遂成习惯,不但不能自奋,反思争妍竞媚之术,不惜肌肯,缚之束之,务使细如削笋。养女者亦以此为美观,时用如狼如虎之手段,鞭挞殴骂,使至珍爱掌上珠,憔悴形骸,以博他人之赞美。吁!此共趋足小之风所由来乎?吾谓此风在昔日犹可,今各国通商,文明之气象,输入日多,弃旧更新,正其时也。乃以袅袅之形,纤纤之状,深闺伏处,一无所知。又焉能立女学之基,创女权之始哉?今象东王晏更先生,首立一不缠足会,处处劝戒,以为女子缠足,有伤身体,有损子嗣,为黄种衰弱之大原,以劝救我同胞。愿为女子者,急去行缠,脱此苦难,作将来自立之地步。盖女子既不缠足,即与男子无异。男人可为之事,女子无不可为。豪杰英雄,岂惟为须眉言哉?倘仍昏然不悟，信男女相去五百级之说，矫揉造作，成凌波之纤态，供人观览，试使俯而自视，能不羞乎？况近来中国之势，愈岌岌矣。强邻四逼，日言瓜分，即人人强其身体，以图自立，犹虑不及。顾使二万万女子，因缠足以致无用。哀哉女子！痛哉女子！抑思他国之女子多自由，我国之女子多束缚；他国之女子多智慧，我国之女子多颛愚；他国之女子多坚强，我国之女子多怯弱。人格高下，相去悬殊。种种原因，虽不尽由缠足，而缠足一事，尚不能改，何论其他？言至此，几令人泪涔涔下矣。顷者王君，以开会缘由，属吾为序。以吾浅陋，何足当此？但我生不幸，既值此事变沓来之世，不能力劝同胞，稍变缠足之积习，即终日愤激，亦复何用？故不辞草率，略书数言，夫岂能尽其意哉？

光绪二十九年岁次癸卯五月端阳日，古杭女士丁志先识于象山学署。

——《爱国女士丁志先遗著》，清光绪三十年(1904)刻本

日记

光绪二十八年三月初三日，阴。赴沪学堂，拜别母亲。随爹爹乘轿行十五里，过彭姆岭，到黄溪渡，饭铺中午餐。时北风大作，船不能近岸，再三招引，始得至岸。吾与爹爹上船，另有搭客数人同坐，船乃行。甫至蛤蚆嘴，则反风平浪静。舟行六十余里，至外山嘴，潮退水落，船不能进，乃泊于岩下。众客争上岸，沿山而行，先至墙下潭矣，吾与爹爹不能上。待船家晚餐后，水始稍涨，复行十余里，又不能进。遥见灯光，始知近埠。时月色朦胧，至更余始岸，复乘轿至墙下潭饭铺中，晚餐止宿。此地之人说话，已宁波音矣。

初四日，晴。阳光焕发，顿觉神清气爽。辰正，乘轿行十余

里,过数村,至道陈岭脚。吾不耐轿之簸荡,乃与洽海步行上岭,觉气喘难堪,乃就岭顶凉亭上游息片刻,复乘轿过金峨寺。素闻其名,因往游,见路径甚佳,但寺之制度不甚广大,略一流览而出。时雨初晴,遥见山上瀑布,如同匹练,诚可观也。午至芦花桥用饭,复乘轿行二十余里,至横溪饭铺中晚餐。餐后天色尚早,至埠犹有二里之路。乃与爹爹缓步下航船,见争渡之人,甚形热闹。乃早睡,及一梦初回,闻橹声欸乃,甚动乡思。

初五日,晴。早至宁波,乃买点心充饥。及上岸,随爹爹行里余,下驳船。从老江桥至轮船埠头,下轮船。此日正礼拜六,客甚拥挤,可坐之处,业已占尽。吾与爹爹,惟坐于舱门口。申刻启轮,至镇海关,见镇海县,城环于山半。甫出口,至大洋,船门皆闭。吾此夜惟睡数时,因船内人杂故,行路之难如此。内有一日本人,携唱琴,唱至十二点钟始睡,聊可以消永夜也。

初六日,晴。天稍明即起,时船方进吴淞口。启窗观之,见两岸洋房周密。已正船乃傍岸,有从岸上来之人,头包黑布,眼起血线,即所谓野鸡者。又有送栈票者,又有送小车票者,纷纷不一,如欲抢夺之势。洽海乃执天宝栈票招之,其人即将行李一一点付野鸡,胡乱挑去,又代雇小车三乘。吾与爹爹拥挤不出,以门已为野鸡挤紧,进退不能。正在无可如何,一洋人偶见,下梯以鞭挞之,始稍通。吾紧随爹爹而出,乘小车至天宝栈,则行李已运进楼上。吾倦甚,乃将铺盖打开,睡至午正始起。午餐后,出栈,乘小车,至新北门外,步行随爹爹进城,见街路狭窄。吾顷观租界,洋房阔绰,洁净异常,观之令人笑口欲开。今见城内,景象大相悬殊,令人内愧。进一门,过九曲桥,入湖心亭。见四旁多玉器店,与字画店,云此为外花园,尚有内花园,因门闭不能往游。乃缓步至城隍庙,见不甚修整,略游而出。复至城外,乘小车至第一楼。楼有三层,乃登其最上层,倚栏观望,心神畅适。对面一楼,乃女唱书之所,见女堂子相继而入。须臾锣鼓声大作,吾心动,请于爹爹,与洽海往听之,至则众堂子围桌而坐。有二美者,歌喉宛转,音韵绕梁,唱毕而去。吾亦返,又乘小车至栈,爹爹已先在。晚餐后,与爹爹至春仙观戏,见服色声容,果与他处不同,但所演戏不佳。至十下半钟,回栈止宿,此日倦甚。

初七日,阴。巳正,吾与洽海往马路,闲游片时而还,至栈午餐。未正,乘马车,从四马路至张园,进洋房饮茶。茶毕,步行往各处游玩。过弹子房,又观洋房藏花之所,步履追随,流连忘返。此时凉风习习,兴致怡然,又从他路,仍至洋房。闻楼上丝竹盈耳,上楼观之,则女班演戏处也。声容服色,竟至男女莫辨。细观之,脚多小,行步之间略异,又面无喜怒色。正看间,天已大雨。乃下楼,上马车,水滑泥涂,又将车篷放下,观望无从,殊觉扫兴。正闷间,遥见前有兵勇无数,乃往接使英钦差者,道旁负枪而立。吾因天雨,游兴已尽,返栈晚餐。餐后请于爹爹,欲往观戏。爹爹不去,吾与洽海又往春仙观之。此夜坐较近,戏亦较佳。吾观之至十二点始回,见街上灯稍稀,方知夜色已深。若不回,则戏馆电灯亦将灭矣。至栈,爹爹亦将睡,乃为爹爹述之。

初八日,阴。即在栈取报阅看。午餐后,爹爹乘小车进城,访问学堂。吾与洽海在栈闷甚,乃出游。至会仙茶园,因入观,亦女戏也。然此班较张园为佳,其戏馆亦略与春仙同,但稍小耳。申末乃回,爹爹已先在。吾问学堂之事如何,爹爹谓此堂已添特班,可免年长之虑,取特班章程示吾。吾见之甚喜,谓姊妹间可有伴矣。爹爹云,初十日送吾往学。晚餐后,因欲安息身体,遂早睡。

初九日,微雨。在栈闷甚,与洽海往法大马路,买物数事而返。午餐后,吾从爹爹至中外日报馆买报,又买《黑奴记》与《白话报》等。乃出,在马路闲行。至陶芳居茶楼,倚栏下观,马车、东洋车,往来逐逐,片刻无停,车声辘辘。天气清凉,诚觉畅心悦目也。

申刻乃还。在栈无事，取《黑奴记》阅之，见其笔法清新，几不能释手。九下钟睡。

初十日，雨。不能往学，又取《黑奴记》纵观。申刻，雨声犹隆隆然，因不出游。

十一日，阴。从爹爹乘小车，至大南门止。步行赴务本学堂，见其屋不甚广，而高爽异常。入见女监督王先生，年三十余，和洽可亲，乃稍谈来此之意。言次闻钟声，见众姊妹皆出而游息矣。约十分时，仍上课。吾乃随王先生上楼，已将吾铺盖等物携至左首房，见内设床六，一乃仆妇所睡也。至晚，与众姊妹在楼下左首厢房内晚餐。餐后七下钟，随众姊妹至温课堂，阅报，写所读所看之书，呈于吴先生处。钟九下而睡。

十二日，晴。入课堂肄业。

——《爱国女士丁志先遗著》，清光绪三十年（1904）刻本

壬寅四月十三日第一次家信①

父母亲大人膝下，敬禀者：

于十一日，接奉训示，领悉一切。所示讹字，因彼时未检，后当留意。然写信之时，皆甚忙急。况今堂内，功课加多，已开时刻于后，更无闲时，望亲谅之。

女先生常谓吾衣服不合式，故儿将衣束小。又谓下半年将习体操，不如早做一套，儿从之。今做稍大夹袄一件，白洋布紧身小衫二件，□布衫二件，紧身小夹袄一件，裤子一条，已交往做，现尚未成，今附布单于后。银钱已足敷用，不须再寄。暑假至杭州，欲

---

① 原文题作《壬寅四月十三日第二次家信》，应为编排之误，今按写信时间顺序订正。

馆中婢女伴往,甚为不便。且同至三姨娘处,亦不雅观。且彼等亦不能去,以洽海一人陪去亦可。知爹爹寿期在四月间,相应各事未办。

儿在堂内,女监督甚相照顾,诸姊妹亦相亲爱,但中文胜儿者,并无其人。今加一孙姓姊姊,上海人,年已三十余,有子女三人,寄于母家,己则出来学习。即陈姓者,三岁一女,寄于母家而来此。陈则已欲至此,孙姓则其夫令之至此,思之诚令人失笑。特班内中文以陈姓为最,志亦甚高,但恃才目中无人。因儿中文与彼相等,甚忌儿。一汪姓者,人虽直而邪蠢。一杨姓,恃富而骄,不屑与人交接,但性质不敏,只得问人,诚可笑也。一夏姓,性执不化,又无志向,因其兄在学堂,力劝至此。彼心中本不愿,乃谎之使从诸姊妹游,至则不能返。彼中文亦通,亦聪敏,今则仍力学中文,而不欲学英文,且不愿听演讲修身地理之类。故虽日听文明之语,而仍吃素。女监督与众姊妹劝之不听,其执可知矣。孙姓者则染上海积习。若施姓与盛姓,人甚老实,性亦温和,但彼等皆与年长为伴。特班内惟吾最幼,故不甚浃洽。但以儿观之,惟可为口舌交,不可为心腹交也。与儿同房,一姓杨名林和,一姓王名梦龄,年皆十五六,上海人。林和性柔和聪敏,幽静不多言笑,与儿甚相得。梦龄尤聪敏,能干胜人,性甚和,英文可谓第一,问之颇肯指教,与儿亦善。

馆中又有姓薛姊妹三人,一七岁,一十一岁,一十三岁,皆在此学习。彼云大姊廿岁,在教内亲信女学堂学习。其二姊姊名锦琴,十八岁,曾往东洋,今在上海法大学堂学习,乃女子中最著名者,王先生谓当今第一识时务之女才子也,曾在张园演说,声名甚好。初七日,吴先生请彼至堂内演说。巳正始至,儿等皆列坐静听,乃声言曰,今日吴先生唤吾至此,吾无才,亦无他语与诸姊妹谈,但吾愿诸姊妹,不可看轻其身,须自视己身极要极重,异日当为国家出力,毋以学业为名利计,为一身计,当思此时国家需人之际,吾辈学业,乃补四万万人必须有学之数也。言多不能备述。后又言曰,有一最要语须记之:此堂内之诸姊妹,宜各相爱,视同骨肉一般。须知同堂不爱,何以能与一国之人合群而兴国哉?且诸姊妹得在此习业,乃最便也。如吾初学时之苦,安能及诸姊妹哉?

演次,吴先生等皆在外立听,演毕皆拍手。吴先生乃走上曰,同学须爱,锦琴姊之言须记也。今日锦琴姊须过午而去,汝辈可与之谈谈。言已而散,乃肃彼至客堂。儿观其人甚短小,貌亦平等,只十五六可看,又梳发辫,更觉其小。众姊妹稍谈谦虚誉彼之词,竟被其言言驳尽。谓当今之时,不可用谦虚语,且何必羡我,当较吾更高斯可耳。儿见谦词无可入,故亦无一谦语。问彼以先时所演之语,则对答如流,言言精妙。众姊姊皆避去,惟吾与陈、施二姊在。儿问彼处学堂,章程可好,答言章程皆不能好,即南洋公学亦未见出色。吾曾往三马路学堂学习,见功课甚宽,令人对之生厌。儿问若开学堂,如何方佳。彼曰开学堂亦难言传,须以己意度之,若己如何适意,则学生亦适意耳。儿又问吾辈出此堂,以何事为□。彼曰此非可一定也,最佳则汝有几许之能,即教人几许,岂待学成乎?此时陈、施二姊与王先生皆白眼视吾二人,不能出一语。遂同吃午餐,至吾辈上课乃去。若得此人为友,吾愿足矣。

初九日,听格致。时教内亲信女塾,外国女教习,引其学生七人至此游玩。女学生年皆二十余岁,锦琴之姊亦在内。女教习与吴先生言,请吾等去游,言甚清明,且和洽。十三日,至操场观体操,已另纸开载。

今堂内教习,一陈姓,一陆姓,一即吴先生,一账房,皆住院不去。陈姓年五十余,惟能教中文,陆姓亦惟教中文及算学,英文吴先生自教之。因特班内皆年长性锐，故不惮劳而教。所教英文，日三四行，儿甚不能上口。然尽心力习之，或亦不难。但他人皆有退心，惟儿与陈、施二姊，必欲习之。吴先生亦知吾等读英文难上口，尽力而教，常至十余遍，又再三开道，和言悦色，不以为烦。若演说时，则桌椅几席，必亲为排理，汗流浃面不顾，此诚少有之人也。夏先生教地理图，王先生教身理，皆二三十岁，然皆分教数处，至期则至。陈先生之子名锦园，教杂讲，年二十三，为当今惟新之第一流人。所言杂讲，儿已另纸开出，不能及其言万分之一。今彼为育才、普通、兵操三处总教习，又为数处杂教习。彼讲演时，白眼视天，愤恨之容可掬，诚热心人也。

儿在堂内，身体爽适异常，饮食大加。至申酉时，不吃点心，则饥不能忍，日必买十余钱，想日跑二三十次楼梯之故。诸姊妹亦然，稍长者皆已带钱，使娘姨去买。稍暇，则与诸姊妹或扑皮球，或跳绳，或学软身体操，心甚欣悦。但思亲甚切，余亦无他。

未知妹弟所读浅近教科书，已曾买否。若未买，儿可托账房往买，蒙学初二编甚好。儿此地初五日小考，得第三名。所赏前三名，卷刀一柄，铅笔一枝，印色一匣，墨水瓶一个，在后者皆无墨水瓶。今儿欲地图与小楷帖，未知可寄否。又有一方头鞋样，在书夹内，望为寄至。今儿已做瓦片鞋一双，底则皮底。放暑假时，洽海若来，须令其月底月初至此，若迟恐人皆散也。今开功课数条于后，又有图一纸，账一。今新名已取，敬写于后。肃此敬禀，恭请金安。女丁志先百叩。

——《爱国女士丁志先遗著》，清光绪三十年(1904)刻本

壬寅四月十六日第二次家信[1]

父母亲大人膝下,敬禀者:

自堂中别后,谅已安顺回署。儿在学堂,身体安适,望毋悬念。堂中课程甚善,今开起居息食时刻于别纸。

课堂在外院楼上,以特班、甲班、乙班分为三间。儿在特班,此班惟七人,陈、施、汪、杨、夏、盛,年皆二十以上,亦皆稍通中文,皆以姊妹称。甲乙二班,儿均未悉其姓名。内院三间,楼下中间,分为两半,前半为游息之所,后半为楼梯。左则连厢房分为两半,前半为餐堂,兼为甲乙二班温习课程之所,后半为净面之所。右亦连厢房分两半,前半为客堂,与女教习坐处,后半则特班阅报温课之所。其后有三间,则洗浴溺便之所。从侧边开出为厨房,炊饭煮菜,皆用男子。所用人,则二婢、一仆妇,梳头皆更代,衣裳皆彼所洗。

楼上左间,儿与四位妹妹卧所,四位皆在甲乙二班中。二位年十五,一徐姓年十三,松江近处人,路亦须一日夜。儿甚异之,以其年甚幼而能至此。左间厢房楼上,乃女教习所卧。女教习年三十余,姓王,略通中文,近亦学西文。吴先生以十元一月请之,专督起居息食。女卧则开帐以观之,必问寒热,然容甚和,众亦嘻戏无忌。

外堂则吴先生自为教习,又他请数人。所教蒙学三编,又学作句,则以浅近文义为之。所学西文,则亦开列数字于后。修身学,近惟言眼睛一段,算学则浅近加法。又学画亚细亚大陆图。

---

① 原文题作《壬寅四月十六日第一次家信》,应为编排之误,今按写信时间顺序订正。

但所教先生，一课一更，每教一课，必立而大声言之，无坐时，虽坐亦惟一小椅而已。学生则皆坐，如观戏然。先生前有黑板一方，先生手执石笔，书其板上，口则或问或讲无停时，学生或听或答，均不可离位。如此为师诚苦矣，然学生进功甚快，儿甚喜之。

然见其穿著皆甚异，有的将前看发，长至数寸者剪齐，女教习谓儿亦须如此。十三日，竟与儿剪进至半寸而梳辫子。有一小的，竟将辫子剪去，余四五寸许，望之竟如洋人。有的身穿竹布长衫，短背心，脚著瓦片鞋，见之疑如男子。脚则有大半不缠，有著皮鞋者，有瓦片鞋者，以儿之脚与盛家姊之脚为最小。儿卧，争将鞋去，传观几遍。女教习言为儿做一双瓦片鞋著之，然儿衣裳甚是不合，女教习谓稍剪之，儿于礼拜日乃以线缝小。

又有禀者，同学皆近处人，礼拜日均可回去。惟特班内陈、施、夏、盛为松江人，若暑假时亦可回去，女教习亦必回去。若余儿一人，如何住法，不如使洽海送儿往三姨娘处，稍停再处。儿身甚适。今为父大人寿期，以不能亲叩为憾，惟遥相叩贺而已。肃此敬禀，恭请金安，弟妹皆好。女丁喜仙百叩。

——《爱国女士丁志先遗著》，清光绪三十年(1904)刻本

壬寅四月廿九日第三次家信

父母亲大人膝下，敬禀者：

前奉一函，谅已接览，不及待回谕，又有所陈。

今馆中吴先生引一做皮鞋者至，谓吾等愿做者皆可做。故堂内姊妹，做者大半。儿亦欲做，未知可否。因其价太贵，必二元余方可，著之亦甚适。前做之瓦片鞋，著之大不合足，故与施家姊换一方头鞋著之，似甚适，但究不免诸姊之言小脚也。若稍行迟，皆谓小脚之故，何不速放。众口同词，竟至小脚者不能前。若著皮

鞋,其样如靴然,著之足之大小不能辨也。

今所学笔算,加减乘除,已学至除法,加减甚易,乘除较难,然用心亦可学也。所读英文,名拍腊卖,已读过二十余课。今将草写字母列于后,但读其后而将忘其前,且解法与拼法不甚熟,大不如中班内人。但用心读之,至久或可明了。

儿观弟弟性甚灵敏,乃有用之才。日昨陈先生言,童子之性,若百事禁之,使其行如行,坐如坐,愚笨者能之,稍有志者必不能,以至越教越坏,而不可为。弟弟亦如是耳。望二亲大人,以近时之教育法善导之,使不失其性灵。

儿在塾中身体甚适,早餐吃粥,以咸小菜数盘;午餐及晚餐,或三碗两盘,或三盘两碗,馔亦甚佳。间三五日,必有牛肉,最适口。

今特班内又加一人,姓曹名庆云,十五岁,稍通中文,与儿同房。其人性敏而怪,口谦而心骄,言是而意非,且坐无宁时,目不停瞬。如此之人,诚将远而避之。彼云其姊将出洋,儿又闻薛锦琴亦将出洋往美国,彼等诚有志之人也。日昨吴先生引一老者经莲珊先生至此游,谓即戊戌年开女学堂之人,始从东洋归,闻此地有女学堂,故亟来观。彼意仍须再开,儿愿其早成也。闻吴先生将备秋千等器,与吾等为练力之戏。

今堂内王梦龄与薛锦涛创一演说会,儿亦在会内。入会者以年为次,于放夜学时,每日以二人演说。儿已演过一次,略将国家大势论之,但众皆坐听,以目相视,甚不易言,想习久或能言耳。

此次男女出洋者甚众,女子七八人,有一家姑嫂姊妹皆往。今堂内杂讲教习陈锦园先生将发辫剪去,亦往学。吴先生亦欲去学数月师范,归教吾等。其母闻之,急乘轿至,谓吴先生曰,汝东洋必不可去,且吾老,汝又无子,去必数年,何忍乎?昔吾容汝开学堂者,因汝欲出洋耳,今仍欲出乎?言次,涕下满面。吴先生诺诺连声，言不去，至再至三，始已，吴先生乃不敢去。陈先生于廿九日谓吾等曰，吾出洋去矣，汝等须记吾数言，一使其身强可行事，二不可虚度时日，三毋妄费钱，四必使其子女皆读书，五须择人而交，此数语必须记。此等师去，诚可惜也。肃此敬禀，恭请金安。女丁志先百叩。

——《爱国女士丁志先遗著》，清光绪三十年(1904)刻本

壬寅五月初九日第四次家信

父母亲大人膝下，敬禀者：

于初八日王利焕送训示至馆，领悉一切。知二十日爹爹寿期，儿不能亲祝为憾。三姨娘欲亲至申来领，儿知之惊喜欲狂。但烦三姨娘大驾，于心不安耳。所寄小楷帖，儿甚不喜，故仍带回。前见哥哥所临之帖甚好，未知可寄否。又有《归去来辞》帖，在儿书箱内，望为寄至。所云《新民报》，于孙家姊处曾借观，笔法甚佳。又有《清议报》，亦是梁启超所做，儿曾在梦龄姊处见过，原本一百册，另买每册一角五分，儿欲买此报。儿于地图虽不熟，然东西南北五洋五洲之间，似觉了然。所询蒙学堂课程，因仓卒之间，不及问吴先生。然课程严密，莫如王氏育才学堂，惜所费过巨，今附章程一本。

闻妹吃丸药后脚已不痛，望母亲大人不必再加缠紧。妹妹正在幼年，望即放脚，使之身体强壮，可为将来入学之基。闻经莲珊先生元善，自日本回，又将前所开之女学堂重新办起，甚可喜也。

今馆中于初三日星期起放假，至初七日开馆。王先生亦回去，惟余儿与松江姊姊四人，甚觉寂寞，但姊妹间更形亲密。初六日，王先生回，午餐后领儿与诸姊姊至博物院一览，乃皆乘车往。值此日院内有事，闭门不纳，甚觉扫兴。王先生谓何不往新园看

看,乃乘车行,至则张园也。盖车夫不识路径之故。于是即在张园游览。有他学堂学生,学脚踏车,驰驱还往,甚可观。申刻始回,又入洋行,买牙刷一,墨水笔一。此游连车钱,共用洋七角。若下次给假,仍欲至博物院。诸姊姊与儿等皆谓有益。

今三马路登贤里开一女学会。吴先生言,汝等可往游,若愿入会亦可。陈家姊姊与儿甚愿往。会之细章程如何,尚未详悉,大意谓能演说者演,不能者听。若果往游,儿必入会也。儿读英文,较前为易。又与陈家姊立一会,放夜学时则写,夜课时则读,放午学时互问拼法,如此庶可记熟。算法亦略有进益。

馆中杂讲教习已往东洋,初二日动身。普通、育才二学堂学生,皆齐班往埠头敬送。此师既去,堂中诸人为之无兴,甚为可惜。去之日,其父泣而送之,离情甚苦,子则欣然。其父本不许其去,因伊妻已卒,只得听之,然甚哀恋也。子则不会其意,谓欲兴中国,正在此行。故告吾等曰,吾辈不幸,生此颠沛之世,变法之事能成,吾亦不能受其益,若不成,生死尚不可知。且此事我若不为,他人必有为之者。不然,岂听其为人瓜分哉?儿闻之凄然。儿观其与吴先生分别时,皆有笑容,而心甚爱恋,一似非此不可以救中国。先生如此爱国忘家,培植人才,为弟子者,可不力学哉?其父年老,性守旧,为中文教习,甚不能使吾等进益,心甚慊然。杂讲已无,今日日习算学,至歇夏后,再添他课。教地理之夏先生亦归家,闻亦欲出洋。今地理亦吴先生所教,有地理书一本,不复令画矣。吴先生日必教五六课,终日忙忙,无暂停时。

现特班内又添一徐姓姊姊,嘉定人,廿五岁,人甚平和,其夫在他学堂为教习。又闻曹家姊之姊姊,一家皆出洋。夫往男学堂,妻往女学堂,其女则往幼稚园,诚可羡也。

功课派分数,约以一百分为率。习字作文,皆记于簿,儿常八九十分。他课则先生另写,儿不之见。闻半年后,当以功课分数揭示。蒙学课本初二编,已附奉上。

前所做之衣,今已成,初著之,甚不便。所带棉袄数件,惟三件可用,余皆不合式。然箱已装满,甚觉可嫌。若至三姨娘处,当寄在他家。今堂内所□□仆妇二人,一婢乃王先生所带,除洗衣添饭外,不及他事。有实不能梳头者,代梳一二,因甚忙也。儿发辫今亦自学梳,初甚难,后亦惯矣。

儿在馆身体胜常,同堂姊妹甚相亲爱,出门行路间,王先生甚相照顾,望毋挂念。两大人福体如何,下怀甚系,时乞赐示为盼。即此敬请金安。女丁志先百叩。

——《爱国女士丁志先遗著》,清光绪三十年(1904)刻本

吴弱男

吴弱男(1886—1973),安徽庐江人。祖父吴长庆,著名淮军将领。父吴保初,“清末四公子”之一。前夫章士钊,著名爱国人士。吴弱男1902年赴日本东京,在青山女子学院学习英语。1905年加入同盟会,任孙中山英文秘书。1949年后任上海市政协委员、文史馆员。译有易卜生的戏剧《小爱友夫》。

哀“猪尾”

我今有一件极可耻的事,不得不发大声哭告我的同胞。去冬我在这汇文书院读书,有一天先生教我一课,那课题是“支那人之猪尾”。我看这题目奇怪的很,因把那英文读下去。咳!列位,你知道这“猪尾”两字怎样说?原来就是说你们男人家脑后那一条粗辫了。吾读那英文,其中句句都是笑我们中国人,句句都是骂我们中国人的。他的大意道:中国人向来是没有辫子的,自从满洲进了中国,下令叫中国人把辫子留起来。当时中国人不肯留辫,为了这事,被满洲人也不晓得杀了多少,然后才个个把辫留起来。你看如今五洲万国,除了中国人,那里还能够找得出一个有辫子的人类呢?这辫子好像猪尾,中国人把猪尾拖起来,个个在街上摇摇摆摆,还是十二分得意,不知自己已经像了畜生,这真正可笑啊!列位,你看外国书上这样笑骂我们中国人!我独自一人，气得要死。但细想他那种话说得并没有半点差错，我们不能够去驳他，我只怪着你列位如今大仇在身，何以忘然居记。你试去戏园里看看戏，那古代衣冠何等好看，就是你们列位的祖宗，也是并没有辫子的。如今你们做子孙的，背着祖宗的制度，竟把辫子拖起，情愿做猪，这岂不奇怪！

然而我看辫子不辫子，如今倒不十分紧要，只看你们志气如何。你列位若果记得祖宗，记得自己是中国汉种，那是非羞恶的心，倘然一天发见，想到复仇雪耻那条路上，那这条的猪尾天天拖在脑后，就可以算做鞭策你们光复的好东西了。照这样看起来，这猪尾固是可哀，但我终望你大家能够天天持着这猪尾做个纪念，赶紧洗雪这大耻，那就大大的感谢这一条猪尾了。

——《中国白话报》(1904)第九期

告幼年诸姊妹

今日我有几句话，告诉我国青年诸姊妹，我想你们听见我的话，必定想我是造反。但是我看现在中国，这样腐败，这样堕落，这样危亡，这样浑沌，我又不忍心不讲。

现在瓜分大祸已到眼前，四万万同胞亡在旦夕，俄罗斯已抢去东三省了。日本在旁边看见这一件事，不但与中国存亡有关系，与黄种亦是大有关系，因此日本都怕的了不得，就拼命去和俄罗斯打仗。但是这一件事，我们中国应该去和俄罗斯打仗。那晓得那一个不要脸贱种，不但不和俄罗斯打仗，反守什么中立局外，让他自己的狗穴把外国人争夺，你们看这是可耻不可耻！比方我自己的财产，让外人来强夺，我们说那是不与我们相干的，你们想那是可笑不可笑。但是东三省还是那些不要脸贱种的狗穴，今日他让他们自己的狗穴把外国人来争夺，那些贱种不但不和俄国打仗，反双手送把俄国人做礼物,你们想这是甚么道理呢?唉!今日讲到这件事,真真伤心,不讲又不能忍在心里,我要细细告诉你们。

就是俄罗斯将我们十八省都要抢去,将我们四万万同胞都当做他的牛马,那个贱种的皇帝也不来管你。他们只有本事管我们中国人,平常称甚么大□皇帝、圣明天子,只要见了俄国人,就像小鬼见阎王一般。俄人叫他死,他不敢不死;俄人叫他活,他不敢不活。他们为甚么要这样怕外国人呢?唉!不是尽然怕外国人,实在是有一大半巴结外人,想得外人帮助他一点,他就永远可以保着他子孙万世帝业了。唉!你们想这是可痛不可痛呢?

我们现在若不去想法子,快快救我们的国,恐怕不久我们的财产都要被那些不要脸的贱种败完了,我中国人种都要灭尽了。唉!现在我们还不去想法子救我的祖国吗?若然我们要救我们的国,必定要把那些贱种赶出去,然后可以救我们的国。只有这一线的生机在这里,那是甚么呢?就是革命排□。

革命的好处,是讲不尽的好处,我今日要略说一点与你们听。比方这个东西,若拿他修理好,或换新的,这也叫革命。比方一件衣裳,或是做的不好,或是样子不好,若拿他改一新样,这也叫革命。若是一国的政事不好,拿他改新政,这也叫革命。若有 国要灭亡,这国里百姓各样事都革命,这国是必定要兴旺。总而言之,革命就是从坏处改到好处。我们中国这样腐败,现在若不革命,真是没有的救了。请看十九世纪那些国,都同现在的中国一样,若是不革命,恐怕现在也没有那些国在地球上了。法兰西若不革命,现在也没有法国在地球上了;华盛顿若不革命,现在也没有美国了;西乡隆盛若不流血,恐怕现在也没有日本了。像这几国都是革命的益处。但是我们中国在这时候,这样危亡,若不学十九世纪那些国,将来真是没有机会了。

诸位姊妹呀,已经到了这个地步,我们还不快快想法子吗?

诸位姊妹听见我说的话,必定要笑我:我们都是女子,只要在家里绣女红、主中馈、看小说,那些国家的事都是官的事,与我们女子有甚么干涉呢?唉!诸位呀,要是这样想就是错了。请看十九世纪那些国革命的事,多半都是女子赞成的。玛利侬岂不是女子么?那时玛利侬若不流血,恐法国早亡了。贞德岂不是女子么?他何以还能带兵呢?这都是外国女子,我们中国从前有一女子名木兰,他也是替他的父亲出去打仗,木兰岂不是中国女子么?诸位想想看,他们也是人,我们也是人,颅都是圆的,趾都是方的,一切都没有甚么分别,何以他们能做,我们不能做的呢?我敢讲是你们不想去做,不想去学玛利侬,倘然要去做,是没有做不成功的。俗话说,世界无难事,就怕一心做。这句话实在是不错。

我望我二万万同胞替我们女子吐一口气,做出一惊天动地的事,教我四万万同胞出十八层的奴界,使我中国在地球上算为第一雄国,日后或者能免瓜分的惨祸。不然,你们虽是太太小姐,洋兵也是一样蹂躏你们;你们虽是足不出户,也未必能免不受洋兵的蹂躏。在那个时候,要死不死,要活不活,真是难过,不如趁早去想法子来救国。唉!唉!机会到了,不可失去。

——《中国白话报》(1904)第十二期

问中国如何能独立

二十世纪之世界,强权发达之世界也;二十世纪之中国,麻木不仁之中国也。以麻木不仁之中国,而位置失强权发达之会,呜呼危矣!呜呼危矣!鄙人生为中国人,固不能不为中国筹一策。用自妄抒管见,发诸文词,聊以当我同胞之棒喝焉。

中国之委靡,匪自今日始。姬周革命,天下靡然,缛节繁文,民气已消磨于无形之地位。迨秦政起而实行压制,百姓俯首帖耳,牛马不若矣。嬴秦以过,世主利因秦术,抚驭庶民,于是文弱成风,不能救药。杀之不知恨,虐之不知怨,辱之不知耻。“天王明圣,臣罪当诛”二语,遂为吾国顺民之金科玉律而罔或背。呜呼!个人而无自尊性,行事必后于他人,一息而存依赖心,终身至不能独立,况一国之大乎?愿同胞共洗此服从之习性也。

军人之于国,犹手足之于人身。人身而无手足,则身不能自卫,犬羊足以噬人;国家而无军人,则国不能争存,外侮可以立至。是以欧美诸邦通国男子,年及胜兵,一望皆雄伟壮健之奇男子,卓然足以壮国威、强国体。即蕞尔如日本,其版图不及吾三省之广,其户口不及吾国三分之一,其财富不及吾国十余郡之多,而调查其军政,则夐乎不可比肩。虽强悍如俄罗斯,且未敢与之一战,且战而败矣。军人之关系如是之大。而吾返观之中国,所号为兵者,乌合而来,望尘而溃。兵法不讲,兵地不谙,兵心之不一,又乌足以语胜负数也!国亡矣,种沦矣,外祸朝夕至。东亚茫茫,风云惨淡,愿我同胞,乌得不亟培尚武之能力也!

商战以唆脂膏,兵战以戕命脉,至今日而疮痍满地矣。然内官之诛求如故也,直省之贪婪如故也,酷吏悍胥之欲壑,虽极神皋之大,几无以应之,而不知我犹然富家子也。金匮之藏,我弃人取。某省矿权,某省路约,某省航行线,耽耽而视者数十国。推至农业之饶,工产之富,无不越俎而代我谋之。不为地主,将为人奴。愿我同胞亟求实业之进步也!

今日为空言者众矣,惟期其实行,不能不力破积习,不能不共担义务,不能不自固团体。一息争存,只在今日,安见文明之花,不再放于亚东大陆?我皇汉数百年来之积耻大辱,不能崇朝而雪之乎?不然者,谓他人父,谓他人母,今日为英、美、德、日之顺孙,明日即俄、法、意、奥之肖子,将见种族沦夷,教宗陵替。波兰义士,邈无恢复之期,犹太遗民,永苦漂流之惨,不亦重可悲耶?同胞乎,同胞乎,盍振大和之魂?同胞乎,同胞乎,盍鼓自由之钟?同胞乎,同胞乎,盍兴革命之军?同胞乎,同胞乎,盍开独立之厅?

——《女子世界》(1904)第四期

致福田女士函

福田女史御览:

私自回国以来,未暇上书问候,甚觉残念,想别后御体清吉。私自归来至今常病,近数日私病稍愈,大约十二月可以回东京青山女书院。月前接到宫崎寅藏君赐下之《革命评论》,私拜读之下,喜跃如狂!我辈东亚有如此之警钟,何忧他日吾东亚之国民不醒起,步露西亚之后尘,建独立之旗于二十世纪之大舞台,撞自由之钟于新世界耶?私所最愁者,即见我支那国民醉生梦死,不知革命为何意,社会主义为何物,视革命党如敌,以社会主义如蛇。呜呼!一国之民如此之腐败、如此之无学,今何能立于如此之优胜劣败之时代,而不为人之牛马乎?私每一念及,未尝不痛哭流涕泣数行下也。贵女士具救世之精神,负高尚之学问,将来必能拯救东亚。私每忆及贵女史,吾心亦稍觉快焉。

霍夫曼十月寄来一槭云:十一月其将在纽约开追悼支那炸清五大臣者烈士吴樾会,用独语演说其人之历史及目的。私得此信甚喜。窃思吴樾君非特支那一国之特色,亦我东亚之特色也。此候。吴弱男。十一月十二日。

——译自《世界妇人》第2号,1907年1月15日,

见《明治社会主义史料集》别册(1)。

录自全国妇联妇女运动历史研究室编

《中国妇女运动历史资料(1840—1918)》,

中国妇女出版社1991年版

何震

何震(1886—?),原名何班,又名何振、何殷震,字志剑,仪征(今属江苏扬州)人。父何承霖,武进县学教谕。母殷氏。夫刘师培,仪征(今属江苏扬州)人,北京大学教授。何震曾入读上海爱国女校,1907年随夫赴日,在日本与丈夫等创办《天义》报,1908年回国。1919年刘师培去世后,何震不知所终。

女子解放问题①

数千年之世界,人治之世界也,阶级制度之世界也,故世界为男子专有之世界。今欲矫其弊,必尽废人治,实行人类平等,使世界为男女共有之世界。欲达此目的,必自女子解放始。

中国数千年之制度,以女子为奴隶者也,强女子以服从者也。又因古代之时,男子私女子为己有,坊其旁淫,故所立政教,首重男女之防,以为男女有别乃天地之大经,使之深居闺阏,足不逾阈。《礼》曰:姑姊妹、女子子已嫁而反,兄弟不与同席而坐,不与同器而食。又曰:男女非有行媒,不相知名;非受币,不交不亲。宋伯姬曰:"妇人夜出,不见傅姆不下堂。"汉儒郑玄曰:"妇人无外

① 《天义》第七卷用此题,第八、九、十卷合册续刊改题《妇人解放问题》。

事。”此皆所谓“男女有别”也。故中国之言盛世也,必曰“男女异路”。盖男女异路,乃男女有别之极端。夫古人所以隔别内外者,不过防禁淫佚耳。至其结果,则女子毕身之责任,不外育子及治家二端。夫以育子、治家为女子之职者,盖中国之教,以后嗣代灵魂,故人皆以传种为不死之药。中国之政以子孙为产业,故人皆以繁衍为致富之方。由是挟其政教,以为纵欲之奥援。男子之于女子,特恃为人种养成之物耳。加以中国之男子,鲜克躬亲小物,乃以纤末之家政,责之女子,使之服劳奉养,此育子、治家二事,所由为女子毕身之职也。然推其远因:一由男子私女子为己有;一由近世以前物价低廉,人民易于谋食,仰事俯蓄,仅赖男子之力,已克有余。故中人以上之家,女子舍育子、治家而外,鲜事工作。(古代虽名门贵族女子,犹有从事纺织者。今则女子习于懈惰,鲜有从事工作者。)由是奴隶、惰民之恶,悉集于女子之一身。然为男子者,亦安之如素。观中国人民之称其妻也,不曰“内人”,则曰“内子”也,“内”也者,别乎“外”之词也。因自苦其妻之故,而幽闭其妻,与解放女人之旨,大相背驰。至于近日,不独女子失其自由也,即男子亦以室家之累,而失其自由。凡奉母、蓄妻、嫁女之费,毕集于男子之身。(中国女子无所事事,酿成虚荣之性,其妆饰之费远出男子之上。又中国之礼俗,于婚嫁诸礼亦尚虚荣,有费千百金者,虽贫民亦必如此。故福建及皖省旌德县人民,因嫁女致贫者不知凡几。故为夫者嫉视其妻,为父者嫉视其女,皆由于此。此男子所受之累也。)然男子虽躬罹其苦,仍以囿于礼法之故,以解放妇人为大戒。惟中人以下之家,鲜克支持,为女子者,多自食其力,或从事农作,或出为雇婢,其下者则为娼妓。虽幽闭之苦稍泯,然谓之肉体解放则可,谓之精神上解放则不可。况所谓“肉体解放”者,均女子之至劳者也,均女子之至辱者也,又均女子之至贱者也,可不叹哉?(日本女子,其受幽闭之苦也,逊于中国;而其受压制之苦也,则甚于中国。盖以至劳至贱至辱之事,责之女子者也。)

虽然,中国之所谓“幽闭女子”者,岂果能实行幽闭哉?中人以上之家,女子之身恒佚。佚则思淫,为男女自然之天性。若男子远游日久,或钟情妾御,为其妻者,恒敢怒而不敢言。及情欲日炽,势必非礼法所能拘。加以其夫既殁,严禁再嫁,青年之女蛰居闺闼,舍眠食而外,另无职务撄其心,及情炽于中,亦必不安于室。由前之说观之,所谓无多夫之名,而有多夫之实者也;由后之说观之,所谓无再嫁之名,而有再嫁之实者也。往事吾弗论,试即近事言之。吴引孙之妻,年逾五十,及引孙官宁波时,犹与俊仆私通。梁鼎棻之妻,粗知文墨,继为文廷式所诱,与文同居者数年。推之盛宣怀之女,费念慈之妻,或于既寡以后,施行丑行,或于同族之内,广肆邪淫。此非所谓“巨家世族”乎?加以在室之女,嫁夫之权,操于父母;即情有所钟,亦必不能达其志,或为文君之私奔,或效崔莺之密约。试观中国各县,每岁之中,女奸淫之案,恒至数十;其有隐藏不扬者,仍不知凡几;即杀夫杀子诸巨案,亦咸因是而生。足证幽闭女子之制,决不足以禁女子之不淫。夫幽闭女子之目的,既在于防止淫泆,而其结果,势必无解放女子之名,而女子之心,转人人抱一淫泆之念。名曰“禁淫”,实则诲淫而已。盖既以解放妇人为大戒,又虑解放以后,妇人即从事宣淫,防之愈严,则妇女逾防之念日切,稍有解放之隙,则淫泆之念生。是犹禁人以盗物,为盗者知物之可贵,而盗物之心益切也。故女子之犯奸淫,由于幽闭,而非由于解放,安得谓解放女子,即系导女子以淫泆哉?乃中国人民不察其由,愈以解放妇人为戒,此女德所由日堕,而女性所由不发展也。(中国女子亦有迷信解放之非,甘于不解放者。然此系迷信礼法之故,非女子之天性也。)

中国之婚姻,礼法之婚姻也。若欧美诸国,则昔日之婚姻,为宗教婚姻之制;近世之婚姻,为法律婚姻之制。其制之胜于中国者:一则结婚、离婚,均可自由,兼可再嫁;二则行一夫一妻之制;三则男女同受教育,男女同入交际场。就表面观之,不可谓非解放女子也。然吾谓此等之制,仍属肉体上之解放,非复精神上之解放。何则?解放者,不受缚束之谓也。今观欧美婚姻之制,一缚于权利,再缚于道德,三缚于法律。名曰"结婚自由",然欧美男女之结婚,岂尽由两性之爱恋哉?或男子以多财相耀,而诱女子;或女子挟家资之富,而引男子慕婚之心;或富民恃其财力,而强娶贫女。此为利所缚者也。或女子身为世族,男子欲假其势力,百计求婚,资为奥援,以为进身之地;或贵男贫女,两情相悦,卒以门第不同,惧招物议,虽欲结婚而不能。此为权所缚者也,安得谓之"结婚自由"乎?至于一夫一妻之制,不过为宗教所束缚,复为法律及伪道德所牵制耳。实则欧美女子,有终身不嫁者,然名为无夫,实则多夫;欧美男子,亦有终身不娶者,然名为无妻,实则多妻。加以女子限于一夫,然既嫁以后,女有外遇,不知凡几;男子限于一妻,然既娶之后,男有外遇,亦不知凡几。推之都会之地,不乏女闾;跳舞之场,不啻桑濮。则所谓"一夫一妻"者,特阴为法律所缚,而外托伪道德之名耳,安得谓之"实行一夫一妻之制"乎?(如英女主维多利亚,既嫁德国爵族,然仍与马夫私通。而德、英、俄诸贵族,于既娶之后,复恋他女者,更不知凡几。)至于男女平等,则亦弗然。夫男女虽同受教育,然处人治盛昌之世,政治、法律,女子攻者甚鲜;而陆军、警察之学,不复令女子与闻。男女虽同入交际场,然处政府擅权之世,官吏之职,不加于女子之身。则所谓"男女平等'者,有其名而无其实者也。夫解放女子,必使为女子者,共享平等自由之乐。若如今日欧美之制,势必女子有自由之名,而无自由之实;有平等之名,而无平等之实。其所谓"自由"者,非纯正自由也,伪自由耳;其所谓"平等"者,亦非纯正平等也,伪平等耳。无自由之实，故女性未克发展；无平等之实，故人权未克均平。亚洲妇女，震于欧美之文明，以为欧美女子实行解放，实享平等自由之乐，一若克步欧美女子之后尘，为愿已足。呜乎！处今日女子革命之时代，吾决不望女子仅获伪自由、伪平等也，吾尤望女子取获真自由、真平等也。

近岁以来，中国之社会，亦渐谋女子之解放。然女子之解放，有真出于主动者，亦有出于被动者。何谓“出于主动”？即女子之力争解放是也。何谓“出于被动”？即男子与女子以解放是也。今观中国女子之解放，出于主动者少，而出于被动者多。其主动之力，出于男子，而不出于女子；故其结果，女子所得之利益，不若男子所得之巨。夫昔日之男子，以幽闭女子为志者也，以压制女子为天职者也。何近岁以来，为男子者，转提倡女子解放之说，主张男女平等之制？推其原因，约有三故：一由中国男子崇拜强权，以为欧美、日本为今日文明之国，均稍与女子以自由。若仿行其制，于一己之妻女，禁其缠足，使之入学，授以普通知识，则中外人士，必将称为文明。非惟一己有文明之誉也，即家庭亦有文明之誉；而家庭之文明，又由己身开其先。若夫集会之场，俦人广众之地，复率其妻女，参列其间，使与会之人，咸属日于其旁，曰：“此非某君之妻、之女欤？其开化之程度，竟出中国女子之上。”此岂为女子计哉？不过利用女子以成一己之名。而推其私心，则纯然私女子为己有。使非视女子为己有，则女子之成名与否，与己身无复丝毫关系，必无解放女子之心。惟其私有女子，故处礼法盛行之世，以防范女子得名；处欧化盛行之世，转以解放女子得名。此男子因求名而解放女子者也。一由近岁以来，中国之民生，日趋于穷迫。中人之家艰于得食，其力不足以赡其妻女。男子生值此时，悟室家之累，已觉幽闭女子之制，非惟无大利己也，抑且蒙其大害；乃提倡女子独立，以女子倚赖于男为大戒。使之肄业于女校。其最下者,则粗习手工,或习制花、刺绣、编物、缝纫、割烹诸术;稍进则专习师范科;进而益上,则于普通科目外,兼习专科(如医学、理科学)。其迫女子于学者,岂专为女子计哉者?其目的,盖欲使女子学成之后,可以出为教师,或执一技以谋食,以抒一己之困耳。其食指繁盛之家,则仰事俯蓄之费,迫女子以分担;否则辞家远游,无内顾之忧。以昔日赡给室家之费,易为蓄妾宿娼之用,使己身享纵淫之乐,女子受独居之苦。名曰使女子独立,实则为一己之自利计耳。此男子因求利而解放女子者也。一由中国男子,以家自私,以后嗣为重。而治家教子之劳,又非一己所能堪,乃欲以治家教子之事,责之女子。观中国各女校,首崇家政一门,而中国新党有恒言,谓"家庭教育,为一切教育之基"。彼等之意,盖以野蛮女子之治家,不及文明女子之治家;野蛮女子之教子,不及文明女子之教子。实则家为男子之家(治家即系为男子服劳),子为男子之子(如姓父姓而遗母姓是也),特男子欲秘用女子,而使己身处于逸乐耳。此男子因求自逸而解放女子者也。综斯三者观之,则知今日之解放妇人,出于男子之自私自利,名曰助女子以独立,导女子以文明,然与女子以解放之空名,而使女子日趋于劳苦。(昔日女子受幽闭之苦,然其身甚佚。今虽渐趋于解放,然必迫以担任责务,故其身愈劳,而女子之境亦愈苦。)盖昔日之制,男尊女卑,实则男苦女乐;今则女子分男子之苦,男子分女子之乐,而究之女子之名,仍未尝有丝毫之尊。为女子者,又何乐而为男子所利用哉?愚者不察,妄谓中国女子之解放,出于男子之意,以颂男子之恩德。岂知此等思想,与近人称颂满洲立宪者相同。满洲之立宪,欲利用立宪,非真欲授权于民;则男子之解放妇人,亦利用解放,非真欲授权于女。(满洲之立宪,一由对外欲博文明国之名,一由使人民信赖政府,助以财力。与男子解放女子冀求名利者,正复相同。)吾非谓世界一切之职务,当专属于男,不当为女子所分担;亦非谓女权不当扩张。特以女子之职务,当由女子之自担,不当出于男子之强迫;女权之伸,当由女子抗争,不当出于男子之付与。若所担责务,由男子强迫,是为失己身之自由;所得之权,由男子付与,是为仰男子之鼻息。名为解放,实则解放之权,属于他人,不过为男子所利用,而终为其附属物而已。故吾谓女子欲获解放之幸福,必由女子之自求,决不以解放望之男子。若如今日中国之妇女,日以解放望其男,而己身甘居被动之地位,是为无自觉之心。既无自觉之心,故既为男子所利用,而犹欲称颂男子,岂非无耻之尤甚者乎?(近日之男子,亦有著书报提倡女权者,然由于好奇心及好名心,非有爱于女子也。)

女子之解放,出于被动,其弊既述之于前。然中国近日之女子,亦有醉心自由平等,不受礼法约束者。就表面观之,其解放似由于主动。不知彼等之女子,外托自由平等之名,阴为纵欲肆情之计,盖仅知解放之狭意,妄谓能实行纵淫,即系实行解放。不知女子欲真求解放之幸福,正宜发展其女性,以握改造社会之权。若徒知寄情淫欲,则救世之心,或为纵淫之心所夺,所抱之志必不克成。况彼等所为,果出于自由恋爱,犹可言也。乃吾观中国自由之女子,其钟情男子,出于自由恋爱者,实占少数。有情不自禁,不择人而淫者;有为男子所诱,而堕其术中者;其尤甚者,则因求财之故,而自失其身,或以卖淫而攫财,或向殷富之民献媚。夫天下最贱之事,莫大于辱身而求利。(夫娼妓之贱,非以其多夫也,以其辱身以求利耳。故辱身求利之女子,其贱与娼妓相同。)今也辱身以求利,安得谓之自由?况所谓"解放"者,对乎奴隶制度而言也。岂有不甘为奴隶而甘为娼妓者乎?盖彼误以解放为纵淫,故舍纵淫之外无他务,虽陷身娼妓,不复自知。此中国女子之弊也。(中国女子所以若此者,一由幽闭既久,一经解放,思淫之心日切;一由男子莫不好淫,故所生之女,秉其遗传。)

今日白种之妇人，渐知男女不平等之弊，又以男握政权，女子则否，为男女不平等之原，由是联合团体，力争选举之权。远事吾弗论，试即最近之事言之。芬兰女子，以勇烈著闻，当一千八百八十四年，即建立协会，以谋政界上之运动。及一千八百九十八年，全境之民，忘男女之差别，惟反抗俄廷，演为武力之斗争。至于今岁，女子为议员者，计达十九名，为世界所仅见。其次则为那威。那威女子，近岁以来，亦争普通选举权。惟那威国会，于女子选举权，加以裁制，非年逾廿五、纳税及额者，不克有投票权。然女子获得此权者，人数亦三十万。其次则为英吉利、意大利。英国女子既频与国会、警官冲突，近意国妇人亦结合群力，以争普通选举。此均西国妇人能力发达之征也。然自吾观之，则国会政策为世界万恶之原。女子而欲谋幸福，在于求根本之改革，而根本之改革，不在争获选举权。试言其故。

如那威诸国，既裁制妇女选举权，限以年岁及额税。限以年岁，犹可言也，若夫限以额税，则纳税及额者，必其丰于财产者也。凡丰于财产之人，不为贵族即为富室，否则亦中人以上人家，岂非选举之权，均操于少数贵妇人之手乎？夫吾等所谓男女平等者，非惟使男子不压抑女子已也，欲使男子不受制于男，女子不受制于女，斯为人人平等。若谓以少数女子握政权，与少数握政权之男子势均力敌，即为男女平等，则试即男界观之。今之世界，被治者为男子，主治者亦为男子，何以多数被治之男子，犹欲进谋革命？若昌男女分权之说，谓男界既有握权之男，即女界应有握权之女，则英帝维多利亚，中国之吕雉、武则天，均为女主，曾有丝毫利益及于女子者乎？以是知少数女子握权，决不足以救多数女子。若如那威之制，以少数贵女参政，非惟无益于民已也，且使绅士阀阅之中，为女子者，挟议政之权，以助上级男子之恶。至立法一端，亦仅上流妇女受其益，若下级女子，则必罹害益深。此非独那威惟然,即澳洲妇女,亦多参政,曾有为工女谋幸福者乎?而工女阶级之中,亦鲜克入场投票,此其所以不平等也。若夫由少数选举,扩为普通选举,立法似属差公。不知近日欧美各国多数男子,曷尝无普通选举之权,何以选举之人均属资本家,则以贫富阶级不除,贫民衣食系于富民之手,不得不媚富民也,然此岂独男界为然哉?女界之中,以贫民占多数,或为工女,或为雇婢,其衣食亦仰给富民,及选举届期,安得不以贵妇人应其选乎?观于普通选举之国,议员既属富民,则知女子行普通选举,其议员亦仍属贵女。以彼例此,明证昭然,此国会政策,所由为万恶之原也。

或谓芬兰妇女,运动之力,半属于平民。且据布利拜尔克(芬兰女子为议员之第一人)所言,谓凡女子入政界者,均不得助男子施恶,则利益所被,或竟加于多数女子,亦事理所或然,然此实不然之说也。夫法美革命之初,易君政为民政,有志之士,曷尝不以国会既立,议士由于民选,必无虐政之罹,即当时受民选举者,亦复实力济民,抵抗专制,百竭不回,以为众民谋幸福,其抵抗之力,非竟出芬兰女子之下,以迄于今。曾几何时,而议员压制之弊,深切著明,社会党人所宣言,劳动团体所反抗,书报具在,可覆审也。况法美近日之官吏,其压民最甚者,或出于昔日之民党。昔以抗上为能,既参国政,则与所抗之人无异。盖人治一日不废,权力所在之地,即压制所生之地也。今芬兰女子,其勇猛虽属可钦,然徒恃国会政策,恐数十年以降,被选之妇人,即系压制多数女子之妇人,此可援法、美之制为鉴者也。

或谓近日欧美妇女,其有投身社会党者,亦以女子普通选举之说,为世界倡。倘女子普通选举之权,获于社会党人之手,彼多数之女子,或有解放之可图,此又不然之说也。夫欧美社会党人,其有持国会政策,投身政治运动者,亦恒为平民所钦悦,握左右劳动社会之权，及资格既隆，或选为代议士，或占国会议员之多数（如今岁澳国是）。彼未入国会之先，岂不以既入国会，即可改革经济界，抵制富民，以谋多数平民之解放。及身伺国会之列，或被选不仅一人，众咸幸平民之机将至。乃反观劳动人民，仍屈身赁银制度，以作富民之奴隶，虐待之苦，与昔不殊。若谓党势既充，选举之人日益，使政权悉操其手，则改革莫难。此又河清难俟，不知待至何日者也。故观于方今之现象，凡社会党人入议院，既不足以济多数贫民，既知社会党员之女子，伺身议院，亦不足以济多数之工女，不过使少数女子，获参政之空名而已。昧者不察，犹谓女子全体解放，必待女子参政以后。抑思社会党参政之国，劳动者之全体，其果解放也否耶？此又可援以为证者也。况社会党人，一投身政界运动，即改其昔日之所为，下媚平民，上媚政府，利用贫民投票之多数，以攫一己之利权，鲜有不出于卑劣政策者，何独于女子弗然？故为多数女子计，苟非行根本改革，使人人平等，宁舍选举权而勿争，慎勿助少数女子，俾之争获参政权。盖昔日压制多数妇女者，一为政府，一为男子，今则政府及男子而外，另受制于上级之妇人，则是于己身之上，别增一重之压抑也。即使压抑不增，亦仅供少数妇人所利用，夫何幸福之有哉！夫何解放之有哉！

况吾观于芬兰妇女，于运动政权之日，始也以言论鼓吹，继募集运动之资，发行书报，或奔走村邑，侈陈暴政。信其说者，均以献身社会自表，躬犯危险，以争自由。有实行秘密运动者，有公然排击政府者，即暗杀、暴动之事，亦靡岁蔑有。虽窜身西伯利亚，处禁锢之刑，曾不稍恐。其勇敢之气，战斗之方，均为欧美妇女之冠。以若斯之能力，稍俟扩张，即可谋根本改革，覆人治以弭男权。顾乃见弗及此，笃信国会政策。其目的所及，仅注意于与男子均权，故于政府、贵族之暴，虽知抵抗，至于政府羁绊，则莫之能脱。政策谬误，一至此极①，不得不谓之至愚。吾深愿世界妇女，不仅以芬兰妇女为标准也。

要而论之，妇人解放问题，当使为妇人者，人人同享解放之乐。今之持解放说者，一曰女子职业之独立，二曰男女参政权之平等。不知所谓职业独立者，属于个人？抑属于全体？如曰属于个人，则仅己身不受制，非多数妇人均可免厄也。如曰属于全体，则以今日经济界之组织，少数富民垄断生产之机关，平民失业，其数益增。而谓妇女职业，均能独立，则所谓职业独立者，即以职业供役于人之异名而！自由、解放，岂可得哉！故谓职业独立，则女子可以解放，不若谓实行共产，妇女斯可解放也。至于与男子均权，无论男子握权，历时已久，男女参政之柄，非仓卒所能均，即使能均，决不能人人而参政。以少数参政之女子，处于主治之位，使多数无权之女子受其统治，不独男女不平等，即女界之中亦生不平等之阶级。彼多数妇女，不甘受制男子者，岂转甘受制女子乎？故今日之女子，与其对男子争权，不若尽覆人治，迫男子尽去其特权，退与女平，使世界无受制之女，亦无受制之男。夫是之为解放女子，夫是之为根本改革，奚必恃国会政策，以争获选举权为止境哉！倘有志之妇女，由运动政府之心，易为废灭政府之心，则幸甚矣！

——《天义》（1907）第七、八、九、十卷。参校夏晓虹编
《中国近代思想家文库·金天翮 吕碧城 秋瑾 何震卷》，
中国人民大学出版社2015年版

---

① “极”，原文作“及”，据语义改。

陈仪兰

陈仪兰(1886—?),曾任教于女校。

西泠游记

余生小不出妆阁,虽梧岗松岭近在咫尺,从未一涉足,甚矣其傎也!及后稍稍读游记,存神默想,山川之奇伟,江海之壮阔,必有可观者,苦又无缘得至。世局递变,乃得求学四方,心思既广,而好游之念益切。窃谓增长智识,辅益学问,无过于游历。太史公之文章千古,谓非涉足名山大川之所致耶?近之东西人士不惮困难,探幽索险,入吾腹地,则又不仅为游历计也,载笔绘图,有若列眉。最近如东人之分道出发,贯穿十数行省。呜呼!是何心也?宜其一有违言,战端既开,吾人所不能辨之途径,而外人若履户庭,然则游历之功,学术云乎哉!于国家且有直接之关系,诸姑姊妹其亦知所切要耶?

武林去沪三四百里而遥,费时不足四钟,可谓至便。思之二年,未得一往,半苦人事,无可如何。适逸叔来沪,余亦得三日闲,乃约仪蕙姊、仪萱弟结伴一往,于是得偿所愿焉。此二年间,询之侪辈,于湖山路径、一切费用已得大概。兹益从精密之计画,颇不欲多事浪费,以耗经济,后之来者或取鉴于是,为敖游之准则可也。当即举定逸叔为团长,萱弟司会计,而推余为书记。以余之不文，何敢任，又苦不获辞。蕙姊笑曰："妹妹勿过谦，郑之辞令，必更四贤之手，余为东里子产可也。"余曰："西泠一隅，近之记载屡矣，何须再费笔墨？且吾人志在游览名胜，略无国防险扼之可言，以视东西人士之留心塞要有愧色，何叙为？"或告前人详于游览，而略于历史。吾兹遂重之，补缺拾遗，话兴亡于沧桑，稽沿革于风土，庶几其得十一也。

约计此次赴杭八日，往来川资约十四元，住寓之费约十元，乘舆之费约十元，湖船三日之费约二元，零用饮食之费约十一元，约略所费得四十八元，人之所费仅十二元而已。乘兴而往，尽兴而归矣。盖游历之费，仅乘舆入山较昂。余等仅游一日，游湖兼游山者三日。一叶扁舟，上有布棚，中有小桌，上下有藤椅，四人对坐，颇舒徐，尽一日之力，费止六角以至八角。湖上午饭，如一醋鱼、一莼菜，再一素蔬，亦仅费一元有零。此外之所费，则每至一处，休息时有以烟茶相款者，给以二角，二人则一角已足，且殷殷指道，竭其所知以告。犹记至岳坟时，舟子谓树碑之水族即秦桧化身，津津乐道，旁及武穆忠迹，须眉毕张。忠孝二字，实吾人立国之根性，读法悬书，岂及此赫赫人物，足以起顽立懦哉！

余等侍逸叔于三月晦日，乘二时之特别车行，沿途所经为嘉善、松江、嘉兴诸城，田禾茂美，望而知为殷实之区。惟每经一处，必有七级浮屠，矗立城闉，可知南人之好佛，六朝以来习惯已久。五时三十分抵杭，由清泰门下车，雇舆西行假，寓湖滨之旅馆，水光山色，扑人眉宇，已极可乐。逸叔年六十有五，虽须发皓然，而精神矍铄，壮年曾遍游京洛、湘鄂、两粤诸省，爱好山水，其天性也，旅中又携有田叔禾之《西湖游览志》，一丘一壑足资稽考。逸叔更出其遗闻轶事以饷吾辈，彼此印证，兴趣盎然，不至如盲目临池，则皆逸叔之功。闻湖上最盛时，寺院实四百有零云，一说不足三百，古迹四百有零，浮屠九，桥梁及祠宇各九十有零。以此例之,千余年中,成败兴废之故不知几更,湖山犹是也,后之览者徒增无限感喟而已。

近今最大变更则为旗营,此亦兴亡之迹。旗营旧址,向时占有西北一隅,全城胜地也。光复时改为公有,从涌金门至钱塘门三里间,城堞平毁,改筑马路,气象空阔,豁然一新。沿湖取名涌金路,再进之平行线为延龄路,又南北之两横路,一名平海,一名迎紫。马路宽广,较之旧路狭隘,迥不相侔。沿湖又平铺草地,内置木椅,随时可以休息,全湖风景都在目前,竟如上海江干之公园,有其修洁,无其尘嚣,此大可乐。荒地尚多,将来似不难建筑一新。已成之屋宇,价亦颇廉,如沪上之所谓三楼三底者,月仅十元,空气之佳,殆无以过。惟有一事,恐遭失败,不免为市面危,即茶肆林立,而生意极淡,百坐之上,并不见有客四五,可知中人之营业,多数不揣本末。西湖虽为游人众多之区,究与商埠不同,左右之居户现尚寥寥,孰能日舍其业,而朝夕趋于茶肆?彼徒见一肆之生意茂也,于是相继而起,终至轩窗四开,无人入坐,而相继而败,区区眼光,犹不能及远,奈何!

次日,晨光甫露,即各梳洗毕,从事游计。七时半雇艇一,解缆而西,放乎中流,早烟未散,群山苍黛笼照于浓雾中,“日出而林霏开,云归而岩穴冥”,变化无穷,不可方物。首至三潭印月,去岸约五里。余既叙述此次之游览,于湖之兴废,亦不可不略补记,以见大凡。西湖之名不一,最古则称明圣,周绕三十里,三面皆山,湖也殆无异众山间之一大壑。山水缕注,其下复有渊泉百道,遂潴而为湖。闻某桥之下,其深不能见底,此即泉源之一云,以其负郭而西,遂以西湖著称。诸山之脉皆宗天目,蜿蟺东来,抵于钱唐,于是天竺、龙井、大慈、玉岑等,凌深峭拔,各逞奇观,大为钱唐生色,屏障三面,峥嵘回绕,谓非妙境得乎!六朝已前,史籍无稽,至唐之中叶,经理渐著。时李邺侯刺史杭州,苦民饮之卤恶也,乃开六井,凿阴窦,引湖水而灌注之,民始大乐。余过平海路时,见大道之旁有若井栏,高起地面,趋而视之,内墙嵌有横石,题曰“西井”,盖邺侯六井之一。故迹久湮,兴筑马路时,于其下忽得石板,掀而去之,乃见井,井为六角式,对径当在二丈外,可谓巨矣,渟水澄清,犹可饮也。供一方之取汲,其面积之大固宜,可知古人兴利,必求永之百年,非浪得大名也。余又于此间得之父老云,湖最忌葑,湖之或塞也,多由于葑之盛,而葑之所以盛,又在鸭之遗矢。湖中养鸭,悬为厉禁,稍稍疏防,则遗害无穷。至白乐天,又复函笕以蓄泄湖水,内灌沿河之田千余顷,遂无凶年。吴越王时,湖葑蔓合,乃置撩兵千人,芟草浚泉,而湖大治。入宋,王钦若奏以西湖为放生池,祝延圣寿,禁民采捕,湖葑益塞,庸妄小人之举动,无往不为民害。元祐五年,东坡二次守杭,乃大加浚治,为功甚巨。其扼要谓杭之有西湖,如人之眉目。昔熙宁中到杭,葑合才十之二三,今则塞其半,更二十年,恐无西湖之可言,盖其葑田已占二十五万余丈云。力请浚治,朝议可之,于是动工十万,取葑泥,积湖中,成直径十余里,为长堤,以通行人,自是西湖大展。元惩宋辙而不治,任民规窃,尽为桑田,萦流若带,曾不容刀。吾人沿南山下行,颇多田园,岂皆昔日之所占耶?至明正德年间,郡守孟瑛力排众议,动工六百七十万,稍复唐宋旧规,计毁田荡三四千亩云。入清,时加浚治,西湖面目因之至今犹存。吾人此时之得以一棹纵横,神怡心旷,未始非前贤之所赐也。

三潭印月为湖中最胜地,宛在水中,垂柳扶疏,四围环植,占地当得四五亩,水洁花寒,气象幽肃,亭馆窈窕,丽若画图。其北为彭雪芹退省也,后即为其祠宇。国变以后,乃去其位,而祀黄梨洲、吕留良、杭世骏三先生,皆浙之先哲。夫以黄之学问超洁,吕以文字受祸之惨,杭之聪明绝俗,玩物遗世,痛心明社则一祀之宜也。新有一联云:“古义士誓不与仇共天,乃有今日;乡先生没而可祀于社，其在斯人。”此中如静凉轩、迎翠轩、开网亭诸处，均极雅洁，然亦颇欠修理。曲折而西，有桥九曲，蜿蜒水中，当日工程之巨可想。桥之中，间以亭，随时可憩，两旁围以荷田，设想盛夏，绿阴为盖，芙渠盛开，清馥满室，殆无异入天香国也。至西方尽处，则有亭屋一间，临水滨，对面三潭鼎峙。所谓三潭者，石制若鼓，又如庙宇之顶，圆可合抱，安置水中，中空，八月于其间燃灯，舟过其下曾临视之。沈阆崐有联云：“记故乡亦有仙潭，看一样湖光，添得石桥长九曲；至此地宜邀明月，问谁家秋思，吹残玉笛到三更。”曲园书也（余以下所录诸联，或久已流传，或人所共知，止爱其佳，不嫌赘述，阅者谅之）。向以退省老人题联为最多，已多半不存矣。吾独爱其一联云：“枫叶芦花秋瑟瑟，闲云潭水日悠悠。”又如，“浮生若梦谁非寄，到处能安即是家”。皆能超脱于畦町之外，不经人道，刚直功成身退，笑傲湖山，固已高人一等。吾兹尚有一事，颇觉骨鲠在喉，不吐不能。夫以粤寇之乱，无论有种族之思想与否，蹂躏至十余省，淫戮惨杀，全无人道，江浙名区，瓦砾之场至今犹累累，有此变故，元气遂不可复。即以内部论，洪秀全之昏庸，杨秀清之贪恶，亦略无纪纲法律之可言。设非曾、左诸公削平祸乱，苟延一夕之安，吾人尚有噍类乎？乃以一偏之见，必欲全数推倒，适见谬妄而已。凡一代之兴也，非甚奸慝者，从未闻于胜朝祠宇，必在没收之例。湖上左蒋诸祠，水木明瑟，极可游览，今且去其位而收其产矣。然修理之财力又乏，年深日久，渐即荒颓，近且剥蚀矣，为其子孙者，将何以为情也？有清六臣祠，并于平湖秋月之东一小室，吾曾寻觅，未之见。举措之无当于理，此类是也。吾固不能因有触忌讳而不言，逸叔笑谓吾曰：“汝设易髻而冠，可谓顽锢之尤。”

湖上园林寺宇，结构都有可观，不仅因山而胜，湖水与泉源之功为足多也，所以腴润而不枯寂。不然齐鲁间之山多矣，何以略无生色,无水则枯耳。兹近于湖滨,港溪萦绕,随时可以引浚,若某园某园,一叶扁舟,都可直达轩窗之下。

其实三潭印月旧不在此,另有说附后。由此至刘庄,此为近今最有名之山庄,建筑者为香山刘问刍。林亭幽雅,开傍湖滨,珠楼画阁,虚堂广厦,五步十步,应接不暇。奇葩美木,争效于前;清流秀石,拱揖于外。以商业失败,暂入之官,亭馆多半尘封,不可进。曾几何时,零落至此,使人不胜沧桑之感。器用精美,陈设华丽,固不待言。中有数处尚可咨钥而视,须略给以资。另一厅未封,可饮茶,中有磁屏石根,又有木根,而雕琢成秋菘形,栩栩生动,乾隆窑五彩磁缸,口径在一尺外,均可珍也。刘君曾游东瀛,日皇所给之瑞宝章,尚高悬其间。接连北面,另有一院落,则刘君之坟墓在也。文石砌制,精固绝伦,其前面则八妾横列之,葬地复有自撰之生圹志,嵌于壁间。视其工程,殆尚未竣,死生存没,与湖山为缘,岂不自豪?抑知转瞬间,竟不可保。松楸摇落无声,风雨凄其如诉,为之三叹。其望山楼一联云:“论古今兴废,百感苍茫,登楼望松岭凤凰,何处故宫禾黍;从山林幽深,数椽卜筑,此地有桑麻鸡犬,自成尘世桃源。”吾于斯园也亦云。向南出其表门,询之人,谓去高庄不远。日光正烈,颇苦,萱弟欲回船,逸叔止之曰:“吾向在粤西,登九莲峰,拾危磴百仞一休息,数十休息乃能至巅,其困可想。此坦途也,何惧为?”于是吾等气为之旺。过廉庄,略一留览,即小万柳堂也。至高庄,屋虽不多,幽邃可爱,以其静也。藤萝四壁,烦溽顿消,叠石为山,重峦窈窕,有亭翼然其上,颇具深致。主人自号为豁庐,有一联云:“山外斜阳湖外雪,窗前流水枕前书。”又曲园先生一联云:“选胜到里湖,过苏堤第二桥,距花港不数步;维舟登小榭,有奇峰四五朵,又老树两三行。”可想见其结构矣。所谓花港观鱼亦十景之一,向时为宋内侍卢元升小墅。文石甃砌成池,水洌而深,异鱼种集,今则池塘犹是,并不见有锦鳞游泳矣。

循故道返刘庄，登舟而北，至左公祠，今则易为先烈祠，若大飨堂，中供红牌一，殊觉不称其位。左公祠者，亦因竹素轩之故址，中有桃溪深处、水月亭、聚景楼诸亭台，点缀脱俗。观瀑亭有陈璚一联云："源头清接金沙涧，波面平添玉带桥。"其左即湖山春社，有学校，未可入。闻有旧联颇别致，后经曲园补书，联云："翠翠红红，处处莺莺燕燕；风风雨雨，年年暮暮朝朝。""湖山春社"四字描写涵概，不可思议。将至岳坟行礼，雷声隆隆，颇有雨势。庙前拥道甚长，正殿塑王像，以其子云、雷、震、霖、霆祔焉，后作燕寝，壁间嵌有武穆之石刻诗词。出正殿外，向右入一门，武穆之墓在焉，其子云祔于昭位。按，王既被害于风波亭（即今臬司狱署），狱卒隗顺负王遗骸，潜葬之，以玉环双橘识焉，私题贾宜人坟，今之城内九曲丛祠，亦称岳坟者以此，题曰"岳鄂王父子初葬处"。至孝宗昭雪后，遂改葬于栖霞岭下，而筑建祠，故九曲丛祠有胡恕堂一联云："尚有精诚留瓦巷，更移忠骨镇栖霞。"以武穆之气奋风云，大节昭著，固无可议矣。盖高宗虑钦宗之迫而攘己也，阳奖而阴憾之，宜桧言之易入，主持于秦桧，下石于何铸、罗汝楫，构成于张俊。而大狱以成，长城堕地，中原沦亡，千古伤心事，有逾此狱者乎？思之犹令人神寒。坟在墓园之上，以砖制，巍然有坚固不拔之象，云坟稍小，墓道之木皆南向，盖英灵之感云。翁仲华表分列道旁，至此者固无不肃然起敬也。秦桧、王氏、万俟卨、张俊四像，则反按跪露台上，然臭而不可近，溺为之也。闻其初尚为铜制，后则不知何时易为铁。某女士一联云："青山有幸埋忠骨，白铁无辜铸佞臣。"立义严矣。墓门外对面壁上有"精忠报国"四大字，每字方五尺余。墓前闻有分尸桧，明马伟锯而植之也，以示磔尸状，其存否惜未留神。此等举动，恶之虽严，究嫌牵强耳。

出庙门而南，至曲院荷风，然颇荒秽。至秋瑾墓并及其祠，祠联甚多,其遗像为和装。墓为新制,石工甚巨,恐非一二千金不能办也。以女士之死,固亦极可冤。至凤林寺,俗呼喜鹊寺,建自唐长庆年,亦颇古也。寺中僧众憧憧往来,正于殿上诵佛。其时风势颇急,雨将至,不敢久留,即登舟向图书馆,取券并不索资,径可入内阅书。藏书室为西式建筑,颇宏阔,司事为绍兴人。楼上所藏概木版,旧刻精椠间亦有之。楼下所藏皆文澜阁之旧藏,部分为四,木柜黑漆,上刻金字,题曰"恭藏四库全书某部"。计树一百有零,计书若干卷,皆粉纸抄本。某君特开一橱,示吾等以《通鉴》《初学记》等书,以蓝布为箧,蓝绢为书面,黄绢包角,字迹虽不十分秀美,工整绝伦,无一笔讹误,诚哉中国之至宝!《永乐大典》之后,此其嗣响,后日恐绝无此心力财力矣。《永乐大典》今且零落殆尽。按江浙三阁之建设,见于乾隆四十七年之上谕,其时海内殷富可知。"文汇""文宗"今已不存。当红羊乱时,仅缺数百本,而未全遭秦火,诚大幸事。惟四壁闭塞,阴霾之气恐于书有损也。又于客室见一人借抄《汉魏丛书》,阅书者则无一人。又按《四库全书》告成时,特建"文渊""文溯""文源""文津"四阁庋藏,费时且将十年。至扬州大观堂之"文汇",镇江金山寺之"文宗",杭州圣因寺之"文澜",全书三分,为另缮也。非优游暇日,能为此耶?到阁时,雷雨暴注,逸叔留览书籍,津津询问,乐此不疲。余等急至表门,坐观湖景,此亦难得之机会也。烟云迷漫,山峰缥渺,放眼平湖,万珠齐落,水光接天,长堤如带,惜无丹青手写此一幅湖上遇雨图。稍霁至公园,即旧日之行宫,与圣因寺相合,乾隆帝南巡,驻跸于此。石磴整齐,四围宏敞,内有渟泉、云岫阁、澄观斋诸胜。入坐饮茶,又各啖藕粉。拾级上升,登其最高处,顺山而东,上有小亭峙立,多为近今补造者,略取洋式,较之旧制之坚固,不可同年而语,数年之后,必颓废矣。又复拾级而下,至涵清居,俯而视之,若在壑底。左方即圣因寺,闻其后楼尚存御用各物,惜未之见。全园之胜则在登高四望,气象空阔,有一联云:“仓霭望中收,四面湖光依几席;薰风行乐遍,六桥花柳问桑麻。”最新建筑物则为六角大理石之纪念碑,巍然高耸,上镌铭词,下镌起事之人名。游览既倦,浮云四散,夕阳返照,清风徐来,遂一棹东归。

次日,即四月一日,早七时半,乘舆而出,专游内山,首至清莲寺玉泉观鱼。玉泉旧名净空院,南齐建元中,有僧昙超曾说法于此,龙王来听,为之抚掌出泉,遂建龙王祠云。祠前有池亩许,清澈可鉴。鱼之大者约二尺许,五色斑斓,游泳如画,是亦奇矣。正殿有额题曰“鱼乐国”。鱼不畏人,投以饼屑,万头接喋,其颜色之不同,殆为光线关系耳。其旁有一小池,水翠绿,虽以白粉投之,亦成绿色。

以急于去灵隐也,沿途略不耽搁,取道九里松径。九里松者,为唐刺史所植。从小行春桥,以达灵竺,凡九里,左右各三行,相去八九尺,苍翠夹道,今已不存矣。惟深篁密树间,山溪纵横,流水潺潺,俯而听之,自有涤俗澄虑之妙,此可意会,不可言传者也。过回龙桥,至灵隐寺,有飞来峰者,界乎灵隐天竺之间,高不逾数十丈,怪石森立,青苍玉削,有如骇豹蹲狮,笔卓剑植。其下岩石窈窕,屈曲通明,壁间布满佛像,皆元僧杨琏真伽所为云,近于凿矣。所谓一线天者,洞顶有裂隙。《七修类稿》曾有一联云:“飞峰一动,不如一静;念佛求人,莫如求己。”山下有冷泉亭,为唐刺史元萸所建,旧在水中,今则依涧而立。“冷泉”二字,为白乐天所书云。水成方池,澄清无波,诚哉冷隽! 白太傅有记云:“夏之日风冷泉渟,可以蠲烦析酲。山树为盖,岩石为屏;云从栋生,水与阶平。坐而玩之,可濯足于床下;卧而狎之,可垂钓于枕上。”斯尽之矣。旧联如“泉自几时冷起,峰从何处飞来”,为董香光撰。又如“泉声咽危石,日色冷青松”,皆极佳妙。山上有翠微亭,韩蕲王既忤秦桧,解枢柄后之所建,隐约浓树中,未之上。

与冷泉并列,尚有壑雷亭,适与冷泉相反。水声淙淙,三叠而下,无一息之停。故查亮采有一联云:“飞瀑欲凌空,远度峰头作霖雨;出山能泽物,先从壑底起风雷。”吾书至此,犹忆在玉泉尚有一联之佳者:“此即濠间,非我非鱼皆乐境;恰来海上,在山在水有遗音。”兹补录之。亭之对面,山壁小洞,吹之可作海螺声。余越溪,伏而鼓力,得音甚微,转不若舆夫之宏亮。其东即灵隐寺,此为晋之高僧慧理所建,山门匾①曰“绝胜觉场”,壮阔之寺院也。旧有百尺弥勒阁,正殿毁于火,近由武进盛杏荪独力创建,工程甫竣,闻费至十数万金,可谓巨矣。其中柱两人略可合抱,数丈金身,殆若无物,殿之雄阔可想。中有拜石长丈余,有花卉鳞甲之文,惜未留神。此役也,盛氏愿力可谓宏矣。全寺饮料取之山泉,而以竹管联络,布满各处,此则天然之自来水也,妙矣。正殿之右,尚有罗汉殿,同于苏州之戒幢寺,计五百廿有五尊云。询之何故,则谓大罗汉一尊,又小罗汉十八尊。此外清初诸帝,亦由罗汉转劫者,则有特别之华盖帐幔以装饰之。专制之世,帝王至尊无上,特幻一说,为罗汉之转身,示死有所归,可谓佛门中迎合意旨之上乘。韬光观海,由此可去,以时间促,不能至。遂至回龙桥午饭。逸叔②告吾等,韬光有佳联二。一为“松声竹声钟磬声,声声自在;山色水色烟霞色,色色皆空”。一为“到此已超诸色界,来时可作小游仙”。又灵隐一联云:“峰从西竺来,云根无住;泉自上方出,月印常圆。”于山门前购得宋币一种,一面为内府进用,一面为准钱二百文。

龙泓洞亦近灵隐,俗传其底可通浙东,采乳石者入之,闻江涛浪浪然,橹声聒耳,此则恐为故神其说也。又有灵隐诗迹之说,谓

---

① “匾”,原文作“扁”,据语义改。

② “逸叔”,原文作“逸妹”,据文义改。

骆宾曾隐于此，削发为僧，后宋之问至寺中，见老衲，相与唱和，知为非常人。如"楼观沧海日，门对浙江潮；桂子月中落，天香云外飘"云云，声调雄浑，自是名宿。然《游览志》绝未言及此事，诗则指为宋作。宾王八十余，坐化寺中，然通州狼山之麓，亦有骆墓，直无从考核矣。午后至下天竺，兹已易名为法净禅寺，以吾人眼光观之，则亦香火院耳。惟沿途翠竹千竿，水流乱石间，此真山林之逸趣。寺则坐灵鹫山麓，亦晋僧慧理建，五代时号五百罗汉院。

寺后有三生石，亦神异之古迹也。唐时有李源者，京洛人，父死安史之难，源悲愤不仕，居惠林寺中，与僧圆泽友善。相约游峨①眉，道出荆州，忽见一妇人，锦裆负瓮而汲。圆泽曰："此吾托身之所，数也，无可逃。"订约十三年后，中秋月夜，相见于杭州天竺寺，源悲愤不及。盖圆泽初意，本不欲由此西上，为具沐浴，至暮，泽亡，而妇果生。后十三年，源应约赴杭，于葛洪井畔有牧童荽髻骑牛歌《竹枝》，隔水呼源，视之，乃圆泽也。曰："李公真信士，俗缘未尽，慎勿相迫，愿勤修之。"遂拂袖入烟霞而去。此种因果意义，颇耐人寻味。中天竺名法净寺，在稽留峰北，隋时建。有僧宝掌者，以唐显庆二年化去，自称度世一千七十二年，故山中有千岁岩之称。白诗有"竹寺过微雨，石径无纤尘"，想尚不似今日香烟之盛也。

上天竺去中天竺较远，正坐白云峰下，以形势论亦殊佳。一说晋时有僧人道翊结庵山中，一夕见瑞光发于前涧，就视之，得奇木，刻画观音大士像，金人犯顺掠之而北。寺内有白云堂、两峰堂等，产颇富。寺门之外有香肆，上书白云第几房字样，计二十四房云。每岁六月十九为最盛时代，数十里中，香客络绎不绝于道，金吾不禁，可想见其概。正殿之右，一小院落，有梦泉，涓涓之水出

① "峨"，原文作"蛾"，据语义改。

自龙口。宋时浙西大旱，寺中厨水不给，主僧玉法师梦泉发于西坡，凿之果得，遂名梦泉。正殿后之楼，殆大悲楼也，以《大悲心陀罗尼》中一句为一佛，约百尊。以余所知，《大悲咒》有三本，梵本有注，如南无喝啰怛娜哆啰夜邪，为观音大士本身，南无阿唎唧为如意轮菩萨本身，如穆帝𠿒则为诸佛合掌听诵真言，娑啰娑啰则为五浊恶世，而亦并以菩萨称之，殊不可解。

三竺之胜实不在寺宇，而在四围之山。周回数十里，岩壑幽秀，峦嶂错峙，峰洞玲珑，莹拔清朗，层花累萼，皱縠叠浪，妍态怪状，不可缕陈。吾人仅仅于寺宇求之，亦已误矣。闻上天竺之地位，其初冈岭四合，后乃开凿东方一面，而建寺焉。故立于上天竺之高处，即觉三面拥抱。其最伤风雅者，为沿途乞丐之小屋，栉比而居，颇形污秽，此则与香市相因而至，亟宜设法安置之，山途乃得清净。由上天竺回转，过大小麦岭，至棋盘山，峻坂盘旋，上登甚不易，深壑泠泠，巉石齿齿，舍舆而步，前后牵挽，方敢举此，苦无芒鞋竹杖也。直至其巅，路乃平坦，上有方石，旧传丹砂为局，子分黑白，今已漶漫。江湖之胜，皆可环眺。某洋行之洋人，踞其上为消夏地，有重楼十数间，询之何时建筑，亦殊茫然。夫以宝石山之案，费数年交涉，用款七万余元，仅乃赎回。先是宝石山者，不知何时为洋人所据。当道以湖山胜地不可为外人侵占，磋议至再，于是收回。自谓年迈，须尽其一世。痲疯院仍月贴百金为膏火云。此真所谓中国之交涉。兹则近在咫尺，当道竟不知之，亦不知建筑何时，妙矣！

由此而南乃至烟霞洞。在半山之上，初有僧人弥洪者结庵洞口，遇神人云，山后有胜迹，何不显之？寻觅果见洞内有罗汉六尊于石壁上，若镌刻而成。及吴越王时，补刻十二尊，此必附会无疑。以其洞之幽邃，其初或佳，今自人工穿凿，已失天然之趣。洞顶有钟乳旧痕，根径一尺有零，可惜不存。入其内，两壁乳汁犹外浸,惟洞口外就壁所镌之二石观音,则精工绝伦,美术品也。燃火入内,两壁之石极晶莹可爱,余就地取一石,殊觉顽钝不若。又洞口旧有石刻财神,则真不类。兹已易名“苏龛”,可谓善于应用。某君有一联云:“钱如真可通神,此坐巍然,何不与烟霞终古?石亦有时变相,长公仙矣,莫非是因果前缘。”入其内,庵宇亦颇修洁,新建有陟屺亭,为上海金女士所筑。僧为嘉善人,自谓负债甚巨,然颇兴土木,又得之某公云。曾在渠处一素餐,费至六七十番,盖其素斋为最有名。当其缺处,左江右湖,萦青缭白,的为胜地。南高峰亦近在几案。稍憩乃往龙井,越数山而后至,寺以产茶为最著,茶味渊永,自是不同。有老僧颇健谈,谓寺建于唐之乾祐二年,初名报国看经院,宋则改名广福院,元丰间辨才师自天竺归老于此,不复出,与苏东坡、赵阅道友善,筑室造庐而名益著。有过溪亭、潮音堂、翠峰阁诸胜,盖南山下旧有两龙井,一泓寒碧,清洌异常,产茶遂为两山绝品。老龙井幽僻清奥,杳出尘寰,泯泯丛薄间,盖已无可寻求矣。新龙井本名龙泓,葛稚川曾炼丹于此,林樾幽古,石鉴平开,寒翠甘澄,深不可测。龙井茶产地,周围不及十里,老僧云:“自给之不暇,外间实少真者。”然寺内古迹颓废已多,现正逐渐修理,如一片云、神运石、振鹭,止见石额横卧于地而已。过溪亭者,辨才师建,东坡访辨才龙井,遂至风篁岭上,左右惊曰:“送公过虎溪矣。”辨才笑曰:“与子成二志,来往亦风流。”遂建过溪亭风篁岭。篬筤筱荡,风韵凄清。初则丛薄荒密,亦辨才治之。三笑亭之故实亦类是。唐蜗寄有联云:“桥跨虎溪,三教三源流,三人三笑语;莲开僧舍,一花一世界,一叶一如来。”龙井游览既竣,乃至石屋洞,日色暮矣,不能久留。以余视之,幽胜殆不减飞来峰。寺败矣,洞亦与之寥落。洞内高敞虚朗,衍迤近三丈,石壁上下镌有罗汉五百十六身。接连为蝙蝠洞,上有裂隙,无殊一线天,蝙蝠则未之见。洞之中另有一洞下溢,石上镌“沧海浮螺”四字,真如螺壳之下旋,妙极。天之造物,无奇不可。时已六钟半,急急回转。于忠肃墓去此不远,苦不能至。闻有一联云:“赖社稷之灵,国有君矣;竭股肱之力,死以继之。”夫以有明土木之变,其不为南宋几希?忠肃之功,关于明室甚巨,被祸而死,可胜慨叹。过张若水墓,及南屏山下,均不及留览。沿清波门、涌金门而归,薄寒袭人,晚间则已倦甚。

次日本拟休息,然长日寓中,亦殊无聊,逸叔①、萱弟兴致均勃勃,九时后,复买棹游湖。在南山下登陆,至净慈禅寺,周显德年间钱武肃王建也。初名慧日永明院,历代屡易名称,泾江映地,飞翠侵霄,闳胜甲于湖山。其规模与灵隐相若,故二寺为南北两山之最。粤匪后正殿毁于火,至今未能修复。石础犹存,圆径在二尺外,可想见当时之庄严。向西之群房曲折,颇不落漠,鸾翎雁齿,尚有昔日之规模。寺中颇有济颠僧异迹。殿前有井,云为济颠僧取水处。后殿亦供有济颠僧像。南屏山即在寺后,峰峦耸秀,怪石玲珑,若屏嶂凌空,故以得名。遥而视之,盖惮予跋涉也。寺门之对面即雷峰,南屏之支脉也。穹窿回映,旧名中峰,或云有雷就居之,故以名。塔则为吴越王妃建,止五级,纯为砖制。回视周,工程至坚,兵燹后磴木全毁,败砖颓瓦,堆积满地,然其层累而上,离奇变幻,亦极建造之能事矣。塔之左右颇有平阳,必为寺观之遗址,至俗传则谓湖中有白蛇、青鱼两怪,以塔镇之云。返舟过苏堤,略一平眺,碧草蒙茸,颇觉荒落。长堤十余里,自南新路属之北新路,横截湖中,自是湖分为二,西曰里湖,东曰外湖。夹植花柳,中有六桥,以亭覆之,今止见小屋数间在第四桥前,石刻“苏堤春晓”四字而已。南渡后,堤桥成市,歌舞丛丛,走马游船,达旦不息。及后不治,湖葑复日淫啮,堤渐廉削。至嘉靖间,王钱

---

① “逸叔”,原文作“逸妹”,据文义改。

为令,令犯小罪者得杂植桃柳以赎罪,红翠烂盈,烁如锦带。兹复桃柳稀落,堤亦就圮。堤南第一桥曰"映波",由此而北,曰"锁澜",曰"望山",曰"压堤",曰"东浦",曰"跨虹"。旧时每一桥,或有亭阁,如种德堂、先贤堂,可知堤之左右尚多隙地,今则无矣。

白堤、苏堤为人所艳称,其实里湖西岸尚有杨堤。明太守杨孟瑛既浚湖筑堤,增建三桥,并宋时旧有者,则为六桥,惟其名久不立,无以匹配苏堤。及田叔禾始拟名曰"环壁",曰"流金",曰"卧龙",曰"隐秀",曰"景行",曰"浚源"。游此者止知苏堤六桥,而此无称焉,盖亦有幸有不幸也。过苏堤后至高庄午饭。饭后过苏堤,向孤山进览。孤山在昔白堤未筑时,岿然湖中,碧波环绕,楼阁参差,西南诸峰,叠翠如画屏,列于几下。诚哉!山不在高,有仙则名。登高西顾,水天一色,全湖胜境也。以时已三时,仅能游览数处。

至西泠印社,内有数峰阁、柏堂、竹阁、四照亭,其右则与蒋公祠相通。柏堂者,陈天嘉二年,有植两桧于孤山寺中,至宋犹存其一,号陈朝桧。有僧志铨作堂其侧,曰柏堂,与竹阁相连。竹阁则为白乐天所建,向时亦在孤山寺中,杭人因貌公像祀之。今则寺址既移,无论陈桧矣,幸堂与阁犹是也。数峰阁则祀有明乡先达之神位,忤魏珰而就义者,取"江上数峰青"之意而以名阁。吴梅村一联云:"赤虹剑血埋燕市,白马银河走越州。"又一联云:"抗珰就义,殉国成仁,大节本无殊,积血尚留燕市碧;竹阁同登,柏堂小憩,忠魂应未远,数峰重见越江青。"四照亭尚在山上,旧制新补筑者,有郑孝胥题额"西泠印社"。本以镌刻著称,内有印谱若干种、石刻若干种。有仰贤亭,祀丁敬身先生,金石家也,泓龙遗像亦在壁间。金鉴一联云:"先生扇莲社清风,刻画六书负鸿博;胜地是桃溪深处,渊源一脉溯龙泓。"又张景星一联云:"商彝周鼎,汉印唐碑,上下数千年,公自有情天得度;洒胆诗肠,文心画手,后先廿八子,我于无佛处称觞。”复游三忠祠、三贤合祠、照胆台,即祀关圣帝者。有一联云:“偃月钢刀千古锐,守更银烛万年红。”或谓为圣帝自书云。又岳坟之左关庙中,亦有一联云:“德必有邻,把臂呼岳家父子;忠能择主,鼎足定汉室君臣。”妙在典重切合,为缪昌期题也。徐烈士祠,浙军江宁阵亡将士祠,亦略一游览。将士祠恐即为祀王壮愍、张文节、赵恭毅之全浙昭忠祠也。又过陆宣公祠,祠为中书舍人洪澄别墅,吞吐湖山,林樾台榭,为一时冠,今稍替矣,然尚整洁。至平湖秋月,放舟而东。平湖秋月,在昔亦极名胜,回廊曲折,恰邻湖滨,秋高月明,平湖不啻明镜之可鉴也。彭雪芹一联逸韵苍凉,洵不可及。联云:“凭栏看云影波光,最好是红蓼花疏,白蘋秋老;把酒对琼楼玉宇,莫孤负天心月到,水面风来。”又一集句联云:“欲把西湖比西子,更邀明月说明年。”凡此每读一过,都觉心意清旷。

次日以连朝倦乏,决意休息。午后至城市购物数件,至城隍山时已日暮。阮公祠、江苏会馆止能略一周览而归。

次日,即四月六日,早晨又为游湖之计。扁舟一棹,向南至钱王庙,即表忠观也。观本妙因院旧址,武肃子文穆王元瓘有表忠观,子孙之坟在钱唐者二十有六,在临安者十有一。武肃饶有智略,壮而微贩盐自活,后入军,历破群盗,进至苏杭观察使。夫当五代干戈扰攘之际,而渐奋迹一隅,保有两浙,镇抚疆域,休养生息,孚育黎庶,谓非贤豪可乎?捍筑海塘,除葑浚湖,百世利赖。庙貌巍然,宜其与湖山并古。庙之正殿塑武肃王像,其旁自文穆以下四像,表门内两侧有亭,东坡所书表忠观碑在焉。字方四寸许,英华挺劲,跃跃有生气,表彰贤豪之意至矣。碑有二,一四幅,一八幅,后者恐为重摹上石。此外尚有刘石庵勒石一联云:“启匣尚有归国诏,解弢时拂射潮弓。”又正殿金安清一联云:“十四州一剑霜寒,辟门天下,阃门节使;三五夜群斐玉艳,陌上花开,江上潮来。”杨叔怿一联云：“捍海筑金堤，鲸浪长恬，累世共钦明德远；射潮驱铁弩，乌号宛在，余风犹想大王雄。”武肃年至八十三而卒，亦极人生之富贵寿考矣。

由此至湖心亭，鹄立湖中，三塔鼎峙。相传湖中有三潭，深不可测，所谓三潭印月是也。言其历史，昔日全湖之盛，无以过之。玳瑁金椽，琉璃玉照，风响檐铃，月移花影，可想见其胜概。其废也则以明阴子叔为诸生时，入寺，廉得众僧之奸，后贵，立毁之，并去其塔。今之三潭已非其旧矣，且荒芜已甚，清喜阁犹存。旧有一联云：“四季笙歌，尚有穷民悲夜月；六桥花柳，浑无隙地种桑麻。”此实寓有无限感慨，亦盛衰之原也。现止一僧，为京口人。由此过西泠桥，至孤山访林和靖墓。苏小小墓即在桥西，瓦砾堆积，不解何说。现则由西湖工程处修理，所谓金粉六朝，香车何在？才华一代，青冢犹存，如是而已。

西泠桥一名西林桥，从此而东即孤山之阴，红藕花深，瀰鸂飞鸣，轻舟荡入，别一世界，可惜不当盛暑耳。孤山对面有杨庄，亭宇亦颇整肃，阒若无人，未免辜负湖山矣。移舟至林逋墓。逋当有宋全盛时隐居孤山，征辟不就，胸襟固自有在，构巢居阁以自栖，又植梅若干本，徜徉湖山，或连宵不返，客至则童子放鹤报之，栩栩然谓非仙人可乎？真宗赐号曰“和靖先生”，后贾似道为题墓石焉。清节介砺，虽权奸亦知尊敬也。胡僧杨琏真伽曾发其墓，惟端砚一枚、玉簪一枝云。独怪胡僧专喜发掘古墓，是何肺肠？逋学问甚高，教其侄以成名，已则终其身不娶，是真能绝俗者。比其卒也，四壁萧条。其遗诗云：“湖外青山对结庐，坟前修竹亦萧疏；茂陵他日求遗稿，且喜曾无封禅书。”其高逸之怀可想。

放鹤亭即在巢居阁左，为王钱补构者，向在山巅。先是余谦既葺处士之墓，复植梅数百本。郡人洪安以先生妻梅子鹤不可偏举，乃持一鹤放之孤山，可谓好事也矣。阁中两壁石刻遗像犹存，吴棣华一联极佳："华表千年，遗蜕可闻元鹤语；孤山一角，暗香先返玉梅魂。"墓之左近复有林少尉墓，林迪有太守墓、冯小青墓，皆可谓不落漠也。林少尉，则为粤匪乱时合家殉难者，所得恤典亦殊微。彭雪琴有一联云："劲节冷梅花，丛祠抔土足千古；芳邻结孤屿，处士忠臣是一家。"九原有知，应亦欣然。复出西泠桥，至楼外楼午饭。饭后过俞楼，入门即现一种寥落之象。俞楼下尚供曲园先生小像，目光奕奕，须眉浩然。有老妇八人，团坐一桌而讽经焉。不见一男子。有小蓬莱、灵松阁，至左松右鹤之轩而止。屋宇回廊，无不欹侧，势将颠覆。曾几何时，寥落至此！隙地不满一亩，随意点缀，层出不穷，固非胸中有物不及此。为之后者，任其颓唐，竟恝然耶！楼下楹联尚多，似以沈灿一联为佳，以其切合得体也，"旧学郑康成，书带丛生，掩映湖堤添草色；前身陶勾曲，角巾高隐，徘徊楼上听松声"。右台仙馆则未之见。闻张善继有一联云："自筑行窝傍生圹，常留书冢在名山。"至俞楼颓废之故，建筑时本由门人剧资而成，略仿洋式，而木石均不坚固，宜其倾败之易，恐不数年都成瓦砾场矣。

至广化寺，即孤山寺之旧址。寺内有六一泉，清水一泓，照人须眉。尹仲《西湖记游》曾有一联云："湖两孤三，此处有泉可漱也；天一地六，先生自号无说乎？"按文忠将老，自号六一居士，东坡有铭，谓泉之出也，去公数千里，泉之得名也，去公之卒十有八年。盖当东坡来杭时，临别，文忠曰："西湖僧惠勤甚文，长于诗文。"故东坡因文忠而与勤善，此邦之人以不得公一来为恨。及后，惠勤与公先后卒，弟子二仲乃画二像祀之，泉遂以六一名。甚以泉之幸也！岁寒岩亦在孤山。东坡书尚隐约留崖壁，云"郭令公历中书二十四考，广成子住崆峒万八千年"二十字也。苏文公祠有阮文达一联，亦极隽逸："欲共水仙荐秋菊，长留学士住西湖。"可谓恰如其人品。

复改道向西，停舟湖山春社，鼓勇徒步，绕岳坟之后，上栖霞岭，欲寻栖霞、紫云、金鼓三洞也。闻春和景明，岭上桃花烂灿，色如凝霞，兹又非其时也。是日天气甚热，行行重行行，汗如沈。但见树木森阴，林密处有牧童放歌，此外则无所见。余与蕙姊相持而上，萱弟则与逸叔相持上。既达其顶，始遇一人，询以洞之所在，其人亦甚殷勤，特苦不能确指其处。又越山而北，至山之阴，乃得之。杳然深黑，榛莽荒秽，其内有水不可探也。据其人云："深至七八里而遥。"上山颇想至栖霞寺，一叩究竟，闭门不纳，犬吠唁唁，拂拭石磴，坐而小憩。按栖霞洞在妙智庵左，地多怪石，隐翳榛莽中。贾似道望而异之，命施畚臿，倏见奇邃，乃抉藏剔幽，竟得一洞，空然如夏屋，谽谺而出，寒骨凄神，圆径丈许，有水，洞深不可测，以此印证，殆栖霞洞无疑。后恶僧以游人之多，塞兑垢径，仅余丈尺，既废不可复矣。紫云洞在岭巅，去妙智庵数百步，悬倚如空，深凉彻骨，亦以门闭未入也。稍憩，复努力下山，行至山半之小亭，乃见群人聚赌，大小银币散布满地。无怪乎西人之詈中国为赌国也！回舟后，游宋庄，系一妇人所建筑，殊少雅致。由此复游唐庄，是亦某公之祠宇。乃从一小港曲折入内，异常静僻。屋宇深邃，面临荷池，当盛夏时，菡萏万朵，开轩纳爽，登楼赏月，窃以此为最佳。游兴既倦，登舟放棹，至葛岭之下一寻仙迹。葛仙翁庙深藏于山腹，稚川博闻深洽，江左绝伦，好神仙导引之术，结庐西湖，修真著书，故湖上颇多其异迹。踏磴虽极平坦，连升至数百级，亦至倦乏。中过玛瑙坡，对面半壁若削，晶黄而苍，纯似玛瑙，苍天造物之奇。入其庙，殆已六时，殿中塑有葛仙翁像。至葛仙井一视，千余年来，其井尚存，亦殊可贵。上方下圆，相传为葛稚川投丹之所。井中曾有匣出现，匣出水遂污恶不可食。匣中有丸，独施渔翁食一枚，寿至百六十，匣仍投之井中，水之澄清如故。初阳台即仙翁炼丹处，闻上山尚半里有遥，不能至也。

下山登舟而东,至宝石山。拟登保叔塔一望,两路皆歧,时已昏黑,不果,即至亦不可登。闻其初为九级,咸平中僧永保以目眚募缘十年,复其旧,目光如故,保有戒行,故人称为保叔塔,本名保所塔也。既归,揖别西湖矣。

四月八为浴佛日,闻湖上颇热闹,放生及进香者实繁有徒。本拟待至九日成行,适是日雨。转而思之,此特一种风俗之习惯,仅仅红男绿女之众多,他亦无可观也。决意于午后二时回沪,草草成此,固未尽十之二三。

七日午后,逸叔与萱弟犹至白云庵与虎跑寺,毕竟较胜吾人一筹,例当附录。白云庵有金日修最佳之一联云:"石墨一枝春,问山僧梅子熟未;梵钟几杵晓,唤世人尘梦醒来。"虎跑寺即定慧禅寺,有性空大师来兹山,以无水将他适,忽有二虎跑山出泉,甘冽异常。逸叔亦谓异于常品,言其境界亦极幽胜,所谓"山势北连三竺去,泉声西自五云来"也。

又七日之下午,余与惠姊步行至钱唐门外,游梅丽公园,乘兴至断桥。断桥残雪亦十景之一也。本名宝祐桥,或曰断①桥,殆昔日孤山之路至此而断,故名断桥。此说似为近理,兹已仅存石碑一坐,苔侵草蔓,他无可观。张祐诗"断桥荒藓合",风景则无殊当年。稗②官中有断桥清品一说,则以元世有文世高其人者,隐于西湖,而与刘万户之女秀英结再世缘,此中情节亦颇离奇。至湖上祠堂,以钱唐门外之张勤果祠为最佳,未至也。

——《中华妇女界》第一卷(1915)第八、九期

---

① "断",原文作"段",据语义改。
② "稗",原文作"禆",据语义改。

论女子宜知所尚武

凡持女子教育之说者，莫不以求为贤良主妇为要旨，吾亦云然。揆之中国历史风俗，即准之内外相维之义，家庭幸福端在主持中馈之得人。而吾忽以尚武论，识者得毋訾吾为大谬乎？中国在昔虽以尚武立国，此等责任归之男子，女子固亦无此义务也。当辛亥之际，曾有女子北伐军之说，笑史累累，稍有识者，引为大病，而吾更何容以尚武论？

虽然，窃有辨。吾之所谓，非谓竟责以荷戈从戎，身临敌阵，当国家一面之军旅。扼要真义，则在宜知所尚范围分际，如此而已。否则虽极谬妄，尚不至此。征之先例，如木兰之从军，吴宫之教战，而唐代以女侠闻者尤多。有明末年，秦良玉以偏师制胜，受赏策勋，昭昭史乘。然此则应运而兴，事出偶然，不得以常例衡，即不得奉为圭臬。不然，泰西各国教育亦讲求切至矣，何不闻女子独立成军？盖事实上绝不容有者也。然则尚武云何？夫集人成家，集家成国。就个人论，其分子虽微，谓之无国家关系不可也。知其关系之重，则不容有一累群者，致累及全体，又可知矣。组合之大纲，不外士农工商，而其要尤在兵。四民之生命，国家之存亡，吾先王先武所遗留吾人之片壤，全视武力之足以捍卫否耳。时局急切，危如累卵，今之世界有何他说，权力即公理耳。然亦非一味恃蛮谓尚武在是，造就军人之资格自有其道，其根本仍不外自家庭始。故曰："善人教民七年，亦可以即戎。"又曰："以不教民战，是谓弃之。"可知军事教育良非易易，否则资敌而为寇，或则倒戈而奔北，国家所恃如此，则国家之危可知。

反观内视，吾国军人资格如何，宁敢有所置议。然自与外人接触以来，无役不败，此正无容讳言。即幸而小胜，非凭恃一时客气,即徼倖得之,未可以为荣也,此其故。岂吾国材勇武力,果逊于他人乎？又不尽然。根本既差,即有毫厘千里之谬。夫兵凶战危,临之恐惧,此固人情,苟非迫于不得已,孰肯赴汤蹈火,甘于一死而如饴？所谓爱国热忱,殆犹后也。不然,俄下征兵之令,何以嚣于哈埠？又现下战事,各国凡征新兵,必多出其方法以激励之。贪生恶死之念,虽至愚所不能免,由是身家念重,国家念轻,广狭容有不同,其归则一。

欲极根本之解决,百变不离其宗,无过于家庭。为之母,为之妻,设不知尚武之可贵,必不忍使其子,使其夫,身陷于枪林弹雨中,何有于国家,更何有于强国？爷娘妻子走相送,哭声直上干云霄,此足为中国军人之写照。儿女情长,英雄气短,即谓国家之不幸,灰于一哭也,亦无不可。要之女子于军事上,固大有相伴而生之理,阅者幸毋谓母之于子,妻之于夫,关系微也。请征先例,有累纸所不能尽,略陈其概,以见女子于军事之影响。

昔淖齿作乱,湣王失国,非王孙贾振臂一呼？齐之为齐,固未可知,然王孙贾之所以能如此者,则以其母倚门倚闾之数言,有以激之。则其母之深明大义,知尚武之可贵也。可知欧州当斯巴达尚武之时,生儿体格不强,至割爱而不育,有事出征,母与妻相送必曰:“载盾而归,则以战死为至荣。”宜其一时强盛,莫之与京,此其例之最古者。至若梁夫人执鼓助战,大败金人于京口,且手上奏章,弹蕲王为畏敌。巾帼须眉,尤为杰出。岳武穆出师,其兵士有受创夷者,夫人能亲至其家,躬为抚慰,宜其深得士心,有战皆克。荦荦名将,以成功名,皆深资内助之显证。即近如沈文肃,初守广信时,适有寇警,文肃他出,其夫人林氏(林文忠女)刺血为书,求援于饶总兵,慷慨指陈,洞晓机宜,有宿将所不及者。吾曾见其原稿,一郡卒赖以无恙,是可与襄阳之以夫人名城并传矣。更如楚王以息妫一言而覆蔡,平西以圆圆之故而请师。自来女之与男，关系军事之大，绝非等闲，此亦一端也。

由是为女子者，虽无荷戈执戟之必要，尚武之道，既与有相伴而生之理。则女子之宜有所知，亦必须之要素矣。例之吾国，尤不容缓，时机既迫，此后焉有宁宇？今日握手，明日兴戎，不测风云，意中事耳。或曰："中国军政犹未尽善，遑论女子？"惟其然也，尤当务之急，言论为事实之母，安知无开明之一日？否则四百兆人不啻立失其半，危险可想。请陈其故，女子观念中宜有尚武二字，即谓为唯一问题，亦无不可。

因之不良，而求得果之善，事所必无。天生勇武，此特杰出之军人，非必人人皆具此禀赋。普通则赖教育，教育又其后也，而家庭为先。设为之母者，知尚武之切自幼小始，必当锻练其身体，发挥其诚实，激励其忠爱，劳动其筋力，时时蕲合于军人。无事执业，不失其健康，有事应征，足为国家之劲旅。若徒为舐犊之爱，内德外表，举无一当，国家将何所恃？为之妻者，而与军人结缡，尤当相勉以忠义，相竞于名誉。是故古先烈士葬身沙场，往往为荣，以其能为闺中人吐气耳，否则牵衣涕泣，使人心灰矣。须知不有国，何有家，不有家，何有身。爱情垂之百年而已足，名誉实千古所不朽。女子所不可不知者，此其一。又如家国有警，其强邻外患无论矣，或者土寇窃发，为患本不甚烈，所最扰乱人心者，无如女子携抱仓皇，号淘动地。是时虽极能镇定者，亦将竭蹶无主，设是事原可以安闲处之而足了，以扰乱故，误却大局，甚矣女子之足为累也。此其故，一则由于经验之不深，一则尚武观念为素所未有。果储之于平时，知所谓战争者，本世界应有之一事，彼有所攻，吾有所守，尤足相当，临机应变全在镇静，徒纷扰无益也。而其大患尤在怯，即不必登城助守，万一危急之时，一面能部勒其子女，使之无乱人意，一面料理馈饷攻敌之具，使军人得以一致御侮，保全之功，固已大矣。女子所不可不知者，此其二。其尤要者,则在扶伤救死之役,此其事为最不易,而亦惟女子为最善。战祸之惨于今为极,每一念及宁不股栗。夫饮弹而亡,所痛止一时,瞑目而已。最难堪者,断手截足,或流弹中于内部,求生不能,求死不得,惟有婉转哀号。设立时有人援手,为之裹创抚痛,得减大苦,何殊骤登天国?沪上二次之乱小小战事,吾于医院中所见断指截股者已累累,其声至楚。看护者均外国女教士,从容敷布,极勤恳慈仁之概。谓之无军事上之智识可乎?设遇两国以兵戎相见,受创动辄累千,生者方自卫之不暇,何暇旁及?夫以百战之余,马革裹尸,固未为不幸,然苟有可生之理,以无救故,不幸而死,其所失已较敌人倍矣。窃曰扶伤救死之役,惟女子有独任之义务。设平时略无此思想,一闻警信,逃避不遑,何敢于两军剧战之顷,抖擞精神,为此慈善之事业?而绷扎洗涤,粗浅之手术,尤不可不知。平时果知战争者为世界应有之一事,习闻既成于自然,中有主宰,自能踊跃从事。早一时多得一时之益,多一人多得一人之用,无论胜负何如,已足弥军事之缺憾。女子所不可不知者,此其三。即此三端,所关已巨。此外至如缝纫军衣之役,制备食物之役,在在无不可为助。吾故曰:女子宜知所尚武。

——《中华妇女界》第二卷(1916)第一期

吾人家庭勃兴之动机

余自与外子结缡以来,今十年矣,家庭幸福日有增进,私衷欣幸,未可言宣。然其间以匮乏之故,含辛茹苦,正自不少,积十年中之经营讨论,欲为普通社会之指导。原有所不敢,而秩秩鱼鱼,顺理成章,窃谓庶几,兹故拉杂而述其大概,为我诸姑姊妹告。

夫今日中国家庭之不良,如何可说,无怪有喻为黑暗地狱者。近之则由教育之不讲,远之则由政治之失修,惨痛情状,姑不具论。妇姑勃谿，兄弟不睦，妯娌仇视，子弟放逸，即此数端，已岌岌不可终日，遑幸福之可言？简言之，其患在私，不能相见以诚，积久生非，积非成惯。虽明知之，而怙过饰非，牢不可破，终至倾败荡析而后已。吾国普通社会之习惯，谓非十八如是乎，此真可痛也！吾自入世以来，每见亲戚左右，颇多席丰履厚，一自意见冰炭，各树党援，未几一败涂地矣。其次则犹可以为善国，而各自私图忘怀，大局遂至不可收拾，转而依衣食于人，久则人且厌薄之，家庭若散沙。此特其凡，怪怪奇奇之现状，更累纸所不能尽，言之皆足慨叹。

欧化东渐，有谓欲求家庭幸福，无过于独立。人自为战，则其一身荣瘁，视其能力何如以为准，无尤于人，而人亦无扶助之必要。彼张公艺九世同居之说直糟粕耳。其说固不为无理，虽然，窃有辨。夫人既生存于世，纵有智愚贤否之不同，然同是耳目手足，就高就低，当无不可操一艺以糊口，其患在惰不事。业工之家一，食粟之家六，百人中不仅半数无所事事。中国通病无容讳言，然要不可一概论。国自有其风俗历史，东西异宜，何可一例？欧西地狭人稠，又政教修明，非独自竞争，不可图存，废癃残疾，或有所归，盖其国家法令与地方机关，有臻于完密之妙。设吾人有至亲老废而穷无所归，或近支之宗族子孙孑遗，若执人自独立之说，势必屏至门外，任为饿殍而已，残忍行为能乎否乎？又如为兄者以能力故，锦衣玉食，为弟者以薄弱故，无所短长，甚至荡厥家资。而兄之视弟，漠然不一援手，任其褴褛丐化，行所无事。为弟者固不能免不肖之责，而舆论之所归，残忍不仁，为兄者尤不能逃此恶名。以虞舜之圣而有弟，以闵损之孝而有母，人独称之。吾国教化之源固自有在，强不同以为同，必无可合者也。由是更推及家庭分合之动机，以卜成败。

富厚之家或可分，贫乏之家必当合，此则相治家庭之定义，理非甚奥者。吾人利用此定义,以有今日不敢用以自秘。盖富厚者犹之大国,自以为天之骄子,各有所恃,设无强固政府支配得当,则人人时存一取不竭用不尽之心。物力艰难,茫无分晓,终至出入不能相抵,日趋削弱,此为一因。而其子弟愚惰,生于习惯,尤可恐怖。转不若各立门户,或得练习物力世态,比较上犹为彼善于此,何以言贫乏利用合?譬之箸,一支易折也,倍之则较难,参之则更难,此则势力以相辅而厚,相助而成之义。又如有薪一束,合炊一铛,适可敷裕,析为二势,必拮据,析为三,则非别有所取,即难成炊。吾既贫乏,合之犹恐不济,分之则益无能为力,此之道不待智者而喻。

吾且述吾家庭幸福之由来,琐碎无关宏旨,正自不免。比来女学虽渐昌明,陈义过高之病颇为世诟。良以十百道韫之才华,转不若二三贤良之主妇,为切益于社会,其琐碎处,正幸福处,诸姑姊妹幸勿厌吾渎也。

吾外子固世家,吾父与翁年相若,同里闬,幼同塾,长又同官燕赵,视外子循循谨饬,好学问,遂相攸焉。嗣以中遭多故,两家均中落,而外子尤甚,然未废学也。吾极得父母钟爱,虽日在窘乡,吾不之知。盖老人不欲重吾忧,而吾求学之资必具焉。慈爱子女,无所不用其极,罔极之恩,此无可为报也。吾年事既长,行将出阁,父母则殷忧愈甚,深知夫家几不能自给,余虽不宽,从未受一日之窘迫。余其时已略有所闻,默自计曰,以余理想,人之痛苦端在精神,设精神愉快,希望无穷,此外皆不足以累我神明,特面觍无从详白于堂上,一念之兴,举天下困难之境视之,蔑如也。依依膝下,凡可以宽慰堂上之处尽力为之,他无所计,此为个人内断于心之第一步。

吾年二十一,外子年二十三,乃卜于归。其时上有孀姑,夫兄二,姊姒二,侄辈三,此外相依者,尚有从堂孀祖姑、远房年老之宗族三数人、仆役三数人。吾姑慈爱而沉毅,于家政甚有经验,无如食指浩繁,米珠薪桂,虽巧妇无从措手,左支右绌,不能展布。伯氏游幕有年,学问甚博,然性刚忤,时赋闲且阅三稔,子女衣服教育之需,亦极煞费经营矣。仲氏经商,亦复闭歇。外子则以得至友之助,勉强求学于沪渎,日有履薄之惧。娣姒间虽未征十分亲善,各尽其道,亦颇相安。侄辈之年长者八,以次尚在怀抱,此则吾家庭中分子之情形如是。问所处,则凭庑而居,月需八元;问需米,则日近一斗,菜蔬薪炭不与焉。问有长物乎?典质变卖,几于一空,而工资、酬应、杂支之费极不能免。内部虽尚尽力维持,然以东张西罗,追呼搪塞,事权不一,颇逞散沙之象。以众多人口,略无不动产可以浥注,日以张罗为策,固绝无此局面,其竭蹶宜也。当余庙见之后,左右亲戚啧啧私议,几于众口铄金,不约而同谓余生自富厚,习于骄惯,骤入窘乡,其何以堪。余则唯唯默默,静以待动,不赞一词。归宁父母,欢欣若无事,以释父母忧怀。道及时,余则曰:"方针已定,必能战胜此忧患,父母其勿念。"

即有提议者,谓合居之困,不如暂时分手,各自为谋。意在余尚有父母可依,外子亦得因依而依,此流俗之见解,固无足责。孀姑亦深韪其说,心虽至痛,然无可如何,而其势又甚迫。外子乃向余商量,若亟待取决然,余仍默无以应。迫之再,余曰:"此事体大,非一二人所能私言,如其众意佥同而确也。余亦尚有意见可陈,迫于一时,遽言分析,人将谓我为何如人?"外子又深以余言为然。次日晚,乃公议于姑氏之室,首由孀姑历数盛衰之原因,终则垂涕而道,出于不得已而分析之下策。言既,则众目炯炯,群射余一身。

余以新妇,又少不更事,虽极面觍,然义之所在,乃不得不振辞而出曰:"于归未及二月,而有析居之倡议,德薄能鲜,致不能为堂上及左右见谅,深自愧恧矣。夫两利相权取其重,两害相权取其轻。贫也非病也,一时的,非永久的。以余默观静察,吾家气象决非不可收拾者。第一须谋所以敷衍清贫之生活,群策群力,日求进步,曙光会当不远,果至无可如何,亦未如之何矣。遽言分析,非余之所敢知,余虽不德,淡泊宁静,极所能耐,光明之清贫终胜于龌龊之富贵。”吾言既已,一室之中颇现融泄之象。第一合居之问题既决,家庭幸福,次第乃有动机。吾从此时时持以平衡之态度,为参谋帷幄之一人,荆钗布服,虽不敢希踪少君,但求心之所安,略少愧怍而已。

余家马鞍山之麓,向有良田近二百亩,典质多年,而价亦巨,固无此余力以言收赎。特尚有吾翁别墅在其上,瓦草屋各数间,年久失修,半已颓废,附近隙地尚可五亩,亦当年预备旷充别墅为莳花之圃,而未成也。吾则首先进策于吾姑,为迁居计。一则房金酬应可省;一则近山,即老苍头日樵一束,薪炭可省。隙地化为艺圃,四季蔬蓏之属,又可取之宫中。至若风景之明媚,空气之新洁,皆极合于卫生。去城仅七八里而遥,遣足入市,亦非辽远。余则尽毁妆奁近四百金,为修葺之费。家人皆尚朴质,余独锦衣明珰,心固不安,且不值识者一笑。迁议既定,从事整理,屋漏墙壁,窗棂格扇,短垣棘篱,以及湢庖溷厕之属,悉心位置,各得其宜,居然一新。

刷新之家庭,其纲领可得而言者。指挥一切惟吾姑,主持中馈者吾长嫂,管理针黹者仲嫂,整饰园圃、教育子弟,则吾任之。各肩其程,事不废功,两月以来,决算上之比较,竟省半数。盖不仅无益之费减去几多,若晚菘鸡卵之类,在在均足为吾人资助,无形裨益,实非浅鲜。然堂上年高,甘旨之奉则不敢后,余皆一律平等。寻常素蔬,以烹饪得法,虽山珍海错无以过之,此吾长嫂所最擅长。兹举一二为诸姑姊妹告,亦烹饪学上之一助。

同一豆腐也,吾家有以文丝名。先将豆腐置之清水,略沸一过，去其黄汤，取出切之极细，缕缕若线，然后调以脂油、虾子、酱油等作羹。俟将熟时，加以鸡子而搅匀之，风味极佳。又如鸡子也，加以名醋、生姜末及可为副属之物，入镬煎炒，则风味无殊螃蟹。又如胶菜，或起土之白菜，断为方寸，不加滴水，置之粗碗中，其上略加火腿数片，用纸封闭，于饭锅中炖熟，揭纸而食，味之腴永，的为清品。又如临溪而渔，蓄之池中，以备不时之需。设有客至，则用醋、姜、笋、菌之属，作汤至极沸时，取鱼洗涤至净，置其中，火候得宜，即取而食，既鲜而嫩。烹饪之法，有胜西泠，凡此数者，所费不多，或以自用，或以供客，均无不可。固不必多耗金钱，罗列粱肉之为贵也。吾家自迁乡后，园圃成立，各色皆备，寻常饭菜，尤有左右逢源之妙。比及年终，略可支应，较之居城市时日筑债台，已大不侔。

前此之谋，于节流一道，仅小有效果，无源可开，终不免仰屋兴嗟，于是又谋此后之计画。外子则仍力劝求学，三年转瞬，失之当前，则噬脐无及。适省中女学方兴，主其事者为吾内亲，余乃示意及之，得分一席，月修三十，白之堂上，暂济燃眉，抗颜出此，月以二十接济家用，十番则吾与外子均之。至园圃职务，则托伯仲二嫂兼职。年复一年，校长以余勤于职务也，薪金从优。三年伯氏忽受浙抚之聘，仲氏亦有所获。四年外子得高等学位之文凭，即受聘于天津。吾家经济方面忽大增进，颇有勃兴之气象，以视前此之张罗打算，数米而炊，困难万状，殆若天壤，固不能不默祝天之厚我。五年，余乃决计辞教职，从事家政第二步之组织。处高思下，居安思危，人情每忽于惰逸，而哀气乘之。敬姜所谓“劳则思，思则善心生；逸则忘善，忘善则恶心生”也。

余既不复出山，家人均以余历年能顾大局，不自矜伐，吾姑视吾如爱女，妯娌亲睦有逾姊妹，肺腑相示，嫉妒私害，普通妇人所不能免之习惯，扫除一空。简言之，正如雨过天青，无片云之障翳而已。诸姑姊妹试一思之,吾人是时之愉快,如何可喻?入款虽丰,然无范围为之标准,势必趋于不规则之状态。是年,即著手于家政预算之草案,先列经常入款,后列经常出款。盖吾人生活,犹在依人作嫁之时代,非若不动产者有基可凭。故生活程度之高下,当以事之有无及涨缩为断,先列经常入款者以此,故此等议案,半年即须修改,非一成不变者。其时伯氏月入一百五十,仲氏五十,外子则一百二十,议定各出六成归之公中,余四成则为私用,于是公中之费,计可得金一百九十。

出款项下,则为堂上甘旨之奉六金,薪米二十余金,菜蔬十五金,祭祀费四金,戚谊世好往来酬应之费十二金,此指公中言,私自酬应及制备衣履之费均不与焉。救济贫寒亲戚额外扶助之费约十金。教育之费十金,此指家塾言,年事渐长,视其能力何如,则分别送入学校,其费亦不与焉。仆役薪工八金,膏火杂用之费六金,公中添造器具之费约八金,临时费如医药之类约六金。综上出款,月百元则已有盈无绌,所余几何则为储蓄金矣。至是年终,宿累旷清。至七年终,除储蓄外,又各竭私力,将祖产次第赎回,又新造住宅十数间,四围松竹成荫,分旧宅之半,为谋设小学之预备。八年,不但米食一项完全无缺,不动产中,且有盈余。吾家气象,益臻完善。设当时一念之差,分而四数,试问今日成何景象,思之至足悚惧。

吾人亦非徒孳孳为利者,内部勤劳之大概,请更进而言之。国人大病,则为无时间之观念,起居无时,惟适之妄。吾人规定,夏秋之际,早起必在六时前,冬寒则在七时前,晚十一时一律安眠,由老仆摇铃一周,以为号令。仆役则在五时左右,一料理早膳并沸水,二洒扫院落,三入市购物或他事。吾三人轮流为监督,此一月中运筹食物,结算账目,管理仆役,有专职焉。每人早起,无论寒夏,必洞开窗牖一次,流通空气,屏间则自洒扫,而厅堂回廊,则由女仆。此亦分功易举之义。八时前,早膳一律用毕,下午二三时后,则料理灌园或种植事。上午九十时间,天气晴和,则令仆辈专任洗浣,或晒晾之役。天阴及晚间,则令纺线,或缝纫布衣,论其勤惰,亦与相当之利益。吾家男女仆从,仅五人耳,皆木讷而勤慎,已足供驱使矣。至晚膳亦于十时前一律毕。

吾人日修,则于午前后自课一小时,晚课二小时,大约午前临字,午后习算。晚读书,或为子女温课,余时则从事刺绣缝纫,或性之所近自为之。此则一日之程序,按时而进,从容不迫,尚颇有余闲,持之有恒,自不烦难。彼日事叶戏,或力求晏安,黄金光阴,宁不可惜。盖一日之间,除安眠外,即以十六小时计,饮食去其四,自课去其四,治事去其四,亦尚有四时足以优游。至逢先人祭辰,亦由监督者早起,陈设几位,及洁治杯盏果茗之属,小祀五簋,整祀八簋,著为例。孔子曰:"祭如在。"又曰:"祭之以礼。"此亦先王教化之源,具有深义者,必诚必敬。拜登严肃,子弟观感,自能油然生其孝弟之心。比来颇有草率从事,视为末节,极无取也。

吾人生涯,并非徒事枯寂者。每逢星期,则力求娱乐,或迎至亲惠临,相与情话,如吾之老父母,往来尤频;或求新馔并佳酿,为堂上寿;或唱和小诗,发舒心志,必谋永夕之欢而后已。今年吾姑正七旬矣,精神康强,日复健旺,此尤吾人所私慰。九年之春,小学成立,以两利之故,故不敢缓,略收学费外,其余均吾家任之,以设置完备,亲戚相识,送其子女,几应接不暇。任教课者为仲妹及吾,又伯芝堂兄,任保姆者为从祖姑及仲嫂孀母,治庶务则为族叔,皆称其职。男女合班,生徒近七十人,今已二级矣。课余,群儿环绕于吾姑之前,相与嬉戏,老人大乐。至现时状况,伯仲三人,经济所入与前相埒,又不动产小有所增。子侄辈伯氏则有男子三、女子一;仲氏有男子二;余则男一,年七岁,在初等二年级,女子方哑哑学语,均觉可爱。侄之长者年十八,已毕中学业,现在从事高等工业;次十六,在中学一年级;幼者均在小学,仲氏之侄,年内可毕高小业矣。

此则后起之气象,亦颇峥嵘可慰者。比恰十年,回思往事,以迄今日,岂始愿所及。姑氏七旬,称觞之日,赐余一卮酒曰:“汝必饮之,以旌汝功。”退而略述十年以来之历史,以谂知者,或亦有可采否?

——《中华妇女界》第二卷(1916)第一期

改良家庭之一

嗟嗟,吾忍言中国之家庭邪!试执百人而询以各家庭之状况,非鷈甂不安,即意见纷歧,虽色色不同,要其归不外苦海而已,而和平相安,各尽其职,百家恐无二三。夫所谓家庭者,本集合父子、夫妇、翁姑、子女、娣姒等而成者也,至少数以至于最多数,论人生关系,至亲至密,无过于此。宜若相助为理,和顺安详,是本良也,何用改为?抑知竟大谬不然,殆亦适成为中国之家庭,一国积弱之原虽不必尽由于此,而以不良之故,障碍人生幸福,消阻丈夫志气,影响所及,固甚巨也。

万绪千端,累幅所不能尽,请择一而言,莫过于姑妇、娣姒间之种种勃谿。道不外求,首先祛此一端,家庭获福,已不浅矣。人苟非大奸慝,父母理无不爱其子弟,子弟理无不顺其父母。由是而推及其子之妇、子之子女,一贯承注,融融泄泄,宜如何相爱相敬,日渐昌大。然自吾人有识以来,所见所闻,远之异乡,近之亲故,何其背道而驰,事事出人意料之外,不必惨剧险境,言之令人凛烈。而同炊共居,日如敌国,若冰炭之不相容,已足心悸,每一念及,辄为扼腕。人生最不幸,诚莫如处中国之家庭,时时退而考其原理,及所以勃谿之故,得数端焉。窃愿有心人,力加猛省,自勉勉人，女界前途庶有豸乎！

《内则》一篇，为妇职之大本，贫富贵贱纵有不同，百变不离其宗。然生今之世，而必事事求合乎古，鄙人虽愚，无此妄也。吾之所论，止在知病之原，能去其病，气体即充，以消极为积极之先导而已。

中国婚姻犹在闭关时代，为子聘娶，止凭媒妁之通言。其妇也为贤为惰，其姑也为慈为厉，均不得知。过门后，历经数月，内容大露，而一家之成败即寓于是。为姑者试一思之：子之年事既长，何以必为娶妇，将谓境地日衰，授之家政，企主中馈有人，得以优游岁月。为妇者试一思之：女子终必有室，无可逃免，父母之慈爱虽殷，山中之日月不长，其归束必有所在。彼既以礼来聘，执贽庙见，当然为主中馈。时会转瞬，为妇为姑，特岁月之迟速。不可为妇，焉能为姑？先于此中理解，看得透切，则为妇为姑，似难又实易也。

语云："未有学养子而后嫁者也。"为妇之道，亦何独不然？女子纵极贫穷，当其身在闺中，依依膝下，为之母者必能相谅，慈爱之怀，人所同具。家庭状况既各各不同，一旦骤易其本来境地，事事即难合拍。设于短少时间，动加诃责，谓之不能尽职可乎？方之新来仆隶，纵素有经验者，非熟亦不能生巧也。三日入厨，未谙姑性，而先请小姑尝之。推是意也，则亦先意承旨，以生练熟之道。区区一羹汤，凡为妇者理无不能，能博堂上之欢为未易耳。为之姑者，果假以颜色，怜其更事不多，事事指导，频频宽慰，则为妇者正如小雏之得依慈鸟，惊鸟之得归稳巢，感激何似，勃谿更何自而生？为妇者尤当力尽妇道，藉免贻左右之口实。桓少君之风，去人未远，何必古今人不相及？设吾本富厚，所适者贫，要之贫不为病，岁寒然后知松柏之后凋，敬事姑嫜，顺从夫子，此正妇人四德之一，天爵之可贵也，奈何轻忽视之？设吾本清贫，适彼履丰,而能动定合礼,不骄不谄,此正所谓素富贵行乎富贵,但求无愧我心,亦无是非之可言。木必自腐,而后虫生,扼定宗旨,不为一切摇夺,勃谿之事又何从而生?

恕字一字,极寻常而极有味,宜孔子不惮反复言之。凡事之不近人情者,皆未尝设身处地,于恕字一思。姑之与母有何分别?姑为夫之母,吾则与夫二而一。治内治外,协力并举,其家未有不兴。姑既年力就衰,理无不望继起之有人,能仰体其发迹艰难,而克俭克勤,为子之贤内助,其责望子妇之殷,言之虽或过切,正爱之惟恐不至。试思吾姑,前途有限,一丝一缕,珍重以贻后人,心滋苦矣。宜如何善体亲心,俾得以娱桑榆晚景。往往因一言不合,始则各怀意见,继则反唇相讥,不可终日,并使其藁砧左右为难,而种种乖戾之气,由是乘之,此之过在不思之甚耳。

人之有子,由怀孕而抚养,而成立,而为之授室,亦几经辛苦矣。此岂寻常希望于一草一木,可得同年而语。彼不知大义者,专以扰乱和平为能事,彼昧于大义者,即为床头人所煽惑,从风而靡,逐波不返,以人情论,亦难乎其为怀矣!易地而观,吾得子妇亦若是,安乎不安?老境日增,顿使处于荆天棘地中,尤觉太忍。报施之说,吾人原不必论,第因果循环之理,一气之所感召,则确有可凭,其它则以家事不宁之故,百端纠缠,尤足止遏丈夫进取之志向,而误入歧途,沈溺不悔,又比比皆是。

此外勃谿之原因,有如姑嫂之相凌,娣姒之忿争,子女之护短,尤极复杂。吾人于此中真象,自谓粗有所知,请更平心解释,当亦憬然有所悟。前者既言之,女子所处纵极贫困,当其在室之时,依依膝下,骄惯在所不免。为之母者,亦以及时待字,非同养而终身,责备稍宽,理固宜然。为之嫂者,即优加礼貌,体贴上意,彼此相安,亦未为过。或以一念之乖,意谓姑氏心存徧袒,言语之讥刺,眉目之异色,及琐琐无关经济之事端,并视为重要之问题,而各树党援，互相攻讦，庸人自扰，从此多事，积嫌生忿，积忿成仇。推其始，并无深仇大怨之可言，以是水火为之。夫者宁不顾念手足，无如终夕聒聒，亦惟听其自然，一时纵走胜著，宁得谓之理得心安乎？

姑嫂而外，则为娣姒，彼此心理又自不同。敢断言之，世人对于前者为排斥主义，对于后者则为离异主意。后者较前，其情节为难解决，而愈可悲。夫中国之所谓同炊共居，此特表面上之文章，内容本未可究诘。而离异心意之发生，概在完姻后之一二年间。世之昆弟众多者，十岁左右，出则联袂，入则接席，怡怡如也，何尝非天伦之至乐？曾几何时，甚至陌路相视。妇有长舌，为厉之阶。窃愿为吾女界同胞一雪此言以为快。识者莫不谓此由于自私自利之见深，吾谓自私自利之说尤第二义，第一义则在志趣之卑，而合群之念薄也。

何以言合群之念薄？意若曰，娣姒者，资格相等者也，劳逸苦乐，一切与共，未可有轻重于其间。然人之生质不同，强弱有异，焉得一概。吾之所能，彼或不能，担负稍重，亦未为过。设自古以来，人人画定界限，群趋巧便之一途，无资于相生相养，吾恐人类之灭绝久矣。若处群而思独，处独而念群，则天下即无不解之事。是有娣姒者，假如仅吾一人，然则竟不可撑持门户，经营筹备乎？吾过来人也，当其单独自立时，事事操持，外而酬酢，内而米盐，篝灯以后，则又教育子女，理制针黹，日岁无宁晷。自吾二弟妇来，米盐琐琐一部分担任去矣。自三弟妇来，晚间一部分事又担任多数矣，而吾乃大闲，益知群之可贵。惟知其可贵，感情恰和，勃谿之事因之从未发生，谓非明效大验与！

子女之成立，端在教育，犹之玉，品虽良，不琢不可为器。饥则相啮，乐则相虞，儿童之生性则然。此时止须指导得宜，管束得法，如此而已。同居之中，苟非最无道者，绝不虐待其子弟。对于孺子具有恻隐,人所同具,或以干糇,或以恩物,往往起衅,此即相啮相虞,儿童惯性,不足怪也。因此而又勃豀,是则所见之不广,而自待为太薄无聊之甚者也。

他如仆隶之工媚,私人之殷勤,此如对岸观火。我之得失,彼既无关系之可言,则我之损益,彼更何所论其轻重。世颇有以仆隶之故,而骨肉相残者,蛤蚌相争,得利止在渔翁。及至相倾相轧,家业荡然,而若辈亦各自星散,向之所视为亲于骨肉、密于弟昆者,今果何如耶?到此悔悟,则已不及。此等事实数见不鲜。所谓和气致祥,乖戾致异,虽老生常谈,实寓至理。家庭间动辄勃豀,乖戾之甚者也。因是为述改良家庭之一,要在祛勃豀,其毋忽诸!

——《中华妇女界》第二卷(1916)第三期

胡彬夏

胡彬夏(1888—1931),江苏无锡人。父胡壹修,无锡兴办新学的教育名家。夫朱庭祺,曾留学美国哈佛大学。兄胡敦复、弟胡明复、胡刚复均为留美博士,致力于科学教育。胡彬夏1902年赴日本实践女子学校学习,在日本与林宗素、曹汝锦等留日女学生发起“共爱会”,支持国内的“拒俄运动”。1907年赴美留学,为我国首批四位官费赴美留学女性之一,另三位女性为宋庆龄、王季茝和曹芳芸。留美期间先后入胡桃山女校、威尔斯利女子学院学习,担任《留美学生年报》主笔。回国后活跃于妇女界、教育界。曾任《妇女杂志》主编、北平国际妇女协会会长。

胡女士彬夏演词[①]

呜呼！我最爱之祖国,将为他族所统辖,我最亲之同胞,将为异种所奴隶,岂不伤哉！岂不耻哉！我等既为中国之国民,中国之安乐既当受之,中国之患难岂不当共之耶？总之,中国之存亡即我辈生死关头之所在。我同胞姊妹,既皆久学海外,自必深明其理,不待烦言。我等既知亡国之惨伤,奴隶之羞辱,使任其灭

---

① 胡彬夏在“共爱会”集议拒俄会上的演说。

亡，任其残害，岂我辈之所宜出此耶？亦岂共爱会之本旨耶？我思现在同志诸姊妹，无不热心爱国，当必出其所学所能，奋发以救祖国，以援同胞也！

日来留学诸君以东三省问题，急急聚商拯救之道，已公议组织义勇队，愿赴死前敌，其情可哀！其志可钦！然亦四万万国民人人所当负之责任，当尽之义务，无所用其推诿顾忌者也。彼等如此，我辈自问又当如何？岂以女子非人，不宜为此耶？我虽不才，欲以螳①臂之微，为国尽力，愿从义勇队北行。事虽无济，即至捐躯殒命，誓无所惜！诸姊妹当必以为然。我想祖国瓜分，同胞奴隶，我辈有何面目更在日本留学！愿诸姊妹图之！

——《江苏》(1903)第二期

论中国之衰弱女子不得辞其罪

中国之衰弱久矣。推原其故，非独男子之罪也。今日物竞天择，优胜劣败之世界，无论何国，必其国民人人有爱国之思想、自养之能力，然后国借以立。否则，人且不成，何有乎国？吾中国积弱之故，彼二万万之男子，固不得辞其责，然吾所尤痛心者，乃二万万之女子也。女子积习，其最可鄙最可伤者，略有数端：识见卑陋，眼光如豆，自私自利之见，固结于胸中；妄尊妄大之心，时形于辞色，涂脂抹粉，效时装以自炫，不特人视之为玩物，即已亦自居于玩物而不辞。嗟乎，蠢如鹿豕，呆如木石，安怪人之呼为下等动物也。夫以二万万女子，居国民全数之半者，殆残废无用，愚陋无知，焉能尽国民之责任，尽国家之义务乎？西国则不然，女子立身端正，心地光明，有独立之精神，无服从之性质，为国舍身，为民流

① “螳”，原文作“志”，据语义改。

血,其遗迹见于历史者,不可胜数。故男子见之,均生恭敬畏惧之心,偶有丝毫失礼于女子者,则终身不齿于人类,其与我中国何相反之甚也,抑天之生女,智于泰西而愚于中国耶!吾以为,彼亦女子,我亦女子,必无智愚之别,毋亦女学不兴,日就委靡,积成自弃自暴之习,有以致此也。自今而后,凡我女子,苟人人以中国之患难为己之患难,中国之腐败为我之腐败,抱此思想,达其目的,则中国之兴如反掌耳!若袖手旁观,任其灭亡,而反委过于男子,是直不以人类自处,何其暴弃至是耶!吾愿我同胞急自奋励,勿放弃其责任,则吾中国庶有豸乎!

——《江苏》(1903)第三期

祝共爱会之前途

岁癸卯,留学日本女学生十数人,课余之暇,团聚谈话,愤女学之衰败,慨女权之摧折,不自量力,欲恃区区热诚,拯救吾二万万同胞于涂炭之中。顾吾国女子,素重女红而轻学问,积习相因,由来已久。吾辈虽有志于著述,其如笔难达意何,虽有志于讲说,其如口难吐衷何,思之思之,遂以年之四月八日有共爱会之组织,联结团体,研究学问,以谋吾女同胞之公益。溯自创始迄今,为时几及四阅月,会员渐增,支会渐立,葱葱郁郁,日就月将,我共爱会之前途,正泱泱未有艾也。振兴我女学,教育我女子,排斥女子无才为德之谬训,脱去古来酒食是仪之习惯,他日东亚女学驾轶欧美,放一灿烂鲜明之奇花,著光辉于世界,我共爱会大有力焉。吾为是祝!女权摧折残败兮,自我复之,自由废弃堕弛兮,自我举之,今而后女与男平等平权,共享安乐,共肩患难,彼男尊女卑之莠言,男重女轻之谬说,将不除而自除,不熄而自熄,我共爱会大有力焉。吾为是祝!我二万万之女同胞,今霾沈于数十层地狱之下,谁实致之?谁则援之?发达其国家之思想,完全吾国民之分子,弃其依赖之性质,养其独立之精神,与男子并存于东亚大陆,演出生龙活虎之大活剧,于二十世纪之舞台,巾帼未必让须眉,以不愧女子之天职,我共爱会大有力焉。吾为是祝!兴我国于已亡,拯斯民于涂炭,他日我开化最早之中国,驾陵欧美,雄飞世界,达文化最高之点,我共爱会大有力焉。吾为是祝!呜呼!吾共爱会今日为无声无臭,仅为十数女学生所组织,安知他日不为全国轰轰烈烈之大团体?今日栖息于异国,养精蓄锐之潜龙,安知他日不为在天之飞龙?不鸣则已,一鸣惊人,不飞则已,一飞冲天,我共爱会荣耶否耶?乐耶否耶?览世界之大势,察中国之内情,吾悲甚。睹共爱会之前途,望中国之转机,吾喜甚。悲耶喜耶?二者交战吾心中,而未知何所定也。总之,吾共爱会苟能抱定目的,百折不回,持之以久,守之以恒,必可转悲为喜也。呜呼!我最亲爱之二万万女同胞,亦有投袂而起者乎?吾馨香而三祝之。

——《江苏》(1903)第六期

胡女史致龚圆常书

圆常世姊大人妆次:

光阴荏苒,别已旬余,前曾谈及连一社会之事,谅必赞成也。此会之立,非为他故,乃为我中国女学之不振四千余年,我二百兆同胞姊妹,向受一切之苦,今欲救之于幽暗囹圄之中,以免为奴婢、为玩具之惨耳,并欲使之有国家之思想,与彼须眉男子并立于世界,及我女子不致为人呼下等动物,得其天赋之权也。且夫天地之有众生,无分强弱,父母之育我辈,无分男女,皆爱之一体,皆有国民之责任。国家之患难,皆当肩之,国家之安乐,皆当受之,岂可漠然无关于己,若草木之空生此世界乎?历观泰西诸国之女子，其以纤纤一身，发挥纯壹专精之志，为国膂力，至死不悔者，不可胜数。而我中国何寂然无闻也，岂天生女子智于泰西而愚于中国哉？无学故也。盖人之聪明智慧，愈运则愈灵，愈塞则愈拙。中国之待女子，专以蔽聪塞明为主义，以女子无才是德一语为至言，何其谬哉！我国三代之时，女学亦隆，但观三百篇中，后夫人柔仪令则，见于传说者多矣。降至末流，坤教日薄，有才无德，专事浮华，遂谓女学无益而有害。虽然，无怪其然也，要皆我女子自弃其权，自放其责所致。即吴君止欺所言，女子若自为之，何事不能成，何人敢夺其权之语也。生今之世，时不我与，同胞姊妹，速自为之。女杰路易美世儿有言曰，夫人一点原质发育时，父母即授以自由之特权，苟生而不能自保其权利，则罪恶莫大焉。呜呼，我二百兆同胞姊妹，竟共罹兹罪恶，而未思一雪也。但凡事必有始末，今一旦任以此责，不几如孱皇之举鼎、瞎马之临池乎？今先由留东诸姊妹组织一会，自小至大，不亦善乎？兹附上草章一纸，未知尊意如何，如有不合之处，即祈斧削，幸甚盼甚。

——《女学报》第二卷(1903)第三期

无锡胡彬夏女士天足社演说稿

中国妇女裹足之风，为世界最野蛮之事，既有损于卫生，复有害于种族。此诸君所共知，何待鄙言？迩来东亚之风潮，愈变而愈不可问。东邻眈眈，西夷逐逐。覆巢之卵，其何以自存？釜中之鱼，将归于乌有。朝野志士名媛，有鉴于斯，知中国国民之文弱，大半由于女子之裹足，故汲汲焉筹所以匡救之，欲二万万之女子，尽享天足之自由，以冀补助祖国于万一。而不数年间，天足会之设，共以六七计。彬闻其事，聆其说，未始不为中国之前途喜且贺。虽然，喜则喜矣，贺则贺矣，回观我所爱之无锡将若何？则不禁赧然以愧，骇然以异。愧者何？愧我邑人之未开化也。异者何？异吾邑人之无竞争心也。窃以为吾锡文明，较胜他处，何独于天足一事默然无闻？岂我邑人不闻不见耶，抑知而不问耶？自念虽无才无识，亦国家之一分子也，他日苟有寸长，誓以此区区酬我同胞。然有志无才，亦徒增叹息耳。乃于三月中旬，天外飞来一好音，知吾锡亦有天足社之设。彬如狂如喜，遍告同人，不禁为无锡同胞贺，不禁为中国女界贺。今日得见诸君子与诸女同胞于此处，乐何如之！彬不揣愚陋，愿陈数言，以质高明。

今日中国所以衰颓之故，莫不知由于女子之为废人。然则废人何自而成乎？将应之曰：一由于女子之无才，一由于女子之裹足。盖多数之女子，必治理家政。家庭教育之良否，咸视母家之得失。少受贤圣之教，长成贤圣之才，此中外古今所共识也。试问吾国女子之识字明理者，能有几人？欲家庭教育之改革，其可得乎？女子害于裹足，体质必弱，则不有健母，焉有壮子？中国所以文弱见诮于天下者，亦有以致之矣。余等为未来之主人，女界改革之方针，全视吾辈手段之高低，故吾辈今日，必谋所以自立之道。自立者何？岂非不依赖之谓乎？试问今日之女学校，今日之天足社，果系我女子独立乎？创始乎？余深感诸君子之热心协助，亦深望我辈青年有自立之一日。我中国之女子，固不能自立者也，一旦责以自立，必手足无所措。虽然，自立有社会、家庭之别。社会之自立，吾女子实无此权力与才识，故不得不假手男子，然不可以为长此终古矣，必蓄志锐力，以求达我自立目的。若家庭之自立，则能整理家政，教育子女，斯即自立矣，非必创造洪业、牺牲性命，与世界英杰，争区区之名誉也。彬愿与诸君共勉之。

吾辈为女子教育之先觉，责任至重，事业至大，将来必居救人教人之地位。故吾辈今为学生之时，宜如何警惕，如何勖勉，效师长之品学，察教育之意义，方不负他日之责任。否则，己且无教育之才,将何以教人耶?彬亦学生也,知学生之弊病。吾愿吾锡学生,勿效轻薄之行、骄暴之态,以失志士之希望心,而贻顽者之口舌,则中国之前途,庶有豸乎!彬欲诸女士之放脚者,必存羞恶之心,以裹足为大辱,毋以放足为时装。虽强力暴力,压我阻我,我终不折不挠抱此目的。愚鲁如彬者,尚有一点心血,忆于十二岁时,闻家叔等言,中国之弱,缠足之害,即愿放足,发愤读书,况今日高明如诸君,岂有不放之理乎?去年彬在苏州,闻天足社长立德耳夫人云:湖南有某君,剪辫劝家属放足,可见某君之热诚。吾望诸君子亦效某君之热诚,为国家长途计。刍荛之言,幸三思焉。彬年幼智浅,拙于口才,幸诸君勿我见笑。

——《女子世界》第二年(1906)第四、五期

中国学会留美支会之缘起

学问为立国之基础。当今欧美各国,学问日新月异,大有一进千里之势,若吾国不自今日及早讲求学问,恐优胜劣败,终不免天演之淘汰。然诚欲讲求学问,非全国之趋向皆注于此,不能有大效,欲全国之趋向皆注于讲求学问,非有一学会合全国为一体不能有甚大之影响。职是之故,留美同人于今岁七月先在美洲组织一社会,名之曰中国学会留美支会。

中国学会留美支会,以研究学问、传布知识为宗旨。研究学问者,以天赋之能,合人为之力,从事于学问之谓也;即不能为学问有所创造,亦必将人所创造之学问光明而广大之之谓也。传布知识者,以己所知者告于人,所见者示于人之谓也;学问既畀,我以最大之快乐,我必当以此最大之快乐宣扬于人之谓也。然此犹为学会之大概意义也。若欲详论之,则可分之为二说,曰学会与个人之关系,曰学会与中国之关系。

学问无穷,人智有限,虽竭毕生之力从事于学问,所知者有几何,而今之理想家不可不略知科学,科学家不可不略知理想,教育家不可不略明治国之要领,与夫民生之艰难甘苦,政治家不可不略明教育之意义,及其影响于国家天下之势力。彼深知理想文明者,若不略知物质文明,则不得为完全之理想家;彼深知物质文明者,若不略知理想文明,则不得为完全之科学家;彼教育家若不略明国家社会所以盛衰兴亡之原理,则不得为完全之教育家;彼政治家若不略明道德教育所以为修身齐家治国平天下之原力,则不得为完全之政治家。夫学问既如彼之广矣,人智又如此之狭矣,时势又必逼最狭之人智吞最广之学问矣。若欲以最简单、最显明之方法,解决此最复杂、最烦难之问题,其惟组织一社会时,使真理想家与真科学家、真教育家与真政治家交换其智识乎。此学会与个人之关系一也。

人情莫不原有友,友之最高尚、最诚挚、最有影响于德育者,莫如道义之友,彼以道义为友者,不特同一志望也,且深知彼此性情嗜好,所以怪特,思想感触所以变迁之故,每于最忧伤之时,因彼此相劝慰,忽变为最快乐,或于精神衰乏、心志灰颓之时,因彼此相勖勉,忽一扫萎靡不振之气,而觉力足以拔山、气足以盖世矣,故道义之友为人生所不可无。其成也,虽每于不知不觉间,然当人表发其意旨、论断其见解时,最易得道义之友。何也?道义之友固在乎精神,精神不易露于他时而最著于此时也。学会者,所以集学问家表发其意旨、论断其见解者也。此学会与个人之关系二也。

今日之学生,即他日中国之主人。彼专门于科学者、实业者、政治法律者,若好为之,即他日中国之科学家、实业家、政治家、法律家也。科学家若有所发明,有不得不赖政治家或实业家协助之处,如哥仑布,若无西班牙政府之助,则无资以渡重洋、探访美洲矣。实业家若有所建造,有不得不赖科学家协助之处,如美国今日工商业之盛,皆科学发达之赐也。总之,无论何种学问,专家若欲大有所为,非有他种学问专家之协助不能告大成,此理甚显明。虽三尺童子,亦能知之。今日之学生,既即他日中国之主人,则学生之与学生有密切之关系也明矣。如能同在一社会,自今日始即研究关于学问之诸大问题,实为他日大有为时省却许多周折。此学会与个人之关系三也。

如上三说,足见学会与个人之关系也大矣,然较之学会与中国之关系,犹不为大也。学会与中国之关系,有根本上之关系二,非根本上之关系①二。

根本上之关系,其一曰:中国今日须有学问家实心实力讲求实学问,中国今日不特无物质文明,即理想文明亦废颓不堪,较之欧美,步步退后。若欲发达物质文明,恢复理想文明,非有一社会为全国学问之总机关,则呼应不灵,譬如人身之脑筋,若目之脑筋、耳之脑筋、口鼻之脑筋、手足之脑筋,一日无脑之本部为其总机关,则耳目口鼻手足之脑筋虽灵巧,不能守其秩序、尽其职司矣。人身如是,人事亦然。一若惟建设总机关,方能有大成者。学会者,学问之总机关也。学问既有总机关,则学问家易于实心实力讲求实学问矣。其二曰:中国今日须有一种学问所养成之道德,中国前亦有之,唯前所有者,因不合于今之时势,已失其本来之效验矣。然无学问所养成之道德,国实难以久存也。尝见大科学家矣,自科学中不知不觉得一种常人所不能得之道德,而此道德者,其大旨每与大哲学家自哲学中所得之道德、大政治家自政治中所得之道德暗相符合。大科学家曰:惟事之真者存之。大哲学家曰:惟理之真者明之。大政治家曰:惟事之真理之真者行之。

---

① “关系”,原文作“系关”,据语义改。

科学、哲学、政治学三者,迥然不相同者也,然及其最高之点则有相同者矣。夫学问家中,未必人人能及此最高之点,因之未必人人能得此学问所养成之道德,此固限于天赋,非人力所能勉强者也。然若将此学问所养成之道德,造成一风气,则凡人被此风气所薰陶者,亦得此学问所养成之道德矣。果欲造成此风气,当有一地方学会者,造成此风气之地方也。

非根本上之关系,其一曰:中国今日须有学问之新知识,凡欧美各国所已有者,当设法尽以输入中国。学会者,输入新知识之器具也。其二曰:中国今日不特须有学问之新知识,且须采择中外古今名家所遗传之学说保存而光明之。学会者,固为名家学说之汇合处也。

总以上观之,学会者,诚今日中国不可缺乏之社会也,既以增进学问为其惟一之主义,又因讲求学问,完满学问家之快乐、涵养学问家之道德,其为益于中国也大矣,然此犹为现今之结果也。若其他日之结果,则有不可测量者矣。国之盛衰,每视文化为转移。学问者,文化之原素也,他日建造新中国时,学会若为其一大势力,谁得而知之耶。学会既以全力注重于学问,凡属于学会者又为非常之学问家,则他日中国,如有倍根,如有奈端,如有哥仑布,如有路丁马得,如有俾士麦,如有罗梭,如有梭格拉底,亦谁得而知之耶。新中国既建设矣,新学问又昌明矣,若莘莘学子自五大洲负笈来吾土肄业于吾大小学堂,亦谁得而知之耶。故曰:学会者,诚今日中国不可缺乏之社会也。凡吾国人,盍亦三思于此。

——《留美学生年报》(1911)第一期

杂说五章

第一章　至善至大之物

各种宗教各有其特长之处,至于何种宗教于德育上有最大之影响,则全视乎信仰者之能否取其特长处而已(吾于美国人之言行思想中,见有无数处颇似吾国贤者)。盖道为世界之公理,非一教之私产,各教之主义合于公理者,即为道,不合于公理者,即为不道。真明道者,能取其道而弃其不道,故教虽不同,道则一也。美国人当奉耶教,中国人当重儒教,何也?数千年之风俗习惯,有以致之也。求道者,或为己之乐,或为生民之福,为己为人,皆欲有益于世。若破坏风俗习惯,仅求道之形式,其与为不道何异之有?故曰:各国人如欲借宗教以提倡道德,当视其国人之心所仰之教,持之为行道之具;对于其教,合于公理者,存之;不合于公理者,去之。必如是而后,真理见大道明,人民之德育因之有莫大之影响。

若冥冥之中,究有神明与否,又一说也。信神明者,谓能觉之,不信神明者,谓不能觉之,此乃吾人所当研究之问题,关于神明与人,不关于神明与道也。

吾人每有苦无聊赖之时(思想高尚与感觉激烈之人为尤甚),欲言而无声,欲哭而无诉。衣食足矣,父母乐矣,才力可以展发矣,志望可以畅达矣,仰不愧于天,俯不怍于人矣。呜呼,何为而忧思耶?何为而岑寂耶?无人能言之,心似有所失,意似有所欲。人不见,物不存,茫茫然若有所往,而不知所向。呜呼,吾人病乎?吾人将死乎?无人能言之,设于其时,知冥冥之中有至善至大之物者,吾人之心必向往之矣,心既向往之,无聊之思不可见矣,亦人之心理也。

吾人又有自伤而伤时之感（思想高尚与言行怪特之人为尤甚），人情变幻万端，有以小人之心度君子之腹者，有以君子之心度小人之腹者，有为真君子而被人疑为小人者，有为真小人而被人尊为君子者。因此种种，吾人每有举世混浊惟我独清之感，前不见古人，后不见来者，念天地之悠悠，独怆然而涕下，古人之所以自伤而伤时也。设于其时，知冥冥之中有至善至大之物者，则人不明我无伤，我不明人无忧，惟尽心竭力，为人类造福而已，亦人之心理也。

诚，人喜言之；情，人不喜言之，盖以情为浊，而诚为清也。实则情亦有清浊之别，情之清者无欲，情之浊者有欲。人与形而下之物，常相接触，易与欲近；人与形而上之物，常相吸合，易与欲远。若冥冥之中，有至善至大之物者，必属于形而上之物。吾人若知之，必思与之亲。因之吾人之情，被其感应之力，对于人事，贞洁而高尚，亦人之心理也。

第一说，所以乐吾人之心也；第二说，所以慰吾人之心也；第三说，所以清吾人之心也。然则由何道以知此至善至大之物乎？曰：其道有之，俟徐言之。

圣贤有一种正气，为常人所不及。言行思想，受此正气之震激，乃在仁义之中。人之由圣贤而知道德，犹月之因地球而得日光。故曰：欲知至善至大之物，必读圣贤书。

生气蓬蓬，自然之象也。山川花木，保其自然之象，故大而美；人不保之，反不如山川之大，花木之美。古之善文章者，以高山大水壮其笔气，足见自然之物可以发达自然之性。自然之性，先于自然之象。自然之象，大而美也。故曰：欲知至善至大之物必多见山川花木，以广胸襟。

吾人之脑，实至灵巧者，若因所得之道德，顺自然之理，而运用脑力实有不可思议之影响。道德之进化,殆以此也。故曰:欲知至善至大之物,必肃然独坐默思以自修。

然则冥冥之中,果有此至善至大之物乎?曰:芸芸万物,苍苍众生,其中可奇而不可闻、可觉而不可见者多矣。物之存也,人之生也,静然思之,何一非神奇不可信,安知天地之中无此至善至大之物耶?而此至善至大之物者,必为天地中之正气。天地中之正气,所以育化万物也,若有伟大之能力,亦何足奇哉?

然则,此至善至大之物,何干于吾人,而必与之联合耶?曰:人为万物之灵,人赖万物以生。万物之中,有供养躯壳者,有供养精神者,空气为躯壳之必需物,光明正大之气为精神之必需物。吾人亲之,不亦宜乎?

第二章　中国人有一大恶德

中国人有一大恶德,其名曰嫉妒。不特女子有之,男子亦有之;不特村夫野民有之,大人君子亦有之。推其原因,则家国之制度,及人民之性质,实为之厉阶也。中国数千年来重男轻女,不以妻妾盈庭为耻,而不知夫妇之间情义最重,若不得志,则最易生嫉妒之心,于是父传其子,子传其孙,嫉妒遂变为中国国民之第二根性。中国数千年来,君视臣如子,臣视君如父,惟以其非天然之父子也,故臣与臣,无天然兄弟之感情。因之,君若厚于一臣,而薄于又一臣,则臣与臣不相对立,嫉妒之心起矣。中国人颇自负,今之学子尤甚。荀稍有才学,即自视为天下之第一人,若一旦自知尚非为天下之第一人,犹不自心服,强欲以己为天下之第一人;若犹觉不如志,则既不能令,又不受命,自立于虚空之地,而作嫉妒之思想矣。又中国人有“小头小脑争胜之性质”,眼光不远,故所见不过三尺,若在此三尺内,不得大有为,则宁死于此,不愿他适。故西人笑我曰:“中国人虽为人蹂躏于足下,犹欲拾彼钱囊。”其言虽苛刻,而实非无因。夫眼光既不远矣,则亦已矣,何复争胜之有?然吾民之性质,必争胜也,故争胜而从心所欲,则如天之福;争胜而不从心所欲,则茫茫苦海,嫉妒无穷尽之时矣。今日之华侨,虽为人酷待已达极点,而犹分立党派,互相攻讦,贻笑于外人者,职是之故也。家国之制度既如此,人民之性质又如彼,中国人之善于嫉妒,亦意中事耳,何足怪哉?然长此终古,前途可惧,谓余不信,请观嫉妒之结果。

中国人最不能乐人之乐,好胜之心盛者尤甚。见人之得时也,虽人人贺之,己独不愿贺之,不特此也,且有愈隐灭其名、愈以为快之感觉,此嫉妒之结果一也。中国人又有“吃他不下”之气色,见人之有才学也,心实羡羡,口则曰无足为奇,及闻人誉之,则心中更怒,不知所为矣,此嫉妒之结果二也。中国人又有因恶其人而不愿助其事者,设其事为私事也,则因与其人有关切而不愿助之,犹可说也;若其事为公事也,则人自人,事自事,两不相涉,乃因恶其人而不愿助其事,罪莫大焉。使其人之果否可恶,尚不深知,惟以私怨故,不愿助公事,则可谓小人矣,此嫉妒之结果三也。中国人又有以人之失败为幸者。不能乐人之乐,已为无心肝之人矣,乃世间复有以人之失败为幸者!静然思之,亦安足怪。当人乐时,彼不能使人不乐,故惟不乐人之乐,以为报耳;及人不乐时,则彼虽未能使人不乐,而人之失败,实彼所期望者也,此嫉妒之结果四也。中国人又有陷人于不善者,心实痛恶其人,但为种种原因,且不露示于外,惟处心积虑,在其前后左右置设陷阱,使之一落千丈,不可复起,此嫉妒之结果五也。中国人又有朋比为奸,以反对人为主义者,一人恨之,犹不以为足,必结合大众以恨之,始以为足;一人陷之于不善,犹不以为快,必联络全世界以陷之于不善,始以为快,此嫉妒之结果六也。

嫉妒之为害,既若是之甚矣。当此百政待举之时,若大人君子，仍不能脱离嫉妒之范围，则中国之民永无团结之日矣。然则有何术以救之？曰涵养道德也，提倡学说也，改良制度也，皆救之之术也。然吾侪今日所能为力者，莫如唤醒良知也。何以唤醒良知？曰无嫉妒之病者，痛言嫉妒之为害，有嫉妒之病者，亦痛言嫉妒之为害，众口一声，痛言嫉妒之为害是矣。如禁鸦片然，不吸鸦片者，极言鸦片之当禁，吸鸦片者，亦极言鸦片之当禁，不久弄假成真，鸦片诚禁止矣。所谓骂己亦骂人，骂人亦骂己，终有一日良知发现，人亦不须骂，己亦不须骂也。

第三章　人当以人道待人

人不以人道待人，即不以人道待人类，不以人道待人类，即不以人道待己。何也？人亦人类之一也，己亦人类之一也，同是人类之一也，则不以人道待人，亦何异于不以人道待己哉？

何谓不以人道待人？其一曰：譬如友一人也，非因爱其人而友之，乃因贪其人之才学识见而友之是也，非谓其人之才学识见不可贪也，然不爱其人，宁毋贪之，盖贪之非羡之也，羡之与其人无涉，贪之则与其人有干也。今而后，贪财贪色，人知其为可耻矣；贪人之才学，贪人之识见，则未必以为可耻也。贪财贪色，何以为可耻？非因存心不正乎？则凡存心不正者，无论其所贪者，为财为色，为才学为识见，其为可耻一也。若存心不正，即贪人之道德，亦为可耻。何也？利用人之道德以为己益，无异于利用人之金钱以为己益也。夫贪人之道德者，尚为可耻，矧贪人之才学，贪人之识见者哉。

何谓不以人道待人？其二曰：譬如知人之短处，而不设法消灭其短处，反奖誉其短处，使之以其短处为长处是也。夫天性自负之人，无论其学识若何浅，才智若何短，常自以为无敌于天下也，即无人奖誉之，亦将自负矣，况人奖誉之乎。设其所以自负者,果可自负也,则自负犹可说也;设其所以自负者,实无可自负也,则自负已为其短处,安可复奖誉之,使之益自负乎?今而后,赂人以不正当之物者,人知其为卑贱矣;赂人以不正当之语者,则犹或不以为卑贱也。然赂人以不正当之语者,实更劣于赂人以不正当之物。因赂人以不正当之物者,仅丧失己之人格而已;赂人以不正当之语者,则不特丧失己之人格,且亦损伤人之人格也。

何谓不以人道待人?其三曰:譬如才长志大者,任意命令才不长志不大者是也。非谓才长志大者,不可命令才不长志不大者也,盖人之天赋有不相同者,因之人之职务亦有不相同者。才长志大者,常居命令人之地位,天赋使之然也;才不长志不大者,常居服从人之地位,亦天赋使之然也。才长志大者,未必较之才不长志不大者为高贵;才不长志不大者,亦未必较之才长志大者为卑微也。然若才长志大者自以为高贵,而以才不长志不大者为卑微,则悖逆人道矣。岂特悖逆人道哉?且将丧没其良知。命令才不长志不大者曰:尔天生卑微,宜俯伏吾足前,我天生高贵,宜为尔神明,为尔帝王矣。今而后,位高而多金者,即在中国,亦不敢任意命令人矣;才长志大者,则虽在最讲自由平等之国,亦有任意命令才不长志不大者焉。位高而多金者,若欲任意命令人,必有穷尽之日;才长志大者,若欲任意命令才不长志不大者,则黑暗永无天日矣。何也?一可以法律限制之,一不可以法律限制之也。

何谓不以人道待人?其四曰:譬如为成见所束缚之人,外虽甚似尊重人,而内实不甚尊重人,或内外皆甚似尊重人,而实不可为尊重人是也。今之君子,莫不尊重女子矣,然外似甚尊重女子,而内实不甚尊重女子者颇多。设女子实无可尊重也,则亦已矣;设女子而诚可尊重也,则以人面兽心之术待之。何也?女子之稍异于常人者,何必推之为非常人;即推之矣,何以又不心折之,内外相矛盾,可谓至矣。所以如是者,成见之势力也。成见不以人视女子,故外虽反对成见,而不知不觉,内又不反对成见矣。今之君子,又有内外皆甚似尊重女子者焉,然其尊重女子也,实不可为尊重,盖非为其容,即为其才,非为其才,即为其学也。推其所以然,亦成见为之厉阶也。成见以美人才媛为奇谈,故外虽反对成见,而不知不觉,内又不反对成见矣。今而后,明目张胆轻贱女子者,必为世界所不容矣。似是而非,尊重女子者则恐无国无之,而以吾国为最多也。野蛮时代,以直接之法轻贱女子;文明时代,以间接之法轻贱女子。静然思之,女子仍不为人尊重也。

窃谓凡属于人类者,当敬重人类,其故则甚自然,犹之女子当爱戴父母,国民之当保护国家也。凡事有益于人类者,当竭力成之,凡事有损于人类者,当竭力去之。吾人如诚欲敬重人类,非特须绝灭蹂躏人类者,且须旦夕自省有无欺凌人类之事,如以贪财贪色之心,贪人之才学识见,岂特蔑视人哉,实蔑视人类之全体也。如赂人以不正当之语,以求人之欢心,岂特伤害人哉?实伤害人类之全体也。如不问悖逆于人理与否,惟以己为高贵,使唤不如己者,岂特轻贱人哉,实轻贱人类之全体也。如伪为尊重人而实不甚尊重人,岂特欺侮人哉,实欺侮人类之全体也。故曰:吾人即不欲以人道待人,亦当以人道待人类之全体,即不欲以人道待人类之全体,亦当以人道待己。世无不欲以人道待己者,然诚欲以人道待己,非以人道待人不可,盖人与己,皆属于人类也。

第四章　英雄不可误以破坏为建设

时势造英雄,今之时也,英雄能为福于天下与否,全视乎其所持之主义。英雄所持之主义,不外乎二端:曰建设,曰破坏。揆之情理,破坏即建设,建设即破坏,二者相辅而行,不可分离者也。然以建设为主义者,若误以破坏为建设,即变为破坏矣;或以破坏为主义者,其志虽在先破坏,而后建设,而其达志之日,仍为破坏者,亦误以破坏为建设故也,是故何者为建设,何者为破坏,英雄所不可不深知者也。窃谓建设之最易与破坏混合者有三:其一曰不特不破坏固有者,且因建设固有者,而亦建设未有者;其二曰因破坏固有者,而亦建设未有者;其三曰不必即破坏固有者,且以全力寻求真理,及真理显明,则未有者,亦建设矣。或曰:不特不破坏固有者,且因建设固有者,而亦建设未有者,有何说焉?曰:自古以来,仁人君子,莫不喜建设,而恶破坏,有之,亦为不得已。苟固有之事物,其根干尚不朽腐,当因其根干以从前所未有之滋养物培植而成长之,盖古之人费多少心血,乃有今日之根干。今之人,不可因其萎枯无生色,遂一斧以斫之也。以吾国女训之四德是其证也。女训曰:妇容不可不重。何也?端严庄肃,所以使人敬也;宽和温顺,所以使人爱也。人,不为人敬爱,则无以自立于世界。女子犹是人也,安可不为人敬爱哉?女训曰:妇言不可不重。何也?非应对中节,不能使人不违于礼;不能使人不违于礼,不可以为人;不可以为人,焉可以成家哉?女训曰:妇工不可不重。何也?男子有男子之工,女子有女子之工,男子既从事于男子之工矣,女子焉可不从事于女子之工哉?女训曰:妇德不可不重。何也?德为修身之本,修身又为齐家治国平天下之本,女子不为人姊妹,即为人妻母,安可无德哉?是四德也,无论其范围之广狭何如,其影响之大小何如,其结果之利弊何如,若考究其立意之根本,则今之人犹古之人,莫不愿崇奉而遵守之也。即今日全世界女学最盛之国,亦以此为最高之标准。美洲女子大学,其学生除研究纯粹学问外,所有种种游戏,所作种种事业,亦无非为习练妇容、妇言、妇工、妇德而已。盖美洲女子常在交际场中,若不知何者为最娴雅之妇容,何者为最正当之妇言,何者为最切用之妇工,何者为最重要之妇德,则将为社会所不容矣。今吾国固有之四德,其根干固甚坚实,惟其外表似萎枯无生色耳。当此提倡女学之时，不可因其萎枯无生色，遂谓此与新教育不能相容，必一斧以斫之也。须知此与新教育，若诚不能相容，则新教育必非善良之教育，凡受之者，必为奇形怪状、不切于时用之人物矣。四德之根本，既不朽腐矣，自当以今之新教育，作为从前所未有之滋养物培植而成长之也，及既成长矣，则人才济济，其枝叶也，其花果也。所谓不特不破坏固有者，且因建设固有者，而亦建设未有者，即此之谓也。

或曰：因破坏固有者，而亦建设未有者，有何说焉？曰：凡事有根本上之忧者，非绝其根本，则其忧不绝，若知其根本诚腐败，则无论其腐败形于外，不形于外，必破坏之；无论其腐败达极点，未达极点，必破坏之；无论其腐败为风俗礼教所养成，不为风俗礼教所养成，必破坏之。盖基础不固之大厦，虽终日不息，修理其楹栋，装饰其墙壁，不能使之不覆也；源道不顺之黄河，虽年复一年，筑堤岸以防御之，不能使之不决也。独裁独断之政体，不宜于二十世纪之中国，时势使之然也。若今日设一法，明日改一体，枝枝节节，忙碌不已，不能救中国之亡也。一人之性情嗜好、思想感觉，甚至于言行志操，若有根本上之忧，非全易其为人之道，不可以为人。一国之风俗礼教、政体法制，以及民生百事，若有根本上之忧，非全变其治国之法，不可以为国。不有破坏，焉有建设？所谓因破坏固有者，而亦建设未有者，即此之谓也。

或曰：不必即破坏固有者，且以全力寻求真理，及真理显明，则未有者，亦建设矣，有何说焉？曰：知一事之为谬，而不知其事之所以为谬，则谓之谬者是诳，谓之不谬者亦是诳。凡当此境地者，若欲证其说之谬与不谬，尚以全力寻求真理为当。若信己说之为不谬，则信之为不谬可矣，惟勿责人；若信人说之为谬，则信之为谬可矣，惟勿责人，及真理显明，确知己之说为不谬、人说之为谬，而后责人可矣。今之信仰宗教者，谓天地之中确有所谓上帝者,彼不特觉之,且于意想中如见之者矣;今之反对宗教者,谓天地之中确无所谓上帝者,彼迷信者,已为迷信所束缚,其所觉者未必真也,其所见者,仅以意想推度之耳,更不真矣。若各以己说为是,而不责人,固为公理所许;若各以人说为非,而不责人,固亦为公理所许;若强以己说为是,人说为非,且争执之不已,则不合于真理矣。若暂不争执,且以全力寻求真理则近于真理矣。所谓不必即破坏固有者,且以全力寻求真理,及真理显明,则未有者亦建设矣,即此之谓也。

上所论者,建设最易与破坏混合者也,二者之间,不容一发,若误以破坏为建设,则失之毫厘,谬以千里矣。譬如吸鸦片,人人知其害身也,然贪其一时之益,以为吸之,能疗病矣,遂不顾其为害与否,旦夕吸之矣。不久,遂成烟瘾,即欲不吸,亦不能不吸矣。及终,则旧病未疗,而复患新疾矣。此因误以破坏为建设故也。又如中落之家,若田产货物尽行拍卖矣,而贫窘如故,不可以为生,惟有大屋一所,价值数千金,因其为先世隆盛之地,不忍拍卖之,宁夫妇子女十余人唏嘘饮泣,束手以待毙。此因误以破坏为建设故也,若反其所为,暂以屋价作为数年内救死之物,从此夫妇子女竭力于工作,则早迟必有恢复之日,此虽似破坏,而实为建设也。故建设与破坏,每有甚易混合者,非分明之,不可有所举动。天下之真英雄,固未尝有以破坏为主义者也,即有之,亦因非有破坏、不能有建设故也,然若误以破坏为建设,则为害于天下也大矣,岂真英雄之本心哉。

第五章　英雄所不可不知之本领

诚心也,创造风气也,愿望天下之多英雄也,皆英雄所不可不知之本领也。何谓诚心?曰:我有一志望,此志望不必不为个人,亦不必全为公众,若知其必有益于人类也,则以此志望,为我之生命可矣。毁誉非所顾,忧乐非所问;知我者,谓我心忧,听其谓我心忧可矣;不知我者,谓我何求,听其谓我何求可矣。一时失败,不足以伤我心;一时倾覆,不足以易我意。今日不成,期以明日,明日不成,期以后日,不屈不挠,惟以达我志望为目的。苟我之志望,能若是坚忍不拔,则可谓诚心矣,诚心之人,有绝大之能力,凡遇之者,莫不觉其诚心;既觉其诚心矣,则莫不服其志望,既服其志望矣,则威力衰矣,权力弱矣,阻力亦因之而消灭矣,岂特遇之者如是,即闻之者亦如是也。故诚心之英雄,即形式上不能大有为,精神上仍能大有为也;时觉天意似绝之矣,而实未尝绝之也;时觉人情似离之矣,而实未尝离之也。其秘诀则全在乎诚心,诚心发于自然,用于正当之地,虽大如乾坤,亦可旋转之矣,况小如人事者哉。

何谓创造风气?曰校风者,学校之风气也。校风良善者,学生亦良善,校风高雅者,学生亦高雅。师傅与同学,虽皆有影响于学生,然不如校风影响之大,因师傅所训导,同学所劝勉者有限,校风则如空气,充满于校内,凡在校者,莫不呼吸之,即不欲呼吸之,亦势所不能也。一国之风气,犹一校之风气,其势力之大,有过于校风而无不及。十年前,吾国女子以大足为陋观者,风气使之然也;五年前,吾国女子渐觉大足不甚陋观者,亦风气使之然也;近年来,吾国女子以大足为文明者,亦风气使之然也。英雄若能以其志望,创造一风气,以为大有为时之准备,则大有为时,诚易为事矣。即风气尚未成就,而已身死,不及大有为,亦不必作功业未成身先死、常使英雄泪满襟之叹也。盖创造风气之英雄,即创造时势之英雄,创造时势之英雄,较之时势所创造之英雄,实更可宝贵也。

何谓愿望?天下之多英雄,曰:天下英雄愈多,天下事愈易成就,我能为英雄,人亦能为英雄,实天下最畅快之事也。人所持之主义,与我同亦可,与我不同亦可,同则直接以相助,不同则虽似不相助,而实间接以相助也,不必如耶稣、孔子收集天下之英才而教育之也。即与我毫无关涉之英雄,亦我所愿望者也;即与我未尝同一事之英雄,亦我所愿望者也;即与我素来不相识之英雄,亦我所愿望者也。总之,英雄愈多,人类愈有进步,我若爱人类,不特须愿望我是英雄,能为人类造福,且须愿望人亦是英雄,亦能为人类造福也。凡有此愿望者,吾忻为之执鞭焉。

——《留美学生年报》(1911)第一期

二十世纪之新女子

二十世纪之新女子,究何似何若,人所共欲知。吾意想中有三人焉,请略详之。

美国有梅夫人者,聪明颖秀,年约三十许,处于国之东北境,其夫为律师。予与其夫妹,同学而同班,称为知交。在大学之第四年,春假十天,梅女士邀予同归家游息,住于太夫人家,与夫人住宅相望,仅隔一大街,因是得识夫人。某日晨十时,梅女士偕予往访其家,时适夫人与其子女游乐于室中也。长女年七龄,初识之无,手执绘图古事一本,声朗朗然,正为其母讲读。闻门铃,母女相随,启门迎客。次男四岁,方以小木片造一小屋于室之东北角,背门而坐,初未知有客入室也,及闻语声,回头一看,即奔跃至梅女士前,东摇西摆,拖一大椅来请姑母坐。予遍观室内,清洁整理,无微尘细垢蛛丝网之可觅。地上有爱特华之火车数辆,大熊一只。爱特华者,小公子之名也。夫人谓之曰:“嘉宾惠我,速收藏尔玩具。”爱特华一一拾起,陈列于架上,既毕,坐于梅女士与予之间,俨如一小主人也。予谈笑间默察,夫人身穿身穿青白缕条布衣裙,儿女辈服饰亦花洋布类,然甚鲜明雅观,远视之,误以为绸缎。予与梅女士家居十日，日见爱特华与其姊换衣裤一次，始以为有仆妇洗洁，后知皆夫人亲自为之。然则此夫人者，诚神奇不可思议。予访彼之翌日，午后四时，其地妇女社开会演讲穆德梭立教育法，乃主讲者非他，即夫人也，殊出吾意料之外。盖夫人者，予以为贤母良妻之模范。除爱特华姊弟外，尚有一幼儿在襁褓中，须抚育而哺食也。安复有暇为社会尽义务，演讲当今最新异而最须思索之学说乎？然夫人此时之举止神色，较之最清闲幽雅之处女，犹为娴静。身穿褐色素缎长衣，与其褐色之美发相映，纤纤双手，洁白如玉，顷犹执箕帚以洒扫门庭，今捧一白纸，即其讲义之纲目也。玉音微吐，众目仰视，夫人枝枝节节，详为解说，如幽泉涧水，滴滴有声，声中独有其音韵，闻者感怀顿起，不自知寄身于何处，但觉已入其论调。若何整顿家庭，使成穆德梭立氏所谓宜于儿童心身之健全境地；若何节制感情，庶与子女周旋时不易怒，不强其所不欲，不藐视其言行。予听如木偶，迨梅女士牵吾肘，始知已讲毕。由今思之，当时情节，犹历历在目前也。其夕，夫人邀予与梅女士及其翁姑晚餐，时距演说时仅两点钟，而碗碟台布已铺设整齐，诸儿亦已安寝，室中阒然无声。桌上有铜锅一，状似吾国暖锅，下烧火酒，为临时烹饪之用，旁有饼食罐头等物，准备待用。既入座，夫人移近铜锅，且谈且炊，取一罐虾仁、一杯牛奶、一大匙奶油，次第调入烧熟，分置于盆中，盆底衬有极薄极脆、淡白无味之饼干一枚，与之同食。在座诸人，各有一盆，除予为外宾，余均家人，欢聚一堂，笑声洋洋，极尽天伦之乐。主翁梅律师，亦陪侍在座，助其妻料理。既食虾仁饼，复有蜜桃羹、蛋糕、茄菲、果实等物，皆甚精致，味美可口，皆夫人所手制也。自会场演讲归家，已五时许，七时即飨客，仓卒之间齐备如许食品，尚须安排台凳，遣散儿女安卧，脱衣解带，一一须亲自处理，而出则谈笑自若，应对亲友，淡然如无其事，诚不可及哉。夫人为吾理想中之新女子之一。

予又识孟夫人者,为吾师之友,吾同学之母,亦惠尔斯来大学毕业生,故与予义为同学,惟先后三十年耳。某学年之冬假,适全球传教义勇队开大会于洛乞斯土,此即夫人所居之城也,在纽约省之西北境,与加拿大甚近。予与同学数人被举赴会代表,住于夫人家十余日,以是于其家庭情节,知之独详。时适严冬,犹忆抵其家时,见二十余盆盛开之花,陈列于客厅,异之,询其女,曰:“此为家母任本城行政署教育部董事十周年之纪念品,行政署所赠也。”其夕甚冷,晚膳后,予与同学等团坐于火炉旁,正在奇异炉中所烧,非木柴而为无数木脚,颇似平日在皮鞋店所见之模样。适伊笛斯捧一大摇椅来,亦坐火炉旁烘火。伊笛斯,即夫人之女,吾等之同学也。众问彼木脚者何物,伊笛斯答,此自彼父皮鞋厂中取来,本为模样,因其为旧式,不复有用,故烧之火炉中,其火力较木柴为佳云。又问夫人何在,答称正与厨夫谈话,少顷即来。言已,夫人果来,众起让坐,夫人不可,曰:“今夕我为主人,诸君皆我客也,伊笛斯,为我取一椅来,置于此处。”伊笛斯如命,置其椅于最无火热之处。既坐,予得瞻夫人之丰采,庄严端丽,威仪棣棣,与曩时在校演讲埃及古迹之大人,相似而又不同。彼时金言玉语,滔滔口才,俨然一演说家也。此时为慈母,为良友,温文恭顺,蔼然可亲。吾侪甚敬服其为人,而不觉拘束,及闻述惠尔斯来大学古事时,咸精神勃勃,倾向于彼一人,此问彼答,不复有尊卑长幼之感觉矣。

夫人年五十余,人视为中年,因其家尚有老年人三,一为其母,一为其姑,夫人为继室,其三为前妻之母,伊笛斯亦前妻所生也。此三老皆眉发皓白,七十余岁之人也,而精神健壮,无畏缩伛偻之状,且视听灵捷,兴致佳善。有一事令予牢记不能忘者,即每餐三老恒嬉嬉坐列于圆台之一面,未食之前,人仅俯首祷告,彼必相执彼此之手，更欲连接他人之手，始作祷告。一若先须互相提携扶助，而后天帝始聆其祷告者。此虽为信仰时之形式，亦足表示其日常相安无事之感情。设使一老以其子为主翁，一老以其女为主妇，一老以其外甥女为伊笛斯，各仗其势力，互相倾轧，则家庭之和平破坏，人各有心，独处荆棘矣。其不然者，三老之仁慈宽恕，固有以致之，而夫人之德施教化，亦居其半。处心积虑，防万恶于未然，竭忠尽智，挽狂澜于已倒，岂易事哉。世有一姑一媳，尚不能相安乐者，况复有生母在旁，前室之母在侧，伊笛斯周旋于其中，处境之难，莫此为甚。而伊笛斯与予同学于大学预备所二年，同在大学四年，如许岁月，相熟至深，而未闻有一声怨语及其家庭，但祝其继母康健，多为社会尽力，于其功绩事业言之，娓娓不厌，则其为人可想见矣。况其夫有大皮鞋厂二所，岁之出入，动以千万，夫人应酬交际，日不暇给，其住宅大如宫室，即洁净洒扫一事，在他人已为重大职务，须雇一管家者矣。而夫人于家常琐碎、饮食起居等事，一一亲自经理，尚复有暇著书立说，传名于世，诚吾理想中之女英豪也。二十世纪之新女子，此又其一。

尚有南夫人者，康奈尔大学文学助教之妻也。三年前夏间，予因欲与弟明复相近，往纽约省之伊萨克，即康奈尔大学所在地歇夏，宿于夫人家，约有三月，仅借住一室，寄食于附近邻舍。夫人之为人也，意气泰然，面带微笑，举步轻扬舒缓，常若清闲无事。言不多发，发则语音清澈，句法端正，其结构如文章，惜天性简单，静默时多，不可得闻耳。予今所记忆者，惟有一言，即处理家庭之妇女最需高等教育是也。夫人作事，敏速慎密。予在其家所居之室，颇清洁，夏日炎炎，时处其中，未尝知其污秽。盖每晨夫人乘予赴邻家早膳时，入室整理之也。其夫为大学助教，岁入约三千美金，合华银五六千元。而家无婢仆，同居者仅老母一人。一日三餐，衣食儿女，谁料理之？皆夫人也。其勤劳如此，而不现于形色。夫人颇有才学,曾与其夫同班毕业于康奈尔大学,然毫不显露于外,故人少有知之者。予初亦以为凡庸者也。一夕,康奈尔大学建筑学总教来访,见其客厅构造之精当,问曰,谁为此模本者。夫人歉然曰,此拙笔所自草。总教大惊,谓颇似名家之作,称誉不已。予愕然,方知此外似碌碌无能之夫人,固大有才学蕴藏其中。夫人之教育子女也,不似师傅,而如同伴,常相与游散于庭中,掷球,捉迷藏,或修习园艺。二女一男,在屋后各有园地一方,长四尺,阔二尺半,隔以篱笆,内种花草菜蔬等类。夫人稍助理之,余均自耕作。其幼子聂格拉司,时方五岁,尚未识一字,亦不送入幼稚园,但为置办小黑板一方,红绿铅粉数十枝,绘图书本几部,大小玩具不计其数,任自游玩。时或与之谈话,颇似一小友伴,相与嬉戏笑乐一二时。如此教养,其效果甚大。予尝见聂格拉司在小黑板上画房屋二所,齐街并立,顶上各有火炉烟囱一具,烟煤层层上升,而一向东,一向西。予呼之曰,聂格拉司,今日之风,何以向东西两方吹乎?彼呆视片时,即拭去向东吹之烟煤,亦画之向西,顾谓予曰,今日东风也。某日,因某事为其外祖母所责。人初无知之者,后见黑板上绘有老媪一,辞色严厉,曳长裙,戴大帽,坐十一凳,地上蜷伏一小儿,全身战栗,不敢仰视,异之,示其外祖母,始知即指曩者不睦事也。予尝在吾室翦衣样,隐约见聂格拉司在门外窥视,呼之入,彼即拾地板上所翦下之长圆纸片数枚,以针缝之,各成小舟形。复向予索线系之,使成一串,曰,此康奈尔大学之赛船也。康奈尔以善划船著名,与诸大学赛常冠之。故予笑应之曰,聂格拉司,其船长乎?彼赧然遁去,诚慧儿也。

予观夫人之治家教子及其为人,深有感焉。人有才识学问,必发诸于言,见诸于事,夫人则不然,默守家中,仅料理家事,与儿女谈话,他无所闻。其衣食朴素,其嗜好淡泊,旦夕碌碌,恬然自以为足。窃以为亦二十世纪之新女子也。以其抱非常之才，作常人之事，而能安而乐之，广而大之。为有经历之言曰，处理家庭之妇女最需高等教育，非即古人所谓庸言之信，庸行之谨，最需涵养力乎。

二十世纪之新女子，究何似何若？既已见诸于梅夫人与孟夫人及南夫人矣。予因起三大感触，请亦述之。

三夫人皆学问高深，世所谓大学学士者也，而自居谦逊，未尝自夸其能，自炫其才，自别于寻常妇女，此即第一感触也。得一学士学位，非易事也。考入大学，必国学通顺，举笔成文，娴习希腊或拉丁与德法文，一古二今，共三国文字，数学必至代数与几何三角，又必粗知博物、理化一二科，遂得考取。既入大学，复须进深其国学及外国方言与数学，此犹普通科也。尚须专修一二科，读数百册书，作数百篇文，晨兴夕寝，念兹在兹，如是者三四年，始得毕业于大学，称为某某学士。计自垂髫时起，以至学成年长之日，共十有数载，勤劳辛苦，乃至于此，而能自视淡然，与世相浃洽，为其良友，爱姊同其安乐甘苦，诚可为学者鉴矣。盖学问无穷，人智有限，大学学士仅知学问之门径耳，本无可自豪者也。英国诗人密而登作有一诗，内述魔鬼大王被天帝逐出天堂事。予常引以喻毕业大学时，对于学问之感触，今译其梗概如下。

魔鬼大王，傲慢无礼，谓彼天帝，可代而取，时挟其党羽在天堂骚扰。一日，竟敢兴师诛伐，天帝大怒，立即逐出天堂，用刀与火，追至九重地狱。魔鬼愤甚，再约其同伴报仇，相谋曰，彼老所最宝爱者，人间世界也，吾侪苟能至其地，引诱其人，易善变恶，可大伤彼心。议毕，莫敢前发。魔鬼大王乃独往，出蛇蝎之门，涉沸烫之海，时浮时沉，屡死复生，其后曲折湾转，徘徊于黑暗地也。不知其几千日也，终乃登世界之外壳，共有九层，下有一洞，贯彻其心。望之，则见日月星辰，灿烂有光，山陵起伏，河水汤汤，草木禽兽,争荣角逐,人类独为其长。魔鬼喟然叹曰,吾不如彼也,吾至彼处,不知在何日也。于是仰观天际,有一长梯直升入天堂,时适挂起,天门正开,天帝端坐其宝位中,荣光照耀,金碧焕然,千万天仙,歌舞颂扬于其间,其华美庄丽,不可以言喻也。魔鬼大王亦尝居天堂矣,乃降入地狱,茹辛含苦,始得登世界之外壳,不无今昔之感也。曰,天乡非复我有,人间路程犹远,上不可登天,下不易临地。嗟乎,我何独在此。予尝笑谓诸同学曰,吾侪之于学问,亦正如此。遥见之矣,而犹未入门也,既识其路径矣,而犹渺渺乎远之甚也。其深广浩大则知之,其微妙玄奥,则犹未也,且有非吾侪所能学而知之者矣。天赋如此,奈之何哉。

予上述三夫人皆学问高深,而自居谦逊,为予之第一感触,遂谈及魔鬼轶事,以明学问无止境,大学毕业,仅得识其门径而已。予今述第二感触曰,三夫人皆圆通广达,无所不能,烹饪也,裁缝也,治家教子也,应酬交际也,著书立说也,集会演讲也,一人而数兼之矣。或服务于社会,或尽瘁于家室,忽而英豪,忽而妻母,忽而师友,所以应事变,合时宜也,其由来也渐矣。自幼至长,默修潜养,积聚以成,非一朝一夕所能骤致。予有同学亨女士者,在大学四载,为二千余师友所最推重。何也?以其躯干伟大,容貌端正,掷球为其班中健将,读书名列首次,演剧、游戏、讲学、说道,处处高出常人。当其处理学生自治会长事时,方冠黑衣,谈吐侃侃,巍然立于讲台之上,同学千余俯首鞠躬于下,其威权信仰较之华盛顿国会会长,尤为尊严。彼为数百议员所推选,此为千余同学所爱戴,彼有政党护扶,此则全恃其个人品格,及与各同学平日相善之感情。惠尔斯来大学,除教务及庶务外,凡学校之秩序,各寄宿舍之治安,离校归校之规则,及检查请假书等事,皆归学生自治会管理。其职员由全体学生公举,校长教员不之问也。其舆望最高者,当选为会长,次为副会长,余如其例。各职员每日平均须办事一时许，而事务繁冗，犹纷至迭来，堆积如山。每月开会一次，甚郑重其事。会员在第四年级者，得穿大学学士之制服，顷所述亨女士之方冠黑衣，即制服也。鸣呼盛矣，予亦尝仰慕女士之为人矣。今女士已嫁，住在北京，异日必为我女界有所提倡焉。予与女士同学而异国人也，他时彼主我客，此时彼客我主，光阴荏苒，相离者已二载半。于兹而予思慕企望之心不减于昔，予知其他千百同学，亦必如是。吾侪岂愚戆者哉，亦为女士圆通广达、无所不能故也。彼能见容于各种人品，见爱于各种社会，此吾侪所不能也。彼能使人人快乐，吾侪尚不能满意于数十亲友，其不同也如此。故圆通广达，无所不能，亦为处世接物之秘诀。吾人必自信，无事不能做，无人不可相与往来，方得为有教育者，非仅摭拾一二学问皮毛，即可侈然自足者也。

圆通广达，无所不能，为予对于上述三夫人之第二感触。顷又引亨女士在大学时情景，以证此种才干乃随时随地习练而成，且与立身处世之道有极大关切。今将述第三感触，即三夫人之志愿皆在于致用，为家庭或社会有所兴作是也。彼有学问，而圆通广达，无所不能，犹终日健健，操劳其身心者何为？为名耶，抑为利耶，皆不屑言之，盖久已高出于其上矣。然则何为而然哉。亦曰，尽其致用之能力而已。一念众生，其心顿为不安，必所以扶持之，提携之，同臻于完善而后止。或在家庭操作，或在社会劳碌，其间接或直接影响，皆在乎益世助人，所以舒展其致用之能力也。尝有散播苹果种子之约翰者，老颓衰弱，无能为矣，而其心犹壮，其志犹大，常自叹曰："昔日我亦耕田十亩，种菜三园，其繁茂昌盛，称于乡里，咸谓我有神仙之手，凡五谷菜蔬，一经我手培植，即生气蓬蓬，芸然以生。乃为时几何，发之苍苍者变为白矣，齿亦尽摇落矣，朝夕困守于此，衣食赖人，将与彼道旁之草木同腐朽乎？呜呼，我何能堪此。"乃取一大布袋挂于肩上，左颠右蹶，向门外径行,往敲各邻家之门,曰:“给我苹果五枚。”咸以此物甚夥,毫不在意,与之,约翰一一入之袋中,直向田野间行,愈行愈远,终莫知所往。夜则宿于落叶堆中,饥则采食野果,而袋中苹果则保存不食。至一大荒地,始一一取出,削去其皮肉,散播其种子于地中,人无知之者也。不数月后,约翰即仙逝,谁复记忆乞苹果事。迨其散播之种子,渐长成为大树,开花结果,备极其盛,人犹未知其事。后因屡在荒田中发见苹果树,人始记忆数年前,有一老约翰者,曾遍乞苹果,向田野间行,相语曰,殆即彼所为欤。然无人曾见之者,终莫知确实。

如老约翰者,其志愿为有用人材,虽老不衰,且非为沽名钓誉之计,故人初无知之者,后亦不过推想其如此。予又熟识一老,年已八十有八,常在房中织小地毡,或凑合无数五色绸缎碎块,缝成垫褥套,为客厅中装饰品。此人壮年时,曾每岁驶船至香港一次。其时尚无轮舟,彼为一大帆船之长也。试思以数帆之力,冒风浪之险,飞渡于太平洋中,倏来倏去者二十余次,当此垂暮之年,亦可稍休息矣。而予归国时,其女赠予书一大箱,即彼老亲手所藏置,木箱亦彼临时钉成。及予抵沪开箱取书时,瞥见杂在书中有小纸包一,启视之,试思为何物,即一五色绸缎凑成之垫褥套也。予顿知即彼老所为,检视包纸,上书铅笔字曰,用之前先熨平。噫,周慎如此,羞我青年。彼至八十八岁,犹能举铁锤钉成一大书箱,且能缝纴,置一手制之垫褥套于内。明知从此一别,天涯地角,今生必无再见之日矣,而劳心瘁力,博予一欢者何为?自尽其致用之能力而已,自达其为社会服务之志愿而已,自慰其心,苟能存在此世一日,犹有所作为而已。彼老约翰之散播苹果种子,亦为此也。上述三夫人之志愿,皆在于致用,为家庭或社会有所兴作,亦此意也。

予既详述对于三夫人之感触矣,今复约而言之。一曰学问高深,自居谦逊;二曰圆通广达,无所不能;三曰展发智能,益世助人。窃以为必具此三者,始为二十世纪之新女子,缺一则不可。盖学问为立身之基础,有学问而后心思灵巧,五官敏锐,感觉真确,道德坚厚,如玉之已琢,金之已炼者也。或谓有学问者未必如此,应之曰,是必教育之者,为得其道欤,正当之教育,固宜获此效果。次须注意者,即其为人也,必圆通广达,无所不能。烹饪也,裁缝也,治家教子也,著书立说也,皆以极寻常之举动,演出极高妙之事实,且能见容于各种人品,见爱于各种社会与世相,浮泛而不染其污浊,如水之淡澹,无往而不包容含吐也。终必发展其所学与所能,以为社会增光,为己但求为有用人材,为人但求因己而多添幸福。荣誉非所计也,圣贤非所望也,但求尽其为人之道而已。必具此三者,始为二十世纪之新女子,缺一则不可。今有为当世教育家劝告者,请缕陈之。

教育须先博后专,愈博则所专愈高,所专愈高,则愈切实有用。故博学先之,专修次之,实习末之。今在美国欲学医者,必先已毕业大学,始准入医学校。试思自小学、中学以至大学,历年十有余载,皆为博学时期,而专修时期仅在医学校四年耳,实习时期则在毕业医学校前后二三年耳。故博学与专修及实习之期限,如六与二及一之比例。今欲入美国哈佛大学学习法律者,亦必先毕业大学,而后专修三年,而后实习一二年。昔志于此者,入著名律师办事处学习三月,即可成事。今必不能者,何也?以律师执掌生命财产等事,不特须知法制律例,亦必深悉风土国俗与人情心理也。哈佛始创此例,今耶路、芝加哥诸大学,皆从而效法之矣。哈佛近年来之威名赫赫,此其一原因也。故博学为专修之基础,专修为实习之指导。岂特医术、法律如是,师范亦然。今在美国自中学或小学入师范学校毕业者,人尚不甚信任之,必已毕业大学而又习师范一二年者,始为真有才识学问之教员。次则仅毕业于大学,而出任事者亦有。若仅恃师范学校文凭,则无高大位置之希望。而美国师范内容之组织,较吾国完备远甚,其课程不仅限于将来实用诸科,凡关于理想学术者,皆详知梗概。而美国社会犹不甚信任之,谓其偏僻,专而不博,拘谨于一隅,难识天下情势。则如吾国之师范者,其地位何如。专习国文、算学、地理、历史、体操、唱歌、家政等科,其入师范之前,固无所谓博学时期者,既入,而办教育者犹欲缩小其范围。何者不必骛高,何者不必虚远,不知人必先有学识,而后真能教授,其学识必博硕通达,而后其自身能变化运动。不然,如运货之器,凡物贩自上海者,载至于广东,曾不几时,即可搬空。故先博后专,愈博而其所专愈高,其所专愈高,而愈切实有用一语,乃有经历之观察也。

或谓此与二十世纪之新女子有何关系?曰,二十世纪之新女子,其教育亦必先博后专,夫而后,其学问愈高深,而愈能自谦逊,愈求圆通广达,无所不能,愈欲益世助人,操练其智能,如上述三夫人者,非极好之证据乎?当其在大学也,无所谓裁缝科者,而裁缝之本领有之。凡颜色之辨别,其种类与深浅,物质之厚薄粗细、紧密宽松,皆心理学所详说细解者也,不啻重复一遍,试之实用。当其筹谋以如许材料作一衫或裙也,算术之必需,固无论矣,而作文时之方法,亦为之用。在美国学校作文,必先提纲挈领,井井有条,解决一问题于脑中,而后书之以笔,裁翦时此法适亦合用。至其尺寸之正确,执翦之老练,线缝之整齐,则试验理化时,较此更须审慎周详之事,亦已为之,如称一化学质料,不能错一分一钱,错则失之毫厘,谬以千里。执一玻璃细管,烧之于煤气火上,必较执一铁翦,裁翦于桌上为难;绘一物理图样,必更难于几条线缝也。及其装饰镶滚之时,则审美学之精致、诗词文章之幽雅、道德教育学之适宜正当,皆会集而来谋之矣。故区区一物,如一衫或一裙之微,与数学、理化、心理学、审美学、文学,及作文时之方法,即各学校所谓修词学者，皆有密切关系，此一事实牵连六七种学科之证也。反之，一学科亦牵连无数事实。如心理学所辨别之颜色，及物质粗细厚薄之类，不特有益于裁缝，而亦为绘画与手工所必需。彼习地质学或动植物学者，亦必具此目力与知觉力，或谓然则教授心理学时，必切实指明其效用。曰否，心理学不仅研究目与手之能力，凡五官知觉、感情意气、理想信仰等事，皆讨论之，若必一一切实指明其效用，则指不胜指。如论喜怒哀乐，其发泄时，肉体上有何变更，精神上有何击动，其发泄前后有何现象，皆极有趣味、极须思索者。教员学生，谁复有暇计及此与修身有何关系。然不知不觉，当其怒气冲冲之际，念及此篇空论，即自笑其妄费精力。一餐之滋养料，齿舌胃肠数小时之工作，皆已毁坏无用。脑筋震动，此起彼伏，如属之于狂癫者，后必自戒，勿复为之矣。又如思想之往来，其趋向与结合力，其背驰与解散力，皆为极深奥之理论，悉心研究，犹恐不得其证据于事实，谁复计及此与言行、动作有何关系，然不知不觉，言行动作受其影响矣。昔之紊乱如丝者，今皆井然有序矣，昔之梦思幻想，今皆消没隐灭矣，而如青天白日之观念，了然如在明镜中矣。故学问之为物，不必切实指明，其效用常自见。每一学科，常牵连数百千万事实，与上述每一事实牵连数种或数十种学科之说，皆足证学问与人生之密切关系，而实为其基础焉。人生问题至复杂，不能以国文、修身、烹饪、裁缝、唱歌、体操等科解决之也，此虽为切实有用之科，而受之者实犹不学无能。如上述三夫人者，裁缝未尝实习也，而得其本领于数学、理化、心理学、审美学、文学、修词学之中，烹饪亦未习也，而亦能之，亦得之于各学科也。既已习练数月，自能高出于常人之上。予昔在家不知烹饪，游学时，更无暇及之，然今试之，较仆妇之能力为大。故女子教育，窃谓当先博后专，而后其所专能高，而后真能切实有用焉。

本杂志亦援斯义,虽欲注重卫生、家政等门,而拟于学艺门中,渐添置天文、地质、森林、矿物、铁路、财政、政治、法律、教育、心理、哲学、文学等科,又新设中外大事记一门,所以广见闻、增学识,以为吾国二十世纪新女子之先导也。

——《妇女杂志》第二卷(1916)第一号

美国家庭

欲知美国人建设家庭之意义,请先言吾国家庭,以为比较。吾国家庭,约分为四类:其一为最老最大最为整顿之家庭。主理者恒为一辈分最高、齿德较长之女子,婴儿孩提呼之为祖母,下有媳妇数人,服从其命令,并能互相容纳;诸子在外读书作事,有夫或无夫,家政全权常在彼一人掌握之中。出入账目,彼经理之;更换婢仆,彼裁夺之;馈送礼物,彼酌量之;禋祀祖先,彼执行之。彼命长妇陪客,应对周旋,莫或稍懈;彼告次妇收拾字画,监视夫役整洁书室;彼犹未令少妇绣鞋,而已双双成对,待彼御用。论职务则彼担负最重,论权势则全家均在彼统治之下。譬之一小朝廷,彼为皇太后,垂帘听政,婢仆使役如宦官嬖臣。诸子媳妇而安分守己,则福禄享尽;若昏愚不肖,如季世之亲王福晋、李莲英等即乘间用事。譬之一庇荫之大树,彼为其躯干,余则为枝叶花果耳。至亲骨肉数十人,皆彼所自出,而若莫能承继其威权声望者,故众目所注,众心所向者,惟彼老佛爷一人。斯为吾国健全家庭之一种,而为美国家庭所绝无者也。

吾国又有一种家庭,其主要人物为一富贵尊荣之男子,曾历任前清知府臬台等职,今退居乡里,为缙绅望族之长。园宅广大,姬妾盈庭。邻里兴讼,必先谋彼助;兄弟争产,必折中于彼。如谓田事荒怠,则一蹙额、一颦眉,已令佃夫魂飞胆落。如谓某亲戚当优待,则婢仆拥挤,争相献媚。小如一衣之易、一巾之取,可起无数波澜于侍婢之间。谁能侦察意旨,谁常捷足先登,纷纷然互相议论讥诮于其后也。凡味最美而价最贵者,厨夫慎择,留以供奉。他人之嗜好快乐,不必计也。即妻妾子女,亦莫不冶装华服,以求得其欢心,耳目声色,穷极其欲。如此家庭者,美国所绝无,而为彼邦富贵尊荣之男子所不欲有者也。

吾国第三类家庭,为一孩儿世界。主妇终日劳碌,侍候三男四女,蓬头垢颜,衣衫褴褛。与客谈话,必有一儿坐在膝上,一女牵其衣角,一子隐现出没,藏身于座后,虽忸怩不肯与客谈,而颇思得食盆中之一枣也。偶出外,左男右女,缠绕于足前,顾此失彼,难举一步。贺年赴宴之际,至少必携长男次女同行,在筵席上,夹坐两旁,人咸称其有福,己亦以为荣光,然必谦让曰多男多累、多女多害。家居时,凡烹饪、洗濯、整洁房屋等事,固有仆婢料理,但因不加督察,己仅与儿女顽玩,或大小横卧一床,作无意识之嬉戏,故百政废颓,器皿颠倒。入其室,台凳破坏,满地垃圾,孩啼之容,笑跃之状,毕现于目前。意者有此良母,能牺牲一己安乐,置其全副心力于子女身上。诚能一沐三握发、一食三吐哺者,其子女必聪明可爱、精力强健矣,而仍面目黄瘦、衣服污秽,有巧黠或愚顽之状态,而不清秀,亦不甚活动。此何故欤?曰:但具慈母之天性,而无教育之能力故也。此在美国为仅有千百家庭之中不得一见者也。

吾国更有一种家庭,其主妇病弱无能,偷安乐逸,子女之须哺乳者雇乳母,其已断奶者,另用仆妇管领。烹饪有厨夫,洗洁洒扫有粗做,又有所谓细做者,司理针线,缝绣鞋袜。即彼一身,发须人理,衣须人披;欲茶一杯,唤小婢来;欲烟一枝,挥小婢去;足不出户,旦夕伏处于寝室内。三餐之外,复有点心,皆持入房中,食味薰蒸,人气臭秽,初不以为意也,实即头痛目眩之病原而不自知。况有以此自为娇贵者,面无血色,几如病人,胃口恶劣,食不多进,偶或操劳,夜间即发寒热。凡子女之教育、家常之职务,悉听诸十数辈舞弊弄权之仆妇处置。其腐败情形,可想而见。幸而生在中国,若在美国,父母与社会均不准其婚嫁矣。父母爱怜之,知其一身尚不能顾全,必不复能有家室之累;社会以为无用,比于残疾之类,不屑有之。故父母丧殁后,甚孤苦零丁,惟得居山巅海滨,以销磨其余年耳。一言以蔽之,曰家庭如病室,乃美国人所切忌者也。

然则美国家庭何若? 曰,美国家庭,融融泄泄,一小天乡也。于主翁,则日间奔走劳碌于热闹市廛之后,晚间归家,得其适当之休养,与愉快之感觉,因以靖息其震荡之脑筋,而舒散其心意。于子女,则家庭为健全境地,仪容品格,父母身为模范;家政园艺,满目皆为样本;卫生养身之道,惯见惯闻,习以为常事。于主妇,则家庭为展发其学识智能之区域。窗户设置之方向、日光空气之流通阻塞、饮食物料之选择,犹仅物质上之研究。至若相夫教子,使不为盗跖,而为尧舜,尤足引起其精神。于社会,则家庭能为分劳,并为其代表。请详发挥斯义,先述家庭之于主翁如安乡乐土,次说家庭为子女之健全境地,次言家庭为社会分劳并为其代表,终论家庭即主妇、主妇即家庭之理由。

美国主翁,入工商界者居多。工厂中之机械声、店肆中之喧闹声,固无论矣。即执业甚高,其办事所不与工厂栈房并设在一处者,亦无优游自在安宁之时刻。尝识一贩麦之主翁,大商人也。美国交通便利,非特在陆地上之火车,东西南北,驰骋运载,即在海洋上之轮舟,亦满储粢粮驶行至各处。欧美人民,麦食者众,美国产麦独多,故麦为出口之大宗。主翁尝谓予曰:敝行办事所在五层楼上,临一大街,取其稍安静,而仍在公众出入之地,然亦安静无几,地下车声辚辚,首旁电铃震响,室外升机上下,铿锵之声,不绝于耳。盖五层楼上,复有七层,共十二层之楼房也。甲欲赊麦五千石,三个月后偿清,开谈判半日,犹未了结。而乙已在外室焦灼,急欲一见,谓午后二时,必启程赴英国云。此时电话催促,自北境运到之新麦,是否即须藏置。犹未答完,而较此更为紧要之电报三封已陈叠案前。一谓往意大利之麦船,搁浅在地中海滨,幸无损害,然为延迟矣。一谓在美国西境之支行,已经开办,缺书记一人,乞为代觅。一谓东北境荒旱,需麦至急,前运去之一万石已尽销售,速再运一万石云。噫,主翁之烦劳迫促,可想见矣。虽然,其他千百万主翁,其烦劳迫促,几皆如此。无论居何职业,在办事时间皆无片晷之暇,必也傍晚归家,始得从容舒缓。其家庭者,一小天乡也。

当此严冬,美国东北境,满地皆雪,一望如银。自阳历十一月杪至三月初止,积雪不溶,随地之高低平洼覆盖一层,灌木丛林之间,累累堆积雪块。街道冰冻,易于颠跌。试思主翁自办事所步行归家,北风刺骨,雪花撞面,脚踏冰地,全身颤凛。或谓何勿乘车?曰:一则无车可乘。电车火车有指定停车处,马车不常用,汽车价昂,非尽人所能有,东洋车小车不见于美土。二则恐为人笑。美国风俗勤朴,即妇女小孩,于一二里内皆行走,不乘车,况堂堂男子,躯干更形伟大者乎。美国通例,晚膳为正餐,阖家易服整容,然后赴餐。故主翁抵家,即登楼入沐浴室,修面理发,更衣换领。既毕,下楼,主妇已在客厅迎候,儿女喜跃欲舞,咸问父亲安否,乃携手偕进膳堂,则见电光辉煌,直射于洁白之台布上,碗碟盆盏,同一式样,有淡花纹,间杂以玻璃器,铅铁刀叉,磨削如银,排列于各座前。冬日少花,台中置有鲜草一盆,下以碟垫,盆周饰以彩纸。主翁之座,与主妇之座相对,在台之两端,儿女之座在两旁。既就座,不即食,先由主翁祈祷,然后分汤,次菜肉,次点心、果实之类。

美国人最忌闷食,常择佳言良语,开谈话之端。故美国小孩在食桌上,有呆听者,而无喊叫求食者。主翁顾谓其子曰:"约翰,今日上学堂去否?"约翰自度彼未尝辍学,且愿人知其好学,彼父何出此问?正思回答,其母代为言曰:"约翰上学堂去甚早,放学后随海伦去滑冰,此为第一次。"海伦长于约翰,欣然曰:"弟虽初习,并未颠仆,今日滑冰者众,不知其数,湖上为满。"盖滑冰者,美国人冬季之运动也。冬寒,湖河之水,结坚厚冰,平滑如玻璃,穿滑冰鞋可走滑其上,疾驶往返,乘风御行,颇起人兴致。无贫富贵贱,咸欲一试。故主翁慨然曰:"滑冰甚善,吾今兹无暇,且较前肥大,恐体重不复能滑冰。妹莉(称其妻也)二十年前,时方二九,君我犹未相识,吾能滑冰竟日,愈滑愈欲滑,人无能赛我者。"其妻曰:"予识君未久,君犹甚能滑冰,予尝偕往,君犹记忆之乎?"主翁掀须微笑曰:"记忆之类,伊笛斯、阿立司、维廉等,当时之好友伴也。"

晚膳后,八句钟,子女悉就寝。楼下客厅内,炉火焰焰,坐主翁夫妇二人。万籁俱寂,偶或闻百叶窗间风吹之声。主翁坐于大臂椅内——即椅之可搁臂者,美国人谓之臂椅——腹饱身暖,心广意泰,时或闭目养神,时或阅书消遣,与向之烦劳迫促,迥不相同。试思冬日寒夜中,人所最喜好者,非一融燃盛热之火炉乎?况有温文优雅之主妇侍坐在旁,或共笑乐,或相劝慰,事无巨细,可与筹商,无须智谋机巧,但见忠实厚良,世界虽多变迁,此间独有恒常。故家庭者,无忧无虑,可以寄身与托心腹者也。若复有暇,谈宗教、论哲学、咏诗词、读文章,其相娱乐,为何如耶。

家庭于子女,为一健全境地。内有游息室,专备幼稚园仪具,以供玩弄,兼以操练其筋骨、启发其智能。外有青绿之草地,修翦平坦,浓厚如地毡,任其跑跳,吸受阳光与新鲜空气。卧室各有睡具,即新生之儿,亦有其洁白细小之床。饮食以年纪为度,三岁食肉，十岁饮茶，俱本医家学理。稍长，即授以家常智识。入沐浴室，用磁盆洗面，左有热水，右有冷水，下有通水管。肥皂牙粉、面巾齿刷，无不齐备。然用毕，必漏完浊水，洗过面盆，拭干盆边，挂起牙刷，搭开面巾，一切收拾藏置如故。少而习之，长而安之，一方面知物件齐备之舒适，一方面起爱惜物件之心思，华而不奢，俭而不陋，家常知识，此为其一。入客厅，色皆绿，浓淡深浅十余种。其邻近之室，则为大红大紫，均甚雅观。其妙安在，均在乎配合得当。不闻夫美国总统府内之红室、蓝室、绿室乎？即类是也。今取瓦器与金属、碗砂与碧玉，胪列于一堂，亦各臻其美。故物无丑妍，惟视人之设置何如。家常知识，此为其二。余以类推，子女亲炙其中，习以为常事，他日己有家庭，必根据于此焉。故欧美家庭，即移居吾国，亦齐整雅美。反之，吾国家庭，虽移居欧美，仍污秽垢恶也。进而至于仪容品格，亦莫不皆然。美国医家有言曰：子之求妇，常以其妇比其母；女之求婿，常以其婿比其父。何则？在子女心目中，其父母之仪容品格，最为完善故也。窃谓此言有深意在焉。父母之于子女，其影响甚大，即相嫌恶，亦相类也。欲有善良之子女，必先有善良之自身。此天经地义之论也。

美国家庭为社会，能分劳，并为其代表。如某教堂请著名之某牧师讲道。其本堂牧师，义为主人，须设备供张，以表欢迎之忱。而每有堂内教友，出而代行其事，延客赴家款待，意至殷勤。若为吾国人，必曰牧师食堂俸，自须彼应酬，况堂中教友有六七百人，我奚独劳为？而美国人则以能为社会分劳为乐。视其家庭，如分劳之机关也。设有某城，若择为开全国商会或教育会之地点，其城人民必以为殊荣，愿出为招待。凡远来会员或宾客，非无旅馆可居，而各家庭必邀留之，以尽宾主之谊，俨然以该城之代表自居。此吾国人所不及也。巴拿马赛会，空前绝后之盛举也。其本城旧金山捐款独巨，有十数人立捐四万五千。会长摩安氏，其中一人也。其董事均旧金山绅商,非特不支薪水,日至赛会事务所办公数时,且在其家庭开宴设会,助交际上之兴味。宴飨一次,必数十金,亦私囊所出,非公款也。予虽未及观览赛会,而因为吾国初派赴美筹备赛会委员之妻,独受其欢迎者三月。凡董事职员及绅商之妻女,识者甚众,相契者雅不乏人。是皆旧金山之名媛闺秀,在交际界颇名盛一时者,因之贱名亦大噪。新闻记者有载予善跳舞,能与诸女士比赛云,实未尝一举足也。噫!美国人民对其本城本省本国之忠勇与热忱,诚令人仰慕敬爱。捐款之外,兼为办事,其家庭如应接室,宾客往来,陆续不绝,其妻女如招待员,不惮烦劳,务使宾客欢乐。较之吾国社会,何相反背,吾国人以政府资财开办赛会,犹常以公济私,况商办之赛会乎?何能和衷共济?其家庭与妇女,更无协助之思想矣。

或谓家庭即主妇,主妇即家庭,有何说焉?曰:美国主妇视其家庭之污秽,如其自身之污秽;视其家庭之整洁,如其自身之整洁;视其家庭之康乐,如其自身之康乐;视其家庭之贫弱,如其自身之贫弱。何也?家庭为主妇发展其学识智能之区域故也。主翁日间奔走劳碌于热闹市廛之后,晚间归家,得其适当之休养,与愉快之感觉,因以靖息其震荡之脑筋,而舒散其心意,此主妇之功也。主妇之设置配付,实有以致之。家庭于子女,则为其健全境地。仪容品格,父母身为模范,家政园艺,满目皆为样本,卫生养身之道,惯见惯闻,习以为常事。家庭何以致此?亦主妇之心思才力也。家庭为社会能分劳,并为其代表。夫分劳而为代表者,必己有余力,且有领袖之资格。孔子曰:身修而后能齐家,家齐而后能治国,其斯之谓乎?或谓此与上述吾国第一类家庭,一老佛爷当权,有何分别?曰:老佛爷以威权声望御服其下,故群相趋附,求得其宠爱。美国主妇,视其家庭如自身之转化。有一人饥焉,必曰彼饥之;有一人寒焉,必曰彼寒之;有一人忧焉,必曰彼忧之;有一人乐焉,必曰彼乐之。耶稣就刑之前,为其门徒洗足,曰:我为尔师,我执婢仆之事,小子其勉旃哉。凡居人上者,必为人服役。此欧美官长对于人民自称公仆之所由来也。主妇者,家庭之公仆也,而家庭又为其自身之转化。此中意义,可不深思也夫。

——《妇女杂志》第二卷(1916)第二号

何者为吾妇女今后五十年内之职务

二十年前,吾人始闻变法维新之说,虽经挫折,而设立学堂、造筑铁路、禁烟放足等事,因得次第进行。辛亥之秋革命,一而再,再而三,迄于今日,独夫不得复为帝王,中国不属于一姓,而为四万万人所共有,其敢攫而取之者必遭歼灭,此伟业也。吾妇女抑亦尝思之,是为谁何之功?秋瑾其人,未可许也,而其嚣张狂妄甚于秋瑾者,更不足称述。况有千千万万未尝尽涓滴之力者,是足证吾妇女于缔造民国之际鲜效实力,竟无甚贡献,足垂光于史册。乃有假名政客,以女子参政游说于四方者,能不为天下所僇笑?予亦积极主张自由平等之人,男子参政可,女子参政曷为而不可?顾孟子有言,人必先自侮,而后人侮之,反之,岂非人必先自重,而后人重之乎?窃以为吾妇女欲见重于人,必先为家国社会有所兴作焉。而今偌大机会悬在目前,曾见之否。

当此之时,变更国体外,复有何大问题须从根本上解决?或曰普及教育,诚然诚然!普及教育之不可须臾缓也。若执政者无复争权攘利,自能渐成事实,否则必非吾妇女之能力所及。振兴实业,亦恃国内治安为起点,且数千年来相习,以为男子之事,吾纵有才干,恐一时难骤占势力。扩充军备,则尽属男子之事,吾能奋其志而鼓其气,然非至十分危难境地,未必愿为效驰驱。惟有一事,其全权操诸于妇女手中,其烦难复杂,舍妇女莫知所措置。

其事维何?改良家庭是已。

改良家庭,即是整顿社会。盖家庭者,食于斯,寝于斯之地也,终身不离。若家庭清洁,吾人即习惯清洁,若家庭污秽,吾人即习惯污秽。谓予不信,请观中国之街道,狭窄陋恶,粪唾满地,暑日薰蒸,触鼻难堪。是何故?因家庭之污秽故。溲溺之器,可置于床侧,屋角之尘垢盈寸,地板自铺设后,几十年未尝用水一净,而日吐痰,掷弃秽物于其上,若凝结难除,即拌灰扫之。噫,此住房也,何殊一马槽!乃皆安之,初不措意,无他,习惯于污秽,遂不觉其为污秽也。家庭如此,遑论街道。街道是公的,据普通心理,公的就是别人的。于是门内有物,出诸门外,即为了事。窃尝怪之,街道虽属诸公家,然丑恶腐臭即在门首,如何能耐得住,看得过去。及见家庭之污秽,亦不相上下,方知其习惯于污秽也。故中国人即往欧美,仍是污秽,唐人街至今称为黑暗之乡。虽外人多疑忌,其地究算不得为清洁。而欧美人虽来中国,仍是清洁,并使其附近街道亦清洁。试遍观中国欧美人住家所在,是否皆清洁。然则家庭清洁,可使人习惯清洁,并将其所到地方亦变清洁,而家庭污秽,可使人习惯污秽,无往而不污秽,竟莫觉其污秽,此非空论而事实也。今欲整顿社会,必先改良家庭,改良家庭,舍吾妇女谁属?

国人亦知中国家庭在现今世界诸国家庭中之地位乎?英美法居首,俄德奥次之,日本又次之,西班牙、葡萄牙、意大利又次之,波斯、土耳其、印度又次之,末则为犹太与中国。日本家庭虽不及西班牙、葡萄牙、意大利家庭之华美,而清洁则过之。波斯、土耳其皆弱国,印度、犹太亡国,而皆超然在素称文化之邦之中国之上。更有可注意者,凡女学较兴盛而女权较伸张之国,其家庭之地位亦较高,如英、美、法与俄、德、奥是也。日本与西班牙、葡萄牙、意大利相较,女权虽不伸张,女学则较兴盛,故日本家庭较为清洁。而波斯、土耳其、印度,因蹂躏残害其女子,家庭亦致卑劣龌龊,然犹较愈于中国。中国家庭为末等,是可耻否?与犹太齐名,为其污秽也。犹太人无国,沙散于全球,而吾四万万人麇集于东亚之一隅,相形之下,愈益污秽。吾妇女盍雪此国耻?奈何若未尝知之者。

中国有特殊之疾疫,为他国所不常有,其原因为污秽。痢疾、喉痧、疟疾、痨病、吞痧诸症,何自而来?因污秽。试观中国人之厨房,十之八九,苍蝇满聚,栖息于饭篮上者乌黑一层,亦有跌溺于蔬肉内者。夫蝇之为物,生长于粪坑秽堆。其来也,挟臭恶以俱,且生殖繁衍,随时随地产卵,卵一昼夜变蛆。此何物?但吾曾见白蛆游泳于酱油瓶中、臭豆腐干、酸腌菜,大嚼而细啜其味,如是安得不致腹痛,甚至凶险之痢疾?惜哉!又疟疾系蚊所传来,疟之微生虫附随蚊身,由蚊吮入血脉,即渐滋生延蔓于内。人初不知,及疾作,难疗治,每有三年四年连续复发者。欲免疟,先除蚊。蚊出于阴湿积涝之地,如荷花塘之类,虽足壮观,而产蚊实众。又如高墙围蔽,小而少见日光之天井,不宜瓮甏拥挤。青苔丛生于壁际,乃终年不一扫除,反遍植以花草。噫,卫生之道,孰有昧于吾国人者。开窗夜卧,诧为异事。闻前赴苏州运动会之女学生,合百二十人,并卧一室,而终夜不启一窗!彼在家庭之妇女,甚或在住房烹炊,吸烟赌牌,接客会友,尽在其中。于是烟臭人臭,杂以化妆品与饮食之味,结成一怪恶之气,令人掩鼻而远避。而彼处之泰然,然积久成疾,肺病之类以起。自作孽,不可活,此之谓欤。

忆昔去国二年,自日本归,甫抵码头,陡觉一阵臭气,不可须臾耐。旋又赴美,七载游离生涯,饱吸新鲜空气,归后卜居沪上,称为清洁之地。然每出而归,必致头昏心烦,俗所谓发痧是已。尝自恨曰,何不为青山之鸟,而必为浊国之人!因念他国之人,本与我无情无义,而一入吾境即嗅恶气,无怪鄙夷吾人,谓我污秽,不可接近。而盛言日本风景之美,其人民之巧,无他,日本较清洁故也。或谓日本之可爱,其山水为之。然中国非无好山水,蹧蹋之极,反觉神州大陆不及岛屿之为玲珑精巧。设吾街道平正阔大,家庭清洁整齐,则虽仍为专制政体,无铁道轮舟,人亦能重视我,谓我虽墨守旧法,而却有文化。今则虽有文化,人不之信,比我于亡国之犹太人,思之愤否。

甚至来居我国之外人,反客为主,何处我华人不准插足,何处禁止往来。上海有数公园,吾人但能远望之,非为外人之婢仆,不能前进一步。吾其愤之,固也,但亦尝思之否,何故如是为人屏弃?污秽、摧折损伤草木,传为吾人所长之故。为吾污秽、无公德,是以不愿与我为伍。岂特公园,住屋亦宁空,不愿华人租住。有来自北京者,语以此,不信,谓价高之洋房,吾国人本无力能出。其然其不然耶,吾可作此断语:虽出高价,亦不我与,除非已破旧为外人所不欲居者,吾华人不知好歹,得而居之。其新巧灵便者,一概拒绝,信去无回覆。强暴无理如此,其故非他,嫌我污秽,且不知爱惜地板墙壁。故某屋租与西人,每月仅八十五两,而租与今住该屋之华人,月支九十五两。其屋主语人,彼拟用此多收之十两,修葺该华人损伤之房屋焉。岂特外人薄我,竟有国人亦不愿以佳屋租与国人者。设身处地,彼固营业性质,亦不可怪。

闻前在华盛顿,吾国某公使因嫌使馆狭陋,借屋另居。此人吸鸦片,屋主初不知,及知已晚,待其离后,即将全屋焚毁。自后在华盛顿,即我使馆要人,亦甚难租住房屋云。呜呼,辱国祸人,莫甚于此。吾妇女盍猛省是非家庭污秽之恶果?或谓此因吸鸦片,吾谓仅吸鸦片,或不至发臭,必有他种污秽处。旧金山住屋,多不出租于华人,岂为吾人尽吸鸦片?非也,为吾人之污秽也。

鸦片固可恶，然非全为鸦片。吾人以污秽闻于世，而实污秽不堪。

吾妇女毋惭恨，盍雪此耻？各自努力，清洁其家庭，饮食起居、衣服什具，无不从事清洁。一家如是，邻里亲戚必渐继之，不久清洁者众，污秽者寡，群起而求地方上之清洁，则街道亦渐能清洁矣。请牢记斯言：家庭之清洁，能使吾人习惯于清洁；家庭之污秽，能使吾人习惯于污秽。习惯于清洁者，其街道亦清洁；习惯于污秽者，其街道亦污秽。故改良家庭，即所以整顿社会。不特此也，亦所以雪国耻、扬国光，出吾民于泥涂之中，登诸于九霄之上也，从此青云白日，不再污染尘滓。身外物质如此，身内之心思观念，必亦渐变清高。昏官污吏、贪夫残贼，从此必亦减少。故改良家庭，当为吾妇女今后五十年内最要之职务，而改良家庭，以清洁家庭为始。幸吾妇女三思，速施诸于实行。

——《妇女杂志》第二卷(1916)第六号

二十世纪之新精神

我来非使役人，乃为人服役，此耶稣之言也。言之于前一千八百八十六七八年之间，而今实验于二十世纪，为其新精神之一。

耶稣呼号于众曰，凡尔艰苦烦劳者来吾前，吾将畀尔安息。以一平民而济世自任，执政者嫉其能，拘而系之，钉死于十字架。拿坡仑，名将也，率师攻取意大利时，语其军士曰，尔曹粗衣恶食，殊于彼腹饥裸体者几希，吾今导尔入世界最富饶之地，其肥田沃土，将尽为尔有，富贵尊荣在此一举。是数语出之于威名赫赫、矍铄一时之英雄，而今安在？而彼十字架上之囚犯，犹诲人以杀身成仁，为社会牺牲。拿坡仑有言曰，吾能制服人，约束其心思，然仅在吾面前，背我则否。异哉。彼耶稣生于千百年前，而其言仍有效力。窃谓其理甚显明,拿坡仑为己,而耶稣为人。为人,则虽死犹生,至今奉为救世主;为己,则即践帝祚,必绝命于荒岛。为人勿为己,此古今之明训也,而尤实验于二十世纪。

或谓:何须远引拿坡仑,即中国之袁世凯,非亦为己谋画而遽殒命?曰:诚哉,而吾以为袁世凯与拿坡仑比,如井蛙之与蛟龙。一尝乘云御风,逍遥于天地间也,一但踯躅于泥土,卑鄙龌龊,非光明磊落之英雄。但其为己而致祸国殃身则同。

为人勿为己,此二十世纪之新精神也。吾今举数事实,以示此精神挥发时之景象,及其益世助人之效果。

福幼报主笔英国季理斐夫人语予,有一西教习独身不嫁,尽其所积蓄,栽培一中国学生,十数年来始终不渝。今该学生已成长为美好之少年,出洋留学,毕业归国,现在某大学教授,皆女士之赐也,而人无知之者。当其资助少年也,宁自敝其衣冠,蛰居一中国小室——不愿其孩子受苦——此其言也,如慈母之抚护其爱子。予闻之,窃自思曰,以其所盈余,以济助人者,吾国有之矣。若夫摒挡一切,撙节其衣食,尽其所有,以与人者,吾国无之。而其隐默真善之情状,益令人起敬。人虽少知其人,而知其人者,莫不仰慕其人。为善至此,始为真善矣。

有正孚者,季理斐夫人之仆童也,自孤儿院取来。尝给米煮饭,辄乞多与,异之,视其卧室,则藏米于布袋内,待以鬻人。后住宅内,渐遗失零碎物件,皆疑即正孚所窃,而无证,不欲妄加猜度,未之诘问。及季理斐先生一箱之里衣尽失,乃执而送入儿童改过所。约一年半出狱,复取归,今仍留其家也。夫人常指镜台前之珍宝,谓之曰,慎之,毋使此物失窃。又暗置银圆数枚于出入之处试之,亦未尝有失。盖其恶习惯已全革除矣。

某日,正孚被谴责,怒不欲食,嘱厨夫转达主妇,速给与工资,令去。主妇唯唯,适启窗外视,见正孚背墙而立,手抚其膺,喃喃诅咒不止。翌晨唤之至，语之曰，厨夫谓汝怒不欲食，将离此他适，确否？正孚曰，我欲离，速给我工资。夫人曰，可，但将何往？无家可归，无亲戚可托庇。正孚默不能答，夫人续言曰，汝其深思，限今夕报我，究欲离此与否。其夕，正孚未覆命。翌晨，夫人召之来，给以工资，令去。而正孚缩手不取，泫然泪下。夫人知其不欲离也，且教训一番。自是以后，正孚之劣性亦大改。

吾观季理斐夫人之待遇其仆童，益叹西人爱惜人才之真诚切实。如正孚者，非一恶劣而强硬之儿童乎？与夫人无亲无戚，义为主仆，而受其诅咒而不愠，豁然洪量，悔即容纳于家庭。非其父母，孰有劳心瘁力，冀其变易根性者？此二十世纪之新精神也。彼昧乎此者，且闻桎梏其婢女之手足，一棒打来，使昏绝于地上也。彼此相较，何殊天堂与地狱。

我来乃为人服役，非使役人，此美国女士亚旦姆斯二十年来之所经历也。女士行高学博，志在超度下等社会，在美之芝加哥城，于极贫苦之意大利移民中筑一舍焉。芝加哥，美国工商业之中心也，工厂林立，工人以千万计。夫妻子女，一家四五口，尽役于工厂者，在在皆是，家中惟剩提抱乳哺之儿，与法律所不准工作之幼年子女耳。而美国生活程度至高，是辈虽力作，仍不给食，其生涯殊凄怆。数家合租一屋，食惟陈面包，面黄肌瘦，淫恶奸诈常见。亚旦姆斯女士睹此情景，恻然隐痛，慨然捐助一切，惠然来居其中。今世人所盛道之赫而哈乌斯，即其住宅也，非复私人之住宅，乃其地公民之俱乐部。内有藏书楼、阅报室，以开其知识；修身科、圣经班，以养其德性；婴儿院，以收藏劳动妇女之小孩，清晨送来，薄暮取归；游戏场，以运动其幼年子女之筋骨，使多吸新鲜空气，常在阳光之下，既以免病，亦即止其为恶也。

夫以女士之才,何往而不得其名,著书立说能之,演讲口述亦能之。怀抱既大,心神又广,且何往而不得达其志,今日为某大学之校长可也,某机关之总裁可也,某豪富或某政客之妻室亦可也。而必与劳动社会为伍,晨兴夕寝,念兹在兹,乐其乐,忧其忧者,何也?充满二十世纪之新精神,必为人勿为己也。惟其如是,人今奉为美洲之第一女子。未尝求之,而一旦得之,于至人恐犹未自知之,即知之,岂以为意哉?

吾书至此,必申言曰:彼蒙得梭利之新教育,其初发明时,亦为劳动社会之子女起见。蒙得梭利亦尝居此社会,以罗马第一女医,而不传方于世,反与孺孩同居。此蒙得梭利与亚旦姆斯所以齐名为今世之新女子也。巴拿马赛会,曾延二人至,闻尝开大欢迎会,其必为古今未有之奇观也无疑。惟二十世纪产此新女子,望风怀想,能不依依。

抑吾知无名之英雄,亦为人勿为己。如吾同学潘女士者,尝在大学同寄宿舍二年,女士沉默寡言,而实舍中之仁人。集会迟归,入室,床被铺置如式,待室主之寝。谁实为之,美黎也。美黎为女士之名。同学有病,美黎必侍床侧,过忧劳,美黎必来慰藉,无人偕游,美黎必觅暇伴行。人皆受美黎之赐,而美黎如无其事,谦和恭顺,纯洁无瑕玼。今不知美黎安在,而其神色犹萦绕于吾梦寐中。美黎不自知其为仁人也,为人勿为己,一若如其本性。

吾夫语予曰,美国人,即少年男子,亦较吾人仁厚。如在哈佛校地,见人携重物,力不能支,必有人出为分劳;天雨时,有伞者恒招无伞者偕行,此似为惯常之事,人初不措意。当罗世福为哈佛学生时,其卧室之邻家畜一牛,一夕闻牛声哀嗥,如有疾者,罗世福夜半离床,敲门唤醒主人,俾医治焉。

吾邻范牧师亦畜一牛,其牛棚之窗装铁纱窗,即西人用以阻蚊蝇之物。予尝指示李桂乔女士，女士笑语曰，此牛真福气，人尚修不到。

彼西人之博爱，至及于兽类，其于人也可知。故在二十世纪之欧美，盲哑聋能视能言能闻。非诚能视也，盖有方法教以用手之指头识字，海仑开路，盲者而毕业大学者也。非诚能闻也，盖有学校教以识别人口语言时之各种动法，因得会领其意。聋常兼哑，因小孩生不能闻者，无从学语，今既能视人口之动法而解其意，自能效人口之动法以发其言，故哑者诚能言也。吾尝闻之矣，承告以美国今总统为威尔逊，前总统为搭虎脱，又前总统为罗世福。予问三人中孰最善，答罗世福，询以故，曰为其最勇武也。时适美国与墨西哥开战，与予谈话者，为一十三龄既聋又哑之女孩也。其师告予，此女已入校五年。复示予入校一二年者，其语音尚不易明辨，吾故知教聋哑之难也。

虽然，为人勿为己，二十世纪之新精神也，其师方以教聋哑为乐。本有姊妹二人，竭智殚虑，教养数十聋哑之孩童。今妹因劳致疾已逝世，惟姊一人，虽悲痛而爱聋哑益甚。予往观时，冒雨偕往田中，示予诸儿所种植之菜蔬也。

然则博爱者何？即为人勿为己也。昔奈丁格儿以一英伦女子，亲赴战场，无分敌我，疗治一切创伤兵士，至今数百万人，呻吟于枪林弹雨之中，犹蒙其泽焉。谁谓女子弱懦？今之赤十字军，奈丁格儿始倡之也。而继其志者迄今有千百万人之众，女子仍居多数，噫嘻盛矣。即在惨杀屠戮之中，亦寓我来乃为人服役之意。此女子之事也，为人勿为己。

彼欧美女子，今日赴印度、亚非利加等处传道者，亦为人勿为己也。舍其温柔美善之乡，入热带等国如印度、亚非利加者，何为？冒毒蛇豸狼之险，侵瘴疠暑湿之气，无非为一念之诚，欲感之于众生耳。

有同学费女士者，予初入大学时，伊已在第三年级。忆当时，此人躯干壮大，心境坦荡，常欣欣然来携予赴会场者。曾不几时，毕业离校，闻赴印度传教。旋予亦归国，不复有所闻。约三月前，陈英梅女士忽寄语，费同学方抵其家，暂宿一夕，明晨即搭舟赴美。予星夜驰往，见之骇甚，伊视予亦奇喜，相对无语。予熟视之，背已变伛曲，一手覆其腹，偏倚而坐。予执其又一手曰，别来无恙否？乃低其声以答。予知其重病也，令勿语。伊微笑，导予至桌前，示其印度诸女生之摄影，并逐一为说明，止之不可。其声至微弱，如无力者，而言之颇津津有味。

舍己为人，博爱无我，二十世纪之新精神也，女士有之矣。闻予担任女报，犹执铅笔注是语："遇有清洁之厨房，摄影以遗彬夏。"今不知其病状何如？昔一强壮之身，五年印度，遂萎弱至此。吾祝天之佑善人也。

然则二十世纪之新精神者，大公无我是已，而处东亚之国人，犹唯我无人，予盖有感焉。以为欲新其国，必新其民，欲新其民，必新其心。爱国者盍自新其心而新人之心，常相勉导曰：为人勿为己。

——《妇女杂志》第二卷(1916)第七号

美国少年

美国人以年二十一为成丁，男女一例，在法律认为国民。男子于是时始有选举权，自乡长市镇官吏以至于总统，皆与选举或被选举焉。二年前予离美时，已有十省通过女子参政案，今不知复有增添否？凡是诸省已满二十一岁之女子，皆有选举权，与男子平等。尝知某父为罗世福部下健将，夙夜在公，经营缔造进步党，而其子乃入共和党籍，其女同父志，其妻则从子，一家四口，分二政党,人以之为奇谈,而不以为乖戾者,以其子若女皆已逮丁年,在国家方面,父母子女立于同等地位,俱为国民,政治观念苟相歧异,犹饮食嗜好之有甜咸苦辣之不同也。

年二十一始信仰自由。美国无国教,而耶稣教为大多数人所崇奉。设有青年,超然异众,指此为迷信,不随侍其父母,入礼拜堂祇神,虽或伤老人之心,然为父母者以其成年,不之强也,但默祷昊天福佑斯人耳。年二十一始可言婚姻。前此则以其肌肤尚未坚忍,脑力尚未充足,习惯尚未养成,志操尚未纯正,不可以为夫也,不可以为妇也。

是故人生二十一年,在美国为一极大之关键也。前二十年为生育长养之期,托庇父母,受其约束,无所顾虑,亦无所担负。今后岁月悠悠,不可复仰给于父母,一衣一食,须自谋而自得之。此美国俗尚所好,邻里乡党所称述。少年任侠,恃六尺躯干,一脑二手,何往而有惧色,干城卫国以此,立身扬名亦以此。故有千金之子,终日碌碌入店肆为伙计者,人不以为无耻,父母不以为不肖,何则?为其能自立也。其能自立,今日为役夫,他日为贵人可也。自卑登高,自迩及远,较之攀援而突出于众者为可敬重。

不闻夫卡奈盖之言乎?卡奈盖,美国人,即梁任公《新大陆游记》中之钢铁大王也。此钢铁大王之言曰:一少年之立身,必自最低一步上来。昔我始执业时,清晨入公事房,第一事为扫地。惜今店肆中,雇用仆役,今日之少年,不复有扫地之好训练也。然遇仆役外出,在不凑巧时,不妨执箕帚一扫除公事房。此事有益无损,凡有大志者均不以此为耻。昔我亦尝扫地也,众知当时伴我扫地者为谁?墨卡古,今阿拉辩聂铁路督办也;匹开恩,今喷雪微尼亚铁路督办也;莫冷特,今大讼师也。当日吾侪四人,轮流执役,日须二人扫除。犹忆墨卡古甚爱惜其洁白之衣襟,每持帚必覆一旧丝巾于胸前,吾侪以其为装架子,盖其余诸人并此旧丝巾而无之也。

卡奈盖常勉少年立志远大,谓在公司办事,必自期他日为其中一得力之股东而后止,勿因营业顺利,升为一部分之长而自得,即已为总经理,犹不可自觉满足,必勤劳刻苦,忠信厚实,自持如创业之主翁。虽在微贱时,犹为执帚扫地者,即当如此存心。予细玩其言,觉有深意在焉。英语中有 Mercenary troops 者,指以金钱买来之军士也,非如 Soldiers 之忠君爱国,出于本心。古者在欧洲有此一种军士,谁给与金钱,即为谁服役。惜在吾国只此一类耳,故无 Mercenary troops 与 Soldiers 之分别。然以金钱买来之军士则为利也,彼忠君爱国之军士则为义也,二者显然不同。在实业界,亦有视公司之事如己事者,亦有仅为薪俸起见而为公司服役者,吾敢必甲派为各公司所访求而欢迎者。故卡奈盖之言,非独为个人立身计也,实亦裨益于公司也。予语此,恐国人误以其言为野心勃勃之小伙计,觊觎为大公司之主人翁也。非也,勖少年以大志,忠于其所事耳,勿为厚俸而沾沾自喜也。视公司之事如己事,自期他日为一得力之股东,以共策进行耳。岂彼账房先生与经理大人所能了解,渔利饫身,是其惯技,直小窃与大盗耳,人类之尊严安在?

人各为其私,无心结团体,此中国所以有千百万之小店而无几个大公司也。且所谓大公司者,在欧美犹不过小店耳。呜呼,庸碌者不能视人事如己事,桀秀者专欲攘人利为己有,岂特商界如此,政界与教育界亦莫不然也。予常怪国人之愚也,以主人自待与以奴役自居,孰为尊严?彼为薪俸而谋人事者,奴役也,彼视人事如己事者,虽为人服役而实主人也,以其为事业之创作者也,以其有主人之心肠也。奚必俟攘为己有,而后肯勤劳刻苦,忠信厚实哉?此时虽为主人,盖已失其尊严矣,以其太狭小也。今世之事,咸赖众人之力,众心一致,大事乃成。振兴实业也,组织强有力之政府也，提倡实用教育也，皆当一念卡奈盖之言。予故喋喋不已，俾国人知此之为何物也。

卡奈盖，昔者美国一少年也，其言即其所经历。吾今又述一少年之轶事，以为国人告。此人为谁？即与卡奈盖声名权力相颉颃之洛克夫埃路也。彼为钢铁大王，此为煤油大王。

洛克夫埃路年十六，既毕业于中学，无师傅之推荐，与亲友之咐嘱，毅然独往，在克利佛仑城中，遍访诸市肆以自荐。人少有顾之者，咸藐视此少年，不欲与多语。终行至一处，见店主，店主令其饭后再来，洛克夫埃路狂喜，而心中忐忑不定，惴惴然惟恐此机缘之亦失。饭后如言复往，见店主，曰试之，初不及薪俸之多寡。洛克夫埃路欣然就之，努力三月，称及格，店主给与五十金以为报酬。是后每月薪俸规定二十五金，年得三百金。期年升为账房，年得五百金，翌年增至七百金。

此时洛克夫埃路声名稍著，克利佛仑城中，有克拉克其人者，欲觅伴设一店，各出资本二千金，来就商于洛克夫埃路，意欲其为伴也。洛克夫埃路颇有意，然执业以来，二年之中，仅得贮蓄七八百金，尚须千二三百金，安得致此？思之思之，乃商诸其父曰："父亲素许吾辈子女满二十一岁时，各与以千金，今儿需此款，可否先给与？"其父曰："可，但汝未满二十一岁时，每年须出一分利。"时洛克夫埃路年仅十八耳，如其父言，出一分利，得资与克拉克在克利佛仑城中同设一店。

此即二年前遍访诸市肆而莫欲一顾视之少年也，今乃俨然小店主矣，且即在其地也。后此其业日渐扩张，至于近今，举世知其为煤油大王，而不知其初亦备尝艰苦也。其始业时，即规模甚大，常须借款以应缓急。时即向其父借，父非富翁也，而略有资财，颇处心积虑，能爱护其子，每向之借必应，但必索一分利。其子毋忤，事父如债主，然遇急难时，父必来，佯谓其子曰："约翰（洛克夫埃路之名),曩所借与儿者,速如数悉偿,我急待用,限三点钟缴足。”其子曰诺,筹垫借贷,不胜其奔波,然从未延期。越数月,复向父借,父必应,然至紧急时,必骤至索款。父殆欲试其子之诚信与否也。

彼能如期偿父之款者,对于真债主,其诚信可知,此洛克夫埃路所以为今世之大实业家也。人而诚信,虽无资本,亦有借贷之处,此一教训也。凡大事业必有大计画,有大计画必须大款项,大款项非必人人所有,势必至于借贷。以诚信借贷,亦能获巨利,此又一教训也。今人但知洛克夫埃路在美国各大学校捐款建筑巨厦,又闻其在中国将设立医学院,咸以为仁善之富翁,而忘其为极诚信之商人也。少年当慕其人,勿羡其财,有人自有财。

予之缕述洛克夫埃路少年时之轶事者,以其颇足代表美国人也。其父虽非富翁,而颇有积蓄,若为吾国少年,必困守家中,恳求其父代出为觅事矣,或即取父财开设一商店矣,孰肯徒步奔走,自荐于市肆耶?更不愿闻店主之言曰试之,劳苦三阅月,方确知有五十金之薪俸也。然在美国少年则此为常事,洛克夫埃路其代表耳。非无耻也,人不我知,故不我信,试之真伪自见。我有一分才干,自有一分酬资,栖栖者何为?此美国少年也,爽直耐劳,能自信任,有独立气概。

吾同学梅女士,甫毕业于大学,承其师招往助教,年得五百金,在大学教员中,此为最卑微之位置也。其家颇殷实,父曾为本省审判厅长,即篇首所述某父,罗世福部下,进步党中之健将也。梅女士上有一兄,下有一弟,皆律师,其嫂即吾《二十世纪之新女子》篇中之梅夫人也。以只此一女,梅女士自幼即为其父母所钟爱,大学毕业后,其父母即拟送入哥伦比亚大学通儒院以深造就,乃其本校地质学总教坚留助理(地质学,梅女士之专科也),其父母听之,梅女士欣忭欲舞,犹忆语其老父曰:“来学年儿有五百金,可独立矣,无须父助,乐也何如!”其父哂之。

闻今梅女士正在哥伦比亚大学研究地质学也,想其父又须稍助之矣。来年可与其夫婿同得地质学博士,届时两博士必成偶,非复个人之独立,而为家庭之独立矣。恨重洋远隔,予无眼福,不得亲见其佳礼耳。

梅女士,美国一少女也,其欲独立自助,无异于少年。请复聆其言,“来学年儿有五百金,可独立矣,无须父助,乐也何如!”吾愿闻者亦得见其言时之神色也,昂然其首,肃然其容,一若至此始得扬眉吐气者。吾侪同学则知其父年不吝千金以与挥霍也。所以然者,以前受父母之惠,非独立也。今能独立,虽位卑而身微,乃至尊荣也。当时犹未择配,人或以为应谋独立,今则其夫婿颇有学识而志望极高者也,可安坐而勿劳矣。乃闻与其夫婿同在研究地质学,各欲得一博士。之人也,对父亦欲独立也,对夫亦欲独立也,非钱财生计之必独立也,思想观念之亦必独立也,此其与夫婿同在力学之故欤。

美国少年,无论男女,皆抱独立思想,皆不欲依赖他人,皆愿自吃苦。常见新婚夫妇,粗衣恶食,赁陋屋居住者。而其双方父母之家庭,则皆灿烂辉煌,大如宫殿。是辈少年常力作,持身至清洁,为人谋事至忠诚,其节俭勤劳非吾人所能猜想。主妇抹地板,擦盆盏,主翁濯刀叉,铺置床被,而出则翩翩然,正色庄容,为社会执役,或侍疾于邻舍,或为长者荷物,和蔼谨信,为乡里冠。如此类者不数年即丰厚,一跃而登社会之颠,人无忌之者,皆甚敬爱之。

当其贫贱时,女家与婿家之父母,其生涯固皆甚舒适,见此少年辈之勤劳刻苦,忠信厚实,自甚欢爱。时或悯其志大而力有不逮,太劳苦有伤身体,乃略抚助之。然非金钱也,此为独立子女所不取,有损于其尊严。但逢节期时,厚赠以衣食器具耳。今岁耶稣圣诞,翁姑给媳妇一大钟,适当置于客厅内火炉架上。明春女婿生辰,岳父母赠以金钮口一对,其父母买一大摇椅,置于其书室内。恒视此家庭所缺乏而馈赠焉。

某女为学校书记,年俸八百金,与其父母同居,离校所约里许,晨往夕归,如是者有年。予尝在其家,知此女月出膳宿费若干给其父母。其父商人,设一大店于本镇,岁入可万金,有摩托车,膝下惟此女与其妹,妹已适人,家中老夫妇颇寂寞也。吾人度必赡养其女矣,以为作伴,乃月支膳宿费,一如外人,无太吝乎?一夕,予且见女取一银角授其母曰,曩在礼拜堂所代捐者,敬奉还,母点其首。余愕然,窃自思曰:何其吝也。翌年,闻某女随其父母作欧洲之游,船票旅费,皆其长者所出,予不甚信也,后知此女久,始恍然不以其父母为吝。前不云乎,以金钱助子女,为美国少年所不取,有损于其尊严。其女不嫁,无家,虽与父母同居,而欲自给其衣食,以示能独立也。其父母姑纳其意,取其膳宿费,非恋财也,尊重其独立之人格耳。但究不须此区区,故今年买与一物,明年请其旅行,视其所欲,以礼报之,乃极有知识之父母也。予初不察,以其为吝,误矣,盖不知某女之独立性质也。美国少年,大都如此。

吾有感者,美国父母于其子女未成年时,则竭力栽培,不遗余力,务使其身体强健,知识开通,成就善良人品。及既成年,则一任自由,处旁观地位,尊重其独立人格,丝毫不与干涉。其子女出世应事,上焉者不数月即认为有用人材,其次须操劳过半世,方得显身于社会,又其次则仅足以糊口。然为父母者恒在前二十年,抚育教养,俾至于大成。及后数十年,惟得在旁匡扶之,间接以补助之耳,越俎代谋,为世所诽。譬之匠人造物,雕琢在未出货之时,一入市场,优劣无从掩饰,物佳者价自高,陋者自低,人评之毁誉,视物之良窳。盖美国父母有责任心,子女之生育,非若漫无经纪者也。不期而生，乃淫欲之子，期而生之，必所以育之，育之二十年，始供之于世。不似中国人之多多益善，或藏诸屋角，或投诸路旁，幼时任其自生自灭，不稍加以教养，长而反庇护之也。一旦瞑目长逝，其子若孙犹不能自立，于是乃衣食其遗产，至尽而止。试问国人，此习善乎？抑西法良？

——《妇女杂志》第二卷(1916)第九号

余佩皋

余佩皋(1888—1934)，江苏昆山人。出身书香门第。夫庄希泉，福建厦门人，实业家、教育家。余佩皋早年就读于苏州振吴女校，1911 年毕业于北京高等女子师范后，受聘广西省立桂林女子师范校长。1916 年与挚友周芜君一起南渡婆罗洲（今加里曼丹岛），任婆罗洲山口洋中华学校校长，后与庄希泉共同创办新加坡南洋女子师范学校（今南洋女子中学前身），为南洋女子教育先驱。回国后，继续兴办教育，在爱国侨胞支持下，开办厦南女学（后改为厦南女子中学），提倡教育兴国。

南游日记

皋于今夏偕湘阴周芜君妹，应南洋婆罗洲山口洋中华女校之聘，乃乘法国邮船名砵打士（译音）者同往该校。时距粤西回里已二年矣，蠖屈蓬门，久未见海洋之浩瀚，今乃乘风破浪，一爽心目。且见见闻闻，较之粤西风景，更觉不同。爰将途中所见，笔述于册，以就正于祖国同胞，幸辱教之。余佩皋志。

民国五年五月二十号晨，偕芜妹携行李，乘人力车，至浦滩，由小汽船渡至杨树浦，乃登法国邮船二等舱位。送行者为桂林龙伯纯年伯，及汪千仞世叔、赖伟文君、赖彩梅女士、朱太太、廖智敏六师太、殷日新、许心舆、二妹，共九位。远送至数里以外，且购送客券以上小轮船，至可感也。时已将午，送行诸君皆殷殷珍重而别。未几，汽笛一声，船已开驶。后即闻铃声，女侍者进房请用午餐，遂偕芜妹至餐室会食。值餐者为法国男人，所进大菜味颇佳，惟非各客食同等之菜，以一大盘或一大盂盛之，送至客前，食与不食，或多或寡，均随其便。其菜除茄菲、白兰地、葡萄酒、面包外，共八色，牛冻、牛片、牛排、山药烧羊肉、绿豆酥、尖角面、酥香蕉是也。食后至第四层休憩室闲坐，室甚宽大，略等餐室。室中陈列，惟方桌皮椅而已。四时又至餐室用点，乃牛奶、咖啡、饼干三色。食毕略游散，觉精神倦极，回房少卧，不觉昏昏竟入睡乡。正酣卧间，又闻铃声，时钟报六下，已晚餐之时矣。吾等因未运动，腹中甚饱，雅不欲食，未赴餐。而同行之马、陈二君及女侍，均以吾辈为晕浪，屡次来询要稀饭否。以此时船身小有颠动故也，遂以有点心在房谢却之。放胆而睡，及醒，已夜十二时矣，即起食饼干少许，复睡。

二十一号七时起身，即闻鸣铃，遂至餐室用早餐，面包、牛奶、咖啡而已。十时又鸣铃，食午餐，余与芜妹因用早餐未久，故未即去。至十一时四十分始往，用毕已十二时矣。同膳之西人劝余等饭后不必进房，可竟至舱面游散，借资消化云云。余等遵其命，至楼上闲步十分钟即返，因芜妹口痛，须吹药故也，吹后少睡以养神。余则抽笺搦管，追述昨日之事。然房中无桌，安能写字？不得已，将饼干匣一只置膝上以代桌。此时船身摇动，不异急行之火车，致字迹之恶劣甚于平时。四时用点后，复至舱面少坐，遥见帆船二艘，颠簸于惊涛骇浪中，殆渔船也。在吾侪观之，觉彼等所操生涯，异常危险，然业此者则亦未尝不怡然自得也。回舱后，寻至浴室，甚宽畅，其内浴盆、脚盆、面盆无一不备。有自来水冷热二管装于盆上，盆底有漏水机，启闭自由，甚便利也。余等澡身几一小时毕，至餐室用晚膳。后至休憩室与芜妹下象棋，观局者为粤人马醴馨君、赣人卢田生君。二局未终,时已十下,遂回房,芜妹吹药后即睡。余则秉烛以为记,十一时睡。

二十二号,侍者来叩门,请用早餐,余始醒,视表已七时矣。急起身梳洗,觉温度骤高,盖华氏表已升至七十六度。遂穿夹袄一袭,至餐室膳毕,至舱面吸新空气,甚爽快。盖此时船虽颠动,毫无晕浪之苦,故一切皆能从容自如也。至休憩室小坐,芜妹嫌其空气不足,出室散步,余则搦管记此。闻今晚可至香港,惟不进口,因夜中恐有不测也。十时用午餐毕,芜妹至休憩室写信,余则阅《二南诗续钞》以消遣。四时雨甚大,空气渐弥漫,几不辨天水。而渔船十数艘,则仍飘摇于险浪之中。有顷雨渐止,望见一山,孤立水面。问之粤人,则广东之伶仃山也,以其独立水面,故名。晚餐后赴浴室,浴毕就睡。

二十三号七时起身,船尚停海中,寻启碇进香港口。九时抵埠,遂以昨日所书之函及日记,托马醴馨君付邮。接邓君克辛(介绍人之一)函云,十三号在海旁候一日,见轮影不来,怅怅而返。十四号有事返粤,特留字于此。午膳后,偕芜妹并粤人陈君上岸(有小汽船载客,每三时一次,可自由上下,不另取费),步行约半小时,至一公园,名怡园。上半山,渐上渐高。园内异卉奇花,不知其名者,几有数百种。如仙人掌亦开杯大之黄花,其苞则微红,盖即花瓣之反面也。他如铁树、棕榈,亦皆开花,均作穗形,色艳而形奇,习见之凤仙、栀子、海棠等,一时并茂,亦为罕事。荷花池中蛙声格格,毫不畏人,荷已著苞如球,而外国荷花则已完全开放,白色黄心,瓣重台而较吾国者略细。再上,峰回路转,由一侧道而进,有动物若干种,未见其异,故不录。其路皆因山而筑,或高或低,层见叠出,道左丛树骈连,浓阴匝地,最高之处,遥望海滩浪花如沫,一片白色,船身若凫,浮于水面。游兴未阑,而足力已尽,不能举步,稍憩折回,觉异常难走。盖下山之势,更难于上山矣,半途雇轿至海旁,买水果、扇子而回,时已五下。晚膳后,倦极而睡。

二十四号八时起身,梳洗甫毕,邓君克辛来访,晤谈约半小时而去。十一时,启碇出口,房中热甚,华氏表已升至八十四度,食物将坏,遂晒之洗之。逾一时许,始至舱面休息,见海水已易为蓝色矣。今日从香港出口时,上船之客,我国人则以广东之潮州人为多,男子著西装,女人多赤脚而穿拖鞋,皮色黑黝,不异印人(较船上服下等役之安南人更黑)。耳上之环有长数寸者,其式略似棍棒,每坐必举一足于椅之扶手上,而以双手摩抚之,亦坐二等舱。会食时,此种恶习亦不稍改,侍者恒怒之以目,甚有大声以呼叱之者。噫!如此野蛮,诚无怪为外人所贱视,观之令人愤懑。夜九时半乃睡。

二十五号早八十四度,午八十八度,晚八十六度。七时起身,热极,梳洗时汗出如浆。早餐毕,急至舱面游散,幸海风甚大,溽暑为之一洗。十时半午餐后,又至舱面,既而至休憩室与芜妹对弈。四时茶点毕,赴浴室沐浴毕,仅穿单衣一袭。晚餐后,又乘凉至九时就寝。

二十六号晨八十五度,余如昨。早茶后,芜妹沐浴。余独至舱面,见海绵无数,飘摇于水面,随浪浮沉,其色淡黄焦黄不一,亦奇观也。午后又至舱面,凭栏远眺,此时波平若镜。寻见一物骤出水面,长约五六尺,倏然而逝,或曰此飞鱼也,以其身具有二翅,能临风飞舞,故名。又有所谓八足鱼者,亦浮出于水面,惜余不能细睹,以其仅一现而没也(此时芜妹以在椅中阅小说,故未见)。寻见一大脚鱼,游泳水中,大与西园之鼋相似。午后,闻明日将至西贡,且以装兵上货,须停数日云。

二十七号晨,抵西贡。地属法国,港口甚狭,两岸阡陌交通,耕牛引犊,饮水河旁,农人三五,矗立遥望。船徐进,道甚迂,水浊作黄色，骤视之，恍若十年前进天津之大沽口，其风景实无少异焉。行二时有半，始抵埠，船停码头。左侧有花园一，周围绕以短垣，丛树阴森，青苍可爱，环堵皆是，或曰此即法国之船务机关也。屋宇轩畅，屋脊塑红蛇二条，曲背昂首，作交斗状，隐约于疏枝繁叶间，且树杪之上，缀以大红之花，其色若火，尤觉鲜艳夺目。盖余自香港至此，日惟见海水与青天，今骤睹此，又值新雨初霁，叶色益显娇美，真有爱不忍释、乐而忘倦之概。

二十八号早膳既毕，登楼远眺。见两岸所停之轮船，不知凡几，或大或小，各国皆有，而惟法国者最占多数。此地昔为我国属国，后为法人攫而有之，今则俨然为法境矣。遥见兵舰一艘，上悬五色国旗，殆我国之兵舰，对之未免有今昔之感耳。土人衣著甚异，男子上身穿短衣，下著五彩花洋布围裙(名曰柴琅)，闻此平常之材料耳。上等者则于红缎上绣五彩花，间或盘以金线，其值每条银数十番，其工之细，概可想见。足上并无鞋袜，双赤条条，兼露小腿七八寸，其皮色之黑，实为素所罕见，以其终岁曝露故也。闻深悉彼处民情者云，其地或男或女，无不赤足，虽会客赴宴，亦无不然，女子仅于嫁时穿袜片刻，此外殆终身赤足。所穿之衣，长几曳地，而胯极高，几及胸部，裤腰毕露，袖极窄，随臂之大小，几无一线可通。头兜黑布(上等则于赴宴或游览时易以浅色之绸)，裤则非蓝则黑，不著裙，故反不及男子之美观也。午后甚热，舱面烈日薰蒸，致坐席不安，同舟有欲上岸纳凉者，闻欲上岸，必至船主处签字，否则偶为巡警查出，须罚锾五十金云，遂去见船主，则又不肯签字，因甚怅怅。晚间稍凉，然房中仍热，至十一时始睡。

二十九号，早膳后，晤对房之陈君，始悉昨日有冒险登陆者，并无盘诘，又闻此条例已除，而女客则本不在此例。十时午餐后，因与芜妹上岸，先至白马路之联泰保险公司稍憩(系同船之粤人李君与股者)。至市一游，见街衢甚阔而人甚稀，街之中有草地一方，周围植以酸果子树，其上结实累累，闻此地树木终岁苍翠云。其街市之宽畅及结构，则与上海法租界之北褚家桥略同。旁有洋房，矗立云际，据云此法国店铺也。此时恰值午睡之际，故咸闭门而睡，须至午后二时半始开市云。车与沪上略同，火车、电车、汽车、自由车、马车、黄包车无一不备。惟装行李则用牛车，其制以二牛为度，与沪上之圾垃车同。旋见黑云片片，起自空际，行将下雨，遂忽忽返船，时仅二时余耳。

三十号，无事，至舱面，因起货声闹，遂至休憩室，与芜妹作小马甲。闻此处波罗蜜甚贱，每个仅值铜元二枚，香蕉、香杧亦贱。又土产曰山查，大若苹果，外壳红紫，味涩入药，内有白肉五瓣，如大蒜头，味极甘，性清凉（价每角二十个）。上货以玉蜀黍为多，殆即土产也。今日悬牌云，须三号启艇，中途迟滞，甚觉烦闷，且与土人言语不同，钱币不通，诚无法以遣此长日也。

三十一号，闻此处公园颇幽静，拟往一游，遂约同船之葛姓女客，于午刻同步至大马路联泰公司少坐，李君即托该公司职员陈君陪游（以我辈不通土语故也）。园中花木无香港之盛，而动物则较多，除虎豹外，如蛇、仙鹤、水獭等，指不胜屈。鹤嘴甚长，身白色，项澹灰，尾不长，色粉红，甚美丽也。象极灵，通人语，令其跪，则屈前足向人叩首，毕，以鼻伸出栏外，向人索钱，投以铜元一枚，即卷而送至象夫。象夫授以香蕉二枚，渠即卷而送入口中，食毕，又向人摇摆作乞怜状。水獭身小若猫，圆头圆脸，毛黑极滑，尾扁阔，腥臭异常，至其地者，无不作恶。喜食生鱼，守者以生鱼半桶进，众急前，各以前足抱一鱼而食，如人之用手然。游毕返船，已五时半矣，稍息，赴浴室沐浴毕。晚餐后，至舱面略散，未几即睡。

六月一号热甚，八十八度，余欲穿夏衫，而嫌领太高，遂携针线至休憩室改制。午后，阅《乾隆南巡秘记》数则，当时之穷奢极欲，靡所不至，专制时代人民之苦，亦云极矣。晚上葛姓女客来闲谈云，明日将有法兵四百名上船，系调至本国赴战者，然皆系渠等无意返国，而主将强迫之者。噫！当此之时，兵连祸结，万国一辙，为之民者，亦云苦矣。

二号起略晏，梳洗毕，早餐之时已过，遂食饼干少许，至舱面闲坐。未几，午膳之铃鸣矣。膳毕，沐浴，洗衣裤各一。船于明日启行，故搭客来船者多，并有役夫等纷纷上船。余恐遗失物件，故在房看守，热甚，则与芜妹交换至舱面游散。至晚，人声渐静，遂至舱面眺搭客之上船，电灯之下，车马如龙，诚可观也。

三号七时，船已起碇。早餐毕，至舱面，见两岸屋宇犹能望见，盖尚未出口也。行约三四时，抵一处，岸上屋宇甚多，船只亦频频往来。旋见小轮一艘，拖一小舟，向我船进发。须臾，我船骤停，有一西洋客落小舟而去，惜我船之中国人，均不知该埠之名，为缺憾耳。

四号，闻明日将至星加坡，为整理什物者半日。午后，赴休憩室，写家信，预备明日登岸付邮者。晚餐毕，回房，将就寝，芜妹坐矮椅上理网篮，忽见其夏衫上有一虫，形似蟋蟀而尾无刺。余急为之驱逐，不料其忽飞集于余之大拇指上，猛力一刺，疼痛异常。急涂以头皮之垢，越十分钟，痛稍杀，压二小时，痛始已。翌日视之，针孔显然，数日不退云。

五号，五时即起，闻将抵埠，急急梳洗毕。赴餐室，侍者谓须至六时半始有茶（指咖啡也）。余问有开水否，盖桌上仅有面包、乳油二种故也。旋侍者拿淡茶、牛乳来，遂饱餐之。食毕，仅六时耳，至舱面，见陆地已隐现于前。但雾甚重，故船即停轮，盖恐雾中有差误耳。历三小时，雾渐开，船徐行。十一时抵岸，岸上风景，无异上海之黄浦滩。靠码头时，挑夫及栈伙纷纷上船接客。余因回房守行李，且候人来接。须臾，一少年持陈荣光（顺和泰栈主）名片，并带脚夫一人来接，自言系荣光之弟，奉乃兄之命来迎接云。又雇马车一乘，送余等至栈房，车夫操马来语，故我等莫之懂也。至则并非栈房，系荣光之住宅，乃格外优待，并不取资者。屋尚宽畅，荣光导其妻女弟媳来见，并言赖彩梅君电达，托彼招呼之意，并出赖炳文君之函，言如到坤，则可搭坤丰船往，彼已托其船主林文安君招呼一切矣。询诸陈君，谓坤丰船今日甫到，大约后日始开，明晚上船不迟也。所遇之人，除陈君外，皆操粤语，十分中仅知三四分而已。时正午刻，为伊等吃点心之时，粽子、馄饨已陈列。用毕，行李适至，值天下雨，物件尽湿，遂引余至三层楼上，一室靠街，且甚宽畅。五时吃晚饭，饭毕，雨始止，遂雇马车一辆，央陈君之室人，陪往十三行（街名）万永源取银。盖途中携银，恐有遗失，特托友人于相熟之铺中划来者也。取毕，遂驱车绕行街市一匝，路中景象，无异于苏州之观前街，惟店门前均有一走廊，故街亦不觉其狭矣。至沿海则马路甚阔，道旁丛树交覆，使行人无炎热之苦，且枝叶森森，下垂空际，景甚绝俗，此殆气候终岁温暖之故耳。其他人工所作，则无异上海之黄浦滩，兴尽而返，时已七下。此地之装束，女人多穿筛（安南读作柴）琅，如安南之男子然，而下流社会之男子，亦无不然。举目一观，但见大红大绿之色映于眼中，且人之赤足，不异安南。若出门拜客，仅穿拖鞋而已，晏居之时，则穿木屐，进房则实行赤足矣。屐式则如日本，仅木版一块，钉一皮带而已。

六号，闻坤丰船于明日开往坤甸，故今晚须上船也。梳洗未毕，徐景庭（即昨日接洽划银者）君来回看。午后赴吉宁街《中华日报》馆，看邱文绍君。未晤，又至大马路中华国货公司，晤庄希泉君。蒙其款接甚殷，遂托其兑换荷银，以便赴坤之用，并探听坤丰船能直达山口洋否。异乡之人，遇此热诚君子，关切周详，甚可感也。晚饭后，坐小划至坤丰船上。船身甚小，余等所居者为头等官舱，共四间，二间为船主及火长（船主为林文安君，火长即管船上机器之西人)所住。余二间为客房,余等即居其一。

七号八时,犹未启艇,侍者来请吃早饭,盖此船之进膳,与新加坡同。每早八时吃饭,午间吃粥,晚五时晚饭云。食毕,闻上货声甚闹,至舱面,见货尚未完,知不能启行,闷甚。十时,货声顿绝,船始徐徐行。及出口,浪渐大,船身又小,不经风浪,故较大船为难受也。然尚能饮食如常,十二时吃粥一餐,五时吃晚饭,其菜每饭六荤,粥则三荤一素,味均不佳。

八号早,勉起梳洗,觉船甚掀簸,头晕晕然,将不能毕事。睡后,胸中跃跃然几致作恶,闻侍者来请吃早饭,则欲作呕矣。心理学之作用,其影响盖甚捷也,所谓过屠门而大嚼,望梅以止渴者,即此理也,于是蛰卧者几一昼夜。

九号早,觉舟行顿平,遂起身,梳洗毕,出房用早饭。闻船主林君云,八时即可到,惟值潮退之时,不能进口耳。遂问潮来约在何时,则云殆在夜半十二时。语甫毕而船已停,林君遂先乘小火轮进口,约明日早晨同赖君炳文上船招呼云。余等闷极,遂据案作家书。午后忽起阵雷奇响,为平日所未闻者,盖在海中四无遮拦故也。夜十一时启碇。一时抵岸,即有荷官上船验字,新客则每人收税二十五盾。余等方高卧,闻门上有剥啄声,盖侍者来请,荷官已上船,须亲去纳税云。遂至舱面,见荷官,并马来通事各一人,方据案验字也。余二人即纳荷银五十盾,而伊即给收证各一纸,上注明,明日尚须到关上,凭证填写入口字也。

十号七时,船主林君已偕赖炳文君上船,并带脚夫数人,遂以行李付之。赖君道歉,谓不知船于夜半抵岸,致纳税一事,未能代为照料云。上岸时,见行李俱在,当由荷人及马来人前来抄查一次,甚至铺盖网篮,亦须细细查看。闻其目的在查军械,而偷税之私货副之。抄毕,命人捆好,后雇小舟二艘,一载行李,而一坐人,赴关填字。后由赖君介绍,寓于商董廖清霞家。此人为商界巨擘，宅中一切陈设，均极华美，房屋亦宽畅，且花木甚多。惟膳所则甚不佳，食桌用圆台，漆以黑色之油，藏垢纳污，甚不清洁。尤可异者，则主妇与厨娘灶婢同桌而食，虽有尊客，亦无不然。廖君系奉耶稣教者，故每日夜必率其全家老幼，颂诗以祷。时有女医士陈君淑观（闽人）来访，约明日到彼寓叙语。

十一号九时，有陈君之弟来云，系奉乃姊之命，特来引导者。遂同往。至则陈君已偕其妹淑倩君候于门左，邂逅相遇，欢若故交，可谓异地得知音矣。又扰其午膳，膳后有德育女校教员张、钱、姚三君来叙话，知钱、姚二君为苏人，而张君虽为闽人，亦留学苏校有年，遂欢然道该地风俗。今述其特点于下，以供读记诸君之一粲。此处中国侨民来此稍久者，则男女均不穿裤，而仅穿筛琅，闻此实马来之装束。彼等事事效法马来，至文字亦学马来，甚有不能道其中国之姓氏者，其称中国曰唐山，中国人曰唐山人，中国衣饰曰唐人装。或询其为何国人，则甚有瞠目不能对者。尤可异者，称人不曰一个，而曰一只，如问人“君有少君几位”，则曰你有儿（读作累）子几只。称屋曰棚，间曰个，如问人“君有屋几间”，则曰你有棚几个。哭则不曰哭，而曰叫，如命小儿勿哭，则曰“莫叫莫叫”，诸如此类，莫不令人捧腹。四时，日光已西下，遂出散步，道旁树木郁葱，而以椰子树及槟榔树为最多。行至市中，正欲购物，而天忽下雨，遂绕道至德育女校，即于校中晚餐。餐毕，雨仍不止，适赖君炳文来，谈学务者几二小时，钱、张二君恳其提倡幼稚园，以二君为苏州慕家花园保姆科毕业者，故谈其中经验，娓娓不倦云。七时半，雨始歇，遂徒步回寓（以该埠无车故也）。道中因新雨初霁，而此沙泥之地，尤觉泥泞难行。及抵寓，已汗流浃背，狼狈不堪矣。

十二号，十时半，陈君之弟又来，盖本约今日至德育参观上课，而其姊命弟来作导引者。余因欲午后去，遂谢却之。午膳后，天热甚,头痛殊剧,遂无意出行。坐客堂前洋台上,阅小说以为遣。晚赖君来,谓锦隆船明日十时开往口洋,如入口字明日早晨可领到,则可搭该船而往矣。余等遂略检行装,以备明日之用。

十三号,六时起,梳洗早膳毕,即往陈君处辞行,并道昨日失约之故。怱怱返寓,沐浴甫毕,而赖君已至,谓字已领著,今日即可起身矣。遂雇小舟一,载行李,人则徒步以往。路过德育,遂入憩焉,以该校即在码头之左近故也。须臾,陈君来送行,并送波罗蜜一大篓,且云此物口洋甚少,故以此见遗耳。旋闻汽笛呜呜而鸣,陈、姚、钱、张四君送余等上船。此船船身远不及坤丰,且极污秽,仅有房舱一间,为船主所居,今则让与余等,诚莫大之情面也。旋此船移至关上停泊,赖君上船,谓在此等候已久,不意君等在彼处上船,致失于招呼耳。并谓船中一切已托船主招待,如有所须,径向渠说可也。并云俟船启行后,当即打电话(盖坤甸至口洋,仅有电话而无电报)至口洋报告,以便船到时来接。须臾,赖君去,船即开。十二时吃粥一餐。出口后,船渐颠,回舱少卧。风浪更大,船身摇摆,去水面仅三十度之锐角耳,什物作砰硼之声,倒地者不知其数。正睡梦间,船身一侧,忽一硬木算盘,望余嘴唇上砰然打来,梦中惊醒,则嘴唇已肿,而流血不少矣。

十四号早,船已停于海中,遂由该船主雇一小舟进口,至关上查抄行李,一如坤甸。查毕,船主便上岸徒步而去。及抵岸,则并无人来招呼,余遂思得一策,即书一名片,遣路人送至赖清兰家,请其速派人来接。须臾人来,知校舍尚未修葺,遂导余等至一古姓家寓焉。午后,黎南轩君来,谓其妻清兰适感微恙,故未能来,顷间本已遣人赴关迎接,不意为舟子摇差码头,致失招待,殊觉歉然云。乃议定两星期后迁校,七月一号开学。此校创办伊始,而报名者已达三四十人。至此地之人情风俗,则与坤甸略同,惟交通之便,则远不如矣。而以地处僻壤,人民智识未免闭塞浅陋。

所通用之话，除广东话外，则为马来话。其称历数则曰唐人历（即阴历），曰荷兰历（即阳历）。称自己曰唐人，称马来人曰番人，见一西人，则不问何国，统称曰荷兰人，以其目光所及者，仅此三种人而已。

佩皋三妹，曩曾任广西省立女师范校长，办事极有能力，极有经验，今年往南洋，余曾以诗送之。兹接其《南游日记》一小册，凡游迹所经，颇能道其人情风尚，只身万里，亦足为女界光矣。特送诸吾友蓴农，冀采入杂志，以广女界同胞之志。族兄天遂跋。

民国纪元，余有南洋之役。时阅半稔，游历八埠。旅邸无事，曾操笔为游记。返国后，尘俗山积，零纨断素，委诸箧笥，未暇整理，仅将《南洋竹枝词》数十首，付诸日报而已。阅此记如续旧游，椰阴清梦，神往久之。并愧笔懒，不能先女士有所记述也。

海南天府，教育尚在幼稚时代，得其人以治之，大可有为。女士倘更能以办学成迹，及种种设施，续稿见惠，为国人劝，则尤欢迎无艺矣。西神

——《妇女杂志》第二卷（1916）第十一号

鲍蕴华

鲍蕴华(1889—?),留日女学生。曾就读于日本神户同文学校。

拟请下田歌子来同文学校演说书

下田先生大人鉴:

久仰鸿名,未亲雅教,蒹葭秋水,怅望殊深,伏惟先生闺阁之雄,华俗之范(下田女士为日本华族女学校长)。皋比坐拥,口中皆独立之谈;欧美壮游,眼底尽平权之识。东方女学昌明,岂不惟先生是赖耶!窃念敝国女学衰微,数千年矣,提倡无人,良堪浩叹。举国女子皆无学问智识,国民之绝无进步,职是之故。先生在贵国提倡女学既有年矣,超渡同性于苦海之中,其功岂浅鲜哉!蕴华等肄业于同文学校,无缘亲到东京领教左右,深愿先生公余之暇,命驾光临,演说女权,发聋警聩。蕴华等虽智识庸愚,必为之精神振起也。幸毋吝玉,不胜切盼之至。此请讲安。

——《选报》(1902)第十九期

鲍蕴华女士由神户来函

奉诵手书,如慰饥渴,虽未面觌,亦已神驰矣。来书殷殷,以常通音问,以所见互相商确见嘱,妹虽鄙陋,敢不以愚者一得,贡诸左右,以求示教。往者海内志士欲兴女学,乃创不缠足会,以为之先,束缚既除,精神斯振,二三君子,知所先务矣。今者女学兴,不缠足之风亦渐盛,然足为女学前途最大障碍,更有甚于裹足者,则妄配人与早适人是也。比年以来,非无一二聪明有志之女子,当其求学伊始,勇猛坚锐,以开辟女子学界自期,无如不数年间,所学未成,而已身为人妇。房中巾栉,厨下羹汤,种种拮据,更仆虽数。当此之时,俗务纠纷,遑论修学,遑论办事。呜呼!红丝一系,生平志事从此付之东流矣。幸而藁砧解事,可以共语,尚有生机。万一夫也不良,配非其偶,文明公敌即在闺房几席之间,遭际如斯,有不心灰而气短乎?妹以为自由婚姻之风不倡,则女学永无兴盛之日,虽多设女学,仅能栽①培稍识字、稍明理之女子耳。欲使其有独立之资格,则非此区区三五年所能成就也。吾姊以生花之笔,为女学界扫荆棘而辟津途,乞提倡此宗旨。他日风化大开,二万万同胞出苦海而登乐土,无量功德,悉归吾姊矣。千里神交,伏愿德音时惠,不胜翘企之至。妹蕴华肃上。

按:婚姻自由为女学进步之初基。诚如吾蕴华言,此风不倡,则女学永无兴盛之日也。此函寥寥数百字,然言简意赅,已足极一篇婚嫁自由论矣。谨先附数语于后,欲副所属而畅厥旨,当更俟之异日。陈撷芬谨志。

——《女学报》第二卷(1903)第二期

① “栽”,原文作“裁”,据语义改。

郭延礼　郭浩帆　总主编
济南大学中国近代文学与文化研究中心　编选

中国近代女性文学大系

散文卷（下）

王凤仙　姚金笛　主编

齊魯書社

2011—2020年国家古籍整理出版规划项目

2017年度国家古籍整理出版专项经费资助项目

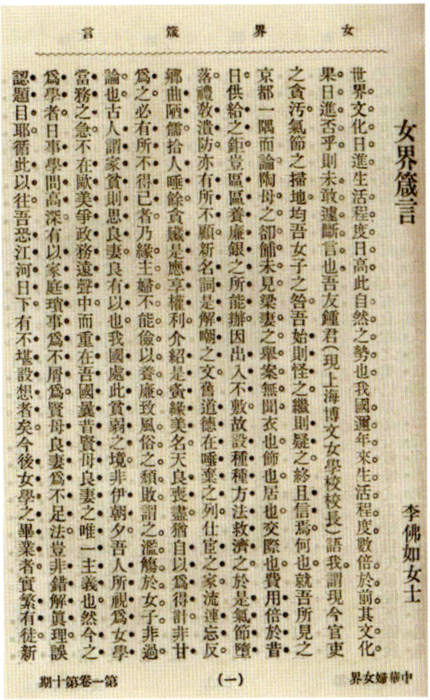

女界箴言

李佛如女士

世界文化日進生活程度日高此自然之勢也我國邇年來生活程度數倍於前其文化果日進否乎則未敢遽斷言也吾友鍾君（現上海博文女學校校長）語我謂現今官吏之貪污氣節之掃地均吾女子之咎吾始則怪之繼則疑之終且信焉何也就吾所見之京都一隅而論陶母之卻餚未見梁妻之舉案無聞衣也飾也居也交際也費用倍於昔日供給之鉅豈區區養廉銀之所能辦因出入不敷故設種種方法救濟之於是氣節墮落禮教潰防亦有所不顧新名詞是解嘲之文舊道德在唾棄之列仕宦之家流連忘反鄉曲陋儒拾人唾餘貪贓是應享權利介紹是齎緣美名天良喪盡猶自以爲得計非甘爲之必有所不得已者乃緣主婦不能儉以養廉致風俗之頹敗謂之濫觴於女子非過論也古人謂家貧則思良妻良有以也我國處此貧弱之境非伊朝夕吾人所視爲女學當務之急不在歐美爭政務遠聲中而重在吾國曩昔賢母良妻之唯一主義也然今之爲學者日事學問高深有以家庭瑣事爲不屑爲賢母良妻爲不足法豈非錯解眞理誤認題目耶循此以往吾恐江河日下有不堪設想者矣今後女學之畢業者實繁有徒新

李佛如《女界箴言》

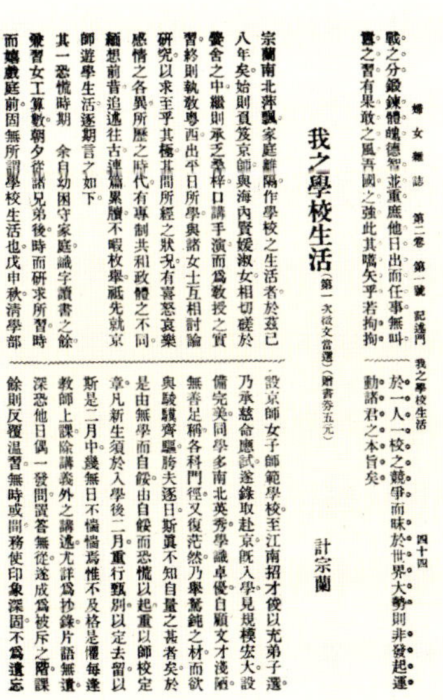

戰之分鍛鍊體魄德智並重庶他日出而任事無叫囂之習有果敢之風吾國之強此其嚆矢乎若拘拘於一人一校之競爭而昧於世界大勢則非發起運動諸君之本旨矣

我之學校生活（第一次徵文當選）（贈書券五元）

計宗蘭

宗蘭南北萍飄家庭雖隔作學校之生活者於茲已八年矣始則負笈京師與海內賢媛淑女相切磋於黌舍之中繼則承乏桑梓口講手演而爲教授之實習終則執教粵西出平日所學與諸女士互相討論研究以求至乎其極其間所經之狀況有喜怒哀樂感情之各異所歷之時代有專制共和政體之不同緬想前昔追述往古連篇累牘不暇枚舉祗先就京師遊學生活逐期言之如下

其一恐慌時期　余自幼困守家庭識字讀書之餘兼習女工算數朝夕從諸兄弟後時而研求所習時而嬉戲庭前固無所謂學校生活也戊申秋清學部設京師女子師範學校至江南招才俊以充弟子選乃承慈命應試遂錄取赴京既入學見規模宏大設備完美同學多南北英秀學識卓優自顧文才淺陋無善足稱各科門徑又復茫然乃舉駑鈍之材而欲與駿驥齊驅腐夫逐日斯眞不知自量之甚者矣於是由無學而自餒由自餒而恐慌以起重以師校定章凡新生須於入學後二月重行甄別以定去留以斯是二月中幾無日不惴惴焉惟不及格是懼每逢教師上課除講義外之講述尤詳爲抄錄片語無遺深恐他日偶一發問置答無從遂成爲被斥之階課餘則反覆溫習無時或閒務使印象深固不爲遺忘

计宗兰《我之学校生活》

张绍南

吴县私立竹荫女学校 1913 年春季全体摄影
校长：周国真

高剑华

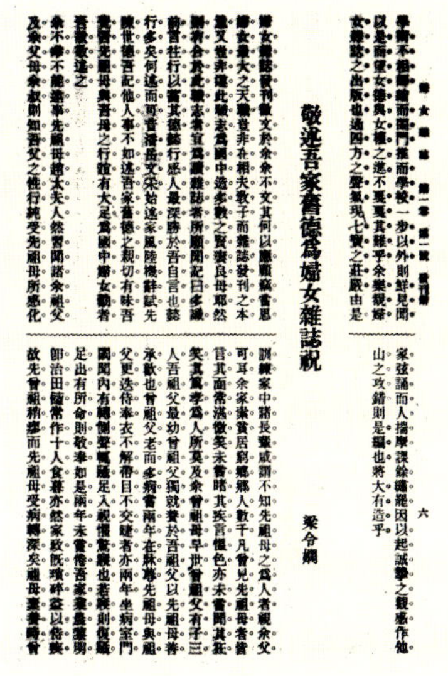

婦女雜誌　第一卷　第二號

學術不相歸納而閨門推而學校一步以外則鮮見聞以是而望女德與女權之進不戛戛其難乎余樂覩婦女雜誌之出版也適四方之聲氣現七寶之莊嚴由是家弦誦而人揣摩課餘鐫罷因以起誠摯之觀感作他山之攻錯則是編也將大有造乎

六

敬述吾家舊德爲婦女雜誌祝

梁令嫻

婦女雜誌發刊徵文於余余不文其何以應顧竊嘗思婦女最大之天職豈非在相夫教子而雜誌發刊之本意又豈非謂此雜誌爲國中造多數之賢妻良母耶然則有合於此雜誌者宜爲讀雜誌者所願聞記曰多識前言往行以畜其德懿行感人最深勝於吾自言也懿行多矣何遠而可吾潘岳文采始述家風陸機辭賦先陳世德吾記他人事不如述吾家舊德之親切有味吾竟述先祖母與吾母之行誼有大足爲國中婦女勸者吾謹敬述之

余不幸不能逮事先祖母諸太夫人然習聞諸余祖父及余父母余叔則知吾父之性行純受先祖母所感化訓練家中諸長輩咸謂不知先祖母之爲人者觀余父可耳余家素貧居窮鄉鄉人數千凡曾見先祖母者皆言其面常滿微笑未嘗睹其疾言惰色亦未嘗聞其狂笑眞篤孝爲人所莫及余曾祖母早世曾祖父有子三人吾祖父最幼曾祖父獨就養於吾祖父以先祖母善承歡也曾祖父老而多病嘗兩年在牀蓐先祖母與祖父更迭侍奉衣不解帶目不交睫者亦兩年坐病室門闌閾內有轉側聲輒躡足入視懼驚擾也若睡則復躡足出有所命則敬奉如是兩年未嘗倦吾家素農業獨卽治田疇常作十人食暮亦然家政既瑣碎益以侍奉故先曾祖稍瘳而先祖母受病轉深矣祖母棄養時曾

梁令娴《敬述吾家旧德为〈妇女杂志〉祝》

谈社英

张侠魂

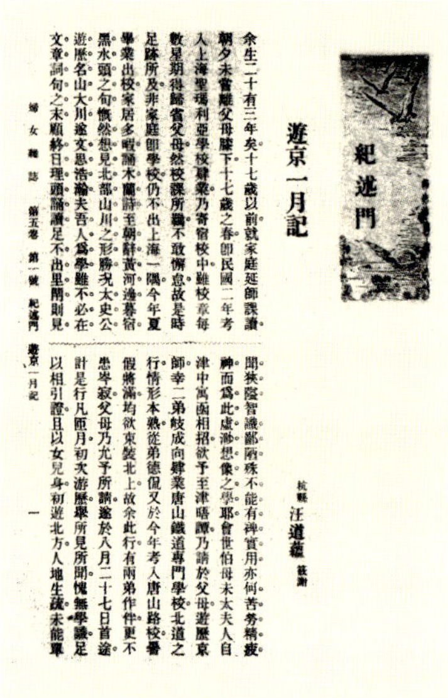

紀遊門

遊京一月記

杭縣 汪道蘊 筱謝

余生二十有三年矣十七歲以前就家庭延師課讀朝夕未嘗離父母膝下十七歲之春即民國二年考入上海聖瑪利亞學校肄業乃寄宿校中雖校章每數星期得歸省父母然校課所羈不敢懈怠故是時足跡所及非家庭即學校仍不出上海一隅今年夏畢業出校家居多暇誦木蘭詩至朝辭黃河邊暮宿黑水頭之句慨然想見北部山川之形勝況太史公遊歷名山大川遂文思浩瀚夫吾人為學雖不必在文章詞句之末顧終日埋頭誦讀足不出里閈則見聞狹隘智識鄙陋殊不能有裨實用亦何苦勞精疲神而為此虛渺想像之學耶會世伯母未太夫人自津中寓函相招欲予至津晤譚乃請於父母遊歷京師幸二弟岐成向肄業唐山鐵道專門學校北道之行情形本熟從弟德侃又於今年考入唐山路校暑假將滿均欲束裝北上故余此行有兩弟作伴更不患岑寂父母乃允予所請遂於八月二十七日首途計是行凡匝月初次游歷舉所見所聞愧無學識足以相引證且以女兒身初遊北方人地生疏未能畢

汪道蕴《游京一月记》

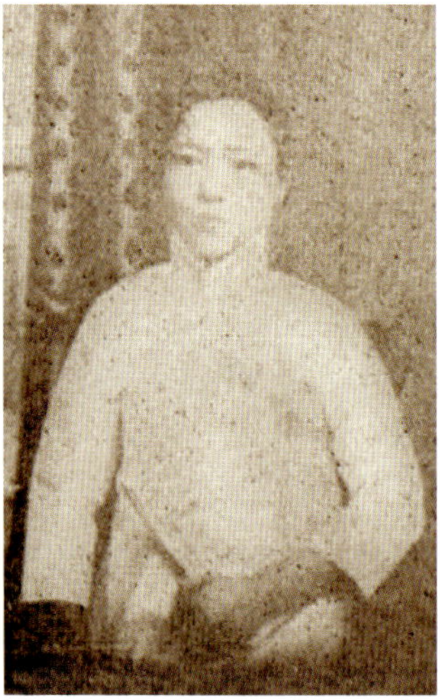

林德育

散文卷（下）

张肩任

张肩任(1889—?),1904 年在广东女学堂就读。

欲倡平等先兴女学论
(广东女学堂来稿)

吁！我中国数千年来之女子,柔弱不振,庸昧戆愚,何以故?谓无女学故。女学不兴,则女权不振。溯自有生之初,女子本与男子同具体魄、同赋灵魂,当时无男女一切平等焉。乃至后世,扶阳抑阴之说起,女学亦因之而侵灭。女子遂以无学之故,养成一种倚赖男子之腐败性质,媚男子,畏男子,一切听命于男子,男子呼曰牛,则牛应之,呼曰马,则马应之,斯无一人能居高尚之人格矣。呜呼痛哉！岂我女子独非人类乎哉?乃现世之女子,犹不知自振,徒怨男子压制不能平等,而不知吾辈之学界浅陋,脑力未优,一切知识皆不男子若,试问有何能力可与男子平权?有何品格可与男子同位?物必自腐而后虫生之,此不能平等之一原因也。今欲女界之开化且难,遑言及于平等?然吾国四百兆人,女子居其半,二百兆幅□,女子占其一,而一省一县一乡之内,稍有知识之女子,能谋生能自立者有几人乎?虽男子亦未尝人人有生活之能力,而女子莫不仰仗于男子,此不能平等之二原因也。夫泰西文明之国,人人皆有自由之权,人人皆实行平等之道,盖因其学堂林立,虽纤小柔弱之女子,莫不知时势爱国家。今欲倡平等,乌可不讲求女学?女学不兴,则平等永无能行之一日。洗涤三千年之顽风,唤醒二百兆之长梦,拔依赖之性质,振独立之精神,尽个人义务也,与男子等,谋家室生计也,与男子共享一切天赋之权利也,无不与男子偕。如此即不争而自争,不平而自平,铸现在之因,成将来之果,以达于文明自由之极点,岂不乐哉!岂不乐哉!吾愿以香花祝朝夕颂,颂祝我同胞二百兆之女流,重现身于廿纪新世界之大舞台中矣。

——《女子世界》(1904)第二期

急救甲辰年女子之方法

(征文乙等之二)①

持一管笔以批世界之历史,掉三寸舌以谈世界之时局,拭千百年眼以观世界之未来。治乱兴亡,如环之转,神出鬼没,光怪陆离。其中之千变万化,因缘复杂,总不外乎人类使然。而人类之成,又不外乎男女二种。我国奴隶才无论矣!大好二万方里之锦绣山河,四千余年之文明种族,何以披古史,瞰当今,不见有一轰轰烈烈惊天震地之女豪杰出现于其间?岂种族之将澌灭欤?抑天演之有厚薄欤?吾索之而莫明其故。返观欧美之女风,与吾华之女俗,乃恍然大悟曰,我国数千年来,女种灭绝尽矣。芸芸嬉嬉,伶伶娉娉,虽布满于大地,而幼受天刑,长为囚虏,至死无教育。普国女子,其体魄无一完全者,曾瘦如癯鹤,弱不禁风,奄奄一息之余生,尚得成为世界之人类乎?即使幸存于

① 本文为《女子世界》悬赏征文获奖作品之乙等之二。

古来之人类,尚得容足于今日之铁血世界、竞争战场乎?吾耻之,吾重思之。吾以为急救目前女子之方法,断自体育始,断自本年本日始。

夫德育、智育、体育三者,皆不能或缺。且德育为重,智育次,体育又次矣。岂知处于今日竞争角逐之世界、累卵危亡之国家,则大反是。我国之女子,不出闺门一步,外界习俗,无从而薰染之,其道德心固未尽缺乏也;其心思较细,诗歌美术之风,且不输欧美,故其智识亦足以上人也。惟一观其体魄,则病夫耳,死尸耳。缠足之毒,中之终身,害及全国。躯体之不完,遑言学问。纤微之不举,奚论戈矛。即使今日女子,具有斯巴达女子之尚武精神,其奈无斯巴达女子之尚武体魄何!

且女子者,文明之祖也,国民之母也。其干不强,未有其枝茂实者。故女子之体魄一弱,关乎全国人种之问题。试观我国人种皆短小,西国人种皆奇伟,不待一朝决战,而其气概已大胜人矣。人种与国家之关系,诚有如斯之密切。故俄国革政而苏菲亚出其强硬之手段,以击刺俄皇,而俄国专制之毒魔为之惧。美国抗英,而赫钦生出其合群之政策,先建纽坡坡处冒二邑之基础,而美国十三洲之独立以成。嗟嗟!二杰者何莫非女子,而何以体魄如是之强,能力如是之大,功业如是之雄且伟?无他,盖无弱种之害为之厉,得完全其自由运动权耳。我国之女子,固不患无此冒险之性质也,而患无冒险之体魄;不患无此运动之精神也,而患无运动之实力。我同胞姊妹,欲重现新世界,同登大舞台乎?其舍体育之外,别无良法矣。

体育之法则奈何?练其胆识,练其身体,练其冒险耐苦之精神志气。使人人有军人之资格,鼓吹以古来之任侠风,贯输以国家思想,一呼而起,一跃而走,病夫既苏,国家可理。非然者,力竞之世界,逼人来矣。铁血漫天,断非智竞之所能为力。而优胜劣败,天演昭彰,日坐旋涡,鬼声鬼气。吾恐自今以往,十年后之地图,不知染为何色,而大好人种,亦滕以往矣。呜呼!吾爱我祖国,吾尤不忍我同胞。有闻余言而动听者,请自本年急救本国之方法始。

——《女子世界》(1904)第六期

曾韵兰

曾韵兰,生平不详。

节录华阳曾韵兰女士来函

顷阅贵报,大慰五中,仰慕高风,无缘良晤,徒增惆怅耳。忆我国女权之衰,数千年矣,未有人提倡者。今逢吾姊创行女报,使我国女子开通智慧,将来皆知学问,不至受男子辖制,则脱离苦海之中,全仗大力也。谨就贵报所言,附鄙见于后,伏望垂教,是所至望。

贵报云,男女一样,女子都养成一种依傍男子的心,男子以为女子无用,天生不能不依傍人的,所以把一样的人,竟看成两样了。话虽不错,无奈自古以来,国家的法律,不与女子一条出路,一件事业,自然女子要依傍男子,中国女子便无执事。外国女子,多有执业,况出外概不避人,亦无议论,所以才能自强。我国将来能否如此,内地尚难逆料,所以我国女子之中,未尝不羡慕他们,想学他们,无奈不能随人所欲也。且缠足之风,相行既久,一时难尽挽回,亦为第一之阻遏。若要化转我国女子缠足之心,必要先改妆扮,否则不改装,亦不能放足矣。琮每见小女孩,劝其母不必与之缠足,其母云,将来大了,如何妆扮,头髻裙衫均照旧样,又不好看,若照旗妆,则旗汉不分,傍人又有议论云,卖了祖宗,有此为难,不如不放省事云云。就此看来,贵报必要设一法,先使女子改装,与大脚相称,实非可缓之事也。现在最要之事,就是女教女学,各人发愿,各人做事,不到三四年必有极大的效验。此言真不错。但是内地女子,竟无事可做,纵然略有心志,略有力量,也必定要有同心同志的人,方能此倡彼和,有所成就。若靠一人做事,无从做起,若向人说,又无人与你设法,若再说狠了,反要笑你妄想,男子尚做不到,女子更有何本领。若照如此,纵然有极大志向,也无济于事,此就是做不起事之缘由。

各省女学堂未兴,惟上海、广东有之,然路途遥远,细弱女子,何能前去?纵然各省皆有学堂,去的也必不多,难道女子不愿意去学?无奈不能自主,若一定要出去,傍人先有闲话,执守死法,此是中国大大的毛病。有此一层,我国女子,万难自强。况学成除当教习之外,别无好处。愚以为若望内地女子自强,有了女学堂,还要有谕旨,或派某大臣之夫人作领袖,如有愿意学者,均归此人料理。转送学堂,学成之后,授何职业,则女子皆有出头之日矣。前闻盛宫保之夫人,愿出巨款,创建女学,不识能成否。

中国女子,心上未尝不想学。然以为有了本事,仍是随夫贵贱,不如不学,少费心力。所以定要有谕旨开女学,并有学成后执事,则女子中之坚心锐志者必多,否则受人压制,犹如笼中之鸟,幽愤而死者不知凡几矣。

中国女子,小则有缠足等之苦,大则有嫁妆之累,出嫁之后,鲜有顾及父母兄弟者。所以乡愚之见,往往生而溺死,不肯抚养,此风最坏。贵报果能力禁缠足,明定嫁妆章程,再使女子就学后有出头之日,则女学兴,女权复,即溺女之风,亦必息矣。至戒溺女,劝育婴,倘有专篇,亦可救标。琮生有大志,愧无才识,常叹为女子者,大不能与闻国家之事,小且不能分父兄之忧,细弱累人,殊觉汗颜耳。自阅贵报后,欢喜之至,自此以后,我等均有自强之冀望矣。华阳女子曾琮再拜。

——《女学报》第二卷(1903)第二期

陈超

陈超，生卒年不详，字班仙，侯官（今福建福州）人。父陈季同，晚清外交官，母赖妈懿，法国人。陈季同为女学堂倡办者之一，陈超也曾与父母一起参与了中国女学堂筹备阶段的活动。

缠足之害

近来女报越发兴盛，恭喜恭喜。新年以来，尚有曾同普天下女子贺禧。但是据我看来，这新年真正是没有意趣。不过大家都起劲，商量做红红绿绿的衣裳，打扮得满头珠宝，一只小脚，越小越好。咳，我想真是无味。今日我要劝诸位，就是快些放脚。我看去年女报上亦曾提起，但是看报的不过用眼睛，心上仍旧不改，这是做父母的不是。我说一件事，诸位往下看，就晓得小脚真是不好了。前六七年有一邻居张姓，有两个女儿，大的名慧儿，小的新儿，生得一副聪明样式，可惜一双小脚，两个人都是二寸半长，只是不会走，若要走一步，即要人扶，或是人背。我看不过意，就问他，因什么缘故要受这样苦。可怜他们眼泪涟涟，不敢说出，因为他的母亲强逼的，若是不肯，就要打得遍身青紫，我看的时候还不曾退。我就对两个姊妹说，现在外面狠行大脚，快快放了，你们现在脸发青，眼发呆，都是小时硬裹脚的缘故，若然不放，将来还有病痛，身子一软弱，做事都不便，只受别人挟制。

若是放了脚,到学堂读书,将来狠有见识,身子也爽快了。两个姊妹实在情愿,可恨他的母亲不肯。我说人人养儿女何等爱惜,到病的时候,亲来喂药,愁的了不得,到了裹脚的时候,就那样严逼,这是什么道理呢?他的娘反说是为好,因怕将来不能嫁一个好的门户。咳,真正大错,为了要嫁个好门户的亲,就拿自己骨肉来受这么痛苦。后来我过数月,就到上海来了。我临走的时候,还看见他,更加憔悴。我向他说,为人有志竟成,我将来要救你。不意我一到上海,就看见许多人,都是尖尖的脚,走也快,又是好看,倒把我的心也引动了,才打算去裹脚。忽然接一封信,你们想看是谁写的,就是张新儿,为什么慧儿没有信呢?有个缘故,说来真正可叹。慧儿自听见女子有学问是好处,女子大脚是好处的说话,日夜要救自己。谁知他的母亲不准,时时责骂,把一个好好的女儿气死了,他方知道这样管束女儿是错的,就对新儿说,赶紧放脚,到学堂读书,他自己的脚也狠小,也就放了。这新儿所以写信告诉我,把我骇得一身汗,方信小时候的人,心性容易改变,所以我也不想裹脚了。倘是有人说不好看,只好让人说去,我们强壮自己的体,不要管别人的议论。我奉劝普天下看女报的,家中若然有女儿,一定不可裹小脚,因为是有损无益。现在狠明白的人,一听见这话,一定信是真的。但有的不明白,一定要说将来穿戴不雅。我看有人家是狠富的,既是有钱,应该请好好的教习,来教女儿。因为女儿同男子是一样的,若论穿戴,大脚小脚都可以的。近来我在某女塾内,看见一位女学生,真正会打扮,苦的是脚小不能来往,种种不便,不过在塾十余日,从今不敢再来,因为在家骄养惯。诸位试想,可惜不可惜,这女学生单顾外面好看,腹中一字亦不识,好似一个泥塑的美人。古时候教女,以德、言、容、工为四德,并不曾提起裹脚。现在各处有不缠足会,可以去报名,再要不相信，一定要害女儿，像慧儿一样，就是不死，终身也成了废物了。

——《女学报》第二卷(1903)第二期

吴淑真

吴淑真,香山(今属广东)人。生平不详。

香山吴淑真女士报某女士书

伏处海隅,久不闻乡国消息,彼此一方,莫由把握,索居之苦,想同之矣。正拟修函问学,辱承先施,伸纸发诵,如亲侍左右,快慰何如。来书所云,陈义挚密,感佩无量,然淑真有欲言者,不敢为阿谀之言,强为附和以媚君,不忖冒昧,为君陈之。夫中国至今日衰弱极矣,其间积弊,则罄南山之竹,莫能书状之。然其命脉所在,鄙意则以为自女子无学始。夫女子之人格,诚民种之基础也。故夫人之生也,莫不受母遗传性而来,未入世以前,则受胎育,甫入世以后,则赖蒙养。西儒有言曰,母之贤否,实为人子将来之地位,至哉言乎。吾先哲《保傅》《内则》诸篇,所以谆谆然于母教焉。诚以人生之于母,有密切之关系,不可苟焉者也。然则女子之身,孰不具有母为之资格者乎。吾国向守扶阳抑阴之说,无才是德,奉为至言。于是必束缚其支体,蔽塞其聪明,相率而视女子为无用之物,非一日矣。呜呼,为母之人格如此,欲其子之性质不卑劣者,其可乎?由此观之,女子之于男性之关系,其轻重可得而知矣。而君乃为不揣其本之言何为也,君又谓女子脑质劣于男子,斯或然矣,然淑真尚未敢断其必然也。若吾国遍国皆设女学,立女报，奋意一破女子从前之陋习，实力行之，十年以后，安见女子之无完人耶？且男女之性，相提并论，皆同赋于天，又何分高下。君独不见英美之女才乎？以欧洲大革命之风潮，实胚胎于玛利侬，以雄武拿破仑之伟人，而畏怯一耶马路，其余如亚美利加之犹末女士、意大利之布路女士，皆声名烈烈轰于环球。彼独非女子乎，不甘服从者乎，岂天之偏爱斯人耶？先儒有言曰，舜何人也，予何人也，有为者亦若是，是在有为者耳，岂得以劣性自甘，遂任其为废人乎，则天何贵乎生此二万万女子也。呜呼！方今黄族衰危，儳焉不可终日，正吾国民所以思自保其种族，发奋有为之日也。然欲求进种之道，必先自女子始，欲求进种于女子，必自开女学、倡女权始。庚子而后，裙钗硕彦，多欲鼓吹文明于国中，以至奔走不遑，求学海外。淑真方幸新机渐启，吾国强有日矣，而君乃为不揣其本之言以压塞之，何为也？语曰，一言兴邦，一言丧邦。吾不愿君出此言也，谨陈谠言，惟君察之，临纸不胜踧踖屏营之至，淑真百拜。

——《女学报》第二卷(1903)第三期

舒仙

舒仙，金陵（今南京）人。生平不详。

致陈班仙女士书

金陵女史舒仙致吾友陈班仙一书，词意婉转殷綮，好学之心盎溢纸上。我同胞二万万女子人人皆能如舒仙者，则吾国女学之兴可拭目俟矣。因乞诸班仙，刊其稿于此。记者附志。

妹子那一天得着姊姊十三的信后，原打算就复姊姊。谁知到了第二天，为着那椿事情，倒累得妹子好几天都不得工夫，故把①姊姊的信耽搁了几天。妹子自家想着，真真使不得，又想我姊姊总没有为耽搁日子怪妹子的。妹子忖度，若这椿事情说给姊姊听听，只怕姊姊还要替妹子大大的喜欢呢。姊姊道是怎样的事呀，说的就是妹子那放足的话。妹子从听见上谕叫人不要缠足后，妹子给八姊姊两个人就想要把足放了。妹子的父亲道，你们要放足，随你们的便，但是给我看来，虽然上谕这样说，这风气总不大通行，况且老大的脚，实不见得好看哩。妹子那时候是在安庆，那地方的妇女都是裹着脚，妹子自己就想现在缠着足，一天只在这屋里头，若放了足，也不过在这屋里头，又没有到各处去。那时原

① “故把”，原文作“把故”，据语义改。

没女报馆，又没有人倡女学，兴女教，说那平等自由的话。故妹子那时听妹子父亲说的那大脚不好的话，也就罢了。后来看见撷芬女史做的女报，有劝人不要缠足，还有女史张静娴，说缠足是害天理、害人伦、害国事、害人命，一一把妇女缠足的弊都道破了，真说的好得很。妹子从那儿起，这足总没好生裹他，因为心上实在恨这缠足的苦，想着现在虽不能彀把足放了，且等等过后，总要他放了才好哩。有一天槎姊姊给妹子说，他要到这里的会文学堂会会吴弱男、亚男两位姊姊去，问妹子可去不去。妹子想学堂里的姊姊们，都是有学问的，说的都是爱国的话。妹子又没有学问，官话说的又不清楚，人家若给妹子谈，妹子该不懂呢，这怎么见人哩。一会自己又想着，现在的人都是热心爱国的，若他见妹子没有学问，还要发怜惜的心，拿他的学问教给妹子也不一定的，不若老着一时的脸，去给他谈谈，若能彀长些见识，开些智慧，自然是好的。因此礼拜四那天，给槎姊姊一同去的，会着弱男、亚男两位姊姊，给他谈有二句钟的工夫，听弱男姊姊所说的话，真是叫人敬佩。也有说及缠足的坏处，都是长篇大论，好像演说一般。想槎姊姊有信给姊姊，应该都说过了，不消再说。妹子从学堂归后，自家就想着，怎的他们那等有志，满嘴里说的都是要倡女学，要开女报馆，说是再读二年的书，便要到安庆救那一省的妇女呢。妹子心里觉得又喜欢，又惭愧。喜欢的，是中国所以积弱到这步田地，都是大家妇女不曾把自己当做国民。如今同胞姊妹中，有康女士、石女士、吉芬女史、清池女史、竹君女史、庆云女史、锦琴女士，又有姊姊及弱、亚男姊姊，都是发愿要救二万万女子的。女报馆也有了，女学会也有了，女学堂也渐渐的多了。妹子看来，依这样齐心同力办去，将来中国的女权，总要兴到自由平等的地步，好不喜欢呢。惭愧的，是妹子长成了这么大了，一点学问都没有，又没有力量劝化那些不识字、没看报的妇女。因此想自己须得先把足放平了，再问学问上做去，不然一走到人家跟前，这两个足先丑的了不得，好不惭愧呢。妹子就给八姊姊商量着，自己打个主意，定要把足放了他，等到秋凉时候，便给八姊姊一同到会文学堂读书去才好。这是妹子立志作这样思想，只不知道天公可能彀酬妹子的愿不能。然妹子只要尽妹子的思想愿力做去，不负姊姊教妹子说拿精神来做事的话。姊姊又说有狠多的事给妹子说，但怕妹子讨厌的话，这真是姊姊说错了。若不是姊姊说错了，就是姊姊不晓得妹子的心，才说这样的话。凭妹子怎样的愚陋，难道好歹的话都不晓得听么。姊姊给妹子说现时的新事，并如今人人应该都有学问这些话，都是教妹子的，难道妹子该不喜欢听呢。姊姊在学堂里，没什么工夫，该写得许多的话，真难为了姊姊呢。姊姊说倘是违了先生的命，就受骂着。这个话听着，真要气的，只是我们自家现在因为要求些学问，说不得要咽着这口的气，若等到毕业的时候，他就不得委曲我了。姊姊以后接到妹子的信，若没的闲儿写信回妹子，姊姊可不用急的，那一天有工夫，就那一天回，都可以的。妹子虽是要姊姊常常的寄信来，因为姊姊成日家在学堂，原是没什么工夫，又要写各处的信，再夹着妹子的信儿，可不把姊姊闹得太烦了么，倒叫妹子心里不安呢。妹子也觉得有很多的话给姊姊说，如今且搁着，下回再说罢。为的妹子得姊姊的信好多天了，再不快些写了回信，没的累姊姊惦记呢。五月念四日妹子舒仙上。

——《女学报》(1903)第四期

陈雅云

陈雅云，生平不详。

拜佛的腐败

我有两个月没有做演说登在女报上面，因为我同了几个朋友，到杭州西湖上去游玩，真是山清水秀。咳，我中国有这么的江山，怎么不晓得自爱呢？我又看见多少妇人女子们可恶的事，说起来也可恨，诸位晓得是什么事？就是烧香拜佛念经的事。我是支那女子，我是中国人，不拜别的教。但我想想拜佛的事，到底没有益处，只有坏处，这都是那些和尚想骗钱，所以造了什么庙，什么菩萨。好好的一个有灵有气的人，去拜那种泥土做成的东西。况且做人只要对得住自己，对得住别人，倘天真有灵，他自然会降福与你，岂有烧些纸锭，去叩两个头，吃些素，就有福寿与你么。这么说起来，随便什么恶人，今日作了恶，明天只要去拜拜佛念念经，吃两天素，就不要紧了，那菩萨也真一个只要钱不管好恶的臭菩萨了。还有些好笑的人，说是要修来生的福。咳，可怜可怜，我的老姊妹，老前辈啊，你今生多少可做的事体不去做，多少可得的好处不去求，倒去求来生的福。诸位晓得我们中国一个国，我们人人都有份的，一国里的财物，我们也有份。就是西湖上那么好的景致，也是我们众人公共的。有这些好的面前福气，诸位不去求,却不去求那虚无缥缈的来生福,岂不可怜么?这拜佛念经的无用处已经说过,却说那些妇女到杭州天竺庙烧香的事。有的是人家公馆,有的是乡村妇女,有的是妓女,有的是三姑六婆,一个个打扮得妖形怪状,到庙里去烧香,多少无赖的男子,混合在一处,真是不成个样子。我看了真是觉得满腹的气愤,想不出什么缘故。诸位要这么相信,回来了细细的问了好几个有学问有见识的人,他们说得狠详细,我现在说出来,与诸位听听。数千年前头,唐朝有一个和尚叫唐僧,他到西方去求佛经,走错了路,竟到了一块地方,叫印度国。那国里人民性情野蛮,风气也腐败得狠,他们造了一个泥塑木雕的佛,外面装些金色,倒也好看,他们称他是活神仙,唐僧就领到中国,以为接到了活佛。那唐朝的皇帝,也真是可笑,尊奉得他了不得,于是就一代一代的传下来,现在相信的人,还以为是个活佛。咳,我们中国人,常常要将真作假,假作真,有益的事不去办,偏要拿这些光阴脑力,去做那野蛮事体。我劝看报的人,不但自己要明白,还要劝化别人,不要这么发呆,有烧香烧锭的钱,可以帮助要开女学堂的人,有吃素念经的苦心,可以读书做事,将这些虚无愚拙的事一概除尽,同心并力来做我们应做的事,不到几年,我们女界就可以发达了。我愿诸位细细的想想错不错。

——《女学报》(1903)第四期

言淑华

言淑华,生平不详。

家庭教育是造就国民的基础①

现在中国应该振兴的事狠多,然各事振兴的根本都在教育。教育之中,家庭教育更为要紧,所以我等所最宜注意之事,就是家庭教育了。

一国的兴盛,断乎不是一二人的功;一国的衰败,亦断乎不是一二人的罪,是全国的人造出来的影响。现在我们中国,如此衰弱,难道就让他衰弱,没有法子可以救么?却只要我们大家,有自治自立的才能、竞争的手段,就可以从衰弱改到强盛了。所以现在要保全我们中国,第一是要将全国的人,都教育成个凛然不可犯的国民。然而试问我们现在的中国人,果然都能受教育吗?果然都能教成一个个有资格的国民吗?想到这个问题,真是伤心,然亦是无可讳饰的事。古语云:“少成若天性,习惯成自然。”我们中国风俗,数千年以来,早已如此腐败。中国人从小到老,所见所仿效的事,全是这个样子,到现在早已成一个极牢固的习惯,安想人人都能跳出这个圈子,断无此理。所以现在已经年长的人自己

① “家庭教育”,原文作“家庭家育”,据文义改。

不明白,万不能教成可靠的国民了。只有这蒙幼的,及现在尚未出世的一班,未受这种习气,如好好教育,从小即养成他良善的习惯,尚都可以副国民两字的名。而这班人的好坏,全视家庭教育的美恶,所以家庭教育,实在是现在第一要紧的事。

家庭教育的要紧,大概人人都知道的。譬如有某家子女,读书勤恳,做事整洁,人家见了,必定说是家教好的原故。某家子女,荒唐无礼,人家见了,必定说是家教坏的原故。可见人人都懂得这个道理,只是虽然懂得,却不肯去做。况且中国人所以为教育的目的,早已认错,所说的好,无非男的将来能混个功名以为荣耀,或者能束身自好,不在外闹事,女的能卑顺柔和,受男子的抑制罢了。这等教育叫做奴隶教育,断断不能彀养成高尚勇毅的国民。现在我们讲家庭教育,必须先将旧时一切卑恶的风俗,全行改良,以造成自治自立的国民为目的,或者可收后效。

况且家庭之中,女子的势力最大,家庭教育的好坏,全视家中女子的善恶为断。小儿于母更比父为亲密,自从生出到长大,一切哺乳抚视,指示教导,全是母的事,小儿良恶的权,是全在母的手里。所以现在欲改良家庭教育,非先振兴女学不可。女子都能有学问,可为贤母,又何患全国少年不为可尊可畏的国民呢?这是我们女子大大的一个责任,万不可轻忽,万万不可轻忽。

——《女学报》(1903)第四期

忆琴

忆琴，生卒年不详。留日女学生。

论中国女子之前途

人之有灵魂躯壳也，未始有异也。自残人躯壳、践人灵魂者出，而后不异者，终不免于异；自自残躯壳、自践灵魂者兴，而后不异者，乃不得而不异。吾观于自残自践者，而涕潸潸①然，神惴惴然！吾观于残人践人者，而泪将泫然，魂将輾然。噫！噫！噫！胡中国之堕吾涕、悸吾神、摄吾泪、束吾魂者，比比皆是耶？是何人？是何人？非须眉，非巾帼，亦须眉，亦巾帼，皆须眉，皆巾帼，要赅之以一言，曰女子无权。

同是人也，一则傲王侯，骄乡里；一则奉箕帚，承颜色。苟其承奉焉者，竟不甘心焉，不肯摇尾乞怜焉！闺房有英雄，红妆本男子，则女权固早已兴，奚复待今日之瘏口而疾呼也？而惜乎中国固未获有是也，权利本人所应有，何事独判。夫男女立于竞争之世界，朝夕思扩张权利，乃萧墙之间，先有牝牡以为界限，是不啻一法团为二法团也。邻里交哄，阃外犹欺阃内，室人交谪，拙夫偏制巧妻，天下不平事，孰甚于是！使是为女子，必将先行革命于温

① “潸潸”，原文作“潜潜”，据语义改。

柔乡中，恢吾权，行吾志，使彼以乃公自命者，不得张牙爪以戏弄我躬。人谓为河东狮吼，我受之；人谓为牝鸡司晨，我听之。我自为我，男子自为男子，而又奚伏处裤下之为耶？乃吾中国之二万万女子，则犹是一物不知，酣然处巨瓮之中，而以为吾身固安于覆盂，窃不自痛，深为女子痛之。且男子而为人奴，女子则为人妾，男子而承人笑诺，女子且捧人巾栉，女子之身，固非女子所自有，男子实有之，丧身于他人，偷安于旦夕，水火既济之谓何，乃靦然而犹不知耻乎？女子乎！其竟长此终古，随男子而俱老乎？

识者曰："权利与义务相对待，不尽义务即放弃权利，彼放弃之，固不能禁外人之不侵犯也。"是固然矣。夫亦知中国女子之不尽义务，固始于何时耶？固受毒于何人耶？女子缠足，岂女子所自愿？女子不入小学，岂女子所自定？外言不入于阃之说，岂女子所自述？为女子者，何尝不思预天地间之大事，男子顾挫削之，摧折之，蹴蹈而凌视之，使彼弱柳纤纤之质，竟不克振奋。虽男子始愿不在此，曷能禁旁视者责罚评议耶？人孰不畏难而就易，贪逸而恶劳？女子既受他人之苛制，又见昂藏七尺固可以养赡我，吾身衣食无待外求，遂以为世界大事业，舞台大活剧，固非裙钗所得过问，胸臆间不复有社会、国家之名词，且不复有读书之思想，饱食终日，无所用心。凡属女子，皆为傀儡，人得持而舞之，男子之视女子，益为无物，而此亚东最大国土，不获更睹木兰，女子之权利，悉消于太空为烟烬，委蛇任运，流毒奚穷。男子何心，竟坐视其堕落而不一援手乎？

然则女子之不可不尽义务也为此，男子之不可不令女子尽义务也为彼，则盍不群中国之男女，而诏告之曰："男女之权利等，故男女之义务亦等耶？"然此为朝夕事也，尽义务有资格，尽义务有方针，尤赖有爱民爱国之热诚，朝夕鼓舞。彼伶仃弱女，手无斧柯，胸鲜智识，而欲其骤臻此一境，已不易得，何况居二十世纪，居支那,女子之责任,固不仅此,女子所以报酬其权利者,固不仅此。日月逝矣!岁不我与!延颈以俟,吐气何年,吾不知女子亦尝思一法以自救否也?

女子特未知异日牛马奴隶之苦耳!苟知焉,安有不思自救者?吾请三击渔阳之鼓,先为吾女同胞进一言。吾国文弱之风,积二千余年,至今国为酒国,民为癫民,平日自负为伟男子者,且寄人篱下,出则颜奴膝婢,入则骄凌妻妾,一旦天则震而地则折,彼且为埃及、印度之遗民,受人驱使,则居其下者,更复如何?女子其果以此身赠他人乎?吾安忍更为女子前途下一转语,其不甘也,则曷不挺身而起,于巾帼中独树一军乎?比岁风潮澎湃,雷声殷殷,六大国之烟云绕于我中国,吾国人衣冠失其色,手足失其措,铁石有心,犹当愤悒为政治之动物,反以粉黛自谢,甚者复朝歌下里,夕奏篁笙,一似国家存亡固无与其事者。"商女不知亡国恨,隔江犹唱后庭花",吾不能不为之痛笑流涕长太息也。

前此犹可曰,稍待焉!当自悟也,而今无及矣!落日衔山,鲁阳何在?病失一息,扁鹊奚灵?彼睨吾肩而挈吾袖者,方磨厉以须,为弩箭在括,为累卵于地,一挑拨焉则群聚而谋我,操戈以蹙我,我犹睊焉!自慰欲彼块然无能之少女,自知挺而走险,纵有起者,何处是罗兰耶?且女子之依赖男子者,已非一日,长梦未醒,徒呼将伯?庸俗之所谓贤内助,亦不过操井臼,自甘韦布,苟无人启其盲,振其愚,彼且以为大乐,而奚复知其依赖之为依赖也?即有一二,亦以为,"举世皆醉,我何独醒?举世皆浊,我何独清?"又见重重阻力,不易摆斥,遂心灰不复措意,而以气数了之。本是以观,则恢复女权之责任,仍不得不望诸男子。吾于是延颈以望,倾耳以聆,焚香以祈,赤县神洲之内,亦有其人乎?亦有其人乎?乃瞩秦晋之区,犹迟震旦;跂荆襄之渚,不见仙姬。吾女同胞命运之蹇涩也,固如是乎? 男子其竟肯负心矣乎!

顷者忽得一报,眉为之飞,足为之踏,距跃三百,曲踊三百,为女同胞前途贺,为吾辈前途贺,为吾祖国前途贺,不知者必色然骇、瞿然惊曰:“是何事,能令汝失常度?”则曰:“嘉兴设立爱国女学社。”嘻! 异哉! 一女学社耳! 何其关系乃如是? 吾将详言其故。学问与思想相需而成,无学问固不能有思想,而思想程度之高下,复辄与学问之深浅为比例。差皮传诗书者,固未可与谈革命,吾国女子非无能文者,然不为忠孝所蛊,则为言说所迂,胸中无定识,守其三从四德之宗旨,苟不药之,祸患将伊于胡底? 且女子素无公德,社会之事业、大团之利害,为风马牛不相及,因此而独立之性质,扫地无余,自顾不暇,安遑更问祖国? 今女子而有社,是人群之起点,而大团之幸福也。女子而有学问,是输灌理想之初津,而实未来中国之一线光明。吾中国何幸有此? 嘉兴一邑,进化非早,文明发达之先于嘉兴者,固不啻一二。嘉兴且有此一举,彼瞠目莫敢先发者,安知不感愧思奋? 嘉兴而下,其程度不逮者,当以千百计。嘉兴既占先声矣,彼以民智未开谢责者,安知不相率踵效? 一嘉兴倡之,而千百嘉兴和之,嘉兴不终于今日之嘉兴,他州邑亦不终于今日之他州邑,女学如林,而娉娉袅袅者,尽转为亭亭兀兀,后日之幸福乌可限量也? 此吾所以狂喜踊跃而不克自禁也。

抑吾尝闻之,远水不克济近火,防风荆界不能治危病。中国瓜分祸迫,夫人知之,因循苟且,固不可缓,导其机计亦拙,开此女学而犹以娴内则、修德行为目的,吾见其迂。使开此女学,而必欲其学伦苏小,才拟班昭,吾尤见其谬。盖今日之世界,大异于畴昔,则今日之学问,固未可仍旧贯,而必输以最新最明复宗旨。昭君犹在,吾将移其爱君之心使爱国;缇萦复生,吾将易其爱父之心使爱同胞;务令其宗旨与志士相等,其热诚与志士相等,其气焰与志士相等，咸能执干戈以卫祖国，即使文字言语不逮男子万亿倍，吾固可以有恃而无恐，世之提倡女学者其斯言。

吾将正告普中国男子曰：教育女子者，男子之责任也。女子不知自救，又不望他人之救，诸君不知其当救也，吾固无复他望，而吾有以知诸君之必不敢也。团体式廓，权利斯张，吾群中多一分子，则吾群势力即增进一分，使二万万①女子中，果不乏娇娇者流，挺然崛起，则此二十世纪之舞台中，何必不真有苏②菲亚其人，昌言革命？又何必不有罗兰其人，为民族流血？畴昔依赖男子者，异日且协助男子，拯救男子，男子何惮而不为此？比闻少年学生朝夕谋保国，谋保种，又思运动下等社会，当必不肯恝然于女子。东眺西瞻，一声长啸，吾二十世纪之英雄，其按剑而起，其毋令嘉兴女学之人，洒一掬忘情之泪。

女子之权利之放失也久矣！既放失而不知恢复，有血气之男子欲起而代谋恢复，然男子之精力有限，乌能兼顾？即能之矣，女子其知愧乎？其知愤乎？身吾之身也，今乃为羊豕，为麋鹿，听人之絷焉解焉，不复知自营生计。一旦国属主人，权归吾民，而女子犹引颈待他人之相怜相恤，其安能忍也？女子曷不自谋恢复？曷不禁他人之越俎而增我新中国之光彩乎？鸾鸾和鸣，佳梦终成妖梦，红颜薄命，伤心弥复摧心，目前安乐，几如牛毛之不足珍矣！吾国女子其念之。

嗟乎！羽衣霓裳今何在矣！后庭宫曲曾几何时？凭吊马嵬坡之陈迹，感怀景阳井之蛾眉，亡国流离不徒男子，徒令吾泪下。如拔吾国女子，其果能免此一境乎？则歌于斯，笑于斯，聚国族于斯，其乐也何如？吾恐半为人臣、半为人妾之惨遇不在远，而女子

---

① “万”，原文脱，据语义补。

② “苏”，原文作“万”，据语义改。

之劫运,较之马嵬、景阳而犹有甚也。前辙犹存,不堪回首,诵杜牧阿房之赋,而后人复怨,后人之念益不可遏,世运急矣,我心碎矣！呜呼！呜呼！可以人而不知爱其身爱其国乎?

——《江苏》(1903)第四、五期

黄芬慧

黄芬慧，生平不详。

敬告全国之女子

姊妹其思之！慧一幼女，才疏学浅，少见寡闻，岂敢肆然于我二万万众姊妹之前，提笔妄谈，以贻笑方家？然时局急矣，将死之言，岂能终闷，敢不辞不逊之咎，而为一言！

我国之弱之危，我同胞皆知之矣，我女同胞亦知之矣。既知之，何不设法以救之？其法如何？以阻止强俄蚕食我土地为第一。

慧知诸姊妹见之，以笑慧为痴为迂，以为俄者虎狼之国，政府尚不能阻，况我等柔弱之女子乎！慧亦深知此事诚非容易，然诸姊妹岂不闻数年前张园演说之薛锦琴姊妹乎？薛姊妹亦吾同胞之一也，彼以俄约一定，瓜分即成，故痛陈利害，以致集资电争。密约不成，此功之首，非薛而谁？至于今日，则非电争所能阻矣。慧之愚见，惟祈我二万万同胞姊妹，自今日始，请将各位日费零用，略省一二，日积月深，便成巨数；更劝各位之父兄子弟等，悉一心拒俄，则亦于筹饷练兵，非小补也。夫列强之所以欲瓜分我而尚迟迟者，畏我人民之众耳。使我二万万女同胞，竟不能设一策，则我人民四万万已失去其半矣。男女平权，岂分彼此，愿我同胞姊妹其思之！

——《女子世界》(1904)第三期

汤雪珍

汤雪珍,生平不详。

女界革命

列位姊妹啊,你们可晓得天下最苦痛的事情,那有过于立在不平等的地位,亲身领着压制的滋味,偏又奴颜婢膝,极意承受那残酷手段么?天下最可耻的事情,那有过于自己一点事多不能做,没论弗能为世界上生一分子利,就是一生的衣服饮食一切化费,都要靠在别人身上么?咳!我想我们女子,也是安眉带眼,有知有识的人,总就不能够追到那欧美女子的地步,怎么竟奴颜婢膝、笑逐颜开的承受起认仇作父,亡国贱奴来?我的同胞姊妹再想想看,我们女子总就不能够辟地万里,立业将来,为一轰轰烈烈、威震环球的女英雄、女豪杰,怎么竟连一生的衣服饮食一切化费,都要靠在那一般不识羞、不识耻、狗彘不食、万国顺民的身上?我总不解我们的女子,两千年来受这一大的痛苦、一大的耻辱,为什么总是怕羞缩脸,没有在那依赖桎梏的下边张一革命独立的旗号,为我女狱中稍稍伸些冤苦,长些志气?这岂是我们的女子在人卵里变人的时候,已含该受残酷的性质?所以二千年来,无论几千万,几百万,怎么富,怎么贵,怎么聪明伶俐,怎么慧外秀中,一与男子交际,便软绵绵的,娇怯怯的,任他颠倒提起来也不妨,煮在锅子里也没气。这岂又是我们的女子自轻自贱,放弃天职,甘为他人残酷,故慢慢的在天演淘汰中,渐渐的变成劣种人品么?还是那没心肝,没廉耻,终年终岁,匍匐民贼胯下的压制过分,故我们女子数千年来昏昏沉沉,落在女狱里边,竟失却本来的性质么?这几个缘故,我仔细想来:如定谓我们女子是天生就人家奴隶的奴隶之胚子,该受人家奴隶的压制,这是凭你怎么锋唇舌剑捏造不来的。如以为我们的女子是自己不好,自己不能尽着义务,故应分所得的权利,慢慢的被人家夺去;譬如那奴隶我们的人自己不能尽着义务,也被游牧水草的人奴隶了去,现在又要把他们赠嫁到碧眼胡须的手里,做奴隶的奴隶,也是天演公例一样的,这句话我也不敢不信。不过他们现在所到这个地步,实在他们自己取来,与我们女子是不同的。因为他们的权利实是没有什么人去侵夺他,他们自己恭恭敬敬孝顺到一个人手里去。否则,你想人家夺了他的权利,他为什么不想去夺回?就是一个人夺他不过,为什么不合一府一省人去夺?就是一府一省人也夺他不过,为什么不合一国人去夺?况且当那夺他权利的时候,怎么劫杀他的亲戚,怎么焚掠他的产业,怎么糟蹋他的父母,怎么污辱他的姊妹,他也是狠知道的。为什么到了现在,要把他做奴隶的奴隶,他还是欢欢喜喜、快快活活的奉侍他、孝顺他,就是杀了他,也还是情情愿愿的甘心忍受?我想他们总就没有力量去夺还自己的权利,怎么连父母兄弟伯叔姊妹的血海冤仇也不去报复啊?我们女子现在到这个地步,却实实从那压制上来的。不过他们夺我权利的时候,用软软的手段,没有杀我父母、污我姊妹、糟蹋我的亲戚罢了。况且他们以一个人来压制我们一个人,却也狠容易的。你想现在我们的女子所供奉为金科玉律、跬步不敢离的,岂不是什么"三从""七出",什么"女子无才便是德"的这几句瞎话么?这几句瞎话,是从那里来的?岂不是出于二百兆男子的口中么?这二百兆的男子,为什么要说出几句瞎话?岂不是他们要压制我们到不知不识、任他残酷鞭挞的地步么?咳!列位姊妹啊,我想我们女子,性质是最高傲的,脑力是最充足的,身价是最贵重的,二千年来,承受他们鞭策脔割的痛苦,也承受得够了;一物不知,一事不做,寄生虫的名儿,也担承得有了。现在他们恭恭敬敬的,随着礼单,去做万国奴隶。不久又要把我们,转献到万国去;就有几个不情愿去的,也只得吞声饮恨。今日到了这个没奈何地步,多是我们女子没有学问,自害自的,如今悔之已晚了。咳!我想这么一个堂堂皇皇的中国男子,为什么不去奴隶万国,而却做了万国的奴隶?为什么不去奴隶异族的狗种猢狲,而却来奴隶我同族同胞的宝贵女子?这岂是他们脱胎的时候,已就含了不能奴隶异族,只能压制同胞的毒性么?又岂他们的性质,本是痴呆瞎狗咬人的一样,因为受足了他族人的残酷,没处发出,多来发在我们的女子身上么?哈哈!姊妹,他们压制我们的缘故,想也总不能逃出这个议论。这也可怜得狠,我也不忍去再责备他了。总之我们女子,现在处这个世界,逢这个时局,没论压制我们的,自己一点儿权利多不能保,已为人家数重的奴隶;就使他具有雄视宇内,陵轹万国的资格,我们也再不能够像从前的妇女,伏地任他舞弄了。现在我们自立的方法,总宜勉力学问的里头,细细追求独立自强、扩充权利的道理。他们若还要用这般压制的手段荼毒我们,则我们也不妨坐在桃花马上,张着革命旗号,合我二百兆女同胞的无量热血,溅杀此一般畜类。咳!我想我中国这座锦绣江山,本是我们产出来的,现在弄得遍地腥膻、满天雾毒,这岂不是些一般无耻男子招徕得来的么?咳!咳!我的同胞,我的同胞,快快弄些学问,夺还自己这座好江山,弗要再为他人做嫁衣裳了!

——《女子世界》(1904)第四期

莫虎飞

莫虎飞，松江人。生平不详。

女中华
（征文甲等之二）①

今日之世界，女子之世界也；今日之中华，女子之中华也。盖二十世纪之中华，有一轰天烈地之怪物焉。斯物既出，而我中华之二万万同胞姊妹遂跃出苦海，共登灿烂华严之世界。斯物也，何物乎？即女子之革命军也。

有女子斯有男子。男子者，女子之产出物也。故一国之女子，一国国民之母也。拿破仑谓欲强其国，必先强一国之母。我中华非但不求女子之强，抑且缠其足，俯其首，永永沉沦，万劫不复。女国民之元气既丧，国本遂因之而不固。国将亡，本必先颠。国本既丧，而国不亡者，未之有也。以公理而论，一国之男女固宜平权平等。夫《易》基《乾》《坤》，《诗》始《关雎》，孔孟称"匹夫匹妇"，男与女固并育而不相害，并行而不相悖。盖天生男女，未始有异，同具耳目，同具手足，同赋自由之权，同赋主人翁之责任。

① 本文为《女子世界》悬赏征文获奖作品之甲等之二。

是故男子当尽爱国之责任,女子亦当尽爱国之责任;男子当尽国民之义务,女子亦当尽国民之义务。女子者,亦国中之一分子也。

我中华压制女子之方法,与始皇无异。盖女子之缠足,犹始皇之坑儒也;女子之不读书,犹始皇之焚书也。女权之摧践凌迟,女子之含冤莫雪,已二千余年。“一去紫台连朔漠,独留青冢向黄昏。”始作俑者,其罪真上通于天矣!故男尊女卑之恶习,积之数千年,镂于全国人脑中,久之又久,习于性成。至于今优胜劣败,不能逃天演之公例,遂使锦绣江山如蜉蝣之朝不保夕,不能如大椿之千古常荣。黄帝而有灵,当亦痛哭于地下也。我愿借长江之潮,一洗男尊女卑之恶习;借嬴秦之火,一炬涂脂抹粉之妖风,则中华其庶几乎。嗟嗟!伐鼓渊渊,梁红玉助夫半臂;四骐翼翼,花木兰代父从军。女英雄之伟绩丰功,著在史册,班班可考。同胞姊妹,苟能则而象之,国其庶有瘳乎!

传曰:家齐而后国治。家齐者,固女子之责任也。一国之女子,人人知齐家之责任,则其国必强。故欲强中华,必先使女子知齐家;欲女子知齐家,必先兴女学。夫后妃化南国之人,诗人美之;孟母垂三迁之训,后世称之。而况天下古今圣贤豪杰为惊天地泣鬼神之事业,未尝不由母教所陶铸也。藐姑山之神,秕垢尘糠,陶铸尧舜,同胞姊妹其知之否耶?女学者,立国之根本,女国民之责任也。同胞姊妹,盍亦留意于此乎?

虽然,二十世纪之中华,其女子雄飞之时代哉!夫罗兰革命,茶花平权,非一女子乎?岂非常之事业,独让西方之美人欤?吾知同胞姊妹必有当仁不让之思想也。盖陈撷芬则著书撰报,薛锦琴则航海远游。其余女士亦皆读书放足,惟日孜孜以女权为目的,以女学为义务,大声疾呼,为中华女界之先觉。罗兰、茶花诸女豪在地下有灵,必曰弱女有知,吾道其东。其作始也简,其将毕也巨。他日蓬蓬郁郁,弥漫磅礴于中华,莫非是女权膨胀之风潮。

大风泱泱,大潮汹汹,女豪学术,尚其东来!然则他日以纤纤之手,整顿中华者,舍放足读书之女士,其谁与归?

鸣呼!风潇雨晦,大地茫茫。悠悠苍天,曷其有极?女界昏蒙之中华,不几有黍离麦秀之悲乎?乃无端而现一线光明,轰轰烈烈于暗室之中,吾是以馨香而祝之:自今以后,吾中华女学女权之发达,必若决江河,沛然莫之能御。人人皆下田之热心教育,人人皆贞德之为国舍身;撞独立之警钟,张自由之旗鼓。男子之层层网罗,一旦而烟销瓦解;男子之作威作福,一旦而势若冰山。巾帼队左旋右抽,雄飞世界;美人军一月三捷,杀尽胡儿。猛虎咆哮,百兽震恐;潜龙腾跃,万鬼寒心。姊妹乎,姊妹乎,其二十世纪中华之主人翁乎!吾将仰首伸眉,登昆仑山而大呼曰:中华万岁!二万万同胞姊妹万岁!

——《女子世界》(1904)第五期

刘瑞平

刘瑞平,香山(今属广东)人。生平不详。

敬告二万万同胞姊妹

呜呼,同胞同胞!中国亡矣,汉种奴矣。我诸姊妹亦一曾闻之,一曾知之否乎?吾每念及此,吾泣不能仰,吾哀无从诉。吾日夜苦思,欲得其所以致此之故。吾不暇责专制之君主,吾不暇责贪酷之官吏,吾不暇责数千年伪儒之学说,吾惟痛哭流涕,而责我有责任有义务之国民。吾亦不暇责乞怜异族、甘心暴弃一般之男子,吾惟责我种此恶因、产此贱种之二万万同胞姊妹。吾今敢为一言以告我诸姊妹曰:今日国亡种奴之故,非他人之罪,而实我与诸君之罪也。

诸君其以此言为深文周内,相责过甚乎?吾今有一最近最切之证据在。闻某报载有"闽海关英人某,代办闽省品物赴美洲赛会。内有妇女三人,描摹闽省恶俗:一缠足妇人、一赤脚处女、一新嫁娘,置于人类馆以辱华人"之事。呜呼!中国之国权,沈沦于平水线以下也久矣;中国之妇女,为人类馆之陈列品久矣。往者大阪博览会员列缠足妇女,今者其第二次耳。中国之女人,其真荣誉,其真大价值!吾虽爱我祖国,吾虽爱我同胞,吾亦不能不为此凉薄语。诸君其毋以此责美国博览会也,诸君其毋以此责英人某也，诸君亦毋以此责闽省之官吏也。博览之会，美国设之；摹恶俗以赴会，英人某摹之；使英人代购物品，他省官吏使之。然而头等野蛮，五洲无有。若缠足，若赤脚，若新嫁娘之恶俗，非美人使之，非英人使之，亦非官吏使之，实诸君自好之，自为之，苦心孤诣，专门研究，而后得备此完全人类馆之资格者也。诸君其既自好之，自为之，则是诸君之自愿为人类馆陈列品也，则是诸君之自认为亡国奴种之罪首也。诸君其以为此举第关于女人之品格已乎？此实中国国权之大关系，而我黄帝子孙、神明汉裔之大耻辱也。以诸君之故，遂使国权沈失，种族蒙羞，诸君之罪，其能擢发数乎？

此犹显而易见者也。诸君尚有一普通大罪状，请为诸君痛言之。诸君既赋生为女人，女人以生产国民、教育国民为独一无二之义务。乃诸君不独不能尽义务，而反为国民种祸根，产劣种。自己不求卫生，缠足以害其体，长坐以柔其筋，又复婀娜娉婷，工愁善病，相率为玉树临风、伤离叹别之丑态。所生子女，愈传愈弱。今日之世，种族竞争，优胜劣败。我制造国民之诸姊妹，遍产此劣种于大地之上，又何怪其将为红黑之续耶？种既劣弱，加以无教，平日不读书、不明理，腐败之风俗、恶劣之性质，深入脑际而不可拔。其所生产，即全染此遗传性。逸居无教，浸浸淫淫，遂养成一种无公德、无法律、无独立性、无爱国心之支那人种。呜呼！诸君之罪，其能擢发数乎？

然而诸君有辞矣。诸君固曰受男子数千年之厌制，浸浸淫淫，成为习惯，非我辈之咎也。恶，是何言！恶，是何言！诸君岂无耳目无手足者欤？诸君岂无脑筋无血气者欤？同是为人，同受天赋之权利，而尔独放之。凡放弃自由者，必与侵人自由者同罪。此正诸君之罪状书也。诸君不闻乎：物必先腐也而后虫生之。是必诸君自有供人玩弄、为人牛马、如优倡、如奴隶之资格，而后彼男子乃敢玩弄之、牛马之、倡优之、奴隶之也。诸君其不甘乎?则诸君何不取法兰西之革命旗,翻之闺阁之内;捧米利坚之独立檄,痛数男子之罪也!吾劝诸君,毋徒责人,但自责焉可矣。诸君之受男子厌制,固未尝有君主专制之惨也。君主男祸,今且绝迹于地球矣。区区无知蠢男子,独不能脱其羁勒乎?诸君病在不读书,然而读书之权非男子所能夺也。诸君病在不知卫生,然而卫生之权非男子所能夺也。诸君病在无自立职业、无家庭教育,然而操职业、讲教育之权,又非男子所能夺也。至于一切缠足抹粉、拜神诵佛种种恶习,我权我操,更非他人之势力范围所能及焉者矣。然则诸君而甘为亡国罪首则已耳,诸君而不甘也,则请与诸君约:誓须独立,誓尽义务,为国家吐气,为种族雪耻。

——《女子世界》(1904)第七期

俞树萱

俞树萱，生卒年不详，山阴（今浙江绍兴）人。1904年在上海创办女子自立传习所，任校长。

女子自立集序

我国女权，化自关雎。春秋战国之世，若孔孟之母，类皆以家庭教育为己任。厥后暴秦倡专制，愚黔首，贱人权，女子之学日益浸衰，千余年来，几陵夷销灭矣。余尝读我国古史所载列女传，如敬姜之织、薛氏之针、莫邪之剑、苏氏之锦，咸得独立一世，为我女界光，心窃慕之。近世西学入中国，女子自由权，稍得发明于学界。客岁阅广东梁氏《新民丛报》，有《张竹君传》一篇。彼亦一弱女也，而能游学海外，注意实业，虽不知其为人，但有此扶植女界之苦心，亦足多矣。今年春，闻其为爱国女校担手工教科，其时校长钟宪鬯君为之特设女工传习所，余遂偕良人孟广游沪上，投其校而学焉。嗣后张离爱国谋独立，设育贤女工分院，余以所学未成，乃随之去。及九月中旬，业既终，遂创自立女工传习所于沪上，以达夙志。而并应爱国女校校长蔡孑民君之招，担其手工教科，以尽义务，兼以传习所生徒学费之半捐入女校，盖所以报也。是时从余学者，有武林韩靖盦君之女公子平卿，与余性情甚相洽，平卿业将终，亦依依不忍离。韩君明达士也，荷其盛德，函许平卿为余义女(韩君曾以《水调歌头》词一章寄平卿,孟广和之,词中有“伤感女拿矿”一语,悼亡女余儿。韩君得词,乃有此诺)。于仲冬下旬六日,孟广为平卿补行设帨礼,宴寓沪同志。是日集者男女三十余人,由查元晦君、杜亚泉君、吴丹初君演说女子自立之道以为训,而孟广又倡诗歌三章,索诸君贺,得贺诗若干章,遂名之曰《女子自立集》(诗见《警钟》),琳琅珠玉,璀灿陆离,洵盛事也。余愧不文,何敢以区区之举,好事铺张,以估名誉,第承诸同志提倡之德,不敢缄默,又复痛我女界之失学,已成为世界之玩物者,几千百年,说者多以妻女为家累。试思我辈女流,虽不能独担挽陆沈救祖国之大责任,然以我辈为世家男子累,我辈亦不受。自是以往,当竭余精神,鼓余弱力,以牺牲终身于女子教育界焉。敢乞我国四万万男女同胞,有以余言为然者,或以诗章,或以词赋,或以序文见教,以赞成我《女子自立集》(诗文请寄爱国女学校转递),则鄙人不特绣丝以奉之,且铸金以事之。鄙人素不能文,以是意烦孟广笔述而为之序。

——《女子世界》(1904)第十一期

施兰英

施兰英，生卒年不详。1905年在上海倡议成立中国妇女会，并任主席。

中国爱国女子请看[①]

阴霾蔽天，夕阳无色，咄我大众，沈醉黑甜，心如麻木，不知痛痒，奄奄待毙，豺狼环视，露爪张牙，已数十年矣！而邻国不能一旦遂其欲壑者，因海内志士颇能崛起，彼辈不得乘吾弱而尽噬之。奈何素称文明之美国，倡言实行禁我华工。且一朝施其荼毒之技，我祖国百万生灵尽靡烂于白人之手，印度、波兰将为中国之前途矣。嗟乎！头可断，廉耻不可灭！我中国稍有人心者，莫不痛心疾首，焦思破脑而恸哭之，况女子耶？我女子为同胞中之一分子，万不能作旁观派，徒自放弃责任，退居人后，为永远之奴隶矣！神州陆沈，苍生涂炭，黄帝苗裔，不能为腥秽之区。以故望我大群女子，实行抵制。凡遇美货，同心禁却，使五洲咸知我中国人心不死，我中国女子之心尤不死，使五洲咸闻我中国行此举动有绝大之公理在，非如文明美国之野蛮也。凡我女界诸同志，务达目的而后止！

——《女子世界》第二年(1905)第二期

---

① 原文署名“施兰英女士等”。

覆岭南女士书

昨接来函,以合群力结团体,坚持耐久,为抵制禁约不可少之精神,盛言谠论,足为我女界生色,可喜之至!至云"言之不难,行之惟难"一语,尤见卓识。英以为具有真实爱国爱种之心,虽有艰难险阻,不达其目的,则决不罢手。英虽无学,誓不徒托空言,以为求名之举。大女士爱国之心,溢于言表,有志与英表同情而倡行运动妇女社会者,舍女士其谁?祈女士惠示住址①,英将造访,会商一切应行之义务。

——《女子世界》第二年(1905)第二期

① "址",原文作"趾",据语义改。

附：

致施兰英女士书(一)[①]

刻读《时报》,知执事拟集同志,设法运动妇女社会不用美货。鄙人闻之,不禁喜跃三丈。噫!不谓于此黑暗世界中,吾女界尚有人焉!美国日用之物,吾妇女消用者颇多,如香皂、香水等,虽来自各国者皆有,然美国消流此物,于吾女界中亦复不少。若吾辈肯万众一心,誓志不用其货物,至禁约删除而后已,则此等货物亦未必不因此而少滞其消路。或曰此区区数种之货物不能畅消,于美国商务亦无大损。当驳之曰:驼负千载,蚁负半粒,吾惟有各尽其力而已。诸君未阅二十日《时报》乎?谓美国工党闻华商会议不买美货之说,殊无惧意,皆谓华人无团体,虽有不买美货之议,而不久即涣散也云云。此等轻侮之言,稍有人类资格者,亦必不能复忍,乃敢加诸我黄帝子孙乎?吾国人不欲以人类自居则已,否则不达目的决不应罢手!执事果肯为吾女界之先导,使美人知吾妇女且起而抵制之,美人稍[②]有先机,亦应知吾国人不似前时之可欺也。且亦可使吾国中有附和美人者闻吾娘子军亦能刚毅赴义如此,人非木石,其天良岂能一无所感乎?如是则执事所拟,实有功吾国吾民不浅。虽然,凡事言之不难,行之惟难,执事亦有鉴于此否?执事果其有志倡行,鄙料附骥者当不乏人。区区一得,敢渎清听。

——《女子世界》第二年(1905)第二期

---

① 原文此处署有“岭南有志未逮女子”。

② “稍”,原文作“消”,据语义改。

致施兰英女士书(二)[①]

美国禁工苛例,竟不以人类相待。属在同胞,能勿疾首痛心,以极筹抵制之方,尚复坐忍以待亡国灭种乎?咏宜一女流耳,虽有志而未能逮,而吾扬不但女子社[②]会绝无举动,即须眉亦皆知寒蝉之噤,心窃痛焉!昨读《时报》,见执事联结同志,运动妇女社会不用美货,拜诵之余,曷胜钦仰!执事此举,真足为吾女界中发绝大光明也。咏宜不揣固陋,窃愿附骥,所有扬州一隅,当联同志数人,设法运动妇女社会。凡日用之物,如布匹、香水、香皂等件,但系美货,一概不用,以尽吾辈女子之义务。用特先行函达,以表同情。倘行之有效,再当奉陈左右也。

——《女子世界》第二年(1905)第二期

致施兰英女士书(三)[③]

无种无人,无人无国,以言保种,不綦重欤?然而黄种之保,亦甚难矣。四百兆之人民,愚者多而智者少,不肖者多而贤者少,而又益以儿童妇女之一物不知,一理不识,则所以保种者,仅此区区有志之士,吾恐力不足而志不逮者,黄种终不可保也。今者因抵制美禁华工事,天下纷纷,以不买美货为抵制之策,女界中又得执事热心运动,此转贫为富、转弱为强之一大关键也。而愚窃有说焉,大抵中国之人,质多脆薄,而女子尤达乎脆薄之极点。以脆

---

① 原文此处署有“邗江女子咏宜氏”。

② “社”,原文作“杜”,据语义改。

③ 原文此处署有“杭州不甘女子张佩秋”。

薄之质仔艰难之任，幸而成功则已耳；不幸而猝值变故，未有不冰消瓦解者。夫以中国此日之人，行中国此日之事，再一偾败，不特此后无可行之事，即此后无行事之时矣。执事热心爱国，万不至以风潮之急，陡生退步，然不矢志于事前，每有追悔于事后。是故此事倘有变故，务乞执事以今日之心为心，以今日之事为事，则中国保全名誉者，即为女界放大光明也。况丁亡国之秋，女子之苦十倍男子，今当中国存亡两可之间，凡我女子，曷勿绸缪于未雨耶？

某才虽粗鄙，力望富强，徒以压制有人，不克自由行事，因抵制美禁华工事，惘女界之无人，恹恹病者月余矣。今得执事以女子身，施大法力，为吾国中女子一吐气而扬眉，伏读尊启，不禁一跃而起，二竖顿失。然恐不克达于目的，重为异日忧也，故敢以一孔之见，献诸执事。执事鉴我愚忱，其亦笑而颔之乎？是则中国女子之幸也夫。

——《女子世界》第二年(1905)第二期

苏英

苏英,生平不详。

苏苏女校开学演说

今天是苏苏女学开校,幸得参预盛事,何快如之!但是我却有一种意见,欲贡献于同胞姊妹兄弟之前,想诸君或以为然么。我们中国从古及今,总是讲什么男尊女卑、扶阳抑阴的谬论,把女子的权利收拾得干干净净。虽则到了如今二十世纪女权革命之秋,还有这种顽固昏迷至死不变的迂儒曲士。这种人的智识,论起来实在当不起"人类"二字的好徽号,却也不值与他计较。再有一类人,他也常窥见文明的皮毛、新学的肤壳,但是脑中那些腐败恶劣的遗传性,划除不能净尽。明晓得女学当开,却说究竟不能比男学一样;明晓得女权当重,却说究竟不能和男权平等。人家听了,倒好像近情有理,其实却是吾们女界的大蟊贼,比顽固党还要可恶。照他们的希望,就使吾们同胞姊妹都讲了教育,有了学问,到头来不过巴结到一个贤母良妻的资格。说什么"母教",说什么"内助",还是男子的高衙奴隶、异族的双料奴隶罢了。唉!这又何苦来学呢?如今我们的意思,是要撇脱贤母良妻的依赖性,靠自己一个人去做那惊天动地的事业。把身儿跳入政治界中,轰轰烈烈光复旧主权,建设新政府。好教那什么伯伦知理们,反对女权的一班陈死鬼，就冢中枯骨，也要受些刺激。晓得从前的话，真真是井底测天，班门弄斧，一点也没有价值，才是快心满意的日子呢！

但是如今的政治界，却是不破坏不能成立的。自从中国主权到了异族手里，他们把我中国的人民，一个个当作奴才看待，犬马豢养，要剐就剐，要杀就杀。今天封报馆，明天捉志士，说来说去，总不过要绝尽我们中国的生机罢了。我们同胞的性命尚在异族的势力范围里头，又说什么政治权，又说什么女子的政治权？那一班为虎作伥的政界人物，镇日里昏天黑地，思想的是升官发财。你还睡昏了眼，痰迷了心，把他当作英国的议院，想规规矩矩、恭恭敬敬去从多数的意见，定什么议政权、选举权么？如此说来，可见那些保皇立宪，纯属温和派的议论，这没有一句可通的。我期望我们校中的姊妹，总要握定一个坚贞激烈的宗旨，做他日女军人的预备工夫。一面研究国文，开通智识，发达这爱国的思想；一面注重兵操，练习体魄，提倡这尚武精神；而且还要保存公德，扶助爱情，教那校中二十余个姊妹，结成一个人似的，互相磋磨，互相激励。漫漫儿以小团体推到大团体，合群愈广，势力愈大。那时候振臂一呼，全国响应，就好排除异族，还我山河，实行那“男降女不降”的主义。就使贞德再世，玛利侬重生，也要佩服我们姊妹的热心毅力。这便是我区区的希望了。苏苏女学万岁！同胞万岁！中国万岁！

——《女子世界》(1905)第十二期

陆秀贞

陆秀贞,生卒年不详。毕业于上海中西女塾。

论自由平等同胞为生人之原理

自有世界以来,其趋势日倾向于大同之一点,此吾人稽诸历史,而觉天心之蜿蜒曲折,皆若有迹象之可寻者也。夫所谓大同者何?自由平等同胞而已矣!故自由平等同胞,不过区区数名词,而使吾人可爱可敬、可歌可泣,形之于梦想,发之于咏叹,希望者希望此,护持者护持此,牺牲者牺牲此;乃或者不揣其本,而齐其末,剽窃附会,以纵成其私意,遂令吾至圣至洁之自由平等同胞,为世诟病,而搢绅之徒,且咋舌攒眉,相与禁不许出之于口焉!其可哀已!

夫天赋之自由,天定之平等,天授之同胞,固与人类同时而生也。人类存在至何时,则自由平等同胞亦将存在至何时,而不可须臾离,离之者,必非人矣!难者曰:"恶!何谓非人?彼农者农,工者工,商者商,士者士,或为君,或为民,或富而贵,或贫而贱,皆傲然自足于人类也。"则应之曰:"否否,上帝造人,肖己之状。上帝者神,神乃灵也。人既肖灵之状而造,则形体非人。而所谓人者,固指其灵而言者也,况夫人之形体,为合养、轻、炭、淡、磷、硫诸原质所成,若其中有一原质离去,则诸质点排列之配数,亦必改变，而此块然之物，即不可复谓之人身矣！灵之于人性也亦然，故吾人之性，诚实和平、温柔慈悲、公义勇敢，其体也；自由平等同胞，其用也。体用该，诸性备，谓之人，缺一则谓之非人。试思动植物之所以异于人者，岂非以其不能自由，不为吾平等，不为吾之同胞耶？不自由，不平等，不同胞，亦安能有诚实和平、温柔慈悲、公义勇敢种种之美德耶？虽然，动植物初无灵性，犹可言也。人则既失其灵性之所本有，必有他物与之对待者，入而居其处。夫天下有形无形之两界，常不免有相反之事，互为起伏，互为乘除，如冷之与热，如光之与暗，皆交替迭代，而不能中立，不冷即为热，非暗即有光，其间绝无一隙之可容。可知无自由之思想，则牛马也；无平等之观念，则犬豕也；无同胞之仁爱，则豺狼也。谓之非人，谁曰不宜？”

若夫天下之人皆同胞，故天下之人皆平等；天下之人皆平等，故天下之人皆自由也。吾读古教经，多载人类一祖之说，而知吾人皆上帝之儿女，此殆非近世达尔文辈发明之种源论所能破者，而人类同胞之证据，固未有如此之明且切者也。故不知同胞之义，不能言平等，亦无以言自由。既人类为同胞，则自然平等，自然自由。且同胞者，平等、自由之义举所由倡也。上帝既为吾人之父，而弥赛亚为吾人之救主，彼世人孰能压制我，暴虐我？美国于是自立，法国于是革命，斐洲之黑奴于是释放，而自由平等同胞之新世界观于是发现。吾意其前程之远大，必至种类之界夷，主奴之号废，均贵贱，均贫富。惟以尽其本分者，为人所尊敬，而齐民可与达官同其位置。佣工也，宾客也，同食同坐，互相谈笑，而安乐之。埃田园又见矣！夫是之谓大同也。

西人常曰：“天与人以自由。”美哉此语！故凡夺人之自由者，即得罪于天者矣！然深言之，天所以与人自由者，因人本肖乎自由之上帝而自主自治也。当夫未生人以前，天地万物间之公理已定。公理之中有益亦有损,而人既挟一自由与有生俱来,则求益与求损,悉任彼之自取。求益之公理,神定者也;求损之公理,乃即求益之公理,反之而成者也。故至正至中者为上帝,而过与不及者为魔鬼。人既失其自主自治之能,不择中正,而陷于过不及之途,则人之自由将夺,而一切之苦难至。顾神必不勉强人,而有一毫侵人之自由也;又不忍人之竟放弃其自由,而寻至于灭亡也。故特降圣子以救之,俾从自主自治而复其自由。语曰:"不自由,毋宁死。"足见自由之重于死,而不自由者且与死无异,是即所谓非人也。故生人之原理,始于同胞,终于自由。世界之起讫,教会之首尾,举不外此一最大之缘因。而赎罪之功,所以贯彻上下古今也。世又谓自由在我,何赖圣子?夫人无力以脱魔鬼之诱引,一如人身之力,不足离地球之吸力,必恃外力而后能离也。故人类之有救主,即其外力,舍此无他可恃也。

呜呼!世界各国,欲观其文明之程度如何,观其国民之自由如何可矣!而欲观国民之自由如何,观其国民之信仰如何可矣!回教之国败,佛教之国荒,其结果昭昭在人耳目,吾不能诬之者,岂有他哉?无圣子也。无圣子,则无自由平等同胞,而与世界大同之趋向正相违反。夫岂能有幸而保其死亡耶?东方明矣!鸡既鸣矣!愿吾国之志士仁人共起而图之。

——《万国公报》(1905)卷一百九十九

俞寿萱

俞寿萱,生平不详。

致淑仪女士书

遣送女学之举,成则为福,不成则大不幸也。今幸成矣,固可为中国前途贺。然而犹有非全湘之幸福者,则为女杰之不能偕行故。夫女杰之不能偕行者,岂不曰有阻力故,有障害故?虽然,抑尚有说。阻力与障害,二而一者也。一在家庭,一在社会。社会则障害多而阻力少,家庭则障害少而阻力多。先请言女杰之家庭也。"在家从父,出嫁从夫",中国之恒言,古今之公认也。夫既父与夫之是从,为女子之阻力者,审在此而不在彼矣。然而女杰之父也,渐进开通智识;女杰之夫也,犹富文明思潮。外此则女杰之阿母与夫阿姑也。阿母既守从夫之经,阿姑亦有从子之义,是皆女杰之家庭,皆非女杰之阻力也。抑或更谓家庭之事,困难滋多,容有不能自由者矣。信哉信哉!然而犹有说也。夫妇之难处家庭困难者,孰有过于无米之炊乎?女杰固为巧妇,决非无米者也。抑或更谓姑在未可远离,有此困难也。然而萱堂健在,亦尚有子妇承欢,外此则家庭困难,亦不过琐屑细故而已。琐屑细故,人皆有之,非独女杰如是,抑非独女杰之家庭如是。凡此皆不足为女杰之阻力审矣明矣,无他说矣。外此则儿女情长,英雄气短乎?

人或有是疑,我则无是妄也。女杰虽非婚姻自由,然允称文明佳耦,为兹疑也,不亦轻量乎?不亦浅视乎?此固不足论也,请更言社会之障害。障害者,阻力之比例,学界之公敌也。匪独女学为然,对于男子尤甚。男子之不能自由也,半受束缚于女子;女子之不能自由也,恒狃世俗之讥评。断未有大智识之男子,听束缚而甘心;亦断未有真思想之女儿,徇世俗而夺气。明斯义也,乌睹所谓社会之障害耶?夫亦不过如释放缠足,自解其束缚而已。蒿目时艰,尤不能不为有新智识之女杰望也。今女子师范工艺速成科,基础立矣。湘省欲谋女学之基础,尤不得不亟遣送学生。欲送学生,不得不先官费而后公费。纵或官费不许,公费抑自有之。侧闻女杰之不欲官费、公费,乃欲自费也,更不禁深许而赞成之,馨香而膜拜之。其自费也,既不受人束缚,更不束缚于人;阻力不生,障害自灭;免公理之强迫,更退处之自由。更有一言,敢告女杰:与其经营衣饰,弃孔方之如遗,曷若趁此机缘,达游学之目的?尽个人义务,开三楚先声,且能便道觐亲,借游祖国。我亦曾经沧海,辄为神往榑桑。纸短言长,附诸忠告,惟女杰其图之。

——《女子世界》第二年(1906)第四、五期

孙清如

孙清如,生卒年不详,云南人。1906 年赴日本留学,1910 年回国后任昆明女子师范学堂监督。曾编写《女子师范讲义》教科书,在《中国新女界杂志》《云南》等刊物发表政论文、诗歌多篇。

论女学

女学兴废,综其关系大要,约有五端:一曰体质之强弱,二曰德性之贤否,三曰家之盛衰,四曰国之存亡,五曰种族之胜败。

体质何以强?得其养而已;何以弱?失其养而已。夫养之之豫,孰有逾于母哉?欲母之能豫养其子,舍学奚由?后世女教不修,揆其弱种之故,厥有由来。试略举之:

一曰婚娶太早。汉王吉上疏曰:“夫妇,人伦大纲,夭寿之萌也。”世俗婚娶太早,未知为人父母之道而有子,是以教化不明,而民多夭。现今欧美各国,男女必学有成绩,始肯婚嫁,以视无学无识,惟汲汲于婚娶者何若也?

二曰情欲无制。古者妇人有娠,即出居别宫。昔大禹娶妇,仅辛壬癸甲四日耳,即出而治水。生子启,呱呱而泣,禹过门弗入,惟荒度土功。启贤,继世以有天下,德教施于四海,年九十一而崩。后世礼教废坠,纵欲无度,胎不得养,生子多疾而夭。

三曰礼仪不修。礼可以固人肌肤之会,筋骸之束。后世安肆日偷,妇女尤甚,所生子女,骄惰习惯,安得不日即于弱?宋相吕公著夫人,参政鲁宗道女也,最有学识,生子希哲,教必以正,祁寒暑雨,侍立终日,不命之坐,不敢坐也,日必冠带以见长者,诲之曰:“非惟循礼,亦以强其体也。”无学者乌能如此?

四曰嗜欲不节。人之大欲,在饮食男女,而幼时以饮食为最先。唐柳公绰夫人,韩相国休之孙女也,尝粉苦参、黄连、熊胆,和为丸,赐诸子永夜习学,含之以资勤苦。遇饥岁,则诸子皆蔬食,若学业未成,不令食肉,皆著为家法。宋程子兄弟,才数岁,母侯夫人,每食必置之坐侧,食絮羹(加盐梅以调也),即叱曰:“幼求称欲,长当何如?”伊川曰:“颐兄弟生平,于饮食衣服无所择,母教使然也。”盖古者自能食能言即有教,后世女学不讲,为母者大都失于溺爱,不知以礼节之,以时宜之,而任其纵恣口腹,则爱之适反以害之已!

右论女学有关于体质之强弱。文中子曰:“早婚少聘,教人以偷。”为父者本既薄弱,无以强其胎元,而况母之所以弱其体质,其原因更有甚于为父者,何甚乎尔?在缠足。嘻,可伤已!

明吕新吾先生曰:“民之无良,教弗行也;教之不入,养弗豫也;教养之豫,莫母若也。然母必能学而后能贤,必先有贤女而后有贤母,有贤母而后有贤子孙。”乌乎,贤德性良;乌乎,否德性坏。烛照数计,振古如兹,试略举其最著者言之。

周太任之性,端一诚庄,及娠文王,目不视恶色,耳不听淫声,口不出傲言,生文王而明圣,教之以一而识百,君子谓太任为能胎教。

孟母仉(音掌)氏,其舍近墓,孟子少嬉戏,为墓间事。母曰:“此非所以居子也。”乃去舍市旁,其嬉戏为贾衒。母曰:“此非所以居子也。”乃徙舍学宫旁,其戏嬉设俎豆,揖让进退。母曰:“此真可以居子矣!”既长就学,遂成大儒。

鲁文伯出学而还，母敬姜侧目盼之，见其友事文伯若事父兄。母召而数之曰："昔者周公一食三吐哺，一沐三握发，所执贽而见于穹闾隘巷者，七十余人，故能存周室。齐桓公坐友三人，谏臣五人，日举过者三十人，故能成霸业。今子年少位卑，而所与游者，皆为服役，子之不益已明矣。"文伯谢罪，乃择严师良友而事之，卒为贤大夫。

右言女学有关于德性之贤否。吕氏《闺范》序曰："自世教衰，而女学废。生闾阎内，惯听鄙俚之言；在富豪家，恣长骄奢之性。口无良言，身无善行。舅姑妯娌，不传贤孝之名，乡党宗亲，但闻顽悍之称。"母德不良，而望子贤，是无佳种而求良苗也得乎！昔宋宣和间，芒山决一囚，其母来与诀。囚曰："愿如儿时一吮母乳，死且不恨。"母与之乳，遂啮断其乳头。刑者诘之，因曰："吾幼时盗一菜一薪，母为之喜，使当日教诫我，乌有今日？故恨之。"呜呼异哉！此囚不足言，而为人母者不可惕诸？语曰："少成若天性，习惯成自然。"又曰："教子婴孩，德性之贤否，断断乎以胎教及家庭教育为始基也。"女学不兴，将何以教？

《记》曰："婚礼者，将合二姓之好，上以祀宗庙，而下以继后世也，故君子重之。"司马温公曰："妇者，家之所由盛衰也。"谚曰："娶坏一门亲，败坏三代人。"夫在家为女，出嫁为妇，生子为母。必有贤女而后有贤妇，有贤妇而后有贤母，有贤母而后有贤子孙。子孙贤，族将大，要皆自学中来也。缅述懿范，以为世法。

乐羊子行路，拾得遗金，与其妻。妻曰："妾闻志士不饮盗泉之水，廉者不受嗟来之食，况拾金以污其行乎？"羊子大惭，乃捐于野。尝出学一年来归，妻问故。羊子曰："久行怀思，无他意也。"妻乃引刀就机而言曰："此织生自蚕茧，成于机杼，一丝之累，以及于寸，累寸不已，遂成丈匹。今若断斯织也，则捐成功，废时日。夫子积学，当日有成，若中道而归，何异断斯织乎？"羊子感其言，还就学,七年不返。妻躬勤养姑,又远馈羊子,俾之卒业。

晋陶侃母湛氏,纺绩以资侃学,使交结胜己者。侃少为浔阳吏,尝监鱼梁,以一缶鲊(鱼滓以盐米酿之)遗母,母封鲊及书责侃曰:“尔为吏,以官物遗我,是不廉也。非惟不能益吾,乃增吾忧矣!”一日大雪,孝廉范逵宿焉。母撤所卧新荐,自铿给其马,又剪发,售以供肴馔。逵闻之叹曰:“非此母不生此子,陶氏安得不昌大乎?”

隋郑诚讨贼战没。妻雀氏,读书识大体,抚子善果,为荆州刺史。母恒纺绩,善果进曰:“儿秩俸幸足,何自苦?”母叹息曰:“我谓汝知事理,今闻此言,固犹未也。夫此秩俸,乃天子所以报尔父之殉命也,当散赡六亲,为先君广惠,奈何以妻子擅之?且丝枲纺织,妇人本务,自王后以下,必各有所业,若少堕业,即为骄逸,败家必矣!”善果谨受教。

右论女学有关于家之盛衰。《汉书》曰:“和气致祥,乖气致异。祥多者昌,异众者亡,天地之常经,古今之通义也。”故善觇家之盛衰者,于其和与不和卜之,而其和与不和,则由于学与不学,未有不学而能相夫教子、和以成家以致于昌祥者,是故学之为贵。

昔周之盛,女教为多,自上及下,蒸成善俗,而其由来远矣!自帝喾贤妃生弃,为舜后稷,传至古公,娶太姜而生季历,季历娶太任而生文王,文王娶太姒而生武王,武王娶邑姜而生成王,皆贤妇人,佐理内治,以致有周之盛。及其衰也,以一褒姒而周几亡。

张氏栻曰:“诵‘服之无斁’之诗,知周之所以兴;诵‘休其蚕织’之诗,知周之所以衰。”是国之兴替,非独男子之事也,盖亦由于妇人焉!

先王知移风易俗,莫善于乐,于是制二南之诗,为房中之乐。自邦国以及乡射燕饮,皆得通用,使人习闻其乐,因乐而知其诗,因诗而知其义,皆将曰:“以后妃夫人之贵,犹勉学以修妇道,下此者当何如也?”故二南之化行,妇人皆知勤女工,躬节俭,泯妒忌,守贞节,奉祭祀,抑骄贵,而风俗隆盛,国安有不日企于强大者?

干宝论晋之所以乱,而曰:“其妇女妆栉织纴,皆取成于婢仆,未尝知女工丝枲之业、中馈酒食之事也。又况责四德于古,修贞静于今,以辅佐君子哉!”以是为致乱之由,可谓善于觇国。得诗人刺幽王大坏,而必以妇休蚕织为言之遗意者矣!

右论女学有关于国之存亡。夫女学莫备于《诗》,豳风陈稼穑之艰难,而必详及妇功者何哉?盖男子力耕,而妇人坐食,不徒风俗薄恶,且必不免于贪匮。故古人言农必及桑,言耕必及织,春则养蚕以为丝,秋则绩麻以为布,皆妇人之职,而莫不勤也。后世失学废业,或以妇女为玩物,为累赘,而男子困矣!困则衣食不足,而饥寒迫,饥寒迫而盗贼生,大乱之所由起也。《书》曰:“既富方谷。”欲锡民以幸福,必先富之,欲富之,莫如兴学以勤其业。图存者其亦知所从事哉!

种族何以有胜败,胜败于优劣而已。处竞争剧烈之场,而无真实能力以与之角,断末可侥幸以苟全。今夫一女不学,则一家之母无教;一家之母无教,则一家之子失教。积人成家,积家成国,有学无学,受教失教,优劣相形,胜败立判矣!知痛求医,乌敢讳疾?揆厥病端,撮举如下:

一曰病不仁。忌妒相习,骨肉为仇中之于子,乏合群爱众之感情。

二曰病不智。不通古今,罔知时势中之于子,乏聪明材力之作用。

三曰病无礼。姑妇勃谿,妯娌诟谇中之于子,乏修身自治之能力。

四曰病无义。怠荒失业,依赖成性中之于子,乏独立进取之思想。

右论女学有关于种族之胜败。夫一女之受病若甚微,而其影响所及为甚大,浸淫遍于种族,其劣败而沦胥以亡之状况,不堪设想。所尤可虑者,在漠然不知痛痒也。漠然不知痛痒,是曰不仁,不仁则死矣!尚何望哉?明高忠宪谓:"仁以天地万物为一体,犹人以四肢百骸为一身。"今人有一肢一骸,为人所刲割残害,而不知痛痒者,是谓死身。今天下有一民一物,为人所刲割残害,而不知痛痒者,是谓死心。哀莫大于心死,故不仁为万病之根。今我同胞似渐知痛痒矣!是有复仁之生机矣!冀欲扩此生机,舍兴女学何由哉!

然使竞言兴学,而不去其妨害兴学之一大病,则虽极力提倡,而女学仍断断乎其不能兴。何则?有缠足一大病以妨害之也。盖缠足则步履维艰,难于游历,而妨害兴学者一。缠足则操作不易,拙于生计,而妨害兴学者二。体质渐弱,智识渐陋,德性渐坏,种族渐劣,势所必至,学乌乎兴?不禁为我同胞大声急呼,敬慎郑重以告之曰:"勿缠足,强种族!勿缠足,强种族!"

或曰:女学之废久矣,缠足之害远矣,然贤妇名母,不绝于世者何哉?曰:此特天理民彝之未尽泯灭者耳!夫天以善性予人,犹抛谷种于天空,良田得之,则成嘉穗矣!瘠土得之,则苗而不秀,秀而不实矣!又或在旷野,而践踏之、摧残之,则能萌芽者寡矣!天其奈之何哉?彼贤妇名母之不绝于世者,特谷种适散于良田之类耳!今天下良田少而旷土多,何若地尽垦辟,田无荒芜,而又三时无害,农功不怠,则无负天之所予,而嘉穗不既多乎!凡事因任自然,冀其幸得者之无凭,岂若尽力于所当然,操其必得者之有据也?仅恃天理民彝之未尽泯灭者,以求妇女之贤,则万有或一之幸得也,即幸得矣。无识见以扩充之,无学校以恢宏之,无社会以赓续之,其成就亦仅一人一家之私幸。而况人不百年,家难累世,所以天下之治日少而乱日多。披览我国历史,深致憾于人存政举、人亡政息之缺点也，有如华盛顿之欲能使其举国国民皆华盛顿者乎？且欲使其举国以后所生之国民皆华盛顿者乎？今我同胞①，欲纳吾种族而跻于优胜不败之地，以与欧美民族者相颉颃而超越之，则惟兴吾女学，以端天下之母范，其庶有济乎？予日望之矣！

此论系留学日本成女学校速成师范班滇南孙清如女士稿，女士乃前云南巡抚江夏张公□□令嫒也。

——《中国新女界杂志》(1907)第二期

① “胞”，原文作“脆”，据语义改。

许玉成

许玉成,金匮(今属江苏无锡)人。生平不详。

金匮许玉成女士对于女界第一次演说稿

我生平最佩服的有两句俗话。这两句话,不但是人人听见过,人人所晓得,并且是个个人常放嘴里说的。但不过这两句话,并不是随便口头语,说得到,做不到的。要晓得这两句话,原是古往今来五洲万国的一个顶大的公理。只要是个人,就该应晓得这两句话的意思,研究这两句话的道理,实行这两句话的权利。我可下一句断语,如果一个人能够晓得这两句话,研究这两句话,实行这两句话,这种人就叫做完全人,就是有福气的人。如果一个人,不明白这两句话,不研究这两句话,不实行这两句话,这种人就叫做未成人,就是没福气的人。这两句话,在我们做人的道理上、人格上,既然有这样的关系,这样的郑重,这样的要紧,我想着了,我就熬不住,所以要向大家说说,就是我所佩服的两句俗话。当现在的时候,不但是人人明白,就是研究这两句话的,实行这两句话的人,我想也不在少处,我似乎也可不必再多说了。但不过明白这两句话的人,研究这两句话的人,实行这两句话说的人,虽然不少,然而这两句话却从来没有人把他解说过,亦从来没有人把他议论过。所以我今天想着了,我姑且把他解说一解说,议论一议论，请大家听听。我总想明白这两句话的，研究这两句话的，实行这两句话的人，务必保守这两句话，不可改变。倘若有不能明白这两句话的，不能研究这两句话的，不能实行这两句话的人，请姑且看看我这个解说，想想我这篇讨论，到底是不是的。我想人的性情脾气总是一样的，大约说我解说错了，议论错了的人，决计不多的，但不过我从小没有进过学堂，没有念过多少书，说的话不能够文雅。不过凭我的一片热心，把我最佩服的两句俗话讲来，请大家听听，大家要原谅我，莫要笑我，让我慢慢的说出来。

我说我顶佩服的两句俗话，是那两句哩？就是那自尊自贵、自轻自贱的两句。这两句话，是不是人人听见过，人人所晓得，并且是人人常说的么？我如今且把这两句话解说一解说。怎么叫做自尊？就是能够保全了自己的自由权。这自由权是无论男女，只要有知识，是一个人，就该应有一份自由权，这自由权是神圣不可侵犯得的。既然这自由权是神圣不可侵犯，这就是事理之中最尊重的了。所以一个人能够保全他的自由权就是自尊，能够自尊，自然就是高贵人。怎么叫做自轻？就是不能够保全了自己的自由权。凡百事情，自己做不了一点点主，样样要听人家的指挥调度。就是俗语说的，叫他到东，不敢到西；叫他打狗，不敢打鸡。只晓得依靠人家，服从人家，不知道自己求自己的权利，以致于自己的自由权全被人家夺去。既然自由权被人家夺去，他就不能自尊了。不能自尊就是自轻，自轻的人自然就是下贱人。所以我说这两句俗话，是古往今来五洲万国的一个顶大的公理。我这一节的解说，虽然没有文理，来得粗俗，然而我所说的话，我想各位听了，断不至于说我是随口糊说。我如今再把这两句俗话细细的议论一议论，再请各位听听。

我所解说这“自尊自贵、自轻自贱”两句俗话的意思，都自从那四个“自”字上头看出来的。我想那“自尊”同“自轻”上的两个

“自”字,是当自己的“自”字讲的,那“自贵”同“自贱”上的两个“自”字,是当自然的“自”字讲的。是说人倘能自己把自己看得尊,自然就是贵品,如果自己把自己看得轻,自然就是贱胚。古时的孔夫子,听了一个小孩子唱了几句“沧浪之水清兮,可以濯我缨;沧浪之水浊兮,可以濯我足”的歌,他就对他的学生们说道,你们须记好了这几句歌。他这歌的意思,是说这沧浪河的水,如果是清的,我就把缨子来洗洗;这沧浪里的水,如果是混的,我只可把脚来洗洗了。你说是一样的水,如果是清的,就洗缨子,如果是混的,就洗脚,要晓得这洗缨子同洗脚,并不是人的伪心,实在是这个水自己讨取的原故。就是那两句俗话,也是这个意思,也是说一个人能够自己把自己看得尊,人家也自然看他是一个贵品;倘若自己把自己看得轻,人家也自然当他是一个贱胚。照此看来,这“尊贵轻贱”四个字,也不是人的伪心,有意把他来分别的,实实在在也自己讨取的了。照此看来,我们既然是个人,我们是万不得不自尊的了,万不得不力求自由的了,万不可再自轻的了,万不可再放弃自由的了。原来这“自由”两个字,同那“自尊自贵、自轻自贱”的两句俗话,就好像是那化学家所说的元子根基,随便说到那里,总是离不开的。如此说来,我们要自尊而成贵品,不要自轻而做贱胚的样子,除了力求自由之外,是毫无别法的了。但是这“自由”两个字却是狠难的,不但是难做,并且甚难讲,这个是什么缘故?要晓得一个人,须得有了自由的资格,方在可以自由;如果没有自由的资格,就断断不能自由。倘若没有自由的资格,强要自由,这种自由就叫做强横自由,野蛮自由。强横野蛮自由的人,依然是不知自由。

有人说,他的强横,他的野蛮,正是他随心所欲的自由,何以倒反说他不知自由呢?我说我已经说过,要有了自由的资格,方在可以自由。什么叫做自由资格?大凡是讲自由的人,必定欢喜叫人家同我有一样的自由,必定不去侵犯人家的自由,破坏人家的自由。能够如此,方在可称真正自由。至于那强横自由、野蛮自由的人,只知一味随心所欲,并不知什么叫自由,什么叫人家的自由;什么叫侵犯人家的自由,什么叫破坏人家的自由。倘然把这个当自由,那就是杀人放火,做贼做强盗,都可算是自由了。倘然都可以当得自由,那就不必再研究这自由的学问,只要研究一个混世魔王的学问就是了。

唉,我说到这里,我就想到了我们中国的自由不自由了。你看我们中国顶自由的是什么人?就是男人。顶不自由的是什么人?自①然就是女人了。我们中国的女人固然是不自由的了,然而中国的男人是不是真正可以称得自由的了呢?不可以。为何不可以?就是因为他并没有自由的资格,并不知道什么叫自由,什么叫人家的自由;什么叫侵犯人家的自由,什么叫破坏人家的自由。只知道自己随心所愿,行他的强横自由,野蛮自由,并且转湾抹角,想尽法子,对待我们女人的自由。所以我说他依那些男人,只可算依然不知自由。但不知现在我们女人的自由权,已经被他们侵犯到极处,破坏到尽头了。我的姊姊妹妹们,须得自己想想,他们既把我们的自由权侵犯破坏到了这个地步,难道我们也就听其自然,就此罢了么?倘然真个听其自然,就此罢了,那就难免人家说我们自轻自贱了。试问这“轻贱”两个字,是何等样的坏字眼,就是极下等的下等人,若骂了他一声轻骨头、贱皮肉,他听了之后,也断没有心里头反而喜欢的道理。如此说来,这“轻贱”两个字自然是人人所深恶,人人所痛恨的了。然而照我们女界如今的样子,恐怕终难免了这两个可恶可恨的字样。这两个字样既然是最可恶最可恨的,我们就断断乎不能听其自然,就此罢

① “自”,原文作“是”,据语义改。

休,我们终得大家想想法子,终得把这两个恶字眼免去了才好。不知各位有什么好法子没有,如果有好法子,就请赶紧宣布出来,可以洗净我们最亲最爱二万万姊妹同胞的数千年来最伤最痛的大耻大辱。就是千万年后的女界,亦必定追念当时提醒我们女界的大功,感戴当时救施我们女界的大德。但不知各位有这么一个法子没有?我真正日夜的祝告,时刻的盼望,务必求我姊姊妹妹,大家想想,想出几个好法子出来,大家研究研究。至于我做姊妹的,实在是才疏学浅,并没有别的法子。照我的愚见,只有一个力求自尊自贵的法子。然而要自尊,必定要先得了自由的权利;要得这个自由权利,必定要先求这个自由的资格。这个自由的资格,如何求法呢?我想也只有一个法子。是什么法子呢?不过大家求学问就是了。我想如果有了学问,就可以得有自由的资格;有了自由的资格,就可以享得自由的权利;享得自由的权利,就可称谓自尊自贵。我们女界中既然能够自尊自贵,他们男界中就是要行他那强横野蛮的自由,也就不敢了;要想侵犯我们的自由,也无从侵犯了;要想破坏我们的自由,也无从破坏了。他们既然不能够侵犯我们的自由,破坏我们的自由,并且不敢再用他那强横野蛮的自由,从此之后,如果再有人敢说我们是自轻自贱的这句话,我也不相信了。

我说的这篇议论,同前半那节解说,各位听了,谅必不以我这个话是毫无道理的。然而有一个姊姊,就来问我,他说你的话果然是不错,但不过我们做女人的,何必定要自由了,方在可称自尊自贵,这个道理,我却有点不明白。我就问他,怎么的不明白。他说即以我而论,小时候在娘家,并没有念过什么书,求过什么学问,一样也做了一二十年的千金小姐,到大了,就嫁了一个念书人。这个念书人,不但是少年公子,并且是博学多材,不上一年,他就进了学,我就是个秀才奶奶;头一次乡试,就中了举人,我就做了举人太太;后来联捷中进士、点翰林,我也就做到翰林太太。我固然没有念过书,求过学问,不明白什么叫做自由,不能够自尊自贵,但是要加我“轻贱”两个字,似乎也无从加起了。古语说得好,“妻以夫贵,船随水高”,所以我想何必定要有了自由权,方在可称尊贵,就像我虽然没有自由权,不能说是自尊自贵,然而终不能不说是可尊可贵。所以这个“自由权”三个字,在我看起来,我们做女人的,有也罢,没也罢,似乎也没有什么要紧。如今听你说得如此的郑重,我倒有点不明白了,倒要请教请教。我听了他这番话,我几乎笑出来,想必各位听了这番话,也要不禁大笑。然而,不必笑他。要晓得他这一番话,就是因为没有念过书,没有求过学问的缘故,以致于说出来的话,就要引到人家好笑。然而这种人,实在也只好算一个可怜人。我们中国这种可怜人实在不少,不过像他这种放在嘴里说的人,不常看见。至于嘴里不说,心上打这种主意的人,我就不敢说是有限的了。所以我当时听了他一番的话,我狠觉得可笑;我再转念一想,不但不觉好笑,倒反觉伤心起来。我想我们这女界中,受毒竟受到如此的深重,他们男界的牢笼手段,竟把我们女界牢笼到如此的坚固,弄到我们女界的人做了奴隶,做了器具,做了玩意儿,连性命都寄在人家手里,他还不知道,他还在那里兴兴得意,说是可尊可贵的哩。你们各位姊姊妹妹都细细里想想看,这岂不是我们女界同胞最伤心的事么?所以我当时并不笑他,我就平平和和的回他。我说姊姊的这番话呵,亦可说有点思想,不过没有过细的想想,所以不能够明白我所说的自尊自贵同自由的话。我前几年,也同姊姊一样,也曾经有过这种主见,近年来我又细细里研究一研究,觉得起先那个主见到底不对,到底靠不住,所以我方在有现在的一个主见,这是什么缘故呢?却并不是因为什么家里穷发的牢骚,我家里虽不富足,然而也不至于受饥受寒,亦并不是因为匹配的人没有贵,生了气闷。我所匹配的,虽然没有大发达,然而志气却也并不低,就是与他交往的人,也没有不看重他、亲爱他的。照我的际遇而论,虽不能算上上,然而也不能算得下下,并且我的自由权,既没有人来侵犯我,也没有人来破坏我。如此说来,我以前所说的话,可知并不是什么生了气闷,发的牢骚,我实实在在是一片热心。想到了这个意思,就熬不住,就要向大家说说。请我那姊姊妹妹,大家研究研究,如果能够研究出一个好法子,洗净我们女界中数千年的羞耻,岂不是可喜可贺的幸事么?至于我说的自尊自贵同自由,这句话却与姊姊的主见刚刚是个反对。姊姊说,“船随水高,妻以夫荣”。姊姊做了太史公的夫人,似乎觉得自己是可尊可贵的了,然而叫大知识人看起来,恐怕要说姊姊的尊贵是靠不住的。这是什么道理呢?要晓得天地间既然生了我们这样一个人,我们就因该享一分自由权,这个自由权是神圣不可侵犯的。神圣不可侵犯,方才可以算得尊,方在可以算得贵。至于依傍人家做的事情,受的荣华,就是其再尊点、再贵点,也不可以算得尊贵。我如今再来说个比方,譬如我们女人嫁了一个男人,这个男人真正是又富又贵,就不过他虽富,他不准我用他一个钱;他虽贵人,他不叫我享他一点福,这我又怎么好呢?就算是他钱亦肯叫我用,福亦肯叫我享,不过他到那个时候,要用其他那个强横野蛮的自由,我又如何对付他呢?所以我说姊姊那个尊贵是靠不住的,若要靠得住的尊贵,除非有了自由权,方在可以靠得住。要晓得我们不过是个女人,女人同男人有什么上下,我们定要服从他,依靠他,引到他当我们是一样器具、一件玩意儿的样子,你说是可叹不可叹?就是那“妻以夫贵,船随水高”的两句话,亦并不是什么好话,原是两句极刻薄的话。那两句话的意思,上头一句是直说我们做女人本来是贱的,要靠了男人方可以贵;底下一句就是比方我们做女人的就好像是个船,要水涨了,方在可以高起来,如果没有水,就动亦不能动了。你说这个话是不是人都气得死的?我因为气不过,所以我就抱定了一个自由的主义。我这个自由的主义,却是神圣不可侵犯的了。我说到这里,那个姊姊也就不说了,至于能够明白我这番话不能,那我就不知道了。

但是我这一篇话,我也不过是依了我的愚见,随便说说,就不知不觉说了如此一大套,不知我姊姊妹妹们听了,意谓如何。如果说是措辞虽然粗俗,理论尚有可取的,那就请大众姊姊妹妹,务必一个个拿定主义,竭力研究学问,务必一个个研究到有自由的资格,享自由的权利。如此之后,那"自尊自贵"的好名词,就可以自然而然的送得来,那"自轻自贱"的恶字眼就可以自然而然的跑开去了。《论语》上有两句书,说是"我欲仁,斯仁至矣"。这就是说,只要我要做这件事,是没有做不到的。我的姊姊妹妹,赶紧用心用力的做去就是了。

——《中国新女界杂志》(1907)第五期

王玉蓝

王玉蓝,生卒年不详,山西人。留日女学生。

劝山西女子游学书

尝听见人说,文王的圣德,全凭著母教;诸葛的事业,多由于内助。可见良母贤妻,都是有真正学问,才能作到的。说到学问上,无论男女,并不能生来自然就人人都会,非经许多教育,那是决不能行的了。但是有人说男子教育要紧,女子教育是不要紧的,这话可说错了。依妹妹的意见,女子教育,较男子还要紧些,为甚么哩?因为男女教育的根本,全在为人母的一个人身上。俗语说"人生三岁不离母",就是长到七八岁时,也都和母亲最亲近的,所以人说"家教能严,儿孙自好"。这家教在日本叫做家庭教育,那教师就是为人母的要担认的了。诸同胞姊妹想一想,这女子教育有多么要紧呢!这可算妹妹劝我山西女子游学的一个原动力。又有人说我们中国女子,自古不出闺阁,怎么可以远游?这话也不对。听说古来有个木兰女,替爷从军一十二年,又有梁夫人,亲执桴鼓,助他丈夫打仗。又听明时有个女将军秦良玉,当远征时,崇祯皇帝赠一诗,有两句道:"世间不少奇男子,谁肯沙场万里行。"如果这些女子不出闺阁,怎么能作那样惊天动地的巾帼英雄的事情来?

况且近年来，沿海风气大开，女子游学东洋、西洋已经不少。那办赤十字会的张竹君女士，不是游历各国的女杰么？那演说争俄约的薛锦琴女士，现在不是美国留学的名人么？就是日本国在西洋留学的女学生，现在学成回到本国来，那一番爱国热心，较之男学生，尤强十倍。我山西同胞姊妹，这东亚舞台，怎能让他人独占呢？来呀！来呀！从前我山西风气不开，缠足之陈习未去，其所谓寸步难行，也就难怪他裹足不前了。现在天足会已经盛行，女学堂又要开办，我们山西的官绅，也应该筹些经费，派些女学生，到日本学习一切，造成些女教员，岂不好么？怎么还悄悄的没有一点动静呢？妹妹并不说中国就没有能教育女子的学问，不过比较起来，人家办女学堂已经多年，总略略完备些。就妹妹在日本看见的说，他们女子教育的盛大，真是中国现在梦想不到的。那幼稚园和小学校，女教习最居多数，因女子性情，最和儿童相宜，儿童自然欢喜学的。至于那女子所学的功课，除伦理、心理、修身、读书、习字、演算、编物、体操、唱歌等普通以外，尚有许多专门学校，譬如女子裁缝学校、女子烹饪学校、女子美术学校、女子音乐学校、女子师范学校、女子高等学校，女子大学校也是有的。所以东京市上，绿裤紫裾，结伴联群，往来女学生，比男学生还多些，这都是实在情形。我同胞姊妹能亲身来游，自然知道妹妹的话一句不假的。故国苍茫，女界寂寞，回头西望，感慨何如？草草短书，一字一泪。我同胞娣妹不惮远涉，惠然肯来，使山西留学历史上边，不至缺少了女学生一部分，也就算为巾帼吐气了。

谨将日程、路费、学费等开列于左：

自山西省城到日本东京，约十三日可到，陆行五日，海行八日，里数约七千里。

学费:每年三百五十元。

路费:六十元。

招待人:妹妹担任。

山西留东女学生王玉蓝上

——《牖报》(1907)第二号

王子怡

王子怡，生卒年不详。曾就读于上海天足会女学校、上海爱国女学校。

女权与女学

夫自海通以来，西学东渐，观彼政治之文明、教育之精良、实业之发达，凡百事端，靡所不论，是以国强民富而能称雄于世界。然所以致此者，皆由一般人民于学术上精求而研得之，及能用其所学以担责任，此其民权之所以膨胀，而女权亦得并行于社会也。返观吾国，人民虽众，而教育不及于女子，坐令饱食安居，无所事事，国民应尽之义务及应得之权利，咸茫无所知，此我国女子之无权，有由来也。更于一方面言之，则政治不讲、实业不振，推其理虽由于国民程度之幼稚，然天下兴亡，匹夫有责，匹妇亦与有责焉。嗟！我女子何竟无出而任其事谋其权者哉！且世界日趋于文明，人道益重乎平等，今日无女权不发达之国，而能竞存于世界者。盖女权愈膨胀，民权愈膨胀；民权愈膨胀，国权愈膨胀。观夫英国女子，屡次要求选举之权，其国势之雄壮，何莫非造福于若辈耶？吾国国势日亟，实由女权之不振；而女权之不振，实由女学之未兴也。盖女学为女权之事，今之女学，方在萌芽，即有一二女子，略知女权主义，辄因学问之未足，酿成野蛮之自由，反为女权之蠡贼,可不痛哉?我同胞而欲恢复女权也,当交相劝勉,务以女学求女权。换言之,扶植女权,当先提倡女学;而女权之主义,尤须寓于女学之中,则女权庶几有发达之一日欤!

——《女报》(1909)第一号

男女交际论

夫人生何以能立于竞争剧烈之世,曰必赖道德学术而辅以阅历,乃得以成立而有为焉。交际者,阅历之发轫,合群之起点,讨论学术,交换智识,察社会之现状,究个人之心理者也。故世之号称文明国者,莫不奉以为专科,诚以人类生存竞争所不可缺之事耳。今者,教育兴矣,交际广矣,如学界则有学会,商界则有商会,借以连络感情,固结团体,而共图发达,未始非文明进步之机也。顾女学之兴,虽稍转移从前尊男卑女之积习,神州女界,可期有为。然泰东西社会所不可缺之男女交际,吾国殆寂也无闻,即曰有之,亦为其亲长所不容,乡党所厉禁,盖必令谨守闺门,不闻世事。故虽具远略,奈英雄无用武之地,怀抱无商榷之方,宁不以区区古训,障碍其进化之机乎?苟长此终古,恐贤者悔志而继起无人,则女权委靡,女学沈沦,母教如斯,前途更可知矣。是以求国之兴者,当有以倡于前而启其后也。夫天演竞争,惟适乃存,既弃其不适之古学,而采取欧化,男女兼教,则交际亦当平等。至谓男女交际,恐致流弊,则旧俗闺训女箴,不可谓不严且密,而郑卫之风未尝绝也,则弊固不在交际明矣。且既沐浴学问,道德自尊,男女交际,俾收群知群力之效,而相与竞争于舞台。庶国民之半,既不以其固有之人格,坐令而湮没,男界亦轻其负担,小则辅助家政,大则有俾邦国,此胥学识交际为之阶也。夫交际广则见闻多,世无交际不广而能立大功成伟业者。吾姊妹固甘自弃也已矣,不然,则其愤起而为其所当为,慎毋为宿弊之闺训所制,而弃其责伤其权也。虽然,所贵乎男女交际者,殆以造人类进化,而辅助道德,研求学术,决非为挟邪游行者所可借口也。愿吾同胞,得交际之旨,勿授嫉者以口,则女学盛而女权振,神州女界,庶几放厥光明于二十世纪之秋乎!

女士系本社记者,此文应列论著栏内。兹以惠稿逾期,不及插入,不得已屈列于此。

——《女报》(1909)第二号

姚明珮

姚明珮,生卒年不详。1909年在上海女子中西医学院就读。曾任世界女子协会书记,是女界共和协济社发起人之一。

论禁女学堂之非

中国积弱极矣,而欲转弱以为强,莫如兴学。所以今之爱国者,设义塾,开女学,使富者得读书,贫者亦得读书;男子得读书,女子亦得读书;将使人人精强,人人博学;此教育普及之宗旨也。夫吾中国,向来义塾尚有,女学无之,迩来女学渐设,女子之向学者渐多,爱国者方喜始有萌芽,岂知被无知之徒,压之践之,可叹孰甚!吾国人民四百兆,女子居半,皆软弱无用,加之男子之吸洋烟游荡无业者又居其半,则虽谓中国之人民不足百兆可也。此不足百兆之人民,犹未得称世界之强者,若是而敌彼东西强国,欲胜乌可得耶?且夫国民之称,男女皆在其内,何独于教育而不等乎?中国人民之所以弱,由女子之不强也;人民之所以愚,由女子之无学也;教育之所以不发达者,由女子之无教育也。女学校不兴之害,岂不甚哉!今女学渐兴,犹恐不普;学校渐设,犹恐不足。彼禁之、阻之者,其意何哉?国家之强盛,女子之幸福,彼固无关,然阻女学,彼固亦无益也。噫!若是之识见,授之以政,欲其兴社会,安万民,乌可得哉?所谓峨大冠,拖长辫,坐糜廪粟而不知耻者,即是辈乎?彼固无国家思想,压制女子,阻止女学,然吾女子岂可自放其天职哉?国得幸福,男女共享之;国有患难,男女共受之。岂女子无关哉?彼阻力愈重,吾当进步更速;彼压制愈烈,吾当自由更甚。以多数之女子,敌少数无智之徒,岂得不胜哉?惟在吾女子自勉耳。

——《女报》(1909)第二号

论强国之本在国文

物隆于本而亦衰于本;国强于本而亦亡于本。芸芸万物,茫茫众生,其所以能生息于天演界中者,惟其本之固耳。故既芟之草,已斫之木,虽加之以灌溉之勤,重之以培养之厚,亦不足复其本而还其原。夫强身之本,基于饮食;强国之本,基于文字。能于饮食滋育者,则得一身之康健;能于国文涵养者,则得一国之富强。国文者,所以启发国民之心志,感动国民之性情。自幼而壮,自壮而老,日餍饫于其中,而为无形之饮食者也。饮食缺乏,则为亡身之媒介;国文轻忽,则为亡国之炸药。二者固势相异,而理相同也。欧美诸邦之教育,凡注重国文者,其国必兴。日本仿英人,而三宅雄次郎等必急急焉以保全国粹为务。盖文字存,则可以起国民之观念,而各种科学,皆由此以求精。俄人之灭波兰,法人之灭越南,英人之灭印度,必先灭其文字者,职是故耳。

吾国海禁一开,商舰通矣;新政一行,学堂设矣。海禁之开,外人进货之便利也;学堂之设,普通科学之发达也。然使求普通科学,而不致力于国文,则新学日以盛,旧学日以衰,势必举數千年来之圣经贤传,视为糟粕,而弃之如遗。彼外人乃得乘吾之虚,挟商业以制吾国民之生命。呜呼!可不惧耶?今之言强国之道者,必曰兴学矣!夫兴学必用英文,而英文者,国文之对也,重英文而轻视国文,是谓舍本逐末。若以国文为基,而推及他学,则英文之收效亦易,而本将益固也。自今而后,吾国人苟知国文之所以重,则他日国势之振兴,其庶几乎!

——《女报》(1909)第二号

论竞争与倾轧之区别

今日之世界,竞争之世界也;苟不竞争,则难存于此列强之世界。优劣相角同在天演之中,优胜劣败,理所必然,然则竞争固当尚矣。然竞争为吾人之最要,而与竞争相似者,即倾轧是也。其间则大有公私之别竞争者。权利之代价,不可少之要事也。几人所有之学,我必学之,至于高出于彼而后止。种种之学术,皆欲与人相争,若物理、若制造为尤要。人所已发明者,我必求其理;人所未发明者,于更用我之脑力以使之发明。一日不成,一日不息,终有达其目的之望。能是如,岂非列于天演之优派乎?倾轧者,野蛮之举动,天演中所不容之事也。专谋一己之利,不顾他人之害。人而凭权相势,陷害同僚;小而一饮食之细、一服用之微,亦必出其力以争之。灭公理而兴私欲,如是而不列于天演之劣派者,未之有也。然则竞争为天演所不可少,倾轧为天演所不能容。处于今日之世界者可以鉴矣!

——《女报》(1909)第二号

辛素贞

辛素贞，生卒年不详。上海尚侠女校代表，辛亥时期“女国民军”的发起者。

尚侠女学代表辛素贞上陈都督书

都督麾下：

窃维天赋人权，男女本一无轩轾；人自为战，雌雄可立决须臾。伊古以来，娘子成军，宫人教阵，木兰代父，良玉佐夫，历史传为美谈，后人未容多让。比者，满运告尽，汉命维新，楚歌一声，义旗四举，有摧枯拉朽之势，无穷兵黩武之劳。所谓天与人归、土崩瓦解者也。上海为通商巨埠，都督乃应运挺生，吊我黔黎，总兹戎首，华洋翕服，豪俊景从。商民结敢死之团，学界起先锋之队，洵哉江东子弟，叱咤可变风云，行见塞北毡裘，瞬息悉成灰烬矣。顾健儿身手，概属男子，而与子偕行，不闻女子，虽有个人慷慨之勇，却无团体组织之师。岂兵气不扬，女子懔在军之戒？抑雄心尽死，弱质无可取之材？素等不肖，实深耻之。夫一国兴亡，匹妇亦肩责任；同仇敌忾，吾侪咸具深情。筐厥玄黄，岂遂尽其能事？遗以巾帼，相期雪此谰言。兹特发起女民国军，一切如男民国军办法，所有详细规则，当俟批准遵订奉呈。丁廿世纪风潮之冲，舞台与须眉分占；振五千年文弱之敝，国魂偕纤手同招。想沧海不拒细流,知伟忱定邀谅鉴。素等不任矫首顿足、迫切待命之至。

——《申报》1911 年 11 月 13 日

张访瀛

张访瀛，浙西人。生平不详。

书赠女子北伐队

於戏！我汉族之大好河山从此得恢复矣。登高一呼，四方响应，有志之士云合影从，莫不以投身军队为无上之荣誉、惟一之天职。武昌发难，全国重光，洵义举也。

夫中国民族为数四百兆，而女子居其半，我辈坐视彼二百兆男子掷重价头颅，流无量热血，事定功成，同享共和，则性成依赖，贻全球讥，异日中华民国女权史上必奄奄无气息。伟哉！诸姊妹以纤弱女子身，具慷慨丈夫志，组织军队，克日北伐，统熊罴之师，入虎狼之穴，弃红粉，冒白刃，舍针黹，执干戈，花木兰代父从征，梁红玉佐夫杀敌，后先辉映，足使裙钗生色矣。

我国男女两界向不平等，大为人道之魔障。老大帝国之讥诮，即谓我女界阶之厉，亦非苛论。天下兴亡，匹夫有责，我辈女子对于国家有同等责任，即不可不尽一分救国之义务。漆室投杼之叹，嫠妇恤纬之吟，岂有他哉，职是故耳！我辈不于斯时投身军伍，为国驰驱，将来中华民国共和之舞台安有我女界立足地？世界各国争女子参政权渐见活动、尚未有大效果者，以苏菲亚、罗兰夫人之无嗣响故也。君等哀雌风之不竞，痛祖国之沉沦，忠义为怀，胞与在念，孙武兵法早习于吴宫，娘子军威足制彼虏命，他日世界女子得有参政权，或自我国始，未可知也。

或曰：女子从戎，能力薄弱，冲锋陷阵，斩将搴旗，与勇健之男儿较，不逮远甚，欲尽一分子之义务，何如为赤十字会之看护妇，或助饷会之劝募员，实胜彼轻生战死者万万。此固老成持重之言，然亦未谅我姊妹等之苦心也。目下光复虽已十五省，而北方虏巢尸居，余气依然，故我不张挞伐不足以告黄帝在天之灵。盖多一队兵士，即壮万众声威。武林之独立，女界为之指挥，金陵之光复，女子敢死队实充临前敌。扫穴犁庭，端赖群力。彼觍列须眉者，老死恋故园，足不出闾里，有财不输饷，有力不从军，直人群之败类、社会之蠡贼而已。

某亦一女子，极思执鞭随诸君后，顾年幼识浅，不为父母所许，抱憾良深！诸姊妹等同仇北伐，务望善自为谋，努力自爱，观衅而动，相机而行，俾可早日功成，聿新汉业。中国前途之幸福，皆出自从征诸君之赐，奏凯归来，鄙人谨随诸姑姊妹后，欢迎诸姊妹于三色旗下。

——《民立报》1911 年 12 月 9 日

崔羡元

崔羡元，广东南海人。生平不详。

普告大汉同胞书

同胞乎同胞乎，天下最可悲可愤可惨可痛之事，孰有过于受辱者乎？天下最可喜可乐可歌可舞之事，孰有过于雪耻者乎？虽然，耻辱之端不一而足，有土地被人盘踞之耻辱，有祖宗被人杀戮之耻辱，有妇女被人奸污之耻辱，由财政被人强夺之耻辱，有人民被人蹂躏之耻辱。甘于受辱者为无血气血性之贱夫，谓之国贼，谓之逆子，对于国家为不忠，对于祖宗为不孝，对于子孙为不慈，兄弟鄙之，妻子怨之，朋友贱之，后世骂之，史册笔伐而严诛之。勇于雪耻者，为有血气有血性之健儿，谓之爱国，谓之爱种，对于国家则为忠，对于祖宗则为孝，对于子孙则为慈，兄弟尊之，妻子敬之，朋友慕之，后世崇之，史册详志而表扬之。呜呼，甘于受辱者如此，愤于雪耻者如彼，同胞同胞，果乐为受辱乎？抑愤于雪耻乎？夫印度之亡，犹太之灭，埃及之墟，非人墟之灭之亡之，实彼甘之乐之安之，辱不以为辱，耻不以为耻，不思冒险雪此奇辱，以至世世代代子子孙孙受此束缚之苦，遭此专制之刑，无自由之权，无自由之乐。羡元读史，至此未尝不泪随声下！观此弱肉强食之世界，有强权而无公理者矣。吾大汉之同胞，天下无难事，有志事竟成,愚公可移山,卞和可归璧,国可亡不可辱,士可杀不可辱,同胞亦曾闻此语否乎?使人人有雪耻之卓识,时时操雪耻之方法,为工者造枪械制军衣,为农者广种植捐军粮,有智者献伟略出良谋,有力者舍生命投军伍,有财者慨捐款助军需,今日雪之不成,期之明日,今年雪之不成,期之来年,如是乃至十年、廿年、百年,务必达到目的而后已。己身雪之不成,期之于子,子犹雪之不成,期之于孙,如是乃至曾孙玄孙来孙,务必达其希望而后已。同胞同胞,假各出其力,假各献其长,上下同志,南北一心,宁血肉横飞以购自由,宁身着两断以买独立,宁血流杵以脱专制,宁求生于枪林弹雨,不安死于异族惨毒,则我故土可复为头等之国,与我同胞可跃为头等之民。同胞同胞,其成也在今日,其败也在今日,其存也在诸君,其亡也在诸君,诸君其勉乎哉!诸君其勉乎哉!

——《民立报》1911年12月25日

崔羡元女士致直隶绅民书

敬启者:

天不忍我黄帝子孙,长受制于满廷强梁之下,使我同胞专制之政府,转而为各省独立之政府;天又不忍我同族之人民,遽分为各省独立之散,复使我各省中独立之政府,联而为统一民立之政府。故除直隶之外,始莫不高树独立之旗,继莫不联为民主之国。(中略)然直省之绅民,既不提倡独立于前,又不附和民主于后。(中略)如谓帝京亦在直隶省界之内,他省皆可宣布独立,直省万不能宣布独立;他省皆可主张民主,直省万不便主张民主。然观谘议局之名,不目之为顺天谘议局,不目之为直隶谘议局,特目之为顺直谘议局,是顺天、直隶合为一谘议局。顺天有顺天,直隶有直隶,既可以合,自可以分,不得谓京城居于直省之内,难以独立矣。如谓直隶岁中所入不敷所出,独立虽好,民主虽佳,奈困于财政,何而不知独立之后,若某无用之局所则撤之,若某无用之闲员则裁之,对于矿产则开,对于实业则兴,对于商务则振,对于人才则育,以一省之财而办一省之事,曷患其不足以用也?苟终倚赖于满廷,誓不赞成于各省,假使各省督师而来,试问直隶一省之兵士,果足以御南北各省之兵士否?试问直隶一省之军火,果足以敌南北各省之军火否?试问直隶一省之粮饷,果足以胜南北各省之粮饷否?试问直隶一省之势力,果足以抗南北各省之势力否?如其不能,是独立之是,不独立之非,自当从速而行,何尚迟疑不决?虽然直省为衣冠文物之区,羡元乃粤东商人之女,阅历既浅,才学又疏,曷敢妄陈于大君子之前?然大势所趋,民心所向,安危所羡,此羡元之所以不得不言,与羡元之所以不敢不言耳!

——《中国革命记》(1911)第九册

汪杰梁

汪杰梁,生卒年不详。曾就读于上海城东女学,任教于如皋沙氏女学。《妇女时报》主要撰稿人。

如皋旅行记

如皋①僻处大江之北,土地肥沃,物产丰富,风俗质朴,民情敦厚,盖交通鲜便,太古遗风,至今犹有存焉。辛亥春,辱承王君英超之介绍,得任沙市女学教师之席。于二月二十日整李启行,附大达公司轮船至天生港。送余同行者,惟顾君荫亭也。一时启轮,夜色模糊,闭户塞窗,蘧然而寝,未几即闻水声大作,人声渐静,盖已将出吴淞口矣。

及时至天明,阴云四布,天雨绵绵,凭栏远眺,但见弥漫汪洋,波涛汹涌,大有水天一色之慨。帆影忽隐忽现,若欲相与竞驶者,顾盼间而前面岸树一线,烟雾蒙蒙,恍惚莫辨,现出于水云相接之际,以映入于余眼帘底,盖为长江之第一门户崇明岛也。鼓轮西上,向前直进,远望两峰对峙,突兀于江干,势若争长相雄,盖为长江之第二门户狼山福山也。江水上流,一泻千里。长江天堑,守之固足以自雄也。然苟偷安因循于旦夕,国是日非,则此大好江山,天然供我资

① “皋”,原文作“臯”,据语义改。

守者,转瞬即为伤心之地,安足以供我人之游观哉!

二时至天生港。登岸坐人力车至唐家闸。斯时风渐狂,雨渐大,淅沥迎面而来,鞠身舆中,无尺寸薄帏可以自蔽。乃张目四顾,似潮似波,似烟似雨,白色茫茫,十步之外不辨上下,但见舆夫进行,或磴或土,或升或降,虽喘声呼呼,力曾不少衰。呜呼!我国女子终其身足不出里闬,一涉征途,则苦风苦雨,苦饥苦渴,苦寒苦暑,苦冰雪,苦劳顿,苦舟车晕,苦思念家,几若一举一动,无不苦者。此次之行,余亦饱尝之矣。然试思中国至今日,强邻环顾,视耽耽而欲逐逐,瓜分实行,则血肉战争,奔走跋涉以避其难者,其困苦又不知为奚若!呼呜,言念及此,能不慨然流涕乎?沿途所见,麦为最多,油菜及蚕豆次之,惟居民稠密,屋多茅列,而整洁较我乡为甚,盖勤而耐劳者也。未几,见妇工携筐,往来于道路者绎络不绝,仰而观之,则高大之烟筒,已巍然现露于烟云间,盖唐家闸已至焉。舆人一一语余曰:闸市甚热闹,工厂甚多,若者为丝厂,若者为纱厂,若者为铁厂。小民作工以瞻养其家者,比比皆是。回思我江南,除上海而外,工厂之设立,能挽回利权以裕民生者,我未之闻也,视此能不甘拜下风乎?

既至,遂宿于通扬旅馆,翌晨即坐小轮赴如皋。城离此有百余里,历六句钟许即至。雇轿进城,先至师范学堂,访王君英超,同至沙氏女学。是夜,顾君宿于该县之劝学所。

既至如城,虽不能参观各处,然据顾君之报告,此处风俗朴实异常,虽富家子弟,亦常衣布衣,即下至役人舆夫,亦莫不推诚直言,一无欺诈之虞,视我江南奚啻霄壤!即教育界亦颇形发达,以全县之学堂,共九十有六所,其中工艺学堂之木工、漆工、织工,成迹斐然可观。惟师范学堂,教员学生,上课皆得自由,殊为不解!以初级师范而聘日人为教员,殊为可叹!学生多专心国文,而于各科学,反多置而不理,殊为缺点云云。翌日晚,余休息预备上课，顾君遂取道扬州，渡江乘汽车而返。

——《妇女时报》(1911)第一期

论今日急宜创设妇女补助学塾

二十世纪风尘盘涡而东下，漫漫长夜，渐露光明，女学女学之声，日日鼓动于耳膜。一二有志之士，亦莫不竭力为之提倡，以冀其发达，良以儿童品性基于家庭教育，而家庭教育视乎女学为转移故也。

虽然，挟探原竟委之宗旨，为高掌远跖之举，其心目注于数十年后，成高尚美备之女德、女智、女力，以胚胎新国民，造成新世界，影响之大、思虑之远，固无以易此矣。惟此数十年中，风云变幻，间不容发，前去后续，不能生此须臾，兀焉终日以希望他日。然则吾辈青年女子，将来任教育国民之责者，是固不可不加意培植，以高尚其人格。而彼之笄嫁逾期，已担荷室家子姓之职者，其关系又至为重要。苟听其不学无术，将闺中积习，改革无期，盲人瞎马，蹭蹬终身，污风流于社会，玩习殄其年华，而欲望改良家庭，以教育儿童，是犹南辕而北辙，岂可得哉！

或者曰：今日之普通女学，固不择长幼而教之，何虑其失学哉？不知妇人之与女子，其所处之地位不同，心思才力亦不同。若不择其利害得失，而欲授以一般之普通教育，必反多窒碍而无效，何也？势不可也！

盖妇人自结缡告姆以后，中年已届，母格已成，其非纯正之学龄可知。况既有室，家必有家政，不幸幼失教育，凡事无序，然彼固罔觉也。骤语以学问，闻而惊诧，不能若女子之镇静安定，服从训令，为迂缓有级之学科所可羁缚也。此则妇人之所处地位，势有所不可也。

人无论男女，成年以后，脑力虽充足，然事繁心乱，意志不定，且或任井臼琐屑，孕育儿女耗力亦多，较女子之脑力纯粹、体力发达，自不相侔矣。而欲使之并驾齐驱于学业，安可得耶？此则妇人之心思才力不同，势有所不可也。

然则妇人又安可不学哉？为今之计，当度其时地，量其心思才力，洞悉其利便与患害，研究良善之方法，以适所当教、适所当学。

欲适所当教、适所当学，莫如各处多创设妇女补助学塾，每日授以极少之时间、极简之课程，使之见效易而成功速。其主要之课目，如修身宜讲家政之浅理，及妇女之故事，但勖以孝慈，俾足为儿女之表率；导以独立，破除迷信倚赖之恶习，引其自治之观念，斯人格渐高，而社会之思想渐生矣。国文宜授以浅近之文字，俾能识字造句，写信阅报为目的。算术宜授以加减乘除四法，及珠算簿记之学为最要。其他如生理、手工、画图等之最切于日用者，以助其兴味。如是则循序渐进，一二年后即可卒业，而儿女之受其利益，已无涯涘矣。学之简易如彼，有益如此，自非大困难，必能毋却阻。普及教育，改良习俗，其在斯乎！其在斯乎！热心教育者，盍亟图行之！

——《妇女时报》(1911)第二期

女子从军宣言书

溯自汉皋事起，义旗北指，羽檄东驰，不数月而响应者日众。一二热心有志之士，莫不大声疾呼，挟沉舟破釜之谋，矢百折不回之志，竭智力，舍身命，捐财产，冒枪林弹雨而不顾，拼血肉以相争，拯救吾民于水火之中，而登诸衽席之上。冀得他日民国成立，同享共和之幸福，此固吾同胞应有之责任，应尽之义务也。然试思吾辈女子，独非同胞之一分子乎？中国人民号称四万万，女子居有半焉。女子既占有民族之半，吾知女子虽纤弱，必不甘逡巡畏葸，放弃权利。况乎世界学者，每谓男女平等为民法上之公例。平等云者，必有一定之功能，与担任同一之义务者也。而军人即国民唯一之功能，对同胞唯一之义务者也。今女子若不能分任其劳，坐使男子独任其艰苦，则吾同胞之半部分，遂为纤弱柔巽、麻木不仁、无用之物，一无见长于社会，甚至无定河边、春闺梦里，反使多情之英雄，从而消磨其志气。呜呼！我中国数千年男女不平等，女子无独立自由之权，皆女子自取之也。盖我尝见夫阵云压境，暗无天日之时，壮士披甲，毅然从戎。洎乎凶剑麟沉，丑戈羽逝，风尘羊酒，共庆生还，糟糠下堂，代浣征血。其或警报特来，将军战死，满地枯骨，比户为鱼。他日采风之士，凭吊欷歔，以为某氏一门死节，冬青一树，略慰贞魂，谀墓文章，遍传里窦，是亦足矣。而脂粉中有铁血之志气者，则凤毛麟角，亘百世而不数睹也。更见夫咸阳桥畔，牵衣拦道者矣。中原鼎沸，四境不宁，终军请缨，邮亭走马，哭车尘于南浦，织锦字于寒闺。怨陌头之杨柳，飞燕东西；盼塞外之刀环，功名尘土。有见其儿女情长，英雄气短者矣；而所谓巾帼而敌忾者，我未之多闻也。其下也者，则始焉立志不移，期以必死，继则雨横风暴，局蹐无措，豆粥麻衣，仓皇戎马，红颜从贼，晚节贻羞，女界之污浊历史，更仆数之未易终也。若夫开辟世界，创造新国，成绝大之事业，建百世之勋威，照耀史乘，彪炳千秋，独任男子为之，而女子不得与其列，此则数千年不平等不自由之积习，其大原因未始不由于此也。而今也天命方新，无往不复，洪涛东簸，劫灰复燃。今日何日，今时何时，此正建功立业，效命疆场之秋也。亡国燃眉，灭种临睫，不救须臾，生气绝灭，此正吾同胞飞九天、沉九渊，千钧一发之界线也。

吾敢振臂裂喉，大声疾呼，以告我二万万女同胞曰：枪林弹雨,深入险地,岂男子独具之能力乎?积雪在胫,坚冰在须,岂男子独有之辛苦乎?斩将搴旗,攻城夺池,岂男子独逢之快事乎?万马凯旋,父老欢迎,岂男子独享之荣耀乎?旷观古今数千年之历史,谓吾中国女子中无不具军人之资格者,吾未能应也;谓吾中国女界中无一军人之资格者,吾未之信也。不见夫真烈将军,督师司马;荀女之溃围救父,睢阳之代父从军;任城则勒兵登陴,梓潼则临城距战。擐甲执蛮,援李荡于河隈;单骑横刀,拔剑遐于血窟。丰功伟烈,足为女界生色,虽千载下犹有生气存焉,谁谓女界中无英豪哉?为今之计,吾女同胞有力者,速宜提倡从军,组织成团,为大举之后援。无力者竭智谋,筹集巨款,竭力捐募,以为粮饷之接济。使吾二万万女同胞,皆得尽一分子之义务,以养成独立自由之基础。安见中国革命军中,不有玛尼他、苏非亚女英雄出现哉?他日巾帼须眉,相将携手,以上二十世纪共和之舞台,而演驱逐异族、光复河山、推倒旧政府、建设新中国之活剧。而吾二万万女同胞,亦得享平等之幸福,受同等之权利,参与政治,与闻选举,岂非绝大之快事乎?吾为之酬芳醑,引素琴,扬独立之幡,击催春之鼓。晓钟初鸣,万卉昭苗,合掌长跽而请命曰:女子军出现,而吾四万万同胞,乃有昭苏之一日。

——《妇女时报》(1911)第五期

论初等教育

小学时代为人生之始,故小学教师,足以制儿童终身之命运。小学教师良,则学生之感觉思想顺序发达,他日可成大人物;小学教师不良,则学生之精神身体坏乱病弱,青年时代欲谋挽回之方,殊不易易。甚哉小学教师之不易为也!教育学之不可不研究也。盖为教师者,必有教师之价值、教师之精神,非仅能教授一二种学科,敷衍塞责,而即可为教师也。故非深明教育原理者,不足以为教师;非研究教授法者,不足以为教师;但能教授而不明训练养护之方法者,亦不足以为教师。必也思如何而后能灌输以知识,如何而后能适儿童之程度,如何而后可使有兴味,运用材料,融会贯通,则各科教授法不可不研究焉。如何能陶冶其性情,如何能高尚其道德,如何能养成有用之国民、负社会之责任,如何能为儿童之模范,养成良好之习惯,则训练之法不可不研究焉。既能灌输以有用之智识,养成其纯良之道德,然而身体不健,亦无以应用其学,则所学有何用哉?康德有言曰:“精神之教育,寓于康健之身体。”康健者,人生莫大之幸福也,必思如何能使儿童身体发达,如何能使活泼运动,如何能适合于卫生,则养护之法,更不可不研究焉。盖教授关于智育一方面,训练关于德育一方面,养护关于体育一方面,三者缺一不可。且教育本旨,不在教师之能教,而在儿童之能学,尤在儿童之能用其所学。虽然社会之程度,儿童之心身,随时而异,随地而异,若拘泥成见,以一定之范法绳之,反必致无效,是故教师之研究教育,尤在能变化活用。

当此民国成立,普及教育,尤为急务。普及之法,当自改良家庭教育始。家庭教育,固属女子分内之事,然试问我国女子,能入学受教育者几何?妇女之有家室担荷者,能有暇求学乎?如是而欲望家庭教育之改良,能乎不能?故窃以为居今之时,为今之计,欲改良家庭教育,莫如各处多设妇女宣讲会,以开通其知识;多设妇女补助学塾,教以应用智识道德,则收效易而成功速。改革家庭之习惯,其在斯乎!此则我等应有之责任。世之热心教育者,盖竭力提倡之,予实有厚望焉。

——《妇女时报》(1912)第八期

江纫兰

江纫兰，生卒年不详。在《妇女时报》发表诗文多篇，为该报较为活跃的撰稿人。

论妇女醉心西法宜有节制

吾国四千余年，女界久陷于黑暗之中，狂妄男儿，直视我辈为玩物，而奴隶之，牛马之，致令外人论者，谓中国之四百兆人，实则仅二百兆人。其鄙视我女子，屏之于人类之外，亦几于中外同声矣。虽亘古以来，未尝无班昭之德，道韫之才，木兰、荀灌之忠勇，缇萦、曹娥之孝义，焜耀简编，而名贤不世出。其他龌龊猥琐，坚守服从主义，甘心为男子玩物者，仍不啻恒河沙数耳。自欧风东被，文化渐开，朝廷提倡女学，教育普及。而一般热心女士，苦口危言，竭诚劝导，我女界同胞始知有独立生存之理。一扫其依赖性质，而变为灵敏活泼之精神，近今世界社会中，乃许我辈分一席。前闻西国女界，互结团体，合力争选举权，我辈孜孜求学，进化无疆，将来人格益高，国家之待我辈，既畀我以同等权，岂独于选举而靳之？此鄙人之私心窃喜，而为我女界同胞馨香祷祝者也。独是法随时而善变，礼因地而制宜。今日交通不隔，风气日开，我辈旁搜博采，固贵于师人之所长，以补助我之所短，尤贵于弃人之所短，以保守我之所长。大凡善学外人者，必于精神道德，实业美术中求之。至若起居之节，形式之微，苟事事奉为标准，此皮毛之见也。且摹仿愈真，弊端愈炽，强以习俗所难行，彝伦所不合，悍然而效颦焉。以为吾法西人，适足为顽固者所借口，而前途之阻力尤深，所谓变本加厉，大为我女界之障碍者也。数年以来，女校之兴，渐臻发达，潜心力学，洁己修身之士，未尝不接踵其间。而约束稍宽，藩篱偶决，容或有伤风败俗、荡检逾闲之辈，污辱全体之荣名，则又崇信自由者，持论太偏之咎也。窃尝平心论之，西国女界之优胜，在于人人皆学，人人无依赖性质。其冒险之锐，爱国之忠，习业之精，进行之敏，无一事稍迟于男子，亦决不步男子之后尘。凡我同胞，自宜奉之为师，力造于健全之地位。昔子舆氏谓以顺为正，妾妇之道，胡澹庵抗争和议，斥举朝之臣皆妇人，一若生为妇女，皆当卑污泄涊，苟贱乞怜，无一毫生人气。此世界之奇羞，古今之大耻，正赖我辈以雪之。雪之奈何，惟有取法西人，专求自立，绝不赖男子之庇荫而已。然至于名教所关，观瞻所系，亦有不必强同者。即如西国习俗，宾朋相见，有握手礼，相爱者或并行接吻礼。我国礼制，男女授受不亲，虽手足周旋，亦不能亵渎若此，所以别嫌疑，严防闲也。

昔曾袭侯奉使之初，曾致书西国，预戒此事。而古时王凝之妻，因逆旅主人之牵其臂，遂引斧自断其臂。夫一臂犹不许人牵，断无与外姓男子遽相握手之理，而接吻之事，更不待言矣。尝观西人出游，夫妇每携手并行，或本非夫妇而为亲爱之挚友，亦可以携手偕行。我国男女，苟一为此举，招摇过市，无论秉礼者非之，即市人见此，亦必追随其后，揶揄之而姗笑之，此习俗之不能强同者也。自由结婚，本属西人成例，然亦非苟且从事也。按西国故事，男子笃爱情于女者，必先致书于女，微露求婚之意，女若置之不答，则爱情立解，此后遂视如陌路；否则书词答矣，戒指易矣，其后日成婚典礼，仍须由父母主持，固非若野田草露，可以任意寻欢也。我国女子程度尚低，择配一事，慈亲主政。设以西例为借口，私通书简，则艳词绮语，投赠往还，必酿成濮上桑间之秽迹，而大为伦理所不容。此不必强同，而亦断不能强同者也。西人夫妇之间，皆有离婚之权力，性情不合，则彼此皆可请离。在西人固持之有据，绝非无故薄情者。我国男女素无西人之程度，设此例一开，男子溺于私爱，可以轻弃糟糠，女子别有钟情，亦可以下堂求去，名曰文明，而实则渎伦蔑纪，相习为鸟兽之行。况女子之道，从一而终，乃我国之天经地义，自欧风渐染，我国女子固有弃夫他适者矣。更有已经文定，自修尺素，邮递退婚者矣。其人固饰词西例，解脱恶名，而终为名贤所不齿。此中西不能强同，而强同之易滋流弊者也。西国男子向无纳妾之例，印度马酋长，室有四妻，前日贺英皇加冕，英人以其犯多妻之戒，绝灭人道，屏弃之不为礼。若我国则上自天子，下及平民，无人不可以有小妻。女子则名节为贵，义无二天，安得谓男子多内宠，遂许女子，亦恣情纵欲，如山阴公主之面首纷纷乎？西国以多妻为罪，我国则虽以圣贤，犹不免媵妾充盈。苟为嫡室者，稍有不平，则悍妒之名加之矣。此又习俗之不能强同者也。盖事之可以从同者，不妨舍旧从新，事之不必强同者，亦无庸毁方瓦合。

吾国天尊地卑，乾刚坤柔。及女子无才是德、外言不入于梱之旧说，皆系专制时代，借端锢蔽者之所为，原不可以为训。然《周易》有云，“男正位乎外，女正位乎内”，内与外各有专责，其说亦未可厚非。今日英奇女士，自命非凡，读新书，习新学，纵目五洲之广，放怀六合之遥，几欲挟高掌远蹠之雄才，与世界中之热血男儿，争持牛耳，而于女红之业，中馈之司，或鄙弃而夷然不屑，得其大而遗其细，愚窃以为过矣。夫人生于世，各有应尽之天职，其关系于社会者，不得以身系女流，退处于消极地位，其关系于个人者，亦不得概从放弃，致有进退失据之忧。我辈返之一身，则井臼也,烹饪也,纺织也,以及抚育婴孩也,管理门户也,亦自有不可旁卸之仔肩。设令为丈夫者,出其有用之身,为社会图公益,为国民担义务,若大禹之过门不入,富公之焚弃家书,而内助之良,亦且不甘雌伏,奋志功名,与之并辔争驰,拔戟而自成一队,其一切家政所关,若米盐琐屑之谋,戚族应求之谊,概付诸仆役手中,至于婴儿之抚字,蒙童之教育,亦但凭乳媪女佣,代为措置,则家庭之损失必多。而男子忧深内顾,反抱恨于缔姻之鲁莽,则伉俪之情乖,而夫妇之道苦矣。迩来女校之兴,亦间有缝纫专科,及练习烹调课务,然朱门淑媛,贵族名姝,往往鄙之,而羞与为伍。愚谓女界同胞,无论富贵贫贱,除各科大学外,而家政一门,亦必研究精深,为佐理齐家之具。特非若黑暗时代,坚守服从主义,甘心居分利之名也。若夫名节大端,吾国旧有之道德,亦有特胜于西人者。管子不云乎,"礼义廉耻,国之四维"。今者女校之兴,尚属幼稚时代,而秩序不严,未尝无举止轻浮,装饰妖异者混迹其中,甚至淫奔之丑,多露之羞,腾闻于报纸,何尝非伪托维新,遂至酿成此怪现象耶?近世男子,倡为邪说,每以男女有别,指为中国微弱之由。呜呼!此辈隐衷,徒欲遂其燕私之秘计,故相率而纳于毁弃礼义之途。无识者拾其余唾,复为之推波助澜,尽情煽惑,遂使顽固者流,得所借口,明目张胆,斥创兴女学之贻殃,则非西法之为害,而实醉心西法者,变本加厉,甘为女界之蟊贼也。窃尝谓一事之举行,不可为忌嫉者所喜,尤不可为反对者所攻。鄙人厕身女界,实为张大女权起见,而特欲荡除污点,间执顽固者之口,以就我范围,若鲠在喉,迫而一吐。所愿我亲爱之同胞,自定宗旨,同趋于纯正之一途,而不袭维新之外貌,女界幸甚,女学亦幸甚。

——《妇女时报》(1911)第三期

妇女宜以俭德为本

古人有言,俭德之共也,侈恶之大也。夫个人之侈,不过浪掷金钱,纵情奢丽,穷其弊之所归,至于财源立匮,流为饿殍而遂已;其失败只此一身,其波及不出一家,亦何足以言大恶。况我辈妇女,竭我身之所有,任吾意之所挥,侈然自放,暴殄为常,亦不过盖藏胥尽,终悲贫窭焉耳;其关系在家人生计,其困难在门内生存,更非众恶之所归,又何必以大恶訾之。然家者,人所积也;国者,家所积也。吾人厕身女界,已非黑暗时代可比,对于一家之生活,不能不负责任,对于一国之生活,尤不能不负责任。设以我而操内政,居一家最高之地位,握一家出纳之大权,无端而豪侈之思,日形膨胀,视钱币如泥沙,昧艰难于物力,穷奢极欲,斗富炫奇,始则子女效之,继则姻娅效之,久而邻里乡党,渐染成风,其余毒发行于社会,其暗潮影响于人寰。因爱慕而沿为习,尚因夸耀而变为竞争,势不举全国之人,丧其生业,绝其资财,堕入于沦没之漩涡不止。呜呼,古人以侈为大恶,岂刻论哉?反是以观,俭之为德,扩而充之,崇而拜之,富吾家可也,富吾国亦可也。或谓吾以区区一女子,苟厕之全国之中,犹太仓之一米,沧海之一粟耳,即使俭约自持,于全国乎奚益?不知风俗之转移,人情之好尚,每多发起于一二人,而流及于千万辈。由一人而推之一家,由一家而推之一国,苟为个人者,皆能以个人名义,奉俭德为准绳,利无虚靡,用罔不充,行见家给人足,气象大同,谓之为黄金世界可也。故析言之则仍曰个人,合言之则即曰社会。我辈一身之俭德,实与全国之社会有密切之关系,安得谓厕身女界,不负责任?虽豪侈自雄,亦仅属个人支绌耶。然则俭为盛德,固合世界中人、家国中人,均当确守此宗旨。惟余为妇女说法,自宜就简单事实,凡关

系于女界者,述其崖略。今特分甲、乙、丙、丁四项,举俭德之规定,与俭德之利益,汇指之如左:

(甲)日用品

一、饮食费。饮食所以养生,固一日不可缺者,但中馈所司,只取其卫生有益。如污池秽水,隔宿腐肉,固当切戒,否则颜氏子之箪瓢①、朱文公之粗粝,亦可以解渴疗饥,又何必吸琼浆,饫珍馐,旨酒嘉殽,水陆具备,如晋何曾之居家,日食万钱哉?

二、衣服费。衣服所以蔽体,亦一日不可缺者,但内笥所陈,只取其卫生有益。如败絮成缕,泥垢沾襟,固当变易,否则周后妃之浣葛、马明德之练裙,亦可以御寒却暑,又何必飘轻裾,舞长袖,花冠绣袄,艳丽无伦,如宋子京之内宠,多曳罗绮哉?

三、屋宇。屋宇所以藏身,更一日不可缺者,但居宅所营,只取其卫生有益。如嚣尘近市,溷厕为邻,固当迁徙,否则王京兆之牛衣、梁伯鸾之庑下,亦可以举案相庄,又何必建华堂,造广厦,丹楹刻桷,土木大兴,如秦宫人之托处,美擅阿房哉?

(乙)特用品

一、丧祭费。有生必有死,人情所不必讳也。备棺衾,供粢盛,修妇道者,亦宜尽赞襄之职。然丧具称家之有无,蘋蘩见心之诚敬,必欲壮观瞻,罗牲币,不得已而出于借贷,则已非仁孝之精义。

二、教育费。子女当成童时,养之则必教之,购书籍,延师友,以及慎择良校,入而肄业,断不容稍靳其资。至于果饵戏具,一切无益之费,虽未能一例捐除,亦宜概从节省。

三、婚嫁费。男有婚,女有嫁,亦主妇应尽之责任。聘金也,奁具也,措办不容或缺,然俪皮束帛,竹笥练裳,犹足显清风于巾

① “瓢”,原文作“飘”,据语义改。

帼，必欲铺张扬厉，踵事增华，以为两姓之光耀，则未免染富豪陋习。设如子女过多，援例备办，必将有财力不给之虞矣。

（丙）消耗品

一、装饰费。容止端庄，衣履修洁，已足以称淑德矣。然或翠贝文犀、珠簪玑珥，借以夸耀于人，一髻上之灿陈，一腕间之施设，光怪陆离，价值动逾巨万，是亦不可以已乎？今有某女校定章，脂粉钗环，不许携带，非徒防盗窃，亦所以劝朴素，我辈宜奉之为法。

二、酬应费。桃李投报，庆吊往来，固礼文所不废，但微物亦堪将意，何必庭实旅百，始足表其虔诚耶？今日富家贵族，往往于姻戚周旋，比闾馈赠，斤斤以优渥为荣，而妇女之间尤甚。殊不知彼施此受，往复相循，非惟糜费，亦太烦劳，何如简易之为便乎？

三、游宴费。春秋佳日，姊妹联欢，访名园而吸空气，设宾筵而结爱情，似亦未为失德。但此事须有节制，若遂日嬉游，非高车不肯出，终年宴会，非盛馔不为甘，性情日趋于豪放，家法更极其陵夷，一娱乐之所需，罄中人十家之产，非惟自损其经济，即问心亦何以自安耶？

（丁）公益品

一、赈灾费。天灾流行，随时迭见，今之热心女士，亦有慨出巨金，输入慈善会者，非好名也，良以同胞困厄，理宜援手。我辈虽为妇女，何忍坐观饿殍，如秦人视越人之肥瘠，而漠不关心？此正因居身之俭，而可以留其有余，以补人世之不足者。

二、利物费。赈灾之事，犹不恒见也。若夫地方善举，恤嫠也，保婴也，卑田院也，则皆为常年之义务。今之热心女士，亦有持社会主义而引为己任者。与其乞灵神佛，掷楮币于无何有之乡，何如尽吾天职，实行神道降福，佛教爱民之主义，量力解囊，竭力捐助耶？此又因平时之俭，而可以留其有余，以补公款之不足者。

三、兴学费。学以育材,为今日当务之急,然官家经费,限于定额,若欲教育普及,非广设私立学堂,断不能达其目的。今之热心女士,亦有典鬻环瑱,报捐田产,而努力创兴一校者。其人品之高尚,远胜于龌龊男儿。及观其私居自奉,则又与寒素家风同一简陋。薄一身以厚同胞,虽须眉中不多见,此更因制行之俭,而可以留其有余,以补国家之不足者。

要而言之,以俭为齐家之具,固不难造福于个人;以俭为济世之原,更不难造福于社会。俭之与奢,适成为反比例;俭之与吝,亦列于两方面。此中界说,于公益私利辨之。故吾之以俭相勉者,一以冀社会之有余,一以戒个人之无节。尝观于富厚之家,蓄积饶多,其妇女日习于奢,浮华豪纵,不数年而家道衰微,子孙有流为饿殍者。此非有因果报应之说,足以为据也。盖妇女既以奢为事,其家人子弟无一不浪掷金钱,视如粪土也可知。入者虽丰,出者无限,驯至入不敷出,破坏恒产,安得不渐形窘困,久之而竟作窭人耶?吾尤恨今日妇女,媚神佞佛,膜拜焚香,虽耗费亦无所惜,至于社会之中,公益之举,则一钱如命,反谓此男子分内事,非妇女所能干涉。是乃悭吝之儿者,更不得以俭为借口矣。

——《妇女时报》(1912)第五期

说女子参政之理由

自俗儒倡三纲谬说,而以女界二万万同胞为男子附属品,三光泯灭,九幽黑暗,此世界最不平之怪剧也。四千年来,阴霾浊雾,布满太空,我女子沈沦苦海,甘守服从主义者,几与非洲黑奴同一现状。光复以前,欧风东渐,女同胞英俊之士,奔走号呼,创兴女校，吾女界始渐放光彩。然满清之末，淫威愈炽，压力愈张，男子尚绌于假立宪之钳制，而不得实有参政权，何况女子？故男女平权之说，虽日震耳鼓，究未能见诸实行也。兹幸腥膻荡涤，变专制为共和，吾民族已得有完全参政权。而吾女界之二万万同胞，仍受支配于男子势力之下，不得享自由幸福，所谓男女平权者，不大相矛盾耶？前日金陵诸姊妹，激于义愤，互结团体，既面谒孙大总统，复走谒议院诸君，竭力固争，几欲以铁血为激战，而舆论纷纭，莫衷一是，即女界同胞亦有抒其伟见，倡为反对之词者，报章中历历可考也。鄙人愚陋，未敢自诩开通，与男子争权利，但就公理推之，并参以切身阅历，则女子参政权，实共和政体之元素，而宪法终必有许可之时。谨将参政理由，分为十则，胪举之如左：

一、能力之占优点也。参政之权，有代表国民之责任，设非预储智识，于政治施行确有主脑，必不能造福同胞。谓女子智识，无不较男子为优欤，吾未敢信也。然以吾耳目所及，女子资性之灵，思想之活，记忆之精，进行之敏，实有远胜于男子者。女学未兴时代，私塾课业，女子仅有虚名，往往偶然涉猎，粗识之无，旋即辍业而去。及数年以后，私居练习，效力颇增，虽积学之男生，几不免下风甘拜。至于同习一业，男子每随得随忘，女子则深印脑筋，终身无失，一若具特别之质性，而秀气独钟者。尝见西国男子，欲谋一事，多得力于佳耦之赞助。而登坛演说，女子粲花妙舌，能使满座倾心。苟厕身政界，自不难恢张能力，树伟大之勋猷。此女子之当参政者一也。

一、经验之在躬亲也。大凡一事之举行，惟富于经验者，始能造健全地位。彼男子学识虽优，材力虽厚，而于女界纷纭蕃变，纤悉琐屑之规为，但凭理想以推求，必不克一一吻合。吾女界虽名为二万万人，而俯首降心，形同木偶，举一切经画之要图，概听诸素无经验者之议决，而莫得置一可否，岂非世界极不平之事乎？盖事之属于男子者，固宜男子主之，至于密切之关系仅属之于女子者，自宜女子主之，男子为补助品。家庭教育之宜改良也，日用生活之须增进也，与其男子握权，不无疏漏，何若听操纵于女子，必可以经验之深，而博得完善结果耶？此女子之当参政者二也。

一、女后主政之有成例也。中国故事，君主即世，嗣君冲幼，则母后垂帘听政，凡君主应行之政策，俱由母后裁决之。最贤者如宋之高后，改革弊政，任用贤良，史称为女中尧舜，固未闻不胜其任也。即吕雉、武曌之流，凶顽淫虐，恣意横行，而名相如曹参、陈平，国老如娄师德、狄仁杰诸公，亦皆拜跪匍匐于其下，莫敢驱之逐之。近如满清，西太后专政揽权，三十余年，何事不归其独断，光绪直一傀儡耳。况英国女皇维多利亚，以天亶之英姿，膺帝朝之正统，丰功伟烈，震耀简编。此皆主政之确据也。夫同一女子，据最高之地位，而主政之权不能靳之，处平等之世界，而参政之权反必欲靳之，真令人百思莫解矣！是岂为女后为女皇者，即可以非女子目之耶？且昔周武王有云："予有乱臣十人。"十人之内，邑姜与焉，名之曰臣，则其佐理政治也。可知彼专制之朝，犹不屏女子于政界外，岂共和成立，尚有男女不平等之理？此女子之当参政者三也。

一、军事团中之同有功也。鄂江起义，四方响应，吾女界联合同志，号召从戎，若龙韵兰、文乐迦诸女士，运筹帷幄，奋勇疆场，诚足为民国元勋。厥后义风所激，杰士踵兴，而女子北伐军、女子后援会遂出现于淞滨沪渎间。至若战祸方殷，张竹君女士发起中国赤十字会，以救护军人，保障人道为宗旨，弹雨枪林，活人无算，尤开中国未有之盛举。而女子劝捐会之成立，或撤环助饷，或出队募捐，即贫寒女士，亦举针指勤劬之所积，慨以委之军需，民军饷糈之不甚匮乏，吾女界实有力焉。闻客岁汉阳之失，女子冲锋陷阵，实尽流血义务者，亦不乏人矣。故就军事而论，女子之有功民国，未尝稍逊于男子。同尽义务，即宜同享权利。区区参政权，犹吝而不予，按之酬庸之典，亦有未平；况军政也者，亦政治中之一也。政治中之险境，可以共之，其他政则摈之，毋乃令志士灰心乎？此女子之当参政者四也。

一、家政之赖以进步也。积人而成家，积家而成国，国与家系联合体，非离立体。一国之政，实四万万人之家，所赖以增进幸福者。今人谓女子天职，在维持家庭生活，他事实无暇分心，吾以为非确论也。参政一事，若国会议院之开幕，自有常期，倘平日经理得宜，家风整肃，虽出而议政，家中亲信之佣媪，自能保守之以待其归。至于政界职员，人民公仆，固不能兼顾其家，而吾同胞家中，岂尽无姊妹娣姒，足以代为处理者乎？是又无庸过虑也。况政府所经营，议员所擘画，无非为同胞谋乐利，合之为一国之政，分之与四万万人之家政，皆有密切之关系。女子如得与其列，讨论所及，既能增智识于同群，意见所陈，尤足辟新机于实用。而凡参政时所得之见闻，更以供齐家资料，吾知家政所维持，且因此而益形优美矣。此女子之当参政者五也。

一、社会之资以进化也。今日女界同侪，其为社会效力者，亦不一其人。学务之创兴也，工艺之振作也，慈善事业之扩充也，多不赖男子之提倡。然无参政权，则组织之方，进行之策，或苦于前途阻力，不能收圆满效果。夫公益所关，女子本热心兴办，而彼政事团中，或有好胜之徒，以此事由女界发起，深相忌嫉，于是借端訾议，煽惑国人，虽明为社会公益之举，亦不为议会所赞成，而进行遂永无希望。将合群以争之乎？而女子只有陈请权，实无执行权，虽苦口力争，终归无效。其沮抑女士之志气者犹小，其影响社会之发达者实大。今欲求社会进化，吾女子之学识材能,亦自不亚于男子。而政界为活泼机关,女子果得列其中,则提倡益宏,进化益广,阻力亦无自而生矣。此女子之当参政者六也。

一、天赋人权之不宜歧视也。天之生人,男女原无偏重。聪明之畀,灵秀之钟,男子有然,女子亦何莫不然。自世运初开,文明肇始,酋长时代变为帝国时代,而倡其事者,实出于男子,故女界同胞遂退处于劣败之地,而究非天演公例也。所恨揽权之男子,初不为女子筹教育,而女子身居黑暗,亦因而放弃其自有之权,先天之秉受,竟为后天所战败,天定胜人,人定亦胜天,此固双方面之原理也。今日女子既多受文明之教育,又幸值民权之膨胀,于是参政思想磅礴郁积,发而为剧烈之竞争,但欲恢复其天赋之权,并非为非分之要求。譬如一家之内,父母同尊,岂有尊父卑母者乎?可见上天构造,权自相侔,天与之人,而人靳之,是逆天也。此女子之当参政者七也。

一、刑事诉讼之理宜公决也。法律之尊,生命为重。今日讼案累累,其专属之男子者,男子独操裁判权犹可说也,其或一案之兴,属之男女两方面,而或专属之女子,但凭男谳员之裁判,女子既无会审权,又无观审权,即所延之律师,亦只许有男律师,而不许有女律师,设或裁判既定,宣布死刑,同一生命,竟任男子之宰割烹醢,而无力抗拒,岂女子独非生命乎,何相视之轻也?夫共和制度,凡事之关于重要者,非经国会通过不得实行,女子于国会中既未能分一席,恐生命所关,亦但有陈诉权,而决无抗议权矣。呜呼!司法独立,不许他人旁挠可也,而男[①]子擅权,女子竟不容过问,非以尊重人道也。此女子之当参政者八也。

一、监督国务之应有权也。国务员违法之行为,男子受其累,

---

① “男”,原文作“女”,据语义改。

女子亦受其累。无论陆军要政、教育要政，女子有义务之担任，即国税所输、民捐所入，女子亦各尽天职，未尝卸其责于男子。参政者何？实行其监督权，而于政府违法之行为，严加纠正者也。即如监督财政，尤为当务之急。夫以吾女子绞脑浆、竭脂髓之所供，一任其出纳自如，而不得片言诘问，此专制时代之敝政，而岂共和国所应有？况政策失败，受害攸同！设于事之初起，男子尚未见及，女子已见及之，即时开会议决，驰电纠正，未始不可以杜其萌。今乃以女界同胞，视如未开化之民族，而监督之权，万不许其侵夺。国政偶乖，祸机骤发，女子亦默默昏昏，同遭沦陷，真所谓无妄之灾也。此女子之当参政者九也。

一、人才多寡之有关系也。民国新造，万事需才，其真能为同胞造幸福、为民国求郅治者，男子中固实有其人，而以中国幅员之广，机务之繁，仍有才不敷用之患。设一旦特开其例，男女并进，无端于政治界中，骤增无数之人才，其收效之速，当不可倍蓰计。必欲鄙女子为废物，屏不与伍，在政界张皇丛脞，既以通才缺乏为忧，在女子闲散萧疏，亦以国事见遗为憾，是两失也。吾最恨四千余年，政府选才，未尝及于巾帼。然犹可曰女学未兴，程度不足也。今则教育之科渐次普及，女子之能担重任建大业者，实居多数，而犹拘于成见，坐使瑰玮倜傥之奇才，概遭放废，人才寥落，亦大原因。此女子之当参政者十也。

以上十则，不过就管见所及，略陈崖略，而其真正之理由，或不尽乎此。总之，民主共和，实行平等主义，男女平等，即男女平权。参政者，平权之确据也。男子为国民，女子亦为国民，同为国民，而不许同参国政，乌得谓之平权？此又共闻共见之理由，女同志已先我言之矣。近闻欧西女界，要求选举权，风潮颇烈，热忱所播，成绩渐收。惟西国女子，徒战争于言语之间，吾国女同胞，一面争天赋人权，一面养政法知识，实心实力，再接再厉，将来成效之收，当较欧西尤捷。吾女界之安于锢蔽，不思振奋者，实因无可建白之故。今果享有参政权，必能鼓舞精神，互相策励。盖许以参政，乃促进女同胞之智慧，增长女同胞之学力，此又理由之显著者也。惟近日女界之怪现象，屡腾于报纸，似足为参政之障碍。然少数败类，何足污我全体？彼男子之中，岂无纵欲败度，放弃人格者乎？未闻举男子参政权，概行剥夺也。吾但愿最亲爱之女同胞，束身自爱，共守旧有之道德，而不染妖淫之恶习，行见政治界中，齐放光彩，吾女界自由之花益灿烂于亚洲大陆矣。

——《妇女时报》(1912)第八期

湘灵子倚剑独立图跋

人世龌龊之羞，莫甚于俯仰依人，而不能独树一帜。昔毛遂谓同行者曰：公等碌碌，因人成事。吁！以如此不自振拔之徒，苟置之震撼危疑之地，虽有干将利器，只足供敌用耳。若湘灵子者，性情刚直，气概雄奇，殆所谓前无挽，后无推，而为空前绝后之特色伟人乎。此《倚剑独立图》所由作也。吾闻秦末时有两人杰焉：曰刘，曰项。刘则醉行大泽，力斩长蛇；项则年方弱冠，横行天下。之二人者，皆无愧为独立之英雄也。湘灵子倚剑高歌，卓然独立，龙泉在握，泪落青衫。虽未能以四海为镡，以九州为锷，与古今之刘项争雄，而独往独来，纵横四顾，非雷焕丰城之星彩，即伍员江上之霜锋。果其大权独握，威震全球，则馘法铲英，歼德刈俄，景延广十万横磨，正不难从容而试，断不至奴婢颜膝，奔走豪门，效冯驩弹铗之所为耳。至其以陈同甫自况，案同甫之为人，才气豪迈，议论风生，推倒一世之智勇，开拓万古之心胸，有浩浩落落，旁若无人之概。意者湘灵之才气豪迈，不减于同甫耶；意者湘灵子议论风生，不亚于同甫耶。不然，何独不以刘项自况，而必以同甫自况也。要可一言断之曰：近今独立之英雄，湘灵子其庶几乎！

——《自由杂志》(1913)第二期

潘惠君

潘惠君,生平不详。

悼亡儿炎文

吾儿大炎,既殇之百日,尔母请于尔父,乃以米浆一碟,纸帛数端,含酸饮泪,而告尔之灵曰:

呜呼!尔之生,以去年正月八日也;尔之死,以今年五月既望也。吾之哺尔者才十六月耳,而尔已辞我以去,是岂我不善卫儿之结果,有以致之,抑岂尚有别故耶?夫以我不善卫儿之故,以致陷汝于死亡,则我更不能不将吾之所以误尔者,以告于类吾之人。呜呼!尔之生以正月八日也,俗传以鸡子青刷尻骨,得细毛而钳去者,可免惊患。惟时天寒,吾不忍尔之受冷也。呜呼!讵即以此而得惨烈之慢惊乎?我常不使尔哭,恐于尔目有伤也;不使尔凉,恐于尔身有疾也;不使尔饥,恐于尔体有关也。讵吾之所以爱尔者,皆足以死尔耶?吾之不使尔哭者,失尔之天性,致使尔病,吾不知也;吾之不使尔凉者,累尔之运动,致使尔体不活泼也;吾之不使尔饥者,艰尔之消化,致使尔身孱弱也。尔性失矣,尔体累矣,尔身弱矣,而欲尔之永其年也,其可得耶?向使我不拂尔之性而任尔哭,不累尔之身而任尔凉,不艰尔之消化力而任尔饥,则尔或不罹斯厄,未可知也。呜呼!我实为之,其又何尤?尔在黄泉,其无恨我，当知母实出于一片爱儿之心，而不虞其适以戕儿也。吾固身弱，尔父又家贫，方尔初生之数月，尔父尝抚尔语吾曰：有钱不如有子好，有子无钱不算贫。何常戚戚焉，使觉饮不良之乳汁乎？呜呼，岂以我乳汁之不良，而殒尔身乎？

呜呼吾儿！牵裾绕膝，解我愁肠；绣倦针余，慰吾岑寂。虽班班白发之外祖父母，亦喜勉力负尔，观尔跳跃，博彼欢心也。尔病之初，吾即由电话促尔父归，且告以尔病。尔父视尔，语吾曰：儿何目灼灼，似失神然，其病得毋在神经耶？当时吾神志已昏，尔父复心乱如麻，以致医生不定，医药杂投，不十日而尔竟死矣。呜呼！尔之生也，梦耶真耶？尔之死也，数耶误耶？尔死之后，尔之外祖父哭，外祖母哭，舅母哭，婢仆哭，尔亦知尔父尔母，其伤心更何如耶？吾尝忆西医谓尔病热入脑也，得毋因我之不使尔凉而致之耶？中医谓尔疾食积滞也，得毋缘吾之不使尔饥而起之耶？惊科为尔病闭，其即由吾之不使尔哭而郁成耶？呜呼！我耳鸣时，仿佛闻尔之啼；我目眩时，恍惚见尔之形。我梦寐中之呱呱在抱者，是耶非耶？呜呼！尔所食之饼屑犹在，尔所喜之玩具尚存，尔衣尔冠，尔袜尔履，何一非触目伤心之具？吾之所以悼尔者，曷其有极耶？呜呼！吾之所以急急焉为悼尔之文者，亦将使世之类我者，一变其爱儿之方针，而得保育小儿之法焉。则尔虽死之日，犹生之年也，又何哀呼，又何哀呼？

——《妇女时报》(1911)第三期

魏宏珠

魏宏珠,生平不详。

对于女学生之卮言

吁!近世之至足怜者,诚莫中国女界若矣。数千年专制黑幕,翳障未开,为女子者,沉沦苦海之旋涡,蜷伏阿鼻之黑狱;独立生活,既有不能,天赋利权,又被剥夺;虽圆颅方趾,俨具人形,实则男界中之寄生虫,附属品已耳。今幸举国上下,晓然女学关系重要,极力提倡,逐渐萌芽;来暗室之幽光,蛩空山之足响,是诚我女界前途一线生机也。作者亦姊妹二万万之一,厕身学界,亦既四年,断不忍对于求学之伯姊诸姑信口雌黄,任情指摘,俾此初生萌蘖,复纵牧于牛羊也。独是矫枉过当,自古而然,走于极端,为祸更烈。女界沉溺数千年矣,一旦兴学设教,视同男子,为女生者,如久困之鸟,骤脱樊笼,久拘之囚,遽离犴狴,意外之遭,尽情之喜,其志气飞扬,性情发畅,自有一种天际飞鸿不可方物之概。悠悠者少见多怪,不按其情,每以荡捡逾闲,肆口污蔑,妄人横逆,本无可言,然此等言语,最足以淆乱听闻。古人云:"止谤莫如自修。"我女生与其任悠悠之品,颠倒黑白,曷若束身圭璧,不起波澜之为愈乎?作者近已相夫成家,鸟倦依人,豕招入笠,回首学生时代之自由,不可再得,诚不毋今昔沧桑之感。然女子本来面目终不可忘，且忆今日伯姊诸姑，不转瞬义务时间亦至，不早捡摄，必至荆棘，特贡八端，以备商榷，或亦女学前途福乎。

(一)装饰

蛾眉淡帚，依稀规落雁之容；菱镜频窥，绰约倩惊鸿之影。谓女子不喜装饰，诚非其自然之天性矣。然大家风范，雅淡为宜，纵不必裙布钗荆，过于俭啬，又何必增华踵事，特涉轻狂乎？彼五陵年少，裘马轻肥，尚来诗人之讥，为识者所鄙，况女生正求学之时，千金珍重，突过须眉，妖冶一形，既为自眩。而近日女生，多有松其辫，劲其装，窄其袖，金其镜，皮其包，革其履，招摇过市，顾盼自豪者。吁！女生为是，不远借入时之装，以自表奇异云耳。孰知既动一般人之注意，即来一般人之揣摹，今上海时髦倌人，强半作学生装束矣。泾渭既混，良贱不分，纵不自爱，奈何以自眩故而下侪娼妓乎？此装饰之改良，不得不望我女生者也。

(二)举止

青衿城阙，尚足来佻达之讥；翠袖天寒，更易启雌黄之口。彼曲江风度，凝重雍容，男子中且有以端严觇福泽者矣。女生将来相夫成家教子，事业正多，关系甚大，轻狂举止，最足令人鄙夷。就令学贯天人，而表表外观，已不能令人起敬起爱。则有夫难望其和协，有子难为其矜式，有家难泯其猜嫌，至此方从事捡摄，则生人道苦矣。作者非席旧日钳束之习惯，为此迂谈，谓女子不宜自由行动也。诚以增进知识，尤必涵养德器，举止虽微，实关品格。孔子曰："君子不重则不威。"须眉如是，巾帼何独不然？此举止之端重，不得不望我女生者也。

(三)游观

江山入画，大好勾留，胜迹名区，游踪殆遍，斯诚雅人深致矣。然必谓天生美景，徒供男子之探寻，女子则不许有此清兴，斯又不通之论也。作者生性爱游，每闻有胜境，必以登临凭眺为快，兴之所至,虽游人如蚁,未尝以男女沓杂为嫌也,诚以游观乃所以畅舒抑郁。泰西各国,固有假名园,开俱乐部,男女征逐以为笑者。彼社会道德程度甚高,有敬爱之忱,无狎侮之念,故不为意。中国程度未易语此,则无宁挈婢寻幽,风流自赏,纵不免惹人注视,犹不致品头论足,任多数猖薄也。乃闻近日女生,竟有逐龙华胜会,征秦淮花船,一任恶少之指摘讥评,反兴高采烈者,斯真不知自爱,骇人听闻矣。此游观之审慎,不得不望我女生者也。

(四)言论

莲翻舌底,妙谛纷披,口决悬河,慷慨论列,高谈雄辨,固有倾倒一时者矣。然因一时取快,多致骇人听闻,口实之贻,未始不由兹而起。女界中抱文明思潮者,痛女权之堕落,恨外界之凭陵,多有言之过激,不顾事实,是亦非持平之道也。已放弃固有权利,他人必侵损之,此天演公例,无可逃避者。数千年女界之沉沦,固由一般假道学,造三从之瞽说,逐四德之颓流,以实行其专制。然平心而论,女界一般之程度,果能媲美欧美争政权之妇女乎?除近日少数之女学生外,果能不受家庭羁绊,而独立生活乎?为女生者,只发愿力以拯救一般可怜姊妹,使之尊重道德,勤求学问,活泼智识,使可为女权恢复之地步,是亦足矣。固不能尽责女权不振,为外界之凭陵也。乃女生界中,竟有倡男女革命说者,未始非一时激刺所致。然苟如是,则生人之道更苦矣。此言论之平允,不得不望于女生者也。

(五)理想

文明日进,享用日奢,取求日便,则物界之理想亦日变。巴黎妇女,避妊者多,纽约闺阁,适人为耻,目前利乐,征逐无暇,则身世沧桑,诚可等诸幻泡者矣。然社会之悲观,世界之澹象,亦必以此理想过高故,大受影响。中国程度,未易语此,而女生中之高洁者,实多含此理想。巴黎纽约之妇女,以目前极乐,递演而成;中国则因女权堕落，反激而起。虽然，女界固沉溺不堪问矣，竟以是而萌厌世之思，抱出尘之想，因噎废食，女权不终不振乎。孔子曰：天下有道，某不与易。愿女生中具此高洁思想者三复之。长沮、桀溺之风，非所望于当世之女豪杰也。此理想之中庸，不得不望我女生者也。

（六）学问

朔风渐逼，急景凋年，来日大难，秋高警我，光阴宝贵，固如逝水流年矣。女生求学时期，较男子为短，琐屑义务，较男子为多，任欧美文明，不能逾越此范围外也。古语云，许我读书便是福。为女生者，不趁此求学时间，勤求智识，或征逐于游宴，或虚掷于酢酬，转瞬间义务时期一至，家政劳心，儿女行列，欲求措置裕余，教养得法，戛乎难矣。作者近日困难万状，回忆当年未能勤学，故置我于今日荆棘之境，诚悔不早十年读书也。人之欲自立于天壤间，必求相当之学问，为女生者，固不必惜寸惜分，流于迂执，然容读之时间甚促，负担之义务正多，终以趁早求得为妙也。此学问之珍贵，不得不望我女生者也。

（七）名誉

明珠自爱，白璧无瑕，珍重千金，青蝇可畏，名誉之亟应保全，固莫女界若矣。女学之兴，为中国倡举，骆驼肿背，莫名其妙者，比比而是。狷薄之辈，伺短为能；顽固者流，肆口为快。我女生处四面之楚歌，宜如何护惜名誉，以为女学前途倡乎？骏骥成群，一驽败之而已足；幽兰满谷，一莸臭之而有余。为女生者，纵不能为振起女权之功魁，奈何为败坏女学之祸首乎？西人云，名誉重于生命。女子处嫌疑之地位，更易来无谓之讥评，一朝失足，回首何堪。此名誉之顾惜，不得不望于女学生者也。

（八）规章

校章之设，原不得已而然，女学章程，较他项规章为更密，非曰以防流弊，既曰勿贻口实。吁！此我女生莫大之羞也。苟能人人顾惜名誉，尊重人格，不生流弊，不贻口实，则此牛毛禁网之规章，可以不设，今且加密焉，此殆女生中不能保无一二败群之马也。无端防范，已足增羞，再不遵守，不愈贻识者笑乎？此规章之遵守，不得不望于女生者也。

以上略举八端，皆肤廓之谈，射影之论，本无价值，然宏珠对于女学，不无阅历。八者虽皆仿通论之体，实有所见，既非摧残女学，亦非迂执明高，现身说法，故无所忌嫌。兔死狐悲，又未忍指实，惟望女学同胞矜其一孔之愚，不披狂谬而河汉焉，则女学前途，或不毋小补耳。

——《妇女时报》(1911)第四期

赵倩荪

赵倩荪,生平不详。

金陵游记

金陵自古为帝王之都,六朝金粉,腻咽秦淮,萧梁事业,明代遗风,诗人之发为歌咏者,低诵之余,感慨系之,心向往之也。辛亥春暮三月,随夫子游踪金陵,寓城南鹫峰寺侧,日踟躅于荒埘旷野间,放眼四围,俯仰千古。举凡市井习俗,山水胜景,见闻所及者,咸拉杂记之。自愧不文,拙于文字,幼时所习,荒废至今日,一十稔矣。辞陋句俚,意浅言芜,幸垂教焉。

余久羡金陵为名胜丛萃之区,神驰于冶城山水间者,盖非一日。适夫子于辛亥三月中旬有赴宁之举,遂同行焉。

十七日

午时抵金陵,僦居于城南东花园之鹫峰寺侧。居停俞妪土着也,年近八旬,犹矍铄胜常人,老眼未花,慈霭可亲。闻余此次来游之志,遂为道本地风俗胜景,絮语不休。余深幸有所顾问,此行当不致如盲人瞎马,向四乡摸索行程矣。当即拼挡一切,匆匆就枕。初次作客,异地才临,胸中若另有一种感慨之念,亦莫明其所以也。

十八日

晨五时许起,窗前一带篱落,为牵牛女萝缠绕其上,杂着红色小花,朝露未干,翠色欲滴,旭日映射其上,晶莹可爱。出门一望,四面皆蔬圃,圃人方整理蔬菜,拟即去市也。时见乞丐一群,约数十人,幼者长者,扶携而来,菜色饥容,褛衣蔽体。小儿才三四岁者,亦赤身奔逐于其后,皮色枯黧,咿唔索食。聆其音,盖皆皖省被水灾之难民也。嗟夫!乐者自乐,忧者自忧。吾皖素称富有之乡,巍绅富宦,拥厚资坐享,曾不闻有慷输巨款,为贫民谋一线生路者。试睹此侪困苦之状,不识有动于中否也?午后偕夫子至劝业会场旧址一游。自东花园至该处,约八九里许,雇人力车,需洋二角,卒以一角二分得之。车破褴不堪,加以宁垣街道狭小,马路修筑,欹侧不平,时存覆辙之忧也。行至驴子市口,该处四向均为往来孔道,街阔只丈许。店铺林立,车马往来如织,横奔纵走,稍一不慎,祸患且立至矣。警察植立道中,横木棍一,目眈眈注视往来妇女而已。有显者马车来,不论道旁行人车辆有无闪躲之处,辄挥棍为之先驱。有老者坐人力车中,车夫惧棍击也,闪让之间,颠老者于地。马车直驰而来,车辕去老者之颅,仅寸许耳。警察不加扶掖,急对马车行举手礼,车中人颔之而已。宁垣为南洋首善之区,所办之警政,所训练之巡士,乃如是如是。过此道路稍阔,市面亦稍稍清淡。抵鼓楼,沿坡直上,道旁搭棚售水烟茶水者甚多,咸有妇女浓抹脂粉坐其中,招徕车夫休息其间。每一人可博取烟茶资数文,乃至十数文不等,是亦妇女职业中之仅见者也。路间乞丐独多,车来则在后推以助力,给以铜元一枚而去。外人有过此者,群跪地索钱,呼洋大人不已,岂吾同胞之奴隶根性,果随金钱为趋向耶?抑有以使之然耶?亦足慨矣。去鼓楼里许,已抵劝业场旧址。江山如故,景物都非,徘徊场内,想见当日盛况,犹低恋而不忍去也。夕阳在山,喧鸟依林,徐步过绿筠花圃,径北行,士邱一阜,松楸森立,青葱之色,幽静宜人。夫子遥指之曰:

"此中大有佳境,是不可不一莅也。"相与联袂而登,不数十武,有亭翼然,隐植于松荫之下,漪竹为栏,磨砖作地,颜曰松蝉亭。端午桥手笔也。披襟当风,畅怀逸兴,豁然长啸,泉木响应。观天地之苍茫,抚今昔而咏叹,悠然之思。趁此游兴,遂下驱车归,已七时矣。灯下作书,寄豫孙、寄孙二姊,为道此游之乐。少憩遂寝。

十九日

今日天气暖,少风,拟至元武湖,作荡舟游。雇车往,需值一角,仍循昨旧路行,抵丰润门,在劝业场左侧。此门新近始辟,殆为便游旅出入也。出门长堤一道,衔接小洲,水色湖光,天然图画。堤旁采莲船数四,船童率十龄余,笑颊迎人,天真可爱。遂登船持棹,容与中流,水深二三尺,清莹彻底,芦苇丛茁,鸥鸟盘旋,菱芡荷芰,满湖皆是。惜时季尚早,不及领略菡萏香色也。湖中凡五洲,果树桑麻,愈饶仙趣。至第二洲,有湖神庙焉。舍舟登庙,庙僧合十相迎,作龌龊态,出荤点饷客,阿谀之状,不堪寓目,有污此清净胜景矣。庙有二院,殿前小院一方,植碧梧二株,高可数丈。左侧小门,入之回廊曲折,清幽宜人。厅事数十椽,面湖映水,夏日读书其中,不啻阆苑仙府也。厅院中有墓高耸,石堨半埋砂砾中,颜曰郭璞之墓。按《神仙传》,郭璞墓在镇江,此处有之,是一是二,殆难确审。墓左小楼数椽,曰曾公阁,阁中祠文正肖像。登楼临眺,豁然千里,楼外波光,湖头峦影,以及远帆落照,沙鸟芦汀,一一如天然图画,遥映于视线之中。南望台城,故宫禾黍,金碧飘零,思古幽情,悄然而发。填《扫花游》一阕云:"莺啼春暮,乘一叶扁舟,去泛名湖元武。江山如许。真杨柳樵夫,桃源渔父。武陵初到,直与鸥凫伴侣。凝眸处。夕照台城,春遍幕府。环长堤十里,寻胜迹六朝。石堨沙泥,楼台尘土,胜杨柳依依。女墙朵朵,历尽兴亡甘苦浑无主。问如此山色湖光,恐不免瓜分豆破。"六时复乘舟归,抵丰润门侧。暮烟缕缕,与北极阁影相隐约。

今日瞑目思之,此景犹复印映于脑际也。

廿日

游才二日,足力已疲,晨慵卧至九时始起。午后,至利涉桥一带步行,游人之多,过于繁盛之街市。河道狭隘,只数丈宽,画舫屯集于此,箫鼓声喧,乐正未央。桥侧妓馆林立,"也乐窝""萃芳居""秦淮别墅""蓝桥别墅"等,皆销金窟也。书场三数处,亦邻比其侧。此中之阔少,多半学界中人,西头中服,出没其间。人力车满排桥左,辄迎问曰,某某学堂,某某学堂?可想见学界中之冶游之盛。夫今日何日也,国是日非,内外逼蹙,海内人士热心企望于吾二三学子者,为何如乎?且今日之学者,不尝以未来之主人翁自命耶?当吾学者慷慨陈辞之际,函电纷争之日,俨然不可以一世概。志士也,烈士也,乃今日者一变而为醉花之蛱蝶,西迷芳草,东扑芙蓉,较初心果何如哉?"最是怆惶辞庙日,不堪重听教坊歌",人君之结果,乃至如是。愿吾最钦企之学子,努力自爱,珍重前途,慎勿以醇酒妇人,自惰志气,遗故乡父老忧也。自桥折向左行,至东关头,河面较阔,画舫游艇,往来如织。关下乞丐无数,僦居其中,蓬灶篓门,泥容垢首,与钓鱼巷遥遥相对,人间天上,一幅绝妙写真也。沿关行至通济门,入皇城地界,居民不事生产,坐食而已。游行街衢者,咸手持食物,满口咀嚼,慵惰之状可掬。间见警察数辈,或横棍欹侧,或踞坐堂皇,种种腐败,不堪罄述也。遂由淮清桥贡院等处转折而回。晚间得贾哥信,知将就家金陵,邀余二人即返,磋商一切,同赴皖省,调停家事云云。于是决计廿四日束装就道,稍作三日之勾留,再与此乡分袂耳。

廿一日

晨起至花牌楼购物数件,该处市面亦颇兴盛。科巷中设有萃敏女学,适当走读生群来上课之时,梳辫天足,精神活泼非常。闻该校校长为吕惠如女士,办学素有经验,不禁为吾女学界合十告贺也。因思来陵数日，于本地名胜区，稍涉足一二处。然此行之目的，拟就吾女子职业上一考查其生活程度如何，对于社会上之位置如何，不仅玩情怡景于山水间也。兹则行期已迫，匆匆间只可就其大概一窥测之矣。

廿二日

七时起，梳洗毕至东门小门口白果树城东南一带，徜徉缓步，四时始返。盖途中迷失途径，幸雇得人力车，才抵此也。

廿三日

今日天气暖而燥，午后阴云幕日，幸尚未雨，遂至唱经楼昭忠祠乾河沿城西北一带，六时返。就两日来闻见所及，女子之职业，有任女学教师者，大多为上流社会中人，约计宁垣官立私立各校，不下十余所，平均计每一教师月可得俸三十元，个人固足自给，中人之产，亦足辅所入之不足矣。然此寥寥数校，教席有限，而每见女学教师，其装饰华丽异常，即以颈链一事言，亦非数十金不可。俭朴之风，尚望为教师者，有以修养之也。有恃针黹为生活者，大多为贫苦之家，或为成衣铺缝缀衣缘，或为袜铺缀底，鞋铺切靴鞋之片，每日所得，仍不过百文左右而已。年来缝衣器出，价廉工速，一般依此为生活者，益形困苦。更有做外活者（女缝师之类），工资较成衣为廉，而人每嫌其缝剪式样不新，雇用者亦寥寥也。有依手艺为生活者，如络丝、纺线、织缎带、栏杆、做绒球、斛丝等事。此类职业占此地女子职业之大半，栏杆一业，近已衰败不振矣。此外，更有检茶、搓烛心者，按其逐日所得资，至多只百文左右，其余各业，更难仆数。上述数端，就其职业中之著要言之，以博研究资耳。至其职业之对于社会上之位置，固不足占优尚，即就生活之程度而言，亦在最幼稚时代，思有以隆起之，是则望于女学之发达矣。晚间屏营一切，束装待发。居此虽只数日，顿觉依恋之情，梗悒心头，夜几不能成寐也。

廿四日

今日乃与吾金陵作临岐分袂矣。时则春暮风和,游兴陡增,山顶风云,江头波浪,眼界为之一舒。顾过眼风光,渐等幻影,一丝别离之感,时萦白门疏柳间也。行矣珍重,相见有期,会当在瓜浮李落时耳。

——《妇女时报》(1911)第四期

陈汉侠

陈汉侠，生卒年不详，文章署名“蔡陈汉侠”。夫蔡姓。《女铎报》重要撰稿人。

悼亡儿文

吾儿既殇之旬日，吾即匆匆来沪，志在入工业学堂也。每届四季节候，屡欲以鲜花而祭于儿茔，无由得以如愿，继因各省起义，更为沮滞。今复际此暮春三月，花草丛生之时，触目怆神，感慨无已。去年今日，非吾儿得病之日邪？哇哇之声，今犹在耳，而我儿之形影，渺杳莫可寻矣。乃和泪渍墨作此而告于儿之小影曰：

呜呼！儿之生，曩年九月廿五日也；儿之死，去年四月初六也。计儿周岁，年间有闰月，而去年之闰月，我儿已化乌有矣。抚育我儿者方四载，我儿竟弃我以去。是岂我不善卫儿之结果，有以致之耶？抑岂尚有别故耶？夫以我不善卫儿之故，以致陷儿于死亡，则我更不能不将吾所以误儿者，以告于类吾之同胞。呜呼！儿生秋分之间，正是寒风乍起之时，而小儿卫生，均照西医产科，并未取法于中国，作种种之保卫，防将来之惊患，而不知亦有今日之遗恨也。呜呼！吾儿有生以来，常有外症之灾，吾为之延医，吾为之拭洗，以尽吾为母之爱。不料风波勃起，吾儿得此惨烈之慢惊，遂使我悲苦不堪矣。今虽阅有时矣，瞬目之间，彼形影常留眼底。痛哉！

我常不使儿哭儿饥，乃恐儿目有伤而腹有损，讵吾所以爱儿者，皆足以死儿。吾不使儿哭者，失儿之天性；吾不使儿饥者，艰儿之消化。儿性已失，儿体已弱，而儿年其可永耶？向使我种种不逆儿之生，则或不罹斯厄，亦未可知也。呜呼！我实为之，其又何尤！儿在黄泉，其亦怨我否耶？当知母实一片爱儿之心，而不虞其适以戕儿之生也。吾固身弱，尔父又外出读书。方儿初生之数旬，尔父返寓，抚儿而语吾曰，“怀妊逢困难多病之时，恐此子必非健体”，嘱吾善卫之。噫！今诚不出尔父之所料，或亦天意应如是乎？儿生时，我无乳可以哺尔，乃百计觅乳媪，半载始得一。虽择乳汁充足、情性温和者，犹恐以乡媪乳质之不良，致殒儿身也。呜呼！吾儿牵裾绕膝，解我郁闷，绣倦课余，慰我岑寂。昔年今日，正学步习语喃喃，歌唱于我左右，若欲博我心欢，何图一朝病起，遽使我儿病且夭哉？呜呼！母心碎矣，母肠裂矣。儿之生，梦耶真耶？儿之夭①，数耶命耶？儿死之后，儿之祖母哭，诸伯母哭，诸姑姊哭，儿亦知为父为母者，伤心更何如耶？我今虽事教育于学校，每于耳鸣时，仿佛犹闻儿啼，或闭目时，恍惚犹见儿影。屡于梦寐中，似觉吾如玉如花之爱子，卧于怀中，是耶非耶？醒来枕上已滴透悲儿之泪矣。二月间返宁，视我儿所喜之玩具尚在，儿之衣冠袜履，何一非触景伤情之物耶？我之所以悼儿者，曷其有极？兹复置儿之小影，悬于壁上，以作我爱子永远纪念也。

——《女权》(1912)第一期

① “夭”字，原文脱，据语义补。

敬告女同胞文

呜呼！女教之衰，女权之替，数千年于兹矣。论者谓此数千年中，无有能自张其军而提倡其同类者，非不才也，压力为之也。痛哉言乎！是则教之衰也，权之替也，固不得为吾女同胞咎矣。虽然，吾女同胞亦安可不自引以为咎哉？今夫耳目司视听，手足司操作，脑主思虑，运用万物，此天之常道，而或胶之缚之，锢之蔽之，贼人者也。甘受胶缚锢蔽而不自振，废弃视听、操作、思虑之官，冥顽罔觉，自贼者也。贼人自贼，在南非洲野番奴隶之国行之，岂今日号称文明共和之国所应有哉？

悲夫！悲夫！吾中国之女同胞，亦安得不终其身为中国之女同胞哉？吾于是惄焉忧，儆焉惧，而思有以振刷其精神，鼓励其志气，为天下女同胞告曰：今西人目我为半教国者，盖以男子有教而女子无教也。而世之论者，至推经济家生利分利之言，谓中国之贫，坐于女子仰给男子，无所事事之故。呜呼，甚可愧矣！夫物必自腐而后虫生之，彼之轻侮我、压抑我者，我实先弃其天职，予人以可乘之间耳。不观夫欧美乎？女教之隆，女权之盛，远驾乎东方诸国之上，其男子对于女子，持敬以久，不敢稍肆其摧残凌虐之违反人道手段。此无他，不先自弃，人无敢弃之者也。而吾国则二万万之众，日闭守于深闺幽闼之中，修饰相尚，掩袂仰眉而不知耻。嘻！教之不存，权于何有？靦然人面，何以自解于不学之讥哉？此耻不雪，何以为人？吾所望于女同胞者，曰记耻辱。此其一也。

古者有“外言不入”之训，我同胞相传成习，所言者不越家庭琐屑之事，所知者亦只在乎米盐丝枲斗筲之末。即等而上之，若篮鹿洲所谓诗媛才女，咏物写情，极藻摛隽逸之资，无关风教者，固已绝无仅有,女子之能事毕矣。更进观国家强弱之程度,舆论之倾向,与夫往史之载述,现世之变更,则鲜不口懦舌桥茫然如失者。夫坐井观天,曰天小者,非天小也,囿于小也。世之女子,惟囿于小,故其脑力思想之所及,动为有识者所鄙夷曰,此诚女子之见也。呜呼,何其陋欤! 西国有男子七岁不入学,则罪其父母之例。故瑞士、挪威,小国也,女子百人中,不识字者仅一二人耳。今吾国百人中,识字者有几人,明教育者有几人乎? 其曰识字者,则或纷心于稗官野史,或乱志于里谣市谚,其曰明教育者,要皆妄自夸大,好为狂悖之词。学子学未一得,其气嚣张,种种流弊,一朝布露,非独贻人之讥,抑且为人所共耻也。修途渺茫,进德无穷,默化潜移,当仁不让。吾所望于女同胞者,曰扩见闻。此其二也。

昔日湖南陈吉芬女士、江西张文贞女士,学成于美洲大学校也。领其头等文凭于稠人广座中。归国后,尝欢迎万国女子参政会会长于上海张园,一时相与动色起敬,斯诚千古未有之美谈,足为我二百兆同胞生色矣。虽然,彼岂天赋之禀,有以大异于人乎? 夫有为者,亦若是耳。古者妇教有四:德、容、言、工。今欧洲女学分十二科目:曰修身、家事、体操,则妇之德、容事也;曰国语、史学、地理、算学、格致、绘画、裁缝、音乐,则妇之工、言事也。其异于男学者,仅兵刑之属,为女子所不必学。故凡男子所能,女子亦无不能。且女子闲静缜密,记忆既强,思想亦富,宜于研究专门之学。西国格致家尝谓非男子之所及,岂虚言哉? 夫新学之兴,实阐发于近世纪中,不得谓西人之拙于前而巧于后也。且所谓新学者,何一非吾民国者所固有乎? 则又不得谓中国人之智于古而惑于今也。大抵心思脑力,通则愈灵,塞则愈窒,天下无为而不能之事,处物竞最烈之日,何者乃足以图存,何者乃足以自立。吾知有志之同胞,必有奋袂而起,负笈相告者矣。尧舜何人,文王我师,吾所望于女同胞者,曰竞智慧。此其三也。

嫠妇忧困,不恤其纬;漆女忧国,倚柱而悲。盖深知国家存亡与吾身有密切之关系,非可置身局外,若秦人之视越人也。嗟夫!"殷鉴不远,在夏后氏之世",波兰亡国之惨,可为惊心触目者也。溯自乙未、甲午之役而后,创痛已深,岌岌焉不可终日。而庚子一役,宫车出走,清室几覆,受未有之奇辱,又复赔款巨累,鱼肉百姓,侵掠万民,咨怨之声不绝于道,国几不国矣。今民国幸建,国基未奠,暴俄首发,日本继之,若英、若法、若德,亦各有染指而食之意,徒以战事方殷,隐而未发。呜呼!瓜分之祸,如在旦夕,凡我同胞,其亦有忧深虑危,勃然而兴者乎?夫当盗贼凶荒之日,女子受患恒较男子为酷,矧为国家覆亡之惨哉?《诗》曰:"嗟我兄弟,邦人诸友,莫肯念乱。"吾所望于女同胞者,曰分忧患。此其四也。

同胞同胞,余言诚陋,余心独苦。以上四者,苟吾同胞能书绅不忘,日往来于脑际,则精神志气之所发,必有异于平常者。行见国旗所指,欧美同钦,吾人所趋,环球起敬,挽固有之利权,收已割之土地,国势既均,国界乃破,女权既复,我见乃泯,岂非人种之福而世界之幸哉?虽然,寇深矣,事急矣,有志教育者于此,岂尚可夷犹退缩,不急急从根本上求解决之方法哉?顾亭林曰:"天下兴亡,匹夫有责。"倡民群之说者曰:"凡逃夫群之外者,犹群负而不偿也。"今日男女平等,愿我女子各守匹夫有责之戒,孜孜以群流为急。存亡危急,一发千钧。痛神州之不腊,嗟坤德之云亡。及今勿图,后悔无及。我诸姑姊妹,亦有闻吾言而兴起者乎?余日望之矣。

感时立言,文不妄作。西神

——《妇女杂志》第一卷(1915)第六号

汴梁游记

西历一千九百十六年七月十号,余适由基督教明德女校暑假归寓,与家人团坐院中,正畅叙学校一季之近状。接开封之快函,促余往游,余心滋怿。盖开封为河南之省会,家姊居于彼地,姊妹深情,无日不念。况离别以来,十载有余,屡欲相聚,各因事阻。此番既承函招,火车通达,往还甚便。余遂决计前往,既可慰阔别之思,且可一扩眼界。商之我姑及外子,亦蒙赞成,乃定翌日就道。

十一号六时,气候清凉。晨起束装,偕一仆出城,至江口购浦路车票,登渡江船。过浦口,行不数武,上火车,见同学两女职员挈子女二人已先在车中,见余至即让座闲谈。午后红日斜映于车中,同学眩晕不能耐,闭目而卧。两子女哭呼母,余颇怜之,遂抱其最幼者散步于车中,果不复哭。浦车照例九点五十分开行,是日因候上海邮件,致迟至十一时始开。车未行之先,余即饬仆人归寓。沿途细观野外风景,殊使人心旷神怡。惟因怀抱同学幼女,哄其学语,故好景当前,究未能一一领略。及时已二句钟,车行至明光站,经过一河,有一高桥。再行数十武,即至临淮关。见两边茅芦,皆为水所淹,几不见屋顶。该地黎民俱立于屋上,一望汪洋,水势甚大,闻当水大时,过其屋尚能没膝云。因江苏省自六月中旬起,朝夕骤雨不歇,致撞破圩堤,民遂遭斯巨灾,诚可悯也。四时四十五分,至南宿州,忽见有以车载米者,每车以两牛或三四牛驾之,约载米十数石。余在南中从未见过,颇以为奇。忽闻背后有人呼余名,回首视之,乃在金陵素识之廖夫人也,遂握手寒暄数语。七点四十分,抵徐州车站。站甚宽大,四面皆荒地,站旁有牲驴及四人大轿以备客用。下车站后,有旅舍数处。余与同学道别，即行下车，随津陇旅馆之接客行数十武，至津陇旅馆内稍憩。房多旧式，又无通光处，故颇黑暗，所幸招呼一切，尚称周到。余只身作客，只挈一行李一小箱。虽无珍贵物，夜深恐有意外事，故不敢卧，静坐灯下，读《新约》圣书。夜半忽雷雨交加，如遇胆怯者，将不知如何惊惧，余虔诚默祷，处之泰然。

十二号黎明，雷止雨霁。余开门呼茶伙取水洗盥后，遂食馄饨，其味不甚可口。食毕，辞栈主而出，行不数步，即至陇海车站。此路于民国五年四月始行告成。余上车后，见二等车有房间，亦有专备女客房一所，余乃坐于女客房中。其初只余一人，后因开车时刻未到，复有一女客挈一婢同来。余一观其装饰，即知为宦家女公子。询之果然。盖项城袁氏之同族，新嫁于南宿州，今日作归宁也。六时半，车始开行，所过之地，弥望皆高峰丛树，大有画意。至第八站为归德车站，停车二十分钟。站不甚大，四面无甚房屋。唯有该地农人数十，提筐麇集车旁，贩卖食物，声甚喧闹。所卖之物，不外水果、烧饼、卤鸡等。闻袁氏女公子言，卤鸡之味颇美，余出百文购卤鸡子少许食之，果然。其他各站都未建筑，暂设一小屋于路旁，为购票之所。徐州至归德，每站皆有张兵十数人，肩携长枪，身穿军衣，蓝色红边，立候于车站前，检查旅客行囊。余忽忆昨在徐州下车时，即有两军人令开皮囊检查，余出锁匙启之，军人呼曰："将物放远些。"余随口答云："远些难于检查，不如近些好。"军人又连言："远些好，远些好。"言毕，亦未细检，即高声语余曰："去罢。"余不知何故，至今思之，殆彼辈见余之装饰，与北方不同，复恐余筐中携有危险物，故蒙特别优待欤？过归德站，复至一站，名小坝。见对岸洋房一幢，屋顶已去，墙亦倾倒。旁有茅舍数间，一农妇坐于破屋内痛哭。询诸站旁人，知其屋昨夜为大风吹倒，压毙一人。余取银蚨少许，欲令车上茶伙掷与农妇，不料车已开行矣。四时，车至开封，余姊已备马车相迎。

登车入城,约三里即至姊寓,相见之下,不胜欣慰。姊有两女一子,十年以来,都已长成,见余漫不相识,笑问客从何处来。余笑曰:“吾尔姨也,来自金陵,何谓客乎?”于是众皆环围左右,欢呼阿姨之声不绝。是晚余早眠。

十三号,天始明,余醒时,闻有乒乓之声,如机关枪然。讶问余姊:“得毋地方有不靖耶,何故忽来枪声?”姊及儿辈皆大笑曰:“此非枪声,乃本地妇人浣衣于湖边,以木棰击捣衣之砧,遥闻乃似枪声耳。”余起推窗一望,姊氏后门果临大湖。湖水澄清,湖边有十余妇女,分为三四排,旁置一篮,内贮污衣。各妇女均坐于石上,双趺纤小,入水数寸,亦不畏沾湿。一面用棰击衣,一面谈笑自若,有衣服多者,至夕阳西下时始归。闻此等妇女,有远自二三里外来者,盖浣衣以此湖为最佳也。余急梳洗毕,挈甥女至湖边游览,浣衣妇女见余,均呼为洋女。余与彼说明,始不惊异。

十四号,余偕姊及儿辈共八九人,同游龙亭。亭在姊寓之后,北行不数十武,即见一庙宇,门前立一木碑,上写“惟圣则天”四字。直入乃一大殿,中塑一佛,两边塑四大金刚,形极伟大。由殿后再入,有石阶极高,约五十余级,分左右两边,中间石上铸刻双龙,蜿蜒欲活。余等自石阶缓步而上,至最高之处,复见一殿。殿中塑玉皇像,土人传述,玉帝所坐之石墩,即宋艺祖之龙座云。亭久失修,游客绝少,石墩以木板筑一小屋围之,黑暗如漆。凡欲观者,先付铜元数枚。一道士持烛启门导入,余进观之,石上四面无字,唯见刻划之龙迹。遂出,立石槛上,四顾城厢内外,尽在目前。遥见一塔,塔顶童然,上有旗帜飘摇,惜不识为何地。龙亭两旁有大湖二,一为潘仁美之遗迹, 为杨家将之遗迹,即本地妇女浣衣之处也。

十五号,天气晴和,余至姊寓邻右散步。邻右皆乡人,见有造盐者,在地掘无数之洞,或圆或方,其式不一,以石炭围之,洞中贮湖水。隔数日，水变成红色如日，再数日，色赤如肝。每日经太阳晒后，复取红水煮之，盛于缸中。将所沉之白屑取出，铺于地上，干时即成硝盐。至如何而成精美之食盐，惜未遇造盐者，一询其秘法。归时，途遇数人，各提竹筐，中贮黑泥。余奇之，随于其后，见其人将筐放湖边，复将黑泥倾于布上。两人携布入湖，随洗随歌，约一小时之久，将布拧干，取至岸上。余视其泥，已变成黄色。据云，将此布携归，铺平于地，晒于日中数小时，即成草纸。故该处所用之包物纸及他种之粗纸，皆黄色。其价甚廉，按斤论价，每斤仅铜元数枚耳。日已傍暮，有鸭鹅数百泅于湖面，分队而行，俨如军阵，甚为可观。闻鹅蛋价颇昂，每枚须百文云。

十六号饭后，游两曾祠。离姊寓亦不远，行数武即至。门前悬一牌，书"中国图书馆"，居中为一大厅，厅中设两牌位，乃曾文忠、文襄之神主。由厅旁侧门入，为一花园，有男子二人在焉。游玩者须向之售入览券而后入，每券售铜元二枚，星期六专供女界游览。园内楼台池馆，风景绝佳。有双凤阁者，四面围以玻璃窗，其外绕以石槛，玲珑如画。阁中陈列诸古玩及法书名画，惜双门紧锁，余辈仅可从透明之窗际窥之。规模宏大，令人起敬。其旁有厢房，中贮动物标本，虽缺漏尚多，在汴梁已为一省之冠矣。阁后有两亭，皆八角式，一名叠波，一名光绿，以亭下即潘仁美湖也。西侧复有一厅，分三间，其中签缃插架，皆贮古今书籍，与江南图书馆相较，殊不相让。所惜者，该地女学阻滞，女子识字极少，浏览于此幽雅之地，以研究学问者，恐不甚多觏耳。又有一厅，专备请客设宴之用。祠阁各处，扁额及联屏甚多，余忘携笔纸，故难一一记录。唯忆及大半为壬辰年许振祎所题，亦有一二屏，则为袁克文所新撰也。

十七号，余清晨即率姊氏及儿辈赴该地福音堂。堂在鼓楼街，晤浸礼会施夫人，系由美国至开封，已六七年矣。为人极温和，且热心于宗教，聆其所宣之福音，受感动者甚多。午后一时，会毕始返。此日余等静坐安息，无他事可述。傍晚作家书数函。夜间月色甚佳，碧天如水，繁星点点，若可摘取。与一家人闲坐庭院中，唱圣诗为乐。

十八号饭后，姊氏欲游观音堂。是日为阴历六月十九日，乃观音之生诞也。姊迷信佛教有年，故特往焚香礼拜，余乃随往一观。庙名“救苦”二字，离姊寓甚远。开封遍地有响铃橡皮车，其式较南京为佳，独惜马路不多，妇女出游者亦甚稀少。庙甚宏敞，庙门前方在演剧，以芦席扎棚，两旁为包厢，中间为戏台，观戏者多农妇乡人。该地妇女装饰略如北方，裹脚极小，宦家女子最时式者，衣服亦如南边，唯梳发不同，髻上插红绿穗子两串，垂于两腮，长尺余，似满洲式，凡香客多为之注目。姊屡欲购香烛，俱为余阻。庙中佛像甚多，两旁有十殿，神像极旧，不可辨认，百姓迷信已深，故不惜耗金而乐于为此，亦一憾事也。

十九号，天奇暖，姊之姑嫜来，与余初次会面，为人极和蔼可亲。午后偕游龙亭，并招照相者摄影。途中忽见愚夫愚妇数十人，各持一小旗，沿路念经而过，其后有锣鼓清音，列队随行，且有香案一桌，四人抬之，往土地庙而进。余随之往视，愚夫愚妇对土地像顶礼膜拜，心极诚恳。问之，始知是等人或欲向土地求福，或求财，或求子，或求免灾难，故媚神以邀福庇也。余候于门外，俟妇女出，即与寒暄，详述迷信之无益。彼等多有醒悟者，可见真理易于感动，惜苦口婆心以为晨钟之唤者之人少耳。

二十号，往观城内新辟马路，分书店街、山货街、估衣街。商店栉比，分设两旁，光怪陆离，人烟稠密，为开封最热闹之地。余入商务印书馆，欲购风景片，他省名胜俱全，独本埠无之，怅怅而出。行至工艺厂售品所，参观所织之布，坚韧平匀，花色不一，有较南边所制为佳者。另有一种蓝地白花，质料坚厚，可为地毯之用,其价亦不昂,余遂购两条。又闻茧绸最佳,亦购一匹携归,作旅游之纪念品也。

二十一号,红日方中,往游相国寺,亦在城中。闻有新到毛人一,遍身毛长寸余,状如猩猿,身之高度仅二尺余,能言语如常人,问其岁,答已四十余矣。寺前乃一空场,备有茶桌,为游客憩息之所。农人乡民,麇集其地,喧尘湫隘,极不卫生。由小路而进,望见一寺,高墙大门,内系一圆形,有罗汉五百尊,形象不同。由其旁之小门入一庭院,复见一殿,殿之中一大佛像,名千手千目观音,高丈余,全身以金装之。另有小瓷人无数,贮于其旁之木架中。余仅视为小孩之玩物,而彼等尊敬之,若神圣不可侵犯,可见其愚之不可及也。复见人人对此观音顶礼膜拜,口中喃喃如祝颂,惜不能辨其作何语。殿之左侧,有空房一所,双扉紧锁。余闻其中有活佛一尊,斥为妄,令启门视之,果见一僧盘坐莲花式瓷缸上,双目紧闭,遍体亦已装金,并无腥臭气味,安知其为真肉身乎?庙人云:此僧在庙已数十年,今春得道而亡,实系肉身。僧有母为丐,欲赖此为生计,本地好佛者亦乐为募捐。后为将军所闻,以目下国势艰难,民不聊生,复以此惑人心,恐酿成迷信之害,遂出告示禁止,不许游人进香云。

二十二号早晨,阴霾四布,霎时雷电大作,狂风暴雨,顿时人身为之一爽。二小时,雨止天晴。余往观汴地之商场,有二层楼,皆设商品,多洋货,三层楼两旁,皆照相馆,陈列影片,另有小厅一椽,专售茶点,以备游人不时之需。第一层乃货物排摊之处,聚集其中,人声喧哗,热闹拥挤。因在三伏之中,男子多袒裼而坐。蚊蝇纷飞,颇不可耐,诚非幽雅之地也。

二十三号,是早天气温和,微有凉风。余游兴勃生,遂率一二人同乘马车游禹皇山。出城约三里许,一带沙土如烟,山色苍翠,荒野寥落。四望无人,达其深林中,始复有一寺在焉。寺分三部,有花园,有圆亭,禹皇神位供于正殿,古圣贤遗像,巍然犹存。其情其状,令人钦敬不置。寺之前后,林木蓊郁,兴趣之佳,殆天然一片画图也。余流连其间,乐而不倦矣。至夕阳西下,尽兴而返,顺道至照相馆,取龙亭摄影,见玻璃窗悬禹皇山寺影片,遂购之。

二十四号,又为星期日,因施夫人约余赴授主日课,且午后二时有妇女谈道会,亦邀余略演数句。三时返寓,姊以北方面饺饷余,作午餐,异乡风味,亦复可口。食毕,正拟作家书,猝闻音乐之声,徐徐而来。儿辈相招到门前观之,见前行四人,各提小红宫灯,次则一方桌,亦四人肩抬之。桌上陈列干点四碟,插镜一方,花瓶各一对,后有红火炭炉一架,两人抬之,再尾随清音数人,沿途鼓吹而来。询之,始知开封迁居之风俗,无论贫富,均有此举,且非移居主人自备,都是邻友公送。将桌炉搬入新屋,复作音乐,并歌吉祥之曲,大放鞭炮,其声震耳,观者拥挤,俗名谓之闹锅底,殊不解其命意。是晚,余作信毕,脑稍眩,遂早眠。

二十五号清晨,余戚谢某由郑州挈全眷来访余,相别十年,重逢一旦,故人情重,欣慰无量。午后,邀同游公园。园在南城外,距车站甚近,广数十丈,亭榭俨然,花草鲜美,幽静宜人,诚开封游览之冠。入门见鹦鹉数十鸣于架,其音清脆,猿猴四五,跳跃于草地,幸有铁链系其项,否则游客均不敢近之。徘徊其地,花香鸟语,日暖风清,偕志友数人品茗于凉阁,且谈文研学,不觉神旷心怡,乐不思归。入园须先购票,每票五十文,故无农夫村妇,杂乱其间,益觉美景清幽,难以具述。时已薄暮,遂送谢氏至车站,人力车夫欲在小路绕近,我辈路径不熟,故随其意。不料行不数武,地径崎岖,大甥女车倾覆于地沟中,幸沟浅无水,扶起相问,未曾受损。至车站尚早,复去访检查张某眷属,系闽人,寒暄二三刻始出。送谢某登车,而车路车先到,次甥女及大侄由京都来,遂欣然欢接,相与同归。

二十六号至三十号，气候虽爽，未曾出游，与家人团坐庭中，畅叙别后情怀，极慰十载渴思。姊略以开封风俗相述，余爰濡笔志之于左。

开封本为省会，城周十五六里，南北狭而东西长。沙土多，地极瘠燥，造屋多以砖石为之，因森木甚贵。屋均平屋，以泥覆之，内用芦席隔之，周围以花纸为边。房门不用，多以竹帘悬于窗户。盖蝇虫甚盛，终日纷飞，殊不及挥逐之。大门必加高槛，其槛高二尺许，槛上有两铁环，以备有客来，可以提拔斯槛，即示优迎来宾之礼也。

六月中有观音诞、雷神诞，农妇愚夫多迷信之。逢诞日各庙寺必演戏，香客甚众，观戏无上等人。村中男妇咸集，插红花于髻，穿蓝色或紫色衣，虽贫寒之妇女，仍以凌波纤细为美观。七月中，行盂兰会，扎纸人如牛头马面、十殿阎王等于庙前。释士僧人，诵经三日夜，然后各持一像及旗亭等类，吹笙击鼓游于途，路为之塞。

民间喜早婚，极盼早得子，古风相传，仍是女卑男尊。凡生女者，无丝毫举动，唯得子必以鸡鸭卵送诸亲戚朋友。蛋壳画龟或便壶，以示添丁，戚友受此蛋，即往贺之，每贺客必以五色油涂新儿父面，随后邀之游街巷以示四方，谓有子为荣也。

又婚娶规模，与南方亦大同小异。迎娶之期有四轿，新人所坐轿顶有一小亭，亭中用麒麟送子，乃示早生子之兆。新郎坐轿，身披红彩，先到女家迎接，后随两小舆，系媒妇，衣襟上插红花一朵，沿路有旗帜音乐，其内容极烦琐细碎，难以尽知。丧事如富者出殡，其仪节亦极繁碎，柩罩以龙首凤尾，三十二人以木棍肩之。

河南银币，各种皆用，自今春中交两银行发生风潮，南边各省交通票不能用，独河南及北方仍照常通行，每票一元，兑钱则一吊一二百文不等。

月之一号,有吾侄由京都特来汴视余。值余小生辰,旅客远方,姊专备佳肴两席,合家畅叙天伦之乐,诚旅行中不可多得之乐也。夜间招二盲人唱于庭,继又奏留声机,至半夜,始尽欢而散。

二号,余清晨梳沐毕,同大甥女偕出谢步。因昨日有姊之亲戚数家俱来为余祝寿,傍晚归寓,即觉身上作痛,且有微热。因连日遍游名胜,夜间又迟眠受寒,遂至病矣。

三四号,病卧两日无可谈。

五号,病愈,晨起略进薄粥,作家书报毕,即休息。

六号,至教堂礼拜,为吾大甥女报名入彼校专习英文。

七号午后,偕姊伉俪同出车站往郑州,余等抵站时,西路车未到,而北车已至,中有三五营残兵,满坐车中。该兵欲车不停,直达徐州车站,站长告以须俟西路车到始能开,不料彼兵难以理喻,不以车长之言为然,几起冲突,人声如雷,为之一惊。未几车到,始息争而往,余等亦上车矣。车抵郑时已晚,有敝亲谢某,即上次同游公园者,曾在汴洛铁路任事,已在站前相候久矣。彼即代呼人力车招呼,吾等往彼寓小住。其夫人为人温柔可亲,已预备一清洁房间,款待颇周到,吾乃又学得一待客之良法矣。

八号,晨起,与谢夫人及姊同游郊外,见一带皆丛树,绿荫翠叶,谅足娱目,三五人徐行其间,诚忘尘俗矣。

九号午间,与谢家诸人及姊谒礼拜堂,晤唐夫人及赖女士,皆新从美洲来郑州,为传道及办女学者。郑地名胜虽多,余病体新愈,不敢多劳,故仅至礼拜堂,略访彼地教会之发达如何。

十号午时,姊伉俪皆急急欲回开封,遂与吾别,有依依之情,不忍相离。因相隔长途,相见不易,此别复相聚,不识何时,故各为泪湿也。谢夫人见余悲感,百般解慰,晚间邀余观戏,余遂与之偕往。戏园虽大,而所演之剧,皆鄙俗不甚雅观,余未终幕即先归。

十一号，偕谢夫人往游商场，距车站不数武。该场初落成，式如上海楼外楼，亦有屋顶花园。园中八面设小亭屋，备为商家陈列货物，或卖买者，或测字算命者，虽名为园，花草全无，殊为可惜。二层楼亦有洋货店、茶室，以备游人解渴之所。有一乡女，手摇铁板，高唱道情于茶室，以招游人。惟游人并不见多，盖该地妇女，多不出游，闲时辄聚三五闺友，于家庭作叶子戏，故此等游戏场中，踪迹甚疏也。

十二号清晨，与谢夫人伉俪三人同乘京汉车往游黄河。车行荥泽南阳，末后至南岸车停。余等下车，有谢君之友林某迎接，赴其寓午餐。餐毕，启其后门，行数武，即见黄河桥。铁栏杆有一百另三根，每根相隔约二十余步，两岸长七里半，桥高九十四法尺（每法尺约华尺三尺三寸），水至高八十六法尺。此桥成立于光绪三十一年。余五人徐步行于桥上，行至桥中，但见水天相接，四面无涯，一片黄涛白浪，奔腾飞舞，间有小汽轮摇荡河心。“朝辞爷娘去，暮宿黑水边，不闻爷娘唤女声，但闻黄河流水鸣溅溅。”诵《木兰诗》，正在感想，忽见汽车缓行而来，余急避于铁栏边。车过铁桥，耳闻当当之声，如击罄。两岸皆高原如山，有贫民造屋于河边，纸阁芦帘，亦颇闲适。复往观虞妃庙，系一泥塑之像，殿前悬一匾，曰西楚虞姬庙，中立于高岗之上，遥对黄河，格外分明，令人百忧皆忘，乐而不倦也。是午乘车归郑，为时已晚，余亦劳疲矣。

十三号，应唐夫人之请，复至礼拜堂瞻谒，下午在洋房中茶点，又作家庭礼拜。薄暮归来，见路边有钟声、念经声，余前往观之，乃乡人为盂兰会也。观者甚多，途为之塞，场中有僧道各数十，穿红袍，披袈裟，念经之声，喃喃不可辨一句。壁上悬无数神鬼之图画，燃香烛于场上，又以铁刀十数，扎成如阶级，直至高座，殊难解释其用意之所在。是夜月色殊皎，与谢夫人等畅叙庭中，倦极始告卧也。

十四号,又复乘车游洛阳,为河南汴洛铁路西段,在巩县黑石岗之间。见第七十四号牌,载明路用洛桥一座,前因桥基未固,于西历一千九百另九年,被河冲倒。是河为黄河支流,经洋员议重新改造,又用压气法以实之,始复旧观。落成于宣统二年,为中国铁路桥工中之创举。从兹照常通车,河无黄河之宽,桥仅三百十三法尺,长至高二十九法尺,共五六铁栏杆。桥上铁轨如黄河桥,四面皆是荒地,间有高树数杆而已。流览数小时,乘原车而归,途过龙门,因为时不早,未及往游,仅购一图以归。观图中佛像,可想见其工程之雄厚也。

十五号,得家书,促速归宁,盖开课在迩,欲预商诸事。余遂决意当夜行,谢夫人优待甚殷,即晚又设佳馔美酒,为余送行,惜余不能饮,辞之。食毕,同坐于庭中,明月当头,天清气爽,离歌又唱,黯然魂消,从此分袂,不知再晤何时。人生聚散,实难预期,大众均默默无语。坐待至夜半二时,京汉车到郑,遂行至车站上车,与各人别道,车即放气笛呜呜往东而驶,余入卧车而眠。至次早闻铃声,不知何故,询侍者,始知为招人起早餐。凡乘头、二等车座者,皆有女座,如一小房间。余一人在内,颇清静,茶房服役亦殷勤。余或观书,或立于车窗细眺。两旁皆是高山大树,田庄益多,有农人耕种,唱乡下歌曲,亦有踏水车之声,遥闻颇娱人耳鼓。车抵汉口时,已次日下午两句余钟。有旅店中人来迎余下车,同至一旅馆,稍事盥栉,即出探今夜之江轮,遂购太古鄱阳舱票一纸,又至电报局打电寄宁。素闻汉口之繁盛,犹如上海,旋入街市游览一周,始信人言之不谬也。晚餐毕,即登轮舟。夜九时,余始眠,闻舟启行矣。

十七、十八两日,余在船上。天时极热,且无女伴,唯独坐阅书而已。正觉岑寂之间,船抵鸠江,忽见冯女士登舟,相握手道寒暄。女士亦教会中人,此番赴沪求学也。余两人遂徐步徘徊于船面，遥望舟山列岛，蜿蜒起伏，荒田寥落，绝少人耕。九江地近庐山，望庐九面，历历在目，高峰插云，景象千万，林木深翠，天然入画，非急欲返宁，必且登岸一游，流连忘返矣。舟行过芜湖后，如入甬道间，两岸山峰壁立，奇险万状，不能描画。微风徐来，仅闻江水潺潺声，亦颇有趣，余与冯女士相对失笑。盖舟之前路，迷蒙莫辨，峻山叠岭，一若途为之阻，必既达尽端，始得于曲折之中，复见别有水道。古人诗云："山穷水尽疑无路，柳暗花明又一村。"此时真身历其境矣。舟行四五小时，已抵江宁下关，家人已饬仆人早在岸边迎接。遂雇马车归，见姑嫜诸嫂咸无恙，不胜欣慰。此次一人远客，登舟见波涛之澎湃，登山见峰岭之奇秀，不禁有飘然离世之想。险阻虽多，识见日广，至今思之，犹有余乐。爰濡毫以志之，较观地理书者，似觉有味。惟词句不文，读者幸鉴其真率也。

——《妇女杂志》第三卷(1917)第一、二号

参观江湾济良所记

月之二日，美华书馆同人，践长老会费博士与其夫人之约，偕同中西会友六七十人，于午后三时，乘淞沪车往江湾参观济良所。是日天气温和，人皆乐于旅行，且同行者大半为本会女教友，专乘一车，无其他乘客杂坐其间，颇得自由谈笑之乐。车行仅十分钟，即抵江湾站。车站距该所约里许，大半步行，间亦有不善走者，即雇坐独轮车。更有西国教友，具好奇之心，喜乘此代步者，惜道途皆以乱石铺成，车行极蹭蹬，约廿分钟抵济良所。查该所又名爱育女校，昔年为西国包慈贞小姐创办，专收迷途或被拐之男女孩而教养之，竟有二三百人之多。至今已十余年矣。经理其事者，皆本基督爱人之心，栽培诸孩，不啻慈母之抚其子女。且读书识

字而外,兼授以各种手工,皆有益于生活,为将来自立之计。惜包小姐于去年九月逝世,现继任经营者乃傅、戴两小姐,毅力热心,无多愧让,教员共十五人。除男孩外,女生约百五六十人,发间均缀以白绳。问其故,曰:“为吾最慈爱之校长去世尚未周年也。”既而傅小姐迎吾辈入坐礼堂,满面春风,笑容可掬,一望而知为慈祥恺悌、蔼然可亲者。诸教员更以茶点相饷,殷勤招待。后乃参观花园、菜圃及课堂、卧室等处,均整理清洁,无少污秽。中有女生年在十五六者,所绣之花,颇属美观。至于小女生之游戏、唱歌,亦极活泼,此亦该校教育精神之表著者也。是日,费师母携有小衣裤及夹被等件,一一分与该院诸孩。接收后皆高呼感谢不置,乃转赠吾辈每人红色纸片一枚,上书《圣经》一句,用各色缎带结之,以为纪念。余等归沪时,约在七句余钟,已是六街灯火时矣。惟是日最令人感叹者,同行有一老翁,陈姓,镇江人,向以弄船为业,有女方八岁,被人诱拐,寻觅来沪,继于费先生处探得其女留养于江湾济良所内,故是日亦偕往视女。父女相见后,抱持痛哭,旁观皆为之酸鼻。翁坚欲领女去,因格于院章,经人解劝始已。然临行犹呜咽不胜,厥状至令人凄楚。因念中国频年以来,浩劫相寻,生计日蹙,拐卖人口之事所在多有,而我女同胞之惨罹斯厄者,尤觉呼吁无门。安得如包小姐其人者,发大慈悲,广设完善之济良所,拔之水火而登之衽席,并教之养之,使彼无告之孤儿,将来咸能得所。汉侠当虔申祈祷,为彼孤儿请命也!

——《女铎报》(1917)第六期第四册

海宁观潮记

阴历八月十八日,相传为钱塘秋潮最盛之时。是日沪杭铁路特开专车,至斜桥车站,换舟赴海宁观潮。所有舟车各费,计每人六元，此外西餐券分一日四次，计每张三元五角。侠是晨六时至北车站，越三十分钟开车，沿途浏览郊外之景，颇饶佳趣。盖此路跨江浙二省，地皆肥饶，车行所过，见沃野千里，秋收在即，不禁为农人庆幸。至九点二十分抵斜桥站，游客纷纷舍车登舟，径赴海宁，其水程共十八里，舟为路局所雇，每艘约载十数人，凡五十余艘。斯时河中帆樯如林，橹声咿哑，清风徐来，澄波如镜，至足畅人胸襟。予同舟有西国男女约十人，携有快镜，见特异之桥或村屋，即摄影以为纪念。予等彼此闲谈，遂不觉长途之沉寂。舟行二小时，始至海宁，遂相率步行里许，抵海塘边，有路局设备之会场在焉。场中备有冷食供游客午餐。游客中多有自备食物者，是则古人所谓行百里者裹糇粮，可谓老于行旅者矣。午后一时许，群相告曰："潮至矣。"远望之，初仅如白练横空，无甚奇异，乃渐近渐高，声亦渐大。至海塘边，潮高丈余，翻腾而来，势如壁立，杂以雷霆万钧之声，凛凛乎有不可久留之势。古人以万军夜渡、寨马秋鸣肖湖之形状，可谓适当矣。是时游人皆立而观之，争相摄影，以为此天地奇景，少纵即逝，不可不留其片影，以示诸未遇此盛者。然由此可悟吾人处世，亦如此滚滚东逝水，转瞬即杳，更不可不猛著先鞭矣。是日由专车而来者，多至四百余人，均在围场以内，其余环立场外者，亦有数百人。故潮来时万头攒动，均鼓掌欢呼，几不辨①潮声与掌声也。是处以八月十八日为潮神诞日，塘边有古刹一所，专祠潮神者，是日必演戏酬神。妇女皆相率入庙焚香，祝潮之不为灾害，其愚甚矣。潮过后游人四散，予亦乘舟返斜桥，同舟者有寻常妇女二人，与之谈圣道，彼闻之津津然若有所感悟，深冀此日之播种，有以收他日之良果也。舟抵斜桥后，即登专车，少顷即开，车中人影憧憧往来者，又无非求果腹而已矣。抵沪

① "辨"，原文作"办"，据文义改。

已九时半,斜月当窗,凉风飒爽,追忆竟日之余,似不可不有以记之,爰作斯篇,以聊作雪泥鸿爪云尔。

——《女铎报》(1918)第七期第八册

费启鸿夫人追悼会志略(节录)

主后一千九百十八年十二月十二日午后五时三十分,长老会同仁为已故美国女教士费启鸿夫人特开追悼会于上海北京路思娄堂,与会者不下数百人。济济一堂,同声追悼。礼堂中悬费夫人遗像一帧,其蔼然可亲之貌,宛如生前,不禁令人起爱敬之念。像之左方新镌纪念铜牌一方,四围缀以鲜花,系同仁捐资设立,以纪念费夫人之功德者也。是日开会之秩序如下:(1)全体唱第一百八十六首通用诗歌。(2)主席胡美裕先生祈祷,并宣布开会宗旨。(3)李恒春先生读《以弗书》四章八、九节,言简意赅,使费夫人当之,诚无愧色。(4)孤儿院军乐队奏哀歌。(5)俞宗周先生行纪念铜牌开幕礼,并宣读碑文。(6)西人薛思培先生演说,费夫人之生前为人,谓其爱心之大,实无人能出其右者。费夫人匪特对于传道热心,其对于家庭教育,尤能井井有条,以致今日养成其子女皆能为上帝做工等语。(7)南门清心女学生唱诗。(8)王亨通先生演说费夫人一生事迹,谓其四德兼备。一、有大信心,热忱服事神;二、顺服其夫,如女之事父;三、教育子女而成大器;四、谦和待人,以致人皆欢迎。凡穷苦伤心者,往往得夫人一言,立即慰解。又常解囊相助贫穷,虽屡次呼吁,从不拒绝。其仁厚如此,凡疾病者,不问其能否传染,必亲往祈祷。患者睹其和悦之貌,聆其诚恳之言,不待医药,而其病已霍然矣。夫人能以极纯熟之沪语,传神国之福音,讲天国之奥妙,使人悔悟而皈依吾主者,不知凡几。又遇有纷争者,往往得夫人一言,其纷立解,和好如初。其对于家庭，从未有疾声厉色，至对于各人，因其境遇之不同，而言皆合度。夫人之容貌至为和蔼，一望而知为慈祥恺悌之人，其笑容出自天然，使人无不乐于亲近之。然而夫人虽常笑容可掬，亦有时而哭，顾其哭非为自身有所不惬意事也。盖其哭有三：一为公会、为牧师长老而哭也；二为子女而哭也；三为不信主或冷淡主道者而哭也。可见夫人爱道之心切，其爱世界尤深也。故每闻有慈善事业，或教会有活泼之希望，夫人辄为之觮然，神色如天使。又可知夫人之一哭一笑，无不出于自然，人为之感动者多矣。

然夫人对于妇工，又非付之阙如者也，其可称述者甚夥。一、对本会妇女设女公祈、母亲会、主日祷告会、家庭礼拜、女教友查经班。二、对于上等妇女之布道，前清时尝以特制之《圣经》，赠之慈禧皇太后，此系《圣经》输入宫禁之第一次；又尝与显宦之女眷相交际，此系夫人布道之苦心，欲求由上而及下也。三、对于无告之妇女设法传道，并为之创设济良所，作苦海之慈航。四、对于中国教会设立十分输一会，为自立教会之基础。该会人数虽只二百余，其实捐款不止此数，而不愿彰其名者，尚大有人在也。五、夫人学问渊深，著作宏富，所成华文书，不下十余种之多。其最著者，如《大皇帝差役》《真道便读》《多谢安五传》《又答问》《迟慢传》《第四博士传》《买你自己的樱桃》《主的金银》《信徒真相》《读马可福音识字法》。此外有英文两种 *Gold of Apple* and *Silver of Picture*。又尝充《妇女报》主笔、《苏音月报》编辑及编译赞美诗等，唯著《天国的算法》一书未成，其去世之前三日，致家书中，尚斤斤以此为念也。(9)长老会本堂唱诗班唱诗，哀歌婉转，恻然动人。(10)《女铎报》记者袁玉英女士演说，略云：费夫人产生西国，因效法耶稣基督之爱人如己，不辞千万里而来华传道，其爱我华人之心可知，今日之追悼，非仅片时之纪念已也。王君所云夫人尚有未竟之工，只虑无人继之，因想在座诸同胞，当追念夫人之爱心德行，起而效法其为人，即如夫人之效法基督，则今日夫人虽弃此尘世而入天国，安知将来不有无数如夫人其人者，接踵而起耶？(11)本堂学生唱诗。(12)陈谦夫先生证明夫人之懿德云，因受夫人之待遇殷拳，使彼亦知爱主耶稣。再如今夏夫人在牯岭养疴，彼曾亲见其为一非本公会之周姓教友祈祷，其病遂愈。此非夫人信主之德，曷克臻此！(13)予因今日能为主少献微劳者，亦系受夫人感化之力独多，故亦起而略有陈述云。

——《女铎报》(1919)第七期第十一册

沈佩贞

沈佩贞，生卒年不详。女权活动家。早年加入中国同盟会。武昌起义爆发后参加上海女子北伐队。辛亥革命后参与组建女子参政同盟会，为女权运动的中坚人物。

创办女子尚武会绪言

国法学曰：立国之要素有三，曰人民、土地、主权。而能使土地巩固、主权活动者，其能力则咸在于人民。是故一国之贫富，视人民之贫富为断，一国之强弱，视人民之强弱为准也。然所谓人民者，固概括通国之男女而言乎？抑仅指男子而置女子不问乎？如其概括通国之男女而言，则何以对于国家男子有当兵之义务，而女子无有也？对于社会男子有保卫之责任，而女子又无有也？同是人也，何以男子之劳如彼，女子之逸如此乎？不然，其所谓人民者仅指男子而言，则女子明明圆其颅，方其趾，含其齿，戴其发，知觉聪明何异于男子，而乃必不认为人民乎？同是人也，又何以男子能巩固其土地、活动其主权，而女子则否也？呜呼痛哉！数千年来，我女界之沉沦，女同胞之孱弱，亦云至矣。调脂弄粉，梳头缠足，务造作其娇俏之状态，以供男子之玩好，而自谓能事已毕。自幼稚至于成年，自成年至于终老，事事仰男子之豢养，事事受男子之压抑，奄奄一息，舍饮食以外无业务，舍命运以外无希望,满身尽是媚骨,一生惟有靠人。呜呼痛哉!我女界真万劫不复也耶?唐之花木兰,宋之梁红玉,阅几世而一见,仅为历史上之光耀,而继起无人,后世遂视为莫大之奇事。噫!犹是人也,何奇之有?

罗兰夫人曰:“男人求自由,女子亦当求自由。”男女岂有所轩轾哉?际此兴复祖国、驱逐胡虏之秋,风云变幻,山岳动摇,彼执戈健儿,热血壮士,莫不急行猛进,以收克敌之效。奔走角逐,虽血肉横飞而不惜者无他,所以求一日之自由也。我女同胞受专制之毒久矣,不于此时奋发为杀敌致果,以脱此牢固之羁绊,而求有自由之幸福,则茫茫前途,其将以何地为托身之所乎?□语我女同胞要知巾帼弱质,亦为国民中之一分子,荷戟从戎,以与男子争一日之短长,而互相辉映,互相防卫,互相协助,互相维系,实为我女同胞当今急要之图。噫!我女同胞其亦有意乎?佩贞不才,当为我女同胞倡。

自武汉起事以来,各省响应。上海为中国之大交通场,乃不费一矢,不折一兵,而垂手以得全埠,其能力为何如?然而南京尚未克复,北京犹为满虏所据,其成败存亡,正在一发千钧之时。我同胞遂不得不力谋进行,于是有组织敢死队者,有组织北伐队者,更有我女同胞组织女子北伐军者,其一腔热血满身杀力,实令人钦佩无已!佩贞一弱女子,鉴夫时势之急迫,更目击夫同胞之勃发,不禁跳跃而起,愿为我祖国尽一分之义务,组织一女子尚武会,以求我女同胞得一日之自由。噫!吾同胞其亦有意乎?佩贞当执鞭以相从焉。

——《天铎报》1912 年 1 月 3—4 日。

录自全国妇联妇女运动历史研究室编

《中国妇女运动历史资料(1840—1918)》,

中国妇女出版社 1991 年版

男女平权维持会缘起

前日之中国，专制国也，君权压抑，官吏摧残，四千余年以来，无所谓民权之说。虽然，中国又一男子专制国也，纵观历史上之政策，既纯为男子所计画，社会上之事业又仅有男子可设施，女权之名词更为历史所未见。夫国以民为本，民而无权，国不国矣。然国又积多数之男女而成者也。一国之中，徒有男子之政策、男子之事业，而女子则袖手而观，屏足而立，举凡个人所恃以为生存之衣食住，悉仰给于男子，女子适成为天然之废物。夫一国之中，无用之废物竟居其半数，则试问此所谓国者亦有存在之资格否耶？

今者，民国光复，专制之毒焰灭，自由之旗帜张，热血志士所奔走喘息以恢复所谓民权主义者，至是已达到其目的。然而民权复矣，女权犹未也。女子亦国民之一分子，女子无权，不特为文明国之缺点，即揆诸民权二字，亦有不完全之处。此忧世者所以奋发崛起，亟亟焉以提倡男女平权，而有所谓某会之建设，某党之发起也，漪欤休哉！我女子沉沦于黑暗地狱者，数千年于兹矣，埋没复埋没，抑制更抑制，几几乎有万劫不复之势，乃天锡幸福，至今日而居然有男女平权之说，奔腾于社会间。则凡热心之志士、有为之少年，对此民国创建、女权发扬之秋，又安得不跳跃以起，兴女界争一日之荣乎？呜呼盛矣！

虽然，同人等窃有忧者。罗兰夫人之论自由也，曰：自由能福人，自由亦能死人，有许多之罪恶，假自由之名以行。卢骚提倡平等主义者也，然尝曰：平等有制裁。平等而无制裁，是不啻移天下而入于竞争之区也。然则，男女平权之说，当亦有制裁也。制裁维何？曰范围而已。是故男女，亦有权限也。限云何哉？亦曰范围而已。或曰,男女既平权矣,又何范围之足云?既有范围,即有束缚,既有束缚,即有拘手掣肘之弊,而所谓男女平权者,至是或有不平之点。噫,是何言欤!范围云者,非禁止之谓,非羁绊之谓,非野蛮束缚之谓,乃法律之制裁。维持此权力势力于不敝,使男女之权限,划如鸿沟,不容有丝毫之混淆,纤微之侵犯,皆行动于法律范围之中。是故平权云者,必使此权力相平均如衡然,彼此无重轻如量然,彼此无高下,男子不凌辱女子,女子亦不干犯男子。男女之间,如不相逾越,互相扶助,互相防卫,互相提携,互相监督,男女之权平,男女之学识之事业,亦因之而渐增进,以剂于平。于是所谓自由者,皆法律之自由也,所谓平权,皆公理之平权。否则,中国之女权在民国未成立以前,既失之过狭,在民国既成立以后,又失之过宽。夫失之过狭之弊,既已彰如彼矣,而失之过宽,则其弊又必至放荡而无纪律,桀骜而不柔驯,甚至蹂躏男子,扰乱秩序,肆行其野蛮之自由,破坏我良好之秩序。是则平权二字者,非为我女界谋幸福,适为我女界贻祸患矣,又岂提倡男女平权之本志哉?

同人等不敏,际此男女权力竞争之漩涡中,愿力持其平均主义,以期调和,特创设一会,曰男女平权维持会,务使男女两界各不相侵,实践此平权二字。既无所偏倚,又无所妨碍,相维相系,而共跻于发达之途,是则同人等之希望也。呜呼!我男女诸同胞,有赞成同人之说者乎?同人等愿持章程以为诸同胞共商榷焉。发起人陈光誉、沈佩贞、陈振志、叶慧哲、武问梅同布。

——《天铎报》1912 年 2 月 26 日—3 月 1 日

章兆彦

章兆彦，生卒年不详。1911年武昌起义爆发后，由上海奔赴前线救死扶伤。赤十字会会员。

武汉战地日记

九月三日，余由上海束装就道，初七日抵鄂。舟未泊岸，已觉烟焰骇目，炮声震耳，盖时两军正在大战也。比登岸，匆匆赁屋，遂假得英租界英人某之宅而居焉。部署未定，受伤之战士已络绎拥负而至。目击诸战士有折骨断臂者，有洞穿心腹者，血肉模糊，疮痍可悯。

会中诸人，虽日夜力任救护，废寝忘食，仍有日不暇给之势。嗣红十字会亦有人来鄂，窃喜其可以分劳也。但伤兵日多，屋小不能容，故又借邮局为医院。

北军据汉口后，日以嬉杀为事，虽中立之赤十字会，亦不敢入华界。我会中仆人某，佩赤十字标识往华界购物，北军不问情由，连击三枪，竟毙其命。北军对赤十字会尚如此，其他不待言矣。

民军离汉口后，北军纵火焚掠，医院恐被波及，遂将所有病人分移他处。为保全伤者起见，有不得不如此者，竟有某某起而与我等为难。噫！同系慈善事业而有此举动，窃以为过矣。嗣又借得俄租界新泰山栈为医院，女会员则住于德租界韦公馆，朝暮往还,风雨不辍,已倍形劳瘁矣。

廿六日,闻民军将大追北军,会长张先生乃偕会中同人,携带药件,诣汉阳以备救护。是役也,兵士死伤殆不可数。

红十字会医院伤兵多至二百余人,看护人数甚少,商请会长派女看护数人,前往武昌相助。会长遂令林菊、李俊英、苏燕芳、吴舜芝诸女士前往,余及舍妹兆廉亦与焉。

廿七日,民军虽胜,仍未得渡江,经日炮声隆隆,破人耳鼓。死者更仆难数,受伤而来医院者踵相接,趾相错。吾深愿大局速就和平,不复睹此煮豆行为。天乎,天乎,其厌祸乎?

十月初三日夜,闻北军已渡江,至三眼桥矣。至其得以渡江,实汉奸有以致之。

初五日晨,会长因汉口扛去病人将近二百余,而看护者甚少,遂招吴君并余及舍妹三人回汉口。

初七日晨,男会员崔君由汉阳来,言汉阳已失,会中看护人于昨晨始得出城,亦云险矣。汉阳居民死伤不可以数计,惨矣哉!汉阳失后,此间即无甚战争,且闻北军已派人议和,会长因心力交瘁,加以开刀时为毒气侵入,发热臂肿,会员中亦多有病者,于是先率女会友十余人及伤者数人回沪。时十月廿四日。

——《神州日报》1912 年 1 月 11—12 日

陈婉衍

陈婉衍，生卒年不详，苏州人。曾任上海宗孟女校校长。1911年11月组建成立女子北伐光复军。

女子北伐队宣言

逐胡氛于北庭，完全禹域；扫腥膻于塞外，誓灭楼兰。筚路蓝缕，惨淡经营，冀得一践斯志者，于今已十载矣。至以我心若斯，我力亦若斯，则我不敢言；而服务尽责，以副自问，则我不敢辞也。溯自满奴猾夏，神明之胄，尽被腥膻，懿典之伦，皆沦草莽。青山无恙，独怜故国衣冠；赤帝有灵，忍见上阳丰草？慨道义之沦亡，悯诗书之湮没。抱《春秋》复仇之义，缘文字而遭屠戮；明华夏种族之分，因修史而被惨诛。先者既仆，从者踵起，二百六十余年，亦已不可胜数。天道好还，物极必反，人心思汉，有志竟成。专制达于极点，满清之气运告终；共和程度既齐，汉族之河山当复。于是崛起于楚，作四万万之先声；响应于申，鼓十八省之后劲。于斯时也，衍以久积之微忱，砥砺而提起，揭竿裂帛，襄李燮和总司令光复上海。后遂招集女同志，预备北伐。是后继踵颇多，女子军遂四方应起，创而有继，甚为自悦。衍等自淞至宁，倏将二月，仆仆征途，风霜跋涉，岂曰苦辛，诸同志且均引以为乐也。方今东南廓清，人心略定，总统履任，共和有成，衍又将与诸同志从李总司令长驱捣北,达平素所志之目的。愿我同志,戮力同心,和衷共济,扫前途之障蔽,求来日之自由。朔风戈壁,沙漠浩渺,助我尘马扬扬;积雪天山,碧草均银,增我旌旗垲垲。更柝忽闻,夜许之一灯筹握;马嘶塞畔,千军之铁甲晨行。班超之深入虎穴,李广之誓扫匈奴,当躬历其境焉。兹将起程,谨宣其意,他日黄龙痛饮,凯歌南归,当与我同志共叙共和之幸福也。

——《时报》1912 年 1 月 16 日

张利侬

张利侬，生卒年不详，文章署名“李张利侬”，南京人。夫李姓。1912年1月组建成立南京女子北伐队。

女子北伐队缘起

窃思中华古国，东亚主人，乾德发扬，奇男辈出，坤灵孕育，杰女代生。是以羲帝开基，赖有女娲之佐；武王拨乱，实资姜后之贤。此在三代以前，不乏璇闺淑媛。迄至两汉以后，且多巾帼英雄。木兰女替父从军，裙衩气壮；梁夫人助夫破敌，桴鼓声喧。可知东阁有伟人，不似窅娘纤弱，倘非南宋主和议，岂容金寇猖狂？然而古人不作，徒切怀思，时局多艰，安能坐视？溯自唐尧建极，四千年汉裔相延，痛夫满奴入关，二百载胡氛不靖。屠扬州，戮嘉靖，万家之余痛未忘；严驻防，苛捐输，九世之深仇何忍？况复奸邪用事，甘取满欢，亲贵争权，丛招汉怨。此即君主立宪，公愤已深，何待商路归官、义师始起也？故夫鄂军一怒，禹域皆归，胡运将终，袁贼何济？惟是东南半壁，光复已成，须知西北一隅，沉沦可悯。枕戈待旦，健男儿既奏宏猷，市安从军，众姊妹宜甲义愤。不见夫法兰西牧羊少女，力却英兵；吴宫中学战美人，气吞楚国。从可知奋身不顾，小娘子无让须眉；乘盾为荣，大国民休轻脂粉。于是倾奁倒箧，大集军资，扫穴犁庭，共除虏虐。乃看革命功成，克奏罗兰伟业,待到共和局定,聊慰秋瑾幽魂。斯诚吾汉族之光荣,岂第女同胞之幸福也哉?

——《民立报》1912 年 1 月 16 日

欧佩芬

欧佩芬，广东人。生平不详。

敬告争选举权之女同胞

我国女界之黑暗数千年于兹矣，今幸革命功成，我女界忽于黑暗中放一绝大异彩。民国初基，即将特许女界以参政权，在欧美各国所奔走呼号，魂思梦绕，终不获□尝其效果者，我国乃不崇朝而得之。佩芬亦女界一分子，正当欣慰之不暇，何庸鳃鳃过虑，为我女界忧？然窃有不能已于言者，则以我国女界不患无急进之雄心，而患乏自治之能力；不患无参政之权，而患乏参政之学。佩芬且平心静气，而与我女界同胞一商榷焉。

我国女界之乏自治力，固无可讳言矣。诚以处昔日层层压抑之下，几于暗无天日，迂腐儒生复倡为"女子无才便是德"之言，以玩弄我女界，致令女子玉帛与货币同科。天下背公理、灭人道之举，盖莫逾于此矣！今者拨云雾而睹天日，复我女权，此其时矣。我女界苟复罔知振作，则无源之水立断其流，无膏之灯旋见其灭，其能永享平权之幸福，不为天演之淘汰耶？故佩芬谓我女界今日一方面宜争参预政权，一方面宜力谋自治能力，双方并进，庶我女界克长享此幸福于勿替也。兹就我女界之亟宜兴亟宜革者，条列于左：

一、教育之亟宜谋普及也。我女界视无才为德之言,久既奉为金科玉律,致男女不得受同等之教育,为女子者亦囿于积俗,甘居卑下,以为必如是始克称为恪守妇道也者,故上焉者仅识知无,下焉者则一字不识矣。(广州所谓表表出群之女代议士,尚有不能署名者,遑论其他,可胜浩叹!)是以家庭之间,舍依赖之外无事功,除服从之外无性质。复有一二寡识者流,误认自由,反为世俗所诟病,使我女界进化更增一层黑幕。然我女界不可因少数败群之辈,而遂阻进取之心。彼苍之赋畀,男与女本无差殊,男子读书可以知政,我女界若力求智识,亦何尝不然?故今宜多设小学以作之基,立中学以端其本,进大学以竟其功,教育普及而人材辈出矣。此教育之亟宜谋普及也。

一、演说团之亟宜设立也。谋教育之普及,非十数年之力不为功。欲求改良之速效,舍演说鼓励外,其末由矣。今日争选举权诸女士,大都出于通都大邑,名门之族为最夥,其他乡村之妪、曲巷之妇,且茫然不知选举为何物,以如此无智无识者若斯之众,欲其置身投票选举、参预政治之列,其不盲从瞎闹令人一笑绝缨者寡矣。故我女界亟宜组织演说团,由乡而邑,由邑而省而全国。莲花舌粲,顽石点头。说明如何必要兴女学,如何必要尊女权,如何必要有国家之思想,如何必要有人类之自由,龙女谈经,天花乱坠,必能感触脑筋,事半功倍。然后再教以简易识字之法,以助其知识之增进。不及数年,我女界之进步当能一跃千丈。此女界演说团之亟宜设立也。

一、妾媵之俗宜革也。一夫一妇,天地之经。我国恶俗相沿,一夫多妻,恬不为怪。朝买一姬,曰我欲藏之金屋也;夕置一妾,曰我欲借娱晚景也。其在大腹之贾、龌龊之商,坐拥巨金,何求弗得?然爱则加膝,恶则坠渊,今夕欢娱,明日置诸脑后矣!而身受其累者,觅死不能,求生不获,于闺阃庭帏间辟一绝大活地狱,惨莫惨于此者。然此未始非我女界自作之孽也，苟为母者不肯轻鬻其女，为女子者不肯自薄其身，彼虽明珠万斛，当不值我之一哂。今愿我女界严申妾媵之律、约法之章，违者不齿，维人道而尊女权，莫急于此者矣。此妾媵之俗之宜革也。

一、婢女之宜开放也。我国家庭陋俗，稍有余资即广蓄奴婢，以供驱使。譬诸循良之家，或有肯稍假以词色者，然此几等诸凤毛麟角，不可多睹。不幸譬诸悍虐之人，岂肯体恤孤苦？颐指气使，役等马牛，诟詈之声未绝，鞭笞之责立至。痛哉！谁非父母骨血，忍令其凌虐至于此极耶？（粤垣虐死婢女之案，屡见叠出，其他可知。）夫天地生人，有何厚薄之分，而苦乐悬殊若此？斯真人道所嫉恶者矣。今我女界即宜设法开放奴婢，既收者返之其家，未收者悬为厉禁，而后始可以言平等也。此婢女之亟宜开放也。

一、娼妓之俗宜禁也。自管子以女闾三百，遂开娼妓之门，遗传至今，流毒靡有涯涘。秦楼楚馆，嬉不知愁，卖笑倚门，习不为耻。以良家之子女，作丑贱之生涯，我女界之玷，虽倾东海之水，不足以湔其万一。虽其间误坠烟花不无难言之隐，然我女界果人人有誓死不为娼妓之心，宁死不甘污辱之志，鸨妇虽悍，其奈之何？今幸际此良好时机，不乘此一雪前耻，复何待乎？此娼妓之俗之宜禁也。

综上所述，前二端则为利之所当兴，后三端则为弊之①所当革。俱自治之要图，我女界所亟当注意者也。假复因循不振，坐失时机，徒争参政之虚名，而乏参政之实际，纷纷扰扰，其何适从？佩芬窃恐平权之说，又将为世俗所指摘取诟病矣！故今日欲尊重女权，当从参预政治始；欲参预政权，当先亟图自治始。

——《民立报》1912年6月7—8日

---

① “之”，原文作“为”，据语义改。

黄守璟

黄守璟,生卒年不详,字赋梅,嘉定(今属上海)人。父黄朴人,嘉定同盟会会员。夫白一震,辛亥烈士白雅雨之子。黄守璟于嘉定普通女学社高等小学毕业后,考入天津北洋女子师范学校,1912年毕业。

津门弹梦记

黄赋梅女士,嘉定普通女学社高等小学毕业生,入北洋女师范学校,以优等毕业。武汉起义后,南省次第光复,女士与同邑冯世俊、宝山陆凤溶、旌德汪墨芳诸同学,欲树功业于北方,投身革命军北方实行机关,经营炸弹事业者二阅月。其间屡经艰险折挫,而志不少移,真不愧女界之志士也。比者,女士旋里,每出其日记以示人,以代述且陈曰:一事未成,徒呼负负,题曰津门弹梦志,实亦志憾云耳。特录如下。记者志。

十月十七日,白雅雨师以北京起事,满虏必西出张家口以逃生,而蒙古兵亦必由此进援。故拟以炸弹送往张家口,以图狙击,恐途中行李被检,嘱予等同往,冀女子可免检也。予遂与同志冯世俊、汪墨芳,向校长托故告假一星期。

十八日早六点起,朔风凛凛,不觉其寒。急发快信与父亲,恐父不知予不在校也。梳洗毕,同学之走谈者纷纷至,有询予等以何往者，有询予等以何事往者，皆含糊答之。早餐后，束装行。予只带网篮一只，以备临时装炸弹之用。墨芳先行，予与世俊雇车至大胡同，墨芳已在寒衣铺立待。予购寒衣一件，乘电车至美以美会取弹，即在会午餐。下午三点半，往天安里见胡伯寅、段亚父二君。稍顷，白师至，遂与同志携弹行。雇车至老龙头，四点钟登火车，经十二站抵丰台。时已六钟，见栈房叫夫异多，白师三呼春元栈，无应者，遂在大兴厂宿焉。予与世俊、墨芳同居内屋，段、白二师居外屋。晚餐后将睡，忽闻有呼查检者，初讹为送茶点，细聆始辨之，心中不觉怦然一惊。无何，三人如巡警者至，盘诘良久，幸段、白二师对答完善，三人不疑而出。予等遂寝，然一夜未安。

十九日天未明，即起梳洗、早餐，八点购头等票，乘京张火车行。途中风景，与天津至丰台迥不相同，巍巍高山，潺潺流水，令人意远。出居庸关，见四面皆层嶂，居户甚少。过此山洞，宛如黑夜，如是者三。最后过八达岭，黑暗更久，以洞之长也。夫以壁立千仞之大山，而火车能行其间，人力胜天，可谓奇绝！予有生以来，初次目击身临，非身有国事，必恨车行之速矣。下午三钟，抵新保安，与张家口毗连之站也，予等即下车。此处绝无居户，有土人遥指曰：彼处有一楼，名馥云楼，系寄寓。予等动趋就寄宿。少顷，段先生出，招杜某至，说良久；杜盖预约在此接弹者。旋杜告予等，谓现已有官兵派来，此地恐难发动。今重要人物仍在北京，君等不如仍回，以待机会。遂定明日返京。晚餐后，段君教予等制造炸弹之法，旋谈时事片刻，即各安寝。

二十日晨，将所带之弹交杜，八钟赴车站，购二等票，乘车返北京。下午一钟余，至西直门下车。墨芳约予与世俊，至其家住二日。

二十二日，买二等票，乘车回津。适二等车载英兵，拥挤不堪，换坐头等。途中并无危险。十二时到津，大雪，下车即往同志胡佩芝处午餐。下午二钟回校。宿舍中同学皆围炉而坐,见余等至,蜂拥而前,问我等从何处来,托辞答之。同学竞告以校中将考试,予等殊无心于此,唯唯而已。旁晚,至友人处探听消息。

二十三日,白师来告北京恐有不测,亚夫、亚京无人接应,命予等仍携弹往北京接济。旋段君至,谓机关已失,嘱不必往。后数日,李君季直亦与同志来津,欲约熟悉北京路者同往京,墨芳与陆凤溶偕之行。予与世俊遂合同志数人,思筹款之法,借上海红十字会为名,日以捐款造弹为事。如是者约二旬,而校中亦议停课矣。

白师之计划,欲以马厂天津为发轫,直向北京,而以滦州为后应,因往马厂运动。归途遇山东同志数人,云山东有马兵数百可利用,惟开拨至津,须得千金为费用。予等即分至各处捐借,得二百余元,有高某者,捐八百元。明晨,遂遣段君至山东与马兵期。段君濒行,嘱予等曰:今所制炸弹,炸力犹薄,俟余之归,再以猛烈者之制法相授也。

十一月十三日,忽得滦州同志来电,云已起事,请白师速往。白师知发之太早,计划已失,即遣二人往,被拘于官军,不得达。滦又数电来促,白师曰:滦既发难,何必我亲往?我往亦徒死耳!然其中或有他故,我固必往。因决往滦,欲领此军以来津,遂定明晨行。

十四日早,白师往滦。忽得山东急电,言段君在东被拘,人货均失,机关破。余等愤闷无似,顾无如之何,仍勤制力薄之炸弹而已。

十五、六、七、八数日,制弹以外,探听滦州消息,有吉有凶。而滦州同志有晚回者,言白师往滦后,举王子箴为都督,已为参谋。俄而淮军统领王怀庆以运动君主立宪至,白师与王君议尊之为都督,冀其反正。王佯诺之,明晨竟潜遁,反率军攻民军。民军大败,虽未死伤,然皆溃散云云。

十九日,得滦州急讯,民军败后,白师欲返津以作他图,行至古冶,遇熊赍贤君与俱(熊,同盟会健者也),旋被王怀庆军所获。团体中欲设法救之而不能,然生死尚在疑信之间。

二十日,闻白师已于十九日晚十二时就义,团体中人莫不悲痛欲绝。然为国捐躯,义务当然,后人能继白师之志,即所以哀悼之矣。誓欲为复仇者颇不乏人。余等急欲往收其遗骸,以时势不能未往。

余之日记,此后戛然遂止。迨至事定之后,追怀往事,复撮要笔之如左:

白师就义后,团体中另举胡伯寅君为会长,然团体日以纷乱,凌子黄君(前在滦州者)与胡君不睦,时以意见不协,互相龃龉,后有唐继星君来津,意欲联合津地各团体为一。(唐君为老革命,被禁保定十余年,十一月中得释。)众皆赞成,遂合并各团名为北方实行机关部,举唐为部长,团体似稍有坚固之气象。然内部意见仍甚分歧,甚有欲以手枪、炸弹自残同类者。

时余等皆居法界海大道美以美会,机关部亦在海大道生昌酒店楼上。法领事本保护革党者,今因团体内讧,虑其藏有军火,将妨租界之治安,遂来搜检。男同志皆被押工部局,墨芳、凤溶、世俊适至机关部,亦被逮,询问数事即释之。而男同志中,有由法工部送至上海者。(时巡警道杨以德要求法领事移解被获革党,法领事不允。)予等见同志皆意气相争,时往机关部劝解,无效。予等亦不愿复闻部中事。然大局尚未定,南方各处次第光复,而燕赵阒焉无闻,五中焚灼,无可为计。惟日盼北伐队之来津,冀得速树白帜,而南方军队亦足音寂然。奔走数月,欲求有以宣力于国家,不料一事无成,有负初志,为之郁郁不怡,此时已十二月中矣。

阅数日,而予等所赁以制弹之俄界大王庄房屋,以数月未给房费,房主亲往探问,见门户扃钥,裂锁径进,误践炸弹,轰然爆裂,房屋立毁,死伤数人。俄工部局遂派人四出捕制弹者,几不得免。幸未几而共和宣布,予等即避居校内,后此案由团体中人以抚恤解其狱。

自后重理学业,至正月底,连警斋师与红十字会中朱荛臣先生同往古冶,寻白师与熊君尸骨,返于大王庄,成殓设祭,合同志摄影以留纪念。

——《民立报》1912 年 11 月 7—10 日

王士英

王士英，生平不详。

游襄国记

夫人智识之高低，在乎阅历之深浅。我国民深居简出，习以为常，遂以远游为畏途。且我国女子数千年来，匿迹深闺，不许与外人接谈。晚近风气渐开，女子出门者，亦间有之，然必须追随父兄，方免物议。是故予于暑假，从兄赴襄国，游览各地。

夫襄国，古赵地。街衢洞阔，古寺林立，四城如壁，外绕以坞，老树成行，森森际天。以此数者，可知当时之雄伟繁盛也。予姊夙侨家于是，故于每晨率诸甥女，从吾兄登城游览。仰观太行支脉，连云接壤，隐现起伏；俯察农夫樵父，荷锄负斧，往来不绝。城外荷花盛开，亭亭净植，牧童三五，就溪为戏。予甥金箱乐甚，雀跃不已，予恐其致险，乃命二甥女哕鸾护之。予乃四周顾盼，荒芜无奇，因谓兄曰："兄尝云，此地为古名胜区，何屑尘若是，岂欺我耶?"兄嘲之曰："吾所谓名胜之区者，乃古寺、古木、碑文、墓志。试睹街市崎岖，半为碎石，城坚似铁，布置完备，其残痕胜迹，无一不可为证者。"予曰："诚如兄言，则此当受王化，何其人民面目黧黑，衣服尘垢，虽遥隔数武，已觉俗气扑人？妇女发披齐肩，双足紧缠，上衣袖阔尺半，每至行走，必急摇两臂，似跛如颠，实不雅观。且居民当门,必置土地神位,晚间则焚香顿首,口喃喃作祈祷状。”言未已,忽闻奇啸声。急视之,则诸甥女已北行半里许,列为两行,以体操为戏,且歌且舞,欢乐异常。但西北隅已破毁,吾甥恐予等误坠于此,特来相告。夫诸甥女中,以彼最幼,而乃智慧如此。倘辅以良善教育,则他日必为中国之新国民,建功立业,挽回利权,使吾中国蒸蒸日上者无疑。意正得,狂风乍起,黑云密布,雷声轰然,大雨如注,于是买车返。

翌日,复偕诸甥女,从吾兄,由常街赴东门,借览开元寺。途遇古塔,高约数丈,下为石所建,中以木为之,上端制之以铜,布置整齐。予乃周视全塔,无户可入,始知其中实。时已迷路,予兄询诸田父,仍延小径前进数折而至。应门有黑犬二,狂吠不已,吾甥惊甚,予以身蔽之。北曲入小庭,遇一僧,年约四旬,貌朴而蠢。据云此寺建于唐朝,乾隆间重为修理,故尚称整齐,予等以次而观:(一)山门;(二)前为弥勒佛,后为卫陀,左右为四大天王;(三)释迦牟尼、文殊、普贤等佛;(四)药师如意。惟四大天王凶恶可怖,释迦及文殊均和蔼可敬,无惑乎今之行善者焚香顶礼也。两庑已破敝,尘泥渗漉,无足观者。第古松葱茏,碧草缤纷,苍翠宜人。予甥乐甚,折草为戏,古碑林立,但模糊不可辨。累折至方丈处,则房屋高爽,骡马错置牢笶中,大有田家风景。惟僧徒鄙陋不堪,询其来历,皆瞠目不知答。于是出寺升土邱,远眺晚村,炊烟四起,荡漾短篱深树间,平野浩浩,畅我胸襟。兴尽而返,已薄暮矣。

夫予等每出,必葛衣草履,作旅行装。然土人多讶为见所未见,于是塞门不出者兼旬。时暑气薰蒸,炎热逼人,且吾姊处房屋狭隘,益觉难堪,吾兄恐予致疾,再三强予出游。后闻孔桥寺为名胜之所,乃邀刘君瀚亭夫人,从予姊兄往观焉。行数里,抵某村,适梁断不能渡,于是舍车徒行。夫予固深居简出,骄柔成习,每从兄出及返，予必后，诸甥女引以为笑，予殊惭焉。惟此次予远胜于刘夫人及吾姊也。盖彼等本闺阁中人，自幼未尝出门故也。行约二里许，遥见溪水潺潺，碧波无际，夹岸杨柳成行，倒映水中，清风徐来，珊珊可爱。有十二连桥，风景若画。既至孔桥村，为东西街，中贯以水，源出太行之支，波涛作瀑布声，急湍似箭，村妇三五就溪濯浣。予乃以手携吾甥，恐其失足致险。抵寺当门，有芭蕉二株，左右杂以松柏，前殿为千手千目佛，后殿为释迦牟尼，两旁乃方丈处也。僧徒导以遍览各处，左院植竹，中杂以牡丹、芍药，北隅有梧桐数株，高约数丈，皮作深绿色，而旁枝殊少。予愕然。兄曰："此梧桐也。吾妹向所谓干周及抱，叶大如掌者，乃杨树也。"右院有雪岸禅师塔一，为其开山始祖。左右古木成林，中有二株，干细而长，迥异他树。予兄指而谓予曰："此白果树也，产于印度，最宜热地，故吾北方罕焉。"言未已，忽闻喧哗之声，有自东南来者，予茫然不知所措，急视之，则村妪牧童，如鲫而至。予谓兄曰："此何为者？"兄莞尔不答，审之，始知闻吾辈至而聚观者。嗟乎！予亦乡间女也，行动举止不稍异于彼等，而乃奇异若是，则彼等之孤陋卑鄙，可了然矣。时已傍晚，乃归。

夫襄国，古赵地，赵为战国七雄之一，人民雄伟尚义，勇烈敢死，至今豫让桥遗迹犹岿然存焉。睹其迹，则忆及其人，可想见当时之盛。而今乃荒芜满目，流风歇绝，岂此一时彼一时耶？抑世事之变迁，王化不同，人民随之而移耶？呜呼！予感夫世事之不常，时且百变，更千秋而万岁，则此又当何如？因志之。

——《地学杂志》第三卷（1912）第七、八期

刘幼娴

刘幼娴,生平不详。

论中国女子争女权当自争握财产权始

中国男女之不平等,有二大事焉:一即男子有参政权而女子无也,一即男子有财产权而女子无也。前者为国性之不平等,国性之不平等,缘参政权不平等也;后者为家族之不平等,家族之不平等,缘财产权不平等也。顾国性之不平等,实由家族之不平等而生;家族之不平等,实足产国性之不平等。今日我国女子之争女权,惟求国性之不平等者,得其平等而已;求家族之不平等者,得其平等而已。民国开幕,不及一载,而女子参政权之活动,竟与临时政府相并进。苟女子参政权,能于第一次国会召集时得多数通过,则我国女子之参政权,将与中华民国并始终矣。事果成,诚我国女界之莫大幸事也。虽然女子之争参政权,在今日固当亟亟,然非他日发达女权之根本问题也。他日发达女权之根本问题,即当先求家族之平等;先求家族之平等,然后可求国性之平等是也,即当先争握财产权。先争握财产权,然后参政权可确实是也。

试翻阅我国数千年来之专制史,其血统相承者男子也,而女子无与焉;遗产相袭者男子也,而女子无与焉;契约相交者,男子也，而女子无与焉。举凡种种，有其一于我身者，即足以陷我家庭之专制而为奴隶，而为男子之附属品也。况有其一而兼有其二乎？况有其二而兼有其三乎？此我国家族之不平等，实由于女子无财产权也。女子无财产权，则血统也，遗产也，契约也，均不能得其平矣。血统、遗产、契约不得其平，则男女之教育不得其平矣；男女之教育不得其平，则男女之智识不得其平矣；男女之智识不得其平，则男女之参政权不得其平矣；男女之参政权不得其平，即国性之不平等也。此国性之不平等，实由于家族之不平等也。亦即家族之不平等，而产生国性之不平等也。

若夫今日女子之所急者，当争其大者、远者，不当争其小者、迩者。小者、迩者为何？曰女权之参政权也。大者、远者为何？曰女权之财产权也。非谓不争参政权也，争参政权必先争财产权也。且也参政权之得，不过为少数之女子，求政界上之活动耳。而财产权之得，实为全国大多数之女子求幸福也。为少数之女子求活动于政界者甚易，为全国大多数之女子求幸福者甚难。何则？争参政权者，争之于政府耳，争之于政府之国会耳，全国仅一政府一国会而已。争参政权者，不啻争之于一二人之手也，故易。争财产权者，必争之于家庭，必争之于家庭之男子，全国有十百千万之家庭也，有十百千万之男子也。争财产权者，不啻争之于十百千万人之手也，故难。虽然为少数之女子计者，则争参政权可也；若为全国大多数之女子计者，则当争财产权也。争财产权当握财产权也。世之争女权者，其亦从事于斯乎？我女子也，敢执鞭而随之，敢求家族之平等，而为国性之平等；敢求家族之改革，而为国性之改革。兴兴兴，我二万万同胞，其速起而图之哉！

——《生计杂志》(1912)第二期

李芬

李芬，生平不详。

女学与国家之关系

人民者，国家之分子也。人民有文野之分，国家即有强弱之辨。人民欲脱除此野蛮之习尚，递进于文明之域，俾国家得立于巩固安全之地位焉。道将何由乎？则学识尚已。

学识者，凡林林总总之辈，圆颅方趾之伦，胥宜受其支配，初不得有所偏重。乃世之谈教育者，往往对于男子之教育，详而且密，若军事、法律诸教育，皆为男子所独具。而我女子亦安之若常，有之若惯，不知有以自谋。噫，可哀也！

夫女子独非①国民乎？天赋人权，初无稍异，女子与男子殆立于对等之地位。我中国之人口号称四百兆，女子则居其半，徒以废学失业之故，靡事不仰给于男子，遂令我女子对于国家不能与男子负同等之责任。女学不兴，女权日替，职此之由。

窃尝闻教育之分类有三，而教育事业之发轫，则尤以家庭教育为重要。集多数家庭而为一社会，集多数社会而为一国家。家庭教育不良善，即不能有良好之社会；不能有良好之社会，即不能

① “非”，原文作“飞”，据语义改。

有良好之国家。水有其源，不浚源则其流不清；木有其本，不固本则其枝不茂。教育有其基础，不培其基础则教育难期发达。家庭教育者，其为教育事业之基础乎？握家庭教育之管钥，厥惟女子；而女子之能胜教育之责任与否，端在女学。

处二十世纪学问竞争之时代，我女子苟能即中国所固有之学问，博大而昌明之，即文明诸邦最近之所发明者，变通而利用之，俾我二百兆之女子无人废学失业，凡男子之所可能者，我女子亦莫不各尽其能，将我女子昔日无才无学、终日乞怜男子、受制男子之大耻辱一洗而空之，我二百兆之女子且将与男子并驾齐驱以图谋国家之利益，岂仅仅乎为家庭教育之预备已乎？然女学发达之日，即家庭教育完备之时；家庭教育完备，则社会教育、国家教育皆由此而完备。女学之关系于国家，何多让于彼二百兆男子哉？

今者破坏事毕，共和告成，人方患女权之不伸，吾则患女学之不明。女学不明，则女子有权而不能行使其权，虽有权亦与无权等。窃愿我二百兆之女子，汲汲焉从事于学，推①翻依赖之恶习，俾我中国女学于共和开幕之初，放一位大异彩。则女学既明，女权自伸，我女子又奚必奔走呼号，舌敝唇焦，与彼龌龊之男子攘背相争为也？窃愿与全国之女子互相劝勉也可。

——《女子国学报》(1912)第一期

重九登高记

庚戌九月，课余之暇，芬与同学诸姊妹，挈伴同游，至农事试验场，修登高故事也。是日也，丛桂飘香，黄花满畦，一般秋意，幽静宜人。少顷至万字楼，耸翠凌霄，近天尺五。芬与诸姊妹拾级

① “推”，原文作“惟”，据语义改。

而登，俯瞰世界，气象万千，真有凌虚御风，飘飘欲仙气象。啜茗闲①谈，无限之感慨生矣！

夫人不幸作女子身，一切举动，不能自由。上焉者咏琴咏雪，流连风景而已。次焉者弄针黹绣花鸟，耗无限之光阴，作无味之玩饰，尚可谓兰闺清课，借此消遣。最下者则搔首弄姿，涂脂抹粉，不自以为佳人，便自居于玩物；旷其天赋，莫此为甚。今芬与诸姊妹置身学界，讲求天赋人权之理，异日出而任天下事，亦有所预备。常则联我同志，讲求实学，为国民尽一分子义务。天下有事，亦可执干戈以卫社稷，小戎同仇，木兰从军，岂遽让古人以独步哉？今日者，吸自由空气，树独立精神，洵可乐而不可乐也。尺璧寸阴，良可宝贵，请与诸姊妹归校后，研究学业，以养成高尚人格。范文正有言，“先天下之忧而忧，后天下之乐而乐”，作巾帼英雄豪杰，当书为座右铭。诸姊妹皆曰：善哉！善哉！是不可以无记。夕阳在山，信步而归，篝灯吮笔，作《重九登高记》。女界同志，其亦有感于斯文。

——《女子国学报》（1912）第一期

① “闲”，原文作“间”，据语义改。

张纫兰

张纫兰，生平不详。

张纫兰女士致上海民立报函
（为参政权事）

记者足下：

读贵报二月廿八日大著，对于女子参政权之怀疑，无任钦佩！纫兰虽系中华二万万女子中之一人，尝游学于世界最讲平等自由之美国，且间涉猎乎近世各国法政之概要，然扪心自问，实不敢盲从今之沪上诸姊妹后，以逞其炎炎不惭之大言，而演其光怪陆离、非中非西、非男非女、非僧非尼之异象。闻诸道路，今之少年喜逞血气，颇有倡无夫主义者。果尔，则数十年以往，吾中华民族行将灭绝，又安用参政权为耶？大著有云："世之论者但据第一理由，以为女子之知识程度不足，不宜有参政，不知若据第二、第三理由，女子纵人人读书识字，知识可与男子平等，亦不可有参政权。"旨哉言乎，实获我心。嗟夫！纫兰亦女子也，岂不知女子有参政权，于我女界同胞有莫大之便宜，有盖世之虚荣？顾按之事实，觉吾人应尽之天职，实较男子为尤繁且重。试以近而浅焉者言之：二十岁以前，吾人须入各等学校。盖吾人一生清闲之幸福，尽在此时也。过此以往，若廿五，乃至三十、四十、五十岁之间，吾人内而抚育儿女,外而款待宾客,以至烹馈、缝绩、桑麻、酒醴与夫一切家政,朝夕兢兢,夜以继日,尚恐不足。纫兰愚昧,诚不知有何余力与肉食者角逐于政治之林也?抑我国男子腐心禄利久矣,钻营奔竞,无所不至,骨肉同仇敌,笑语伏杀机,祸变之惨,于今尤烈。若更益以女子羼杂其间,狐媚蝇营,愈出愈奇,将来之害,胡可胜言?总之,男治外,女治内。内外乃对待之词,非不平等之谓。男子有男子之天职,女子有女子之天职,各职其职,各天其天,不相违反,是曰自由,是曰平等;反是,互相纷扰,互相争逐,内外骚然,男女溷殽,是曰不自由,是曰不平等。厥理至明,无庸多辩。纫兰因读大著,以为此事关系中华民国前途甚重且大,故附数语于此,借以谂世之主持公论者,以为何如也?余不宣。江南张纫兰上。

再者,昨赴此间追悼大会,见孙总统着粗呢之军服,其女公子自海外归来,亦着中国粗布衣服,其妆式与现时中国寒士家之女无异。呜乎!孙君家庭朴实之风,洵足为国民模范矣。纫兰又及。

——《女子国学报》(1912)第一期

黎斌士

黎斌士，生平不详。

女子教育感言

横览五洲，遐思廿纪。女学盛者，国民教育必盛；女权伸者，民族必强。良以女子教育为国民教育之母，能齐家然后能治国，有贤母然后有佳儿，此今世文明国之所以重女学也。夫家庭教育为种种教育之基础，而家庭教育之要素全在贤母。盖儿童幼时，惟母是亲，事事以母为模范。《易》云："蒙以养正，圣功也。"母正则子无不正矣，母学则子无不学矣。苟儿童知识初开，终日随未受教育之母，则所见者无非不正当之行为，所闻者无非无意识之言谈，所习者无非卑行恶习，而志气卑下，实犹一幅野蛮之真像。使深印脑中，欲其善也，其可得乎？故无女子教育，即无家庭教育。《礼》曰，男子治外，女子治内；又曰，家有良妻，犹国有良相。盖一家主妇管理家政，犹一国宰辅管理国政；男子之倚赖主妇，犹国家倚赖宰辅。宰辅无学，则其国政不良；主妇无学，则其家道零落。故女学不倡者家不齐，家不齐则国不治。当此优胜劣败之世，欲求种教之不灭，国家之不亡，岂可得哉？

兴言及此，不觉忧从中来，而为我四万万同胞痛哭流涕长太息不已也。夫女子教育关系重大如此，然所贻误者无他，不过在提倡无人,兴学无术而已。今幸民国告成,女学日盛,曷胜欣慰!惟惜一班学识未有根蒂之女子,每谓脱离压制,身逢自由平权之幸福,即可无所顾忌,诩然傲众,乃放弃治家强种之责任,而汲汲以袭取较平权、争自由之皮毛。内地未大开通之地,见之安得不惊为奇诧。夫不知欧西女子之讲平权自由,亦至有范围。其幼年时代必得教育平等者,讲平权处也,及年既长成,学问大进之后,有愿为人妇者则正当婚嫁,有鄙夷男子者愿不出阁,或终养父母,或修身慕道,有始有卒,不加强迫,此讲自由处也。其在家庭间,亦颇服从已然之配置,当辅者辅,当主者主,非必事事与男子同样行为也。凡我女同胞其幸善鉴之焉。近我国人不忍坐视女子教育废弛者,固不乏人,但知以道德为女子教育之本者,亦不多觏。独不思无道德,即无人格,虽有学问,奚足为贵?故培女德者,又为今日女子教育之第一急务也。激发女子原有之天赋,务使有完全之人格,有独立之能力,自由而不出道德范围,平权而根之公理,研究学术,从事实业,使男子之权利女子共有之,男子应尽之义务,女子亦共尽之。此则真能讲平权者矣。

按:作者黎女士以此文载之湖南《女权日报》,词意之间,颇多规讽,可见内地女学界之有何现象,一般舆情之对付之又为何如,特存之以为留意维持女学界者助焉。虽其取证设意有近古旧处,亦可代表今日内地女界普通之主张耳。季威

——《神州女报》(1912)第四期

彭胡清

彭胡清，生平不详。

润州旅行记

润州地处长江之下游，土壤肥沃，物产丰饶，番舶轮车，转输便利，四方贾客，云集于斯，市廛繁华，商业颇盛，盖一通商巨埠也。且人文韶秀，风景天然，金焦胜境，名溢寰区，余蓄志游此者有年矣。

辛亥夏，辱承余良友章彝彤女士之招，约作一星期汗漫游。适余妹丽华亦愿偕往，余遂决计践约，以筹素志。乃于四月十七日晨六时，携装乘宁省火车出城，抵沪宁车站。适头班快车将开，急购三等车券二张，匆促挈余妹登车，所幸车中不甚拥挤。若在上海搭车赴苏，稍迟必无立足之地矣。俄而铃声振作，气笛呜呜然，车行矣。但见狮子山上龙旗招展，一若将破空飞去者。时正日丽风和、花香鸟语之候也，道旁花草，铺地如茵。车过尧化门，速力骤增，遥望村舍，则旋转如环，瞥眼间即不见。九点一分钟，车抵镇站，甫下车，则余良友章彝彤女士已迟余于月台矣。把手言欢，慰也何如。正寒暄间，章仆促请登舆，盖余良友已早备此矣，心内殊爱，感之不置。

舆行一刻钟许，始抵杨家门余友家，入见章母及太夫人，略叙寒暄,即早餐。余本拟午后出游,章女士云,早宵辛苦,夜未安眠,似宜稍事休息,明日当奉君姊妹畅游何如,余遂唯唯。余友所居,精舍数楹耳,而修饰殊洁。舍后小园,植花颇夥,青翠一碧,令人具有潇洒出尘之慨。水池一方,清可见底,金鱼数头,色丽且鲜,方振其翩翩之舞衣,游泳追逐于水面也。观其浮沈上下,宛若自鸣得意,曾无穷郁不平之感。此区区池水,自彼视之,何异三江五湖?且纵渠尚有魂梦,宁复料世界上,乃有茫茫大海者。噫!天下莫寿于殇子,而彭聃为夭;莫大于秋毫之末,而太山为小。夫人之识量褊浅,而自视甚豪者,毋乃类是耶?

翌日,游曹氏花园,是园为曾办镇江承志学校之曹君邸舍也。园中布置,颇有雅致,入门经小桥,达于花圃。草地一区,翠色可餐,清泉四合,林木葱郁,鲜花佳卉,艳色缤纷,种类之多,不下百数。香风迎面,沁人心脾,余为目炫神往久之。园之南,有一亭焉,建于池上,吾等遂假此稍憩。但见绿柳飘飘,池水随微风而荡漾耳。园之中,有西式屋宇一所,为承志小学校之旧址,今曹君家属即居此焉。镇江学务不甚发达,前该学办理,成绩斐然可观,惜以经费支绌,遂致莘莘学子未卒所业,深滋遗憾。是亦地方上对于教育有所失维持之过,章女士为余言及,犹不胜为之扼腕。园之后面,有声隆隆然而气勃勃者,曹氏之榨油厂也。该厂制油,纯依机械力之作用,故出油之多,较寻常油厂不啻十数倍,其油均消售于南部闽广一带,闻获利甚巨云。故振兴国家,首在实业。实业一兴,商务自盛,幸有志者,加之意焉。游既竟,旋改道赴金山。金山临江负野,形势天然,拾级而登,为大雄宝殿。殿之左右,均有甬道可通。走右首,转折登临江塔。塔建山巅,下瞰江山,历历在目,而返顾己身,则已在危岩之上矣。塔旁有小院,一老僧在焉,为余等絮絮不休言佛往事,然多不经之谈,非释氏之真谛也。殿之左右,院落甚多,有修整为僧人居者,亦有破毁不蔽风雨者。

游览一周，诸人咸有倦意，遂归。是日同游者，为章女士彝彤、宋女士香驰及余姊妹四人而已。

十九日晨，买舟赴焦山，作竟日之游。此山之位置在大江中流，左侧水浪可以通航巨舰，右稍浅且多礁。山脚尽皆巨石，江水激岸，砰然有声，大殿即建于山脚，基址本稳，且占地不下十余方丈。沿殿以东，僧舍栉比皆是，且有救生局在焉。殿前并有御书石碑一方，字颇清秀，时大殿内正值佛徒顶礼之际，香烟缭绕，梵呗之声，隆隆大作。余等遂入殿之西佛堂内啜茗，并略用点食，以果饥腹。旋循山径，上攀是山之巅，则有炮台在焉，即所谓焦山炮台者是也。炮位巩固，有十三时径口大炮三尊，与对岸象山，形势并称险要。论者谓镇江为南京之咽喉，长江之门户，诚至论也。盖守镇江，即所以巩南京，若镇江有失，则南京有东顾之忧。登览之余，不胜感慨，俯视大江，一泻千里。长江天堑守之，固足以自雄也。然苟偷安旦夕，不事振作，国是日非，则此锦绣江山，天然供我资守者，不旋踵即为伤心惨目之地，又安足以听吾人之游观哉？回首西山，日已斜挂，但见归帆隐隐，与白鸥点点，逐浪飞翔于水面而已。余等遂下山，至大殿内略憩片刻，时则游人渐稀，余等亦遂反棹，同赋归来矣。

晴天佳日，美景良辰，大好韶光，不可轻易掷去也。适宋女士香驰以今日游北固山之说进，余等遂携手往焉。平芜绿野，一眺无垠，牧童短笛之音，随风入耳，花林草际，百鸟争鸣，妙韵悠扬，谐天然之宫徵，令人翘首，游观乐且忘倦。此声此色，直触我官感，如印一幅极丽画图入吾脑际。比抵北固山，拾级而登，入门循廊左走，经彭公祠，以达于多景楼。登楼四顾，焦山在其南，金山在其北，鼎峙江干，势若争长相雄者。江流在下，风帆出没其间，对岸平芜，一碧无际，荒村景象，点缀愈妍，何天真灿烂，清丽一至于斯耶？山之北面，有小楼焉，构造殊工，布景亦丽。更有一亭，下临江干,小憩于斯,纵观京口,全境皆在几席间焉。午后游中冷泉。中冷泉者,江南之名泉,即夙称天下第一泉者是也。处地甚僻,去市甚远,故无甚嚣尘上之气,而有高爽宜人之风。雅士骚人,金闺淑媛,远近咸必一莅止焉。此泉有一特奇之点,与寻常不同者,则泉水如沸,粥粥有声,人咸疑其水甚热,然实不然。盖天工造化诡谲,令人不得索其解。以愚意度之,必此种泉水由泉眼上腾时,有气促之上升,而其促之上升之力,又必甚强而后始可排去上层水面空气之压力,以达其突然上升之目的,不观乎泉水上腾之处水色皆青乎?且宋女士香驰为余言,谓前此此泉在大江之中,有一僧人,独识其处,尝泛舟江上,以法取之,其水独清,是亦可以略证余说之不谬矣。然经年累代,地形变易,昔之滚滚江流,今则非复其处矣。沧海桑田,徒增人之感慨耳,岂此渺渺杯水有旋乾转坤之力,竞胜争存,不自掩灭,留此疑团,以供吾人之解释耶?吾知天工之造化虽奇,当不止此中冷泉一区而已也。

山之阴,水之湄,有寺翼然临于泉上者,竹林寺也。寺去郡可四里,余于二十三日与宋女士香驰等,同乘舆往游。时值麦苗方秀,阡陌一碧,眼帘所触,惟见万顷绿波耳。始经田野,继循山麓而行,道路所经,但闻潺潺溪声,袅袅叶响,俗尘万斛,已不觉尽付东流矣。寺之前后,遍植竹树,入寺门,则见金佛数尊,峨然直立,神躯伟岸,益觉幽然,除一杵钟声,别无音响。至藏经楼,略事休息,后复觅径登山。树木参差,野花杂植,异色奇香,目不暇接。披荆拨刺,跋涉林间,小鸟啁啾,莺声呖呖。天然景象,风致宜人,余至是亦叹观止矣。遂遵原径下山,仍乘肩舆而返。翌日,乘下午一时二十分快车返宁。

余于润州之旅行既毕,爰拉杂记之,所遗七八,知不免简略之讥也。且此记为余去岁所作,已不胜陈腐,昨于故簏中得之。然余此记,固有足当纪念者,则余作此记时,适去岁四月耳,乃八月十九日武汉事起,不旬月间,而东南光复,今则南北一家,共和已告成立矣。是岂余之初意所能计及耶?“龙旗破空飞去”一语,不期竟成谶言也?著者附识。

——《妇女时报》(1912)第六期

钱蕙兰

钱蕙兰,生卒年不详,苏州太仓人。《妇女时报》主要撰稿人,发表诗文多篇。

太仓妇女迷信谈

太仓地接海滨,开化虽早,而迷信之旧俗尚难划除,独我女界为尤甚。种种恶风俗,足为文明之障碍者,言之可痛。夫以渺茫之说,耗费我人之心力;以荒诞之事,斫丧我人之钱财,其害岂为浅鲜?今欲使我天下之诸姊妹,以无益之心力,不必耗费无谓之钱财,不必斫丧,则必先说鬼神怪诞之不可凭信,而后可以释人疑,开人智。人之疑既释,智既开,则无益之心力,无谓之钱财,自不耗费斫丧矣。今者我国女界,迷信鬼神之说,尚在焰炽之时代,心力钱财之耗费于其中者甚多,所以财力因之竭蹶,经济时虞恐慌。故破除迷信之举,实为我女界节财之一端。蕙兰太人也,目击太俗之种种现象,不禁为之伤心。爰掇其迷信数端,辞而辟之,以警告我诸姊妹,想我诸姊妹亦乐闻之也。

一、烧香。烧香之说,我不知其若何效果。一般信奉者,咸以为可求财祈福,禳祸免罪。故大半妇女,莫不皈依瞻仰,礼斗诵经,每届朔望,则皆携手偕往,络绎于道,或诣远庙,则长途奔波,唤舟雇轿,不独徒耗心力钱财。时或途遇劫掠、不测之险,然迷信根深,终不知悛。一若非此不足以生者,吁其愚可嗤,不知神为聪明正直,佛以救世慈悲。彼即有知,亦安肯受此无谓之要求,而遽施祸福耶?

一、经忏。经忏之事,尤为谬举,无论疾病丧故,家必各延僧道,礼忏诵经,斋戒数日。或忆念祖先,为之追荐,以为足施阴德,或溺爱小儿,为之受箓,以为神佛保护。往往消耗钱财,虚靡岁月,奔走趋承,惟恐不至。须知僧道何修?坐食十方,其作无意识之举动者,亦不过遂其啖饭地耳。神而有知,佛而有灵,其肯受若辈之愚弄哉?

一、巫觋。巫觋之害,最为剧烈。乡曲之间,纯系女巫,近则近城一带,亦渐有之。此辈专以造妖作怪,得妇女信奉为生活,而获钱之巨,尤甚于僧道。乡间妇女趋之若鹜,一罹疾疫,则惟巫是求,不独香烛纸币之消耗,供神诵经之无谓,而巫又故作惊怵,任意要求,以满其欲壑乃已。然一般愚妇,醉心不悟,虽典衣鬻物而不悔。孰知此辈皆荒诞不经,毫无法术,攫人之财,借此度日,而迷惑人心,伤风败俗,言之深堪痛恨。是皆我女界,多无智识之故,深望我诸姊妹,广为劝导,不使人皆堕其彀中也。

一、风水。信风水之说,几至十有八九,推其原由,殊属无谓,而为害甚烈。往往因之阻碍丧葬,迁延时日,或因相争风水,以致涉讼。然彼地师,亦不过赖以糊口,岂真能预知吉凶哉?

一、卜筮。卜筮之举,亦属无稽,而信之者尚难破除。无业之人,每借此以谋食四方,托言可占吉凶,能知祸福,以故得人信仰。而妇女尤喜求签算命之谬举,往往以家庭之乖、命运之蹇,辄问之于卜,求之于神,以占吉凶祸福。举凡婚姻疾病之类,靡不如此。甚至医治病者,不求诸医,而惟祷于庙,谓之仙丹,逮疾已愈,以为神助,而恕其罪,愿纳为犯,滥烧冥帛,徒耗金钱。种种谬举,书不胜书,际此文明之时代而犹演此黑幕者,有心人能不怃然!

以上数端,仅举其大者言之。其他如磷光之明灭,则目为鬼火;雷电之交作,则诧为神怒;瘟疫实为细菌之作用,而愚者以为瘟神之所为;痘症为时气之感应,而昧者以为痘神之肆虐。此不独风俗攸关,抑且为子女效尤,遗传后世,永难破除,岂非我女界之不幸耶?质言之,皆由我国女界智识未充,科学未明,有以致之。为今之计,非治本不可。我愿我天下之诸姊妹,尽能粗求智识,略明学理,以扫除迷信,一洗其前日之旧习,而为家庭子女之良模范,不禁拭目俟之。

——《妇女时报》(1912)第六期

周国真

周国真，生卒年不详，文章署名“朱周国真”，江苏常熟人。夫朱姓。周国真1910年任吴县私立竹荫女学校校长，1915年任吴县正本女学校校长。

本校宗旨之宣布①

本校夙以严格教育、力矫女界积习为宗旨，然只针对学校言，非针对学生言也。学校之受教育者为学生，学生之能造就者为学校。在校时所种之因，即为出校后所结之果。故国真所希望于全体学生，各须勉力为之者，有二事焉：曰敦，曰朴。

何谓敦？敦者，厚之谓也。能敦厚者，身必严重，意必安定，色必温雅，气必和平，心必慈祥，以正大笃，实为学而不事伪饰欺诈，不为嫉妒浮薄。今人不知敦厚之可法，往往恃才傲物，逞其私智小慧以骄人，此校风之所以日下也。须知世间无一件可以骄人之事，才艺不足骄人，德行是我性分中事，不至于完满境界便是欠缺，欠缺如何可以骄人？善哉！吕氏新吾之言曰：“深沈厚重是第一等资质，磊落雄豪是第二等资质，聪明才辩是第三等资质，可见器度厚者，其德亦厚，器度薄者，其德亦薄。国真所望于诸生者，

① “本校”指竹荫女学校。

蕲合于吕氏之第一等资质,而不以矜才使气为能事也。

何谓朴?朴者,去奢之谓也。吾国数千年来,除委巷女子从事于蚕桑耕织外,其余名门女子,皆为分利之人。饰翡翠、佩明珰、簪花傅粉、鲜衣美食,旧社会之女子,其奢华无论矣。自振兴女校以来,教育普及,宜若可以崇实而黜华,不谓貌饰文明,藐视国货,履必欧制,衣必西缎,镜必金丝,纽必钻石,奢华靡丽,浸成风俗,一若不如此,不成其为学生装束者。吁!踵事增华,可哀也已。夫朴则约,约则百善俱兴;侈则肆,肆则百恶俱纵。学生之入学校也,求学业也,非专事装饰也。于装饰上多费去一分时间,即于学问上少得益一分时间,与入校求学之宗旨,岂不大相违背乎?本校诸生,幸不蹈此习尚,然履霜坚冰至,不可不预为之防也。

总之,国真所言,虽近迂腐,而针对吾国现今之学生立论,则为对症之良药。国真半世立身行事,幸不蹈于罪戾者,盖粗有得于此。故以积年之所经验,提出"敦朴"二字,为本校宗旨,愿诸生与国真共勉焉。

——《竹荫女学杂志》(1913)第一期

祭母文

民国六年月日,四女国真谨以清酌庶羞,致祭于亡母曹太恭人之灵曰:呜呼哀哉!母竟弃女而长逝乎?临终之前,尚望女来。女来矣,孰知母不及待乎?女之来,侍母病也,女来而母逝,母又安用生女为乎?女亦子也,女嫁而不能奉母,一不孝也;母病不即来,二不孝也;来而不能侍汤药,三不孝也。不孝之女不自殒灭,而祸延慈母,母亦知女之罪上通于天耶!十七日归省,母目张口开,两妹哭于旁。女大呼不一应,无何,母逝矣。母始终无一言,岂以女不肖为不足训乎?然母之训女固有在矣。综母生平,克俭克勤，身劳不怨，尝谓我兄妹曰："凡事皆在人为，勤则日进，不勤则日惰。尔母虽无他长，然操作家事，无日或怠。"此母之训女以勤也。昔年家境清寒，父出外以谋斗升微禄，母日则教读，夜则纺绩，甚至节衣食，省仆婢，事无大小，悉躬亲为之。此母之训女以俭也。祖父母有疾，母侍奉不离左右，汤药亲尝。遇事必先意承志，虽神疲力竭，而终日无惰容。此母之训女以孝也。家事而外，勤于课子。我兄妹五人，当幼稚时，赖慈帏之训诲者实多，勤赏惰罚，诱掖奖劝，母与师实一身兼之。我兄妹之得有今日者，悉出母恩。此母之训女以慈也。母六旬以外，诸事尚亲自操作，或劝之节劳，则曰："老当益壮，男妇何别？汝等独不诵敬姜劳逸论乎？何不知自奋乃尔。"今岁入夏后，精神始渐衰，体力亦日减。女见母如是，窃为母忧，不图于三日之中，病势骤增，竟不待女至而长逝也。呜呼痛哉！失恃之女，无他愿矣，罔极之恩，报无日矣。善继母志，教子成人，不忝母名，如是而已。母如有灵，实闻斯语。呜呼哀哉！尚飨！

——《妇女杂志》第四卷（1918）第七号

张凤如

张凤如,生卒年不详,昆山人。1912年倡导筹办女国民银行,在《神州女报》发表《致神州女界共和协济社函》、《发起女国民银行之说明》、《筹备中华女国民银行缘起》及《简章》等。

筹备中华女国民银行缘起

中国至今日民穷财尽,已成一无可讳饰之一名词,为社会所公认。然鄙窃以为吾国母财,被吸收于女界之手者,已不知几千百年,竭全国至宝贵之金银,尽搁置于女子之首若腕,而失其流通之效力,至不可以数计。吾国之习惯,男子视女子为玩物,苟可以为女子生色,虽穷奢极靡,亦瞋不以为怪。而我女界同胞,乃因此无谓之装饰,致陷吾国于民穷财尽之悲运,我二万万女同胞误国之罪,其何说之可辞?民国肇基,男界之伟烈丰功,诚空前而绝后,破坏告终,继以建设,万端待理,束手愁穷。我女界同胞,苟甘心以玩物自居,日事涂泽其首面以博男子之欢心则已耳;如谓立于灿烂庄严男女平权之民国,不应若是其卑鄙,则为我至亲爱之诸姑伯姊进一说曰:各暂分割其所有之金银首饰十分之五或二三,以组织女国民银行,其基本可汇集至一千数百兆元之巨。凤前著说明书已备言之。今更胪陈银行成立后之利益:收受国家财产之抵押,代偿国债,轻国民日后之担负,利一;政府建设,庶政无待仰息外债,利二;投资实业,振兴全国路矿农林畜牧工厂，利三；流通金融，使全国经济立见活泼，利四；扩充女界自立之生活，利五；膨胀女界对于社会之势力，利六；增进女界之道德，崇尚节俭，间执玩物之口实，利七；弃无用之饰物，为有用之资本，并永久不失其所有权，利八；银行营业发达，股息余利，收入倍蓰，益增女界之财力，利九；悬此重大之代价，不患不购得女子参政权，利十。备此十大利，我新造民国，谋富图强之结果，不难观成于女国民一银行。此尤纵观列代，横览万国，历史上一绝大纪念。曾谓我女界同胞，尚何惮而靳此一举手劳哉！

凤女界一分子，改革以后，日刺激于债权之旁落，边事之阽危，谋国事者，动以财政匮乏，罔知措手。夫民穷财尽之一名词，就男界视之，诚已达极点，计惟我女界振臂一呼，出而代为筹画，其能力实优为之而有余裕。上年夏间，凭此理想，著有发起女国民银行说明书及筹办进行手续各一篇，附登上海《民立报》。同时《民立报》记者徐君血儿，亦有妇女银行论说两篇发现。嗣复得江都之许玉清女士一书商榷，《神州女报》社近复函索进行章程，悠谬之论，得不见弃于明达。用敢不揣冒昧，辄欲由理想而进至实行。拟先召集同志数十人列名发起，组织事务所于上海，由发起人担任经费，延揽女界通才，筹备女国民银行一切进行手续。一俟集有股本百万或数十万，先于上海一埠开办总行，以后股分逐增，即逐次添设分行于各埠，期以十年，务达目的。我至亲爱之诸姑伯姊，有愿赞成斯举列为发起人者，请书姓名住址，投寄上海北苏州路信成银行糜君稚亚处汇齐，以备实行组织。兹先假定筹备事务所简章八条列左，如蒙纠正，无任欢迎。伏祈公鉴。

筹备中华女国民银行事务所简章（略）

——《神州女报》（1913）第八期。

录自全国妇联妇女运动历史研究室编
《中国妇女运动历史资料（1840—1918）》，
中国妇女出版社1991年版

傅梦兰

傅梦兰,生平不详。

妇女实业宜速筹改良之方法论

论挽回女权者,徒曰振兴实业,而不思所以振之之术,徒曰改良实业,而不筹所以改之之法。呜呼!实业云,实业云,口实云乎哉?改良云,改良云,虚语云乎哉?既知实业之不可少,必也竭力提倡,实事求是,斯为贵耳;既知实业之不可不改良,必也革除旧弊,从事精新,斯为美耳。况今日中国妇女实业之宜振兴、宜改良,尤急急不容缓乎?夫实业,人之大本也。人生斯世,爪牙不足以供嗜欲,趋走不足以避利害,无羽毛以御寒暑,必将役物以为养,衣服、器具、房屋一切所以养生之物,莫不自实业来焉,其关系盖非浅细也。是故实业不可不讲求,实业不可不改良。而中国女界,尤宜注意。中国女子之受压制,而倚赖性成,毒雾妖云,迷人成阵已数千余年于兹矣。失之东隅,当收之桑榆,此固吾女界之所不可隐忍者。而去此恶习之策,端赖实业之振兴与否,实业之改良与否。况今女教倡明,萌芽已茁,妇女之实业,安可不讲究?安可不①改良?古人有言曰:"业精于勤。"务望请姊妹之殚心实

① "可不",原文作"不可",据语义改。

业者，不从事浮夸，不从事装束，惟日以促女界之进步，谋女界之生计，劳有所不畏，倦有所不辞，愈改愈精，愈改愈美，则平等之福自可享也，选举之事自可与也，参政之权自可得也，又何患男子之侵压，又何患深幕之不撤，又何患黑狱之不破耶？故备论之，以告热心诸姊妹。

纺织一事，人皆能之，获利之广，有胜他业，为妇女实业之最著者。中国人民号称四万万，计每年一人所服平均不下十余元，则全国每年可得四十余万万元，其利之大，实难形容。呜呼，可不注意乎？今之所以人皆醉心外货，其原良由土布太粗，不宜于身，绸缎价昂，不可常服，而外货不粗不贵，适合人意之故耳。故甚望吾辈实界中人，无论织麻织棉，均宜竭力改良，力求所有纺法织法染法，务使精细耐久，足以惹起国人爱慕之心，以抵制外货，则权利可不外溢，而女界实业，亦可从此发达矣。断不可因循旧制，坐弃莫大之利也。是纺织之宜改良者一也。

茶叶一物，为中国特异之产，全球人士莫不欢迎，泰西之咖啡不及也，每年出口动以数十百万计，实中国之大产而女界之大利也。今外国已有移植者，吾女界岂不大受影响乎？夫利之小而细者且不忍坐弃，况为中国特异之产，女界专有之利，顾可置之脑后乎？吾实业界，其勤勤恳恳尽心讲究种茶宜如何，采茶宜如何，拣茶宜如何，有不便处，当迅速改良，则外国虽有移植者，亦不能夺我丝毫之利。是茶叶之宜改良者二也。

蚕桑一业，惟中国有之，自嫘祖创始以来，已历数千年之久。其所织绸缎绫绢，天下之人皆尊而重之，服于身上，较棉麻轻便，苟有以多料织成若呢绒之厚者，其温度不逊呢绒，而耐久则过之，可断言也。夫以中国独有之货、独享之利，置之不顾，是愚者所不为，而况吾女界教育正在发达时代，奈何忍抛数千年所传之绝艺，断送他人之手乎？近虽蚕桑学校建设已多，而亦不过徒负虚名，曷尝有确实之经验哉？安见能收优美之效果也？故吾实业界中人，当研究种桑法、蓄蚕法、调丝法，从前之积弊一并屏之，使业此者有所广益。是蚕桑之宜改良者三也。

自黄道婆传入棉花以来，近海各地农作遂分两种：稻麦悉委之男子，棉花委之女子。方盛夏时，花田锄草虽至劳苦，有所不辞。然种棉者，概以密为贵，故枝叶不繁，花蕊不多，每亩所收不过百斤。殊不知密则滋养料不富而不能发达，稀则养料富足，花蕊多而收获夥矣，此必然之理也。是种棉之宜改良四也。

是乃举其大者而言之耳。若刺绣、若织毛巾，皆女界之不可轻而忽之者，亦当竭力改良，以促进步。总之，为今日计，欲挽回妇女之权，非振兴实业不可，非改良实业不可，而全仗热诚志士作之以勤，行之以俭。若以区区微嫌之芥蒂，遂遽尔中止，是乃无血性者之所为。因噎废食，非有心人之所忍出也。

兰无才，不善为文，奈愤愤于女界之黑黯，心有所怀，安得不表而出之，尚何计文之工与拙也？愿与诸姊妹共切磋之。

——《妇女时报》(1913)第十期

苏祷菲、李慧珠

苏祷菲,生平不详。李慧珠,生平不详。

绿窗琼琚集(十一篇)

致同学李慧珠书

慧姊如握:

昨日亭午,乘沪宁火车首途赴校,行色匆匆,无缘话别,怅怅奚如。于时小栏花韵,正放午晴,人家屋顶上,炊烟缕缕而起,袅天末,联缀如环。车站上人拥挤甚,久之,乃得倥偬登车。车中座位已满,几无容身地。寻得一座,坐焉,而局促如辕下驹,弗适甚。阅二时许,抵苏州,车少止,人上下如潮。狮子、虎邱诸山,山光明媚,扑上车窗,景色弥复可人。回望故乡,则苍茫云树,已不可得见。念当日与吾姊同坐碧纱窗下,竞读国文时情景,为之怃然。历时可十分钟,汽笛声作,车复行。兀坐车中,落寞无俚,饱看窗外野景,以自排遣。惜妹不善写生,未免辜负此好风景耳。月上时,之宁,忽促下车,卸装一旅舍中。石头城下,风景犹昔,当年光复时鼙鼓之声,依稀入耳。而诸健儿跃马横刀,夜半追胡之状,亦仿佛在目前也。今晨将负笈入校,先驰书奉白。春寒料峭,千万珍重,敬问近佳。妹祷菲上。

复同学苏祷菲书

祷菲吾妹惠鉴:

数日间适撄小疾①,药庐茶灶,正不知抛撇光阴多少。前日少觉痊可,偶出门游览,以苏积闷,值纫芬姊于途次,始知吾妹已襆被赴宁矣。一昨小窗独坐,郁伊欲死,忽得瑶笺一幅,正如天外飞来,回环雒诵,似见古人颜色,欣慰何如?来函述火车中所见,令人羡煞。惜愚姊局处歇浦一隅,足不出里闬半步,不克赏此好山水,只得夜夜卧游已耳。比闻瑶瑛诸姊,亦与吾妹同校,曩在故土既为同学,今客他乡尤当作知己。日后风风雨雨,把臂一堂,他山攻玉,其乐正无涯涘。独愚姊块然独处,无复同心同德之良友,与共晨夕,与论学问,此种天生福分,有福人始能消受,无福者何可得哉?缅怀旧雨,临风惆怅,极目云天,孤雁叫群,门前三尺地,都是销魂路也。入学后如何如何,请嘱咐管城子告吾一二。咫尺天涯,临楮神驰。慧谨启。

报李慧珠书

天风泠泠,斗吹下云笺三寸,拾起审视,知是吾姊尺一书也。展诵一过,悉吾姊近日忽抱清恙,甚念甚念!恨身无彩凤双飞翼,未能以最短之时间,躬来存问。只得借三寸管,作数行书,聊以将意耳。妹已于十六日入校,校中教员,悉仍其旧,而课程则与前大相悬殊,实用之学益益少,虚浮之学益益多,妹颇为不取。方今国事多艰,朝不保夕,塞上笳声,愈吹愈急,大好湖山,陆沈即在目前,吾辈虽女子身,亦当专研实学,于国事有所尽力,俾使此风雨飘摇之中华民国,得以无恙,而与列强争一日之长。彼虚浮之学

---

① "疾",原文作"极",据语义改。

果何补于事哉？故妹明年决意别图，不复郁郁久居此矣。瑶瑛诸姊虽与妹同学，然渠辈傲气凌人，目无余子，以妹驽骀之才，讵足当其一盼？风雨一堂，把臂论文之乐，实不可得。言之慨然，自恨孤介性成，落落寡合，撑眼视世间人，孰是知己？算来平生所与志同道合者，惟吾姊一人而已。今日作小楷三纸，大楷二纸，手腕欲脱，弗克再捉笔矣。春风多厉，诸祈珍重不宣。祷菲裣衽。

覆苏祷菲书

祷菲吾妹英鉴：

昨得手书，欢喜无量，而吾妹惓惓之意，尤时时流露于行间字里，足见故人情重。虽身在数百里外，犹未忘却春申江畔李慧珠也。来函扬实学而抑虚浮之学，语语皆颠扑不破，所见甚是。惟近来各处学堂，大都如此，学生一入社会，于实际上毫无所用。十年读书，仍是一个酒囊饭袋，此实教育界上一大危症。须得一二良国手尽力疗治，划除病根，方始有救。良国手将安从求？只望诸教育部中衮衮群公耳。吾妹书中颇介介于瑶瑛高傲，良多慊慊之言。然此亦近世女子通病，才厕身学界，即自命不凡，昂头天外，高瞻远瞩，以为余子碌碌，何足齿数。不知以天下之大，学富五车经纶满腹者，正大有人在。究竟识得三个字，不能便算是女博士也。且“骄”之一字，实较毒蛇猛虎为尤可危。古今来不知耽误了多少英雄、多少豪杰，言之殊令人无限感慨！试一披乎欧史，以拿破仑一世之雄，十年间驰骋欧洲，征车四出，几将逐鹿全世界上，饮马五大洋中。而其终局乃侘傺无聊，不堪回首，卒老死孤岛之上，长此寂寂。曩年之雄风安在？曩年之荣名安在？考其所以败者，无他，亦“骄”败之也。夫以拿破仑之雄才大略，气足以吞云梦，尚有一蹶不振之日，况吾辈耶？故吾侪姊妹立身处世，当以克己为第一要着，撇去“骄傲”两字，终身便吃著不尽。此后朋辈中如有以傲态向人者,只须展欧罗巴岛洲地图,指大西洋中之圣海伦那岛示之,谓此乃当年一最骄傲者之归宿地也,鉴此或亦可以自返矣。愚姊慧珠上言。

致苏祷菲书

韶光似电,刹那间柳丝已绿遍寒江岸矣。昨日薄暮无事,纫芬姊来,尼吾出游,欣然从之。相将之黄浦江畔,时一树斜阳,正作可怜红也。放眼望江中,则见烟波深处,樯影林林,商舶往来如织,可见上海商务之盛。惟沿江一带芳草地上,竟不许吾华人行走,实为有心人所同愤。爰以当日所见,为吾妹告,想吾妹见之,亦必拔剑斫地、仰天狂叫也。是日将归时,天已入晚,见有一老人似乡曲也者,方彳亍于公园附近之草地上,意适适然乐甚也。忽有一石卵飞来,中其颅砉然,血流如注。余回首一视,则此石盖为一印捕所投。居顷,复昂然来,举足蹴之。既又见一华捕至,以手力披老人颊,厉声叱曰:“狗,去!去!此地乃外国人走者。”老人弗敢声,竟抱头苍黄而去。夫此黄歇浦畔一片土,本吾中国之地,何物亡国奴?无礼乃尔,敢陵吾共和国民!而彼人面兽心之华捕,更助纣为虐,欺同胞以博外人欢,是可忍孰不可忍?恨不借三尺青萍,一一斫却此辈媚外奴头,作饮器去也。尔时余乍睹此状,五内如焚,其热度直高至法伦表百度以上。欲洗吾闷,而适以增吾闷矣,奈何!慧手启。

复李慧珠书

慧姊冰鉴:

顷得芳札,读之字字有棱,想见吾姊满腔激愤之情。然此种事,妹曩在上海时,两足一入租界,便历历都呈目前。而一般国人目击同胞之受辱,既袖手旁观,不为之助,反以为笑乐。盖吾国四百兆人之心，个个都死，无论做何事，总是亡国材料耳。吾姊所见，亦属平常事，何事愤愤为？请按下此无明业火，省些闲气，吃饱著暖，便是无上幸福。十里洋场中，正不彀以阿姊一剑鸣不平也。妹初不欲作此消极之语，惟鉴于今日社会之现象，实说不出积极语矣。近来读书益复无聊，视说部若生命，三更灯火，恒手一编弗辍，嗜之几将成癖。每日六小时，敷衍而已，白日青春，能无笑吾？知吾姊闻之，亦必责吾无赖也。妹祷菲复。

与苏祷菲书

得来笺，知吾妹迩来酷嗜说部，愚姊颇不谓然。吾人不论嗜何物，万万不可过分。一过分则此身必且坠入愁城苦海，吃莫大苦恼，人世间一切不如意事，都罩上头来，一生不能摆脱。叶公好龙而丧其魂，懿公好鹤而亡其国，甚矣嗜好之为害大矣。夫天才与肉欲不两立，道德与嗜好不并行，是故董仲舒之好学，目不窥园者三年，顾园之窥，又曷足以堕其学业哉？诚以园而窥焉，则凡园中之名葩芳草，异鸟珍禽，皆足以悦吾耳目，而夺吾志向，知其害而远之，是诚善制其情欲者也。夫以天赋聪慧之心，而听指挥于物欲，五贼为之司命，七情为之行政，将此龙骧虎跃之方寸，永为顽躯浊壳所困束。若蚕在茧，丝丝自缚，绝无一毫自由之能力，昭然存于灵台者，竟黯然陷之于地狱，抑亦大可哀矣。世不无磊落之士，才足以吞沧海，势足以撼斗牛，有开拓千古之心胸，有推倒一时之气概，乃曾几何时，顿归寂灭，昔日雄风，杳无声臭。或潜心于东山丝竹，或放情于北海酒樽，无他，实此心为形所役。故遂局促于嗜好情欲之内，为奴隶，为犬马，竟使壮志化于烟云，夙愿付诸流水。嗜欲之害，不亦巨哉？尝观炀帝好萤，而上苑垂杨，终古写亡国之恨。齐宣好兽，而禁城麋鹿，名囿成陷井之机。嗜欲之所炽,有足以失民心而促国祚者,愿吾妹勿沈溺于嗜欲之中,而为嗜欲之奴隶也。闻吾妹嗜说部将成癖之说,故作此辟之。幸及早回头,破此孽障,肆力于学问,将来为吾女界光。否则,彼熟读《红楼梦》,高呼奈何烧杀吾宝玉之杭州女儿,即是吾妹小影耳。慧谨上。

覆李慧珠书

慧珠吾姊惠鉴:

读大札,甚佩甚佩!盥诵一过,茅塞为开,虽顽石亦当点头。吾姊尺一书,真不啻佛菩萨前一盏长明灯也。自今伊始,决然舍去,誓不再向说部中讨生活。今已预将一年三百六十日排定,春日应作若干事,夏日秋日应尽若干责任,至冬日应得若干效果。再由一年而缩短之,限其功效于半年;及半年有效,则再缩短之,责其成于三月;由三月而缩短为一月,由一月而缩短于一星期,由一星期而缩短为三日,由三日而缩短为一日,由一日而缩短于数小时中。必使一时尽一时之责,收一时之效,而后一日中无荒废之时矣。即一星期无荒废之日,推而至于一月中无一星期荒废,更推而至于半年中无荒废之一月。先从一小时起,必锱铢较量,有若干之时,必尽若干之责,收若干之效,示以铁限,绝不稍宽。万一偶有事故,必于下时补足。此法为乌程某先生所创,至为美善人,诚能如是,更受用不浅。妹决从其言,力自鞭策。俾一年十二月三百六十日黄金难买之光阴,无一分是浪掷,无一刻是轻意放过,无一日是白送日子,安肯等闲白此少年头耶?妹近日颇注意于算学,兹有一题,甚难,百思不可得,特附函奉上。吾姊于此中素有心得,不难立就也。妹祷菲手泐。

答苏祷菲书

菲妹如见：

寄吾之算题，着手颇觉其难，构思数小时始得。不意行将告终，而愈做愈乖，无有是处，寻其误处，久久不可得。昨日复从头细检，乃知其误在一字。差以毫厘，谬以千里，天下事亦莫不如是。尝闻拳石可以垒泰山，滥觞可以成江河，涓滴之水，可以穿石，单极之綆，可以断木，何则？渐靡使之然也。夫一茎之蘖，安能森森而成林；一星之火，安能熊熊而燎原？盖万事之成与不成，所争只在毫厘耳。几微之忽疏，足以遗臭于万年；瞬息之差忒，足以流祸于百世。项羽以盖世英雄，喑呜叱咤，辟易千人，刘邦一江东鄙夫耳，何可与比？何以邦则五年之间，猝成帝业，而羽则四面楚歌，泪数行下，垓下一跌，遂至洒碧血于乌江，致使千古英杰之士，同声一哭？夫项羽之败，非兵不利，战不善，不过于鸿门之会，不听范增之一着耳。棋输一着，满盘皆错，毫厘之差，足以致千里之谬。从来失意英雄，所以为之歌莫哀也。感于算学之小误而致大谬，故牵连及之，不识吾妹以吾言为然否？慧珠上。

复苏祷菲书

昨得吾妹手书，谓近来无论为何事，每多畏多疑，不自知其所以然云云。人生作事，最坏在一个畏字、一个疑字。畏则不进，疑则无断。风声鹤唳，草木皆兵者，由于畏也；鸣角举火，一夕三迁者，由于疑也。是故古今成大事者，无所畏，亦无所惧。诸葛武侯之卒定西蜀，以奠后汉之业，华盛顿之卒脱英轭，以建独立之旗者，实无所畏而然。张博望之卒通西域，以平匈奴，哥伦布之卒获美洲，以辟新地者，实无所疑而然。使武侯、华盛顿而稍有所畏，则草庐经略，莫克践言，合众雄图，空成画饼；使张博望、哥伦布而稍有所疑,则两次被拘,徒遭困苦,四度航海,枉受风涛。由是观之,“畏疑”二字,非人生心界中之魔鬼,事业上之蟊贼哉?故孟子曰:“我善养我浩然之气。”诚以气盛则志刚,遇种种困难之境,已先足以胜之。李广认石为虎,而一箭克以洞贯之者,气盛故也。曾文正曰:“奄奄无气,决难成事。”其关系不亦巨哉?是以吾辈作事,心地中万万不可存“畏疑”二字。否则即做百事,必无一成功,到头来只是一场空耳。吾妹方在英年,仔肩至重,务须有胆量,有毅力,有丈夫气,幸勿效彼三家村里老学究态也。愚姊慧珠白。

致李慧珠书

慧珠吾姊如握:

二旬间连得吾姊二函,第一函痛论“畏疑”,俱是一针见血之语,令人猛省。第二函言男女平等,纵横浩瀚,如深夜霜钟,足破重闺痴梦。妹不敏,何敢布鼓雷门,然亦有所见,特为吾姊陈之。沈沈数千年,吾国女界所以常处于黑暗之域,而不见天日者,其原因要非一端,而不能化除男女畛域,以立于平等之地位,实为一受病之大原因也。夫在昔日未开通之时代,深锢于男刚女柔、夫唱妇随之学说,遂至齿女子于奴隶、犬马之列,多方压制,不遗余力,顾其所以然者,亦不过男子之欲自豪其须眉气概耳。男子欲自尊,不得不卑视女子,因撰种种不平等之异说,以为戕贼之计。于是凿其耳,裹其足,脂粉其面。既摧残其体肤,使不得与男子相抗衡,又复挟之为玩物,左抱右拥,以逞野心。呜呼!人何幸而为中国之男子,人又何不幸而为中国之女子!强权之下,不复有公理;专制之下,不复有自由;为女子者,亦大可怜矣。夫女子者,国民之母也;人种之强弱,民智之通塞系焉。故男子正宜扶掖女子,推崇女子,使强体魄,使富学术,俾高出于男子之上,庶中国之人种可壮强,民智可发达,而国势亦可因之而隆兴。何以言之?盖按察于人种生理之学，凡幼儿脑筋之敏钝，筋骨之坚脆，皆关系于其母。而幼儿之智识，则尤以先入为主，使无家庭教育，不足以立其基，此女子之所以于世界上独占重要之地位也。女子所负之天职，既重于男子，则女子应享之权利，亦当较男子为大，区区平等云何哉？质之吾姊，以为当否？暑假在迩，言旋有日，阔别半载，又将与素心人把臂于黄歇浦畔矣！才一念及，心与神驰。余不赘，敬问进步不一。妹祷菲上白。

——《妇女时报》（1913）第十期

朱翰芬

朱翰芬，生卒年不详，字静安，文章多署“张朱翰芬”，上海人。夫张姓。朱翰芬1915年为上海善初小学国文教员，在《妇女时报》《妇女杂志》《女子世界》等刊物发表作品多篇。

论女子之定力

西人之恒言曰，军事之胜败，在最后之数分钟，盖言定力之可贵也。人苟无定力，则浮慕之念，得中于我心，而是非之见以昧，回旋往复，不觉行年老大矣。男子然，女子亦何莫不然？吾国古时之女教，有所谓贞静自守者，即言定力也。有定力则不浮，不浮则无苟且倖获之念。坚贞所矢，是非判然，不淆于众议，不徇于俗论，不受人之危迫，不受人之欺诳，不受人之诱惑。充其效之所至，足以拒却外感而有余，凡以有定力故也。使非然者，不特习俗移人，固所不免，而毒之所中，且较男子为甚，何也？今日之世情，社会之道德，扫荡靡遗，人心之败坏，达于极点。一般堕落之男子，所以诱惑我女青年者，无所不用其极。其端甚夥，其术又甚精，不能自持，固易失足。能自持，而持之不坚且久，动于中者必堕于坑矣。报纸之纪载，里巷之传闻，我女同胞之被人利诱，而身败名裂者，几何！一失足成千古恨，再回头已百年身。于此之时，即欲力自忏悔，又乌从而忏悔哉？况乎吾国女界，向持束缚主义，男女之间，截然不容稍紊。自欧风东渐，平权自由之说，深中于女学界之心理，于是男女之堤防，为之一决。束缚者一变而为放任，而旧日之礼教，将荡然无存。近数年间，入学之女生，其受此潮流，而贻终身莫大之辱者，又正不可数计。其初不过喜新厌故之一念，而不知始一不慎，其究已成不可收拾之势，岂不重可哀耶？然其所以致此之由，非必其资力弱也。人每蔽于先入之见，本有害于道德，而习非成是，有不自觉其陷溺者，迨至事后追思，始悔从前之失检，而已不克自拔矣。欲免此患，在严于自克，不少宽假，所见既明，贵若断决。孔子曰，"见不善如探汤"，一自宽，则外来之私欲，得随之而入，而吾之声誉，其尚有幸乎？试求之昔日之女界，有当颠沛流离，艰难困苦之际，无论受外界之若何侵逼，而守正不阿，不稍改其素行者，特有定力耳。虽然，定力原于学力者也，学力既充，斯定力因之而富，是则根本之解决，又必自力学始矣。

——《妇女时报》(1913)第十一期

论上海女学生之装束

吾国女学之发达，首推上海师范也。中学小学也，学舍林立，罔不备具，而内地之谋设女学者，其女教师又多取材于上海，抑亦盛已。顾近数年间，上海之女学生，同具一缺点焉，则装束是也。一衣服也。中国绸缎不足，有用外国绸缎者，不独材料已也，裁式之新奇，实有不可思议者。领高至四寸以上，而钮扣也，花边也，又各花样翻新，鲜妍夺目，于是一衣之费，非十余金不可（指夹衣）。中衣料居十之三四，而附属品及工资反居十之六七，可骇孰甚。况乎衣服之外，自别针鸡心，以至戒指、时计、手钏诸品，或纯用金质，或镶以珠翠，或嵌以钻石，价值各以数十金计，互为比赛，互为竞争，即互为进步。一若女学生非此不足以表其尊贵者，愈趋愈盛，吾诚不知，流弊之终极矣。夫上海为妓女荟萃之地，服装之奇丽，久为社会所公认。今以文明之女学生，而亦尤而效之，试问迷离扑朔，又孰能辨其是为女生，是为妓女哉？予为此言，非敢重污我女学生也，诚以今之妓女，其一衣一履，辄作学生之装束，摹效惟恐不肖。乃为女生者，不急思趋避，反崇尚侈靡，从而为之倡导，是亦不可以已乎？一女生之入学也，其寄宿者，学膳费年达百金以外，复加以种种无谓之糜费，富者或犹可勉为支持，使其家为中人之产，未有不告竭蹶者，矧等而下之耶。且女子审美之天性，富于男子数倍，一校中得一二人倡之，充其极不至全校之学生，相率仿效不止。盖耻不若人也，于是明知家庭之经济，不足以供予之销耗，亦必一再要求，不得则继以啼哭，务达其目的而后已。彼家属见女子入学之足以困人也，不得已则于中途命之辍业，而视女学为畏途。呜呼！是亦岂女生之始愿也乎？予今敢正告之曰：所谓女学生者，不在服装之尊贵，而在人格之尊贵；不在服装之竞争，而在学问之竞争。认题既清，则虽珠玉锦绣之在前，亦视之若敝屣，无足以易我之志者矣。昔之女子，其出也，涂脂抹粉，至被人视之为玩物，然犹可言也。未受教育，未尝学问，不得不借是以取媚于人。今之女生，其自待为何如？而顾与昔日之女子，同其思想乎？我女学生可知取勉矣。

——《妇女时报》（1913）第十一期

书邵氏婢

婢蒋姓，名翠英，奉贤人也。年十岁，父殇，母老而贫，室无经宿储，衣食不足自给，鬻翠英于邑之邵氏，居相近。翠英知母年日老，力且日衰，何以为生，因日节缩己食，归以遗母。不足，又为诸婢仆任劳，丐其余饭，抟以饷母。如是者数年，母借以无馁。每当隆冬沍寒，一童女子往来奉母，跉跰风雪中，邻里莫不怜也。翠英年十七，会邵氏嫁女，命翠英随往，任管理妆奁之役。而邵氏婿家距此三十余里，往返当以六七日。翠英归辞其母，时母已病寒疾，卧床不能起。翠英为进姜汤，恋恋不忍去，俄而邵氏又来督促。母曰："主人待汝厚，既以命汝，不可或违，其速往，予虽病，旦夕将愈，无伤也。"翠英诺之，而心终不能释然，乃出二银币与母，并倩邻女代侍汤药，含泪别母而去。讵翠英去未二日，母病加剧，邻女大惊，以告邵氏。邵氏急延医往视，然已无及矣，因命人速翠英返。翠英仓皇奔赴，既恨不及送其母，又不敢咎其主之役己，茹哀饮痛，一恸几绝。含殓毕，乃矢志不嫁，以志终天之恨。在邵氏勤于操作，工力兼人，遇岁时令节，辄购甘旨祭母，必诚必敬，里党交颂其贤。有来求聘者，邵氏怜其孤苦，令主母讽微之。翠黯然泪下曰："翠英亦念之，留此不孝之躯，始终贻母以忧，请从先母于地下可乎？"语已，即起身出。主母亟挽之曰："何遽如是？"为涕泣叹奖，加抚慰焉。议遂寝，其立志知此。翠英年四十一，疾卒。邵氏贤之，为殡葬于其母茔之旁，且嘱家人岁祀焉。

翰芬曰：自读书学问之士，身居穷阨，或不克坚其操守者，盖有之矣。翠英以一婢子，幼艾守贞，至死不渝，可不谓难乎？呜呼！人谁无母，我怀我抚，三年乳育，一饭难酬，惟其艰苦，所以倍至。盖翠英之守贞，乃翠英之所以报母也。嗟！嗟！婢女且然，况在学子？我诸姑姊妹，闻翠英之行事，亦知所自励也夫？

天虚我生曰：不孝有三，无后为大，蒋母无子，惟此一女，而乃守贞不字，不重贻死母忧耶？幸有贤主人为之岁祀，不然，则邱墓为墟，宁非翠英之罪哉？故予多其孝养，而不多其守无名之贞，然而邵氏主人可为贤矣。

——《女子世界》(1915)第六期

瑞华

瑞华,生卒年不详,无锡梁溪人。曾任无锡德馨学校校长。

敬告同胞姊妹(一)

女有四行,而尚德尤重。女有四行,曰德,曰言,曰容,曰功是也。四者皆不可缺,而德尤重焉。德蕴于内,言、功、容发于外,发于外者广,必先蕴于内者深,故德居首也。夫德岂易言哉?必也。未嫁时,守贞待字,怡然于父母昆弟姊妹之间。及其嫁也,相夫以义,不妒不佻,不以奁具之丰而骄其夫,不以夫家之贫而怨及父母,事舅姑以孝,接妯娌以和,抚子女子妇,以爱而不偏,御佣工婢媪,则宽而不狎。不幸而丧其夫,则守节焉,教养其孤焉。岁时伏腊①,祭必以礼,而女巫优婆夷,或入其门,必屏绝之,勿使入。

宗族戚党乡邻以急告者,量力以周恤之,夫是之谓妇德。

有妇德而后可与言言、容、功。利口辨辞,非言也。择辞而语,语必中礼,如姜后之谏周宣,樊姬之规楚庄,敬姜之诲文伯,然后可谓之妇言。涂脂抹粉,非容也。坐不边,立不跸,进退有仪,颦笑不苟,如孟光之于梁鸿,推而至于衣服之洁净,尘秽浣濯,沐浴以时,鬓发毋散,乃是妇容。至于功之云者,不必奇巧过人也。

---

① “腊”,原文作“猎”,据语义改。

或布嫘祖之育蚕桑，或师孟母之勤纺织，或效宋贵人之执馈馔，或如薛灵芸之工刺绣，降而至于躬持井臼，手造酒浆，裁剪衣裳，缝纫绽裂，皆妇功也。言、容、功无愧色，则其德纯粹无疵也，岂待言哉？要而论之，德者，言、容、功之本也。有德则多言不失于仪礼，寡言亦不失于仪礼；修容不失于妇容，毁容亦不失于妇容。如骊姬、郑袖、潘妃、杨太真辈，离间骨肉，簸弄是非，荧惑君王，倾覆社稷，非惟昧妇言、妇容之义，并不知所谓妇功。无他，其心毒，其志淫，其性懒。一言以蔽之曰：妇德不修也。妇德不修而欲求其有妇言、妇容、妇功，是何异拔根而求叶之茂也？吾敢敬告同胞曰：欲为名媛，自德修始。

忍耐为处世之要。围绕吾身者，皆境遇也。人无生而居顺境者，亦无毕生而居逆境者。常居顺境，不能判心力之强弱，必数遇逆境，乃能锻炼其精神。况社会之实际，逆境恒多，顺境恒少，而顺逆两境，又常相间以迭乘。故当年少之时，不可不以坚苦忍耐之力，善养其冒险进取之精神。况无论事之大小，随时随地，皆有阻力。若阻力生而治事之精神顿丧殆，将不能有所为。吾故敢于诸姊妹前曰：人非有忍耐性者，不可以言事业也。或如任人陵侮而不较，割我土地而不计，亦可谓之忍耐乎？是不知人间有可耻者在，于忍耐是似而实非，安得以之借口哉？兹姑勿论。然世人治事，往往有始无终，其弊果何在欤？弊在轻躁而欲速成，无坚苦忍耐之力，稍遇挫折，中道而止。吁，薄志懦行若此，安望有成？故必戒躁去浮，以坚苦忍耐之力，冒险而突过之，而后能达其初志。总之，古今英雄，无论男女，具壁立万仞之概，而能致国于飞扬跋扈之地位者，何一非由有忍性以耐其苦，而获此效果也！凡我姊妹其勉之。

不经意之为害比无识为大。智者无识之敌，害者利之对也。世俗谓智者作事，必有益无损，即失而其害或小；愚者居动，必常致谬误,即慎而难免失当。何则?智者器量思虑超轶寻常,愚者无知妄作,矛盾倒试故也。然此言也,吾以为大谬不然。事之成败利害,在乎经意与否耳!若愚能慎谨言行,未尝不克其终;智而居动疏忽,有初而难克终者不鲜。若夫利害之相去,更有无量者,如西晋之亡,源于王衍等清谈,秦苻坚之败,在淝水一战。此非无才能,无勇敢,而疏忽于经意耳。若西汉霍光能废立得当,使社稷固,而恩泽下及庶民者,非学识博,而经意密也。彼扬雄、班固等,才识博而经意忽,故仍致莽窦之害。其余有才能而反致病国殃民者,未始非从疏忽而来耶?虽然吾人求学也,作事也,交际也,莫不皆然。愚不自囿于愚,未尝不能贯通。智而自囿,虽具圣资,终不免乡人而已。吾故敢曰经意二字,可为治身治家治国之关键矣。夫见事而兢兢审详,行事而周密至到,固无误之基,即无害之础,谓其具上知也可。见而忽,行而略,其具害源莫甚,虽智谓其下愚也,亦无不可。

爱惜少年当如春花。今夫淡白匀添,娇红密缀,此非春日之花耶?精神泼活,知识开通,此非少年之时耶?四时之花,惟春日最为娇艳;一生之年,惟少时最为宝贵。故吾人当夫年少之时,无异春花初放之际,宜如何爱之、惜之、珍之、重之哉!然世之人,往往于春花也,则极力爱护之,于少年也,则任意蹉跎之。不知吾人伟大之希望、伟大之事业,皆于少时树其基。故幼龄力学,他年必为完人;中年能文,异日必成大器。不然,则自少而忽焉壮矣,壮而忽焉老矣,一若春花之过眼,倏焉凋谢,不待秋而萎矣。夫春花虽谢,经春复能发生,而少年难①留,既去不能复还。时乎不再来,时机不可失。吾愿同胞诸姊妹,当此年富力强之时,竭其心力,穷其耳目,孜孜于学问之途;致其才力,尽其聪明,循循于四德之中。

① “难”,原文作“虽”,据语义改。

他日学而成就，入为家庭造幸福，出为天下负重任。将见济人利世，名照汗青，安内攘外，功垂宇宙，岂不快哉，岂不快哉！

知人则哲。今夫人之最足患者，莫如不能知人。茫茫全国同胞诸姊妹，有二百兆人之众，而能知人者，有几哉？不能知人，则人之行事是，乃谓之非；人之心术邪，乃谓之正。以是为非，以邪为正，大而祸及天下，小而祸在一身。自古人君知人者兴，不能知人者亡。证之文王能用姜尚，成汤能用伊尹，而王天下；汉高能用三杰，而得天下。此皆能知人之验也。纣不能用微箕而失天下，虞不能用百里奚而亡其国，项羽不用范增而不得天下。此皆不能知人之证也。况我青年同胞诸姊妹，立志未定，栖身社会，最易受愚，可不慎乎？可不慎乎？昔山巨源见王衍曰："误天下苍生者，必此人也。"郭汾阳见卢杞曰："此人得志，吾子孙无遗类矣。"此二人皆可为能知人矣。至若司马温公之不知王安石，杨龟山之不知蔡京，胡安国之不知秦桧，其为祸岂浅鲜哉！男子尚然，凡吾青年同胞诸姊妹，可不惧乎？即如春秋之世，鲍叔荐管仲为相，而齐霸诸侯，此鲍叔之能知人也。楚子文使子玉为令尹，而楚师以败，此子文之不能知人也。孔子曰，不患莫己知，而患不知人，于樊迟问知，则曰知人。凡我青年姊妹其可知矣。盖不知人者，皆因不能明理、不能明道之故也。智者能明理、明道，何患不知哉？书云，知人则哲。姊妹免乎哉！

——《妇女时报》(1914)第十四期

敬告同胞姊妹(二)

一、读书贵能变化气质。人生于世，苟无读书心则已，有则必高其道德。虽然，书既读矣，而不能变化气质，则与不读有何异哉？书有忠孝之士，读之而不能感激；书有节义之事，读之而不能奋发。如是者读书虽多，直书簏耳。废资财，又废光阴，卒成无知无识之人，此无他，不能变化气质耳。夫所谓气质者，人之自然性质也。有便僻，有善柔，有便佞，有直有义，有慷慨，未可一例论也。善于变化气质者，见之不合于书理者，即改革之、纠正之。读慷慨书而有慷慨心，读隐逸书而有隐逸志，读义士文而有义士概，读忠臣史而有忠臣气，读贞节妇女传而有贞节志，取古人之所长，补己之所不足，如是者，读书虽少，而能变化气质，入德不难矣。世有同胞，身入学校，手执图书，俨然学者也，讵知问其所得，十无一二。观其品行，轻浮成习，詈之而不知羞，嘲之而不觉愧，私心自用，人格卑陋，未尝不读也。而其所以如此者，不能变化其气质故耳。由此言之，读书固为人生之要事，而变化气质，尤为读书之要端。惟我姊妹其勉之。

一、在学贵能竞争而绝妒嫉。竞争者，君子之志也；妒嫉者，小人之见也。两者适成反比例。人苟不自为君子而甘为小人，则亦已矣，不然，必当有竞争之心而后可。凡青年家姊妹，尤不可不察也。见人之善，必思过之，得彼之法，终使胜之，日趋于文明，不为天演所淘汰，学成业精，赫然而为世界人才者，此竞争使然也；恶人之能，妨人之好，于同人则忌之恶之，于社会则卑之侮之，终身为邻里所不齿，宇宙所难容者，此妒忌使然也。今之同学，相聚一堂之内，同授一律之课，朝夕同餐，日夜相欢，尤不可有妒嫉也。而竞争心要不可无存也，砥砺学识，观摩道德，乃义理也。理有未达，强以为知；学有未识，妄以臆度。妒人之善，嫉人之胜，既碍己之进步，且妨人之竞争，父母视为不肖女，师长目为劣等生，能不别其利害而自省哉？且今之世，一大竞争之世也，种与种竞，人与人竞，国与国竞，物与物竞，无一不在所当竞。优胜劣败，稍一退让，即无自立，危乎殆哉。而家之学者，又安得不蕴君子之志，而扫除小人之见也耶，甚矣。吾故曰：竞争之心不可无，而妒嫉之心不可有也，明矣。

一、为学须及其时。人生于世界之上，分为三期：一曰少成期，一曰中年期，一曰老成期。少成之期脑力不充，知识未开，正当保护维持，以望后日之大有为者。老成之期，精力已衰，万事只有退步，而无进取思想。惟中年之期，脑筋发达，精力充足，岂非所谓求学之时代乎？然光阴之迅速，有如白驹之过隙。苟于中年之期，放荡自佚，学业一无所成，一旦白首遽至，虽欲求学而不可得矣。凡我姊妹其勉之。譬之草木，春时发芽生叶，不足以动人之爱也，及夏秋之交，放绮丽之花，结垂爱之实，犹之吾人少年大有为之期，然一待霜雪初降，则凋零不堪问矣。大禹之惜寸阴，陶侃之惜分阴，皆所以为学也。古云，人生为学须及时，即此谓也。凡我姊妹勉乎哉！

一、作事须当忍耐性。围绕吾身者，皆境遇也。人无毕生而居顺境者，亦无毕生而居逆境者。常居顺境，不能判心力之强弱，必数遇逆境，乃能锻炼其精神。况社会之实际，逆境恒多，顺境恒少，而顺逆两境，又常相间以迭乘。凡我青年姊妹，不可不以坚苦忍耐之力，善养其冒险进取之精神。无论事之大小，随时随地必有阻力。若阻力生而治事之精神顿丧，殆将不能有所为。故人非有忍耐性者，不可以言事业也。观世人治事，往往有始无终，其弊果何在欤？弊在轻躁而欲速成，无坚苦忍耐之力，稍遇挫折，中道而止。吁，薄志懦行若此，安望有成？故必戒躁去浮，以坚苦忍耐之力，冒险而突过之，而后能达其初志。总之，古来英雄，具壁立万仞之概而能致其国于飞扬跋扈之地位者，何一非有忍性以耐其苦，而获此效果耶！惟我同胞其鉴之。

一、须保重名誉。生人所最要者，莫如财产与生命，然终不及名誉之为尤要。何则？财产失又有复之望焉，生命丧虽无死而复生之理，而芳名流于后世，万代瞻仰，奚啻死之复生乎？若一旦名誉有失，抱恨终天，虽欲伸而不得，营营于世，人不屑齿，又有何兴趣乎？是虽生犹死耳！悲夫名誉之关系，竟如是其要也，凡我姊妹可不思乎？观于古时如木兰、良玉辈，至今芳名不朽者，非名誉而谁哉？吾故曰：名誉者，无形之生命财产也。然欲保守此无形之生命财产，则有二问题存焉：一决于己，一决于人。决于己者，无他，事事循理而行。决于人者，则难矣。所作所为，己以为善，而人谓恶，己以为是，而人谓非，则佳名失，而恶议生焉。可奈何曰，悠悠之语，本不足以名誉人，亦不足以毁坏人之名誉也。名誉者，非圣贤之行不可得，非豪杰之言不可存。彼夫智识未到者，往往以一二人无稽之讥评，爽其心志，堕其精力，反失久远之名誉焉，犹未足以名誉言之也。吾祈同胞三思之。

——《妇女时报》(1914)第十五期

妇人最弱为母则强说

火之熄也，由膏之竭；妇女之弱，由胆之怯。二者殆无少异。膏竭则遇微风而易熄，苟增膏则愈增而火愈炽。胆怯则遇小事而即畏，愈畏则愈怯而愈弱，然胆力壮，则愈勇而愈强。妇人之于子女，殆此道欤？盖妇人之感情最深而笃，喜怒哀乐之状态，发见最易。平日之工愁善恐，自居于最懦最弱之地位者，由乎情，其以至弱之位，至为母而易居至强之点，亦非由情所牵制乎？夫母之于子，爱情恳挚，莫敢与敌，举凡饮食起居、寒暖琐屑之事，躬亲操作，旦夕悬心，一若自忘其懦弱者，此无他，以其爱之深而情之笃也。且人之强弱，本无一定之气质，视其居心之为何如也。秦收兵器，人民咸无勇毅之威、锐精之气，致使英雄束手，烈士寒心，此非人性之弱也。驯至陈涉起兵，海内豪杰云集响应，群起而与秦为敌，此非性之强也。前之弱，惧秦之威；后之强，怨秦之虐。暴秦苛政,引起人民嫉怒之感情,故一夫提倡,万夫蜂聚,而张其强悍之气也。盖天下可有处于境地之所不可不弱,亦有迫于理势之不可不弱,亦有迫于理势之不可不强。为火焰及室,则弱女可以逾重垣;子女临山河,则慈母可以登深谷渡危桥。此由于情之不可遏,抑由势之所不得不然者也。

——《妇女时报》(1914)第十五期

潘保慧

潘保慧，生卒年不详。曾就读于江苏省立女子蚕业学校，毕业后任该校舍务员。

游历增学识论

斗室之中，以曹仓为饔飧，以邺架为几案，以董帷为屏风，终日敛膝危坐，吟咏于其中。简练揣摩，或观王摩诘、李思训辈之妙笔，足知山水之佳景，或观韩柳欧苏之名文，足知事物之景象。然谚云，百闻不如一见，虽妙笔名文，何及亲临之万一耶？由是观之，欲穷察物理，增广学识，非游历不可。

曩昔儒子，终日坐守穷庐，蓬蒿没户，具一孔之见，自以为好学士也。及问以天下大势，则懵然而不知。噫，其何以增学识乎？

自孔孟作，知宇内形形色色，非特四时之景不同，而各处之景亦异，于是周游列国，为后世倡，此吾国游历之鼻祖也。及后张骞出使西域，博搜物产，太史公遍游名山大川，归作《史记》，皆得游历之益也。故目不睹宫阙之壮者，不可言居；身不涉江海之大者，不可言水；足不履泰华之峻者，不可言山。求学者其知之。

然游历之事，亦非易也。陆行则山高路险，车殆马烦；水行则江石悍利，波恶涡诡。故无资斧，无胆略，不可以言游历，即名胜之地，古人胜迹森然罗列，无才学者，纵游无所得。

且昔者车舟往来,动多窒碍,费时既久,危险尤多,虽有嗜奇之士,无怪其中止也。而今非昔比矣,五洲开通,水有汽船,陆有汽车,万里之遥,转瞬可达。居文明时代,欲开拓眼界,增进智识,不赖乎游历乎?

不特男子然也,即女界之中,亦宜以游历为先务。昔日女子深居闺阁,浅见寡闻,身体懦弱,智识愚陋,此相沿之恶习,不足论也。于是立女学校,以广其见,扩其闻,然校中之所见所闻,犹囿于一偶也。不如以游历充其气概,壮其语言,高其意智,孰非吾辈女子之责乎?

——《妇女时报》(1914)第十五期

金媛贞

金媛贞,生平不详。

破坏家庭幸福之危险动物
(呜呼妾)

呜乎!读者诸君,抑知我国上流社会之家庭中,有一至毒至烈之危险动物乎?此动物之能力,非如毒蛇猛兽之若戕贼人类之生命,而其破坏家庭幸福之威力,直超过近今万国公法所共同禁止之“达姆达姆”毒弹而有余,吁可畏矣。我虽不敢谓中国上流社会之家庭中,悉豢有此危险动物,然以我之闻见证之,恐亦十家而具三四。试以此有危险动物之三四家,与彼无危险动物之六七家,作一比较的观察,其家庭之幸福与否,不难立判。奈之何上流社会之人物,冥然而不觉悟耶!夫感受此种危险动物之痛苦,而无悲哀之声浪以传布于世界者,或以夫权之关系,为亲者讳,而不敢言;或以亲权之关系,为尊者讳,而不忍言。其智识浅薄者,认为社会上既有此习惯之制度,默认其生存而不思抵抗;其思想超妙者,虽明知此动物之危险,然预为将来自身达于性欲之目的计,于是亦不昌言铲除。集此数因,乃令此危险动物充实于我国上流社会之家庭,使天真美满之家庭幸福,为之破坏殆尽。我今敢托新闻记者之资格,著此短文,以宣布此危险动物之罪状,借为一般不敢言、不忍言者，一抒其痛苦，更令世人知中国上流社会之家庭中，别有此一种悲哀之境界，意者亦为喆人淑女所许可也耶。然则此危险动物果为何物乎？吾中国之字典上定其名为“妾”。我今亦姑以妾名之。质言之，所谓妾者，实一非法律之婚姻结合不正当之妻耳。

构成家庭之幸福，最为美满愉快者，第一厥为夫妇。乃本文之所谓危险动物者，即为直接破毁夫妇间幸福之一大毒弹，障碍夫妇间爱情之一大铁网。几多鳒鲽之伉俪，相亲相爱，共度安全之岁月；乃忽以蓄妾之故，遂令甜蜜之境，化为凄苦，恩爱之俦，幻为怨偶。若居于妻之地位者，为一贤淑之令妇，睹此境遇，或则虚堂退处，绣佛长斋，乞空王之怜悯，修来生之善果，悠悠渺渺，以止于死；或则深闺弹泪，角枕啼红，无可告语，第有隐恨，忧能伤人，云胡能久，此可怜之光阴，抑郁之岁月，不三四年，或一二年，赍恨遂殁。吾有数友，以妾之故，夫妇间经年不获相语，殗殜之际，呼藁砧来榻前，握手呜咽，若欲有言，舌强莫吐，冉冉长逝，哀可知矣！生人境界，至于如此，尚何幸福之足云？谓非妾之罪耶？其有性情悍僻、罔知大体之妇人，以妾之故，则日与其夫相奋斗。或以妻妾之间，待遇不平均，而要求条件；或以礼貌之疏阔，而提起抗议；甚或以当夕之问题，而互为契约，苟一渝盟，激烈之弹劾随至。于是一家之中，一日之内，谇诟频闻，恶声时起，闺房鼎沸，金屋土崩，父母所不能制，友朋所不能解，邻里所不能劝，虽卑属之子孙所不能代，唯恃豢养危险动物之夫，周旋奔走，调和弥缝其间，以求片刻之宁谧而已。读者试思，以若此暴动之现象，日常发现于家庭，举家之人，方终日忧惶之不已，尚何家庭幸福之足云？其家政之败坏，家声之堕落，更无论矣！谓非妾之罪耶？

以上所陈，为关于夫妇间之问题，世亦有执帝舜英皇故事以相诘难，谓俱收并蓄，无害于义。要之人类之通性，灵府中爱情之领土甚狭,同时不能容两人之占领;若博爱主义,第能为慈善家之标帜,而不适用于伉俪之际。故夫妇间一有妾为之亘,纵有幸福,亦为有限的;纵有爱情,亦为勉强的。盖原始之诚挚美满幸福,已为此危险动物扫灭以尽也。

复次,即为父子间之问题矣。父子主恩,于妾似无何等之关系,然而小星荧惑,乌能为父子间造福?我尝见蓄妾之家矣,当危险动物未至之时,父以慈待子,子以孝报父,天性醇笃,泯然无间,乃无何而以妾之故,情势稍稍异矣。盖趋庭之谨对,究不敌金屋之腻谈,一则以庄严恭敬而倦闻,一则以狎昵温柔而动听,于是子之于父,或以避嫌疑而不便言,或因干忌讳而不敢陈述。父子之间,浸以疏阔,恩薄怨萌,幸福何有?而父之一方面,又以妾之关系,以为我既纵恣矣,又胡能求全责备于儿辈,遂不觉动多放任。在贤者固不以阿翁督责之严否而易其度,其不肖者以为父既若是,人生不过数十寒暑尔,吾亦胡为郁郁自苦耶!充此理想,纵欲败度,不可收拾,杀身败家,可以立待。吾国上流社会中恒多浪荡之子孙,此亦极大之一主因。读吾文者,试各证其闻见,当亦与记者有同悲也,谓非妾之罪耶?至若嫡庶昆弟之间,有以爱憎之竞争,奋斗于老父之生年,有以财产之继承,诉讼于而翁之身后,纷呶纠错,言之尤可悯可羞。此种景状,社会所传述,报纸所记载,几于无月蔑有。奈之何我上流社会之优秀士夫,掩耳若不闻耶。意者为性欲所蔽,情网所罥;虽有陷阱,欲避无从;虽有幸福,牺牲无恤欤!然而悲矣。

复次,则家庭之度支,必因妾之故而超出预算以外,经济上必呈不足之现象,间接即足以破坏家庭之幸福。盖取得妾之资格者,必居于其夫主所宝爱之地位。既爱矣,凡所要求,摩顶放踵,必罗而致之而不辞,于是今日一钗,明日一钏,声声十索,靡有已时。此关系奢侈者也,即或不然,小蛮樊素,虽无婪索之行为,然家庭组织员中，骤增此不必要之骈枝分子，以消费家庭之经济，讵得云福？向者每月财产之利子，可以供家庭生活而有余，今则匪特不敷，且须蚀及母财矣！年复一年，铜山金谷，亦有穷时。宁非以妾之故，而令纯粹之家庭分子，感受痛苦耶？

复次，则此类危险动物之出产所，不出于"曲巷娇娃"，即出于"小家碧玉"。此两种人物，其前者固毫无道德学术之可言，其后者亦必鲜高尚之思想。若以此卑贱浅陋之人，引而置之纯洁优美之家庭中，使己之子若女，与之混合，必至以秽鄙之智识，无影无形中以相输灌，其影响于家庭之风纪若何？其影响于子女之道德若何？可无待烦言而解决也。宁得谓此危险动物之来，有造于家庭幸福耶？

复次，有以纳妾之关系见斥于道义之朋友者，有以消渴于脂粉之地狱者，又为事实所彰彰，而无庸为讳。试问凡此种种，直接于自身之幸福何如？间接于家庭之幸福又何如？嗟乎！妾之破坏家庭之幸福，既如彼其烈，奈何全国之士，不思有以扑灭，推波助澜，日未有已耶！彼西洋各强国之家庭，所以能得完美之幸福者，第一端在无此危险动物以为之障。昔南美有蓄奴之恶习，林肯氏以人道主义相号召，至以流血相争，卒能达放奴之目的，至今人歌其德，户颂其义。彼不过为黑奴一方面着想耳。若我国蓄妾之制度，微特被蓄者之痛苦，有时不减于黑奴，而家庭幸福之破坏，其无形之悲哀，更胜于黑奴十倍。我四万万之同胞，有一起而奋争，以扫除此危险动物乎？我将以东方之林肯谥之矣。

苦口婆心，当唤醒世人不少。冤蜓拜志。

——《妇女时报》(1915)第十八期

湘君

湘君，生平不详。

我之夏闺消遣法

岁月不居，时节如流，匆匆已过榴火荷钱时候矣。一年中唯此炎炎夏日，为最难消遣，而亦最为危险。盖酷暑最易染疾，稍一不慎，二竖随之，故人咸畏此长夏也。然在谨于起居，均于劳逸者处之，亦颇觉此昼永如年，炎熇如火中，正别有乐趣。固不必春秋而始多佳日，敢略述我之夏闺生活，以为阅者告，倘亦《妇女时报》主者所许可乎？若果采以付印，出版之日，兰闺姊妹，日午倚蕉窗下，手把一卷，览我浅陋之文词，固可借以消遣。即我今日于蝉鸣疏柳，斜阳掩映小楼时，伸纸捉笔，写此短文，亦夏闺中消遣年光之一法也。

我今欲述我之夏闺生活，我不能不先以我之家族与生活程度，及我所居之场所，一一说明。余家族尚不繁多，唯君姑与外子及两儿一女耳。吾有两妹，肄业沪西某校，暑假中，渠即舍于吾家。以乡关极遥，归去甚不便，长途跋涉，暑天尤不宜，故吾母来书，恒止其行，谓可往姊家小住。两妹得书固喜，而我于寂寥苦热之闺中，骤添此嘉宾采伴，其乐更可想也。

外子负笈归来，澹于荣利，爱淞滨居处文明，人物优秀，遂家焉。以同学之介绍,任徐家汇某校教习,晚间余暇滋多。又以某君之汲引,为某日报司笔政,月薪所入,两者并计殊不细。卜宅于威海卫路,屋虽小而结构颇精,高楼四敞,弥望皆碧,窗前有长廊,廊前有小草地可数弓,屋值月需八十两,合之银元已百元外,几占外子月薪四分之一。当租屋时,我及姑氏咸以为太昂,欲别租较便宜者。外子不可,谓家屋一事,于卫生有直接之关系,全家之安全幸福,俱攸赖于此,不能不苛择其最佳者。华人之居沪,其生活程度较高者,十八九皆不惜穷奢极欲,独于租屋一事,恒悭吝殊甚,宁愿偕妻子蜷伏幽栖于沈闷阴湿之中国式的高墙危楼中,而不愿栖息于光明轩敞之域,滋可悲也,我当力矫其弊,云云。外子性喜作高谈,当时我亦以高谈目之,庸讵知入夏以来,窗多足以透风,墙厚足以御日,地旷足以招凉,然后感外子之福我厚也,而益信其言之切也。

余每日七时即兴,盥漱理发,不过一小时即毕。此种习惯,自幼年求学时养成,今日处之,殊不觉匆迫。我尝见亲串家中之女友,一髻之梳掠,有经两小时者,一鬓之拢刷,有经半小时者,费时误事,莫之为甚。此种以理发为消遣之策,我殊烦闷不耐也。理发时,司烹饪之冯媪,即搴帘入,请示今日所应需之蔬菜品目,我乃一一告之,并启屉付以钱。西洋主妇,购物多自入市场,不愿假手僮仆,盖既恐其所买不能可意,复虑其从中渔利。我国烹饪一事,上流社会之家专雇庖丁为之,命之曰厨司。主持家政之主妇,因与之引男女之嫌,复判尊卑之义,多不直接交涉,委任于媪婢传言,于是蔬菜之如何购买,如何烹饪,皆一任此庖丁为之。弊端百出,往往出巨大之伙食费,而不能得良馔嘉肴,积习如此,莫可挽救。外子与我虽具革新之思想,颇欲矫其弊,顾以社会习惯,提篮挟秤,入小菜场,微失上流妇人之身分,语之姑,姑不可。于是乃思一折衷办法,革除厨司之制,而易以女庖。先一夕,余将次日应食蔬菜肴核名目,脑中布置妥贴,并约计钱数。翌晨,冯媪来,遂命令其照办。购归后,又必经余之检视,腐败者悉弃去不用,复授以种种烹饪方法。故我家三餐之肴核,皆无不可下箸处,而其选材调味,又无一悖于卫生原理。家人以食而病者,固从来未有;举箸而食不下咽者,亦未之或见。唯一至晚餐后,余之脑中,即须为次日肴馔理想之预备,既欲其合于家人之嗜好,又须符于家庭之经济,且又必推陈出新,不能与昨日前日之味雷同,诚难之尤难。我尝戏语外子,谓我为肴馔之理想,亦犹之君辈新闻记者之撰时评,攒眉握管,虽有时而苦,然嘻笑怒骂,恣意为之,正引以为乐。故我亦恒以此事为我之消遣法也。

发布烹饪之命令后,乃往楼下以朝姑。姑奉佛綦虔,起尤绝早,此时已宣佛号万声矣。我推门入,与姑道晨安讫,略谈数语便退。盖姑氏必诵经至日停午方辍,殊未敢久留扰之也。此时已八时半矣,两妹及三儿女亦均起,于是乃聚而晨餐。朝曦殊嫩,晨风尤凉,早起人之脑筋亦清静,精神亦壮旺,欢笑一室,其乐可知。余谓夏日之三餐,比较上以晨餐为最有兴味者矣。

餐后,妹及三儿皆各归室,以彼等尚在学生时代,虽暑假中,恒未肯废学。辰巳之顷,日力甚薄,北窗多风,伏案尚无害于身,故咸兢兢致力于所业。我亦趁此早凉时,料量家人之衣衫,以及儿辈之裈履,一一裁剪缝纫,或为之补缀修理。凡可无须假手成衣者,我悉于此时间中整理之,脱无一缝纫机为我之良助手,我纤纤十指,殊难安排周密也。故我家夏日午前九时后,十二时前,但闻读书声,纸笔相触飕飕声,益以余之刀尺声、缝机轧轧声,仆妇之浣衣声,其他寂然也。然我观两妹肆力于文学,令我滋羡,我亦颇思温习旧业,与之共治一书,暂弃我之缝纫。一念及此身今居主妇地位,自以整理家政为第一天职,乌能好高骛远,为舍己耘人之笨伯耶?嗟乎,我今敢力劝我未婚之姊妹,须着力求学于少女时代，一为妇人，浸假而家政缠绕，浸假而儿女成行，嫁后之光阴，皆去学日远，未容长日伏案，向故纸堆中寻生活矣。

壁上巨钟十二鸣后，吾之缝纫工厂首先罢工，于是我乃走告吾妹、吾儿曰："日午矣，可放学归来也。"外子闻声，亦匆匆由阅书室出，楼下慈姑，亦翛然策杖莅餐堂。我家午餐，较早晚两餐为最整齐。因姑氏昧爽即起，已先我辈而早食，外子则以撰报归迟，晨睡酣，起微晏，皆不与我辈共食，晚餐渠亦就食于报馆，故唯午餐家人悉集。而夏日之午餐，座人尤乐，盖午饭后之光阴，皆为消闲时候也。

饭罢，家人悉麇集长廊阅报矣。吾家人有一共同嗜好，则阅报是也。外子执役于报界，以同业交换关系，于是我家各报咸备。此时手披目送，诸人忙碌殊甚。姑氏亦御眼镜至展览，遇名词有不甚明了者，辄举以相问，外子谨答之，有时余亦敬答。报中有小说而印作五号字者，姑氏以甚苦目力，乃呼大儿持诵，姑氏闭目默听焉。读毕，姑氏且加以一种适当之批评。盖由姑氏所阅小说过多，故有判别之能力也。

阅报时，舍有时大儿遵祖母命持诵外，余人寂然无声，但闻报纸按叠声耳。迨诸人阅后，于是议论蜂起，或伤国政，或悲欧战，或诋当道，或愤强邻，或咏哦诗词，或批评笔记，唇枪舌剑，各极其妙。六妹与四妹，时以政治上之意见不同，恒起龃龉，余每为之作鲁仲连。初犹两不相下，俄而六妹所左袒者，固以恇怯为世所诟病矣，四妹所拥护者，又以欺诈暴露，为举国所唾骂矣。于是咸自笑向之纷呶为多事，殊无左袒拥护之必要也。就中以吾女最稚，今才十二，彼仅能阅上海新闻及白话小说而已，更有轮船之进出口单，亦为彼所注意者也。彼有一职务，为慈姑所命，即令其剪裁本日之白话小说，而一一委其粘贴成卷。各报并计，白话小说亦不下五六种，彼均能分别粘存，不缺不乱。姑氏尝曰，人有恒心，便是福相,终身受用不尽。姑氏之命孙女裁报粘存,殆亦养成儿童之恒心耶。阅报而后,继之以说报,说报而后,继之以谈天,皆我家不易之程序也。此时姑氏已扶杖还卧室午睡,老年人精力究有限,矧其起又绝早,故午后之小眠,亦为适当卫生也。外子于时亦归书室矣,以彼每日规定于此时间,为其裁答友朋笺札之时也。此际长廊寂寂,暑气亦弥甚。我及两妹皆苦热,不能别有所制作,但围坐电机风扇前清谈而已。世间人类之谈话,家庭骨肉之间,固别有兴味,而姊妹间之尼谈,尤饶情愫。世有姊妹之乐者,当能闻吾言而点首。

廊次外子设有矮案,置巨砖二,砖侧置清水一盂,盂畔复置巨笔二。案之抽屉中,藏石印《东方画像赞》《醴泉铭》等法帖数事,盖为儿辈习练大楷设也。以笔蘸水,写砖上,随写随干,不劳揩拭,可继续挥翰,此法为中国旧有,其制实远胜今日学校中习字之法,以既可省磨墨购纸之劳费,且可无点污衣衫之结果,实能收养成腕力之功效也。此时儿辈皆集案侧,对帖临写,恣意挥洒,有时吾女大呼母速来,观阿兄此字甚佳也。比余至,而其所书字已干燥,唯余隐约之水痕可见耳。乃令吾儿复书之,余及两妹立观以为乐,有时两妹亦夺笔橅写十数字。四妹喜作画,恒于此尺许之砖上,作清微澹远之写意山水,尤令人对之遍体清凉。长夏观人作擘窠大字与隽妙山水,诚无上之消遣法也。如看人作蝇头小楷与工笔人物楼阁,不特作者挥汗如雨,即旁观者亦为脑涨神昏,徒唤闷损矣。尔时匆匆已三时矣,此时姑氏亦午睡兴矣,乃为吾家食瓜之时代矣。夏令之果品,自以西瓜为最佳,而亦与人为最有益,故余家每午后必痛啖之。唯瓜茎食之不慎,粘着于肠胃,易成痢疾,故余家但饮瓜汁而已。取汁之术,以洁白洋纱一方,用磁匙分瓜肉为细块,一一纳之洋纱中,后以匙捣之,轻提洋纱之四角,下承以碗,于是精美澄清之瓜汁涓涓下沥,瓜子与瓜茎皆无有也。

一碗既盈，乃弃去纱中之渣滓，而别易新瓜。此简捷之方法，更叠为之，顷刻间可得十余碗。于是分呈姑氏及外子外，更留以自饮，两妹群儿皆自为之，各就其瓜量之弘狭，而自由裁量。幸三儿已将成人，饮食上已能独立，不须我之照料，前数年我尚负监督之责，未必如今日之清闲。然三女今尚稚，有时须加以制止耳。两妹厌故而喜新，负积极理想，恒觉瓜之凉，不敌暑天之热，绝喜饮冰其林。余家距市远，购此颇不易，且沽之市者，多恐其不用熟水造成，难免妨害卫生。我家乃特购造冰其林之器械，用佐贤妹之雅兴。果汁牛乳，余家皆常备，可不须添购，唯冰则每晨命冯媪购自菜场耳。每日我辈食瓜时，两妹皆忙迫为制造冰其林之技师矣。三儿亦喜此，恒为其姨之助手，我则为之充顾问。彼辈作事皆喜自为，而不愿假手于人。制冰其林最困难之手续，厥为摇筒之役，两妹率三侄皆轮替自摇，不肯委之婢媪，我以其富有独立之精神也，亦不强以取消。睹彼辈汗出腕酸，亦大可笑耳。制成后，渠等亦分贮玻杯中，分饮家人，姑氏恒谢不敢饮，以畏其冷力太大。一遇天气微阴，而不甚酷热之日，必谆劝吾妹勿为此，盖老人深恐饮此以中寒。姑氏爱吾两妹甚厚，恒以待遇己女者待之，不以戚串相看，而稍存客气之意，老人诚可感也。

分瓜造冰之时期既过，日脚亦渐西斜，于是全家之人相继作沐浴计。日常我之浴为最后，故我于诸人入浴之际，检小说数册，倚藤床上观之。我于小说，极爱诵清倩流丽之辞，苦厌沈闷晦涩之作，然并世言情之作，十而八九，半多摭拾浮艳之词，夹以村俗之语，千篇一律，观之殊可作三日呕。更有托小说之名，而实写其猥亵淫荡之迹，其书可焚，其人真可坑。外子尝语我曰，今之新剧与新小说，同一以改良风俗为标帜，而其实则风俗以其愈改而愈不良，不过因以为利而已，滋可慨也。然平心论之，新小说中亦未必无三五有益社会之作，新剧中亦未尝无一二幕可观之剧，特居少数耳。为父母师保者，对于血气未定之子女或生徒所阅之小说、所览之戏剧上，不能不加以注意审查，有时宜发绝对之禁止命令。盖小说与戏剧，激刺人心最利，未可等闲视之也。

六时后，即为吾家出游之时。此际浴后，清快无似，晚风吹衣，飘飘欲仙矣。每日三儿为一组，在左近味莼园中游览，余偕两妹为一组，携手偕行于浓绿荫中，亦正别有乐地。而晚凉散步，活动血脉，尤宜于我辈之女子。彼取封锁主义之家庭，长日令其妻女蛰伏深闺绣闼者，固足以戕其生，而取放任主义，竺爱奢侈行为之家，令彼妖姬艳妇，梳妆倩媚入时，乘绣幰朱轮之摩托车，疾驰道上，徒供人之评品之资料者，亦不足取。斟酌新旧之间，养成良好惯习，脱无相当之经验学力，颇不易易耳。七时归而晚餐，餐后之消遣功课，殊无一定之规程。或则侍慈姑为非赌博之扑克的游戏，或则听两妹之按琴而歌，或则检架上古人诗词，如青莲、渔洋、花间、尊前、清空、愉快之集，曼声长吟，以和晚风，其乐殊无既极。而十一时后，清露瀼瀼，夜气尤寂。侍姑氏寝后，与两妹群儿，卷帘坐长廊夜话，意境尤萧静入画，复有龙井之佳茗止渴，姑氏之晚香余烬，微馨澹妙，因风吹入鼻观，沁入心脾俱适。吾语弱妹，此种光景，虽黄金之势力可以造成此境，而不能造成吾辈此刻一片空明朗澈之心地，与此清凉之幸福，安能不宝贵之耶？以视彼辈逐逐于空气恶劣、炭气如雾之剧场，或招邀亲串四五辈，挤一斗室中，为竹牌之赌，汗雨蒸腾，蝇蚊交嘬者，其静躁为何如耶？

此吾家夏令之一日日记也。然吾家亦非长取幽寂沈静之态度，如修仙学道之兰若法坛也。每值星期六，必全家诣西洋影戏院中观电光影片。星期二与星期三晚，则赴学生会听教育家之讲演。如赴市购物，则在薄莫六时散步之顷。各亲朋家有庆吊，我则于早晨十时左右往，以彼时正为我主持家政之时，庆吊之职务亦家政之一也。如遇阴雨凉爽之时，薄莫必携两妹走访旧时同学姊妹之居住最近者清谈，或招之来余家共饭。朋友之乐，亦不亚于家庭之欢也。

以上为我之夏闺生活。若暑假既过，两妹群儿皆就学，我于午后亦能操作。彼时余家之组织又稍稍异矣，而我之消遣法亦不同。他日有暇，当再缕述以闻。《妇女时报》主者，得毋病其烦数乎。

——《妇女时报》(1915)第十八期

程冰因

程冰因,文章署名“朱程冰因”。夫朱姓。生平不详。

戒杀之好机会

夏令热炎,暑气蒸郁,各种鱼肉最易生微生物。食之稍一不慎,疾疫随之,轻则缠绵床笫,重则断送生命。故余家一交夏令,即戒绝肉食,三餐肴馔,皆以蔬菜为之,行之已五六年,成效彰著。盖我家夏令虽轻微之病者,亦甚稀也。孙辈二三,初闻下月全家将吃素,颇怏怏,乃一至吃素时,见肴馔清洁而有味,可口不减于肉食,于是乃大乐,每饭量且能增加。余恒有言,吃素何尝是苦事,特惜世人不肯为之耳。因肉食而得病以戕生,种业以结冤者,一日之间,一国之中,不知凡几。言念及此,滋可悲悯。今若纯粹以戒杀之主义、素食之方法号召于众,人必以佛教徒目我,转嗤为迂。然芸芸众生,谁无灵根?试稍一平心静气一想,肉类之易传染毒疫,素食之可以养生,此固为事实上彰明较著,科学上所绝端承认,是从科学上与事实上研究有素食之必要。而一念及莲池大师“若知盘中之物,从砧几冤号中来,则以彼极苦,为我极欢,虽食且不下咽矣,可不悲乎”之言,推己及物,本无二殊,则杀生之有乖人道,亦为喆士所许可。是从良心上、人道上研究,又有戒杀之必要。余家初则由余一人素食,今则推及全家夏令素食矣,他日或能达到永久素食之目的,亦未可知。故我亦敢以此意告之有慈善心肠,有科学思想之主持家政之贤主妇,若果主张素食,则夏令为一绝好之试验机会也,亦为善根福苗之绝好的播种期间也。贤母淑妇,其感而有意乎?凡事由渐而入,初则以素食为苦事,继乃知其为乐境,终乃觉杀生为罪恶矣。嗟乎!天下宁有知罪恶而故犯之之人耶,特悲世人不知其为罪恶耳。天下汹汹,杀劫浩浩,瞻前顾后,靡知所届,吾人毫无尺寸之柄,欲挽回劫运于万一,不得不就一家之中所能举,一身之中所能行者而为之稍稍忏悔,其功当不在鸣钟集众,长跽哀天者下也。质之记者以为何若?如蒙将此短文刊入大报,不以迷信迂阔而见斥者,当日爇心香一瓣,为君子祈福矣。

——《妇女时报》(1915)第十八期

秋蘅

秋蘅,生平不详。

哈同夫人

读者诸君,当能知上海静安寺路西畔,有一弘丽无伦之哈同花园。此花园女主人迦陵罗诗夫人之为一大慈善家,当亦为读者诸君所知也。彼之好行其德,硁硁不倦,食其惠者綦众,至有以女菩萨尊之者。顾彼之为慈善事业,咸委之最亲信之人,经纪其事,恒能实惠及人,无冒滥之弊。近闻有某省将办一贫儿院,托人求助于哈同夫人,意欲其助巨资,共襄义举也,夫人亦应之矣。嗣闻为该省官场所创办,大人意不怿,以允诺在前,无已,乃助棉衣千袭,钱则否。意以为中国之官僚虽贪,似尚不致攫贫儿粗布之棉衣以被其子孙也。盖夫人深知中国政府所办之慈善事业,十八九皆为主其事者所渔利,故一闻为官办,多敬谢不敏。以英所知者,乡里间之慈善事业,如育婴堂也,恤嫠会也,粥厂也,栖流所也,官医局也,善堂也,何一不为恶官僚恶绅董生财之道?百姓不能问,且不敢问,一任其侵牟而已。若有热心之慈善家,出而组织,彼必加以种种牵制,种种干涉,必令慈善心灰冷而后已。嗟夫!中国慈善事业之不发达,不能不谓恶官僚有以阻遏之;国民慈善心之薄弱,亦不能不归罪于恶官僚之摧毁。试一观西洋各国,今日绝端提倡保护与扩充之论者,何中西之不相越如是耶?悲夫,我妇女界之慈善心,素较男子为蓬勃,我姊我妹,其能各以我自家之力量,自身之精神,各个的独立进行,以从事于慈善事业,以拯此一般可怜凄苦无告之同胞耶?如果能之,哈同夫人不能专美于前矣。信笔写此,泪与言俱,唯垂察之。

——《妇女时报》(1915)第十八期

吴夙英

吴夙英，文章署名“邱吴夙英”。夫邱姓。生平不详。

如何而受参政权

读贵报十八号“编辑室之谈话”，知大记者颇主张女子参政论，且将取积极主义。嗟乎！为我女界谋，何如是之殷勤耶！此不能不景佩而感激者也。但夙英有不能不怀疑之一问题，即“如何而受参政权”。换言之，即我辈果有参政权之能力智识乎？最初夙英之自答此问题也，颇觉以我今日女界之地位程度，固属男子一方靳而未必遽允付以参政权，借曰能之，吾辈似又无此铁腕能握参政权，于是殊不敢谈参政也。意者期诸若干年以后乎？然而夙英一澄心思之，照世界之通例，能有参政之能力者，必须具如下之三条件：

甲、政治上之道德；

乙、政治上之学术；

丙、政治上之经验。

而三者之中，尤以“道德”为是中之骨干。吾中国女界之第一美德，厥为能有高洁之节操，此世界所公认者也。吾女界果运用个人之节操，使之扩充其范围而参预政治，我知其政治上之节操，亦必高尚纯洁，能与日月争光，当不致有“贪婪”“卑鄙”之行为出现;更不致有忽而为参政,忽而为议员,又忽而为阁员、为省长之纷纷靡定;更不致有今日谈帝制而劝登大宝,明日又言共和而溷迹议场之廉耻丧尽也。此固为夙英所自信,度亦为全国姊妹所自信矣。故若以道德上之价值言,吾女界今日固完全有参政之能力,且良心上亦复受之而无愧。所欠缺者,"学术"与"经验",急切似虑不足,此亦无庸为讳者也。然而输进学术,一方面我姊妹致力于政治之书籍历史,一方面贵报宜随时灌输政治之讲演。一二年后,迟或三五年中,未必不能养成政治之学术。某西儒谓女子心静,尤宜于研究政治,至于经验一事,未能以空谈而了。予意宜先从事地方政治事业入手,然后推而一省一国,经年累月,经验自富,似又不难臻于佳境。试问今日衮衮代议士,就中富于经验者,固不乏其人,然而早释学生之制服,莫御议士之玄冠者,正亦未尝无有,议会之价值,未闻以此而减杀也。我姊妹慎勿以是而自馁不前,须知吾人若以消极之思想自解,则我辈虽百年后千年后,亦未必能占议会一席地,至多不过于旁听席中,容许一驻足而已。若以积极的思想自励,呜乎,吾不敢言,言之殊近于狂悖矣。其语唯何?即"中华民国国会之庄严精神,须待吾女代议士来,而始有发扬光大之希望也;中华民国国会议员之神圣风纪,须待吾女代议士来,而始有端肃之模楷也"。呜乎!风云日逼,国亡无日。中华民国者,吾四万万男女同胞共有之产物也,吾二万万之姊妹能袖手,而勿思拯救耶?拯救之术无他,第有要求参政权耳。然而吾人未得参政权之先,不可不于"如何而受参政权"之一问题上,加以慎密之研究、劬苦之预备,勿令吾人今日笑人者,他日亦为人所齿冷也。幸甚姊妹乎,盍兴乎来?

——《妇女时报》(1915)第十九期

张光蕙

张光蕙，生卒年不详，字稚兰，一字蕴香，号琅姑，别号心琼，四川营山人。南社诗人。与弟张光翩、妹张光萱一同加入南社。有《听琅吟草》稿本存世。

项羽论

或有问于余曰，项羽勇士也，纵横天下，所当者破，所击者服，百战百胜，如此不谓之勇，孰谓勇哉？余曰：非也。夫项羽残忍暴虐，不得谓勇也。所谓勇者，必有大仁大义，并有大智。观夫鸿门之会，正羽灭高祖之时，羽不听范增良言，而为小不忍之心。讵知当豪杰逐鹿时，我不杀人，则人将杀我，何有乎不忍？正所谓白刃加于颈，见流矢则忍之，非忍流矢也，为其所不忍者，有甚于流矢也。蝮蛇螫手则斩手，螫足则斩足，非忍于手足也，为其所不忍者，有大于手足也。项羽不杀高祖，而高祖卒灭羽，是羽所以不智也；而且当入关之日，而子婴业已降羽，既降之而又杀之，是不仁也；不尊怀王，自立为霸，是不义也。三者皆失，乌可谓勇乎？犹忆羽当时与高祖会战荥阳城皋之间，以两家之强弱论，则羽具有喑哑叱咤之威，拔山扛鼎之力，谅其必胜高祖，而高祖卒灭之者，皆因汉有奇士奇兵以胜之耳。陈平曰，项羽所任爱，非诸项，即妻之昆季。琐琐姻亚，则居膴仕，他如属宋义而戕之，纳田荣而夺之。忮害者以己度人，而疑人之忮己，残杀者大怨在侧，而怨不可狎，左顾右盼，惟兄弟姻党之足恃为援。卒之为汉王腹心者，项伯也，其兄弟也；追而迫之到者，吕马童也，其故人也；从于之大败之后者，三十余骑，而姻娅不与焉。故项羽之亡，固自取之祸，非天也，谓之非勇，宜矣。

——《香艳杂志》(1915)第十二期

三月三日先母忌辰哭母诗并记
（诗不录）

幽冥永隔，相见无期，溯慕亲容，从兹杳渺，呜呼与吾亲爱之母，别又十六日矣。此十六日中，血泪啼枯，故不待言，加以幼弟弱妹环绕呼怆，寸寸回肠，为之几碎，天下之伤心事，未有过于此矣！悲哉，自吾母之于归余父，十有九年，生余姊妹等凡十一人，今所存者，三弟五妹及余共九人耳。教诲提携，良心苦矣，且以家政繁冗，日无宁时，积劳成疾，病竟从此起矣。回忆去岁四月，余患心疾，终日号呼，几将不起。而余母饮食无心，昼夜失眠，每一汤一药，必亲任之。余不食，母亦不食；余泣，母亦泣。尝谓余曰："儿之痛苦，何若移于吾身，儿心痛，吾心更痛。"嗟嗟！余母慈爱如此，虽海枯石烂，余终不能忘此数语也。未几，余疾愈而吾母病作矣，卢去扁来，百药罔效，竟于乙卯二月十六日巳时舍余及弟妹等而长逝矣，享受仅四十有四。

呜呼痛哉！今日何日，非季春三日余母之诞辰乎？设使吾母能延长十六日之寿，今朝祝嘏称觞，其乐为何如者！彼苍者天，曷其有极，而竟不容余母多度此十六日，使寿堂而变孝堂，欢声竟为哭声！惨矣哉，尚有何心弄笔拈韵乎？吾书至此，墨以泪濡，思因哀涩，时作时辍，勉强成篇，言之不文，意多未尽，不足言诗也。

——《香艳杂志》(1915)第十二期

张芳芸

张芳芸，生卒年不详。1915年任平湖淑英女学教习。

送徐君德慧至京师序
（壬子旧作）

人生所最难得者，直谅多闻之益友也。或以地隔，或以势限，一日萍逢，恨相见晚，要非偶然也。余昔索居家中，每苦独学无友，自任淑英教务，始得与诸同事相晋接，他山攻玉，获益良多。今岁开学，复添聘本邑徐君德秀膺讲席。徐君以事羁身，令其妹德慧庖代。余之获交于德慧，岂非天假之缘乎？君之为人也，无纤弱气，有英杰风，肄业北京师范，已历有年数。尝以女界沈沦，女学不振为深痛，故当负笈从师之时，即以扩张女学为己任。有志者事竟成，思想为事实母。我知其将来学成之后，施惠于吾女界，当未可限量也。现以北都底定，校中开学有期，行将束装就道，临别慨然谓余曰："当知分飞有处，勿悲会面无期，山河虽隔，鱼雁可通。"其别词之英爽，斯人之风度，可见一斑矣。余惟祝其珍重加餐，前途努力，异日卒业锦旋，行其素志，律吹黍谷，大地春回，扶植坤纲，维持阴教，是则我女界所翘首切望者。徐君勉乎哉！京师为首善之区，地灵人杰，琼花岛畔，太液池头，韩太傅之遗风，廉希宪之余韵，犹有存焉者乎。徐君工于文者也，叙而记之，他日相见，当有以贶余也。

结笔拟诸昌黎董序，虎贲竟似中郎。西神

——《妇女杂志》第一卷(1915)第一号

谢授

谢授,生卒年不详。1915 年武进第一女校高等毕业生。

论泥古之非

古者,今之对也,有古以开其先,有今以承其后,理势之当然也。上古之世,巢居穴处,茹毛皮衣,结绳以代记事,浑浑噩噩,如太璞之不雕。降而至中古,则居有室,食有粟,服有章,应用有文字。更降而至近古,则人智日益开,人事日益繁,人工日益巧。于是宫室之美,文绣之华,珍错之味,有日新月异岁不同者。况乎交通之广,往来之速,若轮船,若汽车,驱风电者有之,御水火者有之。无论上古,无论中古,即较之近古,其相去为何如?然则古之所以逊于今,今之所以胜于古者,可以知矣。乃世之薄今者,每攘臂哓舌以号于众曰:“复古复古!”则曷不毁宫室而复巢居穴处,弃文绣、舍珍错而守茹毛衣皮,去文字而用结绳以代,却轮船、汽车而乘帆船、驾小车乎?吾有以知其必不能矣。矧环顾全球,其竞争之猛,进步之速,甲仆而乙起,昨是而今非,而不啻一日千里者。而我但墨守古制,与之颉颃,其不受天演之淘汰者几何哉?然则泥古之非,无庸智者而决矣。嗟乎!世界更新,人群进化,今与古不能两立,古与今亦无定名。古之为古,今之为今,其间不过数千年耳,再阅数千年,则今之今日又为古矣,而后之后日且为今矣。

苟古以为是而今以为非，则舍古而从今可也；今以为是而后以为非，则舍今而从后可也。无止境亦无尽期。总之，度势揆时，力求精进可矣，何必古域自封哉！

——《妇女杂志》第一卷(1915)第一号

唾面自干论

唐娄师德"唾面自干"一语，流俗传为美谈，近代新学家则诮为顽钝无耻。然吾观师德所值之时，与其所处之地，盖有不得不出于容忍者，而非可以顽钝无耻目之也。孔子曰："宽柔以教，不报无道。"曾子曰："犯而不校。"孟子曰："有人于此，其待我以横逆，则君子必自反也。"此皆古圣贤有为而发之言，若师德之告戒其弟也，殆亦有为而言欤。当是时，武氏僭逆，易唐为周，虑国民之不服也，贵戚大臣之有异图也，乃设为严刑峻法以钳束之。告密之章日上，罗织之狱迭兴，举朝士大夫，惟是屏气而居，重足而立，稍一不慎，刑戮随之。师德既平章于朝，其弟又刺州于代，常惧荣宠过盛，贻门户之忧，不得已而出于包羞忍辱，和光同尘。师德之用心，亦良苦矣。虽然，师德之顽钝无耻，不在于唾面自干之诫，而在于靦颜立武氏之朝。武氏之篡唐也，废唐之宗社，夷唐之子孙，固唐室之罪人也。师德而稍知顺逆之分、去就之义，则当如武攸绪之弃官归隐，不仕乱邦，洁其身以全其家，将于是乎在，顾乃持禄保位，与时浮沈，非所谓顽钝无耻者耶？语云："成则为王，败则为寇。"自其败也，则相率畔之逐之；自其成也，则相率迎之拜之。故前乎唐者，如刘石也，苻姚也，慕容也，拓跋也，皆胡虏也；后乎唐者，如朱温，盗贼也，石敬塘、刘知远，则夷狄也。一朝以强力得国，而国内之臣民，无不低首下心以翊戴之。亦曰，若为吾君吾为若臣可已，名节何知焉。况武氏犹唐室之后，其临朝称制也，不过以后易帝耳,其改唐为周也,亦犹唐之代隋、隋之代周耳,朝廷依然也,疆域依然也,百官有司亦依然也。故虽以狄仁杰、宋璟之贤,亦且北面而臣事之,何独于师德而责之耶?君子观于易姓之际,未尝不叹顽钝无耻之接踵而比肩也噫!

——《妇女杂志》第一卷(1915)第五号

秦始皇微行逢盗论

治国之道若何,曰尚德缓刑而已。德使人感,感则化,化则服矣。刑使人畏,畏则离,离则叛矣。此圣王所以长治久安,而后世所以易于召乱者也。尝读《史记》秦始皇二十九年微行咸阳,杂武士中夜出,逢盗见窘,幸左右击杀之。夫以席卷囊括之势,雷霆万钧之威,宜乎?奸宄潜踪,甘为蝼蚁,乃何以辇毂之下,盗贼横行,岂果愍不畏死耶?毋亦专制之毒有以激之也。始皇吞二周,灭六国,遗黎蠢蠢,不胜故主之悲,而椎埋屠狗之伦,有不惜掷头颅、碎肝脑以求一逞者。而且焚诗书以愚民,销兵器以弱民,诽谤族诛偶语弃市以钳压其民,慄慄黔首,局高天,蹐厚地,敢怒而不敢言也久矣。故方其盛也,四海为家,兆民为子,拥六合之富,履万乘之尊。是以汉高祖至咸阳,纵观始皇曰:嗟乎,大丈夫当如是矣!其歆羡为何如。乃曾不旋踵,物换星移,如风卷箨,一夫作难而七庙隳,身死国灭。《诗》曰:"相彼雨雪,先集惟霰。"秦之亡,实于微行逢盗时兆其端矣。假使其时无武士为卫,而始皇或受盗击,则流血五步,天下缟素,嬴秦之亡,将不待陈涉,其间盖不容发,亦危矣哉。或者谓始皇之逢盗也,微行且夜出耳,白龙鱼服宜乎见困豫且。倘使千乘雷动,万骑龙骧,则彼盗贼之徒,将望风而屏迹矣。然而博浪之椎,误中副车,虽警跸清尘,不能免沙中之狙击,岂在于微行,又岂在于夜出乎?夫果刑法足以服人，则犯法获罪者，当尽为良民，尚何盗贼之有？生杀之权，安危之柄，皆出自君主一人，谁不服从，而尚敢陵犯哉？嗟乎，刀锯森列，不畏诛夷，帝都尊严，敢肆剽劫，其故何哉？德不施而刑不足以服人也。

——《妇女杂志》第一卷(1915)第十号

王季并

王季并,无锡人。生平不详。

观金鱼记

家中有小园,作长方形,纵数十步,横数十步,四围俱莳花木,芬芳艳丽,快人心目。春暖之季,牡丹盛开,团团作球状,影射金鱼缸中,水陆皆花。缸潴水草,现深碧色,金鱼数十尾,游泳自由,锦鳞与日光相掩映,片片金黄色,闪烁眩目。绣余之暇,与诸姊妹常往观之,几疑身在濠梁焉。当夫天之初晓,群鱼扬鳍鼓翅,结队而出,游者、泳者、跃者、逝者、俯者、仰者、藏身草际者、昂首水面者,呼吸上下,变化万状。或授之以饵,鱼乃张其吻,挥其尾,拥而至,争食者、竞前者、饱而去者、挤而进者,清涟荡漾,虬绿猩红,于斯时也,神气潇然。时既午,日光方烈,鱼乃潜伏水底而避赤日。夜深人静,群鱼复相率穿星月间,头头是道,俨然如一家而聚其天伦之乐事者。然我因之而有感矣。夫禽鸟居山林而翱翔云霄之表,仰承甘露而饮之,俯啄白粒而食之,享自由之幸福,吸自由之空气,过自由之光阴,居自由之巢窟,固人之所爱,物之所喜也。然彼之有巢,彼尽营巢之责者也;彼之得以择枝而栖,彼尽守巢之责者也。夫天演公理,凡物之能尽天职者,而后能生存。若鱼则生于沧溟,淹于大沼,繁衍其种类,各尽其能力以谋生存,是鱼之天职也。而金鱼则不然,生于人,养于人,不废其力而得食,不出其智而得安居,造物者何厚于此而薄于彼耶?我闻诸哲学家之言曰,凡物之不能自立者,必渐次退化。金鱼虽存其种,亦仅为人之玩物耳!我是以为金鱼悲。虽然,我不仅为金鱼悲耳!

后幅有手挥目送之妙。西神

——《妇女杂志》第一卷(1915)第三号

计宗兰

计宗兰,生卒年不详,吴江(今江苏苏州)人。1908 年就读于京师女子师范学校,1911 年毕业。1913 年任广西省立第一女子师范教员。

桂林旅行笔记

癸丑之春,余应广西省立第一女子师范之聘,因有桂林之行。时则民国肇兴,百端待举,当道以师范教育,尤为刻不容缓之务,特节减政费,以供其需。故各地之师范学校,成立较早。盖能致国之强者,小学校也;能收小学之效者,良教师也;而制造良教师之工场,则师范是。此其所以独先也。是日天气晴明,惠风和畅,余乃由上海登太古轮船以行。汽笛呜呜,轮驶渐速。出长江口,折而南,入东海,江苏、浙江、福建之所凭也。鹄立遥望,淼渺无涯,水天相接,云烟万里,舒我怀抱,净我灵台,诚天下之豪观也。再南则舟山列岛,纵横棋布,港湾峦屿,富冠诸海。过闽江口而入台湾峡,琉球台湾,隐约可指。昔为籓篱,今属强邻,江山无恙,风景已非,使东海屏蔽,一旦尽撤,濒海诸省,反当日本西向之冲。由今思昔,不禁悲从中来,洒万斛之泪,以送此可望而不可归之故物也。出台湾峡西南,是为南海,福建、广东实凭之。计自上海起程,凡经三昼夜而达香港,始停轮口外。既憩,则小艇麇集,贩卖声喧，其中以盐鸡、盐鸭、盐鱼蛋及水果等为尤夥。利之所在，人争趋之，以汹涌之波涛，而竟视为平夷之商场，奋不顾身，群相争聚，亦可慨已。太古于香港，不设码头，凡至港者，须另乘小艇子以渡，故颇觉不便。余既至港，略游片时，见市街繁密，商贾接踵，贸易之盛，不亚上海。其市廛则或依山之高下，而分天然之层次，故每有入下层之店，而登其楼，则为上层之街市者，构造之巧，诚奇观也。惜自鸦片启衅，割畀于英，土地主权，已非我有矣。舟停日余，复鼓轮前进，越一昼夜，乃抵广东，太古航路之终点也。船泊处，离岸甚远，架无数长厚之板，以相衔接。故搬运行李，多用小艇为便。余既布置就绪，遂乘人力车至长发栈，稍憩。房多旧式，又无通光处，故颇觉黑暗。盖广东商业虽盛，而房屋简陋，比比皆是，是亦一大缺点也。时余稍饥，因购馄饨以食之，其味甚甜，迥异上海，且价甚昂贵，又未可与之同论。未几，夜餐，所陈食物，大率半生，味多恶劣，殊难下口。异乡风味，不惯茹尝，客居之苦，至是始信言之不谬矣。旋入街市，游览一周，灯光绚烂，人声哗豗，热闹拥挤，未可言喻。闻居人云，该处于光复以前，更为繁盛，刻已稍形衰微矣。于以知广东之人烟稠密，商旅辐辏，实为南部都会之冠，使不经兵燹，则蒸蒸日上，其贸易之发达，不知较光复以前又为何如。言念及此，能不兴今昔之感哉？是夜返寓，为时已晚，辗转枕畔，睡魔远飏。恒人旅居，每苦于奔波之劳，苟得安然以寝，则未有不酣卧失常者，而余独反是，固不自知其所以然也。翌日，至观音山。是山为广东名胜之地，虽不甚高，而游者颇众。山上有观音庙，庙口有雅室数间，陈设之具，不甚精美，内备茶点，为游人憩息之所。登峰四顾，城箱内外，大部可睹。遥见一峰对峙，高入云际，其上则旗帜飘摇，隐隐闻军乐之洋洋，盖为营兵所盘踞也。该山原多游人，亦为名胜之一，以得居高临下之宜，故都督特驻兵于此，以备不虞。至今过其地者，每阻于戒备之严束,而未克一登以饱览其胜,亦憾事也。由观音山而下,复至五层楼。五层楼者,为广东最繁盛之处,海上之楼外楼,不是过也。上下有升降电梯,凡购该楼之物,价值至二元以上者,送乘一星期电梯票一张,多则以此类推。下层出入分三门,门之内电灯闪烁,不分昼夜。食物洋货诸店,胪列其中,陆离光怪,目迷五色。楼梯置有凹凸棱形诸镜,反映人形,种种奇态,不一而足,对镜自视,莫不粲然可笑。楼上多嫁妆、木器、瓷器等类,式样新鲜,制造精美。店之排列,成螺旋形,正中一间,布置甚精,日用器皿,多系洋式。中设一榻,有西洋男女二像,卧于其上,骤视之,仿佛若真。惟门用玻璃,日常严锁,故游人至此,仅可从透明之门窥见其男女二面而已。三层楼之商品,多洋纱、洋布、洋灯,四层楼则多铜锡诸物及帐钩、木碗。惟五层楼则豁然开朗,幽雅宜人,下砌方砖,上无屋盖,盆花林立,美丽无伦,旁置席位,任人坐息。另有小屋一椽,专售茶点,以备游客不时之需。仰视俯察,诚足以极游观之乐。楼之胜,叹观止焉。

次晨,从广东乘小汽船溯江西上。过三水,抵梧州。城据西江北岸,为古苍梧地,扼三江之孔道,当粤西之门户。富商云集,百货骈臻,开埠以还,贸易之盛,冠于全省。惜街道狭隘,污溽难堪,路政失修,习为固然。中国各地,莫不皆然,其为外人所诟病也,不亦宜乎?梧州以上,水浅滩多,轮行不便。留六日后,乃雇用帆舟,循漓江而北上。江水清浅澄碧,游鱼历历可数。西岸千山竞秀,林木葱蔚,而滩多流急,舟行维艰,非竭力以进,则漕力之速,远逊水流。故每日行程,或一二十里,或三四十里不等,从未有逾四十里者。每夜宿处,多为滩岸,荒野寥落,四望无人。偶值风雨交作,愁云惨淡,则每觉阴森可怖,毛骨悚然,中心战栗,几不自知其寝食之俱废。达昭平,始复有人烟之可睹,庐舍茅屋,别开生面。斯时之欣慰,有未可以言语形容者。自昭平以上,山更峻峭。舟泊其下，余尝涉足于岩石崎岖之中，拾取小石子为纪念品，美艳悦目，光泽可爱。沿途有名之滩，较前更多，举目遥瞩，景象万千。山石玲珑，林木蓊郁，兴趣之佳，天然入画。中有一山，其于山巅山崖岩隙石穴之处，遍生杜鹃，红英旖旎，笼罩几遍，点缀丛岭，景致绝佳，使非急于前程，则目眩心赏，行将流连其间，乐而不倦矣。过平乐，则见依山为城，沿江成市，灯火万家，市廛数里，货物殷积，商旅如归。城西有昭山，滩声清越，山色苍翠。夜望城郭山川，尽笼烟霭，而悬崖急湍，自古称为天险，诚桂林东南之咽喉也。再上则为阳朔，石山最多。粤西山水甲于他省，桂林山水甲于粤西，阳朔山水又甲于桂林。巉削奇瑰，如玉笋瑶篸，森立无际。有所谓画山者，山石起伏，成种种马形，或仰或俯，或起或卧，或立或坐，或偃或仆，怪状奇形，巧不可拟。而峰之奇古者，又指不胜屈，或如修竿，或如高旗，或如人怒，或如马齿，或如阵之将合，或如战之将溃，龟蛇猿鹤，万态毕陈。是时舟行山峡之中，如入甬道间，两岸壁立万仞，奇险突兀，魂魄为惊，重岩叠嶂，亏蔽天日。仰视天空，仅见一线，故非亭午夜分，不见曦月，而水流愈急，舟更难前。古人云，“蜀道之难，难于上青天”，不谓桂林亦具此象。研究地理者，其可不加之意乎！途中危峰陡峙，阴风袭人，桡歌一声，山谷应响，如坐瓮甓中语。水势则迂回萦绕，不啻羊肠，流声潺潺，清脆若玉。舟之前路，迷蒙莫辨，峻岭巍峨，一若途为之阻，必也既达尽端，始得于曲折之中，复见别有水道之可通，亦天然之迷境，用以惑人者也。

行四五日，连峰稍衰，日影渐见。未几则岩石中断，豁然出峡矣。回望峡中，烟岚回合，千态万状，疑非人世。余至此乃沥酒再拜，私相庆幸，以为更生。盖自梧至桂，约五百余里，而连日所经，几五百里，且险隘之地，已尽经历，绿林之祸，又未或逢（按：该地盗贼充出抢劫时有），不尤为事之可贺者乎！复前行，峰峦仍多，

惟离舟皆远，非若前此之紧凑矣。人在舟中，两岸之山，次第从船窗中过，如画图徐展。有生以来，饱阅山水之乐，未有若斯之甚者也。二日余，达桂林。计由梧溯江以来，迄于余航行之终点，凡经十八日，平均每日行二十八里余，以舟为舍，局促之苦，不言可知。至是乃一跃登陆，信步而往，如小鸟脱笼，顿觉精神活泼，躯体自由，至今思之，犹有余乐。

是行也，历海轮而见波涛之澎湃澒洞，则英气顿壮，不禁而怀万里长风之志；登帆舟而见山水之峻奇清秀，则心地顿清，不禁而有飘然遐世之想。险阻虽多，识见实广，获益之多，较之徒观地理书者，其相去奚可以道里计耶？爰濡笔为此以志之。并将课余之暇，考得桂林之气候、地势、名山、胜迹、风俗、物产，录之于下：

桂林本为省会，相传旧多桂树，八桂可以成林，故以此得名。城周十二里，南北长而东西狭，旧用砖土为之，至元始筑石城，高二丈余，广三丈，四围皆用白石砌成，坚固无比。盖地多石山，开采颇易，无足怪者。地面分内外五区，城内四，为南北左右，城外一，为东洲。

气候冬令则寒冷异常，年年得雪，与北方相似。地势较高，风患甚多，而于秋冬时为尤甚，至有拔木飞瓦者。故谚有之曰："朝作风，一日止；暮作风，七日止；夜半作风，十日不已。"此风多之证也。雨泽亦甚。春日则风雨频仍，十居其九，故地湿而物易腐，屋柱多被蚁蛀。夏暑之时，蚊蚋纷飞，颇不可耐，湿气之甚，可为极矣。

城东北隅有独秀山，高五十余丈，周一里，拾级而上，城市村墟，皆在目中。山上多小庙，破屋颓垣，触目皆是，神像斑驳，不可辨认。山下有读书岩，为颜延年先生读书之所。又有靖江王府，即元之万寿殿也。王府之外，建筑小城，名曰王城，男子师范学校模范小学及图书馆，皆在其中，为桂林精华之所萃也。城之西隅，

文庙在焉，围以红墙，覆以黄瓦，规模宏大，实冠粤西。孔子为百世之师，二千余年，恪守其教，立庙以祀，分所宜然。经其前者，睹庙宇之宏厂，念至圣之洪范，尊敬之心，其能不油然而生乎？附近有榕树门，门上有仰高楼。相传唐时筑门，植榕一株于门上，岁久，树根垂出门外，插入地中，若天成然。广西榕树甚多，而此树枝叶尤茂，形如张盖，与水光相映，以供游人之爱赏，洵不愧为有名之古迹矣。

北区有叠彩山，山石层层横断，如叠锦彩。昔明臣张同敞与留守瞿式耜，誓死守城，城破，清兵执之，因殉节于此。其下有石碑矗立，为前清巡抚梁章钜所建，题曰瞿忠宣张忠烈二公成仁处。忠臣烈节，千古不泯，行将与天地同流，日月争辉。立其下者，追想其不屈之时，仿佛见其从容就义，视死如归，其情其状，令人钦敬不置。以视偷生苟安，朝秦暮楚，人尽可君者，虽富贵功名，或足以炫耀于一时，而迨其气散而死，则髐然不能肉其白骨，与草木鸟兽，同归于澌灭者，其相去为何如？

磴道平坦，砌石齐整。其上有寺，寺之正殿，有卜人吉凶之术者在焉。殿后有穴，直穿山北，是为风洞，故俗又名风洞山。周穴之石，雕刻十三太保于其上。穿穴而过，则冷风森森，寒威逼人，有厂厅一，依山势而构成其高下，颜曰“别有天地”。每当春秋佳日，游者甚众，小贩小贾，率携货物而争趋。倚栏一望，满目江山，历历可睹，一郡之佳胜处也。

对面有虞山，山下有虞舜庙，庙前古松数十株，苍翠一色。左侧有亭曰南薰，树木错落，亦擅名胜。江中有斗鸡山，左右对立，状若两鸡相斗。山半有穴，贯穿南北，故又谓之穿山，鹄立江干，全部可窥。龙隐岩有石纹，隐隐若鳞甲，形状如龙。古人游斯岩者，多乘舟而入，今则积土渐高，水流渐涸，不复能通舟矣。古今地盘，变迁无常，数十年后，不知又将何若？可胜慨哉！

七星山下有栖霞洞,甚黑暗,游者须持烛而入。其中怪石甚多,锐者如笋,平者如床,下垂者如钟,侧出者如鼓。又有若渔翁之撒网者,千形万状,无奇不有,皆石乳所凝结而成者,景象天然,夙称奇绝。伏波山有伏波试剑石,大如柱,由山岩中垂下,离地仅一线。相传汉时伏波将军,征交趾有功,人慕其名,故因以为号,亦一奇观也。

至若隐山老君之洞,七里(山名)双忠之亭,古圣贤像,巍然犹存,寻迹而来者,时或踵趾相接。水东门外有浮桥,长七十余丈,造舟为之,舟凡五十余艘。两岸皆有二大铁柱,半插地中,系以铁缆,横贯舟上,使各舟不得摇荡,往来称便。惟水流甚急,故水大涨时,则开之,虞其溃折也。

民风强悍,嗜利好杀,恒有以小故而酿成巨祸者。迷信甚深,街头巷口,恒建四方之石基,供一矩形之石块以祀之,残香剩烛,触目皆是。又辄尊敬榕树,奉之若神,愚夫愚妇,每以最爱之儿童,为其寄子,告之以年庚,以冀树之默佑,而使其日趋于幸福,不遭殇亡之惨。以万物之灵而反甘居其下,该地之顽石、榕树,其亦足以自豪矣。

余闻野蛮人种,常于一草一木、一蛇一石,顶礼膜拜,而事之雏谨,一若毕生际遇,彼等得以左右之者。桂林苗瑶杂处,意者其遗风犹未或衰乎。阴历新正,龙灯甚盛,钩心斗角,各尽其妙,五光十色,目为之眩,有所谓老黄龙及金角老黄龙者。老黄龙之身,以青布饰之。金角老黄龙则饰以黄色之布,张牙舞爪,厥状若生,尤为诸龙之冠,中均燃烛,光辉烂然。而金角老黄龙之头,尤为特大,中燃之灯,计三十余,举之者须费百金,辄为求子之上流人物;其珠则为一四五龄之儿童所执,衣服丽都,状貌韶秀,由强壮者怀抱而行。盖事毕,则主龙灯者,必以珠送费百金者之家,以为他日该家得子之兆,且可姣好如执珠者,其效之神,居人类能言之,异

哉！龙其真能为人得子乎？无怪求子者不惜耗金费力而乐于为此也。

龙灯之外,更有鱼灯,暨二十八宿及像物诸灯。最可观者,则为台角,四周围以各色灯彩,中布小戏,如荡河船、打斋饭等,灯光灿烂,美丽绝伦。又有水晶宫一,假设之水陆珍奇,装饰殆遍,手工之巧,出人意表,真可谓见所未见矣。另有洗牌灯三十二,系警局所设,点缀其中,亦颇悦目。

桂林地瘠民贫,举世所推,乃独于龙灯一节,耗费之巨,不知凡几。虽号称富庶之江苏,亦未见有若斯之豪举也,是亦可怪已。贫家小儿,于新正时,喜持纸糊之龙,突入人家,以相庆贺。该家须燃放爆竹,以表欢迎,并出钱百文为寿,否则出户之时,必先龙尾,以示该家之不祥。故吝财之家,恒早阖门户以阻之。风俗之恶,于此可见。

物产则竹为最茂,荔枝、佛手之树,黄皮、白蜡之林,又在在可觅。动物则山羊、锦鸡、孔雀、蚺蛇,时或见之,此其大较也。余谓桂林得天地之灵,故其群峰高峙,湘漓萦绕,负郭山水之胜,不可思议者,几令人忘返焉。独惜民智阻塞,学识不足,蠢蠢噩噩,不识不知者,几比比皆是。天地之灵,钟于物而不钟于人,何哉？夫亦限于交通之不便,斯文化灌输之不易耳。深望当道者亟为推广教育,兴筑路线,否则欲移风易俗于转瞬之间,恐非易易也。

桂林山水甲天下,读此文,聊当卧游。而详记风土,感怀时局,琐琐写来,惟恐其尽,尤为不可多得之作。女宗闺彦,万里壮游,深愿各出其游历所得惠稿见示,为敝志光也。西神

——《妇女杂志》第一卷(1915)第六号

游虞山记

今年春二月二日,余与吾弟志中有虞山之行。是日也,天朗气清,惠风和煦,满城春色,虽不若阳春三月之明媚,而草芽萌动,枝茁青生,是亦一活泼可爱之景象也。朝餐既竟,乃由苏乘轮,沿元和塘而北上。塘通常熟,为唐元和三年郡守季素所开,故名。长约九十里,舟楫往来,风帆上下,纵目遥望,络绎不绝,洵交通之要道也。行六里,过陆墓镇,是镇以宣公墓得名,居民多造窑及织汗巾为业,砖瓦层积,触目皆然。又六里,经蠡口,其地相传为范蠡乘舟出五湖时,曾于此遣人驰书招文种。夫鸟尽弓藏,兔死狗烹,古今来之英杰雄豪,以功高望重而危祸其身家者,不知凡几。吾于此深钦范蠡之明哲保身,得以徜徉终世。惜未克登陆一行,一访其遗迹至今犹可追寻否。复前行,则入常熟界。塘之东有吴塔镇焉,闻其地有接待院曾造浮图,遂以此地名,然今未之见。或谓吴王孙权曾下榻于此,因名吴榻。塔榻二说,未知孰是,年久失真,误正莫考,想亦为掌古家之遗憾也。又经洞港泾而至张家甸,距常熟城二十七里,旧本市集,今已衰落。盖其南有潭荡,荡西里许有镇曰杨树园,乃代张家甸而兴者,彼盛此衰,意者其关系于地当冲要交通便利与否欤?又二十里,经十里亭,亭有碑,巍然矗立,文曰先贤言子故址。至此则距常熟城实不过六七里矣。翘首前途,虞山高峙,树木寺院,历历可辨。而峰峦嶙峋于西,城垣缭绕于上,尤为清晰。顿忆吴梅村诗所谓“十里青山半入城”者,殆即咏此。塘之两侧皆平畴沃壤,宜植稻麦。吾弟谓余曰:“常熟米驰名于海外者,以此乡为尤。是地居民,男多力田,女多纺织,生活简陋,故尚不乏小康之家。然自晚年来洋纱流入,洋布风行,女工生计大受打击,往往终岁勤劳,不足以图一饱,于是相率而佣于

沪渎者，莫可胜数，甚者且不惜丧其廉耻，而操淫贱之业矣。至男子则复习于赌博游惰，强者流为盗贼，弱者流为乞丐，亦日见其众。而农事乃转荒废不治，任其自然，家无盖藏，室如悬罄，以视前昔之此乡，不胜有今昔之感焉。”余曰：“噫，人心不古，世风日下，推厥原由，何莫非生活知能缺乏之所致乎？优胜劣败，天演公例，以纺织之需人多，费时久，自不足以敌洋纱洋布之销行。独惜我女界之中，无一人焉，能为之提倡所以抵制之法，改良之方，致使乡村妇女出此为佣操淫之下策，应响所及，为害非浅。谓男子之赌博游惰，未始非妇女之抛家远出以为之阶，亦无不可。夫以素号膏腴之地，而民情若此，其他可知。吾愿有志教育者所当急行注意者也。”余言既毕，舟已停轮泊埠。遂与弟登陆入城，探访戚家。戚家以客自远来，款待甚优，并相约明日同往一游，谓虞山风景绝佳，洵足乐也。是夜设酒杀鸡，主人款客之殷，与余好游之热，实相为正比例。至酒阑席散，已报道黄昏矣。

三日上午八时，由戚家出，同游者为吾弟及戚家母子二人，各携干饼以备饥时之需。至石梅为虞山之东南麓，邑人游迹恒集于此。地上多五裂之石，形如梅花，原有石梅涧，今已为土塞而不可复见。继至读书台，相传为梁昭明太子读书处。台上有亭翼然，明邑令杨子器所构，读书台石刻则清粮道觉罗雅尔哈善书。台后有泉名焦尾，即焦尾溪之源也，今溪既湮没，泉水亦微。附近有雅集亭，为明邑令计宗道与邑名士吟咏之所。乃沿麓而北，有仲雍墓适当山之东麓。墓门为清权坊，墓道之旁，清权祠在焉。其左为周章墓，周章者，仲雍之曾孙也。《史记》：“周武王克殷，求太伯、仲雍之后，得周章。周章已君吴，因而封之。”又数武，至言子墓，有清乾隆初石碑永禁土人取采此土。盖墓旁土性宜兰，土人竞取以为之用，设不永禁于先，则愚民无知，惟利是图，时至今日，其地不知将作何状矣。山趾岩石甚多，巨者凡三，上刻字曰小三

台,又一石刻字曰舞袖,又有乱石如群羊之起伏者,俯仰徘徊,颇足寻味。最后至辛峰亭,是亭在辛峰之巅,初名望湖,为宋邑令何究创建。登高俯瞰,则居屋庐舍,仅具纤形,而东湖(即昆城湖)西湖(即尚湖),则明彻若镜,风帆隐现可数,天青水碧,奇景横陈,穷睇眄于中天,极娱游于暇日,胸襟之清爽,觉非言语可以形容者。亭下高阜隆起,即为古齐女墓,高坟萧瑟,哀垄苍茫。游其地者,令人追想当日齐女惓惓家国之苦衷,悲哀莫名。人生不幸而为女子,更不幸而远适他乡,故国山河,可望难即,死葬山巅,以望海滨而慰幽魂,适愈足见其生离之痛耳。或谓齐女墓在虞山最高处望海墩,《吴越春秋》有"必葬我虞山之巅,以望齐国"之语,谓望海即望齐之意。然无论其在辛峰望海,而余之唏嘘感泣则一也。是时日已及晡,各人俱不觉腹之枵。余因笑问弟曰:"是何故欤?"弟曰:"秀色可餐,古人之言,君其忘诸乎?"遂相与抵掌大笑。戚家母子亦均作而言曰:"乐哉此游,其又何食之不忘哉!"有顷,各趺坐憩息,喃喃相语,至斜阳夕照而返。

四日黎明起,好游之念益盛,朝餐甫竟,即同弟径往虞山。戚家之子亦与焉,惟其母则疲惫未往。至山麓,循蹊上,委迤曲折而抵北岭。岭上为维摩寺,宋隆兴元年僧法运创建,本名石屋维摩庵,中有石井,名涌泉。由此稍北,有石屋适当山腰,约计其广,可覆数人,为太公望隐居东海之故地。盖《吴地纪》有云,"山东二里有石室,太公吕望避纣之处",似即指此。吾弟亦曰:"《中吴纪闻》谓太公望隐东海居此,是此石室,犹为数千年前之古物。"此数千年中,经空气风水之剥蚀,历祸乱兵燹之蹂躏,而卒依然无恙,遗留至今,其亦以太公之英灵所照使然欤?不然,彼世之富有天下或权贵一世,孰不欲固其宫室,坚其楼台,以为万世常存之计?而或数十年,或数百年,破屋颓垣,且无复存者,矧斯卑陋之石屋也哉。旁有石洞,闻将雨辄出云气,盖即水蒸发之气,将雨时辄有可

见，为物理之常，无足怪者。行二里许，即望海墩，为虞山最高之巅，北望大江，莹皎若线，有见海亭。亭虽圮而石柱尚存，余等瞻顾引眺，相与为欢。惜地高多风，寒不可耐，且呼吸微促，想空气稀薄所致（按：空气离地愈高则愈薄）。乃循武而下，至拂水岩，上有拂水禅祠，门外有石桥，跨山涧，又前即临石壁，两崖中豁，别有长寿桥架其上。桥东则石壁陡绝，奇伟可观，迤东南有三沓石。或谓上如舟，中如几，下如斛，颇得形似。按拂水岩每遇雨后，涧水流注桥下，悬为瀑布，风自南来，则倒卷而上，即天已放晴，仍蒙蒙作细雨，郁为奇景，拂水之名，即由于此。顾是日天气晴明，不克一睹其胜，亦可憾已。禅院之旁为真武庙，闻年年上巳，远近结拜香社，由烧香浜进香其中，甚形热闹。其东有高岩，出泉汇而成池，旁辟田亩许，名常熟田，以岁岁种稻，无论旱潦，必获丰收故也。拂水岩之顶为牛窝潭，瞿留守墓在焉。当留守殉难粤西，孙昌文方从永历在黔，闻难仓皇赴粤，间关万里，负祖骨归，盛以瓦盆。至中途，力不能胜，则弃盆脱里衣裹之，乃抵家，始葬于此。忠臣孝子，萃于一门。余既见其成仁处于桂林（参观拙作《桂林行笔记》），今复临其埋骨地于兹山，敬爱之心，更不禁油然而生矣。寻至剑门，系山阳最雄秀处，以崖裂如劈，因借蜀道之名名之。明邑人钱藉曾构楼其上，今已无遗址可寻。自此磴道曲折而下，直抵烧香浜，路用石子砌成，俗名霸王鞭，有严文靖锦峰书院遗址。右即其祖茔，俗称严家祠堂。吾弟告余谓此祠旧时楼阁崇丽，树石清幽，每值阳春三月，鸟语花香，游人之流连于此者络绎不绝，而今则惟数楹仅存而已，余乃为之感慨者久之。墓道之左野田中，有泉一涡，云是温泉。祠西有花园浜，为东涧老人（钱牧斋别号）拂水山庄遗址，存一小石桥。东涧墓上有碑一，为钱梅溪集东坡书于其上。附近柳如是墓，尚易辨认，盖似屡经人修葺者也。游至此，已钟鸣四下，乃循道而返。是日行程过多，稍觉疲惫。

五日余等游览至湖桥。是桥在西山之麓,为虞山尾闾,其西别有小山,左为尚湖,湖光水色,朝夕吞吐,登而望之,风景颇美。继至白云楼禅院,院中有石洞,由石磴拾级而下,左则崖覆若屋,地亦平坦,中供佛像,旁坐十余人。右则坎深丈余,中有泉溢出,仰视洞顶透光处,不啻井中观天。而水气薰蒸,四周石罅,凝为水珠,滴沥下降,琤琮有声,诚虞山一佳境也。

六日天意仍晴,乃同弟至桃源涧。涧在镇江门外里许,居人谓雨后山泉汇注,飞湍下泻,响逾琴筑,清脆动听。是涧以昔年漫山皆种桃花,每红英旖旎落花缤纷之际,流水夹花片而下,尤为奇观,故有桃花之名。其北更有石屋涧,亦观瀑之胜地也。地较桃源涧尤开旷,石屋下临流,可坐数十人。寻经报慈里,见周孝子墓,突起于前,因肃然敬起焉(按:孝子生宋乾道间,父早殁,事母至孝。幼时母自瞽,舐之,再明。父病,曾割股肉以进,不愈,则号泣于天,其至性有如此者。平时好义,拯救患难,维恐不及,邑人德之。殁后,邑人奉为神,建立祠宇,春秋祭祀不绝)。至破龙涧,有兴福寺,即古破山寺。世传梁天监元年,有村姥居顶山之东,孕而生白龙,失所往,三日龙归若就乳,姥怖而死。岁之五月,龙率来省,或现形山间,始至必甚风雨,既留则一境为之寒。唐贞观十年,龙尝斗异龙于山之东,山破,水泉出其下,破山寺、破龙涧之名由于此。然事涉荒诞,不足征信。寺有石刻常建诗,禅房花木,稍有可观。旁有朱砂洞产朱砂,白鳝洞产滑石。余乃向居者取朱砂、滑石而细视之,则所谓朱砂者,似系水酸化铁混粘土之物;所谓滑石者,似系硫酸石灰之类。乡民无理科知识,而名之以朱砂、滑石,固无足怪。再进则为连珠洞,高不及丈,广约三丈,深可四五丈,诸石屋中唯此为最深广。又前则为三峰。三峰者,虞山之第三峰也。上有清凉寺,为唐以前之古刹。转西南为七星墩,丛篁灌木,横冈断垄,最易迷途。上有两峰,名石城峰,其下则作响

甚清，即秦坡涧也。涧中多石，水流其中，沉沉如雷鸣。侧耳听之，仿佛一天然绝妙之音乐，奏自远方。由清凉寺陟九里坡而上，入中峰讲寺。是处为顶山之南峰，眺望天空，灵台为净。寺为梁天监二年僧月澄所建，左有白龙神祠，俗称龙殿，建于宋时。祠下有小池，相传有朱唇白鳗游泳其中，人谓是龙种，不敢犯。然余未之见，意其生息于水中者，或蝾螈之属耳。在顶山西秦坡涧，有玉蟹泉，云泉中常含白乳丝，为石华所化钟乳之类，以之瀹茶，味甘且美，甲于虞山诸泉，权之重，亦重于他水。是此泉或为炭酸泉，亦未可知。是时时表已渐近四点，弟曰："途远程遥，吾其返矣。"遂相与同行。

七日狂风怒号，曜灵匿影。余游虞山四日，足迹已遍，至是则与戚家之母，略游市中以尽余兴。参观学校，游览方塔，自午膳后出，至暮色苍茫而归。余弟以事定明日乘轮返吴，余亦决作归计，与之相伴。戚家复设席祖道，絮絮谈虞山之乐。谓苟再迟一月来，则依依绿柳，夭夭红桃，虞山所呈之景之美，映于吾人之眼帘者，更当数倍于此时矣。余曰："然，以待来年。"是夜雨声滴滴，颇扰清梦，乃与吾弟纵谈所游。弟因询余曰："君亦知虞山之价值乎？峻拔嶙峋之状，毕呈于西，深岩绝壑之幽，独邃于北，而修竹清泉，长林绝巘，考槃薖轴之想，足令游者不期而自起；山塘围绕，尚湖襟带，兰桡画舫之观，能使游者无意而自会。此虞山有审美的价值者也。仲雍让德，高节可风，言子文学，武城自化；瞿留守以忠节著，周孝子以独行名，仁骸义骨，同葬兹山，登临凭吊，令人肃然起敬，而发道义之同情。此虞山有道德的价值者也。拂水岩之细雨迷蒙，石洞内之云气蒸腾，睹剑门之形势，而悟流水之浸蚀，登望海之峰峦，而知空气之薄弱；他若瀑布奔流，矿泉泌溢，草木畅茂，虫鸟繁殖，审察详视，令人生自然界之爱情。此虞山有理科的价值者也。山腰石屋，知为太公避纣之居，读书高台，知为昭

明修学之所;他若严家祠堂之存楹,拂水山庄之遗址,梁时古刹,宋代名寺,身历其境,令人得一一寻访其遗迹,以与历史相印证。此虞山有历史的价值者也。东际于海,北及于江,尚湖当其西,昆城当其南,福山港、浪澄塘、元和塘、大黄泾、白茆塘、梅里塘诸水,分布于其周,登高远望,历历在目,较之按图以索者,所见自真。此虞山有地理的价值者也。破山寺之石刻,诗词清绝,东涧墓之石碑,文辞斐然,且形势雄杰,气脉灵秀,登其上者,足以养吾浩然之气,而益壮其文,若太史公之周览四海名山大川然。此虞山有文学的价值者也。岭路崎岖,嶝道轩轾,步武进退,辄运动及于全身,而空气新鲜,有裨呼吸,游者自筋骨舒畅,血脉流行,可助全体之发育。此虞山有体操的价值者也。"余曰:"噫! 有是哉? 则是游也,地不过百里,时不过四日,山之高不过一百六十丈,长不过十八里,周不过四十六里,而美育也,德育也,知育也,体育也,天然教育之贯输于余者,所获实多矣。谓余之游而学,学而游,诚无不可。岂若世之遨游海上,驰逐剧场,徒足以娱一时之耳目也哉? 是不可以不记。"

——《妇女杂志》第一卷(1915)第十二号

我之学校生活

宗兰南北萍飘,家庭离隔,作学校之生活者,于兹已八年矣。始则负笈京师,与海内贤媛淑女,相切磋于黉舍之中;继则承乏桑梓,口讲手演,而为教授之实习;终则执教粤西,出平日所学,与诸女士互相讨论研究,以求至乎其极。其间所经之状况,有喜怒哀乐感情之各异,所历之时代,有专制、共和政体之不同。缅想前昔,追述往古,连篇累牍,不暇枚举。只先就京师游学生活,逐期言之如下。

其一，恐慌时期。余自幼困守家庭，识字读书之余，兼习女工算数，朝夕从诸兄弟后，时而研求所习，时而嬉戏庭前，固无所谓学校生活也。戊申秋，清学部设京师女子师范学校，至江南招才俊以充弟子选，乃承慈命应试，遂录取赴京。既入学，见规模宏大，设备完美，同学多南北英秀，学识卓优。自顾文才浅陋，无善足称，各科门径，又复茫然，乃举驽钝之材，而欲与骏骥齐驱，胯夫逐日，斯真不知自量之甚者矣。于是由无学而自馁，由自馁而恐慌以起。重以师校定章，凡新生须于入学后二月，重行甄别，以定去留。以斯是二月中，几无日不惴惴焉，惟不及格是惧。每逢教师上课，除讲义外之讲述，尤详为抄录，片语无遗，深恐他日偶一发问，置答无从，遂成为被斥之阶。课余则反覆温习，无时或间，务使印象深固，不为遗忘而后已，寝不安枕，食不甘味，不图孔明斯言，正可状余入校甄别之时。犹忆一日实行考验，教师方命题黑版，余骤方寸辘轳，右手执笔，颤动不能自主，所幸平时熟习，答无一误，然字迹则以之益形恶劣。至今思之，可怜亦复可笑，不知当时恐慌，尚有如余其人者乎？

具二，竞争时期。甄别既终，幸尚及格，且由乙班升入甲班（甲乙二班，以成绩别，所授学科，甲深乙浅），益觉喜出望外。始知凡举一事，学一业，苟进取不已，必有成功之一日。吾资之昏不逮人也，吾材之庸不逮人也，固人人所深知而不能自讳者也。今以旦旦勤学久而不怠之故，卒能为师长所嘉许，擢列甲班，授以较深学科。所谓跬步不已，日积月累，必能深造其极而至千里也。然立志贵乎坚固，执事贵乎有恒，必不在一日增进自矜功效也。百里为期，捷行九十里而止，不可谓已至。矧余入学方始，对于甲班诸同学，学业不逮远甚，苟数十日后，怠心渐生，则他日永不若人，势必所至。孔子曰："欲速则不达。"孟子曰："其进锐者，其退速。"余其可不戒之乎？由是益刻意好学，温习不辍，除每日按时

休息外,余均爱惜之,不使稍为虚度。见有不如人者,则必朝夜以求其故,羡之慕之,步之趋之,以冀必如必胜而始快。人知其一,而余必知其二;人长其一,而余必长其二。夫竞争之心,人皆有之,然余于斯时,自知可谓达于极点矣。

其三,耐苦时期。载半以还,勤学无间,卒由勤学而获最优等结果,津贴丰裕,待遇优隆,躬受其荣,喜可知也。时则隆冬严寒,风雪频飘,“散入珠帘湿罗幕,狐裘不暖锦衾薄”。久宿南方,暂居北地,栖身其中,凛冽为苦。顾余终日作业如故,从未以此稍怠焉。年假既放,南省诸同学,皆以往返日久,且大沽早已封口(大沽口冬时冰结不解,舟舶不便出入),津浦又未告成,须取道秦皇岛,费时更多,必难如期(开学期)以至,故决仍留燕都,作校内生活。总理暨教务长,以烹饪一事,贵在实习,乃乘此假期之暇,每人给鸡肉、猪肉等物,令各一一如法以烹。于是配油加盐,调酒和酱,与诸同学周旋炉灶处,甚形烦琐。既成,围桌共啖,互相称扬,谓易牙之燔炙煎熬,不是过也。大抵厨子调味,徒恃经验之丰富,手段之烂熟,所谓烹饪学识,茫乎其未有也。故其所配分量,辄多不能相称,或腥或生,或淡或咸,欲求其适于养生者,十无二三。今余等以平日所得之学,施诸实用,宜乎与常味迥异。以是知烹饪一科,尤为操家政者所不可不预习也。

其四,悲哀时期。假期既满,开学又临,与诸同学共处一堂,相切相磋,载扶载将,亲爱较诸姊妹无不及,方期于修业之际,相与始终同游同息。乃同学罗君棣珊,以劳心太过,致宿疾触发,一病不起,于二月二十一日没医院。噩耗传来,相顾惨然。罗君为江西产,与余同年至蓟,执经问难,尤为相得。南浦生离,尚多春水绿波之感;北邙死别,宁无人琴宿草之悲?矧乃寄迹天涯,同是伤心之客,今见其中道以殂,抱志未伸,家山何在?返榇何年?为罗君恸,更不禁为一己忧。盖人所贵乎学者,以有身在耳,身在则

能以学明其心，以保其身。今知有学不知有身，身亡而学亦殉，学顾何益哉？三月一日，为罗君开追悼会于顺治门外西砖胡同谢公祠内。同学咸黑衣志哀，胸佩白章，歌声凄惨，涕泗涟涟。演说时各相与戒曰："吾侪多千里关山，跋涉求学，只身孤影，举目谁亲，务宜珍摄自爱，慎勿再蹈罗君覆辙，以自戕其身。"夫罗君已不暇自哀而吾人哀之，吾人哀之而不鉴之，亦将使他人而复哀吾人也。自是以后，余好学之念，顿为消灭，不复如前之执卷不辍矣。

其五，疾病时期。罗君逝世后，余常伤良材之不存，悼益友之永诀，终日郁郁不乐，未几疾病以作，咯血斑斑，作鲜红色，顾余不以为意，仍未任意缺席。余非不自爱也，以请假旷课，静居调养，益觉寂寞寡欢，易深余疾，反不如随诸同学作业教室，得屏绝悲念之为愈也。惟课后则恒休息静养，时或问医求药，以期速痊，时或散步操场，以快胸襟。同学中之情爱尤笃者，辄相旦夕周旋，不离左右，为余道故事，讲世情，喜笑怒骂，兴味层生。古人云，"得一知己，可以无憾"，以是余虽抱疾他乡，而亦颇足私相欣慰。又以《儿童心理学》一书，时为疾病生活中之良伴。是书阐发儿童心理，无微不至，取而观之，仿佛见各种儿童之天真烂熳，嬉戏目前，乐趣浓厚。病里光阴之苦，于不知不觉间解脱实多，无何而体渐愈矣，无何而神渐复矣。从此时时刻刻，无不兼重体育。盖明知前此之疾，偏于知育，而体育不讲之所致也。

其六，优游时期。疾病甫愈，假期又逢，盖已榴花照眼正鲜红，池荷送香风时矣。诸同学之籍南省者，咸以毕业将届，归期实已不远，何必多劳往返，受尽行旅之苦，故仍无一离校者。京师地高气燥，日间炎热逾苏，挥扇纳凉，无稍或间，终日惟优游谈笑，专以休养脑力是事。偶值暑意稍退之际，辄从事丹青，描写万物以自娱。有时追述见闻，书之于册。若旅行之状况，学校之改革，以及燕都之山川名胜、物产风俗，东鳞西爪，聊备不忘，亦一消遣之

良法也。早起夜卧,仍一遵校章。每当长日无聊,倦意将兴,则恒散步舍内,力自振作,不为宰予昼寝。此无他,非恐遗朽木难雕之讥,诚恐由渐而性成懒惰,益增躯体之羸弱耳。

其七,烦劳时期。甲乙二班,预定毕业期为二载有半,故自优游时期逝,余之毕业期已将届矣。科目众多,试验忙碌,温习家政也,温习教育也,温习心理也,温习教法也,夜以继日,苦无或间。余赖平时修业,注意复习,每于章节结束处,恒统括前文,抉其要义;教师之口述者,记忆其纲要,立为表式,以便记忆;至定义法则,尤必洞明其理解,谙诵其文字;凡地名、人名、年代等之须记忆明确者,辄参考图表,反覆熟习,间制系统表及地理图,而为人工的记忆法。故各科温习,易于娴熟,尚不十分困难。否则以至短之光阴,复习至多之学科,吾恐脑力虽健,旧时印象,未必能一一引起也。旧时印象,既不能一一引起,则记忆之难周,有必然者,而试验之不能完美,亦意中事耳。然余虽不难熟习各科,而烦劳实较他人为甚。盖名誉心之于余,向称旺盛,以为毕生荣辱,实系于此次毕业等第。设等第而仍列最优,则师长同学交相嘉许钦敬,何乐如之。爰是竭余勤学之力,为试验之豫备,外此则不知其有他也。

其八,责任时期。辛亥三月,行毕业式于大讲堂,学部大臣暨前现任总理咸莅焉。余总平分数,在八十分上,给凭时,由总理特奖纪念品四以示优异,诚有生以来所未有之荣幸也。然由斯以还,觉责任益重,非复若前此之孜孜为学,不知有所谓职务问题也。盖师范者,国民之基础;而女子师范,尤为国民之母。诚以王化起自宫闱,始于家庭,女教修明,则为良妻必能相夫,为贤母必能训子。余之毕业师范,实余之职务方始也,务必本其平日所学,由京师而推之各行省,由各行省而推之各县乡,使女学之盛,驾轶欧美与古三代贤媛淑女,后先媲美而后可,否则国家岁糜巨款,创

立师范,果何为哉?因之不敢自谋其逸,即以从事教育为志,一方出校,一方试教,研究养护教授训练诸法,不稍缓。余岂好为人师哉?势有不能已耳!迨暑假旋里,承乏小学,嗣后东西奔驰,经历益多,笔不胜书,俟暇再述。

——《妇女杂志》第二卷(1916)第一号

沈时华

沈时华,生平不详。

忠告女同胞

时华鞠躬,敬忠告于我妇女界诸同胞之前,曰:嗟我民国,自羲农以迄于今,生息蕃庶,甲于五洲。数千年前,南征北伐,所向披靡,何其盛欤!降乎中古,声势浸衰,北方蛮族,入寇上国,顾迭为兴衰,祸犹未极,而今何如乎?伊川披发之虑,仲尼左衽之忧,于兹百数十年,东西强邦,环列我旁,俎肉相视,及今不图,噬脐无及。何吾二万万女同胞醉生梦死,长处深闺,惟饰面修服之是务,忘国家兴亡之大戚,而欣焉乐焉,熟睹其国家之凌夷,而漠然不动于中也?哀莫大于心死。呜呼!我二万万女同胞,其心死耶?膴膴禹甸,山河惨澹,悠悠苍天,伤如之何?用敢忘其固陋,列陈我女子处今日对于国家当有之责任,合为一篇,濡墨挥毫,以当忠告。我诸姑,我姊妹,或不余弃,尚其察诸。

二十世纪之学术,日新月异,无不汲汲乎进化者,何也?处生存竞争之世,利害之烈,莫甚于学战!胜则为全球之主人翁,败则入自然淘汰之旋涡,而种族渐归澌灭。地球万国,权利之得失,事势之盛衰,变幻纷纭,莫可诘究。自表面观之,鲜不谓兵战、商战、农战、工战之足以兴人国,亡人国。自内部审之,则此兵战、商战、

农战、工战，之所以胜所以败者，无一不以学战为总枢纽。学术不进化，即合秦始皇、成吉思汗、拿破仑、项羽为一人，亦不能横行一步。今之世界，黄白二种学术竞争之战场也。试问握世界文化之主动力，洋溢于国中，灌溉于国外，学术精美，放大光明者，为我国乎？为欧美诸国乎？居工商两业之中心点，全球之生死，均悬其掌握，万国之安危，悉视其动静者，为我国乎？为欧美诸国乎？此学术争战之胜败，不必待智者而后判决也。虽然，亡六国者，六国也，非秦也；亡秦者，秦也，非天下也；战败我国学术者，我国也，非欧美诸国也。盖国也者，合全国人民以组织者也，故个人与国家有绝大之关系。国之兴亡不决于政府，而决于社会；不决于社会，而决于家庭。使一国之中，人人有普通之智识，则其学战也无不胜，而国之兴也勃焉；人人缺普通之智识，则其学战也无不败，而国之亡也忽焉。个人之责任，固若是其重且大矣。孟子曰："饱食暖衣，逸居而无教，则近于禽兽。"盖人之所以异于禽兽者，要在心思脑力之作用，故必有新智慧，新学术，而后无亏于人格。国家之要素，亦不在大英雄、大豪杰，而在属望一国之男者、女者，皆具有普通之学术。嗟乎！余言及此，余不禁长太息也。试问我国之男子，果人人有普通之学术乎？余未敢答也。虽然，我国男子或犹有半数具有普通之学术者，又试问我国之女子，果人人有普通之学术乎？余益未敢答也。盖我中国女子者，日处深闺，耳无所闻，目无所见，外国之如何强盛，我国之如何衰弱，女学之如何不振，皆丝毫不相闻，以为此男子当为之事，吾侪女子不必干预也。且也，洞其耳，裹其足，饰涂其面目，唯知奴颜婢膝，依赖他人，坐听为人之奴隶，皆茫茫然以为女子当如此，求其能自食其力，稍具普通之智识，而衣食服用不待给于男子者，不啻凤毛麟角，绝无仅有。噫！一国之中，半数同胞，闲居失业，愚陋无知，欲求其学战之胜，可得乎哉？

如右所述,我国一国之中,二万万同胞,殆皆坐食无事,依赖性成,其累不仅至学战失败而已,私人富力上之匮乏,国家财源上之阻塞,影响甚大,关系非浅。以经济学生利、分利之原则言之,国又安得不贫且弱哉?古云,“一夫不耕,或受之饥,一妇不织,或受之寒”,况失业无事之民,居国民之半数者哉?吁!吾侪女子,殆寄生虫耳,附属品耳。清夜自思,抚心自问,其亦有动于中乎?呜呼!中国者,中国人之中国也。吾侪女子,其不长为吾中国人也,则亦已矣,而不然者,我二万万女同胞,亦各为中国之一份子,即当各尽一份子之责任。责任如何始得为尽?曰无他,去其依赖性,树其自立性,自谋职务,自营生活,则我女子对于国家之责任尽矣。然必有一技之能,一艺之成,一术之精,一学之长,而后可以言自谋职务,而后可以言自营生活。而技也,艺也,术也,学也,又非不习而能,不学而知者。然则,竞学术者,固我女子应有之责任,而亦今日救贫之要素也。我国顽固者之恒言曰,“女子无才便是德”,只要识得几个字,能看家信便足。吁!是何言?是何言?幸是言也,我国今日稍有智识之人,闻之莫不反对者。不然,岂不将断送我二万万女同胞,长处于寄生虫之列,而使我国日贫且弱哉?夫人也者,非男子谓之人,而女子即谓之非人也。既同为人,即当同受教育,同竞学术,同为学战之份子。而我国则以男为有用,女为无用;以男为当学,女为不当学。故男则幼稚时即令读书,教之以进德修业,教之以修身齐家,虽贫贱之家,亦恐不识一字为终身之累。至于女子,则洞耳裹足,饰之若玩具者然。殊不知我国之恒言曰,“女子治内”,苟女子非从事于学,其将何以治内耶?故谓女子不必学,无是理也。且我国今日之弱,何莫非女子无学有以致之乎?试验之欧美诸国,可以明之。若法、若英、若美等,其女学最盛,故国亦最强,而学战恒优胜于他国。女子所任之事,往往有胜于男子者。若法之罗兰夫人、英之独罗瑟、美之美利

莱恩等，其所为之事，恐须眉男子有所不能也。惟我国女子，则坐听为人之奴隶玩物，而犹茫茫然以为己之责任。嗟乎！一国之中，有半数失学之人，学战乌得不败，国家乌得不弱哉？愿我二万万女同胞，共出其兢业宁静之性，竞学问，竞艺术，俾共登于二十世纪黄白相争之学战场上。此余所日夜希望于我妇女界诸同胞者，一也。

中国之衰弱久矣，推其原，非独男子之罪。今日物竞天择，优胜劣败之世界，无论何国，必其国民人人有爱国之思想，然后国借以立，否则人且不成，国于何有？吾中国积弱之故，彼二万万之男子，固不得辞其咎，然吾所尤痛心者，乃我二万万之女子也。女子积习，其最可鄙、最可丧者，略有数端。识见卑陋，眼光如豆；自私自利之心，固结于胸中；妄尊妄大之见，时形于辞色；修饰是务，效时装以炫目；不特人视之为玩物，即己亦以玩物自处。嗟乎！蠢如鹿豕，呆若木石，安怪人之呼为下等动物也？夫以二万万女子，居国家之半数，殆废残无用，愚陋无知，焉能尽国民之责任，尽国家之义务乎？西国则不然。女子立身端正，心地光明，有独立之精神，无依赖之性质，为国舍身，为民流血，其遗迹见于历史者，不可胜数。故男子见之，均生恭敬畏惧之心，偶有丝毫失礼于女子者，则终身不齿于人类。我国则不然。自政体共和之后，说者谓凡属国民，无论男女，均宜享自由之幸福、平等之利益，而同是圆颅方趾，同是四肢百骸，同为社会之份子，同为世界之人类之二万万女同胞，仍不获享自由之幸福、平等之利益。是必男子之背人道，违公理，陵侮我女子，压制我女子，攘夺我女子之自由平等之罪也。不知物必先腐而后虫生之，人必自贱而后人贱之，女子程度之幼稚，思想之简单，即足以招男子陵侮与压制。况优胜劣败，公理难逃，不出代价，而思购得自由，不知竞争而欲享受平等，事有所不然，势有所不能，是女子之不能享受自由与平等，乃自己放

弃之罪,而不得归咎于他人者也。我女同胞苟能发扬蹈厉,奋勉振作,除依赖性质,具独立精神,以中国之患难为尔之患难,以中国之腐败为尔之腐败,以中国人民为尔之家族,以中国疆土为尔之田产,以爱尔家者爱尔国,以爱尔身者爱尔国,使尔国如尔家之周密巩固,无懈可攻,使尔国类尔身之端庄严肃,凛然难犯。抱此思想,达其目的,则男子之遇女子,自敬之爱之,而不敢加丝毫之轻视矣。且二十世纪中,必有歌尔功、颂尔德者矣。同胞同胞,爱国爱国,爱国所以自爱。此余所日夜希望我妇女界诸同胞者,二也。

同胞同胞,吾草是篇,吾脑中生无限悲想,吾脑中有无限希望,虽欲噤口不言而不得。盖吾女子无处世之学术,无爱国之心肠,固世界上文明女子所不肖为伍,而亦吾国数千年光明伟大历史上之一大污点也。而吾侪女子仍欣焉戚焉,醉生梦死。呜呼!中国为四万万共有之中国,天地之育众生,无强弱之分,父母之育我辈,无男女之别,皆爱之若一体。而我侪所受之责任,应与男子相同,国有难,则共肩之,国安乐,则共享之,岂可漠然无关,若草木之空生世界乎?吾二万万女同胞,中有一滴血心者,其鉴诸,其思之,其发奋求学,其勉力爱国,俾不愧生于大陆之上。此吾所日夜祈祷者也。时华再鞠躬。

——《妇女杂志》第一卷(1915)第十二号

张松涛

张松涛，中江（今四川德阳）人，号吹青女士、听雪女史。夫张星若。生平不详。

中华妇女界祝辞

予女子也，跧伏于数千里外，耳无闻，目无见，如坐深井，如驰迷涂，如乘盲驹，而听其所止，蠢然冥然，固不自知其芒且昧也。然而奋地一震，头眩心战，身摇股栗，而不知所措，则向之瞶者明聋者启。如然暗室之镫，如于惊涛骇浪中操朽舟而登彼岸，于是怵然以惊，欣然以慰，咥然以笑，抃掌雀跃，足为我诸姑姊妹贺者，其惟《中华妇女界》之出版乎？嗟乎，吾女界沈沈黑幕，不知其几何年矣。今一旦辟而明之，使收其放心，驱于正轨，以鼓吹数十百年废而不修、弃而不理之坠绪，意者其亦赖有斯乎？夫古之君子未尝不亟亟于女教也，故有女师保姆之训，教于家于宫，以其庸知庸能，进而至于一身一家一国之大、一事一物之细，莫不昭然明了，究其原而抉其蕴，举其一而张其百。故能以明谨端慧之德，辅助于君子，而仰以其道事，俯以其义蓄，融融穆穆，家道宁而坤德章。诗人之所咏叹，瞽史之所赞歌，姬周以来，又何其盛也。《易》曰："女正乎内，男正乎外，父父子子夫夫妇妇，而家道成。"《传》曰："家齐而后国治，国治而后天下平。"又曰："欲治其国者，先齐

其家,欲齐其家者,先修其身。”子之事父母,妇之事舅姑,其道一也。观往哲之施教于女,何其用心溥而成就宏也。及周衰世降,礼教荡然,嬴秦昏暴,放弃仁义,炎汉代兴,遗训面首。曹大家以世胄之裔,作师帝后,退而著《女诫》七篇,至今宗之。刘向以史例而传列女,张华有女史之箴,蔡邕有振容之鉴,考其旨归,莫不以敦崇妇道克明峻德为先务,故虽有补救之心,然终乏昌明之象,吾女界所以沈沈黑幕至于斯极也。夫在今日而欲以德言工容为天下倡者,鲜不为文明诸子(女子称子出于《周礼》)之所非笑。今赖有此《中华妇女界》出现,必为吾女界放一异彩。虽予远处乎数千里外,闻其名,未睹其书,敢断断然决之为吾女界将来握昌明之券者,将以此《妇女界》传播之广卜之矣。予知此书一出,人将踊跃争睹,家吟户诵。我诸姑姊妹,必人手一编以为快也。予知此编必以智育、德育为我诸姑姊妹导也,予知此编必以实业、女红为家庭倡也,必有名言、正论以启其蒙昧也,必有文辞、小说以博其旨趣也,必有图绘、美术以增其美感也。然则予虽未睹其书,必断断然以为我诸姑姊妹之所乐观者决矣。仁者见之谓之仁,智者见之谓之智,各循其序而求之,以尽夫为女为妇为母之道,则姬周之化,二南之美,不得专于前矣。彼班家(读姑)子政中郎茂先之作,谓此编兼而有之可也。予能不为我诸姑姊妹贺耶?呜呼!前此数十百年中,何不幸而无此《中华妇女界》也,今何幸而有此《中华妇女界》也。余始而悲,继而喜,终而慰,爰提笔而为之辞。时民国四年,岁在乙卯,正月十日,听雪女史题于翡翠窠。

——《中华妇女界》第一卷(1915)第一期

范娴增

范娴增，生卒年不详，文章署名“李范娴增”。夫李姓，小学教员。范娴增为女校毕业生，《中华妇女界》主要撰稿人。

女子之对于后母

余有后母者也，后母待余厚，不知有后母之苦。而闻亲串家之有后母者，鲜能和乐如吾家。因为此文，以志吾之幸，并为有后母者告焉。

父母偕老，为子女莫大之幸福，不幸而丧其一，子女之忧患无穷矣。以吾国风俗论，上等社会之家，父没则母咸守节，母没则父为家事之主持、子女之抚育故，不得不娶继室，以为子女之后母。自子女一方面言，后母亦母也，后母既为父所娶，子女即当以母礼待之，孝养侍奉，一如生母，乃合于理。自后母一方面言，既入夫家，夫之子女即为己之子女，抚养教育，一如己出，乃合于理。世界女子，私见太深，遂致后母之对于子女，子女之对于后母，两失其宜。

大抵后母之待子女也，其弊有二：一曰纵，二曰虐。后母秉性柔弱，深知为后母者之艰，恐对于前妻之子女，稍加督责，即蒙虐待之恶名，乃出以纵。无论子女之举动如何，既不加以督责，合理者既听其所为，背理者亦不为之纠正。一若前妻之子女，本非己

出,可无庸我殷勤教养也。或者子女已长,家中之势力,驾于后母之上。后母新来,视如外至之客,则后母尤不容不纵矣。亦有翁姑在上,酷爱孙儿,子女有过,后母欲责,而祖父母护之。更有前妻之母家,子女之外祖父母及舅父从母辈,为失当之袒护,而不许后母之置喙者,后母尤不得不纵矣。

后母秉性刚悍,知前妻子女之不易制也,恐偶一示弱,即遭子女之欺,乃出以虐。初至之日,盛气凌人,不可响迩。一若示子女以威,使知后母之能力,有足以制其死命者。对于子女之举动,一概加以干涉,无理者呵责之,合理者亦禁止之。明知其寒也,而不许其衣;,明知其饥也,而不许其食。芦花变起,使前妻之子女,日处于荆天棘地之中,而狠戾之后母,反引以为快,以为前妻之子女,莫敢予侮矣。更有阳示优容,阴加凌虐者,丰衣美食,表面观之,后母之待子女不为不慈,岂知衣虽丰而不足蔽寒,食虽美而不能下咽。为子女者,吞声含泪,莫可如何,偶有怨言,后母之阴谋因之尤厉,而旁观者且谓子女不感后母之优待,而为无理之怨怼矣。父多外出,家庭之琐事势难周知,为后母者,知父之爱子女也,父在家之时,则优待子女,体恤惟恐不周;父离家之后,则虐待子女,摧残惟恐不速。子女怵于后母之积威,父前亦不肯轻道只字矣。若后母已有儿女,则待前妻子女酷虐加厉,其惨状尤不忍言矣。

为子女者,对于后母之纵、后母之虐,当具何种心理,持何种态度,不可不一研究也。

后母之所以纵,一为恐蒙恶名。恶名之来,由于子女之怨怼。子女能谅后母之苦衷,知后母督责,实有益于我,对于后母适当之训诲,当谨敬奉行,即偶有委屈之谈,亦当婉转陈明,不露忿忿之色。则后母知子女之可教,天良激发,自肯殷勤训诲矣。二为子女本非已出,不肯督责。子女当自念年少之时,知识未充,经验未

足，言语举动，易致错误，须得年长有识之人从旁教导。母没既失所恃，惟有受后母之指导，以至于成人，由是知后母之纵，实非我福，随时随地，悦色怡声，以请示于后母。人非木石，感之以诚，无不动者，后母究非路人，安有轻视子女之理。三为女年已长，家庭之势力，驾于后母之上。为子女者，当深明长幼之礼。后母既来，主持家政，是其专责，自当将家政全部之权奉之于母。后母新来，接手之时，多未明了，则女当一一告之。女子长大，即离母家，何苦逞一时之意，启母女间之猜忌？家政既归，后母又何忍纵子女而不理耶？四为子女之祖父母、外祖父母等，为失当之袒护。祖父母、外祖父母之袒护，为恐遭后母之虐也。为子女者，使恃有袒护之人，不复置后母于眼底。后母之一言一动，不惬己怀，则任意诉之于袒护我者，使与后母为敌。自此母女间之猜忌日深，一旦袒护者去，女子对于后母，复何恃而无恐哉？故女子处于后母及祖父母等之间，当扬褒隐贬，力任调和，舍短取长，严防挑唆。后母及祖父母等和好无间，即女子之福也。

后母之所以虐，其总因为前妻子女之不易制。女子能如前文所言，怡声悦色，感之以诚，则后母知子女之可教，而自觉示威之无理，第一步之困难由是解决。若遇阳示优容，阴加陵虐之后母，则当利用后母好名之心，人前盛称后母之慈，父前亦不道后母之短。后母知女之驯敬也，或能消其狠戾之气，而动其慈爱之心。即于后母前有所请求，亦当乘后母欢悦之时，无人在侧之候，使后母易于应许。后母已有儿女，则女子待后母所生之弟妹，当加意谨爱，爱之当得其道，不可拂父母之心。总之，待后母所生之弟妹加厚一分，后母待前妻之女或亦有加厚一分之希望也。女子之对于后母，诚困难万状矣。

——《中华妇女界》第一卷（1915）第三期

吾之家庭

人各有家庭，家庭之状况亦各异。吾言吾之家庭，固津津有味也，他人视之，或以为邻家产猫，无与我事，吾又何必言？然他山之玉，可以攻错，以彼例此，舍短取长，虽他人之家庭，或足供吾辈之参考。由是以推，凡国内之贤妻良母，各以其家庭状况披露于《妇女界》，互为模范，互相切磋，使全国家庭日趋于文明，不特《妇女界》之光，亦记者之幸也。

吾欲言吾之家庭，当先述吾家之人数。

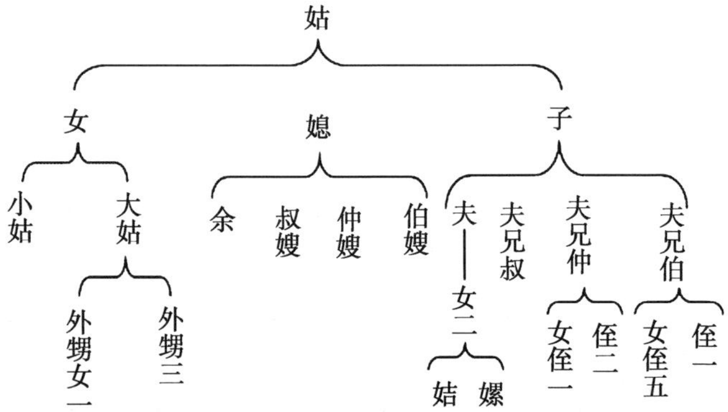

夫兄伯，居于黄渡，女侄五，嫁者四，侄肄业于南洋中学三年级。夫兄仲，居于南翔，为小学教员，兼理店事。店，药铺也，已开张四十年。女侄已嫁，侄一肄业第二师范四年级，一习商。夫兄叔，居南翔理店务。嫂各从其夫居。大姑适陆，居南翔。小姑适周，居上海。姑夫皆小学教员。姑挈外子、余及嫘、姞居沪，僦屋以居。大姑之长女援华、长子维路，以就学于沪，亦居吾家。小姑毕业于女子师范，现为女学教员，同寓而分屋居。吾今言沪上之小家庭，人数遂大异于前表。

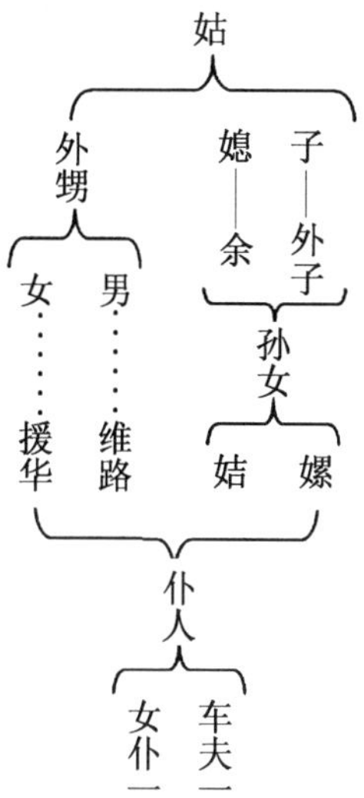

姑年六十有六矣，身体康健，善理家政。余早失恃，入女校读书七八年，家事非所谙。犹忆于归之后，三日入厨，持刀去梨皮，皮寸断，肉随之削，厚且半寸。杭戚送茶叶至，叶四瓶，媵以藕，余给力银一圆，姑笑谓余给力之厚，几及原物价值三之一。其后姑随时随事，殷勤教余，余乃略谙家事。然遇重大之事，不请命于姑，辄致事倍功半。即烹饪、洗濯之小事，余必费时一时余者，姑乃半时可了。越五年，始命余独理家事，姑仍时加指导，余于此有深感焉。女子以治家为天职，而吾国办学者，鲜能注意及此。女学生自命不凡，对于家政诸科，恒淡漠视之，闻贤母良妻四字，且掩耳而走。一若女学生而将来为贤母良妻，实自轻贱其人格。迨嫁为人妇，家事纷来，处置无能，手足失措，仆婢加以朦蔽，舅姑因之失欢。朦蔽则秩序乱，失欢则乖气生，家庭之事，于是不可问矣。欲求其弊，其根本在女学之改良。日本高等女学校，其科目大半注重家政。社会以其有裨于家务也，表满意之欢迎，近且遍设实科高等女学校矣。吾国女学，向不注意及此，即有设家政科

目者,亦空谈理论,而无实践之设备,实习时亦无适当之教授法。外子告余,某女校实习洗濯,洗一手巾,用去肥皂三十文,女生咸以为力劳而费昂,不如洗衣作之便,其实教授未得其法也。学校未改良以前,家庭之间亟宜谋调和之法。女子以不理家政而失舅姑欢者,其原因为新妇不肯平心下气求教于姑,以为吾等女学生,正自有长处,非守旧之姑所能知,姑欲得能理家政者为妇,蠢女村婆皆可入选,何必聘我高尚之女学生?或者以为新妇初来,喃喃喋喋,不免忸怩,不如缄默为佳,稍存大家体统。实则良好之女子,理当治家,不能治家,无所谓高尚也。殷勤请教,正见新妇之虚心,亦无所谓忸怩也。姑之对于新妇,亦往往责备过严,而存不屑教诲之心,以为女子既为妇,家务理当熟谙,不谙则终不谙矣。女学生之本领,识几个字外,无他能也。教之无效,不如缄口,实则妇之不良,子之忧也。父母无不爱其子,奈何令妇以不知家政终其身,多雇仆婢,使耗子之资,百事散漫,使子减其乐,而抑郁常处于悲境耶?使家庭之间,姑怜妇之无能,殷勤指导,妇知己之缺陷,请示多方,长幼相孚,乐趣弥永。如余家者,正深得其乐趣者也。

外子早孤,姑抚之良艰苦,少长见祖产之不足养多人,乃亟谋自立,十六岁即只身走秦晋间,依其戚。戚,经学舆地家而久于宦途者也。外子居其幕,半日读书,半日办事,二年乃归。时沪上澄衷学堂新立,外子受聘为教师,半载复就学于杭州蚕学馆。大病,归居乡里,病略瘥,创设公益学校,男女生兼收,今毕业生任职于教育界者颇多。乙未复入师范,自此遂专心于教育事业。初毕业,任时化小学事。时化,贫民小学也。外子念幼时困苦,学校种种之设施,皆计及贫儿之将来,著有《贫民教育谭》三编,刊行已久。其后任沪上各师范、各中学、各小学、各女学地理教育科教员。余来归时,外子任九校之教科,颇厌苦之,已而大病,乃减少

其授课时间。迨时化校董祁公冕故，外子乃任万竹小学事，兼南洋中学地理科教员。万竹学生近千，论事之繁冗，不当更任他校事，然以费绌而亡奈何也。今其每日所定之时间，略如下表：

六时起　七时往中学　八至十时中学授课　十一时前归万竹　十一至十二时料理校中杂务　十二时至一时饭后休息　一至二时编写讲义　二至四时上课　四至五时课后监护　五至六时理校事　六至七时晚膳休息　七至九时复公私信件、定校务规程　星期上午订正文课　下午休息

观上表，知外子之对于家庭，直如客寓，寄宿而已。余将嫁时，知外子久处于教育界，私念余亦曾略读书，于归之后，或可分外子之劳，且补习不足之学识。初嫁，外子亦为余定课程，某时教余读书，某时令余钞写。岂知家务纷来，日不得暇，迨有二女，益碌碌苦日之短。所谓读书钞写之课程，始终未曾履行，徒存梦想，于是念女学生之求学者，当亟习家事之处理。理想之助夫著述，为已补习，皆不能实行，即有偶能实行者，亦居其最少数。夫妇之间，执经问难，研究学术，岂非天人之乐事，而无如其不可也。寄语现在读书之诸姊妹，幸勿高谈学理，求为不栉之进士，希世之英豪，致一涉家事之范围，便觉百事皆非，无可措手。或失家人之欢心，或增已身之悲郁，不如于家政上早为研求，备出校后之应用，获益较多。阅者毋以我言为卑陋也。现世界之女子，过高尚便不适于生活，求不适于生活之高尚，势有所不能，即能之，亦复何乐？

余在襁褓中，母已弃我而长逝，父怜我，四五岁即使我读书。读书之后，家务概置不问。稍长，即寄宿校中，家庭之事，益茫无所知矣。余谓女子早失恃，实终身一不幸事。家政母理之，母在，女恒随之，母有所操作，女耳濡而目染焉。久而久之，母所能者，女莫不能也。吾国昔时之女子，科学无所知，而处理家政，咸能井井有条者，盖以此。母死则女无所师。吾愿世之姊妹，视有母之

时,为天然练习家政之机会,敏学而勤问焉,则不虚有母矣。若女子一入校,视母为无能,以为母之教不如师之教也,迨至成人之后,始知师之教不尽适于家庭,而家庭之事,悔未尝受教于母也,亦已晚矣。当时学校,本无家政之科,故我家政知识之欠缺,不敢为学校咎。然学校中已习之科目,亦未必适用于家庭。兹略述之,以供办学者之研究焉。国文,学校中已习之矣。迨理家务,而书函之称谓格式,不得不求教于姑;店家之发票单折,不得不求教于外子。送礼之签条,寄物之封面,姑命我书,我摇笔逾半时,不能成一字。姑乃教我,我效之而格式大谬,姑大笑,复详教我,更于纸掏爪印,我勉强书成。初书之纸,今视之实未称意。我家僦屋以居,僦屋例当书租契,外子起稿,令我录之,我清誊如学校之文课,外子曰,租契非殿试策也,卒自为之。外子方病,武昌有电报至,令余翻之。余见满纸皆亚拉伯字码,乃就其纵列之数,分行而加之,而书其总答数焉。外子视之,笑不可仰。姑以为外子方病,余借此以博外子之一笑,其实,余真不知何者为电报也。算术,学校中已习之矣。迨理家务,遇买薪,仆衡之,而我书其斤数。我女学生也,照世界之公例,以为计数之法,莫便于亚拉伯字码,乃书亚拉伯字,而卖薪者不识也,以为作此奇怪之符号,乃有意朦混其重量,期期以为不可,余于是始习中国码字。任家政之日,外子授余以簿,令记其支收之数。余受而书之,以为可借此练习书法,温理算术,月杪呈外子,外子曰,是犹租契之与殿试策也。余于是始习家用簿记。算账余用笔算,姑用珠算,珠速而笔钝,且仓卒之间,有时不能遽得笔与纸,乃大困,余于是始学珠算。手工,学校中已习者也。迨理家政,鞋不能制,裤不能缝,衣服不知其尺寸。始知结一绒线帽,制一绒线手套,非完全之本领,不足贵也。凡此我皆不敢咎学校,而学校实不能辞其咎也。余幸遇慈爱之姑,悯余教余,五六年来,始略知家务之一二。使无姑之家,或有

姑而不能如吾姑之慈爱，则日处愁城中，将何以生？外子办女学，余曾恳切致意，劝其于家事上再三注意，外子颇韪余言。偶至校中，闻教室中刀尺声、算珠声杂作，算术有簿记、有码字，应用文有召租广告、租契、书信、电报、签条、封面种种。顾而乐之，以为现在学生之幸福，实远过余辈。但愿办学者尽知此意，则女子之受福无穷矣。

嫘年七岁，实五岁有九月耳。断乳后随祖母睡。四岁教之识字，嗜读书尤过其父，不强迫之游戏，可终日手不释卷，今已有书一小箱。而中华之儿童画报，尤酷爱之，月出一册，常嫌其出版之迟。今年入女校读书，教师依其程度，插入初等二年级。外子极不以为然，暑假后拟暂令辍学。嫘脑筋过敏，医生谓宜令多游戏，多换空气，少食酸辛之物。

姑生甫一年有三月耳，已能言，已能行，活泼常逾分，大异其姊。自晨至暮，无片时不言语，无片时不舞蹈，就枕时犹喃喃不绝，喃喃之声绝，而鼾声作矣。

吾家之人数如上述，吾更言我家之财政。

岁入项下：

校长修（每月四十元）　全年四百八十元

教员修（每月六十元）　全年七百二十元

合计凡一千二百元

岁出项下：

一　房租（每月十五元）　全年一百八十元

一　火食（每月二十元）　全年二百四十元

一　仆费（每月二元）　全年二十四元

一　车夫及养车费（每月十二元）　全年一百四十四元

一　家中杂用（每月十元）　全年一百二十元

一　姑及嫘姑另用费（每月五元）　全年六十年

一　交际费(家中每月五元,外子每月十元)　全年一百八十元

一　祭祀费　全年四十元

一　衣饰费　全年六十元

一　医药费　全年五十元

一　外子购书费(每月十元)　全年一百二十元

一　慈善捐项　全年二十元

一　补助他人学费　全年九十元

一　嫘书籍学费　全年十元

合计一千三百三十八元

此去岁所定民国四年之预算表也,加以不时之需,千五百元亦至少矣。量入以为出,而不敷之数,乃达于三百元。外子晋游以后,入校读书,以至婚娶,所费不赀,故负债最多之时,数至千元,今尚负六百元。今年始,外子乃决定以编辑之酬劳,补三百元不足之数,并以还债,计每月非得五十元不可。由是假日灯下,恒矻矻为卖文之生活,穷年弄墨,衫袖为乌。余亦思稍稍助之,然所得不逮其十之一,尽心而已。

租房两幢,月费二十三元,小姑居半幢,除八元。楼下之厢房,姑率一孙女、二外孙居之,客堂楼余夫妇及姑居之。楼下居车夫,披屋居仆,已嫌狭窄,盖省无可省矣。为节费计,思迁居南翔,然计其僦屋及火车往来之费,所省无多,加以嫘之读书,南翔实无适当之校,故不得不居沪。

火食,吾家主长者三人,幼者四人,仆二人,以距校近,故包于校中,月二十元,亦较自爨为省。

仆费亦照沪上普通之值计。

车费,以外子每日往中学,中学距寓且十里,雇车往,日须费银四角五分,月计亦十元以外。而风雪、毒热之日,且不易得车,

不如自购一车之为便。车夫工六元，照会费三元，车价及修车费三元，于是每月达十二元矣。

家中杂费，指茶、水、火、油、肥皂、刍纸之属。

另用费所以备甘旨，购玩物。

交际费，家中指送礼及款宾诸事，外子则赴会、宴客，时有所需。沪上生活程度较高，一席之费，罄其每日所预算犹不足。即友朋酬酢，随便供茗饭，每次亦且三四元。而故乡之父老、外地之宾朋，偶来沪上，犹不得不尽东道之谊也。

祭祀，吾家之清明、夏至、中元、冬至四节，循翔俗也。祭设之席，席六簋，加以锭帛，约每次费五元。扫墓过年，约费十元，平常忌日，共约十元。

衣饰费，实有衣而无饰。外子谓吾国妇女，好制首饰，实有碍金融之流通。家有饰物百元，用之十年，仍百元耳，珠翠之属，或且毁焉。若以百元为储蓄之费，年利一分，则所得之数如下式(小数二位)：

100.00　一年本
+10.00　一年利

110.00　二年本
+11.00　二年利

121.00　三年本
+12.10　三年利

133.10　四年本
+13.31　四年利

146.41　五年本
+14.64　五年利

161.05　六年本
+16.10　六年利

177.15　七年本
+17.71　七年利

194.86　八年本
+19.48　八年利

214.34　九年本
+21.43　九年利

235.77　十年本
+23.57　十年利

259.34

十年之银,以本息计之,约二百五十九元三角四分。制饰则依然百元。珠翠毁其三之一,只存六十六元余耳,不已于十年中,耗费其一百九十三元乎?若有饰千元,则所耗几及二千元矣。且人人制首饰,积少成多,国内之金银皆永滞于妇女之身,金融界不免被其影响。故余家之衣饰费,实全费于衣。五人分得六十元,平均人不过得十二元。况被褥鞋袜,已一切在内乎,亦未可谓过奢也。

医药费无定。吾家人有疾，或延德医张近枢医生，或延日医王立才医生。张、王皆外子之至友，诊治非常诚恳，西药效速而值昂，加以嫘、姞之种牛痘等事，大约年须五十元。

吾家本略有藏书，遭洪杨之变，付之一炬。外子出校后，拼命购书，初时几占其岁入三之一，债之所以不清，半以此也。外子病时，曾书一联，悬之书室，联曰："友因多病少，债为买书添。"近虽不多购书，而每月十元之数，无可再少。外子尝谓人出校以后，所赖以增进学识者，惟多阅书。地方无藏书楼，学校无参考书，欲阅书不得不自购。购书犹商肆之进货也，与其节流，不如开源。购书不得谓之浪费也，且家多藏书，愈于多藏金。多藏金，足以启子弟之惰逸；多藏书，则子弟自幼往来于书籍之间，手之所触，目之所见，无非书也。虽不教之读书，自能引起其读书之兴味。子弟当读书之时，所见不过教科书而已，程度稍高，易有自满之心。家有藏书，则子弟知世界书籍汗牛充栋，我所读者正如九牛之一毛，自能多方研究，无形之受益尤无穷也。故外子之购书，视衣食住为尤急。

慈善捐项，有固定者，地方各种公益税是也；有临时者，则矜孤恤寡之举为多。外子离乡久，对于故乡之义务多未能尽，故遇有慈善之事，必略为补助之。

外子读书时，费无所出，求助于亲友，赖亲友之贷借，乃得毕其业，故常谓欲读书而无钱，实为至苦之事。出校后遇有贫苦耐劳之学生，力可佽助者，恒佽助之。今所佽助者，一工业学校学生，乡人且旧徒也，年三十元；一中学学生，亲戚也，年五十元；一师范生，时化之旧徒也，年约十元。

嫘学费六元，其余四元，为购书籍画报。

呜呼！吾小学校教员之家庭也，而所费乃如是。谓之浪费，实未浪费也；谓可节省，问诸良心，实无可节省。世不少收入不如

吾家,而支出与吾家相等者,小学校之教员于是难为矣。余絮絮言吾家之事,今且中止,他日有暇,更当以“吾家之琐事”付诸笔记,以就正于诸姑姊妹焉。

——《中华妇女界》第一卷(1915)第六期

说女权(节录)

天赋人权,女子亦人也,女安得无权?然所谓权者,要自有一定之界限,杀我者偿命,逋我者还钱,国家订定法律,保障人权,原不驱女子于法律外也。故有法律之国,女子莫不有权,第有一部分之限制,使女子略受拘束,如议员官吏之类是也。至于当兵,系义务问题,无所谓权也。就上列者言之,男子有当兵之义务,有议员官吏之权利,女子无其权利,则免其义务,论理亦不可谓不平。

或谓吾国昔时女子,常遭非分之虐待,如恶姑暴怒,烙灸皆刑;婢子无辜,疮痍遍体;夫之于妇,爱之如玩物,弃之如敝屣。女子日处于针毡地狱之间,受尽折磨,而不敢有一言之表白,指为女子无权。其实姑虐其媳,主虐其奴,夫弃其妇,历代皆有常刑,不过吾国女子,崇尚廉耻,以隐忍为美德,遂将所有之权,抛弃不用。故可谓女子不用其权,不可谓女子无权。

自平权之说西来,闻者不察其真相,随意传布,而吾国妇女界之秩序因以大紊。辛壬以还,其说尤盛。争政权则批人之颊于议院;当军人则剪发负枪,戎装上道;在家庭则离婚之说大盛。吾即就此三者以论,亦觉女子之太无秩序矣。所谓平权者,说至尽处,亦不过男女之权相等耳,决非谓女子之权,更超出于男子之上也。女子自视为神圣,试易地以思,苟当时有一男子批批颊人之颊,其英雌之威怒,当复何似?女子不许人批其颊,而他人之颊则任意批之,尚得谓之平权乎?批人之颊,为争参政权耳。平心而论,好

批人之颊者,果有参政之资格乎?亦可笑已。女子从军,史有其事,木兰、红玉,尤所艳称。仔细思之,木兰本将家之女,红玉为大将之妻,耳濡目染,军旅之事,或即为其家庭教育;而当时战术,又不如现在之精,故偶立战功,传为佳话。然一部二十四史中,女子立战功者,能有几人?况今日之战术器械,又非仓卒可以了解者乎,乃号召群雌,编成队伍,形式固俨然兵矣。迨奉令出发,行未三里,足不能前,姊倩妹扶,妹亦告惫,身临战地,略闻枪声,身索索抖不止,求附他营,他营不纳,狼狈求归,进退失措。天下无事,庸人自扰,此之谓也。礼俗虽殊,人情则一。欧西离婚之举,亦皆出于不得已,苟可偕老,何忍下堂?辛壬之交,吾国女子,竞弃其夫,对簿公庭,恬不知耻,一若离婚二字,可以高尚其人格,增益其荣光者。呜呼!妇竞弃其夫,夫亦竞弃其妇,女子乃真陷于不可拔之地狱矣。女子求平权,亦正有轨道可寻,若如上述之事,是女子求非分之权矣。求非分之权,适足丧失其应有之权,此吾诸姑姊妹所不可不知。即余之作此文,亦不过表白此意而已。

余谓权之高下,视人之能力,西人平权之说渐盛者,以女子之能力渐能颉颃男子也。而平权之说,终不能全部实行也。以女子之能力,终未能与男子齐等也。女子欲求平权,培养其能力可耳。

…………

家庭之间,男子懦弱无能,不能办事者,女子往往代理其职务,而其权力,亦往往过于男子。吾家有女仆,其夫农也,嗜鸦片,因尽售其田,女乃为佣妇。夫戒烟之后,身尫瘠如鬼,不能操作,乃在家抚育子女,一家衣食,皆仰给其妇。每逢朔望,其夫徒步至沪,俟于吾家之门首,候妇出,则低首与妇言。妇佯为不理,既而怒目视,恶声询儿女近状,其夫肃立以对,屏息以候命,妇探囊给以钱,夫谨受而还。间或请益,妇厉色问所用,夫期期述苦况,妇或益之或挥之去,夫耸肩含笑,彳亍而行。妇嘱其善视儿女,如斥

仆婢,夫谨诺,其声和而悲。

由上二事观之,女子之待其夫,皆未当理。然女子之能力高者,其权自大,可借以见矣。

呜呼!吾为此文,非痛诋吾女子也,亦非谓女子之权力当驾于男子之上也。不过谓女权当求,而不可出乎常轨,求平权当增其学识,培养其能力;无实际而徒骛虚名,未有不败者。诸姑姊妹,或亦韪吾言乎?

——《中华妇女界》第一卷(1915)第十一期

妇言

娴增少不学,文字非所谙,近得姑教,始稍习家事。偶为文述为妇之道,丐外子润饰,投诸《妇女界》,管中窥豹,且未及一斑。惭赧无已,而亲友同学之见余文者,谓妇道决不止此,嘱缕举以就正于诸姑姊妹,《妇女界》社亦屡函索余文,因拟将妇女之应知者,按事成篇,汇为《妇言》。俟全稿杀青,再订定目次。厨下待烹,儿衣待纫,日晷苦短,遇暇即言,言亦不遑计目次之先后,且亦不敢必《妇言》之卒能成帙也。

舅姑篇

舅姑,婿之父母也。女子自有父母,然二十而嫁,事父母之日,孩提以后,为日无多,事舅姑之日,至多可五六十年,少亦二三十载。且孩提无知,易受人谅,既为人妇,礼节宜谙。女子之事舅姑,不较事父母为尤要耶?

男子生而愿为之有室,女子生而愿为之有家。父母爱子,乃为子娶妇,授室之日,孰不私心窃祝曰:妇来,愿能持吾家,愿无违夫子,愿克承二老欢,愿与夫之姊妹兄弟睦,愿能驭仆婢。然则舅

姑之初心，固无不爱其子妇者。

吾国男女，界限至严。舅与妇之间，世俗相传，亦正有无穷之避忌。故中流以上之家庭，舅与妇相敬如宾客，妇不道舅之琐事，舅不道妇之琐事。妇行或不惬于舅心，舅欲诫之，或授意于姑，或先告其子，万一当面训诲，亦正言厉色，三数语而罢，不絮絮以损其威严也。妇知礼者，亦默受而退。故舅与妇之间，大半为表面之礼节。若姑与妇，则相处时多，亲密逾于常人。姑步亦步，姑趋亦趋，姑之寝馈溲溺，妇皆有侍奉之职。家庭小者，且跬步不离，以听姑之指挥而主持家政焉。

惟其亲密也，言语举动，在在触姑之耳目；惟其侍奉勤也，一衣一食，皆足见妇之能力。姑与妇之情性不同，姑不知谅，妇不知孝，于是妇与姑之间有违言矣。

默察社会现状，以百分为比例，妇与姑之间，真能纤毫无芥蒂者，不得十。表面尽礼，心思相背者，不得五十。姑与姑相遇，则言其妇，此唱彼随，累日而不穷；妇与妇相遇，则言其姑，摘瑕求疵，更仆而难数。呜呼！和气致祥，乖气致戾，家庭之间，至于如此，家不隳，祸不止也。月晕而风，础润而雨，凡事之至，皆有见机。姑与妇之不和，其间要有原因可索，姑不慊其妇，有因二：一为苛求，一为报复。妇之来也，姑望之殷，庙见以后，姑大快，以为此后吾家之衣，可由妇制之，制成且莫不适体；吾家之食，可由妇烹之，烹成且莫不适口；凡我心中所欲言、所欲行者，妇莫不能为我言之行之，既而妇之言行不如己意，遂以为妇故逆我，戾气斯生。其实姑妇之年，相差且二三十岁，年代变迁，所受之教育不同，所见之世情不同，安能吻合无间？且新妇来自母家，或未习家政，或母家之情形与夫家异，姑不之教，又安能凡事皆当？持报复主义者，则所见尤谬。吾国姑妇之间，既积不相能，而尊卑之名分不可废。于是姑之加于妇者，妇不能不忍受，忍受久乃发生一种

希望,以为今日我为妇,不得不如此,一旦为姑,则自有为我妇者,可伸我气,于是己身数十年所备尝之苦况,欲一一加诸其妇之身。谚曰"十年新妇熬成婆",又曰"廿年新妇廿年婆,再歇廿年做太婆",辞意之间,皆绝然寓有报复之意。意在报复,则姑视妇如仇敌,妇视姑如寇仇,家庭从此多事矣。其实我之姑与我之妇,风马牛不相及也。受诸姑而报于妇,如甲伤我手而我诉乙于官,不通之甚矣。且推己以及人,当年受尽折磨,岂我所愿?"己所不欲,勿施于人",我又何必以己身所不愿受之苦,而任意加之于妇耶?

然姑妇不和,妇亦不得辞其咎也。妇获咎之因,大半由于自是。姑与妇之年不相若,意见自不同,前文既言之矣。妇见姑之言行不惬于心,以为姑顽固,百事不入时,且有背世界流行之新理,我之长处,非姑所能知,我行我素,姑亦无如吾何也。此自是之心理,由于刚愎。新妇初来,不免忸怩,遇事不能断,思问诸姑,既恐受姑之冷淡,又恐受姑之讥刺,乃默而无言。事既行而误,姑加以纠正,妇以为姑不告我于事前,徒絮絮于事后,是故成吾过也,老羞成怒,于是率意直行,姑虽有言,亦充耳不闻矣。荜门圭窦之家,妇女不知大体,厉色恶声,姑妇之间,且诟谇矣。此自是之心理,由于执拗。其实姑纵不良,已操持家政数十年,学识或陈旧,而经验则百倍于妇,且治家各有其家之宜。姑持家久而家不隳,足供我取法者自多,偶有不合于时者,亦当婉曲陈言,尽几谏之义。至己有不知,而请问于姑,正见妇之知礼,无所谓忸怩也。姑教我在事前,既为我先路之导,在事后亦可为覆辙之鉴。虚心受益,妇之理也;执拗自是,妇之祸也。

姑妇不和,既日闻诟谇矣。至其极,则姑弃其妇,不令同居。妇本年少无知,姑悉心教之,犹恐不及,今任令独居,徒使妇行日乖,终不得治家之正轨。娶妇为爱子也,妇不良,适以苦子。妇姑分居,徒使子周旋于二者之间,推诸父母爱子之心,亦何忍出此。

近来小家庭之说盛行，新妇于归之后，恐见恶于舅姑，乃偕夫他去，另室以居。夫吾国人之所以幸多子者，为其能养老也。欧西之人，父子异处，父母乃以生子为苦，法国之人口，且以日减矣。子妇能终身事父母舅姑，不可谓非吾国之善俗也。若妇轻弃其姑，徒足以增夫之恶名，损己之美德。邻里亲戚，习于旧俗，必蹙额相告，谓某某夫妇不能事其二老，意中且屏我于人类之外矣。

国，家所积也，家不治，国斯乱矣。姑妇间不和之原因，大约起于初时一二年中。为姑者，能体谅妇之年少无知，教之若爱女，念己身为妇时之困难，而待以宽爱。为妇者，能知己之治家能力远不如姑，姑之所以督责者，无非爱我。姑事事体谅妇，妇事事受教，家庭安有不和之理？姑爱妇，使妇得为子助，爱妇实所以爱子也；妇孝姑，使夫得尽事亲之礼，敬姑即所以敬夫也。妇女孰不爱其子？孰不敬其夫？奈何姑妇之间常有违言，以苦其夫若子也。

事夫篇

自平权之说起，而女子从夫之义破。吾草《妇言》，夫之上冠以事字，阅者得毋笑其自卑乎？虽然，吾尚有说。

夫夫者，丈夫也。从亣一，一以象旡（旡即簪），言成人则用旡也。夫不过普通成人之谓，本无夫天也之义，亦无夫可统治其妻之意。妻，齐也；齐，平等之义，亦未尝谓妻当服从其夫也。事，职也，事夫谓对于夫之职也。人孰能无职，固非谓屈于人之人始有职也。推诸吾国古时字义，夫妻之权本无不平，而事夫之说，亦不可谓女子受屈。

其后阴教不昌，女子与男子，不能受平等之教育，于是女权日落。人之詈我者，遂曰，女子不过为男子之玩具，又曰，妇为夫之奴隶。此不独吾国为然也，当时欧洲亦莫不如是。拿破仑，欧洲之雄杰也，“夫妇间之行为当平均如一”之语，虽载于其法典，而其

致友人书曰:“夫之制驭其妻,必须持无限之权势。夫对于其妻所当有之权势。如夫若顾其妻而命令之曰:吾妻,汝不可外出。妻当立应之曰:唯,敬守君命,不敢违。夫若顾其妻而命令之曰:汝不可赴战场。妻当立应之曰:唯,敬守君命,不敢违。夫若顾其妻而命令之曰:吾妻,汝不可见彼人。妻当立应之曰:唯,敬守君命,不敢违。妻若违背夫言,则夫得任己意而即予之以谴责。”读此,可知中外之一辙矣。

近世欧洲,女子争教育平等,能力日厚,职业日多,夫妻之间渐有均齐之势。吾国则女学方萌芽,女子之能力,视欧洲犹瞠乎其后,吾言事夫,故不得不就现势立论。

女子以治家为天职,治家尽己职,非为夫也。譬如朋友,合营一业,甲坐守,乙外出,不可谓甲屈于乙;譬如行军,丙守垒,丁陷阵,不可谓丙屈于乙。妇女知此义,则以治家为乐事矣。妇女既知以治家为己任,则家之和,妇之责也。凡能致家之和者,妇女皆当竭力为之。妇女能致家之和,己责尽,事夫之道,亦莫不尽矣。

和家以和夫妇始,夫妇不和,家事百隳。为人妻者,第一,当安夫之心。舅姑间偶有违言,当下气怡声,乘间劝解,不使闻于夫前。仆俾有倾轧或不尽职事,当安排妥贴,毋劳夫之过问。佳节良辰,亲友交际,当先事分配,奢俭从其家有无,无烦夫之支配。家有病人,当躬任看护或指挥看护者,调药石、延医生,不使夫紊其思。如是,妻一意治内,夫一意对外,夫心专注于职业,其品味必日高,其名誉必日起,而己亦不愧为贤内助矣。第二,当节夫之财。生活程度日高,所入恒不敷所出,开源无望,不如节流。妇女持家勤俭,夫所入之钱,已足敷一家之浇裹,则夫心泰然,不愿为投机事业,不愿得非分之财,所业自日臻于稳健。若家用浩繁,不知节俭,则夫之岁入,不足供给,自必日谋其弥补之方,于是倒行逆施,丧名罄产,而家亦随之隳矣。故妇女能量入为出,即使夫日

趋于正道之基也。然所谓节者,非吝也。应用之钱不用,则损友谊,损亲情。譬如亲戚岁时往来,婚丧庆吊,皆不可少之礼节,缺之是疏亲;疏亲,即所以寡夫之助。即或贫亲穷戚,有非分之要求,无端之缠绕,有力亦当略为佽助,无力则婉言拒却,终不可过分苛待,使人怨而思报。譬如朋友假日往来,同事酬酢,家庭设晏,时亦有之,为人妻者,当询夫婿之交情,定款待之厚薄,务使百事豫备,宾主尽欢;断不可有怨声恶语闻于外,使宾主不安,而友亦不复更至;友疏,亦所以寡夫之助也。万一夫友非人,行为不正,亦当于客去之后,婉曲陈言,冀夫感悟;若客在时即有违言,或适以触夫怒,离家而别谋款友之方,家庭固清静,而夫之行日堕,夫之财日费矣。至于夫妇间之感情,则更宜注意,务使白头偕老,式好无尤。夫妇间之不和,大约起于下列数原因:

(一)不能善事舅姑。父母抚子,至于成人,劬劳可想。为子者而稍有天良,孰不愿有室之后,能承欢于膝下?妇初来之时,正可细询舅姑之情性于夫,冀事之尽礼。若漫不留意,舅姑失欢,夫左右为难,感情遂恶。

(二)言夫家之缺点。人有缺点,最忌人知。不明理之妇人,夫妇间偶有违言,即言夫家之缺点以相抗,或讥其贫窘,或诮其卑贱。须知妇随夫贵,夫贫即己之贫贱,又何乐而暴于口?妇能隐忍,夫斯加以怜悯。若恶声相报,丈夫意气自豪,老羞成怒,感情遂恶。

(三)求非分之供给。妇女孰不爱装饰,孰不求安逸?然夫家之有无,则不可不顾及也。若家况非裕,而妇夏求纱縠,冬求狐裘;衣服备矣,更求金饰;有金饰矣,更求珠翠;有珠翠矣,更求钻石;百事备矣,更求时式。夫柔懦者,或罄囊以供妇之求,或负债以应妇之请,卒致夫财皆不流通,事业因以日困。夫刚暴者,忿妇之无厌,置之不理,驯至于必不可少之衣物,亦不为之备,求荣反

辱,感情遂恶。

(四)多道母家之事。女子既嫁,遂视己之父母如路人,岂人情之常?然常道母家事于夫婿之前,亦正足取人憎厌。遇有言,则曰母家斯言如何说;遇有食,则曰母家斯食如何制;遇有事故,则曰母家遇此如何经营。夫家之人闻之,一若妇之心终倾向母家而不我属。至于夸母家之门第,暴母家之富有,言尤鄙陋,而感情亦尤易恶。

(五)纷夫之心志。夫有职务宜静其心志,使壹志谋进行,若常以琐屑之事,聒于夫耳,夫每以烦劳而致不快。如儿童众多之家,夫晚归或在家时,有所事事,宜勿令儿童近侧,以妨其思虑。否则父为厌苦其儿,而嫌母抚育之不至,感情亦由是而恶矣。

为人妻者,能注意上列数端,百事谦和,虚心求益,苟非遇至不良之夫婿,未有不可事者也。

妯娌篇

吾国家庭,耻言析炊,兄弟多者,有室以后,依然共处。男子居家时少,家庭交接之事,妇女为多,妯娌之间,遂多事故。论理,成家以后,各自组织一小家庭,挈妻孥而分居,平时不常晤面,意见自少参商,遇事偶然聚合,乐趣因之弥永。但吾国习俗,视析产为不祥,以同居为美德,而为父母者,使子妇聚于一处,膝下承欢,旦夕可见,亦以为乐事。故今日欲提倡小家庭制度,尚非易事。

妯娌共处,各事其舅姑,各无违其夫子,各抚养其子女,人尽其职,家庭或不致多事。然旦夕相见,情谊易亲密,亲密则交接多,交接多则言语态度之间不免失之疏忽。以疏忽故,彼此心理上遂不能无芥蒂。推原其故,约如下列:

一、母家之富贵足以助其骄。吾国婚姻,论门第,论财产,至可鄙也。为嫁女而求婿家之富贵,使女子无冻馁之忧,犹有一理

可说。若娶妇而论其势力财产，是直以娶妇为营业，推其心理之极，且欲恃妇以赡养全家，可耻孰甚，然而不能免也。一旦新妇来，亲戚邻里，恒握筹而为之计算，新妇所携，银若干，田若干，珠玉首饰值若干。值而昂焉，则啧啧称道之，或屈指而计其母家之势力，谓某也某官，某也某职。若不胜其荣耀者，于是新妇之心理上，遂挟有母家之富贵二字，蔑视其娣姒，娣姒以其蔑视也，亦视如寇仇。此妯娌不和之原因一。其实富贵不足以骄人，妇女恃富贵而其他皆不顾，直等于金铸之豕，价非不昂，而不适于用。若能忘其富贵，虚己下人，使家庭和气盎然，人以其忘富贵而能下人也，且倍称其贤。余表嫂陆，清太傅之女也，于归未久而寡，家况不继，太傅家以时周给之，而嫂事其舅姑维谨，告群娣姒，谓诸人咸有良人子女之事，事舅姑之职，可由吾独任。昧爽，立舅姑门外，舅姑兴，奉盥栉以进。视娣姒之子女犹子女也，群娣姒亦敬之如姑，此好模范也。

二、先入门者恒轻视后来者。妯娌之来也，以兄弟之年岁不同，而有先后。先来者，能识舅姑之性，能知家庭之历史，能驭所雇之仆婢，对于后来者，不加指导，即讥其无能，而所谓无能者，以为我与若辈相等耳，若奈何轻视我。此妯娌不和之原因二。其实家事既未分析，后来者未入门时，我独任其艰巨，有后来者，而我以之责任分，后来者之能力日高，即我之心力可日省，理宜任指导之责。指导之而不听，或反以为多事焉，则忠告而善道之，不可则止毋自辱也之语，有以诏我矣。

三、各私其子女。妯娌共处，各有子女，孩提无识而性喜群聚，群聚于一处，或以言语争，或以食物争，甚且至于相殴。父母自无不爱其子女者，见己之儿女与他人之儿女相冲突，不究其由来，即以为己之儿女被人欺侮，于是恶言厉色，使人难堪，人亦反唇相讥，阴戾者或且各扑其儿女，以泄其胸中之忿。此妯娌不和

之原因三。其实小儿天真烂熳,偶然失和,绝非要事,不过嘱率领之人,小心谨慎,防其受不测之警恐可矣。有事发生,婉言劝解,责人固易触人怒,责己之儿女,亦使人不安,若无端加以扑责,小儿受惊恐之后,又益以激刺,或因之致疾。且人各私其子女,子女将有父母之拥护,适易养成其骄心,“小儿相打,大人出场”,甚无谓也。吾乡有渔家,妯娌二人,和好如姊妹,甲出则乙哺其子,乙出则甲哺之。甲时来吾家,予怪其家有小儿而外出久。甲告余,有乙在,可无恐。余不禁喟然,叹诗礼之家,不见盎然之和气,而独存于渔人之妇也。妯娌能不分界限,共同抚养其子女,则吾有事时,己之儿女可不顾,可无虑,岂非一快乐事乎?人奈何而不思及此。

四、恃舅姑之钟爱或良人之能力。妯娌多人,舅姑之性质不同,未必能视同一律。舅姑爱之,便恃以为护符,不置娣姒于眼底,娣姒不能忍,亦为计倾之。此妯娌不和之原因四。夫之兄弟,或未成立,或失业家居,皆恃夫之资财以衣食。我以夫之财力,被分于夫之兄弟也,遂自以为主人,而奴视其娣姒,娣姒敢怒而不敢言,然心中已易感激而为怨尤矣。此妯娌不和之原因五。其实舅姑老矣,其钟爱要不可久恃,一旦失所恃,而娣姒协以谋我,我将何堪?且娣姒之失欢者,当怜而助之,使渐能博舅姑之爱。一方面使舅姑不致以有失欢之妇,而抑郁其心;一方面使娣姒能尽其妇职,而分己之劳。为舅姑计,为娣姒计,为己身计,皆当如是,非欲借以博贤名也。至于夫之兄弟,受吾夫之庇护,彼固不可忘我恩,我则不可不忘之也。且易地以观,吾有急时,能不赖夫兄弟之助乎?

上所述者,于妯娌不和之原由,及其相交之方法,略见一斑。读者请各自寻思,亲戚邻里中,以妯娌不和而毁其家者有几,以妯娌不和而使舅姑烦恼者有几,以妯娌不和而失兄弟相助之效者有

几，即知妯娌不和之害烈，而研究妯娌间相处之方，不容缓矣。

婚嫁篇上

吾国旧式之婚嫁，曰父母之命，曰媒妁之言，所谓不自由结婚也。为夫妇者，于结婚之先，初未觌面，家庭之习惯不知也，彼此之性质才貌不知也，贸然配合，于是多怨耦。刚者交谪，柔者抑郁。以交谪而家庭乱，以抑郁而疾病侵，损幸福而夭天年。夫妇之道，于是乎大苦。詈之者，致目之为野蛮结婚。

二十年来，欧化东渐，乃有自由结婚之说，于是吾国有新式之婚嫁。有新式之婚嫁，男女相见，媒妁无权，当可弥旧式之憾矣。然默察社会情状，又未必然。以新式结婚故，而被屏于家庭者有之，见绝于社会者有之。即夫妇之间，亦多相欺以术不能相安者，请求离异之案，新式者更多于旧式。于是向之被詈为野蛮者，指而嗤之曰，文明者乃如是。

旧式新式，两有弊害，欲求其是，弊害宜先去。吾不得不推究其原由而一研究之。

婚嫁受命于父母，非吾国独有之例。父母无不爱其子女者，男子生而愿为之有室，女子生而愿为之有家，有家有室，莫不愿其和好以终，谁愿以不良婚嫁误其子女者？而子女受其误者多，何耶？余窃思之，其弊要在于慕势。富亦势，贵亦势也。欲得富婿者，以为婿，吾女所恃之以终身也。人之生活，第一在衣食住，欲衣食住之无缺，舍富家其奚属？以其富，于是体格之健全与否不问也，性质之纯良与否不问也，学识之有无不问也。即使残其四肢，戾其性质，目不识一丁字，亦终以富之故而谅之。欲得富妇者，视娶妇如贸易，以为子婚之费，可取给于妇之妆奁，且有余焉，获利之厚，视贸易为良矣。甚者或以为子恃妇资，一生可吃着不尽，于是志在得富女，凡女家之门第家风及女子之性质才貌，一切

皆付诸不问。富，形式也，父母但为子女求形式，而子女之精神乃大苦。其实，富至不可恃，世界之潮流，国事之变迁，生活程度之日高，皆足以丧其财产。而富家子弟，养尊处优，不知生活之艰难，一旦失父兄之庇荫，痴骇不知理财，安坐享用，狭邪赌博，不数年而罄其所有。不学无识，无以糊口，一朝落魄，较之向恃劳力谋生活者，且不如远甚。至于妇之妆奁数尤寡而范围尤小，妇恃富以骄，对于家人，每不能尽礼，而戾气生焉。且富家之女，除妆饰饮食以外，每不复有所学，不耐操作，不知烹饪，不识缝衽，不能驭仆婢、理家务，足不出闺门，日中始起，梳洗既罢，日已暮矣。无用如木偶，而所以供奉之者，且远过之，妆奁易罄，而家以大乱矣。然则富不足慕也，慕贵者同于慕富。孤子单丁，无伯叔，鲜兄弟，欲得外家之庇荫，苟妻之父兄弟有势力于社会者，不问妻之能相安与否，莫不愿就其甥馆，此一类也。妇家有人置身显要，或有声于时，口其人而其人得官焉，心其人而其人得事焉。婿家之父兄伯叔，以为我缔姻于是，则可求援于妇家而各得其事，妇之何如，可不问焉，此又一类也。反之则婿家有势，而妇之伯叔兄弟，有求援之心焉。婿之庸愚、奢侈、性质、才学，举不足以匹吾女，不之顾也，此又一类也。父兄各为其己身着想，而不问子女终身之幸福，子女之精神复大苦。其实贵亦不足恃。吾无伯叔兄弟而求援于妇家，妇家以为此人也，来求庇者也，非婿也。妇家之人蔑视之，妇之视夫，或如奴隶焉，婿终日如坐针毡，精神之苦痛，且百倍于无恃也。即使妇家之人能援之，婿以为吾之得有所业，恃外家之势也，有恃则骄惰而不勤其事。与婿共事者，亦以为此某某之骄客也，某某使之来，为其婿觅一啖饭地耳，非真欲使有所业，而有所建白也，吾人当谅之，已有所恃而人复谅之。饱食终日，无所用心，一旦丈人峰倒，无独立自营之能力，冻馁随之矣。此第一类之不可恃也。为一妇而欲求妇家提援其无数之人，妇家之势力有

限,未必能如愿以偿,妇家之父兄,或厌其烦苦,而一律谢绝之,未可知也。盖妇之父兄,愿殷殷以顾婿家者,恐不为尽力,则妇受家人之白眼,遭磨折耳。若妇家之势力,方为婿家所企慕,则仰承妇之鼻息且不暇,安敢加以磨折?于是将婿家人之求事者,恝然置之,婿家之人,亦无如之何也。此第二类之不可恃也。若妇家有求于婿家,则尤为难事。婿家欲得妇耳,得妇之后,一切可付诸不问。偶有请求,妇在婿家,且受无限之揶揄,或因之失舅姑欢,未得婿家之援,而妇已受其害矣。此第三类之不可恃也。且门第悬殊,势力迥异,妇家优于夫家,则妇骄不能尽其道,舅姑怒其慢,夫婿厌其扰,而日用所需,装饰所用,且疲于供给,是非妇而祸矣。夫家优于妇家,则夫骄不能事,舅姑嗤以鼻,妯娌笑以目,女纵贤淑,周旋其间,已苦如牢狱,是非婿而羞矣,然则贵不足慕也。

吾国严于男女之防,未行婚礼之先,男女无相见之机会,而男女两家之历史家风,男女两方之德行才识,无从深悉,乃借媒妁为介绍。古时风俗朴厚,为媒妁者,皆两方亲信之人,故媒妁之言与父母之命并重,可见古时视媒妁甚尊。至于后世,三姑六婆皆以媒妁为营业之一种,乡村市集亦有专以恃媒妁为生活者,只求事成,足以糊口,指鹿为马,任意捏造,其说甚辩,其术至工。无识者堕其术中,世间无数之怨耦,于是赖媒妁而成立。旧式之弊害既如是,新式者复如何?

好自由者,以为婚姻吾人毕生之幸福所系,父母之命不足听,媒妁之言不足信,一意孤行,以扩其自由范围。父母加以干涉,则狂唱其家庭独立、家庭革命之说,以抵抗,求耦于四方。成婚之先,父母初未之闻,一旦挈妇而归,父母之视新妇,以为淫奔之女也,曷足为吾妇?子自认为妻可也,我则决不以家人相待。子挈室而行,父子之恩绝,夫妇之道苦。社会习于旧俗,视所谓自由结婚者,以为不得结婚之正轨。不得正轨者,其人品不可恃,见父母

之弃之也,亦群弃之,甚矣俗之不可骤革也。青年之人,富于感情而少意志,一旦有所遇,世情之诚伪变幻,一切不知,只觉其人之可恃。迨结缡以后,久相处,而彼此性质渐趋歧异,父母以其自由也,不为之调处,乃始而交谪,既而隔绝,终而求离异矣。富于感情者每如此,亦进锐退速之义也。而繁华之区,风俗不古,婚姻或亦出于欺诈,别有所图,而以婚姻为过渡者,一方面之受害尤烈。甚至使君有妇,罗敷有夫,一时动于感情,竟为第二重之婚约,于是讼狱以兴,名分不定,声誉扫地,而自由之说尤为人所指摘矣。旧式新式两方之弊害,已推定如右,其商榷改良之方,吾将述之于下篇。

婚嫁篇下①

新旧两式之婚姻,其所以有不良之果者,原因已推得如上篇。大约风俗之成,皆根于数千年之习惯,其所以能成习惯者,自当有可存之理由。一旦骤革之,势不能,理亦不可,故旧式婚姻,未能尽废,而其贻误于子弟,当亟谋有以改革之。社会之目光,一般人之舆论,各国有各国之异点。吾国欲效欧风,当先察社会之倾向,未至先知先觉之地位,而妄认为先知先觉,非徒无益,而又害之。故欲行新式婚姻,一方面当认明自由之界限,一方面当体察社会而有以变通之,期合于正轨。鄙见所及,略举如下:

一、父母子女之同意。青年子女,阅历无多,感情富而意志浮,鉴人以表,不能细察其底蕴。视事太易,不知计量其因果;才识不足,不能不有赖于父母。父母处世久,阅人多,鉴貌辨色,破奸摘伪之方,亦较胜于少年,故子女意有所属,不妨婉陈之父母,以取父母之同意。父母访其家世,睹其人物,以为可则径许之;父

① “下”,原文无,据上下文义补。

母见有不可许之点，则详切以告其子女，使反省焉。父母意有所属，亦当详告其子女，使子女有疑问之点，则为访明而更告知；子女以为不可，父母亦当自省。苟其事为子女所误解，则婉曲晓喻之，其事为子女所真知灼见，则采用之。盖父母之阅历，固优于子女，而时代不同，父母之以为是者，或已不适时宜。婚姻关子女终身，父母亦不可视子女为所有物，而任意决定也。

二、媒妁之慎选。吾国社会之现状，男女之程度，实不足以径效欧风。使有一人焉，效欧洲男女之交际，男女相谈话，偕行走，共饮食，同游戏，举动一出于正轨，不稍涉于暧昧，光明磊落，在欧人固视为常事，吾国则群起而非之矣。以为是人也，不知礼义，不知羞耻，怪物耳，非正人君子也，人见弃于社会，至易妨其事业。故在今日而欲畅言新式结婚，使结婚之前，男女常有相见之机会，犹为难事。即退一步言，父母代子女之劳，两家之尊长，先见其意中欲得之婿若妇，而与之谈话焉，饮食焉，以熟察其性质，相攸犹易。妇则非素谂之亲戚，不能见也。社会之见解如此，欲通两家之意，势不能不赖乎媒妁。但媒妁宜慎选，须延请相知有素、诚实可恃、向不以媒妁为营业者，使居于第三者之地位，访其家庭，考其历史，详询男女之学识性质，报告于两家之父母，父母又据其报告而详加访问。苟媒妁之言不虚，男女之学识性质足以匹配，乃从而议婚焉，所得亦过半矣。若三姑六婆、鄙夫俗士，则断无为媒妁之资格也。

三、门当户对。吾国谈婚姻者，每曰门当户对，此言不可废也。社会有上中下之分，其生活程度，自各不同，职业互异，家庭之习惯，安能比户皆然？故两家之门第不相当，婿不能安其心，妇不能尽其职，家庭从此多事。吾书至此，外子为我举一证焉。谓有友某君，小学教员也，日出而作，日入而息，家亦小康，娶儒家女，论门第固相当也。然女之父母，旧式的儒家也，起居不能有定

时,饮食亦晏于学校。于归之后,每日晨起,梳洗孔忙,夫欲赴校,晨餐未备,午膳回家,米亦未淅焉。夫于是寄食于友家,伉俪之间,亦因之反目。故考察其家庭之习惯,尤较门户为急也。

四、重人而轻财。世风不古,争聘礼,争妆奁,婚姻之道,乃如买卖。争聘礼而婿家竭其力以应,亲迎至门,女家借仆婢门包之名,闭门不纳,媒妁更往返商榷,如其愿乃止。婿非有家,摒挡婚费,已极周章,益以苛求,不得不借贷或典质,妇未入门,债已山积。于归之后,婿日困于愁城,妇亦颦蹙终日,尊嫜推贫困之由来,必迁怒其妇。即富有之家,未婚以前,以争礼而伤其感情,女亦艰于为妇。故争聘礼实足以祸女之终身也。争妆奁,女家亦苦于张罗。且富于妆奁之女,骄且惰,不能俯首事舅姑夫子,前文既言之矣。而子恃妇资,或因以游荡,贪妆奁亦足以祸其子也。故今之言婚姻者,宜求男女之足以相匹。家之贫富不必论,聘礼妆奁,各随其家之有无,尤不许一言道及也。

五、勿信占卜。男女两家之希望如何,各随其现状而异,故吾欲假定一格,男具何种性质才识,而始可以为婿,女具何种德性能力,而始可以为妇,吾实无从下笔。然结婚以前,两家意中,必各有其希望在。顽固之人,习于迷信,欲知其能达希望与否,则付诸占卜。占卜之不足信,人尽知之,无烦吾赘述。即以占卜为可信,两方欲为子女早毕婚姻之事,费百钱即可托瞽者捏造一庚帖,吾即欲占卜,亦无从而占卜之。其他求签拆字,同属渺茫,断不可信,信之则无效可求。而天生佳耦,事事相称,因占卜而失之者众矣,可不戒哉!

六、研究年龄及体格。婚期之早晚,关于终身之幸福。近颇有人提倡晚婚说,于男女之生计上、生理上,当有大益。然少年意志薄弱,亦正有横决之虑,故子女之婚期,应由父母酌量定之,可晚者以晚为是。男女年龄之差,以学理言,男长于女可十岁,吾国

社会之习惯，未易语此，则五岁其庶几矣，若女长于男，断乎不可。体格之强弱，谈婚姻者每易疏忽，至多考察其肢体之健全与否，疾病之已有发现与否。而男女之秉质如何，将来能否免于疾病之困，鲜有察之于事前者，此大患也。故考察身体，亦为婚姻上重大事项。至于考察之法，则另有专书，可无赘述。

七、自由当研究其真相。罗兰夫人曰："自由，自由，多少之罪恶假汝之名以行！"西国之结婚，所谓自由者，亦正有许多之防制，应有之识力，非如蛮族之人，相悦即可以为夫妇也。吾国盲听欧风，一若自由两字，更无丝毫束缚，于是误入歧途，逆施倒行，见弃于社会，被屏于家属。吾滋不欲琐述其现象，愿好言自由者，细察其真相，勿涉于误会。而社会之舆论，家庭之阻折，足以损我终身之幸福者，亦宜顾及，勿壹意孤行也。

吾上文所言，就时势、社会立论，不敢谓有一是处。然言婚姻者，得此亦多一商榷之方，或不河汉斯言也。至有目予为顽旧者，则予固旧式的妇女，无可论已。

——《中华妇女界》第二卷(1916)

第一、二、四、五、六期

李佛如

李佛如,生卒年不详。曾就读于京师女子师范学校。《中华妇女界》主要撰稿人。

我之妇女职业谈

欧美女子之争政权,罔不由生活问题而起,生活问题若何,视其职业而定。我国向以女子为分利物者,良以女子少专门之职业,乏独立之能力,故贻人以口实。然吾谓分利者固多,生利者亦属不少,他省非所知,吾为赣人,姑就赣省所见者略述之。

一、麻业。赣省出产,以夏布为特色。夫人而知之矣,讵知其缉麻也,绕绩也,无一不出于妇女之手耶?每夏秋之交,家家妇女,日手一筐,即女孩自八岁以上,罔不习之。其工资则视其粗细而定,亦有以缉成之麻换原麻者,约每两可得工资七八十文。一日工作,粗者可二两,细者只一两,除糊口外,所余已无几矣。惟女孩本终日无事,常以是为轻易功课,故缉麻于家者,固非最苦之民也。吾家人无事时,尚屡为之,女仆暇时,亦责为常课。但织布多男子为之,盖妇女多缠足,其力有所不逮也。

出布之处,为抚州之宜黄、袁州之万载,故缉麻之妇女,率以是处为多。近年生活程度较高,工资亦稍稍加增矣。

麻本出自本地,至刈麻之候,妇女工作,习以为常,而其初则

非女子事也。盖麻为多年生根，每至五月，长成数尺，男工自园中刈来，去其中心，留其外层，外层之表皮又悉去之，留其纤维，此后纯为妇人之职。妇女每日工资，较平日增约百余文。一年之中，刈麻有三次，自五月后约隔月余一次，妇女之工作，多从事于此焉。

织布之麻，缉时较易。另有缉线，即未有洋线以前，吾国除丝线、棉线外，有麻线一种（吾乡谓之夏线），较丝棉等线为韧，业此者工资较优，盖其线重光滑，非熟手不能为也。

二、纺业。交通之区，织布之纱，无论其为机器也，人工也，罔不用洋纱，除湖北、上海机器纱厂所出之外，鲜有不用洋纱者。近年爱国布盛行，所用之纱以日本者为多，而吾内地则不然，织布之纱，均出自妇女之手。此工作多以冬季为之，因缉麻须以水浸，而纺纱则不入水，不至寒冷，故乐于从事。常人之家，每至漏已三下，犹闻纺声咿哑。乡间妇女，相聚而谈，无不问近日纺纱几何，出布若干。其勤朴之风，较之洋场十里，自有天渊之隔矣。

纺纱每日约能四两，代人作工，工资约三四十文，然自用者为多。盖一家之衣，多出自妇手，至农事既毕，纺纱织布，此布称之为家机布，所以别于市上购买者也。

三、织业。织布一业，吾乡曩昔绝少，自织机改良后，手免抛梭之苦，足少动作之劳，妇女业此者乃日盛一日，然穷乡僻壤尚不多见。惟南昌布厂颇多，女工之数占男工之半，每日约能织布一匹。工资多少，视布幅之宽窄，宽者约四百，窄者约三百，所入虽微，较胜前此数者，但南昌为省会，生活程度较高也。

四、耕种。南安赣州之妇，除富绅外，均不缠足，故其工作之事，与男子无别。男子所能之事，女子亦能之，故耕种亦男女合作。每至农忙之候，一望田畴，实难分谁为男女。盖彼既系天足，

耕时赤其双脚，耕作之勤，较男子有过之无不及也，甚且有夫子在家看护儿女，而妇人独力耕作者。普通之家大都共同耕耘，山歌高唱，其乐无极，汗珠泠泠，无事娇喘，较之香闺弱质，足不出户者，其得天为独厚矣。世人每谓女子身体不如男子，不知对于乡人，尚作何语以解释也。

五、渔业。余谓渔业，妇女亦优为之，阅者必以其言为妄，而非妄也。饶州滨湖之地，人民以湖上生活为恒业，家各一船，夫妇共同操作，一年之计，多在九十月间。盖是时湖水渐退，网鱼更易，取鱼既多，则腌晒之，贩往他处，虽非专业，亦妇人职业之一种也。

六、蚕业。吾省种桑甚少，几无蚕业之足言。近年从事提倡，得丝转售外省，本省所用者，只有织茧绸制丝线而已。丝价每百两，约值洋三十元，然此非长久之业，一年之中特数十日之勤劳耳。历来此业，多在中人之家，今有蚕桑学校一所，开办数年，毕业二次，吾尚望其实力研究此业，则日益发达，不患不与江浙媲美也。

七、船业。船业本非女子之业，以吾所见者言之，则实与女子之业无异。内地交通多用帆船，船帆之大者以永星为最。船主家属，例住船上，盖船即彼产业，雇用水手数人，而主妇多善掌舵。舵为船命所关，其操纵全赖妇人，且每至砂滩水浅时，妇人亦往往赤脚下水，助其臂力，直视为妇人职业可耳。

八、拣茶。采茶本系妇女之事，采时粗细未精，焙后上罐时，必另行拣择，此业亦纯系妇女为之。或往机中工作，或领回自家工作，工资每斤约数十文。此不独吾赣一省为然，他省亦如是也。

九、缝工。缝工本妇女专业，男子业此者亦复不少。但女子缝衣较男工为贱，以其不知裁法，故多间接领成衣店内之衣，归家

工作。店中所卖之袜,及富家妇女之鞋,则全赖女工,非男工所能为也。

十、佣工。中人之家必用女仆,掌洗衣造饭等事,平均计之,女佣之数,较他项职业为多。每月工资,自四百至二三千不等。虽云贱役,然亦妇女职业之一种。其余若荐头、稳婆,为数极少。至高等职业,学校教师、商店职员则更如凤毛麟角,不可多见矣。

呜呼!我国民穷财尽,生活为艰,而妇人职业虽有上述各种,然皆卑不足道。东西各国,女子掌教育、经商业者,日见其盛,我国则相形见绌,讵非可耻之事乎?然徒知有耻,而不能自立,于事仍无所济。所贵者人人自立,而后生利之途广,分利之人稀。推其功效,由家给人足,而后国富兵强,吾妇女所分担之责任,亦綦重矣。《大学》所谓生财有道,国无游民者,非专指男子而言,吾侪宜从事职业,不可太自菲薄,则幸甚。

——《中华妇女界》第一卷(1915)第四期

就学之经验

予之初受学校教育也,盖在十七岁时,前此则全受母教。忆予年才六七岁,母氏即教吾诵唐诗,限定每日二首,虽朗朗上口,而未得其解,开卷视之,并未识一字也。迨偕诸弟入学,读《诗》《书》二经,然后始稍稍识字,仍不知讲解,先生亦未尝教予也。先生常称吾慧,远胜诸弟,父亦以为然。十二岁时,随父读林西仲批《古文析义》,自此始略知讲解,然尚未学作文也。适吾母令吾作书寄姊,伏案半日未成一字,予愤甚,乃请于父。父语吾作文之法,予欣然领悟。时予方读《大学》,父随翻书命题,题为"富润屋"义。予固不知何谓义也,搜索枯肠,卒无所得,乃抄注解一大

段,勉强完卷,父不知也。父见吾文,非特不加责,且奖励之。后遂任意抄袭,每作辄数百或千字不等。及今思之,此等习惯,殆有背乎古人文必己出之义也。十六岁时,寄居外家,与众表姊妹处,教而学,师兼友者也。吾是年之进步,厥惟作书。盖吾既离家,不得不习此技俩,以报平安也。越一年,随兄往金陵,兄命吾入学校,吾有难色,无他,畏考试也。不数月,竟送吾至初级女子师范学校。校属私立,有师范甲乙二班,予幸得入甲班。然除国文、历史二课外,吾均与之无缘。盖吾之入学校,正如村女之进城市,五光十色,目为之乱,不敢求助于友也。国文一课,教者为一人,而改者另为一人。出题时略讲题意,作者不能出先生所讲范围以外。吾忆曾有一题为"侯景乱梁论",吾妄谓侯景亦草莽英雄,不过败则目之为寇等语,乃大受教师申斥,并罚令再作。谓欲翻古人成案,非功夫深到不可,其实吾并不知所谓翻案也。该校中规则不甚严厉,功课亦颇疏懈,因彼教员大半义务,固不能责其不旷课也。吾居是校,不知攻苦,至暑假考试,诸同学均获奖,惟吾独无,始知自己分数之不及格也。仓卒回家,且愧且愤,吾兄慰之曰:"是校功课本不甚善,当为妹更觅他校。"暑假后,适值奏办京师女子师范学校招考,斯时予居南京,应考者必赴苏州,宁距苏近,乃往应试,幸蒙取录。而今而后,予始入正式之学校,关山迢递,只身远行,是举也,及今思之,实不啻为吾脱去家庭之关系,增多社会之阅历,谓非吾毕生之幸事乎?抵京入校,分班授课,予忝在甲班。甲班之外,尚有乙丙丁三班。教国文者为京都硕儒章先生,吾所作课艺较长,章师必为予改之过半,吾至是乃知作文秘诀,亦如兵在精不在多也,但初学者往往误蹈斯病。阅者诸君,未审亦以吾言为然否?

盖斯校既属官立,自难脱官派窠臼。吾等之望名列前茅者,几与科举时代之弋取功名无异。求之得否,既不可必,于是种种

弊端随之发生。抄袭也,夹带也,传递也,昔日士子卑劣之行为,见之巾帼,搜首、剔耳、愁眉苦眼之丑态,一时毕呈。甚且不惜牺牲道德,争求分数,而自爱之流,反不免刘蕡下第。吾今日虽脱去学生时代,而回思昔日,犹觉汗颜。故今颇欲主张学校中废弃分数,然尚未得善法也。

某时校中有同学病殁,众乃创议开会追掉。管理员再三劝止,不顾也。予于课后,遂相率从事,居然有条不紊,是予对于办事之经验,未尝无一得之助。嗣后校长易人,教务更勤,生徒之心理亦翻然为之一变。时将届毕业,竟以试教事而酿成风潮焉。风潮之始末,因不在本编范围内,固不足为社会告,度亦非诸君所乐闻也。比风潮息后,旋即毕业,离校三年,重履母校,精神形式较胜曩日,不禁惊进步之速,而自惭形秽也。吾所得经验只此,敢以告之当世,予固不欲自炫其长,又岂敢自文其过乎?

——《中华妇女界》第一卷(1915)第六期

女界箴言

世界文化日进,生活程度日高,此自然之势也。我国迩年来,生活程度数倍于前,其文化果日进否乎?则未敢遽断言也。吾友钟君(现上海博文女学校校长)语我,谓现今官吏之贪污,气节之扫地,均吾女子之咎。吾始则怪之,继则疑之,终且信焉。何也?就吾所见之京都一隅而论,陶母之却铺未见,梁妻之举案无闻,衣也,饰也,居也,交际也,费用倍于昔日,供给之巨,岂区区养廉银之所能办?因出入不敷,故设种种方法救济之,于是气节堕落,礼教溃防,亦有所不顾。新名词是解嘲之文,旧道德在唾弃之列,仕宦之家,流连忘反,乡曲陋儒,拾人唾余。贪赃是应享权利,介绍

是夤缘美名,天良丧尽,犹自以为得计。非甘为之,必有所不得已者,乃缘主妇不能俭以养廉,致风俗之颓败,谓之滥觞于女子,非过论也。古人谓家贫则思良妻,良有以也。我国处此贫弱之境,非伊朝夕。吾人所视为女学当务之急,不在欧美争政务远声中,而重在吾国曩昔贤母良妻之唯一主义也。然今之为学者,日事学问高深,有以家庭琐事为不屑为,贤母良妻为不足法,岂非错解真理,误认题目耶?循此以往,吾恐江河日下,有不堪设想者矣。今后女学之毕业者,实繁有徒,新家庭之组织,当日多一日。彼宜其室家者,固不乏人,而托其子女于乳妪之手,日从事交游者,亦不少概见。甚或疾家庭若囹圄,视翁姑如路人,全失女子本来面目。由学校出身者,既已如此,其他更又何说?此女学所以为世诟病,其咎皆由自取之也。此外尚有所谓家庭幸福者,则居移气,养移体,起居日用,竞尚欧风,争奇斗妍,习为常事,几与其夫之裘马丽都,并驾齐驱。无识者见之,莫不啧啧称羡,实则大可鄙也,何足羡之有?佛如乡人也,见家人有绸衣一袭,不知服用几何年,终岁机声轧轧,亦无所谓交际,停机罢绣,不过戚族庆吊,时相往还已耳。今之耳所闻目所见者,跳舞有会,衣饰日侈,以为本国之金珠布帛,不足供其服御,乃取西洋之钻石绸缎,借以示其奢华,穷尽服饰之美,广开交际之门。巴黎奢侈之风,日见于吾国妇人社会,吾国何不幸而有此现象耶?阅者幸谅吾。吾非好为谩骂,实有所痛心疾首者在。所见事实,有足当吾所说而有余,惟不忍一一彰之,以益吾过。故吾素谓女子教育方针,在浅近不在高深,在实行不在言论,使一般女子有作书簿计之技能,精明贤良之美德,斯足矣。

又,从来女子性敏喜夸,学仅中人,有自尊之美德,亦必有傲慢之失德,得失相较,所获几何?试综南北女学论之,南人失之侈,北人失之傲。徒以管窥蠡测,言或未当,然吾亦过来

人，非绝不通其条贯者。革命而后，女子叫嚣之习达于极点，余波所及，女学受其打击者不少。当道诸公，亦不似昔日之提倡，各省女学均有随其自生自灭之势。是今日女学，谓其处于退步地位亦无不可。吾女界同胞，尚其知所惕厉，毋使余言幸而中也。

——《中华妇女界》第一卷（1915）第十期

俞淑媛

俞淑媛,生卒年不详。毕业于德象高等女学校。

我家之家计

从来家用之盈绌,都视夫主持者之何如。每有家产不及中人,刹那顷即坐拥厚资,而素封门第,转瞬间负债累累者,此无他,以持家者之有优劣也。近日世风浇薄,习尚奢华,财力薄弱之人,亦必铺张门面,衣求绸缎,食求甘旨,不正当之消耗,比比皆是。此所以生计奇绌,日在窘乡,而有流离困顿之惨也。我家主持家计者为母,经理钱谷,煞费苦心,梗概具在,试为我女界中人述之。我父置身学界,教育之事,弥日孜孜,家计若何,不暇兼顾。家中一切事务,皆我母一人主持之。我母生寒素之家,深知生计艰难,凡家中需用,无不格外节制,以期储蓄。每年用款必先立表预算,综计进款之数,以为出款之支配。盖我家常年进款,约在四百金左右,丁口七人,每人每月给钱五百,以作杂费。一年中衣服冠履之费,每人以十元为度,制衣有定制,里衣每年添一袭,外衣则二年间添冬夏衣各一袭,均以棉布为之。外又制丝绸衣冬夏各一袭,以为礼服,平时不得借以章身。他如米盐凌杂之费,则以百元为限制。又复调查物价之低昂,银价之涨落,先事预备,以为省而又省之计,其自奉甚俭约。耳目口腹之欲,删除殆尽。行有余力,

则从事女红以补助家用。我父尝谓予曰:尔家当尔母未归以前,每虑入不敷出。彼时物价尚廉,今之斗米四五角者,向仅二三百文,今之斤肉百余文者,向仅七八十文,相去动在一倍以上,而此时不但无入不敷出之虑,且转有入浮于出之喜者。盖尔母之于物价,异常注意,每援昔日以相比较。其昔日极廉之物,而今日过昂者,可省则省之,可节则节之,其必不可节省者,亦不以腾贵之故,有浮常额。至于从前滥支之款,一概除之,俭约若此,毋怪常有盈余矣。虽然,以管窥豹,所见仅为一斑,闭门造车,未必出而合辙。而众生济济,大地抟抟,物价低昂,所在而异,亲友酬酢,各不相同,区区一家之计画,岂遂可悬以为的哉?然而世事万殊,一以贯之,持家之道,不外勤俭。苟能勤以生财,俭以节流,则贫不终贫,富可长富,数年而后,将见人人皆有富翁之目,举国无复困穷之徒矣。主持家计者以为何如?

——《中华妇女界》第一卷(1915)第六期

改良婚嫁议

娶妇所以图似续,嫁女所以托终身。故男家之择妇,须求贤淑;女家之择婿,务得循良。窈窕淑女,古人有寤寐求之者;缧绁之夫,古人有以女妻之者。盖文明之婚嫁,当如是矣。乃今日吾乡陋俗,凡娶妇嫁女,必再三祈神问卜,迨卜云其吉,神定厥祥,始行议婚。当议婚时,男家要求女家之装奁,女家亦要求男家之聘金,必妆奁聘金两方均如愿,始谐秦晋之约。至于婿之贤否,与妇之贤否,均不过问。然而恶因所播,恶果以成,往往有结缡未几,即至反目。或者清才旷代,所遇非偶,或者蕙质兰心,遇人不淑,一身潦倒,隐恨无穷。此等后患,姑勿深论,所可厌者,当新妇于归之日,往往香车宝马,从者途塞,悬灯结彩,设席张筵,宾客盈

门,笙歌达旦,少则竟二三日之欢,多则骋四五日之乐,挥金如土,穷极奢侈,甚无谓也。尚有繁文缛节,如俗所谓出间门、拜堂、完头笄等手续,实足令人喷饭。今拟设法改良之,以为吾家婚嫁实行之基础。改良若何,略陈管见,试与我同胞商榷之。

一、除迷信而详择配。人之嫁娶,必祈神问卜者,原欲谋一良好婚姻,为子女造幸福。然而神为木偶,卜非仙人,安能知吉凶所在?即使能知吉凶,神与卜未必同意。有祈神吉,而问卜不吉者;有祈神不吉,而问卜吉者。吉凶交至,其谁适从?此无意识之甚者也。吾望欲缔良好婚姻,必于实际上求之。当冰人之既送庚甲也,两家各须互访男女人品之贤否,不厌其详。如能两方合意,无论门第家境若何,均不为梗。择配如是,诚家庭无量之幸福也。

一、减妆奁而节聘金。妆奁有美观而鲜实用,今以极有用之资财,购置鲜实用之物品,寒不足以为衣,饥不足以为食,徒求一时美观,而金钱已不知耗去几何矣。且女家索取男家聘金,虽再三请益,尚不敷购办,势必赔垫不赀。而男家于聘金外,支给运输之费,亦至浩大。来日家庭衰败,仍入无何有之乡,悔无及矣。今拟于嫁女之妆奁,惟择几件适用品遣之,而不取男家聘金,娶妇亦不要求妆奁。两方均得其益,云胡不可?

一、戒铺张而崇节俭。近日风俗奢华,谋生非易,往往终岁勤劳,尚不能自给者。若以娶妇而铺张门面,致负债累累,我未见其可也。夫与其受困于来时,不若节制于当日,故余家之娶妇,主张从俭。向者用彩轿,拥旗旄,戴珠冠,穿莽袍,服饰丽都,今则改用寻常服饰,寻常肩舆。向者设筵必达数日,今则以一天为限,非五服及血亲,除亲贺谢点外,不得张饮,此亦还淳返朴之一道也乎。

一、删繁文缛节以崇实礼。夫妇造端,以敬为主,昔日之所谓出间门、拜堂诸名目,第具文耳,今则矫而正之。结婚之日,即设祭、告庙,谒舅姑,与五服及血亲简便相见,从前旧仪,概行删除。

惟增入踵谢一条，以次日举行之，所以答戚友之盛意，而防其疏忽也。外此凡不便宜而耗财者，均一一从删。夫婚嫁以择配为主，择配不慎，定起诟谇之声。礼仪以切实为主，崇尚繁文，恐蹈文胜之弊；持家以俭朴为主，铺张门面，徒为耗财之举。此余于婚嫁之改良，所以不能已于言也。

——《中华妇女界》第一卷(1915)第十一期

张咏梅

张咏梅，生平不详。

为救国储金敬告女同胞

呜呼！我最亲爱之女同胞，其亦知我国今日所处之地位乎？在今日以前，列强虽不以平等待我，然有时尚容我国家人格之自居，今则奚若。日本提出要求，直欲朝鲜第二待我，当磋商条件时，一再虚声恫赫，而我当局以维持和平计，亦一再让步，卒之饮忍含垢，承认其最后通牒之所求。噫嘻！此即开亡国惨祸之端，而引狼入室之导火线也耶！谓吾不信，请略陈其理。我国之孱弱，固尽人皆知，无庸掩饰者也。顾履濒于危而幸免于亡者，各国均势之局使然也。各国中既不欲创瓜分之例而甘为戎首，亦不欲以瓜分不平之故致起兵灾，有此二大原因，故虽虎视眈眈，亦不过彼此猜猜而不敢遽动耳。今既不费一兵而竟得如许大利，则欧洲战事了结之后，谁不欲援例而为同样之要求乎？此而不为，真其愚不可及也。或曰然则据子之言，则欧战终局之日，即吾国安葬之时。余曰是又不然，大凡欲亡其国者，必先亡其民气，苟民气未死，虽欲亡之不可得也。吾男界同胞有鉴于此，故急起直追，而提倡民气之不容稍缓，顾民气至虚者也，无实事以表现之，亦不足觇其程度达于何点，此上海发起救国储金之所以也。救我国之道，

固不一其端，而在今日最适当之办法，惟有先积民财为国财耳。国有财，则百废俱举而万政兴，万政兴则国自可日臻于强而无所虑，此人人所公认者也。既有此种唯一救亡方法，吾深愿吾爱国同胞，表示一种不忍亡国之气象，百折不回之毅勇，石可烂海可枯而此志终不可灰之决心，则又何事不可为，而何人足畏乎？果如此，各国虽欲援例瓜分，亦有所不能也。此等血性之语，吾不敢勉励男界。盖男界中早已表现此种态度，不待吾今日之喋喋喃喃也。证以京沪闽粤储金之勇跃，可见一般。今吾之刺刺不休者，唯对于吾所最亲爱之女同胞，不能不有最恳挚之忠告。忠告维何？吾等女子居国民之半，平日对于国家，既无一点积极的贡献，而亡国已届眉睫，犹专赖男子挽救，而吾等女子袖手旁观以听其处置，则国家又何贵乎？有此赘疣国民以殆累害耶？或又曰，吾等孱弱之女子，有何能力救国？抑知不然。夫以其他方法救国，我等或力有不逮，而储金救国之事，固属众擎易举。故吾现在敢大声疾呼曰：女同胞其各激发天良，速去务华心，日减其脂粉露皂种种无益之奢侈费，从事储蓄，则吾等第一天职殆已尽矣（平均每人省其奢侈费二角五分，则仅二万万女同胞，已能达五千万元之数矣。如曰二万万女子不能皆喻斯义，则子说不行矣，吾曰不然。吾乃就平均而言，其爱国女同胞中有能捐千百数十元不等者，且以一劝十，十劝百，固不难得大多数之输将矣，是在我女同胞自为之之如何也）。如谓吾言为迂腐，则将来积腋成裘，聚川成流，必不以吾文为无理也。吾愿吾女同胞，速量力而亟起提倡之是幸。

吾不能文，以热血来潮，不忍缄默，故秉笔直书，而不自知词之枝也，尚望阅者谅之。撰者附志。

——《中华妇女界》第一卷（1915）第六期

谢耀钧

谢耀钧,文章署名“唐谢耀钧”。夫唐姓。生平不详。

家庭生活摄影自述

今日言群学者,多盛称欧美个人主义之优,谓吾国图强,必先革除数千年相沿之家族主义而后可。笃旧之士,又极诋西方民族寡恩,无父子兄弟天伦之乐,方将高谈复古以遏其流。愚于二者皆不能为左右袒,要当调和而折其衷,为定一界说曰:欲求人格之高尚,使备具独立、自尊、自由、自助、自强诸性德,当以个人(individual)为前提,而构成社会,组织国家,使人类日趋于良,且多方以促其良,则必以家族(family)为本位。

准是而谈,则个人与家族二者不当偏重,亦不当偏废。《大学》言修齐治平之序,井然不紊,可知吾国先哲,亦由小己以推于大群。迨专制之威既张,书缺有间,腐儒缘饰经术,仅以五伦范围民德,而世衰俗薄矣。盖合男女老幼诸么匿以成一家族,其不能离个人而言明。甚而近世诸强国,必集合多数之良好家庭,以为巩固完美之拓都,又彰彰然也。

彼偏重个人者,辄嚣然于平权参政之说,或树独身不嫁之帜,而诋米盐琐碎为奴行。且谓吾国自古无女学,于保氏外传之别,曾不一省,《内则》《女训》诸篇吐弃不顾,发愤感叹,时鸣不平。

钧诚愚陋,未敢偶同,更不自揣,欲以构成良好之家族,为我辈女子之天职,请一进其说焉。

夫救国之道,条理万端,但必以教育、生计二者为政治之本,虽易万世,不易斯言。而教育、生计二者进行之轨,又必以家庭为起点,亦为有识者所共认。盖言教育者,必先有家庭教育,而后有村落教育,而后有都市教育,而后有国民教育。言经济者,必先有家族经济,而后有种族经济,而后有国民经济,而后有世界经济。离家庭而主张个人,则必如罗滨孙之独活于无人岛;然后可舍家庭而侈谈社会,则必失其根本,徒寄遐思梦想于乌托邦已耳。吾辈身为女子,又丁此时会,与男子同负教育生计之责,自当内外分业,昕夕勤励,其协力之趋向,为求自家之安富尊荣。此无庸讳言而或病其私者也。孟子车氏谓人人亲其亲、长其长而天下平,又谓有恒产然后有恒心,实足以证愚意之非妄。

返观西方之家庭,其男女老幼,孳孳焉各事其事,亦以教育、生计二者为先务。钧所从受英文之教师,为英国皮司来女士(Mrs. R. H. Beesley),随其大家于沪上,子女八人之衣物,皆手自料理,而勤俭持家,所以相其夫,教养其子女者,既周且备,以视吾东方之家庭,更形美满,则凡目所亲睹,皆足为吾辈观感取法者矣。

钧学术浅陋,能力薄弱,不敢醉心高远,盗无益之虚声,而结缡伊始,舅姑见背,又不获躬亲孝养,以尽子妇之职。自朝及夕,谋生不越手口间,寒庐箕帚,方日思所以自奋之不暇,更何敢翘其一得,以取通人齿冷?但世风日下,妇德不完,欲求良善家庭为世人所矜式,几不可数数觏。故吾不揣冒昧,本身作则,摄家庭生活图数帧,借以贡献女界,影响所及,或可于改良家庭上得万一之助。且此数图,皆属日用寻常之事,初

非好骛新奇,为人难能,所谓请自隗始以招贤者也。抑尤有进者,钧不自藏拙,示相陈辞,未识当否,尚望诸姑姊妹有以教之。

——《中华妇女界》第一卷(1915)第七期

杨素芸

杨素芸，生卒年不详，泰兴人。毕业于南通女子师范，1915 年任南通女子师范附属小学教员。

说妇工

吾国习惯，贱视工作，设有一家于此，夫役工于外，妇治纺织，子女执役于工厂，而或目为下等，此真无识者之言耳。蒙谓天下之人，惟懒惰性成，事事倚赖于人者为最贱。此外能苦力以谋生活，而作其室家者，乃社会之所崇拜也。我国上古，自后妃公侯夫人以逮匹妇，莫不有职，蚕织之事，宫闱倡之，淑母贤媛，作家相续，其间如孟母之织、敬姜之绩，其尤著者已。晚近女子，以妇工为鄙事，薄而不讲，甘自居于分利之人，可耻孰甚。不知男子能生利以赡家，女子宁独无耳目手足，而甘为分利之人乎？则妇工之讲为不容缓矣。矧我国之大患在贫，贫由于工业之不振，妇女同为国民，即应尽国民一分之义务，坐视国家贫弱，致经济上现莫大之恐慌，而不急起直追，漫然一任诸男子之独瘁，其可乎？或以为富贵之家，妇女无妨安逸，然安逸岂可为训？吾之所谓妇工者为国计，非仅为家计也。且吾国之贫，十室而九，即为家计，设有人焉，食指日繁，一人之生利，不敷妇女之坐食，则将奈何？窃谓图国之强，必振兴工业，图家之富，必趋重妇工，国者家之积，虽广狭

不同,其理则一也。

呜呼!男女平权之说,乃兼权利义务而言,妇女有生利之义务,乃有平等之权利。我国不讲平权之实,而徒袭平权之名,彼国日富且强,我仍贫且弱固矣。然则我国而图富强,所急宜讲求者,当自妇工始。

——《中华妇女界》第一卷(1915)第九期

高克兰

高克兰(？—1915),江西人。高庶谐之妹。

江西女俗谈

余,杭人也,而生于江西,长于江西。江西风俗,虽知之而不能详且确也,盖余家居于城市,乡间事莫由悉。余以女儿身,日处深闺,见闻孤陋,且余仅弱龄,足迹所至地犹鲜。当年虽随侍先大人历各地,尚在襁褓中,梦无所知。余兹所记,皆得诸所闻、所传闻,倦绣之余,挥毫写此,借以消遣云尔。文献不足征也,纵或流播人间,视之者等诸稗官小说也可。

江西南界广东,东南界福建,东界浙江,东北界安徽,西北界湖北,西界湖南。其名山则有庐山、西山、怀玉山,其大川则有九江、赣水、鄱阳湖,为府十有三,州县八十有一,南北距一千八百余里,东西距九百余里,方言随地各殊,风俗亦各不侔,今就所知略述之。

妇女之不缠足,欧美人如斯,蒙满人如斯,而汉人亦如斯也。惟是汉人妇女缠足者众,而不缠足者寡耳。赣州妇女,咸不缠足,纵或有之,亦士宦之裔,或异乡徙居其间者耳。吾人赴赣,舟抵涌金门外,则见有妇女多人,往来岸际,手持扁担绳索,跣足而趋,为旅客扛运行李,此为赣州特有之俗也。赣州女子颇勤俭,习劳苦,

好清洁,居乡间者,莳蔬耕耘,一如男子,所种成熟,则肩负其余,衔鬻于城市。城居者主持家务外,则向商店觅活计,于家为之,如织线辫、缝衣、制帽、掍履缘等工事,积其纤纤十指所博,得资则以易钗珥。故赣州妇女虽贫寒之家,其服饰视他处中资之家为整齐也。室中器具日必拂拭,经月则负往溪中洗涤,故器虽敝犹洁如新;其发亦以皂角汁时时盥沐,故多苦短而不稠鬒;其所著之履,亦污则涤之;户限门扇,亦时拂拭。人徒讶欧人之洁净,不知吾国亦有如斯之俗也,第非通国皆然耳。

《经解》曰:“昏姻之礼,所以明男女之别也。”故昏姻之礼废,则夫妇之道苦,而淫辟之罪多矣。江西俗尚早昏,男子十六娶妻,女子十四五而嫁,其或少迟亦二十耳。过此年龄,苟非贫无立锥之家,则乡邮戚族,咸议其父母矣。子女既婚,若三五年不育,则有抱望郎之风。抱望郎者,取他姓之女养之,俟生子,而即以为媳也。不幸而所生为女,则以俟次胎,不幸生子而夭札,则留待次子。故有妻长于夫十数岁者,更不幸而无所出,斯不得不认为己女而嫁之,此较指腹联婚尤为非是。贫寒之家,有女力不能养,就襁褓中即与人为媳,名为童养媳,盖既可省衣食之资,抚字之劬,他年复可无妆奁之用。贫寒之家,固亦迫而为此,非得已。惟为之翁姑者,则往往奴婢蓄之。孩提无知,嬉戏而勿勤厥事,固其情也。乃为翁姑者,不矜其托命不犹生于贫寒,转严督之,夏楚施威,体无完肤,风霜砭骨,衣败而不蔽体,终年无果腹之餐,终日无休息之时。孩提之童,体力未充,躯骼未成,遭此荼毒,纵不夭札,幸而长成,亦尪弱残废之人矣。苟其夫成立,性情慈祥,尚可得数年之欢娱,不幸而其夫无赖,且鬻于人,乡邮戚族,不哀矜怜悯,乃转以再醮而轻之。故曰:昏姻之礼废,而夫妇之道苦。

尤有残忍之举,则溺女是也。政令虽禁之,善士虽劝之,终莫能戢也,盖亦贫穷致之。育女者,以与人为童养媳之不克免其女

之苦厄，迫而出此，佛家所谓爱生杀也。于是各地有育婴堂之设，其经费由地方捐集，公家补助，择搢绅而董理之，收育婴孩，法至善也。乃利之所在，弊即在焉。纵搢绅正直，不侵蚀其款项，而司其事者，从而乾没之。每不依定章雇乳母，一乳母有乳六七婴者，而保姆也，又复以非己所生，饥寒饱暖，漠不关心，以故死亡累累，获成长者，百人而六七十耳。年来基督教徒，亦有育婴之举，匪特其衣服饮食之调护而已，且教之书数、烹饪、黹绣，或资助之游学欧美，习专门学业。呜呼！国人其亦知自奋欤？我有子女，而他人教养之，耻孰甚焉。

迷信神权，此为世界人类共同之性，不论其国度文化之何如也。我国崇奉之神至多，而教别亦殊复杂。江西地方所最虔信者，张天师与许真君。信佛虽不若江浙之盛，而妇女之入庙烧香者，亦殊夥也。信佛之家，茹素之日甚多，有观音斋、雷祖斋诸名，而送子观音犹为妇女所虔祀，以为祀之则宜男焉。每当小儿出痘，则母必斋戒祀痘神，名之曰天花娘娘。祀之不敢少慢，寝室镫台，裹以红纸，以红纸撚纸吹二置镫盘中。相传痘神每晚必来视痘，纸吹所以供其照也。痘既愈，则有谢神之礼，及期整肃衣裳，捧香行于涂，鼓吹而往，焚之明器，则视家境以为隆杀，有舟、有舆、有屋、有牌匾，如官之仪仗。然不幸子女以痘而殇，谢神如故。曩者有烧拜香之事，或以父母翁姑年高多病，祈神佑其康健，或以夫婿病危，祈神免其罪戾，俾享遐龄，拈香自庭中一步一跪，或三步一跪，或五步一跪，而往神庙，至为诚虔。远者或行数十里，每年以八月为盛，其仪式各县略不同，其事未免迷信，而其至诚询足嘉。语云，“精诚所到，金石为开”，充是信力诚心，何事弗成？故耶稣之讲道也，语众云，汝诚心诚意，自信能得，则汝之所欲必可得。惜哉国人！惟知诚心祈神降福耳。

觇一国之文化，视其国民识字者之多寡以为差。我国男子识

字者,百人而二十,若女子则百中一二而已。虽然,往者女子固非不识字也,无学识耳。识字者不及中下之家,而且识字之女子,复深讳其能,纵知书数,亦隐而不使人知。挽近欧风东渐,国家定女学之条规,官府助学校之经费。江西虽处腹地,年来各县多设女学,其课程如何,管理如何,难以殚述,仅就南昌、九江两地,述其梗概。九江为江西之北,与湖北黄州府接壤,土瘠民贫。其形势南开陆道,涂通五岭,北导长江,远行岷,来商纳贾,亦一都会。清咸丰十一年开商埠,故人民知识,不若他府之蒙昧。城中虽有女学数所,功课既不完备,而程度亦为小学,且教会所创办者为多,其最著为诺立女书院,更有妇幼医院,亦为教会所办。南昌为江西省会,女学省立者女子师范,见称于众。蚕业学校,课程亦称完善,近忽改其性质,前功尽弃。开办早而成效著者,当推葆灵女书院为最,惜为外人所办,偏于欧文,而忽于国学。当壬子之年,南昌学校极一时之盛,女学以数十计,乃不数月,率皆停办,其素负时誉之二三学校,亦强为支持。盖以烽烟不靖,率避兵他徙,学生锐减。彼新创之学校,亦非果为教育人才也,借之敛钱耳,强邀亲友中略识之无之妇女,月奉束脩三五千,使主教务,其胜与否,不问也。呜呼!以通商巨埠之学校,程度仅小学,以省会之学,其办法也如此,则女子教育尚可言耶?

纺绩一事,乃吾国妇女之普通生活。江西乡间妇女,无不纺①绩者,亦犹吾杭之饲蚕也。布之佳,南昌、丰城、溏江、石口诸地,清江有鸡鸣布颇著名,其所以名鸡鸣布者,自鸡鸣而首事纺焉,织及鸡鸣而布成。夏布,则广信、抚州、赣州均驰名,以万载为最,其织虽为男子,而绩麻尽妇女也。有名女儿机者,其质地冠诸种,盖闺中女儿,年方垂髫,择麻之佳者,绩而为缕,既细且匀,逐年储

---

① “纺”,原文作“妨”,据语义改。

之，逮及于归之岁，则织而成布，以媵嫁，故以女儿机名焉。若商家贩卖者，固不如此，影其名耳。

南昌为省会，仕宦多寓焉，而乡间妇女，因之以谋生活，终乃为妇女之织业焉，其利且甚厚。旧时习俗，妇女匪特不躬亲至肆市购物，即戚族男子，亦不通问，然妇女之爱玩好装饰，古今中外同然也。以蛰处深闺之妇女，欲购求肆之品物，其日用常品，委诸佣仆，足以办之，而钗钿簪珥之属，虽其夫婿所选购，犹不能中怀，何况他人？于仆妇之黠者，乃改而以负贩珠宝钗钿为谋衣食之涂，既不受使令于人事，复轻闲而利厚。妇女之商业，此为最雅。而江西八十余州县，惟南昌有之。其他职业，产茶之区，则采茶焉。庐山产茅栗，季秋之月，妇女约伴偕入山，众及数百人，结草为舍，宿于山中，经旬采茅栗而鬻于市。

我国风俗，各地互殊。其故虽由交通不便，而其实由禁锢女子过甚。自余观之，一地之风俗，无不视妇女而转移；一家礼仪，无不由主妇而变易。处乎今之世，女学其可忽诸？余见闻隘陋，所知无几，聊识其概于右，他年当更广之也。

右文为亡妹克兰乙卯夏所作，自南昌邮寄，属为点定字句，将欲刊诸杂志。余以佣书，未暇为也。秋八月而妹以时疫殁于吉水县舟次，稿藏行箧，亦遂忘之。今将移寓，整理书籍检出，细读一过，文句尚为整洁，悉仍其旧，俾留本真，录副刊于《妇女时报》，以慰其志。丙辰小满节，仁和高庶谐识于黄浦濒。

——《妇女时报》(1916)第十九期

张昭泗

张昭泗,生平不详。

印度女子风俗谈

嗟乎!印度非一东方之古国乎?其土地非不广博也,其人民非不众多也,其文明非不早启也,其物产非不丰阜也,顾何以今也沦为英属,徒供政治家引为亡国之殷鉴,诗人墨客借为欷歔凭吊之资料耶?吁,抑何悲也!今欲研究其亡国之原,不外其国民之积弱一语而已。要之国民二字,实包含男女而言。印度之亡,不仅由于男子之愚鲁,实亦女子之陋弱所致。何以使印度女子而造成此陋弱之现状者,则又其累叶相传之恶风劣俗之力也。呜乎!当时印度之达人喆士,宣教定律,断断于男女之界,务期压制女子,防逼女子,闭塞女子,虐待女子,至于极点而后快。其防备女同胞之戒心,直超过防御敌人万万。嗟乎!孰知他日主汝国、奴主种者,盖在岛国之英吉利,而非国中之红粉英雄也。则向之种种斫丧而摧残之毒计,徒促成亡国之进步耳。

近者不慧奉母居海滨小楼,秋夜微凉中人,家国之恨,纷然并集,忧时之泪,殊不能制。其远者大者,吾姑弗论,即最切近自身之妇人消息,尤不能不窃叹前途之希望甚渺,而悁悁以悲也。女

校之寥落如故，女俗之朴陋如故，女学之浑噩如故，女风之顽固如故。舍二三特异之秀，一二通都大邑，稍稍有文明气象外，其他女界之现象，又与前十年、前五年睡狮迷梦未醒时，曾何以异？一般曲士顽民，且嚣嚣谓女子何关国家大政，胡急急于改良为？呜乎！此种之口吻，何期与印度之达人，宛然如出一辙耶？意者我中国其将为印度之续耶？吾今请以昔日闻之师友，得之简编者，略述印度女子之风俗若干言。我知我贤士大夫读之，果不愿吾国之终为印度也，今而后将大启女学，扩张女权，必不忍压制束缚，如昔日之甚。我更知我诸姑伯姊读之，果有血气，亦必不肯自甘暴弃，不学无术，雌伏闺闼，他日与黧面贯鼻、长帔赤足之侪，把臂入林也。

上古政教不分，治民化俗，无所谓律，一以经典为标准。盖纯以宗教范人，不以法律治国，以荒渺无稽之谈，用为威吓惩戒之刑。印度者，宗教上最古之国也，全国之人，无一不信仰宗教，宗教之势力，无一不能达到。质言之，印度者，实一宗教之大团体，其国民实一无量数之宗教信徒耳。故其治国以法律，不若绳民以经典为有效。印度全国国人最崇奉而最有威力之经典，则“梅奴律法”是也。印度人有语谓“嗣后无论何书，有与《梅奴律书》相背者，皆不信之”，可以信此书威力之永久，人民服从心之挚诚也。呜乎！孰知此《梅奴律书》中，即绝对的主张与女子为敌，条列压制女子、凌逼女子之种种方法，盈千累万（《梅奴律书》凡二十四章十万条）。故此书出后，印度女子之地位，遂坠落至于极处。嗟乎！梅奴律书者，直不啻铲除女子幸福之巨锹，斫丧女子精神之利斧。梅奴，梅奴，汝诚印度女子之罪人也。

吾今试略揭《梅奴》之荒谬经文数则于右，然后知印度女子之种种恶风劣俗之所由起，更知印度男子之种种虐待手段

之所由生。《梅奴律书》者,仿佛如小说之回目,书中无数之悲惨历史,顽陋事实,悉准此回目而演述也。其最重要者,如第九卷二条云,“女子当随时有人管束,无论昼夜,皆当由家中之男子管束,不可使有自由,因女子最易放纵,非由其夫禁约不可也”。又八卷二百九十九条云,“凡妻子如有过失,当以绳鞭之,或以竹杖击之”。又九卷一百五十四条云,“夫为妻之神,虽其夫为恶人,为愚人,其妻为善人,为明人,为妻者恒当奉其夫如神”。又九卷十八条云,“除婚礼之外,无论何事,不当使女子有分”。嗟乎!凡此种种,是其直认女子为一“罪人”、为一“奴隶”而已。

即其所号为敬重女子之三卷五十九条云,“凡求家室兴旺者,皆当时时敬重女子,每值大节期、大典礼,必以美饰、美衣、美食优待女子”。噫嘻!所谓敬重者,不过美饰、美衣、美食而已。是彼直视女子为孩提之童、狎玩之具,了无人格之可言。

于此我更发明一至怵目惊心之事,我中国(在家从子,既嫁从夫,夫死从子)之“三从”古说,四万万人尽人能道而奉为圭臬者,不知此语之起源,亦由印度梅奴律法所传授。其九卷三条云,“女子于孩提之时,当由其父管之,成童已嫁之时,当由其夫管之,年老无夫之妇人,当由其子管之。女子一生,终不可使有自主之时”。幸也我中国但有“三从”之说,未有绝对禁止女子自由之条,否则巍巍华夏,早已沦亡矣。(印度女俗有与中国相类者颇多,以下吾当一一揭出之,以与国民借鉴也。)

印度女子奇异之风俗,第一无过于早嫁,而其毕生悲惨之由来,亦莫过于早嫁。按印度之通例,女子至迟十二岁必嫁,过此期限者,女则以为可羞,父则以为犯规,且有罪及其父之明文。以此之故,于是印度之婚嫁乃奇早,有五六岁即成婚者,有七八岁即遣嫁者,亦有其女尚极幼稚,未能著衣,赤身在外行走者,亦遣嫁之。

其“伯鲁达”地方，未满周岁之婴儿已成亲或已定亲者，男有一百三十三人，女有五百五十八人之多，亦大可叹矣。而婆兰门教之规例，则又定六岁至九岁为女子婚期，更严定守节不嫁之条（虽已聘而未嫁者亦须终身守节），故嫠妇孀雏，触目皆是。统计婆兰门教之女子，寡妇与寡女，实占三分之一。谁使为之，至于如此悲凉之境？皆不适法之早婚制度害之也。

彼婚姻之当事人，皆极无知识之孩提，本不知婚姻一事为何物，皆由其父强迫为此仪式。故印度幼童治婚，其新人往往以觅母不得，号泣于华堂洞房间者比比皆是。主其事者，乃别延一人以巨杖随此新人后，如欲责扑者然，用以禁遏其悲声，促成其嘉礼。呜乎，不亦悲哉！

更有至奇特之事，则男女配偶之年龄，相差不妨甚巨。大抵衰翁之娶弱女，不足为异。盖梅奴律法九卷九十四条有云，“三十岁之男子，可娶其所爱之十二龄女子，或三十四岁之男子，可娶一八岁之女子”是也。

嗟夫！印度以早婚之故，于是其男女之体力，乃日羸弱；其所生之子女，乃日益枯瘠；文化之进步，乃以是而日迟；妇女之苦痛，乃因是而日多；其最后之影响，则国家遂因是而奇弱，终至于沦亡而后已。是皆早婚害之也。反观中国，亦颇有早婚者，亦颇有幼年即行聘者，更有指腹联姻者，究竟其事有利于子女否？有利于家庭否？有利于国家否？取鉴印度，夫亦可以自审矣。

婆兰门人有多娶之俗，一人而娶五十妻不以为异，但散居各处而已。于是此一人死，而五十人孀矣。

印度人嫁女必须有巨大之奁资，或则于行结婚礼节时，穷奢极侈，虽倾家荡产，亦不少吝。印人平素居积，预为男婚女嫁之资，一遇婚嫁，储蓄一空，不足更称贷于人，以嫁女而流于赤贫者，所在都有。人亦无怜而恤之者，一若此皆其本生应尽之义务，应

得之结果也。故有七十余岁之老翁,迎娶年甫十龄之弱女,其意无他,盖贪得其优厚之奁资耳。男子多有于婚礼既成后,即弃其妻于岳家,去而之他,终身不相见者,了不足为奇。

印度有嫁女于神之荒诞婚姻。孟买城中,自幼而即嫁于菩萨者,不计其数。此辈神妻,皆居于庙中,以红铁烙灼其身,使成花纹符号,令其承应香客,如娼妓者然。客有悦之者,亦可出钱租之,引此神妻至家,但须自出香火钱,以供给庙中之费用。于是印度庙宇以此神妻出租之资,为其收入之大宗。

南印度庙中,除庙祝外,多蓄跳舞之妓女,称之为菩萨之婢女。此类女子不守规律,无论何人,皆可染之。此种跳舞之妓,幼即学习,虽贵族①之女、巨绅之妻,亦有为之者。西印度伐拉巴教门人中有某富商,即愿以其妻女助入庙中,充跳舞之妓,以供菩萨香火之资,而恬不以为耻。然大半由于生产之妇人,因生产危险,对神发愿,如生女子,当送入庙中,学习跳舞,以期得神之助,可长命而易生。其夫闻之,亦绝对承认其事为积德修善之行为,不视为羞耻污辱之事实,人亦不以此相轻。盖习俗如此,莫能挽救也。据距今二十五年前之调查(一八八一),玛特来斯全省,各庙中有跳舞之女一万一千五百七十三人。此一万一千五百七十三人,凡入庙者,无论何类之人,皆可与之为猥亵之行为,人亦安之而视为当然。呜乎!以庄严之神庙,竟演此污垢之活剧,神其有知,我知其不来享矣。

印度女子不得承受其父之财产。男子对于女子,有休妻之权;女子对于男子,无请求离异之权。女子若偶有不敬其夫之行为,虽出于醉后病中,皆不能邀宥恕,必逐出三月,并夺去其所有之饰物器具。更有一贱视女子之举动,即妻不得与夫共食是也。

---

① “族”,原文作“旅”,据语义改。

一若男女共食,男子即大失身分,引为终身之奇耻者。然而妻在夫前食物,夫亦可构成休妻之一条件。故男子如有休妻之主义,不患无所借口。且尤有一酷烈之法例,即被休后之妇人,即不准其再嫁。是印度不以休妻一事为婚姻之解除,直视之为判决女子之一种刑罚而已。呜乎惨矣!此皆梅奴律法所主张者也。

印度男子既以美饰美衣为优待其妻之无上奖品,于是乃养成女子贪爱珍宝之一种恶性。故女子生平除珍宝饰物外,其他之幸福,亦不敢希冀也。故上自宫闱,下逮编氓,各视其力之所及,无不藏有珍宝。故精于统计者言,谓印度之女人饰物,得其价值不下二千兆圆。然而印人不知生利之法,徒拥此以为玩具,以为装饰品,不亦大可悲哉?使其女子当日而有高明之知识,悉易此无用之品,而为有用之财,以之兴学,以之练兵,以之兴实业,以之经营社会事业,则今日世界上印度之地位何如,正未可知也。嗟乎!我姊妹中有嬖爱钗钏贮蓄珠玉者,盍勿一视国势,一鉴印度耶?

印度之妇女最善于骂人,是其唯一之劣性。客有游印度者恒见彼中妇人,于户外街前毒詈怒骂,至于五六小时之久,不以为倦,不以为羞。下等之女子,更扬声相报,虽妨害公众之安宁,亦在所不顾,此皆无教育之过也。然印度女子舍骂人外,颇少其他之罪恶。故印度之牢狱中,女犯之数甚少,仅及男囚之零数,此固由于女子积压男子权力之下,不敢有一毫违法之举动,与夫反抗之心理,亦一能力不充分,缺少犯罪之机会也。

印度妇人极富慈爱之心,于孩提之童,保抱亲爱,靡所不至。其子女有疾,种种之愿心,其母必甘心许之。尤奇特者,其母有愿以左手进食,至于病儿霍然而后已,其意以为宁愿牺牲己身之便利,而急求儿病之速已。其事虽愚,其心则甚慈也。

印人为小儿题名,多取极恶之名,或极贱之物,谓如此或可免干造物之忌,而有长寿之望。此与吾国呼子女为猫、为犬、为乞丐之意不约而同。方之近今欧美人士,呼其子为拿破仑、为乔治、为威廉、为华盛顿、为纳耳逊、为威尔逊者,文野固不可以道里计,而其期望之心、警惕之意,亦非东方旧邦所可及也。我甚愿我姊妹,今而后,命其子为班超、为卫青、为刘秀、为诸葛亮、为岳飞、为年羹尧、为左宗棠,勿再以阿猫、阿狗相呼也。

印度之音乐最不发达,其故因俗例相传。如男子好弄乐器,人必以奴仆视之,女子之能弹琴唱歌者,人必指为是娼妓之行为。而女子之不识字、不读书,尤为印度女子第一之本分。若一读书一识字,人皆曰:"汝何苦而乐学,妓女乎?"盖印度之跳舞妓女,自幼即读书识字也。呜乎!国人之思想荒谬至此,安得不亡?国安得不奴种耶?据云印度古代之女子多好学,且多知兵,女儒女将,史不绝书。自梅奴之律书出世后,乃禁女子读书矣。吾不知梅奴何以摧残女子之至于如此其极也(然印度女子至今有通梵文者)。

印度,吾当谥之为"孀国",以其寡妇之多,实占世界上第一位置也。兹将一八八一年英国所编造之英属印度各省人口表揭出,则其真相自明矣。

男:一百十六兆七十三万一千零

　　未婚者五十六兆五十二万一千零

　　已婚者五十四兆五十一万八千零

　　鳏夫五兆六十九万一千零

女:一百十二兆七万一千零

　　未嫁者三十六兆二十五万四千零

　　已嫁者五十四兆八十七万八千零

　　寡妇二十兆九十三万八千零

由是观之，印度之妇女，五人之中必有一寡妇，若鳏夫则仅二十人中得一人耳。较之英国千人中仅得七十五寡妇者，相去何翅霄壤，谥之孀国，畴曰不宜。

呜乎！嫠妇之悲境，世人多能知之，多能言之矣。不知印度之孀国更有“孀女”之一种惨痛社会，吾今述之，亦不禁涕为琳琅，读者当亦为之凄其不欢也。孀女者，已在襁褓，或二三岁间，其父母为其聘于人，不幸其聘夫物化，于是此女乃孀矣。彼固未尝一日居夫家，亦未曾与聘夫一觌面、一谈话，但以一聘之关系，即绝对的有为其聘夫孀居终身之义务。于是乃以雏龄无知之身，而衣麻，而断发，不许其享一毫人间世之幸福，永远沈沦之，至于死而后已。呜乎悲已！使其为聘夫守节，果能受社会之敬礼，戚党之崇拜，或亦可聊慰其幽凄悲悯之状于万一。乃印人之遇此孀女也，非特无敬彼怜彼之意，且更从而践踏之，凌虐之，衡之人道公理，讵得云当。此数万万哀哀无告之孀雏，戾气所钟，已足召亡国之祸而有余矣。吾试引拉古那罗（印人）之论，其危苦，其酸辛，直逾一名家之哀情小说也。

拉古那罗曰：“昔有　幼女，二岁而孀。此女①自幼聘夫，夫死，而人视之为孀女。此事在吾印度所恒有，不以为异也。特此幼女，则不自知其为孀女也，游戏之时，虽仍居于寻常女子之中，但一遇大节期，群儿皆往寻欢乐，独此等孀女，人见之，必斥逐以为不祥。或有遭斥逐而啼哭者，其父母必责之曰：‘汝前世作恶多端，今世罚汝为孀女，汝乃晦气人，若不避匿于室中之暗隅，必贻祸于他人矣。’嗟乎！此幼女但闻其父母之责骂，仍未能明其意之云何。或有以甘蔗给之者，彼即嬉笑如常矣。已寡之女，概不准用饰物，即沐浴亦不与常女相同。凡人稍不经意，偶触寡女

---

① “女”，原文作“夫”，据语义改。

之身,即以为污辱而不祥。如有庙祝至此孀女之家,即为之剃发披麻,扮成寡妇之状,引至庙祝前,以铁烙印之,并讲奥妙之经典,使之闻之。此种事,我恒于数年前亲见之。照规例,寡妇必禁食,一日只准食一次,每隔十四日必禁食一次,虽伤性命,亦不顾也。少年孀女,身受如此之苦,常问人曰:'何为其然也?'雏鬟之时,不识不知,其父母无论造作何等语言,皆能安慰之。迨十一岁时(印俗女子十一岁为成人),即不能愚之矣,则且为之解曰:'此乃前生之孽也。汝之前生,为一恶妇,常与其夫争吵,上天震怒,判定重罚,今世遂为无夫之寡妇。'呜乎!孀女初闻此语,方知其未睹聘夫之面,已成嫠妇之身矣,但中心忧郁,仍未明了其实在情形。再阅数年,方知我之为孀,与我前生无关,非我之罪也,不过因我所聘之夫,一旦身死,遂使我守寡,以终此身,岂非冤苦之甚耶?嗣是而后,始不与寻常女子同游。迨年长,遇有不幸,得恶同伴之姊妹相引诱,遂作诸般之恶事,因此而失节私产堕胎之祸叠起环生矣。"

虐待寡妇已成印人普通之习惯,故毫不以为异,但各地之情形有不同。就中有"本哉"省,待遇寡妇为尤虐。夫死之时,无一人向寡妇劝慰,但有仆人数辈,争向此新孀之妇,剥去其锦衣美食耳。临葬时,亲族中有相送者,男子居前,女子随后,寡妇则行于最后,引之者必相离数武,避之若畏蛇蝎,谓人若履寡妇之影,亦必成为寡妇。有一女子前导,扬声高呼,警告途人回避,如引野兽于途中。嗟乎!孀已伤心,而世人之待孀,较余人更酷。孀何生趣之足云,于是有生不如死之念,好事者更从而怂恿之,遂又有"殉葬"之惨剧出现矣。

印度孀妇之殉葬,大半多用火葬法,其惨无人道,直可谓古今第一矣。当举行此殉葬大典礼时,亲友咸集于一广场之上。场中设架,死夫生妇并置于架上,其下则金鼓齐鸣,喧阗震耳,如行大

礼。已而遂纵火,亲友莫不添助柴油,以为礼物,非爱之也,实助其焰,速其死也。故老传言,殉葬时如能添助柴油,功德逾寻常之祭祷万万,于是旁视之亲友,此时各为其自身计,争先恐后,注油增薪。此时,寡妇被焚,痛极而狂呼,惨厉欲绝,无论如何狠心之人闻之,莫不哀痛。即使此寡妇之仇雠闻之,亦必思弃嫌来救,乃孀妇之亲若友见之,不特无悲戚之容,且更从而添油添柴,以期火炽而早焚之死,或狂击金鼓,以乱其呼救之声。呜乎!印度人之残忍,一至此耶?悲夫,悲夫!除火葬外,亦有伴其夫尸,同入土穴而活埋之者,其惨亦殊不恶于火葬也。据云,殉葬之事,虽梅奴律法亦未主张,大抵皆由贪恋寡妇财产之奸人,必欲其死而后独得,乃制为荒诞天堂地狱之说以相煽惑(谓殉葬之寡妇,其幽魂可永久居于天堂云云),于是凄苦无告之寡妇乃信之矣,于是此惨剧乃成矣。当(一八一七)年,英人初辖印度时,孟加拉境内寡妇之殉葬者,平均计之,每日必有二人。至一八二九年,英世爵本丁格为印度总督时,乃严订禁例而革除之。当时印人且相顾大哗,联名请愿英政府,要求取消此禁例,英政府毅然执不可,而殉葬之恶风乃革。呜乎!英抚印度为已属,吾为印人计,似不能无憾于英,唯一为印度之哀孀计,似又不能不感英吉利为政之仁,而其利之溥也,使印度而犹有主权也。吾知此凶残酷虐之活剧,至今犹未辍演也。嗟夫!国有稗政,民有恶俗,不自改革者,必有他国出而干涉,为汝代除矣。天下事大抵如是,又岂独印度火葬一事而已哉。

综上所记如干事,虽不足以尽印度女子风俗什之一,然亦可以略见一班。嗟乎!彼印度女子之大弊,第一即在无知识,而迷信宗教。于是一般利用宗教之男子,乃实行其压制手段,而永远使之沈沦九渊矣。而无知识原因,又在怠于求学。呜乎!印度已矣,姑不必论,世有国势危亡,女学顽陋如当日之印度者,读此短

编,其亦怵然心惊,而蹶然以起耶? 我不能不大声疾呼,以警告我姊妹曰:汝速励而学,速勤而业,毋令天竺身毒之女郎东望而笑人也!

——《妇女时报》(1916)第二十期

戴仪芬

戴仪芬，生平不详。

述所感

读大报“妇女谈话会”，允许阅者随意投稿，发表种种之意见，事甚盛也。仪芬欲投稿者屡矣，但自愧不文，未能为长篇巨制之作，兹仅就耳目所接触者，拉杂而纪之，得数则。倘荷不弃而刊布之，更当续续以进也。

每见有小儿颈项中带有银质之项圈（贵家有以金制者），更有加之以锵铛之锁练者，不知者犹以为此殆奢侈行为，借作装饰品也。其实非也，盖出之爱儿之心甚炽。迷信不经之说，以为儿或命短，经此一锁，必可免夭折，得期长寿。故有往往至二十余岁之伟男子，项下尚有圈在，虽夜间睡眠，亦不卸去。此可谓至陋之思想矣。如以为经此手续，便能维系其身命，则小儿项下若荷以野蛮刑法之巨枷，其效力不更弘大，岂非人人皆可寿登期颐乎？一语道破，不值一笑。我愿我姊妹，袪此迷信腐陋之举，著意于家庭之卫生、儿童之体育，我知于小儿寿命上，必能有良好之答复也。

昔时上海妇人之裙，其尺寸流行极长者，往往不见双足，但见裙边之扫地。近日渐趋短峭，长则曳地生姿，短则便于步履。须

知吾人之衣履,第一在适用,第二在美观,故我绝端采取短裙,以利操作。虽然,我亦不赞成变本加厉之办法。如近日之短裤,几至不蔽其腓,使人有将来中国女子之服式,悉为变像之海水浴衣之感。

衣履之美观,吾以为亦有三等分别:(一)大雅,(二)倩丽,(三)奇邪。我女学界中有高等思想之姊妹,多采用第一种(就中教会学堂,尤注意衣履,以纯朴洁廓为宗旨,尤与吾大雅之旨相合)。大家闺秀则往往出入于(二)(三)之间矣。倩丽犹之可,奇邪则近于服妖矣。呜乎,昔人谓穿衣吃饭,可以察性情,可以觇学问,其言不我欺也。

近日上海妇女喜着高后跟之蛮靴,吾亦为殊不适于用,徒以博取橐橐之声,不惜行止艰涩,正复何苦?吾中国往往以醉心欧化之故,不问其事其器之适用于国俗人情与否,辄盲然相从者,比比皆是,又岂一高底之靴而已哉?可为一叹。

吾兄为余言巴黎女子上流社会,近忽发生一种赤足之风俗。跳舞之会,音乐之集,往往有环佩丁东、花冠茜裙之贵妇人,赤足经行于电烛银灯之底,以为美观,以为奇趣。不知我中国内地乡间之农妇佃女,田畔分秧,桔槔踏月,十八九皆赤足事耕耘。是赤足一事在我中国殊未足为奇,且我更将笑傲花都诸贵妇令娘者,则我中国赤足为劳动的,彼之赤足为美术的,稍稍不同耳。上海妇人最富于模仿性,亦将起而效之乎。虽然,上海之贵妇人果赤足者,我知其是采取法兰西主义,而非国粹主义也。

教育子女,全在平日潜移默化,故家庭教育最为紧要。西国幼稚恩物,教育图画,凡为子女之家,无不罗列壁次案头。我中国则全不注意。余有至亲某,颇喜图画,于是艳丽之美人,爱情之摄影,纷陈户牖。余曾规之云:君家既有此财力,盍勿购动植矿物标

本之图,或英雄伟大人物之写真,时时为贤郎讲解,进可以养成其英雄之思想,退亦可以多识于草木鸟兽之名,不愈于此红绿相间者多多耶? 呜乎,此亦大可慨也!

——《妇女时报》(1916)第二十期

素霞

素霞,生平不详。

余家十年来之状况

清咸丰庚申,杭州遭兵燹。余家因避寇离乡,辗转迁徙,乃卜居南昌,家产荡然无存矣。先大父以末秩仕于斯,亦仅免于饥寒耳。先君子笔耕所入,差足支持,不幸中道而殂,家境忽更。年来以兵戎时兴,家庭之经济状况,又蒙其影响。今岁归宁,冬夜围炉,闻母氏持家之训,有所感发,爰述斯篇。文中所及,皆一家一方之状况,固不足以言国俗也。虽然,闻啼声能判人终身之行,睹让道而知国政之修明,亦或可因此而知全国家庭之状况也欤。

一家之状况,虽因职业而殊异,然亦以人口之多寡,与夫岁入之丰啬而各不同焉。故欲述一家之状,必先序一家之人口及其岁入,而社会生活程度,犹息息相关者也。

我家于清光绪壬寅年,岁入可二千元,癸卯先君子弃养,岁入骤减,仅赖房屋租金所入,每岁总数不过壬寅年收入三分之一。家中人口亲族七人,女仆一人,男仆一人,每月支出有三十千,即足矣。是时,南昌米价每石上熟粳米不过二千余,荒年亦未尝逾四千也。鱼鰕之属,每斤约大钱三十或四十。鸡鸭与猪肉,其值大略相等,每斤七八十文或百文耳。油每担值银三四

两，盐每斤四五十文。其他蔬菜有一二文一斤者，有五六文、七八文一斤者，至昂之值，亦不过二十文也。若米若肉，皆可向肆预定，先付款而后按期取物，值可稍廉。柴约一二文一斤，木炭则五六文耳。煤一石其值银一钱，余或二钱。当时物价之廉也如此，故一切费用均颇省约。是时，吾家每年所支出之费用，其别项今分别述之。

余家十年间支出最巨者为学费，余兄弟姊妹六人，每年平均计之，每人当为五十元之数。前五年以食物用器价值低廉，故一岁之收入，犹足勉为支持。然每岁首及秋初，为学校征费之期，收入之数，皆为零细款，按月而来，聚之殊非易也，故当此之时，往往举债。然亲戚之中，家境稍为宽裕者，非吝啬贪黩，即脑经顽腐。吝啬贪黩者，非有子金为报，则不相借，而脑筋顽腐者，辄期期以入学校为非，其言虽关切，而无益于余家等也。有时脑经顽腐者，犹或慨然解囊资助，而吝啬贪黩者，若勿如彼之利额，卒勿应也。幸余叔年来时运颇佳，每岁所入尚丰，能稍为补助，否则愈结据矣。以故吾母持家尚俭，终岁竟不使余姊妹对于脂粉化妆品有一文之费。尔时戚鄙中颇有嗤余姊妹为乡间女子者，余年尚稚，闻之颇不怿，时向余母索装束首饰。吾母多方譬喻以慰余，或视其所宜，为余姊妹制一二事。余姊雅不以此关心，每呵余曰："毋以此戋戋者扰母氏！凡人宜以道德修饰其心，不当以珠玉美服修饰其身也。孟子曰，'心不若人，则不知恶'，殆汝之谓！"及今回思，苟非吾母当年节衣缩食，使余姊妹就学，则今日宁复能有此常识，耗无数金钱于脂粉，遂足以长学识欤？恐当年免无足重轻之诮，而今也来其实矣。述历年学费支出之状况：

癸卯年支出一百六十元。是年两兄从师受业于家，除馆师束脩及诸兄购置书籍文具外，别无支出，故视后八年为少。

甲辰年支出约三百元。是年诸兄从师读如故，复聘一英文

师,每日授英文二小时,因而学费支出,较前一年增加约及一倍。

乙巳年支出约四百元。是年两兄之学校肄业,家中不延师教授,而别从一师授文章,年束脩百元。以戚谊之情,束脩故薄。两兄在校用费,年约三百余元,所谓学费也,膳费也,灯火费也,宿舍费也,理化试验费也,书籍文具费也,校服操衣费也,杂役费也,其名繁琐,其费众多,益以两兄零星用度,故至此巨数,以视癸卯年学费之支出,增至二倍矣。

丙午年支出约三百元。是年两兄改入他校肄业,学费视去年略减。长兄之南京美人所创办之汇文书院肄业,每年百二十元即可支持。次兄入陆军小学,以此校乃国家设立,在内肄业者,既无须学费,而衣服、文具、书籍、膳宿皆由校供给,他年毕业,且能有一职事。余次兄天性喜动,故虽吾母阻之,亦不听。盖校中课程既肤浅,而操练吾母又恐吾兄之身体羸弱,不能耐也。嗣以吾兄志之所趣,吾母遂亦不阻之。然因籍贯不同之故,每年须纳学费银四十八两,益以吾兄之零星杂用,年可六十两。是年,余姊妹亦入学肄业,校为美国人所创办。其中课程虽不足以言完备高深,然颇切于中国女子所需要之知识。惜乎中文教授不合法,其管理则亦殊得法也。衣褥之属,洒扫之事,虽校中有女仆服役,然犹课学生为之,以视教授一二句西文,高谈男女平权之空理,其有益于国家也,奚啻百倍!以故凡卒业是校者,虽不足以言学问,而主持中等人家之家政,亦颇余裕。倘其父母更能善教抚之,则何致为学校所误哉?其校经费皆募集于美国基督教徒及中国基督教徒,故校中颇重宗教仪式,而取费则廉也,盖彼之志别有在云。

丁未年支出二百元。是年,余长兄以学行为校中称许,年终试验得前列,校中减其学费,盖校章也,以故视去年之所支出,学费为减少。

戊申年支出二百余元。是年冬,余次兄卒业于陆军小学,长

兄仍肄业于南京,余两妹亦就学,故视去年之费略增。

己酉支出二百元。盖今岁次兄升入南京陆军中学,已不须学费矣。长兄学费犹如丁未年,而余姊妹之学费如去岁。此年冬,余姊妹卒业于南昌之学校。

庚戌年支出二百五十元。是年春,余姊从两兄之南京,肄业于汇文女书院,以故视去年为增。而长兄以学行之优,校中命其兼任初级生教授,且免其学费,故虽余姊之南京,而所增无几也。冬,长兄卒业于汇文书院,余于是年冬亦卒业于南昌之学校。

辛亥年支出约三百元。今岁长兄次兄皆无须学费,而长兄且月有所入,余亦就学于南京,偕余姊同校,两妹仍肄业于南昌,然学费则视去岁增矣。是岁九月,革命军兴,仓皇而归,川资诸费且倍乎往年。次兄已卒业,升入保定军官学校,其时在南京,余及姊、长兄三人耳。

壬子年支出仅百元。是年支出如是之少,盖为例外。因兵戎故,余姊及余皆辍学,两兄亦不就学矣,惟两妹之学费耳。是年冬,两妹亦卒业于学校,余家中无卒业证书者,惟吾母耳。虽然,是皆吾母之所给也,非学校之所给也。苟非吾母之辛苦经营,俭以持家,则年年焉有此巨款为学费哉?余辈之证书,岂特吾母之所给,抑可谓乃吾母之卒业证书也。衣服器用之属,久则破损,随时须增置者也,而其费用之多寡,匪特家有不同,即人亦各异。余家支出之款,以服饰为最少,为述十年间服饰器用支出之状况。

余家服饰器用之费,服饰费不及器用费之半。盖十年来衣常鲜新制者,多以旧者改作。履则自制,未尝购诸市肆,偶然添置新服,亦皆布衣,率自为之。裁缝之工资,每年数千文耳,十年之间,衣服之费,至多亦不过三五百元。若夫首饰金珠宝石之类,胭脂胡粉之属,十年之间,未尝一购制也。故戚友中尝嘲余家类禅舍

僧房焉。器用之属,则可分家具与书籍二种。家具所添置者,甑釜槃盂之属,每年约十余千耳。书籍之属,则平均每岁殆百元以上。余家购置日报一份,杂志二份,十年未尝间断,随时购置新出版之书及旧籍,不能总计其值也,十年来书籍增于前三千册矣。自癸卯至丁未,此四年所购置者,教科书与科学书居十之七。其后七年,则旧籍居十之六,而西文书居十之二三。若夫小说则购置者仅数册也。

僮仆者所以供奔走,给使令者也。为农、为工、为商、为士,其家之有僮仆与否,虽各殊,然而其必雇人力役也,则皆同。农则雇人任耕耘收获之事,工商则雇人为转运书算之事。不役于人则役人,役于人而后役人,循环辗转,此人间世所以成也。中资以上之家,事务繁夥,应酬频仍,僮仆殆不能缺焉。余家以余兄及姊妹之须求学故,凡百事皆须余母一人劬劳经营。力役之事,惟有赖于僮仆也。述十年间僮仆之工资增损之状况:

先君既弃养,专恃遗产息金为生,故尔皆为省约,家中仅佣男女仆一人。其始也物价低廉,每岁两人工资约二十千之谱。男仆工资虽略厚,然亦不过千文一月耳,女仆月仅数百文也。每月膳费二人五千文足矣。每逢朔望、令节有犒,此习俗然也。所犒为猪肉一人四两,年节倍之,统计一年所付百千而已。其后以物价渐增,年约百余千。逮至戊申而后,物价倍于昔日,工资亦倍于昔日矣。因收入之不敷支出,乃减去男仆,仅雇用女仆一人。其时余之两兄及余姊妹均在学校寄宿,家中惟吾母一人,无繁重事务,故一仆亦足以给役供使也。此十年间工资支出之状况也。

佣工仆人最为难御,苟不得其道,则家庭中因之不安宁,而诸事废弛矣。盖佣工仆人类多乡愚,识见卑陋,举止粗卤,言语不知检。其久役于人者,见闻则广,乃日趋于奸滑。外貌虽诚悫,而其

中心谲诈，殆莫能测。故一家之中，御下为最难事。余母每当新仆初来之时，辄告之曰：某事某事，为余家所禁也；某事某事，此汝之职司也；每年工资若干，每日蔬食若干器，逢年遇节之礼仪犒劳何如，每日作事之程序。寒暑更迭，事务之异同，寝处之所，食息之时，一一详述之。仆人聆之，以为非苛琐而愿焉。于是命其以某日来试为之，合则留。以故余家仆人作事颇有条理，亦无始勤终怠之弊。

凡以之生利者，必有一部分之耗去，乃能获其利，此自然之理也。我家近十年既以房产为生利之物，则当然有修葺费矣。而历年修葺不一其目，费用因而有增损矣。述十年间修葺费之状况：

往者食用低廉，土木工匠每日所取工价并膳食百文，酒资二十文耳。其他木材砖瓦之属，价不及今日之半也。故一年间沟通补漏之费，数十千斯足。其后则工价增为百二十文，木材砖瓦之属亦略增。每年修葺之费为百余千矣，今则竟至二百余千一岁矣。余略举材料之价，每日工资，即可见十年间之状况也。

癸卯年每工匠每日工资百文，酒资二十文。木材不上贯之所谓花交者，四五十文一枝。石灰每桶五六十文，瓦一片一文余。戊申年则工资每日须一百四十文，酒资二十四文矣。其村料之值约增三成矣。今岁则工资至二百四十文，酒资至四十文，其村料竟增三倍之值。故所支出之修葺费，在二百余千也。其遇灾重建及改造之费犹不在此数，以其非逐年皆有支出，故不及焉。

衣食住三者，为人生一日不可缺者也。而一家之中，厥惟食为重，管理亦为难。吾闻有富室某氏，食指繁夥，每日蔬菜之重量，至二百斤以上，说者谓其大半皆暴殄。若果善董理，则可不如是之废也。盖其家中长幼不会食，而人自择所喜之蔬菜，命厨役割烹之，或早或晏，亦人自为政。除此而外，公共饭食犹须按人为

备。数斤之肉,一经分割,已不足备公共饭食矣。其他诸物,亦或多或少,或有或无,不堪为用矣。是以中资之家,若蹈此辙,则不数年贫窭无立锥之地矣。述十年间食费支出之状况:

余家每日三餐有一定时会食,过此时,则灶突无烟矣。每日蔬菜皆余母前晚筹定,命仆人次晨购备,十年之间如一日,每月食费之支出,约三十千。若两兄及余姊妹居学校,则每月十千之谱耳。庚戌而后,物价渐昂,及至今岁,已倍于向昔矣。幸而洋价大涨,癸卯之岁,每洋一元仅兑钱八百文,今则二千余。有此原因,故尚能敷衍,否则莫能支持矣。然历年亦有不同焉。癸卯、甲辰两年,以余两兄及姊妹且延师在家,故一月之食费,近三十千文。乙巳年两兄食宿于学校,乃略减,约二十余千。丙午年余姊妹入学后,每月约二十千文。丁未、戊申两年,略与丙午年相等。己酉年每月十余千耳。庚戌而后,转增,盖以物价日昂也。辛亥冬月,殆四十千。壬子之年,竟至五十千文一月,有时且六十千文焉。此余家十年间食费支出之情形也。

凡流寓他乡者,类皆赁屋而居。其每年支出,必百数十千焉。余家则无此项之支出。盖所居之屋,为自置者,惟丁未年支出数十千之赁屋费耳。

历年之特别支出:

癸卯年先君子弃养,有丧事之支出。吾父方当盛年,讵能料之?且我国旧俗,非六十岁后,不豫制衣衾棺椁,故皆临时购置,益以治丧之费,为数百元。其明年甲辰,葬我先君于南昌。虽有先茔,为地不广,别购墓地以营圹穴,葬费亦在数百元。丙午之岁,大雹为灾,坏屋摧垣,重为建筑,所费约二百。

其后二年遭回禄,焚毁店屋,重建之费,至千余元。辛亥年九月,当地以武昌民军起义,深恐内地匪徒乘城中军队移驻外县,遂以滋扰,乃倡办保安社,由住户集款,自招人丁巡夜。余家住处所

办之社，既须捐助，而各店屋所在地，又须捐助。一月之中，付出殆百元。幸仅一月即解散，否则将何以继其后也。壬子之年，又复有税契之支出，官厅以房产之契，概为清代所税，今政体既更，当然重税。处兹政治纷更之日，所言则为国利民福之事，其法令皆称世界政法之共同原则。吾侪小民，何足以知其为善为恶，当兴当废，只须见所颁法令，有惩罚之条，则尽命遵奉之耳，尚安敢以兵灾盗贼之故，吁其宽免哉？当此年岁租资收入既少，而借贷亦殊不易，官厅期限迫促，催征火急，乃至典衣饰以应。此为余家十数年来所未有之事也。往者当需款孔殷之际，辄求于吾叔，今则吾叔闲居，亦殊困窘，亲戚之略有者，皆避上海、天津、青岛诸地，惟有三五家，与吾家相若者在。故余母今岁之忧虑数倍往年，余家之窘迫，亦数倍往年也。

余今既述十年间全家支出之状况矣，然更有一事当为读者诸君详述之，即货币是也。江西全省其各县通行之货币，县各不同，而钱百文有十足，有九九，有九八，有九七，有九六，有九五之异。有通用小银元之地，有不通用者。银之平色，亦随地而异。南昌，江西之省会也，余家居于是。往者先君子虽历游各县，而此十年间，未尝迁徙也。今惟述南昌之通行货币斯可矣。南昌所通行之货币，曰银，曰银元，曰铜元，曰制钱，四者耳。银则有库平漕平盐封九三八市平之异，银元则墨洋日洋各省所造皆有。其俗以上为鹰纹者为鹰洋，上为龙纹者为龙洋。癸卯之岁，银元每元兑钱约八百文，九三八平银每两约兑钱一千二百，其后岁增。至辛亥年，每元可兑一千六七百文，每两可兑二千四五百文。其所以如此者，则以纸币之故。南昌发行纸币，当清咸丰之时，已有其形式，余不得而见也。发行者为钱庄。闻诸余祖母云，以白棉纸印蓝字，盖朱文章，钱数则墨笔填写。每纸作钱一千文，其以西洋纸镌铅板印五彩花纹之票。发行之年，余不能知，闻人云，大约为清光

绪二十年前后一典商首先发行，有一百文、一千文两种。其后钱商典商皆仿其法发行之，总数不可详，行用之处惟限于省会。光绪末开办官银号，其发行之票，有钱票、银票、银元票三种。银票余所见有拾两、五十两、百两三种，钱票有百文、一千文、十千文、五十千文者，银元票有一元、五元、十元、五十元、百元者。钱票则一百文者、一千文者，有十足、九五两种。银元票则有鹰洋、龙洋之别。市面流行，更钱庄发行之银票，其数随人而异。以白纸一方，中书银数，右书号数，左盖店名图记，其效力即与现银无异。此南昌货币之大略也。余述余家十年来状况，以货币之不一殊困难，故收入约之为元数，而支出则以银元与钱二者并出。盖以支出之款，除学费外，实际皆以钱计算也。一为改易虑有失真，故杂述此节，虽于文为赘，要亦不能删之。

历年之收入：

方吾父在日，每岁收入可千余元，并租资计之，当在二千元也。其时物价甚廉，而俗亦不似今日之崇尚奢侈。以故岁入与岁出较，常有余。癸卯之春，吾父弃养，此为吾家之一大变。而收入惟租资一项，岁入仅五六百元也。甲辰、乙巳两年，皆如癸卯年之数。丙午春大雹为灾，房屋多被损伤，因修葺重建之故，略增租资，收入以较前三年岁增数十元。丁未年收入则大减，其原因有二:一为住宅一所，典于人者，年限已满，原主赎回，既须赁屋而居，复少租资十数元一月;一为邻人失火，延毁店屋一所，既费重建之资，复空数月，不能租出，以故收入大减。岁终总计收入，且不敷所出矣。戊申之岁，买得住宅二所，各店皆未常空，而重建大修之店，且略为加租。视丙午之岁所收入，又增数十元矣。己酉岁收入不及戊申之岁，盖住宅一所，空时既多，而又为人拖欠数月租资故也。庚戌之岁，收入虽尚可，然亦不能依应收入之数全数收入也。视丙午、戊申两年则相仿佛也，辛亥年则又大减。盖因

九月间革命事起，全城扰攘，自九月以至年终，时经四月，各处租资至多者偿两月耳，此其减之故也。壬子年则收入仅得半数矣。盖兵事之后，人心不定，商业萧条，大商家多闭歇，小资本及工艺之店所入既微，且商务锐减，彼日用尚有不济之虞，故租资往往迁延不付，此其所以收入仅得往年之半数也。

总计十年，余家之收入，当可八九千元。惟是世间事，岂能尽圆满无缺。而金钱之来往，更难①望其完全收入。挟国法以征赋，犹时有欠课。操术以图人之商家，犹时有为人倒欠之事。余家既无势可凭，无术可施，而能于收入之数，可得八成之谱，不能不赞扬世间人心之良善也。吾犹忆丙午之年，南昌忽构法教士王安戕杀南昌县知县江召棠事，全城鼎沸，米价陡昂倍余，蔬菜忽售至平常之价十倍。尔时有三五店客亲至余家，向余母详述外间情事，告余母以毋恐，且袖出租资面交，并言本已届期，理应全缴，乃以事变故尔，至于略欠殊为不安，事定当如数清偿也。及至辛亥之冬，如是之店客，则仅一二人矣。其强横奸诈者，竟复以种种名目，将所欠租资，列为房东应付之捐项。欲诉诸法律，则国政正当紊乱之际，欲诉诸腕力，则侨居异地，既无族人，又鲜乡党，两兄弟亦非能以腕力与人争者，余家又岂以腕力与人争胜者哉？丁兹时局，惟有隐忍受之，冀不别生他故耳。

以上所述为余家经常收入之状况，而历年间有特别之收入焉，然而微矣。舍余叔资助者，及长兄辛亥岁所得之束脩二百元外，无有也。其或亲朋投赠，类为食用之物，不足以言收入也。

余家将来状况之推测：

余既述余过去十年之状况矣，因此连想遂推测后十年间之状况焉。自癸卯至壬子，此十年间之世局，亦屡变矣。余家蒙其影

① “难”，原文作“离”，据语义改。

响而昭著者,丙午之南昌教案,辛亥之光复是矣,其他勿著也。往者已矣,来者将何如邪?过去十年间,乃余家保守时期,培壅时期;今后之十年,盖为余家发展时期,收获时期,种籽时期。今后之十年,其足以记述,殆百倍于过去之十年也。当兹世局纷更,而欲逆料未来事之如何,虽其大智慧者,恐亦难中,而况余乎?余之所述,亦就今日之家庭状况以说将来,就过去之家庭状况以说将来,举亲友之家庭状况以例吾家之将来云尔。

余家今后十年间之状况,可预料者,一为收入之增加,二为特别支出之增加,三为人口之增加。余为分述此三者,增加之理由如下:

今者两兄齿已长矣,虽不可谓之学成,而依世界教育公理,则修学期已满矣,当然就职务于社会以资生。此余之所以知后之十年收入必增加也。惟是世局如斯,时作兵革,固难决也。退一步想,能保特固有之家资,则亦幸矣。否则竟如汉镇之一炬,又为之奈何哉。苟其世局大定,以余祖余父当日情形例之,则余之两兄至少每年当有一千元之收入。若以余叔近今数年之收入例之,则余之两兄岁入且可万元矣。然而实际之收入果何如也,不可知。自今日观之,则吾家之收入固增于壬子之春矣。

何为而知特别支出之必增加耶?斯亦一语足以明之也,曰婚姻费耳。余两兄今尚未娶,则此十年之中必娶可知也。两妹未嫁,而此十年之间必嫁,亦可知也。嫁也,娶也,则其支出之款,视过去十年为增矣。因嫁娶而增之酬酢费,亦随之矣。此余之所以决定,特别支出之当增于过去之十年也。而其所增之数,则当视二兄之岁入而定矣。以余悬揣,亦为二千元至五千元之数也。

至于人口之增加,尤易明也。两兄既娶,两妹既嫁,则甥侄增矣。而今日之一二仆人,足供奔走,至他日之决不敷,亦事理

之当然。往者吾祖自杭避兵至南昌，家无应门五尺之童，其后服官，仆从至五七人，吾父亦然。自今日世局观之，苟从此世局安宁无事，则余之所言皆当见诸事实也。若夫服饰、食用之费，随家境社会而转移，固难断定其为何如，然亦当增至二倍，此可预料者也。

——《妇女时报》(1917)第二十一期

虞佩芬

虞佩芬,文章署名“程虞佩芬”。夫程姓。生平不详。

土耳其之妇人

昨读二十号大报,见有张昭泗女士之《印度女子风俗记》一篇,征引博洽,议论精辟,且有若干之奇风异俗,为国人所从未得知者。此种文字,微特有唤醒国人顽固之梦,增益新鲜智识而已,即所以为茶余酒后之资,亦较之无聊之小说、陈腐之笔记,逸趣横生也。佩芬心焉羡之,忆前年有友人曾游土耳其归来,向余缕述土国妇女界种种近状。当时曾略有记载,喜其与张昭泗女士之作相似,乃急检而出之,略加润饰,写奉大记者一粲。若能付刊报端,尤厚幸也。惜余不文,未能如张女士之引伸其义,发人深省,滋赧然耳。

土耳其人之面貌,闻初似蒙古人,后与欧洲人互通婚姻,化合种类,久之久之,容貌渐变,几与欧人相似,惟其圆颅广额,鼻直而面色淡棕,发则棕黑相间,微不同耳。

土耳其妇人有一奇俗,除夫妻两人可以见面外,其余之女子,不许与男子相见。故妇女出门,多以白布一方覆其首,下垂至额,又用较大之布一方,掩其口鼻,结于颈后,下垂于背,除两目外,其余皆不为人所见。又有极长之大衣,以罩全身,盖用大方布为之,

下垂至地。乡村间之妇女,较京城妇女尤为拘谨,几于全身皆蔽。京城妇女虽用面帕,但其帕甚薄,仿佛一种纱类,虽较之欧女面网为厚,然行人对之,仍能隐得见其美貌。至于贵家之妇女或姬妾,则绝对不许外人窥见,虽教堂佛庙,亦不许其入。偶有万不得已之事出门,则绝厚之面帕,绝长之外衣,全体俱掩,使他人不能见及容颜之万一也。

富贵之家,妇女衣饰甚艳丽,在家中俱衣绸袍、绸汗衫及金绣之短褂,头亦戴兜套,满缀珠宝,鞋上亦绣花卉,且饰珠宝。至下等妇人,皆衣粗布,不事妆饰,冬日不过棉袄棉裤而已,并无皮衣也。

土耳其每日只进食两次,一在午前十点钟至十一点钟,一在日落时,但每餐必饮黑咖啡一两杯耳。土人多席地而坐,故进食时,面包皆置于大铜盘内,放诸地板上。另有一小盘,内储酱醋、胡椒之类,置诸小几上。室中人围坐此小几而食,食时不用刀叉,亦不用匕箸,但以手掬食,甚为龌龊。故土人食前必洗手,食后亦洗手,盖以十指为刀叉匕箸,不能不涤之使净也。近年京城中开通之绅士显宦家,已有仿照欧洲办法用刀叉矣。

土耳其乡间之女子,不知针线,不能缝裁,都市中则不然。

土国民间无衣箱,凡不穿之衣,皆盛于袋内,号曰衣袋。此袋仿佛中国之米口袋,但非麻织,乃以白羊毛织成,上有种种之花色,且有将袋主之名姓暗号织在袋上者,甚为美观。

土耳其妇人最耐劳苦,有为人任洗衣者,有为人司耕耘者,有为人司畜牧者,且有时为人任造砖筑屋之劳者,更有沿途以手拾牛粪,归而涂于屋外之泥垣,俟晒干后,用之以代薪者。故凡种种激烈之劳动,污秽之工作,土耳其妇女皆能为之,其劳力,其耐心,皆有不可及处。而土耳其之男子,则转较女子为懒惰,或闲坐无事,或作女子应做之织袜纺纱,及煮咖啡烤面包等事。更有一类

男子,午餐毕后,即往树荫下高卧乘凉,习惯如此,对于胼手胝足之妇女,殊不觉有惭愧之心,是真大可异矣。

土耳其各家妇女之洗衣,皆有定期,必彼此互相约定,某日在江边洗衣。其距江较远者,则赴有井泉处洗之。时诸女麇集,谈笑声与砧杵声相和答,一大观也。凡大城市,皆有公家之洗衣池,四围有短墙,女子洗衣其中,不致为行路之人所见,其制甚善。惟土人洗衣之法,既不肯用肥皂,以衣置大石上,一味以木杵冲水捣之,最足以使其衣早日破烂,故乡村之人,十八九皆衣破衲,皆木杵之功,不善洗衣之咎也。

土耳其人极喜沐浴,国中浴室甚多,即女浴池亦极夥。因妇女亦极好沐浴也,其浴身几于每日必在家举行一次,且每月必须赴街市上之公共浴池也。浴一二次,借此可与一般女友晤面畅谈,如男子①之乐赴咖啡馆也。其公共之女浴池设备亦甚完善,大概分作三间:其一间为换衣所,一间为休憩所,一间为白石浴池。其妇女入浴之习惯,又有奇异之点,喜为长久之沐浴。大概入浴池后,必历数小时始已,使池中热气将全身薰透,疲软无力,始觉愉快。更有吸食纸烟、水果糖食,或饮冰水牛乳,以资消遣者,久之久之,乃以外套围身,就休憩室榻上憩息,俟热退始徐徐穿衣而出。故一沐浴也,必耗去数小时之时光焉。

至论及土耳其女子之婚姻制度,尤有种种之奇状,其俗与印度相似,嫁娶极早。大抵男子以十七岁为婚期,女子以十一岁为嫁期。为父母者,但知以男女早日嫁娶,可免游手好闲,殊不知早婚之为害,尤为可惧。土人不察,相习成风,土国之孱弱,此亦其一端也。土耳其有一种妇女,专以媒妁②为职业者,其名号"哥拉

---

① "子",原文作"池",据语义改。
② "妁",原文作"灼",据语义改。

妇”。凡父母欲为儿子求婚者,必须邀请此种哥拉妇,随同男子之母或女亲戚数人,径往有女之家,到门先述来意,女家迎入内室。女家遂命一年龄较长之妇人,随此及笄待嫁之女而出,亲捧咖啡之杯敬客,各行以口亲手礼,俟客饮毕,始收杯而去。同来诸人,此时细观此女之举止动静,如合意者,遂请女宅之父母出见,直接商量婚事,如不当意者,遂各散。此诚一种特别之鉴定新妇之法也。

结婚之日,新郎之母携红绸一方,糖果数枚,赴女家,以红绸铺于地上,新娘履之,啜其姑之手,以表示敬礼,并收受其礼物。于是新娘以糖果咬成两半块,自食其半,而以其一半送诸新郎,以示初相见爱之意。然后主婚礼之回教师,当众媒证亲友之前,高声向新娘曰,汝愿嫁某人,而为其妻乎?新娘答曰然。三问三答,皆如之。此时回教师又以男家应允之财礼银数,他日休妻必当照给,告于众宾,且请众宾在神前作证,众宾皆同诺。如是者亦三问而三答。最后乃诵祷告文并祝词,婚礼乃告毕。但男女二人至此时,仍未见面也。盖未行此礼以前,非特不能见面,即通信传语,亦以为可羞。此事略与我国从前之结婚,未交拜以前,男女两方面不许晤面及通问相闻,此殆东方之普通习惯欤。当众宾前结婚仪式既毕,遂由哥拉妇引新郎入洞房,时新娘已先于房中静候,尔时骤见新郎入,其羞涩之态与战栗之状,有难摹绘者,盖此女子为第一次见面生之男子,不觉其惭且惧也。于是新娘起立,啜新郎之手,以示敬礼。哥拉妇乃揭开新娘面上之面帕,铺之地上,新郎即长跪于此面帕上祷告,新娘则立于新郎之后,并不与之一同祈祷。祷毕,夫妇乃并坐,以糖块交相喂食。其第一次之食品,所以用糖者,盖取他日夫妻间之和合如糖之甜蜜也。

观其婚礼如此之慎重,夫妇两方又如此其恭恪,似乎此婚姻当能承久,非草草而聚散矣,孰知又有大谬不然者。土耳其之习

惯,离婚之事,最易成立,盖法律上明明承认男子有休妻之权,女子不准休夫,故男子之休妻时时而有,且休妻之手续极简。偶尔一时不合,但须以一语告其妻曰,遮汝之面。此言既出,此女即不复为其人之妻,须立刻携其妆奁,下堂而去。因土国之风俗,男女不露面,惟夫妇相见,则不用帕以遮面,此云遮汝之面者,即不认彼人为己之妻,表示彼此遂同路人之意也。故土国之法律,无论如何,夫不许动用妻之财产饰物者以此,恐其一言不合,便尔离婚,事实上骤难分析,易生轇葛也。呜乎,由此观之,土国之婚姻,是明明有不稳固之现象,夫妇间皆有朝不保莫之状态。夫夫妇者,组织家庭之重要份子也,今乃终日摇摇如悬旌,试问尚能建筑良好之家庭否?一国之家庭,终日不稳固,试问尚能建筑一良好稳固之国家否?此土耳其之所以弱而不振欤。婚姻之事,关系于国家之前途,不亦巨哉?

土国更有一顽陋之风俗,即既休之妻,可以随时收回也。夫覆水重收,已堪诧怪,乃土俗则不妨一再休之,一再收之,咸随其夫个人之自由主张。唯休至第三次时,则必俟其转嫁他人,复为他人所休,而后准其原夫再收之也。此荒谬之风俗,闻回教徒国中皆有此规定,谓如此规定,或可以稍遏休妻之风,因一休而再休,若无此限制,随休随收,一而再,再而三,进而四五六次,将永永纠缠无已时也。但因此之故,又生一奇事矣。第三次休妻之人,格于成例,不能收回原妻,遂不惜以金钱买嘱一贫困之男子,伪为娶之,越宿而复休之,经此一度后,其原夫乃可援例收回矣。土国中刻有一类专充假新郎之男子,彼于得贿之后,成婚之日,照普通仪式,扮作新郎模样,亦照例入洞房,行祷告,一一如仪。一迨翌晨,乃起告新娘曰,我今不再认汝为妻矣,汝可随意嫁人矣,言毕,掉头不顾,扬长径去。而黑幕中主动之原夫,乃出向提出收回之主张矣。此真咄咄怪事也。

回教有规律，世人准娶四妻，盖寓禁止多妻之意也。然而回教徒则名为回妻，实际上且不知凡几，富家则多纳俄属中亚细亚之女子充下陈，若普通之人家，多只一妻，因生计艰难，力不能蓄多妻也。

土耳其人最忌言死字。其下流社会中人，若与人说话，必不得已须说死字，必先吐痰三次于地上，然后乃言之，亦真绝可笑事也。

此外书有若干事，吾友或语焉不详，或当时不及记载，皆略而不述。此特土耳其妇女界中之现状一斑耳。

——《妇女时报》(1917)第二十一期

亚娥女士

亚娥女士,生平不详。

菲律宾新年杂志

自去岁六月与外子渡海,人事匆匆,已过半载,客地度岁,与故乡风味全殊。所谓桃符迎新,爆竹送旧,皆不经见。然海国春生,亦自有一番新景象也。特濡笔记之,聊备谈瀛者之一助耳。

菲律宾度岁之景象,与吾国内地绝不相同。吾国所谓围炉煮酒,邀友旅行,多在正月。而菲地则酬送良朋,燕飨嘉宾,多在十二月。自十五日起,中户人家及各国侨商,门外皆高燃电灯,竞尚新奇。士女联袂观灯,髻影衣香,如入山阴道上,并有购买妆饰品,豫备过年。各商店之夜市,无不门限为穿焉。

耶稣圣诞以前,凡亲朋故旧,皆以礼物相送,俗谓之 Regalade(黎牙)。大概中户人家,以果品及小儿玩具为多。若各侨商,则先事购买本地土产,为作应酬品。如我中国商人,必用苏杭丝绸,方谓尽礼。据某华侨大商家云,彼一年之黎牙费,约在五千美金,亦可谓奢矣。

恭贺新年,亦如我华人作吉祥语。在耶稣圣诞前一日行之,皆以新奇之名信片,用信封由邮局寄往,始得谓之尽礼。或有比邻而居,遣仆持片登门者,则众目为俗物矣。故一届年终,邮局人

员异常劳顿，衣黄衫负大皮包之邮丁，接踵于道，无非为送信忙也。此地沾染欧风，婚姻自由，凡青年男女，情丝已牵，更于此贺年信中，卜其情之向背，使情有所属。则名信片后之图，必为连理枝、并头鸟，皆珍而藏之，以多添他日洞房中一段佳话。余外子为中户商家，据云名信片费及邮票费之消耗，几近十元，则豪富之家，可想而知也。

菲地本属西班牙管辖，天主教之势力，尊无二上。虽经美人统治以后，信教自由，著为国宪，然迷信深中人心，至今犹牢不可破。圣诞节之前一夜，各市镇社会，无论老妇少女，皆于十点后，首蒙白巾，裙裳蹁跹，齐集各礼拜寺门前。而五陵少年，履声橐橐，追随其后，有如狂蝶寻芳。迨至夜午，钟鸣十二，礼拜寺门大开，厅事高燃洋烛，男女鱼贯而入，少者在前，老者在后，长跪祈祷。有神父三五，高坐宝座中，宣读《圣经》，气象甚为尊严。计是夜寺门不闭，燃烛达旦，善男信女则往来不绝，天明始少事休息云。

圣诞日，菲人视为岁终惟一令节，百工一律休息，中上人家皆就家中肆筵设席，并开寻常跳舞会。最苦之劳动家，如清道夫，亦莫不白衣革履，三五成群，向华商店户求赏赐，予以小洋一角或二角，则笑谢而去。一到黄昏时，则道上几绝行人，盖家家有酒食，惟礼拜堂之钟声时发巨响，若亦自鸣其得意者。

三十一号为除夕节，惟富厚人家开设酒食，以飨亲戚朋友。十时以后，Escolta（汉人名大桥头之地）街道宽阔，长约一里，电灯倍明，无论菲人、华人、欧美人，皆聚集其间。或车或徒，警察在其间维持秩序，有条不紊。有为新奇化妆，或戴鬼面，或穿古衣，引吭长歌，以博观者一笑。遇青年女郎，并可抛散纸花（俗谓之 Confite），以表相爱敬之意。街道尽处有一大庭，西人在是间开公众大跳舞会。不论何国士女，皆可临时加入。政界之闺秀，不嫌与劳

动之工人相把臂,于此隐寓平等之意焉。迨钟鸣十二,游人渐稀,而各工厂各汽船之汽笛,则皆呜呜长鸣,如传警报,居家之孩童,则争敲破锣鼓,如我中国日食月食,鸣锣鼓以救援,俗谓之迎新。自十二时至天明,扰攘不绝,几惊旅人之梦焉。得谓文明国无迷信之举也耶?

正月一号,百工亦皆休息。惟街衢中散见一二阵军乐,无特别可记者。至二号则各事其职,一如平常,亦可见其民俗之勤矣。

——《妇女杂志》第三卷(1917)第一号

张绍南

张绍南，生卒年不详，文章多署“李张绍南”，安徽合肥人。夫李寅恭，安徽合肥人，《新青年》撰稿人，著名林学家、教育家，与张绍南为姑表兄妹。1914 年，张绍南随丈夫一起赴英国留学，于苏格兰高等女校读看护学。1919 年，二人回国。张绍南热心社会活动，曾在上海发起组织女童子军团，是我国女童子军的首倡者。1921 年，与丈夫在安庆创办安徽省立女子职业学校。著有小说《赖丁格》《英国改良监狱第一人》。

哀青年

青年青年，予对之辄作无涯之感想。佛言大千世界，芸芸众生，在苦难中；耶氏欲唤醒世人，出黑暗宇内。我青年所处之境遇与所负之责任，非若是乎？

予虽久不见东亚大陆，然我之魂梦，未尝忘之。嗟彼同胞，何止百兆，贫苦不足道，特汝无受教育之机会之大可悯也。近世文明各国人，有好家庭，有良社会，更有教育强迫，故其人民进德易，而强半由于被动。我则无之。游民遍国中，将何所凭借以终身，是一绝大疑问。故我敢曰，中国来日，果有人物发现，殆本其自动，而努力之度，且必加于各国人一等而后可。因行政上向无统一之组织，如国语改良、提倡宗教、规订各邑男女工艺晚课班、设

立地方藏书社、农林上测量组织、贫民诊病所、卫生及街道改良会诸事,不可枚举。我政府两院,至今犹漠然无睹,坐令风气文化,县与县、省与省悉不一致,无论全国。此来日之大患。何怪日本工商百业中人,大声呼告于世界曰:“吾人不得不各勤所事,因中国人之销用量至大。”英人游西藏、新疆、甘肃云:“彼处人民知识及生活程度,犹如在二千年以前,即以工商业论,土族尚未闻制造之名词。”我辈旅外,未一遇西省同学,亦可以互相印证。此涉于行政上事,可为我青年叹苦不置。

回顾家庭及社会,其富裕而略有学识者,眼光如豆,复易为私心所蒙蔽,但于一己之子孙,督教有加,而结果往往非其所望。已则穷奢极欲,日以麻雀狎邪为生涯,安亨外货,无恐怖心。其中贤者,或著几册家训,刻一二集伤风败俗之诗词小说,已诩诩然自命为文史上人,对于后生,绝少惭色。其人犹有毫未影响于我青年与否?余未之信。

其在女子,缠足之痼习,未见明令,早予脱除。生小至老死,奴事于庭室间,养成为副属物。且多妻之俗,曩在日本社会中有蹈此污行者,今已为法律所不许,我犹风行如昨,非青年中之大不幸事乎?西方社会,敬礼女子,沿为惯例,我国人轻侮之犹恐不及,此待遇之不合者。我青年既少受教育,故缺乏能力,欲求如欧战中各国女子,代父若兄执管工商业,效用于红十字会、军工厂及一切战事上组织,亦觉程度相差太远,绝做不到。因至今日,入我国普通市场,尚少见有女商伙;县区学校女额,未能与男校相对比;贫家之子,转而为婢,如贸易品,亦时有所闻。其实若辈之脑力,方之文明国姊妹,固不相逊也。

稿将脱手,为外子䍡丞所见,喟然叹曰:“子言不过为予所欲言者之什一耳,何能罄书?”然以我辈旅外,勤勤求学已三四年,而所谓学问者又安在?则不如自哀之为愈也。余因书之,以终

吾篇。

——《新青年》第二卷(1916)第六号

余之病院中经验

绍南旅居苏格兰 Aberdeen 省,曾就高等女校习看护学二冬。正思觅地方医院实习,未果。去年夏,不幸患 Salpingitis 及 Braran-cyst 二症于腹中,通俗皆谓之 Appendicitis 也,十分沉重,乃延聘本校女教授 Watson 博士,诊知病势至险,劝移入地方贫民医院,代为剖治,否则立有不测之虞。当时神气昏瞀,罔知畏怯,用德律风通知医院,立派马拖床车(床以木板做成,中洼下,置软箽,床板系悬吊于车中)到门,外子諰丞及房东家姊妹抬床上车,晚八句钟到院,时为六月二十八日也。夜班看护女二人安设床褥,款待既定,看护长及住院医士来诊脉,外科医亦来视病。据云,当晚太迟,且病者发汗未止,割治殊危险,不若待之次日。次晨,日班看护长及看护女四人来换班(因白昼生活繁重,加多二人)。绍南在夜间已更换院内所制备衣服,及用药水洗患处,并打药针于腿部。赴割之前,饮食须减少,故天明后七句钟时,只送来炕面包一小片、牛乳茶一杯。午前十一句钟,看护女即料理四轮床,将余推送至剖治室,用布掩盖余之目,不使见该室之一切陈设。余到剖治室,女医士已先至,少停,看护女即将余抬上剖解桌。桌形如床,全是钢片所制,明洁如镜,各部分皆可以移转。旁有四眼,可穿皮带,遂紧缠余之四肢于桌上,不得活动。看护长手扶余之头,然后用闷药 Ohloroform 洒湿布上,盖鼻孔,顷刻余即失知觉。医士剖腹,检取病块,大如碗口,另一块盘绕在肠肚之间。剪割毕,至一句钟缝好刀口,即掩以棉布,移上四轮床,复推送原处,放置软床。直至半夜,余始稍稍苏醒。此时觉刀口极痛,不禁啼泣。看护女前来

问状,余大呼曰:痛哉!看护女用麻药针打在余之两臂上,每臂二针,即刻止痛,便觉口涸,饮冰水数杯,遂转呕吐,至天明始止。此剖治前后之经过也。

先是外子频频来院探问,次晨六句钟又到。余方迷睡,看护女唤醒。余眼已深落,不能张视,面色如死人,口亦不能出言。伊相对只得含泪,片刻退出,日必数至。至三两天后,余稍能说话,但是声息低小耳。绍南被割后,不能睡平床,因恐刀口裂破,故床下之部高架,卧者半倚半坐。此床式谓之 Bedrest,身下用橡皮空气篁,有方有圆的,随意取换。因割在腹部,不能移动,必倚靠于至柔软之被褥上方适意。若割处为四肢,治法不同,或不须此。余既被割一两星期内,换布带及洗刀口,每天两次。早于九句钟至十一句钟,晚于六句钟至七句钟不等。洗换时四肢出汗,痛不可支。最是洗收脓水及抽提线头时,苦不堪言。刀口长逾七八寸,至四星期之久,伤口始渐渐连接。不幸转身偶未注意,刀口忽裂开约三四寸,再过四星期方始平复。自此用布带抱缠,不敢疏忽,至于起床则犹未能。

今且言院中一切人等之职务。女院长一人,英人称为 Matron,每日午前亲至各室看病人一次。院中分医药(Medicine side)与割治(Surgical side)二大部,复分男女二部,各部有若干室(Ward),以甲乙丙丁为次序。一室之中,列床二十二张,各室有日班夜班看护长,或曰领班看护女,英人称为 Sister 各一人。院长每到一室,则看护长陪行,至病人卧床侧,逐一察视以为常。看护长必已毕业于看护学班,及身为看护女六年,至少三年后,始得选任此职。普通看护女则系毕看护学班后,实地练习,自以三四年者为有经验,初入院者不过做扫地、擦楼板及一切杂事。日班看护长及诸看护女于早七句钟上班,接受夜班看护长及看护女之交代。检点一切后,即开早餐,送至各病人前,用小桌横架在床上,

无碍病人展转。各病人床侧,必有小几一具,内分二格,一则贮置食物,一则贮置书报。几面可置瓶花及饮水杯,背面有横木,以备挂面巾及桌布。床之上头,张挂寒热度表一纸。西人谓之 Chart,详载病名、割期、逐日热度等甚清晰,可以一目了然。床之侧每有活动屏幛,取以遮蔽甚便。当院长来时,诸看护女各回自家休息室,更换白围裙。院长去后,看护女即来替病人洗换一切。时近一句钟,开中餐,既餐,撤去盘盏,料理病人琐事。有能起坐片刻者,则扶之起,然后看护女自己分班去用午餐。午后有得半日假者,从三句钟至五句钟方回。五句半钟为晚茶时,茶毕,约在七句钟前。住院医生来诊视,看护长陪行。过此则代病人洗换,至八句钟则日班生活即完,此日中看护之大致情形。

若夜班职务,每室实只一人守之,余时有人来助片刻耳。譬如夜半,有人来换班,俾看护女得间吃饭。四句钟时,来人助理各病人床被,及分送盥面水、梳发等事。先是女班看护长及看护女于晚八句钟来,侍立门傍,待日班看护长将簿记两册,分载各人病情及给药等事检交,俾其接续登记,于是看护女轮至各病人床前问状,及送水盥洗,然后一一就寝。九句钟看护长来看一次,夜深复偕医士来一次,约在十二句钟左右,其余非有意外之事得报不至。如本日有新受割者,看护长则同来守夜,否则至次早来查问通夜情形,分别登簿。俟日班人至,照式交替后,即了其义务矣。

按夜班看护,倒日为夜,残灯坐守,较为清苦。所好每三月一换,其平日值班时间,从晚八句钟至早八句钟。既如余言,惟星期晚,迟一句钟到班。伊等早餐在晚七句钟,中餐在夜半,晚餐在下班后。夜中病人服药、用药水洗换之事特多,余见伊辈稍得寸暇,犹作家书、阅书报,及做针刺手工不辍。至于诊病者脉,写记病状热度于 Chart 上,遇新被割者,每十五或二十五分钟,必试按脉象一次,病轻者早晚各一次。早八句钟以前,所有夜中取用之物,一

一分别送还原处,亦不待说。看护女薪金,多少不等,各视其服务年代之久暂。第一年者,每星期只四五先令,第二年者略加,第三年者特多,约每星期十四五先令,皆由院长按星期发给。新看护女每星期一次听名医讲义一小时,在星期五日;每年考验一次,以第三年之试验为最难。平日假期无及一个月者,只有在院过二年者,方得邀准。平时每人每星期,不过数小时之休假而已。

院中病人有意外之事,随时发电话传告其家属,家属得常时入院探问,惟每日不得过二次,手持允准券。亲友问疾,则有定时,亦须持券。如每星三、星六及星期下午三句钟至四句钟,星期较迟一句钟,但每病人不能过三人,及来人不得坐病人榻上,至时摇铃客散。家属平时可携送食物,惟必经看护长许可及过目,方可收受,赠花及书报者可代递。地方教会中人及慈善家,于星期许入向病者唱歌说古,或负琴而入,作短曲一出,以引起病人之意兴,而减其苦恼也。西人妇孺无不能看书阅报,故病稍退,即手不释卷。经治之外科医,亦数数来院复看。能下床者则换四轮椅,推出院内花园中,游览片刻。渐愈者则改送乡间之养病院,小住若干日送回。不幸经割治而终不救者,则代为洗换,送归其尸,由家属领葬。余在医院中共八星期,于同室之中先后病殁者凡四人,目见其易箦,为之太息。余虽获免,然其初并未敢望也。

八星期后,余转入乡间之养病院,英人谓之 Convalescent Hospital,在山坡脚下。林木葱浓,远隔村市,向为民房,因其占地幽僻,复多古树环绕,合养病院之用。主人捐入公家,略加改造,便成佳制。来养病院之病人,皆系已过危险,渐能扶杖而行者。故到此后,所居境界已大异于前此之在医院时。此院分男女二部,各有休息、会客及餐室,一切规则井井有条不紊。院中看护长一人,看护女二人,以外即下女一、厨妇一,及三二园丁而已。各病人既有能行走者,则各检自家一切之事,借以运动,有裨病躯。每

房二床，晨则自己铺折及扫除尘埃。不能劳动者，则邻人代治之，看护女不过照料而已。院之前后，多花草树木，设置长凳。病人携手同行，赏览天然之景物，呼吸新鲜之空气。草地之上，有各项球具，可以嬉戏。患肺病者设榻檐下，虽风雪天不移入，但遮以漆布，或屏风而已。病者家属及亲友，可常来探问，时间限制不太苛，是以病人无不安闲自在，行歌坐咏，如至欢乐世界矣。余在彼处凡四星期，外子携侄昌熙，亦于近处觅寓避暑，不时过我一叙，及送鸡汁菜羹。人世间食物于空气至清洁之中，觉其味尤鲜美。恒与外子谈及养病院之组织至易，归国以后，欲普告朋辈，勿错认为繁难及费钱之事，实异常单简也。余在两处病院，承众看护姊妹厚待，中外男女友人，到院探询，及赠花寄食品者踵相接。最是好友如程夫人竞英、丁夫人淑，在南英闻余病急，则相向而哭，及四妹俊青得信，惊闻之下，昏倒于地。余病后闻之，亦用慨叹。旅外四年，眷怀桑梓，偶尔搦管，叙述病状，不觉累幅，或为我亲戚故旧所乐闻也。

——《新青年》第三卷（1917）第四号

扶持女德之无望（致太平洋杂志记者）

报载沪上哈同花园开募赈会若干日，以一般有名校书，粉黛艳妆充会场陈列品，号招绅富，以达捐款之目的。远在异国，虽未目睹，然风声所播，对于腐败社会之心理，不能不放声一哭。夫北省洪水为灾，国人情感，出其有余，拯救饥黎，本属寻常事。在勾栏中人一方面，同具有慈善心，助募赈款，亦无可议。惟绅富因会场众美萃集，女色夺目，从而奔赴，蓄其污下之理想，沽其好善之令名，则用心实不堪问。世人游历我国者，往往以民德堕落为言，事实昭然，百口莫辨。余尝言一国强弱，及万事有进步与否，不过

在政府之善于建设,社会崇俭竞向生利方面致力,以成实业的人民,自然日有起色。但民德不修,忧莫大焉。昔余叙述西方文化(见《进步》杂志第十一卷第二号),申说我国社会不良,为世诟病者,指斥男子所造罪孽为最着;读书明理之男子,尤占大部分。读者尚疑吾言乎?盍一环观,从家庭而社会,而官吏,而政府,殆不出五十步百步之间耳。吾人旅欧,目见战时妇女,代行男子职务于一切事业,军中且募大宗妇女,治厨下之役,男女交际,视前尤为混杂,然秩序井然,名誉上保持弗替。无怪彼国社会中人,诩诩然倡论曰,一国民德,须培养之积若干年,始有长进。宗教法律,固具有势力,然尤在男界自尊自重,久之使社会有互相信任之心,能如是则距文明程度为不远。吾国人当书之绅而奉为座上铭。闲检笥箧,得外子鵕丞五年前寄《独立周报》一稿,所论与此有同一宗旨,请摘述之如次:

“寅恭昨有安庆之行,匆匆三二日,略见省中新政,有禁烟赌,开贫民习艺所,普设女学,饬毁泥像,荦荦诸大端。窃以为吾皖贫瘠之象,固非一朝一夕所能拯救,但就诸事观之,都督之为吾民谋生计,促进化者,其着眼孔处,颇有当于国人视线之所集注,甚愉快也。惟道路传说,乃有准花粉捐一事,确否未辨,姑不妨有所陈:今日之请办一方面,无非以卑鄙营利之心,借振兴商业之美名,行败坏风俗之罪恶;而议准一方面,则舍筹款二字外,不能多得一字之理由。今请发一质问:我国社会将以何国为模范?料多数之父老,必应之曰:英美。余复得而质问之曰:何以当取法英美?则必应之曰:政治与社会,共同维持,益以宗教之影响,而后道德乃得保持于弗替。惟然,我之社会不良,比较世界各国,其阶级之高下何如乎?今谋改良之不暇,而犹种此种种恶因乎?我社会教育,一时不能普及,一切旧习积久难返,足为民国之污点者,不胜枚举。将来着手方法,不得不行强迫,以责速效,此为识者所

共认。岁入经费，不敷行政之支用，自是普通现象。然筹措之方，宁舍此遂无可作计？满清末季，政事颠倒错乱，然决意废止鸦片，置岁捐数百万而不顾，犹足多也。方今开通之士，或多误会，重以密迩邻邦，风俗淫荡，仅以一二次战胜，居然雄视东亚，国人久与之接，均谓花月因缘，无足为文明之累。回视沪上，溯江上行，所至皆风行，尤属数见不鲜。光复以后，各省殷富，徙居海上，不惜挥霍。所尤异者，四方志士，政界要人，亦有效满清官吏，挟妓宴宾者，而尤以广东向俗为奢侈。卧薪尝胆之际，而竞登金迷纸醉之场，有心人所为扼腕太息者也。虽未暇及时严禁，尚可复收纳租税乎？于此而望政治社会之改良，是犹抱薪而救火也。今之日美，寅恭尚未一履其土，未能道其真相，请以欧洲社会与商务之关系，举其一二言之：伦敦为世界最大市场，而英伦三岛，在法律上不承认有娼妓，地方警察厅视为绝对犯法之行为。柏林首都，商业亦盛，并无官妓。虽巴黎有公娼之目，然开设之地绝少。法人性嗜浮华，为采风问俗者所不取。英之诗人高尔敦斯密司集中，即寓讥弹。我国满市外货，业商者小本营生，处处皆现可怜之象，能从实业一方面，得政府竭力提倡，社会自谋进行，应能渐有进步，何必准此观念以谈兴商？今沪上、北京及各处办有花粉捐者，深望我政府速筹替代之法，逐渐维持，少留一分笑史于世界横行文字中也。"

比年女学萌芽，不幸办教育者，非率导之无方，即管理太失放纵。青年女子，竞说自由，越乎正轨，世论颇多，纷来耳鼓，他日当以另篇论之。惟有一言，欲我国人心志勿忘者：我之女德，本在各国之上，在昔引以自慰，今日赖国人善自扶持也。

李张绍南民国六年除夕草于英之剑桥。

——《太平洋杂志(上海)》第一卷(1918)第十号

妇女嗜烟赌之大罪恶

余前月在汉口,晤浙江舒厚仁夫人,为我言租界中千家万户打麻雀牌声,从宵达旦,邻人不得安眠。不惟游手好闲之军人政客,恃此为日常生活,妇女亦染此癖,洵为风俗人心之患。一日,余偕外子勰丞游武昌黄鹤楼,见茶肆中之宦家少女,率手持纸烟,且吸且谈,亦足使我骇异,不期到北京,此风颇盛。女子师范附属之两等小学监学孙世庆先生语我曰,本京土著人家之子女,来学者少,校舍不敷,学生大半不在校寄宿,其实在校寄宿之儿童,得享许多幸福。一般家庭,夜中赌博,置儿童卫生于度外,小孩不得安寝及早起,清晨复随父母为不合时之困睡,譬之初生植物,即戕其生。父母既以赌为游戏,则一切连类之败行,遂相因而至,十室豪赌,则案头之罗列烟酒者,恒过七八,小女子因之遂嗜纸烟。试一审察其中病之因,鲜不从父母之纵赌所致。我回忆在英若干年,北苏风俗端谨,女子吸烟者,未之一见。虽在剑桥,一日于某处社会学社听演讲毕,有一女会员,接受招待员之奉烟,犹遭某同学之后议。至于男女小孩,年龄未过十六者,皆不许入烟酒店代人购买,为西方的常例。我国素以礼教自诩,迩年德化堕落,竟至于此,并不闻社会中何方面有人出而设法维持。我不能不对吾女同胞劝诫外,更为大失望之宣言也。

——《妇女杂志》第五卷(1919)第九号

陈华珍

陈华珍，生平不详。

论中国女子婚姻与育儿问题

呜呼！天生人类，无论男女，同为圆颅方趾，而男尊女卑，岂非人间大不平之事哉？征之各国，男女平等，无异视之习，独中国为然。吾侪生而为中国妇人，其不幸为何如耶！

吾国妇女，缠足穿耳，以为美观，终日枯坐，不问外事，不啻日处于樊笼地狱。以视欧美妇女，在于学校，则练体操；在于家庭，天气清朗之时，未嫁者伴其父母兄弟，已嫁者携其丈夫儿女，遨游郊外，散步公园，领略新鲜空气，意象之活泼，以我恹恹若病之妇女比之，相去不啻天壤也。迩年来西洋文明，挟太平洋之潮流，输入中土。有志之士，知旧法之不足株守。世界以优胜劣败为公例，天演难逃，不可不力图富强。顾中国人口号称四万万，而残弱之女子居其半，男子之中，顽固者又居多数，其健良完全之国民，可供国家之役者，百不得一。故国势日益浸弱，致外人有病夫之讥。今日中国，竞言改良，提倡农业，振顿工商，而无健全之国民以任之，吾恐仍空言而无补也。然则若之何而可也？吾可断言曰：非培植健良完全之国民，以任国家之事不为功。顾欲培植健良完全之国民，舍从女界上进行，其谁属哉？然则普及女子教育，

改良婚姻与育儿问题,岂非今日之第一急务哉!

女子之结婚,乃终身最大之问题也。毕生之幸福,胥在于是。而我国人于婚姻一事,多轻忽而怠于注意,惟任父母之相攸耳。只知计家产之多寡,学问与性质不顾也。一旦不幸而所适之夫为有病不良者,如素有结核、霉毒等病因者,因之累及妻子,健强之身变为弱质,失生人之快乐,终身陷于悲境,此皆我国不自由结婚之弊也。欧西各国,无不崇尚自由结婚者,而于身体之健强与否,亦极注意。故所生儿女,鲜羸弱夭折者。近日中国女界,亦有抱自由思想者,奈程度幼稚,往往反陷于野蛮,良可慨也。迩年来中国仍盛行早婚,男子年未弱冠,女子年甫十六,而父母急欲为其结婚,以致心身均不能完全发育,所生儿女不克强壮,甚有夭折畸形者,贻祸子孙,为害不浅。试观印度女子,年方十二三时,已有抱子者,年未三十,即呈衰老之象,故卒致罹灭国之祸。今中国若不打破此风,长此以往,恐不免履印度之辙矣。泰西各国,早婚之禁,载于民法。我国早婚陋习,已牢不可破,非由国家严行取缔,决不能达革除之目的也。

吾国女界,于育儿问题,素不讲求。夫长江九曲,流必有源;高木千寻,伐当求本。女子非国民之母乎?盖小儿由襁褓以及成童,凡哺乳、衣服、沐浴、运动、眠食、教育等事,一举一动,无不依赖母氏,而受其感化。试观孟母断机择邻,孟子卒成亚圣。夫小儿之心地,无先人之言为之主,无偏僻之见蔽其明,如水之澄清,如纸之洁白,其天赋之良心,未遭戕贼也。然近朱者赤,近墨者黑,凡家庭之习惯,邻里之陶冶,俱足影响以及于小儿,而尤赖母氏指教,以轨入正道。他日之为英雄、为盗跖,其基础实出于幼年时代母氏之手。中国妇女教育儿童,每施以柔弱保育,以过度之慈爱,养成儿童软弱之体质。例如冬日,风雪交加,为亲者恐其子之受寒,裹以重裘,围以火炉。使之任意食过量之食物,如酒类、

香料等有刺戟性者,皆不之禁。事事悖理,无怪国势不振,国多病夫矣。东西各国,于教育儿童,最为注意,广设产科生育等专门学校。即普通之女学校,亦多注意及之。故外国妇女,无不具育儿知识者。吾愿吾国女界入校读书者,宜竭力注意,以养成他日为国民贤母良妻之资格。二万万女同胞,其各勉之。

稿将脱手,为兄德明见之,谓余曰:"迩年来中国妇女有主张独身生活者,此问题甚难解决。考女子思想变更之由来,约有二端:一以女子程度日高,其知识范围扩充,遂觉旧道德之内容,未能餍意,而反抗男子之心自起;一以女子有相当之职业,经济上稍可独立,遂欲脱离男子之束缚。然从生理、心理上观察之,大有所不能者。盖女子之脑力与体质,其发育不如男子,而近似小儿。且女子任分娩、育儿等事,已负绝大之责任,若复欲与男子享同等之地位权利,势所不能也。况以中国程度之幼稚,早婚之习尚未打破,遑论他乎? 余为女界计,不如一志力求道德学问,以养成他日国民之贤母良妻。"余深然其言,故志之,为吾女同胞告。

——《新青年》第三卷(1917)第三号

中国女子堕落之可忧

吾国妇女旧习,幽居深闺,洞耳缠足,日事涂脂抹粉,供人耳目之娱,不知求真实学问以自谋生活,综其一身,惟男子是赖。故数千年来,沈沈女界,黑暗而不文明。重男轻女之习,深印入吾人之脑中,成牢不可破之恶习。以为男子治外,女子治内,女子仅知烹调、缝纫诸琐务足矣。他若古今之沿革、政令之变迁,以及学术事业,胥可置之不讲。以视东西各国妇女其地位权利,可与男子同等享受,实不啻云泥之悬也。噫,可哀也矣!

自欧西文明输入以来,吾国亦知女学之宜兴矣。在吾人之逆

料中,以为吾国女同胞,从此必日趋文明,矫数千年之积弊矣。第观今之女学生,非惟不能为女界大放光明,且自将日趋于消极。自兴办女学以来,一般女学生,竟如大河之水,一逢决口,泛滥之势,不可遏抑。袭口自由平等,实行放佚。略知西学皮毛,便尔自诩明通。视廉耻若弁髦,以奢华为专技,一若奢华为一身无上之荣誉者。所谓金玉其外,败絮其中者是也。余每见中等之家,衣食仅足,而其妻女绮罗被身,珠翠盈头,竭男子终岁所入,不足供其挥霍,或竟假贷以遂己志,不顾经济之日困。迩来风尚日下,即素称朴实之地,亦为不良份子所被动,致卷入漩涡。故家庭之间,每酿成种种悲剧,至顽固之家庭,视女学为畏途,益不敢送其子女入学。余非故揭女界之短,以开罪于吾亲爱之诸姊妹,特书此以共勉耳。且余亦女青年之一份子也,更借以自警焉。

稿将脱手,为吾姊静炜见之,谓余曰:"女界之消极问题,非惟影响于吾女界发达前途,亦国家之绝大可忧问题也。吾国女同胞已深中放肆之毒,欲挽其顽习,非徒纸上空谈所能救药者。余深愿女同胞中,有以自勉,庶几有豸。"余深然其言,故志之,为吾诸姊妹告。

——《青声周刊》(1918)第九期

杨雪琼

杨雪琼(？—1928)，上海人。父杨白民，近代教育家。杨雪琼曾就读于上海城东女校、北京女子师范学校，毕业后任北京崇实女校教员。

游金陵劝业会记

六月廿五日上午七时，与同学黄君冰佩，及其嫂九思、其妹慧兼，约会至金陵，观南洋劝业会。出校门，呼人力车至十六铺，再乘电车至铁马路火车站。时已七点三刻钟，头班快车已开，买票待之。二班慢车到，已九时十分钟矣，上车少顷即开。是日幸天朗气清，一路清风扑面，颇觉凉爽。惟此车每遇车站辄停，故较他车约慢三时许。停车之处，计有三十五处，依次计之，为真如、南翔、黄渡、安亭、陆家浜、青阳港、昆山、正仪、唯亭、外跨塘、官渎、苏州、浒墅关、望亭、周泾巷、无锡南门、无锡石塘湾、洛社、横林、戚墅堰、常州、奔牛、吕城、陵口、丹阳、新丰镇、江南门、镇江、高资镇、下蜀街、龙潭、孤树、尧化门、太平门，乃到南京，时已七点五十分钟。下车见黄师已在车站等候，复为吾等买票，乘宁省火车，到无量庵，约计二十五分钟。下车呼人力车到鸿升旅馆，时钟已鸣九下矣。回想上海至南京，一路目所见者，青山绿水之景，快人胸次，耳所闻者，但多虫鸟之鸣而已。南京至无量庵，天已暗，他无

所见,惟车在劝业会场经过。但见无数之电灯,明如星海,如入光明世界,真不多见之美观也。至旅馆夜饭,饭菜甚劣,而房屋尚为清洁。饭毕即卧,盖在火车上坐一日,人已疲倦不堪矣。

翌晨(即廿六日)六时早起,梳洗、食点心毕,时已九时,即偕黄君等登山游玩。到九眼井,上鸡鸣山,入高耸天宫游玩。登山远望,则山洞泉源,潺潺而出,一片清凉,迥异世俗。此山石级计有四百六十五步,上下共有九百三十步。两足疲顿,几不能行,约十二时即回馆中膳。膳毕乘人力车至谘议局,请黄师率领买票,至劝业会场。此会场拓地可百亩,鸠工庀材,尚未竣业。入门见高大坊表,左为教育馆,右为工艺馆。先入工艺馆游玩,内见物类繁多,不能记忆,今将分部记之。此馆中分六部,先入陶器部,次土木建筑部,次化学工艺部,次染织工业部,次采矿冶金部,次制件工艺部。六部中以我一人私见观之,觉织物及矿山模型及雕刻等作,最为精细。由此出馆,入教育馆。馆中分小学、女学、中学、高等、实业、邮传部、图书及彝器部。此馆以男中学及女学之画图为最多,而高尚美观,为馆中翘楚,可知吾国艺术界中,于画图为最发达也。二馆较他馆物品最多,房屋最大。出教育馆时,各馆皆闭门,时已六下钟矣。乃遂入亭中休息,或坐或立,或散步于草地之中,而电灯数万盏,如银花火树,真入不夜之天,乐哉此游。九时即乘人力车,回至旅馆。

翌日(即廿七日)上午未出,下午又至会场,入广东馆游览。馆中分天产品、染织工艺品、机械工艺部,及书画室,尚有广济便民弹纺织机试验场。此场中有人试验,有弹棉者,有做洋纱者,最足以资人研究。出场又入东三省馆,中为奉天、吉林、黑龙江三省之物品,中间各分三部,为教育部、天产部、工艺部,其中以吉林之天产部为最优,工艺部次之。乃入山陕馆,馆中为山西、陕西品物。虽分两馆,而物品鲜少,亦见平常,较他馆似觉退后。由此而

出，入河南馆，其中分制作工艺部、染织部、教育部、美术部、图书部、天产部。览毕入博山璃玻馆，馆中皆花玻璃所制造之品，颇有可观，而定价颇贱。出至绿筠花圃，休憩少时，入京畿馆。馆中以女子绣品为最多且最优，中有一方绣今之美国皇后爱丽那之绣像。此绣精细已极，不但我国罕见，即至外国陈列馆中，想亦为奇品。此绣分七色所制，骤观之不知其绣，而与最优之漆画同，细观其字，方能知其绣也。其中刺绣胜于他物。出馆至水竹居啜茗休息，半时许，即出散步。至九时出会场，呼人力车回旅馆。

廿八日上午入暨南馆游玩，该馆中以藤物堆绒为最优。后入江西馆，此馆教育品分成绩部、标本模型部、图书部、教授用具部；天产品分为矿采部、蚕桑部、狩猎部、农业制造部、药材部、水产部、农业部、工艺部、笺扇部、化学制造部、玉石部、五金部、髹漆部、染织部、鞣革部，及景德镇江西瓷业公司出品者；美术品，分绣织部、绘画部、雕塑部，萍乡磁业公司出品者；工艺品分农具部、绣织部。观毕，入福建馆。先入教育室，后至德化磁器室。有一枝白磁梅花，烧炼颇精细。其次有特色精致者为漆器，是沈绍安长房裔孙正镐老铺所手创。此漆五色而有异彩，与西洋漆画无异，良可惊也，惟定价极贵。出馆至四时兴中饭，休息至下午二时，又入直隶馆。在此馆游未完全，约略记之。先观教育品，次矿冶品，及土木建筑品、染织品、电气品、农业品、蚕桑品、茶叶品、医学卫生品、海陆军用品。后入农业、广东、湖南三馆，因为时已不早，大略一阅而过，不过如走马看花而已。农业馆中，有药水所浸一小羊，生有二头，一左一右，名为双头羊，此亦希见之品也。广东馆以雕花物品为最优，湖南馆磁器为最多。出馆至磁器出品所，随黄君买物毕，又呼人力车回旅馆。

计游三日，纵观之馆凡十八，而以工艺、教育两馆较他馆为胜，且多特异之品。苟有此深造，宁知不突过欧西？故游此两馆

而欲加以参考。每馆非三四小时不办，其他各馆皆无大异。惟会场之中央有纪念塔，高可矗天，有喷水池飞珠溅玉，亦甚奇之物也。

廿九日，家中有信来，以我有京师之行，促我返。遂于上午九时，偕黄君等乘人力车，至无量庵火车站，乘火车至下关，改乘火车至上海。一路空气清爽，身体愈觉健康。计游只五日，共用车费、膳宿费，仅五元有半，而所得之智识，殊觉美不胜收。车至上海，时已八时半矣，即乘人力车回校。

——《女学生杂志》(1911)第二期

京津游记

六月中，见报上登载北京女子师范招生广告，家严即作书与该校教务长胡雨人，请为介绍，令余入学。胡先生允许报名，故去志遂决。且因同往师范者有数人，如瞿君庆安(该校旧教员)、同学黄君冰佩(该校手工教员)、周介藩先生(亦任教课)，尚有黄君惠兼、王君濂白(二君在天津北洋女师范求学有年)暑假回南，亦因开学赴津，得同船，家中人颇为心安，乃于七月初七日下午起程，到十六铺招商码头，乘新裕轮船行。启行时，承同学王君玉令、寿君瑞年、王君宝善，及本校舍监余先生与姑母送余下船，把袂而别，余即在船游玩。此时天色将暮，到舱中折被，行李等一一整理，而船上电灯明矣。又到船廊上看上货，少顷入舱而卧，至十时五十分，闻机器房中烧煤声隆隆然。黄君曰，船将启矣。至十一时，闻放汽笛声，觉舱中之物，震然皆动，船乃开行。此时船出码头，行甚迟，且甚平安。睡至五时，张目起视，窗外东方已白，浓雾迷蒙，此时尚见边岸。乃起与黄君梳洗毕，闭房到钟楼上，坐而观海，至七时茶房来呼早餐，餐毕，复上。至八时到茶山，此时两

岸不见矣，风浪微掀，船少侧，而余即欲吐。黄君等云，君幸未遇飓风，该风动时，则波浪汹涌，人不能坐，台凳上所置之物皆落于地，船如倾覆，水较船高，此时乃真欲吐矣。然余此时已觉眩晕不支，盖余初次海行故也。过茶山后，顺风而驶，波平似镜，绝好海景，眺望四周，绝不见片帆只影，所见者天水相接，一片苍芒，不辨南北，不知家在何许矣。有时海面仅现帆影，其船身尚在海平线下；有时绝不见烟痕，惟我船在大海中行；有时远见黑烟缭绕，缕缕入云者，亦轮船也，但相距过远，而目不能见船身；有时见他船稍近我船，则见桅顶旗帜飘扬，第不能辨其颜色耳。至初九日下午，在烟台停舶，则见连亘诸山，峰峦触天，山上有洋房，游玩之人甚多，盖烟台者，通商繁盛之地也。本船上下运货，约停半日，舢板船皆停轮船之旁，贩卖①食物。至天暮，乃停于海之中央，因恐靠岸，盗贼上船，行旅危险，故货物皆装于舢板，转运轮船，船之四旁，如蚁附蝇屯，甚可观也。自烟台到天津，一路风浪又恶，船稍不平，至半夜十二时，启轮。初十日到威海卫，又停泊片时。此处与烟台相似，有海军船坞，为英人所筑，大好门户，他人鼾睡矣。停舟约四时许，至十一日晨，到人沽口，又湾至塘沽，二处未停泊。闻茶房言，天津之外为塘沽，塘沽之外为大沽，地滨渤海，实天津之咽喉，京师之门户也。海口筑大炮台，以资守御，当联军进兵时，为日人所占据，今日过此，能毋令人恻然下涕耶？至十二日晨，闻茶房云，今日下午可到天津。吾等乃整理行李待之。此数日内，在船上尚不寂寞，惟食不下咽，精力疲倦。至十二日下午三时半，远见天津码头，至四时乃抵岸。岸上人力车挑行李者，乃招呼客栈之人声，不绝于耳，而口音一句不明。惠兼在天津有年，故稍能讲京话，即呼人力车到栈，已五时矣。溓白即入北洋师范。

---

① “卖”，原文作“买”，据语义改。

冰佩在船上受寒发疾,到栈后,即吐而卧。周介藩先生乘夜班火车到京。吾等初次出门,因夜车到京,行李上下,颇为不便,故在栈中暂宿一夜。此栈在马路上,极为繁盛,车马声往来不绝,亦有电车,惟较上海之电车略少。是晚,偕瞿君出栈散步。紫竹林为各国租界地,贸易之盛,次于上海,与瞿君买牙粉、皮皂等物,乃呼人力车返栈。夜膳,饭菜多用辛辣者,饭为黄米饭,甚难下咽。至十三日,冰佩疾仍未愈,不能到京。惠兼侍姊,请王君入校告假,而余与瞿君乘九时半二班火车到京。车较我江苏沪杭火车为劣,二等尚有坐位,如沪杭火车三等,而三等则无坐位。我二人坐三等,乃坐于行李上,甚为困苦,且车行颠簸不安。夫天津者,直隶之一大都会也,自咸丰十年开为通商口岸,有铁路二,一通京师,一通山海关。一时许乃抵①京,在正阳门停车,下车时见介藩先生在停车场等候。正阳门素有英人审查行李,此次因到京之人甚众,不暇遍查,我二人行李,略一审视,即放行。周先生即呼脚夫挑行李,吾等坐驴车到校。街道不平,故坐在车中,倾侧不安。此驴车如上海垃圾车,惟用驴子拉之,行甚迟,至校中已二时半矣,即见胡雨人及舍监两先生。胡师云:“考期已过,人额已足,不能设法,歉甚,明日我介绍尔至天津,入北洋女子师范。”此时余一无主意,乃将行李安置于门房。瞿君同余至宿舍参观,校舍颇宽厂,房中皆点一电灯,每间有五六床,课堂在楼下。是日适开学,余在旁观开校礼。先见监督、提调,学生皆打躬;后见舍监、教员,一鞠躬;次提调、监督训言,其所讲之语,不能明白,盖因余不明官话也。是夜卧黄君室中。至十四日上午,胡师云:“今日到北洋师范者有三人,可同往。”余即随之而去,胡师即为我买票。二时上车。计余自昨日下午到京,住校中一宵,次日即赴津,京中情形,实一

① “抵”,原文作“低”,据语义改。

无所见。六时由津还。入校，见提调胡先生及舍监，乃闻惠兼尚未到校，因冰佩疾仍未痊愈也。余乃立刻打电话，告以种种情形，即得回电云，今已出外，无法可思，暂读半年，明年再设法可也。余即作快信，报告家中。是晚舍监云："今年不招生，亦不能插班，今夜住此，明日可入高等，惟须自费。"此时余心忐忑，恨不能飞渡回家，因询舍监以袁观澜先生住址，当一访世庄姊，前在吾城东读书毕业，系我旧友也。明日即呼仆人同余至袁家，复参观高等学堂，觉校舍较北洋师范规模更形狭小。世庄云："此校注重英文，丁班已读过书三本。"余知不能插班，乃出校，到对门蒙学堂游玩。此校学生皆年幼，最大者惟九岁或十岁。时适上游戏课，各生跳舞，与琴声相应，颇为齐整。校舍宽大，颇为清爽，草场四周，短树密布，高等学堂上体操课，亦在此场。出校即回袁家，作书与塘沽严斌君（严君在本校专修科中肄业），与我更为亲爱，乃修书告以一切情形。严君接信后，其太夫人即亲自到津，谓汝今在此，一无亲戚，同余即到塘沽，发信告家中。余住十数日，接家严来函云："汝且在严君府上略住数日，我作书于胡雨人先生，请他设法，令汝入学。"七月念八日晨，接惠兼君电话云："我已入学数日，冰佩已到北京。"今日提调云："可入本校为自费选科生，待明春入北京师范投考可也。"余即于是日下午到校，蒙严太夫人一路伴送，到校后即别去。我遂应试验，作文题一"南方与北方校风异同说"，算学代数题四。余交卷后，舍监云："汝选何科，告明吴先生。"是夜同学皆不相识，惟惠兼君可共言语。此校分头部、二部，名称颇奇。头部所注重者，理科算学；二部所注重者，历史地理。其中规则颇严，学生皆用功非常。每至朔日，全体学生排班，立于操场，舍监立于礼堂之中，共同行一跪礼。至孔子生辰，均排班行三跪礼。每日或上七课，或八课不定，功课中画图为最佳，西人所教授，所画之花，即到养花处随采一朵，置于水盂中，有时侧望而画，

有时对画,有时横画,与鲜花无异。画水果亦取真果视之,有烂处则所画者亦与烂无异,真令人可爱也。尚有藏书室一间,学生暇时,可随意取览。学生称舍监为太太,若南方人则婢仆之对于主人,乃有此尊称。今就北方语言与南方口音,大反对者相较者记之。北语曰堂客,是极敬重客人之言,而我南方人则大忌,以为骂人之言。北语称卧曰躺,则我辈以为轻慢之言,而北人常语之,此最相异而反对者也。尚有不同者,如皮蛋曰松花,鸭蛋曰鸭子,何人曰谁,随喜曰玩儿,女仆曰老妈子。在天津三月余,始稍能辨口音。而天气甚为严寒,九月中已下雪二次,幸有火炉,堪以御寒。闻同学曰,北方无论大小门户,皆有火炉,因至十二月严寒时,雪盈五六寸,人力车夫无不身被兽皮者。入校二月余,一无进步,教员讲书,仍不明白,乃思余此行殊无益。适同学朱君之母有病,告假回南,余即告明提调,随之回南。乃于十月十二日下午六时上船,乘官升轮船。此船较前新裕小多矣,且甚污秽,幸天气稍冷,故与朱君二人终日在舱看书。出外风大,且波浪较到津时尤大,船倾侧,余不能食物,常呕吐。因风大在塘沽停一日半,烟台停一日,威海卫停半日,计在路中停三日,迄到申,计在船八日。至二十日下午始到申,在怡和码头停泊,即呼人力车到十六铺,又换车回家。朱君即别去,遄回苏州。余自忖,名虽出外求学,游玩一次,亦觉稍多阅历,此亦足以自慰者也。故泚笔记之,以为余初次远游之纪念云。

——《妇女时报》(1911)第二期

京津重游记

余于五年前赴北京女师范,当时津浦铁路未通,乘招商轮船,曾于沿海各埠,略记一二。今年复就北京崇实女校之聘,遂于阴

历十二月十九夜七时晚餐后,换坐电车到沪宁车站。送行者闵静闲、赵上达、黄纬、雪瑶、雪玖。黄纬先别去,上达等亦相继而去。少顷,购南京票二,行李票四,十时许上车,十一时许开车,坐客拥挤不能坐。一点十分到苏州,三时许至镇江,黎明抵尧化门。坐客更拥挤,不能稍睡。二十日晨七时抵南京,遂渡江至浦口。渡头系一小轮,乃车站雇用者,仅十分钟已抵浦口码头。码头规模甚大,均以木制,工程尚未完毕。遂到津浦铁路车站,再换车票,及收领沪宁车站交来行李,遂上车。三等车房,两边有坐位,车中无坐位。车上无安放行李之架,故旅客物件尽放于坐位之上,以故后来旅客不得坐位,有坐于地上者,有站于窗边者。旅客大多不知清洁,痰吐满地,食物皮壳随地乱掷。余等以身体疲倦,欲铺被稍睡,恨无清洁之处,甚为可叹。将抵滁州(滁,安徽与江苏交界处),两岸皆山,高低不一,远望山田,皆成荒芜。所过小车站甚多,皆不成市落。欲买食物,除大饼油条之外,无所见。车至东葛车站,有专车自济南至浦口者,中载兵士甚多。兵服均蓝布衣,胸前后有红字,有拖大辫者,有垂垂几寸许者。见南方装束之妇女,皆张头探望,口中作喧哗欢笑声,甚可厌也。三等车中,多衣衫褛褛之人。最奇者,有似公司中之小工或伙计者,三五成群,口含香烟,憧憧往来于坐客之中,见查票人至,则形容慌张,遮遮掩掩,去则恃流氓势以欺乡人,此种人最为可恨。车中办事人,不闻不见,不加管束,使旅客不安,殊为行旅之厄。抵张八岭,有垂长辫穿方褂似前清师爷者,随班数人,搜查旅客行箧,甚至所带信札,启封而观。呜呼!中国人自办之铁路,办法如此腐败,无怪为外人所轻视。且此路为京师大道,女学生出入甚繁,而目睹情形,至为可险,我不禁为中国前途叹也。抵临淮关,抬头一望,皆草棚泥屋,居民类似上海冒冒船上之江北人。车稍停,小丐皆来乞钱,视之良可慨叹。夜十时,抵山东境,所过各站,较为热闹。山上树木繁

盛,地方亦甚清洁。惟夜色苍茫,不能远瞩,引为憾事。素慕曲阜风光,孔陵名胜,虽距此有数百里之遥,日中则可以远眺风景。深夜过此,不能略见一二,能无慨然!坐客拥挤不能卧,严寒逼人,手足如僵。二十一日黎明,到济南府。是处车站,规模宏壮,地方商务亦甚发达,电灯如昼,东洋车、驴车群集于站。四面环山,风景极佳(闻山东以上,多产小米子、高粱、麦。高粱分红白二种,春间下种者。小米子亦春间下种者。麦霜降后即下种,现已长寸许,至春间大发,以多经雪为佳)。少顷过黄河桥,桥下铁磴约有二百余,桥上铁柱约有二千余。车经此桥,约有十余分钟,其工程之浩大,可知矣。时河水甚浅,几如小河。两岸皆沙滩,居民盖茅棚住此者甚多。并闻六月初,河水大涨云。车至德州,是处地方产鸡,鸡价极贱,鸡子尤贱,车上茶叶蛋多购此。土人多贩卖熏鸡,每只仅两角,旅客多购之,与面饼共食,较之浦口以上各站,仅食大饼油条,相去远矣。时有外人一男二女,亦乘三等车,与余等对坐。坐观地图,虽或有时谈笑,毫无喧哗之声,并未见其有吐痰吸烟等事。虽或食果物,并未见其果壳乱掷者。中西人情,当不甚相远,而竟相去天渊,实因中国人不知公德之故也。下午四时,到天津总站。时因身体疲倦,不得不休息,以待明晨入京。遂下太安栈,栈房无榻架,仅搁松板二块,分一二两等,一等每夜一元,二等每夜半元。余等以二等污秽,遂居一等房。饭食四肴一汤,甚可口。惟大便公坑小而秽,不堪插足。女子厕所,用无盖之大木桶,与露天坑无异。坑厕不改良,旅客出门,甚为不便。而南方女子向用便桶,而北方无之,故不习惯之女子为尤苦。呜呼!客栈中饮食住居分一二等,坑厕不分一二等,岂非轻视卫生乎?余与栈主谈及坑厕不洁事,栈主曰:“汝等嫌臭乎,可吸香烟以解之。”噫,北人不论男女,均吸香烟,其或因此。晚膳毕,本拟至租界游玩,因道路生疏,遂止。闻租界中多劝工场,甚热闹,并有华

人与外人合股所开电车公司。车分红黄白蓝四种，白者围城，红者往河东奥意俄各界，蓝者至海关德日北大关各界，黄者至法日东平站各界。每次乘车，不论远近各界，铜元三枚。后因明晨须趁早车，遂和衣而卧。二十二日晨七时起，即由栈主开帐，每人房膳费一元，小帐二角，另有所谓进栈力五毛，出栈力五毛。北方人呼五角为五毛，呼几铜板为几个子。余等进栈，行李车钱均已自给，与栈无涉。出栈则由伊招呼，至京奉车站，代为买票。该力尚为有名，栈主以定例如此，卒与之。京津三等车与沪宁三等车无异，车中规则，甚为整齐，行李无有置于坐位者。过黄村则山色如屏，林木修整，人烟繁茂，与江苏、安徽之间相较，相去远矣。约十一时许，到北京总站，该站规模不下于沪宁车站，旅馆招客甚忙。已有崇实女学唐校长及章以保女士在站相接，遂雇车同赴唐校长家。

——《妇女时报》(1914)第十三期

张志学

张志学,生卒年不详。曾就读于上海城东女学,与杨雪琼为同窗好友,在《妇女时报》《女学生杂志》等刊物发表多篇作品。

杭州旅行记

旅行非尽人皆能,盖游名山胜地,非三四时所可尽;既非三四时可尽,则非腰脚素健者不可。我国昔时道路往来不便,致人人畏出门。男子尚然,况跬步艰难,日居深闺之女子乎?今也不然,陆有汽车,水有汽舟,人之出外,或陆或水,皆可计日而至,女子亦多天足,不逊男子,故旅行者日益众。予自少嗜出游,且喜风景,辄于春秋佳日,与同学畅谈各处名胜,因无机会而止,未尝不叹惜辜负此好光阴也。今春适乘小考放假四日之暇,杨师发起旅行杭州之说,予素羡此处风景,故即附骥行。

三月念九日,上午七时半起程,雇车至车站,购团体票上车。同行者十一人,杨师白民、杜师尚陵、钱师雪岑、詹师练一、杨君雪琼、雪瑶、雪玖、雪珍、雪子、仆阿美。少顷,汽笛一鸣,则火车开矣。朝曦未放,白云满天,身穿两夹衫,尚觉微寒。余妹志行亦于是日返家,车停莘庄即下。两旁绿柳成阴,黄花铺地,使人目不暇给。过松江后,所见者益可喜。盖因予第一次经过,故此身如入山阴道上,处处应接不暇也。湖塘水势浩荡,有三四帆船行于其

间，风景甚美，如一幅天然画图。车至枫泾，杨、杜二师下车买票。因浙路定例，须十五人始得买半价票，我等人数未足，故自枫泾至杭州，须购原价票也。约二十余分钟，开车，乃出苏省矣。凡车中之一切事务，改由浙人掌之。晴光陡放，天气渐暖，人人咸思解衣。所过各站，停车时刻较苏省为多，而行时则速而且稳。贩卖点心水果者，彳亍炫鬻于月台，以售之乘客，无站无之。目眺左右村落，大都皆树桑，柔条婀娜，绿叶成阴，故浙省富于丝也。诸人自开车至此，或瞩望各处之风景，或啖所带之各物。车进清泰门，即下，枯坐车中半日，两足为之麻木矣。出车站，赴涌金旅馆，路约三里余，不善行者，辄呼苦不置。房屋甚洁清，较之上海旅馆，有过之无不及。定上等客房二间，每日宿膳费二元八角。时尚早，诸人步出涌金门，则昔所羡慕之西子湖，今乃突现眼底。数步至湖堧，眺望山景，顿觉精神为之一爽，高耸者山林，清浅者湖水，悉在我眼中矣。湖中小鱼，游泳自得，俶尔远逝，往来倏忽，似若与游者相乐焉。水澄若镜，可见其底，雇一小艇，泛于平湖秋月。惟詹师练一独坐茶亭，以途中困顿，暂作小憩。舟赴中流，夕阳斜照，清风拂拂，湖水溅衣，不觉人物两忘，俗尘尽洗。须臾，至岸起行，由平湖秋月而至白堤，相距约数十步，远望有桥，我等误以为断桥残雪，不知乃锦带桥，非断桥也。继恐杨师母久待，遂荡桨①而还。上岸各饮茶，遂返寓。七时夜膳，肴五味。夜膳后，杜、钱二师出外，游杭市，予与杨君雪琼同榻而卧。

三十日，五时半起，各梳洗毕，出涌金门。朝露未晞，舟子咸负桨相招。同人分乘二舟，赴柳浪闻莺，进钱圃，谒钱武肃王庙，曲折周游，不忍舍去。杨师促之行，谓胜地尚多，时恐不及。即下舟，泊彭公祠。观古迹，入关帝庙，石桥曲折，可达三潭印月，左右

---

① “桨”，原文作“浆”，据语义改。

均荷花池,枯梗犹卓立其中,倘在荷花盛开之时,香气蓊葧之际,其景象必有千百倍于今兹者。三潭印月,湖中矗立三石墩,水势潦阔。其间亭桥,建法均极精巧可爱,众人跳跃于桥上,凭眺良久不已。后即由三潭印月而下舟,经南屏晚钟,望雷峰塔,入净慈寺,购荸荠解渴。此间屋房宏大,造立山脚,故逐层而上,人踪寥落。少游即出,至花港观鱼,略观遂去。赴高庄登岸,见其门首小屋,卑陋不堪,及进秋叶形洞,正如柳暗花明又一村,奇美风景,现于目矣。由走廊上梯,即鸥渡小楼,启窗视之,后临西湖,前系家池,此楼适驾于其上。窗以绿色玻璃为之,故满室成绿色,下南塘渔舍,所陈台凳,悉以树根雕刻而成,摩之光滑漆也。数武有竹成行,高立庭中,整齐无一斜出者,有诗数十字,刻于其表。粉墙之上,蔷薇花盛开,红白相间甚丽。雪琼心欲得之,惜花高人矮,不能攀耳。又数步,有积石成亭者,四面皆梯,下则凿空而为一室,室中日光不易透入,阴凉而不烦热,想此必为夏日避暑所建者也。正在四顾,杨师来呼饮茶,乃随之去,即在鸥渡小楼下小坐。凭窗而俯视,则清流见底,金鳞竞跃,投一饭团,数头争唼,甚可观也。饮茶毕,下舟,至湖山春社。此社附于左公祠中。少息,即入岳王祠,见"碧血丹心"四大字,高耸云表。数武至岳王坟,有老妪司门,与以钱,则启门使入。墓前有铁象四,反手屈膝而跪,系奸臣秦桧、桧妻王氏,及张俊、万俟卨也。近之则臭气触鼻,可谓遗臭千古矣。墙隅有古树一株,低而雄健,为精忠柏。游于其间,觉忠义之气,千古不泯,令人起敬。入两庑游览毕,遂下山。各人作大声相呼,欲闻回声。我辈凡一发声,山谷中亦即锵然有音,此因四面环山,音浪回复故耳。登孤山,石蹬光滑,而不甚高,偶一不慎,即颠仆,鞋为之破,乃返。班荆剔藓,坐于石上,小憩,时已正午,乃荡桨而归。方在中流之时,仰首远望,则丛山高岭,绿树翠竹,山麓之下,屋宇鳞次,或红或白不等,用千里镜窥之,则尤觉

变幻生妙。俯视则水皆缥碧，十丈见底。初观水深仅二三尺，及以桨触之，数竿有余，舟人谓其中皆香灰也。湖中多水草菱秧，水草柱立水中，蓬蓬可爱，菱秧浮于水面，因手拔其茎，以取菱种。菱黑色，壳坚，四角不甚锐，食其肉，味臭。据舟子云，七八月间，鲜菱随处有之，味甚甘鲜。诸人皆尽力摆桨以争前，虽水湿其衣，力不能继，亦不顾也。其余美景，予以无学，不克尽纪。及回寓，则吴君传绚在栈待焉。午饭毕，游城隍山。此山在城里，故相距不远。行少时即达山趾，石级嶙嶙，无不齐整。行至中途，有一寺，予与杜、钱二师及吴君自寺左折，后行里余，在此憩坐。路窄狭不良于行，倘一不慎，必至堕下。俯看城中，屋舍比连，其下有通各处之电话竿，隆隆发声，想电话公司必居此间。继寻诸人皆不见，必先回旅馆矣。予等再由寺右石级而上，庙宇甚多，又有为小生意者，有老妪募钱者。有一寺，其庭中贩卖玩具及帽扇篮盘者，购者甚为拥挤，而焚香拜佛之善男信女亦甚多。遂即下山，后至浙省劝业场，购巾三方、水盂一个而出。杭城街衢，平坦而阔，无车马喧嚣轧砾之声，惟有小轿数顶，置于街旁，以待行客。至三时始回寓，四时师母与吴君同出购物，六时吴君告别回家，七时夜膳即卧。

四月初一日晨，五时起，六时出门，杨师及雪征、雪子坐轿后行。买一划子，由茅家埠上岸步行，道路筑法良善，平坦如庭宇，故人行其上，甚觉安适。道旁乞丐哀呼声不绝，其形状百出，或伏于地，或疮痏满身，或手足断绝，或屈足而跪，跪而作拜，坐而拱手，怪诞竟不可具状。所可疑者，烂手烂眼者耳。盖彼烂手者，伸手于衣中，俱露烂处于外，其色红若烛油；其烂眼也，均在左眼，他处亦不肿不红，烂手者亦同于此，可以知其作伪矣。又有少壮强健之子女，亦生而为丐，奔走于行人之前，趺坐于泥土之上。设有人授之以事，则亦同是国民耳，今乃以乞丐为衣食生涯，诚可叹

也!外人称我曰乞丐国,由今观之,何怪其言之过也。其人所居之屋,以石为墙,野草幂其上,高不过五尺,人皆席地而卧。山路渐行渐高,已至下天竺,入寺少坐即出。须臾,过越中天竺,达上天竺。是日适朔日,老妪衣黄衣,挈黄布袋,行走于道中,甚仆仆也。庙后有小道,可通灵隐。登级上至四五丈,回数诸人,则缺杜师一人,于是钱师下寻,予等各披草而坐。行路者甚众,杨师问一老人,何路可达灵隐。老人云,由东进行,犹沿弓弦,由西大道,则犹沿弓背,远甚,语毕即去。钱师返,乃同行,仍未见杜师也。夹道修竹森然,大可如臂,交枝翳叶,不可计数,有萎枝枯叶,老根露土,必有毒物窟宅其中焉。泉水击石,泠泠作声,口渴思饮,目怡心悦。其佳景虽有画家不克描写,其幽境虽善游者不易寻觅,乃知山川之所蕴,惟善游能领略其胜耳。至林云坐息凉亭,相寻一周,仍不见杜师,乃即由寺进韬光。路皆石级,足疲而行缓,始登则一鼓作气,能上数十级,后则数步一息,而喘嘘不止,疲惫而不能行,用力支持,始达我志。登高处有一寺,坐石栏而观览焉,海水作黄色,屋则矮小而比连。余于是有感焉,凡人之求学,何独不如登山耶?始则易之,继则难之,遇难而勉力以上,遇险而竭力支持,则何患学之不就,事之不成耶?又叹今人为事,不能成就者,非事之难也,志不坚耳。及下则喜跃如常,而眼界为之一广。仰看山石,则突怒偃蹇,负土而出,争为奇状者,殆不可数。其叠然相累而下者,若牛马之饮于溪,其冲然独立而上者,若人物卓立而不少倚。后还至林云,入飞来峰,窥一线天,则空中无物,而一般愚人,有意造言惑众,谓可看后世之事。呜呼!隔一时之事,人尚不能预知,况后世乎?山壁凿佛身甚多,有“佛国”二字,苏东坡所书也。其下泉水澄澈,其声滴滴,白石光滑,竟胜人工。进灵隐禅寺,则方建大殿,其梁柱之大,可数抱,当历千百岁而不敝也。诸人或坐谈或游眺,至二时余始返。沿西湖之畔,清风吹拂,草木作

香，精神振发，步行加健，仍由湖山春社过平湖秋月、断桥残雪，进钱塘门而归。是日往回之路，各四十余里，方在行时，人人呼倦不已，幸道中有亭，稍可休息。亭内有售茶及水果者，可以止渴，及归，亦不觉十分苦也。可知人力愈用愈健，不用则愈弱；世人所谓弱力不能举雏者，非无力也，不用使然耳。傍晚风大起，日光渐阴，欲雨。五时杜师返，湖中波浪甚大，予辈渡舟归时，舟摇动不定，不若昨日平稳也。各谈所见所游之事，以补未游者之闻见。予方在途次，窃思天下名山水都为僧占尽，彼庸庸尘寰者，那得有此清福。而此佳丽之西湖，实可为吾国一大公园。如此湖山，宁得不令人低徊不置哉？余遂泚笔而为之记。

——《妇女时报》(1911)第三期

妇女急应发起自卫团

自卫者，自保自也。一朝有变，我以有备而可对付，非投军助战之谓也。自武汉事起，一般人民恐土匪之蠢动，悉预先忙作预备，以维治安，然则我女子安可无预备哉？闻先辈尝述洪杨起事时，妇女之受辱而死者不可胜计，不愿受辱而自死者亦难枚数。夫所以若此者，以身无缚鸡之力，既不能对敌，欲逃避须以足行，故遭其惨毒者比比而是。昔洪杨乱时，上海不受发逆之祸，反为匪党小镜子所据，与法华镇土匪大起战斗，百姓因此死亡者不可数计。由今思之，尚含余痛。夫今所患者，非忧革党，而所虑者在土匪耳。闻各处革党据城，仍可安居乐业，所惧者革党未到，而土匪即乘谣言四起之时，肆其野心，行抢劫之事，然则吾人不可无自卫之策明矣。曩康熙年间，吾松江有二女杀三盗事，窃尝难之，以为此二女必有武力勇气而后可杀盗也。然武力勇气何自而来？则必有人传授。若无特别武技，宁能杀三盗哉？

非特不能杀盗,且自己之命恐亦难保焉。所以二女有言,谓与其死盗手,宁使盗死我刃。壮哉言乎!勇哉言乎!噫!乡僻妇女尚能若斯,况我有学识团之妇女,乃无自卫之术、束手待毙可乎?予所以发起此自法卫团,聚多数学堂女生,每日请人教授各种柔术击剑,如拳术、舞刀、放枪、缘绳、跳高等。一俟纯熟,虽遇土匪盗贼,身强气壮,乃能不怯懦,既可以抵抗,又不致受侮。区区私意,不知我女界诸君以为如何?

——《女学生杂志》(1912)第三期

刘湫蓉

刘湫蓉(1890—?),父刘仲良,侍御。曾任四川女学堂教员。

四川女学堂开学之演说

今日为本学校开学之期,鄙人幼稚寡学,侧身学界。四川女学校一兴,此改良女子之恶习,养成女子之新思想之普通智识,以成吾国教育之起点,匡扶我亚洲黄种,振兴勃发,以与白种争雄于他日,世界之先机,其为公共之福,岂有涯耶?吾其为我中国前途贺,并为我女界贺。夫中国女学之发达,为全球之祖国。以德言乎,则有周之太姒;以智言乎,有楚之邓曼;以孝言乎,则有汉之缇萦;以音乐言乎,则有蔡文姬;以英雄言乎,则有木兰娘子军、秦将军良玉。此数子者不独巾帼所杰出,亦须眉所罕有。其他如伏生之女、孟坚之妹,类能通晓微言,指陈大义,女学赖以不绝,其有功于经史,不其伟乎?自兹以后,古义浸衰,女虽有学,不过阅荒唐无稽之小说。于是愈趋愈下,愈巧愈淫,非细其腰即缠其足,非绿其眉即红其颊,非珰其耳即赭其唇,戕贼涂抹,致成人妖,习俗相沿,反不为怪,玩物之不恤,傀儡之不顾,而日以修容为己名誉之代表,况复强邻眈眈日轰于耳,不知虑此,犹梦然膜然,若无闻然。噫!女同胞,女胞胞!何其尽无理之至耳?此惠班所谓教男而不教女,不亦蔽于彼此之数乎?岂不然哉!故我中国虽有四万万之

众,只用其半,日本与我同门同教之国,以我中国之人民十倍于日本,其强弱乃相反,则日本有家庭之教育,而我无之也。据明治三十五年调查,师范女学校一所,学生一千零九十一人,其他如专门普通各女学校八百余所,学生二万一千五百二十三人,况又有下田歌子之提倡,遂为东方教育最良最强之国,诚可羡也。夫岂独日本哉?若英、布、荷、法、美开明诸国,男女分道扬镳,各图自立。如英之维多利亚,荷之威而密挪,以武功鸣;布之细雷,以辞说鸣;法之气拉陆第彀台,以壮义鸣;美之爱理阿土豪,以工艺鸣。此其女子能自立若是,其强可想而知矣!是故男女之于国家一也。以女子亦同在国民之中,而不知国家为何物,爱国为何事,则国民之爱国者半,不爱国者半,以一国譬一身,将有偏枯之患矣!惟教育实有最宜注意者,则女学与男学并重。此非余一人之私言,实乃欧美各国大教育家所研究、所发明之公理也。盖教育实于国家有密切之关系,故本学校以德育、体育、智育三者为方针,以养成女子爱国之心与自立之道。一国女子如此,则一国男子自无不如此者。国气既振,外虽有拿破仑之凶威,内虽有梅特涅之专制,亦何损其国力之丝毫乎?故此理者,实国家之灵魂,教育之精神。教育不能发人思想,移人心性,则何贵乎有教育?凡事有前因必有后果,诸君乎!诸君乎!其以余言为信乎?否乎?

漱蓉女士系刘仲良侍御之女公子,现任该学堂女教习,年方十七,乃才识超迈如此,可为我国女界幸也。

——《顺天时报》1906 年 4 月 17 日。
录自张玉法、李又宁主编《近代中国女权运动史料(1842—1911)》,龙文出版社股份有限公司 1995 年版

林贯虹

林贯虹（约1890—?），侯官（今福建福州）人，林则徐曾孙女。曾就读于南京旅宁学堂，后随兄赴日本留学。1911年主编《女界杂志》月刊。

敬告二万万同胞姊妹

嗟乎！今日世界，种族竞争，优胜劣败，公理彰彰，无所逃避。惟吾汉种四万万同胞，不尚团体，不明种族，受侮于白种，托命于异族，始焉不知羞，继又不知变，终乃恬然受之而不为怪。至于今日，忽有抵制美约之议起，海内外之商界学界，组织毅力，群表热情，风靡我全国，此真我皇汉遗族同胞之最初发现天良时也。吾狂喜不禁，意我四万万同胞，从今发明种族观念，各任分子义务，民气一振，庶有免为万国之奴隶之一日。故今日之抵制美约，实出于万不得已。乃为此孤注之一掷，幸而成功，则成国民今后荣誉，固当发达于五洲大地之上，而受多数人之欢迎，而增吾种族历史之色。如其不然，则我同胞前途之危险现象，必有不可思议者。吾念至此，悁悁而悲，而益谂优胜劣败之公例之不可逃也。忧惧之心，又焉得已。昨者有友来自闽中，述吾乡近事，则有格致书院肄业生抵制美约一举，有足令人扼腕者。格致书院肄业生反对美约，群议散学之说起，美人不允其请，且多方挽留之。学生意决必

欲行,美人乃大怒恫吓,闭门不令出,且勒父兄具保状,征罚金。学生大惶恐,仍上课如前。同时华英书院学生亦议散学,以表抵制美禁之意,卒亦不克达其目的,颇为美人所齿冷。呜呼!今日事势,岌岌不可终日,乃以此种败坏团体之人群梗乎其间,最足以涣人心而懈民气。吾不禁喟然兴叹,我四万万同胞中,意有如斯怯懦无谋之辈,而又好为随声附和,勇于举事,昧于图终,而贻外人以无穷之口实,实践支那人无团体无热血之说,征之而益信也。且吾更恐以二百余人学生之怯懦无谋,而使后之人相戒裹足曰:彼学界之多数人团结力,结果且如是,他又安可必乎?此声一播,有不令此次空前之事业,而忽生一最大阻力者乎?嗟乎!吾国之无公德极矣。闻近日甬北益智学堂西教习费佩德君,暑假后自行辞职,恐以美人故,不见容于多数之学生也。反而观之,则诸生二百余人之能力,当自居何等也?呜呼!根性劣弱,精力委靡,一团散沙,强为粘合,是乌有不偾事,乌有不离心。吾不暇责诸生。吾敢正告我二万万同胞姊妹,我辈今日亟宜振起奋发,共谋持久。人恒谓女子性质,良于男子。我同胞姊妹乎,亦曾自念此重大之名词,思以全力赴此责任否耶?贯虹既定不用美货之宗旨,而一家数十人,亦无肯购美货者。贯虹诸兄,有留学日本东京者,来往书札,亦各相勉以不买美货保全团体为不易之旨。各行我志,各矢我诚,正不必报告于商会,宣布于报章,始知我家数十人不用美货之名誉。苟自居国民一分子,亦义所应尽耳。我今者非敢以格致诸生概诸君,正以格致诸生勉诸君。惟期女界诸君,共知担承之义务,不求诸人,但求诸己,使天下懦弱者流,亦复有所兴起,他日地球上尚知有我中国女子,不随凉血动物终焉,则女界之荣多矣。

——《女子世界》第二年(1905)第三期

吴木兰

吴木兰(1890—?),又名墨兰,江西人。女权领袖、政治活动家。曾入葆灵妇女书院读书,后到上海中西女学堂,肄业后赴日,入青山实践女校。曾组织创办“女子同盟会”,与唐群英、林宗素、张昭汉、张汉英等同为“女子参政同盟会”骨干。

同盟女子经武练习队宣言书

问今日吾女界同胞,有平等之幸福乎?无论男妇老幼,必争起而应之曰:否。有自由之权力乎?无论男妇老幼,必更争起而应之曰:否,否。嗟夫!天赋人权,吾女同胞何不幸沦丧而久困于阳九百六之会也。窃尝计之,反对党之辩护者曰:女子薄弱。此狃于门阀之见也,不观彼中下之家,多借吾女同胞奔走操作以足衣食者乎?抑曰:女性柔缓。此囿于风土之说也。不观彼西南诸省,吾女同胞多朴质刚劲远胜须眉者乎?嗟夫!吾女同胞盍不思之,而甘让彼男子独享盛名以有千古也?木兰等自渡东后,慨祖国之沉沦,见时机之成熟,以诸先觉不我遐弃,引入同盟,共商进止,号呼流徙,于兹数年,本此寸丹,励图国是,不敢谓有功也。迩者川人发难,鄂省乘之,遂以成事。一旦龙蛇启陆,雷雨满盈,不匝月间,中华旧壤,光复

十九①。木兰等或自投红会之内,或编列战阵之间,聊行吾志,仍不敢谓有功也。乃见日来众志不齐,扰攘纷争,莫衷一是。如组织临时政府,以最关紧要之手续,经十四省之代表,费一月余之时间,迄未成立。嗟夫!此何时乎?此何事乎?而可仍听彼等男子攘权利,争意见,以伪乱真,饱食暖衣,从容坐论,以贻我同胞后日无穷之戚乎?况乎北虏锐意南侵,皖北、山西,迭见沦没。武昌之危机已迫,江北之寇祸日深。设有不幸,根据全失,彼等臭男子之肉,其足食乎?嗟夫!失败,失败!虽不可知,而心所谓危,不敢不勉。语云:"前者仆,后者继。"今日吾女同胞,正彼等失败臭男子之后援也。木兰等自归国时,即移设女子同盟会于沪上,规定章程,计分五部,广征同志,以励进行。惟斟酌乎时机,须崇尚夫武略。现由本会发起一经武练习队,即以会员遴选组成,求达本会进行目的。军国民主,不让男儿。教育家恒言,务求女学。嗟夫!吾女同胞,须知黄帝纪元四千余年之中,中华民国二万万人以内,最高尚纯洁者,吾女子之精神也;最灵活敏妙者,吾女子之心志也;最强固坚韧者,吾女子之能力也。若彼男子,殆千百中不一见也。时方多难,人尽我欺,欲图久安,先谋自立,吾女同胞盍归乎来!

——《天铎报》1912 年 1 月 2 日。
参校《民立报》1912 年 1 月 12 日

女子同盟会新舞台临场演说词

我中华同胞,向来有四百兆,男女各居其半。闻古道男正位乎外,女正位乎内,男女以正,天地之大义可见。男女平等为自古

---

① "十九",《天铎报》无此二字,据《民立报》补。

迄今一定不易之理。后世小儒创为夫扶妇服之说，于是我女界同胞遂沉沦于不知不觉之中，数千年来昏黑晦暗不能自拔，甚至连天赋之身体自由，也都剥落得个干干净净。且不必说他事，就是我们女同胞有身之初，何尝不是圆颅方趾？往昔时候，汉代衣冠，男女均以束发为贵，缠足之风，亦不闻有人议及。自满虏入关，男子则剃发左衽，女子则裹足椎髻，已经将我们的身体自由暗中缚索。加以毫无教育，专事压制，凡女子之能读书识字者，动辄说女子无才便是德。照这样看起来，莫说是花木兰之易装从军，梁夫人之桴鼓助战，李波小妹之搴裾逐马，他们要认为女中强盗，就是曹大家之续史，谢道韫之吟诗，简直也要说是大不应该的了。你说可恨不可恨呢！所以，本会长对于今日之会，心中所欲言者，不过男女平①等四字。但是这四个字，近来已成口头禅了。无论行之者，不能以礼法为范围，浮薄叫嚣，为世人诟病，单是言之者，亦多失之激急，以致提倡别具苦心，而听闻反多疑阻。我们女同胞须要晓得，世界上讲自由平等，当于法律中求之，不是任情直行可以做得到的。罗兰夫人为女革命大家，他曾说过："自由，自由，天下多少罪恶假汝以行。"我们女同胞处现在的时候，固应以不自由毋宁死为一定之宗旨，亦当知遵循法律，恪守礼教，以完我女界无上之荣誉。不要像日本改革之时，女界横恣，至今犹引为深戒。此则本会长区区之苦衷也。

至于本会所设之经武练习队，原系以扶助民军为目的，将来战局重开，万一正兵不敷调遣，则本队当以最后之征备，完我女国民之天职，原不是要我们女同胞立刻去赴前敌。《左传》有云："子姑整军而经武乎，犹有弱而昧者。"满虏弱昧，不亡何待！但愿我女同胞，坚定心志，贞一不贰，以协赞民国之进行。将来共和成

---

① "平"，原文作"乎"，据语义改。

立,还我自由,则今日新剧界诸君筹饷之热诚,以及临场助款诸君之实力,我们女同胞对之,庶无惭德,且勿使来世之为口实。本会长跂予望之。

——《天铎报》1912年2月2日

高剑华

高剑华(1890—?),号俪华馆主,浙江杭州人。祖父高学治,清代名儒。父高保徵,任奎光阁典籍。夫许啸天,浙江上虞人,文学家、戏剧家。高剑华1910年春曾在杭州女子师范学校工作,同年夏考入北京女子师范学堂简易科。1914年与丈夫共同创办《眉语》月刊,并担任主编,1917年发行《闺声》(仅出一期)。此后主要从事编辑出版工作。著有诗集《俪华馆吟草》,散文《俪华馆游记》,小说《处士魂》《春去儿家》《梅雪争春记》,翻译小说《婉娜小传》等。另编辑唐人诗选多部。

俪华馆游记

(一)北京旅学记

庚戌之夏,余以暑假归。盖余于春间就业于杭州女子师范学校,余生长杭城,于杭校侦访殆遍,终以科学不完全、教授法不良为憾。尔时不量,自期甚深,谓吾辈以有用之材,受此无谓之教育,不无可惜。职是之故,常受同学之讥刺,“汝之希望于汝者可谓大矣,自负若此,吾恐中国无此高尚之学校足以容汝,汝果以豪杰自命者,曷不一往外国”。余唯唯不敢辨。盖余每受讽,即作此状对付,令其无可如何也。虽然,希望大者,在在不能惬意。余所

入之校多,而女学之真相,知之亦愈深。其表面孰不曰陶铸人才,教育民母,其内容则以有用之经费,充办事人之私囊者,比比然也。即有一二略负时望者,则视钱若命,惟多金是逐。暑假归家,此等意念萦予怀,惘惘不复自聊。畴昔之一腔热血,已化作死灰殆尽,即无量数希望,亦付于无何有之乡,从此杜门不与朋辈交,旧时书册亦抛弃无余矣。日复一日,度此无味之生涯,隙驹难驻,瞬已新秋。一日见案头报纸,其封面有京华女子师范学堂招考告白,乃思北京为全国中枢,告白中亦有为全国表率云云,意者其必一完全无缺之学校也无疑。此时思慕之心顿起,而曩日之死灰,竟如烈火之爆于原,不可复灭。凡人静则思动,况余之家居,郁郁不得志者,继念积忧成疾,不如且往北京应考,即不取,当遍游其地,于阅历亦不无补。快慰之余,又虑家人之阻余行,乃亟就商于母。母闻言,有难色曰:"汝以一荏弱女儿,跋涉数千里外,无亲友足为汝助,其冒险固不待言,脱汝有不讳者,吾何以对汝死父于地下。"余味母意,知无允意,乃垂头丧气,失望之余,惟有仰天作不平之叹而已。惟余嫂性至慧,善体人意,平时得姑嫜欢,与相处尤亲爱,每有事相助无难色,姊妹不啻也。至是,遂不惜其悬河之口,掉莲花之舌,进说余母及余兄前,且历言旅学之益,指其弱妹以为证,其妹固肄业于北洋者,余母闻言意动,即允余行矣。余心之乐为何如,即摒挡一切,拟于次日起程。是夜则展转难以成寐,闻鸡声,即跃起,然天甫辨色耳,因不再睡,坐以待明。家人已为余整理行装,早膳毕,即起行,余母即家人亦步行相送。为时尚早,道上朝露未干,市肆开者寥寥,出清泰门至车站,已八句二十分钟矣。遥见女友二三连袂至,余兄为购车票。俄闻汽笛呜呜,车蜿蜒作蛇形至,黑烟缕缕,散入云表。转瞬车停,搭客纷纷上,余家人亦均道珍重送余至车拦止。惟女友购有送客券者,随余至车室,手相握,格格不能吐一辞。中一友某,与余最相得者曰:"余

与君相见恨晚，订交之初，方庆三生有幸，孰知好事多磨，从此天涯地角，相忆无如相见难矣。”言未毕，汽笛又鸣，乃挥手行矣。友临别犹依车窗曰：“好友勉旃，毋忘旧雨，暇乞示我好音，倘不得志，亦无妨事，当遍睹胜景以归，可作北窗谈助也。”余唯唯，乃挥巾送别，余亦挥巾报。车行渐速，故乡景物，倏忽不见。余举首望窗外，所见者，惟麦田小屋，与夫稌桑修竹而已。时车行愈速，景物均掠目而过。至十一句半，至江浙界地之枫泾矣。余疲极，即扶头依车壁假寐。同车者有一杭妇，年约三十左右，徐娘半老，风韵犹存，谈吐亦颇不俗，询之，谓将赴宁郡，伊固某女校之教师也。车至上海之龙华，伊则摇余臂使余醒曰：“君盍醒，将抵上海矣，恐君失睡也。”余笑谢之。须臾抵站，乃相将下车，另雇人力车，拟先赴戚家，即与同车之女友别。至戚家，作一夜之勾留。次日即至招商局购船票，适招商之新铭船定夜十一句钟开行。至十句半钟，余乃登船，时行人拥挤不堪，加以腥秽扑鼻，舱小如豆，且容四人焉，盖舍此则更无别室。同舱一人为广东产，彼此语言均不甚了了。行不及二句钟，已离浦江而出吴淞矣。离岸渐远，四顾无涯际，海风扑面，其冷如冰，不可久耐，因闭窗坐。同舱者挟两小儿，均二三龄，口哑哑或哭或笑，日无停晷。余甚厌之，常出舱外以避之，兼吸空气。凭栏一望，觉烟水迷茫，作一片净白色。时钟鸣七下，即返舱，侍者问须饭否，余漫应之。斯须膳至，余甫举箸，即格格作恶。盖饭既粗粝，菜亦腥臊扑鼻，因投箸起，侍者知余意，不问亦不言，逡巡收拾去，余出干糇及果饵以充饥。见对座少妇，方搂一儿哺乳，一手另抚一儿，口中漫声作歌令睡，而小儿性殊躁，其母则顾此失彼，恨恨曰：“小孽障！”更此后者，不知作何结局矣。余知语出有因，思诘之，实无隙可乘。睹妇貌殊不恶，举止当在中等社会以上。迨夜半，全舟人均入黑酣乡，而少妇及余则返侧频频，睡魔不至。因与少妇寒暄，谈笑颇洽，渐及家事，曰：

"姑娘诚神仙中人,若吾之苦趣,更无尽期矣。吾夫于数年前出外营业,吾则送君南浦,望眼楼头,吾夫亦情注山妻,时传锦字,更媵以金钱,以赡家室。吾虽淡朴,甘之如饴。呜呼!情缘不长,二竖作祟,吾夫夙弱,不胜其扰,竟舍我薄命人去矣。吾闻耗惊极,继思徒悲无益,不如一死以随夫于地下,岂非快事乎!于是吞金者屡,自缢者三,而终不能死,距今已三月矣。盖吾家于宁郡,而夫则殇于烟台,当时家人阻吾行,致不得亲视含殓,真耶梦耶,吾神犹未宁也。"语止,呜咽不胜,泪似断线珠,声尤惨促。既而又曰:"无已,吾今率二子往扶旅衬,吾愿始毕。此嘤嘤者,吾亦无暇及此,当寄于戚串家,吾则可随吾夫于地下。"吾闻至此,伤心已极,竟不能出一语而稍止其悲哀。继思女子之苦,至此已达极点,然造化不平,可悲者正多,奚止此妇,余亦何暇为伊悲也。因掉首出,凭栏以舒郁抱。天已破晓,霞旭自云内跃出,色殷红作血色,浪涌如小邱,高数尺,水花四溅,作澄碧色。因漫步登船顶,纵目眺瞰,觉全船如巨虫,于于而行于草茵之上,胸襟顿为开朗,乃唱大江东以自遣。俄而浮云散尽,一片蔚蓝,惜朝阳照眼,不能注视,乃下梯。梯尽处一狗,毛参参长不盈尺,摇尾作欢迎态。忽吾之邻舱吃吃然有笑声,出露半身似女学生装,口呼曰:"宝奴,汝误矣!"小犬闻声,急回身去。余此时始悟彼错认主人。此女亦可儿,即款余入其室,殷勤备至,间询余所事,余即以应考对。彼闻言喜曰:"吾与子不期相遇于此,吾亦拟赴彼投考也。"问其姓,曰:"松。"余夙未闻以此字为姓者,思姑置之,异日当请教于熟读百家姓者。乃相与寒暄,问及邦族,则觉罗氏后裔,其父职甚微,为上官之驱走类。睹此女,乃无满州习气,举止静淑,吐属亦倩雅有致。余日来颇苦岑寂,得此雅友,顿觉乐而忘倦,与谈学,则家学渊源,不愧为璇闺之秀。

是日傍晚,船过山东之旅顺而至大连湾。将近岸,见丛碧参

天，野花齐列，雀巢鸠占，上苑琼林，竟栖别族，中原一片干净土，弃作外人歌舞场矣。引狼入室，亡国之机隐伏于此，未识一般志士，平时言忧国斯须不离于口者，将何术以善其后也。约十分钟，船即开驶。是夜，侍者告余行将至黑水洋，除壁上所悬物，悉卧之于地，曰："此洋甚险恶，倘有风，鲜有幸免，吾役此十余年矣，屡试辄验。盖风起浪涌，起至数丈，蔽不见天，行客均丧魄，或呼救，吾辈习见不奇，是无伤也。故每一至此，即跣吾足上船顶预备小艇，以防不测。"言毕，又嘱万勿启此舱，恐遭水濡。余即取小说一册就枕读之，无何，即沈沈入梦。梦中觉辗转不得宁贴，卒惊醒，觉舟身起落万状，颠簸殊甚，觑壁间灯，倏起倏落，全船之窗尽闭，严密如鸟卵，空气乃大困。舟轮挟水，其声潺潺作异响。船中妇女呕吐声、各器物相击声，与夫轮声、水声、汽笛声，如诸乐器，杂然并作。余亦目瞀头昏，颓然再卧，思旅行之苦味乃如此，强镇静以自慰，然力渐不支，自此朦胧睡去。直待迟明，欲起则头重身浮，疲惫不堪。侍者言水势稍平，开窗可无妨也。余闻之，不禁狂喜，盖昨夜至今，各窗既尽闭，空气之恶浊可知。窗启，寒风挟水珠夺槛而入，水色如泼墨，地黑天昏，境殊惨淡无生气。余未经此，几至失声而哭。继念此系地之幻景，虽愁云惨雾，特时过形迁，不数时，亦当归诸乌有，吾何一愚若此。乃复闭窗，至隔舱探好友文渊。盖松氏名文渊，字韵波。彼闻余声，即惊起，先余而问曰："宵来安乎？"余告以夜间之苦况，曰："此故在吾意料中。顾吾性颇与君异，昨夜之景，以吾观之，足为我有生以来最快之时境也。"余闻而叹服。至下午，水色转黄，天地之颜色、人之精神亦随之而一变矣。无何，遥望似有黑线一缕，随波上下，倏现倏没，是为烟台。既至，行客纷纷皆上陆，即余同舱之可怜妇人，亦挟两小儿与余作别，随众人冉冉而去。余亦目送之，暗思此妇到此，较入阿别地狱为尤苦。且后此之结局，其惨苦当更何如？信乎红颜薄命，为千

古之定例,亦即造物者之本心欤。此一重黑幕,使天下古今几多好女儿尽入其中,而愁云惨雾,泣老年华,间或有琵琶别抱,效卓氏之狂奔,否则画狄教孤,以慰泉下,名节虽全,一生之苦趣可想矣。正怅触际,文渊若解余意,按余肩曰:"君非以女子薄命为可恨者乎?吾谓好事多磨,万物都如此类。若绚烂之花,难免东风之妒,好月将圆,终遭愁云之蔽。盖世界之建筑,其材料莫不为一恨字也。观夫彼辈之熙熙攘攘,乐其所乐,吾辈何人,既不能成精卫以平恨海,又不得炼赤石而补情天,睹景伤神,徒乱人意。吾辈后此,当亦事吾辈之所欲事,适吾辈之所适。尘海风波,当可置之勿问。"

次日午后,舟抵大沽。此处为极险要之口岸,其进口处,两岸对峙如鳌。景物已与南方大异,夹岸均黄泥小邱,细草丛被其上,地面殊旷大,鲜屋宇。双方之守口炮台,已残毁零落,守卫之兵,亦不一见,庚子之役,毁于外人,为吾国国运颓败最初之纪念。舟行殊缓,一若特滞其行,供吾辈之凭吊者。傍晚抵埠,埠为天津之紫竹林。余即检点行囊,船客均争先欲上,行李山积,拥挤异常,顾迟迟不得行者。以海关员三数,将总门阻定,一一检查,箱笼物件,略一翻视,则又顾而之他。盖此亦循例耳,虽查检亦不甚注意,且于妇女尤忽略,余从容发岸。客栈之接客者,各手擎旅招而口呼其栈名,一片喧嚣,如秋蛩之鸣于野,竟莫辨一语。彼等见余之进退维谷也,陈说愈力。余不得意,询诸文渊。盖彼之同行者有一叔,至是乃转询其叔,曰佛照楼为佳,因邀余共居。余既人地生疏,继思同居亦得,可免寂寞也,于是以两家之行李交栈伙,余等先行。栈中房屋甚轩厂,招呼亦周至,余即更衣,晚膳至矣。乃与松君而餐,食物均同南方。盖以栈专为接应南方人而设,故起居饮食曾不稍异也。余疲惫已极,即松君嬲余观剧,余不得已从之,雇人力车二辆至某茶园,时值开演至第三出。余夙无周郎癖,

亦无顾曲才,故他人视之津津有味者,余则为门外汉。如曲类之京腔秦腔,化装中之南班北班,余举不得而辨,并未知戏之区域有如许之严重也。余强坐一小时许,吾友知余倦,亦不复再强,曰吾侪归去休,乃下楼。未出门,舆夫已争前招呼,口音罗罗不可辨,言语极圆活,舌音多而齿音少。当时余等既上车,即如飞奔去。盖车夫习惯,行须速,倘稍缓,即谓为烟鬼,不得再业御事矣。余以不耐颠簸,两手紧握车沿。时正秋凉露重,且夜深,觉着手处均湿。近抵栈,所着之单洋纱衣亦湿矣,入室更衣。松君以叔有要事,明日拟赴京,余尚拟作一日之勾留。是夜,余先就寝,松君则摒挡明日事。

次早,松君即入余室向余曰:"吾诸事已毕,特来辞行。吾侪作小别,抵京后当晤君于校中。"乃相与握手别,复叮咛再三始去。甫及门,又转入曰:"吾乃善忘,至是,吾欲告君者,以此地车站有新站老站之别。顷闻吾叔言,新车站离此间甚远,虽车价稍廉,而道远易误时。君倘明日来,盍自老站动身可也,行矣,相见当在三四日后,幸无念也。"余返室,作书寄家中,并我寤寐不忘之旧友。书毕,交栈伙,并使代为雇车,往北洋女师范。告以地在三马路制台衙门之后,言之再三,而栈伙竟瞠目无所措。余乃大窘,忽有南人善操北音者,将余言转达,伙始憬然悟。余向此人称谢而出。

一路甚寂静,晨光尚早,马路甚清洁,无纤毫尘氛。夹道青枝绿叶,点缀此新秋光景,倍觉爽气迎人,葱茏欲滴。惜乎不数十分钟,转入闹市,腥臊恶毒。车行可一刻许,遥见校舍峨峨,门外秋柳垂垂,行列整齐。甫入门,即有钟声镗镗然送入耳鼓,余意必上课无疑。姑进,则有司事及打杂者数人出,叩余以姓名。余则探怀出刺,取铅笔写访某某等字样。乃导余至客室,嘱余稍待,此时正早餐也。俄钱君、罗君、赵君相继出,相逢欣然道故,咸询余以南中诸友之安否。余一一置答,并亦询以北地情形。咸曰:"君行

色匆匆,谅不能久留,今既旧雨重逢,当尽吾辈欢,勿呶呶作学子语。”余曰:“可。”乃导余参观校舍,舍因旧屋而改筑者。余等出应接室,折而西行,则群芳夹道,老树倚斜。屋分东西两部,曰普通,曰专备。两部之屋,纤巨都无差别。若课堂若自修室,尤为雅静,入其室,则雕窗紫槛,净桌明几。时值南风报罢,暑溽全消,窗外高桐槐叶,如小绿天,尤足增人幽趣。然此室只能用以吟诗击竹,弄瑟谈经,而今者乃置各学科之试验器,则殊非所宜。余至此,愤世出尘之想,不禁油然而生。诸友导余复至他室,若宿舍,若膳厅,均明洁无纤尘。复登楼,楼顶有桥,长可数丈。登其上,如履小山,邻近之城郭山川风景可窥也。余乃大乐,却立徘徊不忍去,复与诸友谈话多时。

是夜,得罗君之招而过宿焉。翌晨,赵、钱二君来送余赴车站,余乃登车。津京火车,其构造至简单,盖南车人货分载,此车则否。客有乘头、二等车者,必令仆从入三等车内以保护行李,即以行李而代坐位,不复另置椅凳。入此车者,如囚徒之待罪。汽笛一声,双轮并展,好友别矣。车行渐疾,一路圯坦矮屋,夺目而过。只见黄雾漫漫,尘沙滚滚,惟白河一线,倏隐倏现,转觉流情依人不去。时车行稍停,已抵丰台站,而行客骤增,拥挤至为不堪。余自旅行以来,夙未尝此困苦。同车者观余状,益调谑以为乐,余固无所介介。间有一南人,挟货累累,状似侩贩,即不平语曰:“诸人作恶何谓?汝等欲欺彼耶?彼虽弱女,胆力胜汝等万倍也。”旋闻答语,因口齿钩辀,余亦不甚了了。余此时故作大言曰:“余来此数数不鲜矣。”因详道北都人事及风俗,彼等信以为真。实则余所言者,拾诸女友之牙慧者耳。时车过永定门,复绕崇文门而入京师之内城,再进正阳门而抵站矣。轮轴甫停,诸客争先下,余乃候车室稍宽舒,始整顿下车。下车时几至倾跌,盖车沿离地可数尺而无梯。余固未预知他客之下者,均以箱笼承足,而余

此时又得一新智识矣。既下车，乃以行李交迎宾馆之栈伙。盖余承女友嘱，以迎宾馆最适，价亦稍廉。余自清晨至是，所行所至，均无伴侣，故每一刻间，思潮之起落不啻千万丈。此时乃自慰曰："吾今已抵北京矣，为我所欲为矣。畴昔之所梦寐驰思者，而今可达吾之目的矣。"乃稍自慰。午膳后，急取信笺作书致母，大抵谓吾已平安到京，间杂以劝慰等语。

事毕，急驰车赴师范学校谒女教员周某，出钱君等介绍书。于是周先生告余以种种情形，及新生如何考验，入校时须如何预备。余感其厚意而申谢悃焉。此时离考期只有三日，故余不复更出，思静养心气，亦不无裨益。每日倚窗独坐，手一卷读，至竟日。不知者必以余所诵为科学书，而实则余之所读者为说部耳。无何，此三日无情之光阴，即舍吾而去矣。

余于第四日之早七时许，急检点文具，赴校。至则车马盈途，而校门为之填塞。入内，则来者已达二三百人，尚络续不断。统计之，不下五百余人。余此时心旌摇摇，忐忑不已，默念所取不过四十名，何物可儿，得无贻落第之羞。忽闻呼声自远来，视之，文渊也，余乃大乐。时将点名，见有衣冠靴顶之五六人行来。盖此五六人者，校长总理及学部中人今日来监视者，乃行旧主考之手段，使女教员一一检视，防夹带书籍也。检毕，钟动点名矣。因人数多，故一呼数传而进。领卷，卷式一如旧时乡闱中物，不图曩者以此物窘男子者，而今日复窘我女子矣。持卷入坐，余心始定。此时九点半钟，为时甚仅，且复限时限字，仅两小时耳，尚欲留五十分之休息，不则夺卷矣。余思至此，不禁运笔如飞，亦不审成句何从如此迅疾，历一小时而事毕矣。回视他人，其疾书之状，亦复与余同，然大都誊抄一过，乃从容整卷，犹添注涂改迨遍，字形尤奇特。因思古之文豪作文，评者每曰如书中有人呼之欲出，盖形容其情至文生也。今吾字如此，蛆耶，蝇耶，蝌蚪耶，田鸡耶？蠕

蠕满纸,呼之殆亦欲出矣。余至此笑几出声,即掩卷疾出。待包君出时,余急告之曰:“不独君然,吾亦如此。”余与包君往游息处,遇周先生,曰“汝出何速”,余漫应之。至下午一时,为算学及他科学,至六时始毕。余则每持一题,即草草了结,故出时较他人先,此余性也。出时询周先生何日悬榜,曰:“十一。今日初八,汝明日尚须来,此校定章,须复考后可定去取。”余此时急欲归,盖自晨至夕,所言之语,所行之事,均极不自由,且天尚炎热,人既多,烦懑不可状。

是夜,独坐栈内之平台,回思日间事,未识一场辛苦,如何结果。且明日须复试,困苦又当如今日。凡人至清夜寂寞时,回思往事,如照物,清澈无遗,故此时一合目,诸事均现,如家庭,如火车,如沪上及舟中,自津至此,在在均生悲感。继思吾来为学,今事始萌芽,而自馁若此,气乃稍壮。此时夜已过午,天色纯黑,然睡魔犹不至。良久,思得一法,将壁灯息去,至无可如何,或能成梦也。孰知灯息更不能堪,目既不见一物,时复闻飕飕作声,不觉毛发俱戴,继而似闻人语声,屏息以听,即便寂然,彼等谓吾孱弱可欺,故作伎俩以揶揄我耶?我亦何畏彼等,急起披衣,察语声所自来,倚壁而待,倾闻呻吟,复作三数语,手足触床版硼角有声,乃悟所闻非恶人之揶揄,分明梦中之呓语耳。随即返身,欲取火柴而苦无从得,摸索久之。至门后,思网篮中或者有之,甫伸手,一物触余臂,奇冷逼人,余思夏日多蛇,必此物无疑矣。且余既触彼,彼必扑我,急举武奔窗口,孰知举足过猛,一物倒矣。倒者为搁水盆之架,盆水四溅,幸余疾避,衣上受水不多,急登床蒙衾卧,微闻邻室人已醒,含糊作问询,随即睡去。余即不成睡,亦不敢作妄想,静以待明。天稍明,更推窗以增光线,举目视室中,则一盆覆地,水聚一隅。再观门后,似昨夜之蛇尚在,乃束绳试投之,不动,复加目镜以增视力,稍近谛视,久久始辨,此物黝黑而形蜿蜒

者，为一铅制细长之息火管耳。夫此物之魔力可谓大矣，欺吾于夜，而复欺吾于昼，回忆昨夜事，都如狂易，倘日间则人必送我于疯人院而度惨苦无聊之岁月矣。时侍者进，洒扫。余匆匆盥漱毕，即呼侍者扃门雇车，复抵校。纷扰一如昨日。而今日复有一事足窘我者，则须默写昨日之文一过耳，然回忆昨日之文，既无底稿，复不留心记忆，无奈勉强作数字，而词句终不克肖。无何事毕，至别室，则教师及医生均同坐一堂，待学生入时，则扬听筒以验体格，后再试目力。余目短视，为全校冠，盖近在五步之内，置一如杯大之罗马字，而余不能辨，余目之病可见矣。无何，复入别室，则领顶辉煌者四人在焉。中置大餐桌，左座为男职员，右座则为女教员，壁间列短背椅数十，咸坐新生，顺次而问其家庭及履历、志愿、各科学之程度。余述毕即归。明日午前十时，作一名条，呼侍者看榜，幸而录取。从此吾乃为京师女子师范学校之学生矣。

（二）万国仕女游艺会记

尺波易谢，驹驷不留，寄迹都中，转瞬已易裘葛。时方春末，游女如云。盖北地风劲，自秋尽至春初，皆为寒冻之期。至此时始，稍稍有生气。余侪以课暇，辄与二三伴侣，凭栏远眺，燕支山色，隐约于红尘十里中。俯视则骡车得得，中坐二八之丽姝，绣裾罗袂，粉白黛绿，或结伴徒步，手执桃柳枝，谭笑而过。然是皆中等及下等社会之妇女，至贵族则以礼自持，屏居简出，以其每出非易也。

一日，聚同学数十人，处小室中，纵谈家事、故乡、湖山、风景若何。吾侪至此已一年，耳目所接，仅白草、黄沙、狂风、枯树与夫白雪皑皑，层冰峨峨，所谓京都之繁丽，如此而已。遥想六桥三竺，水秀山明，在在不堪回首矣。忽一人推门入曰：“诸姊妹听我，

我闻之孙教员言,某王妃组织一万国游艺会,吾侪当往观。”言未已,闻教员召余等。比大众至,则仅留余等十六人。此教员为貌美心热之少年闺秀,见余等至,乃曰:“吾亲爱之诸姊妹,今日吾校受某王妃特约,愧无以应,思以汝等十六人去彼中跳舞。”余等皆诺之。教员言曰:“诸姊妹勉之,毋遗异邦人笑也。”复商酌移时,乃定人一衣,衣为浅淡之灰色。余等自此暇必练习,如登场之俳优。今日思之,自惭亦自笑。所谓某王妃者,即为蒙古王之后,素以才德称,广交游,尤善骑射,妇女中之有男子风者。词章之类,亦略通晓,然以胆性粗毫,不喜研求,故所学不甚深耳。四月之中旬,余等之衣已制成,着衣复更跳舞。此时吾辈之跳舞,已如老斫轮,纯熟欲流,于是人人咸顾盼自喜。吾辈之教员更喜,时向诸同学及教员夸吾辈之敏慧,谓不可多得。

三日后,即四月十九日,为莅会之期。时晴日渐炎,乃雇车数十辆,相接而行,蜿蜒如巨蛇。俄而车行已至,宅第甚轩鬯,哈喇沁王福晋已含笑迓于门次,自言吾辈至此,为渠心中最乐而最有光彩者,见吾侪咸有礼数。宅第分数部,演艺场万物罗集,有球网、射鹄、投壶、自由车等物。场甚宽广,并缀以亭台花木,既壮丽亦幽畅。闻之教员言,福晋费数昼夜之安排,始竣事。其他如文艺部、音乐部,俱极完美。吾辈浏览一周,而止于休憩室。同室有各国之公使夫人,及诸盛名鼎鼎之女士、各国公使之儿女,及其他女宾,鬓影衣香,缭绕盈屋。西方女郎大率貌极姝丽,举止窈窕,言必取巧,笑必取媚,谭笑之声,如百鸟之争春,此盖欧洲妇女之习惯也。而吾侪女学生,则质朴无文,均衣布质之制服。同时有他校学生,向吾侪加敬礼,以吾校为全国之师表也。斯时来宾甚众,间有满洲老妪,面为脂粉所涂,厚如重垩,而自谓美观,不虑人之窃笑也。此室中亦有乐器数种,盖此会之布置极自由,演艺无一定之场所,随观客之自便,爱何物则就何处。一中国女士善古

琴，听者尤夥，以此物之能者极罕，琴固铮锹可听，外人尤赞叹。一美国女士善钢丝琴，某公使夫人则歌唱以和，歌甚悲婉，人咸鼓掌。余同学相顾，悄然而悲。

少顷，教员召余侪入广场跳舞。舞凡四种，集合而成，为时可一句钟。偶一回顾，则广场之外，观者如堵。舞罢，掌声大震。比入，则王妃候于门，鞠躬向余侪道歉意，人各赠小绢团扇。顾此扇极珍贵，为同会诸女士所书，书法极精。惟吾辈及诸公使夫人得之，其他各学校中及宾客，则仅赠以普通之纪念品而已。俄而复集多数仕女，赛网球，吾辈凭栏而观。赛球之中外男女，均以小球向空际飞越，点点如流星，众奔突欢呼，为状甚乐。球罢，即为诸王妃之骑射。此等骑马，无甚能力，吾辈无取也。射箭亦不甚出色。其余向有种种之游戏，吾辈已不及观，因为时近晚，吾辈学生，不宜晏归。闻之某女友言，尚有击剑、投壶等，兴趣甚浓。余以不获窥全豹，至今思之，不能无憾耳。明日，报纸传诵，谓吾辈之跳舞，极有价值①，为各国所赞许。

（三）甬上风土记

余未入京时，先随母至甬郡。盖自先君去世，家业凋零，孀母弱弟，度日维艰。故不得不各谋生计，互相辅助。是行也，余母以受某女子小学校之聘，余亦于是中助教。

校址适临城雉，登堞而望，则城濠之外，人烟密集，杂以广场。傍晚，则炊烟团树，绮霞满天，靡添兴趣。校舍为一公共之植物园，虽无亭台池馆之胜，然佳气葱笼，颇饶幽兴。时值桃红柳翠，万红齐萃，余虽怡乐，然苦不能诗，惟日夕徘徊于红酣碧醉中而已。然行稍远，则废然思返，盖荒冢累累，满目凄凉。甬人丧礼与

① “值”，原文作“偵”，据语义改。

他处异,他处大率以入土为定,虽贫苦亦不废掩痤,甬郡则不然,人死则畀棺于野,家人哭奠而去。家道富裕者,亦仅营一石椁,贫者则芦席一领,或宿草一束。故街前巷侧,往往见枯棺三五,罗列于旁。其历年既久者,木板朽腐,尸骨为野犬所啮,为状颇惨。贫家妇女且有以棺木为小儿晾衣之用,每遇令节,哭声遍野,浓烟缕缕中,见妇女白衣白裙,抚棺痛哭,观之令人肠断。然以有用之土地,乃遍置棺木,益亦奇矣。

甬人婚姻之俗,初无他异,惟聘礼中有多数之纸裹。此种纸裹中,即裹各式果饵,大族则裹数愈多。娶妇之日,来宾索裹之声,嗾聒不堪。新妇甫入洞房,喜娘为之理妆,而所戴之珠冠,倏已不见。俟喜娘索之,则有多数宾客出应,然欲索还则殊难。挟冠者,恒索多数之果饵或钱以为代价。喜娘酌量增减,此等消耗,均出于新妇之母家。一有成议,即遣人往取。或他友闻而不甘,则俟于中途强劫之。为母家者,另当备物以换得珠冠而罢。此种要求,不一而足,故一女之嫁,此等费用已不赀矣。是夜尚有种种之恶剧,使新夫妇通宵不得睡。此等恶剧于新娶一年中,均得行之。外客之来看新妇者,其长辈必欣然导入,指新妇令观,如贩子之观牧畜。然男子则稍引嫌,甫观即罢,妇女则立新妇旁,携手攀足而评骘之,甚且罗襦尽解,必见彩绣之抹胸方止,复掣裤管视其衬衣及膝裤。此种风俗,竟类蛮荒,而妇人之势利心,亦可见一斑矣。

妇女之礼节,亦以此中最严。家中媳妇侍翁姑而外,则侍小姑叔亦如尊长。客至则亦捧巾执茗,敬礼甚恭,为小姑叔者,反坐视而役使之。

奴仆称主人,无论品级,皆先生呼之,称主妇为师母,若幼主则直唤名字矣。若他人之奴仆至,无论亲友,均同桌而食。幼主妇则侍立于下,此颇类社会主义家所谓平等者也。

宁人性强勇，多食盐类，以此地罕鲜鱼肉，而海味极多，海蛴之味颇佳，其他螭蟥虾蟹等，亦不恶。每遇祭祀，则以鸡鸭为馔，必多邀亲友会食，名曰吃羹饭，实则吾乡家膳尚较此为丰。

甬地虽无胜迹，然尚清旷。盖除江厦外，人烟固极稀少而多富裕。道旁多小溪，萍梗满浮其上，夜中行走不甚便。以是故于夏季时，虫蚋屋偶，被啮即中毒，故此中食物甚危险也。

江厦一如上海之洋泾浜，惟无车马，街衢甚宽广。两岸碧树婆娑，为伟大之洋楼相映晖，状颇清静。惟轮舶往来，则时闻呜呜汽笛声，为水浪汹涌声。有桥二，曰新江桥及老江桥，以多数之船只横江而成，每船顶为桥之一节，闻汽笛声，则中央之小船鼓桨相让，桥即中断矣。

（四）沪滨琐记

尺波易谢，驹驷不留，梅影依稀，月容惨淡，听哀雁之声声，感芳序之凭暮。嗟夫，青帝无情，苍桑易变，彼白发之媪，龙钟之叟，曩者亦如吾辈。追想当年，能不悄然而悲哉？侬也，自惭弱质，凝处闲闺，无陈迹之可言，花晨月夕，感慨无端，菱镜频窥，恐绿鬓之催残。吹绉一池春水，韵事重重，如此年华，靡增可惜。今也濡我灵毫，展我素纸，俾闲情乐意，得向是中寻觅，欢欢笑笑，从兹影事凭追，客窗无事，书此以消永昼。

昨夜声声爆竹，今晨万户新桃。余以羁旅无聊，不识新年旧年，而待者群来贺年，此等贺喜，直等索钱耳，殊属无谓。然不予之，为不识礼数。下午出游，红男绿女，兴高采烈，儿童见妇女，则掷鞭爆惊之为笑乐。最可笑者，为小屋如斗之红庙，烟气迷漫，游人置隘，以妇女为最夥，此沪人之迷信也。予从游人充塞处望之，亦无有趣之事物。

余足不履通衢四日矣。日间至仲娣处，邀伊姊妹同往观剧。

晚八句钟,往法界之歌舞台。此台不演旧剧,甚沉寂。余无周郎癖,故甚嗜新剧。孰知此夜之新剧,亦大扫人兴,情节既不佳,做工亦不出色,惟影戏则稍堪发噱耳。

余之新交闵夫人来矣,握手欢然,坐谈良久,为我道故乡事,言杭垣苦旱,水泽之涸,数年来得未曾是。见晚亦观剧,所演之剧,为英国大文家哈各得之原著,名曰《迦茵》,乃经外子之手编,易其名曰《侬薄命》,为千古薄命女儿之写照。余观是剧,泪如梗縻。彼剧中男女,非情天恨海中人耶,好事多磨,古今同例,埋香埋玉,抱恨终天,黄土一抔,惨筑鸳鸯之冢,数声啼鸩,徒惊倩女之魂。嘻,余亦无端作此嘤嘤之啜泣矣。

半肩行李,一箧书丛,外子携余卜居别屋矣,摒挡之余,精疲力惫。盖近年来身世都如断梗飘蓬,来去既无迹,赤手经营,愈形艰苦耳。

碧窗无事,风雨凄其,拾案头《红楼梦》,披而读之。纵观卷中诸女,才华既如此,容貌则又如彼,艳情绮思,两两均佳,所有吟咏,如葬花歌、海棠诗、菊花诗,宝钗之感赋,黛玉之琴曲,求之古时闺秀,如易安、淑贞,亦恐却步矣。惜乎天年薄命,错伍一堂,镜花水月,过此不留痕迹。天下果有如此好女儿耶?抑作者满腔积愤,故作此蜃楼海市,以迷俗眼乎?嗟夫,春花秋月,韶景难常,此身不再慕才女矣。

外子携《世界百美图》一卷归,互相翻阅。此图为药房中赠品,故无价值。图中萃集各国之妇人,上至皇宫贵嫔,下及野蛮部落之黑妇,嫱施盐嫫,聚伍篇幅,可见作此图者呕心凝神而得此。然特意想中之美耳,类无切实之考据,或则此美字,专指妇人而言,斯可矣。

按诸中国古代美人,载之史册,如西子、郑旦、武韦妃、飞燕、太真,均千古不磨之美人,而他国未闻焉。虽然,论美人者,不可

以色，当重才德，有足为后世垂范者，方得云美。若徒以色艳迷人，则未有不丧家辱国祸乱相寻者。故后人之言貌美者为尤物，又甚言美人之害曰，一顾倾人城，再顾倾人国。夫一妇人耳，何以能倾国倾城，要之皆始于无才无德而已。盖丰于貌而鲜于才者，未有不淫乱者也，况得淫夫俗子之宠幸乎。昔纣王宠妲己而亡殷，幽王得褒姒而周室东迁，其他如武韦之乱、禄山之叛，其衅端莫不兆于一弱质珊珊之妇人耳。且美人之丽情绮思，若名葩之芬芳馥郁，复娟媚添韵致，古人诗曰“蓬心不称如花貌”，可知妇人之美，论色兼论才也。即容色稍逊，亦安得遽减身价？故如长门之赋、白头之吟、王嫱之书、班姬之德，其他如若兰、道蕴、易安、淑贞，凡此诸人，虽身世际遇有厚薄之不同，而后世啧啧焉称之曰美人才妇，令人追想当年，不胜感慨。堕落烟花者无论矣，若近代名士，屡以燕瘦环肥作文章之材料，不知此二人者，幸生斯世，得昏昧暗弱之帝王而宠之，士大夫不解，只知阿附君主，其后遂一犬吠声，百犬吠影矣。

今夕何夕，非百花之诞降期乎？乍晴乍雨，轻暖轻寒，遥忆儿年，是日也，柳腰系采，杏叶飘红，喁喁喃喃，惟祝群芳无恙。待群花既蕾，则又防风护雨，时恐凋残，其乐趣为何如。今则髫时伴侣，都属飞鸿，履迹苍苔，亦非复旧时王榭矣。

顷读《铁围山丛谈》，知花蕊夫人有二。一为蜀王建妾，号曰徐妃。又有一花蕊夫人，即作宫词者也，适孟昶。昶死，昌陵后亦感之，尝造毒屡为患，不能遂。太宗在晋邸时，数谏昌陵而未克去，后从昌游猎，被射而亡。

近日屡至剧场，有所谓幻术者，颇能引人入胜，其手足之灵敏，实罕与其匹，较之我国大小戏法，相去不啻天渊，美术之程度，亦可想见一班矣。然中国古代，亦有滑稽派，以较今日，不知如何，惜乎不传，致为他国占优胜，得设帏买技于广座间，每一举动，

辄令满座哄然,可谓神乎技矣。

近世以晚景无儿谓婴伯道戚,余谓夫妇之道,以多儿女为苦。儿孙满堂,愚人以为福,故美其名曰芝兰玉树,男子耗财,妇人尽力,壮志销磨,催残绿鬓,莫不为儿之一字所酿成之,舍己一身之幸福,作此无谓之牛马。且妇女为尤苦,孟母三迁,欧阳画荻,人但知其贤,而不识其苦。当鸳偶初离时,亦不难一死以相从于地下,所不忍者儿也。嗟乎伯道,其千古之至愚者乎!

昨日随外子游愚园,春风送媚,暖气迎人,一泉一石,一花一草,均欣然如含笑。惜春寒犹重,游客尚稀,半树桃花,纷纭飘堕,逐碧流而去。人生几何,而辜负韶华,沪地固鲜名胜,文人雅士,得此亦聊豁胸次。惜乎人心不古,随处均含俗态,红绿粉靡,为俗流争逐之场。园之左,远树蒙丛,低畦一碧。行数武,二三乡妇,捣石为业。有小溪,妇人持物,向溪头浣濯。傍小狸奴一,且嗅且行,泱然得生趣。回忆车尘马肆,终不若桑濮胡麻之风味。古文所以有桃源洞记之作,世间不必真有桃花源。所谓桃花源者,即此间风味耳。近人某诗集中,亦有"宁使将军叹数奇,毋令山灵笑我俗"等句。嗟乎,红尘扑面,裘马惊人,呕心饮怒,堪为若辈文人下一掬酸心泪。罢兴归来,卸妆后而记之。

月之朔日,偶思出游。时好春已去,暖信渐来。至伯娣处,携其女公子并一女眷,三人赴近处日本三六花园。余初无意至该园,盖以春老花残,勾起愁丝,徒乱人意,不足游也。无已,姑往之,孰知有大不然者。园小而幽邃,姹紫嫣红,繁华满目,鸟语之声融以和,涉足处,步步引人入胜。虽小草纤葩,位置整然,耐人寻味,亭泉花木,逸韵翛然。视其地,则一亩之宫,视其植,则灌木数本,其赏心悦目,则沪上各名园所不及。吾尝至各园,大都引泉凿石,建多数之房屋,置以丝竹管弦,茗壶火铛,以容俗客之喧阗。春间尚有碧桃红杏、柳线扬花,待廿番风信后,则更无赏心悦目之

一物矣。是等流弊，虽吾乡驰誉大江南北之西子湖，亦不能免。此世间所以多俗物，辜负造化为可惜耳。

（五）越中风土记

余尝髫龄时，即闻故老言越中风景，醰醰有味。彼时虽年幼，然闺中寂处，辄味此中风景，作幻想之愉乐。竹杖芒鞋，遨游湖山，此固非闺阁女儿所得预闻，不图几变沧桑，昔日之我，居然今日作征妇矣。嫁得夫婿是文人，天涯橐笔，形影相随。未几，竟抵稽山镜水间，曩者之愿乃遂。既至越，此中人颇表欢迎。以吾辈伉俪之和乐，足为彼中人生色也。越人朴俭守礼，遇人谦恭，衣饰不求华好，只求耐久，食物亦仅求适口而已。惜风化所趋，一般士子治游海上者，已沾染繁华习气归矣。

妇女之装束甚古，裙下双钩翘然，脂红黛绿，宝髻高堆，行步时摇摇不定，楚楚可怜。间亦有富室妇女，竞效时妆，窄衣垂髫，顾影自喜，见人不避。然积习已深，言谈举止，不免有三分土气耳。

所居房屋多宽广而幽暗。其地产石，故随处均为石砌。冬时异常寒冷，夏时虽阴爽而多蚊蚋。门前流水一弯，为浣濯之处。河中有小船往来，咿呀之声不绝，以戚党存问，悉掉舟顺流而来。渡头杨柳，时系归船，溽暑时，尚有乡妇坐船中售瓜果者，此种风趣，颇足怡乐。两岸女儿，隔水相招，手挥蒲葵扇，谈笑取乐，此呼彼应，抵暮方散。越人甚勤，尝早起入人家，而其家妇女梳掠俱完，而操作家事矣，故精神充足，气质颇强健也。

旅人至越，即投客栈。所谓客栈者，则陈败之屋数椽，搁板成榻，支木为桌，所食之物亦粗粝不堪下咽。近日亦建有巨大之旅馆，以便行人驻足地。然以此天然浑厚之乡，建此不中不西之屋宇，殊杀风景，为可惜也。

剧场除寻常庙台之外,无有也。台筑湖心,其式与他处无异。每至演剧,则舣舟来观者不下千余人,遥望芦顶鳞鳞,桅篙森列。所演之剧,悉出稗野,多靡嫚,不堪寓目。所歌名高调,相传甚古,彼中人为赏心悦目,无过于此。故剧罢归船,尚互相谈论,津津有味。当演剧甫半时,来船愈夥,互相倾轧,叫嚣喧持,辱骂不休,甚至用武。两家船主,有因此罢观者。余辈居此数月始一往观。扮演之人,又为无智识之堕民,脂粉糊涂,衣衫零落,才一出场,辄令人作恶,故余观剧未过半而归焉。

物价至廉,较诸吾乡仅得半价。据彼中言,近数年来已百物腾贵矣。惟绸缎及舶来品,其价与他处等。食物多鲜美,以此乡多产水族。其他尚有麦酒,为彼中名产,而嗜者极夥,即数岁小儿,亦能辨此中风味云。

(六)东湖记游

越中风景,以西门陶家湖为最,一名东湖,有陶氏筑屋携妻妾就隐于此,故以名。余曾偕女伴数人,两游其地,故略记之。

东湖居城西十余里,故出游必经西郭门,余以小汽船往。舟中仅余夫妇及其标统之太夫人,吾婿亲驾柁,顺途复召女友一人。盖沿堤而下,人家多临水居也,舟中谈笑甚乐。时春日将尽,桃花半谢,碧柳扶疏,和风着体,甚觉轻暖。堤傍妇女,咸注目视余舟中,并呼老妪小女来观,以吾辈束妆清雅,为彼等所不及,故啧啧叹羡为神仙中人。舟既出城,一变城中繁喧之态,薰尘广陌,一望蔚然。河流渐阔,左右平堤,有牧童牵牛而耕;老年之农夫,则脚蹈辘轳,车水灌田,口唱秧歌,怡然自乐。间亦有桑阴一抹,修竹一丛,芦蓬之下,数十人饮茗谈笑。行数里,遥见石壁巍然,石色殷红而倒削。适新雨初霁,山中积水滴溜而下,如万点明珠一齐入水。水清如镜,舟沿峭壁行可半里,遥望曲栏一带,及廊庑屋

宇，悉倒影水中，潋滟生光。此屋旧基为一巨大之书院，今则广陵人散矣。陶氏募款修葺，就隐于此。屋式参酌中西，出之独裁而得。俯水面山，远望之，如独立出尘之美人，掩映其间。时余舟已抵水榭之石级，其家主人新丧，家人悲悼，故窗户紧闭，阒寂无生气。某太夫人素识陶氏，欲舣舟往吊，余等悉随之上。婉转入内室，觉屋中宽广而明净，然触物均尘秽满积，似警告来客此中有不幸之事者。既入客室，则陶夫人偕其妾出迎。夫人有夙疾，行时倚妾臂，年貌约五十余，而其妾则二十许。相见道烦恼。夫人之面略无戚容，盖老年夫妇分离，亦在意中。而其妾则默侍于侧，愁容满面，已泪盈盈欲滴矣，以慑于大妇，不与吾辈通款曲。吾闻某太夫人言，妾颇明慧，善绘事，当陶公未亡时，常携妾泛舟湖中，白发红颜，逍遥乎山巅水际，而今则人亡物在，身世飘零，回想前尘，有如隔世。余闻之，怆悒不已。妾以夫人命，导余等往他处游。余等遂出，转入后廊，则为园圃，即吾辈来时所望见者。圃中栽竹及桃杏、其他各种鲜花。中横一浅溪，溪深尺许，水色澄清，蛙蜹小鱼之属，纤悉皆见。溪上架竹桥，过桥则平堤一带，白石砌成，山势萦纡倒扑。立堤以观，状极可怖，山腹中有小舟出入，余始恍然此中尚有可游处。是时复导余侪登楼，较楼下更为轩亮。凭栏远瞩，则湖面盈盈如明镜；仰望山峰，又如新妇之首，以其藤萝薜荔粉然下垂，颇似宝髻之缨络。余辈所立之室，即陶公书室。室中置巨案，罍彝之属咸备。案傍缀以锦帔之椅，其他床榻依然，俨如生人之住屋。余隐瞩妾神色，则见彼入此室，陡感触若木偶，盖中心悲梗，不觉神移。俄顷，似防余觉，即以手指山巅最高处曰："此上有尼庵，距庵半里许尚有寺院，地基已辟，而建筑未成。"余仰观，果见庵形纤小如鸽笼。又言当主人生时，好静，尝深夜静坐，听梵音佛号，作私心之忏悔，孰知所志未成，遽尔亡故，言已唏嘘。盖此言之出，已是回肠百折矣。余以温言慰之，劝伊自爱。

彼亦点头强笑，若深感余言。复导余等至各处游。绕屋一周，彼中一泉一石，一花一木，靡不精雅别致，随地均有题咏，惜余不能记忆。下楼复登舟，沿削壁行，至曲折处，掉舟而进，光线甚暗，水声汩汩。抵一石洞，洞门作圆形，高约五六尺，颜其额曰仙桃洞。左右有对联曰：桃三千年开花，洞五白尺见底。因山顶有桃树二株，翩迁倒俯，垂枝几及洞口，常年不着一花，俗传为仙桃，三千年始一结果也。惟此处之山不甚高，然三面合抱，如行斗室。更进则为一小港，阔仅二三尺，适与舟体等。行时至为艰苦，盖两壁距离较水面尤狭，稍一不慎，即汹锵有声，且阴森可怖。又进则为极处，成一方形。仰观天际，露方孔，水黑如泼墨，望而生栗。阴气中人，异常严冷，一切声息均为石壁所阻，故略一呼唤，即嗡嗡然作巨声之回响。余舟退归，复至洞口，出洞前行，则有小亭一，耸立湖心。过亭则为嶙峋瘦石，石前尚有净屋数椽，纸窗木榻，一扫尘俗繁华之习气。屋之后部，尚有莲池，上横小桥，过桥则为陶公祠，碑碣烂然，而遍栽①松柏，以尚未竣工故，不克前进。因休憩片刻，即返陶公居，到则果饵之属已陈于案，摘园中鲜笋及蚕豆为馔。陶夫人与余等饮啖甚乐，自言渠最好客，以长日独处，且困于疾病，因与余等道歉意，并约后此更来。其妾更执余手，依依不忍别，叮咛数回，余辈遂归。时已暮色四合，鸟雀投林。余以数年游历，终无有此游之乐。越中山水，吾不能忘，故挑灯吮笔而志之。

（七）七星岩宴客记

浙山入越，渐见奇突，故杭郡山势以秀丽胜，东趋至衢岩，则崎兀郁勃，雄厚可观。越中山脉，介杭岩之间，妩媚葱郁，兼而有之。间多玲珑巧幻，令人叹为鬼斧神工者，七星岩其一也。七星

---

① “栽”，原文作“裁”，据语义改。

岩一名柯岩，相传为吴刚烂柯遗址，以其地罗列七潭，因以七星名。岩距越城十余里，先期，余折柬遍邀姊妹行，及某某太夫人等，得二十人，外子及某友亦与偕，其他如僮仆婢妇亦若干人，载以两巨舟，出东城沿堤行。舟为某夫人产（越俗，每户必置舟，大小华素，视家之贫富，贫家女且能操楫焉），舟饰如画舫，四壁多联对画额，惟施以缯彩，则亦未能免俗也。

是日也，风和气暖，两岸深碧盛红，盖已入初夏时矣。河经梅树坊，女友争传坊中故事。盖所谓梅树坊者，亦一普通之旌节石坊耳。惟坊额上，隐约现火烙痕，状如梅树之折枝。坊立河岸，对岸短垣一带，垣内为梅林。据云数十年前，此梅园之主人家世极盛，迨此坊建后，坊石间渐映梅影，而梅园主人势渐中落，此石坊主人且日见兴盛。说者谓事关风水，实则石由水成或火成者，日受暴露而斑纹自现，至两家之兴衰，亦人事致之。愚者附会风水之说，不亦可笑之甚耶？余谓风水之说，实足以酿成依赖劣性。人贵自立，命由自造，何物风水，足以主宰人事乎？

柯岩左近有镇曰柯桥，为杭越往来孔道，商贾甚盛。产豆腐干，味甚美，名闻全浙。余舟行距镇三里许，左折入港，此时遥见一巨岩，兀立云树间，即七星岩第一峰也。既抵岸，曲折行桑麻中，约里许，则见迎面一峭壁拔地起，盖即在舟中所见者。壁上镌经丈之柯岩二篆字，字为越中名书家陶君濬宣之手笔，下附数十字，字体仿魏碑，寥寥数语，文极简净。壁下潭水渊然，为七潭之一。依壁一古刹，石级层累而上，仰瞻岩顶，则有亭翼然，状殊清逸。余姑舍是，转入岩后，见曲垣一线，垣尽则朱扉双掩，余侪叩关入，老僧合十相迎。入门为一长廊，廊左则轩屋三间，庭植丛竹，翠扑窗牖，状殊雅静，笋尖出泥涂间，高下错列，鲜洁可爱。余以资购取若干，携归以佐盘餐，当甚适口也。轩右潭水一湾，绕入室后，顾水甚污浊，当为入岩所见之第二潭矣。出轩循右廊行，廊

尽一侧门在焉。入门为佛厨越厨,出则山岩覆顶如飞云,岩根潭水莹澈,中有羊肠石堤。罣水为三,一近岩,一列岩之前端右方,一则狭长如沟,伸出岩右。日光斜射入岩,水光倒映岩壁,都成奇彩,潭水亦清洌可鉴。外子举手枪向岩根轰击,翁然可听,此当属岩中第三、第四、第五潭矣。余等复返道登殿,殿作内外套间。殿屋依岩壁而建,故绕入殿后,即见岩壁斜峭成穴,穴根满储潭泉,清澄而不可窥底。沿潭约以石栏,凭栏小坐,凉风习习,自穴中来,沁人心脾。栏前辟场,为游人宴饮凭吊之所。余侪乃围坐此中,笑谐杂作。某太夫人谓穴中有玉蟹甚巨,日啮石果腹,岩壁作峻峋状者,蟹噬之也,并谓觊觎此蟹者实繁有徒,然终不见其出,盖得之可致巨富耳。余笑颔之。窃谓蟹既玉矣,焉能生动,石非食料,何以滋生?所谓峻峋状者,石钟乳耳,既日事觊觎而不见其出,是等于虚无也。即使得之,区区一玩品,焉能致巨富。此虽齐东野谈,亦以窥吾国人不知自恃而日冀天佑之劣性。根此劣性,虚妄成俗,全国人日冀天佑而国事愈不可为矣。

老僧工酬应,谓此属岩中第六潭。西人来此游者,以夏秋为盛,并谓此岩穴深而无底。余投磁片入水,渐见沉落,片形愈沉愈小,确无止境,其幽深当不可以丈尺计,然曰无底,则决无此理矣。俄而庖人进馔,即罗列场中,众客围坐而饮,岩壁与杯盘相映,余侪宴饮其间,不啻为洞府仙人矣。酒食系预于城中备伙食船一艘,随舟来者,时客且啖且言笑为欢。座中有红颜丽人,有白发老妪,有女学士,有宦室夫人,有文士,有医生,下至童娃厮仆,错杂其间,裙屐翩跹,环佩铿锵。山灵顾之,当亦莞尔相许矣。食竟,以余沥饲丐者,略事休沐,即起,趋场左短扉。扉辟,则山径蜿蜒,余侪拾级登,苔滑径狭,弓鞋窄小者,且不能堪,余乃援之憩于峰腰亭中。更上则奇峭逼侧,余与外子互相提携,始达岩颠。颠建一危亭,即吾侪登岸时在岩下所望见者也。顾亭以年久失修,栋

败垣颓，蝠粪满积。余乃凭栏远眺，则城郭在望，烟云缥渺，不可穷瞩。回顾则仅某女士与余侪偕，余人则瞠乎其后矣。女士盖为体育教师，矫捷自加人一等也。盘桓移时，即遵路下。下山时较上山为难，稍一不慎，即致倾仆。余倚外子肩行，某女士则与余携手相扶，纡徐而下，至山半，则客皆候于此。群称余健，乃相与曲折下。复于殿间坐憩片时，即犒老僧金，辞殿去。

余初不曰一古刹依第一峰而立乎？余侪此时乃入此刹矣。佛殿巍峨，山门静寂。登殿则一迦蓝石像，趺坐莲台，顾像奇伟，顶可摩屋脊，及细审之，乃知像与壁相联为一，即就岩石凿制而成，其工亦巧矣。座下成洼，亦一涸潭，合前数而名实相符矣。然此外无可瞻瞩，余侪乃舍之解维去。出港回视，则云树苍茫中，岩峰矗立，犹若依依送别也。

（八）金牛湖赏雨记

余既游越之明年，复返棹归我亲爱之故乡。盖生长西湖二十年，觉兹山川草木，均我一生之良友。而此次归来，如久别重逢，感慨不能自已。即此中景物，亦似知游子归来，倍增绚烂以媚我而慰我者。以余之梗泛萍飘，每至辄有所志，而独不及我亲爱之故乡者，诚以湖山灵秀，枯笔败墨，转足以玷辱精华耳。今者雨湖一游，令人爽气濯怀，为不可多得之景。吾于是不得不记，简陋枯窘，所不计矣。

余既抵杭之三日，天适盛暑，赤日当空，炎氛满地，长昼绵绵，无聊特甚。然外子好动，即烈日亦所弗惮，常伴余至西湖堤畔，啜茗招凉。然湖中暑气，不减家居，而游人甚盛。盖以杭州风俗，春间游湖者多香客，常人恶其喧扰，咸裹足不出，而夏中则多泛棹看花，倚槛垂钓者。余亦于是日之晨，匆匆罢妆，雇藤椅轿乘之出城。时晓露未收，市肆沉寂。甫抵城郭，则清爽之气扑人，小草鲜

翠,着履如絮。至朝曦初上,则市声远度。复闻城外湖水拍堤,微微有冲激声,此声余习闻之,中心甚乐。既至,不即登舟,至某茶居坐憩片时。复市荷蕖数枝,莲实一束,登小舟,渡微波,一声欸乃,容与中流,四顾岚光如点黛,野鸥轻唳,风息微扬。余以舒畅之余,笑乐杂作。此时此景,吾固于困顿风尘、心烦虑乱时所梦想者也,不图此清凉奇丽之世界,乃倏现吾眼前。自顾钗环裙履,俗气都消,回顾夫婿,其嬉笑活泼,为状正复相类。时舟所经三潭印月,花港观鱼,更穿苏堤而至小万柳堂、高庄、宋庄、唐庄、刘庄等处,以次维舣往游,复渡金沙港而进谒岳飞庙。出庙则入楼外楼,饱享鲈脍莼羹之风味。膳后,舟复沿白公堤行,穿西冷桥入里湖,而金牛湖在焉。沿湖群峰如列屏,若烟霞岭,若葛岭,若宝叔山,其山势若牛背,而以宝叔塔为牛角,湖以是得名也。湖身狭长,山光压水,水作深碧色,自顾襟袖,亦满照岚碧矣。时空气燠闷殊甚,苦无风息,俄而四山云起,弥布天空,若张黑幕,且低压如可摩顶。

舟子急鼓棹,言有雨至,余与外子乃各举一桨以助之。余固弱质,略一提弄,即水花飞溅。至中途,而舟子之言验矣。电光动处,雷声隐隐,仰视头上,黑云团团,状如巨犊,幸彼杨家别墅已在目前。遥瞩之柳丝俯影,红栏隐约,栏外荷田半亩,莲叶正乘风作翩跹舞,莲花亦顾盼生姿。外子急挽余登岸,叩关而入,彼中人即延余侪于临湖之小阁。推窗四望,则前湖后山,隔水孤山在焉。于梅叶荫中,隐约见放鹤之亭、巢局之阁,而左为保叔塔,右为苏小墓。远眺则白堤一线,蜿蜒于水平线上。余侪所据之形势,不可谓非优。然而天暗如墨,风狂如吼,湖水为风势所压迫,顿起波涛,飞沫立空。此时满目汹涌,此美丽之西子湖,顿成险途,而湖面亦不留一楫矣。继而雷声挟雨弹齐至,如千军万马,奔腾骇人,全湖山色,俱在蒙泷笼罩中矣,即对面之孤山,亦深掩不可见,但

见银丝万道，飞掷空中。而阁外新荷战雨，如渔阳急鼓，此时袅娜之花枝，亦婉转抵抗。外子携余并肩倚窗赏雨，观荷叶着雨点滴若泻珠，相与笑乐。良久，雨势渐杀，乃命舟子掉舟至对岸，购鲜荔一罐，佐以酒肴。吾侪乃相对饮啖，冰盘进荔，玉杯品茶，此际风味，真不知世间有烦恼事矣。既撤席，而云退雨霁，山容若洗，倍增明媚，观之真令人块磊消也。

——《眉语》第一卷（1914、1915）
第一、二、三、四、五、六号

陈衡哲

陈衡哲(1890—1976),原名陈燕,笔名莎菲(Sophia H. Z. Chen),祖籍湖南衡山(今属衡阳),生于江苏武进(今属常州)。祖父陈钟英曾是杭州知县,父亲陈韬曾任成都府幕僚、四川乐至县令等,伯父陈范为《苏报》馆主,均为学者、诗人。祖母赵氏、母亲庄曜孚能文善画,为知名书画家。丈夫任鸿隽,四川垫江县人,祖籍浙江湖州,曾留学日、美,著名学者、科学家、教育家。陈衡哲1911年入上海爱国女校。1914年考入清华学堂留学生班,成为清华选送公费留美的首批女大学生之一。同年赴美国留学,先后在瓦沙女子学院、芝加哥大学学习,分别获得学士、硕士学位。1920年回国被聘为北京大学教授,同年9月与任鸿隽结婚。后任职于商务印书馆、国立东南大学、四川大学等。著有《小雨点》《衡哲散文集》《文艺复兴史》《西洋史》等。

致某女士书

人事匆杂,久未致书为歉,抑非敢以琐事问故人也。欲言千万,无从下笔,是以迟迟。日前奉自华盛顿转到九月廿七日手书,惊悉六令弟仙逝,闻之不胜骇悼。昔姊尝为我述令弟之言行,久知为非常才矣。徒以热心太过,见事太明,积愤成痗,遂以弃世。自古天才高者,报酬常尔如是。妹不独为姊悲,抑为中国惜也。

妹今不敢以死者不可复生之成语为姊唁,且知吾姊笃于友爱,空言相唁,亦万万无益。虽然,姊不忆脑病为百病中之至缠绵至难治者乎?令弟郁郁经年,脑病已成,夫怀疾终身,知而不能为。废人自甘,略有志者,所不能堪。姊谓令弟能之乎?苟其不能,则去此浊世佳也。愿姊反是一思,则惠我实已无极。妹自闻令弟噩耗,即追想及祝群,因以想及昔年同居同读之情况。今者祝群已弃吾等而去,而姊复相悬万里。蒹葭白露,又岂止在水一方哉?每于暮色苍茫间,翘首西望,万感如潮。而伴我幽独者,惟树颠落叶,偶尔入窗,一询寒暄而已,昔日促膝谈心之乐,盖终身不可复得也。校中同学之和婉可爱者,固不乏其人,然皆易交而无深味,盖俗所谓应酬朋友而已,此尤令我怀想吾姊及平一不置也。吾姊倘信吾言乎?

妹离沪时,欧战方始,是时日本尚未有何举动,吾国所受影响,亦仅及于商业,既抵美,即闻有日本加入战事之举。今则据此间报纸所载,青岛已入日人手矣。以一国之土地,供他人之搏击,耻何可言。美人虽守中立,而人民之意向,则大抵右英法而左德奥。校中教习常问妹:“中国或将加入战事乎?”妹言:“中国严守中立,万无无因加入战事之理。苟有之,则必自他人侵其疆土,藐其主权之时始。且中国人非昔比,苟不得已而战,则亦必能一雪昔年败北之耻也。”(某日,妹值一人于某处,其人以滑稽之口调问妹:“中国曷不战?”妹言:“中国曷为而战?”彼云:“以战为时式也。”妹言:“此而时式,则中国诚不如守旧。”其人乃不能答。)妹居此二月,静观默察,觉美人之重视中国者固亦有之,而仅知其为一古国者亦不少。此辈之心理,大都视我为一半开化之国,而中国人则一脑垂长尾,卑陋无识之旧金山工人而已。(常有人问妹:“中国现已略有文化乎?”闻之大可愤懑。)妹固早料及之,故常以为留美学生之职,首在慎其言行,修其礼貌,高其人格,以冀于友

人酬酢之间,渐移默化此等不正确之心理,“中国”二字之价值,亦庶几可以日增,所关盖非浅鲜。自古兵戈相逐,亦惟争国光而已,吾人苟能于言行之间,略雪国耻,所费甚鲜,而所获则巨。对于国家培植吾人之报酬,不已实行其过半哉!然而能契斯旨者盖鲜,此其故可深长思也。妹离国仅百日,而所接所触之足以生其感慨者,已不可胜数,暇当为姊缕述之,兹且不赘。平一处月前曾致一书,想能收到。姊如寄信,可以此附去,并请转告,略缓即有专函耳。匆匆不尽万一,敬颂起居双福。时因邮便,勤惠数字。妹衡哲再拜。

——《留美学生季报》第二卷(1915)第一期

记新大陆之村中生活

美国东部有山曰甘芝克(Catskills)者,在赫贞河(Hudson River)之西岸,风景清绝,避暑者多趋之。今夏八月杪,予与友人俄国司敦堡女士,约赴其地。顾山中最名胜之处,如松村(Tauuersville)痕司瀑(Haiues Falls)等,皆以避暑者日众,剧场旅馆,栉比林立,已变清幽为繁华矣。吾辈遂改计,赴山麓一小村之农家居之。村曰亚旭康(Ashokan),居民不过百家,四野皆牧场田林,虽无泉瀑之胜,而倚山面水,茂林围绕如城墙,亦另具佳致也。

亚旭康村之南,有大蓄水池一,为纽约城自来水之来源。池长凡十五英里,式如葫芦,实双池也。全池于去年始竣工。当此池未开工之前,亚旭康尚未成村。池工既开,职员工人渐集,村中农家,遂有因之改为逆旅者,商务自此亦日盛。故亚旭康之得成村,蓄水池之力也。而村畔既得此池,风景亦较前佳胜不少。农人告予,此村日益发达,明年有司且将设一高等学校于其地云。

村中有杂货店一,凡村民应需之物无不备。店主人勤勉而冒

利，几几垄断全村之贸易矣。此外则有医士一人，其居宅之整饬，为全村冠。宅前青草如茵，邻居之草，则蓬蓬然可没膝也。尚有铁匠一人，修发匠一人，其余则皆农人已。

吾辈所居之家，姓杜朴司，主人名仑姆，家中但有夫妇及幼子三人。仑姆之母亦以赁屋供人膳宿为业，其家寄客凡八九人。中有一人为蓄水池之巡查，又一人为蓄水池之警察长，皆有妻子从之。吾辈厌其嚣，遂居仑姆家，然饮食仍取之于彼也。时警察长之妻，方苦乡居，见吾辈无端来此，大奇曰："吾不得已而居此耳，君辈乃乐此乎？吾家在纽约城，相去便利，今居此如入野蛮之乡矣！吾今晨执笔，欲作书致吾妹，乃无一言可说。此地既无影戏，又无邻舍可以往来，教吾作何言乎！"时西风方逐落叶作蝴蝶飞，云色一刻千变，半熟之平果落阶上砰然有声。吾曰："君曷不以乡景告之？"其人哂曰："君令吾以荒草入书告吾妹乎？"

实则此警察太太之所谓野蛮乡，亦非纯属发愤之言。吾人所居之处，不特无自来水，且无浴所，即冷水亦须取之于数百步以外，以美国人之眼光观之，实不得不谓之野蛮。然吾则不敢作是言。何也？一则此野蛮乡之风景，乃足以偿种种之牺牲而有余，一则吾不欲以野蛮讥吾国也。

村中居民既少，居数十日，遂与邻右相谂如家人矣。有时入店购物，取邮信，店主妇即絮絮向吾作闲谈，其人之最痛心疾首者，则美国近日之送其青年赴欧洲战地是已。彼以为此不过少数制造军械者之私愿，今骑虎不可下，乃使平民无端受苦。吾默察全村之舆论，大抵类是。虽村民简陋乏世界观乎，然农民顺天乐生，又率直不知畏惧，故其口吻，遂与市民大异耳！

美国以物质之富甲天下，不知穷乡僻村之间，贫苦之声，乃不亚于吾国也。村中有病妇某者，有子六七人皆幼，其夫弃之外出不归，妇旦夕苦作，遂成肺瘵。妇既病，诸子咸饥寒交迫，癣疥遍

体。既而其十三龄之长女,为病母乞牛乳,邻右乃知其情,遂醵资送妇至病院,而诸子之食用,至今仍无著落云。此外类此者甚多,然大抵为儿女众多之家,然则贫苦之大原,岂不昭然甚明也哉。

吾以村中人鲜见外人,不欲标异,遂改衣美国衣裙。然初来之时,村人之驻足而视者,仍不少也。或询吾在此邦何为,吾曰:“读书。”曰:“然则君必系教会所遣送者矣。”吾曰:“否。”其人大奇。盖美国普通人民,见吾国学生之在此者,几无不以为为教会之所遣送,亦即彼辈做好事之间接成迹品也,此耻吾国人将何以雪之?

一日,予偕司女士,驾小马车入山游览。山中荒无人家,绿荫四合,但闻鸦噪之返响,及涧水越溪之声而已。既而日渐暮,迷其归路,遥见百丈外,有屋一所,遂趋车就之。屋系墨色,有谈红之花,披离覆其四周。少倾,有一少女出,衣饰风致如其居。司女士即下车问路,少女以告,且曰:“吾有手制蒲公英佳酿,君辈曷不入室少憩乎?”吾二人欣然从之。少女入地窖,取酒饷吾辈。酒芬浓有异味,吾饮之遂尽。司女士戒酒,但沾唇以谢主人而已。既而司女士与之闲谈,吾已不能辩其言,但闻其声,如远在数十丈之外也。醒来天已大暮,遂辞主人匆匆归。归途笑谓司女士曰:“吾今日几为华盛顿·欧文古事中之李凡醉翁矣。”司女士悔曰:“吾何为不亦尽其酒,俾观其异乎。”

仑姆之父,名佳利,为村中之富农。然仑姆所得之产业,不过屋一所,空地百余方丈而已。苟在吾国,则彼不将坐食作纨绔公子乎!

仑姆业工程,其人年方壮,勤俭有为。侵晓即起身,伐木芸田,七下乃乘车赴职,晚归则钓鱼,间亦读书,备省试。其妇之勤俭亦如之,田中所获之蔬果既多,则日夕烹制装罐,以备冬日之用。既而仑姆得省城工程司长电,以百金一月之事相委,夫妇大

悦。将行之前一日，其妇黎明即起，为之修补衣履，制备行装。仑姆亦终日伐木掘薯，为其妇备冬日之薪粮。吾谓司女士曰："夫妇分工互助之风，不图于今日之工厂时代而得见之。"司女士太息，以为城市之民，狡猾尚利，家庭有时如地狱，反不如农家之有真乐也。

仑姆之妻父曰威纳，亦农人，所居距亚旭康不过十数里，每星期日，恒合家来访，来则携蔬果糕饼之属无数。仑妇笑谓予，每星期日后彼必大忙，一忙制藏蔬果，一则食品大增，不得不加倍食之也。

威纳年已七十余，然犹矍[1]铄如五十许人。其女告予，此老非作工不乐，春夏秋三季，彼恒欢健如少年，及冬，无事可为，则日夕居炉旁，手小说一本，架足于桌上，作种种牢骚之言云。一日与予闲谈，知吾乐农家大悦，立邀予至其家游览，且以汽车相迎焉。

一日，予随佳利入山运木，所乘车粗笨已极，林中路径既狭，树枝四披，飕然拂吾首而过，而马复时时蹈泥泽中，颠顿一小时，始尽山路一里，既而车横梗一老树之前，掀之不动。吾曰："奈何?"佳利不言，从容从车中取出斧铲之属，削石使平，掀车离树，予助之，越十分钟，车乃复前。佳利乃曰："吾昔者亦困于此，自是以后，每出必以斧铲相随矣。"

每晨五六句钟，佳利即驾小车，入村递送牛乳。某日，予请与之同乘，时万户方酣睡，但闻村鸡遥相唱和。而朝曦尚隐于东冈，红霞满天，倒映蓄水池中，树林蔽之，不可尽见，但有碎光，自叶隙中闪烁[2]透出而已。树叶虽渐黄落，乃欣然有逸气。道旁野花，五色纷披，似清新之空气，以笑靥吻之使苏也者。予曰："乐哉，农

① "矍"，原文作"瞿"，据语义改。
② "烁"，原文作"砾"，据语义改。

夫！即此日日侵晓之行，虽王侯亦有求之不得者矣。”佳利笑谢。予默观此老农，盖真能乐其所业，陶然自足者也。途中遂以农事拉杂相询，知彼有田百亩，彼于四年前，以四千金得之，不及市价之半也。吾问年利若干，曰：“最少二千金。”问以何者为大宗，则曰：“牛乳也。”彼有牛五头，每日出乳四十瓶，售之可得四元，故年利在千金以外。森林之出产次之，年可五百金。木材之最佳者，为松柏及橡木，其余枫栗之属，亦可成材；其不成材者，则作燃料售之，每顿亦可得八九元。此外则蔬果之属，每年止少亦可售五百金云。

此老农之勤俭，亦不亚于其子，故虽仅百亩山田，而借其力作，年利乃达百分之五十以上。下所载者，乃此六十余岁老翁之日程表也：

早四下，起身，取乳，装乳入瓶。

六下，送牛乳。

九下，归家，入山运木。

午膳后，再入山运木。

三下半，载木赴车站，或其他消售之处（运木之事，于春秋冬三季为之，夏令则制干草）。

暮作杂工，如掘薯之类。

忆吾曩在国内，读美人某氏诗，有句曰：“炉火之上，平果满盘，其味之美，不亚于富儿之甘橘。”当时以为甚奇，几疑印书者之倒置平果与橘之位置矣。盖吾国东南方之橘子，实贱于平果倍蓰也。及来美国，乃知此诗之不可易。亚旭康村亦与他处相同，平果树弥望皆是，每树之下，尤有坠果无数，大抵为西风所撼落者。梨亦间有之，特不及平果之多耳，然多半未熟，不甚可食。吾问佳利，此类落果究有用乎？曰：“有之。其佳者，吾妇取以制酱，劣者，则以之喂猪，无废弃者。”

蜂蜜及葡萄，亦为美国农产之大宗。吾居彼久之，二者皆不曾见。一日以问佳利，佳利曰："葡萄到处可植，以之制酒，其利甚溥，养蜂亦有利之事，吾以无暇，故不为之也。"吾问近处有蜂房乎，曰："半里外即有之。此处之农家，十九皆养蜂耳。"予因往观焉，主妇但以道路相示，固请之，乃导予往。蜂房不过七人，然每房之蜂则甚多。主妇嘱勿进。吾问养蜂业佳乎，曰："不需资本，岂有不佳。"吾问养之之法，曰："此为吾养蜂之第一年，故不甚详知。此群峰乃吾今春自一老农购得之者，其最大之困难，乃在防其飞去也。"吾曰："果飞去，则将奈何？"曰："吾以树枝涂泥，向空掷之，蜂即飞集枝端，然后取之入房，久久渐驯服，不思逸矣。"吾曰："其利如何？"曰："此时尚不能知之。以秋冬无花可采，群蜂须自食其蜜，而今年所出之蜜，又但能供其自食，明年以后，乃有盈余出售也。"予以糖饵谢之，其人欣然，嘱吾再往。

旅美三年，到此始见向日葵，且甚多。询之，乃知农人取其子以饲鸡也。然鸡味不见其特佳，何也？吾因询佳利，此处野味多乎？曰："初冬最多，吾恒于冬间出外行猎，有时且可得甚佳之皮，获利亦溥。女士苟于冬初来此小游，可先以书相告，吾当预猎野味以飨耳。"

——《妇女杂志》第四卷(1918)第三号

汤修慧

汤修慧(1890—1986),吴县(今江苏苏州)人。夫邵飘萍,浙江金华东阳人,民国时期著名报人。汤修慧曾就读于浙江女子师范学校。协助丈夫办报,丈夫遇难后,恢复《京报》,任《京报》社长兼总经理。抗战爆发后,报纸停刊,汤修慧辗转各地。1949 年后定居北京。晚年从事邵飘萍和《京报》史研究。著有《一代报人邵飘萍》。

送别讲习科毕业诸同学序

岁月如流,隙驹飞度,与诸同学晨夕讲诵者,忽两年矣。君等业既成,将各归梓里,用其所学,我浙女子教育之发达,在此行也。但以吾人之友爱言之,久合以后,乃有长离,相聚之岁月,不见其多,而临别依依,乃不禁黯然魂销矣。忆古人之为别,携手河梁,送客江浦,祝前途之珍重,为最后之赠言,夫亦曰蕲复合耳。人群聚散,何常之有,由今而思他日之复合,似非至难之事。然观于今之世界,竞争剧烈,战祸频仍,欧西诸国之民,流离失所者,数以万计。以我邦之积弱,遇来日之大难,我辈欲永久徜徉于自由之域,熙往穰来,时相把晤,盖亦不易言矣。思至此,益悲从中来,觉无限情怀,不能表以一语。此别之难,拟之古人,更增十倍。虽然,天下多无可奈何之事,天下亦无无可奈何之事。君等此行,置教

育之任于一肩,果人人不负初心,愿力所及,而县而省而国,造成稳健之民,共建富强之国,与欧美列邦相颉颃,亦在此行也。普法之胜败,关系于小学教员;美国之教育,权操于青年女子。君等以是为心,见诸实行,必有得达目的之一日,而我辈把晤自由之希望,亦可以完全达到,不稍见其难矣。君等勉乎哉!湖山大好,长毋相忘(本校校歌有此二语),鱼雁可通,时相安慰,凄凄之意,匪可以言罄也。君等勉乎哉!

——《香艳杂志》(1915)第九期

石交亭记

余尝偕客游于孤山之麓,舍舟登岸,过西泠印社,入而小憩焉。社在梅亭竹阁之间,中有亭泉数处,石交亭其一也。顾以石交名,则余未之能解,以问客。客曰:"石者,贞固之物也;交者,契合之辞也。以石交名亭者,羡石之贞固而契合之也。夫交有君子小人之分,道也,义也,君子之交也;势也,利也,小人之交也。若夫畏我之权,而思附我,仆妾美我,朋友谀我,我心则蔽,耳若充,目若盲,无是无非,惟余所向,势在则交存,势去则交绝,若是者谓之势交。又若贪我之有,而思博我,和颜以悦我,媚态以蛊我,阳为羁縻,阴行网罗,我心则迷,任情挥霍,无是无非,惟余所欲,利厚则交存,利尽则交绝,若是者谓之利交。夫此皆小人之交何足论,其有名为道义之交而不能终者,则亦非君子也。昔者鲍叔之交管仲,伯牙之哭钟期,久而不易,坚同金石,美哉金石之交也。故曰,一贵一贱,交情乃见;一死一生,乃见交情。虽然金石之交,今置不讲,见利忘义,习为故常。翻手作云,覆手作雨,纷纷轻薄,何堪指数。呜呼!死者既不可作,生者又无可依,茫茫世宙,吾将安归,无宁交石,庶几无悔。"余闻其言,长叹不已,无计遣怀,归而

作记。

余方辞猰犴,潦倒海边,将绝未绝之呼吸,与秋风相往还者有日矣。内子修慧,数以旧恙时发见告,又每露人生不乐之感,余惜之而无可为慰也。近来厌世益甚,方函劝其偕东,今晨又得来书,内附斯著,虽文辞单弱,而足见性情,令海外孤客读之,益不胜怅怅之怀矣。乙卯残秋振青附注,时客江户。

——《妇女杂志》第二卷(1916)第二号

蔡苏娟

蔡苏娟(1890—1984),江苏南京人。出身官宦世家。父蔡兴华,清末曾主政江苏。蔡苏娟先后就读于南京明德女校、苏州景海女校,曾任江苏第一女子师范学校音乐教员。1949年迁往美国宾夕法尼亚州兰开斯特县的乐园镇,直至去世。晚年著有《暗室之光》。

牯岭五日记

九月七日气候新凉,家居多暇,辄偕二三女伴,遨游郊野,颇觉秋色宜人,空气清洁。旁夕归寓,接李美林女士自牯岭来电,促往游观,予心滋怿。李女士者,美利坚人,南京长老会宣教师也,与予同事,相处莫逆。伊以夏期休假避暑于牯岭别业,离别以来,渴思殊甚,且匡庐景胜,怀慕已久,因拟如约往游,借扩眼界。乃商之予母,幸得允许,遂决于翌晨就道。

八日五时,即起束装,偕一佣妪出城,附招商局江华轮船上驶。是船为该局新制,甚整洁,茶役伺应,亦尚勤谨。予所居舱室,有小窗一面,可眺江景。惟窗外时有男子经过,或且有向内窥望者,予佣妪屡斥之,始稍稍敛迹。予舟行殊患晕眩,致终日倦卧,回念予母此时起居不知何似,中心辄辘轳不已。妪亦岑寂无俚,乃以当年身历长发军战事时景况语予,口讲指画,长谈忘倦。

其所言之事与谈话形状弥足解颐,途中挈有此妪,诚良好伴侣也。

九日下午三时半,船抵九江,予乃雇挑夫一人,搬行李上陆。是时,人声喧杂,售货者、搬物者、接客者、卸货者、登岸者、乘船者,肩摩物触,纷乱万状。予佣妪紧随予后,见挑夫疾行,则扬声高呼以止之。既登岸,适遇诺立书院张女士来接,乃往其书院下榻,因得略观院中设备。其师生敬主爱人之心,溢于言表,予殊健羡不置焉。

十日,早间遣佣妪回宁。十二时,乃别诺立书院师生,乘藤编山轿(如常用之藤椅式)登牯岭。舆夫四人,每人工资七角,另雇挑行李者一人,给资亦同舆夫。人各披九江花布汗巾一幅,随风飘扬,行走绝疾。每行约一小时,必置舆小憩饮水吸烟焉,以途中间有售茶水及水旱烟之小摊也。三时达莲花洞公司房,舆夫遂停舆饱餐。予亦入该公司房小憩,略进食物,并以彼处所备电话报知李女士,乃复登舆前进。此公司房设有客室,可容行人不及上山下山者寄宿,不取住资,但侍者须略酬犒耳,饮食亦尚适口。屋式为红砖洋房,甚属整洁,宁城大旅馆不逮也。计自九江至此已二十五里,均为新辟马路。前行即为山路,崎岖险峻,虽以舆夫之习惯山行者,亦喘汗间作,使人滋惧。沿途寂无居户,唯悬崖瀑布,大声震耳,或一二樵子伐薪山角。偶有下山之挑夫及山舆迎面来者,相距尚远,即大声知照。缘山路逼狭,相挤失足,便可堕入深壑也。五时半达山巅,计行十八里。初登惟见山谷中有草房十余所,多晒西人衣服,以意度之,当系洗衣者之家。既而路渐平,气候与山下迥异,顿觉此身轻爽,知兹地空气佳也。再行达中国市街,与西人居留地分界处以木栅划之。中国街中有电报局、邮务局、菜市、茶馆、饭店及商店多处,并有西人所设医院一区,最适疗养肺病,取值颇廉。患肺者可永年寓其中,无须多服药饵,因空气鲜洁,气候温和也。予友某女士曩染肺病濒死,即至此院疗

养，年余获愈焉。过木栅门后，市声已远，曲径参差，但闻瀑布与溪流汩汩声，及树禽惊起声，似递相唱和，以欢迎远客戾止者。所有洋房散布山巅，历落如疏星，砖色红绿青黑，形式各异，构造颇玲珑美观。道上间有佣妇，挽西洋儿车，卧西儿于中，徐徐游散。或西人夫妇，挽臂偕行，喁喁笑语，为状若极闲适然。历过洋房十余所，及宏丽之礼拜堂一区，始抵李女士家。其屋居高峰丛树中，为八角形，悉嵌玻璃，远望之，几如水晶世界。李女士遥见予至，即攀树枝而下，欢笑前迎，相见慰甚。是夕，李女士严亲李满先生设宴见飨，同席有客数人，均为皙种，其中有陶、黎二女士，均旧雨也。李满先生为西人至牯岭者第一人，当其初至牯岭，不过一寂寞荒山耳。李满悦其清幽，乃辟荆棘，诛草莱，建屋山巅，为避暑计，有司亦无过问者。自后西人遂陆续踵至，纷起夏屋，地价因以腾贵。清政府贻悔无及，始提出交涉，划地十里，俾作租界，华人亦麇至营业矣。席间李满纵谈往事，予因借悉牯岭开辟历史，不觉感慨系之。餐后，黎女士邀予寄宿其家。乃半日乘舆山行，筋骨疲惫，步履殊艰，幸黎女士扶掖而行，始免倾跌。即与黎、陶二女士同卧洋台上，中夜风撼丛树，叶击有声。曩尝闻牯岭多虎，虎来风从，维时陶、黎均已入梦，予心滋悸，终宵辗转，莫能合睫，仰视碧空，星月烂然，如在身际，似举手可摘，知兹山高矣。

十一日，昧爽即起。陶、黎约予往游屋后深谷。比至，则悬崖峻壁，无路可下，且泥土已因年久松动。予素未习山行，更惧不敢试，陶、黎益相与窘予以恣笑乐，予卒得免，乃复相偕游行他处。此时白云散漫，与山下炊烟相合，夭曲如龙蛇状。予身左右，悉为云所环绕，发间亦微觉濡湿。抚兹奇观，深以不负此行自喜也。

早饭后，黎女士约予及南京马林医士女公子二人同游黄龙

(地名),予以路远独乘山轿行。未几抵一高峰,有羊肠小径通之,其下乱石堆集,舆莫能进,予乃舍舆攀树,伛偻登焉。既至,见大树三株,即土人呼曰宝树者,其中两树,已历二千余年,有司为出示禁止樵采,径大可十余围,予等数人合抱之,不及其小半也,其高似已直出云表,仰视不觉帽落。稍憩,予乃拾取其叶数片藏之,旋往翡翠浦。不期遇马林先生酣卧石上,其子方跳嬉于侧。马林两女公子,乃与马林子易泅水衣,投水游泅,预掷碎碗一枚于水底,约相与竞觅,取得者胜,予与黎女士则坐石上观之。是地水色碧绿,清澈如镜,两旁均有峻壁,杂生红花,上有瀑布,汩汩流下,其声振耳几聋。尔时已近午后,予等饱吸空气,胃力滋健,腹中殊苦饥,乃仍偕归进餐。餐后,予与黎女士各捧山菊盈抱,往谒李满师母墓。谒毕,即往就李女士谈话,闻礼拜堂钟声悠扬,予以为火警也。询诸李女士,始悉山中定例,凡遇有人出游,逾所言之归时而不返者,则其家人即可往礼拜堂报告,堂中乃为鸣钟,召集阖山白人中青年壮丁,分途往觅,必觅得始已。此种事多出于新婚夫妇及订盟男女云。

十二日上午,予与黎女士提膳榼同游滴水。是处尤极崎岖,须过一地名牛谷者。予等均着草履,曳裙扶石而行。两旁大石嵯峨,备极怪异,或夭曲如龙蛇,或蹲踞似虎豹,或矗立若猿猴,或庞然象牯牛,可谓鬼斧神工矣。予等行未移时,忽值雾起迷漫,不能辨路。无已,惟留待雾销,始再鼓勇前进。而饥肠又复辘轳,乃拾碎石砌成小灶形,架所携小锅于上,拾树枝燃之,烹饪榼中食物,分食之。食毕,择山角僻静处虔诚致祷。而天色忽阴,疑将致雨,遂即折返。沿途摘取野花,高吟赞美歌而归,以花赠李女士焉。

午后得汉口电,邀予与黎女士同往参考宣道法,乃复雇山轿别李女士下山。时已日落崦嵫,光线鲜赤如砒霞,使予益增留恋。顾舆夫疾行,较上山时尤甚,须臾去李女士家已远,云雾深封,不

能回望矣。

此行游山，始终不过五日，身体殊见健适。既自汉口归家，家人戚友，群以牯岭风景致询，不遑应对，爰写此数日间事示之，兹以寄呈《妇女杂志》，拟为吾女同胞之将游牯岭者，稍资向导。惟憾旅期短浅，未能畅观山景，其详当待再度往游时报告也。

——《妇女杂志》第二卷(1916)第一号

华兆英

华兆英(1891—1912),谱名震雄,字吟梅。华亭(今属上海)人。父华侍仙。夫庞镜如,浦东(今属上海)人。华兆英就学于上海天足学校、景贤女学、务本女校,倡导放足与女性教育,曾建立天足分会,担任浦南天足分会部长。1910年与庞镜如举行文明婚礼,婚后致力于公益事业。去世后,庞镜如辑其作品为《吟梅遗著》。

劝止缠足论

天下有恶俗焉,阅千百年而举国不知,非当局不知禁,相沿相习,以至今日,则妇女之缠足是也。妇女亦人也,同此肢体、同此筋骸、同此血肉,而必施摧残于髫岁,贻病累于终身,其心岂不曰非此无以饰观乎,不知妇女岂饰观之物?使父若夫,谓可以饰观也,而缠足不容已,则视其妇女倡妓等矣!即倡妓而其貌果佳,六寸肤圆,亦见风趣。使其貌而与无盐、嫫母同也,又岂以双钩之纤,能掩其丑?此理甚明,无待高论。乃为父母者,必尽力以裹之,悲啼勿顾,嗥痛勿顾,甚而脓血狼藉,亦所勿顾。一若女子一生之荣辱,全在两足之大小。揉直作曲,戕骨削肌,靦然不以为异,其亦傎矣!男女秉质虽殊,而手足则其天然也,必反其天然而制造之,使之苦痛,由苦痛而成为废人,戕贼杞柳以为杯棬,杯棬

有用，纤足果何用哉？当此共和成立，民族主义先以保种为急。保种之道，在智育、德育，四百兆民，女子居其半，于社会中各有义务，岂可以女子而放弃其职任？今设有张、王二女于此，张则架储玉轴，博览群书；王则裙露金莲，不盈一握。其品孰贵？必曰张女贵矣！贵者何？以其有德育也。德育之精粗，准体育之强弱为消长，缠足岂特猥亵而已，实为弱种，种弱则德育不能备。然此犹曰与文明家言之也。即论世俗之见，以张、王二女比例，聘妇者不聘张女之才学，而必聘王氏之伶仃，无是理也。使尽人而为张女，谓徒以不缠足故，致慨摽梅，吾不信也。缠足之害，前人近人已尽言之，所望一乡之士，躬先提倡，而渐以化焉，庶几颓风其可挽乎！

华君有孝行，知书，勇于为善，而抱负不凡。年二十二而没。其同学钮君亭华、杨君端容诸女士哀之，为之征悼词、刊遗著。且邮书本社，属为揄扬。热肠古道，可以风矣！吾读华君之文，明达晓畅、文采斐然，要自有不朽者在。敝报无似，何能为役。最录是篇，重违钮、杨诸女士意，且以告天下女郎。有吟梅女士者，不幸早死，至为可惜，非能传华君也。铁樵

——《小说月报》第五卷(1914)第二号

哀校长宋占梅先生文

呜呼！我夫子大家名媛，忠孝传声，知女权之日削，痛女界之日沉，筹思无策，情急万状。姚师创兴女学，夫子相夫，赞助不遗余力，于是景贤女校之名大噪，从游者日益众。夫子亦欣喜自若，又与校中诸同志结异姓同胞。妹随诸姊妹后，得附骥矣。不料夫子心力俱瘁，竟以此而牺牲其身。呜呼痛哉！盲风怪雨，天为之惨，临风陨涕，能不触目而惊心？自今以后，几席之周旋何日，徒

魂梦颠倒而想像其生平。差幸诸同志学修有素,不敢荒怠几席之下,夫子之心,尚可告慰。前日之罗兰贞德,继其后者,非我夫子而又何人?呜呼!泖水长流,杜鹃泣血,夫子去矣,不复返矣!自兹而往,孰规我过,孰劝我善?尚祈于黑甜乡里,灵车返辔,来示我以指南之针,精神不泯。呜呼哀哉,伏惟尚飨!

——《香艳杂志》(1914)第二期

劝富民输国民捐

天未必坠而杞人忧之,今外债借成,诚政府不得已饮鸩救渴之计也。提倡国民捐者,沈痛迫切,将合四万万国民之手之力,以擎天于不坠。稍一须臾,而星崩日蚀,海立云飞,其祸不可免矣。及是时,而山河破碎,人民齑粉,老幼男女,同为覆巢,黄标紫标,移置他族,虽有逍遥公之青山,卖之而不如灰矣。然则当此存亡生死关头,与其倚囊障麓而终必同归于尽,何如为汉之卜式、楚之令尹子文,仗义而兴,合群而起?以当女娲氏之五色石,补成一完全无缺永久不坠之天,而长遗子孙,安享其宫室车马妻妾之奉,亦完全无缺永久不坠也哉!思之思之,勿谓天果坠矣,可侥幸不失为犹太富民也。呜呼!世界虽宽,日月虽广,不知犹太富民,尚有何人得自由生息于彼苍之下也。

——《香艳杂志》(1914)第三期

高君隐

高君隐（1891—1919），福建长乐人。父高尔谦，清末外交重臣。夫陆费逵，祖籍浙江桐乡，生于陕西汉中，中华书局创办人，教育家、出版家。高君隐毕业于上海爱国女学，曾任上海洋学堂教员。

论女学校当注重家事科

女子主持家事，古今东西之通义也。盖男子终日宣力社会，中馈洒扫之事，必难躬亲，非女子为之内助，则不免内顾之忧，而不能悉心业务矣。十年以还，女学大兴，然粗浅文字、绒线手工之外无功课，男女平权、家庭革命之外无学说，缝纫不知也，烹饪不能也，举凡女子当尽之义务，无一克举，数千年之醇风美俗，扫地尽矣。余自乙巳来沪就学，所获者亦与人同，不过粗浅文字、绒线手工而已，于家事一科，不惟毫无进步，且并幼时所已知者而忘之。于归之初，独立门户，种种困苦，笔难尽述。三四年来，稍有进益，然较之旧社会之素习者，犹望尘莫及也。夫家事一科，甚为繁赜，裁缝、烹饪、育儿、侍疾，此人人所当知者也。吾国仅依经验，母传其女，姊传其妹，不知科学，不明原理，故进步鲜而练习难。目下学校科目甚多，断不能如昔之终日孳孳，惟此是务，然此科既为人生所必需，饮食衣服，生命所关，岂容冒昧为之，不加研

究?故欧美各国,无不于学校之中,设为专科,冀于短少之时间,教以完善之方法。裁缝、烹饪、家庭、化学,无一不便日用,卫生、看护,直接裨益于人生者,更无论矣。余以为家事一科,无论何种女校,皆当注重。高小、中学,每星期至少三时。即教授理科,亦当与男子有别。盖男子应用于社会,女子应用于家庭,其事不同,其需用之智识自异也。不宁惟是,初等小学虽男女同校,然能于第四学年,每周授以一时之家事谈话,于改良家庭,或不无小补欤。

昨阅《中华教育界》二年一月号所载中小学校令,小学校仅有缝纫,中学第二年方有家事,此余所不解者也。夫小学校为国民教育,中学校为士族教育,若小学校不课家事,是不令一般女国民了解家事,寻常百姓之家庭,不必改良矣。全国之人,能入中学者有几?全国女校备中学者又有几所?如果依此令行之,则将来女子能主家事者,真如凤毛麟角矣。(目下女子中学全国不满廿所,学生不满千人。二百兆女子受家事教育者数不盈千,改良家庭永无望矣。)主持女子教育者,尚望于此留意焉。

——《中华教育界》(1913)三月号

论女界修饰奢侈之害

勤俭者兴,奢惰者败,吾国今日患贫极矣。宜乎社会之上人人勤俭,一方面生利,一方面储蓄,以富身家而富社会。乃观察之下,恰得其反。他事吾不具论,即吾女界言之,其奢侈之害,中于个人家庭、社会国家而不之悟,岂不大可哀欤?吾国世界以习俗防闲之故,益以社会事业,未臻发达,有职业者百不得一。说者虽谓此为女界不振所致,然吾不忍以之责吾女界也。顾以不事职业之故,遂不自食其力,不知稼穑之艰难,耗父兄夫子之财而不知其

过当,益以虚荣心甚,见侪辈之华丽奢侈,辄不自量力而效之。尝见中人之家,妇女服饰,逾其终岁之所入,洋洋自得,且以骄人。吾尝综论服饰奢侈有百害而无一利,其尤甚者厥有三端。

(一)移生利之资掷之虚牝,一家之经济受其累也。财之为物,用诸生利之途,则可以孳乳而渐丰,用诸不生利之途,不惟无可孳乳,且有消耗之患。服饰之于财,不惟不生利,反剥削之者也。彼首饰之肆,化装之店,高楼大厦,金碧辉煌,食指既繁,盈利复夥,果何术以致之?无亦剥削我女界之资财而已,化装服饰之消耗无论矣。金银首饰,吾女界视为最可宝贵者。抑知金银进出差至百分之三四,益以制造工资,殆百分之六七,见有新式,辄复更换,更换数次,母财悉尽矣。吾家素俭,珍饰殊稀,稍有一二,吾屏挡之,置诸生利之途,数年以来,所获殆倍。曩使随波逐流,则母财早已罄矣,遑云子息乎?愿吾女界注意生财耗费之道,勿徒为首饰之肆、化装之店谋利益也。

(二)慢藏冶容以诲淫盗也。慢藏诲盗,冶容诲淫,修饰华丽,服饰珍奇,实兼二者而有之。彼强暴之所污,盗贼之所觊,孰非珍饰为之媒哉?丁未之秋,吾家寓浙江路和康里。某夜,忽闻枪声、警笛声、路人鼎沸声,吾家骇甚,不敢就寝。次晨探之,则克能海路某肆女主人进香虹庙,服饰丽都,金镯珠环,价值千金,群盗觊之,遂以夜至,缚肆人,毙巡捕,抢掠一空而去。幸租界警政素严,故未波及邻家,亦未污辱该妇,然受害已不浅矣。类此之事,时有所闻,不知吾女界果何故如此之愚也。

(三)玩物丧志且虚耗光阴也。光阴者,黄金也,人生数十寒暑,如醉生梦死,则虚度数十年,直弹指间事耳。吾女界虽鲜有职业者,然治理家事,实为最重要之天职。不料吾女界为修饰之故,耗去光阴而不惜,晨起理发修饰,辄至数小时,偶尔外出,尤注意焉。夫良家妇女,非娼妓媚人者可比,斤斤修饰,果何为者?与其

装饰妖冶,为君子所指摘,为小人所揶揄,何如素雅服装,天然色相,为人敬重之为得也!

综此三者,修饰奢侈之害,昭然若睹矣。普通妇女智识不足,随波逐流,尚不足怪,迩年以来,女学界亦染此习,同学相见,不闻切磋以学艺,勉励以道德,但闻某人服饰入时,某人太不修饰,迥非前此女学界以朴实道艺相尚者可比,毋亦女界自视太轻之故欤?吾愿诸姑伯姊,研究经济上生利消耗之辨,警惕于祸患之来,更省宝贵之光阴,施之讲学习业、治家理事之用,勿复酣嬉耗财以贾祸也!

——《中华妇女界》第一卷(1915)第一期

中等社会之家计

中等社会为一国之中坚,故一国之中,中等社会居其大多数。中等社会之人格高,则一国之人格高;中等社会之生计裕,则一国之生计裕。吾国中等社会,素以俭朴著,然近年欧风东渐,物质进步,社会生活亦随之增高,中等社会之生活,遂陷于窘苦之境。综其原因,厥有三端。中等社会无豪富之财力,而不能不维持体面;无耐苦耐劳之习惯,而不能不求心身之畅适;更或见人之享用而仿效之,不知不觉而支出增多,收入不敷,遂入窘乡矣。风气转移,此其一因也。货币日贱,物价日昂,向之斗米三百文者,今涨至七八角,逾千钱矣,向之斤肉百文者,今则三百余矣,推之他物,无不皆然,较之十年以前,率在三倍以上;收入之资虽稍增加,然不过什之四五,即向之收入十元、支出八元者,今则收入十五元,支出须二十四元,即无消耗之费,而已困苦不堪矣。物价倍昂,此其二因也。向者布衣蔬食,安步当车,为中等社会普通之习惯,今则衣必绸缎,食必膏粱,人力车、电车之外,更益之汽车、马车;向

者油灯如豆,石油保险灯尚嫌其过费,今则电灯、煤气灯矣;此外屋价之昂贵,陈设之华丽,在在均令支出增加,即系令窘迫增加,生活渐高,此其三因也。此三原因尚为正当之消耗。其尤甚者,男子之征逐狭邪,妇女之首饰玩好,不量己力,而惟人之是则是效,于是小康之家渐至窘迫,贫困之人驯至流离,岂不哀哉!

吾诸姑伯姊主持家计者,其谛听吾言。吾中流之家庭,第一须谋收支适合,稍有储蓄;第二须生活应自己之身分;第三与其奢也宁俭。而下手之方,第一勿以虚荣心而忘自己之身分,妄效他人之所为;第二忍耳目口腹之欲;第三注意家计簿记。吾请就吾所经验者,略一言之。

吾在母家时,读书女红之外,助吾母抚教弟妹,家计之上,不过问也。于归之初,于整理家计,一切茫然。外子月给家用,有一定之数,吾以不善经理之故,常苦不足。一二年后,经验渐富,节可省之耗费,定日月之标准,不惟不苦不足,且常有盈余焉。下手之方,厥惟注意与忍耐而已。

何谓注意?曰:注意物价则佣仆不敢欺(吾初主持家计时,用一女佣,常欺我不知物价,买物恒倍其值,后访知其故,辞之。另易一人,预告以种种物价,彼遂不敢逞其欺。虽不能弊绝风清,然不过什一之中饱矣);先事预备,则消费自少(如遇年节,各物常昂,大银元换铜元、小银元,恒少数十文。如先一二十日预备妥协,不致受损);注意惜物,则少耗损(如小坏之物,可以修补;合用之物,配置适宜;注意藏贮,则无虫啮鼠食之患矣)。一时一事,为数虽微,积久则成巨数也。

何谓忍耐?曰:忍口腹之欲,而粗衣蔬食,不惟省费,且益卫生;忍耳目之欲,而不看戏顾曲,不惟省费,且免耗时;忍虚荣心而不御饰物,不惟省费,且免危险。一不忍耐,习以为常,耗费而不自知矣。

此就常道言之也。若行此二者,仍不足以维持家计,则必劳力以补助之。曾受教育者,可为教员,为保姆,否则亦可以女红助家计。尝见某戚十指所获,补助家用之外,十年之间,益以子息,积蓄至二千元。天明即起,夜午方息,其勤可知矣,而其毅力尤堪钦佩也。

吾最后更为诸姑伯姊进一解曰:公父文伯之母有言,夫民劳则思,思则善心生;逸则淫,淫则忘善,忘善则恶心生。妇德堕落,至今日上海而极矣。然其原因,大率不外奢逸二字。今欲挽狂澜于既倒,防弊患于将来,舍勤俭其末由。况吾中流家庭,无巨资可供挥耗,若效尤时俗,不加注意与忍耐,不惟危及家计,家风亦必因之堕落。主妇为一家之栋梁,家计之窘裕,家风之善恶,胥于主妇觇之。吾愿为主妇者,力事勤俭,以整理家计,勿徒叹贫而冀富也。

——《中华妇女界》第一卷(1915)第二期

曾竞雄

曾竞雄(1891—1972),又名季肃,江苏常熟人。近代文学家曾朴之妹。

女权为强国之元素

呜呼!尘尘大陆,莽莽五洲,颀圆趾方,戴天履地,巍然独立,具有七十三原质,以成神圣不可侵犯之躯①壳,享自由之幸福,世界愉快之事,孰过于此?乃吾思之,吾重思之,泫焉不知涕泪之何从。盖所谓"文明国"者,系一国之民,有政治思想而使然也。所以有此政治思想者,溯其渊源,厥由母教,渐次美备,以组织完全之国民,得收强国之效果。回顾祖国二万万之女同胞,洞耳束足,涂脂抹粉,如犬羊、如牛马之驱役,如囚徒、如猛兽之槛禁,不许越雷池一步。询之家政,则曰"彼男子事也,于我乎何有?"诘之国事,则曰"此朝廷事也,我侪何由而知?"问之教育儿女,则曰"自有师傅,非我之任"。嗟乎悲哉!若是之国而冀其兴,夫直梦呓耳。吾之所以悲从中来而不自觉也。夫女子者,强国之元素,文明之母,自由之母,国民之母,使弃其权利,而不知天职之当尽,黑暗无学术,并不知权利之谓何,则他日依其习惯之谬见,施其抑阻之手

① "躯",原文作"驱",据语义改。

段，即夫子、子女有文明之智识，自由之资性，为所摧挫遏阻者多矣。夫痈疽发背，其毒虽大，足制人死命，善医者犹能治。至于腹心膏肓之疾，耳目未损其聪明，手足不迟其运动，而卢扁望之却走者，诚以有形之疾易治，无形之疾难防也。一国亦若是。无自立之国民，而欲国家之强；无自立之女子，而欲国民之强，是诚南辕北辙，不待智者而知其无成矣。我辈虽柔弱，犹有具救世之概念者乎，盍先救我二万万之女同胞，使咸知恢复其权利，以强种而强国也！

——《女子世界》(1904)第三期

谈社英

谈社英(1891—1978),江苏无锡人。父谈长治,记者、作家。母吴氏,钱塘(今浙江杭州)人。谈社英早年毕业于南洋女子师范学校文艺专修科,1912 年加入国民党,参加神州女界协济社,后负责编辑《神州女报》,1922 年参与筹建上海女权同盟会,主持《中华新报》专栏《妇女与家庭》,1925 年与张默君等发起中国妇女协会,1928 年与陈逸云等发起妇女共鸣社,任《妇女共鸣》总编。1978 年病逝于台湾,终生未婚。著有《中国妇女运动通史》等。

民吁日报祝词

大陆沉沦,世界黑暗,我虽弱女,亦抱痛憾。嗟我国民,混混沌沌,堕五里雾,毫不自审。既无木铎,复鲜警钟,知有何物,启彼迷懵?一声狮吼,昆仑之东,响辟万鬼,光振群盲。为我神州,千秋之光;提起同胞,爱国精神。陈说利病,保国之源,而今而后,中国有魂。他日东亚,强过西欧,惟我《民吁》,为鸡之筹。右祝《民吁日报》万岁。社英女士谨祝。

——《民吁日报》1909 年 10 月 4 日

承认民国问题

嗟乎！人事变迁，寒暑代易，回溯我中华民国创造以来，已一载余矣。然处于世界列国中，尚不能得正式地位，良为吾庄严神圣之民国一大缺点也。忆自临时政府成立之初，吾人即希望列邦之承认，迄于今兹，临时政府已将次告终，正式政府业将成立，劳吾人望眼欲穿，终尚未能如愿。迩日巴西虽已承认，固慰情聊胜于无耳。

前者美国有于我国会成立之日正式承认消息，而忽又谓因宋先生被刺事暂缓承认云云。呜呼，吾国民可以憬然悟矣！彼美人果何为而因宋案发生而缓期耶？盖见夫吾国自有宋案以来，吾党中人多不以宋先生之宗旨为宗旨，而终日惶惶，钩稽揣测，遂致谣言纷起，举国忧危。就此现像，已足败国事而有余，又何责外人对我之迟迴而瞻顾也？设再不以国事为重，竭力进行，则将来列国对我之态度，犹不知若何景象矣。悲夫！皮之不存，毛将焉附？吾于承认民国问题，不禁痛心疾首，而不能已于言也。

——《神州女报》(1912)第二期

一夫多妻者不遵人道

世界文明愈趋愈进，人道主义渐倡渐明，诚为人类之莫大幸福也。虽然，亦有幸有不幸焉，彼欧美人知识道德并极高尚，其对于人道主义不独多所提倡，且亦确能遵守不背，此固社会程度之关系，非偶然所能至者。

我国近数十年来，表面虽日渐开通，然一察内容，则不堪瞩目者正复比比。他姑不论，吾于最近之陈、关案(陈绚云、关瑞麟离

婚案)不禁重有感焉。夫吾国曩者一夫多妻虽最为恶劣之俗,然尚略有限制者,即第一妻则为正当者,余均名义既别,待遇亦异。初非等诸敌体,设有不然,法律且禁止之,是虽有姬妾媵婢之称,而名义上固未尝多妻也。今者政体更新,所有旧习惯之恶劣者,将全行改革,乃竟有如关瑞麟背妻重婚美妇事。此等举动,不知于新旧两界果何所依据,而竟坦然为之,不亦奇耶?顾关已经公堂裁判,认为有罪,姑不再论,而国中之类乎关事者,意复正夥。此辈初未尝不知法律所不容,人道所不许也,特不能如欧美人之遵守不背耳,是不得不望于我至尊贵之国民,毋徒以人道主义为口头禅,而共注意于遵守之也。

——《神州女报》(1912)第三期

女子宜注重道德浅论

言行卑劣,道德沦亡,举国混同,日趋消极。嗟呼,嗟呼!此何故耶?吾不得不归罪于我庄严神圣二万万余万之女同胞矣。夫女子赋有教育幼稚之天职,遂赋有转移风化之能力,握权不能谓不大,而负责亦不得谓不重也。然吾侪既天然负兹重大责任,即不能不尽我能力,黾勉维持,亦一定之理,不易之论也。

吾国恶俗,由来重男轻女,数千年之女界黑暗史,良足有令人椎心饮痛不忍道者。彼时我女子固无论对于家庭、对于社会,莫不受人侮辱,视等玩具。以女子处家庭社会中,一若毫无关系,直不啻一傀儡、一什物耳,完全正当之教育固不能与男子共享,其视为必要之担负者,咸卑鄙琐屑之事。即其父母亦未尝为其女稍稍计及,日后须负教育女子之责任,倘教育不善,家国攸关,影响极巨,而加以相当之教育者。

更有最可痛心疾首之事,则自有三从之说起,彼男子也,不论

若父若夫若子，皆可抑制其若女若妻若母。顾父女之关系姑不具论，夫妇敌体，如友辈然，处平等地位乃独有压制其妻之权利，已为大不平允矣。乃竟有母也而受其子之干涉，至不得稍事自由者，真令人抱人身不幸作女子身叹也！呜呼奇矣，盖当彼时女子虽天然有应负之责任，而家庭中人亦并未有希望之责成之者。况女子无知无识，自亦不知其所应负之责任，即责望之亦徒然也。故昔之风俗颓败，道德丧失，不能尽责之于女子，其咎在负教育女子之责者也。今也不然。习俗转移，女权伸长，虽未必即可谓男女平等，然较之往昔，亦天壤悬殊矣。且近十数年来，女子虽不能尽有知识，然已渐多受完全教育，非复如曩之黑暗压制之景况，家庭中无论矣。即出而为社会尽义务者，亦复不少。教育界中，实业界中，俱大有人在，并进而有政治思想，要求参政之权，握政柄，谋国事，志愿宏大，进行敏捷，直具有国家思想，颇堪一洗前此之压抑耻辱，似可告无罪于国人矣。然则何反责之周也？盖有故焉。夫不可与言而与之言，失言；可与言而不与之言，失人。女子当不识不知之时，原不足深责，且又足不出闺阃一步，即有不道德之举动，外人亦无从知之，故遗祸只一小部分之家庭而已，与社会尚无甚妨碍。今日之女子则与家庭、社会、国家均有关系，况有教导将来国民之天职，一言一动咸为人所仿效，善恶之差，毫厘千里，可不慎哉，可不慎哉！

自欧风东播，日就开通，我女界投身社会，经营事业者固众，而假自由平等之名词，放纵行为者，尤比比也。道德沦丧，名誉堕落，为旧社会借口新人物之无品行、无廉耻，致阻风俗之改革，隳社会之进行，流弊所及，影响家国，致日就于浇薄，日趋于诡谲，狂澜莫挽，一蹶难兴。莽莽中原，沈沈女界，将败坏于若辈手矣，呜呼！

虽然，吾人今日岂竟任其愈趋愈下而不一思挽救之乎？曰：

不然。春秋责备贤者,吾不得不期望我有高尚知识、庄严神圣之诸姑姊妹矣。夫既有高尚之知识,即在在为人所模范,宜如何以身作则,一言一动不得逸出范围,为世诟病。吾非好为迂阔论也,譬彼姜嫄、太姒、孟母辈,昔所称为令妻贤母者,非以道德励其夫若子成大圣大贤者乎?一时社会风俗淳美,后世称焉。此女子以家庭教育之故与社会关系最切之一明证也。吾故谓转移风化,培养道德,舍吾女子莫属,愿我二万万余万之女同胞一致意焉。

——《神州女报》(1912)第三期

时局悲观

概自临时政府将次告终之时,遂有应运而生之种种事件忽焉发现,如宋案、大借款等。其始也,举国骚然,视为至巨极重之事实,乃不转瞬间而消声匿影若无事然。试一稽事迹,竟未尝略有结束者。呜呼,彼外人讥我五分钟之热忱,有自来矣!

今之时事尤有足令人怪诧者,即神圣不可侵犯之代议机关参众两院是也。溯自两院成立以来,为日不为不多矣,每日耗费巨万,供养彼国民代表之代议士。此巨万之耗费,非国民点点滴滴之血汗所集合者耶?乃至今未闻有若何正当完全之议案成立,日惟以争党见为事,而最新发明者,则曰捣乱。此固无论何党,政见虽各有不同,而于捣乱则颇有一致进行之概。空掷宝贵之时间,枉顾阽危之现状,其结果只构成捣乱二字之新名词也。呜呼,代表国民者固如是乎!

——《神州女报》(1912)第三期

刘峻渤

刘峻渤(1891—?),字醒亚,直隶青县(今属河北沧州)人。父亲为政界人士。1916年就读直隶第一女子师范学校四年级。

养花记

昆仑之脉,有桐柏终南者。养花主人族世居之后,设园于蓟北之野,凿池植莲,更密布松柏竹梅于其中,经风霜,历寒暑,万花起落相继者,邈不知一切其几千万岁。然而荣枯之柄,园丁操之,主人则沿积习,不以躬亲贱业,一切任园役以施治,从不过问其所司何事也。数岁前,族中有任务者,悯园之零落,乃替旧治,施新法,抑旧丁,选壮夫,插棘编篱,护持维力,欲其有可观于世也,而孰意更有不测之事出。园丁虽强有力,终不乐为主人用,且蓄深谋以抗主,废灌溉,失栽培,刈莲梅以恣欲,树荆棘以自卫。邻人见园之荒废,藐主人之不能自治,乃群起投足其间。园丁既不能植花壮观,更畏强邻逼迫,不能外御其侮,而内借主势,则又恐失业,于是割爱让邻,轻弁其沃壤而不惜。一少年主人春季假归,偕族人游步园中,见邻迹接踵,百花殄瘁,土石尘积,而割让于邻者,种植反茂盛也,既悲祖基颓败,更痛强邻欺凌,乃劝勉族人,访得信良而长培植者委以治园,斩藤葛、树乔木、除粪土、播新秧,空阔其间,然后培植修理,以冀园之繁盛也。族人兢兢业业以监护之,

园夫亦勤劳不辞昼夜，而谋花之繁荣。由是不数月，古芳奇蕊，共相峥嵘，昔之零落者，已赫然可观矣。于是正言责邻之攘地者，使退去。邻虽强横蛮恶，既见园主振起，园夫施治，理不足，势不敌，惟亦拱手退避，皆不敢加侮于我矣。呜呼！园之盛衰，主人为之，宁委责于园夫者耶？少年主人因感园花复盛，外侮不侵，藩篱得守，勃然心有所思，特记此书于园之东壁。俾后之游斯园者，亦有感于斯文。

庾信小园之赋、鲍昭芜之歌，寄托遥深，足令万花起舞。邵甫由有深识远觉之怀，有浑金璞玉之质，峻渤其国民女子乎？吾闻其言，吾欲见其行矣！皞如

——《直隶第一女师范校友会会报》(1916)第一期

游种植园记

民国五年四月下旬，星期之日，校长与诸先生于下午一钟，率各班同学赴种植园，作远足之旅行。斯游也，列队出发，红旗导前，飞舞空中。离校后，自天纬路东口，转向北进，经大经路，直抵新车站，由孔道过站，复经劝业道公署西，折而东。远望村景，鸡犬交驰，樵夫高唱之音，风送而来，桥溪相接，草树竞青，盖已入种植园之域矣。过桥，又北行，遥望绿树阴浓中，隐隐有楼榭现出，而路旁碧水清溪，缓缓而流，春燕衔泥，游鱼吹水，日晴风暖，尤足增游者之兴。天机洋溢，心志澄清，须臾，携手上河梁，亟别溪水，径至幽雅之境。栅栏环立，川流四绕，门楼高书“直隶水产学校”数字，即向所见之楼榭也，而舍监长彭先生已久候于此矣。承该校校长孙子文先生延至礼堂暂息，盖我校长因天炎路遐，恐同学中有不胜其劳者，故特预驻足之所。而更敦请该校名师及我校各

科主任诸先生为引导,参观其校中成绩标本等物。我校长因人数过多,特分为三组,以便周览。其始也,于礼堂四壁,观各种植物标本,颇称完备。既而由该校长导至礼堂右旁之物理室中,其所储之器械,乃为物理学实验之用具、天文器,与夫声电热力汽光等学之器皿,无不备有。观且尽,并由孙子文先生试讲各物之学理。时余且聆且观,无不登记日簿,以为回校之参考。及毕,复登楼,历观渔捞、制造各科,参考品室,并观定量分析室,及图画室、定性分析室,周览各种船式模型。最后复观其制造工厂,见各种机器,及其汽炉之设置,罐头之制法,均由该校长指讲。余观物闻讲,皆笔之于书而归。既毕,已四钟余矣。于是复至种植园中,见群羊高卧土丘,林绿麦青,天清气净,晚风宜人。时夕阳将下,临溪而游,四顾旷然,因景致思,感此游之娱快。伏念余来校于兹,已五载矣。虽有与学友兴游之时,从未有今日之盛,而增识之多也,既得博览之乐,又知实业之宜重,及我国出产之丰也,更识农业之富胥由于勤耳。而斯园之游,果谁之意,而斯识之增,果谁之赐也。

逐处详记,次第井井,是能随事留心者,前途之远,概可想见。皞如

——《直隶第一女师范校友会会报》
(1916)第二期

对于教育之理想

莽臻荒丘,耕之则能植稼;龙门积石,凿之乃可通流;民智之启,岂独不然乎?原夫民智之所以启,惟教育之功是赖,倘固执管窥蠡测之识,又安能见世界之全体哉?况当文明竞进之世,拘守吾所旧有,而不能采集新异以广之,亦非智者之所宜也。国有巩固之基者,必多练达之士,猎欧美之教则,摭先圣之精华,树新结

旧，悟道义之精微，然后可以凭借造化，察事机之所宜，顺其性而导利之，使民之达而上者，依秉仁义之德，精究深奥之旨，继先哲之行，以启后昆之冥矇。其达而下者，虽不能引伸精微，亦可使之具肝胆，明是非，安业尚德，以娱其所守。故君子之于行也，本立而道生，审机施宜，必以己之所长，而公之于广众，使举国之内皆蒙其泽，而其执事也，忧悴交集，懔懔乎惟恐事之不济也，故其业始艰而终适。小人则反是，初侥幸以图功，终附势而趋利，故不计公共之利益，而惟身家是谋，一人如是，则位其后者，亦必摄迹而从之，如惠卿、章惇借荆公新法，而扰民是也。自古政治，操于小人之手，天下未有不乱者，即今教育之途，宁可不慎欤？虽然，君子之创事也，固有小大之不齐，而力有强弱之分，而其相乐于道，则一而已矣。苟欲人人有依信道义之同情，则非有不图王侯之尊，不贪亿万之富者，必不能茹古含今，期造为社会中坚之人物，而谋国家之永安。果守其笃敬乐道之诚，扩其天良，坚其志操，博大精明，而施行其所学，且将与先圣并驾而齐驱，由是则教育之业，始起于微末而可推之于无涯矣。鄙夫可期其如斯哉？夫欲一人之知行标之于广众，以施其的然之教能移风易俗者，必其人有迈众之行也。若夫随风逐流，浮沈低昂，德无所本，学无所宗，视教育之地，为哺啜之途，置教育宗旨于冥漠之中，使国民沈醉酣梦，终无唤醒之期。设长此睡乡，则浇薄之流，争利趋势，奔走以求尊荣，摶厚利而无餍，使信义博学之士，不愿与卑污者争食若鸡鹜，而自埋首于岩穴之中，终不能遂其抱负之志。即当此世途险恶之际，有一二正德者流，抱残守缺，欲力挽颓风，而使世俗相尚以诚，然贪卑者众，则君子又不免有一鹤群雀之慨。虽然道德之传，不若功利动人之速，而真理贯注，坚而能久，较诸赴炎趋势、随风若转烛者，固有天壤之别。斯在司教育者，持定宗旨，善用其训导之法耳。况道绾终身之行，而利中一时之好，道利之相去也，更

何如哉。是故圣人之所以为圣者,以其道立久远,而操德之志坚也。鄙夫趋利背德之行,又岂得同日语哉?圣人之道,隐德而益民,鄙夫则以利而相戕,是故民风尚德,则国强而民安,崇利则民贪而国危,民贪者必日流于亡耻败节之行,俗习愈污而德风日坠矣。身任教育之责者,岂容世风之趋于斯乎?今者国家多难,千钧一发,举目荆棘,尤宜力拯时艰,以应时需。方今识时之士,莫不欲首济国家之困,而尤以造成应时之才,以补助社会为急务,其意至善而法至良也。然晚近以来,国民之道德何若,而所谓建国根本之学,更何如耶?自古格物致知之方,又谁能博而精之?虽云世界开明,科学进步,东西各国以之富强,试问我国之贯通西学者,果能实施其学,使国家实蒙其利乎?能之者,曾不能一二数也。徒拥新学之名,而无建白之实者,固不乏其人矣,是则道一也。而东西诸国用之以强,而我国效之卒无济于弱者,何也?是不可不察矣。夫国情相沿,民俗各异,果能完守己国之精华,以确正无讹之理,灌注于幼儿脑髓之中,庶可收幼学壮行之效,则国基犹可巩固,然后进操他国之长,以补我之所缺,则教育之旨始进于善也。若尽仿异国,削足适屦,转弃建邦立国之本务者,固非教育之所宜也。我国旧习,夜郎自大,以为凡我先圣之言,即为无上之尊,而乏因时致宜之策。岂知时易境迁,泥古实不足以成事,则旧时之德化,固宜崇尚,而进化文明,又不可不广其途也。以今时势而论,虽先圣复起,亦必不以数千年以前之学说,而颁布于当今之世,况乎教育之旨,在于培其德基,而切于实用也。《论语》所谓五德四恶之章,先圣学究实践之意,尤彰彰明矣。奈近人拘守成规,不能融会新旧之所长,宁可为教育之良谟乎?窃观世界列强之于国民教育也,必先导以应时之需,凡国家基本之学,无不崇而重之。盖普通之德识,不坚注于儿童之脑中,则不足已为达国民教育之目的也。考其国风,虽俭奢不同,而其爱国之思想,与夫崇拜

伟人之情志，共谋进化竞争之毅力，其趋一也。故其国能一蹶再兴，而不伤其根本，何也？盖由幼儿教育已树其基矣，故能扩其思想，精其艺能，其国威虽偶有挫折，亦适足以长其经验，振其精神，以坚其爱国之心。我国何竟一蹶再蹶，终无兴起之日，国民曚冥，更乏上达之志，以致风颓俗靡，国势且趋于危急之途乎？世所谓能卫国家之安全者，宁复可信欤？然则我国所以不至于亡灭者，果何恃乎？盖由于国土广大，人民稠密也。国之所以不即亡者，亦赖此耳。噫！我国人奈何不借此建立之基，振刷精神，以谋宏远之图哉？夫以四万万人民之众，岂尽无进取之力哉？实因教育之旨，不能确定其标准，以致国民之趋向纷歧，而莫衷一是，新旧异趣。静守者以为恃旧识足以施治，而欧西之学，则唾为夷狄，谓不足挂堂堂中国之齿颊。而急进者，则又以旧学之识，可用于闭关之世，而不适于进化之时，乃谓欲图国基之固，必法取欧美之制，然后始可言保邦强民之道也，否则即不足以言治焉。虽然，新旧之异，各有所持，亦各有所偏，而当事者既不从新，亦不守旧，默默于折中之法，而两无精当之选。故变制以来，教育之道，究无所宗依，而狡狯之民，向乏常识者，亦俯仰浮沈于其中，而借以牟利。故培基已倾，尚何望于发荣滋长也哉？驯至国势岌岌，屡招外侮之辱，故有识之士，莫不怀临深履薄之忧，思有以济兹时艰，而希望教育之力，有以转移之也。本我国家数千年固有之精神，以增高而继长，俾我国民得脱奴隶倚赖之性，而超拔于独立之域，再扩以适宜之新知识，养成其不畏不惧之才力，以振作颓风。颓风或不能扫除净尽，则以猛力驱除之，一发而莫之收，是所谓教育之真能力也。试观欧美教育之旨，亦不过使人人得尽其躯体脑髓之用，而去其因人成事之习而已。故其风化日趋于特拔，则国民之思想卓异，而精奇之技艺亦日著，皆由教育之力，以启其所长也。国民既精于学业，尤切于实用，无惑乎其可以进国家于富强之域

矣。兹观我国之教育,学校之设,虽有起色之处,而详察男女各生之毕业于高等小校者,凡国际之情,与夫民生之道,则茫然而莫知;置之于社会,使自谋生计,且不知所措手焉。噫!余数年来,考诸戚友,访诸里党之中,其毕业于高小以及中校各生,其能自立而谋生者,十人中曾不能一二睹也。由是而论,则我国教育之于高小中校,不特不能使之列于社会中坚之位,实不啻增加游民之数也。而所谓国民教育者,更何足论哉?是所谓有其形而不得其用,具其质而乏其神也。吾望教育诸公,其留意焉。谨举数端,以供蒭荛。

一、宜定教育之方针。凡一国之教育,必就国民之特性,并其国势之缓急,以特定其方针。爰我国自庚子大创之后,乃建兴学之议,而替革前制,迄今已十有余载。而教育之成效,一若从前之不能应用而切时者,实教育之目的未固,而人民之趋向各殊,有以致之。夫以今日列强环而伺我之际,倘不欲国基巩固则已,苟欲国家日进于富强文明之域,则教育宜首立确切不易之方针,使举国之人,视同慈航,皆欲步而登之。夫如是,则通国人民视为急需而不可缓,然后始克奏功。故今日之教育,为民之生活计,则宜注重实业,以开利源;欲移易社会之陋风,则当陶冶幼儿之德操,涵养其品性,以为澄本清源之策;欲救文弱之弊,则必先鼓其尚武之精神,而培其军国民之资格,锻炼其独立特拔之质,以养其勇敢果决、有出必胜之气概,方不负国民教育之原意也。斯数者,诚幼儿教育所不可轻忽者矣。此幼学教育所宜注意者一也。

一、宜注意培国家需要之人才。观夫列强之谋其国也,莫不注意其国家之地位如何,而期其国民之发扬。当德意志之未统一也,俾士麦以铁血主义,勖勉普鲁士之国民,而卒成统一之帝国。英吉利以工商建国,民俗崇尚实业,故至今日,其营业之盛,已遍全球。国家赖之以富强,非特其政治之术精备,实由教育之力,有

以培其基也。非特此经营之术良,而握政权、职国务者,亦无废公济私之滥竽,更无不策励进取,以谋国家之福利为宗旨,虽有党派之别,要不失其谋国之大纲。盖由其教育薰陶之力,使其公德早浸注于脑髓之中,而莫不以利国福民为己任,故能常保其国威于竞争之秋。夫德意志以新造之邦,而欧战之兴,力斗群雄,其果敢善战之气,实发生于铁血主义也。我国自开海禁以来,一败于法,再败于日,外交屡失,内政日颓,推其所由,莫不因教育之力微薄,不能统御宇内之轴,而国民上下相紊,既无方针,又乏目的,盲然自蔽,及至丧败相寻,犹大言若狂,曾不知国势浸陵,已至其极也。近数年来,虽有识时之士,知国家之濒危,痛人心之沦亡,而大声急呼,期有以惊醒同胞,言之每失之过激,反遗轻躁之讥,其审而慎者,则莫不缄口自守,虽洞识国情之可悲,而泥重于俗情,不作滥觞之言。倘有杰出,振袂而起,既不坐昧先机,更无过激之失,有新世界之精神,仍不失先圣垂化之懿范,岂非真人才欤?虽然,地广人稠,固非少数人之力所能尽其事也。是故深望莅教育之职者,人人皆具斯识而实行之,庶使国家真蒙其益,然后斯无愧于启蒙之责矣。斯教育所宜注意者二也。

——《直隶第一女师范校友会会报》

(1916)第二期

本校第十周年纪念会记

我校自清季肇造,傅公创基,吴公继起,历载成绩,师资远方。逮民国既定,吴公任职京师,而子柏李公以弟子之恳请,身任斯校,法取自然,不施裁制。而吾辈同学虽资性不齐,然终未越所规也;虽无活泼任事之精神,亦能各自究其所学。及客岁李公以病辞职,张公柏苓怀整理扩充之志,来治斯校。虽任职不满二月,而

惠我辈者实多矣。活泼也,运动也,自修也,自治也,何一非张公之施耶?逮我校长齐公莅任以来,融新旧之议,而抑极端之行,课授修德之功,而教旨在使生徒勿陷于浮也。故此次会期,结合前后师生,共谋进步。凡曩昔法之良善者,务期兼程而进,而其不宜于今者,则悉除之。是以运动之目,三十有五,秩然有序,而无疾迟之讥,精气勃勃,虽雨如晴,盖练习于素日而任务之心强也,故运动之完美,尤非他岁可比。开会展览,亦创举于今岁,而《会报》之出售,尤别开生面。天下事皆发生于人心耳!念我校十周于兹,其间变化之情,曲折往复,不可名状,岂天之福我女界,欲自斯校始乎?不然吾校会期运动,天何以雨?而我校师生又何相谐以乐,而不为阻也。由是观之,则吾校师生有履险如夷之概矣。语曰:“天欲福人,必以微祸娇之。”其吾辈同学所以能冒雨运动,而博观览者之赞扬乎?

说理能洞悉本原,气息亦古朴不俗,所谓深人无浅语者耶?皞如①

——《直隶第一女师范校友会会报》
(1916)第二期

① “皞如”,原文作“如皞”,参考同刊多篇文章订正。

吴淑卿

吴淑卿(1892—?),汉阳府黄陂(今属湖北武汉)人。早年入师范学堂学习武备,武昌首义后,多次上书黎元洪都督,获批组建首支女子北伐队并任队长。

上黎都督书

黎都督大人台电:

敬禀者无别。愚生吴淑卿,系汉阳县人民,年十九岁。愚生于纪元四千六百零六年,随家兄到奉天。吾兄在陆军第二十镇步队七十八标充当教练官,愚生投入师范学堂为学生,渐及三学期也。又于纪元四千六百零八年秋节后,遇满奴论起历史,言及汉满之分别,该校满奴甚多,愚生气忿,即时请假归家。愚生临行言过,说我吴淑卿再来北地,非兴汉灭满不可也。吾兄仍在奉地,愚生返鄂谋一小营业养身。今闻都督发起雷震之怒,挞伐之威,发起挽回利权之念头,拿出保国爱群之心,此乃天性也,世人闻之无不叩敬也。幸我汉族诸同胞,热心爱国保种之义,观今之世界,当要人人努力自强,当要应尽国民之责任。若想热心爱国,非立起当兵之志不可也。

呜呼!今何时乎?今何时乎?非世界盛行重兵主义而竞争剧烈之时乎?凡为国民者,皆当思尽当兵之义务也。然则何以谓

之义务？曰：国家者，非一人之谓也，国民非一统之称也，能保护国家者，则谓大汉之国民也，不能保护国家者，则谓小丑满奴也；既得国民之称者，以其能尽当兵之义务而已。夫今之学者，动曰维新革旧、革旧维新，使我国民当效泰西之国，使人人尽当兵之义务，不知此亦吾国上古时所有也。不观夫礼、乐、射、御、书、数，皆当男子所为之事。《诗》有之曰："赳赳武夫，公侯干城。"由此观之，上古何常不以军人为重乎？

愚生观今之时代，无论男女，要想为大汉国民，若闻国家有征兵之时，为农者当弃其耰锄，为工者当弃其斧锯，踊跃为兵，虽学校之教员生徒，皆能当兵也。民为社会之起点，而社会又为国之起点，故民之于国，关系乎盛衰也大矣。大汉中国，所以保护国民之身家，免受满奴之侵侮。民既有享受之利权，则必有应尽当兵之责任也，不可以当兵为凶事，皆不愿为也。如不愿为，则国几于亡；国既亡，而民岂能独安乎？则必至身家产业不能保矣。当兵虽为凶险之事，然而亦皆为公众保护身家产业耳。且国为举国人民之国，非一人之国也。愚生思之，此番若不将中华大汉人权扶正，若不将满奴灭尽，岂不为外人耻笑乎？北有强大之俄，南有鲸吞之法，东有战胜之日，西有雄大之英，吾国居此战场，岂不危乎？

愚生此番意见，非为他故，只因有心投军，只是无途可进。现今特寄来草禀，恳都督大人开洪恩一丝核准。愚生并非图目下之荣耀，只求其同军士去北地，吾愿舍身而赴敌也。杀尽满奴，方出我大汉心头之恨。愚生虽然学问浅近，稍知一二，并不畏男女之别。今愿吾同胞四万万同心努力，将中华国大汉人权扶起，岂不光耀轩辕哉？黎都督大人万福教安。愚女生吴淑卿字拜。

——《民国报》(1911)第一期

李企孟

李企孟(1892—?),李公镜女。1909 年适张乐天。

敬告读本界诸同胞

我女界之黑暗久矣,人谓莫黑暗于昔时,我谓莫黑暗于今日。以学问论之,今世尚有班姬之才乎,有道韫之学乎?以爱国论之,今世尚有贾母之求主乎,有陵母之勉子乎?以爱同胞论之,今世尚有杨刘氏之以家财十万缗免下户之输乎?其他或以节义著,或以清雅称,人才炳蔚,昭昭史册,居恒读史,不禁心焉向往之矣。顾今世何如者?学校立矣,学生多矣,耳所闻,目所睹,固皆文明气象,而考其实际,或仅识之无,傲视朋侪,或三五成群,惟事嬉戏,甚且行为不检,甘受恶名。闺中待字如此,结缡以后可知,有以反目小忿,不甘糟糠,羞作买臣妇,甘步文君迹。所谓文明者,殆如是乎!以今视昔,复以昔视今,果蒸蒸日上耶,抑每况愈下耶?虽苏张之舌,岂能置喙?吾故曰莫黑暗于今日也。虽然天下至大也,人类至多也,谓今日我女界竟无一才,则又非是。有深闺伏处不肯露崭角者,有家庭牵制不欲令求学者,亦有铁中铮铮涅而不缁者。吾曩者固日日持此语而未见其人,吾今日得读其文矣,如见其人矣。天不绝我女界,而有《妇女界》之出,我女界之同胞,想人人皆手一本,反覆玩味,由是而造成淑女贤妇良母,薰陶

磋磨,蓬麻皆直,女界光明从此新发于硎。即企孟亦得日日诵之,借作他山攻错之用焉。

余更有一言为我同胞进者,则以学也。学之为用至大,古来圣贤豪杰,莫不得力于此。女子无才是德之说,殆不足信。果尔学问深纯,自然品格高尚,所谓“非礼勿视,非礼勿听,非礼勿言,非礼勿动”,人之所难能者,莫不能之。由模范之人物,造成模范之家庭,夫而后化行俗美,郅治可期。强国强种之责任,深愿我同胞共担负之。《书》不云乎,“牝鸡司晨,惟家之索”。吾谓其影响所及,不独一家已也。《大学》十章尝言“家齐而后国治”,诚不刊之论也。惜乎世风日降,古道日遥,修身正心之学,视为陈腐,礼义廉耻之教,訾为迂阔。此不独我女界为然,即彼自命丈夫者,亦同病相怜,宁非世道之忧乎?用于阅书之余,握管为此,以为我同胞辅仁之资。至于治家之法,企孟亦略有心得,倘少得暇,仍当不辞谫陋,以求大方之教。

张乐天曰:此室人李氏企孟之作也。室人李氏,清观察李公镜女,性温良,沈默寡言笑,尤嗜诗书,故能文。生十有七年,归于余。时余与庶母怨方深,室人来后,家庭蔼然,戚族贤焉。越三年,光复,兵燹之余,室如悬磬。予以为为人子者,既不能仰事,当不可仰食,遂自食其力,又以不工奔走,潦倒泥涂。李氏脱簪珥为食,且时引古圣贤之迍邅者以解予忧。史有言,“家贫则思良妻”,有妻如此,诚快事矣。所惜攻苦食啖,我无梁鸿之才,有负孟光之贤耳。今日出文示余,余有感,赘于后。

——《中华妇女界》第一卷(1915)第五期

梁令娴

梁令娴(1893—1966),又名思顺,广东新会人。父梁启超,举人,戊戌变法领袖,著名政治家、思想家。母李蕙仙,曾参与编辑中国第一份妇女报刊《女学报》(1898)。夫周国贤,福建人,留美法学博士,历任国民政府驻菲律宾、加拿大等国总领事。梁令娴曾赴日留学,随夫游历各国。1956年被聘任为中央文史研究馆馆员。著有《艺蘅馆词选》。

敬述吾家旧德为妇女杂志祝

《妇女杂志》发刊,征文于余,余不文,其何以应,顾窃尝思妇女最大之天职,岂非在相夫教子?而杂志发刊之本意,又岂非遵此职志,为国中造多数之贤妻良母耶?然则有合于此职志者,宜为读杂志者所愿闻。《记》曰:“多识前言往行,以蓄其德。”懿行感人最深,胜于吾自言也。懿行多矣,何述而可?昔潘岳文采,始述家风;陆机辞赋,先陈世德;吾记他人事,不如述吾家旧德之亲切有味。吾觉吾先祖母与吾母之行谊,有大足为国中妇女劝者,吾故敬述之。

余不幸,不能逮事先祖母赵太夫人,然习闻诸余祖父及余父母余叔,则知吾父之性行,纯受先祖母所感化训练,家中诸长辈咸谓不知先祖母之为人者,视余父可耳。余家素贫,居穷乡,乡人数

千,凡曾见先祖母者,皆言其面常湛微笑,未尝睹其疾言愠色,亦未尝闻其狂笑,其笃孝为人所莫及。余曾祖母早世,曾祖父有子三人,吾祖父最幼,曾祖父独就养于吾祖父,以先祖母善承欢也。曾祖父老而多病,尝两年在床蓐,先祖母与祖父更迭侍奉,衣不解带,目不交睫者亦两年。坐病室门阈,闻内有转侧声,辄蹑足入视,惧惊寝也。若寝则复蹑足出,有所命则敬奉,如是两年,未尝倦。吾家业农,黎明即治田馌,常作十人食,暮亦然。家政既琐碎,益以侍疾,故先曾祖稍瘳,而先祖母受病转深矣。祖母弃养时,曾祖父犹在,哭之恸,谓诸儿孙曰,此为我而死也。

祖母教养余父叔,严慈备至。余父十一岁,即遣往省城就外傅。时轮舶未通,往来至艰,就学于省者,岁宁家仅得二次。祖父虑祖母不能舍幼子,祖母毅然遣行。盖既知大体,又有以信余父于平日也。

吾祖母有一学校,校址何在?在吾家门房。吾家仅三楹,左为曾祖父卧室,右为祖父母卧室,其中厅事,祀神祖焉。厅事外则院,院右为厨,左则门房也。方广不逾丈,何以为学校?此吾名之曰学校云尔。其校生常五六人或七八人,皆闺女,其卒业期限,则以出阁时为度。盖祖母最善织,尤工刺绣,又解书算,故乡中女子咸愿亲近就学。前后曾受吾祖母之教,凡五六十人,既出嫁后,则必以贤淑闻于其乡。凡有来吾乡求昏者,必以曾否坐吾家门房为问。一邑之人,皆知吾祖母善教,而独不解何以无一人不率教者。后有语其故者,乃知吾祖母之校盖有入学试验焉。凡闺女来学者,必以乱丝一团,搓良久而授之,使之徐解,不肯解或解不竟者,屏勿教也。常授之寸短之线,使搓而续之以入针孔,厌者屏勿教也。数日后视其所绣,责备至严,辄投诸地,怒者屏勿教也。盖以忍耐温良为人生美德,妇女则尤重,故以此试之,见其可教,然后

教焉。此实教育学之精理,吾不知吾祖母何缘发明也。每日在此方广不逾丈之门房中,率五六小闺女,各坐小机,一面授课,一面语以为人之道,故相随数年者,受其感化,不知不觉遂学得其人格之一部分。祖母生平,凡用两婢,其一即尝襁负吾父者也,嫁于邻乡,其乡人称为大贤;其一即吾之庶祖母,祖母没时,以遗命纳之,使抚余诸幼姑叔,其言犹在在足为余辈模范,盖吾祖母教育成绩之伟大有如此者。呜呼! 祖母弃养时,年仅三十有六耳,使其寿考,则造福于全国女界者何可量。今虽音容久沫,吾犹愿其精神能传播以福吾民也。

观此则知吾父吾叔之能扬名立身,良非偶然,而余之所能有一知半解且操行尚无大陨越者,则受吾母之赐泰半,愿更述之。

吾母李夫人,贵州望族也,生于永定河道署。先外祖陈臬开藩皆随任。先四舅父以侍郎督广东乡试,吾父出其门,年十六耳,知未婚,乃相攸焉。仍微示意吾母曰:"既逮远嫁,且食贫,饘粥能给与否,且不可知,惟婿佳耳,能安否?"时吾母固不便径答,惟俯首:"惟兄所命,何问焉?"盖母时齿虽稚,而不以富贵贫贱为意,所见远矣。既来归即还居乡,操井臼,躬炊爨,与群姒娣同。以平昔养尊处优,境遇骤迁,殆如霄壤,而安之若素,此盖尽人所难能。吾不肖,吾自问恐不能矣,而吾母能之。旋遭戊戌之难,宛转流离,屡徙其宅,后乃客东瀛十有三年。他人处此,不知若何忧郁,然吾未尝见吾母有戚容也。难起时,余幼百事不复记忆,长乃闻诸诸长辈。盖其时吾父方在都,未卜生死。吾母奉吾祖父居上海,逮捕家族之令既下,母颜色不变,一面安慰高堂,一面检束行箧,复细检吾父文件,择其当存者存之,恐贻累朋友者毁之,临难而从容如此,非大勇则安能?余父既奔走国事,稍暇则耽著述,无余力以顾余之教育。余十七岁,始获受业于余父耳。余父虽爱我

至笃,然以余学力太浅,未足以受教,不能以其贵重之时日为童蒙师也。吾所以竟能受教于余父者,则皆赖余母所教为之基础,幼所诵经传诗古文词,皆母授也。余父亦知余母之能任此,故以吾兄弟之幼年教育悉委之。自归国后,境遇稍优于前,而余母自奉仍至俭。非岁时宾客,未尝衣帛,盖不欲以奢导吾辈也。故吾家家庭怡然如春,使吾父无内顾之忧,而精神常得所慰藉,皆余母力也。

吾之述此,非敢自炫,以为即此可见妇人在家庭中实有莫大事业。苟能尽相夫教子之天职,即能为世间造福。若吾祖母之教吾父,吾母之相吾父,其事业所就,又岂让男子耶?然欲举此天职,尤在求学达理,修养品格,练习才识。吾祖母、吾母之行谊,或有足以供吾女界之圭臬者,吾故述之,贡诸《妇女杂志》,为杂志前途祝,且为女界前途祝也。

——《妇女杂志》第一卷(1915)第一号

所望于吾国女子者

《中华妇女界》发刊,征言于余,余不文,无以应也,惟于俗论有所欲辨者,于女学正鹄有所欲是正者,故聊贡一言。

人亦有言女子无才是德,此言不知起于谁氏,亦不知所谓才者何指,若曰无才是德,则有才反为无德可知,而古之称四德者,言容功实涵其内,则又何说?大抵才之释义,苟求分明,有贤良之才,有儇薄之才。儇薄之才,虽男子亦当以为大戒,岂独女子?若谓并贤良之才亦不宜有,则伏女班姝,在所摈弃,陵母络秀,不足则效,似此持论,何能自完,此俗论之当辨者一也。比者欧风东渐,女权论昌,而汲其流者乃至有参政权之要求,有法律学堂之建

设,傞傞屡舞,良又足嗤!夫欧美女子之求参政,为职业问题所驱遣(吾他日当别论之),识者犹病其多事,况中国之无病而呻者,学问无一不可贵,岂不习政法,遂为卑微。吾承家学,固亦尝有志于是,然非女学之所必需明矣。今必事事与男子争道,谓必如是,乃为平权,一何可笑,此俗论之当辨者又一也。孔子曰,"君子中庸",知彼两说皆非,则中道从可择矣。外国女学常以养成良妻贤母为宗旨,吾国女训,亦在相夫教子。夫能相夫,斯为良妻;能教子,斯为贤母,妇人天职尽于此矣。夫人之涉世,如行长路,踽踽独往,一遇榛荆,废然而返,长此回旋,曷由达到?男子日劳于外,或遭否运,或逢险艰,或遇诱惑,常与困屯罪恶,为伍为敌,其势滋可危,而以高尚之理想,沈静之态度,勇敢之决断,温和之同情,以鼓其勇而苏其力者,非妇人不能据。生理学者所言,妇人最富于感情,尤能鼓人勇气。男子每遭不遇,抑郁无聊之时,得妇人片言慰安,已足苏其已死之心。故吾以为家政之整理,不过妇人技能之一小半,其大半乃在能为男子精神上之翼助。《易》曰"辅相天地之宜",注曰:"相者,导也,又励也。"故相夫云者,导男子以正途而励其气也。

欧人恒言,欲观其国文明之程度,先视其妇人之感化力如何。慈母之于爱子,其感化力之大,实非言语所能尽述。盖人当儿时,未与世接,其眼帘中所映之人杰,只有其母,其与母亲近之时,又居其生之半,故母之一举一动,皆深印儿童脑中,于其终身有极大之影响。而现在之儿童,又将来之国民也,国之兴亡,实赖国民,民之良莠,乃赖其母。则凡一国之为人母者,其责任之重为何如,虽谓国之兴亡不系于男子,而系于纤弱之女子焉可也。

由此言之,吾国先民所理想的良妻贤母,自有一种标准,与欧

美不谋而符,特未悬为学科以整齐画一之,故收效殊寡耳。勿谓养成良妻贤母之资格不难,日本女学勃兴已数十年,以去此鹄,尚至辽远。将来女学以此宗旨教人,而女子亦以此目的自勉,则吾女界其殆庶几,吾国其殆庶几。

——《中华妇女界》第一卷(1915)第一期

徐新华

徐新华(1894—1914),字彤芬,杭县(今浙江杭州)人。父徐珂,举人,商务印书馆编辑。母何墨君,任职于女校。徐新华早逝,未婚。著有《彤芬室文》《彤芬室笔记》,徐珂将之收入《天苏阁丛刊》出版。

女学为教育之母说

灭人国者,必塞民聪,杜民听,束缚民之思想,而后蠢蠢狉狉,易趋于亡,英灭印度是也。愚之之方若何?变易教育方针,使思想日陋,道德日卑,沈溺不返,以抵于亡。然则教育之于国家,不亦重乎?是以忧国者日奔走呼号,提倡教育,以冀开通民智,促进文化。孔子曰:“君子学道则爱人,小人学道则易使。”诚哉,教育之不可缓也!茫茫禹甸,芸芸众生,良莠不齐,美恶并列,时世愈下,风俗益漓,社会日趋于浮劣。后生小子生于斯,长于斯,耳濡目染,同化而不自知,诚以恶习之入人最深而移人最速也。故言教育者,当以儿童教育为先。盖欲茂其叶,必先固其本也。虽然,儿童未入学时,家庭恶劣之见闻,固亦先入为主。迨既入学,虽有师友之教导规劝,未尝不能导善格非,然在校几何时,抵暮归,复受家庭邻里之陶冶,一日暴之,十日寒之,吾未见其有济也。学校既不能变易儿童之精神,则操其术者,其惟家庭乎?主持家庭者,

非我女子乎？然则儿童之良否，胥系于女子矣。儿童之最亲者，莫若母，最爱而最信任者，又莫若母。母教之善，斯善；教之恶，斯恶。然则为之母者，当导其美德，启其良知，使其高尚纯洁，仰不愧而俯不怍。虽未必能果为贤者，而要不失为善人也。是以女子苟无学识，己不正，安能正人？即欲正而无方。然则欲女子教育儿童，则女学又不可缓矣。是故言教育，当自儿童始；言儿童教育，当自女子教育始。女子之为国祸福也大，主持女子教育者，其为国之祸福也尤大。吾痛夫道德日下，女学不昌，为是说，俾世之职教育者省焉。

层层脱卸，思清笔隽，惟其长于推理，故能行文超卓而又极有规律。

——《彤芬室文》，《天苏阁丛刊一集》，
上海商务印书馆1914年版

平等说

跐同方，顶同圆，同具百骸五官，同禀聪明智慧，生于天地之间，呼吸于空气之中，固同是人也。既同是人矣，则凡人生之权利幸福，固宜人人共之；天赋人权，未尝择人而赋也。然当专制之世，阶级制度未除，君主以威劫大臣，大臣以威劫百官，百官以威劫士绅，士绅以威劫齐民，于是齐民供奔走，输财帛，奴役于其上，而天赋人权剥削殆尽矣。不平之甚，孰有过于此乎？至若近今竞争之世，不凭公理，惟恃强权。强者役使弱者，侵夺弱者，于是富者或累巨万，而贫者或不厌糟糠，贫民之憔瘁于饥寒者，乃不可胜数矣。不平之甚，又孰有过于此者乎？夫不平则鸣，人之常情也；物极必反，事之常理也。今人见夫世事之不平，贫富之不齐，于是倡言平等，相与告语，相与推释，诚欲以平不平也。虽然，天下之

事物繁矣,世界之人类众矣。其天禀之不同,人事之各异,不能强而齐之也;强不齐者而齐之,犹之未齐也。今夫通国之人,士农工商异职,而劳逸异途焉。农工常劳,士商常逸;农工常贫,士商常富。苟欲平之,其将胥天下之人而为同一之艺乎?夫人而知其不可也。然则其终不可平乎?曰:天生蒸民,赋以人权,人人然也。我行我素,我致我力,得相当之酬报,以保我固有之人权,则已平矣。若必尽畀世人以同一之权利,则薄于贤而厚于不肖矣;尽责世人以同一之事,则逸于智而劳于愚矣,仍不得谓之平也。故曰以相当之行为,得相当之酬报,则天下之事理平矣。世之倡言平等者,以为何如?

光明俊伟,魄力沉雄。

——《彤芬室文》,《天苏阁丛刊一集》,
上海商务印书馆 1914 年版

论小学校教授外国文字

上古之世,人民蒙昧,以作以息,以食以嬉,国与禽兽居,族与万物并,无争无攫,何思何虑。及圣智辈出,始教民以相生相养之道,作之君以匡其不正,作之师以教其不逮,于是民智渐开,文化乃进矣。吾国数千年来为文明古国者,胥教育之力也。明清以帖括取士,天下之人,诱于利禄,靡然相从,不务实学,于是学术日陋,文教不扬,而英才泯灭,国是日非矣。海禁既开,欧风东渐,士夫鉴于帖括之害,而知新学之急。于是家习右行之书,人诩专门之学,圣经贤传,弃若遗芥,国学文章,鄙不挂齿,即小学生徒,亦竞习外国文以饰浅陋。政府以兴学之急,不能过拂舆情,故于通商之地之小学,亦酌加外国文,所以为变通之举也。考各国小学,无授外国文者。盖稚年体弱,脑力未充,不能相提并教,其势然

也。且国之不替,虽由元首递传,生息不绝,然苟无圣训以感化之,文字以固结之,则人心涣散,愍不知义,国家之形体虽具,而精神已丧矣。远适异国,历时既久,与俗同化,几忘祖国,及闻祖国之言语,读祖国之文章,则爱国之心,怀乡之念,油然而生,不觉涕泗之滂沱矣。是故国文之维系人心,巩固邦基,上下千古,纵横万里,不特及于一地一时已也。故言教育者,当以国文为本。稚子初无成见,事以先入为主,幼习外国之文,爱慕他邦,遂无眷怀本国之念。往年瓜分之说,腾布中外,就学于西人创设之校者,辄曰大英强盛,雄视全球,苟他日瓜分,吾愿为英人。又曰,大美仁慈,待我至厚,苟一旦瓜分,我愿为美人。言者欣然自得,闻者恬不为怪。呜呼,吾国尚存,国文未亡,习外国文者,其国家观念已淡薄若此!苟不于小学校注重国文,屏去外国文,以高尚其志气,以鼓励其爱国心,则贻祸方来,言之心悸。且小学校者,国民教育之基础也,无智愚贫富,悉宜就学其间,所以养成完全之人格,俾有普通之知识。小学毕业而后,智者富者,方可由是以求中等之学;愚者贫者,亦足以资谋生之方。夫脑力有限,而学术无涯,以短促之时日,求学业之小成,势不能遍举尽习,必择其尤要者习之,而外国文非其至急也。读本国之文字,习本国之政治学术,与历代兴亡之迹,抚古察今,存其是而革其非。读外国之文,习外国之政治学术,与夫富国强兵之道,观彼审我,取其长而舍其短,盖学他国之学以为我用,此所以贵乎习外国文也。然此非简短之时刻,幼弱之稚子所能为也,徒知一二英语以为欺人之具,又何为哉?邦人士夫,见欧美之文明,忧吾国之不振,以帖括为害,遂并圣经贤传而不屑道,此谚所谓因噎废食也。或曰,今小学校非弃国文而专习外国文也,又何伤乎?曰,不然。彼童子者发育未完,脑力未充,课以繁重之学,无形之斫丧必巨,此可断言者。国家之教育人民,非仅益其知而已,兼欲强其种耳,故德智体三育并重焉。今若

此，是重于智而轻于体也。吾故曰小学校授外国文，大不可也。

推论本源，解释详明，深合教育原理。

——《彤芬室文》，《天苏阁丛刊一集》，
上海商务印书馆 1914 年版

殖民说

数口之家，不百年而子孙盈庭矣；数家之村，不千载而廛市成都矣。自古迄今，苟无陵谷之变迁，兵火之伤残，则世界之患人满也久矣。吾等生今之世，悬想千万年前，浑浑大地，冰雪海洋而已。其后动植诸品，以次发生，苔藓草木，鸟兽龙蛇，渐蕃殖于大地之上。又其后而灵敏之人类生，于是战胜万物，而蔓延于原野岛屿之间。然其时生息不繁，土地广而人民稀也。迨夫后世，地不加而人益众，求过于供，始患不足，地利既尽，不能扩之于内，乃务求之于外，故殖民尚已。殖民者，殖其民于异地，为辟其资生之途，民困赖以苏，国力随以张，疆域亦因以日拓焉。今世列强之所以兢兢于此者，其为是欤？夫英之取印度、缅甸，法之取安南，俄之营西伯利亚也，岂真恶逸而好劳哉？欲伸国力而利人民耳。然土地有限，而孳生无穷，苟非尽易洋海为原壤，则终必患其不足。今列强方从事于殖民政策，而新世界之发现无期，势必求弱者而侵夺之，以遂其所大欲，而弱者之因以灭亡者，乃不可胜数矣。我国初祖，本西方华胥之族，仅据有帕米尔之一隅，其后自西土东来，殖民于黄河流域，生齿日繁，土地日辟，苗族以蠢愚之种，败窜于西南山谷之中，汉族遂有神皋之地，而新疆、西藏，久之而亦入版图焉。伟矣哉！今者人口益众，土地不拓，英俄进逼蒙藏，危在旦夕，人日辟而我日削，人日强而我日弱，长此不变，其能久存于天演剧烈之世乎？呜呼，英人殖民于印度，而印度之民日寡；哥伦

布辟地于美洲,而美洲之土人几尽;自汉族徙国于中原,而苗族之众殆尽。思往事以证方来,隐忧庸有既乎?虽然,亚洲西北,犹多腴壤,其东北更多膏土,诚能急起垦辟,移民实边,边地尚为我有也,非然者,碧眼黄髯之徒,且起而代谋之矣。

光明俊伟,结构□壮,其气势足以辟易千人。

——《彤芬室文》,《天苏阁丛刊一集》,上海商务印书馆1914年版

游飞来峰记

宣统二年仲冬之十有一日,侍父母至杭,为先大母营葬。事既毕,思侨沪九年,未一返里,恐后此复归,又不知几何时矣,因游飞来峰。峰在灵隐寺之南,耸然孤立,厥状奇特。山阴溪水淙淙,清可数鱼。有亭三,西为冷泉亭,东为壑雷亭,二亭之间为亭亭亭。自冷泉亭间行不十余步,至山麓,有孔二,曰呼猿洞,以口接一孔吹之,能发洪声。余身不满五尺,而洞距地五尺余,故不能一吹也。壑雷亭东行数十武,折南行,至一洞口,洞中豁然开朗,广可容数百人。其西歧出一洞,洞巅有一小隙,可见日光,俗名一线天。闻春秋佳日,士女游至此,欲观一线天者,必奉僧以若干钱,而后始导之一观。嗟乎,僧,佛弟子也,僧而好货,岂佛教使之然耶?抑末流失真,如儒家之日汲汲于利禄耶?出一线天南行丈余,有洞一,窈黑而深,非秉烛不可入。里人云,是洞可通安徽,其然欤?洞中气暖如春,而夏颇凉爽,然昏暗不能见物,游者多至此而止,未敢进也。洞东丈余,为大洞口,其东南有塔一,乃释氏弟子某之墓也,残毁久矣。塔南又有一穴,名南洞。洞曲折,较甚诸洞,望之,径狭若将尽矣。更进则又宽广,歧出若无穷,探之,则又不逮寻丈,有若幽暗而不通日光。身历之,则又明朗异常,有若瘴

疠之宿聚，身亲之，则又气清神爽，结构幽雅，莫可毕状，然地崎岖，病足滋甚。洞中有石刻佛像数百，咸缺其头，询之乡人云，始被毁于太平兵，后有好事者，乃铸金补之，偷儿闻其事，于夜深人静时，争凿之去。实则太平兵多奉天主教，故遇偶像，必毁损之而后快。乡人以讹传讹，乃有佛头铸金之说，不足信也。出洞，已非飞来峰地矣。暮烟四起，乃徐步归，沿途茂林修竹，茅屋数椽，隐约丛林中，诚有田家逸致也。从兄谓余曰："今日之游乐乎？"余曰："得见所未见，乐矣。然吾得来游此，乃以吾大母之殁耳，以永诀大母而得见此，吾宁日居里巷，不欲一访名胜也。"言讫，相对默然，泫然不知其涕泗之何从也。

序次分明，情景毕肖。

——《彤芬室文》，《天苏阁丛刊一集》，
上海商务印书馆1914年版

论女子要求参政权

目司视，耳司听，听者不可以鉴物，视者不能以闻声，以其职之专也，其用虽异，而利人一也。女子治内，男子治外，其职虽异，而皆为组成国家之元素一也。吾求其有裨于国事而已，不必问其人之异同也。由是言之，女子之要求参政权，岂得谓为不通之论欤？女子人也，男子亦人也，既同为人矣，则彼可以治国治民者，何独我而不可乎？或曰，男主外，女主内，自古皆然，中外所同，惟其能力或有以限之耳。不知能力虽由于天赋，而亦可以陶冶而成者也。今试执樵夫渔父而骤畀以政权，则夫人而知其不能胜，然试执樵夫渔父而勉之学，则今日之所不能胜任者，安见其他日之不克措置裕如耶？女子之于参政权，亦如是焉已。虽然，又有说焉。女子之宜享参政权，固为今日世界所默认，然苟不问其才识

之何如,学力之何如,而曰彼女子也,亦人也,而畀以政权,是适以乱天下耳。曰,彼女子也,亦人也,吾当尊重之,举一国之政而悉委之。于是女子日奔走国事,无暇治家,是适以败家也。且吾女子之欲争此权者,欲得参政之实也,苟吾力不足以参政而享此权,是有其名而无其实耳。苟吾力可以参政而无此权,则求之易如反掌耳,然则如之何则可?曰,与以同一之智识,教以同一之学问,然后视其能力之所能及,而授以适当之事,不问其为男为女,惟以才智学识为指归。夫然而男女之畛域除,阶级去,而后乃可谓真平等,克享平等之幸福矣,徒哓哓然专务虚名,何为哉?

说理精当,文辞尔雅。

——《彤芬室文》,《天苏阁丛刊一集》,
上海商务印书馆1914年版

小楼听雨记

天真子居浙西愚村,筑室于村之西隅,有楼一,南向,隘且陋,背临小溪,溶溶然流终日不息。左右植松柏,百年老木,上接穹苍,门前有小径,可通出入,径旁种竹千干,若甬道然。室无他物,设榻一,几一,蒲团一,天真子坐卧吟啸乎其中。中春既望,天真子晨兴,见太空黝冥,雨绵绵不绝,独坐无聊,乃读秦汉间史以自娱。闻窗外大风怒号,雨势骤猛,萧萧然,隆隆然,飒飒然,与途人呼噪之声相应和,若百万健儿,为国征战而败北,痛哭流涕,以鸣其不幸也者。天真子目眦尽裂,拔剑起舞曰:“胜者抑何喜,败者抑何悲?同是人也,而忧乐之异如此。方楚汉争王天下,项羽垓下受困,自刎乌江,而汉王乃扬眉吐气,相与庆祝以歌凯旋,幸不幸乃竟若此耶?予方愤懑悲诧,而风声乃息,雨势亦杀,但闻檐溜潺潺,溪水淙淙,声肃以和,若一旦取胜,整军而返者。夫汉之兵

不若楚，势不若楚，而乃能臣群雄，一天下，亦幸矣。”薄暮雨霁，天朗气清，小鸟三五，鸣于枝头，声怡以悦，若天下已定，百姓愉乐，而鸣国家之盛者。天真子又不觉为百姓颂且勉曰：“今而后天下大定，无战斗之苦，转饷之劳矣，其各安而居，乐而业也。”越翼日，天真子过余，举以相告，且曰：“风雨，天籁也；若诗若文，人籁也。合天籁人籁而为声，于是可以表万物之情，而喜怒哀乐之变态呈矣。昔者吾以雨声之变幻，觉楚汉相争若今日事，而喜怒之不能自止也。子其为我记之？”余曰：“诺。”乃援笔而为之记。

设想既奇，遣词亦稳。

——《彤芬室文》，《天苏阁丛刊一集》，
上海商务印书馆1914年版

李凤林传

凤林李姓，山东济南人也。父母早丧，与伯母杨氏居，性至孝，以母事杨，而杨亦弥爱之。家贫失学，为人御以自给，然热心教育，悯失学者之多也，慨然积所得值，创一宣讲所于乡。请同邑沈公臣、张玉生等，任宣讲之责，惧其不允，乃跪告之曰：“国家之有人民，欲其聪明才智，足以卫国耳。君等既学博而才高，宜以所知智之，不然，则文教不布于四方，而多凶顽愚鲁之夫，国家其安赖乎？”言未讫，泪涔涔然不可止。张等感其诚，诺之。未几，李复设简字学堂于府学前以教贫家儿，即以每日力役所得者，充常年费，其办学良诚，用心亦良周也。李既创斯校，遂具禀历城令请立案，欲使长存也。其伯母杨，素勤于纺织针黹，积资欲为李娶室，今见李之热心教育，恐其资之不足而中辍也，乃倾其所积以助之，亦具禀于县。县令闻而大惊曰：“李氏母子，咸急公忘己，不图寡妇役夫中，乃有是二人也，吾愧为轩冕而不如也。”因赠李匾曰“见

义勇为”,更赠杨匾曰“急公好义”。余奇其人,因为之传。

论曰:大有为之人,乃能为大有为之事,彼呫哔小儒,乌能方之达士豪杰哉?达士豪杰,必得天独厚,而为众所不及者也。余观御者李凤林,幼失父母训诲,少无师友箴规,庸庸一劳力者耳,而乃以兴学为务,以兴学而知推本于国家之祸福,其识见之远,岂中人以下之所能知哉?则李其为达士耶?为豪杰耶?抑亦大有为之人耶?

文法周密,毫无支蔓,气息尤极古雅,殆得力于《史记》与韩文也。

——《彤芬室文》,《天苏阁丛刊一集》,
上海商务印书馆 1914 年版

原才

举世皆拙,而巧者以见;举世皆愚,而知者以彰;举世皆不才,而才者以显。彼岂生而为巧、为知、为才哉?拙者、愚者、不才者有以成其美耳。夫天之降才,不择地也,不择人也。然士之子恒巧而知,农之子恒拙而愚,彼岂生而异其巧拙知愚哉?教育之善否,闻见之多寡,有以致之耳。是以有英俊之士而泯没无闻,锥鲁之夫而成名于世者,良可慨已。捐金于山,不知山之有金也;沈珠于渊,不知渊之有珠也;弃才于世,不知世之有才也。求之亟,斯应之者众。春秋之世,人才若是其众者,其以是欤?夫大知若愚、大巧若拙,而器小则易盈,稍有所得,即沾沾自喜,思有以逞其才,而乡党邻里交誉之,一若果为才者矣。及出而应世,乃无所措手,动辄偾事,斯赵高之所以覆秦,黄皓之所以亡蜀也。吾闻张良貌若妇人好女,非魁梧奇伟之士,然佐汉高成百世之业,功成身退,不从韩彭受戮,其识见诚高出寻常万万,是则人固不可以貌取也。

使非从受圯上老人之教，则客气未除，或不能从赤松子游而高蹈以终。于以知良玉藏于顽石，不琢不磨，终不可以成器也。虽然，道德高矣，学识精矣，知虑充矣，苟遭时不遇，则亦无以显其才而著其能，英雄无用武之地，大率遁迹山林，与鹿豕友。彼既不自逞其才，人亦无以知其才。审是，欲人之成器也，始则系乎教育，终则关乎时势矣。得教育而乘时势者，虽不才亦才；少教育而失时势者，虽才亦不才；则所谓才不才者，固无定也。村集之间，地小人稀，擅一长者，人且尊之敬之，及至都邑繁盛之区，人才济济，乃无以表异于人，而众且以乡愚目之矣。彼其所以见轻于都邑而推重于乡里者，非才之变易也，众人皆才而彼不才矣，众人皆不才而彼才矣。是以巧者非能巧也，拙者使之巧耳；知者非能知也，愚者使之知耳；才者非能才也，不才者使之才耳。故谓世有才，虽童骙亦才也；谓世无才，虽英杰亦不才也。同是人也，巧与拙，知与愚，才与不才，当视其所受之教育与所遭之时势以为衡。若昧昧然曰某也才，某也不才，其不为通人所讪笑者几希矣。

扫去陈义，独翻新样，识力超人一等。

——《彤芬室文》，《天苏阁丛刊一集》，
上海商务印书馆1914年版

朱寿萱

朱寿萱（1894—1971），字荫北，吴县（今江苏苏州）人。夫秦元澄。先后就读于苏州女子私塾兰陵女学、江苏省立第二女子师范学校讲习科。曾任嘉定女子小学校长。1957年后定居北京。

铸人说

昆仑之东，扶桑之西，有大工肆焉。屋瓦参差，烟焰缭绕，占地以数千万里计。善铸金，聚九州之产，精炼而融冶之，或为器物，或为兵刃，或为虫鱼鸟兽恢奇怪异之形，而尤长铸人。黄发垂髫，圆颅方趾，无不形神曲肖。有峨冠长绅、显赫作达官状者，有荷戈提剑、凛烈作战士状者，有葛巾野服、潇洒似世外人者，有鸠形鹄面、瑟缩若窭人子者。人类既不一，而所铸亦无穷尽也。肆之设，不知其几世纪，创是或谓盘古氏，或谓三皇氏，要皆迷离恍惚，出于传疑。厥后有轩辕氏者，来主是间，劳神苦思，治五气以节燥湿，于是艺乃大进。越数千年，得工师尼山孔氏，技绝精，铸人数千，率能中规矩程式，为最盛，后世莫及焉。自是以来，代有兴衰，迄于挽近。其邻肆之勃然以兴者，不可胜数，竞相夸美，竞相则效，见前肆之腐旧而无能焉，称之曰老大肆。肆不甘以老大自居，乃亦蹈厉奋发将以自见。而去古已远，旧型既荡焉无存，积习难移，新法又泯焉寡效，朝令夕改，莫知所措。今其所造，虽亦

俨然衣冠,而质之精粗善恶,有不可同日而语矣。或曰,倘得良工师,合古今中外于一炉,撷其精英,敛以轨范,其所造必有可观者。姑拭目以俟之。

——《江苏省立第二女子师范学校校友会汇刊》(1918)第七期

九华先生传

南山之阳,清流映带,稻畦如云,中列茅屋三楹,柴扉半掩,盖隐君子九华先生之所居也。先生姓鞠氏,名日精,别号九华,世居东平之石崖村。迄先祖某,生性孤介,不屑与世俗相周旋,乃引彭泽令渊明公为忘形交,偕隐柴桑,风雨晨昏,一樽相对,不至于陶然醉卧不止也。人慕其行,争为诗歌以纪其事,名日以高,自是而后代有隐德。至于先生,禀承祖训,不乐纷华,日与村农为伍,貌清癯,若不胜操作苦。顾先生出入陇亩,略无倦容,凌霜冒雨,亦所不恤。有怜之者,告之曰:"先生霜彩冰姿,岂长贫贱者,曷不干时求进以得禄位,而自苦乃尔!"先生淡然应之曰:"噫,子岂知我哉?夫和风甘露,桃李之所争艳也;金气严霜,凡卉之所难忍也。避人之所争,而忍人之所难,我志也。我岂贱于人哉?"容见其傲,逡巡以退,自是非高风亮节之士,无敢出先生之门者,先生洒然自得也。每当重九佳节,黄云栖陇,先生辄持螯把盏,独酌篱落间,极潇洒出尘之致,足以留香晚节,而点缀园林。先生之名九华,良有以也。或曰:"先生得延年术,餐霞饮露,可以却老。"其言虽近荒诞,然先生固常医人疾苦者,或非尽属子虚云。

——《江苏省立第二女子师范学校校友会汇刊》(1918)第七期

钱素君

钱素君(约 1894—1980),上海人。1914 年考入上海爱国女学校,1917 年毕业。1920 年赴美留学,入加利福尼亚大学商学院学习,1927 年学成回国。回国后从事会计工作,后在大学任教。曾任立信会计专科学校教务主任、教授,1949 年被推选为立信会计专科学校教务委员会成员。会计学家、会计教育家。

游莫愁湖记

素尝闻诸父兄言,金陵多山水临观之美,而莫愁湖为第一,有幽胜绝特之称。每欲往而游焉,而未得其因,愿莫之遂。甲寅秋九月,省垣开省立学校联合运动会,吾校因得省款之补助,例须与会。余闻之,窃自幸曰:倘得倍数而往,庶可偿所愿矣。

至宁之二日,先生率余及同学数人往游诸名迹,因得观所谓莫愁湖者。车至华严庵,下车,由庵进郁金堂。堂悬小像二,徐中山、卢莫愁也。所谓英雄儿女并艳千秋者是。堂西有屹然立于湖畔者,胜棋楼也,相传为明太祖与徐中山赌棋处。又西为曾公阁,题曰"江天小阁坐人豪",有曾文正公像。余猝尔曰:"曾公其欲借此阁以传名后世者耶?"先生曰:"否。不然,以曾公之雄略盖世,固自有其不朽而传者在,岂待斯阁之建哉?斯阁之建,盖所以使后之君子之游于此者,见其庄严卓立之像,慨然想望而起景行之思耳。"

余闻之,不禁肃然。阁外岚烟林霭,柳岸藤蹊,与湖水相映。带极游览之致,而残荷断梗,漂泊湖边,一若有待夫人之凭吊者然,不禁为之感慨无极。遥见隔岸一渔翁,独坐垂钓,怡然自得。余等观钓久,而渔翁若不知余等之在此者。噫,吾安知其非一怀道抱德之隐君子乎?于时林日已敧,暮烟四起,而钟声一杵,心神俱逸。盖尘嚣之迹渐远,而隐幽之致已深矣。先生谓余等曰:"日之夕矣,盍归乎休?"乃相帅由华严庵出。抵寓,已灯火黄昏矣。

——《妇女杂志》第一卷(1915)第三号

释任性

天之所赋谓之性,人之所为谓之习,依天赋之性而行者谓之任性,背其天赋之性而行者,不得谓之任性,任习而已。盖性者,人所具本然之善也,而习者,移其本然之善,而渐于伪者也。《中庸》曰:"天命之谓性。"孔子曰:"性相近也,习相远也。"是为善者,任其性而行者也;为恶者,移其性而任其习也。夫孩提之童,未有不爱其亲者,及其长也,能以孝行闻于世者,有几人耶?此孔子所谓性相近习相远者,即其证也。而世人不察,以为任其性而行,则天下将有慢其父而疾其母者,故必绳之以容貌,而节之以揖让,然后乃得成人。噫,此亦不思之过也。譬之长江之水,源出青海,逶迤曲折而入海,于斯之时,能谓长江为青海乎?人之任其习者,亦犹是也,夫岂任性之所为哉?任其性而将慢父疾母者,吾未之闻也,此其所以为不思也。难者曰,然则天下固无慢父而疾母之人乎?曰,是又不然。彼慢父而疾母者,岂生而已然乎?盖亦移其性而任其习者也。故任性者,依天赋之性而行,而其所为者善,反之则任习而已,有何性之可云哉?

——《妇女杂志》第一卷(1915)第五号

李毓珍

李毓珍（1896—1938），字钟瑞，无锡人。夫薛明剑，无锡教育界、实业界人士。李毓珍自幼好学，善画花卉，并擅诗词。早年毕业于无锡竞志女校，复入浒墅关女子蚕桑学校，为该校1916年首届毕业生。曾任无锡女子职业学校校长、金坛女校教务长、省立育蚕试验所技术主任暨分所所长、实业部顾问等职。著有《蚕馀吟草》一册。

女子无才便是德辨

今试执途人而问之曰，才与德孰为重？人必曰德为重。又试执途人而问之曰，凡为女子，宜重才乎，宜重德乎？人必曰宜重德。自有此说，于是此倡彼和，万喙同声，而女子无才是德一言，遂为牢不可破之定论，呜呼误矣。

女子有德，诚立身之本也，性情温和，行止端庄，言语谦恭，皆谓之德。然有德无才，其何以应世也？彼之为是言者，狃于旧时习俗，以为女子有德，尚不能人人纯美，况乎有才，必以才夸己，以才傲人，自谓高尚人物，渐至于逾闲荡检，不修边幅，是反以才累德矣。无怪乎古人之为此说也。

然论诸今日则不然。今日之世界，决非如前日之闭塞。文明进化，骎骎日新，世界大同，男女平权，女子无才，何以能平权乎？

身为女界一分子，出而与社会交接，才识也，才略也，才辩也，皆今日应用之要素也。彼须眉男子，挟其才以驰骋世界，我巾帼妇女，岂不能逞其才以腾骧当路耶？试观女学校中，济济英才，或善文词，或工书画，或精算术，或习理科，其余如手工、音乐、体操等，无一非才之可用者。而要非以才废德也，以德为体，以才为用，相辅而行，庶几可矣。嗟乎，古今风气，大不相同，时为之耶，势为之耶，吾于是有辨。

——《妇女时报》(1914)第十五期

游金山记

民国七年十二月二十六日，育蚕试验所所长命毓珍赴丹徒宣讲调查。午后无事，乃与同人作金山之游，惟因连朝雨雪，满路泥泞，徒步甚艰，乃雇小轿往焉，因吟一绝云："昨宵雨雪扑天空，今日冰融路不通。多少舆夫太颠苦，行行尽陷淤泥中。"

金山者，相传唐裴头陀挂锡于此，于水际获金数镒，故名金山。然考梁天监四年，于金山修水陆会，则金山之名由来已久，获金之说，恐不足信。据本地人云，此山昔时耸峙江中，嗣因南崖沙涨，渐与山连，今可徒步而上矣。有寺曰江天寺，建于宋大中祥符五年，名曰龙游寺，山亦改曰龙游山，清康熙年间改称今名。入门为天王殿，后为大雄宝殿。殿悬一联，系江南援鄂第一镇统制黎天才手笔，颇为雄壮。联云："只手挽狂澜，战事方殷，好统孤军援楚北。一心辅民国，神威默佑，直教八日定江南。"

寺内有清代行宫，楼阁壮丽，想见当时盛况，低徊今日，能毋怆然。又有藏经楼、志游堂，藏东坡玉带十六片半，东坡佛印之手简，摹刻于石壁上。再上为雄跨堂，右折而上，石级数十，曰观音阁。再一为妙高台，据山最高处，俯览江中，景色历历在目。口占

一绝云:“登山极目水连天,江北江南起晚烟。轮舶远来鸣汽笛,断流古事说投鞭。”又用壁间韵口赋一绝,云:“芦塘明灭夕阳红,大小帆舟西复东。船上渔翁起歌唱,一声欸乃浪花中。”

有老僧发售寺内碑帖,向之问姓名,据云出家无姓,名西来。向之购东坡手简数幅,金山、焦山、银山、甘露胜景四幅,并承老僧赠以四山胜景一幅,有《登金山望长江诗》一首,云:“亭台俯瞰真无地,星斗平临别有天。万古豪吟谁造极,一时胜览若登仙。方壶圆峤逢今日,伊阙镮辕想去年。笑我先忧饶后乐,何能福地允留连。”

左旋为留玉阁,即东坡留玉处。阁塑东坡佛印像。山顶有七级浮屠,高可十余丈。登塔一望,焦山风景,长江景色,尽赴眼底。惟桑树则绝无仅有,因用壁间韵赋诗二绝,云:“七层高塔峙山巅,俯览长江景万千。顿觉眼前天地小,蚕桑普及问何年。”“金山高塔对焦岑,控制长江门户深。暮色西来浪东去,江防管钥重关心。”

再折而右,有一亭,额曰“江天一览”,清乾隆帝御笔也。山之东北,有朝阳洞,洞深丈余,壁有“日照”二字。山之东有金玉岩,山之西有云根岛,东坡书“碧潭万丈”四大字,晋郭璞之墓在焉。再前为中冷泉,岩水清冽,为天下第一。惟说者谓中冷泉在长江中,非此也。游览久之,不觉天色已晚,乃即乘舆返寓。

——《妇女杂志》第五卷(1919)第九号

瞿孙鹤

瞿孙鹤(约1896—?),字琴舫。生平不详。

吊蔡国瑜同学文

呜呼蔡君!呜呼国瑜!奈何以聪明正大、刚健不阿之女子,而乃招天忌,竟夭逝耶?自君毕业于南洋女子师范学校,即办学里中,名曰怀真。左右邻之就绛帐者七十余人,事乃草创,而信于人者已如此。主持甫二年,遂撇此莘莘者众,一瞑不视,君亦知夫悲君者之众耶!君父虽丧,君母犹存,长弟初出就商,幼弟尚在童龄。君之家庭仅此四人,而所赖以正之理之,则惟君一人耳。今君长逝,对于老母弱弟,能瞑目耶?老母弱弟之间,因君之殁,家事紊乱,其嗟伤又奚有止耶?

吾夫妹保吉自浙江归宁,谓我曰:"怀真女学校不知兴旺否?与国瑜不通信者已累月,未知安宁否?"保吉与君同在南洋文科卒业,相契最深。阴历五月十七日为南洋师范校友会,度君与保吉必相值于会中,孰知君死已三日矣!君死于望日,民国五年丙辰也。保吉从校友会归来,但言君未到会,余亦以家事旁午,久未就谒,故皆未闻君之噩耗也。保吉苟早知之,必报之于校友,同声一哭,其热泪又可斗量耶?二十一日,为先翁縠人公五旬追祝之期,保吉与其外子濮卓云携手偕来时,则君之死耗已得。吾等乃相与

惋痛,并叹世风之不古,而沪乡北市秽恶之地,实不足容一贞洁品德之士,天乃取之以去也!吾夫弟保裳,曾谓其夫人王氏云祥曰:"闻诸友言,国瑜之死,耳目口鼻皆流血,意者匪病死,而以药死。"岂因治病而误投恶药以死耶?抑人有衔之者而药以毙之耶?或忿世嫉俗,虽抱教育之宏愿,知颓荡之风莫挽,遂仰药以自尽耶?此则不能知其详矣。

初病喉症,发白疹,事诚有之。十四晨,已小愈,食粥半盂,谓其母曰:"儿今愈矣。"母当喜也。母方抚而慰之,君续曰:"死亦大佳,死可不知一切龌龊苦痛之事,而察察自洁也。"母方异之,君又慨然曰:"国俗好置妾,而嫡庶之分则极严。妾生子女,每为人所歧视,不第名分之间,有所轻蔑,而财产之支配,实有所嫉忌也。今吾母不幸为侧室,吾辈更不幸为妾生子女。自严君见背之后,零丁孤苦,亲戚罕相往来。幸吾母贞洁自好,吾辈为子女者,亦以贤母之教,能自树立。人之轻视之心,渐泯于无形,嫡母兄弟,亦来亲敬,得少减孤零之苦。独恨此污浊世界,迫不能容,何当插翅飞去耳?"时长幼二弟在侧,皆笑其迂,谓曰:"世界虽污浊,吾何妨独清?虽至家有人不德,苟非吾力之能格,亦不足为累也。姊何自狭至此?世界人类,万有不齐,吾姊岂欲为全地球之大皇帝,违众意而统治之耶?毋乃不能,抑知其不能,而有厌世之心耶?毋乃自苦!"国瑜潸然不复言,其母亦潸然和之以泪。越一夕,而国瑜死,死目口鼻皆流血,此则吾夫妹保吉亲往吊奠时所详悉者也。

呜呼国瑜!瑜而无暇,握瑜而逝,玉韬其华,真璞自完,瑶台之花,命之短兮,德音是遐。吾夫子保年,尝谓吾曰:"保吉之得有学位,实赖蔡君。方学风类颓荡之时,我已止妹入学,令居家习烹饪裁缝,任井臼操作之事,时君亦恶学风之坏,废业家居。保吉在吴姓母姨处遇君,相契渐深,会南洋女师范成立,我当时犹未尽信女校。君来吾家,谓年岁与阅历并进,既有定识之人,不必虞外界

之惑诱也。妹遂同往投考,得插班焉,自是以至毕业,谓非蔡君之力乎?”卓云谓保吉曰:“吾两人行婚礼时,翼汝之右者,其体格高大,面目端方,非即蔡君耶?奈何伟硕丰厚,气宇光昌之一人,而竟不寿耶。”君今逝矣,吾一家人同深悲悼,非以君之品学足以动人哀悯耶!琴舫之识君,年方九龄,时同学于育贤女校,君长我四年,学已渊博,余以童蒙,赖君诱掖。回首十一年前事,历历可数,能不黯然?更可感者,琴舫于归旬日,即奉夫子命,治奁嫁其妹,蒙君襄助,得无越礼之愆,此又令人不能忘者也。

——《妇女时报》(1916)第二十期

吴秉筠

吴秉筠(1896—?),1915 年就读泰县女子国文专修馆三年级,曾在《妇女杂志》《中华妇女界》等刊物发表诗文多篇。

姚宋优劣论

天宝之治,与开元相径庭,论者谓时无姚宋所致,予谓姚在宋亡可救也,宋在姚亡无济也。世皆谓姚通而宋介。介者,可以止君之邪心;通者,则恐其纵君之逸志。假令天宝之际,有璟之正色立朝,明皇必不至肆无忌惮。似也,而其实不然。夫人君亲小人而远君子,情也。所贵者,为大臣不逆其情,而善诱之,必归于正。无摒斥小人之迹,有摒斥小人之方,而能使人主与之日疏。崇之对幸东都,与罢黜姜皎、魏知古,此二事者,乃璟之不屑为,要亦璟所不能为。而内娱主意于无形,阴以计推小人于外,使君臣一德,上下相亲,崇之说诡,崇之意乃获伸。自崇死而天下无如崇者,李林甫始得见用,安禄山始得入宫。而张九龄者,宋璟俦也,有其道,而无其术。道不合则争,争不得则去,徒以刚方之气,不能使人主相亲,鲠直之词,不能使人主遽受,虽至身死见窜逐,而于君身国计,曾无裨益于秋毫。盖以严见惮者,人主貌敬之,而神不属也。史称璟每奏事,多忤上意,玄宗外虽重璟,内实厌之,故至庚申八年,罢斥而不复用。即使复用,当李林甫以才见赏,安禄山入

宫之时,璟虽牵裾折槛,要亦无如之何。惟崇也,图此二奸,可以绰有余力。夫明皇之亲崇爱崇,岂特寻常君臣之分也哉?乾源奏事称旨,必曰姚崇之谋,不合则曰,何不与姚崇议之。是则崇之取信于上者深,上之信任乎崇也切。斯时若使之微言讽谏,声色不动,早已褫元凶之魄,而刃加其身,何致成巨祸哉?惜乎崇已死矣。崇未死之先,林甫、禄山未尝侥幸获用,此其才必有大过人者。吾故曰,天宝之乱,璟在崇亡不能济,崇在璟亡庶可救也。虽然,士必先经而后权,学宋之介,犹不失为直,学姚之通,则未免近于谀。世无崇之才,与其为崇,不若为璟也。

——《中华妇女界》第一卷(1915)第四期

女学生宜注重缝纫烹调论

古无女学,贤母良妻,代有传人。《列女传》中,虽不尽可师,然按诸礼义关头,廉耻防闲,亦足以励薄俗而垂规范。今之女子,醉心新学,貌袭文明,惟见金丝架鼻,雪茄衔口,履声橐橐,云鬓蓬松,一种狂荡之态,令人望而却步。姑勿问其入学程度何如,而忘失本来,大言欺世,至于家庭,如饮食服御,往往鄙而不为,转赖父母之供奉,因是谨饬之家,以女子入学为畏途,岂过虑哉?不得已耳。今欲改良学校,非屏弃虚浮,务求实验不可。实验者何?缝纫烹调是也。夫缝纫烹调,在贫乏者固宜躬亲,富贵之家,原可任之于人,而亦不可不知其法。当今之世,男女虽曰平权,然男子谋生于外,家中琐务皆赖女子为之。若平时不能熟谙,势必日受欺蒙,而懵焉罔觉,家政安得而理乎?以愚计之,学校之中必须核减科目,注重德行,勤其操作,先求生活之计画,缓求经史之淹通,庶几有益无弊。夫女学之科目,原不必与男子同也。其肄业学校,不过欲其明德行,勤操作,俾为贤母良妻,使子女受良善之教育

耳。然则学校中中西文及他科目皆可废乎？曰：不然。孔子有言，弟子行有余力，则以学文，既致意于缝纫烹调，复以余力研求科学，乃成完全人格。若其不然，吾恐女界前途，终未有良好之结果也。

——《妇女杂志》第一卷(1915)第四号

重阳赏菊记

重九之名由来久矣，相传始于汉时桓景，九月九日曾登山避祸，后世效之，遂有登高之举。惟秋光渐老，气象萧森，风雨恒多，“满城风雨近重阳”之句，直与“清明时节雨纷纷”之诗并垂不朽，良足败人游兴。今岁季秋之月，阴云时布，细雨缠绵，余心颇忧之，以为重阳佳节，或又在风雨之中矣。乃届是日，晴曦朗照，大喜过望，爰约三二知己，商略游踪。或曰：“是宜囊萸沽酒，赏此良辰。”或曰：“万氏园菊花颇盛，墨客骚人，纷纷前往，吾侪何弗亦往游赏乎？”余曰：“菊固宜赏，如斯佳日，盍先登高？城之西，泰山在焉，吾侪原不必泥守桓景之故习。然凭高一览，亦足以豁畅胸襟，破除积郁。且其东隅，荒园数亩，遍植秋芳，游侣寥寥，最饶幽趣，即云赏菊，岂不大胜万氏园之嚣扰乎？”佥曰：“诺。”相将前进。无何，至泰山，拾级而上，俯仰间精神为之一爽。夫泰县之泰山，非东岳之泰山也，乃岳忠武垒土为之，以望金军者。山虽小狭，而名因忠武以传，望之不啻泰岳之重焉。因思吾中华泱泱大国，环球所当钦敬，今则为列国欺侮，惜无忠武者起而攘之，一洗旧耻。登斯山也，能无悲哉！友曰：“今日良辰，适逢休沐，正宜尽欢，奈何作此酸楚之言，令人气沮。”余一笑置之，乃循坡而下。东望篱边，菊呈佳色，标挺孤芳，晚节弥幽，秋风独向，其色不一，种类纷繁，如五色云、淡月华、狮毛、鹤氅之类，皆世所不轻见之品，相对之

下,顿消俗虑。周子称菊为花之隐逸,陶渊明彭泽归来,日惟赏此,其高致洵足多焉。余等乐甚,踞坐花旁,持螯饮酒,各赋诗词,以纪其胜。余亦勉为一律,写诸壁间,以为纪念。遥望城堞间,则斜阳暗淡,倦鸟还巢,拂面晚风,日云暮矣。遂徐徐而归,泚笔记之。

——《妇女杂志》第一卷(1915)第十一号

顾谷绥

顾谷绥(1896—1985),江苏无锡人。父顾蔼人。夫胡敦复,美国康奈尔大学公费留学生,著名数学家、教育家。顾谷绥1916年在江苏省立第二女子师范学校讲习科就读,毕业后历任无锡县立女子师范校长、北京女子大学总务主任等职。1949年随丈夫赴美讲学,定居西雅图。

参观吴江联合运动会记事

吾国古称文弱,讫今尤①甚,原其故由于不讲体育。夫体育者,所以强身体,健精神者也。体育不讲,则身体衰惰,精神委靡,此之谓不健全之人。群此不健全之人以成国,则谓之不健全之国,安能与世界列强争胜乎?故欲国之强,必先养成尚武之国民;欲养成尚武之国民,必自体育始。近世教育家知其然也,故于学校提倡体育,又以学生每多忽视,乃开运动会以激劝之。于是省有省立学校联合运动会,县有县立学校联合运动会,市区有市区立学校联合运动会。吴江县第二市区以今岁之十月八号、九号,举行第二次联合运动会,本校与焉。八号为男校运动,本校以女校例列次日,于是教职员先率学生列队参观,其殆取相观而善之

① “尤”,原文作“允”,据语义改。

意乎。

是日也，天朗气清，惠风和畅，时虽深秋，宛若初夏。会场为县立第二高小地，距本校咫尺，跬步可到。经富贵桥，则见旗影飘舞，军乐洋洋盈耳，盖会场至矣。结彩缤纷，嘉宾之座也，悬旗翻飞，运动之场也。场宽广可容数千人，经营布置，秩序井然，未几铃声一鸣，报开会矣。首为会长袁先生述开会辞，次则各校唱国歌、运动会歌及欢迎来宾歌，琴韵悠扬，歌声宛转。歌毕，依次运动，则普通操也，应用操也，行进游技也，莫不勇气勃发，激昂慷慨，献其好身手。无何，以下午天雨停会，至翌日十句钟乃续开会。本会以秋雨新霁，道途泥泞，恐小学生或有湿濡衣履之虞以贻父母忧，至下午乃克成行。及抵会场，已演过十余节矣，计男校演四十二节，以天雨两日毕事。翌日，双十节，为女校运动，以夜来细雨，沙尘不扬，钟鸣十下，振铃开会，高歌一阕，勇气百倍。本校与区一更休迭演，左出右入，依次演习，琴声一奏，蹁跹鹤舞，双双如白蝶翔空，缯练霞飞，朵朵如彩云戾止，倏而琴声顿止，掌声如雷，阒寂无几时，而掌声又起，盖本校哑铃队出矣，去年本校曾以此博胜利之荣誉者也。是日，节目计三十余，行进、普通、应用等操，莫不应弦赴节，人叹观止。既而夕阳西堕，人影散乱，则演罢闭会，参观者咸赋归来矣。中途，某女士为余言曰："二十年前，女子幽居深闺，惟知以容悦为美，无才便是德，索索无生气，几见有活泼泼地者；欧风东渐，女子之求学问，与男子等，观于今日之运动会，女生意态之活泼，不下男子，而其姿势之优美且过之，此亦女子生今日之幸福也。"余则谓女子之幸福增进，而其责任亦加重，权利义务，不容偏胜，自然之理也。而今而后，国家安危，民生舒戚，岂惟匹夫之忧，吾辈且与有责焉，愿吾诸姑姊妹好自为之。

——《江苏省立第二女子师范学校校友会汇刊》(1916)第三期

凌集嘉

凌集嘉（约1896—?），字荷生，安徽怀远人。父亲为政界人士。1916年就读直隶第一女子师范学校四年级。

直隶第一女子师范学校校友会会报发刊词

《记》云："君子如欲化民成俗，其必由学乎？"吾不知其所谓化民者，兼愚夫愚妇而言之耶？抑所谓成俗者，专指蚩蚩之氓，遂可以自为风俗耶？溯夏殷周迄汉唐宋以来，五千余载，学校制度，大称明备。《通考》一书，详述历朝文献于学校一门，言之至连篇累牍，而纤纤女子曾无一字犯其笔端，此又何故耶？岂人不幸而生为女子，遂不许有所学耶？呜呼，难言之已。吾孔子为中国大讲学家，弟子号三千人，太史公著仲尼弟子列传，竟无一人为女子姓名。然夷考当日，周武王之勋臣有妇人，而孔子称之；南宫韬之妻之姑之丧，而孔子诲之。其尤显者，则卫女思归，国风不删，泉水之诗，敬姜知礼，弟子且奉作志之命，惟圣人能尽人性，其赞天地化育，固举宇宙内妇人孺子，而无不涵育薰陶之，何有轩轾于其间哉？圣人没，小儒出；邪说行，大道误；三代既衰，古教遂迹熄于中土。两汉以还，区别愈严，以班曹之博学，惠妃之颖敏，蕙心藻质，振拔流俗，亦仅使之给事于宫中，而不得布教于天下。虽学之深，智之远，而禁锢之，束缚之，终亦与草木同腐耳。奇肆如司马

子长，博通如马贵与辈，且闭口不敢言女子事，其他则又何说？呜呼！人秉乾坤大气，故曰乾刚坤柔，而两仪生于太极，其实男女之至性则一。《易》不曰成男成女耶？何瞶瞶者视女子为不能成事，竟以为男子附属品耶？吾中国四万万人，甘弃其二万万于教育洪荒之下，使不得一其冶炼，厥故安在？哀哉，吾识之矣！三从者，桎梏也；无才是德者，陷阱也。本嫉妒之心，施忍毒之口，威以抑制，使有所服从，曾不欲一开其知识，以防其与男子相撑拒，胶柱鼓瑟，因噎废食，迂孺亦何其浅哉？女子出门，必曰拥蔽其面，殊其笄绅，又云内言不出，外言不入，以残曲之礼，遽定轨仪，大同博爱之道，弃如弁髦，天理日湮，女学日隳，聚九州铁铸此大错。我女同胞逢腥濊之残摧，遭惨酷之凌侮，其可哀当何如乎？讵市井有虎，蚋聚成雷，包藏祸心，从兹滋蔓难图矣。天赋本能，郁不得逞，试问男子处此，又当何如，而何责吾女子耶？故终其身，疾首痛心，因之伏恨而死者，不知以几千万计。平原拱木，吊影惭魂，丧天道之宁论，膺填悼悲，睹异域之激扬，臆茹叹恨。夫夭彭寿殇，降古续今，虽物情庞杂，而物理隐潜，待时而彰，此庄生之论齐物也。然以闻见之忽焉感触，以为事物不齐者，是未能致知，非不齐也。持齐物之论以不齐为齐者，道中藏焉。造化全功，物我胥共，天地也，日月也，阴阳也，男女也，长幼也，贵贱也，举形形色色，我相人相众生相，一切世界非非想，冥而思，悚而觉。推至天地之覆帱，日月之状态，阴阳男女之别，长幼贵贱之分，而循环不息，物情亦恒互换，山之苍终将为水之茫，贱之极终将为贵之基，良有以也。岂吾女子赋性聪秀，智慧优长，而久于困不知变耶？仰中古及近世，往往以闭关之制待女子，持议者片言万口，无非革其学，惑其才，障蔽其聪明，此岂人之性也哉？违性之说，又岂能常存也哉？近年来欧化东渐，学校林立，倡平等自由，恢复女子之身权、言权、学权。数千载之梦沉想象，一朝恍悟新学新理，而耳

目为之廓清，相观相感之余，鼓箧担囊，郁青霞之奇意者，父母兄弟亦以不学无术诫之，不曰俗尚渐乎？况吾中华文明古国，读蔡琰诗、木兰词等篇，知女子才智不出男子下，所以罕能成伟大人物者，只坐失学耳，岂有他哉？乃教泽方被，物议仍来，时辈复不察端倪，遽据蜂虿之毒，大肆雌黄，悠悠之口，何足介意。彼畏避嫌疑，抱阙终身者，是亦愚已。夫物有良窳，人分善恶，孰能必薰莸之不相侵乎？世潮所迫，或有一二无端倨傲，疏礼仪偭规而越矩者，害群之马，贻人口实，亦未可知。嗟乎！此吾女子所以尤宜惟谨惟慎也。吾校时乘新旧文化之交，地当南北往来之冲，开创十载，海内闺秀，负笈来投，前后卒业数次，备致精英，师先圣至诚之道，表儒者质朴之风，学然后知不足，教然后知困，进德修业，孜孜勤勤，此男女所皆当学者，吾女子又何敢多让也。反观吾国历代文化之兴，簿籍犹存，国安家泰，万民斯谋，今则强邻虎视，列邦竞富。其所以致富强之由，教育普及而已矣。吾国由孔子而上，以公心待人，故妇女之嘉言懿行，散见于《礼》《乐》《诗》《书》《春秋》之文；由孔子而下，以私心为教，故国学、县学、郡学之制兴，而女子益不见天日。有博士文学掾诸名称，而女子益觉无用武之地，即偶有能武能文者出，而亦必别之曰娘子军，曰不栉进士。呜呼！千载压制，女气销磨，天道如何，吞恨者多。吾辈得生此女学方兴时代，何幸如之。噫，危矣哉！吸新持旧，间不容发，吾辈努力从此始欤？斯篇之刊，类多言本校女子事，借以就正于四方高才博士，助我教育，启我女学，同跻于远大之域，共造于深奥之阶，岂仅昭吾校之成绩也哉？

——《直隶第一女师范校友会会报》

(1916)第一期

晴窗蝶序

庄生耶,蝴蝶耶?蝴蝶耶,庄生耶?栩栩然,蘧蘧然,煞费分辨者也。萦梦于漆园,惹得李愚起慕,晒粉于连枝,偏教何晏蒙羞。至夫千株报到,万朵争迎,逐蜂儿于阙下,宫嫔笑语过墙去,避莺哥于树底,子规泪痕湿衣多。邻家午景,泗水晨光,春云春雾,春雨春烟,乐尽兹时矣。又若飞上美人之簪,愈形倩影,赢得骚客之句,倍觉缤纷,寻芳径而力弱,采衣片片,觅诗路以情殷,薄翅绵绵。岁岁结缘于兰闺,假纤手以成绣像,年年被怜于博士,托锦心以写佳名,猗欤盛哉。尤喜浓抹艳妆,学人醉花眠之态,酣游巧斗,添阶前砌畔之香,慢与杨花夹舞,益显红白之娇,忙同柳叶齐翻,更生青黄之媚,怯莫怯兮杏雨中,怅莫怅兮青山外。而其眉稍修细,何输弯月,腰际轻肥,冶逾环妃,翩翩妙体,灼灼姿容,殆无人而不称之。若乃榴红黛绿,翠霭金霞,牡丹日晒,芍药风翻,不有蝴蝶交妍,其何以为情也耶?我也痴心,将为君以永传矣。

其秀在骨,其韵在神,置之六朝文中,几令人迷离莫辨。谢道韫、苏小妹复生,其娟心慧质,亦未必能过此也。佩服,佩服。

统观诸作,非惟学有根底,可谓妙才天生。其益自策励,多取晋魏六朝诗文,而寝馈枕胙之,定成当代名流。余言不虚妄也,荷生勉旃。皞如

——《直隶第一女师范校友会会报》

(1916)第一期

李昭实

李昭实(1897—1946),福建闽县(今福州)人。父李宣龚,近代诗人。夫王一之,驻巴西公使馆随员。李昭实为上海圣玛利亚女学校高材生,寰球中国学生会会员。1919 年经张元济、陈敬第介绍,与王一之结婚,后赴美游学。

游鼓山记

岁次甲寅腊月二十有二日,余偕质妹旋闽葬母。葬事甫毕,而背冬涉春矣。吾侍亲去乡里十有二年,今以葬母归,行复远出,此后再归,不知何日,遂约诸弟妹作鼓山之游。山在会城东南三十里,乘篮舆而往,历三小时,始抵山麓。过利见桥,西行至头亭,舍舆徐步,拾级而上,经万松岭,松大者逾抱,枝干奇崛出云表。岭腰有瀑布,经山谷而下,潺潺有声,复循小径数百步,有水亭半山亭,再折而西有茶亭,余等遂憩焉,且息且语,诚足以娱耳目拓心胸。时日将午,余辈复前行,冈陵起伏,道路崎岖,石壁间多有宋贤题名墨迹,惜匆匆不能遍读之。少顷至更衣亭,天气转寒,余用巾围颇项以御风力。出亭,攀陟石磴,长逾十丈,宽不及丈。路尽向北为涌泉寺,忽闻钟声铿然,知寺僧将午膳,遂往观之。众僧环坐一室,座各置饭菜一盂,先祷而后举箸,饭毕则覆盂。既而一老僧来,延余等午餐,蔬菜罗列,味能适口。午后往放生池,凭栏

观鱼,水清而鱼可数,投饼饵其中,则鱼争上,游泳吞唼,若解娱客。其东则喝水崖,人云盛水杯中,水高于杯而不溢,以之煮茗,味洌而甘。西行,至大雄殿,相传有舍利子数枚贮于塔中,运亨者观之则赤,运否者观之则黑,来客必焚香默祷。僧乃秉烛为导,余不之信,然因好奇之心,欲证其真伪,姑循例为之。余所见者其色白,与寻常之珠无以异,诸弟妹亦谓然。嗟乎,此不过山僧歆香火之利,故为是说耳。时夕阳已西,天色薄暮,遂相率而归。循溪寻径直下,水声淙淙,不绝于耳。远望则墟烟四起,农家灯火,明灭林外,村妇歌于途,牧童休于塍,各乐其乐,信有田家之逸致也。萦妹谓余曰:"鼓山之游乐乎?"余曰:"见所未见,何谓不乐?然余今日得游于兹山者,以吾母之归葬耳,以永诀吾母而始得游于此,吾宁终身不涉兹山之胜也。"闻者泫然,吾亦泪下,吾草此篇,岂谓纪游,亦以塞吾哀耳。

——《妇女杂志》第一卷(1915)第九号

游西湖记

己未二月十八日,午后余偕质妹随侍诸叔,乘二点四十五分火车赴杭,沿途风景颇佳,余以头晕未能纵览。首经梵王渡,凭窗外望,校舍隐约丛林中,旋经徐家汇、龙华、松江、嘉兴诸站,及晚七时抵杭,行李受检后,雇人力车赴清泰第二旅馆。地濒西湖,颇清静,倚栏远眺,半湖在望,惜是晚无月,未能明了。因天气无定,遂拟翌晨先行入山,故于饭后休息半小时,即行就寝。

十九日天气和朗,凌晨即起梳洗。早膳毕,乘篮舆缘湖而行,修竹成林,远望如雾。约一时许,抵青莲寺,鱼泉在焉。中畜五色金鱼,散斋投饵,吹唼可数。由青莲寺至灵隐,甫入门,飞来峰巍然孤耸,状颇奇特。前行数十步,有三亭,东曰壑雷,泉声如吼,中

曰亭亭亭,西曰冷泉亭,相传为东坡判事之所也。余等在灵隐少憩,仍乘舆往三竺,沿途妇孺,肩负香囊,口诵经咒。是日俗谓观音生日,是故一般妇女,焚香顶礼,异常拥挤。嗟乎,一年之间,香火之资,所耗甚巨,苟移此愿力以作慈善之举,其益岂浅鲜哉?由灵隐竹径攀登韬光,俯视江海城郭,历历在目。下山至龙井午饭,饭后赴理安寺,经杨梅坞,竹大如椽,为余所未见。抵山麓,下舆徐步,遥望一塔孤耸,询为周母董夫人藏经之所筑,楠杉参天,阴森可爱,时虽仲春而犹及观梅。茗话既毕,遂游九溪十八涧,每行数十武,即有石齿齿横亘水中。山泉下驶,激石成响,溪涧迴绕,介于两山之间,冈峦起伏,细路崎岖,逶迤如羊肠,殊不厌其远也。薄暮遂往烟霞洞,石磴高下千级,艰于行步。山石多刻佛像,壁间有前贤墨迹,字迹模糊,粗可辨识。洞旁有一石,上刻一像,题曰苏龛。是像寺僧原以祀钱神者,后改以祀东坡。吾乡郑苏龛先生有诗纪其事,颇寓王谢争墩之意。游人至此,亦往往泚笔题石,留为纪念。诸叔亦循例执笔,书来游年月日于其上。时天微雨,遂在此晚膳。饭后雨更大,乃归旅舍。

二十日天晴,晨光熹微,即乘小舟游湖面,绿波春水,骀荡怡人,杨柳楼台,参差多丽。经西冷,抵孤山,访林和靖梅妻鹤子偕隐之处,再过林社,吾乡林迪臣太守有功德于杭,杭人结此社以志遗爱。社屋数椽,面湖背山,最为佳胜。舍舟而步,经苏小墓、秋坟,再行数百步,至岳坟。中座塑岳武穆像,两旁植立为诸将士,秦桧及其妻王氏像则颠踬于坟下。夫鄂王,宋之忠臣也,百战摧敌,至死不懈,其初心岂求知于后世?然好事之人所以为此者,盖欲使后世之人,见其忠烈之像,慨然想望而起景行之思耳。后至刘庄,结构颇巧,栏榭桥亭,不可胜数,然皆圮毁。阍人导余等观其祠庙,陈列物品,所值不赀。内室椅榻,均紫檀所制,尘迹蛛丝,到处盈寸,没官以来,无人过问,遂致荒凉至此。园后有墓一所,

中为园东与其夫人生圹，左右列八冢，皆镌其姬之姓氏。闻园东经商失败，庄既入官，姬亦有星散者，生圹虽在而不得同穴，山谷诗云“婵娟去作谁家妾，意气都成一聚尘”，良可慨也。浏览既毕，遂游三潭印月，四面临水，渡曲桥至卍字亭。三坛鼎峙，湖光掩映，身游其间，幽襟既惬，流连忘返。时已亭午，遂鼓棹向苏堤穿六桥，遥见壶春楼酒帘临风招展，舍舟饭于是间，莼鲈虾笋，亦觉可口。午后荡舟回旅舍，摒挡行装，于二时半趁车返沪，到寓时钟已九下。此游甚乐，惜为时匆促，山水之胜，尚未能尽领耳。

——《妇女杂志》第五卷(1919)第八号

寒假送同学归里序

彤云密密，北风烈烈，枝头积雪，白如梨花。时则吾校放寒假，而吴君乃有归里之行。骊歌三唱，祖酒一杯，余遂送君于沪宁车站。君金陵人，今之归，归金陵也。少与余肄业于江南女子学校，情相洽，年相若，订至交焉，在校时出入必偕。虽放假期内，常相过从，情逾骨肉。迨辛亥之岁，余就学于斯校，吴君亦相继而至。寒暑两假，同往上海，彼此未尝有十日之别。今君归金陵，秦淮钓雪，钟阜樵云，余不能与之偕行，重访当年旧迹，余其如君何，君其如余何。余与君亲爱如姊妹，日常相聚，未尝或离，吟风弄月，其乐融融，而今忽然远离，能不怆然伤怀乎？君归金陵，为我告往年旧雨，别来三年，依然故我。不知诸友闻之，更何如也，行矣勉之。来岁春风，余当迎君于黄歇浦上也。

——《妇女杂志》第五卷(1919)第九号

汪道蕴

汪道蕴(1897—?),浙江钱塘(今杭州)人。父汪诒年,清末学者。夫朱英,驻意大利使馆秘书长。

游京一月记

余生二十有三年矣。十七岁以前,就家庭延师课读,朝夕未尝离父母膝下。十七岁之春,即民国二年考入上海圣玛利亚学校肄业,乃寄宿校中。虽校章每数星期得归省父母,然校课所羁,不敢懈怠。故是时足迹所及,非家庭即学校,仍不出上海一隅。今年夏毕业出校,家居多暇,诵《木兰诗》至“朝辞黄河边,暮宿黑水头”之句,慨然想见北部山川之形胜,况太史公游历名山大川,遂文思浩瀚。夫吾人为学,虽不必在文章词句之末,顾终日埋头诵读,足不出里闬,则见闻狭隘,智识鄙陋,殊不能有裨实用,亦何苦劳精疲神,而为此虚渺想像之学耶?会世伯母未太夫人自津中寓函相招,欲予至津晤谭。乃请于父母,游历京师。幸二弟岐成向肄业唐山铁道专门学校,北道之行,情形本熟,从弟德侃又于今年考入唐山路校,暑假将满,均欲束装北上,故余此行有两弟作伴,更不患岑寂。父母乃允予所请,遂于八月二十七日首途,计是行凡匝月。初次游历,举所见所闻,愧无学识,足以相引证。且以女儿身,初游北方,人地生疏,未能单独行动,致令大好光阴半消磨

于戚族之酬酢，殊为可惜。惟旅行归来，父母兄弟询以所得，爰整理逐日之所记载，录呈父母，以慰期望。更以俾兄若弟，聊当卧游。若夫文字之工拙，非所计焉。

八月二十七日，天气炎热。下午二时辞别父母，偕岐侃二弟登盛京轮船，坐官舱，计每人价银八元。船身甚小，乘客众多，暑气薰蒸，颇不能耐。是殆初次出门之故欤，幸未及半刻，船即驶行，觉凉风徐来，心神为之一畅。舟中无事，与弟辈闲谈时，船已出吴淞口，水色澄清，几可鉴发，非如黄浦之水，浑浊难堪。据地学家言，海水之清浊，以海底深浅不同之故，今乃实验之矣。夜中舱内仍闷热异常，故仍倚栏而坐。时月色甚明，照海水作银色，苍茫四顾，惟闻轮机声轧轧作响而已。余此次北上，初拟遵津浦路陆行，旋以乘车不舒适而罢。今睹此夜景，知乘车陆行，必不能如此畅快也。

二十八日，晨起甚晏，舟行极速，陆地已不可见。下午舟进黑水洋，水色青黑，浪花甚大，几欲冲船身而上。时船中虽微觉颠荡，但破浪而进，不稍休止，余亦为之气壮。于以知宗悫乘长风，破万里浪，其志趣诚不易及哉。

二十九日，上午舟经刘公岛。全岛面积似不甚大，远望之，风景殊佳胜。闻泰西人每值炎夏，往往来此避暑，既而至威海卫。按，威海卫属山东文登县，三面负山，前临黄海，刘公岛横其前，分东西两口，西口水深，东口多礁，气象雄伟。清光绪甲午以前，为北洋海军重镇，后为日本所据，旋租与英国，期限二十五年。如此良港，乃为外人势力范围地，而国人犹沈睡不醒，为之浩叹不已。时船虽停泊，但不近岸，各种小贩卖者，均乘小划船而来。既近轮船，即攀援船舷之缆绳而上，异常神速，无异猿猴升木。谚云，南人乘舟，北人骑马。今乃知斯语之不可尽信。此处水又作青色，大约其底甚深。下午至烟台。按，烟台在山东福山县之罘港内，

明时设烽堠于此防海,故名。清咸丰八年,中英《天津条约》订定开作通商港,故往来渤海之轮船,多于此碇泊,贸易颇盛。遥望外国领事馆耸立山上,形势甚佳。船在烟台停可半日,始行。

三十日,天气渐凉,舟行极稳。下午六时,至唐沽,船至此停泊,乃与弟辈登岸游览。时已黄昏,而岸上竟无灯火,不免有行路难之叹。惟火车站中有一小灯如豆,一场扫兴,无可游览,乃即上船。

三十一日,上午十一时至天津。天津为北方重要商埠,为清咸丰十年中英续约所订定开辟者,地当五大河合流处,为北部冲要繁盛之都。政界大老,每在津建筑别墅,几于尽人而然,即此可想见其繁华富丽。庚子之役,联军入京,比和议成,将天津城垣毁坏,立约不得复筑,殊可耻也。余以所带行李甚多,自己料理颇为不便,故暂交客店,并拟小住一日,以资休息。比至,见该店正在修理房屋,停止营业,于是变计至电话局访朱杰甫硕士。其夫人楼咏瑟女士,固予之至戚也。当乘人力车往,价廉而行速,沿途街道宽阔,与上海无异。见电车往来如织,惟汽车甚少,此或不足据为定论。以余久寓上海,上海之汽车,以地段及时间之关系,亦有多少之不同。设有旅行初至上海之人,于上午八九时许,仅行英租界二马路一周,未尝见有汽车,即见亦不过一二辆,安可以此为上海汽车甚少耶?及至电话局,询守门巡士以朱杰甫寓址,该巡士竟详细指示,且状态极恭敬。余甚心感之,此虽为守门巡士应尽之职,然彼设以余等为异乡人,仿佛秦越人之视肥瘠然,含糊作答,余亦无如彼何。即此可见北人性质之诚实,不似南人之狡猾矣。晚八时,杰甫夫妇导游陶园,园中树木花草,均甚整齐,惜地方不甚宽大,重以戏场锣鼓声喧阗聒耳,似非雅人之所赞同也。是晚即宿咏琴女士处。

九月一日,乘船多日,精神已异常损闷。昨日登岸,始而奔

波,既而酬酢,更为乏力,因此今日起床甚晏。二弟忽患咳嗽,大约略受风寒所致。身在旅中,诸多不便,惟有听之。下午与两弟出门往谒朱世伯母,晤谈甚欢,承留晚饭,比回电话局已十时矣。

九月二日,上午朱世伯母之第四婿魏冲叔君命汽车来接,至则已十二时。饭后斗麻雀可二时许,闻京津间此风甚盛。中上人家妇女,几不知治家为何事,晨必近午始起,午餐以后,此来彼往,无非斗牌,仿佛以此为最要之酬应,唯一之正务也者。余心颇不然之。

九月三日,天气甚凉,风沙颇大,故午前未出门,至下午始赴魏家,晚十时始回。

九月四日,弟辈以校中已开课,不便久留,于今日上午十一时乘车赴唐山。下午余亦乘快车赴北京,车中颇苦岑寂。邻座为一美国人,貌甚和蔼,余遂与之闲谈。见彼携一犬,余询其曾为犬购票否,彼以犬小不必购票答。余闻之喜甚,盖余亦爱蓄犬,拟出京后,购一小犬蓄之,以后二次旅行,大可带之以作伴侣也。晚八时至北京车站,先是余曾寄函楼欧荻表兄,恳其来站照料。余下车,见表兄已先在。据云已候多时,余甚觉歉仄。及至其家,已九时许,饭后即睡。

九月五日,天气忽变热,下午本拟赴东单二条胡同谒伯唐大伯父,不意大伯父已闻信先来。劳长者往返,心甚不安。午后风甚大,未出门。

九月六日,九时趋车谒大伯父,至则已出门矣,旋往谒吴挹清义父及陈聘臣夫人。见北京马路甚宽,惜建筑不及上海,既无水车,又无阴沟,故天日晴和时,则灰沙扑面,若值天雨,即积潦盈道,泥泞难行。夫水车与阴沟,本非万难办到之事,不知当路者何以因循若是,或者其别有原因欤?是则非余所知也已。

九月七日上午,至辇儿胡同访谒夏表伯母。沿城根而行,可

半里许,始进西交民巷。街道之清洁,远不及上海,惟两旁外国式房屋,稍觉整齐耳。下午四时,承表伯母导游中央公园,门票每人铜元十枚。园内古木参天,奇花遍地,莲池四绕,清香扑鼻,文华殿、武英殿等,高耸于后,园内有球场饭店,均甚清洁。是日见中西人士来游者颇多,盖中央公园实京城中夏日纳凉最佳处也。

九月八日,是日为星期。晨大伯父乘车来接,承导游万牲园。按,万牲园即前清三贝子花园。行可一时许,进西直门,未几即至。园右为万牲园,虎豹狮象,及其他各种飞禽走兽,不胜枚举,惜饲养不得法,大半均为标本矣。万牲园后为花房,奇花异草,目几为眩。惜未与植物专家偕,不然,当可增进几许植物智识也。大伯父命在园内午膳,饭后,至农事试验场,场内树木均有特别标识,使人一望而知。该园面积可十余里,故游览一日,仍若走马看花,不甚明了。至下午五时,大伯父仍送余回北半截胡同欧荻表兄家。

九月九日,今日为先大伯母冥寿。故晨九时,即至长春寺,时大伯父已先在。是日惟闻和尚诵经声而已。晚六时至吴义母家畅谈,留宿焉。

九月十日,天气晴朗。下午义母导游古物陈列所,门票每人大洋一元五角。中为武英殿,陈列前清宫中珍贵物品,金玉珠钻,五光十色,均非寻常所得见者。余亦不能辨其孰真孰伪,惟觉光怪陆离,目为之眩而已。其中,漆器刻工之精细,直为目力所不能审视,畴谓我国工业不足与外人媲美哉!右殿陈列古铜器,左则陈设景泰蓝,游毕时已黄昏。今日之游,足以证明前清帝室奢侈无度,惟昔日视为宫中禁物,今则仅费大洋一元五角,可以一览无遗,共和幸福如是,为之心悸。

九月十一日,天气甚凉,风沙颇大。终日与义母闲谈,未出门一步。

九月十二日，以欧荻表兄之邀，故下午四时仍回楼宅，见来客颇多，询知均应表兄之约，来此晚餐者。昔闻京中积习，凡赴宴会，请柬上虽写午刻，而客齐坐席，往往申正。然则今日主人请晚餐，客到何以如是其早，嗣又询其故，知晚餐以前，尚有手谈之局也。是夕女宾甚多，强与周旋，直至一时始睡。

九月十三日，晨九时表兄导游颐和园。园距京约十余里，故乘汽车以往，车价较上海为廉。沿路街道甚清洁整齐，两旁树木大可合抱。闻此路为清孝钦后所筑，故甚平坦而修直，大约所费必不小。夫皇室游幸之道，如此坦直，民人通行之路，如彼凹凸，清室之亡也宜哉。至园已十一时，由乡导者引至园门，内又有他导者引路，经数殿至佛香阁。阁高而势险，余等由石阶而上，仅登其半，已乏力异常。至昆明池石碑，族兄彦时适同行，特为余等摄影二幅。此碑高三丈余，阔五六尺，由平地运至半山，其工程已可想见矣。由此处远望，全园之景均历历在目，正宫之瓦作黄色，偏殿者皆绿色。时风甚大，不能久立。由此处至石船，所经皆回廊，长二三里，可二三十步则有一亭，总计不下数十亭。始皇筑阿房宫，五步一楼，十步一阁，其景象宛若现于目前。廊中梁柱，均绘园中景物，行可一句钟，始至石船。船身甚大，为白石所成，内分二层，上层售茶点，余等即至上层，于此可眺望全湖。湖中有数亭，及十三洞之石桥，水甚清，游鱼可数。在此地稍息，又至船坞。内贮船三艘，一为孝钦后乘坐者，其余二艘，则为德宗及孝显后者。木质甚坚，刻工甚细，船内床榻，均檀香木所制，故人未近船，而香气已触鼻观。自此沿湖而行，可二三里，至石桥，桥亦白石所成。再行至龙王庙，中为龙王像，旁为雷神等像，奇形怪状，殊觉凶恶可怖。游毕，重经石桥，余等立桥上，又摄影一幅。北行至戏园，舞台分四五层，正对面为皇帝座，右为大臣听戏处，左则宗室听戏处。至此已近园门，出园回家，已午后六时矣。

九月十四日,下午夏表伯母来导游北海,车经数白石桥,始进园门。园甚大,惜多荒芜,内有大池,去年各报纷载总统府出卖三海鱼,即畜于此处者也。内有数殿,惜不记其名。某殿则为佛像,佛均乘五色云,殿后又有一大殿,内塑千手观音像,像高数丈余,手大于桌面,亦奇观也。是晚宿夏表伯母家。

九月十五日,星期晨,表伯母导游先农坛,奇花异木,不可悉记,松柏之干,均蟠屈若虬龙。坛后荒草满茎,惟见数石坊而已。下午至中央公园,余已游第二次,表伯母以今日为大力士第二日演武,故率余往观焉。见游人甚多,往来如鲫,岂来游宗旨,与余等相同乎?旋探悉大力士已斗败,于昨晚逃逸,不禁失笑,惜不知其为何人所败,殊为怅惘。在园游览可二时许,仍回夏家。

九月十六日,以踵玉族兄邀晚膳,故下午仍回北半截胡同欧荻表兄家,缘北半截胡同距踵玉兄所居西草厂甚近也。下午五时与表嫂等同往,至则坚邀手谈,余谢之。膳后,表嫂等牌局未了,故余先回楼宅。时适小雨,路颇难行,所幸者,余乘马车,尚不觉其苦也。

九月十七日,余拟即日南旋,故至各处辞行,承诸尊长款留,余以深扰不安,且远离父母已久谢之。各处均到,而以车夫独不识西石糟胡同路径,寻觅多时始得。今日风沙甚大,余所著黑色衣,均成灰色,面孔亦如带假面具然,揽镜自照,白黑相间,殊为可怕,若使南方小儿见之,恐疑我为戏剧中之小丑矣。下午天忽小雨,晚即晴。

九月十八日,天阴,风甚大,未出门,且以昨日受风灰故,患咳嗽。

九月十九日,今日为秋节,故晨起即至大伯父处贺节,后又至吴家向义父母贺节。下午四时拟至羊皮市谒伯宇大伯父,车夫乃误拉至东大市羊皮市,故卒未寻得。人地生疏,吃亏殊不少也。

六时回楼宅。

九月二十日，上午打电话至长发栈，询新铭轮船开行期，以二十一晚对，故余遂整理行装，无暇出门。晚又拟乘火车回南，以期便捷也。嗣知晏城兵变，死伤七百余人，津浦路交通杜绝。余闻此信，始决计乘新铭行。闻此次谋变之兵，乃龙济光在山东新招者，本为积匪，今乃应招而为兵，兵尚未编成，又谋变而为匪。呜呼，兵匪不分，我中国永无安宁之日，一叹。

九月二十一日，晨六时即起，匆匆抵车站，距开行时间只五分矣。别表兄等上车，十二时到天津，以咳嗽故，未出门。晚八时，杰甫夫妇亟邀我至影戏园观影戏，强从之，幸戏片甚好，尚可谓不虚此一行。十二时乘电车回家。天津电车价廉而行稳，不分等亦不分站，上车后无论至何处，惟铜元三枚。昔闻诸师云，日本东京地方，乘电车亦不分等，不分站，上车后无论至何处，惟铜元五枚，但下车后，再上车须重付值。独不解上海电车，何以必分等分站。说者谓头等座备西人坐者。呜呼，即此一端，便可见我国人人格未完，处处为外国人轻视耳。今日本为新铭开行期，后又知须延至二十四日清晨开行，故未登舟。

九月二十二日，天甚凉，风灰颇大，蛰居电话局，未出门。

九月二十三日，晨九时，朱世伯母以马车来接，承备饭款留，甚为心感。晚九时至招商局，登新铭船，上官舱票业已售罄，不得已乃购下官舱票。船未开行，人颇嘈杂，余即闭门而睡，以资休息。盖余自到京后，移日与戚族周旋，几无片刻闲也。

九月二十四日，晨起，舟已开行矣。十一时至唐沽，以运煤故停可四句钟。船停时，见无数兵士上轮游玩，至各舱口，向内窥望，殊不知其命意之所在。余忆晏城之兵变，不觉瞻落，故即闭舱门，以免其窥探。旋船上水手告余曰，此等兵士，实盗贼也，余闻之哑然。夫兵非所以卫国安民者乎？乃今以盗贼目之，损失兵士

个人之名誉犹小，而我国军政之废弛，即此可想见矣。

九月二十五日，晨九时船抵烟台。小贩卖上轮来者颇多，余见有售水果者，即购葡萄等物，约一元有半。以天津葡萄驰名南北，返上海后以赠亲友，非至佳之品乎？下午进黑水洋，船稍摇动，余尚不觉苦。

九月二十六日，舟行甚速，无岸可见。余终日倚栏，见天水一色，神志为爽，如此佳景，岂家居所能见者乎？

九月二十七日，晨八时抵上海。见一西人上轮来查检有无漏税物。查至余舱，余曾带一木箱，内贮京中新出之花盆，以泥为之，形式酷似树根，西人指为古董，令余纳税，与之再三辨论始已。回家已十一时，父母平安，心中良慰。余此次北行，所见所闻，多不胜计。若以游玩计，北京为首都，自较他处为胜，若以地方清洁论，实不及上海远甚，且北京房屋及马路之建筑，不及上海租界多多也。

——《妇女杂志》第五卷(1919)第一号

高珍

高珍(约1897—?),天津人。1916年毕业于直隶第一女子师范学校,后留任本校附属小学教员。著有小说《华胥国》。

赴张家口纪程

余父母宦居张家口,以余与兄弟皆学于津门,不能随侍,故留津中,每值暑假,辄一往省。暑假为吾学生休息之日,亦吾家庭最乐时也,今又至其时矣。丙辰六月六日,偕余弟乘京奉车赴张垣。车开行约六钟余,初行甚缓,既而渐速,黑烟缭绕,汽笛声声转,瞬即一站,为北仓,稍事流连,即行。次杨村,此盖二小村,无风景,一望皆麦田,青苗高数寸,不甚茂,惟牧童三五,马牛数群,点缀田间,颇饶风味耳。又六站,此六站大都小乡,鲜有可记事。至丰台,车中执事人至,索票,去其半,以余半付余弟。盖赴张家口者,必持此半票换登京张铁路也。余遂下车,余弟前导,改登京张快车。车小气闷,颇不若前车之清爽。俄而车开,则车前草木应目而倒,此车之速率,已倍于前车矣。行愈速则颠簸益甚,加以车首距余座处甚近,煤气为逆风送入窗中,大不适于呼吸。余遂晕然欲呕,亟探首窗外,为急风所吹,始稍清爽。又过北京、清华园、清河、沙河、昌平等六站,风景绝佳,远山可望,高接云际,惟以一线深蓝色,为之分界耳。渐近则山脉联络,不知几万里,色青红不

一,高不知几百丈。古木斜横,杈丫多怪状,下伏清泉,激石有声,浪花白似雪,民房咸以巨石子累成,门窗房舍,俨然入画,其技之巧亦云极矣。几许田夫村妇,皆以帕蒙首,或荷锄而立,或倚树而歌。又几许小儿童,或牧牛羊于半山,或牵骡马以运草,咸仰其首,停其足,以俟吾车之过,而观车上行人,睹彼消闲之态,似与世无关者。余不禁自恨生于污浊繁华地,不能一领山川之秀气也。又一站至南口,车中人燃电灯,余知将穿山洞矣。俄顷,车外漆黑不见人,惟车中荧荧灯火,喁喁人声而已。行一钟余,豁然大明,则山川草木,具现目前,盖已出洞矣。如是者凡三次,最后为居庸关,行其中时较长。此山洞系于山中凿洞,洞口砌以石,车行其中,车窗咸闭,以洞风阴冷故也。出洞后,车行山峡中,两面皆绝壁,怪石峥嵘,悬崖欲堕,左右顾盼,应接不暇,行数里不见有青天,惟怪石红土障目前耳。过此而至青龙桥,又沙城等站,则万山耸立处,有灰色平行线,蜿蜒断续于山巅,则万里长城也。渐近则渐真,城垣多不整,或拆一角,或断半垣,望敌楼咸倾斜颓败,碎砖堆城下,世远年湮,风雨剥蚀有如此者,其长不知连几多山,随山之起伏而曲折,虽穷极目力,不能觅其端倪。世谓秦始皇为残苛,然此绝大之伟功,千古之遗迹,岂非始皇所贻留乎?虽然,此城之筑也,吾不知伤却几许生灵矣!过此又至新保安、沙岭子等站,而至张家口,自津至张,所经凡二十三站,约八百余里。久处津中,乍经山川林木之胜,殊令人心旷神怡也。

神情悠远,挥洒自如,叙事尤能得古文法派,真乃文坛上将。皞如

——《直隶第一女师范校友会会报》

(1916)第二期

郑申华

郑申华(1898—?),香山(今属广东)人。父郑汝骙,毕业于美国华盛顿大学,曾任驻日本使馆参赞。郑申华幼年曾入南京洋务局模范小学读书,继入金陵汇文女校肄业。1913 年入上海圣马利亚书院深造,是美国传教士亮乐月的学生。曾在《女铎报》《妇女杂志》发表作品多篇,有剧作《知足不辱》、译作《薏波》《施德拉》等。

返宁五日记

三月二十六日,为余堂兄锡汾结婚之期,余于二十四日自沪赴宁,用觇婚礼。是晨六句钟起,摒挡一切,同事李女士送余至站,时已七句余钟,于是别李女士而上车。此为特别快车,且备有女客车。余既入,见车中已有女客二十余,老幼不一,喧嚣莫可名状,窗户严闭,空气恶劣,令人头昏目眩,而彼等处之泰然,诚不可思议。乃开近余之窗,聊以遣闷,默念吾国人之不讲卫生,一至于此,他国罕觏也。未几车行,枯坐无聊甚,幸余皮箧中携有中西文杂志各一,乃取而阅之,不意全车人视线悉萃集于余身,一若女子略识之无,便为奇异,其见识之浅可鄙亦可笑也。二句余钟抵宁站,已有某仆相候,遂乘人力车抵家,骨肉团聚,无限天伦之乐。是晚,晤父执李君,谈及先考病状及弃世之速,为人所难料等语。

因思人生在世,昙花泡影耳,死为人之所不能逃,天下抱无父之痛者,岂余一人哉?强以自慰。然当此少长咸集之际,独不能一亲余父色笑,辄不觉涔涔泪下也。

二十五日,余堂兄来视余,略叙阔悰。兄为余三叔所出,此次以就婚故由粤来宁,婚后不久即拟还乡,盖家有老母,欲速回以奉甘旨也。午后,偕余姊赴市为兄购应用物数事。

二十六日十句钟,偕母及姊妹等赴某旅馆,即余兄所赁以结婚者。门外停有新人之马车,车内围以红缎绣花之帘,车外饰以红彩球,马亦披红,颇属美观。馆前悬国旗二,左转入礼堂,堂铺红毡,上置礼案,案前列花一瓶,及印色一盒,壁上贴以礼堂图,注明各人之位。堂左为新房,右为客房,悉悬万国旗。新房陈设焕然一新,有对联二副,织画四幅,几案上则陈鲜花、果品、时钟、镜台各物,五光十色,目不暇接。午后男女来宾相继至,各行俗例应酬数语,旋请媒妁卢刘二君往迎新人。及六句钟,陡闻炮竹数声,而新人至矣。于是女傧相扶而入,司仪人宣读礼单,各依次就席,既行结婚礼,证婚人读颂词,主婚人读训词,各用印于证书上。礼毕,已及八时,于是安排夜宴,宾主交欢,杯盘狼藉。十一时客散,余等亦归。

二十七晨,又偕母姊赴兄处,而余妹则已照常入校,以其年幼,未便使之多旷课也。既至兄处,有客数辈,清话依依,惟不若日昨之众耳。

二十八日,兄嫂赴岳家,余与余姊及甥乘车往访故人。有钱氏姊,相见而不相识,盖伊最后见余时,余方垂髫,屈指已十载矣。光阴荏苒,如白驹过隙,洵不诬也。少坐辞出,以马夫尚未中餐,乃命先返,余等步行至通俗教育馆一游。该馆基址甚广,仅游博物部及巴拿马赛会出品陈列所二处,余以无暇,未能一饱眼福,至今犹怅怅焉。比返旅馆,则兄嫂等已归,憩息片刻,乃与兄姊复乘

马车,往秦淮河畔夫子庙前游览一周,见绿柳红桃,互相掩映,游人络绎,大有车水马龙之概。

二十九日晨起,拟乘快车返沪,见余妹将入校,因询之曰:“欲需何物,当为购寄。”妹曰:“请寄铅笔数枝,余无所需。”不觉闻而心喜,盖以总角年华,不求饼饵以果腹,衣饰以彰身,而惟学堂用品是好,其能向学,自不待言。余固喜有妹,吾父在天,亦当含笑也。十句钟,与家人作别,余兄伴余同乘城内小火车至下关,直至沪宁车座内而别,情谊殷殷,仿佛当年汪伦风度。余坐二等车,座客只六七人,不似来时之拥挤矣。车既行,震荡殊甚,心怔忡几不能自主,意者数日酬酢劳顿所致也。旋见旅客多以书报消遣,因亦危坐展书。至三句钟,饥肠辘辘然鸣,乃命侍者进餐。餐毕,凭窗远瞩,郊外野景犹如一片青毡,风驰电掣,瞬息即过。至七句钟,隐隐见各工厂烟尘缭绕,万家灯火,烂若明星。汽笛一声,已抵沪渎,余乃乘人力车至校,与诸友畅谈别况,至更阑始寝。

——《妇女杂志》第三卷(1917)第六号

张碧波

张碧波（约 1898—?），字子泉，直隶深县（今河北深州）人。1916 年就读直隶第一女子师范学校四年级。

对于学艺会之感言

韶光易逝，一去不复，荏苒年华，曷能再来？今适吾辈青年，孟冬初交，如是美景良辰，岂可辜负？此乃吾校学艺会之所以举行也。既而佳宾一堂，高朋满坐，于是振铃开会。首由校长报告开会宗旨，次为全体学生齐唱本校校歌，次为生理之讲演，乃解说吾人之呼吸器、消化器、循环器等，无一不令人了然，若见一己之肺肝。然吾于是有所感焉，夫以中国数千年来，生理之不知，卫生之不讲，于不知不识之中，不知断送吾几千万之无辜同胞也。望诸君慎之！然尤足感人者，则历史故事也。此事乃康熙二十八年，我国与俄罗斯所定最光荣之《尼布楚条约》也。然自此以往，几无战不败，无事不辱。呜呼！从康熙至今，不过二百余年耳，而时势之变迁如此。盛衰有时，岂人力也哉！远之，则日本横行种种无理之要求；近之，则法国强夺我土地，藐视我人民，凌辱我警察。苟稍具有爱国之心血者，谁能漠然不动于中乎？且法国以新挫于德意志，所谓“强弩之末，不能穿鲁缟”者也。吾国人民苟能振发精神，上下一心，收合余烬，背城借一，焉知吾国今日不再现

一《尼布楚条约》哉？此吾之睹于目而感于心者，故为文以告诸君。

——《直隶第一女师范校友会会报》
(1916)第二期

图大计者不急近功论

古今之士，所以成大功、建伟业，必有其非常之谋虑，以与一世相持者也。是故文王不灭商，楚子复立夏，所图者远也。若夫武侯之六出祁山，乐毅下城七十，亦图大计也。然而武侯卒不胜魏，乐毅终未捷齐，论者厚非，吾独惜之。武侯寿不齐彭祖，乐毅非处管晏之位，故不得成功者，有以也。夫然尚有不及此者，则图近功之害也。昔者贾谊尽忠为汉，如其所论，虽三代何以远过，而卒不用于汉文，自伤哭泣，至于夭绝。屈原不用于楚，悲愤凝郁，自沉汨罗之江。呜呼！皆急近功也！设当日者，二子愤勉以待，虽一之不用，安知终不复用乎？知夫此，后世君子可以警矣。图大计则勿急近功，图近功则勿虑大计。图大计而急近功者，则必致身亡名败，百无一成；图大计而不急近功者，其成功大而且远。噫！此庞涓之所以刖孙膑之足也，其意殆忧魏之弱，而恐齐之强也。不知因此而魏益弱，齐益强，丧命于树下，败兵于马陵，使识者讥之，弗识者唾之。膑则反之，识者赞之，弗识者讼之。其殊也若是，皆急近功之所致也。

历引史事而以开合法驭之，遂觉涛澜壮阔无烟波。眉初

——《直隶第一女师范校友会会报》
(1916)第一期

爱家及国论

吾人自有生以来,得不为外人侵掠财产,杀伤生命,而常保其身躯首领者,试一思之,其己力乎?抑父母亲戚家族之力乎?皆非也,国之力也。若是,则国之惠及于吾人者既大且伟,吾安可不竭力以报之乎?虽然,曩昔专制时代,君主擅权,亲戚用事,由是贵愈贵,而贱愈贱。虽抱济世主义、爱国思想,如莘野隆中之智慧者,亦不过隐藏于萋兮菲兮之中耳。于是,热血爱国之士悉变而为爱家,几乎不知国为何物,相习沦胥,不可救药。训至爱家者,目为常情,爱国者付为诞想,不知亡国败家,事相随属。而铮铮佼佼,竟独肥其身,国家兴亡之责,若无与焉。余观于虞之宫之奇,有贤者之讥矣。方晋以师伐虞也,奇谏其君,不听,率其族行,冀脱于祸。论者皆称彼为蚤知之士,窃不取也。彼固能逃身免难,岂知故国宗祧、山河壁马,遂自此而湮沈矣。呜呼之奇,谓不爱国也亦宜。若夫汉室功成,名高光武,而子陵长卧等于黄石难寻,尚不类楚之令尹子文,一施其纾难之心者,非吾之所敢知也。

典雅蕴藉,允称此题杰作。邵甫

笔力沈雄,言之有物。眉初

——《直隶第一女师范校友会会报》

(1916)第一期

郑寿禄

郑寿禄(约1899—1961),字季清,别署郑岩、衫峙、漱六等,江苏如皋人。夫梁乃贤,广东人。郑寿禄曾就读于直隶第一女子师范学校,与邓颖超同学,天津“觉悟社”成员,毕业后主要从事教育工作,担任过《南京妇女》编辑。1949年后,一直在广西从事教育工作,1961年病逝于桂林。有短篇小说《杏花村侯氏记》。

蒋景陶传

蒋女士,直隶庆云人,名景陶。肄业本校,有志多才,胸襟磊磊,风骨棱棱,嫉恶若仇,慕义如渴,坚苦刻厉,克己力行。每判事非是,悬真理为准绳,初不为感情势力所惑,苟有以非理干之者,虽雷霆旋顶上,亦悍然毅然抗之而不从。天资颖慧,临学术,触绪辄解,不待深教。其为文章,若行云流水,援笔立就,热如火,艳如花。窃尝疑其锦心绣口,具子建七步之才,尤工书善绘,卓然有奇女子之风。女士幼长名门,三岁丧母,惟婶兄是依。兄长六龄,亦简重详慎。兄妹相依,十有八载,友爱之挚,虽唐李绩不逮焉。比长,父娶继母,女士尤能曲意承欢,冬温夏清,孝若生母,故继母亦自忘其非己出也。后嫂氏入门,女士躬其难而让其易,亲助调羹,不解何谓小姑饶舌。嫂有微过,辄婉言谏慰,若恐伤之。是以嫂屡自喜,语人曰:“吾得吾姑,如获好友。蒋氏家庭,蔼如春风者,

皆吾姑之德所感云。”吁,女士果何道,能使家庭亲睦若此耶?幼与兄共学,年十五,入我校,是为离乡入社会之始。每试辄跻最优,后其婶由奉省凤凰厅来招,不得已,弃学赴命,然颇以为憾,其兄妹曾相泣两昼夜云。女士在校中时,曾语吾曰:“强国要素,为武力教育,吾女子既无为军之幸福,而倡教育,吾之责也,吾当勉旃。”禄始一二闻之,以为言之非艰,行之维艰,君果克行其言耶。继而徐察之,知果有骐骥之才,抱鸿鹄之志。又曰:“我女界黑暗数千载,肯首倡女学者谁乎?女子为国民母,其关系尤要于男儿,倡斯教育者,不可不自女界始。噫!及吾身能有利于国,死也无恨,所惧者,庸碌以终,而无所建白也。”呜呼,女士终庸碌了身,其死后之痛苦为何如耶?丙辰夏七月二十一日,女士患热病,嫂事汤药,朝夕不离,女士以恩人呼之。病已革矣,犹呼曰:“吾亲爱之婶之兄来乎,吾重负婶矣兄矣。”七月二十五日,禄与李君献瑞趋视。其嫂指曰:“斯何人,妹识乎?”答曰:“吾莫逆交,世世难忘,胡不识?”既死且瞶矣,其父入视,女士揾泪不言,若有隐痛,揣其意,以为儿必死,不忍遗断肠言,累老父伤痛无已时。呜呼!女士卒于丙辰七月二十七日,享年十有八。是传诚有所不尽,以女士鸿志,非愚所能达其万一也。

——《直隶第一女师范校友会会报》
(1916)第二期

祭蒋君景陶文

维丙辰秋月四日,余友蒋君景陶逝世之七日也。禄与献瑞李君,敬具香纸,告汝英魂。呜呼阿友!灵在兹乎,明知魂魄一去,知识早已无存,只因万种伤心,故作痴想耳。君生前义人也,瞑途有知,必不忍不谛听吾言矣。嗟乎蒋君!茫茫恨海,谁是知音?

默默难言,我心独苦,君亦知阳世人几因此痛死乎?禄离乡孤女,瑞亦零丁,以君幼年之福,实过我二人,而寿命不及,良可悲也。瑞鲁禄愚,君独闻一知十,志刚识明,秉正嫉邪。余方幸得逢达者,同志同心,彼此怜爱,载言载笑,相互为欢,私心自喜,谓获良友。呜呼!孰意中途弃我而殁乎?民国二年,同入师范学校,三人萍水相逢,一见如故,自谓前缘有因,永结知己于今生,而岂料团聚未久,即抱此无穷之悲耶?呜呼痛哉!昔瑞寄宿学校,君与禄每日课毕回寓,于是朝则同往,暮则同归,风雨未尝相离。君或有疾,瑞怜吾孤行,吾或有疾,君怜瑞悲苦,三心牵挂,直无崇朝忘也。如有过,则更迭规谏,相爱良深。呜呼!岂偶然遇合哉?课毕之暇,或同游于堂外,谈话于室中,相对快然,诚不知何事为忧郁也。当此开学在迩,能不思及良友昔者同游同话乎?呜呼伤哉!前岁之夏,君季父由风来召,君弃学而往,实为供季父之欢娱,废学离友,岂君之本愿哉?且以为吾三人皆青年,长会之日长,不以为意,故舍友远去,自此望风愁想,书信慰诲之勤,诚不记其几千万矣。偶因事阻,半月不通书函,则君必寝不安席,食不甘味,若有不胜其感伤者。君今赴瞑途,书函永绝,岂不痛哉?生者念汝,可览遗留小像,死者念吾,当奈何耶?亦可于梦中相接乎?犹忆今年三月,君忽返津,相见欢容,历历在目,何期今日竟成长别耶?尤可痛者,自君来津,未暇长谈,或数月一聚,未道款曲。君促吾归,盖不忍妨友人之功课,吾二人亦免强听从,亦不忍负良友之美意。诚知其如此,吾何忍一日离汝也,今悔不及,夫复何言,惟有仰天长叹已耳。七月二十三日,闻君患寒热之疾,吾急趋就视,见君言笑如常,吾未始以为忧也。越四日,吾复视汝,君病已革,迨日将午,呜呼死矣!吾与瑞无心坐视,踉跄告归,自觉如梦,不辨君之死真耶梦耶?呜呼,自君之逝,以至今日,禄痛泪已枯,伤心欲醉,惘惘终日,无意于人世矣。瑞触吾感旧,不觉泪零,

朝夕之间，掩面数四，君在瞑途，亦同情乎？呜呼阿友！缘尽于斯，吾虽哭丧双眸，君亦不复人世，倘死后有灵，尚其时来我梦，余决不怯君之鬼魂也。呜呼哀哉，尚飨。

撇开一切旧套，独写己意，情真语挚，良不易得，尤难一人作文，二人致祭，处处不脱。仲纪

——《直隶第一女师范校友会会报》

(1916)第二期

写家书一封言校中放年假事

人事劳劳，光阴草草，转瞬又到残腊矣。回忆先君在时，父母俱存，兄弟无故，每值寒雪纷飞，梅花吐艳，则必把酒临窗，承欢膝下。曾几何时，而父骨已寒，杳若春梦。今此寒雪冬梅，依旧清凉触目，昔日天伦乐事，不可复睹，偶一萦思，皆断肠资料也。妹自来校，不觉半载矣，日月更新，客况如故，聪明消尽，只余一片痴呆，每一思之，未尝不扼腕三叹也。前接手书，悉母亲老困愁城，皆思女之故，兄以一身，兼子女职，虽强承欢笑，有时痛哭，亦复难制。妹展诵之下，珠泪双双，不能自禁，于是思母之心益切，欲归之志益炽。惟以母训素严，不敢无端请假，是以终日惘惘，有时而以泪洗面也。兹可喜者，学校于某日放假，妹将返里，吾兄闻之，得不为快意乎？旋归之日，一堂欢聚，春色融融，吾母眼看玉树双双，自然破愁而笑矣。余容面罄，草此敬候冬安。某兄手足清鉴。妹某鞠躬。

娓娓动人，是善于言情者。读之，觉有一种灵真气透入脑际，佳才也。皞如

——《直隶第一女子师范学校校友会会报》

(1917)第三期

致学友邀中秋赏月

某某学姊青鉴：

故园寻梅，对花絮语；弹琴啸月，把酒临风。回忆夙欢，一一在目，曾几何时，而星移物换，妹竟旅津半载矣。此半载中，不惟学业未进，即一切见闻，亦少兴味。听政海之蜂争，愁肠几断，慨凭虚之肆虐，寸心如灰，人非木石，谁能不为之伤心而陨涕耶？嗟呼！人之相知，贵相知心，以妹之窃抱杞忧，知姊亦同此情也。庄生有言，知其不可奈何，安之若素。既又自思，人寿不过百年，何必如是自苦，乘化归去，一切成空，何时何地不可行乐欤？且古人云，天下有一真知己，即可以无憾。若然吾二人何必复困于恨河愁海之中，而不别寻乐境，藉领生趣耶？乃辗转思之，竟无所得，惟忆刻当中秋佳节，花月争艳，正可与一二知己，携酒与鱼，联吟于花月之下，写一幅中秋行乐图，大可一抒积闷。窃思校中同列，虽称投契，然交疏言深，君子不取，求肺腑倾谈一真知己，舍姊其谁乎？是以拟在三五良宵，邀姊来此赏月，设皓月有知，当亦为之含笑盈盈矣。若吾姊旧雨无情，不肯光降，则妹当闺门静掩，不越雷池一步。允欤否欤？惟姊其图之。秋爽袭人，诸维珍重是盼，草此即颂文安。

妹某某鞠躬

八月十三日

文气豪宕，词亦新颖。向荣

——《直隶第一女子师范学校校友会会报》

(1917)第四期

论教育为立国之本

呜呼！国强者人民俱荣，国弱者人民同辱，民之依国，犹葛萝之依青松也。倘葛萝无松可依，则不能繁盛其叶蔓，环旋于空中，必至枝叶殄瘁，人斩而薪之，刈而弃之。盖以其无声无色者，勿使占我之花石地也。嗟乎！葛萝植物也，尚不能离托身之体而独立，况文明大昌之世界，又岂容我不知国家为何物之民族，享平等之利权，握自主之国权乎？是以翦藩属，割要港，议瓜分，夺主权，嚣然不绝于我耳。肆意凌辱，咄咄逼人，彼外人视我，曾埃及、印度不若，祖国千年之光荣，今已扫地尽。谁实为之，非我人民不以国事为事之咎乎？

民之等有三。一曰受人尊敬之国民。其道德理想，卓然冠绝古今，其学术体魄，精焉壮焉，达于最美之点。一切举动，无不令人钦佩而艳羡者也。一曰能自保守之国民。其道德理想不甚高，学术亦非尽美，然能挟其爱国热血，以保祖国之权利，而不受邻邦①之欺侮。至其下者，人民不知自立，有被动而无自动，于国家之盛衰，如秦人视越人之肥瘠。无智愚贤不肖，皆皇然为一人一家之私计，争权攘位，残害同胞，毫无悔痛。学业不振，游民塞道，精神委靡，曾无活泼之生气。若是者曰受人轻侮之国民。国于天地，殆以百数，而其国民之品格不出此三者。我中华之国民，以何者自处耶？夫列强果如何处置我，非我所得而知，亦非我所得而问也。惟闻其扬共同之声曰："中国民，不能自立之国民，当为外人所保护。"我国民思之，其可耶？其不可耶？姑无论明为保护而实吞噬也，即使其保护之诚，有若慈母与赤子，是固保护无加其上

---

① "邦"，原文作"封"，据语义改。

者矣。然试问母子之间,其权有不操于母者乎?而子对于母,又乌不敬者乎?夫以此处母子则可,若国与国焉,欲此国之权操之彼国,而俯首帖耳以服从之,是可忍孰不可忍?今吾国之士所涕泣而言者,曰瓜分,曰瓜分。吾谓我国极悲惨之事,不在瓜分,而在受人保护也。夫以中国之土地,中国不能自保,而待人保之,其状态为何如耶?朝鲜也,埃及也,皆以保护而亡国,几见有受人保护而能永久者乎?要而言之,国民不振,万事已矣,尚何言哉?然国之兴亡,匹夫有责,是不可不早为筹备也。今有人问曰:"汝愿救汝国乎?"必应之曰:"愿救。"又曰:"汝以何者救汝国乎?"则必瞠目结舌而不能答也。然则今日欲救国而无其道者,皆前乎此而未曾预备之咎也。今复不备焉,我民族将无仰首伸眉之一日矣。然救国之预备奈何?亦曰:"兴教育而已。"能使国民获普通知识,存爱国思想,将不求强而自强已。如孤军之陷于重围,非冒死决战,则无以生;如扁舟漂泊于大洋,非鼓棹孤行,必不能达诸彼岸。为存为亡,确在我民,而非他人所能援手也。同胞勉旃。

教育为救国根本,能从此处著眼,是何等识力!仲纪

——《直隶第一女子师范学校校友会会报》

(1917)第四期

王贞儒

王贞儒（1899—1966），又名王卓吾，天津人。父王赞。伯父王襄，金石学家、甲骨学家；叔父王钊，篆刻家。夫李季达，巫山（今属重庆）人，1920年赴法勤工俭学，曾任中共天津地委书记，1927年被反动军阀杀害。王贞儒1916年入读直隶第一女子师范学校，与邓颖超为同窗好友。1920年毕业后，应聘到北京高等师范学校附属小学（现为北京第一实验小学）任教。1922年回天津达仁女校任教，其间与邓颖超一起组织女权运动同盟会直隶支部、“女星社”等。觉悟社成员。1949年后在天津历史博物馆工作，直至退休。

不能侍母自伤文

语云：“鸦，孝鸟也；枭，不孝鸟也。”人亦然，世人皆鸦，独余则枭也。何为枭也？生母不能侍而杀之，岂非枭耶？至今思之，长夜饮泣，愤不欲生，悲矣哉！余母不在人世，迄今十七岁矣。生余十四日，而余遂永不复得见吾母矣。

呜呼，生身之恩不能报，而为之仇。噫，自生人以来，未之有也。先是余母离世时，余尚无知，至今始闻伯祖母示余曰：“汝母未病之先，谓汝姑母曰，‘姑，吾与若日弄小儿，吾等之闷，可以消亡矣’。不久汝母遂死。”余不忍闻此，遂涕泣满面，几不能成声。

又曰:“是何乎,更有可伤者。汝母将死时,尚抱汝于怀,则曰,‘欲尔成人,光耀门户,始不愧吾今日之死也’。”余闻之,则啜泣终夜,不能振者数日。母爱我如是,而我不能侍,我诚可谓枭鸟之类也。或曰:“天亡母,非汝不孝之罪也。”非也,实余福薄,不能有是慈母,卒侍膝下,致慈母早逝。是母之亡,余杀之也,天何罪耶?呜呼!不孝之罪深矣。

见学姊苑春双亲具在,日叙天伦之乐,因自伤,故泣成此文。丙辰四月初四夜自记。

满纸哀音,余阅之至半,泣数行下,不忍卒读,逾半日始卒读之。呜呼!无母而悲,较之有母不孝,且不自愧者有间矣。眉初

——《直隶第一女师范校友会会报》(1916)第二期

送赵玉昆先生南归序

吾校体操教授赵玉昆先生者,越省嘉兴人也。地居省之北,北控太湖,南临钱塘,南岭环绕之平原也。吾思南岭山脉之优秀甲天下,其在越省者称最焉,况加以钱塘江之怒潮、太湖滨之美景,故越之风景冠天下。嘉兴适居越省胜境之中,而先生者又适生其间,岂非山水之秀,经数千百年之保藏蕴酿,而集中于先生一人之身乎?何哉?视先生之名可知矣。先生尊号玉昆,盖美玉出昆仑之义也。而南岭为昆仑之支,先生之居近之,其殆以美玉自况乎!美玉蕴于山,经数千百年之磨炼而出者,余固知其必大有为于世也。

先生之来校也,盖为体操科之代理教员,其举动则庄严而可畏,言语则和霭而可亲,至教授之热心,训育之得法,又非他员比。如每授新操,学生有不明了者,必反复讲解,循循善诱,以引起学

生优美之情操、尚武爱国之精神。得师如是,何幸如之!夫体育者,强国之基也,曾见有武备不良、学术不发达而国能强者乎?又曾见有体育不讲,而武备能良、学术能发达者乎?盖体操能唤起人之精神,精神娱快,凡百事业而无不成者矣。况女子教育正在萌芽时代,不能得如先生其人之指导者,诚女子之大不幸也,而余等之尤不幸也。盖良师既得,匆遽复失,思至此则不觉怆然而泣,泫然而悲矣!转而思之,余则望于先生者厚哉。兹去也,余等虽不获受教于先生,而南省后学,转得近先生之芳泽,蒙先生之懿训矣。教育何分畛域,他日长江流域,莘莘学子受先生之教,能为强国之民者,而余亦享强国之福矣,岂不懿欤?况当此交通便利之时,虽不能直接受教于先生,尚可以书函通情愫,不患无受教之缘也。今当先生南归,谨作序送之,聊以写怀云尔。

前路因名生义,构思颇巧,余亦条达。向荣

起处恣肆老横,逼近昌黎。皞如

——《直隶第一女子师范学校校友会会报》

(1918)第五期

金庆畴

金庆畴(约1899—?),字秋坚,浙江嘉兴人。曾就读于直隶第一女子师范学校,毕业后执教于江苏嘉兴女子小学校。著有小说《黄女士》。

入都纪程

京都首善之区也,自满清入主中夏,王公贝勒、污吏贪官,目为利薮,据为巢穴,凡欲吸我民脂膏者,莫不趋之若鹜。二百年来,腥膻气与恶浊气相混合,几化首善之区为万恶之薮矣!余素耽僻静,厌尘嚣,不惯近城市居,况入此溷浊乡耶?改革以来,虽犬羊之族,驱除殆尽,然官僚阉竖,逐新潮流而起者,又岂亚于满清乎?故余欲前而复却者屡矣。或曰,狼至贪也,虎至暴也,狐至狡也,陈列于博物院中,人不以其贪也、暴也、狡也而远之,反贸贸然游散其间,虽与兽伍而不避,何也?不入其群,不知其为狼、为虎、为狐也。嗟乎!沪上为繁华之中心点,岂无完美之学校乎?余自五岁旅沪,迄今十又二年,肄业各学校,饱览海上之风俗人情,余实弃之不暇。适家兄北上,偕余同行,余颇愿意焉。夫里名胜母而不入,邑号朝歌而回车,隘甚矣。遂整装行,翌日晨,乘沪宁火车赴宁,将由津浦路北上。道经苏常镇各站,第见男女杂沓,拥挤异常,而军人往来者,亦复不少。余于此纷纭中,不暇睹社会

交际之状态，惟手挟报纸数份，以消烦闷而已。迨至龙潭高资以上，见群山纠纷，想联军攻城、张勋负固之情形，犹历历在目也。曾几何时，而负固之张勋已徘徊洙泗矣。顾余方思念中，石头城已在望。逾时到金陵，车过太平门，钟山北极阁矗入云中，不可见其颠末。此时气压极低，雨亦甚急，余等至月台取行李，饬夫役运出，呼人力车。车至江干，遍身淋漓，尽致逆旅者。赴车站，招待者甚多，剌剌向余曰："我家旅舍整洁。"因雨甚，即暂宿旅馆。翌日晨起，天气清爽，正可作汗漫游，借为消夏计。金陵为古帝王居，虎龙形胜，金粉繁华，久脍炙人口矣。莫愁湖畔，留徘徊之情；血迹碑前，遗孤臣之愤；明陵则黍离麦秀，故宫则华屋山邱。凡文人学士之游是邦者，或留题奇慨，或痛饮狂歌，发古思之幽情，抒胸中之积郁。虽沧海桑田，人事代谢，而兴亡迭更，抚今吊古，亦有心人所不自禁也。时届傍晚，会雷电交作，风雨骤鸣，余等未克入城，仍返旅馆。午后，余等遂并辔至太平门，绕道城陬，经紫山隈，晋谒太祖高皇帝陵寝，败宇颓墙，哀王孙之无赖，残碑断碣，痛故国之沈沦。来此者，莫不欷歔凭吊，恨英雄之长往也。余等既下车，由正道鱼贯而入，睹两门之石人石马，虽未登奥，已足动思古之情矣。行至殿前，殿门紧闭，未克入内，自窗隙窥之，见其旁茅舍两行，有居人焉，询之则守陵者也。因命一人导余等，隔江笛声，解唱后庭，旧院宫人，能话前事。守陵者语余兄妹曰："明初建筑，工程浩大，规模崇峻，清朝入关以来，几经兵燹，不堪属目矣。"回忆高皇帝之丰功伟业，可以下视秦项，上媲高光。方其盛也，荡平胡虏，恢复中原，南服入贡，海外来朝，始为淮上健儿，终亦开国之英主，固一世之雄也，而今安在哉？余兄乃浪吟一绝以吊之曰："寒烟衰草吊英魂，几点飞磷射墓门。独有钟山还似旧，雄风吹上月黄昏。"余兄低回留之不能去，云："余虽离此，然心乡往之。"翌日黎明，雇扁舟一，由江干渡至浦口新江口，与以小银元两枚，渡

船值倍之，而舟子招待则殊周。江干潮甚大，与岸齐。闻诸舟子云：“一星期前，下关马尽淹，则以江之上游水涨也。”宁垣地势洼下，每岁必有大水，故四乡多饥民，然未有如今岁之甚者，天灾烈矣。舟行时，晨光熹微，隔江拜将台与六合塔，犹在烟雨中，目力不能辨。行抵江心，微风习习，碧波荡漾，瞥见一二鸥鸟掠舟旁，遗矢遍地，秽气薰蒸，国人不讲公共卫生，何至于此极。余等购票至徐州，以途计之，价较沪宁路大数倍。而津浦轨线不夷，车辆不洁，反不如沪宁铁路远甚，此亦足征我国路政管理之失人也。方上车时，有西国教士几人，挟《新约》《旧约》各书，口讲指画，表最亲爱之状态。有一老翁者，就余兄坐，睨余兄久之，乃操极简单之英语，徐徐询余兄曰：“问所自来。”余兄略答之，老翁自言名为谁，余不可记忆也。瞬息至浦口，沿路水田，均被淹没，禾苗不实，收获无成，则农民之嗟怨当何如。车过浦镇后，至张八岭，经山界管店，抵明光。明光为一大镇，乘客上下较多。又经一二处，而至徐州。徐州为古彭城郡，西楚遗都所在，群山拥郭，奇险非常，过其地者，感想项王之为人。车既停，明日开车较早，暂宿城外，以便启行。由此北行，入山东境，而东鲁为文教肇起之邦，孔孟之遗风未绝，朱家之豪侠犹存，虽河山如昨，而时事日非，紧要之处，尽非我有。自启程迄今，无不伤心触目，仰天浩叹。余兄即以铅笔书曰：“已矣哉！汉土复兮汉人卑，汉人生兮汉土危。”一刹那间，车抵泰安，在泰山西南，车次在右，多寺院，孔子庙在山后，蔽不可见，而心向往焉。自此而行，又数十里，始至济南，抵历城时，天已薄暮，夕阳在山，凉风拂面，车中四望，野色苍茫。盖车次距济南，尚有四里许，余兄有事，急欲赴京，余之镇日游不倦，不克如愿。车自沧州北行，轨道高下殊甚，故不极驶。抵静海时，已昏黑。由静海而北，经独流镇、良王庄、杨柳青三站，始抵天津。沿途大水，桑田俱成沧海，白杨累累，只见树杪浮水面，令人望之兴叹。晚八

句钟,过杨柳青,所经多大桥梁。历二十分钟,至天津老车站,又加十分,至新车站。车停后,余随余兄往东门里林宅一宿。明晨起,行装重束,再上征途。时辰刻八句钟,搭津京车北上,约三小时,经北京永定门,入外城,附城东麓西北行,约几分钟,抵正阳门。而余之游程以终,时在民国四年夏六月间也。

——《直隶第一女师范校友会会报》

(1916)第一期

徐德慧先生传

先生名德慧,字织云,姓徐氏。徐为平湖望族,曾祖士芬,累官户部侍郎;父树昌,以进士主政工部。先生其季女也,随宦在京,肄业于北洋女子师范。既而主政以病殁于官,家属南旋,先生以学留。姊德秀先生,肄业于北京女子师范,亦留焉。天津距北京二百余里,交通利便,然各以学业故,非寒暑假时,罕相谋面。宣统三年冬,德秀先生毕业,偕先生归。民国元年二月,先生复北上,又半载,毕业于师范完全科,即应吉林双城县女子师范之招,以教员兼任学监。师生之间,感情深厚,先生亦以乐育后生为天职,愿久留焉。二年冬,母兄电促旋里,始结缡于同邑方氏。盖先生幼年,父母早为缔婚约,方氏子,亦中学毕业生也,允宜唱予和汝,树模范于家庭。讵结缡后,仅七十九日而殁,年二十七。

赞曰:先生天性纯孝,亲心欢悦,侍父疾,刲股疗治,尤为人所难能。且气飒爽,志沉毅,尝谓行贵不负所学,受新教育,不宜仍染旧嗜习,以素所痛疾者,逼之于前,竟不惜以身殉。其光明磊落,不随俗移,询足励后之学者,而志弥足悲矣。畴籍隶携李,世居当湖,与先生同里闬。忆四年前,肄业于邑中淑英女学,先

生曾代德秀先生来校授课,得亲丰采,受教益。今所肄业者,又为先生之母校,触绪兴怀,不禁感慨系之。校中师友,且以死事见询,爰述所知梗略,而有所未尽者,亦先生宁死不愿人知之志也。

——《直隶第一女师范校友会会报》(1916)第二期

蔡智圆

蔡智圆(约1900—?),字佩珠,香山(今属广东)人。1916年就读直隶第一女子师范学校四年级。

初冬探梅记

朔风乍至,锁窗寒重。时予正理课于一小斋中,觉寒侵衣袂,出斋外,仰视天色,黑云满布。午后忽大雪,纷纷不止,意殊无聊。俄而雪霁,推窗视之,俨如银世界,庭阶枯草亦不见矣。思及园中花木,起偕友携樽步至,则见黄花半残,菊影憔悴。转而行晴,雪满阶,映人颜色。友谓予曰:“忆去岁初冬,曾种梅数十株于东岭,但未知斯时大雪,果无恙否,盍往探之?”乃至东岭白雪之中,倩影亭亭,天寒日暮,如空谷佳人,互相掩影,喜极欲狂,置酒亭侧,清兴遄发。及夜,花影扶疏,明月半墙,昔人之梦,因此感乎孟浩然之骑驴踏雪,千古风流,皆感触是于乎?予尝读古人笔记,言景之可爱,流连不置,欲往一游,而物换星移,旧游不再。明月不常圆,彩云容易散。访林逋之故迹,恐疏影横斜,暗香浮动,已令孤山笑人。余意如此,友亦助余太息,乃吟曰:“空山索笑尽徘徊,记取当年手自裁。安得轻红千万本,尽将桃李发春荄。东风著意早相催,岭上冲寒为放开。料得仙标正清绝,一锄明月看花回。”兴尽归来,顾景生悲,书以记之。

叙事中夹以顿挫之笔，俯仰流连，诗句亦隽。邵甫

披览一过，令人神魂皆清。眉初

——《直隶第一女师范校友会会报》

(1916)第一期

秋日高楼读书记

秋风起兮白云飞，草木落兮雁南归。桐花零落，凉气宜人，秋窗寂寂，景物凄清，于是执卷而读焉。所谓披卷而古人见，弭笔而花窥牖者，凡百万物，皆助我攻磋矣。此乐何极乎？惟凉风天末，岁当迟暮，时乎时乎不再来，不无晓镜白发之感。盖人生之于宇宙，犹蜉蝣之于朝夕，春华秋露，特梦幻泡影耳。一刹那间，事业成于斯，败亦于斯。谓英雄字典无难字者，予意谓难者时耳，趁时而兴，又何患事成之难哉？若夫汉楚分争，当鸿门之会，设籍不负一刹那之时，运剑而除邦，则汉之天下，籍可鞭棰而定，又何虑不为楚有哉？故予直断言之，我生所贵者，脑力与时光耳！今者当年少气壮，意志坚牢，黾勉图维之力，学理琢磨之功，所需者时耳。当此秋风飒飒，乱撼栖鸦，小楼诵读，感此而兴。于是旅雁声、寒虫声、刀尺声、狂风声、读书声一时并作，而读书声尤蹈厉奋发，盖感时序而惜之也。

矫矫落落，胸怀廓张，大有“振衣千仞冈，濯足万里流”之气概。皞如

——《直隶第一女师范校友会会报》

(1916)第二期

雨后天晴邀女友看菊小启

某君足下:

经旬小别,转觉依依。聚首之乐,盘旋脑际,而茶羹中若君影在焉。迩来秋雨怀人,苦吟不已,旦夕斋头,伴我咏哦者,惟窗间丛菊而已。绿萼、金壶、紫龙、卧雪,其名不一,而遗世独立,孤芳自赏,为逸士之知己则一也。雨中视之,顿破岑寂。古人云,“菊为重阳冒雨开”,斯非其时乎?忽两三时,鸟凌晨弄晴矣。而篱东傲骨益嫣,彭泽之花,檐下吟魂,盼断白衣人至。吾妹雅人也,岂肯以大好秋光,于邑而过,负却东篱处士哉!倘蒙过我,巡檐对之,当一涤尘俗,较之登百尺楼、把酒问青天者,乐又过之。予当扫满阶红叶,煮茗焚香以待。某启。

春风语流莺,文之灵捷流利似之。皞如

清思一楼,袅娜空际,如天半朱霞,云中白鹤。眉初

——《直隶第一女师范校友会会报》

(1916)第二期

刘钟慧

刘钟慧(约1900—?),字淑班,直隶任邱(今河北任丘)人,父亲任教员。1918年毕业于直隶第一女子师范学校,后任教于涿鹿县女子小学。著有小说《二郭》。

哭亡友蒋君景陶文

呜呼,蒋君竟不起耶!君之病,吾不知时;君之死,吾不知日。今后地角天涯,阴阳睽隔,无复觌面之望,我非铁肠冰肝,能不黯然欲绝乎?呜呼痛哉!数年旧侣,缘尽于斯,不惟晤面无期,把握无日,且青鸟音沉,黄姑不渡,虽有万种伤心,其何能寄?至今想像音容,犹能彷彿,磊磊落落奇女子,孰意其不永年乎?前闻人言,君得寒热病,予以为是疾也,北方之人常常有之,即同学中患此疾者,亦数有人,故未以为意也。呜呼,其竟以此而殒生耶,抑别有他疾耶?忆自来津肄业,同砚一堂,不谓邂逅相遇,竟成知己,茶余同嬉,课罢联吟,惓惓之怀,有逾骨肉,性情之挚,不隔云泥,自谓三生有幸,得此良朋。每于课余之暇,共觅幽静之所,促膝联襟,共话衷曲,知君心怀壮志,慷慨悲歌,而益自许识人之不谬也。而好事多磨,杜宇催归,省亲旋里,遂不得不辞我良朋。骊歌一阕,遽尔分襟,天下黯然魂消者,亦即惟此。然南浦生离,其悲惨究减于北邙死别也。既予回校,而君已东去(蒋君随季父母

赴奉),以孝念而废学,君之志亦可嘉矣。别离载许,君于今春言旋,数年旧雨,一旦重逢,彼时之乐,诚难言喻。自谓来日方长,正可披肝沥胆,以罄厥衷,孰知君遽去吾而殁乎?呜呼痛哉!自会后把别,含泪而离,岂料从此以逝,竟成永诀,不复再睹君颜耶?彼苍者天,曷其有极?自今以往,吾两人永无会晤时矣。然今者禹域茫茫,几无净土,则君之蝉脱尘缨,未必非福。且死而有知,地下知音,正复不少,幸勿以为戚也。呜呼!蒋君已矣。残光冷月,付往事于镜花,碧水苍天,寄别愁于泪草。虽遍洒伤心之泪,已无感重泉,既望断冥路之尘,而长眠千古,招魂而魂不知,魂即有知,而已人天暌隔,徒唤奈何矣。噫,吾言至此,吾心滋痛,泪涔涔下,手瑟瑟战,几不能复言矣!呜呼痛哉!君今在何所,伊谁与游,伊谁与戏,意已早升仙境,与旧日仙侣同俦耶?予不得而知之矣。今后重至贵府,则铜环铁索,依然犹在,惟予念念之景陶,则千呼万唤,而不一应。我心匪石,对兹情景,能不望断天涯,哭损双眸耶?呜呼痛哉!自君之逝,予每终日惘惘,如失魂魄,睹物感旧,触景伤情,明知一棺既覆,万事云消,回首前情,徒思无益,奈九转回肠,终不能如太上忘情何。呜呼蒋君,生生死死,生死终辞。君往矣,愿谛听之,吾不复云。

词意沈痛,音节铿锵,祭文中有数之作。

——《直隶第一女师范校友会会报》

(1916)第二期

晴窗自遣一(述悲)

荒郊寂寂,风雨萧萧;断碣残碑,荒烟蔓草,试问人当斯境,能无悲否?追溯往古,虞舜有昊天之泣,项籍有垓下之歌,申包胥有秦庭之哭,淮阴侯有云梦之擒,其悲恨为何如?而贾谊屈于长沙,

梁鸿窜于海曲,屈平之《离骚》,微子之《麦秀》,其悲亦匪细矣。予何人斯,敢有忧愤之气? 但以逾仲尼志学之年,近终军请缨之岁,倦来斗室咿唔,怅韶光之逝水,想到少年景况,叹逝者之如斯,承欢舞莱子之衣,悦亲有待,慕道入伊川之室,立雪何曾。若夫风飒飒以吹衣,木簌簌而落叶,天高云迴,露霭烟凝,又往往触景生悲,感时作赋已。及至神龙入蛰,雪散花飞,地冻天冰,行人袖手,虫避窟以号寒,兽临风而嘶吼,凄凉景况,能不黯然? 嗟呼,秋冬已矣,春夏殆有甚焉。木欣欣以茁芽,柳依依而垂线,平畴草色,溪水波光,鸟啭如簧,花飞似锦,此则万物得宜,人人可乐。然而喜者自喜,悲者自悲也。欧阳子谓四时之景不同,而乐无穷,岂其然哉? 至于南浦生离,几番魂断,北邙死别,九曲肠回,时事如斯,何能逆料。纵使数尽五更残漏,悲来未有穷期,是宜扫开闲愁,静中别寻乐趣已。

——《直隶第一女子师范学校校友会会报》(1917)第三期

晴窗自遣二(述乐)

父母俱存,姊妹无故,此予之第一乐也;学有得于己,仰不愧于天,二乐也;得贤人哲士而师之,名媛淑女而友之,三乐也。居家庭之中,则家人父子,团聚一堂,春气盎然,熙熙洽洽。祖母年高,皤然白发,话及故事,娓娓动听;小妹解事,每多趣语,憨稚之态,殊解人颐。有时莱衣同舞,承笑双亲;有时西窗剪烛,姊妹论文。处校中,则师第一堂,情同骨肉;异姓姊妹,契笃芝兰。秋千架上,彩裙摇曳生姿;种植园中,小草依稀欲活;值芳辰则携手观花,遇良宵则联襟步月。夏日则荷池垂钓,槐荫纳凉,万木争荣,百花斗艳,柳比居士,云如美人,在在皆悦人心目;秋日天高云净,

扩我心胸，淡月疏星，助人兴趣；冬日则灯火辉煌，围炉联句，亦可以舒畅幽情。至腊尽之时，椒酒迎新，桃符换旧，声声爆竹，处处香烟，靡不增人快乐之感。且学生时代，无酬酢之烦、琐事之累，但埋首案头，孜孜求学。既无寻师之难，又乏债台之累，开卷而古人见，把笔而雪毫飞，所谓乐亦在其中矣！不其然乎。

一悲一乐，无限深情，是同一境也。乐观之则乐，悲观之则悲，悲可以化为乐，乐可以化为悲。兰闺挥洒丽语，而化机已现于言外，殆步趋庄生者乎？眉初

——《直隶第一女子师范学校校友会会报》

(1917)第三期

业师张绍平先生传

张先生直隶沧州人，讳福年，绍平其字也。性沈静，寡言笑，志气孤高，不慕荣利。尝毕业于保定高等师范学校，与予父同学，既又游学东瀛。毕业归来，司铎津保，苦嗜研究教育，曾不与闻他事。民国二年，予就学津门之女师范，即闻先生之名。盖其时先生与予父，同执教鞭于法校，而先生且兼任吾校之某课焉。然闻其名矣，固未尝一亲承指教也。迨入本科，添授心理、论理、教育学等课，于是先生之崇论入吾耳，先生之丰采接吾目，而钟慧之学业乃大进。盖先生循循善诱，诲人不倦，使师弟之间，情同骨肉，即嬉戏顽皮如钟慧者，尚能熏陶感化之，况其上者乎？犹忆上课时，质疑问难，予一人即费时钟许。先生不责愚鲁，反嘉其寻底究根，不滑口而读，距今曾几何时，而绛帐开处，已阒无其人，即不能视予犹子，剏然而逝世，独不恋老母幼女耶？悠悠苍昊，其果何凭，而夺我良师耶？

论曰：近世人心日降，道德浇漓，其不蝇营狗苟，趋时附势者

盖鲜矣。先生胸罗二酉，学富五车，不入政界，以增势力，为工商以富资财，乃甘心乎此清苦之教育界，坐青毡，开绛帐，持衣钵，栽桃李，一若此中别有乐趣者，卒至鞠躬尽瘁，殉以生命，而其心不稍移焉。岂一国之强富端赖乎教育，而教育之发达与否，又视乎教师之良否为转移，而先生遂不惜一生精力，耗散之，牺牲[①]之，以发达我国教育耶？若然，则仁者之心也。吾闻仁者必寿，何碧翁竟愦愦耶？噫！先生苟入政界者，则今日早已腾上青云，鹏飞万里，即入商界，亦已拥资百万，为富家翁，又何至老死于穷困耶？悲夫！

——《直隶第一女子师范学校校友会会报》
(1917)第三期

论自杀之罪恶

自杀者，非他人所迫，而甘自蹈死者也。夫值可死之时，宁以义死，不苟幸生。此孔子所谓杀身成仁，孟子所谓舍生取义者也。死固正当，何得谓为罪恶？若处至难之境、生死之际，其死也，本无价值，而自顾无益于世，竟甘心蹈死焉，则孟子所谓死伤勇者耳，乌得谓之无罪？今夫以衣食不给，自问无益于世而自杀者，尚不得免于罪，若夫以情欲之感，睚眦之忿，而冒昧自戕者，其负罪岂可胜言哉？夫岂独罪不可胜言，直谓为恶，亦非刻也。盖国民责任重矣，若人人轻生，置国家于不顾，则是放弃责任之尤者，岂非罪恶乎？如谓举世之大，有我不过如太仓之一粒，无我不过如大海减一勺耳，何关损益哉？则其理尤谬。夫细流附海，集腋成裘，多数之人本为少数所积累，设人人尽存有若无之思想，而甘自

① “牲”，原文作“甡”，据语义改。

暴弃,则人类之灭久矣。昔苏子瞻论贾谊,以其忧愤而死,斥为量小。盖深惜谊之为人,负安邦济世之才,而无容人忘物之大器,忧伤病沮,自丧其身,非但有负身家,且使国家栋梁一朝摧折,而不自爱惜,情虽可悯,而志亦可鄙矣。如夷齐之饿于首阳,文天祥之死于胡元,乃处不得已之世,不死不可,与夫辨之未审,妄援杀身成仁之美名以为高者,此诚不可同日而语也。

剖义精审似子厚,用笔廉悍似韩非。眉初

——《直隶第一女子师范学校校友会会报》(1917)第三期

暑假见闻志感

暮蝉催去,三伏余炎,旅雁传来,一天新爽。但见秋千架旁,彩裙摇曳,玉台镜里,鬓影回环,兴至则对榻吟诗,意阑则连襟步月。良师益友,聚首一堂,古圣先贤,抗怀百代,此非予暑假后返校之赏心乐事乎?噫!予何幸而再得此乐?犹忆放假后数日,有抱杞忧者曰,不识暑假后予校尚能继续开学否?盖是时正在复辟声中,国事飘摇,人心惶恐,财政窘绌,教育费无从取给,则吾校之不能开学,亦必至之势。是复辟一事,几阻予此时在校之乐,亦即予暑假中最感怀之一事也。噫!武夫专政,蹂躏民权,然帝制之死灰,覆共和之新幕,诏令重颁,岂五千载之帝毒尚未尽?危机四伏,恐九万里之大陆势将沈。溯自共和肇造,六载于兹,其间亦数经危险矣。前者袁氏称帝,改国为家,洪宪朝名,竟现于二十世纪。幸志士仁人共谋恢复,剿除逆党,还我自由。正期一劳永逸,今而后千秋万岁,永为共和之民矣,孰知一二逆贼,为一己计尊荣,挟天子便号召,二三年来所传清帝复辟之谣,今日竟成为实事。推翻五色之旗,再揭黄龙之帜,使我四万万同胞,又几罹专制

之网。为是举者，亦曾内审国情，外测世势而熟权得失耶？夫以我委靡不振之国，处列强竞争之世，外交之计，错谬万端。近且屈辱于后起之日本，欧洲诸国见中国之可欺也，咸思染指以尝，豆剖瓜分，朝不保夕，岌岌之势，未有甚于此时者矣。幸而欧战未已，各国不暇兼顾，苟趁此时机，锐意图治，则亡羊补牢，尚未为晚。乃不此之图，而变起萧墙，自相残害，殊属非计。夫国必自伐而后人伐之，先哲早有名言。彼昏不知，于千钧一发之时，尚复蝇营狗苟，为己身梯荣之计，思作一姓之忠臣，而置国家于度外，苟非丧心病狂，胡为倒行逆施若是哉？吾言及此，不能已于悲矣！

整散兼行，一番感时伤世之心，俱于言下传出。向荣

——《直隶第一女子师范学校校友会会报》(1917)第四期

张誉扬

张誉扬（约1900—?），字辉彤，天津人。曾就读于直隶第一女子师范学校，毕业后执教于天津官立第一女子小学，担任高等科教员。著有短篇小说《梦感》《贤孙复业录》《贫女泪》。

张氏二烈女传

烈女姓张氏，直之南皮人，家寒微，女父以不适生存故，携妻及子女来津，赖挽人力车，为全家糊口计，以故二烈女不得受完全教育，而仁义忠信等事，当亦素不暇闻也。父没后，家益贫，先是烈女之次者，已许字于戴某之子为妻。戴本乐藉中人，女父不知也。至是乃施其险诈手段，言怜彼孤儿寡妇，招与共居，期实行其险谋技俩。故居未数旬，种种机谋，诱之以渐，而长女竟能于隐微处窥之，决彼非善良之辈，遂私与母曰："吾家世清白，当与母勉图归计，既无以辱先人，复不致遗他人笑，虽饥寒无虑也。"母从其言，遂仍返故居。烈女有三弟，皆年幼不谙事理，母子茕茕，无所依赖。二烈女不得不借十指以图活，终日勤劳，竟夜达旦，痛忍饥寒，备尝辛苦，乃艰难历尽，凶耗忽来。

盖彼戴氏者，因慕烈女娟秀之貌，遂以为奇货可居，今见母子避去，大失所望，情急而怒，乃假造婚书，妄言长女亦曾受聘为彼家妇，诉讼于审判厅。盖以其人欲胜天理，而良心已泯灭无痕矣。

孰意昊天不吊，若有心于二烈女之遭际者，至令高等之审判厅，心窍迷离，是非不辨，并无实据，妄断横施，竟归二女为戴氏有。时戴欲已偿，志得意满，因择良辰，订期迎娶。呜呼烈女，自此死矣！当凶耗之传来也，二女即决意必死，日积文钱，以易毒物及额，计诱母出，乃密缝己衣，购火柴，合水吞之。母归，而长女已倒床闭气，次者以所吞无多，发喘不绝。母皇急不知所出，强饮以药，不受，与之语，不答，苟延残喘，凡二日而绝。噫！彼二女已冰玉双清，瞑目为九泉之游矣。时长女年十有七，次者才十有四耳。嗟夫，烈女独不畏死乎哉？彼固未受教育、目不识丁之弱女耳，当处万不得已之时，即使同流合污，论者应共伤其遭逢不幸，实命不犹，又谁得议其非者？乃以不忍流为贱品，有污家庭之清白，遂秉乾坤之正气，而蹈夷齐之高辙。夫杀身成仁之举，固士君子所难能，而竟于无知之两弱女得之。吁，可传矣。

——《直隶第一女师范校友会会报》

(1916)第二期

祭表弟阿虎文

维中华民国五年某月某日，表姊誉谨以麦饭半盂、鲜花一朵，致祭于阿虎表弟前曰：吾可爱之阿虎乎，汝魂安在？汝姊归矣。薄命哉虎乎，生未数月，即罹腿疾，以故育长二载，并未步行，重门静掩，深锁床褥，而偏与汝孤苦之姊，结短促之缘，谁料汝又舍姊而没乎？虎之命薄矣，姊之命不更薄耶？使我昆仲多者，则课程余暇，犹得抚抱提携，有时忘忆及汝，乃不博我以昆仲，不假汝以长年，伶丁之姊，偏遇夭折之弟，冥冥中若有为之颠倒作合，胡乱牵引者，造化小儿，胡忍心至此耶？

嗟夫！吾挚爱之阿虎乎，汝命何短，我恨方长，香泥一掬，以

安汝骨,惨酒一滴,以奠汝魂,汝其知也耶?其不知也耶?嗟嗟!余每当星期假日,必至姑母处,加汝于膝,揽汝于怀,握汝手,吻汝颊,笑问汝曰:“阿虎阿虎,汝忆姊乎?”则汝必指腹以答。再询曰:“汝何姓?”曰:“马。”“汝何名?”曰:“虎。”时姑母更推汝言曰:“阿虎,汝姊何姓者?”曰:“张。”噫,汝虽怀抱中物,而了了若此。此后每逢星期,令余何以为情耶?呜呼!自汝之殇,余并未尝一莅汝家,以慰问汝母,盖恐其触吾感汝,而重其肠断也。噫,当汝没之前星期,余往视汝,汝犹哓哓笑语,作百般欢迎状,以种种食品饷余,并为余作歌。余归,汝则哇然而泣,若不胜惜别者。今竟遽去吾而没,能不令余黯然欲绝乎?使余知汝夭者,则又何惜旬日之假,以抱汝诀也。

嗟夫阿虎!阴途茫茫,重泉渺渺,生死暌隔,真无复觌面望矣。然而汝竟恝然弃汝亲爱之父母乎?想彼等此时,已望断天涯,哭损双眸矣。噫!把笔增愁,摊书添闷,意乱心烦,无聊已极,吾不欲再书矣。呜呼阿虎!汝如有知,则人静钟初,应频频现影,来入我梦,以慰余之痴想也。呜呼哀哉,尚飨!

情真语挚,戛戛独造,绝不屑拾人牙慧。中段形容小儿情状,洵属空前绝后之笔。

——《直隶第一女师范校友会会报》

(1916)第二期

朱吉贞

朱吉贞(约 1901—?),天津人。出身书香门第。1916 年就读直隶第一女子师范学校四年级。

张允瑛女士追悼会记

允瑛女士,我校三年级生也,品学既优,性尤和蔼,诸同学无不钦仰。乃以力学积劳,竟于九月十四日与世长辞。呜呼!天佑善人,岂其然哉!诸同学悲痛之余,乃开追悼会于本校礼堂,设女士位及小像,陈列素花,悬挂挽联。振铃开会后,始则报告开会辞,继乃唱哀悼歌,读祭文,演说诸事,在座者咸肃然无声。及闻演说之辞,悲歌之音,复凄然下涕,其不唏嘘者鲜矣。而校长齐先生尤为悲痛,语辄哽咽,不能尽其辞。盖女士之为人,实足令人惋惜,亦以见校长热诚之深,而爱才之至也。呜呼!予不禁有所感矣。夫人之于世,苟能生有益于时,死留名于后,瞑目黄泉,尚何恨哉!若女士者,生而爱国,立志先齐其家,复见义勇为,好行公益,于其将没,犹谆谆劝同学以运动为要,免蹈己之覆辙,其爱国爱人之心,将历万劫而不泯。凡我同侪,咸宜奋力前途,达女士未达之志,遵女士留诫之言,岂止开会追悼而已哉!而女士数言,或且强我种族,兴我国家,后世之人,将皆受赐于女士。女士虽死,予不信其果死也。

应有尽有，无义不搜，无语不老，而通篇以从容绵密出之，足证素有积学。皞如

——《直隶第一女师范校友会会报》

（1916）第二期

冷晓大雾记

疏星已散，凉月西沈，莲漏敲残，晨鸡初唱。揭帐则冷风入袖，推窗则烟树迷蒙，入目糢糊，方疑南柯未醒，冲鼻异臭，始知斯物非烟。盖大雾漫空，正当清晨，寒云漠漠，晓日未出，冷晓雾气，薰人欲呕。予每每晨起，必吸新空气少时，今乃不得，觉呼吸闭塞，良用烦闷，不禁慨然生感，窃以可比诸我国焉。夫晓者，一日至可宝之时也，长夜沈沈，方得晨曦，必及此翱翔徘徊，各务厥业。盖斯时脑筋至清，空气至洁，浪掷之殊可惜也。然冷晓则人每蜷伏莫肯起，畏寒故也。其勤勉者，则奋然与寒威争，必不肯虚度此时。乃天竟大雾，东西莫辨，他作何能，诚阻人进取之意志也。天实谬哉！呜呼！吾中国受专制之毒，于今数千年，其黑暗之时间，较夜长甚矣。幸革命功成，人心始憬然醒，焕然新，有如夜气已去，阳光初来。乃强邻虎视，迭相欺陵，全恃国人努力自强，是诚冷晓而易堕人心志之时也。同胞乎！慎毋自相纷扰，斗阋于墙，使国中愁云深锁，烟雾凄迷。

无一笔不稳老，无一语不雅峭，所谓“六辔在手，一尘不惊”者也，朱生诚优秀之才。

——《直隶第一女子师范学校校友会会报》

（1917）第三期

丙辰重阳登高记

小院残荷,冷红零落,绕楼衰柳,寒翠萧疏。惟枫叶初丹,木犀散馥,芭蕉含润,掩映绮窗。当此重九佳节,不免客里思亲。时予肄业津门,久未归省,日课匆□,殊少闲暇,虽睹此霜天清冷,残花历乱,初不知入秋之已深也。忽闻同学相语曰:“今日重阳,盍作登高之举乎?”予殊惊异,乃偕友人同登天桥。时天容向暝,暮色苍然,炊烟缕缕,摇曳于晴光澹荡中,与落霞争艳。杨柳丝丝,迎风披拂,梧叶点点,归鸦藏飞,寒林木落,淡烟迷蒙,隐隐见高塔中,众影徘徊,仿佛去岁重阳,予偕姊妹弟兄,聚饮于小楼时也。情景依然,时乎不再,曾几何时,又阅一年矣,乃微吟“遥思兄弟登高处,遍插茱萸少一人”之句,不觉黯然神伤。友亦喟然而叹。予曰:“君亦动乡思乎?”友曰:“否。予叹人生如寄,三春好景,九夏清阴,恰已无痕过去,而容易秋风,又来客次,半载已过,学业未进,如此蹉跎,而岁不我与,宁无悲耶?”予曰:“闻君斯语,增我颜汗。君志在成名,而我徒思恋家乡,诚不及君之万一也。虽然,君亦勿悲,纵令年华逝水,而我以勤补之,夕阳早落,而我以烛继之,何畏日月如流耶?”友曰:“善! 学成尚易,归家何难。从此我辈奋志求学,则故园秋色,当不乏饱享之时,君亦可勿悲矣。”予喜而笑,举首再望,则落日如轮,半隐云中,秋雁群飞,寒蝉齐噪,一弯凉月,已挂林梢,乃放歌缓步而归,于是援笔记之。

情味隽永,结构浑成。

——《直隶第一女子师范学校校友会会报》

(1917)第三期

林德育

林德育(约 1902—?),侯官(今福建福州)人。祖父林丽生,曾在四川、湖北为官;祖母刘壒,曾创办黑龙江女子教养院并任院长。父林传甲,曾任京师大学堂文学教授;母祝宗梁,曾在黑龙江创办多所女子学校。林德育为长女,毕业于女子师范,曾在《妇女杂志》发表游记、评论等文章多篇。

京师白云观游记

中华民国六年一月,余游学于京师。新春之始,妇女冶容以游。寒假之中,女生游者亦多,余不敢独行,又不屑与女伴偕。一月二十六日,奉父亲谕,名胜不可不游,良时广览,可以涵德益智。携余自长安公寓出,乘人力车,昔年铁轮,今易胶皮,已进化矣。过西单牌楼,原系“瞻云”二字,袁帝时改“庆云”,此内务部土木工程之一,略加丹漆,开支数千元。□□□之市政,类如此也。出顺治门,即宣武门,越过京汉轨道,循南河沿,出西便门,过甘雨桥,见新修一碑,知五年五月桥成,有甘雨之应。坦坦大道,直到白云观。有“万古长春”四大字,在照壁上,中有木牌楼,外刊洞天胜地,内刻琼林阆苑。从东边门入,见前面影壁,挂一木板,大书“道教会总机关部”。此全国道教之中枢,犹儒教之有天坛辟雍大学也。壁上书“全真第一丛林”,咸丰辛亥松江胡履吉书。余以为

宜改为全国道教大学，庶可化无用为有用耳。二门上题“敕建白云观”，又有木牌大书“叩天祈雪”，盖由祈雨而推之。又书“跪记皇经，祝国裕民”，今为民国，似不可再说皇经。东西两旁，立大桅竿一对，高挂杏黄大旗，标曰“玄穹高上帝”。余父女皆孔教徒，笃信上帝，遥向玄穹致诚敬礼。至一桥，两边俱有一洞，各坐一年老道士，或云寿已二百年，然则伍总长云，人能卫生素食，可享寿二百岁，其此之类乎？其旁列格言，曰“静坐观心”，曰“心目内观”，曰“允执厥中”，曰“道气常存”。吾游此，领受许多教训，非寻常妇女所能知，亦非粗心浮气之女学生所能知，道在吾心而已。若夫超出三界外，不在五行中，则余所不解。问之吾父，父曰：“此非吾儒之事也。”又见“无我无人”四字，父亲亦云，不容易做到。其东一联云：“万物静观皆自得，四时佳兴与人同。”其西一联云：“道通天地有形外，思入风云变态中。”纯用程明道联语，因悟宋之道学，含有几分道气。孔、李本是通家，汉儒亦杂黄老，天地间同此一道，无非修德行善而已，此吾国吾道之大，无所谓教争。又见此两边栏外游观之人，皆往下投以铜元。道人终日不食不动，无所求而所得甚多，以视彼衰年残疾，叩头道旁，而途人不肯掷一钱者，何吝于彼而豪于此耶？道人以不求为求，所谓求之有道乎？抑道家与佛家所谓有缘乎？其东为云水堂，有迎宾房；西为十方堂，募化道人寓焉；中间灵官殿，即前殿也。由东向内又入一门，东庑曰“丰真之殿”，西庑曰“儒仙之殿”。阶东有乾隆五十三年御制碑文，西有满蒙文碑，译其事也。钟楼在其西，鼓楼在其东，正中为玉皇殿，额曰“紫虚真气”，又曰“灵虚境”。玉皇像对面一匾额，大书“得一以清”，为乾隆御笔。道本于一，尧舜以来之心传也，今日万事万殊，仍有一本，孟子以为定于一者，犹有待乎。东边悟真堂、修真堂、养真堂，西边勤和堂、洒扫室、公务堂，如两翼然。宗师庑之北，为老律堂，内有乾隆御笔匾额，曰“葆素含元”。

两旁有对联云："入真门，秉真心，参透真玄真自在；来妙境，达妙理，展开妙道妙神通。"姚江俞葆东所撰也。道人之长，称大律师，陈至霖登坛演说，世人若以大律师为法律家则误矣。柱上大书一联云："守律严持戒，乘真善葆光。"余父谓申韩之学，本于黄老，亦可谓之大律师矣。西入土府宫至子孙堂，见观音大士石像，合释老为一家，毫无畛域，然白衣乃耶稣母马利亚之像也。又往西行，入一小院，过堂为八仙殿，左右各有金像四座，第一座无须，则何仙姑也。中为吕祖殿，光绪十五年重修，则八旗妇女所布施者，工坚料实，学校不如也。又入三祖殿，所祀九人，正座则为东华帝君，不知何神。后土殿祀后土，配以九星十二辰六十甲子，皆塑土像焉。邱长春真人西游而归，在元时奉召入都，委遗蜕于此，是以于正中建筑丘祖殿，甚为闳壮，并有当今万岁牌，实非民国所宜有。会仙即在其西，抱元在其东。又东有斋堂，容四百余人，内有一联云："世间惟有修行好，天下无如吃饭难。"有执事房以执其事，谁谓学仙能辟谷耶？木梆雕龙形，为开饭号令，其整齐过于各校食堂。火神殿一额，曰"离德养民"。东为厨房，额曰"云厨星鼎"。僧寺以僧人执炊，道观以道人执炊，而女校不以女生执炊，何耶？至真武殿，即北方玄武，避清讳而改，其联云："全真得大道，经武写神威。"东配文昌，西配天师，以文昌、天师之尊，乃为真武配，殊不可解。旁有司香室，后为南极殿，以奉寿星。上有斗姆阁，以奉北斗，道之大原出天，皆因天象以立祀也，有联云："修身俟命不离道，乐善好施之谓仁。"亦不愧为儒家语。又北至后花园，为云集山房，门曰"望月留云"。又有友鹤亭，不见一鹤，殆已飞去耶？温室养花，丹炉试茗，别一境界。戏台上一额曰"为众说郛"，左曰"味馀"，右曰"发者"，无异出风入雅也。其联云："松涛乍翻，悟静中好；莲香自在，得圣之清。"又西登妙香亭，石洞上镌"小有洞天"，与其东之石笋上刻"岳云耸秀"四字，均有佳趣。又

至朝天楼，下为方丈所居，联云："道德藩篱，一方保障；圣贤菽粟，百室含和。"左右客堂，有警兵执枪立，殆有贵客也。正中有四御殿，供皇天后土。四神像为玉帝、天王、紫微、后土，所谓道其所道乎？李端遇一联云："禀元亨利贞而权大造，环东西南北以拱中央。"此院为道教行政之所。东厢仓房买办，似庶务科；西厢为经堂书记室，似文牍科。可见行政之组织，必须分科办事也。马棚车厂在大门东，在京僧道出京官，可想见其势力。此外有老人堂，以养年老无依之人，洵慈善之事业。又养有老猪老羊，则戒杀者所布施，又每年给以口粮，推爱人以爱物，可谓民胞物与之大量，仰体我上帝好生之德，以视欧陆枪林炮雨，潜艇飞机，杀人以逞者，觉吾道比耶教，更为广大矣。吾于宗教，最敬上帝，笃信天理，吾孔教郊社之礼，亦恭祀昊天上帝，今道教之玄穹玉皇，亦上帝也。上帝之事，炳于群经，人类皆上天所覆者也。道教之原出于黄帝，发明进化，上帝所眷，五大民族，皆黄帝之子孙，六书算数，开化最早。道德本真，慈善为主，虽天方天主之徒，不敢不恭敬上帝。上天主宰，正理而已，无论何宗教，无论何学术，无论何事业，皆不能出天地之范围。蒙上帝保佑，受福既多，敢不躬行实践，以对于上帝，信教者岂可违天侮圣悖道逆理，而以为自由乎？配天地而为人，莫重于道德教育不可缺失。诸道士以道合者也，三百余人，结合为一团体，讲论道德，其匾额楹联，处处皆言修身道德之事。师以是授，弟以是学，谨守秩序，即如静坐一端，亦非一日一月一年之功，或力行数十年不懈。朱子半日静坐，后生或以为迂；今日因是子静坐法，颇盛行于学校，于卫生习静，甚有益也。近年学风日嚣，世风亦日嚣，学界之风潮，拓张而为政治之风潮，革命数次，民不安居。今所谓注重道德教育者，殆以老子之清净为本乎？洪杨乱后，武汉荡然，官文恭修长春观，使长发者有所归，庶不为百姓之患，计其庙产，有田可收租，又有寺观可住，如欧

之牧师,不必出而为国家服务。即每年春月,为愚民烧香求福之人,讲祸福感应,收其香钱,亦足弭患无形,非无功食禄者。吾中国号为古国,其保存固有之文明,僧道亦未尝无功。古庙古树,比世家园庭,地方公署,必大数围。元明以来,吾民雕刻之土木神像均甚精美,又如铜炉铁炉,不殊古鼎,灯上所绘山水人物颇有佳致,由此可见美术之发达也。北方庙会为定期商务,小本经营甚多,卖茶点、水果、糕糖及小儿玩物者,随处陈设,又有新营芦席茶棚,在铁路旁。是以各省各县所有庙会,皆有定期。白云观以上九为会神仙之期,正月初八之夜,通宵达旦,以求所谓仙者,则迷信太甚。妇女露宿于外,青年狂且追逐其间,则敝俗宜禁也。阳历新年,皮傅文明,挂旗张灯而已,旧俗腐败,仍而不改,过旧历年,乃为多数。各戏园大书吉祥新戏、文明新戏,各种新戏,观其目录,亦旧戏也。呜呼,中国之人,每遇新春,甚有维新之象。厂甸工商改进会所陈列器物,亦仍其旧,转不如白云深处,就足以见旧德焉,于是乎记之。

《妇女杂志》出板三年矣,第一年发刊,先妣林下老人,每月必寄一稿,寿终前十三日之绝笔《救国储金宣言》及女界挽联,亦于《妇女杂志》中发刊。第二年出板,内子祝宗梁于役蒙古,亦寄稿数次,未几因病中辍。余丁母丧妻病之后,讲学之余,教女为文。昔日在校,科学繁多,不暇专力于文。近年始命以载笔述事,同游白云观,以察北京之习俗,始成千余言之长篇,于北京女界之旧德,既极力表彰,其敝俗亦有所惩戒。余观近日社会之不良,亦由家庭之教不肃。长女德育尚能恂谨守家教,文既成,命寄稿于《妇女杂志》,以续先妣之志,愿吾国贤母良妻淑女,共商榷焉。民国六年春月闽侯林传甲记。

——《妇女杂志》第三卷(1917)第四号

总统府女学游园会记

至圣纪元二千四百六十八年，即民国六年五月六日，公府特开放一日，通知各女学界，遍发游览券。以吾母办理女学十二年，曾受大总统褒题绛幔芳型匾额，今日入公府游园，甚荣幸也，电约四外祖父之女眷偕往。外祖留美国归，为国务熊总理秘书，命仆驾马车来，其老仆熟于公府道路者也。是日午时，天气新晴，无风无雨，尤令人愉快。至新华门，即乾隆时香妃所登之望乡楼，南临回回营，遂以券授老仆，令其转交门前收券之人。查验无异，随同吾母在此小立，俟女校学生整齐到，排队以进。余敬佩师范襟章、教育成绩展览会银章、第三次运动会纪念章，从诸学生之后。于是吾母独前，偕吾国女教育家自新华门而入，不过数十步，至南海之南岸。因谓云南滇海、洱海及蒙古之捕鱼儿海，皆以湖为海，兹海广不过数百顷，在公府之中，其名遂著。见海旁遍地绿草，与碧波一色，西来一船，荡漾其中，至足乐也。然后同向西行，由正门入，见门旁巡警举枪致敬，吾母亦注目答礼焉。门旁又有一红纸，上书公府特开游览会。由此而入，至藏书楼之前，众人皆遵海而行。见有人取海中之水草，以置玻璃缸中，为养金鱼之用者。达颐年堂，登土山，此山非但为土堆成，且有大石耸立。山上置瞭望台，巡兵在台上巡行，以备非常，比各城消防队望台更高。国旗招展其上，山高约五六丈，登此可望正阳、崇文、宣武诸门。登台可观全城景物，岂不快哉？山下有五神庙，复寻岸东北行，过船坞，又北过云绘楼、蕉雨轩，有总统府秘书珥笔其间，饶氏汉祥骈文，黎公尤重之。再北至鱼乐亭，闻水声潺潺，即流水音也。有亭覆其上，亭中为蓄水计，以石砌成沟渠，曲折作乙字状。环此亭而观，则回廊宛转，可于此步算，以凝余思。旁亦垒石为山，景数处，

曰云绘楼，曰清音阁，曰春及轩，曰鱼乐亭，曰韵古堂，曰淑清院，曰千尺雪，曰俯清泚。而西至人字柳故址（字人柳在太液池畔，乾隆闻风吹一枝著地，本株倾欹欲倒，命以枝撑拄，既而成活，与本株作人字形，因以名之。有御制赋并诗，见《宸垣识略》），柳已无存，惟石碑尚在。碑之东南西三面，皆咏柳之诗，后面述人柳之情状尤详，为清高宗御笔。其南面律诗一章云："人字低临太液池，栽培谁办永宣时。居然后老同彭祖，未觉先零傲悦之。春景青瞳仍望望，晚风绿发故丝丝。世间松柏翻难并，得地延年意可思。"由此碑西行，至仁曜门，折而南为瀛台，体制雄伟，地高插天，下有崇阶，徐行而上，有引人入胜之趣。瀛台三面临水，形如海中之半岛，进翔鸾阁，东有祥晖楼，西有瑞曜楼。再进涵元殿，东有景殿，西有庆云殿，中即涵元殿。又东有藻韵殿，又西有绮思楼，正南相对即香扆殿，上为蓬莱阁。殿东曰春明楼，殿西曰湛虚楼，殿南曰迎薰亭。殿以内玉碑石碣，苔痕斑烂，拂尘读款，类皆前朝御制及各名臣题咏。无怪项城居其中，勃然兴帝王之思想也。室中四壁悬挂小红牌甚多，如新春大喜、万事如意等类，皆德宗所书。想见当日幽囚此地，抑郁无聊之际，其可怜之状，犹仿佛寄存于人间也。倘戊戌毅然变法，比于日本明治，今已治定功成矣。临南海以徘徊，惜康先生不遇焉。南至迎薰亭，亭与新华门相对，只隔一衣带水，风趣横生。中庭有石质古木一株，旧志所载，皆曰木变石。周圆二尺许，高仅五六尺，远视之如木椿，近观之实为圆体碑石，尚有字迹可寻，惟不甚真切完全耳。缘台东南有补桐书室，北向为随安室，由补桐书屋又折而东，为待月轩，有牣鱼亭、镜光亭等处，此瀛台东面之景也。袁氏将败，新华宫先见炸弹，王莽指斗，寸步荆棘，吾辈安得斯游。缘台西北，凿石为山，由山石穿山洞通过，见山洞石山有一联云："三千余岁上下古，八十一家文字奇。"由此山洞而出，往西经万福门而入，又前直行至石屋，是为金

匮石室。金匮者,袁氏总统选举法之纪念物也,亦即吾国宪法史上之纪念物也。袁氏豪奢,月俸四万元,三倍于美国总统俸。吾父上书黎公,仿美国俸禄,节款设国立武昌、南京、广州大学,未果行,颇为慨惜。此地面约两方丈,四周围以石栏,南向与芳华楼相对,题额曰"石室金匮"。朱门重锁,而又不知其锁之所在,从门锁窥之,黯然无光,究竟金匮何似,殊不易见。(按袁氏总统选举法,须有候选人三名,或谓金匮亦有三个,每一金匮内有一人名,置之石室,作品字形,未知是否。)石室外围长约一丈五尺,宽约一丈,高约两丈,均用极细白石为之。初造时由德人包工,代价十万金,皆吾民之脂膏也,可胜痛哉。徐行过石室之北,至蕙圃珠泉而入,有曲折长廊,蜿蜒缭绕,曰卍字廊。见廊旁海中,有金鱼数尾,游来游去。廊何以名卍字,盖象其形也。曲径横斜,如往斯复,游观者多假息焉。廊之题额,其前曰蕙圃珠泉,其后曰风亭月榭,西有亭曰平湖漾绿,东曰霓萦绣栌,再北有楼题曰飞轩引凤。北而东至纯一斋,为昔日袁氏秘密会议之所,其制宏敞深邃可观。至欢喜庄而入,其中有正屋,两旁有东西厢房,总统夫人饬府中茶役备茶水,以优待女生,各女校亦多总统题匾捐款,甚可感也。同人皆至正屋饮茶,以解其渴,吾等在此室内休息片刻,往前行又至一院。从吾母后入内观之,见东边有棚三处,外绕铁丝栏。驻足于此,往内视之,见一棚内有珍珠鸡二只,其毛灰色,而灰色上有无数之小白点。又有一棚,空无禽兽。又一棚内有野鸡两只,与中国异,不知是何名。后听众人言,亦但云此为外国鸡,不能言为何国所出产也。头及颈皆杂红绿花色,其两旁之翅,状如蒲扇,见人则两翅张开,彼此互相往来,此禽殆如孔雀之美观,所谓山鸡舞镜耶?院之西又有二棚,至此视之,见内有大鹅数只,皆雪白色,旁亦有一小水池,以为游水之用。由此院出过一亭,又至一院中,有正屋三座,有人居住。东西之厢房内,有各种好鸟,如鹦鹉、黄雀

等类,其余皆未记明,亦不许人观览。其门皆重重封锁,观者甚众,皆隔窗视之。珍雀异鸟,各有笼架,各有各之位置,而不得真自由,作官者作如是观可也。吾于园中之风景,皆领略其大概。若游人之状况,则吾在瀛台,见一汽车缓缓来,此车中即黎公之夫人及女公子等。至于居仁堂之外,夫人下车,两女公子左右扶之。至此夫人坐四抬轿,轿中间为一靠椅,亦不甚大,只能容坐一人耳。两头之两轿竿,各以两人抬之。夫人之妆饰最朴素,衣裙皆黑。民国国旗,以黑色为最后,宜为老成人之服色。女公子则全身皆著粉红色衣裙。民国尚红,国旗第一色也。夫人之福躯,心广体胖,如《毛诗》所云“硕人颀颀”,而精神满足,洵吾人民之模范。是日也,京师各女学校之学生毕集,国立女子师范、公立女子中学,以及师范附属高等小学、国民学校女生,私立尚义、协和、培根、振懦、觉民、立强等各女校,皆排队成行列,如唐家娘子军,有军国民教育精神。教师在旁督队,亦甚整齐严肃,各学生各穿学校之制服,未能尽遵部令。亦有不从校中至此,由家庭偕姊妹随其母嫂来者甚多。其余游览之人,多为官僚之眷属,艳容冶服,妆饰华美,不如学校之朴素。旧家之旗头、苏头,女生之东洋头、西洋头,无有一致者,可怪也。吾母早有呈请定女生礼髻之文,教育部则搁三年而未办,无怪吾国学制不能统一也。余徘徊园中,亦有数处不能前往者。凡关于总统机要地,皆不能令人游览,如怀仁堂。吾知此堂中气象万千,瑰高壮丽,足容十数百人。黎总统为接待各团政客,将疏通外交意见,所以是日,未令游览之人至此。是日,外交后援会在中央公园开会,吾父演说国民教育之战争,亚洲人为欧洲之后援。堂前有松树数枝,故总统袁氏生时所植,高四五丈,特设纪念塔,以纪其事。规模不大,而制作颇精,四面镌字,如“民国二年四月八日国会成立”及“袁大总统世凯手植”等。文后有楼一所,题额曰“介繁祉”,门扃不得入游,因为大

总统眷属所居之地耳。又见东边一水池,长约数丈,而西边亦有大海。其旁有一棚,半在水中,半在陆地。其内有二鹤,皆昂昂自异于鸡群。吾母亲命吾记之,以今日之游,不可以无记述也。循新修之马路上步行,见迎春门关闭不开,无从游览,又至紫金阁之平台,休息饮茶。此阁门亦重锁,不令人入内,名臣遗像,无由瞻仰。由此阁下平台,游兴已倦。时计四点钟余,各校学生举校旗,唱校歌,遂同出福华门,过新华商业专门学校。吾父偕之归,命余为之记。

——《妇女杂志》第三卷(1917)第八号

静庄

静庄,生卒年不详。1911年在上海读书。

白马涧扫墓日记

四月初八日,星期六,自沪返苏,奉母命归而扫墓也。余家先茔在距城十余里之白马涧,与支硎相距仅三里许,盖当日支道林养白马于此,遂以得名。自先君见背,弟幼,每岁母氏必令我与弟偕行,习以为常。因天气阴寒故,今岁独迟,且以明日星期,又为立夏节,校中放假三天,借此不旷课也。

十二点钟时,坐人力车至沪宁车站,车行约二十余分钟,购二等票上车,时车中人已满,几于无可坐地。照例,每椅可坐两人,而车中之客,则人各一椅,横肱展肢,若恐人之侵袭者。其身体侏小者,则以衣包手提之物置其左右,以占他人之位。更有一家,携小儿数人,令之各占一椅,以拒他人者,是足见旅客之无公德心也。余韦有一女友李君者,以事返常,尚空一位,否则将无坐地,而司车者亦不问也。

车既开行,笑语哗杂,有种种社会之谈,不可殚述,而车厢中烟气缭绕,使人大困。最可诧者,有夫妇二人,携子女三四人,各手一纸烟,其最小之儿不过八九岁,而亦能吞云吐雾,其母更为之装烟于管,为之燃火,此种现象,更不可解。余此时颇不耐此烟

气，而孰知余坐之背，更有肥胖之西妇一人，生有腋气，余适在下风，随风飘拂，几将呕吐。余友李君肄业于教会女学堂，为余言西妇之有此气息者甚多，不审何由也。

是车为特别快车，驶行甚速。车过青阳港，但见粼粼碧波中数点白帆，如天上坐也。因念西人之以此为赛船之地，良非无因，大好河山，供彼碧瞳黄发游猎之所而已。两点四十五分钟，抵苏州车站，乃与李君把别下车。此时下车者甚众，申、苏两地之客，几占全路十分之七，盖一过苏州，则车厢中非常宽舒矣。余未携行李，仅携一小皮包及食物数事，故良不累赘。

至铁栅门前，母已令侍儿云儿雇小船至车站相迓，可见慈母望女之心切也。余即偕云儿下船，解缆遂行，荡舟中流，和风拂面，忆余别故乡又三月矣。出门时方在春初，今则草长莺飞，又是一番天气也。抵家时，距数百步外，似门前杨柳随风折腰迎我归也。此时更令我喜不能自支者，则柳阴之下，吾阿弟在此迎候矣。

船尚未拢岸，弟即高呼曰："姊归何迟也，母已盼久矣！"既欲一跃登舟，幸家中仆妇力持之，我即弃舟登岸。弟把我袂，喃喃告我以家中事，谓母亲已做酒酿，待姊归而食之，又云："姊告几日假？托购之《馨儿就学记》携归乎？"进门则母亦临窗而立，笑颜相迎，共道家常，直至十二点钟始卧。

初九日，今日为星期，又为立夏日。六点钟即起，晓雾迷漫，似有雨意，而舟人坚言天晴，至八点钟时，果红日照窗棂间矣。余遂偕弟下船。船中一母一女，倚此船为生，于吾家十余年老主顾矣。女名阿龙，年十七，尚未字人，颇孝其母。有兄一人，入赘他家，亦理船为业，浮家泛宅之生涯，良不恶，而鸳盟亦结自水上矣。

船中与弟谈学堂中事，弟告我以某日旅行，兴味最佳。"姊不见吾书房之庭，分植草木数种乎？某先生于博物教科中植物知识最高，我辈沿途撷取花草，虽不能举其名，然能分科已足。吾家后

园荒芜,我将辟地三弓,作一小植物园,不知母亲许否,姊为我向母言之。”余曰:“可。特弟一人挖泥弄土不佳,待姊暑假归时,与阿弟共经营之。”弟喜诺。继又询我以“闻上海有外国种子出售,姊至沪为我购得少许欤?”余曰:“上海不闻有此,惟西门外斜桥之农务总会,有种子许人索取,俟至沪后访之。”

船出阊关,气为之一爽,城河中殊足闷人也。舟过上新桥、下新桥,此处有留园、西园,至下午时,游船蚁集于此,上午清冷无人也。又有一三友树艺公司,亦于此间,十亩之桑,其叶沃若。苏人士近亦稍稍注意于实业,闻明岁将于省城设立女子蚕业学校,经谘议局议决,苏抚批准,而以上海高昌庙女子实业学校并合之,勘地在枫桥之次,将兴工建筑云。

复前为来凤桥,此桥已断,为当日官军与洪秀全战时所拆毁,至今未能修建。我祖母吴太孺人在日,恒道其幼时家于此。当时为非常热闹之阛市,屋肆栉比而居,今则荆榛遍野,仅余一官道而已。又前为枫桥,即唐人日落乌啼所咏之处,而今则地球之上,均知有此名胜,以诗人二十八字之一题咏,而“枫桥”二字遂以传名,则洵乎文人之力大也。舟过枫桥,遥望寒山寺已修葺一新。日本伊藤博文者,于寒山寺题咏颇富,自被刺后,日人追念伊藤之功德,忽创重修寒山寺,铸造寒山钟,以为报功之举。幸有时报译而载之,以警苏人,于是提出议案于地方议会,遂拨款修理也。

——《妇女时报》(1911)第二期

余洗琴

余洗琴,生卒年不详,浙西人。1910年离家到北京求学。

北行六日记

庚戌二月下浣,偕妹子葵苞入都就学,约同学汪蓉贞姊同行。漫天风雨,催送飞艎,万里波涛,足开眼界。仅就管窥蠡见,随笔记之,遥慰故乡父老,并告夫未游者资谈助云尔。

二十一日,朝雨初歇,老父送余及葵妹、蓉姊上新铭船,坐官舱二十二号,章震明姻伯暨汪芝贞谱姊,均登舟送别。今因载货稽迟,须夜半潮来,始得出口。下午倾盆大雨,闷坐无聊,隔舱有二女客,拟就谈天,借解寥寞。其如春娇拘束,不欲见人,辄以闭门羹相待。问诸茶房,知一为广东人,一则同乡嘉兴人也,俱谭姓,遂名之曰大谭、小谭。黄昏时,有女学生装束者,衣黑操衣,着革履,跃入余室,索茶果。余厌之,不屑与交,即以闭门羹待彼,叠被而寝,局促若辕下之驹。蓉姊、葵妹同榻,余居上层,真所谓上下床也。三时,闻机声隆隆,知启碇矣。

二十二日八时起身,觉寒甚,衣羔皮袄,出舱面。遥见茶山,苍茫烟雨,塔影模糊。出此口,风波渐恶,怒涛高跃入船,顿觉颠簸。时方啜粥,余尽半盏,蓉姊先拥被而卧,葵妹继之。余觉头昏足软,坐立不安,既思呼吸空气,可以获免,乃披斗篷(老母以北方

严寒,临行时制此以授余姊妹者,游子身上衣,慈母手中线,不禁黯然),携藤椅,出坐舱外。四顾浩荡,涛声澌湃,海风扑面,不知其冷,但觉心神清适而已。下午四时,天色开霁,霞光万道,灿若叠锦,其地为清水洋,风浪搅浑作深黄色。舟行稍稳,出甲板闲眺,有海燕无数,飞翔船尾,背灰腹白,其形若鹰,声如雁鸣,投以食则争集纷啄。薄暮归舱,勉食蛋炒饭半盆,非不能下咽,实胆怯而守少食之戒耳。夜眠酣熟,支持一天,觉甚疲乏也。

二十三日晓睡初醒,暾光透窗而入,闻室外儿童笑语,不似昨日之一声呕吐,四壁响应,逆知风平浪静。问舟子知入黑水洋,乃唤蓉姊、葵妹起,梳洗披衣登甲板,若履平地,遥望长天蔚蓝,一色碧澄,海水白溅浪花,自出家门,连朝风雨,至此胸襟始大畅快。午间集食,大谭、小谭不同席,广东风味,颇堪适口,余食一碗,蓉姊、葵妹俱倍之。彼二人一昨滴水粒米未曾入口,今得饱餐,觉分外甘美也。下午四时,过辰山,横亘海上,势极岧峣,登最高楼,看驾舵洋人阻之,操西语而得入,罗经指向,毫厘千里。就望远镜瞭测海角,风饱孤帆,渺如一粟,心神与之俱远。八时半,抵烟台,隔岸灯火,密若繁星,即下碇守夜。

二十四日,晴。侵晨,闻人声嘈嘈,知已启关,客皆徘徊甲板上。余亦拾级而登,纵览烟台风景,环列皆山,樯楫周集。十时半,鼓轮上驶,海波浅绿,岛屿萦迴,风日和丽,波涛不惊。午餐后,见别船有堕海者,逐流漂荡,瞬息已杳,为之恻然。日晡时,山穷海阔,波浪微翻,一轮西坠,红映遥天,万顷烟波,浩淼无际,诚大观也。夜半,气笛频响,已入大沽口。

二十五日,晴。破晓闻趸船卸货声,纳舄出视,大沽隐约在望,尚隔一海面。八时复前进,入港水浅,有小轮引导,渐行渐狭,沙滩绵亘,对岸可语,室皆土筑,栉比若鳞,厂局公司,亦建洋房,妇孺临流聚立,红衫绿裤,极形敦朴。一路蜿蜒北走,四时抵天

津,给茶房每人一墨银,托雇车挈行李至旧同学姊章紫函、孙吾澄处,授餐适馆,畅叙离悰,不觉东方之既白。日间道经华界,沿路设滩,车马纵横,徒步极艰,各国租界,虽不能如上海之宏敞,路亦坦洁,电车轨道,偏于一旁,往来如织梭,惟形式小而行驶迟也。

二十六日晨间,梳洗进膳毕,上京奉铁路,吾澄姊送余等同行,聊解车中寂寞。九时开车,乘二等,每人三元二角半,车室与沪宁相差一级,行速如矢,胜于南方,以快车故,所过六七站,均不停留。十一时入永安门,一瞬而过,至正阳门东车站停车,对面为西车站,即京汉铁路也。此处车站高大,则沪宁反不如矣。金舍亲驾骡车来接,昨日曾费大洋八角,在天津,先以电话相告。不一时,至煤市街,不过穿透三四巷,路仄颠摇,头为之昏。卸装后发苏汉二安电,时老父旅汉,老母留苏,欲作书告慰家乡,目昏手震,未能握管。金英珠姊为余等治东厢下榻,北俗无床,施帐于炕,而设衾枕焉。窗棂密糊,洁白之纸,初觉气闷,久坐亦惯,惟风起沙扬几榻间,拂拭不净,浅色之衫裳,缁污可厌。夜与英珠姊细倾阔悰,并邀许香含姊作伴,商量就学事,城上三更,始各归寝。余独剪烛枯坐,手草此《北行六日记》,以寄归乡里。愿我诸亲姊妹,亦当学男儿之负笈从师,勿拘拘于旧习而长养深闺也。

——《妇女时报》(1912)第六期

张侠魂

张侠魂(?—1938),又名铁血,湖南湘乡人。出身望族。父张通典。母何承徽,博古通今,工诗文。姊张昭汉,妇女运动先驱,作家、教育家。夫竺可桢,气象学家、地理学家、教育家。张侠魂曾就读于上海神州女学校,文章书法都极有功底。

女子参政论

女子宜参政乎?曰:何为而不宜也!颅同圆,趾同方,性同慧,而同为万物之灵,女子与男子果何以异哉?且女子特少学耳,其肯负责任而无趋避弄巧之心,实有胜于男子。设令自幼与男子受同等之教育,使参预政事,其不至负委任之重,可逆而知也。不观女子之操家乎?知既为一家之主矣,则我不负责,孰且任之,乃竭其心力,以期兴厥家,昕夕营营不避劳瘁,盖知义不容辞,有如此者。则任之以国事,亦必能尽其才力,不负素友之责,固可知矣。

或曰:如子所言,女子果应参国政矣。然废家政,中馈且虚,奈何?曰:是何足虑!今男子之参政者,固不及百一,设女子而加入,其数必倍减。则去其家者,千人中不过五人而已,五人而外,其理家政自若也。况天之生人,本无二秉,女子果操国政,男子又何不可操家政之有哉?为斯言者,固杞人之忧也。

或者又曰：女子数千年来，未尝学问于政法，一旦骤令盲操政权，宁有不陨越者？噫！猝聆此言，几不令人气短！虽然，顾彼男子曾几人得有政治学识谙练行政者乎，亦由其私智已尔；况宪法既定，凡执政者必由民选，则能被选者，非才望素隆、为众所服，谁克举之？然则使立法既当，选举一视乎公意，倘女子而果无才能，岂跂望所能及哉？若谓女子并臧否人伦之识而无之，且不可有举人之权，则冤之亦太甚矣！二十世纪之世界，实人道主义倡明之期，男子既人人有公权，得抒其才智以效于国，独于女子而靳之，岂事之平者哉？谓人道所宜尔耶？不独为女子所应争，在男子之有志者固亦同抱不平矣。

昔英有女主曰维多利亚，身亲万机，泽及后世，英人至今追慕不衰。吾国周武之兴也，以乱臣十人，而女子预焉。下如汉之吕后，唐之武氏，亦各怀英才，当其擅政，刘李之天下，不绝如系；特惜不修节行，卒抵于败。然则女子亦可王天下焉，且中外皆然矣，况区区参政之末席耶？今吾辈幸生人权倡明之世，反不得与古人并肩，且望其脚根而莫及，岂不愧哉！更有甚者，以满奴贱种，且能望其三百年窃踞神器残虐民命之深仇，而假以五族平等之名辞，俾得参政权，独于吾二万万之女子，同为中华神明之胄，顾乃从而夺之，有是理耶？凡我女子，所当亟起而恢复之，一吐今日之忿，亦所以雪数千年之耻也。吾女子其勉旃！

——《神州女报》(1913)第六期。

录自全国妇联妇女运动历史研究室编《中国妇女运动历史资料(1840—1918)》，中国妇女出版社1991年版

周淑婉

周淑婉，生卒年不详。1913 年曾就读于吴县私立竹荫女学校，在该校校刊发表散文多篇。

说清明节

清明，佳节也，俗有踏青之举。维时天气晴和，微风拂面，浅草平铺，一碧无际，致足乐也。今年休沐日期，适逢清明令节，遂与同学仍沿旧俗，踏青郊外。遥望黄金遍地者，则菜花齐放焉，红烂如锦，向人欲笑者，则杏花吐艳焉。清溪不隔，波光如镜，临水数家，自成村落。有人挈榼而来，伫立于柳阴深处者，则饷春耕之村妇也。铮铮之响，天半飞来，四顾蔚蓝，微露点墨，则童子之放纸鸢也。欣赏未已，忽闻凄惋之声，从东郭来，乡人曰："此哀其墓中人而奠之者也。"余乃慨然，谓同学曰："人以清明为佳节，若语夫扫墓之人，则哀从中来，方有无穷感喟事，触于眼前。乌睹所谓佳节乎？夫天下可乐之境，无非可悲之境。山川之清淑，风日之晴和，景物之暄妍，花草之绮丽，寓于目者无不同，而情之愉戚，有异斯境之喧寂，亦以殊焉。然则吾与子所引以为乐者，彼人见之，安知不益其悲耶？"同学曰："子休矣，群鸟归巢，夕阳西坠，无谓之感触，不如其已也。"余曰："诺。"遂归而为此记。

——《竹荫女学杂志》（1913）第一期

论人宜有冒险性

大西洋巨浪滔天，船摧楫倾，哥伦布士独不之惧，航海西渡，于是辟世界之新大陆。撒哈拉沙漠万里，销金烁石，立温斯敦独不之畏，躬冒烟瘴，于是得欧人之殖民地。冒险冒险，出于欧西一般人士之口者，盖几几乎奉为金科玉律而不敢易也。然而吾国之号为老成谋事者，其立论则异是。彼谓凡事宜持以谨慎，而力斥冒险为非计。不知此言一出，适为庸懦辈所借口，遇事推诿，则曰吾谨慎也，临事退缩，亦曰吾谨慎也。然则"谨慎"二字，非弱种亡国之媒介哉？吾谓事无难易，冒险则成，敢冒险则事之难者亦易，不敢冒险则事之易者亦难。故冒险实为成事之基础，人可无此特性哉？或谓世间凶暴之徒，阴谋秘计，敢于妄为，或觊觎良民之财产，或窥窃国家之权位，彼独非冒险而何？不知此谓之侥幸，不得谓之冒险。真能冒险者，其英谋伟略，有独到之远见，有预定之宗旨，故勇往直前，不稍疑阻，虽经挫折，誓达目的。在人视之，一若险甚，在彼视之，直行所无事也。拿破仑谓"难"之一字，惟愚人字典中有之，故冒险者不知难为何物；讷尔逊谓生平未见所谓可畏者，故冒险者不知畏为何物。推此志也，天地可以惊鬼神，可以泣金石，可以开豚鱼，可以格古今来之英雄豪杰、忠臣孝子、烈妇义夫，其所以铭钟鼎而垂竹帛者，孰非以"冒险"二字为代价哉？然则人不欲冒险进行则已，苟欲冒险进行乎，则以科、立二氏之事为模范，拿、讷二氏之言为标准可也。

——《竹荫女学杂志》(1913)第一期

说夏日读书之乐

天下之乐事有穷乎？曰无穷。游山玩水，弹琴赋诗，随时随地，无不可以助我之乐趣，而要皆非其至焉者也。天下之至乐，有逾于读书者乎？读书之良时，有逾于夏日者乎？晓则空气鲜洁，池塘生凉，一编静览，其喜洋洋，此可乐者一。昼则芸窗兀坐，暑气渐消，左右修竹，伴我寂寥，此可乐者二。至于晚风徐来，莲香四溢，挟册池畔，神恬心逸，此可乐者三。迄乎夜阑人静，萤火星明，盛以纱囊，光助灯檠，此可乐者四。合晓晚昼，夜而观之，洵乎夏日为读书之良时，而读书乃天下之至乐也。或谓读书有宜乎春者，水流花放，助我精神；有宜乎秋者，蟹肥菊艳，供我吟讴；有宜乎冬者，晴窗雪案，豁我心胸。若夫夏则奚取乎？酷暑逼人，令人可畏；蚊蝇扰人，令人可厌。可畏可厌，安有可乐？此今日学校所以有放暑假之举也。不知时逢暑假，正可将平日所未读者，及是时而补习之，又可将平日所已读者，及是时而温习之。醰醰书味，领略无穷，乐莫乐于斯时矣。凡吾学子，慎勿午梦抛书，效诗人之疏懒，而不屑作伏案攻苦之举也。

——《竹荫女学杂志》(1913)第一期

中秋赏月记

一岁之中，蟾圆且十二度矣，而独于中秋之月，欣赏无穷，其故何欤？曰：月虽四时皆有，春则元宵佳节，六街灯火，比户辉煌，于焉赏之，月光亦为之韬藏；夏则炎威逼人，入夜稍凉，一轮高挂，萤焰射芒，然余暑未退，于焉赏之，月色亦减其清光；冬则朔风凛烈，砭人肌骨，时交午夜，冰霜凝结，于焉赏之，对月无异乎立雪。

然则最宜赏月之时，有逾于中秋者乎？犹忆往岁是夕，余以月色清朗，丹桂飘香，曾设宴庭中，邀友共赏，于时饮酒乐甚，更为诵明月之诗，歌窈窕之章。今则月犹古月，而时局之变迁，已非复如昨矣。余因之有感焉。夫月仅一地球之卫星耳，与木石等，乞之无灵。乃世之愚夫俗子，焚香而膜拜之，以为月有宫府，安得升仙遐举，身游其内，且援引唐明皇游月故事，造为种种谬说，以惑人世，迷信之达于极点，令人可哂。虽然，人生不过数十寒暑，赏心作乐，能有几何？怅韶光之易老，感时事之推迁，以余一生所过之悲乐，未有如今夕之甚者也。意有所触，遂怃然记之。

——《竹荫女学杂志》(1913)第一期

朱幼棻

朱幼棻，生卒年不详。1913 年曾就读于吴县私立竹荫女学校，在该校校刊发表散文多篇。

劝友入学书

韶光迅驶，不握手者又数月矣。相离之易，相晤之难，令人黯然。妹今春就学竹荫，满拟竿头日进，藉慰父母戚友之望，乃行将暑假，返躬自问，一无所成，俯仰之间，殊有愧色。妹既自愧，窃欲献一言于左右，幸恕其饶舌而俯聆之。夫世之建功立业者，出于被动乎，抑出于自动乎？则必曰出于自动。自动将奈何？曰惟努力读书而已。盖书为馈贫之粮，藏智之库。人欲自立，须富智识。智识富矣，非特有益于己，并可有益于人；非特有益于人，并可有益于国。盖国之存立，胥赖人才。吾人既为国民之一分子，理宜预储才识，共济时艰。而姊独幽居深闺，不闻有负笈从师之举，此妹之所大惑不解者也。比年以来，我国学校林立，暑假期内，皆将招考，务望择校规之严肃者，从速报名，以备暑假后入学上课，幸甚幸甚！抑更有请者，入校读书，吾姊自有主权，无庸越俎代谋。而妹顾哓哓不已者，诚以秉质明敏如吾姊，处境宽裕如吾姊，而犹观望不前，未受学校之教育，不得不代为惋惜耳。狂直之言，谅勿见责。余不白。

——《竹荫女学杂志》(1913) 第一期

约友游植园书

某某贤姊慧鉴：

阔别以来，月圆又两度矣。迩维文思焕发，体力健全为祝。启者，春假期内，本拟走候，一叙阔衷，奈为天公所阻，连朝积雨，闷不能行。兹值放晴，花鸟都含乐意，而况吾人能不快哉？比闻植园开放，各种植物颇为完备，园中并新致动物多种，状态离奇，羽毛光怪。妹拟本星期日前往一游，借以畅适精神，活泼脑力，并实地考察各种动植物之性质状态，以为研究理科之一助。姊如有意，届日准在舍恭候惠降，携手偕行，兼谭衷曲。临颖无任翘盼，手此奉订，敬讯近祺。妹某白。

——《竹荫女学杂志》(1913)第一期

说夏日读书之乐

世间之乐事至多，游览名山可乐也，静坐一室亦可乐。然游览有时而倦，静而不动，体力孱弱，亦病机所由伏，皆不得谓之真乐。人生之真乐，莫如读书。夫书中之趣味无穷，目有所不见，读书则无不见；耳有所不闻，读书则无不闻。古人不可得而遇，读书则如与对语也；环球不可得而游，读书则宛若亲历也。由是观之，读书为人生之真乐，昭然无疑矣。然读书亦有其时。或曰宜乎春、秋、冬三季，若夏则暑气灼人，脑筋昏眩，苦而已矣，安得言乐？不知春时忽寒忽暖，气候无定；秋时百卉将凋，有肃杀之气；至冬则又昼短夜长，朔风凛冽矣，于时读书，皆无乐趣之足云。惟夏则瑶琴一曲，薰风徐来，或摊卷于荷沼之旁，或挟册于竹阴之下，放声高诵，与林间蝉吟互相应答，诚足乐也。且时当夜分，有流萤飞

集于草际,扑以小扇,纳之纱囊,借代灯光,益增其味。侵晨早起,散步庭园,则又空气新鲜,便于吸受。仰观天空,晓星未没,巢间宿鸟,群集互鸣,宛有激人勤学之意。观此佳景,岂不足以助我之兴趣,增我之精神乎?不特此也。平日在校读书,皆有一定之课程,不得任意披览,惟逢夏季,各校放假,正可将生平喜读之书,反覆寻味,非诚乐之尤乐哉?故善读书者,恒于夏日得读书之真乐也。

——《竹荫女学杂志》(1913)第一期

章佩芬

章佩芬，生卒年不详。1913 年曾就读于吴县私立竹荫女学校。

说国债

谓国债有利于国乎，何土耳其适以借债而弱其国也？谓国债有害于国乎，何法兰西又以借债而强其国也？由前之说，国债不可借；由后之说，国债不可不借。然则谋国者，果何所取法哉？曰是在审乎自借与外借而已。自借多则国无害，外借多则国愈贫，二者适成一反比例。不知乎此，而徒恃借债为救急之计，以称贷于邻邦。吾恐国债愈多，人民担负愈重，苟不慎重其用途，国家未有不受其害者也。不观夫希腊乎，以国债故，而受制于俄矣。不观夫埃及乎，以国债故，而受制于英矣。不观夫高丽乎，以国债故，而受制于日，且为日所吞并矣。至于内债，则不患其借，而特患其不能借。盖共和之国，其募内债也易；君主之国，其筹内债也难。欧洲诸国，英法无论矣，即小如西班牙，尚有国债二百六十兆，狭如瑞典，尚有国债一百三十兆。他如荷兰诸国，且能借民之债，而转借于外国，是子母相迁，更能生利于无穷。以视借债外国，而失铁路之权，而失关税之权，而失盐政之权，而失开矿之权，其利害为何如乎？吾闻之，西国之借债于民者，必以银行为收发，

故民皆有恃无恐;其所借之款,即以兴办民事,故民皆乐于输将。盖国债者,上下借此以流通财源,国家借此以整顿庶务,几成为今日之通例矣。惟须辨别内债外债之重轻,而慎重为之,由国民监督其用途,庶不因借债而召亡国之祸也可。

——《竹荫女学杂志》(1913)第一期

袁俊

袁俊，生卒年不详。1914年在苏省女蚕校就读。

游历增学识论

钧是人也，具五官，备四肢，日处斗室中，郁郁居此，宁有乐趣哉？一旦出门四望，豁然开朗，胸襟为之一畅。及至登高山，浮大川，则谓前所见者小矣。于是留连不去，玩赏不已，以为天下之奇观矣。及遍阅报章，则又曰不出门能知天下事，虽然报章所载，不过什一也。他若山川之形势，物像之奇异，乌可遍览而详述之乎？

然则何以增学识乎？曰游历而已矣。独不闻古人之游历乎？若孔子之周流列国也，史公之遍览山川、张骞之奉使西域也，此三君皆吾国游历人之鼻祖也。然游历之事，诚非易易。彼孔子之游历，仅于中原之地，史、张二公，足迹虽远，未尝不经挫折而冒险阻也。

故欲游历，非材而有文者，即周游无所得，非胆略稍壮者，辄畏缩而不前，二者备矣，而资斧困乏，仍不能如愿以偿。噫，游历实非易也，诚古今嗜游者之憾焉。

近则风气开矣，五洲万国，无所不通。水有汽船，陆有汽车，一日之内，数刻之间，可达百千里，游历之士，六阅月可遍全球。于是各国之形势，人情之异别，名胜之地，行军之所，无不历览。

较诸笔述图记者,不尤确而有征乎?

游历之后,而或著为文焉,而或发为诗焉,或为歌焉,为画焉,为图焉。匪第能增吾学识,且相传无穷,为人钦慕不已。

顾此事也,岂特丈夫为然,女子亦当然耳!向时风气未开,女子深居闺阁,不事学问,虽一乡一隅之事,亦罕见闻,以至女界沉沦,风俗腐败,国力萎弛。此憾事也。今则文明进化,凡我同胞,亟除陋习,当遍历环球,以增学识,庶不至觍然人面,为男界所轻视也。

然亦有无智之徒,假游历之名而任意放荡,如脱辐之牛、铁笼之鸟,抛弃光阴,不知爱惜。一旦归乡则攘臂昂首,夸其乡人曰,适游环球来,适从欧美来,所历之事,记不胜记。其乡之人固无不心计交慕之,以为其所历者广矣。及询其游历之大略,且默然莫对焉,至记不胜记之事,更无论矣。呜呼,斯辈为增学识而事游历乎?抑假游历之名而玩岁愒日乎?

——《妇女时报》(1914)第十五期

秦之葆

秦之葆，生卒年不详。1915 年就读于上海城东女学本科。

艾迪演说记略

艾迪先生，美人也，富于政治哲学，善劝导人民。今秋，青年会敦请赴会演说，特借会场于大舞台，观览者不知几许。连日气爽天高，本校校长往听一日，归以告吾侪。月之初九下午八时，在校诸同学悉聚于操场之上，细听杨师转述演说，不胜有感于怀，握管记之如左。

我国土地肥沃，物产丰富，人民繁众，知识开明，矿产尤富，世称遍地黄金，然国威乃远逊于彼美欧者，何欤？非海军之弱也，陆军之弱也，政治之腐败也，民智之不开也，道德缺乏而已。盖道德为人之始基，犹木之有根，水之有源；木无根则不能荣其枝叶，水无源则无以衍其支流，况我人类为万物之灵，若无道德，虽学识之高尚，终以自害而已。矧中国素尚道德，尊奉孔孟之说，而反弱于彼，良可羞也。余闻此言，可喜亦可悲。何为乎喜？喜其言能感人，即不爱国者，亦能动其爱国思想。何为乎悲？悲我国素崇道德，今乃一落至斯也。艾迪云，一国兴亡，在于一人之脑与手中。夫个人之力，固能强国乎，灭国乎？误矣，实恃人之爱国思想耳。试观夫瑞士，一区区小国也，人民弗若于我也，物产弗若于我也，

而彼之强则数十倍于我国,何哉?亦惟道德而已。今日吾民所应知者,此二字。而今而后,当知爱国为国民惟一之道德。今就此五色旗解之。五色旗之解,人但知汉满蒙回藏五族共和,抑更有进者。红者为赤心,国家有事时,人人能誓死许身于国,于枪林弹雨中,竭力以与他国争衡也;黄者,比我国之疆土,当如黄金之宝贵也;蓝者,苍苍者天,欲使我民舍一己之私,俾四海之内皆兄弟也;白者,清洁也,欲民之廉洁正直也;黑者,欲民之勤勤恳恳,振兴实业,提倡教育也。此真五色旗之剖解也。且我国矿产之富,为全世界冠,倘开采之,偿还公款之余,尚有五千年之政费。惜哉!货弃于地,袖手而观,而终至于贫如今日也。昔日吾国之丝茶为出口货大宗,运输外国,获利倍蓰。后民志日丧,仅知目前一己之私利,不图公益,杂以污秽之物,遂失信于他人,消场骤减。今茶叶之销产,反不及于外国,皆因吾民不知爱国耳。呜呼,孰知个人之道德,其影响乃如此乎?

——《妇女杂志》第一卷(1915)第一号

虞琬正

虞琬正，生卒年不详。1915年就读于上海爱国女学校中学二年级。

述旧篇

余九龄，随父游宦于粤，故乡风趣，遂不复得。闽盖多花木之地也，回忆禽鸟草木之游，犹使人感慨而不忘。盖昔时花下草前，捕草虫、扑流萤之伴，有高眠泉下者矣。呜呼，舅氏园囿依旧也！使死者复生，亦必不能如向者之乐。盖人生天趣，惟幼年光阴耳。虽然，余兄弟共七人，姊生七年而殇，为女惟余，尝以无姊妹为恨。故虽表姊妹，狎之也，使余复履旧迹，能不触景而歔欷乎？

余尤善游，不事读，父母以爱之故，不忍责也。年十一，为延师，终日而返，不识一字。翌日，数命之往，不肯往。父之言曰，游极必返，俟之耳。遂不复读。粤地固繁盛，人烟之密，几无隙地，屋鲜植草木者，余病之。余不乐与诸弟游，至是甚无聊，然命余读，辄不顾。居有年，仲嫂来归，长嫂随兄往扶桑。长嫂者，舅氏之长女也。余善之，言必听，而余性刚强，自嫂氏来归，我改者多矣，独劝读则不听，至是离居益无聊。而仲嫂粗识字，余时年十四，犹未学至是，乃赧赧于心。乃问诸母曰："学书可及乎？"母喜曰："儿乃思学耶？"余曰："然，必竭心力以学之。"母曰："甚善。"

遂自课之。长兄闻余学也,喜而遗书曰:“伯严固无不学之妹。”伯严者,长兄字也。是夏回,当暑,诲余不倦。若是者二年,余乃稍解读书之乐,悔幼年失学而不可及,而幡然改前之为矣。父固非世之轻女者,故于余必欲教之并诸兄弟,而余不悟书之为美也,是故每为说书,辄不听,至是始乐而顾余曰:“儿乃大异于昔,书真不可不读也。”暇辄为说欧美女子教育之尽善,余始跃跃欲试于学校,而卒不果。

是年夏,余家迁金陵。金陵风景之美,胜于闽。余家僦屋于森林郁木之中,当秋日西倾,杨柳浓碧,映窗拂户,墙外豆花红紫,垂垂入墙来,才可及肩,而面轩细草如茵,栏外秋花若锦。斯时兄弟相聚,攀花摘柳,极一时幽趣。余母性喜菊,手植可百余盆,清姿傲骨,尤与月影相宜。一日风清月白,与嫂氏闲坐轩外,虫咽于阶,花睡于槛。嫂氏怆然曰:“七八年前事,不堪论及。忆妹儿时与三妹戏于阶前,争捉蟋蟀于蔷薇架下,此景仿佛眼前,今其人不可复见矣,世事诚难逆料也。”余闻言怆然久之。吁!兹时言彼,又是三年,光阴倏忽,诚不可以须臾待。今之忆昨,犹昨之忆昔也,去者不复返,聊志数年之碌碌以警来者。

可作古文读,可作小说读,能到妙境矣。蜕公

——《妇女杂志》第一卷(1915)第一号

读郇子劝学篇

世以独善不足以仁天下,不知仁天下固在独善之积也。人各善其身,则谁与为不善?而天下安有不治者乎?虽然,世道既衰,功利之说张,则善身之说不足以移天下士,然非善身之说不足行于世,盖世之不足行善身之说也,噫亦甚矣。仁义之道,惟时是遇,予于郇卿有感焉。观其所为书,其于读书修身之道,一篇之

中，三致意焉，其于学而致善之道，论之详而言之审矣，而于当时无所补，岂其道未善欤？世之不足以行其道耳。当其时，士以纵横捭阖之说为尚，非是则不足以为士，顾安得士之行斯道也，故世卒至于乱。盖士者，俗之所趣，其国之士好善，其民未有好暴者，其国之士好暴，则其民必有甚者矣。又况其时，上以纵横捭阖之说取士，士以纵横捭阖为尚，欲斯民之无趋也难矣。纵横捭阖之说张，而民务其外，而不务其内；务其外而不务其内，则诈诡之心生，而仁心失矣。夫至诈诡之心生而仁心失，则父母可得而弑也，兄弟可得而杀也。父母可弑，兄弟可杀，则何有于君？何有于民？是天下无不可杀之人矣。故夫善治其国者，必使父慈子孝、兄爱弟敬而天下治。《诗》曰："刑于寡妻，至于兄弟，以御于家邦。"此言人心之于仁，必由诸近而及远也。孔子曰："于所厚者薄，无所不薄焉。"故人必孝其亲，而后可与言爱人。盖孝亲者，善性也；爱人者，亦善性也。而孝亲者近，爱人者远，事未有无其本而有其末者。故欲仁天下者，先善其性；欲善其性者，先修其身；欲修其身者，先养其性；养其性，推其心，可使仁天下。是故始当求其心耳，求其心者养其性，郇卿所谓"使口非是无欲言，使心非是无欲虑"者是也。汤武之民好善，桀纣之民好暴，非天之降才尔殊也，其所以持养者然也。呜呼！人而不养其性，则诈诡生而仁心失；近则欺父母，远则欺天下，此天下之所以扰扰乎。夫君之所取，士必趋之；士之所趋，俗必归之。当战国时，君以诈诡求强其国，士以诈诡求荣其身，所以终致于乱亡也。呜呼！不欲强其国荣其身已耳，否则舍养其性，推其仁无为也。予又怪夫郇卿之言异于时，岂孟子所云"豪杰之士，虽无文王犹兴"者乎？顾谁应之哉？嘻！

平时凝炼之笔，一变而为汗漫，却能挥斥旁魄而不嫌于冗，想近喜阅子书乎？蜕公

——《妇女杂志》第一卷(1915)第一号

为学日益为道日损论

有德之士,所以异于人者,以其存心也。君子以仁存心,以义存心,夫岂生而有之哉?亦学而致之耳。盖心存乎学而德以张,是张德者学也。夫学足以致其道,而心独存乎学,学益而道亦进,是益于学而损于道也。学道既相系矣,然则以道而致学可乎?殆不可。何也?盖心乎学,何暇及他,是未有不道者。心乎道,何暇及他,是未有学也。孔子之斥子路,亦以未有道以致其学之意耳。是故道可与学俱进,不可独进。苟以道必不可益,何文武周公之道,仲尼称之?是非道之不可益,益之有道耳。学日益,道日损;损者,损其恶而益其善也。

刻峭之笔,逼近半山,观理洞澈,故能阐幽索隐,义蕴毕宣,此题绝作矣。蜕公

——《妇女杂志》第一卷(1915)第二号

吴峥嵘

吴峥嵘，生卒年不详。1915年就读于上海开明女子职业学校预科。

女子职业造福社会论

天赋人权，孰不有职？以流风遗俗之弊，乃陷女子于失职之境，噫！斯罪之魁，其何人哉？方今欧风东渐，美雨西移，尚文尚道，以工以商，亦有一二女杰，突兴其间。然平衡当世，所能自食其食，以其余力以食社会者，又几人哉？夫木必有本，水必有源，女学之兴，即女子职业之先声。有常识，然后有专职；有专职，然后能自立；能自立，然后能立人。不基于学，欲成其业，恶可得哉？昔者女学未兴，犹著蚕织，况今开明，而反逊于昔乎？揆诸情理，能毋彷徨？言念及此，更非可以等常自慰矣。今使人尽能致身于自立之域，则生利者日多，分利者日少，造福社会，何可量哉？盖社会者，聚人而成，人各能自立立人，社会始蒙其庥。愿吾女界树兹模帜，俾尽天职之权，造无穷之福焉。

——《妇女杂志》第一卷(1915)第一号

叶雪梅

叶雪梅,生卒年不详。1915年就读于广州公益女学师范学校三年级,曾在《中华妇女界》《妇女杂志》发表文章多篇。

秋夜闻笛记

西风惆怅,红叶凋零,冷月疏帘,秋心陡触。慨时事之变迁,抚年华之索寞。危楼夜静,倚槛多怀,半砌蛩鸣,一林蝉咽,孤鸿影杳,鹤唳声稀。景物若斯,无聊已甚,重以邻家玉笛,彻耳凄清,几度低徊,讵能自已耶?夫音乐之感人,由来尚矣。深心哀乐,传乎其中,影事端倪,发乎其外。故高山流水,伯牙乃遇知音,不竞南风,师旷于焉察敌。东山迟暮,丝竹是耽,白傅放迁,琵琶多感。明皇步月,为霓裳羽衣之声;李谟维舟,动鳞羽蛟龙之听。今兹长夜青灯,暗香残月,听悠扬之远笛,如泣诉之传来。余窗课既完,吐绒才辍,既倾乎耳,复感于心。因蘸笔记之,并为诗两绝句,匪曰操觚,聊寄意耳。嗟乎!江城梅落,远客何心?白帝砧敲,骚人有恨。此物此志,如斯如斯。

谁家玉笛奏新音,韵叶秋声寓意深。楚客有情闲枨触,不曾听尽已关心。

远笛声声谱别离,为谁吞恨到蛾眉。霜华夜重寒侵骨,我亦当窗有所思。

诗笔清绝，文则悱恻动人，顿挫入古，如见初唐风格，似此曲高，自应和寡矣。（原批）

——《妇女杂志》第一卷（1915）第二号

说秋夜读书乐趣

秋夜初长，凉风袭坐，皎月如水，若斯良夜，其宜乎消遣者正多，而余好读书，因得其趣五，以志余乐。小楼独坐，倚牖四顾，万籁岑寂，梧桐叶落，满地黄花，白云在天，秋月如昼，展东坡《赤壁赋》朗吟一遍，神为之往，彷彿如在山高月小之间，此秋夜读书之第一趣也。雨窗淅沥，秋雁飞鸣，雨打落花，风飘残叶，其萧飒已足动人已，而闻隔院长歌声声，铁笛与书声相应和，更觉撩我读书兴味，此秋夜读书之第二趣也。处竹篱茅舍间，耿耿秋灯，秋长夜永，虚窗疏竹，时闻清音，宿鸟秋虫，每作惊人之响，景物感人，如是如是，斯时取诗词吟诵，中心泼然，是秋夜读书之第三趣也。凉秋气爽，泛舟五湖，星月皎洁，明河在天，舟随流水，任其飘扬，翘首一望，但见青天碧海，波光如镜，手老子《道德经》，朗诵数过，每有会意，辄浩浩乎，如默有所契几，不知天地间复有何事，此秋夜读书之第四趣也。隐居精舍禅堂，清幽寺院，月落乌啼，倦而不寐，夜半钟声，阿弥梵响，为之顿去百千烦恼，于斯时也，剪烛兴吟诵读释迦遗训，觉领悟其奥妙愈深，此秋夜读书之第五趣也。秋夜读书之味无穷然，而以清幽岑寂为愈，世多以秋夜为萧条惨淡动人悲戚，每于此长叹悲歌苦难，排遣抑独何哉！

——《中华妇女界》第一卷（1915）第二期

答友人问振兴土货启

某某仁姊爱鉴：

忆自残冬把袂，诗酒酣歌，日嬉乐于雪轩绣户，几不知人世间之有烦恼事也。曾无几时，而送君南浦，黯然魂销矣。绿杨烟里，啼鴂声中，常作怀人之想。无何国家多难，时局垂危，目睹一发千钧之现状，则思友之念，又不敌其亡国之痛，日对报纸，徒为饮泣，几忘一切矣。及朵云惠降，借知诗骨犹存，故人无恙，慰甚。询及振兴土货，妹亦常以此为怀，慨我同胞，日趋奢侈，以西式为美观，以洋货为奇宝，故有之物，视若弊屣，不知国家之日蹈于穷境也。嗟夫，人情如是，则土货虽精，亦视之莫睹耳，宁不为虑耶？欲兴土货，不得不先冀人心之转移，欲人心之转移，不得不先借乎言论之感化，于斯为计，莫如合多数有心人，结一团体，务使一文不购外货。语曰："先修其身，而后能正人也。"则于家庭、于亲友，及稠人广众中，惟以三寸舌，苦口相导，鼓舞人爱国之思想，庶几土货之兴，或赖此也。姊以为然乎？否乎？愿有以教之。"国家兴亡，匹夫有责"，祈姊勿吝絮絮是幸。临楮神驰，所怀无既，风而不时，诸维珍重。

以个人为本位，自是切实可行之事，语亦明净。

——《妇女杂志》第一卷(1915)第九号

谢挽

谢挽，生卒年不详。1915 年就读于武进县立第二女校高等三年级，在《妇女杂志》发表文章多篇。

秋月说

人生之兴趣，每由境地而殊。故遇月白风清之夜，山明水秀之场，对景开怀，必有枨触于衷，而不能自已。如苏东坡之赋赤壁，王右军之记兰亭，其兴趣为何如？若夫春秋佳日，陟足园亭，赏名花，倾佳酿，酒酣耳热，谈笑风生，吾不知其兴趣又何如也。大四时之月，莫若中秋，百昼之娱，不如选夕。盖中秋之月，皎洁精莹，光辉灿烂，清如水，圆如镜，能使人心旷神怡，而悠然意远。若乘此良夜，游目骋怀，或登山楼，或临池水，则光明澄澈，心境湛然，尘襟俗虑，均消释无余矣。是以骚人韵士，弹琴咏诗，倍增逸兴。而劳人思妇，动怀远之悲，迁客征人，有思乡之叹。犹是秋也，犹是月也，何以所感有殊哉？则以含蕴于中，故不觉流露于外尔。且夫宇宙一刹那也，沧桑一弹指也。往而不返者，岁也；逝而不留者，时也。何岁无秋，而非今之秋也；何时无月，而非今之月也。昔之人焚膏继晷，兀兀穷年，三余诵读，目不窥园，良有以也。

——《妇女杂志》第一卷(1915)第二号

种花者言

场师某，善种花，凡豪富家雕栏之点缀，胆瓶之供养，悉于彼取给焉。入其圃则竹篱茅舍，华萼纷披，其所种之花，虽历严霜冷雪而枯萎者鲜，经烈日暴风而凋零者亦鲜，无株不茂，无朵不荣。余顾而乐之，谓之曰："子殆精于植物学者乎？"场师曰："吾安知植物学哉？吾之种花也，能顺其性于四时，能培养其质而使之合度耳。种花之法，其本宜舒，其土宜松，昼宜吸收阳光，夜宜沾溉清露，冬宜藏之燠馆，夏宜处之凉台。害虫宜去，勿戕其生机，灌水宜净，勿杂以秽物。培之以各种之肥料，而养之以燥湿之宜，如此则顺其性而适其度矣。故吾之种花，特不反其培养之道而已，非真能揠苗而助长也，又安知夫所谓植物学哉？"余曰："子之种花，盖通夫卫生之道矣。移之养人可乎？"种者曰："我知种花而已，至于养人之道，则非吾所敢知也。然每见长者之于子弟，爱之太过，若甚怜焉。冬则偏于燠，夏则偏于凉，衣则糅罗纨、曳绮縠，而不期朴质与耐久焉；食则餍粱肉、御珍羞，而不择清洁与滋养焉；居则洞房曲室、画栋雕梁，而不求空气之佳与光线之足焉。灌输之不以典籍，范围之不以规矩，邪不能导之正，惰不能策之勤，养之也不中程，教之也不就范。故其子弟既弱且愚，又何以全其天职耶？若是则与吾之种花其适相反乎？"余不禁慨然。盖吾于养花之道，而得养人之法矣。

——《妇女杂志》第一卷（1915）第十号

梁雪颖

梁雪颖，生卒年不详。1915年就读于苏州刺绣女校正科三年级。

论学校成绩

今欲表示学校教授之善良，学生听讲之心得，舍成绩之外，其又谁属哉？学校而无成绩之可言，或虽有之而尽系无益及虚伪者，则其为教育亦徒然矣。三者之中，尤以虚伪之弊害为最大。夫教育儿童，以养成其道德观念为主的，教师又为学生之模范，一举一动，一言一笑，均须堪为学生所取法。今诈伪之行为，乃出自所模范之人，则上行下效，有不捷如影响者乎？此真可为长叹息者也。乃近今教育界，往往蹈以上各弊病，好骛有形之成绩，而不讲无形之成绩；或竞竞于临时之成绩，而舍弃平时之成绩；或徒尚虚伪之成绩，而不求真实之成绩。此实近今主持教育家之通病，冀借此可博取良好之声名，而掩平时之缺失。客岁暑假时，吴县教育会曾征集本县高等小学以下之成绩品，开成绩展览会于城南之旧皇宫，蒙亦躬与其盛。入其室则五光十色，耀人眼帘。各女之习字，则铁画银钩不啻也，作文则洋洋洒洒，几及千言焉，其余如手工图画等，尤有美不胜收之概。发达哉，我苏之教育也！优美哉，小学展览会之成绩也！后闻人言此等成绩，大都出于临时

造作,则又为之慨叹者久之。或曰,我苏教育,无一讲求平时之成绩及无形之成绩者乎?则对曰,亦非也,不过谓讲求平时之成绩及无形之成绩之学校不可多得,非谓绝迹于会场也。是故学校以能取信于人为可贵,欲其能取信于人,非注意于平时之成绩不为功。愿我负教育之责者,勿竞竞于有形之成绩及临时之成绩,而注意于平时之作法以导示儿童也可。

两作气盛言宜,切中近时女学之弊,非徒以文字见长者。西神

——《妇女杂志》第一卷(1915)第二号

论近今之女学

教育之昌明,厥惟我国为最早,故女学之发达,亦推我国为冠。如汉之班昭,续成《汉书》而为皇后师,此为女学最盛之时代也。自汉以下,日形腐败,故我女界同胞,程度日卑,知识日浅,富依赖之心、乏自立之志者十居八九。原其故,岂非由于未受教育之故耶?至今二十世纪,则女学林立,日新月异,报纸上之女学广告不可胜数,而街衢中之女学招生启又触目皆是,故负笈求学者,亦日见其多。然学者既众,则我辈宜有高尚之学识,与道德之品格,以别于徒尚形式、有名无实之辈,以恢复我中华数千年女学退步之耻。岂知乃有大谬不然者。此等学校,大都只求表面,不事实际,其学生则徒习皮毛,升堂者十无一二,遑论入室哉?且不特此也。夫教育有生利、分利之别,所谓生利教育者,即实业教育是也。近今女学,既如是之发达,似宜注重生利教育,以为自立之基,而不闻焉,是可异矣。况近日男学已注重实业教育矣,则我女学亦何独不然?否则只有分利而无生利,使遍天下均为女学士,试问将何以谋生?故我女学亦应注重生利教育也。此就学校一

方面而言也。兹再就家属一方面言之。家长之遣儿女入学也，大概可别为二。其一不脱旧习，其期望子女之求学，只图稍识之无，年龄稍长，即令辍学。其择学校也，教师须老成而近于迂阔者，同学则宜少。盖恐同学众多，良莠不齐，易染恶习，否则宁使其子女囚守闺中。青年之多失学者，盖以此也。其一则醉心欧化，遇事摹仿，以为我国女界，黑暗已非一日。今经诸先进热血提倡，女学前途稍得一线光明，正宜乘此时机，令儿女入校求学，以恢张女权，一雪曩昔之耻。无如所抱主义，太形急进，以甫在萌芽之中国，而欲效法欧美，岂可得哉？若夫学校之私立、官立，愚意私立者大多为热心教育者所创立，孜孜训诲以期成绩之优良，学生即可因此而发达。故私立学校之成绩，恒较官立者为优胜。呜呼！世教日衰，学风不古，女学生荡检逾越之举，时有所闻，反对者往往借为攻击之资。尚望我青年女生，毋稍不规于正，以塞彼悠悠之口也。

——《妇女杂志》第一卷(1915)第二号

张肇铭

张肇铭，生卒年不详，字丹初，梁溪人。曾就读于上海共和女学校。

哀徐君新华文

风凄雨悲，天昏地黑，动魄骇心，不寒而栗。斯何时乎？非甲寅五月一号晨，徐君新华噩耗传来之时乎？吾不禁抚膺问天而恸之曰：造物不仁，降祸君家，摧我良朋，残我女界，有如是耶！夫庄悲空谷，孔叹才难，盖因淑德懿行，诚旷世而难遇，则英姿玮质，宜视同夫贡璧。孰意才长运蹇，年少力殚。哀女学之初萌，遽人才之凋丧。呜呼新华，而竟死耶！人莫不有死，而君之死尤增痛惜。当余未见君时，心已驰慕，迄夫去岁，余来兹校，一见神采，朝夕仰景。既同校，复同课，须臾相依，晨夕相晤。课余之暇，或切磋学业，或促膝谈心。同学俱少年，或偶参以游戏，而君之一语一动，莫不有异于人，故余未尝不依君为表率焉。自是以后，情意日密，忽忽九越月，未尝一日与君相离也。夫以君天质之温良，生性之忠朴，才虽隽而弗傲，学日进而弥精，质疑问难，不骄不啬，穷知竟辞，为余剖解。旦则来校，孜孜不倦，暇与同学，谈笑为欢。夕则回家，佐理家务，代操亲劳，天伦圆满，所触皆欢。君生之时，其乐如何？窃尝谓君抱淹雅之才，博中外之学，方期造诣深远，揭光辉

于女界。孰意舍英毁璧，留遗恨于同人！夫尘世一梦，有如幻电，然犹指老者衰者言也，若君则幻电之不若矣。埋玉树于土中，使人情何能已。怆风流之顿尽，恨天道之宁论。呜呼哀哉！以君之英敏而竟丧其天年，以君之壮志而竟遽遭夫夭折。所谓天不可测，寿不可知，而理不可推也。悠悠苍天，曷其有极。呜呼！君之病系红痧，君之死因孝亲。君病三日，余来省汝，神智清澈，声容如常，又复谈衷论文，欢若平日。君虽自知病笃，而谆谆以必愈慰我，我谓虽暂相别，行将久与相叙，未始以为忧也。少焉，君催我归，怅然而返，盖爱我深而惟恐我之或有传染也。孰意瞬别二日，病益危剧，君竟于五月一号，遽舍吾以殁矣！

呜呼新华！诚知君如此，则此二日内，吾当依侍左右，以送君终。宁忍此际一见，而诀千载之永别乎？君鲜昆弟，亲年渐衰，一兄在海外，未克谋面。君生夙孝弟，一旦永弃，君岂所愿，吾知君目不瞑也。君死之后，君之家庭，其凄惨又何如耶？然则君之死，不独为吾女界痛，更为君家庭痛也。呜呼新华！君病红痧，非必死症，而君竟死，岂庸医杀之耶？抑君之命已绝于斯耶？呜呼噫嘻！殡君之日，悲风怒号，阴雨凄惨，如助我之悲哀者。长途遥迢，送君之魂，我痛君死，我哀君才，一恸而几绝，君知之也耶？其不知也耶？呜呼新华！生离死别，昔人所悲，然生离有复晤之日，而死别无更见之期。痛念畴昔，我心碎矣！虽然，兰以香折，麝以胶焚，君以才夭。君死而孝益彰，名益高，死而不朽，其又何尤。所难堪者，君之亲及君之友耳。呜呼新华！手泽犹存，益增知音之浩叹，遗像如生，愁煞广陵之中绝。哭君君不应，哀君君不知，魂而有灵，尚其来归！（不受酬）

——《女子世界》(1915)第三期

唐纯

唐纯,生卒年不详。1915 年就读于上海爱国女学校国文专修科。

劝郑竹天学裁缝书

竹天同学姊惠鉴:

久违雅范,未知近状奚似,和屡拟以学之道相质,顾才疏学拙,欲言辄止耳。今不揣固陋,奉书左右,一言相规,惟冀垂察焉。曩者与姊遇时,纵谈各科学,而裁缝一科,姊颇憎之。然当时和亦不知其益,亦以姊言为然,后辗转思之,裁缝者,女子应尽之职,不可缺者也。日前和游南山,而姊亦适游南山,又谈及各科学,而姊如故。因天将暮,匆匆欲归,不尽所怀。返后自维姊才俊智杰,固不待人之规诲,然圣人亦有所不知,况非圣人者乎?为是相劝,惟姊亮之而已。且夫手工之类不一,如摘绵、造花、抽丝、绒线等,而裁缝者其一也。虽此种种,惟裁缝适于实用,余皆美观而已。然今人喜摘绵、造花、抽丝、绒线,而不喜裁缝,何哉?吾知之矣。裁缝自古有之,迄今盖数千年矣,人人习见,故不为奇也;而摘绵、造花、抽丝、绒线等,新传至中国,吾人所未见,故以为奇也。是知喜新厌故之情,人所同也。而姊手工皆不学,其无喜新厌故之心,彰彰明矣,然何故见而憎焉?殆不知其益耶,抑不愿学耶,抑性不近

之故耶？皆非也。专力于他科，无暇及此耳。然虽无暇，亦不得不稍学焉。盖人身所用者，裁缝居其大半，岂可轻视之乎？呜呼！沪上之女校亦众矣，有裁缝一科，寥寥无几。轻切用之手工，而重不切用之手工，可不大哀乎？贵校乃独设此科，胡弗学焉？姊才俊智杰，求一学，学一艺，较和易能也。况学此科，又易于各科学也。今姊各科学固佳矣，独弃是而不学，窃为惜之。一言相规，如是而已，姊意如何？和谨上。

文恳恳款款，深得规箴之道。昔者吾国女学初兴，一二有思想之女士，愤乎几千年之束缚，欲一举而摧破之，致女子有益之家政，亦视之如仇。矫枉过正，人所难免。殊不知手工之设，乃练习眼目手足之技能，非谓学生他日人人以缝工为生涯也。如某某女士，昔在沪颇负女豪之名，深恶此学，及一游学日本，一游学美洲，既入大学，而寓书国人，谆谆焉即以家政相勖，其故可思矣。元评

——《妇女杂志》第一卷(1915)第五号

陈玉华

陈玉华,生卒年不详。1915 年就读于奉天义县县立女子师范学校初级一年级。

句践沼吴论

世之论句践者,据其执鞭尝粪之辛苦,卧薪尝胆之精勤,终达其沼吴之目的,鲜不曰英雄哉,其人也!豪杰哉,其人也!余初亦以其为英雄、为豪杰也,及细考其所以沼吴之故,然后知句践特行险徼幸之小人耳,乌足以当英雄豪杰哉?何也?吴越世仇也,君父之仇,不共戴天。夫椒之役,困句践于会稽,正吴王恩怨了了之日也。准以除恶务尽之义,势必置句践于断头台上,犁其庭,扫其穴,郡县其土地,奴隶其臣民。果尔则范蠡无以施其计,文种无以进其谋,是吴之江山无恙,而越之宗社早沦胥以没矣。奈何夫差坐失机宜,当断不断,姑息养奸,启仇人之生路,予敌国以转机,甘言以饵之而不悟,重币以诱之而仍不悟,拒子胥之忠谏,竟放虎以归山,遂使乌喙豺狼,得逞其反噬之手段,生聚教训二十年,卒沼吴国。是何异决堤引水,自灌其城郭宫室,甘与鱼虾为友耶?夫物必先腐也,而后虫生之,国必自沼也,而后人沼之。彼句践者,不过导其流,扬其波,利水性之就下而已。吴不自沼,越岂得而沼之哉?或曰,卧薪尝胆之自励,岂常人所能为哉?然少康以一旅

兴夏,未闻有悬胆之行也;楚民以三户灭秦,未闻有卧薪之举也。无他,常人之事,君子固不屑为也。况自强本诸心,复仇根于性,何必待外界之刺激而始动?会稽之耻,没齿难忘,虽无薪胆以警之,宁能置之于脑后耶?推其心,无非效夫差使人立庭之故智,以成侥幸之功。夫差固庸人,句践亦不得为豪杰也。

嗟嗟!星星之火,不扑之则终必燎原;涓涓之水,不塞之则难免泛溢。夫差不知扑之于初,塞之于始,以德报怨,坐令沃野千里,竟成泽国,臣民亿万,甘蹈水乡也。悲夫!向使句践不遇夫差之骄慢,不待其卧薪尝胆,而其身首固早已异处矣,越其奈吴何哉?

——《妇女杂志》第一卷(1915)第五号

金恂如

金恂如,生卒年不详。1915 年就读于武进县立第一女校。

约友发起女红会书

某姊青及:

窃谓吾人对于人有当尽责任,他人对于己,亦有当尽责任。对人而不能尽责,是间接以害群;对己而不能尽责,是直接以害群。故不能尽责者,弃责之人也;人人皆弃责,则国为无人矣。吾国数千年来,女子对于人,既无当尽之责任,对己又不能保养其生命,如衣食住三者,皆待人而裕,其弃责也甚矣。吾国积弱之原,此为一大原因。若女红则应尽之责,吾辈恶可不自研究耶?吾固有之女红,即育蚕、机织、裁缝、刺绣等,而育蚕、机织二者,又最有利于家,有利于国之业。盖我国之蚕丝,最有名于世,然意大利当我明成祖时,始得我蚕种以去,至今彼蚕业之良,几驾吾国而上矣。又机织之业,亦守其旧法,不能变通,不若外货之悦目适用,于是外货之销于吾国者,几无地无之。大利尽为外人所夺,吾国生计日促,虽有女红之名,实无济于国。故当今日之势,女红一日不振,即漏卮一日不塞。然欲发达女红,实非个人之所能。妹以为必设女红会,集有志于斯者,穷究其法以谋其进步,且集工于制造者,循法而制造之,则既有理想,又富实验,庶可期女红进步矣。

但妹学识浅陋，不克胜任，望吾姊垂教焉。特此布悃，并候回玉，余不一。妹某某上言。

——《妇女杂志》第一卷(1915)第五号

龚晖

龚晖，生卒年不详。1915 年就读于无锡竞志女学校中学四年级。

金陵旅行记

我国对于体育素不讲求，自欧风东渐，即以体操为体育之代表。始仅授之于男校生徒，后知体操实为不可忽之急务，女校亦兼课之，于是各校之体育，渐见进步。岁甲寅，江苏省公署教育科长提议联合省立之男女各校，开一运动会，以衡体育之优劣。本校近因受省款补助，故亦与会焉。会期定于十一月二日，本校即于一日出发。侯师先谓学生等曰："此次赴宁，非徒运动而已。旅行时，凡一路所见山川风景，以及地理形胜之所在，古人遗迹之所存，并参观之心得，皆须图之于册，笔之于书，既可作图画之资料，又可练习记事之文。更可以他校运动之动作精神可资取法者，或有不振作及妨害卫生者，孰优孰劣，以为吾竞校作比较的观焉。"光阴如梭，转瞬会期至。赴宁同学十二人，咸怦怦然，惟恐临场运动时之有误也。

十一月一日上午九时，同学整队至车站，侯师及诸教员并管理员等七人偕行。为时尚早，因客房容人甚杂，故副站长王君招呼过桥小坐。少选，见一英人徜徉于廊下，后随猎犬二，摇尾摆

耳，张牙吐舌。犬后随一我国人，类似役者，手持一鞭，肩负一囊，意气扬扬，以为自得，盖使之驱犬者也。呜呼，我无上尊贵之中国人，何业不可习，何事不可操，独甘为外人之驱犬奴，无怪外人称我曰奴隶国也。后俞师曰逾二十余分钟，车将至矣。余等复过桥而俟焉，见第三师范亦整队而来。少顷车至，遂陆续登车。约一小时，即抵毗陵。眺望车外云树，秋林凝红，寒流泻碧，殊堪入绘。车过吕城，忆昔为吕蒙驻兵处。不转瞬间，至陵口，闻侯师言离城十里，梁文帝之陵在焉。过此数十里为丹阳，其地有练湖、大业垒、长冈埭之胜。齐梁陵寝，亦多在是县东北一带，烟树苍茫，中似尝闻灵旗猎猎声。惜车稍停，即复绝尘而驰，不及往，为之黯然。过丹阳至新丰，遥见京口山色，金焦北固，掩映云表。未几，车中电灯顿明，过宝盖山隧道，又数里，始抵镇江。则昔所羡之金山，今乃突现眼底矣，眺视山景，顿觉心爽。塔立于中，黄垣环之，山踞长江之滨，与屹立江中之焦山南北对峙。按金山旧时，亦离江滨有五里之遥，今则为沙所积，已与陆地连接。沧海桑田，宁得不令人低徊不置哉！自镇以上，山色益佳，地形渐高，车行绝迟，得饱览霜林秋色。未几，至龙潭，其地有青龙山、黄龙山。二山之间，恰有一山，盖取二龙戏珠义，名之曰珠山。过青龙山而入宝华山，约十八里即有一池中蓄蝾螈，以其形似小龙，山人遂尊之为神，亦可见迷信未除之一端矣。又行数里，仰见山巅，有一亭，询之侯师，知相传为韩夫人击鼓于此，故其名曰擂鼓亭。巾帼英豪，为后人之所难及，至今犹令人钦佩不置也。未几，至天保城山，上有光复军纪念塔，高矗云表。一将成功万骨枯，丰碑峨峨，正不知废健儿几许生命也！遥望莫愁湖，烟水迷蒙，名将美人，都归黄土，倚窗远睇，为之黯然。侯师一一指示城外诸名胜，惜晖不能悉记。将抵下关，见狮子山山势奇险，扼江之要，仰观山顶，筑有炮台。须臾车停，即整队而下，觉两足麻木，盖因枯坐半日故也。出

车站，由联合运动会招待员领至宁省车站，搭小火车入城。路经四站，眺窗外修竹千竿，苍翠茂密。抵中正街，即下行李，由本校会计薛师检点，余等随诸师先行。第一女子师范校长吕惠如先生已命人来迓，即止第一女子师范附属小学。宿舍在楼上，余等卸装于此。七时夜膳后，因疲甚，偕同学略谈片时，予即与过君明霞同榻而寝。

二日晨未黎明即起，梳洗匆促。晨餐竟，即赴会。至场口，但见妇稚联袂纷纭入，门前则双标耸立，高揭云表，上悬国帜，五色辉明。折而北，两旁悉栽杨柳，垂垂拂人襟袖。再折而东，即至女学席，席之对面，第一工业学校军乐欢迎学生团在焉。会场之布置，甚为致密，奏乐台、司令台，与夫决胜门、凯旋门，结构奇巧，青叶缤纷，宛若结采。场中浅草铺地，褥黄成茵，四周男女各席，咸有条不紊，足见筹办者殚精竭虑，而能措之如斯也。九时振铃开会，男校依次而运动，咸整齐严肃，精神炯炯。赛跑诸生，因竞名誉，奋身直前，皆可敬可怜，惟运动过剧，殊伤卫生。而拳术及各种武器术，皆纯熟可观。他如余兴农业世界，排演诙谐，令人绝倒，其本意实欲使社会一般知衣食住之非易得，与农业之重要也。少焉，日下崦嵫，暮色苍然，自远而至，遂偕诸师循原道而返，七时夜膳即卧。

三日上午八时，侯师发起雇车游雨花台。出城，街衢以昨夜稍雨，泥泞不堪，车行颠侧甚，九时始抵雨花台。按此台为古高僧说法处，据山巅，山路崎岖不可登。废垒败堞，有民军殉难之纪念碑。回念当年战争剧烈之时，尸骨委山，残民以逞者，正不知具何肺腑也。行少时至一室，名第二泉，略休憩品茗，清洌而甘。饮毕，咸于山麓散步。地形已觉高竣，俯视城中，攒蹙累积，莫能遁隐。钟山对峙于西北，夹江蜿蜒于麓北。睇望四周，萦青缭白，水天如一，不觉人物两忘，俗尘尽洗。地多异色石子，道傍以皿盛之

而出售者颇众。石荡漾水中,色益明靓,诸师多购之者,余亦略买数枚。山麓有方正学祠,正学千秋正气,大节懔然,遥拜灵祠,为之心折。游毕归寓,午餐。闻王师云,因会场泥湿,议决延至翌日续开。得此机会,遂于午后游明孝陵。过明古宫,谒方孝儒血迹碑亭,鲜丹血迹,碑上犹斑。游于其间,觉忠义之气,千古不泯,令人起敬。此地本为清将军驻防地,民军兴,全城悉付灰烬。环视城墙,为之怃然。过明古宫,遥见钟山,地势渐高,车行甚迟。抵孝陵,循丹墀而上,有匾曰"治隆唐宋"。进瞻太祖遗像,过隧道,谒皇陵,侯师详谈钟山之关于地理形势,并明太祖生平之历史。须臾下山,于殿后小坐,有人出茶果于桌,余怪甚,询之冰兰先生,始知出茶果者,乃朱氏宗支,在此守陵,并借此以糊口者也。高帝子孙尽隆准,易姓以后,下伍舆台,亦可叹也。碎硫璃绝多,于草间拾得一二块,归作纪念。游毕归舍,已六时,晚餐即卧。

四日晨,得联合会事务所传单,知是日续行开会。晨餐后,赴会场,上午为女校运动。各校体操咸有精神,一无深闺弱质之态,大为我女流吐气。舞蹈则与琴声相应,颇为齐整。本校运动,蒙各体育家及参观者群称优美,相衡之下,由批评员列入甲等,颇为惶愧。此次会场运动之可取法及可戒者甚多,撷其大纲,不外奋精神,守秩序,至于可戒者,则临事张皇,非吾辈女子所宜有。若夫互相龃龉,互相谈评,以示妒与骄之两种态度,是则吾辈急宜屏绝而资儆戒,固不待言矣。

五日晨,四时,诸同学已起束装,寒甚。五时晨餐后,随诸师至宁省车站。出校时,残月犹在天也,吕校长亲送至车站。车行始去,抵下关,第一次快车,尚未启行,即登车,转瞬抵镇江。盖宁镇间铁道,宁高于镇,故行绝速,过镇江稍缓。抵锡尚早,整队回校,才午后一时耳。至操场,慧妹即高呼曰:"姊归何迟耶?

母盼已久矣!”遂携手而归。离门十步,侄儿趋前,牵襟索食。进门则慈母倚窗,笑颜相迎。余即坐谈所见所游之事,以补家中未游者之闻见。二时始食午餐。是夜小窗兀坐,而念此行之往返仅五日,计程四百里弱,途中所经阅名胜之区甚多。以上所述,仅就其大者言之耳。惟晖不文,未克委曲绘写,不能无憾云尔。

——《妇女杂志》第一卷(1915)第六号

张菊姝

张菊姝，生卒年不详，字友陶。夫黄震。曾就读于江苏省立第一女子师范学校。毕业后任扬州府庙小学校长。在《妇女杂志》发表文章多篇。

论男女之分业

古人云，一夫不耕，或受之饥；一女不织，或受之寒。一夫一女，至微也，而其勤惰，乃关于群，何哉？盖以一人之力，奉一人之身，行之绰然而有余者；以一人之力，兼顾众人之身，遂不觉其卒然而日蹶，非过论也。譬之树屋，支大厦于一木，则屋立倾；譬之植堤，御洪流于一篑，则堤必决；无他，所以为之者寡，而所以用之者不舒故也。营业之道，何独不然？是故西人治家必离群而索居，不使有一夫之不获者，仰给于他人，而他人因之反受其累，且不使幼儿弱息，日居于保护之生活范围中，仰食他人之力以为常。其言曰，权利义务者，均等者也。人苟欲得一分之权利，必先尽一分之义务；既尽义务，未有不享同等权利者，诚不易之论也。

吾国则不然，囿于男子治外、女子主内之旧说，女子则深居高拱，无所事事，号为治内，而内且棼如乱丝，举一切衣之，服之，饮之，食之，无不需求于男子。又其甚者，暇则逸，逸则豫，豫而不节之以理道，则剧场也，公园也，饮食店也，交际会社也，无往而不见

其迹,即无往而不恣其挥霍,饰以珠玉,衣以锦绣,舆马炫赫于外,仆役使令于内。人世应有之权利,一身享之不足,遗及于子女;子女当之不足,旁罗及私亲;无论女子之心目中,视为固然,肆然居之不为怪。即男子之养欲给求者,亦无日无时不以为应尽之义务,故幸而得行其志,先妻子而后国家,先私利而后公义,苞苴当路,昏夜夤缘,上下交征,危亡不恤,盖不如是,不得伸其对家庭之天职也。论者曰:吾国男子之非忠非孝、不廉不义之比比皆是者,为一般无业女子迫成之。斯言虽过,可以为戒。非然者,不幸而颠沛失所,牛衣啜泣,蜗角逐利,返苏秦之辙,妻子不为下纴,吹吴市之箫,路人不闻投饭,交摧交谪,事非无因,下堂求去,势所必至,构昏姻之衅,伤室家之好,非亦女子失业所致乎?由是观之,女子无职业,权利不能均,义务不能平,其敝必至于此。然则欲为女子谋幸福者,孰者大于分业哉!

虽然,吾国女子之职业难言矣。数千年来,除历史所载螺祖嫘首辈一二首出之女子治蚕桑外,不闻有他职业可供女子适当之务,骇人听闻之举,岂可为天下法乎?不可以为天下法,而由吾侪女子强为之,亦非所以明德也。今姑举女子所宜从事者,约言之如左:

一、教师。业其事者,始于曹大家,今外人则以为小学教师,莫善于女子,以习熟儿童生活故也。

一、妇科医。魏晋时,女子业此者偶一见之,至元明则大盛,以其诊察女子之疾,最为适宜也。今外人业此者,据调查之报告,几于男女各半。

一、书画家。书画为极致密之技艺,女子优为之,中国卫夫人之书,赵松雪夫人之书画,皆脍炙人口者也。特当时不闻有营业之说,今则报章杂志,用途极宽阔,故可以为职业之一。

一、小说家或新闻记者。女子富于想像力,每记一事,必情景

宛然，故日本之中村鹤子、英之柏灵纳、美之惠柏尔，皆以著作蜚声当世，凡出一编，几有洛阳纸贵之誉。

外此如宗教家、法律家，他国女界亦多所著名，且与右之职业，同为优等者。惜吾国俗尚不同，非可一例视也。

一、保姆。《内则》云："女子十年不出，姆教婉娩听从。"可见保姆之法，已盛行于古，今东西洋之幼稚园、贫儿院或育儿所，皆雇用之。吾国于实行国民教育以后，要当亟宜仿行，故保姆亦目前之需要也。

一、看护妇。看护妇为医家之助手，亦为慈善事业之一，而附属于红十字会，战争时最不可少。

一、裁缝。中国女子技艺本有裁缝一种，然而只可供一身一家之需，而不可为专门营业用。改良学习，亦易事也。

一、刺绣。刺绣为美术装饰品，吾国每出洋赛会，消售必旺，可见此一技艺，尚足运输外洋，岂可舍本而逐末耶？

其余如纺绩，如育蚕，如织布钉书，如排印校对，其事虽微，其职亦社会中百工之一。他若现今东西洋所通行者，又有车站之售票，电话局之接线，银行之誊写簿记，邮局之配达书翰，或劳心，或劳力，或以其值之贱，或以其事之宜，亦皆占据一席，与男子分业务。然且不可期诸数千年旧习之中国，顿改良于一旦耳，吾故曰：骇人听闻之举，不可以为法也。

或者曰，吾国家庭生活程度较西洋为低，而女子之生活尤简于西洋女子，似不必鳃鳃谋利，亦能资以生活者。然而非也。今之中国生活程度，试问较前三十年为何如？斗米百钱时代，吾未能见之，吾固熟闻之也，今则千钱矣，安知后三十年之生活程度，不更什倍于今日耶？宁习之而不用，不可待用之日而始习，谚云不我欺也，诸君其谛听。

——《妇女杂志》第一卷(1915)第十一号

说女子贵养勇

自《易》以乾象男，以坤象女，乾主刚，故男子之性刚；坤主柔，故女子之性柔。刚柔之道以分，而男女之义成矣。是以《关雎》咏淑女，必曰窈窕；《葛屦》歌女手，必曰纤纤，皆所以象其柔也。由古迄今，亘五千年，父母以是诫女，姑舅以是责妇，兄姊以是勖娣，居家则婉顺，对外则屈抑。然而顺之至则近于懦，抑之至则邻于怯。懦而非勇，则志不能立，无以振其气；怯而非勇，则识不能明，无以启其慧。气不振，则无小无大，事非依人不行；慧不启，则无难无易，学至终身不得。一日而教之，百年而习之；一人传之，千万人和之。宜乎吾女界之同胞，至于今日，其畏葸柔懦之气习，几于湔涤不易，磨琢不去，欲学校教育之进步，个人知识之发展，殆戛戛乎难焉矣。

然则为之奈何？曰：亦唯有养勇之一法。夫勇，非必好勇斗狠之谓也，亦非必杀身成仁之谓也。有浩然之气，而可以贯天地，凌日月者，是谓大勇。大勇，非吾所望于女子者也。明哲以存理，果敢以励节，能见其大而不见其细，必求诸己而无求于人，则女子之所谓勇者在是。不然，煦煦之仁，喋喋之佞，或牛衣相对，欷歔而饮泣，或髟头散足，奔走而呼号，非唯事不可济，亦徒见其可怜而已。吾伤及此，吾故历举古今来女子之有大勇者，为诸君劝。

昔齐景公有爱槐，使衍守之，曰："犯者刑，伤者死。"一日衍醉伤槐，公怒，将杀之。女婧惧，乃造晏子请曰："妾闻明君之治国也，不为畜伤人，不以草伤稼。今吾君以槐杀妾之父，孤妾之身，妾恐邻国闻之，将谓君爱树而贼人也。"晏子惕然，明日朝，告景公，即罢守槐之役，而赦伤槐者。

汉太苍令淳于意，有女五人而无子。意有罪当诛，诏系长安。

会逮,骂曰:“生女不生男,缓急非有益。”少女缇萦悲泣,随之至长安,上书曰:“妾父为吏,齐中皆称廉平,今有罪当刑。妾伤夫死者不可复生,刑者不可复属,虽欲自新,其道何由?妾愿入身官婢,以赎父罪。”书奏,天子怜其意,乃除肉刑。淳于公遂得免焉。

谢小娥幼有志操,许聘段居真,父与居真同为商贩,盗申兰、申春杀之。小娥诡服为男子,托佣申家,因群盗饮酒,兰、春与众皆醉卧。娥闭户斩兰首,大呼捕贼,邻人擒春,得赃巨万,娥乃祝发为尼。

江南有一女子,父系狱,无兄弟供朝夕。女与嫂往省之,过高邮。其郡蚊盛,夜若轰雷,非帐中不能避。有男子招入帐者,嫂从之。女曰:“男女别嫌,阿家为谁,而可入也。”偶露宿草莽中,竟为蚊嘬而死,筋有露者。土人立祠祀之,世传为露筋祠。

合观以上事迹,或以言感君,或以书救父,或诡服以复仇,或露筋以全节,事有不同,而皆为弱小之女子则一,非其聪明正直,素有充塞天地之气蕴积于中者,不能致此。特若而人者,不幸而遇忧患耳,使生于安乐,置诸学校,坐春风之化育,被他山之攻错,如诸君今日者,其特达将何如。

——《妇女杂志》第一卷(1915)第十一号

汪慧秀

汪慧秀,生卒年不详。1915年就读于江苏省立第一女子师范高等科三年级,曾在《中华妇女界》《妇女杂志》《进化报》等刊物发表诗文多篇。

游明故宫孝陵记

民国四年,岁在乙卯,春假之时,吾校诸师及诸同学,游兴勃发,拟旅行郊外,踏青为乐,订于四月七日,至明故宫孝陵一游。整队出门,东行至皇城,古屋坍塌,野草荒芜,此民军光复南京时所毁也。折而北走,直入午门,即明故宫也,至方孝孺血迹碑处而止足焉。见四围尽为荒地,惟御道之大石犹存,前由清代入主中华毁于火,继由民军光复,加以癸丑年间之兵燹故也。姚先生谓余等曰:"此血迹碑乃方孝孺之遗迹也。当明太祖定天下时,封季子棣于燕,及太祖崩,禅位孙建文,燕王举兵叛,南下陷金陵,遂攘位。惠帝出奔,燕王令方孝孺草诏定天下曰'吾效周公辅成王故事',孝孺诋之,不承诏。燕王强之,孝孺乃书'燕贼篡位'四字,燕王怒,遂割其舌,血喷石上,迹久不灭。后人哀其忠,建祠岁祀,巍巍大节,虽死犹生也。昔人言,为忠臣则流芳百世,受后人所崇拜;为奸臣则遗臭万年,徕后人之唾骂;若方孝孺者,可谓流芳百世矣。"语毕,复整队出朝阳门。见遍地黄如金色者,菜花也;有艳

如锦绣者,桃花也;又见累累荒冢,此民军阵亡之骸骨也。行六七里,见翁仲及石狮象排列左右,太祖遗像悬于亭中,壁上题咏,句可纱笼。乃由隧道登孝陵,见林木蓊森,碧草平铺。陵前建小亭,后依钟山,高瞻遥瞩,城郭乡村,华朴迥殊,山明水秀,一幅画图,宛然在目,徘徊久之。时夕阳在山,人影散乱,复整队缓缓而归。余思今日之游,约行二十余里,无倦容。盖由智识骤增,足以发明平日学科所不逮,故精神骤长也。既归,焚膏握管,乱缕记之,词之工拙,不暇计也。

——《中华妇女界》第一卷(1915)第九期

旧历中秋风俗记

旧历以八月望为中秋,俗称团圆节。是日秋风送爽,秋色平分。晨起,有同学过访,家人出所煨芋供客,啖竟,相将出游。时街市商店,国旗飘扬,同贺秋节。往来行人,熙熙攘攘,或持账帖,清理债欠,或携酒肉,预备燕乐。童子着新衣,三五成群,游戏道左;时髦妇女,襟饰桂球,香气远溢。忽见一老人蹀躞而来,衣冠古朴,一僮随其后,手捧一物,状如塔,高可四五级,制以香料,贴以金花,光彩夺目,不可细视。顶嵌一纸斗,名曰斗香,预备供月时焚烧也。又提一篮,篮中贮一饼,形圆如月,直径六七寸,面绘一树、一兔、一杵、一臼,取吴刚学仙有过,谪令伐月中桂树之意,名曰月饼,其他菱、藕、梨、柿之属,无不具备。或曰,此祀月之品也,迷信之深,至于此极,心窃不以为然。信步而行,至同学家,其母方治馔,邀与同食。陈列四簋,其一为鸭羹,俗以鸭至八月中旬最肥美,故名桂花鸭,享客之上品也。午膳既毕,翻阅新旧《唐书》,与同学谈中秋夜唐明皇游月宫故事。《异闻录》谓明皇与申天师、道士鸿都客游月中,见素娥十余人,皓衣霓裳,舞桂树下,因

制《霓裳羽衣曲》。《集异》谓明皇与叶法善游月宫,听紫云曲,因默记其声,名之曰《霓裳羽衣》。《逸史》谓罗公远中秋夜至明皇宫中,掷桂枝于空中,化为银桥,公远与明皇同登,行至月宫,见仙女皆衣霓裳,舞于广庭,明皇按其声调,乃召伶官作《霓裳羽衣》之曲。之说虽各不同,要皆附会神仙,不足征信,尤而效之,不亦惑之甚耶。是日之夜,天气清朗,一轮月皎,万里尘空。归见道路之上,士女如云,行近桥边,喧嚣杂遝之声,入于耳鼓。就而视之,则妇女抛掷陶瓦,旁观群相拍掌,以为戏谑。古人踏八步桥以却疾,今之过三条桥,殆即遗俗欤? 陋习流传,相沿不改,可发一噱。比返家时,家人方置月宫纸码于座,爇斗香于炉,饼果陈列,衣冠静穆,男女膜拜,而邀神庥。余乃大声疾呼曰:月绕地球而行,特一卫星耳,是何神,是何神? 拜祀非法,学者不为。且恐祀之者之终不一悟也,于是作《中秋风俗记》。

叙事源源本本,殚见洽闻。中段描写中秋景物,引证明皇事实,清新俊逸,言之成理,如啖江瑶柱,令人咀嚼不厌。后幅辟迷信之谬,饶有见地。文笔亦清朗不支。

——《妇女杂志》第一卷(1915)第十一号

丁瑛卿

丁瑛卿，生卒年不详。1915 年就读于江苏省立第二女子师范学校本科一年级，在校刊发表散文多篇。

余之反省录

道德为立身之本，修养乃植品之基，夫固尽人知之矣。惟是公德私德，千端万绪，吾辈学子，苦无下手之方。余师杨芷廷先生因诏余等以反省之法，谓近顷外国学校，多令生徒于清晨行之，借收修身科之效果，并命余等各置反省录一册，每日晨起，静坐默观，作十分钟之反省。凡过去之行为，有不慊于心者，则随时记录，以为逐渐改革之地，用意至善。余虽未能完全遵行，而于平旦之际，每念昨日之非，辄拉杂记之，借以自警，姑名之曰《余之反省录》，以见余之一身，日在悔尤之中，此后当益遵师训，力自振作，质之同学诸姊，倘亦许我者乎。

(1)余天资既钝，就学又迟，虽有良师循循善诱，而心得殊鲜。一日请于师曰："余奈何无进步？"师曰："是或余之教授不善耳。"余闻而退思，始知余言之失。盖同一教室，同一授课，教授不善，诸同学当尽无所得，何以远胜于我者有之，略胜于我者有之？是则非教授之不善，我自愚鲁耳。事后追思，深自惭愧。孔子曰："君子欲讷于言而敏于行。"可以戒矣。

(2)黄金与光阴孰贵?必曰光阴贵,黄金失可复得,光阴去不再来。余初学于私塾,因畏见师长故,终年旷课,几及其半,及今悔之,已无及矣。陶靖节有诗云:“盛年不再来,一日难再晨。及时宜自勉,岁月不待人。”是足为余之当头棒喝焉。

(3)余欲改革余之恶习惯,已屡屡矣。始则随事注意,居然渐改旧观。四五日内,尚能力自振作,至七八日后,则故态复萌矣。此无他,战哄力之薄弱故耳。人生斯世,必有种种之外物,与我挑战。我能战胜之,则真我斯在;不能战胜,则为事物所役,而欲改过迁善也难矣。昔令女之断发截耳,孟光之荆钗布裙,初何尝以境遇移易其心哉?是皆余之所宜取法者也。

(4)余昔在私塾,师长毫不约束,余遂日携家婢,共事游戏,往往辍学,迨寄宿学校后,始知为学之重要。曾涤生先生云:“人欲为善,必须有良师益友,重重挟持于前后。”谅哉斯言!

(5)语云:“近朱者赤,近墨者黑。”斯言诚不我欺。余幼时见他人崇拜佛像,以为礼当尊敬,故亦崇拜之。迨入学校,始悟其非。习俗之移,人类皆如是,是不可以不慎也。

(6)泰山不辞撮土,故日见其大;河海不拒细流,故日见其深。人惟谦让不遑,智识学问,始克有进。曾记在高等小学时,自以书法胜人,不复求精,乃一转瞬间,不及我者竟远胜于我矣。可见学无止境,虽有一技之长,偶闻奖励之言,切不可沾沾自足,如婴儿之得果,庶几日有进境。《书》曰:“满招损,谦受益。”吾侪学子,可不深体斯言乎?

——《江苏省立第二女子师范学校汇刊》
(1915)第一期

述校中暑假开学后之状况

流光如驶,来校忽已两旬矣。回溯开学之时,旧雨重逢,握手谈笑,莫不具一种新喜之状态,诚以此次假期特长,别久则相见愈快也。且更添新同学,凡数十人,有高焉,有深焉,有天机活泼者焉,有容貌庄重者焉,品学兼优,远胜吾侪,与之为侣足以自勉。正在欢欣鼓舞,忽闻同学戚戚然相告曰,钱君益吾、张君志书,均于七月间患病逝世矣,拟于某日开追悼会,不禁敛容寡,悚然以惧。盖方今女学师资缺乏,二君皆行端学裕,足以有为,一旦弃世,吾将为中国前途人才悲,岂特同学之情而已乎?至于新设备,则不一而足。舍监室后面,本为厕所,今则弄深约数丈许,窈然曲折。推其左门望之,则豁然开朗,屋舍俨然,栉此而列,不禁胸襟为拓。同学指告曰:“此新建浴室也。”其中浴具完备,窗牖透明,室之左为厕所,更左则女仆室在焉。有屋耸然,与烹饪室遥遥相对者,新设之手工教室也。纵横数丈余,窗净几明,室外短篱菜圃,饶有农家风味,厕身其间,幽然清畅,恍若别一境矣。调养室外,厕所一间,亦系新增,东西宿舍,每间添置一榻,西面旧厕所,今亦改为宿舍,盖同学加增故也。他如膳堂、教室等处之改良,不胜枚举。屋宇高爽,金碧辉煌,大有更新之气象,课余饭后,顾而乐之。凡此数端,虽不足以尽校中开学后之状况,然诸师长不知费几许心血,而始克臻此,吾侪同学既坐享斯福,将何以答诸师长之热心于万一乎?

——《江苏省立第二女子师范学校校友会汇刊》

(1916)第三期

蔡松坡先生逝世感言

近阅报章,知松坡先生于月之八日逝世,不禁欷歔痛惜者久之。非特为先生悲,且为中国前途悲也。呜呼,先生非民国之伟人耶?回溯帝制发生之时,威逼利诱,握政诸君,类皆作攀龙附凤之想,独先生攘利不先,赴义恐后,投笔从戎,提倡义师,其立品之高尚,诚足以廉顽而立懦。不宁维是,当滇省起义之初,北军南下,声势赫赫,锋刃相接,铁骑成群,南方一省,竟能以少敌众,先生之深谋远略,又岂庸人所及哉?且先生出梁任公门下,不独以武艺见称,尤以文学制胜,实为一代之通人。不幸大功告成,积劳致疾,竟与世而长辞矣。呜呼,惜哉!虽专制之毒焰已除,共和之精神复活,而当此国基未固,国民之望先生羽翼政府者,无异大旱之望云霓。苟天祐中国,使先生克享遐龄,造成完全之共和,则吾侪后日之幸福,未可限量,何天不从人之愿也!若就先生而论,则竭忠爱国,功绩烂然,虽死犹生,固无遗憾,而民国前途,则可悲矣。呜呼!其亦幸而死于今日,使其死于共和未复之前,则吾侪之痛惜,更将何极?其亦不幸而死于今日,使其死于国家巩固之后,则吾侪之快乐,又将何如?嗟嗟!先生年少而才多,身虽死而志犹未尽,碧血忠魂,凛凛然有生气。凡吾国民,苟能继先生之志愿,践先生之遗言,同心协力,采有希望之积极政策,以道德爱国,则吾侪今日为先生追悼而痛惜,异日先生在九京之下,亦当为吾侪欢呼而庆祝。如斯则又何悲之有耶?

——《江苏省立第二女子师范学校校友会汇刊》

(1916)第三期

论同情之价值

天寒岁暮,朔风怒号,偶思顺直灾民之流难困苦,一若亲历其境,凛然不胜其冻馁者。或闻仁人君子,捐资赈恤,则又欣然若己之受拯者,岂非同情之作用哉?夫感情之最高尚者,情操也;情操之最有价值者,德情也;而德情则基于同情,故人格高尚者,同情必发达。不观夫圣贤义士乎?萦念民瘼,恫瘝在抱,甚至赴汤蹈火,亦所不顾。盖先推想众人之悲苦,一如己之所感者,而后甘发其宏愿,救民于水火,究其原,何莫非同情所激而然哉?且商汤之吊民伐罪,文王能忧民之所忧,乐民之所乐,其仁惠之德,义侠之举,直令千载而下,犹被其影响。而慈善之观念,遂得深印夫一般人民之心理,则同情足以有裨于世道人心也明矣。夫人相聚而成社会,社会相聚而成国家,其所以能相聚者,有互通之情故耳。然社会之情,则以同情为基础,苟同情薄弱,势必民气涣散,难于团结;聚斯民以成群,聚斯群以成国,其不振也,宁复奚疑?欧西各国,凡关乎社会国家公益之举,莫不表同情而踊跃将事,至对外敌,则尤敌忾同仇,和衷共济,此即其社会国家发达之一大原因也。吾国则不然,每欲兴一公益事业,非特恝然若秦越人之不相关,甚且计较一己之利害得失,多方掣肘,因而发生反情者,比比是也。至国际政策,欲求同心协力,一致对外,更难乎其难矣。外人讥我一盘散沙,岂无因哉。今日国势之陵替,社会之腐败,几有不可终日之势,然则欲求社会国家之发达,同情教育,又岂容一日缓乎?虽然,苟不施以完全适当之教育,则所谓德情也,社会情也,将末由以发展,故愚所谓同情教育者,乃教育中偏重之一点也。同学诸君,其亦以愚言为不谬欤?

——《江苏省立第二女子师范学校校友会汇刊》

(1917)第五期

过素英

过素英，生卒年不详。1915 年就读于江苏省立第二女子师范学校本科一年级，在校刊发表散文多篇。

述本级自治团之缘起

方聆新论，便弃旧闻，借自由平等之名，为犯上作乱之实者，非今日自命为新学界之人乎？是故讲博爱而疏远家庭，学共和而藐视同侪，不亦悖德之甚耶？不知自由云者，为大学絜矩之道，即我学生自治之意。古人谓上欲自由，不可犯下之自由；下欲自由，不可犯上之自由，各守界限，是之谓絜矩。今也舍自治而言自由，则放僻邪侈，无所不为，是违先训、背法律之道也。慨自共和告成以来，始则由伟人志士开其端，继则由少数青年学子相率效尤，变本加厉。吾恐此风传播，不及数年，能免踏波斯、印度之覆辙者，亦云幸矣。呜呼！害天下者，孰有逾于此乎？是故虑大局者，谓自治亟矣。盖自治为养成人格之基础，亦吾辈立身之要道，此学校之中所以有自治会之设也。意为修身一科，难于实行，不若自治会，人人有所勉力，自能收一致进行之效。然或有谓教师之命，尚不能服从，况同学之规约乎？不知今日之教师，师各一科，科各一时，其所讲授，果有几何？仅示其端倪，使举一以反三，欲求德业之修明，要惟同学是赖。苟无共同之契约以督促之，则彼此意

见纷歧,终难收完全之效果。有自治会,则于课余有暇之时,互相切磋,互相劝勉,既足以规我之过,并可以补我之短。然则自治团之发起,其容缓乎? 本级同人,有鉴于此,久欲商之全级同学,奈无良好机会。兹特推举丁君为代表,提议此事,竟蒙杨师嘉许,允于秋季始业实行。其组织之大概,取狭义的范围,以培养吾辈自治力之基础为宗旨,所拟条规凡八,推代表二人以董其事。举行伊始,尚鲜成效。吾同学苟持此以往,勉力从事,他日言行一致,学业日进,俾人人有自治之能力,诚可增莫大之幸福。况今国势衰弱,外患频仍,危急存亡,间不容发,岌岌乎若不可终日,尤当以改良风俗为己任,挽既倒之狂澜,支将倾之大厦,顾安可不时时注意自治,以养成道德,出而造就新国民乎? 此本级所以有自治团之组织也。由是力图扩充,坚持不懈,始终如一,垂诸不朽,是所望于同学者矣。为书缘起,俾示不忘。

——《江苏省立第二女子师范学校汇刊》(1915)第一期

述本校暑假后设备及改革之大要

某自来本校,忽忽三载,见任事者竭力经营,修业者悉心攻苦,凡遇一学期一学年之始,必有所设施及改革。而本学期中,复以礼仪、家政、体育为前提。夫礼仪为修身之大要,家事为女子之天职。近世女子一入学校,即以女学生自命,尊卑上下,视若弁髦,家事则更不屑注意,凡烹饪、洗濯等事,一概委之于婢仆,致为社会所诟病,良可耻也。兹本校于每周星期三行朝会礼,由校长致训词,所以习礼仪也。本三添设家事、实习、烹饪,与本四通力合作,且用分膳法,所以习家事也。若夫强国之道,须重体育。往者虽有体育会、朝操之举,然苦无室内操场,往往为阴雨寒暑所

阻。今则度地于手工教室之旁,估工建筑,不两月而落成。矗立巍峨,晶窗粉壁,极目四顾,往来无阻。推窗而望,则见竹篱掩映,古木参差,旁有小溪,浮荷贴水,对此风景,孰不为之怡情?但既有此室,则吾侪对于体育,不能不注重也。惟是功课既加,课外复有运动,则吾级之忙碌可知。于是遂有分科之举,分全级为甲乙两组,甲重历史、地理,乙重算术、理化,如此则用心较专,时间亦不患不足矣。惟某有不惬于意者,夫既分科选习,则除主科以外,尚可酌量减轻,譬如入甲组者,若将数学减少一时,于事实尚无妨害,否则忙碌恐仍不免耳。但在校长及教职员,已费一番苦心,方有此变通之办法,且亦几经审慎而出之,某之所谓不惬于意者,亦一己之私见耳,安敢自信为是哉?

——《江苏省立第二女子师范学校校友会汇刊》(1917)第五期

课余实习谈

本学期中,吾级添设烹饪、园艺、解剖三种。某始闻之,以为烹饪本庖人所司,园艺乃老农所事,至于解剖,则教师自当详细讲解,内容既明,奚解剖为?且吾侪孜孜穷年,矻矻终日,更何暇及此?既而思之,无一非乐事也。夫吾人之所贵者,莫生命若,他日学业成就,将为社会效力,若一日三餐,惟庖丁是任,是以可贵之生命,听之于佣人矣。犹忆去年于二年级时,会食于第一膳堂,群骇而呼,询之,则饭桶内发见蜈蚣也,某为之食不下咽者三日。今既亲自为之,亦何患有此?顾此犹就卫生上言之。若持刀执铲,调五味,煮三餐,举匙而试尝之,甘者自甘,香者自香,又且举箸以告人曰,此我所烹也,此彼所调也,果腹而喜,面有喜色,此精神上之愉快,更有不可以言语形容者。又吾人竟日受课,终朝伏案,势

必头晕目眩,形神疲倦,正宜借灌园之趣,以舒畅我精神,借负耒之劳,以流动我血脉。时或课余散步,俯视寒菜一畦,殊觉清香四射,其兴味为何如者。且菜蔬各有本性,顺其性则盛,反之则衰,人性亦然。则今日能从事于园艺,将来移其理以教人,是可得养人之术矣。至若解剖,则真理透澈,证之教师所讲,更觉恍然。且吾国学校所用之标本,非购之日本,即运自西洋,加以运费,往往以一倍之本,费三四倍之价,利源外溢,莫此为甚。倘各学校均由学生自制,所省经费,不已多乎。或曰,善则善矣,但皆于课余实习,使学生无片刻余暇,奈何?某笑谓之曰,耐苦耐劳,本吾人素志,偷闲亦何益哉?

——《江苏省立第二女子师范学校校友会汇刊》(1917)第五期

彭望芬

彭望芬,生卒年不详。1915 年就读于江苏省立第二女子师范学校本科二年级,在校刊发表散文多篇。

某君迟未来校作书以询之,并告以校中近况

某某吾姊大鉴:

忆寒假时殷殷握别,彷佛昨日事也,而流光如驶,指顾间已开学两星期矣。怀想之情,辄望风而依依,假内屡欲修方寸蛮笺,聊通情愫,无如赋性愚钝,有意不能成章,以致旋作旋辍,迄于未果,尚祈谅之。校中于是月一日开课,芬即于是日下午到校,亟图与君把晤,一叙别后之情,熟知室迩人远,为之惆怅者久之。窃思君用功人也,向不肯无端告假,今之不来,其或出于不得已耶,抑或贵体违和耶?顾斯二者必居其一,若果为事所阻,幸事毕速来,免致补课之困难;如系贵体违和,则祈格外珍摄,毋以功课介介于怀,致碍病体,待痊愈后来校,未为晚也。非我言之矛盾,亦事有不同耳。校中近况,一如去岁,惟国文现须预习,如分析段落,查注生字音义,均先于课外习之,作文须每次誊请,亦教者之苦心,所以促吾侪学业之进步也,君亦乐闻之乎。书不

尽言，即颂春安。

同学妹某某鞠躬

——《江苏省立第二女子师范学校汇刊》

(1915)第一期

书李贺小传后

呜呼！古今来秉质特异、才能兼备之士，苍天恒靳予以寿，以致早年夭殁，未能竟其所志者，比比皆是也。长吉颖悟而能文，作诗不假思索，是亦秉质之特异者，其享年之不永，固亦宜矣。吾独怪夫天之生人，既特赋其质于前，何又故靳其寿于后耶？岂托人间为培养人才之地，而终乃召之以去耶？苟信然，则愚乃人之福，慧适为人之祸也。虽然，彼苍者天，果有帝与否，殊不可知。据长吉弥留时，见绯衣人，谓帝成白玉楼，召君为记云云，则天上之有帝，又昭昭然也。天上之召长吉，亦犹人间之物色贤人也。天上人间，其情形实同，特长吉之于人世，亦为有用人物，虽遭排摈毁斥于一时，终必有扬眉吐气之一日，奈何上帝不之察耶？岂彼龌龊者流，乃人间所欢迎，而天上顾摈斥不用耶？然则世之廉洁而多能者，无乃将搜索殆尽矣。余友乐生子，颖悟好学，年未及笄，而博通中西，为人潇洒有奇气，好游历，江南名胜，足迹殆遍，所至辄有其留题。去年夏，以暑病终，人或谓其过于用功所致。呜呼！其人差与长吉类也，第不知彼所谓帝者，又将处以若何之位置耳！余读长吉传而不胜其感慨，因书其后云。

——《江苏省立第二女子师范学校校友会汇刊》

(1916)第三期

赠四年级同学毕业序

韶光逝水,岁月催人,溯同人等负笈来此,忽已四载,然追忆往昔情形,历历如昨日事也。花前散步,月下论文,此同人等与诸君子课余消遣之情形也。有疑趋商,有闻互告,此同人等与诸君子课余研究之情形也。虽分班肄业,而爱好无间,情投意合,方期长此聚首,俾同人等得所指导。岂知好会无常,学年有限,诸君子今日竟骊驹一声,舍同人等而去矣。回忆甲、乙两级同学毕业时,同人等已颇怅怅于怀。盖以此后为我指导者,将逐次递减,然犹私心自慰,谓有诸君子在。诸君子年少英才,夙为同人所钦仰,况情以久处而见挚,此同人等所以不忍恝然于诸君子也。犹忆去岁开运动会时,以布置上之困难,同人等辄曰,有四年级同学在,听其指导可矣。噫,今而后将何如乎?一念及此,同人等更不愿诸君子之舍我而去也。虽然,风云变幻,离合无常,筵席易散,自古为然,我侪萍踪偶寄,何能免此?而况诸君子责任重大,抱其所学,润泽社会,大有造于国家,前途实未可限量,同人等又何敢作恋恋语,以阻诸君子进取之锐锋,而不竭一得之愚,举数端以为诸子告乎?诸君子学养功深,为本科第一届毕业,社会之需求正切,幸诸君子本兼善之志,普化童蒙,毋以学成为已毕乃事,而负公家之栽培,此同人等与诸君子相勉者一也。都会城市,学校固已林立,然教育重在普及,诸君子既热心教育,倘能任事乡间,实属大好,幸毋以其僻陋而不屑措意,此同人等与诸君子相勉者二也。方今中原多故,夺利争权,扰攘无已,推其故,无非为道德泯灭所致。幸诸君子于道德教育,注意提倡,尤为当务之急,此同人等与诸君子相勉者三也。比来学风之奢华,几臻极点,不为之挽救,将不知伊于胡底,诸君子于“诚朴”二字,奉行有素,还望以身作则,力救斯弊,此同人等与诸

君子相勉者四也。诚如是,则社会之信仰诸君子,必愈为殷切,母校之声誉,将因以日盛。而同人等毕业之期,转瞬即是,诸君子今日之去,又不啻为开道之骅骝,则同人等亦何必以今日之离别,而为之戚戚?还当拜手而祝诸君子前途之珍重也!

——《江苏省立第二女子师范学校校友会汇刊》(1917)第五期

邱鸿仙

邱鸿仙，生卒年不详。1915 年就读于江苏省立第二女子师范学校本科一年级，在校刊发表散文多篇。

论秋儿之母

天下无论何人，当在襁褓时期，性本不甚相远，长而有贤、不肖之分者，盖由接触感化而来也。故孟母三迁，孟子卒为亚圣；画荻设教，永叔遂成大儒。此二人者，皆赖贤母而成名，有贤母然后出贤人，断然之道也。世知孟母等之家庭教育，本不可多得，然导其子女于不善，则当为世间必无之事焉。今读《秋儿传》，而不禁有所感矣。当秋儿未受母训，言动勤恳，且知清洁整齐，固大好女子也。设其母而贤者，方将嘉其教育之可入，而导之更上一层，则秋儿异日之进步，何可限量。乃反以其好洁之性，导之于污浊；整齐之性，导之于纹乱；勤恳之性，导之于怠惰，使此天性温良之女子，一变而为堕落之人。呜呼！此谁之过欤？余谓使孟子、永叔之成名者，母使之；使秋儿之堕落者，亦母使之也。秋儿何不幸，而不遇孟子、永叔之母哉？观于此，则家庭教育优劣之利害，益可概见。而为人母者，往往不察子女之天性，忽忽焉视若细故，此后世贤人之所以寥若晨星也。余故愿世之为人母者，以此为鉴，苟于家庭教育，犹有未善之处，其亟注意而改良之，勿更蹈秋母之覆

辙也可。

——《江苏省立第二女子师范学校汇刊》
(1915)第一期

旅杭七日记

武林,东南名胜之区也,而西湖一隅,尤称佳妙。余曩时得诸故老之传闻,与前人之歌咏,尝想像其景象而不忘,则每于梦魂中游之。戊午年孟冬之月,本级试行实习教授,校长忽有赴杭参观之令,喜可知也。夫此次之游,叙一堂之师友,偿平生之夙愿,岳王墓前,凭吊兴感,西子湖畔,极目畅怀,非幸事欤?苟不托诸管城,势将付之东流,因随笔志之,以留鸿爪。

二号下午二时,整队出校,天阴欲雨,登舟后,即驶往轮舟码头。约一时许展轮,未几,过日租界及洋关,不觉心为之感。旋经宝带桥,遥望之,蜿蜒真如宝带,同学咸欢呼,凭舷数洞,得五十三,两端以四石狮镇之,果不愧吴下名迹。忽迎面来一舟,舱前坐者,旧同学贝君也,恨舟行甚速,只互相点首而已。过此则两岸田亩,一望青葱。五时许,经吴江,右望县城如石磨然,郊外野树蔽之,乍隐乍现,在苍茫隐约之中,吾侪睹此晚景,咸发浩歌以为乐。俄而天暝,推枕就睡,余以轮机声轧轧,久不成梦,因起凭窗者再,忽而市,忽而野,颇饶兴味。或渔人张灯,取蟹于簖,或大树参差,孤立水中,或游鱼扬鳍,泼剌作声,有时舟将转舵,灯光映水,曲折如龙,皆有可观。惜时当上浣,冰轮不现,佳景不得详细睹耳。天将曙,忽轮毁米舟一,因起交涉,泊舟柳堤以待,余乃朦胧假寐,借资休息焉。

三号,晨曦甫上即起,村犬狺狺然。未几,解缆更进,过嘉兴菱湖,两旁多菱塘,采者坐小盆,或划桨小艇,随采随划,观其状,

似意良得者，叹吾生之不如也。将抵杭，水滨多古庙，午膳既竟，咸准备启行，旋见大桥当前，市廛栉比，探首视之，拱宸桥也。舟亦即停，以次登岸，天雨正大，行里许，至小车站，车适已开，因坐待至三时五十五分始上车。开车后约一时许入城，灯火已上，街道修广，市廛繁盛，出我吴上。步行至旅馆，馆在西湖之滨，名曰清泰第二，杭城有名者也。稍整行装，即晚餐，余以前夜不成寐，追就枕，即入黑甜。

四号，天阴不雨，略有晴意。梳洗毕，散步湖滨公园，园临西子湖，设有长椅，备游人坐。时虽朝暾初上，而游人已多，步于花台，则见隔岸诸山，环抱如玦。湖上瓜皮小艇，往来倏忽，如游鱼之戏水，远望之，真乃一叶御风，飘飘若仙矣。余等以恐误参观，即归早餐。餐后，乘车赴省立第一师范。是地旧为贡院，故规模宏敞，教师某某招待颇周密，略观设备，则布置清雅，以精洁完备胜，即往附属参观。第二时已上，遂分三组观之，本组所观，为初二之读法第一时，下一时仍为读法。余等继续观之，闻一单元共三时云，惜时间难于支配，不能窥其全豹耳。教者李姓，教法甚优，态度端静中寓活泼，良教师也。余即以此为归校报告之资，惜余见浅，不能备见其妙耳。参观毕，仍至师范，午膳既竟，见校长经先生，行礼致谢，并抄录其礼堂图表及校训“敬慎诚恕”四字。乃复至附属，随意观各教室，所见者，为体操、唱歌、习字、地理，及复式高等一二之习子读法。时已呼车以待，遂归逆旅，时间尚早，因买瓜皮艇游湖上孤山一带。此为余辈第一次之游湖，一路细波如绉，微风掠鬓，太有羽化登仙之概。舟泊平湖秋月登岸，沿湖任意游眺，直至左蒋二公祠而止，所过如先烈墓、纪念塔，则令人肃然起敬也；若放鹤亭、林处士墓，则令人浩然思隐也。其余如文澜阁公花园等，亦皆各擅其胜，而其中尤以空谷传声，为极尽邱壑之奇焉。时已天黑，即返舟回寓，远望东岸一带，层楼电灯，倒映水

面，不啻灯塔一座，直立湖中，而两岸山坳，灯光透露，如万点疏星。吾侪不禁引吭高歌，未几抵馆。晚膳后，补日记三日，始归寝。

五号，微雨绵绵，大雾蒙蒙，湖上一带，俱在迷离烟雾之中。而是日为浙江地方光复纪念，各校停课，吾等因乘机作竟日游。七时即饭，乘艇往游内湖一带，舟经大雾中，对面不辨所向。逾时，雾渐开，舟经跨虹桥，直抵岳墓。瞻岳王遗像，为之肃然，同学均相向感叹，杨师乃率吾辈行敬礼而出。曲折至清涟寺，观五色大鱼，僧人烹茶饷客。鱼池广约二丈，长丈余，为长方形。左侧檐下有匾，曰“鱼乐国”，中央一浮屠，高三四尺，直立水面，苔藓积其上，颜色苍然。鱼大二尺许，红黑相间，或沈或浮，或争唼饼饵，扬鳍偕来，或惊见游人，悠然下逝。凭栏凝神，颇足忘机，盖是处即玉泉观鱼，亦西湖名胜之一也。又有珍珠泉，在左侧之后殿，亦一小庭，游人于檐下以足重踏其阶，则泉从孔中泛出如珍珠，故名。更左折向内行，至一佛殿前，庭左右有方池，中畜小金鱼，水清而浅，游鱼可数，水底泉眼无数，泉缓缓上涌。寺僧云，若在日出时观，则见太阳如细雨，尤为可观，故以细雨泉名，与珍珠同称奇观。稍憩出寺，至灵隐山，一路山径曲折，两旁翠竹万竿，野花竞艳，吾侪精神百倍，争摘野花为乐。约二十分时，见“咫尺西天”四大金字，照入眼帘，盖已至寺之头山门矣。入门山径渐高，古木万株，怪石奇兀，左右四瞻，石上均镌佛像，即有名之飞来峰也。径尽，行于洞中，见金身之佛凡六，均居洞深处，若石室然，佛龛之上，有小孔寸许，即一线天得名之所由也。据云，若正对光线，可见观音面貌，同学闻之，均争观，然仅三四人见小孔而已。时天雨渐急，光甚黑暗，因急趋寺中，避雨休息，且出食物充饥。待时许，雨仍不住，吾辈念到此不易，安忍中途而止，因冒雨复行。入罗汉堂，过紫竹林，阶级层层，非复前此之平坦，咸喘声吁吁，然而游兴曾

不少衰,互相鼓励而上。无何,卒达韬光正殿,则裾屐尽湿矣。散坐休息,于此望钱塘江,但见一片水光,与天相接,而西湖全景,真如画图一幅矣。稍停,至后面石洞,俗传为纯阳祖师练丹处,前有亭,有凳有台,可供游人憩息。两旁泉流,水声淙淙然,入其内,觉心境爽然,俗虑顿消,令人作出世之想。坐谈移时,即下山,行至平地,回顾双峰,山巅白云如絮,溪边急湍,与积石相激成声,殊可听也。返舟诣宋庄,宋庄之胜,要在清幽,旱舫一艘,尤为精洁。吾侪以时间无多,一览即出,返棹过刘庄,一片富丽景象,有过于苏之留园者,与灵隐等清幽之境,迥不相侔。又见主人刘学询小像,因考其身世,则亦一前清观察而曾出使于日本者也。庄旁有主人与其妻妾之寿墓,华丽非常,有大理石之拜台,及色砖砌成花纹之墓道,石工之细,亦属罕有,是足见其豪华矣。览竟而出,时已薄暮,遂登舟解缆,顺游小瀛洲。洲在湖心,若岛屿然,傍岸而上,行竹林中,见三角形之半亭,渐露于竹林深处。过此则石桥九曲,直达卐字亭,亭为曲廊构成一卐字形。入亭者,径向前行,不折湾,则必至复出亭而止。其前大厦洞然,四面临水,残荷满池,三塔兀立湖中,所谓三潭印月也,惜无月色,莫可为证。时闻细雨敲竹,萧然作声,急命舟子鼓棹归,而遥望对岸电灯,已如万点明星,朗照于山巅水光中矣。

六号,细雨微微,泥泞不堪,乘车诣女子师范。女仆出茗,请入坐,校长旋即出见,亲导吾侪观陈列之婴儿保育品,谓系上海教育会所赠者。时已钟鸣九下,因不及观师范,径往附属,高等适以他事谢绝参观,乃观国民科。杨师命改分四组,本组所观,为四年级算术。时授小数乘法,教师指示甚详,教室亦整洁,管理方针虽近于严肃,而学生之发表力甚强。曾见教师指示法则之后,生徒质问者甚多,教师即逐一答之,略无倦意,由是知该校训育,虽重严肃,而涉于思想上者,并不加以阻遏也,是诚足以取法者。惟统

观一时，所演均式题，暗算又少，且多为不名数，似尚与实际欠联络。第二时仍观国四，为修身科，德目曰反省，教材为赵概用豆反省事。下半时为体操，因即随往操场，场为一厅屋，盖无室内操场故也。儿童动作殊整齐，示范说明亦周到，男女儿童，并不分队，精神故能一致。旋复归师范，午膳既毕，校长亲导我侪观设备。其校舍本为某氏花园，故处处曲廊纡回，假山玲珑，礼堂甚宽，音乐教室附之，额悬校训“勤敬洁朴”四字，四周廊下，图书甚多。据该校长云，因校舍不广，回廊又多，因利用之，亦因地布置耳。成绩以刺绣为佳，刺绣中尤推捉纱，图画则注重考案，风琴甚多，似亦注重音乐者。略观即往附属，适于全体会操，秩序良佳，既散，犹未上课。汪师因要求该校舍监，参观宿舍，幸蒙见许，遂同登楼，见每房床数不等，为寻常家庭式也。各铺俱卷帐于顶，以通空气，其箱笼及梳洗之具，均另置储藏室及梳洗室。据云，梳洗之事，不在宿舍，可稍整洁，是亦可法之一端也。下楼后，观第一时复式一二年级之读法习字，教者态度从容，方法周密，亦一良教师也。第二时与李姊范华观幼稚园。园生十六人，见来宾先唱歌表欢迎，次作游戏数种，幼生皆玲珑可爱。校长更引吾侪观蒙氏教具及幼稚生卧榻诸物，且一一指示其用法，殊殷勤恳挚。余既幸得见所未见之物，又幸聆教育家详细之指示，诚受惠不浅也。旋返女师范，即欲辞归，而汪师谓吾侪曰，此间校内特派四年级同学，在此招待，且设茶点，命级长出与周旋，吾人不忍拂其美意，因稍领情。车已待久，随即向该校长行礼致谢，校长亦锡以训言，大旨皆联络情谊之谈，杨师亦致答辞。乃归旅舍，大雨滂沱，故未更出游。未几，灯火已上，晚餐后，同学各团坐谈笑，十时乃归寝。

七号，天阴不雨。晨起，校长命往弘道女学，校距逆旅不远，步行以往。分组后，高等尚不敷观，乃导本组至对门观蒙养园。幼生二十余人，均端静而活泼，教师一人在旁弹钢琴，琴声泠泠

然,别有实习生五人与幼生同挽手作游戏。当吾侪初入,为唱歌、制衣、积木诸戏,中有西洋小孩,男女各一,余因注意其智慧,亦殊平平。即就积木一端观之,最先搭一桥形者,竟为华孩,余窃喜之。某教师乃引吾人至室后观恩物,并讲述其教授之大略,言之娓娓,亦殊动听。复出,则见诸孩所搭积木,或成桥,或成塔,或成屋,式各不一,而此二西孩,则一桥将成,一仍乱木一堆而已。噫,曩闻西人之科学艺术远胜华人,以为天生智慧也,以今观之,岂其然乎?可见天资之不足恃,而教育之不可不施也。钟鸣十下,乃上楼观初等,四级皆算术。我等入内,师生均起立让坐,谦逊之色,溢于容貌。时犹未上课,学生先自预习甚久,待至教师上台,不过较其答数而已。虽亦系教生实习,然并不明其为何种教授法也。复下楼,见蒙养园已分二组,其一上国文,并无教室,随意坐廊下,有软黑板一小方,教师随书,令儿童随识,约十余分钟,二组仍合作游戏,大旨为练习各觉官者。余则运动数种,风琴之声,时时不辍,且幼生动作之疾徐,恒听风琴声浪之高下,似听官之练习,尤为注重。日午,归旅午膳。膳后,步出涌金门,往葛岭,造抱朴庐。望西湖全景,长堤如带,六桥似弓,较登韬光时所见尤明。既登初阳台,台在葛岭绝巅,中有葛仙翁碑文。余因以铅笔拓葛翁二字,携归作纪念,并留级名(轶华)石上,以备他日重游之印证。复归抱朴庐,穿假山而下。假山之妙,在乎山径作螺旋形,行者盘旋而下,自下望之,忽露忽藏,亦奇观也。煮茗小憩,黄杨二师命至假山前摄影而归。道经喜雨亭侧,戏掬泉水饮之,清冽而甘,告诸同学,亦掬之饮。两旁多野菊,摘之盈握,殊清香,携归以实枕焉。下岭,游兴未阑,仍急行,登保俶塔。塔在山顶,空气清新,旁有肺病院,精洁宜于病人。至来凤亭,亭旁山石大于屋,而玲珑如人工布置,亦险而奇矣。时渐晚,雨渐急,冒雨而行,经断桥,略观白堤。天已昏黑,模糊难辨,余与刘君急前行,抵旅舍,衣

裾已半湿矣。未几,同学咸归,遂晚膳,略谈风景,即就寝。

八号,是日本拟往南山路,览六和塔、虎跑泉诸胜,乃大雨如注,未能如愿,即谋归计,暂在旅舍休息。下午,仍雇小车至城站,乘火车诣拱宸桥,比至,故舟已泊岸相候。须臾,汽笛一声,又展轮启行矣。是日天气甚寒,故同学多闭窗坐舱中,随意谈笑,天暝即寝。

九号,晨起推窗一望,细雨蒙蒙,两岸一派烟雨景色,亦复可观。是日以归家在即,中心滋乐,安然以待,时团坐与同学谈笑,时凭舷眺两岸风景。旋已晌午,远望吴城,已在舟前,乃各准备启行。未几,舟抵吴门桥,校中华师已率仆役数辈相候于此。出门数日,一旦归来,欣喜异常,不觉推窗扣舷呼华师。舟亦旋停,相率登岸,进盘门,归校。余已二星期未归,略一停留,即行返家。而此次武林之游,计凡七日,遂志其大略如此。

——《江苏省立第二女子师范学校校友会汇刊》(1918)第七期

王世伟

王世伟,生卒年不详。1915 年就读于江苏省立第二女子师范学校预科,在校刊发表散文多篇。

说女子之责任

嗟呼,中国积弱,于今为烈,危急存亡,间不容发,推原厥由,非男子使然,实女子有以致之。何也?吾国女子,不学无识,惑于内外之说,不知社会国家,不问权利义务,更安知有责任乎?即有责任,亦不出家庭之范围,然能完全尽家庭之责任者,有几人欤?由是言之,中国人民,号称四百兆,而女子居其半,以人数之半,同腐草木,侪于废人,则国运之衰颓,自不能免。况乎男子尚未能完全负责任乎?且夫女子为未来国民之母,母教既失,而欲造就良好之国民,强固之国家,此必不可得之数也。然则国家兴亡,女子亦与有责焉。女同胞乎,亦尝见暮气颓荡之中国乎?无端受人鱼肉,其忿懑之念,当亦不减于吾。如能因忿懑而愤发,挟愤发之气,实力以负责任,勤勉以求学问,学问湛深,则智识完备;智识完备,则救国之术生焉;有救国之术,则耻可雪,仇可复;雪耻复仇,则吾侪之责任尽矣。对于家,可以改良家庭,教育子女;对于社会,可以振兴教育,提倡实业,俾男子尽力于国家之事,或任官吏,或任军事,或任外交,庶几责任有专,国运之进步,自有一日千日

之望,谁谓女子无责任乎?试观欧美各邦,国威日振,国权日张,岂有他哉?要皆女子负责任而已。同此耳目,同此心思,安见女子之不如男子,更安见中国之女子,不如彼欧美之女子耶?凡吾女同胞,其各奋发勉励,急起直追,保守天赋之人权,克负个人之责任,庶不愧为民国国民之一分子,而一洗我中国数千年女界之耻。

——《江苏省立第二女子师范学校汇刊》(1915)第一期

游鸡鸣山记

江南多名胜地,予生长是邦,恒思周游其境,一览山川之胜,概奈阻于课务,愿莫之偿,乃者以赴第四次联合运动会,故遂有白门之行。因鼓掌而喜曰,胜迹流连,湖山登眺,此予之宿愿也,不图于今日得之。抵宁之翌日,适值新雨初霁,阳光微露,沙尘不扬,爰由黄师等导往各处游览。明孝陵也,明故宫也,通俗教育馆也,莫不有吾曹之足迹。最后作鸡鸣山之游。拾级而上,同泰寺在焉,盖即梁武帝三度舍身处。过文昌宫、三圣殿,古佛庄严,其形可怖。折而前行,至赏荷别墅,遥望玄武湖,一泓清水,几叶渔舠,惜时非夏日,否则绿盖红裳,点缀生色,必更有足以悦人心目者。继至豁蒙楼,明窗净几,别绕雅趣,吾曹即啜茗于此。其中联语甚多,予记其一联如下:“遥对清凉山,近临北极阁,更看台城遗址,塔影横江,妙景入樽前,一幅画图传胜迹;昔题凭墅处,今日豁蒙楼,却喜玄武名湖,荷花满沼,好风来座右,数声钟磬答莲歌。”凭窗四顾,台城在目,此非梁武帝饿死之地乎?嗟乎,一代英雄,因迷信二字,致身死国灭,可慨也矣。西望北极阁,石塔耸峙,东眺天堡城,雉堞高建,风景之佳,天然入画。予等盘桓其间,几于

乐而忘返。既又访胭脂井于山下，古水不波，榛莽遍地。因思陈后主当时恃长江为天堑，宠任江孔，恣情声色，迨隋师既逼，始思投井以避之，其何及乎？忧患兴国，逸豫亡身，徒令后之人欷歔凭吊而已。无何，同人等兴尽欲归，即整队返寓。予以兹游不可多得，因记其梗概如此。时民国七年四月二十三日也。

——《江苏省立第二女子师范学校校友会汇刊》

（1918）第六期

项为贤

项为贤，生卒年不详。1915年就读于江苏省立第二女子师范学校本科三年级，在校刊发表散文多篇。

余之幻梦

梦为观念再生之一，虽无意识，必非无因。盖吾人之生理上受刺激，感不快，与意识界零星之知识，错纵组织，离奇变幻，成实际难能之景象。喜怒哀乐，皆能入梦，梦亦灵怪矣哉。一日睡钟已报，余思未息，斯时客感纷乘，万虑稠集，忽抱厌世主义，既而蜡炬成灰，灵魂入梦。如履桃源仙地，满目幽情，而天气清明，绿阴如幄，恍睹首夏佳景。丛中一株，倾欹其态，猗傩其枝，有独立不倚之概。俄而熏风微吹，鼓翼树间，鸣声冷冷者，非蝉也耶？入兹幽境，聆彼哀音，为心旷神怡者久之。忽闻崩然一声，暖昧而苏，蒙被呓语，斯际行车乍震，夜犬狂吠，黠鼠阁阁于床下，络纬唧唧于篱间，梦耶非耶？黯然顾盼，四壁朦胧，奋臂一扪，身在榻中，其真梦也！虽然，我诚梦矣，梦岂独我耶？蝉入我梦，蝉亦梦矣。当兹密叶渐疏，漏光射入，重露交侵，金风肃杀，老干将颓，小虫已伏，而蝉居其上，危机孔急，宜其鸣之悲而音之弱矣。蝉乎蝉乎，我不知为梦，我不为尔悲，不为尔悲，亦不遇尔于梦。今知是梦也，遗我无穷之悲矣。呜呼，世之梦梦者，毋悟之为

愈也。

——《江苏省立第二女子师范学校汇刊》

（1915）第一期

袁项城逝世感言

迩来朝野上下，所同声吐骂者，非曩时威望赫赫之袁项城耶！我初疑人民之责备太严，而亦为项城惜。今项城已逝世矣，是非可得而断矣。我将上稽史乘，旁征舆论，以睹庐山真面，一决我向者之惑与疑。项城当清德宗初，奉命驻守朝鲜，厥后戊戌之变，六君子之被杀，项城实阴主其谋，惟庚子一役，则项城与有力焉。迨民军起义武昌，项城出而调停国事，清帝逊位，和议告成，南北军民，倾向共和，卒成完全之中华民国。当时项城之名望，远播环球，各省人民，亦拥戴为临时总统。国会成立，吾民喁喁望治，旋以暗杀宋渔父案，以致酿成二次革命。沪宁两地，烽火连天，幸各省多拥护中央，不数月间而干戈顿息。一时中外人士，转叹项城之神勇，而乡村妇稚，更谓非项城不足以言治。项城于此，若即开诚布公，创新英雄之基业，其荣幸为奚如者，即不幸而中道云亡，我知举国上下，悲悼项城，讵有穷期。今也既惑群小之劝进，又不顾国人之清议，明目张胆，帝制自为，滇黔兴师问罪，置若罔闻，胶执已见，至死而后已。呜呼！项城死而有知，当亦自悔生前之罪恶也。所最可惜者，既为中华民国第一任之总统，而不能与华盛顿并驾齐驱，此实项城平生一大憾事。今黎公已就任矣，万民欢舞，倘能长此不变，国事日治，当可造福于民生，又何致如项城之自专威福耶？

——《江苏省立第二女子师范学校校友会汇刊》

（1916）第三期

同学钱君益吾哀辞(并序)

丙辰季夏,庚子之晨,冒雨联袂而行者,非君与余暑假离校之日乎!当时余有两甥为累,而君未携雨具,狼狈失势,茕然戚然,君因曰:“此去我将不复出。”余一笑应之,及至沪上,江干握别,遂与君分道矣。韶华如驶,瞬息开学,正思与君重续前缘,孰料甫进校门,忽闻同学有言钱君益吾逝世者,愕然良久,魄为之荡,心窃疑之,梦耶非耶?询之同学,曰:“然。”曰:“是何病?”则莫之对。乃曰:“君其误传欤?”曰:“否。闻自监学。”余曰:“信也。”呜呼悲哉!因忆旋里时,钱君曾作一言,我固知其嬉也,何竟成为谶语乎!呜呼哀哉,呜呼哀哉!后闻人言君之死,庸医误之,而父母不知也。父母视君如掌上珠、椟中玉,君何溘然而逝?君无兄弟以承宗祧,惟垂髫呀呀之幼妹,正赖君提之抱之,抚之长之,且君父留燕京,君母多疾病,一家整顿,全望于君,则君之死,一家有关焉。君之习师范,笃学修行,他日学成回里,司教育,兴女学,必大有造于梓乡,则君之死,一乡有关焉。进而言之,献身社会,为国效力,前程浩大,无可限量,忽遭摧折,知君必不能瞑目于地下也。既不能瞑目,又不能再生,其必悲痛异常矣。君乎君乎,孰能不为君一酸辛乎?况余与君神交若饴,一旦长别,宁不更为之恸乎?君之行,我见之;君之心,我知之;君之音容笑貌,我常亲之,其能忘乎!忆君生前,尝谈及家事,知君纯孝人也。言次时,或寂然不复一语。我初疑之,及今观之,始知君有不得已也,不足与外人道也。呜呼!君之死,犹有遗憾;君之志,可佩而可敬。尝曰,天下事未有学而不成者也,惜君信之诚而行之过也,以致抱病而丧身。虽然,无恋于国,无恋于家,虽生犹死,君以力学而病而死,非真死也。冥冥之中,见我同人虚生社会,或反为之悲乎,则我有何恸,

君亦何悲？惟念四载同堂，而今不能再睹，回顾能无黯然？故为之序，并为哀辞一通。辞曰：

立志欲成学兮，坐卧而与书亲。天赋其孝弟兮，朝夕念念思亲。昊穹之赋命兮，何偏陂而不平。贤慧常烟折兮，愚暗反得长生。欲搔首而问天兮，亦无臭而无声。今日一堂追悼兮，触余怀之耿耿。梧叶萧瑟而惊秋兮，听寒蝉之悲鸣。哀歌一曲绕梁兮，忍看同人涕泪之盈盈。

——《江苏省立第二女子师范学校校友会汇刊》

（1916）第三期

邹莲芬

邹莲芬,生卒年不详。1916年就读于江苏省立第二女子师范学校本科二年级,在校刊发表散文多篇。

庆祝双十节演说稿

今日为吾中华民国成立后第五次国庆纪念日,请诸师长及诸姊姊皆闭目一思,吾国数千年来,曾否有此一大纪念日乎?莲芬以为上自夐古,下迨清末,翻尽吾国五千年之历史,决无此日,可断言也。然莲芬不尝云今日为第五次之纪念日乎?既云五次,则前乎此,必已有四次可知,安得云无?虽然,莲芬所以以今日之纪念日为吾国自古至今唯一之大纪念日者,窃自有说,愿为诸师长及诸姊姊略陈之。回溯武昌起义之日,为旧历辛亥八月十九日,即阳历十月十日。当时经无数志士之冒险犯难,协力同心,以推倒专制之君主,于是庄严灿烂之中华民国,始出现于世界。南北统一,转瞬一年,吾人念缔造经营之不易,因于是日定为双十节,举行第一周之国庆纪念。于风雨漂摇之后,得睹此新国家成立,一时欢忻鼓舞之景象,如在目前,吾人犹能记忆。然当时以破坏方终,建设伊始,栋宇之构造未成,牖户之绸缪尤亟,一般国民,对于前途多抱隐忧,未敢以为乐观也。未几政党竞争,忽生内讧,南方志士,深知袁氏之野心,乃有二次革命之风潮。值此惊

疑甫定之秋，复睹烽火仓皇之惨，虽两月未终，秩序即见恢复，而人民之惊恐，已不堪言状矣。故第二周之国庆纪念，循例举行，益觉黯然无色焉。不料民国三年夏间，欧洲构兵，牵及亚东，吾中华明明宣告中立，而假道者偏欲挟其强权，侵入吾鲁省要邑，以与德人争战，一再抗议，卒归无效，斯时适为第三周之国庆纪念。国民惧外力之侵入，足以亡国灭种，人人心目中，一如大难当头，惴惴不安，更不若前二届之国庆日，尚有几分欢乐状态也。至若第四周之国庆，其颓丧之状，更不待言矣。帝制将成，国是莫定，奄奄待毙之共和，将与吾侪永诀。而吾侪为奴隶之奴隶，即在眼前，故爱国之士，非特无欢祝之心，抑且同声太息，泪下沾襟，以为此殆民国最终之纪念日乎。此时，全国慑于专制之威严，不敢表示庆祝之意，欲求如第二第三次之循例举行而亦不可得。独吾江苏省教育会，痛共和之将亡，毅然不顾，仍于是日开会庆祝，以表示吾江苏学界爱护民国之热诚，因是大遭袁氏之忌，黄任之先生几遭杀身之祸。时隔一年，吾人曷敢须臾忘哉？幸而人心未死，天道犹存，我垂死之共和，竟能于数月之中完全恢复。自滇省起义，袁氏身死，以迄今日，其间经历之困难情形，实非片言所能尽。暑假以前，岂料尚有今日之一日乎？故今日第五周之国庆纪念日，其欢乐之忱，不待莲言，想诸师友，早已笑口难合，同一心理也。自今以后，虽不能谓国家之富强可操左券，而一般野心家，不敢再蹈袁氏之覆辙，颠覆我中华民国之国家，可断言也。故莲谓今日之纪念日，乃吾国数千年来未有之一大纪念日也。虽谓今日为第一次纪念日亦可，虽谓前四次未尝有纪念日亦无不可。抑莲芬犹有言者，以全国人民之血与肉，换得今日之纪念，吾全国国民，果能爱之护之，俾千秋万岁，永永长有此一日，如美之七月十四日，法之七月四日，岂不懿欤休哉？且使年年今日，纪念此共和成立之艰难，而人人谋所以爱护此艰难之共和，不复泄泄

沓沓，放弃国民责任，则他日国基巩固，国势发皇，得与法兰西、美利坚鼎足于地球之上，成为三大共和国，岂不更可庆哉，岂不更可祝哉！莲故于今日欢欣鼓舞之中不禁三呼，共和万岁，民国万岁，吾校万岁！

——《江苏省立第二女子师范学校校友会汇刊》(1916)第三期

说父母对于子女出外求学之心理

有生之初，呱呱以啼，哑哑以笑，饥不能自食，寒不能自衣，必赖吾父母爱之护之。及其稍长，出就外傅，诵读诗书，欲求勤学而成名，又必赖吾父母教之诲之。呜呼！吾身既受父母昊天之恩，则此身自当静心修养，以此身为忠孝之身，以此身为节义之身，以此身为圣贤豪杰之身，使天下皆知吾为某某之子女，借是而吾父母之名得显扬于当世，而子女之愿乃足矣。盖生吾身者父母，修吾身者在吾而已。忆余在暑假时，吾亲尝谓余曰："自汝出外求学，每当晦冥风雨，更深人静之时，徘徊室中，忧心如焚。盖未知吾女在校，衣服知增减否，身体果安适否。或社会传闻，今之女学生，忤父母，背舅姑，借口平权，倡言自由。余闻之，心实惴惴，不知吾女在校，品行能否谨饬，得毋为人所訾议乎？又或闻人云，今之后生，安知实学，教师之所授，学生之所习，尽属欺人，胸无点墨，自诩明通，所谓金玉其外，败絮其中也。余更忧惧难安，盖未知吾女在校，果有此习乎？抑否乎？兹幸校中报告已来，汝成绩尚优，惟望此后益加勉励，博社会之信仰，作后生之模范，使人不敢轻视，其荣誉为何如乎？"余敛容而对曰："诺。"呜呼！人情孰不爱其亲，而为亲者亦孰不爱其子女？朝夕相亲，岂忍话别？特欲栽培子女，不得不使之负笈远游耳。吾

独不解今之学子,作客他乡,以为已离父母,凡足以为亲忧、贻亲羞者,皆忍为之,可叹孰甚!吾故曰:生吾身者父母,修吾身者在吾而已。

——《江苏省立第二女子师范学校校友会汇刊》
(1916)第三期

上芷廷杨师书(问疾)

芷廷先生钧鉴:

谨禀者,生等假满来校,因悉玉体违和,不胜悬念。犹忆放假时,先生为用心过度,以致口哑不能言,岂即因此而成病欤?抑感于时局而精神不快欤?继闻周师云,先生实患贫血,耳鸣头晕,旦夕不休,此二月之中,未尝一日健全也,今尚须调养一周,方可到校。讵知时阅数旬,仍不获一聆教言,诸师之渴望既殷,生等之眷怀复切,而周师又以先生未愈相告。先生岂好安乐而置校务于度外哉?吾知其必不然也。先生往日遇黄梅天气,时发旧病,虽精神疲乏,犹勉力授课,教诲谆谆。今日之恙,想必更甚于前,故不克来校耳。但先生既已在府养疴,须得善自珍摄,俾可早日就痊。至本级事务,均由周师指导。周师热心仁慈,对于本级犹之预科也,而生等亦自知勉励,决不敢背先生之训,请勿以此为念。更有请者,先生平素爱国过人,当此病未痊愈,弗宜感怀时局,盖世事沧桑,终属幻境耳。专此敬请钧安。

本科三年级全体谨启
九月二十日午前

——《江苏省立第二女子师范学校校友会汇刊》
(1917)第五期

读韩昌黎代张籍与李浙东书书后

余读韩昌黎《代张籍与李浙东书》,文词雅正,意义恳切,未尝不心焉佩之。夫张籍处境不幸,既生于清贫之家,复处于盲废之境,寸步难行,长才莫展,使他人处此,鲜有不郁郁以终,消磨其壮志者。籍不以此为患,而急急焉欲发表其才能,盖目虽盲而心未盲也。呜呼！盲于目者,形体上之盲也;盲于心者,精神上之盲也。形体上之盲,非特人皆见而弃之,即己亦自知其无用,然其心之于物,或能了然而澈悟也。盖目既不见物,其心必静,其心既静,则私见绝少,私见少则见理自明。若精神上之盲,非惟人不能见,即己亦靦然自得,而不知其心既盲,其行必迷,是者非之,非者是之,曲者直之,直者曲之,天下之是非曲直,几为若辈所混淆,而舆论遂不足以为凭。推其所极,普天之下,将尽为盲人矣。然则心盲与目盲者较,其轻重为何如？张籍之盲,仅盲于目耳,不然,安能出此语耶？盖文虽出于昌黎,语实出于张籍,其亦幸而有昌黎为之代笔,其本怀得白皦然白于天下,使当时之心盲者,可以自省。即后人读之,亦知盲于目者不足虑,盲于心者之真可危也。

——《江苏省立第二女子师范学校校友会汇刊》(1918)第六期

顾静徽

顾静徽,生卒年不详。1916 年就读于江苏省立第二女子师范学校本科三年级,在校刊发表散文多篇。

对残菊感言

节届初冬,西风骤起,万树凋零,群卉色变。斯时也,东篱老菊,枯骨仅存,形容憔悴,竟若随秋以俱尽者,蒙见之而恻然焉。忆当重阳前后,菊正着花,五光十色,郁郁芬芬,隐逸君子,流连其间,聊以寄傲。一般人士,举觞持螯,群相玩赏,秋色秋光,几被占尽,亦云盛矣。而今何如哉?瘾君子欷歔于其旁,自悲自吊;一般人弃之而不顾,汲汲他求。风摧雨打,一息奄奄,行见与白杨衰草,同埋黄土,何其衰也!蒙于是恍然于盛衰之故,天理使然,而世态之炎凉,亦未尝不基于是也。然则今之逐逐于功名富贵,得志则欣欣,不得志则戚戚者,其亦可以鉴于菊而自惕矣。抑蒙尤有感者,菊之为物,品性孤高,可比君子,傲霜奇骨,可喻英雄。蒙因思夫君子英雄之坚忍沈毅者,热心国事,百折不回,卒能旋乾转坤,为民造福。今者菊随秋去,而夫君子英雄者,亦竟随菊而俱逝矣。哀哉!矧菊虽残零于今日,仍复挺秀于明秋,人则逝者不可复返,死者不可复生,若然则蒙之可悲者,又别有在焉,岂徒为残

菊悲哉?

——《江苏省立第二女子师范学校校友会汇刊》

(1916)第三期

留别诸同学序
(民国七年七月)

本校创建之翌年,为某等来校求学之始,初以为师范修业,五稔为期,大足以增进知能,研求教育。岂意年华逝水,一转瞬而毕业之期已届,徒窃虚名,莫收善果,今日之行,能无有所感欤?顾其所以致此者,固由于荒怠性成,蹉跎岁月,而时局之杌陧,实亦不无影响。溯某等投考本校之时,值二次革命之变,南北构兵,风云遍地,致未能如期开学,停课兼旬。后又以西南护国军之起义,而桂浙响应,而澄锡战争,警讯频传,民情惶惑,以吾曹意志未坚之人,岂能当此?此皆足为修业时代之阻障者也。纵思有所取偿,而韶光无倒流之望,学年无延长之理,往者难追,行期已戒,诸君其有以教之乎?某等与诸君聚处于斯,久则四载,暂亦经年,休戚相关,感情弥笃,一朝分袂,窃有不能已于言者。某等居恒相与言曰,吾曹于小学教授,略识梗概,而幼儿教育,则毫无经验也;于家事学科,粗习一二,而见之实践则无此机会也;且平日课务纷繁,自修时短,各种科学,无暇深加研究,以致心得甚少,是岂为学之道哉?今者家事实践室及蒙养园正在建筑,诸君将来于幼稚教育、家事实践方面,获益必多,不致如某等之有所遗憾矣。自本学年起,三年级分科肄业,试行以来,成效可睹。此后诸君得以发挥天赋之特长,专心研究一二学科,事半功倍,不致如某等之博而不精,终至一无所长矣。所可慨者,时局纷纭,迄无宁岁,于干戈扰攘之世,而欲安然寻弦诵之乐,夫岂易言?惟愿诸君坚忍其心,勿

如某等之为所阻障可耳。某等所期望于诸君者如是,想诸君之责望某等,必愈为殷切。今后惟有勉竭驽骀,效力社会,多尽一分义务,即多造就一班童蒙。此则某等敢以自勉,庶几无负诸君之厚望也乎。

——《江苏省立第二女子师范学校校友会汇刊》(1918)第七期

蒋安全

蒋安全，生卒年不详。1916年就读于江苏省立第二女子师范学校本科三年级，在校刊发表散文多篇。

邗江旅行日记

十月三十日

残月未沈，曙光乍射，睡乡之游正乐，忽闻钟声镗镗，同学争相呼应，予亦披衣下床。俄而，一轮红日，吞吐扶桑，作胭脂色，照耀于大地之上。诸同学咸相顾色喜，予乃欣然而言曰："日昨霪雨霏霏，几为闷煞，脱今日而仍不晴者，吾曹冒雨遄征，道途泥滑，未免为之乏兴。幸而碧翁有情，忽焉开霁，其快意为何如乎？"同学曰："诚然诚然。"钟鸣八下，本科二三年级同学整队出校，至沪宁车站，约待二时许，始登车开行。予与王君等适坐窗侧，因举目远眺，时也田禾毕登，原野空旷，于秋林萧瑟中，时露红树一二丛，其一种景色，虽不及春光之明媚，而别有可爱之处。且值宿雨初晴，万物皆如浴后新装，睹之益觉爽心豁目，俗虑胥捐。历无锡、武进、丹阳等站，始抵镇江。是地四围皆山，层峦耸翠，气象雄阔，信足以控扼长江而为苏省之要地也。下车后，至轮船公司，待至六句余钟，乃登舟。人声鼎沸，灯火吐曜，俄而汽笛呜呜，报启碇矣。予等深恨为时已暮，不得旷览长江风景。设早行一二时，则容与

中流,正足以开我胸襟,拓我眼界,何致局蹐舟中,徒呼无聊乎?历三小时之久,忽闻同学呼曰:“抵扬矣……”予探首窗外,见临水人家,火光点点,宛若草际流萤。舟既抵岸,整队进钞关门,至女校寄宿舍。时已夜分,而予仅穿绵衣一袭,冷不可耐,且日间所食者,仅一饭三面包,至是而所谓饥也,寒也,兼而尝之。噫,人生日坐斗室,安知旅行之苦哉。虽然天下事惟厌者觉其苦,否则非第无苦,且有乐焉。予于此行,身体虽觉疲惫,而智识之长进,经验之增加,自非埋首牖下者所可同日而语,此予所以始则疾首蹙额而呼劳,继乃欣欣然以为足乐也。晚餐后就睡,时已鱼更三跃矣。

三十一日

上午休息,午后整队出寓,作绿杨村之游。绿杨村者,邗上之名区也。带河绕城,幽雅无比,身莅其境者,心恬神怡,几疑误入桃源,飘然尘外。予与同学携手散步,时正菊花盛开,婆娑弄影,郁郁芬芬,又不啻入渊明三径焉。游览良久,乃茶憩于茅亭中,旋又整队至史公祠,登梅花岭,瞻望丰碑,慨然想见当年誓师泣血、登陴死守之景况。呜呼!当公之时,福王昏庸无度,马士英奸邪当国,公岂不知河山半壁,只手难支,而独血泪潸潸,痛告都中人士,冀挽回残局,旋转乾坤。虽满清眩以利禄,慑以兵威,曾不少动,脱公于当时屈志降清,则显官厚禄,意中事耳。公顾视如草芥,宁粉碎其身骨者,果何为耶?予谒公墓,予深慕公之忠肝义胆;予读公之遗笔,予又深佩公之忠孝两全。嗟嗟,今何时乎?共和虽复,国步犹危,吾曹藏身学校,勇烈之精神,不当育成于平日乎?昔汪踦驰敌,宁为国殇,木兰代父,传诵千秋,彼一稚子,一弱女耳,吾曹何渠不若彼焉。仰视墓侧,残杨数株,摇曳风中,归鸦哑哑,如助予之叹息。又若告予曰,人生终有一死,节义之士,其身虽死,其名永存。予对此凄凉景色,几失声欲哭。正在低徊之际,忽闻号笛一声,乃不得不叩别公墓,与诸同学返寓。

十一月一日

初日照林，晓风吹面，旌旗飘拂，军乐和鸣，运动会……之声，沸腾于扬州人士之口。吾校同学于七时莅会，会场广阔，布置井然，都人士之联袂而至者，熙熙攘攘，极一时之盛。所谓女宾特别座者，拥挤不堪，殆未遑顾及秩序，普通席更无论矣，于此可以觇是邦之社会情形焉。至八时许，鸣铃开会，上午计十三节，均系剧烈运动，下午计二十一节，其中如民立中学之叠罗汉、爱国女学之美国式棍棒，均颇可观。各校之兵式操，亦均动作整齐，精神奋发。闭会时已钟鸣五下云。

二日

上午七时莅会，午后整队出东门，买舟作平山堂之游。一路清波荡漾，树木萧疏，而鸥凫二三，若与行舟争渡者然，舟子告予曰："此瘦西湖①也。"评湖以瘦似属不伦，当系赛西湖之讹耳。因思如此清游，人生能得几度若辈，舟子何幸，生长水乡，得习见此种风景，顾若辈既习见之，恐亦不以为奇，且未必能识其趣也，识山水之趣者，则又不能常见。呜呼，此山水所以少知音欤？及抵岸，舍舟登陆，取道野田乱石间，不数十武，抵山麓，造其巅。有寺巍然，临乎其上，颜曰法净寺。寺墙左右，题曰淮东第一观、天下第五泉，笔画雄健，大如方桌。入山门，过大王殿，拾级而登，至大雄殿，复曲折西行，过谷林堂，则平山堂在焉。屋共五楹，窗明几净，陈设精致，凭窗远眺，全城在目，而冈峦历历，宛若拱揖于槛前，高与堂平，此其所以名平山堂欤？举首遐瞩，则见穹宇清寥，时有飞鸿十数，作人字形，掠云而过，而长江萦绕，望之几如匹练。噫，政潮不靖，孰为砥柱于中流？国步多艰，谁是济川之舟楫？触景兴怀，感慨系之矣，俯首沉思，不禁效新亭之哭。客谓予曰："子

① "湖"，原文作"潮"，据语义改。

性何乖僻乃尔,而万事都抱悲观耶?吾曹千载一时,游屐到此,睹兹名胜,乐且不遑,何悲为?”客言未终,予乃矍然,张目而视,红叶飞舞,宛若天半云霞,化工之妙,可谓至矣。俄而出平山堂,绕回廊,曲折行,庭院幽雅,景物宜人,又不觉胸襟为之一适。信乎苏子由之言曰,人生于世,使其中不自得,将何往而非病,使其中不以物伤性,将适而不快。可知吾人苟抱悲观,则虽对良辰美景,无一不足以发其胸中之悲;苟抱乐观,则一山一水、一花一草,均足唤起愉快之情也。行行重行行,至一室,颜曰“四松草堂”,旁悬一联云:“六一清风,更有何人继高躅;二分明月,恰于此处照当头。”金师告吾曹曰,庭前有松四株,故以名其堂也。出四松堂,过大雄殿而左,有一亭,中树数碑,刻清代御制诗于其上。其第一碑系乾隆御笔,诗云:“梅花才放为春寒,果见淮东第一观。馥馥清香来月牖,枝枝画意入云栏。蜀冈可是希吴苑,永叔何为逊谢安。更喜翠峰余积雪,平章香色助清欢。”第二碑系康熙御笔,诗云:“两歇杨林东渡头,永和三日荡轻舟。故人家在桃花岸,直到门前溪水流。”其第三碑则字迹模糊,已不可辨认矣。继又登晴日楼,其中无甚布置,惟悬楼额一。又旁有一联云:“吾曹久已不相见,此际飘然何所思。”其前则为平远楼,游览既周,循故道而下。舟行不一里,有胜境曰小金山,四面环水,盖仿佛镇江之金山焉。予与陈君周游于风亭月观、吹台琴室间。琴室前有联云:“一水回环杨柳岸,画船来去藕花天。”登吹台西望,则芦泽苍茫间,有浮屠峭然壁立,即所谓喇嘛塔也。相传清高宗南游时,览扬州胜景,无一不备,惟浮屠阙如。该邑盐商因集资数万元,招工数万人,于一夜造成之,故是塔无层级、无窗户,盖取其料简而工省也。其旁有一桥,上建五亭,横列水上,下有洞十五,可以一叶小舟,环绕而行,亦奇观也。隔岸为徐宝山公祠,予等渡至彼岸,瞻仰一周,时已薄暮,即忽忽登舟作归计,抵寓时已六句余钟矣。是役也,费时不过

半日，行程不逾五里，而得周览邗上名胜，宁非吾曹之眼福耶？虽然，良辰美景过眼即成泡幻，读“昭华在眼轻消遣，过后思量总可怜”之句，不禁慨然。过君谓予曰：“观之乐仅在乎目，所乐者浅。苟静吾天君，目忘乎视，口忘乎味，耳忘乎听，四肢忘其所宜为，则吾心目中叠陈而涌现者，均名胜也，均为亭也，榭也，奇卉也，怪石也，青山绿水也。推之天地间之名胜，无不可缩而贮之于方寸之脑海中，其乐不逾于身莅名胜而目睹者耶？”是言也，超然象外，可谓善取乎物矣。然则予又何必恋恋于今日所览之名胜哉？

三日

晨起见云愁如梦，日瘦无光，阴惨之气，笼罩大地，大有欲雨之象。予素有憎雨癖，故每际黑云四布，阴雨霏霏之日，则精神为之不快。夫天时之变，于人何关，而予精神之快不快，乃随晴雨为转移，宁不大可笑乎？然此乃心理学之所谓反映，尽人所同，想不仅予为然也。况盛会未阑，尚有一日之久，设今日而果雨者，则岂仅予精神之不快，全省省校学子尚武之精神，亦且因而减退矣。莅会未及四时，果尔细雨溟蒙，幸此时吾校铃帕一节，已经演毕，遂即回寓。午后雨势益大，因此百无聊赖，惟与同学等话旧论新，借以消遣而已。

四日

夜分起身，整理一切，坐以待旦，此时冷气袭人，殊不可耐。乃与王、周诸君作捉迷藏之戏，觉热度渐增，手战足栗之苦，得以少杀。六时余出寓，八时余登轮开行。予以精神疲敝，倚窗假寐，俄而闻同学呼曰：“江来矣，瓜州过矣……”予乃为之惊醒，拭目视窗外，则江流浩淼，想见当年祖生击楫渡江景象。而金焦北固，矗立江心，望之如海上三神山，琳宫梵宇，隐现于苍松翠柏间。噫，方今世事俶扰，安得与二三知己，筑室岩阿，恣情山水，濯长江之清流，以终予生乎？及抵镇，乃换附汽车，候二时许，始开行。时

也,霖雨如注,清寒砭骨,垂头倚窗,昏昏欲睡,乃检取历代名人小简一册览之,尽五页,神气为爽。车既抵苏,整队入校,晚饭后即就睡,奔波终日,身体困顿,不一刻钟,即酣然入睡乡。及闻起身钟,犹以为身在车中,而闻汽笛之呜呜也。

——《江苏省立第二女子师范学校校友会汇刊》
(1916)第三期

参观南通博物苑记

自有斐馆右行数百武,有博物苑焉。其中楼台亭榭,园囿池沼,花卉草木,鸟兽虫鱼,与夫动植矿物之标本,历代留遗之器物,靡不毕具。吾侪于抵通翌日之下午,整队往观,时适苑中以订定各种名称故,停止游览,吾侪乃蒙其特别招待者也。既入苑,先就藤东水榭小憩,前有平台,围以石栏,清流映带,垂杨摇曳,隔岸巍然矗立者,代用师范之校舍也。四周景色,仿佛画图,置身其间,几有飘乎欲仙之概。寻出,绕曲径行,至动物陈列处,中蓄禽兽数十种。有鹦鹉二,见吾侪至,飞鸣点首不置,一若表示欢迎之意者,侪辈见之,相与大笑。旋见一鸟曰鸸鹋,招待者告吾侪曰,是鸟系澳洲产,似鸵鸟而实非,兹盖正其名也。继抵北馆,楼下陈动植物化石等,其最足令人注目者,为鲔鱼骨骼,长达数丈,粗可合抱,俗名海䱎,西名 Ticpenser,东名テウサタ,闻系吕四乡产,为垦牧公司所捕得云。楼上为书画陈列所,因方在整理中,未获一餐古色焉。移时出馆,折而前行,叠石作山,莳花夹道。经一亭,颜曰“国秀”。亭前有墨竹数竿,而水晶竹叶等种种岩石,罗列又至夥,五步十步,殆无一不足以资观赏,即无一不足以供研究也。更前行,池水一泓,中设喷泉,招待者特令转捩其机,以示吾侪,如雨溅珠,尘襟为之一爽。无何,行近南馆,其地植药材四区,均标以

科名及产地。惜予于植物一科,素乏心得,否则借以实地观察,又可增进知识不少矣。旁列佛像数十尊,名之曰“古美术部”,废物利用,意至善也。又有古代鼎钟及枪炮十余具,令人对之,慨然动怀古之思。旋入馆,馆中包罗万有,大有目不暇接之势。矧吾侪以至短之时间,观此至博之物品,尤不遑详细考察,故仅识其大纲而已,中分四部,曰教育,曰天产,曰历史,曰美术。教育部又有科举、工业之别,凡前清科举时代之用具,及近今发明机械之模型,悉属之。天产部,陈中外矿石类、贝壳类及一切虫鱼鸟兽之标本。历史、美术二部,位于楼上,凡私家之异珍,皇居之奇宝,著名之瓷器、雕刻、刺绣,历代之货币、文具、服饰,莫不罗陈其中。而观于瓷器、雕刻之精雅巧妙,窃有今不古若之慨,惟刺绣则以今视昔,大有进步,深愿业是者益求精进,庶几保存国粹于不敝乎。时已薄暮,即还至藤东水榭,整队出苑。金师语吾侪云:“曩在日本东京,参观其帝国博物馆,形形色色,网罗宏富,为之叹观止者再,今以此方彼,殆无多让。”果尔则吾侪之眼福为不浅矣。是不可以无记,爰拉杂志之。

——《江苏省立第二女子师范学校校友会汇刊》(1917)第五期

本级同人前与级友会话别,兹试代拟其答辞

仆也不才,获交诸君,行将五载,其间把晤之期,虽只十有三次,然情谊之笃厚,志气之感孚,即骨肉亦不是过也。当仆与诸君把晤之时,诸君每飨我以果饵,迎我以高歌,并表演种种诙谐滑稽可笑可讽之事,使仆观览之余,或警惕于内,或愉快于中,其足以益我身心者,实非浅鲜。而谓其为诸君联络情谊,交换智识之媒

介，则愧未敢当也。今者诸君以卒业有即，特邀仆话别，入座后见会场陈设，宛似离筵，既又听别歌一阕，无殊三叠阳关。诸君情深如许，仆何人斯，能不为之魂销哉？惟仆有言者，人生踪迹，本等浮萍，吾曹当具达观，不当以别离而戚戚。矧诸君与仆把晤之期，虽为末次，而立身社会，操教育事业，以尽天职，实发轫于是。将来启迪英髦，培植人才，烈烈轰轰，为教育生色，为巾帼增光，国人莫不称之曰，某者，东方之蒙铁梭利也；某者，女界之裴斯他洛奇也。则仆虽与诸君无复相见之缘，而逖听之下，其愉快之情，不更愈于一堂晤对耶？诸君勉乎哉！至诸君以慎终如始勉，仆敢不奉为箴铭，惟天下之事，靡不有初，鲜克有终，先哲亦深慨乎此。诸君将来任事社会，当具强毅之精神，以与至苦之教育事业战，幸毋始则精神抖擞，终则心灰意颓，甚且息影桑梓，甘赋闲居，而不能始终如一。此则诸君之所以勉仆者，仆还欲转而勉诸君也。

——《江苏省立第二女子师范学校校友会汇刊》

(1918)第六期

陆毓英

陆毓英，生卒年不详。1916年就读于江苏省立第二女子师范学校预科。

祛除社会陋习说

执凶徒而囚诸狱，诛盗魁而尸诸市，国法申焉，而人心亦快，何也？以除暴之足以安良也。我谓致治之本源，则不系乎此。夫人之所以为盗贼者，非生是使然也，由谋生乏术耳；谋生乏术，由不务正业，薰染于社会之恶习惯耳。然则欲使人人有谋生力能，不致为盗贼之行，必先使人人有正当之事业；欲使人人有正当之事业，必先举社会之陋习，廓清而扫除之，然后囹圄空虚，天下太平，融融泄泄，各保自由，岂非极乐之世界哉？

今观于我国社会上种种之陋习，几于牢不可破，试就其显著者言之。以烧香佞佛为可以邀福避祸，以吸烟饮酒为可以舒畅心神，于是以有用之钱财、宝贵之光阴，为无益之事，正务荒，志气堕，迨至倾家荡产，贫无立锥，弱者流为乞丐，强者入于盗贼，陋习之为人害也。若此可不速为祛除乎？而说者谓吾国之民，习于游惰，成为风俗，不易祛除。岂知天下事，不导其机则不转，不祛其蔽则不明，积习相沿，夫岂无力矫其弊之法？彼无识之民，为无识之事，固无足怪。吾人读书明理，既洞悉社会上种种陋习，则必为

挽回风俗计。挽回之法,惟有多设学会学校,演说劝导,以开其智而化其愚,使人人从事正当之职业,以赡养其身家,化不良之习惯,薰德而为良,则凶徒暴客何由而起?刑罚诛戮无所用之。人心既靖,治道可冀矣。有心人其速起而提倡乎,余日望之矣。

——《江苏省立第二女子师范学校校友会汇刊》(1916)第三期

倪湫芳

倪湫芳，生卒年不详。1916年就读于江苏省立第二女子师范学校本科一年级，在校刊发表散文多篇。

说反省之益

夫过者，圣贤所不免，然卒不害其为圣贤者，为能改过也。人谁无过，过而能改，善莫大焉。君子之过，如日月之食也，人皆见之，及其更也，人皆仰之。见人之过易，见己之过难，责人常明，责己常昧，此人之恒情。他譬如力能举鼎，而不能自举其身；目能察秋毫，而不能自见其眉睫，理势使然也。夫吾人道德心性，何由修养？必借父母教训，师长提撕，益友切磋，乃能进德修业。虽然，父母教训，师长提撕，益友切磋，亦有所不逮者，非反省不为功。反省之道，千端万绪，昔赵概常置三器于几上，一贮黄豆，一贮黑豆，一空之。兴一善念，则投一黄豆；兴一恶念，则投一黑豆，用以自警。美国伟人富兰克林，定修德之目十三条，每日反省其言行，作功过表，有过则记点于目上，数以自警。此古人反省之法，至今称道弗衰。吾人反省，不能如是之严，亦当常省其身，广接人物，历练事变，借外界经验，为我反观借鉴之资。孔子曰："见贤思齐焉，见不贤而内自省也。"曾子曰："吾日三省吾身。"薛瑄每夜就寝，必思一日之言行，适当与否，而下勉革之方。吾侪行此反省，

当于课余之暇,端居静思,就己之言行,一一考核之,有缺于廉耻忠信之行者乎?有薄于孝友之道、陷于狡诈偷刻之习者乎?以脑系司教训,借灵台以提撕,与良知相切磋,获益匪浅,较之父母师长益友之训勉,为尤周密也,权其利益,不可以道里计。颜子终身不贰过,亦反省之效,吾人乌可不加勉哉?虽然,反省之道,不特能判善恶而已,必继之以改过,其效始著,反省而能知过,知过而能速改,则有过如无过也。若曰吾已蹈过,今虽从善,恐人将不信我,无以赎其前过,反怀羞涩疑沮,而甘于受过终身焉,犹未得反省之益也。

——《江苏省立第二女子师范学校校友会汇刊》
(1916)第三期

暑假记事

薰风拂暑,化日方长,赤帝司权,炎威灼手。人皆挥扇纳凉,避此盛夏,吾侪亦不能孜孜伏案,照常上课,于是各校下暑假休业之令,纷纷学子,束装回里。于斯时也,余亦乘车赴沪,就亲戚家宿焉。翌日,乘晚轮渡江,谨守行囊,坐而假寐。时而叫嚣,则购舟票也;时而隳突,则争坐位也;时而怒骂,则失行囊也。种种恶态,无一不具,吾国人民公德心之缺乏,可胜浩叹。旋更深人寂,舟乃启碇,耳鼓于焉少静,拟掩窗扉,扶枕就寝。而天气酷暑,难于安枕,蚊市成雷,扰人清梦,神疲体倦,索睡魔而不得。舟轮轧轧,触余烦虑;江水滔滔,助余呜咽;行旅之苦,莫吾崇海若矣。寻天曙,凭窗远眺,风平浪静,江心如镜,沙田万顷,渺焉无涯,鸥鸟三四,飞鸣忘机。当此时也,蠲烦涤俗,神气洒然,不觉转苦为乐矣。未几,汽笛一鸣,舟已抵港,遂舍舟登陆,驱车入里,游目四顾,桑田秩秩,阡陌纵横,嘉禾之苗盈尺,佳木之荫如盖,恍若别有

一天地焉。盖去城市而莅原野,故得领此幽景,且行且眺,几忘途之修短,而里门在咫尺矣。母闻余归,倚闾含笑,姊弟亦喜溢眉宇。行装既卸,即以半载中在校状况,及归途所历之境,一一为余母详述。母抚余肩曰:"儿离乡半载,余恒眷恋不置,今得复聚天伦之乐矣。"余不禁现顽童之故态,伏怀嬉笑,仰博慈亲之欢。母又嘱余曰:"暑假在家,宜藏修息游并行,盖过学则伤脑,过游则废学,汝识之。"余唯唯而退。于是晓窗初起,天气清和,则温习旧课;暑气渐增,则故园未芜,堪以消夏。听蝉于槐下,敲棋于竹中,戏钓于荷池,纳凉于柳岸,尝雪藕以解渴,剖凉瓜以沁脾,虽处酷暑之时,几化为清凉世界。暇则拜谒亲戚,言访故友,或促膝谈心,或研究学问,颇不寂寞也。无何病魔忽扰,偃卧数日,亲心为之不安,延医诊治,幸即霍然,亲忧顿释。孔子云:"父母惟其疾之忧。"诚不余欺也。光阴迅速,如矢离弦,瞬息间假期已满,余遂整装到校云。

——《江苏省立第二女子师范学校校友会汇刊》

(1916)第三期

张观云

张观云,生卒年不详。1916年就读于江苏省立第二女子师范学校本科二年级,在校刊发表散文多篇。

寒夜读书记

孟冬之夜,余诵读于书斋中,有客来谒,相与坐谈良久。继而谓余曰:“彤云密布,朔风怒号,此正吾人围炉并坐之候,子何亟亟焉伏案攻书耶?”余曰:“否。人生若梦,为时几何,苟不及时勤学,恐贻老大徒伤之悲。且寒夜读书,其乐趣有更甚于春秋佳日者。观彼后凋松柏,遇寒益坚,晚节修篁,经霜尤劲,无一非我伴读之良友也。梅当窗而萼破,雪透幕而宵明,披羊裘而拥青毡,添兽炭而烧红烛。时或赏奇文一二篇,则心神愉悦;时或奏琴歌三五阕,则睡魔退除,读书之乐,孰逾于此。且不观夫古人之读书乎?孜孜矻矻,终日不休,日犹不足,焚膏继晷,甚至如孙康之映雪,匡衡之凿壁,彼等岂甘于寒苦哉?亦惟得寒夜读书之旨趣而已。今吾侪学子,寒则御裘,夜则挑灯,较之古人,其甘苦安可同日而语?子曷不围炉共读,以享此无穷之乐乎?”客应曰:“可。”于是并肩而坐,酌酒赋诗,黄卷频翻,青灯有味,若忘其为壁上时计已鸣九下者,俄而更深人静,乃相与尽欢而散。噫,余尝慨世人以光阴可贵为口头禅,而究其实,则以宝贵之光阴作无益之事业,视读书一事

如弁髦，至于寒夜，更无论矣。呜呼，若而人者，岂足与言学问乎？吾人幼而勤学，长或有成，诚能寒暑无间，夜以继日，庶乎可企及古人耳，余敢不自勉哉！

——《江苏省立第二女子师范学校校友会汇刊》

(1916)第三期

吴君斐然小传

吴君斐然，江苏吴县人也，天资聪敏，闲静寡言，待人无所忤，故人多乐近之。戊午春，忽以疾终。余忝与吴君同学有年，不可无以传之。君身体细瘦，面常带黄色，其求学也，恒孜孜不倦，而于文算二科，尤所特长，允推全级之冠。人或有誉其学业之进步者，辄怫然曰："君等何过奖若此。"故君虽学行兼优，未尝有骄色。去年夏，患病者数旬。入秋后，始来校补考，仍不落人后，同辈咸称之。惟自兹一病，而气质不易复原，精神委靡，无少年气概，忽病忽起，月必数次，而缺席亦复不少。君尝谓人曰："我今岁之学业，荒废殆尽矣。"同辈均劝以善保身体，毋以功课为意。及今春开学，君已先我到校。余问君曰："贵恙已痊乎？"曰："然。"然眉宇之间，增几许抑郁之态，非从前之天真烂漫可比。常语人曰："人生等一蜉蝣耳，何必争荣夺利，恋恋于此烦恼世界？"其厌世之心若此，尤可奇者。君于灵魂之学，悉心研究，以为世果有鬼神也。又好佛，誓毕业以后，持斋念佛，消遣世虑。而于学业，转置之不顾，曰："此争名之事，我不屑为也。"孰知今岁春假，君竟别同人等而逝乎。君上有老母，终鲜兄弟，一肩重任，舍君其谁？而今已矣。呜呼！君竟以尘世不可居，而遽登乐土耶？抑好学者短命，固为不可逃之例耶？吾不得而知矣。

——《江苏省立第二女子师范学校校友会汇刊》

(1918)第六期

周敏

周敏,生卒年不详。1916 年就读于直隶第一女子师范学校三年级。

与友人论时势书

某君足下:

欧风美雨,横扫东来,国势凌夷,行将豆剖矣。足下素著卓识,谅早定救国良策也。窃谓国会者,所以达人民之意,而共和国之重要机关也。溯自袁氏尸位,国会解散,于是有中日条约之羞,云桂粤东之喋血,四民失业,殷红遍地,国以益危。及其既没,民皆望燕京而祝曰:“庶抚我乎!”而孰意将及半载,而国祚存亡之国会,等于虚设,内忧外患,接踵而起。天津老西开,法得侵佔,郑家屯交涉,谅难取胜,治国要务,百不举一,时势如斯,忧且不暇。而执政者方且树党争权,自相猜嫉,其可悲也矣。同一共和政体也,而行之列邦,则日益强大,施之吾国,则患难相仍,岂清末之国势过微,虽共和亦莫之能救耶!抑国人丧心病狂,自相残贼耶!夫吾国人民非不众也,地非不广腴也,果同心协力,任贤举能,成立国会,则此五年间,岂无共和之效也哉!每见赤心爱国者,演说国家之时势,其语之沈痛,诚足令人流涕伤怀。是吾国民非全无廉耻也,特在上者见利忘义,不先导之耳。且爱国之士,亦徒知国之

宜爱,而不知所以爱之之法也。即知之,亦势孤力弱,才不得展。选举之际,复以势利恐诱,权大者,无才而当选;无权者,抱济世之才而不见用。君子在野,小人在位,国会虽成,非徒无益,适足以害之耳。古人有言曰:"文官不爱钱,武士不惜死,则天下太平矣。"是诚我国对病之良药。

君以为然乎否乎?天下兴亡,女子有责,愚见如斯,谅高明必有以教我也。学妹敏谨启。

语意沈痛,气势雄浑。仲纪

举民国以来种种伤心,椎胸顿足,而洒之毫端。读之者,如睹其淋漓之气,如闻其慷慨之声。眉初

——《直隶第一女师范校友会会报》(1916)第二期

宋遣使约金攻辽论

欲以少胜众,以弱服强,鲜有独力而能成功者。然既赖人力以成功,而不为人所制者,未之有也。况借力于较吾强者,其为人藐视欺凌,岂待言哉?余读史至宋约金攻辽,宋以是衰微,未尝不怪金之背约也。今而知金之背约,实宋有以招之也,即使金守宋约,亦未可以为安也。何则?金辽,外族也,宋之排外,金之所知也,将辽是灭,何爱于金?辽亡而金亦随之矣。当此之时,金不灭宋,宋必灭金,自顾不暇,何助宋为?而其所以助之者,岂非见宋之不足畏,而有利之可图乎?即幸而金如约,则宋劳民罢众,得利无多,耗费已不赀矣。而金则由是以大,岂宋之幸哉?假其力而欲其俯顺,云胡可得?后之要求,固不待发见而后知也。且金新建之国,其锋锐非宋所可当,卒至乘势侵扰,中原涂炭,徽钦蒙尘,乱亡其国,皆约金之失也。呜呼,宋约金之举,是犹导虎入室也,

报辽云乎哉?夫古之借外援而不为患者,唐太宗一人而已。以宋之弱危,而求援于兴盛之金,欲不为患,岂不愚哉!为宋计者,宜日夜淬厉,勤修国政,辽虽横暴,灭之犹反掌耳,何借乎金?今不忧国政之不善,而患仇之不复,自作之孽,孰可救之?呜呼,宋不约金,则金无以自大,而宋亦不至于微亡。其欲速复仇者,乃其所以自祸也。夫当宋之兴也,黄袍加身,天下悦服,平十国之残暴,削天下之篡窃,意气之盛,可谓壮哉。及群雄已灭,边患日迫,二帝北狩,何其衰也。《书》云:“自作孽,不可活。”宋之谓也。夫宋约金攻辽之事,既往而不可复矣。后之有国家者,慎勿蹈宋之覆辙,而终至于不可救哉!

反覆驳论,层出不穷,目光如炬,笔快如刀。眉初

——《直隶第一女师范校友会会报》

(1916)第二期

汤武革命论

民,国之本也;君,治民者也。治民之道,在乎使民乐业、富强其国而已,政事大计出诸君,而计之可否在乎民,各有义务权利,不可相犯者也。故君之于民,宜扶助亲爱,然民为不善,则处以国法。苟处君位而不称其职,则民固亦可干涉也,况敲剥天下之骨髓,离散天下之子女,暴虐如桀纣者,其为民之公愤者乎。然则汤武革命,固吊民伐罪之举也,而腐儒犹津津然,以君臣之义、武庚之叛为说,谓汤武为志于利者,盖小人之见,不知大义也。夫汤武之于桀纣,君臣之分,固也,然目击天下之涂炭,舍己无可救者,设此时犹拘君臣小节,袖手旁观,圣人之心,其能已乎?舍小节而就大谋,智勇也;救民于水火,仁人也。一举而智仁勇兼至,而责以小节,是岂达人之见哉?至于武庚之叛,尤不足责,伐其父而封其

子武庚,父子之情,焉能自已?且殷人虽念先王旧德,然不胜纣之昏暴,亦惟恐王师之后我。顽民之叛,乃武庚使之,若黍油麦秀之歌,盖叹故君之无道,自作之孽耳。未闻怨周之革命也,为民害者,人得而诛,岂任君之残害,而不敢犯者耶?若为君者,可为所欲为,而无所忌,代天治民之道,果何谓耶?皇天无亲,惟德是亲,岂暴若桀纣者,而天命犹未改乎?顺乎天而应乎人,汤武革命,信有之矣。不然,南巢之役,牧野之师,举臂一呼,胡为前途倒戈耶?于此益见圣人之心、爱国救民之心也,大哉汤武,明德远矣。

倒海排山之气,风发泉涌之思。眉初

——《直隶第一女师范校友会会报》

(1916)第二期

惟静者方得求学之益论

好恶衰乐,人之情欲也;名利,人之所兢取者也。天下之事,足以触人情欲、名利之思想者不一,而学问之道,微辞奥旨,不专则不得而明。苟求学而情欲环生,名利是务,则一身而数任焉,虽圣贤不能兼善,于是求学之心与情欲之心交战乎中,势必致情欲心胜,而求学之念负矣。夫惟寡欲者,始能得求学之益,盖寡欲静也。静之为道何?即视名利若草芥,富贵如浮云,遗外声色,超然物外也。饥寒不夺其志,困苦不弛所学,圣贤之大义微言,方能了然于心。且学问之道,非徒知之而已也,尤贵实践,苟能言之,而不能行之,则尔为尔,我为我,学问之于我,固犹若越人之视秦人也。此学问之益,所以惟静者惟能得之也。宋儒云:“万物静观皆自得。”道家重清静无为,所皆谓静也。佛家之参禅通慧,亦皆不外静观自得之意。颜子终日不违如愚,卒成大贤,如愚亦静也。孟子尝云,博弈小技,不专则不精。道佛儒三教,皆以静为主,然

则静之关于求学,岂浅鲜哉!惟静者方得求学之益之语,岂欺我哉!夫世之学而不得其益者,为情欲所蔽耳。圣贤之所以能得之者,寡欲也。贤愚之别,能静与否而已矣。奈何学者多驰心于外,而不静言思之耶。

以情欲名利诠释"静"字,可谓不涉空想,后幅就儒佛道以证明之,尤见理想精融。眉初

——《直隶第一女师范校友会会报》(1916)第二期

俭为美德说

行而合乎礼义廉耻之谓德,节用不奢之谓俭。惟能俭者,始可与言德。是俭者,君子小人之所由分,而言德之第一要务也。夫好美恶恶,人之常情,蜀锦齐纨,服之同嗜也;广厦高楼,珠玉珍宝,居住玩好之同嗜也;象白驼峰,海肴梁肉,味之同嗜也;瑟簧琴笛,耳之同嗜也,快意当前而不取焉,无俭德者,孰能行之?舍鱼取熊掌,苟合乎义,贤者之所不免。衣敝縕袍而不耻,夫子之所以嘉仲由;箪①食瓢饮,不夺其志,此颜子之所以为大贤。若圣若贤,亦皆由俭而成也。夫奢侈之移人,在于无形之中。苟荫此念,则百方营求,以遂己之快乐,虽陷于不义而不觉。此古之暴君残害生灵,贪吏趑趄嗫嚅,趋炎附势,以求一己之快乐,不得其死者之所以遗臭千载也。故苟能抑一己之欲望,凡百从俭,衣求暖而食求饱,行礼义之行,存廉耻之念。夫礼义廉耻德也,一俭而礼义廉耻兼至,此俭之所以为美德也。昔禹之治天下也,菲饮食而致孝乎鬼神,卑宫室而尽力乎沟壑,恶衣服而致美乎黻冕,是以后世以

① "箪",原文作"簞",据语义改。

为不可及。纣造鹿台,民以离散;周文富为诸侯,所以快耳目、侍左右者,宜乎众矣,而后妃犹习浣濯之事,俭德行乎闺门,以有天下。汉文节用,国以丰富;武帝罄之,国以变乱。隋文简朴,世称极富;迷楼告竣,国以灭亡。观此而知天下之治乱兴亡,亦皆视乎俭与否耳。是俭者行之于国则国丰,行之一人则德盛,称为美德信然。

名理叠出,词采纷披,史事络绎,奔赴腕下。眉初

——《直隶第一女师范校友会会报》
(1916)第二期

劝友人勤学书

勤学之说,人皆知之,足下识广,必不待妹之赘述也。虽然,学之须勤,固尽知矣,然求其所以须勤与夫实践者,则少觏焉。窃以为人生若梦,为时几何,学问之道无穷,人生之寿命有限。以有限之时,求无穷之学,日夜孜孜,犹恐弗及,况不勤乎!孔子曰:“学而时习之。”又曰:“学而不思则罔。”夫习之,思之,均勤也。而其所以为圣者,亦曰:“学不厌而已。”是学而能勤,虽上追孔圣可也。然而世苦之者,以其艰难也。吾辈正当求学时代,岂可以艰难而废志哉!夫地球运转,而四时不息,江河流动,而昼夜不舍,不息不舍,勤也。吾人生于天地之间,勤学之道,亦宜如之。自古名儒硕彦,必有勤学之能,吾等非曰能之,愿学之可耳。且士农工商,各有长技。吾等既业学,大之则立言以教后世,小之则慎行以修身,庶不致失国民价值,负师友切磋之功、父母教养之恩也。然此数者,非勤学必不可得也。足下素性好学,然若有遗憾焉,苟能勤益求勤,则他日之成功正未可量也。忝属莫逆,用敢直陈,识见寡陋,足下其有以教之。

随意引用，皆成妙理，隽永有味。眉初

——《直隶第一女师范校友会会报》

（1916）第二期

雨后赏菊记

云雾迷天，贯珠断索，连绵不开者数日矣。路途泥泞，寒气乍增，商旅为之不行，士人为之郁结，初冬阴雨减兴固如是其甚也。而乃一弯虹彩，陡现天空，雨霁日出，向之蹙额者，今则色喜矣。盖乍晴天气，精神愉快，其乐也固宜。而吾侪校中之乐，则又异焉。盖既赏清秋，且赏菊也。夫菊之为物，香气袭人，色彩夺目，固为群芳之所不及，而其凌霜耐寒，孤芳自赏，尤有不屑与群花为伍之概。当秋风冷雨之来也，万卉飘零，而菊则不少摧萎。及其晴也，万象欣荣，而菊亦不因之茂盛。寒冷不变其貌，摧折不移其性，可谓发不因时，乐不以物矣！吾辈负笈他乡，幽居校内，雅品如斯，平日得之，已属欣幸，况雨后乎？然既无酒以浇之，复无诗以状之，徒言赏玩，不亦亵乎？且古大儒之赏菊者，若渊明之赋归辞，茂叔之称隐逸，皆其人之品学夐绝，有菊之清风，故菊能任其赏玩。若吾辈学浅品浊，丁此国家有事之秋，霖雨阻障之后，正宜速事所事，复何暇及于赏菊？而菊岂屑为吾辈赏哉？然吾辈赏之者，非取其姿色，雅慕其品格耳。菊虽清高，谅亦不以我为亵也。因为记以释之。

独抒伟论，迥不犹人，可称杰作。仲纪

笔意空灵，婉转反覆，无义不搜。眉初

——《直隶第一女子师范学校校友会会报》

（1917）第四期

致妹
(述学校近况兼论摄生)

季妹怡阅:

金风飙起,万植收成,未审吾妹学业亦有收成在胸否?天上多鸿雁,池中足鲤鱼,奈何期月不我寄语耶?比来京都气候不佳,双亲安泰否?弟妹无恙否?念极。津地时疫流行,灾及学校,余校因之停课数日,同学之染疫逝世者有人。苏人顾某,姊实目睹其没,只身远学,弥留时一无骨肉之亲,良堪痛悼也。呜呼吾妹,人生大梦耳!少而壮,壮而衰,自幼迄老,曾几何时,而墓木拱矣。若顾君者,固青年强干之学子也,方其生时,孰能逆知其夭寿若是耶?壮如此君而夭没,我青年亦孰敢必其享大年耶?彭殇同尽,蜉蝣之喻,良有以也。夫人生之义务,繁且多也,生存期限,短且速也。苟欲尽我义务,而不孜孜以学以行,其可得耶?而吾等学生,日事嬉乐,罔知惜时,是又乌乎可耶?因余校之近况,姊不禁有所警矣。姊躯顽强,幸不染疫,然念以顾君强健,尚不免于夭折,是则一时之健全,固不可恃也,是又不可不求摄生之良术。偶有所得,愿与妹商之。姊以为摄生之道,即在养身心,养身心之法,则又分锻炼、休息、修养数端。吾等学生,即以操作为锻炼,借运动以休息,就日课为修养,诵诗歌以养美操,读文章以畅心情,为良心之所欲为,精神愉快,饥食寒衣,肉躯强健。精神与肉躯并健,二竖其奈我何?至于子舆氏之养浩然之气、不动心之说,吾辈患不能及之。苟行之,尤摄生之妙法也。吾妹居校中,日伏书案乎?肆意游乐乎?用功而过,则脑①力必罢,不

① “脑”,原文作“恼”,据语义改。

有运动休息,则不足以恢复之。徒知埋首书中而不游乐,害身体也,游乐而激烈,匪害学业,又贼身躯,衡以卫生,亦非所以保身也。是故用功与游乐少有偏重,则疾病随之,妹其慎之。西人云,具健全之身体,始可以求高尚之学问。是则欲求深造,首宜摄生。孔子云:“父母惟其疾之忧。”故欲慰亲心,摄生亦属至要。吾辈深居学校,起居以时,饮食适度,清洁运动,各得其宜,可无疾病之虞矣。然欲更进而养心,则必明理克私,发展良心,潜修静养,专志学问,始可摄生得法,一可慰亲心,一可求深造,幸勿以目前之健全而忽之也。手此顺询近佳。

姊敏启

——《直隶第一女子师范学校校友会会报》

(1918)第五期

徐兰如

徐兰如，生卒年不详。1916年就读于直隶第一女子师范学校三年级。

春雨后郊外闲游记

春雨初霁，天朗气清，余拟外出，适友人来曰："今日清明节也，盍作郊外游?"遂偕往。行不百步，见垂柳夹道，百鸟唱和，野花齐放，红紫争妍，所谓杏花村者非耶? 路傍坟墓累累，纸灰蝴蝶，血泪杜鹃，令人兴水源木本之感。又数武外，为某君之园。园中有亭，亭围以溪，溪边弱柳，新叶初舒，作浅绿色，而桃花三两，独笑东风，尤足增人雅兴。溪中水清藻绿，时见游鱼，亭前架木桥，栏干绕焉。缘桥而西，见乱石嵯峨，层叠累积，高约丈许，奇形怪状，势欲搏人，盖天然之质，而益以人工也。红楼一角，峙于园北，为此园最高之楼。拾级而上，则曲栏围绕，作六角形，凡四层，凭栏远眺，则全村在望，如观风景于画中。村中屋宇鳞比，远望则万物沈沈，时见炊烟随风飘荡。绕栏而南，见麦陇铺绿，柳叶舒黄，平畦碧色，益增明媚。远处有矮树一带，作天地之界，林内嘤嘤呦呦，声声相应，如笙管并奏，而万籁皆鸣，则斯园之鸟兽虫鱼，又似解游人之志趣，特鸣之以助清兴者。园傍有河，俯视河流，风波起伏，帆樯如织，忽上忽下，时闻欸乃之声，猗欤盛哉！游至此，

不禁心旷神怡，手舞足蹈，觉此中空空洞洞，一物无累，如野鹤飘飘，凌太虚之上。斯时日将西落，兴犹未尽，但以游行忘返，古人所戒，不得已乃与友人循途而归。课余无事，持笔记之，以告后之游者。

词藻富丽，情文相生，笔亦峭拔舒畅，兼而有之，游记中有数之作。仲纪

——《直隶第一女师范校友会会报》
(1916)第二期

丁未返粤记

余粤东四会县人也，世居津地，家乡之风俗习惯，毫无闻知。余十岁时，吾父母带吾回邑一次，距今已九载矣。当抵邑时，家人皆不相识，道途尤不知西东，在邑留三月余，复北旋，今将所经之事略述一二。

余在津埠整装，乘轮而返，海水飘扬，顺流东下，残柳夹岸，鸟鸣其中，黄叶欲脱，盖晚秋时也。次日抵大沽口，船泊海岸，岸上之人，肩磨毂击，笑语嘈杂，小贩者奉食物，至岸侧，奔走恐后，以船至则贸易盛也。旋即开驶，碧水绿涛，一望无际，俄而远树含烟，山峰耸立，忽隐忽没，盖芝罘半岛也。于是轮船停于海中，见小艇三两，趋赴轮侧者，乃芝罘之商人来售水果也。夫芝罘以产水果著，味甘美异常，海浴尤宜，兼有商港军港之长、气候之良，为北方冠。旋发舟将出渤海，海水作深绿色。余问父曰："此何处也？"父曰："黑水洋也。"其海之深，盖无能知者，至黄海则气候温暖，不似前者之酷寒。然无奇景，但见水色黄浊，波浪时作，高越巨轮，忽上忽下，如在梦中，数日之间皆如是，无何轮柁稍转，舟入长江矣。复见海中现一陆地，乃崇明岛之峙于江口也。舟南折入

黄浦江，抵上海，舍舟登岸，住旅馆，亲朋来谒，遂与偕游，街道宏广，杨柳夹道，人民稠密，市廛栉比，货物之新奇，车马之喧阗，非他处所能及。三五日间，奔波酬应无暇晷，后复买舟南旋，亲朋远送，握手依依。出黄浦折而东，出长江而南，飘飘荡荡，乃舟之行于东南二海间也。一夜轮船少定，余出远眺，明灯万盏，楼屋耸立，出乎天表。近则灯光水光相激射，楼台倒影，人立水中，本拟往观，奈日暮为之阻，虽眠梦不忘焉。此地为何，则香港也。翌晨请于父母，买小舟登岸，道途之胜，亚于上海，至西营盘街表姊府，畅谈良久。表姊导余游，先至公园内，见各种动植物，无不具备，凡目所睹，非笔楮所可形容。既至山巅，全景在目，所最重要者，九龙半岛也。半岛位于港北，主权半握外人手，为叹息者久之。游至此，不知日之入，苍然暮色，自远而至，至无所见，而犹不欲归，心凝形释，与万化冥合，不得已，乃循途而归。与表姊别，复乘小艇回轮。次日汽船少西而北，入广东湾，过虎门，抵番禺，一路驶行，平坦如在屋，舍舟登岸，城内贸易虽繁，而街途颓败，较之香港，实有天壤之别矣。乘火车，穿山穴，览山水之清秀，如入山阴道中，令人迎接不暇，无识间而三水在焉。去车站，乘小汽船，有顷，停船上陆，问途人而觅户，乃瞻衡宇。阅月余，适族姊出阁。敝县婚姻之制，与北方大异，女子将嫁时，阖家大哭，与遭丧无异。是日同伴集者若干人，及舆至，则同伴将门坚闭不启，男家预携钱币，由门隙纳之，不启再纳之，必厌其欲始启门，新妇必待人抱持，强纳舆中。初至之晚，必有多人嘲弄新郎新妇，作种种恶剧，并罚新妇若干金钱，甚有使人难堪者，谓之闹房。三日之内，除父母外，皆得行戏弄手段，三日后，始分尊卑，不苟言笑矣。敝县风俗，奇怪者颇多。曾闻长者言，每岁阴历五月五日，竞渡龙舟。七月十五日为中元节，各处皆举行盂兰会，谓为超度亡魂。或以油纸为灯，内贮油燃之，置之河中，随流而下，亦超度之意，又燃天烛，

以一长竹劈之,内实木柴并花炮等,灌油燃之,火光烛天,每支自傍晚燃之,半夜始息。冬日人多用火篮以御寒,其篮以竹编成筐形,下有高座,上有提柄,内置瓦盆,以木屑或秕糠之属,燃烧其中。坐时以脚踏其上,借以温足;行时以一手入衣中,由衣下提之,借以温身。惟偶不慎,则衣角裤带,常被燃烧,已属无益。此处女子颇能任劳,力作田间,与男子无异。余生处北方,而家乡风俗一无所知,见以为奇,故略述以志之。

文笔雅洁,叙事精详,入后详述风俗,以文言达俗事,词笔古秀,尤为难能可贵。仲纪

——《直隶第一女师范校友会会报》
(1916)第二期

说勤俭

百事不惰,各量其才能,审其地位,而尽心任事,谓之勤。百物不废,善自检束,用财有节者,谓之俭。人若不勤,则百事不成。即平素不惯为恶者,苟饱食终日,无所用心,则邪缘乘间窃发,有终于滋蔓难图者焉。防闲之具,莫善于勤。旷观古今来能成大业者,孰非由勤致之乎?人之用财,非奢则吝,所谓俭者,盖用财得当之谓。夫人必赖有相当之财产,以维持其独立之生活,苟不能俭,则谋生念迫,必至置德义于不顾,甚则有纵欲败度,贪得无厌者。廉生于俭,不易之理也。俭者,行止中礼之谓,故太过则奢,不及则吝,皆失也。要之所谓俭者,因其人地位境遇而殊。有富家所以为俭,而出自贫家,则失于奢者。有贫家所以为俭,而出自富家,则失于吝者。酌理衡情,适得其中,斯为得耳。世或谓尚俭之弊,能令货财阻滞,而物质文化因之衰败。然此乃吝之过,而非俭之过。知俭之义为行止有节,自无此误解矣。我国昔时有勤俭

之贤妇,荆钗布裙,亲操井臼。今世风日下,女子不知物力艰难,以目前之安逸及快乐,浪费财产,甚至败家亡国,亦不之顾,皆由不知勤俭故也。

此等题最不易出色,生独能以绝妙文章写圣贤道理,老师宿儒,亦当退避三舍。仲纪

——《直隶第一女师范校友会会报》

(1916)第二期

黄佩芳

黄佩芳,生卒年不详。1916年就读于直隶第一女子师范学校一年级。

与某姊论女子宜发愤求学书

某某学姊有道:

妹自置身学校以来,觉目之所见,耳之所闻,皆学问之事,故知求学为要务也。夫古来之女子,皆沈郁于闺中,不使就学,动谓聪明非福,无才是德,遂使中国四万万人无用者过半,其余者无一人无内顾之忧,国弱民贫,职此故矣。今则时事变迁,为女子者,有平等之光荣,即宜有独尊之性质。及此不发愤力学,岂非辜负此良时耶!且男子人也,女子亦人也,岂其聪明遂不相及耶?抑思想不相及耶?实则女性忍耐,思想敏捷,较之男子为强也,又岂可不求学以自立,而为男子所不齿耶?况男女并立,理无偏畸,女有才德,男子乃能竞争,乃能均平,无所高下,无所轻重,故家齐而国治。试观东西各国之女子,无不就学,充教员者尤夥,且能担任大事,亦以其国民均受教育故也。以视吾国,何其不如人耶!男子皆能自立,而独女子不然,徒以其无学问也。故赖他人而生,无亲族可依,则不能自养,其害犹浅,而以女权自尊,依然听他人之我养,其耻实深也。苟女子发愤求学,则无须倚赖他人,而能独

立。人人如是，又岂虑吾国不能与列强并驾齐驱哉！鄙陋之言，尘秽视听，然吾姊乃通达之人，想亦不以斯言为河汉也。

激昂慷慨，唾壶欲碎。眉初

——《直隶第一女师范校友会会报》

(1916)第二期

史德崇

史德崇,生卒年不详。1916 年就读于直隶第一女子师范学校三年级。

大连风土记

大连当辽东之南,负山抱海,湾口广阔,不利风涛,轴轳四碇,或称便利,水陆贯通。北循南满线,可达辽沈,约时十二,经大站三,曰金州、大石桥、海城,小站则有二十余处。西沿渤海,日半可达津沽,南航沪约二日程,或历七日而抵粤东。东则安东、神户、大坂等处,亦皆一苇可航,故货物云集,以商港称之。喀希之约,地租于俄,俄日之役,又租于日,日人经营此地,计画之远大,进行之神速,有可惊者。询于土人,则曰:计是地之改革,不过十有余年,而人民异籍,社会纷繁,华人居十之八,日人居之二,他国人寥寥矣。华人有资本者,尚能经商行贾,余则多数为人佣工种地,日得数钱,聊养八口,免死而已。若夫异国,丁少旨丰,不吝工价,彼蚩蚩者,惟苟求生活而已。人非木石,谁无国耻之悲?可叹识浅小民,仰承他人意旨,靡有自振之精神也。及遇精美之建筑,坦荡之街衢,阛阓辉煌,万汇亭毒,木屐得得之声,多乃无算。若再历十数年后,将遍地为日人,经营之赔偿愈多,人民脑海之印像愈深,收回之期益无望矣。

此地中人虽多，而受教育者少，一则缺人材，二则缺经费，因而无专设之中文学校。间有一焉，即中日胁办之官学堂，闻系男女合校，概施日本教授，夹学中日文，其程度仅高等初级而已。此外稍有工厂及私塾，然不过执技记问之学而已。日人学堂，其数颇多，另有满铁学堂及病院，医药甚昂，一服需日金八九角。士人而外，业商者多，以银行豆行为特色，正金为国家设，资本最巨。中国从前之大清银行，即今之中华银行，其规模不让正金，惜乎出入寥寥，遂居人后。本地通行贸易者，概用银洋，纸票不值一文，异方携票到此者，如置石田，予始不觉呀然。旁叟嘻曰："专用现银之风久矣，不知其故，土著者皆如是也。"由此可知，中国内地银币不敷纸币兑换之数，其原有自司财政者，不可不预为防范也。连地附近，豆产最富，黄白豆用处最广，蒸豆油可供食品及涂料，研豆浆可作养料，排余之渣又可造肥料，种植畜牲者赖之。中日专营此业者，获利甚巨。油房豆船之多，指不胜屈，每值新豆上市，及豆饼之出口，轴轳纵横，弥望皆是。又有著名市场，蔬菜、肥鲜、膻腥、果实、花卉等，悉分部具陈，铺仅方丈，市廛栉比约百余，较津之英市场为壮观，惟气味不洁。每逢暑天，有电风扇及冰，减热杀菌，防物腐烂，殊重卫生也。至热闹处，则有五年前新筑之旅馆，危楼广厦，辉煌炫目，其内容陈设及器用，皆贵重之物，罗列尽致，人需日金十数元，非富有者莫能寄宿焉，其资本不知凡几矣。然比之伏建台之电气游园，又仅如流萤之于月夜，难述其光华。

电气游园者，斯地有名胜景也，予随家人屡迹于此，若远行客过故乡，恋恋不能去。地方依山就峪，势若盘结，电车绕其四周，若龙蛇之委曲而下也。左门拾级而登，石门康庄大道，数步一灯，光笼绿草，艳淡浮萍，恰如西风雪夜，故土人有"雪洞"之谚。行近一亭，鹤鸣小石，鸿雁鸳鸯及异名鸟，洗濯乎池水。由此十数武，入暖花室，门前立鹦哥三，粉白二色，曾记唐诗有"鹦鹉前头不敢

言”之句,惜乎吾又无所言也。内中花卉甚多,皆外国本,色极奇丽,惟缺薰香袭人之味,然栽培风雅,价匪廉。予前年至此,迄今裘葛两更,而花貌依然,属非冬夏常青之品,赖人工布置得宜。霜寒后熏地窑,游人冬日至此,若烘炉焉,则此无数之花,直若生于热带一般,免秋杀之苦也。又有松鼠、银鼠,体小轻盈,跳跃敏捷,堪供娱悦。及出花室,另有小亭,鹧鸪、山雉、绿鸟、红鹤舞鸣其中。对处有猿猴,各种形状不一,智颇肖人,善顽秋千滑车,无怪昔儒有猿为人类始祖之说也。观毕上第二层,电气跑马场在焉。只须铜元三枚,可转一周,方其上下前进,如赴敌之兵,乃运动器也。复上第三层,乃演电影所,其前有亭,轮广及丈,极目四达,俯瞰全连,湾口之形势,环山之屋居,莫不在目。右有棒球场,左有烧汽枪室,墙壁密砌电灯,介亭所间,乃一片大地,光芒万象,直同白昼。递此前行,高卑相间,有狐(奉天产)、狼(金州产)、豹(滦州产)、鹿、熊之类。再行则为登瀛阁,中人之晏会楼也。又有吃茶店,予随家人前年到此,沃茄菲牛奶茶、鸡蛋糕两式,价甚贵。然观日人之礼节颇重,再三致谢送出。此则不但贸易者如此,凡为卑辈及妇人者,献物必伛偻俯躯以进。路遇则无论男女老稚,致问再三,情甚殷焉,其形式之重如此。

游园既终,尚有星芝埔,由南山乘车十余站可到。其地临海,岸崖峭立,上有园亭台榭,树木争荣,风景佳幽,与江西之庐山相似。老虎滩者,亦避暑优良之所也。连地公园,其面积广而林木多者,以西者为首。论其人民往来之稠密,货物工艺之斗靡,又莫如浪速町,与津之大胡同、粤之双门底、沪之四马路、汉口之洋街,盖相称焉。东方空地尚多,日人高右氏曾验飞艇处也。总之各处之经营,莫非为永远计,将来若何止境,不可料也。予深痛者,斯地建筑房产者,纳租不购地,俟其破毁,原地缴还,推其行迹,又可想见也。矧于公法上,犯科者概逮日人审究,华人不得过问。盖

本地设守,多为日人,而总司于民政长官,幸关税华人尚执权其间,巡捕亦中人赞襄之,通语言故也。行商负担于途者,多操日语,如呼花为“ハナ”,因日名花为“ハナ”也。日人之衣,男女不辨,职服衣背有小团花纹,军服工人之衣,各有符号。未婚娶者,两肩有折襞纹,婚娶者不然。妇女装饰,虽簪而不珥,饰珥以为不雅,而鄙耻之,不明其用意。殡丧礼隆重,无鼓乐而有花,柩小甚,因日人不葬尸,但以火化灰葬。正式日屋矮而小(因日本火山常有爆烈及地震等事,防其倾颓也),日人进门多席地而坐,弃屐而袜行,此其国风也。近习足移人,亦稍稍更变矣。其性勤俭,操作耐劳,非不得已不用雇工,故妇女皆有经商性质,此则我国尚未能行者也。又有僧尼,日诵《黄庭》,无所事事,结组成群,提灯击磬,沿街随巷,喃喃不休,日人信佛甚矣。

予家居数载,近年负笈远游,惟以寒暑假往返于连地,素无研究,惟愿考其风土人情,冀有裨于科学,且借以消遣身心,故聊作汗漫游。然数年所遇,无处不触目伤心,即此一隅,而国族强弱显分。我国民何不自振耶?祈速事绸缪,毋弃璧于秦也可。时在丙辰暑假,因为之记。

自旅大归日,日人倾注全力以经营拓殖,酝酿同化,唯日不已。斯文揭其概略,吾同胞读之,当生何感。眉初

——《直隶第一女师范校友会会报》

(1916)第二期

张碧

张碧,生卒年不详。1917 年就读于江苏省立第二女子师范学校预科,1919 年升入本科,在校刊发表散文多篇。

说学生在校之快乐

人生之最难得者,其惟家庭之幸福乎?父子兄弟,聚顺一堂,泄泄融融,咸各自得,顾乐则乐矣,而犹不如在校求学之快。何也?盖饮食起居有定时,藏修游息有定则,师长亲如父母,同学爱如弟兄,或诱掖而引导,或砥砺而切磋。兼之屋宇轩爽,空气流通,庭中奇卉名花,复四时不绝,胥足以悦性而怡情。学子处此,形骸既适则神不烦,观听无邪则道自明,回视家庭之仅以聚处为快乐者,其相去为奚如耶?而或者谓学生在校,规则严肃,不能自由,且各种勤务,均须练习,何乐之有?余曰不然。吾辈青年,意志未坚,易为外物所动,规则不严,校风何由整肃?况规则为便于修养而设,吾人苟能恪守不违,仍从容自若。且韩昌黎有云:"业精于勤。"盖勤则能劳,劳则可以锻炼身体,可以奋发志气,俾他日学业有成,庶可应用于社会,其获益于身心者,正复不浅。况吾人之快乐,在精神不在形体;形体之快乐,转瞬即过;精神之快乐,历久不敝。昔颜子之为学也,陋巷箪瓢,人不堪其忧,颜子不改其乐,吾侪饱食安居,犹谓之苦,不其难乎?吾愿在校求学者常抱乐

观主义也可。

——《江苏省立第二女子师范学校校友会汇刊》
(1917)第五期

本届运动会第一节余兴之说明

本届运动会第一节余兴,名曰“自强”,由本科四年级全体合演,其中情节,分为士、农、工、商四种。登场时,则演应用操及舞蹈等,且一律化装。其装饰有类时式者,有类守旧者,形形色色,惟妙惟肖。俾观者一望而知,若者为士,若者为农,若者为工,若者为商。顾士、农、工、商,虽能一一分辨,吾恐其寓意之深邃,未必人人能了解也。今就其本旨而略为申说之。夫我中国近年以来,早有东方病夫之目,至于教育之不克振兴,事业之莫由发达,大多由于国民之不能自强。其所以日即于贫弱者,此亦一最大原因也。近数年来,学界虽多注重体育,然终不能普及。倘使全国之人,无论士、农、工、商,皆能注重体育,则人人皆有健全之精神,可以转弱为强矣。惟所恨者,有一般愚夫愚妇,犹漠然无知耳。故本校特表演此节,以鼓励世人。谓锻练身体,非独学子当然,人人皆宜如此也。其用意至为深远,望来观者勿徒作新剧观,当深思其用意之所在,归而效法之也可。

——《江苏省立第二女子师范学校校友会汇刊》
(1919)第八期

陈英才

陈英才,生卒年不详。1917 年就读于直隶第一女子师范学校三年级。

业师郭林一先生轶事

乡先辈郭公林一,讳荣桂,学界之先导也。其幼女淑文,与才同学数载,常流泣述其事,才始知公生平概略。公自德宗变法,常欲肄业保定,奈堂上有白发老母,子女尚幼不克往,乃购新书自修。热心学务,在家创女学,而已捐款给纸笔,又创两等小学,躬任管理之责,及就规范,即延人守成,款有不足,则典地质房以补之。顽固之辈,信口雌黄,公知寡不众敌,乃埋首课女,公之量与识为何如也。民国元年,我郡创设女校,众举为校长。公终日筹画募款置具招生诸事,劳苦于外,忧郁于中,疾病由此伏矣。然当时风气不开,女子读书者甚鲜,识学务者尤不多见。由是学界人攻其取录之宽,非学界人又作不可思议之毁,群情汹汹,而公不顾也。公任修身诸科,殷殷教诲,无时或怠,视学生如子弟,若有疾躬自问之,每膳必躬亲查视,盖恐菜饭不洁,有害卫生也。常语诸生曰:“中国女学不振,实病国之源,欲国富强,舍教育普及外无他术,欲教育普及,舍女学无他术。我国女学,渺若晨星,欲国之富强,何由得焉。吾言至此,不得不为中国前途悲,望诸生勉力。”呜

呼，公之忧国忧民又如此！校址本就古庙改作，校役恐夜有鬼物，公每夜必随更夫巡视以止讹传。内有隐忧，外受霜露之侵，遂致旧症复发。公念风烛残年，终非久计，于是延代胞而去，学生无知之者，盖恐学生既知，必恋恋不舍也。公归一载，病益加剧，然犹以学校为念，常劝淑文，处师长以恭，处同学以爱，奄奄病作，日就危殆，竟于民国二年八月二十三日去世，享年五十有五。二百门生为位以哭，泣不可仰。喜守成，畏草创，人之常情，公独乐草创，盖谓无草创，欲守成乌可得。公家有老妻，下有孤女幼孙，而不以家事为念，盖谓国亡家必弗存，爱国即保家也。

鸣呼，先生忧国，为教育牺牲，四海之大，有几人哉？先生何幸得享共和之福，创学校数所以展其学，而行其志。先生何不幸生八股时代，以有用之韶光，求无用之学问，无怪先生晚年，拥群书，求新学，以补其遗憾也。鸣呼，先生已矣，其如教育何？识者不但为女学惜，且更为中国前途哭也痛哉！才民国三年赴公宅，师母白发皤皤，犹赞女学不置云。

——《直隶第一女子师范学校校友会会报》

(1917)第三期

王启润

王启润，生卒年不详。1917年就读于直隶第一女子师范学校二年级。

丙辰南归扫先祖妣墓

维丙辰暮春之初，孙启润谨以清香醴酒，随诸叔祭于先祖妣之墓。只有一抔黄土，松柏蓊蔚，纸灰化白蝶而高飞，杜鹃染泪血而悲啼。麦饭一盂，醇醪数滴，神其有灵，来享于兹耶！

呜呼！忆昔先祖妣在时，恒教以礼，示以规，爱之不溺，责之匪严。孙自幼就训，未尝一日相离，虽慈母之爱，不是过焉。故严慈屡出，未忍舍祖妣以从也。民国纪元，始别祖慈北上，以为寿未越甲子，身躯康健，虽暂相别，终当相聚。临行叩别，犹握孙手言曰："尔此次离我远出，勤学慎行，孝亲友弟，毋负我数年教养，即所以慰老人也。"言罢泪下，孙拭泪登舟，遂北上矣。孰知别未二载，遽闻祖慈抱恙，严亲以公累身，不得侍奉于左右，而慈亲则数数归省，谓无妨也。时孙方就学津门，延颈切望，急盼南归，倚芸窗以独坐，每抛书而长叹。严亲曰："汝祖母所冀者，愿汝勤学不辍，勉励前进。汝果能努力向学，则祖慈之心快矣，此即汝孝也，何必汲汲于归乎？"故不敢少自旷逸，以副祖慈之期望。不料未及三载，而吾祖母已弃孙长逝矣！宁不悲哉，宁不悲哉！

呜呼，以祖慈之健康，而遽至此，彼苍苍者，尚可问耶？某年月日安葬，又未得哭临窆穴。今春旋里，墓门棘拱，卧室尘封，而爱我之老人，不得见矣。哀哉嗟夫！丛丛绿草，叠叠青山；极目凄凄之色，满耳戚戚之声；睹流水之潺潺，于我何亲；听疏林之飒飒，助人洒泣。伤哉悲乎！欲得一见兮未有期，人百其身兮何处赎？松柏森森，子孙伫立，吾祖妣之魂来耶，其不来耶？呜呼哀哉，尚飨！

纯是女孙忆祖母之至情，自然纯洁，无一矫饰之句，凄婉清新，他人不能移用一字。眉初

——《直隶第一女子师范学校校友会会报》
(1917)第三期

成绩展览会概况评议

当夫阳春时节，万物苏醒，气象焕发，彼草木无知之物，亦怡然自得，迎风摇曳，若有所为者然。盖四时循环，春华而秋实，虽无识无知者，犹能知之。人为万物之灵，学校为造就人才之所，岂肯抛此大好之韶光，而一无所作为耶？况吾校同学努力，师长热心，则必有移风化俗之举，以图学校之改良进步也。故于运动会之后，复继以成绩展览会也，以国耻纪念前二日为开会期。噫！国耻二字，今已音沈响灭矣。吾校之所以择此日者，恐人乐而忘忧，雪耻之念将付诸烟云，而国家将永无自新之日矣，盖所以唤人之无忘国耻也。

是日，假礼堂为会场，各科成绩罗列，国旗辉煌，嘉宾云集，日已西沈，盛会始散。想彼顽夫愚妇，得乘机而来参观者，其归必言曰："入学非空名也，立学校固有益之举也。"当令其子女入学矣，变其顽愚之心，而为提倡教育之心矣。若鸿儒硕士，必量加品题，

告我以改良进步之方法,其收效可胜计哉!然则吾校此时,固亦春华之期矣,每岁皆然,诚天赋之也。润也学校之分子,亦乐观各级同学之成绩,以期比较焉。然开会日,以吾级忙于烹饪之售卖事,欲求饱①我眼福而不可得。翌日则亦往观焉,见夫文理两科,则文章之佳作有焉,化学之报告陈焉,艺术科则丹青高悬,竹纸泥工星列。余俯仰左右,神为之往矣。自念曰,岂身在图书馆耶?否则何朗然者可诵,而奥理之白于篇幅耶?抑或魂游美术院耶?不然则精巧雅致之品,何其多乎?已而回首,则不禁笑此粗鄙之物亦置于其间,如莠草之生于嘉谷也。细察之,固出自吾级者,而尤现其劣,则润之所为也。于是惭愧不已,若梦之始醒,斯固在吾校成绩展览会之会场也。噫!同此学校,同此课业,而优劣分焉,则不待人之评议,而可以自议矣。盖好强心无,而竞争力弱也。加以人数过少,而以润之愚鲁处其间,得无一败而更败耶?

人之览斯会者,必为吾校成绩之佳而乐。然愚观之,则自惭不能已矣。呜呼!自惭亦自寻之耳。古人云,"勤能补拙",吾级其勉之,勿再惭于来年也。则是展览固有功于社会,有益于学校,而其尤者吾级也。获自省之力者,则润也。今岁则负此阳春矣,来岁当期利用此佳期矣。观览既毕,思潮上下,拔管述之。

振笔直书,于展览会之功用,颇能说中肯要。后路自责自勉,一气鼓铸而下,最征手笔。向荣

——《直隶第一女子师范学校校友会会报》
(1918)第五期

① "饱",原文作"胞",据语义改。

洗淑庄

洗淑庄，生卒年不详。1917年就读于直隶第一女子师范学校三年级。

游营口记

余粤人也，处津地已有年矣。余六岁，至津门，翌年五月，余父为营口某局总办，从之东往，迄今十余年矣。暮月晓钟，人声寂静，焚香默坐，辄自追忆，因为握管记之。

某年月日，十一点，由津乘车赴营，道途平坦，一望无际，垂杨夹道，风景幽绝。但见长桥卧波，似虹似龙，汽车过之，驰风掣电，又有村人耕植，田歌互答。无何，夕阳西下，炊烟四起，遥望有高山一脉，起于吾前者，即长城也，盖已至山海关矣。车停，觅旅馆寓焉。然余腹饥，思食甚，父曰："汝勿急，友人已备馔矣。"顷而就宴，品食完美，珍错杂陈，把酒临风，顿慰离索。十钟就寝，旅况虽苦，然以终日劳乏，甫就枕即入黑甜乡矣。忽闻钟声锵锵，起视时计，已指四钟。装毕，遂照视行李，跄惶以赴车站。乘车东抵营口，至则车马壅门，人迹栉比，盖皆奔走风尘之徒，以奉迎上官者也。既抵室，见屋皆湿漏，外涂白粉，地砖已碎，而铺以板。砌阶用石，幂窗用纸，屋鼠往来不绝，起而视之，长皆近尺，不知几何年之老屋也。数日后，随母履及营之市廛，街道污秽，房屋纵横，河

水淤泥甚厚。民俗简陋,不识耕种,贸易未盛,人口不密,知识既薄,惟终日嬉游而已。又数里,至东洋地,街道清净,房屋整洁,建筑之美,一时无能及者。是以商货充溢,而街衢桥梁,阛阓园林,以及学校、教堂、医院、博物院,无不备具,又设领事于此,民物殷阜,浸与吾国之上海、汉口相颉颃。呜呼!吾国有荒壤,不知经营,有土地,不知爱惜,今已入外人手中,悔亦晚矣。使吾国之荒壤,而尽力经营之,虽荒凉不毛之地,未必不成繁盛之区。吾国之所以不得至此者,在不得卫民之人耳。卫民者何人?即治民之官吏是也。天下之事,非一人能治,于是分治之责,兴利革弊,拯民倒悬,皆在官矣。今则反是,惟耽安乐,营私图利,浮靡敷衍,至于国亡不恤,坐观不顾,只知贪贿以荣子孙而已。不观越南亡国之惨乎?十家一刀,屋内不令置军器,二人不得同行共话。有妻子,皆被人掳掠之;有土地,皆被人占据之;有城池,皆被人盘踞之;有族党,皆被人杀戮之;有人民,皆被人践踏之;有财产,皆被人把握之;有主权,皆被人侵夺之。当斯时也,呼天不闻,有仇难复,虽求万乘之公相,有斗斛之禄,亦何所用哉?营口当辽东扼要之区,外人垂涎久矣,不谋所以发展保护之计,吾恐不数年,又入外人掌握矣。况今当欧西战争,外人未暇及此,竭力保全国土,出死力以救国,勿贪富厚之利,而忘种族绝灭之祸,非我卫民者之责,而谁之责乎?同胞勉之。

追述往事,如在目前,后路感慨风生,令人低徊不置。眉初

——《直隶第一女子师范学校校友会会报》(1917)第三期

常瑞麟

常瑞麟,生卒年不详。1917 年就读于直隶第一女子师范学校一年级。

游五峰山记

昌黎城北数里许,山峰罗列,五峰其最著者也。以蕞尔昌黎而著名于世,盖因韩退之曾封昌黎伯,地以人而著也。而五峰之名,殆亦以人著。予世居昌黎,出余家北门数里,沙河环流如带,白山、馒首山罗列如门,遥指仙台,顶高入云际,其东诸峰尤为峻秀,即所谓五峰也。五峰之高,亚于仙台顶,而境之幽、石之奇,尤驾仙台顶而上之。今之来游者,往往游仙台顶而不游五峰,未有不为山灵笑者。峰之前五里许,有北桃源,乃邑名士崔子玉先生别墅,今归陈氏矣。桃源北约三里,马家山至矣,道愈险,境愈奇,杏花夹路,野鸟鸣其上,大石林立,怒者如狮蹲,企者如鹄立,泱若奔云,错若置棋,车不得行,游人因舍轮而步。马氏门外有牡丹二株,相传为数百年故物,旁有池,绿波荡漾,萍叶往还,马氏之养莲池也。山犬闻人声,狺狺狂吠,妇女闻声争出视,儿童拍掌大喜,指天画地,群相告语,不知客从何来,岂武陵渔人欤,抑庄子所谓空谷闻人声欤?北行则欹仄以入,沙深石滑,细径曲折如羊肠,里许觅得石桥一。少息焉,引领四眺,松柏苍苍,杏红尽放,桃李含

春,柳吐嫩黄,水流涓涓,穿石而出,鸟鸣啾啾,杂花生树,较马家山所见,又若别有天地。息片刻,复攀援而上,仰视五峰,有庙巍然而独存者,韩文公祠也。祠之下,青松绕之,大者参天,小者径丈。祠东南石壁间,刻"白云乡"三字,崔子玉先生真迹也。至门拾级而登,祠内杏花尚含苞,不若石桥所见,半开半落。盖山顶山根,气候迥异,峰之高,可想见矣。入瞻公遗像,正气凛然,令人起钦敬之意,吊古之情。旁有厅三楹,游人憩息所也,仰视群峰之异状,排列如笔架,其石或动摇欲堕,或皴绉如刻,或峭立如削,或层叠如垒,或嵯峨如欲刺天,或狞狰欲噬人。守寺者指而告曰,正北之峰,与仙台顶争高峻,巅有松,平似盖者,平斗峰也。平斗峰之西,其高稍逊而景尤奇,登临之顷,令人飘飘欲仙者,飞来峰也。平斗之东,其石或赭或黝,或苍松环列如拱卫者,锦绣峰也。欲穷千里目,以知天地之大、渤海之广,则登望海峰焉。欲探奇境行险涂,得睹全山之景物,则登挂月峰焉。因思游山当登绝顶,先其难者,后其易者,庶几易于为力,于是将登五峰。先自挂月峰始,入洞少留,其洞幽绝,不可久居,遂出而南而西,又折而北,攀小松,披野草,履危石,而升挂月峰之巅,抗喉长啸,空谷响应,俯视县城,方不盈丈。巅之石有黑者,有白者,有白痕如半月形者,此挂月峰之所以名也。伏石而望,峭壁千仞,下临无地,肃然而恐,遂缘途而下。东登望海峰,南望渤海,波涛掀天,风帆出没,历历可指。东望山海关,依稀可辨,北望抚宁,东南望渟泗涧、董家营诸村,一一在目。南望白石、馒首诸山,几不邱垤。若复登锦绣峰,其石之秀润,路之险峻,与挂月峰等,始知守寺者之言,未可尽信。观天然胜景,仰听松涛,俯视飞鸟,出没于石洞中。日将暮,平斗、飞来两峰,不能毕登,复至韩文公祠,少息而反。

嗟夫,以五峰之秀峭,风景之清雅,松柏桃李之点缀,不让诸名山,而竟不载于《尔雅》,不见于经史地志,何也?无鲍、杜、黄、

苏诸诗人遨游于其间，歌咏以表扬之，遂与边塞培塿，同埋没于荒烟蔓草中。因想见边鄙陋乡之人才多矣，而无教育家以全其才，无政治家以拔其才，陇亩之中，竟不知埋没多少英雄。故吾不为五峰惜，而为陋乡穷壤人才惜，又何怪我国之不振也，此真可为痛哭流涕者矣。愁肠百结，忽忽不乐，乃为之记以宣之，不知后我而游者，其感触于怀，乐耶悲耶，山耶抑人耶？

——《直隶第一女子师范学校校友会会报》（1917）第四期

陈庆

陈庆,生卒年不详。1917 年就读于直隶第一女子师范学校预科,1918 年就读直隶第一女子师范学校一年级。

惜时说

夫地球之上,动焉植焉,飞者走者,森罗万象,已极陆离,乃复有灵长万物之人类焉。天之所以赋人者厚而备,有目以司视也,耳以司听也,手足以司运动也,口胃以养心脏也,而人乃不知劳动之、保存之、发荣之,于是有目而瞽者、耳而聋者、手足残废者、口胃不灵者。嗟乎!天之所以赋人者厚而备,人之所以负天者逆而深,此余之所由痛心疾首而不能已于言也。故居今日而言人类,舍先研究学术上之原则不为功。盖学术者,所以发展人类固有之能力,而增进其智识者也。然人之学一业、精一术,非一朝一夕之故,必持之以恒,振奋其精神,穷竭其智力,而后可以有为。苟不然者,一日曝之,十日寒之,而欲其业之精、学之进,是犹航断港绝潢,而望至汪洋大海也。非特此也,即农工商亦然。譬诸商获赢、工得值、农有秋,咸借时刻之勤劳以致之,是故居业求学,贵乎惜时。

东方之谚曰:“一寸光阴一寸金道也,金难买寸光阴。”西方之谚曰:“时者,金也。”然则光阴者,果黄金矣!然黄金为直接之黄

金，光阴则为间接之黄金，黄金散而复来，光阴逝而不返。又如借人之金，日久不还，则必诉之于理，终得为原璧归赵，而坐耗吾黄金之时，在法不能理也。故《淮南子》曰："圣人不贵尺之璧，而贵寸之阴。"余谓光阴贵于黄金，职是故也。晋陶侃之言曰："大禹圣人，尚惜寸阴，至于吾侪，当惜分阴。"旨哉言乎！夫人之学问事业，皆由分阴而出，积分阴而数之，而日而月而岁不为少焉。乃世之玩愒者，谓人生之寿以百岁为衡，次亦七八十耳，次亦五六十耳，区区者而竟不吾假乎？庸讵知今日假焉，明日假焉，光阴去则不复来，志愿一萎则不复振，至此始悔恨岁月之蹉跎晚矣！吾沈沈以思，思夫吾人之可宝贵，有如分阴者乎？天下之所争竞，有如时光者乎？苟不措意，而欲坐企事业之成，可断其必无者也。嗟嗟！衰者老者，病者废者，余亦何言。独此少之壮年，既无外患以扰之，又乏内患以忧之，专心致志，奋发有为，及时求学，宝贵时光，又何不可一蹴而就哉？愿我少年书绅志之。

一气奔放，舒卷自如，高才卓识，得未曾有。式程

——《直隶第一女子师范学校校友会会报》
(1917)第四期

函询留日同学对于留学生一致归国决议是否从同

惊传亡国之约，突闻覆巢之声，釜底游鱼，幕上巢燕，人为刀俎，我独鱼肉，浩劫当前，同声痛悼。倾阅报章，知日来发生中日新结防俄密约二十条，瞶梦之政府，将任彼日人，夺我兵权，取我蒙藏，致留学诸君，皆愤不欲生，有联袂返国之决议。

嗟乎，吾侪处兹荆天棘地之世，目睹三岛之人民穷极陵辱，日复一日，年复一年。五月七日之耻，耻犹未雪；民国七年之耻，耻

又逼来。政府果将此议实行者,吾辈国民,固不难以血溅神洲,救此祖国。惟是君等今日,蛰居学生位置,职在潜心修养,阐明真理,以期他日业成归国,蔚为邦用。今兹固未可逾越范围,干预时政,作纸上谈兵也。然而天下兴亡,男女有责,苟国破家亡,沦为奴隶,虽学富五车,才称八斗,而瞻望宗邦,主权悉操之外人,城郭已非复我有,亡羊而始思补牢,不亦晚乎?足下留学扶桑,旅居异域,视诸女士之纷纷返国,将以为然,而同时遄归耶?抑求学心切,仍留东肄业耶?海天缥缈,云树茫茫,鸿雁来时,尚祈惠示,以慰远怀,是所至祷。某某拜手。

——《直隶第一女子师范学校校友会会报》

(1918)第五期

丁祖任

丁祖任，生卒年不详。1917年就读于直隶第一女子师范学校一年级。

游惠泉山麓记

锡邑之西六七里，锡山在焉。浮屠危耸，怪石兽卧，屏乎其后者，惠泉山又岿然而独出，龙峰九折，太湖环流，名胜之区也。余素癖山水，神往梦游者，盖亦有日矣。

乙丑中秋，星期之日，约二三佳客，买棹往游焉。道经梁溪，夹岸秋花，媚人欲语，枫赤若醉，桂灿如金，稻波起伏，桔槔无定。谁家少妇，刈草田中，几辈村姑，浣衣溪上，霜叶飘来，红颜减光矣。呜呼噫嘻，由斯观之，秋景岂胜于春景耶？抑今日之秋，特胜于昔日之秋耶？于是询客以所疑。客曰："俗人爱春，高人固爱秋也，何今昔之有哉？"少顷舟子报曰："弓然其前者，宝善桥也，将至矣。"又顷，舟舣龙头口，余等遂摄衣登岸，与舟子以番饼两枚，曰："汝等去休，余等已预定回时徒步也。"至惠山街，见道中红男绿女，项背相望，白叟黄童，牵袖连袂，鬓影钗光，翩跹不绝者数十百武。商店栉比，以泥人为大宗，眉目宛然，衣冠毕肖，奇彩夺目，鲜艳可人，无怪其驰名四方也。漫步至尊贤李公至德等祠，皆点缀幽雅，画廊之曲折，不愧为古圣先贤纪念也。又至张公祠，其大门

联曰:“国士无双双国士,忠臣不二二忠臣。”余读之不解,至今犹茫然焉。迨至黄河涧,已日云午矣。涧水潺潺,作碎玉声,篁林若带,秀色可餐,余当此时,已乐不思蜀矣。沿涧行,得一洞,彷佛有诵声,余等相率入,行数十武,睹一老人,年近古稀,须眉尽霜,合目盘坐竹床上,口诵古经。旁尚有椅一几一,皆以竹为之,闻人声启眸微视,余询以姓名,俯而不答。客曰:“是养心修性者流,吾侪不可犯之。”遂循径出,往游昭忠祠,入绝红尘,壁间题诗甚多,客亦有拈笔题一绝于上者。正朗吟间,忽闻履声,橐橐颀然而入者,盖吾师钱基博先生也,见所题曰:“初学如此,孺子可教也。”莞尔而去。余等鞠躬送之,退至漪兰堂,啜茗观鱼。庭有泉二,方圆各一,清可见底,壁间大石题“天下第二泉”五字,元赵松雪笔也。惜其地秩序紊乱,道路污秽,果核残物之属,任意弃掷。呜呼,何物国民,其无道德性、无自治性,竟一至于此耶?睹此景物如故,而民性退化,政治腐败,又非昔比,今昔之感,不禁从中而起,乐极悲生,长叹欷歔者久之。未几,为时已晚,少憩即出,购泥人数事,觅径而返。沿路山湾鸡鸣,隔村犬吠,一似送客者然。同游者,侯子敏、陶子曾縠、袁子毓珍也,归而无事,访管城子合记之。

——《直隶第一女子师范学校校友会会报》(1917)第四期

中秋小园步月记

数千里外,孑然一身,梅落之感,虽勇夫壮士亦所难免,况乃茕茕弱质耶?时维中秋,鱼跃三更,玉漏沉沉,万籁无声,空留月色娟娟,铁马纵横而已。余当斯时,魂游故里,梦亲慈闱,倍极曩时之乐。无何唳雁声声,惊我好梦,再寻无从,徒呼命穷耳。而姮娥多情,又蒙下顾,清光一缕,直射帏中,烦怀为之一洗,愁绪因之

稍减,若默尔虚度,得毋负彼美意耶?乃推衾抛枕而起,漫步围中,仰视冰盘,浩然茫然,疏星几点,碧空无尘,月移桂影,风动姗姗,黄花正妍,落瓣犹芳,秋露夜虫,更欲唤人,良宵美景,此其时乎?噫!明月秋色,万里同清,而故乡景物,岂能并睹。回忆往年今夕,或与弱弟陈瓜果,而赏月中庭,或共同志学吟咏,而品茗斋头。当是时也,离绪别况,何尝计及哉?今则奔走他乡,书剑飘泊,天伦①故人之乐,非我常有矣,悲也何如!虽然大地飞蓬,沧桑游云,人生如梦,寄身四海,名利得失,同归子虚,离合悲欢,皆入于无何有之乡,而我尚何戚戚为哉?且也神州板荡,同胞沉沦,不思保国救民之策,而反以个人思想耗损精神,不亦愚中之甚者乎?于是朗吟"月到中秋分外明"之句,未几,金鸡三唱,东方已云鱼白矣。

清旷超逸,潇洒自如。皞如

——《直隶第一女子师范学校校友会会报》
(1918)第五期

① "伦",原文作"论",据语义改。

梁国英

梁国英，生卒年不详。1917年就读于直隶第一女子师范学校二年级。

民国六年返粤纪程

民国六年夏，暑假既望，自津乘轮南下。傍晚始出唐沽，次晨至烟台。烟台风景幽绝，余舟泊良久，回望一山，起于目前。山上有屋数间，流水一弯，断桥三尺，山影倒印于波中，屈曲流动，演成奇景。炊烟几缕，出自山巅，盘旋缭绕于长空，袅袅交互若篆纹。山之麓，水之滨，牧童樵叟，行歌互答，往来于其间。山边老树数株，杈丫入画，归鸦点点，零乱纵横，哑哑之声，不绝于耳，似告人以天寒日暮矣。归欤归欤，行客闻之，每动于心，此绝世之风景图也。余舟在此约半日之久，即解维而行，约两三小时，即过威海卫。茫茫大海，无涯无际，烟波云水，浪花灿烂，杳冥如随云雾，如乘长风于海上。白帆点点，野凫双双；红日一轮，浴波涛而掩映；绿水千顷，随钓舟而浮游，不禁高吟“落霞与孤鹜齐飞，秋水共长天一色”之句，而悠然神往也。呜呼，时已薄暮，闲倚篷窗，忽而霏霏细雨，与浪花相接。少焉，月出于东山之上，两三星火，直射于水中，若磷光点点。时雨已歇，月生远水，碧波如练，夜色绝佳，推篷而出，危坐船头，领略长江夜景。昔曹孟德之咏，“月明星稀，乌

鹊南飞”者，能胜于斯耶？雨后新霁，色倍澄鲜，隔溪渔笛，参差断续，其声幽咽，入耳而生愁感。萤流几点，掩映于荇藻之旁，若与渔火争光者。对此可怜之景，不觉触动离思，潸①然泪下，大有苏东坡所歌“渺渺兮予怀，望美人兮天一方”之概。而余脑海中尚有良友之影象，在津地也，虽境遇不同，寄情各别，所以兴怀其致一也。月光之下，冷气袭人，微风起于蘋末，砭肤欲噤。夜深矣，人静矣，余以孱薄之躯，忍寒露坐，至此不可复耐，遂入舱睡。就枕后，觉衾寒似铁，偎缩不能成寐。离乡之感，怀旧之意，均于是时纷集沓来，奔于脑际。有身非蝶，触耳皆鹃，寤寐思服，辗转反侧，此夜之睡状，梦少愁多。俄见一线之曙光，自篷隙透入，始觅得睡魔，时顺风皱水，大好扬帆，橹声咿哑，载梦而去。然昨夜之境，系在何处耶？盖吴淞口也。翌晨晴，入吴淞。山明水秀，城郭入画，竹篱茅屋，点缀江滨，真所谓江南风景也。惜乘汽船，未得延赏细腻之风光耳。是时忽见柁师已转舟入长江矣。复见海中现一陆地，乃崇明岛也。南折入黄浦江，抵上海。

余遂偕余母登岸，忽见余契姊迎余往其家，促膝欢然，重叙旧事。有顷，出盛肴款客。午膳既竟，遂与契姊偕游，目之所见而成色，耳之所听而成声，道路之宏广，人物繁华，车马之喧阗，新奇之货品，此真人杰地灵，非他处所能及也。余在此勾留数日，酬应奔波，几无暇晷，复买舟南下，亲朋远送，握别依依。出门一望，晓色尚黑，听啼鸟数声，权当骊歌一曲。而小溪一带，稚柳成行，冶叶柔条，若未为东风剪出者，不足供攀折之资料也。风光草草，云影怱怱，聚散无常，此别亦嫌太促矣。余既登舟，亲朋亦惘然返舍，五日余欢，从兹收拾。花明驿路，不胜离别之思；草长阶除，讵免索居之感。迢迢千里，可与我共者，惟有江上清风、山间明月矣。

---

① “潸”，原文作“潜”，据语义改。

余舟解维后,从容指南而行,浩浩荡荡,舟行至东海之间。余登舟时,朝旭初升,照于水面,楼台映波,成五色奇彩。甫出长江,行至大海,忽然浓云泼墨,风雨骤至,一望长天,忽作黤惨色,时则斜风细雨,阵阵送寒,以涤炎氛,以迎爽气。盖旅行遇雨,易断人魂,矧在舟中于无涯涘之大海耶?欸乃一声,山川无色,篷窗听雨,点点滴滴,增人愁闷,回首长江,不知何处矣。烟波渺渺,云水茫茫,极目杳冥,如随重雾。此时狂风乱雨,挟舟而行,舟身摇摇,颠播万状,倒卧船中,心旌摇摇,不知身在何处。今为风雨所阻,舟行竟至三日,计程尚未及半,行行重行行,时已薄暮黄昏矣。长天色死,古渡人稀,怅望前途,混茫一片。

翌晨,风雨已止,天忽开朗,推篷出望,遥山黛色,雨后若沐,夕阳一角,映带其间,晴景若画,心神为之一爽。海水飘扬,顺流东下,舟行甚稳,如居房屋,终日昏昏不觉腹饥。兹获暂息,乃复思饭,遂告余母曰:“余腹中饥矣。”余遂唤船役,设餐与伯姊及余母共饭。虽食无兼味,而粒粒香粳,甘美无比。物品之贵贱,亦随人之遭遇而定。不经患难,则珍品亦贱,淮阴之于漂母,光武之于滹沱,皆此类也。晚餐既罢,余遂出舱,立船头而远眺。时则清风徐来,水波不兴,明月一轮,高悬天际,似酬此行之艰辛者。于是诵明月之诗,歌假游之曲,纵一苇之所如,凌万顷之茫然。浩浩绿波,青天相接,恰似古歌所云,天清如水,云薄似罗,万象皆空渡明河之景色矣。旋见高山如起面前,即奢旗山也,真如李谪仙所云,“山从人面起,云傍马头生”矣。徐渡江边,山影如弓,楼房奇彩,倒映波心,清可见底,睡鱼惊跃,微闻唼喋之声,萤火三四,飘舞于岸旁,若青磷之出没。俄而月上树梢,巢中老鸦,见而突起,绕枝飞鸣,良久始已。远望长天一色,明静无尘,惟有树影成团,东西不一,作墨光点点,以成此一幅天然图画也。似此清景,不可多见,此又何处耶?香港也。

翌晨，余舍舟登岸，遂至伯兄家。午膳毕，时暑气炎热，余兄偕余至奢旗山顶避暑。山道电车一上一下，俯而视之，如长蛇之走也，远而望之，人如蚁，舟如鞋。此处人物繁华，与上海无异，余不至此地者，不过数年，其势大变。时已黄昏，遂与兄复反舟行。未久，舟自此折西北而入虎门。次日，时未及午，已达目的之地矣。舟人振动如雷，大呼曰：“至南海矣。”

舟泊既定，余遂随余姊余母摄衣登岸，仰而望之，则荔枝树排列于水滨，红果绿叶，迷离其中，此荔枝湾也。余遂超鸿蒙混希夷，昏然归至老家门矣。登堂拜见祖母，依依膝下，历述别后状。此时家人团聚，天伦乐事，正复不浅。余今记者，仅记行程而已，余南行所游玩者，别有游记。

——《直隶第一女子师范学校校友会会报》

(1917)第四期

郭宛琴

郭宛琴,生卒年不详。1918年就读于江苏省立第二女子师范学校本科二年级,在校刊发表散文多篇。

游清凉山记

江宁十八胜,清凉山其一也。吾曹于抵宁第四日之午后,往游焉。出涌源旅馆南行,入清凉古道,一路树荫蔽日,麦穗送香,饶有清凉之致。行未几,见破屋数椽,孤立于丛草间,疑系窭人所居,忽而不睹。既闻黄师曰:“此随园①遗址也。”因驻足观之,颓垣碎瓦,满目萧然。忆余尝于随园集中见插图一幅,楼阁亭榭,水石竹木,极一时之胜,而今乃荒圮至此,世事沧桑,可胜慨哉!前行抵山麓,登扫叶楼憩息。是楼屋宇轩敞,窗棂四辟,中悬龚半千遗像,作扫叶床,系柴文所手写者。两旁联语颇多,四壁题咏殆遍,座列幽兰数盆,清香四溢,助人兴趣。凭窗远眺,见有明圆若镜,平置于其南者,莫愁湖也。西则长江萦带,适有汽轮数艘,自北南行,残烟袅袅,天然一帧水彩画也。既而大雨骤至,风声、雨声与松竹声交作,而气候为之一凉。同学大喜曰:“吾侪幸未于途中遇雨,今得赏雨于此,尤韵事也。”无何,雨止日出,远近景物,宛

① “园”,原文作“围”,据语义改。

如新沐,眼帘为之一爽。因共请黄师赋诗,诗曰:“乘兴登临扫叶楼,湖光山色自清幽。一时烈日一时雨,处此潮流快莫愁。”旋周游楼下各地,见夫佛像罗列,香烟缭绕,旁有老僧遗像一,闻系于月之某日,没于沪上者。余深叹斯僧不获终其身于山林间,为不幸也。后山僧煮面飨吾侪,面质虽粗,然亦颇乐啖之。至下午三时许乃回,作记以游之翌日。

——《江苏省立第二女子师范学校校友会汇刊》(1918)第六期

闻校长报告项君办学情形感言

昨日朝会时,闻校长训话,中有报告项君办学情形一节,兹略述之。项君自本校毕业后,即在萧山任事一年,继至太仓毛市乡办乡立小学。是校借古庙为校舍,管教训练,皆项君一人任之。学生男女兼收,其初人数甚少。而项君热心办事,教授而外,就附近隙地,种莳蔬菜,朝夕灌溉,不惮烦劳,君之装饰,又颇朴素。校舍虽狭隘,而整理清洁,应接室等,莫不具备,故县视学屡次调查,恒嘉许之,推为全县之模范小学云。去冬严寒时,校内适无仆役,君更亲操烹煮洒扫诸事,由是乡人皆信服而钦敬之。凡前之不愿子女入学者,今则接踵而来,而校中学生,乃日见增多矣。余退而思之,君处荒僻之乡,而不以为陋,兼全校之事而不以为烦,种莳蔬菜,躬执贱役,是其勤劳耐苦之足以感人者一也。衣服朴而不华,一矫时下恶习,是其俭德之足以化人者二也。任事三载,而不见异思迁,是其恒心之足以动人者三也。向使办是校者非项君,则乡人亦终于执滞不化耳,谁肯命子女入学哉?然则如项君者,真教育家之好模范也。

——《江苏省立第二女子师范学校校友会汇刊》(1918)第六期

王同华

王同华,生卒年不详。1918年就读于直隶第一女子师范学校一年级。

祭从弟复华文

伤哉,吾至爱之复弟乎!三年一别,竟成永诀,忆昔聚处一室,互相戏嬉,虽非同胞,而情切骨肉。及赴津时,临别依依,欲舍不忍,泪眼糢糊,尚曰愿姊此去平安,勿以弟为念。此景此情,犹如隔日,孰知尔竟作古人。悲夫,孤坟三尺,黄土一抔,竟长埋我挚爱之弟。

嗟呼弟乎!泉路渺渺,世途茫茫,生离死别,觌面无期。弟乎弟乎!尔长眠地下,亦知尔亲爱之姊,啜泣遥祭于尔乎?噫,汝之夭逝也,岂以汝聪颖过人,为造物所忌,一至于斯耶?抑天祸予家,孺子无辜,而遭此不测耶?不然彼苍苍者,岂忍离人父子,折人手足哉?呜呼弟乎!汝竟恝然弃汝之父母以去乎?叔父母惟尔一人,尔去又何以慰亲心乎?嗟呼弟乎!汝究何疾乎?尔之幽魂,其入我梦以告我乎?哀哉尚飨!

骨肉关情,悱恻无极,如读昌黎《祭十二郎文》。式程

——《直隶第一女子师范学校校友会会报》

(1918)第五期

哭同学王君淑恭文

别甫三日，便成千秋，君归之日，偶染微恙，方谓当无大患，岂料竟辞尘世乎！始闻噩耗，犹疑传之非真，继见讣报，真伤悼而欲绝矣。嗟呼，三日不见，讵成永诀耶！犹忆课罢闲坐，笑语时亲，秋千架前，嬉游相共，此情此境，疑梦疑真，今则相与笑语者谁耶？相与嬉游者谁耶？嗟呼，淑姊能不悲哉！况以君之多才好学，他日正未可限量，遽尔玉拆兰摧，赍志而殁。吾闻天忌多才，其信然耶！呜呼，孰使之生，孰与之聪，逝者已矣，生者何堪，恨乏续命之汤，终少返魂之剂，回春无华陀之妙手，催命恨庸医之误人。君诚何辜，惨罹此劫，我独何心，欲哭无泪。呜呼姊乎，何竟惄然而去耶！纵不念同砚之友，岂忍弃白发之亲？堂上二老，哭损双眸，人间知己，何处招魂？桐棺三寸，黄土一抔，夜台寂寞，泉壤凄凉。天涯地角，永隔幽明，月满屋梁，君其入梦，哽咽赋辞，魂兮来听！

长歌当哭，令人下泪，而特别出色之句，直逼晋唐名人，隽才也。皞如

——《直隶第一女子师范学校校友会会报》

(1918)第五期

王諓琰

王諓琰，生卒年不详。1918年就读于直隶第一女子师范学校二年级。

哭王同学顾君亚立文

呜呼欧飞，不见君久矣，君果安往耶？既未尝告我以所向，其所谓羽化而登仙乎？而今而后，竟绝迹于吾校，人世人群，不复见君之踪影也。呜呼伤哉！幽程冥冥，独行踽踽，人鬼异路，乌辨途径。况孤魂飘流于异域，莫觏亲知，得无自伤乎？可怜哉欧飞也！当君之初病也，彼此犹言笑宴晏，谓感冒小疾，当无防也。琰固以为如此，而君竟顾谓琰曰："本星期之今日，犹尚欢聚，不知来星期之今日，仍得共处斯世否？"当时以为戏语，不觉其苦，且以笑言相慰，而今思之恸矣。君病之后日，琰亦卧病，嗣后君之病榻不克复临，君之病状莫得亲睹，惟问询于看护诸君，然未得闻病笃之消息也。迨既迁入医院，琰始得悉，而亦不知君于何时出校也。苟知之，纵不能身送君行，亦可以目睹君去。尔时固焦急异常，恨不身搏双翼翔抵君前，然犹可冀愈后来校。而孰知去未竟日，即已长逝，一瞑不视，自兹永别，再接芝颜，亦已难矣。

呜呼悲哉！我心碎矣，诚未料戏言竟成谶语也。抑君先觉乎？若然，能不自伤客乡负笈，远违严慈之苦痛乎？可恸哉欧飞

也！君性赋颖敏爽直，见人之过，辄直告不讳，每读诗文，过目成诵，惟不甚喜攻苦，此盖智者之通病也。居恒语人曰："自幸侧身学界，将来为国尽分子之责，庶不再以教育不普及为诟病，然后不愧天之生我，国之卫我，父母之养我育我也。"呜呼已矣，言犹在耳，人没重泉，赍志以终，痛何如耶？可惜哉欧飞也！噫嘻，想像德音雅度，能不涕下沾襟？欲求如畴昔之日日相聚，共读共息，握手言欢，土日两曜之须臾不少离，此乐宁可复得耶？故凡触于琰目者，无不足伤，而土日两曜，尤为琰断肠时也。嗟嗟秋季始业，琰以病而迟至，君则手翰频颁，屡促速返，以荒废学业及君思念为劝为告。及抵校，则遥相欢呼雀跃，手舞足蹈，作异常欢迎态。而今者琰之思君已极，将何往而促君欢迎君耶？又孰向而表示此萦纡郁闷之情耶？蕴积于中，实成一面之苦思，无日可从吐出矣。噫嘻哀哉！仁者不寿，有时而然耶？抑天之忌材，故夺其算耶？昙花一现，痛曷可言，抑郁愁怀，笔所难罄，言有尽而悲无穷。君果有灵，夜台可否现影，慰我于梦寐中乎？呜呼已矣，云何吁矣！

从己与死者生情，故语无泛响，君与顾君，可谓契友矣。皞如

——《直隶第一女子师范学校校友会会报》

(1918)第五期

潘淑珍

潘淑珍,生卒年不详。曾就读于平湖淑英女子高初等小学校、杭州女子师范学校。

怀母校

昔楚人适晋,久羁不反,使鼓琴,犹操南音。宋人有学三年,反而名其母,母曰:“子之学将尽行也,愿有以易母名,将有所不行也,愿且以名母为后。”闻者莫不谓楚人近情,宋人忘本。余得受本校教育,四年于兹矣,广我知识,扩我见闻,增进我道德,幸何如之。然回思所以能受此完备之教育,实由母校培其基础,作之梯阶。今于诸君之前,怀念母校,缔造艰难,维持不易,而一操楚人之音可乎。

忆夫母校之成立也,在前清宣统二年四月。先是邑中城厢内外,有男校十余所,而女校独付缺如。建议创设者,前劝学所董周先生定甫也;经理其事者,徐先生鉴明;校无的款,首先捐资者,邑绅葛先生词蔚也。我辈女子,得受文明之教育,固莫大之幸福,然念当局者缔造艰难,岂能无动于中乎?不谓未及半载,周先生定甫逝世矣。明年春,徐先生鉴明因经费竭蹶,决意辞退经理职矣。天佑母校,现校长徐先生敬一,承学界之公推,慨允出而维持。当接办之初,剧疾方愈,病足恃杖而行,念校款之难筹,校务之待理,

往往日中不食，终日从公，竭力维持，实余所亲见，而非笔墨所能形容也。身尽义务，藉图进行，迄今五易寒暑。学生由数十人增至二百余人，高初等后先毕业者，已达百六十余人，而余亦与焉。念余毕业时，敬一先生进而诏之曰：“杭州女子师范，前往参观，稔其风纪严肃，成绩优良，盍往请业乎？”余与诸同学姊肄业本校，皆出先生之志。是则余怀念母校，不得不一操楚人之音者一也。况母校教科，皆女教师任之，管理训练，甚为亲密，而延致尤非易事。余昔所亲炙者，如方先生令安、徐先生超群等，类皆幽闲贞静，足为女界师表，沆瀣同气，陶冶一炉，受贶既多，感情益挚。此余怀念母校，不得不一操楚人之音者二也。余自入本校后，借假返里，时过母校，谒见诸先生。念昔日所亲炙者，惟徐先生超群在，其他诸先生各因事星散。今继任之诸先生，亦皆蔼乎其容，肃乎其范，犹之昔日所亲炙者也。余为母校庆，不得不一操楚人之音者三也。忆去年过校，敬一先生告我曰：“近有人造作谣言，希图破坏，虽付诸一笑，而社会如此，实堪痛心。”吁，以捕风捉月之谈，污蔑神圣庄严之女学，若辈之罪，洵不容诛。然学界蟊贼，何地无之，愿先生砥柱中流，俾我缔造弥艰、维持弥苦之母校，积久而弥光也。

余资质驽钝，久承埏埴，不敢忘情。今受本校完全教育，倘得附骥尾与于毕业之数，则他日怀念本校，当不减今日之怀念母校也。请再操楚人之音可乎？母校谁乎？平湖淑英女子高初等小学校也。

——《浙江省立女子师范学校校友会杂志》

(1919)第一期

郭延礼　郭浩帆　总主编
济南大学中国近代文学与文化研究中心　编选

中国近代女性文学大系

诗词卷（上）

刘磊　主编
孙欣婷　郑世华　李伟　孙晶　副主编

齊魯書社

图书在版编目（CIP）数据

中国近代女性文学大系 / 郭延礼，郭浩帆总主编；济南大学中国近代文学与文化研究中心编选. -- 济南：齐鲁书社，2021.7

ISBN 978-7-5333-4238-8

Ⅰ.①中… Ⅱ.①郭… ②郭… ③济… Ⅲ.①中国文学－近代文学－妇女文学－作品综合集 Ⅳ.①I215.01

中国版本图书馆CIP数据核字(2019)第293187号

责任编辑：张　超　孟令君
责任校对：赵自环
装帧设计：郭　靓　李　生

中国近代女性文学大系·诗词卷（上、下）

ZHONGGUO JINDAI NÜXING WENXUE DAXI SHICI JUAN

郭延礼　郭浩帆　总主编
济南大学中国近代文学与文化研究中心　编选
刘　磊　主编
孙欣婷　郑世华　李　伟　孙　晶　副主编

主管单位　山东出版传媒股份有限公司
出版发行　齊魯書社
社　　址　济南市英雄山路189号
邮　　编　250002
网　　址　www.qlss.com.cn
电子邮箱　qilupress@126.com
营销中心　（0531）82098521　82098519　82098517
印　　刷　山东临沂新华印刷物流集团有限责任公司
开　　本　880mm×1240mm　1/32
印　　张　255
插　　页　72
字　　数　6400千
版　　次　2021年7月第1版
印　　次　2021年7月第1次印刷
标准书号　ISBN 978-7-5333-4238-8
定　　价　1980.00元（全12册）

2011—2020年国家古籍整理出版规划项目

2017年度国家古籍整理出版专项经费资助项目

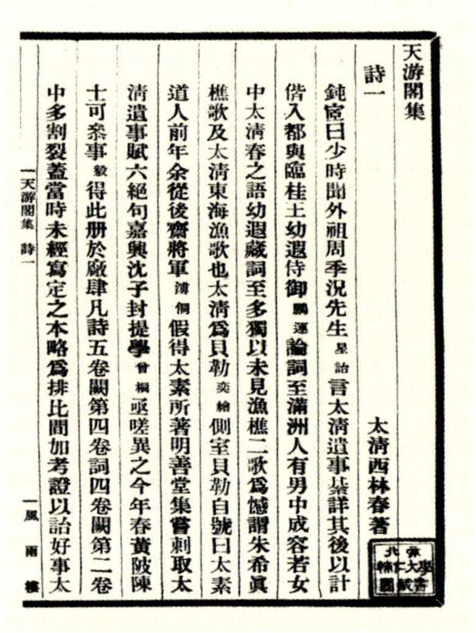
天游閣集
詩一　　太清西林春著
鈍宧日少時聞外祖周季況先生星詒言太清遺事甚詳其後以計
偕入都與臨桂王幼遐侍御鵬運論詞至滿洲人有男中成容若女
中太清春之語幼遐藏詞至多獨以未見漁樵二歌爲憾謂朱希眞
樵歌及太清東海漁歌也太清爲貝勒奕繪側室貝勒自號曰太素
道人前年余從後齋將軍溥侗假得太素所著明善堂集嘗刺取太
清遺事賦六絕句嘉興沈子封提學曾桐亟嗟異之今年春黃陂陳
士可毅參事得此册於廠肆凡詩五卷闕第四卷詞四卷闕第二卷
中多割裂蓋當時未經寫定之本略爲排比間加考證以詒好事太
天游閣集　詩一　　風雨樓

顾太清《天游阁集》

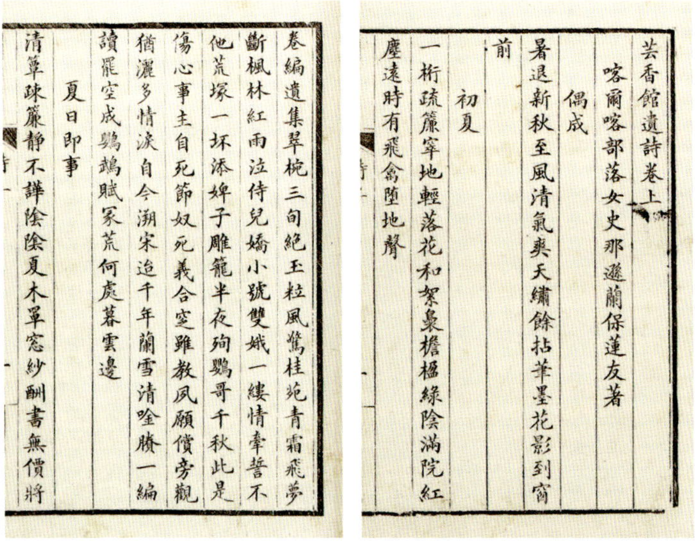
芸香館遺詩卷上
喀爾喀部落女史那遜蘭保蓮友著
偶成
暑退新秋至風清氣爽天孅餘拈筆墨花影到窗
前
初夏
一桁疏簾窣地輕落花和絮裊檐楹綠陰滿院紅
塵遠時有飛禽墮地聲

卷編遺集翠梚三旬絕玉粒風驚桂苑青霜飛夢
斷楓林紅雨泣侍兒嬌小號雙娥一縷情牽誓不
他荒塚一坏添婢子雕籠半夜殉鸚哥千秋此是
傷心事主自死節奴死義合窆雖教夙願償旁觀
猶灑多情淚自今溯宋迨千年蘭雪清唫賸一編
讀罷空成鸚鵡賦冢荒何處暮雲邊
夏日即事
清簟疎簾靜不譁陰陰夏木罩窗紗酬書無價將

那逊兰保《芸香馆遗诗》

王采蘋绘《双雀图》

左锡嘉绘人物

吴芝瑛

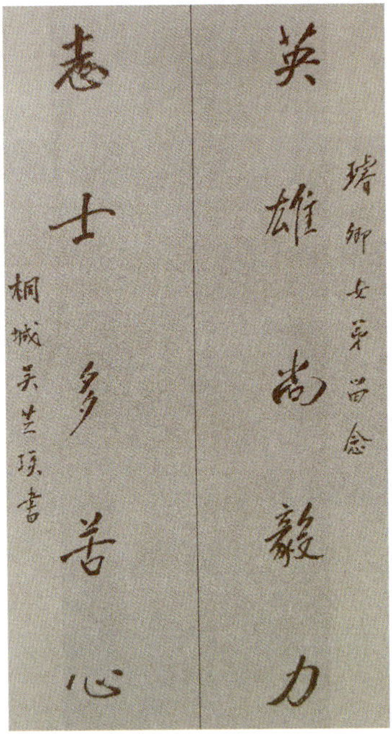

吴芝瑛手迹

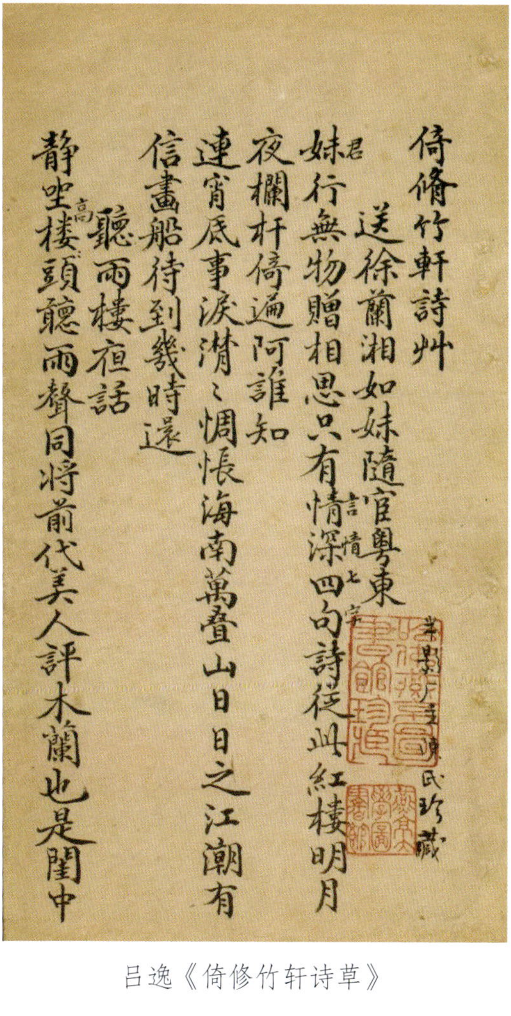

倚脩竹軒詩艸
送徐蘭湘如妹隨宦粵東
妹君行無物贈相思只有情深四句詩言情七字從此紅樓明月
夜欄杆倚遍阿誰知
連宵底事淚潸潸惆悵海南萬疊山日日之江潮有
信畫船待到幾時還
聽雨樓夜話
静坐高樓頭聽雨聲同將前代美人評木蘭也是閨中

吕逸《倚修竹轩诗草》

诗词卷（上）

目 录

诗 歌

词

导 言

一

中国近代(1840—1919)女性文学的各种体裁中,诗词的作家、作品数量当属最多。据胡文楷《历代妇女著作考》著录,清代女性作家约3600位,作品集约4000部,其中绝大多数都是诗词;嶙峋编《闺海吟》录存有诗词作品传世的清代女性作者达6200余人。这其中,属于近代时期的女性作家,占据了相当一部分比例。此外,近代发表在报刊上的女性诗词作品,数量还有很多。如此众多的作家、作品,反映了近代女性诗词创作比较繁盛的基本面貌。

诗词在中国古代文学中长期居于正统、主流地位,讲求言志抒情,以温柔敦厚、含蓄蕴藉为旨归,可以说,对于中国古代受到种种社会道德约束的才女们来说,诗词是最适宜学习、创作的一种文体。古代女性诗词虽然源远流长、代不乏人,甚至出现过李清照这样首屈一指的大家,但相对于男性诗词而言,还是处于明显的弱势地位。明代后期至清代中期,随着社会经济发展和个性解放思潮的兴起,与女性相关的社会环境和思想观念发生了一些变化,女性诗词创作批评活动趋于活跃,总体水平达到了前所未有的高峰。19世纪后期,社会历史和思想文化又发生了一系列嬗变,女性诗词创作在数量上虽仍保持着清中叶以来的繁盛状态,

但思想高度和艺术水准,则步入了一个发展平缓、曲折的低谷阶段。

19 世纪末 20 世纪初,随着西学东渐的深入、变法改良运动的兴起,社会思想文化产生了重要转型,女子教育得以快速发展,女权思想和女权运动也随之轰轰烈烈地开展起来,产生了新的知识女性群体,给女性诗词创作带来了蓬勃生机和活力。以此为时间界限,可将近代女性诗词发展分为前、后两个时期。这两个时期里,女性诗词在创作主体、思想内容、艺术特点、传播接受等方面,都体现出较为明显的不同之处。

二

从 1840 年鸦片战争爆发到 1900 年的 60 年,是近代女性诗词发展的前期。这一时期里,诗词在女性文学各种体裁中处于绝对主导地位,女性诗词虽然受时代影响产生了一些变化波动,但总体上还是古代女性诗词发展的自然延续。

中国古代女性诗词经过长期发展,尤其是经历了明代中晚期到清代中期的繁荣阶段后,已经形成了比较稳定的传统和范式,其主体是人们常说的“闺秀诗词”。1840 年鸦片战争的烽烟号角,拉开了中国近代历史的大幕,深处闺阁之中的女性作家们,虽然有些人能及时知晓时事消息,在创作中也偶尔有所反映,但闺秀作家们生活和诗词创作的主线,总体上并未受到大的影响。

在近代最初的一二十年里,女性诗词仍延续着乾嘉以来的基本样貌。生于 18 世纪末、19 世纪初的一批著名女性作家,如张繧英、顾太清、吴藻、沈善宝等,仍是这一时期女性诗坛词坛上的主干力量。这批作家的诗词创作在 1840 年之前就已基本成熟,形成了自己的特色,产生了一定影响,此时她们正逢中年,人生体验更加丰富,艺术技巧也更成熟,她们仍然像其前辈那样,积极组织

参与女子结社、开展社会交游活动,创作了大量优秀诗词作品。张綰英是常州词派领袖张惠言的侄女、词人张琦的长女,出身诗词世家,她不但本人擅长诗词,而且是张门才女中的主导人物,是其妹张纨英、外甥女王采蘋等的诗词引路人,在张门的文学活动中发挥着重要作用。沈善宝、顾太清等一批女作家,1839 年秋天在北京结成"秋红吟社",此后几年间,她们经常聚会游赏、诗酒唱酬,开展丰富的文学活动,成为当时非常著名的一个女性诗词创作群体。因为这批女作家中有不少像沈善宝一样来自江浙地区,随父兄、丈夫仕宦来到京师,所以她们的结社实际上就成了联结沟通南、北两大女性诗词创作核心的纽带,从而具有了全国性诗社的性质。沈善宝编撰的《名媛诗话》,记录了当时女性文学交游活动的许多生动细节,展现了当时女性文坛的丰富面貌。女作家们在这种活泼自由的氛围和状态下,自然容易创作出内容情韵俱佳的作品来。除沈善宝外,这一群体中最突出的是多才多艺的满族才女顾太清,她兼擅诗、词、绘画、小说,在后世声名甚高,被推为清代女词人之翘楚。从总体来看,这一二十年仍属于清中叶以来女性诗词发展高峰期的延续。

但是,从咸丰年间(1851—1861)至 19 世纪末,近半个世纪的时间里,女性诗词虽然创作数量并未减少,仍处于表面上的繁盛状态,其思想艺术内核却发生了一些复杂曲折的变化。这一时期里发生的各种内忧外患,给女性作家的生存处境和文学创作带来了直接而深刻的影响。尤其是太平天国运动引发的战乱,给生活在长江流域尤其是江浙地区的女性作家造成了极大冲击,很多女诗人被迫迁转逃难,家破人亡者也不在少数。同时,为应对社会危机而兴起的传统道德观念的回归,使女性作家们承受了更大的生活压力和道德约束,进而严重影响了女性诗词的创新动力。许多女诗人受生计、家庭等因素影响,原本存有的一些文学创作的

独立、自由空间,被进一步挤压。此时的文坛上,虽仍不乏天资才学兼备的优秀女性诗词作家,诗词创作在反映时代现实、调整文学生态结构等方面也不乏值得肯定之处,但总体来看,在 19 世纪五六十年代反映太平天国战乱及个人遭遇的创作高峰过去之后,女性诗词的思想内容便渐渐趋于稳定、保守,艺术特质的创新也不明显,整体发展比较平稳、缓慢,类似于化蛹成蝶之前的压抑、蜕变期。这一时期有影响的女性诗词作家为数仍然不少,代表者如郑兰孙、那逊兰保、李长霞、王采蘋、左锡嘉、张印、吴茝、孔祥淑、扈斯哈里氏、陈钲、曾懿、包兰瑛等。这些女性作家的成就、影响,总体上虽然不如她们的前代作家沈善宝、顾太清等人,但在具体创作方面,也有一些值得称道之处。

综观近代前期 60 年的女性诗词,总体上可以归结出如下特点:

第一,从创作主体看,基本上都属于传统型的闺秀才女作家。这些女性作家往往出身于经济条件良好、文化气氛比较浓厚的官宦或知识家庭,地域化特征比较明显,聚集核心在江南一带。她们一般从小受到良好的文化教育,诗词创作受家庭成员熏陶较多,往往自幼就尝试作诗填词,不少人还擅长多种才艺。受共同的家庭环境影响,这些闺秀作家常呈家族化分布,出现一门才女、满庭闺秀的景象。受家族中少数优秀作家主导,祖孙、母女、姊妹、婆媳、妯娌、姑嫂、姑侄、姨甥中出现多位诗人,一家之内经常开展丰富多彩的家庭文学活动,唱和往还、寄赠酬答、同声相应,作品也一起结集,齐名共传。阳湖张𦈡英、张纶英、张纨英、包孟仪姊妹姑嫂及其子孙辈王采蘋、吴兰畹,阳湖左锡璇、左锡嘉姊妹及锡嘉之女曾懿、曾彦,湖南湘潭周诒端、周诒蘩姊妹及其侄女周翼杶、周翼杓,以及与周氏世代通姻亲的湘阴左氏,都是比较著名的例子。从另一方面看,这一时期的大多数女性作家,其生活、游

历、交往,仍对家庭男性成员有较高的依附性,即如沈善宝这样积极投身于文学结社交游的女作家,也仍要随着丈夫的仕宦调动而迁转他乡。有少数女作家能在一定程度上实现经济独立,如王采蘋长期执教女塾,左锡嘉归蜀后以鬻画自给,行为中也体现出特立独行的勇气,为近代后期的新一代女性开了先河,但她们在当时仍无法摆脱社会文化大环境的影响,人生后期的诗词创作热情也有所消退。

第二,从创作观念和思想内容看,大多数女性仍将诗词视为相夫教子、针黹女红之外的“余事”,对诗歌创作、保存、流传持消极态度,作品内容以描写日常生活为主,通过诗词创作寄托思想情感、抒发人生感慨,甚至消遣娱乐。受生活环境、交往见闻范围等方面的客观限制,女性作家们笔下大多只能表现亲情往来、写景咏物、唱酬赠答等内容,关切国事、讽咏社会现实的作品不是太多。受传统诗教观的影响,女性作家们的笔下,赞颂古代女德典范、劝夫课子等彰显伦理纲常也是常见主题。这些内容,大多属于从女性作家个人立场出发、吟咏性情的缘情体物之作,更符合于对女性诗词的传统观念定位;相比之下,关切现实、展现抱负的咏怀言志作品,就要弱势一些。

当然,这只是就总体态势而言。由于这一时期里,清王朝基本上处于连续不断的内忧外患之中,一部分经历丰富、视野广阔、卓有见识的女性作家,也写出过一批反映时事现实、忧患深沉的作品,表达了对反对帝国主义列强侵略和内部农民起义、局部战乱的见闻和看法,有时还会出现立意新颖、情感充沛、极富艺术感染力的佳作。例如:《名媛诗话》卷八记载了沈善宝、张䌌英 1842 年在闺中谈论鸦片战争并创作《念奴娇》词的情形,词风慷慨悲壮,表达了她们对国事危难的关切和对林则徐等民族英雄的同情。叶璧华的诗歌《予少日随宦羊城时法夷滋事随侍东归光绪壬

辰重游羊石乙未倭人气炽澎湖报警仓皇就道因思势遭逢今昔一辙感而赋此留别诸同人》,通过对中法、中日战争的感慨议论,抒发自己的爱国情怀。这些反映现实的作品中,以受太平天国战争影响的作品最为集中、深刻。太平天国战争时期生活于江浙地区的众多女性诗人,在亲身经历战争带来的巨大创伤、苦楚后,其诗歌往往饱含刻骨铭心之痛。这些诗歌不但具有真切感人的艺术力量,而且具有十分可贵的历史认识价值。左锡嘉的丈夫曾咏咸丰年间在太平军战乱中去世,锡嘉以弱女子之身,携儿带女,历经艰危,扶夫柩归葬蜀中,一时为人所称道。在返蜀途中,左锡嘉以诗史之笔,写下了一批纪事见闻的诗歌,如实地反映了战争给社会带来的巨大破坏,给普通民众造成的巨大创伤。这些行为和诗歌不但给她赢得了道德名声,也使她的诗歌创作内容发生了革命性变化,由原来闺中常见的剪红刻翠、花草风月、流连光景,转向了广阔的社会现实。当然,由于时代环境的限制,这一时期的女性诗人们即使写反映国事现实的宏阔题材,也主要表现主观化、个人化的感情。这些以个人切身体验为依托的乱离伤别、思念亲友等情感主题,明显多于对国家、社会命运出路的思考,说明她们很难达到深入认识、揭露现实甚至批判现实的高度。尽管有此思想限制,但这类诗词中反映的关心现实国事、饱含忧患的精神,真切充沛的情感,都是很可贵的。此外,一些反映时代新生事物、现代科技、城市风情的诗歌,也很有时代特点,为之后的20世纪初女性诗词开了先河。

第三,从艺术表现手法和个性特点来看,大多数女性作家仍沿承着古代闺秀诗词传统,立足于女性立场和视角,情感细腻、真挚,写景状物细致入微,语言清新平淡。在描写亲情、咏史咏物、思乡念亲、感叹身世方面,由于有生活基础和切身体验,往往写得比较真切。在这些普遍的艺术特点之外,因创作主体的不同,也

常能体现出多样化的艺术个性。如李长霞、郑兰孙、郭筠等诗人,她们集中反映现实战乱、担忧国事的诗,情感真挚、意境沉郁雄浑,颇有老杜之风。尤其是李长霞,诗集中有许多表现时代乱离、感时伤别的长篇叙事诗,情感朴质真切,叙事、写景、抒情相融合,如《辛酉纪事一百韵》《赴潍县》,明显带有杜甫《自京赴奉先县咏怀五百字》《北征》的特点;《避寇海上》《中秋对月》《途次齐河县过黄河》等诗歌,也颇类杜诗。另如周诒蘩、张印、李楣、左锡璇、杨蕴辉等人,也写过一些反映时事的佳作。嫁到广州的钱塘女诗人陈钲,写了一些讽喻时俗弊端的拟乐府诗歌,活泼生动、辛辣爽快,明显带有白居易新乐府的色彩。

第四,从作品传播接受看,大多数女性诗词作家留存作品、主动传播的意识较弱,其诗词作品集的编纂刊刻,往往是其亲属所为。这些编集出版行为,不少还是出于纪念、颂扬、宣传等社会性动机,而非单纯对其文学艺术价值的认可。传播手段也多靠手抄或刻版印刷等传统方式,传播范围有限。许多作品集前附有不少名人或亲属好友的题词、序,从中可以看出这些作品的影响,但也有不少应酬色彩较强,评价内容常偏离文学本身而把道德品质、妇教名节作为重心。这是时代造成的影响。

这一时期的女性诗词有时也存在着一些时代局限和不足之处,如思想观念比较传统、保守甚至落后,反映社会现实生活的范围比较狭窄,认识深度不够,情感主题和艺术类型的重复性、类型化特点比较突出等。对于处在那一特定历史情境下的女性作家们来说,这都是难以避免的。

尽管这一时期女性诗词于文学自身进展不大,但从文学活动的角度看,女性诗词能越来越多地进入读者视野,进一步打破男性作家的垄断地位,为 20 世纪女性诗词繁荣的到来做了积累和铺垫,它给文学生态结构和文化格局带来的影响,意义更大于对

诗词本身的艺术贡献。

三

从1900年到1919年“五四”新文化运动的近20年,是近代女性诗词发展的后期。进入20世纪后,随着女子教育的快速发展、女权运动的兴起、女性报刊的繁荣,女性诗词创作发生了明显变化与转型,达到了新的高峰。

这一时期占主流地位的女性诗词作家,首先当属吴芝瑛、唐群英、张汉英、徐自华、秋瑾、吕碧城、张昭汉等一批具有鲜明革新思想的女权运动家、革命志士,以及其他南社女诗人。

秋瑾是近代著名的资产阶级民主革命家,中国女权运动和女性解放的倡导者,她的诗歌以其鲜明的革命斗争思想、广阔深刻的内容主题、雄奇奔放的艺术特色,堪称这一时期的诗坛翘楚。秋瑾本来也与其同时代的许多闺秀诗人一样,生于世代官宦的书香门第,天生聪慧,很小就开始写诗,而且其中很多也是传统的风花雪月、离愁别绪、吟史咏物等题材。但她生性豪爽,在闺阁中就表现出与众不同之处,在《题芝龛记》诗中,表达了对封建礼教的强烈不满。当她受时代大潮的影响,一步步深入了解社会现实之后,毅然东渡日本留学,走上了革命救亡的道路。此后,她笔下的诗歌多是豪壮激烈的革命誓言和爱国呼声,富有鲜明的革命浪漫主义精神。其中,既有像《宝刀歌》《宝剑歌》《秋风曲》这样酣畅淋漓的古体长篇,又有如《对酒》《感愤》《柬志群》等语短情深的近体短制;既有一泻千里、激情澎湃的直抒胸臆,又有一唱三叹、悲慨沉雄的含蓄深沉。可以说,无论是从思想内容还是艺术特色看,秋瑾都是这一时期最富时代精神、最具典范意义的女性诗人。

南社女性诗词作家群是这一时期非常值得注意的一个女性作家群体,其主要代表人物均与秋瑾有一定的关系。这一群体包

括徐自华、徐蕴华、吕碧城、张昭汉、唐群英、张汉英等著名诗人在内,总数多达68人。南社是一个以诗歌创作为主的革命性文学团体,其领袖柳亚子热情赞颂女性革命豪杰,积极支持女性刊物和女权运动,明文规定女性与男性一样有平等的入社权。南社女性诗词作家中,徐自华、吕碧城的诗词成就更为突出。徐自华与秋瑾一样,也出身书香门第,家庭诗词文学氛围极为浓厚。徐自华诗词中,有很多歌颂爱国英雄豪杰、吟咏高洁怀抱、反对世俗等富于现实意义的篇章,其中歌颂秋瑾是一类非常重要的主题;艺术上以清新含蓄为主,兼备多种风格。徐自华在当时影响很大,南社诗人陈去病曾以"天生风雅是吾师,拜倒榴裙敢异词"(《题忏慧诗集》六首之一)的诗句高度评价徐自华的诗歌。吕碧城也出身文学世家,她与长姊吕湘、次姊吕清扬、四妹吕贤满,都是近代著名女性诗人词人,姊妹中又以碧城的成就最高。吕碧城的诗歌不但关心国事现实、表达进步思想,而且在艺术形式上也有较大程度的创新,诗歌形式灵活多变、流畅婉转、舒卷自如,富于个性特色。相比而言,吕碧城的词成就比诗歌更高。她的词既委婉缠绵、含蓄情深,近于婉约一派,也颇有富于时代精神的壮丽豪迈之作,在继承传统的基础上,吕碧城把女性词又推向了新的高峰。

除上述作家外,近代后期女性诗坛上还活跃着一批思想进步、积极投身女权运动或女子教育的作家,如单士厘、薛绍徽、施淑仪、刘璒、叶璧华、何承徽、姚蕴素、易瑜等。她们中间有的年龄辈分较长,如叶璧华、刘璒分别生于1841、1848年,何承徽(张昭汉之母)生于1857年,单士厘生于1858年,比秋瑾、徐自华、吕碧城、张昭汉等生于19世纪七八十年代的作家显然要早出一个时代。而且她们的人生道路也与秋瑾及南社女作家不同,她们大多没有接受过新式教育,也未亲身参加激烈的革命斗争,往往是受到夫君、家庭的影响而走上了进步解放的道路,更多是以名士的

母亲、妻室等社会形象出现在历史舞台上。尽管如此,她们在宣传进步思想、推进女权运动、兴办女学等方面,也同样做出了突出贡献。她们的诗词创作道路,从近代前期延伸到后期,体现了一定的过渡性。前期诗词基本上还属于传统闺秀风格,只是偶尔能体现出其不同于常人的进步之处;后期受自身经历和维新变法、女权解放等思想的影响,视野更加开阔,思想内容更为丰富,艺术特点也有许多明显的变化创新。

这一时期里,还有为数不少的在报刊上发表诗词的不知名作者以及在校女学生,她们大多生平不详,有的署以笔名,创作水平也高低不一,但其作品反映表达的大多数都是进步的思想观念。尤其是女校学生,虽然文笔尚显稚嫩,但富于热情活力,是新一批女性诗词作家的后备军,对现代文坛产生了一定影响。这是这一时期值得关注的文学现象。

近代后期这些居于主流地位的进步女性诗词,与前期相比,体现出全方位的突破和转型:

首先,其创作主体是具有新思想的女性,不同于以往类型的闺秀才女作家。她们大多接受过新式教育,或受到新派思想的巨大影响,有一些还留学过欧美、日本等国家。接受的新式教育,内容已从原来的传统女子品德教育和诗词、历史等古代文化素养教育,扩展为各种自然科学、社会科学、外语、艺术、体育等全方位的教育。更重要的是,这些新女性接受了现代思潮影响,扩展了视野、革新了思想、转变了观念,其思想价值观念、知识结构、社会交往关系,与20世纪之前的女性作家已有比较明显的区别。这些作家中的革命者和女权活动家们,把自身命运系于社会、国家的变革中,推动女子参政、参与女权运动、倡导女性解放、兴办女子教育,自觉投身于社会运动实践。以上这些因素,使得她们笔下的诗词思想境界和内容主题都发生了明显变化,成为近代后期诗

坛上最为强劲的时代之音。

其次,思想内容更加广阔,更能深入社会现实。这些女性作家走出深闺、走向社会甚至周游海外,见识阅历丰富,其诗词作品大多具有广阔的社会视野、丰富的时代内容,表达对民族国家、社会现实的深刻看法和感触。当然,相比男性作家的作品,其着眼点仍更多在家庭、婚姻等方面,在一定程度上保持着女性化特质。

第三,艺术风格更加多样化,特色更为突出。一类以雄壮、豪放、瑰丽见长,代表者是秋瑾、张昭汉,包括薛绍徽、张汉英、何昭等人。尤其是秋瑾的诗词,情感真挚充沛,风格刚健遒劲、雄浑豪放,体现出鲜明的浪漫主义色彩,具有动人的艺术魅力。另一类是带有传统色彩的柔美、婉约、清新风格,以徐自华、徐蕴华姐妹为代表,包括顾保瑢、吴其英、杨庄等。还有偏于平实、恬淡的一类风格,如单士厘等。当然,这些风格划分都是相对的,许多作家如吕碧城、徐自华的诗词创作都能集不同风格特点于一身。另外,同一作家的诗、词两种文体,有的风格也有一定差别。

第四,传播方式更丰富,读者接受更广阔、更迅捷。近代前期的诗词传播,大多还是靠传统雕版印刷或手抄本,女性作家本人的传播意识也比较弱。20 世纪后,随着印刷术的进步,各种先进的印刷方式如石印、铅印等越来越发达,印刷成本比较低廉,读者面进一步扩大。尤其是报刊种类的增多和发行量的扩大,也迅速培育了新一代的诗词作者和读者群体,使女性诗词的传播接受发生了革命性的变化。在为数众多的报刊杂志中,《女子世界》《妇女杂志》《中华妇女界》《中国新女界杂志》《女铎报》《女子杂志》等近百种女性报刊,是刊载女性诗词作品的主阵地,成为当时许多新女性借以发表作品的渠道。许多创作于近代前期、本已刊刻出版的女性诗词,此时也在报刊上选摘连载,进一步扩大了影响。

除了上述占主流地位的女性诗词作家,还有一批近代前期的

传统闺秀型诗人，进入20世纪后仍保持着创作活动，也不应被忽视。这类作家可以刘鑑、沈韵兰、曾懿、许禧身、屈蕙纕等人为代表。近代社会历史文化的剧烈变迁，并没有完全割裂新旧时代之间的联系，许多传统力量仍然保持着强大的生命力。相对于新型知识女性作家，这些诗人在这一时期里的思想观念、人生道路仍显得较为传统，诗词创作的思想内容、艺术风格也大致沿承原来的路线。她们虽然不太受人瞩目，更多是在历史后台发挥着潜在的影响作用，但从全局角度看，也属于近代后期女性诗坛不容忽视的一部分。

综观近代女性诗词80年的整体发展态势，从19世纪四五十年代的盛世余晖，经历了19世纪后半叶的平缓低回，再到20世纪初的狂飙突进，既有高峰，也有低谷，前后存在着很大差别。这种发展态势，比较典型地体现了近代女性诗词转型的重要特征。而在这一转型背后，变革与传承的交织、新与旧的嬗变，又昭示着近代女性诗词处于过渡期的复杂性。

编选说明

本卷编选的有关情况说明如下：

一、编选原则。本卷选收创作于中国近代(1840—1919)期间的女性诗词作品。跨越前后时代的作家，尽量对其作品进行编年，根据作品创作时间决定是否选收。所选作家、作品，秉持“突出重点、兼顾全面”的原则，重点选收思想积极进步、富于时代精神、艺术特色鲜明的作品，同时兼顾不同的发展阶段、内容主题、艺术风格，力求既能集中反映近代女性诗词发展的主要脉络、主要成就，又能全面、多角度地展现近代女性诗词的总体面貌。近代报刊上发表的女性诗词作品，有一些作者不太知名，或是在校女学生，她们中的不少人，其具体生平情况已难以了解，诗词作品艺术水平也未必很高，但这在当时是一种值得关注的文学现象，故亦酌情选收，聊备一格。含有封建糟粕思想、以侮辱性语言指称农民起义的作品，尽量不予选收。

按照以上原则，本卷共选收近代女性诗词作者 458 位，其中诗人 365 位、词人 171 位，集诗人、词人于一身者 78 位。选收诗歌近 3300 首，词 1700 余首。诗歌、词独立编选，分为两个部分。

二、版本选择和文字处理原则。本卷所选作品，原则上以错讹少、校勘精、内容完整的善本、足本作为底本，并以其他版本进行参校。如初刻本、稿本或影印本不易得，可酌情采用编校质量优良的排印本。由于近代女性诗词作品集种类数量多、分布零散，有少数版本经多方

搜求仍难觅到，对此只能抱憾。所选作品如系在报刊发表者，尽量采用原刊稿；如原刊稿后被收入单行本，则可作为有力参考，择优校改，并在校勘记中予以说明。如先已结集出版，后来又被摘选在报刊发表者，尽量采用原本。作品正文后，标明所据版本信息。

底本校勘过程中出现的讹误、脱文、衍文、颠倒错乱等情况，一律予以改正，并出校记。凡通假字或当时的习惯用字，尽量尊重底本，在不影响文意理解的情况下，一般不作改动。人名、字号、地名、书名等专有名词，酌情保留繁体和异体字形；其余异体字、旧字形，一律改为现在通行的规范字，不出校记。避讳字皆改回本字。

有些作品标题过长，为方便阅读起见，酌情标点断句。作品所附的属于作者本人的题注、夹注、眉批等文字，一般都予保留，最大程度上保存作品发表时的原貌。

三、作家小传和排序。每位作家名下附有“作家小传”，简介其生卒年、字号、籍贯、家庭关系、交游、贡献、著作等基本情况，酌情对其诗词创作特点和影响进行评述。诗词兼具的作家，小传置于诗歌部分，词中不再重复出现。

作家大致按如下规则进行排序：首先按生年先后；生年相同者，按卒年先后；生卒年不详者，按作品创作、发表时间或大致生活时代排序。同一作家的作品，按其在底本作品集中的原序排列；选录自报刊者，按发表时间排序。

四、目录形式。鉴于本卷选收作品数量较多，如采取“作者+作品”的二级目录形式，则所占篇幅过多，经斟酌考虑，决定简化为只体现作者和篇数的一级目录。

五、人员分工情况。在主编的指导下，本卷编选者共同制定编选原则、确定作家选目；各编选者按照分工，对各自负责的作家，进行作品编选、撰写小传；刘磊对作家进行排序、做文字性统稿工作、撰写《导言》。

六、本卷在编纂过程中,参考借鉴了国内外学术界不少相关研究成果,尤其是近年来出版的数种大型近代女性别集丛刊,在此谨致谢意。

七、限于编选者的水平和经验,本书难免有许多不足、错误之处,敬请读者批评指正。

附:编选分工

诗歌部分

刘磊负责:顾太清、百保、沈善宝、宗婉、周诒端、周绮、郑兰孙、周诒蘩、李楣、陈丽芳、伍淡如、于修儒、张梦龙、陆韵梅、言忠贞、孙佩兰、丁蕴琛、孙采芙、左锡璇、刘慧娟、王筠仙、宗庆、范薇、张玉贞、陆蒨、汝兰、宗粲、刘德仪、叶璧华、何桂珍、韩德玉、扈斯哈里氏、刘墭、张宝云、郑蕙、陈钲、朱韫珍、裘凌云、阚寿坤、顾玉琳、葛远、萧道管、张云珠、杨志温、况桂珊、曾彦、何承徽、单士厘、林步荀、姚蕴素、徐畹兰、易瑜、郑元昭、燕斌、朱承芳、吕逸、丁毓瑛、唐群英、张汉英、包兰瑛、徐自华、冯畹、吴怡、秋瑾、施淑仪、何昭、顾保瑢、杨季威、江憙、陈撷芬、吕碧城、汤国梨、徐蕴华、张昭汉、程嘉秀、陈芸、丁志先、杨令茀、骆树英、赵爱华、吴其英、姚倩、姚苣、朱静宜、黄佩珊、汤修慧、华兆英、谈社英、俞碧霞、李柔卿、沈世才、邵宝璋、许玉、佩蘅、孔繁淑、昌馨、唯心、凤莲、清如、味梅、蓉萱、震懦、德莹、雌剑、钱蕙兰、陆绮霞、袁敬藩、方育和、江纫兰、马文蕴、许蘅秋、效君、铮子、徐景昭、周琼、陈怜卿、何埰、汪咏霞、屠瑞霞、傅梦兰、陈彬子、醒华、漱冰女士、史敬之、顾莲、席香谷、吴斯玘、汪芸馨、殷蕙贞、杜清持、公凤、竞群、杨全荫、王灿、陈家英、张光蕙、张光萱、谭志学、孙慕征、陈家杰、王茂漪、陈家庆

郑世华负责:张缃英、张纨英、何慧生、范淑、沈英、张襄、严蘅、多敏、王梦兰、周维德、王采蘋、阮恩滦、许嘉仪、吴兰畹、凌祉媛、左锡嘉、张印、杨蕴辉、左孝瑜、易蘩、刁素云、左孝琪、吴清蕙、邵匹

兰、周翼杝、周翼杓、龄文、严永华、左孝琳、左孝瑸、吴茝、姚其庆、邓瑜、褚成婉、李端临、施毓敏、陈芷洲、孔祥淑、郭筠、胡凯姒、俞绣孙、汪韵梅、姚其慎、孙镇、刘鑑、路秀贞、沈韵兰、曾懿、曾楚生、王绮、柯劭慧、李淑、李掌珠、慕昌溎、申志廉、程淑、许禧身、屈蕙纕、吴毓荪、王纫佩、钱淑生、李蹷媖、缪宝娟、龙吟芗、俞庆曾、汪清、梁霭、万炜彤、钱希、濮贤姮、王嗣晖、沈鹊应、徐咸安、张元默、黄箴、梁寿贤

李伟负责：张纶英、吴藻、钱韫素、李氏、张茝馨、张氏、武笺霞、江福宝、金淑娴、徐柔、沈梅仙、王文瑞、那逊兰保、姚若蘅、戴青、张恩泳、田莲瑞、袁华、劳若华、严鍼、严昭华、钱令芬、汪曰杼、郭仲年、陶安生、陈惟德、蒋英、严澂华、苏念淑、姚仙霞、陆韵珊、张茗荪、郑静兰、管元翰、顾佩英、许诵珠、庆凤亭、严昙云、徐绍熙、杜若香、裘凌仙、胡慧珠、罗仪芬、石云英、郑芬、周桂清、倪淑、章婉仪、何明秋、刘淑曾、吴淑娟、严杏徵、吴保华、汤淑清、严颂萱、沈久芳、许绮诗、钱绿云、李淑贞、方毓昭、傅范淑、濮贤娜、薛绍徽、李经璹、王仲淹、吴卯、许之雯、汪德贞、徐蕙贞、王佩珩、徐熙珍、陈菊贞、曹卓卿、倪静、倪婉、倪懿、邵宜元、孙传蕙、吴醉青、毕素梅、郭慎、阮氏、李国福、周韵仙、孙蘩姑、程仪、潘志渊、朱剑霞、方份、康同璧、彭淑士、刘韵琴、李道漪、汪观定、吴琼华、吕贤满、王镜萸、刘冠昭、凌集嘉、赵懋芸、倪徵琮、蔡柬颖、赵懋华、张兆檀、白玉昆、张淑慧、刘钟慧、欧阳杰、苏异尘、梁国英、梁吉贞、陈庆、顾训德、王棣华、王同华、丁祖任、孙曙、陈竺湖、王韫娴、采蘋、保素、蔡智圆

孙晶负责：李长霞、翁端恩、邓秋英、杜淑雅、董琬、林芳、程蕙英、黄淑华、陆惠、严玫君、钱云辉、汪淑端、吴芝瑛、瓦兰芬、吕湘、戴鉴、吴伯馨、杨庄、杨延年、李国玲、戴礼、吕清扬、王香禅、刘素心

词部分

孙欣婷负责全部。

诗歌

张缙英二十九首

张缙英(1792—1862?),字孟缇,阳湖(今属江苏常州)人,张琦长女。张琦博学多才,为常州词人张惠言之弟。母汤瑶卿,有诗集传世。夫刑部员外郎常熟吴廷鉁。幼好学,博通经史,传父学,与沈善宝友善,常相唱和。有《澹菊轩初稿》四卷附词一卷。

古剑

百战雄心在,休夸七宝装。风霜凝杀气,神鬼泣寒芒。电掣虚堂冷,虹横碧落长。良才岂沦没,紫彩识干将。

过金鳌玉蛛

落日满城廓,经过御苑傍。飞桥横玉蛛,曲沼隐红墙。远岫千重翠,流莺一点黄。归鞭何太速,不尽意彷徨。

自是宸游地,宫车几度经。云霞含紫气,楼阁入青冥。曲径人稀到,重门昼亦扃。莺声徒百啭,只许隔墙听。

夜梦还家

梦里关山近，休歌行路难。五更频涉远，千里独冲寒。绕膝欣重聚，牵衣不尽欢。钟声忽惊断，欹枕泪阑干。

上巳日家母寿辰不克归祝因寄弟妹

此日趋庭乐，应怜人未归。堂开金母宴，觞舞老莱衣。白发春逾健，青山梦欲飞。浑忘修禊事，怅望莫烟霏。

归雁

迢递楼头雁，哀鸣定索群。回翔冲暮霭，嘹唳入层云。归去寒犹浅，重来秋正分。天涯有羁客，肠断不堪闻。

春日书怀

寂寞迟迟日，离怀可奈何。鸟声当户细，人语隔墙多。青镜惊华发，春花艳绮罗。怕听归去雁，偏向静中过。

大儿宗汉南归就婚

六载相依惯，临歧未忍分。风尘几千里，愁绪万重云。蓟北莺初啭，江南草正薰。离怀固无奈，乡思又纷纭。

送汝欲无泪，其如已满襟。萧疏惜双鬓，寂寞只长吟。慰我勤鱼雁，宜家和瑟琴。此行期自勉，莫与俗浮沉。

清明

新火初传候，轻烟甲第飞。薄寒花潋滟，侵晓雨霏微。带减一围小，愁深双鬓稀。何因觅萱草，结伴踏青归。

口占代柬答夫子三首选二

失恃悲何极，沾巾渍血痕。当时悔轻别，一度一销魂。

此日难为别，伤心异昔时。椿庭迟暮景，忍见泪如丝。

自馆陶入都舟行杂咏

薄暮消残暑，扁舟路渐赊。河声催落日，野色点明霞。岸曲林容黯，风回楫影斜。沉忧销未得，凭眺独咨嗟。

一片长河水，苍茫接远天。我来经几度，系缆绿杨边。野鸟烟中没，孤帆树杪悬。星光杂渔火，迢递满前川。

客行时已久，离思入斜曛。木落乌啼树，风高雁入云。人家依岸仄，鸡犬隔篱闻。指点西山近，浮峦净翠雯。

咏古四首

无盐未必胜东施，不遇齐王世岂知。纵有奇才无所用，倾城毕竟逊娥眉。

默默承恩非选色，匆匆辞辇欲回天。素丝幸得藏深箧，莫向秋风怨弃捐。

终始恩谁验浅深，长门愁坐谩沉吟。九天珠玉都无补，何必

虚糜买赋金。

狼藉双鬟损翠眉，真珠何用慰离思。马嵬坡下君恩重，一幅亲颁白练丝。

春日

寂寥徙倚曲阑干，欲下重帘怯暮寒。为爱双栖新燕子，恐教清梦又惊残。

牡丹

艳质偏宜富贵姿，固应开向晚春时。美人倾国名花老，千古清平绝妙词。

题周保绪先生姬人伫素楼词稿

深闺久式孝侯名，余事都成第一声。先生与先府君交善，著有《味隽斋词》。千古英雄得奇女，好凭绝调寄深情。

百阕回环十斛珠，神仙法曲付名姝。最难宛转璇玑锦，艳绝翻疑一字无。

语燕啼莺总化烟，清商谁复问湘弦。易安老去风流绝，寥落空闺七百年。

寄若绮妹即寿四十初度兼示婉纠妹仲远弟

吾家弱妹已四十，怪底吾衰鬓萧瑟。半生旧事付云烟，岁月

驶驶去何急。忆昔垂髫侍亲侧,四女娟娟最珍惜。名花入槛尽骈枝,娇鸟能言皆比翼。我年十四好读书,一编相与时咿唔。读书常苦识字少,索解不得心烦纡。是时家贫乏衣食,穷巷萧条鲜行迹。严君挟策事壮游,慈母持门瘁心力。午炊晓汲未觉劳,得暇便欲拈柔毫。就中三妹最精锐纬青,昼日苦短常终宵。我长频年苦多病,经月连旬废妆镜。书卷纵横列枕衾,病里耽吟觉心净。妹年最稚性尤敏,漱玉含珠出灵性。五龄解辩黄花诗妹侍母赴嘉兴,母得句云:“两岸黄花送客行。”妹即言此,当是下句。十岁能工海棠咏。深闺窈窕春日长,软尘不到瑶琴旁。诗怀杳杳入霄汉,幽梦瑟瑟飞潇湘。身世浑忘溷尘俗,罗绮何荣脂粉辱。班宋长怀绝代才,施嫱空陋千秋目。转眼倥偬人事劳,告归最苦鸟辞巢。六年秦馆犹联袂,一去燕台慨系匏。哀乐中年苦相逼,雁断乌啼剧凄恻。恶劫偏多儿女魔,终天莫报劬劳德。虞渊堕日不可探,我处塞北君江南。消沉心志各已久,我困米盐君井臼。郎署委蛇守一官,故乡迢递无千亩。牵萝补屋愿已迟,羡尔偕隐犹联枝。清贫绝称孟光志,比屋好咏灵均辞。矫矫谭公振时器妹婿太仓王季旭曦,骨性清醇似吾弟。身外升沉未足论,尘中契合嗟何易。即今燕婉和且平,参昴肃肃瑶光明。佳儿娇女各争秀,相对便足怡吾情。人生行乐苦不足,况乃襟期厌庸福。得失寻常付一人,荣华变幻纷千族。兰陵三月东风香,樱笋味美琼筵张。弟归千里姊同舍,长歌短倡倾壶觞。我望江乡欲飞至,梦里云山寄遐思。万绪俄生九折肠,卌年最忆童时事。愿祝西池锡大年,相将订我玉台编。汉家十志长生箓,刘氏全书不老丹。太息吾衰事难竟,简策丛残多未定。考俗思陈列国风,无邪欲正中闺行。阃内非凭文字传,少时艰苦亦堪怜。百龄扰扰终何补,一世悠悠未足言。我倡新诗为子寿,夙志应须早成就。他日编书集一门,白头重与绳愆谬。

对雪

漫空匝地太纵横，玉宇琼楼入望成。绝忆去年风雪里，长途有客尚南征。

迢迢远道迟乡讯，寂寂房栊感客怀。怪底夜来衾似铁，不知窗外雪盈阶。

几日同云黯不开，炉香消尽剩寒灰。袁安此日方高卧，谁为幽人扫径来。

咏地炕

一梦陶然气自舒，不因犀玉冷全祛。庭前积雪三冬遍，室里和风二月初。暖透花砖春约略，香生梅萼影扶疏。输他分得天机巧，预使青阳入敝庐。

——《澹菊轩诗初稿》，清道光二十年(1840)
刻《阳湖张氏四女集》本

张纶英八首

张纶英(约1798—1870?),字婉紃,阳湖(今属江苏常州)人。三十岁后读《文选》,开始作诗,沉郁深致,隐激顿挫;四十岁后开始作五七言近体诗,“清老简质,不为绮丽”。著有《绿槐书屋诗稿》三卷,集中以古体诗歌居多,擅长创作酬赠唱和之诗,间有书写人生忧患与评论古人书法的佳作。

送孟缇姊之京师

凉风动高梧,哀蛩响幽咽。欹枕不成眠,揽衣长叹息。瞻彼连枝树,茏葱经岁月。视彼林间鸟,众雏长比翼。嗟我雁行违,迢遥望冀北。再拜送君行,欲语心戚戚。忆昔别姊时,回肠几碎裂。驰驱二三载,神魂日飞越。幸得重聚会,承欢两无极。倏忽数年间,又当远离别。离别复何言,泣涕沾胸臆。君今六翮振,翱翔自安适。而我若梁燕,秋至催归急。焉能避风尘,稳住雕檐侧。身世等浮云,劳逸讵能测。自今一挥手,何时见颜色。努力慰亲心,此躯保金石。

杂诗

寒暄倏代序,日月递盈缺。黄鸟鸣北林,芳华恣欣悦。暄飙

荡愁心,轻霜变华发。南园桃李树,累累多结实。嗟我兰蕙花,芳馨坐销歇。涉江复何慕,揽佩不忍结。百草非不芳,庭树日萧瑟。感物增惋伤,沉忧转凄咽。

感怀

晨光破阴曀,旭日耀庭帷。晞发不暇理,徙倚步阶基。顾念远游子,去去不得归。迢遥望天末,尺素常自稀。篱菊灿华英,芙蓉缀低枝。中心转悒郁,花木徒尔为。徘徊还入房,泪下沾裳衣。啼鸦为我愁,促织为我悲。浮云向北驰,鸿雁从南来。愿得西归使,珍重寄江梅。

读纬青姊遗稿感赋

北风寒凛溧,山木皆悲鸣。愁多厌长夜,起视星斗横。言念我仲姊,恻恻伤死生。倏忽已六年,长睡不复醒。寒暄递迁嬗,物候互变更。幽扃闷重台,白日常晦暝。孤坟枕江流,宿草萋已青。遗书多缺佚,欲读不成声。潜灵渺难即,寥廓无留形。临风诵大招,道远何能听。徘徊转凄恻,淋涕徒沾膺。

题云峰山郑道昭石刻

巍巍云峰山,千仞不可极。猿猱愁攀援,飞鸟苦难越。壮哉郑将军,振衣造云阙。峭壁恣挥毫,云崖满真迹。怒涛腕底生,迅雷笔端出。落落星辰张,矫矫龙虎活。豪蕴天地精,墨洒山川泽。盘掣山灵惊,使转鬼魅栗。铁气凌飞仙,刚锋劚璆铁。深淳李程规,坚劲钟张骨。烟云常呵护,风雨不敢蚀。千载仰遗规,神采犹

奕奕。斯山藉公灵,海内凭研习。愧我性庸愚,摩效空仿佛。不克窥藩篱,焉能得奥赜。展卷徒留连,抗怀长叹息。

杂诗

俯仰嗟身世,年年泪不干。蓬松双鬓发,怕向镜中看。
已识荣枯分,劳生岂怨尤。秋风摧百草,何处觅忘忧。

寄呈汪太夫人潘虚白素心

晴云荡流辉,皎月展灵魄。容光通寤寐,怅望渺难即。寸心远相眷,形影恍不隔。贻我玉台篇,清芬袭肝膈。昔读不栉吟,师资欣有得。古怀肃清操,含意仰令德。频年佐星轺,鸿案歌原隰。山川辟灵秀,风雨洒翰墨。岂惟饰文辞,亦复勤内职。钦钦夙夜事,风教赖羽翼。我生嗟不辰,莪蓼悲罔极。米盐积愆戾,岁月乃相迫。一艺非妇功,虚誉滋悚恧。感君丽摛辞,朽质亦雕饰。裁成意良厚,刻厉慨未力。酬报无琼琚,珍袭比珠璧。和风满京华,永日贮堂北。清词落珠玉,健骨挺松柏。何当结古欢,敛袖展良觌。倘收葑菲材,终侍宣文侧。

——《绿槐书屋诗稿》,清道光二十七年(1847)
刻《阳湖张氏四女集》本

顾太清三十七首

顾太清(1799—1877),名春,字子春,又字梅仙,号太清,晚年又号云槎外史,原姓西林觉罗氏,满洲镶蓝旗人。奕绘侧室。富才情,婉秀贤淑,婚后伉俪情深。曾与闺友集结诗社,并与京师名流酬唱往来。夫亡,移居府外,专心抚育子女。太清多才多艺,诗词、小说、绘画兼擅,以词成就最高,被称为满族第一女词人。有《天游阁集》《东海渔歌》。

庚子生日哭先夫子

四十二年如梦过,东风暖日又新春。半生劳碌凭谁话,两字浮休寄此身。观化暂能忘俗累,餐书或可疗清贫。九泉寄语须相待,独坐挑灯泪满巾。

庚子清明前一日率五儿载钊八儿载初宿南谷清风阁夜话有感兼示两儿

碧草青山常不改,柳烟杏火古犹今。魂能化鹤留仙迹,梦可通神寄好音。万事无如儿子孝,百年空费道人心。挑灯共话当年事,悲忿相兼泪满襟。当初先夫子欲为百年计,南谷一切花木、果蔬若干亩,及牛棚、豕棚若干数目,皆有诗,见《明善堂流水编》第十五卷。今一旦为

长子载钧赁出,每年只得租钱六十余千,予非扬彼之不孝,实因天下之为子孙计者劝。

七月廿一南谷守兵来报宝顶为山水倾陷当初设立护卫一员办理山田事务自载钧承袭后撤回惟留兵丁五人而已今伊所信用者多负贩厨役等赏赐无节皆谄媚小人不谙大事虽有旧臣数人略有规谏者轻则罚俸重则斥革终日昏昏惑于群小故祭祀笾豆之事置之不问无奈钊初两儿皆在幼年而衣食尚不给况于修葺乎思量及此五内焦灼得不痛哉

英雄事业文章杰,有子缘何太不仁。名器多归灶下养,恩情不及墓中人。佳城半为秋霖陷,木主常于野兽邻。闻报此言肠寸断,欲兴匠作奈儿贫。

静坐偶成

一番磨炼一重关,悟到无生心自闲。探得真源何所论,繁枝乱叶尽须删。

游潜真洞晚归度梅儿岭口占

夕阳西下乱山围,缥缈遥村暮霭霏。游兴最嫌秋日短,马头

明月照人归。

清明芦沟道上书所见

清明有事往西山,略暖犹寒二月天。老牸曳犁殊费力,饥鸟啄粒最堪怜。愚民未必知藏火,野烧何曾肯禁烟。抱瓮工夫虽自得,尚须机械利芳田。

夏日听道初两儿读书

翛然花木荫茅庵,一炷炉烟经半函。闲向窗前课儿女,微风晴日诵周南。

足成梦中句一律

两鬓萧疏荻发侵,茫茫前路昧升沉。种桑未必能供茧,树蕙无非暂养心。二句梦中原作。老去转深儿女虑,忧来聊寄短长吟。一生自笑为人役,何日冲虚契静襟。

六女叔文将归于喜塔拉氏占此示之

生小娇憨性忒痴,人情物理几曾知。从今事事须留意,不是深闺傍母时。

第一君姑孝养先,敬恭夫婿乃称贤。还操井臼亲蚕织,黾勉常将内职肩。

女子无才便是德俗谚云然,莫因斯语废文章。家贫媵汝无金玉,只有诗书作嫁装。

形影相依十六年,斯行未免两情牵。谆谆诰诫无多语,熟读周南内则篇。

雪后往海甸书所见

微阴淡日酿春寒,地接离宫石路宽。雪满远山云里现,烟开御柳画中看。墙头村妇窥游骑,树底耕牛卧草栏。十里香尘吹紫陌,悠悠冠盖退朝官。

四月十四雨忆钊儿

思儿老眼泪潸潸,虑暖忧寒心未闲。数到行程当此日,东风吹雨度雄关。计此日当出山海关。

己酉山居四首

白虎港观耕

杖藜扶过短松岗,杨柳风来拂面凉。忽见黑云没山顶,一犁春雨杏花香。

陈家庄子看杏花

照眼连林灿若霞,崎岖细路一条斜。居人不务耕耘业,高下山田尽杏花。

新开口看水

慈溪新水涨春流,隔岸垂杨绿更柔。看到夕阳时最好,卖鱼

人过断矶头。

三月初九雪

春衣才换又添衣，瓮水成冰昼掩扉。真是山深殊气候，杏花时节雪霏霏。

秋日感怀兼忆湘佩少如诸姊妹用杜工部秋兴八首韵

卷地西风叶满林，一轮落日冷森森。渐生暮霭天光暗，初降微霜夜气阴。寂寞久疏飞雁信，相思遥忆远人心。拈毫欲寄愁边句，又听邻家月下砧。

老去浑如日已斜，残躯将就度年华。摇摇自比风前烛，泛泛谁怜水上槎。欲破愁颜偏戒酒，怕听哀韵又鸣笳。东篱辜负秋光好，白发羞簪镜里花。

才看晓日又斜辉，观化须当要细微。东海汪洋随水逝，南溟消息任鹏飞。自知多病因身累，始信无才与世违。不羡膏粱厌鱼肉，清斋长饱菜根肥。

今古真同一局棋，万方多难不胜悲。长征解甲知何日，久戍休兵定几时。捷奏肤功须及早，驰传羽檄莫教迟。桂薪珠米生民困，共享升平是所思。

曾闻累土可成山，知足常存宇宙间。一自青牛逢令尹，至今紫气说函关。从来文字能传道，未必丹砂可驻颜。养得谷神真不死，轻身应许列仙班。

疏钟听彻五更头，雨雨风风近暮秋。落叶哀蝉缘底事，青灯素壁易生愁。依人尚有梁间燕，相对难驯水上鸥。最是关心非为己，何时丰稔遍皇州。

不争毁誉不居功,聊寄形骸天地中。才听娇莺啼上苑,旋看衰柳落尖风。忧劳笑我头空白,开谢由他花自红。学得古人真妙诀,痴聋方可作家翁。

登高远上路逶迤,天作秋容满岸陂。不见白衣人送酒,饱看红叶树交枝。凋零众木韶光促,跳脱双丸日月移。六十年来成一笑,如霜羸得鬓丝垂。

读五代史记

纷纷割据谁成败,礼乐人伦数变更。颠倒君臣无定位,乱离中外不聊生。逆藩禅代遵前辙,元老匡襄愧令名。五十四年多少事,骄奢淫佚任纵横。

咸丰庚申重九有感湘佩书来借居避乱数日未到又传闻健锐营被夷匪烧毁家霞仙不知下落命人寻访数日未得消息是以廿八字记之

几林枫叶染新霜,山色依然未改常。欲插茱萸人不见,满城兵火过重阳。

同治元年岁次壬戌清明后七日南谷道中书所见

吹面东风弄柳芽,轻车细碾软尘沙。远山望处凝春雪,不是梨花是杏花是时杏花半残矣。

哭湘佩三妹

卅载情如手足亲,问天何故丧斯人。平生心性多豪侠,辜负雄才是女身。

红楼幻境原无据,偶尔拈毫续几回。长序一编承过誉,花笺频寄索书来。余偶续《红楼梦》数回,名曰《红楼梦影》,湘佩为之序,不待脱稿即索看,尝责余性懒,戏谓曰:"姊年近七十,如不速成此书,恐不能成其功矣。"

谈心每恨隔重城,执手依依不愿行。一语竟成今日谶,与君世世为弟兄。妹没于同治元年六月十一日,余五月廿九过访。妹忽言:"姊之情何以报之?"余答曰:"姊妹之间,何言报耶?愿来生吾二人仍如今生。"妹言:"岂止来生,与君世世为弟兄。"余言:"此盟订矣。"相去十日,竟悠然长往,能不痛哉!

言到家山泪满眶,致教云影翳波光。关心念念愁先垄,或可骖鸾返故乡。因杭城屡犯,音问不通,坟墓不知安否,亲戚不知存亡,是以右目失明。

年来无事长相见,今日思君无会期。笑貌音容仍在眼,拈毫怕写断肠诗。

雨窗感旧

同治元年长夏,红雨轩乱书中捡得咏盆中海棠诸作。旧游盛事,竟成天际浮云;暮景羸躯,有若花间晓露。海棠堆案,红雨轩争咏盆花;柳絮翻阶,天游阁分题佳句。今许云姜随任湖北,钱伯芳随任西川,栋阿少如就养甘肃,富察蕊仙、栋阿武庄、许云林、沈湘佩已作泉下人,社中姊妹惟项屏山与春二人矣。二十年来星

流云散,得不伤心耶!

最难解处是萦牵,往事思量在眼前。小院连阴成积潦,幽窗兀坐似枯禅。书能引困消长昼,境不如心促短年。回忆旧时诸姊妹,几游宦海几归泉。

梦中读隋书得此二绝句醒来倩人代写盲人梦话可发一笑

二主相逢何所问,庭花艳曲记来真。春兰秋菊当时秀,不论苍生论美人。

夺得江山不久长,恣游终古怨萧娘。可怜一代风流主,不用金棺用御床。

——顾太清撰,金启孮、金适校笺《顾太清集校笺》,
中华书局2015年版

吴藻十五首

吴藻(1799前后—1862前后),字蘋香,自号玉岑子、花帘主人,仁和(今属浙江杭州)人。吴葆真女,陈文述碧城仙馆女弟子之一,适商贾而终身不乐,晚年皈依禅悦。在文学上受到黄燮清、梁绍壬、赵庆禧、魏谦升等人的提携指导。善音律鼓琴,文体方面擅长词、曲创作。有《花帘词》《香南雪北词》,杂剧《乔影》。

为颐道夫子校玉笙词

也同渔唱伴归桡,鹅管参差按绿腰。花影有香春漠漠,月华如水夜迢迢。中郎旧事余黄绢,太傅新词付絮绡。三叠临风谁解和,仙人铁笛美人箫。

青黛湖上吊吴宫双玉祠墓

双玉者,阖闾女胜玉、夫差女紫玉也。墓久失,颐道夫子为营抔土鹤磵之西,并建祠塑像,勒文于石。青黛湖,虎邱后山湖名,当即女坟湖也。

湖中水暖鱼吹絮,湖边花发莺啼树。吴宫花草久成尘,瞥见吴宫双玉墓。双玉复双玉,玉貌皆婵嫣。白鹤解舞影化烟,各有冤愤埋黄泉。才人解惜婵娟子,瘗玉埋香访遗址。绣襦甲帐写真

形,如向黄泉重唤起。君不见玉波荡漾双莲冷,当年队长无留影。又不见施夷光、郑修明馆娃宫圮屧廊尽,苏台空有苔花生。玉人如玉年娇小,争似婷婷双玉好。离骚哀怨为招魂,应有碧云来缥缈。雀扇铢衣好画图,千秋金粉重三吴。回首兰因吊花影,黛湖何似美人湖。

和王丈仲瞿祭西楚霸王墓

玉玦难凭事业休,喑呜叱咤竟无谋。中原逐鹿移秦地,歧路亡羊泣楚囚。青史但援成败例,白云长作古今秋。龙门可继麟经笔,全汉须仍本纪修。

垓下军声帐下歌,骓兮不逝奈时何。美人报主名先得,功狗邀封悔已多。儿女英雄同此泪,乌江碧水为谁波。谷城坏土真侥幸,灵爽千秋总不磨。

听雨示湘佩

才卜清宵月上弦,依然风雨对床眠。评诗雅擅量才尺,得句真同下水船。东阁梅花期后日,西湖春色话当年。一尊莫忘椒盘酒,乘兴还来颂百篇。

和沈善宝己酉春暮

湖烟漠漠雨疏疏,握手登舟绿浸裾。十载归来诗格老,无人不诵女相如。

己酉春杪湘佩来杭招集湖舫和鲍玉士

雪泥鸿爪记前尘，十载归来彩笔新。诗酒未忘京国梦，湖山不改故园春。相亲绮席人如玉，联步芳堤草似茵。落落晨星三两点，一尊长感去来因。

归路征尘浣客衣，咏怀古迹半依稀。黄河远上旗亭唱，旧雨清谈玉屑霏。小叙恰当春尽日，重游待卜月流辉。花龛零落松龛改，回首禅关处处非。

皋亭探梅花下口占呈蘋香暖姝蘋香和作

万枝香雪斗横斜，物外春归释子家。滑滑泥冲三径路，阴阴寒勒半村花。素笺作草书成圣，好句如仙气自华。愧我粗疏慵染翰，小窗无意学涂鸦。

初夏寓居里湖赵氏庄

说与湖山花鸟知，春风无日不相思。迟来误却探梅约，已是成阴绿叶时。

湖光如镜照诗怀，四面云山合抱来。绝似微之浙东句，一家终日住楼台庄有楼名镜水。

玉壶酒市去沽春，归路斜阳画本新。夜半月高弦索奏，临湖多少倚楼人。

暂拟平原十日居，四山新绿护琴书。别翻古调杭州曲，桂子荷花总不如。

滋伯自禹航至唐栖超山探梅以诗寄示因感昔游次韵

忆昔壬辰岁，超山探梅林。祠山生日过，积雨气萧森。足茧岸泥滑，寒风吹衣襟。枝头少红萼，枝上无翠禽。棹舟去海昌，逶迤沿河浔。河水清且涟，一路闻拏音。咫尺安澜园，宸翰辉琼琳。看梅既不果，聊此惬素心。长廊曲复曲，池台花木深。游园湿衣履，抵家尚春阴。浃旬天始霁，刺船重追寻。癯仙顾我笑，竟体芳香侵。树古苔绣碧，低花碍瑶簪。夕阳在归篷，疏枝隐横参。枇杷夹岸茂，隙处间林檎。读君记游诗，追昔因抚今。雁行伤久折谓梦蕉，花发愁登临。

初夏同人集朱氏湖庄滋伯以诗见示用杨铁崖花游曲韵赋此奉答

一春山色常空濛，痴云不散雨间风。朝晖忽明图画里，急买轻船荡烟水。亭台花木称朱门，柳斗眉痕榴斗裙。词客如仙惭学步，首订清游因展墓谓三月初九日展先兄梦蕉墓。群贤少长得得来，小池绿满堪流杯。渔唱清于戛铜碗是日歌滋伯所制，西溪渔唱曲，新声玉茗红牙板。倦鼓残箫日又西，湖边雅集漫留题。秋风待倩传书使，重游自三而卜四。安排荷盏碧苔笺，共倾一斗挥百篇。

——《香南雪北庐集》，清咸丰六年(1856)评花仙馆活字印本

张纨英四十三首

张纨英(1800—1881),字若绮,阳湖(今属江苏常州)人。父张琦为常州词派创始人之一,曾任邹平等地知县。母汤瑶卿擅诗文,为常州才女。姐张𦈡英、张𦈸英、张纶英,皆有诗名。夫为太仓诸生王曦,二人育有一子四女,四女为采蘋、采蘩、采藻、采蓝,皆善诗工画。张纨英著有《邻云友月之居初稿》《餐枫馆文集》,均由其弟张曜孙刻入《阳湖张氏四女集》。

春晓

野寺疏钟断,遥林啼晓鸦。青苔零露重,翠竹舞风斜。日气含微雨,溪光艳彩霞。画帘寒不卷,开镜傍窗纱。

近园雨霁

雨过新萍绿满溪,夕阳犹在小桥西。残春花绪盈盈泪,尽日莺声渐渐低。门掩青苔阶易滑,阑回碧树路将迷。定知陌上飞红雨,猩色裙边踏作泥。

舟行即事

小桥斜日柳丝风,碧草如茵点落红。十里鸭头新涨绿,水花细逐橹声中。

哭钱氏二表妹

秋风瑶瑟断湘灵,天外峰痕惨淡青。一夕名园生暮霭,九华仙岭上明星。翠帷玉骨恹恹病,红唾冰壶点点腥。凄绝高楼灯影暗,朦胧残月透疏棂。

仙掌双擎照夜珠,外家姊妹最名姝。凌寒竹瘦高堂暮,并蒂花分倩影孤令姊于归吕氏。屈指华年伤碧玉,惊心秋梦滞黄姑。嫁衣刀尺辛勤甚,莀匣金箱冷绣襦。

十年居傍郁金堂,连袂兰闺比雁行。顾影自怜倾国艳,低鬟邀试入时妆。天寒碧月悲明镜,风漾仙云想翠裳。千载浣纱溪畔水,几人挥泪吊斜阳。

最忆凉秋问疾时,清谭未觉倦难支。仙心已脱春蚕茧,密意犹牵玉虎丝。此日画图空仿佛,他时清梦更迷离。定知环佩归来夜,唱我伤心薤露辞。

送春

风雨连宵掩碧纱,空庭又见夕阳斜。寻常岁月过飞鸟,十二楼台尽落花。垂柳多情牵别绪,游丝不解系春华。忍听杜宇催归去,倚遍阑干只自嗟。

对月有怀

清宵悬皓月,千里常相看。流晖飒轻霜,罗袂生薄寒。西风飘井梧,白露溥庭兰。感此物候殊,迢迢忆长安。草虫向夕鸣,梁燕知时还。浮云行太空,极望何漫漫。

明湖泛舟

山色望中静,湖光接远天。放船迎落日,煮茗汲流泉。岸阔一亭古,波平两桨圆。鹊桥明月下,归去逐晴烟。

夏雨新霁

斜阳展新霁,凉意静池荷。空翠湿帘幕,明霞散绮罗。溪流穿曲径,云影动微波。乍觉秋期早,窗虚爽气多。

山色弄晴翠,卷帘凉满衣。月移清影瘦,琴卧绿阴肥。草色侵书幌,波痕失钓矶。晚烟开远树,倦鸟拂云归。

答夫子次仲远弟韵

一院凉阴玉井桐,燕台秋色倘相同。十年作赋登楼倦,万里追风纵辔中。疏雨残檠飞客梦,空阶落叶急寒虫。泥金早慰庭帏望,篱菊开时盼塞鸿。

夜起

空梁照残月,燕去冷巢泥。深树锁寒碧,荒烟隔小溪。钟声催梦短,星影傍檐低。一枕凉云觉,银河屋角西。

题弟妇包孟仪令媞兰陔请觐图照

揽佩听鸡鸣,循陔细步行。画堂初日上,珠户晓星迎。柔色描难似,芳仪众共倾。承欢多乐事,玉燕试新声。

妇职吾多愧,栖迟尚婿乡。无家供享祀,与子试羹汤。甥馆如鸿庑,莱衣接雁行。他年同结宅,联袂奉高堂。

送孟缇姊之京师

秋风动帘帷,皎月照离色。中夜不成寐,念此千里客。离别亦恒有,我心独凄恻。京国多风尘,吾姊当远适。清霜被原野,道路苦间隔。寒蝉号枯林,蟋蟀鸣四壁。相离一何速,忧思徒脉脉。

别情已纡结,太息念我亲。育姊将卌载,形影未忍分。寒燠廑亲虑,咻噢劳亲神。一旦舍之去,能不怀苦辛?亲鬓日以衰,女发日已新。顾此迟暮年,曾不侍晨昏。我心尚如此,亲心顾可陈。生女诚无益,涕泣亦何云。

骨肉本同根,枝叶相连蜷。吾生齿最稚,诸姊皆婵媛。伯兄忽中折,仲姊复弃捐。死者长已矣,生者宜尽欢。人生瞬百岁,欣戚有变迁。视彼同群鸟,羽翼何翩跹。

欲去不可挽,心悲徒怆神。今日且欢乐,尽此酒一樽。丝竹激清响,殽核既具陈。良会不易得,骊驾况在门。此行宜燕乐,琴

瑟和且均。离居诚足悲，觌面亦有辰。异地殊云日，远道多艰辛。隐忧损玉体，何以慰二亲。执手重徘徊，语尽意未申。努力各自爱，要我以阳春。

书先姊纬青遗稿后

梦寐何足凭，篇简有遗迹。灵光不可掩，精气自凭式。吾姊归重泉，寒暑已数易。骨肉判死生，形影永间隔。宿草瘗孤坟，江流自呜咽。寒台闷长夜，风雨砭幽魄。孤魂在何许，曾不一诀别。寝息忽若存，止作念所历。沉忧日以永，感慕曷有极。庶几抱兹编，如与共晨夕。

寄孟缇姊

白日忽西堕，归鸟各分飞。倦羽何萧萧，悲风强自支。飘摇历霜雪，哀鸣和者谁。嗟我骨肉亲，三载苦相违。山川隔千里，道远心长依。幽居思易沉，入梦会犹稀。抚时虑寒暄，感事伤仳离。北风送征鸿，贻我一尺书。上言平安字，下勖箴规词。示我咏怀篇，命我长相思。君今事君子，一举青云期。嗟我处蓬室，穷年对寒机。人事如浮云，茫茫安可持。旧欢逐流尘，弦望岂有时。俯仰感今昔，泣涕沾裳衣。

遣婢碧芹赴聊城旅邸侍夫子以诗送之并寄夫子

千里伤羁客，三春生远愁。柳枝传艳曲，桃叶送行舟。温酒需红袖，添香理翠裯。计程明月满，良夜暂忘忧。

五载依妆阁,双鬟尔许长。检衣搜莀匣,结帨解明珰。远适非他族,征途遇故乡。婢扬州人。卖珠愁日暮,忆汝最难忘。

昔作康成婢,曾承林下风。婢为弟妇包孟仪所赠。礼仪知有自,情性略能同。远别如娇女,宵征慎在公。玉阶萱草碧,芳讯盼飞鸿。

一晌牵衣泪,苍茫百感生。难为贫贱妇,共此别离轻。万里清娱伴,千秋络秀名。相期吾与汝,白首听鸡鸣。

送仲远弟赴白门

制府陶公招治疾,自京驰归,抵里十日,即赴节署。

征衫乍拂帝京尘,十日匆匆别绪新。岁暮天寒孤艇去,柳芽梅萼大江春。梦中二竖知秦缓,海内专家重越人。百万苍生齐仰望,好凭灵药起名臣。

书仲远弟南归草后

半月征途百首诗,中年杜老剧忧时。天寒万木留真性,云起遥山动远思。九地伤心游子泪,千秋绝业古人期。一编读罢增惆怅,惭愧申申记楚辞。

题山水画幅

天外排苍翠,名山不记年。危峰盘鸟道,茅舍入溪烟。健笔邻祁岳,幽居忆辋川。空余偕隐愿,展卷意流连。

四十初度述怀兼答孟缇姊

索居多远怀，惝恍忘日夕。前尘宛如昨，未觉岁时易。素书千里至，读罢心转戚。慨然念身世，日月忽已积。抚兹初度辰，回首倏陈迹。翛翛玄鬓景，冉冉白驹隙。新诗何慨慷，旧事感历历。相期在情性，勖我勤典籍。枨触纷余怀，俯仰长叹息。

绪风擢嘉卉，粲然耀芳姿。新条依故柯，开落宁有知。我生何碌碌，覆育辜良时。孩提迄有家，膝下永不离。女子古有行，焉得长相依。微生觏殊造，自顾惭恩私。奈何爱日怀，忽感飘风悲。滔滔四十年，去去如星驰。儿女累已多，劬劳安可思。焉能返元景，复此阳春时。吁嗟蜉蝣生，不如草木滋。

璇源扬清波，灵壑媚幽石。转蓬生麻中，不扶能自直。吾姊珠璧姿，英奇谢雕饰。弱龄抗遐志，悦性游翰墨。慧心比生知，刻厉忘寝食。提携及弟妹，学术各有得。嗟余苦颛愚，学步堪践迹。何图惊老大，濩落无所获。卮辞安足多，拾掇宁有益。因循迫尘事，往日岂堪惜。桑榆倘有收，秉烛驻遥夕。

我读列女传，悠然慕芳烈。同生天壤中，胡为谢前哲。英英互晖映，钟畀岂独绝。益知至道存，冠笄非有别。周南风化始，乃处十人列。盘匜井臼闲，宁足尽妇职。常变会所遭，持循守其一。无仪在中馈，或以范庸劣。修能安有程，懿风炳星日。

少小抱微尚，罗绮非所怡。升沉有定分，浮荣何足期。幸得托清流，女萝施松枝。蓬蒿可栖隐，荼蓼甘如饴。褕袆本象德，黼绣乃流晖。河山瞻委佗，不淑安能宜。慨怀一世闲，荣落亦等夷。飙尘正飘忽，桃李何离披。遐哉鹿门山，浩荡翔天机。

日入息众役，飒然清我心。披书剪灯读，和风拂素衿。寥寥浥希风，渺渺探元音。幽崖上佳月，碧海横鸣琴。至乐暂可求，俗

虑幸不侵。所嗟须臾欢,尘网俄相寻。何当轶人寰,牵萝碧山岑。诗书守先业,织组差能任。庶几惬心期,或可遵良箴。百年会有穷,此意宁终沉。

题仲远弟绿天秋意图小照

流光疾如驰,一去不可御。唯有画图中,清景尚如许。深林远尘嚣,密叶隔风雨。翠扇漾晴晖,秋心卷残暑。幽人据苔石,独坐寡俦侣。所思在天末,寥廓无定所。冥冥绿天深,仙云结衡宇。壶中驻长日,歌啸足容与。飘风振乔柯,落叶散洲渚。寒暄变物色,对景安可抚。唯当葆素衷,相与采蘅杜。抗怀羲皇上,奚必慕冲举。百年会有涯,九辩亦良苦。空山碧月来,悠然自千古。

暮春有感

落花飞絮满平芜,冉冉春晖忽已徂。梦里伤心犹恍惚,镜中泪眼渐模糊。韶华易老将维燕,风雨空怜反哺乌。只有芊绵堤上柳,一年一见一荣枯。

蕉

深深庭院雨初收,日影参差翠欲流。碧簟凉生千里梦,绿窗风递一分秋。慢裁彩扇题诗句,且挹琼浆助茗瓯。静对西风罗袖薄,素心同抱古今愁。

久雨后雪时闽粤浙皆用兵

青阳郁沉阴,甚雨苦经月。萌芽冻不抽,径户闳幽寂。窗虚掩暮寒,风劲忽飞雪。栖鸟无定止,庭树益凛冽。挟纩怀我军,捷音盼金阙。何时天宇清,云翳扫空阔。欣欣万物荣,晶莹仰瑞日。

雨霁和婉纫姊

流云散空翠,暮日照林麓。新水溢池塘,积阴闳帘幕。花寒敛幽性,草长滋静绿。白屋端居人,弹琴秉明烛。

岁暮感怀寄夫子

朔风驾征舠,残月乍明灭。行李何匆匆,岁暮忽言别。别离久经惯,谋食惟橐笔。闲居况半载,壮气欲销歇。敛袖送君行,未觉心悒郁。慨然念身世,俯仰百忧结。昏鸦噪落日,空庭晚萧瑟。严霜切襜帷,敝衾寒彻骨。啼饥小儿女,奔走索梨栗。仲女犹病痁,拥被发不栉。三月苦未瘳,调护少药物。年丰百物贱,粗粝免饥渴。我年逾四旬,世事剧嗟咄。乡闾风俗薄,任恤宗党缺。承平忧冻馁,生计日已拙。黾勉已艰辛,兵戈复仓卒。长鲸击回风,沧海波涛阔。羽书纷络绎,征发遍南北。一朝入大江,奔窜如豕突。哀鸿遍四郊,流转弃家室。风声惊草木,烽火照城阙。毗陵咫尺间,捍御苦无术。巨室多迁移,土寇势剽忽。空城安可居,避地求岩穴。丧乱藉友朋,急难谊尤切。杨子用明、章子仲甘皆与夫子友善,为择地卜居。仓皇理家具,书卷杂衣褐。轻舟疾如矢,回首犹战栗。孤村阳湖畔,幽寂颇可悦。茅屋三五间,人众只容膝。地

僻风俗淳,妇孺多朴质。全家暂安寄,愁病未遑恤。悲哉镇江城,飞炮山石裂。官军屡不克,贼势益猖獗。井里无炊烟,沟渠涨热血。腥风逐炎暑,昏曀黯白日。凶灾岂天意,玉石俱摧折。鸟飞不敢下,江水为呜咽。我闻再三叹,泪洒肺肝热。同为江国民,降祸此何烈。女子罹兵戎,守义无苟活。谁于扰攘际,表彼贞介节。

庙堂哀生民,干羽两阶列。大臣议招抚,金缯急搜括。用兵贵全军,不战人已屈。烟氛一朝靖,我亦反蓬荜。古来驭戎夷,顺赏逆必罚。羁縻贵能制,扼吭可鞭挞。豺虎饱则飏,鹰鹯亦飞掣。贪怀焉得餍,蓄意恐未绝。东南财赋地,民力亦易竭。要津失门户,杂种处闺闼。岂惟苍生忧,变故未可说。昊天应助顺,雷电有殛杀。戚戚杞人忧,苍苍未能诘。浮生托危邦,痛定犹惕怵。幸免岂善藏,安全讵能必。儒生济时艰,匡救资一拨。沉沦处粪壤,壮志难奋发。不如买名山,偃卧聊放轶。子耕我能织,乐岁足稻麦。木棉如狐裘,大布胜华黻。岁寒谋旨蓄,新酒酿佳秫。鸡豚可给鲜,杞菊恣采掇。一尊俨相对,啸咏击缶钵。浮名付儿曹,勤学期特达。平生葵藿忧,藉手志堪毕。流光倏飘荡,揽镜惊华发。薄愿焉得偿,风尘苦汩没。穷居对残檠,默坐心恍惚。仰首望飞鸿,冥冥渺天末。

明月篇

皎月出茅屋,庭户流清辉。中夜织作妇,轧轧机声哀。凉风吹我裳,瞻顾起徘徊。徘徊下阶除,旷宇无纤埃。衣单耐新寒,刀尺已久违。素丝未成匹,何以寄所思。所思徒郁结,远道不能达。明月淡无言,年年照离别。离别亦何有,初三复下九。朝来美如花,日暮惊老丑。举头望征鸿,明镜对飞蓬。长天望难极,浩浩浮

云空。金波何皎皎，白露沾野草。百年安可期，荣名古所宝。去日如流星，枯荣不可停。惟应与明月，对影鉴幽情。

——胡晓明、彭国忠主编《江南女性别集三编》下册，
黄山书社2012年版

百保 三十九首

百保(? —1861),满族,姓萨克达氏,字友兰,号长白女史,吉林长白人。瓜尔佳·延祚室。婚后不期年夫卒,含辛茹苦,抚养遗腹子麟趾成人。曾长期流寓荆楚、西南各地,后随子宦转浙江。1861年冬,太平军攻入杭州,自沉于其子杭州官邸池塘。诗多思乡怀亲之作。有《冷红轩诗集》。

梦归

魂梦长随雁阵飞,故园千里一时归。逢人正话他乡事,鸡唱惊回月照扉。

秋雨

庭梧初落叶,鸿雁已南征。竹径含云气,蕉窗带雨声。沉沉迷画阁,黯黯满秋城。极目疏烟里,苍茫远岫横。

月夜闻钟

忽讶钟声起,宵深万籁幽。随来五更月,敲彻一天秋。断续参谯鼓,悠扬绕画楼。何须发深警,不寐正闲愁。

月夜偶成

飒飒金风木叶飞，银河皎洁漏声微。一窗凉月明如水，乡梦因何不肯归。

舟次巴东见山居者

谁家岩畔结蜗庐，门对江流画不如。茅屋数椽丛树绕，芋田人背夕阳锄。

万县晓起

惊回晓梦不成眠，起看江行欲曙天。水气岚光分不出，鸟声啼破万峰烟。

江上

水影沉沉暮霭横，遥山低与碧波平。诗怀南国浮江汉，人逐西风入楚荆。万里乡心随雁渺，三更霜气逼灯清。疏星冷月芦花岸，隐约前滩落雁声。

述怀

马蹄帆影事长征，楚水秦关路几程。放浪江湖诗易就，搅愁风雨梦难成。牵情绿草间荣悴，引恨青山日送迎。底是乡心消不得，每随归雁入云横。

闻雁

夜分征雁声凄楚，似怨长途念俦侣。我亦天涯羁绊身，半窗残月愁千绪。

感怀口占四首选三

世态轻如纸，人情重在金。炎凉多幻相，感慨付微吟。教子他年志，营斋此日心。向平婚嫁了，泉下好相寻。

解缆值秋季，伤怀血泪枯。关山心力倦，风雨病魂苏。感慨诗情有，凄凉旧侣无。故乡何处是？江上暮云铺。

喜逢邮递处，急作故园书。举笔泪先坠，扪胸志未舒。从今尘梦醒，此后壮怀疏。莼鲙空思想，何时返旧庐。

感怀

素衣到处染征尘，漂泊天涯剧苦辛。为问故乡诸弟妹，可曾有梦到征人？

数年空自望归期，泪冷珠江月上时。愁里那堪闻杜宇，断肠人赋断肠诗。

章江晚泊

一幅云林景，天公设色匀。树鸦团暮霭，村犬趁归人。残照平山外，余霞远水滨。欲成图画出，粉本妙无伦。

闲倚篷窗望，人烟夹岸繁。晴波摇日脚，暝色起山根。几点

明渔火，三篙涨水痕。蒲帆看乍落，停泊即前村。

秋日书感

风色肃庭院，萧疏生客愁。故园千里梦，新雁一声秋。官阁仍连雨，天涯数倚楼。空怀季鹰意，何日愿方酬。

自嘲

笑我诗成癖，推敲意自怡。间时吟弗辍，午夜卷仍披。研露圈周易，焚香读楚词。何妨呼獭祭，乐此不曾疲。

寄中峰诸弟

依然多病心情懒，远盼鳞鸿问讯勤。千里关山愁入梦，三更灯火叹离群。终年独玩梁园月，何日同看冀北云。官漏沉沉春夜永，无眠意绪总纷纭。

小立花间草似茵，天涯极目可怜身。家园又是三年隔，物候仍看几度新。聊藉诗书消永昼，直将得失等浮尘。举头红雨纷纷坠，强染霜毫赋送春。

寄亚南姊

久下湘帘引步迟，北风信息每参差。破人寂寞三更柝，消我光阴一卷诗。生怕言愁愁更集，纵能写恨恨谁知。迩来有事深欢喜，见说冬生是玉枝。

才抛蒲越已秋砧，旧雨长违怅望深。幸捧琅函遥寄语，似燃

银烛近谈心。五千道路常提笔,三十年华早碎琴。赋就《柏舟》儿女小,焚香翻觉羡旃林。

小松

道旁松尚小,翠色一何新。应有干霄日,浓阴荫路人。

清明

悄悄忧心对短檠,旅怀明日又清明。一杯难奠魂千里,双泪空抛月二更。天上还期重见日,人间谁和断肠声。年年盼尽乡关路,最怕伤怀杜宇鸣。

老鹰崖三首选二

翠色朦胧欲接天,一山高耸万山连。回眸下视尘寰路,一气空苍走海埏。

崖壑清幽意爽然,个中风景倩诗传。凌霄谁见飞升客,多历名山便是仙。

春暮感怀

又见枝头红雨飞,近来事事与心违。椿萱老去悲何极,手足离多信亦稀。异地情怀人怅怅,故园花柳梦依依。那堪回忆当年境,一觉黄粱是也非。

十月一日夜窗书怀

何事而今不自肩，那堪触绪忆从前。匆忙针凿诗章废，琐碎齑盐俗虑牵。教子殷勤须毕世，怀人魂梦隔重泉。凄凉剩有将枯泪，官鼓冬冬夜似年。

病中偶成

卧病难成寐，宵深被不温。风声喧到枕，月色静依门。萍梗嗟身世，关山阻梦魂。素心违别久，怀抱向谁论。

欲归偶成

束罢行装意黯然，故乡万里隔云烟。艰难归计今才决，辛苦余生转自怜。衫上泪痕思往事，镜中鬓影感华年。强人一事差堪喜，重论诗章雁序联。

鹤

久离鸿鹄侣，凌霄志尚存。鼓翼低徊处，难抛饮啄恩。

镇宁州观瀑

得得征舆且暂停，为观飞瀑倚疏棂。千峰云气凝秋雨，百尺奔涛泻翠屏。故里归时宜感树，天涯回首总飘萍。五衷无限萦回事，对此潺潺那可听。

寄莲友妹

秋深鸿雁满关河，一棹吴江起夕波。花发江村新觅句，人来画舫待征歌。月明野店清砧急，风扫荒城落叶多。为问都门旧知己，故园情绪近如何？

西风渐紧雨迷离，把酒篷窗忆旧知。枫叶半江添画本，梅花千树动乡思。寄君南国灯前信，写我西湖陌上诗。客里加餐宜共慰，鬓边白发已添丝。

天竺寺

修竹带朝烟，声喧石底泉。湖山环法界，梵呗落诸天。扑面岚光湿，当空塔影圆。笋舆归路远，回首白云连。

初地今方至，层峦树杪看。修篁三竺路，清磬百花坛。妙境开生面，慈云入大观。风微松韵静，夕照暮烟团。

苏小小墓

参破繁华是梦痕，西泠桥畔吊花魂。嘶残杨柳青骢骑，香冷枇杷白板门。玉骨深埋芳草碧，荒丘空对暮烟昏。艳情绮思消磨尽，坏土依然历劫存。

沂州道中

平畴雨润晓烟笼，漠漠轻阴护玉骢。驿柳尚依孤艇绿，霜枫初染半林红。临川饮马波纹细，破屋炊薪暖意融。指点前溪通略

彴，此间风景似南中。

泊孟河口

数丛竹树好探幽，新笋锄来酒共酬。瓜步军声惊去雁，芦湾秋影剩眠鸥。闲看前史消长夜，每忆时艰动隐愁。官舫暂停潮未上，一帆此夕且勾留。

——《冷红轩诗集》，清光绪元年(1875)重刻本

沈善宝二十二首

沈善宝(1808—1862),字湘佩,晚号西湖散人,浙江钱塘人,沈学琳之女,咸丰时吏部郎中武凌云继室。少颖悟,工吟咏,善画工诗,能词,有《名媛诗话》《鸿雪楼诗》《鸿雪楼词》。

浴佛日太清屏山招云林霞仙及予同游翠微山作

振衣绝巘快登临,放眼川原豁素襟。万壑松涛风雨急,千盘石磴薜萝深。云迷古寺钟声远,峰隔斜阳塔影沉。最爱笋舆便捷甚,胜游相订感同心。

七夕感怀时英夷攻陷定海

天上何来儿女情,连番微雨晚凉生。愿将一掬银河水,倾向东南洗甲兵。

感成呈松亭兄

无端烽火客心惊,谁运胸中百万兵。杜老忧时空感慨,谢公却敌但楸枰。拯愚岂料开边隙,报捷欣传慰圣明。时闻厦门陈提督

击败逆夷。愿得妖氛俱扫尽，伏波铜柱早标名。

送云舫十兄从军东粤即用松亭三兄原韵

珍重驱兵暂枕戈，春深细柳听鸣鼍。悬知碧海驰名远，定为苍生造福多。虎帐日高飞羽檄，狼星夜落奏铙歌。平夷廿策无遗算，借著儒生有几何。十兄曾著《平夷二十策》。

孟缇招饮挹爽亭喜晤恽岫云湘即席作时六月既望

危亭高占绿阴中，同倚阑干眼界空。晓露香舒红菡萏，远山云锁碧玲珑。新词合谱延秋曲，后十日立秋。古赋高吟避暑宫。孟缇时诵《九成宫赋》，音节铿锵，令人忘倦。更幸金银逢博士，爪痕留印记飞鸿。

秋夜听雨呈外

风雨潇潇秋漏长，百端交集意茫茫。隐忧家国添新病，时接杭州来书。自酌参蓍改旧方。笑我频歌青玉案，日来卧病，蒙诸闺友馈饷不绝。羡君稳据黑甜乡。浮生热恼难消却，愿借莲花作苇航。《莲花筏》，陈云伯大令所著，甚有裨于世道人心。

闻杭信感成

舟山重又见烽烟，湖上人家倍惘然。让畔偏多肥遁志，富民尽室迁移。招商深赖长官贤。时大中丞刘玉坡先生招米商命平粜。传来

风鹤真堪恨，想到饥鸿倍可怜。安得孝侯三尺剑，海氛顷刻靖南天。

日来风雪交作感成寄李寄母

离愁正无赖，风雪太猖狂。归轡行何所，春寒不可当。思亲千点泪，望远九回肠。频向风姨嘱，休吹大道旁。

病中感怀

冷宦频年未展眉，重重离恨寸心悲。李寄母回山左，温润清弃世。辘轳浑是柔肠转，药石难求妙手施。寒逼重衾宵梦短，倦凭高枕午餐迟。平生结习终难改，病到无聊又赋诗。

张家湾道中

双轮疾似箭离弦，大漠寒生欲暮天。山带乱霞衔落日，村围密树聚炊烟。刈余禾黍人开圃，散尽牛羊鸟下田。秸作藩篱茅盖屋，羡他击壤意欣然。

四十初度口占

东风和煦日初长，草渐回春柳嫩黄。卌载惊心增马齿，半生多难历羊肠。快编碎玉诗千首，手编《名媛诗话》十二卷初竣。痛失明珠泪两行。尘世悲欢尝欲遍，只余绿鬓未星霜。

十年愧说主蘋蘩，堂北还欣树寿萱。偶寄闲情临玉版，且安冷宦隐金门。窗前问字怜娇女，灯下哦诗课幼孙。自是天伦多乐

事，钗荆裙布古风存。

少小椿萱绝爱怜，几番丝竹启华筵。筵抽碧蕊迎风喜，梅绽红英映日妍。只望百年承色笑，岂知一瞬即云烟。劬劳未报松楸远，回首家山意黯然。

自笑诗书结习深，一灯五夜尚披吟。寄生曾荷榑桑荫，余自入都每遇初度，皆承李寄母设筵招饮。称祝重劳兰蕙心。是日太清、屏山、云林、素安、陔兰、岫云、华香诸友赐祝。顾影鸰原萦别梦，和鸣鸳侣喜知音。却怜游子微名绊，此日思亲更不禁。大儿友怡需次苏城。

观绳伎口占

流雪回风妙入神，柳腰纤细掌中身。新诗聊作缠头赠，赢得天涯翰墨因。

赴孟缇饮归来口占即柬孟缇婉卿

鸡黍殷勤约，清谈日易斜。吟诗得知己，读画识名家。婉卿即席和诗，且善写墨兰。既醉葡萄酿，还分富贵花。孟缇复剪赠牡丹。留春怜斗室，红紫灿云霞。是日太清以藤花、荼蘼等花见饷。

雄县晓发寄都中诸闺友

云萍十载聚春明，听澈骊歌出凤城。猎猎风沙旋大漠，劳劳踪迹怅浮生。人萦别绪难成寐，马恋残刍不肯行。料得红闺诸姊妹，灯前几处计归程。

渡扬子江

击楫中流势若飞,寒涛滚滚雨霏霏。一帆风送归舟稳,四面云垂远岫微。吹浪江豚时隐见,书空塞雁认依稀。水光无际天容阔,浣我尘襟息世机。

到阳曲后寄太清姊

感君雅谊太缠绵,握手临歧意惘然。往事追思成幻迹,离愁消瘦到吟肩。双轮还历千山雾,单袷凉生六月天。栀子同心劳彩笔,展图不禁泪珠悬。

客窗坐雨长歌书感寄都中诸闺友

欲雨不雨天沉沉,汗珠似水沾罗襟。异乡初到向谁语?安能吟酌随吾心。晋阳僻处万山里,百货远来贵莫比。鱼如龙兮凫似凤,一任人嗤食肉鄙。小住京华近廿年,往来车马相安便。看花绮阁春晨起,读画红灯夜宴眠。城东城西盛吟侣,金钗问字赓新句。就中翰墨足吾师,天游子太清夫人与和鸣主屏山夫人。故人多半居城南,苔岑契合时停骖。五侯羹鲭日餍足,红丁黄甲资清谈。快婿佳儿依膝下,介眉春酒传杯斝。幼女携来玉雪妍,牵衣索抱娇无那。阿兄多病雪盈颠,相送登程泪似泉。骨肉远离心恻恻,亲朋惜别忆绵绵。朅来半月隔千里,差幸劳薪暂停止。入梦琴尊绕帝京,关心烽火思桑梓。破闷无方托管城,客怀脉脉不胜情。浓云似墨惊雷走,雨白滂沱诗自成。

出雁门关口占

满川碎石走黄埃，卷地雄风亦壮哉！策马剧怜人北往，衔芦曾说雁南来。万山积雪寒光起，百堞危关霁色开。塞外至今成内地，登临吊古漫迟徊。

仲春朔日和蘋香赠别作用探梅韵并留别杭城诸姊妹

听罢阳关日欲斜，宾鸿归去我辞家。魂消南浦三篙水，梦绕西湖万树花。不尽余情期后会，愿教努力惜芳华。中年容易伤哀乐，莫使星霜上鬓鸦。

——《鸿雪楼诗选初集》，李雷主编《清代闺阁诗集萃编》第八册，中华书局2015年版

宗婉二十首

宗婉(1810—1883后),字婉生,江苏常熟人。父宗德润,廪膳生。母钱念生,著有《绣余词草》。夫萧大勋。宗婉早寡,教授女弟子谋生,从者甚众,与左锡嘉交游密切。著有《梦湘楼诗稿》《梦湘楼词稿》。1880年,其侄宗廷辅对这两稿进行了整理,并将宗婉母亲钱念生的《绣余词草》、妹妹宗粲的《茧香馆吟草》附于其后,合刊为《湘茧合稿》。1883年,宗婉之子萧瓒重新整理增补了其母的诗词作品,单独刊为《梦湘楼稿》。

壬寅上元前二日闺人有以素袖索题者时值春阴已久烟雨迷离触景兴怀率成四律词之工拙所不计也四首选二

轻寒恻恻雨丝丝,闲倚阑干有所思。柳眼未舒防雪冻,梅魂欲动怕春知。渺怀深思凝愁久,短叹长吟得句迟。底是闺人偏好学,几回向我索新诗。

笔吐心花墨吐香,笔花墨彩共飞扬。居然绣谱开生面,特与金闺助艳妆。扑蝶暗藏罗扇小,折花微露玉纤长。闲同女伴寻芳去,把袂依依话夕阳。

竞渡竹枝词同月锄侄廷辅作八首选三

柳荡微风拂面柔，兰桡桂楫聚中流。十年不作繁华梦，破例今朝也出游。

画舫因依背岸停，入时妆束各娉婷。罗裙一色秋葵绿，恰称轻衫是雪青。

雅靓春衫窈窕姿，一丛丛似好花枝。怪他画舫冲波急，不许凝眸觑片时。

馆中杂感十首选三

连床灯火共咿哦，小少家庭乐事过。不止鲜民久增恸，在天鸿雁已无多。愚谷、丽生先后不在，今仅存韵生一弟。

风泊鸾飘信命乖，九龄稚子系人怀。不知曾减娇痴否，昨梦偎侬制锦鞋。

愁里年华总断肠，镜中青鬓付流光。凭将身世无穷感，并向花前恸一场。

慰兰词

湘云一朵花丛起，独秀亭亭压桃李。惜此离尘绝俗姿，因何移出空山里。出山岂比在山时，凄绝芳心只自知。纵许美名齐玉树，已输故土衍繁枝。主人爱汝原珍重，朝观夕玩瓷盆供。锦幔重重护太深，绮窗密密围无缝。众意咸惊宠过殊，予情反道转牵拘。不资甘雨和风力，活泼春华那得苏。春华闭置成摧抑，洞房曲室同围棘。瘦叶疏枝半不禁，柔苗弱干浑无力。待得花时数朵

开,女郎几辈上花台。供他云髻珑松缀,惜尔金刀剪伐来。金刀剪伐何锋利,可怜郁郁伤花意。华屋原非安乐窝,欢场都是愁烦地。幸得移根近太阳,春来依旧吐芬芳。品高不愧称香祖,韵淡还应供素王。兰乎兰乎宜自爱,为属奚奴勤灌溉。到后根基谅日深,眼前伧傺须宁耐。我本空闺长恨人,比花遭际更伤神。平生一掬酸辛泪,哭向穷途怨莫伸。自古流光如转毂,镜里红颜谢膏沐。毕竟输君挺秀姿,年年岁岁长芳馥。感事伤时数叹嗟,惹他女伴笑侬家。道侬自有愁如海,反把闲词去慰花。

甲寅岁杪假馆再赠庞氏诸甥女二首选一

花底轩窗水畔楹,旧传经处最关情。行踪已作辞巢燕,心事休提出谷莺。未必云山通别梦,也曾风雨听吟声。历来离合悲欢地,偏是愁人记得清。

旅感八首即步庞铁生表甥见寄原韵兼寄书君女甥八首选三

罗襟时染泪斑斑,魂梦惟思故里还。不识大江南北路,一宵能度几重关。

愁中岁月去堂堂,吾虞自去岁八月初二失守后,迄今又一载矣。禾黍秋风感彼苍。莫上高楼更南望,烽烟满眼是家乡。

往事沧桑忍细论,绛帷惭愧说师尊。故园桃李惟君在,风雪何人更立门。始平群秀髫岁皆从予受读,遭乱后悉如星散。渡江而北者,惟书君一人时通音问。

壬戌四月同粲生妹北上留别书君女甥

烽火殊未息，如何又远行。总因身世累，难免别离轻。此日萍踪聚，明宵旅梦惊。还愁分手处，凄咽若为情。

此行岂予意，宛转勉随儿。葵儿将顺途应京兆试。鸿雁怀中泽，鹪鹩恋故枝。几多穷达感，不尽溯洄思。桑梓君如返，传言故旧知。

津门途次即景偶占

水声入耳听淙淙，帆饱南熏稳渡江。急雨初过人意爽，满篷凉翠滴船窗。

微风拂面自生凉，浓绿阴中漏夕阳。一路看来青不断，江南无此好垂杨。

次见怀韵寄韵文女弟子

研席论交已廿年，忽惊云散感烽烟。如何一片乡关月，照到天涯便可怜。

谁言桃靥笑春风，三月梢头未放红。只有寻巢双燕子，呢喃犹与故乡同。

秋夜露坐

露气白如此，秋风凄以清。不知今夜月，可是故乡明？

——《梦湘楼诗稿》，清光绪六年(1880)
刻《湘茧合稿》本

周诒端十四首

周诒端(1812—1870),字筠心,湖南湘潭人。王慈云女,左宗棠正妻。幼习经史,长于吟咏,尤擅古近体诗。去世后,左宗棠将其遗作编为《饰性斋遗稿》,与诒端母、妹、侄女等之诗集一同付梓,汇为《慈云阁诗钞》。

归雁

徘徊初未息,嘹唳忽惊人。何日还乡国,今时正早春。晓霜侵翼重,夜月映形真。世路多缯缴,行藏好自珍。

忆梅

盼断罗浮第几株,霜癯雪瘦梦模糊。清溪一曲流如许,明月前身化得无。东阁至今犹寂寂,美人谁与致区区。何缘解得相思苦,为绘西湖主客图。

得外都中书却寄

驿使书同北雁来,客中怀抱郁难开。虞卿尚有居穷乐,庞统知非作令才。岁晏未归愁雨雪,心闲何处不蓬莱。皇州况是栖鸾

地，乡思无端且自裁。

燕台八咏气横秋有燕台八咏，彩笔峥嵘俯九州。信有诗书能自乐，为知时命更无求。山川万里归图画近制舆图成，车马频年悔壮游。怕寄家书添客思，长安何处且登楼。

和季高夫子自题小像四首选二

茫茫身世且随时，俯仰人间廿九期。岂便形容催老大，聊从图画认须眉。青衫乌履看谁耦，火色鸢肩亦自奇。丛桂几枝山谷静，终年卓荦傍书帷。

轩轩眉宇孤霞举，矫矫精神海鹤翔。蠖屈几曾舒素志，凤鸣应欲起朝阳。清时贤俊无遗逸，此日溪山好退藏。树艺养蚕皆远略，由来王道本农桑。

秋夜偶书寄外

远听飞乌绕树鸣，银河耿耿夜三更。半窗明月吟虫急，一院西风落叶清。身世苍茫秋欲尽，烟尘澒洞岁多惊。书生报国心长在，未应渔樵了此生。

咏史四十九首选五

亚父

亚父才传三杰士，高名核实苦难循。牧羊竖子徒虚奉，猛虎将军岂下人。遂使入关称约命，终看走檄托君臣。当年望气知天子，可是渔樵老此身。

邓元侯

高密论兵迈古风,兴亡恃德屈群雄。古来大将无奇勇,独有高勋在朴忠。天下英豪归荐达,车前老稚识元戎。功成课子贻勤俭,家国安危一体同。

武后

高才自恨非男子,宫禁何堪久伏雌。廿载安危凭诈力,当年驾驭必英奇。威行竟已移神器,身后才看举义旗。却有痴情难自解,武家宗祀日堪悲。

李太白

长庚堕地生芒角,天遣才华擅有唐。彩笔不干天子贵,官靴聊戢侍臣狂。当年已自归彭泽,暮齿何堪谪夜郎。留得中兴名将在,未曾论赏更凄凉。

王荆公

书味难回气质粗,惟看利口抑群儒。国家大业应千古,鄞县成功本一隅。变法纵能知急务,理财那便是良图。枉开朋党无穷祸,心迹嗟为万世诛。

忆外

园柳含烟绿,庭花向日新。春风吹莫尽,尚有未归人。

柳絮

飘零溷底与重茵，飞去飞来要自珍。笑附东风归净水，莫随红紫染缁尘。

——《饰性斋遗稿》，清同治十二年(1873)
左宗棠刻《慈云阁诗钞》本

周绮三首

周绮(1814—1861),字绿君,号琴娘,随母依舅氏而姓周。江苏常熟人。夫王希廉。多才多艺,兼擅诗、画、篆刻、医术。为清代著名《红楼梦》评点家。其《绿君女史七律》皆为咏《红楼梦》诗。

黛玉焚诗

不辨啼痕与泪痕,无情大路有情根。者宵果应灯花谶,往日空怜逐鸟魂。慧业已随人遁世,痴鬟休为竹开门。鸭炉兽炭寒如水,剩得心头一缕温。

香菱学诗

花前月下自凝眸,寸寸柔肠寸寸搜。着意个中诚足惜,处身如此不问愁。眠餐好在吟成后,啼笑都从梦里头。知否苦辛天报汝,芳名非仗可儿留。

苦尤娘遭赚堕计

花是丰姿月是神,东君应不负终身。伤心漫怨庸医药,委曲

难通妒妇津。未必无情归幻境,定然有恨隔凡尘。红颜大抵都如此,肠断千秋薄命人。

——《绿君女史七律》,杭州图书馆复印《红学丛钞》本

郑兰孙十八首

郑兰孙(约1814—1861),字娱清,又字蘅洲,号莲因室主人,钱塘(今属浙江杭州)人。徐鸿谟妻,兵部侍郎徐琪母。幼失怙恃,由外祖父孙补年抚养教导。后因战乱,携全家逃亡,备尝艰辛。原有《莲因室集》《都梁香阁诗集》,因战乱散失。后经默录,得十之一二,并增入新作,其子徐琪再加搜辑,先后刊为《莲因室诗词集》与《都梁香阁诗词集》。

甲辰冬夜梦孙补年外祖父

寒灯荧荧焰将灭,欲眠不眠迴愁绝。朦胧合眼见慈颜,车马喧阗有行色。执手向予未一语,何来仆从相催别。匆匆梦境能几时,梦醒倚枕空劳忆。浮云聚散本虚无,难向泉台问消息。廿年恩重岂寻常,往事追思寸肠裂。速死从亲亦何憾,萍梗天涯有谁惜。铜壶滴尽更漏残,援笔书成泪凝血。

游子行

门前南北路,迢遥无断绝。人生天地间,何事易离别。行装未曾束,回肠已如结。百忧填怀抱,宛转向谁说。江边秋草黄,马上繁霜切。依依杨柳思,皎皎清波冽。欢颜为谁开,愁心只自识。

吁嗟游子行，风尘一身孑。

癸丑二月扬城告警予仓皇奉姑慈出避感而赋此

金钗钿盒尽抛残，遁迹幽居魄也寒。疾病每求医药苦，辛劳欲乞米盐难。囚容蓬首形成鬼，夜黑朝饥梦怎安。任尔霜风欺瘦骨，寸心一点自怀丹。

承欢何以慰姑慈，历尽艰辛到此时。一卷遗容重香火，四龄幼子念宗支。画眉人远书难寄，白发秋生感可知。尤望天公黯呵护，奎章家乘莫相离。予出避时，行箧皆弃去，惟奉高庙赐先相国诗卷及先人遗像、家乘，敬不敢失。

六月十二日哭子竺弟殉难

一恸肠回血汩枯，悲深填臆只天呼。遥怜此日魂归早，未卜泉途目瞑无。再睹难期尤痛汝，虽生何乐转伤吾。形骸待毙心如碎，为写哀思笔强濡。

予避兵困苦惟觅野草煮食闺友杨夫人怜之裹粮相馈作此以谢

耻云面北学偷生，视死如归未足惊。夙习诗书知大义，誓全白璧保清名。吞毡敢仿孤臣志，啮草还深伏枥情。难得兰盟闺阁友，裹粮相馈出真诚。夫人于贼未至时，预窖米百石于地，至此时以见赠。

泪

见人偷拭背人弹，点点非珠漫落盘。惜别尊前罗袖薄，裁衣灯下剪刀寒。巴人啼罢声犹咽，绛蜡销时迹未干。儿女英雄最无赖，悲秋怀远一心酸。

客馆秋风灯窗凉夜偶制笔囊感从中来爰题四绝句于上余亦不自知愁思之深也

天涯回首感前因，憔悴空嗟现在身。砚匣尘生吟兴减，笔花零落不成春。

十年幻梦黯销魂，襟上尘痕杂酒痕。最忆夜凉诗乍就，一帘秋雨送黄昏。

铸错何堪说九州，蜕余身世不禁秋。萧条客馆无聊甚，别是心头一种愁。

赌韵分题忆旧时，西窗往事不堪思。难填沧海无穷恨，忍剔秋灯再咏诗。

避兵侨寓雉城迄今三载院中牡丹自寄迹后更盛于昔岂花亦识余耶嗟乎天涯萍梗逆旅劳人逝水华年凉蝉身世诗怀冷落非复当时勉再赋四章聊酬花神之深意云尔

去年曾记别花时，频嘱今年花满枝。多感花神怜此意，一枝枝好为扶持。

闲阶小立一徘徊,丽色疑从天上来。岂与等闲凡卉伍,仙姿端合住瑶台。

烟云富贵总非真,倾国名花合出尘。我是罡风吹堕客,色香影里悟前因。

天涯寄迹又三年,三度花开解语妍。客里自惭无锦障,濡毫聊赠五云笺。

题扇

双双新燕子,曲曲玉阑干。暮卷湘帘起,应知翠袖寒。雏莺啼柳翠,弱蝶醉花天。何处春痕在,裙腰草似烟。

——《莲因室诗词集》,清光绪元年(1875)刻本

暮秋乡思

金风下庭院,飒飒起秋声。古木寒烟尽,空山晚翠生。有杯供我醉,无月对人明。南望怀乡国,离愁拨不平。欲卧烟霞去,其如俗骨何。诗情托明月,归梦寄轻蓑。疏雨沾衣润,寒山到眼多。乡音飞一纸,几度隔关河。

避兵秦邮寓舍偶作示吴琴淑夫人

海上烽烟客梦惊,不堪回首又遄征。干戈扰攘乡书断,身世飘零俗累盈。白眼遭逢增阅历,青山迢递误经营。蓬莱路迥无由到,何日求仙我共卿。

——《都梁香阁诗词集》,清宣统三年(1911)徐琪刻本

周诒蘩二十三首

周诒蘩(1816—1872),字茹馨,湖南湘潭人。周诒端妹。元氏县知县张玉夫室,夫妇唱和甚谐。有《静一斋诗草》,与周诒端等诗词合刻为《慈云阁诗钞》。

寄衣曲

烽火留征客,西风又一年。秋声生白纻,离思积红绵。肥瘦凭谁问,凄凉只自怜。封侯曾有约,何日锦衣还。

悼亡

薄宦虽如梦,云亡幸未亡。立身惟气节,继志有文章。官政清真在,交游信义藏。孤桐今绝响,回首恨苍茫。

离别悲今日,孤怀敢独存。死谁成弱嗣,生莫答君恩。黯淡愁心碎,凄凉泪眼昏。长歌能当哭,思极更无言。

庚申清明悼起毅

春至人何在,莺啼意独惊。韶华伤暮日,节候感清明。泪自缘离别,情怜隔死生。悲深谁与语,寂寞任枯荣。

先意书千卷,承欢笔一枝。孤怀寒士愿,素志古人期。命薄天难格,时衰数更奇。吾生行且惫,长夜可追随。

丁卯春日漫兴

漫兴倾杯酒,方春独倚栏。年华催短发,忧思忆还丹。日淡花容媚,风轻蝶梦安。物情知自得,适意且同看。

林峦三径外,图史半窗间。默默人依竹,嘤嘤鸟在山。道心临晚觉,尘虑入诗间。学句知王孟,微吟思独艰。

得外书述粤事感而有作即以奉寄

尺素频传战未休,虎门记说昔曾游。才抛画舸江清外,近报烽烟碧海头。聚米定知能料敌,请缨应欲觅封侯。只怜台省无遗算,不待书生借箸谋。

越裳翡翠旧频来,岂意珠胎即祸胎。横海忽生今日患,伏波谁是昔人才。功名分薄诗千首,家国愁多酒一杯。好向春明策高足,不须斫地更徘徊。

汴梁杂咏四首选二

艮岳峰移敌骑来,六宫春色委蒿莱。佳兵中国功何补,约好强邻事可哀。痛忆两朝虚凤阙,空怜万里走龙媒。金环望断无消息,雪窖魂伤画角催。

今古茫茫首重回,挥鞭无奈客程催。人烟匝地升平盛,雉堞连云气象开。版筑已输编户力,筹谋不乏济川才。独怜傍郭东门外,白骨黄沙覆草莱。

己酉九日时自保定初归寄居母家

风清日淡重阳节,才逐征鸿远道回。白发已催行客老,黄花今又故园开。频逢笑口难成醉,不尽愁肠易自哀。插遍茱萸谁最健,伤秋惟有泪盈杯。

乙卯孟春感事

春入今年似不情,难将尊酒破愁城。一时风鹤虚传警,四载干戈未息兵。叔子功名维缓带,终军意气托长缨。从来经国先谋食,犹幸编民力可征。

功令分明自乐趋,潜军雪夜失良图。布衣未必无奇士,肉食由来亦丈夫。胜地久经豺虎踞,愚民难任犬羊驱。可怜北望湖边路,长听春风叫鹧鸪。

庚午春哭筠心大姊

少岁清名忆鹿车,中年象服拜恩殊。相成不负封侯愿,助苦期为君子儒。自信修齐先节俭,肯因富贵易忧虞。庸言积学今谁仰,彤管应增列女图。

凄其心意正飞花,几度悲君益自嗟。岂谓半生多涕泪,犹令此日驻年华。孤鸿漂泊求安宅,雏燕依栖与作家。廿载深情迟一见,湘江水阔梦无涯。

乙巳春自湘江泛舟至汉江作十首选三

粼粼湘水静无风，帆影低悬月影笼。一夜橹声喧不定，昭山已过梦魂中。

曈昽旭日射云开，荡漾湖光锦作堆。满目烟云青不断，君山遥对扁山来。

风光如画入晴川，篙橹声中廿四天。渔火星星人语寂，半钩新月汉江边。

玉夫外君殁已两月伤悼之余为作小照题二绝句

文章何处哭秋风用唐人句，叹息家贫子尚童。一死为君犹有待，孤魂先寄画图中。

十三年事怕回头，饭熟黄粱感未休。我尚朦胧君已醒，何时控鹤乐同游。

南归自淮关至扬州作

河流百折绕重山，梦里家园尚未还。三月行程心已倦，东风才为过淮关。

洪流深锁古扬州，打桨谁为选胜游。二十四桥烟月地，更无人倚小红楼。时江水泛溢，居民移于高阜。

——《静一斋诗草》，清同治十二年(1873)
左宗棠刻《慈云阁诗钞》本

钱韫素五首

钱韫素(1818—1895),字定娴,自号又楼,丈夫为监生李尚暲,著有《月来轩诗稿》,精通经史文辞和医学,擅长书画。

寄嫂

申江两见月圆时,每展家书慰别离。准待春来风信好,梅花香里是归期。

题画兰

写取春风第一枝,待探长安花十里。吟余好结逋仙知,素心相对交如此。

偶书

抽毫又作不平鸣,缺陷偏教世界成。往事到心千转恨,人情过眼倏时更。休夸闺秀才和貌,不及村娃织与耕。慷慨穷途多少愤,如何此理未分明。

题红楼梦

色空空色本无因，一念沉迷遂失真。修到仙家还历劫，钟情难怪梦中人。

业缘尘海几时休，幻境生前种此愁。细数古今多陷缺，痴心岂独是红楼。

——《月来轩诗稿》，民国间《上海李氏易园三代清芬集》排印本

李楣二首

李楣(1819—1883),字月裳,湖南湘阴人。父李星沅,官至两江总督。母郭润玉。夫何庆涵,系何绍基之子,亦能诗。李楣有《浣月楼遗诗》二卷,附何庆涵《眠琴阁遗集》后,清光绪间被刻入何绍基《东洲草堂全集》。

茅屋

数椽茅屋堪盘桓,委怀琴书心自安。浩然不与尘世竞,俯仰独觉天地宽。新柳垂垂如碧幌,迎风摇曳竹几竿。偶拓小窗玩春色,花间鸟语闻千般。几日送春复迎夏,景物随时次第看。莫笑如舟太逼侧,深山啸傲有余欢。

病中见儿女寻呼感作

娇痴儿女不知愁,绕屋牵帏问起不。那识阿娘心痛处,酸辛泪向枕函流。

——《浣月楼遗诗》,清光绪九年(1883)
刻《东洲草堂文钞》附录本

陈丽芳三首

陈丽芳(1819—1902?),江苏常州人。生平不详。

水仙花

肯向风尘滥托根,珊瑚为屑玉为盆。自甘书卷炉香伴,不羡群芳雨露恩。

桐江舟次偶成二律选一

篷窗悄倚客愁牵,霜气横秋入夜天。飞桨荡开波底月,高樯矗破树梢烟。星攒云汉稠难数,云补苍山断欲连。唧唧寒蛩鸣两岸,添人乡思不成眠。

初夏即景

梅雨一帘新,风飏不起尘。麦黄含露润,荷绿叠波匀。瓜蔓沿溪路,藤花夹岸津。早经芳事歇,蛱蝶尚寻春。

——《香艳杂志》(1914)第五期

何慧生十二首

何慧生（1819？—1858），字莲因，善化（今属湖南长沙）人。咸丰三年（1853）归龙启瑞为继室。擅诗词绘画。有《梅神吟馆集》二卷。

将进酒

将进酒，君莫辞。今日花开红满堤，明日风吹花满池。风吹花满池，不见风还吹上枝，流光欺人去不回，劝君且进掌中杯。君不见关中楚汉相争处，今日依然无寸土。又不见王绩醉乡李白楼，惟有饮者名尚留。

君马黄

君马黄，侬马白。双马由来本难得，呼嗟良骥本无多，不遇伯乐终埋没。君不见劳劳尘世往来客，谁肯千金市骏骨？朱门弹铗几人叹？长安道上几人哭？马兮马兮尔莫嘶，时未遇兮且雌伏。

长江秋夜

日落松林黑，开帆月满汀。寒沙两岸雪，渔火半江星。流水

响相答，征鸿飞不停。一声听欸乃，烟破万峰青。

清明后郊行

春老清明后，闲行负郭田。草长盘马地，花落打鱼船。新涨平堤阔，长桥野寺连。嗟余困巾帼，空自度年年。

江行二首

长江波浪静，清露夜沾襟。万里飞鸿急，千山落叶深。寒猿啸云谷，冷月泻霜林。愁听芦花下，秋虫唧唧吟。

风物夜凄迷，天边远树齐。云深猿啸谷，石乱水鸣溪。野岭三更月，寒城半夜鸡。客情正无限，怕听子规啼。

放言四首

天涯扰扰尽风尘，欲报君恩愧此身。若使朝廷用巾帼，高凉应有冼夫人。

恨不沙场万里行，岂辞马上请长缨。笑他碌碌称男子，投笔何尝为圣明。

对酒当歌慷慨生，唾壶击缺气难平。卞和空抱瑶华泣，未遇良工岂得名。

人呼灵运为山贼，众指曾参妄杀人。今古谤言同一例，汨罗不独有灵均。

感时

日落城头旗影翻,连天荆棘暗销魂。烽烟但见归南郡,锁钥凭谁管北门。春社年荒空有树,秋原战后已无村。贾生自抱匡时略,痛哭无由达至尊。

秋闺怨

秋柳弄秋烟,相思夜似年。金风鸣树顶,星月遥在天。鸣机涕泪多,叶落雁飞过。谁怜征戍客,今夜在交河。举目西风早,凋尽西园草。怀君底不归,岂畏红颜老。池有比目鱼,山有连理枝。微物有情尚如此,人不如物生何为?

——《梅神吟馆集》,清光绪四年(1878)刻《经德堂诗文集》附录本

李氏一首

李氏(？—1860),安徽广德人。生平不详。

自尽时口占

满目烽烟黯淡形,又伤儿女泪长零。全家到此谁完聚,共取冰心寄碧汀。

——光铁夫编《安徽名媛诗词征略》,
黄山书社1986年版

伍淡如十首

伍淡如(1820—1882),字晚香,云南蒙自人。太和知县伍熊炳之女,奉贤知县杨溥(字虹舫)之妻。1862年其夫被乱兵所害,淡如抚养三子成人。有《餐鞠轩诗草》。

偶感

苦心天负读书人,十载寒窗志莫伸。纵使经纶夸满腹,文章难救眼前贫。

每逢佳节倍伤神,薪水无端累此身。奁底遍搜无一物,春裙典尽且安贫。

供梅

亭亭瘦骨傲春风,一种清香韵不同。我似梅花花似我,冰心相照不言中。

为爱寒香折一枝,冰肌玉骨对丰姿。铜瓶拟向孤山借,伴我妆台十二时。

榜后望四儿书不至口占

日盼飞鸿报好音，黄花三径懒登临。金钱屡卜难凭信，未识天公冷暖心。

五十生日自述十三首选四

白浪红尘两渺茫，浮云转瞬梦黄粱。一身祸福由天定，半世荣华付电光。劫后余生同槁木，客中老眼阅沧桑。回思五十年前事，一日空回九曲肠。

祖籍三湘旧有家，滇南随任走天涯。先君以知县官云南。读书有志终须遂，咏絮无才未足夸。宦海抽身归未决，先君任恩乐，因案罣误。砚田糊口事堪嗟。先君去官后，习申韩术。六旬以外悲无子，五女何人可代爷。

泛宅浮家万里行，求官匹马赴神京。远离昆水家何在？暂住黔阳梦不惊。夫子入都谒选，余母子寓居贵州之毕节县。寄于托妻应赖友，名缰利锁又登程。长安谒选刚三月，来宰江南莒县城。部选江苏阳湖县。

由来薄命实堪伤，草草劳人剩未亡。圣主恤孤颁玉敕，恩给云骑尉世职。名臣念旧列金章。大儿蒙李爵相、潘方伯保举知县，分发江苏补用。一家孤苦身如寄，万里飘零路正长。大地干戈犹未定，回头后事竟茫茫。

大儿鼓琴为余排闷

炉烟袅袅月沉沉，一曲瑶琴慰母心。听到阳关三叠处，离愁勾起泪沾襟。

——《餐鞠轩诗草》，清光绪间刻本

于修儒十一首

于修儒,字子进,辽宁铁岭人。属汉军镶红旗。父于卿保(1791—1862),夫张云裳。兄于崇璟。兄嫂一家数人死于战乱,修儒有诗哭之。

途次野望

极目平原外,白云深复深。牛羊下烟岭,枣栗熟秋林。

过共城母氏故居

朱门静锁几经旬,嫩绿盈阶草似茵。画阁尚留蛛网挂,雕梁不见燕泥新。松余彭泽归时径,笛听山阳旧日邻。记得谢庭曾咏絮,顿殊风景最伤神。

初夏入都深秋始归

去日花繁甚,归来聊倚栏。菊残犹未尽,留待故人看。

往日

往日苏门事卜居，田家景物正春初。町篁笋绽新雷后，径石苔深夜雨余。风送铃声翻怖鸽，水涵塔影聚游鱼。十年弹指成陈迹，徒倚高楼独慨予。

秋灯读书

深夜一灯对，读书心迹清。风帘动残影，庭叶助秋声。卷为思时掩，花挑落处轻。嗟予同炳烛，感慨暮年生。

东行途次寄嫂氏杜蘅

官桥野店倦停车，粉堞山楼倚暮霞。霜冷蒹葭来白雁，月明篱落带黄花。流年苒苒仍为客，短梦蘧蘧数到家。料得此时定相忆，可知门外即天涯。

世事

他乡岁月惟余感，世事艰难只自知。青镜不堪频对照，愁看两鬓渐成丝。

秋夜寄呈胶州柯太夫人太夫人即掖水李锜斋女士，时予将付梓拙集

潇潇秋雨怯新寒，展卷灯前夜欲阑。弱女传经安可望，佳儿

藏集料应难。知音到此千秋少,古调凭谁一曲弹?自笑诗成无着处,还呈拙句寄师看。

辛未秋重谒先襄勤公祠见有颓落处欲修无力感赋

营修未得展微诚,巾帼如何误此生?我与扶风同寄慨,泥阳太息赋东征。

忆明湖乙亥春日吴房书

自别齐州易岁华,凄风苦雨况辞家。去秋久雨月余,平地水深数尺,阻予归途。明湖负却好秋色,梦隔白莲无数花。

屈指流光岁月迁,垂金嫩柳已含烟。而今又是花朝日,去岁予于是日就道赴豫,倏忽一载矣。记放百花桥外船。

——《静宜吟馆诗集》,清同治十一年(1872)刻本

范淑十二首

范淑(1821—1846),字性宜,号种菊秋农,德化(今江西九江)人。祖父范明德曾任桃源知县。父范正衍教书为业。兄范元亨为咸丰二年举人。妹范润亦善诗。范淑未婚,去世前将遗稿付于其兄范元亨。范元亨将之整理刊刻为《忆秋轩诗钞》(附《忆秋轩诗续钞》《忆秋轩诗余》《忆秋轩尺牍》《忆秋轩补遗》)。

夏日西斋看雨

突作奇声不可测,长风欲使孤松折。林叶不待西风飞,顿觉南风有秋色。怒雨忽从山外来,跳波击瓦心怀开。雷驱电助不可息,风声盘走如相催。暑余晴雨失调剂,黄尘得雨吹腥气。竹中新构读书堂,一缕炎风摇不至。书窗掩卷静无声,电卷雷收雨渐停。推窗一望净如洗,天光凝碧青山青。茅檐低接锄花圃,山园风味清如许。数声啼鸟出新晴,半树斜阳滴残雨。

望夜见月

亘古留清气,虚空一鉴磨。晚花凉照影,秋水静无波。不识圆时好,谁怜缺处多。闲云如解得,莫向月前过。

秋日

吹风吹雨到秋庭，回合秋声入杳冥。去日艰辛如梦梦，近来心绪亦惺惺。松思护鹤枝常绿，蕉惯听秋叶尚青。此境十年亲领略，不须感叹说凋零。

绝句

我慕水中莲，慕其心独苦。清泉知汝深，相照各无语。

落梅

率意来空圃，无心见落梅。依依自相惜，恋恋欲空回。花落枝仍古，篱荒气不衰。眼看桃欲放，为汝一徘徊。

问园杂诗

高花短树绿萝墙，十载闲居插种忙。偶爱数竿青竹好，三年迸笋渐成行。

绿茵铺径茁新芽，堕地春桃雨后加。记得仲春敷茗碗，风来树树落桃花。

怀直侯兄

凄风自何来，百感在胸臆。人生有生死，骨肉倏离聚。既已感零落，胡能忘畴昔。龆龄共嬉戏，天真自为得。未来了不思，既

往若未历。扑蝶入蒿莱，听蟀觅幽僻。聚金拾瓦砾，设食陈梨栗。背诵互相夸，迷藏善为匿。东园有佳树，相爱若相识。赠名引为友，每见必以揖。至今犹忆之，怀思动凄恻。儿时最爱物，嘱余藏其秘。一朝竟失之，君固未我斥。转为相慰语，爱割亦吾益。我心殊悄悄，追悔每不释。当时倚膝下，友爱实靡及。历历此寸心，依依如昨日。稍长人事乖，嗟痛慈亲失。吾家复多难，重以饥驱迫。君迹太飘零，君心倍苦挚。别君百里遥，怀君若咫尺。君书昨日至，君言满金石。赠我芝兰枝，贻我古松柏。芝兰固自好，何以避霜雪。惟兹松柏枝，隆冬好颜色。

忆和城旧舍

一棹辞归又十霜，梦魂犹忆读书堂。推窗遥指一江水，卷幔微闻千树香。既往韶光何太促，未来人事觉犹长。几回重说儿时事，误道他乡是故乡。

病中杂诗

大风遥起不胜悲，久病先灰各样思。只有夙根愁不断，五更清梦醒来时。

久不窥园蔬菜瘦，又探篱下已残枝。近来事事都思了，想到亲恩泪欲垂。

作家书寄直侯旋自焚之

鱼书将发又旋焚，便觉微生细似尘。气短自知心力瘁，尚持孤愤寄何人。

——《忆秋轩诗钞》，清光绪十七年（1891）刻本

沈英六首

沈英（1821—1895），字湘芝，长洲（今属江苏苏州）人，沈基庶女，夫无锡太守邓式如。随夫宦游，历滇南、粤东等地。好吟咏，工诗词，所作小律清雅可观。有《望月轩诗词稿》二卷。

秋日感怀

瞬息离乡一载过，茫茫秋水隔江河。宦途历碌随天远，诗兴萧疏为病磨。庭竹平安愁绪少，陔兰眷恋至情多。几枝晚菊香初放，淡瘦如子奈尔何。

中秋

孰把冰轮系九天，桂花香满碧翁前。清辉万里光难掩，毕竟今宵胜去年。

腊雪

万朵梨花卷舞来，江山顷刻玉成堆。丰年六出先呈瑞，皎皎银沙不逊梅。

题二红女史鸿城避兵图

万里关山此度回，千般辛苦贼中来。收帆赢得惊魂定，展卷欣教倦眼开。历乱烽烟迷谢墅，飘零飞絮去苏台。新诗诉出蛾眉恨，费煞江淹已尽才。

老梅叹

幽居空谷有仙梅，曾历风霜百几回。无意冲寒如槁木，枝头留子待春雷。

题梅花下美人抱琴对月图

早从姑射悟前身，闲伴梅花证夙因。仙梦迷离难自溯，琴心冷淡不胜春。销魂但觉香无迹，索笑应怜影转亲。最是翛然绝俗处，风清林下月如银。

——《望月轩诗词稿》，清光绪二十一年(1895)
广东萃经堂刻本

张襄四首

张襄(1821—?),字云裳,一字蔚卿,安徽蒙城人。父张殿华为嘉庆四年(1799)己未科武进士。有《支机石室诗》《锦槎轩集》。

登灵岩山

胜地甲三吴,风云想霸图。绮罗西子径,烟雨范公湖。故苑悲麋鹿,空林响鹧鸪。登临无限意,落日下平芜。

题看山读画楼

一路风光引,登楼喜欲仙。青山人读画,翠竹客参禅。雨气奔颓壁,雷声吼怒泉。故乡何处是,遥指白云边。

丙戌春日侍太夫人邓尉探梅遍历铜坑香雪海诸胜太夫人命赋梅花用高青丘韵呈九首选二

探奇何必万峰台,茅屋疏篱处处栽。林外乱鸦冲雪去,山中孤鹤破烟来。新枝烂缦攒红蕊,古干杈丫点绿苔。竹外一枝看更

好，横斜多傍夕阳开。

千树琪花绕梵宫，罗浮原与碧天通。多生福慧双修得，六代铅华一洗空。诗在灞桥驴背上，曲留关塞角声中。笑他无限痴儿女，但识人间锦绣丛。

——徐世昌编，闻石点校《晚晴簃诗汇》
卷一百八十七，中华书局 1990 年版

张茝馨十一首

张茝馨(1821—1898),号清溪女史,江苏滁州(今属安徽)人。夫庆锡纶,安徽含山人,山西雁平兵备道布政司。女庆凤亭、庆凤晖皆有诗名。有《剪红阁诗草》(附《剪红阁诗余》)。

李陵

骨肉鲸鲵恨怎平,当年何事请长缨。已于阃外争成败,岂向刀头问死生。不尽余辜同卫律,定难一语对苏卿。秋风一斛英雄泪,洒向长安说不明。

题沈湘佩女史诗集

捧读新诗口齿香,一珠一字岂寻常。白云杳渺思亲舍,惹我离亲意转伤。可惜诗仙是女妆,蓬山未获献文章。金闺莫羡封侯好,更比封侯名姓香。

甲子悼表妹

荒村执手怅离筵,十载分襟各一天。病骨几经离乱苦,一朝竟作小游仙。故国迢遥望眼空,愁眉未展恨千重。白杨荒冢鹃啼

血，肠断双成不再逢。

戊辰二月初八日闻警

纷纷飞语起惊疑，谁许烽烟耀陆离。我是几回离虎口，何堪到眼又旌旗。

一回惆怅一酸辛，兜率天中自在身。从此烟尘日移远，好从佛座祝能仁。

家山连岁静无尘，可许征车踏皖云。幸有长城横万里，自天飞下李将军。

忆女

生成柔婉倍人多，闺阁晨昏笑语和。绕膝联吟堪慰藉，征车碾雪唱骊歌。

相将把袂出兰房，阿妹沾襟也数行。回首绣余吟胜处，不须远忆亦凄凉。

临歧犹是劝加餐，请释离愁强自宽。膝下自留诸弟妹，庭前咏雪足寻欢。

老病经年累汝愁，每调汤药听更筹。灯前礼佛金经诵，曾把香痕带去不。

耳畔疑闻唤母声，终宵惆怅梦难成。可知两地心相似，一样徘徊到五更。

——《剪红阁诗草》，民国初年庆氏排印本

张梦龙五首

张梦龙(?—1870),字静斋,湖南湘阴人。生于道光初年。嘉庆辛未(1811)进士张学尹之女。1842年归衡山陈源。夫亡后,抚育三子成人。有《柏心堂遗稿》。

烧诗

汨罗江上一女子,生来二十九年矣。文章牢落苦无成,滔滔岁月看流水。忆昔儿时喜读书,操治简策若蚕枲。先公经术寿日月,茫茫沧海失涯涘。自陈榛棋执中馈,墨守膏肓百不理。夫子论诗独逴跞,苍龙出没天河里。书窗讽咏有倡和,往往驽骀随騄駬。贞松百岁连枝叶,庶几文字共终始。岂知人事倏变迁,羸者未亡壮者死。黔娄先生终有谥,柳下大夫何须诔。孤儿顽稚须教诲,旧经重翻颗有泚。惟有诗稿不可读,使我徒增忉怛耳。呼儿爇火摧烧之,长向九京伴才鬼。

夜过长沙

秋水茫茫秋月白,扁舟一叶过长沙。十年离别悲烽火,两岸萧条剩荻葭。不信浮生如此幻,相看何处是吾家。寒鸦哀叫游魂哭,坐倚孤篷百感赊。

题张孟缇夫人淡菊轩图

老圃秋心淡若此，聊持健笔洗霜华。当年唱和留高咏，今日风徽擅旧家。何必齐眉都白发，由来晚节属黄花。篱东自写幽人意，瑟瑟金飙夕照斜。

城市

城市苦喧隘，不如人意清。课经知昼静，顾杍喜宵明。露下楸梧影，风来阛阓声。竹烟帘子外，细听药垆鸣。

小婢

窗灯淡无光，初日明杲杲。凉风袭枕簟，警然万情表。揽衣坐复卧，铃声振清晓。小婢搴竹帘，将行却回绕。呼之近床侧，问语及时早。伶俜就影立，沾洒迎尘扫。倦起神未清，垂肩或欹倒。嗟汝亦人子，所阙但温饱。鬻身绝亲故，不复家居好。役贱理固宜，恤孤心自愀。大造限贫富，几微莫能了。悠悠生人意，由应惜枯槁。

——《柏心堂遗稿》，清宣统三年(1911)刻本

严蘅五首

严蘅（1822—1846），字端卿，仁和（今属浙江杭州）人，父严达，江苏海州知州。夫陈元禄，钱塘人，直隶候补知府。有《嫩想盦残稿》和《女世说》。《女世说》为严蘅未竟之稿，殁后由其夫刊行。

苏堤春泛

湖波窈窕镜中天，画楫横飞去似仙。两岸绿杨人不见，晓莺啼破一湖烟。

皋园即事

湘波无语昼愔愔，倦梦如烟不可寻。奇石瘦于名士骨，落花红过美人心。隔帘燕影低窥镜，润槛苔痕远上琴。不是伤春心绪懒，年时多病到而今。

病中偶成

懒将鸳镜照娉婷，瘦损眉峰一角青。小阁春寒浓似水，自拈花瓣写心经。

和春声阁寄怀元韵

荼蘼花影太娟娟，一度思君一惘然。盼远有时寻楚卜，忍寒呼婢寄吴棉。偶看娇女思文裸，为待慈亲理翠钿。只有姮娥能解语，夜深分影照无眠。

咏玻璃美人

比冰同洁水同清，玉吐珠咳四座倾。莫道形骸真脆薄，本来心性特聪明。娉婷未许风前立，绰约还疑月下行。伴我深闺共岑寂，水精帘底夜无声。

——《嫩想盦残稿》，民国十一年(1922)
上海聚珍仿宋印书局排印《娟镜楼丛刻》本

张氏二首

张氏,安徽东至人,生活于道光、咸丰、同治年间。

和外子见赠诗

钗荆裙布伴吟边,回首匆匆卅二年。蝉鬓影怜头共白,鸳衾梦好月长圆。听琴敢忘虚堂后,看蝶曾随冷署前。却喜雏孙差解事,为侬沽酒答鸾笺。

珠江风景渺无边,话月图成已八年。盐米关心同琐碎,儿孙绕膝喜团圆。相随制锦蛮烟里,聊伴高歌画槛前。但祝身强诗笔健,公余日日寄吟笺。

——光铁夫编《安徽名媛诗词征略》,
黄山书社1986年版

武笺霞二首

武笺霞，又名婉仙，字友愉。来安（今属安徽滁州）人。道光、咸丰年间人，沈善宝之女。

春日

唐诗读罢拣香焚，晋帖初临王右军。一曲阑干双燕子，梨花庭院雨纷纷。

龙树寺秋望

新霜初染树荫稀，遥望西山露翠微。一阵秋风凉意重，芦花如雪满天飞。

——沈善宝《名媛诗话》卷十一，《续修四库全书》本

陆韵梅八首

陆韵梅(?—1878),字琇卿,吴县(今属江苏苏州)人。陆澧女,歙县潘曾莹妻,夫妇唱和甚多,有"潘陆联吟"私印。能书画,工花卉,有《小鸥波馆诗钞》。

蜀镜词

寒潭夜静秋寂寂,秋波一片洗秋色。三十二字蛟螭蟠,上花锈遍苔花碧。王家阿妇颜如花,绮窗绣幌春云隔。传红写绿承君恩,瑶台月下含霜白。五斛螺描十样眉,芙蓉花映梅花额。芳林园内怅东风,双鸾舞罢蟾蜍蚀。狎客愁听杨柳词,宫人谁谱霓裳拍。嘉王忧国涕横流,禹卿上疏词切直。可怜金鉴失千秋,蛾眉一笑倾人国。

自题梅花小影

小院春光早,江南花事深。暗香风信递,疏影月痕侵。恍入罗浮梦,还闻翠羽吟。清寒深夜觉,红雪满罗襟。

大雪和东坡尖义韵

昨夜寒窗月影纤,晓来风势剧清严。当窗皎皎看堆玉,绕砌

纷纷已积盐。蕉叶绿还迷粉障,梅花红恰露茅檐。凭栏更望西山色,隐约烟痕没翠尖。

寒林一带静栖鸦,门外应无俗客车。隔牖玲珑闻竹响,停舟仿佛认芦花。鸥驯定忆江南岸,鹤冷还寻梦里家。便拟前村沽酒去,冻痕好辨路三叉。

晨起未郭笙愉夫人写折枝桃花并题

镜里晕红霞,香风逗绿纱。晓妆犹未理,和露写桃花。

题折梅士女

翠禽声里梦阑珊,花影横阶月映栏。攀得一枝还悄立,满身香雪不禁寒。

金鳌玉蛛看荷花

柳荫侵晓万蝉声,隐约凉风拂袂轻。我欲万荷香里住,花间惜少钓船横。

为蔡梅庵太史题万篆卿夫人韵香书室图

麝月金星咏玉台,青琳翠水小徘徊。定知阆苑簪毫客,应是当年赋茗才。

——傅瑛主编《明清安徽妇女文学著述辑考》,
黄山书社 2010 年版

江福宝一首

江福宝,字绥多,号欣欣,又号采蘅。安徽歙县人,得年24岁,生活于道光、咸丰年间,著有《采蘅女史诗钞》《话茗斋诗集》。

非园红豆树

红豆花,相思树,非园红豆真堪誉。千古盘根不计年,相传种自郎家祖。夏时深水润灵根,冬令园丁勤壅土。繁衍郎家世数传,花开亦自阅今古。三年一见复三年,开遍非园经几度。秋暮凌凌坠角时,蚕丝累累悬红缕。主人度度看花开,花开度度兆园主。前番闻说花盛开,秋冬子结难兼数。是年花子倍寻常,平阳相业克绳武。今岁花开花亦然,秋来子结宜多取。子结秋高兆鹿鸣,宜郎万里成鹏举。郎今买棹白门游,奇文定有惊人句。锦标夺得早归来,征人莫学瓜期戍。愿郎常诵白头吟,愿郎还忆相思树。

——光铁夫编《安徽名媛诗词征略》,
黄山书社1986年版

金淑娴五首

金淑娴，字静芬，号小霞，南京人，生活于道光、咸丰年间，著有《修琴轩诗草》，现存诗约二十首。

秋夜不寐有怀三妹

高秋白露降，蟋蟀鸣房帷。怀君不能寐，起视绛河微。耿耿月初落，迢迢曙将晖。相思杳难见，有泪沾裳衣。

检先严手札悲咽累日感而书此

孺慕情千种，劬劳感万端。夜台无驿使，何处讯亲安？

岁在庚戌重阳前后霖雨七日禁烟无聊感而有作

烟禁连朝强自宽，愁看儿女泪阑干。棉衣未赎衾裯薄，今夜西风莫再寒。

春日夜坐有得

花满中庭月满天，花香人影共婵娟。焚香夜坐观花月，诗思禅心两自然。

忆故居

琐窗惆怅旧行踪，记得来时手自封。岂料暂离成永别，不堪回首月明中。

——傅瑛主编《明清安徽妇女文学著述辑考》，
黄山书社2010年版

徐柔二首

徐柔，字温卿，贵州铜仁人。生活于道光、咸丰年间，徐如澍(1752—1833)孙女，现存诗词数首。

夫子游楚南作诗见贻因赋此答和

君说归期在菊开，为君预设看花杯。如何篱菊花开落，不见秋风送客回。

平都粮署寄怀大姊

地角天涯各一方，相思姊妹断肝肠。梦魂独恋梧桐井，夜夜吴西上夜郎。

——傅瑛主编《明清安徽妇女文学著述辑考》，
黄山书社2010年版

言忠贞四首

言忠贞(？—1877),字静芳,江苏常熟人。道光八年(1828)举人、扬州府教授施筤笙继室。翁端恩之表嫂。有《话雨楼诗草》。

外得海门校官赴任半月音杳感成

宦游敢惜受风尘,此去天涯正小春。海上潮声惊客梦,闺中灯影瘦离人。程非千里音何杳？日似三秋语始真。莫怪相思曾化石,偶然分手已伤神。

岁暮偶成

一身贫病又残年,百事艰难在眼前。无赖诗魔偏冷落,有情愁绪最缠绵。风云变态诚如梦,冰雪为肠不耐煎。试看梅花清彻骨,几曾开到好春天。

春暮偶成

春光草草梦依依,回首园林景物非。一树垂杨莺去后,夕阳影里乱鸦飞。

老梅叹

珊珊瘦骨独支持，历尽严寒孰得知？翻羡众芳摇落早，一生不受雪霜欺。

——《话雨楼诗草》，清光绪元年乙亥（1875）刊本

沈梅仙二首

沈梅仙,浙江桐乡人,嘉兴新塍镇许子亚妻。著有《纪愁草》。

斜塘避难二首

烽烟万里一孤舟,枫树蝉声助客愁。回首故人情脉脉,数年飘泊似云浮。

天涯鼓角寐难安,鸿雁孤飞那忍看。万籁无声悲永夜,未亡人对一灯寒。

——赵青撰《嘉兴历代才女诗文征略》,
浙江大学出版社2014年版

王文瑞四首

王文瑞(1822—1904),字秋霞,浙江嘉兴竹里人。女诗人沈可增孙女,王福申幼女,张省三室。擅长绘画和音律,秉承家学,性好吟咏。有《韵篁楼吟稿》二卷。

村野书所见

谁家女伴踏青游,一径风传笑语幽。折得野花斜插鬓,篱边轻堕玉搔头。

秋宵即事

高卷珠帘静掩门,碧天如水正黄昏。清宵助我添幽兴,笑拔金钗划月痕。

病中忆母

东风吹恨上眉尖,脉脉愁怀与病兼。咫尺相离怜老母,不知白发几茎添。

病中作

经秋怜瘦骨,欹枕数残更。鬓改如云绿,心仍似水清。病从愁里得,诗向梦中成。不尽苍凉感,孤光剩短檠。

——《韵篁楼吟稿》,清同治间刻本

孙佩兰五首

孙佩兰(1823—1888),字谱香,钱塘(今属浙江杭州)人。父孙补笙,夫胡学纶。太平军攻陷杭州时,学纶殉难,佩兰投河被救起,随父避地他乡,抚养遗孤。有《吟翠楼诗稿》一卷,收出阁前诗作。《附刻》一卷,收经兵燹后诗作。

春上偕凌鹤清芷芳姻妹书君表妹游湖上

扁舟一棹圣湖滨,如许芳辰满眼春。绿柳才看佳节近,青萍初泛物华新。波光卅里明如镜,云影千峰不染尘。斗酒双柑风致好,六桥还待听莺人。

十一月二十八日知杭城失守余姑在杭存亡未卜泪咏二绝

传报家乡已失城,凄凉每向梦中惊。高堂果否能无恙,恨煞欃枪到夜明。

斗米珍珠价枉询,每因食候苦思亲。那能插翅归乡里,乌哺传声更痛人。

课子

苦心训子值流离,难学三迁孟母仪。能继书香如我愿,门楣重整旧根基。

难中母子得余生,念念毋忘舅氏情。但愿庭帏增鹤算,好教雏燕学飞鸣。

——《吟翠楼诗稿》,光绪十四年至十五年(1888—1889)刻本

丁蕴琛八首

丁蕴琛，字月娟，吴县（今属江苏苏州）人。嫁颍川陈氏，早寡，复遭寇乱，辗转流离，抚育幼子成人。诗、画兼擅。有《蔷余吟稿》《续稿》各一卷。

读奇女子沈云英传

沙场莫辨路西东，匹马长驱独建功。为报父仇拚一死，果然儿女亦英雄。

已报亲仇又婿仇，香闺雄略定千秋。即今姓字标青史，争说云英似虎侯。

拣得曹墨琴女士手迹感题二绝选一

展卷空教忆卫娘，凄凉人事等沧桑。香魂缥缈知何处，剩有珍珠字数行。

十月二十三夜地震口占志异

陡觉坤维震撼频，险将性命付波臣。此中消息浑难测，多分灵鳌偶欠伸。

秋夜雨窗即事

棋局抛残酒半消,秋风秋雨夜迢迢。银灯剔尽浑无赖,一卷新诗破寂寥。

懒把金针绣绮罗,爱将钝笔浪吟哦。雨声点滴虫声急,并作秋声入夜多。

舟中作

一声欸乃出蘋洲,惊起双栖水上鸥。小艇无风来去稳,载将明月泛中流。

春阴

养花天气半晴阴,薄暖轻寒两不禁。盼断斜阳无信息,小桃门巷昼愔愔。

——《黹余吟稿》,清同治七年(1868)高望曾刻本

那逊兰保十五首

那逊兰保(1824—1873),姓博尔济吉特氏,字莲友,漠北喀尔喀蒙古土谢图汗部中右旗人,蒙古族。祖父蕴端多尔济,长期任库伦大臣。父多尔济旺楚克,清皇家侍卫。外祖父费莫氏英志,满洲旗人侍卫,外祖母完颜金墀,字韵香,满洲旗人,那逊兰保幼时随其学诗。夫恒恩,清太宗皇太极后裔。那逊兰保之子盛昱,光绪年间名士,国子监祭酒。那逊兰保与寓居京师的满汉女性诗人多有往来,中年后,致力于编辑《满洲闺阁诗钞》(未成)。那逊兰保去世后,其子盛昱为母刊行了《芸香馆遗诗》。

晚秋偶成

未寒天气欲寒风,霜染枫林渐已红。五夜乡心生蟋蟀,一年秋色在梧桐。鸽铃雁字云千里,药径菘畦地半弓。好把酒杯寻乐趣,菊花昨夜放篱东。

咏菊

清标傲骨绝群流,凡卉输君一百筹。似此丰姿应爱我,算来心性只宜秋。愁生北地霜千里,梦落东篱月半钩。点缀兰闺成韵事,不辞斗酒为君谋。

赏雪

朝来大地换新妆,压尽尘埃气自芳。竹叶敲余银有韵,梅花着遍玉生香。拥箕扫径儿童喜,拨火烹茶姊妹忙。樽酒未终明月上,爱他天地一般凉。

仆妇李氏随余六七年今为家大嫂凤仪夫人携往盛京因成十韵以畀之

聚散原无定,亲疏各有缘。料应难惜别,无那总情牵。意逐辽东水,思萦蓟北烟。随人千里外,伴我十年前。挑绣资分线,梳妆倩整钿。他时我还忆,此去汝堪怜。衣履随行笥,平安好寄笺。离怀飞鸟迹,心绪落花天。旧主思休切,新知礼欲虔。沈阳吾旧里,古迹待归传。

三月十六日送凤仪大嫂之盛京

一曲骊歌百感生,夕阳流水送君行。临歧莫作伤心语,纵有关山不隔情。

题冰雪堂诗稿

国风周南冠四始,吟咏由来闺阁起。漫言女子贵无才,从古诗人属女子。诗人世每谓多穷,我道穷时诗乃工。请看后世流传者,多在忧愁愤激中。我师聪明由夙慧,髫龄解字传三岁。家贫母病苦备尝,针黹余闲爱文艺。于归家是紫薇郎,遇天得所传书

香。兰闺联句春方暖，戒旦趋朝日正长。酸风忽折鸳鸯草，兰芽况复霜前槁。偏将薄命付伊人，坐使红颜速衰老。天长地久恨迢迢，大节松筠特地昭。冰雪名篇人比洁，归真取字意殊超。触境生情每言志，一编写尽平生思。不道风云月露词，纯以性灵追六义。我幸身居弟子名，执经问字早心倾。夜读清诗刚掩卷，秋高月朗碧空明。

题宋女史张玉娘兰雪集旧知鹦鹉冢故事今购得其集乃为之作此歌

松阳山下埋香土，一枝红豆生无主。春风未许作鸳鸯，秋雨先教泣鹦鹉。鹦鹉娇藏绮阁深，玉娘生小春无心。分来翠珥教妆里，敲断金钗学苦吟。月未全圆花未谢，碧玉盈盈犹待嫁。谁下姑家玉镜台，温郎中表才堪亚。婚期犹未指三星，偕计郎偏进上京。春暖侍儿娇有伴，天寒翠鸟噤无声。讵道相思不相见，沧桑顷刻能生变。合欢庭树未成花，连理绣丝偏绝线。飞语忽传到绣闺，金刀不惜断鸳机。百年已阅人间梦，一死何妨地下随。锦囊一卷编遗集，翠椀三旬绝玉粒。风惊桂苑青霜飞，梦断枫林红雨泣。侍儿娇小号双娥，一缕情牵誓不他。荒冢一坏添婢子，雕笼半夜殉鹦哥。千秋此是伤心事，主自死节奴死义。合窆虽教夙愿偿，旁观犹洒多情泪。自今溯宋迨千年，兰雪清吟剩一编。读罢空成鹦鹉赋，冢荒何处暮云边。

和友兰三姊留别韵

怕君车马去吾门，握手依依怆别魂。此后相思应入梦，只愁梦醒了无痕。

小聚如将丝综麻,片时分手各天涯。明知聚散原常事,妒杀枝头连理花。

瀛俊二兄奉使库伦故吾家也送行之日率成此诗

四岁来京师,卅载辞故乡。故乡在何所,塞北云茫茫。成吉有遗谱,库伦余故疆。弯弧十万众,天骄自古强。夕宿便毡幕,朝餐甘湩浆。幸逢大一统,中外无边防。带刀入宿卫,列爵袭冠裳。自笑闺阁质,早易时世妆。无梦到鞍马,有意工文章。绿窗事粉黛,红灯勤缥缃。华夷隔风气,故国为殊方。问以啁哳语,逊谢称全忘。我兄承使命,将归昼锦堂。乃作异域视,举家心彷徨。我独有一言,临行奉离觞。天子守四夷,原为捍要荒。近闻颇柔懦,醇俗醨其常。所愧非男儿,归愿无由偿。冀兄加振厉,旧业须重光。勿为儿女泣,相对徒悲伤。

谢张孟缇夫人辱题小照即赠

闺阁论才子,当今第一人。我生犹未晚,尘海暂相亲。虾菜江南梦,莺花上国春。层楼高写韵,怅望每凝神。

墨君女史鹤友七姊小姑也墨君今殁十年矣有自书诗一纸存余处即忆鹤友作也珍之箧衍有年昨岁鹤友来都向索颇切感故人之旧情钦七姊之友谊因和韵四章同为装池以归诸鹤友

重翻旧梦到春城，一度吟回百怆情。徒剩吉光留片羽，赌诗从苦论输赢。

一家风雅忆闺中，鲍妹梁妻才调同。惆怅芳园联咏地，伤心依旧夕阳红。

我愧樗材炙蕙芳，徽风雅调引来长。十年离恨犹能说，时对云容想羽裳。

衔杯今日正愉思，话旧偏教忆昔时。寸纸付君频郑重，故人墓草又离离。

——《芸香馆遗诗》，民国十七年(1928)
武进涉园石印本

姚若蘅二首

姚若蘅(1824—1885),字芷湄,号沅碧,安徽桐城人。江阴夏诒钰妻。工诗善画,有《红香阁小草》。

憩园秋兴易州署中

园林雨后聚秋光,花影还依月影长。小沼水清蘋叶老,曲栏风暖桂枝香。野云行尽生岚气,山鸟飞来话夕阳。种秫公田多逸兴,固应人境两相忘。

泊渡口驿感怀

风风雨雨新霜候,一点秋灯旅思凉。松菊未营陶令宅,琴书犹拥陆生装。时闻犬吠知村近,渐少更声觉夜长。莫向扁舟怨飘泊,连宵儿女和诗忙。

——徐世昌编,闻石点校《晚晴簃诗汇》

卷一百九十一,中华书局1990年版

李长霞二十五首

李长霞(1825—1879),字德霄,号锜斋。掖县(今山东莱州)人,胶州诸生柯蘅妻。长霞诗取径少陵,上近阮、左,亦出入三唐,格调高古,寄托遥深。著有《锜斋诗集》。

胶莱道中

停车向古道,乱树冷斜曛。落叶欲迷径,远钟多在云。溪流经雨急,山色对烟分。回首乡关近,令予愁绪纷。

宿山驿闻雨

言投山驿宿,岩壑暮阴重。径僻穿芳草,门闲闭乱松。疏灯深夜雨,倚枕隔溪钟。明日下山路,云迷处处峰。

八月十五夜忆严亲时官畿辅

露下候虫鸣,闲阶取次行。华星云隙出,凉月户边生。梦远桑干水,秋高稷下城。相看怜弱弟,也解忆神京。

送夫姊姚少夫人佩珊之汴

相看不忍别,相送转凄其。车马不相待,音书空后期。篱花秋烂缦,官道暮倭迟。珍重泉源咏,言归慰我思。

离言欲诉少,握手共沾襟。以子辞家苦,伤余别母心。关河秋雁影,闺阁暮虫音。他日重回首,浊河秋更深。

和佩韦夫子题淮阴侯祠壁

淮阴山水清且闲,古祠老树生寒烟。汉家宫阙不知处,韩侯庙貌犹人间。渚蘋无复行客荐,西风卷水秋潺湲。当时逐鹿中原起,国士由来重知己。登坛既遇隆准公,入宫胡怨儿女子。追亡相国无始终,如何不救钟室死。故乡虽好不能归,自古功臣多如此。

寒食作呈佩韦夫子

春色为谁来,绿遍西原草。念我时艰虞,反伤春色好。天地方甲兵,沉忧催人老。莫挽西江水,辙鱼同枯槁。缅思先舅姑,悲来心如捣。富贵不及养,荣名安足宝。况我沉沦士,流离更远道。麦饭奠不时,墓门复谁扫。伤心首丘意,华发悲年早。愿利幽人贞,敬身以承考。区区小草心,永言伤怀抱。

和吉侯弟秋苔诗

微物亦生理,勿教屐齿侵。疏林余宿润,古井半秋阴。一雨

寒如此，无烟绿自深。小园生欲遍，漠漠感愁心。

戒子诗

羲和无返辔，昔贤惜分阴。念尔流离子，少小值苦辛。荒废惜往昔，僶俛慎在今。娉修苟不力，老大倏相寻。乾行贵不息，纤条成修林。

海气绚蜃采，楼阁生虚空。鲛人不可处，幻灭随天风。实道由践履，力至性乃充。誉广必毁至，名高慎悔从。凤鸟无灵德，文章叹华虫。

缅矣西江水，枯辙不获滋。大哉魏王瓠，坚重不可持。行远升自迩，一篑成丕基。黄溷烂明镜，轻尘淄素衣。小善小过言，三复诚可师。

大哉魏王瓠，坚重不可持。微矣骊龙珠，光耀世所希。古人执一经，专精乃不移。明两归一照，吹万成咸萁。射鸿慎物迁，亡羊感路歧。

中秋对月

余一姊、一弟、四妹及予为七人。姊德僚，居武城，不相见者盖二十六年。三妹长馥，家琅琊，道虽云迩，晤面亦稀。夏六月，六妹长鬈于归长山王氏。七月杪，吉侯弟以视三妹疾未归。中秋夕，家人小集，惟七、八两妹长昭、长婉共此清樽。独予白发，长年易感，讵待伤离。稚子无愁，亦知怀远。率笔赋此，以示两妹。

天上团圞月，人间寂寞愁。蟾寒丹桂老，河淡白榆秋。明镜消银烛，清樽对白头。别离怜尔照，清景莫西流。

千里同明月，离人几处看。形因多病改，书欲寄愁难。高露

浮空气,疏花照夜寒。昔年同此乐,今夕路漫漫。

剪烛知宵永,添衣觉露滋。系檐蛛托网,栖树鸟余枝。吟咏怜儿解,艰虞畏母知。谁惊一行雁,南北各天涯。

和八妹九日诗寄六七两妹长山

烟草萋萋独闭门,每逢佳节黯销魂。莫将白发临青镜,且采黄花对绿樽。济北书迟秋后雁,阜山木落雨中村。他时姊妹归来日,应有新诗仔细论。

湖山泺道中

车马逶迟湖水浔,湖光空翠晓阴阴。村烟一带柳丝重,岚气四围春雨深。依旧青山留客梦,漫教黄鸟唤愁心。结茅抱瓮曾题句,回首前尘感不禁。余庚子过此,曾有"白云不到地,飞来湖上峰"及"结茅堪共隐,抱瓮想遗踪"之句。

途次齐河县过黄河

湛湛清济水,忽入浊河流。川渎有迁移,人事将谁尤。遥趋铁门关,南北划齐州。我非壮士怀,大波怯阳侯。舟子轻洪澜,理楫发长讴。孤舟何逦迤,危樯风飕飗。泛泛沙岸近,榜人维予舟。回首瞻岱色,浮云天际愁。俯仰念乡邑,山川阻且修。怀土亦天性,不见狐首丘。

莘县途次

客路过莘野,孤村落日低。荒田多白卤,矮屋尽黄泥。饥下

呼群雀，寒栖上距鸡。萧条民业少，生计悯苍黎。“鸡寒上距”见《池北偶谈》。

赴楚途中作

南辕无北辙，白首越乡县。往岁去青齐，今兹辞梁汴。汝水涉迢遥，楚山眺葱蒨。林葩耀蜀锦，隰烟浮吴练。杜若长春洲，鸊鹈下芳甸。来巢事亦微，鲁史征昔谚。物性靡迁移，人情悦安晏。往岁莅金豕，乾坤方转战。宛洛有戍兵，海岱时传箭。二纪疮痍消，十载忧患洊。譬彼辞根蓬，当兹九秋转。俯仰感多难，忧来谁能遣。

江行望岸上诸山

长江趋东南，连山峙其外。平流淡无姿，群有静含态。青岑生白云，苍衣约皓带。荟蔚蔽崟崎，青葱翳松桧。安得一攀跻，令我访胜概。搴林摘瑶英，倚石窥寒濑。幽境不可寻，长风催行迈。回首望众山，苍苍但烟霭。

泊兴国州城外作

东风原隰绿，迢递接关河。芳草故乡远，斜阳积水多。楚山春畹晚，客路岁蹉跎。十载犹浮梗，西园忆薜萝。

重泊武昌

西来山色认从前，回首鸿泥意黯然。疏雨淡云寒食节，孤篷

短棹汉江边。萍蓬寄迹家千里,蒿蔚余生客十年。黄鹤楼头频怅望,汝南济北各风烟。

信阳道中

一川芳草露初晞,几处人家倚翠微。樵径烟深松叶暗,沙堤水浅荻芽肥。十年烽火青山在,三月春愁白发稀。武胜由来天下险,关门不掩乱云飞。

——徐世昌编,闻石点校《晚晴簃诗汇》
卷一百八十九,中华书局 1990 年版

乱后忆书

插架五千卷,竟教一炬亡。斯民同浩劫,此意敢言伤?业废凭儿懒,窗闲觉日长。吟诗怜弱女,空复说三唐。

——钱仲联主编《清诗纪事·列女卷》,
江苏古籍出版社 1989 年版

孙采芙十五首

孙采芙(1825—1881),字韵珊,江苏仪征人。早岁失怙。休宁胡培系继室,随夫宦居各地。诗多思亲怀乡之作。有《丛笔轩遗稿》三卷。

壬寅仲夏随侍祖慈避夷氛北上途次有作

忽作无家客,飘零百感生。母居邗水上,父隔海州城。骨肉各分散,干戈新战争。孤蓬何处适,饮泣不成声。

余因爱吟咏屡为家慈所呵作此自解

其奈萱堂叱责何,痴心终是爱吟哦。因思美刺关风化,毕竟诗中获益多。

除夕感咏

光阴荏苒易推迁,事事伤心在目前。小妹不知亡父苦,牵衣犹索买花钱。

春日偕闺中诸姊妹泛舟湖上

小舟轻泛夕阳边,指点韶光又一年。春水半篙芳草岸,东风十里杏花天。不妨畅饮心拚醉,正好联吟句夺先。隐约楼台最堪爱,绿杨深护万条烟。

留别三嫂

诗成寄语好珍收,雪爪分明有意留。独涉忽惊千里别,相思空绾一生愁。手当握处心先碎,情到深时泪易流。如此烟花正三月,叹侬无福住扬州。

忆母

心为思亲手惯扪,连宵归梦总昏昏。可怜觉后家何在,枕上惟余泪渍痕。

读王采薇夫人长离阁诗稿题后

仙踪偶尔来金屋,鸾驾翩然返玉京。哀艳才华李昌谷,自然风韵许飞琼。多情有婿同吟月,薄命如渠怅落英。一读遗编一长叹,挑灯开卷试闲评。

夏日湖上纳凉偕子继登飞来峰至翠微亭小憩薄暮始归

揽衣直上御风行，古佛低眉处处迎。不识飞来可飞去，与君石上证三生。

层层螺髻碧空嵌，潋滟湖光一镜涵。十里荷香吹不散，晚风凉透薄罗衫。

寒鸦

昏鸦几度竞纷飞，似觉园林候已非。瘦影遥从荒堞度，秋声还向晚樯归。柴门一带随流水，古塔三层挂夕晖。昨夜月明风露重，绕枝何处可相依。

偕外子避兵入楚舟中述怀

客路三千里，离怀十二时。尘容羞对镜，愁绪乱如丝。骨肉无音问，关山有梦驰。惭君画眉笔，憔悴不堪施。

一夜西风急，天涯雁影分。干戈方满地，弟妹各离群。别泪灯前洒，乡愁枕上纷。戎行须努力，早晚盼青云。

痛绝童乌逝谓桂儿，充闾愿竟虚。劬劳应念我，生小最怜渠。慧解从兄学，清能读父书。挥戈与跃马，无复戏庭除。

未是桑榆景，先惊蒲柳秋。此身如泛梗，数口寄扁舟。生计都羞涩，长途苦滞留。轻帆幸无恙，径指岳阳楼。

园菊初花清香可爱因仿大观园十二题制为小诗和者许把酒持螯向花前一醉也

种菊

养花聊当养儿孙,灌溉全凭雨露恩。墙角篱边栽处处,爱他秋色满柴门。

——《丛笔轩遗稿》,光绪十三年(1887)胡氏世泽楼木活字本

多敏 十三首

多敏,生卒年不详。喜塔腊氏,字惠如。满洲旗人,原籍吉林长白。漕运总督松椿妻,宝康母。有《逸蒨阁遗诗》。

春雨

晓来霏细雨,苔藓晕寒青。凉意围罗幕,幽人愁未醒。

勺园春步

春崖九曲伴烟霞,唤梦寒禽绕屋斜。几处浅云残雪径,忍寒独自折梅花。

出都即事

驮梦轻车出凤城,晓风频点客衣轻。炊烟竹屋看晨馌,帽影鞭丝趁午晴。草色半摇迷远道,花枝低亚笑长征。二千里外江南地,才度燕南第一程。

驱车晓发走春泥,夹岸风微柳絮低。天暖马嘶芳草地,午晴人过绿杨堤。数声啼鸟花三月,几个浮鸥水一溪。未识今宵何处宿,渐看斜照出林西。

微山湖夜泊

一枝柔橹渡蜻蜓，酒畔离骚读未停。明月欲残偎树白，湖山破晓入船青。自怜病骨禁宵坐，最怕春寒袭梦醒。试取瑶琴弹一曲，恍疑篷底有龙听。

高邮道中

甓社湖边路，舟行一叶深。药炉谙病骨，经卷忏愁心。水国牵幽梦，山灵笑苦吟。隔花声细细，对面有春禽。

游金山作

水晶帘外绝尘气，铃语随风下界闻。小阁窗寒微有树，长江天远不留云。春衫罗薄依松静，秋舫灯明隔水分。拈笔刻崖记游迹，下山归径入斜曛。

夜坐梅花下口占

吟魂直欲化秋烟，瘦到梅花骨亦仙。扶病不禁春似水，耽诗却爱夜如年。雨沉水阁虫吟老，木落吴江月影圆。贪看一枝斜入画，剪灯裁句不成眠。

济宁舟中

一叶轻舠趁雨余，水纹圆活结涡初。雕文髹几闲安置，半供

梅花半载书。

橹声孤泊野桥西，一角微风飏酒旗。应有网鱼吹水上，柳花随雨点前溪。

钩弋夫人小印歌

玉钩冰筋棱棱起，故印珍藏识天水。印有“子昂珍藏”四字。照人颜色黯人魂，颓粉零香汉宫史。绿绨自署昭阳春，倢伃故是拳夫人。金屋沉沉阿娇老，河间灵气钟其身。秋风荏苒君恩歇，秋叶哀蝉响呜咽。莫问当年尧母门，摩挲鸳石真愁绝。云阳西去女君亭，一树梨花冷曙星。只恐茂陵松柏里，空余石马嘶冬青。

与素芳女弟子论诗

何必论唐宋，诗原写性灵。遣怀明似月，落管粲于星。语夺千山绿，思灯一水青。只今谁作者，空缅旧仪型。

龙幺妹歌

弓刀小队花如雪，英雄儿女真奇绝。良玉曾闻乐府篇，兰珠争诵才人笔。丁香小幄明春华，游龙使女出龙家。肌肤妒雪眉欺月，窈窕生香海外花。小姑独处菱枝弱，姓字薰香护花叶。不将眉黛斗星妆，自有功名望云阁。绛袍斜罥丁香绦，不喜珠华喜宝刀。书开秘笈亲军事，令下如山不动摇。日将骑射教姝丽，粉腻脂香三百骑。瘴地蛮天任指挥，雪剑霜矛精击刺。昔年小丑生潢池，碧鸡无声金马痴。名城夜陷官偷活，冷月宵荧鬼守尸。王师驿骑流星急，熊罴十万分驰入。铜鼓边城拥护劳，铁券家声宣慰

袭。阿兄意气如雷巅,连环双槊黄金鞲。锡封自号百蛮长,象犀远贡元和年。龙幺小妹金闺彦,婉婳将军经百战。星舒猿臂竹枝弓,秋晕霜华杨叶箭。白莲妖孽阵云凉,髑髅夜泣天彷徨。羽书一纸星火急,檄催猺勇驱天狼。阿兄抱病经秋苦,阿妹从容请缨去。芙蓉旧部领蛮奴,螭虎兵符照劲旅。扫眉傅粉女儿营,沉沉刁斗春无声。羽旗影飐鸳鸯叠,绣幕香围翡翠轻。永夜谈兵剪青烛,龙娘妙计群酋服。白头老将空咨嗟,苍鹘游军尽慑伏。猺中妖女何娉婷,娇云焰焰雄风腥。七圣刀飞古雪白,天魔袖舞枯魂青。将军血战战未已,娥眉报国誓以死。三千铜弩射无声,八队云旗势如驶。人龙马虎踏营空,捷书早报甘泉宫。若从诸将论勋伐,屈指龙娘第一功。翩翩孝廉旧入幕,曾见猺仙话亲故。绿字双笺赠客诗,朱丝一角回文赋。当时佳话人传扬,至今香冢烟水荒。歌成自酹梨花酒,蛮云不语天茫茫。

——徐世昌编,闻石点校《晚晴簃诗汇》

卷一百八十八,中华书局1990年版

王梦兰十四首

王梦兰(1826—1862),字畹芬,安徽太湖人。其夫赵继元(1828—1897)为李鸿章内兄,翰林院庶吉士,官江苏候补道。梦兰随夫奔波避难,劳苦惊慌,又经丧子之痛,病卒。诗稿多散佚,所余不过十一。诗作多托物感怀。有《三十六鸳鸯吟舫存稿》二卷,光绪二十一年合肥李氏刻多色套印本,由女婿李经羲汇编,外孙李国筠手抄付梓。另有诗集《淡香轩杂咏》。

消寒咏梅得四律选一

咏梅

爱花端的为花痴,相对无聊更赋诗。一点冬心凭写照,二分春色顿添姿。生花拟借江郎笔,咏絮惭无谢女词。冰雪文成难索解,癯仙应许是相知。

踏青

红罗鞋子绣初成,女伴相邀陌上行。行过小桥回首望,翠裙草色不分明。

纳凉

远山如黛雨初收，唧唧虫声动别愁。小立闲阶凉似水，冷萤飞上玉搔头。

舒荷挹露暗飞香，银汉无声玉漏长。闲却怀中白团扇，小窗消受竹风凉。

秋海棠

三径萧条半就荒，悄无人处赏幽芳。玉容惨淡胭脂冷，断尽当年思妇肠。

肠断金风玉露时，红愁绿怨一枝枝。满腔幽恨凭谁诉，只有花阴蟋蟀知。

托月溪舅氏寄家书

落拓长安道，谁怜范叔贫。已经生死感闻妗母已去世，况复乱离身。芳草天涯梦，莺花故国春。平安只两字，为报白头人。

湘阴舟中

沙堤一带尽垂杨，风景依稀似故乡。我本无心看山色，青峰无数近篷窗。

湘流九曲自回环，画里人看画里山。渔父不知身入画，小舟闲泊绿杨湾。

自粤北上寄怀诸姊妹

半载栖官署，浑如驿舍过。浪萍参聚散，驹隙叹蹉跎。灯月春光丽，风云壮志多。匆匆挥手去，别泪湿轻罗。

自别重闱后，篷窗几暮朝。贪眠嗔婢懒，多病惜儿娇。月色疑烽火，滩声怨寂寥。西园春昼永，应不负良宵署西有园擅花木池台之胜。

粤峤东西岭，湘江上下潮。云随帆脚转，心逐马蹄遥。荆棘浑忘险，风尘敢惮劳。故园何处是，南望倍魂销。

直北三千里，星驰怯晓寒。绿杨垂古驿，红日近长安。尘涴朱颜改，风摧绿鬓残。不辞征役苦，愿博锦衣还。

读相如传漫题

驷马高车志已酬，远山眉黛足风流。如何解作长门赋，忍令文君怨白头。

——《三十六鸳鸯吟舫存稿》，清光绪二十一年(1895)
合肥李氏刻多色套印本

翁端恩八首

翁端恩(1826—1892),字璇华,号纫卿,江苏常熟人。父翁心存,体仁阁大学士。母许氏。弟翁同龢,晚清名臣。夫钱振伦,曾任国子监司业,翁端恩为其继室。翁端恩为单士厘丈夫钱恂的伯母。有《簪花阁诗钞》《簪花阁诗余》,合刊为《簪花阁集》。

春日至延爽山房感而赋此[①]

掩翳藤萝屋数椽,尘飞不到白云边。桃花斜映归樵路,杨柳低藏罢钓船。排闼山光千斛黛,入帘草色一溪烟。落英满地无人问,闲倚阑干思渺然。

送玉甫兄叔平弟偕绂卿侄应试金陵

雁影涵秋趁晓风,壮游难得一门同。已欣佳句如灵运,更喜清谈有阿戎。万里江涛归赋笔,六朝山色入诗筒。攀香蟾窟家声旧,会看三株粲月中。

---

① 按:锦峰别墅在常熟西门外二里之遥之山前塘岸边,为翁氏别业,前临湖甸,背负青山,花朝月夕,光景如画。内有依绿草堂、延爽山房诸胜。其地后为工厂,今非翁氏所有矣。

仲渊侄胪唱第一悲喜交集诗以却寄

一纸泥金乍到门,开颜翻使泪添痕。更无凭藉通天路,却道滋荣并宿根。哀乐杂乘真梦幻,升沉不次总君恩。却看雏凤高飞处,苦向樊笼忆哲昆。

题夫子燃烛修书图

夜深香烬静无烟,雾鬓云鬟望若仙。嫁得才人原不负,殷勤问字擘芸笺。

百金清俸愧无藏,赢得频烧心字香。他日裁诗灯影畔,先从画里识真娘。

赠筱卿

筱卿王姓,金陵人也。年十六,隶乐籍,色艺俱绝,名噪一时。稍长,始悔委身于风尘。遂决志从良,私以金赠所好赎身。事垂成,假母知之,窃其金而痛笞之,乃罢。索价愈昂,无过问者。后年余,有贵公子甚相怜爱,筱卿欲从之,虑其母之居奇也,贵公子笑曰:“万金亦细事,实鄙汝青楼女耳。”赠白金千两,遂别去。后亦不知所终。闻而哀之,为赋二绝。

窈窕堪夸姊妹行,新歌争唱杜韦娘。倘教苏小坟前过,回首西风一断肠。

半生如絮复如萍,促管哀弦动客听。十斛明珠原有价,何人顾曲为垂青?

中秋月三首用东坡韵录一①

我有白发亲,荏苒十年别。对此团圞月,离人转凄咽。忆昔趋庭时,流光真虚掷。有兄滞请室,圆晖感盈阙。柏台夜气清,凉风吹密樾。白露沾裳衣,寒蝉辞落叶。有弟咏皇华,时举行壬戌恩科。寒温与谁说。驱车上太行,艰哉何战栗。棘闱蟾魄皎,万瓦如凝雪。关山各一方,几处同愁绝。

——钱仲联主编《清诗纪事·列女卷》,
江苏古籍出版社 1989 年版

---

① 按:此诗作于同治元年壬戌(1862)避难江北时。"有兄滞请室",指长兄安徽巡抚翁同书,以失守地方罪下狱。

邓秋英二首

邓秋英,字佩环,一字菊如,福建晋安人。幼时,其父便以诗教之。女红之暇,辄弄笔墨,不废吟咏。及稍长,遂工诗。有《晚香楼诗稿》二卷。

寄怀谢冰壶

屋梁落月君怀我,夜雨残灯我忆君。记得别离兰水日,相看无语袂难分。

新从剑水返榕城,咫尺暌违恨转生。何得扫花欢十日,一帘风月话双清。

——钱仲联主编《清诗纪事·列女卷》,
江苏古籍出版社1989年版

周维德 十九首

周维德(1827—1873),字湘湄,山阴(今属浙江绍兴)人。周寄渔女,张子谦妻。自幼颖悟,“喜读史鉴,工诗、善绘”。“相夫有道,事舅姑以孝,闻性仁慈,磊落有丈夫气”,中馈女红之暇工书画著作,宽容平和。太平军乱,流离转徙,“愤慷慨之意往往见于篇章”,同治十年,丈夫卒于官,周维德两年后亦卒。有《千里楼诗草》,其夫弟张师济搜集整理付梓。

短歌送半湘大姊南归 时年十四

习习兮谷风,濛濛兮微雨。送君兮南浦,君何为兮归去。别恨兮如何,去路兮苦多。江水摇天兮空素波。云何为兮归岫,乌何为兮渡河。君何为兮不返,君不返兮奈何。

遣怀 三首选一

清极不知寒,风霜无相及。我读古人书,心共古人立。何人不圣贤,所争在得失。岁月能几何,山川空历历。维彼圣贤心,青天昭白日。

赠梅四首选二

江南江北竞新妆，赢得他乡似故乡。是否怜侬耐清冷，夜深纸帐暗浮香。

翩翩风格讶飞仙，几度怜君更自怜。傲骨本无尘俗相，皎宜明月淡宜烟。

望远歌寄半湘姊

山之高兮草木秋，水迢迢兮送行舟。花有泪兮蕉有心，怀美人兮思难禁。思难禁兮涕沾裳，念深恩兮不敢忘。路漫漫兮何其长，步踟蹰兮落叶黄。斗柄西倾兮夜未央，仙之渺兮不可望。月之皎兮何其光，思之永兮空断肠。

河南道中

三月洛阳道，阵阵飞红雨。曲槛谁家楼，寂寂临洲渚。篱落板桥斜，水清鱼可数。杨柳齐作花，春风似解语。

木兰

匹马弯弓去若飞，且将寸草答春晖。城头笳鼓连金柝，塞上秋风振铁衣。万里关山三百战，十年征戍一身归。儿家别有斑莱志，图到凌烟愿已违。

咏怀古迹三首选一

台城

滚滚长江怨未消,美人名士倩谁招。风流绮丽推三阁,花月文章冠六朝。山色远依桃叶渡,柳阴低压木兰桡。南朝多少兴亡事,销尽秦淮日夜潮。

思乡

镜湖东,结茅屋,湖上波光映楼绿。楼上曾藏万卷书,是我先人手自著。当时捉笔疑风雨,年年恐逐蛟龙去。何日重回湖上舟,摊书还卧楼上头。

从军行

君不见昆仑怒挟黄河水,势吞牛斗惊神鬼。又不见洛阳女儿貌如花,昨日明妆今日死。北邙山下草萧萧,沧海桑田竟如此。人生斯世贵立志,淮阴范蠡寻常事。欲请长缨叩九阍,满朝说项知谁是。三巴夜夜猿声急,羽书万里来天阙。闻道君王宵旰忧,轸念苍生长戚戚。岂无厚禄干城将,屯兵十万湘江上。其奈将军重死生,封疆地土甘心让。昨夜城头吹觱篥,征人又作生离别。儿女难抛痴爱恩,鸳鸯梦冷沙场月。卫安门外天涯路天津西门名,萋萋芳草销魂处。多少春闺妇女魂,不随芳草随人去。北风起兮湘水寒,望长安兮有梦还。刀光如雪征夫苦,明月霜高铁甲单。一朝将帅失筹算,覆军谁惜残生贱。陌草空余战血腥,清明寒食

无人奠。惟愿承平早罢兵，从今不作从军行。天子隆恩怜战苦，教归陇上事春耕。

将去西园走笔留别

天涯何处卜江村，又向天涯别故园。满院落花悲杜宇，一庭芳草怨王孙。春当欲老犹怜别，人为多情易断魂。此后相思须共记，何堪风雨伴黄昏。

送菊轩大兄之岭南二绝

十丈长安尘，千里关山雪。人瘦怯西风，何堪此远别。
相见何太晚，相去何太远。有泪不能弹，心逐车轮转。

初得叔云十一兄书即步见赠原韵

念载离乡百不如，一朝身傍谪仙居。未逢锦字来芸阁，先见文星耀敝庐。兄名星誉，余梦大星明于屋上，次日竟得兄书。晓漏应趋青琐闼，夜窗想草紫泥书。兄现供职翰林。左芬久负难兄望，惭愧无才继大家叶姑。

喜雨

玉阶生悄寒，雨声入茅屋。四壁暗凝烟，潇潇破寂寞。披书焚炉香，一灯相伴读。须知午夜中，万井含膏足。豫卜报秋成，村农复何欲。明日登高楼，盈郊望新绿。

清夜吟

天河夜转星辰北,牛斗无声群动寂。独有怀人梦不成,起向中天望明月。长空一色疑铺练,清辉照遍年华换。故园一十二回圆,又向天涯重相见。天涯此夕望如何,故园此日尚干戈。剧怜白发如霜雪,烽烟三月无消息。安得凭虚更御风,飞向北堂侍颜色。颜色应知不如故,西泠荆树渺何处。十年长作远游人,登楼王粲空悲赋。忧从中来涕如雨,搔首问月月无语。

长安杂感

长安五月烟如织,漠漠黄埃浑朝夕。一春无雨农田枯,空有浮云蔽白日。我来京国鸣忠贞,丁卯夏,入都为先人忠节请恤。羞向朱门谒后尘。寂寂柴扉松竹里,漫劳车马驻河滨。

荆山女子年十四,慷慨为亲从军去。后来城更号夫人,谁谓闺中无大智。秦氏忠贞冼氏功,传来千古真英雄。长琴古瑟写高操,帘外习习来清风。

西山瀑布千岩雪,耸榭悬亭多胜迹。秋来车马斗如云,争向丛林看红叶。越罗衫短湘裙长,学得江南时式妆。侍女携将纱半臂,万花深处水云凉。

——《千里楼诗草》,清光绪二年(1876)刻本

王采蘋二十八首

王采蘋(1827—1893),字涧香,江苏太仓人。父王曦,母亲为著名诗人张纨英,夫无锡程恩培。出嫁后未几守寡。王采蘋绘画、书法兼工,诗亦题材多样,宗法不一,李鸿章曾延为女教师。有《读选楼诗稿》十卷。

过金陵

日落暮潮收,轻帆过石头。山蟠龙虎气,城是帝王州。形胜千秋在,干戈六代休。兴亡多少恨,都付大江流。

题婉纫从母师绿槐书屋诗稿

清才亚班女,家学绍中郎。一卷五言诗,玉振谐笙簧。思亲赋蒿莪,忆弟梦池塘。澄怀鉴明月,清节含冰霜。人事慨变迁,抚时多感伤。义心激苦调,幽意凄金商。洞庭秋水深,木叶飞潇湘。灵妃鼓瑶瑟,天地皆苍凉。潜蛤跃神渊,孤凤栖幽篁。空山悄无人,日暮秋兰香。茅屋埋穷闾,所思在沧浪。灵珠俨盈握,尘壒随风扬。少小侍宣文,绛幕授篇章。所愧性庸愚,学步终茫茫。十年困墙面,师资未敢忘。缅怀列国风,二南何洋洋。蔚为风教始,千载流芬芳。后世何陵夷,日下江河长。浮华失明性,俗变嗟靡

常。何当播希声,薄海休风彰。古来移国俗,匹妇有杞梁。仰止望高山,顾影心彷徨。

宝剑

秋水横三尺,长虹倚九天。一挥开绝域,万里靖烽烟。结佩心徒壮,深杯醉可怜。延津不变化,何处问龙泉。

明镜

皎皎秦台月,曾传照胆奇。美人惜明镜,绝世负殊姿。对影怜青盼,新妆写翠眉。清辉好相照,双鬓易成丝。

奇石

弃捐同瓦砾,韫玉竟谁知。落落人间世,磷磷绝壑姿。阵图空往迹,兵法孰探奇。填海千秋恨,难消精卫悲。

骏马

万里来西极,雄姿迥不群。占星垂太乙,逐电扫烟氛。百战天山雪,千屯瀚海云。柳营思上将,麟阁著殊勋。

菊

读画幽怀淡似云,木樨香里送斜曛。西风帘卷人初瘦,秋到黄花已十分。

梅水仙

倚竹佳人绝世无，凌波仙子倩谁扶。防他避面如邢尹，合写寒闺二友图。

楚中怀古八首选四

屈原宅

空江落木泻寒流，飒飒西风万古秋。百亩清芬伤萎绝，九关邃远感灵修。女媭砧冷婵媛泪，湘水波深帝子愁。荃壁椒堂渺何所，如云仙佩倘来游。慷慨悲凉

贾傅祠

谁采蘋蘩荐贾生，荒祠卑湿楚王城。日斜鹏鸟流年感，月冷湘江万古情。恸哭无人知远见，治安有策答升平。席前夜半君恩渥，小谪何妨泽畔行。

诸葛武侯故里

高卧南阳迥不群，龙蛇战斗任纷纭。草庐早定三分业，蜀道长留八阵云。清泪汶山悲左衽，西风渭水痛孤军。中兴惜未逢光武，孤负云台列将勋。

黄鹤楼

崔巍杰阁镇苍茫，想像登临俯八荒。五月梅花吹玉笛，千年芳草冷斜阳。烟波东下吴天远，江汉西来蜀道长。黄鹤不归人寂

寂,题诗谁压谪仙狂。

李陵与苏武

羁客感将归,日暮心彷徨。三秋托异国,送子还故乡。原野生悲风,木叶何飞扬。转蓬离本根,浮云远飘飏。此别一何悲,相见未可望。挥泪从兹辞,关山郁苍苍。徘徊复执手,伫立徒神伤。善保金石躯,毋为儿女肠。

嵇康述志

神木挺灵崖,扶疏拂紫宸。未知岁寒节,霜雪徒纷纭。鄙哉栋梁材,寂寞幽涧滨。斧柯相剪伐,焉得全其真。老莱能绝俗,颜子安清贫。抗心希古贤,荣遇如浮云。胡为自缚束,戚戚多艰辛。瑶琴写我思,明月清我神。放情岩石间,萧然洽隐沦。恬淡存素志,驰驱何足论。

陶潜饮酒诗

荣悴各有时,斯理同古今。知命复奚疑,无为计升沉。力耕虽勤苦,幸无尘事侵。中宵毕群务,澹然清我心。开轩对良辰,浊酒聊自斟。明月流长天,清风吹素襟。为欢贵及时,凭谁惜分阴。三余有至乐,千载求知音。

杜甫瘦马行

骅骝失时困饥渴,肌肉消磨奇气灭。见人声嘶似乞怜,日暮

荒原断刍秣。其知龙种出天厩,委弃何人爱能割。失路犹怀铁甲愁,追风无力霜蹄脱。洗濯久辞泾渭水,鞭挞犹留战场血。定知临敌奋不顾,坑堑星罗偶一失。即今僵卧大道间,汝岂无尤能免黜。骨立如山朔雪聚,毛缩似猬层冰裂。衰朽翻为狐兔欺,虺隤不及驽骀质。千秋寂寞燕昭台,莫有英雄市奇骨。

韩愈山石

嵌空山石人迹稀,藤萝碍足露湿衣。夜投古寺月初上,杂花媚色修篁欹。巍峨殿宇耸空碧,丹墀粉壁生光辉。入门相迎主人出,为我扫室具馎糜。充肠岂得厌菲薄,宴然一坐聊忘机。宵长灯黑无梦寐,凄风入户催荒鸡。苍茫晓发不知处,但闻猿鸟声悲啼。远岩杳杳攒古木,分黄斗白相参差。凭高一望豁双目,白日杲杲孤云飞。浮生视此足栖息,何能蹩躠劳轮蹄。堪悲世上宦游者,胡为落魄遗人讥。

李商隐燕台春

燕台三月飞红雨,玉扉珠树春无主。柳丝雾影织新愁,燕悴莺憨难共语。绣屏人起瑞脑消,酡颜比似花颜娇。钿车金勒知何处,草绿芳堤路更遥。芙蓉宝镜双鸾掩,红螺香泛青蛾敛。漫吹湘竹拂哀丝,花压天低云黯黯。青鸟不来天外使,绿窗尘锁珍珠字。一片香魂醉欲消,冰壶冻裂燕脂腻。流苏帐卷房栊间,纤腰无力罗衣单。春心历历隔烟语,碧月生尘若木寒。

寒星

晨鸡声里欲阑干,剑气消凝斗极寒。万户芒摇霜柝外,一天光射冻云端。波沉银汉仙槎远,机冷珠垣锦字残。此日草堂怜岁晚,春宵回首几人看。

瑞麦歌

张公作吏矢清白,垂老一官投楚北。江山形胜落武昌,俗阜时和有余适。告神文成誓幽独,泣罪心劳感苍赤。桑麻遍地原野清,蝴蝶上阶讼庭寂。两年洚水飘江国,十万哀鸿集中泽。闾阎安堵不知饥,须发苍然骨枯瘠。贻我来牟开上瑞,珠宝离离挺双穗。一犁雨过黄雪肥,万顷波翻碧云碎。龙飞九五景运昌,湛恩汪濊被八荒。星云纠缦烂霄汉,草木润泽生辉光。自古嘉祥同一辙,太和元气何洋溢。庶慰勤民贤宰心,从此丰盈欢百室。老农拜献跻公堂,筑亭勒石西山傍。千秋胜迹留斯土,圣代咸丰万载长。

望卧龙冈

鸡鸣戒严装,出郭天初曙。日华破云霞,晓色开烟树。远望卧龙冈,苍茫动遐慕。遗迹独千秋,草庐果何处。清时苦用兵,蛇虎各盘踞。弧矢暗井里,疮痍遍中路。何当叩灵旗,为我扫烟雾。人才本无常,治乱宁有数。即今岩穴间,岂乏栋梁具。英雄独使君,草庐卒三顾。所以成大业,豪俊望风附。后世困科目,求贤渺难遇。谁参幕内筹,孰假席前箸。微霜致坚冰,原燎吁可惧。茫

茫战血腥,何日罢征戍。浮生际时危,漂泊如孤鹜。劳劳处中阃,役役纷俗务。安得访桃源,栖迟观真趣。斯民嗟何及,尘海莽无渡。俯仰百感生,沄沄慨朝露。

舟行口占

武昌何日到,孤艇尚淹留。红树犹春色,青山负胜游。天空无过雁,世乱少闲鸥。望远空搔首,劳劳感未休。

日暮客愁新,长吟对水滨。疏林清入画,孤月静依人。晚岁仍羁旅,中原急战尘。连旬消息断,回首欲沾巾。

日行无百里,兀坐意如麻。风雨苦相阻,江湖路转赊。悲歌翻别鹤,寒色画栖鸦。三径知何似,联吟忆谢家。

离愁聊自慰,有弟共论诗。得失原难计,吟哦意绝痴。雪消风静候,茶熟酒醒时。对影浑忘倦,宁知漏已迟。

春雪

雷雨生积阴,芳春盛朔气。中宵忽飞霰,俄顷已盈砌。斗室起骤寒,红炉亦虚置。肤皴裘苦薄,指直带难系。启户纵遐观,一白浩无际。光含玉宇净,色映珠宫丽。孰催滕六驾,莫挽羲和辔。为霖贵及时,非瑞宁足异。缅怀黄竹歌,痛洒忧时泪。东南苦兵燹,哀鸿犹满地。负薪岂无人,沟壑多困毙。忍寒盼阳春,沉阴慨难霁。丽日怀中天,恩光同覆被。

伴我读书窗,清辉映简篇。三余得闲暇,坐对忘严寒。久别乍归来,执经亲讲筵。更长不知倦,光似青藜然。谢庭多逸才,新诗叠锦笺。絮盐未堪拟,一一珠玑联。阳春调自高,所愧和者难。抚景聊自怡,深衷未可宣。鲤庭梦竟虚,湘江泪成斑。荆柯忽摧

折,杜宇啼春残。平原敛拱木,宿草埋荒阡。凄凄海畔莹,洌洌侵寒泉。浮生各有托,胡我独悲酸。胜赏怀良辰,抚时嗟逝川。愿贞竹柏心,葆此皓质妍。

种菜

蔓草盈中庭,荒秽不遑理。晨兴课老妪,辟径携耒耜。薀除绝其根,萌孽庶可止。隙地颇有余,众芳惜已萎。园蔬随意栽,御冬谋蓄旨。翠甲喜渐肥,黄芽美无比。霜严能耐冷,雨过净如洗。亦有岁寒心,青青常不改。地僻无珍羞,官贫少俸米。佐我菽水欢,足以充簠簋。朱门餍粱肉,沟壑多冻馁。山陕犹用兵,萑苻苦难已。空留诸葛名,莫有奇人起。浮生丧乱余,一饱亦已矣。国计难与谋,世事何足齿。抚兹学圃心,贤者亦乐此。毋辞灌溉劳,抱瓮时汲水。聊当秋花看,一碧亦堪喜。骚客去已遥,凭谁艺兰芷。

——《读选楼诗稿》,清光绪二十年(1894)东河督署刻本

戴青 二首

戴青，生卒年不详，字书卿，晚年自号洗蕉老人，浙江湖州人。幼年喜好笔墨，性格豪迈，诗风劲爽，后为恽世临(1817—1871)继室。恽世临曾为湖南巡抚。戴青工诗文，善绘画，有《洗蕉吟馆诗词钞》《云圃秋吟》。

饮酒

万种闲愁万斛酒，以酒浇愁愁解否。愁解未解且勿论，慎莫闲却持杯手。忆昔随宦到湘南，荆襄千里间关走。武陵地僻何处寻，烽烟忽起撄城守。自怜生小不胜愁，却喜跳梁已败走。今年复至澧阳城，酷暑炎蒸热如炙。晚凉浴罢明月生，梧桐庭院调冰藕。夜深忽起故园思，愿生六翮雕鹏偶。须臾魂梦已到家，团坐亲朋情愬剖。晨鸡无赖唤我醒，风景依稀犹在牖。苕溪溪水接西湖，秋月春花久辜负。人生快事苦不足，自惹闲愁十八九。不如痛饮且开怀，沉醉不辞千日久。

云圃感怀示诸儿

忆昔返吴门，旋筑池与室。翛然远尘嚣，池水湛深碧。莳花罗前庭，修竹当窗植。汝父拥书史，晨夕事笔墨。兴酣任挥洒，儿

与钟王匹。坐我春风中,诗义互剖析。烹葵煮佳酿,品茗扫松叶。开樽共欣赏,觅句破岑寂。欢言烛屡易,斯乐难再得。荏苒三四年,风景伤今昔。岁月如逝波,白发不复黑。汝父不再来,造物不可测。回忆在湘楚,案牍劳形质。憔悴疾转增,绅民知痛惜。门无干进人,众怨誓污蔑。含沙顾射影,薏苡如珠粒。浮云蔽长安,竟尔遭弃绝。试看拥囊者,意气何烈烈。不思脂与膏,岂知民路泣。今古虽一轨,汝辈须警惕。努力登青云,芸窗伸屈抑。不须图封侯,明哲自量力。无裨时与世,及早宜藏拙。我因萱树枯,悲来无时辍。聊复藉诗篇,感旧泪沾臆。

——《洗蕉吟馆诗词钞》,清宣统二年(1910)石印本

左锡璇八首

左锡璇(1829—1895),字芙江,一字小桐,阳湖(今属江苏常州)人。父左昂,大理寺丞,母汪氏。左锡璇为左昂第五女,六妹左锡嘉亦有诗名。夫袁绩懋,道光年间进士,授编修,左锡璇为其继室。锡璇擅诗词书画,有《碧梧红蕉馆吟草》《碧梧红蕉馆诗余偶存》等。

润州行

官城如纸贼城铁,围城十旬城不得。六军喧作夜潮声,万帐蒸成死灰色。火云突兀空中来,猿鹤掷跳沙虫哀。血光火光四围迸,月色染出红玫瑰。轻艑大舸同一炬,江水澜翻沸成釜。游尸蔽江江不流,留与蛟龙饱人脯。浙军弃甲先奔逋,潮州健卒咸惊呼。颇类平原纵野烧,薰貍灼獾焚麕麌。阿奴火攻本下策,主阃无谋甘败绩。东南半壁生夕阴,子弟八千同一泣。

雨夜怀婉洵婉静两姊

狂风飕飗吼如虎,老树纵横倏飞舞。博山香重散氤氲,轻烟漠漠满庭户。急点跳珠洒画窗,芭蕉渍绿溅笔床。笔床翡翠多零落,疑是幽兰发古香。采之欲赠湘皋远,焦心一寸愁难展。雨雨

风风可奈何,菱华照罢愁蛾敛。去乡日以遥,离思日以缓。别泪染征衫,痕深不能浣。江南杨柳绿千条,绾得春愁向空卷。屏山寂寂沉烟篆,庭院深深秋梦断。试听檐前淅沥声,怕教芳景成秋苑。风卷新凉入绮寮,灯花颤影吐红绡。年来谙尽怀人味,惟有吟诗慰寂寥。

十叔书问近况以此答之

落叶掩萧关,幽禽自往还。窗分遥岫绿,人共白云闲。秋老诗怀减,囊空酒兴悭。只余双管在,长写米家山。

秋兴

万木萧然绕蓟城,长天萧瑟暮云轻。凉蝉噪雨晚犹急,冷露沾荷晓更清。卷地金风收暑气,绕阶梧叶作秋声。凭阑无限离人思,极目苍茫百感生。

京洛年年起客愁,韶光荏苒已如流。寒生修竹衣裳冷,风入疏棂枕簟幽。鲁酒倾尊难洗恨,齐纨藏箧倍惊秋。夜来拂拭龙泉剑,剩有寒光射斗牛。

南归留别姊弟

列飙逗高梧,浮云夜暗徂。念此涉远道,风波良可虞。持尊不能饮,揽辔出清都。相顾各无语,握手重踟蹰。徘徊歧路侧,横涕沾罗襦。别晷一何促,愁思郁难舒。悲风振林木,零雨散秋芜。昨夜霜华重,红叶满征途。从兹一分手,何日复牵裾。努力各自勉,善保千金躯。

小云妹见示寄怀诗即步原韵

静夜悄难寐，吟行月渐阴。疏星下残柳，飞露湿空砧。酒酿相思泪，灯摇怨别心。冰弦不复理，恐作断肠音。

芳草碧千里，浮云路几重。寒生残雪夜，月落暮天钟。香篆随风散，家书泼墨浓。相思两相忆，别梦绕回峰。

——徐世昌编，闻石点校《晚晴簃诗汇》

卷一百八十八，中华书局 1990 年版

阮恩滦二十一首

阮恩滦(1830—1854),字媚川,江苏仪征人。阮元女孙,阮常生三女,母刘蘩荣。父早卒,幼从母亲刘氏受教,能诗善画,工琴,阮元称之“琴女孙”。22岁嫁钱塘沈麟元,伉俪情深,偶有唱和。至孝,婚后3年即遭战乱,患咯血之疾,归宁不得,思母心切,惊惧卒于杭州。诗作多清秀,亦有感伤情绪,常以佛理入诗,也从琴理中悟出禅机。有《慈晖馆诗词草》。

和宋白玉蟾弹琴诗韵

湛然抱琴癖,闲弹送夕阳。云和不可作,一曲一回肠。
黯黯秋云里,森森修竹间。化机人不识,飞雁落空山。
山月瞰长空,泠泠十指中。成连沧海上,千古叹高风。

试茗

泉鸣石铫竹烟斜,一盏旗枪泼乳花。却笑东坡老居士,头纲八饼向谁夸。

夏夜

薰风夜透池荷飐，拂拂幽香来竹院。起视明星独倚阑，凉云密织鱼鳞片。冰绡雾縠却袢暑，披襟懒挈黄罗扇。灯疏月落不见人，隔花时有流萤现。

观荷

荷静縠纹凉，风行自在香。蘋洲词可谱，玉立照新妆。用弁阳词句

七夕偶成

疏星淡月两依依，谩说填桥秃鹊飞。却笑文章谁织锦，累他灵石赠支机。

寒月

霜月照松涧，清辉特地寒。萝阴翠袖薄，心怯倚阑干。

盆梅

盎然春意小，瓦盆媚寒葩。暗香带月满，疏枝当窗斜。天地始来复，几席常清华。即此邓尉岭，何必逋仙家。

冬夜

兽炉无焰峭寒增,芸阁闲吟自剪灯。几度拈毫刚落纸,一痕香墨已成冰。

虬箭频催月未阑,貂茸新卸觉生寒。半窗竹影书千个,绝胜文家画本看。

咏琴墅梅

茅屋藏花里,梅开满屋香。七弦鸣绿绮,千树绕红妆。古调凭谁契,冰姿为尔芳。泠泠惊宿鸟,月冻半林霜。

新秋感怀

雨余人意爽,秋气足庭除。水曲闻蝉后,霜关警雁初。风欺袖罗薄,月瞰屋梁虚。渺渺沧江路,谁传双鲤书。

春柳

倦柳依依舞细腰,风丝轻拂鸟声娇。千门社鼓斜阳陌,一路酒旗红板桥。客梦远随流水去,春痕闲逐落花飘。是谁借与并州剪,剪出离愁万万条。

和白香山月夜调琴忆崔少卿诗

琴韵幽闲寄性情,香山月夜忆崔卿。可怜古调无知己,等作

寻常箫管声。

寄家书

拈毫欲写几迟回，万种新愁顷刻来。书尽兰笺心未尽，却教缄罢又重开。

奉吾母来札喜志一绝

画楼寂寞正徘徊，惊报家书一纸来。半是欢欣半还惧，先看函面莫轻开。

接家书有感二首

东风又到短长亭，惆怅珠湖柳色青。安得蒲帆悬十幅，随潮直下广陵城。

红桥回首路茫茫，雁足书来每断肠。惟愿烽烟渐平息，归篷影里白蘋香。

云栖题壁和先文达公韵

四山滴寒翠，长松夹修篁。江潮啮岸急，天风吹衣凉。谘禅参举叶，礼佛来焚香。定禽寂无语，云间钟梵长。

由云栖纤道至湖上名园古寺游赏竟日泚笔赋之

两载湖山住,题襟愿未酬。说曾闻约略,地始足勾留。棠树垂先泽堤上桃柳半为先文达公手植,花城饱艳游。剪灯劳梦忆,烟柳六桥头。

——《慈晖馆诗词草》,清咸丰四年(1854)
武林沈氏刻光绪元年(1875)增修
光绪十八年(1892)重印本

许嘉仪十一首

许嘉仪(1830—1879),字仙圃,江苏华亭(今属上海)人。汤世熙继室。有《天风佩韵轩草》二卷,《诗余》一卷。

歌风台

拔剑逐秦鹿,居然万乘回。歌风夫子筑,落日汉家台。猛士今安在,高吟空自哀。千秋一亭长,孰可继雄才。

项王

拔山盖世气雄哉,天意人心剧可哀。百二关河难再造,八千子弟岂重来。烧残秦阙消王气,坑到降兵失霸才。博得美人能死节,笑他吕后楚军回。

题爱莲图

亭亭仙质倚高华,清绝风光逸兴赊。一点纤尘飞不到,满庭香雾半湖花。

借得新凉到柳丝,绿云摇动翠参差。风清月晓入诗境,一片空灵证妙思。

读长恨歌作

渔阳鼙鼓动神州,竟委恩波蜀水流。天子有盟空七夕,美人无恨不千秋。蓬山缥缈还飞渡,钿合缠绵更寄愁。终逊刘郎望仙迹,姗姗汉殿影长留。

赋得木兰代父从军

千秋英气想胸襟,慷慨从歌陟岵吟。气夺须眉由至性,情深骨肉异名心。夜光杯醉葡萄酒,回乐峰惊芦管音。更忆慈帏尚劳悴,西风愁入捣衣砧。

韩夫人金山击鼓助战歌

金山一战偏安定,当日奇功出闺阃。锦伞巡边娘子军,鼎峙千秋孰争胜。夫人生小擅才容,慧眼偏能识俊雄。封侯不屑相君背,直从卧虎求乘龙。群飞海水天倾倒,花月湖山事吟讨。金兵十万犯江南,韩王一队当冲要。画角声中两阵开,铁浮图涌如山来。苍虬起立白日堕,银瓶鼓作森王威。红妆艳色照烽火,玉纤飞点挝晴雷。江声汹涌地欲动,阵云黯惨山将摧。高腾九霄震百里,一鼓作气急鼓催。鼓声倍急士倍壮,金兵十万成劫灰。夫人奇功竟如此,一战尽使金人死。兀术不死乃天意,小朝廷已无虞矣。吁嗟乎!长江天堑夸今古,无此一军已飞渡。休言兵气恐不扬,助威偏仗夫人鼓。

求友篇

使物莫厌陈，择交莫厌真。能任逆耳言，乃有同心人。同心多异地，志士怀苦辛。无悲关山重，只隔梦外身。无伤泉壤幽，不隔身外神。仙桃高独立，月桂贞无邻。天风团仙香，一气凝千春。

望雨

轻寒漠漠雨窗加，触目流光感物华。一自天涯征雁去，东风零落到杨花。

晚眺

暮色引遥瞩，山光当户前。栖鸦翻落照，古木锁寒烟。乡远梦能到，人离月再圆。亲庭近烽火，愁绝白云边。

学诗

吟诗解怀抱，学诗陶性情。澄心洗俗滓，下笔求正声。春风凡鸟乐，秋雨哀蛩鸣。真趣静中得，天籁悠然生。写入毫楮间，哀乐归和平。温厚接风雅，雕琢伤元精。一语振全篇，画龙贵点睛。

——《天风佩韵轩草》，清光绪十二年(1887)木活字本

刘慧娟四首

刘慧娟(1830—1880后),字湘舲,晚号幻花女史。广东香山人。二十岁归顺德举人梁有成。工诗词,善作赋,并精术数。有《昙花阁集》。

梦醒口占

西风萧瑟透窗纱,噩梦惊回感物华。最是销魂禁不得,一天寒月浸梅花。

断肠词哭韵琼女也　五首选二

明珠一颗落泉台,泪眼将枯未尽哀。更有痴儿心不舍,声声哭唤妹归来。

爱根欲断断仍连,镇日寻思泪涌泉。玉碎珠沉存褴褛,无端触目又凄然。

秋日登镇海楼望海

万里烟波画槛前,披襟高瞰浪无边。琶洲有月人沽酒,香浦无云水拍天。风卷潮头窗外涌,江涵雁影望中悬。登临目已穷千

里，我欲乘槎泛斗躔。

——《昙花阁集》，清光绪十六年(1890)
梁氏镜古堂写刻本

王筠仙七首

王筠仙(1830—1893),江宁(今属江苏南京)人。其父于鸦片战争中任鄞县知县,宁波陷落后,遭遣戍。董洞香继室。六年而寡,子皆早卒,抚养两孙成人。诗多哀苦之音。有《绿天盦诗集》二卷。

中秋思亲

皎皎一轮月,悠悠万里思。老父望乡日,儿女断肠时。父望乡兮泪痕垂,儿断肠兮魂梦悲。庭前明月几回满,塞外亲爷数载羁。遥知今夕盼归期,盼归期,圣代何年雨露施。玉门关外月如霜,秋风萧瑟霜如雪。相看谁与赏佳节,天边但听孤鸿咽。鸿来拟把家书阅,冲入寒云影已灭。抑抑襟怀悲不泄,悲不泄,人生第一恨离别。膝下离儿女,相亲惟童仆。堂前离父母,伊谁为骨肉。我有家庭兄弟乐,父在他乡形影独。宁守清贫苦,何须富厚乐。富厚易为祸,清贫转为福。分离何忍百味尝,团聚何妨一瓢粥。

思乡二首时遭水厄己酉年作

昨宵人自故乡归,怕问亲朋是与非。歧路不堪常作客,鹧鸪终是向南飞。

谁知陆地竟行舟，洪水无情浸画楼。烟雨秦淮前夜梦，莫愁湖上使人愁。

秋日寄侄女四首选二

侄自江南避乱来浙，故土倾覆，一至于此，中心感恻，作此寄之。

自别杭州去，于归几度秋。盛衰安命论，缺陷对天羞。诗自离情学，襟缘酒迹留。与君言往事，莫尽半生愁。

故土十年别，干戈四海扬。烽烟振吴越，庐墓哭家乡。乱绝秦人境，巢倾王谢梁。余生天地德，庆贺莫悲伤。

病中述怀八首选二

人事欲交谢，孤儿惜尚痴。势难承世业，我忍废操持。德薄人皆弃，时衰病亦欺。安能超世外，荣辱两不知。

一觉黄粱梦，浮生叹自迷。谁能常作客，我亦暂勾稽。冬岭梅花雪，春风杨柳堤。韶华当自赏，愁病漫悲题。

——《绿天盦诗集》，民国三十六年(1947)
董维城排印本

吴兰畹十九首

吴兰畹,生卒年不详,活动于咸丰年间。字宛之,江苏常熟人。祖父吴廷鉁为刑部员外郎,祖母张缙英为著名女诗人。父吴似汉,夫宜兴拔贡、浙江巡抚任道镕。吴兰畹工诗词、善绘画,诗近杜甫风格,夫妇多有唱和。吴兰畹题咏不绝,历经庚申之变、咸丰兵乱,每每赋诗感慨。有《灌香草堂初稿》一卷,与其夫唱和词稿合刊为《沅兰词》。

送家大人赴山左二首

稻粱底事苦经营,荏苒风尘惮远行。千里睽违惊唳鹤,一官留滞慨潜鲸。天涯解识依人味,云树弥深陟岵情。何处更寻干净土,大明湖水自澄清。

南北驰驱正岁寒,长途谁与劝加餐。况当病后精神减,何日归来骨肉团。江上风轻孤棹远,山中日暮客衣单。哺雏燕子良辛苦,珍重临歧破涕欢。

舟行即景

潇然云水羡鸥闲,柔橹声从返照还。螺髻一痕新雨后,舟人指点是虞山。

暮春雨后

深巷箫声听卖饧，风和燕语弄新晴。花光潋滟朝犹湿，树影扶疏气乍清。别绪如潮江外涨，闲愁似草雨中生。那堪寂寞春归后，剩有窥帘月自明。

题叶小鸾眉子拓本册二首

一砚流传久，新诗海内多。璇闺留韵事，眉月想修蛾。历劫仙应在，才名石不磨。披图增感慨，翰墨愧蹉跎。

江国钟灵秀，蓬瀛有谪仙。妙才生末世，小劫送流年。慧果归香界，余因结妍缘。苍茫大千事，幻影付云烟。

哀感三首

谢家娇女父偏怜，廿载依依傍膝前。杜洸明珠擎掌上，更无亲舍在天边。穷冬落木飘风劲，独夜虚帏冷月圆。罔极难酬蓼莪废，寒灯惟有泪如泉。

飘泊天涯类楚囚，坎坷身世慨浮沤。济人金尽反遭累，结客情空孰与谋。弹铗独悲湖海梦，挂冠尤切渭阳忧。燕台江汉游踪在，极目云山恨未休。

衔恤心情万念灰，梦魂飞不到泉台。霜林尽染啼鹃血，海石难舒怨鸟哀。白发重闱明镜老，青山双冢玉棺埋。伤心只有陔兰识，枯向春风不忍开。

将至武昌

沧桑身世异,城郭又经秋。烽火催羁绪,江山对客愁。匆匆离故国,戚戚恋松楸。难觅趋庭乐,伤心此度游。

即事

魏绛和戎策,时危未可论。风翻西苑火,尘起禁林昏。北极星辰远,南天盗寇尊。安危仗长策,何日转乾坤。

送别

去去不可留,清泪沾胸臆。今夕斗酒欢,明日分南北。君行日以远,我心日以恻。岂独离别伤,转念孤征寂。举目童仆亲,搔首骨肉隔。野店孤灯青,轮蹄晓霜白。念此迫中肠,尽夜难安席。愿言加餐饭,善保躯金石。

怀远

相别知聚乐,不眠觉夜长。欲语谁为和,顾影意彷徨。孤鸿唳远天,残月冷匡床。嗅呼四壁静,独醒恨难量。含情对华烛,殷忧念远方。客行虽无苦,不如守故乡。风吹朔草寒,晨起履严霜。孰可诉此情,两地遥相望。仰首视霄汉,众鸟各为行。何日寒窗侧,歌咏共飞觞。

宿乐乡关

廿载萍蓬迹，劳劳续旧征。乾坤犹浩劫，花木冷春城。风劲波涛怒，村荒禾黍平。残山余落日，归鸟觅林鸣。

舟夜二首

寂寂荒村夜，天涯共此心。窥人残月冷，照我短檠沉。远梦随流水，新歌怅独吟。归期慎莫误，应念别愁深。

孤棹停江渚，潮来月有声。栖迟江上客，冷落故人情。欹枕催残漏，飘蓬寄此生。明朝挂帆去，一路数归程。

永夜

永夜不成眠，徘徊绕兰室。为欢未多时，郁郁忆畴昔。征雁带离声，居人心断绝。去日霜雪寒，今时杨柳碧。关山隔言笑，魂梦徒飞越。寸衷苦难达，相思两无极。皎月鉴薄帷，青灯照幽咽。六翮振何时，恒怅此遥夕。

寄诸弟妹

天涯惆怅独长吟，草绿池塘百感侵。归梦剧怜湘水阔，离愁弥结鄂云深。山城孤迥春难到，驿路崎岖雁易沉。花管消磨芸案侧，更从何地涤烦襟。

家书忽至眷属以中途梗塞暂居越城次夫子韵

惆怅莺花梦里过,沧桑不改旧山河。乾坤满眼风涛阔,湖海惊心浪迹多。千里白云凄远目,九秋零露冷烟波。凄凉故国凭谁问,一样愁思寄咏歌。

——《灌香草堂初稿》,清同治五年(1866)刻本

宗庆三首

宗庆，生卒年不详，字韵卿，会稽人。宗稷辰五女，青田端木百禄(1825—1861)继室。有《古欢室诗稿》。

南田移居

栝苍旧隐一年余，为爱南田此卜居。野径锄云添小圃，山泉分溜入新渠。衡门僻静堪消夏，空谷幽深自结庐。数片桃花春后水，无端招得武陵渔。

移家宛在白云巅，写入吟图逸似仙。棐几横琴延月榭，春风归棹载花船。泉香最爱烹茶饮，地僻偏宜选石眠。绿满空庭经雨后，阶苔处处缀青钱。

松门杉磴翠阴斜，占住名山亦足夸。宿雾初开盘谷树，春风遥隔镜湖花。田园冷落渊明宅，池馆幽闲小谢家。独坐竹窗谁破寂，声声啼鸟自相哗。

——徐世昌编，闻石点校《晚晴簃诗汇》

卷一百八十八，中华书局1990年版

张恩泳六首

张恩泳,字仙蘧,湖南长沙人,丈夫为陈戊,夫妻之间诗词唱和较多,两人作品多见于《定香阁诗稿》。

读郭智珠红薇吟馆遗集

锦字书残兔管摧,蔷薇空自绕轩开。春深寂寞无人迹,环佩声虚夜月来。

喜月裳表姊旋里别二十三年矣

寒雪梅花句共裁,征鸿消息怅燕台。十年兵甲沧桑改,万叠云山泰岱来。往事回头浑似梦,深宵剪烛又传杯。膝前娇小怜雏凤,定卜他时后起才。

游岳麓四首选一

晴霞蔽虚壁,玉殿何穹隆。层梯高百级,飘摇亘长虹。飞楼接云汉,一望天地空。秋清远峰秀,叶落疏林红。湘帆片影没,湘水一线通。江城渺不见,隔岸浮岚重。孤原影(隐)落日,大壑生凉风。悠然与襟期,愿寻物外踪。

四月初十夜诵左卿夫子诗得绝句三首即邀和韵

酒兴诗魔未肯降，兴义新斗句双双。更阑不许银釭照，落月斜侵绿绮窗。

风动帘旌故故开，檀栾摇影上妆台。浣花笺纸同心曲，妙绪无烦击钵催。

短梦轻尘未了缘，光阴弹指感华年。输君操得生花笔，七字联吟独占先。

——《定香阁诗稿》，清末民国钞本

田莲瑞三首

田莲瑞,字俪江,直隶范阳人。丈夫姚官澄,字练江,河北涿州人,清咸丰五年(1855)进士,山西解州知州。田莲瑞随丈夫宦居山西二十余年,闲暇吟咏作诗,结成《吟香阁诗集》一卷,附于丈夫诗集之后。

马嵬怀古

霓裳忆昔舞当筵,一别犹思梦里还。碧落黄泉无觅处,谁知海上有仙山。

尺组埋尘骨亦香,当时曾记效鸳鸯。回思七夕良宵语,莫怨三军怨汉王。

催妆诗戏代绍山作

神仙何事谪尘埃,疑假疑真忒费猜。柳叶微颦西子黛,桃花红晕玉环腮。芝兰气味梅为质,冰雪丰姿玉作胎。是否观音来显化,与卿连夜筑莲台。

——《吟香阁诗集》,清光绪二十八年(1902)刻《一枝山房诗集》附录本

凌祉媛十二首

凌祉媛(1831—1852),字茝沅,钱塘(今属浙江杭州)人。凌咏次女。夫江苏候补知县、著名藏书家丁丙。祉媛生而颖慧,能吟咏。有《翠螺阁诗词稿》五卷,为其夫所编。

韬光秋憩

万竹围萧寺,肩舆入翠微。偶乘秋气爽,到此俗尘稀。野味供蒲馔,新凉逼纻衣。晚钟催落日,归思尚依依。

糊窗

风刀猎猎作严寒,新拓明窗眼界宽。雪影冷疑三尺积,月光圆隔一重看。装成未许蝇钻透,缺处还留鼠啮残。纵有玻璃夸巧制,何如雅洁护吟坛。

西湖竹枝词

不须锅里怨金销,第一明湖水利饶。卖过荷花复荷叶,横塘秋雨种鱼苗。

风物西湖美不胜,嫩凉天气试吴绫。澡盆权作瓜皮艇,侵晓

临流采刺菱。

送叔氏燕庭誉之官吴郡

一曲骊歌一斗酒,河干折尽行人柳。柳牵离思不胜情,远送华旌忍回首。回首髫龄弱不知,牵衣索果最娇痴。灵心会解连环玉,学舌能传绝妙词。酒边琴畔谭诗格,犹子相依数晨夕。嗣后兰闺理绣筐,谢亭闲煞吟诗笔。今番别思动河梁,秋雨秋风亟束装。花县风清怀茂苑,槐堂日丽永吴阊。吴阊自昔繁华地,珂里鸣琴慰深意。司马青衫泪漫弹,等闲暂屈风尘吏。道旁忭舞快群生,黍雨棠风起颂声。五马他年荣晋秩,双凫此日记离程。程途三百原非远,梓里何时锦衣返。霁颜一隔梦魂遥,深情愿祝加餐饭。

赏雪

同云如墨拨难开,消息梅花破萼才。会启暖炉邀女伴,翩翩都着羽衣来。

唤醒痴龙谱笛腔,纷纷鳞甲怒难降。竹枝斜压梅枝折,淅淅潇潇乱打窗。

七夕赋牵牛花

揉蓝染碧影重重,篱落疏花带露浓。忽忆画屏人不睡,一丛凉雨洗秋容。

未了尘根亦太痴,更从地下证相思。银河影落秋宵短,蕉萃晓风残月时。

梁红玉战袍小像歌

生绡一幅装珍重，不写妍妆写忠勇。儿女英雄事绝奇，活泼丹青神欲动。谁与绘者妙得真，秃巾窄袖浑殊俗。想见援桴助战时，怒气干霄更谁触。江山半壁恨难消，二辇终期返北朝。方图娘子军声振，讵意中原志已摇。浙脸惟知偿故地，秦头甘事成和议。金牌十二召颁师，朱仙镇里全功弃。先生缚虎计东窗，居士骑驴故乡老。漫云巾帼终无济，杀贼知难旧愿偿。吁嗟乎，昔日英名堪想象，千秋名女兼名将。披图叹息若有闻，鼙鼙战鼓黄天荡。

二十生辰自述

瑶池轻悔谪红尘，小住兰闺二十春。浴佛僧方传盛会，洗儿母尚话前因。头衔自署拈花使，才调深惭咏絮人。温凊高堂聊尽职，好将坚节励松筠。

平时习静爱焚香，谢却铅华理淡妆。索姊解诗劳记忆，从师学绣费评量。修真未脱身前劫，疗病难求肘后方。今日熟梅风信缓，花间祝嘏自称觞。

——《翠螺阁诗词稿》，清咸丰四年（1854）延庆堂丁氏刻本

左锡嘉二十四首

左锡嘉(1831—1895),字韵卿,一字小云,又字浣芬,号冰如,阳湖(今属江苏常州)人。巡抚左辅孙女,四川华阳县曾咏继妻。夫妇琴瑟和谐。性至孝,有“孝女”美称。工绣谱,善诗书。夫卒于太平军次,左锡嘉扶柩归葬四川,抚育子女8人,其中曾懿亦为著名女诗人。有《冷吟仙馆诗稿》八卷,卷一《浣香小草》,卷二、三《吟云集》,卷四《卷葹吟》,卷五、六、七、八《冷吟集》。另有《冷吟仙馆诗余》。

偕庄月华表妹踏青

三月莺花路,连舆过野亭。屐痕分草绿,袂影挹山青。斜日喧蚕鼓,春风响鸽铃。遥看诸女伴,花下扑蜻蜓。

与大姊婉洵别后感作

天涯一挥手,池草梦难期。明月同今夕,春风感旧时。露桃红腻粉,烟柳绿萦丝。云水遥相望,飞鸿系远思。

昭君辞

长眉入鬓愁，断梦胡笳迫。戚戚苦无悰，丹青误颜色。只恨妾命薄，莫憎洛阳师。娇喘扶上鞍，身轻马不知。朝辞汉家城，暮学胡儿语。汉使如往还，为予寄愁苦。镜里旧容仪，衣上汉尘土。关月随人远，胡马驮愁去。独负倾城姿，漫拨琵琶语。不敢怨朔风，君恩足千古。

艳歌仿齐梁体

袖舞云千片，灯摇酒一卮。花应怜独影，梦亦解相思。屈戌深藏处，阑干小立时。幽情无可诉，瘦骨有衾知。

院静夜逾静，月圆人未圆。红兰娇挹露，碧篆淡浮烟。妆罢收明镜，词成调素弦。玉阶长寂寂，苔色自娟娟。

秋夜曲

井梧飒飒堕寒翠，海棠蘸露红香醉。铃柝无声河汉低，斜月一篱双鹤睡。小窗烛短愁夜长，锦衾瑶瑟生微凉。欲眠不眠坐申旦，十二云屏思断肠。

读太白诗

偶读古人诗，略知放眼界。深仰谪仙才，落落引天籁。矫如千乘万骑排空来，腻如红灯笑睨鸳窗话。幻如奇峰叠出渺无迹，清如秋月皎皎青空挂。仙才仙才谁敢敌，五龙攫云争变态。愿乞

砚池墨汁三五滴,使我词源百折泻清快。

雨夜寄怀于畹芳夫人

城郭云阴阴,日暮秋水深。庭户悄无语,落叶鸣前林。知君夜坐独吟苦,红灯照壁花初吐。长宵转侧不成眠,珊瑚枕上听疏雨。

与外子话旧

俯仰悲今昔,劳思苦未伸。晓凉侵短梦,绵雨阻归人。宦薄原如寄,书多未厌贫。碧窗清似水,斟酌瓮头春。

明镜词

秋水沉沉寒不波,折花对影娇欲歌。云鬟雾鬓妆峨峨,春风半醉朱颜酡。嗟哉人事易消磨,一日不见华发多,明镜明镜奈老何!

不寐

五更仍不寐,香袅篆千重。不著尘劳想,时闻野寺钟。长风鸣远籁,缺月挂孤松。莎草满庭绿,秋花带露秾。

和五姊芙江寄怀韵

堤柳碧丝丝,秋风折几枝。碧云河汉静,白月露华滋。江永

人千里，灯寒酒一卮。离怀何处诉，翘望隔年期。

聚散原无定，情丝袅寸心。飘风吹断梦，冷月响孤砧。远道关河阻，轻舟云水深。凉秋无限意，清泪欲沾襟。

感事

登高望八荒，日晦阴云浮。烽火连江湖，岂独行客愁。士夫耻多垒，未闻臧乃谋。岂无顾荣扇，空余陶侃舟。嗟哉漆室心，千载空悠悠。

拟新婚别

前日新结褵，今日远别离。向人不敢语，背人牵衣呜咽啼。愿为紫金鞍，随君出关山。愿为白玉鞭，引领同戍边。愿为青丝辔，逞君四方志。愿为五花马，伴君宿原野。功成即我弃，强死空帷下。

辛酉孟冬外子奉曾涤生节帅国藩札调赴安庆大营襄理军务别后口占

鼙鼓声声起戍楼，安危从此更增忧。惊魂夜落西江水，急浪无心也白头。

密树阴阴敛夕烟，扁舟遥指白云边。满江星月悄无语，别有愁心飞上天。

魏小兰女士髫年随宦逼于烽火艰险备尝嘱绘归蜀图以记其事

波涛浩渺山嵯峨,妖氛四起张网罗。漫天烽火振鼙鼓,惊鸿万里长空摩。长空如幕动风色,布帆无恙归东沱。中有谢女富才学,新诗清婉如鸣珂。命我作图记艰阻,惜无妙笔惭如何。

猛雨叹

片云蘸墨压晴屿,大点杂沓急飞弩。禾黍粟麦曝场圃,西舍东邻呼救雨。男妇不辨奔如梭,箕帚筐篚争张罗。泥泞滑沓了不顾,衣履透湿犹摩挲。一年之秋血汗苦,安忍掷此洪涛波。归来父老仰胁息,明朝何以酬催科。

望外家书不至

半生悲骨肉,五处盼鱼鸿。惆怅渺无迹,相思知有同。孤灯寒寂寞,缺月瘦玲珑。回首江南路,乡云袅碧空。

示儿女

俯仰悲身世,辛劳鬓已斑。古贤期述志,尔辈莫偷闲。宝剑留遗挂,残篇理旧删。吟魂何处返,心事可相关。

穷通且莫问,学业贵心坚。汲古知无尽,安贫听自然。下帷师董子,陋巷乐颜渊。何以报君父,男儿当象贤。

枯树叹

黄沙茫茫若华匿，枯树无皮当道立。拿云捉月奋爪牙，四起悲风鬼神泣。饱经霜雪不记年，夕阳古堠同巍然。浓阴密叶曾荫暍，意以屈曲全其天。君不见，丁戊之间旱为虐，两年不雨日熏灼。析骸易子嗟此邦，岂惜树身遭剥落。我行抚树兴长嗟，蜕余苍骨寒杈丫。为问河东千里道，凶年饥馑余几家。颓垣败壁隐蓬户，呜呜仿佛闻人语。佝偻老翁兀向前，欲诉未申泪如雨。自言身本故家子，颇有田园傍汾水。火云炽野草木枯，邻里亲丁皆饿死。昔年豪兴游江湖，归葬骨肉还故都。所亲无存家为墟，孑然一身何所图。愁容惨淡兼衰病，枯树剥肤感同命。少时裘葛老无衣，羞向人前道名姓。哀弦未终天欲暮，行色匆匆戒前路。长揖老翁申慰辞，人力难回信有数。前村野店悬孤灯，当为老翁枯树留长句。

寒夜得萧月楼与乌拉扎桐云两夫人书感赋小诗藉以作答

北风撼窗纸，塞向味寒寂。离绪纷如芒，兀坐但守默。青鸟不辞远，翩跹落云翮。故人情意长，迢递寄胸臆。申函蜡炬红，墨花浮黛色。上言久别离，下言长相忆。知交感参商，良晤安可得。念子夫婿贵，古干皎松柏。念子太瘦生，辛劳职内则。两贤不我遗，同心悦芳泽。因知悱恻怀，名族等阀阅。岂不云路翔，官高各异域。人生怀至性，离悃料难释。愿子时加餐，珍重卫朝夕。和霭生春风，景福自天锡。嗟我就薄养，对案每忘食。朔方多风沙，传舍复逼侧。平生有姊弟，宦辙异南北。儿女虽成行，出门云水隔。天

涯念骨肉,音书常梗涩。绵渺难忘情,望远心常惕。况复秋霜零,芙蓉萎芳节。林孙女仲蓉,才德兼备,自幼相依,殇于秋杪。触目怀感伤,忍泪不成滴。将老遘兹恫,日促鬓丝白。何以报知己,仪一心如结。夜深砚冰凝,过雁送风急。纸短难具陈,月落晓天碧。

——《冷吟仙馆诗稿》,清光绪十七年(1891)刻本

袁华三首

袁华(1832—1865),字缦华,钱塘(今属浙江杭州)人。父亲为袁逊斋,丈夫为杨伯润,著有《缦华楼诗钞》。

晚坐水榭有怀弟妹

闲来小坐思迢迢,兜起离情一曲箫。秋水平添鸥梦稳,夕阳欲落雁声遥。清江花月常辜负,蜀道音书久寂寥。如此烟波好乘兴,莫教绿鬓为愁凋。

钓鳌矶

雨余新涨活,绿上钓鳌矶。柳暗人迷路,花明香惹衣。楼台窗四面,风日燕双归。到此浑忘返,朱阑泥夕晖。

泛舟穆湖

湖云如梦断还连,莲叶田田翠接天。几个闲鸥飞不定,画船荡破一溪烟。

——赵青撰《嘉兴历代才女诗文征略》,
浙江大学出版社2014年版

张印二十二首

张印(1832—1872),字月潭,陕西潼关人。山东巡抚张澧中次女。张印幼聪颖过人,父母奇爱之。工诗词,善画花卉翎毛,兼精彩绣,有“针神”之誉。母吴太夫人复教以缝纫、烹炙。性好操作,不类贵家女。嫁陕西布政使林寿图为继室,事姑孝,抚前室所生女逾己出。室名“茧窝”。有《茧窝遗诗》。

学诗时读班倢伃纨扇词

洗心栖沕穆,渊渊鸣天籁。缅怀汉班妃,何事日怨艾。扇固有时捐,月亦有时晦。乃思恩爱重,不共秋风退。我诗取怡情,凡百人不逮。寒燠听造化,盈亏置度外。不淫不伤旨,默与关雎会。

重游陶然亭

弹指流光过,重来岂等闲。澄怀酬短景,揽泪惜残山。柳影当门碎,苔花上砌斑。旧题无一在,秋意满禅关。

今朝呈外

今朝天放霁,徙倚向空园。碧藓生缘壁,新篁长过门。石奇

饶画意，茶苦入诗痕。及取公余意，归来共一尊。

燕台

客次驱车此地过，孤城形势郁嵯峨。高秋树老栖鸩鹊，落日坟荒卧骆驼。访事已无知郭隗，伤心莫更说荆轲。十年燕草悬吾目，怕触萧风未敢歌。

途中远望

料峭西风向晚天，黄茅乱石莽无边。骆驼卧地如拳大，鹰隼盘空作盖圆。钟后僧归松径雪，饭前渔泊柳堤烟。板舆忽忽青门进，可许归时此买田。

送表弟下第南归

南风吹面夏云凉，绿阴满地槐花黄。鸣蝉声里人怀乡，宝剑且愿腰间藏。平田麦熟烟漠漠，前有斑鸠后黄雀。驱车直下黄金台，转瞬明春献赋来。百年人事率如此，暂蹶霜蹄未为耻。白发萧萧正倚闾，归省晨昏胜甘旨。云胡不乐心如毁。

元夜有感

寂寂衙斋向晚阴，金台回首几沉吟。月灯梦入当年事，晖草诗留此夜心。漫浪生涯过岁酒，飘零骨肉念家林。旁人莫便夸佳节，吾思春前已许深。

寄阳湖张婉紃女史

汉书阙八表,大家为续编。周官称绝学,宣文独专研。古来多闺秀,名氏世所贤。我朝论文派,阳湖谁开山。惜哉皋文子,刻苦不永年。女史为皋文先生犹女。有弟令馆陶,即翰风先生,女史父也。宛邻集曾镌。君为其淑女,卓尔家学传。去年寄我诗,选理精且坚。女史喜作选体诗。展卷再三读,清风生我前。隐写柏舟志,女史嫁孙氏,早寡。托兴穷风烟。宁直汉魏继,恍然三百篇。奈何生不辰,晚遇益迍邅。自惭才力薄,与为翰墨缘。腼颜致短语,梦坠吴江边。

除夕感怀

廿年作客黄金台,有婿乘龙今归来。忽念远嫁向东越,萧然忍对残冬雪。此时我何忆,所忆母与兄。相望不相见,两地难为情。况母今年七十高,兄谋甘旨官京曹。潼关有家归不得,饥驱两鬓霜华飘。忆昔奉姑宣南住,不归旬日一把晤。往来数数将车迎,家常共话欢平生。不苦冻泥溅裙衿,但觉春风生户庭。一日夫婿下枢直,手携鹿尾称上赐。急索箧中旧貂裘,命质香醪谋一醉。留兄共饮午窗前,此中风味殊新鲜。半酣呼人迎我母,省识此乐真稀有。可怜年事多未完,犹道今朝二十九。我职中馈时入厨,洗手亦复同围炉。薄暮母去坐无语,始悟宵来已岁除。故乡胜似他乡远,我今来秦反愁惘。亦有梅花插胆瓶,依然狂雪大如掌。当时两家俨如一,今日一身难化两。儿女守岁不思眠,事事上心犹昔曩。白云飞处是京华,料母回头同此想。吁嗟!好花不久妍,好月不常圆。身为既嫁女,骨肉安得长为欢。母今不归我

行去，天南地北相逢难，令人念此郁郁摧心肝。

久雨颇为农患诗以祷之

盗贼虽已远，有田无人耕。夫子久官此，四顾难为情。散赀给牛籽，俾各遂所生。流亡渐以集，秧稻亦纵横。丰登会有日，击壤歌承平。奈何天隐痗，一雨不肯晴。三农果何辜，今秋又无成。我家劣得饱，念彼泪如倾。作诗祷上帝，庶几鉴吾诚。

风雨

秋雨秋风作许哀，空廊无语自徘徊。平生解取须臾达，只有今愁遣不来。

闻夫子将回驻西安书寄

戎马问关未了期，一春如梦耐人思。唐陵西去吹沙暗，秦岭东回出雾迟。诗句会成穷事业，年光几换旧须眉。归来看取青尊在，留意公余话片时。

春日寄外时会师华阴

庭前数行树，墙头数点山。东风日过我，人意相与闲。世事灞桥水，一去无时还。群盗尚未息，俄顷生百患。军书急如火，严兵屯潼关。边功无足道，三叹临花间。

出关

往岁来青门,车中同白发。今岁去青门,惟见车碾雪。雪中乌鸦飞,令人意凄绝。念我与我姑,今乃成永诀。灵旐何迟迟,輀车何兀兀。妇行及关前,延伫未敢发。望姑魂归来,同出此秦阙。相将供南返,卜葬先人穴。棺只一板隔,身直九泉彻。音容日益远,痛苦声难达。山深狐狸多,夜静鹃啼血。姑寒衣谁进,姑饥食谁设。不如此长途,朝夕得奠醊。

路过小姑山从湖口望大姑山

放棹东南去,天寒岁向阑。子男同祀典,姊妹各名山。白点涛头影,青浮雨后鬟。古今时俯仰,人事太间关。

金山

秋风小泊广陵船,金碧楼台淡晚烟。夜半鱼龙闻笛起,波涛卷梦落南天。

望惠山

昔读梁鸿传,今渡梁鸿溪。暝色到孤艇,四顾烟凄迷。人生无去住,一苇听东西。安得盈尺地,结茅来同栖。山头第二泉,图经吾能稽。饮此可送老,临风生余凄。

望瓜洲

木落空江寒，潮平人语静。一鸟掠舟过，芦花风起棱。何处晚钟来，二更月色暝。

吴山

远嫁天涯独怆神，岁寒犹是未归身。可怜第一峰头望，只见江潮不见人。

读阮云台先生西洋米到纪事诗有感

浚河要溯源，种木当护根。源窒流不畅，根伤叶不繁。我读文达诗，慨然生愁烦。以茶易外米，意在民食屯。虽云通有无，彼利难具陈。况乃减彼税，悬禁苦吾民。我荒彼鼓舞，我丰彼逡巡。价值贵贱间，操纵权在人。何异教子弟，跬步限家门。又不绝其交，奸徒滋攀援。父兄年日迈，子弟智在昏。一旦有不讳，人将倾我囷。会须辟田亩，努力事耕耘。岂容束手坐，终岁乞诸邻。区区执政者，瞢腾我无论。如何一代贤，亦复口津津。阃言不外出，谁为达天阍。

初抵闽中

吾爱闽中好，从难笔墨传。编民蛇有户，课税蛎成田。灌木经年碧，寒花入腊然。万山青不断，直到海门边。

春日游西湖书院

随遇可自适,要不如乡居。宁必入山深,始能得所娱。今晨会无事,驾言来西湖。四山政过雨,青翠沾衣裾。一奁春水活,荡漾靴纹疏。忽惊波面响,泼剌飞双鱼。天然管与弦,鸟声上下呼。时值生徒散,喜与儿女俱。坐久觉稍倦,槛外立须臾。邻妇见我来,挈儿更呼夫。生计不缝纫,辛苦惟耰锄。始悟南与北,风气绝相殊。见我尊无酒,命儿贷村酤。又见食无肉,命夫分社猪。情意颇殷挚,言语宁嫌粗。倏忽暝色来,匆匆将升舆。尚问湖蟹美,十月能来无。

——徐世昌编,闻石点校《晚晴簃诗汇》

卷一百八十八,中华书局1990年版

杨蕴辉二十三首

杨蕴辉(1832—1914),字静贞,金匮(今属江苏无锡)人,杨萝裳之女孙,同知杨廷锡之女,董敬箴妻。杨蕴辉早年学诗,兼学画,兼缝纫、烹饪等内务,“罔不精美”。出嫁后上事舅姑,下抚子女,“慈威兼至”。善读书,晓大义,诗作“懔懔有生气”,画作栩栩有活力。有《吟香室诗草》两卷及续刻。

亦园即景

散步春风里,芳园昼不扃。花开招蛱蝶,柳定集蜻蜓。山影凭栏写,泉声倚树听。张琴何处好,更上绿阴亭。园有亭颜曰“绿阴小憩”。

露台晚眺二绝

小立秋光里,微飙入袂凉。南山新过雨,云罅露残阳。

何处秋声起,山城万户砧。数鸦归远树,一雁下遥岑。

听秋词

为怯秋寒竟日眠,秋情如梦复如烟。搅人无奈秋风恶,吹送

秋声到枕边。

冰簟惊凉梦不成,短长雨滴短长更。本来秋易生人感,惟有愁人感倍生。

新凉曲

晶帘夜艳蟾蜍月,轻衫掩映芙蓉雪。素蛾青女斗清妍,好共秋娘伴孤绝。红奁宝镜双明珰,晚凉爱作慵来妆。玉钗斜压鸣蝉鬓,翠被浓熏百合香。小鬟拥髻低徊语,楼头说与穿针侣。绣谱新翻巧样多,莫更喃喃祷牛女。织云弄影漾银河,牛女年年别恨多。但祈长驻娇颜好,莫使流光去似梭。

重过华阴

屈指星霜廿载经,笋舆重过日将曛。寺通鸟道千盘上,地擘河流雨派分。瀑布垂帘斜卷月,危峰插笔仰书云。城南韦杜莺花劫,羌笛清笳不忍闻。

王昭君

浅土埋香迹尚留,我来凭吊紫台秋。伤心最是胡天月,曾照当年出塞愁。

落花

雨怨烟愁了夙因,开时虽幻谢非真。身前慧业惊心梦,悟后繁华过眼尘。楚岫云归迷五色,瑶台仙返隔三春。昼长小苑慵轻

扫，一任窗前似锦茵。

瞥眼韶华景物非，才看春至又春归。莺啼旧树声声倦，蝶恋残香故故飞。尚有红痕黏屐齿，犹余芳气袭苔衣。高枝十丈终归洁，不逐杨花舞夕晖。

秦淮曲

秦淮河畔水潆洄，楼上红窗面面开。借得石城双艇子，今朝新载莫愁来。

记取楼名唤媚香，舞裙歌扇旧时妆。桃花绘入轻纨里，不许随流误阮郎。

当筵催赐锦缠头，拉杂香弦绕指柔。争唱江南新水调，花时不负杜家秋。

十载青楼旧梦醒，鹅笙麝帕久飘零。柘枝再谱家山曲，惟恐离人不耐听。

杨花

燕妒莺啼景物更，飞扬意态比云轻。香尘紫陌沾泥好，莫向春江化作萍。

瘦尽长条与短条，望尘逐影暗魂销。谢家诗句偏丰韵，不负纷纷扑绮寮。

甲申仲秋感事

连营徒说拥貔貅，帷幄宁无借箸筹。覆辙忍教全局误，厉阶谁识万民愁。也知士庶难扪舌，独让将军誓断头。太息沧江回首

处,陶公战舰付洪流。

七载封疆政太仁,谁知遗玷半乡亲。已看貔虎窥铃阁,犹委苍黎付劫尘。采铁岂知终铸错,沉舟何异自焚身。乌猪白犬原天堑,坐视酋轮往返频。

何曾姓字敌心寒,坐拥都成壁上观。独木忝颜支大厦,中流无计挽狂澜。纵横纸上谈兵易,镇定临危授命难。国耻未湔民怨起,彭田小住且偷安。

驱羊饲虎计何穷,下策生怜一例同。既已积薪思厝火,缘何临敌尚催工。粉身士卒空殉国,捷足官军待叙功。切齿不堪鼙鼓恨,尸浮马渎水留红。

半百年华黯自怜,两番浩劫幸生全。壬戌随宦甘肃遭回逆乱困危城者三载。微躯久已轻身命,大义难容割爱缘。避地漫夸三窟巧,移家莫择一枝便。何时得遂澄清愿,扫尽夷氛万里烟。

岳王墓怀古

乾坤正气日星怀,庙貌蒸尝处处皆。万古不磨惟石碣,千秋遗恨在金牌。勤王纵有军如虎,当道何堪相似豺。二帝未迎金未灭,南枝松柏有余哀。

风波计就毁忠贞,三字无端狱竟成。庸主怀私佯梦梦,权臣藉势肆营营。两朝耻辱凭谁泄,半壁江山忍自倾。聚铁铸将千载错,庙门长跪亦公卿。

——《吟香室诗草》,清光绪二十三年(1897)

南海县署刻民国四年(1915)续刻本

范薇二首

范薇(1833—1880),字浣仙,湖北武昌人。父范陈鲤。夫黄孚敬,同治初早卒,范薇焚之前诗稿。光绪六年(1880)又口述,其子抄录,得近体诗六十一首,题为《浣仙诗草》。

雨夜杂吟

东风飘暮雨,淅沥满清池。电闪芙蓉镜,光浮玳瑁卮。数峰迷树色,万顷积兰陂。淡荡三宵迥,迢遥一雁驰。小窗灯影射,半榻绛绡欹。玉漏声将彻,瑶函手自披。狂吟嫌夜短,卷绣讶更迟。索茗雏鬟倦,催眠阿母慈。隔墙谁弄笛,击钵已成诗。宛转珠喉涩,蹁跹舞袖垂。时竞渡作剧。层楼云黯黯,孤冢草离离。大姊归鄂城夏氏,埋玉多年。雨夜触思,不胜伤感。木笔初开日,金钱暗卜时。胪唱信已抵鄂省。文章留旧价,杨柳唱新词。点额龙门返,家叔紫函、鹤生俱呈荐不售。痴心鹤子期。鹤生叔征兰之梦竟虚。鼠须频饮墨,鸿爪试敲棋。整发钗防坠,描花谱欲窥。夺标卢事雅,咏絮谢才奇。薄雾穿罗帐,微云透绮帷。游人添逸兴,羁客动归思。转盼新晴放,高歌拟拾遗。

感怀

花信时催杏雨寒,镜湖移避暂盘桓。雪鸿远寄吴山阻,风鹤频惊汉水残。小丑未平劳圣虑,大兵何日解征鞍。连宵愁思难消遣,倦理金针倦倚兰。

——《浣仙诗草》,光绪十八年(1892)刻本

左孝瑜八首

左孝瑜（1833—1894），字慎娟，左宗棠、周诒端长女。夫安化陶桄，生五子二女。有才干，能治产业，乐善好施，又博通经史，精通医学，偶尔吟咏。有《小石屋诗草》，合刻入同治十二年（1873）左宗棠刻《慈云阁诗钞》。

送别德媗妹

柳外惊啼鸟，花前倒玉缸。春风浓欲醉，别思远难降。细草城边路，轻帆水上艭，送君从此去，掩泪各成双。

于归后奉怀家严慈大人

独对银釭夜漏长，思亲何日得归乡。拈毫欲赋肠先断，回忆髫龄益自伤。

十四年无顷刻离，伤心此日自支持。只今风雨萧萧夜，犹似牵衣泣别时。

寄外

水仙葱茜蕊初肥，寂寞深闺静掩扉。寄语花开须缓缓，留将

幽韵待君归。

寄静斋妹

回首湘江惜别时,几番无语泪空垂。愁深莫使迟迟见,怕有轻霜染鬓丝。

怅望闽关别梦虚,君今侍奉乐何如。迢迢一水三千里,不见飞鸿远寄书。

哭少华妹

庭院深幽玉露寒,思君无那漏声残。人间默默愁空在,泉路茫茫梦亦难。

柏舟大节古同论,忍见麻衣血泪痕。此日空山携手处,红梨花下慰吟魂。

——《小石屋诗草》,清同治十二年(1873)
左宗棠刻《慈云阁诗钞》本

易蘩十三首

易蘩(1833—1895),字南蘋,湖南湘乡人。父易桐,在山西为官。易蘩自幼受父教,习《孝经》《女诫》及诗书,后亦学画。20岁嫁山西应州知州吴光熊,夫妇情好,时有唱和。有子六人,躬亲抚育,竭尽劳苦。有《景惠室诗存》。

酷暑送外之浙

尺剑孤琴倚客装,长途酷暑那堪当。天公若有怜人意,减半炎威给半凉。

寄外

一别才经月,相思似隔年。去程应更远,何日可停鞭。消息无人问,平安盼雁传。行云在何处,怅望夕阳边。

春雨

连日云重雨不收,惜花心事替花愁。朝来杏买深深巷,昨夜何人听小楼。

落花四首

昨宵风雨扑窗纱,晓起庭前见落花。一度芳菲会小院,三春事业属谁家。月明梦冷眠香蝶,日暮魂销绕树鸦。莫怪才人易惆怅,可堪回首忆繁华。

万点飘来落槛前,桃花如雨絮如烟。残红错认胭脂剩,淡白犹怜粉黛鲜。几处楼台春寂寂,谁家庭院恨绵绵。黄莺紫燕关情甚,片片衔将到舞筵。

减却春光玉院中,莫将零落怨东风。香凝舞榭凝朝露,艳入歌楼照晚虹。百啭莺声啼不住,一堤柳色恨无穷。金闺此日停针线,细数残英上绮栊。

千红万紫任风狂,已落犹飞斗艳阳。舞袖照残人意惜,香尘踏趁马蹄忙。帆归南浦销魂远,客泛西湖惹恨长。转眼来年春似海,荣枯何事费平章。

湘潭晚发

一帆风送夕阳斜,回首乡关路渐赊。山翠万重波万顷,计程今夜到长沙。

长沙夜泊

小住星沙泊画船,潇潇风雨不成眠。遥知此夕家园里,算我行程到几天。

岳阳舟中

放棹西风怅远行，湖光潋滟镜中明。一堤柳色添秋思，隔岸菱歌动客情。远浦小舟归岛屿，层霄孤塔耸江城。岳阳楼外东流水，日夜波涛竟不平。

梦中得四绝句醒后只记其一

庭花倚月落无声，澹澹秋云夜气清。一点诗心无管束，随风化作万松鸣。

岢岚州署

山为屏嶂石为台，活水都从云际来。万壑松涛清夏雨，一帘岚气暗春雷。寒鸦古树围官舍，淡月中庭老鹤胎。车马不喧城郭静，天教吏隐占蓬莱。

次夫子罢归新宅原韵

大好怡情地，天然小隐居。山围陶令宅，树拥子云庐。薄醉孙扶杖，论交友寄书。归来梅鹤吏，相守复何如。

——《景惠室诗存》，清光绪二十七年(1901)
排印民国十二年(1923)重印本

刁素云十首

刁素云,生卒年不详。江苏奉贤(今属上海)人。夫陆隽东,曾于乡间开塾授学,夫妇研读诗艺,唱和不绝。后陆隽东为太平军掳而卒。刁素云抚育庶出幼儿,茹苦含辛,不复吟咏。有《红薇阁诗草》,前有葛其龙序言称"师母(刁素云)秉性淑慎,有孟德曜风,其为诗悱恻芬芳,直追班谢"。

和夫子友梅论诗

红闺绣暇学吟诗,幸侍春风化雨时。偶为韶光添小咏,涂鸦草草畏人知。

四月十五夜偕侄女耕心堂步月

炉香爇罢倚窗前,却喜蟾宫夜色妍。风送蛙声鸣不断,侬家舍北尽秧田。

步下兰阶月正圆,清光万里认婵娟。不知今夜长空净,几处人家犹未眠。

十月十三夜夫子在梁溪口占

小楼月色已三更，露下风高夜气清。绣线懒拈因善病，芸编爱读岂求名。香添睡鸭人声寂，帘映寒蟾花影横。笑卜金钱知必返，特留佳茗为君烹。

挽沈琴彩女史

人间顿失杜兰香，绣阁惊传欲断肠。八咏楼头今夜月，清光如水照凄凉。

自从相见慰相思，剪烛频忘更漏迟。读到佳章深感愧，如卿吾合拜为师。

幸结闺中翰墨缘，诗筒互迟薛涛笺。囊琴三尺今犹在，更与何人一抚弦。

问疾妆台秋气深，玉颜憔悴已难禁。临行珍重劳相爱，转费叮咛一片心。

碧纱窗外北风寒，为忆双成泪暗弹。不惜哀吟寻旧事，拈毫落纸总辛酸。

尘寰暂谪悟前生，萱阁承颜竭寸诚。他日云间修志乘，北宫孝养定传名。

——《红薇阁诗草》，清光绪八年(1882)
刻《东皋倡随集》本

左孝琪 八首

左孝琪(1834—1873),字敬斋,左宗棠与周诒端次女,幼年患病,不治瘫痪,一生未嫁,最得父亲怜爱。有《猗兰室诗草》,合刻入同治十二年(1873)左宗棠刻《慈云阁诗钞》。

忆仪嫥妹

忆别情难已,无言寄短琴。残蝉生冷思,明月出层阴。渺渺暮山隔,迢迢流水深。何时挂帆去,弦外乐知音。

题茹馨姨母鞠花便面

素绢微风起,黄花别有姿。不闻香冷淡,空忆影迷离。入夏争先睹,当秋总后期。结根如可约,把酒向东篱。

秋日送别慎娟姊

深闺话别不胜愁,握手临歧泪更流。半幅蒲帆人去候,一天烟雨雁来秋。阶前红叶声初冷,篱畔黄花色转幽。何日相逢谈旧事,湘云资水两悠悠。

送子重弟往平凉省父念母不见伤心有作

斫地悲吟剑影寒，相看无语泪阑干。愁深萱阁音容杳，念切椿庭去住难。眼底山河辨封域，马前铙角看登坛。趋承莫把伤心诉，早晚殷勤为劝餐。

食荔支

按谱谁能次第尝，绛罗轻绉裹琼浆。色香占尽人间味，输与闽疆十八娘。

暮秋见芙蓉有感

去年尊酒此园中，母妹频来兴味同。今日花开人不见，含情无语泣秋风。

自把铜瓶摘艳来，穗帷新荐益堪哀。空阶一片伤心月，照彻秋光入夜台。

雪夜独坐忆母

独对清灯酒一杯，寒风朔雪雁飞回。伤心慈母今何在，惆怅深闺百事灰。

——《猗兰室诗草》，清同治十二年(1873)

左宗棠刻《慈云阁诗钞》本

张玉贞五首

张玉贞(1834—1883),字蕴仙,天津人。父张棠(字爱樵)。终身未嫁。奉养父母,操持家务。性聪慧,多才艺。有《蕴仙诗草》。

羊城避乱舟中有感

无端深夜别匆匆,一叶扁舟破逆风。辛苦年来悲聚散,乱离何处卜穷通。心惊烽火嗟浮梗,愁叠云山倦倚篷。回忆旧时妆阁畔,暖曦空负半窗红。

浔阳秋泊

一曲琵琶水上愁,风流空忆白江州。东船西舫三篙浪,枫叶芦花两岸秋。莽莽乾坤余九派,滔滔岁月自孤舟。布帆无恙依蒲苇,千古云山足壮游。

题木兰从军图

黄河黑水去匆匆,巾帼居然烈士风。检点弓刀辞弟妹,抛开机杼便英雄。佳人莫漫夸南国,奇女应堪媲北宫。谁识侨妆十二

载，归来依旧晚妆红？

文山弟来赣喜而赋此

十载离情久费猜，阿连得意赋归来。居然戎马书生貌，已展经天纬地才。戏着莱衣春昼永，笑挥斑管画图开。知君更有骄人处，添得庭前四小孩。

夏日偶成

一雨涤烦暑，开轩爽气多。花深酣蝶梦，风细漾帘波。云水清怀抱，乾坤足啸歌。人生行乐耳，好景莫蹉跎。

——《蕴仙诗草》，李雷主编《清代闺阁诗集萃编》第八册，中华书局2015年版

吴清蕙六首

吴清蕙(1834—1885),字佩湘,号建之,一作连之,吴县(今属江苏苏州)人。父吴钟骏官至礼部左侍郎,夫彭翰孙曾任嘉应知州,子彭泰士曾任内江知县。吴清蕙有《写韵楼吟草》,其子彭泰士编辑刊行。

山居寄怀伯兄闽中二首

春来芳草倍葱茏,回首闽山思万重。窗外荔支应更好,绿阴满地比椿浓。

回忆临安旧日居,敲棋斗酒乐何如。而今两地各惆怅,片语须劳千里书。

赋得梅子黄时雨

梅熟偏当五月凉,如膏细雨遍江乡。随风染出村村绿,结实俄看颗颗黄。尽日浓云连远岫,有时微响滴虚廊。林含湿翠鸠声涩,阶映青苔蛙韵长。润遍琴书芸案静,香凝帘幕篆烟飏。枝头落子倾筐候,郊外逢壬荷锸忙。宿雾压檐迷晓月,轻雷隔浦送斜阳。应期早慰三农渴,更卜调和鼎鼐尝。

闻箫声有感

隔墙清韵度悠悠，入耳凄清似带秋。日暮数声来别院，月明一曲忆秦楼。音和流水神俱远，响遏行云听转遒。此夕离人愁独夜，画栏曲处有萤流。

和怀新夫子丙子十二月十九日集白鹤峰寿东坡先生诗两首原韵

霜风催短景，去日成悠悠。自我来鹅城，岁月几一周。浮云乐随倡，更喜游名州。鹤峰挹空翠，咫尺城东陬。坡公旧居处，俯枕双江流。即今仰遗躅，庙貌长千秋。今人寿古人，韵事天南头。朋簪庆高会，列座辉貂裘。

公灵海山归，公文金石寿。茫茫八百载，谁与继其后。使君景前修，本末咸单究。更从兜率宫，缅想如松茂。神弦奏雅音，和声绕灵构。詄荡天门开，云车下苍宙。搴芳荐兰杜，中馈洁觞豆。诗成寄朝云，遑计词庸陋。

——《写韵楼吟草》，清光绪十七年(1891)彭泰士活字本

劳若华四首

劳若华(1834—?),号蕙櫋女史,浙江桐乡人。劳勋成女,劳乃宣(1843—1921)之姊,王桂森妻。有《绿萼仙居吟稿》二卷。

落花

鹧鸪声里嫩晴天,杨柳枝头絮作绵。红雨一庭来燕蹴,绿云千树惹莺怜。飘黄荡紫随流水,堕粉摇香上绮筵。金谷园中春色老,空劳蝴蝶舞翩翩。

消夏分咏得纱窗

日落黄昏暑乍生,依依槐影不胜情。分来一片芭蕉绿,种得千竿翠竹清。月映玲珑蝉翼薄,风过窈窕縠纹轻。遥看疑是烟笼岫,几点流萤绕砌明。

茉莉

小院花开夜气凉,玉英翠叶自芬芳。折来还倩纤纤手,簪向云鬟艳晚妆。

蒲桃

颗颗龙须熟，垂垂马乳香。凉州新酿出，花下醉千觞。

——胡晓明、彭国忠主编《江南女性别集初编》下册，黄山书社2008年版

严鍼五首

严鍼(1834? —1877?),字指坤,浙江桐乡人。著有《宜琴楼遗稿》和《红鹅阁诗稿》。

伯雅大兄锡康赐题拙稿步原韵奉答二首

万里从戎道路赊,归来诗体洗铅华。斓斑绣遍弓衣句,不羡文人笔底花。

深闺寂处未遨游,鸟语虫鸣春复秋。自笑解诗如老妪,清吟爱听白江州。

寄外子时归里应试

灯前一笑读瑶章,为报平安抵故乡。自怨浮萍仍寄迹,早攀仙桂好分香。依人篱下终非计,作客天涯岂可常。只待秋风传吉语,便呼童仆理归装。

外子下第南归赋此奉慰四叠前韵

今朝归燕唱新词,其慰高堂两鬓丝。有志终教成国士,显名方不愧男儿。竹林才调原相似,杏苑追随可预知。叔舅莲史公,道

光乙巳入词馆。努力芸窗毋自馁，荣华须乘少年时。

舟中晚眺

天际鸟归尽，远山如雾中。凉波无月白，老树未霜红。警夜孤村犬，吟秋两岸虫。柁楼催晚饭，剪烛掩疏篷。

——赵青撰《嘉兴历代才女诗文征略》，浙江大学出版社2014年版

严昭华六首

严昭华(1834?—1896后),字小云,浙江桐乡人,著有《紫佩轩诗稿》。

对月怀家大人

碧天如洗暮云收,疏柳鸣蝉报早秋。料得长安今夜月,遥怜儿女在凉州。

咏桂同绚霞嫂少蓝妹作

飒飒西风响画廊,又看金粟吐芬芳。雅才谁赋瑶林树,佳宴新开绿野堂。合许木樨参妙谛,曾传玉斧斫天香。当筵莫负今宵月,秋色娱人兴倍长。

答从兄笛舟寄怀原韵

一卷新诗七宝光,读余香雪满梨棠。清风朗月开吟抱,浦树江云黯别肠。柳絮词应惭谢女,素不工诗,顷承华誉。桐花句好续冬郎。年来销尽轮蹄铁,只有离丝印恨长。

瑶因甥妇生日戏题二章寿之二首

和风丽日庆良辰，鸟弄新声助好春。试写韶华入图画，挥毫妙有比肩人。伉俪皆工绘事。

灼灼夭桃带露华，春生四座醉流霞。举杯代向东皇祝，人面年年似此花。

春归感作

韶华归去太匆匆，三月光阴一瞬中。枝上子规啼不住，落华无语怨东风。

——赵青撰《嘉兴历代才女诗文征略》，
浙江大学出版社2014年版

陆蒨十二首

陆蒨(? —1860),字芝仙,阳湖(今属江苏常州)人。随夫谢士俊从宦两浙,为谗言所中,事多拂意,遂焚稿而归毗陵,长斋奉母,栖心佛教,不复创作诗词。诗工近体,语言清丽,风格柔婉,而多有感伤之情;词多怀人之作,意境清新。有《倩影楼遗稿》一卷。

送别

懊恼浮生水上萍,骊歌三叠不堪听。乱蝉斜日销魂路,归燕西风送客亭。雨压孤帆横蟹舍,烟迷寒叶锁渔汀。他时白首相逢处,应见河桥酒幔青。

吴江舟次

乌啼月落千峰翠,轻衫依旧溅红泪。萧萧芦荻一船秋,雁声凉堕烟波外。

题陶尉香心知室遗草

侬病是年年,君病隔生死。多病复多愁,相思飞满纸。君颜比花娇,君命比花薄。花娇已无多,命薄不可续。吾当焚香吟,吾

当买丝织。金阙蓬莱中，前身记小谪。

悲红颜

杨花如雪梅如豆，有女伤春影消瘦。春来春去年复年，断送韶华何太骤。记得垂髫二八时，朝朝临镜贴花枝。衫轻杏子娇谁并，裙妒榴花色自持。春风秋月年年好，谁知暗里催人老。钗钿脂粉渐飘零，浅淡蛾眉慵不扫。蛾眉不扫独徘徊，人面花容一例推。春来花事常如旧，惟有红颜去不回。红颜自古难长靓，青春转眼浮云影。可怜金粉六朝中，蘼芜一片斜阳冷。

送外子啸林之武林

旧病新愁一倍加，那堪从此隔天涯。前边尽是销魂路，客里云山梦里家。

留别云裳女伴

最无聊赖近黄昏，自卷疏帘自掩门。巾上泪珠衫上酒，斑斑多是断肠痕。

相思从此隔山河，唱彻骊歌唤奈何。闻得江南烟水阔，夜深飞梦莫轻过。

惆怅词和秋岳家兄韵

猩红帘子一钩斜，闲倚阑干数暮鸦。白板东风驰去马，青苔细雨葬残花。琵琶呜咽来何处，杨柳迷离记那家。愁看渡头帆影

乱，年年送客到天涯。

年来心绪倩谁知，百转愁肠袅似丝。月自无言怜客老，花如解语笑侬痴。立东风里香销梦，倚小阑边冷觅诗。回忆湖堤旧游处，夕阳一片草离离。

偶成

夜雨潇潇黯断肠，窗纱红晕一灯凉。情因关切翻无梦，诗到清新似有香。已过年华怜草草，无端别绪转茫茫。近来笔墨相抛久，锦瑟尘封砚匣旁。

耽吟

瘦削山肩独坐时，拈毫濡墨卷帘迟。读书敢许能传世，妨绣都因爱写诗。题遍碧云成独笑，抛残红豆寄相思。年来只是耽吟癖，一炷清香诵楚词。

兰江女儿谣

兰江水清胜若耶，兰江女儿颜如花。如花不嫁嫁江水，水为居处船为家。大女亭亭掌上舞，小女盈盈十三五。桃叶桃根姊妹行，千金不换明珠双。何来白面郎年少，唤载侬家五湖棹。闻道缠头掷最豪，阿爷欢喜阿娘笑。下船未通姓与名，娥娥红粉船头迎。大女一顾先有情，小女亦解秋波横。殷勤省识郎谁某，郎君家有新人否。未必郎心江水长，不然侬作野鸳鸯。鸳鸯未比双飞翼，且复欢肠畅今夕。檀板金樽旖旎愁，风鬟雾鬓朦胧色。酒酣起试小蛮腰，更度珠喉一曲娇。洞庭张乐钱唐宴，洛妃汉女相招

邀。郎君不醉魂亦销,回视隔江山月高。女儿女儿歌且住,郎君又上别船去。

——《倩影楼遗稿》,同治二年(1863)
皖南洪氏刻本

邵匹兰八首

邵匹兰(1835—1860),浙江永嘉人。夫王德馨,擅诗画,尤擅画梅。邵匹兰善吟咏,曾有《针余集诗》一卷,收诗百余首,经战乱,诗稿散佚过半。有《针余集残稿》。

读长庆集

老去香山自在身,一篇跳出性情真。不知老妪今何在,我亦千秋一解人。

买婢以娉婷二字名之戏咏二绝呈外子

随人学点两眉青,妆罢行行出画屏。为洗桃红李白俗,兰闺小字唤娉婷。

芳年小少十三龄,如玉丰姿似燕身。唤作娉婷宜也未,晓窗还问画眉人。

阅外子所批苏诗

读古人书漫毁誉,苏公才大有谁如。当年奇节高千古,即此文章亦绪余。

夏夜

晚雷初歇雨初过，独坐萧斋清若何。修竹林深秋气早，白莲花放月明多。评量书味为情适，料理琴心与手和。墙外风来凉更好，轻衫何必试新罗。

乱后过西郊旧居

眼底沧桑事莫疑，烧痕空认夕阳时。可怜一片烟芜地，都是当年华屋基。

暮春偶作

懒向东风问柳枝，莺声啼罢漏声迟。年年情思无聊甚，最是日长花落时。

依家生性厌繁华，自爱幽居水一涯。惟有帘前双燕子，春深时复到贫家。

——《针余集残稿》，1949—1960年胡文楷钞本

钱令芬三首

钱令芬(1835—1880),字冰仙,号竹溪渔妇,会稽(今属浙江绍兴)人。父亲为钱江,曾任两淮盐运使。丈夫为戴燮元,官至户部郎中。钱令芬秉性温柔贤惠,明大义,曾以《烈女传》自勖。死后遗作由其夫辑成,有《瑞芝山房诗钞》一卷,附《竹溪词草》。

癸丑春避兵渔湾赠王菊仙姊

荏苒光阴十九年,绿杨城郭爱流连。忽惊烽火来江上,舟向卖鱼湾畔旋。

天假之缘悟夙因,俨教孟氏接芳邻。扁舟若向前村住,难得金兰笑语亲。

思亲

思亲几度暗无言,半是苔痕半泪痕。睽隔慈颜将半载,音容最忆是黄昏。

——《瑞芝山房诗钞》,清光绪间戴燮元刻《瑞芝山房家集》本

周翼杝二十六首

周翼杝(1835—?),字德媗,晚号冷香斋老人,湖南湘潭人。王慈云长孙女,周诒端侄女,长沙徐树录妻。有《冷香斋诗草》《冷香斋诗余》,合刻入同治十二年(1873)左宗棠刻《慈云阁诗钞》。

别孟翔大弟

曙色初分候,萧萧雨雪寒。离杯今日尽,别泪几时干。春水江流远,扁舟道路难。征鸿时有便,莫忘寄平安。

怀归兼别玉耕女侄

目极长沙远,西风雁阵疏。客怀常索寞,秋色半清虚。短鬓愁仍在,双眉意不舒。那堪更为别,惆怅欲何如。

春日过茹馨姑母山庄留饮

车轮微动翠帷尘,日淡风轻正暮春。鸡黍殷勤增逸兴,笑言真挚悦情亲。池鱼泼刺能忘饵,山鸟回翔肯近人。何日香闺还问字,清樽频把话松筠。

忆梅

萧然松竹掩重门,回首孤山玉一痕。子夜月残空有梦,午妆春暖为销魂。芳心澹白知冰冷,瘦影高寒倩鹤温。几度敲诗劳记忆,暗香何处倚云根。

感事追悼寿芝夫子

宿雨初晴日正长,深闺无事理行装。湘江水暖东风便,共泛兰桡问婿乡。

阴晴不定养花天,弟辈偕游任往还。最是日斜归骑后,灯前清话转陶然。

飞花点点坠轻红,庭院春深细雨中。念到慈闱归思切,离筵折断柳丝风。

计隔容辉月纪更,虚窗默坐韵难成。闲听永夜蛩声切,赢得深闺别思生。

罗衣初试晚妆残,夕照低檐上曲栏。青鸟忽传书一纸,殷勤犹自报平安。

飘拂西风秋意生,吟笺分擘悦亲情。夜分遥听僮奴报,犬吠疏篱暗自惊。

匆匆行李放轻舟,极目山河路阻修。我以归宁成永诀,伤心一面竟无由。

封侯事业竟成讹,谁料英年二竖磨。今日归来空有恨,人间天上两如何。

往事回头倍怆神,一回肠断一沾巾。关心谁复知心切,泪眼相看镜里人。

冷落琴樽泪不禁，凄凉只自付微吟。可怜一片窗前月，应为愁人照夜深。

登岳阳楼送别孟翔大弟

轻帆高挂洞庭秋，此日闺中得胜游。画笔不须寻旧稿，晴山翠拥岳阳楼。

江涵秋影净长空，云树苍茫思不穷。目断湘灵何处是，九疑回首暮烟笼。

山寺遥天夕照迟，蒹葭霜冷雁声悲。凭栏且作留连计，愿借江流入酒卮。

长铗休言远客难，吴钩三尺倚天宽。愿教破浪乘风去，莫畏秋江雨露寒。

劳歌一曲送君行，强饮终伤此日情。珍重闽山亲旧问，为言憔悴过今生。

月夜行舟迟慎姊不至

孤烟远映夕阳低，暮色苍茫路欲迷。今夜扁舟泊河处，雁行分影月东西。

舟过滕王阁有怀慎姊

滕王阁下水空流，回忆当年此共游。今日西风人不见，夕阳烟树一孤舟。

题山水便面

碧泛秋波帆两三,山山相对拥晴岚。绿杨红树江村暮,个里行人酒半酣。

寄怀仪媷三妹八首选四

当年聚首正初春,绣谱闲描乐意真。检点明窗亲位置,红闺韵事最宜人。

碧梧风意欲生凉,沉水闲添古鼎香。玉局敲残更漏永,一杯清露醉琼浆。

飞鸿肃羽感离群,忍泪微吟对夕曛。风色半帆肠欲断,空怜把袂意殷勤。

三载蹉跎鬓已星,旅怀寥落叹无成。小山丛桂清阴在,待我他时续旧盟。

——《冷香斋诗草》,清同治十二年(1873)
左宗棠刻《慈云阁诗钞》本

周翼杓十一首

周翼杓,字敬嫱,湖南湘潭人。王慈云次孙女,周诒端侄女,性聪慧幽逸,嫁同邑黄氏。有《蕅香斋诗草》一卷,合刻入同治十二年(1873)左宗棠刻《慈云阁诗钞》。

山居即事

昼永山居寂,方春谷雨时。日移花弄影,风定柳垂丝。遣兴敲新句,怡情诵古诗。流泉听不断,掩卷发深思。

秋夜听六皆妹弹琴

夜静天如水,秋阶露气侵。凭君添逸兴,助我发清吟。袅袅弦中曲,泠泠指下音。栏干闲坐久,香烬已更深。

岁暮寄怀六皆左庭二妹

一别岁华晚,天寒风色清。微吟生静思,细雨动离情。香烬烟无篆,宵深雁有声。何因同索句,杯酒话深更。

夏晚忆翰生妹口占

槐柳阴阴暮色凉,小亭人坐月昏黄。风摇竹影清无暑,露挹荷花静更香。散步却怜诗兴好,拈毫可奈别愁长。遥天未有新来雁,尺素谁将寄远乡。

春雨

漠漠轻阴暗碧纱,如丝细雨逐风斜。欲知润物功深处,红透春池几树花。

寄怀翰生表妹

兰闺分手惜春残,每忆花时共倚栏。汉水燕云何处是,计程应已近长安。

关山迢递隔清辉,惆怅春归草色肥。惟有梁间新燕子,年年依旧故园飞。

碧天无际暮云消,谁与联吟慰寂寥。料得驿亭今夜月,也应同此怅清宵。

罗衣凉沁露珠霏,点点流萤住复飞。记得绣余同觅句,夜深犹自语依依。

春日过茹馨姑母山庄留饮

轻寒仄仄晓莺啼,野径风清路不迷。满目韶光似图画,杂花开树草冲泥。

华筵酒罢画堂东,话尽亲情兴不穷。日暮归途诗思好,淡烟微月柳丝风。

——《蕅香斋诗草》,清同治十二年(1873)
左宗棠刻《慈云阁诗钞》本

汪曰杍二首

汪曰杍(？—1875 前后),字七襄,号绚霞,浙江桐乡人,著有《雕青馆诗钞》一卷。

秋晚

衰柳疏疏白露浓,西风萧瑟近初冬。凉蝉抱叶声方歇,又听阶前响乱蛩。

赠画梅

平生傲骨两心知,冷艳清香不入时。写向画图深有意,寄君聊以慰相思。

——赵青撰《嘉兴历代才女诗文征略》,
浙江大学出版社 2014 年版

龄文十八首

龄文(1835？—1884后)，姓库勒雅氏，字竹友，吉林长白人。年幼时跟随父亲嵩中峰宦游湖北、湖南、安徽等地，嵩中峰居衡阳时，曾为之延师受教。父卒于衡阳，与母亲及弟弟扶柩回籍，嫁乌佳氏御前侍卫忠善亭，未及一载而寡，此后悉心教养嗣子。龄文天资聪慧，勤奋好学，博通典籍，长于诗，毕生与诗相伴。有《絮香吟馆小草》。

学诗

此心何所寄，用敢学为诗。识得班香句，惭无宋艳词。秋虫愁唧唧，野草乱离离。针黹抛闲处，聊将束放思。

冬至日口占

冬至阳和见，乾坤造化生。添来宫线好，吹出琯灰轻。斗兴排诗阵，消寒借酒兵。一元春复始，万象任纵横。

哭父

严君底事赴泉台，一去伤心永不回。万里家山肠断处，春风

吹冷纸钱灰。

春日放舟遇雨

春烟漠漠雾迷迷,红湿桃花水涨堤。隔岸柳丝青欲滴,漫摇双桨过桥西。

渡洞庭湖

浩渺重湖水接天,神鸦千队尽盘旋。舟过时,乌鸦无数飞集樯橹。舟人以食饲之。俗传洞庭君三千乌鸦兵,用护过往客舟则吉。他处无有也。银涛万顷茫无际,一点君山青暮烟。

泛舟玩月

风细一舟稳,潮平两岸宽。中央惟坐我,上下月团圆。

由九江舟次小孤山

琵琶亭畔柳如烟,矶过彭郎又泊船。双桨划开江里月,一峰孤插水中天。

落花有感

飘零不必怨东风,魏紫姚黄总是空。莫怪人间多势利,大都只爱眼前红。

秋夜感赋

晚来秋气逼窗纱，小院芙蓉冷露华。灯火不知离别恨，今宵犹放一枝花。

示吉儿二首

从来谄誉小人情，幸进殊非君子行。砥砺廉隅求自立，莫将位患不成名。

万里鹏程路不穷，空山静养羽毛丰。经纶弥满临云日，一展冲霄到上穹。

与姻丈德景融少司空谈雪琴师行军事

文章声价重衡州，投笔从戎定乱秋。淮海生灵悲大劫，楚吴颠沛切深忧。斩蛟仗剑雄心烈，射虎弯弓壮志酬。我本公门旧桃李，昔年同泛洞庭舟。

自遣

穷通有造化，人生奈若何。一望天涯远，青青芳草多。忧抑从中来，慷慨发以歌。安命自康乐，胡为叹逝波。

述怀

侃母共姜是我师，庄骚闲读意凄其。蹉跎世事成苍狗，困顿心情似木鸡。洁志清怀同鹤立，浮踪幻影叹鸿泥。人非知己言难尽，旧感新愁信笔题。

闻雪琴师出山巡阅长江后来京喜而有作

简命温纶出帝京，先生巡视海波平。谋猷旧政兼新政，抚恤群生庆再生。楚水吴山增润色，燕云蓟树懔威名。卅年敬盼南来雁，今日才申弟子情。

以菊花送雪师并呈二十八字

晚节黄花品最优，客中留取豁吟眸。先生自是陶彭泽，莫负东篱此度秋。

暮秋月下遣怀

年来人事与心违，闲看孤云碧汉飞。满院秋风摇竹响，半规斜月映窗辉。虫声绕砌吟怀懒，蟾魄当空瘦影微。独有黄花香晚节，一篱清趣对柴扉。

岁暮夜坐感赋

韶华荏苒岁时淹，寒夜乌啼雪满檐。虚度光阴惊竹爆，浮生幻梦醒针砭。青灯焰暗知人懒，白发愁多逐鬓添。坐听宵深更漏永，心情潦倒未安恬。

——《絮香吟馆小草》，清光绪十二年(1886)刻本

郭仲年三首

郭仲年(1836—1877),字敏斋,福建福州人。父亲为郭柏荫,字远堂,清道光十二年(1832)进士,官至刑部给事中,郭仲年四十二岁亡故,父亲郭柏荫为其刊刻《继声楼帖体诗存》二卷传世。

江月何年初照人

一片江心月,人人各有缘。前身应共照,初见自何年。万劫磨无缺,谁家得最先。古今愁试证,三五夜常圆。雪练曾淘否,冰轮总皎然。连宵歌舞地,几处别离筵。朗澈凭临镜,浮沉感逝川。悠悠无识者,只合问婵娟。

木兰从军

替得爷辛苦,生儿有木兰。可汗方点籍,弱女亦登坛。马渡黄河远,衣披铁铠寒。宵机当户冷,塞月照形单。毛幕朱颜损,风沙绿鬓漫。都无脂粉态,且作丈夫看。鹅鹳群犹合,雄雌辨却难。明驼归去好,门外卸征鞍。

佳句法如何

佳句如何得,诗才独让高。美名谁许并,成法料能操。入手非时调,专家压俗曹。襟怀盘薁鹤,魄力负山鳌。派或参仙佛,词应祖命骚。渊源当有属,结构竟无劳。是否江山助,非徒意气豪。少陵逢啸侣,唱和乐陶陶。

——《继声楼帖体诗存》,清同治十二年(1873)郭柏荫刻本

严永华二十二首

严永华(1836?—1890),字少蓝,浙江桐乡人。父严廷珏,母王瑶芬。安徽巡抚吴兴沈秉成继室。有《纫兰室诗钞》,光绪二十二年(1896)曾刊版于吴中,经乱散失,重刻于京师。又有《鲽砚庐诗钞》。

送缁生兄应试北上十一岁奉亲命作

破浪乘风壮此游,雁行分手意悠悠。相期早啖红绫饼,聊慰门闾朝暮愁。

武侯祠

丞相祠堂吊夕晖,森森翠柏俨成围。百蛮风俗留铜鼓,一代勋名本布衣。北伐未能恢帝业,南人终古慑天威。当年将略难轻议,长有风云听指挥。

送叔和兄归试

今朝分袂去,两地鹡鸰愁。浙水怅离别,华山怀唱酬。莺花动西笑,风雨壮南游。遥指滇池路,行鞭去不留。

缁生兄下第书来诗以慰之

四载关山隔，相思感雁群。离怀常耿耿，去日太纷纷。聚散原由数，功名岂事文。藏修如不倦，天意总怜君。

次韵绚霞嫂行次泾南见怀

人间最苦是别离，一别如何遂二期。天边鸿雁忽飞至，新诗慰我长相思。既言怀才如谢女，又言佩德同班姬。感君期望意良厚，初七下九徒荒嬉。忆自五华一挥手，无复领略书画诗。惜哉相思不相见，长夜魂梦空奔驰。我居蒲门已二载，山城地僻多蛮夷。今忽闻君赋行役，蒲帆日挂河之湄。暮云春树望不极。恍从落月窥芳仪。见何难兮别何易，珍重迢迢双鲤贻。

送缁生兄赴黔

聚首既云乐，肯复分两地。今朝忽临歧，此别殊非意。忆我垂髫年，曾向绛帷侍。三月坐春风，居然动诗思。擘笺送君行，耽吟自此始。君生有夙慧，笔挟风云气。抟扶期直上，胡为艰一第。科名不在文，我早识此义。先君虽久宦，为政称廉吏。身后竟萧然，至遗慈母累。饥来驱君行，出门一挥泪。黔中君旧游，云天有高谊。使君况友善黔令沈秋帆属兄同年，愿拜麦舟赐。炎飙正酷烈，珍重慎寝馈。计程无一月，尺书勤寄慰。沿途揽名胜，佳句收灵异。境穷诗益工，斯言良可味。相顾增太息，会难别何易。

取雪煎茶戏作

蛮奴缚帚不须忙，留取中庭白一方。学得仙人餐玉法，重楼十二转神浆。

蟹眼初翻颗颗珠，斟来香色味皆殊。茶经但著人间品，识得天河一派无。

再次叔和兄感怀韵

旌旗猎猎拂云杓，燕寝凝香逐处飘。帝识张堪多惠政，人推黄霸重当朝。春晖可爱斑衣暖，卿月长悬剑气消。笑倚慈闱言故实，南朝女戴侍中貂。

年来兄弟惯天涯，冀北江南倍系怀。千里寄梅缄玉札，几回对月卜金钗。时艰转觉勋名易，俗美因知政事佳。幸我迟来春未暮，犹薰花气满衙斋。

读太白集

飘然天外凤鸾翔，每读遗编饮恨长。修到神仙难免谪，问谁诗酒更能狂。一江明月悬楼影，千古青萍吐剑铓。若比阴铿难定律，盛唐风本轶齐梁。

侨寓桐木村与也秋稚芗夜话

村舍栖迟话旧盟，宵阑犹对短灯檠。闺中亦有姜肱被，诗梦同圆倍有情。

——《纫兰室诗钞》，民国八年(1919)重刻本

题焦山吸江楼

到此游踪倦，山椒旧有亭。一椽聊可憩，四达不为扃。石佛低眉坐，云君招手停。老龙听诗处，清韵发中泠。

绝顶临高阁，苍茫入望收。山含太古意，月照大江秋。云水通呼吸，帆樯自去留。何须扫浓翠，面面豁吟眸。

泛舟横塘

垂柳阴中一苇杭，篷窗瑟瑟水风凉。横塘西曲闲鸥少，输与冰莲十里香。

癸未三月随外子挈松柏两儿买棹游西湖还登烟雨楼遂至青镇奉母返吴门作诗四章以纪之

西湖幽绝处，人迹罕经行。古木四围合，野禽三两声。孤山终不俗，处士旧留名。欲荐寒泉菊，高风同此清。

借宿招提境，吟诗静夜分。月光初地见，花气后台闻。何处晓钟动，满城香钵熏。山僧绝供亿，欹枕卧看云。时寓居湖上凤林寺。

水鸟飞何处，苍茫云满湖。棹歌有遗响，不见小长芦。浦溆仍烟雨，楼台似画图。家风在严濑，能把钓竿无。

曩昔执箕帚，扫君堂上尘。仁人许乌哺，供养白头亲。画舫归装便，安舆乐事频。愿持九酝酒，酿作一家春。

羊流驿

堕泪碑前百感生，泰山姓族旧知名。行人但指羊流驿，岂识当时有宪英。

琼花

海山仙人玉炼颜，峨峨高髻齐桃鬟。蛮烟瘴雨侵不得，时有天风吹佩环。芳姿独立映南极，姑射肌肤谢莹饰。月殿霓裳自一奇，仙家琪树应无色。飞琼姓字蓬莱注，步虚声里银河度。但觉瑶台露气清，焉知尘世风光暮。秦女骖鸾凌紫霞，奇馨曾引七香车。烟霏鹤唳渺何处，犹忆唐昌玉蕊花。

得外子行次来书却寄

相聚不知乐，暂分辄萦结。宛转两意通，恍若施环鐍。贻我双瑶函，笔花珠露缀。言念衰病躯，缠绵意弥切。出门即千里，相思五情热。思君风尘劳，巡方持使节。父老欢送迎，官吏瞻风烈。报国寸心丹，忧时双鬓雪。

——《蝶砚庐诗钞》，民国八年(1919)重刻本

陶安生十三首

陶安生(1837—1863),字竹筠,号南沙女史,江苏常熟人,著有《清绮轩诗剩》。

石城在虞山北麓,吴王与西施冶游处

馆娃宫中歌舞倦,翻怪深宫少闻见。宝辇同乘赴石城,登山临水恣游宴。此时坏堞乌空啼,当日锦城凤并栖。遑计金汤将作沼,且凭蓦尔任沉迷。

秋柳

黄叶萧疏点水滨,他乡孤客莫伤神。来年春至舒青眼,依旧浓阴遍覆人。

西湖怀古六首选五

十顷澄波若练铺,六桥烟景照成图。宋家未复燕云地,又弃中原恋此湖。

奇功已著黄天荡,劾奏还传红玉书。秉正难争三字狱,一鞭湖上自骑驴。

金牌十二诏班师，宋室偏安定此时。翠柏千秋标劲节，墓门不改向南枝。

异代名臣共品题，诗才吏治总相齐。游人此日犹争羡，行过苏堤又白堤。

美人黄土几经春，色艺犹留死后名。三尺孤坟亭半圯，斜阳芳草尚关情。

随侍家慈登吴山观潮

潮信因时可预推，愿随杖履陟崔嵬。势驱海上三山至，气卷江间百怪来。蔽日寒光翻似雪，拍天骇浪响如雷。奇观足壮平生志，强弩何须急射回。

偶作

有子将龆龀，相随每曳裾。贤愚难预料，且使读诗书。

有女将周晬，关津历已多。连岁避兵，转徙江湖，女遂生长舟中。牙牙初学语，微笑透红涡。

忆诸姊妹

异地分离日，相思又几旬。不逢南去雁，空盼北归人。客里关山远，梦中笑语亲。昨宵秋已至，惜别赋诗频。

望冶父山

凭轩一以眺，苍翠飞眉端。谷风作虎啸，潭云若龙盘。长虹

贯天白，知是剑光寒。斯池竟有二，相思正漫漫。

过小乔墓作短歌以吊之

姊从君，妹从臣，英雄儿女俱绝伦。曲同顾，醪同注，豪气柔情两相慕。玉帐留连历几春，阿瞒铜雀愿徒殷。风流已盖三分国，玉树琼花尽后尘。可惜奇缘天也忌，周郎竟继孙郎逝。佳儿虽缔两家姻，后死尚违同穴誓。惟欣香冢近城隈，公瑾相望土一抔。想见月明荒野夜，英灵犹得共徘徊。

——胡晓明、彭国忠主编《江南女性别集初编》下册，黄山书社 2008 年版

左孝琳二首

左孝琳(1837—?),字湘娵,湖南湘潭人,左宗棠三女,张氏夫人生,夫湘潭黎福昌。有《琼华阁诗草》,合刻入同治十二年(1873)左宗棠刻《慈云阁诗钞》。

寄怀德媗姊

记别清辉久,悠悠远思生。云山千万叠,不断此中情。

秋夜奉怀家严慈大人

云净长天月在林,凉宵默坐漏声沉。西风不识离人意,瘦到阶前细草心。

——《琼华阁诗草》,清同治十二年(1873)
左宗棠刻《慈云阁诗钞》本

左孝瑸六首

左孝瑸(1837—1870),字少华,湖南湘潭人,左宗棠四女,嫁同邑周翼标,夫早卒,无子,居母家,后殉夫而亡。有《淡如斋遗诗》,合刻入同治十二年(1873)左宗棠刻《慈云阁诗钞》。

冬日即景和静斋姊

岁暮青阳近,庭梅半吐花。影随朝日上,香送晚风斜。刺绣频添线,吟诗细品茶。驹光容易过,努力爱春华。

送别慎娟姊

记得联吟日,相随意不违。花开方并影,雁远又分飞。道路千盘隔,音书两地稀。片帆明日挂,惜别共依依。

孤雁

哀音遥度暮云宽,孤弱谁怜饮啄难。燕塞月明频夜梦,衡阳峰色几回看。情伤比翼飞偏后,意怯同群影自寒。念尔恂恂栖托苦,何如远翥学青鸾。

奉怀家严慈大人

每忆承欢处,常怀寸草心。今来何所事,徒有泪沾巾。

与静斋二姊夜读

河影依微月影明,禁寒蟋蟀近窗鸣。同君共话闺中事,细读关雎到五更。

红梅

姑射仙人拂玉珰,飞来绛雪点新妆。谁知绝代佳人色,别有铮铮铁石肠。

——《淡如斋遗诗》,清同治十二年(1873)
左宗棠刻《慈云阁诗钞》本

陈惟德四首

陈惟德(1837—1923),字蕙心,甘泉(今属江苏扬州)人。父亲陈堦,工诗。丈夫桂达生,早卒。惟德守节独自抚养儿子桂邦杰,有《竹轩诗存》一卷传世,另有《文存》一卷,卷前有自序,诗有近一百五十首,文二篇。

读吴梅村诗集有感

惊雷急雨卷初开,尘世沧桑阅几回。一代风骚传史笔,三生科第证仙才。调非老铁心犹苦,报愧侯嬴诺可哀。未免春秋贤者责,招魂何处哭西台。

弥留梦授泰山神,谰语焉知幻与真。未忘苍梧悲故国,常从青史哭完人。诗如笳拍含哀怨,品其梅花合结邻。寄语娄江千万树,北枝寒处莫争春。

辛亥时变预留遗嘱

不仙不佛慕儒风,苦海红尘自古同。生顺死安无一事,悬崖撒手证虚空。

花样翻新尽出奇,大纲不可变伦彝。经书后嗣愚须读,勤俭持家是所期。

——《竹轩诗存》,民国元年(1912)刻本

吴茝十八首

吴茝(1838—1874),字佩纕,一字纫之,吴县(今属江苏苏州)人。幼年嗜好读书,“日手一编”,20岁嫁同邑汪凤九,未几守寡。其后抚育遗孤,子又丧于太平之乱,悲痛欲绝,侍姑舅及老母至孝。“巾帼而有侠士风”,曾遭寇,坐于堂中,壁上写“得死此堂,千古不朽”,竟然得免。室名“佩秋阁”,有《佩秋阁遗稿》四卷,诗二卷,词与骈文各一卷。

石幢歌

光福讲寺,梁大同旧刹也。前有石幢二,刊《尊胜陀罗尼经》,系唐宣宗大中五年造,千有余年,屹立如故。经庚申之变,伧断其一,乃作歌以纪之。今俱废。

萧梁古寺空山里,岁久渐看生荆杞。名蓝金碧知何存,嵯峨犹见石幢峙。屹然相向山门前,雨淋日炙不知年。李唐中晚颇崇佛,昌黎一表投瘴烟。何者好事竞顶礼,写经刻石类三体。尔际海内方无事,曳碑谁解百牛尾。此风一盛中外侔,列幢十四镌湖州。刺史令狐暨苏特,愚民何怪纷效尤。煌煌下诏大中世,观宇创修塔舍利。安得皇仁如佛力,宵旰一为生民计。幡影片石今尚留,眨眼兴亡几度秋。岿然竟成太古色,风风雨雨山之幽。讵知红羊又换劫,重遭百六阳九阨。其左虽幸出秦坑,其右欻见被摧

折。我寻断碣三摩挲，荒榛埋没奈尔何。经残谁复驮白马，涕屑奚翅挥铜驼。吁嗟乎！中国有佛谁作俑，虚无象教讫今奉。原道自古辟异端，焚顶烧指犹接踵。君不见简文事佛亦罹灾，梁武舍身诚可哀。台城一去二千载，残碑独吊穷林隈。

西崦泛舟

挂席驾扁舟，此生信已浮。危滩吞乱石，野渡浴春鸥。烟水三分足，家山一角留。何人能击楫，寂寞俯中流。

佩秋阁同诸姊夜坐赋赠归庐江氏仲姊

频年踪迹感难知，残竹哀丝又一时。斜月帘钩风弄影，小窗灯火夜填词。兵戈聚首良非易，涕泪余生最可悲。太息蘋蘩劳悴甚，为君重赋硕人诗。

西岩访桂不果后十日凤冈登眺并寻山中古迹

太白仙人不可作，卧游庐岳图龙眠。一丘一壑放神志，赤松之游吾虚焉。秋风丛桂花徒发，劫来招隐穷危巅。餐芝朝漱钟山液，拄杖西笑峨嵋仙。云物幻变万峰顶，排空直上凌紫烟。瀑布琤潺琴筑响，崖嶂合沓梯栈悬。选石危坐涤尘虑，春芽手里烹山泉。夕阳西下叶满寺，暮云明灭争秋妍。陂陁荦确寻古径，岩穴别见开洞天。古墓不归华表鹤，残碑剥落藤纠缠。洞阴狖狯闷日月，采薇寂寞三百年。回首荒台走麋鹿，颓波不激悲前贤。缅怀高风嗟已往，平原衰草流逝川。踌躅茧足下山麓，夜深清梦飞

蹁跹。

酒醒

霜重天初晓,馀寒醒宿酲。芜城老秋色,沧海感浮生。明月刀环梦,残山鼓角声。八州今已寂,遗恨写兰成。

尘暗秋无迹,窗明月有痕。露蛩自凄吊,栖鹘互惊翻。漆室空悲志,巫阳失问冤。独弹家国泪,残夜卧荒村。

秋晚

秋入诗怀健,寻幽向小园。荒池余废水,落叶满前村。雅匝平芜迴,僧归古寺昏。西风欹晚菊,徒倚独开樽。

斜塘道中

青萝萦似带,一棹破溪烟。鹅鸭随波狎,芙蓉近水妍。残虹围断岫,孤鸟没遥天。却望斜阳路,风帆落浦连。

梅里卜居

海虞旧灵薮,劫后长蒿莱。焦土余生藉,官仪旧制回。潮平沙港没,风细塔铃哀。虎口从今脱,旅怀得好开。

寄怀湘雯申江

乍别梅花阁,长吟折柳条。衰时多梗道,客思逼中宵。芦荻

秋翻雪，鱼龙夜吼潮。有怀吟絮侣，星旦赋招摇。

谁怨平羌笛，嗟余行役休。木棉搴北渚，金雁度南楼。戍鼓催残梦，孤灯暗早秋。故人愁不见，烟水满汀洲。

罢著闲居赋，同怀蹈海心。遥怜东阁夕，细谱水龙吟。良觌兵戈阻，余生涕泪深。刺船人已老，只自鼓瑶琴。

吴头通楚尾，一水急波澜。海气冥冥雨，江潮漠漠寒。瑶华双鲤札，乡梦五湖竿。吾辈真如寄，敢辞行路难。

晓发梅塘寄怀家姊

紞如津鼓歇，舣舟泊村岸。野犬声渐微，荒鸡夜过半。霜华压篷背，冷露汀草漫。居人方梦酣，行子已戒旦。晓风襆被寒，戢戢听解缆。其时月未堕，斗柄光犹烂。菰芦响萧瑟，秋虫续复断。时危互戒惧，夷险路难判。篙师贪程发，吾心忧丧乱。扬舲过浦溆，渐见东方粲。晨光暧熹微，晞发宿雾散。谁念去乡国，吁嗟违亲串。眷言同怀人，云中君不见。

挽汪珮芬于申江

落日申江记扣舷，倚装佳咏染华笺。总怜捐袂搴兰芷，尚忆移情鼓水仙。酹酒漫寻高士墓，归帆凄断孝廉船。寻春雪海逢良觌，回首前尘一黯然。君山中别墅与徐俟斋先生墓相去仅数武。

玉台丽句委芳尘，转徙频年信苦辛。海峤招魂明月冷，家山赋隐画图新。国香擅艳春难住，倩影扶愁梦未真。凭吊河阳旧花县，野棠开遍总非春。

雨中还山感赋

山雨抽帆野色昏,琳宫销歇断垣存。连江烟树迷吴苑,倚枕风涛入海门。路绕横塘初背郭,桥回早市自成村。谁怜劫后重经棹,肠断难招未返魂。

送业师鹤巢夫子公车北上

绿波春水孝廉船,计日回翔学士砖。驿路梅花欹席帽,津门柳色上吟鞭。歌残渭雨愁三叠,梦逐京华路几千。若忆故山猿鹤侣,宦成应赋遂初篇。

——《佩秋阁遗稿》,清光绪元年(1875)
刻十四年(1888)重校本

姚其庆九首

姚其庆(1838—1898),字吉仙,江苏南汇(今属上海)人。名医姚炜楷三女。姚氏为南汇名门,姊妹六人皆以诗名(姊蕊仙、梅仙,妹佩仙、素仙、忆仙),吉仙为张啸山女弟子,名最高,兼擅绘画。母严于择婿,33岁嫁同邑丁宜福为继室,琴瑟静好,惜6年后守寡,抚教前室二子,寡居23年而卒。有《姚吉仙女史诗稿》三卷:卷一《吟红馆诗草》(为出阁前作品),卷二《双声阁诗草》(于归后所作),卷三《古井居诗草》(嫠居所作)。

立春日雪

天公特地报春回,为遣梅花树树开。满目翻成银世界,此身疑在玉楼台。闭关非学袁安卧,咏絮犹惭道韫才。想见芳郊迎彩仗,句芒赋瑞自冬来。

寄赠韩梅仙女史

道韫高才信我师,相逢萍水幸同时。云笺偶仿簪花字,彩笔频抄织锦词。嗜学过于亲绣谱,迟眠癖为爱吟诗。今宵对月添惆怅,两地清辉共别思。

曹昭续汉书

史笔兰台缺,深闺仗续修。高文继南董,彤管仿春秋。八表纲维析,罗天象纬周。芳徽垂女诫,展读每迟留。

李都尉从军

携手河梁日,身甘异域投。关山劳鞍马,雨雪敝貂裘。夜月胡笳冷,西风塞草秋。丈夫何所志,平虏取封侯。

见女难民感而有作

自古红颜薄命多,那堪避乱更奔波。流离道路归无所,抛撇家山唤奈何。蓬首罢梳飞两鬓,黛眉相对锁双蛾。可怜回首兰闺里,镇日薰香艳绮罗。

送外秋试

转瞬槐黄觅举忙,秋风行李客途长。功名本是男儿事,莫为他人作嫁裳。

闺中无分去观光,枉把篇章子细商。倘得蟾宫一枝桂,归家添与阿侬妆。

夏日偶成示外子

天气清和又一时,归来日日画帘垂。竹窗排闷聊凭酒,桐院

消闲共赌诗。笔墨生涯君管领，米盐琐碎我操持。从今相对休轻别，莫惹相思鬓已丝。

检架上书感赋示两儿

感昔伤今恨有余，一生心血几楹书。尔曹珍重勤披读，莫使遗编饱蠹鱼。

——《姚吉仙女史诗稿》，清光绪二十九年(1903)刻本

汝兰六首

汝兰(1839—1866),字佩之,号纫秋。江苏吴江人。夫殷云鹏,字翰初。有《留香室吟草》四卷,所收诗歌皆作于1858—1860年之间。

送翰初之莺湖读书

负笈从师廿里中,轻装检叠太匆匆。离怀深比桃花水,小舸轻乘柳絮风。学富了翁三代绍,业师陈愚泉夫子高才博学,集注《周易》《尚书》。交深季子两心同。云与吴章木最相得。高堂奉事君休念,书史须教着意攻。

桂花将放口占二绝柬翰初

香裹枝头粟影肥,莹莹寒勒露珠霏。知卿未许清芬发,故使迟开待客归。

浓放天香瞬息间,一枝欲折便心关。殷勤留待探花手,未忍临风独自攀。

舟行杂咏时归宁月溪　八首选三

花开油菜黄无际，打桨沿堤泛小艭。紫陌忽吹风一阵，散金如雨落篷窗。

罢钓收纶羡老渔，手划双桨剧容与。开颜夸向他人道，换酒今朝有鳜鱼。

沿溪桃李粲红霞，含笑东风渍露华。忽听隔林黄耳吠，始知花里有人家。

——《留香室吟草》，民国二十五年(1936)排印本

蒋英五首

蒋英(1839—1925),字仙蕊,浙江海宁人。丈夫郭沈,字子方,两子为郭鉴和郭銮。蒋英自幼喜好吟咏,结婚前即有诗作若干。晚年诗作较少,多以长短句自娱。儿子郭鉴曾编录《消愁集》二卷,附诗作29首。

舟过临平

临平山下荡轻舟,无数烟峦怅未游。且喜布帆行缓缓,螺鬟一一远迎眸。

近峰如黛远如烟,水复山重别有天。比似西湖真仿佛,扁舟欲返几流连。

怀二妹

怀君长自在心头,十二珠帘懒上钩。屈指于归才半月,浑疑相隔已三秋。偶思昔日同欢笑,倍觉今朝动别愁。惆怅何时重聚首,共看山色到高楼。

陈廉卿广文以凌霄煮茗图介子贞弟索题

人生本梦幻，有时梦若真。予季手持卷，云是太邱陈。太邱秋病痁，梦悟三生因。仿佛入岩谷，跋涉苦艰辛。俄焉遇羽客，霭霭若可亲。指点凌霄殿，到来清无尘。丹鼎烹雀舌，玉液芳沾唇。顾问涤瓯者，知为同侪人。乃悟琅嬛地，曾现过去身。谪仙人间世，忽忽秋复春。绘图征题句，作者妙绝伦。余岂能高咏，含毫强效颦。

病中述怀

海棠花落满阶前，庭院深深锁暮烟。愁里不知春已去，病中愈觉昼如年。自怜对镜容消粉，难禁挑灯泪涌泉。落落红尘同一梦，几时参透木樨禅。

——《消愁集》，清光绪三十三年(1907)刻本

严澂华十一首

严澂华(1840—1869),字稺芗,浙江桐乡人。严大烈曾孙女,光禄寺署正严宝传孙女,云南顺宁知府严廷钰与王瑶芬季女,著有《含芳馆诗草》。

得小云姊书

天涯到处起烽烟,一纸书来已隔年。惆怅雁行千里远,几回相望不能前。

晓行二首

曙色朦胧晓日微,西风忽送雨霏霏。深山幽谷无人到,输与蜻蜓自在飞。

山岭崎岖石径斜,遥闻犬吠有人家。停车为爱三秋景,红叶经霜艳似花。

春日杂咏四首

琴寒恻恻雨丝丝,香梦留人睡起迟。小婢忽来低语报,风筝吹罥海棠枝。

绣余闲倚曲阑斜，万紫千红烂若霞。多谢东风齐着力，春来无有不开花。

一帘花影逼人寒，闲校唐诗坐夜阑。宝鸭香沉偏懒拨，愁他烟重损芳兰。

纤云四卷雨初收，深院无人燕语柔。小坐却忘春事永，杨花如雪扑帘钩。

初秋寄也秋从姊二首

瑟瑟金风暑渐消，萧萧疏雨滴红蕉。绿窗闲倚添离绪，双鹊飞来话寂寥。

写就云笺欲寄迟，思君转怕告君知。料因鼓瑟调琴暇，更有新成忆远词。

寄怀少蓝姊二首

绣阁知君乐事多，唱酬从此仿鸥波。何须更学新眉样，相对双山写翠蛾。

绛帷三载坐春风，愧我雕虫技未工。欲寄相思题不得，墨痕却被泪痕蒙。

——赵青撰《嘉兴历代才女诗文征略》，
浙江大学出版社2014年版

苏念淑二首

苏念淑(1840—1872),字兰仙,广西藤县人。父亲苏时学,号琴舫,官至内阁中书、奉直大夫。弟苏念礼,字因之,号敬庵,咸丰年间诸生。父子、兄弟、姊妹皆以诗名传世,苏念淑与其父、其弟并称“镡津三苏”。

冬夜忆父

寒闺无事懒涂鸦,呵冻吟成手自义。只为高堂盼消息,闲呼弟妹看灯花。

悼四妹念坤

汝禀聪明质,难忘上学时。业勤能早起,性慧每前知。仿字临新格,翻书忆旧诗。伤心成永诀,何日更怡怡。

——《绿窗吟草》,清同治二年(1863)刻《柳堂师友诗录初编》本

姚仙霞五首

姚仙霞(1840—1875),号萼梅仙史,秀水(今属浙江嘉兴)人。姚星垣长女,后来嫁给王姚泰为继室,其闺阁名曰吟香阁,自幼聪颖异常,喜好诗书,年长转向佛教禅宗,其诗歌古体品格较弱,近体清新流丽。

乙丑春日自越归里道出武林舟次口占

西渡钱江欲放歌,回看隔岸越山多。山花山鸟如相送,无限离情付绿波。

桃花含雨柳含烟,正好清明二月天。独倚篷窗闲眺久,夕阳红上钓鱼船。

瘦梅夫婿客游象山赋诗却寄用代家书

耽吟乘兴足忘忧,此日吟成字字愁。客子未归频怅望,碧梧金井已新秋。

潇潇凉雨逼窗纱,一别经年可忆家。记否当时分袂日,隔帘红绽石榴花。

贺洁云妹得子

忆从少小每追随，形影相依未偶离。鸳侣乍偕分手始，鱼书常共寸心驰。宜男方喜兰征梦，毓秀今忻桂茁枝。惜我未叨汤饼会，英声初试洗儿时。

——《吟香阁诗草》，清光绪间刻本

宗粲七首

宗粲,生卒年不详,字倩宜,一字茝生,江苏常熟人。宗德润女,宗婉妹,长洲陆清泰妻。有《茝香馆吟草》一卷。光绪六年(1880),与其姊宗婉《梦湘楼诗稿》《梦湘楼词稿》和其母钱念生《绣余词草》合刊,称为《湘茝合稿》。

揖山楼漫成

小楼一角敞雕檐,檐际岚光逼镜奁。生怕秋山来笑我,妆成才敢卷珠帘。

敬读慈大人绣余遗稿

挑灯细读绣余诗,字字清新字字悲。多恐一缄红豆子,还从南雁寄相思。严君游粤数年,集多寄远之作。

落花叹

江南三月春如烟,千树万树春花妍。东风何事忽摇落,断送春芳春可怜。我向东风问花萼,花心不怨东风恶。自怜颜色太妖娆,从古美人都命薄。芙蓉楼上青年姬,镜里蛾眉绝世姿。转瞬

芳魂容易断,埋香葬玉萦愁思。名花可恨凋零早,空累看花人懊恼。不如化作碧蘼芜,芊绵直到秋风好。

春雨初晴有感和婉生姊韵

春寒偏遇雨连宵,小院频添气泬寥。燕语绕梁聊我伴,蛛丝系槛倩谁挑。才看日色帘前透,又怯风声屋外骄。陌上何人忙听镜。天涯有客忆吹箫。余阴尚罨红桃蕊,别思全归绿柳条。枉费灯花开夜夜,徒劳檐鹊噪朝朝。愁来望断江边鲤,病后难抛桁上貂。积尽忧怀弹尽泪,更何心赴踏青招。

铁云外子客邗上军麾书尾附寄二绝

又是江南花落时,轻烟如縠雨如丝。凭他杨柳千条绿,难绾离人两地思。

剪烛闲敲寄远诗,一缄红豆系相思。多情恐有伤情处,先把平安报与知。

题沈竹斋太守夫人慈晖馆诗草

文字流真性,难忘白发亲。年华花信短,才调玉台新。珠佩杳如梦,锦囊空自春。仙郎腰已瘦,披读更伤神。

——《茧香馆吟草》,光绪六年(1880)
常熟宗氏刊行《湘茧合稿》本

杜淑雅一首

杜淑雅(？—1895)，台湾新竹人。林鹤珊室。能鼓琴工诗。林殁时，淑雅尚少，矢志不嫁。清光绪乙未，因避乱卒于蟠桃庄，正割台之岁也。此《春日园居》小诗，甚有新意，惟其新而不纤，所以为佳。

春日园居

满园桃杏笑清明，薄日微云乍放晴。一缕游丝飞不定，又牵花瓣作风筝。

——钱仲联主编《清诗纪事·列女卷》，
江苏古籍出版社1989年版

董琬一首

董琬,生卒年不详,江苏金陵人。

咏怀

秦淮无限恨,佳节况中秋。侠骨梁红玉,高才秦少游。花开三月暮,人到五更愁。相见不相识,长江滚滚流。

——钱仲联主编《清诗纪事·列女卷》,
江苏古籍出版社1989年版

陆韵珊七首

陆韵珊，字浣香，浙江绍兴人，自幼聪颖，丈夫为陈瑠。其诗不事雕琢而自然流畅，七绝尤为称道。其女琴仙编录其作品，成《梅修馆诗存》一卷，有诗百余首。

病起礼佛兼读自怡轩诗卷有作

折得名花供佛龛，都梁香篆幻优昙。锦囊句作楞伽诵，诗境如禅静夜参。

虞姬三首选一

眼见君王霸业倾，红颜何忍独聊生。乌江路尽乌骓死，惭愧江东子弟兵。

杨妃三首选一

不忍飘零眼见君，马嵬兵气已如焚。当时不待陈元礼，早判蛾眉靖六军。

忠难相依蜀道行，君王原未负前盟。马嵬一死真侥幸，博得千秋殉国名。

难后旋里睹物伤情口占二律

欲觅春光返故乡,故乡风景断人肠。门庭自有间芳草,池苑依然旧绿杨。燕子含泥飞亦倦,梨花带雨恨偏长。园中姊妹知多少,三径缘何就此荒。

忽到芸窗忆旧游,萧条风景似三秋。飘摇破纸悬櫺隙,零落残书满案头。故物尽随何处散,墨痕犹在此间留。见有旧时题壁者。悼春轩里多荒草,惆怅光阴泪欲流。

雨后即景

江村新霁后,风景晚来幽。水净明如洗,山青翠欲流。深林藏宿鸟,细浪稳浮鸥。着屐人归浦,披襟客倚楼。夕阳沉古渡,岚气满平畴。渐觉炊烟息,空明一望收。

——《梅修馆诗存》,清光绪二十六年(1900)陆氏刻本

刘德仪二首

刘德仪(1841—1875),字云衣。父杨书蕙。德仪适长沙周氏。有《小幽篁馆附刻》一卷。

木兰

军帖传呼大点兵,女儿辛苦赋长征。黄河黑水呜呜咽,犹似爷娘唤女声。

送外从军黔中

送子从军去,旗亭落日黄。片云随匹马,长剑历秋霜。楚塞兵戈满,牂牁道路长。封侯不敢望,振旅早还乡。

——《小幽篁馆附刻》,清光绪四年(1878)刻《澹香阁诗钞》附录本

叶璧华七首

叶璧华(1841—1915),字润生,一字婉仙,广东嘉应人。叶曦初女,李容舫妻。少时随父宦居广州,曾因第二次鸦片战争被迫东归。夫长期在外为生计奔波,璧华持家课子。晚年在梅县创办女学,开风气之先。诗有才名,与范荑香、黎玉珍并称晚晴粤东三大女诗人。有《古香阁全集》。

寄君达兄时省亲羊城

岭梅香里梦中寻,一纸鸾笺写素心。天际碧云常怅望,江边绿树已成阴。陈情应念亲年老,洒泪多缘别恨深。料得归期秋有约,楼头重与细联吟。

丙寅夏余始还盘龙兵燹之余荒凉满目感而赋之

寂寞烟波绕画桥,几株风柳自萧萧。伤心一例悲王谢,莫向乌衣问六朝。

土花凝碧望凄凄,苔径无人黯夕晖。惟有青山不改态,翠鬟高拥待侬归。

蓉舫之潮订于重阳回里至残冬仍未赋归作此缄寄

玉沼莲花发，临歧赋别离。丁宁问归日，订以菊开期。晨昏倚栏眺，鹤立寄遐思。行云杳半天，令我心神驰。

水仙碾琼蕊，岭梅挺孤枝。马儿何劳劳，车儿何迟迟。抑有新人托，不解蒲苇丝。屋角飞龙骨，瘦损幽人姿。

蓉舫屡困场屋意殊怏怏慰之以诗

莫嫌晚景谢芳菲，珍重龙标夺锦归。仍乐箪瓢寻蠹简，莫随儿女泣牛衣。怀才拚被鸣机笑，奋鬣旋看破壁飞。得月当花重举酒，月圆花发莫相违。

有感

漫云剑气吐长虹，贫女机丝织未工。谁信骅骝开道路，竟教鸾鹤困樊笼。阮生每下穷途泪，宗慤空怀破浪风。叹息当年老漂母，苔矶一饭识英雄。

予少日随宦羊城时法夷滋事随侍东归光绪壬辰重游羊石乙未倭人气炽澎湖报警仓皇就道时因思势遭逢今昔一辙感而赋此留别诸同人

卅年犹记趋庭日,曾傍禺岗坐钓台。少日随宦广府学署,赏与君达兄垂钓于禺山傍之莲花馆小池。法海兴波谁御敌?咸丰戊午,法兰西来犯粤。慈云荫座只抡才。先君官闲无责,任讲学余,即课兄妹读。故予等不知忧国也。铿轰火马如雷电,法夷习于炮敌。烂漫花田竟劫灰。六月攻城,九月先君挈眷归,十月法夷据粤城。且喜升平旋报捷,己未即克复。江山无恙我重来。

定园风景足栖迟,光绪壬辰予来省,展先夫墓,乃馆定园。聊敩鷦鹩栖一枝。花雨扑帘闲觅句,藤香落磴细弹棋。定园幽雅,颇得安居。谬施绛帐论前史,也障青丝解辨疑。侥幸斗山许瞻望,联班桃李更搜奇。癸巳,受业于兰台先生。

风流儒雅慕前贤,高咏霓裳集众仙。问字每归红杏雨,吟春小坐绿杨烟。河山久壮蛟龙气,风鹤旋惊草木传。听到鸣鸡一洒泪,中流谁着祖生鞭?

衣冠济济皆华国,建帜谁登逐鹿场?卷地风声来跋扈,诸天佛梦自清凉。报警时闻当道,并不措意。六州铸铁难成错,九坂驰车且勒缰。我亦倦飞赋归去,故园松菊未全荒。

秋驾三年业未精,师门立雪意徒诚。一声蜀鸟催归棹,两岸榴花趱客程。剪烛联床空系梦,晓风残月倍关情。云山此去人千

里，珍重鳞鸿结旧盟。

——《古香阁诗集》，李雷主编《清代闺阁诗集萃编》第九册，中华书局2005年版

张茗荪二首

张茗荪(1843—1871),字月娟,平湖人,蒹葭围张氏第二十五世张定闰女,张金澜、张宝珊、张文珊从姊妹,著有《饯月楼诗钞》一卷。

寒夜听雨不寐

落叶萧萧和雨声,夜阑不寐对书檠。卧闻屡起思乡念,入梦无多雀报晴。

荒畦见水仙一丛色香可爱感而赋此

玉骨冰肌艳,玲珑水作家。怜卿清洁癖,伴我夕阳斜。独立添丰韵,孤芳胜百花。珊珊晴涧曲,罗袜净无瑕。

——赵青撰《嘉兴历代才女诗文征略》,

浙江大学出版社2014年版

邓瑜 二十三首

邓瑜(1843—1901),字慧珏,号蕉窗主人,金匮(今属江苏无锡)人。奉化知县邓恩锡女,诸可宝继室。邓瑜生而颖异,性格文静,工书善画,广涉群书,工诗,尤擅词。有《清足居集》,附《蕉窗词》一卷。

青山湾口占

古寺依崖户半扃,千林红叶万山青。轻舟一棹板桥下,竹里鸣禽隔岸听。

小春夜

红叶晚萧萧,芙蓉如此娇。月明人静后,闲坐罢吹箫。
莲漏夜沉沉,寒窗独个吟。非夸高格调,冷澹女儿心。

晚眺

水蓼根留紫,江枫叶染丹。乍寒虫语噤,新霁鸟声欢。窗外风初利,阶前露欲干。月光看未上,笼袖一凭阑。

望雪

风梢云片压寒烟,近腊光阴欲雪天。东阁艳思迟咏絮,西堂白战待分笺。错听折竹声清绝,屡起探梅讯悄然。若到琼花飞六出,为他野老祝丰年。

风琴

一线游踪倚太空,泠然雅韵落墙东。曲高未许人闲和,天外昂头唱晚风。

送春三首选二

阳春有脚欲登程,才得迎来又送行。杜宇声声啼不住,落红如雨满江城。

九十韶光转眼非,阶前草色绿痕肥。流莺衔得飞花片,留住余春不放归。

景姜以四律见贻勉和其一

风标绝俗最堪钦,相对忘言意愈深。木叶关山千里感,梅花冰雪百年心。笛声偏向愁边起,书味聊从淡处寻。读罢新诗增感触,除君谁更是知音。

谒曹娥庙

欲拜灵祠愿未酬，今朝何幸泛轻舟。孝思永靖惊涛险，正气能教历劫留。四面峰峦朝万笏，一条江水共千秋。始知俎豆馨香意，锡类何尝废女流。

戊辰九月将从楚游留呈两大人兼别弟妹

于归甫两月，辘轳回柔肠。我生廿六年，无日离高堂。一旦甬江水，送我游荆襄。我生日以远，我心日以伤。天涯即门外，夙愿何时偿。

北宫有奇女，不嫁能安贫。甘心粥钗珥，守贞奉老亲。有志我不逮，俯仰愧此身。但觉秋风恶，吹我如轻尘。悠悠远别离，世事难由人。

小别已难堪，况复有远行。从兹远父母，卫女同伤情。我意诚恻恻，大义岂不明。此身不自主，万感中怀生。天心无两全，垂袖重吞声。

相见知有日，曰归难豫期。罔极恩未酬，立世将何为。恐添堂上愁，有泪惟偷垂。当归何日寄，远志难为移。春花歇秋日，根落名将离。愿言松柏心，长祝亲期颐。

自我之出矣，手足毋参商。加餐各努力，云路同翱翔。晨昏赖弱妹，珍重娱高堂。上慰双亲心，下减余愁肠。行矣何可言，问天殊苍凉。

最忆

最忆西湖好风景,何时水北结幽邻。艰难处世谁常健,辛苦持家我惯贫。有味书篇同访旧,无凭眉样厌翻新。青灯纸阁芦帘底,井臼闲随问字人。

哭旅儿

早慧物所忌,汝质乃近愚。独喜性静默,嗜好与俗殊。家贫无长物,所有书五车。喜汝能博涉,六籍供田渔。汝爷笑谓我,此吾行秘书。每当下学归,兄弟相喁于。作字亦不丑,簪花善临摹。书成请评骘,含笑牵娘裾。我老百无欢,见此颇自娱。此景今不再,回首悲何如。

汝生岁甲戌,我时方归宁。咳名襁褓中,唤汝曰寄生。外祖颇爱汝,谓儿乃宁馨。十年一弹指,幸汝渐长成。可怜汝外家,门户日替零。今惟汝舅在,身世同浮萍。自恨数太奇,殷殷望诸甥。谓汝颇挺立,期汝能成名。胡汝不克副,奄忽归九京。昨来强慰我,未语先吞声。吞声更无语,使我难为情。

自我归汝家,汝父苦贫累。对泣牛衣中,宁敢怨憔悴。生汝八弟兄,心力亦几殆。所觊俱有成,婚嫁事完备。迨我谢世时,送我入幽隧。了我一生事,辛苦聊自慰。此愿岂云奢,而竟未能遂。自从阿加殇,倏忽廿四载。今汝又继之,天乎我何罪。汝爷素旷达,痛极转无泪。况我多病躯,剜此肉一块。吾衰岂久存,九原汝其待。

十月有八日,儿病渐不支。宛转衾簟中,气息余一丝。依依握母手,问爷归何迟。伏枕还和南,声声念母慈。儿身惟母爱,儿

病惟母知。勿厌儿扰母，扰母只此时。愿母强自宽，向后毋思儿。此语诚可痛，此情那可思。夜台风雨黑，儿今去何之。暄寒与饮食，谁为儿护持。呜呼我阿寄，汝当知我悲。

小春有良辰，行为汝娶妇。汝母拮据筹，备此合欢酒。颇闻彼姝子，堪称汝嘉偶。庶儿小鸳鸯，婉娈侍左右。岂谓连理枝，摧折如此骤。此岂吾罪儹，致汝不克寿。抑或儿命薄，无福一消受。冥途焉可知，灵璅渺难叩。汝兄幸有子，聊使承汝后。缞绖拜汝前，足慰汝心否。

书堂夜沉沉，灯火凄以碧。凉月照古苔，中多汝行迹。入室何所见，见儿几与席。是儿冠与裳，是儿巾与舄。儿书所未竟，朱墨纷狼藉。儿尝所披览，丹铅半剥蚀。为儿检箧衍，一检一於邑。凄风动尘幌，犹如儿出入。儿魂傥归来，抚几应叹息。叹息如可闻，哀蛩暗中泣。

赚我十九年，欠汝泪万行。承此万行泪，为儿奠一觞。儿生于慈湖，殁乃在金阊。中间鄂渚游，曾未识梓桑。行觅一抔土，送儿归故乡。当与汝长兄，埋骨登蒿邙。庶汝小兄弟，泉下相扶将。朝游傍青林，夕啸依白杨。傥犹恋庭闱，同来侍吾旁。呜呼我阿寄，汝今在何方。家人或汝悲，时过亦渐忘。独有汝母心，积久弥摧伤。摧伤岂能久，双鬓今已苍。老者幸尚存，少者胡遽亡。呜呼我阿寄，天意真茫茫。

——《清足居集》，清光绪二十二年(1896)
钱塘诸氏家刻本

褚成婉九首

褚成婉(1843—1921),字湘筠,浙江杭州人。父褚维垲,安徽六安知州。褚成婉幼年随父学诗,并与兄弟切磋。嫁同里吴懋祺,夫妇情好,唱和颇多,1884年夫病卒,独立抚养二子,二子后皆中举。有《望云楼诗稿》。

秋日偶成三首选一

幽栖占得白云乡,日影移花上短墙。午倦摊书权作枕,熏风拂拂透衣裳。

送大兄之龙泉

谋生遭乱世,独向剑川游。怅望关山远,分飞鸿雁愁。班超慨投笔,王粲赋登楼。今日暂相别,毋为客路忧。

春夜感怀

小谪红尘二十年,蓬莱久阙掌书仙。繁华一梦成何事,独倚阑干笑问天。

于归留别

膝下承欢廿四春，而今疑是梦中身。时逢患难兼多病，箧有诗书未算贫。千里强辞兄嫂去，一家我独别离人。云山迢递虽无恙，不免临歧总怆神。

寄和外子

两岸垂垂杨柳风，片帆烟雨到吴中。离怀澹似初三月，诗味寒于夜半虫。善病那堪身在客，奇才自合遇多穷。苍江无限相思意，写向吟笺总未工。

读离骚感成

深秋木落北风高，闲坐书斋读楚骚。绝代文章悲逝水，千年魂魄逐飞涛。空将遗恨填精卫，只觉孤踪似伯劳。身世浮沉何用卜，客愁付与浪滔滔。

春日游凤山道院

春来多雨雪，闲居无一事。常思山水游，日夕望澄霁。晓起喜新晴，红日照檐际。乘舆出北门，风景颇佳丽。残雪余高岗，山光更明媚。南湖发春涨，波纹绿如翠。隐约露红墙，迤逦入古寺。松山蟠殿角，群鸟声清脆。焚香参圣像，虔心乞良剂。生世若蜉蝣，苦被病魔累。默自悟前缘，悠然参妙谛。嗥亭架石梁，幽花满苔砌。日午塔影直，微风吹衣袂。胜游苦未足，仆夫催再四。渐

入城市中,恍若尘寰异。青山期后约,一一行踪记。

读青莲诗有感

人生在世不称意,丈夫且然况女俦。厨中薪米费料理,眼前儿女增烦忧。归宁有愿久未遂,奋飞不得心悠悠。以青莲句自慰藉,安眠健饭夫何求。

游陶然亭

久闻陶然亭,风景似三竺。乘兴思一游,驾言趁朝旭。同行有女孙,处处相随逐。老树大数围,庭院盛花木。登楼望西山,晓雾净如沐。平畴植高粱,群鸟倏起伏。浅渚杂泥沙,深者不容足。倚窗独徘徊,心事若转毂。行年近古稀,何为尚碌碌。鸾镜早分离,两子勤抚鞠。今幸俱成名,家室颇和睦。就养到燕京,此亦可云福。行将归故乡,添筑三椽屋。老怀倘可偿,命驾归欲速。

——《望云楼诗稿》,民国二年(1913)石印本

李端临十首

李端临，生卒年不详，字藕青，号更生，浙江乌程人，傅范淑之母。曾随父侨居四川叙永，逢战乱自缢，被救自号“更生”。夫傅云龙为清末著名外交家，曾出使日本、美国等。夫妇情好，互有唱和。有《红余籀室吟草初集》三卷。

小园

棂静云流绿，墙高日下迟。竹篱香雨后，萍沼薄凉时。花动蜂寻蕊，叶摇禽上枝。眼前无此景，梦里故园窥。

梦归

尺鲤东流雁北飞，椿萱风景话依依。八千余里须臾到，梦里还家也当归。

初夏

花饶午韵鸟声碎，柳曳晴丝蝶路迷。独倚阑干春影里，一帘红透夕阳西。

读岱山姊遗诗

于兹廿载死生离，亚字阑干独立时。赤鲤不传泉下信，红灯忍读旧存诗。频逢梦里浑如昔，每到花时不减思。愁听子规声断续，暝烟疏雨一帘垂。

送外遵朝谕游历日本美利加等国二首

片帆飞去海山秋，好向扶桑作壮游。七万鹏抟真快事，天风吹送转星球。

记睹十洲未足夸，水蒸舟更火飞车。丈夫四海平生志，莫向临歧感鬓华。

有感

繁枝删向碧芙蓉，霜干作虬青古松。黄叶半山斜日静，浮云偏蔽最高峰。

为夫子董理图籍有感

灯味难忘昔，戎曹廿二年。图书千万卷，买自卖文钱。

身同蠖屈住长安，别后人情倍觉难。静掩重门浑似隐，北风吹雪上雕栏。

寄外二首

寄书万里祝加餐，又展君书月下看。一片离情清影里，何时同照泪痕干。

——《红余籀室吟草初集》，清光绪十九年（1893）刻《灵峰草堂丛书》本

郑静兰二十首

郑静兰(1844—1913),字松筠,浙江桐乡问松里人,郑熙曾孙女,女诗人郑以和、庠生郑以封、郑以廉、郑以凝从孙女。丈夫为福建平和县典使、仁和范鸿书。著有《焦桐集》。

读曾少卿观察铸留别天下同胞书感赋

奇愤忽从商界起,一柱竟作中流砥。四万万人同一心,热情相感有如此。读公留别天下同胞书,知公慷慨激昂良有以。美虐华侨不改约,惟有不用美货为不制抵。兹事千秋万古闻,何特并世深仰止。普天率土气一伸,公虽即死流芳矣。吊公公为天下牺,贺公公壮支那史。馨香祷祈遍寰区,阅尽古今谁得似。买丝争欲绣平原,挥金生把铸范蠡。区区不足为公寿,寿在人心长不死。吁嗟乎,寿在人心长不死,海枯石烂不能磨灭公姓氏!国家有人尽如公,转弱为强从此始。

题徐兰湘度针楼诗集

慧矣徐陵女,音能嗣玉台。昙花影空现,诗草体新裁。天靳金銮寿,人怜道蕴才。峨嵋诸令妹,谓寄尘、小淑二女士。望断岭南梅。

题徐寄尘听竹楼诗集

老作南林客，尘中遇赏音。今春余客张氏，始与卿遇。词征黄娟妙，幔隔绛纱深。风月骚人兴，冰霜侠女心。只身担教育时寄尘为浔女校教习，与我契苔岑。

吊鉴湖女侠有序

女侠姓秋名瑾，字璿卿。豪于饮，善谈论，并擅诗歌。丙午春，余客南林，尝偕徐寄尘诣余，始相识。即席联句，不假思索，侠气豪情并世无两。乃别才年余，而女侠竟以冤死。呜呼，沉沉女界，孰拔奴根，莽莽神州，幻成血海。老泪挥余，吊之以诗。

去年相遇客中时，为我亲题一卷诗。今日思君语成谶，诗人鬼忌竟如斯。题拙稿，有"自古诗人遭鬼忌"句。

一腔热血洒轩亭，噩耗传来不忍听。应共湖山名不朽，敢将侠骨埋西泠。女侠尝云：热血不知洒向何处？轩亭殉义后，桐城吴芝瑛为营葬于西泠。

数年留学在东瀛，博得全球侠女名。为我同胞开黑暗，竟将身命作牺牲。女侠以倡导男女平权为己任。

支那现象史贻羞，七字奇冤一命休。孰是吾侪大纪念，秋风秋雨哭千秋。"秋风秋雨愁煞人"，女侠之供词也。

秋日书怀

老去如秋万象枯，忝持女教负生徒。残蝉抱叶餐新露，困马嘶风忆旧途。训子只期敦俭朴，弄孙聊试识之无。砚田耕苦频愁

绌,宿债难偿只愧吾。

题沈梅仙女士寄愁草二首

松柏清操柳絮才,寄愁一卷有余哀。孝思离恨工传写,字字都根至性来。

曾结仙家翰墨缘,而今句更诵梅仙。知渠已列云璈队,此是真灵慧业篇。吾里鸾坛降诗有"天知儿女坐春风,靡恨阴功在此中"句。鸾谕女士已列名仙籍云。

喜指儿自闽归

晓来闻鹊噪,报道远归人。行李安排乍,亲朋慰问频。离愁三月久,笑语一堂春。沽酒呼新妇,调羹为洗尘。

送鉴湖女侠秋璿卿瑾之爪哇二首

女子能怀报国忧,凛然豪气孰为俦。他年遍历环球后,普扇欧风到亚洲。

磊落襟期感慨深,满腔热血向谁论。最怜无限思亲意,独向天涯洒泪痕。

示儿四首

历尽风霜我敢辞,愿儿处世贵操持。箕裘欲绍先人业,努力尤当在少时。

莫更因循嬉戏过,堂堂岁月易蹉跎。比如白璧犹留璞,成器

从来贵琢磨。

先人有志竟难伸，雪案风窗困一襟。今日起承全在汝，九原属望比余深。

门祚衰微少弟兄，立身须早振家声。匡衡凿壁犹勤读，莫谓家贫事不成。

哭允庵兄二首

孝友端方品学全，平生蹭蹬欲呼天。可怜呕尽心中血，尚有离魂赋一篇。兄有咯红症，临终为门人作《试艺》一篇。

戏乞他年作挽词，而今反赋哭兄诗。一般衰老风中烛，知寄人间有几时。

题仿枚先生看剑引杯图有序

岁丁未，余承乏女校。课余之暇，朱生启中携其尊甫仿枚先生《看剑引杯图》索题，得读其自志一篇，热心社会，溢于言表，乃知其命意之原因，勉缀二十字以归。

男儿真有胆，不酒亦须豪。耿耿丰城剑，休从破匣韬。

——赵青撰《嘉兴历代才女诗文征略》，浙江大学出版社2014年版

何桂珍八首

何桂珍(1844—1913?),字梅因,善化(今属湖南长沙)人。两江总督何桂清妹,俞维藩妻,俞寿沧之母。有《栒橼轩诗词钞》二卷、附诗余一卷。民国三年(1914)刊刻,书版后毁于灾,民国十四年(1925)其子寿沧重刻。

余于归俞氏弃诗书十年矣丙子养疾东庄偶展行箧得仲弟桐云旧赠之作怆然有触聊赋一律

荆篱茅舍野人居,养疾东庄夜读书。静里光阴依药石,梦中夫婿佩龟鱼。悠悠往事嗟同气,耿耿深怀问太虚。行箧凋零诗句在,颍滨消息近何如。

望桂林山水喜而有作

桂林山水冠诸州,天遣诗人豁远眸。云气西侵昭岭色,河声东泻广江秋。孤城落日闻猿啸,野水连天放棹游。近日小斋无一事,晚来强半为诗留。

漓江晚泛

放棹漓江上,翛然水一湾。软风轻拂浪,落日半含山。兰桨双痕活,菱歌一艇还。无言观逝水,沙上白鸥闲。

独秀峰

巨灵舒半臂,天外石飞来。屹立峰千仞,凌虚翠一堆。水流岩寂历,岭峻鸟徘徊。粤右多奇境,如斯亦壮哉。

大滩谒伏波庙

将军浩气镇乾坤,庙貌威严桂海存。往事何堪论薏苡,新恩应许报鸡豚。丛林锁翠双峰插,雪浪排空万马奔。我亦徘徊情不尽,夕阳渡口又黄昏。

醉歌行

火云腾空作紫绛,玉女素跌骑采虹。羿弓迮月嫦娥降,霞浆浮盏清腑脏。与我三夕敛衽让,欲饮不饮却羞量。许琼吹箫董成唱,雪靥银齿恣谑浪。天风忽吹气晃荡,织女招手天河上。石室机张三万丈,自言此工殊可怆。我欲从之窥帝仗,三辰七宿形模壮。王母嗔顾谁所谤,翩然一觉堕烟瘴。梧月在窗梅插帐,炉烟已烬俄蓬放。山城漏点橹牙向,行人夜趁广江涨。

辛亥十二月二首

篝火无端动斗刁,百年歌舞黯然销。中原鬼哭衣冠烬,大漠人空鸟鼠骄。衮衮盲风行地是,茫茫朔雪接天遥。请缨我愧秦良玉,空有丹心亘碧霄。

人事天心又一时,飘零日下更何之。青山有约迟招隐,沧海无家走乱离。拨到檀槽声尽羽,歌残锦瑟泪如丝。劫灰怕向胡僧问,自有杯中明月知。

——《枸橼轩诗钞》,民国十四年(1925)
上虞俞氏重刻本

管元翰三首

管元翰(? —1884),字翰云,江苏苏州人,父亲管荔生。元翰育有三子一女,其中一子为汤宝荣,曾任商务印书馆总记室。

与蒋芙青嫂围棋感赋

一枰初试罢,病骨已难支。生世如棋局,年来着着迟。

病起

半生事业尽抛残,倦绣妨吟力更殚。除却米盐劳琐琐,药庐茗碗苦消寒。

强起晴窗写硬黄,疏慵腕力已如僵。稚儿也学涂鸦去,把笔牵衣来问娘。

——《鹤麟轩诗存》,民国十二年(1923)汤氏家刻本

顾佩英一首

顾佩英,字香蘼,号天香室主,江苏吴江人。父亲顾大圻。佩英系沈景修(1835—1899)继室。

寄怀汲民夫子都中

庭竹报平安,离怀且自宽。数行无别语,两字但加餐。寒信催刀尺,长风盼羽翰。月明千里共,倚遍小阑干。

——赵青撰《嘉兴历代才女诗文征略》,
浙江大学出版社2014年版

林芳一首

林芳，字韵芳，侯官（今属福建福州）人。林振棨女，邱卓生室。能诗文词，下笔敏捷。中年守寡，家道中落后，韵芳教授女学校，鬻文字以养九旬生母。有杂诗数首，录《读石遗先生游山诗因之神往次韵奉和》，诗风雅切。

读石遗先生游山诗因之神往次韵奉和

令人神往晚春晴，入画山光览胜行。身健多应天所赋，名高更与世何争。遥知笠屐传幽致，只恨钗裙枉此生。自有暮年好词赋，江关不数庾兰成。

——钱仲联主编《清诗纪事·列女卷》，

江苏古籍出版社1989年版

施毓敏 十八首

施毓敏,生卒年不详,字晴雪,福建长乐人。年十三通诗书,弟施景琛,近代文人。夫叶伯鋆为将军,曾参与马尾海战。有《浣花轩诗集》。

家大人北归后有咏

万里归来月正团,重依骨肉有余欢。三番跋涉公车困,一第艰难席帽寒。闭圃曾挑灯永夜,凌云高护竹千竿。蟾宫例有登科记,愿借常仪织锦看。

七月十三日同诸姨母看玉簪花各成二绝句

帘垂湘竹幕围纱,小集清谈趣倍加。一缕暗香飘入袖,碧栏杆外玉簪花。

带露含烟画不如,胆瓶好供称幽居。一枝清影横窗悄,伴取琳琅插架书。

题酿春园集后

清绝香闺托思时，半窗凉月下帘帷。怜他长恨编歌苦，触我闲愁落笔迟。胜事直同流水逝，幽怀岂为古人痴。寄言三岛凌波子，再莫仙山立誓奇。

冬闺

放下湘帘护曲阑，今宵天气暖来难。薰炉犹怕风吹冷，兽炭频添略解寒。

阶前微雨落纤纤，寒极惟将半臂添。绣罢剪灯窗下坐，学临花谱笔频拈。

和南征原韵

玉关钲鼓动连天，一将登坛意气坚。仗剑高歌鸣壮志，定教决胜息烽烟。

卷地旌旗拥黑云，三边尽日苦夷氛。亏他卧雪沙场士，愿得涓埃答圣君。

军帖倥偬促远征，楼船半夜听鸣钲。将军惯作辞家客，岂把乡心对月明。

虎帐秋来战务新，六军敌忾涌江滨。他年倘顺昆仑辙，麟阁铭勋众志伸。

甲午感事

鼙鼓连天警紫宸,渔阳一夕遍烟尘。谁知主战经筵傅,尚是邯郸枕上人。

已料前驱御敌难,炮烟弹雨任摧残。男儿岂是无南八,啮指何能动贺兰。

胭脂北部最惺惺,顾曲周郎眼久青。烽火莫惊都督帐,花天软梦未曾醒。

艰难时局已堪嗟,前箸无谋望更赊。若使长城如李勣,强邻未必入唐家。

尸位台臣本素餐,边氛早作等闲看。可怜日暮降幡出,马革忠魂骨未寒。

闻林婿玉铭赝馆选喜赋乙未

昨岁嫁女适同里,文峰之秀为后起。乙科唾手正妙年,道是翩翩佳公子。论婚幸与缔朱陈,春满门楣真足喜。亲邻交口羡东床,尝把冰清玉润比。今年三月试春官,文名噪甚燕云里。果然应手夺标回,泥金报捷日可指。既闻廷试亦周详,策对一一皆称旨。叨荣清秩入词林,木天佳话从容纪。文忠宿望本玉堂,祖泽留贻良有以。蓬瀛从此任翱翔,文学孟晋靡所止。老怀欣慰告女儿,如汝因缘满且美。好花珍重盛开时,国恩家庆殊未已。

樑儿出洋游学诗以勉之

青年修业崇实践,一切纷华务排遣。汝今负笈涉重溟,万里

前程期黾勉儿此行赴美决习农科。我邦自古本重农,天子亲耕后献茧。司农历代设专官,祖也不忘可数典。徒以田家守拘迂,推陈出新知者鲜。成败利钝委诸天,水旱灾荒时不免。《齐民要术》等具文,穑事因循无发展。我闻彼中绩学家,格物致知尽推阐。以之拓殖浚利源,裨益农功殊不浅。此行毋负汗漫游,学求深造戒敷衍。补我之短采彼长,归为农桑策尽善。

寄题蕙香亭

空谷幽香本出尘,欲从林下拜夫人。名山结构浑忘俗,故里销沉莫怆神。绮梦好圆芦溆月,新声且谱蕙亭春。君家自是知几早,岂让桃源独避秦。

——《浣花轩诗集》,民国二十八年(1939)排印本

许诵珠四首

许诵珠，生卒年不详，字宝娟，又号悟红道人，浙江海宁人。许楗季女，许湝祥（1841—1923）妹，归安朱镜仁妻。有《鸳鸯吟馆诗词草》《澹吟楼诗》《雯窗瘦影词》《子卯楼居琐记》等。

自金陵放舟至六合雨霁望江

滚滚长江怒涌澜，轻帆飞渡破惊湍。千峰挟雨晴天墨，万木经霜晓日丹。金粉如烟王气尽，风波到岸客心宽。名山恰向篷窗列，倚久偏教耐薄寒。

忆惠山二首

芙蓉湖上水弯弯，两岸桃花映玉颜。好是四围停画舫，夕阳红上小金山。

已见银河洗甲兵，梁溪重待问邮程。不知三两茅庵外，可有山花管送迎。

读吴绛雪诗自序

绛雪名宗爱，永康人，事具先农部公撰传。桐城吴康甫丈为

刻其《六宜楼稿》《绿华草》各一卷，先公复评点而重刻之。

回文锦字暮烟荒，剩墨零笺更断肠。绝代奇才天亦妒，千秋亮节骨犹香。蛾眉竟解苍生困，鹤背应怜碧汉凉。惆怅桃溪溪畔水，年年呜咽诉愁肠。

——赵青撰《嘉兴历代才女诗文征略》，浙江大学出版社 2014 年版

庆凤亭八首

庆凤亭，光绪间人，年八十六而卒。字湘筠，别号环峰女士。安徽含山人，咸丰二年(1852)进士庆锡纶与张茝馨长女，庆凤晖之姊，归江西上饶卢雁洲。有《味雪楼诗集》一卷、《味雪楼诗余》一卷。

感怀

听到乌啼倍感伤，声声凄恻搅愁肠。窗虚有月来幽阁，户静无风度曲廊。自把心期悲小劫，敢将眉恨触高堂。底须重问今生事，付与黄粱梦一场。

离骚读罢太无聊，心字香残不再烧。奉佛早知身是幻，求仙常想劫能消。黄泉可纵临风想，青鬓频怜去日遥。阿妹裁笺勤索和，兔毫湿透泪如潮。

咏史四首选一

林园无杂树，池馆亦清肃。松月夜凉生，青霭映水木。天虚万象涵，四顾悦心目。幽兰非无根，太古从空谷。父兄济世才，家学以知服。文章期报国，桓桓属望族。七诫冠古今，发言砾金石。十四赋东征，落笔殊脱俗。天公每忌才，亦使歌黄鹄。细雨泣梨

花，严霜陨修竹。吊影泪千行，招魂愁万斛。金乌复玉兔，往来何倏忽。应诏权修文，青藜或照读。经筵垂远训，岂比贪天禄。上书请兄还，手足情何笃。续史称名媛，千古辉巾帼。

挽佩芸大姑并书绣余集后步三叔祖重过大姑墓所感赋元韵八首选三

为消郁结藉琼卮，二竖相侵转不支。尘海浮沉难自主，天心吝惜究谁知。多才不种长生果，修福偏遭浩劫棋。呕血已看消瘦尽，探囊留得性灵诗。

读罢遗编倍可哀，令晖数促为清才。绮思未尽蚕犹缚，竹韵虽清凤不来。薄粉剩时俱白雪，秋坟唱处起黄埃。倚栏苦咏增惆怅，谶语还从卷里推。

韶光荏苒客中过，十载分离眷恋多。小别居然成隔世，通辞无处托微波。石边可有三生面，梦里如闻七字哦。自古多才天所忌，平生缺陷定如何。

偕凤辉妹游金鼇玉蝀望南北海

八月秋高天气清，飞琼携我游蓬瀛。千回百曲路不定，好风浩荡步虚声。琉璃世界迷离处，层塔凌霄锁烟雾。下界欣声奏乐声，词人拟献凌云赋。波光荡漾有无中，水映遥天黯淡红。飞阁低垂金络索，远峰空削玉芙蓉。此中波浪阔，秋风亦摇落。宇宙无愁我忽愁，垂翎自有樊笼鹤。碧云缥缈水之偎，御沟之水从天来。恍疑冯夷击鼍鼓，溟濛惊破天为开。侧身四顾何爽飒，飞果浮柱争喧豗。宛有慈航在彼岸，欲渡未渡心徘徊。又疑千朵涌白莲，金冠紫佩拥真仙。天阊一线浮紫气，鸾骖鹤驾往复旋。蜒蜿

龙尾若可附,涉足万顷凌苍烟。幻想环生心欲死,循环乌兔相终始。当前孤负景无边,且挹烟岚入腕底。浩荡真堪一气浮,大声吹起万山秋。阆风景好如相识,乘风重到玉京游。人间饮酌皆非偶,何论富贵能长久。桑田沧海尚尘埃,却笑白衣幻苍狗。鸟带残阳倦亦飞,宫围树色转霏微。停车饱看皇洲景,写入鸾笺许带归。

和�仙妹寄怀原韵三首选一

若兰才调本翩翩,织就回文亦黯然。冷落琴书虚岁月,浮沉世事总云烟。能知因果终成佛,不堕繁华即是仙。记得鲤庭随侍日,夜深同读绮窗前。

——《味雪楼诗集》,民国间排印本

陈芷洲七首

陈芷洲(1847—1884),一名君悦,字仲容,侯官(今属福建福州)人。陈衍六姊,江西巡抚沈葆桢长子沈玮庆继室,管理陈府内事有方,勉励丈夫问学,受到舅姑尊重。陈芷洲本“长于文,不甚喜为诗”,既嫁,累于家务,作诗不多,然清新可喜。有《闻妙香室遗诗》《闻妙香室遗词》。

思严亲

红窗夜永听啼螿,触绪思亲有泪行。梦里容颜云黯淡,庭前风景月苍凉。可怜八载时光速,岂独深秋怨恨长。倚遍阑干题往事,不知凉露湿衣裳。

口占示叔文妹时将出阁矣

谈笑恋今夕,中庭不觉迟。朦胧新月影,袅袅绿杨丝。从此分襟去,空怀聚首时。殷勤珍片晌,莫问夜何其。

寄伯初长兄武平

男儿生三十,不屑守乡里。吾兄此远行,慷慨酬知己。话别

不多时,匆匆促行李。当日泉郡游,犹曰儿时耳。而今伤别心,酒次纷难已。药香忽满室,难唱骊歌矣。折柳向长亭,阑干带愁倚。归去冶城东,门庭清如水。擘笺书平安,握颖泪先泚。试灯节一过,翩然得双鲤。略言帆风好,某时某程起。解慰客子心,恃有溪山美。眷属况同舟,猥与愁人比。所望大雷书,无间时寄此。今年秋冬交,琴剑庶归止。游草丰盈囊,端知色有喜。

苦雨

苦雨妒残春,深宵犹滴沥。只恐园中花,红芳难再觅。

赠外

槐黄时节又匆匆,遑及兰闺唱和工。手里珠囊成露润,梦中彩笔卜花红。相看菊蕊今年秀,傥许樨香两袖笼。万里青云翘首日,京华携手醉春风。

马江思亲

遥知屈指数归期,萱草春风怨别离。岂必太行千里隔,白云弥望不胜悲。

几回回首梦依依,苦忆临行理嫁衣。悄对夜灯望亲舍,何年寸草报春晖。

——《闻妙香室遗稿》,民国六年(1917)排印本

孔祥淑十二首

孔祥淑(1847—1886),字齐贤,山东曲阜人,孔子第七十五代女孙。父孔霱亭,夫刘树堂。孔祥淑七岁入学,早年随其父宦游蜀、黔,喜涉猎经世之书,又颇通经济,有言“做女人要脱女人气”,助其夫甚多。诗作见识超越,气势雄壮,为闺阁中少见。有《韵香阁诗草》一卷。

剑州道柏

绝壁过云天宇辟,盘挐两行森战戟。行人指点不敢攀,云是桓侯手植柏。经霜傲雪风骨遒,绿柳红花皆避席。落落丹崖虽自赏,终造风楼高百尺。斡旋造化天无功,扶持千载寿金石。根深叶茂多庇荫,树比甘棠犹爱惜。

途中偶成

云霞出海最鲜明,其奈辞家万里程。别绪顿随流水转,离怀时与故山盟。重帏定省朝朝梦,两地相思暮暮情。待到杏开春雨后,好随樯燕趁风行。

留别

携手河梁上,滔滔水不波。盈觞愁未解,折柳劝徒歌。红日离时短,青山别后多。相思期努力,莫负夕阳过。

三峡观瀑布

奇峰秀削插当面,晓起凌虚天一线。轰轰震谷雷乍鸣,重岩陡转飞白练。如烟如雪势奔腾,大珠小珠满地溅。碧潭千尺窈而深,响滴铜壶漏传箭。蛟龙不作尘不染,皎洁水光澈底见。静观顿使道心清,日暮云封犹眷恋。

巴东舟中

猿啼两岸夕阳催,江上何人赋落梅。山影漫随烟霭去,钟声时杂雨风来。鸟穿叠嶂阴云合,舟入重岩石壁开。到此蓬莱知不远,我今新自蜀东回。

汉江舟中

荆门三峡尽,万里送行舟。帆急山俱动,江平水不流。柳舒桃叶渡,花隐夕阳楼。回首碧云暮,开尊对月浮。

春日偶成

春来无事小窗前,手弄瑶琴已暮天。一曲未终花影上,碧栏

杆外月初圆。

桃花带露满墙东，小婢折来浅淡红。闲坐画楼无个事，芸编检字课儿童。

奉和外子淀池即事

滚滚波涛接太虚，人家多是水中居。赖君独解倒悬厄，济溺真如救渴鱼。

茜纱窗外月如霜，云寄来禽字两行。清似莲花尘不染，口碑赢得姓名香。

未能背水立奇功，空有经纶满腹中。只恨前生修不到，让君独障百川东。

训女

弧帨门悬设，相形屈见卑。坤元况毓秀，柔顺有良规。好弄惩于弱，理妆漫入时。就将勤典索，朝夕奉庭帷。举止身为度，端庄礼自持。枢机千里应，存察一心知。戒满虚山谷，保真捧玉卮。芳徽遗范在，端取古人师。

——《韵香阁诗草》，清光绪十二年(1886)刻本

韩德玉四首

韩德玉(1847—1900),号浣云,长洲(今属江苏苏州)人。夫刘传祁。二十一岁于归,随夫游宦各地。有《选绿斋诗钞》。

麦浪

四月南风麦气多,吹来阵阵浪花过。千村潋滟翻晴涨,几处苍茫叠翠螺。野鹭竞来眠未稳,游鱼吹去静如何。更番远上芳塍望,误唱渔人欸乃歌。

槐阴

绿槐一院荫扶疏,宿雾笼烟画不如。翠幄深张帘幕静,凉痕淡拂酒樽虚。平铺寒色消炎暑,叠放清阴护俗居。最是蝉声宜静昼,一般倡和爱吾庐。

丙寅之冬奉父丧南旋行有日矣留寄蕙生四姊以志别感

思昔伤今泪满行,离家少小不同方。剧怜姊自灵椿折,从此安居在一堂。一堂共聚天伦乐,侍宦风清守俭约。刺绣余闲偶学

文,肩随曾赖相磨错。磨错当年喜可知,绛帷况拜康成师。研经镕史交相励,朝夕推敲共赋诗。赋诗岂独君忘食,我亦鸡窗争努力。八载何尝一日离,他乡手足真难得。难得光阴奈易磨,姊也于归之子歌。萍踪聚散原无定,方冀高轩不日过。不日过时忧可释,夕验灯花晓占易。群离居索已堪伤,岂料严君遽易箦。易箦耗传阖室惊,昊天不吊鞠凶生。谪居竟尔修文召,安仰几同岱岳倾。岳倾痛切思严父,窀穸还宜返故土。傍母孤雏南向飞,哀哀辄欲鸣肺腑。肺腑鸣时当面陈,天涯地角何时亲。同怀失怙应怜我,尺素还期赐远人。

辛巳十月十八日得雪吟红先成一诗属余作和因用东坡聚星堂韵以和之

金炉香气销云叶,嫩日微黄天欲雪。忽看满径糁飞花,剪水镂冰真幻绝。清浅山梅淡不肥,萧森破竹寒将折。一角西山望处微,烟鬟雾髻明还灭。楼台金碧影模糊,恍摇银海清光掣。索句奚愁诗思枯,霜豪自有花如缬。更挑活火试煎茶,兽炭红余一寸屑。君歌我和可消寒,忍使流光去如瞥。尊前有酒且欢悦,诗成合向坡仙说。休言白战古人奇,我辈何曾有寸铁。

——《选绿斋诗钞》,清光绪三十四年(1908)唐县刻本

郭筠二十首

郭筠(1847—1916),字诵芬,自署书斋名曰“艺芳馆”,故晚号艺芳老人,湖北蕲水(今浠水)人。道光戊戌进士郭沛霖女,曾国藩次子曾纪鸿妻,翰林才子曾广钧母。因丈夫早逝,郭筠携四子一女回曾氏故居富厚堂,管理家政,抚育儿女,儿女后皆有成就。又才学兼优,思想开明,诗、文皆工,尝与子女唱和。有《艺芳馆诗集》。

送春兼忆诸兄妹癸酉

底事春归昼掩扉,桃蹊李径斗芳菲。筛帘百卉红成阵,绕屋千竿翠作围。颇喜弹棋闻秘院,闲思鼓棹省慈帏。鸰原宦兴今浓否,应有清吟驻夕晖。

秋夜忆畹芬二姊补乙丑

寒蝉吟树间,促织鸣暗壁。银汉淡微云,金风荡秋夕。蕉廊无人踏花影,帘底西风彻宵冷。此际愁肠最忆君,辘轳宛转牵银井。

拜月篇甲子

拜新月,拜新月,一拜一回肠断绝。去年拜月同阿姊,今年拜

月伤离别。伤离别,玉树瑶琴促繁节。三叠阳关心事违,袁江风月故山非。桓姬喜得乘龙偶,弄玉行时驾凤飞。路过竹西应见忆,月明何异昔年辉。

送德耀二姊归长沙丙子

厌听阳关三叠歌,消魂南浦送归珂。杯觞荐别殷勤语,萧艾怀人感慨歌。锦字吟成留砚匣,簪花文格焕烟螺。片帆载得湖山翠,应有清吟慰薜萝。

晚眺缉园丙子

屏山叠青翠,曲境陟羊肠。高馆何玲珑,日出拟扶桑。天籁振松涛,流泉引清商。云鹜敛朝雾,虞渊倾夕阳。睇目极九陔,周行忆八荒。造父有良御,天驹迎穆王。

阅申报有感甲申

汉使乘槎解组归,忧民忧国壮心违。烽烟未烬徒申约,划界难清已失几。杜老酸吟聊志慨,贾生垂涕事应非。和戎稍喜边防弛,海宇何时泯祸机。

示儿子广钧应春官试丙戌

男儿贵自励,秋实滋春华。神京旧游地,飞盖耀朝霞。怀抱非楚璧,雕虫慎毋夸。努力事砚耕,夙夕勉休嘉。先德缅高风,敬畏理无差。勿为流俗迁,言行相毗夸。驱车不遑息,只役出田园。

明星杂微月,残暑映离筵。肃肃戒宵征,闻鸡促先鞭。野树合浓云,江花湛露圆。葆真而守约,嚣烦自能捐。小住石城署,承欢杖履前。蒙荫蹈良规,进退毋自专。秋至百草凄,转瞥无流连。行矣慎寒暑,戒之在短篇。

广铨北上书此训之癸巳

欧美辞家已十年,闻鸡更欲整先鞭。征途远涉愁风雨,世事何知有变迁。祖训能持期恪守,清芬无替继前贤。京华挟策怜游子,陇树燕云有梦牵。

铨儿有海外之行口占一律赠之壬辰

改岁村醪熟,条风淑气催。荷恩瞻北阙,献采自东来。星使浮槎远,春帆细雨开。旧游沧海惯,努力共登台。

次韵女儿广珊赠镕儿癸巳

无术犹来困未知,励精通贯易朱丝。学优好向勤中得,养志休从物外移。侧身天地安吾素,矫首云霄静待时。古人退省乐山水,涉世何须问等差。

六月十九夜玩月有怀钧儿京师铨儿泰西偕镕珊兄妹等同作甲午

空庭凉意似新秋,露下晴皋湿翠畴。淡淡轻烟迷远岫,盈盈新月上帘钩。不殊风景人千里,尚识离情遍九洲。独羡忘机垂钓

客,烟蓑无语狎沙鸥。

天津既破京师震怛广镕父女居围城中兵乱道梗未卜何时南来庚子

清宵无那数闲更,笳鼓喧喧五夜惊。魏绛和戎真下策,嫖姚鏖战岂干城。中原浩劫悲荆棘,津海烽烟绕旆旌。回首觚棱今夜月,梦儿辛苦忆神京。

上方多难岂无愁,绝塞风云海国秋。薄宦人犹滞京国,狂澜谁挽奠神州。兵戈扰攘思良将,鱼雁浮沉怨寄邮。毒雾迷天隐红日,长安北望使人愁。

手诏频闻出禁中,朝仪听断景阳钟。天关险绝愁胡虏,王室凌夷召犬戎。塞上阴霾飙白雪,海门腥蜃涌潮红。草莱那有匡时略,几点青磷漫太空。

寂寞莺花闭上阳,河山百二拱金汤。惊心草木皆兵象,满眼疮痍起病创。老臣慷慨忧王室,下士淹留忆泛湘。家国艰难思将帅,何时洗甲定天狼。

分韵教育歌乙巳

四座且勿喧,听我歌教育。平明入书舍,日午黄粱熟。亭亭倚石松,袅袅当窗竹。心神日怡畅,志虑自纯淑。淹博通五经,卧游记荒服。地脉探全图,天文指列宿。士商与农工,义务各竞逐。或驾轻车游,或篝青灯读。瑚琏贡上方,东庠式乡族。由来弱积久,因循怨当轴。果能求实效,何必畏伸缩。比来数年中,时时弃边幅。达者处艰危,志士频眉蹙。扫除积习深,无为珠蕴椟。勤能百艺兴,杞忧空击筑。育化教青年,普天邀幸福。

湘水谣乙巳

湘山青，湘水秀，山川孕灵多结构。瞥眼韶华四十年，旺气消磨暮烟凄。城中向未经兵革，夏屋渠渠比相接。不知天意庇此方，只道金瓯固无缺。东省流离失元气，广西跳梁尤难制。男儿不令事诗书，窄袖蛮靴逐游逸。夜半笙歌响遏云，日中绣被犹横膝。生男悬弧虽足珍，寒暖保媪时睃巡。不明教诲育儿法，偶有病疴祈灵神。长沙近日颓风教，日日拜神为尽孝。玉颜沙土拜香歌，破钞羞颜人尽效。男儿自弃真庸愚，妇女讽经不循道。混混世间人，猛省犹可造。天生动物类，为人最精巧。名誉胜黄金，志岂图温饱。君不见扶桑东海青年志，学校分科穷力治。人人奋勇储英才，男女同功参奥义。养成锐气振环球，武略文名典章备。当年彼我本同文，倏尔失足千丈深。依人俯仰如病虎，自困非必因书焚。湘流浩浩山青青，岁月掣电如马奔。谁能拯此立基础，震雷惊醒同侪魂。

木兰辞

世俗崇文不知武，男生悬弧女无与。闺中杰出真英豪，木兰从军代父劳。霜凝塞上寒挥剑，月满关山夜听刁。将军细柳阵云生，壮志从来不顾身。誓扫楼兰献天子，岂邀玉帛记勋名。人生功业无今古，壮志蹉跎亦无补。君不见阵前击鼓惊贼魂，又不见良玉秦娥能请缨。近时教育称权平，英雄巾帼皆琼英。会须努力雪国耻，手挽银河洗甲兵。

秋日过振艺女塾

荻花霜紧雁飞回，乘兴重来问讲台。天女殷勤裁锦去，青娥辛苦织机来。海琴学鼓《归风曲》，江笔应怜咏雪才。欲济时艰期裕国，七襄璀粲绣成堆。

会孙将有外洋之行诗以勖之

大罗天上育群英，愧尔青年学未精。自昔儒林思济美，非关身世务虚名。铅刀不惜因时割，铁笛尤期贵一鸣。珍重壮游苍海阔，归来应有慰平生。

——《艺芳馆诗集》，清宣统二年(1910)排印本

扈斯哈里氏二十七首

扈斯哈里氏(1848—?),吉林长白人,满族。父诚斋德公,曾任辽宁盖州仓官。扈斯哈里氏自幼随父宦游,十五岁失恃,遂依外祖母家。夫惠格,字式堂,历任江西袁州、山西蒲州等地知府。诗多思亲怀乡之作。有《绣余小草》六卷,附《江右随宦纪事》二卷。

观红楼梦有感五首选四

真假何须辩论详,斯言渺渺又茫茫。繁华好是云频幻,富贵无非梦一场。仙草多情成怨女,石头有幸作才郎。红楼未卜今何处,荒址寒烟怅夕阳。评曰:第四句真达人语。

红楼一梦警迷人,名利场中莫认真。十二金钗今已杳,几堆白骨掩香尘。评曰:当头棒喝。

青埂峰前一石头,携来偏自落红楼。绛珠有草随缘化,离恨天中不了愁。

幻境虚成一段缘,红楼奇事古今传。半生洒尽相思泪,不免魂归离恨天。

地震

咸丰十年,盖州八月二十四日夜四更。

本是乾坤气逆行，故教地震若雷声。一时大动惊千里，八月将残记四更。陋室难支房尽倒，贫家可惜命先倾。乡愚野老殊堪笑，到处讹传鳌转睛。

随姑赴熊岳任所有感

时丙寅五月，家翁派人接眷赴任。

五月炎天夏正长，宦游车马趁途忙。满田禾稼青于染，一路山花艳带香。南赴熊城憎道远，北离沈水转情伤。行人怕见堤边柳，犹自依依送夕阳。评曰：隽永。

偶见大破烟瘾阵图因之有感

盒小盘方阵法奇，中央灯耀罩玻璃。运筹只有人高卧，持令全凭竹一枝。膏土练团成炮处，烟云变化用兵时。管教男妇豪强者，入此全然力不支。

咏行围采猎

盛京将军每年小雪出围，大雪回围，时在同治九年事也。围场在威远堡边门外，现今停围，全行开地。归海龙城总管衙门管理。

猎火将残欲晓天，中军帐里令先传。风飘野戍旌旆动，声震山河鼓角连。人喊马嘶排阵式，箭飞炮响起云烟。得来禽兽归营后，畅饮欢歌夕照前。

将军围合又排兵，鼓角齐鸣号令行。雪尽鹰飞双眼疾，山空月色一轮明。旌旗遍野豺狼惧，火炮连天虎鹿惊。猎罢归来皆得

意,寒风相送马蹄轻。

夏日赴夹河晚归即景在省城南,过浑河

长河一道水涓涓,浪稳风平渡客船。牧犊童归芳草地,荷锄人立夕阳天。残碑卧土荒丘畔义地坟冢无数,白塔凌云古刹前南门外三里许有喇嘛庙,庙前白塔一座。坐爱幽林真雅趣,重重垂柳听鸣蝉庙前有柳无数,俗呼万柳塘。

火轮船中即景八月十一日由牛庄上轮船

难辨风声与水声,黑烟漠漠一舟轻。往来不用艄人力,始信轮船妙法精。

黑烟直冒白云中,海内船行不用篷。水面划开波一道,真如破浪乘长风。

苍茫一望水连天,机器声如鼎沸煎。到此已非尘世界,乾坤浩大信诚然。

轮转如飞一水分,机声浪响耳边闻。开窗一望无涯涘,碧海青天共白云。

上洋即景

五方杂聚旅人稠,海上繁华纪胜游。入夜张灯开戏馆,排空耀眼是洋楼。高悬电烛光无际,随处笙歌闹不休。最好路平车马快,往来莫见起尘头。

上海竹枝词六首选四

长街一望尽繁华，电气灯光照万家。人语喧哗车满路，偏从夤夜作生涯。

东洋车跑响难休，入夜沿街妇女游。却少《周南》风雅化，只知欢乐不知愁。

上洋无处不繁华，戏馆青楼千百家。歌曲二簧时调好，商音多半趁琵琶。

古今胜景几多年，月满仍亏理自然。莫道繁华为可羡，须知朴厚始能绵。

闷坐偶成因日本扰乱边陲

耳内轰轰响不休，半因旧疾半新愁。屡闻日本侵边界，骨肉家乡系念头。

无端平地起风波，乡问难通可奈何。每到覆书情更切，墨痕不及泪痕多。评曰：情真语挚。

七旬亲老子青年，南北情怀两地牵。每见家书空坠泪，人生只可命由天。

悠悠此恨几时捐，魂梦难安乡思缠。中阻干戈家信少，痴心日日卜金钱。

诸城不守动干戈，罹劫人民可若何。倭寇到时皆束手，圣朝枉自有兵多。

谁知海外有东洋，徐甲当年诱帝王。偏是苍天留此国，求仙今古恨秦皇。

军威不振各分逃，将帅前征少六韬。临阵败时翻作胜，冒功

邀奖计偏高。

年年枉用练军工,敌国兵来似乘风。可惜圣朝恩浩荡,将官束手智谋空。

——《绣余小草》,李雷主编《清代闺阁诗集萃编》第九册,
中华书局 2005 年版

胡凯姒八首

胡凯姒，一作胡凯似，生卒年不详。字静香，广东人（一云江苏通州人）。廉访胡履坪女，中翰婺源江棣圃室。有《爱月轩女史遗稿》三卷。

绿水桥边多酒楼

廿四桥边景，溶溶绿水流。人家多卖酒，旅客共登楼。画境开波面，诗怀寄瓮头。青帘飘处处，碧浪去悠悠。倚笛翻新曲，吹箫忆旧游。虹眠虚影倒，蚁泛暖香浮。明月光同照，疏灯语尚留。牧之题句在，富丽话扬州。

壮年学书剑

艺必兼文武，英才出壮年。读书知大略，学剑得真传。黄卷三余足，青锋百炼坚。星霜消蠹简，肝胆托龙泉。尺业乘时进，分阴莫浪捐。检应烧烛久，看共引杯连。忘似良朋忆，随同健仆便。

诵诗闻国政

莫谓篇章富，而忘讽咏勤。古人诗尽诵，列国政皆闻。意贵

通其志,辞防害以文。膏滋郇伯黍,化洽鲁侯芹。黄鸟歌丘侧,赪鱼叹汝坟。源流千载合,理乱一心分。有获同谟典,无稽陋竹云。

山高月小

赤壁留陈迹,重游兴倍豪。天空疑月小,水落觉山高。螺髻遮樵径,蟾辉入客艘。云间千仞耸,波底一珠韬。放棹情无限,凌风首自搔。危巢攀峻岭,素彩涌惊涛。突兀烟三面,光明浪半篙。掠舟犹有鹤,作赋快挥毫。

莲花比君子

谁与池莲比,濂溪爱有加。伊人思在水,君子品同花。香气闻逾远,污泥染不瑕。亭亭标韵度,濯濯见丰华。投契堪征性,传名岂为葩。清高应共喻,富贵漫相夸。翠盖宵承露,丹颜晓映霞。笑他凡俗艳,何事着尘沙。

过黑水洋

绿水洋过又黑洋,海程万里郁苍苍。混茫不见青天色,惨淡难分赤日光。百丈波深如染墨,一帆风静正归航。双轮安稳经奇险,此际追思悸未忘。

德州道上

吟鞭遥指夕阳山,几点晴峰拥髻鬟。高领树笼烟漠漠,清溪石漱水潺潺。鸟能解语迎人唤,云自何心出岫间,幸喜前途经雨

润,却无尘土扑征颜。

自鸣钟

不烦撞击始闻声,应候铿然自在鸣。能使人间知晷刻,余音摇曳逐风清。

——《爱月轩女史遗稿》,清光绪十四年(1888)刻本

程蕙英一首

程蕙英,字茝俦,号毗陵女史,阳湖(今属江苏常州)人。关于其生平,蒋瑞藻《小说考证》卷七引《缺名笔记》:“阳湖程蕙英茝俦,著有《北窗吟稿》。家贫,为女塾师。曾作《凤双飞》弹词,才气横溢,纸贵一时。其所为诗,纯乎阅世之言,亦非寻常闺秀所能。”

自题凤凰双飞后寄杨番畹

半生心迹向谁论,愿借霜毫说与君。未必笑啼皆中节,敢言怒骂亦成文。擎天事业三秋梦,动地悲欢一片云。开卷但供知己玩,任教俗辈耳无闻。

——钱仲联主编《清诗纪事·列女卷》,

江苏古籍出版社 1989 年版

刘璿十首

刘璿(1848—1915),字邦媛,复字蜀生,晚号林下老人,湖南岳阳人。提督刘长清之女。知识渊博,热衷教育,晚年任奉天女子师范监督,且于民初创办黑龙江省立女子教养院,亲任院长,招收全国灾民幼女抚育成才。夫林文钊,字丽生。子林传甲为近代著名学者,曾执教于京师大学堂,编纂首部《中国文学史》。有《林下诗存》六卷。

太仓王采蘋女史画屏四幅即题四律

木兰从征图

机杼声停东阁东,新妆卸却便从戎。黄河黑水临前敌,铁甲银刀别故宫。十载干戈同将士,一时巾帼忽英雄。可怜吾父沙场老,涕洒天涯恨未终。

二乔观兵书图

台榭姑苏吊故墟,西施去后复何如。乔家喜得周郎婿,吴国群谈孙子书。貂锦三千环蕙帐,鸾刀一对引莲舆。江南山水多蹂躏,粉褪花残市井墟。

梁夫人援桴图

江淮半壁势危艰,转战孤军夷夏间。南宋旌旗屯玉垒,中原鼙鼓起金山。指挥如意兵心振,臂助全收战血斑。老鹳潜通功未竟,诏书又召岳飞还。

秦良玉倚马图

桃花小马是名驹,马上红妆一色朱。英武足教豪杰愧,轻盈不用健儿扶。金铃个个锵鸾珮,玉帐重重握虎符。惆怅残疆徒苦守,云台未画美人图。

——《妇女杂志》第一卷(1915)第一号

传甲习算能读丽生遗诗题诗勉之四首选二

算经十书

新旧唐诗记设科,明经明算并编摩。开元犹有遗书在,永乐欣传大典罗。幸有东原搜断简,更劳孔壁校微波。儿童喜得南昌本,又向书斋续订讹。

四元玉鉴

松庭玉鉴出元时,数百年来几脱遗。四库收书犹未尽,千秋晦义有谁知。茗香溺苦欣成帙,细草明通不费思。全璧虽亡珠尚握,我从卷面写新诗。

——《妇女杂志》第一卷(1915)第二号

绛幔吟

绛幔芳型续韦编，周官学业本家传。先慈周夫人亲授六官，尤重考工图。趋庭有子通三礼，传甲、传树、传台各执一业以立。负笈从师话百年。守志、应山、师事、洪乾四先生之母杨安人，享年百二岁，五代同学，旌表节孝。漆室吁嗟惟爱国，杞人抑郁总忧天。白头乐善身心泰，回首孤贫转恻然。燕、齐、豫、蜀、江淮灾区女生来院者近二百人。

绛帐尊师拟马融，金台首重郭隗功。传甲自桂调江，所至皆服务教育，今奖列第一。十年生聚成都邑，由两厅增至二十余县，皆设学校。万里开荒化满蒙。传甲创满蒙师范，毕业生筹办各旗小学，亦列奖。幼女渐升师傅保，祝妇创幼女学校，今升办女子师范并附蒙养保姆。家人须识德言工。祝妇今任女子中学校长，并附职业科。嘉禾章服群英会，可与云台列宿同。同时列奖者二十八人。

绛县人经六甲周，今年六十七岁。雪花飞上老人头。沅湘讲学思前度，刘中鲁民政长守辰川时即发起女学，延请教授。辽沈题诗感旧游。徐相国督东时，奉天女师范乏人，张贞午巡按使时任民政，征余出塞。林下文章增岁月，昔湖南督学吴䌹丞司农序拙作《林下诗存》，已出版。共和史笔志春秋，旧著《女子历史》列入共和国教科书。敢云母教成邹鲁，尝以孔孟为无父儿训诸子，康南海乃称传甲领袖龙江、化成邹鲁，陈重远博士遂号龙江为塞外邹鲁。博爱何分五大洲。迩以“博爱、笃敬”为院训，日本人、俄人参观皆过誉。

绛云劫后剩灵光，张菊荪刊《妇女杂志》，征文推为女界灵光。谁把中华责任当。陆伯鸿征文，余撰《中国妇女之责任》等篇，为妇女界大问题。教女遗规开广厦，余既捐千金宅为教养院舍，今年又鸠丁庀材，拓充建筑。养民要政馈贫粮。朱将军广集孤寒，悉给饮食教诲，前古所未有。公田万亩宜嘉谷，本院已有熟地二千八百五十晌，每晌合内地十亩，又有

农业垦殖两公司,正在进行。大漠千群纳吉羊。蒙古王公捐款以万千计,并捐牲畜,拟设牧场。政府国民同赞助,内务、财政、教育、交通四部一致赞成。捐资者亦多,至数千人。愿安家室固边疆。

原编者按:作者以女界灵光,为教育先导,耆年坤望,海内共知。近荷项城给奖"绛幔芳型"匾额,因作此诗,遍征和什。为赘数言,以志钦仰。

——《妇女杂志》第一卷(1915)第六号

黄淑华十首

黄淑华(1849—1865),字婉梨,上元(今属江苏南京)人。诸生黄秉良之女。天资聪颖,幼从兄读,渐能文,间作韵语。稍长,有令姿,乱兵之中流落贼手,自缢于梁,死时十七岁。时人于其怀中得一帛书,书中自述颠末,并附题壁诗十首。

题壁诗十首

余姓黄氏,名淑华,字婉梨。江南上元县人。父秉良,诸生,先卒。长兄乃珪,亦诸生。仲兄乃璋外出。叔兄乃瑾,亦习举子业。余家陷贼后,两兄力于农圃,家赖以给。时余方五岁。弟乃璧三岁。家故多藏书,暇则课。余及弟常取古今节烈事,诏余且勉之曰:“余家逼处城中,城克必及于难,慎勿苟且偷生以玷先德。”壬戌,将以余字某氏。余请曰:“余家居此,犹燕巢幕上,朝不保夕,胡以婚嫁为?”遂止。今岁六月,官军克金陵。余方庆出水火而登衽席矣。孰意克城之二日,则有乱兵至,杀二兄于庭,乃入括诸室。一壮者索得余,挈以出,弟牵其衣,母跪而哀之。彼怒曰:“从贼者杀无赦,主帅命也。”遂杀母及弟。长嫂至,又杀之。掠余行,而仲嫂则不知何往。余时悲痛哭,詈求速死。彼大笑曰:“余汝爱,不汝杀也。”遂系余于其居,旋迁于舟,溯长江而上。夫

茫茫大江,余非不得死所,惟憾以余累及老母嫂弟。今既与之同行,不思所以报之,徒死何益?昨至湘潭,舍舟登陆。余喜甚,意将以此时杀之。孰意天不余佑,适有与之偕行者。夫以一孱弱之身逼处于二壮夫之侧,杀之实难,污我实易,倘不速死,恐无颜立于人世。然死虽已决,究未知何术以死,何地以死也。因自序颠末而书之。纸一,帛一,帛怀于身,纸糊于壁,并作十绝以附于后。时甲子九月十六日,十七龄女子自序于湘乡潭市之旅寓。

自怜生小遘奇灾,劫遇红羊剧可哀。若昧真心从荡子,偷生虽好骂名来。

年来小谪住尘樊,孤负双亲孕育恩。窀穸不能安体魄,挑灯转忆倍销魂。

侬家偏在此城中,两度遭残怨即戎。底事老苍偏疾善,存亡各半又西东。存者余与仲兄夫妇及侄,而又天各一方,哀哉!恸哉!

自从被掠到家门,日在狂澜死未能。却喜财奴惟好货,天教白璧玷无蝇。掠余者申姓宝庆人,余恐被其污,已将衣服缝纫矣。

无何月又见初弦,迫我同登江上船。舟子挂帆无恙祝,可知侬不愿生全。

女伴何人不受污,余同张氏及金姑。超群更羡金眉寿,一死犹能护友于。金姑眉寿,余旧识也,一人欲污之,弗从。适船窗开,跃入江死。金姑死后,彼乃不敢逼余,余亦敬其烈。故云。

记随女伴到江滨,誓作人间不朽身。远涉洪涛谁是伴,相依惟有影形亲。

征帆又说抵长沙,遥望湘灵庙拜嘉。乞剪赤绳教寸断,莫令哀怨诉胡笳。彼至此,又将以余属媒氏,故默乞灵焉。

平地风波息又生,吾身何处乞安平。婉言虽免于飞去,欲报奇冤恐不成。至此,又遇一扶姓者偕行。

自古成仁总杀身，吾身何必苦逡巡。凭将浩气还天地，长共贞灵在九垠。

——钱仲联主编《清诗纪事·列女卷》，
江苏古籍出版社1989年版

俞绣孙 二十一首

俞绣孙(1849—1882),字彩裳,浙江德清人。著名文学家俞樾仲女,幼聪慧,酷嗜诗,年少指景即吟咏。年十六嫁武林望族许祐身。许祐身儒雅,尤好词,俞绣孙遂致力于词,彼此唱和,夫唱妇随,曾相伴赴京兆试,生活艰辛,却怡然安之。俞绣孙身体孱弱,多子,竟于一次产子后亡。生前自焚其稿,诗词多不存。俞樾收其残稿,辑为《慧福楼诗草》,后更名为《慧福楼幸草》,又有《慧福楼词》。

寄呈家严慈

年来憔悴强为欢,一寸愁肠欲写难。料得高堂思女苦,数行聊以劝加餐。

有感示外子静壹斋主人

人世劳劳眼倦开,镜中双鬓渐相催。松筠总耐风霜苦,鸿鹄须防燕雀猜。忆母衰年空有泪,相夫壮岁愧无才。停针自惜窗前影,一寸轻移不再来。

静壹主人自极乐寺折归海棠数枝对之有作

漏泄春光出梵宫,神仙忽降草堂中。何须锦帐重遮日,自有

疏帘可护风。纵解多情娇不语，还疑香梦悄能通。替他担尽飘零怨，悔不相逢蕊未红。

游天宁寺

东风吹絮暮春时，客到禅扉有鹤知。松树两行青嶂立，藤花一架紫云垂。无缘佛地生欢喜，有额云登欢存地。但祝人间少别离。归去也应更回首，暮钟声里意迟迟。

静壹主人秋闱报罢诗以慰之

得失君休问，举杯聊自娱。怕闻人慰藉，爱听鬼揶揄。傀儡胸中少，烟云眼底殊。此身原是寓，何必叹穷途。

感怀四章示静壹主人选二

寂寥门巷雀张罗，搔首呼天可奈何。夫婿青衫犹黯淡，老亲白发已婆娑。高山流水知音少，覆雨翻云感慨多。惆怅不如归去好，湖山旧约久蹉跎。

风尘扰扰竟何求，似水年华去不留。潦倒不堪重病酒，凄凉无那更悲秋。羊肠世路谁青眼，鸡肋功名易白头。自觉年来消瘦甚，此生禁得几回愁。

咏菊次静壹主人韵

萧瑟西风度短墙，竹篱深处最思量。移来老圃初经雨，占得秋光独傲霜。自有高情全晚节，谁将冷眼惜孤芳。知君更比黄花

淡,相对何辞共举觞。

春日游皋园

杜鹃声里叩荆扉,万紫千红伴落晖。唼水游鱼能自乐,依人媚蝶总忘机。花间坐久阴成幄,户下归来香满衣。如此良宵如此景,惜无好句斗芳菲。

入都叩别家大人

最是伤心处,牵衣欲别时。亲年虽未老,兄病已成痴。寒暖宜珍重,晨昏善护持。云山千里隔,何日是归期。

忆西湖

肠断江南二月天,波光如镜草如烟。而今迢递三千里,梦里犹闻唤渡船。

最好湖山第一楼,宜晴宜雨水悠悠。渔歌声里归鸦急,卧看雷峰夕照留。

早春天气踏青时,折尽花枝与柳枝。总为风流苏小小,西泠桥畔每归迟。

芳草如茵衬夕阳,东风无力柳丝长。年年天竺归来路,拜罢空王拜岳王。

戊寅岁静壹主人计偕入都过吴下同游拙政园今年春暮重游感赋二律寄之

客路三千里,名园两度游。忆曾同倚槛,惜未共登楼。别意

怜芳草，归期说暮秋。相思不相见，黯黯独成愁。

渐觉韶光暮，凭栏转惘然。落花红润雨，垂柳绿拖烟。人为伤春瘦，情因惜别牵。云帆应可到，翘首望幽燕。

俞楼落成两大人同来湖上赋此谨志

高楼筑向圣湖边，一笑先登五百年。翰墨自能传后世，风流应不让前贤。偶来小住原非隐，修得闲身便是仙。指点跨虹桥畔路，波光如镜柳如烟。俞楼之筑，家大人有“且待五百年后”之说，故次句云然。

使女福儿从小随余颇慧于其嫁也口占绝句四首送之

五载萍居帝里时，艰难况味尔偏知。而今相赠无多物，一纸红笺遣嫁诗。

添香煮茗伴黄昏，问字妆台笑语温。此日临歧何限意，纵无别泪也消魂。

咫尺相离是比邻，良辰犹喜正逢春。将军莫惜笄珈贵，莲出淤泥不染尘。

髫龄嬉戏两相怜，伴我于归十二年。愿汝无违勤夙夜，螽斯他日庆绵绵。

——《慧福楼幸草》，清光绪九年(1883)排印本

张宝云五首

张宝云(1849—1908),字缦如,广东香山人。父张兆鼎。年十八订婚,未嫁而夫亡。仍独居四十年,抚养嗣子。以诗文自遣。六十岁得心疾,赴井而死。有《梅雪轩集》四卷。

遣怀

静掩柴门避俗尘,茫茫浮世寄闲身。但添诗稿还称富,况有图书未算贫。草径行来惊蝶梦,纸窗开处与花邻。眼前景物皆堪赏,底用悲歌负好春。

羊城竹枝词

歌舞冈前草自青,昌华苑里暗流萤。女儿不解兴亡事,只傍花田采素馨。

仙湖街畔晚凉多,盲女弹词月下过。相见不须遮半面,珠喉低唱木鱼歌。

湘帘高卷坐珠娘,扇底风摇茉莉香。爱好心情翻自讳,盘云新作懒梳妆。

感时事偶作

米价如珠苦旱时，频闻割地益蛮夷。赞皇别有筹边略，议战应愁力不支。李赞皇有筹边楼，借用以刺当轴者。

——《梅雪轩全集》，清光绪三十四年（1908）排印本

汪韵梅十八首

汪韵梅(？—1899),字雪芬,钱塘(今属浙江杭州)人。夫常熟言家驹。有二子,长子言有章,次子言敦源,皆有成。善吟咏,诗作“不特言性情,且以纪时事”。有《梅花馆诗集》一卷,《诗余》一卷。

送大兄之河间

他乡频作客,漂泊任奔驰。亲老愁兼病,家贫寒与饥。衣留慈母线,泪洒阿干辞。记取门闾望,青春正有为。

夜雨寄外

谁怜与子滞他乡,顾复无人苦备尝。今夜归舟泊何处,愁风愁水意彷徨。

吊毘陵丁女静兰

全家白骨葬清池,冷落名园蔓草滋。苦雨酸风伤独活,黄泉碧落寄相思。可堪孤雁惊魂际,正是慈乌痼疾时。暗割雪肤香和药,堂前温凊强支持。

绝命词成志已成,坚贞纯孝两分明。春灯遥夜思乡泪,冷月空梁殉母情。节著千秋名不死,恩旌九陛事何荣。寒檠读罢伤心句,清气如兰一缕生。

桂花

霏霏金粟彩斑斓,宛似高空信手攀。禅在个中参象外,香从天半散人间。斧分月底曾修树,梦杳淮南旧隐山。我为延年思采实,要从鸿案驻童颜。

七夕

秋期牛女银河渡,玉宇无尘散云雾。乌鹊桥成诉别情,年年此夕常相遇。画屏银烛夜正中,喜无津汉阻西东。离多会少寻常事,天下人间一样同。

寄浣云

朔风烈烈草木凋,横云漠漠霜天高。离群索居叹岑寂,余怀渺渺心怊怊。怊怊怀旧情何限,举头日近长安远。人生聚散太无凭,相离转恨相逢晚。离悰别思转柔肠,至契何堪参与商。论交早结金兰谊,略分真同姊妹行。神仙风格金张族,果然秀慧天钟独。香凝燕寝舞斑衣,春花秋月幽情足。平干暇日许追随,煮茗谈诗日每移。七弦古调常横绮,十幅蛮笺写折枝。簪花妙格舒毫素,琳琅都是惊人句。酬唱争抽乙乙思,愧侬学勉邯郸步。小西湖畔好亭台,十里芙蕖一色开。荡个轻舠莲叶畔,几枝采作碧筒杯。春游长记多幽胜,鼠姑花里饶吟兴。芳晴欢聚一年年,骊歌

声起魂消凝。河梁分手惜依依，滏水聪山事事非。几首新诗千叠恨，轻魂如缕逐君飞。一从兰棹京华去，笔床抛弃无情绪。灵禽镇日噪庭除，书来慰我相思苦。抚今追昔泪潸然，双袖盈盈渍不干。有限秋风催客别，无情明月向人圆。羡君姊妹春明聚，板舆欢奉自容与。深闺郑重好加餐，相逢再剪西窗炬。

杨花

宛如燕影舞参差，不独因风入砚池。好向五云深处住，飞飞已过最高枝。

送徐芝芬随任阜平

一番相见一番亲，听到骊歌别恨新。仙侣刘樊原不愧，高风管鲍迥无伦。交从淡处交弥永，情到深时情更真。他日莼鲈能遂愿，买山阳羡结芳邻。

赋得杏花红影啼归啼得归字

花影园红杏，啼声听姊归。二分开绚烂，一样惜芳菲。老眼看难遍，圆吭妙入微。新韶添旖旎，故国尚依稀。十里春如许，三更月又非。醉人饶艳艳，望帝总依依。雨细胭脂抹，风疏羽翼挥。声声思蜀否，好向上林飞。

雪夜

月色凉于水，偏宜雪映阶。屏围银似泻，镜满玉如揩。佳景

尘襟涤，良宵翠袖偕。官贫清兴在，沽酒拔金钗。

秋宵

云敛长空夜气清，月钩高挂露无声。沿阶蟋蟀鸣秋早，曲院流萤扑扇明。鹤羽簪宜云鬓亸，凤苞甲染玉葱轻。今宵雅兴真非浅，脉脉银河一水盈。

中秋寄两儿

秋色平分际，团圞分外明。衙斋赏佳节，京国黯离情。志有双攀桂，家无一亩耕。男儿须自立，小别望成名。

题鸡泽武烈女事略

武娃金凤秉幽贞，不负焦郎旧日盟。三尺罗巾一腔血，此心日月比光明。

别大媳

忆汝来归日，匆匆十六年。承欢依左右，婉顺解周旋。久遂含饴乐，群推举案贤。仲春南去也，祖饯自潸然。长途怜尔弱，老鬓惜余凋。儿女须勤教，蘋蘩好自调。迢迢绵蔓水，渺渺洛阳桥。望远添离绪，魂真黯黯销。

别夜二首

昨日天津有报书，鲤鱼风起病相如。非关怜婿偏忘母，急棹归来类绝裾。

临歧难禁泪如丝，不易相逢易别离。君是事亲依作妇，此中甘苦有谁知。

寄大儿

又看中秋月，良宵别思纷。苕溪嗟远嫁，梁苑阻归群。薄宦猪肝累，长邮马足分。军咨真祭酒，退食更论文。

——《梅花馆诗集》，清光绪三十四年（1908）排印《言氏家集》本

郑蕙七首

郑蕙(1850—1872),字雪兰,浙江永嘉人。夫殷执中,字心斋,福建候补同知。有《素心阁诗草》二卷。

踏青三首选一

软红嫩绿满天街,拾翠翻遗七宝钗。小婢也知春色好,垂帘新绣踏青鞋。

送主人旋里有怀

同是天涯客,君归妾未归。高堂疏奉养,异地重睽违。旅梦随钟断,乡心逐雁飞。思亲兼别恨,洒泪在罗衣。

女士

吾乡有女士,年少而学优。脉脉杳无语,盈盈泪承眸。慧钟福乃薄,憔悴为君忧。一别家山远,双亲定白头。夜阑闲独立,庭树倏经秋。

枯松

劲节坚心纵不凋,苍颜无复旧风标。龙鳞自昔蟠深涧,鹤影何年下碧霄。封号尚存秦代古,抚摩应惜晋人遥。参天黛色今何在,留与空山伴寂寥。

回乡偶书

十载离乡今始归,江山无恙故人稀。乍逢骨肉翻疑梦,极目园亭已半非。访旧还同辽海鹤,娱亲幸有老莱衣。荒芜犹得存三径,多少朱门吊落晖。

壬申夏余寓福鼎病甚寄主人闽中六首选二

憔悴今如此,思君恨不禁。含娇犹画黛,扶病强携琴。庾岭书难寄,稠桑梦暗寻。只愁重听雨,凄绝夜窗心。

一枕黄粱梦觉时,襟怀非复世人知。炉中自有长生药,不羡仙翁采紫芝。

——《素心阁诗草》,清光绪九年(1883)刻本

陈钲十首

陈钲(1850—1872),字静漪,钱塘(今属浙江杭州)人。陈坤女,适广东王氏。集由其弟陈铨辑录。诗多讽喻时俗之作,颇具见识。有《寒碧轩诗存》。

梳头妈讽耽惰也

梳头妈,何自起,此风闻自豪家始。豪家有女娇痴性,日高懒对菱花镜。有人手艺独擅长,梳成宝髻夸明靓。吁嗟乎!娇女由来掌上珍,偶因娇惰倩他人。积习不觉成来惯,从此将资觅近身粤俗呼梳头妈为"近身"。近身会得人心意,晨妆不劳抬玉臂。灵蛇日日斗时新,近身一去妆谁治。我闻自昔王后尚躬桑,论陈劳逸有敬姜。何如今人转多福,笑倩旁人为整妆。

夜听诸弟读书作

年华群季富,致用须通经。肯蹈纨绔习,荒嬉误妙龄。不学游侠儿,臂鹰游郊坰。共守芸窗下,功修无间停。晷长苦未足,夜影亲灯檠。虫吟和四壁,明月一窗横。时方事咕毕,我从只耳倾。书味醰醰永,书声朗朗清。未知群季辈,念虑果何营。苟志身心学,惟期明德明。耻效章句儒,得粗而遗精。伦常有真性,爱敬扩

事亲。移孝可作忠,后世称良臣。由义并居仁,非礼勤检身。穷达随所遇,方不愧完人。治体既通达,敷布见经纶。风云相际会,致君兼泽民。天地庆交泰,王业足敷陈。勠力佐熙朝,风俗期还淳。时会值多艰,利济纡筹频。山林志高尚,笑彼迂儒伦。怀才倘未遇,抱璞守其真。苟随世俗见,所志在科名。华膴歆人爵,外重内必轻。才艺虽云美,浮夸讥前程。既无宏器识,何以惬公评。古来盛名下,物议岂无因。子云擅雄文,剧秦而美新。张华号博物,干济亦未伸。乡举与里选,上世称得人。世运因之盛,儒为席上珍。后世崇科目,实学始湮沦。根柢积未厚,遽怀用世情。利禄经弋获,肉食惭簪缨。朝廷重简任,何术致升平。国步值艰难,末由副国祯。群季今力学,愿为三代英。我怀深慰藉,片语聊输诚。国运判盛衰,由来在经生。经生何以异,名实一念争。

赤壁怀古

东风吹过大江澄,得失无凭却有凭。汉鼎三分从此定,苏髯两赋至今称。山余战血消难尽,波入秋心静不兴。东望武昌西夏口,万家渔火照愁灯。

青冢

万古伤心处,一抔表汉遗。春风吹碧血,化作草离离。

乌江

东归何面目,江上惜逡巡。百战英雄尽,头颅赠故人。

羊城竹枝词

一声檀板感知音,多露行来漏欲沉。为惜花容怜玉德,纵然盲目莫盲心。

风送余香绿水蕖,钓鱼台近爱吾庐。一竿休负经纶手,不钓金鳌只钓鱼。

舟行

浪花如雪乱翻江,两岸飞峦送急泷。要识好山真面目,时时移坐近篷窗。

机心鸥鹭未全忘,日日滩头集复翔。不及渔翁潇洒惯,一竿稳占水云乡。

山下泉

一水喧阗涧壑旁,在山何静出山狂。滔滔不解东流意,终日奔波底事忙。

——《寒碧轩诗存》,同治十三年(1874)刻《如不及斋丛书》本

朱韫珍二首

朱韫珍，字琬卿，直隶大兴（今属北京）人。父朱秉璋，母刘之莱。兄朱霱瀛，同治元年举人。及笄适刑部主事冯怡棠，二年后遽卒。有《浣青吟稿》一卷，附其母《启秀轩诗钞》后。

望月

昨宵一雨见精神，金粟飘香影更新。身似白瑶宫里住，不知何处有红尘。

侄女毓蓉年甫四龄能日识十数字昨泥予书扇喜其聪慧畀之以诗兼为兄嫂贺

娇小情怀粲丽神，爱传绨素更超伦。漫嗟桐茁龙枝晚，今年二月兄复举次女毓蕙，以堂上盼孙，方深悒悒。瑜珥娟娟解慰人。

——《浣青吟稿》，清光绪二十四年（1898）刻《启秀轩诗钞》附录本

严昙云二首

严昙云，江苏常熟人，生活在同治、光绪年间。嫁胡氏，早寡。曾住西湖数年，后在常熟拂水岩居住，持斋礼佛。曾自营生圹，植梅数百株，乡人称为“梅花坟”。年七十余卒。其诗多抒写寂寞生活及其对禅机的参悟，富于方外气息。有《拂水草堂诗钞》和《霜闺写恨集》。

山居杂咏十六首选一

莺声啼破绿杨烟，花下茅亭夕照边。世外逍遥谁似我，白云深处住壶天。

和韵兰弟到山戏作六首选一

回头白日去堂堂，无奈红尘底许忙。犹忆少时同学塾，临池争写十三行。

——《拂水草堂诗钞》，民国八年(1919)钞本

徐绍熙九首

徐绍熙,福建福州人,居所为“寒碧楼”。丈夫为梅杏农,徐曾随丈夫治军于台湾。子宗泽在杭州做官,徐又随儿子在杭州居住两年。著有《西湖诗集》一卷,即《寒碧楼余诗》。

赠吴芝英夫人

绰约天资镜里看,清华蕴丽韵珊珊。唾余珠颗须珍惜,君是前身吴彩鸾。

定知明月是前身,一卷楞严结净因。十幅簪花频细读,绛帷未拜卫夫人。

谒岳武穆庙

祠宇巍巍日月光,千秋碧血尚辉煌。仙乡两度飘篷过,才拜褒忠武穆王。

登巢居阁谒林和靖先生遗像三首选二

种得千秋天下春,梅妻鹤子不知贫。孤山老去林和靖,清福谁能继昔人。

不染俗尘不问禅，飘然世外胜忠贤。人生都是邯郸梦，谁似先生觉后仙。

——《寒碧楼余诗》，清宣统三年(1911)排印本

缄札寄外

一灯相对坐更残，照得深闺瘦影单。千里征途归雁少，百端家事告人难。未曾蘸墨心先醉，几度临书泪暗弹。无限情怀封去柬，鸡声三唱不胜寒。

论诗

终日不苦吟，三百迷元音。偶然写忧患，知广费追寻。可将蠡测海，思欲穷渊深。旨趣求温厚，雕鉴怡素心。无才便是德，达者意不然。颂椒与咏絮，其性岂乖偏。关雎三百篇，一半皆妇女。圣人何不删，芬芳传韵语。葫芦依旧非，神采先为最。生性不深纯，安得发天籁。

题女侄俶玉小影

窄袖长裙态更妍，常来与我并吟肩。聪明未受名师业，已读周南十一篇。

咏西施

越溪水涨鸳鸯浴，浣纱少女颜如玉。豆蔻年华月正圆，娇涉苎萝春水绿。芳妍丽质天然美，绿匀双鬓明妆理。秋江不啻艳芙

蓉,妒煞东风闲桃李。忽来诏使范大夫,越王宣召何敢拒。柔肠百结泪阑干,可怜侬是良家女。教人枉妒一枝花,回首茫茫家不见。此去定教风雨摧,落溷坠茵飞片片。一寸愁心放不松,东邻有女休惊羡。傍人且莫慕荣华,侬愿江头守贫贱。上赐云裳月佩新,朝夕征歌教舞频。越王奇计叹如此,不遣将军仗美人。美人飘飘进吴国,吴宫佳丽减颜色。一盼眉颦城可倾,朝朝歌舞吴王侧。檀槽先调六幺头,樱桃才破半含愁。深夜娇声忽唱起,娇声声出凤凰楼。贮娇筑就响屧廊,闲游玉辇住殿傍。怕见失恩多旧院,临风无语对斜阳。遥睇胥江荡绿波,宴罢花砖移日永。细想当时同伴人,深宫不及越溪景。君王宠妾妾胆寒,承恩深重报恩难。六宫都羡欢娱好,侬将珠泪背面弹。一片苦心谁得见,闻报江边已传箭。咚咚战鼓入重城,烽火连天如闪电。纷纷士卒尽虫沙,吴王仓卒走下殿。此时娵娃可怜生,零歌断舞抛满院。一旦霸业付苍凉,吴国已衰越国盛。莫怨红颜误国家,越王报仇亦天命。此际若逢巫相在,空教美女饵吴王。麋鹿辇道无着落,剩有宫花独自芳。晚风吹起一天秋,五湖烟景何处留。捧心自道此心苦,孤负深恩似水流。越军奏凯发歌讴,儿女英雄一例休。吴越春秋人尽阅,如此风情今古愁。

——《寒碧楼诗集》,清宣统三年(1911)排印本

杜若香二首

杜若香，字漱芳，浙江嘉兴人。与吴县女史许令芬、祥符周星誉等，擅长诗词创作，兼工绘画。

和诗[①]

衣褪深闺半臂寒，尘迷凤髻亦何堪。五更促起登车客，夜色微茫斗指南。

罗衫冷侵月当头，生小痴憨不解愁。异日重逢诸姊妹，细将情绪说皇州。

——赵青撰《嘉兴历代才女诗文征略》，
浙江大学出版社2014年版

① 注：和许麐《题山东李家店壁》。

陆惠二首

陆惠,字璞卿,江苏吴江人。幼即明慧,并长诗画。同邑诸生张澹室。著有《归荑集》。

题萧山股堰祠碑记后

事到艰危敢惜身,拌将微命殉良人。精诚竟使支祁格,驱鳄奇文格更新。

民命常投不测渊,最难闺阁力回天。千秋庙貌穹碑耸,功烈重书至正年。

——钱仲联主编《清诗纪事·列女卷》,
江苏古籍出版社1989年版

裘凌仙六首

裘凌仙(1851—1906),字筱芸,闺阁名为明秋馆,广陵(今属江苏扬州)人。父亲为裘云栋,曾任杭州通判。丈夫为秦国均,曾任永嘉知县,政声颇佳。裘凌仙自幼随父亲读书,聪颖明慧,很早就博通经史,擅长诗词古文。樊增祥称其“诗格清绮,情味婉笃”,“词则尤胜”。裘凌仙去世后,子女为其刊行《明秋馆集》。

秋感

风从天上来,摇曳庭前柳。翘首望长空,飞星过牛斗。月光清皎洁,虫声鸣户牖。抚时百感生,浇愁惟有酒。杜康不解愁,起立巡檐走。郁抑莫可伸,携将剑在手。舞剑月明中,寒光生左右。掷剑复兴歌,对月徘徊久。想我胸中恨,古人应亦有。

富春莫氏女击贼歌庚寅冬时冯公为富阳令

富春莫氏女,生小学艺全。自幼娴闺训,失恃已数年。三兄赋行旅,老父守田园。女事父惟谨,寒暖时周旋。一夕女夜织,忽闻挝门喧。轰然破扉入,群贼肆口言。速将资财出,老幼免残捐。父闻声欲起,女劝且安眠。从容取兵器,独立危楼边。一击毙一贼,再击再毙焉。鸣金传邻里,余贼应手颠。缚之以绳索,献之公堂前。邑

宰亦起敬，奇女世所鲜。褒之以金帛，不受辞更坚。愿言除强暴，岂因重赏悬。非惟智勇足，孝慧而英贤。红线之流亚，谁为付简编。

侠妓教忠

殿中歌管犹呜咽，君行国破天崩裂。满朝权贵已星奔，龙友迟迟心未决。侠妓谁知久代筹，从容为语且登楼。偷生畏死非豪杰，请君此处尽臣节。君死何堪妾独生，匕首一挥花溅血。

咏史五首选一

战国群雄多烈士，千古义气重田横。恢复齐城七十二，秦吞而后能力争。一朝忽被韩侯下，海滨遁去非求生。五百之人同时死，欲图再举知无成。

读书谣

芸窗日日学之吾，伏案躬身自勤苦。我生自愧不须眉，因而牖下仍伏处。瀛洲翔步让诸子，阿侬痴心从此止。谁见山川毓灵秀，不钟男儿钟女子。斯言侬亦不敢言，班左如闻笑欲颠。输他机上回文锦，逊彼庭前咏絮篇。读书二字敢自诩，最难参者古人语。虚名滥得是读书，未明圣人养气之功夫，未得昔贤沉默之规模，自谓读书其可乎。

听改亭读诗

万籁无声夜静时，听儿同读古人诗。抑扬疑似泉流浦，清澈

浑如月照池。能解昔贤言外意，不辞多病母为师。停针且剪青灯坐，书味津津渐有知。

——《明秋馆诗集》，民国三年(1914)排印本

裘凌云一首

裘凌云,生卒年不详,字筱仙,广陵(今属江苏扬州)人。与裘凌仙为姊妹。

秋山走马歌

枫叶芦花满径集,秋朝走马山头立。千章古木接云天,万壑涛声风卷急。微风激水浪悠悠,溪水滔滔不断流。参差红树迷鞭影,远近青山迎马头。青山叠叠水重重,遥看几簇青芙蓉。山云缥缈楼台起,隐约如闻远寺钟。

——《香艳杂志》(1915)第六期

严玫君二首

严玫君（1851—1908），浙江桐乡人。能书画，善弹琴。有《澹香吟馆诗草》。

挽孝哲皇后

升遐帝驾六龙行，遂迫星轩返玉京。独抱湘君捐玦恨，谁明姜后脱簪情。承华未建元良位，长信难居颐养名。但祝女中尧舜寿，垂帘仍复御升平。

惠陵抔土已干无？莫问忠贞晋大夫。神器只应兄及弟，徽音那得妇承姑。鸾声缥缈思黄竹，凤采销沉泣白榆。翘首怆呼天下母，千秋明月一轮孤。

——钱仲联主编《清诗纪事·列女卷》，
江苏古籍出版社1989年版

姚其慎八首

姚其慎（1851—1926），字忆仙，江苏南汇（今属上海）人，出身于书香门第，名医姚炜楷幼女。从其姐姚其庆学诗。夫李邦黻，博通经史。有《六宜楼诗稿》。

春日偶成

饧箫声里近清明，柳媚花娇雨乍晴。春昼渐长针线懒，倚阑小立看风筝。

九日偶成

光阴转瞬又重阳，抚景徘徊一举觞。消瘦黄花迟破萼，鲜妍红叶乍经霜。雁横极浦催秋信，人倚高楼望远方。惆怅题糕空有约三姊有恙不归，囊萸此际正思乡。

春章

春风吹绿雨新晴，遥望蘼芜夹道横。陌上裙腰怜旧迹，阶前书带喜初生。萋萋翠接江南路，隐隐青迷塞北程。仲蔚蓬蒿原不剪，任他一岁一枯荣。

和吉仙姊咏秋海棠

幻出秋容绝世姿，桂花香里乍开时。剧怜小朵娇还弱，独对西风艳不支。

冷抱秋心薄世妆，天教点缀好时光。幽姿静女差堪比，底事芳名唤断肠。

寄外子

幸得乘龙婿作师，那堪睽隔恨难支。一番梅雨添离绪，几度鱼函慰旅思。绮阁连宵常惜别，江城何日共论诗。绣余独坐无聊甚，欲遣愁怀读史词。

题陈女史遗稿

爱卿高志似寒梅，压倒群芳独占魁。可惜红闺才绝代，知昔未遇返蓬莱。

衍波笺纸浣花词，妙手拈来尽色丝。一觉南柯成谶语，怜才感慨我情痴。

——《六宜楼诗稿》，民国间排印

《上海李氏易园三代清芬集》本

胡慧珠二首

胡慧珠，安徽绩溪人，生活于咸丰、同治、光绪年间。

簪菊

秋光亲摘向东篱，冉冉幽香压鬓攲。早起妆成临镜看，一枝斜插可相宜。

咏雪

远山漠漠暮烟昏，风雪阑珊正掩门。我对寒灯思弱弟，拥衾今夜不曾温。

——傅瑛主编《明清安徽妇女文学著述辑考》，黄山书社2010年版

罗仪芬六首

罗仪芬，字泽卿，别号瑟青，晚年自署松隐老人，安徽宿松人，生活于咸丰、同治、光绪年间，著有《松隐庐遗集》，现存诗近十首。

自鄂渚赴湘南留别四首

作者青年恤纬，时自胞兄忠祐观察邸次之夫兄庄大夫湘南节署，感赋是诗。

不为风涛怯远游，抚今感旧泪先流。啼猿江上曾三度，回雁峰前又几秋。各在异乡休折柳，独当春暮敢登楼。鹧鸪唤止鹃催去，莫道行人易白头。

飞花夹道动征尘，却忆当年别老亲。拭目天涯尚回首，牵衣庭下敢沾巾。加餐只为平安字，多病常因远去身。今日飘然又千里，倚闾无复盼归人。

楚云湘月几回环，人老盈盈一水间。往迹竟教随去浪，倦游依旧出雄关。临歧垂剩曾攀柳，夹岸青余卜隐山。八载凄凉无限意，却因鸳棹强开颜。

衔杯休问意何如，薄海因人总索居。同气独怜千里雁，交情各重十年书。山头望帝添新竹，泽畔怀骚有旧闾。西去好风凭记取，莫教长忆武昌鱼。

安陆府长兄留别二首

半年吟眺此栖迟,忽听鸣驺唱折枝。渐老秋犹骄暮景,再来人恐异今时。烟霏月落将离意,月转庭间去后思。指点寒梅三百树,花开好句属伊谁。

随节劳劳伴楚疆,此间城郭几维航。龚黄颂起无苛政,清白家传有瓣香。排闼秋山怜去住,绕堤官柳感星霜。凭临好纵须臾目,检点烟霞饱绣囊。

——傅瑛主编《明清安徽妇女文学著述辑考》,

黄山书社2010年版

石云英四首

石云英,字芝秀。安徽宿松人。生活于咸丰、同治年间。著有《妙香阁遗草》一卷,现存诗近十首。

咏古

谢道韫

乌衣门第旧知名,兄妹才华咏絮清。休把无聊怨夫婿,因缘奇处不分明。

木兰

代父胡沙竟立功,美人仗剑作英雄。倘令得配封侯婿,麟阁须眉粉黛红。

赠别瑟青姊之益阳

西风吹老碧梧枝,难遣离亭惜别时。千里关河辞故国,一船书画到天涯。姑山明月添君伴,湘水浮云荡我思。此去衡阳秋尚早,尺书休待雁来迟。

题画夹竹桃

果然妙笔胜寻常,绿意红情各自芳。料上武陵仙有节,美人名士两相当。

——傅瑛主编《明清安徽妇女文学著述辑考》,

黄山书社2010年版

郑芬 十三首

郑芬，字雅蕙，安徽歙县人。生活于咸丰、同治年间。著有《凝翠阁诗钞》，现存诗数十首。

春晓

银箭催残玉漏沉，东方微曙动栖禽。柳梢露湿月初堕，帘外晓寒如雨侵。

送别小兰兄之瑞昌

离绪依依送阿兄，骊歌未唱泪先盈。劝君且饮杯中酒，明日扁舟何处行。

重阳咏菊

九月黄花才吐萼，深闺赢得卷帘看。冰肌映月影皆瘦，艳质临风香亦寒。不负秋光宜酒盏，恰逢佳节佐糕盘。愿教霜露迟迟下，留向东篱尽兴欢。

孟春送别小兰三兄

花绽胭脂柳绽金,年华锦样惜分襟。数声风笛离愁重,千里云山别思深。侍膳目纾慈母恋,加衣须体念儿心。衙斋眠食祈珍摄,休作他乡游子吟。

望佩琼女史书不至

窗外幽兰次第开,香传疑是故人回。雕栏倚遍无消息,卜尽金钱雁不来。

戏拟春闺即事

斗草亭前笑语哗,踏青鞋窄印平沙。娇痴婢子无灵性,折得桃花认杏花。

清明时节雨余天,花酿胭脂柳荡烟。偶效藏钩沽绿酒,等闲抛却买书钱。

题徐花蕴女史散花仙馆诗草

晕碧裁红格调殊,才华清绝似君无。饶他紫诰金章贵,不敌毫端万斛珠。

落红千顷满三山,检点凭谁合早还。小谪不因些子事,为偿诗债到人间。

孟冬偕七姊夜话

飒飒寒风吹铁马，潇潇滞雨又黄昏。小窗重诉年来事，灯影含愁淡有痕。

题外

壮怀舒有日，惆怅欲何之。妾夲荆钗妇，君非纨绔儿。既荣焉足喜，遇辱不须悲。得失寻常事，达人应自知。

奉题树斋夫子大人仙崖采药图绣照

频年采药白云深，医国医民寓苦心。一代儒宗仙品格，五丝绣出藉神针。

奇游踪迹倩人摹，艳说先生五十图。若使遍教纤手绣，定应丝价贵三吴。

——傅瑛主编《明清安徽妇女文学著述辑考》，
黄山书社2010年版

周桂清四首

周桂清,字稚娴,安徽歙县人,咸丰、同治、光绪年间在世。

与姚氏三妹谈吴门名胜口号纪游七首选四

虎丘

绿水桥西泊画船,垂杨倒影入沦涟。人人都上生公石,几辈曾参不语禅。

枫桥

清钟夜半寒山寺,不到枫桥估客船。安得檀施金布地,精蓝重睹大康年。

横塘

灵岩山色香溪水,日日横塘渡口迎。若向震湖重把棹,莫厘峰下一帆轻。

荷花荡

维舟昧爽等花开,花气因风四面来。谁谓无声方入画,亲闻甲坼隐春雷。

——徐世昌编,闻石点校《晚晴簃诗汇》
卷一百九十一,中华书局 1990 年版

孙镇十三首

孙镇(1852—1877),字慧贞,河北玉田人。祖父孙晋墀为进士,官翰林院侍读,父孙光燮任湖南攸县知县,外祖父董恂亦为进士,官尚书,夫范履福。孙镇幼读《论语》《孝经》《诗经》《列女传》等,“偶学为诗,涉笔成趣”,尤其工画。嫁后二年,因女夭折成疾卒。有《清风楼诗存》。

洞庭秋月

平湖浩渺波微茫,荡壁粘天秋气凉。蟾蜍涌出湖天白,螺峰倒影悬青苍。银潭夜静蛟龙伏,琉璃万顷寒光激。西风吹到岳阳楼,一声遥度仙人笛。

渔村夕照

日色欲尽天苍茫,余霞散绮浮潇湘。沿矶湿网挂疏柳,茅檐竹屋斜晖长。族聚洲居一江水,钟声未动炊烟起。老翁得鱼沽酒归,高眠薄醉芦花里。

山寺晴岚

残雨滴檐夜气清，朝来放出红霞明。山城林树失远近，深烟琐翠浮纵横。云藏大刹秋光足，凭看岚气浮空绿。尘埃洗净黛螺娇，绝类美人新出浴。

江山暮雪

朔风吹老彤云结，平沙坝岸行人绝。独有江干垂钓翁，满身香带梅花雪。黄昏剪水散平林，乾坤一望白沉沉。洞庭化作水银海，欲上君山何处寻。

木兰

军帖传呼大点兵，女儿万里代爷征。归来君父齐歌凯，不啻将军竹帛名。

红拂

世乱英雄起草莱，安危谁识济时才。英雄儿女千秋合，怪底虬髯卷入来。

闻雁有怀

风寒霜冷暮烟深，天末征鸿远送音。蓼岸落随孤月影，芦洲空恋晚云阴。千家砧杵声初急，万里关河信易沉。不见湘江消息

到，几回搔首对高岑。

残雪

灞岸风寒夕照斜，蹇驴归去踏平沙。全消屋角银盘絮，微剩峰尖玉树花。竹径才能通客屐，柴扉犹自掩渔家。窗前莫遣雏鬟扫，留待清宵映碧纱。

雨后对月

黄昏疏雨过，池水鱼鳞漾。风吹菡萏香，有客轻舟放。天边新月钩，远挂林梢上。山色杳空濛，尘宇倏幽旷。坐久夜已深，瀹茗发清唱。欲知诗思生，袅袅炉烟飏。

晚眺

野寺晚云深，荒郊夕照沉。归鸦翻古树，征雁度高岑。风静澄清磬，霜寒急暮砧。凭栏凭眺久，明月上疏林。

夫子秋闱报罢赋诗慰之丙子科

三年辛苦踏街槐，竟屈刘蕡下第回。但使爨琴弹绝调，断无神剑委尘埃。天边鹰隼盘寒日，江底鱼龙奋晚雷。君是上清香案吏，终看联步到蓬莱。

月夜怀弟

一庭花影上栏干,明月团圞未忍看。遥忆同怀千里客,思亲应共泪难干。

病革自悼二首选一

三载追随唱和频,幽明将判即埃尘。定知异日光泉壤,惟愿来生侍栉巾。短命自怜吾命薄,断情有负子情真。昙花悟彻前身幻,虚度人间廿六春。

——《清风楼诗存》,清光绪十七年(1891)芙蓉山馆活字印本

阚寿坤五首

阚寿坤(1852—1878),字德娴,安徽合肥人。奉贤知县阚凤楼女。同治十年(1871)随父寓居上海。方承霖妻。与其嫂周桂清俱有诗词。兼擅诗、画。有《红韵阁遗稿》。

咏白牡丹

美人不泼胭脂冷,素面朝天惊丽影。金闺如此亦倾城,洗尽铅华殿春永。低压阑干扶绿叶,木香退侍梨云怯。宝珠聊赐白山茶,不敢清尘望国色。瑶台月下会非难,小字由来号玉环。莫怪汉宫妆莫似,素娥端合玉堂看。帘幕千红并万紫,小家富贵骄难比。台阁尊崇见本真,白莲花外推君子。

看花至五人墓感赋

山塘十里春风起,五人墓下今花市。寻春不忍觅嫣红,且读残碑当青史。忆昔貂珰权泼天,同文狱起山斗堙。口含天宪笔雷动,贯索秽嗡清流填。银铛铁锁来南国,金阊市上人无色。奏章昨日入都门,已报文星落精魄。豪奴欢笑醉行辕,国士相将系徽纆。但惜开府心昧丹,那怜群小天排黑。此时长哭走都人,此际香烟彻九阍。大吏不知天子命,小民惟诧逆奴尊。忽闻鞋掷呼声

疾，五人一喝万人慄。万人心托五人豪，一死名留万载泣。九重诏下尸骈道，五人挺出仍含笑。官阁当时激义衷，墓门今日维名教。春草芊芊石护苔，染经碧血扫难开。若教化作花千树，五色分留烈士栽。君不见赫赫高牙斩僵隶，丰碑卓立撑天地！

虎丘

剑池风冷石陂陀，断塔荒凉一再过。闻道开元全盛日，夕阳箫鼓画桡多。

落花

荏苒风光托溷茵，神仙原许堕凡尘。繁华自古成空相，岁月何尝误美人。水面成文非故态，香心留印莫伤春。蹊边多为无言惜，那解东皇有定因。

倦绣

倦绣聊凭眺，开帘启竹关。行人何日至，老婢笑身闲。秋水澈凉雾，夕阳见远山。欲将添画稿，摹取势湾环。

——《红韵阁遗稿》，光绪五年(1879)苏州刻本

刘鑑四十二首

刘鑑(1852—1930),字惠叔,又字慧卿,湖南长沙人。曾祖父刘湘容进士出身,祖父刘权之官至嘉庆朝体仁阁大学士,父刘若硅历任湖北知府等职。夫曾纪官系曾国荃次子。刘鑑通经史,善诗文,工辞赋,习书画,享有才女的美誉。丈夫离世时,年仅三十岁,因其督导子女有方,曾国荃令她督课两房孙辈,著有《曾氏女训》。有《分绿窗诗钞》《分绿窗词钞》。

春草丁卯

旧岁烧痕取次苏,春归一度一荣枯。送君南浦情深浅,得句西堂梦有无。楚客离骚怨兰芷,故人织素感蘼芜。青青河畔凭谁管,留与东风作画图。

一抹斜阳晕软红,踏花归去望无穷。祢生洲畔愁如织,仲尉门前路未通。怀梦渺茫长乐殿,采香岑寂馆娃宫。年年三月春风里,销尽离魂滞客骢。

雪花

是否东皇运化工,琼雕玉镂自玲珑。香探梅讯春初酿,梦入梨云路未通。梁苑赋成鹇失素,谢庭吟罢絮因风。维摩天女禅心

彻,妙谛微参一笑中。

题西子浣纱图

滟滟清流洁素纱,柔荑玉映腕钏斜。姑苏一去风光改,长对横塘忆若耶。

一种轻颦浅笑姿,披图异代亦神驰。亡吴霸越男儿事,岂独讥评弱女儿。

古柏叹

阶前有古柏,艺植知何年。盘坳丽白日,槎卉参青天。暑可藉其荫,长夏忘朱炎。寒可炊其枝,煮酒联新编。一旦生意尽,婆娑谁为怜。从绳运斧斤,造就资庭班。平鳞复削甲,丁丁晨夕间。雏凤将何集,唳鹤增回旋。荣枯固常理,人意终难堪。作此伐柏叹,亦哀种树先。柏兮毋自伤,取材或无偏。幸则作梁栋,否亦为桁椽。尤胜樗栎资,大地空蔓延。

秋江曲

莲房老尽青青子,秋菱红透秋江渚。采菱采莲多丽女,一般姣好夸眉妩。菱角刺多莲实苦,盈盈一水娇无语。

九日偕诸侄登高寄次侄江右

杰阁峥嵘迥百寻,天空一览快登临。风迎暖日还留帽,序近新霜不断砧。故里茱萸佳节感,他乡鲈脍宦游心。何当旧酿黄封

酒，楚尾吴头各自斟。

天幕高寒气泬寥，山重水复寄情遥。客归衡宇知何日，柳折离亭忆昨朝。屈贾祠荒铃语断，朱张渡远浪花摇。神风不送西江棹，落月停云意兴销。

鸿来燕去几何时，又见霜柯改旧枝。八景风光劳想象，九疑灵迹费寻思。耕经只博题糕窘，送酒偏羁就菊期。千古豪吟杜工部，尽抛心血染愁丝。

闲中抚序兴悠悠，鹄渚迢遥感旧游。伏帐讲经神独往，娲天补石恨终留。孤衷莫诉瑶天月，尺素聊传玉宇秋。寄语阿咸好珍重，北堂有老盼归舟。

松涛

森森翠盖郁青葱，气挟奔雷到耳雄。鹤伴梳翎翻夜月，龙看舒甲战秋风。岩前瀑布惊飞绿，枝外斜阳欲洗红。应为木仙饶逸致，天箫一曲调同工。

乞巧歌寄陈玉如锦如

洗车雨过秋风凉，飞萤流影明虚廊。针楼四敞宵未半，有人抚序增徜徉。徜徉待验蜘蛛榼，皓盱难窥乌鹊梁。嗟同调兮远天末，北固南淮山水长。长途莫展晨风翮，筵上金梭怜独得。青鸟何曾降玉真，落月犹疑照颜色。去年室迩近芝兰，今年室远思华鬘。想象中庭设瓜果，也应翠袖凭栏杆。栏杆十二凭将遍，初三下九时相念。闻道闺中大小乔，已偕天上神仙眷。蜡婴浮水面清池，样学新蟾澹扫眉。香兰醉草有余墨，愿言旧契入新词。新词寄我湘江曲，浣薇定作百回读。从教秋雨隔巴山，慰情胜剪西窗烛。

潇湘八景

洞庭秋月

白露横江浪縠鲜,十分秋色澹遥天。鸦声欲诉谁家树,渔火微明隔浦船。衡岳青迴双雁落,君山秀耸一蟾圆。清风远渡湘灵瑟,帝子容妆尚俨然。

潇湘夜雨

湘水琤瑽别梦醒,凄凄夜雨带秋听。风声鼓浪连云黑,雾气涵山失黛青。润逼芳蘅怜峭冷,斑添泪竹惜伶俜。酒楼人语鼍更静,惟见残灯数点星。

平沙落雁

漠漠平沙接大荒,一年容易雁南翔。飞来恰带铜庭月,落处犹凝玉塞霜。锦字关心疑帛系,秋声到耳忆筹量。骚人目送增佳兴,一曲清弦遣夜长。

渔村夕照

茅舍参差枕曲堤,夕阳红透碧玻璃。芦帘挂壁晴飔静,荇网横竿暮霭低。晚唱穿云迟鹤渡,风帆舣月澹鸥栖。武陵事往仙源近,待逐桃花认旧溪。

烟寺晚钟

烟空日落树森森,一片鲸铿古寺阴。百八声中参至理,三千界外豁尘襟。寒惊佛塔霜初肃,响逐嫛砧月半沉。不是阇黎敲饭

后,纱笼多费感怀深。

山市晴岚

天外晴岚一碧遥,依稀列市迻山腰。因风欲飐沽春旆,助暖还听隔巷箫。画里楼台嗤蜃幻,峰阴榆荚拟蚨飘。霏烟霭雾无穷景,应费云林着意描。

远浦归帆

江波渺弥望无涯,隐隐湘篙划水丝。一线轻飏催欵乃,半篷斜日下崦嵫。青枫暮舣凭谁认,赤壁宵游有鹤知。经岁轻年离别载,者番不误候潮时。

江天暮雪

屑玉飞琼望眼赊,江天一色净无瑕。飘残蟹舍魂俱冷,洒到鸥村梦亦华。有客寻诗藜杖健,凭谁访戴片帆斜。菰芦佳苇都萧瑟,晚钓何人箬笠遮。

夏日喜雨

风声已在树,雨脚密复稀。浮云蔽白日,原野光未晞。跳珠始乱飐,泻玉旋奔驰。虬龙挂天末,金蛇辉地维。平畴接众汇,滟滟疑无涯。飞鸟各投林,栖鸡自寻埘。耕者荷蓑笠,耘者肩锄犁。望衡意怡悦,践水足趑趄,膏泽多丰年,击壤应可期。昔者欧阳子,名亭曾有辞。今怡应时得,或当免朝饥。吾亦贡数言,相与祝明时。

昭潭舟次

重重烟树护栖鸦,倒影桅樯一律斜。岸柳汀芦都入画,夕阳红透卖鱼家。

疏星微月夜溶溶,云水苍茫眼界空。隐隐钟声度清梵,塔灯遥闪一星红。

舟抵长沙归宁志喜

侍亲十九载,欢娱不自识。离亲五匝月,泪冰已层积。一旦复归宁,喜极继以泣。扶膝仰亲颜,亲颜益皱褶。起立瞻亲鬓,亲鬓半如雪。哀哀慈母心,鞠养空劳力。女长须遣嫁,缓急何所策。安及北宫婴,撤瑱供甘洁。终老奉亲庭,孝行千古列。嗟儿寸草心,春晖报何日。小别幸重聚,长此侍亲侧。人生免乖离,尤胜九鼎设。我母聆我言,一笑增愉悦。

昭君怨

皇皇大汉朝,庙庙多济楚。和戎绝域行,底事凭孱女。人知妾塚青,那识妾心苦。千古琵琶声,可怜作胡语。

读史

十年深悔读书迟,寸晷风檐一卷披。太史从来无曲笔,流芳遗臭在人为。

意有未尽再赋二绝

伯劳东去雁西飞，三晋云山望影微。乍暖还寒时候也，最难将息是添衣。

后夜灯前思若何，浮云落日感人多。分明犹睹车尘影，谁遣春山树绿柯。

九日登楼

独摘茱萸意黯然，迢迢客路渺云烟。遥空一片苍茫影，知是长安是日边。

出塞曲

汉家启边衅，军书下穹闾。马买东头市，旗辉北斗区。愿为冲霄雁，不作伏辕驹。兵符幸在握，努力吞强胡。

离家违骨肉，冲寒赋长征。玉关生可入，云阁绘何争。冻雪隔刁斗，萧风吹旆旌。枕戈不成寐，长听班马鸣。

按甲凶渠服，迢迢靖边尘。一斩郅支头，再入单于军。宣威迈颇牧，决胜超吴孙。男儿生世间，奚独让古人。

入塞曲

玄鬓未斑白，百战身仍完。朝搴大将旗，暮策紫骝骖。虏平弓矢戢，海奠鲸鲵潜。功丰绩复伟，行当勒燕然。

马革虽壮谈，不如返故都。典属非足荣，终胜老膻胡。德致

越裳雉,威征南海珠。归来谒明堂,咫尺天颜愉。

兵革本凶事,难期朝暮逢。败则兵之祸,胜则将之功。犁庭肃狼野,茅土膺崇封。回首沙中骨,尚为乌鸢丛。

阅新闻纸有感

瀚海重翻万顷波,恨无长剑定边戈。胸中藏甲今原少,纸上谈兵古亦多。国运家艰同陨涕,天时人事漫悲歌。深谋纵许摧强敌,轮轴销沉可奈何。南琛、南瑞二轮沉没。

泊汉阳见黄鹤楼旧址

黄鹤仙人去不回,高楼寂寂汉江隈。飞灰早历红羊劫,焦土重经赤壁灾。别圃梅花凄引笛,晴川烟树怕登台。我生未及瞻名胜,空对颓垣诉可哀。

大雪行

朔风卷地声栗冽,彤云作意酿霄雪。三尺四尺未觉深,犹自霏空势联缀。遇矩成方规成圆,千树万树梨花鲜。大地山河争浩瀚,千家楼阁望延绵。崇朝至夕纷成阵,狐貉无温炉火剩。梅约关心讯绮窗,华颠抚序愁青镜。去年赏雪潇湘南,围茶夜煮驱严寒。今年赏雪铃辕静,煦园清景增佳兴。石船鉴沼琼瑶堆,玉楼银海腾光辉。竹林雅调胜咸籍,幕府鸿文傲邹枚。我亦葫芦画依样,风前柳絮相矜尚。阿姊扬歌小妹赓,长年春暖青绫帐。

游屈子祠

潇潇寒雨黯清秋，澧芷沅兰倍饷愁。九辩吟成天莫问，空将余憾托湘流。

读庄子

巧者常劳智者忧，庄生绪论出人头。我生疏懒兼痴拙，底事灵台亦贮愁。

书湘报后

勤求实力屏浮华，经济文章属望奢。金冶铁轮方待创，米珠薪桂早兴嗟。双趺快拟更齐俗，七诫新期仿大家。愧我补苴无别艺，聊开荒径种桑麻。

——《分绿窗集》，民国三年(1914)

长沙友善书局排印本

倪淑三首

倪淑,字梅轩,安徽桐城人,生活于光绪、宣统年间,与姊妹合著有《疏影楼集》《晚香庐诗稿》。现存诗词十余首。

春雨

淅沥复淅沥,香寒鸭不温。烟花沉蝶梦,雾柳锁莺魂。红涨添三尺,青阳罨一村。待晴行曲径,石砌渍苔痕。

送少桓大兄之澎湖省亲

不畏风霜苦,天涯有老亲。瘴峦云泼墨,秋海浪翻银。客路知安适,家书盼寄频。远行怜病后,相送泪沾巾。

中秋月夜泛舟西湖

船进湖心天上来,桨挑明月数分开。欲乘此棹西归去,只恐东风不送回。

——傅瑛主编《明清安徽妇女文学著述辑考》,

黄山书社2010年版

章婉仪 三首

章婉仪（？—1892），享年约五十岁，著有《紫藤萝吟馆遗集》，存诗136首，多写行旅奔波所见所闻，以及思念故友、悲欢离合等内容。其中，行旅之作反映了晚清的社会动荡和民俗民情。写景抒情，时有佳句。

途中看泰山偕外子作

我闻泰山之高高接天，回环三千余里屈曲相盘旋。上有天门与日观，齐州俯视九点烟。秦松汉柏古时物，忽然苍翠落眼前。江南到此路几许，瞻仰殆亦平生缘。何必循其麓，何必跻其巅。循麓囿所见，咫尺转失形神全。跻巅自可豁，远眺正恐力弱跕。跕如飞鸢，奚如车行，缓缓搴帘仔细看。分付驴背无加鞭，看山更比登山好，自谓能得探奇揽胜三昧之真诠。而况深复深兮长闺阁，家园虽好，所见只有苔半阶、花三径、石一拳。除非画图里，或者书卷边，那得岩岩当面，气象森万千。黄昏到店，风景互相证，联吟各就诗一篇。阿母得诗喜，道儿还早眠，清尘簌簌几阵雨，明日晓发听山泉。

玩月

灯前刺绣乍停针，弟妹邀联玩月吟。为爱清光忘久坐，碧梧

移过半窗阴。

自上海至九江就途中所见与外子闲话外子并扩所闻援笔汇为长歌

江南自古称繁华，财丰物阜矜豪奢。近来沪上片土侈靡日益甚，六朝金粉安足夸。玉杯象箸鉴商受，今则齐民若固有。安车蒲轮昔礼贤，今则钢丝轮裹象皮厚，骏马平驰满街走。五步楼，十步阁，阿房艳说咸阳作。今则富商大贾甍栋高与浮云齐，金碧辉煌绮罗错。歌台舞馆阁道连，耳中时时闻管弦。山珍海错穷芳鲜，比之中人十家之产，奚止日食十万钱。举国若狂不辨旦与暮，车驰马骤喧骈阗。途平如砥净无薜，双碌碡随舆后碾。一舆载水喷溅珍珠泉，细润如酥，真教十丈红尘软。汲井陋抱瓮，铁管衔承捩轴源源送，取之甚便用不穷，水夫弛担生涯空。大冶洪炉炽炭红，万家灯火，窍穴能潜通。高如台阁深房栊，玻璃为盏，雪亮悬虚空。拨开橐钥，一片光玲珑。争奇制胜掣电气，晶球照耀鱼龙沸。昔者曾闻不夜城，那能万一相仿佛。我闻置邮可传命，星火飞驰马蹄劲。又闻空谷能传声，按拍会意彼此机相迎。讵知霍霍震雷始曜电成句，海上涛头通一线，千里万里，山程水程，以手代口顷刻若当面。缝纫组织别有机，女红停梭衣锦绯。古书充栋缩石印，剞劂门前过客稀。不须丹青始写照，象形惟肖叹神妙。麇摭佚事标新闻，传遍山陬与海峤。行人稳坐东洋车，轻巧便捷，来往纷交加。舆夫局促俯辕下，肩拖手负足如马，就中云有落魄人，昔年挥霍今赤贫。吁嗟荣悴判两境，随波逐靡可猛省。忽闻呜呜声起轮船来，黄浦江边，怒潮澎湃如奔雷。系舟无杙止则止，货贝上

下高崔嵬。须臾开行定时刻，捩舵回旋，曲突烟喷墨。机轴纵横，考击声琤玔，岸容倒走如游龙。推窗凭眺豁心目，长途转享清闲福。计三昼夜到浔阳，风土人情较淳朴。于今风气浮靡，正如江河日下流汤汤。所以不愿文绣，不愿高粱，但愿戒奢崇俭，本吾素菜根，香与诗书长，儿曹慎听毋相忘。

——胡晓明、彭国忠主编《江南女性别集初编》下册，

黄山书社2008年版

何明秋四首

何明秋,字月君,安徽天长人,现存诗四首。何明秋受到丈夫丘维垣的文化启蒙教育,四书五经和唐宋诗词都曾广泛涉猎。其诗赋风格早期较为潇洒秀丽,晚期则趋向老练沉稳,风格更为成熟。

红梅

一树梅花一院寒,夕阳红入画栏杆。丰姿瘦讶珊瑚立,颜色鲜疑琥珀攒。世外佳人添獭髓,花中御史亦鸡冠。笑他桃李争浓冶,惟有清癯韵独难。

山中畸士太清华,贪饮春醪醉酒家。绛雪多情随地落,紫云无力逐风斜。丰神最爱迎朝日,品格从来贵晚霞。曾记寿阳公主事,误将额上点梅花。

姑射仙人艳亦宜,水边才放两三枝。春因降萼回偏早,日为朱英落欲迟。爱把猩猩消雪貌,嫌将鹤鹤斗风姿。陇头若问梅花信,醉倒红罗喜上眉。

浮罗梦醒已朝霞,小步园林兴倍赊。东阁窗南新雨过,西湖山北晓风斜。何尝清客无浓冶,到底佳人是丽华。吩咐封夷休太妒,飞红点上绿窗纱。

——傅瑛主编《明清安徽妇女文学著述辑考》,

黄山书社2010年版

路秀贞二十首

路秀贞(1853—1882),字春波,贵州毕节人。父路璜,进士出身。夫袁照藜,修文江苏候补道。路秀贞酷爱读书,手不释卷,诗作甚多,惜“多不存稿”,“存者曾经水厄,散佚过半”。有《吟茳馆遗诗》。

花影

月下玲珑映,名花分外香。阑干人倚遍,蹴碎影成行。
一院花争发,宵来暗递香。遥怜天上月,扶影上东墙。

喜雨

漠漠云阴合,长空送雨声。为霖三日顾,望泽万家情。红润花光活,青浮麦浪平。丰年真可卜,大野庆秋成。

烧笋

微火煨新箨,加餐不厌贪。味宜参玉版,香欲并金柑。紫蕨难同调,青莼好共谈。湖州千亩饱,坡老最先谙。

古书

脉望朝飞处,奇书万卷藏。劫逃秦帝火,秘启鲁宫墙。古色函金匮,鸿文重玉堂。传家宜永宝,静对发幽香。

古剑

沉郁丰城久,霜锋半藓侵。凌空腾虎气,挂壁作龙吟。玉匣封何古,银花蚀已深。一朝逢薛烛,拂拭惬雄心。

早梅

摇落群芳尽,寒梅放一枝。暗香通曲槛,疏影映新池。庾岭风来早,罗浮月上迟。先春开最好,不许蝶蜂知。

九日登高

高阁凌空起,登临景色清。一溪流水绿,半塔夕阳明。佳节题糕乐,微风落帽轻。开樽且长醉,归去白云横。

夜坐

琐窗人静漏沉沉,碧篆香消听远砧。霜重栖鸦移老树,夜深寒犬吠疏林。竹横虚影频添画,松戛清音欲和琴。独倚朱阑闲眺望,好风吹月到天心。

秋日读书

萧萧幽绝似仙居，满院浓阴映绿裾。最是宜人诗思处，一窗秋色半床书。

学书

书窗多雅兴，红叶写银钩。细仿簪花格，云烟笔底留。
净几明窗下，毫端想露垂。冥心搜八法，一幅写乌丝。

辞亲北上

生小相依惯，牵裾未忍行。薰风京国路，夜月大梁城。济困还资友，承欢赖有兄。板舆应早发，直道付公评。

运河道中

有子方三岁，相从便北征。如何成远客，强半为浮名。岸曲帆随转，波澄水渐平。邻舟闻笑语，都是异乡声。

忆婢词有序

余有一婢，名芳兰，工诗善绣，明慧可喜。八年当期满，其父赎去。书窗寂寞，殊有白少傅杨枝之感。漫成三绝，以志无聊之意云尔。

药炉茗碗味偏饶，鹦鹉书窗伴寂寥。记得双成无一事，小桃

花底坐吹箫。

水晶帘箔静生凉,宝鸭闲翻百合香。记得倚栏常侍立,楝花风冷劝添裳。

画阁朱楼静掩扉,落花庭院思依依。凭谁寄语飞琼晓,病怯春寒减带围。

唐花牡丹

冻合群芳未忍开,四围活火暖相偎。东风不借吹嘘力,竟夕妆成锦绣堆。阅尽繁华随处好,笑看富贵逼人来。热场占得春光早,寄语寒梅莫漫猜。

代外子谢殷芷和表弟赠菊

东篱顷刻灿云霞,赠比琼瑶敢拜嘉。正是蟹肥新酿熟,一帘疏雨醉黄花。

壬午端阳游陶然亭

家家酒泛菖蒲绿,惟有客怀多怅触。病起支离强主持,驱车且去穿林麓。城南古亭名陶然,十亩菰芦翠接天。试倚石阑舒望眼,西山爽气扑当筵。虚庭小憩消烦暑,寺僧殷勤留客语。泼乳新茶活火煎,碧秔角黍松枝煮。忆昔承欢暇日间,龙门山水屡跻攀。只今对此清幽境,暝色催人未忍还。

——《吟莛馆遗诗》,民国十七年(1928)

武进陶氏涉园石印本

刘淑曾 四首

刘淑曾(1853—1891),字婉媛,江苏仪征人。父亲刘毓崧,字伯山,祖父刘文淇,世袭《左传》研究。丈夫孔昭宷,江苏宝应人,清光绪十五年(1889)进士。光绪十七年,孔昭宷随山东巡抚张曜在山东长清治理河务,暴风雨中不幸溺水身亡,刘淑曾随之屯药殉情。其诗集与丈夫孔昭宷的作品附于孔昭宷之祖父孔继鑅之《心向往斋诗文集》后。

幽兰引

君不见古人好兰意有托,绮石排根缀轻萼。夜凉清露湿幽姿,芳气吹风散高阁。品格曾夸王者香,援琴纫佩寄思长。自甘空谷幽芳老,不羡名花出洛阳。伴侣烟霞抱仙骨,惜与群芳并春发。不知谪满在何时,永谢尘氛诣瑶阙。

秋日忆亡姊

凉飔吹雨雁声迟,明瑟秋光触我思。花径联吟成往事,夜台聚首更何时。登高愁遇茱萸节,废读难忘唐棣诗。忆昔绿窗劳抚教,髫年凄景不胜悲。

和宜佩仲嫂游平山堂绝句三首选一

接迹欧苏大雅贤,沉吟司李冶春篇。当时文苑人何在,恨我迟生二百年。

口占送伯兄渡江

几日清谈重惜别,未知此会更何时。悠悠江上秋帆远,愁绝平山万柳丝。

——《林风阁诗钞》,民国十年(1921)
南林刘氏刻《求恕斋丛书》本

沈韵兰二十首

沈韵兰(1853—1916),字淑英,钱塘(今属浙江杭州)人,沈子宜女。工诗词,擅画。阳湖瞿倬妻。“瞿君亦能诗,闺房酬唱日赓偕老之章以为乐,人艳称之”,诗作“秀韵天成,逸情云上,令人击节不已”。有《倚梅阁诗集》四卷,《倚梅阁词集》一卷。

曹大家

六宫曾作后妃师,名论争传女戒词。兄著汉书劳妹续,由来班史出连枝。

文君

早知犹有白头吟,悔听求凰一曲琴。烈女操高全不解,漫言当日是知音。

木兰

小戎驷铁俪前芬,儿女英雄卓不群。一十二年身代父,军中谁识是钗裙。

春日晓起

薄薄春衫怯嫩寒,翠钿点罢小凭栏。桃花一夜开多少,折取新枝带露看。

秋夜偶成

落叶惊秋早,秋声警客心。蝉栖留淡影,雁过有余音。明月幽人笛,凉风戍妇砧。徘徊花下立,寒露湿衣襟。

中秋夜

三五团圆夜,瑶阶气倍清。影含丹桂直,光澈玉盘明。好谱唐宫曲,休调汉苑筝。倚栏频眺望,何似在蓬瀛。

过李氏女柩有感

清明日,余往百福寺祭先大夫,见邻有李氏女柩,闻此女年甫十五工诗,为其母所钟爱,不幸夭亡,不觉百感交集,作诗吊之。

盈盈十五玉无瑕,摧折空添过客嗟。叹我浑如原上草,怜伊真作雨中花。香魂缥渺悲慈母,古寺萧条泣暮鸦。应是才人遭物忌,他生切莫擅才华。

送别大姊后只觉满腹离愁未能尽诉作此以寄

枝头才见青梅结，茫茫又是春光别。春光自去还自来，阶前杜宇空愁绝。夜夜枝头啼太悲，悲啼似为离人泣。今日含愁复送君，教侬那得不伤神。残灯耿耿风声急，冷雨潇潇欲断魂。前宵犹记灯前坐，离愁共诉浑忘卧。顷刻关山隔万重，妆台独倚愁无那。欲向窗前续旧诗，诗成却又凭谁和。中庭栽遍连枝树，连枝人向何方去。纵多弟妹不知愁，忧愁更与何人诉。终朝寂寞倚层楼，层楼倚处倍生愁。恼他俗客无聊甚，闲话喃喃日不休。

阅宋史吊岳武穆

十二金牌奉诏辰，中原从此陷胡尘。骑驴元老心同澹，叩马书生算若神。驾返两宫空自想，冤沉三字仗谁伸。至今俎豆西湖上，黑铁犹然铸佞臣。

春暮夜雨

一夜催花雨，更阑尚未休。无端归梦搅，翻替落花愁。残叶应无数，飞红不待秋。枕边频辗转，好句渺难求。

小除夕忆亡女

声声爆竹又新春，往事伤心不可论。忆我临盆刚百日，痛儿入土已三旬。昙花一现何其速，雏凤丛生岂是真。怕听邻孩来贺

岁,强含欢笑暗酸辛。

长夜口占

孤舟一叶涉风波,寂寞江干唤奈何。莫向琵琶亭下泊,当年司马已愁多。

灯残人静漏沉沉,惟有虫声伴客吟。堪叹千金买离别,此行况未获千金。

接得平安一纸书,高堂结念已全舒。寄诗聊当江南景,代我天涯问起居。

项王

一曲吹来楚塞空,可怜无面见江东。会稽斩守威犹在,巨鹿交兵血尚红。此日悲歌时不利,当年力战志何雄。君王枉自称英武,忍使虞兮帐下终。

题陈叔兰女史评许宜媖诗后

莫怪佳人一念差,情天孽海最堪嗟。男儿薄幸知多少,岂独江城进士家。

参透情关俗虑轻,令人深佩许宜媖。问谁夫妇真恩爱,花底鸳鸯过一生。

舟行遇风

九月凉风催黄菊,沙平水歇帆行速。橹声摇曳荡归舟,樵唱

渔歌满山谷。忽然四际起乌云，南北东西迥不分。飞沙走石风如吼，势如塞上战千军。舟子苍皇客容改，波翻浪涌山灵骇。信知造物易欺人，顷见桑田变沧海。须臾风定望江干，破橹沉舟不忍看。风飘飘兮客心寒，云漫漫兮行路难，倚枕不寐兮感世事而长叹。吁嗟乎！世人何事苦争求，为名为利江上游。安得长风吹万里，将人直送到瀛洲。

长夜不寐口占

数尽更筹梦未安，满怀愁绪泪偷弹。百凡容忍怜儿幼，十载殷勤似子看。每以闺箴频训诲，肯将异出任饥寒。无端反自遭讥谤，始信人间继母难。

读随园集心有所慕

古今多名师，我慕袁夫子。及门皆秀彦，闺中亦桃李。如君之爱才，千古能有几。我亦生钱唐，与君同桑梓。每遇兴到时，深思学诗体。不知探奥妙，随笔书满纸。诗好与诗歹，独吟谁解此。传受苦无人，好句从何起。倘生同君时，得侍绛帷里。新诗写性灵，或荷先生喜。倘选女弟诗，定不遗葑菲。惜我生已迟，天不成人美。画舫游西湖，临流想风旨。

——《倚梅阁诗集》，清宣统元年(1909)瞿倬活字本

曾懿十八首

曾懿(1853—1927),字朗秋,一字伯渊,号华阳女士,华阳(今属四川成都)人。父曾咏,母左锡嘉,妹曾彦,皆有诗集传世。夫袁学昌为光绪举人、湖南提法使,工画擅医。曾懿后随夫宦游东南各省,夫妇唱随。诗、词、画以外,尚有《医学篇》《女学篇》《中馈录》。其子袁励准将其合辑为《古欢室全集》刊印面世。

旭初仲兄由蜀入都谒选见示邯郸梦影图赋诗四章以纪之其一

人生苦离别,况乃赋长征。风沙渺万里,慊慊游子情。初日散平楚,朔雁流哀声。临祖欢不畅,赠言泪交缨。送君出门去,伫立心屏营。冲飚严以厉,胡马嘶且鸣。怅望不可见,林表隐前旌。苍茫睇故宅,老母倚柴荆。

魏小兰姊邀游桂湖谒谢公遗像

湖上随肩步,春游景物鲜。露花红蘸水,丝柳绿搓烟。径曲疑无路,山回别有天。空亭聊小憩,把盏听流泉。

轩窗开四面,陡觉薄寒侵。桂树连城暗,松涛压殿阴。山川余霸气,风雨壮诗心。谒罢谢公像,怆然感古今。

浣花诗社歌

浣花溪水何洋洋，绕溪珍木郁苍苍。楼阁瞰流各低昂，湘帘十二卷夕阳。中有诗人清且扬，芝兰竞秀雁成行。明月为裾云为裳，高谈妙语翰墨香。依依梦锁春草堂，笔花灿烂生辉光。丽句争传碧琳琅，浣溪风月富锦囊。松篁敲韵入潇湘，波光云影皆文章。染墨绮靡不可忘，诗情遥共海天长。诗万卷，酒千觞，吟咏之乐乐未央。但愿人生欢聚永无荒，千秋万岁，合与骚人共草堂。

莲花曲

水榭帘栊人如玉，鸣桡轧轧春波绿。昨宵酒醉各题诗，今朝都赋莲花曲。粉痕欲坠红妆浅，清露如珠垂欲散。翠潋清风荡融融，参差绿影云塘满。莲子花开水槛东，重叠掩映鲛绡红。秋罗拂水水纹绉，香飘四座生荷风。碧塘摇滟多芳草，白蘋断处生红蓼。紫鳞水面吸莲花，池边日日来青鸟。遥遥柳绿锁湘烟，莲根莲叶相钩连。素藕丝柔情不断，露珠摇荡非真圆。银浪金光荡晓日，绿蕖半掩桃花色。帘波隔水夏云生，千里轻风总无力。杜宇啼残春已归，交交鸂鶒芳塘飞。愁煞江干采莲女，软风吹香香着衣。青丝系船茱萸湾，重开新筵不忍还。侍女低鬟进美酒，坐中酒后皆红颜。月明满地遥相望，鱼戏莲叶吸细浪。佩环初解舞衣轻，荷叶罗裙色一样。归来玉婢捧花蕊，采莲夜夜得莲子。一身花露湿云衣，回首胭脂红十里。

送孟昭大姊归新都同游桂湖时值仲秋桂花正开

秋风一夜来桂湖,天香馥郁飘云衢。虹桥跨水水飞动,湖光如练烟中铺。烟中词客数来往,三尺绿波摇画舫。双桨划破碧琉璃,白鹭惊飞时三两。半山偃蹇露华泫,峭风吹花浮水面。游鱼吸水并吸花,树影亦为鱼吞咽。桂树转东舟转西,树梢直与城堞齐。金粟飘香气郁葱,归鸦如墨酿霜啼。桂叶凌云苍且碧,斜阳穿树红于血。花光黄晕真珊瑚,衬以粉墙成五色。色映亭台生辉光,鸣筤深护清晖堂。阑干倒影池清浅,枯荷数柄留古香。记得去年嬉好春,芳草如茵蹋软尘。风光转眼千万变,人生聚散等浮萍。新诗吟罢酒频倾,与君小别心绪萦。不知明月几时有,冰壶一洗襟怀清。

园中海棠盛开招静专从妹小饮

几日春阴浓,海棠睡已足。和风洒然来,花气蒸入幕。开帘惜无香,秾艳早夺目。绛萼含葳蕤,清影颤扑簌。宛如红霞红,不枉绿章绿。容颜本无偶,观者苦多俗。幸有故人来,相与诉衷曲。握手谈新诗,开樽倒金谷。对此良辰景,惟有醉醽醁。君醉傥欲眠,抱此花魂宿。

病后忆季硕五妹

扶病搴帷步,微吟养性真。秋花闲似我,新月瘦于人。炼药烧红叶,焚香倚绿筠。不堪回首处,离绪满江津。五妹于归江津学署。

舟过巫峡见十二峰高插霄汉神女峰尤为纤丽峻峭神女庙在山之巅

琅琅天风壮，嵯峨十二峰。飞云翔婉娈，悬瀑响琤淙。景富诗偏迥，愁多梦亦慵。纤秾宋玉赋，千古忆仙踪。

壁立双峰合，真成一线天。烟鬟浮翠黛，霞彩媚华巅。人语隔山应，江流急箭穿。楚王今已渺，神女为谁妍。

雪狮

是谁雕琢玉玲珑，丰骨峥峥净太空。皎洁贡非来塞北，猛威声不吼河东。寒冲牛斗冰壶里，气吐珠玑银界中。卧雪幽人添逸兴，闲庭点缀夺天工。

季硕五妹以诗见示题其卷后

人生处世苦局促，惟有新诗可傲俗。摇笔长吟天地宽，放怀何必争荣辱。吾家季妹诗最豪，百篇挥洒才弥速。哀艳应教谢鲍惊，苍凉直使韩苏伏。长途千里历风尘，牢愁欲效穷途哭。阅历因知世路艰，翠袖单寒频倚竹。遨游湖海衣化缁，陶铸江山字凝绿。松压严霜挺秀姿，梅含古雪得奇馥。清烈如闻越石笳，激昂疑听渐离筑。扫除俗艳与凡音，开卷琳琅先豁目。忆昔故乡聚首时，推敲共剪西窗烛。裘葛回环逾十年，吟囊早已盈千束。自惭随宦走皖江，尘海羁縻总庸碌。披卷真同下里音，挥毫难奏阳春曲。今君征棹赴姑苏，一路溪山诗料足。酒酣落笔凌沧浪，别绪匆匆梦魂逐。宛转相思何处寻，临风遥指君山麓。

九日登楼望迎江寺塔

斜阳明灭鸦对语,白杨萧萧作风雨。孤城寒瓮大江声,一塔巍然涌过城。二龙山高高百仞,恍若玉山遥相并。人影微茫落半空,足底白云送清磬。

六安阻雨寄高蔓华如姊

敲篷一夜雨,衾薄晓寒添。千里舟车苦,经旬愁病兼。风涛惊断雁,雾气隐凉蟾。秋水人何处,离怀满绿蒹。

辛卯秋赴太和阻雨六安正白云在天苍波无极回忆故乡骨肉大半天涯死别生离不胜悲感因和杜陵秋兴八首以寄兄弟姐妹选一

平畴雨润绿逶迤,疏柳含秋映泽陂。衙古松蟠苍翠盖,庭间菊剩傲霜枝。年年愁病风尘苦,夜夜乡心四海移。珍重天涯诸弟妹,莫教两鬓雪丝垂。此到太和署景,总结前七章。

七夕

星精何必待秋期,此事茫茫大可疑。千古情痴堪一笑,长生殿上并看时。

未必灵槎可问津,迢迢天上隔凡尘。闺中女伴闲无事,惯替

双星作主人。

夏末秋初炎蒸未退病起无聊作此以示诸子

病起苦炎熇，郁纡意不适。乘晓临前轩，泠泠蕉露滴。苔藓缘阶绿，败叶扫还积。昨夜西风来，吹梦落天末。眷念宦游子，天涯互相隔。章江波溶溶，蜀山青突屼。长歌行路难，栈道历冰雪。儿行万里遥，母心随征辙。愿儿志四方，云程奋六翮。仲子依帝都，圣恩美嘉节。弱冠金闺彦，辞亲远行役。护辇去复回，衣黦边尘迹。愿儿俪璠玙，匡君并辅国。愿儿如阳春，随时布德泽。霭霭出岫云，曈曈浴海日。勉哉为霖雨，努力同修德。

——《古欢堂诗词集》，清光绪三十年(1904)刻本

吴淑娟五首

吴淑娟(1853—1930),号杏芬女士,晚号杏芬女史、杏芬老人,安徽歙县人。著有《吟华阁画稿》《杏芬老人遗墨》,现存诗词十余首。

辛巳二月自题百花图画卷

墙印隙地净无埃,觅得名花次第栽。自笑化工归腕底,千红万紫一齐开。

濡毫吮墨学南田,私淑于今二十年。愧我写生功未到,聊从家学溯渊源。

题泰顶凌云图

峦光变灭白云树,怪石崚嶒势不庸。宣圣昔登天下小,中原那有最高峰。

题罗浮香雪图

曾见罗浮万树梅,花开朵朵傍山隈。银光遥看浑如雪,一路香风拂拂来。

创学惠乡图

教育国之本,唯此光中华。青青慈竹荫,灿灿桃李花。

——傅瑛主编《明清安徽妇女文学著述辑考》,
黄山书社2010年版

严杏徵 十首

严杏徵(1854—1909后),字兰初,浙江桐乡人。外祖母郑贞华,著有弹词《梦影缘》。父严谨,曾任贵州石阡知府。母周颖芳,著有弹词《精忠传》。夫马敏,浙江海宁人。严杏徵著有《品箫楼诗钞》。

燕语

春日融融午梦长,帘前乳燕话雕梁。喃喃相对情无限,好认当年王谢堂。

秋日偶占邀诸姊妹持螯赏菊

渊明遗植至今传,为爱幽情笑泐笺。聊伴兰闺诸姊妹,持螯共醉菊花天。

十五望月偕少和弟作

皓魄正当头,拈毫兴倍幽。叶蜚三径满,花放一庭秋。底甚明如许,悠然思不休。可知今夜月,两地各添愁。

题外祖母郑太夫人梦影缘弹词二首

展卷顿教茅塞开，瞻依大母不凡才。天生一管凌云笔，欲挽人间孝义来。

别开生面古今奇，扫尽弹词风月词。从此天下闺阁友，一篇传作女箴规。

题蟾西伯兄娱萱草弹词

深心托豪素，令听唱高言。兴与烟霞会，文如瓶水翻。静窗留客话，胜慨忆桃源。小院檀槽闹，筵开草色暄。

观端巧两女学书画二首

灵资妙手本天生，学画芙蓉已入神。偏是无饰能自悟，用心须步管夫人。

翩翩姊妹爱涂鸦，慕煞当年咏絮家。今日绛纱亲教授，可能双管擅簪花。

九月十七日送别蟾西伯兄荣行义国二首

正共登高忽远行，浦江相送不胜情。栽花何必河阳好，别有奇馨发管城。

秋风吹远雁分群，万种离愁但苦吟。共祝平安三载后，归来赢得买山金。

——赵青撰《嘉兴历代才女诗文征略》，
浙江大学出版社2014年版

吴保华二首

吴保华(约1854—1913),字玉如,号佩琼,庐江(今属安徽合肥)人。吴长庆女,刘翰翔妻。现存诗词十余首。

丁未秋晚重至焦山有感

枕石餐霞地,重来结构新。寒松多隐寺,单舸未迷津。月朗诸天静,江流半壁振。翛然凭杰阁,凄恻忆前尘。

天童寺玩月呈寄禅大师

古殿萧森向晚寒,万松苍翠倚云间。一声梵唱碧天净,涌出千峰白玉盘。

——傅瑛主编《明清安徽妇女文学著述辑考》,
黄山书社2010年版

顾玉琳三首

顾玉琳(1855—1878),字玉墀,号淑琼,江西人。顾世纶(曾任河南西华县令)长女。夫裴维侒,字韵珊,号君复,河南开封人。有《花韵楼诗词剩稿》,附裴维侒《香草亭诗词》后。

墙

粉淡烟浓一望中,模糊亚字小玲珑。浅深院落平分界,曲折楼台未许通。一半留连惟夕照,更无阻隔是东风。满园春色才关住,偏让花枝出树红。

秋词十二首选二

乍凉最怯五更时,薄薄罗衾渐不支。衬榻生怜红锦褥,秋风先是瘦人知。

久雨渔人上市稀,卖声忽听到重扉。溪河九月芦花老,一夜秋霜紫蟹肥。

——裴维侒著《香草亭诗词》附《花韵楼诗词剩稿》,
黄山书社2014年版

葛远三首

葛远(1855—1901?),字香根,自号惜芳痴人,湖南湘潭人。利川女,同县诸生杨昺炎继室。有《评梅阁诗词集》。

制椒枕寄外

孤灯静坐巧安排,锦字回文花样佳。一握椒聊寄珍重,此中芬馥是依怀。

旅馆凄凉动客愁,邯郸未到梦难休。凭将一瞬黄粱熟,无事痴情叹白头。

送六陔弟之黔

年少初为客,焉知行路难。黔山二千里,湘水万重澜。且听骊歌悄,翻怜雁影单。家书宜早付,长铗莫轻弹。志大须鹏展,枝栖愿莺安。前途殷御李,名士喜瞻韩。笔札从容出,诗书蕴藉看。寓公防落魄,游子恐孤寒。堂上缝衣密,闺中织锦宽。得如青眼愿,毋遣白头叹。恋栈犹凡马,抟空要健翰。田园未荒芜,知倦及时还。

——徐世昌编,闻石点校《晚晴簃诗汇》
卷一百九十一,中华书局1990年版

萧道管三首

萧道管(1855—1907),字君佩,一字道安,号道安居士,侯官(今属福建福州)人。其居室名“戴花平安室”“萧闲堂”。父萧凌皋,商人。母林氏。夫陈衍,号石遗老人,近代著名诗人、诗论家。萧道管诗文俱佳,擅考据之学,著有《说文重文管见》《列女传集注》《平安室杂记》《道安室杂文》《萧闲堂遗诗》《戴花平安室词》《然脂新话》等。

病起示石遗

何止频分熨体凉,差强人意免神伤。春花秋月知多少,临水登山梦未央。白日容光违宝镜,两家喜色动高堂。弓弯裙带生疏甚,一一从新费料量。

龙华镇看桃花

龙华桃花十五里,桃花红白玫瑰紫。游人看花兼看人,马如游龙车如水。罥枝裙钗香春风,映肉花光一何绮。游人只恐斜阳暮,照影争怜绿波美。长安水边不可见,湖西花钿只如此。明朝处处卖花声,苦报春光疾如驶。

题画二月作

似我曾游处，西泠西复西。只无人两个，数柳一亭低。

——《萧闲堂遗诗》，光绪间刻《石遗室丛书》本

张云珠五首

张云珠(1855—1922),字妙华。广东南海人。张玉樵之女。康有为妻,康同璧、康同薇母。诗歌署名“明夷”。

送女同璧往美欧演说国事兼还港省亲召女同薇来并示诸同门十六首选五

美欧九万里,幼女独长征。岂不怜孤弱,其如哀众生。
流涕陈国故,哀痛结名卿。女权新发动,大事汝经营。
波涛太平海,还港半邮程。破浪观雄志,全身慎远行。
绝域吾垂老,雄图空自嗟。艰难思旧国,涕泪落秋笳。
骑马独归去,零丁迷路行。愁云天惨惨,落木树冥冥。

——《女学报》第二卷(1902)第二期

杨志温三首

杨志温(1855—1928),字幼梅,江苏无锡人。父杨锡奎,兄杨志濂(晚号希逸老人),夫陈心葵。有《绿萼轩集》一卷,附词。

寄怀珠舫表姊四首选二

十年一面难如此,情话方浓又别离。三叠阳关肠寸断,天涯相见复何期。

片帆远去水云开,计算归期正熟梅。惟有相思托明月,送将幽梦渡江来。

渔翁

江乡风景好,我亦羡渔翁。白蛤易新酿,青蓑醉晚风。月来穿树绿,水去落花红。把钓垂杨下,陶然万虑空。

——《绿萼轩集》,民国十八年(1929)排印本

曾楚生十四首

曾楚生(1855? —1917),字婉庄,江苏常熟人。父曾熙文,夫杨崇伊,光绪六年进士。曾楚生幼年颖悟,性耽幽静,读书勤奋,涉猎广泛,工诗词。出嫁后忙于家事和教子课孙,疏于文字。有《天香云外居诗钞》一卷,皆闺中所作。

种竹

山庄多隙地,移种竹千竿。苔破一锄绿,影摇三径寒。但期经雨活,便可倚栏看。一曲幽篁引,携琴独自弹。

荷塘鼓棹

小艇瓜皮荡碧川,往来飞桨藕花前。浪珠跳入荷盘里,惊得鸳鸯欲上天。

雪

碧空玉屑下漫漫,一色江山画里看。山内高人甘耐冷,桥头吟客爱冲寒。千竿修竹蟾光映,万树梅花蝶影团。天地无声清有韵,羊羔美酒且盘桓。

初夏遣兴

绿阴如水浸阶墀,入夏深闺事事宜。竹下分泉闲煮茗,花阴洗石自题诗。为调玉轸梳妆早,爱看冰轮放箔迟。却怪侍儿无赖甚,风前痴立弄游丝。

消夏词六首选四

夏到深闺日已长,绣余一枕梦黄粱。醒来呼婢扫幽径,好坐桐阴搜晚凉。

水心亭子最玲珑,曲曲栏干面面风。四壁花围香入座,分明人在画图中。

漏声寂寂夜如何,杨柳池塘月色多。最是侍鬟无赖甚,争思掬水捉嫦娥。

晚妆理罢发清思,邀得嫦娥觅梦迟。今夜月明风露重,瓜皮灯下理箫枝。

园中即景

凉风飒飒拂蓉裳,七月园林景正芳。一径苔痕青上壁,千竿竹影绿遮墙。玉簪蕊小初舒白,金粟香生未吐黄。偶向芙蓉池上立,看他秋燕往来忙。

重九前一日作

嫩凉天气薄寒时,秋后风光事事宜。晨起看山开径早,宵来

待月下帘迟。闲中遣兴惟诗卷，生小无缘是酒卮。且觅白香新制谱，细敲平仄学填词。

问梅

寒梅数点着花新，玉骨冰肌不染尘。守径可容双瘦鹤，知音能有几诗人。香传驿路开何早，梦到罗浮赏独真。风雪知君消受惯，一枝破腊为谁春。

画竹

几竿修竹不成阴，潇洒丰资画里寻。林下雅宜泉石补，毫端真耐雪霜侵。斜欹恍倚佳人影，虚受难描君子心。砭俗洵推医国手，对君聊复动清吟。

乙亥冬日送夫子入都

最怜车马客程劳，万叠寒云压泰敖。手检名香烧几瓣，替君薰暖旧征袍。

常向灯前泪暗挥，别时情绪更依依，愿君努力加餐饭，一路平安到帝畿。

——《天香云外居诗钞》，民国六年(1917)排印本

王绮九首

王绮,生卒年不详。字仲昭,浙江山阴人。父王诒寿。有《小补萝屋吟稿》。

喜雨

银塘疏送风,凉润透苔痕曲槛东。最爱荷花娇不语,一枝香艳沁羞红。

晓起

日光斜印水晶帘,睡起开奁晓色寒。梳罢云鬓人意倦,自呼小婢贴花钿。

看月二首选一

耿耿星河一水遥,玉人阶下漫吹箫。蟾光如雪吟身冷,丰臂应须换紫绡。

红梅

生来仙骨是清香,孤瘦风姿时世妆。何似美人春醉酒,玉纤红晕透罗裳。

秋江垂钓

江心秋水碧如烟,红蓼滩头泊钓船。一尺鲈鱼新换酒,醉来抛却竹竿眠。

春寒如冬月

雨丝风片彻霄稠,晓起春寒入画楼。芳草一庭花意懒,卷帘人亦懒梳头。

题名媛尺牍

锦绣回文已化尘,数行珠玉亦风神。自怜生小心思拙,犹向灯前学字频。

夜坐听蛙

夜静灯光锁绛纱,一瓯嫩绿试新茶。小廊月转芭蕉影,闲倚红阑独听蛙。

过玉带桥即景

节近中和草渐抽,白云如水晚风柔。桃花细雨平地马,杨柳东风夜渡舟。处处枝头莺语乱,疏疏篱落笋香稠,湖桥春色如图画,归去灯前话胜游。

——《小补萝屋吟稿》,清末民初钞本

汤淑清三首

汤淑清(1856—1892),字菊仙,江苏武进人。祖父为四川巴州知州汤建业,父亲汤世楫,丈夫宜宾知县李镛。她是现代文学著名作家巴金的祖母。著有《晚香楼集》。

夏夜纳凉听外祖母谈诗庚午

晚凉庭院暑初消,煮茗论诗破寂寥。花影满阶虫语细,坐看新月上芭蕉。

听雨有怀诸妹壬申

夜雨潇潇洒竹枝,芙蓉小院漏声迟。嫩寒一缕侵诗骨,愁绪千重锁黛眉。窗外凄清添别恨,阶前点滴助离思。香消灯炧眠难稳,忆否连床共话时。

令长女道浣入学丁亥

幼女娇痴惯,珍同掌上珠。未教拈绣线,且令识之无。绛帐书声细,罗襟墨迹濡。好娴班氏诫,慧业漫相谀。

——赵青撰《嘉兴历代才女诗文征略》,
浙江大学出版社2014年版

柯劭慧十一首

柯劭慧(1856—1896),字稺筠,山东胶州人。生于书香门第,祖父与父皆博学,著述颇丰。兄柯劭忞为清末著名学者。母李长霞、姊柯劭蕙皆有诗才。劭慧幼从母读,承兄指教,博通经史,雅擅词华。嫁荣成县拔贡孙季咸,不久寡居。有《思古斋诗钞》一卷,《楚水词》一卷。

秋怀八首选四

秋风自何来,吹我庭前草。昨旦含芬芳,今夕成枯槁。物理有变迁,人事岂常保。寄语闺中女,勿恃朱颜好。莫挽羲娥车,奄忽催人老。密勿思古人,庶以慰怀抱。

耀灵驰西陆,少昊司秋节。翩翩野藿飞,澄澄寒潭洁。我生多艰虞,览物难为悦。时往若驰波,一逝不可辍。来忧如循环,百转还相结。御风伤绤絺,卒岁无衣褐。徘徊终何之,对影惟明月。

凝霜凋兰蕙,白露被荆榛。好恶虽云殊,零落同秋旻。天地无终极,物理难长存。持此有时躯,而怀常苦辛。始知至人德,乐道在守真。两臂重万乘,况乃百年身。

秋夜一何长,漫漫难及晨。我非壮士志,胡为怀苦辛。披衣起徘徊,仰看参与辰。三星犹在户,河汉未西沦。世累忽相扰,百忧坐自臻。欢愉随时弃,衰病逐年侵。茕独自天启,多艰将谁陈。

弃置无复道,惆怅难再论。

拟青青河畔草

灼灼桃李花,夭夭当风枝。皎皎彼姝女,媞媞好容仪。锵锵鸣玉佩,采采罗裳衣。佳人谁不慕,高节终自持。交爱无良媒,空令神魂驰。何不化行云,慰我长相思。

拟庭中有奇树

珍木生中庭,花叶含清芬。爱此好颜色,可以赠佳人。繁英久已茂,欲寄感无因。行行芳树下,不觉泪沾巾。谁谓感节物,有怀意所亲。

仲秋玩月怀敬孺凤孙两兄

丹桂花始芳,绿兰香未歇。之子隔异乡,奄忽至佳节。攀桂意莫舒,采兰心自结。持此欲赠问,道远音尘阙。惆怅望遥天,寒色生秋月。月色令人悲,入户还掩扉。琐窗凝素霭,瑶席委清晖。清晖不可扫,愁怀不能道。反忆远行人,应伤秋色好。与君为连枝,相见时何少。辘轲百年间,离忧摧人老。绵绵一寸心,迢迢千里道。

春日杂诗

仲春多清和,喜逢新雨后。驾言出行游,徘徊顾我囿。缟李被素锦,夭桃著丹绣。交交仓庚鸣,青青垄麦秀。谷晨亮可欢,客

怀难为候。理来物非昔,感往情如旧。空怀箕颍心,徒羡松乔寿。此志未云就,俯仰终宇宙。焉得鲁阳戈,勿使曦娥骤。神仙非力求,富贵自天授。不如秉烛游,聊以慰昏昼。

秋夜书怀

明月皎皎流素晖,宿禽栖树惊忽飞。感此夜分不能寐,忧怀辗转若有维。披衣出户何所见,秋花烂缦霜中瘁。苍昊布惠万物滋,青娥司运百卉腓。谁知造化竟何意,由来好恶同荣萎。始悟人生须行乐,胡为憔悴令心悲,慊慊怀忧终何为。

九月九日与兰妹登高阁作

壶中有酒且同酬,共向西园忆旧游。万事回看旦夕异,一身休为百年愁。但寻黄菊簪青鬓,莫采茱萸怨素秋。乐饮不须辞日暮,人生能得几登楼。

寄大兄

到眼韶光瞬息空,一年不觉又东风。庭前杨柳含烟重,帘外桃花裛露浓。白日全消愁思里,青春尽老别离中。不知客路能归未,且采瑶华待信通。

——《思古斋诗钞》,民国十七年(1928)孙若曾刻本

(配民国四年双照楼刻本)

况桂珊二首

况桂珊,生卒年不详,卒时年仅二十四岁。字月芬,广西临桂人。况周颐二姐,刑部主事黄俊熙室。工小楷,习欧体。

梅花下作

南枝消息报春回,日上窗棂瑞色开。初罢晓妆无个事,梅边久立待香来。

春日偶成

九十韶光好,花风次第催。隔窗见蝶影,知是海棠开。

——《妇女杂志》第一卷(1915)第十号

李淑五首

李淑（1857—1878），字蕴卿，上元（今属江苏南京）人。父李石泉。李淑幼从母学诗，偶有诗作，未婚而卒，有《茗华阁诗稿》。

咏竹四首选二

清风劲节最心钦，一径萧萧满绿阴。独许高人青眼顾，未容俗士擅相侵。

六月凉生绿满林，此君端底绝尘心。千竿不厌窗前种，准备宵来皓月临。

七夕

银河耿耿鹊填桥，新月如钩挂碧霄。戏约闺中诸女伴，亦将瓜果祝深宵。

秋柳

青青客舍几人归，汉苑三眠是也非。絮化萍踪犹缱绻，眉描翠黛尚依稀。长堤暮雨疏枝冷，古道秋风落叶飞。流水一湾嫌寂寞，风流消歇吊斜晖。

早梅

阳春消息报窗纱，喜见庭梅又著花。一桁疏帘香隐约，半林明月影横斜。冲寒聊慰离人恨，寄迹偏宜处士家。料得南枝都破腊，行吟踏遍路三叉。

——《茗华阁诗稿》，清光绪二十二年（1896）梓文阁写刻本

曾彦十七首

曾彦(1857—1890),字季硕,华阳(今属四川成都)人,曾咏和左锡嘉之第五女,曾懿之妹。适广汉张祥龄。殁于吴门。诗、书、画皆工。学诗于王闿运,诗名为时所重,多拟古之作。有《桐凤集》《虔共室遗集》。

秋夜月怀叔俊四姊

秋月流光薄,凄凄上阶苔。阶苔故人迹,一一存我怀。音容渺不见,情思应往来。情思长相接,无庸动息偕。伊余素修达,讵为岁寒摧。养疴忘悲悰,寡欲鲜违乖。况乃侍君子,礼仪良不亏。愿言寄赏心,战胜靡所哀。

泛湖登南山瞻眺

朝发南山阳,夕息北江湄。舍舟登原隰,辍策步郊歧。曾岩既明媚,曲泛亦涟漪。俯聆虚壑籁,仰睇崇冈枝。清泉漱积石,珍木列平陂。高下竟何辨,丰茂皆欢怡。幽兰发素采,丛桂含丹姿。鲜鳞萃芳沚,好鸟逐轻飔。览彼富春物,眷恋感予思。岂惜违君子,但伤莫我知。操持信难固,孤游良可悲。

答子馥

达人贵无忧，智者多玩世。忘形与物齐，损益焉足计。当荣不骄矜，处苦岂忧惧。盛衰固表里，否泰信崇替。草木有荣枯，敢怨朔风厉。日月有明晦，敢怨浮云蔽。托身宇宙中，霜露皆恩惠。神宁体自舒，欲止欢来遇。翱翔游太清，逍遥度年岁。偕时进德业，崇礼期昌世。感君笃道义，努力自勖励。

入巫峡望神女峰

信矣山川壮，巍哉巫峡高。群峰入天宇，双壁卫波涛。我来值暮春，沉阴景寂寥。生平悦宣和，瞻顾令神超。羲和扶余兴，挥日上曾标。霞辉粲绝顶，云光漱石坳。窈霭空翠中，仿佛见双髻。仙人信有征，惭无玉佩要。

六月十五夜月作寄子馥

明月开云来，娟娟到我房。孰知幽闺情，久与征途长。流光莫徘徊，愁人已彷徨。蛛丝承清辉，虫影度空凉。搴帷起出户，仰俟归鸿翔。归鸿杳无踪，道远迟来章。来章一何迟，寸心千万思。思君若春草，萋萋遍天涯。思君若流波，浩浩逝江湄。乖离非余感，念子身孤微。孤微慎勿悲，忧能令志衰。苕苕先贤式，愿各存中怀。

六月晦日立秋壶园集听眉君琴

凉飙吹庭柯，萧骚变商音。未觉炎暑阑，忽惊素秋临。青桐

一叶陨,碧云千里阴。清氛蔼空野,霁日光森森。芰荷悴曲沼,松柏丰高岑。浮荣自流谢,坚贞无升沉。人生贵同志,清浊不相寻。索居感节候,离群怀所钦。散帙申笃好,携手诉款忱。甘醪设华晏,薰香理瑶琴。娟柔飞玉指,憀亮荡悲心。愔愔楚妃叹,泠泠越溪吟。潜鳞跃蒻藻,灵禽舞园林。英声达霄汉,逸响通幽浔。慧质美无度,爱慕孰能任。步趋愧顽鲁,寄言思弥深。

五君咏

帅芳

帅芳素超旷,设礼安能束。高谈必惊众,孤怀不接俗。粲粲乘风鸾,翩翩冲霄鹤。厉翮难久栖,冲猋悲太速。

子青

子青性柔顺,淑慎善其身。心兴茂春华,论言含幽芬。令名隐未宣,见者恒相亲。贞修胡不永,孰云天祐仁。

伯俊

伯俊不华饰,容止自威仪。韬光安世网,守愚惧俗移。婉婉兰蕙心,隆隆松柏姿。平生无忧陶,中和诚可师。

眉君

眉君秉文秀,幽芳皎自持。素心不求和,众美自附随。鼓琴说良匹,卷衣承愿思。婉柔循所职,四德亮无亏。

玉俞

玉俞善辞赋,翩翩足自娱。曲池咏芳草,文窗综群书。居荣

知忧患,处戚亦和愉。华年正丰茂,志若春云舒。

自述

曰余独不敏,迥然无与俱。高吟慕鸿侣,长啸怀舆妻。既惭樛木章,永视衿鞶词。君子抱济物,勖我以礼仪。

杨花篇

阳春三月清明天,杨柳千条拂玉关。玉关送别多凄苦,况复杨花飞无数。飘泊初辞连理枝,缠绵复上相思树。笙歌暖响风日低,烟草迷离骢马嘶。扶荔宫中莺燕少,披香殿里鹧鸪飞。游丝有意欲牵住,蛱蝶多情还自随。可怜游丝空萦绕,可怜蛱蝶空颠倒。随风吹入华清池,化作浮萍覆鸳鸟。

杂曲

雀声叠叠喧兰闺,蛛丝漠漠垂庭帷。始誓从今不相忆,开帘忽见君来归。风尘满面色凄怆,短发被肩腰肢长。不言离别相思苦,但问是否真还乡。相看恍惚无一言,悲欢哀乐结中肠。去时新衣今破绽,分明是妾手中线。果然天不夺人情,令妾与君复相见。华年盛时安可期,今当纵意逐欢燕。画眉点黛去愁痕,簪花临镜捐烦惋。从来不妒百花妍,自信芳容胜彼鲜。今日临妆簪鬓髻,始知华艳不如前。君前未肯露萧索,只道妆时脂太薄。岂持颜色邀君恩,恐君怜念减欢乐。

——《桐凤集》,清光绪十五年(1889)苏州书局刻本

通州舟次

姑苏城边春早来,清溪处处春花开。北风海外变萧瑟,黄尘漠漠驱春回。枯木无枝堆残雪,白鸥沙际苍茫立。颓阳敛敛下西山,船头伫立愁将夕。横风吹波舟行艰,舟人辛苦生烦冤。

前有一樽酒行寄慰子馥

前有樽酒休叹息,请君展眉听余说。自古贤豪多坎坷,济清河浊今谁识。君不见相如涤器临邛道,不遇良时亦潦倒。只图一割愧铅刀,敢云朝野知音少。又不闻富贵尊荣悲患多,惟有贫贱可无他。怀忧一国甘一肉,何如陌上耕桑麻。空持科第称奇才,纵使成名亦可哀。荆榛得地比松柏,蕙兰不采同蒿莱。莫言闺中无意气,蓬门投畚惊车骑。琉璃共酌且高歌,书剑苍茫动天地。停杯惆怅缄此辞,玉阶凉月萦相思。儒生得失等闲事,徙倚微吟风雨诗。

赠蜀章三弟

芳树嘤嘤鹳鸰语,念我与尔隔重屿。便风传缄慰相思,为问才华今几许。三郎少小心独雄,红颜如玉气如龙。盘马弯弓射明月,修眉朗朗临春风。东邻父老笑相指,云是当今天庙器。骅骝不愧称神驹,英年果遂青云志。忆昔兰闺依慈亲,文歌琴酒围锦茵。当时欢乐不自足,宁知一日西南分。西南东北长怀忆,庭闱眷念谁遑息。男儿有志继先贤,女子无非勤酒食。人生得意能几

回,醇醪但醉休停杯。莫向风尘叹萧瑟,好凭经术骋奇才。

——《虔共室遗集》,清光绪十七年(1891)

汉州张祥龄《受经堂丛刻》本

李掌珠十五首

李掌珠(1857—1902),字兰如,江苏丹徒人。举人李慎传女,观察项兆麟妻。李掌珠幼极聪慧,从叔父李慎儒学诗文,“凡有讲授,无不领会”。出嫁后,忙于家事,闲暇亦勤于笔耕。检视所存残稿,“失去者无数”,“求其首尾完备可以誊清者,十只三四”,且“多系短章”,可管中窥豹,见其整体风格,有别于闺阁诗的薄弱纤巧,自成气格。有《怡秋轩初稿》。

秋窗独坐

新秋天气乍清凉,独坐翻嫌午漏长。山色入楼销紫翠,霜林障日半青黄。梦回竹屋蒲团稳,茶熟松风石鼎香。雅事偏多心思静,不将名利逐人忙。

夏日晚凉泛舟

万顷碧云流,飘然放棹游。尘埃消俗虑,风露拟新秋。事业眠蓑笠,襟怀托鹭鸥。羽衣人不见,相赏忆黄楼。

笔

珠玉挥毫逸兴赊,毛锥事业信非差。千军可扫生平志,五色

曾开梦里花。日试万言夸敏捷,管分三品递褒嘉。中书君老休嫌秃,尝向词坛广国华。

镜

岂是秦宫物,端因百炼成。光添妆阁晓,寒逼绮窗明。秋水无波净,冰壶濯骨清。素蛾如对面,传写意中情。

柳絮

连朝渍雨掩柴门,晴雪冥冥又满村。斜日有心同系影,春风无力最销魂。三分流水飘香梦,一角高楼写远痕。别有韶华关不住,隔园皓蝶共翩翻。

竹影

修竹千竿傍水涯,水波竹色共参差。凉迷曲槛秋先到,翠映虚窗午不知。瘦十支离和月淡,虚心洒落带烟移。疏帘高卷微风入,邀得清阴满座欹。

笛声

晚来三叠听分明,谁向楼头弄笛声。风露忽添良夜兴,关山潜动故园情。雁行初过江沉影,蝶梦惊回月满城。一曲落梅初罢后,余音浑欲绕梁生。

麦浪

负郭何由浪拍天,只缘麦穗漾村前。翠平忽讶龙蟠隰,雉覆还疑鸟浴烟。云护千畦夸陆海,泉登万斛说农年。农家亦快乘风破,牛背斜骑稳若船。

秧针

数顷江田翠乍铺,针痕纤细欲看无。绣塍刺得千重锦,晓露穿来万颗珠。巧仿悬书因水蘸,却惊脱颖出泥污。线头早稻抽何似,和雨和烟入画图。

荷露煮茶

卢仝未识饮琼浆,掇露煎来出绀房。石鼎挹从湘上秀,珠痕点得雨前香。云腴泛色迎初日,仙掌余甘未晓霜。鱼眼生时鱼戏后,冰瓯世界极清凉。

秋望

惜爽独登楼,凉天一味秋。寒蝉摇苑柳,早雁掠江洲。云薄千山出,林疏众霭收。片帆风正急,天际数归舟。

夜坐

秋气横空草木凋,星河耿耿雁行高。书窗延月芰新竹,茶灶

添薪仰堕巢。藓晕露过痕更滑，炉烟风动篆全消。夜凉无语挑灯坐，四壁虫声伴寂寥。

虫声

阶前萧瑟落梧桐，一片虫声满径中。敢怨身微栖冷露，却因心苦诉秋风。廊空月白寒初警，人静灯残语未终。直待迢迢长夜晓，凄凉咽断五更钟。

与妹对酌

寒重何能厌旧醅，红炉人静漏频催。三杯且住开窗看，莫为余醒负雪梅。

古剑

三尺峥嵘古莫邪，精光颖颖倚天涯。星霜遍历锋芒老，江海无归岁月赊。劫尽犹看腾虎气，功成谁与问龙沙。太平不用轻生死，闲向灯前拭紫花。

——《怡秋轩初稿》，清光绪三十年(1904)
淮阴耕兰室刻本

慕昌溎二十首

慕昌溎(1858—1886),字寿荃,山东蓬莱人。翰林院侍讲慕荣幹之女。南皮举人张元来聘室,尚未行聘,张元来卒。家人谋为其另择婿,不从,三年后卒。慕昌溎曾随父出游,多有吟咏,"诗多咏古之作,其于古事乃能指摘是非",临终前的《别亲》和《绝笔》尤为凄恻动人。有《古余芗阁集》。

春暮

皇州春晚柳依依,湿翠侵阶苔藓肥。满地落花新燕语,一天疏雨晓莺飞。茶烟几缕闲留树,轻絮无声时扑扉。历乱碧桃开未尽,幽庭犹自弄芳菲。

月夜

日落碧天暝,深树栖鸦集。开轩纳夜凉,秋虫一何急。花影幽庭散,月色晴如日。夜静竹风清,流萤飞复息。

雨夜读书甲戌

密雨喧苔砌,芸窗夜读书。吟声深竹里,凉意一灯余。风起

蛩鸣急,更深暑气除。流观千古事,此乐有谁如。

九日天宁寺登高歌

我来正值西风时,满林红叶耀新姿。禅房花木颇不俗,况复黄菊开满畦。更登小山延远目,老树杈丫皆数围。云际阴阴日明灭,天末嗷嗷鸿雁飞。徙倚且复石上酌,清霜已降蟹正肥。茱萸满杯新酿绿,挥毫更自咏新诗。此时微雨断复续,苍然冷翠沾人衣。寒云满山万籁寂,惟闻松间时涓滴。微风作冷客欲归,清磬一声寒烟夕。

上元乙亥

微风十里飏红尘,宝马香车来去频。云敛九天捧华月,灯明万户闹重闉。纷纷丝管良宵永,隐隐楼台淑气新。游戏长衢多冠盖,不知谁是上书人。

道上即事

古道西风急,铃声自往还。孤城残雨后,落日断霞间。秋色团高树,寒流啮断山。长安回首处,千里白云闲。

浣花草堂

稷契原无愧,栖栖终倦游。干戈空涕泪,诗笔即春秋。茅屋经今在,寒江镇日流。伊周如坎坷,著述亦长留。

题航海图

长风莽荡荒烟织,万峰倒插骇浪逼。寒星炯炯海天高,孤帆如箭接红日。

蓬莱阁观海歌庚辰

蓬莱杰阁凌长空,东海名胜独称雄。俯窥沧溟渺不极,蜃市变化虚无中。我本好奇逸兴发,一尊特向高台设。是时澹日过朝晡,海云如墨浪翻雪。狂飙骤起万山昏,长天吹破青铜色。惊涛瀰湃岛屿动,喧豗震裂老蛟窟。骊龙怒起战翔阳,水上浮光明复灭。大鱼鼓鬣似奔雷,百川一吸喷成沫。有如钱塘破阵舞,百灵恍惚纷出没。冯夷击鼓天吴歌,耳目惝恍心惊绝。须臾风静波浪恬,神山在望青嵌巉。麻姑毛女向我笑,招之不来隐烟岚。海阔天空万籁绝,无言独下潮海庵。归途衣袂风袅袅,好趁夕阳听水鸟。红尘回首望高楼,杨花乱舞山城道。

和浣云九姑征夫之作原韵

风高万木啸,画角咽寒秋。临河抚长剑,慨然中心忧。忆昔虏氛炽,杀气冲斗牛。奋志辞乡里,驱马去不留。丈夫志四方,不顾儿女愁。一身经百战,胡骑屡见收。清霜已满鬓,陇水停不流。火伴尽凋谢,偏裨多封侯。人生趋王事,岂为身命谋。苟得展怀抱,麟阁非所求。

冬夜欲雪柬诸弟妹

寒云欲酿雪,黯澹夜天迥。几度开帘望,疏星犹耿耿。黄叶啸空阶,霜气透衣冷。朔风号夜柝,冻雀拳松顶。缺月露微光,寒梅瘦无影。玉花几时集,待尔煮新茗。

金台览古壬午

沙气蒸云落日黄,西风高啸万林霜。金台骏骨归何处,古木寒鸱镇夕阳。聊共新诗添点缀,空余衰草阅兴亡。燕昭身后望诸去,胜迹当时久已荒。

芦沟桥

晦夜犹留月半环,应怜旅客道途艰。人来京国驰如骛,月到芦沟亦不闲。野雾浓蒸千树合,寒流倒影一钩弯。长安此去无多路,缥缈红云拥九关。

昆仑奴歌

飞宇列云连阿阁,相公卧疴垂珠箔。中有佳人颦翠蛾,春愁暗逐炉烟结。千牛省疾乍登堂,春柳风姿何濯濯。酪湩虽甘桃液酸,别有闲情言不得。临别玉纤三五覆,含情空指胸前月。不教磨勒解疑团,月满良宵应独看。力士金椎挝猛犬,雕栏失却护花幡。逐得渔船辞洞口,一肩香雪度重垣。嗟嗟人奴技至此,惜哉未遇汉天子。戈盾林中如鸟飞,汾阳失策复何悔。安史虽歼外夷

强,胡不使之执鞭弭。他年翠辇再蒙尘,空令卖药洛阳市。

山行遇雨

惊风挟急雨,飒沓万山昏。黑云塞天地,陵谷茫不分。客子迷故路,四顾惊心魂。奇峰阻我前,何以回车轮。行行且复上,瘦马凌巑岏。砰訇走涧石,冻瀑如雷奔。轻冰结衣襟,山气厉严寒。远游意良苦,悲彼行路难。日暮念旧乡,东望空长叹。

度韩侯岭

径仄劳车马,崎岖鸟道蟠。高皇无剩土,孤岭尚名韩。风劲汾流急,峰尖石剑攒。何须凌绝顶,转恐下山难。

潼关行

东走黄河西华山,屹然当险扼潼关。雉堞高插青云端,一夫坚守足万全。哀哉西原二十万,谁致死之哥舒翰。三秦血膏羯胡锋,长蛇封豕蟠关中。銮舆播荡身降虏,百战勋名一旦空。哥舒轻敌诚自辱,君不见胜朝孙白谷。慷慨临关血战频,孤忠卒难撑残局。朝廷政事日陵夷,乾坤坐使烟尘飞。譬如全体已皆失,咽喉虽在将安为。是知在德不在险,呜呼关兮空崔巍。

太华山闻钟癸未

太华新晴雨乍收,清钟遥度夜天幽。一声初动三峰迥,万籁都沉孤月秋。天外微传玄鹤唳,树间时见碧云流。松风飒起余音

杳，霜气横空失斗牛。

夜闻西风大起有怀文波四妹

西风飒然至，万木动秋声。怀汝不成寐，长歌空复情。愿言生两翼，乘此便东征。细语别来事，宵深酒共倾。

绝笔

雨中杜宇啼，溅尽一腔血。莫化断肠花，肝肠已断绝。

——《古余芗阁集》，清宣统元年(1909)
南皮张氏代兴堂刻本

申志廉九首

申志廉(1858—1891),字浣清,钱塘(今属浙江杭州)人。知县申保龄女,施恂妻。平生"喜幽静,耽吟咏",出嫁后夫妻子弟时有唱和。有《绮窗吟草》。

绣球花

一丛低傍短墙边,缟袂贫妆剧可怜。软玉削成心宛转,春风绣出影团圆。飘来庭院疑飞雪,堕入池塘欲化绵。待到夜深花雾重,粉痕如洗更增妍。

赋别

昨晚登程月满舟,片帆遥想去悠悠。沿途风景君堪记,此地云山我尚留。灯影一窗添别恨,漏声几阵助离愁。今宵夜色明如昼,怕见蟾圆懒举头。

夏夜望月

碧天如水月如盘,照满高楼夜未阑。遥忆故乡书罢读,此时帘卷共谁看。

夜坐有序

丁亥春夜，儿辈睡熟，灯下无事，偶翻旧草，见自壬午至今，忽忽四年，两遭大故，未遑及此，不禁有感，率成二绝。

街柝声声夜已迟，重翻旧稿意如痴。频年憔悴今非昔，落笔都成感慨词。

已负羹汤旧日调，况摧椿荫又先凋。归宁怕说从前事，恐惹慈亲意更焦。

秋园夜景

小园寂静夜沉沉，欲扑流萤缓步寻。风送竹声敲绮户，月移人影入花林。空亭照处清辉遍，曲径行来薄雾侵。游兴未阑吟兴起，高歌一曲涤烦襟。

答讷盦述怀

半生碌碌逐风尘，世变沧桑感慨频。旧宅未恢先代业，微名犹滞壮年人。家无珍馔宾朋少，案有盘蔬子女亲。何事可堪酬岁月，与君共醉乐清贫。

春雨怀父

五载仙山隔断尘，又逢春日倍伤神。哀怀欲诉无由达，色笑思承何处亲。愧少才能宽慰母，尽多俗累苦缠身。那堪风雨添人感，绝似松陵侍疾辰。

示弟

不望荣华只望闲，且求无过在人间。布衣只合茅檐住，早把炎凉世事删。

——《绮窗吟草》，清光绪十九年(1893)刻本

程淑十八首

程淑(1858—1899),字秀乔,号绣桥,安徽休宁人,生于书香门第,早慧,九岁通四声,耽吟咏,偏好词学。嫁绩溪汪渊。汪渊中秀才后被举为贡生,后无意仕途,设馆授童。夫妇伉俪情深,晨昏酬唱,颇多咏述。程淑还协助丈夫整理撰写校注《麝尘莲寸集》四卷,共15万字,被称为"伉俪词人"。另著有《绣桥诗词存》,其夫搜寻而整理,有徐乃昌序,缪荃荪题词。

春柳同外作二首选一

永丰坊畔簇烟条,魂断东风翠影摇。乍学愁蛾描殿脚,曾随飞燕斗宫腰。白门客去潮初送,绿野人归雪未消。回忆曲江修禊日,满天晴絮点红桥。

渔父词

一抹春江如砥平,鸣榔鼓枻唱歌声。舟沿杨柳风边去,人踏桃花浪顶行。破网随收新月上,短蓑闲晒夕阳明。得鱼不用将钱卖,往换山村酒半罂。

野桥沙岸树周遮,矮屋江干住几家。十里斜阳醉枫叶,一湖秋水宿芦花。潮回蓼浦纤鳞网,市远柴门浊酒赊。明日不愁风浪

恶,扁舟安稳是生涯。

雨后

长虹天际生,帘卷见新晴。檐溜断仍滴,池波澄未清。顿醒春草寝,闲听落花声。何处新泉汲,竹炉茶欲烹。

送大儿泽鳌习贾海陵

只为贫相逼,髫龄贾远方。艰难惟作客,叮嘱莫思乡。书算宜勤习,眠餐自酌量。独怜千里寝,夜夜母身旁。

天涯二首寄外选一

纱窗齐拓目难遮,几树垂杨几树花。绿尽东风红尽雨,可怜人尚在天涯。

送侄女之鸳湖

呕哑柔橹划波轻,水驿江村路几程。木落寒山秋色远,云开断塔夕阳明。寄书恐阻天边雁,折柳愁听笛里声。此去胜游应记得,一楼烟雨暗重城。

咏草

南浦黯然别,销魂连碧波。前番经野烧,转瞬遍山阿。新蘚绿如此,落花红奈何。车尘莫相涴,惆怅道旁多。

园居

锦石疏林点缀工，亭台高下夕阳中。一鸠啼彻桑云绿，双燕掯残杏雨红。几上摊笺吟字母，窗前布局唤棋童。不须更把青芜踏，去斗衣香叶叶风。

晚春

溪流环绕辋川庄，桑柘阴阴日渐长。花国香残蝶飞懒，草堂泥污燕巢忙。新秧脱颖青莲陌，嫩笋抽梢绿过墙。似此晚春风景好，好寻女伴共传觞。

读陶集和外作

五柳先生道自尊，高风能使薄夫敦。诗无魏晋之间习，人在羲皇以上论。漫道移居来栗里，还思避世入桃源。沧桑家国何穷感，但向田家听水喧。

冬夜

窣地重帘不上钩，数残莲漏五更头。雪深灯影穿茅屋，风静书声透竹楼。酒渴新愁茶鼎寄，天寒好梦被池留。晓来问讯珧窗外，可有梅花开甚稠。

七夕

漫忧一水隔盈盈,此夕银桥鹊驾成。络角星河凉有影,满身风露浩无声。阶前秋入班姬扇,楼上人吹子晋笙。怊怅碧空云欲尽,几丝泪雨洒深更。

溪亭

欲拨绣余闷,来登此小亭。霜华一林白,雨色万峰青。愁思春来草,游踪水上萍。凭栏试吹笛,惊起老鱼听。

听长女婉容诵唐诗

体格何分初盛晚,性情蕲与古人通。删存三百休嫌少,能使精神聚个中。

琅琅口齿清如玉,触忤愁怀奈若何。读者不知闻者叹,殆缘篇什感人多。

待外不至

晓日帘栊翠袖单,凭栏消得落花寒。蛛丝镜面缒应卜,鹃血枝头唤未干。愁水愁风程间阻,伤春伤别梦阑珊。归期屡订频频误,更简家书反覆看。

丁酉嘉平值余母难日诗圃自北山馆中归以五古四章为寿辞意恳挚余荒弃笔墨久矣勉成一律奉答

蜜梅香里绮筵张，儿女团团粲两行。为我一觞称寿酒，共君廿载厌糟糠。来归刚二十年。家贫倍觉山居乐，身暇惟耽书味长。惭愧年光隙驹逝，白头唱和愿毋忘。来诗有“愿君加餐饭，白头相唱随”之句。

——《绣桥诗词存》，民国八年(1919)汪氏家刻本

许禧身二十七首

许禧身(1858—1916),字仲萲,一字亭秋,钱塘(今属浙江杭州)人。父许乃恩,道光举人,曾在山东等地任知县。兄许祐身,任山东道监察御史、苏州知府等。许禧身是庆亲王奕劻夫人义女,贵阳陈夔龙继室。有《亭秋馆诗钞》十卷,《词钞》四卷,外集一卷,1912年合刊于京师。

秋夜即景

露井虫吟夜色深,窗移花影月窥琴。清宵酒后难成寐,隔院风微送笛音。

菊

生成傲骨本难求,岂与凡枝作等俦。归去莫嫌三径晚,犹留佳色占霜秋。

春月

嫣红姹紫斗芳妍,春色宜人月上弦。却喜嫦娥来解意,移将花影过窗前。

月夜怀静宜嫆

寂寂帘笼隐隐灯，深宵宿鸟忽飞腾。思君懒看中庭月，千里应同玉宇澄。

夜深望月有怀彩裳嫂四首选一

无端分手是初秋，一曲阳关不自由。记得夜深明月静，藕花香处荡轻舟。

咏留园

飞香高阁入云霄，一望双旗拂拂飘。最喜太平风景好，轻敲画鼓闹元宵。

由苏旋杭舟中作

桑田青翠两堤长，月色如银波不扬。茅舍鸡鸣惊晓梦，香风护送抵钱塘。由苏返杭，舟中常闻降香兰花等香，想系吾儿沿途相依护送。

凭遍篷窗心黯伤，一舟如叶布帆扬。多情最是清宵月，伴我思儿听漏长。

乙巳冬梦中即事

十二年来不见亲，次女故已十二年，昨宵与姊同来。梦中随姊定昏晨。青丝低挽双鬟结，仙氅云裳恰称身。梦两女皆披鹤氅梳前髻。

长夏由吴返浙舟中不寐

两鬓新添数点星,何其膝下太零丁。莲花滴尽偏难睡,小婢垂头倚画屏。

右台怀女九首选一

思量往事最心伤,膝下承欢孝意良。仆辈感恩时念主,凄凄痛泪泣坟堂。儿性最孝,余偶有不适,必日问数次。而仆辈间或有过,则恕而置之。时已一年,伊等尚念及而泣。

丙午深秋南山祠堂

独坐深山宵复晨,泪萦双目共眉颦。卜来吉壤埋儿榇,留得佳城寄我身。红叶数株迷野阁,青烟一缕隔城闉。夕阳澹澹将西下,老境浑如出世人。

悼周淑卿丁莲漪两夫人

携来双榇作新坟,吊往追今暮色昏。西子湖边埋玉骨,南高峰下掩芳魂。两夫人,筱石前室也。迎来与女合葬于右台山。

除夕不寐

厌闻人语更嚣嚣,腊尽光阴暮又朝。爆竹通宵催岁去,梦魂颠倒浙江潮。

别苏署小园

步尽长廊过短亭，萧疏秋色暮云停。天边归雁催红叶，池内游鱼戏绿萍。移竹复生寒倚袖，分花又见锦成屏。去秋之菊，分种各盆，今颇茂盛。春初移竹，日见萎顿，又忽茁芽。四时佳境原堪恋，难撇思贤香雪厅。厅本名“思贤”，四面皆有梅花。

儒读

夜永书灯静，宵寒诗思多。鸡窗勤苦读，萤案起悲歌。才子登金榜，闺人盼绿萝。愁看云路远，素志漫销磨。

述怀寄筱石

乌啼月下过楼头，腊梦惊回一缕愁。燕国冰凝霜雪凛，越乡风弄水云浮。青灯挑尽炉烟寂，红烛烧残蜡泪流。可记西湖同泛棹，夕阳影里渡扁舟。

对梅怀女

数枝斜影伴更长，朵朵含春尽透芳。如雪冰姿孤洁态，成丹朱色艳新妆。临风玉韵忘生倦，映日珠光黯送香。梦杳云飞何处是，琼山难觅舞霓裳。

夏夜感时

一轮宝镜照庭空，绿树枝头动晚风。半榻茶烟人静候，满江渔火客愁中。仙山缥渺三年隔，宦性阑珊两意同。国事摧残惭莫补，焚香清夜祝年丰。

游仙枕

姹女婴儿炉火边，胡麻饭熟岂茫然。灵台有路何须佛，琼岛留宾便是仙。桃实千年春似海，胡芦万象景包天。纯阳若借邯郸客，我愿沉酣一觉眠。

醉仙亭

一曲清平绕御前，沉香亭醉李青莲。风流学士才如海，美丽嫔妃态似烟。云想衣裳花作貌，文生锦绣句成仙。欹斜酣卧长生殿，捉月清池水内天。

忆归

锦缆牙樯帆可收，苍茫宦境叹沉浮。春含芳意堪娱目，秋到清光再举头。山阁漫题红叶渡，湖堤雅集绿阴稠。桃花流水清波稳，仙乐沽醪系小舟。

秋调歌

秋风秋雨入深秋，坐对秋窗秋气稠。检点秋情收不起，漫将秋景咏从头。篱边秋菊英长绽，庭下秋兰砌尚幽。阶畔秋虫声已寂，天外秋鸿啼不休。凤岭秋云归舞鹤，鹊桥秋水冷牵牛。秋江罢钓渔翁乐，秋稻登场牧子悠。消焰秋灯光若豆，照影秋庭月一钩。思亲秋枕难寻睡，悼女秋帏梦境留。墙角秋鸦噪桐树，栏前秋蝶绕花洲。酒店秋帘邀过客，长堤秋柳系行舟。到耳秋砧声如捣，醒目秋岚碧落浮。人渡秋帆凭晚眺，兵聚秋操恐动矛。秋清尘俗听秋调，秋凉一味斟玉瓯。肯惧秋霜寒半面，更欣秋色醒双眸。遥望秋山思故国，独依秋槛恋琼楼。自觉秋光秋不尽，秋心结就总成愁。

写怀

情短情长逐水流，满山红叶正深秋。回文欲挽征鸿影，锦字重拈待月楼。天语煌煌难乞退，人心碌碌各专谋。春蚕何故丝无尽，挑尽寒灯只觉愁。衣冠济济少纲常，媚语骄情各擅长。宦态随风吹落叶，世情如絮逐垂杨。病多只觉身为累，眠少方知夜未央。犹盼鸡鸣勤报晓，一丝日影放寒芒。廿年宦海作生涯，卜得平安幸抵家。谢却世情惟静待，山中不负絮庭娃。

晚兴

雨过园林绿，轻风送晚凉。士风趋诈伪，民意总安祥。惜少回春手，难言爱国肠。天钱三十万，为问几时偿。

此理费人猜,愁心何日开。梦魂仍缥缈,仙步盼归来。夜漏销红烛,春郊润绿苔。望云情脉脉,奚处是蓬莱。

感时二首选一

四野戈铤渐不支,天心如海总涵之。宗磐人物飘零甚,可有擎空只手持。

——《亭秋馆诗钞》,民国元年(1912)刻本

何承徽二首

何承徽(1858—1941),字懿生,湖南衡阳人。父何通隐,兄何璞元,夫张伯纯。著名诗人张默君之母。致力于女性解放,兴办女学,曾出任湖南驻宁第一女学总教习、芜湖公立女学教务长等,有"海内女师"之称。有《仪孝堂诗集》。

天足会

人生受诸天,身受诸父母。男女等所同,戕贼孰归咎。缠足始何人,作俑必无后。欧罗夸细腰,非洲石压首。旧俗成三刑,支那甚矣丑。妇女伊何辜,废疾如械杻。气衰精血枯,生子安能寿。一旦盗贼惊,兵刃相坐受。戕生开杀机,诲淫益含垢。玩好花鸟饰,服役牛马走。抑阴极不平,荼毒皆怨耦。女学旷不闻,母仪世安有。人种难繁昌,由此魔习狃。悬禁思国初,戒会多持久。宜各省成立戒缠足会,以力挽浇风也。重典惩奇殃,匡扶望我后。兴国以智民,女教先导诱。宜倡设女学堂。大愿救众生,天足天足会宜推行各府州县。功不朽。

——《女子世界》第二年(1905)第三期

春晓

仄仄轻寒花信迟，东风初日卷帘帷。碧峰读画心超递，翠筦吟春思陆离。宿雾尚垂杨柳影，嫩晴才著海棠枝。料应一剪天涯草，绿入潇湘未可知。

——《神州女报》(1912)第四号

单士厘二十七首

单士厘(1858—1945),字受兹,浙江萧山人。父单恩溥,嘉兴教谕。母许仁林。夫钱恂,晚清外交家,出使过日本、俄国、荷兰、意大利等国。单士厘自幼受良好传统教育。随夫游历多国,受西方近代文明浸染,接受维新思想,创作了很多旅行纪事诗。晚年诗多赠酬之作。有《受兹室诗钞》,另有《归潜记》《癸卯旅行记》《清闺秀艺文略》等著述多种。

新霁

一雨几及旬,幽人茅屋赏。云气冱山腰,万壑淙淙响。霁景忽然开,历历见墟莽。山光青欲滴,黛色浮书幌。田畴亦既沾,禾麦看渐长。对此意欣欣,坐待月华上。

小楼晚眺

向晚独登楼,微风暑气收。残霞明远岫,新月漾溪流。竹露清如泻,荷花香更幽。夕阳衔岭畔,倒影射帘钩。

夜闻大风

飞鸿嘹唳盘云坳,夜寒庭树风萧骚。撼摇丫鸟惊幽梦,檐马声和铃语高。青阳已转催花信,屈指今来第几遭。香消漏永不成寐,坐听流泉澎湃松林号。

春草

冲融淑气荡晴暄,极目芳郊生意繁。渺渺平芜啼蜀魄,萋萋远道暗离魂。香含夜雨迷烟景,绿遍春风补烧痕。一带裙腰斜照里,酒旗摇曳杏花村。

初秋晚眺

谁云秋气悲,我爱秋容爽。微雨洗东皋,夕阳隐西嶂。落霞明远岫,疏柳寒蝉响。坐看白云升,凭栏惬幽赏。

雏鹰

狂飙堕危巢,鸷鸟翩然逝。雏鹰不能飞,踯踖河之涘。毛羽虽未丰,顾盼已惊异。凫鹭争唼浮,远见逡巡避。炯炯目深视,跳踉壮士臂。几忘脱鞲快,渐解搏风势。莫漫窥檐燕雀惊,草间孤兔正纵横。会当摩厉凌霄翮,一举高风万里轻。

雪珠

忽听走盘声，春寒散六霙。雨丝穿未就，风剪缀难盈。咳唾遥天落，琼瑛匝地呈。弹檐惊冻雀，歌串沚流莺。树入玲珑隙，枝疑蓓蕾萌。巧从颔下摘，融惜掌中擎。错落藏春槛，光华不夜城。愧无珠玉句，披氅咏升平。

秋日杂诗

长江日夜流，万壑响深秋。别梦三更笛，闲情百尺楼。屠龙空学技，射虎不封侯。何似谪仙咏，狂歌招白鸥。

甲申立夏日作二首

春残景物最堪思，夏日初长懒未知。百啭流莺如恨别，三眠杨柳倦低垂。青山淡冶花初谢，芳草芊绵碧自滋。栏外几枝红芍药，怜他何事号将离。

世味酸咸我未谙，诗情合向静中参。尝新又见登场麦，骤暖偏宜上箔蚕。雨过池塘蛙阁阁，风微帘幕燕喃喃。回思随宦平昌日，绕屋松涛午梦酣。

抒怀

女子有远行，辞亲心戚戚。暂归依膝下，日久还成别。父母送临岐，重闱伫以泣。丁宁复丁宁，未语先呜咽。惟鸟有慈乌，飞鸣觅稞粒。惟羊能跪乳，亦解酬罔极。人兮何不如，愧彼角与翼。

舅氏命题捧砚图

拳拳片石荆山剖,闻说先朝赐耆耇。奕叶珍藏爱护深,尚书清望高山斗。此砚为高庙赐许公汝霖。又邵书清慎勤扁额予曾见之。忆昔红巾遍地来,东南半壁非吾有。此时只恐劫灰埋,珍重曾交吾父手。间关齐鲁陟幽燕,千里携归诺不负。从教图籍付沦胥,惟有石交真耐久。依然鸲眼注清泉,不磷不缁守吾守。传经述德为知心,岂但云梦吞八九。有时酒酣得佳句,天惊石破龙蛇走。有时草圣学张颠,醉墨淋漓更濡首。赖有传神顾虎头,应留韵事千秋后。貌出坡仙海鹤姿,不将笠屐惊鸡狗。悠悠忍读渭阳诗,嗟我廿年失慈母。披图仿佛缅音容,不能见母幸见舅。明太祖云:外甥见舅如见母也。垂髫问字惯追随,提撕敢忘谆谆口。愿贡芜词冀续貂,先有仁和谭廷献氏题词。此砚此图同不朽。

庚子四月十八日舟泊神户

去年来神洲,船窗遥见山中楼。危栏飘渺倚天际,此中合贮神仙俦。恰当风利不得泊,欲住未能心烦忧。今兹夫婿偕重游,东方千骑居上头。绿波潋滟迎鹢首,春旗杨柳共悠悠。山灵有约似相迓,风伯不忍吹回舟。轻舠一叶登彼岸,相将胜侣同探幽。山光迎面翠欲滴,忻然意惬心先投。故人乍逢差几许,浑忘异域来遐陬。双环迎门殷笑语,愧予未解难为酬。闲庭罗列饶卉木,花香人影相夷犹。岑楼小酌背山麓,乡音入耳人烟稠。此处为华人聚落,名支那街。忽讶吾行归故国,又疑蜃气为幻浮。俯观海面浴落日,金波万点光射眸。御风飘飘传列子,化蝶栩栩夸庄周。昔闻秦皇学长生,长生未得亡沙丘。三千赤子竟安在,徐福姓氏今犹留。何似我皇真好道，文学政事旁罗搜。时夫子率湖北诸生东渡留学。诸生负笈远登涉，不辞跨海师承求。要使榛莪棫朴供廊庙，岂徒烟霞景物奚囊收。

日光山红叶

欲画秋容着色山，天将奇丽难荆关。霞烘霜染轻千卉，岩际松间见一斑。有客停车畹晚□，阿谁题句寄潺湲。旧游回首增惆怅，枫落吴江鹤梦闲。

汽车中闻儿童唱歌日本明治三十二年

天籁纯然出自由，清音嘹呖发童讴。中华孩稚生何厄，埋首芸窗学楚囚。

偕夫子游箱根

云軿自昔语无稽，竟有机车路不迷。电掣汽蒸安且速，毋劳挽鹿过前溪。

廿载泉声入梦频，迩来何幸涤红尘。相偕莫道初探胜，山翠遥迎似故人。

忆昔趋庭学咏诗，松涛流水沁吟思。只今重结烟霞梦，乐境翻悲亲不知。

山围如篋复如筐，脉涌温泉号七汤。天气冱寒人力补，麦秋预祝万斯箱。

二十世纪之春偕夫子住镰仓日游各名胜用苏和王胜之游钟山韵

谁识偕游乐？襟怀自洒然。孟光输此境，徐福说当年。世乱宁纡绶，风回且返船。琳宫饶古物，八幡宫有宝物贮藏所，七百年前镰仓幕府物居多。铜象坐层莲。有六百五十年前大铜佛，高如屋中空梯，升至首则两牖启脑后焉。水碓临溪急，茅亭隔岸偏。购图探胜迹，杖策陟山巅。壮丽三桥馆，清寒十井泉。树高根露石，海阔波浮天。拾贝循沙濑，飞鸦破暝烟。不辞归路远，松月现娟娟。

庚子秋津田老者约夫子偕予同游金泽及横须贺即事

老翁真隐者，特订游山约。金泽横须贺，风景殊不恶。愿言与子偕，出郊践宿诺。同行有女士，学校秉师铎。津田梅子。东语杂华言，居然通酬酢。汽车倏已迈，所见迅而略。再乘油壁车，济胜佐其弱。联翩过山洞，有如蛇赴壑。豁然更开朗，天地何寥廓！气暖绝冰雪，民勤事工作。得覆便为庐，贫民栖止岩穴。可耕无不凿。山上有土处皆为田，无废弃者。松涛响相答，麦浪翠交错。槎枒老干梅，向阳吐红萼。峰转路平坦，依稀旧城郭。犹存城址。想见百年前，诸侯盛藩幕。云烟过眼非，往事堪征索。金泽有文库遗址。登高揽八景，山头有八景一揽亭。一一入帘箔。千里集寸眸，收罗可云博。海波极天际，湖水环山脚。沙堤湖海间，横亘如略彴。万瓦接鳞鳞，群聚成村落。炊烟疑蜃浮，夕照见高阁。有岛峙波中，离立呈崖崿。吾邦小姑山，灵秀差相若。下山复泛舟，遥指横须泊。扬帆渡中流，有鸟小如鹊。老翁言是鸥，忘机辞缯缴。不堪鸡鹜争，聊向沙洲托。达人戒牺牲，志士甘藜藿。此语感人心，可怜屹乾雀。不及海上鸥，飞翔生处乐。高骞得自由，低亦无弋攫。澄波似镜平，风微烟漠漠。一径汽车归，上岸兴辞各。灯火灿繁星，寒村起更柝。兹游惬素心，欲记惭绵薄。转眼失清景，追思已如昨。嗟予疏绘事，空对屠门嚼。东作未耘耔，秋成安望获？譬犹覆杯水，未旱已先涸。寄语深闺侣，疗俗急需药。劬学当斯纪，英人论十九世纪为妇女世界，今已二十世纪，吾华妇女可不勉旃！良时再来莫。人生自少长，苦被人事缚。翩翩将雏燕，女与妇均为小儿女不能同游，徒羡云霄鹤。妇子任嘻嘻，家人终嗃嗃。作诗谢山灵，山灵应大噱。

辛丑春日偕夫子陪夏君地山伉俪重游江岛再步前韵

昔游恰忆月建丑，举室团圞忻聚首。况复亲朋谐某某，残腊已过九分九。壮怀岂作鲁生鲰，且喜乘槎犯牛斗。朅来春和到飞走，草木荣华鸟吐绶。游人杂沓兼华欧，我亦重来探灵薮。古碑剔藓寻蝌蚪，列屋障明覆丰蔀。樱狩及时犹未后，波光花影摇窗牖。目遭心得供吾取，诸美毕臻绝妍丑。不忍落英轻践蹂，惜花心事花知否？相邀胜侣神仙偶，旧俗拘牵宁墨守。我邦女学嗟未有，夏夫人携女循兰年九岁，在日本华族女学校，现值假期，故随父母来。辟故开新解枢纽。春风溶溶荡氛垢，积习销磨冀悠久。晨钟猛听长鲸吼，唤醒群迷应指嗾。异域遨游斯不负，他年莫吝谆谆口。璞中良玉需击剖，众明独昧何甘狃？东西洋各皆盛行女学，惟中国尚无。欲培佳种先诸母，长养新苗去蓬莠。白衣云影幻苍狗，触目风光春着手。东娃西女相导羑，济胜凌崖共抖擞。梵宫遥望涂丹黝,杰构层颠垂不朽。村民膜拜武夫赳,争数金钱投于溇。日本庙前必设石槽注水,人皆投钱于水,然后拜佛。塐像巍峨冕缀黈,神道设教谁归咎?夏禹昔夸功德厚,泐石当年岣嵝。孰真孰假纷结纠,总谓无能出其右。史传释典互欺诱,愚民幻术同窠臼。从今不信书二酉,追随且学刘纲妇。同胞喜遇闺中友,翟绂朱幩骄四牡。金龟楼头举樽酒,笑酹樱花为花寿。

西伯里亚道中观野烧

积雪杳无际,野烧光熊熊。夕阳欲落未落时,云霞半天相映红。烛龙蜿蜒缘山麓,狐嗥兔窜歼蛇虫。草深风劲火更烈,绵延百里如长虹。冰坚地冻雪不解,润泽土脉滋春融。潜回阳和祛冷冽,莫笑阿奴下策出火攻。周郎赤壁田单牛,殃敌害民事不同。旷原湮没几千载,今兹铁道忻交通。从此西伯里亚万顷地,民勤东作歌年丰。要使不耕之地成腴壤,火力乃补造化功!

游俄都博物馆

驱车出西郭,雪积野逾旷。行过万生院,米萃俄用法语,似此两音已在望。入门见长鲸,疑是奔流放。头犹十余丈,想见吞舟量。翾飞并跳走,罗列备式样。左右排广室,四壁硝子障。高者充栋梁,大者踢峰嶂。点缀适其性,转侧形其状。搜罗遍遐荒,布置劳意匠。溯源生物初,螺蛤随潮涨。蠕蠕乏腔肠,日晃沙水漾。动植未分明,一一盛盆盎。通明似琉璃,纤细若丝纩。或枝叶卷舒,或花萼施张。渐有蝠与猴,人禽同草创。卵生及乳哺,热血具腑脏。食肉多钩嘴,喜鸣善引吭。骈足立蹣跚,单蹄行跌踼。昂然之拉夫,麒麟证非妄。貂鼠窜层冰,虎豹隐雾瘴。牦牛庞且驯,鳄鱼桀而兼。修毛委地垂，龟齿屹相向。洞深狐暗窥，线系燕颉颃。鹰鹯势相攫，鸥鹭表闲让。仁心不嗜杀，狮子独推王。大小两白熊，岩石沉舟傍。此为俄国产，摄影购其相。巍巍巨象骨，出自沙石矿。传闻几千年，度在纪元上。象乃热地兽，寒区疑不当。或言俄昔暖，地心火犹旺。后来冰雪深，暖力渐失丧。我疑此古兽，别国所生长。或系战利品，或出交情贶。易地不禁寒，遂向空山葬。若为本土生，岂一更无两？既能产此兽，未必寒骤妨。何以北冰洋，动物偏无恙？此言因娇情，论古或予谅。窈窕谁家姝，执册携儿逛？物理详指示，告诫尔毋忘。鉴斯感我心，教子在蒙养。吾邦自宋来，典型嗟久荡。尔雅笺虫鱼，博物古亦尚。离奇山海经，形容或非诳。讵欲夸夥多，但为学者饷。只今新世带，生理益繁广。欧美号文明，宜思所以抗。露虽非立宪，民志籍开畅。远游饶眼福，学界无尽藏。

甲辰冬送胡馨禾嫂暂归

漫天风雪就长途，欲护兰芽别掌珠。为送侍姬归国生产而留子在俄。因解方言酬酢洽，夙钦俭德美欧俱。夫人游欧美，佣妇莫不感其令德。六年异域饶闻见，二兆同胞作楷模。不羡轺车荣翟绂，羡君归去有慈姑。

乙巳秋彼得堡留别陆子兴夫人

俊眼识英才，于归我国来。神明仰华胄，未许谤衰颓。
森堡订知交，情深似漆胶。愿君来沪渎，启发我同胞。
伉爽英雄气，由来出将门。一篇琴曲谱，悲壮感吹埙。
人世嗟离别，临岐百感生。读君和泪句，握手更沾巾。

己酉除夕步夫子原韵

结缡廿五载,今岁始营家。赁取三弓地,劳增两鬓华。年声喧爆竹,风致赋梅花。团聚儿孙乐,闲鸥卧暖沙。

——《受兹室诗钞》,李雷主编《清代闺阁诗集萃编》第九册,中华书局2015年版

钱云辉一首

钱云辉（1859—?），字织孙，归安（今属浙江湖州）人。钱振伦、翁端恩之女，常熟举人俞钟銮室，著有《冰凝镜澈之斋诗文词集》。

题沈氏研拓

商声满天地，如蜩复如沸。舅氏题吾母《补篱图》。留题吾母像，展卷难忍泪。缅想舅音容，道气盎充粹。家国六十年，忧戚无退避。艰难萃一身，世运值衰季。囚山七暑寒，群狙尚环伺。皇天悯忠孝，泉宫得早闷。可怜小朝廷，乃复锡名谥。咄哉一片石，有老山泽戏。谛视忽惊诧，神与吾舅类。画史倘前知，无乃天位置。三叹造物奇，收神出古异。寒泉念母心，渭阳感舅谊。天属永不忘，悠悠我所自。自注："研背有像，极肖翁松禅舅氏。"

——钱仲联主编《清诗纪事·列女卷》，

江苏古籍出版社 1989 年版

屈蕙纕二十一首

屈蕙纕（1860—1932），原名钰如，又名梅辉，字逸珊，浙江临海人。父屈宗瀚，夫王咏霓。王咏霓为晚清政要，近代教育家。清光绪九年（1883），屈蕙纕与姐屈茝纕唱和之作，辑为《同根草》四卷。民国后，屈蕙纕致力于现代女子教育，曾于1921年创办黄岩县立崇诚女子高等小学并任校长，后停办，1925年复办黄岩县立女子师范讲习科，附设崇诚女子小学，1929年改名黄岩县立女子师范讲习所，亲任所长。晚年整理诗集，诗作多惜别伤离，感怀身世，关怀民生，是近代台州著名的女诗人。有《含青阁诗草》三卷和《含青阁诗余》。

落叶二首

萧疏庭树淡秋烟，落叶声中思惘然。只恐天风吹更远，可能留影覆寒蝉。

白云依旧漾晴空，影闭重泉梦不通。落叶满山斜照冷，萧萧万木自摇风。

和云姊春日有怀元韵

一桁珠帘卷晓风，幽窗梦破鸟声中。苔经宿雨添新碧，花勒轻寒吐晚红。断续心情香篆冷，苍茫云树尺书通。相亲输与梁间燕，犹得呢喃话绮栊。

悼花词二首

烟痕缥缈月微茫，恨紫愁红枉断肠。草草春归尘梦短，人间那有返魂香。

流水落花春去也，海山兜率竟茫然。琐窗风雨潇潇夜，一片愁心托杜鹃。

云姊以重阳唱和诗索和即次原韵二首

拚将酩酊过重阳，家酿频倾玳瑁肠。金井渐看梧叶瘦，罗囊新佩紫萸香。风能落帽登高懒，诗为题糕引兴长。添得凭栏无限思，蒹葭萧瑟满江乡。

水色山光漾霁华，西风渺渺逸情赊。白迷远浦芦翻雪，黄补疏篱菊吐花。城上角声催落照，楼头杯影泛流霞。浪吟自笑迟兼拙，轮与飞卿擅八叉。

六月八日先君忌辰志感

悲风撼乔木，晨起心傍徨。堂前展遗挂，含泪献酒浆。盘铏具珍错，果否来一尝。抚今念畴昔，哀痛煎衷肠。昊天自罔极，岁月空堂堂。反哺愧乌鸟，此恨千秋长。

七月十五风雨纪事

声泻江河势动摇,阴霾惨淡蔽昏朝。山腾雨气连天暗,树挟风声入夜骄。倚枕那能成短梦,挑灯仍复坐长宵。水乡茅屋愁沉没,一夕新流过石桥。

醉菊

护持风雨一年忙,合向花前醉几场。三径幽芬宜待月,九秋香伴此传觞。掇英雅助陶潜兴,对影争如李白狂。倦倚东篱归未得,朦胧扶梦立昏黄。

成梓臣太守命题小瀛洲春禊图

柳丝绿映繁花红,波光潋滟涵晴空。采兰祓禊记芳序,兰香波暖春融融。碧烟影里流莺啭,湖心亭上张高宴。湘乡太守作主人,四方招集青云彦。一觞一咏叙幽情,曲尘风暖天气清。脱略冠裳敦古谊,谢除丝竹余春声。此歌彼和吟情适,丹青特遣留真迹。要使东湖逸事传,琴樽雅韵谐泉石。冠盖飞扬映绿芜,湖光山色共清娱。他年好待王摩诘,重写瀛洲学士图。

昨检书箧得先君遗墨怆然作此三叠前韵

披吟遗墨泪潸然,树影摇风锁暝烟。乌恋寒林空有梦,鹤归华表是何年。青箱已散难传世,丹诀无灵枉学仙。焉得返魂香可爇,再生人世莫生天。

己丑元旦试笔

椒花香暖岁华新，渐渐风调六律匀。小帖泥金书宝字，延龄柏醸晋长春。迎神只觉乡风异，角彩欢腾笑语频。遥想故园诸姊妹，也应系念远离人。

申甥桢夫以诗问病次韵二首

药铛影里诵瑶篇，寂寂衙居屋数椽。懒挽云鬟临宝镜，从教日影过花砖。病萦弱体偏难遣，讯隔重围岂易传时外子在试院。焉得长风遥借力，积阴吹散月当天。

世事茫茫唤奈何，非关寒暖失调和。春风不展双眉锁，铃雨空传一曲歌。辗转芭蕉心易悴，模糊鹦鹉话偏多。濠梁近悟蒙庄旨，非我非鱼莫问他。

汴河怀古

汴水无情只自流，丝丝杨柳不胜秋。西风落日空遗恨，锦缆牙樯忆昔游。无复美人歌旧曲，只逢渔父掉扁舟。隋家堤畔频凝望，浩渺烟波万古愁。

舟泊下关即目

薄暮停舟处，遥瞻细柳营。旌旗坚戍垒，鼓角壮严城。天堑原夸险，江流总未平。电灯高照处，愿似将星明。

到杭三首

江山且漫分吴越，霸气销沉水自流。十载西湖劳梦想，今朝真个到杭州。

堤边几处好楼台，坐对船窗两面开。龛赭山高云半掩，长风吹雨过江来。

篷背潇潇听有声，夜来倚枕倍关情。明将湖上寻春去，且祝东风早放晴。

感时事叠前韵

惆怅黄阳厄闰年，沧桑世变更茫然。烽烟幸脱情尘劫，镜月空留梦影悬。长簟那堪秋寂寂，孤灯愁听雨绵绵。新来君国方多事，愿把闲愁一例捐。

——《含青阁诗草》，清光绪间刻本

吴毓荪八首

吴毓荪(1861—1878),字意兰,归安(今属浙江湖州)人,吴云孙之女。早慧,随父学诗,卓然有成。许字吴清蕙之子彭泰士,惜未嫁而卒。有《意兰吟剩》。

梧桐

小院绿阴满,石床琴乍横。枝头宜凤集,叶底有蝉鸣。著露净如洗,无风气自清。更添数竿竹,画意认分明。

咏雪四首选二

斋小幽闲甚,牙签满架藏。苍松寒更茂,绛萼冻含芳。呵砚题新句,烹茶掬异香。纸窗光掩映,清气沁诗肠。书斋

柳絮舞凌空,扁舟雪满篷。持竿惊鬓白,沽酒映炉红。蓑笠带寒色,菰蒲摇晚风。志和今在否,独钓五湖中。孤舟

纳凉即事

闲步园林日未沉,槐阴小坐涤烦襟。荷池雨过鱼争戏,柳岸风来鸟弄音。细葛轻罗随意著,冰壶茗碗不停斟。笑他瓜李南皮

宴,韵事流传直到今。

水仙

白石清溪证夙缘,胆瓶移向绿窗前。冰弦旧谱成连曲,罗袜新逢洛浦仙。玉貌迎风香馥郁,檀心和露色鲜妍。梅兄矾弟皆同调,位置真宜几案边。

杏燕

屋头初日暖如烘,轻燕翻飞小苑东。斜掠乌衣迷锦绣,低随绛雪入帘栊。香生院落霏微雨,人倚阑干淡荡风。省识江南春事早,呢喃应也恋芳丛。

观荷口占

万柄新荷带露开,清香风送入帘来。一双白鹭忽惊起,知是采莲舟乍回。

白玉池边看浴凫,亭亭倩影绿云扶。陂塘六月春光好,水槛招凉不用珠。

——《意兰吟剩》,清光绪十七年(1891)彭泰士活字本

严颂萱三首

严颂萱(1861—?),字玫君,浙江桐乡人,诗人严永华侄女,著有《澹清吟馆诗草》。

读先君清啸楼遗集二首

诗是吾家事用少陵句,斯编更不同。清芬流百世,正气郁孤忠。传诵蛮荒外,搜寻劫火中。穷边遗爱在,堕泪为羊公。先君于同治乙丑殉难贵州石阡府任内,恤典既优,士民追悼尤切。

忆昔灵椿谢,依方襁褓年。永怀恩罔极,最小女偏怜。岂解传经训,犹能认断弦。合成忠孝集,花萼十分艳。与稺芗先姑母诗合刊为《忠孝同怀集》。

叠步周积甫舅父自粤东官舍寄示元韵

我学凫雏傍母眠,不将身世问苍天。无聊渐解书灯味,有恨都消佛鼎烟。昼短绣因摹帖废,秋深篱为护花编。若云似舅渐非分,但爇心香拜谪仙。

——赵青撰《嘉兴历代才女诗文征略》,
浙江大学出版社2014年版

王纫佩二十六首

王纫佩(1862—1891),字韵珊,安徽婺源(今属江西)人,幼极聪慧,入塾读书,过目便能记忆。书法、文章俱佳。及长,工书善词章,名列清代婺源十二家女词人之一。20岁嫁观察江峰青为继室,伉俪情好,诗文唱和,诗风温丽缠绵。有《佩珊珊室诗集》。

送湘岚之馆江村

一囊书剑整行装,春色撩人日正长。蓬矢桑弧男子志,不应樽酒话离肠。

别愁忏尽又环生,一曲骊歌到耳惊。今夜东风吹纸帐,梦回休认玉钗鸣。

春寒春暖易差池,客里晨昏系我思。为检征衫频耳语,无人调护自扶持。

归期约在出门先,春正平分月正圆。记取一灯凄永夜,有人时自卜金钱。

怀古二十首选十一

西施

金汤不惜殉蛾眉,西子捐躯报主知。诬蔑古人心曷忍,五湖谁见伴鸱夷。

虞姬

一曲虞兮霸业空，舞衣血溅剑光红。美人甘为英雄死，人彘伤心说汉宫。

卓文君

一念怜才礼教疏，须臾不忍玷璠玙。当垆尚有文人意，独惜春风识面初。

王昭君

出关一骑冒狼烟，赢得芳名万古传。何事琵琶写哀怨，几人长乐闭春妍。

班昭

女诫流传真宝训，汉书成就大文章。天生史笔无钗弁，一代香闺著作郎。

貂蝉

报恩不惜貌如花，彩凤翩然竟逐鸦。他日图功麟阁上，凤仪亭畔玉钗斜。

蔡文姬

衰薄门庭荏弱身，朔风衰草起边尘。中郎著作终归汉，值得黄金赎美人。

谢道韫

雅人深致有平章,柳絮新词压锦囊。才本无双谁得似,漫疑天壤有王郎。

梁夫人

裙钗慧眼识元戎,鼍鼓三挝助战功。今日黄天波浪荡,雌风犹胜大王雄。

苏小小

怜才一笑辄心倾,绝代红颜擅盛名。油壁香车何处是,白杨孤冢尚巢莺。

李香君

鸳鸯梦破黯伤神,寂寂秦淮闭好春。扇上桃花襟上血,侯生终是负心人。

溪行

一曲溪流一镜清,村南村北板桥横。山居向午烟犹锁,风铎无声浪自平。尺素可曾遗鲤信时湘岚外出,寸怀还欲证鸥盟。昭回银汉应如此,耿耿星河渺渺情。

涟漪无力不胜舟,湿翠湔裙妒石榴。薄縠似随云倒卷,落花争逐水东流。鸟啼岸曲全栖树,鱼乐濠梁不上钩。荇菜参差浮未起,一泓清浅最轻柔。

阅红楼梦传奇有作

悲欢转瞬等浮沤，一部传奇记石头。境辟太虚原是幻，伤心人尚梦红楼。

潇湘院落接怡红，一局围棋一著空。流尽泪珠人各散，千秋一对可怜虫。

如花人泣葬花诗，肠断春风独立时。今古茫茫同此恨，人天何处问颦儿。

湘岚自杭州寄诗赋此奉答

梅黄送远乍惊秋，千里邮筒慰别愁。闻道西风潮正长，双鱼容易到杭州。

北堂萱草健凌霜，驻得春晖爱日长。远道不须忧内顾，久谙食性奉羹汤。

别时偶被病魔缠，开到荷花已霍然。多谢云笺频问讯，幸安眠食莫悬悬。

登高望远隔云岑，寒到君边感妾心。吴越各天难插翅，一缄情泪托清吟。

曹娥庙吊古

一般荏弱女儿身，两字纲常认得真。死重泰山今不朽，千秋巾帼有完人。

丰碑屹立拓斜阳，奇事奇文合宝藏。湘岚拓得庙中碑帖数纸，藏之箧中。黄绢好辞镌已满，可容题句到王嫱。

——《佩珊珊室诗存》，清光绪十九年（1893）刻本

钱淑生十四首

钱淑生(1862—1901),湖南宁乡人。钱光琢女,钱桀妹。年十七嫁湘阴李祖芳,三年夫卒,钱淑生守节抚孤,善诗文,"苦吟成癖",各种诗体均有涉猎。有《桂室吟》。另撰有《班氏诫笺注》《小黛轩论诗诗》。

自湘阴归省

初四发湘阴,初五泊新康。初六到长沙,初七下西乡。百数十里间,行李殊周章。逶迤入家门,再拜上北堂。老父出慰劳,老母问家常。弱妹供盥洗,嫂氏备茶浆。弟侄各欣喜,喧笑绕匡床。饼饵堆盘匜,枣栗盈筐筐。屋后枫叶丹,阶前菊花黄。至哉天伦乐,慰我长相望。所嗟时地异,抚己暗悲伤。昔时千金子,今成人未亡。不敢自流露,恐伤老人肠。黾勉膝下欢,鸠杖双扶将。幸此春日晖,椿萱正康强。相从北堂下,载奉称寿觞。

紫荆树示诸兄弟

庭前紫荆树,艳丽正着花。有如同根人,同气无别差。殷勤手培溉,葆此非常华。人生骨肉情,对之长叹嗟。及时莫远游,珍重同居家。

回湘阴晓发舆中口占

东岭延朝晖，西峰挂残月。牧牛亦已出，鸣鸡犹未歇。凄清重凄清，此心独兀兀。回首望门闾，迢迢隔林樾。

卧病

庭院风来窗唧唧，孤灯幻作青磷色。夜寒卧病独转侧，枯肌起粟毛发直。九泉乐土归亦得，鬼伯何劳太相逼。忽然月上寒鸡啼，垆烟未断香满闺。终夜作恶心魂迷，天明日出帷帐低。

寄三兄时从军哈密

闻道伊吾国，龙沙万里遥。天山有明月，瀚海不通潮。羌妇能吹管，胡儿解击刁。军中异苦乐，惟问汉嫖姚。

送四弟从军新疆

由来兄弟别，共念一荆株。此意传庾信，深情感女媭。客途须郑重，军事莫含糊。为寄阿兄语，高堂白发疏。

阶下梧桐忽然半枯感而有作

百尺高何用，枯枝不识春。汝为半死树，我亦未亡人。无复阶前荫，惟堪爨下薪。南华齐物我，相对独怆神。

江天晚眺

泽国苍茫里,风平水不波。江空来雁少,山远夕阳多。渔艇数行集,征帆几阵过。白云亲舍在,归信待如何。

闻三兄权荆州丞赋寄

荆州例是羁栖地,司马由来憔悴官。莫以此行成落拓,须知好境出艰难。仲宣作赋时无魏,太白投书世有韩。他日看君驰五马,还教贡禹庆弹冠。

夜坐

雨细愁难洗,风寒夜未眠。坐听更数转,烧烬博山烟。

忆母

频将思母泪,早暮洒湘阴。极目江天远,白云何处深。

西施

一心报越合亡吴,歌舞无情血泪枯。可奈受恩酬不得,空令遗恨满姑苏。

晓起

一半山岚一半烟，晓星寥落破霜天。忽闻古寺晨钟发，回首西山月尚圆。

感事

丈夫处世要经纶，不是轻挑横议人。未免诸公多误会，直教倾国复倾身。

——《桂室吟》，清光绪二十七年(1901)李氏家刻本

李靄媖十八首

李靄媖(1863—1899),字陶吟,河北任丘人。任丘知府李义铭长女,长治知县武安白昶继室。李靄媖七岁能诗,十年博览群书,通晓诸史,旁及算术、医学,兼倚声,能书,善画水墨花卉。有《剑芝阁诗钞》二卷、《续选》一卷、《词钞》一卷、《赋钞》一卷、《文钞》一卷。

戊寅九月记异

重阳将近湿云遮,朔雪凄风战齿牙。半夜画檐敲玉柱,五更庭树散琼花。高才咏絮知何处,败兴催租定几家。瘦菊萧疏芳景寂,清香一瓣读南华。

梅花四首用渔洋秋柳韵

万松岭上返香魂,璀璨微横月下门。花意争春清有影,琼姿映水澹无痕。孤山处士裁新咏,萼绿仙人忆远村。高格总推群卉首,丰肌弱骨不须论。

绰约仙肌最爱霜,疏枝香动丽银塘。此时雪岭飘霞蕊,他日冰盘荐玉箱。第一清新陪洛女,无双秾艳笑花王。要知独秀空山里,更胜繁华碎锦坊。

檀心胜麝玉为衣，春到淮南景未非。濯锦江边芳意歇，含章殿下晚妆稀。玄裳冷落和苔啄，翠羽殷勤绕树飞。寒彻瑶台尤韵绝，一樽香醑莫相违。

每拈长笛倍相怜，只恐轻绡破晓烟。竹外自斜天漠漠，春归曾致雨绵绵。繁英满树看今夕，瘦干凌霄记昔年。寄语百花休竞巧，和羹相待五云边。

中秋无月至夜半忽现弥觉清绝洒然赋此

桂子落鹫峰，秋空雨正浓。晚来雨声歇，共说今宵月。月出故徘徊，罗云拥不开。幽人步芳榭，吟诗三五夜。夜静碧云轻，应怜延伫情。清光亦何皎，霁色愈莹好。浩歌忆谪仙，举酒邀婵娟。轩轩欲霞举，云阻奈何许。白莲证后因，金粟认前身。珠跳花下露，玉戛窗前竹。晶帘不卷霜，琼宇飘天香。荧荧大地影，耿耿琅霄迥。曙色坠银河，瑶台梦若何。

读史

懒向明光折桂柯，肯随小隐入岩阿。狂奴故态犹难改，烈士雄心自不磨。玉具拄颐聊痛饮，锦囊负背慢吟哦。海山要是移情者，图史其如励志何。

述怀

胸中峥嵘千仞山，眼前寥廓百道泉。光芒直彻万古上，兴酣携卷叫紫烟。箕踞嫚骂吾不取，苏子亦说刘伶颠。名士但当痛饮耳，此语便已亏天全。望之不鄙士行正，诗豪酒圣空称贤。迩来慷慨动君子,愿谒兰陵舞秋水。平生意气今几何,玉具拄颐聊耳耳。达人清节贵磨砻,精金讵受纤尘滓。后者瓦砾前秕糠,文士相轻尽如此。愤极冲天欲一鸣,畏人嗔怒还须已。

夜读苏诗集句

故应文字不离禅,总把空花眼里看。清夜漫漫困披览,天风吹月入阑干。

纪梦

淡泊夙所安,齐物得宗旨。既长习勤劳,昼作夜乃止。颓然适天放,杳不知所以。叩门谁氏园,灵境殊栗里。野舍牵薜萝,林木森可喜。云开淡淡山,日漾溶溶水。褰裳涉涧滨,延芳采兰芷。响泉横绝巘,斑斑土花紫。挥手一再行,天籁萦吾指。广陵不世传,叔夜信非美。弃置勿重弹,恐使音盈耳。次律悟前生,那须闲故纸。人生亦有涯,世事何穷已。早知蝶是周,不待蘧然矣。

夜读

琐窗薇帐冷沉沉,展卷清吟到夜分。银烛渐销欹倦枕,博山香霭散氤氲。

黄雀行

榆叶落,黄雀过,群群阵阵何怡乐。稻粱满地不用谋,朝翔暮宿逍遥游。自谓身世永无忧,岂知虞人待汝立山头。扬缯缴,施网罗,若不冲霄奈若何。一朝身入樊笼内,欲出不能羽毛碎。世人爱惜巾箱中,尽希杨宝传三公。栖以湘竹枝,饰以玉璁珑。绵蛮竟日含悲思,黄花烂漫摇秋风。回思丰草长林地,渴饮溪光饥啄山。花子蹀躞而今羽翼垂,旧游如梦空相忆。宇宙亦寥廓,黄雀乃至微。不能自奋迅,致与始愿违。人生亦如此,何必今是而昨非。早知富贵有危机,悔不修翎振刷贴天飞。

阅旧作

总角耽文翰,篇章每自娱。只疑多珷玉,岂望得骊珠。杨子悲歧路,庄生戒畏途。廿年尘土梦,展卷一长吁。

——《剑芝阁诗钞》,光绪间白昶刻本

家畜一雁已二年矣每闻鸿飞天外辄戛然长鸣余甚怜之为赋此诗

空有冲霄志,其如折翼何。徘徊依瘦影,寂寞步庭莎。鹰隼无劳妒,龙鸾要少和。故人天际语,犹忆在烟萝。

雪后山行有怀三妹二首

别来终日情怀恶,遮莫长歌行路难。游子衣单劳远念,居人夜坐感悲欢。平田漠漠饥鸟下,孤塔亭亭野鹘盘。只有梅花伴清淑,金樽聊与慰荒寒。

野阔天低晓气寒,貂裘不暖耸吟肩。雪山万叠晴相射,大似襄阳孟浩然。

闻咫园紫芍药盛开以病不果赏赋此解嘲

庭院深深掩碧纱,药栏犹忆旧分葩。香风乍动惊鸾影,紫艳初开灿瑞霞。病过一春如中酒,愁来万斛为怜花。小园咫尺犹难到,强起偏思管物华。

寻性耽文翰坐是致疾者屡矣书以自解

重裘坐拥尚憎寒,羸弱真堪仿士安。不为读书耽雅趣,那能与病结清欢。妄心已逐风云散,素志终期宇宙宽。香畹夙因何日觉,庭前柏子任君看。

——《剑芝阁诗钞续选》,光绪间白䙡刻本

林步荀五首

林步荀(1863—1936),字蓉史,侯官(今属福建福州)人。中国同盟会会员。林则徐次子林聪彝第五女。适沈葆桢第七子沈琬庆(字次裳),子沈纲。曾留学日本,回国后流寓东南,任教于南京女子师范。诗书画兼擅,极富才情。有《卧云仙馆诗集》。

暮春菊

漫向花前倒酒杯,当年陶令早归来。只应误受东皇聘,游戏人间又一回。

眼看桃李艳成行,独自娟娟对夕阳。不改东篱旧颜色,任他群卉巧梳妆。

纵教唤作群芳主,不籍番风阵阵吹。昨夜春寒弥自味,冷香勒到半开时。

——《中国新女界杂志》(1907)第二期

报沈纲夫人

群籍汗牛马,列肆若鳞甲。向来罔利心,贻讥贱者业。支离煽伪学,驱俗入诡侠。文字实厉阶,谁能绳以法。彬彬诸君子,无乃邦之杰。积学懋新功,持正矫邪说。致身于著述,奋笔代喉舌。

道德为本源,步趋企前哲。扫除流俗见,立论破症结。鸿编蒙见贶,老眼摩挲阅。读之未终卷,中情杂悲悦。或如指南针,迷途免颠蹶。或如纪事珠,触目补荒忽。或如古铜镜,烛照析毫发。或如天孙锦,璀璨耀日月。清芬兴丽藻,振古未消歇。闻风足兴起,群志各自竭。嗟我垂暮年,有子痛殂没。飘零遭家难,羁旅在吴越。平生利济怀,未忍付沉没。国权日沦替,民生更觺嵬。封豕与长蛇,荐食恣驰突。在位习恬嬉,朋党竞龉龁。浑忘祸患随,危同燕巢幕。我生实不辰,对此百忧灼。兹编有神契,女教资扬扢。云气所渐摩,金丹换凡骨。神州倘未沉,掩卷气郁勃。孤吟动风雨,热泪洒溟渤。

——钱仲联主编《清诗纪事·列女卷》,
江苏古籍出版社 1989 年版

水仙花二首选一

青女素娥幻化身,凌波罗袜不沾尘。金相玉质谁堪匹,道骨仙风亦可亲。花到清高妆黯淡,人于忧患见天真。幽窗寂寂香魂冷,惟听琴声变徵频。

——《妇女杂志》第一卷(1915)第九号

缪宝娟七首

缪宝娟,生卒年不详。字珊如,号琴川女史,江苏常熟人。幼年随父缪翰仙、叔父缪少初宦游豫、陕、鄂诸省。夫李振鹏。李振鹏官直隶候补道,掌教开封游梁书院。缪宝娟工诗词,好吟咏,工书能画。诗多纪游之作,明丽清新,饶有画意,无哀婉忧戚之感,夫妇唱和为乐。有《倦绣吟草》《吟秋阁诗草》各一卷。

春柳

杨柳丝丝一望齐,和烟和月拂长堤。画楼雨细眉痕浅,绮陌风轻舞影低。金缕剪成穿紫燕,绿阴织就啭黄鹂。那堪临别阳关道,攀折年年送马蹄。

怀贞如姊

妆台眠食近何如,走笔殷勤问起居。秦岭云高孤一雁,卫河水阔滞双鱼。凭栏已是花开后,卷幔刚逢月上初。此际相思千里共,几番西望倍踌躇。

洛浦春游

东风吹度洛川滨,辘辘香车碾软尘。树色含烟山泼翠,波光如镜草铺茵。漫疑渔父来秦境,拟效陈思赋洛神。指点扁舟来一叶,三篙暖涨碧粼粼。

送春

园林无力护芳菲,红渐萧疏绿渐肥。蝴蝶不知春已去,殷勤犹傍落花飞。

雨后残香何处来,飞花成阵飐苍苔。莺儿并坐枝头唤,底事东风竟不回。

登龙门游香山寺

揽胜偶登台,凭高眼界开。山深人不见,松静鹤初回。水自峡中出,帆从天外来。游观浑未倦,夕照漫相催。

田家

数椽茅屋野人家,落落疏篱一径斜。山雨欲来林鸟寂,蜻蜓飞上水荭花。

——《倦绣吟草》,清光绪四年(1878)排印本

沈久芳二首

沈久芳，号倚珊，秀水（今属浙江嘉兴）人，沈景修（1835—1899）与顾佩英之女，丈夫为庄文传。

慰亲二首

姊妹花开共一丛，芳菲日日笑春风。无端分种人间世，常使天公怨落红。

愿我椿萱勿过伤，须知万物尽无常。他时执节来迎迓，别久仍须聚一方。

——赵青撰《嘉兴历代才女诗文征略》，
浙江大学出版社2014年版

许绮诗三首

许绮诗,字丽卿,浙江海宁人。

久雨

底事连旬雨,阴阴未放晴。落花堆野径,宿雾锁春城。燕垒泥常湿,鸥汀水屡生。待看新霁后,沾足趁农耕。

忆母二首

于归三载少承欢,千里迢迢定省难。只恐萱闱倚闾切,频烦鱼雁报平安。

忆昔相依膝下时,朝朝欢聚乐无涯。可怜一旦分离后,辛苦艰难只自知。

——赵青撰《嘉兴历代才女诗文征略》,
浙江大学出版社2014年版

钱绿云三首

钱绿云，生卒年不详，钱塘（今属浙江杭州）人。

自遣

女儿应否作书痴，欲上青天一问之。毕竟工诗才薄命，还因薄命始工诗。

次钝庵病中有感诗原韵四首选一

依家少小住柴扉，喜读诗书愿竟违。不道年华真逝水，可怜心事误春晖。生成傲骨天终妒，弹到知音世所稀。岁月蹉跎惭故我，等闲犹自想非非。

题茶花女遗事巴黎言情小说

雨覆云翻事莫论，当年悔自种愁根。巴黎犹说茶花女，一卷摩挲血泪痕。

——《吟秋小草》，清光绪三十四年（1908）
刻《宜春馆丛书》本

李淑贞一首

李淑贞,字松秀,安徽宿松人,生活于同治、光绪年间。著有《茹古香阁诗集》,现存诗约十首。

病起闻风雨感旧抒怀

绿杨丝软日三眠,细雨频教百感牵。曾忆垂髫嬉戏后,相随严父宦游年。燕南冀北飞轻骑,越国吴江放画船。回首繁华经阅历,惊心戎马呼喧阗。那堪烽火遭时乱,浪说河山胜迹传。今古浮云多变幻,乾坤大道孰载肩。洪都曾许离踪寄,皖国欣看旅旌旋。扰扰干戈初扫荡,匆匆岁月易推迁。黄梅欲熟逢佳节,红豆相思盼暮天。梦绕庭闱千里回,情怀昆弟一灯悬。萍飘有迹羁鸿雁,花落无声泣杜鹃。白唾狂飘书幌外,绿荫浓护画堂前。长应惜日光虚掷,瘦不禁风帐漫褰。松落偏闲棋子局,茶煎且伴药炉烟。南薰解阜挥三伏,北牖声歌弄五弦。滴尽檐间余溜水,举杯邀到月轮圆。

——傅瑛主编《明清安徽妇女文学著述辑考》,

黄山书社2010年版

姚蕴素三十一首

姚蕴素(1864—1944),字倚云,文章多署名“范姚蕴素”,安徽桐城人。祖父姚莹,清代名臣。父姚濬昌,曾任江西湖口知县等职。母光氏。夫范当世,通州(今江苏南通)人,李鸿章幕僚。姚蕴素为其继室。姚蕴素曾任通州公立女子师范学校首任校长、安庆女子工艺讲习所所长、南通红十字会会长,与易瑜、吕惠如为好友,著有《蕴素轩诗集》,女弟子和侄孙女在其七十寿辰时为之刊行,另有《沧海归来集》,是弟子们为其八十寿辰而刊行。

偕大姊晚眺

何处钟声逐晚风,碧天云净夕阳红。渔人隔岸弄明月,白鹭衔鱼出柳丛。

别荼蘼花

十年避迹白云间,晓色初开雪后山。此别正逢春到眼,落花一径是谁看。

新秋闲望

四山云物已成秋,极目斜晖照翠楼。梁燕渐思辞故垒,江鸿初见到沙洲。木樨槛外幽香发,菡萏池边冷艳收。自起汲泉惊白鹭,碧天飞处月如钩。

安福闻子规寄怀大姊

高柳依廊疏影低,碧天清夜子规啼。无端惆怅思千里,双桂楼前月向西。

呈夫子

岁次在己丑,其时乃孟春。万物吐宿秀,草木刚怀新。结褵事君子,于归赋良辰。同心欣静好,燕婉愧蘩蘋。富贵安所重,儒术惟可珍。文章增纸价,诗书未全贫。林泉堪养志,穷达任屈伸。贤者固乐道,超然遂天真。闻述先世德,始知堂上仁。清族传盛泽,孝弟昆季淳。陋质虽不敏,焉敢惮劳辛。老亲择士艰,十年得斯人。岂惜丝萝弱,千里缔婚姻。足慰生平意,冰雪谊相亲。少君躬出汲,良妻自荷薪。续史承优召,解围对嘉宾。懿行去以远,文采留经纶。东风展群芳,日暖名花香。青青窗前柳,蔼蔼春山光。暝烟横翠岫,庭际余残阳。官阁一凭栏,归鸟凌虚翔。纤月破黄昏,寒辉绕曲廊。疏星悬树杪,幽院起苍凉。静观生意满,美景皆词章。瞬息将三旬,何时见高堂。无违在夙夜,勉力侍姑嫜。欲穿望云心,迢迢川路长。失恃惭妇德,思之诚恐惶。书此聊自勖,勿作俚辞忘。

随夫子登滕王阁

我离膝下悲不释,况复阻风三四日。章江门外阁腾空,乃是滕王古遗迹。夫子慰我携登临,快览凭高爽心目。春云渺渺压檐低,杨柳依依当户绿。临高下视尘寰小,万里苍茫入怀抱。朱颜绿鬓不常好,文采风流乃为宝。当年胜事安能讨,只今寥落余文藻。离愁涤尽消烦恼,从君共返家山道。回舟酌酒但高歌,试听长江声浩浩。

游石钟山

春乘碧水胜游多,从我夫子曾经过。泛览江山入湖口,奇峰峻石高嵯峨。好风反阻游人意,匆匆东归未得憩。春水既落秋水新,复从吾兄省吾亲。扁舟载得湖山美,又作石钟山下人。试携仆从盘旋上,清光万叠空苍莽。羁愁离恨一时消,心目为之豁开爽。重楼绮阁何迢递,画栋珠帘绝闲敞。嗟哉宇宙何滔滔,观空法界灵台广。左峙南康右九江,云飞浪鼓江风长。倦游小憩临虚廊,参差竹绿秋花黄。与兄谈笑坐叹息,人生邂逅当倾觞。斜阳欲落且回棹,溟烟淡淡天苍苍。男儿壮游已非易,况我闺阁宜其藏。缄诗寄上津门道,聊尔于斯志徜徉。

夫子去岁孟冬复来甥馆以欧公四十韵作诗相赠历陈病中艰苦雄文剑健句字字酸辛倚云览之涕下不能和也开岁随夫子归谒舅姑而夫子橐笔北游以应李相之聘秋杪吾又随伯兄归宁舟中小暇追述别后情辞次其元韵语质无华不自知其美恶聊寄津门一破客中之闷亦因以道舅姑隐衷云

忆昨送君时,风光正春日。别离那可论,此心良忽忽。虽有千万言,心悲不能出。深恐扰君思,回肠忍泪没。自君远行役,承欢双亲膝。黾勉敢惮劳,夙夜怀懔慄。初来未尽谙,儿女相辅弼。惭惶提斯心,安得往时逸。风月非无趣,每每看令失。时或有佳致,十不能得[illegible]。感念高堂慈,遇事必宽恤。有时怜其长,命之和新律。亦欲博清欢,苦思真咄咄。流光何迅速,夏去秋风疾。相思惟自知,乌能向人述。忽得桐城书,青山已卜吉。览之涕交流,岂敢望归必。老人竟颔头,许其返蓬荜。又得津门书,周旋语意密。极论劬劳恩,去日若鞭抶。汝心苟不从,遗恨当斧锧。故尔辞两亲,脱身不用乞。在道感君怀,反复视君笔。忧思安能已,徒有泪横溢。君诚不自聊,尚恐吾心郁。何以报深情,珍重为君匹。倦极入幽梦,相见在仿佛。忽为晨钟醒,劳生待谁嫉。茫茫大块中,尔我定何物。好留泡影嬉,只待白头毕。从兄复登舟,亦任风涛颶。万里若乘槎,苍茫近太乙。云际山迢迢,枫林秋瑟瑟。寒沙群雁嗷,荒渚幽虫唧。皓月一周天,片帆抵官室。悲喜涕重闱,亲情绕诸侄。旧日闺阁中，妆台尽散佚。芙蓉尚含苞，丹橘犹结实。依依我亲旁，留连复惕怵。聊慰罔极恩，寸心终自劾。且复爱年华，新妆待君栉。翱翔好致身，憔悴嗟吾质。不然陶翟耳，吾岂慕高秩。堂上七十年，人情三百绂。

和夫子用山谷韵

君诗纵横泻自口，何以酬之酒千斗。芜馆萧然夜闭关，清净一过何时还。勉力唱和博君乐，岂望留传于人间。清风吹幕月痕上，铁笛何人发深赏。南斗依稀北斗横，灯火万家歌绕城。苟能遂我还山志，那羡蝇营逐世荣。琴书消忧堪仰止，高哉有妇於陵子。从君小隐公卿里，北窗能咏亦自喜。斯文磅礴大才难，细响卑卑不用弹。三年梦绕江南道，一别林泉远莫攀。谁知扰扰津桥下，亦有闲人怀海山。

武昌杂咏

邂逅年华迫，淹留意兴长。御寒聊以酒，感寓独成章。人事一江水，浮生几电光。近闻沧海上，烽火阵云黄。

且为亲情住，栖迟鹦鹉洲。风屯汉阳树，月满武昌楼。胜地宁相负，冰天好记游。孤吟但自遣，于世又何求。

快览晴川阁，翻怜岁暮中。微茫涵淡日，呜咽展长风。浦远村烟白，江深夕照红。殷勤主人意，归路感无穷。

独抱平生慨，登临适所之。古台徒有迹，乔木又何知。不见当时杰，空悲往日诗。欲穷无限思，湖水白澌澌。

悼亡二十首并序选九

萧瑟金风,百感难消。今日凄凉,玉露千端。怯忆向时,援笔书来,写我哀思无已。引杯浇恨,哭君硕学徒宏。中正琴声,只许年华。十五和平,诗教那堪。历劫三千,已矣斯人。文墨于兹,运绝伤哉!弃我余生,难待精消。痛至于斯,万难自已。聊写哀词,以志余悲。

情协金兰太可怜,回思去影泪如泉。唱随十五年间事,今日何期化作烟。

风雪归招爱国魂,雪光惨照泪光深。最怜第一伤心事,辜负生平教育心。

琴瑟因缘文字师,永怀真感寸心知。米盐毕竟能妨学,朽木难雕悔已迟。

最怜素志未能偿,知道泉台隐恨长。危世病躯徒弃我,自嗟云鬓亦成霜。

言笑从中声总酸,退居寂寞泪阑干。遗文剩稿犹横案,触目凄凉不忍看。

平生肝胆倾豪俊,毕竟穷途仗友生。感激沪滨临命际,真从生死见交情。丧中一切皆赖张季直、刘一山、白振民三君之力,真可感也。

兴学乡邦不伐功,济人利物意无穷。彬彬文质遭时厄,德惠雍容柳下风。

千篇佳句抗苏黄,健笔雄辞追盛唐。慷慨悲歌今已矣,只余才调发清扬。

师友闺中已不能,萧萧夜雨那堪听。此生有恨无人识,寄与扬州阮绩青。绩青生平所遭,大概与余相似,然穷通大不同矣。

秋夜读饮冰室文有感

壮丽山河世事非，空悲女德太沉微。维新孰识真三昧，守旧今成浩叹唏。生此未分清浊世，聊因先解利名围。米盐送我寻常老，愁对高秋痛泪挥。

用两当轩赠友韵寄仲厚

男儿重然诺，女子贵言行。嗟哉吾与子，栖栖何以鸣。自我丧其偶，已断平生情。邂逅忽逢君，孤怀竟倒倾。和歌聊自遣，岂必他人惊。湘水常潺湲，琅山徒峥嵘。缥缥飞楚云，飘摇连吴京。时誉那足许，众毁乌可轻。劲草战疾风，始识千秋名。人生幸遭遇，海水何时平。

况儿求学日本遇火伤足就医沪上余视之又值其病今渐愈用汪旭初韵示之

为汝重来复此城，药炉且喜病能轻。悲凉无限华夷感，辛苦难忘骨肉情。碧树毵毵风漾影，秋光杲杲日舒晴。不堪回忆当年事，怯听江潮呜咽声。五年前外子以肺疾殁于沪。

赠吴芝瑛

每惜孤怀未易轻，空余热泪洒江城。他年或践西泠约，今日毋忘海上情。夹道电光能蔽月,层楼秋气倍迎晴。与君同抱伤时憾,谁使神州弊政清。

和易孟孅寄怀原韵

发白颜凋兴会阑,自怜短晷悟空观。怯思往事增愁绪,阅透人情觉世寒。才乏良工徒琢玉,香含美质独输兰。传经深愧辜名实,放子春风任意看。孟孅现为本邑教授。

新晴遣兴

檐雀啁啾相和鸣,朝暾升树倍葱青。闲花将坠飘风片,缓漱微波春水生。

丙午年退啬二公召兴女学于兹九载自惭学浅无补于教育所幸前后诸生不乏美材今以老病乞休差慰归欤之志再叠前韵以写余怀

闲踏青郊逸兴生,芳春花鸟动归情。但期桃李均成实,莫遣桑榆殉薄名。应世不才能独去,隐身有策可长行。乘风誓买沧江棹,猿鹤溪山续旧盟。

吕惠如校长偕游清凉山登扫叶楼和其题壁原韵以赠

山光湖影接层峦，高阁清秋尚未寒。今日胜游君记取，相逢莫作等闲看。

卅年三度白门过，往事凄凉不忍歌。劫后江山悲落叶，新愁似较旧愁多。

——范当世著，马亚中、陈国安校点《范伯子诗文集》附《蕴素轩诗集》，上海古籍出版社2003年版

方毓昭三首

方毓昭(1864—1892),字云轩,自号烟霞内史,安徽怀宁人。随丈夫宦居湖南长沙,育有二子一女。清光绪十八年(1892)因父母先后辞世,方毓昭哀恸不已,染肺病,医治无效离世。有《陟斋诗集》一卷,收诗七十三首。

怀古

长门赋与白头吟,怨悱凄凉变雅音。毕竟古人恩义重,挽回犹可借文心。

轻盈桃李斗芳菲,荏苒风尘已变衰。第一薄情兼负义,千秋甄后与杨妃。

述哀四首选一

劲节冰霜十五春,母年甫三十,先君见背,守节十五载。诸孤抚育备艰辛。慈云已逝生何恃,懿训常垂痛未遵。昭性急燥,母每戒之,愧未能改。惜福竟难臻上寿,过勤反自伐愁身。回思噩梦连宵警,母亡前数夕,昭屡梦不祥。泣对苍苍恨莫伸。

——《陟斋诗集》,民国二年(1913)石印本

龙吟芗十一首

龙吟芗（？—1904），广东顺德人。高祖、曾祖、祖父三代进士。广东佛山清晖园为龙氏故居，现已为名胜。有《蕉雨轩稿》一卷，存诗40首。

古峡

古峡何嶷莪，叠嶂万状积。孤峰挐霄汉，残烟瞑涧壁。乱筱迸岛崈，骈岩杂枳棘。瘦蛟泣丛壑，饥鹰盗秋麦。古箩缦枯树，青藓抱幽石。细颈喧交枝，沉鳞翻汐碧。塔坏冷禽声，桥断荒人迹。魍魉所由居，魑魅于焉息。幽谷生悲风，皎日寒无色。俯览培塿小，仰视天地窄。团熊向我啼，悄然碎心魄。龙气嘘成云，回风动陂泽。林木为之摧，沙砾互相击。近山失天青，远水卷浪白。雨声挟万山，势与波涛敌。巨雷破地鸣，訇然两崖擘。天低压孤岭，去人不盈尺。怪石类伏虎，远树状行客。我欲跻其巅，懔懔不可陟。须臾返登舟，波涛弄秋夕。

简蕉棂姊

铁马丁东良夜永，纱窗掩映残灯影。晚妆慵整玉钗斜，沉水不焚金鸭冷。两字相思写不成，万重幽恨转凄清。侬生尝尽离中苦,寄语他人莫种情。

题昆湖姑母别墅

何嫌矮屋小于舟,隔浦烟光一望收。远树每疑人影立,寒泉时和鸟声幽。谈风窝可名安乐,临水湖如住莫愁。他日卜邻能似此,却同萱草两忘忧。

次子惠棣原韵

吾生嗟碌碌,驹隙又当秋。风定荷香澈,人间兰意幽。远霞书雁字,新涨试鱼钩。篱菊劝我醉,阳春不可酬。

寄桂兰妹

涛声雷声小楼东,对影兀坐忧来中。时事阴晴朝暮变,世情寒暖古今同。乍苏竹长凌云碧,含润花添昨日红。聊借玉壶涤肝肺,凭栏一笑千觞空。

端午清晖园即事

瘦损腰围恨未休,每逢佳节懒登楼。事妨有变频形梦,心已如痴总是愁。绿叶成阴春又去,清波依旧水长流。时光感触多惆怅,独倚阑干思更悠。

有感

萧斋寂寂袅炉烟，万绿丛中听断蝉。池有残荷晴乍雨，月明深院夜如年。花香恋蝶情何限，絮去因风恨渺然。斜倚熏笼独惆怅，偷将因果问青天。

野望

月月胡迭微，岁序瞬驹隙。憩杖眺郊舍，众观参动寂。远山草青媚，曲渚水湲碧。老樵荷鸦锄，艾童倚牛笛。旷歌慕庄老，达想破情惑。嗣宗枉愚虑，恸哭穷途客。

赠谏韬弟

宿年壮愿扫穷途，麟阁勋名许共驱。万里长征策疲马，八方多事误疑狐。黄飏惨惨沉霄日，白木萧萧下井梧。可是寂寥将腊尽，更醅绿蚁对红炉。

踏青

倦绣窗前启碧纱，问春消息枉谁家。添香新炷龙文鼎，汲水闲烹雀舌茶。晓枕梦回三弄笛，午栏晴放一枝花。踏青欲赴西邻约，半局棋残日已斜。

寓目

岸矮水平桥,溪痕长夜潮。怒雷破短昼,苦雨压长宵。燕鹊魂先冷,蛟鼍气白骄。白云遮欲断,极目碧山椒。

——《蕉雨轩稿》,清光绪三十四年(1908)刻本

俞庆曾二十二首

俞庆曾(1865—1897),小名牛,改名顺,字吉初,号琴愔,浙江德清人。著名文学家俞樾女孙,俞陛云姊,俞平伯姑母。俞庆曾性情柔顺,早慧,能诗。宗舜年继室,夫妇情好,却不见容于婆母、小姑,逆来顺受,嫁后九年亡,令人叹息。有《绣墨轩诗词》。

山居

把卷松阴镇日眠,浑忘三月落花天。子规夜半啼明月,细雨清晨润绿田。涤砚偶寻山曲涧,烹茶每乞寺僧泉。心如止水原耽静,不问人间扰扰缘。

山行

闲步横桥载酒行,垂杨叶底暗闻莺。溪边小艇人争渡,树杪斜阳鹊噪晴。迎客野猿频献果,催耕山鸟不知名。晚钟何处随风落,我亦思归踏落英。

闲坐和阶青弟

烛剪红纱幕,茶烹碧玉瓯。柳疏寒月漏,雨霁湿云留。远忆三春日,曾同一叶舟。年华惊逝水,忽忽又新秋。

夜坐忆家偕子戴作并索阶弟和

帘外西风透绮寮,背灯拥髻坐寒宵。儿时滋味从头记,别后情怀借酒浇。茗碗熏炉同寂寞,瑶琴宝瑟懒勾挑。朝朝一纸平安信,分付胥江早晚潮。

敬步祖父大人原韵

浪说天涯若比邻,花前负却艳阳辰。心因望远情何极,身未能归梦转频。桃萼红时莺出谷,杜鹃开处雁辞宾。兰闺旧日芸窗下,手种朱樱可放春。

寄子戴京邑

当时曾踏软红尘,茅店荒鸡送客轮。锦瑟年华东逝水,银釭风雨苦吟身。天涯杨柳初匀碧,江畔蘼芜已换春。不说相思深几许,平安聊慰远游人。

咏老榕树

落叶辞柯下碧池,春风嘘植占当时。他生纵有灵根在,莫作人间连理枝。

书示抱珠妹

当时情味了无痕，此后思量总断魂。画尽寒灰书恨字，种来湘竹是愁根。那知身世安排错，如此华年岂忍论。扑面西风禁不得，残阳影里闭闲门。

——《绣墨轩诗词》，清光绪二十三年(1897)排印本

读国朝闺秀正始集

棐几明窗一卷开，欣看闺阁擅清才。红香馆里编排意，好向诗中领略来。

嘲小婢

小婢垂髫甫十龄，晚来贪睡不曾醒。旁人莫笑痴顽甚，自幼佳名唤作灵。

舟中书

烟波渺渺意悠悠，去岁秋风忆共游。午梦醒来回首望，不知船已近杭州。

依依杨柳锁晴烟，数点青山夕照前。正是离愁销不得，那堪玉笛画楼边。

好趁东风挂布帆，杨花如雪扑征衫。村童挑菜滩头立，猛忆今朝三月三。

越中之行遍探名胜自惭笔拙不能各记一诗总以四绝聊志鸿爪

菜花黄趁夕阳西,野鸟枝头着意啼。隔岸村童相顾笑,笑侬不识若耶溪。

画桨双枝一叶舟,绿杨紫燕白蘋洲。我来不管兴亡恨,为爱名山赋远游。

满身风露月中行,四壁青山带笑迎。斜倚篷窗清不寐,橹声伊轧近钱清。

始信人间别有天,好风送我到云泉。庵名。浮家泛宅年来惯,结得前生水石缘。

虎丘晚眺

阖闾城下草芊芊,远近山光列几前。短簿祠荒秋似水,馆娃宫冷月如烟。辞柯落叶砧声和,绕树归鸦翅影连。堤畔游人归去尽,夕阳多在乱山巅。

祖父寄示秋夜曲园张灯诗敬和原韵

笼纱绛蜡影摇空,斜映明星约略同。灿烂银花疑朗月,扶持秋色怯微风。木犀香里樽浮绿,杨柳阴中烛吐红。梦绕吴江云水阔,然藜我亦上清童。

偶示子戴

半规新月画楼东，几点流萤度碧空。故着轻罗帘外立，要郎衫袖替遮风。

晚妆初罢独徘徊，为喜新凉举酒杯。故作捧心花下坐，戏言小病费郎猜。

绝笔诗三首选一

寄语重闱莫断肠，儿生四顾本茫茫。从今撒手归真去，化鹤他时认故乡。

——胡晓明、彭国忠主编《江南女性别集三编》下册，黄山书社2010年版

汪清十八首

汪清(1865—1902),字湘卿,安徽歙县人,迁至江苏东台。父汪永锠,江苏海门厅学训导。汪清9岁通《孝经》,12岁能诗,21岁嫁进士夏寅官。有《求福居诗钞》一卷,附诗余。

春日即景

夕阳隐隐小楼东,独坐幽窗事女红。燕子也知春色好,故衔花瓣入帘栊。

绿满窗前草色匀,娇红片片点芳尘。锦棚绣罢浑无事,静听流莺话比邻。

读诗礼

有德无才自不同,有才无德又何功。二南备颂夫人美,只在幽娴贞静中。

为学须从浅近来,圣人经曲易言哉。闺中不事求深奥,内则终朝读数回。

莲舟晚景

蝉声噪入采莲天，处处云帆动画船。杨柳阴中歌水调，芰荷香里拂冰弦。深波寂寂摇花影，曲沼盈盈漾碧烟。为问轻舟何处泊，晚凉时系画桥边。

寄怀云珠五姊

薰风别后又飞霜，一度思量一断肠。只道相逢秋月白，那堪空对菊花黄。纵多儿女添新爱，何似茱萸插故乡。况复高堂思念甚，倚门终日盼归航。

秋日即景

金风瑟瑟暮云收，一角斜阳隐画楼。绣罢绿窗无个事，玉箫声弄荻花秋。

夕阳影里雁声多，静听虫声噪碧莎。正是秋心无遣处，隔溪风送采菱歌。

红梅花

谁言素质自玲珑，色相全凭造化功。艳曲歌成香有韵，玉奴妆罢晕微融。春生庾岭霞初落，梦醒罗浮酒正中。自是清高仙品格，不同桃李斗春风。

外子藏有东瀛女史松川梅子留赠小影戏题一律

邂逅欣逢绝代姿,天涯从此惹相思。汉皋珠玉仙人佩,江上琵琶少妇词。洞口桃花迷旧路,章台杨柳梦来时。只因杜牧多情甚,转恨寻春去较迟。

中秋即句

一年容易又西风,况复迢遥客舍中。芳草已消前度绿,海棠偏对瘦人红。传来笛韵临书幌,听尽秋声下碧桐。多谢嫦娥怜惜我,良宵也不出帘栊。

题日本女史小华生玉照

异样丰姿绝代无,长裙高髻态尤都。多情一管生花笔,写出崔娘别后图。

天涯回首隔星河,絮果兰因恨较多。惆怅凤楼人去后,玉箫何处谱云和。

油壁香车不再逢,空留锦字画图中。想应别后相思泪,弹上樱花分外红。

扶桑东望路悠悠,碧海苍茫水自流。欲向神田山畔问,美人禁得几分愁。

题陈锦雯女史临赵松雪过秦论册子

冰雪聪明绝代才，万花齐向笔头开。三生慧业销除未，记否前身写韵来。

沐薇开读锦囊珍，字字琳琅妙得神。多少蛾眉甘拜倒，簪花又见卫夫人。

寄怀张梧卿

犹忆连床絮语亲，不堪回首隔香尘。每多况味离方觉，无限交情别后真。云树凄迷劳怅望，雁声嘹唳倍驰神。知君生有梅花癖，珍重梅花当故人。

——《求福居诗钞》，清光绪二十九年(1903)刻本

傅范淑二首

傅范淑,字黎痴,浙江德清人。父亲傅云龙,母亲李端临,著有《小红余籀室吟草初集》一卷,后辑入《灵峰草堂丛书》。

答日本女士藤野真子

眠琴楼畔古香奢,恐是前身鄂绿华。千万卷书经帐拥,十三行字唾绒夸。琵琶湖挹春风远,富士山延秋月斜。两事娱亲兼教弟,痴心也羡玉无瑕。

言志

此生已作女儿身,明月清泉不染尘。料得显亲无我分,一心温凊奉昏晨。

——《小红余籀室吟草初集》,清光绪十九年(1893)刻《灵峰草堂丛书》本

濮贤娜二首

濮贤娜，祖籍江苏溧水，字书华，祖父为简州知府濮瑗，父亲为濮文升，著有《意眉阁集》。

朝游依凤山

雨夜灯初烬，晴窗晓日烘。花知春气暖，叶啸晚来风。古寺青山远，深林绿水通。归途须缓缓，明月小楼东。

草

平芜望尽冷凄凄，相忆王孙路转迷。休向六朝思远道，断肠只在夕阳西。

——胡晓明、彭国忠主编《江南女性别集初编》下册，
黄山书社2008年版

梁霭十五首

梁霭(1866—1891),字佩琼,一字飞素,室名飞素阁,广东南海人。夫潘飞声。潘飞声是“近代岭南六大家”之一,南社成员,近代著名诗人、书画家,惜婚后数载而卒。梁霭工诗善吟,其诗“幽曲纤峭,深有蕴致”。有《飞素阁遗诗》。

珠梁泛月

登舻此清夜,凉月来随舟。素练澄方铺,银云平不流。结想丛桂树,相思兰杜洲。桥梁记夙梦,烟水招重游。秋华自可爱,境峭难久留,渺渺鸳鸯浦,回歌生远愁。

梦从姊佩湘

神女玉卮娘,偶然归碧城。隔窗见冰骨,袅娜犹不胜。濯魄玉蟾蜍,扑影金蜻蜓。此地绝尘壒,得非游玉京。姊妹本同心,欲语难尽情。拟逐秦娥凤,莫叩琳宫扃。惟有青鸾思,飞上瑶台层。银汉冷皓月,绣户明秋星。楼灯度寒碧,枕畔风泠泠。

池上书寄兰史

永日作清游，爱此一湾玉。五月怯薄寒，微风动疏竹。白荷吹雪入晶窗，挹露烹茶注玉缸。落花欲涨池塘晚，帘外鸳鸯飞一双。

琼楼曲

琼楼下瞰春茫茫，花枝入帘明月香。雁柱七弦素心远，蛾眉一尺春山长。宝镜瑶钗笑幽独，夜良不放鸳鸯宿。花魂知弱怯东风，静掩瑶窗呼小玉。

题蒹葭秋水图

澄漪一片明蛟绡，烟淡浪轻云影消。美人娟娟隔秋水，我欲从之不可招。苦竹黄芦日初晚，如黛苍山相婉娩。霜鸿欲下悄无声，微有渔罾隔江远。得非坐我潇湘秋，湘娥唤月君山愁。洞庭萧瑟罢张乐，云梦浩森浑无舟。海上行吟者谁子，白露沾衣隐丛苇。相思似唤芦中人，如此秋光可出矣。

兰史自署蝴蝶洞主制印置闺中言将偕隐罗浮也为赋长句用东坡松风亭下韵

罗浮山麓梅花村，十载结想萦梦魂。麻姑仙蝶出深洞，双栖万古晨与昏。夫子前身句漏令，拟寻丹灶如家园。移家即在白云里,上界那复知寒温。三峰夜弄铁桥月,五更晓看扶桑暾。种秫讵劳客辟谷,补萝可呼鹤守门。柴桑陶翟本仙侣,丹砂葛鲍参名言。头衔相贶足清绝,祝君展卷开瑶尊。家有《罗浮图卷》。

题兰史诗草

文采佳人擅,千言下笔轻。琴心笑秾冶,剑气倚纵横。爱国同工部,陈书慕贾生。牛衣休下泪,戒旦正鸡鸣。

七夕

绮席铺深院,秋河近曲屏。烛光防睡鹊,扇影怯流萤。良会期偏短,离忧岁又经。庭阶风露冷,珍重语双星。

雨后遣怀

雨后芭蕉绿上檐,晚凉新喜夹衣添。花因欲睡频依槛,月为怜秋故恋帘。午夜无眠供茗碗,半年多病谢文奁。偶乘清兴烧银烛,独自翻书号玉签。

题兰史抱琴图

成连海上神仙调,靖节庭中太古音。谱入诗人新画本,落花时节一微吟。

读离骚

陈辞敷衽太忉忉，天问翻怜九辩劳。千古蛾眉招众嫉，美人心事易离骚。

鹈鴂鸣时失众芳，婵媛犹称芰荷裳。春兰秋菊伤零落，欲补梅花殿楚香。

越华书院呈叶兰台先生

翠屏锦幔绕书帏，问字人来水竹扉。三十六陂秋色满，白荷花里鹡鸰飞。

后堂丝竹夜传歌，红烛金钿照绿波。檀板恰翻廉氏曲，萧萧凉雨打新荷。

大滩尾看桃花

深口蒲帆向晓开，篷窗竹簟净无埃。东风吹送桃花雨，一片绛云江上来。

——《飞素阁遗诗》，清光绪二十六年(1900)刻本

汪淑端一首

汪淑端，福建闽县人。饶州府经历汪金浩女，何恒湜室。诗才敏赡，为一时诸女士之冠。有《咏五色蝶次韵》五首，藻思绮句，传诵一时。

咏五色蝶次韵五首选一

咏白蝶

梨云漠漠午风稀，玉翅轻飏栩栩飞。晒粉最宜香作魄，惜花偏怪冷侵衣。半林明月黏初定，数点梅花映更肥。可否梁园偕雪舞，瑶华踏处竟忘归。

——钱仲联主编《清诗纪事·列女卷》，

江苏古籍出版社 1989 年版

薛绍徽十六首

薛绍徽(1866—1911),字秀玉,号男姒,侯官(今属福建福州)人。丈夫为陈寿彭,二人曾游历北京、天津、上海、香港等地。薛绍徽博学多闻,著述丰硕,尤工诗、文、画。还曾与丈夫一同翻译法国著名科幻作家凡尔纳《八十日环游记》。积极参与清末维新派在上海兴办的女校和女报等活动,主要著作为《黛韵楼遗集》八卷,包括诗集四卷、词集二卷和文集二卷。

题闽川闺秀诗话后

千古关雎是艳谈,闺闱吟咏更何惭。聪明冰雪徐都讲,节操风霜纪阿男。上界星辰森女宿,骚坛旗鼓壮闽南。只今光禄无新派,玉尺空山冷暮岚。

送外之日本

饯君一樽酒,相对皆无言。昔人赋临别,黯然惊销魂。况是双飞鸟,饮啄同朝昏。君今秉弧矢,慷慨歌出门。欲倚长天剑,笑蹑东海鲲。我闻瀛洲地,弱水无浮根。神仙久不作,雕题相并吞。秦人误男女,徐市遗子孙。已乏药饵灵,安有典坟存。君心既难转,此意奚足论。惟愿节寒暑,努力加饔飧。敢以儿女私,羁君天马辕。倘教念松菊,早日归故园。

与英姊论词

舌尖调律笔调声,剪叶裁花字字轻。被冷香消李清照,晓风残月柳耆卿。铜琶铁板非尤物,摘粉搓酥有艳情。试读清真与白石,纤秾圆润自分明。

有人以陈恭甫先生手校汲古阁十七史求售丹铅五色郁为古香外子爱之苦不得值余脱臂金以偿并系以诗

钿合何妨半臂分,琳琅乙部异香熏。应知左海文章尽,大雅扶轮总望君。

梅亭谒郑少谷先生墓

千秋何李共诗名,无病呻吟似矫情。易代有碑扶宿草,瓣香几辈奠清明。传经不见高宗吕,执绋空劳王子衡。儿女奚知当日局,荒山斜照杜鹃鸣。

仲秋夜读史作

从来祸福不相侔,成败惟看棋局收。笃志有人欣御李,智囊无策到安刘。岂真遇合风云会,须惜艰难骨肉谋。昨夜长天觇北斗,依然明月照高秋。

题恽南田花卉画册四首选二

黄荃富贵徐熙逸，神品能推绝笔难。我为传灯想初祖，芳妍变态有边鸾。

会心不数马扶羲，六法真传在守雌。弱女清于具家学，临风柳絮雪花诗。

外子书言有人欲延余入苏州主讲女学走笔答之

吾学本好古，世人多趣今。今古不同道，休劳一片心。

东海女史草书歌

女史名鲲，日本西京人，十岁能作擘窠大字。道光时，其国仁孝天王天保之末，召见便殿试书法。女史方十二龄，不欲事宫禁，翻墨污纸上，忤旨放归。及长，归士人而寡，遗一女，作海棠颠然。女史书法倾通国，到门求书者户为穿，赖润笔糊口。绎如夫子入西京时，见女史已五十余岁，白发皤然。能笔谈其前朝遗事，赠绎如草书一幅，风流婉约，大有公孙大娘剑器飞舞之妙。余爱而藏之，近始揭表，因系以歌。

昔读日本宝刀歌，谓有坟典未消磨。今日草书见东海，蛟腾龙起无颓波。折钗屋漏具变化，枭松削柳纷婆娑。张颠不作怀素死，如何海外生娇娥。娇娥于今亦老大，犹能婉转言前代。忆曾齠发挽双鬟，橿原宫中赐螺黛。是时天王正右文，史臣记有山阳赖。收钟频闻铸炮声，锁国未见攘夷害。阿依有母爱掌珠，拂袖前殿倾墨盂。绮罗不御御荆布,煮字能为返哺乌。亡何尊王议纷起,男山节刀赐庆喜。蜻蜓洲势竞喧嚣,蝴蝶阵容忽披靡。狼烽震动萨摩洲,将军归政成通侯。雍容车驾竞东幸,老妇归来亦白头。世风争尚旁行字,汉学反遭俗眼忌。惟余章草与和歌,一线姑留残喘地。迩来薪米似珠玉,翰墨因缘惟仰屋。扶持仅仗森春涛,大厦究难支一木。旧年东村犬冢家,寡媪有子面削瓜。只因好武从军去,战死台湾泪似麻。尔我初逢怜共命,惺惺相惜慰老病。我虽橐笔常苦饥,犹幸不闻笳鼓竞。四十年来事若梦,梦里王侯几断送。回首故宫黯夕阳,笔底烟云忧患众。绎如语罢遥叹息,余亦为之声唧唧。乃知徐福遗子孙,十洲三岛多荆棘。空教百济求千文,朱瑜老去文章熄。此妇贫贱善草法,两其足者傅以翼。娟娟静婉欲生姿,合与香闺作楷式。风涛夜撼海山鸣,无数虬龙上素壁。

题花溪女士富士霁雪图

女士日本东京人,能以西洋油画法运作水画,虽笔墨堆叠,微有痕迹,而深远之势几疑真境。绎如言见女士时约二十许,人貌娟好,素妆雅淡,有林下风,颇能操西语。近闻嫁美国人航海去,是幅亦绎如带归,为余所藏,兹因题东海草书,故及之。

我闻海上三神山,却在虚无缥缈间。讵知豪素现真相,芙蓉琢玉森烟鬟。花溪住近红叶馆,开遍樱花春欲晚。出云冒雪写幽妍,想是岳神助素腕。琼姿玉貌澄清景,树色扶桑日初影。琵琶湖阔漾烟波,疑有扑人岚气冷。此幅收藏已十年,有时梦绕蓬山烟。美人远嫁山光老,弱水盈盈浪接天。

前既作课儿诗芸莛二女亦以为请余思吾国女教以贞顺为主五千年来鲜有流弊晚近士夫倡兴女学如陈相之见许行所误恐不止毫厘千里已也二女从余既熟女诫女训诸书因更勖以理义用张景阳杂诗韵作训女诗十首选五

男女同化生，一气分清浊。坤道履坚贞，夜行秉明烛。如玉严守身，君子凛幽独。譬若万卉中，卓立乃乔木。淑德在根本，垂荫婆娑绿。能操白璧姿，岂羡黄金屋。妇道但康庄，慎莫顾私曲。

女归本渐卦，义戒鸿于陆。天地象泰交，震则苍筤竹。嘻嗃占家人，纯和比芳菊。枣栗敬毋违，蘋蘩穆以肃。朝昏侍巾栉，甘旨必芬馥。合好勉同心，脱辐戒反目。莫嗟夫妇愚，中庸幸自勖。

地道万物母，生生无尽期。李实采驴耳，苓根结兔丝。葛藟与瓜瓞，绵绵成蕃滋。义方秉前训，胎教慎所思。慈怀折蔆惠，贤履断机棋。将相本无种，孩提尚初基。克家事忠孝，悉出鞠育时。

女事虽无文，虚怀必若谷。妇德亦无极，力学知不足。多闻皆我师，从绳得直木。内言不出阃，出话慎检束。存心果忠厚，所处岂局促。福禄天申之，无须用龟卜。

妇容在礼法，不在貌倾城。善心以为窈，德车称结旌。林下清风动，里党扬芳声。班昭靡艳色，续史赋东征。孟光能举案，颜状非亭亭。璞玉蕴内质，浪沧清濯缨。鉴古稽女典，淑性陶六经。温柔戒暴厉，不祥嗤佳兵。冰雪胜膏沐，正色守闺楹。敬为德所聚，彤管存令名。

——《黛韵楼遗集》，民国三年(1914)刻本

李经璹二首

李经璹(1866—1912),字菊藕,号兰骈馆主,安徽合肥人。李鸿章三女。存诗数首。

甲申杂咏

鸡笼南望泪潸然,闻道元戎匹马还。一战岂容轻大计,四边从此失天关。焚车我自宽房琯,乘障人谁惜狄山。宵旰殷勤犹望捷,群公何以慰龙颜。

痛哭陈辞动圣明,长孺长揖傲公卿。论才宰相笼中物,杀贼书生纸上兵。宣室不曾留贾席,越台何事请终缨。豸冠寂寂犀渠尽,功罪千秋付史评。

——傅瑛主编《明清安徽妇女文学著述辑考》,
黄山书社2010年版

王仲淹二首

王仲淹(1866—1961),安徽合肥人,后定居上海。现存诗十余首。

春郊

深红浅碧艳阳天,景色依稀似去年。十里菜花香入梦,半堤杨柳绿沉烟。棠梨乱落农家院,松柏凋零古道边。归去牧童歌短笛,酒旗茅店晚风颠。

寄外

忽惊冷露湿疏桐,一片轻寒竹树丛。正是怀人当永夕,残灯挑尽意难穷。

——傅瑛主编《明清安徽妇女文学著述辑考》,
黄山书社2010年版

万炜彤十三首

万炜彤(? —1906),字珈云,湖北应城人。田园诗人万瑞旒之女,知县陈培兰妻。万炜彤有孝名,虽善吟咏,却认为"区区声律聊以写性述情,岂其专精于此以博才名,而荒妇职哉? 故诗不多作,作亦不肯示人"。有《香雪楼吟稿》。

水鸟

鉴面溶溶半亩塘,垂杨低拂板桥长。静观物理忘机趣,水鸟成群飞夕阳。

野望

野望寒云半隐山,苍茫暮色隔溪湾。微留一抹斜阳影,照见前林飞鸟还。

远山

日色半晴阴,凉风透葛襟。开窗延远翠,对此可横琴。

看分秧

杨柳千条散晚晴，回溪夹路绿纵横。野田滑滑驱秧马，遥听歌声间水声。

乱擂花鼓唱秧歌，处处村农事插禾。一片浓云兜雨过，隔山坡下夕阳多。

新霁

翠羽如膏泽锦禽，雨余人立绿沉沉。残云未尽随风散，日色才明罩又阴。

饲猫

钓得小溪鳞，猫声惯近人。饭余供一饱，无事卧花茵。

游观音寺

斜日满空山，孤云独自闲。流泉清磬杂，新月半弓弯。松下老僧坐，峰前暮鸟还。此来听说法，随意入禅关。

春郊偶眺

农事兴东作，郊原野趣长。一鸠啼雨缓，双燕啄泥忙。日照畦秧绿，风吹水荇黄。饷耕人渐散，归路晚烟凉。

溪上

绿杨深处乱莺啼,压树浓云势渐低。无数蜻蜓如雨散,随风飞过画桥西。

山居

门迎绿水俯清溪,小径青莎一片齐。闲闭柴扉人不叩,终朝惟有水禽啼。

忆母

胆瓶花影隐灯光,小睡初醒梦半忘。记得依稀回故里,归期与母订重阳。

送夫子之武昌

客里云山怅路遥,昼长人去意无聊。楼头几日新阴满,绿遍堤边柳万条。

——《香雪楼吟稿》,清末(1907—1911)石印本

吴卯 三首

吴卯(1867—1894),字修月,安徽歙县人。司马吴士和次女,同邑汪定执室。著有《修月遗稿》一卷。

培根堂肄业

才有高低学贵专,半由人力半关天。古来女子工吟咏,也冠周南第一篇。

敬题外子照相

表出男儿气象雄,西洋妙法夺天工。果然一见便相识,此是吾夫汪用中。

自题小影

人说红颜都薄命,我惭薄命不红颜。也邀名士丹青笔,写与檀奴当画看。

——《修月遗稿》,清末(1894—1911)刻本

许之雯四首

许之雯(1867—1898),字修梅,浙江杭州人。父亲为许祐身,丈夫为王孝亮。清末著名学者俞樾女外孙。幼聪颖异常,俞樾回忆:“修梅幼读蘅塘退士(孙洙)所选《唐诗三百首》,未半即会吟咏。所吟诗句,工整之中,有秀逸之气。”她曾自名书斋曰“湘筠”,俞樾说:“湘妃泪竹,非佳典也,汝好书籍,何不易以缃芸?”于是书斋便更名为“缃芸”。由此可见,之雯之成名,与外祖父俞樾的教诲和提携是分不开的。之雯死后,其夫辑遗诗送予俞樾选刊,遂名其诗集为《缃芸馆诗钞》。《缃芸馆诗钞》卷首光绪二十五年(1899)春俞樾批序云:“去岁忽孕,及期竟卒,年三十一。”

情

茫茫沧海有穷时,千古难消此字痴。飞鸟尚依前度垒,落花犹恋旧时枝。烧残蜡烛难干泪,枯死春蚕未断丝。寂寂空庭人去后,阶前红豆解相思。

张丽华潘玉儿论者多以祸水比之余窃为不然夫以东昏后主之为君岂长江真得为天堑者而二女擅绝代之容偶被后庭之宠颦笑惑君修容眩众纵非贤女所为亦属美人故态误归亡国之君竟罹杀身之祸为可慨耳

玉树何愁委草莱，无端错向后庭栽。但知艳曲裁三阁，那解军书欠一开。妃子纵生倾国貌，君王岂是守成才。当时心事无人识，终古清溪流水哀。

故国繁华转瞬迁，深宫蒋帝祀空虔。但闻沽酒传芳乐，何处埋香认墓田。毕竟误身因玉貌，漫云亡国是金莲。君王才逊黄奴俊，一样娥眉更可怜。

吊岳武穆

安危真与国相同，十载辛勤一旦空。天子已忘恢复意，将军徒费战争功。南来有狱悲三字，北望无人念两宫。岂是宋家飞鸟尽，缘何容易竟藏弓。

——《缃芸馆诗钞》，清光绪二十五年(1899)排印本

徐畹兰二十七首

徐畹兰(1867—1916),字曼仙,一字梦漪,浙江德清人。父徐本璇,安徽太平府同知。母张氏,字绿琴,江苏常州人。弟徐思瀛,南社社员。夫赵世昌,吴兴人,早逝。子赵泽霖,笔名赵苕狂,为鸳鸯蝴蝶派作家。徐畹兰与秋瑾交好,曾在上海"天足会"下属女校任教,还曾发起成立女子实业会。徐畹兰与其子赵苕狂均担任《香艳杂志》编辑并发表有小说等作品。著有《蔓华室诗选》《蔓华室诗话》《红楼叶戏谱》等,辑有《香艳书札》。

秋日游道场山

道场山在苕溪曲,山光俯映碧湖绿。今朝我踏白云来,遗迹追维苏玉局。长松夹道翠参天,山鸟一声啼破烟。峭壁倒泻飞瀑冷,野亭开遍芙蓉妍。眼前秋光如画好,雁排人字南来早。抚松坐啸山之巅,放怀天地愁全扫。夕阳明灭半塔红,钟声一杵摇晴空。洞庭山远浮天际,太湖一勺环疑弓。西望龙溪亘长带,东望菰城如斗大。平田千顷界棋枰,举头圆戴天如盖。耳边谡谡松涛声,到此顿觉尘心清。怪石碍步藓斑驳,秋风卷地黄叶鸣。游归倦倚蓬窗坐,笑看新月轻云锁。白蘋香里放船回,一路青山如送我。

题俞庆曾女史绣墨轩诗后

女史字吉初，德清俞曲园太史女孙也。适宗氏，其姑遇之虐，女史曲意承顺。嗣其姑为子置妾，妾有恶疮，女史亲调汤药，姑犹谓其妒也，日怒詈之。女史不能安，作书致太史，尾隐一死字，遂仰药卒，年仅三十有三。太史为作传，传其诗。

坐听梅雨愁清夕，蕉窗灯影耿凉碧。一卷新诗读百回，苏娘字字皆琼璧。羡君清才女谪仙，闻君四德群推贤。红闺赌韵花生笔，聪慧深邀大父怜。于归夫婿亦时彦，玉堂人物世争羡。莱舞娱亲两璧人，绿梅花下开清宴。奈何姑恶朝暮啼，鸮声聒耳风凄凄。伤心掩泣言不得，十年血泪凝幽闺。曲意承欢辄逢怒，托之歌咏愁难诉。自从桃叶渡江来，医药亲调反云妒。生成薄命复何争，敢怨姑心太不明。一笑九京寻乐土，恨深自觉死生轻。隐语家书传死字，未忍重伤重闱意。才逾三日噩音来，一树琼英竟萎翠。吁嗟乎！淑媛底事偏坎坷，岂真才人例折磨。碧海青天自千古，侬亦为之抱恨多。

偶书石头记后

情天同是谪仙人，两小无猜镇日亲。记否碧纱厨里事，戏呼卿字作颦颦。

又送春归感岁华，阿侬生小恨无家。伤心一样同飘泊，凄绝东风葬落花。

菊花香里快飞觞，斗韵分笺粉黛场。试问清才谁冠首，当时独让病潇湘。

凉月模糊香不温,懒调鹦鹉掩重门。窗前悔种千竿竹,赢得斑斑渍泪痕。

药炉茶鼎篆烟浮,风雨幽窗一味秋。知否多情天亦妒,罚卿消瘦罚卿愁。

儿家因果自家知,作茧春蚕自缚丝。了尽相思还尽泪,三生误煞是情痴。

梨花落尽不成春,梦里重来恐未真。漫道玉郎真薄幸,空门遁迹为何人。

月月小说题词

稗官漫说总荒唐,摘异搜奇各擅场。知否欧西能进步,全凭一曲荔枝香。

文明我国尚胚胎,幸有文豪共骋才。欲借生花三寸管,梦中惊起睡狮来。

唤醒同胞志愿奢,他年或免化虫沙。狂澜今日凭文挽,此是批茶五月花。

长白惠兴女史以身殉学诗以悼之

茫茫大陆化虫沙,白祸侵寻未有涯。记取有人先觉任,女豪生近帝王家。

国势存亡争一着,最先教育重家庭。苦心兴学牺生命,女界沉沉此唤醒。

金钗典尽力难支,慷慨捐躯谏以尸。赖有姚黄能继起姚君发起中国公学,黄君发起竞存公学,皆以身殉学,不然愧煞此须眉。

学子莘莘泽莫忘,先生此举破天荒。千秋学界传佳话,俎豆湖山姓氏香。

——《鬘华室诗选》,《香艳丛书》第三册第六集,上海书店 1991 年版

寒江独钓

天地皎同色,荒江独系舟。一竿风雪里,人影伴眠鸥。

——《女铎报》第六卷(1917)第三期

素心兰

九畹香清耐晓寒,玉盆供向案头看。襟怀侬亦如花淡,静对端宜结古欢。

知交难得素心人,一掬幽香满座春。低诵楚骚品兰杜,好将芳泽证前因。

——《女铎报》第六卷(1917)第四期

思母词七首选五

记得髫龄识字时,依依膝下授唐诗。而今回首翻疑梦,几度挑灯泪似丝。

伤心往事渺云烟,定省高堂乐比仙。椿荫凋残萱又谢,乌私未报枉呼天。

一从夫婿蜀西行,盼婿时萦万里情。痛绝弥留犹属付,愿儿琴瑟永和鸣。

可怜难绍是箕裘,棣萼萧条冷淡秋。愧我无才为弱女,未能投笔觅封侯。

吟笺空湿泪珠痕，痛绝难偿廿载恩。差喜春晖留爱日，北堂犹茂一枝萱。

——《女铎报》第六卷(1917)第六期

舟中感作

身世原同水上萍，篷窗把酒感飘零。远山残雪微凝白，垂柳逢春竞吐青。鸥梦羡他随处稳，鹃声偏我有愁听。乾坤放眼歌为哭，众醉何堪独自醒。

——《女铎报》第六卷(1917)第八期

和菊棣感怀韵四首选二

日月双丸底事忙，青年转瞬即颓唐。敲诗五夜拚成癖，豪饮千觞愿学狂。世局纷纷争逐鹿，时艰处处类亡羊。达人守素忘荣辱，自有苍穹作主张。

照愁只有读书灯，花落鹃啼槛独凭。淡泊襟期盟朗月，澄清心迹励坚冰。近怜顾影癯如鹤，闲学临书字比蝇。秋水一篇琴一曲，静中忘却爱和憎。

——《女铎报》第六卷(1917)第九期

易瑜四首

易瑜(1867—1932),字仲厚,别署玉俞、汉寿女士,龙阳(今湖南汉寿)人。父易佩绅,曾任山西、四川、江苏布政使。母陈氏。兄易顺鼎,“同光诗派”代表。夫黄尊,四川人,曾创办“龙南致用学会”,授徒讲学。易瑜与姚蕴素为好友,致力于女子教育,创办龙阳女子小学堂,执教于多所女校,著有《湘影楼诗》《瓶笙花影录》《髫龄梦影》等作品。

范蕴素姊寄示和吕惠如女士落花七律二首即步其韵

身世云泥两不知,幽庭常伴蝶飞迟。因风忽抱凌虚想,堕地犹存绝代姿。访艳客来悲逝水,寻春人到怅空枝。年来结习销除尽,为尔湘毫一染脂。

拈来早悟色原空,荣悴休悲一瞬中。丽质忍随芳草没,红颜几见白头终。袁子才诗:“美人自古如名将,不许人间见白头。”招魂枉洒春人泪,剪彩翻怜造物功。莫问飘茵还堕溷,好留芳洁付东风。

金陵偕童纫薇女士登清凉山用龚岷竹元韵感赋二律

螺鬟幽峭倚晴空,乘兴登临日正中。远寺疏钟千树隔,平湖凉翠万家同。山温水软形依旧,虎踞龙盘气自雄。铁板铜琶豪态足,有人高唱大江东。

依然江海泛狂流,极目新亭感未休。南国梯航知奉汉,西山薇蕨不从周。传车莫系降王颈,裹革空拚烈士头。参透世情忙里静,波光云影自悠悠。

——《妇女杂志》第一卷(1915)第六号

郑元昭五首

郑元昭(1867—1943),字岚屏,福建福清人。郑葆中女孙,林则徐外曾女孙。何振岱室。有《天香室诗集》《天香室词》。

和心与

梦浅非关病,更长岂在秋?我从羞烂睡,君岂惯边游?窗纸何时白?鸦声比梦稠。平流天际水,那日送归舟。

送叔昭三弟之官江右

人生难得是儿时,却惜儿时总不知。破晓看霞争燕早,清宵问字共灯迟。北堂欢笑成春梦,贫日齑盐损鬓丝。久别重逢仍积念,江帆从此又天涯。

寄心与海上

客游数载已成便,苦负湖山又几年。翻说离家偏不惯,隔宵归思便翛然。

白杜鹃花

怨色啼香不惜声,化为寒卉永伤情。那堪老杜襄阳客,雪鬓曾为蜀道行。

己未元日寄澧儿东瀛

昨宵守岁不知眠,今夜寻眠斗雀先。闽俗:元夜早眠为斗雀先。拥褐围炉温腊酎,插梅供橘庆新年。家人聚语当元日,余同曦、深两儿寓沪。游子思亲隔海天。闻道岛寒春更甚,征衣重与寄吴棉。

——《天香室诗集》,何振岱著,刘建萍、陈叔侗点校

《何振岱集》附录,福建人民出版社2009年版

吴芝瑛三十二首

吴芝瑛(1868—1934),字紫英,号万柳夫人,安徽桐城人。父吴康之,号鞠隐,曾任山东宁阳等县知县。堂叔吴汝纶,曾国藩弟子,清末桐城派古文大家。夫廉泉,无锡人,举人。吴芝瑛与秋瑾、徐自华为密友,曾资助秋瑾到日本求学,秋瑾牺牲后,她与徐自华不顾自身安危,遵秋瑾遗愿将其安葬于西湖湖畔。吴芝瑛是知名书法家和诗人,著有《吴芝瑛夫人诗文集》《帆影楼纪事》等,辑有《小万柳堂丛刻》,编著《俗语注解小学古文读本》等书。

哀山阴

时将赴山阴为秋女士瑾营葬,浙人对于此狱,独无清议,是可异已。

爰书滴滴冤民血,能达君门死亦恩。今日盖棺论未定,轩亭谁与赋招魂。

天地苍茫百感身,为君收骨泪沾巾。秋风秋雨山阴道,太息难为后死人。

简寄尘

余与寄尘既葬鉴湖女侠于西泠岳王坟之东,戊申正月廿四日,寄尘集学界士女四百余人,于凤林寺为女侠开追悼会,并谒墓致祭,行路感叹,有泣下者。余因病不能至,诗以哭之,即示寄尘并秋社同人。

昔日同游地,今朝来哭君。百年谁不死,三尺此孤坟。时事那堪道,英灵自有群。行人痛冤狱,掩泪话殷勤。

碧血千年事,悠悠那足论。此心天可白,一死我何言。玄酒空山奠,孤亭落日昏。旧交三两在,谁与诉烦冤?

戊申花朝西泠吊鉴湖四首

大樽放饮尔如何,回首江亭老泪多。今日西泠拚一恸,不堪重唱宝刀歌。往年鉴湖东游时,余集京师诸姊妹于城南陶然亭饯之,以壮其行,鉴湖有《宝刀歌》,传诵一时。

忍忆麻衣话别时,天涯游子泪如丝。独看落日下孤冢,别有伤心人未知。丁未正月,鉴湖以母丧归里,来吾小万柳堂话别,不知其遂成永诀也。

独荐寒泉证旧盟,可堪生死论交情。罪名莫更王涯问,党祸中原尚未平。

不幸传奇演碧血,居然埋骨有青山。南湖新筑悲秋阁,风雨英灵倘一还。

与惠卿同访慧珠不遇

十年契阔尔何求,潭柘风花不解愁。闻说能文兼好武,剧怜家世本凉州。

天竺归来不可招,空余烟水思迢迢。钟声隐约斜阳外,知在西泠第几桥?

道是红羊劫后身,故宫回首泪沾巾。芒鞋踏遍孤山路,满眼梅花不见人。

到处逢人说慧珠,岳坟西去冷菰蒲。伤心莫问前朝事,碧血于今有鉴湖。

——钱仲联主编《清诗纪事·列女卷》,
江苏古籍出版社1989年版

楞严书竟敬题二首奉呈夫子并海内外诸长者居士于时南湖新月正流照写经室窗户也

写藏惶悚真心住,启请殷勤道力全。无漏愿修三妙学,空华尽缚一狂缘。五重烦恼实惊怖,百亿浮沤决弃捐。失笑旅亭指明月,更从是处见林泉。

十方尘象法轮转,八部天龙大众俱。拥护沉冥生觉海,思维穷露获明珠。翘诚泪雨宣神咒,顶礼迷云霁圣湖。发猛同舒金色臂,楞严成就首浮屠。

题西泠悲秋阁图

梁溪秦歧农为作《西泠悲秋图》成,而鉴湖之墓已平,遗骸由秋兄归葬山阴。感赋二绝句,以当一哭,即书图尾。

风雪渡江去复还,故乡归骨为兄难。挑灯漫记山阴狱,恐有冤魂泣笔端。

杜鹃啼血吐新花,海内争传法外仁。莫向西泠桥上望,更无风雨亦愁人。

神州女报题词有序

为题七偈,借以告哀,即日将赴山阳为秋女士寻拾遗骸而改瘗之也。丁未大雪节后。

我闻古来言,不幸作女子。吁嗟闻此言,女子真休矣。乾坤阙混沌,想来但有男。倘谓此语妄,如何女下男。

男正位于外,女正位于内。圣人训大义,非我所臆改。男女正内外,未言位高低。定神试一想,如何权不齐。

我思权不齐,厥咎仍在己。我今心平论,不尽咎男子。自己既放弃,男子复压制。悠悠成习惯,遂无两立势。

女权日以靡,男权日以烈。忽忽不自觉,女权尽消灭。岂无圣善人,饮恨以抑郁。充其毒所极,女子比玩物。

女子比玩物,惨哉地狱黑。方今开通时,世界无此国。如何华夏裔,流毒到今日。痛心一猛省,回澜岂无术。

伟哉秋女士,抗心誓雪耻。振臂而疾呼,家庭革命是。演讲一何壮,平权此宗旨。无端横祸来,轩亭断头死。

轩亭断头死,神州女报始。神州女报始,断头心不死。我今题此偈,一泪凝一字。一泪凝一字,吁嗟我姑姊。

——傅瑛主编《明清安徽妇女文学著述辑考》,
黄山书社2010年版

剪淞阁

自吾营小万柳堂于曹家渡,又楼其东曰帆影堂,之上曰西楼,西楼钩连处为剪淞阁。王君冰铁藏有伊墨卿所书剪淞阁横额,喜其命名适句同,因以见贻。阁为地不过丈余,方夕阳始落,红霞弥空,倒印入水,似水中别有一天,而水之回澜被风帆所激,忽起忽落,均闪闪作金线。对岸为芦滩,帆随滩转,不能穷其往。惟见暮色苍然,枫叶荻花荡漾于风漪之内而已,自吾堂渡河而东,沿溪行,不一里,徐氏小兰亭在焉。亦有剪淞徐渡之额,故作此诗。

遗山词句吴兴画,文采风流好细论。一曲淞波谁作主,他年应似谢公墩。

——《剪淞留影集》,民国七年(1918)铅印本

集时贤句题津楼惜别图一首即次南湖先生韵

小阁重楼落日寒伯严,谈禅说鬼有余欢樊山。名山谁信身堪隐苏堪,客里相逢岁又阑子言。枉叠华中绾空髻寒厓,可堪梦窄较春宽穆忞。绿波南浦情何限咏霞,顾曲频登旧将坛澍生。

从军乐

大哉中国岂无人,一怒能教四海惊。蠢尔蛮荆休窃笑,请看今日少年军。

绝塞飞登下朔荒,黄沙万里渺茫茫。路无山水遮行进,好个男儿驰骋场。

炮兵守后骑兵先,步卒横抄曲水边。万颗弹花飞不住,轰成天地黑如烟。

将军布阵若游龙,出没无常变化工。十万轻骑横扫去,胡儿血泪战袍红。

万柄钢刀逐电来,北追穷寇渡冰山。冰山高立三千丈,作我中原纪念碑。

凯旋门外歌声震，大厦将倾拚命撑。阿母对儿欢喜说，做娘心愿至今偿。

题菊

拣得东篱最好枝，挥毫和墨露团时。凭他人世争浓淡，写到秋容只自知。

——惠毓明编《吴芝瑛传》(无锡双飞阁藏版)

汪德贞二首

汪德贞(？—1907),字孟淑,安徽休宁人。

秋闺即事三首选一

星稀云淡夜悠悠,四面屏开景色幽。闲染霜毫临古帖,黄庭钩罢月当头。数株桂树拂高楼,露似珠圆月似钩。粉本何人能领略,丹青洗出浅深秋。

由家赴杭舟中杂咏四首选一

严陵滩畔画桡停,闲咏新诗看客星。吟到夜深人欲倦,满船明月一灯青。

——傅瑛主编《明清安徽妇女文学著述辑考》,
黄山书社2010年版

燕斌十首

燕斌(1869—?),籍贯河南,生于湖南长沙,长在粤西。留学日本,社会活动频繁,大力提倡女权,创办《中国新女界杂志》。以“炼石”为笔名,在《中国新女界杂志》发表政论文、诗歌数十篇。

遣怀四首

五千年事不堪论,话到坤维百感存。多少精英尽沉汩,月明谁与吊幽魂。

强权自古归男子,巾帼因何不丈夫。假令帝王全女统,须眉遮莫尽奴奴。

廿纪风云此变迁,由来公理重平权。家庭那许行专制,人道从今赖保全。

学术维新第一关,同侪努力莫盘桓。他年再辑文明史,始信吾徒不等闲。

辑新女界夜深口占二绝

露冷风凄思悄然,挥毫新谱女权篇。每当话到伤心处,恰有哀鸿唳远天。

邻鸡初唱夜何其,霜气侵帷冻不支。欲为同胞邀幸福,此心惟有一灯知。

哀思楚辞体

炼石子辑报未终,时夜将半,寒风凛烈,倚楼远眺,四顾寂寥,茫茫宇宙,明月在天,万籁澄静,哀思何穷!援琴而歌之。歌曰:

抚长夜之漫漫兮弹素丝,哀思溢于弦外兮,风凄凄而吹衣。黄帝之裔大禹之域兮,有五千年特出之文明。何女界之闭塞兮,处白日如宵征。惜兰蕙与蘅芷兮,遭摧折而不荣。荆棘丛生兮乖违骨肉,痛苦谁怜兮难堪惨酷。

天倾东南兮地陷西北,娲皇补天胡不补地兮,大陆莽莽而险仄。天柱倾而补完兮乾道光明,地维折而不补兮坤道暗黑。矧阴阳之不平兮,何独偏于吾国?彼欧美之女权兮既征发达,何震旦之妇女兮,独守不易之绳墨。

娲皇去兮乘长风,登九天兮跨飞龙。吾将招皇之灵爽兮灵其归来,归来兮拯我二万万女界于樊笼。

——《中国新女界杂志》(1907)第一期

大舞台歌

二离鼓铸一洪炉,阴阳变化生世界。地球面积为舞台,五色民族各一派。太素元素作帏幕,精神脑力为器械。斗智斗慧斗新奇,刁钻狡狯众称快。或和或战或悲欢,意态分明演百般。但知此日登场好,那晓天公冷眼看。震旦自古文明国,历代英雄满林郭。尔来若万若千年,未与海外通人烟。焉知造化泄消息,欧风美雨直侵我膏腴之桑田。吁嗟乎!民疲酣睡梦未醒,群雄睥睨生颠连。长夜黑暗何时旦,志士浩歌白石烂。三更东海金鸡鸣,睡狮一醒天地惊,巍然飞跃逾苍溟。男女同登大舞台,爱国精神何壮哉！嗟我二十世纪之支那,化万象以维新兮,国魂其归来!

——《中国新女界杂志》(1907)第三期

朱承芳三首

朱承芳，生卒年不详，字蓉笙，浙江杭州人。夫徐仲可（1869—1928）。承芳性格婉静，嗜读唐诗。伉俪唱和，一时称盛。婚后不久病逝于余姚。病亟时自毁其稿，仅存五律四首，载《国朝杭郡诗三辑》中。

送春

毕竟去何许，飘然春欲归。自惊颜色改，忍见落花飞。身世原同感，心情渐觉非。蝶魂谁唤醒，犹是恋芳菲。

晓泊和外子

晓泊西风外，推窗乍眺晴。梵音晨寺缓，霁色远山明。风健添帆力，人喧杂橹声。输君诗思好，不负越中行。

登楼

佳节过重阳，登楼黯自伤。叶枯霜后紫，花陨雨中黄。久阻送乡棹，难胜对月觞。何堪更多病，容易感流光。

——《妇女杂志》第一卷（1915）第一号

吕逸四十三首

吕逸(1870前后—1937后),字韵清,别署逸初、筠青、韵清女史、友芳旧主,石门(今属浙江桐乡)人。明末清初思想家吕留良后人。夫王艺,余杭(今属杭州)人。吕逸与徐自华、秋瑾为密友。曾任石门文明女塾教员。擅画,参与编辑《七襄》杂志。有《倚修竹轩诗草》(稿本),小说《返生香》《狸奴感遇》等。

送徐兰湘如妹随宦粤东

君行无物赠相思,只有言情七字诗。从此红楼明月夜,栏杆倚遍阿谁知。

徐自华如妹随宦粤东作此赠别二首选一

生小兰盟臭味亲,匆匆分袂泪沾巾。送君南浦无他语,弱质长途好自珍。

暮春寄粤中兰湘自华两妹二首选一

渐见朝暾上碧纱,晓妆新挽髻如鸦。垂帘镇日含愁坐,云鬓慵簪姊妹花。

西溪纳凉

兰闺绣罢自焚香，且步溪边纳晚凉。遥指林深归鸟处，暮山一抹最苍茫。

冬日代柬答自华二首选一

贫交愧乏琼瑶赠，一幅涛笺两首诗。隔岁与君先订约，春风归棹莫迟迟。

寄自华

簪花小楷五云笺，品第新诗锦样妍。直与文人争慧业，也曾清梦到三仙。

愁魔病累卿输我，绝艳惊才我让卿。二十年来惭愧甚，学诗学绣两无成。

别兰湘后舟中写恨

匆匆分袂上轻舟，料得同盟一样愁。红树碧山无意赏，心随流水向君流。

与兰湘畅叙一月因寄母来书促归作此送别

正好联吟白雪诗，一封书到促归期。濒行触处多离绪，却在无言欲泪时。

知心怅别素心人，从此相思入梦频。几度欲留留不得，只因侬亦久离亲。

秋日代柬寄武林胞姊

西泠分袂记春残，碧水苍山想见难。久病未瘳劳系望，慈亲虽老幸平安。花开湖上偕谁赏，闻荷花生日姊在湖上游赏。月到楼中忍独看。余居寄母家月到楼。最是无聊闲眺处，一群新雁过云端。

出镇江口

邗江一望景无边，正值春和风顺天。满耳潮声晴亦雨，四围山色断还连。篷窗倚处浑如画，诗兴浓来快欲仙。指点金焦几回首，何时更上翠微巅。

金陵夜泊

欲寻归梦苦难成，坐起篷窗灭短檠。野树月明惊鸟语，长堤芳草乱蛙声。一江星斗流无定，四面云山辨不清。应是金陵诗料好，西风连日阻行程。

偶成

友芳遗址感沧桑，萋草寒烟夕照荒。竹里开轩何日遂，梅边叠石几番忙。家贫肯易平生志，亲老偏惊满鬓霜。谁似白华终孝养，卖将图画奉羹汤。

庭失椿阴月满阶，历经艰险病随骸。孤高赋就心何执，诗画名成志便佳。赁屋纵然临市井，买书犹自典钏钗。亢宗幸有阿连在，待筑河塍守朴斋。余家旧居邑之东河塍，有斋名曰“守朴”。发捻之乱，屋宇无存。

自题倚梅小影

不作优昙一见春，愈经冰雪愈精神。漫言花影如侬瘦，侬与梅花本化身。

花韵何如人韵清，敢夸清逸占花名。画中解得诗中意，许在梅边过一生。

余游艺沪滨适逢津沽匪乱志之

风雀惊心日几回，艨艟战舰满江隈。男儿未若闺娃胆，一舸飘然卖画来。

闻蟋蟀有感时庚子秋仲

哀蛩唧唧闹东邻，似诉似啼听不真。侯馆吟秋灯欲灺，离宫吊月夜无人。未能隐忍寒蝉笑，有甚牢骚絮语频。论尔前身侬解得，分明孽子与孤臣。

冬日阮君剑痴过访剪烛夜谈将归以梨著金石梅花见赠诗以答谢

纵谈时事到更阑，同慨棋枰一局残。愧我无才筹借著，感君有意劝加餐。桐经爨尾犹堪赏,梅守冰心自耐寒。长顾神交联道义,贞如金石臭如兰。

偕蕴妹剑痴游落帆亭

拂面薰风酒渐醒,寻诗行遍水边亭。吟声惊破鸳鸯梦,两两飞来也窃听。

将至申江留别阮君剑痴

相看身世似萍浮,话旧灯前感不休。一掬美人香草泪,不逢同调肯轻流。

连朝仙侣喜登舟,又向春申江上游。翻羡未曾相识好,免教叙散有欢愁。

登海上寓楼有感

独上高楼感不支,繁华地莫过于斯。可怜海市笙歌夜,正是宫帏宵旰时。荡子有金惟买笑,灾黎乏食枉啼饥。时阅各报,知陕甘、湖南等处大饥。蛾眉无力安天下,空自临风热泪垂。

——《倚修竹轩诗草》,清光绪末年钞本

忧国吟

沉忧日抱杞人思,怕见江山破碎时。叹息蛾眉难用武,临风空读木兰词。

休言红粉喜谈兵,为感时艰也不平。屡欲愤提双剑起,桃花马上请长缨。

呜不能平每放吟，忍看西力渐东侵。闺中尚洒伤时泪，谁说人无爱国心。

千秋女杰有秦梁，不信军中气不扬。我愤时艰无死所，拚教马革裹沙场。

横流沧海奈时何，拔剑空吟砍地歌。热血一腔无洒处，为民我愿溅强俄。

——《女子世界》(1904)第七期

题女子世界侠女传后

人才难得况蛾眉，世界新开独立旗。家国有权休自弃，英雄无种要人为。盗将金盒酬恩主，跨上银鞍愤誓师。莫羡若安多伟绩，中华女亦系安危。

文明女塾偶作并呈经理韩君

问字齐褰绛帐纱，吾乡女学喜萌芽。从今大地春风里，栽遍文明自在花。

楼台近水画难成，东望郊原得气清。夜半推窗仰天象，文光正映女星明。楼面东正对黉宫之高塔，俗所谓文笔峰也。

——《女子世界》(1904)第八期

寄张竹君女士

博爱为怀群已忘，养生有论异嵇康。从今入室诸都讲，弱质何愁不自强。

心原似佛术如仙,一滴杨枝洒大千。从古良医比良相,谁知医国有婵娟。

十字旗开万国迎,上书慷慨赋东征。由来奇女羞依傍,独立江天度众生。

大陆沉沉几变更,相期世界进文明。女权此后无旁落,我为同胞酹一觥。

感事次蕴华妹原韵

卜筑女儿泪,梅花香到闺。租遗友芳园,今惟梅花尚存。诗名谁继起,晚香公著有《天盖楼诗草》《有耻斋文集》。往事忍重提。雍正八年事。家国无奇策,江山多旧题。横流慨沧海,我欲一燃犀。

乙巳年三月闻苣苳子有日本之游率成一律志别

春风楼外柳如丝,折向河梁进一卮。自古英雄造时世,况今国土系安危。千秋事业多因学,绝代才华岂独诗。我有老亲难赴远,扶桑东望只神驰。

——《女子世界》第二年(1905)第一期

寒夜著书狸奴卧案阻之感而有作

文心惨淡夜迢遥,多感狸奴解慰劳。为恐夜深人坐倦,故眠灯案阻挥毫。

代简寄韩靖盦先生

诗成草草代鱼书，为问红梅开也无。更有瓦盆一拳石，予移家时花石悉寄先生处。可曾补种水菖蒲。

题并肩顾影图

开到幽兰证素心，晓窗妆罢各分簪。并肩笑对菱花影，试较涡梨孰个深。

——《女子世界》(1914)第三期

题巢南笠泽词征

清空骚雅尽搜罗，十四年来被墨磨。料得衣冠罗拜者，梦中人比侠君多。

苍茫尘海怒生潮，多少虫沙逐浪淘。闲煞垂虹旧亭长，一编香草续离骚。

——《妇女杂志》第一卷(1915)第一号

丁毓瑛八首

丁毓瑛,字蕴如,江苏宜兴人。丁俊卿之女,左白玉(1820—1856)(字小莲)之孙媳,汪雪芬之子常熟言敦源之妻。世代书香,是清代一门三代能诗者,在闺阁中作为佳话流传于世。

春望

酥雨浥轻尘,夭桃一色匀。暂时约女伴,来作踏青人。浓绿遍莓苔,新红顷刻开。商羊数点雨,催我看花来。

纪梦

仿佛返天津,牵衣慰老亲。一家重聚日,十载未归人。旧事绵绵说,余情絮絮申。柝声催梦醒,有泪尚沾巾。

庚子中秋

夜静空庭雁唳群,商声偏送枕边闻。无家正值沧桑变,有泪难禁骨肉分。极目乡云依陟屺,惊心烽火婿从军。那堪又到中秋节,寂寞兰闺万绪纷。

大明湖竹枝词

明湖风景任徘徊，闲倚篷窗面面开。听得喧哗人语近，张公祠畔画船来。

招凉齐向绿阴中，夹岸荷花映水红。为看邻舟灯暂息，一钩斜月半帆风。

忘归休问夜如何，彻耳笙簧缓缓歌。茉莉花成香雪海，人人插鬓影凌波。

病起

菱花坐对蹙双蛾，消瘦腰肢可奈何。羡然红闺诸女伴，新妆兴致比侬多。

欲将眉黛染青螺，可惜春光病里过。帘幕久垂今乍启，嫣红狼藉落花多。

——《妇女杂志》第四卷(1918)第五号

瓦兰芬三首

瓦兰芬,约活动于清光绪二十一年(1895)前后,贵州清镇人,同邑萧伯平之妻。诗赋兼长,学术精湛。甲午战争之后,兰芬感怀时局,吟成长律三章,忠愤之志,溢于言表,读之令人奋起。

感时三首①

沧海桑田几变更,可怜苍昊太无情。三鲲忍陷衣冠薮,指台湾。百雉空营铁石城。指威海、旅顺。夫婿位轻难报国,木兰我愧学从征。深闺长向深宵拜,翘首呼天祝太平。

呼天天道竟无知,太息输金割地时。巾帼犹思争气节,沙场几个副须眉。挥戈日暮光留影,刘永福踞台南。击楫江中誓有辞。张香帅力阻和议。毕竟生男才是好,乾坤大局赖撑持。

时局循环信有因,娥眉无分绘麒麟。诸公衮衮知匡复,世变滔滔互屈伸。东国霸图心在莒,西岐王业誓书秦。圣明有诏多哀痛,诏有"当此创巨痛深之日,正我君臣卧薪尝胆之时"云云。谁沼吴兮只自新?

——钱仲联主编《清诗纪事·列女卷》,
江苏古籍出版社1989年版

① 按:甲午战争本事,见吴航邱诗"诸君何以答升平"条。

徐蕙贞九首

徐蕙贞(1871—1892),字兰湘,崇德(今属浙江桐乡)人。同治九年(1870)庚午优贡生徐多鈐(1841—1890)季女,女诗人徐自华、徐蕴华从姊。著有《度针楼遗稿》。

九日登凤凰台晚眺

年年客里过重阳,未有登高不忆乡。独立凤凰台上望,暮云秋树海天凉。

酬吕韵清女史元韵二绝

别素心人又几秋,髫年兰谱订高楼。濒行犹自殷勤问,问我何时再返舟。

西溪作伴正新秋,曾记联吟月到楼。姊妹凭栏同晚眺,笑看渔妇荡轻舟。

春日绣余

春闺绣倦劈吟笺,风送杨花入砚田。多少园林饶好景,碧桃树下蝶翩翩。

对月寄怀闺友

一轮皓月涌层霄,万里澄清夜景遥。记得西溪同倚槛,玉楼曾共学吹箫。

夏夜偶成

青山明月影娟娟,出水芙蕖欲斗妍。最好今宵湖上宴,画桡斜系柳阴边。

读红楼梦传奇感而有作

泪洒潇湘只自知,秋窗谱出风雨词。帘前鹦鹉又偷听,最可怜兮唤玉时。

夏日泛西湖二首

半面孤山半面湖,空亭寂寞鹤来无。梅花纸帐多清梦,只少盘中一颗珠。

疑是嫦娥下碧霄,垂杨踠地舞纤腰。争来苏小坟前拜,红藕花中泊画桡。

——赵青撰《嘉兴历代才女诗文征略》,
浙江大学出版社 2014 年版

唐群英二十五首

唐群英(1871—1937),原名恭懿,字希陶,湖南衡山人。南社诗人。父唐星照,湘军将领。母曹氏。夫曾传纲,湖南衡山人,曾国藩堂弟。幼聪慧好学,善诗文。应秋瑾之邀赴日留学,1905年在东京加入同盟会。辛亥革命前后,组织女子革命军、女子参政同盟会,有力地推动了女权运动发展。1912年在北京创办《女子白话报》《亚东丛报》,宣传女权和革命,颇有影响。诗风雄迈豪放,与秋瑾、张昭汉等接近。惜作品散佚较多。

由都返湘汉口舟中值陈汉元联句

小艇如囚渡岳州,歌声人语杂江流。十年忧愤怀秋侠希陶,百战功名笑楚猴汉元。回首燕云增黯淡,伤心边漠费筹谋希陶。不堪九死逋亡客,犹得生还话旧游汉元。

舟泊岳州城下登岳阳楼晚眺

君山突起水潆回,山色湖光照眼开。不访纯阳大仙吕,何当共我醉三回。

过洞庭湖有感兼赠陈汉元

旭日初升晓雾开,洞庭波起断头台。不堪回首当年事,赢得功成血战来。

归心如箭系舟难,满载豪情渡岳关。此去长沙知未远,好携朋旧话家山。

归舟遇陈汉元有赠

百战归来剩此身,同舟犹话劫余尘。老陈不是寻常客,曾率诸侯讨暴秦。

——《南社丛刻》,江苏广陵古籍刻印社 1996 年版

与秋瑾唐希范和诗二首

咏红莲

浓抹淡妆玉镜台,红霞万朵水中栽。如痴若梦珠光闪,含笑凌波蓓蕾开。不羡长堤万树柳,偏崇峻岭一枝梅。各领风骚时各异,心灵相系送香来。

咏白莲

盘心碎点列珠珰,疑是水仙返故乡。脸傅清霜衣剪翠,手盈团雪发飘香。湘中不减吴中盛,楚女难超越女妆。清苦莲心同一格,秋风明月舞霓裳。

(1896 年秋于荷叶)

游岳途中抒怀

衰梧老柳半欹斜，隔岸渔樵三两家。水净沙明初过鹢，树摇枝乱暮栖鸦。湘云漂渺征帆迥，山色迷离客路赊。回首夕阳增旅思，碧云深处尽昙花。

（1902 年秋于南岳）

回赠秋瑾

荷叶花开夏复秋，西风不识自登楼。孤灯瘦影难成梦，冷月寒霜不胜愁。易髻而冠谁解恨，如蚕作茧我何忧。生为人杰岂无路，且许芳馨结伴游。

（1903 年春于三吉堂）

黄公克强组织同盟会于日本东京与宁君太一等设立报馆颜曰洞庭波征集党人诗文余于课余拟绝句八章以附刊

莽莽乾坤何处家，两年栖息走天涯。文明未播中原种，美雨欧风只自嗟。

三条烛尽钟初动，九转丹成鼎未开。世界汹汹人扰扰，不知谁是济时才。

霾云瘴雾苦经年，侠气豪情鼓大千。欲展平均新世界，安排先自把躯捐。

精卫难填东海恨,女娲犹补奈何天。年来怕听伤时事,热到胸头受煮煎。

中原逐鹿亡消息,巨海龙蛇苦大千。撮得罗兰真种子,灵苗催放九华巅。

胡酋何日始魂消,百计窥人等禳枭。煮豆燃萁情更惨,媚狐威假虎狼骄。

仇雠未复子孙忧,况复新仇益旧仇。四万万人沉梦觉,早将遗恨雪千秋。

熟煮黄粱梦未醒,九重恩重许朝廷。愿身化作丰城剑,斩尽奴根死也瞑。

(1906 年秋于日本东京)

致民主报祝词

彰伟烈兮,诛孔壬兮,狂澜之砥兮,大雾之针兮,威武不能屈兮,富贵不能淫兮,作政客之后见兮,居舆论之中心兮。

(1913 年夏于长沙)

与张汉英过小姑山和诗三首

枫叶经霜贮满酣,谁能夺得小姑山。恨无长剑斩蛇虎,敢效须眉不逾闲。

蹈海扬波不计年,黄花遍地景依然。何时广播罗兰种,灿烂神州共一天。

锦绣江山列画屏,谁知姐妹远游情。傲霜饮露同舟济,北雁南归我独醒。

(1913 年秋自沪返湘舟中)

哭黄公克强

昔抱钓天志,东瀛幸识荆。雄风驱鞑虏,建国赖长城。民失擎旗手,我悲引路人。千秋遗爱在,遥奠泪沾巾。

(1916年秋于长沙)

——蒋薛主编《唐群英诗赞》,南岳诗社1997年版

感怀

感时抚事意徘徊,美雨欧风海上来。会见铜驼陷荆棘,英雄遮莫动悲哀。

满目河山一望收,夕阳凭吊古荒丘。离骚声断天无际,屈子终怀万古愁。

痼疾羌夷患已成,哀鸿血染杜鹃声。那堪重读神洲记,方寸灵台活火烹。

——《中国新女界杂志》(1907)第二期

王佩珩六首

王佩珩,仁和(今属浙江杭州)人,光绪进士、仁和名士王同女。

湖上春游

春满平湖翠黛迷,双峰高插六桥低。白蘋荡漾萦鱼縠,芳草芊绵没马蹄。欸乃一声山水绿用句,清歌几处燕莺啼。寺钟隐隐催归客,暮色苍茫黯两堤。

自题照相

妙法真堪夺化工,妍媸肥瘦总相同。从今莫诩长康笔,镜里神传顷刻中。

何烦顾影自分明,较胜铅华点染成。我即是卿卿即我,卿须怜我我怜卿用句。

读俞吉初夫人绣墨轩遗稿四首选二

心折遗篇不自知,羡君贤孝见乎词。蛾眉绝世何能嫉,展卷愁吟绝笔诗。

须知夙慧即愁根，七字吟成欲断魂。我亦人间伤心者，年来怀抱不堪论。

戊戌秋日宴于叶氏园林听峭然三姊鼓琴即席赋赠

名园佳日集佳客，金樽有酒欢今夕。主人抱琴前致辞，愿按冰弦理七丝。一声乍动尘心涤，万籁不鸣天寂寂。只有长空月自明，穿云裂石多奇声。一弹再鼓音逾好，泠泠指下仙风绕。先弹水仙后楚妃，阶前凉露欲沾衣。曲罢余音犹袅袅，纸窗风细炉烟袅。吁嗟乎，流水高山意未知，知音侬自愧钟期。他时若刺成连棹，海水天风即我师。

——《冷香室遗稿》，清光绪二十六年(1900)季氏家刻本

徐熙珍十一首

徐熙珍(1872—1892),浙江海宁人,父亲徐鸿逵,字棣山,清末丝绸界著名商贾,擅长书画。丈夫周紫垣,乌程(今浙江湖州)人,清末在上海经营丝绸行业,擅长昆曲。徐熙珍著有《华蕊楼遗稿》,收诗105首,《晚晴簃诗汇》《海宁州志稿》著录。

过静安寺

鞭丝响处马蹄忙,两岸垂垂踠绿杨。沿路野花香扑鼻,一泉寒冷自斜阳。

漫吟

宵深闲步画楼东,寂寂人声月正中。数到自鸣钟十二,蔷薇花影上帘栊。

远眺

浮图高处望依稀,海阔天空兴欲飞。万顷稻田桑柘外,遥山遥水接烟霏。

荷露

半亩芙蕖晓气清，柳阴如幄碧烟横。香分水国鸳眠稳，影度寒塘鹤梦惊。叶卷绿珠娇欲滴，花翻红粉冷无声。沿堤屡怯鞋尖滑，避却苔痕缓步行。

有感

隐娘红线已垂名，世事而今愤莫评。谁得手携仙侠剑，向人惯作不平鸣。

题吟红阁诗钞

盥手临风把卷开，吟回口齿觉香来。愧他裙屐诸年少，得似西泠咏絮才。

莲漏频催未卸妆，新诗有味好亲尝。殷勤且把银缸剔，写到吟红字亦香。

兰闺扶倦夜深时，笑语闲评绝妙辞。读到缠绵小青曲，几番累我学吟诗。

感怀

平安淡泊足娱情，学问还从阅历生。暗卜鱼仙参仰覆，共猜爪战判输赢。当车量力螳撑臂，未雨知机蚁罢兵。欲步性灵诗不易，摹唐仿宋两无成。

过岳王坟

策勋痛饮酒千钟,好展神威靖塞烽。一自冤成三字狱,更无人去捣黄龙。

宋室偏安转自安,金牌十二促归鞍。可怜二帝无还日,千载心灰一片丹。

——《华蕊楼遗稿》,民国五年(1916)
周氏梦坡室刻本

张汉英十八首

张汉英(1872—1915),字惠芬,号惠风,湖南醴陵人。女权活动家、教育家,南社诗人。父张云齐,夫同邑李发群。1905 年赴日留学,后加入同盟会,与唐群英为好友。民国成立,汉英力争将女子参政权载入《临时约法》,终得通过。创办《女权日报》,为湖南最早的妇女报纸。1914 年创办醴陵女子学堂并任校长,力推女权,积劳成疾病逝。

题赠湖南留学生监督陈公小照四首

问君何事到扶桑,莞领春风树万行。我愧公门诸弟子,也随桃李列宫墙。

龙门仪表世无俦,海外争推第一流。笑指群仙高会处,有人崇拜李瀛洲。

中邦女学赖提倡,欲使同登活剧场。他日造成新帝国,好教牛耳执东方。

巍巍山斗自尊崇,万丈圆光顶上融。莫道裙钗无慧眼,须眉争识大邱公。

——《中国新女界杂志》(1907)第一期

癸丑秋偕希陶诸子由沪返湘舟中阅参政报得陈蜕翁诗三复不忍释手适同伴喧呼将近小姑山矣因起视徘徊口占三绝以志意

正读陈诗兴味酣,同侪呼看小姑山。波涛万顷风千折,鹄立中流独自闲。

撼触波涛年复年,发光眉黛总嫣然。群山大陆多尘垢,秋水江心别有天。

四面玲珑水作屏,夜阑风月不胜情。输他夫妇蓬壶里日本海有夫妇石,潮去潮来醒未醒。

哀江南八首

万里光寒白刃林,鲸鲵满地气萧森。城头碧血如泉涌,江上红旗蔽日阴。衔石徒劳精卫力,补天不遂女娲心。而今刀尺催应急,怕听同人说藁砧。

巍巍城郭尽欹斜,触目凄人两鬓华。徒事干戈斗同室,岂知国柄似浮槎。天阴若泣寒沙鬼,风急愁闻薄暮笳。试问头颅抛几许,可能换得自由花。

阴霾叠叠障清晖,忍使英雄赋式微。民气不随王气长,血花空逐雨花飞。我疆我土嗟何益,平等平权愿已违。遍野哀鸿竟谁恤,当途豺虎自丰肥。

角声凄绝紫金山,人事沧桑旦夕间。信是金钱能夺气,敢云哀乐不相关。慨歌壮士徒遗憾,始祸将军应汗颜。猛虎依然困平野，沐猴今已遍朝班。

世事原如黑白棋，每从一着寄欢悲。徒喧煮豆燃萁日，谁解开门揖盗时。斗草固宜毋待蔓，移山有志不妨迟。繁华胜地今焦土，遥望孟津有所思。

无端百感到心头，风雨凄凄满目秋。纵有回文难写意，更非化石可消愁。愿移残骨填苍海，安得乘桴伴白鸥。肠断不堪何处是，卢妃巷口甚扬州。某君前在扬州被捕不死，顷复就逮于卢妃巷，竟遇害，故云。

大好山亏一篑功，匪伊信誓不由衷。鹰鹯肆逐原天性，草木翻飞自有风。山岳崩颓云气黑，干戈掩映血痕红。头颅愧煞余还在，何处寻师黄石公。

劫灰满地且逶迤，南望长江处处陂。四海沸腾鱼欲跃，万山摇落木无枝。如虹厉气终将贯，匪石民心总不移。寄语苍生暂容忍，恢恢天眼自关垂。

日本纪胜四首选三

陇川

樱花明媚陇川西，草色如茵一抹齐。最好风光无限处，泉声不断五云溪。

厩头

万里长江一望明，归舟无数自纵横。何时一击中流楫，顿息遥天巨浪生。

夫妇岩

不信人间有望夫，双双对影在蓬壶。说来痛哭贾生策，不识此君点头无。

——《南社丛刻》，江苏广陵古籍刻印社 1996 年版

钱希十六首

钱希(1872—1930),幼名应贞,字梦龟,阳湖(今属江苏常州)人。父钱向杲。弟钱振锽曾任刑部主事,妹钱永,能诗。钱希为蒋南棠继室,工诗文。有《云在轩诗集》,与蒋南棠《求拙斋遗诗》合刊。

即景二首选一

院落无风起,窗开不觉凉。蝉声当暑急,蛩语近秋忙。万点槐花细,千条柳带长。绿阴多处立,犹自恋斜阳。

十五夜望月

一带楼台松竹中,近池水气入帘栊。雁声过远千山静,树影生时万景空。雪白波光寒有雾,蔚蓝天色夜无风。人间有此琉璃界,何羡姮娥住月宫。

除夕

夜深薄醉上楼台,星斗稀微一岁回。诗稿未将除夕赋,邻鸡已报早春来。满城爆竹催寒尽,一盏灯花逼曙开。老幼不知更甲子,四筵欢笑尚衔杯。

清明

晴窗扇扇对花溪,时值清明万景齐。细柳无风还错落,春云不雨也淋漓。鸥来水面鱼苗散,人到花间鸟语低。更喜芳晨新病起,好将佳景作诗题。

落笔

雪气梅芬自可亲,天涯又是待春新。书当得意常留箧,花为亲栽惜与人。落笔便含身后想,苦吟不负眼前贫。惟嗟句少湖山气,安得清游任此身。

哭夫子

事太伤心泪亦无,怜君此去意何如。人间偕老悲无分,天上聊吟合有余。千里亲朋犹讯病,万家缣素尚求书。夫子工书,乞书者踵至,几无暇晷。仙踪已上凝虚殿,誓欲乘风问起居。

从此红尘不算家,愁来身世苦无涯。名能折福君先虑,婿有全才我悔夸。爱说仙家怀极乐,怕逢闺友勤休嗟。凤凰零落文章贱,万念无如死最佳。

憔悴灯前笔一枝,何堪竟赋哭君词。频年已恨生离苦,此日还加死别悲。腹有史书堪教子,才关福命懒吟诗。伤心也欲安排过,日日灵前血泪垂。

佳话当年到处扬,孰知好事竟难长。结缡幸有诗千首,偕老惟凭字几行。画上风神还活泼,梦中聚散总荒唐。伤心本拟同生死，不道君亡我不亡。

题俞曲园孙女吉初传

世人尽道君姑恶，我觉君家夫婿情亦薄。不然何至绝生机，幅幅家书带泪题。谁怜多病身，时复受逼迫。回首家庭万事非，人生如此真何乐。听说才华深似海，玉颜虽死文章在。自来木偶福偏多，弹尽佳人眼中泪。

和夫子乩诗

云鬓蓬松血泪红，镜中全改旧时容。感君自是钟情甚，别后还亏识得侬。

畅谈浑不当君亡，连日凭乩唱和忙。诗到人间君不见，果然人不及文章。

暂时佳会忍蹉跎，菊盏徐斟话大罗。蔬菜无多依旧样，不知食性近如何。夫子降乩时才重九。

爱煞文章果有神，仙儿相隔也生春。此行携我新诗去，应向群仙说故人。

西湖即景

生世由天命，逢场且自宽。诗宜尘外觅，云爱水中看。胜地传名易，高峰到顶难。千秋人不少，多在此凭栏。

天湖垂钓

游鱼如锦水如罗，袅袅春丝荡绿波。自捡柳阴多处立，满身清影当披蓑。

——《云在轩诗集》，清光绪三十三年(1907)
《阳湖钱氏家集》活字本

包兰瑛二十二首

包兰瑛(1873—1935),字者香,又字佩棻,江苏丹徒人。包星南女,遂昌知县朱兆蓉妻。自幼从父学诗,随父宦游浙江、安徽,有"丹徒才女"之誉。惜其早年诗作毁于水灾。光绪十八年(1892)于归,随夫宦游浙江、湖南、湖北等地。在杭州曾与女友结诗社,迭相酬唱,诗名远扬,受到俞樾等文坛宿儒的称赞。其诗题材多样、视野开阔,风格清丽,时有精警之句。有《锦霞阁诗词集》六卷。

读放翁集

秋灯耿遥夜,下帘听疏雨。一卷放翁集,古秀照眉宇。平易似香山,忠爱匹老杜。石湖帅两川,先生居幕府。雪中草军书,下笔龙蛇舞。宝鸡达长安,旦暮可立取。奈何小朝廷,甘作湖山主。坐令龟堂诗,苦语泣肺腑。晚境封渭南,渭南渺何处。九州几时同,寸心千载许。余情狎花草,亦与离骚伍。大雅逝不作,遗编亘今古。久读忘睡眠,远寺动残鼓。

登狼山支云塔

支云高塔走嶙峋,肯为裙钗渺此身。但觉天光俯银海,不知人世有红尘。二分垂足疑仙境,万事扪胸仗佛因。笑语同来诸女伴,此行奇绝胜飙轮。

甲午送外子赴省试

文场潦倒愧时英,白下秋风发轫行。大敌勇于临小敌,才名应不负科名。六朝久擅湖山胜,百感休从旅邸生。此去庆余逢水部,入时眉样要分明。

柬胡兰芬女士德彝

大雅吟成格调清,妆台可许订诗盟。羡君早拔词擅帜,巾帼才华负盛名。

笑我诗如玉有瑕,唱酬何幸值方家。彩毫吟到同心处,开作金兰并蒂花。

毗陵游天宁寺舟中偶成

溪添新涨碧流清,春泛兰桡趁晓晴。日薄片帆移淡影,雨余修竹滴残声。林边寺近红墙露,天际云连白塔横。梵阁疏钟传逸韵,柳莺犹对夕阳鸣。

望焦山

昨为金山游,岩壑称奇遍。虽然足壮观,终嫌金碧炫。意欲陟焦山,幽秀觌层巘。无奈波澜险,惊涛驶如箭。今晨渡江归,舟发心仍恋。放眼眺佳处,遥青如匹练。颇似香炉峰,停帆几回见。

坡公薄江潭，舶棹风云变。我独挝回帆，奇境悭一面。准拟今宵梦，篮舆入葱蒨。

忆儿时值归宁

我非作客也思家，久滞音书望眼赊。梦里携儿还嘱付，秋凉食果莫餐瓜。

钱江观潮

后种前胥若有神，银山飞涌剧奔轮。元军三日偏无恙，始信钱王索土真。

泉塘名胜万人看，龛赭潮来足壮观。一对涛江枚叔笔，可怜郊岛欠波澜。

题熊澹仙女史诗钞用王舅旷观楼集中韵

古之善歌有韩娥，绕梁三日余音多。作诗苟无味中味，虽甚攻苦犹蹉跎。如皋澹仙留韵墨，诗仙不受愁魔逼。秋风团扇一微吟，坐觉班姬减颜色。茹雪堂中赋离忧，外虽激楚中夷犹。辟如绝调广陵散，一唱三叹空无俦。玭山片石今吴质，大集题词妙梳栉。墙角花飞春不知，似惜匏瓜失灵匹。澹仙下笔吟椒兰，闲愁了不上眉端。但觉月中霓羽冷，井底波澜安。和平蕴藉足遗响，冰弦独操难复难。近人境苦诗亦苦，否则浮艳又戾古。如君诗才第一流，合入陈芳国中称香祖。

题俞吉初女史庆曾绣墨轩遗稿有序

女史名庆曾,字吉初,德清曲园先生女孙。善承家学,工诗词,年二十四归上元宗孝廉舜年为继室。其初,姑嫜遇之颇有恩礼,久之浸薄,逆来顺受,已历年所,一日暴卒。嗟乎!茫茫苦海,已精卫之难填;袅袅余音,听子规而不绝。余本神交已久,觌面无缘。今者三复遗编,倍深浩叹。表懿行而难罄,愧謭陋之不文。爰成俚句二章,以志钦慕之意云尔。

翩翩才调出金闺,无奈轻生事惨凄。湖舫昔惭交臂失,涛笺敢诩得名齐。十年顺德鹦哥妒,一夜罡风杜宇啼。庄诵遗编深太息,况闻眉茧锁愁低。

三生铸错数难量,绝笔诗成已断肠。遗稿中有绝命诗。月下横琴弦有韵,绣余弄墨字生香。才逢负屈情偏苦,吟到无声句更长。料得黄门伤往事,年年蒲宴罢端阳。女史卒于五月。

辛丑迁居杭城珍珠巷留题旧宅小米峰

峰峦小米巷真珠,同此杭州宅一区。机杼乍分鲛客慧,烟云犹忆虎儿图。敢偕白傅夸新第,未免青山恋故吾。惜别不须深感慨,总相宜处是西湖。

自嘲

课婢浇花兴有余,一瓯新茗一编书。纵教读破千万卷,比着男儿总不如。

楼居日日好看山，忘却栖身城市间。刺绣余闲翻旧稿，自吟诗句自还删。

舟泊姑苏

扁舟载月到姑苏，歌管楼台入画图。堤上马车如电掣，往来一一尽吴姝。

去年风景亦宜人，记与檀郎共一轮。今日苏台望关陕，红衫青笠满征尘。

移竹

园地三弓余，梅柳栽无数。有竹二百竿，梗塞清风路。呼僮移植小池东，只要成行不要丛。笔端疏散气乃古，此竹亦与文心同。果然解箨春雷快，新绿森森换世界。君子从来挺拔姿，看渠玉立青天外。

自题古装小影

珍重华严七宝装，朝来新咏玉台旁。闺中才思虚推鲍，林下风标敢步王。文酒尽消尘世感，绮罗不学内家妆。昔随父宦今随婿，直把西湖作故乡。

平昌遏乱行随任遂昌时作

防军未派撤绿营，绿营既撤城无兵。通都大邑且不靖，其将谓此平昌城。平昌之城实无有，泥垣土栅焉可守。我来已为耽杞忧,时乖乃与厄运偶。西乡莠民仇学堂,倏聚亡命思跳梁。双龙余匪乘之起,如风煽火烈焰张。欃枪剑戟多于猬,东校西庠概洗汰。绕署惟闻呐喊声,声称愿见朱公沛。沛公乃是前令名,前日之日公已行。乡民无知弗复辨,呀呀鼓噪千鸦鸣。嗟我良人宰此才匝月,自问于民未作孽。毅然而出坐堂皇,雄谈侃侃不可屈。众中一老伛偻前,举手示众使勿喧。乃云此间黯无日,鱼肉乡里年复年。今年更欲办自治,朝捐暮捐无不至。调查人口将奚为,察及鸡豚复何意。吾民只知耕吾田,足食乃为民之天。兴彼学校安所用,辄复尽敛吾民钱。吾农与学既有隙,誓不灭此不朝食。好官还请公自为,谓不可者吾刃赤。一唱百和人数千,隆隆巨炮声震天。虎兕出柙不可驭,囚牢警署无瓦全。城绅挈眷纷纷走,欲挽狂澜凭赤手。官署同悬涸辙鱼,荒郊四窜丧家狗。咄彼童仆无心肝,劝我易地图苟安。吾夫与民共性命,吾焉忍作壁上观。所患白手事难集,存亡只在呼与吸。西江之水虽可求,援军安济燃眉急。匪言仇学不仇商,商人袖手相彷徨。谁知猛虎择肥噬,彼商亦复为群羊。激以利害戒坐视,商民始敢投袂起。鸣锣出示招团丁,倏集千人皆敢死。兰帏夜制五色旗,用兵贵神尤贵奇。截竹为筒数十枝,俄焉四起胡笳吹。黄昏月黑云黰黰,繁灯忽聚星万点。匪类闻声梦里惊,曳兵顿觉凶焰敛。妙高山在城西偏,贼众窜踞山之巅。驱团上袭石乱下,旋见山顶腾烽烟。盲风卷地助凶虐,火光突起红烁烁。杰阁崇楼葬劫灰,官民一样心如灼。山顶文昌阁改为学校,因被毁。烟销雾散天微明,山头寂寂无人行。被榛不见豺狼迹,纵火犹嗟松桧倾。衙斋方订团防约,四境纷传遭劫掠。草檄遑论幕府忙,从戎那顾书生弱。警报谣传刻数惊,日中无市夜无更。盈庭胥吏杳难觅,匝地风潮熨不平。危城待救日岌岌,闻道援军仅四十。处防调遣马哨弁来援,仅率兵四十名。昼行数里夜即歇,声势虚张不敢入。匪中哨探比官多,杯水车薪奈若何。

群心固结黄巾党，匪首黄樟发昔为双龙会党，今为月光会头目。独力难支马伏波。幸有吴兴威且武，帐下男儿健如虎。羽檄星驰夜渡河，沿山听打冬冬鼓。中丞电檄沈军门率领衢兵驰救。秋风肃杀匪将歼，曹碓坑前守犹严。是处为西乡匪目赖驼背所居。五雷山顶筑高寨，负隅之势尤眈眈。良人玉勒乘骢马，躬率貔貅攻岭下。十日功成奏凯回，壶箪父老倾城迓。于中将弁亦姓朱，手提骷髅血模糊。中路第五营朱哨弁所部尤勇，斩获匪首吴土根。元凶既殪匪党孤，其狼其狈同伏诛。盗魁子赖某、北乡匪首潘某均被擒，复图逸，乃格毙。平昌素号贫瘠区，规复学校将何如。民不可捐绅勿输，官库安有余资储。时艰物竭当此际，百废待举夫岂易。胁从罔治但罚锾，更捐廉俸与洽比。胁从各姓量力认罚，藉资建筑，乃移两等学校于城东，其不足者捐廉助之。我闻从来剿抚须兼施，伤彼愚民初无知。推原祸始焉用讳，物极必反良有之。朝廷立宪贵自治，胡为自乱棼若丝。吁嗟乎！千钧一缕当彼时，城中士绅知不知。前车之鉴其在斯，请君读我平昌遏乱诗。

题京江鲍氏三女史诗合稿

璇闺三秀冠当时，赋茗才华并擅奇。韵洽埙篪成合璧，光辉花萼缀连枝。清娱楼阁开诗境，绿饮山堂醉酒卮。更有烟波同泛乐，雁行鸥侣总相宜。鲍海门征君三女，长之兰，次之蕙，三之芬，皆以诗名。之蕙适张舸斋司马，有《烟波共泛图》，一时名流题咏殆遍。

——《锦霞阁诗词集》，宣统二年(1910)刻本

陈菊贞二首

陈菊贞(1873—1895),浙江海宁人,字餐英,著有《晚香馆诗稿·词稿·文稿·试帖·庚辞》《晚香馆遗诗》一卷。

春宵听雨不寐

几番茅屋响纵横,不断空阶雨滴声。燕子情怀恋寒食,杏花消息酿清明。漏沉渐见华灯暗,冷重反嫌翠被轻。底事今宵眠不稳,拥炉闲坐到深更。

送粟来省试

匆匆书剑出江东,去蹋槐黄驿路中。一棹随流衔夕照,片帆映水挂秋风。金焦山势诗情壮,南北江流眼界空。进士嗟侬徒不栉,让卿攀桂广寒宫。

——《晚香馆遗诗》,清光绪末年(1895—1908)蒋氏刻本

徐自华六十七首

徐自华(1873—1935),字寄尘,号忏慧词人,石门(今属浙江桐乡)人。幼从舅父读书,喜吟咏。适南浔梅韵笙,不数年而夫亡。主浔溪女学校务,与秋瑾订交。资助秋瑾办报、革命。秋瑾遇难后,为之买地西泠营葬,建"秋社",任社长。为南社早期社员。后主持上海竞雄女学。早年诗风清丽、富有才情,后来渐多激昂慷慨之音,颇为柳亚子、陈去病等南社诗人推重。有《听竹楼诗稿》《忏慧词》。

岭南归家喜成二律

珠江风景触离愁,忽动归桡不滞留。久别西湖萦旅梦,偶来南岭豁吟眸。三年宦绩凭诗记,一片乡心逐海流。莫笑闺娃无远志,七千里外也曾游。

涉水登山任所之,朝来才悟到家迟。一堂聚首翻疑梦,独立凝眸转觉痴。为诉离情嫌夜短,欲寻游迹只心知。娇憨小妹牵裾问,添得奚囊几许诗。

亲老远行天寒感赋

横斜梅影绮窗前,六出飞花雪满天。惜别不歌金缕曲,催人独上木兰船。劳形岂为功名累,积债多缘儿女牵。惭愧蛾眉难替力,强排愁闷付诗笺。

金焦怀古

一望渺无际,洪波涌小舠。江山供啸傲,风雨过金焦。征战怜三国,繁华梦六朝。不堪兴废事,凭吊剩寒潮。

读袁机女士遗稿及其兄随园太史女弟素文传感而有作

袁家有女号素文,风华窈窕冠同群。三娘文藻推刘氏,大雅清才并左芬。少小随亲游莲幕,历尽山川见闻博。刚从南闽食荔枝,又向罗浮探梅萼。趋庭和婉色无违,闲擘蛮笺彩笔挥。仙才绮丽如舒锦,能把回文织素机。笑言娓娓记周晬,高氏酬恩欲求配。寄来金锁锁鸳鸯,阿爷轻许占归妹。雁杳鱼沉二十年,好姻缘是恶姻缘。书来愿以前言戏,劝把红丝别姓牵。金锁当年曾纳采,然诺千金焉肯悔。儿家素性慕贞节,万死相随誓不改。手持金锁背人哭,从此愁眉镜中蹙。伤心彩凤奈随鸦,叹息良禽不择木。恨煞高郎品不高,犹难射雉比如皋。尽倾奁具狎邪去,暴胜终风日怒号。可怜端丽闺中秀,竟作金陵荡子妇。呼卢一掷百千钱,欲鬻细君偿所负。妇翁大怒讼之官,绝义归来泪不干。慰情小凤偏音喑,傍母孤凫强作欢。阿兄阆苑早名驰,文集同根棠棣枝。无家虽抱生前痛,翰墨犹希死后垂。伤心搦管赋追悼,长离有凤荒山老。吁嗟造物忌才名,终古诗人佳偶少。蕙兰花落委芳尘,四十华年误此身。幸有阿兄怜薄命,编诗立传筑孤坟。我读遗诗感难已,痛君迂执乃如此。惜将宝剑赠庸奴,不如终作婴儿子。

岳武穆王坟[1]

莫须有狱杀英雄，坟在栖霞第几峰。半壁江山埋碧血，一生功业痛黄龙。饥餐胡虏悲歌壮，未报君仇怒发冲。墓木至今无北向，铁应羞铸佞臣容。

正月十日先夫子忌辰泪余赋此

荏苒三年泪眼枯，虽生犹死益伤吾。深尝艰苦空人世，反羡安眠在冥途。剩有啼鹃千古恨，可能化鹤一归无。忍哀营奠营斋事，还课双雏膝下孤。

阅报知日俄战事感而有作次剑山人韵

辟世隐磻溪，征才到内闺。战和难自主，时事不堪提。棋乱难收局，诗狂称醉题。珊瑚莫遗网，照水澈明犀。

---

① 原文注：是诗后刊于《南社丛刻》第二集，改题为《谒岳王坟》，文字亦有修改，兹录于后供研考："狱成三字了英雄，坟在栖霞第几峰。半壁江山埋碧血，一生功业痛黄龙。饥餐胡虏悲歌壮，念切君仇怒发冲。宰木至今无北向，空怜顽铁铸奸凶。"

女伴中以香奁诗见示戏和四首选一

缠足

消魂浪说在双钩,花好金莲步步留。恨煞南唐李后主,一朝作俑祸千秋。

读云间词客留别家大人诗有而今巾帼多知己破涕穷途一笑来句感而赋此二章

传闻长爪谪仙郎,君自号长爪郎。名重云间翰墨场。爱赋闲情纵诗酒,不将时价论文章。欲求知己谈何易,便哭途穷岂是狂。慎莫阳春歌白雪,曲高和寡抱孤芳。

纵横笔阵起云烟,君是樊川是辋川。倜傥久为名士重,君为李幼卿观察器重。疏狂能得美人怜。与韵清女史为诗友。胸藏万卷真成学,诗到千秋定许传。笑我霓裳聆雅奏,未曾一认竹林贤。

剑山人苣苳子为题拙稿感而有作

风雅群推集竹林,劳挥椽笔到闺吟。忏除慧业拚焚稿,尚有知音敢碎琴。读史空余千古恨,怜才难灭一时心。平生未得惊人句,愤世徒然泪满襟。

赠秋璇卿女士二章

每疑仙子隔云端，何幸相逢握手欢。其志须眉咸莫及，此才巾帼见尤难。扶持祖国征同爱，遍历东瀛壮大观。多少蛾眉雌伏久，仗君收复自由权。

萍踪吹聚忽逢君，所见居然胜所闻。崇嘏奇才原易服，君易男装。木兰壮志可从军。光明女界开生面，组织平权好合群。笑我强颜思附骥，国民义务与平分。

晚窗同璇卿妹小酌叠前韵

风催花信始萌芽，轻暖轻寒万物华。携得清樽消寂寞，懒随浊世斗豪奢。兰言畅领倾忱久，萍迹欣逢告慰差。欲促春光有诗檄，唐宫羯鼓不须挝。

送别璇卿妹十章选五

相逢深悔等闲看，二月匆匆过指弹。莫笑临歧太痴绝，深愁别后见君难。

怜才深意两心知，莫道侬家小妹痴。激起壮怀思负笈，鉴湖以外恐无师。

欲求世界尽文明，化及蛮夷不惜辛。我为浔溪拚一恸，学堂何可少斯人。

不沽名誉振中华，教育开成别一家。铜像他年留异域，独张旗帜向天涯。

只身航海壮斯游，冲破樊笼得自由。我本悲秋同宋玉，思君更是怕逢秋。

和鉴湖女侠感怀原韵二章

感怀岂独为悲秋,别有伤时一种愁。待毙可怜还束手,图荣不耻尽低头。问心莫道终无愧,交臂何堪竟事仇。好散千金交侠客,相从燕市买吴钩。

恨海谁填不竭波,新亭泪洒奈君何。悲歌颇觉知音少。浊酒难浇垒块多。作檄无才拚掷笔,从军有愿誓挥戈。壮怀未遂嗟髀肉,赢得年来半病魔。

读璇卿来书云女报入股未见踊跃感而有作六章选一

医国谁谋补救方?提倡女报费周章。划除奴性成团体,此后蛾眉当自强。

偕璇卿妹游西湖感作

客星同聚暂游春,触目湖山几怆神。死后名希无上品,生前知己不多人。欲浇垒块还凭酒,君善饮。甘作牺牲岂惜身。忍向凤凰山上望,宋家陵寝没胡尘。

示侠客

君不见古人意气倾山岳,今人几个重然诺。纵教侠气可凌云,黄金散尽穷途哭。忧时愤世日纷纷,廿纪争存悲种族。拔剑斫地一何壮，睚眦群雄相逐鹿。我愧扶风豪士家，相逢劝酌樽中醁。叹息同胞尚梦梦，燕雀焉能知鸿鹄。识时自古称俊杰，种菜关门岂雌伏。万人虚憍徒鹰扬，搏虎莫教果虎腹。噫吁嚱！田横五百空尔为，何如海上寻徐福。

哭鉴湖女侠十二章

恶耗惊闻党祸诬，填胸冤愤只天呼。不求明证忘公论，偏听流言竟屈诛。昭雪纵然他日有，相逢争奈此生无。如何立宪文明候，妄逞淫威任独夫。

波及闺中陷巨魁，含沙射影起风雷。神州现象如斯黑，祖国前途大可哀。三字惨成无证狱，一朝竟上断头台。只愁公愤人心变，愈速虚无党会开。

慷慨雄谈意气高，拚流热血为同胞。忽遭谗谤无天日，竟作牺牲斩市曹。羞煞衣冠成败类，请看巾帼有英豪。冤魂岂肯甘心灭，飞入钱塘化怒涛。

畏见骄阳六月时，霜刀雪剑殒琼枝。案无证据人难信，祸被株连狱太奇。生有何辜逢酷吏，死犹遗惠到穷黎。闻临刑时以三百金助入平粜局。山阴此后轩亭口，应建羊公堕泪碑。

平生志愿在匡时，太息中华局已危。填海不销精卫恨，补天空有女娲思。钏留翡翠悲难遣，像铸黄金望欲痴。记得吟窗曾戏语，阿谁先死是便宜。

去夏春申作寓公，客窗劳整鬓云松。欲排小闷亲持酒，偶染轻疴嘱避风。恶梦迷离三次兆，晨星聚散一年中。冰肌玉骨蛸蛴领，怎试霜锋血溅红。

过从夜半叩柴扉，握手心惊瘦若斯。痼疾愈深嗟乏术，重衾犹冷泥披衣。热诚爱国遭诬易，公益忘身力疾归。凄绝一声侬去也,至今耳畔尚依稀。

易钗而弁作奇男,照影青铜忽戏谈。晨起余代栉发,戏曰:“女子何为是妆束?”君曰:“我岂尚女子耶?乃烈士耳!子能作佳人俊眼否?”烈士英风原可继,佳人俊眼却深惭。冤难代雪生何益,志未能酬死岂甘。最是伤心天贶节,得君绝笔寄初三。

仆仆风尘来去忙,濒行亲代检行装。空囊萧索无长物,堕地铿锵落手枪。见少怪多防忤俗,将桑栽石果为殃。早知此别难重会,悔不相随到沪江。

雄辩滔滔四座惊,不辞面折与廷争。果然延誉能招毁,太觉高才负盛名。岂料片言成永诀,只留小影慰今生。哭君多少伤心泪,洒入之江激不平。

折狱谁怜有覆盆,但谋食肉智何昏。长官为政惟凭杀,弱女无辜亦受冤。变幻风云悲死别,陆沉家国痛生存。衰弱病母需余奉,未得行行叩帝阍。

秋风秋雨逼人愁,激作风潮呜咽流。罗织党人张恶焰,株连学界肆苛求。不循平治法三尺,未葬遗骸土一丘。待仿西湖岳王墓,鉴湖从此亦千秋。

挽秋女士四章

刺弹惊飞五步间,日光如血满城殷。九州无限不平气,愁对苍苍皖北山。

九重求副苍生望,立宪天书忽照临。博得共和新价值,淋漓一颗健儿心。

一天风鹤公侯胆,四海馨香豪杰头。十日雨云愁惨绝,江城六月似残秋。

大吏尊严民命贱,无端流血到蛾眉。秋风秋雨愁如此,泪洒轩亭绝命词。

八月二十二日重游西湖感悼璇卿怆然有作用其感时诗原韵二章

重到西湖百感生,远山依旧翠眉横。填胸悲忿难浇酒,触目凄凉一哭卿。不见元龙湖海气,怎禁宋玉死生情。伤心独上栖霞岭,遥望江流呜咽鸣。

秋山秋水带余哀,闺阁偏钟豪杰才。文豹留皮成隐雾,短狐射影起惊雷。难逃公论残同种,未必人心尽死灰。千古奇冤三字狱,岳王坟上重徘徊。

十一月二十七日为璇卿葬事风雪渡江感而有作四章选二

哭女伤心泪未干,首涂急急觅君棺。一腔热血依然在,纵冒风霜不怕寒。

四合彤云起暮愁,满江风雪一孤舟。可堪今日山阴道,访戴无人为葬秋。

戊申正月二十四日葬璇卿于西泠视窆既讫感而有作次巢南子原韵四章选二

流到西泠水更清,慕才谁复结芳亭。英雄儿女皆千古,毕竟秋坟照汗青。

问谁交谊重雷陈,贻笑田横五百人。坏土未干书忽至,分明暮楚复朝秦。有所指。

西泠吊秋和吴芝瑛女士原韵四章

莫谈时局近如何,赢得年来涕泪多。怕听风琴声断续,更谁重谱女权歌。芝瑛女幼华奏风琴,爱谱君之《女权歌》。

酒后挑灯共话时,捧心忽咯血如丝。五月十三夜,君欲上轮,忽心痛咯血数口。数联遗笔犹存箧,今日招魂君可知?君留书有"残山剩水,谁招志士之魂"语。

几个人还忆旧盟,延陵挂剑感高情。预知此后西泠水,流到桥边激不平。

惨惨斯人流血死,故乡幸有好湖山。孤坟他日邻君右,明月松楸共往还。

六月六日祭毕秋坟风雨大作

去岁曾游地,今来一哭同。期年冤未雪,三尺土新封。风雨成孤愤,雷霆激寸衷。莫抛儿女泪,继起是英雄。

杨君侠卿诔词

上海杨君侠卿,佐余修建鉴湖女侠墓亭,奔走劝募,劳瘁弗辞,余甚德之。今工事粗竣,而杨君遽以疾自湖上还沪,余方怅怅,忽巢南书来云君死矣。悲夫!人生朝露,岂不信哉!因为此词以诔之曰:

秋风飒飒，秋雨澌澌。秋容惨惨，秋色凄凄。秋云变态，秋草增衰。秋魂一去，秋士皆悲。嗟哉杨君，沉雄有识。临义敢为，奋其羽翮。跳荡风尘，日惟任侠。倘展其能，行兴祖国。如何不吊，天降凶灾。微末之疾，陨此英才。贞干遽坏，壮志长摧。灵兮不昧，能弗茹哀。昔夏之季，鉴湖烈死。我哀其人，为觅葬地。惟君慨慷，相助为理。建墓筑亭，用毕余志。胡图一别，君竟云亡。神州忽暗，天地凄凉。吴云莽莽，沪水汤汤。临风呜咽，我为君伤。

秋怀和柳亚庐君元韵四章

卷掩灯昏夜未央，秋怀惨淡费商量。已看梦醒繁华境，何用名留翰墨场。南国况闻羁客感，西湖忍忆别筵觞。沧桑回首儿时事，历历前游只自伤。

休云任侠气纵横，悔被人间识姓名。世事尽多难称意，侬心久已忏深情。忧时剩有抛双泪，识字原知误此生。愤极不禁揎翠袖，欲磨宝剑作长行。

东篱采采懒携樽，寂寞斜阳昼掩门。黄菊初开新得句，青衫重检旧留痕。逢秋瘦骨先多病，远道怀人易断魂。强欲登高还自止，不堪横览痛中原。

何处琼楼是我归，东劳西燕倦飞飞。谪居浊世聊观劫，不学参禅渐悟非。对月已教都洞彻，散花犹恐惹芳菲。恩仇未了平生志，漆室空余涕泪挥。

感怀和巢南子韵

砧催木叶又秋归，自叹年来百计非。玉笛音凄残月冷，风琴声断彩云飞。先君善笛,爱吹《残月晓风》之曲。亡女能奏风琴。诗心近觉能禅悟,傲骨拚教与俗违。暂且抛诗理刀尺,敢劳慈母制寒衣。

吊蒋韫华女士有序

女士名璇,字韫华,浙之嘉善人。姊妹四人,女其三也。幼聪慧好学,书算之事,靡不了了。长适同里许光烈。时沪上女学日盛,女艳羡之,商于夫,负笈启明女校,习美术。光烈有兄曰嘉明,素无赖,尤仇视学界,因诬女不贞,以坐女之戚沈某。光烈信之,以书促女归。女不可,光烈愤,嘉明益得计。日詈于蒋之门,而嗾弟控之官,且遍播谤书以实之。女闻状,虑惊寡母,罢学归依。自更其字曰"坚冰"以明志。居恒郁郁,泣语人曰:"人生恃名誉耳!名之被玷,何以生为?"至是作遗书四通,别其母及兄妹,遂吞金约指而死。年二十六,时宣统元年闰二月二十九日也。二氏之讼,迄今犹未已。

魏塘湖水绿无涯,灵秀都钟姊妹花。韫玉藏珠人不识,璇闺生小擅才华。第三侬是清溪妹,秀质翩翩羞粉黛。明诗习礼性幽娴,林下风神无俗态。阿爷虽贾能知学,自幼延师课之读。妆成惟对古人书,日手一编看不足。一门文藻誉三娘,咏絮吟椒字字香。椿树风摧悲失荫,桃夭诗咏赋催妆。沉埋女辈千年久,廿纪争存难袖手。钟声警起自由魂,国民责任人人有。奋然求学来春申,旧俗排除智识新。人权天赋原平等,莫道蛾眉不及人。讵料狂夫心不谅,一朝竟听流言谤。屡将书札促回家,更陷他人遭无妄。狼狈为奸讼入官,鼠牙雀角起无端。投泥白玉终难污,恐累孀亲心不安。无何罢学且言归,郁郁居家日泪垂。人生所重惟名节,名之被玷奚生为。冰坚玉洁明吾志,愤极捐躯拚一死。遗书别母及兄妹，夜静遂吞金约指。吁嗟此女烈且贞，遇人不淑乃轻生。奈何鸳侣比鸩毒，玉碎香销身殉名。伤心海上吴其德，一样所遭逢鬼蜮。淑女何堪匹俗夫，幽恨长埋孰昭雪。巾帼同传两烈女，志洁行芳遭独苦。岁寒松柏冰雪操，感触吾心泪如雨。庸奴少见偏多怪，妄肆狂威仇学界。试将匕首一摩挲，手刃野蛮心始快。

中原光复重入越中有悼璇卿四章

年年风雨惯悲秋，今岁秋风散尽愁。郢唱一声天下和，居然光复旧神州。

秋雨秋风起战尘，胡尘吹净扫妖氛。剧怜革命功成日，立马吴山少此君。

旧事苍茫散若星，夕阳衰草掩西泠。幸留片石韩陵比，再筑秋家风雨亭。

怕到西湖触我哀，一抔荒土劫余灰。渡江不觉轻裘冷，风雪山阴两度来。

秋心楼晚眺口占示佩忍

秋心楼上晚风凉，万柄芙蕖雨后香。隐隐渔灯藏岸曲，飞飞萤火乱星光。云罗卷碧千峰秀，湖影涵青一水长。同倚阑干谈往事，十年尘梦耐思量。

暮窗寂寂小雨如丝偶检旧诗追忆影事忽得吴奇隐女士来书云舟抵神户矣异国山川颇助吟兴苦无商量人不敢录示口占一律寄之聊作抛砖引玉尔

丝丝暮雨织成愁,风飐灯窗小院幽。检点残笺还忆旧,徘徊纨扇已惊秋。孤吟遥和海天阔,长啸空怀漆室忧。各有飘零身世慨,那禁百感上心头。

病起和韵

欲写离怀不尽愁,尘劳仆仆几时休。书因病懒缄封少,瘦觉凉多枕簟幽。遥望云停千里远,忍看月满一轮秋。海天何处闻新雁,萧瑟西风独倚楼。

和佩子初度

海天沉滞倏惊秋,触目徒劳漆室忧。如此芳辰休草草,笑他时局总悠悠。无多酒量拚沉醉,不尽愁怀懒唱酬。三十年前觞咏地,可堪今日赋重游。

——郭延礼、郭蓁编《秋瑾集　徐自华集》,
中华书局2015年版

濮贤姮 四十五首

濮贤姮（约 1874—约 1923），字荔初，江苏溧水人。父濮文曦，举人，选调赴滇。曾随伯父濮文暹游宦川鄂。嫁长沙蒋寿彤。有《拈花小社遗稿》二卷，凡诗集一卷，诗余一卷。

寒夜客至

绣余灯畔课诗书，有客冲寒到敝庐。夫婿远行儿辈小，强调中馈荐盘蔬。

宦味清贫自坦然，沽春笑掷典钗钱。绮窗占数梅花影，但乞归人早着鞭。

时事感怀

萧疏霜鬓感华年，五夜焚香暗祷天。谁敢轻车逐胡骑，莫教戎幕驻城边。

愁听哀鸿诉乱离，危城灯火费支持。犬牙赚入湖山界，犹说青齐未敌师。

海天烽火几时休，身世茫茫怕倚楼。羌笛声中山色暗，似闻胡虏唱凉州。

连绵野幕阻人行，九点齐烟月半明。爱国男儿都袖手，莫将旗鼓救苍生。

吟寄愤尘先生

吾师才与谪仙俦,醉笔清奇自唱酬。鸿案遥怜闺里月,燕凉同感客中秋。壮怀潦倒歌长铗,时局艰难耻敝裘。珍重吟鞭残照里,何妨献赋到瀛洲。

赠兴贤女校王校长珠庭

班姬藻思左芬才,风雨名山讲习开。僻壤共知文教美,深闺齐拜女宗来。从今光彩胜明月,争颂文章寄大雷。私幸拈花添社友,良宵得句待敲推。

重九有感

倦倚东篱冷自尝,娇羞何事误重阳。风鬟摇落情愁集,雾鬓徘徊幽恨长。几度寒砧惊瘦影,一声归雁警慵妆。登高错过缘迟起,无奈消魂九月霜。

北湖晚眺

夕阳红映柳梢头,瑟瑟沧波澹不流。菱藻窠中漏寒碧,错将新月当鱼钩。

寄勉清儿

初随慈父上征车，为惜桑弧壮志奢。检点衣裳缝密密，饱看山色灿云霞。

春风拥护到徐州，细柳营门尽畅游。剑匣长吟时局敝，也须努力觅封侯。

寒食梦回金陵省视先茔

去年烽火接天昏，剩有垂阳傍墓门。梦里何堪陈往事，聊将诗草祭惊魂。

追忆亲恩补报难，黄泉无路问平安。深宵独吊凄凉节，血泪都从枕上弹。

哭洛年二十弟六首选三

脊令多难各天涯，痛废莪蒿未有家。身世飘零春梦短，半生辜负好年华。

修文丹诏自天来，偏擢人间未用才。雁羽不堪中道折，招魂无地哭泉台。

昔年亲送大江头，江上骊歌无限愁。似识生离成死别，倚装故故尽勾留。

茅次珊表妹来济过访书此感怀六首选三

昔年同在锦城西，形影追随发未齐。记取看花消永昼，留春常怨杜鹃啼。

灯窗煮酒话沧桑,说到浮生共断肠。回忆分襟明镜侧,何堪此日鬓如霜。

离歌漫唱渭城诗,无限愁怀不自持。且把瑶琴弹古调,高山流水证相知。

喜得徐州佳音

荐才何幸识荆州,一纸家书到绮楼。镜里愁痕舒浅黛,画眉夫婿觅封侯。

夜游大明湖

明湖载酒泛春风,两岸楼台似画中。六曲栏杆花影外,湘帘深处一灯红。

笑看明月照疏林,最爱瑶琴水上音。今夕华筵人尽醉,篷窗射覆到更深。

寄怀茜霞二嫂四首选二

犬戎忽地弄兵戈,大好明湖也作波。等是惊闻风鹤唳,移家先已唱骊歌。

多情深识小姑痴,怕听阳关送别离。乱叠征衫扶病起,一鞭仓卒信驱驰。

丙辰春暮济南大危全城惊徙书此以寄感慨

惊闻戎马逼城西，乱叠征衫意早迷。偏是侬家行不得，万山烽火阻青齐。

鹤唳风声遍处闻，画楼西畔起愁云。绿杨消瘦湖山暗，丧乱生涯感十分。

朝来情绪乱如丝，闲数飞花强自持。不道赏春人尽去，满城风雨独题诗。

萧条门巷锁斜阳，大好湖山草树荒，杜宇声声啼不住，也愁离乱感沧桑。

接杭信有感四首选二

尺素传来幽恨长，单寒翠袖倚斜阳。身如断雁宁飘泊，转说他乡胜故乡。

劫后应知时事难，关河风雨柏舟寒。孤帆不系连枝树，未必泉台魂梦安。

和陈晓岚亲家感怀八章

鲁阳返日恨无戈，国步艰难脉不和。漆室女空悲世事，绿章欲奏奈天何。

流水滔滔悲世宙，阵云莽莽逼环球。何人野祭愁披发，合使伊川悼晚周。

苻氏投鞭欲断流，江声日夜挟鼍浮。侬家居住湖山曲，万种羁怀只著忧。

湖柳萧条惨不春,风愁雨暗失良辰。纷纷胡羯都酣睡,卧榻居然让与人。

内忧未靖外交征,鹤唳风声处处惊。不幸此身逢乱世,红羊无计救苍生。

匈奴十道动边争,烽火连天甲亦精。灭虢偏从虞假道,犒师犹自忍牵牲。

天象惊看太白侵,年荒兵患两愁深。安民无策犹加税,满地哀鸿合痛心。

乌鹊南飞恐失柯,停针数问夜如何。木兰空有雄心在,难借明驼出枕戈。

新组女校成立书此志喜

兖郡为文明首善之区,自改革后,风气朴陋,未能随俗转移,一邑之大竟无女校。外子时为怅然,多方筹款,幸得有成,不禁为女界称庆焉。

别开香圃课群芳,坤道光明教诲良。满座春风聆雅化,也栽桃李傍门墙。

云峰毓秀近尼山,忍使韶华误佩环。香国文明风化美,门楣从此重红颜。

庆云新集少陵台,为祝花辰绮阁开。娇小蛾眉联雁序,花阴学步踏歌来。

四海文明佳丽多,茜窗无学愧如何。髫龄易解新知识,风雨名山好切磋。

怀洛年弟

荆枝摧折最伤情，哀诔真同楚些声。凄绝鹊华风雪里，女媭肠断可怜生。

西堂无复谢庭春，骨月凋残涕泪新。人世彭殇须勘破，莫教悲感损精神。

——《拈花小社遗稿》，民国二十年(1931)排印本

王嗣晖十一首

王嗣晖(1875—1903),浙江海盐人。父王豫熙,兄王宗基、王宾基,父兄皆能诗,幼从二兄学诗,略有所成,尤擅楚骚。王嗣晖为候补道张元穀继室。有《滋兰室遗稿》一卷。

明妃乙未

雁声催向玉门关,一曲琵琶马上闲。回首汉宫三十六,独留明月照朱颜。

寄绍芬姊丙申

静坐何寥寥,静夜何迢迢。迢迢有所思,别意岂能抛。念子不成寐,烛泪摇绮寮。从来离别心,有笔难尽描。子之趋庭日,我昔正垂髫。携书析疑义,灯下争拈毫。春来桃李发,酌酒兴自高。秋深夜雨寒,诗就共推敲。埋首闺阁里,有怀徒尔豪。今子他人妇,儿女共嘈嘈。调羹奉阿姑,妇道应自操。不复侍椿萱,惆怅关山遥。得会亦不久,得共无几朝。雁羽况沉浮,两地愁相交。春寒日益严,春雨何劳劳。夜来不可听,隔幕风如刀。念子益愁思,愁思不可销。一夜梦飞渡,月落胥江潮。

离家丁酉七月

离家已五日,不尽故乡愁。驿树一行直,空山两岸秋。暮云依鸟没,寒角咽江流。独立一相望,苍茫何所求。

暮眺丁酉七月

人生有会必有别,离别何须心惙惙。秋风一夕送行舟,江水茫茫浸落日。浩然旷望天地间,去水浮云两不绝。吁嗟山高高兮水深深,我道困兮不可行。谁是人间豪侠子,磨刀海上掣长鲸。

闻雁丁酉冬

一雁哀鸣深夜过,寒灯无奈客心何。孤飞怜尔荒江道,荆棘严霜处处多。

登浮翠阁戊戌

心事萧条未可论,愁来风雨度晨昏。天涯尚有思亲泪,日暮登楼恐断魂。

仲春初十日大雪戊戌

东风未若北风冷,春日风声势何猛。大雪纷纷天外来,乾坤散作冰壶影。天公玉戏真轻匀,人间哀乐何不均。貂裘兽炭尚呼酒,岂问街头寒饿人。东家寒毡夜苦读,西家纺织一何促。公等围炉更不闻,沉沉清夜度歌曲。曲中亦有哀乐声,昨日沉醉今日醒。项王气尽乌江上,赤帝江山今亦更。可怜世上儿,复此纷相争。吾持长剑发悲啸,斗酒十千还独倾。不唱行路难,不求青史留姓名。但愿世间冷热不到我,长歌来去一身轻。

季秋初七夜登舟留别重闱戊戌

登程更已残,夜寒生凄恻。微风淡云月,清露孤舟夕。回看水茫茫,江影千重白。俯首一沉思,转侧愁更忆。阿爷白发多,阿母衰颜色。临别语殷殷,一步屡休歇。嘱儿勿思亲,亲侧人如积。阿姊隔无多,阿妹同衾席。阿兄将至京,有嫂能侍食。出房语复语,大母重呼入。秋尽早制衣,寒近催刀尺。今夕儿自去,儿像留吾侧。未能同色笑,聊可慰岑寂。莫为儿女态,早定归宁日。当此愁思中,转觉欢无极。人生乐莫乐,何用长叹息。

秋暮戊戌秋

秋暮萧萧雨,芦花两岸声。怆然一回首,残月下江城。

芳草戊戌

空谷多芳草,灵根得天早。幽幽深山中,风露自昏晓。待之美人采,以供骚人藻。谁知时俗人,携向群花道。馨香不足贵,桃李春情好。艳色媚繁华,啼声多时鸟。东风送晴暖,间关音逾巧。可悯兰蕙花,掩泣以终老。

枕上偶成己亥

倦思如尘拨不开，一天风雨锁楼台。无人院落清明后，半径残花燕子来。

——《滋兰室遗稿》，清宣统元年(1909)排印本

吕湘二十二首

吕湘(1875—1925),原名贤钟,字惠如,一作荔如,又字云英,安徽旌德人。吕凤岐、严士瑜长女。著有《清映轩诗词稿》(已佚)。现存《惠如诗稿词稿文存》,见《吕氏三姊妹集》(光绪三十一年铅印本),另有残存诗词二十四首,集为《惠如长短句》,附刊于吕碧城《晓珠词》后。

题桃源图

柳暗花明又一村,村中花柳自成春。不知汉魏之间事,恰是羲皇以上人。十里桑麻开绿野,四时风月异红尘。渔郎已到仍归去,莫怪重来失故津。

虞姬

独饮龙泉殉主身,一时节义竟无伦。汉王甘把严亲弃,不及重瞳一美人。

秋日杂书三首

人生无百岁,艰患动相扰。自愧非壮士,抚时益多恼。西风何处来，忧怀胡可道。烟外有吟虫，夜夜啼芳草。

斜阳下疏柳，秋蝉时一鸣。落叶黏我衣，似诉飘摇情。我生亦萧瑟，岁月复相惊。感此摧中怀，怆焉将泪倾。

炊烟不在树，化作秋云碧。西风引微凉，吹此凭楼客。遥山招欲来，为有疏林隔。相对寂无言，夕阳红脉脉。

秋思

蕙歇兰消又一年，碧云初冷雁来天。叶题幽思知难尽，扇怯西风未忍捐。冰簟银床怜永夜，玉钩罗幕怅秋烟。断肠花放无人见，细雨轻阴独惘然。

檐外梧桐覆影深，银河迢递漏沉沉。蝉栖玉露遗仙蜕，雁度新声入古琴。瘦尽莲花余苦薏，照来秋水励冰心。寸怀愿比瑶台月，不许尘埃一点侵。

四果诗和眉生妹选二

橘

消得灵均颂，宜居百果先。秋风垂禹庙，落日见吴船。像合黄金铸，甘如玉醴鲜。自来坚本性，不信入淮迁。

佛手

妙手空空者，来居选佛场。色沾金掌露，闻有木樨香。指月能参未，拈花欲散将。蕨拳如一粟，相比太微茫。

腊梅

汉宫娇额岂堪矜，名借涪翁始足称。压尽春芳无限色，独参香国最高乘。月寒金屋冰魂悄，风度犀帘蜡泪凝。岁晚陇头书不寄，铜瓶闲伴小窗灯。

白海棠和两妹

一寸相思竟未灰，化为瑶草傍阶隈。蝶衣粉薄凉侵骨，蟾魄香笼月满腮。湘女正宜同素泪，玉环原合住琼台。断肠谁唱朱家集，连理枝头寂寞开。

庚子书愤

五云楼阁凤城中，太液波惊一夜风。铁骑昔曾凌上国，金戈重又召西戎。朝臣妄起封狼策，草寇翻思汗马功。毕竟何人为书箸，铸同此错恨无穷。

乘舆迁播向西驰，想见秋风动黍离。秦地山河迎辇跸，京畿烽火遍潢池。危时谁下袁安涕，和议仍劳魏绛辞。剩有蟠根仙李在，北门锁钥要能持。

春明回望暮云遮，少小曾经作寓家。九陌黄尘飞战血，千门凉月咽胡笳。衣冠已极包羞叹，粉黛还兴不节嗟。闻说枯骸同入劫，摸金校尉惨何加。

中原何日履康庄，从此强邻日益张。四百兆民愁海共，百千亿数辱金偿。迂儒未解维时局，毅魄谁期作国殇。寄语同胞须梦醒，江山满眼近斜阳。

水仙选三

小窗位置雪初晴，茗碗熏炉件一茎。高士生来宜水石，美人赠去抵瑶琼。绿房迎晓幽香发，璧月盈怀绮梦清。雾鬓风鬟飘渺处，微波恍似大江横。

青云衣映白霓裳，谁乘文鱼下水乡。心事冰清还雪亮，丰姿玉质复金相。天寒独立真遗世，日暮怀人欲断肠。我已色空参悟久，此花偏觉意难忘。

漫因迟暮恨沉沉，肯使春愁入素襟。一勺寒泉荐秋菊，隔帘香月冷瑶琴。沅湘不尽骚人怨，冰雪都为女史箴一名女史花。欲写幽芳寄遐思，衍波笺上此情深。

眉生二妹去岁于归金陵十月归省盘桓数月极山水琴樽之乐今复将行予与碧城亦偕北上至金陵分手感赋

去年别未久，归棹又旋乘。鸾鹤仍相聚，云山喜共登。草堂人日酒，花园上元灯。乐事今番足，还思续可能。

匆匆三冬过，光阴下水船。风云无壮志，哀乐逼中年。此去如群雁，分飞各一天。离怀托明月，齐向故乡悬。

胜友初相识谓万氏姑嫂，临歧恨莫排。至情惟我辈，分首况天涯。芳草怜佳节，春云滞别怀。他时有归梦，先遣到秦淮。

长江舟中杂咏选一

廿载京江路,重来印爪鸿。云栖高士宅,草绿寄奴宫。北固青山在,南朝铁骑空。幼安词笔健,感慨古今同。

——安蹇斋选辑《吕氏三姊妹集·惠如诗稿》,
清光绪三十一年(1905)铅印本

戴鉴一首

戴鉴，字新圆，又号镜秋，钱塘（今属浙江杭州）人。同邑夏曾传室。有《椒花馆遗稿》，经庚子之乱，诗稿有散失，今存《飓风歌》一首。

飓风歌

壬戌之秋七月朔，飓风骤作几翻屋。沙惊石走势奔腾，陡闻远近皆号哭。况复大雨又倾盆，卷地吹尘尘眯目。可叹此生遭此厄，瞬息存亡真未卜。门前老树拔地出，海外千艘尽倾覆。波涛汹汹神鬼愁，大吏虔心惟祷祝。须臾风定雨亦止，一轮红日从东起。

——钱仲联主编《清诗纪事·列女卷》，
江苏古籍出版社1989年版

曹卓卿三首

曹卓卿,安徽太湖人,生活于光绪、宣统年间,现存诗数首。

新月

玉宇溶溶不染尘,蛾眉初扫一番新。游丝拔刺惊钩落,弄影池塘碧欲皴。

柳线

柳绵乍起柳丝青,几度莺梭织不停。人世莫将长短较,有谁地纬复天经。

病条才怅路东西,今日青青又拂堤。荏染岂因无傲骨,几曾眉宇向人低。

——傅瑛主编《明清安徽妇女文学著述辑考》,
黄山书社2010年版

倪静二首

倪静，字芷轩，安徽桐城人，生活于光绪、宣统年间。与姊妹合著有《疏影楼集》《晚香庐诗稿》。

游北海

太液莲花照水清，长虹两道压波横。铜人不解兴亡事，犹捧金盘向月明。

陶然亭前香妃冢

堤柳萧萧雁影横，芦花十顷扫珠尘。莫言风月愁无主，黄土坡中有美人。

——傅瑛主编《明清安徽妇女文学著述辑考》，
黄山书社2010年版

倪婉三首

倪婉,字菊轩,安徽桐城人,生活于光绪、宣统年间。与姊妹合著有《疏影楼集》《晚香庐诗稿》。现存诗词数首。

暮春忆慰慈甥女

鸦噪晚风寒,思儿独倚栏。课闲容我懒,诗索会人难。春去愁逾重,书来梦暂安。遥知故园月,今夜好谁看。

静坐泪潸然,花飞惨淡天。书迟江上雁,魂断雨中鹃。病起刚三月,春归又一年。莫嗟乡路远,夜夜梦枞川。

秋日寄儿

秋至庭梧叶渐疏,天涯游子意何如。频年骨肉分南北,万里音书盼雁鱼。冰簟冷侵人病后,湘帘月上梦回初。无端离思萦怀抱,惊听哀鸿响碧虚。

——傅瑛主编《明清安徽妇女文学著述辑考》,
黄山书社2010年版

倪懿二首

倪懿，字藕轩，安徽桐城人，生活于光绪、宣统年间。与姊妹合著有《疏影楼集》《晚香庐诗稿》。现存诗词数首。

荷钱

芳池新叶参差绿，恰似青蚨叠叠圆。小婢无知争拾问，可能去作买花钱。

春阴

欲雨仍无雨，东皇为养花。小桃红敛蕊，新柳绿抽芽。云锁鸣钟寺，烟迷卖酒家。余寒犹料峭，侵入碧窗纱。

——傅瑛主编《明清安徽妇女文学著述辑考》，
黄山书社2010年版

邵宜元二首

邵宜元,字俪青,安徽蒙城人。生活于光绪、宣统年间,现存诗近十首。

雁字

才闻声彻海门秋,又见腾空结雁俦。点破落霞添锦字,书成新月衬银钩。纵横蝌蚪文形古,飞舞龙蛇笔势遒。疑是蕊宫天榜发,一行云里认从头。

灯下寄家姊书

同枝雁序怅分离,聊寄家书诉所思。腹内愁丝千万缕,缠绵写到五更时。

——傅瑛主编《明清安徽妇女文学著述辑考》,
黄山书社2010年版

孙传蕙一首

孙传蕙，安徽寿县人。生活于光绪、宣统年间。

和吕美荪春雪诗

昨夜梦君来，兀坐移时但相默，拂袂粘鬓雪花白。今日诵君诗，蓬岛果遍琼瑶色。岛上春风太无力，轻寒只向芳菲勒。安得思君传双翼，坐君雪岛如瑶席，一歌一和欢无极。杭州春冷比齐州，大好湖山不得游。为报六桥桥上柳，朝朝烟雨画离愁。

——傅瑛主编《明清安徽妇女文学著述辑考》，
黄山书社 2010 年版

吴醉青四首

吴醉青,安徽泾县人。生活于光绪、宣统年间。

秋夜病起不寐忆二老及诸弟妹

新凉一味晚来多,寂寞深闺可奈何。四壁秋虫鸣夜月,那堪时节半消磨。

梦魂夜夜赴滇池,卧病缠绵瘦不支。月冷风凉更漏静,只增愁绪与离思。

一别椿萱已数秋,无穷离恨积心头。惟求雁足传书际,常带平安莫带愁。

趋来燕雁自年年,楚北滇南路几千。何日乡关重聚首,依依膝下话团圆。

——傅瑛主编《明清安徽妇女文学著述辑考》,
黄山书社2010年版

毕素梅二首

毕素梅，江苏常州人，生活于光绪年间。

七夕

愁促良时泪满襟，欢逢令节感弥深。天边已践瓜期约，人世空悬两地心。

夏日忆女伴

绿杨如幕对幽窗，风动枝头送晚凉。一片蝉声吹暮色，离情真比柳丝长。

——傅瑛主编《明清安徽妇女文学著述辑考》，黄山书社2010年版

郭慎一首

郭慎,字孟庄,安徽怀宁人。生活于光绪年间。

游龙珠寺和外子

海桐花下寺门开,乱石乔松衬碧苔。竹马追随油壁稳,龙珠寺里进香来。

——傅瑛主编《明清安徽妇女文学著述辑考》,
黄山书社2010年版

阮氏二首

阮氏,江苏仪征人,生活于光绪年间,阮元曾孙女。

夜侍夫子看月次韵

云淡天空月色晴,林花照眼鹊飞惊。不随绣箔金波卷,怕有闲阶玉露生。星海寻源槎可到,雷门挝鼓布无声。伴君好作还山梦,五岳填胸知己平。

次前韵呈老母陈太夫人

萱草年年偎暖晴,重帷不遣晓风惊。几经露药天边采,莫放霜华镜里生。浩劫消余金鼠运,庚子遭国变。尘凡唤醒木鱼声。东溟又见水波浅,会看尘扬沧海平。

——傅瑛主编《明清安徽妇女文学著述辑考》,
黄山书社2010年版

李国福二首

李国福,字碧梧,安徽合肥人,生活于光绪、宣统年间,江苏武进刘文揆之妻,现存诗两首。

式微歌

式微式微胡不归,秋风江上雁南飞。旧时袅袅门前柳,今日成林已十围。

秋海棠

小院秋深玉露寒,半钩斜月挂阑干。幽花别有轻盈态,莫作春风醉里看。

——傅瑛主编《明清安徽妇女文学著述辑考》,
黄山书社2010年版

周韵仙三首

周韵仙，室名漪兰，牧庵太守之女，缪振之室，生而聪颖，七八岁即喜读书，不到十岁已能握笈作韵，其诗专写性情，远宗剑南，近比席佩兰、孙云凤等人。

寄吕兰友女士

夜来携手梦同游，梦到花桥水阁头。忽被鸡声催别去，依依残月下帘钩。

等闲小别几经旬，宋国风高善自珍。不识妆余吟兴外，可曾遥忆到迂人。

偶感

自负襟怀淡泊成，人间世事未关情。清风明月可人意，暂假琴书慰此生。

——《漪兰馆诗钞》，清宣统元年(1909)石印本

冯畹七首

冯畹(1876—1906),字我素,祥符(今属河南开封)人。父冯炳枢。夫杨增新,云南蒙自人,光绪十五年(1889)进士,清末任新疆阿克苏等地道台,民国时任新疆省长、省主席等。有《吟兰轩诗草》一卷。

关山月

关山月,关山月,山月高高漏未歇。城头一夜戍角鸣,大帅平明大纛行。寒沙万里晓光白,斥堠千山烽火青。昨从都尉下三山,复逐轻车出汉关。三边积雪埋头白,五夜胡风彻甲寒。月色营前凝望久,重窥记自葱岭首。多情不舍出塞骑,犹为离人照刁斗。关山月,愿分一半清皎光,为照闺中离别肠。闺中望月常如此,塞上征人行未已。醒时惆怅月照席,梦里空迷塞烟紫。

寄兴

墨纱屏底吟床移,竹箔夕阳面面垂。诗句鸟呈长短韵,茶烟风挟倒颠吹。呼童洗砚汲秋水,看婢分丝绣折枝。最是水亭清寂处,枕书眠对白莲池。

春日杂咏寄夫子二十三首选五

庭院深深深夜时，吟怀无那教愁知。如何咫尺金城路，便作天涯万里思。

兰烬重挑夜漏分，枕头闲煞一窝云。迩来收拾东归梦，却把清愁坐忆君。

非关别久只情深，费尽思君相体心。长自起更先假寐，怕君魂梦苦搜寻。

茹水西来风物新，韶华着意饯离人。离人今在千山外，寄语河边柽柳春。茹水在镇原城南，绕城多柽柳。

犹记春城别我时，和烟和雨柳千丝。比来一例成相忆，曾见桃花着旧枝。

——《吟兰轩诗草》，民国七年(1918)排印本

吴伯馨五首

吴伯馨(1876—1908),字航邱,桂霞真之妻,诗才卓越。甲午中日战争期间,感慨时世,痛心国难,因读杜甫《诸将》,作拈“诸君何以答升平”句,成辘轳体五首,以寄爱国之忱。

寄良人五首

诸君何以答升平,奉使无端激衅生。莫慰吾皇忧社稷,翻教上相负承明。东沟船破烽烟急,南海筵停鼓吹惊。戎首独无才靖难,中原从此沸如羹。

浩劫关东太不情,诸君何以答升平?欣闻董子陈韬略,愁听吴儿曳甲兵。铁路转思锤竖亥,金星犹复耀长庚。老成第一推刘锜,赤手仍能掣巨鲸。

纷纷威旅困群英,厚禄曾无众志城。天子非常赐颜色,诸君何以答升平?铜台炮委兵先溃,铁舰波腾械尽倾。枉费卅年阴雨计,可怜丁谓玷公卿。

难得台民仗义争,谁知蛇足百无成。林含败类犹贪贿,唐俭庸才枉请缨。圣代即今多雨露,诸君何以答升平?怜他越石挥戈起,空说英雄振振声。

坐愁桑梓寇氛萌,安辑哀鸿仗众擎。巾帼还思报君父,男儿况要立功名。马江有恨天犹泣，鹭岛无情水尚清。惭愧蛾眉学杜甫，诸君何以答升平？

——钱仲联主编《清诗纪事·列女卷》，
江苏古籍出版社 1989 年版

孙蘩姑一首

孙蘩姑(1876—1910),字泽芬,安徽桐城人。

偶作

寂处深闺三十载,友于兄弟总怡怡。椿萱并茂承欢久,棠棣联辉命世期。咏絮多才输谢女,撤瑱矢志慕婴儿。平生不解铅华事,愿继家风守四维。

——傅瑛主编《明清安徽妇女文学著述辑考》,
黄山书社2010年版

吴怡十六首

吴怡（1876—1915），字欢佩，一字纫萱，江苏武进人。吴翊寅女，庄炎继室。随夫转宦两广。怡自幼工诗文书法，卓有见识，兼通医卜星命之学。有《玉清馆诗草》。

送孙锦秋东游即题刘淑仪家姊缥蕙锦秋龄女合照小影后

暮春天气晴，觞咏集佳客。清谭纷四坐，狂论周六合。锦秋志激昂，爽气溢眉睫。淑仪秀绝伦，落落罕俦匹。女婴意真挚，同怀谊尤切。雏凤发清声，慧解殊超逸。握手共联裾，为欢乐无极。何期转瞬间，此景成追忆。淑仪羁广宁，迢递企天末。嗟予雁影单，分飞每恻恻。劳燕各西东，胜此惊鸿迹。风潮动地来，宇宙皆异色。锦秋投袂起，扶桑觇晓日。六翮搏穹苍，凌风励标格。抵死竞自由，奋志期独立。临歧一挥手，使我泪沾臆。忍泪作达观，更为进一说。惜别亦奚为，毋乃滞形质。相知贵以心，万里即咫尺。题图示孙子，孙子毋戚戚。离合岂有常，聚散本飘忽。相期互勉旃，前途各努力。

申江放足会刊布论说各省分送喜而赋此

缠足颓风何所仿,后主奢靡事淫荡。妖妃刻意媚东君,遂裹双趺作弓样。陋习相沿直至今,争言足小最娉婷。可怜多少红闺女,受尽辛酸不敢呻。彻夜无眠足似火,每起挑灯拥衾坐。阿母旁观更不怜,但云我亦曾缠过。太息盈盈掌上身,百般爱护当连城。只因风俗移人惯,遂使终身痼疾成。人生形质本天赋,方趾圆颅岂有误。后世跷蹂造作多,不将学术推元素。徒事浮华失本真,致令女界叹沉沦。毕生皓首深闺老,阃外余言蔽不闻。海上诸君期救疾,结社联盟创伟说。济世常怀普渡心,片言特具回天力。一夕深闺春气生,茫茫大陆渐光明。天涯更不嗟行役,胜境无妨携屐寻。纵使贫家事操作,行动自由任所欲。易俗移风德日新,行见家家勤教育。教育兴时文化开,女权虽弱自能恢。漫愁黄祸锄非种,且为同胞拯异灾。寄语吾侪须切记,莫负韶华自放弃。女性奴根早剷除,还期重振凌云志。乘兴当为汗漫游,探奇绝域足勾留。采风异国资巡览,为世牺牲著壮猷。

赠女学校教习杜清池女史

如此神州壮,行将化劫灰。倮虫千百万,酣睡尚如雷。
俯仰怜身世,浮沉感废兴。啸歌怀漆室,椅柱枉沾膺。
嗟彼桃李花,颜色竞鲜新。零落不自知,徒解媚阳春。
开辟洪濛始,乾坤肇二仪。阴阳同化育,何处判尊卑。
溦生概栖托,公理叹沉沦。安得扶轮手,回旋大地春。
女教陵夷久,吾军势渐消。自由谁振发,巾帼有卢骚。

瑰识超千古，清才擅八义。感时长太息，应号女长沙。
高风溯林下，奇气搏云霄。壮志勿轻替，凭君挽怒涛。

七夕前一日独坐简扁善

月影移花度绮寮，帘垂银蒜夜迢迢。秋萤吸雾栖烟叶，凉露侵人湿翠翘。小别漫栽红豆子，闲情且倚紫琼箫。双星漠漠秋河淡，睡鸭余薰已半消。

和家大人上巳日作

溦雨帘笼燕影斜，博山香细透轻纱。春阴十日朱成碧，幽恨频年鬓欲华。漫学参军作蛮语，且持樽酒饯飞花。比来客思颓唐甚，懒逐游人斗钿车。

九日登越秀山和家大人步东坡惠州韵

海门日落角声凉，庾岭霜清橘柚香。几处寒砧催木叶，频年倦旅怯秋光。登临朝汉荒台畔，凭吊降王废苑旁。莫问当时歌舞地，暮云愁锁绿芜长。

和沈季文壬子除夕感怀诗元韵同翰君作

岁去无踪迹莫寻，百壶春酒且重斟。丹颜绿鬓随年改，密咏恬吟坐夜深。六合之中皆寄旅,一杯以外听浮沉。纷纷时局方争鹿,漫诩河山似带襟。

干戈扰扰日侵寻,出处无端好自斟。俯睨群伦容笑傲,侧身人海任升沉。狂名豪气消难尽,华发黄金感并深。我辈愁多天岂管,不如纵饮一开襟。

题明拓麓山寺碑二首选一

北有云峰南瘗鹤,谁其继之唐岳麓。南北合派此大宗,武库森森敛锋锷。

——《玉清馆诗草》,民国四年(1915)石印本

秋瑾 六十五首

秋瑾(1877—1907),原名闺瑾,字璇卿,号竞雄,别署鉴湖女侠,山阴(今属浙江绍兴)人。近代杰出民主革命家,中国女权和女学思想的倡导者。自幼聪慧,接受良好传统教育。个性雄豪坚韧,经历不幸婚姻,产生反封建礼教、自由解放等女权思想。1904年东渡日本留学,次年加入同盟会,走上革命之路。回国创办《中国女报》,起义失败后被捕就义。文学创作上诗、词、文、弹词诸体兼备,诗歌成就最高。诗风雄浑劲健、浪漫豪放,极富感染力。后人辑有《秋女士遗稿》等文集多种。

吊屈原

楚怀本孱王,乃同聋与瞽。谤多言难伸,虫生木自腐。臣心一如豸,市语三成虎。君何喜谄佞?忠直反遭忤。伤哉九畹兰,下与群草伍。临风自芳媚,又被熏莸妒。太息屈子原,胡不生于鲁?

挽故人陈阕生女士

阕生年方二十一,遽作古人。回忆省垣聚首,风雨连床,曾几何时?谁怜一别,竟成梦幻。悲从中来,不胜哀惨!手挽一章,亦长歌代哭之意。魂兮有灵,慰予梦寐!

聚首湘垣君丱角,掌上珠擎藏绣阁。喜音时按玉参差,好客每陈金凿落。三生石上有前缘,相见相亲两意怜。栏外同心伫皓月,阶前携手惜流年。何期一旦分飞去,催妆各赋于归句。遭际相同奈命何,一水盈盈不得语。从此相思相见难,沙江潭水恨漫漫。鱼书欲寄何由达,几度临风琴韵寒。长颂锦屏春永好,忽传噩耗惊相报。召回天上掌书仙,劈破人间比翼鸟。驾鹤催归萼绿华,却教知己泣天涯。素车白马难为继,斗酒只鸡徒自嗟。伤心侬欲将天问,翘首呼天何太忍。素悉卿家姊妹无,高堂能不添悲哽。挽卿几度暗声吞,满纸淋漓尽泪痕。无地可逢怀梦草,长歌聊以代招魂。

剑歌

若耶之水赤堇铁,铸出霜锋凛冰雪。欧冶炉中造化工,应与世间凡剑别。夜夜灵光射斗牛,英风豪气动诸侯。也曾渴饮楼兰血,几度功铭上将楼。何期一旦落君手,右手把剑左把酒。酒酣耳热起舞时,夭矫如见龙蛇走。肯因乞米向胡奴,谁识英雄困道途。名刺怀中半磨灭,长歌居处食无鱼。热肠古道宜多毁,英雄末路徒尔尔。走遍天涯知者稀,手持长剑为知己。归来寂寞闭重轩,灯下摩挲认血痕。君不见孟尝门下三千客,弹铗由来解报恩。

咏琴志感

泠泠七弦琴,所思在翠岑。成连奋逸响,中散叹销沉。世俗惟趋利,人谁是赏音。若无子期耳,总负伯牙心。

感事

竟有危巢燕，应怜故国驼。东侵忧未已，西望计如何。儒士思投笔，闺人欲负戈。谁为济时彦？相与挽颓波。

题郭词白宗熙湘上题襟集即用集中杜公亭韵二章

江南又见贺方回，遮莫樽前击钵催。子夜豪歌琼树腻，卯桥风月鸟声哀。由来名士耽诗酒，从古江山助逸才。领略梅花与岩翠，暗香浓绿笔端来。

贾傅祠前载酒回，新声才赋管弦催。二分明月珠帘卷，十丈劳尘画角哀。绣虎漫抛词客力，闻鸡好奋济川才。他年书勒燕然石，应有风云绕笔来。

寄柬珵妹

锦鳞杳杳雁沉沉，无限愁怀独拥衾。闺内惟余灯作伴，栏前幸有月知心。数声落叶鸣空砌，一点无聊托素琴。输与花枝称姊妹，不堪遥听暮江砧。

清明怀友

节届清明有所思，东风容易踏青时。看完桃李春俱艳，吟到荼蘼兴未辞。诗酒襟怀憎我独，牢骚情绪似君痴。年年乏伴徒呼负，几度临风忆季芝。

寄理妹

年年常是感离居，两地相思托鲤鱼。今日新愁因共晓，昔时旧恙近何如。小窗蛩语伤时暮，别院鸡声破梦初。惆怅寸怀言不尽，几回涕泪湿衣裾。

秋日独坐

小坐临窗把卷哦，湘帘不卷静垂波。室因地僻知音少，人到无聊感慨多。半壁绿苔蛩语响，一庭黄叶雨声和。剧怜北地秋风早，已觉凉侵翠袖罗。

赠盟姊吴芝瑛字紫瑛

曾因同调访天涯，知己相逢乐自偕。不结死生盟总泛，和吹埙篪韵应佳。芝兰气味心心印，金石襟怀默默谐。文字之交管鲍谊，愿今相爱莫相乖。

申江题壁

一轮航海又南归，小住吴淞愿竟违。马足车尘知己少，繁弦急管正声稀。几曾涕泪伤时局，但逐豪华斗舞衣。满眼俗氛忧未已，江河日下世情非。

旧游重过有不胜今昔之感

旧时景物旧时楼，今日重来宿雨收。小庭花草犹如是，故国亲朋好在不。南地音书频阻隔，东方烽火几时休。不堪登望苍茫里，一度凭栏一度愁。

芝龛记题后董寅伯之王父所作传奇

今古争传女状头，红颜谁说不封侯。马家妇共沈家女，曾有威名振九州。

支撑乾坤女土司，将军才调绝尘姿。靴刀帕首桃花马，不愧名称娘子师。

莫重男儿薄女儿，平台诗句赐蛾眉。吾侪得此添生色，始信英雄亦有雌。

百万军中救父回，千群胡马一时灰。而今浙水名犹在，想见将军昔日才。

谪来尘世耻为男，翠鬓荷戈上将坛。忠孝而今归女子，千秋羞说左宁南。

忠孝声名播帝都，将军报国有良姝。可怜不倩丹青笔，绘出娉婷两女图。

结束戎装貌出奇，个人如玉锦驼骑。同心两女肩朝事，多少男儿首自低。

肉食朝臣尽素餐，精忠报国赖红颜。壮哉奇女谈军事，鼎足当年花木兰。

残菊

岭梅开候晓风寒，几度添衣怕倚栏。残菊犹能傲霜雪，休将白眼对人看。

去常德舟中感赋

一出江城百感生，论交谁可并汪伦。多情不若堤边柳，犹是依依远送人。

菊

铁骨霜姿有傲衷，不逢彭泽志徒雄。夭桃枉自多含妒，争奈黄花耐晚风。

寄季芝三章

肠断魂消子野歌，知心钟子隔山河。年来自笑无他事，缠绕愁魔更病魔。

金兰义气薄云天，一别迢迢又数年。欲见恨无怀梦草，空劳肠断衍波笺。

相思不见独伤神，无限襟怀托锦鳞。为问粤东吴季子，千金一诺等行人。

杞人忧

幽燕烽火几时收，闻道中洋战未休。漆室空怀忧国恨，难将巾帼易兜鍪。

泛东海歌

登天骑白龙，走山跨猛虎。叱咤风云生，精神四飞舞。大人处世当与神物游，顾彼豚犬诸儿安足伍！不见项羽酣呼巨鹿战，刘秀雷震昆阳鼓。年约二十余，而能兴汉楚。杀人莫敢当，万世钦英武。愧我年廿七，于世尚无补。空负时局忧，无策驱胡虏。所幸在风尘，志气终不腐。每闻鼓鼙声，心思辄震怒。其奈势力孤，群材不为助。因之泛东海，冀得壮士辅。

宝刀歌

汉家宫阙斜阳里，五千余年古国死。一睡沉沉数百年，大家不识做奴耻。忆昔我祖名轩辕，发祥根据在昆仑。辟地黄河及长江，大刀霍霍定中原。痛哭梅山可奈何，帝城荆棘埋铜驼。几番回首京华望，亡国悲歌泪涕多。北上联军八国众，把我江山又赠送。白鬼西来做警钟，汉人惊破奴才梦。主人赠我金错刀，我今得此心雄豪。赤铁主义当今日，百万头颅等一毛。沐日浴月百宝光，轻生七尺何昂藏。誓将死里求生路，世界和平赖武装。不观荆轲作秦客，图穷匕首见盈尺。殿前一击虽不中，已夺专制魔王魄。我欲只手援祖国，奴种流传遍禹域。心死人人奈尔何，援笔作此宝刀歌。宝刀之歌壮肝胆，死国灵魂唤起多。宝刀侠骨孰与俦,平生了了旧恩仇。莫嫌尺铁非英物,救国奇功赖尔收。愿从兹以天地为炉、阴阳为炭兮,铁聚六洲。铸造出千柄万柄宝刀兮,澄清神州。上继我祖黄帝赫赫之威名兮,一洗数千数百年国史之奇羞!

红毛刀歌

一泓秋水净纤毫,远看不知光如刀。直骇玉龙蟠匣内,待乘雷雨腾云霄。传闻利器来红毛,大食日本羞同曹。濡血便令骨节解,断头不俟锋刃交。抽刀出鞘天为摇,日月星辰芒骤韬。斫地一声海水立,露锋三寸阴风号。陆剸犀象水截蛟,魍魉惊避魑魅逃。遭斯刃者凡几辈,骷髅成群血涌涛。刀头百万冤魂泣,腕底乾坤杀劫操。朅来挂壁暂不用,夜夜鸣啸声疑鸮。英灵渴欲饮战血,也如块磊需酒浇。红毛红毛尔休骄,尔器诚利吾宁抛。自强在人不在器,区区一刀焉足豪?

宝剑歌

炎帝世系伤中绝,茫茫国恨何时雪。世无平权只强权,话到兴亡眦欲裂。千金市得宝剑来,公理不恃恃赤铁。死生一事付鸿毛,人生到此方英杰。饥时欲啖仇人头,渴时欲饮匈奴血。侠骨崚嶒傲九州,不信大刚刚则折。血染斑斑已化碧,汉王诛暴由三尺。五胡乱晋南北分,衣冠文弱难辞责。君不见剑气棱棱贯斗牛,胸中了了旧恩仇。锋芒未露已惊世,养晦京华几度秋。一匣深藏不露锋,知音落落世难逢。空山一夜惊风雨,跃跃沉吟欲化龙。宝光闪闪惊四座,九天白日暗无色。按剑相顾读史书,书中误国多奸贼。中原忽化牧羊场,咄咄腥风吹禹域。除却干将与莫邪，世界伊谁开暗黑。斩尽妖魔百鬼藏，澄清天下本天职。他年成败利钝不计较，但恃铁血主义报祖国。

日本服部夫人属作日本海军凯歌

狡俄阴鸷大无信，盟约未寒莽寻衅。全球公理置不珍，夺我陪都恣蹂躏。当时詟语至外交，十年不觉祸以包。经营未半机谋露，转瞬松花起怒涛。喋血瞋人侈虎视，蚕食东方势未止。明治天皇雄武姿，独立精神寒鉴齿。奋发神威不可当，投袂扫穴殴贪狼。将军爱国皆擐甲，侠士闻风尽裹粮。貔貅海上军容壮，冒雪凌霜如挟纩。一炬横飞敌舰摧，精魂都向波中丧。何物么么不自思，怒车螳臂敢相持。一歼再歼慑其魄，五日堂堂三报捷。捷报飞来大地欢，从今世界庆安澜。草木山河皆变色，未许潜蛟侧目看。仁乎壮哉赤十字，女子从军卫战士。吁嗟一线义勇队，唤起国魂强宗类。掀天揭地气不磨，吮血吞冰勿蹉跎。几欲起舞乘风去，拍手樽前唱凯歌。

日本铃木文学士宝刀歌

铃木学士东方杰，磊落襟怀肝胆裂。一寸常萦爱国心，双臂能将万人敌。平生意气凌云霄，文惊坐客翻波涛。睥睨一世何慷慨，不握纤毫握宝刀。宝刀如雪光如电，精铁镕成经百炼。出匣铿然怒欲飞，夜深疑共蛟龙战。入手风雷绕腕生，眩睛射面色营营。山中猛虎闻应遁，海上长鲸见亦惊。君言出自安纲冶，千载成川造成者。神物流传七百年，于今直等连城价。昔闻我国名昆吾，叱咤军前建壮图。摩挲肘后有吕氏，佩之须作王肱股。古人之物余未见，未免今生有遗憾。何幸获见此宝刀，顿使庸庸起壮胆。万里乘风事壮游,如君奇节谁与俦。更欲为君进祝语,他年执此取封侯。

吊烈士吴樾

昆仑一脉传骄子,二百余年汉声死。低头异族胡衣冠,腥膻污人祖宗耻。忽地西来送警钟,汉人聚哭昆仑东。方知今日豚尾子,不是当年大汉风。裂眦啮指争传檄,大叫同胞声激烈。积耻从头速洗清,毋令黄胄终沦灭。大江南北群相和,英雄争挽鲁阳戈。庐梭文笔波兰血,拚把头颅换凯歌。年年岁月驹驰隙,有汉光复总无策。志士奋呼东海东,胡儿虎踞北京北。名曰同胞意未同,徒劳流血叹无功。堤防家贼计何酷,愤起英雄出皖中。皖中志士名吴樾,百炼钢肠如火热。报仇直以酬祖宗,杀贼计先除羽翼。爆裂同拚歼贼臣,男儿爱国已忘身。可怜懵懵天竟聋,致使英雄志未伸。电传噩耗风潮耸,同志相顾皆色动。打破从前奴隶关,惊回大地繁华梦。死殉同胞剩血痕,我今痛哭为招魂。前仆后继人应在,如君不愧轩辕孙。

题乐天词文春郊试马图有序　二章

甲辰南归,适见南海乐天词文有春郊试马图之咏,一时和作如林,无美不备。自忘谫陋,谨和二律,兴之所至,未能步原韵也。

白堤苏柳绿丝丝,正是词坛纵马时。三月烟花千里梦,半林风月一囊诗。元龙湖海增豪气,庾信关山寄远思。可向此君堂畔过,瓣香亲拜水仙祠。

长亭话别太匆忙,衫影鞭丝映夕阳。百战乾坤成感慨,十年脂粉剧苍茫。楼台烟雨新诗句,风月情怀旧酒场。楚尾吴头渺何处，自携书剑去扶桑。

日人石井君索和即用原韵

漫云女子不英雄，万里乘风独向东。诗思一帆海空阔，梦魂三岛月玲珑。铜驼已陷悲回首，汗马终惭未有功。如许伤心家国恨，那堪客里度春风。

黄海舟中感怀二章

片帆破浪涉沧溟，回首河山一发青。四壁波涛旋大地，一天星斗拱黄庭。千年劫烬灰全死，十载淘余水尚腥。海外神山渺何处，天涯涕泪一身零。

闻道当年鏖战地，只今犹带血痕流。驰驱戎马中原梦，破碎河山故国羞。领海无权悲索寞，磨刀有日快恩仇。天风吹面泠然过，十万烟云眼底收。

黄海舟中日人索句并见日俄战争地图

万里乘风去复来，只身东海挟春雷。忍看图画移颜色，肯使江山付劫灰。浊酒不销忧国泪，救时应仗出群才。拚将十万头颅血，须把乾坤力挽回。

有怀游日本时作

日月无光天地昏，沉沉女界有谁援。钗环典质浮沧海，骨肉分离出玉门。放足湔除千载毒,热心唤起百花魂。可怜一幅鲛绡帕,半是血痕半泪痕!

感时二章

忍把光阴付逝波,这般身世奈愁何。楚囚相对无聊极,樽酒悲歌泪涕多。祖国河山频入梦,中原名士孰挥戈。雄心壮志销难尽,惹得旁人笑热魔。

炼石无方乞女娲,白驹过隙感韶华。瓜分惨祸依眉睫,呼告徒劳费齿牙。祖国陆沉人有责,天涯飘泊我无家。一腔热血愁回首,肠断难为五月花。

对酒

不惜千金买宝刀,貂裘换酒也堪豪。一腔热血勤珍重,洒去犹能化碧涛。

秋风曲

秋风起兮百草黄,秋风之性劲且刚。能使群花皆缩首,助他秋菊傲秋霜。秋菊枝枝本黄种,重楼叠瓣风云涌。秋月如镜照江明,一派清波敢摇动。昨夜风风雨雨秋,秋霜秋露尽含愁。青青有叶畏摇落,胡鸟悲鸣绕树头。自是秋来最萧瑟,汉塞唐关秋思发。塞外秋高马正肥,将军怒索黄金甲。金甲披来战胡狗,胡奴百万回头走。将军大笑呼汉儿,痛饮黄龙自由酒。

赠蒋鹿珊先生言志且为他日成功之鸿爪也

画工须画云中龙，为人须为人中雄。豪杰羞伍草木腐，怀抱岂与常人同。久闻吾浙有蒋子，未见音容徒仰企。何幸湖山获订交，高谈宏论惊人耳。不惧仇人气焰高，频倾赤血救同胞。诲人思涌粲花舌，化作钱塘十丈涛。风潮奔腾复澎湃，保守急进本无派。协力同心驱满奴，宗旨同时意气洽。危局如斯敢惜身，愿将生命作牺牲。可怜大好神明胄，忍把江山付别人！事机一失应难再，时乎时乎不我待。休教他人锁键牢，从此沉沦汉世界。天下英才数使君，据鞍把剑气纵横。好将十万头颅血，一洗腥膻祖国尘。我欲为君进一箸，时机已熟君休虑。成功最后十五分，拿破仑语殊足取。霹雳一震阴霾开，光复祖业休徘徊。他年独立旗飞处，我愿为君击柝来。

寄徐寄尘

不唱阳关曲，非因有故人。柳条重绻缱，莺语太叮咛。惜别阶前雨，分携水上萍。飘蓬经已惯，感慨本纷纭。忧国心先碎，合群力未曾。空劳怜彼女，无奈系其亲。万里还甘赴，孑身更莫论。头颅原大好，志愿贵纵横。权失当思复，时危敢顾身？白狼须挂箭，青史不铭勋。恩宗轻富贵，为国作牺牲。只强同族势，岂是为浮名。

自题小照男装

俨然在望此何人?侠骨前生悔寄身。过世形骸原是幻,未来景界却疑真。相逢恨晚情应集,仰屋嗟时气益振。他日见余旧时友,为言今已扫浮尘。

赠语溪女士徐寄尘和原韵二章

仙辞飞下五云端,如此清才得接欢。盛誉妄加真愧煞,阳春欲和也知难。英雄事业凭身造,天职宁容袖手观。廿纪风云争竞烈,唤回闺梦说平权。

客中何幸得逢君,互向窗前诉见闻。不栉何愁关进士,清新尤胜鲍参军。欲从大地拯危局,先向同胞说爱群。今日舞台新世界,国民责任总应分。

病起谢徐寄尘小淑姊妹

朋友天涯胜兄弟,多君姊妹更深情。知音契洽心先慰,身世飘零感又生。劝药每劳亲执盏,加餐常代我调羹。病中忘却身为客,相对芝兰味自清。

感愤

莽莽神州叹陆沉,救时无计愧偷生。抟沙有愿兴亡楚,博浪无椎击暴秦。国破方知人种贱,义高不碍客囊贫。经营恨未酬同志,把剑悲歌涕泪横。

柬志群三章

飘泊天涯无限感，有生如此复何欢。伤心铁铸九州错，棘手棋争一着难。大好江山供醉梦，催人岁月易温寒。陆沉危局凭谁挽，莫向东风倚断栏。

危局如斯百感生，论交抚案泪纵横。苍天有意磨英骨，青眼何人识使君。叹息风云多变幻，存亡家国总关情。英雄身世飘零惯，惆怅龙泉夜夜鸣。

河山触目尽生哀，太息神州几霸才。牧马久惊侵禹域，蛰龙无术起风雷。头颅肯使闲中老，祖国宁甘劫后灰。无限伤心家国恨，长歌慷慨莫徘徊。

读徐寄尘小淑诗稿

新诗读竟齿犹芬，大小徐名久已闻。今日骚坛逢劲敌，愿甘百拜作降军。

柬徐寄尘二章

祖国沦亡已若斯，家庭苦恋太情痴。只愁转眼瓜分惨，百首空成花蕊词。

何人慷慨说同仇，谁识当年郭解流。时局如斯危已甚，闺装愿尔换吴钩。

临行留别寄尘小淑五章选二

莽莽河山破碎时,天涯回首岂堪思。填胸万斛汪洋泪,不到伤心总不垂。

惺惺相惜两心知,得一知音死不辞。欲为同胞添臂助,只言良友莫言师。

阙题

黄河源溯浙江潮,卫我中华汉族豪。莫使满胡留片甲,轩辕神胄是天骄。

重九风雨沓至耳棘心芒枯坐无聊孤吟写愁

为甚秋阴不放晴,百端交集莽难平。未能免俗恩成怨,无以为家我负卿。回首可怜分袂日,痴心犹恋结缡情。人生如有伤怀事,怕听酸风苦雨声。

丁未二月四日偕寄尘泛舟西湖复登凤凰山绝顶望江相传此山南宋嫔妃葬地也口占志感

怀古伤今一黯然,东南天险好山川。武陵城郭围山势,罗刹潮声咽暮烟。啸傲不妨容我辈，相看何处有林泉。寄尘约余偕隐。白杨荒冢同凭吊，儿女英雄尽可怜。

——郭延礼、郭蓁编《秋瑾集　徐自华集》，

中华书局2015年版

徐咸安十四首

徐咸安(1877—1909),字素莲,浙江桐乡人。父徐焕谟为书画家、藏书家。17岁嫁吴兴举人张钧衡,子张乃熊。父子均嗜藏书、刻书。徐咸安以孝闻,母病逝,哀痛过甚而亡。有《韫玉楼遗稿》一卷。

春日出游

春风到处绿成阴,浅草平芜缓步寻。野外有花皆缀玉,堤边无树不摇金。塞鸿数点寥天没,梁燕双飞曲巷深。放眼韶光无限好,舞雩归去一长吟。

登宝石山

相传宝石似佳人,此日登临意倍亲。天气不晴还不雨,山容宜笑亦宜颦。到来已觉留身久,归去还应入梦频。北郭西湖都在眼,愁红惨绿剧伤神。

送外子入都应礼部试

帝国观光及少时,春申浦畔赋临歧。樽开祖帐心先醉,诗写离亭字半欹。君去前程原远大，我还故里却踟蹰。也知契阔无多日，杨柳依依系远思。

破浪乘风壮志舒，计偕今日诣公车。惊心暮汐催人别，屈指归帆入夏初。北望燕台千里梦，南来雁足数行书。好音莫待泥金报，第一平安慰倚闾。

初得外子安报

一书真与万金同，预兆灯花昨夜红。想见含毫伸纸候，孤檠旅馆夜匆匆。

适园梅花盛开

隔墙消息逗，遥指一枝新。索笑来檐际，寻芳过水滨。香霏千树雪，花发满园春。莫问古梅渡，荒凉愁煞人。

沧浪亭怀古

沧浪亭畔水悠悠，高衲名贤迹尚留。今日凭栏无限意，西风黄叶一登楼。

溪上春泛

鹧鸪溪畔快游敖，浅碧春来涨一篙。隔岸参差摇翠柳，平波潋滟漾红桃。唼花群鸭饶生趣，临水孤村净俗嚣。紫燕双双来复去，斜掩低掠未辞劳。

秋夜喜雨

秋晴逾匝月,入夜雨纷纷。竹院声偏脆,蕉窗梦亦欣。滋苔添嫩色,酌茗挹新芬。会见青青穗,明朝秀出群。

晓登五云山

览胜登五云,临发天未晓。不辨径高低,只觉行人少。舆行二三里,月尚挂林杪。野外唱晨鸡,树边喧宿鸟。我怯溪桥危,仆讶山路小。盘旋上高峰,曲折如鸟道。旭日忽东升,三江烟雾绕。早潮一线来,龛赭犹缥缈。

题渔村图

白石溪边涨碧痕,渔家三两自成村。秋风疏蓼红侵岸,春雨垂杨绿到门。双桨斜阳归野渡,一溪明月对清樽。醉来不脱蓑衣卧,犹有烟波古趣存。

有约邓尉探梅遇雨不果

吾闻虎山之崦峰回互,仙境昔有仙尉住。面临太湖三万顷,七十二峰似争渡。居人家家种梅花,覆压山村不知数。风飘十里五里香,雪满千枝万枝树。大庾亦无此奇观,足所未历心倾慕。倾慕于今几十年,年年花时等闲度。今年棹出阖庐城,渴望庶几慰平素。闺侣殷殷折柬招,蜻蜓艇子克期赴。香海由来传盛名,锦囊满拟贮佳句。不道春来日日晴,临行却被天公妒。侵晓无端急雨零，弥天但见阴云布。扁舟欲行不得行，寂寞空堂绕廊步。愁绝小窗欹枕眠，梦魂还绕锦峰路。

元宵遇雪

闹蛾逢令节，女伴斗豪奢。人正围千炬，天还散六花。果然春富贵，不让月光华。预兆丰年瑞，诗成兴倍赊。

初夏即景

漫言春色好，春色不如今。红落几番雨，绿添无数阴。荷圆初贴水，竹稚未成林。触景便成趣，凭栏时一吟。

——《韫玉楼遗稿》，民国二年(1913)张氏适园刻本

施淑仪三十二首

施淑仪(1877—1946),号学诗,崇明(今属上海)人。父施启宇,进士,历任湖南泸溪等地知县。母黄氏。夫蔡南平,留学于日本早稻田大学,早逝,时施淑仪不到30岁。夫逝后,施淑仪将全部精力投入到教育与著述中,历任崇明第一所女校尚志女塾的教员、校长、学监,以及崇明县女子职业学校(后改为县立女子师范学校)校长,著有《湘痕吟草》《清代闺阁诗人征略》《冰魂阁诗存》,在《妇女杂志》《中华妇女界杂志》《女子世界》等刊物上发表《湘痕笔记》《冰魂阁野乘》《随园女弟子佚闻》《天真阁艳情考》等。

木兰

戎妆新改出关行,一片丹忱万众倾。莫道闺中无血性,男儿几个与齐名。

小楼听雨

小楼闲寄异乡身,花落银灯雨正匀。溜响檐前人未睡,风吹原上草先春。八行音信鱼常阻,一夜愁心雁警频。感动离怀眠不得,诗成窗外已侵晨。

读岳武穆传

手握雄兵破敌屯，誓将忠愤答君恩。牌飞金字心知伪，城指黄龙泪有痕。宋室江山悲半壁，越州风雨吊孤魂。至今展拜坟前树，枝叶犹衔万古冤。

春日即景

水绿池塘草绿苔，一番风景自天栽。窗前忽睹桃花放，春向诗人笔底来。

壬寅冬题夫子书后二首

开缄喜见报平安，寄语添衣护晚寒。书信八行情百转，行行珍重劝加餐。

怜君爱国忧民切，欲把牢愁诉太清。酒热中宵旋起舞，龙泉时作不平鸣。

闻雷有感寄南平并序

淑懿庇荫下优游自乐，几不知有家国事。时值雷雨大作，有触斯感，未免有嗟我怀人之念。际此中原逐鹿，时局艰危，所愿有志者尝越王之胆，挥鲁阳之戈，俾四万万同胞早登衽席。念征人之跋涉，愧无以助其壮志，爰作歌以劝之。

雷声震震兮天怒方彰，风雨潇潇兮中心徜徉，咏怀不寐兮九回寸肠。谈时局之艰难兮，眷念君王。恨强邻之逼处兮，势力方张。幸丈夫有志四方兮,居处不遑。安得一朝而伸愤兮,复我边疆。倾丹忱以向日兮,共整朝纲。扫浮云之蔽空兮,振鹏翮以翱翔。睹梅花之开落兮,梦绕辽阳。望陌柳之青青兮,我心悲伤。嗟我怀人兮,天各一方。谁与旋乾而转坤兮,佐君国之平章。愿俟海晏与河清兮,思白头以归故乡。

甲辰三月邮寄南平

艳阳三月天气晴,红桃绿柳垂檐明。家家陌上放歌声,枝头小鸟向春鸣。流光易转客心惊,对酒当歌怡我情。君不见孟鸿偕老同欣欣,俱隐山中志节清。又不见冀缺夫妇敬如宾,田间馈食饷春耕。不羡繁华富与贵,千载犹留高士名。人生穷通自有定,何必为此名利争。圣贤忧道不忧贫,逍遥世外一身轻。愿与君子效前人,黾勉自励志坚贞。相期偕隐归鹿门,长啸一声风月迎。余作此诗时,正夫子呻吟床蓐时也。邮递到崇,已在三七之内。举家见之,莫不流涕。前首云"思白头兮归故乡",孰料归故乡后,吾头上戴白也。后首云"长啸一声风月迎",兆在大哭一场。吾夫子一棺长盖,未见人迎,而只有风月相迎。又句云"相期偕隐归鹿门",此所谓生同衾、死同穴之意也。不归鹿门,偕归墓门,同一梦耳。他日三生石畔,未尝不破涕相逢。君既解脱尘世,吾便参透禅关,学三界佛法,八风不动,亦君旅京时来书所教也。

追悼二首

我今无路问泉台,触目惊心总是哀。环海潮声随泪下,长天云气拥魂来。楚吴相隔留遗憾,书卷飘零半是灰。听说临终书一纸,恨逢萱萎与兰摧。

昔年奋志觅封侯,岂料今朝土一丘。浪迹天涯悲往事,文章薄命叹浮沤。生儿不育成长恨,慈母相逢话鬼愁。空负奇才空负志,人间天上泪痕流。

读报有感

我亦国民一分子,莫教弱质语同论。愿将一掬维新泪,唤起同胞爱国魂。

乙巳重九日示祥儿二首

忆汝十二岁,我始初见时。相随无别好,即知爱书诗。依依尊长前,道矩且循规。嬉时不苟笑,出言吐奇思。汝叔喜谓予,此子非凡儿。我意亦欣欣,浑如掌上珠。游湘已三载,事变多离奇。汝叔猝然背,使我心中悲。黄昏风雨夜,挑灯泪暗垂。亲朋相悼议,承祧汝为嗣。我虽遭不幸,藉以聊慰斯。

圣贤志于道,所忧不在贫。不义富且贵,视之如浮云。颜子在陋巷,箪瓢意欣欣。希文志天下,齑粥味津津。况乃世多故,眉祸迫瓜分。苟无卓然志,安保自由身。愿汝勤苦读,努力振精神。光阴惜分寸,学界求维新。不羡官一品,愿为第一人。他年济国用,壮志一朝伸。上以报君国,下以慰二亲。斯言永勿忘,莫误在青春。

言志二首

狂言偶为忏愁文,未负初心迥不群。若遇瓜分亡国痛,何妨玉石与俱焚。

由来多难病临身,未竟夫君志向真。吩咐嗣儿勤苦读,青灯黄卷课书频。

尚志女塾成立喜咏二则

莫嫌环海小瀛洲,女学昌明改革优。寄语我崇诸姊妹,好存家国在心头。

祝我婵娟女国民,千金尊重自由身。洗除脂粉闺中气,应识本来面目真。

放足会二首

国祸年年感慨多,翩翩齐唱自由歌。他时众志成城日,世界嘻嘻说共和。

千年积习幽囚久,今日欣将大会开。莫渡如来寂灭海,不妨齐向爱河来。

示女弟子二首

愧我乏才无善诱,祝君肝胆亦英雄。千红万紫花开日,男女平权演大同。

将来教育望群贤,济济咸明自主权。但愿争存天演界,任他欧美着先鞭。

寄蚕业学校王瑞菊等并示民立女学盛淑芳妹三绝

久沿积习失权衡,禁锢吾侪愤不平。试问重男轻女者,木兰何以替爷征。

珍重光阴各自强，振兴社会答穹苍。愿留一片文明土，种得名花遍地香。

兰闺寂寂正黄昏，壮志当年喜共论。莫道无才便是德，大家续史至今存。

登韬光绝顶

直上韬光兴不穷，洞门静对海潮东。忽闻云外传钟急，疑是人间无路通。四面炊烟迎薄暮，万山落日照空濛。莫言我辈皆柔弱，捷足先登第一峰。

咏梅庚戌元旦作

净置明窗相对亲，爱他高格有精神。冲寒耐冷寻常事，赢得冰清玉洁身。

寄瞿诵芬时考试北京女师范名列第一

菱花清芬藕花香，骊歌一曲系人肠。风前握手吐怀抱，意气与日争耀光。人生立志须及早，送君远上长安道。赵北燕南路几千，天涯尽是萋萋草。忆昔同堂聚首时，言谈温雅许相知。天寒倚竹常联袂，夜雨连床间作诗。阳关三叠声悲壮，蒹葭秋水遥相望。菊花时节雁飞天，思君不见增惆怅。喜君冰雪净聪明，今朝果得冠群英。琼琚玉佩人争羡，一举能成海内名。重男轻女三千年，调脂傅粉取人怜。欲试娲皇补天手，破除积习争回权。况乃中原龙起陆，欧风美雨成争鹿。较量同是一般民，正本清源在教育。男儿文弱已千秋,直恐他年作马牛。好将尚武精神励,不救同胞誓不休。山川钟毓最清淑,努力前程休退缩。国家之事犹可为,毋使强吞弱者肉。君不见沈云英奋然独守道州城,又不见秦良玉手握雄兵保川蜀。感动天地神鬼惊,千载人犹仰芳躅。愿我婵娟女国民,存亡危急总关情。鹏程万里谁能测,各放光明照汗青。

追悼秋女士瑾二首

秋雨秋风万古愁,而今恢复旧神州。西泠桥畔英魂在,应笑前身愿已酬。

扶桑万里只身游,国事驰驱几度秋。惭愧输君先一着,英名侠气动全球。

剪发

前身本是九嶷仙,剪短愁丝岂斗研。花朵不簪云髻上,并刀快试镜台前。心无挂碍消尘念,累脱形骸谢俗缘。殉国未能憎体弱,免教头断受人怜。

四十自述十二律选二

绿鬓相怜岁月催,思乡千里买舟回。作羹幸合衰姑意,补屋惭无绝代才用杜诗意。庚子年回乡,以房屋湫隘赁城中南街王宅。住数月,卒未能有所建造。报国未偿年少愿,戊戌政变六君子成仁,外子南平痛哭不已。抱孙且慰老怀开。殇子祥开、祥纶。谁知万事都成梦,玉树珠兰一例推。

花下图书月下樽，芳园林影护重门。然脂写韵饶清兴，忉利华鬘累宿根。文字幸留知己感，壮怀难与俗人言。为怜彤史多遗漏，唤起婵娟一代魂。近辑《清代闺阁诗人征略》。

——施淑仪著，张晖辑校《施淑仪集》，
人民文学出版社 2011 年版

何昭九首

何昭(1877—1966),字亚希,号亚君,江苏金山(今属上海)人。出身于书香门第,自幼接受传统教育,1902 年入上海务本女塾读书。1906 年与高旭结婚。与高旭同时入南社。诗风清新流畅,又具有时代性和新意识。

追忆四妹

追忆垂髫两小时,咿唔窗畔学吟诗。含葩艳绝当春日,不道摧残第四枝。

双飞燕子傍檐斜,含笑春风姊妹花。燕不分离花永好,怜侬底事泪如麻。

杨花曲

瑶池金碧水潺潺,画舫中流去复还。报道东风忽吹到,杨花无赖落钗镮。

短墙斜立倒垂头,夜色沉沉淡欲流。莫怪西风残虐甚,一生生就喜轻浮。

题听秋图为钝剑作

啼蛩四壁露华清，桐叶飘零暗自惊。雨打芭蕉剧凄苦，不堪对坐听秋声。

题钝剑花前说剑图

渠侬击剑我吹箫，愁涌心头把酒浇。便遇名花能解语，谈兵画地恨难消。

读朱苏华所为沈纪常传感成七古一章

苏华我姊是男子，巾帼可作须眉视。能以椽笔传其夫，沈郎虽死犹不死。凄风苦雨最伤神，苏华我姊剧苦辛。女界文采无比伦，请入南社扶我轮。吁嗟班昭乃前身，不然定是卫夫人。

题亚子分湖旧隐图

屯田生小玉为胎，文才翩翩一代才。磨剑十年无所遇，分湖打桨赋归来。

欲访疏香感万端，湖烟湖水画中看。诗人有妇堪偕隐，不减当年叶小鸾。

——《南社丛刻》，江苏广陵古籍刻印社 1996 年版

张元默十首

张元默,生卒年不详。字蕙芬,江苏常熟人。进士孙雄侧室。喜以文为诗,诗作语言平易。七绝间或有沉雄之气。当时文坛领袖樊增祥甚称之。有《双修阁诗存》。

夫子以事赴金陵旬月未归寄诗代柬

竟夕秋风怯晓寒,客中珍重卜加餐。愁心江上思何极,诗句眉边字未安。扰攘虫沙悲梦幻,纵横蠹简理丛残。秦淮风月今何似,莫向眉楼乞画兰。

题瓶社诗录后

鹁鸽峰高接翠微,楼台无地逐臣归。骑箕幸在升平世,柏社迁移事更非。

官拜司农媲昔贤,龙蛇起起厄辰年。文章忠孝传千古,射羿逢蒙愧九泉。

襟袖西山爽气佳,江亭荐芷绝尘埃。瓶庐衣钵传无限,几辈伤心似郑斋。

辛酉六月十八日为完颜恽太君星联生日元默来归之年师郑夫子即以国朝闺秀正始集授之爰于中庭设瓜果陈诗以祭谨赋五古四十韵

乾隆卅八年,六月十八日。太君实诞生,婉娩秉贞质。逮归泰安君,黾勉心如一。王姑与尊嫜,盥馈礼祗率。视听无形声,翱翔慎愆失。教子为国桢,提撕警纤密。聪明忌露尽,夏峰语重述。名言书诸绅,三命戒骄溢。贤嗣出临民,梦帝赍良弼。黔荆与皖豫,板舆欢绕膝。治河复明刑,慈训周且悉。才足济民物,须眉讵能匹。余事为诗歌,锦鸡传典帙。巨集搜正始,表章及遗轶。周雅咏思斋,郑风薙淫泆。山河赋笄珈,葑菲采圭荜。凤翙萃雝喈,牛毛细梳栉。有才不自矜,谦抑温而栗。懿范树璇闺,娥眉谢众嫉。二曲有遗书,校刊正屈诘。宝录绍中垒,青藜光照室。著作炳千秋,英声由茂实。悲余少也贱,流离撄疢疾。巾栉事夫子,夙夜劬佔毕。未谙九嫔学,粗解五字律。瓣香奉阳湖,冀免张目叱。温风以时至,瓜果荐芬苾。亭亭擢芙蕖,唧唧鸣蟋蟀。风琴杂象鞮,聊当舞庭佾。更忆清于君,独擅写生笔。粉墨映日光,传神呼欲出。南田有嗣音,行辈姑与侄。恽氏洵多才,诗画精艺术。艺术讵足夸,坤道协贞吉。吁嗟世泯棼,巾帼流荡佚。往哲有典型,廉隅守秩秩。余生虽恨晚,雅慕清庙瑟。敢效柳是狂,幸事梁鸿逸。遗集夙胝沫,随行执丹漆。淑灵傥佑我,诗思兰芽茁。

樊樊山先生赐题双修阁近作诗片后七律一首谨次元韵赋谢

吐握常开北海尊,三吴士女昔沾恩。探骊艺苑传仙笔,化鹤桑田忆梦痕。汲古曾稽中垒传,学诗欲叩鲁班门。前人牙慧休重拾,手泽长真十卷存。袁随园先生评先太宜人《长真阁诗稿》云:“字字出于性灵,不拾古人牙慧。”

稽首慈云礼世尊,我闻如是莫酬恩。金鲵胡耇春难老,玉蝀清游月有痕。谢韫因风惭咏絮,袁安卧雪不开门。舞雩沂水饶真契,温伯无言道已存。

酌兕思称竹叶尊,司书辟蠹学长恩。相思南国拈红豆先吉士公有《把酒祝东风种出双红豆图》,十二年前先生曾题七律六首,入望西山扫黛痕。旧稿手钞居士集,新庐指点大乘门先生新卜居西城宝禅寺街大乘巷。闲游古寺温诗梦,留得枯荷叶半存昨侍郑斋夫子为十刹海之游。

辛酉九月十九展重阳日从郑斋夫子登陶然亭感赋二律即次夫子重九登遥集楼韵

一角西山送晚凉,霜风飒飒倚斜阳。时逢阳九秋笳怨,节近冬初夜漏长。子美放歌非纵酒,义山惆怅是清狂。华云缑鹤论诗品,意绪萧闲接混茫。

鹅鹳纵横角与张,中原龙战筮玄黄。西京文物思丰镐。东海舆图失乐浪。黯澹鞠华留晚节，丛残芦荻散幽香。黍离行迈王风降，迹熄无诗孰补亡。

——《双修阁诗存》，民国十年(1921)排印本

沈鹊应二十一首

沈鹊应(1878—1899),字孟雅,侯官(今属福建福州)人。爱国名臣沈葆桢女孙。父沈瑜庆,同光派闽派诗人,官贵州巡抚,母郑夫人为林则徐外孙女。夫林旭为“戊戌六君子”之一,变法失败被杀,不久沈鹊应抑郁而亡,年仅24岁。有《崦楼遗稿》。

黄昏

黄昏细雨落,天气似残秋。寒入瓶花瘦,檐过栖鸟啾。哦诗灯有味,背帖指能谋。莫谓索居苦,读书可解忧。

秃笔用杜空囊韵

繁华世君子,粱肉便堪餐。纵有纤毫在,其如落纸难。生花缘绩茂,弃管亦高寒。秃笔君休笑,书成自可看。

喜晴杜韵

细雨昨宵过,清和气象生。趁晴书自理,散倦线无声。鸟语喧相应,花枝粲倍明。春光无限好,因忆阖闾城。

古人

怅望古人事,令人蓦地惊。苦心谁识汝,余意任公评。异代同荒冢,千秋空剩名。感时一凭吊,何必问生平。

三月晦

一春谁占风光好,结习难忘总恨春。可怪秋波只临去,如何还搅苦吟身。

柳花

春尽花飞日渐迟,柳花千点破愁眉。多情枉费低回久,自在难谋去住宜。得月婵娟偏不见,似人纤弱故难支。不如且趁风光转,何似红芳委地时。

和季兰忆洪泽湖风雨之夕

挑灯共话去年事,洪泽湖遥欲渡难。夜雨漏舟湿无睡,狂风曳缆泊难安。谁知贱子风波惯,却笑舟人肝胆寒。他日与君重过此,云烟应作镜中看。

石榴

耐热偏宜五月风,更逢照眼一枝烘。妆容例入姬姜谱,蹙线偷来织女工。试映裙看疑绛草,暂停车处似丹枫。任从着意夭桃李,岂傍千红万紫中。

立春怀季兰三妹

寂寞春光昼掩门,锁窗人去日昏昏。也知聚散原无定,独拨寒灰记赠言。

除夕影前设奠

空房奠初夕,对影倍凄然。守岁犹今夜,浮生非去年。心随爆竹裂,眼厌灯花妍。况是无家客,银筝悲断弦。

春夜八首

阴雨凄风夜,无眠思欲弹。死生千里路,忍忆殡宫寒。
试灯春几日,剪烛泪千行。好语偏憎耳,尊前不敢言。
此恨何时已,思量声暗吞。淮壖三载客,摇落一身存。
黾勉均无着,宁论身后名。药炉经卷在,即此了吾生。
病骨寒将断,炉香烬更添。遗编和泪叠,字字是华严。
残灯已无焰,拥被更论文。老父怜吾憨,推敲到夜分。
那堪当死别,尤恐得生归。我已无肠断,诗成寄与谁。
蔽罪朝无典,遗章世所闻。吾从柳下妇,私谥拟贞文。

读晚翠轩诗

人生谁氏免无常,离合悲欢梦一场。何事为荣何事辱,只求到死得留芳。

西风拂槛雨推窗，别泪离愁溢满腔。深夜诵君诗一卷，教人无语对寒釭。

暗坐悲君泪不禁，聊将诗卷谱桐琴。凄凉曲罢声声血，拥鼻妆台学苦吟。

——《崦楼遗稿》，民国二十五年（1936）闽县李氏排印《墨巢丛刻·晚翠轩集》附录本

杨庄十三首

杨庄(1878—1940),字淑姬,湖南湘潭人。杨度之妹。所作诗文颇具古风,曾随兄赴日本游学,回国后投身社会教育。中年之后由于多病开始接触佛学。有《湘潭杨庄诗文词录》。

豫章行

灵机无停运,日月相曜匿。会别如川流,悠悠终不息。豫子弃众遇,屈平眷凉德。贞思谁克谐,怅恍不可极。秋飙振芳树,蟋蟀鸣幽室。顾彼翩翩华,日夕委阶侧。既乏至人性,岂弭岐路惑。路惑将如何,裴回思苦多。咄咄仰天叹,浩浩临风歌。遵山叹还云,在川惊逝波。慷慨临深渊,自勖信无佗。

落日登山

时凉乏氛埃,商气荡烦燠。零雨迎轻寒,物我俱清肃。寒蝉敛余音,鸣鹤唳林麓。池塘散菡萏,墟囿纷芳菊。愉乐撰嘉晨,恣行极昏夙。云生岩壑阴,落日径回复。攀萝既陵涧,折桂亦缘谷。云崖隐素晖,昊天列灵宿。雾露暧不分,苍烟莽平陆。心赏庶无违,来思增时蹙。

和兄度饮酒作

商飙起清籁，弦月升烟嶂。良友欢嘉夕，交觞发清唱。乐会岂追昔，忆别忽增怅。经秋倏已季，感物怀凄怆。寰海既云劳，殊庭非所望。先圣亦遭毁，往哲希免谤。谁能悄悄忧，但从性所尚。

辛丑九月九日山中作

时来思无逸，理运神由王。蜩翼岂特操，蟋蟀徒兴唱。良辰启幽期，高怀冀予畅。林峦既肃清，云天亦寥亮。微雨忽西来，登临阻游望。风高众籁虚，木落秋原旷。丘壑岂山川，契心贵有尚。陶潜缅商芝，宗生快长浪。在室情自超，驰观迹非放。秋毫无定名，一悟得所仰。

日本病院中月夜闻蟋蟀有怀因以寄远

蟋蟀无秋思，微吟自悄然。幽声时断续，客意已芊绵。丘壑我犹忆，关河君自怜。遥知今夜月，伫听竹篱边。月色满天地，清辉增夜寒。还思少小意，始觉别离难。飘泊竟何事，幽栖好是闲。秋声成独听，应怅路绵漫。云断雁归声，虚楼客思盈。不缘新侣意，那识故人情。心与秋波远，愁回夜月生。凄风倘相识，飘梦送孤征。自有鲲鹏翮，何须惜远途。潜居岂无意，濡迹遂成虚。意气兼天远，形骸带月孤。川流无昼夜，身世竟何如。

感事二首

宜春小苑雨丝丝,肠断秋风为柳枝。纵使春归能再绿,也经憔悴几多时。

燕子飞飞绕玉池,上林花事少人知。阳枝阴蕊皆无力,一任东风左右吹。

纪事四绝句并序

女有四行,工备其一。昔孟母断机,曾母投杼,苏秦不达,妻不下机,羊子怀归,因织喻义,窦滔远徙,托纴寄思,此皆著于前事者也。后代诗歌,辄言女织,盖词人本古昔之事,敷艳丽之辞。然自晋以下,女红废焉。唐代民家,或犹纺织;自明及今,多事绣黹。古人有言:一夫不耕,或受其饥;一女不织,或受其寒。宗周云亡,妇休其织;陈谣不绩,邦国以歼。是则女子闲邪,亦治乱之所关也。既伤薄俗侈靡之习,复感诗人杼柚之叹,仰古哀今,勉勤织作。盖以至德难希,内言不出,礼容有度,亦不及外。故以暗劣之身,勉为四行之末。己立立人,圣人之道。爰本斯意,创立女子工艺厂,召集贫女,教以织作,俾嫠妇得尽事畜之道,孤独无饥寒之虑。为之三年,既有成效,复以赀乏债积,议将停工。诸女慷慨歔欷,为之废食。盖兹厂织作,谬称女红第一,而各处言女学者,咸骛浮华,率轻工作。今年江南之会,以厂布细密,可冠东南。达之工部,将为奏奖。诸女闻之,复破涕为笑。以为必有以赞成之也。既悯其贫,复嘉其志,作四小诗以识之。

自从曾孟下鸣机,太息骄盈古道非。圣主贤臣经世法,治安端的为寒饥。

莫弹锦瑟思华年，却拟支机弟一仙。春绮秋罗劳杼柚，吴丝越缕费拏牵。

肃杀凄风似腊残，闺中初识晓霜寒。莫将刺绣劳纤指，绣出鸳鸯只自看。

素手轻飏胜绮罗，不须清泪损横波。春风忽地从天降，机杼声中笑语和。

寄赠三姊

贞柏陵霜茂，幽兰惜露侵。绿衣劳执斧，翠袖好调琴。缣素从他意，糟糠自我心。相如才调少，珍重白头吟。

渡海诗

平生慕远游，远游丧尘劳。偶有乘桴志，遂与江汉辽。泛兹沧溟阔，顿觉天旻高。清霄静娟娟，洪流骇滔滔。偃仰驭长风，浩荡神襟超。信怀宗生愿，讵有安期招？裴回睠殊庭，怳悢悲逝涛。凭虚俯瀛寰，顾眄思郁陶。进德智既薄，幽居夙所要。仰高常更卑，冀长仍自消。抚己谅无极，慨世复憯忉。屯邅安可振，霾雾孰能昭。鹰隼自翼翼，鸾凤徒翛翛。倚啸竟何补，恤纬诚空谣。理感信无怡，慷慨寄长飙。

——王闿运批点《湘潭杨庄诗文词录》，

清宣统二年(1910)影印本

顾保瑢五首

顾保瑢(1879—1966),字幼芙,号婉娟,又号怀鹃。江苏松江(今属上海)人。高燮室。南社诗人。诗词多写爱情,风格婉约,柔美缠绵。有《怀鹃词》。

题西泠扶醉照片步外子吹万韵

怆怀身世泪如泉,知己相逢结胜缘。留得西湖佳话品,杏花酒酿两诗仙。

题亚子分湖旧隐图

竹枝唱出笔生花,文采蒸成五色霞。一自胜溪存老屋,分湖久已属君家。

旧时明月好林泉,万顷烟波不计年。如此风光如此宅,何妨归隐作神仙。

鸿光赁庑一床书,故里萑蒲未可居。指点当时钓游地,不堪寄迹只堪图。

风雅文章事事谙,主盟坛坫洵非惭。但教生得分湖色,不碍移家郭十三。

——《南社丛刻》,江苏广陵古籍刻印社1996年版

黄箴九首

黄箴(1879—?),又名黄碧漪,字鬘因,别名李蘋香、谢文漪,号鸳湖女儿,祖籍徽州。传为黄钺之裔。浙江秀水人。“尝从其父宦松江”,貌美,能小诗,两度适人,也做过妓女,“达官名士争趋之”。有《天韵阁诗存》一卷。

采莲曲

避暑至西湖,湖深花似玉。行行好姊妹,新翻采莲曲。好风送微波,一片清凉界。夕阳正在山,曳桨如许快。中有睡鸳鸯,拍拍惊香梦。回头指小亭,有人和清弄。多为开并蒂,姊妹争折取。笑语并蒂花,此怨如何吐。

早春

老屋才消雪,前村又放梅。芳枝春渐盎,野烧梦初回。淡冶山容笑,朦胧柳眼开。不知南浦外,送别几徘徊。

春草

原上草萋萋,春来绿意肥。荣枯惊转瞬,雨露遂生机。亭馆新痕腻,池塘旧梦飞。美人渺天末,深院又斜晖。

题梦家山图

梦中魂不定,飞渡故园城。绿柳延眸笑,青山劈面迎。危星疑欲坠,流水听无声。酒醒知何处,楼头月正明。

有寄

独夜不成寐,秋风又一年。梦魂飞不到,烟水总茫然。绣线愁难绾,寒灯影自怜。尺书和泪写,知否到君前。

春柳有和

东风几日绿成阴,和雨和烟半不禁。隔岸桃花江店小,谁家燕子画楼深。春旗共簇堤边影,羌笛休吹塞上音。更有闲情管科第,蓝袍佳话艳琼林。

有寄

满腔心事诉君难,脉脉含情独倚阑。酒后闲愁难自遣,花前相见强为欢。香消宝鼎春宵永,月落空庭夜色寒。半幅吴笺和泪写,一灯相对几回看。

游曹家渡园

浓阴连日长嘉禾,缓步郊原踏落莎。满径苔痕人迹少,一庭花影鸟声多。绮怀涤尽成禅悦，旧事重思似梦过。我亦有庐足偕隐，只怜身世两蹉跎。

秋宵

碧天如水月华清，花影扶疏自有情。绕砌虫鸣灯一点，倚阑人倦漏三更。凉风拂拂吹罗幕，落叶萧萧打画甍。又是砧声敲不断，终宵愁听梦难成。

——《天韵阁诗存》，清光绪三十一年(1905)
谢文漪书画室、上海文明书局排印本

郭延礼　郭浩帆　总主编
济南大学中国近代文学与文化研究中心　编选

中国近代女性文学大系

诗词卷（下）

刘　磊　主编
孙欣婷　郑世华　李　伟　孙　晶　副主编

齊魯書社

2011—2020年国家古籍整理出版规划项目

2017年度国家古籍整理出版专项经费资助项目

徐自华

唐群英

秋瑾

吕碧城

《中国女报》第一期

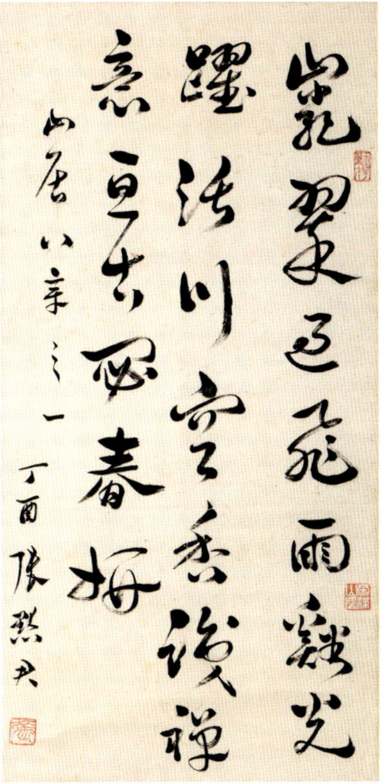

张昭汉书法

徐蕴华

诗词卷（下）

程仪三首

程仪(1880—1901),字蕴秀,安徽嘉兴竹里人,父亲程祖荫,丈夫程以义。著有《倚云楼倡和集》。

家大人忌日感赋

一年一度赋招魂,洗面空怜是泪痕。啼尽子规魂不返,凄凉母女一灯昏。

和韵答夫子二首

新诗远寄画楼中,宋艳班香漫比工。最是令人忍俊处,藻春堂改广寒宫。来诗有"倘得藻春堂下住,堂名合改广寒宫"句。

漫道惊鸿影不真,画堂深处曲阑身。请君莫把嫦娥比,夜夜中天不避人。

——赵青撰《嘉兴历代才女诗文征略》,
浙江大学出版社2014年版

梁寿贤九首

梁寿贤(1880—1906),字少云,山阴(今属浙江绍兴)人。父梁馥生,兄梁寿臧、梁寿相。梁寿贤少年聪颖,十岁能吟,诗作真挚缠绵。未嫁而病卒,死前曾焚稿,残篇集为《晓霞轩诗词焚余集》一卷。

寄子章二兄庚子岁闻北地拳匪起事

江海迢迢万里程,干戈之际倍关情。因知弱质深怜妹,为隔他方更念兄。对月空怜蟾照影,临风怕听雁啼声。关河秋冷征衫薄,何日归鞭向故城。

春郊

水满陂塘草满洲,千条烟柳锁春愁。郊原何处最生感,细雨纷纷啼野鸠。

春日扫墓望山色遇雨有感

参差怪石路横斜,山色空濛一望赊。云起高峰烟漠漠,如丝寒雨湿松花。

秋夜

秋窗寂寂下帘钩,秋月娟娟上小楼。秋夜迢迢长似岁,秋灯耿耿照人愁。

咏庭梅

小院无多春色分,一枝冷艳斗晴曛。剧怜瘦影浑如我,得占魁名却羡君。逸品只宜鹤相伴,寒香未许蝶来闻。东风连日催偏紧,飘遍清芬彻五云。

夏夜听雨

小阁灯如豆,潇潇梦不成。五更杂鸡唱,四野乱蛙鸣。电过纱窗暗,风来罗袂轻。偶将帘幕卷,不觉嫩寒生。

秋夜

弹罢瑶琴倚画栏,萧萧万籁夜初阑。溪头倒挂星千点,树杪斜移月一丸。人到忘机愁转淡,地居幽胜窄还宽。闲中领略秋宵景,露湿罗衫不觉寒。

即事时与众表姊妹宴会

长夜漏漫漫,绮筵酒未阑。清风随客至,圆月照人欢。诗稿堆应乱,炉香爇未寒。良宵更良会,相对乐盘桓。

初夏即景

四月清和日正长，蔷薇香杂野花香。绿阴满院帘初卷，胡蝶一双飞过墙。

——《晓霞轩诗词焚余集》，民国八年(1919)排印本

杨延年一首

杨延年(1880—1915),字玉晖,湖南湘乡人。湘阴左念康室。著有《椿荫庐诗词存》。

甲午感事

群流无策可安边,促漏遥钟罢讲筵。圣孝未忘天下养,瑶池犹自进歌弦。

——钱仲联主编《清诗纪事·列女卷》,
江苏古籍出版社1989年版

李国玲一首

李国玲,字秀玉,安徽合肥人。李纬堂女,同邑蔡庆湘室。

乱后野眺

黯淡风沙里,饥鹰下大荒。野烟萦败垒,白骨冷斜阳。浩劫天何醉,长吟我欲狂。尘寰无净土,合去白云乡。

——钱仲联主编《清诗纪事·列女卷》,
江苏古籍出版社1989年版

戴礼六首

戴礼(1880—1934),字圣仪,号玉环,浙江温州人。陈衍弟子。年三十未嫁。辛亥革命后,自命遗民。后所嫁非人,为所弃。著有《大戴礼集注》十三卷、《清列女传》七卷等。

集元遗山句题吴莲溪太史述怀集唐诗后七律六首

天门笔势到闲闲,诗在岩姿隐显间。白帽枉教淹晚节,深居那得似关禅。燕云义侠风流远,相国文章玉笋班。集有陆太保颂辞。后日山阳养衰疾,系舟山是读书山。吴籍山阳,今尚寓京未归。

书林头白坐吟呻,元是中朝第一人。文字谁如祭征虏,伏膺先就楚灵均。黄图赤县风流在,酒榼书囊浩荡春。却恐声光埋不得,今年天壤姓名新。一师拟刊其诗。

正始风流一百年,题诗端为发幽妍。半生与世未尝合,一读丹华似有缘。世外华胥谁复梦,竹溪衣钵有真传。玉堂人物今安在,落日孤云望眼穿。

纸尾题诗一慨然,素风才到此公传。风流肯落正始后,诗印高提教外禅。庾老未应妨啸咏,庄周阴助想当然。知君不假科名重,下笔须论二百年。

元祐诸人次第来,醉吟应在钓鱼台。寻芳自分无闲日,信口

成篇底用才。楚客登临动归兴，渊明此意亦悠哉。亭中剩有题诗客，梁父吟成白发催。

一回拈出一回新，难状灵台下笔亲。日月难淹京国久，书生只合在家贫。鸡豚乡社相劳苦，淞社诸公，恒纵酒赋诗相慰藉。王后卢前尽故人。天上近来诗价重，岩姿洲景尽天真。

——钱仲联主编《清诗纪事·列女卷》，
江苏古籍出版社1989年版

杨季威三首

杨季威(1880—?),江苏吴江同里人。父杨敦颐,商务印书馆编辑。《神州女报》主编,毕业于务本女校,1922年创办江苏省立第三女子中学,为首任校长。

费宫人刺虎赞

明末费宫人,以皇室中之一侍臣耳。当李闯破都时,若以恒人处之,则能殉以一死,已称忠义;而能以镇静之神情,施其勇谋,转辗而偿杀贼之愿,不自徒死,可不谓之巾帼之真英雄哉!当时,拥兵之重臣争降马首,而知义之文人亦仅洁身一死而已,未闻有愤激歼仇之举也。独此势孤力薄之女子,乃能从容以尽其责。悲乎明时国民之尽不若费宫人也!不然明室何至一蹶不起,彼鞑鞑又何由而入据耶?!偶检旧箧,得《刺虎赞》三则,词意颇悲壮,特录存之。

一只虎,闯贼佐,谁能手刃此於菟?有美一人应曰我。千杯劝酒何殷勤,一刀杀贼何毅果。事成饮刃报先皇,玉容依旧端严坐。噫吁嘻!耿耿心,纤纤指,仇可复,身可死。久要不昧平生誓,迎降马首尽男儿,奴颜愧此奇女子!

咄咄奇女子,报国以身死。死亦何足奇,奇哉杀贼技。顾虎劝千杯,刺虎挟寸匕。大侠出红妆,芳名照青史。咄咄奇女子,愧

尽须眉士。

我读明末史,我为明臣耻。桓桓拥甲兵,衮衮纡青紫。贼起不能平,贼至不能死。勇哉费宫人,刺虎挟寸匕。倘遇李自成,杀之亦若是。须眉所不能,巾帼乃有此。忠节逊妇人,我为明臣耻。

——《神州女报》(1912)第三号

潘志渊一首

潘志渊(1881—1909),字梦男,安徽桐城人。著有《孝烈遗集》。

先母忌日

忆丧慈亲已六年,每逢忌日倍凄然。遥知兄嫂登堂祭,愧我难将一拜虔。

——傅瑛主编《明清安徽妇女文学著述辑考》,
黄山书社2010年版

吕清扬十八首

吕清扬(1881—?),字眉生,原名贤鈖,又名美荪,字仲素,号寒碧山庄主人、齐州女布衣,安徽旌德人。1943年尚在世。父吕凤歧,进士,山西学政。母严士瑜。吕清扬曾任北洋女子公学教习兼北洋高等女学堂总教习、奉天女子学堂教务长等职。1935年东游日本。晚年寓居青岛。其诗词收入安蹇斋(英敛之)选辑的《吕氏三姊妹集》,另著有《辽东小草》《葂丽园诗》《阳春白雪词》《瀛洲访诗记》《葂丽园随笔》等作品。

过榆关游角山

南山海涌摇晴漪,北山云暖药苗肥。我来登临览陈迹,长城万里空斜晖。古今兴废原天演,凭吊何足生悲欷。悠然遐想望高吟,振衣千仞独立时。俯视尘寰何扰扰,奔腾人海红尘飞。君看足下烟云起,缭绕何曾萦我衣。

——钱仲联主编《清诗纪事·列女卷》,
江苏古籍出版社1989年版

白秋海棠

花放幽丛堕晚烟,黄昏片月卷疏帘。轻黏蝶粉痕难辨,懒抹

猩唇态更严。风引琼阶秋袅袅,露零瑶草影纤纤。一从渍淡相思泪,双颊胭脂不忍添。

惜花春起早

一夜春归杜宇催,残红曾否损香埃。花枝检点侵晨起,蝴蝶先侬已早来。

爱月夜眠迟

翠被薰残夜漏迟,为怜皓魄独吟思。花间坐久罗衣薄,忘却香寒露重时。

闻雁

清唳闻孤馆,天边字一行。春风过衡岳,残影落潇湘。午夜冲霜月,辛勤觅稻粱。临窗人羡汝,云际得高翔。

客中偶作

空濛烟雨外,极目暮愁生。云意恋孤塔,春阴锁画城。絮飞寒食节,花落故园情。赢得鹃声急,登楼客泪盈。

樱笋江南市,斜阳酒旆摇。花飞秣陵树,春冷白门潮。芳草远无极,乡心一望遥。定怜今夕月,归梦照迢迢。

秋日

怕上层楼望，孤愁夕照中。乡心逐流水，病发落秋风。骨肉云山隔，相思魂梦通。音书如可寄，天际托飞鸿。

远眺

凭栏一延赏，苍翠远山横。斜日晒积雪，朔风吹晚晴。心随归鸟急，愁共暮云生。忽见寒梅发，天涯旅客惊。

忽忽岁云暮，归心送马蹄。江天斜日晚，城堞野云低。杳杳钟声歇，苍苍烟树迷。故乡何处是，极目雁西行。

秦淮杂咏选二

草色波光一道斜，珠帘十里绿杨遮。临堤怪得花开早，春在莺莺燕燕家。

十四楼倾燕不巢，谁将艳迹问前朝。而今断草零花里，何处重寻旧板桥。

游醉翁亭

岁晚苦无聊，寻胜到林麓。岩花冷不春，涧水冻犹绿。我来倚危亭，幽赏悦心目。新诗吟欲成，残阳下修竹。

寄诸姊妹

朝朝双泪湿征衫，别绪离愁此日谙。恨煞西风吹雁序，催飞孤影到江南。

天际家山入望微，行行回首泪重挥。西风不解伤离别，偏送长亭落叶飞。

兰闺姊妹记依行，应数今朝第几程。知否偏舟杨柳岸，晓风残月独伤情。

秋风禾黍与人齐，古道行来日又西。莫向车中回首望，乡山都被夕阳迷。

豆花和长姊

不羡春芳富贵家，幽人庭户自清华。宛如螺子开轻靥，恰伴虫娘络纺车。凉雨半篱烟翠活，秋风一曲紫云斜。晓来谁把连藤掏，叶上分明有落霞。

——安蹇斋选辑《吕氏三姊妹集·眉生诗稿》，
清光绪三十一年(1905)铅印本

江憙二十四首

江憙(1882—1902),字缃芬,元和(今属江苏苏州)人。父江衡,进士。江憙二十岁许配顾熙龄,未及成礼,去世。擅长数学,其父辑其遗作刊为《西楼遗稿》。

清暇歌

婢子厌肥肉,仆人制新裘。一门喜气集,四序春风收。居官之乐乐如此,只有吾父深更研狱忙无已。幕客愁无依,阍人意萧索。寂寂若无人,呼之迟迟诺。去官之日乃如斯,只有吾父啸歌清暇示儿诗。家大人有"印去一身轻"之句。

城固产橘甘而小径不盈寸其略大者土人称曰橘王诗以嘲之

我闻弹棋有橘叟,又闻山中有橘婢。橘王之名何自来,夜郎自大至于此。围只三寸弱,径只一寸强。生长汉中地,合称汉中王。我将挈汝至闽粤,携汝至苏杭。大于王者且数倍,见之得无心惭惶。僭王始芈姓,假王有韩信。藐兹果实微,岂曰王之荩。

吁嗟乎！称王如橘且休论，喋喋小儒辄自尊。毕竟橘王尚有味，犹胜人间迂腐气。

咏史四十绝句选十

秦襄有大功，畀以西都地。猛虎张之翼，安能禁雄恣。
嗟哉秦阿房，一炬经项王。夕阳秋草地，我昔履咸阳。
楚王弑义帝，汉王烹太公。成败不一辙，灭伦将毋同。
吕公能相人，因能贵其女。此女败乃家，相人何足语。
武侯生不辰，偏丁汉之季。王业余三分，千载空赍志。
临安大雨雹，屋瓦皆崩裂。讳言硬雨来，儒官真敏绝。
杭人嗜田鸡，高宗申禁之。市上售如故，法穷安所施。
凄绝半边月，宫中火葬身。披缁谁目睹，传说恐非真。
总兵亦知兵，败贼一片石。盛怒为红颜，逆臣何足责。
虞山曾自赞，得力在痴顽。痴顽真绝顶，俯首到民间。

算暇吟诗心仍在算即以算为题成八绝句选三

刺绣闲来意可娱，梅文穆书李尚之草足研摹。小鬟错认描花样，新绘容圆勾股图。

帘前喜见月团团，径一周三欲步难。笑意盈盈人不解，切瓜聊作割圆看。

女弟随园侈美谈，浪将诗句播江南。何如新辑畴人传，搜到名媛得粲三。海宁葛宜、常熟沈绮、江宁王贞仪。

闻沪上有设不缠足会者成二绝句

桎梏居然去足刑，此情难得惜娉婷。只愁制履无成式，请再参详说与听。

昔时令甲亦森严，法网恢恢漏玉尖。冠服尚沿明制旧，有谁体贴月钩纤。家大人云：国初禁：康熙元年以后所生女，不得裹足。若有违法，女父有官者议处、兵民责处。久之无效。而剃头之令独行。盖阃外易见，阃内难稽。然则今之女子皆康熙元年以前所生者欤？

牛女渡河鹊桥是赖乃词家之绮语说部之谰言也七夕凉坐女伴偶谈及此诗以答之

一水盈盈唤奈何，不随仙子其凌波。若教夕夕成良会，灵鹊除非永驻河。

曾闻太乙惯乘莲，结伴何妨暂并肩。况有聘钱盈二万，缘何买渡竟无船。

莲蓬老人

龙钟何太甚，小立背斜阳。几许风情减，当初似六郎。

二十述怀

行年十四离师傅，庭训亲承岁月宽。讲授朝朝兼暮暮，课程未作女儿看。

身受难忘鞠育恩,儿时文褓尚今存。书窗每恐勤劳甚,劝说聪明有夙根。读书至夜分,吾母一再呼眠曰:聪明自有夙根,何必乃尔。

随宦三千道路长,山程水驿记能详。梦游尚忆秦云好,三载于今滞故乡。

闺中欲作不平鸣,弄瓦如何久见轻?班史踵成谁手笔,一时愧煞汉公卿。

——《西楼遗稿》,清光绪二十八年(1902)元和江氏一溉斋刊本

朱剑霞九首

朱剑霞(1882—1941),原姓陈,安徽天长人。辛亥革命和五四运动时期的社会活动家。原为父母之命安排的婚姻,朱剑霞对此极为不满。在为人家佣的过程中开始读书识字,后入安徽省城安庆的女子师范学堂读书,并与第一任丈夫离婚,与铜城崇圣学堂体育教师朱子凡结婚,改姓为朱。

从军寄吴吟秋先生

二百余年仇恨深,普天同愤国沉沦。若论女子从军者,我是千秋第一人。千秋为天长古名。

秋兴和叶明夫先生

问学曾游翰墨林,也随雪夜立森森。洒来几点杨枝水,分得一庭桃李荫。忽忽星霜惊转瞬,迢迢风雨记论心。而今又值授衣节,海外愁闻玉女砧。

最伤迟暮夕阳斜,努力相期爱国华。大陆怕翻枢与轴,扶桑稳渡日还槎。哀歌愤斫王郎剑,倭唱难工蔡女笳。我已无家东海去,分明一树自由花。

踏歌声里月流晖,风荡萍踪叹力微。敢向群鸡夸鹤立,愁看

彩凤逐鸦飞。囊书剑侠行相伴,剩粉残脂事久违。总为红颜能误国,休论燕瘦与环肥。

纷纷事局一枰棋,回首江南暗自期。燕语斜阳寻旧梦,娥眉新月感当时。欧风墨雨东渐急,簇锦团花北伐迟。愿庇孤寒支广厦,几番相助费依思。

临风遥唱念家山,怕诉离怀歇浦间。慵写乡书迟问讯,深渐国学未通关。神传阿堵贻青盼,瘦减双鬟改玉颜。步践夫人容婢子,吟成斧斫尚求班。

望月思乡一举头,刀环未卜又惊秋。耕田凿井依殊乐,断梗飘蓬我独愁。海国云屯看野鹤,江湖风急聚沙鸥。天涯无事强人意,最喜音书致远舟。

挽回女界恨无功,多谢填词小影中。十倍品题增价日,一时传诵抵歌风。君臣药竟沉波绿,姊妹花开遍地红。岂独瓣香遥下拜,买丝还欲绣吟翁。

壶公缩地苦迤迤,洋海苍茫望不陂。鸾凤联翩攒树叶,虬龙夭矫挂松枝。萱花绕室经霜茂,菊影筛篱带月移。遥祝冈陵诚竭意,几回低首袖双垂。

——傅瑛主编《明清安徽妇女文学著述辑考》,

黄山书社2010年版

陈撷芬二首

陈撷芬(1883—1923),笔名楚南女子,湖南衡山人,出生于阳湖(今属江苏常州)。她是《苏报》馆主人陈范的长女。其夫杨儁,四川人。陈撷芬1899年冬在上海创办《女报》,并担任主笔。1902年续出《女报》月刊,担任主编。次年改名《女学报》继续出版,由苏报馆发行。同时,还担任上海爱国女校的校长。

题美人倚剑图

海飞立兮山飞拔,亚东美女有奇骨。腰悬宝剑光辉芒,胸抱雄才气豪勃。女界沉沦数千载,颓风压入贱奴族。夺我天权杀我身,终夜思之痛心裂。修我戈矛誓我师,洗尽蛮风驱我敌。一声唱起泰西东,百万裙钗齐奋力。勖我神州好姊妹,女界飞腾即此日。

题桃溪雪传奇

三十里坑花落处,比将桃雪更何如?衣冠多少和戎辈,可有闲情读此书。

——钱仲联主编《清诗纪事·列女卷》,
江苏古籍出版社1989年版

方份三首

方份(1883—1928),字孟文,安徽桐城人。

探梅

闻道一枝开,冲寒几度来。林间孤鹤守,春意满山隈。

种竹

补种窗前竹,香泥手自浇。虚心应可学,况爱影萧萧。

送友

嵇康疏懒为名误,岂有文章似阮生。刚到飞鸿劳目送,薄帷明月不胜情。

——傅瑛主编《明清安徽妇女文学著述辑考》,
黄山书社2010年版

吕碧城五十首

吕碧城(1883—1943),原名贤锡,字遁天、明因,后改字圣因,法号宝莲,别署兰清、信芳词侣、晓珠等。安徽旌德人。光绪进士吕凤岐女。幼遭家难,往天津依舅氏。曾任《大公报》编辑、天津女学堂总教习兼国文教习、北洋女子公学总教习和监督,推行女权运动和女子教育。袁世凯总统府秘书。曾游历欧美,终身未嫁。幼承家学,诗词文画俱工,尤以词名,与姊吕湘、吕清扬被誉为"淮南三吕"。诗多关心国事,风格清新俊逸;早岁词于绰约旖旎中寄托故国沧桑之感,后多摹异国风情、瑰奇山水。其早期作品收于《吕氏三姊妹集》中,后著有《信芳集》《吕碧城集》《晓珠词》等。

书怀

眼看沧海竟成尘,寂锁荒陬百感频。流俗待看除旧弊,深闺有愿作新民。江湖以外留余兴,脂粉丛中惜此身。谁起平权倡独立,普天尺蠖待同伸。

感怀

荆枝椿树两凋伤,回首家园总断肠。剩有幽兰霜雪里,不因

清苦减芬芳。

燕子飘零桂栋摧，乌衣门巷剧堪哀。登临试望乡关道，一片斜阳惨不开。

老马

盐车独困感难禁，齿长空怜岁月侵。石径行来蹄响暗，沙滩眠罢水痕深。自知谁市千金骨，终觉难消万里心。回忆一鞭红雨外，骄嘶直入杏花阴。

秋日偶成

萧萧落木独登临，敲断愁肠是远砧。人事萧条穷鸟赋，笛声哀厉老龙吟。山川寥泬秋光远，云物高寒爽籁沉。我已无心怨摇落，奈他秋到总关心。

写怀

大千苦恼叹红颜，幽锁终身等白鹇。安得手提三尺剑，亲为同类斩重关。

任人嘲笑是清狂，痛惜群生忧患长。无量河沙无量劫，阿谁捷足上慈航。

苦海超离渐有期，亚东风气已潜移。待看廿纪争存日，便是蛾眉独立时。

舟过渤海口占选一

旗翻五色卷长风，万里波涛过眼中。别有奇愁消不尽，楼船高处望辽东。

和铁花馆主见赠韵

风雨关山杜宇哀，神州回首尽尘埃。惊闻白祸心先碎，生作红颜志未灰。忧国漫抛儿女泪，济时端赖栋梁才。愿君手挽银河水，好把兵戈涤一回。

新诗如戛玉丁东，颁到鸿篇足启蒙。帷幄运筹劳硕画，木天摛藻见清聪。光风霁月情何旷，流水高山曲未终。霖雨苍生期早起，会看造世有英雄。

登庐山作

绝巘成孤往，鸾靴破藓痕。放观尽苍翠，洗耳有潺湲。秋老风雷厉，山空木石尊。烦忧渺何许，到此欲忘言。

琼楼

琼楼秋思入高寒，看尽苍云意已阑。棋罢忘言凭胜负，梦余无迹任悲欢。金轮转劫知难尽，碧海量愁未觉宽。欲拟骚词赋天问，万灵凄恻绕吟坛。

崇效寺探牡丹已谢

才自花城卸冕回,零金剩粉委苍苔。未因梵土湮奇艳,坐惜芳丛老霸才。却为来迟情更挚,不关春去意原哀。长安惯见浮云变,又为残红赋劫灰。

重阳和徐芷生见寄柳絮泉访易安遗址韵

节到重阳已渐寒,愧无新句送秋残。西风人比黄花瘦,绝代销魂李易安。

游钟山和省庵

烟霞暧暧渺仙踪,招隐人间有桂丛。云意远涵疏密雨,岚光高受去来风。移文早勒北山北,避地何劳东海东。棋局长安浑不定,只应都付烂柯中。

民国建元喜赋一律和寒云由青岛见寄原韵

莫问他乡与故乡,逢春佳兴总悠扬。金瓯永奠开天府,沧海横飞破大荒。雨足万花争蓓蕾,烟消一鹗自回翔。新诗满载东溟去,指点云帆尚在望。

访撄宁道人叩以玄理多与辩难归后却寄

妙谛初聆苦未详，异同坚白费评量。辩才自悔聪明误，乞向红闺恕狷狂。

一著尘根百事哀，虚明有境任归来。万红旖旎春如海，自绝轻裾首不回。

由京师寄和廉南湖

笛声吹破古今情，人散残阳下庾楼。强笑每因杯在手，俊游恰见月当头。谈空色相禅初证，思入风云笔自遒。沧海成尘等闲事，看花载酒且勾留。

瞥眼韶光客里过，心期迢递渺关河。茫茫尘劫诸天黯，袅袅秋风万水波。山鬼有吟愁不尽，菩提无语意云何。欲探皕六兴亡迹，残照觚棱宝气多。

邓尉探梅十首

玉龙喷雪破苍烟，蹑屦人来雨后天。不惜风霜劳远道，佩环同礼九嶷仙。

湖光如镜山如黛，雪簇花团照眼秾。辟作美人汤沐邑，春风十里画图中。

山河无恙销兵气，霖雨同功泽九垓。不是和羹劳素手，那知香国有奇才。

晓风残雪斗娉婷，萼绿仙姬竟体馨。底事灵均浑不省，只将

兰芷入骚经。

冷眼人间万艳空,前身明月可怜侬。人天小劫同沦落,群玉山头又一逢。

十年清梦绕罗浮,物外因缘此胜游。欲折琼枝上清去,可堪无女怨高丘。

清标冰雪比聪明,呼鹤青城证旧盟。为感芬芳本吾道,山阿含睇不胜情。

仙源不让武陵多,疏雪才抽十万柯。色相窥来销未得,心头常贮玉嵯峨。

笔底春风走百灵,安排祷颂作花铭。青山埋骨他年愿,好共梅花万祀馨。

征衫单薄冷于秋,徙倚疏芳且暂留。后夜相思应更远,一襟烟雨梦苏州。

赠高丽音乐家吴小坡女士次南湖韵

乾坤苍莽蕴奇忧,小拓诗坛寄此楼。故国可怜惟夕照,余芬未泯有清流。衔杯已自难为笑,挟瑟何堪更诉愁。莫话沧桑旧身世,神州无恙恣芳游。

梨云撩梦送轻寒,异地逢春作客难。何处乌衣寻故垒,独教红粉泣南冠。闲调宫羽传新恨,更检缥缃结古欢。一卷琳琅题咏遍,锦囊归去压雕鞍。

精忠柏断片图为白葭居士题

两间有正气,常与木石缘。庸流悲物化,哲士悟薪传。干莫冶神剑,跃身炉火间。巴蜀有贞妇,化石山之巅。鄂国精忠柏,遗

留讵偶然。当时誓报国,袒背忍镂镌。今日余此木,裂迹同斑阑。赵祚三百载,驹逝如云烟。不见天水碧,犹见苌血殷。是知万乘重,不及一木坚。近世道义丧,程子悲悁悁。拾取且珍袭,咏叹追前贤。传诵风国俗,懦立贪夫廉。断片不盈尺,用以撑中原。

西泠过秋女侠祠次寒云韵

松篁交籁和鸣泉,合向仙源泛舸眠。负郭有山皆见寺,绕堤无水不生莲。残钟断鼓今何世,翠羽明珰又一天。尘劫未销惭后死,俊游愁过墓门前。

出居庸关登万里长城

摩天拔地青巉巉,是何年月来人间。浑疑娲后双蛾黛,染作长空两壁山。飙车一箭穿岩腹,四大皆黝幽难烛。石破天惊信有之,惟凭爆弹迁陵谷。万翠朝宗拱一关,山巅雉堞长蜒蜿。岧峣岂仅人踪绝,猿鸟欲度仍相还。当时难苦劳民力,荒陬亘古冤魂集。得失全凭筹措间,有关不守嗟何益。只今重译尽交通,抉尽藩篱一纸中。金汤枉说天然险,地下千年哭祖龙。

杂感十五首选十

雪霁红楼媚晚晴,蜃窗历历夕阳明。隔窗谁弄悲婀娜,也作西来铁骑声。

几辈清芬掩墓门,年时弦诵忆同群。也知帝意怜娇弱,多遣巫阳引倩魂。

未到斜阳已断魂,重来愁绝旧朱门。杜鹃啼尽斑斑血,洒入

桃花不见痕。

小楼如故绿窗残,寻遍芳踪无迹看。回首纤腰人不见,春风愁煞画阑干。

八月初三可怜夜,花犹无影只闻香。一弯眉月幽光寂,照见侬家山字墙。

驿舍初惊景色新,沿途插柳衬芳春。他时再过应相识,也算天涯有故人。

春烟寒锁碧迢迢,行尽疏林见小桥。啼鸟一声山寺悄,满崖花雨下如潮。

荒园重到几经春,烟柳斜阳百感频。壁上旧诗痕已落,那堪重忆写诗人。

红阑曲曲映碧纱,隔窗谁拨金琵琶。黄昏双燕归来后,暮雨细滴墙头花。

楝花香散过东墙,疏雨才晴热转长。杏子花纱正宜试,上楼开取缕金箱。

若有

若有人兮不可招,九天风露任扶摇。纵横剑气排阊阖,撩乱琴心入海潮。来时冷云迷玉步,归途花雨著轻绡。梦回更唤青鸾语,为问沧桑几劫消?

无题三首

又见春城散柳棉,无聊人住奈何天。琼台高处愁如海,未必楼居便是仙。

回文织锦苦萦思,想见修书下笔迟。累幅何曾畅衷曲,从来

宋玉只微词。

宛转愁牵亿万丝,春来惊减旧腰肢。枉求玉体长生诀,自效红蚕近死时。

——吕碧城著,李保民笺注《吕碧城诗文笺注》,
上海古籍出版社2007年版

康同璧二首

康同璧(1883—1969),字文佩,号华鬘,广东南海人,康有为次女。早年赴美国留学,先后入哈佛大学及加林甫大学,毕业后回国。历任万国妇女会副会长、山东道德会长、中国妇女会会长。曾在傅作义召开的华北七省参议会上被推为代表,与人民解放军商谈和平解放北平事宜。1951年7月被聘为中央文史馆馆员,是北京市人大代表,第二、三、四届全国政协委员。

游印度寄饮冰子

舍卫山河历劫尘,布金坏殿数三巡。若论女士西游者,我是支那第一人。

灵鹫高峰照暮霞,凄迷塔树万人家。恒河落日滔滔尽,祇树雷音付落花。

侍大人游舍卫祇林,坏殿颓垣,佛法已劫,然支那女士来游者,同璧为第一人矣。自识。

——《女子世界》(1905)第四期

彭淑士一首

彭淑士(1883—1969),字亦婉,号葆青、又号绣冰。苏州人,彭名保女,李国模妻,李家懿母,有《碧梧轩诗存》《绣冰词》。

九日陪选兄佩纡两弟登大观亭

雁橹拖秋郭外听,苍茫来上大观亭。隔窗江气迷帆白,卷幔山光映酒青。家有封胡接綦履,地连吴楚蔽藩屏。日趄虔谒余公墓,薄采黄花一荐馨。

——光铁夫编《安徽名媛诗词征略》,
黄山书社 1986 年版

汤国梨二十六首

汤国梨(1883—1980),字志莹,笔名影观,又名国黎,祖籍浙江乌镇。章太炎夫人。1905 年受革命感召,入上海务本女校,与张默君、张敬庄同窗。天资聪慧,博学多才,擅长书画。有《影观诗稿》《影观词》。

别吴兴

苕水白迷茫,弁峰青断续。芳树与芳草,一迤无情绿。

春日偶成

轻寒薄暖酿芳晨,燕子来时柳乍颦。一日晴和三日雨,养花天气亦宜人。

怀亡友俞君庆和

春去君归去,春归君不归。春光如旧好,惆怅故人非。

——《神州女报》(1912)第一号

时事感言

列国竞雄长，天涯逐鹿忙。登场多傀儡，当道有豺狼。未建中兴业，先教半壁亡。民膏恣吸取，酿酒供谁尝。

寄友

美人隔秋水，相望苦相思。鱼雁沉天末，情怀逐梦驰。解愁惟恃酒，寄恨但凭诗。一事堪惆怅，重逢未有期。

相识不相见，令我长相思。相思不相见，相思不可支。相见复相别，相思春草滋。相别不相见，相思无已时。

作客有感

飘泊江南路，凭谁话苦辛。星霜催短发，风雪扑征轮。越水家千里，吴山客一身。穷途无限感，低首一沾巾。

——《神州女报》(1912)第三号

沪上逢寒食抱病校中[①] 1906 年

旅食江头火不青，飘零空系故园情。沉沉心事无人问，独自搴帏望月明。

鹃啼花落感春光，作客谁怜路短长。一缕旅魂无着处，相依慈母话家常。

---

① 原注：后改题为《独夜有怀》。

暑假归途偶成寄汉威沪上1906年暑

苍茫云树远山微,临水人家半掩扉。隔岸樵歌声隐约,钓船晚炊傍渔矶。

吴山越水望悠悠,别恨乡心两地愁。明月似知人寂寞,多情长夜傍扁舟。

冬至扫墓过柞溪龙翔寺1906年

木落千林瘦,孤村夕照边。蓼花残雪岸,枫叶晚霞天。乱草迷新冢,啼乌咽暮烟。古祠寻断碣,驻梓独留连。

无为

莫道身为累,心闲宁患身。凭危仍自泰,处垢亦无尘。有色皆空相,无为证净因。中天一轮满,历劫总如新。

薛家桥即景1907年

岸柳将无叶,汀芦正着花。小桥流水急,人影夕阳斜。

岁暮归舟有感1907年

飘泊频年西复东,客魂销尽橹声中。近来深悉操舟苦,着力还防浪与风。

酒兴 1909 年

兴酣落笔书无法，酒后狂歌不择腔。一任旁人窥冷眼，自扶残醉倚晴窗。

三里桥晚眺 1909 年

三里桥在吴兴东门外。

三里桥头望，迎眸似画图。钟声来远寺，雁影落平芜。梵塔低丛岭，长流入太湖。严城笳吹里，寒月一轮孤。

溪桥无限好，独立意苍茫。远岫空含翠，高城接大荒。渔灯明极浦，帆影落横塘。纵目疏林外，归鸦乱夕阳。

重阳闻武昌起义 1911 年

无糕无酒过重阳，扶病登临兴不赊。莫道秋光多肃杀，经霜红叶烂于花。

隐居①

生来淡泊习蓬门，书剑携将隐小村。留有形骸随遇适，更无怀抱向人喧。消磨壮志余肝胆，谢绝尘缘慰梦魂。回首旧游烦恼地，可怜几辈尚争存。

---

① 据《章太炎外记·沪上结婚之太炎》："国梨女士于席间录其旧作。"一九一三年六月十六日于一品香。——章念驰附注

幽居五首①

幽居闲似水,万念已成灰。身世百年梦,悲欢一酒杯。焚香听雨过,闭户避人来。无事治清课,庭花手自栽。

淡泊养真吾,幽居转自娱。有蔬堪佐膳,无酒罢提壶。我已清贫惯,谁怜心迹孤。秋风动归思,乡味忆莼鲈。

蜗庐临市巷,深闭若山居。卷幔迎归燕,携筐摘野蔬。瓮藏新酿酒,门断故人车。还念膏粱客,清闲孰似余。

小斋新雨过,帘卷晚风清。自觉(暗怯)罗衣薄,还怜纨扇轻。流萤沾草湿,凉月隔花明。忽地闻归雁,凄凄动客情。

一身终(长)是客,何处不相亲。已悟浮生梦,况为乱世人。琴书聊作伴,风月与为邻。潦倒存真我,饥寒未是贫。

寄外子南洋1916年秋初十月

袁世凯既殁,君得解放南归,即去南洋。

问君何所为,飘然走远方。若为百世名,斐然有文章。若为千金利,妻子安糟糠。南方瘴疠地,奚乐滞行藏。出嫁为君妇,辗转怯空房。阳春骄白日,枉自惜流光。朱颜艳明镜,顾影只自伤。独坐不成欢,一日如岁长。

——章念祖、章念驰、章念翔初订《影观诗稿》,

《文教资料》2000年第四期

---

① 原注:这五首诗1925年9月曾发表于《长虹》第1期,作于1915年,题名《幽居海上》。

刘韵琴七首

刘韵琴(约1884—1945),江苏兴化人。祖父刘熙载,进士,广东学政,著有《艺概》。父刘展程,举人。母许氏,江苏泰州人。夫李宜璋,江苏兴化人。刘韵琴曾赴日留学,归国后曾任《中华新报》记者,后赴马来西亚任培德女校校长,著有《韵琴杂著》。

中秋无月

准拟今宵乐事多,那堪今夕又空过。何如借取昆吾剑,挥断云根见素娥。

无题

溟蒙天气种花时,小婢行来笑语痴。遥指隔溪深竹外,桃花新放两三枝。

春游

东风吹暖日添长,散步芳郊兴欲狂。春水绿于春草绿,菜花黄似菊花黄。沿堤风送莺声滑,隔坞云遮蝶影忙。无限韶光斜照里,踏青归去马蹄香。

木兰从军

万里从军因代父,尽孝尽忠敢偷安。朝辞塞口黄河渡,暮抵江头黑水滩。宝剑挥来关月冷,雄鞭冲破阵云寒。一朝战罢回东阁,千古高风仰木兰。

登岳阳楼

岳阳城外有高楼,凭眺能消客里愁。昔日仙人曾寄迹,今朝我辈复遨游。清风明月舒胸次,山色湖光望眼收。八百洞庭烟水阔,浪花掀处起沙鸥。

吊秋瑾

剑芒三尺逼人寒,莫作寻常粉黛看。肝胆烛天尘世黯,头颅掷地梦魂安。女权未许庸奴占,种界空嗟异类团。恨煞东瀛初返棹,秋风秋雨送萝兰。

岁暮感怀

岁月易蹉跎,残冬转眼过。阴寒云互结,风动雪婆娑。大地腥膻满,山河感慨多。夜深眠不得,拔剑起悲歌。

——《兴化文史资料》第12辑

徐蕴华十首

徐蕴华(1884—1962),字小淑,号双韵,浙江石门语溪(今桐乡崇福镇)人。徐自华之妹,秋瑾弟子和挚友,同盟会、光复会会员,同时还是南社成员。有《双韵轩词草》。

踏青词四首

且将刺绣暂时停,相约邻闺去踏青。行过西溪诗料好,柳荫斜系钓渔舲。

半月庵中景最幽,儿家随喜到乘游。蒲团戏询沙弥女,解诵心经一卷不?

一片平芜绿废园,同将陈迹细评论。可怜帝女繁华地,只有梳妆石尚存。

昨宵喜得雨霏霏,今日春郊过客稀。爱煞桃花映人面,呼鬟拗取一枝归。

癸卯除夕寄怀寄尘姊

频闻玉漏已三更,静夜思君梦未成。一盏寒灯半明灭,隔窗恼听雨风声。

小别迢迢无限思,浔溪为底信音迟。儿家姊妹真无忤,同伴

吟窗半是师。

逊清丙午春日呈鉴湖女侠秋瑾吾师

出群才调久相师,私淑心香已几时。一旦得居问字列,十年深悔读书迟。

隐娘侠气原仙客,良玉英风岂女儿。为愤时艰喷热血,长歌击剑抑何悲?

吊璇卿先生

惊潮风挟竟狂奔,满地横流日月昏。革命军张何实据,断头台上痛含冤。欲除奴性酬斯志,甘作牺牲不辨言。为告同胞二万万,会开追悼共招魂。

历史千秋有伟名,果然虽死胜犹生。浊流纵处身仍洁,党祸横加气莫平。大抵英雄皆热性,断无家国不关情。他年铜像为师铸,含笑重泉志竟成。

——周永珍编《徐蕴华、林寒碧诗文合集》,
社会科学文献出版社1999年版

张昭汉六十三首

张昭汉(1884—1965),字默君,后以字行,湖南湘乡人。南社诗人。父张通典,夫邵元冲。自幼聪慧,工诗文,有"不栉进士"之称。好放言高论,为乡里惊叹。就读于南京金陵养正女学、上海务本女校。辛亥革命时,在苏州创办《大汉报》宣传革命,又在上海组织神州女界共和协济社,任社长,倡导女权。曾赴欧美各国考察教育。诗风雄丽豪放,有《白华草堂诗》《玉尺楼诗》《红树白云山馆词》。

金陵秋夜梦与琼玉表妹话旧

长空叫秋雁,涓涓风露清。之子姗忽来,相见喜且惊。千里何由越,无乃感至诚。倩妆倚淡服,欲语复吞声。君含失怙悲,我感别离情。西窗剪银烛,把臂话平生。奚由见颜色,屋梁空月明。

辛亥暮春书感二律

国破家亡复何求,泽畔行吟正则忧。愁去吹箫咽孤鹤,狂来击剑舞潜虬。虽无文字倡民约,剩有心肝照大洲。道自腴兮身自瘦,静观沧海恣东流。

自笑今吾仍故吾,茫茫大梦廿三余。魔渊福海众生异,黑暗

华严一发殊。傲骨忍教随世换，虚灵不昧为真愚。欲将一掬伤时泪，化作杨枝甘露珠。

辛亥仲冬赠别钝根先生返湘

人海浮沉岁月侵，无端哀乐且长吟。洞庭波绿神交远，先生数年前创《洞庭波》杂志于沪，读其文心焉仰慕。沧浪亭高道契深。今秋东吴光复后，与先生同办《大汉报》于沧浪亭畔可园。酒癖诗魂皆佛性，珠光剑气证禅心。中原莽莽正多事，遁隐何堪慰众黔。

漫天风雪催归思，故土梅花瘦不禁。铁笔纵横血泪在，先生主《大汉报》笔政一月以来，多慷慨沉痛之作。尘缘淡泊道根深。平权参透如来偈，忧国时为正则吟。明日飘然任所适，白云沧海共无心。

久别琼玉表妹赋此志怀

烟柳霭和春，淡沱满清瞩。攀条思几许，婀娜不盈掬。怅怀绝代子，持赠意重属。迩来湘水滨，旧痕定新绿。何当感离别，为叠阳关曲。诗思杂离情，宛如中醽醁。兰桡若有因，旧游应可续。

癸丑暮秋偕璧子漫游长江歌以纪事

西风卷地凌清秋，良朋共作长江游。苍茫一气江海合，涌出明月金波流。波光如练涵烟树，婵娟坐对吟连曙。云端一雁何翱翔，怒涛滚滚吞愁去。寒翠染衣山媚人，怪石独立奇嶙峋。羲皇上人入高望，已觉胸中无汉秦。金焦两点翻银雪，驻马坡前晚潮咽。润州灵秀已销磨，空闻鹤唳思英杰过。京口吊赵君伯先。龙蟠虎踞今其休，幂幂愁云锁石头。嗟余亦是伤心客，劫后奚堪认旧

游。白骨纵横凝晓露，冤魂凄断垂杨路。子山沉痛哀江南，怆然神往芜城赋。睹秣陵兵燹后惨状，不禁悲慨。安得鸠江结茅庐，一蓑烟雨隐樵渔。赭山徘徊未忍去，缅怀桃李多令誉。舟泊芜湖时，有以青蟹、碧醴见馈者。璧子固豪于浮白，余少饮辄复颓然就榻。天曙榻畔菊蕊清芬，犹袭衾枕。赭山之巅，皖江中学在焉。七载前，家君监督是校。前岁光复，校中学子多所建树。剑气珠光迷远阜，残照枭姬祠畔柳。树上神鸦三四鸣，似说荆州本汉有芜湖对岸有孙夫人祠。陈子不让元龙豪，对酒狂歌持紫螯。三斗既干呼余饮，吾为一笑倾葡萄。半觞未尽辄酩酊，泠泠涛声敲醉枕。黄花窥帐梦微馨，诗魂飞逐片帆影。残蟾和梦渡鄱阳，万山木落悲肃霜。兰芳菊秀盛群彦，怀佳人兮天一方。忆神州协济社诸子。长江天堑数湖口，马当杀气冲牛斗。忍将成败论英贤，临风犹闻龙虎吼。谓赣军之役。阵云黯黯画角悲，夜深江底泣蛟螭。可怜不遇风雷险，父老安知日月慈赣民既为北军蹂躏，乃追怀民军之厚。响穷彭泽雁声恻，怪底渊明归思迫。凭肩有友读陶诗，古道依然照颜色。过彭泽时，出箧中渊明集，与璧子共读之。周郎雄略迈千古，小乔奇福天应妒。吁嗟瑜亮竟同时，将星摇落柴桑渚。凉飔萧萧芦荻鸣，仿佛琵琶呜咽声。天涯几辈不沦落，痴绝香山泪雨倾。人生何苦多忧愤，吾道无穷世无尽。本为游戏来红尘，且看沙矶鸥梦稳。秋光如画螺黛新，凌波绰约双洛神。组练横江夺高垒，彭郎继武今无人。过小孤山。紫嶂擘空笼薄雾，芙蓉万朵犹森布。别后十年系我思，真面如何不轻露。是日庐山微雾。醉霜红叶枫婆娑，想见五老仙颜酡。飘然倒持绿玉杖，白云深处访松阿。沉沙铁戟迷荒草，赤壁雄图动怀抱。坡公当日苦低徊，为有江山助文藻。险阻艰难固饱谙，茫茫世事幻华昙。人间兴废浑莫管，优游物外为诗耽。沧桑半壁山容改，剧怜黄鹄依然在。夕阳潋滟鹦鹉洲，晴川倒影紫烟里。渡江击辑登危楼，黄鹤一去空悠悠。大江淘尽英雄影，只应袖手看神州。古人论交

恩义重，徙倚琴台有余痛。知音既遇忽云亡，众生徒为造物弄。万绿丛中打桨来，洞天初涉绝纤埃。颓垣败址胡堪问，忍令仙踪付劫灰。汉阳有伯牙古琴台，前岁战役，亭榭多颓毁。汉皋岂是清凉地，云鹤闲闲不屑意。拂袖翩然告倦游，暮山遥指天浮翠。云梦八九胸中吞，水天一色荡吟魂。画境入诗诗即画，隔江妙睹峰峦奔。又向名湖呼小艇，踏碎琉璃碧万顷。芙蓉憔悴余清芬，藕丝织得秋无缝。一亭孤立烟雨中，双剑横磨水上风。老僧笑问来何处，答以逍遥觅赤松。归途经九江，复驾小艇游甘棠湖，又名双剑湖。中有烟雨亭，风景清寂。形势无常世运转，在德在险须微辨。十日归来意兴赊，挥毫落纸云涛卷。

甲寅春西湖小麦岭吊吴子一粟即孝女弘任墓

斜日淡孤岭，微风生夕寒。桃花红雨飞，依稀血泪斑。墓草萋以绿，葳蕤护一棺。棺中伊何人？哀我平生欢。高风宛然在，音容不可攀。撷芳置君前，余摘襟际白玫瑰一枝插墓上，聊致哀忱。长恸摧肺肝。忆昔初相见，黄浦江漫漫。吾道特孤峻，愧君濡美翰。余丙午就学申江，子自武林来，拟入启明女学，乃先访余。既见甚欢，数数过从。一日，与论世风日漓、救国必自培养民德始，子深韪之。归而作笔记，用志弗谖云。吴会同读书，戊申复同学吴中。契好骨肉般。赏奇与析疑，孜孜忘夜阑。女龙久沉睡，唯子雄文坛。子文学懋美为当世女界所仅见。挥毫泣鬼神，拔剑星辰寒。既侠亦清狂，取予廉复宽。可园重把臂，流水为再弹。临别各唏嘘，焉知会合艰。沧浪寒且深，奚以量悲酸。辛亥冬，吴中光复后，余办江苏《大汉报》于沧浪亭畔可园，会子来自沪，余留助笔政，子慨然诺，乃仓卒归了家务。未几，难作。子遂以身殉父母。悲夫！遗书余古馨，千回带泪看。木高虞风折，岸出伤

流湍。芥艾今载途，安容蕙与兰。陨兹邦国秀，天意胡凶残。共和兴复隳，三尺土未干。萍絮幻沧桑，日月惊跳丸。彭殇齐寿夭，宇宙一梦观。人生谁弗死，死于孝已难。孤贞贯金石，愚诚励俗端。民德剧浇漓，斯人节独完。五浊安可居？高遁云之端。神与太玄合，浩气摇江峦。东望武穆坟，血碧映心丹。忠孝共千秋，虚灵遥往还。香瘗忠孝骨，不负好湖山。万劫吾犹在，俛仰百忧攒。一舸凌沧茫，来访西子鬟。景光忍留连，吊君苍莽间。低徊不能去，抚昔成永叹。一瞑万事足，何由追素鸾。淡泊无营欲，傲骨差坚顽。唯愿从赤松，谈经深闭关。

甲寅春悼渔父太一

莽荡河山剩劫灰，虫沙猿鹤警春雷。东南王气销磨尽，西北风云郁不开。宁戚墓前芳草长，贾生祠畔夕阳催。桃源渔父今何在？谁为招魂赋大哀！

秋日感怀和家君衡山舟中望月韵

哀感雄奇杂此胸，振衣高阜接天风。横流日下忧民国，艰巨从知载藐躬。诗思淡于秋水阔，剑光寒射晓星红。可怜片土无干净，何处躬耕学卧龙。

浩然正气荡吾胸，不屑徜徉歌大风。学佛学仙聊遁世，如圭如璧谨持躬。无情日月狂浮白，有限悲欢笑软红。石火光中惊一瞥，耕烟天上且呼龙。

菊影兰魂淡素胸，洞庭嫋嫋动秋风。万山摇落悲霜气，一叶沧茫载我躬。诗梦远随回雁迴，乡心犹忆蓼花红。潇湘清绝宜归隐，卧听松涛走啸龙。

绝句十二首和先君韵

阅此闲闲眼亦慵,生无媚骨肯求容。读书养性兼耕种,吾道犹堪制毒龙。

芝兰湘浦淡孤芳,耻与凡葩竞艳忙。刊落声华学心隐,高吟何必羡南阳。

乱世全真颇自豪,而今道义等鸿毛。软红十丈谁堪友?忍说交情脱宝刀。

桑田沧海事寻常,莽荡乾坤正气藏。竹杖芒鞋任所适,朝游灵隐暮韬光。

孤忱耿耿未消磨,满目疮痍可奈何。试问四年新政好,大江南北泪痕多。

竖子当然不足谋,奚惊祸水已狂流。太阿倒执伊谁咎?唯在天民善反求。

当今济济洵多士,几许文妖杂莽夫。竞为一家枯万骨,祖龙错认是公奴。

福田苦海总非真,慨息游鱼恋翠纶。朝菌蟪蛄齐浩劫,不经艰难不为人。

弄舟吾欲五湖去,不遘唐虞嗟凤麟。阳虎偏能笑尼圣,千夫所指又何人。

课倦闲观出岫云,万山无语对斜曛。白衣苍狗胡堪问,持定天君自解纷。

安贫乐道真佳士,季世何当有隽才。侠骨柔肠收拾起,与天沉醉笑怀开。

世运迁移固靡常,双悬日月道心藏。七哀五噫咸非远,珍重随时爱景光。

丁巳仲春偕陈吕唐诸君探梅邓尉率赋十六绝用志弗谖

珮环摇曳自清虚，胜地偕游此坦途。为礼癯仙劳远至，疏林端不傲芳孤。

卅里穹隆云远封，烟岚乍展碧芙蓉。春泉空自腴灵药，欲向何方觅赤松。穹窿山至邓尉，可卅里。世传赤松尝采药此中。

桃源何必觅仙乡，石瘦松奇鹤梦凉。斯境绛云飞不到，那知山外有沧桑。

气骨嵚崎聊自赏，岁寒孤抱耻人知。月明应悟前身事，梦冷瑶池感不支。

漫言笑索酒边盟，别有精神绩不成。欲寄琼枝悲道远，江城擫笛太凄清。

孤山十载梦无痕，未许尘缘误俗根。惟惜人间生意尽，故将冰雪炼春魂。

几度高邱动短吟，徽音绵邈寄清琴。调和鼎鼐人何在？负尔春回天壤心。

嶙峋玉骨蕴天馨，自有庄严未娉婷。幽怨清愁都忏尽，不随兰芷艳骚经。此首次吕君韵并中二绝题司马庙壁间。

远岫嘘烟翠乱飞，馨魂嫋嫋堕行衣。雨丝风片催诗急，坐爱清标未忍归。

苍松翠筱远连天，长护湘娗第一仙。我亦软红空万恋，愿从世外静参禅。

节高群卉足奇矜，色相空明最上乘。莫慨人天同浩劫，澄怀

共证玉壶冰。

习习阆风香暗浮,雨余春色淡于秋。美人林下无明月,小负清狂处士游。

幽居光福绝纤尘,遥瞰东南独怆神。名尉雄图惊逝水,玉梅犹簇汉家春。府西光福里,汉邓禹所居,山以名焉。

翠阁丹崖郁莽苍,云峦万叠锦屏张。千秋名物归佳士,香海埋愁骨亦芳。香雪海畔有郭泰元墓,故是山又名元墓山。

放眼乾坤动艳哀,冰心劫后未全灰。孤芳万本商量遍,好句何曾酝酿来。

深山花鹤祗知癯,倦睐崎岖世路殊。谢屐明朝又何处?漫天香雪忆姑苏。

——《南社丛刻》,江苏广陵古籍刻印社1996年版

乙卯述怀有序

时袁世凯谋复帝制,群小披昌,摧戮异己,廉耻道丧,人欲横流,举国晦冥,有沦胥之感慨,赋此章示同志诸子。

神州黯陆沉,世运日以蹙。当道逞豺狼,中原纷逐鹿。忍看鸡鹜争,宁追九霄鹭。临江撷荃蕙,荆蔓不可斫。骚心凄以哀,肯效灵均哭。浊世奚足论,吾自抱奇璞。南山筑幽居,超然隔尘俗。泉石弄清响,安用丝与竹。危崖腾玉龙,涤烦有飞瀑。心境绝纤埃,魍魉莫予毒。至言通慧观,岂厌百回读。霜钟落晓风,悠然启妙觉。闲取素琴弹,泠泠鸣瑛琭。春植九畹兰,秋溉半篱菊。菊影淡兰魂,孤芳散空谷。美彼竹猗猗,繁艳羞春木。葳蕤晚节坚,古柏摇天绿。皓月媚疏林,凉吹送清穆。寒潭惊鹤影,哀唳震穹岳。佳人渺何许,结想摧心曲。瀛海双鱼来,尺书戛金玉。相期励岁寒,同仇夙盟笃。乱世无是非,福兮祸所伏。君子贵安贫,希

荣每获辱。虑淡万物轻,意惬常自足。人境幻悲欢,胡为泪盈掬。高冈一振衣,长流快濯足。蝉蜕洿潦中,毋使神魂浊。啸傲天地宽,吾道娱幽独。

己未秋纽约盼鸿璧书不至

风啸太平波,奇城感若何。纽约为世界奇城之一。秋高人渐瘦,书断雁空过。地迥难同梦,悲深易酿疴。十年胜浩劫,肝胆岂消磨。

己未巴黎和会时于诸专使席间次韵偶成

消摇自笑楚狂客,闲遣吟情到紫醅。浮海忍观狼虎会,当筵谁是纵横才。明珰翠羽国风在,妙舞清音天际来。座中二唐夫人皆善歌舞。如此河山如此日,万千哀乐醉颜开。

红海舟次苦热病中作

倦抚风雨梦悄然,苍茫一舸又浮天。病中放眼空千古,静后游心入太玄。海气摇红荡秋暑,沙光凝紫接蛮烟。独怜绝徼群生瘁,盼断甘霖已七年。舟客告余斐洲两岸已七年不雨。

渡苏彝士河

河两岸英人设防甚严,战迹可见。

万丈银涛宛转通,可怜人智夺天工。两洲控制凭奇险,历世

纵横诩善攻。忍见积骸成瘦莽,犹余故垒动悲风。明驼不管兴亡事,来去黄沙碧树中。

戊午春被命之欧美考察教育渡太平洋赴美同舟有严范孙范静生诸老计十八人次范老韵二首

俯仰苍茫万感陈,天风紫浪寄吟身。浮槎二九神仙侣,半是卧薪尝胆人。

曼舞清歌任杂陈,吾曹自有道相亲。横流今已弥天下,忍作神州袖手人。

纽约月夜奉怀母大人

百尺琼楼独倚栏,西风故国泪汍澜。海天一抹无情碧,彻夜蟾蜍碾玉寒。

己未春美利坚冒雪视学至麻省蒙特荷约克及斯密司两女大学二首

东美女子教育首推六大学:曰华沙,曰威尔斯莱,曰西门斯,曰越笛克拉菲,曰蒙特荷约克,曰斯密司,多有中国女生,成绩颇善。上四校客夏曾一到,斯两校为最后到者也。

名校名山淑气盈，天人端合住蓬瀛。时来妙籁杂清听，坐爱飞琼屑玉声。蒙特荷约克山水俱胜，时崖际有悬瀑，敲冰琅琅悦耳。

海外琼华此冠军，况从雪里挹奇芬。漫夸仁术能医国，绝学欣看在乐群。斯密司以医学及社会学闻于时。

吊黄花岗

寥天碑雨洗南溟，花落花开万古馨。大汉鬼雄七十二，精魂直欲走雷霆。

——《白华草堂诗》，李雷主编《清代闺阁诗集萃编》
第十册，中华书局 2005 年版

抚念时艰悲愤不能自已援笔书此以当哭

世运日已促，沉沦叹亚东。哀哉我黄人，踵彼稷黑红。内讧兼外侮，奴隶殆千重。谁洗中国耻，崛起为英雄。几辈青年士，醉梦酣且浓。蚩蚩四百兆，尤若痴与聋。嗟余亦国民，胡为力太穷。攘臂徒奋发，匣剑欲化龙。贞德与罗兰，我愿步其踪。

闻粤东某女士创办一女报命名女镜喜而有作

嗟吁我女界，沦胥几千年。忽有飞来镜，皎皎云端悬。光辉乃无量，普照三大千。警醒女子魂，鉴彼媸与妍。从此奋精神，复我天赋权。爱民与爱国，心志雄且坚。黑暗现庄严，种种功德圆。

愿尔明镜兮,长与地球旋。

大陆将沉作此自励兼以勉某某诸同志

滔天祸水流,蓦地烽烟起。藩篱已尽撤,虎狼眈眈视。民气与国权,那堪日靡委。德也逞兵威,树旗海门市。俄更肆侵略,蒙古建军垒。迩来华工约,惨绝无人理。嗟嗟黄帝胄,驰出如鹿豕。谁为真国民,崛起雪奇耻?锢疾今不治,祖国长已矣。悄悄伤心悲,泪染罗巾紫。与其作俘囚,孰若为国死!同志同肝胆,汉与诸君子。勉为知德力,明强武装美。安得与君携,出入硝烟里?恢复旧神州,赤血黑铁耳。牺牲拯兆民,千古光国史。

——《女子世界》(1905)第三期

自题美人倚马看剑图①

是图为油画,作于四年九月五日。

银涛哀咽申江曲,醉耳松声时谡谡。乾坤放眼百感来,遥望神州日初旭。有美一人尚侠武,天挺英姿傲修竹。阆风吹袂雾縠紫,兰气飘摇清以穆。曼睩妙涵天地灵,蛾眉秀夺山川绿。天地山川郁雄奇,钟毓斯人独迈俗。豪情孤志荡胸臆,剑气珠光回斗宿。人如神兮马如龙,我欲从之穷海陆。大陆将沉海波阔,国耻未涤何其辱。忍以春秋度等闲,誓理苍生不平局。临风倚马睨吴钩,凛凛秋霜逼寒玉。轻红笑认血花飞,蓬瀛群丑快诛伏。与子

① 按:《白华草堂诗》有同题诗,但内容完全不同。

敌忾赋同仇,平生耻效新亭哭。女儿报国宜如此,肯教坐误闲忧乐。眼底须眉乱虫沙,强半泥辕徒局促。名缰利锁甘如饴,敝屣德义侪豕鹿。斯世悠然奚足论,画中人自抱纯璞。肝胆照吾呼欲出,同游大道慰幽独。缋意吟魂接古悲,万缘尽向空明觉。

丁巳春江湾观史天孙女士航空

不负英奇十九春,长空艳说霸图新。女士年才十九,欧美称为空中之王。乘槎碧落浑闲事,誓作雄飞报国人。德美失和,女士言欲归美从军。

袅袅天风雾縠寒,飞琼缥缈白云端。剧怜下界痴儿女,未解同升只解看。

吾家阿侠气超群,家学渊源自让君。史氏数世以飞行著,天孙盖深得家传者。犹忆万人翘首处,九天花雨坠缤纷。客秋北京航空学校大演军用飞机于南苑,余妹侠魂试乘之,高数十丈,绕场三匝,散彩花无数,后以汽油告竭机损伤足,今始全瘥。

——《妇女时报》(1917)第二十一期

神州女界协济社追悼宋遁初先生歌

邦国殄瘁兮,斯人云亡。风云黯淡,寰宇凄惶。福星陨东方,和平奚望。哀苦海众生,遽失慈航。名垂千古兮,伟业文章。丹心炳日兮,碧血凝香。吁嗟乎,彼鸱枭,思杀翱翔千仞之鸾凰。维人道,诛公敌,元凶无恙,此恨太茫茫。

生为奇杰兮,死为神明。浩然之气,天地充盈。吾侪宜继志,以慰精灵。昌平民政治,愿作牺牲。惟痛绝暮春,歼我天民。申江呜咽,承作不平哏。内讧亟,外侮生,愤奸贼敢攘民国长城。亿

万人,血泪倾一堂,浑不辨歌声哭声。

——《神州女报》(1912)第二号

秋夜感怀

天胡此醉拚高卧,风挟秋声到枕寒。黯黯红尘求死易,茫茫碧海涤愁难。花魂惨淡香弥永,剑影依稀血未干。是夕,梦仗剑诛某民贼。大好河山已如此,宁能不作梦中看。

哭宋遁初先生

愦愦天心不可知,狂歌搔首欲何之。销魂湘水灵均泪,惆怅西风宋玉悲。十载辞家孀母健,万言救世一身危。先生演说平民政策都数万言,以是见忌当道。弥留痛绝呼南北,先生濒危,连呼"南北不能调和,可恨!"神往于今鼎沸时。

衮衮时贤竞厌贫,本来面目独斯人。革命诸伟人皆暴富,惟先生布衣敝履,俭约如初。争传渔父终兴汉,忍说桃源可避秦。养虎而今贻祸患,伤麟千古共酸辛。碑前泪迹红如血,遗爱从知在国民。

——《神州女报》(1912)第四号

程嘉秀九首

程嘉秀,字髫男,别署灵芬,生于19世纪80年代,江苏常熟人。夫庞树柏,同盟会会员、南社社员,上海圣约翰大学教授。程嘉秀曾赴日本留学,为庞树柏《今妇人集》作注,在《女学报》《妇女杂志》等报刊上发表有诗文作品。

女报题词四首选二

笔端雄辩粲花鲜,天赋蛾眉有主权。好买七香丝十万,平原不绣绣婵娟。

热诚久欲济时艰,玉局残棋下着难。愿此纤纤一双手,共教扶住旧江山。

——《女学报》(1902)第一期

赠屈蕴辉谱妹

救国热心慕贞德,忧时剩泪哭罗兰。愿倾十丈银湾水,一洗文明众脑肝。

天生智慧自堪嘉,矢志研求哲学家。绘到女权最近史,雨中兰蕙乍萌芽。

公情普用为平等,陋习能除即自由。我亦国民一分子,可怜

无力挽颓流。

女界黄梁日渐苏，心香私为祝前途。花光霞彩逼人眼，一幅支那好画图。

——《女学报》(1902)第四期

夫子撰碧血碑成题此三绝句

湖山清响入哀词，埋玉埋香不讳痴。如此深情兼侠骨，愧他男子号须眉。

棠梨落尽吊斜阳，一角栖霞暗断肠。留得墓碑三尺在，青山青史自生香。

幽草幽花护殡宫，香苓荐罢怨东风。千年碧血千行泪，收入零丝断笛中。

——《小说林》(1908)第十一期

陈芸 六首

陈芸(1885—1911),字芸仙,号淑宜,自称“道山女子”,侯官(今属福建福州)人,未婚。父陈寿彭,举人,福建船政学堂早期毕业生,曾任邮传部主事。母薛绍徽,晚清著名女诗人。陈芸是长女,因其母体弱,遂主家政。薛绍徽病中,陈芸作“论诗诗”,命其妹陈荭(1892—?)作注,以博母欢。后因太过操劳,在母亲去世四十天后,陈芸亦病逝。陈寿彭命陈荭抄录其母与姐的遗作,于1914年刊印,因薛绍徽集称“黛韵楼”,陈芸作品遂名为《小黛轩诗集》《小黛轩论诗诗》,合称《陈孝女遗集》,附刻于薛绍徽《黛韵楼遗集》后。

纪梦

罗帷香烬兰膏冻,趾离狡狯酣清梦。双鬟蓦地来,招我游天台。天台桃花三千树,谓我曾经花下住。女伴相逢隔洞天,笑指流泉欲化烟。浣纱有石芳草芊,何以答之心茫然。下观沧海愁无边,波涛汹涌龙蜿蜒。美人扶我骑龙去,凌云飞到蓬莱巅。披罗曳縠大罗仙,羽衣霞佩相联翩。列樽张乐开华筵,我转踧踖未敢前。座中仙姥已华颠。裣衽下拜相周旋,笑道金丹犹未熟,迟君高会十二年。忽然匉訇响钲鼓,鸾鹤争吟蝴蝶舞。眼花目眩意动摇,又逐鸡声坠尘土。拥被追思灯半红,绮窗旭日升曈曈。

随两大人游鸡鸣寺观台城旧址

景阳钟动宫镜明,红妆千骑争轻盈。鸡鸣旧埭剩荒寺,草枯树秃临台城。台城残砖也零落,射雉空亭岂如昨。可怜芳乐苑中春,不见莲花踏新月。玉儿当日能沽酒,阅武堂前种杨柳。张绪风流一旦非,采石军声动刁斗。东府一失台城倾,袁粲一死褚渊生。萧家老翁殊狡狯,文德御膳难容情。江潭苑近新林地,宫衣小队弓刀侍。又绕台城射猎归,法鼓齐喧同泰寺。金楼通史夸著述,舍身奚补牧民术。四十年如春梦中,荷荷竟索台城蜜。齐梁陈迹暮云空,雉堞颓唐夕照中。玄武湖干钟阜冷,山花犹发梵王宫。

秋柳

丝丝摇落复凋残,颜色苍黄叶半干。堤上马嘶衰草渡,楼头人倚夕阳栏。不堪憔悴临风秃,犹自婆娑弄月寒。莫问永丰西角树,秋烟秋雨总漫漫。

闻雁

银河挂碧霄,月黑雁声遥。莫作平沙弄,瑶琴尾亦焦。

天一阁

丛残零落劫灰余,杰阁盘空辟蠹鱼。倘使五车容借读,吴鸾合作女佣书。

海中观日

站站金乌出海东，云霞万顷坠波红。轻舟似绕扶桑去，人在琉璃世界中。

——《陈孝女遗集》，民国三年(1914)刻薛绍徽《黛韵楼遗集》附录本

丁志先二首

丁志先(1886—1903),原名喜仙,嵊县(今浙江嵊州)人。父丁谦,曾任象山教谕,中法战争期间曾倡联民团进行防御。志先就读于上海务本女校,富于爱国思想。十八岁时病亡,临终前仍不忘忧国。

少年歌

我为中国人,要晓中国事。强邻今四逼,国亡可立俟。嗟我中国四百兆人真可怜,同在梦中颠倒颠。今日时势有何望,惟望少年中国之少年。少年中国之少年,赖尔立身保种解倒悬。为英雄兮亦少年,为奴隶兮亦少年。英雄奴隶一任自择而为焉。我虽年幼无所知,闻说将为奴隶,清夜愤不眠。奴隶兮奴隶,我愿舍死脱此恶孽之纠缠。

世态

世态离奇起大波,强邻四逼日操戈。纷开口岸豪商集,互进轮帆异教多。旧政稍更徒纷饰,新机欲发早消磨。寸心但愿开民智,到处同听爱国歌。

——《女子世界》(1904)第二期

李道漪六首

李道漪(1886—1908),字蕙卿,祖籍浙江嘉兴,生于四川,李璠孙女,宜宾知县李镛与汤淑清之幼女,著名现代小说家巴金的小姑母。幼工女红,喜好诗词创作,室名“霞绮楼”,著有《霞绮楼仅存稿》。

清明感作辛丑

细雨霏霏二月天,河桥柳色半含烟。啼鹃休扰愁人耳,魂梦空飞向墓田。

秋夜听雨有怀大姊辛丑

小院沉沉静掩门,摊书倦对一灯昏。更残玉漏声将断,香尽金炉火尚温。细雨敲窗惊别思,微风入幕冷吟魂。那堪回忆联床夜,句就拈毫和泪痕。

闻大人与两兄将归喜作

芳信鳞传至,欣闻客整装。趋庭重绕膝,问字复牵裳。余幼从兄学,故云。既喜归期准,翻嫌别路长。待看篱菊茂,吟赏共倾觞。

哭二姊乙巳　二首选一

罡风忽地损琼根，病榻缠绵旦复昏。弱骨支离衣怯重，喘丝断续泪潜吞。空言有药能延命，深恨无香可返魂。搔首茫茫成一恸，伤心天道竟难论。

春夜病中听雨有怀二首丙午

风雨潇潇助嫩寒，一灯如豆焰将残。支离倦拥鸾衾坐，渐觉凉生翠袖单。

雨声淅沥傍窗楹，对此茫茫百感并。回忆联床同听夜，愁怀怅触黯伤神。

——赵青撰《嘉兴历代才女诗文征略》，
浙江大学出版社 2014 年版

汪观定一首

汪观定(1886—1922),字韵华,江西婺源人,现存诗数首。

无题

一省无是非,垢衣披不披。本非凡圣物,睹面即灵机。

——傅瑛主编《明清安徽妇女文学著述辑考》,
黄山书社2010年版

王香禅二首

王香禅(1886—?),台湾台北艋舺人。1911年以前,常以"黛卿"为名发表诗作,后人多称其"香禅"名号。生平极具传奇色彩,曾被誉为"台湾三大美人"之一,更有"自清二百余年间,(台湾)两位才女之一"的盛誉。学诗于老儒赵一山,教以《香草笺》,尽通其意。其《天花》一首,构思新颖,词笔清丽,韵味悠长。

读香草笺

皎皎霜华淡淡天,木樨庭畔月初圆。醉闻花气三更后,一枕秋香梦里禅。

天花

谁信天花不自由,秾春烟景惨于秋。如何一例东皇宠,红自含欢绿自愁。

——钱仲联主编《清诗纪事·列女卷》,
江苏古籍出版社1989年版

吴琼华一首

吴琼华（1887—1964），字壬卿，安徽合肥人，现存诗词十余首。

己卯送夫子入都

有鸟在空谷，三年不飞鸣。一朝乘风去，翼展垂天云。夫子抱荆璞，此璧价连城。终当供庙堂，焉能委荆棘。二月春雷动，征车指燕京。漫道长征苦，男儿志请缨。敢作儿女态，阻君万里程。高堂虽白发，妇职敢不勤。勉哉振风翮，扶摇击苍冥。

——傅瑛主编《明清安徽妇女文学著述辑考》，
黄山书社2010年版

杨令茀十六首

杨令茀(1887—1978),字清如,江苏无锡人。杨宗济女。出身于望族,自小酷爱书画。曾就读于上海务本女校。1937年始定居美国。曾师从吴观岱、樊增祥、陈师曾、齐白石、丁传靖、林纾等名家,以画、诗名世。

读仲父台湾日记书后[①]

飙风吹沇极,汉月照荒垒。鲲鳍激海波,鹿耳临江涘。鹿江新涨绿,打桨出北沚。鸾刀何纷纶,斫取琅玕髓。新琢碧环瑱,持赠东家子。

皎皎野蚕丝,青青薜荔穗。携筐载玄黄,螺文绮初制。利镞剖玉肌,眉妩腻朱紫。靥际三雕纹,岁阑新藻绘。

陟山采红芋,石罅多芳蕊。采芋复采香,制佩焙芳芷。白茅生楚南,芳佩出鹿屺。同作天家珍,谁云荒岛鄙?

客自山中来,刈去藤丛薮。何以致殷勤,尘簏馈蛇蝮。山中日寒食,啖彘何须熟。上官一何懦,烹羊煮芋菽。努力宣明德,日没继华烛。六博犹未终,锦氍陈蹴鞠。

① 目录中此诗题下有注:“在甲午前。”

胶济道中再叠前韵[①]

远道挟锦瑟，寒深狐貉溧。海宇遍干戈，孤怀自缄密。赤骊骄鞍矜盛年，驰驱荆棘突尘烟。春回旸谷坚冰泮，阳关几叠离幽燕。南行渐觉吴棉暖，葭管灰飞行箧满。云霁风恬客意怡，归程不为烽烟断。食梨井上忘悲冤，荷锸徜徉出帝阍。晓发灞桥暮齐鲁，汤汤河水望无垠。夙昔驰思岱宗谷，拂衣欲陟山之麓。忽然返棹入明湖，陈鱼试看鸟鸢啄。千佛山头簇冷楸，螺鬟尽为镜涵收。烟波一样湖山异，回首何堪忆莫愁。逆旅青灯魂梦悒，汉家花萼温馨裛。何用黄金铸范公，五湖放棹歌归什。孔陵迢递仰遗风，金石犹闻曲阜宫。若许辙辕周宇内，鸿泥到处志飞蓬。明星欲没城西址，戒旦兴观浴日处。乳乌啼延警秋门，倏忽扶摇似飞鹜。海波演漾皱春粼，未尽依依漳水滨。舞采余暇望天末，故人何处陨双鳞。

玄武湖望北极阁寄李坚女士

古垒纵横罢拆堠，几声梵鼓出城头。高原骋力归来晚，春草春晖极目愁归途赴运动场练习赛跑，适慈亲书来，不许参加运动会。

薰风习习透轻罗，水驿山城取次过。两度南朝烽火后，绿筠台榭近如何。

---

① 前韵为《邺城秋戍曲》。

纪事三章

忆昔阿房付劫灰，明珠瓦砾有余哀。连城不宝荆岑璧，破国谁怜廊庙圭。帝子朱钤流海外见康南海欧洲十一国游记，昭仪姓氏没尘埃。绛帏珍重亲携出，不是昭阳殿里来茧师贻予寿山石小印一方。

海上晴烟漾碧空，梵宫遥度晚来钟。夕阳芳树愔愔碧，宿雨楼台滟滟红。蹀躞落花嫌钿毂，分离弱水怨垂虹。上阳灯火烟波里，多少春愁盼断鸿日午道出金鳌玉蛛桥望三海。

惆怅灵根隐绮寮，惠风旭日展红绡。晋书曾许白鹅换，汉苑思分玉茁苗。读礼屡惊时序易，嬉春心共物华消。圉人不减康成婢，采芍偏知溱洧谣予欲以庭中芍药赠人，作求书润笔，圉人某蠢然不识字，谏曰：芍药不吉，赠人犯忌讳。不信查《诗经》可也。

——《水远山长集》，沈云龙主编《近代中国史料丛刊续编》第二十四辑，文海出版社1976年版

甲寅三月随长兄味云南归葬亲重过白门

垂死人来意境非，江山极目望依稀。路旁一片灵和柳，曾拂当年舞彩衣。

如此余生尚滞留，断肠重过石城头。莺啼草长江南岸，化鹤还期续旧游。

哭黄菱舫砚妹

十年心事绝尘埃，痛惜明珠付劫灰。千古伤心莫须有，广陵调绝有余哀。

锦幄无时解铁衣，石头城北夜乌啼。金滕风雨知何日？化作元龙护匣飞。

秋雨自宝禅寺夜归

远云苍树罨层阴，秋水潺湲涨碧浔。珠箔昏灯魂怵惕，危楼曲巷气浸淫。短书已为青禽误，病骨愁从疲马骎。不尽低徊伤逆旅，疏桐修竹识遐心。

自题牡丹梨花六尺大立轴

寂寂梨云锁紫宸，国香旧涴洛阳尘。汉宫往事何堪忆，谁赋清平拟太真。

——《莪慕室吟草》，民国十六年(1927)铅印本

吕贤满六首

吕贤满(1888—1914),字坤秀,安徽旌德人,著有《灵华阁诗稿》《撒珥集》,已亡佚。现存诗词近二十首。

自题所画枫林秋晚图

长缣泼赭墨,秋山写重重。秋山候已晚,霜叶媚迎冬。不作枯寒姿,惟图秾华容。上有天半霞,下有千林枫。枫林危坐者,仪映风帽红。

十月访严处士双松草堂看菊

一庭佳色弄幽香,浅紫深朱复嫩黄。蜂蝶不逢秋富贵,云霞疑灿古文章。迟依高士同称劲,冷抱冬心澹亦强。我视主人还胜汝,长将寿骨傲风霜。

忆兰写兰

芳讯迢迢隔岁期,忽教千里起相思。春残楚水云横处,梦绕湘皋月堕时。品逸香清难并世,环稀佩渺苦成词。素缣洒遍崳縻翠,写看和烟带露枝。

旅中春望

岁岁巾车出，逢春每散襟。雨余山翠活，云度野桥阴。游子强云乐，思儿恐不禁。天涯且归去，好慰倚闾心。

客吉林寄怀仲姊美荪沈阳

秋气来天地，庭花已不骄。羁情仍昨日，残梦又今宵。分袂悲闻雁，孤吟瘦损腰。同为穷塞主，玄鬓恐先凋。

鼓浪屿呈仲姊

吾姊犹师保，天南形影依。课严诗渐进，游久客忘归。海屋围空翠，蛮花谢晚绯。北瞻亲墓远，相共一沾衣。

——傅瑛主编《明清安徽妇女文学著述辑考》，
黄山书社2010年版

骆树英三首

骆树英(1889—1907),字予毅,浙江诸暨人。父骆廷扬,诸生,在杭州授徒为生。母田氏。骆树英就读于杭州女学堂,后考入天津的北洋女子师范学堂,成绩优异,19岁病逝,有《飘香室文诗遗稿》。

木兰从军

胸中何止一孤军,志在从戎报复君。谁似木兰之女子,替爷赴敌建殊勋。

前题原韵

爷老岂能再典军,畴堪为父报恩君。木兰得有男儿志,临敌何难立大勋。

浙江潮

十万军声送夜潮,洪波巨浪听深宵。黑风吹处千层立,顷刻之间到岸销。

——《飘香室文诗遗稿》,民国间排印本

赵爱华三十六首

赵爱华，生卒年不详，号云溪女士，江苏常州人。清末民初宣扬女性解放的重要代表人物，曾在《女子世界》发表诗歌数首。

读女子世界有感

一纸风行扩我闻，我心如捣复如焚。同胞努力从今始，输送文明倡合群。

如锦如荼新舞台，青年爱国会名才。蛾眉传遍平权咒，七宝庄严面面开。

悱恻芳词大感吾，斜阳祖国怅前途。流黄岁月闲抛掷，机上醒狮肖画图。

热血精忱一例红，女权争复亦英雄。释迦弹指沧桑变，会供香花祝大同。

欧云亚雨隔天涯，昨梦罗兰信不差。睡起碧幢偶有触，眼前羞见自由花。

专制魔王擅恶名，东西金鼓震皇城。如何一片中原土，尽起春蚕食叶声。

——《女子世界》(1904)第四期

暮春杂感二首选一

哀国殷怀吊汨罗,离骚罢读更迦摩。华严璀璨心头蕊,世界浮沉眼底梭。直北惊传文字狱,海东高唱国民歌。红裙白足扶桑道,三月樱花入梦多。

——《女子世界》(1904)第六期

保种歌

支那女子二万万,废足伤身如木偶。猛虎毒狼攫我堂堂帝国神州土,哀我同胞日日恬不知耻。红人既虏黑人夷,转瞬迨我黄轩子。我亦国民一分身,忍令碧眼红髯侮虐吾华一至此。天演公理不可逃,卫我金汤甘一死。君不见南窗下,黄白两蚁战最剧。白蚁饥如虎,黄蚁惶如鼠。日衔泥土固藩篱,日获生蝇报其主。一朝跃出势力国,黄种日强白种殪。天地之性人为贵,可以人而不如蚁。噫吁嘻!白浪滔天,黄叶卷地,亚东大陆龙蛇起,振我女军人,洒我颈中血。前有木兰是我师,敢告同仇从此始。

绣阁深闺尽日开,国家休戚两无关。而今铁锁重重启,我愿娥眉济世艰。招复女魂铸人格,凿开混沌造乾坤。会看满树桃花影,映出中华独立幡。轰轰烈烈女军人,涌现慈云万亿身。发大慈悲施愿力,勉求幸福畀吾民。热心喷涌诸色界,纤手撑扶大剧场。慧剑一挥魔鬼灭,家家俯首拜红妆。

——《萃新报》(1904)第六期

新翻子夜歌八首选五

累累汉家营，煌煌帝国旗。不是沙场死，羞欢非可儿。
不言从军苦，偏说从军乐。愿掬银河水，为欢磨霜锷。
剪发壮欢貌，濒行睨而视。漠南系颈还，为欢诀生死。
克日歼胡儿，胡儿非欢敌。薄言奏凯旋，汉族复生色。
胡马塞下遁，雷鼓撼天地。欢小谙军书，身家何足计。

读史偶成四首选二

罗云一段散菱池，秋月楼台笛一枝。题就新诗不浑解，汉宫心事倩谁知。

回首南朝旧梦非，月明城北夜乌飞。阿麽消受琼花艳，变个精魂上采矶。

——《女子世界》(1904)第八期

庚子感事诗十首之五

独上高楼眺大荒，秋城黯黯月如霜。海边透电音千里，天末怀人泪几行。万寿宫中王母笑，正阳门外义兵强。霎时公动全球愤，鹤唳风声满帝乡。

故国平居思正长，秋风野哭断人肠。连宵羽檄传烽火，遍地榛荆入莽苍。屋角畏闻啼夜鸩，城中争说换新皇。香街翠阁浑如画，转眼蘼芜剧可伤。

朝野无人识至尊，瀛台幽怨更何论。新丰杯酒逋臣痛，燕市箫声帝子魂。碧血东流啼祸水，红灯北下烂妖言。颐和园里秋蝉

急,吹入长杨梦不温。

秦中自古蒙尘地,叠嶂连天栈道深。北望神州愁的的,南归鸿雁信沉沉。妖坛作法云和剑,妓舫酣歌篋满金。如此年华悲故国,一回搔首一沾襟。

式微式微胡不归,天涯芳草故人违。燕山蜀陇无消息,城郭人民有是非。誓杀佞臣谢邻国,遥迎番使解京畿。天津桥上离愁远,忍见铜驼泪暗垂。

——《女子世界》(1904)第九期

秋风飒飒秋月娟娟夜静更阑偶读风洞山传奇不尽兴亡之感八首选四

故国山河伴夕阳,华严身世悼沧桑。南都本是伤心地,帝子风流又福王。

哀哀天竺吊遗民,哲学云亡国亦沦。放眼金瓯拚一哭,释迦同是可怜人。

昨闻野史话兴亡,老衲相逢泪几行。漫说中原犹逐鹿,汉儿没靥竟胡装。

夜深犹忆前朝事,仿佛南柯一梦中。唱彻贺兰山下曲,有人填补满江红。

——《女子世界》(1904)第十期

乙巳新感情八首选六

美人嗟迟暮,之子不可期。迢迢天一方,长歌欲赠谁。嗟朝右

之无人也。

惜春无限好，杨柳又成丝。江上风波恶，问君何所之。嗟志士之去国也。

旧时人不见，燕子故飞飞。门巷斜阳冷，欲归何处归。嗟国土之沦亡也。

故国一何悲，问君君不知。东风长兰蕙，采采寄相思。嗟知己之难得也。

弦歌随流水，春月隔窗纱。惆怅大堤女，不如洛阳花。嗟女子之无教也。

江草江花路，朝朝风雨狂。屏山横六曲，闲梦忆金堂。嗟国耻之难雪也。

示沪上两妹

锦绣江山纤手擎，蛾眉声价岂徒名。文明花照鸳鸯水，羞煞扶桑富士樱。

汉家巾帼辱胡官，不信神州光复难。十五盈盈谁得似，月明榆塞梦罗兰。

——《女子世界》(1904)第十二期

祝第二年女子世界

璀璨光华次第通，救时端赖女英雄。钟声警破香闺梦，笔阵排清孽海风。万斛思潮喷浪碧，百般舌血灿花红。君看女界英明日，大好江山复汉中。

——《女子世界》(1905)第一期

塞下

杨柳压前山，征人尚未还。国旗头上拂，战鼓血中殷。鼎炙胡儿肉，图描汉将颜。营头星斗烂，唱彻大刀环。

过江

故国伤心又入吴，过江烟雨咏蘼芜。绿阴不见台城路，买得名山占小姑。

——《女子世界》(1905)第三期

吴其英九首

吴其英(1890？—？)，原名畸，字奇隐，原籍广东梅县，生于上海。吴干(字小枚)妹。南社诗人。曾东渡留学日本，与徐自华有交往。后在印尼长期从事教育事业。《南社丛刻》录其诗数首，多写于日本。

舟泊神户多日时闻机声

机声辘辘旦又旦，船泊机声何处来？商货运输太滞耗，孤飞南燕独徘徊。

泊门司夜大风雨

悄听风声杂雨声，呜呜咽咽梦魂惊。谁知游子此时意？飞絮飘萍百感生。

舟泊神户夜卧静寂杂感

沉沉心事有谁知，浪迹天涯岂耐思。慢说乘风还破浪，故园回首得书迟。

年来生世奈愁何，强饮浇愁愁更多。安得隐居销壮志，看花

把酒日吟哦。

神户登岸游览有感

凄绝余生到此游,不堪极目旧神州。沐猴冠冕争名利,逐鹿干戈自盾矛。秋隔沪滨千里月,旭红东海一孤舟。而今远揖江山去,离国离家离别愁。

由神户出发舟过东海外太平洋适遇大风雨僵卧三日一船拟无生理而于中秋上日波浪忽息幸得无恙意有所感得五律一首

玉镜海天来,中秋佳节哉。一波才怒息,九死竟生回。破浪呼明月,浮槎避劫灰。莫言异乡客,有酒且倾杯。

客舟逢中秋兼忆桂花

佳节偏逢客里过,嫦娥应笑负名花。月明照我青衫湿,看海凭阑感岁华。

柬寄尘老姊

别酒同斟小阁前,横流世事感桑田。暮云春树多相赠,别时姊贻一图章,镌"暮云春树"四字。交到忘形岂偶然。

柬静姝妹索画山水

歇浦滩头记旧游，访君复又上琼楼。丹青一幅樽前约，须写江湖风雨舟。

——《南社丛刻》，江苏广陵古籍刻印社1996年版

姚倩十一首

姚倩,生卒年不详,又名姚鸿倩,字倩君,江苏常熟人。姚增福孙女,姚素榆妹、姚莒姊,同县言微继室。1910 年婚后,随夫游历吉林和日本等地,诗中吟咏记述者颇多。有《南湘室诗草》《南湘室诗余》,系与妹姚莒合集。另有《纫芳集》。

春暮遣怀

世事浮沉漫共论,萧萧梅雨掩重门。画屏病起寒犹怯,绣被香残梦不温。飞絮帘栊春寂寞,落花庭院月黄昏。比来赢得消愁法,一卷离骚酒一樽。

岁暮感怀

辜负光阴感百端,多愁赢得带围宽。沉沉帘幕炉烟袅,寂寂房栊蜡炬残。为理旧词人转懒,怕翻冷被梦难安。西风和泪看鸦阵,倚遍阑干翠袖寒。

秋夜寄莒妹

无眠偏觉夜漫漫,纸样罗衾不耐寒。从古多情添恨事,本来

识字肇愁端。绮窗雨过虫声切，绣帐灯昏月影残。一语赠卿须记取，秋风珍重莫凭栏。

庚戌春随外赴吉闺中诸姊妹以诗送行骊唱在门匆匆不及作答长春旅次寝不成寐率赋五章即寄

鸡声茅店曙光寒，草草梳头掩镜鸾。输与寻常幽阁里，妆成犹自倩人看。

北风飒飒觉衾单，旅馆灯孤客梦残。记得去年春病起，重裘尚怯卷帘寒。

绣帘半掩散余温，酒入离肠易断魂。坐久无聊眠又早，最难消遣是黄昏。

打窗风雪夜萧萧，回首江南万里遥。省识相思了无益，泥人最是可怜宵。

客里光阴感不禁，征车历碌梦难寻。新诗一纸愁千斛，莫当寻常风月吟。

东瀛寓园有松柏数十株傍余隙地一弓以梅花补之

茅檐竹牖傍山崖，小住何妨便当家。侬自携锄君抱瓮，一庭明月种梅花。

风雨匝旬木叶凋落竟似江南深秋天气兼之外子归国久无音信独居海外倍觉无聊赋此缄寄故园姊妹

驹隙光阴去若驰,别来又届菊花时。金钗典尽缘沽酒,银烛烧残尚索诗。岛国逾惊秋信早,愁怀每恨雁书迟。江南满目皆烽火,西望乡云泪似丝。

家门瀛海两迢迢,万斛离愁倩酒浇。月下思君双泪落,天涯怜我一身遥。羊肠世路驰驱倦,鸡肋功名壮志消。何日始能遂初愿,湖山深处共编茅。

——《南湘室诗草》,民国四年(1915)排印本

姚茝五首

姚茝，生卒年不详，又名姚鸿茝，字婉莹，江苏常熟人。姚素榆、姚倩之妹，近现代小说家俞承莱(1881—1937)妻。有《南湘室诗草》《南湘室诗余》，系与姊姚倩合集。另有《萝香室诗词集》。

秋夜闻笛忆姊弟

慵画双蛾倚镜台，相思底事日萦怀。情多转觉情无着，梦好终嫌梦易回。月影漫移花影去，风声偏送笛声来。吟余小立墙阴下，时有桐花点翠苔。

寄倩君姊

晓起卷帘看，无数飞红扑。风雨尽摧残，不管花枝弱。咫尺渺音容，空有书来去。别后思无穷，相见反无语。君本善相思，侬素多烦恼。欲诉比来情，不忍轻相告。

暮春即事用倩君赠陈女士韵

到眼沧桑又一年，喜闻境外息烽烟。小园蝶舞初长昼，深树鸠啼欲雨天。静理琴书聊自遣，放怀今古孰为贤。笑他女伴多情

甚,拟送春归设饯筵。

落红砌畔积经时,雨打风吹且听之。好向晨昏娱二老,懒将深浅画双眉。韶华每负花前句,胜败偏明局外棋。历尽酸辛多少感,寸衷默默怕人知。

镇日无聊且掩扉,嫩寒时袭旧罗衣。年来唯觉吟情减,春去偏怜绿意肥。万恨千愁谁我慰,三秋一日盼君归念倩姊。儿童不解韶光老,戏扑杨花趁夕晖。

——《南湘室诗草》,民国四年(1915)排印本

朱静宜二首

朱静宜，生卒年不详，湖南湘潭人。品莹姊，李德群室。南社诗人。

题亚子分湖旧隐图

柳州自撰愚溪对，千古蛮荒旧迹名。况是分湖好风景，雄文佳什继先声。

疏香芳雪惊鸿影，艳绝分湖五百年。好把新图继苍石，风流文采足留传。

——《南社丛刻》，江苏广陵古籍刻印社1996年版

黄佩珊一首

黄佩珊,生卒年不详,广东鹤山人。南社诗人。

枕流西阁

绣帘不动柳阴移,静觉微风生竹枝。午梦初回燕语迟,章整残妆淡抹脂。蝉翼纱纹透玉肌,斜倚吟床赋小诗。

——《南社丛刻》,江苏广陵古籍刻印社 1996 年版

王镜萸三首

王镜萸，安徽太湖人，吕调元（1865—1932）之儿媳，著有《紫芝馆吟草》，现存诗词十余首。

秋泛

西风脱叶洞庭秋，秋水连天月满舟。欲吊湘娥何处是，山川郁郁使人愁。

巴蕉

苍苔深处碧窗幽，闲得浮生伴小楼。却教秋声怨风雨，芳心到死尚频抽。

春阴渡八都湖

阴云漠漠柳毵毵，沉醉清明酒正酣。此日漫游争艳说，杏花春色过江南。

——傅瑛主编《明清安徽妇女文学著述辑考》，
黄山书社2010年版

刘素心三首

刘素心,直隶顺天府人。幼承母训,诗笔清丽。其《重过旧居有感》及《莲花》诗清新自然,或别有寄托。

重过旧居有感

一回首处一伤神,此地曾经作寄身。花鸟相逢如识我,依依犹认再来人。

忍看庭院尽苔痕。妆阁尘封烟树昏。蛛网绿苔人不扫,落花满地未开门。

莲花

品节清高自绝尘,只堪明月作芳邻。试看出水心先白,纵在泥涂不辱身。

——钱仲联主编《清诗纪事·列女卷》,

江苏古籍出版社1989年版

汤修慧一首

汤修慧(1890—1986),祖籍吴县(今属江苏苏州),生于杭州。夫邵飘萍,民国时期著名报人。汤修慧曾就读于浙江女子师范学校,婚后协助丈夫办报,后任《京报》社长兼总经理。著有《一代报人邵飘萍》。

悼落花词痛外交也

乙卯三月春将暮,锦绣河山花万树。忽然狂风自东来,姹紫嫣红委黄土。游蜂片刻不离花,至此纷纷过墙去。娇莺最喜傍花啼,此际噤声不能语。拾翠美人纵有情,掩袂犹惧封姨妒。名花狼藉奈如何,骇绿纷红悲无主。谁为玉容鸣不平,昨夜深山啼杜宇。花魂抱恨化冤禽,自诉生前冤与苦。此恨绵绵无尽期,指日誓天宜千古。不填东海戮蜚廉,啼血年年长如雨。侬本世间多恨人,感此伤心泪满巾。恨无朱幡千余里,起自长城至海滨。金铃高挂盈十万,上为绣幄下锦茵。四百余州天府地,魏紫姚黄何纷纶。芳心应得徼天宠,呵护名园自有神。封家婢子原工媚,轻拂垂杨不动尘。园丁无赖奈何如,自毁篦垣作坦途。商羊早舞东门外,去年冬暖来爰居。灾异告警曾如此,园丁恬嬉不为虞。可怜北地胭脂树,春来绰约如丽姝。一旦风狂沙石走,仓黄坠楼似绿珠。绿珠坠楼甘玉碎,季伦自悔防护疏。今时满地花零乱,园丁

宴然犹自娱。我今欲为花请命,仰天长啸击唾壶。愿与天下有情者,先去园中溺职夫!

——《妇女时报》(1916)第十九号

华兆英九首

华兆英(1891—1912),谱名震雄,字吟梅。华亭(今属上海)人。父华侍仙。夫庞镜如,上海浦东人。华吟梅就学于上海天足学校、景贤女学、务本女校,倡导放足与女性教育。父亲蒙冤入狱,华吟梅全力营救,被时人誉为"缇萦"。华吟梅在家乡创办天足分会,支持辛亥革命,多方筹款。二十二岁病逝。去世后,庞镜如辑其作品为《吟梅遗著》。

上救父书蒙允昭雪

敢效缇萦漫上书,只因骨肉痛难纾。德遵周典刑无枉,镜在秦庭明有余。恩逮吾亲知可必,慈邀生佛感何如。灵椿会揭浮云出,月悔年灾自此除。

外子客通州报家君出狱之喜

大好新秋天气时,急将喜事报君知。地离黑暗椿犹健,家自平安竹号慈。佳会方看牛女渡,还书莫遣雁奴迟。客中珍重加餐饭,保卫兴居慎所司。

劝诸姑姊妹放足

圆颅方趾尽人同,女界何缘足号弓。速解双缠主开放,破除痼习挽颓风。

六寸肤称致致圆,可知本色自天然。即今还我天然相,进步方堪振女权。

松江光复喜赋

欢迎白鹤返华亭,城郭人民共辑宁。好汲汪洋三泖水,灌输空气涤膻腥。

中华古国处危机,久把共和幸福希。鸡犬未惊人未觉,云间已飏自由旗。

——《香艳杂志》(1914)第二期

筹饷

民困财穷国帑虚,时艰欲济伏军糈。牧羊卜式今谁是,扼腕空为咄咄书。

足兵足食事关怀,义务何分弁与钗。将伯屡呼声已竭,富家犹有酒如淮。

赠杨了公先生

为伸公道捐名器,义重关西冠古今。侬处闺中惭弱质,衔环也拟效征禽。

——《香艳杂志》(1914)第三期

谈社英五首

谈社英(1891—1978),江苏无锡人,父谈长治,记者、作家,母吴氏。终生未婚。谈社英毕业于南洋女子师范学校文艺专修科,1912年加入国民党,参加神州女界协济社,任书记,负责编辑《神州女报》。后主编过《妇女与家庭》《妇女共鸣》。1978年病逝于台湾。著有《中国妇女运动通史》(1936年)等。

闻某女士事有感

欲把因缘问碧翁,人间几许可怜虫。众生莽莽俱尘寄,底事悲欢各不同。孽海茫茫舟竞渡,情场攘攘路偏逢。怜他一自称情种,便入长愁永恨中。

——《神州女报》(1912)第一号

哭宋渔父先生

哀咽三湘水,凄凉不忍论。英雄辞浊世,薄海惨招魂。人网千重密,吞舟一慭存。沧桑嗟易变,衔石恨难言。

艰难三十载,人世几经更。仆仆劳家国,茫茫信死生。悲公竟非命,愧我受知名。回首风云莽,中原何有清。

——《神州女报》(1912)第二号

不寐有作

阁阁蛙鸣剧,公私不易评。纷纷蛮触斗,攘攘鹜鸡争。家国轻于叶,人心散若萍。中原试回首,一片鼓笳声。

题与友人共登危樯小影

骇浪惊涛里,危樯一寄身。风波凭险恶,俯仰共驰神。浩荡江流阔,苍茫世事新。不堪回首处,携手话前因。

——《神州女报》(1912)第三号

刘冠昭八首

刘冠昭(1893—1919),字石荪,江苏无锡人。祖父为刘继增,父亲为刘书勋,曾编撰《无锡县立图书馆乡贤部书目》。商务印书馆董事长张元济从子媳,丈夫张树源,为美国康奈尔大学工科硕士。著有《石荪遗稿》。

乙卯仲春游京江杂诗七首

第一泉

夹道垂杨新剪裁,中泠旧迹费疑猜。问谁识得清凉性,遍洒疮痍万点来。

第一泉边数落花,尘封亭阁半欹斜。一杯洗净胸中俗,苦尽甘来识此茶。

焦山道中

亻亍山腰回首看,京江城郭似弹丸。前程遥指凌云阁,莫道崎岖行路难。

道旁桃李自年年,狼藉春风剧可怜。谁是东皇时雨化,一齐移植到门前。

冲峰楼在甘露寺相传为蜀汉孙夫人梳妆处

楼阁半欹兵燹后，河山四面画图中。旧时花木今谁主，暮色苍茫夕照红。

吸江楼

登楼远眺大江东，淘尽英雄万古空。烽火边城惊四起，无情去浪自淙淙。

江天寺塔

七级浮图阶百廿自平地至顶共一百二十级，直登绝顶势凌云。疏棂绕遍玲珑塔，檐角铃声处处闻。

秋云时在塞北

白絮卷舒雁字笼，鱼鳞千叠夺天工。轻穿客路八千里，半截寒山十二峰。似雾偏随风力乱，非烟却伴月华融。秋云漫说多浇薄，怎及人情到处空。

——赵青撰《嘉兴历代才女诗文征略》，
浙江大学出版社 2014 年版

凌集嘉十二首

凌集嘉(1895—?),字荷生,安徽怀远人,直隶女师学校本科四年旧学生,见于《直隶第一女师范校友会会报》第一期附录之学生名录。后与民国总统黎元洪之子黎重光夫妇交好,曾携伴同游黄山,据黄山玉屏峰石狮上刻字云:“民国廿五年(1936年)二月,黎重光、唐闳律、凌集嘉、吴仲刚、秦松亭、陆松崖、张承锦同游留题。”黎重光,即北洋政府总统黎元洪之子,其妻唐闳律。

乙卯季春月夕感怀时在汴也

暮天云树万思萦,独有幽人弄笛声。大地春光花半老,我怜月色月无情。

梦外祖母

来豫省满一岁矣,几无夜不梦外祖母而颜色慈蔼不减生时,岂因思结梦耶?抑爱女外孙而魂来耶?嗟呼!外祖母固爱余者也,爰拈数韵以志孺臆耳。

风雨凄凄夜色寒,窗虚惊悟觉心酸。丝丝孺慕愁中有,渺渺慈容梦里看。忆到昔年将护厚,哭来今日泪声残。古稀七十人称寿外祖母卒年七十有二,抚我深恩愧报难。

夏夜闻笛不寐

何来风送笛声哀,万里浮云合更开。我亦能吹三两调,卷帷通旦坐平台。

抵梁州后奉和文姊送别诗择录七首

春风吹度绿杨生,为绾人愁独钟情。握别君前徒怅恨,愧余飘泊去行行。

最叹人间别时苦,谁知相契更伤情。关山渡过何年返,月夜鹃啼梦出城。

东风送我出燕台,柳絮纷披拂不开。夜夜沉惊宵柝紧,依稀梦去故人来。

记得桥头月落时,与君分手故迟迟。沾巾别泪知多少,自到陈留日日思。

感君为我展嘉谋,自笑黄金事外求。有酒称觞当醉去,平生志在梦中游。

晚窗闲坐雨潇潇,人影花香两寂寥。惟有一腔愁闷曲,三更梦里学吹箫。

看花强步独徘徊,雨后初晴胜昨开。敢效陆公逢驿赠,兰花数朵当春梅。

春宵一刻

画桥西畔画堤东,几度梅香透晚风。睡梦今生悲长大,读书往岁羡儿童。花前诗兴壶边酒,月下飞乌楼上钟。恋此良宵一刻

好，恼人心事斗情衷。

补述津居肄业

帘开曙色透高楼，蝴蝶迷魂晓梦柔。士子桥边容问字，鞦韆架上最忘忧。子规唤尽西山夏，鸿雁声传紫塞秋。一度风光增一岁，人生几见月当头。

——《直隶第一女师范校友会会报》
(1916)第一期

赵懋芸五首

赵懋芸,字佩文,四川南溪人,先入直隶女师学校学习,具体学习时间见于《直隶第一女师范校友会会报》第一期附录之学生名录,后于 1920 年经北京大学校长蔡元培批准,与甘肃邓春元、贵州杨寿璧等八人,可以旁听诸系课程,其中赵懋芸被安排入北京大学哲学系学习。这九位旁听生成为北京大学校史上第一批女性大学生。后为天津官立第九女小教员。

夏日偕同学垂钓

访友寻邻事愿违,一身旷达总忘机。任他长夏炎炎甚,抛却闲愁上钓矶。

长堤十里笑声哗,欲得金鳌兴趣奢。怪底饵残鱼影飏,一竿争执钓欹斜。

送别荷生契妹录三首

满城春柳色初生,握手依依话别情。如此风光君远去,令人愁唱鹧鸪行。

聚散由来一迹陈,独怜知己最伤情。春风吹梦随君去,遍历嵩阳二十城。

此行亦似入仙台，伊洛梁嵩次第开。深羡山川增故事，凭君一一度将来。

——《直隶第一女师范校友会会报》
(1916)第一期

倪徵琮一首

倪徵琮，籍贯江苏苏州，近代从事医学研究的女性先驱之一，先入直隶女师学习，后赴美国学习医学专业，后返回国内从事公共卫生领域的研究工作。其堂弟为我国著名的大法官、法学家倪征燠。

偶感

凄凉世态百无欢，一绝诗成泪点寒。倘使蓬莱余隙地，可容弱女借蒲团。

——《直隶第一女师范校友会会报》(1916)第一期

蔡衷颖四首

蔡衷颖，字子睿，广东香山人。直隶女师四年级学生，具体入学时间见于《直隶第一女师范校友会会报》第一期附录之学生名录。

丁巳正月初一日枕上口占

枕畔惊喧爆竹声，却憎新岁懒相迎。年来怕历龙蛇劫，只有心香祝太平。

感事

运阨龙蛇可奈何，茫茫大陆遍风波。中流正苦撑持力，莫误相从入旋涡。

清明日有忆丙辰岁作并序

三妹碧姬性绝聪慧，态度怜人，五年前予父母挈吾姊妹弟居奉天锦州。次年春碧姬以痘殇，距今五年矣。每当清明佳节，柳花含恨，蛱蝶凝愁，辄思及其孤坟岑寂。回首前尘，能无悲痛？感而赋此。

花草凄凉没野茔,可怜今日又清明。萱忧莫解灵椿老,棠棣连枝泪雨倾。

他乡花树落更开,惆怅华萼枯夜台。忆到荒郊孤冢卧,游魂能否返乡来。

前题

词清句丽日翻新,愧杀当年咏絮人。笔底琳琅挥不尽,智珠想是有前因。

——《直隶第一女子师范学校校友会会报》
(1917)第四期

赵懋华二首

赵懋华，四川南溪人，先入直隶女师学习，后在北大哲学系旁听学习。北大毕业后留学德国，以《叔本华学派的伦理学》一文获得柏林大学哲学博士学位。抗战全面爆发后，赵懋华放弃哲学研究，成为四川保育会的发起人之一，担当起救助、保护和教育儿童的社会责任，受到民国政府的特别表彰。

敬和荷生仁姊先生原韵即以鸣谢

瑶函恬咏几低徊，黄娟新辞白凤才。好似朵云天际落，五光纠缦卷风开。

爽比哀梨利莫耶，左芬苏蕙漫相夸。自惭咏絮才华短，引玉抛砖理未差。

——《直隶第一女子师范学校校友会会报》

(1917)第三期

张兆檀五首

张兆檀，字纫芬，四川人，赵懋华之妹，号咏絮楼主人。

敬和淑华仁姊先生原韵即以鸣谢

不栉何须憾此身，津门唱和有同人。班昭道韫前生句，恰是吟坛自写真。

行间字里笔花香，字字光芒万丈长。琼玖琼琚欣远赠，果然声价重璆琅。

愧煞楼标咏絮称，选声斗韵理难明。自经华衮褒扬后，愿侍诗龛过一生。

谨和舍侄女题咏絮楼集原韵藉呈荷生贤姊大政

高歌明月共徘徊，久羡红闺负隽才。想见课余拈彩笔，画楼四面绮窗开。

不须展卷读毗耶，经写灵飞玉女夸。若与彩鸾生并世，书成唐韵讵相差。

——《直隶第一女子师范学校校友会会报》
(1917)第三期

俞碧霞二首

俞碧霞,生平不详。

丑月望日灯下成小诗两截即请芬女史粲正

支那女学久湮陈,智慧沉埋昧本真。沧海横流谁独挽,而今端是属斯人。

咏絮才华久播扬,吟红社启迹留芳。愧侬那有生花笔,也得微名附骥彰。

——《女学报》第二卷(1902)第一期

李柔卿一首

李柔卿,生卒年不详,元和(今属江苏苏州)人。

读女报率成一律

花生笔底写乌丝,人静更阑得意时。咏絮漫夸谢道韫,辨琴休羡蔡文姬。地球万里皆相服,史册前年未有之。翘首风前频想象,扫眉才子胜男儿。

——《女学报》第二卷(1902)第一期

沈世才二首

沈世才，生卒年不详，江西南昌人。

女报题词

神州封锢数千年，飞鸽传来五色笺。锦绣芬芳新眼界，女权复振赖斯编。

佳报飞传震海滨，名媛奋起唱维新。满腔热血怜同种，演说平权醒国民。

——《女学报》第二卷（1902）第一期

邵宝璋二首

邵宝璋,生卒年不详,宝山(今属上海)人。

读贵报纪不缠足有感偶成七绝二首乞登诸报末

自残骨肉太无情,天赋全躯屈不伸。二万万人如醉梦,大声唤醒各归真。

裙钗壮志尽消沉,太息支那痼疾深。一纸风行挽薄俗,从今救世有金针。

——《女学报》第二卷(1902)第四期

许玉一首

许玉，生卒年不详，善化（今属湖南长沙）人。

读新广东自立篇暨康氏辨革命书感成一律

诸君何用争分合，注重精神复国仇。欧美虎狼方荐食，乡园狐兔尚嬉游。阋墙未碍缨冠出，筑室宁能行路谋。寄语同胞须并力，莫缘文字苦诛求。

——《女子世界》(1904)第二期

佩蘅 六首

佩蘅,生卒年不详,江苏常熟人。

读俄事警闻有感

金鼓关山战血红,中宵起看蓟门烽。南朝自有梁红玉,何事蕲王不再逢。

十五垂髫带剑来,腥风血雨断头台。如何一样君权国,不见虚无党会开。

辽河风鹤信频惊,北望天山一发青。独倚红窗看北斗,诗心剑气入沧溟。

十万艨艟海上来,惊闻白祸起风雷。神州坏土腥膻满,乞借江潮涤一回。

何处铜驼问故墟,怒江滚滚卷灵胥。劝郎珍惜画眉笔,留向天关草羽书。

长白山前王气无,玉桥明月夜啼乌。江南革命风潮起,自愧裙钗不丈夫。

——《女子世界》(1904)第二期

孔繁淑四首

孔繁淑，生卒年不详，号“独清女史”。

哭秋瑾用原句足成

秋雨秋风愁煞人，中原一发系千钧。鉴湖侠气余孤愤，岛国羁魂此化身。黑狱凄凉成梦觉，青磷闪灼下荆榛。试看东浙风潮起，小草萌芽惨不春。

秋雨秋风愁煞人，女权终古不能伸。何尝革命论张楚，岂为坑儒怨暴秦。尸附一棺余傲骨，网罗三面剩枯鳞。飘零漫起无家感，祖国应难寄此身。

秋雨秋风愁煞人，心香崇拜自由神。无多肝胆鏖魔鬼，大好头颅付缙绅。谓告密者。鲁酒酹残知己泪，欧刀断送女儿身。淋漓热女空回首，三十年华负好春。

秋雨秋风愁煞人，茫茫身世劫灰尘。谁怜三字沉冤狱，强派双鬟作乱民。叵奈同胞仇学界，何辜中表附姻亲。清流党祸无时已，几许寒蝉噤不呻。

——《神州女报》(1907)第一号

昌馨七首

昌馨,生平不详。

读报有感五古

丙午十二月八日,沪上《时报》载:陕西绥德州中学堂教习高君视宪等创立天足会,侯孝廉荣邦沿途演说劝谕,于是州人具押入会者七十余家。诸执事在州牧□□□处请示奖励,而州牧□乃云:"缠足之事,缠也好,不缠也好,兄弟不敢与议。但古人创缠足之深意,此中有廉耻关焉。"高孝廉云:"然则后妃无廉耻乎?"□牧云:"后妃圣人,当与常人别论。"于是诸具押者谓高视宪造言误人,全行告退。已成之事,废于一言。

女子不缠足,全球乃同之。此会在今日,宁复似昔时?昔有马鹿者,尚不阻挠兹。眷顾东南陬,先后相扶持。西北民风质,哀哉转轴迟。

高侯何謇谔,爱我同胞足。同胞何惺惺,我为同胞祝。五十世纪中,女权将郁发。还我完全躯,相将修天职。

天职何广泛,绵力太庳薄。自强兹肇基,胡来西风恶。吹断杨柳枝,点点孽渊堕。百有七十家,瞥瞬占迷复。迷复终复凶,搛龟侬惊愕。

侬有太极圈,惯圈混沌者。又有小剑仙,嫥剸邪祟也。顾兹

物蠢然,毋宁污吾刃。独恨三心山,邀奖私太重。

缠足关廉耻,谬悖安足论。后妃圣凡判,今且不拟伦。披寻旧历史,载奮近现象。禽兽与圣贤,累累何榜样。莲步而杨腰,诲淫宁毋状。侬亦缠足女,剜心恫母上。

母曰嗟予季,毁伤悼逝川。侬敢自贬薄,而为同病怜。敌忾二百兆,纵横十千年。前途方浩浩,环顾一潸然。

人胡不斯萃 Leats,侬胡不丽温 Lyoh。岂伊地气厚,自有博爱心。侬愿随嫦娥,警杵以代药。侬愿御阿香,迅雷以当哭。遍告女同胞,毋使后人复。

——《中国新女界杂志》(1907)第二期

唯心二首

唯心,生平不详。

乙巳东征晚过天塞山

群峭摩天碧,行行征路难。鸟还荒塞暮,月共故乡寒。几处如星火,千声下泪猿。人生一朝露,何事自辛酸。

苦利米阿战地怀古

天寒松风高,落日下万山。前望古战场,幽怀正茫然。荒立绝白草,古木鸣哀猿。虎啸苍云低,泉飞绝壁寒。萧条古战场,苦哉当年战。旌旗日月昏,烟岚沙漠暗。血积川谷红,骨零原野遍。际此剧惨时,谁人不断肠。贤哉格兰子,卓尔慈悲志。辛苦损一身,神功回万死。巍名概当时,至德垂千世。自古倡大同,嗟夫附空论。夫人特首创,宇宙永不冥。萧条古战场,长歌绝埃尘。

——《中国新女界杂志》(1907)第二期

凤莲十首

凤莲，生卒年不详，四川人。

书感十绝[①]

锦绣妆台黑暗门，沉沉女界又黄昏。伤心此恨人谁识，欲向灵娥乞药吞。

纤腰弱腕婢扶来，生小弓鞋怕翠苔。不及酴醾花尚好，穿篱满架自由开。

脂粉生涯杨柳天，只将家国压郎肩。凭他万种兴亡事，不到金钗宝镜边。

怨别伤离唤奈何，年华半在此消磨。一般侠气谁留得，惟有相思红泪多。

不思独立服三从，隶性奴根蝶梦慵。女子一生真事业，红颜老大紫泥封。

怜我怜乡爱亦同，鸳鸯谁许化惊鸿。不平权处君知否，一样文明却未公。

---

① 原注：本社近接一函，内书十绝。题下只书“四川凤莲”四字，无他语。揣其笔迹、语气，知为吾女界之作，特同居东京（信面有神田邮局章记），不示住址，为可异耳。

太息晶莹脑气秋,不工妙悟只工愁。怪他终古风流客,唤作名花一例勾。

蘋芷荒凉吊故宫,春风秋雨孰憧憧。东迁而后无王化,半在深闺锁闭中。

汉祖唐宗毒祸流,君王床笫不知羞。六朝更为添金粉,恨海情天到白头。

古井贞心世界无,文明一线幸嘘枯。神洲节概西欧化,刮目同胞女丈夫。

——《中国新女界杂志》(1907)第二期

清如一首

清如,生平不详。

有谓余东来不易者书此答之

万里只身一剑寒,娉婷顾影未嫌单。为山莫止将成篑,障海谁回既倒澜。欲到上头须脚稳,每逢窄处放心宽。任他弱水三千丈,飞渡直将衣带看。

——《中国新女界杂志》(1907)第三期

味梅一首

味梅,生平不详。

春日杂兴

不振坤纲誓不休,几多同志起神洲。诗题柳絮魂常绕,扇写桃花血欲流。除却生民无用爱,只因病国总添愁。孰令世事男儿任,问我娥眉羞未羞。

——《中国新女界杂志》(1907)第三期

蓉萱一首

蓉萱，生平不详。

舟中望南岳

白云嗡嗡嘘满天，苍龙入云逐群仙。群仙骑龙籥云去，冥冥黛色横晴川。推蓬睇视忽自失，龙非龙兮仙非仙。诸峰罗列可指数，收恰幻相神安闲。仰瞻正色使人怖，帝力瑰伟谁能诠。鸿濛以来几亿纪，苍渊玉牒难钩研。女娲石烂鳌足朽，夏王秦帝俱奄然。岩岩五岳各雄峙，镇压妥帖无颇偏。南服炎荒足妖怪，大湖汹涌相吞溅。不因神德畴黔首，惧化虺蜴从鲸鳣。牢笼怪异纳浩瀚，渟泓淘汰弥千年。其间蓄极一时发，必有豪杰光遗编。近世隆隆更奇绝，百道坌涌如奔泉。爬搜榛莽出罴虎，剔抉岩穴翔鹏鸾。降神生甫侈前代，视此宁得相随肩。九州万目睅相顾，甚矣极盛难蝉嫣。即今去彼未百载，岳岳诸子仍联翩。推倒群雄铸新说，廓清三古僵前贤。身膏斧锧口朝政，因乞升斗心坤乾。而农未死默深在，常使精气飞名山。吁嗟乎！名山万古不可磨，哲人先后何猗傩。民生瘝瘁理则那，天步艰难可若何。吾将披发登嵯峨，上讯重华招英岩。九嶷云黯潇湘波，夔魖跳舞山鬼歌。萧萧木叶纷辞柯，鸟兽群叫声悲哦。九原黯黪不可视，吾其驷虬直至昆仑阿。昆仑玄圃芝草多，玉京万仞光瑳瑳。下瞰

四渎奔滂沱,旁盱四干何罗罗。急手巨帚麾天戈,一扫秽浊还清和。归来觐帝着虎靴,乐奏钧天鼓击鼍,铭功泐颂七二峰顶万劫常摩挲。

——《中国新女界杂志》(1907)第四期

震懦八首

震懦，生平不详。

读新女界杂志书后兼赠炼石女士十首选八

谢家娇女擅才华，青障争与纸贵夸。一至宋儒迂论起，中原女子井中蛙。

巾帼何辜尽刖刑，纤纤莲步大伶仃。深闺镇日无余事，岁月消磨两鬓青。

雨暗云昏困我曹，可怜女子太萧骚。神娲归去悲何极，几度临风唱大招。

欧美文明唱自由，中原豪气久沉浮。辛勤赖有女娲石，次第流输贯九州。

兰台班史木兰骖，巾帼何曾尽亚男。从此文明和雨化，自由花发满江南。

壮怀如斗气如虹，伟论崇宏胆自雄。愿我神州诸姊妹，从今都被自由风。

卓识豪论震一时，多才端是女中师。蓬莱此去三千里，翘首辽天动远思。

凄凉王室已如焚,惨向时人说爱群。寥落天涯同此慨,君应怜我我怜君。

——《中国新女界杂志》(1907)第四期

德莹二首

德莹，生平不详。

乡女学劝放足歌

洗国耻，涤国俗。强身体，舒筋肉，莫若齐放足。凡吾女学教育须提倡，不忍女儿久受戕贼与荼毒。复我天然身，行动无挛束。放足去，齐放足。

变国俗，禁缠足。天然风，无拘束，活泼一身习体育。循我女儿最初之天职，不使惨遇摧残毒。乐莫乐兮放足乐，同导文明享幸福。姊乎妹乎放足去，齐放足。

——《中国新女界杂志》(1907)第五期

雌剑一首

雌剑,生平不详。

自由花

东皇着意吹春来,自由之花忽破蕾。灿如云锦烂如霞,买丝绣出自由花。当年铁血劳浇沃,花神日向苍穹哭。破恨纤愁带露开,泪珠洗出颜如玉。手把自由花,衡纵艳春华。由来此花亦奇绝,千秋万岁曾丰洁。既并春红发妙姿,更滋寒绿耐冰肌。风为车兮云为旗,殷勤帝谓重陈辞。真宰上诉天应泣,乃宅百灵呵护扶持之。花开会见盈坤宇,花时作伴好还家。手把自由花,好还家。

——《中国新女界杂志》(1907)第五期

钱蕙兰五首

钱蕙兰，生卒年不详，江苏太仓人。在《妇女时报》发表诗文数篇。

春燕

风雨衔泥剧苦辛，喃喃旧话入檐频。雕梁画栋非难到，偏不忘情恋故人。

春闺杂咏

花朝准拟访花台，破晓先催好梦回。笑引枝筇扶欲去，鸣鸠偏唤雨丝来。

风飘遥岸柳条新，花落渔翁惜此辰。只为水流花片去，钓丝拖转绿湾春。

昨宵细雨湿芳尘，小婢原来也惜春。折得海棠花供几，移屏深护一枝新。

闲窗遣闷理诗筒，听得莺声老树中。帘卷忽欣春有待，夕阳留映小桃红。

——《妇女时报》(1911)第一号

陆绮霞一首

陆绮霞,生平不详。

题侠女仗剑图

气喷云,目裂眦,有仇不报心不死。世间生男不如生女子。手提三尺剑,怒使发上指。问女何所为?欲诉心中不平耳。不平之事古来有,此剑持之不脱手。君不见朱家郭家皆游侠,筑击悲歌空咄咄。又不见公孙大娘舞剑器,浏漓顿挫夸轻捷。何如此女神凝而目注,乱头粗服无怯顾。少年刺促亦英豪,恰笑丈夫昏昏白日不知悟。吁嗟乎!昨宵风雨摧茅斋,英姿翩然飒爽来。漏痕斜点僧繇笔,壁上神龙起怒雷。

——《妇女时报》(1911)第一号

袁敬藩十首

袁敬藩，生卒年不详，通州人。

上海竹枝词①

沪渎繁华，甲于全国。藏垢纳污，亦于斯为甚。加以国权不张，反客为主，外人骄横，尤可慨然。敬藩庚戌之春，随夫子来游，小住八十日，耳闻目见，纪以小诗。敢谓闺阁有忧世之心，聊仿巴渝竹枝之唱，不免挂漏，但求征实。曾涉及沪滨者，当知斯言之非伪尔。

沿江浅草望如茵，不是青青旧日春。父老犹知巴夏礼，斜阳太息话铜人。伤巴为挫我之人而反铸像吾地也。

境判仙凡隔女牛，萧郎门外枉含羞。可怜无福淮王犬，一例同人禁自由。伤外人视华人同犬而一例禁入公园也。

蹴球跑马莫还朝，碧眼虬髯意气骄。莫过泥城桥畔路，可怜咫尺怅迢遥。跑马场之亦禁华人入也。

油壁无声缓缓行，华人底事让西人。阿侬空有驰骋志，强屈骅骝步后尘。伤马路新例华人马车不得超过西人前也。

狰狞黑面猬毛蓁，半幅红巾帕首新。壮大身躯蛮野性，教人

① 原注：原诗十六首删六。

欲进又逡巡。伤马路印巡往往无礼也。

游侣如云竟日斜，红尘十丈走香车。胡姬也爱桃花面，薄薄常笼白雪纱。

旧径闲游那便迷，拢车齐噪法兰西。怜渠同种翻无赖，强项时为外族低。伤东洋车强人坐，不则放赖。而独畏外人也。

读书内地等蟭巢，不到申江便不豪。坐罢马车餐大菜，消魂曲更听娇娆。伤男学生之荡奢也。

只恐刘郎道路生，仙姬特别肯钟情。牵郎衣袂殷勤劝，莫负儿家出洞迎。雉妓拉客。

舞台歌吹歇新声，银电依微夜气清。唱到哥哥行不得，前途遮莫遇流氓。流氓夜于黑地劫行人。

——《妇女时报》(1911)第一号

方育和四首

方育和,生卒年不详,江苏常熟人。

西湖杂咏八首选四

岳墓

河山半壁奈愁何?武穆坟前掩袂过。莫向南枝轻折取,湖楼昨夜北风多。

钱王祠

江山零落英魂在,海水群飞虏气骄。安得君王好身手,三千强弩挽洪潮。

秋坟

春满江城月满湖,万松万柳两模糊。秋墓原在西泠桥旁,远对万松岭。南湖小万柳堂中筑有悲秋阁。樵苏采到秋娘墓,犹有桃花泣路隅。

冷泉亭

清流曲曲下云林,如鉴冰壶一片心。为有热肠难解得,饮泉

不惮入山深。

——《妇女时报》(1911)第二号

江纫兰十三首

江纫兰，生卒年不详。在《妇女时报》发表寓言、咏史等组诗和文章多篇。

寓言七绝四章

蝇讥新进

身微翼薄日营营，黑白沾污混太清。问尔何来今集此，一般得意恰争鸣。

蝉嘲官言

吸露风清永昼吟，惊人醉梦直臣心。可怜秋老寒光逼，镇日无声睡态沉。

蚊戒贪吏

豹脚威名一世雄，吮人肌血色凝红。惊心巨掌当头击，满腹脂膏转瞬空。

蚁劝保种

渺小幺麽亦有王，当场列阵判双行。驱除异种凭酣战，界限

分明黑与黄。

吊古六首选二

吊武乡侯

耿耿孤忠鼎足残,大星陨落夜光寒。明知阿斗终亡汉,遗诏酸心自取难。

吊张睢阳

嚼齿誓诛尹子奇,孤城坐困抗雄师。贺兰鼠辈何堪救,犬粪酣尝正此时。

——《妇女时报》(1911)第三号

吊古六章选三

吊虞美人

拔山盖世大王风,肠断歌筵运已穷。依意愿先诸将死,从知儿女即英雄。

吊王昭君

绝塞风寒地涌尘,青青冢上草长春。保全百万同胞命,何惜穹庐辱此身。

吊张丽华

井中从主命原轻,毕竟捐躯热血横。愧煞同朝诸押客,纷纷屈膝肯偷生。

——《妇女时报》(1911)第四号

恭祝女国民军万岁四首选三

鼙鼓声中起义师，红妆亦建国民旗。英雄儿女无差等，笑煞痴男枉画眉。

投笔从戎志士多，而今闺秀执干戈。热心一战能强种，愧死须眉尚议和。

辞别家人气若雷，誓将丑虏克期摧。同心姊妹临岐嘱，不奏奇勋莫遽回。

——《妇女时报》(1911)第五号

时事感愤四首选一

金瓯破裂旧山河，四面喧腾尽楚歌。欲惜补天娲后石，恨无挥日鲁阳戈。红羊劫火余氛炽，苍狗浮云幻态多。海外风沙天际逼，会看荆棘卧铜驼。

——《妇女时报》(1913)第九号

马文蕴八首

马文蕴,生卒年不详,广东南沙(今属广州)人。曾任广东惠东女校校长。

读承粲女士妇女时报有感四绝次韵四首选二

众香国里太娇痴,花放文明要及时。女界可能齐发达,坤舆一样焕龙旗。

女子无才忝所生,可怜大陆久沉沉。怒狮吼醒金闺梦,知否罗兰也妇人。

忆母八绝选二

怜侬生小惯娇痴,多病如今只自知。闲坐花阴休赌韵,絮庭怕咏蓼莪诗。

陶铸坤舆话惠东,讲坛忝领愧无功。蝶惺家孟前办惠东女校,余曾忝任校长。高堂一别灰心绪,昨夜悲秋雁泪红。

——《妇女时报》(1911)第三号

读外子挽黄公续君七古一章为赋四绝

不论公益只论钱，钱虏功名死守先。叔度汪洋异流俗，囊金争买国民权。

睡狮难语澈灵根，愤世拚投大觉门。学自明强身自瘁，君主任明强校，有声于时。绞枯脑汁剩精魂。

精魂呵护国魂强，花放文明异样香。黑幕沉沉开一线，几人春梦醒黄粱。

蔓盘路畔月无聊，君寓居于此。珠履三千赋大招。寄语凤雏善承志，乡贤祠里不能祧。

——《妇女时报》(1911)第四号

许蘅秋一首

许蘅秋,生平不详。

答外

禾黍中原涕泪过,断垣衰草卧铜驼。南风不竞北尘恶,国恨信于离恨多。

——《妇女时报》(1912)第六号

效君四首

效君，生平不详。

冬夜不寐有感

围炉静坐数残更，惆怅中原魂梦惊。愧我无才难破虏，羡他有志竟成名。枪林弹雨孤身抗，冰雪风霜劲骨撑。寄语健儿须北伐，莫教事败在垂成。

独坐窗前起朔风，炉中活火映帘红。国民虎旅皆无敌，政府龙钟不足攻。两月南征江汉定，一朝北伐满蒙通。木兰良玉英名古，我未从戎志亦同。

——《妇女时报》(1912)第六号

劝清帝退位学步原韵

江南半壁卧龙斜，极目征尘岭树遮。恢复神州都有志，凄凉胡虏苦无家。何须依念空城阙，且喜安荣度岁华。多少生灵涂炭尽，休教恋栈动悲笳。

岁月徒增惜齿牙，于今世事莫须嗟。黄龙未抵功难就，白马同盟愿正赊。岂有千秋长寿木，更无百岁不凋花。兴亡历代前车鉴，巢覆何曾恋故鸦。

——《妇女时报》(1912)第八号

铮子四首

铮子,生平不详。

辛亥冬十月从赤十字社重过金陵劫后山川风景顿杀抚今追昔感触万端聊赋四绝以记盛衰

回首当时打桨游,莫愁湖畔水云柔。光阴弹指才三月,冷月寒沙照骷髅。

朱雀乌衣六代春,百年被发染胡尘。山川劫后无颜色,一片荒榛不见人。

今朝重过石头城,五色红旗照眼明。自去太平六十载,居然还我汉家营。

收得长江一带回,江南草木换新栽。要知一片共和土,尽是英雄血换来。

——《妇女时报》(1912)第七号

徐景昭五首

徐景昭,生平不详。

月蚀口占

素娥劫数最堪怜,黑月来吞野语传。笑煞众人迷信甚,焚香膜拜玉阶前。

虽属星从轨道过,却同双弹自相磨。亚东今夜窥天者,想比中秋十倍多。

此理何难推测知,行星恒度不差移。但教月面生人类,定指今朝日蚀期。

从知依赖原非计,借日余光魄始晶。今夕地球影横蔽,无端减却十分明。

月球听我重饶舌,师则恒星自发光。虽合七星重掩日,依然皎洁映遐方。

——《妇女时报》(1912)第七号

周琼 三首

周琼,字羽步,生卒年不详。居江苏如皋冒氏深翠山房。诗风清俊。

赠范洛仙

黯淡销魂独倚楼,登山临水又逢秋。檐前垂柳丝千尺,只系柔肠不系舟。

赠苏贞仙

一架蔷薇满袖香,同行谁不羡红妆。生平最爱清幽事,肯惜凌波绕曲廊。

——《神州女报》(1912)第一号

赠吴湘逸

絮语花阴夜未央,细聆音韵转悠扬。君今幸使吹箫侣,侬愿期为双凤凰。

——《神州女报》(1912)第二号

陈怜卿二首

陈怜卿,生平不详。

秋墓

月明山径罗鞋滑,秋草秋花似也无。闻道隔江风浪静,女儿只合葬东湖。

咏飞艇

游行自在任西东,庄子逍遥列子风。踏遍寥天三万里,等闲惊破蕊珠宫。

——《妇女时报》(1913)第九号

何埰二首

何埰,生卒年不详,号冷泉女士。

暮春留别广陵

树暗云深起暮鸦,天公不息阿香车。上林湿翠凄芳草,金谷残红舞落花。粉蝶寻春春易老,流莺啼怨怨谁家。黄昏无限别离苦,闷对东风手自叉。

谢却莺花谁是主,听残春雨五更前。侬因见燕乡心切,君亦怜人涕泪连。十载感深闺里梦,三生缘悟静中禅。风帆此去来何日,惆怅江南又一年。

——《女铎报》(1913)第十二期

汪咏霞三首

汪咏霞，字鹣影，生卒年不详。仁和（今属浙江杭州）人。

自嘲

春衣典尽典罗衣，满架诗书不疗饥。愁里病加参药减，镜中人瘦菊花肥。有巢借住鸠何拙，无米堆仓鼠亦稀。独是吟怀消未去，拔钗沽酒肯相违。

——《女子世界》(1914)第一期

和凤仙女史韵

隐约梨云入梦来，玉虫如雨落灯台。风尘眠泪空酬阮，冰雪聪明本姓哀。酒落愁肠难得醉，香烧心字易成灰。纵然无病无烦恼，禁得消磨又几回。

人间薄幸知多少，岂独扬州杜牧之。老去黄杨皆厄运，生来红豆合相思。难抛乳燕还营垒，缚杀僵蚕自吐丝。一样伤心宁死别，只今无奈是生离。

——《女子世界》(1914)第三期

屠瑞霞一首

屠瑞霞,字碧城,生卒年不详。阳湖(今属江苏常州)人。

题吴绛雪诗后

覆巢无静枝,骇浪多惊涂。时危智勇见,忍死在须臾。一死重泰山,不惜千金躯。贞心贯金石,正气还扶舆。艳质宁为累,才华众所惜。战守岂无谋,排难在巾帼。巫阳不可招,谁为叩天阙。空传塞上吟,漫著和戎续。

——《女铎报》(1914)第一期

傅梦兰二首

傅梦兰,生平不详。

贺某女学校校长晚婚

文名久已耳檀郎,东渡曾观海国光。合卺须将婚礼改,挑巾幸恕老奴狂。重阳风雨催妆镜,四坐宾朋醉玉觞。献罢花簪还进酒,白头偕老祝华堂。

红丝快系笑颜开,巾帼须眉两不猜。好梦行看霜信近,感情无碍鬓毛衰。偷听良夜三生话,小试文郎七步才。纬帐从今添内助,东南女学借鸿裁。女学校已停办。

——《妇女时报》(1914)第十五号

陈彬子四首

陈彬子,生平不详。

观演戏有感

过眼云烟几变迁,人间斯亦小桑田。愁听文物翻新样,忍见衣冠异昔年。世界舞台谁是主,空中楼阁我疑仙。达观一切都如此,袖手旁观剧可怜。

春燕

门巷难忘故主情,海天飞到一身轻。梁间似话春光好,语半呢喃听未明。

一生心事恋繁华,衔到春泥半落花。寄语珠帘休放下,恐教飞入别人家。

——《妇女时报》(1914)第十五号

打鞦千

摇落残红片片霞,好花枝外彩绳斜。自怜柳样腰肢软,错被人呼运动家。

——《妇女时报》(1915)第十七号

醒华二首

醒华，生平不详。

观弈时客辽阳

奔腾万马任纵横，大地河山一战枰。黑白纷纷争劫杀，辽东往事黯心惊。

漫天冰雪卷风沙，回首江南道路赊。湖海豪情销折尽，闲将棋局当生涯。

——《妇女杂志》第一卷(1915)第二号

漱冰女士二首

漱冰女士,生卒年不详。其作品选自《味雪簃小草》。原编者注:“女士以手写稿本见寄,为卷三。为诗千首以外,可为大观。披沙拣金,时有警句。最录数首于此,以志向往。”

落花

但知花信急,不谓吾生忙。晓雨一枝泪,晚风半面妆。彩云成昔梦,春水忆遗香。欲扫怜泥滞,凭栏独自伤。

小楼隐几

春来常与睡为魔,寂寂东风拂薜萝。吟瘦诗魂随蝶去,坐深幻影入花多。空山已入非非想,好鸟犹听宛宛歌。不道希夷老居士,黑甜何处觅槐柯。

——《妇女杂志》第一卷(1915)第三号

史敬之二首

史敬之（？—1913），江苏扬州人。曾任北京女师范学校国文教员及直隶女师范监学。遗著有诗文若干卷。

清如以秋日述怀秋夜偶题两诗见寄因步原韵奉和

岂有经纶说救时，浮名早让岁华驰。望乡留滞惭张翰，得句推敲忆退之。丹桂黄花争冷艳，青霜素月逗秋思。知君才富偏多兴，欲寄离情只寄诗。

幽燕咫尺梦迢迢，往事回头别味饶。红叶因风惊摵摵，绿窗听雨记潇潇。滴残莲漏更初永，焚尽兰膏意也焦。却羡天涯文社里，同袍几辈伴无聊。

——《妇女杂志》第一卷（1915）第三号

顾莲二首

顾莲,生卒年不详。有《蕅芬女士残稿》。

泥人并序

慧山有泥人,以泥为之,颇精丽,与人无异,但不言耳。予思世之锦绣其外而粪土其中者何限,与泥人无乃相类?

一掬泥沙贱,居然化作人。性灵全汩没,骨相也嶙峋。腹内原无物,眉间若有神。岂知枯木偶,耻与汝为伦!

送钱楚湘舅氏游汴

萧然琴剑走他乡,磊落襟怀岂是狂。醉后吟诗压元白,闲中作字敌苏黄。渭阳北去车谁赠,漳水东来路更长。他日隆中过祠庙,几多感慨付沧桑。

——《妇女杂志》第一卷(1915)第四号

席香谷六首

席香谷，湖南人。署名"洞庭席香谷"。

断肠篇癸卯九月知外子于二月二十五日卒于戍所　十首选三

当年京国远遨游，已去重回三日留。天意似怜人永诀，石尤故遣阻行舟。

六年穷塞受凄凉，羌笛胡笳总断肠。堂上尊亲闺里妇，知君夜夜梦还乡。

生离已是足伤怀，尚待燃机活死灰。不料新愁兼旧恨，一齐都到眼前来。

——《香艳杂志》(1915)第六期

西湖竹枝词二首

翠翘金凤两行分，争向人前弄艳妆。行到百花丛里去，花香还让绮罗香。

波平水澈镜湖明，多少游人逐队行。笑指前堤杨柳态，风流一种最多情。

——《香艳杂志》(1915)第七期

粥厂灾黎叹

幼者提携老者扶,鸠形鹄面遍街衢。一瓯胜得千钟禄,片纸珍于十斛珠。要使小民无菜色,全凭大吏有良图。厩中肥马庖中肉,忍见灾黎泣向隅。

——《香艳杂志》(1915)第八期

吴斯玘四首

吴斯玘，生卒年不详，江苏常熟人。曾任竟成女学校图画教员、江西女子师范监学。

余避地来饶之又明年得就竟成女学校图画教员之职一年以来备承蔡舜琴校长暨诸女士雅爱书此志感

缘定二生结，相亲已判年。无才惭道韫，有幸识文宣。讲帐春风入，门墙桃李妍。不胜知己感，聊倩短笺传。

君仪妹有奉天之游以诗见示即步原韵奉怀

羁栖楚泽慨微官，剪烛何时续旧欢。到眼新诗增别憾，倾心健笔涌文澜。壮襄绝少闺中态，豪气能驱塞上寒。惆怅年来情绪恶，恨无双翼逐征鞍。

——《中华妇女界》第一卷(1915)第十二期

书怀

兀坐明窗下,如年日正长。羁栖怀客子,身世感沧桑。睦众惟谦退,居贫费料量。无才惭我拙,怜爱仰高堂。

——《中华妇女界》第二卷(1916)第四期

写家书作

欲写家书趁便邮,挑灯搦管费绸缪。语多但觉蛮笺窄,人静偏宜夜色幽。窗外月华凉似水,眼前生计冷如秋。怜君客里情怀恶,只说平安不说愁。

——《中华妇女界》第二卷(1916)第六期

汪芸馨十六首

汪芸馨，生平不详。

记得词六十首选十六

不平权处事堪伤，弄瓦何曾异弄璋。记得儿时太憨性，故将轻重问爷娘。

同胞谁肯着先鞭，恢复文明独立天。记得年华刚十五，瞒娘偷读女权篇。

圆肤六寸走便便，都说儿家态欲仙。记得垂髫时节事，不将双足效人缠。

东瀛此去路漫漫，珍重罗兰与木兰。记得姊将分袂日，依依送上筑前丸。

忧群忧国愤填胸，爱读金家女界钟。记得与人闲说向，不施脂粉不关慵。

校旗一角逐风飘，窄窄衫儿楚楚腰。记得赛球心事壮，体操场上夺高标。

哀鸿遍野叹嗷嗷，典尽钗钿助振豪。记得乍开售物会，奔波镇日不辞劳。

绿杨夹道晚风凉，罢课归来又夕阳。记得儿家丰致好，襟头细缀夜来香。

涌金门外女如云，大好湖山又夕曛。记得西泠归去日，只鸡斗酒酹秋坟。

蜂腰革履效西娥，爱着蝉纱不着罗。记得泥城桥畔过，路人齐说女卢梭。

秋风秋雨事堪哀，唤醒雌魂归去来。记得偷闲题女报，吟成诗句费徘徊。

浪桥木马各争妍，竞走投球态若仙。记得会场开运动，阿侬第一是秋千。

数声秋蟀出空庭，姊妹酣眠唤不醒。记得夜深携远镜，凤仙花下测双星。

勾心斗角尽堪夸，秋菊春桃杂彩华。记得编成浑不似，笑呼伊作自由花。

旁观人忒费疑猜，娘子军因底事来。记得欢呼喧女辈，梵王渡畔打毬回。

而今也是自由身，不向深闺学笑颦。记得寒宵谈地理，西欧东亚道津津。

——《妇女杂志》第二卷(1916)第一、二号

殷蕙贞三首

殷蕙贞，生平不详。

虎丘杂咏九首选三

五人墓

黄土五堆埋侠骨，苍松翠柏伴英魂。设非当日甘从义，何得千秋姓氏存。

真娘墓

西子湖边苏小小，虎丘山上有真娘。风流绝代今销歇，剩有丰碑照夕阳。

剑池

疏林半抹隐飞虹，高塔峨峨接碧穹。宝剑殉王池殉剑，千秋名物属英雄。

——《妇女时报》(1916)第十九号

白玉昆二首

白玉昆,字方亭,直隶藁城(现属河北石家庄)人。直隶女师第三期毕业生,见于《直隶第一女师范校友会会报》第一期附录之学生名录。

留别胞弟玉洁

嘹唳声声雁叫空,离人判袂感先增。幽燕风雪征途远余赴安昌,齐鲁干戈战局终弟赴济南。诗境愁中休说仄,家山梦里愿常通。归期翌岁如相约,早把鸾笺付便鸿。

哭弟妇赵氏

绣阁相携已数秋,趋庭侍膳共绸缪。爱君念切同深海,知己情长话小楼。尚谓音容宜永接,足资阃范复何求。谁知竟逐春冰化,泪洒东风忆我不。

——《直隶第一女子师范学校校友会会报》(1917)第三期

张淑慧五首

张淑慧，直隶女师三年级学生，见于《直隶第一女师范校友会会报》第一期附录之学生名录。

连镇元宵即景

月光如镜恰元宵，爆竹连天夜色饶。锣鼓喧阗人语杂，满街争说看高跷。

思同学陶端明亡妹

音乐堂前细草生，怀人触物倍伤情。钢琴奏到无声处，懒向花前听晓莺。

玉容追忆惹相思，最是花晨月夕时。记得去年今日里，柳阴对立诉新诗。

人间天上两茫茫，想到音容暗自伤。何似阶前碧桃树，春来犹作旧时香。

三月怀陶端明小妹仿古

去年三月时，芳草盈阶砌。姊妹共言欢，宛结金兰契。今年

三月时,草色转佳丽。不见小妹容,珠泪沾襟袂。

——《直隶第一女子师范学校校友会会报》(1917)第三期

刘钟慧一首

刘钟慧，直隶女师三年级学生，见于《直隶第一女师范校友会会报》第一期附录之学生名录。

听雨

短擎独对雨潇潇，檐铁琤琮破寂寥。最触愁怀眠不得，隔窗一夜响芭蕉。

——《直隶第一女子师范学校校友会会报》
(1917)第三期

欧阳杰三首

欧阳杰,直隶女师预科甲班学生,见于《直隶第一女师范校友会会报》第一期附录之学生名录。

感怀

阅尽风尘眼界空,一生心事几人同。爱看良玉从军传,喜说木兰制敌功。休道年来难自立,岂知时势困英雄。每当思到伤心处,血泪垂珠两袖红。

——《直隶第一女子师范学校校友会会报》(1917)第三期

思友

相见深相契,相思又几年。多愁难自慰,有梦不成眠。薄暮云生岫,当春树绕烟。星霜惊屡易,南望每怆然。

岁月易蹉跎,繁华转瞬过。人生知己少,世乱客愁多。触景生惆怅,临风懒啸歌。旅人劳梦想,遥隔洞庭波。

——《直隶第一女子师范学校校友会会报》(1918)第五期

苏异尘三首

苏异尘，直隶女师五期毕业生，见于《直隶第一女师范校友会会报》第一期附录之学生名录。

春寒

细织湘帘雨似丝，春寒容易困腰肢。梨云小梦无寻处，愁煞挑灯觅句时。

柳枝词

如雾如烟入望遥，飞花似雪点溪桥。怜渠未识风尘苦，只向东风学舞腰。

五里长亭十里堤，柔条细叶长初齐。无端怅触江南梦，人在秋千画阁西。

——《直隶第一女子师范学校校友会会报》
(1917)第四期

梁国英三首

梁国英,直隶女师二年级学生,见于《直隶第一女师范校友会会报》第一期附录之学生名录。

上元夜对花看月咏

月正圆时花正新,花开如锦月如银。圆圆月下花千朵,灼灼花前月一轮。月下看花花富贵,花前赏月月精神。可怜月去花无主,恼杀花前月下人。

春感

春色撩人恨,香风在早晨。阶前花欲语,窗外鸟呼人。

秋夜

夜半凭栏立,星稀月在空。下阶听蟋蟀,凉露满花丛。

——《直隶第一女子师范学校校友会会报》(1917)第四期

朱吉贞一首

朱吉贞，直隶女师学生，见于《直隶第一女师范校友会会报》第一期附录之学生名录。

吊曹女士歌

曹女士宝玲，余同盟妹也。幼居比邻，长同笔砚，性聪颖绝伦，活泼可爱。民国五年春以暴疾殂，年十四。今至其没之周期，更深独坐。一念旧好，魂梦为劳，镜波洒泪，露湿春风之面，杵影横窗，寒敲夜月之魂，萦念颇苦，作短歌以吊之。

春色惨澹兮春草迷离，风雨无情兮落花乱飞。残枝虽在兮瑶朵已稀，孤坟如斗兮惨向斜晖。绿窗寂寞兮壮志全违，会短离长兮双泪空垂。蛱蝶双双兮交舞花枝，我自孤寂兮只影谁依？雁阵横天兮兄弟相随，我自独处兮怕归空闺。予情惨恻兮予心凄其，予怀怛惕兮予意伤悲。黄泉路远兮去不复归，睹物思人兮泪沾罗衣。花昙一现兮相见无期，水沉烟断兮春景熹微。

——《直隶第一女子师范学校校友会会报》
(1917)第四期

陈庆五首

陈庆,直隶女师一年级学生,见于《直隶第一女师范校友会会报》第一期附录之学生名录。

秋夜感怀并柬亚丹谨次式程师韵

瑟瑟西风感不禁,寒蝉高奏月华沉。乡心万里归难到,诗思千重不敢吟。何处疏钟惊客枕,谁家凉笛恼人心。东篱记否开樽约,莫待严霜日夜侵。

津桥晚眺

蔚蓝天色近清秋,万缕轻烟隔故俦。何处悲笳闻绝塞,谁家凉笛诉荒洲。寒鸦点点惊凭阁,征雁声声怕倚楼。最是令人惆怅处,长沙不见使人愁。

津桥风景正凄清,又是西风拂柳城。烽火连朝偏惹恨,家书万里最关情。黄英细落添幽色,紫蟹东来解宿酲。遍地干戈何日已,请缨还欲效长征。

送天梅师返吴

河桥折柳倍凄然，飘泊云萍絮满天。远树夕阳红似锦，新潮水气黯如烟。名山闭户足千古，小树成林须十年。安得绛帷称弟子，追随远道执吟鞭。

忆姊

忆昔兰堂习画时，垂杨轻绾碧桃枝。湘帘镇日无人卷，鹦鹉檐前唱小词。

——《直隶第一女子师范学校校友会会报》
(1918)第五期

顾训德四首

顾训德,直隶女师二年甲级学生,见于《直隶第一女师范校友会会报》第一期附录之学生名录。

感怀

抚琴权唱懊侬歌,湿透鲛绡眼泪多。自问未能遑问世,消愁无术奈愁何。

吊莫愁湖

莫愁湖里驾扁舟,此日重来偏惹愁。寂寞空山人迹绝,萧萧芦岸点沙鸥。

吊梨花

斜风细雨透窗纱,一夜摧残玉树花。九十春光留不住,子规声里恨无涯。

无题

残花缺月映窗纱,无端云遮月下花。月色明时花不艳,花光好处月偏斜。花前少月愁频长,月底无花恨倍加。扫起落花放进月,凭他花月各天涯。

——《直隶第一女子师范学校校友会会报》(1918)第五期

王棣华三首

王棣华，直隶女师二年乙级学生，见于《直隶第一女师范校友会会报》第一期附录之学生名录。

春思

蛱蝶双双隔帘飞，行人墙外往来稀。红楼一角曲栏畔，望断吴山不见归。

送春

风送残阳雨含烟，春来春去年复年。可怜残红浑无主，片片飞来曲栏前。

春晓

一觉枕边梦转时，鸟啼窗外报人知。春风似剪落红急，晓月穿云照影迟。远寺钟声惊客梦，画梁燕语动乡思。拥衾独坐寂寥甚，多少离思多少痴。

——《直隶第一女子师范学校校友会会报》

(1918)第五期

王同华五首

王同华，直隶女师一年级学生，见于《直隶第一女师范校友会会报》第一期附录之学生名录。

送陈君庆南旋

薰风乍至柳垂丝，共倚栏干唱小词。底事骊歌今又赋，令人心捣意如痴。

长亭柳色自依依，握手无言泪湿衣。南浦送君归去也，一声珍重已魂飞。

天涯作客易悲秋，君自南归我自留。勤折梅花劳驿使，不然何以慰离愁。

哭同学区君

绝世才华绝世姿，桐棺三尺了娇痴。从今幽明各异路，何处相逢诉离思。

闲展手泽泪双流，往事无端偏惹愁。埋骨异乡谁凭吊，杜鹃血泪洒荒丘。

——《直隶第一女子师范学校校友会会报》(1918)第五期

丁祖任一首

丁祖任,直隶女师二年甲级学生,见于《直隶第一女师范校友会会报》第一期附录之学生名录。

感时

大好山河带泪看,兵荒历尽气凋残。愧予孺弱浑无力,空说从军学木兰。

——《直隶第一女子师范学校校友会会报》(1918)第五期

杜清持五首

杜清持，生卒年不详，又名杜清池、杜青持、清池女史等，广东番禺人。教育家、女权先驱，与张竹君同为广东开办女学的先锋。先后在广州创办培英女学，与张竹君、马励芸等创办广东私立公益女学。辛亥革命前常在《女子世界》《女报》《女学报》等刊发表著述。

题邓仲容女史蕉叶肄书图

乘槎慷慨莅星洲，来去飘然大自由。莫就片长定价值，壮心犹欲迈西欧。青青题遍释奴文，海外争传女右军。中国多才今起点，风流豪杰出钗裙。芭蕉利用任天然，艳丽无殊五色笺。绿意透侵平等阁，著书初写女权篇。回首中原事已非，暂从南国避狐狸。田园三月皆红豆，应触天涯蜀士思。

——《女子世界》(1904)第五期

赠吴庄周三女士诗四首[①]

女界奴根痛日深，舞台万丈竟沉沉。三千劫尽无功果，愧我

① 署名“杜清池”。

空怀自立心。

孤陋谬伤同志少,文坛新种忽逢君。请看地轴犹旋转,信有裙钗冠四军。

造物阴阳本不偏,奈何痼疾竟相沿。与君共索平权债,还我文明独立天。

玛利批茶著美欧,立身当与彼为俦。救亡事业无男女,几辈英雄亦我流。

——《中国新女界杂志》(1907)第一期

公凤十首

公凤，生平不详。

寄赠中国新女界杂志主笔炼石女士

女权颓落五千年，苦海沉迷讵可怜。要识灵娲无限恨，顾心成石石成天。

输君振笔扫千军，警世钟声处处闻。休让男儿专势力，文坛今日已平分。

咏史八首

韦鞲啮首血模糊，彩凤随鸦亦自娱。不恨单于沦骨髓，忍拚帝女嫁槃弧。

尝胆久茹亡国痛，捧心尤恐报仇迟。君王莫问妾颜色，正是娥眉饮泣时。

白虹贯日鬼神惊，烈女偏成爱弟名。侠气只今消灭尽，名花万朵可怜生。

琵琶千载少知音，凄绝明妃出塞吟。马上何须重回首，新恩闻比旧恩深。

马嵬坡下玉成灰，郭相旌旗耀日开。太液芙蓉未央柳，痴心

犹望禄儿来。

红妆击鼓气如云,不为儿夫不为君。万里腥膻两行泪,莫将纤手误三军。

巴黎狮吼女罗兰,卷地风潮宝袂寒。我爱英雄尤爱色,红颜要带血光看。

胭脂队里苏菲亚,枪火丛中墨士哥。欲为须眉邀幸福,慈肠终比侠肠多。

——《中国新女界杂志》(1907)第三期

孙曙二首

孙曙，直隶女师二年甲级学生，见于《直隶第一女师范校友会会报》第一期附录之学生名录。

咏白梅花

琼姿不著半分红，世俗艳妆羞与同。洗尽浮华呈玉面，惟将真意诉东风。

偶感

虚窗摇影弄花枝，独坐吟诗夜半时。明月有情添作伴，流云无意慰相思。闲愁损尽黄花瘦，别泪惟余白露滋。青鸟传来消息稳，愿将书札往还移。

——《直隶第一女子师范学校校友会会报》(1918)第五期

陈竺湖二首

陈竺湖，为清末民初宣扬女性解放的重要代表人物，曾在《女子世界》发表诗歌数首。

颂女子世界

女界光腾万丈红，沉沉黑狱倩君通。自由平尽参差级，普及文明一体同。

光耀祖国女英雄，玛尼批茶现亚东。唤醒裙钗二万万，香魂同沐自由风。

——《女子世界》（1904）第九期

汪毓真十七首

汪毓真，生卒年不详，号“悟因女士”，江苏常州人。清末民初宣扬女性解放的重要人物，曾在《女子世界》发表诗歌数首。

祝女子世界

诸君法力自无边，一杵钟声彻大千。甘露遍输红粉队，慈航普度火坑莲。扫除魔障便成佛，争得人权不羡仙。百兆裙钗齐稽首，大同世界自由天。

见女子世界征文以女中华命题愧不能文诗以备塍

绣阁深闺尽日闲，国家休戚两无关。而今铁锁重重启，我愿娥眉济世艰。

招复女魂铸人格，凿开混沌造乾坤。会看满树桃花影，映出中华独立旛。

轰轰烈烈女军人，涌现慈云万亿身。发大慈悲施愿力，勉求幸福畀吾民。

热心喷涌诸色界，纤手撑扶大剧场。慧剑一挥魔鬼灭，家家俯首拜红妆。

读女学报第四期女界近史漫题四绝

女权将伸

野蛮遗制毒于刀,杀尽裙钗誓不饶。霹雳一声冲黑狱,潮州首出女中豪。

陋俗渐革

妖风不革祸无涯,天诱其衷自得师。一线光明开女界,闻风齐诵大慈悲。

立会制夫

专制相传积不平,兴师问罪岂无名。钟声惊起男儿梦,始信裙钗自有人。

老妇就学

人生所贵惟立志,老迈昏愚无足尤。愿我同胞诸姊妹,但求无愧此村妪。

有感

风潮剧烈命难知,大好江山欲付谁。我亦国民一分子,不教胡马越雷池。

——《女子世界》(1904)第六期

箴女界

毒缠足，重重缚。女界黑狱历劫不得赎。酿成今日之时局，覆我国兮弱我族。愿我同胞救祸速，勠力同心一湔此奇辱。

哀无才，种祸胎。家庭养育胎教久沉埋。国民最重是婴孩，嗟嗟弱虫自剪摧。愿我同胞速挽回，制造文明之母无迟徊。

劣无识，社会贼。焚香佞佛所议惟酒食。愚者失身且败德，善者不过依人术。愿我同胞除陋习，养成高尚国民之资格。

——《女子世界》(1904)第七期

读东欧女豪杰感赋

慷慨苏菲亚，身先天下忧。驰驱千斛血，梦想独夫头。生命无代价，牺牲即自由。可怜天纵杰，不到亚东洲。

——《女子世界》(1904)第八期

女国民歌

昨夕何夕兮斜阳西沉，今日何日兮旭日东升。光华旦复旦，照我新乾坤。新乾坤须整顿，好男儿睡未醒，女国民要自警。物竞之道优者胜，同心勠力且并命。万鬼却步百魔摈，毋谓人难企野蛮进文明，毋谓时难为人治胜天行。女国民，汝不知我曹二千万里四百兆，人何令欧戈美马争相陵。屈指同胞半女子，患难相同荣辱均。女国民，汝不闻马尼他纤手立功业？汝不闻玛利侬热血拯溺焚颇趾？同形脑同质，不过东西异地种异群。女国民，汝何长他人之志气，灭自己之才能？亡羊补牢尚未晚，今不努力痛

陆沉。兴亡岂独匹夫责,自由权利贵自争。焚香万炷祝万遍,愿卿扫除亚东大陆风云剧,还我光华灿烂之乾坤。

——《女子世界》(1904)第九期

读同情梦传奇漫题其后

爱国泪千行,平权话一场。诸天风未定,来日路方长。杜宇知啼血,梨花恨断肠。无端春梦醒,宝镜敛奇光。

只有伤心事,昏昏睡梦中。顽狮原不死,群丑敢争雄。拜罢自由像,敲残独立钟。请悬高枕听,天末起英风。

——《女子世界》(1904)第十二期

王韫娴五首

王韫娴，生平不详。

咏欧美豪杰细君之五

英相格兰斯顿夫人

人天幸福女儿花，五十年来内助多。组织自由新宪国，平民理想不销磨。

英文豪加雷尔夫人

雄辩才倾百舌鸟，家庭政治斗词锋。冷嘲热骂成知己，撞醒千秋革命钟。

法文豪尤阁夫人

偶从理想缔婚姻，势力相驱笔有神。怪雨盲风琴瑟底，文章高贵不忧贫。

美铁道大王豪留得夫人

丽质天生字爱莲，家庭纯美月长圆。雄飞商界英雄业，素手纤纤力转旋。

六亿万富豪嘉纳器夫人

良人名重妇无名,宁把浮名与世争。权力隐于王位后,嘲喧世界浪花明。

——《女子世界》(1904)第六期

采蘋一首

采蘋，生卒年不详，在《中国新女界杂志》发表诗歌若干。

王昭君

深宫销粉黛，边地多风霜。汉土日已远，昭君空断肠。胡尘惨淡春无色，瀚海天寒衰草白。归梦应怜永巷深，琵琶一曲和悲吟。西风独夜长秋冷，憔悴娥眉亦有人。

——《中国新女界杂志》(1907)第四期

保素四首

保素,生卒年不详,在《中国新女界杂志》发表诗歌若干。

咏史诗

婴儿子

怜他迹熄诗亡日,正是男权猖獗时。孔子删诗,首言后孔之德,想当时尚不过轻女。自战国后,女权遂日见陵夷。我意撤环终不嫁,半缘亲病半缘兹。

木兰

从军事业空今古,欧美名媛让未遑。独怪功成归里后,何须重改旧时妆。

卢莫愁

断送江山入石头,端因天子好风流。千秋谁识心中泪,只为愁深转莫愁。

梁夫人

南宋兴亡争瞬息,国魂振作仗娥眉。倘教竟督王师出,直捣

黄龙未可知。

——《中国新女界杂志》(1907)第三期

竞群八首

竞群,生卒年不详。苏州景海女塾学生。所录诗作,系读女塾时诗稿,由“弃民”投稿。

遣愤三首

谬哉尼父亦狂颠,漫鼓簧言纵毒传。女子小人《论语》:惟女子与小人为难养也。终古恨,可怜孔母亦含冤。按:此首大旨,与本报第一期第十页第五行《女德论》之“对于其母为不孝”句相合。惜乎,措辞之间,未能浑脱图到,是其缺点,然出于少女手,则大不易。故未加修饰,悉存其真。

谁云男子得天骄,大业原酬霸者劳。翻转乾坤好手段,汉唐吕武是英豪。

物竞天择寻常事,雌伏雄飞岂定论?痛哭神洲诸姊妹,何时还我女儿魂。打破五千年之铁案,唤醒二百兆之灵魂。竞群女士,真人杰哉!

春闺杂咏五首

闺居

天地阴霾至道微,焚香且自倚重扉。笑他男子无奇气,大陆何年净劫灰。呜呼!男同胞愿急努力,好自为之。勿为弱女子所笑。吾国

其庶几乎。

理妆

晓妆临镜自沉思，云髻何缘未入时。世事日非侬亦苦，复何心绪理青丝。一少女耳，忧时之志，溢于词间。今之以主人翁自命者，反孜孜于服御之末，他非所加意也。怪哉，吾知之矣，非此殆不足以代表大国民。噫！

读书

无才是德传东亚，千载奇羞陷槛栏。看到征胡儿女事，木兰端不逊罗兰。世人仅以孝女称木兰，窃为木兰冤之。敢断言曰：花木兰者，吾女界中富于爱国主义者也。仅以孝女目之，小之乎视木兰矣。竞群此评，实获我心。

种花

课余结伴且还家，趁此春光乐岁华。锄得阶前干净土，满园遍种自由花。编者曾有诗曰：安得尽成干净土，全球栽遍自由花。取意之间，不谋而合。

补衣

更深寐寞冻梅香，针线劳人夜未央。破裂山河缝未得，挑灯且自补衣裳。有思想人，定无庸笔。补衣为题，极细事耳，第三句竟有若大口气。诗发于性情，于此益信之。

——《中国新女界杂志》(1907)第二期

杨全荫四首

杨全荫(? —1949 后),字芬若,生于 19 世纪 90 年代,江苏常熟人。父杨圻,清政府驻新加坡总领事,民国时期,任吴佩孚幕僚。母李道清,李鸿章孙女。夫毕倚虹,江苏仪征人,鸳鸯蝴蝶派作家。后二人离婚。杨全荫著有《绾春楼诗词话》《绾春词》等。

庚戌归国北上舟中得诗四首留二

海鸥往复了无猜,指点成山土几堆。隔岸旌旗多变色,停舟未忍上烟台。旅顺在烟台对岸,今为日本租借地矣。

七二沽前海水黄,津门曲似九回肠。凄凉不许论形势,废垒颓垣空夕阳。大沽口达天津沿岸,不许建筑炮台,载在《辛丑和约》。旧日炮台遗址犹在,北门锁钥尽失。言之痛心。

——《妇女时报》(1912)第六号

月夜泊京口作

柁楼人独立,凉露恰三更。月正帆无影,江空潮有声。瓜洲渔火小,北固夜钟清。指点金焦险,苍茫百感生。

——《妇女时报》(1912)第七号

绿墅园纳凉作有记

侍父来新嘉坡,既一稔矣。地虽赤带,入夕颇清凉,类初秋天气,久之殊不以为苦。余家东陵山中,雅有林木之胜,地尤幽绝,因以绿墅名园。夕阳西下,晚风送凉,蕉窗濡笔,得诗十五韵。炎炎星洲,渺渺余怀,聊记其一二而已。时己酉十月十三日也。

星洲异风土,十月菡萏香。芭蕉四时绿,玫瑰长幽芳。薄暮炎氛退,卷帘看夕阳。海风西南来,浪浪吹衣裳。哀蝉咽清露,高阁生微凉。振铎唱卖冰,百钱饮一觞。有类嚼玉屑,使我沁肺肠。黧面印度奴,赤足倚女墙。擪笛唱蛮歌,意态何徜徉。不知亡国哀,我为心悲伤。侧身东北望,神州一发苍。是我故乡国,远在天一方。亲舍渺何许,白云殊茫茫。中原况多事,余怀转彷徨。安从问消息,慰我羁炎荒。

——《妇女时报》(1912)第八号

王灿五首

王灿,生卒年不详,字承粲,号粲君。江苏松江(今属上海)人。夫姚光。南社女诗人。

读妇女时报有感率成四绝

侍儿俏倚斗憨痴,正值环愁钗病时。苦海茫茫谁普济,发明女界自由旗。

脂粉丛中局促生,帘钩低压昼沉沉。恶声半教甘心忍,那作神州补憾人。

伤心巾帼志销沉,一握莲钩逐紫尘。谁鼓英雌飞大陆,拳翻桎梏炼灵魂。

诵君唱棒吼狮词,三色旗前一健儿。纤手江山扶得住,胭脂宝马任驱驰。

——《妇女时报》(1911)第二号。署名"承粲女士"。

白门悲秋集题辞为夫婿石子作

临水登山吊国魂,天涯万里尽萧森。闺中也是悲秋客,读罢新诗百感生。

——《妇女时报》(1911)第二号。署名"王承粲"。

陈家英十三首

陈家英(1895—?),字定元,湖南宁乡人。家鼎妹,家杰、家庆姊,萧炳章妻。与妹家杰早年曾就读于湖北江汉高等女学,后留学日本,加入同盟会,在《留日女学会杂志》《神州女报》上撰写诗文,提倡男女平等,参与反清斗争。经兄家鼎介绍入南社。曾任教于上海中华女子美术学校。有《纫湘阁诗集》。

送长兄汉元重赴广东国会

破浪乘风万里程,天涯雁影只身轻。河山满目皆荆棘,好为人间铲不平。

仆仆风尘鬓欲斑,挥戈挽日未曾闲。大苏过岭无人识,独看天南几百山。

小楼听雨次振雅社韵

小楼闲坐日如年,大好神州付醉眠。燕子不来春欲去,江山如此奈何天。

风雨潇潇夜欲阑,深闺人起怯春寒。桃花满地红于血,怕上妆楼倚画栏。

夏日即事

绿杨影里响新蝉，小阁迎风自在眠。初夏日长无一事，琼楼十二赋游仙。

一叶扁舟看采莲，湖光山色斗清妍。邻家姊妹憨痴甚，镇日波心戏画船。

寄家书

春来春去感蹉跎，秋雨秋风叹病魔。怕写茫茫家国恨，新诗不比昔年多。

秋夜次秀元三妹韵兼呈伯兄

夜起披衣感不禁，虫声唧唧晓钟沉。神州断送惟挥涕，时值中日协约成立。沧海横流独放吟。万里思亲游子梦，百年过客酒人心。眉山兄弟天涯别，应念慈帏老病侵。

黄浦滩晚眺用秀元三妹津桥晚眺韵

小滩遥望绝幽清，海市蜃楼怪此城。犬入禁中偏自在，燕巢幕上太无情。桃花万点添新恨，梅雨千行洗宿酲。大好画梁归别姓，有缨何处请长征。

次韵和秀元三妹见寄

万里关河一片霜,西楼征雁为谁忙。茅亭燕去知秋老,桐院虫鸣觉夜凉。红蓼滩头添画景,黄花时节斗山妆。故园不见又经岁,梦绕湖山过岳阳。岳州为南北战争重兵所集,北军盘踞以来,昔年觞咏胜地,今皆鞠为茂草矣。

有怀秀元三妹北洋女师范即次其韵

眉山兄弟各天涯,负笈从师愧未加。桃李相思春宴乐,芭蕉心卷故园花。湖湘词祖推骚体,江左门才数谢家。记得燕云烽火夜,旧游如梦说京华。复辟之乱,炮震京邸,屋瓦有声。余偕妹留考京校,时护家慈出险赴津,再回都门。往返京津重围中,日或数次。

寄怀家兄汉元

十载逋亡客,同胞若路人。相逢浑似梦,再别倍思亲。家远常通讯,时危好爱身。吾将游北美,躬谒自由神。

寄赠家兄可毅东京

一别三年久,闻兄又赴都。侠豪燕赵地,姊妹洞庭湖。巾帼羞雌伏,男儿孰凤雏。加餐每相忆,羊叔在长途。

——《南社丛刻》,江苏广陵古籍刻印社 1996 年版

张光蕙十首

张光蕙，生卒年不详，四川营山人。张光萱姊。南社诗人，经广东番禺朱克昌介绍而入会，加入南社较晚。诗风清丽流畅。现存诗多系近体，以感时即事、自抒怀抱为主。有《听琅吟草》稿本存世。

月夜感怀

凄凄月色夜迢迢，一盏残灯几度挑。无限思亲无限泪，断肠人度可怜宵。

伤心

修短难凭莫论年，几回搔首问苍天。伤心最是怀中妹，手抚灵床当母眠。

夜雨忆双山寺余母柩停双山寺

悲风苦雨送黄昏，寺冷双山欲断魂。凄绝一棺谁是伴？人如春梦了无痕。

香港旅次不寐感怀

星垂沧海夜漫漫，旧恨新仇感百端。旅梦惺忪愁月落，家书翻复倚灯看。血花欲染珠江赤，吟草初成香岛寒。新雁一行天际去，为依寄语报平安。

愉园

万灯深锁绿阴中，奇兽珍禽点缀工。山绿成池供冷棹，花光如海欲飞红。垂杨拂碎秋千月，虚谷能回弦管风。偏向夜分人散后，闲收幽景入吟筒。

书怀

茫茫身世等浮鸥，愿与花书结侣俦。恨念难舒诗当哭，悲肠莫洗酒排愁。魂犹未散志犹在，烛不成灰泪不收。搔首天高何处问，月明愁上十三楼。

柳絮

莫笑颠狂细弱形，自由来去顺天心。肯沾身外风尘累，感臆枝头雨露零。飘泊亦随流水远，扶摇尽许入云深。柔丝长岂能牵绊，多少楼台借绿阴。

香港月夜口占

秋宵寂寂思漫漫,冷沁衾池梦未安。料得闺中今夜月,倚阑人去小庭寒。

春归

春归时节雨丝丝,莺老鹃啼蝶意痴。百岁尚如残梦短,三春能有几多时?

倚枕

倚枕偏嫌今夕长,三年噩梦感苍凉。鹃啼血泪风凄牖,乌切愁私春在堂。树背萱残难再活,寸心草碎总成伤。依依往事何堪忆,一度思量一断肠。

——柳亚子编,马以君点《南社丛刻第二十三集第二十四集未刊稿》,社会科学文献出版社1994年版

张光萱十一首

张光萱，生卒年不详，四川营山人。张光蕙妹。南社诗人，与其姊诗风相近。

榕湖水阁与稚兰姊夜话

蕴香楼外月生毛，风泻荷珠落小舠。向同花深深夜坐，花枝滴露湿裙絛。

开窗

开窗涤砚整炉香，墨汁新磨照眼光。自爱洛神风韵好，扇头初写十三行。

——《南社丛刻》，江苏广陵古籍刻印社1996年版

冬夜偶成

寒风阵阵雪敲蕉，对此残灯倍寂寥。倚枕连翻眠不得，梅花枝上雨潇潇。

夜雨偶作

窗外风声杂雨声，愁多倚枕梦难成。鸭炉香尽灯如豆，无那凄凉夜色清。

春闺

连朝风雨未曾休，为怯春寒懒下楼。窗外无端啼杜宇，教人为句遣春愁。

秋夜偶成

秋云惨淡色凄凉，飒飒秋声秋夜长。秋雨潇潇听不得，悲秋人断九回肠。

感怀

匆匆岁月去悠悠，堪叹韶光不我留。无怪少年容易老，一生经得几多愁。

怅我浮生碌碌过，空疏学问恨如何。而今有志难偿愿，只觉年来愁更多。

春归偶成

送春归去替春嗟，怕睹春归掩绛纱。何事风姨恶太甚？一朝吹卸满庭花。

春残

落花时节断肠天，片片飞红上绮筵。庭外杜鹃相助泣，令人惆怅倍情牵。

香港夜游愉园

不尽来游兴，衣香鬓影中。闲行芳草地，信步万花丛。斜映溶溶月，轻飘谈谈风。此间多士女，齐斗艳妆红。

——柳亚子编，马以君点《南社丛刻第二十三集第二十四集未刊稿》，社会科学文献出版社1994年版

谭志学四首

谭志学,生卒年不详。民立上海女中学堂一年级生。

感事

江山摇落乱人思,世事如棋局已危。谁独伤今兼吊古,海天高处一题诗。

咏荀灌

贼势披猖不可当,将军困厄食无粮。待援不见男儿出,尚武旋看女子强。一路行踪人莫测,两军来会愿方偿。羡君此举全忠孝,留得芳名万古扬。

——《妇女时报》(1911)第四号

闻民军光复命省有作

河山今再复,汉室见威仪。慷慨横刀剑,狂歌对酒卮。秋风驰战马,斜日照征旗。拨乱才谁属,苍茫独立时。

——《妇女时报》(1911)第五号

吊起义诸烈士

剑拂西风劲，英雄崛起时。河山劳整顿，戎马苦驱驰。百劫沙场了，千秋俎豆宜。忠魂追吊日，酹酒暮江迟。

——《妇女时报》（1912）第七号

孙慕征十四首

孙慕征(1896—1968),字企馨。夫朱大可,南社社员。慕征曾从著名词人林铁尊、许默斋、姚劲秋等学诗词,被誉为“饶有唐音”。

陆似石师向索拙句诗以奉答兼谢默斋先生为削诗草

当年妆阁许追随,曾领春风侍绛帷。今日秦徐名共擅,又劳青眼到蛾眉。

闺阁闻名已二秋,而今悔未识荆州。齿牙谬荷先生借,好句真惭赵倚楼。

湖楼佳话久推袁,八斗才高四海喧。底事年来丝价贵,深闺争买绣平原。

咏絮惭无谢女吟,漫劳传唱到鸡林。若容忝作彭宣弟,权奉新诗当贽金。

病起口占

却寒呼婢下帘钩,折得芳兰懒插头。明岁未知人健否,好花应解替侬愁。

罗衣宽减旧腰围，病里无聊久掩扉。揽镜不知人影瘦，卷帘但见菊花肥。

——《大同月报》第一卷（1915）第十期

上海尚侠女校校长辛素贞女士招赴北征诗以却之

河山恢复仗同群，半壁东南捷报闻。时江宁初下。四海英豪争建业，三江儿女亦奇勋。深闺力弱应怜我，杀敌心雄首羡君。女士方组织女子北伐队而自为首领。愿化飞鸿翔冀北，遥瞻巾帼破燕云。

——《女铎报》第六卷（1918）第十一期

寄陆师似石时在崇明

暌违已是一年强，天水茫茫道路长。莫叹穷途多白眼，须知身世等黄粱。岂无鲍叔分羹契，终惹华歆割席伤。遥识新栽桃李树，绛帏深处自成行。

——《女铎报》第六卷（1918）第十二期

秋感

梧桐一叶报秋先，风景依稀似去年。时方二次革命。莫道故园团聚乐，时六叔祖全眷避难南来。天涯回首怅烽烟。

孰是功魁孰罪魁，欧西风气讶东来。自怜输却篱边菊，未到凌霜志已灰。

题待旦庐主人诗稿

民气凋残剧可哀,英雄歌泣几徘徊。伏波铜柱他年事,珍重神州辅国才。

升沉无定最堪伤,胸有奇才道自彰。他日长风腾健羽,莫教事业逊词章。

——《女铎报》第七卷(1918)第一期

寄二兄书后复题

频将絮语写冰纨,千里遥烦仔细看。几度病曾劳慰藉,数行聊以报平安。离人魂梦关山阻,寒士生涯蜀道难。弱弟年来颇解事,寄书也嘱劝加餐。

舟中即事

扁舟如驶带残霞,淡淡孤山寂水涯。红叶尽归樵子担,夕阳斜照野人家。溪边渔父歌声缓,桥畔村姑笑语哗。闲傍篷窗回首望,西风萧瑟送飞鸦。

——《女铎报》第七卷(1918)第二期

陈家杰三首

陈家杰(1897—?),原名家雄,字治元,湖南宁乡人。家鼎、家英妹,家庆姊。与家英一起留学日本,协助兄长参加革命斗争。经家鼎介绍入南社。

酬家兄可毅见寄原韵

生不逢时唐与虞,聊从学海探骊珠。如何不共兄投笔,却怪当年曹大姑。

时艰如此总堪怜,鹤唳风声又一年。良玉誓师当报国,燕支不买买龙泉。

近感寄伯兄汉元燕京

飞鸿起天际,风雨忆诸兄。浮海思西渡,平边愿北征。欲安土鲁寇,须仗木兰兵。不独超投笔,班昭亦请行。

——《南社丛刻》,江苏广陵古籍刻印社1996年版

王茂漪十首

王茂漪(?—1918),曾游学美国,肄业于佐治华盛顿大学。作有多首游美纪行诗。

游蓝陵 Blue Ridge

清游偶作蓝陵客,巧遇龙山落帽风。夏暑年光似秋暮,死生流转几回同。戊午六月,东美天气甚凉,为三十年来所未有。人寿百年,本难再得,况流转万里外者。明岁今日,不知更居何所。偶因山风之猛,忆及龙山落帽之诗,觉惟诗人名迹,数百年后,尚足动人景仰。此外功名富贵,万事皆空。似水流光,几同梦幻。言念及此,不觉泪下。

鸡犬云中余老屋,荒篱处处见繁英。人间不少闲花草,奇卉偏从僻地荣。

微闻幽籁起林端,又若清泉下翠峦。眉黛远含人似画,仙山楼阁拥千盘。偕女校友游行盘旋而上之山路间,林峦之胜,非一言所能尽也。远望岚光,色蔚蓝。蓝陵之名,遂以之见称于当世云。

怕从人事问圆缺,客恨多于清夜长。一至团圞明月夜,更从缺处费思量。归途月上,团圞佳景中忆母思儿,俱在云天数万里以外也。

——《妇女杂志》第五卷(1919)第十号

新大陆旅游小唱

丁巳夏自美京至空灵谷 GleuEcho

去路不知远，苍茫落照闲。山腰走摩托，木杪俯潺湲。高树排空起，长风逐电还。迫遥□轨迹，凉梦落尘寰。

戊午春游美兰省大瀑布

咫尺皆飞瀑，林深路转遥。清阴低近岸，幽径曲通桥。□马河边树，横舟槛外潮。明漪照颜色，尘虑一时消。

高树多奇籁，鸣泉落四围。烟霞供啸傲，岚翠浣尘衣。照影消烦暑，摩肩上钓矶。三生证仙果，石上几斜晖。一时群屐杂沓，有携手据石观瀑，喁喁作情话者。远望之，绝类我国山水画人物。

游维杰丽省亚力山大市彿徊河岸追怀华盛顿将军

遥山一发进楼船，断岸危栏抵逝川。南去京尘俱消尽，夕阳江上有余妍。瀑布美河上，每夕有小轮，自美京载客南去，客行过此，渐远嚣尘。烟水斜阳，弥足恋也。

大王遗号英雄宅，也许□垂万古名。毕竟荣枯判霄壤，水天闲话不胜情。亚历山大市有礼拜堂，距华将军故宅甚近。今美人士恒以一履其地为荣，而将军身后之荣，亦以国民之崇拜心而历久弗替。视彼显赫一时、凄凉万古者何如。

戊午三月三日由美京至宝提满城车窗书所见

村外斜阳路几湾，淡云漠漠掩松关。腴田绣地连芳树，知是

谁家屋后山。村居之美,非城市中人所能梦想及之也。

——《时报》1919 年 5 月 8 日

蔡智圆三首

蔡智圆(1899—?),字佩珠,广东香山人。父亲为政界人士。直隶女师四年级学生,具体入学时间见于《直隶第一女师范校友会会报》第一期附录之学生名录。

题咏絮楼集

咏絮诗成掷地金,雪样聪明锦作心。羡君一管如椽笔,使我终朝抱膝吟。

——《直隶第一女子师范学校校友会会报》(1917)第三期

闻目下我国经济困难纸币停换有感而作丙辰年冬

理财谁善叹才难,浪说银行近有团。满目疮痍终莫补,道旁冻骨不胜寒。

秋夜

静掩柴扉任月过,虫声四壁和吟哦。新凉天气供诗料,起草

灯残落焰多。

——《直隶第一女子师范学校校友会会报》

(1917)第四期

陈家庆六首

陈家庆(1904—1970),字秀元,号碧湘,湖南宁乡人。家鼎、家英、家杰之妹,徐澄宇妻。曾就读于北平师范大学、东南大学,师事刘毓盘、吴梅。经兄家鼎介绍加入南社。任教于安徽大学、重庆大学等校。解放后任上海文史馆馆员。诗风清丽,情感真切。有《碧湘阁集》《丽湘阁诗草》和学术著作《汉魏六朝诗研究》等。

送天梅先生南旋并柬亚希社姊

河桥折柳倍凄然,飘泊云萍各一天。远树夕阳红似锦,新潮水气黯如烟。名山闭户足千古,佳木成阴须十年。安得绛帷称弟子,追随远道执吟鞭。

叠前均送姊自津返沪并寄伯兄粤东

河山劫后意凄然,喜说西南别有天。时局似麻家似叶,梨花如雪柳如烟。新词锦绣争千载,故国沧桑又一年。闻道岭南风景好,归来待与解吟鞭。

自北洋女师范假归侍先慈疾有感湘中兵燹之乱偶忆录之家忧国难不知涕之何从也

蜩螗国事乱如麻,烽火连天哭万家。怕听秋风秋雨夜,大江东去唱铜琶。

感湘乱作次韵

一炬咸阳三月火,无情湘水吊湘人。风潇雨晦悲流徙,月惨霜凄感苦辛。梦里聊存哀后感,客中只剩劫余身。故园寥落成焦土,忍看年年海上春。

秋夜吟

棠影亭亭夜色寒,悄扶秋梦倚阑干。牵愁却为风和雨,检点嫣红到漏残。

——《南社丛刻》,江苏广陵古籍刻印社1996年版

寄怀伯兄汉元羊城非常国会

河山劫后意萧然,喜说西南别有天。时局似麻家似叶,梨花如雪柳如烟。新词锦绣争千载,故国沧桑又一年。闻道岭南风景好,归来待与解吟鞭。

——《湖南女士诗钞·碧湘阁集》,
湖南人民出版社2010年版

词

赵棻二首

赵棻(1788—1856),字仪姞,一字幼卿,又字子逸,号次鸿、婉卿,晚年号善约老人,上海人。祖父军机处行走、户部主事赵文哲,父户部右侍郎赵秉冲。为乌程汪延泽继室,早寡。子汪曰桢,官至会稽教谕。其女汪曰采、汪曰琛、汪曰杼、汪曰杏,皆有诗名。赵棻幼聪颖,工诗文,有《滤月轩诗文集》《滤月轩诗余》。《两浙輶轩续录》卷五十三云:"性耽文史,长于议论,幼即能诗词,长乃写古文及骈体。……又通医籍药性,传方施药,疗人多效。"

高阳台吴倚云夫人婉桃绿吟草题词

莺媚能歌,花娇欲语,比肩人倚朱棂。珊管轻拈,画眉螺子微青。闲抛书卷间停绣,赌尖叉、好句先成。听分明。吟出红窗,总是双声。　　玉箫凄咽秦楼凤,又天风吹送,鸾背飞琼。留取香奁,几多断稿零星。扁舟曾泊梅花堰,吊诗魂、冷月三更。剔寒檠。读罢遗编,梦落瑶京。

祝英台近徐藕香夫人延照遗稿，戴铜士属题

晓窗前，风幔底。妆罢对图史。小擘鸾笺，薇墨彩毫试。怜他镂雪思清，剥蕉心细。浑减了、两峰眉翠。　　振仙袂。吟魂飞去瑶台，代作断云坠。欲遣悲怀，开箧已沾泪。怕看锦句愁多，银钩腕怯，剩小印、尚钤红字。

——《女子世界》(1915)第三期

钱湘八首

钱湘,生卒年不详,字季蘋,江苏武进人。姑钱孟钿,夫赵仁基。工诗,善填词,雷瑨《闺秀词话》卷四言其“好为忧伤憔悴之语”,有《绿梦轩遗词》。

菩萨蛮

绿云如幄围深宇。晚来酿作纤纤雨。窗内有人听。芭蕉窗外声。　　蕉心犹自卷。怪煞愁难展。残梦已无凭。空阶滴又醒。

凤凰台上忆吹箫读姑母浣青夫人诗稿

一卷新诗,百年旧族,谢家风范犹留。是扫眉才子,咏絮名流。为有江山奇气,不仅是、闺阁温柔。还堪羡,人生难得,福慧兼修。　　都休。乌衣门巷,只雨雨风风,寥落堪愁。剩当时燕子,来往啁啾。我恨绛纱未倚,音尘杳、几度春秋。频回首,无端感人,清泪难收。

满江红 向外乞词谱

一卷金荃，抵多少、秋风红豆。细领略、偷声减字，长吟短读。铁拨铜琶君自唱，晓风残月吾还又。共商量、小阁静焚香，闲消受。　乌丝格，描来瘦。蚕眠字，书来就。悟无弦琴趣，筌啼宁守。愧我未工天上曲，向君聊乞花间奏。待从今、珍重手循环，逾琼玖。

惜余春慢 春草

划尽还生，拔余不死，只有春来芳草。含烟衬碧，带雨浮青，消尽三冬枯槁。何事萋萋满庭，惹藓萦苔，更无分晓。尽教它生意，浓添罗袜，不曾轻到。　还又向、斜日楼头，浮云槛外，遥望晴痕一道。花骢去后，油壁来时，今古离愁多少。试问长亭短亭，芳意年年，几时才了。只愁它、绿遍天涯，不管闲庭人老。

念奴娇 松针

凉宵月影，照碧纱窗外，刺来欲逗。冬心深护寒风里，正是缝裳时候。云软铺绡，雪深卷絮，乞与苍髯叟。针神谁擅，天衣无缝能就。　却怪春色年年，名园桃李，毕竟谁工绣。偏是翠钗甘寂寞，依旧空空妙手。制芰成衣，纫兰为佩，或是同心友。离离山上，绿苗新吐还又。

高阳台年年小池左侧秋海棠盛开,今花时过矣,红苞寂然,赋此寓感

叶碧低遮,花红散缀,年年深护秋阴。倩影含娇,亭亭照出波心。西风又是花时节,倚雕阑、消息重寻。一日间,几度徘徊,几遍沉吟。　芳魂一缕知何处,但苔深静掩,雨细斜侵。空自凄凉,早秋望到而今。名花应怕人肠断,只者番、肠断偏深。待重新,洒向阶前,清泪涔涔。

摸鱼儿庭有双桂,年来憔悴甚矣,感赋

记年时、空庭桂树。无声暗湿凉露。霏霏金粟黄千粒,吹满一庭香雾。抛绣谱。只此是、秋风秋雨凭阑处。年华细数。看此树婆娑,斜阳重倚,旧梦总无据。　禅心悟,试问天香几度。阅人青鬓成故。一枝倦付人间赏,似拟小山隐去。花且住。还只怕、秋江人去秋无主。一尊酹汝。聊共对银蟾,浓添金粉,莫便叹迟暮。

摸鱼儿九月十五夜对月,送外之楚

玉琴停、几回延伫。空明摇漾庭宇。姮娥不管人间别,自放一轮寒素。从细数。曾几番、双清人月笼香雾。明朝何处。凭寄语婵娟,深宵暂对,莫便向西去。　前身悟,长记团圞桂树。清光岁岁如许。谩将离合同盈缺,再见可能如故。君此去。算只有、茫茫江月随行路。楚山无数。料月似今宵,片帆孤影,添得几愁绪。

——《绿梦轩遗词》,《小檀栾室汇刻闺秀词》第五集,光绪间刻本

谢香塘三首

谢香塘(1792—1872),浙江平阳人。弟谢青阳,诸生。夫金洛先。早寡,以族子为嗣,教养成人。有《红余诗词稿》。

卖花声

秋色晚来赊。断雨残霞。萧疏芦荻满丛花。流水小桥红树外,几点归鸦。　　园种邵平瓜。蟹簖鱼叉。半村半郭野人家。篱落数枝元亮菊,又绽霜葩。

风入松

陌头芳草自芊芊。红紫竞争妍。蝶蜂也解韶华好,纷飞到、玉镜台边。杨柳池塘新雨,海棠院落轻烟。　　曲江人醉杏花天。春昼永如年。近来多少伤心事,都填在、眉上胸前。乐煞东邻女伴,踏青落尽钗钿。

满庭芳

枫叶萧疏,菊英零乱,小院无限秋光。试登高阁,一为遣愁肠。闲望故园景物,凝眸处、云树苍茫。碧天际,宾鸿隐隐,夕照

锁危樯。　　堪伤。记昔日，良辰佳节，雁序鸳行。常欢聚东山，诗酒清狂。此乐料难再得，枉回首、几度凄凉。空教我，沾巾老泪，滴滴洒重阳。

——胡晓明、彭国忠主编《江南女性别集初编》下册，

黄山书社2008年版

袁绶十七首

袁绶(1795—1866?),字紫卿,钱塘(今属浙江杭州)人。祖父袁枚,父袁通,夫上元吴国俊。少承家学,工诗词,有《簪芸阁诗稿》《瑶华阁词》。

浣溪沙

绣幌低垂燕未还。鸭炉添炷水沉檀。妆成慵自倚雕阑。
却爱轻风醒酒力,生憎微雨酿春寒。可怜时候杏花残。

满江红送云裳姨母之嘉定

怕说行期,乍领略、别离滋味。况又是、江南三月,饯春天气。两岸柔条和泪折,一襟幽怨凭谁洗。向尊前、莫为唱阳关,添憔悴。　游冶处,从头记。多少恨,从今起。算花深阑曲,长相依倚。如旧山眉窥绣槛,槛前人影今天际。剩银钩、题壁字分明,空凝睇。

月底修箫谱春夜乘月登仓山

渡溪桥,攀石蹬,寻月上岩顶。万竹玲珑,摇碎冰轮影。凭阑

不尽低回,一亭如笠,算今夜、更筹须闰。　　斗香茗。轻烟吹处成丝,风细袅三径。回首红楼,隐隐一灯靓。琼箫谱出新愁,梅花落遍,却半臂、嫩寒初劲。

风入松送花玉五姑母归瓦梁

相依几夕数觥筹。沟水忽分流。杨枝待折还延伫,凭轻帆、欲去难留。怊怅石城桥畔,一年一送归舟。　　歌残金缕不胜愁。无语注双眸。江南剩有欢场在,料隔江、梦也回头。却怪莺声啼处,绿阴遮断红楼。

八声甘州秋日侍莲甫舅氏游摄山

认丹崖翠巘影钩连。别有洞中天。恰秋空云净,斜阳一抹,红挂峰前。楼阁玲珑不断,只合住飞仙。何处晚钟起,敲破苍烟。

重倚松亭伫立,指水流花澹,泉喷珠圆。忽怒涛风卷,暝色上松巅。有冲寒、两三来雁,写新愁、欲下又回旋。低回处、再来蜡屐,知是何年。

卜算子书怀

秋似有心来,雁竟无书至。独自凭阑忆旧游,越恁添离思。

疏雨滴梧桐,澹月明幽砌。一片蛩声和笛声,不许愁人睡。

萧萧雨秋日怀嘉定表妹

正清秋、天气雨初晴,薄暮嫩凉侵。渐白蘋风起,莲衣零落,

桐叶萧森。来雁不传芳讯,云树影沉沉。减却清游兴,冷醉孤吟。　望处半竿残照,共炊烟一缕,阁住疏林。却高楼谁倚,横笛诉离心。怕思量、八年前事,任疏花、红瘦倦幽寻。无聊甚、倩如钩月,来伴更深。

声声慢雨窗无寐,别绪盈怀,慢倚此解,并寄都门

绵绵密密,飒飒萧萧,悠悠飏飏日日。搀入红蕉,似和乱蛩催织。金铺夜深静掩,闪兰釭、玉虫明灭。翠袖薄,恁新凉如水,倚阑无力。　此际浑疑中酒。待说与、心期又谁知得。点滴西窗,不管有人凄绝。欢场甚时再省,听高楼、一声横笛。谩凝睇,怕秋风、吹瘦倦客。

过秦楼慢花魂

梦短成烟,身轻逐絮,好倩晓风扶定。蜂须慢惹,蛛网潜穿,不怕妒花风劲。还向树底幽寻,埋玉泥香,瘗愁径冷。怨东皇何事,催将春去,付将凄哽。　空记忆、艳夺朝霞,娇笼凉月,几费词人吟咏。珠帘望里,玉笛声中,飞过阑干无影。怊怅留仙,未能盼断珊珊,容消金镜。便重来有约,只恐莺盟难证。

一枝春寄外

倚酒驱愁,留香款、梦过了烧灯时序。韶光有限,争忍更掺风雨。沉阴作暝,谩赢得、昼长无绪。寒尚峭、慵卷犀帘,怕听画檐鸠语。　长安久羁倦旅。纵春来、未减离情千缕。三秋一日,梦也有凭无据。天长人远,奈鱼雁不将愁去。教省识、瘦比疏梅,

折枝寄与。

浣溪沙

月子弯弯瘦一分。可因离思澹秋痕。绿窗幽寂罥香尘。剩有烟丝萦远梦,更无花片约吟魂。不成闲醉又黄昏。

卜算子

红疏槛外花,绿减庭前树。雁背斜阳澹不明,秋老蒹葭浦。掩却小屏山,遮断愁来路。刬地西风酿暮寒,又听潇潇雨。

菩萨蛮

翠禽啼破相思梦。红蕤一角鲛珠冻。好梦耐寻思。生怜入梦时。　梨云容易散。不管柔肠断。强起试妆迟。眉愁怕镜知。

金缕曲 送外

垂老何堪别。况茗茗、闽南冀北,山川重叠。十万腰缠同转饷,又值炎威酷烈。早梦绕、玉京瑶阙。输与闲沤眠浪稳,叹劳生、销尽轮蹄铁。漫青镜,添华发。　催归莫负鹃啼切。更谁怜、伤贫念远,寸肠千结。看碧成朱还自笑,常恐福因才折。容易过、好春时节。说与旁人浑未省,待宵来、细诉多情月。凝望处,碧天阔。

金菊对芙蓉自题桐阴待月图

断雁萦云，暗蛩喧雨，露华凉沁空庭。正微酲乍醒，笛弄凄清。辘轳金井桐阴晚，剪西风、作尽秋声。坠欢何处，盟寒旧日，梦瘦而今。　　夜深薄袂跉竮。向绿天影里，敲竹低吟。恰炉温鹊尾，灯晕花身。素娥不解相思苦，照离人、直恁分明。画阑凭遍，无憀心绪，说与谁听。

江南好

人别后，又是探梅时。风送归鸦栖不定，阿谁花底掩双扉。惊起翠禽啼。

深院静，帘卷辟寒犀。羌笛数声吹梦断，屏山一角玉蟾低。冷露湿苔衣。

——《瑶华阁词》，《小檀栾室汇刻闺秀词》第六集，光绪间刻本

汪淑娟九首

汪淑娟,约道光、咸丰间人,字玉卿,钱塘(今属浙江杭州)人。夫金绳武。有《昙花集》,与其夫词合刊为《评花仙馆合词》。

眼儿媚秋海棠

几天风雨掩屏纱。人也懒如花。除非蝴蝶,小山背后,还去寻它。　　摘来细向风前看,泪点没些些。断肠是你,伤心是我,一样生涯。

沁园春题石头记

何处红楼,几日西风,娇颜悴零。悔轻轻罗帕,打伊呆雁,些些诗句,教熟笼鹦。不及芙蓉,女儿坟上,犹受怡红一哭情。堪伤处,是绛珠有泪,顽石无灵。　　秋窗风雨凄清。问絮果兰因是怎生。算潇湘一梦,了完公案,袈裟半袭,救了神瑛。只怪桃花,和它柳絮,恁把凭空谶作成。痴儿女,被聪明两字,断送伊行。

琴调相思引 送韵仙主人赴南宫试

银烛深宵酒一樽。教人无可再销魂。心情撩乱，相对掩啼痕。　便是离愁难撇却，也须珍重两三分。红笺消息，早报画楼人。

卖花声 离筵未终，东方既白，重拈此解，以代赠言

绣帐病缠绵。闷极今年。卷帘日日望秋天。望到木樨花放了，望着归鞭。　灯火已阑珊。无可相怜。嘱君今夜莫开船。只怕夜深侬有梦，寻向君边。

卖花声 韵仙别三月，以客中所制卖花声词邮寄，泪影离声，恍惚纸上，因用原韵倚声，以报来雁

春信又今年。柳絮飞绵。去年曾记晚莺天。替检青梅头上戴，镜里移肩。　别后感瑶笺。心地谁怜。红罗斗帐薄如烟。夜夜为伊长梦见，风雨河边。

消息问而今。愁绝瑶琴。知君异地也难禁。千万花开三四月，休去登临。　应是动乡心。灯晕昏沉。和衣睡醒蓦兜衾。不信凄惶侬一个，影也难寻。

金缕曲 董子宝生与主人韵仙年从龆龀,交比云霞。自从燕北之游,遂有山阳之痛。床琴无恙,嗟别子以何期。墓草虽生,尚过门而欲哭。形神既悴,讽諫俱难,情难已,于一言效窃,冀夫七发所期,王霸或知,妻子多情,莫似刘伶,竟以妇人笑我

无计堪怜汝。只踌躇、秋来瘦得,腰围如许。君本多愁多病者,那禁者般情绪。又几日、眠餐无主。叠了罗衾全不寐,听潇潇、如此西窗雨。恁怪我,太烦絮。　　珠沤槿艳无凭据。算人生、因缘离合,偶然萍聚。侬纵于君相结爱,其奈痛无分处。况侬也、悲秋儿女。一日伤心三日病,命恹恹、抵死支持住。休忘了,者番语。

绮罗香

落雁惊寒,归鸦噪晚,几日霜风吹急。直恁匆匆,作老一番秋色。强支吾、剩翠零膏,禁不住、凄阳惨月。听寒螿、咽断空阶,旧愁句起乱如织。　　伤心追念往事,灯火宵深画阁,耐人思忆。回首春风,泡影浮沤堪惜。却怎的、挨过前宵,没商量、安排今夕。只背人、自理朱弦。华年悲锦瑟。

忆旧游薄冷初除，芳菲未晚。春人约我，画舫迎人。柳依依以可怜，花嫣嫣而欲笑。晚钟催黑，被酒忘归，独立苍茫，不知此身犹在尘世也。同游者姑母纫茝、三妹雯卿

恁水涵愁影，烟锁愁容，山掩愁妆。更听声声橹，作声声欸乃，折尽愁肠。今春花事消歇，归路忒微茫。有点点饥鸦，行行疏柳，澹澹斜阳。　　花香。陌头未，问当日軿车，谁嫁钱王。回首登临处，只荒陵水碧，断塔皮黄。荼蘼可怜春暮，风雨苦收场。怕明日西湖，又应谢了兰蕙芳。

——《昙花词》，《小檀栾室汇刻闺秀词》第七集，光绪间刻本

丁采芝二首

丁采芝,生卒年不详,字芝润,无锡人。父丁藕山,母张问端,舅张问陶,夫邹廷歇,为县丞。有《芝润山房诗词稿》。

百字令病怀　见《常州词录》

露华侵晓,酿春寒种种,动人愁绝。底事三更眠不稳,窗外雨声凄切。细数铜壶,频添绣被,兽炭红炉灭。心情无那,不知还向谁说。　况是十载离家,半生作客,入世遭磨折。辛苦好偿儿女债,赢得病怀如结。梦绕青门,枕凝红泪,瘦影横残月。晨鸡三唱,醒来又听檐铁。

浪淘沙重读生香馆诗词题后

开卷便生怜。好句如仙。玉钗敲断梦难圆。如此韶华如此过,那得延年。　底事不成欢。月夕花天。怀人题遍衍波笺。个里伤心人不晓,说也凄然。

——《小檀栾室闺秀词钞》,宣统元年(1909)刻本

丁善仪二首

丁善仪(1799—?),字芝仙,江苏无锡人。父丁宝洲,姑母丁绍仪。夫杨炳,任浙江同知。著有《双清室诗词》《双桂轩尺牍》。

忆王孙　见《常州词录》

梧桐分绿上雕栏。幕卷帘垂夜未阑。玉骨珊珊惯耐寒。掩青鸾。绝代娥眉称意难。

金错刀辛卯七夕,又昭表妹招诸女伴作乞巧会,小病未往,赋此奉柬

云影淡,露华凉。虫声如雨漏初长。寻盟有约邀新月,乞巧无缘炷晚香。　　陈钿盒,奠琼浆。一灯摇梦费思量。遥知语笑情方惬,都向天孙问七襄。

——《小檀栾室闺秀词钞》,宣统元年(1909)刻本

吴规臣一首

吴规臣,生卒年不详,字香轮,一字飞卿,号晓仙,江苏金坛人。父吴朗斋,夫吴县顾鹤。陈文述女弟子。能诗,卖画自给,善剑术,有《晓仙楼诗》。

采桑子　见《词综补》

昨宵星月今宵雨,首似春蓬。心似秋虫。毕竟情怀那样同。
小楼深闭愁无那,才听疏钟。又听征鸿。莫道吴侬不懊侬。

——《小檀栾室闺秀词钞》,宣统元年(1909)刻本

许延礽一首

许延礽，生卒年不详，字云林，仁和（今属浙江杭州）人。父许宗彦，兵部主事。母梁德绳。有《福连室集》。

齐天乐悼阮媚川夫人即题其慈晖馆诗词稿，次吴蘋香韵　见《词综补》

十年鸿雪邗江住，相逢选楼楼下。小字珠含，芳姿玉映，佳婿乘龙来迓。青琴调寡。是韦贯红妆，擘弦能亚。咏絮吟成，韵流松石古池榭。　乡关旋警燕幕，小村同避地，睽隔茅舍癸卯三月，余避兵新城，媚川亦随侍踵至，乡隅相隔，终未得一见。静树乌啼，寒潮鲤讯，难慰椒窗晨夜。鸾笙去也。叹一霎风顿，顿蔫桃杷。漫展瑶编，麝丸和泪写。

——《小檀栾室闺秀词钞》，宣统元年（1909）刻本

沈允慎三首

沈允慎,生卒年不详,字湘涛,号仲玫,仁和(今属浙江杭州)人。父沈又坡。夫张锡元,江苏候补州判。有《静怡轩诗钞》《咏月轩词草》《写香楼词稿》。

生查子

梳洗倦朝朝,酒病还来凑。带褪小腰肢,羞比垂杨瘦。
强上画楼凭,泪湿红绡又。无赖是东风,吹落桃花骤。

忆秦娥隔湖望柳

东风急。两堤垂柳平湖隔。平湖隔。烟笼初月,柔丝如织。
睡眉冷眼曾相识。诗魂绾向青青隙。青青隙。宿寒犹滞,啼莺无力。

清平乐

玉帘卷了。楼外闲云绕。独立苍茫人影悄。减却吟情多少。
秋风冷遍天涯。疏花还为谁开。雁字几行隔浦,怪他不带书来。

——《小檀栾室闺秀词钞》,宣统元年(1909)刻本

吴藻二十二首

高阳台 林秋园表兄二十四桥醉月图

金碧山川，烟花世界，轻帆叶叶扬州。明月三分，二分此夕当头。春风上下雷塘路，看珠帘、十里齐钩。好凝眸。鬓影眉痕，多少妆楼。　　三生杜牧重来地，有酒杯长把，诗卷长留。红板桥边，凉萤飞过深秋。玉人何处吹箫去，剩邗江、一片清流。几生修。我欲它年，骑鹤来游。

酷相思

一样黄昏深院宇。一样有、笺愁句。又一样、秋灯和梦煮。昨夜也、潇潇雨。今夜也、潇潇雨。　　滴到天明还不住。只少种、芭蕉树。问几个、凉蛩阶下语。窗外也、声声絮。墙外也、声声絮。

醉翁操

斜廊。深房。闲窗。剪金釭。昏黄。微风暗吹罗衣裳。木樨天气花香。莲漏凉。二十五声长。薄酒醒可怜晚妆。　　昔年听雨，秋为愁乡。昔年对月，箫谱新腔旧腔。怨雨声兮床床。

感月华兮茫茫。今年十度霜。挑灯重思量。小令断人肠。素笺潧墨三两行。

摸鱼子陈云伯先生桃花渔隐图

自先生、题襟汉上，湖山风月谁主。绿蓑画出元真子，料理钓筒茶具。千万树。问流水、桃花春色来何处。武陵伴侣。有旧梦盟鸥，比邻放鸭，值得故乡住。　　全家隐，休认渔儿渔女。神仙眷属团聚。海怀不尽添霞想，高唱入云诗句。君看取。看一碧、弯环渐到天台去。胡麻饭煮。著两两蛾眉，翛翛鸾尾，洞口扫红雨。

探春落灯后四日，梦蕉兄招同西溪探梅

料峭风痕，微茫雪意，嫩晴天气春曙。水曲环花，舟轻泛叶，棹入空明深处。枝北枝南路，一半与、秋芦分住。皷斜潧墨吴笺，冷香吟上诗句。　　回首钿车曾驻。记寒碧西湖，压波千树。皴玉肌肤，梦云身世，偷眼翠禽无语。横竹吹来未，怕仙佩、缟衣飞去。待过芳期，绿阴愁听疏雨。

苏幕遮

曲阑干，深院宇。依旧春来，依旧春来去。一片残红无著处。绿遍天涯，绿遍天涯树。　　柳花飞，蘋叶聚。梅子黄时，梅子黄时雨。小令翻香词太絮。句句愁人，句句愁人句。

水调歌头风雨悭晴，词以拨闷

十日九风雨，一日是层阴。春秋绝少佳日，无地可登临。不见西来秋色，但诵南华秋水，愁坐怨秋霖。屈指几明月，凝想到如今。　　树萧萧，泥滑滑，院沉沉。绿蓑青笠江上，渔父也难禁。挑尽幢幢灯影，听遍床床屋漏，余润逼罗衾。泼墨襄阳画，催我短长吟。

洞仙歌二十六日再过超山，梅花盛开，复拈前调写之

兰舟催发，趁嫩寒清晓。碧水弯环路多少。有香南雪北、三两人家，闲指点，认得那回曾到。　　空山云渐暖，缟袂相逢，伴我微吟似微笑。辛苦探芳时、绿屧弓弓，春泥沁、袜罗纤小。看不足、横斜万千枝，早一角、僧楼夕阳红了。

迈陂塘陆次山蜀游图

问谁歌、青天蜀道，书生笔健能写。蛾眉雪化岷江水，幅幅诗人图画。君看者。看翠劈双峰，剑阁连云挂。碧鸡试马。正红友春招，绿章夜奏，莫任海棠谢。　　奚童背，古锦一囊又卸。浣花笺纸无价。杜陵茅屋秋风冷，三峡词源长泻。游倦也。但听雨巴山，剪烛西窗话。鹅溪绢把。算家近蓬莱，梦回关塞，且乞镜湖假。

踏莎行 松风庭院行看子

石补阑空,泉随径转。幽栖好个闲庭院。百年乔木晋人家,清风吹得红尘断。　　翠合无痕,凉生不暖。何须脱帽看诗卷。月明仙鹤又飞来,松花松子琴床满。

台城路 积雨初收,嫩晴未稳,皋亭桃花盛开,游舫群集。午后偕蘅香、莊香买舟,由小港抵甘墩村。一路桥低岸曲,水复峰回,秾李千株,花繁似雪,此中幽境,别有天地,非人间矣

晓莺啼破纱窗梦,东风又催花舫。水傍花流,花围水住,春水桃花新涨。兰桡画桨。有人影如云,坐来天上。认得仙源,一襟芳思幻霞想。　　清游放舟最小,苇绡千万树,都在幽港。饮渌开樽,吹香试笛,不尽浅斟低唱。芦芽渐长。看鸭鸭阑边,白鸥三两。落日柴门,老渔闲晒网。

台城路 四月杪秋舲招游皋亭重赋

笔床茶灶安排惯,重游翠深深处。寺小埋云,桥低压水,惟有幽人来去。蚕房笑语。看抽雪成丝,茧香新煮。一两三家,半藏农具半渔具。　　清和天气正好,夕阳红澹薄,圆盖千树。曲渚捞虾,回塘放鸭,万绿濛濛围住。光阴未暑。怕梅子黄时,又愁风雨。载酒明年,碧桃花定许。

虞美人

已凉天气黄昏后。愁味浓于酒。绿莎蛩语未分明，第一秋声先诉，与侬听。　　房栊寂寂烧银烛。浅醉欹红玉。桂花香里露华多，不卷珠帘无那，月明何。

南楼令金宛钗夫人听秋图

人影下妆楼。帘声上玉钩。碧梧桐、庭院凉秋。竹外芭蕉三两树，纵不雨、也飕飕。　　明月又当头。西风听未休。问词仙、曾几生修。修到玲珑心路活，无一点、古今愁。

台城路秋蝶

一丝残照西园路，飞飞渐忘春事。冻抱孤芳，轻团落叶，聊伴哀蝉身世。琉璃扇子。自扑过流萤，粉痕羞渍。瘦草荒烟，谢家庭院黯诗思。　　幽丛坠红数朵，月斜风露冷，凉透双翅。宝髻香疏，罗裙翠减，歌板不堪重试。秋心未死。问明日黄花，断愁何似。学画窗前，阿娇寒素指。

浪淘沙冬日法华山归途有感

一路看山归。路转山回。薄阴阁雨黯斜晖。白了芦花三两处，猎猎风吹。　　千古冢累累。何限残碑。几人埋骨几人悲。雪点红炉炉又冷，历劫成灰。

水调歌头孙子勤看剑引杯图,云林姊属题

长剑倚天外,白眼举觞空。莲花千朵出匣,珠滴小槽红。浇尽层层块垒,露尽森森芒角,云梦荡吾胸。春水变醽醁,秋水淬夫容。　　饮如鲸,诗如虎,气如虹。狂歌斫地,恨不移向酒泉封。百炼钢难绕指,百瓮香频到口,百尺卧元龙。磊落平生志,破浪去乘风。

满江红栖霞岭岳武穆王

血战中原,吊不尽、忠魂辛苦。纷纷见、旌旗北指,衣冠南渡。半壁莺花天水碧,十围松柏云山古。最伤心、杯酒未能酬,黄龙府。　　金牌急,无人阻。金瓯缺,何人补。但销金锅里,怕传金鼓。墙角读碑斜照冷,墓门铸铁春泥污。爇名香、岁岁拜灵祠,栖霞路。

台城路自锄明月种梅花图

一襟幽思无人会,园林暮寒时候。小阁迟灯,闲阶就月,漠漠香凝衫袖。花师替否。恰鸦嘴轻锄,软苔冰溜。遍插横枝,碧纱窗外画阑右。　　姮娥乍惊睡起,镜奁凉照影,清艳同瘦。警梦霜禽,梳翎雪鹤,偷掠疏烟寻久。梨云半亩。似金屋安排,未容春漏。谩唤红儿,弄妆呵素手。

风入松 听月图

山河云外桂花浮。霞想广寒游。饭餐玉屑黄昏后，谪仙人、清绝无愁。冷澹心期印月，聪明耳性通秋。　　蛾妆不为夜凉休。圆镜正当头。阿谁惊起红尘梦，谩丁丁、宝斧频修。忽忆坡翁佳句，乘风欲上琼楼。

夏初临 初夏苦雨，追忆湖上旧游，用樊榭韵

梦雨飘帘，痴云压屋，吴绵欲卸还迟。新绿溪桥，花香洗净明漪。玉笙寒了休吹。蝉鬟鸦、钗燕参差。单衫轻舸，依依饯春，除是当时。　　故园樱笋，芳事阑珊，湿烟锁断，酒市青旗。垂杨自碧，画楼觅句人非。草色萋迷。钿车尘、不到湖西。短长堤。催归杜鹃，啼老深枝。

高阳台 平湖秋月亭故址重新，游者云集，舟过不得上，沿堤自断桥入里湖

山远浮烟，湖圆抱玉，丝丝杨柳轻柔。未老游情，累人催上兰舟。香尘漠漠西泠路，占红阑、笑语临流。一篷幽。摇碧谁来，第二桥头。　　自从不作伤心句，负夕阳芳草，满地闲愁。寂寂寥寥，襟期澹过眠鸥。东风几阵回桡急，峭寒生、欲裹重裘。懒句留。花似浓春，雨似凉秋。

——《香南雪北词》，《小檀栾室汇刻闺秀词》第五集，光绪间刻本

陈蕴莲四首

陈蕴莲(1799—1869),字慕青,号蓉江女史,江苏江阴人。父陈柄德,旌德知县。夫左晨。女左白玉。有《信芳阁诗草》。

菩萨蛮寄司兰六姊

池塘春草如丝碧。同怀千里关山隔。何处是维扬。眉头暗锁长。　迢迢双鲤集。慰我时相忆。江上采芙蓉。秋来明月中。

清平乐

愁风愁雨。尝尽愁滋味。雁是南来人北去。万种离怀难寄。
伶侬终日凝眸。知他长挂心头。道路舟车劳顿,如何禁得离愁。

凤凰台上忆吹箫咏菊

广陌秋高,小窗风冷,篱边点缀轻黄。试下阶摘取,襟袖皆香。浑不是、等闲桃李趁芳菲,爱踏春阳。试看我,亭亭瘦影,尽耐严霜。　商量。欲拚一醉,借色染云笺,香沁诗肠。况谢庭

觞咏，莫问柴桑。更少些儿俗韵，云髻畔、插满何妨。还摘取，花心花实，归来献祝高堂。

摸鱼儿题周温甫烟波泛棹图

寄豪情、茫茫大地，商量遣兴何处。软红十丈徒纷扰，只合烟波同住。心暇豫。趁一棹空濛，领略沧浪趣。漫斟绿醑。看青嶂重重，轻鸥片片，随着画桡去。　　才人笔，幻出高人意绪。传来清境如许。春江匹练开怀抱，个是神仙伴侣。尽延伫。十二万年间，几辈能容与。梦魂栩栩。想贺监当年，镜湖烟月，似向此中遇。

——胡晓明、彭国忠主编《江南女性别集三编》上册，
黄山书社2011年版

张友书十二首

张友书(1799—1875),字静宜,江苏丹徒人。父张壬,诸生。夫陈宗起,贡生。早寡。有《倚云阁词》。

忆江南早春

晴日影,初照绿窗纱。镜里画眉人未起,帘前鹦鹉唤煎茶。香透玉梅花。

捣练子春晚

风似剪,柳如绵。为怯轻寒却下帘。卸了棠梨花一树,杜鹃声里又经年。

满江红北固山晚眺

怪石松根,写木落、江寒时节。吟未了、金山老树,象山残雪。独自临江亭上望,风涛两岸无休歇。问凭今、吊古几回来,眦空裂。　　千古事,翻风叶。千古恨,横江铁。望秣陵何处,晚霞明灭。林际蟾光犹未吐,空中雁影遥相接。听怒潮、东下海门来,声呜咽。

西江月 忆燕

王谢堂前旧侣，年年偏向天涯。重来消息待梨花。屈指明朝春社。　闲却旧营巢处，傍谁门户为家。剧怜望眼已将赊。为尔湘帘不下。

浪淘沙 听蟋蟀有感

深坐意悠悠。新月如钩。淡烟花影小窗浮。底事添人羁旅恨，吟尽清秋。　唧唧总无休。问尔何由。为伊憔悴五更头。转念浮生真大梦，著甚闲愁。

江南好 本意

江南好，早韭荐初春。竹外轻雷抽嫩笋，江头春水上河豚。风味总宜人。

江南好，十里芰荷香。翠竹凉生蝉噪晚，茶瓜留客昼偏长。疏柳挂斜阳。

江南好，丹桂正芳菲。天淡云闲秋未老，橙黄橘绿蟹初肥。鲈脍客思归。

江南好，瑞雪洒琼瑶。火拨红炉添兽炭，杯倾绿蚁泛香醪。诗思在梅梢。

满江红虎阜王子达,故世家子。工诗嗜酒,贫如朱翁子,而豪气不衰。岁庚申,余以避地侨徙主其家,知余能诗,请于儿辈,愿得一言为重,赋此赠之

磊落如君,问抑塞、奇才谁拔。空抱负、满怀壮志,一身侠骨。家学青箱堪世守,何门朱履容轻袚。问买臣、穷困有谁怜,心空热。　　年正富,才无敌。酒户大,诗怀阔。每悲歌慷慨,其音清越。天骥呈才终展足,干将出冶难藏匣。莫效他、儿女诉穷愁,牛衣泣。

唐多令与兰仙夫人别逾年矣,近闻其病废村居,老怀枨触,难已于言,率成此调

过眼总云烟。斯人各一天。记当时、访戴河边。杨柳小桥缘岸曲,帆影过、夕阳悬。　　诗酒话缠绵。波心月正圆。听渔歌、又近门前。回忆昔时如梦寐,嗟不见、又经年。

减字木兰花秋夜

床前明月。惹起乡心今夜切。何处秋风。萧瑟偏来小院中。
芭蕉桐叶。搅乱愁怀向谁说。嘹唳云间。又听征鸿自北还。

——《倚云阁诗余存》,光绪十二年(1886)
陈克劬重刻本

顾太清四十五首

醉蓬莱和黄山谷

看秋山万叠，晓日曈昽，参差相倚。画栋珠帘，卷高空清丽。老桂香浓，洞箫声远，作瑶池佳会。露缀花梢，风摇鬓影，夜来凉意。　　此景人间，几曾得见，月拥寒潮，无边云水。满酌天浆，宴鸿都道士。秘诀长生，沧桑变化，对绮筵罗袂。尘世纷纷，残棋一局，谁非谁是。

念奴娇和姜白石

湖亭依旧，记从吾游者，二三仙侣。今日莲花开已遍，翠盖团团无数。荷露烹茶，碧筒吸酒，又听萧萧雨。远山遮尽，片云应是催句。　　欲暮白鹭成行，避人沙渚，拍拍冲天去。争忍西风容易落，怕见断烟寒浦。菰米随波，红衣坠露，花里谁能住。明灯双桨，笙歌一派归路。

洞仙歌和刘一止苕溪词

月明风静，问此时谁晓。雪后初开一枝好。爱孤山踪迹、千树横斜，临碧水，十里湖光冷照。　　逋仙归去后，依旧黄昏，疏

影婷婷为谁妙。望不尽、竹篱茅舍人家，断桥边、诗情空老。任南北、枝头暖相催，听玉笛声中、吹来多少。

满江红和张元干芦川词

绿惨红愁，东风里、杜鹃声恶。春去也、小楼人寂，雨声偏作。弱柳难将春思系，泪珠长向花前落。问天涯、归梦几时来，随风泊。　　春寒重，罗衣薄。音书断，情无著。对残灯顾影，共谁斟酌。昨夜雨晴知骤暖，等闲负了三春约。卷珠帘、一望碧天长，山如削。

霜叶飞和周邦彦片玉词

萋萋芳草。疏林外，月华初上林表。断桥流水暮烟昏，正夜凉人悄。有沙际、寒蛩自晓。星星三五流萤小。见白露横空，那更对、孤灯如豆，清影相照。　　昨夜梦里分明，远随征雁，迢递千里难到。西风吹过几重山，怅故人怀抱。想篱落黄花开了。尊前谁唱凄凉调。应念我、凝情处，听雨听风，恨添多少。

壶中天慢和李清照漱玉词

东风吹尽，便绣箔重重，春光难闭。柳悴花憔留不住，又早清和天气。梅子心酸，文无草长，尝遍断肠味。将离开矣，行人千里谁寄。　　帘卷四面青山，天涯望处，短屏风空倚。宿酒新愁浑未醒，苦被鹦哥唤起。锦瑟调弦，金钗画字，说不了心中意。一江烟水，试问潮信来未。

忆江南题唐伯虎画江南水村五首

江南好，春草满芳洲。山上孤亭才落日，门前高柳系归舟。童子曳双牛。

江南好，云影接山光。负米人行莎草径，论文客坐读书堂。晚饭菜根香。

江南好，桑柘一村村。万点鸭儿浮远岸，几家稚子候柴门。风雨近黄昏。

江南好，如练暮江清。绕屋蒹葭秋露白，对门丘壑晚山明。闲话豆花棚。

江南好，明月绿杨梢。茅舍孤灯犹夜织，板桥流水暗生潮。渔火一星遥。

鹧鸪天九日

九日登高眼界宽。菊花才放小金团。縠纹细浪参差水，佛髻青螺大小山。　人易老，惜流年。茱萸插帽不成欢。西风那管离情苦，又送征鸿下远滩。

鹊桥仙梦石榴婢

一年死别，千年幽恨，尚忆垂髫初会。眼前难忘小腰身，侍儿里、此儿为最。　悠悠往事，不堪回首，空堕伤心清泪。夜深时有梦魂来，梦觉后、话多难记。

步蟾宫自题画扇

沉沉院宇闲清昼。惜春去、怕春消瘦。为花写出好精神,展纨素、粉融脂溜。　　微风不许丝儿透。看颜色、年年依旧。碧桃深处海棠开,低枝上、翠禽同宿。

江城子记梦

烟笼寒水月笼沙。泛灵槎。访仙家。一路清溪、双桨破烟划。才过小桥风景变,明月下,见梅花。　　梅花万树影交加。山之涯。水之涯。澹宕湖天、韶秀总堪夸。我欲遍游香雪海,惊梦醒,怨啼鸦。

暗香谢云姜妹画梅团扇,次姜白石韵

风枝霁色。胜临流万点,吹开羌笛。日暮何人,翠袖凌霜一枝摘。写出疏香冷韵,谁似小、琅嬛仙笔。感昨日、团扇题诗,寄我伴吟席。　　南国。夜月寂。记庾岭五湖,千树堆积。少年历处。卅载相思梦魂忆。爱此冰纨小影,竹叶撼、一窗晴碧。赖老手、姜白石,旧词证得。

鹧鸪天傀儡

傀儡当场任所为。讹传故事惑痴儿。李唐赵宋皆无考,妙在妖魔变化奇。　　驾赤豹,从文狸。衣冠楚楚假威仪。下场高挂成何用,刻木牵丝此一时。

江城子题日酣川静野云高石画

日酣川静野云高。远山遥。碧迢迢。千里孤帆、一叶任风飘。莫话滩头波浪险，波平处，自消摇。　　昏昏天地太无聊。系长条。钓鲸鳌。且对江光、山色酌香醪。其奈眼看人尽醉，悲浊世，续离骚。

清平乐二月十日，金夫人惠芸苔菜，予不食此味廿六年矣。遂以短词记之

春风春雨。酝酿春如许。三十六陂芳草路。尚记昔年游处。
漠漠翠羽金英。菜花开近清明。好是江南二月，者般滋味香清。

浪淘沙春日同夫子游石堂，回经慈溪，见鸳鸯无数，马上成小令

花木自成蹊。春与人宜。清流荇藻荡参差。小鸟避人栖不定，飞上杨枝。　　归骑踏香泥。山影沉西。鸳鸯冲破碧烟飞。三十六双花样好，同浴清溪。

鹧鸪天上巳同夫子游丰台

南郭同游上巳天。小桥流水碧湾环。海棠婀娜低红袖，杨柳轻盈荡绿烟。　　花艳艳，柳翩翩。断魂花柳又春残。夕阳影里

双飞蝶,相逐东风下菜田。

金缕曲红拂

世事多奇遇。快人心、天人合发,英雄侠女。阅世竟无如公者,决定终身出处。特特问、君家寓所。逆旅相依堪寄托,好夫妻、端合黄金铸。女萝草,附松树。　　尸居余气何须惧。问隋家、驱鱼祭獭,为谁辛苦。况是荒荒天下乱,仙李盘根结固。更无奈、杨花自舞。悔不当初从嫁与,岂留连、一妓凭君取。远人也,越公素。

金缕曲红线

技也原非幻。入危邦、床头盗合,身轻如燕。甲帐风生申夜警,悄过兰堂深院。好趁取、灯昏香断。太乙神名书粉额,挂胸前、匕首龙纹灿。奇女子,字红线。　　功成岂为求人见。慰君忧、感知酬德,免他争战。遁迹云山游世外,酒海花场谁恋。劳主帅、中庭夜饯。野鹤翩然随所适,冷朝阳、特赋菱歌怨。乘雾去,碧天远。

金缕曲红绡

赫赫威权者。锁金闺、名姝十院,花台月榭。何必绯桃延佳士,此是君侯自惹。又何必、乌龙守夜。一面菱花云记取,好良期、三五清辉射。花阴底,月光下。　　潭潭院宇人皆怕。越重垣、金钉半敛,云鬟初卸。空倚玉箫愁不尽,蓦地人来迎迓。问何术、仙乎神也。磨勒奇谋人不识,莽昆仑、能使红绡嫁。百年偶,

本无价。

台城路四月廿四城东泛舟

清溪一带城东路,新蜩乍鸣高柳。五里蒹葭,数声啼鸟,正是薰风时候。将船载酒。感卅载重来,光阴回首。蟹罟鱼罾,小楼临水尚依旧。　　天光水影荡漾,看翩翩巧燕,波面飞逗。绿树成阴,红栏倒影,野色暗侵襟袖。维舟渡口。听萧寺钟声,梵宫轻扣。留客殷勤,再来秋雨后。

百字令题李升金壁二十四化长卷

晚来特好,映斜阳、二十四峰交错。依约红墙林外寺,楼阁参差飞舞。渔笛吹残,雁行初起,野艇冲烟渡。澄波如练,落霞远趁孤鹜。　　楚楚。返照晴岚,涂金刷翠,极目山无数。浓抹澹妆秋万里,冷到江头枫树。江水长流,碧山无恙,阅尽狂今古。锦奴名字,千午片纸留住。

烛影摇红听梨园太监陈进朝弹琴

雪意沉沉,北风冷触庭前竹。白头阿监抱琴来,未语眉先蹙。弹遍瑶池旧曲。韵泠泠、水流云瀑。人间天下,四十年来,伤心惨目。　　尚记当初。梨园无数名花簇。笙歌缥缈碧云间,享尽神仙福。太息而今老仆。受君恩、沾些微禄。不堪回首,暮景萧条,穷途哀哭。

惜分钗 看童子抖空中

春将至。晴天气。消闲坐看儿童戏。借天风。鼓其中。结彩为绳,截竹为筒。空。空。　　人间事。观愚智。大都制器存深意。理无穷。事无终。实则能鸣,虚则能容。冲。冲。

意难忘 自题梅竹双清图

一径幽香。傍猗猗修竹,疏影彷徨。横斜深院宇,冷艳小池塘。才雪后、乍芬芳。尽无语持觞。向夜阑、巡檐索句,特费思量。　　相思难话衷肠。想佳人空谷,一样情伤。帘栊灯黯澹,篱落月昏黄。多少事、意难忘。似不自禁当。更怕他、新愁旧梦,虚度年光。

江城梅花引 雨中接云姜信

故人千里寄书来。快些开。慢些开。不知书中,安否费疑猜。别后炎凉时序改,江南北,动离愁、自徘徊。　　徘徊。徘徊。渺予怀。天一涯。水一涯。梦也梦也,梦不见、当日裙钗。谁念西风,翘首寸心灰。明岁君归重见我,应不似,别离时、旧形骸。

东风齐著力 水波　得平字

燕子来时,回塘向暖,野水烟生。刚胜弱絮,初从落花轻。漫漫垂杨曲沼,才添了、几点浮萍。鱼苗长,生机浩荡,恰趁新晴。

雾縠太轻盈。波细细、参差碧浪纵横。遥天倒影，渺渺动柔清。好是东风消息，吹不定、似皱还平。天涯路，一篙新涨，万里春程。

寿楼春暮春

吁嗟乎春归。奈匆匆不住，轻送芳菲。几处园林池馆，落红霏霏。无意绪、裁春衣。想去年、百花开时。记剪烛山楼，看花古寺，回首梦依稀。　　谁能禁，东风吹。倚栏干几曲，心与时违。又是杨花糁径，海棠垂丝。春已去，人如斯。更不禁、幽思空悲。对芳草深庭，帘拢未垂双燕飞。

定风波雨中海棠

晓起庭除积落花。乱红和雨受风斜。惟许荼蘼同一梦。相共。飘零残粉卸韶华。　　满树轻阴垂绿绶。剩有。翩翩碎影护檐牙。切莫东风尽吹落。斟酌。枝头红萼暂留些。

江城子落花

花开花落一年中。惜残红。怨东风。恼煞纷纷、如雪扑帘栊。坐对飞花花事了，春又去，太匆匆。　　惜花有恨与谁同。晓妆慵。特愁侬。燕子来时、红雨已濛濛。倚遍栏干难遣兴，无端底，是游蜂。

惜花春起早本意

晓禽鸣,透纱窗、黯黯澹澹花影。小楼昨宵听尽夜雨,为著花事惊醒。千红万紫,生怕他、随风不定。便匆匆、自启绣帘看,寻遍芳径。　　阶前细草濛茸,承宿露涓涓,香土微泞。今番为花起早,更不惜、缕金鞋冷。雕栏画槛,归去来、闲庭幽静。卖花声、趁东风,恰恰催人临镜。

水调歌头中秋独酌,用东坡韵

云净月如洗,风露湛青天。不知今夕何夕,陈事忆当年。多少销魂滋味,多少飘零踪迹,顿觉此心寒。何日谢尘累,肥遁水云间。　　沃愁肠,凭浊酒,枕琴眠。任他素魄,广寒清影自团圆。谁管秋虫春燕,毕竟人生如寄,各自得天全。且尽杯中物,翘首对婵娟。

唐多令十月十日,屏山姊月下使苍头送糠一袋以饲猪,遂成小令申谢

风起又黄昏。鸦栖静不喧。拍幽窗、霜叶翻翻。把卷挑灯人未睡,酌杯酒、默无言。　　明月满前轩。天高夜色寒。有苍头、待月敲门。一袋糟糠情不浅,感君赠、养肥豚。

踏莎行梦　次屏山韵

幻影浮泡,原无凭据。个中变化纷如缕。也生欢喜也生愁,

其间似有通神处。　　念切情真，千头万绪。相逢未准飘然去。轻如蝴蝶腻如云，寒衾不耐天明雨。

秋波媚夜坐

自笑当年费苦吟。陈迹梦难寻。几卷诗篇，几张画稿，几许光阴。　　唾壶击碎频搔首，磨灭旧胸襟。而今赢得，千丝眼泪，一个愁心。

新雁过妆楼雪夜闻雁

静掩重门。春寒重、鸦栖又到黄昏。乱飘琼蕊，堆满瓦陇墙根。好共梨花争素质，欲同柳絮斗轻魂。舞翩翻，小窗淅沥，乌鹊惊喧。　　有人摊书独坐，正炉添活火，茶熟香温。夜冷风凄，东君锁住春痕。铜壶三传漏水，照孤影、残灯一豆存。更深也，听雁声嘹唳，飞过前轩。

风蝶令春日游草桥，过菜花营看竹

春水才平岸，蛙声已满塘。蘋丝分绿映垂杨。几处浣衣村妇、淡梳妆。　　看竹疏篱外，停车老树旁。李花零落杏花香。一带小桃花底、菜花黄。

醉花阴咏蝶

淡绿轻红春日暖。落瓣随风卷。蝶阵趁飞花，欲绣翩翩，抽尽春蚕茧。　　滕王旧稿晴窗展。住住飞飞缓。花底作生涯，心

醉群芳,生受东君管。

贺新凉雨中晓发南谷,用蒋竹山韵

几阵鸡鸣了。听潇潇、雨声不住,天光渐晓。料理行装催早发,多是崎岖山道。况秋潦、行人更少。夹路山花如堆锦,载秋光、不尽车箱小。丹砂颗,缀酸枣。　　长空不肯阴云扫。荡烟丝、垂杨处处,凉蝉嘶老。禾黍披离高原上,一夜西风吹倒。涨溪水、孤村环抱。转过云岗回头望,认依稀、高岭横天杪。云又起,四山杳。

南柯子九日城南看菊

问菊城南路,秋光又一年。草桥风景尚依然。正是黄花时节、碧云天。　　荒草迷幽径,残芦被野田。丝丝衰柳挂寒烟。遥指半规斜日、隐山巅。

意难忘哭云林妹

十载思量。幸莲舆北上,重睹容光。芳颜仍似玉,云鬓却成霜。相把袂、语悲伤。说离乱兵荒。叹年来、惊惊恐恐,无限凄惶。　　忽然病入膏肓。是长途辛苦,体不禁当。君心应自在,我意竟难忘。持素手、断柔肠。问去者何方。望魂兮、魂兮早降,享我杯浆。

——《东海渔歌》,日本内藤炳卿所藏钞本影印本,
《续修四库全书》第1726册

吴尚熹二十首

吴尚熹(1808—1850后),字禄卿,一字小荷,别署南海女士,广东南海人。父吴荣光,巡抚。夫叶应祺,山西蒲州府同知。工诗善画,词尤纤丽。有《写韵楼诗稿》《写韵楼词》。况周颐《玉栖述雅》言其词"皆以轻灵胜者"。

西江月喜雨

喜得一犁布泽,万家欣颂知时。空濛润遍绿杨枝。怪道甘膏相似。　恰是丰年佳兆,刚逢霡霂先施。轻红浅翠最相宜。来慰小窗人意。

西江月春夜闻笛

何处吹来雅调,彩云乍敛当空。鸾吟鹤唳尽从容。仿佛桓伊三弄。　院静花香细细,宵深月色溶溶。落梅一曲倚东风。惊觉小窗残梦。

忆秦娥落花

清和节。搓朱成碧春风歇。春风歇。暗香飘坠,燕啼莺咽。

隔窗留恋心如结。离怀欲诉凭谁说。凭谁说。绿阴无赖，昨宵新月。

南柯子暮春

荏苒余春驻，依微嫩旭晴。绣帘人静午风轻。一片絮花吹坠、到窗棂。　　几处双飞燕，谁家百啭莺。游丝摇漾系门庭。门外朱幡绿野、正催耕。

风入松初夏偶感

晴丝乍绾日初长。竹影幽窗。绿阴叶底黄鹂语，隔帘栊、风递余香。轻暖待裁纨扇，嫩寒犹逗银床。　　一春诗事去茫茫。有甚思量。近来学得参禅味，尽花开、花谢何妨。欲把韶光留住，良辰美景华堂。

蝶恋花七夕

银汉微横云乍敛。小别经年，又到秋清浅。初月照楼针渡线。屏风录曲夫容面。　　料峭凉风生小院。何处箫声，暗逐歌声转。一水盈盈宵漏短。相逢迢递双星愿。

双调南乡子暮冬寄怀任卿四兄

屈指岁将残。似水韶华去不还。正是怀人闲捧笔，漫漫。小雨凝冰分外寒。　　雁影隔关山。书到长安仔细看。云路茗茗何处是，珊珊。吟到棠花月未闲。

满江红秋夜有感

一晌清凉，西风起、吹来帘幕。恰又是、虫鸣四壁，虚澄小阁。怪底秋声偏着耳，窗前澹月还同昨。叹年来、何处寄愁心，腰如削。　乡梦远，浑难托。琴书案，全抛却。但消磨羁旅，壮怀牢落。百岁韶华弹指事，鸿回燕去空飘泊。问襟期、原不让男儿，天生错。

浪淘沙吟黄菊

品性傲秋霜。晚节含香。迎风带露短篱傍。恰似孤高标正色，胜似春芳。　瘦断俨清妆。狂态无双。怎生描写好秋光。一片金精筛月影，点缀重阳。

烛影摇红春柳

金缕含烟，河阳几处青青色。丝丝惯惹客边愁，挽就同心结。谩道柔条无力。绾离情、江南江北。随风低舞，带雨转垂，纤腰一搦。　南陌留春，池塘影转黄昏月。灵和殿里最风流，是处经攀折。送尽殷勤契阔。更堪怜、飞花似雪。飘零水驿，袅袅楼前，灞桥初别。

贺新郎庚子暮秋，侍母乡旋，舟中作

落日天将晚。望前涂、烟云一抹，江澄如练。三载风尘羁异地，喜得归帆如箭。经几处、白蘋斜岸。水态山容观不尽，见溪

村、颇动林泉念。何日里,适吾愿。　　自怜身似秋帆转。怎禁它、寒砧画角,吟虫征雁。水叶惊飞霜乍结,阵阵金风拂面。触旅况、栖怀无限。计历关山将两月,恨长涂、乡国何时见。心转切,眉慵展。

临江仙 秋色

万里清辉新月皎,碧痕摇曳风斜。江涌雁字寄天涯。星河云影净,何处著残霞。　　点缀飞鸿天际外,一行秋水蒹葭。夜寒花影上窗纱。便寻霜有信,庭树正栖鸦。

行香子 秋心

清夜溶溶。花影重重。乍听来、四壁寒虫。云屏倦倚,愁绪偏浓。问翠眉边,锦肠内,不言中。　　展转幽怀,料峭芳踪。尽平分、一点丝桐。年华迅速,去雁来鸿。任金炉冷,银缸澹,晚妆慵。

浪淘沙 壬寅初春,侍严慈游桂林,舟中作

细雨作轻寒。山色含烟。清波潋滟小舟前。碧树人家如画里,叠翠层峦。　　一霎转轻帆。回首重看。韶华流水自年年。屈指重来经七载,依旧山川。

满庭芳 舟行即景

杨柳垂青,梨花晾白,来风乍暖轻寒。篷窗悄倚,聊自破愁

眠。遥见晴峰送翠，斜阳外、几点炊烟。问多少，平桥古道，风舞落榆钱。　　轻帆。刚一转，黄莺细语，对我堪怜。更归鸿一一，睇燕翩翩。书就锦函芳讯，凭伊去、好报平安。挥毫处，云闲天澹，红日已西残。

念奴娇舟中晨起见大雾作

水窗才起，讶长空一色，江山何处。渺渺茫茫无畔岸，那是溪村烟树。恍若云腾，纷如雨骤，却怪蛟龙吐。洛妃妆罢，扬波倩尔遮护。　　还忆海市凌虚，蜃楼幻影，隔断红尘路。晓日无光烟澹澹，犹似晨鸡未曙。柔橹闻声，征帆莫辨，留我冰壶住。东轮乍转，轻舟依旧飞渡。

念奴娇渡扬子江作

大江东去，好乘风破浪，扁舟一叶。滉漾锦帆争渡险，滚滚怒涛如雪。香雾微茫，寒波浩渺，都助襟胸阔。水窗闲眺，辽天大地皆彻。　　犹若身在冰壶，如萍似絮，转逗愁千叠。此去乡关知渐远，心与江流同咽。隐现金焦，去来潮汐，掩映浮双阙。海门一调，离怀歌向明月。

满江红乙未冬，行抵长沙，回忆壬辰岁先严抚楚时，平定武岗瑶匪，督兵剿办，竭尽心力，迄今忽忽十四年。化境重来，口碑载道知先君之德政入于人者深，而往事低徊，曷胜悲慨

梦断天涯，重又抵、潇湘旅次。增余感、丰碑手迹，先人旧治。

仗剑满酬平虏愿，拂衣早作归田计。有士民、德政尚相传，功非易。　　才转眼，韶华逝。尘世梦，浑如戏。望岳峰秀色，景同人异。痛背椿颜三载渺，传心二七年前事。剩罗巾、徒染泪千行，悲歌起。

贺新郎 丙午夏赴都省母，因水阻王家营，对月感怀

憔悴荒村驿。对空庭、茅檐土壁，旅愁千叠。倦倚单衾怀往事，心比乱丝还结。恨迢迢、玉京遥隔。羁此异乡如断梗，望白云、渺渺思亲切。何日里，慰离别。　　飘零心绪同谁说。算只有、孤灯素影，天边皓月。弹指悲欢离合事，又是几回圆缺。这凄凉、似鹃啼血。千古蛾眉磨折恨，待从头、细告蟾宫魄。瑶阙远，楚天阔。

清平乐 秋思

凉云澹月。又到黄花节。几阵西风催落叶。惊起乱虫悲咽。

那更断肠人听。画楼愁倚银屏。嘱语今宵好梦，梦中切莫愁生。

——《写韵楼词》，《小檀栾室汇刻闺秀词》第四集，光绪间刻本

沈善宝二十八首

临江仙江楼晚眺

楼外长江江上水，水流东去沉沉。白云出岫本无心。远山浮浅黛，明月冷疏砧。　　来往蒲帆浑不定，忘机沙上闲禽。渔歌高唱绿杨阴。个中饶野趣，此外少知音。

一剪梅冲寒图

潇洒吟情在灞桥。杖挂诗瓢。驴踏琼瑶。阳春一曲调应高。梅正香饶。雪正萧骚。　　自是清狂逸兴豪。一任寒骄。肯负今朝。竹篱茅舍露山坳。幽景难描。幽思难消。

河满子寒雁

卷地朔风阵阵，过江征雁行行。底事劳劳无定迹，只缘辛苦随阳。清夜月明人静，残星几点微茫。　　毛羽谁怜丰满，书空枉费文章。嘹唳一声愁欲绝，芦花两岸飞霜。玉笛小楼吹罢，碧天万里何长。

河满子寒闺

帘幕低垂静夜，兰膏拨尽深更。灯影模黏梅影瘦，篆香暖拂云屏。已觉愁魂欲断，那堪雨又淋铃。　　几度思弹绿绮，谁家正理瑶筝。卸罢残妆纤手冷，霜风和月穿棂。无奈夜长人倦，薰笼倚到天明。

河满子寒山

寂寞疏林落日，凄迷衰草黏天。一片冻云归远岫，倪迂画笔悠闲。只少寻梅踏雪，隔溪遥指吟鞭。　　笑向春花丛里，妆成秋树村前。转眼风光都不是，空余寒雾寒烟。幸有停车归客，还来石径流连。

河满子寒砧

几阵金风送响，谁家玉臂生寒。霜里声声听断续，搅愁惊梦无端。催得楼头刀尺，工夫彻夜难宽。　　共月敲来漏永，隔林传去溪喧。惹起羁人无限恨，故乡极目关山。何事年年轻别，却令远念衣单。

如梦令不寐

半壁灯光孤立。一缕炉烟弦直。梦断小楼中，何处数声长笛。幽绝。幽绝。恰好疏帘淡月。

南楼令病中对菊

无力理残妆。伤心泪数行。整云鬟、翻累高堂。寸草春晖犹未报，扶瘦影、倍凄惶。　　驹隙逝流光。东篱菊又黄。忆沧桑、回首茫茫。十二阑干秋寂寞，还是尔、耐风霜。

喜迁莺和箫楼师秋感

秋光澄澈。又落叶潇潇，吟蛩唧唧。几杵疏砧，两行新雁，更胜杜鹃啼血。惹得羁人哀感，制就新词凄绝。低唱罢，觉愁肠自断，愁眉顿结。　　幽寂。帘卷起。菊影扶疏，正一庭霜月。欲问嫦娥，相邀青女，同话广寒宫阙。底事天边蟾影，只照人间离别。吟望处，对蒹葭露冷，暮云空阔。

小阑干早春

无情造物有情天。欲问总无言。一片愁城，四围愁阵，肠断又今年。　　生涯如此何堪病，触目倍凄然。杨柳风和，梅花香冷，春也学寒暄。

满庭芳题二十四桥明月图

万树垂杨，六朝金粉，繁华独擅千秋。平山远水，大可豁吟眸。无怪当年杜牧，销魂在、十里红楼。曾闻说，神仙富贵，跨鹤也来游。　　句留。却不道，春风明月，尽付名流。看珠帘半卷，绿蚁轻浮。飞盏狂吟未了，香尘遍、廿四桥头。谁还问，玉钩斜

畔,芳草暗生愁。

点绛唇 听雨

夜雨声声,杏花消息何堪问。小楼人静。澹煞残灯影。
自笑浮沤,何苦萦愁闷。当前境。花元薄命。争奈天生定。

醉太平 秋夜

风声雨声。蛩声漏声。作成一片秋声。却教人怎生。
诗随境更。愁随境增。不堪愁绪诗情。总黄粱未成。

凤凰台上忆吹箫

流水行藏,浮云踪迹,茫茫碧海青天。叹光阴易逝,岁月难延。底事离愁别绪,抛不去、心上眉边。愁都艳,夫容秋雨,芍药春烟。　　堪怜。彩毫挥脱,徒萦得蚕丝,万缕缠绵。纵诗成白雪,舌长青莲。究与生平何补,诚不若、桃李无言。空惆怅,瑶台十二,弱水三千。

满江红 渡扬子江感成

滚滚银涛,泻不尽、心头热血。想当年、山头擂鼓,是何事业。肘后难悬苏季印,囊中剩有文通笔。数古来、巾帼几英雄,愁难说。　　望北固,秋烟碧。指浮玉,秋阳赤。把篷窗倚遍,唾壶击缺。游子征衫搀泪雨,高堂短鬓飞霜雪。问苍苍、生我欲何为,空磨折。

一剪梅 夏日湖上忆兰仙亡妹，兰仙号湘娥

偶逐闲鸥泛绿波。才听菱歌。又听莲歌。湖光雨后镜新磨。山拥青螺。蒲展青罗。　　风卷松声逸韵拖。似鼓云和。不见湘娥。眼前景物尽如它。柳比双蛾。颊比新荷。

浪淘沙 题梨花海棠

清酒为愁浇。梦影迢迢。阑干倚遍转无聊。忽见阶前双艳影，不觉魂销。　　春事已花朝。脂粉香娇。更怜红线伴云翘。最好溶溶明月夜，银烛休烧。

满庭芳 寒夜对月忆兰心夫人

满地霜华，一庭月色，碧空万里无云。流光又尽，能不惜冰轮。遥望广寒宫殿，锁葳蕤、清绝纤尘。多情甚，素娥青女，耐冷照愁人。　　去年。当此际，萍飘蓬合，说剑论文。自西风别去，神返瑶京。堪叹人间聚散，转输与、皓魄三分。徘徊处，暗香浮动，梅影又横陈。

满江红 重渡扬子江

扑面江风，卷不尽、怒涛如雪。凭眺处、琉璃万顷，水天一色。酾酒又添豪杰泪，然犀漫照蛟龙窟。一星星、蟹屿与渔汀，凝寒碧。　　千载梦，风花灭。六代事，渔樵说。只江流长往，销磨今昔。锦缆牙樯空烂漫，暮蝉衰柳犹呜咽。笑儿家、几度学乘查，悲

歌发。

浪淘沙舟行晚景

渔火两三星。烟水冥冥。一行新雁起遥汀。辛苦天涯缘底事,也学飘萍。　　何处唱珑玲。肠断声声。记曾好句赋湘灵。一样曲终人不见,江上峰青。

满江红端阳感成

死别生离,半年内、肝肠寸裂。数恨事、萱花萎露,荆枝压雪。痛泪挥残千点雨,孤怀映彻三更月。望霜帏、何处觅慈云,悲无极。　　天中序,蒲榴节。思去岁,伤今日。记西湖竞渡,命题援笔。彩线教搓长命缕,霞觞曾晋延年席。剩孤儿、孑影奠杯羹,空呜咽。

浪淘沙平湖秋月

浩魄映平湖。一颗骊珠。琉璃万顷水平铺。月色波光同浩渺,人在冰壶。　　山色有还无。入望模黏。一声渔唱出菰蒲。柔橹忽惊鸥梦醒,诗境难图。

采桑子秋夜不寐,用独木桥体

桂花香静宵初永,露冷无声。月澹无声。月露无声伴有声。
声声只向疏窗度,四壁虫声。万树秋声。来助楼头夜读声。

虞美人冬夜听雨

打窗落叶声萧瑟。寒气灯前逼。病来诗思已无聊。添得者般情景、助魂销。　　霜鸿阵阵飞何急。岂有愁难说。一番疏雨一番风。知否有人憔悴、小楼中。

南楼令闻雁感怀

霜柝已三更。思亲梦不成。忆当年、血泪交迸。遍觅稻粱供菽水，甘旨计、苦难盈。　　听彻一声声。教侬恨更生。叹天涯、雨雪飘零。燕雀安能知抱负，翻笑汝、字纵横。

意难忘春夜听雨，忆孤山梅花定多零落，辗转不寐，感而倚拍

一叶轻航。向孤山深处，载酒寻芳。疏枝花缀雪，冷蕊玉霏香。疑翠袖、映红妆。烂漫斗春光。步苍苔、未能轻别，生怕斜阳。　　归来兀自难忘。怅诗魂蝶梦，不度潇湘。何堪连夕雨，更转九回肠。人无寐、恨偏长。花露定飘飏。想广平、心同铁石，尚赋篇章。

风入松

孝娥千里远寻亲。生死几艰辛。玉碑已现闺英榜，强归来、伴结佳人。赋茗久钦黑齿，颂椒同步青云。　　蜃楼海市幻中因。意蕊艳翻新。胸中块垒消全尽，羡蛾眉、有志俱伸。千古兰

闺吐气,一枝筠管通神。

——《鸿雪楼词》,《小檀栾室汇刻闺秀词》第一集,光绪间刻本

念奴娇

良辰易误,尽风风雨雨送将春去。兰蕙忍教摧折尽,剩有漫空飞絮。塞雁惊弦,蜀鹃啼血,总是伤心处。已悲衰谢,那堪更听鼙鼓。张䌸英　闻说照海妖氛,沿江毒雾,战舰横瓜步。铜炮铁轮虽猛捷,岂少水犀强弩。壮士冲冠,书生投笔,谈笑擒夷虏。妙高台畔,蛾眉曾佐神武。沈善宝

——《名媛诗话》,清光绪鸿雪楼刻本

陈淑英八首

陈淑英(1808—1877),字德卿,福建莆田人。夫翁焕文,陈淑英为其继室。工诗,善集句,有《竹素园诗钞》二卷,附《诗余》一卷、《集句》二卷。

忆王孙春草

萋萋满陌入春青。带雨和烟江上屏。一色翠侵杨柳汀。忆洞庭。王孙归去马蹄馨。

渔歌子秋泛

夜静依稀古渡头。孤鸿叫断蓼花秋。风瑟瑟,水悠悠。一江明月逐行舟。

江南春春景

风蔼蔼,日迟迟。娇莺啼柳树,慵蝶恋苍枝。江南一望春无限,草满西湖水满陂。

菩萨蛮闻雁

南来忽见新秋雁。举头盼得情无限。欲问远行夫。有书寄也无。　　雁过书不见。空望羞掩面。自语雁归时。将信去问伊。

十六令新秋

清。又是西风落叶声。多情雁,叫起客心惊。
凉。捣尽砧声几断肠。寻常月,无故似潇湘。
凄。残暑初归小阁西。捐纨扇,又怯步寒闺。
闲。长空星斗冷朱栏。弹玉瑟,万虑尽教删。

——《竹素园诗余》,光绪三年(1877)刻本

钱斐仲九首

钱斐仲(1809—1860后),字餐霞,浙江秀水人。父钱昌龄,山西布政使。夫德清戚仕元。工诗能画,擅长填词,有《雨花庵诗余》,附《词话》一卷。谭献评价其《雨花庵诗余》"洗炼婉约,得宋人流别"。

生查子雪夜忆永安湖

苍松十万株,楼拥苍松内。一面有阑干,却与明湖对。桥连曲曲堤,堤上山如黛。雪压钓鱼舟,更在梅花外。

菩萨蛮

流莺日日催芳草。越罗妥帖余寒小。粉蝶一双飞。春风香满衣。　　藤阴遮翠幔。容易窗纱暗。细雨压花低。迷藏人不知。

蝶恋花题自画紫藤双蝶便面

开到藤花春已暮。可奈东风,不肯将愁去。一任绣床黏柳絮。怜花只绕闲阶步。　　蹴损苔痕无意绪。移个鹦哥,挂在花

深处。教与夜来新谱句。不知花外帘纤雨。

雨压烟迷开更密。手绾柔条,结个同心结。一霎软风搓紫雪。花阴吹下成双蝶。　　欲笑还颦留一瞥。澹粉轻脂,便是春消息。作弄微虫描活脱。闲情付与匀眉笔。

春从天上来西堂旧感

冷落虚堂。恨闲庭桃李,也趁春光。敲月铜铺,飘灯珠箔,而今都是思量。幽砌苔痕自绿,帘空卷、尘满胡床。恁凄凉。算无多岁月,负了西窗。　　堪伤。旧巢无迹,怕燕子重来,难认文梁。谁见当时,呢喃绣幕,窥人晚浴凝妆,忘了调冰雪藕,扶残醉、犹恋荷香。费回肠。再休寻那日,挑锦缃囊。

浪淘沙题晓廷兄梅花小影

村远酒难赊。寒逗纹纱。脆貂裘裂帽檐斜。澹月昏黄风料峭,来伴梅花。　　春色遍天涯。柳濯新芽。千红万紫竞韶华。陌上青骢归缓缓,可忆梅花。

水龙吟题陈龙岩韬龙岩第四图

数间野屋临秋水,只有闲鸥相识。烟霞伴侣,琴尊队仗,此庐新葺。幽意萧萧,红蕉露泻,碧梧阴直。正风帘乍卷,海蟾飞上,湖光冷、摇虚白。　　随地渔樵堪适。笑吴侬、莼鲈偏忆。牙签玉轴,百城自拥,丹铅细核。梦里家山,龙眠岩屋、几曾忘得。向故人寄语,被云留住,作西泠客。

高阳台 戊申清明

衔肉鸦盘，飞灰蝶舞，累累多少荒坟。芳草萋萋，染它几许啼痕。东风不管伤心地，放垂杨、冷眼窥人。暗销凝，岸蓼汀蒲，都返春魂。　　平桥曲水依然在，但欢情顿减，疏了清尊。摇雨孤篷，重来不是寻春。无端逗起闲情绪，恨桃花、点缀柴门。再休提，那里芳津，那日湔裙。

解连环

抱愁含醉。启晶奁顾影，脸霞消未。解香丝、轻付鸾篦，验旧梦无痕，鬓云疏翠。几摺纹纱，可留取、那时清泪。记砌虫唧唧，窗蕉策策，伴人不作平寐。　　轻衾又还自展。更自宽罗带，自怜腰细。惯凄凉、守尽残更，渐忘却人间，欢娱情味。冷了熏炉，依旧是、和衣斜倚。恁禁它、月晓霜浓，叫寒雁起。

——《雨花盦诗余》，《小檀栾室汇刻闺秀词》第四集，光绪间刻本

赵我佩二十九首

赵我佩,生卒年不详,字君兰,仁和(今属浙江杭州)人。父赵庆熺。夫张上策。善音律,能度曲,有《碧桃仙馆词》,“以清圆流丽见长”。

长相思秋晚

芦花边。蓼花边。曾记横塘唱采莲。秋风年复年。　　暮云天。暮潮天。柳外轻丝荡细烟。沙鸥和月眠。

菩萨蛮

绿窗几阵黄昏雨。芭蕉叶上添愁绪。翠袖越罗单。西风吹鬓寒。　　梦魂何处去。帘幕深如许。闷倚小屏山。烛花和泪弹。

满江红赠别采湘外妹

一曲骊歌,猛回首、短长亭隔。谁更料、团圞难久,坠欢堪惜。节序惊心忙里过,云岚洗眼愁中历。叹尘劳、容易损朱颜,天涯客。　　携翠袖,知何益。题红豆,思何极。认罗巾点点,泪丝如

织。绣阁烟迷蝴蝶梦,荒江日落鸬鹚驿。最销魂、晚饭坐篷窗,千山黑。

浪淘沙

断梦倩谁招。难逐归潮。泪痕多在旧鲛绡。心上闲愁眉上恨,暮暮朝朝。　　帘外雨潇潇。寒杂砧敲。个人几日瘦纤腰。怪煞西风无赖甚,魂不禁销。

菩萨蛮秋江晚眺

炊烟一霎遥天暝。乱鸦飞破垂杨影。何处是乡关。白云山外山。　　欲归归未得。楚水吴江隔。莫道不销魂。茜衫蔫泪痕。

远峰眉黛伤心碧。荒凉古道飞黄叶。家住在江南。江天秋水涵。　　风前人影瘦。小立垂双袖。但得学归鸿。云罗万里通。

台城路题俞吉庵听蕉图

是何声起帘波外,浓阴半遮庭宇。酒梦初醒,茶烟未冷,清绝翠深深处。开门看雨。正月影筛金,满阶蛩絮。小槛灯昏,此情幽抑共谁诉。　　西窗夜凉坐久,尽轻衫侧帽,潇洒如许。簌簌方来,疏疏忽断,一片秋心能语。披图认取。想叶底微吟,旧题诗句。万叠云笺,绿天庵外补。

步月题黄小岩秋江玩月图

孤鹤南飞,大江东去,诗怀直恁句留。暮霞晚景,风急白蘋洲。想吹笛、鱼龙起舞,千山外、远豁双眸。人何在、琼楼玉宇,高旷不胜秋。　　悠悠。香雾绕,销魂怕暗省,檀板歌喉。青衫泪湿,灯火话难周。延素魄、朱阑共凭,卷疏星、银蒜齐钩。归去也,深情未肯逐潮收。

菩萨蛮

罗纬昨夜秋先逗。银釭一点如红豆。无力卸残妆。桐阴月转廊。　　愁多偏易醉。闷拥香衾睡。不道梦难成。酒醒愁又生。

江城梅花引

朝来归梦忒匆匆。怕惺忪。越惺忪。一霎南柯,惊破五更钟。昨夜画屏凉似水,秋去也,怅天涯、目断鸿。　　断鸿。断鸿。信难通。云万重。山万重。盼也盼也,盼不见、锦字缄封。空把阑干,倚遍夕阳红。帘卷西风人影瘦,销魂处,湿罗巾、别泪浓。

月上海棠

曲屏移过斜阳影。怨黄昏、一霎林烟暝。小立苍苔,隔花阴、袜尘香凝。湘帘卷,深院月明人定。　　暮云春树诗怀冷。似天

公、付我伤心病。梦里闲愁，怕思量、旧时风景。红楼笛，忍把离魂唤醒。

台城路秋雨

帘波欲浸潇湘碧，凉生半庭高树。竹飐虚廊，桐飘古甃，凄绝一声声雨。檐铃碎语。正滴破乡心，乱愁如许。听彻黄昏，玉阶萧飒几曾住。　西窗又然绛炬，忆当年话别，幽恨难诉。宝鼎香销，银屏梦醒，句起伤秋情绪。流光逝羽。怕摇落江潭，绿杨千缕。夜漏苕苕，剪灯人意苦。

金菊对芙蓉秋感寄采湘

断角声凄，零笳韵悄，斜阳催暝荒城。正满林黄叶，秋老旗亭。春来送别香车杳，剩临歧、泪湿吴绫。可怜游子，生涯如梦，梦几时醒。　旧事追忆无凭。叹尘劳鹿鹿，水逝云行。任楼开弹指，幻想空惊。故园寂寞休回首，怅衔泥、燕垒难成。今宵残月，照人千里，两地离情。

苏幕遮

篆烟销，灯焰灭。帘卷西风，吹作漫天雪。梦里云山千万叠。便不相思，也化双飞蝶。　漏声残，谯鼓歇。一霎相逢，一霎轻离别。悟到空空如水月。纸帐梅花，依旧音尘绝。

菩萨蛮

晓钟敲破梨花梦。绣衾如水春寒重。怕听子规啼。归期未有期。　　妆台和泪倚。镇日慵梳洗。不敢画眉弯。生憎是远山。

齐天乐 题子循弟罗浮仙梦图,为悼亡作也

萧条纸帐清如水,春山四围妆靓。紫玉烟消,青衫泪湿,半枕梨云香凝。悲怀未省。待跨鹤人来,步虚声静。梦入罗浮,天风吹下萼华影。　　疏林乱飘绛雪,落英铺满路,知否仙境。明月前身,昙花幻相,蝴蝶飞回芳径。钗寒鬓冷。趁一霎相逢,玉肩双凭。翠羽无言,断魂谁唤醒。

高阳台 西湖夜泛

古寺攒�,青墙绣薜,汀边小驻华骝。载酒桥东,酣然醉试春瓯。风潮树籁声先逗,更啼蛩、信到凉秋。玉轮圆,皓月生辉,胜境凝眸。　　百端竟尔齐句起,恨相思顿杳,易惹人愁。蜡炬生灰,红蕤梦去难留。任它水面弹筝怨,袅炉香、休上帘钩。绕花漪,处处园亭,恰许横舟。

忆秦娥 扫采湘墓

东风急。白杨枝上啼鹃泣。啼鹃泣。澹烟疏雨,梨花寒食。
墓门春草年年碧。斜阳惯作伤心色。伤心色。盈盈倩女,离

魂难觅。

声声慢秋声仿竹山

远雁悲鸣，哀蝉暗咽，销魂齐作秋声。画角城头，斜阳冷带鸦声。怕听荒村落叶，近黄昏、古寺钟声。长亭外，有黏天衰草，响送车声。　　谩向灯前问卜，但计程窗下，敲断钗声。檐铁琤琮，小楼前后风声。邻家又催刀尺，捣寒衣、一片砧声。黄花瘦，卷帘人、微褪钏声。

萧萧飒飒，惨惨凄凄，飞来何处秋声。似雨还风，梧桐叶底寻声。香老豆花篱角，怕吟蛩、絮出愁声。蕉窗畔，漏疏灯一点，微逗书声。　　惊起惺忪茶梦，是相如病渴，炉沸泉声。片月长安，万家同捣衣声。今夜板桥霜冷，唤行人、野店鸡声。荒城外，听鸣笳、寒杂漏声。

摸鱼子哭君莲二妹

怪西风、云罗一雁，迢迢缄札谁赠。惊心寄到江南驿，报道兰闺人病。催画艇。唤急棹归来，片叶飞帆影。离怀未省。早白奈花开，红蕖香老，短梦霎时醒。　　芳魂杳。怊怅重泉路迥。空教愁绝荀令。画眉闲煞妆台笔，奁匣暗封尘镜。钗燕冷。剩碎粉零脂，门掩铜环静。凄凉幻境。料旧雨多情，相逢地下，携手共悲哽谓采湘。

菩萨蛮

天涯芳草无情碧。年年作尽凄凉色。日暮下帘钩。玉人休

倚楼。　　双眉攒桂叶。恨向青山叠。心事莫瞒它。含愁诉落花。

南歌子

春雨肥红豆,秋风瘦白蘋。柳丝无力绾离情。一任漫天飞絮、送人行。　　落日孤帆影,荒城断角声。螺鬟如画远山青。恰似个人楼上、晚妆成。

探芳信湖上探梅,追忆君莲,用草窗韵

趁清昼。好岭上探芳,堤边载酒。只玉波无恙,青山尚依旧。东风识得词人面,笑比梅花瘦。怕重来、软绿成阴,乱红飞甃。　　何处笛声骤。正梦醒乌篷,泪凝螺岫。湖水湖烟,相看断肠否。剧怜冢畔香魂杳,往事空回首。感流光、又见春归细柳。

高阳台送春,用梦云楼主人韵

浊酒慵斟,罗衣怯试,麦天凉意如秋。檐角蛛丝,丝丝绾住春愁。海棠已嫁荼蘼老,剩浓阴、绿满枝头。最难留。陌山香车,水上兰舟。　　离情莫向东风诉,怪啼鹃薄幸,燕子忘忧。柳色销魂,画眉休倚妆楼。泪痕红染绞绡迹,怕尊前、唱彻吴讴。锦屏幽。帘外花飞,碎扑银钩。

满江红春日湖上遇风

斜日南屏，偏几阵、风回画桡。拚冷落、半湖残梦，剩笛零箫。碎蹙烟波堆细縠，低翻草树䠞新条。更杨花、似雪扑疏篷，过断桥。　　沙堤畔，柔橹摇。云寺外，乱钟敲。怅酒阑歌散，依旧无聊。近水楼台天半隔，满城灯火望中遥。问采香、人去甚时来，魂暗销。

玉漏迟月湖夜泛

迢迢银汉路。嫦娥睡起，碧天云暮。柳外凉蟾，照出暝烟千缕。雨过山青欲滴，似和泪、个人眉妩。花不语。红船撑入，翠乡深处。　　谁家水调歌成，怕唱彻菱塘，惊它鸥鹭。薄衬冰绡，清逗满身香露。安得今宵酒醒，把残月、晓风留住。欢易去。思量旧游无据。

鹧鸪天

密织鱼鳞百尺篷。绿阴阴里小帘栊。水窗凉逗菰蒲雨，月榭香生菡萏风。　　眉敛翠，颊销红。病余鸾镜掩青铜。晚来谁弄阳关笛，吹出垂杨古苑东。

八声甘州中秋苦雨，寄砺轩吴门

卷轻纱、翠袖暖凉生，香销玉炉烟。尽灯挑红豆，秋心如醉，酒中愁边。听遍黄昏风雨，拥髻不成眠。孤负团圞节，冷落芳筵。

万古有情明月，恁今宵盼断，碧海青天。怅广寒宫阙，云掩路三千。料姮娥、替人垂泪，怕晚妆、金镜向人圆。应知我、新来离别，影只堪怜。

——《碧桃仙馆词》，《小檀栾室汇刻闺秀词》第三集，光绪间刻本

张秀端 十五首

张秀端，生年不详，约三十而卒，字兰士，广东番禺人。父张维屏。夫钱鼒，监生。有《碧梧楼诗词钞》。

浣溪沙

几树夭桃映碧纱。东风帘卷玉钩斜。红楼半被绿杨遮。
风槛扑余衣上絮，砚池吹落鬓边花。小窗人静绝喧哗。

菩萨蛮

碧茵绣幔重重锦。流苏五彩鸳鸯枕。匝地簟纹凉。氛氲来异香。　　敲棋声定后。笑语闲清昼。六幅画屏风。夜阑灯烛红。

菩萨蛮

梧桐苑落清秋夜。星光皙皙明河泻。独自倚胡床。池荷来暗香。　　竹深闻坠箨。风响花铃索。何处小楼头。箫声有别愁。

菩萨蛮

雨余深院香风细。茶烟一缕花间曳。明月不曾来。露华凝暗苔。　　玉罗衫子薄。莫凭阑干角。几点小流萤。檐前杂乱星。

思佳客送梅花与姊静仪并柬是词

此是罗浮冰雪姿。暗香消息许君知。笑侬岁岁评花品,又到东风第一枝。　　供纸帐,映瑶卮。兰房清赏却相宜。夜来微醉银缸畔,疏影横斜好赋诗。

江南好寄海升六弟

长相忆,三楚旧游时。一舸倚篷看碧岫,双柑携酒听黄鹂。绕膝共娱嬉。

长相忆,官阁乐偏饶。小室围炉朝煮雪,高亭临水夜听箫。回首总魂销。

长相忆,痴癖恰同余。篱落呼灯寻蟋蟀,池塘将雨看芙蕖。真个爱吾庐。

长相忆,佳景四时同。芳砌晚凉收茉莉,小楼春暖发梧桐。生趣玩无穷。

金缕曲自题绣谱

未必能齐备。尽搜罗、轻描淡写,个侬心事。休道葫芦依样

画，也要分门别类。更几页、体裁由自。翻笑年来偷懒过，算余将、诗本还兼此。闲翻阅，逸情寄。　　近时花样精无比。细商量、孰宜缟素，孰宜红紫。百四十篇篇错落，同伴借来描刺。只莫个、墨浓过纸。娇女他年如学绣，好教渠、拈笔从头试。钩勒处，尚牢记。

金缕曲 小除夕偶翻旧什，见韶台三兄前数年小除之作，填此柬之

又索新吟矣。记年华、已经十一，诗才四纸。每到小除重展读，太觉光阴弹指。回首忆、寒梅花里。自放湘帘香偶品，累诗人、诗债偿无已。想不厌，痴如此。　　今年定有佳章纪。庆团圆、天伦乐事，问谁能似。去岁君归刚十日，来岁又应千里。便得句、亦凭双鲤。爆竹声中词代柬，听松庐、酒熟灯如绮。料诗兴，勃然起。

金缕曲 韶台三兄临钟鼎文见惠，因辑古字韵编奉酬，并以素绢求画墨梅对联，聊绘粉本帐沿为谢，因叠成戊戌小除奉柬之韵，重填一阕，再索小除诗债

呵冻书成矣。喜传来、银钩铁画，精神满纸。翰墨缘深偿不尽，觇缕何胜屈指。细临向、乱书堆里。好古心同还写韵，笑涂鸦、终日忙无已。琼玖报，只凭此。　　品香旧事从诗纪。看横斜、寒梅疏影，年时相似。几次邮筒佳句在，况又追随乡里。尽酬唱、不烦双鲤。浅酌屠苏吾醉也，展吴绫、绘得花如绮。江梦笔，好提起。

黄金缕寄仲裳、慧珠两嫂

乡园又近春归候。惜别伤春,愁绪如中酒。一春欢意何曾有。好花时节成孤负。　　知君亦自难禁受。已有离情,莫看楼前柳时两兄赴京兆试。年时乐事休回首。良辰美景怀侬否。

踏莎行中秋寄楚卿

极目行云,消魂良夜。别来五度蟾圆矣。天涯同是此时看,清光一样人千里。　　嬉笑庭前,娇憨儿女。那知人自愁如此。明年今夕又如何,回头旧事成流水。

少年游春感寄静仪姊

放下帘栊,添将香片,小榻枕书眠。一阵轻阴,数声微雨,做弄送春天。　　评花斗草春多事,最负是今年。半为怀人,半缘忆事,愁病不堪兼。

——《小檀栾室闺秀词钞》,宣统元年(1909)刻本

百保三首

浣溪纱

梨影溶溶小院幽。秋千闲挂绿杨稠。微风轻曳绣帘钩。月色冷临金屈戌，花枝低拂玉搔头。紫箫自按梦梁州。

浣溪纱

草绿闲庭燕子飞。落红成阵扑帘帏。柳阴莺啭午风微。蝶粉蜂黄都退尽，韶光荏苒惜芳菲。小词又赋送春归。

扬州慢

鹦鹉洲边，汉阳江口，繁华不减扬州。忆髫龄随侍，此地旧曾游。几度征帆重过，缘悭意懒，风阻扁舟。笑半生、弹指声中，欲白人头。　　者番重到，数佳辰、将入初秋。念山水依稀，林亭潇洒，胜迹仍留。十二年来旧梦，凭阑望、烟霭共浮。喜布帆无恙，闲看江上沙鸥。

——《冷红词》，光绪元年（1875）重刻本

宗婉十八首

醉花阴春暮

风卷残红和梦碎。梦也伤憔悴。追想梦如何,梦不分明,梦醒还如醉。　　夕阳影里重门闭。别有销魂地。怎样不销魂,要不销魂,恨少留春计。

金缕曲送春

此恨真千古。忍匆匆、临歧把酒,送春归去。几曲阑干闲倚遍,总是没情少绪。但望里、夕阳无语。残梦一丝风剪断,问谁为、题破伤心句。此别也,嗟何遽。　　画楼无计留春住。尽销魂、红稀绿暗,美人迟暮。芳草连天天接水,更隔几重云树。君莫问、春归之路。流水落花遭小劫,算人间、天上无凭据。此去也,归何处。

高阳台忆梅

寂寂闲庭,愔愔小院,东风消息沉沉。月地云阶,去年想到如今。婵娟别后期无恙,奈近来、连日春阴。最愁他,冷尽芳魂,酸尽芳情。　　孤村何处吟魂渺,记残宵有梦,流水无心。惨惨凄

凄，几回觅觅寻寻。笛声吹落空山月，梦回时、独自沉吟。怕来迟，花怨蹉跎，人怨飘零。

高阳台 忆兰

声咽瑶琴，梦回远水，空教立尽斜阳。渺渺予怀，所思雾袂风裳。心情欲托春风诉，怕春风、不到潇湘。悄无言，一度沉吟，一度思量。　　闲窗读遍离骚句，向香边摹拟，画里猜详。一往情深，美人宛在中央。碧云飞去秋无迹，又依稀、月淡烟凉。尽销魂，幽抱谁通，幽怨谁偿。

望湘人 秋意

渐秋容黯淡，秋气寂寥，断烟疏雨时候。落叶敲窗，乱峰锁梦。梦与叶声同坠。病感三分，二分中酒，一分憔悴。听雁声、远过潇湘，暗把秋魂惊碎。　　闲上高楼独倚。正秋风袅袅，洞庭波矣。叹吟到离骚，怅望雾鬟云髻。夕阳林杪，暮云天际。一片苍凉之意。目渺渺、不见湘君，岸草汀兰谁寄。

壶中天 花影

移来画里，看亭亭袅袅，东风难卷。帘角墙阴曾省识，横把月明界断。如此朦胧，者般黯淡，幽梦谁为伴。悄然无语，夜深飞上窗畔。　　遥忆几曲阑干，几重台榭，几处闲庭院。非雾非烟香气袭，望去模糊一片。满地春痕，露凉风紧，心事添凄惋。西楼月落，化为云气而散。

壶中天花魂

落红堆里,剩半丝一缕,呼之欲出。人在小窗扶病起,恍惚似闻声息。玉已成烟,香拚化土,此恨终难灭。苔荒院冷,知他多少凄咽。　　堪叹从古佳人,几多艳魄,曾与君同劫。回首淡烟凉月夜,春梦了无痕迹。悄悄冥冥,酸酸楚楚,偷向墙阴泣。晓风吹散,却从何处寻觅。

壶中天花梦

一痕缥缈,怕凌空化作,彩云飞去。蝴蝶多情先入梦,暗把香魂留住。风击难圆,雨淋易碎,侬愿无风雨。睡乡安否,莫教迷却归路。　　幽绝小院回廊,月华满地,花似人无语。露重烟深扶不起,春在最凄迷处。旧事朦胧,芳情摇漾,香雾空濛护。夜凉如水,推窗犹恐惊汝。

点绛唇初夏夜作

新月如钩,画帘倒影云拖地。二分还未。未有团圆意。
冷浸吟魂,悄向阑干倚。花阴底。落红堆砌。一阵东风起。

菩萨蛮题美人图二帧二首

美人家在湖边住。引侬神往图中去。影隔小窗纱。紫薇初试花。　　垂杨低拂处。不碍寻诗路。吟罢意何如。魂消一卷书。

梧桐凉罩亭亭绿。美人想在阑干曲。偷向画廊西。看时不见

伊。　梦随芳草转。觅到湖山畔。心事怕人知。回身背立时。

满江红述怀示书君女弟子

屈指平生，无一事、堪舒眉叶。更年来、椿摧荆折，钗分镜擘。一弟青衿怜落寞，两儿黄口伤孤孑。向普天、之下数愁人，无依匹。　思往事，空陈迹。提旧恨，徒悲咽。已炎凉阅遍，世情冰雪。醉后惟余三复叹，人前肯下双行泣。但相期、弱息到他年，能成立。

凤凰台上忆吹箫题粲生妹月榭寻诗图

一片空明，数重罨画，平分水榭云寮。羡琚来诗境，如此清超。试向图中觅句，应较胜、台上吹箫。凭阑处，檀痕细掐，钗玉频搔。　迢迢。昼长莫遣，向日里寻诗，寻到中宵。更吟风梧叶，叶叶飘萧。飘堕几分秋意，和月影、晕上轻绡。凭传语，夜寒露凉，莫尽推敲。

满江红题溧水任秀才垲殉难略后

气吐长虹，请看取、书生义烈。打叠起、寻章摘句，操觚弄笔。断指誓同南氏八，含豪肯效秦家七。但章程、十六列条条，言详悉。　矛耀水，戈排雪。团义勇，招英杰。向万人头上，力歼余孽。创重浑忘身中炮，战酣弥觉肝横铁。尽从容、含笑入重泉，标忠节。

百字令寇氛未靖，雨窗闷坐，灯下填此

已交冬杪，恁萧萧飒飒，似将秋作。几阵飘来斜复整，乱扑小

窗灯火。风紧云凄,天低月黑,旅梦如何度。听残宵柝,披衣还起愁坐。　　见说故里兵戈,他乡鼙鼓,处处烽烟阻。不定行踪萍泛水,琐尾吟成谁和。老逼人来,饥驱儿去,只剩凄惶我。仰天而叹,泪花和雨飞堕。

大江东去海舶书怀

海波不作,水天外一望,茫然无际。万顷琉璃人倒影,濯尽脂香粉腻。振袖临风,飞觞酹月,大有髯苏意。铜琶铁板,许侬也吐豪气。　　休为萍泊他乡,故园荆棘,满腹生牵系。屈指年华过半百,须识浮生如寄。历尽艰难,从今应悟,离合悲欢理。学书学剑,有儿幸亦摩厉。

菩萨蛮钩月将沉,窗灯未灺,仿回文体填此,以遣旅况

月钩如傍栖禽宿。宿禽栖傍如钩月。门掩又黄昏。昏黄又掩门。　　碧窗纱影叠。叠影窗纱碧。扶梦旅灯孤。孤灯旅梦扶。

虞美人又题双美月明放棹图

一规圆月当头照。月底飞兰棹。谁家两美结同心。痴向水中共把月痕寻。　　烟波无际吟怀渺。一舸凉云罩。不知何处藕花林。舣向绿杨影里且消停。

——《梦湘楼词稿》,光绪六年(1880)刻《湘茧合稿》本

江瑛九首

江瑛(1810—?),字蕊珊,江苏甘泉人。妹江璧。夫汪阶符。有《绿月楼词》。

长相思和秋玉病中

黯消魂。又黄昏。一阵西风一雁声。谁家秋思深。背银灯。掩啼痕。药灶飘香病骨轻。晚风愁不胜。

卜算子慢寄许淑慧

风吹败叶,冷翠乱烟,脉脉素云天暮。闷倚阑干,难遣别时心绪。记花前、携手当年路。剩岑寂、深苔曲径,怕寻旧日游处。秉烛情何许。叹锦篋空留,断肠诗句。待展芸笺,独自懒吟愁赋。向孤灯、憔悴浑无语。听院外、声声蟋蟀,伴离人清苦。

解连环寄秋玉

晚晴帘底。照幽花瘦影,月痕初霁。堕空阶、几叶梧桐,正绣幕低垂,霜风渐起。暮景凄凉,又独自、阑干暗倚。对孤灯小阁,闷掩银屏,病思憔悴。　　年时俊游谁记。念画楼深处,岑寂罗

绮。叹如今、只赤天涯,便锦字题成,更无人寄。离绪依依,怕一寸、柔肠难系。忍重问、新愁旧恨,近来消未。

齐天乐秋萤

寒星碎影蕉窗底,西风几回吹到。碧焰惛惛,墙阴露冷,秋色重来池沼。年华渐老。记醉扑花间,轻罗扇小。那日游情,如今独自甚怀抱。　　伤心更怜腐草。荒园残月里,谁伴凄悄。画阁无人,纱笼向晚,岑寂珠帘频绕。离愁多少。怕隋苑烟消,锦城秋早。孤照凄凉,一生难到晓。

菩萨蛮

西风剪剪秋光暮。萧萧败叶敲朱户。阶下乱虫鸣。幽闺愁独听。　　惛惛窗上月。照见人凄切。不觉漏声残。夜深花影寒。

浪淘沙

愁见暗香飘。新月梅梢。阑干闷倚叹无聊。一片黪云檐上影,依旧魂销。　　风碎竹帘敲。帘里灯遥。此时相对怨清宵。香尽金炉灰已冷,心字难描。

虞美人题琵琶行诗意帧子

浔阳送客伤离别。船里清歌咽。烟波夜久梦初醒。荻花枫叶伴哀吟。不胜情。　　天涯飘泊朱颜老。江上西风早。红绡

一曲又清秋。谁将司马旧时愁。画中留。

台城路寄怀大竹兄都中

荼蘼落尽东风瘦，春锁一帘尘影。户袅晴烟，梁空白日，何处天涯人近。不殊风景。应目断江南，水明山暝。多少消魂，吹来吴雪点霜鬓。　　寒食清明过了，料官阁梅阑，吟冷诗兴。踏月天街，听鸡禁院，料也难消离恨。南来雁尽。渐说到关河，不传归信。万里云孤，岭猿啼暮紧。

绮罗香闻江上戒严，寄堦符夫子

屯雾催寒，战云压暮，肠断悲秋时候。兵火匆匆，哭路几人饥走。才闭门、怕听笳鸣，奈隔戌、遥传角奏。哀不尽、江北江南，孤鸿声咽朔风骤。　　故乡乔木似旧。念人间何世，劫灰飞又。触目惊心，多少营边衰柳。谩说是、鸟亦含冤，便篱菊、近来都瘦。更几处、篝火鸣狐，荒城白昼。

——《绿月楼词》，《小檀栾室汇刻闺秀词》第二集，光绪间刻本

赵书卿八首

赵书卿,字友兰,号佩芸,江苏无锡人。表弟张曜孙。夫山阴王文杓,未四十而寡。有《绿窗吟稿》《澹音阁诗词》。

忆江南

乡思切,归梦绕吴山。万树梅花香雪海,千头橘柚洞庭湾。回首忆江关。

临江仙正月八日游海龙寺

人日初过思诗发,草堂佳句争妍。试灯风信逗花前。蛮乡时节换,游赏擘吟笺。　　兰若偶来成小憩,竹炉苦茗初煎。松间一杵磬声圆。上方清梵寂,花雨散诸天。

卜算子小园饯春感赋

燕子逐春来,杜宇催春去。剪就垂杨绿万丝,难绾韶光住。
花事已飘零,风雨还相妒。山寺西南草似烟,梦断春归路。

忆秦娥秋暮书怀

西风急。新愁都付寒蝉咽。寒蝉咽。一帘残月,半林黄叶。

画屏猩色重帷隔。短篱丛菊来双蝶。来双蝶。香残酒冷,重阳时节。

生查子秋夜望月,怀余佩青女士

闲拓碧纱窗,放入玲珑月。冰簟展银床,凉浸幽花骨。
灭烛露花滋,天外飞鸿没。千里共婵娟,苦恨音尘阙。

调笑令初秋闻雁

萧瑟。萧瑟。蝉噪夕阳黄叶。西风凉卷罗帏。乍见长空雁飞。飞雁。飞雁。引起乡心无限。

渔歌子渔父

蓼溆蘋洲不系船。渔家风月浩无边。倾浊酒,挟飞仙。笛声吹破洞庭烟。

淡黄柳新柳

春回绮陌。柳外烟如织。倦眼微开眉晕碧。曾与东风相识。冶叶倡条待攀折。　更屈指。山邮送行客。携樽酒、听羌笛。出阳关、万里无人迹。鶗鴂哀鸣,子规凄咽,尽伤春伤别。

贺新凉中秋对月

银汉罗云峭。喷清香、晚风过处,桂花开了。五十余年天上月,只数今宵最好。恰可喜、燕台人到。佳节倾樽征选韵,幸相于、姊妹堪同调。秋思远,吟情悄。　　当头皓魄团圆照。是谁家、瑶笙玉笛,几声欢闹。试问素娥千古事,曾见兴亡多少。甚大地、山河不小。百岁浮生原是梦,奈流光、忽忽催人老。休惹那,影儿笑。

——《澹音阁词》,《小檀栾室汇刻闺秀词》第三集,光绪间刻本

周曰蕙八首

周曰蕙(1813—1851),字佩兮,吴县(今属江苏苏州)人。父周亦铻。夫朱和羲。著《树香阁遗集》。

十六字令月

圆。万古冰轮照大千。当头认,正好对婵娟。

十六字令镜

圆。照彻人间老少年。无尘蔽,长对美人颜。

十六字令钱

圆。榆荚苔纹也化仙。休长叹,买尽世间欢。

荷叶杯儿童戏采荷叶作茶瓯,颇有逸致

看得似钱成盖。还爱。蔽鸳鸯。儿童摘去共幽趣。分付。涤诗肠。

恋情深外子有洞庭献唱词三卷拟欲付梓，用毛司徒二首韵赠之，以识十年之攻苦

刻意吟愁都哽咽。伴楼头月。构思常自拥寒衾。剥蕉心。
青霜知否鬓边侵。撅笛向词林。不管瘦宽衣带，恋情深。

梦绕山塘情漫漫。有词仙伴。商量字字炼兼金。说知音。
判红批白意沉沉。直起古人。心作乐府功臣佐，恋情深。外子搜辑贺方回、张子野、周草窗、王碧山等四十家词，又增订汲古阁《六十家词》，合成百家，极费心力。

点绛唇题自画梅花障子

春到江南，凭君报道春无价。一枝横挂。宜淡宜浓画。
玉魄冰魂，总胜凡花也。真潇洒。暗香浮夜。澹月疏篱下。

蝶恋花送春

九十春光谁自主。一树桃花，片片飞红雨。燕子衔将来又去。替人似欲留春住。　　满眼离情愁几许。芳草萋萋，绿遍春归路。忍说将离真个与。伤心岂独痴儿女。

——《小檀栾室闺秀词钞》，宣统元年(1909)刻本

赵韵卿九首

赵韵卿(1813—1894),字友莲,又字悟莲,江苏常州人。父赵胜,曾在四川为官。母汤氏。姊赵云卿、赵书卿皆有诗名。夫潘惺斋,浙江绍兴人,在四川为官。赵韵卿为其继室,婚后不久,潘惺斋将赵韵卿三姐妹的作品整理刊刻为《兰陵三秀集》。赵韵卿年未四十而寡。其孙潘榕将她的作品刊为《寄云山馆诗钞》《寄云山馆词钞》。

渔歌子春阴

柳色深深锁晓烟。起来慵倚绮窗前。花黯澹,草芊绵。雨细风斜二月天。

捣练子暮春

春雨细,晓风恬。开尽梨花未卷帘。草草残妆慵对镜,怕添愁思上眉尖。

满江红感旧寄怀友月、佩芸两姊

回忆当年,闺阁里、承欢时节。联袂处、分笺染翰,吟花问月。

逝水年华惊易过，旗亭杨柳愁攀折。赋骊歌、一曲太匆匆，轻离别。　思归意，应同切。思亲泪，应同滴。望迢迢目断，天边雁帛。千叠烟波飘渺阻，万重云树苍茫隔。怕春来、芳草满池塘，伤心色。

浣溪沙 春日

草色无情只自芳。不关离思满池塘。笑他蜂蝶为春忙。
脉脉愁心含豆蔻，丝丝恨缕结丁香。小楼镇日锁斜阳。

清平乐 秋

池塘露冷。香泻澄波静。帘响双钩风力劲。吹乱疏疏花影。
无端蹙损眉弯。几回梦绕乡关。怅望碧云黄叶，愁看红树青山。

菩萨蛮 又题秋窗夜课图

芸窗寂静凉如水。读书声共秋声起。月影转桐阴。迢迢漏已沉。　吟哦过夜半。明烛催重换。庭训望儿贤。亲将万卷传。

阴阴晓院余寒重，流莺唤醒梨花梦。香雾隐帘栊，晴光散碧空。　宝奁开玉镜，翠盒胭脂冷。小髻倦盘鸦，琼钗压鬓斜。

金缕曲 听雨有感

恻恻寒如水。听声声、愁心滴碎，打窗秋雨。不管离人肠断

尽,引起千丝恨缕。真个是、埋愁无地。望断松楸天万里,渺茫茫、泉路书难寄。伤心事,共谁语。　　年来尽饱莲心味。伴凄凉、灯怜孤影,烛挥清泪。浮世原知成一梦,只愿追寻梦里。莫更结、他生俦侣。碧落苍溟都觅遍,便仙山、瑶阙同归去。偿此恨,差可矣。

迈陂塘秋光凄寂,弦月孤,冷露坐中庭,偶拈此解

渐黄昏、重门静掩,奈此西风萧瑟。轻衫耐得凉如水,倚遍阑干几叠。闲愁积。叹秋冷霜凝,憔悴幽花色。徘徊小立。又满院鸣蛩,满阶落叶,一抹暮山碧。　　频年恨。付与哀筝怨笛。镇无聊最凄切。寒烟澹掩疏林外,隐约半钩新月。情脉脉。更欲采芙蓉,惆怅微波隔。葭苍露白。尽听尽飞鸿,吟成短句,玉漏数声滴。

——《寄云山馆词钞》,光绪二十六年(1900)潘榕刻本

郑兰孙十二首

忆秦娥舟中乡思

风帆急。乡关渐远云山隔。云山隔。镇日思亲,无由解得。

别离情绪从今识。深宵看尽灯花结。灯花结。满腹牢愁,天涯行客。

渔家傲至吴门舟中晚眺

昏鸦阵阵投林黑。好山迎面如相识。闲倚篷窗心似织。蒲帆直。西风吹梦来无力。　　斜照将沉烟水碧。乡心撩乱天涯客。雁自南飞燕自北。韶华易。芦花两岸秋江白。

菩萨蛮忆夫子

垂垂帘幕深深院。绣床风紧红丝乱。微雨又新秋。客心愁不愁。　　登楼眉黛蹙。江水依然绿。酒醒一灯残。离多梦转难。

双调南乡子自题玉窗春晓图小影

庭院雨痕收。侵晓珠帘乍上钩。红雪装成香世界，悠悠。不是凝妆独倚楼。　　回首忆前游。铸错何须说九州。月地云阶无限感，休休。万点春痕洗旧愁。

金缕曲被酒归来，春寒较甚。客怀枨触，万感纷如。此时欲眠，其可得乎？爰挑灯拂纸，作一百十六字。时孟春下浣五日

今夜如何睡。倚薰笼、香浓宝鸭，灯明金穗。瘦影偎人清似此，相对自怜明媚。怎禁得、频年况瘁。触绪关心心易感，枉罗衫、揾透双红泪。愁如许，几曾醉。　　茫茫甚处埋忧地。悄黄昏、半阶月色，满庭霜意。料峭春风帘怕卷，领略无聊滋味。蓦听得、漏声三次。半臂绵轻钗玉冷，静沉沉、四下重门闭。悲欢事，忍频记。

台城路寒窗人悄，雨夜灯昏。黯黯离愁，盈盈客思。信笔赋此，以写闷怀

雨声不尽离人恨，宵来倍添情思。抱影回灯，偎衾卸髻，待睡又还休睡。消红减翠。叹聚散匆匆，泥人清泪。缩地无由，柔肠不饮已如醉。　　黄昏悄然门闭，正瓶花玉冻，炉烟香细。漏永寒添，帏低风峭，谁识此时滋味。愁来怎避。想秋月春花，碧窗幽意。下九初三，予怀渺天际。

浣溪沙题菊花便面为宗友石作

采采东篱菊正黄。西风帘卷近重阳。挥毫写得几痕霜。
雅韵也如人意淡,秋容偏耐月波凉。高怀晚节岂寻常。

金缕曲谢答张海门太史

落寞天涯客。避烽烟、东皋小住,自伤萍迹。故国迢迢千里远,憔悴低飞倦翮。回首处、流光虚掷。漫说黄金堪作屋,奈立锥、无地乾坤窄。顾稚弱,怅巾帼。　　尘沙扑面何由拭。望前途、茫茫身世,不胜凄恻。惟有高怀知拙计,稳护一枝栖息。劳雅意、殷勤培植。我欲报公难以报,只毕生、感佩存胸臆。吟短句,藉松墨。

减字木兰花宗友石嘱题其友人画红楼梦歌伶纨扇

即空即色。幻境荒唐人不识。恨海情天。黄土朱颜尽可怜。
韶华难驻。几个聪明能觉悟。曲度云屏。多少红楼梦未醒。

苏幕遮忆外

白蘋洲,黄叶渡。云静天空,人逐飞鸿去。目断斜阳天欲暮。远水孤帆,细草轻烟路。　　漏声沉,桐影午。江阔山遥,有梦还难渡。帘外寒生风不住。明月扁舟,今夜知何处。

大江东去题黄河濯足图

龙门东去,似词源滚滚,从天而下。殷地雷声催激箭,漫道瞿塘如马。星宿分光,斗牛通气,万派当胸泻。白云回首,乱峰何处平野。　　却羡有客临流,桃花浪暖,小立神情暇。摆落江山行脚梦,那许泥深没踝。蹴破靴纹,剪成衣带,百戏鱼龙惹。高人深致,画图自古难写。

菩萨蛮雪夜玩月

前年孤负西湖雪。今年认取扬州月。月与雪无痕。小梅香破春。　　曲阑深处立。帘卷慵无力。蝴蝶抱寒花。玉人头上斜。

——胡晓明、彭国忠主编《江南女性别集二编》下册,
黄山书社2010年版

周诒蘩十九首

忆秦娥忆梅

桐花风。栖风敛翼惊寒重。惊寒重。小亭明月,惹人吟诵。

一溪流水声初冻。芳魂不醒春如梦。春如梦。未开先落,暮天三弄。

意难忘冬闺

露结霜浓。怅年华似水,近了残冬。春来何缓缓,秋去太匆匆。梅冷淡、竹龙钟。又雪舞长空。便好将、杯醽泛绿,炉火围红。　　传书不见飞鸿。觉夜吟兴倦,晓镜妆慵。风痕疏鬓雾,寒色锁眉峰。收黛笔、倚薰笼。待检点诗筒。可奈它、分阴要惜,催理针绒。

百字令寄玉夫外子

布帆才卸,甚风儿又把,扁舟吹去。落日寒烟山色远,极目长沙何处。倦鸟飞慵,征鸿影匿,别意凭谁语。梁间双燕,向人还诉归绪。　　犹记旧岁今时,雄心初起,写就阳关句。匹马奔驰双剑啸,壮志鸿飞鹏翥。花落燕台,云招岳麓,更与穷愁遇。天高难

问，索居闲咏新赋。

满江红落叶

万马宵奔，秋声闹、阴疏翠岭。曾几日、乍伤春老，又嗟风警。蒋径云封苔莫扫，吴江露结波先冷。怅东君、昔日甚关情，今谁省。　　啼乌意，栖鸦影。怜余荫，依残梗。记邀凉长夏，碧梧金井。采绿事怀周道远，题红人怨深宫静。纵辞柯、莫便叹飘零，春无竟。

水龙吟秋望忆别

碧天雨过秋高，夕阳红处孤村远。卷帘凝睇，平林如画，飞云未返。露结蒹葭，花疏萍蓼，别怀难遣。怅征帆一叶，久悬心曲，偏不共、归鸦转。　　暮色苍茫莫辨。倚高楼、情长目短。带围风小，衣篝月澹，去时秋浅。尺素传辞，寸笺达意，几番迟舛。到今朝、细划蟾光十度，又盈盈满。

鹧鸪天秋日

桐子纤纤落地轻。一年容易又秋成。夫容犹自多芳韵，蛱蝶何因太瘦生。　　心黯淡，意凄清。秋怀秋兴不分明。辞巢燕子依人立，细语喃喃有别情。

庆清朝春晴

帘卷虾须，檐喧鹊语，云师昨夜初还。东风送将红旭，碾破春

悭。昼永不禁绣倦,抛针闲步问花阑。晴光嫩,绿杨影下,犹有轻寒。　　莺与燕、蜂共蝶,只自向花柳,径里盘桓。安知萍踪未定,人事多端。苦是骎骎隙影,芳菲能得几旬看。韶华好,且须玩乐,休待阑珊。

沁园春 春望

望眼频揩,楼下晴波,波上斜阳。看层层远岫,青分秀黛,茸茸芳草,绿蔓吟肠。乱洒燕支,平铺锦绣,杏坞桃溪引兴长。仙源渺,只渔舟竹笛,响破沧浪。　　东风舞困垂杨。又飞絮、纷纷落野塘。笑有心栖燕,空衔坠粉,多情戏蝶,枉惜余香。隙影难留,年华易换,谁共莺花老醉乡。登临倦,把春光一片,写入诗囊。

鹧鸪天 悼亡

庭树声清秋意生。西风吹恨入银屏。十年行止如丝缚,三载情怀空泪倾。　　香未觅,赋难成。人间天上不分明。待看化鹤归来日,同奏楼头红玉笙。

唐多令 偶书

积雪暗重云。闲愁入岁新。小红炉、薄酒能温。无奈此中消未得,才遣去、又还人。　　寥落旧情亲。繁华事易陈。话悲欢、识曲谁真。屈指古今多少事,都只是、镜中春。

浣溪沙秋景

曲沼香消莲脸红。芭蕉绿瘦小庭空。不禁愁思感飞蓬。竹枕冷听残夜漏。葛襟凉怯晓窗风。秋阴尽日闭门中。

木兰花慢秋兴

叹春回暑往，惯留得、此中愁。看远岫微云，清溪落日，人在高楼。挥毫。待吟短句，听喃喃燕语不禁秋。无计除烦遣闷，碧沉聊试茶瓯。　　蕉心。层叠含忧。魂不返、泪空流。恨罡风、无信玉钗声折，素发盈头。人生。几曾梦醒，问沧波何处是瀛洲。虽信风霜易老，那能杯渡如舟。

鹧鸪天秋兴

淡日微阴八月天。犹多好景曲池边。白蘋花冷波三面，红藕香残玉一肩。　　楼上燕，树间蝉。问渠何事意凄然。西风吹落梧桐子，满地秋情粒粒圆。

桂殿秋

朝雨过，晚霞烘。虫声断续小庭空。疏帘远映三更月，石砌惊飞一叶桐。

浪淘沙秋夜

烟外碎萤流。桐叶敲愁。金尊无奈此时秋。洗尽炎氛心似水,明月当楼。　　青镜晓霜稠。尘梦无休。茫茫沧海一虚舟。掠破闲愁生逸思,飞起溪鸥。

沁园春

短发飞霜,病骨禁秋,触绪自惊。忆琴堂旧梦,笙歌日暮,东陵新艺,溪壑云横。一寸愚衷,千年笨调,盐米堆中安此生。还堪遣,有梁间语燕,树里啼莺。　　天公底事能平。只岁序、催人同此情。任春华婉媚,骎骎老大,秋光圆满,渐渐亏盈。卷熟残书,杯深浊酒,销却胸头哀与荣。牵愁处,听空阶促织,尺寸须成。

眉妩山市晴岚

望长天如镜,黛色凌空,岚气霁朝雨。树里人家在,炊烟外,空青新画眉妩。待挥楮素。惜未能、皴染如许。只须索,镜里文君貌,有娟若空趣。　　千叠云峰堪数。爱髻螺耸翠,鬟碧笼雾。一向金乌下,依稀见,飞霞孤鹜齐度。问谁解赋。绘色空、摩诘诗句。算千古云山,能几度、供吟睹。

满江红渔村夕照

两两三三,共撑起、半江风色。飞棹处、日斜樯橹,浪翻丹碧。浊世浮沉高士志,乱流明灭诗人笔。看宾鸿、飞影过前川,霞笺

赤。　　芦苇畔，鲜鳞湿。杨柳外，炊烟直。趁余晖沽酒，醉吹横笛。芳树斜衔新月细，远峰横受飞鸟疾。倏然间、江影荡明星，余空白。

百字令平沙落雁

水澄沙净，听西风正紧，吹来燕塞。铁画钩人多别意，折断斜阳烟霭。岸柳惊霜，汀蘋泛雪，处处秋无奈。江空天远，乱峰横影如黛。　　犹记海角天涯，孤臣持节，书字曾经带。汉苑龙沙云路近，矗矗衡峰相背。梦渺乡关，心伤羁旅，宛颈生凝睐。暂依蘋水，几时高翥天外。

——《静一斋诗余》，《小檀栾室汇刻闺秀词》第二集，光绪间刻本

何慧生四首

人月圆寄外

长途多少伤心事,锦字报秦嘉。无端风鹤,严城鼓角,分散天涯。　　关河回首,柔肠寸断,泪渍红纱。重逢何日,片帆去远,千里云遮。

浪淘沙思亲

红叶满青山。雨后生寒。数声征雁度乡关。客路长途多少泪,罗袖难干。　　衰草渐阑珊。离思千般。浮云出岫几时还。凭仗西风吹恨去,莫在眉弯。

浪淘沙寄外

微雨打扁舟。天气初秋。最难为客五更头。回首家园何处也,梦绕秦楼。　　倚枕听江流。雁唳芦洲。离情如水几时休。谁似鸳鸯沧海上,不解离愁。

浣溪纱七夕

帘卷西风月似钩。数声征雁度妆楼。身如弱柳岂禁愁。

几片轻云犹带雨,半庭黄叶乍惊秋。画屏闲倚望牵牛。

——《梅神吟馆词草》,光绪四年(1878)刻《经德堂诗文集》附录本

左白玉二首

左白玉(1820—1856),字小莲,阳湖(今属江苏常州)人。祖父左辅,巡抚。父左晨。母陈蕴莲。夫言良钐,常熟人。工诗画,有《餐霞楼轶稿》《餐霞楼诗余》。

菩萨蛮白莲

翠云重叠烟明灭。胭脂洗净团香雪。已是厌红妆。还愁似六郎。　无晴天欲曙。啼尽清江露。幽恨竟谁知。月明香满池。

东风第一枝题周蕴兰夫人肄书训子图

道蕴丰神,大姑才调。那容俗地喧闹。绿阴坐处凉生,深院景供诗料。闲将蕉叶。恰挥管、意犹未到。可许我、留住图中,亲见笔花神妙。　秋瑟瑟、碧梧未老。红冉冉、早芙开照。此间著个神仙,把冰雪心相较。旁堆书史。是贤母、丸熊之教。溯古来画荻徽音,欧氏庶乎相肖。

——《餐霞楼诗余轶稿》,光绪三十四年(1908)排印《言氏家集》本

董宝鸿三首

董宝鸿(1820—1856后),安徽合肥人。父董承钧,庠生。夫郑越。道光二十二年归郑氏,早寡。有《饮香阁诗钞》。

风入松思夫

愁锁朝朝凭眉宇。白璧埋尘土。阴阳咫尺断归期,徒支持、镇日悲苦。光阴不复回头,只有闲愁吞吐。　飘零卅载身无主。最怕闻更鼓。闲窗灯灭睡初浓,梦儿中、依然目睹。漏声不顾人愁,惊醒泪流如雨。

天仙子自咏

人到无聊心或善。我到无聊终日倦。人情我意两难言,时也蹇。命也蹇。夫死子亡卧残喘。　昔日离乡恨非浅。今在他乡愁不展。恨堆愁积岂能消,诗几卷。经几卷。中堂佛面光初显。

蝶恋花思儿

螟蛉即亡心已死。收拾闲愁,也可泪珠止。生亦无聊死亦

喜。残灯免怨拈针指。　　风潇雨潇鸣窗纸。望儿不归,仍侧深宵耳。花朝酒朝哭而已。依稀泪似湘江水。

——胡晓明、彭国忠主编《江南女性别集初编》下册,
黄山书社2008年版

陆珊十首

陆珊(1820—1862),字佩娟,一字珊珊,元和(今属江苏苏州)人。夫张应昌,内阁中书,陆珊为其侧室。有《闻妙香室词》。

唐多令用草窗韵

谢了木夫容。一年花事空。望家乡、心事归鸿。越水胥江天只赤,飞不过、数山峰。　　画烛影摇红。乱蛩吟砌东。待消愁、酒浅愁浓。病骨支床眠不得,听疏雨、打梧桐。

谒金门题芳草胡蝶便面

春欲去。不管落红如雨。胡蝶留春春不住。依依芳草路。
写上滕王图谱。锦翼对飞双舞。爱傍画裙香重处。夜来仙梦度。

南乡子春雨写闷

无赖是东风。吹出愁云恨雨浓。花落春城飞不得,流红。都付长沟暗水中。　　寂寞掩帘栊。滑滑禽声唤懊侬。燕姹莺娇何处去,天公。一片苍烟皓雾重。

蝶恋花

春色三分抛一半。阵阵芳红,飞去难留绾。欲折好花休更晚。怕它莺老啼声换。　　蜂音燕语增烦惋。梦比河长,愁比天涯远。雨雨风风还逼趱。瞢腾只把杯斟满。

扫花游西湖新绿

两峰霁雨,正艳艳盈盈,冶鬟如笑。画眉未了。试新黄浅绿,澹笼轻扫。翠色生生,燕子钗头细袅。镜奁晓。似汉殿新妆,帘卷人俏。　　堤岸图画绕。衬曲色裙痕,暖波芳草。暮烟更好。蘸斜阳一片,水云深窈。数点娇红,逗出宫桃瘦小。听莺早。莫教它、翠阴春老。

菩萨蛮初秋湖上

绕堤荷盖田田立。万丛绿里娇红出。朝露染花肤。搴花罗袂濡。　　牵牛花数点。掩映秋容澹。小立六桥西。水痕岚翠低。

清平乐秋蛩

嘈嘈切切。多少闲愁说。不管愁人肠百结。一夜小楼听彻。

声声梦断西窗。奈何秋夜偏长。推枕揽衣起坐,床前明月如霜。

疏影

千回百折。顿悲来满臆，甚于针刺。酸上心头，泪下襟头，寸肠浑似梭织。愁时怕把啼痕揾，越揾住、越和愁结。算生来、瘦骨柔魂，禁得几番凄恻。　　懊恼邻家儿女，话黄昏妮妮，添助萧瑟。倚枕摩挲，梦又惊残，欲睡何曾睡得。深宵万种柔情绪，只一点、夜灯知悉。道无人、说与愁思，量取画裙宽窄。

南歌子山阴道上

金碎明霞散，脂红落日悬。晚来乡思蓦悠然。遥想当楼残照、小窗间。　　渔梦醒残月，江村起曙烟。晓来乡思蓦悠然。雁度晴空只少、素书传。

忆秦娥题大漠行旅图

明驼疾。咸阳古道西风急。西风急。连天衰草，四无人迹。

解鞍下骑聊休息。拥裘闲话家山隔。家山隔。天涯梦见，翠楼春色。

——《闻妙香室词》，《小檀栾室汇刻闺秀词》第五集，光绪间刻本

张襄一首

金缕曲和陈芝楣观察原韵　见《词综续编》

一片云飞堕。乍持来、瑶笺烂漫,郇公五朵。湖海楼头高百尺,也赏绿窗吟课。惭愧杀、论班说左。多少英才门下士,更传灯、分与兰闺火。珠玉似,咳和唾。　　愁人今向愁城坐。悔髫龄、涂鸦几字,外间流播。冰雪聪明天付与,未免言之太过。况齿及、蛾江血涴。父榇未归儿远适,问孤孀、母子依谁可。将伯告,倘予和。

——《小檀栾室闺秀词钞》,宣统元年(1909)刻本

关锳三十二首

关锳(1822—1857),字秋芙,自号妙妙道人,钱塘(今属浙江杭州)人。夫蒋坦。道光二十三年与蒋坦成婚,多有唱酬。有《梦影楼词》《三十六芙蓉诗存》。况周颐评其词"情文关生,渐饶烟水迷离之致"。

菩萨蛮

绿窗风雨苔生满。一春梦比天还短。酒醒又梳头。夕阳才上楼。　　旧愁销不去。搁在双眉宇。莫道铁为肠。铁肠今也伤。

洞仙歌寄怀蔼卿越中

自君别后,便藕花红槁。露坠莲房尽丁倒。况半阴不雨、渐短秋天,料此际,晚饭柁楼应早。　　罗帏才病起,未寄绵衣,昨夜君边可寒到。时节又重阳、斗酒双萸,盼乌榜、归来正好。怕明日、关山雪霜多,便欲寄音书、雁鱼都少。

金缕曲答沈湘涛

梦想今三载。忽传来、芙蓉笺纸，新词十赉。一样红颜飘泊感，盐米光阴无奈。好珍重、玉台诗派。明月绛纱春风里，看金钗、尽下门生拜。浮大白，为君快。　　相逢各有因缘在。算人生、才能妨命，病愁何怪。只惜聪明长自误，身世漂流文海。况愁里、朱颜易改。不见花间双蝴蝶，但多情、即是升仙碍。知我者，定能解。

迈陂塘西溪看芦同蔼卿

看溪山、一十八里，秋容瘦削如许。粼粼漾漾平陂水，摇荡白蘋花雨。天欲暮。任今夜、乌篷随水随风去。芦花浅溆。只第一防它，眠鸥飞起，又闹半汀絮。　　人间事，从古浮名无据。百年难得蘋聚。青蓑何似归休也，料理钓筒渔具。溪尽处。便不用、扁舟也算浮家住。柴门河渚。纵不种蒹葭，也堪约略，种带水杨树。

洞仙歌题横山草堂图

茅堂十笏。在晚山深处。门外萧萧水杨树。盼琅玕多少，一半云栖。留一半，人与燕儿同住。　　依家溪上屋，帘榭中间，也有青山乱无数。溪水半通桥、著个蜻蜓，还容得、竹床茶具。只可惜、秋风起芦花，把如此烟波、让伊鸥鹭。

台城路 题藕花香里填词图

露蝉声里凉生早，阑干绕花红整。听竹敲秋，因苔划句，忘了篷窗灯冷。眠鸥梦醒。正放鸭桥边，一丝风定。环佩来耶，珊珊疑有水仙听。　　年来我亦愁病。吟朋蘋散了，闲却游兴。鸥社盟秋，凫灯梦雨，只有一襟秋剩。丝丝瘦影。怕照见湖波，鬓儿难称。独写相思，露塘风又紧。

水龙吟 落叶

西风一夜吹霜，千峰尽出荒林杪。萧萧摵摵，如愁渐积，有多无少。煮酒园荒，题诗石瘦，画阑斜靠。念荒寒如此，休伤摇落，也还算、归根早。　　莫说悲秋词稿。自新来、被愁分了。哀鸿未过，凉蝉欲断，可怜怀抱。聚点敲窗，碎声做雨，夜深谁扫。剩乱山深处，夕阳疏柳，有残鸦噪。

百字令 题湘涛冷月轩诗卷

桂堂西畔，忆月斜时节，寒深箫局。照见屏风三两扇，斜靠春人如玉。嚼雪吹香，移宫变徵，刻尽琅玕竹。天寒翠袖，何人念尔幽独。　　何况慧性兰芬，灵心藕细，生就聪明福。一种永明诗体好，绛帐才名听熟。羞我葫芦，年年纸上，样子描都俗。心香一瓣，玉台愿为君祝。

蝶恋花

几日池塘云不住。柳也濛濛，想做清明雨。半榻茶烟和梦煮。画屏几点江南树。　欲卷珠帘风不许。如此黄昏，休去移筝柱。楼上晚山青不去。夕阳正在鸦归处。

百字令晚秋湖上

当初湖上，记春风载酒，行吟兰楫。一棹水云空阔里，随意狂歌散发。就柳停舟，寻梅选梦，衣浣孤山雪。十年而后，胜游多半消歇。　如今重到湖干，荒寒台榭，杨柳风吹折。吹笛双鬟人去矣，闲了半湖烟月。冷露凄猿，荒云葬鹤，风走虚廊叶。伤心谁问，寒蛩除是能说。

高阳台夕阳

断雁飘愁，盘鸦聚瞑，一鞭残梦归鞍。酒醒邮程，岭云陇树漫漫。渡江几点归帆影，近荒林、一带枫斑。最难堪，第一峰前，立马斜看。　而今休说乡关路，剩濛濛野水，瘦柳渔湾。短帽西风，古今无此荒寒。芦笳声里旌旗起，问当年、谁姓江山。有悠悠，几处牛羊，短笛吹还。

蝶恋花题无人庭院图

几个黄昏风雨恶。闹得苔纹，绿满阑干角。薄日熏衣春气弱。小楼帘卷风翻却。　春到红桃才破萼。天做余寒，又替花

担搁。燕子归来全不觉。隔墙乱踏金铃索。

南楼令题张诗舲祥河词集

春水绿吴舲。江湖听雨程。二十年、梦醒银灯。又是江南梅子熟，有几点、打窗声。　　残月冷如冰。愁人心上明。一丝丝、泪写吴绫。门外绿杨风正起，休念与、落花听。

祝英台近

绣屏深，罗帐薄，春到酒醒处。长日眉头，少也皱千度。可堪一点春愁，分攒替结，全不见、镜儿分去。　　正延伫。见说昨夜东风，草也绿如许。钗拨青苔，不为断肠句。一朝一数归程，横山直水，但细把、阑干划做。

南柯子

帘额因风蹙，钗痕带月交。红阑深院小芭蕉。任是有风无雨、也潇潇。　　病久诗才减，心恹酒气摇。有情没绪把人撩。不到春归不把、绿杨饶。

长亭怨慢

正楼上、乱山无数。点点垂杨，晚霞红处。一片孤帆，夕阳潮落晚鸦聚。一程程路，休去问、旗亭树。树肯管行人，不绿到、天涯才住。　　凝伫。望荒城十里，惟有乱云堆絮。元宵过也，怕还有、打灯风雨。得知它、归也不归，万一有、晚潮回去。且关了

纱窗,今夜梦儿重做。

清平乐

燕帘风絮。几叠江南树。才起东风天又雨。冷了一春词句。

镜奁消瘦朱颜。鸾笺湘管都闲。只有未归残梦,画屏绕遍春山。

满庭芳 饯春

桂帐扃愁,兰釭剪梦,者番春病依然。落花飞絮,点点上琴弦。况是丝丝雨后,闲阶上、长满苔钱。瞢腾甚,十年影事,摇曳碎如烟。　　韶华弹指逝,向炉香,风影细问情禅。怎轻轻过到,如此中年。手捻垂杨低问,东风里、说甚缠绵。斜阳近,寒鸦几点,团扇正阑干。

高阳台 题双溪舴艋载愁图

桐墨题欢,蒲帆卷恨,匆匆催上吴舲。何处停桡,前头有座旗亭。绿濛濛地人家柳,忆当初、此地移筝。到如今,纸阁芦帘,记不分明。　　人生但似江潮水,便两三枝桨,打也难分。已是离筵,休教酒又愁醒。湖天如梦低归雁,怕芦花、不算飘零。一程程,风起潮声,雨做秋声。

征招 湖上感秋有怀湘佩、湘涛

入秋天气多风雨,幽怀更添凄楚。杨柳到西风,也飘零无主。

蛾眉惊老去。争怪得、鬓丝如许。休去登临,乱山只在,晚蝉嘶处。　　日暮翠衣单,清霜早、已上碧梧高树。独自倚阑干,念荒城砧杵。天涯谁共语。浑冷落、旧游俦侣。只除是、第二桥边,问那时鸥鹭。

菩萨蛮

晚烟漠漠帆如织。隔林几点疏灯出。一鸟下蘋洲。乱山相对愁。　　孤篷团野色。到此归心极。烟水望中宽。替伊鸥鹭寒。

白蘋多处人争渡。一痕青见西陵树。随意夕阳明。渡江闻雁声。　　凄凉人散后。几点鸦争柳。浅水画桥横。可怜潮自生。

台城路花坞纪游,同蔼卿赋

深山一夜惊黄叶,萧萧满林风扫。瘦柳皴霜,低芦冱水,凉得吟蝉都少。清溪半绕。已溪上炊烟,一丝青袅。知近禅扉,残钟隐隐出林杪。　　何时买山事了。赁舂终下计,何似耕钓。但近村边,能通船处,细选三间屋料。休嫌地小。任种菜栽梅,春秋都好。不见西风,晚鸦栖树早。

望湘人帘影

甚疏疏密密,整整斜斜,夕阳摇荡如许。移柳兼莺,筛花上蝶。春在绿濛濛处。最不分明,画屏几点,潇湘烟树。一层层、做出天涯,多少青山重数。　　绝忆疏灯院宇。隔空濛一片,是烟

非雨。正病起梳头，风飐香鬟如雾。龟纹重叠，驼钩斜转。今夜月明寒否。却误得、燕子归来，又绕回廊寻去。

一萼红灯影

掩罗帷。又天寒酒醒，斜月画帘垂。冷焰凄魂，瘦花摇梦，一衾愁碎如丝。更几点、寒鸦栖树，有西风、吹上画罗衣。浅碧屏深，五更凄断，欲别人时。　　谁念江湖听雨，向银荷背后，翠黛双低。簟梦惊猧，篷窗低雁，天涯消息怜伊。更休说、当时罗髻，已红楼，帘卷露萤飞。空有玉钗枕函，摇曳相思。

绿意沈朗亭丈兆霖属题亡室郭慧人夫人画蝶遗幅。时落花在檐，韶华水逝。披图怅触，不胜身世之感也。蔼卿赋红情，余拈此调谱之

冰绡在否。怎粉香脂色，零落如许。几处芳丛，栩栩蘧蘧，落红犹忆前度。凄凉不恨春如梦，恨梦也、寻常不做。却输伊、安稳双飞，还到绣帘深处。　　正是春深时候，铢衣晒粉薄，花韵阑午。一半寒烟，一半荒芜，绿得南园凄楚。杏花只在高楼上，休说起、江南风雨。怕当时、画碧罗裙，也化仙魂飞去。

菩萨蛮琴馆听涛图

密濛濛处仙禽瘦。红帘一桁留香久。灯影隔窗窝。点衣黄雪多。　　参差弦柱急。卷地风吹月。门外是潇湘。水回人断肠。

蝶恋花

帘外迷濛云不住。卷起飞花,风袅垂杨树。燕子飞来还又去。夕阳芳草归何处。　　两日东风三日雨。聚做浮萍,散做濛濛絮。残梦乱飘香一炷。画楼灯火闻人语。

贺新凉秋林著书图,蔼卿属赋

一夜清溪雨。已千山、万山黄叶,飘流无主。何况悲秋人寂寞,那不鬓丝成素。算还是、青毡抛去。依理丝筒君把钓,尚全家、靠得渔竿住。便鸥鸟,也应许。　　人生多被浮名误。念当时、萤飘蠹老,几人词赋。如此葫芦依样画,怎免樵夫笑汝。空赢得、尘埋玉树。不及西风枝上叶,到飘零、尚有归根处。君不见,杜陵墓。

好事近

远水绿平帆,帆外一痕烟树。隔树青山几点,是渡江何处。
碧天霜重雁痕低,帘卷乱峰雨。独倚画屏秋管,等晚潮回去。

高阳台皋亭览胜图

鸥雨分凉,鱼云织暝,一篷山色依然。瘦影斜阳,碧天摇梦成烟。仙山依旧无消息,奈东风、换了啼鹃。剩尊前。点点残红,飞近筝弦。　　凭阑休说当时事,只丛祠箫鼓,流水鸦边。一片凄阴,可堪送我华年。天涯何处无芳草,到春深、便觉堪怜。好留

连。未是黄昏,休促回船。

唐多令寄湘涛

斜日杏花收。微寒上玉篝。一重帘、一段春愁。见说画屏灯也上,独自个、下帘钩。　　无语自凝眸。螺峰敛碧秋。倚阑干、照遍春流。门外绿杨风又起,便不皱、怎教休。

——《梦影楼词》,《小檀栾室汇刻闺秀词》第四集,光绪间刻本

王文瑞一首

蝶恋花春暮

燕子双双梁上语。才报春来，又送春归去。细雨黄昏花落处。者边便是春归路。　　一霎游春春已暮。早识匆匆，翻悔迎春误。春若多情春也住。原来春是无情做。

——赵青撰《嘉兴历代才女诗文征略》，
浙江大学出版社 2014 年版

陆韵梅二首

浣溪沙题叶小庚本事词后　见《赌棋山庄词话》

韵事才人又美人。湖山金粉艳芳尘。一编絮果与兰因。帘外绿云留倩影,风前紫玉慰香魂。琼箫吹到月黄昏。

清平乐雨后坐月

湿云低扑星斋。凉意含疏竹琇卿。闲倚红阑干几曲琇卿。一点流萤闪绿星斋。　小窗月上迟迟星斋。送来花影参差琇卿。爱把湘帘半下琇卿,秋痕筛满罗衣星斋。

——《小檀栾室闺秀词钞》,宣统元年(1909)刻本

姚若蘅二首

菩萨蛮自题望云思亲图　见《常州词录》

行人不共秋鸿返。劳劳盼断看云眼。悄立倚桐阴。忆亲停素琴。　蕉心秋共卷。梦绕天涯远。不见华峰青。晚风吹竹林。

如梦令

一夜小庭疏雨。添得绿苔如许。晓起自凭栏,几簇玉簪才吐。无语。无语。闲看虫丝一缕。

——《小檀栾室闺秀词钞》,宣统元年(1909)刻本

吴小姑四首

吴小姑(1825—1852),号海山仙人,海南琼州人。夫邱玉珊,秀才,吴小姑为其侧室。有《唾绒词》。

念奴娇杨氏娣偕游玉龙泉

苍山一桁,过桥头古刹,此身如画。树罩小溪云溦溦,真向罗衫轻泻。导路春婆,携笺小侄,兴会淋漓者。银涛喷涌,讶龙头欲变化。　　正合涤笔冰池,泛觞石濑,任凤鞋游冶。新荷幽香通佛座,四面阴寒苔瓦。半幅村墟,阖家行乐,添几重佳话。摹成粉本,后人情亦牵惹。

七娘子高坡晓望

银云铺遍千株树。此中大有幽人住。忽觏遥村,微闻犬吠。荷樵人踏山花路。　　昨宵看月香犹炷。小姑偕向门前步。罗袜轻寒,筠幰映影。晓鸦啼破琼城雾。

满江红梁山谒谯国冼太夫人庙

巾帼英雄,擅两世、忠贞威烈。想当日、锦幢宝幰,灵旂猎猎。

铜鼓声传儋耳峒，银刀影冷骊龙穴。到而今、奇甸仰鸿慈，留旌节。　　千载后，钟豪杰。迎香火，平山贼。大功成告庙，雷轰电掣。都督非常谁早识，岭南奠定华夷悦。咄哉今、将帅畏寇仇，空咋舌。

买陂塘由海日所回高坡经大云寺，正值琼城一带刺桐花开，即景呈金门夫子

望晴空、天半朱霞，疑将堕赤城赤。嬉游每逐裙榴队，共踏遍红尘陌。遮不得。那古刹墙儿，衬染都生色。艳阳天，似火伞擎霄，丹砂炼鼎，春已过三月。　　休停屐，学士庄瑶峰侧，是侬家第宅。炎州文苑谁称最，定有祥云烂漫。常栖息，畅好是，檀郎欲等餐桃客。麻姑同伴，挽一朵灵芝，一乘丹凤，点破碧天碧。

——《小檀栾室记刻闺秀词》第十集，光绪间刻本

萧恒贞十二首

萧恒贞(1825—1888),字月楼,江西高安人。夫周天麟,丹徒人。夫妇倡和,人以管、赵比之。有《月楼琴语》。

浣溪沙春晓

一桁帘波画不成。嫩凉天气半阴晴。隔墙风送卖花声。红杏雨香融乳燕,绿杨烟澹护啼莺。玉钩春影欠分明。

买陂塘次外子自题勺湖莲隐图韵

傍湖滨、几椽幽筑,红尘未许飞到。帘阴一片裙波皱,恰对盈盈荷沼。新画稿。试占取、雕阑十二同吟靠。斜阳未了。趁拂面风来,吹香满镜,重理鬓云好。　　花前忆,忆著吴娘风调。此情休怕花笑。何时打桨迎桃叶,先拓是乡终老。秋意早。记雪藕、调冰曾乞琼浆饱。停歌话悄。纵拜月盟低,临风语细,猜已被鸥觉。

念奴娇石君追溯旧游,为拈此解

莫愁湖畔,早十年携得,桃家双桨。几度东风芳草绿,知否个

依无恙。往事云沉，闲情水皱，脉脉堪凝想。白门娇柳，靓妆曾斗眉样。　　闻道灯底秋心，亲题兰帕，偷学词人蒋。暮雨潇潇篷背彻，抵似玉钗低唱。倚舵煎茶，临波拓镜，丰姿真无两。旧游如梦，为君添倍怊怅。

虞美人夜雨催花，春寒特甚，揽衣倚枕，偶成此词

五更风雨惊残梦。尚怯余寒重。一层红晕一重纱。料是窗前开了、绛桃花。　　轻阴天气还慵起。遮莫红蕤倚。春来生怕上帘钩。怕是钩帘钩起、一春愁。

南楼令寄外

金井露华浓。秋怀砧杵中。算经年、容易西风。悄向碧阑干外倚，又一叶、下梧桐。　　何处问游踪。水重山更重。怕枫江、冷断吴篷。莫怪霜潮消息梗，须早晚、托鳞鸿。

生查子书所见

残荷红渐稀，香老词人笔。小立钓丝风，悄倚蘋渔笛。　雨乍收，凉眷夕。秋梦无痕迹。莫是水萤飞，误认疏星碧。

蝶恋花随任隰川，见燕巢有感

谢却残红飞尽絮。九十韶光，六十轻抛负。婪尾余春余几许。画帘一桁微微雨。　　雨后泥香新燕乳。一样将雏，心苦谁怜汝。江上草堂今在否。双栖毕竟归何处。

水调歌头八夕

今夕复何夕，鹊驾已难留。盈盈一水相望，空际碧云流。携得轻纨小扇，坐向冷萤光里，人意澹于秋。襟袂极潇洒，风露浣清愁。　　倚银床，荐冰簟，熨罗裯。不妨夜深低语，笑问女和牛。难道仙家眷属，也似人生离合，隔岁一绸缪。终古此河汉，别恨总悠悠。

百宜娇咏水仙，次石君韵

艳比冰清，影和春瘦，谁识个侬仙韵。小立亭亭，半眉新月，粉颊娇烘微晕。东风背却，便梦里、芳期无准。谩思量、我见犹怜，镜边愁拢云鬓。　　斜坐倚、熏笼未烬。低笑试拈来，玉葱纤印。绝世丰姿，出尘标格，词笔将伊描尽。而今冷澹，可记得、江皋离恨。早猜详、怨果三生，旧情休问。

鬲溪梅令读梅书屋

万枝香雪绕檐楹。拥书城。中有高人读到、夜三更。月斜参影横。　　纸窗灯火一絇青。照吟情。自拨熏炉炙研、句将成。翠禽三两声。

谒金门归帆亭

孤亭脊。一角斜阳留得。岛外风帆烟影织。归舟天际识。
听到萧萧枫荻。欲问霜潮消息。水国吟魂何处觅。一星渔

火碧。

浣溪沙一篑亭

四角亭空引暗香。缟衣人合倚修篁。怜它鹤梦与俱凉。

雪后园林天一白,水边篱落月微黄。蜜梅花底夜传觞。

——《月楼琴语》,《小檀栾室汇刻闺秀词》第四集,光绪间刻本

许德蘋二十五首

许德蘋(1826—1861),字香滨,自号采白仙子,江苏扬州人。夫朱和羲,许德蘋为其侧室,咸丰十一年殉难死。工骈文,善填词,有《涧南词》《和漱玉词》。

蝶恋花癸丑春日将归洞庭,闺中诸姊妹投赠诗词以为祖饯之意,予亦悲感交集,谱此以别

小劫红羊期已满。扰扰尘喧,乌兔飞如箭。往日苦多来日短。眉峰深锁何曾展。　　从今省识东君面。卷起重帘,为有双飞燕。桃李秾华才到眼。此情不比寻常见。

世味炎凉参已逗。一树垂垂,绿遍河堤柳。放眼静看人太瘦。吟魂怕绕屏山岫。　　枝上杜鹃啼已久。催得人归,只恐人归后。山影自怜非似旧。黄昏泪落抛红豆。

小院重门深锁紧。秋月春花,消得闲愁闷。道是闷愁消得尽。那知对景添长恨。　　昨夜东风来衮衮。墙角梅花,特报春来信。只恐韶华真一瞬。此情脉脉萦方寸。

不敢轻将西子比。觅得陶朱,欲泛五湖里。画舸乘风吾去矣。从今洗眼来云水。　　忽听骊歌声细细。尽是阳春,多道伤离意。后日思量凭雁鲤。尺书时把加餐慰。

浣溪沙寄怀崔小莺姊

驻拍停歌冷夕阳。浓烟深锁倒垂杨。无聊独自咏河梁。双鬓浑忘施黛绿，满头犹自插花黄。闲庭寂寞晚风凉。

片片飞云逐雁行。飘来一阵木樨香。更阑犹厌漏声长。心事谩和灯细语，愁怀只与梦商量。无眠又见月窥窗。

菩萨蛮秋夜书怀

凉飔黄叶催寒色。纸窗月照无情碧。一阵雨潇潇。墙东悔种蕉。　嘹嘹新雁过。刀尺声相和。莫说是寻常。人情怨夜长。

唐多令

鸿雁一声秋。江干钓未收。是何人、独倚西楼，听彻邻家吹玉笛，明月下、诉扬州。　蓦地起边愁。金戈载道游。说桃源、何处渔舟。霜叶围山红簌簌，还认是、武陵丘。

芭蕉雨与张月娟姊雨窗夜话

并坐虚窗意切。有谁来解得、同心结。一粟灯花明灭。可耐对着愁人，将愁怎说。　人生浑似梦蝶。看乌兔飘瞥。知一例收场、还分别。正谁到、断肠时，惊听雨滴丛蕉，风摇片铁。

如梦令荷花

落日亭亭烟暮。一棹出花迷路。听唱采莲歌,声在鸥波深处。沙渡。沙渡。香梦好圆鸳鹭。

点绛唇

为惜韶华,劝君把酒歌金缕。送春归去。都半风和雨。有雁南飞,只是添离绪。人何处。曲堤深树。梦绕青青路。

浣溪沙春暮

寂寞闲庭绣幕垂。蘼芜绿处渺无涯。粼粼春浪接天梯。
点点露凝花溅泪,霏霏风飐絮黏泥。丁香花下画眉啼。

浣溪沙

连日伤秋髻不梳。织乌西仄起来初。一堤杨柳渐萧疏。
鸥鹭闲情常自睡,芙容醉意未全苏。雁来还问有书无。

浣溪沙

窗外梅花冒雪开。一枝斜插映红腮。寿阳妆额费疑猜。
鸳谱欲寻新恨事,凤笺还写旧情怀。江南春信又重来。

浣溪沙

炼石谁能补恨天。杜鹃啼破夕阳烟。高楼尽日枕花钿。红杏才看匀薄粉，绿杨已见放轻绵。梨花院落冷秋千。

忆秦娥咏桐

凭山阁。绿云扰扰罗衫薄。罗衫薄。寒蛩鸣处，暗寻篱角。

那堪犹有霜风恶。银床叶叶惊吹落。惊吹落。一番秋信，几回寂寞。

添字采桑子芭蕉

芭蕉本是寻常种，绿满空庭。绿满空庭。雨雨风风、不觉动人情。　　窗纱映处题诗遍，一片声清。一片声清。最怕残更、和漏几回听。

南歌子

竹径凉风袭，莲房晓露垂。新过小雨带烟滋。卧听朝来、风讯倍凄其。　　砌畔葵心冷，堤边柳发稀。渐添酒债渐添衣。一样嵊栊、不似艳阳时。

卖花声

楼角酒旗风。吹起春踪。把杯愁散古今同。树上辛夷舒木

笔,笔笔书空。　　江上数云峰。著处情浓。一番心事有无中。写恨缄愁凭仗此,望断归鸿。

鹧鸪天

瘦蝶撩人扑纸窗。一林枫叶染轻霜。烟涵松翠侵鬟翠,风送橙香裛袖香。　　临水曲,感情长。梧桐瑟瑟晚来凉。篱边又报深秋信,从菊枝头已绽黄。

青玉案原注次贺方回韵

流莺恰恰声盈路。且随梦、寻芳去。只觉兰风吹暗度。衣香人影,酒边灯底,尽是消魂处。　　烟花最好三春暮。丽景迷人谱新句。试问青山应肯许。飞花片片,谁家擪笛,还逐沙头雨。

声声慢秋情

重重觅觅。坐坐行行,朝朝暮暮戚戚。万叶飞黄,秋意早传消息。还添暗恨几许,有冷砧、和笳声急。向耳畔,诉幽情、此味阿谁能识。　　蛩地鸿天愁积。冷露湿、篱花几回攀摘。未雨云沉,竹径已先觉黑。银壶更催漏点,鬲嗛听、隐隐滴滴。独自那,拥絮被、眠稳不得。

壶中天春情

燕娇莺懒,正愁晴怨雨,纹窗深闭。撩乱春光三月暮,处处袭人花气。力弱萍飘,情深絮泊,做就相思味。横琴曲罢,旧时怀抱堪寄。

还把一卷新词，柔肠宛转，叹新声难倚。瞥见风筝天外影，悄共离魂飞起。桃绶拖红，苔钱砌绿，犹惹深深意。竹间烟袅，不知茶熟还未。

永遇乐 元宵

月浸春城，花明灯市，游冶佳处。桥畔云迷，楼头采结，仙阙应也许。翠影丛中，艳歌声里，最怕霎时微雨。还端整、靓妆簇簇，好挈凤俦鸳侣。　　千门如昼，六街闲步，不觉签声催五。宝马尘飞，钿车香惹，群屧争楚楚。鱼龙游戏，因风忽撼，势若凌空飞去。听邻女、月地花天，从头细语。

多丽 白菊

乍重阳，漫天清露珠垂。听鸣秋、千林黄叶，飕飕寒色侵肌。也记起、玉妃贴鬓，也记起、青女低眉。三径萧疏，千株冷澹，不随春艳斗妍奇。正好趁、持螯把酒，风趣算偏宜。满头插，粉花玉蕊，错认酴醾。　　向园林、秋光渐老，傲霜挺秀相依。有宫人、乍吟愁赋，有倦客，重咏新诗。旅邸情怀，柴桑伴侣，颓然野鹤旧容姿。忍守着、孤标晚节，知遇雁来时。西风紧，归来彭泽，检点疏篱。

——《涧南词》《和漱玉词》，《小檀栾室汇刻闺秀词》第四集，光绪间刻本

王梦兰二十首

点绛唇送春

满地榆钱,笑伊难买春光住。落花飞絮。脉脉添愁绪。春去春来,试问归何处。垂杨树。几番烟雨。绿遍江南路。

点绛唇水仙花

倩影疏香,二妃微步潇湘渚。凌波容与。缟袂迎风举。仙骨珊珊,耐得风霜妒。邀花语。留花小住。结个消寒侣。

点绛唇即景

剪剪春寒,绿杨如梦花如笑。数声啼鸟。帘幕东风峭。九十春光,一半空过了。闲吟啸。夕阳芳草。到眼添诗料。

点绛唇盆中碧桃数日就谢,漫题

洗尽铅华,旧时人面还疑误。画屏深护。不倩浇花雨。羯鼓催春,争奈春难驻。消魂处。渔郎重到。迷却仙源路。

如梦令夏日

才听蝉吟高柳。又见池荷花吐。愁绪几曾消，倍觉眉山清瘦。长昼。长昼。倦倚小阑慵绣。

如梦令冬闺

天际一丸霜月。庭外半堆残雪。寒气入帘栊，帘内晚妆才卸。长夜。长夜。沉水香消金鸭。

如梦令有怀

镜里黛痕慵染。愁病怎生消遣。同梦听鸡声，咫尺天涯人远。休怨。休怨。鸳枕独眠情惯。

秋波媚花朝

枝头百舌弄春韶。佳节又花朝。青舒芳草，翠含烟柳，红绽夭桃。　　轻暖轻寒人意懒，底事倍魂销。倚阑暗数，春光半过，闲了诗瓢。

秋波媚感兴

晚凉如水雨余天。风景最堪怜。芳草池塘，夕阳庭院，红袖阑干。　　回首旧游如梦寐，聚散总前缘。花落花开，月圆月缺，几许流年。

浪淘沙桂花

清露洗晨妆。金粟初黄。广寒分种向雕廊。携手试来花下立,袖惹天香。　　翠叶拂银床。占断秋光。一枝亲折赠檀郎。他日宫花探上苑,一样芬芳。

浪淘沙游可园

约伴踏芳园。凉透轻衫。绿槐高柳咽鸣蝉。最爱遥峰深浅碧,眉黛争妍。　　池馆尚依然。芳草芊芊。绿阴深处独凭阑。笑我来迟花事尽,红藕香残。

卜算子秋夜即事

长昼苦无聊,又是黄昏后。沐罢兰汤试晚妆,难展眉峰皱。
深院掩重门,人比黄花瘦。新月娟娟上画阑,故照人怀袖。

卜算子志感

生小弄聪明,反被聪明误。一寸蕉心束万重,惯惹闲愁绪。
休咏白头吟,不喜伤心句。愿化金炉一缕烟,宛转成灰炷。

菩萨蛮春晚口占

一声百舌啼金井。海棠枝上燕支冷。小院燕双飞。湘帘镇日垂。　　薄寒轻似水。慵把阑干倚。墙角杏花残。临风翠

袖单。

忆秦娥秋日有怀

蝉声咽。闲庭又落梧桐叶。梧桐叶。白蘋红蓼，雁来时节。

怀人正值清秋夜。旧游回首心长切。心长切。海棠花下，玉箫声彻。

一剪梅梅雨

细雨廉纤昼掩门。生怕黄昏。又是黄昏。空阶如拭净无尘。润遍苔痕。绿遍苔痕。　　瘦损眉峰尽日颦。愁也难禁。病也难禁。芭蕉枝上一声声。听也销魂。望也销魂。

江城梅花引听雨

黄昏才过雨飘萧。夜迢迢。漏迢迢。回忆当年，剪烛坐深宵。落叶打窗人不寐，帘栊悄，茶烟袅，篆香销。　　香销。香销。寂无聊。倚琼箫。曲乍调。听也听也，听不住、窗外潇潇。阵阵斜风，吹雨打芭蕉。翠被生寒眠未稳，听一声，声和檐、马风敲。

满江红对雪同外作

一夜霜风，吹散了、满天飞絮。凝望处、长空万里，苍茫无际。碎玉铺平楼阁影，同云冻合山川色。喜枝头、梅萼暗舒香，含春意。

寒雀啄，檐冰积。翠袖冷，薰笼倚。正橙黄酒熟，消寒宜会。画

阁围炉寻乐事,灞桥策蹇添诗思。问清吟、谁是谢家才,新词拟。

大江东去秋雨遣兴

萧萧风雨,正黄昏小院,重门深闭。铁马敲檐虫声砌,搅得新愁如织。黛减香销,衣宽带褪,问有谁怜惜。当年听雨,不是者番岑寂。　　一任燕去江南,鸿来塞北,难觅郎书迹。卸却残妆还起坐,何处数声长笛。月姊工谗,风姨作恶,不管花无力。算到如今,索把乱愁堆积。

金缕曲秋夜书怀

倚枕浑无寐。蓦回头、华年如水,流光堪惜。世界沧桑惊转眼,付与盈盈双泪。更蒲柳、未秋先悴。回忆兰闺娇小日,斗新妆、对镜怜眉翠。浑不解,愁滋味。　　六年历遍烟尘地。尽消磨、南船北马,雪泥鸿迹。永夜不眠谁是伴,只有寒蛩唧唧。似代诉、愁人心绪。寸草春晖何日报,望关山、迢递东南隔。鱼雁字,杳难觅。

——《三十六鸳鸯吟舫存稿》,光绪二十一年(1895)合肥李氏刻多色套印本

翁端恩十三首

凤栖梧自题梧馆吟秋图

泠泠何处秋声起。欲问秋声，只在桐阴里。风定夫容香十里。烹茶唤起娇慵婢。　　把卷论文人有几。还是芭蕉，解得侬心意。不合读书明眼底。添将多少愁滋味。

金缕曲题汪小珊水部六桥烟雨图

卅里湖边路。带长堤、红桥曲折，绿杨无数。云隔烟迷人迹远，只有青山当户。曾系艇、鸥波深处。渌水粼粼浓似染，最销魂、几阵疏疏雨。萍万点，散还聚。　　酒痕记取襟前句。看新诗、袖中一卷，吴歈初谱。多少长洲荒苑柳，依旧春风眉妩。可还似、西泠烟树。佳境莫生分别想，证前修、一例天堂住。软尘影，谩回顾。

疏影自题种菊补篱图

卜居幽独。喜荒园小小，遥隔尘俗。桃柳僵瞑，断涧颓垣，几番曾费修筑。一壶尚有容身地，况占得、数椽老屋。谩思量、魏紫姚黄，守素莫如种菊。　　分得邻家佳种，轻持鸭嘴去，篱畔细斸。摘蕊煎茶，犹胜餐霞，日采幽香盈掬。秋深开到黄花候，看鹿

眼、补来曲曲。叹浮踪、岁月频移,倚遍闲庭修竹。

菩萨蛮

年来领略愁滋味。闲愁万斛凭谁慰。分付与东风。黄粱一梦中。　　芭蕉心不展。脉脉情何限。耐得五更寒。香残烛也残。

归田乐又题渡江词

旗亭唱罢赓酬句。吟到邗江烟树。山色与波光,都为行装彩豪助。　　金焦两点看飞渡。远浦忽惊鸥鹭。风饱一帆悬,莼羹鲈脍人归去。

行香子

絮扑成烟。荷小浮钱。燕归梁、软语缠绵。酒醒鸳枕,诗寄鱼笺。望山重重,云淡淡,月娟娟。　　花影池边。人影帘前。数更筹、独倚阑干。欲将心事,诉与青天。是一分悲,三分恨,十分酸。

望江南

秦淮月,久羡画图中。处处楼台歌落日,家家庭院泣秋风。寂寞古行宫。

秦淮月,一片可怜生。荒草斜侵萧寺碧,残阳空照蒋山青。流水绕孤城。

秦淮月,憔悴惜芳辰。玉树歌残南部曲,金钲吹散秣陵春。屈指岁更频。

秦淮月,望断楚云低。生怕风高多鬼语,还惊潮落有莺啼。愁煞画楼西。

满江红 江阴季仙九尚书没于崇川,侧室吴氏吞金以殉

蓦地波澜,掷碎了、菱花圆月。伤心处、白杨衰草,輀车临穴。歌舞尊前欢梦短,繁华镜里浮沤阅。尽缠绵、愿结再生盟,孤怀洁。

巾帼女,多奇节。拚绝命,黄金屑。叹珠沉花谢,九回肠折。慷慨难忘斑竹恨,乱离岂恋红尘瞥。听夜深、愁雨洒空阶,香魂冽。

金缕曲 闰中秋作

信孅非吾土。笑浮家、等闲再值,良宵三五。深院木犀香已谢,渐惜秋光欲暮。只碎菊、篱边方吐。谩道井梧添叶好,怕羁愁、添得心尤苦。荣悴感,向谁诉。　纪时今日逢寒露。检巾箱、吴绵已罄,故衣重补。青女素娥还耐冷,下界尘凡莫数。恰圆魄、重开顾兔。拜月盈盈同说饼,算乡风、犹是江南路。何处问,旧皋庑。

琐窗寒 雪夜怀诸兄弟

昨夜轻寒,开帘瞥见,玉龙回舞。飞花糁径,朵朵散时还聚。短篱边、冷梅吐芬,曲廊缓步殊增趣。似故乡风景,修篁斜倚,遥天将暮。　谁语。离情绪。记咏雪闲庭,围炉觅句。韶华易改,雁影分飞几处。到春来、棠棣半开,天涯坐惜修程阻。难频年、戍鼓常惊,极目燕台树。

——《簪花阁诗余》,《小檀栾室汇刻闺秀词》第二集,
光绪间刻本

周维德十二首

卖花声夜雨有感寄呈大姊

冷雨打蓬窗。风景凄凉。旧曾游处最难忘。一枕秋声半轮月，魂断潇湘。　　人静夜茫茫。恰费猜量。落梅时节断人肠。记得旧时欢喜地，花影回廊。

南楼令

杨柳黯汀洲。魂消逝水流。肠断处、长板桥头。十丈蒲帆人去也，情脉脉、望归舟。　　别梦绕江楼。伤心君会否。多少恨、欲语还羞。吾病难将医药治，待黄壤、始休休。

满江红感怀

憔悴年年，忆故人、星流云散。有多少、断肠滋味，无端经遍。搔首不堪回首处，梁园风景登时换。记那日、拂袖复归来，桑田变。　　暮雨急，夕阳倦。微吟罢，起长叹。任孤云片月，高风谁见。枕上幽啼窗外雨，个中甘苦都赏惯。是何人、清泪洒西风，分飞雁。

沁园春忆西园

旧馆萧条，落叶盈阶，梁空燕遥。忆去年此日，别离江上，秋风落日，挥手河桥。烽火连天，干戈遍地，渡口悲风咽暮潮。最撩人，是销魂杨柳，隔水相招。　　故园一别迢迢。想今夕、西楼月正高。恨旧时好景，等闲浪掷，而今何处，肠断吹箫。逝水无情，年光流尽，秋月春风容易抛。无聊甚，听半窗疏雨，滴到明朝。

虞美人寄李太夫人

昨宵魂梦飞来到。残月关山小。人在春风雨露中。恍隔洞庭七十二青峰。　　金闺旧梦空回首。莫问西园柳。抛却新愁又旧愁。奈他听风听雨恨悠悠。

南乡子

冷月入帘栊。曲曲屏风烛影红。何处清声来不断，丁东。百尺楼头夜半钟。　　归雁咽西风。楚水吴山路几重。一片苍茫江上月，朦胧。十二碧峰缥缈中。

金缕曲重阳日久病言怀寄十一兄　二首选一

泪共梧桐湿。听声声、秋雨秋风，潇潇瑟瑟。垂死病中惊坐起，一种清凉沁骨。浣柔肠、寒僵欲溧。平子愁多才又尽，四禅天、修到何时节。形与影，相怜惜。　　十年面壁徒何益。依然是、病魔厮守，禅关难越。小劫华严成孽症，洒尽心头热血。待华

佗、解我胸前结。飘泊诚非青帝意,奈西风、偏瘦天涯客。谁解道,星河岳。

金缕曲

沉水销金兽。卷珠帘、树头花额,朝暾初透。顷刻登车回首望,古道斜阳依旧。空余下、几枝烟柳。我已超尘三界外,离恨天、偏向愁人有。情脉脉,如中酒。　　兰帏徒使人消瘦。问何年、重亲言笑,重携素手。纸样余生惟有泪,且看龙钟双袖。说重来、来是何时候。门外天涯虽有路,奈苍苍、不与文缘凑。肠寸结,君知否。

卖花声 有感

一枕卧烟霞。蓬鬓飞鸦。可怜柔软若秋花。才倩玉儿扶病起,红日西斜。　　暮色满霜华。清寂无哗。绣帏一似梵王家。记得色身原是幻,倒裹乌纱。

浪淘沙 有忆

醉墨漫涂鸦。笔阵欹斜。芙蓉原是断肠花。又送夕阳归去也,无问韶华。　　弱水路歧赊。飞馆谁家。蓬莱仙子拥云车。彩凤不来音信杳,人在天涯。

踏莎行 庚午六月杂感

白日西驰,大江东注。朝朝暮暮相逢处。闲情毕竟让青山,

不愁不笑看今古。　　渡口帆樯，波心钟鼓。后人又逐前人去。莫将诗句掷寒涛，放歌恐惹蛟龙妒。

浪淘沙

手足怅分歧。况在天涯。海棠滴泪浣胭脂。道是相逢还有日，恰在何时。　　天也似侬痴。黯淡寻思。离愁化作雨丝丝。拍遍阑干无限恨，几个人知。

——《千里楼诗余》，光绪二年(1876)刻本

戴青 七首

如梦令

风弄一池波皱。香浥小炉烟瘦。月上海棠梢,烂漫芳春时候。休负。休负。人与东风如旧。

镇日花飞帘牖。又近饯春时候。梁燕忽归来,似讶主人消瘦。依旧。依旧。算尔年年情厚。

南楼令

细雨滴花梢。轻寒入绮寮。掩重门、洗净尘嚣。漫扑残灰添雀脑,听莲漏、已迢迢。　　灯影隔轻绡。无聊坐短宵。又因循、过了花朝。不为春深怜瘦骨,看几处、落红消。

蝶恋花

门掩梨花寒料峭。剪样东风,吹落红多少。燕子不来人悄悄。湘帘低亚钩儿小。　　九十春光看渐老。小病初瘳,怪底情颠倒。静倚阑干思未了。惜花打幅春愁稿。

蝶恋花秋闺

倦倚银屏垂翠袖。帘麈金钩,怎解双眉皱。篆袅炉烟灯似豆。清宵数尽沉沉漏。　　怪底夜来风雨骤。点滴空阶,不解人僝僽。憔悴已怜新病后。那堪更逐秋花瘦。

凤栖梧贺海珊弟新婚

绮阁妆成行软款。是处笙歌,催赴鸳鸯宴。花簇珠屏春正满。左家风度人争羡。　　钿影衣香浑未辨。历乱灯光,掩映芙蓉面。花烛双双人不剪。背人巧试眉深浅。

金缕曲感怀

不解苍苍意。古今来、把人僝僽,者般游戏。只有疏狂稽阮辈,未许俗尘维系。若脱屣、浮名金紫。卧稳空斋魂梦适,笑邯郸、磁枕还多事。迷与悟,总非是。　　茫茫千古谁知己。问天涯、可能道出,填胸豪气。睥睨人间双白眼,说甚幕天席地。奈一片、雄心未死。痛饮高歌聊作达,尽半生、踪迹壶中寄。真自在,有如此。

——《洗蕉吟馆词钞》,宣统二年(1910)石印本

江淑则九首

江淑则(1828—1852),字阆仙,昭文(今属江苏常熟)人。父江之升,举人。夫俞钟纶。有《独清阁诗钞》《独清阁词钞》。

剔银灯寒夜对灯

红隐窗纱闭户。爱金兽、烟萦香缕。漏滴寒宵,风帘早下,拨闷闲翻书谱。心牵愁绪。对银釭、悄然无语。　　世态炎凉如许。伴我宛然闺侣。兀坐频挑,绣帷摇影,长夜怕闻街鼓。照人何补。叹相煎、兰膏辛苦。

浪淘沙踏雪

一笑步瑶阶。清景殊佳。不曾顾惜凤头鞋。低首凝眸浑不觉,深处偏埋。　　纤手整金钗。诗兴难排。探梅不必到天涯。自有疏枝庭畔倚,折向萧斋。

临江仙月下看梅花

一轮月似新磨镜,梅花弄影纵横。夜阑深院暗香生。寻诗临妙境,愿结岁寒盟。　　莫是姮娥怜玉貌,流连欲画难成。忽听

街鼓转残更。幽光无限好，玩久觉风轻。

更漏子四月十四日，五渠观水嬉，是夜微有月色，灯彩甚佳，戏填此阕

月朦胧，灯摇曳。掩映画船佳丽。莹酒色，腻花香。轻风送夜凉。　　呼回棹，人声扰。笛韵临风袅袅。筵乍散，曲初终。闲情笑语中。

清平乐芭蕉雨

西窗曲榭。长簟疏灯射。庭外萧萧凉共泻。并作秋声一夜。

天然虚籁泠泠。凄清弄与谁听。惹起闲愁万斛，拚教梦也忪惺。

贺新郎和韵答闺友

落落深闺里。剩楼头、一轮皎月，是侬知己。自顾此身如倦鸟，栖息枝头垂翅。只披读、离骚销志。不信词人都薄福，看千秋、得意曾能几。伤心处，已无泪。　　生来无分穷经笥。日销磨、针箱线帖，可知遭际。满院凉烟秋雨后，多少闲愁慵记。嗟荣利、浑如敝屣。天地虽宽罗网密，料人间、独醒谈何易。把万事，付酣醉。

踏莎行春夜

新月娟娟，花阴沉静。夜深独自穿芳径。金铃犬吠悄无人，

池塘凉浸春星影。　　引起诗魂,吟怀谁省。隔林宿鸟枝头警。不教幽梦落银床,莲钩露湿苍苔冷。

浪淘沙春去

病起耸吟肩。新绿连天。一双燕子语春烟。笑问东君归去否,补饯芳筵。　　荷叶叠青钱。风景堪怜。离情忽被落花牵。满地残红留几点,魂断阑边。

沁园春仲安伯翁命题桐华仙馆花果诗

天把韶华,付与幽人,小园试窥。觉情悰偶着,都成韵事,吟怀乍触,独擅新奇。燕语莺啼,蜂狂蝶舞,点缀生花笔一枝。侬欲问,问如何秋实,春可先知。　　东皇休弄芳菲。算转眼、相看风景非。恐名花硕果,飘零有尽,寓言寄慨,收拾无遗。小立低徊,回头省识,九折回肠万缕丝。还叹息,想浮生朝菌,得失几微。

——胡晓明、彭国忠主编《江南女性别集二编》下册,黄山书社2010年版

冒俊四首

冒俊(1828—1884),字文惠,号碧纕,江苏如皋人。父冒溶,江西德化知县。夫陈坤,钱塘人,广东候补知州。有《福禄鸳鸯阁遗稿》,由其夫编刊而成。

一点春藕丝

一弯西子臂,七窍比干心。美人烈士情无限,余绪缠绵自古今。

满江红酬孙浣云夫人

五朵云来,感前代、孤忠事迹。堪与那、鲁连蹈海,咏垂金石。不是娥眉人第一,品题孰称无双客。一瓣香、供奉女相如,情脉脉。　　思宛转,今何夕。明月照,花笺擘。曲奏阳春好,遏沉云碧。高调常留梁屋绕,低吟应遣红牙拍。擅千秋、雅誉在芳闺,风流剧。

满江红和浣云

露盥蔷薇,载吟到、新词妙绝。无限恨、家山破碎,异乡羁绁。

捷报星驰狐遁影,故园月落鹃啼血。想夜阑、漏静远离人,思还浙。　浙水碧,粤山凸。云涛隔,心香爇。幕敞莲芬永,燕飞颃颉。才慧同君应示巧,疏庸如我难藏拙。倘垂青、不以菲葑遗,相携挈。

浪淘沙题秋水轩词钞

多病复多愁。闺阁风流。篇篇锦绣倚声柔。福慧相兼真不易,影幻泡浮。　识面恨无由。圆月难修。瓣香心事愿千秋。重付枣梨传妙句,吟遍红楼。

——胡晓明、彭国忠主编《江南女性别集三编》下册,
黄山书社 2011 年版

陈嘉十二首

陈嘉(？—1861),字子淑,仁和(今属浙江杭州)人。夫高望曾。咸丰辛酉冬,杭城再围,食且尽,嘉购粟进姑,而自食糠秕,城陷奉姑出城,既渡江,会天雪馁甚,乃属姑于妯娌而死。有《写眉楼遗词》,附于《茶梦庵诗稿》后。

柳梢青新柳

望里魂销。和烟和雨,绿遍亭皋。半拂征尘,半牵离恨,乱逐风飘。　　踏青才过花朝。听一路、莺声画桥。浅蹙颦眉,微开倦眼,低舞纤腰。

浣溪沙夏日闺思

冰簟银床暑不侵。绿阴满地一蝉吟。帘栊如水昼愔愔。
紫蕙初开堪作佩,红莲虽好未宜簪。闲评花谱惯停针。

南柯子秋夜遣怀,和陆芝仙

借病常耽睡,贪闲易惹愁。旧时影事到心头。叹息韶华如水、付东流。香烬还重炷,帘垂不上钩。一星灯火黯妆楼。偏是

风风雨雨、作深秋。

蝶恋花秋夜不寐,枕上口占

银汉无声珠露湿。一抹秋痕,沁透诗人骨。冰簟凉生清梦惬。枕边抹丽花如雪。　　风飏罗帷灯欲灭。切切凄凄,向曙啼蛩急。远寺钟鸣催落月。纱窗微逗东方白。

鹧鸪天春晚

幕底层阴黯绮栊。柳枝摇曳怨东风。鹧鸪声里春将晚,满地苍苔糁落红。　　情默默,恨重重。一年芳事惜匆匆。蘼芜远道无消息,肠断零烟剩雨中。

采桑子丁巳寒食

饧箫声里逢寒食,花映重帘。柳插高檐。芳草萋萋绿似烟。
踏青怕上西湖路,莺语堤边。鹃泣山前。麦饭家家扫墓田。

菩萨蛮闺中四时词

绿杨踠地春愁重。流莺啼破红闺梦。睡起悄凭阑。罗襦怯晓寒。　　卖花声渐近。催把云鬟整。对镜画双娥。远山眉样多。

梧桐渐长芭蕉大。愔愔庭院清阴锁。曲槛绕芳塘。风来荷叶香。　　昼长人意懒。盼煞斜阳晚。粉汗湿鲛绡。休将纨扇抛。

藕花开瘦红衣落。金风袭体罗衫薄。屈指数星期。神仙还别离。　　玉阶鸣促织。砧杵千家急。枕簟爱新凉。梦和莲漏长。

日高犹恋重衾卧。葱纤怯冷慵梳裹。帘外暗香来。早梅开未开。　　同云天欲雪。鸦阵盘空黑。数九约围炉。先将窗纸糊。

浪淘沙 枕上杂闻秋声，谱成此解

铁马颤楼阴。风撼疏林。荒烟满地乱蛩吟。街鼓迢迢更漏转，月色将沉。　　何处捣寒砧。捣碎秋心。天边孤雁递哀音。啼彻城乌鸡动野，好梦难寻。

洞仙歌 庚申杭城劫后，迁徙者纷纷，四月朔，余随外子东渡钱江，避居萧山之桃源乡，就途中所见，谩成此解

钱江东去，荡一枝柔橹。大好溪山快重睹。算全家数口、同上租船，凝眺处，隔岸峰青无数。　　桃源今尚在，黄发垂髫，不识人间战争苦。即此是、仙乡千百年来，看鸡犬、桑麻如故。问何日、扁舟赋归欤，待扫尽欃枪、片帆重渡。

——《写眉楼词》，《小檀栾室汇刻闺秀词》第三集，光绪间刻本

吴麟珠一首

吴麟珠(？—1861),字友石,安徽泾县人。夫章华,同知。侨寓杭州,城陷殉节。有《倚琴阁诗草》,附词。

长相思题美人斜倚薰笼图　见《词综补》

镜慵窥。枕慵欹。正是香温锦幄时。含颦如有思。　夜何其。漏频移。冷暖年来只自知。不眠犹待谁。

——《小檀栾室闺秀词钞》,宣统元年(1909)刻本

袁淑二首

袁淑，生卒年不详，字疏筠，钱塘(今属浙江杭州)人。祖父袁枚。夫王豫斋。抱病出嫁而卒。有《剪湘楼遗稿》《剪湘亭词》。

菩萨蛮月夜闻筝　见《玉琼集》

绳河催渡凉蝉早。玉纤低按春莺小。旧谱巧翻新。知音能几人。　　柔肠萦雁柱。诉出秋心苦。弹罢悄无言。一庭风露寒。

买陂塘仓山寻秋，坐双湖亭眺望清流，见落叶辞枝，萧萧然不知秋生何处也

恋山眉、一痕斜照，萧萧红妒枫柏。西风小飐鸥波冷，青鬓几人吹皱。招素友。便软踏、香莎选胜联吟袖。蓼花汀口。认水瑟玻璃，天低菡萏，清景肯辜负。　园林好，指点双湖依旧。凭阑几度回首。秋心暗逐溪烟袅，省识吟魂孤否。休僝僽。算临水、登山此恨年年有。莓苔坐久。蓦菰黑沉云，柳黄挽暝，凉入采菱手。

——《小檀栾室闺秀词钞》，宣统元年(1909)刻本

袁青三首

袁青,生卒年不详,字黛华,钱塘(今属浙江杭州)人。祖父袁枚。夫车持谦,袁青为其继室。有《燕归来轩吟稿》。

渡江云寄竹畦兄吴下　见《金陵词钞》

家山催别去,尺书莫寄,弹指又惊秋。几行新雁外,目极征帆,底事久淹留。劳人草草,怕年来、雪渐盈头。应试看,白蘋洲畔,栖稳有沙鸥。　　优游。真娘墓侧,白傅祠边,共寻花浇酒。更龙门、叨陪清宴,文采风流。乌丝写出琳琅句,听双环、娇转歌喉。旗亭壁,有谁争画银钩。

百字令　见《断钗吟》

琼钗断处,惹回肠俱断,吟成珠玉。不是敲残红烛底,折向晓窗奁角。陟岵云深,稿砧梦杳,往事频枨触。年华催换,镜中鸦鬓非绿。　　闻说补屋牵萝,青灯课子,簪笏看重续。持节遥迎南粤地,旋报骖鸾官阁。诗记清芬,图追雅范,似刻丁兰木。传观珍重,好防寒具油幅。

南乡子 见赵对澄《小罗浮馆词别录》

檐外滴秋霖。逗引离情又上心。游屐如云零散尽，愁深。拥鼻西窗独自吟。　　点点和疏砧。雁杳鱼稀锦字沉。待倩梦中联梦雨，萧森。梦向云山那畔寻。

——《小檀栾室闺秀词钞》，宣统元年(1909)刻本

袁嘉十五首

袁嘉(? —1853),字柔吉,钱塘(今属浙江杭州)人。祖父袁枚。夫崇颖,诸生。咸丰三年,于金陵之乱殉节。工诗词,有《湘痕阁词稿》。

阑干万里心春闺　见《词综补》

轻寒料峭雨连纤。一缕春愁似水添。瘦到腰围亦自嫌。意恹恹。满院飞花不卷帘。

木兰花慢仓山寻秋,与云根各填一解

绕琅玕深处,牵翠袖、堕明珰。早衰柳沉云,枯荷洗露,寒到银塘。鸳鸯。绿波梦稳,怕分飞冷了白苹乡。贪向湘阑凭处,钟声催送斜阳。　　思量。往事最难忘。水阁记传觞。惜花颊殷红,山眉绀碧,艳衬霞裳。流光。又惊瞥眼,蓦西风吹遍井梧霜。惆怅鸿来燕去,教人阅尽炎凉。

蝶恋花新柳

陌上春回才几许。抹雨和烟,掩冉愁千缕。一角红楼帘卷

处。有人偷效新眉妩。　　欲起还眠芳草渡。容易成阴，莫恨流光误。残月晓风添别绪。丝丝不绾归桡住。

金缕曲悼亡

泪洒秋风里。化连枝、他生未卜，此生已矣。怨海难填天莫补，造物弄人何意。问可是、才遭天忌。剧使钗分怜薄命，叹伶仃、儿女今谁恃。家四壁，食烦指。　　凄凉事怕从头记。任销残、花红钿翠，脂香粉腻。一自镜鸾悲独舞，云鬓飞蓬慵理。只赢得、朱颜憔悴。锦瑟年华随逝水，剩青灯壁月孤帷倚。金石矢，柏舟誓。

唐多令雨夜不寐

支枕乱愁并。廉纤静夜听。响空阶、点滴分明。一样芭蕉秋战雨，浑不似、故园声。　　尘梦苦难醒。劳劳度此生。湿寒衾、泪已成冰。剩有归心随断雁，飘泊处、又无凭。

忆秦娥夜泊露筋祠

归舟急。春江月堕催停泊。催停泊。轻桡系处，柳丝笼碧。

灵旗风卷芳魂灭。荒凉古庙留遗迹。留遗迹。空余流水，为谁呜咽。

采桑子春暮

惜春春去留难住，愁里年华。病里韶华。消尽吟情枉自嗟。

风狂雨骤催飘泊,短命桃花。薄命杨花。底事伤心聚一家。

虞美人月当头夜醉中倚此

去年今夜他乡月。病酒兼伤别。今年又见月团圞。赢得今宵身在、故乡看。　　人生几度逢今夕。莫问阴晴缺。茫茫合向醉中过。自把一尊清酒、酹嫦娥。

临江仙丁亥三月偶检玉檀栾室遗稿,见摸鱼子一阕,大半残缺,末云:“添别恨,转与牛衣对泣,人相并,愁生潘鬓。怕玉镜台前,归来重照,不似旧时影。”盖己卯回石梁时寄余作也,悲成此解,泪下千丝矣

记得钗分悲永别,经年砚匣尘封。而今重展泪花浓。伤心留断句,钤印未销红。　　玉镜台前余独影,梨云梦断无踪。新愁旧恨压眉峰。茫茫泉路杳,何处盼鳞鸿。

念奴娇暮春偶成

轻寒轻暖,又溟濛,作弄酿花天气。别有幽怀非中酒,可奈困人如醉。一缕情柔,三生梦浅,不问年华逝。春光何限,等闲都付流水。　　应惜。燕妒莺嗔,啄残红蕙,护少金铃系。参到禅机原是幻,那管风凄雨细。絮已沾泥,丝偏织茧,难断悲凉意。绵绵长恨,问天天也知未。

唐多令芦花

惯送往来舟。风生瑟瑟秋。傍荒滩、影共江流。一片冷云低欲护，栖不定、有沙鸥。　　浑似柳绵柔。吹残红蓼洲。叹年华、逝水难留。最是愁多头易白，担尽了、别离愁。

南歌子春日病起

寒怯衣棱峭，眉嫌镜影浓。病余落絮不禁风。为倩游丝宛转、罥飞红。　　泥酒心犹怯，搴芳事已空。梨花深院静帘栊。又是一年春负、雨声中。

高阳台　见《小罗浮馆词别录》

邀鹤云闲，款鸥梦冷，西风吹散朋簪。待不思量，又因芳讯浮沉。却怜几叶芭蕉雨，作凄凉、响和疏砧。一声声，那管人愁，滴碎秋心。　　销魂记取天涯别，怅河桥柳岸，隔浦春深。嚼蕊吹花，等闲妨了清吟。凭谁细唱潇潇曲，恁离情、强半难禁。证诗盟，剪烛何时，同话尘襟。

沁园春对镜　见《名媛诗话》

圆冰之中，似是疑非，端详欲惊。恁两眉恨锁，潜消蛾绿，双鬟愁拥，暗换鸦青。水剪瞳寒，花搏颊艳，昔日怜伊此日憎。伤憔悴，问今吾故我，谁驻真形。　　晶莹枉自通灵。只难卜、团圞过一生。叹凭人幻象，随悲随喜，泥人痴坐，如醉如醒。帘卷春风，

奁开秋月,独舞吟鸾感不胜。重磨拭,照瑕疵无愧,心共澄清。

金缕曲 呕血戏占

涌出莲花舌。蓦猜疑、九霄咳唾,霏成红雪。噙玉怀冰寒不沁,肝胆生来原热。是半世、胸头凝结。举目苍凉无处洒,看星星、点点沾襟湿。还比较,泪痕赤。　　罗浮缥缈寻仙迹。怨天公、未容化蝶,偏教磨折。冷雨敲窗魂又返,也似短檠明灭。只听取、傍人相惜。说道虚名今古累,甚呕心、奇句邀人识。尘寰梦,转轮掣。

——《小檀栾室闺秀词钞》,宣统元年(1909)刻本

左锡璇十八首

水调歌头小除夕

离合自今古，斩不断情关。东流流水不尽，何日复西还。欲借吴钩三尺，扫净边尘万里，巾帼事征鞍。多少心头恨，清泪不胜弹。　　酒樽闲，人影瘦，夜灯寒。不知今夕何夕，独醉不成欢。人世悲欢不定，岁月一年已尽，无语倚阑干。风雨荒村夜，归梦到长安。

汉宫春梅

玉骨冰肌，任霜欺雪压，越见丰神。亭亭倩影独立，篱角黄昏。春风料峭，奈轻寒、勒住花魂。待夜来、晶槏月上，一枝疏影横陈。　　本是玉堂仙侣，看孤高标格，不染纤尘。无端风雨不息，吹散芳根。玉容寂寞，叹蓬莱、欲返无因。惟是有、多情词客，寻檐略解温存。

意难忘寄弟妇谢湘洲

宿雨初晴。看茸茸细草，绿遍空庭。飞花萦远思，啼鸟弄新声。春易老、意堪惊。屈指近清明。更与谁、题诗曲陌，沽酒江

城。　　夜阑风露伶俜。对一天星斗,离思怦怦。影寒花露重,酒薄不胜情。云澹荡、夜凄清。寂寞已三更。疏帘外、海棠月澹,杨柳风轻。

贺新凉

多少分离话。细思量、柔肠欲断,泪珠如洒。此去蓉江只一水,山色波光似画。闻说道、海棠开也。料得那人花底立,小桃边、一带朱阑亚。明月里,春风夜。　　罗衣宽尽鸳鸯带。镇日闲、不情不绪,锁眉难解。愁里光阴容易过,须识好春难买。将别后、离怀细写。目送飞鸿天际远,意迟迟、闷倚秋千架。慵自把,残妆卸。

翠楼吟

紫陌花薰,青芜草软,转瞬好春将半。燕歌悲远别,望京洛离愁如茧。关山苕递。但脉脉此情,怎生消遣。长天远。雁沉书杳,画阑凭遍。　　目断。烽火连天,认白门杨柳,乱丝空绾。荒烟迷宿草,碧磷舞夜随风转。长江如练。叹六代繁华,风流云散。愁难展。那堪明月,照来孤馆。

清平乐春阴

阴晴天气。镇日懵腾睡。帘卷落花红粉腻。梦也扶头不起。

羡它紫燕双双。年年栖稳雕梁。恨煞楼头杨柳,一春扰乱愁肠。

点绛唇

晓枕初回，怕听枝上流莺语。五更风雨。断送春归去。泪是难干，梦也浑无据。休凝伫。几行烟树。遮遍长亭路。

乌夜啼

山色远分螺黛，芭蕉绿衬窗纱。酒醒渐觉罗衾薄，春在阿谁家。　　月馆曾敲双陆，雨窗同梦梨花。分明眼底人千里，门外即天涯。

齐天乐题竹君六姨母桐阴抚琴图

一痕月色迷人影，亭亭碧阴深处。轻扫苍苔，闲调珠柱，消受园林佳趣。孤怀谁语。算修竹高梧，自成俦侣。林下风清，此中未许俗尘去。　　流光回首如梦，叹程门雪拥，瑶轸凄楚时寄父已逝世。病叶惊秋，枯柯耐冷，空剩哀弦几缕。离愁莫诉。且剪烛琴窗，玉徽低抚。一曲清商，碧云晴破曙。

高阳台

细雨欺寒，微风做冷，无端已是残秋。姹紫嫣红，一年好景都休。宵来只有虫吟草，向西风、数尽绸缪。又凄然，满院桐阴，无限离愁。　　一弯清浅银河水，怅双星相隔，欲度无由。吊古伤今，闲愁又上眉头。无心去玩楼头月，纵凭高、不见归舟。到黄

昏,听尽征鸿,数尽更筹。

金缕曲

江上秋风急。看几行、白蘋红蓼,不胜清绝。野岸荒凉芦荻冷,千里水天一色。经多少、短亭长驿。此夜知君何处泊,者相思、两地谁能识。休为我,暗凄切。　　别来渐觉腰围窄。镇无聊、行思坐忆,柔肠欲折。静掩屏山灯焰黯,常恨影双人只。雁过也、更无消息。听彻沉沉虬漏永,又潇潇、疏雨空阶滴。眉尖锁,甚时撇。

烛影摇红

向晚春寒,罗衣不奈东风冷。屏山寂寂带斜阳,但见雅成阵。槛外落梅如粉。又匆匆、清明相近。桃花依旧,碧水自流,海棠未醒。　　酒宿灯昏,无聊怕到黄昏静。月明倚遍曲阑干,少个年时影。柳外离鸿相应。怅因循、归期未定。伯劳东去,归燕西飞,此情谁省。

南乡子

寂寞又黄昏。小院无人半掩门。最是难忘离别夜,销魂。红烛无情照泪痕。　　春色太撩人。月过西廊夜已分。谩取玉樽聊自醉,醺醺。茶热香残被未温。

小重山

天半疏星澹欲流。小庭人不至、月如钩。晚凉如水露华浮。微风动、花影碎难收。　　雁字过南楼。声声啼别怨、助离愁。乘槎我欲觅归舟。凝眸望、何处是皇州。

虞美人寄畹香四姊、小云六妹

凉风吹蟹虫吟草。节序惊心早。一声征雁过南楼。唤醒秋闺无限、别离愁。　　天涯我独嗟迢递。闽海全家寄。几回无语抚危阑。烽火连天何日、始平安。

思佳客即景写怀,寄外子

夜夜惊魂入梦频。惊心烽火满江城。如今风雨西窗下,怕听芭蕉点滴声。　　思往事,意犹惊。升沉何必卜君平。它生愿学鸳鸯老,无浪无风了此生。

鹊踏枝

月过西窗衾似水。人在天涯,秋在虫声里。一院湿烟飞不起。临风谙尽相思味。　　珠楯玉阑闲徙倚。良夜苕苕,欲遣愁无计。卜得灯花私自喜。无言悄立帘儿底。

苏幕遮

别离多,欢会少。嘶马秋风,人在斜阳道。盼断寒云无雁到。身不能飞,愿化长堤草。　　荻花残,梧叶老。不待悲秋,已是愁难了。明月天涯曾共照。梦味阑珊,愁拥秋衾晓。

——《碧梧红蕉馆词》,《小檀栾室汇刻闺秀词》第七集,光绪间刻本

阮恩滦四首

洞仙歌送秋

青林红树,几日霜风警。才说悲秋又秋尽。想金焦两点、瘦却愁蛾,无限恨,殆比送春更甚。　　寒云催雁阵,雁去无声,碧汉苕苕夜清迥。楚客赋情疏、摇落江蓠,忍重忆、故园风景。到此际、匆匆苦难留,问有酒、盈尊可能消领。

琐窗寒消寒

冻雪拳鸦,深松隐鹤,绮窗风紧。貂茸护暖,减了弃妆清兴。问园梅、将开未开,小阑浅压苔枝冷。忆六朝山色,愁蛾难画,峭寒同警。　　云影。西楼暝。正酒熟枫根,笛飘竹径。灯帘自倚,销得玉釭兰烬。怕窥檐、霜月半棱,夜阶渐觉遥漏静。且围炉、小试龙团,也胜椒花饮。

浣溪沙吴江舟次

江北江南暮霭平。濛濛烟树雨初晴。万家灯火隔湖明。
风送归云栖断岭,星连寒月带孤城。轻帆一刻过松陵。

扑胡蝶月夜看菊感怀

霜英弄晚,清绝东篱景。秋容太澹,蟾波相掩映。几重帘卷风疏,一曲阑回露冷。何如未荒三径。　　峭寒警。年华逝羽,风雨重阳怕回省。亭亭照见,恍如依瘦影。最怜压鬓簪低,况是烧灯院静。销磨醉吟清兴。

——《慈晖阁词》,《小檀栾室汇刻闺秀词》第七集,光绪间刻本

顾蕙一首

顾蕙,生卒年不详,字畹芳,一字纫秋,号墨庄,吴县(今属江苏苏州)人。父顾纯熙,诸生。夫毛庆善,诸生,顾蕙为其继室。著有《酿花庵小草》《劝孝编》《格言类编》等。

减字木兰花题湘花馆图　见《词综续编》

筼筜夹路。如向潇湘深处住。小筑三楹。翠绕庭前画不成余曾写是图,殊愧不工也。　彩毫春暖。顷刻围屏花叶满。茶熟重看。窈窕灵妃秀许餐。

——《小檀栾室闺秀词钞》,宣统元年(1909)刻本

汪菊孙四首

汪菊孙,生卒年不详,字静芳,钱塘(今属浙江杭州)人。父汪诚,举人。夫金文炳,仁和诸生。受业于从姑汪端(1793—1838)。著有《停琴伫月轩诗钞》。

玉连环题画梅楼图　见《词综补》

定是瑶台降也。者般潇洒。分明昨夜梦罗浮,自向窗前写。
几曲阑干低亚。鸭炉香灺。侍儿休要触帘旌,看翠羽、双飞下。

菩萨蛮纳凉　见《词综续编》

黄昏雨过流云急。寻凉闲凭雕阑立。呼婢卷帘看。池荷香未残。　　闲庭蝉罢唱。月照梧桐上。花外数流萤。晚风团扇轻。

柳梢青春暮

过了清明,轻寒轻暖,春剩些些。花褪莺慵,苔浓蝶懒,闲掩窗纱。　　梦醒宝鼎烟斜。又柳外、红摇暮霞。怨杀东风,一年

春事，都付杨花。

洞仙歌题南湖华隐楼图

嫩寒三九，看玉梅微唾。记得徐娘旧庭宇。奈粉奁零落、香椀飘残，风乍紧，卷了半湖春去。　　翠楼人已渺，紫玉烟沉，暮雨朝云更何许。蜗蚀壁间题、邻笛悠扬，空惆怅、花前俊侣。剩几树、衰杨乱啼鸦，忍卷里、重寻相思千缕。

——《小檀栾室闺秀词钞》，宣统元年（1909）刻本

郑蕙一首

满庭芳用徐君宝妻韵　见谭献《箧中词》

三月烟花,二分明月,香车陌上如流。变来今日,犀甲带吴钩。何日王师雨洗,长驱入、迅扫貔貅。危城里,天荆地棘,不是等闲愁。　　长淮三百里,回头一笑,梦也休休。幸分飞两地,翻谢河洲。自顾此生安寄,问前生、著甚来由。只余得,青磷碧血,何处十三楼。

——《小檀栾室闺秀词钞》,宣统元年(1909)刻本

周绍数一首

周绍数，生卒年不详，广西灵川人。有《蕊珠仙馆诗词》。

步蟾宫辛卯七夕寄夫子都门　见《粤西词见补遗》

无尘玉宇纤云碧。排鹊驾、刚逢七夕。天风吹下佩环声，恰好近、银河咫尺。　　人间两地幽怀隔。盼及第、金銮对策。深宵有梦到西清，似相识、软红巷陌。

——《小檀栾室闺秀词钞》，宣统元年(1909)刻本

许嘉仪十五首

四字令芙蓉

江空露寒。花娇梦单。美人迟暮华年。背西风自怜。
秋残夜残。愁边醉边。月明不照娟娟。任魂销暮烟。

山花子

雁落遥峰夕照收。露华凉上柳梢头。独向空原黄叶外,倚危楼。　　有恨江山还忆别,无情草木可知秋。千里笳声今夜月,思悠悠。

一剪梅怀闺友

倚竹牵萝证素襟。言有同心。弦有知音。月斜云散又而今。信断青禽。梦断青林。　　香烬幽窗自苦吟。雨气愔愔。晚翠森森。旧游庭院怕重寻。帘影阴阴。人影沉沉。

祝英台近

惜花朝,吟絮地,修竹记同倚。锦字题香,古愿两心契。画楼

相向春风，已如天远，况关塞、月明千里。　　旧来意。最怜心镜空明，飞鸾悟灵思浣兰每言魄影仿佛一“鸾”字。零落诗魂，别梦杳烟水。便拚万种相思，都凭芳翰，又盼断、暮江红鲤。

柳梢青

燕乳红梁。蕙炉香烬，午梦初长。莫问杨花，消魂踪迹，流水斜阳。　　闲翻画稿兰窗。正蝴蝶、风帘影双。满架荼蘼，数声鶗鴂，如此春光。

高阳台题黄琴川姬人冬花馆图，馆有山茶一株，取岁寒弗渝之意

锦幄围香，宝栏障冷，艳缘恰种情根。岁暮芳盟，冬心长抱春温。柔乡绮愿同今古，算几人、真个销魂。笑当年，杜牧迟来，崔护前尘。　　清词我愧珠成串，要红儿脆韵，缓度歌唇。料得朝朝，玉台眉样翻新。瑶窗月上添金兽，看双烟、齐袅浓云。恁欢情，一样天寒，翠袖何人。

卜算子

栖凤不成巢，莫种梧桐树。便倚金徽觅赏音，字字清商苦。
花影曲阑干，月上寒蛩语。一笛西风百感来，黄叶飞如雨。

鹊桥仙七夕

轻烟乍暝，织云初上，眉月盈盈才吐。画屏银烛正销魂，况立

遍、夜凉风露。　　璇宫罢织,云车倦驾,灵羽联翩重渡。年年乞巧与人间,怎输却、凌波微步。

声声慢白桃花

春心炼雪,腻靥凝酥,韶华澹到无痕。本色矜持清艳,肯映朱门。吟边又来瘦鹤,认疏香、应误黄昏。阆苑种,问冰霜多少,酝酿仙根。　　一任闲评轻薄,有澄潭、明月自证前身。梦断梨花,春去懒对芳尊。瑶阶露华似昼,正缟衣、孤立销魂。台洞远,付相思、流水冷云。

凤栖梧阴雨兼旬,春寒泼水,朝阳忽霁,花事杳然

日日盼春春几许。盼得春来,只管风和雨。暝色压窗朝亦暮。愔愔如梦闲庭户。　　忽喜晴光开远树。盼得晴时,又复花和絮。小燕寻香来也误。断魂芳草天涯路。

琴调相思引题秋怨图

锦字挑残雁不传。碧云黄叶思华年。疏花无语,瘦影澹于烟。　　风过也知鱼钥静,月明何处凤箫圆。玉阶零露,凉到画裙边。

祝英台近题外子梨云梦影图

月轻笼,烟淡护,曾记隔花语。玉笛偷吹,芳曲泥人度。一株晴雪当年,已生惆怅,况回首、东阑何处。　　画中觑。无端唤到

真真，魂销冶游路。寂寞阳台，多管怨朝暮。便教化蝶飞来，迷离香影，又肠断、闭门春雨。

苏幕遮 题恽莘耘落花留影图

月痕残，春色暮。蝶乱莺狂，无计金铃护。怊怅落花谁是主。一点心香，艳影长留住。　　水萦萍，风漾絮。纵有三生，早是香盟误。消得王孙愁几许。芳草萋萋，甚处天涯路。

踏莎行 秋海棠

仙佩伶俜，香心媚婉。秋容占尽无芳伴。澹烟疏雨最销魂，绛纱影里西风软。　　翀玉笼娇，醉红晕浅。泪痕何处三生愿。谁怜翠袖自生寒，一阶凉露蛩声乱。

清平乐 菊魂分题

篱荒圃寂。瘦尽秋踪迹。霜印烟痕无地觅。只许步虚人识。
画屏景色凄凉。卷帘何处残香。梦蝶飞来三径，模糊一片斜阳。

——《天风佩韵轩诗余》，光绪十三年(1887)木活字本

刘慧娟七首

金缕曲

君去知何处。叩乩言、西方来往,神仙相许。尘世劳人徒草草,愁担从今撇矣。只怜我、余生延伫。血泪啼残肠寸断,已升天、不管人间苦。空想象,朝还暮。　　天涯海角同寰宇。最伤心、长离永诀,重逢无所。欲向梦魂图聚首,争奈暂时会晤。说不尽、满怀情绪。醒后依然形吊影,听窗前、滴沥芭蕉雨。灯明灭,和谁语。

菩萨蛮

去年正月元宵夜。团圆月照湘帘下。今夕照愁人。凄清泪满巾。　　铜壶莲漏永。金鸭香烟冷。只此黯魂消。那堪暮复朝。

浣溪纱

玉漏迢迢夜未央。娟娟霜月照虚廊。寒风如剪剪愁肠。
入梦更无怀梦草,离魂安得返魂香。落花流水两茫茫。

踏莎行春恨

望此门中，春风依旧。桃花似笑人眉皱。鹣鹣比翼惜分飞，良缘空订鸳鸯偶。　　心似悬瓠，腰如弱柳。开奁日见容消瘦。倚楼从不盼归帆，只今长别难回首。

鹧鸪天

芸卷霜毫满案间。一回一看泪阑干。成灰未得心销铁，化石长留影在山。　　歌薤露，泣阳关。爱河情海脱离难。几时蝶化相随去，倚月调云并往还。

孤雁哀鸿顾影怜。回文诗变断肠篇。前因未了三生石，旧梦空联两世缘。　　愁似海，日如年。回头往事化云烟。娲皇有术天能补，难把人间缺陷填。

满江红追悼

雨雨风风，又过了、清明时节。正是那、蝴蝶梦残，杜鹃声咽。半世尘劳惊泡影，中天月满俄亏缺。痛生平、著作笔如椽，青灯歇。　　卿云散，文星灭。生死恨，仙凡别。忆糟糠共守，玉壶凝血。蓼味已尝惺蔗境，绛帷尚在升瑶阙。愿黄泉、碧落早相随，情难绝。

——《昙花阁集》，光绪十六年(1890)
梁氏镜古堂写刻本

吴兰畹六首

菩萨蛮　见《常州词录》

杜鹃啼遍枝头血。伊人惆怅关山别。不信见时难。深宵灯影寒。　　欲归归不得。耿耿还相忆。相忆转相怜。离愁年复年。

菩萨蛮

丁香双绾同心缕。绿窗燕子呢喃语。萱草满庭芳。难将忧暂忘。　　绣帘垂永昼。篆缕销金兽。残梦记难真。匆匆日又曛。

长亭怨慢柳线

是一段、天涯愁绪。绿遍东风,未飘香絮。倩影毵毵,陌头摇碎几丝雨。送人多矣,休软逐、红尘舞。愿绾住春光,奈惹得、花飞无主。　　莫误。怕柔痕剪断,错认玉关歧路。高楼日暮,算蓉镜、翠眉生妒。忍看那、尽意缠绵,把无数、闲愁牵住。听几处笛声,如怨寸肠千缕。

壶中天慢送春

深深庭院，正绿肥红瘦，几番梅雨。九十韶光都过了，引起离思千缕。燕语添愁，莺声做暖，无计留春住。依稀梦醒，谁将心事低诉。　　回首芳草天涯，王孙去也，消息知何处。难道东风真有脚，踏碎落红无数。豆蔻歌残，蔷薇香冷，寂寞扃朱户。匆匆一别，添人多少情绪。

贺新凉

已是伤离别。更那堪、风风雨雨，助人凄切。宝鼎香寒银烛暗，远梦迷离难觅。听破晓、流莺声滑，似说金门人待漏，负香衾、一样工愁绝。身千里，寸心折。　　天涯驿使迟消息。倚阑干、腰肢盈握，只应自惜。三五良宵团圞影，相对可怜遥夕。算只有、啼痕凝碧。目极苍茫云树外，料鞭丝、空袅斜阳陌。魂消处，共谁说。

凤凰台上忆吹箫秋夕

凉魄孤悬，暗虫低诉，纱笼篆缕空凝。正鹤寥琴寂，絮语余温。又是商飚做冷，声声雁、凄断湘滨。阑干倚，新愁旧梦，付与诗魂。　　青青。镜中鬓影，瘦损一丝丝，晕上秋痕。只药炉茶鼎，静伴寒灯。多少腻红剩绿，恁耐得、风雨朝昏。晶帘悄，微吟浅醉，莫道酸辛。

——《小檀栾室闺秀词钞》，宣统元年(1909)刻本

凌祉媛十三首

菩萨蛮

檐铃惊破红闺梦。晓妆人怯余寒重。纤手卷帘衣。风前放燕飞。　　落红纷似雪。倦了寻香蝶。楼外易斜晖。春归人未归。

念奴娇季夏偕同人泛舟湖上,时三潭荷花盛开,柳阴小泊,花枝压船,冷香醉人,素影留客。更于远处望之,见绿荫摇动,时露靓妆,带笑含颦,仿佛西子浣纱时也

绿云迷望,系吟舟,人在藕花香里。摇曳舞衣浑不定,挹取满襟凉意。素影凌波,清芬入梦,都把铅华洗。千枝玉立,四围烟水无际。　　当此小集裙钗,碧筒唤饮,几度吟笺理。世外软红吹不到,消受湖天风味。瑟瑟惊秋,亭亭写照,送到斜阳未。渔舟归晚,沙边鸥鹭飞起。

金缕曲银瓶井吊岳娥

不愧英雄后。俯澄波、翩然长逝,贞魂谁偶。当日风波悲父

子，三字狱成何有。叹恨海、终难填就。殉国纵非儿女事，抱银瓶、竟向泉台走。智井畔，漫回首。　　援枹肯学韩家妇。便江山、烽烟顿息，奇冤莫剖。一样赵家干净土，赢得芳名长久。看鸳甃、苔痕如绣。环佩归来潭影静，早月华、流照常如旧。怀古恨，酹杯酒。

柳梢青 清明日柬步香妹申江

不定阴晴。酿花天气，又届清明。记得年时，樱桃花下，同听莺声。　　而今隔却邮程。数不尽、长亭短亭。望断天涯，斜阳芳草，无限离情。

摸鱼儿 己酉九月归自塘栖，布帆十幅，稳渡秋风。一路烟水邮程系人吟思。喜归怀之可遣，更游迹之难忘。即景倚声，遂成此解

畅游悰、匆匆几日，西风重打归桨。扁舟一叶斜阳里，帆影和云摇漾。岚岫敞。看倒映、波心远黛延秋爽。萧萧送响。更蓼溆飞烟，芦汀卷雪，寒色动苍莽。　　天涯路，陈迹都如梦想。独怜鸥侣无恙。疏疏秃柳长亭外，眉际都添愁况。闲眺赏。向篷背、弦诗顿觉吟怀旷。乡关试望。指野水平桥，一灯红处，晚渡杂渔唱。

齐天乐 万籁初寂，凉月在庭。清风徐来，响动檐铁，欹枕听之，使人黯然欲绝也

莲壶漏静兰房悄，清声送来何处。碎响循廊，繁音绕屋，好向

风檐寻去。敲残夜雨。似一曲淋铃,隔帘听取。好梦难成,半窗灯影黯愁绪。　　秋深凉意渐紧,玉关离思切,遥和砧杵。亭角烟荒,楼阴月暗,惊起栖枝鸦侣。无人院宇。更落叶萧萧,响搀蛩絮。扰碎香魂,枕边如共语。

蝶恋花夏夜坐翠螺阁纳凉

亭院灯昏烟暗锁。静夜迎凉,斜凭阑干坐。庭树鸦栖清梦妥。凉蟾飞上云阴破。　　银汉无声秋澹沱。露湿钗翘,渐觉鬟双亸。竹外流萤三两个。随风又向衣边堕。

浪淘沙偕鹤清姊游香山兰若

苍翠耸层峦。苔磴跻攀。重来梵刹访香山。三径白云秋色冷,岩桂香残。　　幽壑水潺潺。六月犹寒。缤纷花雨散旃檀。一杵晚钟斜日里,落叶声干。

洞仙歌朔风酿寒,斜阳无信,花飞成阵。梅冷冽香,斗室围炉,疑在琼楼玉宇中也。愧无谢女清才,殊觉辜负此景耳

冻云拨墨,正酿寒时候。六出飞花满岩岫。似瑶台仙子、碎剪璚霙,看顷刻,世界琉璃装就。　　玉龙谁唤醒,起舞回风,鳞甲纷纷扑窗牖。消息问南枝,漏泄春痕,笑梅影、也如人瘦。且独拥熏炉倚妆台,道日暮天寒、早停针绣。

风蝶令秋宵独坐撷芳轩有作

旧梦怜钗凤，寒声数箭虬。经旬小别动新愁。怕听璃箫飞响、上南楼。　　蜡泪烧银烛，香心熨玉篝。瘦腰扶病不胜秋。独倚画屏无睡、待牵牛。

虞美人闰中秋

木犀香里飞黄雪。又届中秋节。赏秋须索酒肠宽。难得今年明月、两回圆。　　琼楼玉宇怀仙侣。重订游仙去。嫦娥最是博人怜。为问广寒风景、可如前。

念奴娇题荼梦庵词集

琴心欲语，向花间，奏出闲情无数。舞榭歌楼，游历处、莫笑词仙吟苦。旧迹青丘，新声白石，订就金荃谱。酒杯跌宕，鬓丝休叹迟暮。　　曾羡韵事流传，双鬟画壁，唱遍旗亭路。一笛东风吹梦醒，不是寻常箫鼓。侧帽狂怀，题琼俊笔，都把红腔度。江南春暖，客愁堆满烟浦。

浣溪沙

柳絮飘零满径飞。酴醾落尽雪霏霏。一年花事又将离。

坐树啼莺窥镜槛，衔泥飞燕蹙帘衣。无人庭院绿阴肥。

——胡晓明、彭国忠主编《江南女性别集初编》下册，

黄山书社 2008 年版

左锡嘉二十四首

清平乐寄怀诸姊

揉红剪翠。春漾帘如水。帘隙度香香欲醉。香影被风筛碎。　翠丝茸帽重帏。银屏界破愁围。长记别离时节,江南草长莺飞。

菩萨蛮春闺

晓灯明灭春寒重。暗风吹破离人梦。梦断意阑珊。泪珠和粉弹。　镜波寒漾绿。对影空帐触。纤手折红兰。怕簪双鬓鬟。

菩萨蛮秋闺　二首选一

绿芜偷长闲庭院。帘波半窣销香篆。玉甃海棠丝。红香三两枝。　晚风垂罨罳。小迟轻衫薄。谁剪玉珑玲。竹声铿画屏。

满江红感怀

梦里江南,问花事、可还依旧。恐惆怅、东风如扫,绿稀红瘦。满地烽烟猿鹤警,掀天波浪蛟鼍吼。恁匆匆、岁月去如流,空回首。　　春去也,花知否。人去也,家何有。听子规啼血,泪盈衫袖。浩劫苍茫天莫问,浮生飘泊诗同瘦。但一灯、和影说相思,黄昏候。

金缕曲读黄仲则先生两当轩集,即题其竹眠词后

开卷光芒放。忆髫龄、草堂侍坐,早钦名望。先生与先大父同里至交,集中赠答最多。太白前身重入世,依旧风流自赏。便鹤立、丰姿无两。不道仙才遭物忌,只青山、一例深深葬。抔土畔,碧芜长。　　江南家在云溪上。想当年、篝灯课子,白头情况。葛岐天涯归骨后,应有吟魂悄傍。但风雨、蘧庐无恙。知否孤弦音调涩,共啼鹃、夜月凄黄壤。留鹤背,笛声响。

苏幕遮苦雨

雨冥冥,波弥弥。积水空阶,隙地成芳沚。尺素无由烦驿使。浪泛桃花,目断双双鲤。　　翠帘垂,红粉腻。琐琐飞花,点点离人泪。吴水燕山家万里。夜夜思乡,梦在烟波里。

绿意对梅有感

风凄雪警。想南枝正好,故山春冷。月又昏黄,篱落横斜,分

付暗香疏影。天涯一笛吹愁堕,莫悄把、芳魂惊醒。怅者番、驿使迟来,问讯绮窗谁省。　　回首乡关劫火,记曾听鹤唳,倍添悲哽。便许重来,看遍园林,不是当时风景。而今云水相思阔,那更惜、玉栏孤凭。且伴他、浅醉闲吟,索笑也应还肯。

菩萨蛮不寐　四首选一

凉飙瑟瑟芦飞雪。愁连一片关山月。相对不胜情。长空雁字横。　　井梧飘落叶。虫语鸣凄切。此调叶清商。做成今夜凉。

点绛唇梦返江南

斜月三更,薄帏夜卷西风冷。半床花影。寂寂愁难醒。万里关山,付与红蕤枕。烽烟警。音书偏梗。梦越梅花岭。

城郭全非,劫灰未烬虫沙泣。断垣颓壁。野火磷磷碧。安得欃枪,扫尽中原贼。江南北。几行残柳。都是伤心色。

重叠金白紫薇

绿阴深处藏春色。芳菲不借东风力。花瓣太玲珑,问心同不同。　　冷香裁月魄。清影怜幽寂。虚白照空明。楚云舒卷轻。

凤凰台上忆吹箫随外子之吉安府任,途次感怀

薄宦相随,长征共赋,尽多店月桥霜。正晓鸡才唱,又促行装。归梦将成又破,云栈远、亲舍何方。悲游子,门闾白发,日暮

还望。　茫茫。乍经宦海，从此便抽帆，也怕澜狂。趁者番风利，飞送滕王。谁识清贫太守，空留得、诗压琴囊。愁吟苦，知君又添，几曲离肠。

菩萨蛮 秋闺

半塘玉露秋逾洁。一帘风竹敲残月。人倚曲阑干。琼花压两鬟。　长空横雁影。人远天涯近。书寄一分愁。萧萧芦荻秋。

芙蓉镜里花憔悴。海棠雨蘸胭脂泪。云卷碧天长。疏帘透薄凉。　纱窗笼夜火。兀自凝愁坐。玉佩戛东丁。微吟偏耐听。

南浦 舟次滕王阁感赋

长江滚滚，忆前唐、高阁驾飞虹。道是当年佳宴，都督仰阎公。记否玉鸾歌舞，正西山、雨歇画帘栊。笑我来迟暮，也思侥幸，神助一帆风。　今日停桡烟渚，叹兴亡、无乃太匆匆。只有江天孤鹜，飞傍落霞红。为问起腾蛟凤，更何人、克继旧词宗。只半潭秋影，伴他渔火梦青枫。

金缕曲 宵纺

缫尽丝千尺。恁殷勤、分经布纬，七襄云织。锦上易翻新花样，依旧愁深似昔。看雪练、涛飞盈匹。轧轧声中悲嫠妇，背篝灯、自掩残宵泣。心绪苦，暗虫识。　秋闺我亦伤心极。坐深更、寒侵十指，几曾抛得。旧梦春明凄迷处，空对霜天月白。便雾

縠、烟绡谁惜。宛转离肠回不尽,课孤儿、夜读鸣机侧。无一语,泪沾臆。

双调望江南本意

怀故土,镇日望江南。帘押春深红雨乱,镜奁秋冷绿波涵。幽思绕烟岚。

怀故土,烽火劫谁堪。乡梦不离新病枕,啼痕都满旧吟衫。雁影逐归帆。

雨中花慢孤雁

水国秋深,关山月落,孤飞杳杳冥冥。况风高木杪,烟冷芦汀。异地悲凉已极,故乡消息何凭。江城砧杵,塞垣笳角,无此凄清。　　栖迟何处,惆怅当年,空解脉脉惺惺。休再说、天涯只影,烽火曾经。别绪抛原不得,吟魂唤也难醒。谁怜寒杼,较他长笛,添倍伤情。

满江红凉夜

雨雨风风,偏又近、重阳时节。更愁听、寒蛩低诉,者般凄切。一味清凉诗骨瘦,百端交集愁肠结。且料量、刀尺夜灯前,头如雪。　　人去也,音书绝。秋去也,芳华歇。只伤今吊古,待和谁说。似我春蚕丝上箔,恼他风马檐敲铁。况商声、一夕战庭柯,身如叶。

满江红浣花草堂

凭吊苍茫，衰草外、夕阳残堠。空留得、浣花诗老，草堂依旧。幕府十年栖息强，兵戈满地仓皇走。只乡愁、并入蜀鹃啼，频搔首。　　花径外，春星瘦。茅屋底，秋风吼。叹词人飘泊，古今谁偶。忧国文章知己泪，倦游身世成都酒。甚而今、景仰说诗王，君知否。

满江红答萧太夫人宗婉生

月杵霜砧，觉风送、声来庭树。方夜坐、一偏低首，烛花新吐。迢递云中劳驿使，殷勤天末传鱼素。乍开笺、细细读从头，更三鼓。　　珠玑字，琅玕句。抵多少，离情绪。叹天涯霜鬓，一般荼苦。君有琼贻音入妙，我惭瓦奏心先许。算闺中、知己泪尤多，纷如雨。

金缕曲李蓉初二姊函讯近况，以此代简

未了三生债。算天涯，别离情绪，最无聊赖。镜里年华容易老，青鬓丝丝暗改。怅缺月、圆时能再。独我孤灯偎影瘦，听哀鸿、声断长空外。欹枕想，夜如海。　　年来贫病都堪耐。只难堪、参差骨肉，梦沉关塞。隔岁归期今未准，知否妆楼久待。幸入手、鱼书先拆。满腹相思还细剖，读从头、乍展愁眉黛。翻喜极，泪珠洒。

凤凰台上忆吹箫由都返晋作函寄怀都中姊妹

天遣悲欢,地经离合,黯然魂已都消。记藕花生日,昨岁今朝。一觉春明好梦,涵秋阁、翠耸晴郊。留虚座,招云款月,酒斝诗瓢。　　迢迢。者番判袂,长笛里关山,木落风高。悔不应轻别,结想徒劳。纵有鱼笺雁帛,那当得、同话凉宵。凉宵永,空余泪珠,湿透鲛绡。

金缕曲读周石君太守倚月楼合稿,词清意婉,钦仰曷深。嘉禾识宫商,素难合拍,感今念昔,不免怅怀,勉力倚声,犹怀错谬耳

快读蘋渔稿。问君家、当年笛谱,赏音多少。百尺楼头明月满,缘底泪痕双照。料别恨、天涯曾抱。却羡清才兼福慧,有声声、琴瑟赓同调。余韵歇,画梁绕。　　论交两世苔岑好。怕重提、东华联巷,雪泥留爪。昔与先夫同官都门,相隔数武,时相往还,素称莫逆。卅载沧桑增感触,知否杜鹃啼老。奈老尚、风尘潦倒。倘念故人犹有子,勉循良、最待三年报。应许跨,阿翁灶。

——胡晓明、彭国忠主编《江南女性别集二编》下册,

黄山书社2010年版

杨蕴辉一首

玉楼春　见《常州词录》

万山霜气含秋冷。木叶纷飞风力劲。砌蛩入夜尚悲吟，塞雁惊寒争度岭。　金钩不挂帘栊静。玉笛无声银漏永。伶俜翠袖怯凭阑，凉沁一亭修竹影。

——《小檀栾室闺秀词钞》，宣统元年（1909）刻本

金芳荃一首

金芳荃(1833—?),字畹芸,秀水人。夫陈景迈,平湖人。有《绚秋阁诗词稿》。

如梦令絮影应东湖消夏社作

楼上夕阳红暝。晴雪乱飞花径。纤手误拈来,隐约暗随春尽。香影。香影。飘泊东风无定。

——赵青撰《嘉兴历代才女诗文征略》,
浙江大学出版社2014年版

劳若华八首

临江仙梦蘅姨母令春仙逝，长夏无俚，蓦然追想，词以吊之

记得去年长夏日，小园暂住相依。裁诗课绣半为师。拈针分彩线，得韵赋新诗。　　不道一朝成永诀，只余血泪丝丝。魂归何处更谁知。可能来入梦，携手诉相思。

贺新凉秋日偶成

又近重阳节。听窗前、蕉风竹雨，潇潇滴滴。四壁寒蛩吟不住，哪管梦醒蝴蝶。更几处、砧声敲彻。搅我愁怀眠不稳，漫挑灯、偶把前情忆。伤往事，已陈迹。　　无端烽火连天赤。最惊心、夜深吹遍，城头觱栗。三尺蒲帆一叶艇，舣向垂虹亭侧。便道是、桃源也得。十载重来游未倦，好风光、满目都如昔。休更叹，景萧瑟。

玉楼春秋海棠

夕阳红到愔愔处。冷萼几丛娇半吐。倚来玉砌似含情，睡起华清新沐露。　　乱蛩相伴愁吟暮。脉脉芳心浑欲诉。莫嫌秋

色忒萧疏,艳煞西风墙角路。

满江红 恭怀家大人,时从军沪上

院宇深沉,玉阶下、蛩声凄绝。浑难遣、离怀耿耿,椿庭轻别。帆影匆匆眠雨露,鞭丝袅袅披霜月。想枕戈、待旦冷征袍,愁心结。　烽火赤,狼烟碧。白门柳,钟山雪。记灯前团聚,长安空忆。问字牵衣绿酒畔,偷声促拍朱阑侧。算甚时、放棹莫愁湖,欢如昔。

卖花声 菊花

秋雨又秋风。零落秋容。黄花初绽短篱中。傲世孤芳谁作伴,絮砌寒蛩。　紫艳着烟笼。露重霜浓。冷香素色影重重。不道卷帘人更瘦,憔悴皆同。

满庭芳 咏苔

小院霜浓,闲阶雨过,层层铺满墙阴。惹絮粘花,也算惜余春。多少寻芳游女,趁莲钩、浅印纤痕。疏帘外,泠泠白露,幽窈少人行。　盈盈。绕曲径,翠分绿草,色借青萍。蒙茸处依依,匝地如茵。寂寞日长绣倦,午梦醒、慢步前庭。画栏畔,如钱点点,晕上玉阶匀。

浣溪纱 暮秋口占

红叶凋残雁影孤。寒生枕簟听啼蛄。一丝烟袅博山炉。

满院轻霜人定后，半帘淡月梦回初。挑灯试问夜何如。

明月棹孤舟题玉初弟明月棹孤舟图

月映波光千顷翠，湿孤篷，露华如洗。几点疏星，数行秋雁，别有闲中清致。　　一叶扁舟尘俗避，载村醪。若耶溪里，结网敲针，披蓑荷笠，且学子陵生计。

——胡晓明、彭国忠主编《江南女性别集初编》下册，黄山书社2008年版

钱令芬七首

点绛唇思亲

宝鼎香残,小楼独倚黄昏后。雨声疏漏。愁向心儿扣。
遥忆家园,虽别离未久。重回首。泪痕盈袖。人比黄花瘦。

清平乐偶成

韶华如许。又听黄鹂语。几阵斜风兼细雨。多谢东君作主。
枝头红杏堪夸。酒帘到处横斜。绿水青山如画,不知春信谁家。

清平乐听雨

灯明绣户。试听潇潇雨。料得杏花红渐吐。春色半藏深坞。
钟沉忽转三更。铜壶漏杂声声。惊破闺中残梦,有人触起诗情。

清平乐春雪

同云阴普。帘外梨花舞。天地无尘清玉宇。赢得一壶春酤。

畏寒久下毡帘。围炉兽炭频添。风弄檐前铁马,一枝诗笔常拈。

忆王孙春寒

风迟雨细鸟声阑。花事催将羯鼓难。几回斜倚玉阑干。怯衣单。一半儿春阴一半儿寒。

忆王孙咏梅

花魁独占一枝先。雪后风前色更妍。孤山处士乐陶然。最堪怜。一半儿春风一半儿烟。

忆王孙暮春

轻寒轻暖暮春天。绿暗红稀风景迁。落花流水总悠然。意缠绵。一半儿黄莺一半儿燕。

——《竹溪词草》,光绪间戴燮元刻《瑞芝山房家集》本

周翼杶二十四首

画堂春

春衫初试柳丝黄。雨余轻暖轻凉。流莺宛转促晨妆。啼遍垂杨。　　芳草萋萋碧色,新花冉冉幽香。消闲无事下回廊。多少春光。

珠帘卷春夜

珠帘卷,嫩凉轻。声声杜宇三更。临罢兰亭闲坐,风传檐马清。　　深院花香细细,空阶月影盈盈。最是一庭修竹,添韵事,助诗情。

凤栖梧春晚

转瞬春光三月暮。宿雨微晴,剪剪轻寒度。满径落英莺乱语。声声似惜春将去。　　尚有蔷薇开几许。绿嫩红香,凤子双双舞。帘外花阴初转午。日长无事敲新句。

临江仙暮春怀六皆妹

烟柳丝丝青妥，风花点点红稀。怀君无绪启罗帏。看他新燕子，仍向旧巢飞。　　长日共拈彤管，闲时静理金徽。而今回首思依依。春光看又尽，何日见清辉。

菩萨蛮晚眺

绣余闲步青苔院。暖风微拂珠帘卷。斜日下回廊。梨花淡淡香。　　高楼闲自上。静倚朱栏望。片片晚霞新。盈盈月近人。

鹧鸪天暮春口占

仄仄轻寒褪袷衣。清和天气夏来时。雨余新绿连云暗，风过残红满院飞。　　焚百和，理金徽。新词自咏送春归。春驹不识韶华去，犹逐余香飐粉衣。

水龙吟白桃花

雨余露井春生，飞琼夜剪瑶池雪。新妆照水，繁英如玉，几枝初发。洗尽铅华，消除尘垢，望中幽洁。但芬芳未了，枝头杜宇，偏只是、啼声彻。　　爱尔丰姿清绝。倚雕栏、不言堪悦。玉兰沁露，梨花带雨，丰神终别。烟净池塘，日长庭院，莺声乍歇。趁东风、试把琼枝摘取，绿窗陈设。

十六字令对月

团。一片清华映碧栏。诗情好,对影爱高寒。

清平乐送春

斜风细雨。又送春归去。小院流莺时自语。似欲留春久住。

雨余绣阁寒轻。残阳却照疏楹。试向妆楼闲望,林园狼藉花英。

采桑子初夏

阑珊花事春初去,雨过园林。翠竹阴森。尚有轻寒透薄襟。

绿窗日永人声静,曲罢瑶琴。宝鸭香沉。小立阶前漫短吟。

百字令秋望忆家

登高眺远,见长空万里,水天一色。飒飒西风凉意动,恰是清秋时节。桂蕊香浓,芙蓉露冷,此际炎光歇。倚栏凝望,远岫暮烟笼碧。　　林际几点归鸦,蛩声满耳,树杪如钩月。别恨凄凉吟未尽,目断云山千叠。岸柳萧疏,井梧零落,总是关情切。征鸿无信,此意待凭谁说。

满江红夏夜忆慎娟大姊

小雨初残,蕉窗外、炎威半歇。试起卷、湘帘闲望,碧天如抹。

一树蝉声清冷露，满庭花影婵娟月。最关情、栀子送清香，离愁结。　　封书字，空亲切。思君意，难安帖。忆当年绣阁，相依时节。秀句频敲元话好，瑶琴漫谱清音彻。怅而今、云水隔千重，何能越。

减字木兰花晚望

绣床初下。觅句闲行来晚榭。玉露金风。几树疏黄间老红。
夕阳林际。数遍归鸦还小憩。拂面香来。篱畔秋花次第开。

倦寻芳秋日偶书

长天雨歇，秋意萧森，遣兴清昼。翠茗时烹，沉水自添金兽。卷珠帘，步苔径，苎衣薄薄轻凉透。讶年华，竟匆匆近了，重阳时候。　　看篱下、黄花开遍，几阵风生，暗香盈袖。摘取归来，终日碧窗相守。一抹残霞天已暮。画屏秋静黄昏后。写风光，入诗囊，已成还又。

忆秦娥上寿芝外子墓

风萧瑟。行程咫尺松林侧。松林侧。酒浆一献，纸钱飞雪。
斑斑不尽啼痕赤。伤心此日空相忆。空相忆。泉台路杳，几时见得。

连理枝冬晓忆敬婚妹

旭日虚檐映。梦转纱窗冷。素幕低垂，玉奁尘满，小妆慵整。

对菱花不语、蹙双娥,奈归期无准。　　薄醉浑难醒。可耐风声劲。旧恨新愁,别怀离绪,有谁能省。听天边嘹唳、塞鸿归,叠鸾笺问讯。

浪淘沙月夜偶成

微雨喜初残。皓魄新圆。传书何处觅归翰。默坐小窗无意绪,试卷帘看。　　风冷怯衣单。玉宇高寒。青天无际夜漫漫。对此清华增逸兴,觅句凭栏。

琴调相思引送别少华妹

乍暖还寒雨后天。征鸿嘹唳别怀牵。可怜春半,南浦草如烟。目断魂消人不见,意长笺短恨难传。不禁回首,清泪一潸然。

烛影摇红春暮寄怀慎姊

秋水长篇,锁窗闲自消清昼。楝花风冷惜春归,早是清和候。小院落英铺绣。点苍苔、蝶翻蜂骤。惜花心倦,对景情牵,因花怀友。　　雁足无凭,伊兰雅韵空回首。梦魂无奈几关山,后会应难偶。眉上愁新并旧。谱离怀、新声未就。路长谁寄,句短难宣,推敲还又。

蝶恋花秋日忆孟翔弟

风雨萧疏秋欲尽。砌菊堆金,早又重阳近。过雁嗷嗷云际影。一声声起离人恨。　　小院黄昏人语静。卜鹊凭蓍,望断双

鱼信。万缕愁肠谁可问。遣排惟有拈新韵。

忆秦娥秋夜怀归

秋容老。蒹葭露结寒生早。寒生早。罗衣欲换，玉钉低照。

清尊漫酌归心渺。追思往事愁多少。愁多少。吟蛩声细，塞鸿悲悄。

忆江南病中哭母

秋意尽，风雨更愁浓。此日伤心徒饮泣，攀号莫遂恨难穷。望断楚山重。

嗟永诀，罔极痛成空。二竖销磨眠未稳，夜台清梦杳无踪。何处见慈容。

琴调相思引答慎娟、静斋二姊寄怀之作，时筠心姑母见背

素锦裁成写恨深。一回披玩一沉吟。寸肠如结，血泪更沾襟。过雁声悲残月冷，篆浮香霭碧窗阴。此情难遣，相忆定同心。

——《冷香斋诗余》，同治十二年(1873)

左宗棠刻《慈云阁诗钞》本

吴苣十五首

台城路红叶

枫林坐晚霜痕染,嫣然酒颜新醉。驿路魂消,吴江梦冷,都是者般风味。诗情漫拟。似付与寒姿,冶春争丽。半壁残山,断霞横抹夕阳外。　　长亭多少送客,数程如画本,鞭影遥指。艳却非花,鲜宜著雨,搅作去声离人红泪。休随逝水。便吹去闲阶,海棠秋比。乐府吟来,恐余愁未洗。

霜叶飞黄叶

夕阳村路。诗筇瘦,平林秋意如许。天涯可奈感飘零,恁打头飞处。向晚菊、篱边认误。漫教倦客吟愁句。只一夜霜华,顿减了浓阴,尽西风便吹去。　　何况画里江南,几人家在,此时归棹无主。那禁摇落好年光,散似抟沙聚。向穲稏、村头且住。柴扉乱逐昏鸦舞。剩有著书身,槭槭萧萧,闭门听雨。

琐窗寒题夏令仪墨竹扇

露浥风清,猗猗万个,澹摇空翠。腕底萧疏,都是吴江秋意。记横窗、夜月朦胧,碧纱筛影重重碎。更孤灯听雨,黯销魂者,籁

声徐起。　增媚。三分水。便醉墨欹斜，尽医俗味。弹琴坐啸，想见幽闺诗思。衬嶙峋、白石苍苔，旧愁细写云烟里。怪无端、篋笥抛残，不减湘妃泪。

暗香咏梅

空山雪满。又携筇吟绕，疏烟笼岸。不似梨花，几度东风怕吹散。环佩湘妃迹杳，思洛浦、梦魂飞见。倩醉墨、写影生绡，篱落水清浅。　殊羡。渐春转。试翠禽一声，酒醒人远。残冰流涧。几许诗情苦清怨。寂寂巡檐索笑，怎未许、小红轻换。只夜静、听鹤唳，晓霜天半。

疏影咏梅

茶烟飏碧。有疏花数点，寒照山色。寄迹瑶京，濯魄冰壶，问是几生修得。溶溶淡月江村路，却又讶、晓霜轻抹。记依稀、乍睹琼姿，拟向广寒宫阙。　不断清愁缕缕，梦魂恋纸帐，灯影明灭。浅隔晶帘，冷拂铢衣，恍对谢庭香雪。素娥不惯人间住，合伴我、绿窗幽寂。恁无端、吹下罡风，领袖一春标格。

满江红听雨

已黑疏窗，听不了、雨声萧瑟。似诉到、别离儿女，临歧呜咽。点滴不堪和雁下，凄清如向吟蛩说。把银釭、剔尽不成眠，明还灭。　云黯黯，笼纤月。风细细，透重幕。正漏壶欲断，檐牙犹滴。似我频挥斑竹泪，怜他碎尽枯荷叶。尽黄昏、凄绝九回肠，愁重叠。

露华题听秋读骚图

西风瑟瑟。正满院商声,独坐愁绝。一卷荃荪,对影釭花明灭。忆到玉簟凉生,况是候虫吟壁。闲阶悄,蟾蜍挂空,冷露珠白。　　梧桐叶落遥夕。讶几许幽怀,横竹吹彻。更和清砧敲遍,寒耸诗骨。剩与楚些招魂,聊伴海天岑寂。空怅望,潇湘暮云凝碧。

齐天乐蝉

绿槐庭院阴如许,声声度来林杪。翅薄风多,身高露重,独把纤枝危抱。哀音漫袅。顾鬓影成丝,暗惊秋早。蓦起凉飙,晓窗繁响恐沉了。　　年年曾记听处,五更疏欲断,幽思多少。冷咽齐宫,凄迷汉苑,身世西风残照。回肠正搅。忆归棹横塘,柳阴吟绕。剩取余音,砌蛩相和好。

绿意绿梅,用玉田韵

玉苔比洁。正净无可唾,纤尘俱绝。渡了烟江,涤向冰壶,不与春心争热。幽姿别染眉螺浅,好画取、雪蕉同说。峭一枝、占断东风,细字陇头书叠。　　犹忆江南讯早,嫩寒倚翠竹,衫袖轻摺。梦冷扬州,吟绕西湖,怎见小窗飞雪。苍苔么凤迷无影,算一种、暗香堪折。待晚来、木末遥窥,犹似旧时明月。

台城路闲庭寂寂春光暮矣，旧恨新愁殊不禁枨触于怀也

飞花竞逐春光去，年华暗惊催箭。梦断难连，酒残易醒，枨触离宫荒苑。天涯路远。纵消息青鸾，好春愁晚。数遍阑干，回肠一曲一回断。　　依依多少旧恨，尽鹃声啼老，难诉幽怨。心字成灰，眉山更锁，怎说愁痕能剪。湘帘漫卷。任蕉绿樱红，几番更换。罢抚瑶琴，又回廊绕遍。

菩萨蛮茶烟

氤氲小院茶香细。渐萦古篆疏帘里。无力只随风。轻飏几缕浓。　　虚廊撩鹤梦。棐几炉烟拥。蟹眼漫评量。敲棋日正长。

菩萨蛮蕉雨

绿天阴罩闲庭院。隔窗风雨愁凌乱。五夜总潇潇。新词一枕敲。　　酒醒人意淡。梦断屏山暗。却忆宿江边。打篷秋满船。

菩萨蛮桐月

一钩新月凉如许。娟娟飞上梧桐树。客思怕禁秋。箫声何处楼。　　筛风浑不定。络纬鸣金井。和露凭阑干。夜深么凤寒。

菩萨蛮松风

林间谡谡无人觉。山深一径松花落。相对谱瑶琴。泠然太古音。　　翠涛空际卷。静昼浓阴转。仿佛傍棋枰。石床堕子声。

忆旧游舟次吴淞,水天云漠,雪意满林,扣舷度此,旅怀黯然

认湖云冻雨,浦水抟冰,春意萧闲。一抹疏林远,趁寒潮夜发,又度重关。江梅几树纷照,诗思不禁寒。尽古柳鸦翻,平沙雁划,怅望山川。　　堪怜。念乡国,只今宵酒醒,梦冷刀环。待谱湘娥怨,奈刺船人杳,易折冰弦。懊侬小海低按,谁共扣吴舷。恁寂寞篷窗,清樽款曲行路难。

——《佩秋阁词》,光绪元年(1875)刻
光绪十四年(1888)重校本

蒋英三十九首

踏莎行赏菊

丹桂香残，碧梧阴老。菊花开候重阳到。秋光满路正芳菲，采香行过南山道。　　笑插盈头，西风残照。归来更向东篱绕。一弯纤月射林间，邀来共把金尊倒。

醉花阴别秀如妹后有怀

睡醒纸窗残月逗。倚枕听莲漏。长夜苦漫漫，一搦腰肢，只为伤离瘦。　　昨宵姊妹同携手。别泪沾罗袖。临去倍销魂，各自无言，各自重回首。

踏莎行茉莉

似雪玲珑，叶敷花秀。最宜逭暑供清昼。暮钟声里蕊齐开，薰风台榭迎凉候。　　离却炎州，风流依旧。摘花露湿双罗袖。结球抛向枕函边，梦回香气浓于酒。

唐多令芦花

雨霁乱云收。鹃湖鼓棹游。看芦花、开满汀洲。摇曳西风如卷雪,比柳絮、更轻柔。　　沙渚隐闲鸥。飘萧共白头。爱枫林、影倒溪流。绝似浔阳江畔路,秋瑟瑟、送归舟。

鹊桥仙桃花

嬉春时节,寻芳门巷,灼灼绯英齐吐。隔溪锦树簇千重,蒸远近、红霞无数。　　遮来游骑,映来人面,倾国姿容如许。枝枝含笑舞东风,休错认、仙源归路。

临江仙水仙

山间残雪初消候,文窗嫩日微烘。幽香吹度瓦盆中。凌波微步,罗袜影玲珑。　　莫道岁寒花寂寞,梅兄矾弟相同。不沾雨露自鲜浓。银台金盏,留取伴三冬。

声声慢芙蓉

随风共丽,比蓼逾妍,水边一种花幽。初日昽昽,犹疑小谢诗留。秋来众芳摇落,独逍遥、开满汀洲。真可羡,看罗衾制出,稳覆眠鸥。　　不藉东风嘘拂,也锦围、翠绕弄影澄流。傲骨凌霜,惟应黄菊同俦。谁与涉江遥采,有玉人、划个扁舟。姿烂漫,问妆成、新样可偷。

满庭芳桂花

落月啼乌，西风归雁，桂林初逗秋光。垂垂金粟，绽得满枝芳。本是蟾宫异种，人间看、雪也都黄。昂头处，琉璃世界，树树映斜阳。　　禅心谁悟彻，明窗独坐，证木樨香。漫小山留客，浪掷篇章。遥想平泉庄里，开樽酒、子细评量。琼枝好，伊谁折取，笑看踏槐忙。

浪淘沙对雪

六出舞长空。千里云同。浑疑柳絮卷东风。今日青山头也白，矍铄如翁。　　孤客叹飘蓬。行路难通。梨花片片点青骢。惟有消寒人最乐，酒绿灯红。

南乡子孤山雪霁

晴雪噪归鸦。风敛云轻映晚霞。独上湖楼闲眺望，堪夸。千里琼瑶一色遮。　　杯酒泛银槎。呼起逋仙兴不赊。忽觉暗香盈翠袖，梅花。有鹤归来翅影斜。

南楼令踏月

何处散愁衷。闲行朗月中。露华清、飘荡西风。踏遍平桥花影路，看秋色、老梧桐。　　鸿雁过长空。深山响远钟。翠衣寒、归倚熏笼。侍女添香言往事，肠百结、泪沾胸。

醉花阴萤火

深院桐阴长夏静。雨过天将暝。萤火水边多,点点星星,散入丛篁径。　　欲止还飞光掩映。罗扇轻遮定。携去戏盛囊,故减银缸,试写南楼令。

卖花声月下感怀

溪水荡澄鲜。明月来先。楼居自诩比神仙。莫怨青山云半隔,云断山连。　　长夜未曾眠。独倚栏前。追怀往事泪如泉。记得那时同检韵,分写鸾笺。

清平乐

黄鹂声巧。转瞬春将老。十丈游丝空际袅。绾住韶光多少。

梨花满院幽香。池塘绿遍垂杨。独坐画楼人倦,抛书午梦偏长。

蝶恋花梅雨

梅雨飞飞庭宇静。雨未收时,日又摇花影。天意如人多幻境。炎凉顷刻浑无定。　　春去偏嫌清昼永。独对新篁,辜负潇湘景。浊酒浇愁休便醒。醒来只恐愁还剩。

苏幕遮花朝

惜芳菲,春起早。飞尽江梅,文杏开多少。今日花朝寒尚悄。

不着春衫,却恋吴绵袄。　　渡青溪,垂柳绕。掠水乌衣,未见堤边到。遥忆家园新笋好。为咒香苞,莫便成林老。

满庭芳 寄子通二弟

浅水拖蓝,轻烟荡碧,鹃湖景物清妍。花明柳暗,一样斗芳鲜。山色波光相映,新来燕、飞舞翩翩。斜阳候,渔舟划出,多系绿杨边。　　故乡山水好,遥知东浙,应更天然。怅程途修阻,鲤信谁传。料得酒醒旅馆,怀枌社、定有佳篇。睽违久,池塘春草,诗思梦中牵。

满江红 不寐感怀

夜色朦胧,忽云破、林梢新月。虾须卷、玻璃窗外,荼蘼初发。绿暗红稀花渐尽,薄寒轻暖春将别。闻隔墙、吹彻玉参差,声清绝。

兰闺静,更筹歇。从头忆,人凄切。看星横斗转,残膏明灭。一缕柔肠随处结,十分幽恨凭谁说。笑人生、何事苦牵情,心偏热。

一剪梅 冬至夜作

兰亭临罢背银缸。未卸残妆。倦倚匡床。玉钩双绾响丁当。风透疏窗。月转回廊。　　一年今夜漏偏长。醒也凄凉。睡也凄凉。重重恨事聚柔肠。新也难忘。旧也难忘。

风入松 铁马

玻璃碎挂近纱窗。韵脆胜银簧。深闺独坐关心听,疑佳人、

暗理明珰。试问西风轻过,为谁调叶宫商。　　彩丝遥曳最悠扬。深怕入昏黄。多情莫入愁人耳,助秋声、更断柔肠。却怪丁东送响,夜间每在兰房。

渔家傲 游曝书亭

绿荫林皋天薄暮。轻帆转入梅溪路。芳草斜阳迷远渡。舟系树。曝书亭废苔痕古。　　剥蚀残碑横水渚。牙签八万寻何处。惟有藤花犹罥户。随意步。鹧鸪似欲留人住。

念奴娇 秋夜感怀

芭蕉展绿,正闲庭雨过,月明帘隙。天气已凉寒未劲,谁报菊花消息。灯火愁亲,缥缃懒检,悄地苔阶立。碧霄如镜,夜来庭院清绝。　　回忆昔日团圞,驹光如驶,此际踪难觅。虽共灯前儿女笑,方寸幽愁难释。断续疏砧,飘萧落叶,并助哀蛩泣。无聊独坐,泪痕襟上频滴。

浪淘沙 早春闲眺

春日上妆楼。冷意初收。落梅飞上小帘钩。几日东风兼细雨,催绿枝头。　　芳草满汀洲。水抱山流。鱼鳞叠叠浪花浮。欸乃一声杨柳外,棹过扁舟。

南楼令 忆外

欹枕独无眠。伤心问老天。欲追随、何处留仙。词赋悲凉聊

托咏，泪和墨、湿涛笺。　　茗鼎沸清泉。香炉袅篆烟。看书斋、尽似当年。惟有相思人不见，空梦里、意缠绵。

倦寻芳慢秋日偶成

翠篁弄影，珠箔飘凉，驱尽残暑。小立虚廊，暂把乱愁抛去。清涧平添新涨碧，遥峰淡衬斜阳暮。燕翩翩，似归期渐近，对人无语。　　览菱镜、忽惊颜改，驹影匆匆，谁为留住。只有青山，千载黛痕如故。落木风来砭瘦骨，催花雨过扶轻步。最凄清，听吟蛩，豆棚低处。

浣溪沙夏初三首　选一

箔上吴蚕茧未成。农家四月费经营。夕阳阴里剪桑声。
红雨满山花事尽，黄云遍野麦风清。遥闻布谷又催耕。

鬓云松令哭二弟

惜春归，无意绪。满院残红，历乱敲窗户。宿草悲深予季墓。仲也何堪，又报骑箕去。　　猛思量，伤雁序。点点斑斑，泪渍怀中聚。最是酸辛梅子雨。谁料愁人，更比梅酸苦。

一剪梅南湖泛月

一舸飘然载月过。仰也明河。俯也明河。新凉天气乐如何。衣也轻罗。扇也轻罗。　　两岸秋花点碧波。蘋也香多。菱也香多。闲游最好是嘉禾。朝也渔歌。暮也渔歌。

卖花声夜坐

落叶下空庭。响隔疏棂。问谁领略此时情。窗里孤灯窗外月,相对凄清。　　莫把曲栏凭。露重寒生。闲翻贝叶阅金经。坐倦欲眠眠不稳,一霎深更。

临江仙红叶

玉露凝霜寒气逼,枫林染就丹砂。胭脂片片胜春花。随风飞不定,疑蝶扑窗纱。　　水郭山林工点缀,能令杜牧停车。翠岚一角衬红霞。漫将渠暖酒,拾取煮清茶。

醉花阴冬夜对雪,用易安居士韵

雪霁窗明如白昼。绿蚁添新酒。风信太轻狂,绣幕重重,犹觉严寒透。　　西园吟赏初更后。几点飘萧久。影转玉梅梢,倦眼蒙眬,疑是蟾光漏。

蝶恋花晚步感怀,时海氛不靖

为看斜阳闲散步。芳草青青,一望迷归路。山鸟啁啾啼不住。倦飞每欲投高树。　　闻道烽烟燕与鲁。玩景游春,此地安如堵。只恐兵戈侵乐土。一腔忧愤凭谁诉。

念奴娇秋柳

韶华一霎，又金风瑟瑟，河梁携手。疏雨凉蝉声乍咽，鬓绿暗凋堤柳。憔悴千枝，萧疏几树，仍拂行人首。赤栏桥畔，小蛮腰恁消瘦。　　惆怅曩日风姿，于今换了，眉眼多非旧。春梦迷离何处觅，湖上轻寒初逗。红蓼花边，白蘋香外，寂寞闲亭堠。栖鸦几点，晓风残月时候。

虞美人怀旧

风饕雪虐惊年暮，漠漠同云布。无边落木响萧萧。钩起离愁夜坐、暗魂消。　　年时大母登耄耋，每晤愁难别。而今寻梦到堂前。依旧含饴绕膝、似当年。

浣溪沙不寐

梦醒三更事事牵。多愁多病怅年年。听残银箭悄无言。
小犬吠人方扰睡，狸奴捕鼠又惊眠。曙光已透碧纱前。

虞美人病中作

斜阳一角和烟暝。猎猎西风冷。寻诗懒步月黄昏。多病身宜深院、闭重门。　　书帙乱堆慵摺叠。镇日亲炉药。含愁默默问苍穹。底事人生强弱、不相同。

金缕曲谒忠烈庙,大儿填满江红一阕,余以此调和之

一望西湖路。见森森、冲霄豪气,鄂王陵墓。昔日丹心扶宗社,历尽艰难险阻。问此恨、谁堪衮补。十二金牌频征召,怅何时、痛饮黄龙府。成败事,信天数。　　朝廷总为和戎误。最堪怜、含冤碧血,杀人无故。铸铁难消奸顽罪,污却阶前寸土。三字狱、无天堪诉。手植当时乔柯在,到而今、背向何曾错。名与树,并千古。忠烈庙俗名岳王庙,见《西湖志》。

喝火令元宵前一日偶成

饮酒浑无量,栽花尽有闲。流光虚度一年年。只为多愁多病,改却昔时颜。　　选韵神方倦,敲棋指尚寒。良宵随意步庭轩。恰好云开,恰好月如盘。恰好横斜疏影,和月上栏干。

浪淘沙送女孙作孙于归

合卺是良宵。鼓乐笙箫。于归之子赋桃夭。依我含饴常绕膝,回忆垂髫。　　里闬路非遥。鸾凤同巢。百年伉俪乐陶陶。谨事翁姑如二老,洗手羹调。

——《消愁集》,光绪三十三年(1907)刻本

陆蓉佩十八首

陆蓉佩(约1840—1863),阳湖(今属江苏常州)人。父陆鼎晋。夫赵念植,陆蓉佩为其聘室。有《光霁楼词》。

壶中天慢广甥大兄久别忽归,喜填一阕

闲阶小立,忽一钩月到,乱花影碎。玉砌雕阑凉意足,别换一番欢意。万斛离愁,一时顿释,且是寻闲味。临风独想,旧愁更莫提起。　　小窗镇日恹恹,嫦娥应笑,惜泪珠空费。露浸罗衣莲漏永,不把窗儿深闭。萤逗疏帘,凉生团扇,金兽香销未。桐阴坐久,哓哓何处犬吠。

蝶恋花芦花

一缕秋魂纤欲化。似有疑无,却在斜阳外。飘泊天涯何处著。思量悔把枝头舍。　　野岸孤村天半夜。开处凄凉,零落人谁话。欲舞徘徊还自罢。依依一种情难画。

风紧霜浓秋渐瘦。小住孤村,应是寒难受。朱户荒台随意逗。可怜一捻浑无有。　　转眼炎凉非复旧。纵使飘零,肯把秾华斗。试问依依堤上柳。那时风景还存否。

贺新凉闻雁

书幌灯初灭。听孤鸿、几声嘹唳,柔肠已结。苦恨流光如水过,飘泊而今谁惜。又欲下、寒塘还歇。极目萧条风露冷,最堪怜、旧侣浑无迹。多少恨,从何说。　　苍茫身世长为客。恨苕苕、故乡路远,欲归未得。我本闲愁千万缕,入耳偏关情切。叹寄迹、天涯何益。镇日云间频作字,料难将、悲怨都书绝。月欲堕,霜天白。

贺新凉秋夜怀琴如姑母

秋雨声初歇。怅苕苕、夜凉无寐,泪珠盈睫。曾记当时擘衣处,谁道几成长别。叹海内、烽烟方急。料得扁舟将欲发,向天涯、多少愁难说。从此便,江南北。　　茫茫我亦嗟为客。盼征鸿、数行过尽,更无消息。二十年来如昨梦,往事何堪重忆。应稽首、空王礼寂。乡国难禁回首望,入琴心、更恐哀弦绝。书不尽,恨千叠。

水调歌头寒夜不寐,起坐对月口占

人生如寄耳,感慨亦徒然。起来且对明月,能有几回圆。莫忆江南旧梦,且抱眼前真乐,无事即神仙。流水识人意,向我自涓涓。　　兴亡事,今古恨,付云烟。三间五架茅屋,别有小壶天。要种桑麻千树,变作桃源深杳,不与世人传。多少尘寰事,一笑向婵娟。

长亭怨慢中秋前三日雨后待月，感而填此，寄怀琴如姑母

怪底是、愁深如许。又近中秋，怕听风雨。怊怅年年，一般岑寂悲羁旅。乱红零落，更莫问、江南路。竟夕向婵娟，但怅望、琼楼玉宇。　　恨极。目云山万叠，怎渺渺音尘阻。阑干倚遍，听清角、更添凄楚。但只见、征鸿过尽，也难寄、愁心半缕。叹独立苍茫，一例伤今吊古。

满庭芳中秋对月

千古清辉，一年佳节，匆匆又到中秋。桂丛香逼，绝胜广寒游。难得姮娥此夜，放银蟾、万里光流。徘徊久，闲阶露冷，独自豁吟眸。　　年年当此夜，天涯寄迹，无计消愁。且莫思，天上玉宇琼楼。憔悴而今意绪，不堪闻、玉管清讴。宵深也，风疏气爽，更莫下帘钩。

菩萨蛮落叶

疏林一夜风微过。飘飘却共霜花堕。摇落太无端。零星谁更看。　　匆匆秋渐老。珍重和愁扫。瘦蝶忒多情。飞来似不禁。

菩萨蛮红叶

霜林忽讶红如许。生憎不入群芳谱。渲染十分工。可怜不

耐风。　　飘飘贪弄影。寂寞吴江冷。万里夕阳明。空山忽作春。

菩萨蛮黄叶

萧疏仄径秋容瘦。卷帘生怕西风骤。憔悴不胜寒。恋枝将欲残。　　凄迷风雨乱。时序匆匆换。一树尚垂垂。如依病起时。

菩萨蛮葬花

斜阳庭院深深处。荷锄闲觅荒苔路。几度费沉吟。殷勤护惜深。　　匆匆芳事改。一半随流水。蝶梦谩惊疑。魂归明月时。

菩萨蛮闻雁

月明孤馆生虚白。萧条旅况愁千叠。客里独关心。殷勤灭烛听。　　宵长飞欲倦。迢递乡关远。侧耳费寻思。寒窗梦断时。

菩萨蛮孤雁

平沙漠漠空江阔。相呼旧侣浑无迹。嘹唳碧云中。难禁霜露浓。　　蒹葭凉似水。风景年时改。终日不成书。月明吊影孤。

暗香白梅花

一分月色。照绮窗斗影，娟娟清绝。缟袂初逢，绿萼仙人似相识。回首乡关旧梦，浑难问、南枝消息。看一树、瘦影横斜，寒素谢雕饰。　　残雪。伴孤洁。正卷幔忽惊，竹外琼积。几回暗惜。玉质冰姿谩轻摘。多少嫣红姹紫，更莫妒、天然风骨。应好护、开遍也，休教狼藉。

八声甘州寒窗夜坐，有怀琴如姑母

对银釭耿耿夜窗虚，卷帘月初来。正霜花飘堕，新寒料峭，炉篆成灰。无限萧疏景物，顾影独徘徊。回首乡关恨，扫更难开。

小倚阑干闲自，弄数枝瘦影，开到寒梅。叹频年羁旅，寥落亦堪哀。听征鸿、一行过尽，盼音书、几度费疑猜。怎知我、此时情绪，一例愁堆。

满江红壬戌之冬避居崇川，感而填此

细雨孤灯，感往事、闷来闲写。记旧日、江南烟景，风流云谢。吴苑荒凉麋鹿走，金山寂寞寒潮打。算古今、兴废几回更，苍苍者。　　狐兔窜，闻悲角。蹂躏遍，无全瓦。盼降幡一片，石头城下。浩劫茫茫惟涕泪，乡关远望临风洒。问元戎、恢复竟何时，洗兵马。

水调歌头十一月望夜对月，同蕴珏表姨话别

休论尘世事，对影共吟哦。卷帘空外长望，还欲问嫦娥。照尽悲欢万古，便有阴晴圆缺，只是不销磨。我欲乘风去，一笑定如何。　　徘徊处，霜露迸，冷偏多。当头此夜难得，一掷恐轻过。回首家山何处，同有离愁千斛，寂寞冷关河。秉烛更重话，怕听唱骊歌。

——《光霁楼词》，《小檀栾室汇刻闺秀词》第五集，光绪间刻本

杜敬五首

杜敬(1842—1867),字景姜,自号菊如,江苏无锡人。祖父杜绍祈。父杜友房。夫窦士镛。有《昙花吟》一卷,附《诗余》一卷。

浪淘沙秋柳

披拂一枝枝。惹乱千丝。新愁旧恨诉谁知。苦雨凄风禁不起,消瘦腰肢。　　行客计归期。再认丰姿。长亭空忆别离时。好待春光眉黛展,一慰相思。

贺新凉画梅

老干坚如铁。更看来、横斜掩映,芳姿独绝。脱却铅华呈缟袂,尽有天然秀色。好认取、霜中傲骨。山意冲寒曾早放,讶春魂、飞入生花笔。工点缀,态疑活。　　断肠最是江南客。莽天涯、难逢驿使,与传消息。纸帐空思高士梦,无奈乡关间隔。只合向、丹青寻觅。一树垂垂聊寄咏,待他年、鸿爪留余迹。故园景,尚堪忆。

菩萨蛮渡海时将赴慈溪

片帆飞过重洋去。狮山回首今何处。浩浩万里波。舟如一叶过。　　夜深灯火密。照见蛟龙窟。指点四明山。苍茫云雾间。

风入松奉题晋占舅氏秋夜清可亭论诗图

灯光云影上书帷。清夜莫衔杯。四山环绕真如画,邀月色、齐入亭来。良友言如兰臭,推敲几度迟回。　　辋川诗境谪仙才。风雅果堪追。修篁万个留清韵,也能添、诗客幽怀。莫是怕成乡梦,夜深不管更催。

踏莎行梅魂

非雾非烟,是真是假。满天风露神清雅。恍如倩女又重离,飘然欲返罗浮也。　　色想全空,曲阑低亚。子虚岂易人描写。春寒纸帐梦频来,师雄忆否逢林下。

——《昙花吟》附诗余,宣统二年(1910)排印本

刘清韵四首

刘清韵(1842—1915),字古香,小字观音。海州(今属江苏连云港)人。父刘蕴堂,盐商。母王氏。夫钱德奎,江苏沭阳人。刘清韵居室名为“小蓬莱仙馆”,著有《小蓬莱传奇》,另有《小蓬莱仙馆诗》《小蓬莱仙馆曲稿》《瓣香阁词》等。1990 年,学界又发现了刘清韵晚年所作《拈花悟》和《望洋叹》两种剧作。

南楼令

朱箔卷红霞。窗开六扇纱。好良宵圆镜光华。水沸竹炉松火活,凭曲槛、品新茶。　　春困醒些些。春寒向晚加。有春风轻袭鬟鸦。香雾濛濛花睡稳,教小婢、莫惊他。

疏帘淡月

疏帘淡月。映棐几晶屏,分外光彻。称体吴绵新试,薄寒时节。围篱靓影横窗瘦,冷烟霏、梅魂娇怯。素毫无恙,病怀渐懒,怕拈新阕。　　听石鼎、松涛声沸。喜茗碗才擎,烦襟先豁。香喷金猊,袅袅穗烟凝结。窗前静展缥缃帙,爱惊虬逸姿飘瞥。笑揎吟袖,轻磨鸲眼,试临鹅帖。

菩萨蛮 春寒

连宵料峭东风恶。开箱重检湖绵着。莫损小桃花。金铃好护些。　　小窗迟日锁。打叠薰香坐。解事有雏娃。刚煎一盏茶。

百字令 题某女士醉书轩

玉肌冰骨，是瑶台小谪，低徊深惜。箫史乘鸾仙去久，应念文鸳影只。压架图书，盈庭花木，境与尘凡隔。逸情何似，遥天片月飞白。　　回想初挹芳仪，兰闺小聚，恍似曾相识。我亦人间羁绊者，散朗敢云无匹。苒苒韶光，匆匆逆旅，转眼皆陈迹。浮生如寄，眉边莫许愁逼。

——《女子世界》(1915)第四期

邓瑜 二十首

南柯子

扫簟欹瓷枕，阖窗隔绣帘。重重花影压阑前。无那绿阴庭院、日如年。　倦眼惺忪雾，慵心袅娜烟。抛书谩理紫牙签。偏是恼人燕语、一声尖。

虞美人 渡海

风声满耳樯帆急。极望苍茫色。云迷沧海海连云。一片浪花如雪、打诗魂。　水天以外空诸相。对此添遐想。凌波东去是蓬瀛。安得凭虚楼阁、结层层。

踏莎行 招宝山望海

危磴盘来，层台行到。浮屠绝顶游踪少。苍茫画意一条烟，海天空处风帆小。　半壁深林，四山荒草。戍楼古堠颓云罩。忽闻云外几声钟，钟声远落潮声悄。

金缕曲寄怀家祥玉姊

雪酿梅花白。意沉吟、故乡何在,旧家遥隔。铁马金戈盈大地,同是天涯寄迹。又几处、轻成离别。泛宅浮家重渡海,各伤心、珍重殷勤说。分袂也,泪痕湿。　　无端冷雨敲窗疾。最魂消、深宵倾听,一番萧槭。海水天风欺客梦,此际愁心山叠。况漏断、灯残人寂。独个裁笺凭达意,寄相思、欲写还停笔。传语道,远相忆。

清平乐晚凉和忆侨弟韵

芭蕉秋战。雨过闲庭院。水面风来帘乍卷。吹得鬓丝微乱。

桃笙凉透昏黄。蛙声闹出池塘。绿遍梦中春草,浑忘人在它乡。

惜分飞送别闺友

堤畔杨枝亲手折。忍泪依依送别。此去宜珍摄。留君无计心如结。　　已是骊歌声渐急。更恼无情片月。偏照人愁绝。酒痕和泪离襟湿。

玉楼春春雨

小楼人倚阑干立。酥雨和烟宵未息。阶前润遍绿苔痕,花底流莺声寂寂。　　阿侬空有怜花癖。为替花愁眠不得。忍寒燕剪掠波还,零落香泥多带湿。

卖花声清明日距伯嫂殁已十旬，泫然纪之

莺燕互寻盟。满院飞英。惜花人去暗心惊。何日桐棺归故里，魂妥山茔。　　事事减心情。闷坐闲行。一腔尘俗撇难清。拾翠寻芳都懒问，负了清明。

满庭芳柳絮

如雾如烟，非花非雪，趁风吹过窗西。隋宫汉苑，行遍短长堤。怪底撩人千里，梅花弄、最惹人思。莺啼也，才依曲砌，又见入柴扉。　　迷离。甘冷落，无根无蒂，一任风欺。笑谁拘谁管，随聚随飞。纵作新萍水面，曾任尔、飘泊无依。须知道，生涯不定，世路有高低。

桃源忆故人寻梅

庭前一夜风吹急。雪意妒花飞白。欲觅孤芳难得。踏碎琼瑶迹。　　裴回几度穿林出。想见琼姿仙格。未许俗人轻识。怊怅无消息。

念奴娇初夏客中病感寄景姜

久疏吟咏，叹年来多病，朱颜消损。花事又随流水去，渐觉日长人困。酥雨溅梅，软尘飏曲，天也全无准。数声邻笛，夜阑枨触离恨。　　愁对寂寞房栊，药炉火黑，气息香微酝。远道河梁人几处，盼断翠鸳佳讯。半拥纱衾，悄然独坐，松挽丝丝鬓。窥窗梳

月,有情来照方寸。

剔银灯 题江馆听秋图

独坐梧桐阴里。听一片、秋声琐细。砧杵敲凉,菰蒲递响,书卷替人翻起。此时庭际。问何事、萧疏未已。　　山色波光如此。人静薄寒天气。蛩韵啁啾,雁群嘹亮,添得几多乡思。西风过耳,应别有、一般诗味。

临江仙 题沁玉妹湖山春晓图,慈命代作

一幅江南春写就,湖光山色分明。小红桥畔趁新晴。晓风杨柳岸,好是放船行。　　堤外海棠刚睡足,藓痕绿过闲亭。靓妆初罢怯寒生。碧桃花径远,刚对数峰青。

玉漏迟 月夜湖上和闺友韵

玉盘秋皎洁。烟消水定,十分澄澈。万壑千峰,黛重螺浓如滴。真个无边风月,全不费、青钱能得。万籁寂。绿阴满地,偶留人迹。　　素娥似识幽怀,抱三五清辉,照伊词客。隔断飞尘,恍到玉楼琼阙。此际囊中无句,恐难对、多情山色。空明绝。人与湖光如涤。

金缕曲 丁卯春日初游西湖

第五桥边去。绕横堤、残山剩水,柳髡如许。我与西湖初识面,风景凄清细数。有几带、望中烟树。岳鄂王坟苏小墓,信英

雄、儿女分千古。移画舫,向何所。　　水天别映孤山路。放中流、斜阳影澹,一支柔橹。乍听钟声风外落,知在云深深处。又背转、蘋洲菱渚。留得残荷依弱盖,可怜红、犹作凌波步。闲意态,问鸥鹭。

踏莎行题篱下寻秋图,悼景姜也

踏遍疏篱,可怜秋冷。柴桑依旧当年景。越天觅遍又吴天,替秋写出亭亭影。　　几阵西风,一条芳径。荒苔细草零星剩。落英蕉萃正黄昏,无情零雨重阳近。

魂不胜销,梦还无据。悲秋情向篱边诉。红尘碧落两茫茫,疑形疑影知何处。　　恨海谁填,情天莫补。此情此恨同千古。写生只算返生香,年年秋到侬为主。

庆春泽冬夜盼家书

圆月凝愁,寒灯晕影,偏惊长夜如年。盼绝家书,恨它千里俄延。误人鱼雁无情甚,漫思量、尺素遥传。怕累伊,一阵霜风,吹落江烟。　　思亲太急胸头恶,叹蛛丝宛转,方寸长牵。极目凭阑,白云摇曳南天。吴头楚尾伤心路,纵凝眸、亲舍何边。最难禁,百叠千行,有泪无言。

高阳台初夏有怀

花雨消红,苔烟锁碧,果然如水流年。物候惊心,无端离思相牵。天涯只赤人千里,觅封侯、未整丝鞭。问归期,幼女娇憨,絮语缠绵。　　零愁碎恨星星记,且和衣倚枕,转侧无眠。梅雨溅

寒,声声只滴窗前。等闲过了芳菲节,意阑珊、瘦损吟肩。盼东华,一纸书来,默祷平安。

浪淘沙 雨夜怀远

帘外雨潇潇。凉透疏寮。玉釭与我两无聊。自是愁人心易碎,休怨芭蕉。　　望远暗魂消。双鲤苕苕。青溪柳色白门潮。为语西风须着力,早送归桡。

——《蕉窗词》,《小檀栾室汇刻闺秀词》第七集,光绪间刻本

何桂珍六首

惜分飞送绍初夫子游粤

古道夕阳人影绝。多少啼乌殢血。自古伤离别。更无奈黄花时节。　万种心情风共咽。苦处君应怕说。车转柔肠裂。暗中换了鬓如雪。

眼儿媚秋思

层层云气护楼台,心字篆香埋。几回襄首,一声清叹,落了金钗。　夕阳外绣帘高卷,盼蛱蝶归来。阑珊花事,萧疏树影,空立闲阶。

疏影秋蝉

龙槐翠舞。糁满地昼阴,身托高处。枝北枝南,时有时无,几度背人低诉。秋光冷落来何速,作弄得、僝风僽雨。忆汉宫、十二阑干,回首伤心无数。　憔悴文园客伴,问哀音欲绝,有甚愁苦。未学鸾妆,偷试鲛绡,应愧前身齐女。屏山倦倚人同老,损翠翼、被谁轻误。镇日里、玉律金商,毕竟几时归去。

阑干万里心七夕

秋容如水净长天。鹤驭鸾骖不计年。病里慵妆不忍眠。倚秋千。收拾新愁付旧弦。

琴调相思引怀仲弟桐云

尘事如梅味总酸。三年笛里鬓毛斑。海天空阔,何处是乡关。雁过西风吹影断,砧敲朔雪隔秋寒。新愁旧恨,齐锁到眉间。

江城子毕亲母裴恭人过我晚话

小庐岑寂贮西风。隔帘栊。数归鸿。篱落声声、仙犬吠花丛。料得人来红树外,冲破了,晚烟浓。　　相携纨袖倚芙蓉。检词锋。品诗筒。一样心情、休放却千钟。近日姿容清减甚,应不为,宝钗空。

——《枸橼轩诗钞》附诗余,民国十四年(1925)上虞俞氏重刻本

许诵珠十八首

重叠金寄外

亚檐红绽荆桃小。枝头影闪相思鸟。对镜抹元绡。远山慵不描。　　愁牵杨柳月。梦断梨花雪。杜宇尽情啼。问君归不归。

满江红江行即目

千片征帆，风送处、惊涛飞雪。空明里、金焦如画，竞夸奇绝。一带红墙禅喜地，双扉白板神仙窟。是何人、长笛倚危楼，声呜咽。　　繁华梦，莺花孽。英雄恨，蛟龙血。话六朝遗事，雨零烟灭。历历山光相掩映，滔滔浪影无休歇。待夜深、篷背举杯邀，江心月。

清平乐舟窗晚眺，次外子韵

远山如睡。秃树苍茫里。隐约渔歌烟外起。袅袅余音未已。

荒村三五人家。柴门多傍梅花。我欲停帆小憩，好风飞送轻槎。

貂裘换酒

一笑搴帏起。笑年年、担风襆雪,卸妆斯地。呼婢壁间寻旧句,已共苔磨藓洗。更说甚、碧纱笼此。砌下蛩声云外雁,一般般、助洒穷途泪。身世事,总如寄。　　家山回首逾千里。尽饱尝、炎凉世态,病贫滋味。箸划金炉灰焰冷,写出饥寒两字。算我误、聪明如是。还愿稿砧鞭早著,宴琼林、索得金门米。天许否,此衷意。

南浦月 外子计偕留滞都下,缄书寄远,誊以小词

书蠹琴尘,剧怜风雪长安道。一灯孤照。梦醒罗帏悄。　衣食温寒,两地心知晓。伤怀抱。炷香私祷。祝取加餐好。

诉衷情 寄芸斋

未拈湘管已神伤。一字一回肠。都将百幅藤纸,半揾透、墨华香。　　传书雁,太匆忙。意彷徨。怨情千叠,别泪双垂,并寄他乡。

凤凰台上忆吹箫 寄外子京师

黄叶堆鞍,白云埋屐,西风残照长安。恁蹇驴孤跨,长铗虚弹。谙尽离愁别苦,憔悴损、去日容颜。凄凉处,思亲有泪,独洒灯前。　　堪怜。空闺夜永,听点点秋钲,滴得心酸。念个人云远,影只形单。恼煞中天明月,圆如镜、故傲团栾。团栾想,何时

携手，共话悲欢。

洞仙歌白桃花

铅华净洗，认人间尤物。底事无言对明月。恁文君瘦影、倩女柔魂，悲薄命，同向东风呜咽。　　江头双姊妹，浅澹梳妆，素手纤纤弄轻牒。水暖鳜鱼肥、斗艳争辉，看一样、冰肌玉骨。漫寄语、重来问津人，早洞口、春深断云残雪。

金缕曲对月有感，却寄外子京师

月色明如许。助秋心、流萤焰冷，晚蝉吟苦。百种凄凉千种恨，诉与嫦娥不语。但寂寂、清光来去。空外一绳云雁影，似传情、代把衷音谱。虫韵急，乱如雨。　　鸾飘凤泊关河阻。想见那、残书蠹蚀，敝裘貂补。文字无灵金欲尽，可是红颜误汝。失十里、看花归路。愿乞天孙书姓氏，锦还时、重赋团圞句。天听近，定怜取。

如梦令口占

世事如棋如影。阅尽繁华心冷。苦海猛回头，别有蓬莱仙境。清净。清净。空外一声山磬。

思佳客寄外

曲曲阑干十二红。潇潇暮雨洒帘栊。篱边替瘦多情菊，窗外添愁无赖桐。　　罗袖冷，怯西风。相思两字倩征鸿。玉容不是

因花减,目断长安梦未通。

菩萨蛮丸月又圆,家书久杳,倚声成句,简寄宣南

银釭冷贴空闺影。铜壶滴得秋魂醒。欲向梦中寻。山高水又深。　　水纹幽恨结。山色离愁叠。闲煞月团圞。无人共倚阑。

醉落魄外子久客不归,赋此速驾

绮窗月透。一枝梅影如侬瘦。脂愁粉怨人僝僽。剩有年时,别泪甎红袖。　　焚香轻合纤纤手。金钱暗卜平安否。几时早整归鞍骤。计算腰围,宽减定非旧。

高阳台岁暮感怀

径竹饕风,园梅斗月,惊心岁序将更。冷拥衾孤,夜深好梦难成。凉云荡得灯花碎,半模黏、碧闪残檠。最愁人,腊鼓鼕鼕,寒漏丁丁。　　年时不尽团圞乐,记桃符共写,柏酒同倾。一别天涯,等闲换蟀移鹈。朱颜难驻流光易,误青春、两字功名。漫无聊,懒整金钿,慵理瑶筝。

人月圆喜外至

月明如镜帘栊静,蓦听远人还。相逢无语,双眸暗觑,众里偏怜。　　最难消受,有情红泪,无恙青衫。莲花憔悴,梨花惨澹,同是辛酸。

忆秦娥得外书

帘栊悄。无言羞把菱花照。菱花照。愁眉懒画，闹妆慵扫。

檐前灵鹊声声报。平安两字来青鸟。来青鸟。柔情一缕，系人怀抱。

蝶恋花春闺

晴旭烘花风缭绕。媚紫娇红，竟斗春光好。蜂蝶恋香枝上闹。罗帏好梦莺啼觉。　　起弄参差思远道。一曲迷离，荡得柔情杳。瘦影瞥临春水照。眼前胜景皆烦恼。

点绛唇某上舍介芸斋索题行看子，率成是解

妙笔春风，绘成艳李秾桃色。姹红娇白。小坐临流石。　　米价如何，莫问江东客。夸标格。岸巾簪帻。名士风流剧。

——《雯窗瘦影词》，《小檀栾室汇刻闺秀词》第八集，光绪间刻本

庆凤亭十五首

鹧鸪天

清浅池塘水半湾。隔帘花扑小阑干。风尘荏苒人千里,香雾空濛月一团。　　琴自抚,共愁弹。碧窗曲罢玉笺寒。松阴庭院行吟久,知否闲云恋故山。

梦江南

风乍紧,断雁入遥空。桐树心孤烟不搅,竹竿节劲露先浓。天地几樊笼。　　思旧事,都在渺茫中。月不常圆愁对镜,霜能为厉怕闻钟。无语掩帘栊。

忆江南

画帘卷,柳影罨遥村。满地落红风自扫,杜鹃啼破月黄昏。相与伴愁魂。

虞美人春夜

纸窗人静余啼鸟。愁绪何时了。夜阑无语独凭栏。寂寞园

林风雨、任花残。　　烟笼深竹迷幽径。柳色初含暝。何来松月半轮孤。仿佛此身曾在、广寒无。

临江仙

月满琼楼苔院静，挑灯独数残更。溪桥一带柳烟横。雨沾芳草润，风飏落花轻。　　欲写愁心调玉轸，那堪枝上啼莺。老梅疏影涀帘旌。佛云烦恼界，人尚在迷津。

浪淘沙 清明

寒食雨绵绵。花自娟妍。柳条无力系愁烟。遥忆故山悲远隔，搔首云天。　　酹酒与焚钱。可到重泉。敲残诗句泪益笺。为有愁丝吹不断，但恨风偏。

南乡子 春日

乳燕绕回廊。风袅杨花卷不飏。云锁帘栊如积恨，茫茫。苔径烟浓湿海棠。　　晚雨助悲凉。何处蓬山近帝乡。鹦鹉欲言言不尽，彷徨。一动钟声一断肠。

西江月

烽火频年净尽，海天万里澄清。雨花满地佛光明。消受一龛灯影。　　长昼素帏春冷，墨香溅上金经。浮生之后悟无生。翻笑庄生蝶醒。

多丽 秋海棠

露涓涓，滴来宛似成纹。甚西风、偏催短景，墙阴犹吐奇芬。化绀珠、眉随黛蹙，抛红豆、泪比冰温。燕子楼空，苎萝村冷，断肠原是种愁根。秋燕影、残阳欲暮，还照茜裙。无人伴，添来冷梦，月影黄昏。　　问蓬壶、仙姿雅淡，丹青难写天真。画屏寒、只留蝶影，瑶阶晚、共锁鹃魂。秋夜偏长，漫烧银烛，难从金屋觅春痕。听花外、钟声初动，霜气压颓垣。伤情处，潇潇木叶，为护重门。

烛影摇红 菊花

天淡云闲，秋情幻出金重叠。东篱有意斗芳菲，知道繁华歇。仿佛前身彭泽。染霜华、心犹皎洁。白描妙手，只写丰神，难传傲骨。　　不怨西风，此花合与群芳别。水晶帘卷影徘徊，立尽黄昏月。别具千秋眼界。直看到、寒香晚节。清商凄紧，谁伴吟虫，伶俜黄蝶。

虞美人

潇疏风雨江天晚。又到春将半。重重帘幕巧相遮。燕子归时触堕、白梨花。　　杜鹃啼缓莺声细。脉脉愁无际。苔痕红透太淋漓。知道海棠经雨、湿燕支。

庆春泽 暮春遣兴

山吐微云，林含薄暝，莺声偏送愁边。流水天涯，落红一任啼

鹃。东风弹指年光换，写素笺、难寄缠绵。漫沉吟，界破乌丝，懒弄冰弦。　　药栏人静炉香袅，更凄风欺竹，斜月侵帘。画栋朱楼，也知过眼云烟。茫茫恨海何因堕，想百年、身世茫然。就蒲团，一卷心经，常奉金仙。

忆江南

莲池月，清影倩花扶。香篆已消凭蝶化，瑶琴声断海天孤。闲坐说空无。

捣练子

烟漠漠，雨濛濛。肠断人宜惨淡中。风物凄清乡国异，倚栏愁听五更钟。

满庭芳

草润瑶阶，烟迷萝径，雨余云敛残阳。远山横黛，暝色下平仓。漫道莺花惹恨，深闺也、别样凄惶。啼鹁唤，几番尘梦，眼底幻沧桑。　　堪伤。闲凝望，羊城渺渺，鹫岭茫茫。问神仙何处，云水潇湘。真是天心难测，未能将、颜跖裁量。且凭几，疏帘斜掩，无语立昏黄。

——《味雪楼诗余》，民国间排印本

陈芷洲二首

菩萨蛮暮秋

西风有意吟桐竹。初疑雨响沉幽屋。落叶正萧条。别离魂暗销。　　晚蝉音欲绝。断送秋时节。斜日倚栏干。罗襟生暮寒。

如梦令春夜

残雪满阶犹在。似此风光堪爱。斜月入疏帘,花影映窗难采。相对。相对。欲把一樽闲酹。

——《闻妙香室遗词》,民国六年(1917)排印本

胡凯姒四首

满江红自感

最是伤情，催人去、马蹄车辙。触目处、纷来愁绪，云山万叠。石咽泉鸣幽涧底，树枯干卧斜阳侧。问此行、何日赋归来，难预决。

计往事，浮云灭。满怀恨，凭谁说。听杜鹃枝上，声声啼血。顾我堪嗟如去雁，思家不敢看明月。把闲愁、勾却发狂歌，随圆缺。

浪淘沙感怀

娇养膝前身。远嫁辞亲。不堪重忆昔时情。忽见帘栊新月色，触动乡心。　　此际暗伤神。别恨纡萦。金炉香烬漏沉沉。底事愁怀消未得，欲诉谁听。

梦江南初夏有怀

还记否，剪烛夜深时。倚槛闲吟添对月，联床话雨杂敲棋。回首漫相思。

还记否，烹茗晚凉天。倩影已和花太瘦，离愁犹抱梦孤悬。江北又经年。

——《小檀栾室闺秀词钞》，宣统元年(1909)刻本

万方芸一首

万方芸(1848—1918),字佩芬,祖籍南昌。夫永新顾世储。早寡。

南乡子春闺

帘幕怯春寒。睡鸭烟消宝篆残。无限闲愁情脉脉,眉弯。自叹年来未放宽。　　檐外雨潸潸。绣线轻抛独倚栏。料峭风来,如剪似衣单。半臂新添唤小鬟。

——《妇女杂志》第一卷(1915)第三号

俞绣孙八首

高阳台咏水仙

衣镂春冰，香含暖玉，珊珊影隔帘栊。谩抚哀弦，芳心原自难同。凌波步袜空遗恨，伴梅魂、澹月朦胧。一凭它，秾李夭桃，占尽东风。　　娇多不奈春寒重，更温泉浴罢，嫩日微烘。清绝无尘，羞随郑婢泥中。多情莫解明珠佩，问仙踪、何处相逢。剩当时，谢女前身，幽梦曾通。

齐天乐春雪

翠衾昨夜春寒重，朝来顿成凄冷。密护琼窗，轻霏玉屑，疑把梨魂唤醒。瑶华糁径。怕草色青青，惹人离恨。醉里凝眸，莫教颜色上青鬓。　　庭空风力似剪，玉梅休怨寂，飞去相趁。柳未三眠，春无一半，何事杨花成阵。飞霙弄暝。问谁向东皇，误传芳信。极目天涯，素娥羞避影。

江城子落梅

风流空想寿阳春。唤梨云。梦难分。昨夜东风、庭院悄无人。倩影亭亭扶不起，珠委地，玉生尘。　　檀心一点倩谁温。

怨黄昏。拭啼痕。月地云阶、何处觅香魂。记否那回曾索笑,深雪里,掩重门。

祝英台近静壹主人宴饮湖上,折梅花数枝而归,忆季英仲嫂濒行时欲作湖上游束装不果,对花惜别,不禁黯然,倚此寄之

惜匆匆,分手易,寂寞怨朝暮。几日东风,春色顿如许。探芳旧约蹉跎,六桥烟柳,未识我、别时情绪。　　泪如雨。一枝欲寄凭谁,相对更无语。水远山长,空赋断肠句。怜它一段幽香,绣帏今夜,能否伴、梦魂飞去。

声声慢寄怀仲蘐小姑

听残梅雨,立尽桐阴,无聊静掩房栊。倦倚屏山,钗横欲整还慵。消魂怕提前事,恼兰舟、催发匆匆。从别后,任罗衣香褪,宝镜尘封。　　肠断吹箫院落,自伊人去也,烟锁苔空。明月樽前,相思两处应同。休教为侬憔悴,劝加餐、锦字常通。空极目,渺天涯、云水万重。

长亭怨慢春暮随家大人返吴下,静台主人坐小舟送至城外,赋南浦一阕见赠,别后舟窗无事,因倚此调寄之

正三月、落花飞絮。岁岁魂消,绿波南浦。剩有红笺,断肠留得断肠句。一江春水,量不尽、情如许。欲别更徘徊,但泪眼、盈

盈相觑。　　日暮。纵归舟不远,已抵万重云树。无眠强睡,怕辜负、翠衾分与。想别后、独自归来,对罗帐、凄凉谁语。只两地相思,挑尽一灯疏雨。

浪淘沙

记得昔同游。杨柳湾头。落花流水两悠悠。莫道春愁禁不起,还是春愁。　　欸乃橹声柔。梦也难留。轻寒翠被冷香篝。睡起斜阳明雉堞,错认杭州。

青玉案

一樽浅注菖蒲绿。渐醉倚、屏山曲。戏绾彩丝长命续。瑶阶烟草,翠帘风竹。庭院清无俗。　　轻衫乍换冰绡縠。也不学、新妆束。午睡醒来钗坠玉。联吟人去,对花人独。归燕梁间宿此与宜人端节同咏,嗣后不复作矣,思之泫然,祐身识。

——《慧福楼词》,《小檀栾室汇刻闺秀词》第八集,光绪间刻本

张宝云七首

秋蕊香咏白莲

池水如涵明镜。玉井灵根乍迸。污泥不染香逾净。开趣月斜风定。　　热中偏耐情孤冷。禅心静。素妆恰与花相映。疑是前生清影。

点绛唇闲吟

检点残编,一帘微雨熏香坐。红尘不到。消得愁城破。
湘管拈来,琢句凭谁和。浑无那。低声吟过。瓶内花听着。

系裙腰对盆中莲花感赋

荷香淡荡送薰风。花开夜、映帘栊。无情有恨添惆怅,怎一枝枝。惯堕影,月明中。　　忽忆旧时官署景,思往事、泪飘红。蓬莱阁上留题句,可有纱笼。叹飞舄去,杳仙踪长汀署中莲花最盛,池上蓬莱阁有先君题句在焉。

浪淘沙花朝即景

帘卷雨潇潇。庭院春娇。一年花事爱今朝。缕缕残烟吹不断,宝鸭香消。　　杨柳弄纤腰。蹴地千条。绿阴掩映隔红桥。漫说小园堪入画,画也难描。

如梦令夏夜

皓月娟娟才吐。来照曲栏深处。翠袖怯微凉,料有清风在树。听去。听去。阶下虫声似雨。

浪淘沙初寒折菊花

斜日卷帘看。霜重衣单。晚秋天气试凭栏。小蝶伶俜眠未稳,菊蕊将残。　　闲把落英餐。瘦影珊珊。惜花最易护花难。移入胆瓶相伴我,免受风寒。

醉花阴咏水烟筒

吐纳烟痕如薄雾。巧铸青铜瘦。何处最情牵,绣倦帘栊,兼醉余杯酒。　　约伴西邻闲坐久。挈锦囊随后。小婢最娇痴,石火光中,递上樱桃口。

——《梅雪轩全集》,光绪三十四年(1908)排印本

汪韵梅十首

捣练子

风飒飒，雨丝丝。菊傲新霜有几枝。算到重阳佳节近，已凉天气未寒时。

菩萨蛮

浓阴薄雾吹难散。东风作冷帘垂蒜。春事被禁持。小园芳信迟。　　冻云偏恋雪。不放晴光彻。栏畔试催花。频将羯鼓挝。

八声甘州寄外聊城

问乾坤何处着孤舟，饥驱几时休。念秦台人远，莲塘谢夏，梧井知秋。红瘦银屏烛影，支枕数更筹。寂寞柴桑径，闲煞盟鸥。

六载牛衣对泣，算瓶空罍耻，那得优游。只一官奔走，高远志思酬。想军中、乘风破浪，热人肠、投笔封侯。争知我、别情飞缕，古堠荒邮。

满江红题桃花扇传奇

名士名姝，一情字、如斯团结。风波起、仓皇奔命，死生契作平阔。不忍絮飞过别树，拌教镜缺如流月。恁中官、奉旨召蛾眉，朝天阙。　烽火照，笙歌歇。沟渎志，冰霜节。尽画师改了，旧香闺闼。慧剑早寒奸党胆，禅灯催证菩提偈。认词场、扇底放桃花，头颅血。

满江红芍药

出郭寻芳，恰开到、将离时候。凝望处、红绡争绽，缕金齐剖。着手琼枝容折取，迎人暖气先盈袖。问广陵、花谱选秾华，如卿否。　金谷富，珠初购。金屋铸，娇藏陡。更重帘深下，好留香久。茧栗梢头晴韵聚，琉璃叶底春魂瘦。到兰宵、相对倍多情，休辜负。

甘草子

枯槁。井臼操持，觅句诗情少。苦被病魔缠，那得年时好。

窗外花冠啼声闹。睡未稳、惊人醒早。辗转呻吟不成寐。半起将衾靠。

浪淘沙白芍药

红艳笑清平。白玉晶莹。瑶台月下认前生。一缕幽香初透出，素面妆成。　娇困不胜情。枝笼烟轻。翻阶开傍小窗明。

雪样肌肤容绰约,谁得如卿。

菩萨蛮己亥春日重到井陉

棠阴无恙环绵水。三来此地琴弹绮。花事正芳菲。双双蝴蝶飞。　　朱楼偎绣户。翰墨和鸣处。凌晓旧妆台。远山笑靥开。

菩萨蛮时二女南归兼寄三妹　二首选一

故乡弱妹分襟久。相思闷损眉头皱。送女又河桥。离魂黯黯消。　　钱塘江上路。大可停桡住。为我报平安。还期重见欢。

欸乃曲题画

绿满松阴月满天。呼童炊火品新泉。清闲消受山林福,南望慈云每黯然。

——《梅花馆诗余》,光绪三十四年(1908)
排印《言氏家集》本

陈钲 二首

鹧鸪天 吊黄石斋先生

回首髫年海上行。古祠曾记拜先生。画图萧飒须眉动，灵爽常存一代名。　　莲幕杳，井泉清。孤忠心迹表前明。沧桑不尽兴亡感，但听寒潮送远声。

深院月 即事

红药院，碧纱窗。细语呢喃燕子双。同伴倚栏无个事，共看云影度春江。

——《寒碧轩诗存》，同治十三年(1874)刻《如不及斋丛书》本

袁毓卿七首

袁毓卿,生卒年不详,字子芳,江苏常州人。母左锡璇。夫金士麟。有《桐阴书屋词》。

如梦令　见《词综补》

梦压鸾衾初醒。睡起玉钗慵整。门掩篆香残,斜日画堂人静。风紧。风紧。吹皱一帘花影。

朝中措

落红庭院晚妆残。微雨酿轻寒。柳色黄拖金缕,苔痕绿上雕栏。　韶华荏苒,音书迢递,情绪阑珊。却怪东风无力,不将花信催还。

虞美人残菊

几番采撷东篱畔。秋老无人院。柴桑酒醒月昏黄。剩有清标偏耐晓来霜。　明年秋色知何许。岁月如驰去。西风萧瑟太无情。吹得空阶瘦影不分明。

满江红 闻张总统国梁阵亡丹阳，寻即常州被困，感愤赋此

烽火惊心，忽传遍、大江南北。叹上将、身经百战，烟尘未熄。按剑频挥忧国泪，仗弢痛咯椎心血。问江东、半壁更谁扶，空悲咽。

乡关路，愁云积。军帅府，朋簪集。正莺喉竞巧，狼氛已逼。大树任从京口折，扁舟竟向吴门逸。痛孤城、一角困重围，何堪说。

菩萨蛮 题杨柳便面

娇红稚绿天然丽。一般沉醉东风里。莫漫倚新妆。纤腰尔许长。　　眉痕青锁锁。睡起情无那。留得几多春。湘毫染未匀。

南柯子

秋老蛩吟急，天寒夜气清。一庭风露静无声。不道月痕斜转、已三更。　　宝鼎香将烬，檐花影渐横。罗襟如水悄寒生。闲把迢迢莲漏、数分明。

高阳台

细雨催花，嫩寒锁梦，醒来还带余酲。倦试单衣，那堪又近清明。云屏寂寞秋千冷，早啼残、窗外流莺。怕梁间，燕子归来，蹴损红英。　　愔愔天气昏昏过，正枌榆社散，烽火心惊。赋到江南，谁怜萧瑟兰成。柳绵不管华年换，尚依然、扑向帘旌。更消魂，画遍阑干，添倍凄清。

——《小檀栾室闺秀词钞》，宣统元年(1909)刻本

缪珠荪六首

缪珠荪,生卒年不详,字霞珍,一字稺青,江苏江阴人。堂兄缪荃荪。夫邓乃溥,金匮人。有《霞珍词》《霞珍残稿》。

忆秦娥

春睡足。春深悄傍阑干曲。阑干曲。云裳楚楚,几分新绿。
惺忪惯挽秋千索。羡它蝴蝶深枝宿。深枝宿。庭阴欲午,可怜腰束。

菩萨蛮题自画

葳蕤兰叶青于黛。清芬自昔堪为佩。幽谷许相寻。红心同素心。　　娉婷芳思永。花气如人静。微雨嫩晴天。春风年复年。

江南好

颜红借,沉醉可相嘲。嗤我低吟输倚马,泥它小饮点离骚。商略把愁浇。　　凉新透,花气袭人娇。对影不须银烛照,飞觞愿向素娥邀。最好是清宵。

菩萨蛮

陌南楼影波摇碧。碧摇波影楼南陌。罗薄飏风和。和风飏薄罗。　　奈何愁翠黛。黛翠愁何奈。云鬓贴花新。新花贴鬓云。

浣溪沙

乞得芳华倚石栽。春妆宜面小裴徊。新增诗思到莓苔。
絮柳香兰花作骨，镜鸾钗凤玉为台。清芬和雨入帘来。

瑞鹧鸪 夏窗戏拍

天时人事两难衡。覆雨翻云孰定评。醉岂堪醒彭泽意，醒原如醉楚骚情。　　黄梅时节家家雨，梅子黄时日日晴。至竟是晴还是雨，熟梅天气不分明。

——《霞珍词》，《小檀栾室汇刻闺秀词》第十集，
光绪间刻本

钱启缯十一首

钱启缯,生卒年不详,字仲绨,浙江归安人。父钱振伦。夫吴丙湘,河南候补道。著有《晚香楼诗余》。

十六字令

风。燕子归来绣幕中。清香送,习习小楼东。

醉花阴夜坐

庭院沉沉春欲暮。点滴芭蕉雨。宝篆已香销,默对孤灯,总是无情绪。　　海棠红褪花无语。又春深如许。燕子未归来,悄立黄昏,帘幕低垂处。

画堂春纳凉

好风冉冉藕花香。流萤飞去还藏。花边月影水边光。行到池塘。　　一曲瑶琴人倦,三更玉漏宵长。梧桐露滴趁秋凉。检点诗囊。

豆叶黄夜雨

丁冬玉漏又三更。雨滴檐铃不耐听。小坐无人掩画屏。听声声。点滴空阶直到明。

虞美人影夜坐

纱囊闲把流萤弄。风过微微齐拢。蓦地一声箫送。惊破清宵梦。　　夜凉天气轻云笼。犹见冰轮徐捧。帘外落花微动。但觉蚊雷拥。

望江南避暑

薰风至,夏日正无聊。帘押不开消酷暑,窗前绿影美人蕉。对此碧天遥。

望江南寒食偶题

花怯雨,绿漾柳含烟。杜宇声声啼晓月,黄鹂对对带春妍。爱此养花天。

望江南暮春

春柳拂,遥见小桃红。隔岸杨花看白糁,中庭鸟语觉春融。闲倚画墙东。

望江南春雨

深夜静,闲坐小窗前。雨滴芭蕉人不觉,风吹翠竹各芬妍。正值养花天。

望江南

春烂漫,夜景夕阳斜。小立苔前遥望远,花枝芳拂柳枝遮。对此兴偏赊。

一斛珠七夕

绮筵瓜果,今宵乞巧中庭坐。画屏秋冷云深锁。小扇轻罗,点点飞萤火。　　亚字栏低斜月过,露花浓滴花枝亸。鹊桥度处轻云破。离别经年,泪洒珍珠颗。

——《小檀栾室闺秀词钞》,宣统元年(1909)刻本

裘凌仙二十九首

十六字令六首选二

青。芳草天涯远客情。春波绿,柳浪欲藏莺。
红。几树桃开夕照中。低映水,宛与落霞同。

捣练子

春瓮满,牡丹红。佳节人生几度逢。偶向花前闲眺望,双飞燕子入堂中。

如梦令

风动一池波皱。云散天开锦绣。鉴影最分明,照出阿侬消瘦。知否。知否。傲骨清流不朽。

相见欢

无言且下帘钩。思悠悠。问道孤山已否、暗香浮。　月初明,鹤睡否,莫闲愁。我待要乘风岭、上遨游。

相见欢 送清臣小姐

灯前相对含愁。思悠悠。雨洒芭蕉先我、泪痕留。　　离不得,情切切,莫行休。免却万般离绪、锁心头。

忆王孙

恹恹瘦损忆王孙。小院莺啼独掩门。怕黄昏到又黄昏。欲消魂。簟枕频倚空泪痕。

减字木兰花

水中仙子。清高未肯依红紫。绿叶青葱。不争肥瘦总玲珑。
笛休三弄。冰心原与梅花共。冷艳盈盈。自有幽香一种情。

长相思 湖上放荷灯

灯莹莹。月莹莹。灯月交辉湖水明。幽赏足怡情。　　花气清。夜气清。船向荷花深处行。莲歌宛转听。

菩萨蛮 寄外

溪山雪满银潮涌。诗人料必吟肩耸。一样别情同。推窗看远峰。　　小谪余杭住。冷落吴山路。风雪与梅花。君前应更佳。

生查子秋感寄若仙姊

去年当此时，今夕黄昏后。月满画堂前，相共朱颜友。今年当此时，离绪萦怀久。旧恨尚缠绵，新愁重绾纽。

卜算子芙蓉

太液地高寒，冷艳增幽峭。几回宫禁伴花枝，常侍君王笑。一簇占秋光，不负芳华好。映水娟娟色更娇，倩影临波照。

更漏子黄菊

御袍黄，金锁日。原是当时旧质。人易老，鬓飞霜。东篱又献芳。　　闲院落，亭和阁。满池黄英似络。悲往事，叹前身。清幽不染尘。

眼儿媚闻雁

数声嘹唳过窗西。月黑夜云低。阶前促织，邻家砧杵，催制征衣。　　关山爪印何须认，风雪奋孤飞。来从塞北，有无尺素，寄我归期。

浪淘沙山居

山水最宜人。逸兴方伸。轻鸥白鹭结新邻。细柳含烟依岸舞，带雨如云。　　桃放五陵春。无限精神。阴阴天气养花晨。

草似裙腰齐一道,绿到江村。

浪淘沙题晴川院尘图

潇洒出风尘。明月前身。高怀落落自超群。昔日请缨千万里,东洛西秦。　　平淡乐天真。山水宜人。桐阴修竹挹清芬。自是君家有仙骨,如许丰神。

浪淘沙

雨过碧天空。草色青葱。花枝带露倍娇红。蝴蝶也知春意好,轻趁微风。　　薄霭正濛濛。点缀偏工。最堪幽赏小堂中。燕子飞来窥画栋,软语喁喁。

柳梢青

一院青青。半舒翡翠,百啭啼莺。人意缠绵,天光明媚,春到东瀛。　　含烟带雨轻盈。满庭里、低笼绿阴。遮莫消魂,送将春去,无限羁情。

卖花声送伯宜姊之吴

此日赋归兮。无限依依。灯前把酒话临歧。听到阳关声第四,黯然魂飞。　　来正牡丹期。剪烛窗西。谁知小聚又将离。忽挂片帆江上去,远浦云迷。

南歌子咏夹竹桃

凤尾参差影，夭桃娇小身。美人君子出同根。修到四时不断、得长春。　　晓露含清色，朝霞映粉痕。红儿移住绿筠村。却与岁寒梅雪、斗精神。

鹊桥仙七夕

金风初起，瑶阶露滴，听四壁寒蛩泣。牵牛织女会今宵，看此际、银河澄碧。　　巧云影里，如停仙屐，侣别泪轻绡拭。天孙何事太多情，也学那、痴人气习。

踏莎行

兰气方薰，莺花渐老。寒食清明都过了。倚栏犹自怯东风，沉沉庭院帘垂早。　　玉漏初催，炉烟细袅。多情明月窗前照。海棠开后嫩寒消，空濛香雾迷芳草。

一剪梅

镇日愁怀底事忙。倚遍楼窗。数遍帆樯。题糕送酒近重阳。君在家乡。妾在他乡。　　间插茱萸暗感伤。东望重洋。北望高堂。雁行分折恼人肠。诗寄泉塘。书寄余杭。

唐多令秋夜

风雨响潇潇。蕉窗倍寂寥。听秋虫、四壁喓喓。手把南华随意读，排永夜、遣无聊。　　桐叶逐商飚。征鸿唳九霄。乍惊寒、霜冷天高。何处砧声来枕畔，清不寐、为谁敲。

唐多令元奎两儿弯弧握剑小相

宝剑倚长虹。弯弧射远鸿。爱他生、小气能雄。我欲教之为国用，匡时局、振英风。　　头角露峥嵘。翩翩志向宏。弟昆讲、习礼雍容。莫道翻新花样改，游六艺、究宜工。

御街行亡友俞吉初即绣墨病卒，再续前韵哭之

展观遗稿珍珠滴。归碧落、情何逼。此生无处觅知音，肠断梦魂犹忆。华年逝水，尘凡间隔，愧我空相忆。　　嗟嗟数日成今昔。心沉痛、首频疾。清词字字动哀吟，似抱灵筠郁抑。长沙太傅，汨罗江上，浩渺烟波涤。

满江红

几树含桃，红雨泪、丹心同碧。空慨叹、英雄遗事，已成陈迹。西子湖边庵退省，岳阳楼外山排戟。忽一朝、星陨大江流，苍生泣。　　瞻祠宇，悲忠直。经济才，扶天力。竟尘寰挥手，永辞金阙。花柳犹存堂阁冷，阴符尚在谁摹忆。想从今、蓬岛乐逍遥，无忧戚。

满江红送英领事返国

轮舶乘风，烟袅处、轻云薄霭。衔使命、作宾上国，英雄气概。琴剑相将来万里，笙簧雅奏逾三载。况泰西、女学最昌明，传瀛海。　　登议院，陈梗概。司主掌，荣衔戴。望重洋欣羡，星轺耀彩。朱雁方随羌笛度，碧天吹送秋帆快。想使君、归去检尘装，芜词在。

浪淘沙乙巳仲冬病中闻雁

久病鬓毛凋。壮志沉消。药炉茶鼎伴昏朝。遥听征鸿嘹唳过，风雪寒宵。　　夜永漏迢迢。谯鼓催敲。香残宝鸭又重烧。底事孱躯眠不得，倚枕拈毫。

——《明秋馆词剩》，民国三年(1914)排印本

阚寿坤七首

忆秦娥

繁华歇。繁华未了群芳接。群芳接。红楼夜雨,绿窗明月。
清明寒食中秋节。池塘藕换东风雪。东风雪。梅花玉笛,楝花丝缬。

忆秦娥

垂珠箔。相邀女伴依妆阁。依妆阁。闲敲棋子,夜灯花落。
转更渐冷嫌衣薄。呫吟不睡寻衫著。寻衫著。窗纱透晓,背灯才觉。

霜天晓角

官移宅徙。一棹家千里。休说故园诸伴,新花木、权抛尔。
亲庭劳若此。客途杯酒侍。经过水村山郭,认画稿、斜阳里。

点绛唇

一点胭脂,甚由惹起单于恨。醉余妆竟。不怕樱红褪。

茗啜春风,浅吸娇云润。兰膏沁。镜开重揾。淡拭唇边粉。

太平时

茉莉银丝穿鬓边。玉珠圆。酒阑灯灺枕函间。可人怜。欲放仍含香细细,蒂排联。弯痕如月压鬟偏。殢云眠。

双调忆王孙

满地红飞成画景。余别院、短柯风冷。化工不肯弃零缣,也抹上、胭脂粉。　　春来酣处归期紧。听一夜、小楼雨阵。子规生怕看花迟,特唤起、春眠醒。

摸鱼儿秋夜

问西风、甚时吹紧,催将鸿雁声悄。菊花拌坼重阳蕊,凉夜月圆天小。炉篆袅。晕一缕、仙云不碍飞埃笑。莺烦燕恼。道辜却韶光,传来冷信,逐渐岭梅早。　　谁家院,箫韵凄眠度晓。声声心事缠搅。丹凝禅悟寻常耳,还是文园幽妙。闲自料。烟云幻、繁华转眼成秋草。朱颜未老。正力避吴霜,冬余强饭,竹素浣尘抱。

——《红韵阁遗稿》,光绪五年(1879)苏州刻本

刘鑑二十八首

刘鑑(1852—1930),字惠叔,又字慧卿,湖南长沙人。嘉庆朝体仁阁大学士刘权之孙女,曾国荃次子曾纪官妻。曾国荃令其督课两房孙辈。有《分绿窗集》《曾氏女训》等。

鹧鸪天闺情

一种凄霜酿雪天。重帏深下护炉烟。鸾台对影还羞月,风烛回风转灿莲。　钗坠燕,鬓欹蝉。年年锦瑟怨朱弦。无聊最是檐前铎,竟夜琤瑽破客眠。

摘罢江蓠感素秋。离骚多半寓离忧。机丝怕织鸳鸯锦,柳色慵窥翡翠楼。　霞散绮,月悬钩。数尽宾鸿字字愁。年年绣阁关情事,独倚银屏看女牛。

满庭芳中秋

霞绮初销,日痕乍没,微云点缀长天。银河清浅,遥对一轮圆。世界绝无尘到,相掩映、霭雾霏烟。风过处,奇香冉冉,桂子落襟前。　徘徊增逸兴,弦调绿绮,曲谱华笺。任满身凉露,犹醉琼筵。但愿花芳人寿,长此共、碧海年年。算此际,广寒宫里,霓羽正蹁跹。

风蝶令暮春

薄雾和烟霭，飞花共絮飘。春来春去雨潇潇。只有愁城深处、不曾浇。　　燕剪乘风利，莺簧坐树娇。嫣红姹紫等闲销。留得三分绿意、在芭蕉。

行香子遣怀

香送芙蕖。荫藉槐榆。碧阴阴、簟润帘疏。流光过隙，好景休辜。常作些诗，饮些酒，读些书。　　牟黎面壁，庄子观鱼。贮灵台、谁慧谁愚。求仙学佛，别没工夫。但意毋嚣，心毋燥，志毋疏。

鹊桥仙忆别

秋风异响，暮云奇色，别怨常盈千古。离亭柳线一条条，织不尽、愁丝憾缕。　　青山重叠，长河汗漫，有梦也难飞度。寥寥片纸托宾鸿，那便把、衷情细诉。

绛都春题富贵长春便面

云容新沐。爱轻脂淡粉，艳生纨绮。晕颊欺霞，丰肌胜雪栏杆倚。瑶台月下初沦谪。怅尘梦、凭谁唤起。芳姿珍重，杏子衫前，石华袖底。　　摩拟。环肥燕瘦，问当时、若个倾城相似。护取天香，留想像云裳金缕。玉颜长驻春长在。好消受、繁华富丽。珍禽更助春妍，双翔彩翼。

转应曲春思

飞燕。飞燕。常在梨花小苑。谢秋归送春归。不管花飞絮飞。飞絮。飞絮。秋怨春怨谁诉。

芳草。芳草。绿遍残阳古道。酿新春送残春。总是销魂断魂。魂断。魂断。惆怅夜舟晓岸。

浪淘沙纳凉

银汉耿长天。璧月初圆。晚凉池馆露涓涓。几叶新荷刚贴水，如镜如钱。　　短榻坐风前。茗试清泉。流萤熠耀下雕檐。小扇轻罗新剪素，扑向花边。

陂塘柳题菊生再侄渌江吟草

怅人生、水萍风絮。摇摇聚散无主。湘江粤峤年年别，一种牢骚如诉。开卷处。有多少、名流跋序非虚誉。雕龙绣虎。似开府清新，参军俊逸，组织绍机杼。　　休懊恼，今日门庭非故。吾家佳器深许。咏歌已足超群季，况更穷探册府。舒眉宇。终有日、鲲鹏展翼青云路。藜光重炬。看步武前徽，甘回蔗境，不负此辛苦。

西江月咏海棠

带雨盈盈欲泪，笼烟脉脉含情。绿章谁为乞春阴。护取轻妆倩影。　　重叶栖宜彩凤，娇红艳夺啼猩。华清睡起宝钗横。珍

重露寒风冷。

满江红 听雨

秋思无端，更窗外、雨萧风瑟。推病枕、一番浩叹，满怀凄切。银漏无情偏妒梦，玉壶有泪皆成血。恨年来、双鬓不禁愁，依稀白。　难解却，眉间结。翻触起，心头咽。念十年旧事，凭谁细说。残烛暗销金镜影，薄寒悄透罗衣褶。助萧条、竹响更蕉弹，无休歇。

满江红 闻捣衣

剪尺初停，是何处、砧声瑟瑟。刚引惹、愁丝怨缕，并刀难切。万里关山戎马恨，三更风雨啼鹃血。怅侯封、多肯误金闺，乌头白。　香篆冷，流苏结。肠欲断，心成咽。况鳞鸿久滞，有怀难说。晓镜凄凝红药泪，秋心恨卷青蕉褶。渐星移、斗转不胜寒，余音歇。

满江红 闻击剑

弹铗声来，抵多少、哀琴怨瑟。尘世事、转篷无定，徒增悲切。昭烈情伤髀里肉，侍中愤洒襟前血。到而今、剩有蒋山青，吴江白。　追往迹，眉如结。悲近事，心尤咽。叹冶金跃跃，有怀空说。紫气冲霄形欲化，铁衣转战寒侵褶。奈青萍、结绿亦空谈，雄心歇。

满江红感怀叠前韵

梦破三更,风雨乱、寒衾缩瑟。增几许、清清冷冷,凄凄切切。少日烽烟摧骨肉,衰年况瘁劳心血。愿将来、彤史不辜人,留清白。　　解不脱,春蚕结。听不尽,秋蛩咽。叹九阍玄邈,莫容陈说。日远长安迟竹訊,琴鸣漆室宽兰褶。待挑灯、细细谱伤心,鼍更歇。

满江红庚子感事

风鹤惊心,家书梗、梦魂飞越。深愤憾、顽民悍族,祸延君国。蚕食鲸吞东道尽,狼奔豕突神京兀。最堪伤、宫府半凋残,金瓯缺。　　求言诏,几微澈。匡时略,条陈切。叹饷储匮乏,莫纾筹策。革旧维新期后效,卧薪尝胆遵前辙。待从容、再复富强初,恢宏业。

烽火经年,恸畿辅、首罹浩劫。想当日、翠华西指,仓皇急迫。羸马敝车颠越险,豆羹麦饭供承缺。况长途、十户九无人,增悲切。　　天潢胄,声威歇。台衡宰,猷为竭。奈联邦十一,互施抑勒。赔款止兵和约定,达聪明目邦交协。庆尧天、重整旧朝仪,胪骥切。

菩萨蛮过故宫双声

楼廊冷落萝连路。流离历乱怜凉漏。兰勒六龙来。鸾轮碾绿莱。　　帘栊留荔栗。狸鸟联林立。南内泪零铃。菱夌泥露凝。

忆江南咏怀古迹　二十首选四

江南忆，云拥冶城西。龙化蛟腾留剑血，越城吴沼剩凄其。乌雀不成啼。

江南忆，驻马汉时坡。十字剑文余恨石，三分鼎足付流波。壮志总消磨。

江南忆，隐隐落星楼。薄暮珠帘疑卷雨，连云兵器尚鸣秋。一水近芳洲。

江南忆，杨柳白门秋。踠地长条牵旧恨，扑帘飞絮黯新愁。消息近红楼。

月底修箫谱冬闺晓起

画屏开，珠幔卷，莲穗袅残焰。碧瓦留霜，做冷袭银蒜。昨宵茗话迟眠，余香滞梦，支绣枕、惺忪犹倦。　　衾重掩。待看旭日穿檐，临妆试匀染。坐近窗前，冰蕊结晶砚。最怜九儿图成，红芳一色，早暗里、流光轻换。

青玉案对月

珠帘高卷银钩护。喜留得、新凉住。蕉影横窗回记取。去年今夕，金樽伫月，衣染花梢露。　　倚楼人似当年否。长笛声声恰如故。待觅神槎天汉去。玉宇高寒，瑶台邈远，霓羽今何处。

水调歌头壬子中秋步苏文忠韵

明魄几生灭,依旧丽高天。浩然奇气存否,磅礴感当年。愧我萧萧双鬓,莫觅还丹换骨,长耐五铢寒。心迹托柔翰,思发咏歌间。　　桂飘香,桐漾碧,伴迟眠。笑看宇内云开,又捧一轮圆。三径健扶藜杖,一室欢腾竹马,少长喜齐全。尽醉极幽赏,不负此娟娟。

醉花阴春暮

蝶倦蜂残花事了。人愧看花老。风雨又连朝,薄暖轻寒,添得愁多少。　　春来何似春归好。遣去闲烦恼。时节近清和,绿叶成阴,梅子枝头小。

醉花阴赏月

银漏迟迟凉夜永。坐月添佳兴。吹笛是谁家,三弄穿云,河澹星流影。　　广寒宫阙遥相映。桂子纷成阵。窃药笑姮娥,碧海长年,恰与天孙并。

——《分绿窗词钞》,民国三年(1914)
长沙友善书局排印本

沈韵兰二十七首

四换头春晓于归丰城作

何处春莺早。窗外啼声巧。归梦恨催残。思亲泪暗弹。
晓对菱花坐。不是当时我。草草试新妆。朝阳上粉墙。

采桑子旅夜

杜鹃啼彻愁多少，唱遍鸡声。数遍鼍更。才觉朦胧睡思生。
故乡咫尺浑难认，心到江城。梦到江城。一夜牵衣泣别情。

相见欢再宜弟来丰小叙又言别

天涯乡思无穷。幸相逢。多少离情别绪、话重重。　愁难罄，言难尽，恨东风。底事客帆催挂、太匆匆。

眼儿媚春晓

碧纱窗静晓啼莺，故把蝶魂惊。半宵风雨，一天寒食，过了清明。　垂杨远映春山绿，眉样也多情。桃花飘去，梨花开尽，梅子青青。

浪淘沙春夜雨

春色十分娇。红满樱桃。无情风雨洒清宵。莫使花开摧又谢,负了花朝。　　强起欲拈毫。情绪无聊。残灯欲烬影飘飖。数遍更筹眠不得,漏尽香消。

点绛唇春日怀大姊

绿满瑶阶,蛛檐丝密承飞絮。恼人情绪。点点黄昏雨。
题遍新词,都是伤心句。凭栏处。离愁无数。盼断长亭路。

画堂春暮春

青梅如豆日初长。衔泥燕子匆忙。杨花满地断人肠。无限凄凉。　　芳草萋萋满院,微风吹透罗裳。春归何处费猜详。试问东皇。

采桑子雪夜

花飞六出园林积,梅亦多情。月亦多情。便觉春光一夜生。
薰炉香细余烟袅,唱彻鸡声。吟得诗成。青砚层层已作冰。

长相思雨夜怀大姊

雨潺潺。水湲湲。别绪萦怀梦不安。香残漏亦残。　　泪潸潸。路漫漫。千里音书欲寄难。何时同倚栏。

调笑令春晚

风风。雨雨。吹落嫣红几许。一声声最愁人。况又时将暮春。春暮。春暮。料是蝶愁莺妒。

忆江南记归梦

无限恨,昨梦到江城。还是牵衣离别境,销魂软语忍重听。泪咽不成声。

长相思忆姊　二首选一

风无情。雨无情。几阵繁声客梦惊。新愁重又生。　　灯青青。泪盈盈。旧梦重寻梦不成。寒鸡唱五更。

眼儿媚春日旅思

杏花开后又桃花,正是好韶华。春闺梦醒,烟斜柳袅,日照窗纱。　　道声声不如归去,鸟语听无差。清明过了,归期尚渺,何日还家。

浪淘沙螺川感旧

凭眺古螺川。风景依然。两堤杨柳碧如烟。啼鸟多情还识我,飞绕行船。　　犹记十年前。白鹭洲边。闲将彩笔斗鲜妍。往事不堪回首忆,愁锁眉尖。

蝶恋花暮春题自画蛱蝶图

风雨连朝花事了。吹落夭桃,遍地皆芳草。蛱蝶不知春已老。飞飞犹向残红绕。　　欲把余情留画稿。彩笔轻调,愧少滕王巧。寄语东皇休懊恼。明年应共春来早。

清平乐题自画胡蝶恋花图

几番风信。吹落花成阵。飞去飞来蝴蝶影。疑是庄周梦境。

时时戏舞残红。爱眠芳草丛中。多少娉婷情态,轻盈问有谁同。

水调歌头外子因事郁郁,作此慰之

情比秋云薄,慷慨复何如。青灯黄卷风味,底事早抛书。岁岁依红泛绿,争奈难逢伯乐,骥足几时舒。事事尽心力,佐治总虚誉。　　年来事,多少恨,酒难除。争名争利,平时曾笑古人愚。金线为人作嫁,宾席何堪留恋,愿与子归居。茅舍竹篱下,长此乐樵渔。

满江红

锦绣山川,无端却、被群夷扰。堪惆怅、名川胜境,烟尘难扫。衮衮诸公无一策,问君何事犹牵绕。记危邦、不入乱休居,归须早。　　追往事,愁多少。新来恨,盈怀抱。愧世间大半,胁肩谄笑。水浊那分龙共鲤,林焚莫辨花同草。奈武陵、难觅旧桃源,空

烦恼。

蝶恋花冬日画折扇

篱菊开残梅又谢。绿渺红疏，无计将春借。惟有寒风吹客舍。戏调彩笔消长夜。　　记得庄周将蝶化。梦里神情，栩栩人争讶。芳草桃花随意写。可能仿佛滕王画。

偷声木兰花重过螺川

轻帆又出螺川道。水静沙明秋尚早。弦管悠悠。画舫轻横白鹭洲。　　十年旧地重浮舸。无恙青山应识我。岁月空争。赢得星星两鬓生。

满庭芳坐月

溽暑全消，簟纹渐冷，金风飒飒新凉。蝉吟树杪，凄切怨斜阳。却好嫦娥镜启，流云里、透出重光。澄澄色，瑶阶似水，清影照纱窗。　　宫商。听几处，歌声宛转，笛韵悠扬。是广寒仙子，曲奏霓裳。多少诗情酒兴，良宵永、美景难忘。惟愿取，天长地久，人月共芬芳。

苏幕遮雨夜寄外　二首选一

晚秋时，风雨夜。几日潇潇，渐觉衾寒乍。景物凄凉眠客舍。记否前宵，细语红窗下。　　怪芭蕉，不相假。点点心头，泪湿香罗帕。无限离愁谁慰藉。重叠鸾笺，莫罄衷情话。

鹧鸪天久病不愈

气喘声低语不扬。时寒时热意彷徨。剧怜久病生如寄,力疾还留字数行。　　愁与恨,总神伤。人情翻覆费思量。不知底事遭天忌,欲向空中问彼苍。

浪淘沙雨夜

长夜雨潇潇。洒遍芭蕉。搅人清梦欲魂销。待向绿笺将恨诉,泪湿鲛绡。　　往事忆迢迢。满腹牢骚。人生富贵半矜骄。谁似当年梁孟好,琴瑟和调。

满江红哭大儿培元

昨午斟蒲,才一日、灾来何急儿于端阳后一日暴亡,乃庸医所误也。悔忙乱、误投方药,将儿摧折。半世恩勤成恶梦,一生悲怨凭谁说。问苍天、底事苦伤余,愁千结。　　思儿病,肝肠裂。哭儿泪,斑斑血。叹廿年慈爱,永从兹诀。杀子深仇终必报,恨难手把庸医决。更堪伤、寡鹄与孤雏,麻衣雪。

鬓云松令遣闷

正无聊,秋又到。寂寞柴扉,地僻行人少。观瀑看云容啸傲。不信余生,竟守荒山了。　　怪年来,多潦倒。似水流光,不比花常好。老境自怜还自笑。任意飞鸣,反羡枝头鸟。

金缕曲戊申中秋月夜

才饮菖蒲酒。甚匆匆、中秋又到,月明如昼。玉宇琼楼高几许,丹桂花开香透。喜拂拂、金风吹袖。圆缺盈虚曾有定,愿人生、似汝能长久。清景好,常相守。　　广寒万古无尘垢。望冰轮、团圆似镜,几番翘首。影浸闲庭凉似水,隔院霓裳又奏。更拜祷、谁家闺秀。料得嫦娥应笑我,甚良宵、无句真辜负。诗细煅,能佳否。

——《倚梅阁词钞》,宣统元年(1909)瞿倬活字本

曾懿二十四首

菩萨蛮春日病中寄叔俊四妹寿春　十首选五

东风已绿西堂草。诗魂争奈离情搅。好景艳阳天。年年愁病兼。　　画屏金缕凤。香锁深闺梦。别绪满关山。人闲心未闲。

沙明竹净烟波阔。故乡梦绕花溪月。梦见故乡人。牵衣问假真。　　情真恐再别。话旧声呜咽。啼醒五更钟。离愁更恼侬。

天涯长忆同怀子。缄愁寄恨传千里。梦逐寿阳春。庭花开紫荆。　　珍珠泉脉脉。离绪纷如织。不绾绿杨条。吟魂已黯销。

碧天一抹连芳草。落英满地愁慵扫。燕子惜残红。争衔上绮栊。　　昼长无意绪。绿写蕉笺句。莫诵葬花诗。玉笼鹦鹉知。

珠帘垂地琼钩空。枣花香腻诗人梦。杜宇一声声。教人不耐听。　　倚阑闲试茗。酒醒愁难醒。莫道歇群芳。酴醾满架香。

贺新郎蜀章三弟扈从长安远寄词章，忠爱之情溢于言表，作以答之

萧瑟兰成赋。叹飘蓬、悲歌感慨，激成词句。回首凤城春似梦，凄恻上林春树。想此际、君怀更苦。荆棘铜驼悲浩劫，怕重来、风景都非故。遗恨事，传千古。　　新愁旧怨和谁诉。忆当年、春衫吟屐，几曾离阻。梦碎花溪寻旧侣，溪水无情东去。剪不尽、愁丝千

缕。且把芳醪浇魂垒，偏惹人、雁阵杈前度。声嘹唳，向何处。

齐天乐蟋蟀

琴丝谁写秋声怨，宵深听来疑雨。唤醒兰心，啼残桂魄，不道缠绵如许。隔纱絮语。也不管离人，愁损眉妩。月冷灯昏，芜烟簇簇锁重户。　　幽闺几多别绪。怅玉人天末，羁迟邸旅。凉梦坠秋，浓愁压酒，同是一般凄楚。销魂何处。正欲寄征衣，敲残砧杵。唧唧啾啾，助侬情太苦。

好事近和蜀章三弟渔父　选二

疏簖插江干，笠影钓丝相得。一片蒹葭秋影，写出荒寒迹。　生涯水国寄行踪，笑傲江湖侧。昨夜酒醒何处，看柳梢残月。

秋水碧于螺，波镜一奁晴色。棹入芦花深处，惊起双鸥白。　蒲帆箬笠任遨游，凉梦过江笛。结屋愿成渔隐，忆莼鲈归得。

琴调相思引和王夫人屈蕙纕兰露词原韵　四首选二

深锁葳蕤妒蜜官。夜凉香沁梦魂宽。露珠欲坠，轻袅碧云冠。　　玉质纫秋思屈子，素心抱雪比袁安。凝愁含媚，脉脉识春寒。

空谷幽姿静里过。美人心绪忒蹉跎。魂招楚国，清怨隔湘河。　　低亸云鬟相并立，依微尘梦暗消磨。盈盈珠颗，香泪为谁多。

如梦令

柳晕新眉痕浅。帘外东风如剪。瘦损细腰肢,缚得春愁成茧。难遣。难遣。闲拨炉灰成篆。

红绽海棠刚吐。寂寂春阴庭庑。新恨上眉端,忽地莺声遥度。无语。无语。红豆拈来细数。

一片竹声敲碎。不管离人憔悴。断梦渺于烟,灯影隔纱红脆。无寐。无寐。香烬寒生半臂。

春水粼粼波皱。南浦销魂时候。风雨阻归期,隔住行人那岫。消瘦。消瘦。镇日帘垂永昼。

凤凰台上忆吹箫残菊

雨湿荒苔,霜封晓径,离披素艳摧残。伴鸣蛩啾唧,絮到更阑。欲把一腔幽思,盼梅花、遥忆江南。最销魂,斜阳冷落,傲骨禁寒。　何堪。芳心一缕,共吟窗朝夕,秋味同谙。拚诗人瘦损,悄倚阑干。剩有零金碎粉,空缱绻、万种辛酸。拾繁英,酿成香枕,鸳梦双酣。

忆江南

家乡好,家住浣华溪。锦树琪花春妩媚,月台风榭水涟漪。诗梦草堂西。

家乡好,花市闹青羊。澹沱春阴连竹屿,酥红腻粉醉斜阳。车碾曲尘香。

家乡好,烟雨暮春天。万里桥西啼杜宇,落花糁径柳拖烟。

无恨也缠绵。

家乡好，云拥草堂深。一带寺墙红映水，蔽天高竹昼阴阴。秋月冷诗心。

家乡好，萧瑟惠陵西。月黑秋高翁仲语，闷宫窈窕隐云霓。草长鹧鸪啼。

鹊桥仙 题自绘听鹂图

稚柳搓烟，夭桃噀雨，酿就春光如许。忆年时罨画楼台，听窣地、绿阴鹂语。　　载酒携柑，联吟击筑，惊起江干鸥鹭。东风吹梦到花溪，空赚得、锦囊丽句。

采桑子 甲辰秋七月，邀旭初二哥、静宜二嫂游秦淮，并饯援华女侄沪滨游学，用欧阳永叔体　八首选二

湖山罨画秦淮好，王谢台前。双燕呢喃。芳草斜阳水拍天。六朝金粉销魂地，桃叶溪边。抚景流连。亚字阑干丁字帘。

清秋澹冶秦淮好，瘦了青桐。红了江枫。金碧楼台醉梦中。山河旧影依稀在，凉月惺忪。廿四桥东。一片秋心玉笛风。

——《浣月词》，光绪三十年(1904)刻本

吴保华一首

菩萨蛮寄外

丹枫叶落澄江远。西风莫阻归舟晚。冷雨滴更残。孱魂晓未安。　　绿杨依旧好。只恐霜华老。明镜照新愁。朱颜易白头。

——傅瑛主编《明清安徽妇女文学著述辑考》，
黄山书社2010年版

萧道管三首

菩萨蛮 书钱塘江上事代石遗赋

玉骢误却湖边路。无端侥幸钱塘驻。明日富春江。那人开晓窗。　镜台刚草草。结束凌波好。仔细觑庞儿。遗巾佯不知。

摸鱼儿 懊侬词代石遗赋

信人间、侯门如海,悠悠尽是行路。拳拳爱屋瞻乌意,转吓乌栖惊怖。朝复暮。尚迷却、门前说甚桃花处。君今且去。已多谢樊川,残红狼藉,无面更回顾。　十年事,何止六州错铸。沉思那得其故。明珠在网犹交臂,还道渠侬平素。君莫住。只不过、些时赤面教人妒。何妨再误。博积少成多,萍因絮果,好比玉箫遇。

菩萨蛮 代石遗题浣芸夫人画石榴纨扇　壬寅四月

红巾半吐新妆束。一时扇手浑如玉。玉局贺新凉。天然粉本张。　石家来醋醋。十八姨休妒。爱惜艳阳天。人生此盛年。

——《戴花平安室词》,光绪间刻《石遗室丛书》本

杨志温四首

醉太平

荷香晚晴。桐阴月明。秋风何处鸣琴。听冷冷数声。
窗虚暑清。庭空露沉。流萤飞上罗襟。动诗情几分。

唐多令一勺湖泛棹

泛棹纳凉游。花香水国秋。镜中行、雨霁风柔。舟向芙蓉深处去,红影动、碧光浮。　落日小桥头。鱼罾蟹簖留。暮烟中、惊起群鸥。欸乃一声归去也,云似织、月如钩。

凤凰台上忆吹箫

篱豆花疏,井梧叶落,晚来雨过新凉。正月华光满,冰簟银床。十二湘帘尽卷,漏迢迢、良夜初长。星河漾,闲抛团扇,检点罗裳。　横塘。红妆零乱,看玉露冷冷,粉坠莲房。听蝉吟远树,蛩语寒墙。长笛楼头谁倚,动诗情、每为秋狂。清堪赏,乘风万里,我欲翱翔。

如梦令诗牌集句

花满枝头如绣。又是去年时候。柳弱海棠娇，风片雨丝春瘦。消受。消受。闲数落红清昼。

——《绿萼轩集》，民国十八年(1929)排印本

汤淑清二首

如梦令暮春　庚午

庭院落红堆满。又是一年春晚。默默倚阑干,风袅垂杨丝软。人倦。人倦。日暮画帘慵卷。

酷相思书札尾寄夫子　庚寅

迢迢长夜停针线。人静也、重门掩。剩一穗、灯花光黯淡。本已是、难消遣。又触起、闲愁怨。　　天边过尽传书雁。缘底事、音书断。料羁旅、情怀同缱恋。怎此际、遍疏懒。全不管、任翘盼。

——赵青撰《嘉兴历代才女诗文征略》,
浙江大学出版社2014年版

柯劭慧十八首

更漏子

旅程遥，春色早。绿遍天涯芳草。飘素雪，坠胭脂。落花上巳时。　　沙路净，松阴暝。十里风泉清听。山环抱，水萦回。行行客意迷。

更漏子晚行

谷盘盘，溪曲曲。夹道修篁戛玉。烟幂幂，露溥溥。凉侵衣袂单。　　枫林畔，蓼花岸。岸上晨鸡早唤。天澹沱，路迢遥。朝晖一丈高。

蝶恋花

杨柳依依沙外渡。万缕千条，不绾飘零絮。啼断娇莺三月暮。行人说向江南去。　　岭复山重江上路。九点苍烟，回首无寻处。漠漠蛮云兼菌露。绿杨还是西村树。

望江南

江南好，春柳正依依。啄絮雏莺翻素雪，点波新燕湿乌衣。风暖夕阳迟。

江南好，春草接天涯。楚水芳洲鹦鹉去，黄陵古庙鹧鸪飞。倦客莫思归。

鹧鸪天西塞山怀古

西塞山边放棹过。棹歌听罢听渔歌。桃花流水春如此，细雨斜风客若何。　招白鹭，点苍螺。谁将一苇狎烟波。当年只有狂渔父，脱却朝衣着短蓑。

浪淘沙

细草被沙汀。树树啼莺。行人舣棹近春城。已化浮萍飞却絮，柳眼空青。　风静縠纹平。云日澄明。楚江遮断远山屏。落日偏低林外影，谁挂铜钲。

虞美人

秋苔点绿秋花小。寒意来偏早。夕阳一线上帘衣。正是去年游子、忆家时。　高梧又下淮南叶。冷翠和愁叠。堆来偏在曲篱东。似为啼寒络纬、障西风。

鹧鸪天

一寄家书一惘然。八行书满雁头笺。絮飘南国愁中雪,草长西村梦里烟。　　思往事,忆从前。归期未许比春先。登楼莫溅思乡泪,水远山长路四千。

踏莎行

归燕衔泥,栖莺接叶。楼前暝色山重叠。愁人漫说怕经秋,好春便是愁时节。　　嫩蕊飘英,柔枝糁雪。落花庭院凄凉月。故乡天远算归程,只应梦里能飞越。

浣溪沙

宝押琼钩不卷帘。帘边新月正纤纤。蛾眉窥影怕愁添。
秋意已从蛩语觉,乡书更向鹊声占。此时怅望人江南。

唐多令

风静碧波宽。沙平白鸟闲。叹行人、飘泊年年。东去长江西上客,看落日、侧金盘。　　暝色远苍然。烟波暗楚天。算归程、塞雁行边。万叠青山遮欲断,望不见、海东山。

一剪梅

湘纹细漾午风迟。帘影丝丝。鬓影丝丝。春秋来往恰如期。

燕子生涯。客子生涯。　　楼前芳草接平堤。远也萋萋。近也萋萋。夕阳偏在乱山西。山外天低。天外云低。

唐多令

极目送飞鸿。寒烟落日中。小楼边、愁倚西风。秋色不知羁客意,红又上、楚江枫。　　故国海天东。遥山望不穷。带长天、岫复云重。望到遥山青断处,秋水远、暮连空。

蝶恋花梅花家慈命作

不见绮窗窗下树。买得寒香,自向银瓶贮。昨夜狂风今夜雨。窗前零落应无数。　　客里年华愁里度。借汝消愁,更到愁生处。莫道看花花似雾。问花可解人迟暮。

高阳台咏水仙

细蕊苞金,繁葩缀玉,幽香澹自心传。倒映明漪,照来倩影珊珊。仙魂试问何时下,谪尘踪、未返瑶天。想从前。贝阙珠宫,缟袂生寒。　　而今小隐屏山底,阅栖迟病客,畹晚流年。永夜寒窗,伴人恰在灯前。经霜历雪开偏好,更禁他、水石清妍。最堪怜。叶叶花花,相对忘言。

鹧鸪天

露湿莓苔夜气清。星回斗转已三更。愁添北牖蟏蛸网,寒入西堂蟋蟀声。　　荷渐老,桂初荣。秋来总是故乡情。深闺不用

催刀尺，白纻裁衣取次成。

清平乐忆西村旧居桃花

东风如剪。剪碎桃花片。斜日闲庭红乱卷。舞蝶游蜂不管。

无端梦里还家。轻携满袖飞花。玉漏丁冬催晚，依然踪迹天涯。

——《楚水词》，民国十七年(1928)孙若曾刻本

况桂珊一首

如梦令 见《粤西词》,见《补遗》

静对书灯如豆。一向跳珠雨骤。雨过嫩凉生,云破月来还又。生受。生受。照得纸窗清透。

——《小檀栾室闺秀词钞》,宣统元年(1909)刻本

李掌珠四首

浪淘沙夜坐

莲漏正迢迢。酒意潜消。早梅枝上暗香飘。盼到天边书未到,雁影偏遥。　　独坐首频搔。宝鸭烟销。凄凉风景可怜宵。同是一般窗外月,今夜无聊。

如梦令偶成

满室香烟荡漾。一点残灯不亮。远梦乍成时,又值寒鸡初唱。惆怅。惆怅。一夜雨声枕上。

如梦令暮春

雨过空庭烟暝。独向小楼闲凭。静里万缘消,天半一声清磬。风定。风定。留得落花满径。

如梦令寄远

静对半窗斜月。寒逼重衾如铁。离绪诉无从,欲倩梦魂飞越。愁绝。愁绝。风弄一庭落叶。

——《怡秋轩初稿》,光绪三十年(1904)淮阴耕兰室刻本

程淑十三首

浪淘沙题画

林木晚萧森。遮断遥岑。隔溪流水一篙深。略彴横堤苔被径,来听鸣禽。　草阁昼阴阴。暇日登临。地偏绝少俗尘侵。望极风帆何处是,斜照西沉。

如梦令

滴滴檐花洒雨。续续炉香腾雾。吹不断春愁,卷起一帘飞絮。谁语。谁语。双燕喃喃如诉。

浣溪沙

消遣香醪一盏春。卷帘人立独含颦。夕阳容易又黄昏。

窗雪映空疑是月,炉烟积久欲成云。绣衾还倩玉篝温。

浣溪沙

珠箔飘香柳未齐。晚风吹落纸鸢低。碧桃斜日画楼西。

挑荠年光耽燕睡,落花时节恨莺啼。一春芳草思萋萋。

好事近

遥望雨余山，山色浅深如沐。时听丁丁樵斧，向空林伐木。白云深处负薪归，狂歌散麋鹿。如与烂柯仙遇，莫贪看棋局。

好事近

偶渡浣沙溪，溪水鳞鳞皴绿。宛转小桥通处，有鸳鸯双浴。数丛红蓼著花疏，沿堤采盈匊。最爱一声风笛，唤渔翁归宿。

西江月得外书

梗泛萍飘踪迹，香消酒醒怀思。三秋萧艾采何迟。传到鳞鸿一纸。　　别后深情细诉，客中旅况能知。翻嫌书未订归期。空见灯花报喜。

蝶恋花寄远

隔别天涯愁几许。窗下花开，屈指从头数。去是秋初今夏五。屋梁落月怀思苦。　　远路迢迢千里阻。梦挟潮声，依旧流回去。怅望双鱼沉尺素。不禁悔被啼鹃误。

菩萨蛮

妆楼晓起慵梳掠。绿鬟斜亸香云薄。薄病意恹恹。东风不卷帘。　　余寒侵绣户。重把熏篝炷。双燕语喃喃。春愁转

不堪。

虞美人春雪

春风卷入琼檐雪。艳影明还灭。园林一夕白皑皑。疑是梨花千树、向人开。　举头红日东方起。顷刻消成水。爱他霁色映窗明。小酌一卮醽醁、破寒轻。

清平乐

几番春雨。洒遍池塘树。浅白深红花似组。不碍莺梭来去。

天然一缕幽香。惹他蜂蝶探忙。梦到梨云漠漠,阑干倚遍昏黄。

卜算子

晓起罢梳妆,催绣新花朵。绣到穿花蛱蝶双,脉脉停针坐。

独倚碧纱窗,戏嚼红绒唾。无限春愁不自聊,潜把郎诗课。

三字令

珠帘侧,绣屏前。小楼边。天似水,夜如年。雨霏微,云淡薄,月婵娟。　春去也,景依然。重流连。花滴露,柳垂烟。敛愁眉,凝泪眼,悄无言。

——《绣桥词存》,民国八年(1919)汪氏家刻本

许禧身三十五首

忆江南 十二首选一

儿时忆，结伴戏中庭。自扫落花惊粉蝶，还抛梅子打黄莺。雨洒竹梢青。

忆江南咏西湖 四首选二

江南忆，最忆圣湖庄。一色波光飞白鹭，数湾流水宿鸳鸯。西岭已斜阳。

江南忆，最忆是孤山。几树红梅和月澹，数丛翠竹入云闲。暮色水光寒。

菩萨蛮深夜闻雁

霞光一片花如锦。兰闺独坐香醪饮。连日兴阑珊。蕉窗画牡丹。　　茶香灯下品。睡后还攲枕。惊破梦惺忪。遥天归暮鸿。

醉太平

花光露光。荷香桂香。清风拂拂生凉。有文禽一双。桥南画堂。桥西碧窗。柳阴掩隐红墙。看珠帘绕廊。

长相思春江野泊

风潇潇。雨潇潇。红杏林中酒旆招。杨花随地飘。　　山遥遥。水遥遥。牛背村童过小桥。数声长笛高。

高阳台病中咏梅有感

蕴玉藏珠,发丹吐蕊,开来密密琼柯。疏影横斜,费人几度吟哦。任他异样严风逼,耐冰霜、雅意婆娑。奈春何。暖到庭阶,万木生和。　　兼旬小病难抛却,叹朝光零落,黯自消磨。长夜无眠,寒香悄引诗魔。青灯一豆残烟尽,乍朦胧、梦也无多。听檐阿。铁马徐鸣,晓雁初过。

菩萨蛮清明梦先母与女,思乡感作

春风吹得春愁重。宵来魂绕梨云梦。默想总迷离。牵衣膝下依。　　桃红杨柳绿。自觉归心促。何事更停留。扁舟冷陌头。

宦情总为绳牵住。何时再整归舟路。柳色满江春。遥听唤渡人。　　右台云气绕。孤负山光好。只觉系人愁。归鸦啼不休。

风蝶令游墩子河

流水波如镜，长空云是罗。双双燕剪点轻波。只少隔江高唱、采莲歌。　且向堤头坐，轻风拂体和。一腔幽恨叹如何。却好仙香吹得、满襟多。

苏幕遮感怀

恨丝丝，情缕缕。如此心肠，却向谁人语。泪痕恰是春朝雨。欲把悲肠，抛去偏难去。　絮庭寒，莲漏数。一片冰轮，怎解侬心苦。欲乞姮娥相代诉。何日飞升，得返瑶台住。

长相思感怀

风飕飕。雨飕飕。桐叶凋零已入秋。凄凉人倚楼。　山悠悠。水悠悠。催动归心不自由。梦随江水流。

金缕曲十五日江中遇雨，甫抵鄂署，忆女作

但觉行舟款。孤负这、满江春景，愁思怎换。雨落篷窗如泪点，只听声声如贯。却一任、凄风为伴。遥看乡村扉半启，碧烟痕、想是人炊膳。斜照里，柳堤畔其日风雨，入暮微晴。　琼山望尽音仍断。到晚来、残灯消焰，衷怀更绊。便入罗帏难熟睡，倚枕儿名低唤。见初晓、彩霞色焕。甫解征帆增百感，奈悲肠、有似轮旋转。膝下冷，我心乱。

金缕曲咏时思女有感

又到炎天际。苦连朝、千丝萦结,柳条空系。翠蝶帘前频起舞,影照蹁跹多丽。且暂慰、思儿深意。镇日倚栏心默默,慨苍生、冻馁营谋利。行无计,实难理新章行而食物增贵,民食苦矣。
终朝郁郁身如寄。望流云、珠沉信杳,悲怀怎洗。试问金环能慰否,暮境萧条安倚。恨扰攘、尘寰何味。后路茫茫谁可料,奈悲肠、累我难抛弃。情未断,化为泪。

虞美人咏并蒂兰

空谷幽香肩共倚。结就同心味。离离小草翠披纷。赢得素怀双惬、各芬匀。　　青女素娥还斗影。低挽云鬟并。清芳韵致玉神交。最好一枝连理、两情高。

临江仙镜中留影,事详诗稿,和俞佩珣女士来韵

隐约神光非是昔,还留宝镜云昙。留仙暂解我衰颜。空中仍幻影,侍膝彩衣斑。　　虽认庭闱何以慰,欲思一语偏难。含悲无计可留攀。飞升期太速,何复入尘寰。

金缕曲后楼咏桂,感怀忆女

转眼秋风再。更望这、萧森绿树,终朝相待。蝶舞花飞频戏扑,桂子飘香已快。况连日、金霞灿彩。翘首问天天不语,一霎时、神往层霄外。仙迹杳,究何在。　　深衙宴处真无奈。最堪

嗟、红尘碌碌，那年了债。人说光阴嫌太速，我道流光难耐。只剩得、悲肠莫解。绮丽繁华难遣兴，望蓬莱、亦念儿心戴。欲抛弃，发深慨。

浪淘沙 夕阳将落，暮色苍茫，独坐有怀乡景

静对一炉香。无限思量。终朝碌碌总匆忙。欲整归舟仍荏苒，愁结衷肠。　　落日过长廊。暮色苍茫。满庭新月照蕉窗。攲枕愁听风弄叶，梦绕云乡。

浣溪纱 丙午为女营葬三日，阴雨闷坐祠堂，接苏州筱石来函，因倚此阕

山半枫林日渐凋。阶前疏雨更潇潇。思儿清泪是春潮。梦醒卷帘开雁幅，柳生春色展眉梢。漫将悲郁系柔条。

浪淘沙 天已放晴，山内归来，灯下有感

日色已西沉。宿鸟栖林。夕阳西落下山行。到得归来人寂寂，黯自消魂。　　灯下漫沉吟。往事推评。窥窗明月一钩痕。心念蓬山何处是，梦里追寻。

高阳台 丙午秋和筱石咏别原韵，作于苏署

梧院风多，蕉窗雨过，无端又动离愁。百结柔情，涌来万绪千头。堪怜误却英姿女，到而今、尘念皆休。恨悠悠。往事思量，心若悬钩。　　别来屈指须三月，劝加餐珍重，勿念归舟。咫尺天

涯,凄凉两地皆秋。堪欣已定同偕处,想人生、那得长留。和清讴。剔尽银釭,听断更筹。

高阳台 怀女

静掩晶帘,斜依冰簟,听他雨雨风风。照壁青灯,宵深泪眼朦胧。吴头越尾扁舟发,却年来、几度匆匆。镇惺忪。远隔仙凡,欲见无从。　　忆儿苦况言难尽,剩幼时遗物,怕检函封。凭遍篷窗,愁生山色溟濛。此情何日方能慰,只除非、梦里寻踪。暂相逢。膝下承欢,聊解悲衷。

高阳台 咏红白梅

赤若丹砂,洁如美玉,窥来密密疏疏。斜插横枝,其中静趣偏殊。愁肠流水抛还转,却输他、雅意纡徐。尽林逋。香影描摹,一例横铺。　　孤高不与群芳共,倚寒窗伴我,清夜愁余。点额宫妆,笑他日久容枯。琼姿耐得春光半,惜残红、欲扫难除。嫩凉初。飘泊怜渠,明月前锄。

高阳台 怀女

幻境茫茫,前尘寂寂,连宵梦也无踪。岁转星回,惟听爆竹声中。最难抛却心头事,望仙山、缥缈云濛。叹飘蓬。憔悴形容,两耳龙钟。　　不知何日方归也,盼儿曹鸾辇,早驾长空。膝下承欢,晨昏奉母琼宫。从今可与天同寿,岂恋他、世俗尘封。五更风。欹枕思伊,寂寞帘栊。

南乡子山中营葬怀女

寂寂听更长。挑尽残灯傍小窗。恐入绣衾眠不稳，凄凉。且执乌丝写数行。　　何故没商量。瑶岛催归太觉忙。病体渐增双鬓白，堪伤。风弄冰檐泪结肠。

醉太平山中营葬怀女

巍巍冢青。山烟墓昏。怜他两女棺横。又纷纷泪痕。
松阴柏阴。离离草生。人身等是浮萍。问那时梦醒。

菩萨蛮舟中即事

扁舟斜渡轻如叶。新秧两岸青葱色。忆女泪痕多。悲肠难尽磨。　　风平波不起。鱼戏浮萍里。辗转梦难成。愁听点点更。

浪淘沙忆女

初晓倚篷窗。垂柳低昂。遥观山色映朝阳。对此春光如锦绣，助我愁肠。　　欲说也难详。心自凄凉。罗衾展尽梦难长。似玉左芬何速返，云掩仙乡。

高阳台右台扫墓，郁郁悲怀，绵绵细雨，坟前留连久坐，不禁泪下

草色含春，梅枝带露，数行垂柳眉生。凹凸云山，观来翠黛千层。疏篱茅屋闻尨吠，听流泉、断续低鸣。墓门横。触目伤情，何日能平。　　秋心结就何时解，叹朝朝暮暮，只自眉颦。绞结中肠，丝丝欲理难清。纷纷细雨催归去，却一肩、绕遍深林。几牵萦。青冢巍巍，渺渺仙軿。

声声慢七夕怀女

红烛光分，绿窗梦醒，银河宛转微明。立到桐阴，深宵万赖无声。花间乱萤如豆，听莲街衙鼓轻轻。最可叹，竟紫鸾杳信，青鸟难凭。　　冷落空庭飞絮，看双星黯澹，眉月微横。云掩仙山，何其缥缈难登。长梯若能渡我，仗心香默默通诚。惟惧这，溽暑蒸人，难耐断更。

高阳台又和筱石韵

玉案花芬，金炉香袅，桐阴竹径纵横。罗样仙云，纤纤微月光生。此心已是沾泥絮，奈抛开、欲罢难平。太零丁。露电光阴，转眼浮萍。　　谢庭冷落归何处，念膝前婉顺，每出真诚。天杳瑶台，倩谁传语衷情。残更远听声声碎，入纱帏、梦也无成。最堪惊。泪结衷肠，双鬓星星。

清平乐

人生无定。幻境如泡影。碌碌红尘终未冷。何日黄粱梦醒。

连朝阴雨溟濛。凄凉况味谁同。只剩一身憔悴,脸儿那得春风。

金缕曲对图思女病中景

何速升天界。最苦忆、清癯玉面,微舒眉黛。却至两亲虚度日,犹着彩衣展拜。仍礼习、趋庭未改。医药误儿兼误我,怎明珠、从此沉沧海。风太急,促人快。　　从今郁郁无抛爱。绘真图、久留芳泽,传流千载。相聚一堂形是昨,韵秀神清性耐。问膝下、承欢能再。世事茫茫谁可定,奈苍然、两鬓愁难待。休撇下,两亲在。

浪淘沙题花农侍郎女兄秀琼馆遗词

割臂奉高堂。药饵亲尝。心钦孝女志非常。一旦骖鸾何太速,话也心伤。　　旌采桂旗扬。仙境迷茫。春花秋月两匆忙。只有瑶台风景好,岁月常芳。

浣溪沙题花农侍郎女兄秀琼馆遗词

江上曹娥是谪仙。飞升回首不知年。花间一曲谱瑶天。

绝妙争传黄绢句,凌虚检点白云篇。扁舟如叶早乘莲。

——《亭秋馆词钞》,民国元年(1912)刻本

吕景蕙二十五首

吕景蕙(约1859后—?),字若苏,号璇友,阳湖(今属江苏常州)人。夫赵茗卿。子赵元良。随兄嫂旅居沪上,设塾授徒。其子赵元良整理其遗稿付梓,有《纫佩轩诗词草》。

买陂塘奉题粟香世丈先生冰泉倡和集,即依酬觳厂元韵

展瑶编、诗人循吏。披吟如挹风度。苍梧几辈留陈迹,空忆当年烟树。寻坠绪。仗丹荔、黄蕉渲染新题句。泉清亭古。算石甃银床,漫郎去后,剩有藓痕补。　　江乡好,偶为莼鲈小住。前游历历堪据。费他多少才人笔,绘出南荒风土。微哦处。怎一样、词坛此便金汤固。墨花试舞。看珠玉前头,筝琶细响,也要杂宫羽。

高阳台伯兄听雨不寐,元韵与仲兄和之

静夜帘栊,薄寒庭院,罗衣不耐更深。乍断还连,料应洒遍花阴。孰教清漏添如许,一声声、冷透诗心。到天明,无限廉纤,无限萧森。　　偶然试写巴山句,奈频番剪烛,苦未成吟。却忆横塘,荷衣零落难禁。小楼曾祝春无恙,润苍苔、旧径堪寻。恨残更,尽力将愁,压上罗衾。

浪淘沙春夜听雨

雨滴漏声残。梦冷阑干。酿花天气意阑珊。敲碎愁心浑不管，兀是潺潺。　　寂寞小屏山。烟水弥漫。杏花风里卷帘看。底事重棉犹料峭，乍暖还寒。

满庭芳春暮送玉泉妹赴湘潭

南浦歌残，河桥烟冷，绿波时荡寒云。远山如黛，翠影落芳樽。最是长亭倦柳，一丝丝、织就离痕。凝眸处，漫天烟絮，似我惜余春。　　销魂。芳草路，梦随帆远，愁共诗新。任楝花开遍，摇落江滨。此后潮回湘水，秋风起、可忆鲈莼。人去也，几声柔橹，寂寞倚黄昏。

满庭芳咏并头菊，与外子分韵

幽谷分香，晴皋俨色，亭亭顾影无俦。笼烟泣露，双穗灿枝头。秀绝清芳共抱，问凡艳、慢斗风流。长相伴，同心连理，应不替花愁。　　凝眸。低亚处，苞齐碧晕，跗并红柔。愿此花常好，芳醑浓浮。乞得轻绡珍护，帘波静、莫上银钩。南陔畔，好随萱草，尽日咏忘忧。

摸鱼儿初夏病中寄外

听者番、重门寂寂，凉蟾一片任护。厌闻莲漏声声急，况又语铃如诉。萦别绪。便写尽鹅笺，难尽想思句。愁怀似煮。正旅馆

灯昏,深闺梦远,几阵黄昏雨。　　迢迢路。屈指归期恐误。金钱遥卜无据。病魂已觉东风恶,忍见乱红飞絮。闲凝伫。怎才下心头,又上依眉妩。短长亭树。想攀遍柔条,歌残金缕,渐觉风尘苦。

貂裘换酒和伯兄都门消寒之作,即依原韵

朋旧征嘉会。羡豪游、清狂俊赏,上林春醉。莽莽燕云风雪地,饮似长鲸吸海。只雷岸、离怀未坠。寒雨埋愁愁划月,抚镜鸾、瘦损清蛾改。飞绿蚁,烹银脍。　　故园梅萼依然在。问何时、夜窗刻烛,清吟还再。悟彻浮生如梦雾,着我艰辛卅载。况春日、莺花无赖。回首关山应怅望,隔云泥、遥洒西风泪。千里外,乡心碎。

贺新凉题醉眠勺药图

梦冷银屏悄。倩谁描、琴心眉语,琐窗深窈。红雨一帘春暎晼,猛被翠莺惊觉。但镇日、黛蛾慵扫。花气微凉人浅醉,赚东风、弹指情天晓。芳意歇,坠欢渺。　　红绡泪湿青樽老。更文园、诗魔酒病,拚将懊恼。只有画图聊解事,省识鬓云松袅。怅婪尾、余香空绕。钿约钗盟今已误,剩吴绫、半幅想思稿。划不尽,卷蘼草。

买陂塘暮秋晚眺

怅秋光、年年易老,霜花又飘绣幄。平芜草没斜阳道,隐约青山一角。凝愁目。看瘦菊如人,也怕西风恶。愁随栏曲。正叶响

空阶,虫吟暗壁,冷蝶抱香宿。　登临处。最是晚烟漠漠。归鸦几点相续。芦花吹尽砧声急,忍令岁华轻逐。怜摇落。把一抹秋容,收入云笺幅。何时愿足。待觅遍奇峰,携来樽酒,翠袖倚寒竹。

台城路岁暮有感,兼怀大兄

绮窗斜透萧疏影,东风暗吹情绪。眉月窥人,鬓云压梦,剩有春魂如絮。凄迷云树。叹草草华年,流光难驻。无地埋忧,愁心还逐逝波去。　空庭几番延伫。雁行天际远,寒峭如许。薄雾欺烟,栖鸦啼月,点点离痕凝聚。恼人风雨。看憔悴青蛾,镜鸾慵舞。小立回阑,夜深翠袖护。

菩萨蛮题费屺怀夫人秋窗论画图两阕　选一

文纱静掩屏山曲。芦帘纸阁人如玉。牙管一双镌。秋灯注画笠。　百城同坐拥。福慧前生种。此地即琅环。联吟且闭关。

蝶恋花秋夜寄外

微雨帘波清梦湿。断续虫声,枕畔和愁说。一片浓霜寒杵急。黄昏人怨秋闺别。　红豆慢拈心似结。寸寸相思,并入眉峰窄。缄得瑶函和泪折。不情最是团圞月。

蝶恋花送外

窣地帘波春昼午。杨柳无情，绿遍长亭树。已觉离怀如乱絮。那堪鶗鴂催人去。　　莫向金樽倾绿醑。痴立花前，襟袖沾红雨。欲话愁心还又住。明朝便是天涯路。

买陂塘秋夜寄怀伯兄沪上

甚萧条、西风容易，吟魂一片无据。井梧摇落枫江冷，几点归鸦斜度。闲凝伫叶仄。记刻烛宵深，题遍池塘句。商声几许。正黄叶敲愁，疏帘织梦，寂寞渭城树。　　关心处。最是砌蛩絮语。和将清漏如诉。莼香鲈美江乡味，忆否故园鸥鹭。牵别绪。剩一抹秋容，认取山眉妩。听琴海屿。待商略扁舟，淞波烟月，同话茜窗语。

金缕曲题纬青遗集

一览遗珠玉。认前身、瑶华宫里，芳名萼绿。生本莲胎遭小劫，偶向尘寰托足。况自古、清才妨福。镂月裁云今已矣，读回环、我欲为君哭。泡影散，昙花落。　　残编零缣伤心曲。仗仙才、辑成兰稿，缠绵盈幅。粲出生花微妙笔，心与浮云相逐。问声调、大家谁续。绿竹疏梅同色相，堕秋魂、一夜罡风恶。人世事，原棋局。

菩萨蛮楼中晚眺

晚鸦几点捎云湿。朔风阵阵吹残雪。清影入窗纱。呼童煮雪花。　　疏林栖暝色。一抹炊烟碧。莫倚曲阑干。临风增暮寒。

金缕曲题钱梦龟诗集

展卷披吟处。竞相看、毫端活现，诗人绮绪。咏絮清才应有几，谁料而今重睹。更写出、大家风度。乞得瑶草珍锦箧，涤尘氛、胜读兰成赋。灯影晕，穗千缕。　　思君试写停云句。听归鸦、叫残凉月，红凝枫树。曲曲屏山遥徙倚，咫尺萍踪待诉。把心事、浓题绢素。放眼兰闺谁作者，叹浮生、一例皆尘土。容拜倒，诗坛主。

卜算子足疾缠绵，欲归不得，怅然于怀，口占小词一阕呈两兄斧正

暑去晚凉生，酒醒人无寐。待向纱橱觅梦还，墙角虫声碎。
慢怨雨和风，花落人憔悴。剪剪轻寒薄袂生，点滴离人泪。

满庭芳清明

草碧裙腰，花凝人面，绿阴深处春浓。香尘十里，软衬踏青骢。垂柳千条空袅，盼长堤、目断东风。最好是，韶光三月，乳燕话帘栊。　　分明曾记得，声声杜宇，已是春中。看依依倦蝶，还

比人慵。惆怅莺花渐老,更何堪、别意惶忪大兄时将北上。尽流连,粘天飞絮,漫逐夕阳红。

满江红读岳武穆王传

一代孤臣,空遗得、千秋劲节。凭吊处、青山不老,暮云万叠。志吸强金军百万,胸吞洛水涛千尺。向长天、遥望北云飞,增凄切。　今古恨,何从说。千载下,传忠穴。叹中原王气,黯然销灭。回首沧桑几更换,伤心世事今非昔。听墓门、林表杜鹃啼,声声血。

菩萨蛮夏夜即事四阕

绿阴满院中庭白。碧池流水蝉声歇。露挹五铢轻。窥窗月转明。　寒蛩何呜咽。不语凝愁立。倚遍玉阑干。凉萤逗薄纨。

水晶帘挂纤纤月。明星摇漾银河侧。一枕卧松风。绿窗残梦浓。　玉炉香乍烬。灯闪蛾飞影。几阵晚风凉。芰荷尽日香。

参差竹影横塘立。蕉阴飞上琉璃格。石枕竹匡床。南华蝶梦凉。　瑶阶清露冷。憔悴嫌鸾镜。不觉月痕西。暗香上翠微。

思亲梦绕关山月。迢迢泉路慈容隔。往事不堪思。低徊泪欲滋。　烛花摇素影。极目凄凉景。难觅返魂香。寸心怎报偿。

满江红 中秋

蟾影波光，浑疑是、瑶宫银阙。举眼望、星河不动，水天一色。万里楼台涵碧水，一钩帘幕摇红月。步虚廊、清露正湑湑，云鬟湿。　　千古镜，无明灭。人世事，有圆缺。问姮娥仙府，可容人识。金粟光凝香雾满，玉壶朗照冰轮彻。原良宵、莫促漏声残，娱今夕。

——《纫佩轩诗词草》，民国二十三年(1934)
上海百宋铸字斋排印本

屈蕙纕十六首

浪淘沙和云姊韵

夜静漏声沉。悄立庭阴。苔阶蛩语诉秋心。怊怅芭蕉依旧在，鹿梦难寻。　　冷露湿眠琴。三径愔愔。风前无复奏清音。雁落平沙秋思远，况是从今。

减字木兰花和黍芗词韵

栖鸦流水。锦瑟玉箫尘土委。怊怅黄昏。新月娟娟影到门。
画堂旧恨。梁燕归来愁问讯。绛蜡分明。闷饮琼杯醉易成。

菩萨蛮

湘娥泪染湘筠紫。洞庭波冷金风起。梦断九疑云。箫韶声不闻。　　依依江上柳。也觉惊秋瘦。木落夜猿啼。天空星欲稀。

金缕曲春阴

春在溟濛处。怪眼底、韶华都被，浓阴遮住。庭院深深帘不

卷。只把沉檀香炷。辜负却、阳春几许。屈指清明时已近,有何人、约伴寻芳去。试先绣,踏青履。　　却将花事从头数。恨几番、芳菲萦梦,游踪迟暮。万绿模糊天欲暝,不放斜阳一缕。又奚待、绿章催护。闲煞海棠花下立,只听它、双燕呢喃语。似相对,诉愁绪。

卜算子和夫容秋水词韵　二首选一

澹月照疏窗,铃语风初定。曲曲阑干梦亦迷,俏倚梨花影。旧事去如云,脉脉闲追省。香霭空濛夜色深,露湿云鬟冷。

菩萨蛮和韵

玉台晓启夫容镜。画楼遮断垂杨影。春在海棠红。濛濛细雨中。　　鹧鸪声不住。似怨啼鹃误。别梦绕飞花。茫茫天一涯。

珊瑚枕畔钗欹凤。流莺啼破红窗梦。睡起倚妆楼。飞花点点愁。　　绿波江上水。流进离人泪。脉脉背阑干。颦眉低远山。

荻花枫叶秋萧瑟。水云迢递重山隔。凉思绕烟汀。鱼灯一点青。　　蒲帆风未稳。又阻江潮信。凉月照波心。钩人离恨深。

高阳台和秋日泛舟湖上,用玉田春感韵

绿柳梳风,红莲坠粉,泛秋同上游船。曾几何时,西风暗换流年。销金多少繁华梦,倚斜阳、脉脉偷怜。感苍茫,菱叶蘋花,摇

荡湖烟。　　南朝宫殿无寻处,但愁凝松柏,梦阻山川。燕燕莺莺,而今知在谁边。笙歌帐触天涯恨,对金樽、赢得无眠。更禁它,冷雨冬青,啼苦春鹃。

金缕曲送外

碧草迷南浦。望天涯、暮云重叠,乱山无数。去去烟波今更远,梦影犹迷前路。惟愿取、情深无阻。一点灵犀相照处。寄鱼函、密密休迟误。多少恨,向谁诉。　　绿阴容易闲庭暮。掩帘栊、低徊脉脉,瑶琴愁抚。遥想星轺催早发,遮断瘴云腥雾。更烈日、当空如火。暑雨寒风关塞隔。愿君身、眠食须调护。惜金缕,寄情愫。

菩萨蛮春日偶成

梨花吹雪春寒浅。秋千影散闲庭院。忽忽又清明。东风几日晴。　　画帘垂细雨。脉脉添愁绪。燕子不归来。重门掩绿苔。

高阳台秋柳,三叠前韵

脉脉含秋,依依锁梦,春游记拂兰船。只解牵愁,何曾绾得华年。关山笛里西风冷,便纤腰、瘦尽谁怜。袅情丝,亭短亭长,一抹荒烟。　　天涯凝望斜阳远,但平芜接影,澹霭笼川。纤手攀条,旧痕犹认堤边。栖鸦流水添萧瑟,唤柔魂、欲起还眠。更能消,几度春归,几度听鹃。

菩萨蛮 桃源图为程清泉先生题

绿溪无限桃花树。渔舟误入花深处。流水自成村。数峰青到门。　　避秦人在否。芳草年年有。世外事纷纷。山中空白云。

新安亦有桃源地。画图试续渊明记。波影落渔槎。斜阳明断霞。　　谁家花里住。不在云深处。莫误武陵人。重寻溪上春。

高阳台 春日泛舟西湖，五叠前韵

柳困青垂，桃慵红褪，两宜迟放轻船。从想湖山，胜游才得今年。六桥春色三潭月，蓦韶光、处处堪怜。罥东风，花事如尘，絮影如烟。　　香车油壁归何处，望西泠松柏，绿暗斜川。人散亭空，夕阳犹恋堤边。南朝多少繁华梦，却输它、冷占鸥眠。只声声，老却啼莺，闲煞啼鹃。

长亭怨慢 又和外絮字韵

怅飞尽、桐花桐絮。尘锁妆楼，网萦珠户。柳外阑干，昔时罗袖共凭处。翠眉安在，又绿暗、垂阳树。惜逝水华年，忍更忆、琐窗欢聚。　　薄暮。正画帘微雨，点点漏声频数。梦残酒醒，那复伴、夜深低语。最苦是、红谢榴花，问燕子、雕梁谁主。算一例端阳，佳节两番愁度。

——《含青阁诗余》，《小檀栾室汇刻闺秀词》第九集，光绪间刻本

李癜媖二十三首

望江南长平怀古　二首选一

长平道,凭轼吊秦坑。四十万人齐束手,百千年后尚吞声。竖子竟何成。

浣溪沙闰七夕二首

玉露金风洗暮烟。恰逢秋闰两回妍。义山佳句欲飞仙。
碧汉何来云锦旆,绮筵分得凤梭笺。笑君乞巧枉年年。

曾忆前时续句成。敛裙低佩拜中庭。翠軿重渡彩云停。
绣箔秋光浸练影,天阶夜色冷银屏。九霄耿耿淡疏星。

鹧鸪天

乌丝书罢对兰缸。想到沉酣兴最长。锈铗摩挲增侠志,芸篇披拂秘幽香。　休讨论,漫推详。英雄竖子两茫茫。不如石室寻三友,笑看珍珠溅客忙。

采桑子阅邸报有感

江山烽火何时静，植党相攻。谁上平戎。羽檄交驰报粤中。　　持和议战终归误，安得英雄。一炬东风。坐令番夷万舶空。

菩萨蛮

小楼一夜东风恶。湿云低压檐花落。细雨洗余春。芳枝绿渐匀。　　湖山石畔好。烘遍池塘草。种藕水中央。行看菡萏香。

玉楼春

绮寮深锁韶光住。中有幽人搜秀句。吟成凤藻傲东风，一桁晶帘遮绣户。　　溶溶芳月清如许。宝篆香生烟几缕。枕屏斜掩漏沉沉，窗滤霁霞春又曙。

采桑子

元龙豪气今何在，深炷南沉。藉草松阴。流水空山自鼓琴。　　翩翩云袂花光沁，斜月平林。瑶轸收音。万籁萧萧静道心。

浣溪沙平遥道中二首

蘋末风来万木秋。浓云盖野翠光浮。柳丝和雨织芳愁。山鸟解啼泥滑滑,行人空叹水悠悠。忘机鸥鹭立汀洲。

行到箕州首重回。故山猿鹤漫惊猜。长林丰草意悠哉。雨过石桥黄菊乱,风清沙渚白蘋开。无端诗思又萦怀。

水调歌头七夕雨

今夕是何夕,佳节又经过。那知槎回碧汉,云色暗银河。犹忆年时此日,一水盈盈似练,低佩拜星娥。俯仰皆陈迹,伟志总难磨。　　露萤凉,香雾湿,瘦池荷。为问天孙近况,云锦织应多。几许金针巧度,无限翠軿吉语,一笑渺沧波。秋气透冰簟,风雨夜如何。

踏莎行春夜

莲漏声沉,兰釭烬结。满庭碎影浑幽绝。绮疏深静水沉温,等闲又是芳菲节。　　红杏酣春,碧筠筛月。湘帘不卷清光彻。散花妙手倩东风,晓来吹遍燕支雪。

卖花声阅书见旧日所夹海棠花

缃帙秘幽香。花片谁藏。丝丝红萼贴书傍。记得那年和露折,芬袭罗裳。　　往事已茫茫。留得名芳。一回展卷一思量。更比飘茵多爱护,未许风飏。

卖花声白海棠花

玉萼弄丝丝。芳意纷披。碧云凝叶雪盈枝。却恨蘅皋遮望眼，惆怅多时。　　折得倩谁持。珍惜吟诗。梨花酽腻杏花痴。绰约冰肌看不足，姑射仙姿。

踏莎行

曲曲屏山，深深院宇。晶帘不卷留香住。忽思阿母别经旬，天涯芳草长安路。　　晓枕莺声，驿桥飞絮。安舆行处花盈树。玉阑干外雨纤纤，归来只恐春将暮。

浣溪沙灯花

小小兰釭缀玉虫。金钗欲剔意还慵。留将芳蕊爕重重。
斗草赢时当致谢，吟诗得处惯相逢。一枝秾艳占春容。

秋波媚饯春

青山绕屋翠痕鲜。草色更芊芊。酴醾香处，绿杨影里，漾出秋千。　　幽人近日诗情懒，愁叠碧苔笺。隔帘莺语，点波花片，争送春妍。

浣溪沙春晓

薇帐香销蕙炷残。莺声啼破梦阑珊。晓阴留得一庭寒。

已爱游鱼酣碧沼,更携佳茗就花栏。韶光妍媚好承欢。

浪淘沙月夜

山静暮钟圆。芳月流天。华桐露洗碧云鲜。坐久不知兰烬落,冷逼吟肩。　　婉娩暗香传。风袅炉烟。金铺花影自便娟。却恨流光真一梦,惆怅年年。

生查子春寒

摊书睡思浓,倚案瓶花落。小院竹风清,冷逼春衫薄。
池塘梦句成,乐事今犹昨。红入早梅天,香润秋千索。

更漏子送春

绿阴齐,红雨乱。又到送春诗宴。抽丽笔,骋妍辞。难留住少时。　　行有日,从何忆。偏是晓钟声急。香梦远,彩云空。催将归意浓。

浪淘沙病起

花落已经旬。草碧如茵。珠帘到地静无尘。闲却珊钩慵不卷,燕子应嗔。　　窗外紫篁新。簇满云根。风枝露叶晓光匀。把笔欲题仍又搁,瘦损诗人。

水调歌头

久别喜重遇，纵饮不须愁。难逢旌节来驻，恰值月当头。帘外木樨香满，座上银毫彩焕，佳景为公留。挥麈发清论，玉屑落无休。

对遥峰，延爽气，快凝眸。人生适意，何堪鲈脍正思秋。永夕沉沉更漏。竟日昏昏簿领，浩荡羡轻鸥。洗盏且斟酌，借箸更前筹。

——《剑芝阁词钞》，光绪间白昶刻本

缪宝娟六首

踏莎行 水仙花

罗袜凌波，湘裙拖水。洛妃飘渺临江沚。盈盈一段好风神，是谁谱入琴丝里。　　洁比莲花，香逾蘅芷。纤尘不染清如此。月移小影上窗纱，犹疑缟袂飘飘起。

卜算子 题山阴访戴图

积雪满山明，望望天光白。洄溯伊人水一涯，隔断剡溪月。
月影荡湖光，一棹烟波阔。承兴而来兴尽归，来去浑无迹。

临江仙

江上月明山上雪，夜来雪月交光。扁舟一棹水云乡。水光云影里，之子在中央。　　双桨冲波鸥梦醒，推篷四顾苍茫。到门不入亦清狂。剡溪归去晚，残月照寒塘。

西江月 春感

晴雪一天絮舞，东风三径花香。妆台细认镜中人。憔悴旧时

眉样。　草色几穿望眼，柳丝绾住愁肠。伤春无语立斜阳。兀自背人惆怅。

浪淘沙

帘幕下重重。小梦惺忪。落花成阵逐东风。催送芳春归去也，何处寻踪。　一抹浅深红。花事匆匆。绿窗惆怅意疏慵。蝴蝶不知花落尽，尚恋芳丛。

浣溪纱

小隐园林为看花。云霞一坞卧虹斜。主人好句合笼纱。

红药阑干晴晒蝶，绿阴亭馆晚栖鸦。萋萋芳草忆天涯。

——《倦绣诗余》，光绪四年(1878)排印本

伍宗仪一首

伍宗仪,生卒年不详,字兰仪,阳湖(今属江苏常州)人。父伍赞易。夫宜兴陆氏。有《绿荫山房词》。

壶中天送春　见《常州词录》

帘前鸟语,正景色融和,乍晴天气。柳绿桃残春已暮,惆怅人生如寄。匣里珠玑,囊中锦绣,一旦皆捐弃。浮云过尽,尘缘回想无味。　　堪叹粉蝶寻香,游蜂酿蜜,也被韶光饵。转瞬落红花满地,犹是相偎相倚。万种凄凉,千般懊恼,终日如沉醉。无情风雨,韶光一霎更易。

——《小檀栾室闺秀词钞》,宣统元年(1909)刻本

姚倚云二首

青玉案忆昔

闲来追想青山趣。吟雪月、餐风露。水冻山凝云满路。红梅花下，幽闺深处。旧迹知何去。　三年湖海惭虚誉。往日溪山剩思慕。邂逅津桥权小驻。半庭红萼，一天飞絮。且觅消寒句。

好事近即景

供养水仙花，开到盈盈欲折。一片岁寒清思，共芳香幽绝。
碧天云净雪初消，又见风吹叶。人意钟声俱远，有一轮冰月。

——《妇女杂志》第一卷(1915)第三号

方毓昭三首

南歌子秋日寄外

别绪谁能慰,闲情孰共评。寂寥清夜听寒更。惆怅凭栏、独自看双星。　　瑟瑟鸳帱冷,频频玉漏惊。连枝比翼忆前盟。几度愁怀、展转梦难成。

阑干万里心春雨

濛濛细雨酿轻寒。宝鼎香销午梦阑。蝶翅莺衣湿未干。惜花残。脉脉无聊独倚栏。

减字木兰花春闺

兰闺和暖。金鸭烟浓琴作伴。燕啄香泥。嗔我垂帘不住啼。
良辰美景。满院飞花春昼永。浣笔吟诗。窗外梧桐月上时。

——《陟斋诗集》,民国二年(1913)石印本

俞庆曾二十一首

海棠春夜坐

玉箫声里冰轮涌。霜气冷、宵寒偏重。几度倚银屏，慵整钗头凤。　　心情恍忽旌摇动。经小别、翻愁夜永。人静展罗衾，试觅天涯梦。

木兰花慢秋夜同階青弟作

更深霜气劲，杨柳外、碧天高。看花影眠香，桐阴倚水，冷却琼箫。清宵。西风落叶，似秋江午夜听寒潮。蛩语闲阶寂寂，漏声隔院迢迢。　　灯挑。何处砧敲。帘欲卷、倦题蕉。记明湖、载酒幽溪选笛，画桨轻舠。魂销。无情岁月，好风光都向暗中抛。几度摊书话旧，浑忘却斗移杓。

金缕曲题唐伯虎集后

抛却功名后。莽生涯、惟凭诗酒。懒把文章传后世，只喜寻花问柳。又何论、金章紫绶。醉里年华狂态在，看诸公、触热人间走。杯在手，眉休皱。　　消尽英雄豪气否。想当时、长辞簪笏，大开笑口。小谪须知蓬岛客，偶向红尘羁逗。应自笑、烟霞痼久。

只叹江淹才若此，抱云和、未向王门奏。剩仙馆，桃如旧。

蝶恋花月下怀抱珠表妹

腰支不为悲秋瘦。百种情怀，种种难依旧。痴立阶前非中酒。片时归梦虫声骤。　　断续恼人花外漏。几度无言，偷把双眉皱。回忆当年同聚首。月明凉露徘徊久。

南乡子绣罢偶填

薄暮闭红窗。忽漫回头自忖量。压线为谁寒素指，端详。袖底西风一味凉。　　懒去绣鸳鸯。试上楼头望故乡。归雁几行鸦几点，苍茫。远树依依挂夕阳。

踏莎行秋夜

秋露泠泠，秋风细细。秋虫切切如私语。有人不寐倚秋灯，银屏疏影秋如水。　　秋入愁肠，愁生秋际。秋声听彻无情绪。开帘独自看秋星，秋河隐隐微波起。

浪淘沙

往事惯消魂。银甲金尊。蛛丝应罩旧题痕。孤馆帘垂灯上早，疏雨江村。　　梦里暂温存。只欠分明。花阴燕子锁重门。两地酒醒香灺后，一样黄昏。

采桑子秋夕

西风猛撼疏窗梦，窗外铃声。铃外蛩声。并作新秋一夜听。枕函低映罗帱月，香是前身。烟是前因。人倚熏炉悟夙生。

柳梢青秋夜不寐，书寄修梅

黯黯秋灯。潇潇秋雨，漠漠秋风。远远秋砧，微微秋露，切切秋虫。　　离情秋日偏浓。更无限、秋声助侬。秋水湖边，秋云天外，何处秋鸿。

玉漏迟西湖夜泛

半篙凉露湿，渔灯隐隐，垂杨袅袅。明月随人，放棹绿波蓬岛。缆解鱼鸥破梦，更几点、疏星斜照。舒怀抱。云阶月地，任吾歌啸。　　远山不隔冰壶，弄画桨中流，烟波渺渺。洗尽胸襟，月到夜阑倍皎。万籁无声寂寂，把一派、繁华净扫。浑忘晓。犹向汀州环绕。

金缕曲怀徐杏文寄妹

重把阳关奏。叹河梁、一枝摇落，忍歌折柳。明日依然分两地，此后可禁消瘦。思往事、那堪回首。欲问天涯羁旅客，见离人、如此伤心否。毫欲染，泪沾袖。　　红尘扰扰参能透。最消魂、三宵小聚，匆匆分手。惆怅空江烟水阔，浑似当年别后。惟愿取、长教厮守。差喜相逢时不远，记西湖、早桂飘香候。离别恨，

浓于酒。

南乡子秋宵玩日寄怀修梅

花影认朦胧。碧汉迢迢玉露浓。新雁数行云影渡,匆匆。书此芸笺寄远衷。　　罗袖怯金风。万籁无声独听蛩。小立廊前窥月色,溶溶。照尽闲愁总是空。

满庭芳秋夜偶成

宝篆销沉,寒蛩凄咽,征鸿天际哀鸣。一钩斜月,四壁静无声。猎猎西风吹梦,闻夜柝、逆旅心惊。银灯黯,空阶堕叶,关塞不胜情。　　疏砧添客思,倚阑无语,一片愁心。听丁丁虬箭,渐近三更。小步花阴寂寂,玉露冷、庭院风轻。楼头笛,谁家吹起,午夜更凄清。

南楼令秋夜与堦青弟作

有意听疏砧。悠悠客思深。笑年来、每逐征尘。千里家山清夜梦,天际月、最关情。　　金粟认前身。心如秋水明。绕东篱、戏扑流萤。漫撅玉箫吹古怨,惊宿鸟、振双翎。

踏莎行寒梅

冷耐西风,娇含宿酒。任它霜雪催寒骤。平生傲骨本棱棱,花前一拜甘低首。　　淡寞谁知,清高吾友。繁华阅尽何能久。云廊月殿影攲斜,知君不是思春瘦。

台城路冬夜寄绚华、抱珠两妹

北风昨夜催寒紧，罗衾梦中凉透。压线光阴，怀人情绪，无语但笼双袖。眉痕低皱。怜烛冷虚帏，霜浓短牖。何处难堪，一尊薄酒初醒后。　　背灯自知影瘦。望白云亲舍，故园回首。逝水年华，转蓬身世，又到岁阑时候。玉龙正斗。看枝北枝南，柳花飞骤。日暮天寒，无奈乡心暗逗。

一萼红红梅

霜涓涓。似微醺乍醒，无力倚阑干。霞透铢衣，脂凝瘦骨，羡君顾影翩翩。曾思否、红罗亭外，明月底、能受晓风尖。一点冰心，轻它凡艳，斗色争妍。　　手撚一枝春色，正频思寄远，喜遇鸿旋。混迹红尘，犹怀丹灶，未许桃李随肩。因疑是、杏花颜色，立花阴、细细认娇颜。记起相逢旧日，玉照堂前。

高阳台闻抱珠二妹将北上，赋诗赠之，意有未尽，复填此解

风落梧桐，雨残蕉叶，替人写尽离愁。十载论交，西风吹送行舟。绿窗生小同心伴，问何因、去也难留。算从今，忆远无言，倚遍楼头。　　阳关岂料频频唱，记三春花底，曾送人游。折柳河梁，者番细语绸缪。长安何处关山隔，梦长安、路远无由。转沉吟，明岁相逢，一日三秋。

金菊对芙蓉即事寄修梅

春雨分襟,秋风忆远,情如弱柳千条。掩银屏露冷,凉透丛蕉。鸿声嘹唳虫声杂,伴窗前、落叶萧萧。当时回首,曲阑双倚,慢品琼箫。　　钗盟镜约难抛。倚珠帘清影,红烛同烧。怅天涯何处,愁逐江潮。炉烟影里低相祝,祝明春、聚首花朝。凭高无语,水重云复,掩断归桡。

临江仙

帘幕几重亲放好,摊书低拥银灯。之无粗识悔今生。秋深风自急,香冷火犹温。　　百样思量都已遍,人生何苦钟情。青山它日葬愁痕。红梨花一树,消受月黄昏。

高阳台独坐

荆棘山中,风波江上,人间处处堪怜。清净莲花,如何也堕情天。芷兰萧艾浑难辨,愿东君、莫漫缠绵。镇无聊,梅子黄时,雨直风尖。　　楼台镜里从头认,忽放怀一笑,万事云烟。身是浮云,等闲易感因缘。添香煮茗晶帘下,悔当初、轻负华年。且消它,鸭绿鹅黄,浅醉闲眠。

——胡晓明、彭国忠主编《江南女性别集三编》下册,
黄山书社 2011 年版

汪清四首

菩萨蛮送春

杜鹃一夜啼成血。声声只是伤春别。强起倚帘栊。关心数落红。　　东风吹绿草。绿遍江南道。道上柳花飞。春归侬未归。

浣溪沙

倚遍阑干夜色寥。月明清露湿轻绡。一帘香气篆烟消。庭院落花还寂寂,江南归梦转迢迢。销魂何处玉人箫。

帘影垂垂飐绿波。困人天气正清和。春衫新换碧纹罗。诗思每因啼鸟乱,闲情还比落花多。日长无计奈愁何。

满江红题张璠隐舍人长毋相忘室填词图

展卷长吟,满纸上、啼痕狼藉。叹斯人、孤闱旅馆,悲秋嗟别。青鬓安仁凋几许,伤神奉倩哀何极。怅飞琼、归逐彩云空,难寻觅。

春去也,芳华歇。人去也,音尘隔。况风帘梧影,倍增萧瑟。彩笔休题描黛事,灵香恨少还魂术。按红牙、一曲谱离鸾,声呜咽。

——《求福居诗余》,光绪二十九年(1903)刻本

薛绍徽五十一首

如梦令春月

连日雨斜风冷。今夕嫦娥初醒。冉冉挟云飞，点缀一庭花影。谁领。谁领。自是诗家清景。

金缕曲与绎如夫子夜话

倘筑三间屋。在危岩、乱峰旷处，俯临溪曲。茅瓦疏篱庭砌外，种植幽花野竹。更数亩、薄田栽粟。案有琴书樽有酒，避红尘、偕隐神仙福。依所愿，十分足。　　功名富贵多庸碌。纵朱门、鸣钟鼎食，何如齏粥。抱得奇才肥遯好，畏彼斧斤利禄。幸早辨、醉醒清浊。我蓄机丝堪织锦，伴名山、著述兼吟读。君果决，敢重渎。

虞美人送绎如游学日本，口占集句以当骊歌　又一体

劝君更尽一杯酒。何日重携手。花如双脸柳如腰。青山隐隐水迢迢。马萧萧。　　珠帘月上玲珑影。枫落吴江冷。蓬莱无路海无边。星河耿耿漏绵绵。意悬悬。

南歌子寄外

弱水三千里，蓬山一万重。几番下笔复从容。惟写平安两字、托飞鸿。　懒折梅花寄，间将豆蔻封。莫嗤惜墨意匆匆。两地相知只在、不言中。

忆秦娥秋海棠

西风起。春回八月花光里。花光里。数星残照，一行罗绮。

卷帘人瘦黄花比。泪痕化作胭脂美。胭脂美。蒹葭秋水，伊人千里。

声声慢秋夜

刁刁调调，屑屑骚骚，萧萧飒飒淅淅。阵阵疏疏，密密飘飘黄叶。悲笳冷柝竞发，更乱敲、丁丁檐铁。和急杵，与繁砧拉杂，都无音节。　遥忆当时送别，奈雁信沉沉，关山胡越。摇荡梦魂，莫问东鹣西鲽。风平夜阑雨歇，只寒蛩、呜呜咽咽。对窗纱，有娟娟、一抹落月。

生查子题南浦送别图

天地限山川，不许人离别。谁为创舟车，催送人离别。

人世别离愁，相对空悲切。南浦绿波深，泪滴心头血。

聒龙谣题右旋螺图

螺旋皆左,此独右转,本内府所藏,能避飓风。凡使琉球者,则请载行。海舟入落漈无险阻,吾乡赵右铭先生奉使时曾用之,有灵验,令画工图焉。绎如复摹于团扇,嘱余题之。

鹦嘴消沉,鹧斑荡漾,绕出右旋坤象。宝犀光腾,有紫纹如掌。狎风涛、龙节飞扬,济舟楫、鲲身洪漭。想中山、拜跪嵩呼,蜃楼里,蛟宫敞。　　奈沧海,忽桑田,竟天语无闻,鸣螺清响。峰登岃崱,上一腔悲怅。纵江水、螺女依然,岂岛邦、螺鬟无恙。剩画图、写入罗纨,供人清赏吾闽鼓山有岃崱峰,能望见琉球岛,今琉球已归日本矣。

绕佛阁绎如夫子由锡兰寄贝叶梵字佛经,填此却寄

了无挂碍,故化宝筏,来渡莲界。开箧光彩,无如梵呗旁行竟难解。深深膜拜,唯有帝释,无忆为戒。参甚宗派。世间怎免贪嗔与痴爱。　　我意若明镜,悟彻观心观自在。还剩史书难完清净债,计天竺风帆,遥过红海。愿君慷慨。好努力前程,坚定无懈,保身休、作金刚坏。

蝶恋花外子手栽绿萼梅花,今年开花特盛,病中望之差慰

素魄幽香饶艳异。剪碎琼英,转觉芳姿媚。月影斜横寒不寐。碧纱窗外酸风利。　　忆否种花人远地。蕊重枝繁,何事开容易。莫是归心牵别思。寄来春信芭蕉字。

鹧鸪天送春

蝶瘦莺肥历乱飞。登山临水送春归。寒闺不为花光惜,且尽樽前酒一卮。　　沉野色,黯斜晖。征鞭莫待晓钟催。愿教早绿天涯草,促起鹃声使客知。

醉太平

虫声雁声。天清月明。铜壶滴沥残更。对孤灯梦醒。
心牵意牵。长程短程。家书欲写离情。恐他愁转生。

菩萨蛮题画

红闺不识天涯路。画图先拟描红树。野渡泊溪湾。秋声何处山。　　纸长描不得。尽染黄沙色。衰草玉关阴。迢迢万里心。

满江红

莽莽江天,忆当日、鳄鱼深入。风雨里、星飞雷吼,鬼神号泣。猿鹤虫沙淘浪去,贩盐屠豕如蚊集。踏夜潮、击楫出中流,思偷袭。　　咿哑响,烟雾湿。砰訇起,龙蛇蛰。笑天骄种子,仅余呼吸。纵逐波涛流水逝,曾翻霹雳雄师戢。惜沉沦、草泽国殇魂,谁搜辑。

渔家傲题沈石田山水画幅

秃树荒村飘木叶。归鸦阵阵如蝴蝶。小艇笭箵闻泼剌。烟波阔。渔兄渔弟衣悬袯。　　莫与倪黄论画法。风台赋笔原超脱。重叠远山围匼匝。斜阳抹。断云缺处森孤塔。

摸鱼儿正月十三夕随绎如饮于乌山雷霹岩，归经灯市作

好元宵、月光山色，映成风物如画。神工鬼斧何年辟，筑作倚岩兰若。斟玉斝。看一片、榕阴绿绕阑干亚。金波漾也。笑猿洞云归，豹冈草长，将近春风社。　　乘归兴，夹路明星朗射。灯辉人影相藉。鱼龙作戏行歌里，鼓板十番迎迓。天不夜。况簇簇、银花火树争高下。金钱问价。奈莲炬难分，笋舆欲去，过眼风烟谢。

沁园春落花

蝶怨蜂愁，莺啼燕蹴，片片鳞鳞。更鹧鸪声断，杜鹃泪尽，余香满地，细草成茵。连日东风，五更宿雨，狼藉成为紫陌尘。凭谁问，任马蹄踏去，屐齿黏频。　　伤春美景良辰。奈对此、凄凉恼煞人。想开时何意，落时何事，绝无心爱，只有眉颦。尘世豪华，流年老大，安得金刚不坏身。韶光暮，且浩歌行乐，共保天真。

赤枣子绎如以果汁制冰，食之甜香沁肺腑，因与英姊各赋一阕

酌玉斝，咽琼浆。绝无烟火有清香。语到夏虫应齿冷，人间谁具热心肠。

夏云峰水云亭观云

白漫漫。成一片、自为云海波澜。只有阳精在上，不见尘寰。春风吹拥，蓬勃起、万马腾攒。又觉似、龙形隐现，鹏翼扶抟。

凌云我忆天关。骑鹤作、琼楼玉宇奇观。无奈氤氲变幻，只旁峰峦。荒亭斜日，坐石磴、冷眼闲看。问底事、无心出岫，虚往空还。

被花恼题边景昭花鸟画册

桃花白燕海棠莺，黄菊鹧鸪梅爵。蛀损蠹残似零落。毫端细腻，生机活泼，颜色犹如昨。闻鸟语，漾花光，此中疑有精神托。

五百阅年华，自是吾乡典型作。便便腹笥，孔雀婆娑，莫谓家风恶。笑南田婉秀白阳妍，算衣钵、传流尚糟粕。竟使我，几度画眉将笔阁。

撼庭竹题徐天池墨竹

拂拂琅玕弄清景。梦残月推醒。西风吹动龙蛇影。淋漓笔墨秋声警。湘瑟泣空江，魂返佩环冷。　　凤羽翩翩斜复整。算

奇伟新颖。折钗屋漏论书品。癫狂腕底闲驰骋。谁识好烟姿,中有血痕迸。

满江红偕英姊登钓龙台作

莽莽闽天,是当日、无诸旧地。更谁问、祖龙秦政,真龙刘季。台上高悬明月饵,井中莫抱骊珠睡。具丝纶、妙手起从龙,关才智。　　开僰道,夜郎易。张黄幄,尉陀贰。惟功多东海,数传无异。垓下屠鲸成往事,桑溪射鳝能承志。奈左旗、右鼓隔江秋,神灵闷。

中元日,绎如以甲申之役,同学多殁战事,往马江致祭于昭忠祠,招予及伯兄同舟行。航工一老妇言:当战时,适由管头载客上水。风雷中,炮声、雨声交响,避梁厝苇洲中,见敌船怒弹横飞,如火球迸出。我船之泊船坞外,若宿鸟待弋,次第沉没。入夜,潮高流急,江上浮尸滚滚。敌船燃电灯如白昼,小舟咸震慑。无敢行。四更,有橹声咿哑至。既近,则一破坏盐船。船有十余人。皆上幹乡远近无赖,为首曰林狮狮,讯敌船消息,既而驶去,天将明,又闻炮响数声,约有木板纷纷飞去而已,盖狮狮等虽横行无忌,此际忽生忠义心。见盐船巡哨者弃船逃走。即盗其船,用其炮,乘急水横出,将近敌船,望敌将孤拔所坐白堡者,燃炮击船首上舱,舱毁,敌惊返炮,而狮狮等并船成齑粉矣。绎如闻说,骇然曰:“是矣！数年疑案,今始明焉。”余叩其故,则曰:“我在巴黎时,适法人为孤拔竖石像于孤拔街。往观之,遇相识武员某言:曾随孤拔入吾闽。初三日战时,华船仓卒,无有抵御。惟至翌日天将明,似有伏兵来援,炮毁舱,孤拔睡梦中舱板折,压左臂,伤及肩。还炮则寂然。乃疑港汊芦苇处无不有兵,急乘晓雾拔队出口。又畏长门炮态狭路相接,趁大潮绕乌龙江至白犬。修船治伤,弗愈。又至

澎湖，终以伤重而殒。此一说也，我初闻以为妄。意是日之战，吾船既尽歼。督师跣而走。此江上下实无一兵，安有翌晨突来之炮？不意今日始知有林狮狮诸人者。噫嘻！天下可为盗贼者，亦可为忠义。虽其粉身骈死，能使跋浪长鲸于怒波狂澜中，忽而气沮胆落、垂首帖尾、逃匿以死。其功岂浅鲜哉！惜乡僻，无人为发其事，子盍为我记之?”余曰:“唯。”用吊以词。

水调歌头台江泛月

我欲问明月，何处广寒宫。清光万顷摇荡，水雾缈濛中。滴滴露华如洗，滚滚空江如练，帆影破秋空。两岸晚潮急，芦叶战西风。　　村庄外，青山色，自朦胧。橹声咿哑，不妨载酒大桥东。牛渚青莲仙去，赤壁东坡游后，此乐算无穷。更拟卷篷起，高唱玉玲珑。

金缕曲绎如急鸰原之难，北上营救，榕城洪水为灾，书窟墙崩，偷儿由缺处入，挟彝鼎数事并西国图书数十册去。余固不解西字，欲检书目究所失而不得，因致书讯绎如，戏附以词

慨自君行后。竟连绵、浓云密雨，缈濛昏昼。恼动延津蛟龙起，平地波涛泻溜。看灶突、渐生蝌蚪。抱女扶男楼上避，忽危墙、怒作青狮吼。书窟外，启疑窦。　　偷儿也要夸身手。似潜沿、残砖败瓦，折翻枢纽。检取牺尊鸡彝去，更有图书相凑。尽鴃舌、旁行斜籀。玉轴金题吾不识，记羊皮、贝叶函微皱。君试计，细寻究。

壶中天 慰绎如报罢

鲤鱼风起,正菊花新放,重阳天气。愿拔金钗谋斗酒,酒里乾坤清秘。得失何关,文章有价,绷倒原儿戏。如君才思,彼苍安忍终弃。　　惟是我愧莱妻,斧斤官禄,敢误英雄志。趁此家山松桂好,暂作沉沦生计。短案琴书,寒灯机杵,相伴饶高致。占他闲福,贫中无限滋味。

菩萨蛮 寒蝉

斜阳一抹蝉声嘎。疏林黄叶森噍杀。秋气自凄清。为谁鸣不平。　　嘶风吾岂敢。那有炎凉感。嘒唳复铿锵。援琴弹正商。

添字渔家傲 寄绎如卢沟桥

楼角黄鹂声婉婉。细柳垂垂,浓把阑干偃。开到荼蘼人未返。春光晚。隔花不见天涯远。　　手挽狂澜教筑堰。晓月卢沟,想正催云畚。欲采蘋花申缱绻。搜囊键。愧无织女支机稳。

海天阔处 闻绎如话台湾事

碧天莽莽浮云,云烟变灭沧桑里。鲲身睡稳,鸡笼唱罢,竟无坚垒。莫问成功,可怜靖海,原来如此。算槐柯邦国,黄粱梦寐,只赢得,豪谈美。　　说甚蓬莱蜃市,忽跳梁长蛇封豕。鲸吞蚕食,戚俞难再,藩篱倾圮。汹汹波涛,巇巇金厦,相关唇齿。对春

潮夜涨，深惭漆室，为天忧杞。

辘轳金井 寄绎如上海

岭梅开也。夜沉沉苦月，斜窥窗罅。遥想江南，正佣书休暇。艰辛待价。累远客、仔肩难卸。女布男钱，白盐赤米，酸风茅舍。

今年岁寒莫怕。幸蓬头小婢，红杏初嫁。补屋牵萝，得支持聊且。望君慰藉。把内顾、烦忧抛下。弹指春来，阳和转律，啖他甘蔗。

卜算子 别伯兄、英姊

住也念行人，去也思乡土。两地难抛骨肉情，怅触心头苦。

生小在闺闱，不识关山路。他日风尘黯淡中，望断江南树。

忆江南 英姊信来问海上风俗，既作申江曲答之，意犹未足，复填八阕以寄

上海路，车马急纷驰。夹道笙歌围锦绣，千家栏槛罩玻璃。艳号小巴黎。

上海树，不定是冬青。荒寺龙华桃脸薄，泥桥马赛柳条轻。芦荻满洋泾。

上海髻，倭堕似抛家。丰鬋鬅鬙眉角上，低鬟倾落领边斜。双鬓翠云遮。

上海足，瘦削斗葱纤。杜牧吟来量锢尺，宣和到底错鞋尖。上马快春妍。

上海饰，钻石说金刚。条脱臂支环照骨，珍珠宝钿珥明珰。

花露粉脂香。

上海服,窄袖秃衫襟。出水曹衣严缚束,细腰楚俗尚伶俜。新样闹时兴。

上海语,大半近苏州。扬子江流原细腻,吴侬口角总娇羞。暮雨滑钩辀。

上海婢,卫足作丰趺。北里教坊莹姐大,东邻丝厂泰娘粗。操作胜佣奴。

祝英台近 义妇冢

草萧萧,风恻恻,十日九风雨。寒食初晴,荒寺暮莺语。纸灰飘上遥空,化为蝴蝶,算犹是、两情飞舞。　同心缕。转令浇酒人来,高瞻墓门树。痴魄香魂,地下共欢聚。只今清道原边,寒涛依旧,想灵爽、优游终古。

归田乐 布谷

秧田布谷声相逐。割麦插禾忙碌。禽亦解春秋,常把阙文郭公读。　吴娘看火蚕将熟。争饲鸡豚茅屋。何处桔槔喧,催起陇畔眠黄犊。

瑞鹧鸪

越王台上暮烟霏。越女罗襦斗画衣。溪上落花呼伴啄,岭头苦竹逐群飞。　似为雁阵添羁思,莫作鹃声劝客归。懊恼泽家行不得,朱栏春日又斜晖。

风中柳

一树轻盈，袅作垂垂新绿。舞东风、摇金闪玉。楼头晴旭。文窗罗縠。伴梳头、镜中眉蹙。　　离愁别绪，万缕千丝怅触。只绵绵、难传心曲。征骖驰足。征帆张幅。任杨花、天涯相逐。

摸鱼儿寄绎如汴梁

洒征尘、大江风雪，闻君冲冷西去。壮心虽为浮名恋，辛苦道途深虑。何卒遽。想此日、行旌远越晴川渡。轮车熟路。恐武胜雄关，德星故里，滑滑污泥注。　　家中事，三月春粮已裕。条条皆凛分付。从师儿女朝昏急，颇解经书章句。休内顾。望努力、前程幸莫惊迟暮。凌云献赋。计红杏开时，飞鸿南下，当有好音布。

凤凰台上忆吹箫凤凰台

白鹭洲高，凤凰台迥，三山半落青天。奈锦袍人去，骑月成仙。何处齐梁宫阙，绕流水、散作风烟。斜阳外，栖鸦杨柳，衰草芊芊。　　联翩。凝眸望处，有渺渺江光，荡漾无边。笑酒楼星石，龙虎时迁。空傍瓦棺荒寺，瓢儿菜、新放春妍。春妍好，山川陵谷，已换当年。

鹧鸪天斜桥

流水堤边噪乳鸦。蒙茸新柳小桥斜。东风才展冬青叶，宿雨

争抽晚稻芽。　　驰马足,问龙华。元都观里有桃花。日斜采得桃花去,桥上人看七宝车。

满宫花入都卧病,闻伯兄已抵羊城

君重来,我去后。转恨未曾相候。关山也自笑人忙,春燕秋鸿驰骤。　　思家深,卧病瘦。况又风霜僝僽。三年离别见偏难,天也不教缘凑。

舞春风随绎如游天宁寺

棠梨花放草斓斑。钟磬声中俗虑删。突兀严城通北斗,玲珑孤塔映西山。　　莫搜断碣千年字,共遣浮生半日闲。一十三层铃铎语,那知尘世有朝班。

秋霁随绎如登江亭观黄叶

秋老江亭,看榆柳苍茫,历乱黄叶。高拥层檐,细堆荒砌,被风卷作蝴蝶。奋飞迅捷。浑河如带西山叠。限雉堞。偏是、浮云千里客心狭。　　斜照黯淡,何处笳声,近和清钟,弥觉飘飒。念人生、青丝白发,高堂明镜久融洽。摇落纵关霜气压。但相望处,无奈阵阵萧萧,苇塘寥寂,女墙回合。

桃源忆故人种竹

碧纱窗外三弓地。合种幽篁笼翠。纵是数竿生气。却有萧疏意。　　弹琴静坐添滋味。看长龙孙娇稚。月影忽然增媚。

摇曳平安字。

浣溪纱 随绎如谒明陵

寂寞荒山野径斜。殡宫莫问帝王家。榆钱飘落似梨花。 大漠锡榫归毳帐，煤山柳木逐轻车。空余石马载栖鸦。

八归 居庸关

秦关月坠，蓟门云起，重岭叠嶂壁立。羊肠一径盘山上，那管蠮螉秋咽，卢龙春蛰。北口戍荒南口罢，净九塞风尘消息。更滴滴、石峡鸣琴，草长水泉碧。　遥忆前朝旧事，防秋巡徼，土木虫沙悲泣。藤垂枯树，烟霏斜日，荒垒残碑苔蚀。甚谯楼佛阁，只有颓垣绊荆棘。凝眸处、故乡千里，海阔天遥，羁愁沾泪臆。

——《黛韵楼词集》，民国三年(1914)刻本

许之雯三首

浪淘沙

鹃咽隔帘笼。花片飞红。小庭日日又东风。因甚离情吹不去,又上眉峰。　　何处认君容。云树重重。相逢犹忆昨宵中。偏是伊人容易别,梦也匆匆。

忆萝月

金风斜峭。冰簟凉偏早。一枕西窗残梦觉。庭院悄无人到。
雨声点点苍苔。几回揽镜徘徊。拚与黄花同瘦,年年憔悴秋来。

浣溪纱

庭院愔愔静掩扉。杨花无力点罗衣。夕阳芳草鹧鸪啼。
闲压绣衾眉黛敛,微欹凤枕额黄低。个人何日是归期。

——《女子世界》(1914)第一期

郑元昭三十八首

菩萨蛮

一丝暖逗东风影。这番可是梨花信。积雨莫成霖。柔枝恐不禁。　　玉箫春昼永。屈指清明近。待燕小红楼。湘帘半上钩。

临江仙

生怕新寒侵翠袖，黄昏早下帘儿。摒当茶具伴寻诗。披笺重检韵，短句慰相思。　　杨子江头秋月好，也应念及兰闺。连宵灯下坐多时。小窗虫语静，风细漏迟迟。

清平乐　二首选一

深沉院宇。日日闻鸠语。又是一番风挟雨。净洗小庭残暑。
飘来桐叶阑珊。儿童戏作瓢看。笑道山斋此际，也应堆遍阑干。

南乡子和心与公车北上

离思袅灯檠。欹枕春寒倍念卿。水远山长何处路,伶仃。宿露零星破晓行。　　检韵步新声。几阕新词慰别情。莫念深闺伤客绪,叮咛。转瞬团圆月又生。

赤枣子

风飒飒,雨潇潇。翠被新寒怨夕遥。小梦垂圆香篆悄,秋声莫更下芭蕉。

喝火令秋夜寄外

梦远疑无准,愁多恐废眠。菊花时节薄凉天。只恨花从愁里发,月向别来圆。　　转瞬秋将老,含情夜似年。诗心一缕袅炉烟。记否凭肩,记否碧窗前。记否灯青人睡后,昔昔教调弦。

虞美人

西风吹雁归何处。云影遥天暮。一年重见菊花新。不道看花犹有、未归人。　　雨余庭院黄昏后。凉意罗衫透。绕廊蛩语晚来幽。似慰离人愁寂、伴吟秋。

菩萨蛮九月廿八日四更枕上念巧先作

新秋坠叶西风起。怀人惯坐寒更里。各自叹天涯。奈何不

一家。　　莫弹知己泪。多病宜调卫。共此抱冬心。花枝照拂琴。

减字木兰花寄巧先二阕　选一

人生斯世。真个蜉蝣天地寄。案有琴书。秋月春花且自娱。
炎凉瞬息。珍重芳年须护惜。几见多情。莫太分明过此生。

望江南饯菊

西风里，相聚几多时。倦倚小阑怜悴影，自倾杯酒话分离。惆怅雁程迟。　　秋吟苦，夜夜只君知。今日为君歌一曲，重逢又是隔年期。那不系人思。

南楼令月夜

晚叶惜红残。新冬玉宇宽。望烟江、天际漫漫。今夜扁舟何处泊，霜月里、不胜寒。　　怅怅小阑干。遥怜瘦影单。几晨宵、露宿风餐。好上莲台香一瓣，人静后、祝平安。

浪淘沙

慢倚小阑干。落叶声干。添衣犹自怯微寒。那怪宵来眠未稳，影瘦衾宽。　　金兽喷沉檀。慵整云鬟。看花心事上眉端。几日秋阴如中酒，深掩屏山。

南浦

春花才了,又萧萧、木叶冷庭烟。屈指流光过半,异县尚流连。记否春窗闲夜,剔灯儿、惜别玉梅前。问年年离况,都云难耐,耐却几经年。　　惆怅关河迢递,望归鸿、泪眼对遥天。待展桃笙寻梦,梦也苦难圆。尤念新来病后,苦沉吟、谁与拥诗肩。谢双鱼为道,道新寒早晚宜棉。

渡江云夜雨寄怀心与南昌

潺潺长夜雨,愁怀似旧,极目向遥天。锦衾薰不暖,更深睡浅,忘卸却花钿。千山绕梦,这离愁、依旧牵缠。问邻鸡、底须催晓,我是不曾眠。　　帘前。云痕烟色,晴未还疑,向遥空猜遍。人远也、微吟浅咏,只剩凄然。深情欲写怎生写,捏柔毫、辜负瑶笺。闲坐久,参来可是真禅。

忆秦娥

青灯里。冷风飒飒鸣窗纸。鸣窗纸。夜来慵睡,朝来慵起。

梦回依旧人千里。半床斜月衾如水。衾如水。天涯别苦,一般滋味。

疏影

黄昏时候。听雨声滴滴,添写僝僽。记得花时,并坐灯前,爱此潇潇和漏。而今天气令人恼,遥念及、天涯禁受。闻说道、弥月

愁霖，想见词人消瘦。　　知否红窗翠箔，晚来扶倦坐，凉迫罗袖。酒后吟余，着意相思，怎让星星红豆。垂杨不绾东风住，恨只绾、鹅黄依旧。把离情、诉与红窗，一任香销金兽。

柳梢青 次韵芳上巳日玉尺山亭词韵

东风搓缕，柳阴墙角，谁家深院。泛斝清游，湔裙芳序，池塘青遍。　　年年挈伴春嬉，爱雨后、山光蘸面。燕子来时，荠花绿畅，桃花红倦。

疏影 八月十七夜韵芳见过，共饮同作

晴空夜澈。洗片云影净，千里如雪。几度商量，招取幽人，开帘共伫明月。何期觌面黄昏后，竟一笑、花前相挈。引壶觞、劝与深斟，且倚嫩寒瑶阕。　　偏是才情款款，素娥也解意，光满忘缺。漏永香沉，唤起茶声，为和冰弦清绝。人生几得闲吟侣，那小聚、晓窗还别。约与君、携手霜晨，看菊东篱重说。

鹧鸪天

曾共山游复水嬉。旧同携处耐人思。沧波一客愁空阔，不信秋来不费词。　　鸥梦渺，雁书迟。而今已是菊花期。却看素影聪明甚，可向西风忆别离。

百字令寄雏蝉

吟边觅侣,恁影遥意密,愁新欢旧。蹙损蛾眉缘底恨,昔昔背灯叉手。病意怜花,秋声入曲,抵得诗千首。教人爱恋,香清翠箔垂昼。　　漫念烛绾双心,琴操叠韵,人世如花偶。秋上银河星影淡,忍耐西风罗袖。唱答新蝉,杯传露菊,异地同重九。相逢有日,客怀莫任闲僽。

浣溪沙春晓

鸟语枝头碎晓风。惊回珊枕梦惺忪。春寒偏聚小楼中。
如水花香流几案,凝烟曙色透帘栊。几回欲起意还慵。

醉花阴秋海棠

似水秋光惊艳绝。漫道芳华歇。信有可人花,数点胭脂,点着墙根叶。　　啼螿露底闻幽咽。人静来黄蝶。试倚旧栏杆,绛蜡凉红,还染清秋节。

琐窗寒晓色

几点星黄,一弯月淡,晓寒庭宇。疏帘掩映,望里迷濛轻雾。数梵钟、百八声残,窗纱明灭兰釭炷。看朦胧似瞑,有谁解领,这般清趣。　　江渚。舣舟处。记茗碗追凉,荷筒捐暑。东方微白,略辨眠鸥沙路。惜清游、那似伊人,啼襟更湿沾衣露。向长亭、为我销魂,目断愁天苦。

望江南 烧灯节忆亲

烧灯节，回首记儿时。梨栗争分欢夜聚，鱼龙曼衍恣春嬉。快意侍亲慈。　　今半老，鬓已减乌丝。懒看孩童贪戏弄，每逢节序总凝思。愁写忆亲词。

青玉案 用贺方回韵寄螺江大嫂二首　选一

双扉松底江干路。但梦里、幽寻去。曾趁东风游几度。花光映槛，山光当户。款语相携处。　　也应念我来何暮。误道耽吟好春句。知否病中愁若许。寥天泼墨，浓云堆絮。卧听潇潇雨。

蝶恋花 春日西湖闲步，忆维蝉

云敛前山明远树。恰趁新晴，踏遍西湖路。冲破层烟双白鹭。依依掠过垂杨渡。　　忆得去年携手处。初月如钩，天压桐阴暮。别后诗情添几许。怎无和我思伊句。

虞美人 午节连雨和怡儿

晨宵不断檐间雨。洗静阶蛩语。拥衾怯冷厌潺潺。那见荷花时候、夜加棉。　　江潮涨岸成飞涝。念及千畴稻。奚奴早起报溪流。已是庭前客水、可通舟。

烛影摇红橘灯与怡儿同作

丹颗吹香,洞庭风味闲边领。纱窗佳夕学儿嬉,剖出新灯莹。添与兰膏炯炯。爱绛珠、玲珑摇影。玉荷吐焰,金粟含晶,一般齐整。　　曼衍鱼龙,邻坊箫鼓酣游兴。何如朱实结釭花,檀几春魂凝。消受年时好景。傍砚屏、晕红低映。冰盘更喜,还剩琼浆,酒余替茗。

鹊桥仙七夕

庭槐悭绿,墙蕉增瘦,鸠妇楼头相语。旱天尤觉日如年,苦盼到、蟾明秋宇。　　瓶中佳卉,盘中佳果,今夕双星欢聚。天孙毕竟有慈肠,下一阵、潇潇凉雨。

百字令寄雏蝉

西风瑟瑟,恁中秋才过,晚寒微逗。桂已吹香丛菊蕾,又近重阳时候。越渚蝉寒,吴天雁老,感序添怀旧。夜窗闲话,烛花弹落残漏。　　记否巷陌斜阳,柴门共倚,小立沉吟久。一去星霜成五换,独自香残人瘦。念熟金经,书谙玉箸,日课娱慈母。愁余含睇,梦中还想携手。

八声甘州小楼看月

正纤尘不著碧天空,无际月波流。望秋中水滟,晴边山色,尽入层楼。旧梦西风蘋末,湖渌荡轻鸥。小集芳樽底,细话杭州。

夜永绿阴疏处，透冰绡露气，酒醒吟幽。问金波渡雁，为孰寄边愁。待扶倦、同商瘦句，恨啼蛩、又换一年秋。栏杆曲、吟慵还凭，不觉迟留。

南浦过怀德坊母家有感

回忆卅年前，喜随娘，依恋外家风景。葱翠小盆山，群鱼聚、水藻青青相映。梨甜栗脆，舅甥抓髻年光等。贪看层楼山色好，多少儿时佳兴。　　而今重履门庭，甚萧然、触目芜檐苔井。绝少旧游人，徘徊处、空觅梦中声影。伤心怕说。有蛛丝满栏慵凭。半晌迟留斜日下，墙角竹阴吹暝。

庆清朝月夜对菊，忆心与海上

暝送清愁，天垂浅碧，疏帘怕卷宵晴。禁寒小坐，几丛楚白娟红。自理镜边青鬓，新花压髻晚香生。湘帘外，月痕似水，人影分明。　　岁岁登高有约，爱旧游芳侣，楼外闲凭。烹鲜把酒，赋诗底用催成。漫笑吾侪半老，讨秋还是旧游情。君归未，樽前携手，还约吟朋。

月上海棠海棠花下作

阑珊轻梦纱窗畔。子规声、唤醒看花眼。几许春阴，护湘屏、一枝红婉。端相久，待懒怎生得懒。　　吟肠都为东风软。对明妆、不隔锦江远。花也怜人，怨迟眠、烛容先倦。耐残寒，消受芳斟夜半。

满庭芳乙丑重阳后一日同心与柏园买菊

淡日晖晖,西风瑟瑟,京城再度重阳。欲携樽酒,何处赏秋光。尚喜名园在迩,同佳侣、游兴偏长。疏篱畔,千丛万朵,新菊送幽香。　　商量。经眼偏,绝怜浅白,斜间深黄。掬霜痕盈手,安向筠筐。归去小楼客夜,青灯底、听彻寒蛩。微醺里,持螯风味,乡思总难忘。

八声甘州忆家园梅花

倚东风遥忆旧家园,双树粉墙低。尽深寒浅暖,将开还领,消息心知。侵晓冻禽软语,衔梦上苔枝。初日曈曈,弹影檐西。　　堪叹频年羁旅,算人孤花好,花盼人归。慰春愁一半,盆盎古胭脂。恁天涯、离怀耿耿,望故乡、芳信寄来迟。清宵梦、梦吟看处,香泻闲阶。

江南好倚楼忆杭州旧游,寄褚迦陵

从别后,倏忽几经秋。忆昔与君初觌面,双峰隔水共扁舟。此意在心头。　　湖山好,何日得重游。碧海波长思黯黯,吴天云梦远悠悠。漫倚最高楼。

卖花声

燕北信风迟。盼到花时。牡丹天气后游宜。曾许园林连日共,偏赋将离。　　小别月为期。总苦凝思。心情懒到冷琴丝。

知隔帘栊犹恨远，况是天涯。

——何振岱著，刘建萍、陈叔侗点校《何振岱集》，

福建人民出版社 2009 年版

郭坚忍二十首

郭坚忍(1869—1940)，原名宝珠，字韵笙，江苏江都人。父钟灵。兄宝珩。皆以诗文名。清末维新，坚忍率先放足，又筹立不缠足会，宣传天足。创办幼女学堂，与秋瑾通函，勉励备至。后更名坚忍，字延秋，以继承秋瑾遗志，投身于当时的重大政治事件中，奔走呼号。抗战时避地乡下，以贫病卒于破庙之中。有《游丝词》。

梅花引欢迎杜课园君出狱

入网罗。经炼磨。黑暗光阴二载过。昔如何。今如何。料得欢迎，此时定又多。　片言聊作刍荛贡。前程努力须珍重。雨滂沱。水滂沱。莫洩帆樯，风高易起波。

——《竞业旬报》(1908)第二十一期

夜行船舟行丹徒，水浅湾多，一行一顿，咏本意

昏暗不知南北路，俟潮来支撑前去。水浅湾环，舟多拥挤，似我回肠愁聚。　满耳纷纭村俗语，整衣坐，自和自诉。旅馆凄凉，船窗恐骇，历尽长途辛苦。

——《中华妇女界》第一卷(1915)第四期

罗敷媚兰花

屏边绿梦初醒候,闲自思寻。俊雅幽襟。孤介生成具素心。
相看默默无言语,欲抚瑶琴。转又沉吟。懒作离骚肠断音。

——《中华妇女界》第一卷(1915)第四期

蝶恋花画梅花赠蒋毓秀女士别

玉骨冰姿无俗思。林下风流,久仰芳名字。调铅草草聊将意。愿教花月长如此。　　疏懒自知为世弃。深感多情,称许为同志。闻说锦帆行去矣。离愁万斛纷然起。

浪淘沙癸丑春暮沪上作

春色已萧条。处处无聊。此来举目少心交。掩耳懒闻家国事,不禁魂消。　　江水恁滔滔。无定风潮。笑他过客为谁劳。我自欲歌歌不得,恐怒龙蛟。

——《中华妇女界》第一卷(1915)第六期

菩萨蛮

秋来百事皆无可。双眉镇日重重锁。毕竟为何愁。泪珠长自流。　　玉阶闲独步。寂寞前游路。远信最难凭。征鸿到未曾。

浣溪纱

四壁虫鸣薄暮天。微微炉内袅残烟。绣余无力只贪眠。
小院峭寒新月上,一行雁字过帘前。个侬惆怅又题笺。

祝英台近寄妹

擘云笺,开宝砚,幽恨怎生遣。懊恼秋虫,不管客凄怨。怕看篱外花黄,帘前月瘦,更思我、昔时庭院。　　思更见。除是再世同生,化作一群雁。来去连翩,聚散莫违愿。最难此刻凄凉,终年分别,极目处,楚湘遥远。

——《中华妇女界》第一卷(1915)第七期

苏幕遮戊戌中秋有感

雨丝丝,风细细。不测天心,一变何如此。深下重帏门紧闭。芳酒盈樽,懒作无聊醉。　　触新愁,怀远思。翘首长空,问月几时至。变幻风云因甚事。数遍残更,倍觉清清地。

苏幕遮二妹新赋悼亡,作此寄之

病迷离,心恐悸。入骨相思,喜得双鱼至。尺幅花笺难尽意。料得临封,也是频挥泪。　　别多年,长两地。万语千言,欲写无从起。石烂海枯今已矣。愿取他生,永作兄和弟。

——《中华妇女界》第一卷(1915)第八期

河满子

镜里鬓云半白，壮怀耿耿难休。怀抱无穷牢落感，生来耻作依刘。知己谈何容易，同心更莫轻求。　　亦解封侯无分，偏教志羡兜牟。我欲乘槎天上去，凌云探极寻幽。按膝傍惶四顾，前尘后事悠悠。

——《中华妇女界》第一卷（1915）第九期

浪淘沙寄荇姊

窗外晓莺啼。欲起迟迟。昨宵有梦在闺时。独自低徊重记忆，说与谁知。　　莫道暂分离。怎禁相思。懒拈针线懒吟诗。一院海棠齐落尽，雨又丝丝。

凤凰台上忆吹箫覆妹书后

欲赋沧浪，将歌河满，擘笺几度凝眸。对黄花惆怅，岂为悲秋。说甚金章紫绶，少年志、齐付东流。此中事，君休过问，春去难留。　　封侯。料应无分，飘泊了余生，甘侣闲鸥。奈心非木石，何计能谋。忍负青山绿水，已看透、萍迹沉浮。明朝约，烟波刺船，散发忘忧。

——《中华妇女界》第一卷（1915）第十一期

西江月和李梦蘐女士韵

惆怅盈阶落叶，凄凉满院秋风。含愁不语盼征鸿。肠断多时

信壅。　　得句惭非咏絮，闲行无奈身慵。一腔幽怨问梧桐。可否旧游能梦。

——《中华妇女界》第一卷(1915)第十二期

惜余春苦雨

飒飒潇潇，疏疏点点，不住梧桐乱滴。梅妻含泪，菊婢低头，都被风姨狼藉。惆怅闲凭曲栏，落叶盈阶，暮烟如织。此时倍无奈，昏黄庭院，草苔皆湿。　　谁念取，倦鸟归林悲鸣，羽重也有衷肠难说。潇湘幽怨，洛浦深情，都对苍苍同泣。蓦听钟敲远寺，衣怯宵寒，纱窗凝黑，待挑灯人静，凄凄泠泠，溜檐愈急。

——《中华妇女界》第二卷(1916)第一期

减兰喜晴

檐前鹊噪。惊醒醉眠还自笑。料峭寒轻。深谢东皇肯作晴。
重帏卷起。多日红栏慵不倚。翘首长天。整备明朝放纸鸢。

——《中华妇女界》第二卷(1916)第二期

字字双

垂杨阴里楼外楼，春水一溪流又流。长安年少侯封侯，征场白骨收未收。

——《中华妇女界》第二卷(1916)第三期

减字木兰花

书空咄咄。雨舄登穿恨明月。一片光溶。故逞团圞欺个侬。重门深锁。坐卧闲吟无是可。脉脉依依。万种闲情付小词。

满江红自题停琴拔剑小影

一表英风，只应是、绘图麟阁。却缘何、钗环巾帼，潜藏绣幕。抱负未能伸志向，遭逢大半多轻薄。激昂时、罢调弃宫商，磨干莫。　长啸处，天惊愕。生铁铸，今生错。恨无知执法，欺人太恶。说甚德从惟顺守，更多仪礼加拘缚。偏登坛、演说我同侪，齐腾踔。

——《中华妇女界》第二卷(1916)第四期

满江红京口晚泊

今我重来，只一片、夕阳而已。有多少、楼船战舰，曾经驻此。历代兴亡如梦幻，南朝名胜余流水。再休言、锁钥障金陵，终何济。　帆影歇，炊烟起。舟泊处，乡音异。偶推窗纵目，几挥痛泪。遥望瓜洲灯火暗，是侬泣别牵衣地。尽低徊、提笔不成文，魂消矣。

——《中华妇女界》第二卷(1916)第五期

吕采芝十八首

吕采芝,生卒年不详,字寿华,一字嘉华,阳湖(今属江苏常州)人。父吕子珏。夫赵镛谟,庠生。早寡。有《幽竹斋诗》《秋笳词》。

高阳台秋夕有怀

雁彻层霄,蛩鸣断砌,乍寒慵自开帘。又是黄昏,窥人月影纤纤。纱窗悄静谁为语,独徘徊、底事心怜。更何堪。蛛网飞灰,积满牙签。　天涯一路迷芳草,总深情欲寄,怎上鸾笺。小立阑干,销魂暗惜流年。秋风那管人憔悴,一声声、敲响重帘。最无端。愁是偷愁,泪是偷沾。

望江南四时幽居即景

江村好,柳眼乍舒青。水涨红桥浮嫩鸭,阴浓绿树听啼莺。游赏及时新。

江村好,小阁数间宽。曲沼荷香清十里,夜窗竹影上千竿。新葛称轻纨。

江村好,秋气入幽居。篱畔菊花香对酒,楼头皓月坐观书。风急雁来初。

江村好，集霰景偏佳。松径风寒堆白玉，纸窗梦冷绽梅花。扫雪煮新茶。

菩萨蛮有感　三首选一

凄凉意绪逢佳节。一番情事和谁说。小院逗东风。伤心泪自红。梅花如昔瘦。往事难回首。不忍倚阑干。夜深翠袖寒。

高阳台病起

瘦褪腮红，愁消黛绿，病中辜负年光。连日春晴，卷帘几阵花香。空教赢得春光好，到如今、怕说春长。又何须，药驻红颜，衣斗新妆。　　惊回一枕当年梦，问儿家往事，说也堪伤。芳草无情，依然绿遍池塘。啼痕镇日萦罗帕，尽由它、湿逗鸳鸯。谩凄凉，身似春蚕，心似秋霜。

念奴娇春暮偶见落花有感

晓风残月，乍匆匆又是，一年过了。遍地飞花兼舞絮，没个人儿去扫。雨洗香消，风催绿褪，倍觉春归早。红颜难驻，东皇也促人老。　　痛我一样飘零，问花知否，和尔成同调。花到来年依旧艳，人事更伤草草。打点枯肠，拚将情泪，聊共花容槁。一般沦落，此生空负怀抱。

高阳台自题停琴伫月图小影

鹤友琴交，云盟月契，也曾自许清幽。桐叶风翻，泠然已是新

秋。轻绡谩试罗襦薄，恨年光、总付悠悠。问长空，一样清辉，为恁迟留。　　从今忆昔都如梦，自赏音人去，未谱清讴。云暗银屏，凭阑触目牵牛。今生命薄原如纸，又何消、写出新愁。最堪怜，石上三生，缘在情休。

百字令 留别祜甫四姊、撷芬二妹、逸青三妹

秋深红树，正长空雨洗，行装初整。一夜西风催晓梦，别恨又堆双鬓。素手重携，啼痕谩拭，把酒无心饮。销魂玉笛，不堪回首重听。　　曾记永昼敲棋，长宵清话，往事空相证。此去乡关如落絮，身世飘零莫定。千叠云山，一江清水，辜负归帆顺。酸辛情绪，却教清泪盈枕。

重帘怕卷，乍楼头寒压，沉吟别意。真个今番分手也，雨雨风风难避。衰柳无情，落花惹恨，况又关同气。丁宁保重，不须双袖凝泪。　　任它伫月楼虚，评花院冷，莫把离愁系。薄命自知非独我，今古伤心一例。断梗飘蓬，浮萍败叶，悟彻今生味。分飞千里，只期鱼雁勤寄。

高阳台 平湖秋感

败叶凝黄，枯芦减碧，长堤已是秋深。无限凄凉，扁舟独倚纱棂。湖光一片清如画，对愁颜、倍觉销魂。叹年来，瘦骨支离，照影分明。　　寒蛩不用吟衰草，纵哀吟百遍，谁解怜卿。天阔云低，孤鸿共我南征。青衫非是江州湿，掩啼痕、别有伤心。任凭它，冷月澄辉，难证前身。

满江红 韵玉六妹赴陕,赋此送别

画角霜城,早引起、一天离别。更那堪、砌蛩声住,塞鸿声切。君赋于归随挽鹿,侬伤往事听啼鴂。叹知音、从此隔天涯,空相忆。　　灞桥柳,函关雪。咸阳草,长安月。看啼痕满袖,泪珠盈睫。欲寄岭梅烦驿使,好凭河鲤传消息。最凄然、执手问归期,应难说。

高阳台 庭有白海棠一株,花时甚芳,忽经夜雨摧残,触绪感怀,偶填一阕志之

月被云迷,花逢雨折,古今缺事难全。一夜江风,无端吹坠尘寰。芳心枉自如霜洁,怎禁它、一例摧残。证前生,欲诉梅花,梦断孤山。　　含葩自是浓于画,到飘零狼藉,同此凄然。绿章谁奏,柔魂莫问青天。斜阳依旧迷胡蝶,妒双飞、怕卷帘看。任东风,收拾春光,莫惜华年。

菩萨蛮 寄怀撷芬二妹即和原韵

年年生怕清明节。惜花人杳空相忆。何处鹧鸪啼,春深蝶自迷。　　画桥流水碧。怅望云山叠。情绪醉还醒。那堪更忆君。

临江仙

帘外一庭芳草,墙头几树桃花。碧波低映小桥斜。韶光明媚甚,春色十分赊。　　知否玉关消息,依然烽火黄沙。故乡欲去

恨无家。红楼残梦醒,情思滞天涯。

一夜春风料峭,醒来花落阶墀。燕雏莺怯费寻思。昨宵因中酒,今日起偏迟。　　青鬓已非畴昔,多愁不减当时。陌头垂柳万千丝。危阑慵去凭,心事有谁知。

阮郎归

一春闲著最无聊。宝炉香懒烧。金铃空自护花梢。难禁飞絮飘。　　杨柳岸,木兰桡。江南景色饶。乍寒乍暖易魂销。泪珠红豆抛。

——《秋笳词》,《小檀栾室汇刻闺秀词》第五集,光绪间刻本

顾翊徽四首

顾翊徽，约活动于同治、光绪年间，字伯彤，江苏淮安人。夫杨毓瓒。有《熙春阁词》，已佚，存留之作收入《小檀栾室闺秀词补遗》中，未刊。

瑞龙吟题仙山楼阁图

玉京路。遥望紫盖霞飞，锦軿云渡。三清琼室琳房，绮窗尽启，娇龙懒护。旧游处。还忆翠岩西畔，种芝无数。春烟冷湿双鬟，万红似海，桃花满树。　　池上神弦初奏，湘灵幽怨，迸盘珠雨。玄鹤一声长天，银汉横素。星文宝笈，谁录金华语。香泉咽、空青未定，寒丝七炷。暗记凌虚步。鲤鱼乍起，波光小驻。画笔龙眠妒。风弄响，时疑箜篌微度。好藏绣幕，不教仙去。

青玉案游愚园

钿车宝马重游地。正秋晚、遥天霁。回步园林苔藓翠。亭前寻到，踏青痕细。女伴今春事。　　粉墙迢递秋千戏。云外朱楼沸歌吹。并入凭高无限意。愁边记取，断零诗思，化作飞鸿字。

浣溪沙九日登韩台

风雨重阳载酒游。韩台霜叶伴人愁。筑坛勋业叹浮沤。又见雁行思远道,故飞燕子自清秋。茱萸斜插玉搔头。

瑞鹤仙对月

流萤侵砌碧。正秋澄如水,凉怀吟得。迟花锁娇色。试减新半臂,缝罗云窄。初生桂魄。镜屏前、柔光几尺。最多情、小幌风烟,邺架旧芸今夕。　　遥忆。姮娥天上,未必婵娟,更嫌寥寂。藤萝绕石。人影瘦,井梧直。听寒蛩欲语,凭栏心事,江冷波涛梦隔。夜厌厌、银汉无声,玉阶露白。

——傅瑛主编《明清安徽妇女文学著述辑考》,
黄山书社2010年版

沈葆珊十首

沈葆珊，字玉瑚，浙江海宁人。祖父沈湘。著有《浣花吟馆诗词续选》二卷，凡《小草续选》一卷，《诗余续选》一卷。

一剪梅对月忆弟

竹影摇风过茜窗。月满回廊。笛韵悠扬。病躯无力坐乘凉。倦倚吟床。念到家乡。　　雁行遥隔路茫茫。无限思量。闷折柔肠。怀人静夜恨偏长。辜负蟾光。懒爇心香。

浣溪沙寄夫子

病骨支离笑我今。窗前不耐晓风侵。闲敲桐子寄同心。
别绪重重余缱绻，离怀脉脉独沉吟。寸笺写不尽情深。

浣溪沙寄衣

为恐轻棉不御寒。怀人静夜意难安。挑灯裁制坐更阑。
银箭催完犹未寐，金针纫罢再重看。嘱添衣更祝加餐。

感皇恩规夫子

天恩祖德，今喜铨花县。愿君判笔如良掾，克勤崇俭，济困怜危。莫倦洗冤排难，锄强扶善。　　清廉自矢，诗书研炼，时行好事，存方便，爱民如子，须教德化仁风遍，听琴堂雅颂，歌于汴。

秦楼月孟夏即事

风敲竹。桐阴满径苔痕绿。苔痕绿。鸟语间关，听来如曲。

帘波摇漾钩垂玉。沉檀静炷堪忘俗。堪忘俗。绣罢吟余，楸枰一局。

卜算子对月怀佩芬姊、素卿妹

觅句怀诗侣，挥弦忆赏音。望长天飞鸿东去，极目暗驰神。

璧玉团圞夜，清光万里新。问姮娥今宵照我，曾否照伊人。

浪淘沙月夜

雨过晚霞红。云敛长空。倚栏人待月升东。潇洒几竿花外竹，为引轻风。　　清绝小庭中。幽趣无穷。银蟾如水泻疏桐。泼遍墨痕添画景，绘出玲珑。

浪淘沙春日怀芬姊、素妹、珠妹

春日正迟迟。燕子来时。桃花绽粉柳垂丝。记得年时情最

好，分韵拈诗。　　蓦地远相离。重会何期。恨将愁绪诉天知。瞥见云边东去雁，一晌神驰。

浣溪沙 春夜

宝鸭香消夜气清。竹摇疏影晚风轻。海棠枝上月三更。
蝶梦悠悠眠未稳，花魂冉冉醉初醒。水仙弹罢夜凉生。

浪淘沙 寄怀秀山妹并寄蕙妹

听夕雨潇潇。静掩疏寮。寒蛩吟砌韵偏饶。触我怀人情绪也，兀坐无聊。　　强起把灯挑。拂纸拈豪。闲将离恨写秋宵。俟有鳞鸿来往便，寄赠心交。

——《浣花吟馆诗余续选》，清刻本

杨璿华二首

杨璿华,生卒年不详,字蕴萼,阳湖(今属江苏常州)人。父杨晋藩。母陈素贞。夫宜兴徐氏。早寡,事父母以孝称。能诗词,有《听秋馆诗词稿》。

清平乐 见《常州词录》

昼长人倦。宝鸭沉烟暖。槛外闲云和梦卷。寂寞绿荫深院。

愁多懒整花钿。酒醒犹是慵眠。莺燕已衔春去,空余长日如年。

台城路蓬山秋夜

小园一夜西风急,羁怀更添寂寞。败叶敲窗,清寒惊梦,顿起闲愁万斛。鸥盟摇落。况雁序无多,又分南北。自拥罗衾,静看冷月透帘幕。　　霜毫写就新句。但知音别后,谁和新曲。灯暗砧残,天空籁静,听尽千山落木。柔情难托。怅拾翠吟红,旧时行乐。回首前游,几人能再续。

——《小檀栾室闺秀词钞》,宣统元年(1909)刻本

包兰瑛六首

摸鱼子登黄鹤楼，次题壁韵

是何人、一诗题罢，飘然投笔而去。墨华千载痕犹湿，化作满江烟雨。凭啸处。似有个、毵毵老鹤盘空语。神仙旧侣。问几辈能来，一樽聊共，画壁赌奇句。　　君不见，容易沧桑几度。鬓边华发如许。江山不改当年相，阅尽兴亡今古。吾语汝。趁胜日、登临莫把韶光负。霞觞试举。且仰视天空，一声狂笑，羼入汉阳树。

齐天乐送张碧筠女史贞竹之上海

东门杨柳无情甚，春风忽然吹绿。盏底葡萄，尊前芍药，难解离愁盈掬。蒲帆半幅。怕送汝成行，归期难卜。试向旗亭，与君赌唱渭城曲。　　盈盈带水似縠。海天频寄讯，休吝珠玉。妙阁簪花，新诗醉草，都道前身张旭。吴儿眼福。怕纸价飞腾，兔毫书秃。慰我相思，锦鳞三十六。

翠楼吟秋砧　有序

秋夜将半，闻砧声自别院来，断续高低，如泣如诉。尔来三河募士，列镇征兵，《寄远曲》《子夜歌》，月夕霜晨，凄然欲绝。嗟

乎！玉人手倦，阳关万里之情；白帝秋高，画阁三更之泪。音犹在耳，感不绝心，为拈《翠楼吟》一阕写之。

白月帘栊，金风院落，海棠一夜红尽。关河书乍到，蓦传出千家霜信。罗衣偏冷。怎铁甲能支，宵寒初永。声声紧。两三灯火，万千离恨。　骤听。冷韵悠扬，较数声湘竹，更添幽懑。晚来经御苑，最难遣长安秋兴。征人梦稳。搅一片西风，也应惊醒。销魂甚。剪刀鸣处，泪痕重搵。

杏花天本意寄外　从五十六字体

卖花深巷清明后。有几处、酒旗风皱。倚楼容易教人瘦。何况是、晚妆时候。　胭脂雨、偶沾衣袖。雕梁燕、今年来否。料君匹马长安走。好消息、雨中应有。

风蝶令春日偶成

杨柳青遮路，芭蕉绿满廊。湘妃帘子卷斜阳。分付东风留住、落花香。　曲折荼蘼径，弯环薜荔墙。一重罗幕一重窗。中有呢喃燕子、语双双。

水晶帘余家旧有锦霞阁，今来平昌署中建阁三楹，亦以名之，暇日登临，即景口占

小楼窗槛太玲珑。绕帘栊，绿阴浓。曲绿阑干，斜抹夕阳红。柳外人家花外寺，听不厌、晚来钟。　好山如画隔墙东。两三峰，暮烟笼。密竹疏林，遮得月朦胧。诗债群常随处有，都记在、曲屏风。

——《锦霞阁词集》，宣统二年(1910)刻本

徐自华三十五首

菩萨蛮

桃花气暖烟光腻。闲阶月过清清地。越样可怜宵。心头未寂寥。　　五更花似霰。偎倚罗襟颤。河汉响春鸿。声重梦不重。

清平乐秋窗夜坐

书诗堆案。睡起还慵看。弦索丁丁何处院。一曲梁州新按。

愁人莫怕黄昏。斜阳总下荒村。不道斜阳过了,初更群叶敲门。

更漏子秋声

舞残荷,飘败叶。做得连宵骚屑。山外路,水西楼。羁人浑是愁。　　哀雁叫,候蛩语。岁岁闺中机杼。衣罢剪,漏初停。无声胜有声。

浣溪沙戏赠闺友

妆镜慵开怯画眉。桃花飞片入帘帷。困人天气日长时。
绣谱翻来拈线懒,韵牌检处得诗迟。新愁可许阿侬知。

相思儿令寄漪芳妹

记得离亭分别,烟柳正丝丝。忽见梧桐叶落,又是早秋时。
奈侬未定归期。劳卿无限怀思。西风珍重加餐,莫教瘦损腰肢。

菩萨蛮巢湖舟中守风

连朝怒吼东风急。推篷倚处愁如织。两岸苇萧萧。乡关望眼遥。　石尤何太苦。抵死留人住。更有助凄清。江洲寒雁声。

城头月连日守风,寄书乏便

浣花笺写簪花字。欲把离愁寄。可奈迢迢,东流不断,一碧庐江水。　无由觅个传书鲤。又是黄昏矣。几许乡心,满怀诗思,笛声吹起。

两同心有序　二首选一

西泠孙宦青衣,与某公子有啮臂盟,为事所阻,不能如愿,遂

雉经。公子闻之，亦服阿芙蓉膏死。呜呼！情天莫补，恨海难填。若双葬之，亦可与雁丘、鸳冢并传矣。爰赋二阕。

底事痴情，偏钟儿女。问天公、何物为情，能如是、两心相许。想人间、多少风流，动遭天妒。　念到死生殊路。已无欢趣。朝朝暮暮苦相思，反不如、眼前俱去。愿得教、落黄泉，和伊一处。

意难忘秋宵忆韵清女史

卸却残妆。听梧桐疏雨，洒上纱窗。银釭频剔焰，宝鸭烬余香。愁万种、未能降。独自倚银床。因甚的、秋声淅沥，今夜偏长。　惹人触起愁肠。忆当年旧事，多少思量。晚妆怜妩媚，花压鬓云傍。明月下、按霓裳。此景最难忘。更夜静、殷勤细语，露冷风凉。

贺新凉癸卯七夕

此夜难成寐。步闲阶、露凉人静，微风乍起。瘦影凭栏清似水，相对自怜憔悴。那更堪、年来情思。触景伤心心易感，蹙双蛾、损尽眉峰翠。愁如许，愁如醉。　抹空纤月如钩细。听桐阴、蛩声唧唧，满阶秋意。离合悲欢供领略，寸寸柔肠断矣。怎禁得、千行红泪。乞巧何心增怅望，问双星、奚地埋忧处。思往事，皆情累。

满江红雪夜课儿，感从中来，爰赋长调

大地茫茫，看白战、终宵未歇。帘卷处、彤云密布，朔风凛冽。世界三千都变玉，霜闺一色空疑月。唤娇儿、且读旧楹传，柔肠

裂。　　熊丸课,期望切。三迁教,惭难及。叹凄凉身世,那堪重说。旧事已随流水去,新愁只付鹃啼血。剩寒宵、百感上心头,乾坤窄。

踏莎行 留别

行色匆匆,离情脉脉。阳关曲又今朝拍。梅花带得故园春时带瓶梅一枝归,柳枝那管人愁别。　　此去无多,盈盈三月。吟情雅兴权收拾。诗筒若有寄将来,休云道远何由达。

城头月

蒙蒙细雨寒威冽。又放浔溪楫。怪煞西风,太无情思。只解催人别。　　门前流水声呜咽。似把离愁说。最是今宵,舟中岸上,共看残月。

贺新凉 题百二美楼诗照

都是真才子。问尘寰、茫茫大地,会心有几。年少未能除绮语,谱出美楼百二。挥彩笔、脂柔粉腻。倾国倾城今在否,更那堪、远隔人千里。空摹拟,魂消矣。　　香奁韵事珍珠字。写红笺、玉台丽句,玉溪清思。万种闲情无着处,怎得月圆花媚。尽吟哦、花间月底。天付词人多少恨,定青衫、湿透江州泪。把往事,重勾起。

贺新凉

一代射雕手。谱新词、花间兰畹，色丝齑臼。笔走龙蛇文倚马，余事更耽诗酒。已品学、早传众口。何事多才艰际遇，咏霓裳、未向蓬莱奏。嗟毷氉，难消受。　　茫茫身世人知否。最可怜、憔悴青衫，天寒翠袖。一掬灵均香草泪，此感谁能无有。又何必、潘愁沈瘦。我是门墙诗弟子，诵先生、佳句倾心久。瓣香奉，甘低首。

菩萨蛮秋感　四首选二

篆烟飏碧和愁织。空阶夜雨声声滴。心事短檠知。照人无语时。　　晚妆怜瘦影。镜掩菱花冷。诗意在秋边。宵凉迟未眠。

芭蕉窗外潇潇雨。滴碎愁心无着处。零落满池荷。秋声夜更多。　　纵把炎威洗。难把愁肠浣。咫尺望迢迢。天涯未算遥。

台城路寄妹

双鱼迢递衔书至，拔钗急开缄口。恶梦缠绵，痴魂苦扰，无数离情相逗。别来未久。已多少愁心，彀人消受。拚不思量，奈何又上两眉皱。　　归来小春时候。看篱菊犹存，岭梅开又。旧日豪情，而今感慨，且共论文尊酒。休教孤负。听零落梅花，绮窗人瘦。如水韶华，客中惊也否。

渡江云问秋

霜风吹渐紧,萧萧落叶,寒意透窗纱。吟秋人瘦也,憔悴无言,翠袖卷帘斜。凭高凝望,惟只见、隔水蒹葭。更数点、碧空飞雁,一片暮云遮。　　堪嗟。几多愁绪,一霎年华。忆前游如梦,已过了、三秋佳景,孤负黄花。而今试把秋光问,问明年、落在谁家。秋无语,怕教海角天涯。

满庭芳题贰香斋词稿

铁板豪情,金荃绮语,词人寓意偏深。青衫易湿,感慨最难禁。谱入宫商细按,钟期杳、莫抚牙琴。愁多少,欲浇垒磈,有酒懒重斟。　　忧心。时事亟,兰成作赋,子美悲吟。都一般怀抱,一样胸襟。天也忌才似此,借彩笔、吊古伤今。试相问,天涯憔悴,若个是知音。

月下笛闻笛

溽暑初收,凉风微拂,冰蟾朗洁。晚来雨歇。茉莉丛香似雪。步闲阶、景色清幽,忽隔院、伊谁擫笛。蓦远韵飞来,调高银字,穿云裂石。　　曲阑久倚,听如怨如悲,声声幽咽。知音何处,最感耽吟之客。静沉沉、庭宇凄清,长空一碧天籁寂。更休教、吹向东邻,有人惹愁绝。

满江红感怀，用岳武穆韵

岁月如流，秋又去、壮心未歇。难收拾、这般危局，风潮猛烈。把酒痛谈身后事，举杯试问当头月。奈吴侬、身世太悲凉，伤心切。　亡国恨，终当泄。奴隶性，行看灭。叹江山已是，金瓯碎缺。蒿目苍生挥热泪，感怀时事喷心血。愿吾侪、炼石效娲皇，补天阙。

金缕曲送秋璇卿妹之沪，时将赴扬州

送子春申去。好无聊、做愁天气，风风雨雨。萍梗江湖成浪迹，十事九同意忤。谁解得、用心良苦。仆仆尘劳嗟不已，问今宵、别后何时聚。君去也，留难住。　临歧记取叮咛语。慎风霜、客中珍重，勤传鱼素。闻说扬州烟景好，载酒虹桥秋暮。有几许、豪游佳句。劳我蒹葭秋水感，望伊人、不见知何处。空目断，江南路。

台城路七月八日夜微雨戏作

碧天雨洗银河净，今宵倍添离思。露冷风凉，月明人去，料得抛梭慵睡。年年如此。叹聚散匆匆，洒将情泪。会少离多，神仙修到也无趣。　依然寂寥独自。奈相思一岁，相逢一次。后约迢遥，新愁重叠，谁识这般滋味。痴情怎慰。望弱水盈盈，渡河无计。且织机丝，鸯鸳成锦字。

满庭芳 听雨寄妹

雨枕催愁，风帘扰梦，商声吹彻清笳。徘徊久坐，秋意入灯花。谙尽初凉天气，黄昏未、先掩窗纱。无聊甚，书成欲寄，望雁落平沙。　　天涯。羁旅恨，又逢秋到，可否思家。况工愁善病，应与悲嗟。却恨秋来易感，何况是、秋水蒹葭。憔悴也，看看明镜，青鬓负年华。

台城路 十月五日蓉女生日，赋此代哭

芙蓉零落秋江冷，凄凉小春天气。皓月沉怀，明珠碎掌，往事不堪重记。柔肠断矣。痛一朵昙花，罡风吹坠。梦也难寻，蓉城缥渺在何地。　　今生那能见尔，算盼得相逢，除非侬死。握手秋娘，牵衣娇女，反羡胜居人世。伤心怎已。睹断简残篇，犹书儿字。赢得长流，眼中多少泪。

水调歌头 和苣冬子观菊

冷雨疏烟候，秋意淡如斯。流光惊省一瞬，又放傲霜枝。莫怪花中偏爱，别有孤标高格，偕隐总相宜。对影怜卿瘦，吟癖笑侬痴。　　餐佳色，谁送酒，就东篱。西风帘卷，倚声愧乏易安词。只恐明年秋暮，人在海天何处，沉醉且休辞。试向黄花问，千古几心知。

浪淘沙和苣冬子忆旧感事词

久客倦东游。海外归舟。爱花解语为花留。岂比五陵游侠子,名士风流。　　秋水剪双眸。颦笑温柔。花前一醉暂忘忧。多少壮怀无限感,且付歌喉。

金缕曲

天不如人意。问尘寰、几家佳偶,美人才子。艳福原凭庸辈享,天总忌才如此。莫惆怅、这般身世。诗酒闲情聊寄托,愤时艰、须展云霄志。又何苦,为情累。　　故乡宝带桥头水。定生憎、分流别浦,西湖多事。我见犹怜愁未必,恐使双眉刻翠。累煞了、龙丘居士。红袖添香期慧解,奈伊人、有愧随春婢。何曾识,鸳鸯字。

蝶恋花题扇,和病倩韵

照眼花枝腰一束。慧解灵心,浅笑鬟低绿。春色撩人看未足。试将便面新词录。　　豆蔻年华颜似玉。羡煞吴刚,艳福藏金屋。月夜垂虹吟影独。吹箫谁和吴侬曲。

如梦令题画

数点胭脂春透。片石嶙峋云皱。烟雨断桥西,风景可能依旧。孤负。孤负。临风一枝疏瘦。

满江红 民国元年正月二十七日,为璇卿开追悼会于越中大善寺,谱此为迎神之曲

巾帼英雄,屈指算、君应魁首。好任侠、卖珠换剑,拔钗沽酒。慷慨喜谈天下事,权奇掩尽闺中秀。痛无端、党祸忽飞来,伤吾友。　　志未遂,刑先受。身虽丧,名垂久。又何妨流血,古轩亭口。五载凄凉风雨恨,一朝光复神州旧。慕芳徽、裙屐喜重来,君知否。

贺新凉 慧僧先生解职归里,武林四十二会社咸争相祖饯,余更绘西湖送别图,倚声寄之

潋滟明湖水。怎无端、晴漪映碧,骤含别意。报道先生归去也,一片帆飞天际。看岸柳、萧疏愁翠。记否年时秋惨淡,正奋身、革命风潮里。歼胡虏,拚一死。　　神州光复差堪喜。一年来、民合政治,心劳力瘁。砥柱中流肩负重,转瞬西风又起。忽摇动、莼鲈乡思。棋局纷争殊未稳,莫东山、高卧灰英志。应更为,苍生计。

浪淘沙 十二年除夕即席赠何香凝夫人

沽酒不须钱。今夕休眠。华灯照影鬓掩蝉。难得销寒开雅集,缓放归船。　　春讯落谁边。翰墨因缘。海天萍聚亦悠然。好写岁朝图一幅,明日新年。

古阳关 送陈淑观、吴奇隐二女士赴槟榔屿

江水回流碧。番舶催帆急。天低日暮，霜风紧，彤云密。怅萍踪易散，又送长行客。赋壮游、同时破浪海天阔。　　珍重临岐处，休惜别。逸庐佳景，留鸿爪，证泥雪。问山川异域，可否如乡国。只明月、常从画里照颜色。

——郭延礼、郭蓁编《秋瑾集　徐自华集》，
中华书局2015年版

濮贤娖二十八首

浣溪沙落花

柳外刚迎燕子归。东风转眼乱红飞。好春和雨砌成堆。
把酒怜花浇净土，凭栏犹自对空枝。日斜楼上绣帘垂。

菩萨蛮春寒

池塘雨后和烟冻。桃花弄影春寒重。含笑倚阑干。问花花可寒。　　花枝如病酒。色淡胭脂旧。怜惜意重重。编篱护晚风。

踏莎行

雨外残花，风中弱絮。春痕究竟归何处。寻春倚遍玉阑干，绿阴满地无人住。　　乳燕争飞，娇莺乱语。等闲不解春情绪。晚妆独自上高楼，斜阳却照东邻树。

清平乐葡萄将熟，编篱护之

红芽初吐。险被东风妒。特地牵云篱外住。好把柔条稳护。

主人爱惜春工。明珠格外玲珑。纵使杨花飞尽，绿阴犹满庭中。

虞美人

庭轩入夜风刚定。金锁重门静。月扶花影上高楼。楼上美人娇小、不知愁。　　但凭飞去花多少。独伴榴花老。留春杜宇最无情。他说不如归去、太分明。

菩萨蛮 新竹

新移嫩笋锄云护。更衣约在青春暮。又恐被风惊。编篱爱惜深。　　连宵新雨足。转盼烟凝绿。玉粉倘生香。比花当更强。

梦江南 初夏

双燕子，帘外说薰风。蕉叶凝云三面绿，榴花绽露几分红。倦绣且停工。

菩萨蛮 秋夜

烟云画阁珠帘冷。隔帘新月花无影。横了素琴弹。罗衣风渐寒。　　西风花里去。去后无寻处。蝴蝶几时来。劝花休浪开。

蝶恋花

画栋雕楼过半午。花柳深深,莺燕犹娇语。两面红栏回合处,美人端爱重帘住。　　一霎欢场天已暮。帘底笙歌,帘外风和雨。不见咸阳供奉苦,阿房转眼成烟雾。

卖花声

缓步到花阴。月上罗襟。手拈红叶护花心。恐怕半开花蕊嫩,受了寒侵。　　不忍弄瑶琴。云淡霜沉。隔墙偏又乱虫吟。似说后园秋色老,红透青林。

踏莎行听琴

蜀水连天,峨峰碍月。金徽忽向离人说。西川生小便为家,乡心更比江南热。　　竹软烟啼,蓉娇露泣。箜篌曾破娲皇石。泠然谱入七弦中,松风万壑凝云碧。

清平乐

绿窗朱户。燕子喃喃语。似说梨花寒食雨。转眼又将春去。

隔帘无奈东风。任他吹尽残红。只剩帘前新柳,黄花依旧烟笼。

虞美人

玉钩斜逗帘波软。寂寞纱窗掩。一庭飞絮怯东风。依旧去年春恨、上眉峰。　　海棠醉雨梨花病。烟锁红楼静。闲愁料理入诗囊。依旧去年春债、替花偿。

踏莎行

细雨帘栊，春风庭院。惜花忙煞莺和燕。海棠娇懒总低头，痴情都是东皇惯。　　柳外烟笼，花梢露乱。寻春无路诗情倦。晚来犹自倚阑干，绿阴满地斜阳淡。

蝶恋花送湘苓姊返浙江

帘外东风啼杜宇。不解离愁，只解催归去。绝好欢场留不住。天涯况是青春暮。　　挽手重提珍重语。湖上桃花，记取停船处。归梦莫教烟水误。花阴才是沧浪路。

满江红寄书环妹

楚岫花飞，早又是、伤春时节。忆往日、分钗让佩，空存梦迹。蓦地江皋归雁过，乡书一纸和愁说。说峨眉、风露浣征衫，凄凉绝。　　凤山树，影萧瑟。青衣水，声呜咽。料墓门酸泪，都成啼血。最小零丁无伴侣，离人苦被关山隔。问空林、翠袖倚春寒，谁怜惜。

满江红怀八兄

绿暗红稀，早做就、沧浪春暮。空料理、一湖烟水，离人何处。十日欢场浑似梦，轻帆一霎天涯去。记临歧、约在落花时，重相聚。　　江干鲤，仍西溯。楼头鹤，仍东顾。岂白云芳草，偏忘旧路。想是武昌花尚好，留连竟把归期误。恐桥亭、转眼涨秋波，多风露。

卖花声怀仙玲姊

春去不勾留。花事都休。绿阴和雾锁重楼。理罢晚妆香篆冷，月上帘钩。　　江水自东流。何处杭州。碧天望断海西头。应是惜花眠不得，一样春愁。

清平乐

落花依旧。不管眉峰瘦。满径绿阴人去后。辜负踏春时候。

东皇倘爱红楼。偕归定驻杭州。试问钱塘阿姊，荼蘼曾否低头。

贺新凉秋草

空谷凄凉绝。更何堪、斜阳荏苒，荒烟狼藉。花界零星留晚翠，梦绕江南江北。憔悴杀、西飞蝴蝶。究竟愁魂消几许，掩重门、盼断春消息。清露冷，寸心热。　　天涯触处伤离别。傍晚来、砧声才住，虫声转切。回首河梁空涕泪，莽莽寒云如昔。浑不

辨、青鞋行迹。为惜王孙归信晚，纵平芜、也作伤心色。霜重处，早头白。

凤凰台上忆吹箫落叶

雨护雕栏，云裁锦帐，东皇费尽春工。记晚春时节，嫩绿初浓。偏是年华如水，才转眼、早怯秋风。斜阳外，苍烟数点，病透梧桐。　　匆匆。随风归去，一霎下瑶台，不待霜红。剩萧条庭院，残月疏钟。只有空林冻雀，犹偎傍、十二楼东。更无奈，长廊夜深，啼断寒虫。

虞美人和六兄悼兰词

镜台尘掩珠丝袅。佩冷衣香杳。春风争许并头看。不道刈兰风雨、在春先。　　忏花夜夜啼红泪。泪涸情芽瘁。乱拈诗草当香焚。但是同根姊妹、总消魂。

金缕曲哭十兄戊子乡荐后即登仙箓，学养纯粹，人咸惜之

蓦地情肠断。撇伤心、弟兄姊妹，灵前哭唤。纵是俗根能解脱，未必绝无留恋。何忍使、重堂亲见。谁料才长偏命短，只科名、稍遂扬眉愿。算留得，锦衣看。　　一春风雨连遭变。怅罗襟、泪珠犹热，何堪重溅。君到黄泉逢骨肉，定说人间梦幻。空剩此、凄凉庭院。回忆花阴同结社，道明年、只恐欢场散。嬉笑语，竟先验。

浣溪沙为十兄设供日作

三月沧浪风雨哀。何堪浇酒奠泉台。断魂今日倘归来。
词稿缠绵余梦迹,文章潇洒惜天才。残篇触目总心灰。

浪淘沙

齐鲁古疆场。谁挽红羊。又愁离乱感沧桑。北辙南辕争远去,湖柳凄凉。　　侬也理行装。清检书囊。江南烟水路茫茫。客里惊鸿归未得,又到斜阳。

浪淘沙十五兄于役诸城,旅夜感怀,追思往事,昨以词见示,吟此和之

旧恨补新词。字字相思。青衫沦落旅怀痴。追忆齐眉扶弱女,共赋驱驰。　　潘鬓独伤时。诉与谁知。客窗风雪梦难支。强把吟笺填锦句,夜永更迟。

满江红梦游沃州官廨

神往天涯,浑不管、西风萧瑟。算梦里、绿窗无恙,妆台似昔。松菊烟荒吟社散,茝兰霜惨欢筵歇。绕重门、不敢步高堂,心偏怯。　　空林暗,慈乌泣。平芜冷,寒虫咽。剩萧条庭院,一弯斜月。天姥峰前乔木坏,曹娥江上愁云叠。感沧桑、涕泪证红泥,凄凉绝。

蝶恋花

玉殿瑶台春最好。不是鸳鸯，也解双栖老。错落桃花红不扫。沿阶珍重宜男草。　　黄鹤乘风归去早。楼外青山，山外云霞渺。隔断红尘人未晓。此中别有神仙岛。

——《拈花小社遗稿诗余》，民国二十年(1931)排印本

吕惠如十五首

吕惠如(1875—1925),原名湘,行名贤钟,字惠如(一作蕙如),又字云英,安徽旌德人。父吕凤岐,光绪三年丁丑科进士及第,后历任国史馆协修、玉牒纂修、山西学政等。与妹吕清扬、吕碧城都以诗文闻名于世,号称“淮南三吕,天下知名”。有《惠如长短句》。

琐窗寒绿阴

空欲成烟,净无堪唾,碧愔愔际。凄迷一片,隔断故国千里。隐江边、谁家小楼,有人背立斜阳里。正单衣才换,玉钗风漾,满身凉翠。　　花事。久消替。又换了梅园,清和天气。鸣鸠乳燕,共赏绿天新意。想前番、残红褪余,此中犹有春魂寄。伴画桥、明月眠琴,夜色笼清绮。

扫花游清明

一番雨过,早梨云卸了,新烟乍起。晓霞晴腻。漾笼门翠柳,万家春意。粥冷饧香,人隔秋千巷尾。数花事。正开到杜鹃,恰染红泪。　　埋玉芳草地。有多少春魂,墓门长闭。绿罗裙碎。想化成蝴蝶,飞来尘世。如梦光阴,只有斜阳不死。黯红紫。镇年年、画愁无际。

临江仙拟易安

庭院深深深几许，倚风帘幕低垂。海棠红冷雁来时。徘徊团扇曲，蕴藉惜秋词。　　暮雨荚房人悄悄，无聊独理琴丝。寂寥心事有谁知。断无人可忆，何处说相思。

浣溪沙天末风起，秦淮歌舫渐稀。木樨香时，秋阳骄亢，人多病齿头眩，江南呼为桂花燥，赋此词

金碧楼台咽暮蝉。燥晴秋见夕阳殷。梦思疏雨滴帘前。
八月凉波桃叶渡，一城秋病木樨天。恼人风物寄吴笺。

点绛唇

暝入高楼，西风又送砧声暮。断鸿来去。云暗江天路。
象管鸾笺，不赋销魂句。秋怀苦。愁风愁雨。人是芭蕉树。

蝶恋花秋日泛舟

杨柳萧疏秋欲笑。细雨斜风，凉入渔人棹。八月湖山供笑傲。全家都作烟波钓。　　醉向青天歌古调。短笛无腔，不怨知音少。我自夷犹天地好。古今一任愁难了。

鹊桥仙

钟声远寺，鸡声近陌，曙色渐分林罅。秋云何处陇头飞，正木

叶、亭皋初下。　　瑶阶凉露，瑶窗明月，一片融成澹雅。晓来无处觅吟魂，想神与、西风俱化。

洞仙歌 菊

从金碎玉，看几枝疏瘦。昨夜新霜又重九。正古帘月悄、罗荐香寒，是词客，薄醉微吟时候。　　南山真意在，孤绝幽芳，千载襟期继陶叟。端不负初心、寂寞东篱，总未向、春风低首。愿岁岁、秋光似花浓，这夕照、闲门有人同守。

祝英台近 冬月六日，借戚畹薄游清凉山，于扫叶楼清凉寺之间，别得古刹，境极邃僻。搴萝攀崖，藉草成兴，惜无画手写此冬山共话图也

步苍崖，扶藓磴，一径入幽窈。绝壑云深，翠色带风筱。可能呼起冬心，倩他古笔，写出这、寺门残照。　　世缘少。待将结伴诛茅，乾坤一亭小。人哭人歌，甘向此中老。似闻鹤语空山，忍寒餐雪，总不向、红尘飞到。

疏影 冬月廿四日初雪，红萼未吐，翠樽不倾，兀坐小窗，萧然意远，赋此解自慰

峭风弄冷。正搓酥剪水，飞雪初逞。雁影冥茫，树色迷离，长空一片清迥。沧江日暮云阴合，早又是、千山送暝。想翠楼、初卷重帏，寒入玉人跻领。　　寂寞梅边韵事，冷红犹未放，谁助清兴。巷陌沉沉，枯柳萧萧，那有故人车听。还思极浦扬舲去，怕冻

合、鲛宫明镜。盼中庭、皓月能来,共赏玉台仙境。

忆旧游羁泊江南,匆匆十五年矣。桑海迁易,百忧填膺,行将卜居冶城山麓。以秣陵之烟树,作故山之猿鹤,胜地有缘,信天自憙,时藉倚声,聊摅襟抱

记襟分辽月,鬓染吴云,十载犹赊。老向江南住,把莫愁故里,当作侬家。青山待人情重,留与共烟霞。看转烛人情,抟沙世事,且伴梅花。　　独立水云侧,似信天翁鸟,饥守苍葭。没个消凝处,倚东风一笛,自遣生涯。平生不愿枯寂,冷处亦清华。正怕作愁吟,郊寒岛瘦谁效他。

高阳台

夕照山川,惊涛世界,何堪更感流年。雪霁荒郊,匆匆换了桑田。人间那有欢娱地,问销魂、春在谁边。但苍茫,一棹寒潮,万柳风烟。　　浮名早付行云去,笑谁将腐鼠,犹忌雏鹓。料理琴书,襟怀且自悠然。梅花懒续东风梦,抱幽香、自老青天。只难忘,万里春愁,托与啼鹃。

浣溪纱庚申除夕

绛烛笼纱照夜阑。琼签愁报曙光寒。一年陈迹付飘烟。
尽使江流驰短梦,待招春色入吟笺。好怀休自减中年。

浣溪纱

杨柳蒙烟覆大堤。黄昏人拥市桥西。画船灯影漾明漪。

玉笛新声方入破,断鸿江渚正愁饥。酒阑犹问夜何其。

好事近

残雪寄崖阴,浅碧已生纤草。三两幽花谁见,有诗人能道。

春寒犹锁玉楼人,寻芳喜侬早。偏有小黄蝴蝶,更比侬先到。

——《词学季刊》第三卷(1936)第二号

沈鹊应十四首

点绛唇

春早犹寒,阑干倚遍人微困。征鸿飞尽。苒苒无音信。独隔天涯,萱草难蠲忿。谁行问。从行无分。多少思亲恨。

少年游

难追往事去如波。岁月又蹉跎。衣袂京尘,昔曾染处,何日重过。　　而今日近长安远,回首夕阳多。少年曾听,凤凰池上,过客鸣珂。

淡黄柳春雨

小楼晓色。一片同云黑。做雨飞来声滴滴。欲访芳菲径里。争奈空阶几番湿。　　最堪惜。韶光任虚掷。杏花信、杳消息。叹西园、寂寞天涯隔。最是无情,一池春水,比似当初更碧。

虞美人鲇鱼风筝

野塘春水连天碧。化作烟波色。忽听何处弄鸣筝。又是东

风卷入、碧云声。　　苕苕直上干霄汉。儿女争呼唤。从容不傍逆风飞。何事竹竿难上、笑男儿。

高阳台 怀蘋妹西洋女塾

海上春风,淮壖寒食,相望独自离家。街北高楼,记曾携手同车。鲸铿报午停铅椠,颤金钗、蹴鞠喧哗。共流连,一半吴娃,一半蛮花。　　如今姊妹勤相忆,况亚洲异日,天共人遐。欲寄鱼书,江长不到天涯。危阑独倚斜阳下,似苕苕、一水蒹葭。最无聊,满耳鹃啼,满目云遮。

甘州 怀金陵梁间燕子

叹一年一度此淹留。软语话温柔。傍雕梁绣户,惊人好梦,故蹴帘钩。旧宅重来风景,换却一番愁。可念征蓬转,淮海漂流。

同是倦游羁旅,误匆匆柳色,岂为封侯。止凭谁分付,珍重羽毛修。向天涯、殷勤凝望,对斜晖、不见旧妆楼。遄归罢、怅繁花谢,金谷荒丘。

兰陵王 鸡声

梦初阁。残倦余酲尚著。纱窗外,晴报远钟,曙色阴阴透帘幕。醒来夜情恶。更听胶胶声作。中心警,颠倒着衣,却被苍蝇弄听错。　　长鸣意谁托。甚风雨凄凄,都未忘却。宁同宛转调弦索。惊茅店羁旅,金闺朝士,一例繁雄并冷落。底更促梳掠。

寂寞。岂漂泊。搅无睡残更,翻依鸣柝。同声唱晓天涯各。怅问寝犹隔,栉笄如昨。干卿何事,向耳畔,触悲乐。

浪淘沙虬髯客传

越国意扬扬。不惜红妆。剧令深夜出严装。蹀躞叩门茅店里，颜色仓皇。　　慧眼识三郎。委地青长。虬髯顾盼思如狂。锁钥尽教将一妹，来佐秦王。

燕山亭读列女传

薄晚寒闺，轻盈弱质，井水心情自守。触目惊心，栋折榱崩，何恤玉颜消瘦。针管慵拈，误几度、窗前停绣。回首。叹周道游观，将非君有。　　嗟彼女伴何知，把慷慨情怀，认萦丝藕。葵践兄亡，冷眼年来，已知大弓难彀。无限伤心，当商女、后庭歌奏。能否。比例似、无盐觅偶。

西河江州琵琶

行复止。归舟尚滞沙际。荻花瑟瑟夜江头，月明似水。未归反作送归人，临风愁杀居士。　　寻声问，幽寂地。哀弦一曲谁理。京华旧迹已茫然，铮铮又起。相逢一样可怜生，天涯沦落憔悴。　　萧娘暮洒老大泪。感当时、司马情意。漫拨数声无俚。剩长歌、写恨孤亭，凭吊千载悠悠，伤心事。

凤凰台上忆吹箫忆菊花

枫冷吴江，雁飞南浦，家家黄叶堆门。听暮砧声急，日已黄昏。记忆当时三径，尽飘零、松菊犹存。荒城里，止看摇落，未见

花繁。　　销魂。故乡此际,佳节醉西园,篱畔芳樽。念秋光狼藉,安得移根。屈指重阳将近,思往事、杳杳无痕。伤情处,但看鸦飞,水绕孤村。

浪淘沙

报国志难酬。碧血谁收。箧中遗稿自千秋。肠断招魂魂不到,云暗江头。　　绣佛旧妆楼。我已君休。万千悔恨更何尤。拚得眼前无尽泪,共水长流。

菩萨蛮

旧时月色穿帘幌。那堪镜里颜非昨。掩镜检君诗。泪痕沾素衣。　　明灯空照影。幽恨无人省。展转梦难成。漏残天又明。

凄凉犯墨梅

幽奇妙笔。传神处、横斜一片难折。水边竹外,无言独自,盈盈清绝。墨香染颊。任羌笛飞声自咽。但凄然、冰魂一缕,掩映夜深月。　　索笑人何处,弄蕊吹香,欢情销歇。罗浮梦断,思恹恹、怨怀谁说。洗尽残妆,入横幅余姿更洁。有凌波、缥缈冷澹,不可接。

——《崦楼词》,《小檀栾室汇刻闺秀词》第十集,光绪间刻本

秋瑾三十八首

满江红

小住京华，早又是、中秋佳节。为篱下、黄花开遍，秋容如拭。四面歌残终破楚，八年风味徒思浙。苦将侬、强派作蛾眉，殊未屑。　　身不得，男儿列。心却比，男儿烈。算平生肝胆，不因人热。俗子胸襟谁识我，英雄末路当磨折。莽红尘、何处觅知音，青衫湿。

临江仙题李艺垣慕莱堂集

忆昔椿萱同茂日，登堂喜舞莱衣。而今风木动哀思。音容悲已杳，犹记抱儿时。　　南望白云亲舍在，故乡回首依依。慕莱堂上征歌词。弟昆分两地，愁读蓼莪诗。

翠楼怨题王泽寰亡姬吴氏遗像，因庚子兵燹，此像失之，后其友朱望清见于市上，赎回归之

寂寞庭寮，喜飞来画轴，破我无聊。试展朝云遗态，费维摩、几许清宵。紫玉烟沉，惊鸿影在，历劫红羊迹未消。赖有故人高谊，赎得生绡。　　环佩声遥，纵归来月下，魂矣难招。故剑珠还

无恙,黄衫客、风韵偏豪。自叙乌阑,遍征红豆,替传哀怨谱离骚。但恐玉箫难再,愁煞韦皋。

子夜歌寒食

花朝过了逢寒食。恼人最是春时节。窗外草如烟。幽闺懒卷帘。绛桃临水照。翠竹迎风笑。莺燕不知愁。双飞傍小楼。

清平乐花朝,是日风雨大作

花朝序届。风雨多勾碍。莺儿窗外啼无奈。误了踏青挑菜。

遮莫今岁春迟。风雨相阻良宜。且待桃花放候,清明时节堪期。

临江仙中元

秋风容易中元节,霜砧捣碎乡心。蛩声凄楚不堪闻。空阶梧叶落,销尽去年魂。　　何事眉峰频锁翠,愁浓鹊尾慵熏。栏干遍倚悄无人。多情惟有影,和月伴黄昏。

罗敷媚春

寒梅报道春风至,莺啼翠帘。蝶飞锦檐。杨柳依依绿似烟。

桃花还同人面好,花映前川。人倚秋千。一曲清歌醉绮筵。

减字木兰花夏

又送春去。子规啼彻庭前树。夏昼初长。纨扇轻携纳晚凉。

含桃落尽。莺语心惊蝶褪粉。浴罢兰泉。斜插茉花映翠钿。

玉交枝秋

金针度，晚妆初罢陈瓜果。陈瓜果，无限心事，背人偷诉。

夜深小凭栏干语，阶前促织声凄楚。声凄楚，笑倩同俦，不如归去。

更漏子冬

起严霜，悲画阁。寒气冷侵重幕。炉火艳，酒杯干。金貂笑倚栏。　云漠漠，风瑟瑟。飘尽玉阶琼屑。疏蕊放，暗香来。窗前开早梅。

浪淘沙秋夜

窗外落梧声。无限凄清。蛩鸣啾唧夜黄昏。秋气感人眠不得，细数鼍更。　斜月上帘纹。竹影纵横。一分愁作十分痕。几阵吹来风乍冷，寒透罗衾。

相见欢

因书抛却金针。笑相评。忘了窗前红日、已西沉。春衫薄，

掩帘幕，晚妆新。踏青明日女伴、约邻人。

菩萨蛮寄女伴

堪怜一片帘前月。不照欢娱照离别。云树思悠悠。无情湘水流。　　一山相隔远。欲见何由见。含笔费商量。愁和更漏长。

寒风料峭侵窗户。垂帘懒向回廊步。月色入高楼。相思两处愁。　　聊得心上事。托付浣花纸。若遇早梅开。一枝应寄来。

踏莎行

将锦遮花，拦烟护柳。苍苔小步低徊久。自怜往事惜流年，已忘夜月上窗牖。　　杏脸褪红，桃腮中酒。多情月姊蛾眉绉。拍栏杆欲问东风，明年池馆能来否。

金缕曲送季芝女兄赴粤

凄唱阳关叠。最伤心、渭城风雨，灞陵柳色。正喜闺中酬韵事，同凭栏杆伫月。更订了、同心兰牒。笑倩踏青携手处，步苍苔、赌印双弓迹。几时料，匆匆别。　　罗襟泪渍凝红血。算者番、愁情恨绪，重重堆积。月满西楼谁伴我，只有箫声怨咽。恐梦里、山河犹隔。事到无聊频转念，悔当初、何苦与君识。万种情，一枝笔。

七娘子

褪红帘外东风晚。杨柳飞绵春意满。草肥花瘦，莺愁蝶怨。空阶似觉闻长叹。　　芭蕉经雨心犹卷。杜鹃声急沉香断。好景罕逢，良时苦短。韶光去矣难留恋。

满江红鹃

鶗鴂声哀，恨此际、芳菲都歇。更何堪、剩绿含愁，残红如泣。香屑已无波弋贡，花魂欲作经年别。想夜深、寂寞小庭幽，闻哽咽。　　旧台馆，余苔碧。步曲径，伤陈迹。只迷离衰草，乱虫凄切。老我韶华春不管，妒人风雨愁将绝。问青天、缺月可常圆，空啼血。

齐天乐雪

朔风萧瑟侵帘户。谁唤玉龙起舞。万里云凝，千山雾合，做就一天愁绪。谢家娇女。正笑倚栏干，欲拈丽句。访戴舟回，襟怀多半为伊阻。　　应被风姨相妒。任飘尽梨花，摧残柳絮。玉宇琼楼，珠窗银瓦，疑在广寒仙府。清香暗度。知庭阁梅开，寻时怕误。暖阁围炉，刚好持樽俎。

丑奴儿望家书未至

困人天气日徘徊，慵扫蛾眉。懒插金钗。蕉叶为心卷未开。
沉沉所事挂胸怀，划遍炉灰。倚遍廊回。盼煞音书雁不来。

唐多令秋雨

肠断雨声秋。烟波湘水流。闷无言、独上妆楼。忆到今宵人已去,谁伴我、数更筹。　　寒重冷衾裯。风狂乱幕钩。挑灯重起倚熏篝。窗内帘声窗外雨,频点滴、助人愁。

贺新凉戏贺佩妹合卺

吉日良时卜。镜台前、丽娥妆就,早辞金屋。恰是银河将七夕,一夜桥成乌鹊。引凤曲、双和玉竹。屈指倚栏翘望处,计官衙、今日花生烛。遥把那,三多祝。　　蓝桥玉杵缘圆足。人争道、郎才女貌,天生嘉淑。却扇筵开娇欲并,暗里偷回羞目。佐合卺、更饶芳卮。添个吟诗仙伴侣,谱新声、因满芙蓉牍。初学画,双眉绿。

念奴娇寄珵妹

最无聊赖,是重裘叠幕,严寒时候。观腊吹葭都过了,佳节良辰辜负。梅绽红葩,雪飞白絮,景物还依旧。年年今日,围炉同把樽酒。　　而今两地分飞,几重云隔,往事愁回首。最是想思拦不住,又见岁华驰骤。别绪千丝,离情万缕,寸纸应难剖。何时归省,窗前相将携手。

意难忘

幽恨无涯。听归鸿阵阵,和那栖鸦。炉烟销馝馞,箔彰斗尖

叉。花作槛、柳排衙。风景足矜夸。畅好是、栏干倚处,月满窗纱。　　豪情欲继乘槎。向广寒宫里,听谱红牙。须将双眼拭,俯看万人家。攀桂树、玩云霞。臼杵玉无瑕。乞嫦娥、分侬丹药,长驻年华。

满江红题郑叔进名沅孤帆细雨下潇湘图

尺幅丹青,藏多少、辛酸痛泪。想那时、帘纤细雨,魂销帆驶。画荻欢成永叔业,导舆不获崔邠侍。恸慈晖、一去见无从,伤心始。　　课儿声,长已矣。思亲泪,何时止。剩潇湘诗句,兰闺遗志。纵有虎头灵妙笔,难传仁杰缠绵思。盼何时、懿像画甘泉,荣青史。

东风第一枝雪珠

冻雾初含,寒风乍起,时光一霎都变。池塘鹤梦皆迷,闺阁虾帘不卷。巡檐乱落,似粒粒、明珠抛散。笑幻奇、手掷麻姑,故弄眼光疑眩。　　敲冰屑、儿童嘻捡。拖雨线、天公愁绾。堆成玉海银涛,莫觅红楼翠馆。千盘万楱,堪买否、韶华重转。尽围炉、闲理诗牌,瘦了梅花人面。

喝火令题魏春皆看剑图小照

带月松常健,临窗卷屡翻。吴钩如雪逼人寒。想见摩挲三五,起舞白云抟。　　短袷豪挫地,长歌笑划天。王郎知己托龙泉。似此襟怀,似此襟怀难。似此高风雅韵,幸有画能传。

满江红中秋夕无月,屈指三年;今年喜见之,不可无词以记,赋成此解

客里中秋,大好是、庭前月色。想此夕、平分秋景,桂香催发。斗酒休辞花下醉,双螯喜向樽前列。算蟾光、难得似今宵,清辉澈。　移篱菊,芬芳接。歌水调,唾壶缺。问楼头谁倚,玉箫吹彻。风味何人能领略,襟怀自许同圆洁。把幽情、暗自向嫦娥,从容说。

南浦月前题

喜得蟾光,长天今夜清如水。许多心事。欲诉珠帘底。
才见窥窗,何事匆匆避。聊缘因是。怕看圆影。勾起离人思。

忆萝月前题

桂香初揽。袖角清芬染。何故寒簧梳洗懒。才得奁开重掩。
多事却笑云痴。不肯现出常仪。定教十分圆了,绿窗方许人窥。

临江仙题秋灯课诗图

懿范当年传画荻,辛勤慈母兼师。丸熊篝火课儿时。三迁媲孟氏,折葼授羲之。　佳句不辞千遍读,秋宵真个宜诗。讲帏已邈悔生迟。宣文遗志在,盥手仰仪徽。

踏莎行陶荻

对影喃喃，书空咄咄。非关病酒与伤别。愁城一座筑心头，此情没个人堪说。　　志量徒雄，生机太窄。襟怀枉自多豪侠。拟将厄运问天公，蛾眉遭忌同词客。

满江红

肮脏尘寰，问几个、男儿英哲。算只有、蛾眉队里，时闻杰出。良玉勋名襟上泪，云英事业心头血。醉摩挲、长剑作龙吟，声悲咽。　　自由香，常思爇。家国恨，何时泄。劝吾侪今日，各宜努力。振拔须思安种类，繁华莫但夸衣玦。算弓鞋、三寸太无为，宜改革。

昭君怨

恨煞回天无力。只学子规啼血。愁恨感千端。拍危栏。
杠把栏干拍遍。难诉一腔幽怨。残雨一声声。不堪听。

临江仙陶荻子夫人邀集陶然亭话别，紫英盟姊作擘窠书一联以志别绪。驹隙光阴，聚无一载，风流云散，天各一方。不禁黯然，于焉有感。时余游日留学，紫英又欲南归

把酒论文欢正好，同心况有同情。阳关一曲暗飞声。离愁随马足，别恨绕江亭。　　铁画银钩两行字，歧言无限丁宁。相逢

异日可能凭。河梁携手处,千里暮云横。

望海潮 送陈彦安、孙多琨二姊回国

惜别多思,伤时有泪,内绌外侮交讧。世局堪惊,前车可惧,同胞何事懵懵。感此独心忡。羡中流先我,破浪乘风。半月比肩,一时分手叹匆匆。　　从今劳燕西东。算此行归国,立起疲癃。智欲萌芽,权犹未复,期君力挽颓风。化痼学应隆。仗灿花莲舌,启瞶振聋。唤起大千姊妹,一听五更钟。

如此江山

萧斋谢女吟愁赋,潇潇滴檐剩雨。知己难逢,年光似瞬,双鬓飘零如许。愁情怕诉。算日暮穷途,此身独苦。世界凄凉,可怜生个凄凉女。　　曰归也归何处。猛回头祖国,鼾眠如故。外侮侵陵,内容腐败,没个英雄作主。天乎太瞽。看如此江山,忍归胡虏。豆剖瓜分,都为吾故土。

鹧鸪天

祖国沉沦感不禁。闲来海外觅知音。金瓯已缺总须补,为国牺牲敢惜身。　　嗟险阻,叹飘零。关山万里作雄行。休言女子非英物,夜夜龙泉壁上鸣。

——郭延礼、郭蓁编《秋瑾集　徐自华集》,
中华书局2015年版

李慎溶十一首

李慎溶(1878—1903),字樨清,父李宗祎。夫孙鸿谟。幼承庭训,有《花影吹笙室词》。

蝶恋花萤

旧苑秋芜兴废警。怯小愁单,短梦何时醒。明月不来天又暝。竹边水面光无定。　　庭院沉沉街鼓静。三两斜飞,做就凉宵景。携扇兜裙风露冷。几回踏碎梧桐影。

踏莎行春日感旧并示江右诸妹

乳鸭池塘,初莺院落。回头往事全如昨。人生那得似东风,东风依旧穿帘幕。　　万里茗茗,尺书空托。一春但见离怀恶。胜游别后负南园,花间闲煞秋千索。

蝶恋花

一夕凉飙辞旧暑。飒飒墙蕉,恐是秋来路。转眼薰风时节去。不知燕子归何处。　　抽纸吟商无意绪。短槛疏窗,难写黄昏句。今夜夜深知更苦。阶前叶叶枝枝雨。

浪淘沙

瓦罅堕微霜。飘叶初黄。寒鸦声外度斜阳。回首绿阴门巷异,荏苒时光。　　何处听清商。竹院梧廊。夜阑却讶雨敲窗。有梦欲寻寻不得,秋在胡床。

百字令和林畏庐诗丈泛湖之作

越山清绝,泛湖光中夜,翛然孤引。一片玲珑惊骤冷,月底杨花吹鬓。渔屋风生,篷窗人悄,谁解听高韵。细波轻桨,睡鸥沙际难稳。　　长叹系梦西泠,夷犹片棹,欲去频无准。闻说交芦庵外树,犹怨当年先隐。半霎沉埋,水孤天阔,渺渺游人恨。传来新句,旧愁平地盈寸。

疏影菊影

黄昏院宇。有秋魂一片,消瘦如许。载酒篱根,醉眼模糊,误得几回惊顾。夜阑徙倚犹相对,纸槛外、疑烟疑雾。但萧然、澹影难描,不上画家新谱。　　绕砌鸣蛩旧识,凉宵厌寂寞,来伴低语。隔岁园亭,约略吟秋,曾采幽芳题句。重逢却讶分明甚,正冷月、无声窥户。更谁怜、立尽霜华,又度小庭寒曙。

齐天乐小西湖秋况

浮岚不散繁华影,层峰尚含秋妩。已老蘋根,全欹藕叶,过了晶宫佳处。桥阴静伫。爱漠漠罗衣,水花香聚。瘦柳枯蝉,向人

憔悴看人去。　　平漪遥望似镜，忽澄烟裂碧，篷响惊度。野吹无声，残阳弄影，猛见霜红翻树。沉吟渐苦。甚一样江山，顿伤心素。脉脉回桡，破蟾窥暗渚。

壶中天春阴

帘衣深下，但溟濛一片，频飞轻雾。十里红楼都似水，唯有莺声低度。杨柳多情，和春共瘦，还替春凄苦。揉昏搓暝，粉香犹未成絮。　　生怕燕子归来，沉沉绿暗，换了门前路。见说钿车南陌少，几日芳游轻误。山枕余薰，云屏萦梦，绊得清寒住。无聊人起，洒窗时响疏雨。

长亭怨慢探梅

是谁访、孤山前道。几日诗魂，被花相恼。暗瓦残霜，故溪新雪候犹早。梦游程熟，峰影下、天凄窈。此度见峨妆，定不惜、年光轻老。　　寒峭。甚愁鬟厌整，冷落水边人缟。多情翠羽，忍忘却、绮窗音报。正怅惘、鞠尽篱根，又萦惹、吹香吟抱。待唤起娉婷，一笛苕苕飞到。

解连环为王碧栖词丈题寒城旅眺图

倚筇人懒。正昏鸦秃树，古城秋晚。蓦忆著、王粲当时，搁归计西风，鬓霜轻换。异地登临，恨犹带、故园心眼。问乡愁、此际不用，悲笳已是难缓。　　年芳去人渐远。对沉吟尚有，图画疏散。纵赚得、词赋江关，叹踪迹平生，倩谁能绾。有限回程，奈也被、暮云遮断。更凄迷、夕阳尽处，数声过雁。

一萼红碧栖词丈归自沪江，为寄江南梅，迟延未到，作此以速之

步空坡。正凝思望远，无语忆幽姿。津国清霜，柴门流水，关河魂梦参差。待料理、江南旧怨，甚东风、犹滞在横枝。浮海春回，吟芳人老，余想惊非。　　苕递平烟千驿，更平波千顷，冷浸冰肌。岁晏情怀，天涯滋味，寒边事事轻违。渺何处、吴船载雨，较花候、却比故山迟。长为婵娟瘦损，此意谁知。

——《花影吹笙室词》，《小檀栾室汇刻闺秀词》第十集，光绪间刻本

廖芝七首

廖芝(1878—1941),初名福芝,字石仙,一字若仙,浙江平湖人。夫陈翰。

捣练子荷塘纳凉

池水绿,藕花红。一扇清香一扇风。塘外蝉声声不绝,水云荡漾月朦胧。

捣练子南窗玩月

万籁息,碧天空。深院吹来桂子风。何处琴声弹夜月,月斜人静露华浓。

上西楼戊戌仲夏偕外子游小湖墩

爱他水碧花红。画阁中。绛色纱窗轻启、好迎风。　　风吹面,凭栏立,语喁喁。菡萏亭亭花貌、似郎容。

十六字令秋闺

眠。蟋蟀声声到枕边。纱窗掩,怕见月娥圆。

上西楼余患足疾半载未痊,于庚戌四月朔至嘉兴福音医院诊治,留院十天

西楼瓦绿墙红。病房中。百叶长窗深闭、怕闻钟。　　晚妆卸,孤灯息,睡朦胧。蕉雨声声搅的、旅魂慵。

上西楼戊戌中秋夕外子与二三友买棹贯游东湖,深夜来归,余偶成上西楼一调

一轮皓月当空。满庭中。窗外金风乍起、揭帘栊。　　敲棋子,灯花落,意慵慵。人醉归来更鼓、已三通。

乌夜啼辛亥六月十日外子赴沪未返,是夕针楼独坐,偶成一阕,以遣闷怀

画栏斜倚迎风。月溶溶。记得前宵牵袂、话离衷。　　湘纹枕,难寻梦,恨重重。檐前铁马不住、响叮咚。

——赵青撰《嘉兴历代才女诗文征略》,

浙江大学出版社2014年版

朱恕四首

朱恕(1878—1944),字澹香,一字素仙,号懒云、漱馨女士,仁和(今属浙江杭州)人。父朱祥甫。夫陈蝶仙,钱塘(今属浙江杭州)人,鸳鸯蝴蝶派小说作家,知名报人。子陈小蝶,鸳鸯蝴蝶派作家。女陈小翠,擅长诗词书画和小说创作。朱恕著有《懒云楼吟草》及散曲等作品。

虞美人

懒云犹傍高楼宿。眉样春山蹙。一春心事替花愁。如此盲风盲雨、几时休。　　没情最是啼鹃语。苦劝春归去。春归容易客归迟。客里伤春只有、自家知。

浣溪纱

麝脑香销宝鸭温。梨花春雨闭重门。篆烟和恨织诗魂。

着露蔷薇娇有泪,惊风蝴蝶梦无痕。最难消遣是黄昏。

——《女子世界》(1914)第一期

唐多令

柳色暗高楼。湘帘㡀玉钩。遍天涯、都是离愁。芳草斜阳何处是,何处是、古明州。　　良夜太悠悠。春寒已似秋。掩罗帏、欲睡还休。旧恨新愁都搁住,都搁住、小眉头。

——《女子世界》(1914)第二期

薄幸 题潇湘影弹词

是谁薄幸。便生把、花枝揉损。有多少、悲欢离合,磨折女儿心性。最怜他、红豆抛残,蓦然敲碎双鸾镜。便臂上香销,胸中雪冷,做了红颜薄命。　　天不管、恩和怨,容得否、一般都听。全仗他三尺,青萍飞去,胭脂血溅鸳鸯颈。冤仇雪净。怕回头哭煞,神瑛泪湿潇湘影。姻缘错尽,掩卷不堪重省。

——《女子世界》(1915)第四期

吴翠云一首

吴翠云，光绪间在世，字翠云，四川人。夫李经世，吴翠云为其侧室。

忆王孙秋夜独坐

频将罗扇扑流萤。烛烬香残冷画屏。为爱新凉户不扃。坐中庭。细数天边几点星。

——傅瑛主编《明清安徽妇女文学著述辑考》，
黄山书社 2010 年版

李淑琴一首

李淑琴(1879—1894),安徽合肥人,父李经世。

浪淘沙新秋乍凉

微雨晚来晴。暑退凉生。湘妃竹榻玉阶横。今夜人家贪睡早,景色凄清。　　云吐月华明。冷露无声。梧桐院落草虫鸣。偏是扰侬眠不得,街鼓三更。

——傅瑛主编《明清安徽妇女文学著述辑考》,
黄山书社2010年版

顾保瑢九首

虞美人谒月下老人祠

天下有情成眷属。愿已平生足。今朝未免似含羞。私与檀郎同拜、祝温柔。　　相传此老钟情特。好合凭神力。痴心儿女古来多。更愿同携共浴、爱河波。

少年游为春航题名小青墓作,用虑尊韵

孤山一角瘗芳魂。凭吊独伤神。悦己谁容,知音难觅,同是可怜人。　　凭谁演出凄凉影,颦笑竟成真。似梦情怀,如花颜色,倘或再来身。

一痕沙题武林同游照片,和外子韵

情愿此间乐死。说甚我非彼是。结伴笑谈余。语音殊。
人影珠穿一串。闲步六条桥畔。临水更登山。几时还。

罗敷媚题清波弄影照片,步外子韵

水光照见人如玉,绝代仙姿。绝顶书痴。借影清波慰所思。

无端添上人三两，蓦地相期。竟不分离。傍着栏干竞笑嬉。

虞美人佩宜以玉照见赠，小词答之

飞来一幅惊鸿影。渴念都消尽。湖山犹记晚妆迟。仿佛殷勤旅舍、夜谈时。　　不堪自抚尘容貌。愧乏琼瑶报。那番嫩约要重寻。无恙秋风扫径、待君临。

临江仙浮海槛检诗图题辞

曾忆西湖双泛棹，水光山色同妍。诗情画意万千千。愧无佳句就，辜负艳阳天。　　那种耐人寻味处，揽衣促膝相牵。戏猜迷韵教他拈。个中人领得，此境不能传。

蝶恋花题张花魂、顾蝶影伉俪之花魂蝶影图

蝴蝶双飞花解语。妙笔传来，巧绘同心侣。傍着栏干穿复度。月明应被嫦娥妒。　　慧福多由天付与。醞酿温存，两两清如许。不解人间离别绪。非痴非醉添娇妩。

虞美人题浮梅再泛图

花光明媚波光绿。西子游重续。湖山依旧笑相迎。管甚沧桑劫换、景全更。　　姚王韵事追黄顾。嘉偶人争妒。倘教岁岁放兰舟。数到浮梅几泛、最风流。

点绛唇

重叠萧疏，深黄浅白繁英遍。芳姿徐玩。一种寒香远。似此欢娱，有酒频频劝。休轻羡。月圆花满。相对人如愿。

——高铦、高锌、谷文娟编《高燮集》，中国人民大学出版社1999年版

陈秀珠一首

陈秀珠(1883—1911),字婉如,安徽定远人。夫李国模,陈秀珠为其侧室。

浣溪沙宫词

静锁深宫日抵年。双蛾懒画入时妍。昭阳从未得君怜。
春草长门人不见,秋风团扇影终捐。他生勿再坠情天。

——傅瑛主编《明清安徽妇女文学著述辑考》,
黄山书社2010年版

吕碧城五十九首

清平乐

冷红吟遍。梦绕芙蓉苑。银汉恹恹清更浅。风动云华微卷。　水边处处珠帘。月明时按歌弦。不是一声孤雁，秋声那到人间。

南乡子

雨过涨留痕。新水如云绿到门。几处小桃开泛了，前村。寒食东风别有春。　重读断碑文。宿草多封旧雨坟。蝴蝶一双飞更去，春魂。知是谁家坏绿裙。

齐天乐

半空风簸秋声碎，凄凉暗传砧杵。翠竹惊寒，琼莲坠粉，秋也如春难驻。商音几许。渐爽入西楼，惹人愁苦。霜冷吴天，断鸿吹影过庭户。　年华荏苒又晚，和哀蝉病蝶，揉尽芳绪。往事回潮，残灯吊梦，几度兜衾听雨。伶俜倦旅。只日暮江皋，搴芙延伫。尘涴征衫，旧痕凝碧唾。

齐天乐荷叶

横塘未到花时节,暗香已先浮动。绀袂飘烟,绿房迎晓,旖旎风光谁共。田田满种。正雨过如珠,翠盘轻捧。鸳侣同盟,相逢倾盖倍情重。　　芳心深卷不展,问闲愁几许,缄紧无缝。越女开奁,秦宫启镜,扰扰云鬟堆拥。新凉乍送。看万绿无声,一鸥成梦。惆怅秋来,水天残影弄。

浪淘沙

百二莽秦关。丽堞回旋。夕阳红处尽堪怜。素手先鞭何处著,如此山川。　　花月自娟娟。帘底灯边。春夜如梦梦如烟。往返人天何所住,如此华年。

法曲献仙音

鸦影偎烟,砧声唤雨,暝色阴阴弄晚。簪萼红疏,题笺墨殢,探梅只今全懒。但翠袖闲欹竹,无言自依黯。　　吟思遍。倚楼头、且舒愁眼。风正紧,雁字几行吹断。雪意酿严寒,漾江天、昏雾撩乱。云叶微分,透斜阳空际一线。更城南画角,低送数声清怨。

踏莎行

水绕孤村,树明残照。荒凉古道秋风早。今宵何处驻征鞍,一鞭遥指青山小。　　漠漠长空,离离衰草。欲黄重绿情难了。

韶华有限恨无穷,人生暗向愁中老。

蝶恋花

寒食东风郊外路。漠漠平原,触目成凄苦。日暮荒鸥啼古树。断桥人静昏昏雨。　　遥望深丘埋玉处。烟草迷离,为赋招魂句。人去纸钱灰自舞。饥乌共踏孤坟语。

百字令排云殿清慈禧后画像

排云深处,写婵娟一幅,翚衣耀羽。禁得兴亡千古恨,剑样英英眉妩。屏蔽边疆,京垓金币,纤手轻输去。游魂地下,羞逢汉雉唐鹉。　　为问此地湖山,珠庭启处,犹是尘寰否。玉树歌残萤火黯,天子无愁有女。避暑庄荒,采香径冷,芳艳空尘土。西风残照,游人还赋禾黍。

陌上花感宋宫人饯汪水云事

黄绝绾就,徘徊犹见,故宫风韵。玉箸金觞,锦字共题幽恨。新词凄绝家山破,忍向离筵重听。算伤心、千古天教粉黛,写沧桑影。　　话南朝旧事,湖烟湖水,犹梦翠华遥引。秋黯招提,争似长门春冷。兴亡弹指华胥耳,端让灵犀先省。怅仙源,路沓佩环,何处断人天讯。

琐窗寒胡氏园有感

彩笔搜春,钿车拾翠,俊游空记。才过灯市,还约草堂同醉。

怪年来、情怀暗迁,繁霜猎蕙香心萎。况题襟久散,凄凉邻笛,下山阳泪。　　尘世。原如此。但愁里光阴,朱颜偷逝。月圆花好,凄绝儿时心事。怅荒园、萝封圮墙,残诗澹墨凋旧字。是当时、烟柳斜阳,小栏休更倚。

点绛唇

野色横空。悠悠一叶扁舟小。诗情多少。暗逐流波杳。
鸥鹭相看。烟月愁清晓。秋光好。鲤鱼风早。十里芙蓉老。

清平乐

谁家废墅。旧日藏春处。曲院回廊深几许。只有斜阳来去。
孤吟幽境闲寻。屐痕一径苔侵。秋笋瘦穿石罅,老荷高过桥阴。

踏莎行

野径双湾,清溪一角。凉飔袅袅生蘋末。烟波直欲老斯乡,可能容我荷衣着。　　鸡自栖埘,豨知归栅。村居惟羡农家乐。水田百亩荡秋香,今年莲子丰收获。

祝英台近

缒银瓶,牵玉井,秋思黯梧苑。蘸渌搴芳,梦堕楚天远。最怜娥月含颦,一般消瘦。又别后、依依重见。　　倦凝眄。可奈病叶惊霜,红兰泣骚畹。滞粉黏香,绣屧悄寻遍。小栏人影凄迷,和

烟和雾，更化作、一庭幽怨。

鹧鸪天七夕

一杼流霞织锦躔。小楼凉思到云环。鸳针乞巧怜芳序，蛛网牵愁恨夜阑。　　烟彩散，露华漫。碧空如镜泻秋寒。天河万古喧银浪，不见浮槎客再还。

临江仙钱塘观潮

横流滚滚吞吴越，风波谁定喧豗。畸人重见更无期。锦袍铁弩，千古想英姿。　　九辩难招怜屈贾，幽魂空滞江湄。子胥终是不羁才。风雷激荡，天际自徘徊。

摸鱼儿暮春重到瑞士，花事阑珊，余寒犹厉，旅居萧索，赋此遣怀

又匆匆、轻装倦旅，湖堤蜡屐重印。软红尘外闲身在，来去烟波堪认。孤馆静。任小影眠云，梦抱梨花冷。吹阴弄暝。叹婪尾春光，赏心人事，颠倒总难准。　　空惆怅。谁见蕊秾妆靓。瑶台偷坠珠粉。闲愁暗逐仙源杳，更比人间无尽。还自省。料万里乡园，一样芳菲褪。纥干冻忍。只蕙撷凄馨，芙搴晚艳，长寄楚累恨。

念奴娇自题所译成吉思汗墓记　事见拙著鸿雪姻缘

英雄何物，是嬴秦一世，气吞胡虏。席卷瀛寰连朔漠，剑底诸

侯齐俯。宝钏裁花,珠旒拥槥,异想空千古。双栖有约,翚衣云外延伫。　　幽窆碧血长湮,啼妆不见,见苍烟祠树。谁访贞珉传墨妙,端让西来梵语。鳌风凋翎,女龙飞蜕,劫换情天谱。彤篇译罢,骚人还惹词赋。

高阳台

啼鸟惊魂,飞花溅泪,山河愁锁春深。倦旅天涯,依然憔悴行吟。几番海燕传书到,道烽烟、故国冥冥。忍消他,绿醑金卮,红萼瑶簪。　　牙旗玉帐风光好,奈万家春闺,凄入荒砧。血涴平芜,可堪废垒重寻。生怜野火延烧处,遍江南、草尽红心。更休谈,虫化沙场,鹤返辽阴。

菩萨蛮

韡纹绉碧波千顷。几痕疏雪摇秋影。鸥梦入苍茫。仙乡即水乡。　　轻烟笼晚翠。山意慵如睡。何处避秦人。行吟独苦辛。

满庭芳日内瓦湖畔残夜闻歌有感

倦枕欹愁,重衾滞梦,小楼深锁春寒。笙歌隔院,咫尺送喧阗。想见华筵初散,怎禁得、酒冷香残。空剩了,深宵暗雨,淅沥洗余欢。　　愁看。佳丽地,帷灯匣剑,玉敦珠槃。怕人事年光,一样阑珊。漫说霓裳调好,秋坟唱、禅味同参。疏帘外,银澜弄晓,江上数峰闲。

一枝春

深院愔愔，破苔痕、寂寞独寻幽径。东风僝僽，还共晚烟吹暝。缟衣轻曳，问谁向、玉阑偷凭。惊认作、粉魅窥人，却是老梅摇影。　孤芳素心堪印。奈花非解语，闷怀难讯。疏枝残雪，寒到翠禽都噤。低徊往事，忆情话、小窗灯晕。知甚处、驿使重逢，暗香折赠。

玲珑四犯日内瓦之铁网桥

虹影牵斜，占鹫岭天风，长缕轻飏。谁炼柔钢，绕指巧翻新样。还似索挽秋千，逐飞絮、落花飘荡。任冶游湖畔来去。通过画船双桨。　步虚仙屧传清响。渡星娥、鹊群休傍。旧欢密约浑无据，春共微波往。为问倚柱尾生，可忏尽、当年情障。锁镜澜凄黯，回肠同结，万丝珊网。

绛都春日内瓦湖习桨

临波学步。试扶上小舟，轻移柔橹。弱腕乍扬，已觉吟魂消银浦。低昂一叶从洄溯。似蘸渌、蜻蜓栩栩。半湾新涨，盈襟绀影，悄然来去。　休误。烟霞无价，供欣赏、说甚他乡吾土。几许梦痕，濯入沧浪慵回顾。仙踪况许壶天住。尽水佩、风裳容与。夕阳正恋瑶峰，赤晶认取。

二郎神 杨深秀所画山水便面,儿时常摹绘之,先严所赐。杨为戊戌殉难六贤之一,变政之先觉也

齐纨乍展。似碧血、画中曾污。记国命维新,物穷斯变,筚路艰辛初步。凤驭金轮今何在,但废苑、斜阳禾黍。矜尺幅旧藏,渊渟岳峙,共存千古。　　可奈。鹰瞵蚕食,万方多故。怕锦样山河,沧桑催换。愁入灵旗风雨。粉本摹春,荷香拂暑,犹是先芬堪溯。待箧底、剪取芸苗麝屑,墨痕珍护。

一剪梅

一抹春痕梦里收。草长莺飞,柳细波柔。珠帘十里荡银钩。筝语东风,那处红楼。　　别有前尘忆旧游。几日韶华,赋笔生愁。长安云物恋残秋。铃语西风,那处红兜。

翠楼吟 瑞士水仙花多生于陆地,然地以湖著名,仍与原名契合,欣赏之余,制此为颂

艳骨冰清,仙心雪亮,羞看等闲罗绮。柔乡羁素袜,指洛浦芝田双寄。凌波回睇。认玉质金相,西来梳洗。韶光里。盈盈欲语,通词谁试。　　恰是。群玉山头,望有娀无恙,瑶台迤逦。相逢悲隔世,洒千点如铅香泪。首丘容倚。写研粉银笺,花铭同瘗。归无计。只怜孤负,故山梅蕊。

念奴娇游白琅克 Mont Blanc 冰山

灵娲游戏，把晶屏十二，排成巇崄。簇簇锋棱临万仞，诡绝阴森天堑。雨滑琼枝，光迷银缬，鸾鹤愁难占。羲轮休近，炎威终古空瞰。　　图画展遍湖山，惊心初见，仙境穷犹变。惟怕乾坤英气尽，色相全消柔艳。巫峡云荒，瑶台月冷，梦断春风面。游踪何许，飞车天末曾绾。

南楼令

叶落见城厢。疏枝恨早霜。喜山林、乍换秋妆。多谢倪郎传画笔，渲绛赭、点苍黄。　　桥影恋残阳。沙痕引岸长。锁羁愁、十里清湘。著个诗人孤似雁，云黯淡、水微茫。

解连环巴黎铁塔

万红深坞。怕香魂易散，九洲先铸。铸千寻、铁网凌空，把花气轻兜，珠光团聚。联袂人来，似宛转、蛛丝牵度。认云烟缥缈，远共海风，吹入虚步。　　铜标别翻旧谱。借云斤月斧，幻起仙宇。问谁将、绕指柔钢，作一柱擎天，近衔羲驭。绣市低环，瞰如蚁、钿车来去。更凄迷、夕阳写影，半捎蒨雾。

玲珑四犯意国多古迹，佛罗罗曼 Fororomano 为千余年市场遗址，断础残甃，散卧野花夕照间，景最凄艳，赋此以志旧游之感

一片斜阳，认古甃颓垣，蝌篆苔翳。倦影铜驼，催入野花秋睡。尽教残梦沉酣，浑不管、劫余何世。看凄迷、废垒萝蔓，犹似绮罗交曳。　　艳尘空指前游地。黯销凝、屧香黏蕊。大秦西望苍烟远，谁解明珠佩。重溯故国旧闻，记八骏、曾驰周辔。惹赋情绵邈，春痕长晕，穆瑶池际。

绛都春拿坡里火山

禅天妙谛。证大道涅槃，薪传谁继。世外避秦，那有惊心咸阳燧。飙轮怒碾丹砂地。弄千丈、红尘春翳。倦飞孤鹜，几番错认，赤城霞起。　　凝睇。镌冰斲雪，指隔浦、迤逦瑶峰曾寄。火浣五铢，姑射仙人翔游袂。流金铄石都无忌。算世态、炎凉游戏。任教烧蜡成灰，早干艳泪。

金缕曲纽约港口自由神铜像

值得黄金范。指沧溟、神光离合，大千瞻恋。一簇华灯高擎处，十狱九渊同灿。是我佛、慈航般岸。挚凤羁龙缘何事，任天空、海阔随舒卷。苍霭渺，碧波远。　　衔砂精卫空存愿。叹人间、绿愁红悴，东风难管。筚路艰辛须求己，莫待五丁挥断。浑未许、春光偷赚。花满西洲开天府，是当年、种播佳莳遍。翻史册，

此殷鉴。

摸鱼儿伦敦堡吊建格来公主 Lady Jane Grey

望凄迷、寒漪衔苑，黄台瓜蔓曾奏。娃宫休问伤心史，惨绝燃萁煎豆。惊变骤。蓦玄武门开，弩发纤纤手。嵩呼献寿。记花拜螭墀，云扶娥驭，为数恰阳九。　　吹箫侣。正是芳村时候。封侯底事轻负。金旒玉玺原孤注，掷却一圆莺脰。还掩袖。见窗外囚车，血涴龙无首。幽魂悟否。愿世世生生，平林比翼，莫作帝王胄。

花犯日内瓦湖畔牡丹数株，看花已二度，为题此阕

炫芳丛，鞓红欧碧，年华又如此。玄都观里。谁省识重来，赢得憔悴。已谙世态浮云味。吟怀懒料理。算也似、粉樱三见，归期犹未计。　　风流弄绝塞胡妆，依然未减却，天姿名贵。闲徙倚，问可是，洛阳迁地。尽消受、蛮花顶礼，引十万、红云渡海水。还怕说、宝栏春晚，宵来风雨洗。

沁园春

时序重逢，检点寒馨，东篱又黄。痛灵萱堂下，曾睽莱彩，高椿冢畔，莫奠椒浆。磨蝎光阴，抟沙身世，岂待而今始断肠。天涯远，只孤星怨晓，病叶啼霜。　　家山梦影微茫。记摘蔓、燃萁旧恨长。便宫鹦前面，言将未忍，风人旨外，哀已成伤。月冷松楸，尘封马鬣，泉路栖迟各一乡。凝眸处，但凄风猎猎，白日荒荒。

金缕曲伦敦快报称银幕明星范伦铁诺 R. Valentino 之死,世界亿万妇女赠以涕泪及香花,而无黄金之赙,迄今借厝他茔,不克迁葬。其理事人发乞助之函千封于范氏富友,答者仅六函,予为莞尔。曩予舟渡大西洋,曾梦范氏乞诔(事见鸿雪因缘),今赋此阕寄慨,兼偿夙诺焉

孰肯黄金市。叹荒丘、尘封骏骨,一棺犹寄。知否恩如花梢露,花谢露痕晞矣。况幻影、游龙清戏。人海茫茫银波外,问欢场、若个矜风义。原惯态,事非异。　　征轺曾访鸣珂里。黯余春、小桃零落,绮窗深闭。旧梦凄迷无寻处,消息翠禽重递。算吟债、今番堪抵。记取仙槎西来夜,荐灵风、倦枕惊涛里。残酒醒,绛灯灺。

洞仙歌戊辰中秋,计予再度去国又二年矣

圆规无恙,自乘桴西去,二十三番弄消长。看苍茫秋色、窈窕冰姿,又宛宛,来伴客星同朗。　　淮南还木落,问讯铜仙,曾否宵啼泪盈掌。故国几悲欢、分付西风,扫太华、残云来往。喜法曲、霓裳远能传,播桂子天香、共成心赏。

望海潮

平澜叠翠,惊泷泼雪,广寒飞下冰夷。娥驭俊征,晶轮艳转,众流澎湃相随。云叶想旌旗。似群真跄济,羽葆轻移。旧侣难

招,佩环何处怨来迟。　　尘寰小住为宜。望神山缥渺,漫写遐思。白奈花零,紫兰人杳,蕊宫无限凄迷。一样断肠时。问仙家哀乐,世外谁知。梦绎天书金字,十万纪骚词。

兰陵王秋柳

乱鸦集。写入芜城秋色。隋堤畔,无限夕阳,红到枝头黯成碧。宵来梦郁抑。愁压眉痕更窄。怜憔悴,零落旧妆,付与西风弄梳掠。　　春华去谁惜。忆帘卷朱楼,处处烟幂。朦胧尽是相思缬。更茜雪相映,小桃争发,曾遮骢马踏艳屑。只今两陈迹。

凄恻。诉漂泊。又唱彻阳关,断魂桥侧。霜条待共梅枝折。望故国千里,暮云愁隔。归心何许,托笛语,问旧驿。

齐天乐吾楼对白琅克冰山 Mont Blanc,晨观日出山顶,赋此

曜灵初破鸿濛色,长空一轮端丽。霞暖镕金,云苏泻玉,蓦发天硎新砺。冰峦峻倚。更反射皑皑,银辉腾绮。尽斗寒暄,素韬飞弩恼神羿。　　莺声残梦唤起。绣帘先自卷,偏惯凝睇。光满瑶峰,春溶碧海,慵顾姮娥梳洗。羲鞭漫指。怕渐近黄昏,短英雄气。影恋花枝,断红谁共系。

破阵乐欧洲雪山以阿尔伯士为最高，白琅克次之，其分脉为冰山，余则苍翠如常，但极险峻，游者必乘飞车 Teleferique，悬于电线，掠空而行。东亚女子倚声为山灵寿者，予殆第一人乎？

浑沌乍启，风雷暗坼，横插天柱。骇翠排空窥碧海，直与狂澜争怒。光闪阴阳，云为潮汐，自成朝暮。认游踪、只许飞车到，便红丝远系，飙轮难驻。一角孤分，花明玉井，冰莲初吐。　　延伫。拂藓镌岩，调宫按羽，问华夏，衡今古。十万年来空谷里，可有粉妆题赋。写蛮笺，传心契，惟吾与汝。省识浮生弹指，此日青峰，前番白雪，他时黄土，且证世外因缘，山灵感遇。

还京乐梦闻故国歌声，极顿挫苍凉之致，感而赋此

殢春睡，听引圆腔、激楚哀丝颤。话上京遗事，周郎顾罢，龟年歌倦。又夜来风雨。无端撩起梨花怨。萦万感，残梦碎影，承平犹见。　　凤槽檀板。问人间、何世依然，粉醉金迷，华席未散。而今更不成欢，对金尊、怯试深浅。指蟾宫、早桂影都移，霓裳暗换。渺断魂何许，青峰江上人远。

高阳台故国诸友来书话旧，各有身世之感，赋此答之

芳禊修兰，仙班倚玉，前尘回首匆匆。劫换人间，茔萝吹老秋风。量才欲问昭容尺，可平均、分计枯荣。但凄然，锦羽传笺，各诉愁衷。　　心期便比无情水，带落花千点，万里流红。溯水寻

花，劳他飞燕西东。分飞到海还相见，岂故人、未必重逢。指天边，清浅蓬瀛，不碍槎通。

洞仙歌

海堧迁客。忆西风黄叶。不似江南旧村里。看松耆黛古、秋老霜严，终未易，销减万重顽翠。　　足音空谷渺，但有饥禽，屡啄山榴隔林坠。峭壁曳寒泉、激石嘶风，似说遍、人间兴废。问谁证、悠悠百年心，黯伫尽斜阳、逝川无际。

霜叶飞

十年迁客，沧波外，孤云心事谁省。兰成词赋已无多，觉首丘期近。望故国、兵尘正警。幽栖忍说山林稳。听夜语胡沙，似暗和长安乱叶，远递霜讯。　　不分红海归来，朱颜转逝，驻景孤负明镜。但赢岩雪溅秋寒，上茂陵丝鬓。算一样邯郸梦醒。生憎多事游仙枕。指驿亭、无归路，马首云横，锁蓝关暝。

多丽　大风雪中渡英海峡

海潮多，彤云乱拥逶迤。打孤舷、雪花如掌。漫空飞卷婆娑。落瑶簪、妆残龙女。挥银剑、舞困天魔。怒飓鸣骹。急帆驰箭，骞槎无恙渡星河。叹些许、峡腰瀛尾。咫翠有惊波。更休问，稽天大浸，夷险何如。　　念伊谁、探梅故岭，灞桥驴背清哦。越溪游、琼枝俊倚。谢庭咏、粉絮轻罗。迢递三山，间关万里，浪游归计苦蹉跎。待看取、晦霾消尽，晞发向阳阿。将舣岸，蜃楼灯火，射缬穿梭。

夜飞鹊 英国诗圣雪蕾 Percy Bysshe Shelley(1792—1822)思想繁化,出入人天,多遗世之作。女诗人儒斯谛 Christina Rossetti(1830—1894)惯以宗教之语入诗,奇情壮采,涵被万有,皆于骚坛别辟胜境。兹仿其例,阐扬佛法,勉成数阕,未能畅微旨也

春魂殢尘网,谁解连环。参彻十二因缘。还凭四谛说微旨,拈花初试心传。迦陵妙音啭,警雕梁栖燕,火宅难安。何堪黑海,任罡风、罗刹吹船。　　观遍色空昙艳,幻影更何心,往返人天。回首飙轮万劫,红酣翠朊,销与云烟。阿罗汉果,证无生、只有忘筌。似蝶衣轻褪、金针自度,小试初禅。

鹊踏枝

腥海横流犴狴锁。为护群伦,欲作慈云弹。但愿哀鸿栖尽妥。不辞玉陨昆冈火。　　历劫谁修罗汉果。佛顶香光,直照幽霾破。信誓他年傥证我。九渊应现青莲朵。

浣溪沙

蓼莪终天痛不胜。秋风萁豆死荒塍。孤零身世净于僧。
老去兰成非落寞。重来苏李被趋承。不闻嫛詈更相凌。

摸鱼儿元遗山乐府有摸鱼儿词，序云："乙丑岁赴试并州，道逢捕雁者云：'获一雁，杀之矣。其脱网者悲鸣不去，竟自投地而死。'予因买得之，葬之汾水之上，号曰雁丘。时同行者多为赋诗，予亦有雁丘词。旧作无宫商，今改定之。"按，遗山此作开词人戒杀之先例，谨按原调和之。人类以强凌弱，而弱者复凌异类，予深耻之。安得普世废屠，以湔此大耻耶

绕孤丘、苦芦寒濑，土花凄护贞蜕。义声不让田横岛，此豸千秋能继。词苑事。有翠墨、甄奇宫羽流哀丽。陇书休寄。早唳断银云，影沉沙屿，霜月吊汾水。　　凭谁解，依样雀螳相伺。强秦盲视公理。我悲貂锦胡尘丧，歼弱亦吾长技。穹宙里。问齐物、同仁宁有偏畸意。尘赠应弃。愿手挽天河，圆舆净涤，终古雪斯耻。

一萼红旅欧被困危城之作

暝烟中。听严城戍角，凄韵动边风。擎杵天低，通槎路尽，迁客始觉愁工。指云外、绳河西逦，叹莫测、银浪几多重。乌拣枝寒，箫吹芦瘦，夜语朦胧。　　孤绝藕花心事，泣野塘清露，不为香红。汉月轮消，楚歌环发，不堪起舞樽空。便书付、衡阳回雁，怕残云、无计度高峰。悄掩灯帷，拚教一梦匆匆。

长亭怨慢欧战启后，遵海而南，谋归故土，止于国门之外

问绀海、弄珠游女。几度桑尘，悄迷星睫。依约巢痕，倦云来

去两凄绝。汉家陵阙,恨绕树、乌啼歇。咫翠涩宫沟,荡不返、年时零叶。　　愁切。忆娇雷四起,人在芙蓉塘角。霞烽流艳,搅霓舞、千裳飘缬。且延伫、孤屿风烟。尽明日、阴晴难说。掩袂忍回车,花落江南时节。

烛影摇红

蔺璧完归,乌头马角凭谁证。十年生聚训空传,但铸铜山邓。并剪寒催霜讯,黯兵尘、征衣愁整。啼痕涴处,乱叶长安,万家秋病。　　三舍中原,指挥早作萧曹定。不堪浊浪破黄河,新鬼迷乡井。隔雨红楼灯影,度歌云、翠围珠粉。悲欢分界,咫尺津桥,鹃声催暝。

满江红感怀

晦黯神州,欣曙光一线遥射。问何人,女权高唱,若安达克。雪浪千寻悲业海,风潮廿纪看东亚。听青闺挥涕发狂言,君休讶。

幽与闭,长如夜。羁与绊,无休歇。叩帝阍不见,愤怀难泻。遍地离魂招未得,一腔热血无从洒。叹蛙居井底愿频违,情空惹。

法曲献仙音题虚白女士看剑引杯图

绿蚁浮春,玉龙回雪,谁识隐娘微旨。夜雨谈兵,秋风说剑,梦绕专诸旧里,把无限忧时恨,都消酒樽里。　　君认取,试披图英姿凛凛,正铁花冷射脸霞新腻。漫把木兰花,错认作等闲红紫。辽海功名,恨不到青闺儿女。剩一腔豪兴,聊写丹青闲寄。

鹧鸪天二月初十，梦得末二句，醒后成之

百创心痕刻此生，巫阳难问旧哀情。云浮夏日虽多变，影铸奇峰不易平。　参贝叶，守禅经。只将因果付苍冥。复仇早舍春秋义，孤负龙泉夜夜鸣。

烛影摇红癸丑春，感蒙古事有作，用旧韵寄示芷生

重展残笺，背人颠倒吟思遍。嫣红点点灿秋棠，总是啼痕染。才喜芳菲时渐，悄搴帘、且舒愁眼。含情待见，五色春曦，组成光线。　不道春来，楼空人杳愁归燕。阿谁钩引玉清逃，草露湔裙满。底说高句骊远，听鹃语、替传哀怨。小桃无主，嫁与东风，已因风散。

——李保民笺注《吕碧城词笺注》，
上海古籍出版社2001年版

彭淑士七首

谢秋娘春眺

梧馆碧,悄对日昏黄。曲径苔痕黏蛱蝶,方池莲叶护鸳鸯。令我断愁肠。

捣练子春困

春欲晚,日初长。一树花开满院香。帘幕沉沉人意懒,好凭鹦鹉唤茶汤。

忆王孙感时

山河锦绣遍荆榛。莽莽虫沙劫后身。慨我重为离乱人。不逢辰。何处桃源堪避秦。

点绛唇首夏即景

四月清和,乡村已见闲人少。蚕桑才了。睹插秧畦稻。
幽闷恹恹,长日如年小。茶烟袅。山深林杪。闻得莺啼早。

谒金门送赵八姑母返太湖

秋气肃。邂逅皖公山麓。夜雨西窗亲剪烛,与君话衷曲。
三径抛荒松菊。熙浦归帆太速。小聚平原期未足。清游何日续。

清平乐冬夜追忆

城南小榭。社结消寒夜。窗外萧萧风雨下。卧听邻鸡唱罢。
围炉煮酒烹茶。当筵击鼓催花。昔日梁园宾客,而今海角天涯。

西江月再赠张四姑母

皎皎一尘不染,茫茫四大皆空。须知遇合与穷通。都在黄粱作梦。　　我类点头顽石,师真说法生公。倘开智慧启愚蒙。永世虔心供奉。

——傅瑛主编《明清安徽妇女文学著述辑考》,
黄山书社2010年版

高孟瑛二首

高孟瑛(？—1860),字茗卿,浙江平湖人。夫钱燿。有《审韵楼诗集》《审韵楼词》。

蝶恋花絮影

一任杨花飞满路。眉样虚描,依旧如张绪。疑幻疑真穿槛舞。黏来屐齿浑无据。　　掩映窗纱分几缕。澹写斜阳,影度秋千去。却笑儿童忙捉住。朦胧不见来何处。

点绛唇藕丝

截玉玲珑,并刀剪断还连住。雪伊当暑。美味清如许。
口齿凉生,不似莲心苦。牵愁绪。丝丝缕缕。莫认春蚕吐。

——赵青撰《嘉兴历代才女诗文征略》,
浙江大学出版社2014年版

刘世珍二首

刘世珍，光、宣间人，字珠圆，安徽贵池人。父刘瑞芬。夫徐乃昌。有《冰奁集》。

桐花凤积余夫子为作九九消寒图，双钩九字，字皆九划，以计阴阳风雪，因谱此阕

岁晚韶华成寂寞，暗转星杓。一线添琼阁，盼到阳春来有脚，绣帘犹怯春寒薄。　　九九图中将字著，百五光阴，容易闲抛却。比拟梅花描绰约，看来日日增红萼。

一络索积余以满江红·喜雪词见示，因作忆梅词答之

本是谢家吟絮。寄怀豪素。声声合唱满江红，好倩小红低谱。　　况值岁华云暮。春风闲度。者回消息到梅花，浑不见花开处。

——傅瑛主编《明清安徽妇女文学著述辑考》，黄山书社2010年版

赵春燕二首

赵春燕,光绪间人,字拂翠,江苏江都人。夫徐乃昌,赵春燕为其侧室。有《记红集》。

忆秦娥春月

芳菲节。芳菲时节檀栾月。檀栾月。令人欢喜,向人娟洁。

开帘莫漫余寒怯。姮娥捧出瑶台阙。瑶台阙。绮窗朱户,一般清绝。

定风波瓶中海棠

滴粉搓酥浅晕脂。胆瓶斜插最繁枝。合与春闺为伴侣。怜汝。天然丰韵靓妆宜。　夜久更烧高烛照。应道。非关爱月也眠迟。绝胜妖娆桃与杏。因甚。当年不入少陵诗。

——傅瑛主编《明清安徽妇女文学著述辑考》,

黄山书社2010年版

徐婉一首

徐婉，字怡怡，小字云仙，安徽南陵人。父徐乃昌。著有《纫兰词》。

虞美人顾二娘制砚

云腴巧琢柔荑手。墨渖留香久。随身匣欲贮琉璃。楷法簪花谁写、玉台诗。　姓名仿佛苕华刻。腻理罗纹织。红闺雅故未消磨。记得伊家犹有、绣花坡。上海县有绣花坂，相传顾绣始于此。

——傅瑛主编《明清安徽妇女文学著述辑考》，黄山书社2010年版

汤国梨十首

念奴娇七夕风雨,戏赠兰姊

已凉天气,闭重门,独听潇潇风雨。灵雀无声银汉迥,一水盈盈难渡。彩线慵拈,云軿望断,芳约无端误。人间天上,等是良宵轻负。　　憔悴。首似飞蓬,尘生奁匣,更谩言眉妩。心事双星容与证,转辗和谁说与。断梦惊魂,回灯怯影,听暗窗蛩语。青天碧海,灵药悔应偷取。

薄幸

岁华惊晚。意恹恹、愁心难展。任春到、风光如画,卷幔情怀多懒。算寻常、佳景良辰,花明月满皆轻贱。但病里伤春,枕边寻梦,早是无聊已惯。　　枉自惜、朱颜老,谁忍道、青春堪恋。蹉跎生白发,中年哀乐,花开花落都看遍。寂寥心眼。纵频将、浊酒销愁,也觉新来倦。浮生何事,独抱闲情难遣。

误佳期

雨过苔痕如扫。风定茶烟低袅。日长人静奈无聊。总比黄昏好。　　独自倚朱栏,对影怜残照。峭寒又到旧罗衣,却恨秋

来早。

鹧鸪天 孤雁

乱荻萧萧野水长。携将霜讯独南翔。声回山谷疑呼侣，影照池塘且逐行。　　惊节序，梦衡阳。生涯聊寄水云乡。红楼不敢哀鸣过，恐有离人为断肠。

满庭芳

芳景初回，春人渐困，雨余小院寒轻。落花如絮，香雪扑疏棂。寂寞伤春旧事，都付与、梦影诗情。雕梁燕，似曾相识，软语诉飘零。　　自疏慵已惯，香沉宝鸭，指冷瑶筝。尽低徊，往事何处堪凭。襟上酒痕和泪，青镜里、华发星星。更休拟，量愁沧海，寥落记平生。

卜算子

霜蕊菊篱黄，露叶梧庭冷。做就西风一味寒，又是重阳近。
红蓼白芦花，写尽秋江恨。独自苍茫对夕晖，此意无人问。

人月圆

人间不少闲山水，到处可为家。万方多难，卅年羁旅，多了桑麻。　　且同斟酌，牵萝补屋，种竹栽花。小楼人去，孤衾梦醒，依旧天涯。

菩萨蛮

池荷已净萍犹绿。芙蓉照水红相续。衰柳尚依依。一双蝴蝶飞。　　轻黄秋草路。旧是花飞处。依约记春残。西风送早寒。

高阳台忆故园玉簪花

红褪池莲,翠销岸柳,秋光摇落难禁。倦旅情怀,倚栏欲动愁吟。轻苔细草闲庭院,忆故园、花满墙阴。正亭亭,雪蕊横钗,绿鬓添簪。　　朱颜已向天涯老,恐苔荒砌冷,缟袂难寻。人去空阶,玉容一样销沉。重来纵有花堪折,奈萧疏、短发霜侵。任鸣蛩,啼雨啼烟,伴到秋深。

浪淘沙

独自上层楼。凉思幽幽。一弯新月在帘钩。灯下草虫声似雨,添一分秋。　　风雨忆湖州。水远山悠。渚清沙白曲江头。红蓼花秾菱芡熟,轻荡兰舟。

——章念祖、章念驰、章念翔初订《影观词》,

《文教资料》2000 年第 4 期

刘韵琴二首

满江红癸丑乱后过金陵有感

大好江南，三年内、两经战事。触目处、颓垣残井，劫灰而已。钟阜龙蟠消王气，石头虎踞空营垒。只矶头、燕子不曾飞，今犹是。　访故旧，存无几。桃叶渡，秦淮水。剩丝丝乱柳，冷清清地。无限沧桑怀古意，凄然一掬兴亡泪。况今人、愁较古人深，难言矣。

百字令有感

茫茫身世，问此生如寄，置身何处。画饼虚名难一饱，回首年年羁旅。卖赋无金，摊书有恨，赚得愁千缕。有谁知己，半生空费辛苦。　恁是意气凌云，飞声翰墨，说尽惊人语。只恐天高听不到，还道此何须汝。许大乾坤，较量人物，屈指才谁数。灵均凄怨，美人今又迟暮。

——《女子世界》(1915)第四期

徐蕴华十四首

水调歌头和林宗孟词人观菊

蓦地西风起,帘卷夕阳楼。问花何事晏放,可是为侬留。冷眼严霜威逼,回首群芳偏让,比隐逸高流。容易年华老,莫负一丛秋。　　待把酒,拼沉醉,度吟讴。珊珊瘦骨,更将佳色胆瓶收。笑口纵开须惜,只恐秋光轻别,对此暂消愁。但愿明年景,依旧赏清幽。

金缕曲题贰香词

夙负匡时志。竟蹉跎、名场毷氉,壮怀莫遂。万种伤心多少恨,写向清词托意。叹才人、每遭时忌。嫉俗徒然存气骨,问茫茫、大地何人会。挥一掬,灵均泪。　　莲花幕里身犹寄。最悲凉、酒半牢骚,镜中憔悴。吊屈依刘千古感,同是一般滋味。且冷眼、纷纷人世。我向门墙来问字,诵诗馀、无限新声丽。呈拙句,聊相慰。

满庭芳送别宗孟词人

风笛飞声,骊歌欲唱,绿波又向东流。萍踪吹散,送别动吟

愁。纵有长亭弱柳，奈丝丝、不系行舟。雄心感，江山万里，已是缺金瓯。　　休忧。长路远，东瀛胜地，两度豪游。好展须眉志，不为封侯。此去乘风破浪，卜他日、事业千秋。望南浦，片帆挂矣，云树两悠悠。

金缕曲题忏慧词

漱玉清音歇。可颉颃、女儿溪畔，犹留词笔。慧业忏除焚稿矣，黄鹄歌成凄绝。更又是、掌珠坠失。身世茫茫多感慨，抱愁怀、天地为之窄。谁解得，词人郁。　　残山剩水悲家国。最伤心、秋风秋雨，西泠埋骨。风雪山阴劳往返，今日只留残碣。叹一载、空喷热血。造物忌才艰际遇，剩裁云、缝月金荃集。恐谱入，哀弦裂。

满庭芳寄亮奇

云淡长天，虫吟小院，月华浸入回廊。离愁怅触，今夜漏何长。病起自怜袖薄，凭栏处、不耐风凉。更何况，频年在客，憔悴为谁忙。　　思量。堪自笑，劝游京国，懒整行装。非吴侬自弃，奈恋高堂。更有连枝花萼，忍分离、诗赋河梁。君莫笑，壮怀感也，儿女未情长。

齐天乐乙卯夏秋逭暑刘庄，晚值平湖雨过，红香狼藉，荡桨荷丛，归棹写此，戏足玉溪之意

莲飙不约斜晖住。宜报北窗诗侣。柳际微波，堤根细叶，才看双凫眠处。平湖遇雨。爱携笛瓜皮，倚流容与。瑟瑟红衣，谁

家楼上玉溪句。　　亭皋摇落又暮。凉陂三十六，留听凄舞。千点濛香，三更败翠，惹得惊蟾窥顾。江妃漫妒。恁弹指西风，暗中年度。只忆深宫，那人曾怯暑。

思佳客南社频索初稿，病榻经冬，束笺未报，近见卷中稍载数年前西溪断句，明日黄花，奚足供诗人一粲哉。因柬此谢之

莲社诗人爱挂钱。强收樗栎付吟边。别来思旧难成赋，倦去停云莫系年。　　秋易老，鬓空妍。少年心事病来禅。幽居唯觉溪山好，乞取鸥凫次第眠。

意难忘薄暮视鉴湖旧舍，归沿河往浦滩，軿窗写感，有寄慧僧

递眼高轩。正冷枫摇落，雁思初繁。惊秋无限意，抚鬓已微髡。遵北辙、折南辕。泫是未归魂。苦眼中、纷驰长路，马殆车烦。　　伤情幂外霜痕。有凉灯吐瞑，市吹流喧。林阴分域界，铃语破朝昏。思往事、略温存。剩日定难言。渐付凭、谁家管领，水陌花墩。

点绛唇题自绘双燕白莲花帐额

旧是凌波，丰姿欲共江妃赛。新来愁寄。烟态谁能绘。翠羽参差，犹作轻怜意。寻无寐。野风门外。凉月应初坠。

新雁过妆楼题仲可叔纯飞馆填词图

翠宇高寒。银筝涩、猜疑夜夜停鸾。旧声入破，谁念刻骨家山。仿佛仙踪追罨画，低回密记补金銮。剩无端。琐窗玉户，江雨霏阑。　　胜晴装池半幅，有古春送眼，浅绣成斑。郑笺无分，惊叹顾曲才难。匆匆一庭谢絮，沾题处凌沧应笑孱。方回老，只断肠愁句，流出人间。

丑奴儿令题叶楚伧居士汾堤吊梦图

凝情最是堤前柳，烟也模糊。水也模糊。欲访灵踪兴已孤。词人怎识蕉窗梦，吟也生疏。图也生疏。一片苍凉指旧墟。

壶中天巢南先生既刊笠泽词征，客有为画征献论词图，因题其后

云巢垂看。记当年浅斗，茶倾签满。一枕荼蘼沉睡后，剩补吴侬横卷。午梦交光，浮眉高映，绰约冰花散。佩环夜里，也应低拜沾选。　　深念。秋漠聆笳，瘴天搜乘，辛苦商量遍。旧卷千行重叠是，新卷疏疏谁按。一发青山，双声越缦，只付霜缣展。澹仙红泪，怎堪重破纱浣。

花犯樱花步调

隔蓬莱，飘云一片，胭脂洗芳雾。虎飔微动。恁斗取铅华，鼓点催暮。北州血溅移根苦。悽情鸿鹄诉。奈转首、东邻一笑，窥

人终肯顾。　　仙娥岂屑作浓妆，箜篌咽翠帷，依稀回护。遭碧水，潜勾引，妩春应妒。休羞看、并肩绰约，只会向、层台承玉露。怎料得、莲前梅后，南天花作絮。

百字令游虎丘

看山旧客，正冬荒冷落，群花都息。眼涩斜阳摇水外，塔稍登临奇绝。小侣停诗，奚奴载瓮，一笑间游历。层层林磴，幽寻穿尽寒叶。　　归爱转棹烟流，疏窗冷语，悄詟溪声寂。掠鬓野风浑不醒，苦被垂杨承睫。折苇搀青，浮凫弄绿，吹待千村月。一船休去，蘋洲无限渔笛。

——周永珍编《徐蕴华、林寒碧诗文合集》，
社会科学文献出版社 1999 年版

陈芸十一首

调笑令雨后见月

花影。花影。画出一帘烟景。开帘试望春庭。不意今宵月明。明月。明月。向晚雨声初歇。

醉太平春夜听雨

风声雨声。罗帏梦醒。灯光微飐银屏。盼纱窗未明。
更筹五更。荒鸡乍鸣。海棠初放关情。幸明朝早晴。

浣溪沙秦淮

春暮溪流带落花。柳阴深处有渔叉。歌楼夹岸绣帘遮。
六代豪华随逝水,那堪折戟认沉沙。女墙又见夕阳斜。

卜算子酴醾

一架白霓裳,春暮飘香雪。倚遍阑干近玉肌,忽见玲珑月。
花事已阑珊,合与瑶姬约。愿得偕骑白凤飞,尽采琼英嚼。

菩萨蛮 将由海上赴粤,寄槎班两姊

桂花零落黄花发。长江水浅沙堤阔。遥望秣陵关。江南无数山。　　同心不相聚。又复天涯去。从此海天云。相思劳梦魂。

菩萨蛮 初夏

杜鹃啼彻花无主。晓钟偏促春归去。棼尾一枝香。枇杷鹅色黄。　　回看新柳碧。雨片风丝急。不是芭蕉声。萧萧荷叶鸣。

醉花阴 用漱玉韵

一树寒蝉催白昼。烟篆飘香兽。帘幕下银钩,檐铁丁丁,微觉西风透。　　病来竟落荷花后。腕弱擎罗袖。揽镜欲梳妆,不道眉痕,已越秋山瘦。

临江仙 义妇冢

古寺灵旗寥寂,孤坟短碣荒寒。草痕未绿野花残。纸钱灰里,蝴蝶搅成团。　　试问读书何事,死生只博幽欢。木兰归去解征鞍。雄雌双兔,火伴且惊叹。

蝶恋花扫叶楼题壁

兀兀层楼扶碧树。落叶无闻，只有飘风絮。下望石头夸虎踞。当年曾挂降幡处。　　燕子归来双剪舞。玳瑁梁空，况值春风去。拍遍阑干谁吊古。莫愁湖上流莺语。

行香子后湖

细草芊芊。碧叶田田。更波光、摇漾晴天。六朝旧事，如梦如烟。剩钟山松，台城柳，后湖莲。　　莫问诗篇。懒展吟笺。听菱歌、遥和鸣蝉。玲珑宛转，微颤钗钿。是数声肉，数声竹，数声弦。

迈陂塘听唱桃花扇传奇

笑桃花、一枝歌扇，南朝遗事如许。衣冠傀儡兴亡恨，都付舞台儿女。谁部署。算只有、东风姊妹花眉妩。秦淮暮雨。竟楼启迷香，人来复社，戟指却奁语。　　江南路，瞬息繁华易主。春灯燕子何苦。梅花岭上虫沙阵，奚似美人仙侣。卿忆否。空剩得、玉京相伴黄绦去。移宫换羽。纵擫笛魁官，琵琶顿老，亦复感今古。

——《陈孝女遗集》，民国三年(1914)
刻薛绍徽《黛韵楼遗集》附录本

陈秉淑三首

陈秉淑(1886—?),字蓉娟,安徽怀宁人。父陈同礼。夫李国楷。有《翠枫阁诗词》。

鹧鸪天广陵怀古吊隋炀帝

宫殿荒凉锁断霞。行人遥指玉钩斜。忍抛秦陇兴王地,来取芜城作帝家。　　迷楼筑,锦帆遮。蕃釐御观宴琼花。只今一带垂杨柳,剩有飞萤逐暮鸦。

忆王孙霖儿初次就傅,词以志喜

朝来喜鹊噪晴檐。学日亲将历本占。师弟趋跄圣像瞻。下帷帘。传语先生督课严。

书籍未改旧家风。适馆延师为训蒙。覆案青毡位向东。告儿童。勿废居诸日月功。

——傅瑛主编《明清安徽妇女文学著述辑考》,
黄山书社2010年版

姚倩二十九首

金缕曲哭淑寅表姊

往事空悲咽。最伤心、珠沉玉碎，花残月缺。记得连床同听雨，细诉频年衷曲。回首忆、踏青时节。品茗溪山闲眺望，看行行、画舫冲波急。任细雨，沾衣湿。　　无端杜宇催离别。恼匆匆、梁溪棹发，晓风残月。潭水桃花春易逝，赢得回肠如结。燕归来、人偏永诀。最痛遗珠犹襁褓，忍教他、中夜呱呱泣。歌一阕，愁千斛。

高阳台闺友秀松数月相聚，忽尔言归，别后却寄

万种离怀，千般别绪，平生总为多情。懒整残妆，倚阑几度沉吟。年来幽恨凭谁见，只天边、明月分明。最凄清。帘幕沉沉，庭院阴阴。　　儿家本是工愁者，更知音人去，顾影零丁。月下花前，教侬怎不伤心。早知如此相思苦，悔当初、容易相亲。到而今。卿自思侬，侬自思卿。

蝶恋花春暮

莫问春来愁几许。一捻腰支，宽褪鸳鸯缕。脉脉芳心谁与

语。自将红豆调鹦鹉。　寂寞闲庭飞柳絮。拈得金针,欲绣无情绪。独立花前询杜宇。春归毕竟归何处。

苏幕遮春日书怀

绿初齐,红未老。越是春来,越是添烦恼。闲倚妆台人悄悄。越是相思,越是音书杳。　鬓云松,香篆袅。越是黄昏,越是轻寒峭。雨雨风风偏撩绕。越是无眠,越是天难晓。

踏莎行春闺

香梦惺忪,昼长意倦。绮窗日暖芭蕉卷。无端春恨锁眉尖,玉人悄立蘼芜院。　两个黄莺,一双紫燕。桃花乱贴胭脂片。踏青女伴昨朝归,郁金裙染香泥遍。

虞美人春日病起怀蕙侬姊两首　选一

小窗寂寂轻寒浅。离绪难分剪。金炉烟篆袅如丝。织就相思万缕、寄君知。　池塘春草丛丛碧。都是消魂色。今宵明月正团圞。可惜无人同倚、玉栏看。

菩萨蛮雨后小园散步偶成,寄莒生妹

园林雨过添新翠。青梅颗颗枝头坠。双燕不归来。海棠花已残。　玉阶闲伫立。苔滑弓鞋怯。无计遣相思。凭阑独赋诗。

如梦令 中秋

凉泻碧天云静。百和香烧金鼎。玉宇净无尘，处处清辉相映。忘寝。忘寝。露湿阑干犹凭。

点绛唇 春闺

绿暗红稀，那堪帘外萧萧雨。数声杜宇。报道春归去。
春去春来，总是无情绪。愁如许。杏花深处。燕子呢喃语。

浪淘沙 秋夜感怀

寒气透重帘。细雨溅溅。残更数尽夜如年。蟋蟀玉阶鸣不住，辗转难眠。　　顾影自生怜。泪湿吟笺。苍茫身世奈何天。回首那堪思往事，幽恨绵绵。

满江红 冬夜感怀

悄倚熏笼，绣帏冷、透西风急。更那堪、寒衾独拥，残灯明灭。旧约已随流水去，新愁叠叠如山积。听孤鸿、天半一声声，添凄绝。　　思往事，空陈迹。怜别绪，泪珠滴。恨韶光如箭，蹉跎岁月。顾影自怜云鬓改，苍茫身世凭谁说。叹今生、事事不由人，嗟何极。

虞美人 莒妹新婚归宁，填此相戏　二首选一

昼长人静垂帘幕。花影当窗午。绣笼斜倚鬓云松。添得睡余情绪、上眉峰。　　个人咫尺天涯杳。望断青青草。见时莫讶减容光。镇日为郎憔悴、罢新妆。

卖花声 春慵

春去太匆匆。镜匣尘封。十分无赖是东风。谢却海棠飞尽絮，零落残红。　　幽径露华浓。懒步芳丛。半缘酒病半缘慵。纵爱呢喃双燕子，不卷帘栊。

望江南 蕙姊首唱，余与莒妹各和三首

秋光好，罗袖自生凉。杨柳临风飘翠带，芙蕖经雨洗红妆。虫语絮回廊。

秋光好，篱菊正芬芳。桂蕊兰英齐歇绝，鱼庄蟹舍独徜徉。风雨近重阳。

秋光好，明月正当空。风冷玉阶鸣蟋蟀，露寒金井坠梧桐。灯影闪帘栊。

菩萨蛮 秋夜同蕙哥作

遥天耿耿银河净。月波一片梧桐影。院落夜沉沉。玉箫何处声。　　露凉虫语咽。悄倚阑干立。莫上最高楼。秋光满目愁。

菩萨蛮秋日寄外

西风料峭房栊冷。海棠泣露红凝梗。细雨润莓苔。秋阴暗不开。　　绣床闲倚处。脉脉和谁语。遥忆并肩人。相思无限情。

南乡子秋夜不寐寄蕙姊

独坐对银釭。虫语砧声总断肠。八尺龙须眠未得,思量。辜负流苏白玉床。　　月影过东墙。篱豆花香透绮窗。侬为悲秋君惜别时姊婿外出,凄凉。两地更筹一样长。

齐天乐吊严烈妇

虞山琴水钟灵秀,闾巷群钦奇女。绝粒心坚,捐躯志决,日夜哀音吞吐。荷泾曹烈女菱渚邓烈妇。正先后清标,一般昭著。仔细评量,斯人毕竟更艰苦。　　欧风又兼美雨。叹女界沉沉,昏如云雾。节凛冰霜,行夸金石,如此坚贞罕睹。褒扬片语。道巾帼完人学使奖此四字,偏生蓬户。谨热心香,挽歌填此谱。

生查子夜坐

帘幕峭寒生,人静灯花坠。懒卸凤凰钗,悄拥红衾睡。　　细数漏声声,今夜郎归否。小语问双鬟。可晓怎时候。

减字木兰花春日无聊,填此自遣

春风送暖。迟迟长昼深深院。悄立闲阶。细数花砖日影斜。
眉痕双蹙。病来羞说人如玉。谁到堂前。忽听鹦哥唤卷帘。

念奴娇送笠夫入都

翠蛾颦蹙,恨无情杜宇,枝头催别。谁道浇愁须倩酒,醉后愈添凄切。三叠阳关,一声珍重,门外天涯隔。知音人去,诗简茗碗虚设。　　何时携手花间,并肩小院,踏碎瑶阶月。漫言日远长安近,望断云山千叠。茅店鸡声,征途马足,风露君宜惜。离怀多少,只余相对脉脉。

壶中天冬夜怀故园弟妹

写怨填愁,算今生总被,聪明耽误。记得连床风雨夜,不是者般凄楚。小院愔愔,罗帏悄悄,伴着影儿守。欲眠难寐,挑灯自起还坐。　　思量别后情怀,比来况味,未忍向君诉。君本多情应会此,只恐更添离绪。故国书遥,辽阳梦杳,回首家何处。新愁旧感,此时却与谁语。

烛影摇红秋感寄外

理鬓薰衣,妆成自把珠帘卷。经旬懒步出阑前,顿觉韶光换。苔长闲阶已遍。染枫林、胭脂深浅。黄花零乱,幽径香残,碧天云远。　　抚景怀人,伤时感事柔肠断。金钗卜尽总无凭,只是添

凄怨。愁锁眉痕不展。最难禁、黄昏庭院。四壁秋虫，一窗冷雨，伴侬长叹。

鹊桥仙 民国成立后阴阳历并用，一年得两七夕，喜填此解

银河澄淡，繁星明灭，正是鹊桥初渡。画屏凝睇对牵牛，记曾与、花阴携手。　　柔情如许，良宵有限，往事漫劳细数。天公着意惜分飞，教从此、佳期两度。

鬓云松 秋虫

绿苔平，黄叶下。窗里秋声，窗外秋灯射。切切惯将人意惹。带恨连愁，诉出多般也。　　待寻来，还又罢。只有一庭，凉月如烟泻。纵不悲秋听也怕。梦浅寒深，絮澈凄清夜。

望江南

人静也，独自下阶墀。幽径香来风细细，柳梢月上夜迟迟。小院立多时。

菩萨蛮 立秋后一日风雨间作，有怀蕙侬姊

才惊一叶梧桐落。离怀顿觉增萧索。风雨更飘潇。吟魂黯欲消。　　思君愁不寐。泪揾红妆退。为问素心人。秋来瘦几分。

——《南湘室诗余》，民国四年(1915)排印本

姚茝二十三首

一斛珠月夜怀倩姊

兰釭明灭。峭寒帘外西风急。镜鸾羞睹双眉叶。一寸心头，如许离愁积。　　秋来处处添凄绝。砌蛩酸和砧声咽。月明休傍阑干立。月是团圞,侬是伤离别。

踏莎行春闺　和倩姊用原韵

绮梦初回,晚妆犹倦。满窗花影和帘卷。月明何处玉箫声，东风吹过梧桐院。　　懒数飞花,怕闻语燕。情丝织就愁如片。王孙有约不归来,萋萋芳草天涯遍。

绮阁春回,绿窗人倦。一庭柳絮东风卷。十分无赖是鸳鸯,双栖故傍梨花院。　　径曲啼莺,日长飞燕。游丝不系桃花片。晓来莫更倚阑干,闲阶经雨苔生遍。

如梦令惜春

莺啭柳梢春老。堆径落花慵扫。独坐小窗前,自理绣余残稿。烦恼。烦恼。肠断天涯芳草。

点绛唇闻砧

冷透疏棂，秋风不管罗衣薄。懒敲棋局。夜静灯花落。刺耳寒砧，露湿秋千索。惊人觉。随风断续。声和清宵柝。

虞美人送春

连朝风雨增萧瑟。吹浅桃花色。一丝烟篆袅房栊。饯得春归人病、又添慵。　　落英满地无心扫。砚匣尘封了。小园红杏已飘残。时有双飞乳燕、入帘来。

满江红倩君别后，正值春暮，絮飏晴风，花飞红雨，离怀萧索，淑景阑珊，感而赋此

屈指春来，才转瞬、又看花落。关情处、海棠红冷，杜鹃啼血。雨里桃花怜薄命，风前柳絮伤飘泊。叹玉颜、如此委泥中，东风恶。　　心上事，凭谁托。愁与恨，常盈握。看园林处处，俱遮新绿。人事漫随花事换，离怀偏共春萧索。正碧纱、窗下试轻衫，香罗薄。

烛影摇红寄蕙侬、倩君二姊

乱绾云鬟，入时羞问眉深浅。多愁天付善相思，镇日柔肠转。好似影儿般惯。别经旬、令人悬盼。何时相见，见又无言，不如休见。　　欲写幽情，情长可奈云笺短。漫言咫尺易相逢，更比天涯远。无那落红飞散。柳千丝、空垂青眼。晚妆初罢，明月窥帘，

梨花庭院。

菩萨蛮 春暮

杨花飘尽东风倦。卷帘羞见双飞燕。双燕语帘前。韶华又一年。　　漫拈红豆玩。瘦减腰肢半。无计遣春愁。黄昏独倚楼。

满江红 述怀

门掩黄昏,篆炉香、冷砧声急。更那堪、敲窗风雨,助人凄绝。鬓影易从明镜改,牢骚都倩毫端泄。恨愁魔、何事苦相缠,情难说。　　思往事,空悲咽。提旧恨,愁凝结。叹年来历遍,生离死别。夜静暗弹千点泪,人前强展双眉叶。问个中、心绪有谁知,天边月。

卖花声 春困

香梦半惺忪。倚枕还慵。峭寒帘外又东风。两鬓乱云堆未稳,自背人栊。　　小苑杏花红。碧草茸茸。韶光何事转愁侬。多少伤春离别绪,齐上眉峰。

望江南

秋光好,人月正双清。天上良辰推七夕,闺中韵事话双星。小扇扑流萤。

秋光好,银汉月光明。香透珠帘风有味,凉生玉砌露无声。

庭院夜沉沉。

秋光好，独坐伴银釭。四壁虫声和梦远，一帘花气载愁降。对影自成双。

菩萨蛮即事

雨余苔砌添新碧。低徊悄傍棠阴立。双蝶上阶飞。翩翩恋舞衣。　　轻纨原在握。不忍轻相扑。明岁此花开。知他来不来。

金缕曲述怀赠闺友秀松

往事休提起。更那堪、沧桑零落，旧时门第。有酒难浇愁万斛，谁念频年心意。不信道、今生已矣。青镜红颜人未老，向天涯、历遍酸辛味。身世恨，休重记。　　多情自古拚憔悴。漫牢骚、蛾眉自是，古今同忌。二十年来愁里过，赢得君称知己。凭阑处、月明如洗。一夜相思千里共，望遥天、欲把穷愁寄。无可奈，空流涕。

满江红吊严烈妇

劳燕分飞，蓦变做、杜鹃啼血。心伤处、桐棺一盖，此身永诀。地下残魂呼不起，人间弱质空呜咽。痛孀姑、两鬓已星星，难为别。　　乡曲女，多奇烈。九十日，饘飧绝。听邻舂罢相，巷歌声辍。操比青松标劲节，身如白璧征坚洁。待旌扬、巾帼此完人，崇坊屹。

减字木兰花和倩姊原韵

嫩寒轻暖。翩跹蝴蝶飞深院。藓印侵阶。燕蹴残红瘦影斜。
翠蛾轻蹙。春来瘦损颜如玉。懒步庭前。为放炉烟乍卷帘。

饧箫吹暖。连朝雨过苔生院。风静瑶阶。一缕茶烟直又斜。
细腰盈束。鬟松低亸搔头玉。伫立檐前。戏扑杨花入画帘。

醉花阴送春

深闺无计消清昼。镇日闲铜兽。打叠饯残春,柳倦花慵,报道春光透。　　韶华不管人消瘦。早泪盈罗袖。几日怯凭阑,雨雨风风,做出凄凉候。

卜算子竹鸡

凉意浸湘帘,帘影筛琼砌。最是梢烟掠雨时,声振花冠丽。
择粟让胦红,拂石凝寒翠。惊醒深宵起舞人,问此君知否。

点绛唇菊花蝴蝶

傲骨迎寒,淡如人意凝霜圃。影怜疏处。粉翅迷香雨。
蹴遍春花,又向秋英舞。身轻妩。短篱烟护。梦入滕王赋。

醉花阴初夏

雨过苔痕添竹院。芍药红零乱。半晌倚雕阑，悄嘱东风，休把残花卷。　　惜春已是愁肠断。离绪还萦绊。杜宇忒无情，不唤春归，故向侬前唤。

——《南湘室诗余》，民国四年（1915）排印本

温倩华五首

温倩华(1896—1921),字佩萼,江苏无锡人。学诗于天虚我生。以母丧哀毁。遗稿为《黛吟楼遗稿》。

减字木兰花冬晓

炉残兽炭。宝帐梦回香已散。睡态惺忪。欲起还眠意转慵。
鸾衾半拥。心怯晓来寒气重。怪煞鹦哥。谎报三竿日影过。

浣溪纱夜雨

萧瑟声中静闭门。恼人风雨做黄昏。眉尖愁绪压三分。
小颗兰缸花欲颤,半函蕤枕梦难温。一天秋思搅吟魂。

——《女子世界》(1915)第四期

清平乐雪窗偶作

阵云未懈。风紧生虚籁。十万天花如絮下。人在琼瑶世界。

峭寒偷入窗纱。孤裘称体新加。尽日重帘不卷,小庭闲煞梅花。

清平乐寒夜

迟迟玉漏。又是黄昏候。料峭尖风帘幕逗。小朵灯花冻瘦。

寒宵偏是深深。支颐独自沉吟。几度欲眠还怯,可堪如铁冰衾。

醉太平闺情

闲愁未蠲。闲怀又牵。晚妆憨对新蟾。比眉纤月纤。

金针懒拈。炉香懒添。侍儿偷放重帘。正将眠未眠。

——《女子世界》(1915)第六期

钱念生六首

钱念生,生卒年不详,字咀霞,江苏常熟人。夫宗补斋。原有《绣余草》一册,经乱散失,后其侄孙宗廷辅整理为《绣余词草》一卷,附刊于光绪六年刊本《湘茧合稿》之后。

谒金门早春

春一线。几点梅花新绽。残雪初融莺未啭。青归杨柳眼。
几缕轻风剪剪。怕煞寒生庭院。依旧小楼帘半卷。待他双燕转。

雨中花落花

风雨连绵不断。残韵余香零乱。着意留春,难将春绾,转眼红妆换。　寂寂小庭飞片片。花梦可怜谁管。最算是多情,怜香蛱蝶,犹是寻花伴。

踏莎行冬月和韵

一样清辉,许多寒气。玻璃澄彻冰轮里。近人流欲湿侬衣,万分爱惜眠还未。　光动帘珠,影横窗绮。空阶泼冷浑如水。

果然暗地约姮娥，夜寒偏耐雕栏倚。

国香慢本意和韵

种出空山。更铅华洗尽，别破花关。灵根近移深院，称此幽闲。况又芳馨竟体，供瓷斗、格外清妍。孤高问谁似，野菊疏梅，伯仲之间。　　护兰情脉脉，问灵均去后，几度凄然。从今得意，合教相对忘言。未许蓬蒿甘老，伴佳人、暗与流连。盈盈小窗畔，瘦影如侬，越地相怜。

长相思雨夜寄怀

山迢迢。水迢迢。梦过江南第几桥。寻君路更遥。　　醒无聊。睡无聊。一点愁心无计消。那堪雨滴蕉。

醉花阴寄外

别梦初圆风击碎。梦醒添憔悴。一片落花飞，知道春归，知道人归未。　　东君去后重门闭。谙尽愁滋味。差胜絮飘零，江北江南，流遍离人泪。

——胡晓明、彭国忠主编《江南女性别集三编》下册，
黄山书社 2011 年版

朱素贞二首

朱素贞,生卒年不详,号“依翠楼主”,嵩城人。夫潘少文。有《依翠楼吟草》。

洞仙歌题金陵陈君舞剑图

茫茫大陆。竞边城旗鼓。匣剑龙鸣晨起舞。恨关河立剖、疆域瓜分,全仗尔,杀尽蚩尤跋扈。　　中原嗟逐鹿。改倒狂澜,江山破碎凭谁补。樽酒且陶情、醉舞酣歌,从画里、快瞻眉宇。觉俯仰、乾坤气如虹,尚不改元龙、旧时神武。

洞仙歌题奔波万里图

荆天棘地,历频番磨折。漫问洮阳优与劣。看乘风破浪、航海梯山,应算得,盖世英雄豪杰。　　板桥茅店月,一担琴书,消受声声杜鹃血。朝暮尽、登程赤脚奔波,尝透了、异乡风雪。乍远道、归来出斯图,羡珠玉当前、唾壶敲缺。

——《越报》(1909)第一期

程敏一首

程敏，生卒年不详，新安人。

十六字令

归有约。桃花愿已违。恼人处，燕子故双飞。

——《南洋商报》(1910)第二期

金士珏一首

金士珏,生卒年不详,其在民国间积极参与江西女学界运动,捐资创办平民女校等。

一剪梅惜花

寂寞空庭半掩扉。怯杀莺啼。恨煞鹃啼。红稀绿暗落花飞。蜂也依依。蜂也依依。　　香色全消更可悲。风又相欺。雨又相欺。东皇无力独颦眉。教不凄其。怎不凄其。

——《中国商业月报》(1918)第六期

程绮玉六首

程绮玉，生卒年不详，江苏常熟人。

转应曲秦淮志感

深惜。深惜。不见繁华时节。沿溪姑问归凫。长板桥头有无。无有。无有。剩有一株枯柳。

风蝶令夏夕检书得故蝶于卷中，藏之十余年矣，粉衣未坏，神致如此生，感而倚此

竹径生凉翠，花茵晕晚红。一双檀板弄香风。笑取冰纨轻扑、葬书拢。　脉望寻仙迹，春驹剩艳踪。顿教勾起旧愁浓。纵使描来图里、画难工。

瑶台聚八仙冬至日泊舟京口，三更月上，朔风怒号，回首金焦，尚余残雪

妆点乾坤。教客子、描去几度毫新。昨宵吟雪，今夕滞此江滨。洗恨怒涛声卷地，怯寒皓魄走依人。正看他，中流两点，今古

长分。　　凝眸因摘幻想,笑手开左右,握到螺痕。看不分明,还认滚过双轮。光阴初添一线,又谁系、千秋灵翠根。平生愿,愿种梅顶上,唤醒芳春。

——《妇女时报》(1911)第一号

摸鱼子春暮感怀

怨东君,者般情薄,偏教春又将去。莺啼燕语催花堕,勾起闷怀无绪。携旧雨。慨一样韶光,隔断寻仙路。天公漫侮。恐开遍瑶池,将伊比较,未必艳如许。　　蓬莱阻。休被多情自误。徒供娇似含咀。前身犹记来,天上可奈暗尘拘住。春去处。看点点杨花,争向长空舞。输他远举。但抱得芳心,年年吐遍,仙子定相遇。

虞美人寒夜

满城柝响霜封户。小阁吟情吐。灯花一点不关春。占到梅花头上、者番新。　　纸窗风动交三九。梅瓣偷描久。描来还道欠花香。谁信指头香韵、十分长。

寻芳草送春

报道春归早。不归也、怎知来好。好春光、不比人生恼。右来谁、见春老。　　怪底晓钟迟,钟未动、别情还少。笑人人、办得留春稿。春不顾、去程杳。

——《妇女时报》(1911)第三号

江纫兰二首

蝶恋花暮春刺绣

挂起虾须云影驻。手段灵奇,恐被东皇妒。粉蝶恋花频对舞。多情绣入鸳鸯谱。　　十指纤纤劳爱护。子细裁量,莫把针痕误。为问春风何处去。丝丝点染残红雨。

临江仙初夏敲棋

昼永深闺人意懒,阶前风袅茶烟。消闲无计嫩凉天。烂柯谈逸事,布局作游仙。　　不羡邻家诸姊妹,兰房半晌酣眠。子声击处兴悠然。输赢供一笑,黑白爱双圆。

——《妇女时报》(1913)第九号

洗琴三首

洗琴,生卒年不详。

梦江南外子嘱绘纨扇为摹小说时报封面晚风凉帕图并填此阕

相思泪,点点触柔肠。漫把红罗低首揾,轻扇翠袖背人凉。悄立晚风塘。

无人处,心事数从头。蝉鬓蓬松偏惹妒,蛾眉紧蹙暗添愁。纨扇怕惊秋。

浣溪纱春日感怀

远别高堂又一年。梦儿摇曳白云边。鸟声啼破晓春天。
极目乡关肠断处,萋萋芳草绿如烟。寸心千里苦绵绵。

——《妇女时报》(1913)第九号

杨全荫 三首

醉桃源

晚妆楼上夕阳斜,无聊掩碧纱。东风不管病愁加,开残红杏花。香篆冷,绣帘遮,春深别恨赊。可怜梦里说还家,魂销天一涯。

太常引

断肠春色可怜宵。心事涌于潮。魂倩不禁销。奈梦里、蓬山路遥。　　桃花帘外,嫩寒如水,吹瘦小红箫。银烛不胜娇。早又是,盈盈泪消。

——《妇女时报》(1912)第八号

七娘子

沉沉帘幕人僝僽。杏花残、又是愁时候。南浦春波,大堤官柳。一般惨绿东风后。　　尊前怕说相思久。怨江南、容易开红豆。无赖哀筝,声声依旧。销他弦底春魂瘦。

——《妇女时报》(1913)第九号

瓣香一首

瓣香,生卒年不详。

念奴娇残腊十二,偕外子江天一览,感时事之纷纭,怅乡关之睽隔。偶拈北解,题北寺浮图,亦以见红闺人,遭此飘泊,不胜身世之感也

凭栏遥望,尽山川城郭,纡回盘折。屈指几多兴废事,都付烟云明灭。已缺金瓯,屡倾铜柱,此恨心空切。西征慷慨,何时重见豪杰。　　回首海上哀鸿,飞来无际,到耳声凄咽。触起茫茫身世感,也叹关山难涉。故国波涛,异乡风雨,厄我无分别。登高题壁,箫声吴市吹彻。

——《亚东丛报》(1913)第三期

张碧琴二首

张碧琴，生卒年不详，字韵岑，江苏兴化人。

江城梅花引病中绛珠来①

蓬松双鬓绿云拖。病生魔。睡生魔。转侧待人，扶出绣衾窝。直恁恹恹谁忍得，多少话，不能言、可奈何。　奈何。奈何。珠泪多。皱翠蛾，湿黛螺。愁也愁也，愁莫问、月里嫦娥。宫锁广寒，捣药几经过。谁是长生谁却老，仙蛱蝶，寿蟾蜍、怕蝎磨。

——《小说海》第一卷(1915)第三号

菩萨蛮夜楼与碧珠分赋回文，依尤西堂体韵

冷风吹水烟摇影。影摇烟水吹风冷。花罥绿窗纱。纱窗绿罥花。　断魂愁去雁。雁去愁魂断。啼梦殢楼西。西楼殢梦啼。

——《女子世界》(1915)第五期

① 《女子世界》1915年4月10日第四期作《江城梅花引·病中》，内容字句无异。

孙婉如二首

孙婉如,生卒年不详,江苏锡山人。

如梦令春睡

昨日月明久坐。贪睡半窗日过。恨杀乱啼莺,陡把梦儿惊破。惊破。惊破。添得新愁无数。

菩萨蛮雨夜不寐

风风雨雨何时了。旧愁新恨知多少。檐溜一声声。空阶滴到明。　　侬家虽咫尺。似有云山隔。转辗梦难成。背窗灯半明。

——《女子世界》(1915)第四期

许贞卿一首

许贞卿，生卒年不详，江西南昌人。有《断肠词》。

采桑子

黄昏独自回廊立，雨又纷纷。雪又纷纷。最惜梅花瘦几分。
春风吹去已无形，梦也氤氲。醒也氤氲。满目凄凉薄暮云。

——《女子世界》(1915)第四期

王蕴文三首

王蕴文,生卒年不详,名翔,安徽凤阳人。

蝶恋花和东坡蝶恋花词即用原韵①

揉波一叶轻舟小。梅子黄时,流水孤村绕。岫自无心云自绕。东风随意黏芳草。　一曲骊歌,不是阳关道。巾上柔丝牵惹,纷啼笑。咫尺违离天样杳,多情终古余烦恼。

青玉案由西泠女校回苏舟中偶作

离旌已指横塘路。竟不放、扁舟去。梦毂安排今夕驻。满筵瓜果,一庭风露。弟妹穿针处。　白云冉冉湖天暮。两字平安慰心素。倦也欲眠眠不住。填桥鹊噪,绕阶虫语。更有闲砧杵。

一剪梅画梅绢灯

洗尽铅华淡淡红。林下高风。雪后芳踪。夜深疏影透帘栊。

① 《妇女杂志》第一卷第四号中录王蕴文诗《留别西泠寓所》,其名前称"上海民立女中学学生"。

云也朦胧。月也朦胧。　　梦醒罗浮第一重。鹤睡犹浓。蜡泪才融。几生修到碧纱笼。春在堂中。人在香中。

——《小说海》第一卷(1915)第八号

许碧霞二首

许碧霞,生卒年不详,字绮云,江苏扬州人。

蝶恋花仿李易安用欧阳文忠韵寄琴仙武昌

庭院深深深几许。白板门前,便是天涯路。几阵朔风林榭暮。销魂恰下黄昏雨。　　凝睇问花花不语。底事今年,花信更番误。九九图成梅瓣数。岁寒时候多愁苦。

——《小说海》第二卷(1916)第九号

四字令拜月

螺鬟自梳。蛮腰自扶。盈盈竹拜菖蒲。爱嫦娥影孤。　　梨花酒壶。莲花篆炉。年年寿乞蟾蜍。有长生药无。

——《女子世界》(1914)第二期

项澧芬一首

项澧芬，生卒年不详。

长相思有怀

吴江秋。盼归舟。日日相迎古渡头。天涯人尚留。　山悠悠。水悠悠。无限相思无限愁。黄昏人倚楼。

——《女子世界》（1915）第五期

陈琴仙四首

陈琴仙，生卒年不详，字友瑟，江苏盐城人。

卖花声武昌作，索东园和

槛外水空流。风泣云愁。江边黄鹤古时楼。岘首难逢羊牧子，缓带轻裘。　　何处乱山头。堕泪碑留。故乡犹是昔年秋。隔岸鼓声闻不得，鹦鹉荒洲。

——《小说海》第一卷（1915）第九号

浣溪纱秋日登黄鹤楼寄怀吴绛珠、杨碧珠、鲍蘋香、许碧霞四女史

一笛西风落叶秋。一林残照带云收。萧萧黄鹤古时楼。
千里关山千里思，十年湖海十年愁。飘零身世等浮鸥。

——《小说月报》第七卷（1916）第三号

蝶恋花和碧霞次韵

庭院深深深几许。纸醉金迷，梦绕屏山路。千里乡关飞不度。断肠声里江楼雨。　　青鸟不来谁寄语。水远山遥，多少歧

途误。红豆背人灯下数。今年始解相思苦。

——《小说海》第二卷(1916)第九号

浣溪纱 寒夜用张曙韵

为剪山茶一卷帷。月明何处寄相思。十年心事只花知。

剩有荒凉携酒处，剧无聊赖上灯时。绿纱窗外绣帘垂。

——《女子世界》(1914)第二期

王梅素二首

王梅素,生卒年不详,字静贞,吴县(今属江苏苏州)人。

踏莎行

惹恨游丝,困情歧路。寻春窘了莲花步。有情流水总无情,盈盈直尾斜阳渡。　落絮池塘,碧桃门户。清游觉道钟情苦。长安好事问谁知,东风冷煞栖鸦树。

淡黄柳

纤纤柳叶。青入东风陌。古岸芳塘同一碧。梦影愁痕互积,争似当时旧颜色。　太堤侧。波平素烟直。且停履、坐琼石。怕湔裙、节过羞重出,易逝流年,最佳光景,怜我如梭浪掷。

——《女子世界》(1915)第六期

谭珮鸾三首

谭珮鸾，生卒年不详，广东香山人。

清平乐

雪飞三径。月落花无影。冷透重衾芳梦醒。触起闲愁千顷。

起来半掩窗纱。更深谁弄琵琶。夜半又闻人语，纷纷雪压梅花。

蝶恋花

白雪重重寒皎洁。纱碧为烟，烟里玲珑月。织就丝囊无可说。殷勤打个同心缬。　　尺素拈来和泪折。四盼无人，可解相思结。别里不堪还惜别。教人怎不相思绝。

虞美人

谁家院落传箫鼓。无处闲愁诉。寒灯掩映暗神伤。临睡夜阑强自、卸残妆。　　含情默默愁无语。好梦无寻处。阿侬肠断未堪怜。只恐离人也是、不成眠。

——《女子世界》(1915)第五期

孙啸秋三首

孙啸秋，生卒年不详，江苏锡山人。

菩萨蛮春晴

小楼一夜廉纤雨。朝来鹊语穿庭树。晴日上疏棂。卖花三两声。　柳遮阑曲曲。芳草和烟绿。佳节近清明。春光画不成。

醉花阴秋感

半病诗狂非病酒。无意拈针绣。静把妙香焚，一卷残书，聊自消长昼。　东篱冷艳香初逗。又重阳时候。不忍对黄花，人比黄花，恐怯三分瘦。

一剪梅闺思

孤馆凄凉睡未成。风一声声。雨一声声。几回欹枕几回惊。剔尽残灯。数尽长更。　罗衾渐觉晓寒生。山寺钟鸣。茅店鸡鸣。搅人好梦太分明。触我幽情。恼我离情。

——《女子世界》(1915)第三期

杨瑛青四首

杨瑛青,生卒年不详,字碧珠,江苏盐城人。

菩萨蛮夜楼与碧琴分赋回文,依尤西堂体韵

一痕秋月沉波白。白波沉月秋痕一。孤馆晚晴初。初晴晚馆孤。　　捣衣寒夜悄。悄夜寒衣捣。愁客独登楼。楼登独客愁。

——《女子世界》(1915)第五期

浣溪纱寒夜用南唐后主体韵

花满梅梢春意透。太阳黑黯薰金兽。炭名黑太阳。刮面风来眉黛皱。　　月光浸入帘波溜。橘绿橙黄香气溜。何处清心箫管奏。

江城梅花引病后赋

莲花绣幕枣花帘。发纤纤。指纤纤。云髻半偏,梳洗强开奁。不觉近来消瘦尽,颜易变,口难言、百恨添。　　恨添。恨添。新旧兼。病恹恹。睡恹恹。愁也愁也,一片画、出眉尖。顾

影自怜,昨夜妒银蟾。有酒且拚今夕醉,寻好梦,过青州,入黑甜。
——《女子世界》(1915)第六期

浣溪沙和绛珠留别之作次韵

破浪乘回万里风。海天东望佛桑红。诗成帆影橹声中。
不道客中还送客,离情别绪又填胸。迢迢归路问鸡笼山在南京。
——《小说海》第二卷(1916)第一号

吴蕊先十三首

吴蕊先，字绛珠，安徽歙县人，族兄吴承烜（1854—1940），剧作家。与陈琴仙、鲍蘋香诗词唱和，有《蕊轩词话》《五女缘弹词》等。

江城梅花引冬夜碧霞来

多情月姊夜深来。破愁怀。慰吟怀。茶熟酒香，呼婢且安排。烧烛推敲新旧稿，量翠翠，品红红、细剪裁。　剪裁。剪裁。妆镜台。脱金钗。倒金杯。醉也醉也，醉墨拨、闷字炉灰。今夜几人清梦到，江梅闻说，芳丛消息好，茅舍外，竹篱边，藻思催。

沁园春题天虚我生花木兰传奇

峡倒词源，陆海潘江，推波助澜。只风梭织水，金荃浦外，云罗叠浪，玉茗堂前。凤沼新声，龙川旧谱，异样传榆演木兰。拚代父，早弃捐芗泽，飞度榆关。　桃花马上雕鞍。把儿女、英雄仔细看。恁燕支山夺，旌旗毳幕，驼装队拔，剑佩雄冠。军牒爷名，戎机国事，一战雌亭敌胆寒。吹笛处，又莺喉柳外，低唱刀环。

——《女子世界》(1915)第三期

庆春泽黄山民小说海题词

一水回环,万流仰镜,滔滔江汉朝宗。派别支分,教人蠡测何从。纵横四极灵鳌抃,广梯航南北西东。撼鲸涛,万仞长天,万里长风。　　韩潮浩荡通苏海,又词源倒峡,笔气凌空。谢草江花,一丘一壑胸中。瀛洲学士知多少,抉云章、螭殿龙宫。建霞标,足濯扶桑,目送飞鸿。

——《女子世界》(1915)第五期

卖花声琴仙自武昌贻书并见怀之作,次韵寄酬

渺渺大江流。无限离愁。怀君不上十三楼。大好光阴弹指过,夏葛冬裘。　　赠我玉搔头。锦匣犹留。秣陵烟雨洞庭秋。两地相思千里隔,杜若芳洲。

满江红江楼寒晓感而成咏

一白无垠,生虚室、驹光过隙。天欲曙、不知是月,不知是雪。八面玲珑都透澈,锁窗寒气初凝结。恶声来、不过祖生鸡,何须激。　　他道是,王导笏。侬道是,苏武节。看来南半壁,江山吴越。千古无穷亡国恨,六朝如梦痴人说。媚香楼、扇子染桃花,猩红血。

行香子秣陵春感

红芍将离。红豆相思。可怜人、沦落天涯。去年碧海,今岁

青溪。有意中缘，心中事，怕春知。　甚十离词。甚四愁诗。甚香山、骆马杨枝。歌楼扇坠，智井胭脂。枉恨恹恹，情脉脉，思依依。

——《女子世界》(1915)第六期

浣溪沙 留别萍社诸女史

落日楼台一笛风。窗纱罨绿壁纱红。散花人在绣帘中。
玉痣依稀仙子鼻，金诃暗痛太真胸。夜来寒重倚熏笼。

——《小说海》第二卷(1916)第一号

菩萨蛮 用西堂韵

青娥年老红儿小。假侬香火天缘巧。拜佛雨花台。苔纹湿凤鞋。　鸭炉香指染。鹫座帘须卷。何处控瑶笙。鹤飞明月明。

——《小说月报》第七卷(1916)第四号

蝶恋花 和碧霞兼上东园

庭院深深深几许。宅泛家浮，住近台城路。别后蟾圆才两度。难忘夜话西窗雨。　剪烛今宵谁与语。欲写离怀，又怕邮传误。桃李狄门心暗数。药笼中只黄连苦。

——《小说海》第二卷(1916)第九号

卖花声题柳塘诗思图

绕屋树扶疏。涸迹樵渔。绿阴深处野人居。好水好山仙世界,缑鹤濠鱼。　　一幅辋川图。诗思何如。画船载月问归途。信是柳塘双管下,辨别生枯。

——《小说海》第二卷(1916)第十二号

高阳台红叶

尘世荒凉,天涯沦落,一般憔悴芳颜。染尽燕支,夺回北地名山。御沟流出题难问,莽萧萧、汉苑枫丹。夕阳斜,鸦背帘间,猩色屏间。　　羞随二月花争艳,甚桃绯碎锦,茜翦零纨。梦里园林,血凝妆泪阑干。填愁已满珊瑚海,晓霜浓、秋色斓斑。厝薪忧,炉火烧干,岁暮天寒。

忆秦娥石城秋感,用孙夫人体韵

江潭深。手栽杨柳新成阴。新成阴。十年春梦,一片秋心。

寄书生怕多浮沉。石头城郭重登临。重登临,旧时王谢,问甚而今。

荆州亭有感,用吴城小龙女体韵

日暮高楼独倚。望望雁飞云际。采葛忆旄丘,几度流离琐尾。直任去留心委。不管是非锋起。一笑问昭容,敢有阳秋皮里。

——《女子世界》(1914)第二期

李兰如三首

李兰如，生卒年不详，江苏丹徒人。

浪淘沙夜坐

莲漏正迢迢。酒意潜消。早梅枝上暗香飘。盼到天边书未到，雁影偏遥。　独坐首频搔。宝鸭烟销。凄凉风景可怜宵。同是一般窗外月，今夜无聊。

如梦令偶成

满室香烟荡漾。一点残灯不亮。远梦乍成时，又值寒鸡初唱。惆怅。惆怅。一夜雨声枕上。

如梦令暮春

雨过空庭烟暝。独向小楼闲凭。静里万缘消，天半一声清磬。风定。风定。留得落花满径。

——《妇女杂志》第一卷(1915)第四号

包素香一首

包素香，生卒年不详。

苏幕遮春日闺情

懒梳头，慵刺绣。才倚栏杆，又绕回廊走。暗卜金钱心问口。何日相逢，玉体平安否。　　燕双飞，人独守。别不多时，一别经年久。几度绮窗寒竟透。郎似杨花，侬比梅花瘦。

——《妇女杂志》第一卷（1915）第二号

朱绮生一首

朱绮生，生卒年不详。

浪淘沙秋日

细雨洒帘栊。瑟瑟秋风。曲栏独倚听吟蛩。天末故人无恙否，难寄邮筒。　　霜染一林枫。归梦无踪。孤鸿嘹唳暮云中。满径黄花人共瘦，浅淡秋容。

——《中华妇女界》第一卷（1915）第四期

吴斯圯 十五首

浪淘沙 秋柳

风雨做秋声。万缕斜横。蛮腰怯舞罢轻盈。消尽眉图妆十样,绾尽离情。　　半岭夕阳明。无数鸦鸣。临流慎莫怨凄清。待得春归依旧好,拂马藏莺。

虞美人 瓶中桃花

朝来解识东风面。摇落芳菲院。绿窗深处一枝开。分付无情莺燕、慢相猜。　　朱颜珍重兰闺伫。莫使随飞絮。胆瓶绝胜武陵溪。生憎流水尽日、逐东西。

——《中华妇女界》第一卷(1915)第九期

十六字令 冬夜寄怀佩芸三妹　六首选二

慵。不卷珠帘怯晚风。相思意,应是两心同。

愁。风雨黄昏忆旧游。相思意,欲说恨无由。

——《中华妇女界》第一卷(1915)第十期

踏莎行梦中还家醒后感赋

梦自心生，情缘梦切。梦魂那识关山阔。明珠入掌雁联群，一番欢笑忘离别。　　瓶罄同嗟，途穷谁惜。空余傲骨凌霜雪。夜长毕竟不如年，醒来依旧愁千叠。

——《中华妇女界》第一卷(1915)第十二期

念奴娇牡丹

百花开遍，恁匆匆催送，清明时节。一桁珠帘斜卷处，正是天香初发。粉晕微烘，脂痕澹染，恰向东风立。沉香亭畔，一枝和露欹侧。　　记否旧日深宫，阑干闲倚，相对欢无极。回首那堪思往事，肠断何人能说。不展檀心可怜妆，倩凄绝瑶台月。洛阳城里，亭亭多少倾国。

——《中华妇女界》第二卷(1916)第一期

踏莎行早春

开遍梅花，飘残雪霰。年华暗逐东风换。遥看草色又青青，平芜何处江南岸。　　云树犹寒，雕梁未燕。闲庭寂寞珠帘卷。斜阳几度是清明，春光莫入酴醾院。

——《中华妇女界》第二卷(1916)第二期

金缕曲题赠孙济扶表妹

爽气横眉宇。快相逢、三生有幸，得亲风度。洗尽红闺脂粉

习，不愧英雄儿女。更一夕、倾谈情愫。世事如棋频疾首，挽颓波、拟作中流柱。惭老大，尘难步。　　颂椒续史空千古。总输君、青囊术妙，中西学裕。谫陋如侬何足道，一见偏能水乳。算只是、才来又去。交浅情深浑不解，向河梁、怕唱阳关句。伸后约，知何处。

——《中华妇女界》第二卷(1916)第二期

卖花声 望家书不至

寂寞小桃红。惆怅春风。阑干闲倚与谁同。极目楚天云外路，愁锁眉峰。　　却下小帘栊。宝篆烟浓。尺书何事滞邮筒。别后情怀浑莫遣，难诉归鸿。

虞美人 得家书感怀寄外

寂寥旅馆何堪忆。望远心同切。怜他客子暗魂销。道是新来瘦减、沈郎腰。　　壮怀莫被闲愁恼。消息春应好。关山千里最情牵。梦里寻君无奈、不成眠。

——《中华妇女界》第二卷(1916)第三期

琐窗寒 柳花

庭院深深，韶华忽忽，小窗幽静。老去春光，化作一天愁影。想当时、初舒青眼，暗含幽怨凭谁省。怪东风、镇日无聊，一霎迷离芳信。　　香径。花街静。正重帘不卷，乱红飞并。漫罥游丝，忍教飘零都尽。最怜伊、委地无声，断肠可奈斜阳暝。向清池、细觅春踪。泪点凝铅粉。

虞美人雨夜有怀湘波七姊

黄昏人在深深院。静夜重门掩。雨声迢递漏声长。枨触离怀无奈、九回肠。　故人别后相思否。几度空搔首。封书不尽意千重。欲倩生花彩笔、写离悰。

清欢忍忆年时乐。无那分携速。华堂春暖意何如。料得一般情绪、怅离居。　耽吟应惜清宵永。把卷浑忘寝。念君气味似幽兰。欲话同心何日、共凭阑。

——《中华妇女界》第二卷(1916)第五期

菩萨蛮寄外　四首选二

暂来还去情何极。相思最苦轻离别。眉黛暗凝愁。无言独倚楼。　倚楼空极目。芳草天涯绿。垂柳袅烟丝。魂消不自持。

一年花事三春好。春光偏向邻家早。蝴蝶惯寻香。争飞过粉墙。　阑干慵独凭。瘦损怜明镜。寂寂对花时。心情只自知。

——《中华妇女界》第二卷(1916)第六期

吕弃疾二首

吕弃疾,生卒年不详,江苏武进人。

菩萨蛮

沉沉一枕瞢腾里。日移帘影朝慵起。好梦落谁家。隔墙开楝花。　　池塘芳草路。梦里频来去。燕子尽双飞。春归犹未归。

——《妇女杂志》第三卷(1917)第四号

蝶恋花秋蛩

乍见莎根零白露。石砌墙阴,早把秋心诉。五夜凄清长絮絮。向谁絮尽愁千缕。　　摇落天涯声几许。一种情怀,和雁同辛苦。客梦离魂都付与。黄昏添上芭蕉雨。

——《妇女杂志》第三卷(1917)第四号

周钟玉一首

周钟玉,字琴徽,江苏南京人。外祖姚福奎,咸丰辛亥举人。夫归庐,周钟玉为其继室。与吕惠如为好友。在《妇女杂志》《中华妇女界》上发表《小南强室笔记》《小南强室诗草》等作品。

壶中天俞钱寄沤师示史剑尘女士海棠轩遗稿,并命题词

海棠依旧,帐红妆银烛,伊人何处。锦瑟华年才过半,昙影空花难驻。翠竹缄书,古槐扫叶,风雨凝清虑。射阳湖畔,悠悠一舸容与。　　最是林下联吟,花间选韵,不减风庭絮。眉妩可怜山样远,只道宵深睡去。虚室笼寒,小帘通月,犹忆推敲句。那堪陈迹,朱钤小字自署。

——《妇女杂志》第三卷(1917)第七号

郭延礼　郭浩帆　总主编

济南大学中国近代文学与文化研究中心　编选

中国近代女性文学大系

戏剧卷

邓丹　范丽敏　主编

齐鲁书社

图书在版编目（CIP）数据

中国近代女性文学大系 / 郭延礼，郭浩帆总主编；济南大学中国近代文学与文化研究中心编选. -- 济南：齐鲁书社，2021.7
ISBN 978-7-5333-4238-8

Ⅰ.①中… Ⅱ.①郭… ②郭… ③济… Ⅲ.①中国文学－近代文学－妇女文学－作品综合集 Ⅳ.①I215.01

中国版本图书馆CIP数据核字(2019)第293187号

责任编辑：赵自环
责任校对：王其宝
装帧设计：郭 靓 李 生

中国近代女性文学大系·戏剧卷

ZHONGGUO JINDAI NÜXING WENXUE DAXI XIJU JUAN

郭延礼 郭浩帆 总主编
济南大学中国近代文学与文化研究中心 编选
邓 丹 范丽敏 主编

主管单位 山东出版传媒股份有限公司
出版发行 齊魯書社
社　　址 济南市英雄山路189号
邮　　编 250002
网　　址 www.qlss.com.cn
电子邮箱 qilupress@126.com
营销中心 （0531）82098521 82098519 82098517
印　　刷 山东临沂新华印刷物流集团有限责任公司
开　　本 880mm×1240mm 1/32
印　　张 255
插　　页 72
字　　数 6400千
版　　次 2021年7月第1版
印　　次 2021年7月第1次印刷
标准书号 ISBN 978-7-5333-4238-8
定　　价 1980.00元（全12册）

2011—2020年国家古籍整理出版规划项目

2017年度国家古籍整理出版专项经费资助项目

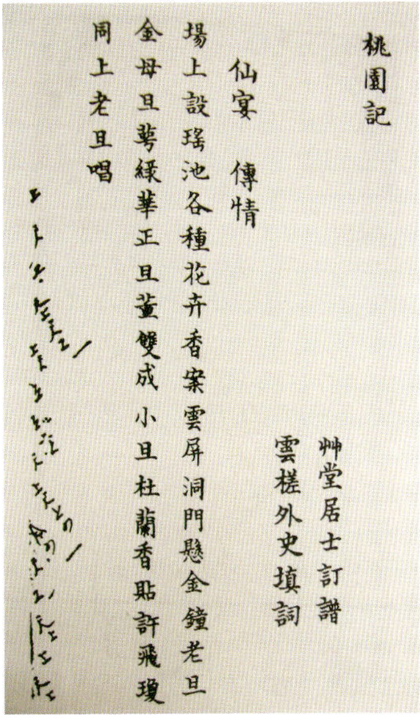

桃園記

艸堂居士訂譜

雲槎外史填詞

仙宴 傳情

場上設瑤池各種花卉香案雲屛洞門懸金鐘老旦

金母旦萼綠華正旦董雙成小旦杜蘭香貼許飛瓊

同上老旦唱

顾太清《桃园记》

刘韵琴

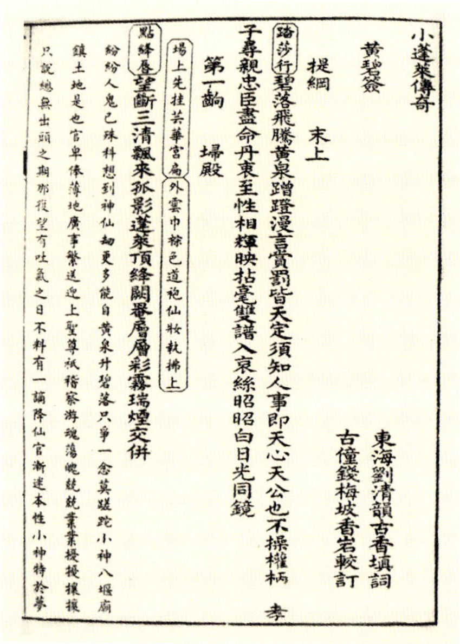
小蓬萊傳奇

黄碧籤

提綱　末上

東海劉清韻古香塡詞

古僮錢梅坡香岩較訂

踏莎行碧落飛騰黄泉蹭蹬漫言賞罰皆天定須知人事即天心天公也不操權柄　孝子尊親忠臣盡命丹衷至性相輝映拈毫雙譜入哀絲昭昭白日光同鏡

第一齣　埽殿

場上先挂芸華宫扁　外雲巾棕色道袍仙妝執拂上

點絳唇望斷三清飄來孤影蓬萊頂絳闕層層彩霧瑞煙交併

紛紛人鬼已殊料想到神仙劫更多能自黄泉升碧落只爭一念莫蹉跎小神八堧廟鎭土地是也官卑体薄地廣事繁送迎上聖尊祇稽察游魂蕩魄兢兢業業擾擾擾只説總無出頭之期那猜望有吐氣之日不料有一謫降仙官漸迷本性小神特於夢

刘清韵《小蓬莱传奇》

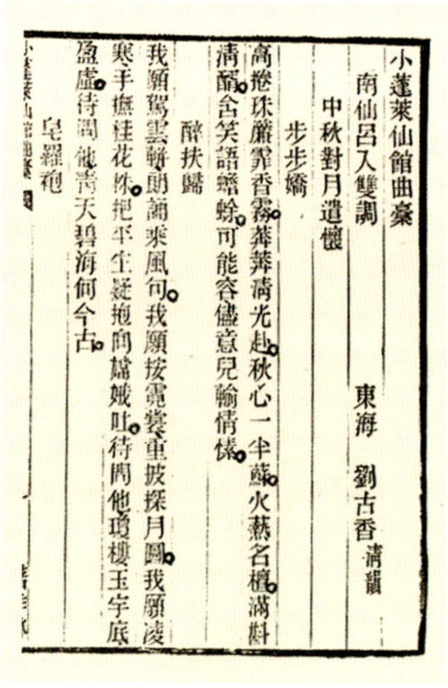
小蓬萊仙館曲槀

南仙呂入雙調　東海　劉古香清韻

中秋對月遣懷

步步嬌

高捲珠簾霏香霧莽莽蟾光赴秋心一半蘇火爇名檀滿斟清醑含笑語蟾蜍可能容儘意兒輸情愫

醉扶歸

我願駕雲軿朗誦乘風句我願按霓裳重披探月圃我願凌寒手撫桂花株把平生疑抱向嫦娥吐待問他瓊樓玉宇底盈虛待問他青天碧海何今古

皂羅袍

刘清韵《小蓬莱仙馆曲稿》

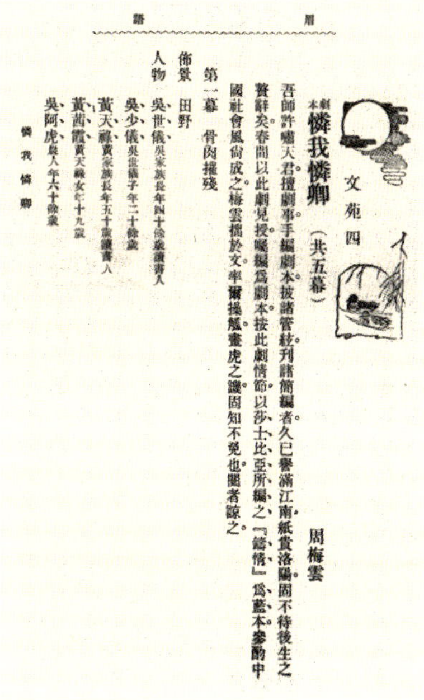

文苑四

劇本 **憐我憐卿**（共五幕）

周梅雲

吾師許嘯天君擅劇事。手編劇本。披諸管絃。列諸簡編者。久已譽滿江南。紙貴洛陽。固不待後生之贅辭矣。春間以此劇見授。囑編爲劇本。按此劇情節。以莎士比亞所編之『鑄情』爲藍本。參酌中國社會風尚成之。梅雲措於文率。爾操觚。畫虎之譏。固知不免也。閱者諒之。

第一幕　骨肉摧殘

佈景　田野

人物　吳世儀、吳家族長年四十餘歲讀書人

吳少儀、吳世儀子年二十餘歲

黃天祿、黃家族長年五十歲讀書人

黃茜霞、黃天祿女年十九歲

吳阿虎、吳人年六十餘歲

周梅云《怜我怜卿》

周梅云

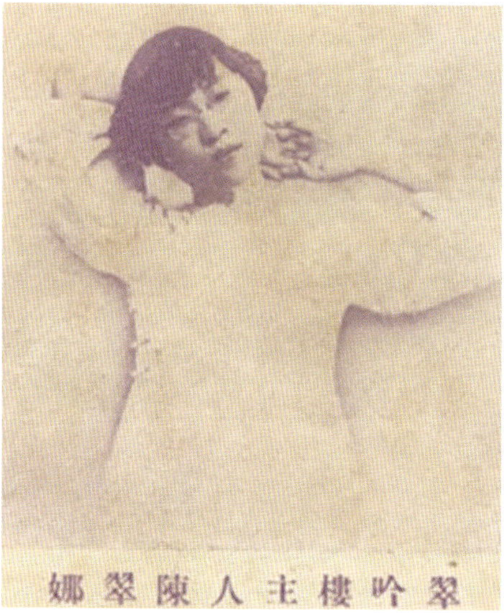

陈翠娜（陈小翠）

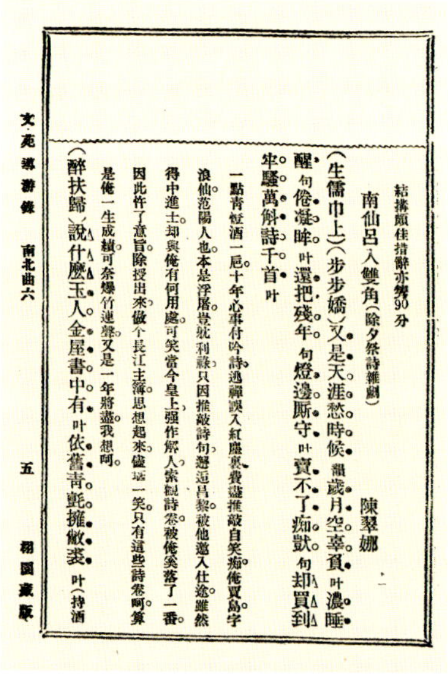

結搆頗佳措辭亦雋90分

南仙呂入雙角（除夕祭詩雜劇） 陳翠娜

（生儒巾上）（步步嬌）又是天涯愁時候 韻 歲月空辜負 叶 濃睡醒 句 倦凝眸 叶 還把殘年 句 燈邊厮守 叶 竟不了痴獃 句 却買到牢騷萬斛詩千首 叶

一點青燈酒一巵十年心事付吟詩逃禪誤入紅塵裏費盡推敲自笑痴俺賈島字浪仙范陽人也本是浮屠豈貌利祿只因推敲詩句邂逅昌黎被他邀入仕途雖然得中進士卻與俺有何用處可笑當今皇上强作解人索觀詩卷被俺奚落了一番因此忤了意旨除授出來做个長江主簿思想起來儘堪一笑只有這些詩卷呵算是俺一生成績可奈爆竹連聲又是一年將盡我想呵

（醉扶歸）說什麼玉人金屋書中有 叶 依舊青氈擁敝裘 叶（持酒

陈翠娜《除夕祭诗》

戏剧卷

目　录

一、杂剧、传奇

二、话剧

三、散曲

导　言

本卷主要收录近代女性作家创作的杂剧、传奇,话剧和散曲。第一部分为传统的戏曲样式即杂剧、传奇,共收录吴藻、顾太清、何佩珠、刘清韵、古越嬴宗季女、陈慧、刘韵琴和陈小翠8位女作家的25部杂剧、传奇;第二部分为新式话剧,包含高剑华、周梅云、郑申华和陈衡哲的4部早期话剧;第三部分为散曲,收入吴藻、吴淑仪、刘清韵、裘凌仙、俞庆曾、朱恕、吴蕊先、张碧琴、陈小翠9位女作家的3支小令和26支套曲。除了陈小翠,上述作家存世的作品大多未经系统整理,甚至其中数位戏曲家、话剧家的身份尚未被广泛知晓,现对近代女性杂剧、传奇,话剧和散曲创作的大致面貌和总体成就略作介绍。

一

现知我国最早涉笔戏曲创作的女性作家出现于晚明时期。位列"秦淮八艳"之首、色艺倾动才流的金陵名妓马守真(1548—1604),撰有《三生传》传奇一本,以三生转世来写书生与青楼女子之间的情债,可惜该剧全本今已佚,仅有两个片段残存于胡文焕的《群音类选》和凌虚子的《月露音》中。吴江叶小纨(1613—1657)的《鸳鸯梦》杂剧是现存第一部完整的由女性创作的戏曲作品。叶小纨于两月间骤失姊妹,故作此剧抒写与姊妹阴阳相隔的人生缺憾,用情沉痛悱恻。《鸳鸯梦》杂剧自传性的构思方式、易装的形式和“下凡”的情节模式，对后世女剧作家的创作产生了深远影响。晚明才女梁孟昭、梁小玉分别有《相思砚》《合元记》传奇见于记载，可惜均未流传下来；相传戏剧家阮大铖之女阮丽珍著有《梦虎缘》《鸾帕血》二剧，并草创了其父的名作《燕子笺》传奇，前二剧今亦不存。

清康熙至乾隆间，剧坛涌现了姜玉洁、林以宁、李怀、曹鉴冰、张蘩、张令仪、李静芳、宋凌云、程琼、孔继瑛、许燕珍等多位女性剧作家，但她们各自创作的戏曲作品大多仅一两种，且散佚十分严重，影响相对有限。生活于乾嘉年间的王筠（约 1749—1819）和吴兰征（1776—1806）有不俗的创作实绩，王筠的《繁华梦》和《全福记》是现存女性剧作中少见的长篇；吴兰征是最早将《红楼梦》改编成戏曲的作家之一，她的《绛蘅秋》可视作早期闺阁红学的重要组成部分，对于研究清代女性对《红楼梦》的接受颇具价值。道咸之后，旧体传奇、杂剧的创作日益衰落，然而吴藻、顾太清、何佩珠、刘清韵、刘氏（古越嬴宗季女）、陈慧、刘韵琴、陈小翠等一批才女相继登上剧坛，留下剧作逾 25 种。女性戏曲经过漫长的发展，至近代，终于绽放出最夺目的光彩，真正走向成熟。

吴藻（约 1799—1862）和顾太清（1799—1877）在清代词坛享有盛名，二人也皆有剧曲传世。吴藻的《乔影》（一名《饮酒读骚图》）“见者击节，闻者传钞，一时纸贵”①，“一时传唱，遂遍大江南北，几如有井水处必歌柳七词矣”②，影响甚大。主人公独自饮酒、对画诉情的情节安排显然是受到清初廖燕《醉画图》杂剧的影响，但《乔影》所表达的情感和思想内容无疑带有吴藻本人浓重的思

① 〔清〕吴载功：《乔影·跋》，见郑振铎辑《清人杂剧二集》，据道光五年（1825）莱山吴载功刊本 1934 年影印本。

② 〔清〕魏谦生：《花帘词·序》，道光十年（1830）刻本。

想印迹。和明清其他才女一样，吴藻嗟叹命运之不济，把怨恨指向性别的差异。一曲【北雁儿落带得胜令】借用历史上诸多奇人异事的想象和传说，表达了作者对一种极致自由的向往，可见吴藻的志愿并非少数女作家心目中的男儿梦，也不是传统女性文学中的美满婚姻，而是人格的全面解放和天性的自由发展。在《乔影》中，吴藻对屈原有一种认同感，屈原经历了“信而见疑，忠而被谤”（《史记·屈原贾生列传》）的现实逆境，但吴藻说：“怎知我一种牢骚愤懑之情，是从性天中带来的哟！”她的牢骚愤懑并非针对一人一事、因具体生活事件而生发，而暗含对施诸女性的所有束缚的沉痛感受，这种感受给吴藻带来的精神苦闷也是持久难灭的。剧末，吴藻通过对屈原声名的观照，透露了自己文名传世的欲望及由此引发的焦虑。但是，她在承受着性别不公和个性受抑双重压迫的残酷现实中，终究是无出路可寻的，只有为自己生祭、吊挽，令绝望的心灵寻得一片净土。吴藻晚年无奈而自觉地走上奉道之路，与她一生对于女性存在、人的存在的痛苦和绝望的体验之深重是分不开的。

顾太清是多罗贝勒奕绘（字子章，号太素）的侧福晋，二人早年情事坎坷，婚后幸福短暂，后奕绘早逝。“西湖散人”（才女沈善宝之号）为《梅花引》所作序中云：“君归极乐，五蕴皆空；妾领群芳，万缘俱寂。剧虽六出，能含离合悲欢；制出一编，不愧清新俊逸。”①指明《梅花引》之创作缘起悼亡。实际上，顾太清所撰的《梅花引》《桃园记》二剧均以谪仙的想象来隐指自己和丈夫奕绘的婚恋经历。《桃园记》中因私自萌生情愫而遭受磨难的白鹤童子和萼绿华，最终被王母判定“你二人情根难断，同到世间择个世族名门投胎转世，成就良缘，儿女满堂，夫妻偕老”（《投胎·满

① 〔清〕西湖散人：《梅花引·序》，见顾太清《梅花引》，清抄本。

愿》),成就了二人精诚为情的形象。而顾太清借助《梅花引》所回顾的夫妇姻事,则带有几分幽戚色彩,被谪人间的天宫司书仙吏和罗浮梅精两番相遇皆不敢互诉心事、细陈衷肠。这些曾受到多层压力和重重阻挠的谪仙的结合,无疑是顾太清自己和丈夫成婚经历的隐喻。借助谪仙的形式敷演幽苦情事,既有铭刻夫妇挚情之意,也因顾太清在丈夫去世后遭受家难而拥有许多无法向他人所道的委曲隐衷使然。① 顾太清或借仙姬萼绿华表现自身"痴心忒固"、大胆追求爱情的一面,另一方面,亦借罗浮梅精与司书仙吏"苦情"的描写和梅精对于出世的追慕,寄托了作者斩断情根、出世逍遥的人生理想。可以说,两部剧作中谪仙模式的叙写互为补充,呈现了顾太清对于"情"的态度。《梅花引》《桃园记》和叶小纨的《鸳鸯梦》类似,都是带有自传性质的书写,这种构思方式透露了女剧作家内敛的、向自我寻找中心的写作心态和关注内心的创作倾向,显示了妇女"私情剧"审美主体化、内在化意向的特点。

何佩珠(1819? —?)的《梨花梦》杂剧演绎女子杜兰仙改扮男装,于梦中与一貌美仙子相遇,醒后为之伤情成疾的故事。其剧情明显有模仿多部剧作的痕迹:主人公因梦生情、伤情成疾、对画诉情的情节似模仿《牡丹亭》;与梨、藕二位仙子的梦中聚会则似叶小纨《鸳鸯梦》中姊妹聚首的情节;杜兰仙的唱词与道光年间传唱大江南北的吴藻《乔影》中谢絮才的曲词颇为雷同,尤其是卷五《仙会》中的【北雁儿落带得胜令】一曲,从句式到抒写的情怀皆相近。尽管如此,《梨花梦》的创作缘起及所表达的情感内容,仍常常被理解为本于何佩珠本人的现实生活和情感经历。杜兰仙甫

---

① 黄仕忠:《顾太清的戏曲创作与其早年经历》,《文学遗产》2006 年第 6 期。

一上场时自言“十龄擅绣,七步成诗”,她对自己的婚姻并不满意(“可恼者,鸾罔有偶”),在随婿北上的途中,心中最难以割舍的是旧日东邻一女伴对自己的知己情谊。杜兰仙倾诉对梦中仙子思念之情的多支曲文,如卷二《忆梦》中的【北寄生草】、卷五《仙会》中的【北折桂令】等,皆极易唤起读者、观众关于才子佳人异性恋的联想,【北折桂令】一曲更将同性知己间的“同心”之恋与夫妻之爱相比,以后者为“孽债冤牵”。故严敦易先生认为:“倘若《梨花梦》有稍为特殊的地方,那就是有较重的同性恋倾向。”①华玮也认为此剧隐含了何佩珠在“婚姻男女关系之外的情感渴求”②。孙康宜指出明清以后的女性作家通过各种文学形式以虚构的男性声音来说话,“尤以女剧作家的贡献最大”,叶小纨、吴藻借用男性角色来自我抒情是“女性企图走出‘自我’的性别越界,是勇于参与‘他者’的艺术途径”,“不论是写作还是阅读,她们都希望像男性文人一样,不但有主动虚构的自由,也有文学想象的空间”。③这种创作美学,体现了近代以来中国妇女开始追求的女性主体性。孙康宜的“性别面具”(gender mask)理论,提供了解读《梨花梦》的另一种方法,《梨花梦》也可以被看作何佩珠戴上“性别面具”后的一场表演、一次文学虚构和想象的实践。而如何看待《梨花梦》对其他剧作的模仿,杨彬彬认为:“全剧一方面借指涉《牡丹亭》进入主导性文学潮流,另一方面构筑闺秀写作传统,令两者在

---

① 严敦易:《何佩珠的〈梨花梦〉》,见《元明清戏曲论集》,中州书画社1982年版,第303页。

② 华玮:《明清妇女之戏曲创作与批评》,台北“中研院”中国文哲研究所2003年版,第58页。

③ 孙康宜:《性别的困惑——从传统读者阅读情诗的偏见说起》,见张宏生、张雁编:《古代女诗人研究》,湖北教育出版社2002年版,第105、107页。

剧情推进中交替出现,从而展开一场精巧的文学'游戏'。女主角性别身份之扑朔迷离的根本在于作者借两种写作传统容纳了不同阐释的可能性。"①这一观点非常富有启发性。

江苏才媛刘清韵(1842—1915)一生写剧不下24种(现存12种),掀开了"女性戏曲史上最光荣的一页"②。清韵作品数量之多、涉猎内容之广,堪称明清女剧作家之最,即使与当时的男剧作家相比,她所取得的成就也不容小觑。她如春蚕吐丝般孜孜不倦地从事戏曲创作,不仅令同乡文士注目,晚清著名朴学大师俞樾闻之也主动索观其作品。经俞樾的推荐和促成,1900年,刘清韵的《小蓬莱传奇》十种由上海藻文石印社刊行,收《黄碧签》《丹青副》《炎凉券》《鸳鸯梦》《氤氲钏》《英雄配》《天风引》《飞虹啸》《镜中圆》《千秋泪》十部剧作。③

《黄碧签》(12出)改编自作者家乡的传说,叙述了咸丰、同治年间朐北云台地方孝子仇二梅、忠臣石龙章的故事。作者将自己影写在内,以玉虚仙子自喻,借仙子之师旷阔道人表明玉虚仙子"著书自娱,虽是游戏文章,恰寓褒诛惩劝,与世道人心实有裨益"(《仙宴》),直接指明本剧写作的劝惩意图。剧中的"黄碧"二字当出自白居易《长恨歌》中的"上穷碧落下黄泉"之句,意指人世间为善为恶,天上地下都能于冥冥中得知,黄泉碧落都有记载善恶

---

① 杨彬彬:《扬州闺秀著述与交游研究新视野——以何佩珠一门交游圈为例》,《妇女研究论丛》2018年第5期。

② 谭正璧:《中国女性文学史话》,百花文艺出版社1984年版,第363页。

③ 关于刘清韵戏曲合集的名称,汪鸣銮检署作《小蓬莱阁》,章钰题封面书签则云《小蓬莱仙馆》,但书中均作《小蓬莱》,故知应以"小蓬莱"三字为准,"'阁'与'仙馆',实系汪、章辈之擅增也"。参见严敦易:《〈小蓬莱〉传奇十种》,见梁淑安编《中国近代文学论文集·戏剧卷》(1919—1949),中国社会科学出版社1988年版,第446页。

的账册。清末苏北地区水患频繁,作者亲身经历过灾害带来的痛苦,故安排忠臣孝子转世后联手在平定水患、安定民生方面做出成绩,可谓寄托着作者对唤起仁人志士协力济世安民的期许。刘清韵对于国家、民生之需求有深切的体认,故对社会风俗教化表现出一种强烈的责任感,并扮演着积极能动的角色,试图通过自己的创作于世道人心可有小补,这一思想倾向同样体现在她的另外几部社会题材剧中。

《丹青副》(12 出)据《聊斋志异·田七郎》改编,是一部歌颂义士之作,剧作基本按照小说原著的故事情节铺叙,写猎人田七郎与富家子弟武承休交往,并舍命为他报仇的故事。在将小说改编成戏曲的过程中,刘清韵以许多增设的细节充分突出人物"义"的品质,浓墨重彩地描绘了田、武彼此在危难之时的义举及待人之真挚情意,更着重突出田七郎可贵的道德人格和义勇行为,正如严敦易所言:"剧名《丹青副》,意或谓田七郎之义,可图以丹青,以垂不朽。"①

《炎凉券》(8 出)通过淮安寒士任贵从落拓到显达的过程,表达了作者对世人的劝诫之意。任贵贫寒之时受到贵公子、富大爷的轻视和奚落,后又因富、贵二人出尔反尔致使他无船赴试意欲投江,在此危难之时,幸遇米行主人陈仁美等为其筹措资费,终得赴试及第。剧作在对陈仁美等急人之难的举动大加赞赏的同时,亦借用阴间判官的身份、口吻对人世的美丑善恶作了一番评判,说明人世善恶皆有上天赏罚的道理。《彰善》一出在全剧中实具提纲挈领、画龙点睛的作用,而作者的写作意图,则如此出【尾声】所云:"惟愿三千大千世界诸恶莫作,众善奉行,岂止不堕泥犁,便

① 严敦易:《〈小蓬莱〉传奇十种》,见梁淑安编《中国近代文学论文集·戏剧卷》(1919—1949),中国社会科学出版社 1988 年版,第 449 页。

是登云借与梯!”刘清韵一生大部分时间是在贫困中度过的,对世态炎凉与道德沦落的社会现状有深刻的认识,她在剧中表现出对封建伦理道德的强调和关注,爱憎分明,奉行以戏曲劝善惩恶之旨,既是本于自己对现实生活的深切感受,同时也对戏曲文学发展史上“风义”的书写传统做出了一种回应。

有“后崔张”之称的张灵、崔莹痴迷凄艳的爱情故事在明清时期流传很广。清初黄周星所作传奇小说《补张灵崔莹合传》对崔张轶事记载颇详,刘清韵以之为蓝本创作了《鸳鸯梦》(12 出)传奇。清韵利用戏曲长于抒写人物心理、情感的特点,对原文中特殊情境下的人物内心多有补充刻画,如《侦美》写张灵邂逅崔莹后相思难遣、《殉玉》写崔莹祭奠张灵后决意殉情等处都描摹得生动感人。该剧对才子佳人舍生忘死之痴情有真诚的歌颂,但结尾处作者强调宿命,认为男女姻缘遇合皆是天命的安排,在一定程度上抹杀了男女主角在婚恋过程中的自主性,削弱了剧作的思想价值。

《氤氲钏》(10 出)将乾嘉名士张船山诗作中有二知音愿来生化绝代丽姝为执箕帚的戏言,化为戏中关目,构想出张船山转世为书生陶元璋,与两位修文郎投胎的佳人黄佩芬、白玉英分别因氤氲钏、绸缪玉而结成姻缘的一段情事。可惜作者对笔下女性人物在婚恋过程中的心理情境疏于表现,仅仅设计了才子与一双佳人较为曲折的离合情事。值得关注的是,其中占岛为王、练兵谋略都远胜其兄的白玉英的形象,与《飞虹啸》中临危不惧、智勇报仇的庚娘,《英雄配》中勇敢救夫的杜宪英一样,展现了女性的英雄豪气,体现了作者对女子智慧与勇气的赞美,更寄寓了作家对女性掌握自我命运的渴望和期盼。

《英雄配》(12 出)塑造了一位文武双全的女子形象——杜宪英,她与丈夫周孝一起训练军队,保卫一方平安,后又在寻夫途中解救素不相识的群商免受盗匪之侵害，可谓在“公共空间”中展现了女子的智勇；在丈夫为山盗所擒之后，宪英辗转探寻，历时十余年，终于得以与丈夫重逢，一对英雄配偶成为神仙眷属。同样是颂赞女子的智慧和才华，相较而言，女作家在传奇杂剧中所描绘的理想女性与弹词小说中有所不同，后者对女性传统性别角色定位的颠覆更为大胆，而在杜宪英的形象和故事中，不难看出刘清韵更有意展现自身对家庭完整、夫妻相守、稳定平安的追求和渴望。

《天风引》（10 出）改编自《聊斋志异·罗刹海市》，写书生马俊（小说中为马骥）弃儒从商，出海遇险，被飓风吹到罗刹国后的一系列奇遇。剧作基本承袭蒲松龄小说原著的情节，通过对罗刹国以丑为美的习俗及马俊带假面获得官职等情节的叙写，“讽刺了假面欺世的不良风气”①。原小说中有大段笔墨叙述马俊因思亲而返乡，与龙女虽分离但情缘难灭的情事，刘清韵省却了这段夫妻分离的文字，以马俊迎养父母于龙宫，一家团圆为终，既符合传奇创作生旦团圆的惯例，也是出于“减头绪”的考虑，将主要戏剧情境限定在罗刹国和龙宫海市之中，避免了情节结构安排上的纷乱冗杂之感。

《飞虹啸》（10 出）依据《聊斋志异·庚娘》改编，演述奇女子庚娘勇报夫仇事，旨在歌颂庚娘临危不惧、坚贞刚烈、智勇双全的斗争反抗精神。剧作较原著最大的改动是加重了对庚娘和金大用夫妻艰难遇合的感慨，《追悼》和《凝盼》二出分别从夫妻二人的角度抒写各自对对方的怀念和追悼，情意极为感人。在此剧中，作者并未像其他才女题材作家一样赋予笔下钟爱的女子高超的

① 姚克夫：《刘清韵及其〈小蓬莱仙馆传奇〉——介绍江苏近代一位女作家》，《徐州师范学院学报》1981 年第 1 期。

武艺和卓绝的智慧,而开始挖掘最平凡的柔弱女子潜藏于深层的刚性和智慧。

《镜中圆》(5 出)以《安徽通志·烈女志》之“才媛”所载南楚材妻薛氏写诗寄外以挽回夫心之事为蓝本,改写成名士南楚材为赵太守相中,欲招为婿,其妻薛氏自画小像感动丈夫返乡团圆,后通情达理的薛氏亲自代丈夫聘得太守之女,并与丈夫一同迎娶新人入门的故事。本剧与《氤氲钏》均构思了二女共侍一夫的婚姻模式,以之作为圆满结局,与刘清韵本人在带有缺憾的婚姻经历中的无奈心情和妥协心态不无关系。① 但二剧对于构成婚姻基础之“情”,均未作过多描绘。

《千秋泪》(4 出)本自陆次云的《沈孚中传》,叙空有满腹才学但才华不得施展的文士沈嵊与主考官宋兆和结交,宋兆和却由此遭参革职,后偕妻子在天台山下结庐隐居的故事。此剧结尾虽叙宋兆和力劝欲随他隐居的沈嵊勿要埋没才华,应当出仕以博功名之事,但宋兆和本人经历了宦途的荣落升沉,看透了官场的险恶黑暗,比他更加疏狂不羁的沈嵊前途尤未可测,恐怕绝难如意。《千秋泪》透露出仕与不仕于文人而言,其前景皆会越来越黯淡的悲凉现实。

刘清韵《小蓬莱传奇》中的十种剧作,无论所叙系据前人笔记小说或史传记载改编的旧人旧事,还是取材于亲身经历或闻见的时人时事,均融入了作者本人对于社会、道德、性别、家庭等许多方面问题的感受和思索。有的偏重对忠孝节义等传统观念的维护和表现,有的传达着自由、平等的新的时代精神,昭示着这位处于社会剧烈变革时期的女作家思想方面新旧掺杂的状况。《小蓬

① 关于刘清韵的婚姻情况,详参华玮:《明清妇女之戏曲创作与批评》,台北“中研院”中国文哲研究所 2003 年版,第 157 ~ 162 页。

莱传奇》十种最早的读者，同时也是积极促成此集刊刻的朴学大师俞樾说："余就此十种观之，虽传述旧事，而时出新意，关目节拍，皆极灵动；至其词，则不以涂泽为工，而以自然为美，颇得元人三昧，视李笠翁十种曲，才气不及，而雅洁转似过之。"①他从作品的内容到艺术追求方面都给予《小蓬莱传奇》充分的肯定。

1990 年，江苏淮阴市文化局的李志宏在沭阳 83 岁老人谢方同处发现其所藏刘清韵《小蓬莱传奇》之外的戏曲两种：《望洋叹》(6 出)和《拈花悟》(4 出)抄本，使刘清韵的存世剧作达到 12 种。《拈花悟》写少女刘三妹与婢女芒儿的主仆情谊，实乃寄托了刘清韵对早逝的旧婢芒姐真挚深切的追思。《望洋叹》写与苏北大儒王诩交善的浦中联社诸君在咸丰、同治、光绪三朝四十余年间报国无门、漂泊沦落、落寞失意的苦情。剧中的主角王诩实为刘清韵和丈夫钱梅坡的老师，王诩友人邱履平、王菊龛、张溥斋、周诒朴、周莲亭等亦皆实有其人，在刘清韵写作该剧时，除王诩外，他们大都已逝去。②

刘清韵在《小蓬莱传奇》十种中塑造了多位疏狂放旷、流落不偶之士，如《黄碧签》中的元彪、《鸳鸯梦》中的张灵、《千秋泪》中的沈嵊、《英雄配》中的杜希牧等。《望洋叹》中塑造的近十位边缘文士可以说是对《小蓬莱传奇》十种中失意志士群体形象的延续和深化。刘清韵创作《望洋叹》，并非仅仅着意代老师王诩抒发伤悼友人之情，更有意为一班不名于世的边缘文人留下生存轨迹和生命价值的见证，同时寄托自己对于时代沧桑的感慨和人生浮沉难以自主的怆然感受，可谓奏响了一曲文人志士的末世悲歌。

① 〔清〕俞樾：《小蓬莱传奇·序》，见刘清韵《小蓬莱传奇》十种，上海藻文石印社 1900 年版。

② 详参邓丹：《刘清韵〈望洋叹〉传奇考论》，《华南师范大学学报(社会科学版)》2010 年第 2 期。

《望洋叹》蕴含着作者感时忧国的思想情怀及对时代、人生的深入思索与丰富感悟，全剧并无一位女性角色（尽管安排周莲亭由旦角扮演，但并非真正的女性角色），风格苍凉悲慨，表现出对传统观念中"女性笔墨"的背离，无论从题材内容还是书写特征来看，在明清女性创作的戏曲中都显得十分特殊。

1907 年 7 月，爱国女侠秋瑾因参与策划反清革命而被清廷斩杀于绍兴轩亭口，她的牺牲在当时激起了强烈的社会震动，文艺界很快掀起了谱写其事迹的创作热潮。萧山湘灵子的传奇《轩亭冤》、古越嬴宗季女的传奇《六月霜》、长洲灵鳺的杂剧《轩亭秋》等均于秋瑾遇害当年问世，此后四五年间，仍有悲秋散人的传奇《秋海棠》、静观子的小说《六月霜》等不下十部作品继续演绎秋瑾的故事，表现出文艺界对这位不凡女性的关注。就作品的内容及影响而论，《六月霜》传奇、《轩亭冤》和后来的小说《六月霜》是其时同类题材中的优秀之作。古越嬴宗季女真名不详，只知姓刘，人称"刘家小妹"，自言与秋瑾有"同乡同志之感情"，在申江舆论界一致为秋瑾之死呼冤时，她因"吾乡士夫，顾噤若寒蝉"而"深以为耻"，竭一星期之力，撰成十四折的《六月霜》传奇。① "六月霜"之剧名有取战国时邹衍的含冤下狱和关汉卿笔下窦娥的受屈被斩相比拟之意，表达了秋瑾被害的沉重冤情和剧作者伤悼感愤的复杂心情。剧中《瘈噬》《张罗》两出演绎当地官吏、乡绅为求升官发财而诬陷秋瑾为徐锡麟同党的情节，再现了秋瑾蒙冤被杀之前因后果。但《六月霜》传奇并未像其他作品那样一味渲染秋瑾之"冤"，让她在面临刑讯时屡屡哭诉和自辩，此剧超越其他同类题材之作的地方正在于古越嬴宗季女不只是从外部寻找秋瑾遇害

---

① 古越嬴宗季女：《六月霜传奇·序》，改良小说社光绪三十三年（1907）版。

的原因来对黑暗势力进行控诉，而是更深入到秋瑾内心深处，确认殉国是她爱国救亡追求下极具自主性和主动性的选择。① 秋瑾之死固然令作者痛惜不已："今古寥寥天地窄，几个才人，忍更相摧折！"却又深为女界中出此人物而自豪："我辈不须长恻恻，藉甚香名，寰宇平生色。"（《前提》）她笔下的秋瑾始终无惧黑暗力量，抱持精卫填海之志和女娲补天之愿，立志挽国家民族于危亡之中，即使牺牲一己之生命亦在所不惜。可以说，晚清的"秋瑾文学"中唯有《六月霜》传奇深入到了秋瑾内心，展现其"奋援众生苦"的志向、"民吾胞，物吾与"的抱负和"便杀身，夫何惧"的殉国豪情。古越嬴宗季女不同于其他作家的是，她本着与秋瑾的同志情谊，以内在的、沉着的而不是外在的、浮略的笔触来描写秋瑾，故而能对秋瑾崇高的精神世界做出一种真实而感人的演绎。

陈慧（1883—1947）的《冰玉影》传奇和刘韵琴（1884—1945）的《新华宫》杂剧是两部十分稀见的戏曲作品，甚少为前人所著录。《冰玉影》为赵朴初之母陈慧中年所作的自传体剧本，传本甚少，该剧从细处着眼，叙写沈洁（玉）、谢清（冰）两位女性之间多年的思念、酬和、扶持，最终以二人双双辞别家庭，同隐西湖为理想归宿，情甚动人。据赵朴初《引言》可知，剧中沈洁、谢清两位主角分别是作者陈慧和陈慧义姊关素的化名，若稍加考察，可知除两位主角外，剧中其他人物也都与现实人物一一对应，冰、玉分别、聚合的事由、地点也都清晰可辨，且二人寄赠文字被直接录入剧中②，读之不仅可以对陈慧的生平经历、赵老的家庭情况有所了解，对当时的社会状态亦可窥见一二。

---

① 详参邓丹、陈芝国：《〈六月霜〉传奇中的秋瑾叙写——兼论〈轩亭冤〉传奇和〈六月霜〉小说》，《青岛大学师范学院学报》2007 年第 2 期。

② 详参邓丹：《稀见女作家戏曲三种考述》，见《中华戏曲》第 57 辑，文化艺术出版社 2018 年版，第 160 ~ 162 页。

刘韵琴是晚清著名文艺评论家刘熙载的孙女，曾被上海中华新报馆聘为记者。1915 年至 1916 年上半年，刘韵琴在《中华新报》上发表了大量揭露、抨击或嘲讽袁世凯及其主要帮凶的小说、散文和笔记，这些作品后被收入《韵琴杂著》（1916 年 8 月 20 日由上海泰东图书局出版）一书中，《新华宫》是其中仅见的一个剧本。《新华宫》仅一折，构思奇特，但显然有着直指时事的创作意旨，即反袁世凯称帝。剧作发表时，袁世凯并未丧命①，刘韵琴不仅描绘了袁世凯谋求复辟之后“连日心惊肉跳，坐卧不安”“近来吐血过多”的心理状态，并且以过人的胆识虚构了袁世凯的死状，让袁在崇祯、光绪二帝面前痛陈罪状后自刎谢罪，体现了作者对袁世凯这位独夫民贼的强烈诅咒。1917 年，邝摩汉有同名传奇《新华宫》在《寸心》杂志第 4、5 期上连载，仅五出，未完。该剧亦嘲弄了袁世凯的窃国之举和帝制派政客的种种丑行，但创作和发表的时间在袁氏倒台、身丧之后。可以说，刘韵琴剧作政治色彩之浓厚、批判精神之强烈，不仅在女作家戏曲作品中十分罕见，在民初传奇、杂剧中亦非常难得。

清末民初，文艺领域各种新旧力量激烈交汇，传奇、杂剧的生存土壤已发生质的变化，然而钱塘才女陈小翠（1902—1968）仍钟情于这种古老的戏剧样式，数年间共创作了《梦游月宫曲》《除夕祭诗》《黛玉葬花》《自由花》《护花幡》5 部杂剧及《焚琴记》传奇，以之表达个人在急遽变化的社会现实中对这一转折时代的特殊感受和思索。

《梦游月宫曲》《除夕祭诗》《黛玉葬花》《护花幡》是 4 部单折

---

① 袁世凯宣布恢复君主制，将总统府改为新华宫一事发生在 1915 年 12 月，《新华宫》曾发表于 1916 年 3 月 11—12 日的《中华新报》，故可确知该剧创作时间在 1916 年初，而袁世凯逝世于 1916 年 6 月 6 日。

杂剧，尽管篇幅短小、剧情简单，但以梦、诗、花、仙等重要因素为媒介，实现了陈小翠在剧中的自我呈现。《梦游月宫曲》是现今可知小翠发表的第一部戏曲作品，《文苑导游录》将其原作与小翠之父陈蝶仙正谱本同时刊出，不难发现改本与原作在曲词上有较多改动，关于女主人公入梦的缘由，改本为小翠面对秋宵圆月，想象天上广寒宫之景致必定胜却人间无数，故心生无限向往；原作中梦游月宫是主人公脱离纷纭尘境，隐居乐境之愿望的满足。在小翠早年的《隐居》《午夜书怀》《历劫》《感赋》等诗作中，也可看出她有意脱离纷纭尘境，这并非发自深闺的无病呻吟，而是基于面对新旧转折时期社会混乱状况的厌倦和无奈，有意保持着一份传统文人的节操与傲骨。正因如此，她在《除夕祭诗》杂剧中塑造的“孤高”、虽穷愁潦倒但“豪情不改”的诗人贾岛便有了“借他人酒杯，浇胸中块垒”的意味。

贾岛除夕祭诗的故事在辛文房撰著的《唐才子传》中有载，据说每至除夕，贾岛“必取一岁所作置几上，焚香再拜，酹酒祝曰：‘此吾终年苦心也。’痛饮长谣而罢”①，发抒的是知音难遇的感伤。而陈小翠的《除夕祭诗》更加突出贾岛对尘世不公的控诉和文人失路的叹息，剧作以【醉扶归】【皂罗袍】【好姐姐】三支曲子摹写贾岛心声，从酣畅淋漓地抒发壮怀豪情到愤慨人间不公，再到无奈面对落魄的现实，对主人公性格及心声的摹写十分富有层次性。陈小翠笔下的人物，多与诗歌有密切关系，如《梦游月宫曲》中的小翠“耽情诗酒”，《黛玉葬花》中的林黛玉以诗祭花，而在《除夕祭诗》中，诗歌是更为重要的媒介，不仅是贾岛的进身之阶、获罪之由，更以知心之友的身份实际“扮演”了剧中另一重要

---

① 傅璇琮主编：《唐才子传校笺》第二册，中华书局 1989 年版，第 332 页。

角色。这三部小翠较早时期创作的剧作，其中人物已借由诗歌这一媒介，呈现出共有的孤独清高心态和清奇的人格特征，而这种心态和人格特征，与陈小翠早期诗作中的自我表达正可相印证。

如果说，“诗”在陈小翠作品及生活中是她呈现自我人格的重要途径，那么，“花”因为与女性生命、青春的对应关系，寄托着她对于女性生命的爱惜和同情，表达了她的女性生命价值观。在《黛玉葬花》《护花幡》以及其他诗词作品中，陈小翠一再表达她对花的热爱和怜惜，认为女性命运同落花一样，难逃飘零受摧残的宿命。《护花幡》的本事为唐代处士崔玄微的传说，在《博异志》《酉阳杂俎》中皆有记载，但陈小翠做了两处明显的改动，一是将受邀参加花神宴会并得到她们危难时重托的主人公由一名男性改名为“谢惜红”的女子，那么，剧作的主题便由表现男性对女性的庇护变为对女性间情谊的叙写；二是塑造了一位“鄙逢迎心清骨清”的小花仙形象，她在封十八姨大施淫威、叫嚣众姊妹的荣辱皆掌握在自己手中时，敢于出言顶撞，表现出难能可贵的骨气和勇气。贾岛、小花仙以及《黛玉葬花》中的林黛玉等形象隐含的清奇、刚烈的人格特征和对独立人格的争取，可以说正是贯穿于陈小翠作品始终的精神命脉。她通过《自由花》中郑怜春、《焚琴记》中蜀帝公主的遭遇所表达的对自我尊严的维护和强调，与此正相呼应和补充。陈小翠在闺中创作这些作品时，生活阅历有限，笔力较稚嫩，并未表达较为深厚的意涵，但是在其笔下人物身上，构建并呈现着自己的人格理想，这便是其剧作的重要价值之所在。

《焚琴记》传奇和《自由花》杂剧是陈小翠戏曲中少见的直接表达作者对当下社会现象反思的剧作。《焚琴记》演蜀帝之女小玉与乳娘陈氏之子琴郎情缘幻灭事，其蓝本为民间流传的“火烧祆庙”故事，本事见于《渊鉴类函》卷五十八《公主三·玉环解》引《蜀志》。原故事中，令相爱者情缘难遂的是天意，焚烧祆庙之

"火"为陈氏子之欲火、怒火,表明人内心之情愿、欲望具有对抗天神安排的力量;而《焚琴记》中的"火",则代表了一种否定、破坏人内心情欲的外在力量和人为因素。第一出《楔子》透露出小翠对近来身边的女子执意追求自由爱情甚至置礼义于不顾的举动有所不满,她在自己所生活的作为新旧思潮交汇点的上海,看到了过度的自由给青年男女带来的强烈刺激和给传统道德带来的巨大冲击,认为旧道德("礼义""国粹")的沦丧是社会腐败、落后的根源,喧嚣一时的政治改良并不能真正挽救祖国危亡,反而会给国势带来更多纷争,造成更多混乱。可以说,陈小翠和许多与她同时的作家一样,是维护"以德治国"传统的旧道德维护者。《自由花》杂剧当是受到其父陈蝶仙《自由花传奇》的影响而作,后者通过描写因追求自由恋爱、自主婚姻而上当受骗的女子的不幸遭遇,表达了对当时颇为流行的新式爱情婚姻观念的看法,《自由花》杂剧也表达了陈小翠对妇女解放思潮的反思和自由平等学说的质疑。不过,从女性立场和角度出发的陈小翠,在《焚琴记》中否定"情"、强调面对"情"时的理性自制,在《自由花》中反对女子追求自由而走向自我毁灭,皆并不完全是出于对传统伦理道德观念的强调,更是基于女性对自我尊严的爱惜和坚守、对独立人格的向往和争取,其人格追求和精神意趣与吴藻、刘清韵等近代女曲家的作品正相近。作为明清女性戏曲创作历史链条末尾的重要一环,陈小翠的剧作既提供了新的思想内容,也体现出与明清尤其是近代女性戏曲传统的承接。

二

本卷第二部分收录4 部早期话剧,剧本的发表时间在1914 年至1918 年。早期话剧是中国话剧的开端,是近代对外开放和欧风东渐浪潮中由西方传入我国的一个崭新剧种,当时戏剧界称之为“新剧”，社会上又称其为“文明戏”，后来话剧史家称为“早期新剧”，意指其为话剧的早期阶段形态。早期话剧是“五四”前白话文学的一个组成部分，在近代戏剧文学史上占有重要的一席之地。董健主编的《中国现代戏剧总目提要》（南京大学出版社 2003 年初版，中国戏剧出版社 2012 年修订再版）总共收录了自 1899 年至 1918 年的早期话剧剧目 300 多种，可见早期话剧剧目数量十分宏富。本卷中，许啸天编、高剑华女士述的《白牡丹》、郑申华的《知足不辱》和陈衡哲的《老夫妻》皆被该书载录，而周梅云的《怜我怜卿》未被收录。

许啸天编、高剑华女士述的《白牡丹》原为英国小说，中文译本刊于陈以益主编的《女报》第 1 卷第 1 ~ 3 号（1909 年），署“懊侬女史述意，啸天生笔记”，懊侬女史为高剑华笔名。剧名前标“女子教育小说之二”，惜仅连载六章，剧情未完。从连载的内容来看，该小说情节跌宕起伏，人物形象鲜明生动，正如许啸天所云：“情节离奇险变，哀艳动人，乃侦探的兼爱情的，大可编为剧本而实演之。”①后许氏夫妇合力将小说《白牡丹》改编为话剧剧本，剧本前二幕刊于 1914 年《新剧杂志》创刊号上②，其余未见发表。小说《白牡丹》以文言译成，前六章内容为：富豪特仑收养好友之女婉娜，爱若掌上明珠，但特仑的独子克顿颇不长进，终为特仑逐出家门，后克顿为争夺家产，不惜毒害父亲……话剧《白牡丹》对小说中主要人物的名字进行了改动，如特仑改为迈脱，婉娜改为兰灵，克顿改为克登等，语言也更加通俗浅显，但从刊出的前二幕

---

① 许啸天：《白牡丹·识》，《新剧杂志》1914 年创刊号。

② 《新剧杂志》为早期戏剧期刊，1914 年 5 月 1 日创刊，双月刊，由当时的新剧团体民鸣社经营，杜俊初创办，以“昌明新剧而为之基础”为宗旨。许啸天曾任该刊编辑，在该刊发表了 30 多篇讨论新剧发展问题的文章，有剧本与演出评论，还有新剧人物专题、外国戏剧介绍等。

来看,人物关系和剧情仍以小说为本,主要矛盾尚未展开。

周梅云的五幕剧本《怜我怜卿》连载于《眉语》1915年第1卷第1~4号,惜仅刊四幕。该剧罕见载录,作者周梅云曾师从许啸天,自言经许氏授意将许氏所编剧本改为此剧,“以莎士比亚所编之《铸情》为蓝本,参酌中国社会风尚成之”①。剧叙天赐村吴、黄两族世代不和,吴家族长之子吴少仪与黄家族长之女黄茜霞一见倾心,不想二人恋情为农民吴阿俊撞破,争执中吴少仪失手将吴阿俊打死,恰巧目睹这一场景的官僚毕世芳欲以此要挟吴少仪与毕家小姐成婚……剧作以莎士比亚《铸情》(即《罗密欧与朱丽叶》)为蓝本,故吴少仪与黄茜霞的爱情很可能走向悲剧。剧中许多桥段对中国古典名剧《西厢记》的模仿十分明显,如第一幕中二人初见,黄女回首嫣然;第二幕中柬帖儿传情,黄女闹简,后吴生冒险渡溪前来相会的情节等。尽管其对《西厢记》多有借鉴,但亦能融化无痕,男女主人公对爱情的大胆追求和热忱向往之情已然得以表露,那么二人的爱情悲剧应能获得打动人心的力量。

郑申华的三幕警世新剧《知足不辱》刊载于《妇女杂志》第4卷第2号(1918年2月5日)。② 该剧内容似为原创,写女主人公韵裳厌倦终日读书的苦闷生活,在慈善仙子的帮助下,得以先后体验富家小姐和豆腐店家女儿的身份和生活。富家小姐只能枯坐闺中,闺房如牢狱般不自由;豆腐店家的女儿终日劳作且责罚

---

① 周梅云:《怜我怜卿·序》,《眉语》1915年第1卷第1号。

② 《妇女杂志》1915年1月5日创刊于上海,月刊,1931年12月停刊,共出17卷。杂志有社说、学艺、家政、名著、小说、译海、文苑、杂俎等栏目,提倡发展女子教育,从方方面面向女性灌输先进思想,冀妇女自立,“谋妇女解放”。《妇女杂志》自创刊至1920年,由当时鸳鸯蝴蝶派著名小说家王蕴章担任主编,其间商务印书馆亦延请当时女界名人胡彬夏在1916年任该杂志主编,对杂志之结构稍作适合女学生阅读之调整。

不断,太过辛苦。韵裳终于知悔,愿意改掉不知足的罪,求仙子还其本来面目。短短三幕剧,将三种不同身份女子的生活进行了生动的对比,将新女性"知足不辱"的道理自然托出,相信在不少女性读者和观众心中可以获得共鸣。

陈衡哲的独幕新剧《老夫妻》1918 年发表于新文化运动的重要刊物《新青年》第 5 卷第 4 号上,这一期是《新青年》"戏剧改良专号",胡适在这一期正式提出戏剧改良的问题,他猛烈地抨击中国旧戏的"团圆迷信",提倡"悲剧观念",反对旧戏的"连台本"和表演的程式化(见胡适《文学进化观念与戏剧改良》)。[①] 次年(1919 年),在《新青年》第 6 卷第 3 号上,胡适发表独幕剧本《终身大事》,该剧成为我国现代文学史(新文学史)上第一个公开发表的话剧剧本。从《老夫妻》、1922 年北京女子高等师范学校国文部四年级学生合编的《孔雀东南飞》和石评梅的《这是谁的罪?》发表以降,不时有女作者加入话剧创作的阵营,这是现代意义上女性写作戏剧的开始。

陈衡哲的《老夫妻》围绕一块蛋糕叙写了一对老夫妻的日常生活,作品中的老夫妻彼此间有抱怨,有片刻的怄气,更有温暖和欢乐。剧作篇幅不长,故事简单,但老夫妻二人互相关心、互相体贴、恩爱和谐,读来令人有丝丝细腻的感动。这主要得益于作者充满温情的叙述方式和对白话文字的纯熟驾驭。陈衡哲是开现代白话文风气之先的人物,1917 年,她在《留美学生季报》上发表了白话小说《一日》。胡适指出《一日》的发表早于鲁迅的《狂人日记》,"当我们还在讨论新文学问题的时候,莎菲(陈衡哲)却已开始用白话做文学了。《一日》便是文学革命讨论初期中的最早

① 同期还有傅斯年的《戏剧改良各面观》和《再论戏剧改良》、欧阳予倩的《予之戏剧改良观》、张厚载的《我的中国旧戏观》等文章。

的作品”①。之后陈衡哲连续在《新青年》上发表多篇白话文作品，如诗歌《人家说我发了痴》（1918年第5卷第3号），诗歌《鸟》《散伍归来的吉普色》（1919年第6卷第5号），小说《小雨点》《波儿》（1920年第8卷第1、2号）等，积极响应胡适发起的白话文运动，故被胡适称作“我的一个最早的同志”②。但陈衡哲为人低调，似乎与主流话语刻意保持一定距离，在她的作品中较少看到政治、时局等外在因素的影响，而表现出“一种抒情性、启示性和幽默感，真淳而素朴的‘情’成为叙事的主调”③，这与《新青年》所开启的沉重而激越的时代主旋律截然不同，“以审美的主动性无意间消解着工具性的被动和同一”④。

20世纪20年代，石评梅《这是谁的罪?》（1922年），白薇《打出幽灵塔》（1928年），濮舜卿《人间的乐园》（1928年）、《黎明》（1928年），袁昌英《孔雀东南飞》（1929）等剧作的出现，彰显着现代女性戏剧创作热潮的到来。这些剧作，或传达出女作家对旧家庭制度、婚姻制度强烈的不满，或鲜明地宣传女权主义思想，以真实地再现生活作为审美原则，在结构上打破了旧剧大团圆的俗套。“戏剧与时代女性的‘战斗潮’相呼应，这是光明运动的开始。”⑤

---

① 胡适:《小雨点·胡序》，见陈衡哲《小雨点》，上海新月书店1928年版，第6页。

② 胡适《小雨点·胡序》，见陈衡哲《小雨点》，上海新月书店1928年版，第6页。

③ 王桂妹:《〈新青年〉中的女性话语空白——兼谈陈衡哲的文学创作》，《文学评论》2004年第1期。

④ 王桂妹:《〈新青年〉中的女性话语空白——兼谈陈衡哲的文学创作》，《文学评论》2004年第1期。

⑤ 苏琼:《跨语境中的女性戏剧》，学苑出版社2016年版，第33页。

三

本卷第三部分主要收录近代女作家的散曲作品。散曲没有动作、说白,只供清唱吟咏之用,属于广义的诗歌。但是,由于同一时代的散曲和戏曲在音乐风格、文体形式、审美旨趣等方面有密切关系,且近代女性戏曲作家多有兼擅散曲创作者,故将散曲纳入本卷。

中国古代女性散曲的创作始于元代,现有作品存世的元代女曲家共有 9 位,多为风尘女子,如珠帘秀、真氏、王氏、一分儿、张玉莲等,《全元散曲》收录了她们的小令 5 支、套曲 3 支及残曲 2 支。明代写过散曲的女作家至少有 20 位,共存小令约 100 支,套曲近 20 支①,明中叶还出现了黄峨、徐媛等散曲名家,黄峨更有"曲中李清照"的美誉。

《全清散曲》共收录了由 18 位女作家创作的 24 支小令、54 支套曲,其中包含吴藻、吴淑仪、刘清韵、俞庆曾、裘凌仙、朱恕、吴蕊先、陈小翠 8 位近代才女的套曲 35 支、小令 1 支。与前代相比,清代尤其是进入近代之后,女性对曲体的把握趋于熟练,且更加自信,故越来越偏爱套曲的创作,这与女性戏曲在清中叶之后愈加兴盛的发展趋势正相一致。

兼擅戏曲和诗词的吴藻、刘清韵和陈小翠留存的散曲作品也相对较多。吴藻有《香南雪北曲》,附刻于《香南雪北词》之后;刘清韵的《小蓬莱仙馆曲稿》刊载于《著作林》《女子世界》等,这些作品既有诗词的芬芳,也有曲体的酣畅,成为女作家抒情写意的理想载体。值得注意的是,刘清韵的【南双吕入双调·步步娇】

---

① 王莉芳、赵义山:《晚明闺阁曲家群体形成原因初探》,《佛山科学技术学院学报(社会科学版)》2005 年第 2 期。

《中秋对月遣怀》中【醉扶归】一曲云:"我愿驾云軿朗诵乘风句,我愿按霓裳重披探月图,我愿凌寒手抚桂花株,把平生疑抱向嫦娥吐。待问他琼楼玉宇底盈虚,待问他青天碧海何今古?"从内容到句式都有意模仿吴藻《乔影》中的【北雁儿落带得胜令】一曲,同样表达了一种脱离尘世、向往自由的愿望。从何佩珠的《梨花梦》到刘清韵的散曲,可见近代女作家对于由吴藻所建立的一种女性创作传统都在努力做出某种承继。除抒发个人抱负、悲叹自身命运之外,刘清韵的套曲还有伤时忧民、感慨兴亡的内容,风格沉郁悲慨,和其戏曲中凸显的对社会、历史和人生的思考和关怀精神互相彰显、互为补充。

陈小翠的戏曲创作止步于20世纪20年代,诗词、散曲和书画的创作却贯穿其一生,《翠楼曲稿》收录套曲共20余支。1920年以后,传奇、杂剧越来越少在报纸杂志上发表,由于日渐失去了公开发表、参与文艺交流的机会,作者的创作热情和兴趣也逐渐消解。就戏曲创作风格而言,陈小翠早期的作品浪漫、俊逸的风格较突出,不无呈显才学的痕迹,戏曲文备众体,适合以之呈显才学、磨炼文学创作技巧;闺中女性在抒情言志时往往不愿意没有阻隔地表现自己,戏曲代言体的文体特性正好可以满足她们的这一要求,故而成为青年陈小翠所热衷的体裁。在经历了数十年家国巨变和人生风雨的磨砺之后,陈小翠的作品逐渐显现出沉郁、深婉的面貌,多自肺腑自然流出,她对于曲的兴趣主要通过散曲表现出来,而疏淡了戏曲必备的经营故事、安排角色、调度场面等指向舞台搬演的东西。直至中华人民共和国成立之后,陈小翠仍多有散曲问世,且蕴含的情感愈加真实深厚,艺术技巧愈加纯熟自然,正是专注于曲之长于抒情的文体特性。本卷第三部分除收录陈小翠早年的10支套曲之外,更另列附录,将陈小翠20世纪30年代至其离世前所作的套曲14支收录其中,方便读者全面了解陈小翠散曲创作的整体面貌和发展轨迹。

近代女性创作的散曲总体不多,往往散见于女作家的诗词集后。1914 年至 1915 年,《女子世界》杂志创刊于上海,该刊专刊闺秀著作及关于女子的文字,由陈小翠之父——天虚我生陈蝶仙编辑,共出 6 期。《女子世界》设"名媛集·曲选"栏目,除刊载吴藻、刘清韵的散曲数篇外,为《全清散曲》所失收的张碧琴、吴蕊先的散曲亦见于此,十分珍贵。1919 年之后,龚慕兰、吴蕊先皆有较好的散曲作品问世,编者不忍割爱,标注大致创作时间,亦将之列入附录,以便读者进一步了解近代女性在散曲创作方面的持续努力和不断实践。

近代文献浩如烟海,本卷对近代女性杂剧、传奇、话剧和散曲的搜寻难免有遗漏。由于编者水平所限,所撰前言或有妄解,点校亦难免存有差错,种种不足,敬请读者不吝赐正。

编选说明

一、本卷选取1840年—1919年女性所撰杂剧、传奇、话剧和散曲,时间范围略有松动。如吴藻的《乔影》最早刊于道光五年(1825),此剧对近代女性戏曲影响深刻,实有开时代先声之意义,故酌情收入。陈小翠的六部戏曲相继发表于1917年至1923年之间,这六部戏既与明清以来戏曲创作的传统相承接,也融入了陈小翠对于清末民初这一转折时代的特殊感受,且六部戏意脉相连,故本卷将发表于1922年、1923年的《焚琴记》和《护花幡》也一并收录。

二、本卷所收作品,依据杂剧、传奇,话剧,散曲分类,同类作品大致按作者生年排序;作品创作时间或发表时间明确可考的,按创作或发表的先后顺序排列。

三、体例方面,部分作品原刊(抄)本体例不一,为便于读者阅读并把握其文体特性,编者作了一些处理,如统一各剧本的格式,但不增删原剧本的文字;将剧本的题词统一移于每个剧本之后,作为"附录"以备参考。

四、入选作者,均前列小传,简介其生卒年、名字号、籍贯、家庭关系、交游、贡献、著作等基本情况,对作品的刊印和版本情况亦略作介绍。戏曲、散曲兼擅的作家,小传置于戏曲部分,散曲部分不再重复。

五、本卷所收作者、作品均经考辨,抄袭的作品不录。如多部曲目提及“胡无闷女士”著有《章台柳》传奇和《玉管姻》传奇,《章台柳》载于《大共和日报》1914 年 3—6 月,后有绘图石印单印本;《玉管姻》载于 1915 年 2—5 月的《莺花杂志》。然经编者考辨,《章台柳》实为明代戏曲家梅鼎祚《玉合记》的删节本,《玉管姻》为明代陈汝元《金莲记》传奇的删节本,不能算作胡无闷的戏曲作品,故不录。

一、杂剧、传奇

吴藻杂剧一种

吴藻(约1799—1862),字蘋香,号玉岑子,浙江仁和(今杭州)人。其父为吴葆真,字辅吾,在杭州经商。其夫许振青,钱塘人,亦经商。吴藻为钱塘文人陈文述女弟子,与沈善宝等为文友,著有《花帘词》、《香南雪北词》(列入《小檀栾室汇刻闺秀词》第五集)、《花帘书屋诗》(碧城仙馆女弟子诗著录)和杂剧《乔影》。词笔豪放,与纳兰容若并称清代两大词人。

清朝陈文述《西泠闺咏》卷十六记:"《花帘书屋怀吴蘋香》:蘋香名藻,钱塘人,高致逸清,雅工词翰,善鼓琴绘事,尝写《饮酒读骚》,小影作男子装,自填南北调乐府,极感慨淋漓之致。托名谢絮才,殆不无'天壤王郎'之感耶!著有《花帘影词》,自称玉岑子,余弟子也。"清朝梁绍壬《两般秋雨盦随笔》记:"蘋香父夫俱业贾,两家无一读书者,而独呈翘秀,真夙世书仙也。""初好读词曲。或劝之曰:'何不自作?'遂援笔赋《浪淘沙》一阕……轻圆柔脆,脱口如生,一时湖上名流,传诵殆遍。自后遂肆力长短句,不二年,著《花帘词》一卷,逼真《漱玉》遗音。"又卷二记:"(蘋香)又尝作《饮酒读骚》长曲一套,因绘为图,己作文士妆束,盖寓速变男儿之意。余为题图有句云:'南朝幕府黄崇嘏,北宋词宗李易安。'盖非虚誉也。"《杭郡诗三辑》记:"女士幼而好学,长则肆力于词,居恒庀家事外,手执一卷,兴至辄吟。尝写《饮酒读骚图》,自制乐府名曰

《乔影》,吴中好事者被之管弦,一时传唱,几如有井水处必歌柳七词矣。厥后移家南湖,古城野水,地多梅花,取梵夹语颜曰'香南雪北庐'。尝自序曰:'忧患余生,吟事遂废,因检丛残剩稿,恕而存焉。自今以往,扫除文字,潜心奉道,香山南,雪山北,皈依净土,几生修得到梅花乎?'观此亦可以知其遇矣。"

乔影

(小生巾服上)

【北新水令】疏花一树护书巢,镇安排笔床茶灶。随身携玉斝,称体换青袍。裙屐丰标,羞把那蛾眉扫。

(坐介)百炼钢成绕指柔,男儿壮志女儿愁。今朝并入伤心曲,一洗人间粉黛羞。我谢絮才,生长闺门,性耽书史;自惭巾帼,不爱铅华。敢夸紫石镌文,却喜黄衫说剑。若论襟怀可放,何殊绝云表之飞鹏?无奈身世不谐,竟似闭樊笼之病鹤。咳!这也是束缚形骸,只索自悲自叹罢了。但是,仔细想来,幻化由天,主持在我,因此日前描成小影一幅,改作男儿衣履,名为《饮酒读骚图》。敢云绝代之佳人,窃诩风流之名士。今日易换闺装,偶到书斋玩阅一番,借消愤懑。(立起,走场角介)

【南步步娇】优孟衣冠凭颠倒,出意翻新巧。闲愁借酒浇,侠气豪情,问谁知道?(袖出书介)肘后系《离骚》,更红兰簇簇当阶绕。

(场上先挂画,摆桌椅,放酒杯桌上介)(小生看画介)你看玉树临风,明珠在侧,修眉长爪,乌帽青衫,画得好洒落也!

【北折桂令】你道女书生直甚无聊,赤紧的幻影空花,也算福分当消。恁狂奴样子新描,真个是命如纸薄,再休题心比天高。似这放形骸笼头侧帽,煞强如倦妆梳约体轻绡。为甚粉悴香憔,病永愁饶?只怕画儿中一盏红霞,抵不得镜儿中朝夕红潮。

(饮酒介)昔李青莲诗云:“花间一壶酒,独酌无相亲。举杯邀明月,对影成三人。”这等看起来,这画上人儿,怕不是我谢絮才第一知己?(走过右边看介)

【南江儿水】细认翩翩态,生成别样娇。你风流貌比莲花好,怕凄凉人被桃花笑,怎不淹煎命似梨花小!絮才,絮才,重把画图痴叫,秀格如卿,除我更谁同调?

啐!想我眼空当世,志轶尘凡。高情不逐梨花,奇气可吞云梦。何必顾影喃喃,作此憨态!且把我平生意气,摹想一番。(立中场做介)

【北雁儿落带得胜令】我待趁烟波泛画桡,我待御天风游蓬岛;我待拨铜琶向江上歌,我待看青萍在灯前啸。呀!我待拂长虹入海钓金鳌,我待吸长鲸贳酒解金貂;我待理朱弦作幽兰操,我待着宫袍把水月捞。我待吹箫,比子晋还年少;我待题糕,笑刘郎空自豪,笑刘郎空自豪。

咳!一派荒唐,真是痴人说梦。知我者尚怜标格清狂,不知我者反谓生涯怪诞。怎知我一种牢骚愤懑之情,是从性天中带来的哟!(泪介)

【南侥侥令】平生矜傲骨,宿世种愁苗。休怪我咄咄书空如殷浩,无非对旁人作解嘲,对旁人作解嘲。

似这等开樽把卷,颇可消愁。怎生再得几个舞袖歌喉,风裙月扇,岂不更是文人韵事!

【北收江南】呀!只少个伴添香红袖呵,相对坐春宵。少不得忍寒半臂一齐抛,定忘却黛螺十斛旧曾调。把乌阑细抄,更红牙漫敲,才显得美人名士最魂销。

(大笑介)快哉!浮一大白!(饮酒介,看书介)我想灵均千古一人,后世谅无人可继。若像这憔悴江潭,行吟泽畔,我谢絮才此时与他也差不多儿。

【南园林好】制荷衣香飘粉飘，望湘江山遥水遥。把一卷《骚》经吟到，搔首问，碧天寥，搔首问，碧天寥。

（痛哭介）我想灵均，神归天上，名落人间，更有个招魂弟子，泪洒江南，只这死后的风光，可也不小！我谢絮才将来湮没无闻，这点小魂灵飘飘渺渺，究不知作何光景？

【北沽美酒带太平令】黯吟魂若个招，黯吟魂若个招？神欲往梦空劳。古人有生祭者，有自挽者，我今日里呵，纸上春风有下梢，歌楚些，酌松醪。能几度夕阳芳草，禁多少月残风晓？题不尽断肠词稿，又添上伤心图照。俺呵，收拾起金翘翠翘，整备着诗瓢酒瓢，呀！向花前把影儿频吊。（收画介）

【清江引】黄鸡白日催年老，蝶梦何时觉？长依卷里人，永作迦陵鸟，分不出影和形同化了。

附录

题辞（随题随刊，不叙次第）

我欲散发凌九州，狂吟一写三闾忧。我欲长江变春酒，六合人人杯在手。世人大笑谓我痴，不信闺中先得之。扫眉才子吴蘋香，放眼直欲空八荒。弹琴未尽纾激越（女士善鼓琴），新词每觉多苍凉（著有《花帘书屋词》）。一昨示我变相图，珊珊仙骨人间无。湘花湘草楚天碧，一歌再歌碎唾壶。传观尽道奇女子，亟付雏伶为奏技。雏伶亦解声泪俱，不屑情柔态绮靡。一卷难销块磊胸，斗酒吸尽飞酒龙。酒龙不得乘云去，悲歌声澈重云重。满堂主客皆嘘欷，鲰生自顾惭无地。须眉未免儿女肠，巾帼翻多丈夫气。黄土抟人天无情，青鸟填海波难平。人生缺陷古来有，不合识字忧患生。吾侪落落人间世，弹指华年流水逝。不如学作楚宫人，倘许千秋结神契。

许乃穀(玉年)

一卷《离骚》酒百杯，自调商徵写繁哀。红妆抛却浑闲事，正恐须眉少此才。

词客愁深托美人，美人翻恨女儿身。安知蕙质兰心者，不是当年楚放臣？

鸭头春水绿于醪，长醉谁知是独醒？毕竟小青无侠气，挑灯闲看《牡丹亭》。

齐彦槐(梅麓)

玉情遥怨渺无俦，旷世婵娟第一流。金粉难消才子气，湖山易动美人愁。酒边疏雨凉生梦，画里停云冷带秋。惆怅青琴弦上语，花帘影澹水明楼。

陈文述(云伯)

江草江花惨澹余，谱将幽怨比三闾。全消块垒惟浇酒，小劫年华且读书。翠袖青衫形自幻，通眉长爪认何如？闻歌合下双鬟拜，绝胜旗亭画壁初。

薜荔为衣芰作裳，铅华洗尽旧时妆。忏除弱絮三生果，供养幽兰九畹香。衿抱自然成洒落，才名原不碍清狂。吾侪亦有沈沦感，何止红闺黯断肠！

本来名媛似名流，荷锸相随酒作邱。合对画中人一恸，漫论身后事千秋。笙歌偶尔翻新调，山水依然契俊游。我负西湖风景好，还凭曲里忆杭州。

仙才傲骨两相宜，瘦格簪花昔见之。早识大家矜绝调，每从小谢读清词(谓梦蕉)。怜渠滴露拈豪润，愧我临风属句迟(尝索题《花帘书屋填词图》，未就)。赢得丹青传妙笔，不教遗恨到蛾眉。

葛庆曾(秋生)

一种牢愁本性真，致身千古想灵均。忽歌忽笑忽悲泣，不信红闺有此人。

翩翩乌帽压云鬟，直欲天风御往还。愧我多情豪气少，但调螺子画春山。

徐钰（叔芳）

乔影跋

此吾杭女士吴蘋香自制《饮酒读骚图》曲。女士少工诗，既喜作词，清微婉妙，慧心独出。兹以侘傺懊咿之情，一发之于歌，不自知其涕之何从也。余与其兄梦蕉游，得读此本。恍如湘江千顷，澄波无际，君山缥缈，烟鬟雾鬓，相对出没，兰桡桂枻，容与乎中流。复如山鬼晨吟，林猿暮啸，夜郎迁谪，长沙被放，才人沦落，古今同慨。余也羁栖海上，迹类蓬飘，秋士能悲，中年多感。爰志伤心之曲，聊书缀尾之词。

秋生葛庆曾识于申江寓舍

乙酉秋，余客沪上，友人出视此册。读之，觉灵均香草之思，犹在人间，而得之闺阁，尤为千古绝调。适有吴门顾郎兰洲，善奏缠绵激楚之曲，爰以是出授之广场演剧。曼声徐引，或歌或泣，靡不曲尽意态。见者击节，闻者传钞，一时纸贵。爰付梓人，播诸乐府，以代钞胥云尔。

莱山吴载功跋

——道光五年莱山吴载功刊本，郑振铎《清人杂剧二集》影印本

顾太清杂剧、传奇各一种

顾太清(1799—1877),满洲镶蓝旗人,本为西林觉罗氏,后改姓顾,名春,字子春、梅仙,号太清,别号云槎外史,尝以太清春、太清西林春等自署,是多罗贝勒奕绘(1799—1838,字子章、号太素)的侧福晋。善诗,尤长于词,通绘画与音乐,著有诗集《天游阁集》、词集《东海渔歌》、小说《红楼梦影》和戏曲《桃园记》《梅花引》。清季词家论满洲词人有"男中成容若,女中太清春"之语,将她与清初著名词人纳兰性德相提并论。《红楼梦影》是顾太清晚年为《红楼梦》小说所作的续书,有论者将其誉为"中国第一位女小说家"(张菊玲:《中国第一位女小说家西林太清的〈红楼梦影〉》,收入张宏生、张雁编《古代女诗人研究》,湖北教育出版社2002年版)。

《桃园记》,原为日本东京大学东洋文化研究所双红堂文库所藏"戏曲"之第四十二种,精钞本,一册,叙萼绿华与白鹤童子因情相感,受谪投胎事。经黄仕忠先生的努力,此剧与其他流入日本公私图书馆的多部戏曲珍籍一同影印出版,收入《日本所藏稀见中国戏曲文献丛刊》第一辑。书衣题"仙境情缘",当为此剧别名。正文首页署"草堂居士订谱,云槎外史填词",无序跋。

《梅花引》,抄本,六出,原署"云槎外史填词"。黄仕忠结合《梅花引》之序跋及剧本情节,与奕绘、顾太清的诗词相印证,考证此剧为太清所作,且认为《桃园记》和《梅花引》二剧实具自传性质,隐寓太清与奕绘结合过程中的曲折经历。据考,顾太清在嫁给奕绘前有婚史,夫死寡居后,与奕绘重会而旧情复炽,也因而受到家族的阻挠,几乎引发诉讼,奕绘为此大病两个月,历经磨难后,因南方某位贵人之力,终成眷属。在奕绘亡故后,被逐当钗赁居的顾太清作《桃园记》《梅花引》剧本以记当年之恋情,既是悼念奕绘,也是借剧中誓言以回应关于她情感变移的谣言。(黄仕忠《顾太清的戏曲创作与其早年经历》,《文学遗产》二○○六年第六期。)

桃园记[①]

仙宴　传情

(场上设瑶池、各种花卉、香案、云屏,洞门悬金钟,老旦金母、旦萼绿华、正旦董双成、小旦杜兰香、贴许飞琼同上)(老旦唱)

【商调引子·凤凰阁】长春不老,尘世尽皆除了。朝看晓日拥春潮,一幅蓬壶画稿。三山五岳行到处,云軿风轺。

(白)仙风吹下御炉香,十二楼中尽晓妆。云髻几迷芳草蝶,(众)众仙同日咏霓裳。(老旦)吾乃西池金母,今当三月三日,花明柳媚,燕舞莺歌,园中蟠桃熟矣。曾遣力士请南极长寿星君赴宴,此时还不见到来。(末力士上)领得瑶池旨,邀来南极星。小圣奉法旨请得南极长寿星君,随后就到。(同下)(外寿星、生白鹤童子上)(外唱)

【二郎神】仙禽噪,望仙山瑞烟笼罩。看翠竹苍松人迹少,流泉飞瀑衬奇花草。赤栏桥,阵阵的拂面东风吹过了。几朵碧峰头,掩

---

① 原文此处有“草堂居士订谱,云槎外史填词”。

映着琼宫缥缈。俺三千年不到瑶池，你看玉宇无尘，清流堪濯，好一派仙境。感相邀，好春光、踏一路嶕峣。

(白)来此已是瑶池，童儿通报者。(生击洞口金钟，力士上)(生)南极星君到。(力士向内报，金母领四姬上)(老旦)道有请。(相见)(外)小星有何德能，敢劳金母招饮。(老旦)好说。别来久矣，今因小园蟠桃已熟，更有麻姑仙贡到金精玉液，奉请星君共尝佳酝。萼绿华，到桃园摘取蟠桃三十六枚，以介星君眉寿。(旦)领法旨。(生转上)弟子不到瑶池亦是多年，愿金母赐观仙境。(老旦)如此，你二人同去一遭。(生)领法旨。(生、旦同下)(老旦)你看白鹤童子与萼绿华仙姬摘取蟠桃去了，我们先到莲华峰顶以观晓日。(外)如此甚妙，请。(老旦)请。(同下)(场上设假山、桃树、水法，生、旦携花篮、金钩同上)(唱)

【前腔】飘飘同来，转过碧城琼岛，趁一路飞花行处好。春波浮动，风吹翠袂云翘。(生)姐姐，我二人奉金母之命同摘蟠桃，来此已是桃园，你这瑶池风景，与俺南山大不相同。爱细草秾花春料峭，可许我重来再到？(旦)不须饶舌，速摘蟠桃回去。(生)告仙姬，又不是莽东方随意偷桃。

(白)姐姐，我想仙境难得到来，可许我随喜片时，方不负三千年羡慕之心。(旦)这却何妨，我与你同到水帘洞口闲话片时。你看匹练高悬，琼珠无数，就在这卧牛石上小坐。请问你南山景致，与俺这里何如？(生)我南山中无非怪石奇松而已，怎比得这桃园清幽？(旦)我听你仙家尚且如此讲，当初刘、阮入天台，更不知作何议论？(生)姐姐，那刘晨、阮肇不过下界凡夫，怎比得你我仙家？你看这水帘儿胜似罗帏，石床儿强如绣榻，便是那织女牛郎，也是仙凡不类，怎如这(生唱)

【集贤宾】桃园不用填鹊桥，这意种情苗。看了你两道修蛾柳叶梢，怕小仙童难为卿描。(旦)小仙亦有此意，我与你盟誓一番。

（同跪）今有白鹤童子与萼绿华同在桃园盟誓，愿生生世世永偕[1]伉俪，若改初心，天诛[2]地灭。（同唱）两心同照，莫画出相思愁稿。休忘了，这踪迹桃花知道。

（白）（旦）呀，只顾谈心，忘了摘桃，可速速回去者。（同唱）

【黄莺儿】花雨染轻绡，战兢兢、颤步摇，人间天上同偕[3]老。良辰美景，心交意交，神仙眷属真同调。（作摘桃）（旦）桃已摘了，无奈力不支矣。（生）俏香肩，弱身无力，端合代卿挑。（生挑花篮）摘得蟠桃一回首。（旦）莫教时刻两相思。（同下）

（外、老旦、三仙女随上）（老旦）你看这两个童儿去了许久不见回来，则怕是别生枝叶矣。（外、老旦同唱）

【琥珀猫儿坠】花针柳线，引出这根苗。谁许东风任意飘？莫同弄玉学吹箫。难逃，敢则是仙女轻佻[4]，童子风骚？

（白）（生、旦挑篮上）身无彩凤双飞翼，心有灵犀一点通。献上蟠桃。（老旦）董双成数来。（正旦数桃）启上金母，蟠桃只有三十五枚。（老旦）此事吾已早知，萼绿华不守清规，罚往桃园灌溉，将功折罪。（外）白鹤童子不守清规，罚往南海竹林掘笋，将功折罪。（生、旦）领法旨。（相视含悲下）（外、老旦同唱）

【尾声】人间天上情丝绕，咳，这两童儿竟自去了。怕从此相思不了，则这仙法难容此一遭。

（白）（外）多有得罪了。（老旦）好说。（外下。老旦）洞里有天春寂寂，人间无路月茫茫。（领三仙女下）

---

① “偕”，原文作“谐”，据文义改。
② “诛”，原文作“咏”，据文义改。
③ “偕”，原文作“谐”，据文义改。
④ “佻”，原文作“挑”，据文义改。

遭遣　访仙

（场上设桃树、假山、水法如前，旦澹妆缟袂，荷锄上）水影山光今古同，去年人面又东风。可怜无限相思泪，染作桃花片片红。小仙萼绿华，自从去年三月三日在桃园与白鹤童子小聚片时，四目传情，已了三生孽债；两心牵罣①，难忘一日相思。被金母罚在桃园灌溉，将功折罪，忽忽光阴，又是桃花开矣。（唱）

【南调·风马儿】一片东风杨柳烟，谁相问？自生怜。且荷锄、行过白云边，心愁难遣，珠泪对花弹。

（白）又来到水帘洞口了，咳！玉水明沙，仍是去年光景；桃花人面，已非昔日情怀。想我在此处，尚有众仙子时常看顾，那白鹤童子在南海竹林，竟不知作何消遣？看了这银浦流云，素蟾如水，好不凄凉人也！（唱）

【金络索】含情倚画栏，欲借东风便。两字书成，怕逐东风断。临风思悄然，眼将穿、几度思量不忍眠。凌波欲试真妃袜，写怨难调帝子弦。凭谁遣，羡桃花流水到人间。恨悠悠一片青天，梦迢迢万里云山，了不了相思案。

（白）咳，俺不免拓下云窗，在这月光之下，谱个词儿消遣。正是：玲珑骰子嵌红豆，入骨相思知不知？（暗下）（生短衣丫髻，执拂子上）修竹森森月影寒，沧波渺渺夜生烟。难教精卫填情海，谁倩娲皇补恨天。小仙自到竹林，却也逍遥自在，镇日价观涛种竹，采药寻花，也是我仙家的本色。无奈这清闲中生出一种病来，精神恍惚，若有所失。且喜笋税纳完，趁这月朗风柔，踏个云头，到桃园中探望一回。（唱）

【前腔】银河转碧天，海水沧波远。踏个云头，还怕行来慢，云衣不

---

① “罣”，原文作“罣”，据文义改。“罣”同“挂”。

耐寒。望仙山、这一片桃花似去年。岩头芳草笼香霭，涧底流泉渺玉烟，真堪羡，因此上凌风特访洞中仙。了前生未了因缘，定来生未定因缘，借一个东风便。

（白）（旦暗上）来到桃园，你看洞户未扃，银釭半敛，那仙子独倚云屏，如有所思。我且闪在这桃花影里，听他说些甚么。（旦）方才谱得《长相思》一曲，待我展玩一番：盼郎来，郎不来，郎不来兮愁我怀，双眉锁不开。怨一回，恨一回，一寸相思一寸灰，微吟敲断钗。（生）呀！听了他这首词儿，分明是怨着我来。咳，我白鹤童子岂是那负心人也！（唱）

【前腔】听他锦绣篇，字字含愁怨。往事思量，敢忘花前愿？我与仙子呵，双双誓不迁，最相关，真个是前世同修今世缘。则为了真情热意三生重，才惹下殢雨尤云两地牵。难更变，旧游重到忍重看。这风光尚记当年，这相思又到今年，须不是银河岸。

（白）（生、旦相见）（生）去年一别，渴慕殊深。（旦）今日重逢，还疑是梦。这段因缘不知将来是何结果？（生）据小仙看来，天假奇缘，人难阻滞，皆因三生石上自种情根，不知五百年前谁栽并蒂？（生、旦同唱）

【前腔】谁栽并蒂莲，绕作缠绵蔓。地久天长，此愿今朝满。银釭照比肩，两团圆、不负人生有限年。蓝桥已罢裴航杵，春水同归范蠡船。眉头展，檀郎娇面倚香肩。画风流小样婵娟，作鸳鸯不羡神仙，勾却了相思券。

（白）（生）姐姐，感你如此钟情，小仙无以为报，聊将俚句题在这云屏之上，可谓见笑大方了。（写）（旦）知己之交，何用谦言，待我读来。（读）为访仙家乘兴来，云窗恰对小桃开。谈心半夜非宣室，畅意高唐是楚台。两字真情联比翼，十分喜色晕双腮。此行不负春消息，记取桃园第二回。这句句真情真景，可谓尽善尽美矣。（生）姐姐，天色黎明，望你万虑皆轻，一身为重。天不负人，

自有后会，保重则个。小仙去也。（相视下）（旦）你看白鹤童子，他竟自去了。咳，人间难得伤春药，一日思君十二时。（下）

遇佛 谈因

（场上设竹林，正旦观音大士、小旦善才童子、贴龙女、杂云童拥上）（正旦唱）

【北黄钟·醉花阴】孽海无边障云网，阅尘寰千般模样。看他每愁无数，恨难量，度迷津一苇慈航，把俺这热心儿随处放。只见那人世太茫茫，则所要发慈悲消孽障。

（白）问予何所得，慈悲是本心。能满众生愿，方为观世音。吾乃观音大士，从西天听法回来，闻得白鹤童子在竹林办理甚善，养得绿筠茂盛，不免游玩一番。（云童拥行）（正旦）来到竹林，这翠霭森森，苍烟漠漠，好一派幽境也。（唱）

【南画眉序】苍霭护筼筜，漠漠浓荫暗摇漾，似山阴曲水，泛出流觞。却不是染苍梧斑点淋浪，则是那莽童子用心培养。连林瘦玉摇青旆，看取这新梢千丈。

（白）游玩多时，但不知那顽童那里去了？（生上）离却桃园洞，归来落迦山。弟子参见菩萨。（正旦）白鹤童子，你私离汛地，何处去来？（生）菩萨，念弟子道力不坚，情根难断。（唱）

【北喜迁莺】言不尽个中景况，掩不住当日行藏，凄也么凉。招告了从前供状，多则为他忒痴心，我热肠，又怕涉那银河浪。菩萨吓，才作了鸳鸯榜样，忍将他置彼周行！（白）当初在桃园呵，（唱）

【南画眉序】只为两情长，不似离魂梦中想。便神仙无欲也有思量。望菩萨大发慈悲者，愿生生永结情缘，愿世世不遭魔障，真心要你慈悲鉴，谁敢在神前掉谎？（正旦唱）

【北出队子】谁教你两心相向，才欠下相思债各一方。为一枝秾艳露凝香，到作了云雨巫山枉断肠，要费我一片婆心代主张。（白）

咳，这一宗公案却也好笑！（唱）

【南滴溜子】笑骙女痴儿这般着相，为柔丝不断、杨花飘荡，也随春阴来往。他那里桃花泛武陵，你这里扁舟冒风浪，抵多少雨迹云踪、巫峡一样？

（白）大凡世上男女之情，却不一样，正是枯木岩前岔路多。（生）菩萨，何为岔路？（正旦）你且听我道来。（唱）

【北刮地风】为片刻欢娱不久长，作一霎比翼鸳鸯，筭生前勾了风流账。有因他男子荒唐，有因他女子轻狂，这其间多生怨望，到头来各自悲伤，落得个谁可怜，痛哀哀装①模作样。怎知道赋同心双栖玳瑁梁，只贪图喜孜孜过眼风光。（白）这便是那俗人浮情的勾当。（生）请问还有何来？（正旦）听者。（唱）

【南滴滴金】有一般缥缈成虚谎，那怨魄愁魂无分两，假因缘却是非非想。（生）难道汉皋解佩、巫峡行云不筭因缘不成？（正旦）这根由更渺茫，不过是烟波影响，那能够效于飞成和唱？暂作个魂魄相交、好梦不长。

（白）这便是那精诚所感的幻情了。（唱）

【北四门子】一般儿上了文章当，逞风流凤欲求凰，竟不知口孽遭天网，谤闺门不自防。作的那人渺茫、情渺茫，仿佛是镜难圆，天不长。写的那花解语、玉有香，只因他无所得，造成形状。

（白）那曹子建的《洛神赋》、元微之的《会真记》皆因是有所慕而无所得，才写的那样迷离惝恍，这便是痴情了。（生）请问菩萨，还有何情？一发指教弟子。（正旦）听来。（唱）

【南鲍老催】两情并长，真心密意商且量，温柔软款禁怎当？这便是连理枝鸳鸯伴鹣鹣样，并头莲却不怕风飘荡。（生）如此讲来，这便是真情的了。（正旦）才堪竖个情坛幌，断不比天涯草，两下

---

① “装”，原文作“妆”，据文义改。

里相抛忘。(白)这才是那真情的呢!(生唱)

【北水仙子】这这这,这因果详,听听听,听浊世浮情多孟浪。笑笑笑,笑幻情儿水影烟光,更更更,更有那痴情虚谎。要要要,要个真情自主张,莫莫莫,莫不定随风来往。弟子这情字关头不能轻过,望菩萨大发慈悲,方便则个。愿愿愿,愿作个吹箫引凤凰,怎怎怎,怎忘了慈悲喜舍真无量,才才才,才能满了三生愿两情长。

(白)(正旦)白鹤童子,为了你这一片真情,只得同你到瑶池去见金母,我将这情由言讲一番,使你二人各满心愿者。(生)领法旨。(众云童上,拥行,同唱)

【南双声子】仙云荡,仙云荡,看一片波纹漾。长风阆,长风阆,听一路寒涛响。(正旦、众云童作速行者)云幕敞,云幕敞,风轮放,风轮望。琼楼玉宇,凤舞鸾翔。

(白)(正旦)远远望见瑶池仙境了。(合唱)

【北尾声】翠竹乔松郁苍莽,蕊珠宫隐约红墙,怪不得世间人生妄想。(众拥下)

投胎　满愿

(场上设瑶池、金钟如前,老旦、金母领三仙女上)(老旦唱)

【越调过曲·小桃红】裁云谁种这根株?是一片桃花树。也向月明风清亭亭,娇影倩人扶。(老旦)我这瑶池万树桃花,满山芳草。青鸾舞月,屏开百道金辉;麋鹿衔花,云护千年玉叶。真是万古长春,与天同寿。更有那锦瑟筠竽,合着这水为神、雪为肤,步虚声霓裳舞,也饮琼浆玉液冰壶。独不见,空望伊秋水、影照芙蕖。

(白)(三仙女同启)启上金母,那萼绿华谪在桃园,业经一载,望金母慈悲,或可放还。(老旦)吾亦有此意,但那妮子须得磨炼几时,俺自有道理,却使他称心如意。(唱)

【下山虎】仙家住处,月殿云除。重系红丝缕,春风坦途。自有个多情画眉夫婿，云鬓何劳阿母梳？到那时心亦足，方不能愁有余，结个神仙侣。玉郎媚姝，须不用海上灵禽代寄书。

（白）（正旦、生上）（正旦）已到瑶池，速去通报。（生击金钟，力士上）（生）今有观音大士特来奉拜。（力士转报）观音大士特来奉拜。（老旦）合乐迎接。（内作细乐，相见，众唱）

【五韵美】玉虚宫清风度，霓旌着地云初驻。满空中鸾凤向人舞，碧城芳树把彩仗拂。垂珠露，霞光吐，瑞气铺，说不尽翠盖如云、飞花若雨。

（白）（老旦）大士下顾荒山，有何法教？（正旦）奉谒仙颜，只为着桃园中那一段因缘。这两个童儿原是五百年前种下的情根，要使他下界投胎，各满心愿，方显得你我慈悲。（老旦）小仙亦是此意。许飞琼，你往桃园召取萼绿华来。（贴）领法旨。欲将碧字相教示，须就桃园问主人。（暂下，同旦上）（旦唱）

【五般宜】猛可的乍传来玉章召书，则俺这俏魂灵不由胆虚，莫不是旧案又谁诬？早难道银汉有路，鹊桥共渡。（贴唱）为着你痴心忒固，两情恋慕，便作个双燕效于飞，是天缘成定数。

（白）（旦向上拜）愿菩萨、金母圣寿无疆！（老旦、正旦同言）白鹤童子、萼绿华仙姬，你二人情根难断，同到世间择个世族名门投胎转世，成就良缘，儿女满堂，夫妻偕①老。（生、旦同拜谢）谢菩萨、金母慈悲！（老旦、正旦同唱）

【山麻秸】得一个天久长谁能阻？不比那误入桃源，草草欢娱。安居，也抵的过珠联合浦，堪称得风流佳偶，良缘白首，朝云暮雨。

（老旦）妙吓，这段②公案已结，你看万树琪花千圃药，（正旦）略邀王母话长生。（同下）（生、旦送，掉场）（生唱）

---

① “偕”，原文作“谐”，据文义改。
② “段”，原文作“叚”，据文义改。

【黑麻令】蓦见了香躯玉躯,顿使我愁除病除。对着这冰肤雪肤,霎时间解释相思,毕竟是真乎梦乎?摇漾着霞裾画裾,须倩个花扶柳扶。压秋波两点春山,垂雾鬓云梳月梳。

(旦白)今日呵!

【江神子】我一点愁心顷刻舒,卸从前终日踌躇。为了他热意怜吾,感深情欲报愧难图。谁把这小桃园细谱?

(白)(生、旦同言)你我奉金母丹书、菩萨法旨,降世投胎以满心愿,休忘了桃花树下的盟言也。(携手同唱)

【尾声】从今不惹相思苦,用不着萧条情互,且将这两个字的真情着意注。

(携手同下)

——黄仕忠、(日)金文京、(日)乔秀岩编
《日本所藏稀见中国戏曲文献丛刊》(第一辑)
影印清抄本,广西师范大学出版社2006年版

附:

金缕曲·题《桃园记》传奇

细谱《桃园记》。洒桃花、斑斑点点,染成红泪。欲借东风吹不去,难寄相思两字。遍十二、栏干空倚。冰雪肌肤人如画,绕情丝蹙损春山翠。仙家事,也如此。　　凌风待月因谁起?总无非、心心相感,情情不已。南海观音慈悲甚,泛出慈航一苇。渡仙女、仙郎双美。记取盟言桃花下,问三生石上谁安置?得意处,莫沉醉。

——顾太清《东海渔歌》卷四,道光间刊本

梅花引[1]

云槎外史逸才天纵，雅抱霞蒸。著作等身，溯词源于汉魏；文章余事，仿乐府于金元。慨尘梦之迷离，晨钟忽警；念幻缘之生灭，慧剑初挥。此《梅花引》所由作也。是以章后素学博情痴，爰且寓名乎五柳；罗浮仙冰肌玉骨，允宜托姓于孤梅。当夫竹屋纸窗，娇姝入梦；清溪幽谷，吉士寻踪。二百载旧约新谐，遂良缘于暗香疏影；卅六旬于飞共乐，结连理于月下水边。以世外之仙姿，作人间之美眷，宜其笑彼师雄，闻翠羽而酒醒人杳；胜他和靖，调素琴而雪冷山空。诚艳福之无双，洵清才之第一矣。方其鸳偶绸缪，乐闺房之静好；驹阴匆促，叹露电之空虚。幸迷途其未远，思觉岸以同登。适逢好事维摩，当头棒喝；多情天女，着手春生；天花散兮生天，佛果圆而成佛。君归极乐，五蕴皆空；妾领群芳，万缘俱寂。剧虽六出，能含离合悲欢；制出一编，不愧清新俊逸。花本美人小影，月为才子前身，玩花韵于午晴，娉妍抽秘；对月明于子夜，换羽移宫。以璇闺之彩笔，奏碧落之新声。将见不胫而走，播遍管弦，有目同珍，贵于璆璧云尔。西湖散人拜撰。

第一出　梦因

（设书案、笔砚、琴、梅花一盆）（生巾服上，唱）

【南吕·一剪梅】镇日严寒不下楼，风动帘钩，人拥貂裘。梅花香霭忆罗浮，仙路悠悠，欲到无由。

窗列西山似玉装，平生心事寄文章。闭门谢客摊书坐，静对梅花一树香。小生姓章，名彩，表字后素。幼涉诗书，长登仕版，

---

① 原文此处有“云槎外史填词”。

文承孔孟之余，武备孙吴之略。奈何饮共刘伶，病同司马，故致仕遂赋索居，聊逍遥放怀山水。你看一痕远岫如玉如银，几片残云乍阴乍晴，不免唤奚奴暖壶酒来，对梅花赏积雪，信可乐也！奚奴何在？（丑上）有，（生）你将瓮头春酒暖一壶来。（丑下）（生唱）

【宜春令】光摇海，冻合楼，掩嶙峋寒烟半漏。银装玉裹，盈盈含笑因谁秀？窗外玉峰、案头绿萼，好不助人诗兴也。对遥山展放双眸，对冰姿慢斟杯酒，堪爱，这琼花冷芷，雪梅相斗。

（丑上）可但步兵偏爱酒，也知光禄最能诗。官人，酒在此。（生）放下。（丑下生自斟介）咳，想我章后素年近三十，阅人多矣，唱和时虽有嘉宾，闺阁中竟无良友。当初林和靖以梅为妻，以鹤为子，今日对花独酌，反惹出许多思量，不免将这一段幽情付之笔墨。（唱）

【绣带儿】霜毫健，闲情赋就，真和假暂忘忧。聊借他半树繁英，权消我一斛闲愁，难修，今生得与花作偶。（起立，对花介）花仙，小生如此钟情，花仙可能知否？叹年来谁怜消瘦？（喜介）这花枝轻动，如慕如诉。看他横斜影幽香暗投，怎怪我致殷勤把疏狂全漏？

浊酒浇愁，暂消磊块，不免将绿绮琴鼓弄一番。咳，那司马长卿当筵奏曲，文君窃听，竟成千古佳话，今日花前一弄，谁是知音？（作推琴介）好不耐烦人也！（丑持烛上，生唱）

【宜春乐】斜阳下，暮霭浮，数寒鸦归来树头。书斋寂寞，长宵听尽莲花漏。不觉困倦起来，黑甜乡沉醉优游，华胥梦安眠今宿。（丑）官人，夜已深了，请安歇罢。（生）背残灯一豆，向梅花香里，自控金钩。

（作睡介。丑下。末梦神持双镜上）梦梦梦，梦是心头一点动，动动动，动处更须能守静。七情六欲总因痴，离合悲欢皆是命。吾乃梦神是也，专司人间梦寐。今奉帝释法旨，有天宫司书仙吏章后素，为他误点书籍谪向人间，奈他学博而情痴，情深而梦切。二百年前曾与罗浮老梅精有婚姻之约,那梅精因遇真仙得受人身,潜形幽谷苦炼勤修,以图后会。今吾神将章后素的痴魂引到幽谷,使他二人相会。(唱)

【醉太师】因由,其中自有,仗青铜一照、双燕成偶。来此已是书斋,你看他拥着半树梅花昏昏睡去,到也好笑。不许你"雪满山中高士卧",管教他"月明林下美人来"。新愁旧愁,笑书生稳合双眸。(作笑介)先生何思之深耶?风流,酣眠岂是因〔中〕酒,心儿里别有贪求。(对生照介)且将他魂灵引出,关心事谁能罢休?管教他痴人不怕奔走。

(末下)(生起作醒介)一觉醒来东方已白,渐渐红日上窗。闷坐无聊,何不到门前散步一番?(行介)许久不出门,早又是春光如画,茸茸细草,绿带裙腰,剪剪轻风,春生紫陌。那柳阴中泊着一只小舟,何①不唤来沿着这一带清溪游去,多少是好?(作唤介。丑艄公摇舟唱棹歌上)春水船如天上子个行,何人唤渡立②芳子个汀?问君欲往何方去,莫不是蓝桥有路访云英?(生)艄公泊近岸来。(丑)来哉,相公请上船。(扶生上船)(生)上得船来,你看两堤上弱柳含烟,遥山滴翠,正③是:春水才添四五尺,野航恰受两三人。(唱)

【琐窗寒】这清溪一棹泛春流,照垂杨绿更柔。前面一带山势更觉幽僻,料山深雾冷,谁种松楸?是好一个去处,不免弃舟登岸,随意盘桓。(作上岸,丑下)看这残红满径、苍苔浓厚,悄无人、冷侵襟袖。(指介)那竹林隐处似有人家,艳阳不到更清幽,晓莺啼破晴昼。

---

① "何"字模糊难辨,此据文义补。

② "立"字模糊难辨,此据文义补。

③ "正"字模糊难辨,此据文义补。

信步行过桥，来呀！

【尾声】朱阑碧户容谁扣，野浦闲云学水流。今日呵，浑不异刘阮天台汗漫游。（下）

第二出　幽会

（场上设妆台，旦青衫笼帕上，唱）

【商调·风马儿】满地残红扫不开，无人伴、自徘徊。问天涯、风雨因谁大？云封幽径，闲吊落花来。

【浣溪沙】人比梅花瘦几分，燕帘莺户锁轻尘。落红深浅问东君。　　流水暗消闲岁月，空山自度可怜春。不将踪迹托行云。我乃罗浮梅氏。生无年，长无岁，逍遥宇宙之间；冰为魂，玉为骨，结伴松筠之处。自遇藐姑射仙，遨游四海，曾与天官司书仙吏邂逅相逢，托以终身，后闻仙吏谪下人间，竟不知后会更在何时？妆台在此，不免梳匀一番。（作开奁对镜唱）

【金落索】芸奁慢自开，宝镜尘封盖。脂涴香消，剩有残膏在。（作理发介）这云鬟为甚来？费人猜、只为无心细理揩。双蛾羞画青螺黛，一股空簪紫燕钗，愁无奈，窗外花枝照闷怀。（拭泪介）念伊人音信疏，垂泪向阳春洒。（生上，唱）

【前腔】褰裳悄地来，别有神仙界。小鸟绵蛮、几处垂杨外。问桃花为甚开？傍瑶阶、可是刘郎去后栽。呀！你看那水晶帘下，依稀有人临镜。（作望介）是烟笼芍药愁风败，是雨滴梨花剪水裁，人如画，是行云才下楚王台。这丰姿若个安排，旷世应无赛。

且喜云屏虚掩，不免进去看是如何？（作潜进，立旦背后）（旦唱）

【金瓯线解醒】愁云拨不开，怨雨偏遮碍。镜里人儿，不似当时态。

咳，朱颜易老，时不待①人。（作回头见生介）（生揖）（旦福）先生何来？（生）小生远涉到此，得晤令姿，愿接膝以交言，用申夙志。（旦）妾苦志待君，不期二百年鬼窟中竟能寻到！那前言事不偕，望天涯、试问君从何处来？这是我婵娥愿守清凉界，莫认作金扣环松许暗开。（生）休猜怪，是文人相感、一样情怀。

（生背言）适才听他所言，中藏雅谜，“二百年”三字更费人猜，难道与小生相识不成？（转介）仙子，小生误入仙境，非敢唐突，倘蒙不弃，愿结文字之交，未知容纳否？（唱）

【梧桐花】月中仙，瑶台会，邂逅相逢喜望外。恕狂生冒礼休嗔怪。（旦）既承错爱，敢不如命。然时尚未到，幽明阻隔，人言可畏。君如金玉，妾如蒲柳，此处不可久留，就此送君归去，后会有期。他日相逢，莫忘了镜中人影。（同唱）要一样真心两情谐，都只为浩劫遭逢这境界。（旦唱）算今生偿尽了前生债！（同下）

第三出　寻芳

（场上设幔帐笔砚，生暗上，从帐中出，作醒介）水晶帘下看梳妆，好梦留连恨不长。一种销魂双袖里，满身犹带粉脂香。昨宵一梦煞是奇怪，那鬟影衣香宛在目前，更有那至语柔情铭心难忘，竟不知仙耶鬼耶，忒费人猜，不免将梦中之事填首词儿以记其事。（作写字介）（外方巾青袍黑满髯、副净华巾艳服秃须上，同唱）

【仙吕·奉时春】柳色才黄尚未青，同来访、那人门径。松影潇森，绿筠交映。（副指外）风流不数你康成郑。

（外）学生姓郑名斋，字全仁。（副）区区姓韦名半朝，字开士。我二人与章后素交称刎颈，义胜同胞，论道时直追三代，潇洒处不让六朝。连日春雪泥途，未能过访，今朝雪霁风和，相约去寻他酌

①　“待”，原文作“贷”，据文义改。

酒谈经,庶不负此佳日。(作行介)行行去去,去去行行,来此已是门上。有人么?(丑上)花径未经缘客扫,蓬门今始为君开。是那个?(开门介)原来是二位相公。(外、副)你主人在家么?(丑)在家,请少待。(作进介)启官人,郑、韦二位相公同来。(生)有请。(出迎对揖入坐)(生)连日未晤,何幸光临。(外、副)正为泥途所阻,未能造访。(副)后素兄,你近日作何消遣?(生)小弟除文字之外,一无所好。(副)又不是小学生作窗课,终日抱着个书本子"诗云""子曰"的受罪。(生唱)

【桂枝香】把文章吟咏,闲中评证古人心。画出经纶作规箴,浮沉参定。(外)文章不过是古人之糟粕耳。(副)糟粕不糟粕,还是小事,但这终日闷坐愁城,就算清高学问不成?(生)论清高学问,论清高学问,只要心专神凝,更要明乎其令。(外)闻君妙论,实获我心。妙论座中听,怎怪他下笔惊神鬼,烟霞腕底生。

(副)听二公之论,未免太近迂阔了,想后素兄旧作有"闭户穷章句,真成一腐儒",可谓夫子自道也。这案头笔砚,想是又在这里作诗,何不见示见示,我们也好捧读捧读。(生笑)小弟却不曾作诗,到在这里作梦。(副)我不信,待我搜出来,定要罚三巨觥。(作搜介,从砚下搜出)喏,这不是一首【江城梅花引】么?全仁兄过来,我们看了再罚不迟。(作高声念)罗浮春色静娟娟,是花仙,伴诗仙。林下家风、冷澹出清妍。碎玉零星千万点,月下影,雪中香,天上缘。　　神全,韵全,意难传。篱边,水边忆江妃、名号新鲜。岁晚相逢,问讯绮窗前。三叠琴心一再鼓,好时节,百花后,百花先。(副)这是真证了,不要赖。快取酒来,快取酒来。(外)这个自然是要罚的,然而据我看来,题目是咏梅,只怕更有比梅花可咏者,愿闻其详。(副)说出实情,我们还要相贺呢。(生)两兄之前,绝无所隐,昨夜呵,(唱)

【前腔】花前酩酊,寒蟾四更,荡悠悠云水无涯,恍惚惚山林幽径。

步苍苔这搭,认桃花那搭,中有楼台掩映,更有佳人临镜。那时信步走去,忒娉婷,美目情流盼,云窗户未扃。

及至醒来,仍是半树梅花、一窗月影,故谱得此阕以遣闷怀,不期为二公所见。(唱)

【安乐神犯】襟怀香冷,是佳人袖底、未散余馨。(副)既有佳境,又有佳人,我们何不去寻访一番,倘或寻着岂不有幸。一任他深林日暮倚亭亭,也要去穿云涉涧寻究竟。(生)今日之言皆是梦话,况且春寒料峭,何必费此一番跋涉?总有人如玉,无奈梦难凭,何况春泥泞?(外)二位不如依愚兄一言,趁此雪晴日暖,同往西山一带游玩几日。虽不是雪后园林才半树,尚未到江城五月落梅花。此去收些画材诗料,倘有意外之遇,亦未可知。山如玉,涧化冰,寒香积雪雨轻盈;寻幽路,浮小艇,诗囊多备贮新声。

(生副)依兄之言,就此前往。(副)此去西山路途遥远,多带些酒食才好。(外)到不如村沽店饭,领略那乡间风味。(副)沽酒市脯区区是不惯的。(丑)韦相公,那沽酒市脯,强似那残杯冷炙。(副)咗,小孩子家也来轻薄人。(生)不许多言,收拾诗囊酒瓢,你在家看守门户,我们去了。(作出门介,丑关门下。生、外、副同行)(合唱)

【一封书】才来到绿坰,泥人春色暗迎。流莺柳外鸣,踏芳郊缓缓行。雪后群鸦飞断垄,水长扁舟泛野汀。阅新耕,望旗亭,拟向青帘倒玉瓶。(同下)

第四出　惊晤

(旦青衫上,唱)

【双调·秋蕊香】又到鹃啼春老,心头事没个开交。万种思量丢不掉,描不出愁容瘦稿。

日暮珊珊翠袖寒,伤春未了又春残。莺声唤醒幽窗梦,谁识含愁独倚栏。我梅氏自送别章郎去后，不觉春色将归，绿阴乍满。那些桃李红红白白，堕粉飘香，只有松筠清清冷冷，凝苍簇翠。前面一带长林，不免采些柏子以供晚炊。（作行介唱）

【仙吕入双调·忒忒令】步翩翩才来到画桥，禁不住这春寒料峭，倚松倚竹，有谁人知道？悄地行来，你看四野无人，一川芳草，前边渡头，正是送章郎的去处了。犹记得掩啼痕，染轻绡，那人何在？怕朱颜变了。

且到那竹林深处小憩片时，正是：摘花不插髻，采柏动盈掬。（下）

（生、外、副上，同唱）

【沉醉东风】踏青人同来兴豪，壮胸襟把古今凭吊。（副坐）嗳哟哟，我是不能行了，腰又酸脚又疼，况那些吊古凭今也非我所长，只好二位先行，等我慢慢走去。（外）岂有此理，既来之则游之，那有半途而废的道理！（生）开士兄，我们今日之游，虽不比浴乎沂，风乎舞雩，却也得那游目骋怀之乐。（副）呀，难道你不记得三人行则损一人乎？（外）不要听他，偏要他行。（生、外拉副起，副作愁态随行。生、外合唱）寻前路转山腰，认蚕丛盘道。（作喜介）好了，行过峰头又是一个境界了。望平川澹烟残照，（生指）那西北竹林却似到过的。看那冷光自摇，把那绿筠细瞧，依稀那日，梦儿中走过一遭。

（生）前边竹林仿佛是梦中旧景，那时却有桥梁，如今又不知桥在何处。隔着长溪又无舟楫，便是那去处，也只好可望而不可到了。（副）不妨，便作个褰裳涉溱，未为不可。（外）又来了！便寻得佳人，那托泥带水的样子未免亵渎，到不如趁天色尚早，沿着路寻去的是。（同唱）

【嘉庆子】那蕊宫便有人怎到？怕十二栏杆去路遥。（生指）好了，那上流头望见石桥了。几折红栏围绕，波泛泛，浪滔滔。川原静，

野云高。(生)我们度过桥到那林中歇息歇息。(外副)有理,有理。(同唱)

【尹令】枝上几声啼鸟,堤上几弯芳草,桥上几人凭眺。这山容水色生受,那有意天公付我曹。(副)哪,那林中恍恍惚惚似有人影,天已不早了,问个歇处信宿一宵,明日再寻罢。(作态唱)

【品令】狂歌畅吟,独自费推敲。公然自许,文章压离骚。纷纷白眼,问谁人讥诮?当日呵,也酒醒何处,剪烛红窗调笑。今日也,落拓无成,叹不尽、丰采重看渐二毛。

(生、外大笑)开士兄这番言语却不是"压离骚",到是"动牢骚"了!(副)人家在这里感慨,你们反来奚落。(指介)那边有位娘子,待我去问路。(外)你不可冒冒失失,还是我去好。(旦暗上)(外见介)娘子拜揖。(旦)先生万福。(外)动问娘子,此地何名?因同侪三人闲游到此,天色渐晚,不知前面可有宿头否?(旦)既承下问,敢不相告?此地名为"幽谷",隔断红尘,况妾独处深闺,未历人世,先生可问知者便了。此地呵,(唱)

【豆叶黄】隔红尘路断,水远山遥。虽非是金屋倾城,还怕惹传闻颠倒。守定这松青云白,此心自操。惟许那幽兰同调,惟许那幽兰同调,莫认作空山木客花妖。

(生、旦相视,旦下。副对外)好一个谦而有礼的先生,可问着宿处了。(外)人家是深闺弱质,那里知道许多?还是我的不是,只好再问罢。(副)好扫兴,好扫兴。(外、副随意指点,生背唱)

【玉交枝】宜嗔宜笑,澹柔情谁能细描?分明是梦中人,不想竟自寻着了!天地间难道有这样的奇遇?且不要说破。愿佳人也记得这书生貌,怕良朋冷眼偷瞧,欲致微词碍难脱口,又怕是青鸾一去难再招。便重来、更怕是移门榍,也只好再作道理,且从容权挨这遭,热心肠权熬这宵。

(副)全仁兄,你看章后素在那里自言自语,难道就是那人不成,待我问他一声。咄,后素兄,这可是那人么?(生)这人那人都是小事,你看日已夕矣,羊牛下来,在家时小弟也曾言过,竟是徒劳无益。况课期在迩,不如过了今日回去罢。(外副)言之有理。(外唱)

【川拨棹】真堪笑,枉奔波道路遥。(生)已后这好奇的心性自然简澹了,不然呵,把坤舆游遍周遭,把坤舆游遍周遭,绕天涯旁人见嘲。(副)出门时兴自豪,怅归来首自搔。(外指介)你看那翠霭横山,紫霞隐日,好一幅画图也。(同唱)

【尾声】趁斜阳飞鸦闹,苍茫云锁两峰高。(作回顾介)空望断绿水回通宛转桥。(同下)

第五出　了缘

(生上唱)

【正宫·南普天乐】踏芳尘,春堤上,柳明花媚当晴旷。桃花映临水人家,垂杨护隔岸门墙。前日同郑、韦二公游到幽谷,得晤芳容,未通一语。今日独自寻来,记路径重来访,要把那往日幽思一朝放。欲卜个家人卦细问形状,奈没个君平鉴赏,怕蓝桥路遥吹断云浪。

(作行到介)来此已是。欲待扣门,又不敢唐突,只好恭候动静罢。(唱)

【北朝天子】这奔波乍尝,盼和偕愿偿,祝天公早撤情魔障。更不知几时方能如愿?作一个并头花底睡鸳鸯,浴障红衣、相伴柔波上。佳人此时不知是晏卧还是晓妆?或是采珠拾羽?或是嚼芷餐花?我为他历尽风霜梦遍高唐,只落得恨茫茫、忘疏放。望天涯路长,守残更夜凉,还怕是捣玄霜,不肯作饥人饷。

天色尚早,且到附近游玩片时,或有机会亦未可知。(下)(旦上唱)

【南普天乐】梦初回,风和畅,好春光,谁共赏?金炉爇,金炉爇,一瓣心香。启朱扉独步回廊,午眠乍醒,春色撩人。袅晴丝点点杨花过粉墙,更有蝶争蜂闹,燕蹴莺狂。且到门前闲步。(唱)

【北朝天子】妒裙腰草长,散飞花暗香,怪春风吹到人心上。谁为那春衫牙尺剪刀忙?守空山、自与那梅花傍。冷清清且混年光。耐尽凄凉,早难道梦中人成虚诳。你看那横塘上,好一带柳色!舞长条绿杨,舞长条绿杨,还怕他软咍咍,挂不起销魂榜!

(生上,唱)

【南普天乐】雪中香,谁能享?月中仙人难访。梅花引,梅花引,意惹情伤,掩灵旗离合神光。(作见介。生揖,旦福。生)敢问娘子,此地何名?(旦)此处名为幽谷,人迹罕到,你看那,(唱)

【北朝天子】倚梅花这厢,傍长松那厢,绕清溪一带春流涨。(生)可有多少人家?只有我儿家独自守云房,惟余个影成双,人无两,着意儿等待刘郎。泛出花香,二百载始相逢,心儿放!(生)既如此,始信前缘,待小生敬诣妆阁,细陈衷曲。(同唱)喜温柔醉乡,避风波热场,博得个美良宵,春暖到梅花帐。(同下)

第六出　返真

(末维摩诘,贴旦天女、舞衣持花篮、四云童上)(末唱)

【黄钟·北醉花阴】证到深心岂虚假?舞翩跹香围云驾。才离却众香国,趁飞霞早行来云水天涯。振两袖御风下,方便法到处去散天花,怕一切小乘人怎撑架?

吾乃净名居士维摩诘是也。适从妙喜国带领天女随处散花,欲显淳德以泽群生。当日世尊遣文殊师利问疾,是我略施神通,屏除一切,惟留一榻与天女居之。问答之间,天花散落,诸菩萨花不沾衣,众弟子力难制法,况五浊恶世之愚人呵!(唱)

【南画眉序】浊世竟繁华,不辨真香混兰麝。笑蒙蒙懂懂、坌土抟沙，尽是些昧灵光败种焦芽，怎及那证深心如来般若？大千世界观不尽，笑人世几时才罢。

你看尘世上多少善男信女，奈没个可度之人也。（唱）

【北喜迁莺】便有那慈悲喜舍，恒河无边法云遮，飞也么花，散天香把菩提抛下。谁能够明月清风到处家？错认他似一片霞。怎辨得慧珠无价？这题目原本磨牙。

俺游遍人间，未遇着一个有缘者，（指介）那西北林木深处隐有灵光，不免前去度脱便了。（下）（生、旦上，合唱）

【南画眉序】云水喜为家，一刻千金水无价。（生）仙子，我与你云水为邻，花木为伴，何等快乐。任闲情逸致陶写风雅。（旦指）妙呀，看吹来一片飞花，毕竟是天然图画。（合唱）这深山幽谷无人到，更强如广屋高厦。

（生）仙子，小生到此，荏苒光阴，又是桃红李白，可谓：山中无历日，寒尽不知年。前面石桥便是初逢之处，我二人何不同往溪边闲步一回？（同行，生唱）

【北出队子】记当年梅开绿野，冒风霜空怨嗟。恍若是望中人面隔桃花，枉担着万种心愁无处发。（旦唱）费尽了百折千回，则怕道路差。（旦）郎君，人生有限，晏安鸩毒，急早回头，同登彼岸。（唱）

【南滴溜子】忆昔日，初逢两相问答。喜同心，避世恁般潇洒，对他花帏云榻。（生）正好及时行乐。我从来意最慵，登临怯力乏。便对此阳春，还似嚼蜡。

（生）仙子，我与你遁世避嚣，也就是神仙了，难道还有甚么出世之法？更要领教。（旦唱）

【北刮地风】总有这幽谷流泉满树花，不过是供游赏一霎浮夸，猛可的狂风骤雨触了飘零煞，对空林自叹嗟。要看准了道路无差，莫负了好时光春秋冬夏，早寻个安身处白雪黄芽。（生）看来竟是神仙中的神仙了！莫为这花想容，云想衣，神清韵雅，误了那美前程同看万里霞，那时节驾长虹到处为家。

（生）听了这番议论，使小生顿开茅塞，从今后明心见性同返真元便了。（指介）呀，你看那边又有两个人来了，我们何不去看看？（同下）（末、贴同上）（末）天女，（贴）居士，（末）你看那司书仙吏与罗浮梅精俱有出世之心，待我前去度脱一番便了。（唱）

【南滴滴金】现全身悄按云头下，向浊世人间闲戏耍。作云游度脱随缘化，热心儿今又惹。若是相逢便舍，遇着个有缘人才肯罢休，待虚无似镜里的花。

（贴）他们既具深心，居士须要超脱，也不负到红尘走这一遭了。（唱）

【北四门子】堕迷途多少耽惊怕，太虚空岂有瑕？饱看那风花水月原无价，这逍遥输与咱。还要你星作槎，云作车，接济那美修文同看阆苑花。莫使他宿念差，慧性遮，把灵根一时丢下。

（末）如此，你且回避，俺自等待与他。（贴下）（生、旦上）（生）老丈拜揖。（末答揖）（生）请问老丈从何而来？（末）来处来。（生）何往？（末）去处去。（生）来去无方，可谓从心所欲了。（末）来去岂无方向？须要记得来踪，不忘去路，那时来来去去一任君行。（生）尊姓大名？（末）俺即是汝，汝即是俺，何分彼此？（生）小生愚人，望乞明示。（末）你且听俺道来。（唱）

【南鲍老催】俺将话答，（指介）遥山隐隐残日斜。看沉沉暮霭飞乱鸦，莫教眼花。黄昏近，谁能假，回头收勒临崖马。须把浮名浮利皆抛下，摆脱了情丝网牢笼架。

（生）弟子尘心顿悟，愿皈依法座。（唱）

【北水仙子】俺俺俺，俺斩断情芽，看看看，看利锁名缰真可怕。便便便，便拥貔貅虎帐谈兵，也也也，也不过沙场闲耍。总总总，总锦绣文章似浪花，就就就，就偎个人儿如画，到到到，到头来棺内惟余一个咱。从从从，从今后千金担子肩头卸，还还还，还怕是江心风紧柁难拿。

（末）既然醒悟，便可同返真元者，天女何在？（贴上）你现神通散舞天花，送梅花仙子赴岁寒阆苑管领群芳。（贴）领法旨。（旦）弟子稽首。（末）可谓：春为一岁首，梅占百花魁。（末大笑同生下，杂四天女持花篮舞上，二女童持节，旦换仙装，众随散花绕场合唱）

【南双声子】天风下，天风下，散一片琼枝姹。云霓驾，云霓驾，早望见琼楼榭。星桥跨，香轮迓，拥群芳领袖舞遍天花。

（旦）咳，我梅氏受尽万苦千辛，也有今日，我好侥幸也。

【北尾煞】受尽酸辛雪霜下，喜今朝统领仙葩，则把俺这一个孽身儿归幻化。（众散花舞，随旦下）

梅花引题辞①

大地无如梦，传奇后素章。依稀惊洛浦，仿佛入高唐。心逐空花舞，身如彩凤翔。意中生幻想，觉后有寒香。且放游仙枕，重来觅佩裳。寻踪分竹树，得路见桥梁。幽谷情无尽，深闺话正长。幸全真面目，唤醒假夗央。点破迷痴案，同归极乐乡。仙机空寂寂，梅事两无妨。

惠亭奕霮题

——清抄本《梅花引》，中国国家图书馆藏缩微胶片

① 原无题。

何佩珠杂剧一种

何佩珠(1819? —?)字芷香,号天都女史,歙县(今属安徽)人。清道光年间在世。何佩珠的生年未见明确记载,严敦易、华玮等学者推测在嘉庆二十四年(1819)左右。佩珠为两淮盐知事何秉堂第四女。何秉堂字子甘,深于诗学,诸女习闻庭训,各擅才名,佩珠与姊佩芬、佩玉皆有诗集存世。佩珠的作品,今存《津云小草》《竹烟兰雪斋诗钞》《红香窠小草》和杂剧《梨花梦》。另据《正始续集》著录,尚有《环花阁诗钞》一部。

何佩珠的丈夫名不详,据《津云小草》王勋序知是"张子,名进士孙",因其公公在天津做官,她曾随丈夫离开所居之江苏扬州而跋涉北上,收录她于归之后诗作的《津云小草》即由此而名篇。《梨花梦》今存《津云小草》附刻本,《津云小草》二卷四册,北京大学图书馆藏道光年间刊本,钞本藏北京图书馆古籍部。另,王永宽在上海图书馆、编者在中国艺术研究院图书馆都读到了一部《竹烟兰雪斋诗钞》《津云小草》《梨花梦》同刻本,览辉堂藏板,共四册(第一、二册为《竹烟兰雪斋诗钞》,第三册收《津云小草》,第四册是《梨花梦》)。又,台湾学者华玮曾对此剧进行点校,收入《明清妇女戏曲集》(台北"中研院"中国文哲研究所编《明清妇女戏曲集》,2003 年版)。

梨花梦[1]

卷一　赠花

（场上设扁舟一只，内香炉、茗碗、瓶花、书卷等物）（小生乌帽青衫暗上，坐舟中介）

【北双调·新水令】叹仙才如许却遭磨，粉香腮莲花一朵。兰珠凝眼角，梨玉削肩窝。镜影春波，照见我病伶俜愁婀娜。

萧然人影出晴纱，敧枕炉声正忆家。小树雨寒蜂去静，一帘剩梦在梨花。我杜兰仙，生成庄貌班才，带得仙风道骨。腰肢步处，柳在灵和；气息吹来，兰开澧水。十龄擅绣，七步成诗。可恼者，鸾罔有偶，工画翠眉；雁塔无名，终惭红粉。兹因偕婿北上，一路以来，露幌风帘，餐辛茹苦。回忆邗江与东邻诸女伴，斗草评花，修云醉月，曾有愿余为男子身，当作添香捧砚者。今日春色阑珊，余情小遣惓，戏为男子装小坐。想当日呵！

【南越调·锦搭絮】抵无限碧莲红豆种情窠，一味价似醉如痴，望浣纱人入梦多。问东风，心事知么？秦楼弄玉，月窟嫦娥，艳质芳姿，只落得睹影闻声唤奈何。

情思困人，且向纱帷小卧则个。（小旦淡妆，持梨花一枝上）

【前腔】闲院落，残春草草霎时过，谁肯向香雪东阑，倩边鸾妙笔摹？这几日呵，为甚的搅芳心，风雨滂沱？似坠楼出塞，一样蹉跎。尘劫茫茫，羡煞他不老仙葩玉井荷。

（内作吟声介）（小旦左右顾盼介）何处吟声？原来有只小舟在此。其音清泠圆妙，如松涛竹雨，入耳爽心。（作见小生介，惊

---

[1] 原文此处有“天都何佩珠芷香撰”。

介)兰香妹子小谪人间,一向不晤。今日相遇于此,当往点化一番,有何不可?(行介)

【黑麻令】拽着这香罗雪罗,行过了那些青莎翠莎。呀!小花堤蹴损凌波,怕听这苦吟声愁多恨多。只当做湘江水多,蜀涛峡多。那里是翠海银河?只似那愁蛾泪蛾。

(作登舟介)(小生惊起介,让小旦坐介,背唱介)

【商调集曲·八宝妆】【金梧桐】猛见了三生窈窕姿快活,煞半晌凄凉。我一捻红腮,似一捻桃花朵。【四块金】可怜他偷下瑶台,悄开玉锁。【五更转】本来是孤苗悴叶恹煎过,禁他袅袅亭亭,酿就了愁珠泪颗。(转介)姐姐尊姓大名?住居何处?何事枉过?乞示愚蒙。(小旦笑介)妾与贤妹本住一处,何遂相忘若此?今因梨花欲落,春色将阑,不忍负此幽芳,特求佳句,不卜肯赐咏否?(小生作沉吟介)(又反复迷离介)是呀!我与贤姐原在一处,待我咏来。(作展红绡题介)(题毕并以玉玦一枚赠小旦介)(小旦接念诗介)"珊珊缟袂洗春红,赠我花枝露尚融。燕子不来人又别,嫩寒妆阁雨蒙蒙。粉涡香淡瘦消霞,云裹纤魂堕碧纱。欲倩肥环一枝笛,春寒吹醒万重花。"妙吓!清丽缠绵,令人吟讽不既。但恐雨急风狂,花命终难长久,岂不负此瑶章?(作泪介)【琥珀猫儿坠】空留这惜花诗句当悲歌,【三台令】尚兀是恋芳华春梦婆。【山坡羊】虽则是哭花肠断红鹦鹉,也怕的黏着蛛丝蝶恨多。这不是心波从古累情波,要晓得我飘零愁怎躲?说不尽那弹指光阴感刹那。(小生唱)【梧桐坠五更】【梧桐树】扁舟月渐脞,绿树阴初过。一片香云,兜着那月儿将堕。这红绡呵,虽没有珍珠泪点梅妃佐,也须得粉镜春风倩女哦。【五更转】俺只待把蚕丝烛泪都包裹,猛地流波,(内作橹声介)惊魂交错。

(小旦下)(小生作醒介)原来一梦。回想先时光景,好不凄楚人也!

【前腔】似一片凄凄雨打荷，似一阵黯黯蛾投火。人远香留，也抵得软玉怀中裹。斗想起梦中呵，樱桃微绽香肩亸。咳，这便是旅邸邯郸槐树柯。只少点鸳鸯小印鸳鸯锁，一样的眉秀峨峨，言深琐琐。

时已近午，不免唤舟子开船去罢。

【尾声】且听这小吴娘唱棹歌。拭褪了面痕珠颗，只留下一点苦相思，阁住在小心窝，终日裹。（小生下）

诗家只解道倾城（赵仪姞），别具溶溶夜月情（屈宛仙）。

岸柳恨牵离合梦（袁棠），骖云步月证前生（朱兰）。

卷二　忆梦

（场上设假山、花墙、芭蕉、梧桐、梨花、海棠各树）（小生巾服上）

【北寄生草】又是春残候，春寒锁玉钩。听阑前春雨无休，甚莺儿虽解花情逗，奈东君不管春僝愁。把春红一旦付春流，咒只咒春归花落人添瘦。

星河耿耿夜迢迢，借问何人弄玉箫？明月二分桥廿四，满天清影碧云遥。奴家杜兰仙，厌为红粉，特换乌巾，敢夸名士风流，聊洗美人习气。因忆己亥岁北上，舟中曾梦一丽者，手持梨花一枝，索题诗句，情深意密，洵是可人。（叹介）想奴家椿树凋零，萱花憔悴，茫茫人海，欲觅一知音如梦中人者，正不易也。今夜月明花静，待我小步园亭，或可重逢梦里，也未可知。（作行介）

【前调】梦少情偏逗，情悠恨更悠。这女墙呵，月华恰向罗衫溜，花枝遮惯香风漏，梧桐阴下凝眸久。消魂丰韵太温柔，问今宵个人梦里重来否？

（作行倦，坐湖山沉吟，复起做态）（唱介）

【前调】露下蕉阴茂，风前竹影修。今夜呵，海棠沁却三分酒，莲花催过三分漏，兰缸挑过三分豆。问三分情味几分愁？怕明朝镜中添了三分瘦。

（作行入梨花树下，对花絮语）（低徊唱介）

【前调】碧唾凝香袖，横波截月秋。你芳容合被烟光透，柔肠合被情丝扭，罗襟合佩鸳鸯扣。缘投争似两情投？怕今生情缘易尽情关陡。

咳！花神，花神，你为何再不来了？（作泪介）

【南解三酲】翠锁定一双柳黛，红消了两瓣桃腮。想甚么轻舟木兰载，银河外即瑶台。从今后，寒云淡月愁无奈，更露榭风廊黯不开。空嗟悔，再休说清明寒食，玉李芳梅。

我想花仙之语，大有禅机。但你在香国中，尚受封家十八姨狼藉，想起来好不伤心人也！

【前调】对艳影痴心空爱，谢天公雨露深陪。叹金谷谁家春尚在？茵与溷费相猜。你芳心未许狂蜂采，我短梦难禁乳燕咍。空盼睐，只余得东栏生草，玉砌生苔。

想我杜兰仙，纵有经天纬地之才，那有吐气扬眉之日？怎得化为年少乌纱，偕此明妆素艳？啐！我也呆了。见几个富贵人得偕佳偶者？（悲介）

【前调】鸳牒窄、注定了粉愁香债，桃笺小、写不完菊瘦兰衰。从今后把闲愁抛云外，收拾起旧情怀。怎肥环去后春无赖，瘦燕归时蝶又来。这两诗呵，谁堪解？只算是马嵬钿盒，玉骨同埋。

（作行出梨花外，倚阑对月介）

【前调】洗春妆玉容难改，弹春雨玉箸难揩。多感你个情丝无挂碍，行与坐愿相挨。我只要画图长把真真拜，你可肯芳信频将素素差？愁凝黛，对了这溶溶月色，敲断瑶钗。

断肠无益，只索归眠则个。（作行介）

【尾声】映星照雪横香界，今宵更漏怎生挨？空辜了你倩影盈盈在

那玉阶。(小生下)

深沉庭院寂无哗(朱兰),吐艳还宜半面遮(袁棠)。

莫说韶光消歇易(赵棻),弄愁寒雨不妨花(王薇玉)。

卷三 写影

(场上设丹青、笔砚、素绢)(小生巾服上)【虞美人】生绡尺幅燕支冷,省识东风影。二分清艳一分愁,和月和烟,不是楚天秋。

春泥底事埋香早?宿了红心草。凭谁画出美人魂?我欲拈花去吊玉环坟。咳!我杜兰仙自与仙姊梦中叙会,兰心宛转,欲托三生。花信叮咛,难谋一面。叹丽人之遭际,感词客之辛酸。诗寄香笺,细央燕子;情传慧舌,每怯莺儿。握管伤心,妾尤薄命;停杯放眼,伊惯消魂。今日春去可怜,花娇不见,溶溶有泪,默默无言。(作悲介)不若画成小影,稍慰伤心。(作展绢描摹介)

【步步娇】罗绮羞妆倾城貌,粉靥桃花笑。相思未易消,九曲回肠,向卿低告。幽意托霜毫,写衷情一例儿伤怀抱。

(贴旦扮小鬟轻燕上)【菩萨蛮】小屏古画层层列,小山窠石重重叠。一剪牡丹芽,几丛蝴①蝶花。　　袖罗香不已,人在东风里。妨了绣工夫,绿窗调女奴。小奴轻燕是也。想我小姐,因花成梦,忆梦成痴,终日咄咄喃喃,香消玉瘁,岂非呆也。此刻又在那里杀粉调铅,要写出他的俏影儿来供养,你说可笑不可笑?我想他二人的缠绵缱绻呵!

【醉扶归】一个转秋波悄把檀奴叫,一个蹙春山难将西子描,一个天涯盼断信音遥,怎香心生迸的花姿槁。最伤他兰因絮果恨无聊,最怜他红酣翠弹年娇小。

(送茗介)(小生作画成,又展玩沉吟介)嗳!你看骨洁肌清,

---

① “蝴”,原文作“胡”,据文义改。

好不精致神妙。(作起立,作势唱介)

【皂罗袍】黯黯月愁天老,觑眉纤眼媚,梦也难抛。瑶琴三弄碧云高,霓裳一曲佳人妙。春江桃叶,秋风柳条;墨痕翠袖,红腔玉箫。尽缠绵并彼这情丝绕。

我想天地之大,竟无一个如我仙姊之人。丽娘娇小多情,返魂侥幸;俞二姑聪明善病,长逝堪哀。不是清容为之传出,几乎埋没了。(泪介)

【好姐姐】别有个,断肠人打伤心稿,都爱一种温存年少。沉吟花月,借婵娟锦字挑。评词谱,重挥彩笔将离愁扫,欲挽银河把大恨浇。

(小生持画下)(贴旦作收拾笔砚,吊场介)

【尾声】前身应住蓬莱岛,偶谪下人间烦恼,忍看他莲脸消红柳瘦腰。

不是愁城定爱河,身前身后较如何?

美人艳魄名花影,怪底生来慧业多。

卷四　悲秋

(场上设"问香亭"匾额,并置花、竹、湖山等件)(小生巾服,作病态上)

【金蕉叶】梧声竹声,并潇潇齐敲翠棂。菱花镜相看自惊,玫瑰帕几间偷揾?

春梦无端镜里过,一弯寒黛翠消蛾。自怜玉骨轻于絮,更比梅花瘦得多。我兰仙,自与仙姊描容之后,忽忽春残夏尽,此时又值凉秋。你看一阶红泪,发遍海棠;满沼绿衣,凋零汀藕。疏疏柳影,蝉怯夜飞;寂寂蕉阴,鹿仍朝睡。咳!一病经年,百愁如茧。药炉茗碗,相伴温□;钿阁钗奁,谁为知己?(悲介)不若闲步一回,将仙姊态度摹拟一番,以消岑寂,有何不可?妙啊!

【山坡羊】想芳容许多风韵，洗仙妆天然娇靓。语细细如鹂似鹦，致教我泪涓涓，不断如丝绠。漫揣评，多应住碧城。任琼箫吹彻，那有知音听？斗转参横，花低月静。伤情，倦蝶寒蜂秋梦惊；凄清，紫杜红蘅夜气馨。

良夜迢迢，美人何处？且转过这湖山，倚栏小憩则个。（长吁介）

【前腔】明湛湛晚天青嫩，扑簌簌疏林风紧。乱纷纷落叶积庭，密唧唧蛩语苔花冷。（作缓步临池介）靠着这柳边亭，闲窥秋水澄。你看月漾波心，照出我这瘦影，好不可怜人也，只怕香罗薄薄病骨难禁领。漫自延俄，谁来愀问？呵啃啃！又是几阵风。娉婷，露溅蘼芜湿翠茵；轻盈，看风卷芦花下远汀。

（贴扮小鬟轻燕，持烛上）

【缕缕金】持宝炬，出香亭，秋月开宫镜，转薇屏。因念幽闺质，多愁多病，歌残红豆倍婳婬，相思越沉顿，相思越沉顿。

（看小生叹介）小姐，小姐，如此夜深，露香风冷，娇怯身躯，怎生独坐在此？（小生）轻燕，我亦不知何故，总觉心头不快，故此小步片时。

【山坡羊】爱此夕一天秋景，想当时三春淑令。念玉貌依依在怀，叹红绡旧句无香讯。鸾衾梦不成，徘徊视女星。轻燕，我这一点心，把无边酸楚都尝尽。刻骨深情，更说甚黄梅青杏！看这怯怯光景，伶俜，似雪里幽兰瘦不胜。我与你呵，一似形随影，怕秋风各自零。

（泪介）（贴）小姐且免愁烦，回房歇息则个。

【猫儿坠】博山篆冷，花院已三更。小姐吓，小姐！你拖云曳月依碧径，花仙吓，花仙！他蕊宫珠阙掩雕甍。分明，恰便是宵深漏永，鹤梦苏醒。

（小生与贴携手同行介）

【前腔】叮咛软语,握手转香亭。粉悴脂憔偏娇俊,愁肠病态越清灵。沉吟,恰便是漏永宵深,鹤梦苏醒。

天风飒飒起银河,但觉帘阴次第过。

曾记梨花时节雨,西窗剪烛夜寒多。

卷五　仙会

(场上设绣帏、锦幔、石几、盆花)(小生巾服暗上,坐介)

【北新水令】梨花一簇护幽轩,惯周旋胆瓶眉砚。乌纱笼粉额,紫绮称香肩。(起行介)玉树风前,谁认得神仙眷?

鹤氅轻寒力不支,通眉长爪细腰肢。他生要作奇男子,憔悴幽闺小女儿。我兰仙为何道此?咳!想我襟怀磊落,本绝云表之飞鹏,其奈身世不谐,似闭樊笼之病鹤。形骸束缚,只索罢休。就是富贵荣华,亦不过空花幻影。但我这一腔热血,总不易消哟!

【南步步娇】尘世繁华皆虚幻,转觉黄金贱。心澄璧月坚,侠气豪情,并刀难剪。吐向碧云天,化长虹万丈当空焰。

咳!想我平生知己,再无逾梦里仙娥。

【北折桂令】最忆步芳丛,可意婵娟。掩映着翠袖云衣,越觉素影翩跹。甚天风漾下飞仙?真个是神寒骨重。却何尝鬓乱钗偏?似这证同心,拈花笑恋,煞强如效齐眉,孽债冤牵。为甚粉褪脂蔫,病怯愁淹?只怕梦儿中一幅红绡,写不尽腹儿中无限红绵。

(作倦态入帏卧介)(生巾服,扮梦中兰仙上)呀!好天色也!一路行来,你看万壑千崖,琪花瑶草,鹤鹿成群,鸾凰作队,一派仙景。

【南江儿水】忽到琅嬛地,分明别有天。见青峰细叠莲花艳,听香泉流出桃花片,更喜悬崖倒挂藤花颤。兰仙,兰仙!难得有此妙境置你,重把慧眸轻展,似此仙山,除我问谁堪占?

待我登绝顶,将平生意气摹想一番。(立中场做介)

【北雁儿落带得胜令】我待跨青鸾上玉天,我待驾金鳌游蓬苑;我待弄瑶笙向鹤背吹,我待拔吴钩作霜花炫。呀!我待拂宫袍入海捉冰蟾,我待倚银槎直到女牛边;我待理朱琴作幽兰怨,我待着戎衣把黛笔捐。我待参禅,比玉局尤豪迈;我待游仙,笑秦皇空自怜,笑秦皇空自怜。

咳!说来似觉荒唐,细味无非愤懑。清癯标格,何妨自赏孤芳?冷淡生涯,一任人嗤怪诞。山温水软,权为裙屐风流;柳暗花明,岂碍冠裳颠倒!你看那边有两仙姝来了,且听他说什么。(小旦扮梨花仙子,贴扮藕花仙子,各仙装持花上)(同唱介)

【南侥侥令】呼龙耕竹径,督鹤种芝田。休讶我袅袅婷婷离绛殿,无非为知音话旧缘,为知音话旧缘。

(小旦)藕妹,你看兰妹临风不语,倚壁凝愁,一段痴憨,尚如昔日。只索上前相见呵!

【北收江南】呀!独自个靠苍岩丹嶂呵,花鸟共谈天,少不得乱愁俗虑一齐蠲。(小旦、贴与生见介,生惊喜介)两姊从何处来?呀!这是梨仙姊,这又是谁?我未见过,怎又面善得狠?(贴笑介)我与卿亦姊妹,何遂忘怀耶?(生迷离介)(小旦、贴同唱)怎忘却蕊宫昔日笑联肩?把金函共编,更珠丸细研,才转瞬美人名士态仙仙。

(生)是呀是呀!我们原是好姊妹,今日幸逢,作何消遣?(小旦)不若携手游玩一番。(生、贴合)妙啊!(作同行介)你看,这是瀛洲①,这是玉宇,这是强台,这是弱水。那边可不是碧城?这壁正是香国。罗浮、太华、峨眉、黄山,都在指掌间矣。(正游处,忽来彩鸾三只,各跨飞至一石室,万花如绣,瀑布斜飞。小旦、贴出鹿脯、麟肝、胡麻、仙露饫生)(同唱)

---

① “洲”,原文作“州”,据文义改。

【南园林好】制寒词花笺粉笺,望乡关山连水连,把一座瑶台行遍。遥共指九州烟,遥共指九州烟。

(生)敢问二姊,我何得到此?(小旦、贴)你道长在此乎?咳!不知聚首无多,分离在即,请再尽一杯,送妹红尘道上。(生悲介,作强饮起别介)(生、小旦、贴同唱介)

【北沽美酒带太平令】黯离情若个怜,黯离情若个怜?魂欲断,梦空圆。你听山鸟声声似促人归去,怕听花梢响杜鹃,歌宛转意缠绵。能几度相亲相见?禁多少娇痴娇喘。题不尽梨花诗柬,又瘦了桃花人面。(生)俺呵,都付与眉尖指尖,整备着腰纤臂纤,呀!向虚空洒泪儿成串。

(生、小旦、贴同下)(内作钟声介)(帏中,小生欠伸介)阿哟!原来一场好梦。(作推窗徘徊望介)仔细思量,人生如梦,梦到好时,何苦要醒?似我与两姊正在叙会,又被晓钟惊觉,倍觉凄凉。

【清江引】浮生幻影原如电,漫把鸳鸯羡。优昙本佛花,茉莉归仙弗,分不出女和男同一现。

附录

题辞

只为三生未了缘,灵槎何处觅游仙?美人聪慧才人笔,一曲《梨花》万古传。

神仙队里旧诗人,摘去钗钿换角巾。漫说登场同叶子,木兰原是女儿身。

云想衣裳雪想肤,南柯幻境未模糊。如卿意气干牛斗,愧煞人间贱丈夫。

味兰程锷拜题

满腔如有怨,姑付曲中论。已是身为蝶,何妨骨化鸳?月愁圆夜影，云懒了春痕。一笑仙踪误，梨花堕满门。

绿卿张萼呈草

一曲《梨花》午梦余，才人词藻美人书。世间不少奇男子，欲比卿才总不如。

少亭杜守恩拜题

笑排场，看裙钗更了冠裳。借吐才华，万斛泪珠难量。俏无声影韶光去，殢离愁春梦方长。深院静，炉香细，顿教酣入甜乡。

休问巾妆帔妆，怜是女儿身，百转柔肠。刻羽引商，浏浏声犹绕梁。泪痕洒作梨花雨，叹画眉翠冷张郎。知否么？前生证果，原是兰香。

虞山静香氏陆湣倚声

登场一曲唱郎当，梦雨梨云尽惨伤。谱入玉箫声里听，二分月色也苍茫。

角巾钗索两无分，笔吐奇花舌吐芬。知是才人弄柔翰，灵心如织锦回文。

借得梨花谶亦奇，幻身入梦总伤离。情天若使娲皇补，月可常圆石可移。

旖旎年华绮丽才，借和宫羽寄怀来。为郎憔悴羞郎甚，唱到双声艳玉台。

燕山梦九陈宏勋拜草

是假却还真，小谪红尘，相如才调女郎身。幻出梨花春梦短，忒可怜生。　　仿佛记前因，无限柔情，好凭仙管展胸襟。红粉乌纱争换得？愞煞卿卿。

鉴湖陈昱浣云氏拜题

——《津云小草》附刻《梨花梦》，清道光间刊本

刘清韵传奇十二种

刘清韵(1842—1915),字古香,小字观音,江苏海州(今连云港市)人。父刘蕴堂为二品封鹾商,长期业盐于东海中正盐场,母王氏。刘蕴堂早年无子,五十以后始得清韵。清韵自幼聪慧过人,后才情显露,“子史百家,靡不淹贯,尤工诗词,兼擅书画”(周丹原《刘古香女史传》),由此遐迩闻名。十八岁时,刘清韵嫁给比她年长一岁的沭阳秀才钱德奎,钱氏乃沭阳望族,钱德奎字梅坡,号香岩,是当地有名的才子。婚后二人相敬如宾,同享酬唱之乐,在所筑位置清幽、陈设古雅的“小蓬莱仙馆”中“终日闭门,焚香瀹茗,吟成辄画,画就又互为题识,有刘纲夫妇之风,不止可匹徐淑秦嘉也”(周丹原《刘古香女史传》)。在刘清韵存世的每部剧作之前,都有“东海刘清韵古香填词,古僮钱梅坡香岩较订”的字样,可以想见夫妻二人也曾就戏曲创作进行过讨论。因为多病不能生育,刘清韵不到三十岁时便收养了妯娌耿逸卿之女敏才(小香),后在四十七岁时用自己的嫁妆为丈夫纳了一妾,她在此后益加专心于词曲的创作。钱梅坡对清韵一直“以笔墨相怜重”(刘清韵《小蓬莱仙馆诗钞·自叙》),将她常随手丢弃的文字抄汇成编,并代之向当地名士王诩、周丹原等师友推荐,促成这些作品的刊刻。

刘清韵一生所作戏曲不下二十四种,掀开了“女性戏曲史上最光辉的一页”(谭正璧《中国女性文学史话》)。其《小蓬莱传奇》十种,1900年由上海藻文石印社刊行,按照原书编排次序,依次为:《黄碧签》《丹青副》《炎凉券》《鸳鸯梦》《氤氲钏》《英雄配》《天风引》《飞虹啸》《镜中圆》《千秋泪》。1990年,江苏省淮阴市文化局的李志宏在沭阳83岁老人谢方同处,发现其所藏刘清韵《小蓬莱传奇》之外的戏曲两种:《望洋叹》和《拈花悟》抄本,《望洋叹》后附沭阳张润珍瑟农氏《叙》。两剧先由沭阳县诗词协会誊印,2003年经台湾"中研院"华玮点校,收入《明清妇女戏曲集》。除了戏曲,刘清韵还有诗集《小蓬莱仙馆诗钞》、词集《瓣香阁词》和散曲集《小蓬莱仙馆曲稿》,这些作品相继连载于天虚我生陈栩主编的《著作林》上。

黄碧签①

提纲

(末上)

【踏莎行】碧落飞腾,黄泉蹭蹬。漫言赏罚皆天定。须知人事即天心,天公也不操权柄。　　孝子寻亲,忠臣尽命。丹衷至性相辉映。拈毫双谱入哀丝,昭昭白日光同镜。

第一出　扫殿

(场上先挂芸华宫匾②。外云巾棕色道袍仙妆执拂上)

【点绛唇】望断三清,飘来孤影,蓬莱顶。绛阙罨,层层彩雾,瑞烟交并。

---

① 原文此处有"东海刘清韵古香填词,古僮钱梅坡香岩较订"。

② "匾",原文作"扁",据文义改。

纷纷人鬼已殊科，想到神仙劫更多。能自黄泉升碧落，只争一念莫蹉跎。小神八堰庙镇土地是也，官卑俸薄，地广事繁，送迎上圣尊祇，稽察游魂荡魄，兢兢业业，扰扰攘攘，只说总无出头之期，那复望有吐气之日？不料有一谪降仙官，渐迷本性，小神特于梦中点破，仍归觉灵。因此微功，上天鉴录，命作蓬莱散仙，籍隶芸华宫符使之职，足见上天拔擢，不似世间动以资格限人，这也不在话下。闻说玉敕已下，仍召仙官归班，今奉本宫主玉虚仙子法旨，令我率领仙童扫除宫殿，排列酒筵，伺候仙子，随即远迎去了。（望介）你看楼台叠叠，殿阁重重，我初到仙官，不识径路，怎生是好？不免唤仙童来问他一问。（唤介）仙童走动。（内应介）来了。（杂扮二仙童上，一携拂尘）神仙有使令，（一携翠帚）婢仆亦逍遥。（见介）符使有何吩咐？（外）奉法旨，命我照理你们①扫殿排筵，须索小心者。

【二犯江儿水】洞天深迥，乍涉这洞天深迥，眩衰眸金碧影。连连续续、逶逶迤迤，（向童介）烦你把殿和廊相指引。（童）符使随我来。（且行且说）那些琼楼玉宇、桂榭兰房，一时也数他不尽，只就这面前的说说罢。（指介）这中间是五云楼、慧光阁、虚灵殿，东首是无垢堂、潜英殿，西边是五香堂、云华殿。（外）玉砌侧身行，瑶阶对面迎。（童）这不是虚灵殿么？（外细看介）呀，翠栋珊甍，珠箔银屏，瓦琉璃辉四映。仙童你轻摇凤翎，赤紧的轻摇凤翎。飞英拂净，逐细的飞英拂净。好接那大罗仙朝玉京。

殿已扫毕，仙童再排筵者。（捧像生花略上列介）

【前腔】盘筵须整，洁精的盘筵须整，比人间尤不省。把交梨火枣雪藕冰桃，一般般排列逞。更有那石髓不须烹，琳腴搅作羹，酒浥红英，饭裹青精，天上珍收拾尽。还要钧天乐清，韵悠悠钧天乐

① “们”，原文作“门”，据文义改。

清。霓裳舞轻,虚飘飘霓裳舞轻。一切俱已齐备,我和你向宫门鹄立等。

(望介)出得宫来,仙童你看白鹤青鸾,瑶林琼树,好一派仙景也。(童)仙家景致我们见惯,不觉为奇,符使,到是你把世间景致说与我们听听罢。(外)咳,尘世有甚么景致哟!虽有几处名胜山水,莫说无人领略,就是我做土地神的,也没工夫去遨游。终年终日为名利二字纠缠不了,究竟到头来名在那里?利在那里?好不可怜!怎及仙家无挂无碍、无束无拘!(童)你说不好,怎么仙子连次去游呢?只怕是你哄我的罢!多早晚我也下去走走才信呢。(外指介)你看那祥云缭绕、瑞霭缤纷,敢是仙子来也?我们向前迎接去。(同下)

第二出　仙宴

(场上挂虚灵殿匾①。旦花冠舞衣,外罩帔风鹤氅,佩剑执拂。四童执幡,四童执乐器,四仙女提炉前引,二仙女执羽扇随上)【菩萨蛮】翩翩羽葆天风送,红云紫雾纷陪从。照耀海天东,晨星犹丽空。九州无着处,别有祥鸾驭。极目点齐烟,阎浮剧可怜。我乃玉虚仙子是也,瑶签玉轴,掌管九天秘府之文;绣虎雕龙,甲乙下界金闺之彦。位列清华,权操黜陟。前曾化身,下游尘世,与守真子梦华偶结幻缘,遂偕仙侣,上帝敕他与吴道子共画蓬瀛全图。昨曾遣童相招,因小白仙师谪限已满,有旨今日归班,小仙曾侍绛帏,礼当远接,不知是竟朝上帝,还是先到芸华?命童儿在南天门下伺候,不免一径向前迎去便了。

【南新水令】朝霞炫彩纷奇状,御天风碧空延望,亲迓霓旌降。(符节引生金冠白锦袍执笏,仙童捧画轴随上)曾经披剃事金仙,枯寂

① "匾",原文作"扁"。

东山一老禅。结得散花为伴侣，维摩也上大罗天。俺守真子金萼是也。（见介）（旦）仙郎回来了，童儿所捧是何卷轴？（生）此即奉敕绘的十洲三岛图，进呈御览，因此去拜凌霄，把蓬瀛粉本恭呈上。

（旦）仙郎，须索早回，好陪小白仙师一同筵宴。（生）知道了。（分下）（仙官符节引末金冠黑八卦袍执笏上）三生扰扰谪尘寰，猛被提撕一晌间。本是玉皇香案吏，今朝依旧列仙班。俺旷阔道人吉丹是也。久堕红尘，新回紫府，适间朝见上帝，面承温谕，仍列崇阶，这也算非常奇遇了。当下拜辞后，我话别同僚，出得南天门，你看朝阳待上，宿露未晞，好一幅瑶天清晓图也。（童上）人间不重仆，天上亦尊师。蓬莱岛芸华宫童子迎接上尊。（随行介）（末）

【朝元令】浩荡恩波无量，朝回惹御香。稳驾紫云翔，海天旷朗，旭轮才吐光。看那蓬壶方丈，隐约青苍，回环更兼弱水长。此去呵，待访旧门墙，不识仙宫在那厢？（童）上真访的玉虚仙子那不是么？（指介）试向那丹崖翠嶂，好认取芸华新榜，芸华新榜。

上帝因仙子久降尘世，命神查察议罚。回奏仙子著书自娱，虽是游戏文章，恰寓褒诛惩劝，与世道人心实有裨益。上帝闻奏，天颜喜悦，不特消除前过，而且大沛恩纶。令先享人间之福，再邀天府之荣，敕封仙子掌九天典册，管万国英华。复念仙子性耽闲适，不耐烦劳，特敕上真协同办理。今蓬莱岛芸华宫虚明宏敞，也不消说，中有座慧光阁，玉槛四围，琼窗八面，一登此阁，莫说十洲三岛如在目前，就是那大千世界，也了如指掌。（生上，见介）道兄请了！（末）请了！足下何往？（生）朝罢回宫，只候仙旌，不意于此相遇，就请同行。（同行介）（末）

【玩仙灯】五色闪旌幢，袅袅仙音嘹喨。

道兄，前面来的是何仙驾？（生望介）是玉虚仙子来接师尊的。(旦如前服饰仪从上)师尊在上,弟子稽首。(末)玉虚少礼。(行介,到介)(末)金阙朝回散玉珂,(生)相邀花下酌红螺。(旦)蓬莱别有仙函丈,(合)小队排当〔侍〕素娥。(仪从下)(仙女代旦除凤帔,解鹤氅,换红锦袍介,仙女下)(末、生见礼介)(旦)师尊请上,弟子拜见。(末)不消,常礼罢。(旦拜,末答拜介,坐介。童献茶介)(生)人世分襟,仙都聚首,曷胜欣幸!(末)叨蒙拂拭,愧赧殊深。(向旦介)未知玉虚近来有何著作?(旦)念弟子呵

【前腔】旧业愧全荒,乞再设芸华绛帐。

近奉王母金敕撰新乐数章,刚刚脱稿,少刻敬呈法正。(末)惶愧。(旦)酒筵可曾齐备?(童)齐备多时了。(旦)看酒过来,传霓裳舞承值。(童下捧台盏上,内奏乐。旦定席介,末正座,生旦对坐同饮。四仙女两歌两舞介)

【普天乐】宴仙官,排仙仗,半天中龙蛇扬。呈歌舞,呈歌舞队队登场,博仙心乐也洋洋。(合)呀,把金浆满漾,觥筹递献忙。共祝仙阶高转,仙寿无疆。

【前腔】彩云回明霞往,奏钧韶清音朗。翩跹处,翩跹处凤翥鸾翔,态轻盈韵又铿锵。(合)呀,把金浆满漾,觥筹递献忙。共祝仙阶高转,仙寿无疆。

(舞女下)(旦)传飞龙舞承值。(二仙童红袴锦袄执双剑上,对舞介。生、旦同敬末酒介,末回敬生、旦酒,同饮介)(仙女唱介)

【前腔】匹练飞层冰涨,雷交驰锋磨荡。森森的,森森的一片寒芒,助虚灵分外清凉。(合)呀,把金浆满漾,觥筹递献忙。共祝仙阶高转,仙寿无疆。

(童下)(二仙女以大金盘捧果跪进介)这是纤纤仙子送来的琅玕实、人参果,仙子因赴上元夫人之招,不得亲至,特送鲜果二盘,少申敬意。(末)生受了。(仙女下)(旦)传百花舞承值。(扮仙女或八人或十二人执花上,歌舞介。旦敬末酒,童斟生、旦酒,

同饮介)

【前腔】艳晶晶瑶林放,翠生生琼枝抗。缤纷散,缤纷散应节低昂,向筵前绰约分行。(合)呀,把金浆满漾,觥筹递献忙。共祝仙阶高转,仙寿无疆。

(分立介,旦敬酒,末辞介)(旦)撤去筵席,送仙师到潜英殿去。(同起介,内奏乐,仪从上前引。众仙女随行绕场介)(末)

【前腔】谢华筵承佳贶,(生)醉颜酡增欢畅。(旦)呈蔬果,呈蔬果小佐壶觞,望师尊恕不周详。(合)呀,更有潜英待往,相将绕曲廊。(仙女)看取琪花常艳,瑶草常芳。

(众仙女拥下)

第三出　代勘

(场上挂虚灵殿匾①,设公案,架插小旗,分书忠、孝、义、烈等字。二杂甲胄执爪旗。仙官符节引末、生上,吏捧册随上)(末)

【菊花新】苍生莫叹碧云高,咫尺青天路不遥。(生)赏罚本昭昭,只在施行迟早。

(末)俺旷阔道人。(生)俺守真子。(坐介,符节下)(二杂分立介)(生)俺们虽各有执掌,不理庶务。为朐北云台地方咸丰年间有个忠臣,近年又有个孝子,上帝因玉虚能知始末,特敕代勘。这是应褒的,还有几件应罚的,一并举行,务归平允。待玉虚到来,一同办理。(末)世人惯说天道无知,怎晓得疏而不漏?凭你异样刁钻奸滑,也不曾刁脱一人,滑脱半个。争奈众生如水,愈趋愈下,将上帝一片仁爱之心,也付之东洋大海了。(生)便是。(四童执幡,四童执乐器,四仙女提炉,引旦花冠红锦袍佩剑执拂,二仙女执羽扇拥上)

---

① "匾",原文作"扁"。

【前腔】一封玉敕降丹霄，特把忠臣孝子褒。勘理敢辞劳，逐件的还他昭报。

（仪从下）（见介）（吏）请仙子升坐。（旦向末介）弟子告罪！（向生介）小仙有僭了。（上坐介，二仙女执羽扇立旦后介，末生对坐介。吏跪呈册，起立侍介）（旦）符使何在？（外上）（旦）可将忠孝二旗引仇孝子、石忠臣来者。（末取旗付介，外接旗下，引小生扮仇二梅生魂上）

【窣地锦裆】深恩那复蓼莪叨，几度思亲血泪抛。冥途不惜认条条，到得泉台路转遥。

（外下，以忠字旗引净，净甲胄扮石龙章上）

【前腔】淋漓战血记殷袍，拚把微躯答圣朝。决头断脰总徒劳，只一点丹诚耿不消。

（外缴旗介）石忠臣、仇孝子传到。（旦）引他进来。（旦、生、末立迎介）（小生、净）仇二梅、石龙章谨参，愿仙寿无疆！（旦、生、末）二公免礼，童儿看坐。（小生、净告坐介）（旦）二公忠孝之忱感格上帝，今日宠临，愿听详细。（净）上真听禀：那凤凰城原系古迹，并无城郭可守，龙章手下兵卒不过数百名，一旦捻寇大至，如何抵敌？（起介）只见

【榴花泣】蚁屯蜂聚，贼势涌如潮。念龙章此时呵，兵无救战难鏖，雄心只合付鞬刀。（作势介）发冲冠匹马相邀，横挥直挑，那贼呵，尸骸重叠迷芳草。终究是力竭身亡，只落得海阔山高。

（末）石公若留紫府，即授游天使者之职；如去人间，亦官居方面，以补前生不足。（净）俺不愿为官，但能与皇家出力，少尽愚忠，于愿足矣。（末）也罢。下方湖中有一条孽蛟，时兴水患，你去帮扶孝子，把他斩了，永庆安澜，也就有益于国计民生了。（净）多谢上真！俺就去也。（旦）石公且慢！（小生）上真念二梅呵，母子恩深未能补报，故于先慈去世之后，闻得西川成都有一所在，名阴

阳界,生人死鬼可以相见,因此不惮劳苦,万水千山,奔得来哟。

【前腔】属毛离里,至性发心苗。说甚么阴阳判、死生昭,青天可改志难摇。(起泣介)虽慈亲面目全销,魂犹许招,瞻依少尽春晖报。(拜介)乞矜怜得遂微忱,合母子共沐恩膏。

(起介)(生)令萱堂平生无过,不堕鬼劫。现在幽冥主者处,专等孝子见过,好去受生善地。待孝子阳寿终时再托胞胎,三元连中,那时天伦永聚,再不分离了。(旦)二公此去呵,(小生、净立听介)须要

【渔家灯】念上苍恩纶特褒,胜多般宠赐金貂。你好守官箴、慈爱咸沾,斩幺①孽安澜能保。志愿酬更嘱回头早,休辜了天恩荡浩。(末、生)那时节任逍遥,把吾曹订邀。访列真游行八表。

(旦)符使过来,将此牒送石忠臣到转轮王处受生去者。(生判牒付外,引净下。幡童暗上)(旦)童儿可引仇孝子到幽冥主者处见母去者。(小生)上真听禀:二梅此去,一入转轮,恐迷本性,倒是不入轮回,博个永久相依的好。(旦)教你不忘本性便了。童儿,取琼浆来。(童取付小生饮介)(旦)再取火枣二枚,与孝子带往冥司,奉母吞下,使他精神坚固,不昧前因,好为他日登仙地步。(童付小生收,谢介。幡童引小生下)(旦展册介)这一起不忠不孝的可付雷部,令先伏天诛,复受冥刑,罪满之日,发往畜生道中去。这一起负义忘恩、阴谋诡计、明为君子、暗作小人,作何发落?(末)应付无间狱,罪满之日,发往鳏寡娼优道中,分别填还孽报。(旦)这一起嫉贤妒能、抑人扬己、以白作黑、将无作有,作何发落?(生)应付黑暗狱,罪满之日,令作瞽哑,发往乞丐道中,以示显报。(旦)还有几件孽小的,小仙初理庶务,仰体上天好生之心,从宽议处,与以自新罢了。(付册生判介)(旦)咳!

---

① “幺”,原文作“么”,据文义改。

【剔银灯】那黄泉纷纷拥到，这碧落推升须考。论人生最好忠和孝，岂输他凶淫险狡？天条凭公贬褒，反招得我哀矜漫操。

（同起介，幡童仙女引旦下）（仪从上，引末生绕场）（合）

【尾声】地狱多天堂少，这册呵，要逐一分明签好。只是那些世人一到暗室便无所不为，怎晓得天眼旁观记的牢。

（下）（吏捧册随下）

第四出　见母

（幡童引小生上）才下碧云颠，又踏黄泉路。烟霭杳茫中，慈亲在何处？仙童，你看愁云惨淡，冷雾凄迷，不辨东西，怎好行走？（童）不妨，孝子随我来。（作摇幡，幡上现红灯介）（小生）果是仙家妙用，眼前顿觉光明，不是先时黑暗了。（内作叫苦介）（童）孝子你见么？那是刀山剑树、火焰寒冰，种种地狱，争奈世人毫不知惧，多般作孽，及至孽重身轻，懊悔也就晚了。（小生）好长的道路呵

【马蹄花】心急步偏迟，恨少奇方缩地。

（下）（老旦白发拄杖上）老身乃仇二梅之母。阳世有善无恶，例得一到此间，即付归轮转。只为挂念孩儿，力求缓期，等见一面，方可放心前去。昨晚幽冥主者传谕，说我孩儿矢志寻母，今日到此相见。咳，往常思念孩儿，心内想想也就罢了，今日倒反望的眼穿，想的肠断来哟！（泪介）

【月云高】门间都倚，仍自如阳世。（望介）翘首天难尽，屈指程须计。我那儿呵，你在何处留连？岂是闲游子！（复望介）怎这早晚还不见到？莫以无人指路迷，致使今朝竟失期。

（幡童引小生见老旦，抱哭介）母亲却在这里，寻得孩儿苦也！（童下）

【醉归花月渡】关山踏遍难寻觅，神魂颠倒意痴迷，只为胸中志不

移。谁知天上相怜惜？凄其，哽咽平添；喜极，悲情悰待从何处提？（老旦代小生拭泪介）儿呵，道途跋涉，且免悲伤，缓缓的讲。（小生）蜀道崎岖，五载非容易。当日矢志寻亲，只想慈颜近。今蒙仙真指引，如愿儿心慰。争奈三日外又要分离了。（老旦）我儿，你刚到此间，更欲何往？（小生）孩儿临来之时，仙真赐火枣二枚，教奉母亲服下，不昧前因，先去转生人世，好待孩儿重沾乳彀，仍归膝下。（老旦）若得如此，做娘的就放心先去了。（合）别既重逢逢又离，待十五年后呵，就终古承欢没尽时。

（老旦）孩儿随我来。（挽小生下）

第五出　求子

（末带童上）鬓边初见一丝新，荏苒年华近五旬。乡里饱谙耕读味，不知尘海有劳人。卑人朱瑶，杭州府朱陈村人氏，忠厚传家，田园乐志。遗经静检，不求榜上之名；嗣续虚悬，每抱膝前之叹。荆妻陈氏，赋性温柔，持家整肃。同庚五九，吉梦未符，每每劝我纳妾。我想买妾虽易，得人甚难，他人虑的是嫡庶不和，夫妻反目，此不过妇道家心地浅窄、爱极怨深所致，若做丈夫的刑于有法，也就琴瑟和鸣了。我所虑的恰另有个道理：以迟暮之年娶妙龄之女，若是个安静的还好，然亦难免顾影生怜、背灯私叹；若是个轻狂的，必贻墙茨之羞。况子息有无，自有定数，岂人力所能强求？如置妾便生，那些富贵之家就无乏嗣之人了。久闻上天竺大士最灵，拟求一签，以决疑抱。且喜妹丈陈翰性情爽直，居趾相邻，朝夕过从，颇为投契。亦因艰嗣，欲往忠肃庙祈梦，兼玩湖上风光，相约同来。昨晚他到忠肃庙去了，我不免也到上天竺走遭。（行介）你看山光泼眼，花气薰衣，逐队成群，游人如蚁，好一派繁华世界也！

【出队子】川原如绣，春入湖波碧似油。香车画舫尽句留，几处嗽嘈笙管奏?(指介)遥望琳宫缥缈,梵宇嵯峨,不觉已至天竺了。早听那洗涤尘心钟,鱼韵幽。

(下)(场上设香案签筒,旦扮大士,贴龙女,小生善才,净韦陀上。旦上坐,贴、小生分立两旁,净立旦后高处介)(丑僧上)一轮旭日上扶桑,钟鼓轰轰闹法堂。只为厌嚣才出世,谁知更比世人忙。小僧乃上天竺知宾法喜的便是。(向台下问讯介)列位檀越,你道我为何说这几句?只因俺这菩萨极灵,香火极盛,逐日烧香的、还愿的、求签的、随喜的、款斋的、待茶的,送往迎来,忙个不了。正是:菩萨有灵香火旺,山僧钞广道人肥。话言未了,香客又早到来。(末带童上)松窗翻贝叶,竹院落天花。(见介)和尚请了。(丑)居士是那里来的?(末)卑人朱瑶,特来求签的,望大师导引。(上香拜介)

【啄木儿】虔诚祷,敬谨求,再拜莲台深叩首。为宗祧一线犹虚,望菩萨慈悲福佑。念弟子平生信义兢兢守,更先人忠厚流传久。乞赐个克继家声孝友俦。

(丑递签筒,末摇介,签落地,丑拾介)呀,第十一签,上上大吉。(末起介,旦、贴、小生、净下)(丑付签条,末念介)老圃黄花放,秋光莫厌迟。门间高大日,毓秀在孙枝。求财得,失物见;行人至,讼事解;家宅吉,病人安。求子有,六甲生男。(童付香金,丑收下。末袖签条向童介)我们到湖上闲步一回去。(行介)(副净扮陈翰上)好将夜梦佳祥兆,报与同侪共展眉。(见介)(末)妹丈回来了?(副净)舅兄签语如何?小弟得个好梦来也!(末)愿听其详。(副净)昨夜三更时分,梦忠肃公相召,小弟即拜求子息,忠肃公说

【三段子】心田自有,兰和玉何须外求?真诚不苟,厚兼仁持身最优。为人若能如此,自然阆苑琪葩秀,自然老蚌明珠彀,伫看佳气充闾,瑞祯辐凑。

复取琼花一枝,上系明珠一粒,付与小弟,还说这枝琼花,原是朱瑶的,付你代为培植,谨记吾言,好生去罢。小弟再欲问时,被那童子一推而醒。看这梦兆,子是有的,只怕头胎是个女儿。(末)这也不然,花上系珠,据我看来,是个双胎的样子。愚兄求的也是一枝上上吉签。(取签条付净看介,看毕向末介)舅兄,我二人生同里闬,幼同砚席,今又同来求子,何不亲上加亲,预联姻娅?他日流传,也是一段佳话。舅兄以为何如?(末)愚兄心内也是如此想。(副净)既然两意相同,就一言为定便了。我与舅兄呵

【归朝欢】金兰契,金兰契,两心早投,鸳鸯牒,何妨预购?今后呵,开怀抱,开怀抱,解忧释愁。前面有座酒楼,何不去小饮三杯以消清兴?和你把金樽倒,倩湖山劝侑。(末)你看一带绿杨数株红杏,面山挹湖,是好一座酒楼也。柳垂垂黛浅眉痕瘦,杏溶溶粉腻腮霞逗。抵多少醉折花枝当酒筹!(同下)

第六出　济鸿

(末轻裘暖帽上,老旦扮陈氏,贴扮养娘抱儿随上)

【五韵美】朔风旋,彤云乱,看冰花片片凝庭院。听众口,丰稔纷夸操券。娘子看这场瑞雪,定是个大有之年,只一件,那些流民,纵明岁仓箱并满,怎救得目下饥寒?(婢捧酒上)酒暖了,请爷和奶奶小饮赏雪。(末、老旦对坐同饮介)官人,你看那株老梅,被雪一压,真是藐姑仙子,分外精神,岂世间凡卉可比?(末沉吟徐应介)便是。(老旦)酌金罍赏玉戏,应陶然,反恁般的兴致阑珊?辜负天公不浅。

(儿哭介)(老旦)养娘,天气甚寒,与官官添件衣服,抱往暖阁中去罢,还是那里温和些。(贴应,抱儿下)(末)娘子,我想富与贵人所共欲,卑人坐享祖父成业,食丰履厚,何等安乐!那流民当此严寒,腹馁衣单,何等苦恼!在强壮的尚可支持,那老弱的如何过

得？势必转于沟壑了。(老旦)官人何不量力资助些钱米，也是好事。(末)前日曾与妹丈商议，我二人合捐米一万二千斛，大钱五千吊，山柴三万束。大口每名白米五升、大钱二百文、山柴一担，小口减半。五日一放，按元亨利贞四处给发，待来岁春暖回去，另给盘川，现在于村外先搭芦棚数百间，免得入村骚扰。又恐人多粮少，我命朱义、妹丈命陈忠向朱陈二村挨户劝助去了，此刻不见回信，好生丢搁不下。咳，娘子，卑人此时呵

【五般宜】想着那受奇贫愁边怨边，想着那冒严寒风前雪前。一念及此，我怎忍高坐享琼筵，我怎忍深拥红炉，心舒体便？待援手生愁力单，不援手于心未安，好教我几度眉攒，怎把饥鸿保全？

(外扮朱义持算盘、帐簿上)此行非市义，随地辄生春。(末)你回来了，事体如何？(外)小人奉主人之命，同陈兄弟分头去问，家家喜助，户户乐从。我们这朱陈两村共有一千余家，也有出钱的，也有出米的，也有出柴的，共凑米三千五百四十七斛，大钱二千吊，山柴一千八百担，清册在此，请爷过目。(呈帐簿算盘，末看簿介，老旦下)(外)朱成去探听也回来了，说流民尚不足千人，所过之处，大肆骚扰，蔬菜柴草一空。朱成随即向为首的告知主人之意，兼说不可照前生事。他说我们也是安分良民，不过偶遇偏灾糊口无计，才出来沿途求食，也是万不得已。一路有积善之家与我们一餐薄粥，感激还感激不尽，还肯骚扰么！还有那些恶人一毛不拔，反把我们当盗贼提防，我们一来饥寒所迫，二来气他不过，作践他些蔬菜柴草是有的。若像你主人这样佛爷心肠，不特此时替他念佛，回去还要供他二位老人家的长生禄位呢。爷听这等言语，骚扰一层是不消虑的了。(末)人心本善，总是那一班守财奴弄坏的。这也罢了。这件好事得他大众帮扶，算来连回去盘川也绰绰有余了。

【尾声】合村高义纾人难，满腔愁绪一时删。童儿，打扫挹爽阁，焚

香笼炭，再吩咐厨上安排小酌送去，我还要与娘子小饮同看雪后山。

（外）主人进去了，我不免也去唤斋，众兄弟协力办理便了。（持帐簿、算盘下）

第七出　补缘

（生）三生石上旧精魂，似梦如烟费讨论。小生朱昌年。（旦倩妆上）为念我儿情脉脉，几番屈指计朝昏。奴家陈氏琼英。今日中秋佳节，陪过爷妈团栾家宴，晚安既毕，不免同官人步月一回。（生）娘子，我们不如去花园中挹爽阁上凭栏静玩，眼界一空，那才有趣呢。（挽手行介，作到登阁介）你看花竹参差，亭台掩映，夜色、秋光岂可辜负！

【点绛唇】绮阁疏寮，瑞烟笼罩，微风袅。丹桂香飘，潋滟清光浩。

【前腔】（旦）畅好翠袖凉招，博山烟绕，眠休早。如此良宵，况雕栏并倚人年少。

官人，妾身胎孕已足十月，怎么孩儿还不见来？（生）大约不出此月，总是要到的。只是小生有一句话要问你，一向不曾提起，此刻到要请教请教。记得那日同来村口，分路之时，说我二人是夙世夫妻，不可学那羞惭回避的俗套。小时候随姑娘来家，还与我亲热，及至后来，莫说与我见面，就连影儿也不能够望一望，只道永不理我的，谁知娶你过来，又依旧十分情好呢？（拍旦肩介）这是个甚么道理？你说么。（旦微笑仰视介）呀，你看天上云彩恁样好看，敢是月华么？（生望介）（旦）

【绛都春序】长空弄巧，似纷铺云锦乱叠霞绡。四围彩幔把蟾宫绕。想嫦娥正按霓裳调，蓦仙音随风缥缈，顿令人心神惝恍。听丁丁玉漏，不觉清影已转花梢。

（颦眉介）此刻似觉腹中微痛，莫非孩儿来了？我且去少歇片时,你也进来罢。(生)娘子先行,小生也就进去。(旦下)(生)我且到湖山畔闲步一回去。(作下阁行介)想我前身僻处海隅,今世托身福地,若非孩儿孝感格天,怎得夫妻父子仍聚一门!只是也该来了,好生萦念呵

【前腔】阎浮重到,幸今生眷属是夙世根苗。这来踪去迹谁能晓?只是我与娘子两人印印心相照。(内奏乐,金爪彩旗引小生状元服式,小旦凤冠霞帔同上,分下)呀,那不是二梅儿和媳妇么?怎瞥眼就不见了?恶,想是娘子分娩了,故先有此兆。翩翩的铃旗前导,更箫韶竞奏,喜一门骨肉①圆聚在今宵。

(婢上)恭喜大爷!大娘娘刚才转身不及,生个又白又胖小官人,正在收拾,外面报进来说舅爷家生了个姐儿。那姐儿是从天上来的,还带着凤冠,穿着霞帔呢。奶奶听了,喜的什么似的,说这两个小人儿也是一路来的,就顺手将大娘娘头上一枝如意紫金钗取下来,叫请大爷进去,换件衣服,到那边去道喜。把金钗带去,就将那姐儿定与小官人做媳妇呢。大爷快些来罢,奶奶等着呢。(生)知道了,你先去罢。(婢下)(生)果然二梅儿来了,可喜,可喜!(笑下)

第八出　联捷

(场上挂春晖堂扁)(外白须拄杖上)主宽奴仆拙,俗厚岁年丰。老汉朱义,与我那老伴儿今年齐头九十。伺候过四代主人,自家也孙曾五世。七十岁上蒙主人恩典,放我出去,整整安闲二十年,只因今日是太老爷生日,先在春晖堂家宴,后到集芳亭看花。我老汉终年在家,只今日必要进去,一来磕个头儿,二来也要帮同料理。(到介,看介)怎么这早晚一个人也没有?这一班新进

① “肉”,原文作“月”,据文义改。

奴才忒也懒惰了。(二童上)朱爹来的好早呵,在这条凳上坐坐,开碗茶你老人家慢慢的吃着,看我们铺设罢。昨晚请示过了老爷,说辰初太夫人先去观音阁拈香,回头才到这里,你听自鸣钟刚打卯初呢,其实不迟呵。(二童作洒埽设坐介)(外)

【清江引】向华堂把福寿图先挂,再摆列玉樽金斝。筵席要清佳,几榻须潇洒。(起铺毡介)待我把那绛红毡铺下者。

(作踉跄介)(童)看仔细,跌着不是顽的,还让我们来罢。(外)咳,心计灵便,语言雕巧,自然不如你们后生家,若说诚诚实实,赤心为主,你们比我可又差多了。(作四面巡看介)收拾端正了,我去请太爷,就磕个头儿。(童)在这里等着罢,老天拔地的,绕那些道儿怎么!(外不理,径下)(童指说介)老不死,老讨嫌,老厌物,老不达时务,好意奉承他,到惹起他的唠叨来了。(童)兄弟不要理他,你进去伺候着,我去暖起酒来,也就是时候了。(同下)(末、老旦上,生吉服,旦倩妆,童、婢随上)(末)老圃秋光莫厌迟,(老旦)果然毓秀见孙枝。(生)百花深处春如海,(旦)同舞斑衣献寿卮。今乃公公降祥之日,媳妇洁备春酒,以介眉寿。(生)爹妈请坐,待孩儿同媳妇拜祝。(末、老旦)生受你们,常礼吧。(童扶末、婢扶老旦并坐介。生、旦同拜介)

【孝南枝】(生)呈绮席,列笙歌,庭前袭人花气和。双双拜祝科,愿爹妈福寿多。(合)畅好的一门中祥瑞颇。

(同敬酒介)

【前腔】(旦)倾玉液,注金波,把流霞满斟金叵罗。双双拜献科,愿爹妈福寿多。(合)畅好的一门中祥瑞颇。

(老旦)孩儿、媳妇坐了。(生、旦告坐介,童斟生酒,婢斟旦酒介)

【前腔】(老旦)芳树外,翠阴挪,怡怡笑言颜未酡。金樽共进科,愿儿孙福寿多。(合)畅好的一门中祥瑞颇。

（末向生介）华郎去会试，怎还不见动静？（生）早晚也该有信了。（内敲锣喧闹介，外拄杖持报条上）恭喜太老爷、太夫人，哥儿高中第一名状元了！将来做官，连随去的我那小儿子、重孙儿，也要风光风光，乐煞哉，哈哈哈！（笑下）（老旦向旦介）华官儿今年十几岁了？（旦）十五岁了。（末向生介）我记得我是十八岁入学，你是十六岁入学，不料孙儿十五岁竟大魁天下，可谓强爷胜祖了。将来出仕皇家，再能干几件利国利民的事业，也就不枉你我一番期望了。（笑介）哈哈哈！（老旦）你们父子絮絮叨叨说的是甚么？孩子家年轻轻的，晓得做甚么官！没的教他去吃辛受苦，到是媳妇明儿家去，与你哥嫂商议好了，择下吉期，将孙媳妇娶过来，明年今日我又添上个重孙儿拜寿，岂不有趣么！说到此处，心内愈加乐了，再斟酒来。（生、旦敬酒介）（末）孩儿，我想孙儿呵

【前腔】年幼小，掇高科，能将国恩家庆拖。儿心乐自多，亲心乐更多。（合）畅好的一门中祥瑞颇。

（末向生介）我和你外书房去罢。（引生下）（老旦向旦介）我们也到集芳亭看花去。（旦应介）是。丫鬟，苔径甚滑，好生扶着太夫人，缓缓的走。（随老旦下）

第九出　归娶

（鼓吹仪仗、金莲宝炬，小生冠带乘马引彩舆上，绕场下）（末、生冠带，老旦、旦冠帔，童、婢、院子随上）（末）

【懒画眉】体适心安寿而康，佳境真同蔗味尝，喜孙枝新染桂枝香。（老旦）看金莲宝炬影辉煌，听乐奏仙音引道长。

【前腔】（旦）喜气葱葱溢华堂，把前世今生暗忖量，不知他新人可识旧姑嫜？（生）明朝家宴增欢畅，添对小凤雏凰捧玉觞。

（老旦）媳妇，我想娶亲旧例，皆是三朝庙见，老身心内急的慌，必须此刻看看新人才好。（生）孩儿与媳妇商议过了，进门拜

过天地,随即庙见,庙见后随即合卺,应过景儿,即命来陪侍爹妈,团栾家宴,母亲看可好么?(老旦)好是好极了,只是过于难为他们小夫妻,还是先行庙见,照常合卺罢。(生、旦)是。(生)院子,迎亲的快来了,一切齐备了么?(院)齐备了。(生)你可关照傧相,先行庙见,后入洞房。(院)是。(鼓吹仪仗、金莲宝炬引小旦乘彩舆,小生冠带乘马上。末、老旦并坐,生、旦侧坐介,仪仗分立。小生、小旦朝外拜天地,转身拜末、老旦、生、旦介,生送入洞房。金莲宝炬前引小生、小旦,仪仗随下)(老旦)媳妇,你这侄女儿比你还要标致些儿呢。(旦微笑介)(末)孩儿,真是你一对佳儿佳妇也。(院)请太老爷、太夫人、老爷、夫人后堂家宴。(末、老旦引生、旦下)(案上列花烛、金莲宝炬,引小生、小旦上,喜娘扶小生、小旦对坐介,喜娘撤金莲宝炬下)(小生)

【楚江情】凝眸细审详,花冠绣裳,珠围翠绕兰麝香。【香罗带】丰姿娇倩称明妆,对这雕楹琐窗、罗帏象床,顿教人前身猛忆,神暗伤。【一江风】咳,那时宝镜尘埋,那有重明想。今日呵,喜文鸳影又双,文鸳影又双。我此刻心内如梦如醉,似喜似悲。纵言语妙君房,也说不出此情况。

(小旦掩泪介)旧梦重圆,皆相公孝感所致!

【大迓鼓】天教一念彰,认今生父母,是前世爷娘。庭帏乐处恩波广,况加眉案又相庄。相公,你须要刻刻修身,酬答上苍。

(小生起介)新欢方永,那些旧事不提罢。若说小生呵,

【前腔】天恩讵敢忘!得乌私愿遂,凤侣情偿。夫人,你衷怀留待明朝讲。试听那催人同梦赴高唐,玉漏匆匆为底恁忙?

(挽手下)

第十出　遇侠

(仪从引小生冠带上)凤诏亲承下九天,朝衫犹带御炉烟。者

番莫挽狂澜倒，日昃忘餐夜废眠。（坐介，仪从下）下官朱培因，表字华卿，童岁登科，青年入仕。出使两回，开方一次，近承钦命督理湖工，只因高堂重庆，侍养需人，下官本待工成之后，上表陈情，争奈湖堤屡成屡决，故尔中止。就如这次堤工筑得十分坚固，下官巡视一回，也只说安澜永庆的了，不意夜间风涛大作，湖中有个怪物，似龙非龙，似蛇非蛇，乘着水势，将身一掀，湖堤霎时崩坍。曾记得上真命石公帮我斩蛟，想必就是此物了。下官到任许久，他怎不前来相见？恶，是了，彼此不知名姓，我又深居署中，叫他那里寻我！还是我到外边访他为是。童儿，取便服过来。（童携衣包上）主人出衙署，童子得徜徉。安排游酒市，打点逛茶坊。（代小生换衣介）随我出去，不许多言，若要相唤，只称相公。（童）是。（随小生下）（净布衣挂锤带剑上）

【新水令】苍天何苦辟鸿蒙，三十年恍然一梦。那里是骋扶摇九万里，只不过借游览寄萍踪。曾经南北西东，问有谁识俺的心头恸？

饱看燕山雪，痛饮吴门酒。五陵年少儿，轻薄非吾偶。俺家元彪，关东人氏，生有神力，幼遇异人，能平步水上如履坦途，俯视水底明察毫末，兼能乘风驭气，瞬息千里，因此轻财尚义，扶弱抑强，足迹遍天下。莫说知己难逢，就是寻常坦坦荡荡的汉子，在俺元彪眼中，也未见着半个，好不颓气人也！（指介）前面有所酒店，俺且去痛饮一回。

【折桂令】猛见那酒旆迎风，俺待做吸海长鲸、饮涧长虹，把垒块平浇、闲愁尽埽，打破也那虚空。也不去尊周服孔，也不去射虎屠龙，觑着个醉眼朦胧，博得个心志冲融。玉山颓，美酣酣展脚舒腰，逞甚么的那英雄！

酒家有么？（丑上）一竿帘影波痕蘸，四面山光黛色围。客官是饮酒的？（净）然也，可有好酒？（丑）小店有的是北地烧春，潞州老酒状元红、竹叶青，客官饮那一样？（净）把烧春打十斤来。

（丑）伙计，取十斤火酒来。（杂取杯箸、酒壶上）（净饮介）果然好酒！有甚么下酒物事？（丑）有有有，有白斩鸡、红曲烧猪头、锅烧羊肉、熏鸭子。（净）将羊肉、猪头取来！俺饮不惯小杯，再拿只大碗来。（杂应下，取上，同丑下）（净豪饮介）唉，人说酒能浇愁，怎么倒浇起俺的牢骚来了！（连饮介，作微醉介。小生带童暗上，听介）（净）

【沽美酒】俺只说懵腾腾万念空，懵腾腾万念空，怎倒钩起这闷重重？蓦然间塞满嵚崎历落胸，化光焰烛天红。

（童）这人好个汉仗儿。（小生）不要作声，听他说些甚么。（净）这场水患明明是条孽龙作祟，俺本待只手擒拿，又怕逃去遗害他方，俺故挺身见那管工人员，说明缘故，教他转达大宪，调五百名金鼓手截住上下流，好待俺一鼓成擒。可恨一班狗男女不理俺也就罢了，还说甚么若再倡造流言，就要严拿究办。那些废物止晓虚靡帑项，那管国计民生！闻说钦差自捐银米，安抚灾黎，虽然克己，可惜不能收揽英才。哎，俺一不图皇家官禄，二不要士民称颂，本待拂衣而去，怎奈元彪的性子，路见一人不平尚且拔刀相助，何况这上关国计下切民生的事件！做俺不着，等月明人静直入水底，寻着妖螭，斩下头来，血淋淋的掷向辕门，痛痛的数落他一顿，岂不爽快！俺且痛饮一回，酣眠一觉去也不迟。（拍案介）有理，有理！（唤介）酒家，（丑上）客官要甚么？（净）再打十斤酒，取一只羊腿来。（丑应下，取上，见小生介）相公是饮酒的？请里面坐，我去取酒来。（下）（净连饮介）（小生）踏破铁鞋无觅处，得来全不费工夫。（见净拱手介）元彪兄久违了。（净）尊兄请了！不嫌鄙俗，同饮三杯如何？（小生）当得奉陪！（对坐介）兄近况好么？（净）俺一身落拓，四海无家，一剑、双锤之外，别无长物，逢花即看，遇酒便饮，到也洒脱，只是与足下素昧平生，不知缘何相识？请问来此有何贵干？（小生笑介）元兄醉中忘记了，小弟朱培因，杭城人氏，与兄原是旧交，春间游学来此，只因洪水陡发，耽延未反，水势一退，也就回去了。（净）你道这水因何而起？（小生）不知。（净）那晚决堤俺曾眼见来，（小生）愿闻其说。（净）见一条赤蛟，那孽畜

【太平令】把头一举洪波川涌，尾一摆长堤山动，更无端风狂雨横，助着他牙张爪纵。俺呵，眼见得登时决壅，按锟铻怒气也那直冲，恨不立刻的将他断送。

今日晚间再也放你不过了。（笑介）哈哈哈！（又豪饮介）（小生）小弟与兄虽是旧交，兄的豪情侠气今日才略见一斑，意欲结为兄弟，未知尊意若何？（净）俺家秉性粗直，不善文言，若得如此，俺之愿也。（小生）小弟寓处颇为幽静，同哥到那里快谈罢。（向童介）还了酒钱。（童付丑收下，小生挽净手绕场行介）（净）

【煞尾】俺平生不受牢笼，只为要畅吐曲衷。看俺今夜呵，向沧波大奋神威，敢让那澹台勇！（下）

第十一出　斩蛟

（内作金鼓声，小生戎装领兵卒旗帜绕场上，立高处介）（净扎巾短甲提锤挂剑上）

【眼儿媚】一望那银涛风卷浩无涯，白茫茫何处觅仙槎？但见室庐漂荡、稼禾淹没，心内猛嗟呀。

当此夜阑更静，月朗风清，那孽畜那里去了？待俺去惊他起来。正是：不为封侯勤射虎，偶因平水特屠龙。（下）（扮蛟上场舞介）（净上，同小生立高处望介）

【红衲袄】你看他抖红鳞沸浪花，你看他逞横飞威力大。你看他铦锋利刃角孤叉①，你看他闪星激电睛乱射。他则待要混五湖成一

① “叉”，原文作“义”，据文义改。

家，怎知俺烂银锤劈顶挝？（跳下介）好一似那白练从空横刷下。哇，孽畜，少猖狂，咱来也。

（斗介）

【双灯舞宫娥】【渔家灯】俺踏鲸波那管步横斜，猛相迎似冤家路狭。笑他势汹汹舞爪更张牙，想是待将俺一口平吞下。【剔银灯】试看俺展双锤，分左右，似流星，点点的寒芒四洒。孽畜，【舞霓裳】也索是【宫娥泣】平日你那些无端撞着俺怎生得罢！

（蛟败，净追下。复上，斩蛟头，手提介）（小生下）恭喜哥哥，果然手刃妖螭了！（净）贤弟，俺

【尾声】仰代皇家乂安烝民，因此特诛他。今志愿已遂，俺呵，从今后向丹壁云涯，访菩提共证那无生话。

（掷蛟头，举手介）请了。（作势介）俺去也。（飞行下）（小生）哥哥转来，哥哥转来，呀！你看他头也不回径自去了。（内打得胜鼓，兵卒绕场唱凯歌拥小生下）

第十二出　同升

（小生便服上）丹桂曾经折日边，朝衫解却尚英年。重帏康健椿萱茂，虽未飞腾已是仙。小生朱培因，自乞养归来，可喜祖父母精神矍铄，爹妈身体安便，一门内泄泄融融，合村中浑浑穆穆。林下安居，瞬忽数载，不觉行年三十矣。咳，好匆忙岁月也。（坐介）（小旦倩妆带婢上）【捣练子】深院静，小庭幽，风漾珠帘戛玉钩。拂砌海棠红婉娩，怜他纤弱怎经秋。奴家陈氏云娥，人世重来，前缘再续。今日中秋，乃华郎三十初度，祖婆婆十分高兴，说今晚到天香榭玩月。因那里倚山面池，兼有数十株丹桂，且与月台相近，好待酒后去凭高望远，作个通宵之乐。刚才在景福堂席散，同婆婆到净绿轩看采莲去了，奴家一径回来，要同华郎再将曲稿斟酌一番则个。（见介坐介）华郎，奴家新制一曲，烦君点定，以备侑觞

之用，一来娱亲，二来与君祝嘏。（唤介）金莺、玉燕，可将曲本取来。（小生）多谢娘子！（丑、贴艳妆舞衣持曲本上，小生接看介）（小旦）你们舞态娴习了么？（丑、贴）演熟了。（小生）词清句丽，音平节和，不作靡靡之响，远过紫云之曲矣。（小旦）过誉了！夕阳已下，我们也到园中去罢。（同下）（末、老旦、生、旦、小生、小旦、丑、贴，二童捧壶盏随上。末、老旦并坐，生、旦送酒介）（老旦）孩儿、媳妇坐了。（生、旦对坐，小生、小旦送酒介）（旦向小生、小旦介）你们也坐了罢。（小旦向旦介）婆婆，媳妇新制一曲，名《花月长春》，还有二婢兼工舞态，如祖婆婆不嫌聒噪，唤来承值。（老旦）我老人家是最喜欢听歌看舞的，快些唤来。（小旦）是。（唤介）金莺、玉燕，可好好的按节舞来。（贴、丑应介）（小旦唱，小生吹笛，合丑、贴舞介）

【六奏清音】【梁州序】遥天清旷，素晖溶漾，丹桂香浮绿醖。说甚方壶圆峤，人间自有仙乡。【桂枝香】嘹喨歌喉啭，蹁跹舞袖扬。【排歌】欢无极，乐未央，恰逢月满更花芳。【八声甘州】花前玩月情愈畅，月下看花兴倍长。【皂罗袍】月和花气，花争月光，仙乎宛在瑶台上。【黄莺儿】愿高堂东王拜贶，同享寿无疆。

（内）天上月华了，快请老太太出来看，哟！你们看云彩里还有人呢。（小旦起望介）呀，果然月华了。（老旦）我们同到月台上看去，那里又爽亮，又空阔。（引众同下）（二幡童引贴仙装捧玉瓶，四杂扮仙童执彩云随上，绕场行介）

【江儿水】碧海青天路，空蒙问几千，乍御风真觉泠然善。看金波穆穆银河浅，明珠历历繁星掩，正桂魄盈盈光满。呀！今夕中秋，嫦娥又在那里按霓裳舞了。你听袅袅清音远，递广寒宫殿。

【半剪梅】月袂风裳紫霞绦，广袖微飘，杂佩轻摇。琪花斜压翠鬟娇，世外丰标，别样苗条。小仙螂嬛仙史是也，籍莅芸华宫中，共有二十四位仙史，分为六司，小仙乃文林司四史之一，今奉本宫主法旨，接引朱培因拔宅飞升。（童）听说周甲才度世，怎么竟早了一半呢？（贴）只因他居官清正，居乡敦厚，上帝降敕，不但朱培因拔宅飞升，还挈带这一村内永无饥馑疫疠之灾、夭折之苦，可见天心仁慈，争奈众生愚昧何！

【玉交枝】堪叹痴愚迷恋，闹攘攘尽名牵利缠。怎知那荣枯一例俱流电，逞刁狯枉坏心田！况苍苍明察如镜悬，奈蚩蚩播弄尤机变。未回头广积罪愆，到回头孽积怎填！

（童）前面是西湖了，望去水软山温，与蓬莱岛又是一个境界。仙史，你何不禀明仙子，也化身去游游呢？（贴）咳！

【川拨棹】阎浮世夸靡丽斗腥膻，不过是镜中花幻艳虚妍，镜中花幻艳虚妍。我们做仙人的也有偶尔落劫，也有化身游戏，全在定力。若根基浅薄，定力也就不坚了。一经堕落轮回辗转，那就黑茫茫苦海无边，更惊涛恶浪颠。那时呵，倩谁将宝筏牵！

（贴）已到朱陈村了，果然与别处不同，另有一种和融之气。（童指介）仙史，你说神仙全在定力，不事纷华，怎么他们也在那里大启琼筵，清歌慢舞哩？（贴）童儿，你那里晓得

【前腔】他虽是按新声厂绮筵，恰非同纷华自便，恰非同纷华自便，是代莱衣戏彩亲前。看他们此时可称事事美满，毫无缺陷的了，如不是天符下召，只怕不久的也就有一位狠阎罗不见怜，鬼门关去着鞭。

（童）仙史，瓶中何物？（贴）他们虽数合飞升，尚是凡胎，故仙子赐以琼浆，人饮一盏，立刻就伐毛洗髓了。（童）原来如此。（同下）（幡童，贴引末、生、小生、老旦、旦、小旦仙装，四杂执彩云簇拥上，绕场行介）（贴）孝子

【前腔】敬你一念真诚金石坚，羡你三代同升极乐天。似淮南拔宅飞仙，似淮南拔宅飞仙。蹑青霞啸傲云烟，任优游不记年，永承欢没变迁。

(小生)仙史,念培因当日呵

【前腔】只想得遂瞻依志愿,偏讵料苍苍格外怜。感天恩浩荡无边,感天恩浩荡无边。不特许天伦再联,把微名宝笈镌,耸凡身竟上天。

(内作乐介)呀,此刻下面尚香烟缥缈,鼓乐喧阗,恰是何故?(贴)那是你昔年监工之所斩蛟之后,年岁丰登,商民乐业,合境捐资为二公建造生祠。你望那高耸耸的亭子里,不是你的德政碑与石公的斩蛟记么!每逢斩蛟之日,合境商民烧香演戏,公祝二公福祐。(小生)惶愧!

【前腔】想当日监湖工奠安澜,总是那元兄代刊,总是那元兄代刊,斩妖螭奇功独建。今日他们如此,倒教人增汗颜,倒教人增汗颜。

请问仙史,那石忠臣现在作何归着?(贴)他斩蛟之后就证果仙山,上帝敕为湖督,血食此方,每年此日至湖上巡察一遍。今因孝子飞升,先在清虚岛拱候,所以不在此间。(小生)妙吓!(合)

【尾声】黄泉碧落随心现,升沉莫谓总由天,试看这不炼金丹也作仙。

(彩云簇拥从高处行下)

海山终古郁苍苍,幻出鱼虾为底忙?

尽有忠臣和孝子,是谁遗臭与流芳。

精诚已见天旌下,龌龊空知世网张。

垂戒一编花雨散,几人把酒看登场。

——《小蓬莱传奇》十种本,上海藻文石印社1900年版

丹青副[1]

提纲

（末上）

【满江红】莽莽云山，何处吊荆高故冢？看不尽银黄金紫，当时眼孔。并世未能逢伯乐，骅骝那辨驽骀宠。想草茅埋没几英雄，无人懂！　　机先兆，华胥梦；根预伏，顽儿弄。哭风波平起，惊心澒洞。宾客满堂夸济济，此时肝胆知谁共？怎酬恩，乃出狗屠侪，堪悲恸。

第一出　梦谶

（末道装执拂上）尽是名徒与利徒，争夸人物出通都。岂知一隙边隅地，竟有昂藏两丈夫。俺北海孔文举是也。寄籍三清，放情五岳。辽阳偶过，不同化鹤归来；下土遥观，恰似蜉蝣扰攘。能非一类，只得二人：一个是宦家子武承休，襟怀豁达，好士轻财；一个是山野夫田七郎，真诚孝子，血性男儿。他二人过去因中有一段未了之果，必须指引。梦神何在？（丑扮梦神执镜上）一片昏铜镜，能教万象形。只因常看梦，赢得眼长醒。（见介）仙真呼唤，那边使令？（末）烦你将武承休、田七郎二人未来之事，向武承休梦中现示一番，好待他降心结纳。（丑）领法旨。（下）（末）前日徐孝直遣童相招，不免往东海走遭。回头尘世迥，长啸海天孤。（下）（生扮武承休带童上）

【破齐阵】【破阵子】过眼繁华似梦，惊心岁月如流。【齐天乐】隋

---

① 原文此处有“东海刘清韵古香填词，古僮钱梅坡香岩较订”。

苑莺花，秦淮烟雨，那兴致消磨八九。几何时已到中年候。【破阵子】觉百感纷来不自由，金樽聊散愁。

放眼乾坤小，何人是孔融？座上客常满，樽中酒不空。小生武承休，关东人氏。叨生富贵之家，不染纷华之习；懒交当路，喜赋停云。四方既联袂以来，一例总倾襟相接。昨因日长人倦，约几个好友共作春游，这时候也该来了。（向童介）酒盒可曾齐备？（童）齐备多时了。（生）元相公为何不见？（童）他晓得公子今天要早出游，代小的们催客去了。（生）你到厅上伺候着。诸人一到，即来报知。（童）是。（下）（生起步介）你看园内春光这般明艳，想那郊外更自不同。为何诸友此刻还不见来，等得我好生烦闷！（坐介）

【捣练子】昨折简，订朋俦，今朝夙驾共春游。怎恁的教人延候久？

（呵欠介）一时困倦起来，不免隐几盹睡片时。（伏案睡介，作入梦起介）（童上）有客来拜，请相公出迎。（生急行介）盍簪朋友谊，倒屣主人情。（丑上，见介）武兄请了！久仰大名，特来敬谒。（生）不敢。请问上姓尊台？光降敝庐，有何见教？（丑）子交游遍海内，惜无肝胆之士。有一人可共患难，特来相荐。（生）此人系何姓名居趾？（丑）东村田七郎是也。（生）念承休

【玉交枝】虽然鄙陋，论心源尚非下流。羡孟尝好客名传后，因此上致朋侪缟纻相投。今既然贤士在郊邱，愿敬陪杖履相依就。（丑）即此同往便了。（同行介）弄依微晴云影浮，斗蒙茸春芳色柔。

（生）远远望去，一片汪洋，更有一般恶焰腾起，是个甚么所在？（丑）那是冤海，其中不知沉溺了多少世人。倘遇此厄，朱提能解，牢记！牢记！老夫足力欠佳，失陪了。（径下）（生）呀！老丈走了，无人指引，怎好？（迟疑介）东村田七郎，既有村名，径去访他便了。（绕场行介，四望介）怎么一个行人也没有？不要管

他，待我一直走去。(忽惊介)呀！眼前为甚恁般昏暗起来？

【前腔】正朗天明昼，怎霎时间烟浓雾稠，黑漫漫不辨东西走？更添上冷飕飕刮面风遒。眼前现这般景象甚因由？好教人如真似幻难参究。哎！本相期同心是求，又何期迷津误投。

(徘徊介)想是走入冤海了！进既不能，退又不可，将来作何归着？(呆立，忽笑介)哎！我好糊涂！适才老丈明明说

【摧拍】遇艰危难寻路头，掷黄金斯能解忧。我且试一试看。(探怀取元宝投介)果然有些意思，较先时明亮许多了。待我再狠狠的掷他一掷，(两手捧元宝双掼介)妙呀！顿分明豁眸，顿分明豁眸。(外白须上)(生)那边来的好似叔父模样。(外喊介)你将银钱这等泼撒，待我取回。(低头拾银。内扮巨狼冲上，衔外下)(生惊哭介)呵哟！叔父被狼衔去了，痛杀我也！(丑、末、小生上)(生望喜介)好了！好了！诸兄快来，救俺叔父性命。(丑、末、小生不理，同下)(生)你看他们头也不回。(哭介)我那叔父呵！叔父哟！你惨祸身罹，怎能得抽？我痛泪腮横，怎能得收？(副净武装乘马佩弓箭上)(生见喊介)快来救命哟！快来救命哟！再片时残命难留，须急救，莫夷犹。

(副净)小弟虽然佩带弓箭，只好是个样子，其实本领平常，此事不敢承教。(生)望将弓箭借我一用。(副净不应，径策马下)(生望呆介)有这等事！这些人皆我平昔至交，受过好处，怎到此刻，莫说没一个挺身赴难之人，就连关切神情也一毫不见？咳！

【前腔】似今朝情休义休，枉平时恩侔德侔。我多般苦求，我多般苦求，他们竟陌路相逢，视等悠悠！俺只合舍此微躯，虎口亲投。(掖衣揎袖急行介)再片时残命难留，须急救，莫夷犹。

(内净厉声介)俺来也！(生立住，望介)好了！那恶物被一壮士赶去，眼见得叔父无事了。(狼上绕场跑。净追介)(生)壮士留名。(净)俺田七郎是也。(追狼下)(生望喜介)可喜那孽畜被壮

士打死。（狼复上。净追上，狼扑净倒介。净暗下）（生惊介）呵呀！（狼复扑生，坐原处介。狼下）（生梦喊介）呵呦！唬杀我也！（醒介，作定神看介）好一场恶梦！待我想来。（想介）东村田七郎。（童上）诸客到齐，立等公子同行。（生）我一时身子不快，请元相公陪着逛逛罢！（童应下）（生）我想此梦必非无因。正待将梦中景象凝想一番，被这蠢奴走来打断。且不要管他是真是假，留心细访便了。若果真有此人，七郎，七郎呵！俺

【尾声】不特和你沥胆披肝意气投，还共你誓生侪、盟死俦，才不负这梦寐中结神交、关休戚的友！（下）

第二出　慈训

（净扎巾短袄提鞭佩刀负虎上）

【锦缠道】莽踏着乱巉巉苍岩翠峰，遥见那绝壑走虬龙，是长松纷拿旋舞西风。又见那黄滚滚白漫漫滃然满空，是青山弄蹊跷吐气如虹。哎，想俺田七郎草野里论英雄，岂输他武二都头勇。既为人在宇宙中，纵不得奇才大用，也休教七尺负吾躬。

闭户奉慈亲，与世无争竞。绕屋白云封，当窗青山映。野味可承欢，村酒堪称庆。慈孝两相忘，自率天真性。俺田七郎是也。祖贯登州，只因先人在辽左为官，遂寄居这长白山下，打牲为业。今早得了这只大虫，不免回家去罢！（下）（老旦白发布衣上）断杼韶光短，含饴乐趣长。要离惟有母，好勇亦无妨。老身陈氏，夫主姓田，早年亡过。单遗一子，名唤七郎，待老身倒也孝敬。更兼媳妇贤能，孙儿伶俐，尽可享些安闲之福。只是一件，孩儿性子不好，一见不平，便惹闲气。也曾狠狠的教训几番，争奈遇事即忘，为此放心不下。（仰视介）日头过午，七郎也该来了。（旦领贴扮童子上）自屏铅华存本质，不知城市有新妆。（旦）婆婆。（贴）奶奶。（旦）天色不早，收拾午饭，婆婆吃罢！（老旦）我还不饿，等等

七郎。(贴)我刚才在门外望过,还没影儿呢!(老旦向旦介)前日有一过路军官,一见七郎,十分欢喜,说埋没了可惜,劝他投军,巴个前程。若论孩儿本事,一个武官也还做得。只是老身单有此子,舍不得叫他远离;况做了官,这身子便是皇帝家的,就不能娘儿们天天聚在一处。外面瞧着好看,岂知心里有多少说不出来的难受,所以老身于那些荣华富贵,再不羡慕他。

【普天乐】漫说是做高官,膺厚俸,五鼎列,重茵拥,媳妇,须知那烈烈轰轰,争如这泄泄融融。任春秋夏冬,俺一家儿团栾乐,仰靠苍穹。

(旦)婆婆说的是,媳妇也是这等想。(贴)娘,你前天嫌捣衣石小,不中使。孩儿昨日到山脚下寻了半天,才拣了一块好的,搬在井边,也不知合用不合用?(扯旦介)我同你看看去。(老旦)小小人儿不许说谎。(旦)婆婆,这孩子果然有些蛮力。我今早到井上汲水,看见老大一块石头,也不知他是怎么弄来的?(贴)孙儿不说谎么!(净上敲门介)豹儿,俺来了。开门!开门!(贴开门介)爹爹来了,奶奶正等你吃饭呢!(净进门放虎见老旦介)娘亲。(老旦)七郎,今日回来为何恁迟?(净)不要说起!孩儿今早入山,打了这只大虫。正欲回来,忽见对山有个金钱花豹,射了一箭。那孽畜负箭而逃,俺空赶了一程回来,那大虫被邻村李三儿拖去。俺向他索取,那厮硬说是孩儿赖他的,俺因记挂娘亲,就回来了。你道可恼不可恼?(老旦)东西已拿来了,恼甚么?你吃饭罢!(旦捧饭、贴执壶上,斟酒团坐介)(净)俺在路上想,那军官之言不为无理。孩儿意欲前去投他,好博分五花官诰,也教俺娘——(旦)婆婆不喜欢这些话,你不提罢!(老旦)咳!儿呵!你看做娘的(指发介)

【古轮台】这鬓霜浓,精神衰迈体龙钟,为人子的,也当时时风木防悲恸。况你又无三兄四弟,独立孤身,怎只把功名事横亘胸中?

从今后你养志承欢，膝前长侍，（指贴介）那门闾高大付儿童。（净）孩儿原不忍远离，端为娘亲起见，既不喜欢，俺就不去了。（连饮介）争奈孩儿生来粗猛，遇不平眼内难容。（作怒容起介）俺前日入城见一事，回来足足气了几日。那时若不为牵挂老母，恐贻忧患，俺便将那万般隐忍，千般按纳，冲天豪气，（作势介）一吐借钢锋。（老旦）哱！畜生！胡言乱语，说的是些甚么？（净、旦、贴同跪介）（净）儿知悔，望娘息怒恕愚蒙。

（老旦）媳妇、孙儿起来。（旦、贴同起介）（老旦）畜生！你爹爹去世那时，你刚刚三岁。好容易抚你成人，娶了媳妇，生了孙儿，看目下光景也该我享几年福了。谁知你凭仗血气，惹事生非，屡次教训，毫不知改，今日越发满口胡柴！咳！（掩泪介）似此行为，怎免横祸？（净叩介）（老旦）你可晓得养亲养志？为你这种性子，做娘的不特日间刻刻悬挂，连夜间梦魂也不安，你还想去做官！俗语说的好：求忠臣于孝子之门。似你这等行为，难道就算得个孝子么？（净连叩介）娘亲言语，孩儿再不敢违了！（大哭介）若再不改，任凭娘亲处置，只求娘亲放怀。（老旦不语介。旦、贴同跪介）（贴）求奶奶息怒，饶过爹爹罢！（老旦）你们总起来。（净、旦、贴同起介）（老旦）孩儿、媳妇，可知我是六旬以外的人，不想甚么荣华富贵，只指望跟着你们过几年安闲日子，就心满意足了。（起向净介）儿呵！可晓得

【尾声】饥能无馁寒无冻，淡饭粗衣也自供。（净、旦合）愿百岁长在慈亲覆荫中。

（老旦）随我进去。（同下）

第三出　访梦

（生上）

【玩仙灯】虽未睹容光，已一片精神先往。

小生武承休，只为田七郎三字横亘胸中，数月来多方访问，并无知者。昨偶有个王山人，说他事母至孝，不单是个血性男儿，我即托其介绍。山人说他近因母训，不肯与人交往。若要他来，自然不易；我去访他，似难拒绝。不知今夜怎恁的睡不着？（仰视介）天尚未明，且再去打个盹儿。（下）（丑巾服上）惯伴酒徒倾巨盏，也陪诗老上吟坛。虽然不是风骚客，（指巾介）妆点斯文赖此冠。区区元术通，现任武公子第一等门客的便是。俺自幼读书，五经未完即开笔作文，把那些烂考卷东拉西扯撮凑成篇。只说不过聊免父师督责，谁知连那文宗竟被俺也瞒过了，冒冒失失的进俺一个秀才。（笑介）你道有趣不有趣呢？俺想这顶头巾已属徼幸，尚讲什么中举中进士，且他们巴结上进的为官作宦，尚要操心劳力，何如俺这做门客的安闲？人物虽不能出众，本领虽不能济事，那主人翁看俺孔老夫子面上，也不肯过于小看，比他人讨便宜了许多。再加上俺脸是老的，腰是软的，嘴是甜的，漫说是舍己从人，也算得个以身殉道。（内）你是极红的了，遇着好差使，可挑挑我们穷朋友。（丑）今非昔比哩！（内）这是为何？（丑）他近来心上另换一个稿子，我今日还要充当地军呢！（内）所犯何罪？（丑）只因他要访一个人，不带童仆，以表诚敬，少不得要陪他走走。（内）这等说，今日访的必定是第一等豪门华胄了？（丑）不是。（内）青云贵客？（丑）也不是。（内）难道是富商大贾么？（丑）越发不是！（内）毕竟是何等人物？（丑）是个山中猎户。（内）这等差使讨他做甚！（丑）你那里晓得好其所好、恶其所恶是俺做门客的要诀。虽然吃点辛苦，两边皆要记俺第一头功。闲话少说，天已大明，且到厅上打听打听。（欲下，生上）（丑笑迎介）承翁出来了！（生）你今日起来恁早？（丑）知你单身出门，特来奉陪。（生）怎好重劳你，还是在家内安逸些。（丑笑介）我虽安逸，只怕你就劳碌了。平日间坦途大道尚要奴仆相随，何况走这幽僻山径。第一牲口要人照应，二来路上也好谈谈。听说这位朋友自处甚高，倘若不能款浃，也好就便从中凑泊凑泊。真是一举三得，不必踟躇，趁早走罢！（同上马行介）（生）

【懒画眉】一鞭催动紫骝忙，入望云山恁渺茫。（丑）承翁，你看朝霞甫上，晓雾犹浓，那边一带村庄，宛如在碧纱帐一般。我与你按辔徐行，一快游瞩。（生）漫说是寻常郊野旧风光，就是那蓬壶仙景也无心赏！（丑）你看他那马走得好快！竟像腾云驾雾一般，再也赶不上。（喊介）承翁，缓行一步，等等老通。（生立马介）你道这马走得快呵！我尚恨他不及平时足力强。

（策马行介）（丑急追，堕马介）呵哟！呵哟！跌杀人了！（生复回介）你怎这等不济事？连马也不能骑，快些回去罢！（丑扒起，上马介）说那里话！就拚着这一条命也要去的。前面皆是山路，可要缓缓的走，跌下来不是顽的。（生）好一个辽阔地方！

【前腔】杳无人迹恁荒凉，只有那拔地参天黛影苍，斯衬着飞泉落涧响琤淙，辨不出伊人门径何方向？（丑鞭指介）那边有个小小村落，想必是了。（生）峰缺处露出黄泥一带墙。

（同下）（生策马急上）好了！被我一辔头放到了。（下马，拭汗回望，笑介）那老元落后，连影儿也没有了。且在树根上坐着等他。（向场角拴马，坐介）（丑急上，自语介）那里是访朋友，分明是奔命！（朝前远望介）（生）你紧走一步，也好累我等这许多时。（丑下马，坐地喘介）跑得我上气不接下气，你还嫌迟呢！（生起，缓步眺望，指介）你看那一带有好几家人家，不知那一家是的。（丑）那家有个小孩子出来，问他定然知道。（生）说得是。你在这里等着，我会过七郎，再来与你同去。（丑）我知道。（贴上）呀！好大马！（见生介）你们来这里做甚么？小心着撞见大虫，拖去没人偿命的。（生）小哥，借问一声。（贴）你问谁？（生）此处有个田七郎？（贴）是我爹爹。（生指介）那家是的？（贴）那尽东边的门便是。(生下)(丑慌,四望介)他去了。俺一人在此,好不害怕!(贴)你怕甚么?(丑)我怕老虎。(贴)不妨事,有俺在此,他敢来!(丑)小哥,你同我饮马去,我明日带花棒槌①给你顽。(贴)俺不稀罕。(丑)你要甚么?(贴)俺喜欢刀枪弓箭。(丑)这个我家里多着哩,下回再来带一大抱送你好吗!(贴上下视丑介)(丑)你尽着看我怎的?(贴)俺看你鬼头鬼脑,不像个好人。这些话多半是哄俺的。(丑笑介)我若哄你便是你老子。(贴)哇!(打丑倒介,丑喊介)打死人了!(贴笑介)这样东西,还要讨人便宜,俺田豹是好惹的吗!好好的叫俺一声,俺便饶你。(丑)小兄弟。(贴)哇!(丑)小哥哥。(贴欲打介)(丑)小爷爷,饶过儿子罢!(贴放手介)(丑起身,向贴揖介)得罪,得罪!还求你同我饮马去。(同下)(生上)

【前腔】看疏篱紧接小桥旁,掩映那萝壁茅檐一带长。当门寂寂卧花尨,双扉静掩无声响。(举手,复止介)我欲待轻敲又住将。

(老旦上)因怀跨灶子,当作倚闾人。豹儿!你望望你爹爹来未?这孩子那里去了?(开门介,生见介)田七郎在家么?(老旦)客官是买虎皮的,还是买野味?(生)不是买货物的。小子武承休,特来造访,烦你老人家代说一声。(老旦)小儿入山去了。(生)原来就是老母。(揖介)失敬了!俺承休

【前腔】竭诚特地造仙乡,为久慕茅容姓字芳。今朝拜母喜登堂,愿慈云普覆矜愚戆,许贱子得与贤郎列雁行。

(老旦)小儿入山,不定三五日或十余日回来;茅檐草舍,不便款留,贵客请回罢!(闭门下)(生立门外,徘徊介)

【前腔】无言默默自筹量,他拒绝来人为那桩?恶!多应是奇珍蕴椟谨收藏,等闲不许人欣赏。咳!老母!老母!岂不辜负我一片

① “槌”,原文作“搥”,据文义改。

殷殷渴慕肠。

（丑上做鬼脸张笑介）撞了钉子了！俺说非俺老通不可！（见介）承翁为何这般光景？待俺与你——（欲敲门，生止介）适才见他令堂，说七郎入山去了，不定几日回来。（丑）怕是托词，问那小子便知。（生同立场角介）（丑）小哥快来！（贴上）（生）你爹爹入山几时能回？（贴）俺爹爹每天五更入山，向午回来。（指介）那来的不是俺爹爹么，待俺迎上去。（下）（净上。贴负人熊、弓矢随上）（净）牧竖樵童为伴侣，抑强扶弱是胸怀。（生立望介）呀！

【前腔】彪躯凛凛恁昂藏，如电双瞳烂有光，颐方口阔剑眉刚。（净）豹儿，先家去罢！（生）声音洪亮如钟撞，纵懦夫一见能教意气扬。

（迎上见介）小生武承休，久慕大名，特来敬谒。（丑趋前足恭介）壮士请了！幸会呵，幸会呵！（指生介）这位是四海驰名的小孟尝武公子，慕兄英武，特地而来。（净）不敢。敝居不远，即请光临。（丑）待我牵了马同去。（净）拴在那里不妨。（同行，到介）（净敲门介）开门！开门！（贴上开门介）（净）烧壶茶来。（贴应下）（净）贵客请坐。（同坐介）（净）不知贵客来此荒村，有何见教？（生）敬仰英贤，专诚拜访。如不见弃，愿结断金之好。（净）俺山中一莽夫，何敢当此错爱？（丑）不必过谦，辜负公子美意。（内唤七郎介。净应下，取酒肴上）村酒山肴，不堪供客，勿嫌简慢。（生、丑）打搅不当。（净送生、丑酒，同饮介）（生）请问田兄，贵庚几何？祖居何处？有何人口？现在作何生理？（净）俺今年二十五岁，祖贯登州。先父在日，始寄籍此地。一家四口，老母妻子外，别无眷属。每日入山打几个牲口，是俺营业。（生）细观吾兄眉宇气概，当折冲万里，飞而食肉，决非久居人下者，打牲非长策也。今日俺与兄

【前腔】面虽初识早心降，宛似那久别的良朋会异乡。（袖出银介）

这些些微意，权代做一餐甘旨奉高堂，愿兄笑纳无多让。（起执净手介）饮德醉心，十分饱饫，日色矬西，小弟就要回去，明日呵枉顾还祈早赐光。

（丑作倦态介）（净）贵客所赐，本不敢辞，只是某家不敢自专，待禀过老母，再来奉覆。（持金向鬼门唤介）娘亲。（老旦内应介）外间言语，我已尽悉。适睹公子面有晦纹，必遭奇祸，今无故赠人重金，其心叵测。富者报人以财，贫者报人以义，恐将取死报于子矣！你可将金送还，婉言回覆。（净）孩儿理会得。（生听介）

【前腔】赠金事本属寻常，有甚么叵测人心不可量？无端惹起说灾祥，恐将索报防奢望，故此原璧仍教返故囊。

（丑冷笑，向生介）偏生这老婆子有许多做作，不要理他，我们走罢！（生不应，自语介）贤哉，母也！（净上，持金送生介）老母说，多多拜上贵客，厚赐心领。茅檐草榻，不敢屈留大驾，叫俺明日登门致谢。（丑催介）天色不早，快走罢！（生复执净手，留连介）田兄！明日务祈枉驾到舍谈谈。（净）承命。（丑连催介）（净）果然不早了。（生向净拱介）不消远送，就此别过罢！（净）恕不送了。（下。生回望介）（丑）快些走，前面还有许多山路，黑了难行。（生）我正在这里。（鞭指介）

【前腔】匆匆分手恨斜阳，（指丑介）为甚你也杜宇催归恁地忙？（背介）况我来时并未强伊行，（转介）是你谆谆固要同相访。看你适才神气，似大有不足之意。我此刻才晓得你这副赏识英雄的俊眼，也似那一样裁诗有别肠。

（丑）不要嘲笑了，快些赶路要紧。（生含笑策马急下，丑随下）

第四出　惊耗

（生带童上）

【传言玉女】为底忘言，只觉意欢心忭，少须臾便把衷肠细展。

小生武承休，与田七郎订交之后，虽彼此推诚，争奈他遵母训，执意不肯在舍下久住；更兼性介，所有赠遗，一丝不受。也曾到他家去数次，又恐误其生计，不便盘桓。今大雪封山，料他无事，正好邀来畅饮数日。（唤介）童儿，昨儿请的客那几位？（童）杨、沈二位相公、王山人、李神仙共四位，其余都辞了不来。（生）今日虽是戏酒，与平日不同，不用拨菜、献盏、谢赏那些仪注。可知我与田爷

【啄木儿】心期近，礼节宽，把那琐碎繁文一概免。你去传语厨夫，洁珍馐水陆俱陈，列佳蔬早晚同拈。你再把那鸾刀象箸相随荐，深杯满注休教欠。西斋榻上铺陈另换，好待我与田爷醉后倾谈抵足眠。

你再去传语院子，拨个妥当人，备两匹快马。（视天介）天色不好，可将雨衣、风帽带去。戏酒摆在园内三宜堂，便饭就在厅上罢！（童应下）（生）前日王山人送来蒙顶茶，不曾尝过，我且去品茶相候。（下）（小生、副净巾服上）（小生）

【西地锦】为赴良朋佳宴，暂抛黄卷青毡。（副净）糟邱莫谓无韩范，看吾秉钺登坛。

（末、小净上）（末）

【前腔】白眼懒为顾盼，青松爱与盘桓。（小净）聊凭幻术矜奇变，反叨人唤神仙。

（见介）（小生向末拱介）征君久违了！（末）请了！杨兄何往？（小生）去赴武兄之约。（副净向小净介）老李，今日武公子招你变戏法，你可知他的条规么？（小净）在下不知。（副净）演得好赏以有贝之才，演得不好罚以有才之丁。可说几样，给你大爷听听。（小净做身势介）大爷放心，在下绰号李神仙，回来就演几套神仙戏法何如？（副净）报来。（小净）顷刻花、逡巡酒、剪纸化蝶、

吐饭成蜂。(副净)还有呢?(小净)画上美人歌舞、席上壶盏自行,好吗?(副净摇头介)也不见得。(小生)武兄候久了,我们去罢!(同下)(丑上)一时失计欠思量,高兴同他访七郎。咽得半盂藜藿饭,至今腹内尚肠荒。区区元术通。自信工于逢迎,老于世故,谁知近来人心各别,花样不同。去年陪公子去访甚么田七郎,那不过是图他喜欢,那里真个看那村夫在眼。谁知他一见面,便是见着他的七代先灵一般,也没有那等恭敬。就那日始,将我元老通渐渐疏远起来,不知何故?再加那村夫倒会假清高,送银不收,送物不受,请他不来,就该罢了!更可笑的,公子费了一片精神,端相了他的身材,工工致致做了一身梭布衣服。好容易将他请来,苦苦留他住了一宿,等他睡着了,暗暗换上。穿了家去,第二日依然原帖打回。隔了数日,又叫我将元宝两只送去,仍怕不收,只说兑换虎皮。银子虽是收了,不料那老婆子走了出来,竟正颜厉色的责让起来,说甚么勾引不怀好意,唠唠叨叨,琐碎一个不了。吓的区区一口气跑回来,直言拜上。只说这可恼准了,岂知这没气性的倒不住口的"贤母,贤母"。先前还是村夫一个,近来连那老婆子也实心实意的敬重起来。今日又名班演戏,广召宾朋,大开筵席,这也由他。且去假张罗张罗,回来落得享受。(喊介)人来!(二童上)元相公做甚么?(丑)客快来了,天气甚寒,炉里多添些炭,鼎内焚上香。(童笑介)你老也看看再说;炭是才添的,香是公子教不焚的,怕混了水仙、蜡梅的气味。(丑)茶呢?(童)你听风炉内翻滚滚的响呢!(丑)好办事妥当。(童向丑作鬼脸介)(末、小生、副净、小净同上)(丑迎介)诸位台翁来了!(向童介)快报!(童下)(生上,趋迎介)请了!小弟因大雪严寒,没甚消遣,有外省新到的名班,特约诸兄与田兄作个平原十日之饮。(众)当得奉陪。(副净向生介)望兄将这位田七翁性情品格略述一二。(生)小弟与他

【啄木儿】交虽浅，信恰坚，论为人不止同欢堪共难。只是一件，他性刚方疾恶难容，气粗豪不善周旋。也非关承休一己私心袒，少刻来时，料诸兄也必恨相逢晚。田兄童年失怙，其太夫人大有断机画荻之风。那日一见，方晓得子令皆由母氏贤。

（丑转身匿笑，对副净低语介）粗豪有之，刚方则未之见也！（众）

【三段子】屡扰杯盘，今日乐新知又叨陪盛筵。得瞻斗山，对英雄难免中怀自惭。（末）斯人岂可凡情限，恰似那行空天马辞羁绊。况从来出类拔萃之俦，那眉目间神气，另自有一种迥不犹人，教人赏叹。

（丑笑，对末拱介）听征君这番议论，晚生不特长了无穷学问，且与世事人情大有裨益。（生不悦介）此等人物，当如九方皋相马，其空群处，在牝牡骊黄之外。若以常情论之，无非一村野汉子，何足取哉！（末）武君之见，正合鄙意。（向小生介）杨君素有知人鉴，待七郎来时，请以法眼辨之。（内）好大雪！好大雪！每天下的是鹅毛雪，今日下的竟是巴掌雪。若下到明早，至少也有两丈深呢！（生起视介）果然好大雪！七郎正在路上怎好？（丑缩颈介）真个好大雪！不惟雪大，兼且风猛。想七翁还有一刻。何不放下毡帘，弄点小吃，再将班子里小孩子叫两个来，唱个小曲，先乐一乐，诸位台翁以为何如？（生笑介）老通，我说你俗，你心里还不服。只有卷帘赏雪，从不见下帘避雪。你这见识，可不与那背山起楼一样杀风景么？（丑笑介）是、是。敬请主人示下，好待老通如式办理。（生）可拿个果盒，烧个暖锅，围炉赏雪，岂不有趣！（丑笑介）真真高雅之极！（童取酒上。杂扮家丁上，抖颤介）好冷！好冷！（生）田爷来了么？（杂）不曾来。（生）为何不来？（杂）小的在半路上撞见田爷邻人，说田爷为争猎豹，打死人命，三日前自首入城去了。

(生听呆,忽倒介。众喊救介)(生醒,长叹介)哎!七郎!(起作态,唱介)我

【归朝歌】正待你,正待你,冰花共看,怎晓得你身沉狴犴。吓得我,吓得我,四肢软瘫。(向杂介)一面传语院子,速备黄金百两、白银五百;一面火速备马,我要立刻进城。急友难,岂容怠缓。(众)雪大风猛,如何去得?(生)莫说这连天风雪无须惮,就是那成林刀剑何妨按?(童)公子尚未用饭。(生)不消。(丑)既不吃饭,有现成热酒在此,饮几杯也好挡寒。(生)咳!术通,我此刻就有那玉液金浆也懒下咽!

(向丑介)你与我好好作东。(向众介)诸兄且自消停,宽住几日。等我与七郎回来,还要与诸兄畅饮哩!(拱介)小弟失陪了!(急下)(末)义士!义士!(副净)痴人!痴人!(丑)天已午矬,请诸位台翁到三宜堂看梅花、观演戏罢!(副净)老通,你不要过于高兴,只怕你那东翁正在那里"雪拥蓝关"哩!(丑)且自由他。(向众介)这正是合着那两句:我有一言君应记,世间自取苦人多。此之谓也!(同下)

第五出　探监

(生雨衣雨帽,末蓑笠策马同上)

【哭相思】超乘踏冰凌,趱程期,俺怎顾的这风狂雪劲。

院子,天该几时了?离城尚有多远?(末)天色傍晚,到城还有十多里。(指介)那前面不是十里店么?看来只好在那里住一宿,明早乘冻走,也不用起五更,过早了城门未开,也是白站着。(生)今晚务赶进城去。(末)公子早晨未吃饭,且到店中喝钟酒,随意买点东西,吃了再行。(生)使得。(末)来此已是,店家有么?(杂上)雪大行人少,天寒酒价增。客官请进来。(生、末下马,进介。末与生掸雪,复自掸介)好冷!好冷!手都冻僵了。店主人,

你去弄盆火来。(杂应下,取火盆上)(生)快拿酒来,我们吃了好走。(内应介)来了!(杂执壶提灯上)客官要到那里去?(末)城里去。(杂摇头伸舌介)这样狂风大雪,一望白茫茫的,高低不分,白天尚且难走,何况黑夜!你们莫当顽意儿,离城还有十多里哩!(生沉吟介,末斟酒介。生执杯欲饮又停,长叹介)咳,七郎!

【红衲袄】俺与你订金兰尽意诚,你为甚寄俺家将信音?俺若早知这些儿小事何难靖,怎致你七尺拘挛落陷坑?俺道路上策金鞭马不停,你监牢里伴囚徒遭凌竞。偏偏又值这等天气!**凛冽寒威你怎的支持也,俺只觉暖帽轻裘尚冷不胜。**

(掩泪向末介)俺也不饮酒,你吃饱了就走罢!(杂)天色晚了,路上不好走。俺劝你老人家胡乱住一宿,急也不济于事。(向末介)你看这等净路雪。我这小店,每天挨挤不开的人,今日自早至晚,只得你两个,再也没有第三个。还是住的是。(末作看生神色向杂介)不妨事。此处离城不过十里路,赶定更天也到了。(向生介)只是公子不曾受过风霜,恐怕冻伤贵体,田爷知道也是不安的,不如在此将就住一宿罢!(生)不妨,不妨!俺不冷。(上马同下)(杂立望,点头介)这两个人一准要跌在雪堆里冻杀。正是:不听好人言,凄惶在眼前。(叹息下)(丑扮禁子上)只说朝廷大,谁知狱吏尊。白金刚入手,黑夜便追魂。在下辽阳县一个牢头的便是。今晚天寒雪大,四爷不来查监,俺也去喝钟酒,早些睡他娘一觉。(欲行又止介)前日有个田七郎下在监中,看他像是一条好汉,不曾难为他,谁知数日连鬼也不见来问一声。若再几天没动静,俺也就认不得甚么英雄好汉了!(生策马急上)可喜赶进城了!(末)来此已是牢门。禁子哥有么?开门!开门!(杂)半夜三更,是甚么人敢在此等所在大呼小叫?(末)有武公子来候朋友。(杂)胡说!你敢醉了?(末出银介)这是足纹十两,请你权且收下。(杂)此刻不是时候,明日来罢!(末)今晚务必要见,还有好话同你说哩！（复送银介）求你开一开。（杂接银，颠介）也罢！俺担点干系，放你们进来。只不许大惊小怪的，连累俺家。（末）知道。（杂放门，生、末进介）（生）田七郎在那里？（杂）俺去带来。（下）（带净锁肘上，生迎抱哭介，生拭泪向杂介）你与田爷开了肘锁。（末取银介）不要作难，这是二十两头，权作茶敬，将来还有厚赠。（杂）看公子分上，与他开便了。（开介，背语介）看他不出，倒有这样好靠山。还是俺主意高，早头不曾难为他。（欲下）（生）回来，还有话说。（杂）还有甚么说？莫非要带他出去吗？这可不能遵命了！（末）休得取笑。（生）你可收拾一间洁净房屋，与田爷暂住，再备桌酒饭来。（杂）不消公子费心，狱神堂里有现成床铺，酒饭俺去叫小牢子送来。（下）（生执七郎手介）则被你痛杀愚兄也！（净）公子请自保重，事已至此，惟望公子怜恤老母，俺就死也瞑目了。此非公子久停之处，天冷夜深请回寓罢！（生）贤弟之言差矣！（杂捧壶盏上。末接斟，生、净对坐饮介）（杂向末介）老哥，同俺喝一钟儿去。（生）将壶放下，你们去罢！（末同杂下）（生）贤弟！

【前腔】你纵把万金躯自看轻，你也应念高堂当暮景。咳！贤弟，虽是你干人不屑硁硁性，须知俺视你如胞款款情。乍听你入囹圄五内惊，今见你体安然心始定。贤弟，劝你耐性宽怀暂自禁持也，莫说这点小事，就是那事大如天也有俺一力承。

（净掩泪介）公子待俺如此，使俺杀身难报。夜已三鼓了，请公子回寓安歇。明日更望遣人安慰老母，以免牵挂。（生）俺进城一径前来，不曾寻寓，就在此间与你同宿，不出去了。（末提灯上）床铺收拾好了，请田爷、公子安歇。（生起，挽净手介）俺同你到那里欹枕谈心去。正是：炎凉看世态，生死见交情。（末提灯引下）

第六出　庆寿

（生上）

【点绛唇】弥漫难降，豪情一往。元龙莽，未熟黄粱，且自消停相。

小生武承休，自代七郎完结官司之后，不觉冬去春来，瞬息半载。可喜他近时与我十分款洽。今日是贱降之辰，诸亲友屏轴寿仪，数日前俱已送到，想他今日也必到来。只他山野之人，不喜束缚衣冠，更兼我爱朴诚，人憎粗率。在我跟前面谀者固多，腹诽者应亦不少。因此所有宾客，一概老通代为酬应，我只在小斋中与他欢谈纵饮，彼此洒脱。（坐介）童儿，你去外边候着。田爷来时，可请如兰室坐，不必到厅上去。（童应下）（生）天下岂无周穆马，世间只好叶公龙。（下）（净担酒盒上）愧乏千金贶，全凭一味诚。俺田七郎，因今日是武家哥哥生辰，将着这鹿酒，前去拜祝。虽然礼物轻微，聊表俺家敬意。来此已是，不免径入。（童上）田爷来了，公子候多时哩！请这里坐。（代挑酒盒前行介）（生上，笑迎介）贤弟来了。（童放担，禀介）这是田爷送来寿礼。（生）怎教贤弟破钞？童儿，快将田爷的酒暖起来同饮。（净）你兄弟不曾备甚么礼物，只有老母手制鹿脯一盘，新笃家酿一瓶，聊以将意，望哥哥勿笑轻微。（生）多承贤弟，更兼伯母手制，承休何以克当！（净）哥哥请上坐，待做兄弟的拜祝。（生笑介）不必不必！我们竟饮酒罢！（净）哥哥说那里话！今日是哥哥的千秋，没甚么好物事孝敬，难道头也不磕几个吗？（拜，生答拜介）（净）哥哥请上坐，好待兄弟敬酒。（生坐介，净送酒介）

【清江引】捧金卮把家酿恭呈上，祝语高声唱。愿哥哥绵绵福寿长，愿哥哥隆隆富贵昌，更愿哥哥心志安娱体健朗。

（生立饮介）生受贤弟，请坐！（净坐介）（生）童儿，取只磁盎过来，待我回敬田爷。（童斟巨盏，生送净酒介）

【前腔】注金波浅色娇浮盎,有福宜同享。愿贤弟高堂庆体康,愿贤弟佳儿立志强,更愿贤弟早觅侯封及少壮。

(净立饮介)多谢哥哥。(同坐介。生)弟以盎饮,兄以盏陪。(二童斟酒。生、净连照干介)(生)二人哑饮,未免寂寞。愚兄新纳二姬,颇娴丝竹,贤弟不以为嫌,唤来侑酒。(净)任凭哥哥。(生)传语后堂,令花、柳二姬前来承值。(童传介,二旦艳妆带婢携乐器上)(生)过来见了田爷。(二旦拜介,净起立拱介)不敢当,请起,请起!(生)贤弟坐了,好待他们送酒。(净坐介,二旦送净、生酒介)(生)你二人可将"金雀内竹林"一套缓缓的唱来。(二婢合乐,二旦唱【六奏清音】介)斯文宗匠,放情游荡,寻个偷闲适旷。浮生如寄,何须着意奔忙?笑杀红尘客,行踪类触羊。虚名纲,薄利场,雁飞不到最堪伤。须知为韩智士从松子,绝胜似云梦将军死未央。两疏机见,鸱夷泛航,翻身跳出红尘浪。问兴亡,封侯拜相,今日在何方?(净)好一个"封侯拜相,今日在何方"!(与生照干介。唱【长拍】)看种种花芳,种种花芳,重重酒酿,花情酒债堪偿。当花酌酒,把花枝摘取,扑冬冬击鼓催觞,花艳酒卮香。向百花深处,把酒樽开赏。今朝共饮中山酒,明日花飞又那厢?花酒可解愁肠,真个是酒浮花色,一团春盎。(生)好一个"花艳酒卮香"!(与净照干介。唱【短拍】)月上东墙,月上东墙,人游蓬厂,最可人星明月朗,人月两相当。看今月团圆,曾经照古人观赏。醉人儿扶归象床,又喜得穿窗月色照人清爽。(生、净连照干介。唱【尾声】)意欢欣,情舒畅,携手同登不夜堂,且安排再整壶觞。(生、净同赞介)好,好,好一个"意欢欣,情舒畅"!(净作醉态,大笑介)好!好,好,好一个"意欢欣,情舒畅"!"封侯拜相,今日在何方"!(向二旦介)二位也乏了,去歇歇罢。俺们喝几钟,也就散了。(生)你们且进去。(二旦带婢下)(生举盏介)请!(净)俺吃不得了,哥哥请。(生自饮介)林儿,你们将新学的太祖长拳打一套，与田爷醒酒。有不是处，就求指点。（二童打对拳介，净起看介，佩刀忽出鞘鸣响介，净失色介）呀！（生惊介）是甚么响？（净）是俺这刀啸声。（生）是何宝刀？愿借一观。（净拔刀，生接看介）果然是口宝刀。你看寒芒闪闪，冷气森森，将人面色都照青了。只不知这刀是家传，是买来的？还是时常鸣啸？还是偶一作响？响时主何休咎？（净）俺老祖公公曾为边将，购之异国。若有边警，他就先期出匣鸣啸，屡验不爽。家传数世，倒也不曾鸣过。（叹介）今日忽然如此，当去杀人不远矣！（不乐介）（生大笑介）死生命也，灾祥数也，不必挂怀，且自饮酒。童儿，换热酒来，我与田爷痛饮几杯。（净纳闷介）哥哥请，兄弟酒够了。（生笑介）我看你平时是个海阔天空的汉子，为何今日这等不达起来？且请宽怀，不消远虑。（照杯介）干！（净勉强饮介，生复照杯介）干！（净执盏长叹介）咳！不是兄弟多言，阻哥哥兴致，惟愿哥哥亲君子远小人，或可无事。俺若不是哥哥拯救，早已身死多时，今日之身，虽老母亦不能代为爱惜。（起，背掩泪介，转介）哎！倘有不测，你兄弟

【前腔】也非关念慈亲暮景无人养，也非关念微躯顾惜生惆怅。愿哥哥留神细察详，怕身边有奸人暗伏藏。若不呵，为甚俺这钢锋出匣铮铮的响？

惟愿哥哥一生顺适，即老母与兄弟之福。（坐介）（生）未来之事亦难预测；权且丢开，仍须畅饮。（对饮介。净醉伏案介）（生）彻去筵席。（起挽净手介）同你花前散步一回去。（同下）

第七出　祸萌

（丑艳服醉态上）

【双劝酒】体儇性佻，生来波俏。弥瑕宋朝，天然通窍，更仗心机灵妙。色衰时不愁追罪余桃。

在下武公子宠童林儿的便是。蒙公子千般爱惜,万种包容,所欲从心,有求必得,是府中第一等得时人物。莫说同辈的不敢向俺呵口气,就是那些门客执事人等,也要不时的巴结巴结,这也不在话下。听说大相公娶的新人十分美貌,一向不曾看见。适才书童说独自在园中看花,俺不免去书斋里等着,乘便弄个巧宗儿,有何不可?(点头笑下)(旦倦态带婢上)绿蘸窗痕春困早,红铺帘影梦回初。奴家何氏,小字婉卿。幼生华胄,长适名门;怜笃翁姑,爱钟夫婿。当此兰闺寂寂、桐院愔愔,不免操琴一曲,以消永昼。侍儿,取焦尾来。(作见瓶花介)这是那里折来的?(婢)好叫大娘娘得知:东边有个花园,还是太老爷手里造下。先时也不怎样,后经老爷改造亭台,添栽花木,收拾的像天宫一般。大娘娘何不随我去看看?(旦沉吟介)恐有人客来往不便。(婢)今日公子在厅上宴客,园内连个人影儿也没有,逛逛怕甚么?(旦)是真么?(婢)是真的。(旦起介)我们去去就来。(同行介)(旦)果然好座花园。(忽立介)手帕忘记放在妆台上,你去拿来。(婢下)(旦且行且唱介)

【上林春】缓步生香莲印小,循幽径曲栏回绕。(内作鹦鹉声)客来了!(旦望介)蓦闻帘外传呼,是雪衣娘故意将人懊恼。

你看依山接水,连宅背堂,真是静悄悄一个的清幽所在!(仰视介)“如兰室”,这里想是公公静室。外面恁般精雅,里面必更不同,且进去看看。(欲进介,丑急上迎揖介)不知娘子光降,有失远迎,恕罪恕罪!(旦惊退介)侍儿,这里有人,回去罢!(丑笑拦介)娘子难得到此,请宽坐,待小子献茶。(旦怒介)你是何人?胆敢无礼!(丑)娘子息怒。俗语说的好,“既来之,则安之”,那有空回之理?(欲拉旦,旦惊避介)(婢上)我那处不寻到,原来在这里!(递手帕介,旦)快些回去!(欲行,丑遮介)那里去!你好好儿的同俺去说句话。(婢)林儿,作死呵!你道是谁?这等放肆!(向旦介）大娘娘，不消气得，待我去告知老爷，要他狗命。（丑）哇！贱丫头！俺便不能打你么？（拉打介，婢喊介）（生缓步上）呀！何人在此大呼小叫？（立听，作怒容介）人来！（二杂上）老爷有何吩咐？（生）速去书房，将林儿拿来，我在厅上立等。（下）（丑失惊，放手跑下。旦、婢下）（生上坐介）可恼！可恼！大胆逆奴，竟敢如此无礼！（二杂带丑上）禀老爷：林儿拿到。（生）为何恁迟？（杂）小的知他与吴家交好，必往那里躲避；果于路上捉来，故此耽迟。（生）将他拖下去，一顿乱棍打死！（二杂拖丑，丑抱生膝，跪哭求介）小的一时酒后失心，罪该万死，求老爷看平日情分饶命。（生）逆奴！可记得

【摧拍】那年时漫天雪飘，你冻倒路旁，战兢兢衣单服枵，惨惨呼号，惨惨呼号。我闻声恻隐，你才得这一条狗命重叨。赍发盘川，令你回去，你说不愿还乡愿服勤劳。谁知你胆把身包，快与我拖下去，速捶死，莫轻饶。

（二杂拖丑下，打介。生立看介）着实打！（末上）禀老爷：二太爷说，林儿罪虽该死，不可擅杀。特差奴才带去，送官处置。（生）这等逆奴，只消一顿乱棍罢了。既二老爷要如此办，你就带去，务要将他处死。（末带丑下）（生）取酒来。（童应下）（净负鹿上）（生）贤弟，为何多时不来？（净）你兄弟这几日结伴入山，猎些牲畜，为此不曾来看哥哥。昨日射了一鹿，肥大异常，特地将来与哥哥下酒。（生）贤弟，你缺少使用，愚兄这里尽有，劝你改了业罢！（净）你兄弟蒙哥哥深爱，近来手头甚是宽绰。若白闲着把岁月虚度，岂不可惜！（生）贤弟虽是正言，愚兄意不在此。（童捧酒上）（生）将壶放下，待我们自斟。你去叫人将鹿拿往厨下，命庖夫炖成脯子，留待晚间下酒。（童应下）（生、净对坐饮介）（末怒容介）忙将官事坏，报与主人知。（生）你回来了？（末）小的回来了。（生）林儿如何处置？（末）不要说起！小的将他锁着进城，路

过吴家门首。恰恰吴赖在那里站着,林儿一见便哭喊求救。他将俺拦住,向林儿道:“我的乖乖,莫怕莫怕,有我哩!”便问小人:“他犯甚么事?”小人只说偷盗钱物,他说:“这点小事,你回去告诉主人,看我面上饶他罢!”小人尚未回答,那林儿抢着说出许多不堪入耳的言语,小人也不敢学。那吴赖登时拍手大笑道:“这头绿帽既带上,岂能取下?”又说几句文话,小人只记得甚么“艾豭豨猪”。即叫小人将林儿留下。小人不肯,他就大怒起来,叫他家人拿名帖一同前去,说:“林儿,你不用害怕,可将方才言语见官直说。那知县不敢难为你。”比及到堂,果然县官偏向,说:“你主人不该勾引人家俊仆,辱由自取。”将林儿付他家人带回。(生)知道了,你且退去!(末下)(生)吴赖,吴赖!

【一撮棹】俺与你水米两无交,因甚的随口妄诙嘲?哎!他人便容你逞矜骄,俺武承休岂惧你轻薄小儿曹!也知县官与你往来甚密,只怕在公堂上便交情十分好,若你情屈理亏,那贪官也无计把谎包。

(净忽怒目直视,忽举杯连饮,忽俯首沉吟,忽大笑拍案起介)哥哥不必着恼,此等恶人岂能久活?你兄弟即日便要出门,急切不得回来与哥哥聚首,俺与哥哥到园中去高谈纵饮,作个竟夜之欢,以尽平生之兴。(生)甚好。(同行介)(生)一天愤借良朋解,(净)五内悲从老母来。(同下)

第八出　赴义

(净佩刀,持绳索、扁担提酒瓶急上)

【集贤宾】走关山荡风兼冒雨,俺为甚恁奔趋?只因武家哥哥,平遭祸横,激得俺怒吽吽誓把奸除。待酬他义重情深,怎顾得俺母老儿孤?猛然间抚躬独自语,呵呀!俺若将那贪官杀了,那搭儿安放雄躯?罢!罢!只愿此去刀头能取办,不争俺便死也两眉舒。

俺田七郎，只因武公子屈意纳交，俺娘说他面有晦纹，必遭奇祸，教俺不要亲近，故他虽近俺，俺不近他。不料后来俺打死人命，多亏他上下打点，方得无事。复与俺结为兄弟，十分亲厚。那时俺娘说："受人知者分人忧，受人恩者急人难。汝发肤受之武公子，非我所得爱惜，但愿公子终身平善，即汝之福。"岂知哥哥近来因逆奴林儿，大为贪官恶绅所压。林儿虽被俺杀了，武家叔父又被那贪官当堂板责，气愤身死。俺要剪除这贪恶，为哥哥报仇。登州总镇是俺童年八拜之交，故此将老母幼子送去，托付于他。星夜回来，只是俺娘呵！

【逍遥乐】想童年孤露，俺娘就湿推干，含辛茹苦。及俺长成，几曾有甘旨相娱？止不过野膳山蔬。岂知衰病余年，更为这不孝顽儿泪眼枯，毕世里怎报慈乌？枉说那，(放声大哭介)寒温须揣，饥饱须探，动止须扶！

(拭泪介)俺豹儿哟！

【上京马】可怜你不知饥饱的七龄雏，怎当得去岁离娘今失父？况俺又单户独门亲属无，孤伶伶地异人殊。儿呵！只不过更为命的祖母，长看作掌中珠。

一路行来，已到东村地面。

【么篇】俺抬头猛一看怆然愈恻楚，那茅檐刚认旧时庐。急欲呼娘来叩户，一凝神老亲何处？(掩泪介)俺这望云的忱悃，只合向梦中输。

这是长白山了。你看半山里这株大树，轮囷攲侧，颇碍行人来往，何不将他砍去？况俺正须山柴使用，就将他当仇人看，有何不可？(作砍介)

【金菊香】权把这杈枒老树当做恶人的颅，利刃轻挥演习诸。(笑介)你看恁般大树,只一刀竟拦①腰两段,谷碌碌滚下涧中去了,好个彩头!凭着俺胆雄气雄力莽粗,刀闪处谁敢当吾?那时拿住贼子,浑不费些儿气力,直易似那拉朽摧枯。

(束担介)柴已有了,不免取过酒来,痛饮一回。(取瓶倾酒,饮介)

【柳叶儿】频把那旧椰瓢烧春满注,(醉介)挨着这冷山隈醉眼眯觑,(忽起介)恶森森冲冠怒发根根竖。(复连砍树,大笑指介)你看这硬帮帮丹枫,须臾间,已放倒了几株,何况那脆松松一个贼无徒!

(闲行,四望介)好个大瀑布!俺且去将刀磨一磨。

【浪里来】遥望白茫茫飞泉似龙样舞,巧凑着滑溜溜石梁横着处。(拔刀磨介,拂拭看介)呀!这精芒直似雪霜铺,刀呵,刀呵!本待你斩千军破万马助俺把威名远布,怎教你作小试枭除贼蠹?只是一件,怕奸贪滥物把你净光污。

想哥哥此时必定笑俺是贪生怕死之人,负义忘恩之辈。哎,哥哥!你岂不知俺田七郎的为人?

【高过随调煞】俺本是山野夫少俦侣,自从蒙你拯救,俺便视你如同气重友于。你家有种种横祸,俺怎肯旁观袖手不关渠?将林儿杀了,怕连累着你,故此情形如陌路。你不知就里,定悔当初,枉结识俺这无义徒。哥哥呵,哥哥呵!少不得你明朝便悟,看俺一腔热血兀的洒平芜!

(立望介)残霞隐树,暮霭笼山,且到那岩洞中权宿一宵,免得招摇耳目。正是:黄泉无客店,明夜宿谁家?(下)

① “拦”,原文作“阑”,据文义改。

第九出　泄愤

（净扮樵夫担柴上）俺田七郎，要替哥哥报仇，故挑这担柴，乘着进水草空儿，方好混入衙中，一径前去便了。（下）（副净扮吴赖上）

【字字双】生来小子肉多麻，自大；况又胞兄做四衙，得架。招摇撞骗任胡拿，不怕；欺人每每弄波查，一霸。

俺吴二老爷吴赖的便是，大老爷吴良是俺哥哥。一向与武家林儿交好，甚是亲热，可恨不能到手。幸他犯事逃来，算生平第一快心了。叵耐武承休那厮，暗中买人将林儿杀害，俺随即叫人告状。县上将老武当堂责打，杖下身亡。俺想老武的命岂能抵得林儿，必须小武同抵方可泄恨。昨晚进署与县上当面关说，他因俺平昔与他招揽些买卖，他只得以情答情，就满口应允，又留俺吃了一夜酒。此刻俺要回去，等他送俺时再叮嘱一番，催他赶办便了。（丑扮县官上）

【前腔】无才动说印难抓，假话；坐堂便把面来花，吓诈。穷民告状没钱搭，滚下；口碑一任闹喧哗，笑骂，笑骂！

（见介，对坐介）（净挑柴上，放担拔刀直前介，众惊散下。丑跑，跌场角，抖颤介。净拿住副净介）贼子！你今日

【捣练子】行狭路遇冤家。（举刀介）俺太山压顶你怎拦遮，（杀介）早一颗驴头滚下也！

（众持械上攒斗介。净自刎，倒地握刀仰卧介）（众）凶手已死，快寻老爷！（众满场喊找介。一人忽见丑，喊介）老爷有了！（众）在那里？（杂）在毛厕坑里哩，快救，快救！（众拉介）（丑）饶命，饶命！（众）凶手死了，请老爷前去验看。（丑）可是天打杀的？可知我老爷福大。（丑远看，怕，倒退介）（众）这是死人，老爷怕甚么呢？（丑）恶！是死的吗？（复前看，净崛然跃起，杀丑，提人头

跑下。众惊,乱跑介)快跑,快跑!不要也被杀了!(一人忽立住介)莫跑,莫跑!那人提着老爷的头,(望介)原来又倒在街上了。(众)死人杀活官,奇事,奇事!且将尸身抬过一边,再作道理。(抬尸同诨下)

第十出　感恸

(生素服戚容上)

【凤凰阁】事堪奇诧,无妄从空掉下。刚逆奴身殒恨平些,又官府贪赃枉法。叔父这样冤死,俺一腔悲愤无泄处,怎生甘罢?

小生武承休,原要将逆奴乱棍打死,争奈叔父怕打擅杀人命官司,致弄出许多懊恼,依旧人亡财散。(末持帐簿上)禀公子。(呈帐介)这是出用银钱总帐,这是二老爷事上收戚友的礼簿,请公子过目。(侧立介。生先看帐,后看礼簿毕,低头沉吟,复从头再展簿,细看,向末介)这簿上人名有漏上的吗?(末)不曾。(生)为何不见田爷名字?(末)田爷自林儿犯事后就不曾来。数日前曾差人请他与公子解闷,回来说门户封锁,邻人亦不知去向。连日因公子有事,不曾上禀。(生掩簿介)我此刻心绪不安,你且拿去。(末应,持帐册下)(丑暗上,听介,生叹介)想我一生好客,知交遍海内。前次儿子娶亲,送礼的不算,亲到的尚有三千余人,怎叔父这件大事,适才看那簿上,送礼的固是寥寥,亲吊的竟不满千数!世态炎凉,不料竟到这般地位!咳!别人罢了,难道田家贤弟也是这等不成?(丑做鬼脸介)(生)我想他决不如此!那林儿或者是他杀的,怕连累着我,他故绝迹不至。然那林儿纵是他杀的,亦无人指名告他,他与我往来,有何妨碍?多半是怕牵累,故尔移家远避。哎!七郎,七郎!俺不料

【莺足一封书】【黄莺儿】世事有争差,热肠儿枉自赊,真诚一片终虚话。武承休,武承休!你好痴也!何须怨他,是俺目花,只应抉

出双睛也！这等看来，林儿决不是他杀的了。漫胡拿，漫周遮，笑杀人怎把梦影迷离苦认煞！

（丑点头笑介）好了，明白过来了！（生闷坐，忽失声介）武承休，你错怨了人也！（起介）

【前腔】他义气薄云霞，路见不平，尚争闲气，何况是我的事，肯旁观袖手耶！林儿一定是他杀的无疑了。只他携家远避，匆匆得庇何人厦？倒教我愁添闷加，心如乱麻。你既要行此事，为何不对我说明？想是怕我拦阻，以致我三番两次生疑讶。呵呀！（掩泪介，顿足介）任批拉，任搔爬，一般是无影无形没处抓！

（丑拍手介）完了，又糊涂了！（生）院子速来！（末上）公子有何吩咐？（生）你多差几个妥当人，四①处察访田爷消息。一有的信，速来报我。（末）是。（生下）（丑向末招手介）管家你来，你来！（末）元相公做甚么？（丑）公子唤你何事？（末）叫差人寻访田爷下落。（丑）你差人不差？（末）公子吩咐，如何不差？（丑）据俺主意，将盘川缩上腰，隔几日回不知下落，就完了事，（拍末肩介）岂不好吗？（末）休得取笑。（下）（丑指骂介）退财鬼，退财鬼！这样现成钱，总不会使。（向台下介）列位听者：俺元老通做门客本领是数一数二的，谁知年来被个田七郎，将俺闹得头昏脑闷，险些儿这个饭碗都被他耸脱了。俺近来心里又是恨他，又是感他：恨是夺俺的红，感是亏他打死人，俺去帮着调处，整整的落了大银五锭，公子还夸俺能办事。近来那村夫不知怎么溜了，若为武家势败起见，（笑介）那见识可就不及俺元老通多了；此时正是发迹之秋，岂可走得！明是有情义，暗是浑水好拿鱼。这也怪那村夫不得，他那能见得到此。闲话少说，老武事上俺狠狠的捞了一把。连日匆忙，不曾录得数目，且将帐取出来，计算计算。

---

① “四”，原文作“曰”，据文义改。

(摸袖惊介)不好了!(哭介)俺的命没有了!(满场寻介,拾帐起看,大笑,打跌介)好了,好了!有命了!(向台下团拱介)丢人,丢人!这是俺做门客的真情实景,少笑,少笑!(下)(末急上)公子有请。(生上)你为甚慌张?(末)昨日听人传说,县官同吴赖被人杀死。今日小的儿子从城里回来说,那吴赖正与县官关说林儿事件,忽一樵夫挑柴入署,抽刀欲杀县官,县官躲开,竟将吴赖杀了,亦自刎而死。这还不奇,及至县官出来看验,那死尸崛然跃起,拿住县官,一刀砍下头来,提在手里,跑到街上,这才倒地真死了。公子,你道奇不奇?(生)果然奇事!你可知那刺客是谁?(末)公子试猜是谁?(生)这从何猜起?(末)那时小的儿子正在城中,随众人去看热闹,一眼望见那樵夫竟是田爷!一手握刀,一手提着人头,二目圆睁,恶狠狠的竟与活人一般。(生直视不语,忽失声大哭倒地)(末惊喊介)元相公快来!(内)元相公出去了。(末扶生起介)(生)早知今日,哎!贤弟呵,贤弟呵!我正

【山坡羊】望君来机宜同划,莽无端凶音飞乍。你血淋淋肝胆相酬,渺茫茫魂魄何方化?多应是作残霞,散海角与天涯,引得俺泪向西风常洒。堪嗟,卜宅同居愿枉奢;非夸,埋骨青山好伴他。

你速去寻着元相公,一同进城,多带金银,广寻门路,务将田爷尸身领回收殓。再叫你儿子领着堪舆,到长白山选一块两穴吉地。(末)公子要两穴地何用?(生)不必多言,速去办理。(末下)(生)他那日临行,与我十分留恋,眉目间颇有惨色。我只道他醉了,岂知竟为此事!七郎呵,七郎呵!从今后好教我

【二犯五更转】傫然俦寡,纵有那雷陈在前也难款洽。我本当追君共税黄泉驾,因你孤儿年幼小,慈亲鬓已华,茕茕老弱那个是哀矜者?必须寻着下落,一念悬悬何时丢下?只觉得云天渺,信息无,空悲咤,俺又几回自厌余生也!咳,天吓!俺若死了,愿把金兰、他生再假。(痛哭介)呵哟!今生已矣,更说甚他生话!(掩泪下)

第十一出　寻亲

（队子引小生锦袍半甲上）

【夜行船】一战欃枪凶焰埽，威凛凛年少英豪。锦带吴钩，朱颜玉貌，恰称凌烟写照。

（坐介。队子下）幼为田舍郎，壮登天子堂。将相本无种，男儿当自强。俺家田豹，爹爹田七郎，为赴武承休伯父之难，将俺同祖母送来登州，付托盟伯佟友仁，寄他膝下，改名佟豹。蒙他不啻亲生，传授俺刀枪弓马，十六岁以武状元授职御前侍卫。那时俺与祖母商议，欲去寻访爹爹踪迹。祖母说："你爹爹想已不在世，去亦无益。等你有些功劳，那时奏明圣上，再去不迟。"适值流寇蜂起，圣上差俺剿贼，俺将山东全省肃清。圣心喜悦，进俺靖逆大将军，荣封三代，镇守登州。俺即上表陈情，圣心悯恻，特准寻亲，给假三月，真个是圣恩高厚。俺不免拜辞祖母，就此前去。家将田忠何在？（副净上，见介）呼唤小将那边使用？（小生）俺欲往辽阳访寻老将军消息，你可同去。（副净应下）（小生）取俺的行装过来。（副净改扮家丁上，代小牛换武士装）（小生）一路去，只叫俺相公。（副净）理会得。（同上马下。老旦、小旦冠帔上）（老旦）

【前腔】一旦家声重振好，改门闾孙枝荣叨。（小旦）锦帔霞裾，金花紫诰，畅好鸾娇凤小。

（见介）（老旦）坐了。（小旦告坐介）（老旦）可喜孙儿少年英勇，能继祖业，也不枉老身一番抚育。今往辽阳，不知可能访着你公公消息？只是那时何曾想有今日也！（泪介）（小旦）望祖婆婆将公公当日情事，明说一遍。（老旦）儿呵！你公公因争猎豹打死人，陷在牢里。那武公子一闻此信，便冲风冒雪的

【锁南枝】亲身往不惮劳，更把黄金广输将罪消。后来公子为一个逆奴，惹起祸根苗，官贪助绅暴。致他的叔父，年衰迈愤辱交，在

公堂竟亡了。

为此你公公前去代他报仇，至今杳无音信，定是死了。（同泪介）（二婢上）请太老夫人。夫人后堂早膳。（同下）（小生、副净策马上）（小生）此地已到辽阳境界，不知严亲何在？（拭泪介）

【前腔】听寒砧四野敲，长途有人魂黯销。看远岫插云高，疏林里烟饱。（指介）那茅檐上仿佛有酒旗飘，话言间早来到。

（副净）店家那里？接了马去。（丑上）来了，来了！客官请进！（小生坐介。丑送酒上，欲下）（小生）店家你来，有话问你。（丑）客官问甚么？凭他天上飞的、地下走的，俺都知道，说来说来。（小生）长白山离此多远？（丑指介）那不是么？（小生）那里有个人你可晓得。（丑）不止晓得，而且晓得之至。（小生）甚好。（丑）问的是"申好"吗？前年死过了。（小生笑介）不是。（丑）原来问的是他春间才搬进城住。（小生恼介）唗！胡说！俺问的是十五年前的田七郎，他现在何处？（丑）这个人俺不晓得；相公明早进城，到城隍爷爷那里，包你一问一个着。（小生拍案介）讨打！（外白须扮老店主上）小客官不要生气，是老汉的儿子不是。这件事老汉晓得最真，请一面饮酒，待老汉细说。这位爷爷是个猎户，有一个世家公子与他十分相好。（小生）可是姓武？（外）正是。后来打死人，多亏武公子代为解脱。武公子进城，那天大雪纷纷，天晚才到小店，老汉劝他住一宿，执意不肯，老汉说这是净路雪。（小生）怎么说？（外）咳！客官年轻，不曾在江湖上走过，那里晓得。净路雪就如净江风一般，只是不能行走的意思。好个武公子，到底冒雪走了。（小生）你只说此人现在那里？（外）后来他又为武公子报仇，杀了县官。武公子买下托上，花了许多银子，才得将尸领回，葬在长白山下。近来在那里为神了。（小生呆介）咳！（掩泪介）何以见得？（外）自从他老人家死后，凡有官绅欺压平民，以及一切不平之事，必在暗中示儆，若不改悔，即有显报。为此合县人等捐钱，在东村旧宅盖了座绝体面庙宇，供奉香火，十分灵应。（副净）原来俺们老——（小生）老甚么？（副净）老早歇歇。（小生）武公子离此地多远？（外）约莫三十来里，如今也叫老爷了。（小生）俺要歇息，你也去歇歇罢。（外下）（小生、副净睡介。小生惊起四望哭介，副净醒介）相公为何悲痛？（小生）适才似梦非梦，见老将军在此，还说了好些言语。（副净）梦中是何光景？（小生）见俺爹爹

【孝顺歌】披金甲挂锦袍，有神光赫然绕四遭。说与武家伯父，昔日许同归，今朝岂忘约。尸骨不可搬迁，只收回佩刀。更嘱俺祖母年高，须体察寒温饥饱。还说临终时，接引亲来迓灵舆，共上青霄。

（副净起介）这等看来，老将军真个为神了。（小生）便是。天色大明，先到长白山墓上去，然后再拜谒武家伯父。（同上马，下）

第十二出　奠墓

（生白须上）老夫武承休，自七郎亡后，看透世情，杜门谢客，只远近察访他老母幼子。十余年来，杳无音信，想来不是流落不堪，就是饥寒而死。（跌足长叹介）好端端一个人家，被俺坑害了也！（掩泪介）

【点绛唇】往事回思，怆然欲涕，情空寄。贤弟，要见英姿，除梦应无地。

老夫年已衰迈，所有庆吊诸事，皆儿子酬应。只七郎忌日，老夫必亲到他墓上酬奠。昨已吩咐，整治祭筵纸锞冥服。（二杂执爪引净幞头金甲暗上，以袖拂生，生伏案睡介）（净）哥哥醒来，兄弟特来看你。（生惊起看介）原来是贤弟，则被你想杀愚兄也！（复看，惊喜狂笑介）你果然贵了，真个喜杀愚兄也！贤弟，可记得初见时，我

【混江龙】曾决你折冲万里，风云际会盛明时？且喜前言验矣！何幸便道来斯？叹我竟成新面目，羡君仍是旧丰姿。先问你堂前老母，再问你膝下佳儿，并问你曾续鸾胶未？是愚兄殷殷念者，望贤弟一一言之。

（对坐介）（净）多承哥哥垂问，老母幸复康强，豹儿现亦显贵，俺仍居长白山内。（生大笑介）原来豹侄也出仕皇家了，可喜，可喜！（净）俺一来看哥哥，二来有几句要言相嘱。（生）贤弟所说何事？（净）豹儿欲迎俺到登州同住，俺与哥哥岂忍远离？等他来时，哥哥可将佩刀付他拿去，迎俺念头叫他快快息了。果能孝敬祖母，赤心报国，便是俺田七郎的肖子。（起介）哥哥保重，相聚不远。（以袖拂生，仍伏案。二杂引下）（生）贤弟转来！还有许多言语要同你说，怎么就走了？快些回来！（杂挑盒，末捧纸锞冥服，童捧香烛，二杂推车同上）（童）祭品齐备，请老爷前往。（生）贤弟，你怎恁般薄情？（童又请介，生醒，迷离介）你们见田爷出去么？快与我请转来！（众）不曾见。（生）分明在此，难道是梦么？（末）只因老爷时常想念，故有此梦。（生）祭物齐备不曾？（末）齐备了，请老爷前往。（生上车，绕场行介）（童）走错了，这是上东村的路。（末）不错，这条路平正，斜抄着走，也是一样。（生）听他们提起"东村"二字，贤弟

【油葫芦】想俺那头回访你时，整一片意仰止。到门前不曾轻叩自陈词，怕唐突热眼将人伺。及至令堂出来，又懒兜答冷语将人刺。我独立门外，自徘徊，自忖量，难进退，待转移。真消息深幸贤郎示，那时才得见英姿。

（童）你看那些红叶，被日光一射，将山色都映得紫翠了，好不有趣。（生泫然介）

【天下乐】望苍山崒嵂崔巍也，那是昔时清也波奇。只为有良朋侠骨埋葬此，故不免触目荒寒，便觉得中怀惨凄，以致泪洒宿草几年

成旧例。

（到介，杂排祭介）（生）

【青歌儿】先列上三牲，三牲馨旨，后摆下八珍，八珍殊异。水果冰蔬盛备错，杂陈华筵如绮。炷了名香，点了画烛，斟兰汤桂醴。衬了冥锞，叠了厌服，开了祝词，这激切这真诚，望贤弟灵其格斯。

（拜介）贤弟，俺本与你

【元和令】金兰白首期，不止偶然作依倚。准备着花辰月夕酒盈卮，好风光伴我宴嬉。那晓得逆奴生衅殃祸横罹，致风波陡地起。

（痛哭介）贤弟！

【上马娇】想那日杀恶绅，跑贪吏。仓猝时那班差役闹杂杂众犬竞相欺，致你一身难展蛟龙势。贤弟，你虽死了，又崛然而起，将那知县枭首，亘万古，擅灵奇。

（末焚纸介）纸已化过，请老爷奠酒。（生执盏介）

【胜葫芦】手捧着滟滟溶溶酒一卮，俺又猛想起与你照干时。曾说他日我死，你可岁岁上坟浇奠，岂知你竟先我这般结果？今虽是义侠名留浮世里，对这寒烟古树，悲风冷月，只是一片梦迷离！

（掩泪介）（末）浇奠已毕，请老爷上车。（生）贤弟，愚兄欲在此与你盘桓盘桓。

【么篇】争奈那白日沉沉西坠矣！且回转，暂分离。我已久悟浮生如旅寄，况又精衰神迈，眠食都减，想与你小别也不多时。

（复向坟揖介）贤弟，愚兄别你去了！（上车回望，拭泪下）（小生、副净策马上）（副净）路径丛杂，又没个行人来往，不知那条路是的？（小生望介）前面有队行人来了。（下马介）问他一声。（生、众上）（小生迎拱介）借问一声：此处往长白山走那一条路？（末）走西落北再转东就到了。（生熟视小生，掩泪介）（小生）请问老丈，为何见俺落泪？（生）老夫偶忆亡友，故此垂泪。（小生）贵友何人？敢问名姓。（生）田七郎是也。（小生大哭介，众惊介。

小生拭泪介）老丈莫非是武承休伯父么？（生）尊兄何以相识？（小生）小侄田豹，特来拜谒，恰好于此相遇。（生）你是豹儿贤侄么？可不喜杀老夫也！

【煞尾】从今后，解忆念，息盼望，完心事。咳！贤侄，自令尊亡后，老夫十数载何曾笑口一启。今见贤侄，蓦忽地心畅神怡。（掩泪介）又不禁老泪纷坠。七郎贤弟！可晓得俺此刻与你佳儿相对倍思伊！

时已过午，贤侄既到此地，令尊坟上定是要去的了；去过转来，可即至舍间。老夫先回家等候。这正是：青眼果能舒不错，丹心自得报非常。（分下）

咸阳以后又辽阳，南望幽燕是接疆。
千古伤心同击筑，一朝雪愤过提囊。
雄风既已扬难泯，侠骨应知朽更香。
侬亦有怀追国士，几行墨沈当椒浆。

——《小蓬莱传奇》十种本，上海藻文石印社1900年版

炎凉券①

提纲

（末上）

【鹊桥仙】英雄困顿，才人沦落，惯惹时流讪诋。天将大任降斯人，故不免苦心苦志。　　昭昭显示，默默暗记，都在苍苍眼里。能行方便即为功，莫更究斯人根柢。

① 原文此处有“东海刘清韵古香填词，古僮钱梅坡香岩较订”。

第一出　访相

（生巾服扮贫士上）

【金鸡叫】富贵原吾分，怪滔滔眼光争寸，薄俗何曾值一哂？且索去痛饮呼卢，聊以遣孤闷。

此日常昏饮，非关养性灵。眼看人尽醉，何忍独为醒。小生任贵，表字立夫，三山二水人也。既无父母，终鲜兄弟。娶妻谢氏，羞花之貌、咏絮之才，兼而有之，与小生窗前写韵，月下吟诗，到也极人世倡随之乐。只是祖遗淡薄，加以小生性喜挥霍，不善治生，故虽腹笥日丰，未免生涯日落。耆人硕士既以远大相期，俗眼愚睛又以疏狂见诋，他怎知俺任立夫乃两间英物，岂同那

【八声甘州】迂儒可悯，只一派装点模样斯文。俺待随行逐队，争奈此心未肯。既治安有策胸内蕴，岂久溷风尘落拓身？只怕到那功名显达之时，那些俗子又纷纷羡行藏，夸说经纶。

（笑介）这也由他。人生行乐耳，须富贵有时？你看桃腮抹粉，柳眼舒青，好一派怡人春色也！不免前去散步一回。（缓步朗吟介）人地有时舒锦绣，穷途无处焕文章。（徘徊伫立眺望介）（净扎巾破袄，佩剑提酒瓶上）班超无人识燕颔，樊哙有谁割彘肩？古来多少英雄士，一例推排作酒颠。俺家陈杰是也，着迹关中，世为武职。负冲天之志，气可干云；擅盖世之才，力能举鼎。争奈祖父所遗田产，被俺风花雪月，不数年尽付于饮博之场，以致四壁皆空，一贫如洗。这也罢了，反引得那些邻里亲族，不说俺是疏财仗义的男儿，反笑俺是倾家败产的荡子。恼得俺家性发，将所余房屋索性卖个干净，把银子带在身上。远离乡土，一来看些山川形胜，二来访几个出类拔萃之人。数年来地方到走了几省，豪杰恰未遇着半个。就有略上得眼，可望建树的，也尽屈在屠沽负贩之中。若那富贵家子弟，不是纨绔难堪，就是膏粱可鄙。去岁来此，

结识一个任立夫,看形容是个文弱书生,论胸怀到是个不世出的豪杰,彼此一见倾心,十分投契。前日市上来了个相面的叫做贾神仙,俺与立夫也去给他看看,岂知那厮见仆从炫耀的,不是阁老就是京堂;见衣冠华美的,不是州县就是府道。相俺与立夫,恰恰的是一对饿殍。当下俺便要扶出那厮乌珠,再给一顿老大拳头,只打的教他自不信自是,立夫再三劝阻才放去了。昨日听人说玄帝庙来了个道士,风鉴如神,更兼庙内桃花盛开,特把缊袍向酒家质了一瓶白酒,约立夫前去同赏。有人见他到城外去了,一径寻来。(望介)那前面远远立的好像是他。(急行唤介)立夫兄好高雅呀,小弟那里不寻到,恰在此间。(生转身见净,拱介)原来是杰兄,携酒何往?(净)玄庙桃花盛开,特来约兄去逛逛。(生笑介)逢花即赏,何必玄庙?就在此处席地同饮罢。(净)闻说庙里道士风鉴甚精。(生大笑介)又是第二个贾神仙,理他则甚。我们且饮酒。(净)不然前日有个李子虚,他竟于稠人广众中许他是一位翰林清贵,惹得众口哗然。(生)若论子虚的才华,到也去得,只是过于脂韦随俗,全没一些刚气,未免讨嫌。(净)不要管他,且同走走。(生迟疑不行)(净叹介)立夫,俺们既负将相之才,自甘暴弃也属可惜。(生微笑介)人所患者无才,何患不富贵?只恐一朝发迹,职守羁身,似这等自在优游,不可复得耳。兄既欲往,就同你行罢。(下)(丑摇摆上)语言即溜眼儿乖,大小人儿合得来,莫笑浑身饶媚骨,这是老天特付俺广招财。小子姓夏名才,是个极出色、极当行第一等的帮闲是也。闻说贵公子、富大爷在玄庙看花饮酒,区区走去吃个闯席,有何不可?(内)闲老官,今日穿着得这等体面,是到那里去赶喜席、赴寿筵?(丑)不是,不是。(内)敢是做媒?(丑)有那些闲工夫呢?是贵公子、富大爷专人下帖子,特特请去玄庙看花饮酒兼观相法。(内)恶,贵的是公子,富的是大爷,穷的呢?(丑)那是小的。(内)我相你必定做官。(丑)何以见得？（内）据你这等会巴结，还怕没官做吗？（丑）呸！蠢才，蠢才，无怪你穷断脊梁筋。（内）不做官要做甚么？（丑）（满场摇摆笑说介）不愿为官作宰，但愿贵人提携一荐。荐与皇帝老子，封俺帮闲第一，拚着憨皮厚脸，挣得鲜衣美食，比他王侯将相省多少操心劳力。（内）从古说："成人不自在，自在不成人。"这等说来，你竟是个天生的下才了。（丑）呀，呀，你是谁？（外白须拄拐上）是老汉。（丑连拱带揖介）呵哟哟，原来是张伯伯，这边有个茶馆，请进来坐坐，好待小子陪话。（外）我老人家不吃茶，就在这里谈谈罢。（丑）有何见教？（外）你说要贵人提携，特来指个门路，你好早些巴结。（丑）是谁？（外指介）就是那任秀才。（丑冷笑介）好个精穷料。（外）你不要小看他。（丑拍手笑介）阴沟里蜛蟮成龙了？（外）老汉与他是贴近紧邻。生他那一天，见旗锣伞扇拥着一乘大轿到他家去。老汉正在疑惑，又见许多人拿着麻搭火钩，蜂拥前来，说任家走了水，快去救火。及至门前，那里有火，只有刚才添个孩子。人人都道他后来必定大贵，果然早早的就进了学。刚刚娶了亲，可惜他父母就双没了，无人拘管，终日吃酒赌钱，弄得饥寒交迫，止靠他娘子十指为生。如桌上放杯火酒，任秀才见了就晓得没午饭，饮了就走。（叹介）咳，真真好个贤惠娘子！（丑）人家娘子贤惠，你怎么晓得？（外）只因我的老伴儿时常过去替他买买蔬菜、针线，见任秀才不顾家，任意游荡，劝他娘子不要烦恼。他对我老伴说，你莫看他现在落拓，他的好处在后面呢！我老伴问他怎知？他娘子说他每晚来家，前面有一对红灯引路，陡然一晚没有，问他在外面做些甚么？他说不过赌钱、吃酒，还有何事？他娘子叫他细想，他说代人写了一张再婚书。他娘子劝他随即前去将书毁了，回来时依然有红灯前引。这不是大贵之兆吗？（丑摇头笑介）那有此事，这是他娘子捣鬼，不要信他。天色不早，我要去赴席，不及奉陪，得罪得罪。（外）今日天气甚好，老汉也到城外去逛逛。(分下)(贴抱锦茵,杂挑酒盒上)(贴)主人有官职,奴仆也威风。(杂)不争你宦门健仆威风猛,看俺这富室豪奴也气概雄。来此是玄庙,且在山门外坐着等候主人便了。(向场角坐介)(副净、小净乘马上)

【排歌】华冠整,丽服新,看花骢蹀躞也骄人。更同探月共步云,幸丹梯代接有钱神。

(副净)钱是人的胆,(小净)衣是人的威。(副净)横行兼霸道,(小净)那个敢言非?(丑冲上笑揖介)恭喜,恭喜!连科双及第,平步上青云,求你二位贵人将晚生着实的提拔提拔。(副净笑指丑介)老夏,你既做贵人门下客,你何愁不是个贵人?(丑连揖带跪介)多谢金口。(小净拍丑肩介)等你大爷封王的时节,大大的赏你个官做做。(丑跪叩介)谢千岁爷天恩。(副净举扇敲丑头介)老夏,我们还是先吃酒,还是先看相?(丑)悉听二公尊意。(小净)据我意思,竟是一面吃酒,一面看相。(向副净介)贵兄以为何如?(副净)竟是这等,叫小厮快些铺了锦茵,摆开春盒,暖起酒来,我们先吃酒赏花,再着人叫那道士。(丑)待我招呼他。(向内介)仙童烦你转达观主,有贵公子、富大爷特来拜访。(内)家师不在观中。(丑)那里去了?(内)同道侣往前溪观水去了。(丑)可就回来?(内)就回来的。(丑)尊师回来,你说小子夏才多多拜上。(低声介)关照尊师:今日来看相的是本城两个绝顶大老官,最喜人奉承的,特地通知,好待尊师发注大财。索性言明是要与小子三七分的。(内)家师看相,从不受人分文,不消用意。(丑)咳,好个没心窍的蠢道童!(内)好个钻钱眼的刁篾片!(丑)呀!呀!呀!你竟然敢挺撞夏大爷!等你师父回来告诉他,活活剥下你的小皮。(副净)老夏!(丑)来了。(转向副净介)公子呼唤,有何使令?(副净)昨日约下李子虚,此刻还未见到,你去催催。(丑应欲行。末巾服上)心虽存古道,势勉顺时人。(丑迎笑介)我的李相公,你老人家来了,快些入席罢。(副净、小净同起,拱手笑介)子虚来了,今日要罚你多少?(末)本欲早到,被几个朋友缠住不放,是以来迟。(小净向丑介)道士呢?(丑)不在观中,少刻即至。(副净)且吃酒罢。(团坐饮介,生、净同上。净)挈酒携朋访炼翁,待问他鲲鹏何日得摩空?(生)不知他久传相马骊黄外,可能识英雄未遇中?(末向小净介)令亲来了,想他来看相的。(小净一望,急背坐介)他也来看相,我相他是万年不出手的钝滞货,子虚快不要理他,免得沾他晦气。(末笑介)立夫虽然不拘细行,若论他的襟怀学问,真有一无两的。如肯奋志功名,足能彪炳一代。(小净大笑介)未必,未必,不敢信,不敢信。(末起,向生拱介)立夫请了。(生)请了。(净看介)俺们来迟了,只怕好地方统给人占去了。(生指介)那边几树桃花,又掩映着疏疏的几株杨柳,到觉疏野有趣。(净)果然好,就在芳草地上罢。(对坐饮介。副净、末)

【八声甘州】**金樽香醪共引,**(丑)**劝提壶小鸟也效殷勤。**(小净指净、生介)**看那酸丁贫子,愈增我富兴千分。**(生、净哗拳叫采介)**须知五令与三中,酒令还如军令尊。**(生连饮醉介)**杰兄莫笑我醉眼模糊,犹强似那一班**(指介)**纷纷小儿曹,醒眼懵腾。**

(倒地酣眠,净高歌豪饮介)(外白须扮老道士执拂上,丑忙出席笑迎介)老仙长来了。(指副净介)这位是贵公子。(指小净介)这是富大爷。因慕老仙长大名,特来敬谒,请老仙长仔细看看那位封侯,那位拜相?(同坐介。外先看副净,后看小净介)贫道是世外人,不知避忌,幸勿以直言见罪。观二位相,如春花着雨,一发无余。(指副净介)这位略胜,然皆非远大之器。(丑笑指介)你看那边两个人将来如何?(外回头见净、生,大惊起身,近前细看介)(丑)如何?(外转身坐向丑介)那二人恰是一将一相,一朝得路青云,前程未可量也!(二净笑指丑介)你看他何日封王?

(外微笑介)贫道无非据相而言。(以拂指生介)他是个

【排歌】珠玑客,廊庙人,今秋呵,向蟾宫先折一枝新。(二净拍手狂笑介)奇谈,奇谈!(外正色介)这何足为奇?不出十年便是致君尧舜的一位当朝贵,极品尊,还要黄扉紫阁掌丝纶。

(二净怒介)好个风狂道士,等你公子、大爷明春中了状元回来,活活剥下牛鼻子的皮!(外大笑,起介)居士莫怪,可晓得从来仙子无虚语,岂有山人解世情?(拂袖下)(二净欲赶打,丑扯劝介。净冷笑扯生起介)立夫,道士的话想是听见,回去罢。(生醉态,含糊念介)我本无心求富贵,岂知富贵逼人来。(净扶下小净,向副净介)贵兄,你看那个酒头,竟能封侯拜相,岂不是旷古奇闻?(丑)大爷听那瞎话做甚吗?那是道士故做身分,欺人之谈。还来吃酒取乐吧。(二净)不高兴。(丑)一同到那柳阴下盘马如何?(二净)懒得动。(丑)不然就到姊妹家逛逛可好?(二净大笑介)好,好,我们就去,叫小厮收拾酒盒随行。(童挑酒盒随行介)(二净)

【余文】携白相访红裙,不为就雨行云。(末)莫厌伤多酒入唇。

小弟还有些笔债未清,不得奉陪,请了。(下)(小净)子虚为人甚好,就是这点酸气讨厌。(丑)再逢花酒之会,不去邀他为是。(副净)不然,我们门户高,铺陈广,红白事上诗文扁对,不时要借重借重他。(小净)闲话少说,我二人此刻是通家兄弟,今秋便是年兄弟,明儿做了官,又是寅兄寅弟了。(副净)正是这等讲,更可喜的是平生从未读文章,(小净)全赖家兄代主张。(副净)今岁秋闱如得意,(小净)家兄,家兄,明岁春闱还要倩你再相帮。(同诨下)

第二出　闺喁

(旦淡妆布衣上)【忆王孙】微风和雨渐消炎,秋入幽阶景倍

恬。检点秋衣待补添。佐虀盐，典尽儿家百宝奁。奴家谢氏，嫁得任郎，虽然荆布寒门，恰是倡随佳偶。看他携朋纵酒，何惭名士风流；任我落叶添薪，不减才人声价。果能奋激昂之志，岂终为落拓之身？等他来时，且将婉言劝勉一番。呀！好一轮明月，又早上东墙也。（缓行介）

【满庭芳】暮霭微凝，长空似水，虚庭静锁秋烟。幽花挹露，娟洁倍堪怜。缓绕苔阶小步，惟爱他、夜气澄鲜。任郎也该回来了，怪个人恁般归晚，在何处酒家眠？

（生科头披襟，醉态上）

【青玉案】醺然信步把琼瑶践，欣拂面，微风扇，恍疑身在清虚殿。神飞心越，何日才抟风翅展，九万扶摇健。

（下）（旦携香桌上，焚香拜介）

【驻马听】祝告遥天，愿亡故爹妈姑舅，合七祖同登九品莲。更愿郎君，松强柏健，掣带儿家共享长年。尤愿广寒宫里桂联骈，一枝稳许今秋撚。待明年，领袖群仙，春风得意，把花看遍。

（起立徘徊介）（生上）哰哰犬吠孤村迥，唧唧虫吟一径斜。（敲门介）娘子开门，开门。（旦）来了。（开门，生进。旦复开门，转问生介）任郎为何此刻才回？（生）同人公饯陈杰肃宁访友，是以来迟。（旦）可要用饭？（生）酒渴未消，有茶倒好。（旦下，取茶上。生接饮毕，携旦并坐，生指向旦介）你看这

【前腔】玉镜高悬，整一片滟滟溶溶光似练。我和你轻携素手，永夜闲庭小坐留连。（觑旦介）娘子，你这细骨轻躯，被月光一映，愈显得珊珊丰格倍清妍，不止于闺房林下卿皆擅，想俺任立夫未到瑶天，如何得睹飞琼面？

（旦微笑介）过誉了。（仰视指介）任郎，你看那黄姑织女终古相思，若只为天欠未偿，上帝何其太忍！想他

【石榴花】盈盈一水间，阻动经年，漫漫离恨倩谁传？（生笑介）七

夕在迩,不久就要相见了。(旦)漫说是佳期指日鹊桥填,奈良宵苦短漏难延。怕喔喔声喧,那天鸡又促旋转,赢得闷沉沉两心凄恋,为欢几何?依旧向银河畔交为盼,互相怜。似这等神仙眷属,也徒夸久地与长天。

(旦不乐介)(生大笑介)娘子,怎恁般的

【前腔】芳情只为女牛牵,放着那嫦娥青天碧海倒不相怜。(拍旦肩介)卿卿何故恁心偏?(旦)非是奴家偏袒,嫦娥如深闺静女恬静自娱,有何寂寞?天孙如新嫁娇娘,自然不能忘情于夫婿。你评评,可是这个道理?(生鼓掌大笑介)这也罢了,只是你为他人事漫纠缠,倒把自家的一刻千金翻看贱。(指介)已夜将分,参横斗转。娘子,我和你虽是常相伴,也一般的宵苦短、漏难延,须趁这风清露冷好归眠。

(挽旦起介)月已西斜,进去罢。(旦)且自消停,奴家有一言奉告。(生)既有教言,待小生洗耳恭听。(放旦手,正襟危坐介)(旦)任郎,人生百岁如电光石火,悠悠虚度,深为可惜!

【越恁好】怕朱颜难驻,怕朱颜难驻,双鬓忽皤然。应须努力,青云路早着鞭。愿今秋蟾宫先折桂枝妍,明春鳌头高占,再赴那杏林春宴,杏林春宴。

(生笑介)小生非颓惰自甘,因为卿谋,故尔中止。(旦笑介)所谋何事,倒要请教。(生执旦手介)我二人闺房之乐,真个占尽人间,只恐一经发达,就

【前腔】金钗十二,金钗十二,罗列画屏前。偎红倚翠,一个个矜颜色取爱怜。这本是文人薄幸古今然,也怕我书生难免。那时节,问芳怀可能无褊,可能无褊?

(正色介)这不是替你谋吗?(旦)方就正话,怎么这等胡扯?今岁秋闱,到底去不去?(生)曾与李子虚相约同船,不日也就起身了。(旦)科费何出?(生)子虚已许代筹。(旦)如此甚好,奴

家藏有青蚨二千，一并奉上，以备零星之用。（生揖介）多承厚爱，适才狂语，幸勿挂怀。（旦）粉阵花林，惟君所置，但愿此行为床头人吐气，足矣！（生）敢不谨副芳嘱。娘子，小生去后呵

【尾声】闺中调摄卿须勉，（旦）客途保重君宜善，（合）看捷报泥金，头角峥嵘门户显。

（生偎旦介）小生得侍娘子已属三生之幸，岂敢复有他想？我与娘子并作一身形与影，不应仅号比肩人。（挽旦下）

第三出　失舟

（末巾服倦态上）破釜沉舟期一战，敢夸学已足三冬？无端轻诺欺朋友，五夜怀惭不自容。小生李子虚，许任立夫同船乡试，被人拦阻，竟自先期早发。（叹介）立夫之才，尚且为人所弃，屈身执役，亦不见容。贫之困人一至于此，良可慨也！（沉吟不乐介）（副净、小净带贴、丑二童上）暂抛纵酒看花伴，且作攀蟾折桂人。（小净）贵兄，我和你此去联镳共骋青云辔，只怕那合场中的才人毕竟要让财神。（向末笑介）不要讲文章，解元是有主的了。过来谈谈，船中带不得姊妹。（指贴、丑介）我这两个童儿弹得好琵琶，唱得好曲子，说得好平话。吩咐厨役，整治些精致肴馔，大家饮酒听歌，才算个风流名士。子虚，你不要心怀得失，况你文章一向又是好的。就有不然，弟辈自当助力，岂有叫你向隅之理？放心罢，不必愁了。（末）小弟并非得失萦怀，别有一件心事。（二净）丢开罢，且来大家取乐。（复笑介）小任打点坐现成船，吃现成饭的春梦还未醒哩。（副净）今天醒了，想此刻正在那没头蜢瞎撞呢。（小净拍手介）这才耍得燥脾，有趣，有趣！

（大笑下）（生敝旧巾服背行李上）

【番卜算】远浦锁朝烟，疏柳蝉声咽。敢夸鹏翅惯摩天，也要因风便。

如虹气吐莽干云，岂是寻常屐与裙？多士任教夸济济，看吾笔阵扫千军。小生任立夫，因下场无资，承子虚厚爱，慨许同行，约定今日上船，只索早至。来此已是马头，呀！船已靠满，不知那一只是的？（望介）

【锁窗寒】看帆樯一字排连，乡试旗飘弄影偏。篷窗内攒三聚五，无非是酸倈文颠。（缓步四望介）把长堤绕遍，怎伊人不见？且只索高声厮唤。子虚，我来了！子虚，子虚，怎么不见答应？莫非他还不曾上船么？待我问来。驾长，借问一声。（内）问甚么？（生）李子虚李相公的船靠在那里？（内）不知道。（生迟疑介）曾言，停桡相待此桥边，遍寻无迹何缘？

（远望介）莫非还在前面么？（行到问介）那只船是李相公的？（内）有个姓李的前日开船走了，请到别处去问一问。（生）呀！

【前腔】怎无端诓诺虚然，引得莽书生信恰坚。（沉吟介）寻思辗转，头绪难牵。哦，是了，是了，必定怕我随去，夺了他的元魁。（笑介）要是这个见识，咳！子虚，子虚，便真堪一哂，何其鄙浅！就是我不去，场中岂少才人？也未必一定就让你巍巍首占，休言，你才高足捷合居先，可知得失由天！

论子虚平日倒也不是寡信之人，不可遽然错怪。远远望去，还有一簇舟船，再到那里问问去。（正走，忽立住介）好了，有处问信了。（丑上，低头急走介）（生）老夏来得正好，我问你，李相公还是在家里，还是在船上？（丑连应，急趋生前揖介）我道是谁叫我，原来是任相公，得罪，得罪。李相公已陪着贵公子、富大爷向广寒宫赴宴去了。（生）难道走了么？（丑）不敢相欺，是两日前开船的。（生呆介，丑指介）小子要去访个朋友。（拱介）得罪了。（急下）（生）竟有这等诧事！咳，子虚，你既不肯携带，何难一言决绝？好待我或另为别图，或这科不去，为甚凭空的弄出这般伎俩，倒教我

【前腔】没腾挪踯躅河干，惟有心慌与意烦。进既无力，退又何颜？当此分际，就有孙吴谋略、苏张舌辩，只怕也筹儿莫展。人心叵测，一至于此。难言，崎岖世路怎跻攀？分明险过秦关！

想俺任立夫

【前腔】甚因由恁的颠连？枉抱异怀奇历有年。不禁自赏，那受人怜？虽处这绳枢瓮牖，终步那金门玉殿。（仰天长叹介）苍天，苍天，则被你困杀我英雄贫贱！（伫立呆想，猛大声介）哎，罢了，罢了，何言？既珪彰无分达君前，拚沉埋碧水苍烟！

（纵身跳河，复立住，毅然介）任立夫，任立夫！大丈夫处世，不能奋迹云霄，即合置身泉壤，这也罢了。只是囊中有娘子赠的青蚨二贯，不知费他几许心血方才积下，必须等个熟人寄归，方才死的意稳。咳！娘子，想你生长名门，那里知道作苦？自到俺家，你

【前腔】奉翁姑菽水承欢，井臼亲操不自便。也只说待小生稍有寸进，好博一分金花紫诰，答报卿贤。那晓得竟这般佳人命薄书生运蹇，好夫妻中途拆散。还要骗你无言，悬悬呆望捷音传，岂知人隔重泉。

（掩泪介）娘子，娘子！想你平日那些温存，是小生负了你也。

【前腔】嫁寒儒压线年年，叹甑里生尘灶少烟。今更累你风酸月苦，影只形单，将谁倚托将何过遣，那里讨生机一线？非是我虚言，分明你前世种冤愆，今生恨海教填。

（拭泪徙倚盼望介）（内）多多有扰，不劳远送。明日开船，就此别过罢。（杂扮米客，小生扮行主同上。杂下）（小生）任相公早呵，想是下科的前来趁船。请到小行，有现成薄酒敬三杯，豫贺相公得个元魁！（生）多承厚意，只是那里去讨个元魁来哟。（小生）任相公的才学，莫说本地，只怕外省也找不出第二个哩。（生凄然介）咳！行主你

【前腔】再休提笔埽云烟,有多少掷地金声锦绣篇。枉奇才盖世,壮志冲天。(小生)相公,说那里话来,自古说嫦娥爱少年,(生)纵嫦娥见爱清虚待践,争奈我攀蟾手懒。(小生)恰是为何?(生落泪介)羞言,只因囊乏阮生钱,着鞭难与争先。

(小生笑介)真真凑巧,有个客人要去消货,正愁没个护身符儿,何不竟坐他的船?相公既省船钱,他也免得报税,真是一举两得。(生)倒也行得,只是怎好无故打搅?(小生)他还求之不得哩。请到小店坐坐去。(同行到介)相公请坐,待小人去张罗张罗。(生)行主请便。(小生向内介)任相公在此,快拿茶来,再整治酒饭,我去约几个朋友来陪任相公吃酒。(急下)(生喟然长叹介)不料怜才,竟出此辈。(丑提瓶,贴携篮,杂负搭连,净随行,同短衣草履上)任相公在那里?(生起迎介)众位寻小生何事?(众)听说你下科,我们在那里凑分子给你送行。主人说你因没盘川,受了狗男女的闷气。任老大,不是我们说你,你既没钱就该早说,我们也好多弄些给你使用,如今来不及了,匆匆的约个会。(净向怀内掏银包送生介)这是一包碎银,不曾称①过,也不知多少。(指搭连介)那里面约莫有十多吊钱,请一并收了。(指酒肴介)这是我们凑的公分,跑到熟食店里买些鱼肉急急赶来,兄弟快暖起酒来,公敬一杯。(生)生受诸位盛情,立夫他年必效千金之报。(众)你可过于小看人了,竟说出报不报的话来!若望你报,也不给你钱了。况且我们逐日营趁,尽可养活老小。(生愧揖介)是立夫失言,得罪!(净)闲话少说,喝酒罢。(生)行主人也备有酒饭,他为何不来?(众)他在船上相候,不来了。既这等,就先领主人盛情,我们的酒带到船上同大哥喝罢。(向内喊介)客到齐了,快拿酒来。(内应,扮童子捧酒上,众让生上坐,众围坐欢呼饮

---

① “称”,原文作“秤”,据文义改。

介，生微醉介，众或停杯落泪介）（生）欢饮正浓，为何不悦？（众拭泪唏嘘介）先前望你做官心胜，故十分欢喜高兴，此刻想到就要远别，心里又十分不舍。（生亦掩泪介）（众）又留你不得，咳！罢了，任老大，你也不必伤感，惟愿一路保重，做个大官回来，叫我们也燥脾燥脾就是了。（净拍案介）呀，我竟忘了一件正事。（生）是件甚么事忘了？（净）这酒是主人特为任相公办的，我们是他请来奉陪的，他既不在这里，我们也算得半个主人，理当代敬三杯。（众齐拍手）不错，不错，说得有理！快拿只碗来，公敬三大碗！（取碗斟酒同送介）请干此酒，包管此去

【尾声】青云得路功名显。（生起接酒立饮，醉介）多谢众位兄弟，不是立夫夸口，那月中的丹桂，何难举手攀？（众合）专候你得意回来，把杯再按！

（生）众位请宽饮，小生吃不得了。（伏介）（贴）任相公是不醉之量，凭你甚么人，再也喝不过他。（杂）莫说别人，连那陈老杰是多大的酒量，尚且斗他不过。（净看生、贴头，向众介）咳，他是个放荡惯了的，何曾受过这样委屈？（丑扬眉顿足介）可惜陈老杰不在这里，便宜了一班狗男女，不然定要赶去打他一个臭死！（净推生介）起来上船罢。（生不应，净回顾众介）他醉得这样，怎生行走？你们拿了酒馔、搭连，待我来背了他上船罢。（众）说得是。（丑）待我把他扶掇起来。（扶生伏净肩，生喃喃醉语介）多谢众兄弟，小生吃不得了。漫把疏财思富友，岂知仗义属贫交。小生真个吃不得了，众位请宽饮。（净负生先行，众随下。）

第四出　彰善

（外白须扮赏善判官，净黑面红须扮罚恶判官领吏卒上）（外）

【西地锦】积善骈臻福祉，上天长养无私。（净）眼前恶报昭彰示，何世人只自非为？

（外）俺赏善判官是也，（净）俺罚恶判官是也。（见介，坐。外向净介）前月淮安功曹赍到城隍，月报内有一条载：富、贵二姓下科已允寒士任贵附行，复又开船先期而去，险致任贵愤激轻生。幸遇陈仁美邀归其家，约会筹费。这功德甚大，为他特奏天庭，玉敕早晚也该下来了。今乃收发堂期，应得照常办事。（场左右列二公案，卒前禀介）请判爷升堂理事。（外、净各据一案坐介，力士捧敕上）天符下，请判爷照敕施行，以示彰善瘅恶之道。（二判跪接，起介。力士下，复坐介）（外）天恩深厚，固不必言。然陈仁美这件功德，恰也不小哩。他不过是（出位作势介）

【降黄龙】市侩庸流，只解持筹为人会计，似这等何时发迹？若不是一寸心田，怎秀出两树琼枝？想那约会诸人尤奇，分金高谊，竟出在这屠沽之辈！他既能仁厚居心，俺便合与他增祺锡嘏，谨依条例。

（坐介）（净）这富、贵二姓，只知昧心欺人，岂知还是欺的自己，只把一个热闹门庭弄得冰消瓦解。虽是孽由自作，只可惜他祖上数世积累的阴功，被这不肖子孙一朝败尽，深可悯恻！想他那祖父呵（出位作势介）

【前腔】当时利济孜孜，才博得后世儿孙丰腴显贵。争奈奸贪倚势，刻薄成家，相继而起。惟知情荒心肆，怎晓得多金难恃？下场头神人共愤，问伊戚谁贻？

（坐介）（外）淮安功曹伺候。（卒）判爷传淮安功曹。（杂扮功曹跳舞上）（外付牒介）照得陈仁美命中无子，因其一念之仁，上帝特遣桂籍宫掌金科玉律二童于彼为子，将来高大门间，受膺封诰，以为作善之劝。持此牒文交与本处城隍司送往陈家，不得刻误。（净付牒介）将此牒文付本处城隍司照牒施行，先将富、贵两家财产分拨醵金人名下，再候本判，另有处置。（内细乐扮麒麟驼二童子，金冠绣服爪旗引上，随杂下）（外目送点头大笑介）真是善有善报!(复叹介)既做个人,自应行些方便,不得已身受福,儿孙也得些余荫。

【黄龙衮】劝群生莫昏迷,劝群生莫昏迷,着意看人事。才晓得种种祯祥,所积者天皆赐。(净)你赏善虽重,俺这罚恶的恰也不轻哩。不止于六道轮回把冤填债抵,还要遭兵戈罹水火撄瘟疠。

(同起介)发放已毕,且休衙退食去。(净)寅兄罚恶科条虽重,恰是上帝慈悲惩创之意,那嗤嗤之徒,那里晓得天心为他含痛来哟!(外)积善降之百祥,又说积善人家庆有余,况善又非难行之事,只不过存心仁厚足矣。争奈那心残性狡之徒,一任你(合)

【尾声】一番棒喝谆谆矣,曾不见聋开瞶启。惟愿三千大千世界诸恶莫作,众善奉行,岂止不堕泥犁,便是登云借与梯!(同下)

第五出　联美

(旦冠帔带二婢上)【忆江南】金钩控,卷起绣帘栊。打叠玉楼巢翡翠,安排锦帐伫芙蓉。春色暖融融。奴家谢氏,自任郎联捷之后,便同居京邸,可喜他深受主知,不时迁擢,未到十年,身居揆席。既然门有行马,岂可室无侍姬?奴家身畔有两个侍儿,名唤琼娥、玉姐,原是好人家儿女,恰也秀外慧中,令人可怜可爱,下月中旬是相公四十初度,先将此二人做二分寿礼,岂不新鲜别致?相公是个风流放旷人物。(唤介)侍儿,将琼娥、玉姐叫来,我有话。(婢立传介,小旦、贴倩妆上)夫人呼唤,有何吩咐?(旦)因你二人自幼相随,名虽主婢,情同母女,今欲收为副室,永不相离,不知你们愿也不愿?如其不愿,亦不相强。(贴、小旦羞容低语介)夫人慈谕,婢子焉敢不遵?(旦喜介)好两个柔顺孩子!侍儿,取镜台奁具过来,我看着你们代他梳妆。(二婢取列介,转身向贴、小旦做鬼脸、刮鼻羞介)二位新娘子,快请过来梳妆。(扯小旦、贴对坐,代梳头插带,旦傍坐看介)

【二郎神】容颜好，（看小旦介）和风杨柳输妖袅，（看贴介）旭日芙蓉争丽皎。（互看介）任环肥燕瘦，同称绝代闺翘。云髻高盘宫样巧，映横波长蛾淡扫。还有那雪腮旁的晕红娇，真个是见犹怜、我亦魂消。

好一对丽人，若轻轻给他，也未免太便宜了，必须戏弄他一番，方才有趣。侍儿，送新人到留春坞去，传语院子整治喜筵，悬挂灯彩。（婢引贴，小旦下）（旦目送①含笑介）此等尤物，除却任郎也不堪消受。这正是名士美人同一致，若非相妒定相怜。（暂下）（仪从引生朝服上）君恩许借上林枝，手握钧衡侍玉墀。岁稔时和民业乐，惟将清慎答明时。回避了。（仪从下）（与旦见礼，对生介）（旦）相公今日下朝恁晚。（生）蛮夷叛服不常，时扰边境，近又大举入寇，下官想这是一条封侯道路，即举陈杰深明韬略，暂拜平蛮将军之职，挂印南征。前有两个少年举子以文投谒，下官见其笔致颇佳，又是一对孟珠潘璧，问其邦族，方知就是故人陈仁美之子。下官助其膏火，留京读书，以此二事，故尔迟迟。夫人今日挂彩悬灯，恰为何事？（旦）代你贺喜！（生笑介）这两件事果然可贺，生受夫人。看酒过来，待下官先敬一杯。（旦）并非为此！（旦）不是为此，更有何事？（旦）妾身有件心事，相公请猜一猜。（生）夫人心事，叫下官那里去猜？（旦笑介）真个猜不着么？待我告诉你罢。（生）愿闻。（旦视生笑介）只为有个人

【前腔】终朝见，他心麻意痒、肚饥眼饱，怅十二巫峰徒梦绕。有谁将莺莺燕燕，能教真个魂销。妾身见他那种痴意柔情，十分过意不去，因念天上人间方便好，少不得要做个冰人月老。赤绳操，待圆成、凤友鸾交。

（生）听夫人所言，像是要代人撮合婚姻，只不知是那一个，夫

① “目送”，原文作“自送”，据文义改。

人这等关切。(旦)你要问那人,那人就在眼前。(生)恶,恶,就在眼前,是下官了。(旦)正是。(生笑介)又来取笑了。下官有甚婚姻要夫人撮合。(旦正色介)不用胡遮混掩,你心上的人早被我看在眼里了,又因你的华诞已近,特地将他做一分寿礼,预先送你,你说好不好?(生)这等,且说我心上人是谁?(旦)是琼娥、玉姐。(生冷笑介)岂有此理!(旦视生笑介)我因你爱他,好意成全,不感激也罢了,反对我闹假惺惺装起腔来,这才叫做岂有此理呢。(生背介)恶,是了,是了。数日前因他们代夫人梳妆,见其丰姿秀冶,体态轻盈,遂仔细端详端详,想是夫人在镜中看见,疑我属意于他,故作这番举动,岂知我另有个道理。只为陈家二子是一对青年英俊,知他俱未联姻,见这二女又是绝代倾城,欲代他们作合。今夫人既为此生疑,且待我哄他一哄,好教他生些烦恼。(转向旦微笑介)夫人,夫人,下官心事,恰被你猜着了也!只是下官呵

【集贤宾】妆成金屋待伫娇,此情久种心苗。传语思凭鹦舌巧,又怕膳鸽庚妒亦难疗。也只好悬悬意搅,不期今日竟承奉宽洪恩诏,下官不知不觉的甘拜倒。只是一件,夫人千万不要怪我乐新知、把旧人疏了。

(旦视生不语,生趋旦前揖介)下官还有非分之求,伏乞夫人恩准。(旦)尽你消受温柔,还求甚的?(生)求夫人暂将冠帔借给他们,也风光风光。(复速揖介)千祈勿却。(旦沉吟背介)今日相公为何这般颠倒?哦,是了,想是有意试探我的,不可上他的当。待我竟自允他,看他如何!(转介)此二人是我一向心爱的,莫说暂穿一时,就长远给他,亦未为不可。只是一件,若是外头来的,那可不能!(生)多谢夫人。(复笑介)下官只愁陇尚不得,敢再望蜀乎?求夫人吩咐速去妆束,好引来见我。(旦含笑不应介)(生)谯楼已传二鼓,不要作难,我还有话说。(旦不悦介)偏你有这些

啰苏，真是好人难做。（生佯笑不语介，旦向婢介）你去引来。（婢笑下，引小旦、贴冠帔上）（旦）吩咐奏乐，好待新人见礼。（生）且慢！（向贴、小旦介）你们且坐了。（贴、小旦羞容俯首侧坐介，生上下凝视二旦，旦注视生，背匿笑低语介）这个人可着魔了。（生起，负手徘徊介）看他二人

【前腔】仪容端正态窈窕，寻不出半点弹包。（旦转介）不敢，过誉了。（生）似此美玉明珠，怕下官德薄才凉，耽承不起。夫人，你莫笑我路入仙源空返棹，也只为傣娇娃合配时髦，况眼前现放着两个翩翩年少。夫人，如肯成全，立刻便双偕逑好，如此一办，不特他们四人思结草，就下官也衔环图报。

（旦呆听介）呀，难道这分寿礼还不收吗？（生）礼虽收下，只是要转送人。（旦惊介）你待送谁？（生）就是陈氏昆仲，愿夫人大发慈悲，成就两双佳偶。（旦）你的意向已定，妾身怎好相违，只是怪可惜的。（生坐介）传语请二位陈相公换了吉服，速来见我！（婢应传介。旦凝视贴、小旦，微叹向生介）本待与他二人

【琥珀猫儿坠】回鸾同照，一样黛轻描。又岂知分浅缘悭没福消，堪笑我欲图相近转相抛。（凄然介）徒教，惜玉怜香，翠锁眉梢。

（默坐介。生向婢介）引新人回避了。（婢引二旦下）（末引小生、副末吉服上，趋前见介）门生陈瑚、陈琏恭请老师、师母万福金安！（欲跪，生止介）贤契少礼，看坐，学生有话相商。（小生、副末）老师既有教言，门生礼当立听。（生笑介）不必过谦，坐了好讲。（小生、副末告坐介）（生）贤契，深爱你

【前腔】才华丰赡，玉树挺清标。凤卜犹虚懿氏爻，学生要身为乌鹊代填桥。双邀，织女牛郎，同会今宵。

（小生、副末起介）老师严谕，自合懔遵。且待禀过家君，再成嘉礼。（生大笑介）这到不消，令尊处我自达知，将来如有责言，俱在学生身上便了。吩咐奏乐，请新人出来。（内细乐，二傧相先

上，二婢扶小旦、贴红帕蒙首上，傧相中立赞礼。二旦分两边，同拜天地，转身同拜生、旦，鼓吹仪仗引彩舆上）（生）送新人回寓。（旦脉脉不乐，生目送，大笑介）这两对新人真是夙世天缘、尘寰仙偶。（向旦介）夫人，你说下官这撮合山做的可好不好？（旦缓应介）好便好，只是两个知心人儿，被你平白地出脱去了。（生陪笑介）是下官不是了。明日吩咐官媒，把聪明俊秀女孩子多领些来，任凭挑选，包管比他们强的还有哩。（复笑介）咳，真真可笑，竟为他人闲事，倒耽误自家真乐，这是那里说起！（向婢介）速将备的喜筵送到集艳亭排列。传家乐伺候，待下官借花献佛，敬夫人一杯喜酒。（挽旦手介）和夫人到集艳亭玩月去。（旦不动）（生）人生最难得的是花晨月夕，请抛闲事，且畅芳怀。莫把这一天月色、半阶花影辜负也呵！（旦仍不理，生揖介）适间狂语冒犯，下官知罪了，求夫人看下官平日的恭顺，恕过这一遭儿罢。（旦回眸一笑，生挽旦缓行介）夫人

【尾声】和你去酬花酬月把金樽倒，且各自息诙嘲。（合）共听取缓拍红牙按绿腰。（下）

第六出　平蛮

（扮蛮兵鸣锣吹角，拥副净扮蛮王跳舞上）

【霜天杏】天南异种，居处纷溪洞。林深箐密古难通，那许他汉儿凿空！

俺撑犁孤涂是也。雄踞六诏，威慑九夷，朝而贼，暮而王，叛服不常；喜则人，怒则兽，杀掠无已。起初不过在沿边地方打些草子，近来得了一位国师，能知过去未来，说俺有一朝天子之分，劝俺整众誓师，攻城掠地。可笑那些守土官儿，任俺将关外人民尽情杀掠，只是闭门不出。俺欲长驱大进，直取燕京，做个中华国大皇帝。即或风头不顺，也多掳些金帛子女，归来受用。孩子们，一

齐奋勇冲杀上去！（众）嗄！（鸣锣吹角，拥净跳舞绕场喊杀下）（场上设布城，内作金鼓声，兵卒旗帜，引净戎装上）

【前腔】兵强将勇，号令如山重，向蛮云高处一弯弓，再不许沙虫蠢动。

俺平蛮大将军陈杰是也，以武探花及第，官拜御前侍卫，奉旨征南，遂授今职。（望介）呀！那尘头起处，想是蛮兵来也！（探上）报，报，报。（净）报上来。（探）探得蛮王率领大队蜂拥前来，离此只有数里之遥了。（净）再去打探。（探下。净）吩咐开关，大小三军随俺出关杀贼去。（众）得令。（撤布城，兵卒拥净绕场呐喊走阵，副净引蛮丁冲上混战，副净败走，净追下，副净披发引败卒上）好利害，好利害！何处来的瘟神，竟被他杀得人亡马倒。赶紧回去吊齐各洞蛮丁，请国师率领前来，与他再决胜负。（搥胸大哭介）气杀俺也，愧杀俺也！（报上）不好了，中国人马已到咱们地方上安营了。（副净）速请国师。（报）国师有请。（丑扮国师上，见介）愿大王千岁。（副净）国师少礼，看坐。（丑告坐介）（副净）中国人马已至我境安营，特请国师早划妙计。（丑）大王放心，包管今夜杀得他片甲不留。（副净）愿闻奇策。（丑起附副净耳介）如此如此，这般这般。（副净大笑，起介）孩儿们，人尽衔枚，马皆勒口，拔寨齐起，随孤家去汉营走遭。（内应介）嗄。（众蛮丁执刀牌跳舞上，引副净、丑悄下）（内传更，场上列烛台，净上）甲帐重重黑，将军气吐虹。筹边应有策，早上建章宫。前与蛮兵交了一阵，杀得他鸟惊兽骇，四散奔逃，遂率三军，直压其境。待明日与诸将筹商，好作个捣穴焚巢之计。（探上）报，报，报。（跪喘息介）（净）欵欵说来。（探）探得一更将近，蛮营大起蛮兵，偃旗息鼓，疾走如风，前来偷营劫寨。（净）知道了。赏你银牌一对，美酒一瓶，羊腿一只，一月不出差，去罢。（探）多谢元帅爷。（下）（净）传五营四哨将官上帐听令。（生、末、小生、外四将官上，见净打拱介）

元帅传小将们，不知有何军令？（净）探得蛮兵大队前来劫营，将军可各率本部人马四面埋伏，一听中军信炮，便一齐冲杀。本帅率领中军抄出其后，断彼归路，使其腹背受敌，蛮王可一鼓擒也。（众）得令。（下）（八卒执黄旗上，拥净绕场下。四卒执红旗引小生上，绕场下。四卒执蓝旗引末上，绕场下。四卒执白旗引外上，绕场下。四卒执黑旗引生上，绕场下。副净、丑引蛮兵执刀牌悄上，丑立高处望下，对副净笑介）大王，你看那营中灯火不明，更鼓无声，一些准备也没有，此殆天助大王成功也。（副净抚丑背介）国师，你

【青天歌】**妙计果然工，不用交锋，无常暗送，叫他死得朦胧。**众孩儿，快把营盘围住者，**密重重，密重重，莫放些儿缝。**

孩儿们，快随俺冲杀进去。（蛮兵鸣锣吹角喊杀下，内放炮，副净引蛮兵上）不好了，中了汉儿的诡计了，快走呵，快走呵。（内金鼓大作，小生引红旗卒上）叛贼，那里走？你中了俺元帅的计了！早早下马投降，饶你一死。（副净）哇！（战介，副净败走，小生追下。副净上，末引青旗卒上迎战介，副净败走，末追下。副净上，生引黑旗卒上迎战，副净败下。副净上，外引白旗卒上迎战，副净败下。引败卒上）了不得，了不得，竟被他杀得片甲不留，国师也死于乱军之中了。（拍手顿足介）怎么好，怎么好？也罢，且逃回本洞，再作区处。众孩儿，随俺回洞去者。（兵）四面八方皆是伏兵，从那里走的好？（副净）拣那山僻小径，悄悄回去。（兵）既如此，快跑，快跑！（低头急行介，内金鼓齐鸣，净引卒上，拦住介）哇，叛贼那里走？及早归诚，饶你狗命！（副净）少得猖狂，孤家身经百战，岂惧你无名小卒？快些让路！众孩儿，一齐奋勇杀去。（战介，小生、生、末、外引卒上，围住混战介，净擒副净掷地介）绑了。（众蛮兵跪喊愿降介，副净仰天长叹介）俺平生崛强，所向无敌也，是天地间一条汉子。今既遭擒，有何面目立于人世？

(卒前绑介,副净拔剑欲刎颈,复住介)罢,罢,罢。(向卒介)不消绑得,元帅的英武,南人心服矣!(向净介)上告元帅,俺欲回洞,叫儿子修下降表,率领诸洞臣服天朝,俺然后刎首军前,以谢背叛之罪。不知元帅可能相信?(净大笑介)俺平日信义自处,岂有疑人之理?哎,蛮王听者,你既知改过,我皇上岂不与以自新?倘或再有反覆,那时本帅提兵直入,宗支殄灭,玉石俱焚,悔之晚矣。众三军,一字摆开者。(卒)得令。(两边排立介,净)谨记吾言,好生去罢。(副净号哭,跪介)元帅这等仁慈,若再不知改悔,连老天爷也不容了。待蛮儿回去,一面安排牛酒犒军,一面备下降表、金珠到大营献纳。(净)只须降表,不用金珠。(副净)聊尽蛮儿一点敬心,千乞元帅笑纳。(拜叩介)俺辞元帅去也。(率众下)(净)众三军,就此唱凯歌回营。(众)得令。(净)

【前腔】看平蛮指顾中,马到成功。飞书奏捷报,闪旗红。喜冲冲,喜冲冲,听一派欢声哄!

(内打得胜鼓,众军唱凯歌,拥净绕场下)

第七出 荣归

(老生苍须朝服上)

【步蟾宫】虽喜归田志愿偿,恋玉阙又生凄怆。

(坐介)老夫任贵,草茅下士,际会明时,蒙恩尽有万千,报称殊无一二。争奈年已耳顺,未免念切首邱,屡次乞休,未蒙俞允。前月上疏告病,特旨着儿子任继入阁,方准给假调养,这可算为臣子的光荣至极了!(内鼓吹仪仗,引生朝服上)燮理阴阳承父业,调和鼎鼐答君恩,回避了。(众下)(见介)爹爹。(老生)罢了。从人所捧何物?(生)圣上赐爹爹髼冠一顶,棕履一双,灵寿杖一杖,温凉玉如意一柄,敕太子、亲王、驸马、六部九卿在长亭相饯。(老生)天恩隆渥,臣心愈觉惶恐。看香案。(杂排香案、老生跪叩介）老臣任贵，谨望阙叩谢圣恩！（起介）敬谨收藏了。（杂捧下）（老旦、旦冠帔同上）得告虽如愿，伤离又怆神。（旦）望云愁远目，羞说膝前人。（生）母亲。（旦）公公。（旦见生介）相公。（生）夫人排宴过来。（童婢捧台盏上）孩儿备有旨酒，为爹妈一者介寿，二者饯行。爹妈请坐，待孩儿、媳妇敬酒。（老生、老旦）生受你们。（坐介）（内细乐，生、旦跪献酒介）

【出队子】满斟瑶醖，同住爹妈寿且康。但愿此行平安，一路好风光，到得家园竹报详。（生再送酒介）更愿爹妈心闲意适，勿为孩儿悬念，待孩儿再过二三年，那时便乞养还乡，庭帏乐长。

（老生正色介）哎，儿言差矣！为父的起自寒微，受主上特达之知，遂有今日。我正要你致君泽民，代为父稍报君恩于万一，怎便说到乞养话呢？况你生于华膴，髫龄及第，壮岁登庸，要晓得皆是皇家恩典。

【前腔】这般般非望，莫谓才高与命强。你若能清勤忠慎立朝堂，便强似定省晨昏绕膝傍。（生）爹爹严训，孩儿谨遵。（旦送老旦酒介）（老旦）儿呵，全仗你内助贤良，做婆的才免得牵怀挂肠。

（生、旦同送酒介）（老旦）不消了，吩咐伺候。（同下）（内鼓吹，銮仪引小生扮太子、杂众官随上，老生引生急趋欲跪，小生扶介）看酒过来。（内侍斟酒）（小生）奉旨代饯，敕先生立饮，不须叩拜。（小生递酒，老生挥泪跪接立饮，生随跪介）

【前腔】天恩无量，老臣任贵，惟愿犬马他生再报偿。（饮毕，谢恩同起介）（众）老太师荣归，弟辈特治鲁樽奉饯。（众敬酒，老生垂涕接饮介）任贵尸位有年，所有的诸般不逮赖匡襄，今又承诸兄远饯，这厚意殷殷怎克当？（众唏嘘介）（合）此后呵，怅望苍苍，伊人一方。

不敢久滞归旌，请了。（老生、生跪送，众随小生下，老生起，向生介）你也回去罢，只须谨记吾言，便是任立夫的肖子。（生）孩儿送爹爹上船,辞过母亲,与媳妇一同回去。吩咐启行。(内鼓吹仪仗上,引下)(丑敝衣上)帮闲队里我为强,惯走笙歌锦绣场。不料门户凋零人事改,弄得我这帮闲没处把闲帮。小子夏才,自幼专一陪着贵公子、富大爷顽笑,不料而今富的穷了,贵的死了。(掩泪介)俺夏才也就没着落了。(复叹介)大凡为人,士农工商各有一业,年轻时候切不可任情游荡,弄得作苦不能,营生不善,老大无成,追悔无及。(自指介)区区就是个榜样。还有一件,为人不可眼浅。此地有个任立夫,列位想也晓得。(内)是任宰相不是?(丑)咳,你只知得任宰相,可晓得他四十年前吗?(内)他四十年前怎么样,我不信!(丑)怎么样,怎么样?你不信,我记得。那年没钱下科,想搭人家便船,甘心做小厮服事人,人还不要哩。那些人要晓得他能做宰相,也早早巴结,这会也还有个照应。(内)这也未必。(丑)你不见帮他盘川的一班赌友,现在照应的通发财了,连行主的儿子也被他拉扯,总做大官。(内)闻说他儿子又做宰相,老宰相告了老要回来,也不知是真是假?(丑)管他真假,我要去吃利市酒,不得奉陪了。(下)(内鸣金伐鼓掌号介)已到马头了,禀太老爷,就在这里泊船罢。(老生、老旦上)

【前腔】水屏山障,行尽悠悠道路长。(内)快去看热闹呵!**审音知已近乡邦。**(老生)夫人,你看风景如故,人面已非,可深浩叹也。**怪岁月催人恁底忙,去正年芳,归添鬓霜。**

(老旦暂下,内作哄闹声)(老生)岸上为何喧嚷?院子速去看来。(末下,带丑上)你且站在这里。(丑)是。(末进禀介)启太老爷,小人前去探看,见许多下科士子,说为争甚么石头而起,一时不得头绪。有个闲人,自说晓得备细,小人将他带来,太老爷可传他问问。(老生)将他带来。(末向丑介)过来见太师爷。(丑跪介)小人夏才叩见。(老生细看,笑挽介)你是夏老才呵,请起,看坐。(丑)太师爷在上,小人不敢坐。(老生拈髯笑介)不必俗套,坐了好细谈。(丑告坐介,童上献茶即下)(老生)那些士子,因甚喧嚷?(丑)说起话长,这还是老太师留下的古迹哩!(老生)怎生老夫留下古迹?(丑)说来恐太师见怪。(老生)但说何妨?(丑)老太师下科时曾坐(指介)那块盘石上守船。(老生)这也不算甚么古迹。(丑笑介)只因老太师从此就连科及第,一品当朝,后来巧巧的又有个寒士同老太师一样,也坐在石上守船,也高发了,一时到处哄传。每逢科场,凡下闱的先去石头上坐坐才上船,竟起名叫做"登云石"。又在旁边盖一座折桂亭,众士子凑了公分,办成酒席,临行那天约齐了一同坐过这石,再到亭子上吃利市酒,然后上船,竟成一个定例!(老生)既有成规,为何争闹?(丑)只因人心不古,这次竟有几个不等人齐,抢先坐了,所以争论。(老生)这也可笑,院子过来。取白银二封伺候。(末应下,取银封上)(老生)送与夏相公。(笑向丑介)今日故人相逢,朱提二百,聊代绨①袍之赠。(立起介)改日再会,请了。(丑收银叩谢,下)(老旦带婢上,末执手本禀介)合境官属遵太老爷钧谕,不敢亲接旨,差人递手本禀安,率夫役伺候。(老生不语,长叹介,末下)(老旦)今日荣归,相公何事发叹?(老生凄然介)咳,一向不曾告诉你,方才因这"登云石",回忆下科时苦无路费,李子虚许搭便船,怕他同人不愿,说凡买物料理之事如肯代肩,川资可无须自备。(揾泪介)那时也就从权应允。及至河干,遍寻不见。正在无从捉摸,撞着适才来的夏才,方晓得于三日前竟先开船走了。(掩泪介)一时弄得我

【前腔】气凋神丧,急赴清流作下场。蓦想囊中青蚨二贯是夫人赠的,必须寄归。坐石上等个熟人,方得遇见米行主人,把舟车之费代筹量,才侥幸身荣上玉堂。前在京中以文投见就是他的儿子,

① "绨",原文作"缔",据文义改。

如今皆做大僚了。去岁信来,说他尊翁已迎养任所,也算安富尊荣,无须报答,只好嘱咐儿孙把他的厚谊心藏,永永弗忘。

(老旦亦掩泪介)那时只说是朋友照应,岂知还有这些周折?据妾看来,凡事莫非前定。那一班炎凉小人枉自嘴尖舌薄,自招惭悔。(老生)夫人说得是,吩咐伺候。(内鸣金放炮细乐,夫役执事上,老生、老旦同坐安车,老生四顾,浩叹介)此日人犹争石坐,当时谁肯共舟行?(绕场下)

第八出　宴旧

(老生便服上)赖有儿曹①代仔肩,君王恩许赋归田。蘧然一枕黄粱梦,弹指光阴四十年。老夫自还乡里,只觉心闲意适,魂梦俱清,数日来酬应稍暇。昨折东邀几个微时故友,待夫人出来,与他商议。(老旦带婢上)自作皇都客,难为故里心。白头约邻母,重与共追寻。(见介,对坐介)老夫有几个微时故友,前日人多,未便深谈,今日约他们来叙叙。夫人可吩咐厨上,一切肴馔不可草率,务要精洁丰盛,将御赐内造的酒开一瓮。(老旦)妾身已吩咐过了。可是还有个陈杰,自平蛮后,怎么再不见你提起?(老生)他世封定远侯,镇守滇疆。不数年上章告病,遂令其子袭爵,他带着童子飘然远引。前还有人在终南山遇着他,已改僧服,近来久无信息了。(老旦)原来如此。旧邻张老爹可曾邀他?(老生)请过了。(老旦)妾身已命人请张奶奶去了。(老生)夫人提起旧邻,老夫不禁触起旧事。哎,夫人,老夫虽是

【乔合笙】初心幸遂,把往事回思。记得那困穷地、落拓时,纷纷白眼人见嗤。惟卿不作庸流视,任教荡尽妆资,致你生计辛勤凭十指。今生荣贵,虽说良友助成,实出夫人之赐。若非等人寄钱,亦

① “曹”,原文作“遭”,据文义改。

无由与行主相遇。(老旦)这皆是祖德宗功,妾身何与?喜喜际风云,文章政事皆称美,更饶出处俱无愧。今日退居乡里,和你共享清闲,那已往事休重说起。

(同下)(副净白发拄杖上)白发垂肩两耳聋,烛残偏耐五更风。清寒境界繁华况,尽在一双老眼中。老汉张古撇的便是。一向与任秀才比邻,见生见长,人人说他后来必贵,岂知他父母死后一二年光景,将万金家产败个干净,亲族疏远,童仆逃散,单单剩他娘子一人。老汉看不过,时常叫老伴过去替他做做粗活,买买物事,那年接他娘子上京,就将房屋器具一总给了老汉,这也算不忘旧了。今日告老还乡,老汉并不曾去巴结他,他倒先着人来请吃酒,真是做梦也想不到的!(笑介)这叫人行好事,不问前程。来此已是。烦大哥通报一声,说张古撇来了。(内)快去通报。(副净)他们来了吗?(内)不曾。(副净)且慢,且慢,等到齐了再报罢,可先引我进去看看。(内)童儿,快请张老爹厅上坐,好生待茶。(童上)张爹随我来。(前引副净,且行且看介)呵哟哟,好齐整大房子!
【调笑令】看雕栏文砌,看雕栏文砌,光直射、眼都迷,光直射、眼都迷。(童)这是正厅。张爹请坐,待童儿看茶。(副净)不消,小哥自便。(童下)(副净东张西望介)好体面,好体面!也不知他们身上穿的怎样?(指介)你就看这些桌椅、条台,嗳呀!通一件件簇锦团花披绣绮。(点头叹介)这也叫做时来物也因人贵。(复四顾低声介)想他做穷秀才时,恰也生受尽戚友嘲讥。闻说那班人前日亲自带着厚礼上门,十分趋奉。(摇头介)这件事老汉可万万做不来的。(笑介)倒也难为他是几世修来的老面皮,转关儿骄将谄继。

(抬头望介)咳,这个屋里样样讲究,可惜墙上画儿没一张好看的。(老生上)张翁来了。(副净转身,老生拱介)失迎呵,请坐。

(副净)不敢,不敢。(对坐介)呵哟哟,任相公去了四十多年,一点也不老,只是添了几根胡子。(童上)客到,请太老爷出迎。(末苍髯、净白须、丑秃须、杂满须,同新衣上,老生起迎介)诸兄久违了。(众)彼此,彼此。(团揖坐介)(众)前日大哥到家,弟等相约来看你,因大哥应酬事烦,未便唠叨聒噪。今又遣人相招,多承厚意。(老生)诸兄近况可好?(众)承大哥照应,皆有饭吃了,不消记挂。(老生)可喜,可喜。(众)大哥一向做官享福,不用说是好的了。(老生)托庇粗安。今日故人重会,竟是一面饮酒,一面叙阔。(众)就是如此。(老生)看酒过来。(四童捧酒肴上)(老生)也不与诸兄把盏,我们竟坐罢。(众)好,好。(团坐饮介)

【秃厮儿】喜孜孜同登瑶席,笑吟吟共举金卮。(哗拳介)出奇制胜运心思,(童互送酒介)看觥交错,斝交飞,愿不醉无归。

(众醉介)大哥,有句话要问你。(老生)请教。(众)我们时常听得人说

【豹子令】富易交兮贵易妻,每生疑,怎生我们大哥同酣共畅兴淋漓,也么似前时。这等看来,又何曾友易糟糠弃。我们今日吃了大哥的,我们明日还要轮流相约过柴扉,与大哥朝朝痛饮坐成围。

(老生)自然敬赴高约。(掩泪介)哎,诸位贤弟,任贵回想那时

【圣药王】贫已极,困莫支,若非良友代维持,立夫焉得折桂枝、步玉墀?今日归来与诸兄重聚,漫说是当年豪气消磨矣,还堪与诸兄共覆掌中杯。

(大笑介)哈哈哈,取大觥来,吩咐奏乐侑酒。(四女艳妆上,歌舞介)(合)

【梅花酒】衣锦荣归,故人重会,率真不用冠裳礼。任喧哗,随坐起,任喧哗,随坐起,拚教玉山颓。主宾同醉,这还乡有余味。

(四女送酒介)(众)我们醉了,散散罢。(同起介)(众)

【尾声】果然再按金杯矣，（老生）果幸代诸君吐气。（合）一任世炎凉，苍苍有位置。

落拓才教见丈夫，天空难问亦难呼。
分明共载期良友，岂意攒金到博徒。
浮世有谁轻富贵，寸心惟我重屠沽。
添花锦上都成例，送炭从来雪里无。

——《小蓬莱传奇》十种本，上海藻文石印社1900年版

鸳鸯梦①

提纲

（末上）

【解佩令】佳人绝世，奇才旷代。了三生，一面因缘。尽两幅冰绡，勾惹起、无穷悲愤。叹双双、竟将身殉。　　青山埋骨，黄泉结发，死鸳鸯此情堪悯。良友招魂，感音容、梦中重认。想当然，幻真休问。

第一出　嘱访

（小生扮张灵上）

【二郎神】轻寒逗，莽韶华又禁烟时候。春色年年还似旧，清羸洗马，平添万斛新愁。安得中山千日酒，醉昏昏不分宵昼。说甚么公侯，问萧曹几个长留？

不许人怜只自怜，几分潇洒几分颠。千秋细数谁同调？遮莫临风一惘然。小生张灵，表字梦晋。拾芥功名，浮云富贵。未逢

① 原文此处有“东海刘清韵古香填词，古僮钱梅坡香岩较订”。

青眼,漫嗤落拓闲人;果遇素心,自赏风流名士。平生与唐解元六如最为投契,经时不见,相思颇深。当此春色恼人,不免前去,访他谈谈,借以排遣。(行介)你看道上那些人来来往往,不知为着甚的?

【集贤宾】茫茫宇宙何自有,中间着甚蜉蝣?孰是精华能不负,好风光尽渠消受。算庸庸福厚,也多般尘垢。闲穷究,待证同心良友。

(小生下)(生扮唐寅,小旦、贴扮二侍姬,一捧茶具,一捧酒具,随上)(生)占得千秋笔一枝,生涯都付画书诗。不须更赏旗亭句,自有双鬟比雪儿。小生唐寅,字伯虎,别号六如,苏州吴县人氏。才思纵横,胸怀放旷。一任功名蹭蹬,与古为徒;不教岁月蹉跎,及时行乐。你看花绽红英,柳垂金线,好一派明媚春光也。

【前腔】人生那得千万寿,争禁烦恼纷投!已秋榜才名标锦绣,遣春韶宜酌金瓯。我玉山颓后,(向二旦介)不特要茶烹素手,还倩卿卿,双扶红袖。

(生上坐,小旦、贴送酒介)(生)二卿坐了。(小旦、贴对坐同饮介。丑扮结欢使,执同心如意暗上,向三人作势,旋舞介,即下)(生视小旦、贴介)呀!看你二人红酥两颊,翠晕双眉,较平时别有一般丰韵,令小生真个消魂也。

【猫儿坠】春衫浅淡,新换翠云裘。若比较花枝花应羞,问何人对此不忘忧?进酒!(二旦起,送酒介)(合)共领取美景良辰,浅酌低讴。

(生)今日此乐,不可不与良友共之。童儿!(丑应上)老爷呼唤何事?(生)你与我将张相公请来。(丑)不消请得,适才远远望见张相公来了。(生喜介)来的恰好。你去门外候着,不可被他走到别处去。(丑应下)(小生上)纵酒浇愁地,寻芳拾翠人。(生迎笑介)梦晋,数日不见,在家作何勾当?(小生)亦无甚事,不过情绪不佳耳。(生)也要自家排遣,若十分着迹,便为他所缚了。(小生)咳!六如,你是深知梦晋的呦!

【前腔】**我已闲愁怕遣,怎更压春愁!被这两缕愁丝,竟彻夜无眠搅不休,是谁撒放倩谁收?**(生)际此明媚春光,正宜畅饮,如有不欢者,罚依金谷。(生、小生对坐介)(生)**进酒!**(小旦、贴送酒介)(合)**共领取美景良辰,浅酌低讴。**

(向小旦、贴介)你们可将柳郎中对景词儿,缓缓的唱一阕来,与张相公侑酒。侍儿,取玉箫檀板来者。(二婢艳妆持玉箫檀板上。贴吹箫,小旦执板旁坐唱,二婢斟酒介)【木兰花慢】坼桐花烂漫,乍疏雨,洗清明。正艳杏烧林,缃桃绣野,芳景如屏。倾城,尽寻胜赏,骤雕鞍、绀幰出郊坰。风暖繁弦脆管,万家竞奏新声。

盈盈斗草踏青人,艳冶递逢迎。向路旁往往,遗簪坠珥,珠翠纵横。欢情,对佳丽地,任金垒、罄竭玉山倾。拚却明朝永日,画堂一枕春酲。(小生)果然词出佳人口,不愧绕梁之韵。(生连饮,小生执盏凝思介)(生)梦晋,我看你近来落落寡欢,不似平时豪放。且年已及冠,中馈尚虚。还是难得其人,还是意有所属?不妨明以告我。(小生)岂君有意中人,堪当吾耦者耶?(生)非也,但思才子宜配佳人耳。(小生)今岂有其人哉?求之数千年中,可当才子佳人者,惟李太白与崔莺莺耳。吾虽不才,然自谪仙而外,似不敢多让。若双文者,世安得其人哉?六如

【前腔】**我年华自数,也到摽梅候,只为佳人不易求。今日既蒙关注,嘱君着意代为谋。**(生大笑介)既蒙见委,自应效劳。(举盏介)**进酒!**(二旦送酒介)(合)**共领取美景良辰,浅酌低讴。**

(生)再斟酒来。(小生)多谢盛情,小弟已不胜杯酌了。(起介)就此告辞。所托之件,务期留意。(生起挽留介)(小生)

【尾声】**纵然海内佳人有,怎能得良缘巧凑?**(生)此事总在六如身上,**还你个倾国名姝称好逑。**

（互拱介）请了。（小生下）（生醉态坐介）梦晋，我与你再饮三杯，各填一首【百字令】，以记今日之事如何？（小旦、贴笑介）你看这人醉得如此！张相公早已走了。（生）梦晋，你敢与我旗鼓相当么？（贴）张相公早已走了。（生作朦胧四望介）呀！果然走了。我们也疏散疏散，回来再饮罢。（作起身欲倾跌，二旦扶介）老爷看仔细。（生醉吟介）才子多情谁似我？名花解语你和伊。（扶下）

第二出　行乞

（外三髯扮崔文博，旦素衣扮崔莹，老旦养娘，贴小鬟，末院子，小旦书童乘船，杂摇橹上）前面已到虎邱，就在这里泊船罢。（末）靠稳了，老爷要上去拜客。（杂向场右角泊船介）（外）女儿！（旦）爹爹！（外）自你母亲去世，看你日见消瘦，虽是你的孝思，也要自己保重。况你并无兄弟，为父的单生你一人，现在承欢，将来养老，全在你身上。今日舟过虎邱，我上去候个朋友，你不要闷坐。此地是名胜之区，风光颇好，开窗不妨领略领略。（向老旦介）好生伺候小姐，不要惹他烦恼。（老旦）婢子晓得。（旦牵外衣，作娇憨态介）爹爹，你去便去，是必早些回来，不要教孩儿痴等，怪闷的。（外笑抚旦介）我儿放手，为父的去去就来。（童）打扶手，老爷上岸。（杂打扶手，外带童上岸，下）（旦）养娘，把舱门掩上罢。（老旦作关舱门，立侍介）（旦）爹爹上岸去了。咳！

【山坡里羊】云山渺迢迢乡梓，兰舟上灵椿依倚，素罗衫袖啼痕渍。（叹介，内作鸟声介）自母亲亡后，心神恍惚，浑忘节序，不觉春已残，枝头杜宇悲。（内作笑语声，弦管声，喧哗声，车马驰骤声）听悠扬箫声笛韵随风至，恁喧阗宝马香车夹岸驰。（泪介）若母亲在日，船泊此处，必定要携儿，同探虎阜奇。今日扶榇还乡，（泣介）凄其，时见那一团团灵风旋纸灰。

【菩萨蛮】春波仿我湘裙縠，春山分我眉儿绿。娇小不胜衣，盈盈十五时。碧纱春睡足，缓把菱花嘱。消瘦竟如斯，慈亲知不知？奴家崔莹，小字素琼，南昌人氏。爹爹前为海虞学博，随亲任所。不幸母亲亡过，扶榇还乡，泊舟吴下。爹爹上岸访友去了，慈柩默对，好生伤感人呵！（颦眉闷坐介）（老旦）小姐，我将这面纱窗推开，同你看看景致可好么？（旦）老爹不在船上，不要开窗罢。（老旦）怕甚么？不是老爷说的，叫你不要闷坐，吩咐我引逗你看看景致？刚才我在后舱，瞧见那些游女成群结队，一个个收拾得花勃勃儿的，异样出奇好看。况且我们船上又有老身相伴，推窗望望，怕甚么呢？（作开窗介）小姐请到这边来坐。（旦作凭窗远眺介）（老旦）小姐，只怕你长这么大，这景儿见的还是头一回呢。（四杂扮游客上，绕场下）（旦）

【皂罗袍】遥望平原清霁，正风和日丽，柳亸花攲。果然纸醉更金迷，游人来往真如蚁。（贴指介）小姐，你看那边竟许多美人来了。哎哟，好体面衣服！（内扮游女上，绕场下）（旦凝望微笑介）这些人不过衣装合式，梳裹入时，那里算得美人？看他全借那脂光粉泽，妆点出花颜玉肌。（老旦）怪道老爷说，此处是名胜地方。小姐，你看那叫花子也与别处不同，好个人物儿！（小生敝衣，执书携杖醉态，带童上。旦微觑介）养娘，那不是叫花子，看他有超尘逸致，更兼那出群俊姿，多应是天仙游戏来人世。

（小生执书挟杖，向场面揖介）刘伶谢饮。（行唱介）

【解酲甘州】【解三酲】谢香醪刘伶醉矣，浑不用荷锸相随。（望介）看那蒙茸细草如茵腻，早心融洽眼眯瞑。（向场左角睡介）我且幕天席地沉酣睡，方称越古超今举措奇。【八声甘州】追陪，那达庄生栩栩忘机。

（童扶介）相公，怎么睡这草地上？看风吹着，到前面亭子上歇歇罢！（小生闭目推介）我醉欲眠君且去。（沉睡介）（童）主人睡了，我也顽顽去。（回顾小生点头介）少喝一杯也罢，竟醉得这个样子，真是岂有此理焉哉乎也了！且自随他，毕竟我怎么个顽法呢？（想介）唱小调？不好不好，没人听。不如在这草地上翻筋斗，竖蜻蜓，打个滚玩玩罢。好好好，待我就顽起来。（作做诸般把势，猛抬头见旦，失惊仰望，回跑喊介）快来看哟，快起来看神仙哟！（贴）小姐，天上过神仙了。（旦、老旦同望介。童推小生介）快些起来看神仙，迟了就过去了。（小生）在那里？（童）在天上。（小生起坐仰望介）（童）不在天上，在河里呢。（小生）胡说。（童指介）那船上不是神仙么？（小生揉眼觑介）果然有只船，只是离的远了，看不清楚，待我前去看来。（欲行，童指介）不是这等看法。若一直走去，被他关上窗门，就看不成了。（小生）也罢，我从这边过去，隐在那株大柳树后，仔细的赏鉴赏鉴。（作隐树后看介。杂扮结怨使，执镜携彩结暗上，立小生后，取镜照小生，复以结拂小生，随下）（小生）呀！不料世上

【玉抱①肚】竟有无双佳丽，恰天然铅华不施。玉钗钿越显容辉，素衣裳尽称光仪。人间那有恁丰姿？想神女翩从洛水来。

哎！我也顾不得唐突了，竟去求见则个。（旦）关上窗子罢。（老旦关窗介。小生上船介）（末）好大胆叫花子，怎么跑到船上来？还不快下去。（小生跪介）张灵求见。（末）快滚下去！（小生不理，末举手欲打。童喊介）船上大叔不要生气，那是我家相公。（末）是谁？（童）是有名才子张灵相公。（末）既是张相公，等家爷回船，代你转达，请回罢。（小生不行，童硬扯小生下船介）（旦向老旦介）吩咐院子，将船移到僻静地方去。（末）是。（杂摇橹下）（童）今日不是童儿喊的快，险些儿闹出乱子。（小生复转身行介）（童）相公那里去？（小生）我去将居址说与他。（惊介）呀！

---

① “抱”，原文作“包”，据曲谱改。

你看只剩

【掉角望乡】【掉角儿】舞东风绿柳依依，漾湘纹春波弥弥，荡悠悠游丝漫空，杳沉沉碧天无际。怎霎时间就彩云飘，仙踪渺，眼睛迷？纵书成也难觅青鸾寄。【望吾乡】魂摇曳，意推移，他为底将人避？

（徘徊凝想介）明明一只船，船上一个美人，怎一转身便不见了？（童）天色傍晚，游人尽归，相公也回去罢。（小生作痴立不闻介。童又说介）天色将晚，请相公回去罢！（小生）呀！我

【尾声】整心神痴呆未，那斜阳已在柳梢垂。咳！也只好遮莫含情默默归。（下）

第三出　赏图

（外携图带童上）

【甘州歌】【八声甘州】迂拘性癖，广文官冷，已点鬓霜新。推详物理，叹如羽光阴何迅！才从杏梢含笑靥瞬，絮滚花飞又暮春。【排歌】繁华果，富贵因，将来都付与行云。辞学署，返里门，那旧时松菊想犹存。

莫将迟暮惜年华，懒散为生尚有涯。抱瓮灌园成底事，曲栏深护一枝花。老夫崔文博，教授海虞。妻亡解组，舟泊山塘，便道访友，路过可中亭，得遇枝山祝君、六如唐君。见案上铺《行乞图》，图中一少年，神彩娇娇，是为才子张灵游戏而作。此等举动，非真才子不能。想女儿年已及笄，若论婚姻，此生倒是个佳偶。即向二君乞得此图，归舟与女儿观之，看其品鹭如何。只是老夫呵

【前腔】【八声甘州】摧颓半百身，念膝前娇女，选东床每振精神。今日呵，归途访友，山塘路缓踏芳尘。无意中得见此图，想那图中人，鹑衣执卷丰采爽，恰不待添毫便有神。更闻此生，【排歌】才超

众，志轶群，笼人豪气早凌云。老夫此时呵，衰衷慰，晚意伸，特携归舟内细评论。

明日拜访唐、祝二君，面托玉成，也完了老夫一桩心事。

【尾声】数年来萦方寸，何期一旦遇斯人。老夫此后，便好去问水寻山访隐沦。（下）

第四出 应聘

（二内官引净扮宁王上）

【六么令】心雄气傲，揽人才，异志潜操。望长江风卷浪花高，待团舰舸拥旌旄。把文皇旧例从新效，把文皇旧例从新效。

（坐介）生是蛟龙体未舒，雨云在望且徐徐。不甘蠖屈居人下，彼丈夫兮我丈夫。孤家宁王宸濠是也。幼袭藩封，壮干天位，虽然有志未遂，争奈无隙可乘。且喜今上冲龄，巡游无度，意欲乘此机会，直取燕都，先登大宝，然后下诏四方。且待谋士刘养正到来，与他商议。（末上）暂为藩邸无双士，待立开基第一功。（见介）愿大王千岁千岁千千岁！（净）先生免礼，看坐。（末告坐介）（净）孤家拟大举入京，先生以为何如？（末）大王且慢，养正筹之熟矣。大王听启：

【四边静】竭愚诚，借箸前筹告，望选择如花貌。先期进入朝，引逗他沉迷渐昏眊。那时天心刺嘈，民心动摇，大王统貔貅，振旅入燕都，管金銮稳登了。

大王可将美女画成图册，一同献上。臣再荐举一人，包管大王大明江山，唾手而得。（净）先生所举何人？（末）此人是三吴名士，姓唐名寅，字伯虎，曾中上科解元，不特丹青妙天下，更兼才识俱长。大王卑词厚币，差内官前往，只说请他写美人图进御。大王既得个好贤礼士之名，又借其才略，共成大事，真一举两得。惟大王裁之。（净）此计甚善。先生可修下聘书，孤家一面选择美人,一面差人前往。内侍过来!你可拣老成内监二名,备安车一辆,黄金白璧,彩缎明珠,往姑苏走遭。如唐先生就道,饮食起居,须要十分敬谨。如有丝毫忽略,定将头颅砍下。(杂)领旨。(净)先生,孤

【前腔】纳忠言,急下求贤诏,看指日收功效。你谋猷委实高,这机关孰能料?那时天心刺嘈,民心动摇,统貔貅,振旅入燕都,管金銮稳登了。

(同下)(二内监捧聘礼引安车上,绕场下)(小生上)

【番卜算】一事挂心苗,辗转丢难掉。闻良朋新赴辟贤轺,去嘱访,佳人耗。

小生张梦晋,闻六如有江右之行,不免前去话别一番,兼以婚事相托。(下)(生上)

【好事近】币帛远相招,使者敦催就道。那南昌呵,滕王杰阁迥凌宵,好去把子安凭吊。

小生唐寅,家居无事,久欲遍览名区,恰好藩邸见招,且索前去走走。(小生上见介)(生)正欲告别,来的恰好。(坐介)(小生)闻六如上国观光,一来奉送,二者还有要事相托。(生)梦晋所嘱何事?(小生)前虎邱所遇佳人,访知为南昌人氏。乞君为我多方觅之,冀得当以报我。此开天辟地第一吃紧事也,幸无忽忘。(生)敢不如命!(小生)梦晋更有一言奉告。久闻那宁王,

【划锹儿】才疏志大行粗暴,与兄怕未必能交融水乳两和调。倘有不合,六如你勇退急流好,做闲云最超。(合)怪骊歌唱早,离怀同悄,更何时剪烛西窗,推襟送抱?

【前腔】(生)敬聆金石承清教。况我此去,只不过新图代写如花貌。只是一件,如访着倾城耗,(笑介)梦晋你将何谢劳?(合)怪骊歌唱早,离怀同悄,更何时剪烛西窗,推襟送抱?

(内监上)请唐先生早些启行,以慰王爷云霓之望。(小生、生

同起，拱介）请了。（小生欲下复回介）六如，奉托之件，千祈留意。（生）敬承教。（分下）（二内监引生坐车上，绕场下）

第五出　侦美

（小生上）

【普天乐】看幽阶苔花结，听高树鹃声咽。单则为一缕情丝，打迸做愁城万叠。多应宿世种下冤和孽，致今生、暮暮朝朝难抛撇。苦纠缠，闷恹恹体榜清削，悄冥冥心旌暗曳，意悬悬只落得信断音绝。

（坐介）曾经沧海难为水，除却巫山不是云。小生张灵，自遇那人之后，留心侦访，茫无着落。只有人说是南昌人，恰不知名姓。中怀迷闷，好难排遣得呵！

【雁过声】叨窃，玉颜偶接，慢回想那时一瞥。分明照眼珠光澈，月羞明、雪输洁，费几多乾坤、秀气凝结。欲待将模样儿细细揣摹一番，我又迷离，忘俊靥，恁缠绵宛似春蚕劣，莽无端自吐柔丝相缚也。

只不知那人字人也未？若已字人，岂不把精神枉用了么？怎生得一确信才好。咳，天吓，天吓！既那人与张灵无缘，你又叫我见他怎的？（叹介，起）

【倾杯序】牵掣，长相思无休歇，甚烈火熬心热？近来只觉得永日如年，美景如梦，刚到黄昏，未睡先怯。梦魂怎怗，对一灯明灭，才智俱竭。前曾嘱六如代访，只不知他可曾寻着那根节？

（痴立自语介）若已字人，岂不把精神枉用了么？（童暗上，听介）六如，六如，你访的怎么了？（坐介，伏案睡介。童立场角说介）我家相公一向与唐解元看花饮酒，论画评诗，好生潇洒。自那日虎邱回来，便天天带我出去，也不游山，也不玩景，只在山塘堤上，左盘右旋，东张西望，不知为着甚的？险些儿将我的小腿跑折,这也罢了。不料自送唐解元去后,一发痴痴迷迷的,连门也不出,终日自言自语。此刻我才明白,这些缘故,皆因那船上美人而起。正是:要知心里事,但听口边言。(点头介)待我哄他出去,散步散步。(小生梦语介)六如,果然被你访着了。(笑介)我好喜也。(醒介)呀,原来在此做梦。(沉吟介)(童)昨日祝相公遣人约相公看浴佛演戏,去不去呢?(小生不语介)(童)听得人说,今年游人比往常竟多出十倍,那些画船,把一条山塘总靠满了,想那天相公见的美人船也必在内。相公不喜看戏,还到那里逛逛去。(小生不语,起行介)(童)几日不曾出门,怎么另换了一个样子?(小生)

【玉芙蓉】把芳尘缓踏赊,转眼风光别。(童)此是柳坞,好森森一带,翠阴排列。(童)烧香的真不少,行看那随喜寺观,人喧挤。(童)好香!这里总闻见,猛吹来,逐风降檀香郁烈。(童)已到山塘,不是那棵树么?记前番、有魂于此被人摄。

(童)那些船上要留神。(回来张看介)(小生)

【小桃红】你莫向兰舟猎,料没有桃枝叶。(童)呀,好一对蝶儿!翩翩恰羡寻香蝶,眠花占得芳菲节。(童)这蝶儿飞来飞去,只在我们面前,恰为甚的?春归与你何干涉,怎偏向愁人恁地委折?

(童)童儿向各船瞧过了,没有上回神仙,想必游山去了,我们再到那里寻去。(小生、童引行介)相公看好戏么?(小生)他演得不好,待我来演王子晋跨鹤吹笙。(推童子倒地,骑童背,作控鹤状介)我

【催拍】鹤漫骖青霞任蹑,(举手介)笙漫调白云可揭,指点蓬山那些,蓬山那些。我待袖挹浮邱,八极同阅。鹤呵,怎羽缡褷,不肯冲越?快些飞吓!休误我饭觅胡麻,(打介)宜痛抶且轻挞。

(连打介,童负痛掀小生地上介)(小生)既无分作天仙,作个水仙罢,也得,也得一样的。

【尾声】祥烟拥瑞雾遮，虽较天仙逊些，畅好与那捉月青莲同去也。

（作投剑池。众救起，扶掖下）

第六出　入选

（旦带贴上）【如梦令】睡起唇朱微褪，一缕枕霞痕嫩。人困日初长，帘外落红成阵。成阵，成阵，细数几番花信。奴家崔莹，官阁新辞，乡园乍返。你看春光虽敛，夏景方长，好一个清幽庭院也。

【罗江怨】湘帘卷翠烟，风光腼觍。漫徘徊无语小栏前，花枝人面、相对斗婵娟也。（贴）小姐，你说这里花好，可知园中还盛呢！我将角门开了，小姐去咱。（引旦行介）那雀儿叫的好不热闹！（旦）呖呖清圆，软语怜莺燕。爱飞英五色鲜，笼碧苔似锦毡，衬凌波小印莲痕浅。

（下）（外上）

【园林好】消长昼芸编静披，抚娇雏晨昏自怡。但选择门楣非细，须玉树、配琼枝。那张灵堪当其选，闻他好友唐六如，不日至此，当倩彼、玉成之。

老夫崔文博，解组归来，清贫自守，只为女儿姻事，未免挂怀。前在虎邱，拟托唐、祝二君，以舟人不能久待，匆匆遂返。今六如应藩邸之聘，待他来时，正好面商。（童上）忽得惊人信，忙来报主知，老爷祸事了。（外）何事大呼小叫？（童）王爷要选美女进御，不论官民人等，有女不报者，家人发遣，家财入官。老爷报不报呢？（外）小姐已许过人家，报甚么？你再去打听。（童应下）（外）说便如此说，未免多费唇舌，不如出外暂避为妙。院子！（末上）老爷有何吩咐？（外）你去江口雇只大船，明日一早，我同小姐到苏州去。（末应下）（外）我也进去，叫女儿打叠行装。（下）（旦引贴上）侍儿，放下帘子，添了香，将绣床取来。（贴放帘焚香，列

绣床介）（旦）

【嘉庆子】兰窗待把金针试，（理绒介）要香绒细劈丝丝，（配色介）配颜色须教精致。（绣介）这叶呵，一片片翠离披，这花呵，一朵朵浅深宜。

花间无蝶，便没生趣，待我再绣个粉蝶儿。（外上）女儿。（旦）爹爹。（外）可将绣床收起，有话与你商议。（贴收绣床介）目下宁藩选美女，我要携你往苏州暂避，可将应用的细软收拾带去。我有件心事，也要完结，明日一早便行。

【尹令】好把囊装早置，不特凶锋权避，我就里别存深意。此去访那张灵，要把良姻早缔，以后为父的，便两地悠游，酌酒看花暮景怡。

那《行乞图》必须带去，不可遗落。（旦）孩儿知道。（外自语介）此去成就女儿姻事，倒也一举两得。（童慌忙上介）老爷，不好了！不知何人将小姐花名报了内监，现在厅上催迫小姐起身，叫老爷出去有话说呢。（外）有这等事。（旦哭介）（外）我儿且免愁烦，为父的自有道理。（下）（旦）

【品令】魂飞春山，叠翠锁双眉；如珠清泪，点点湿罗衣。哎，天吓！儿家是含苞嫩蕊，怎禁风猛厉！咳，爹爹吓！衰年已至，叹膝下晨昏谁侍？去世的娘吓！你撒手西归，倒也免得不舍难留那惨凄。

（拭泪介）事已至此，徒哭无益。况奴家此身，爹爹已许张灵，不免将《行乞图》取出，题诗一首，寄与张生便了。（下）（外怒容上）岂有此理！

【豆叶黄】飞灾突至，何法儿堪施？况那宁王，他又暴虐非常，一味的任情随意。逞他威势，逼人远离。哎，罢了！要这老命何用！拚得个头颅粉碎，拚得个头颅粉碎，去面见强藩，何妨血溅阶墀！

女儿！（贴）小姐哭了一回，去寻吉利图题诗要子去了。（外）咳，儿呵，这场祸皆因你才貌而起，还题甚么诗？侍儿，快取我冠带袍靴，请小姐到来。（贴应下）（旦执图，贴捧冠带上）爹爹，可有挽回？要冠带何用？（外）已字之女，例不入选。我去面见宁藩，与他辩论，宁可碎首，誓不叫我儿去的。（旦）爹爹且自三思。爹爹此去，倘罹不测，孩儿焉忍独生？父女同死，亦复何益？况他是选去进御的，一到皇都，得见天子，面陈苦衷，或者天恩放回，天伦重叙，岂不比此刻同死的好么？倘或不准，那时女儿便触金阶而死，死也死得明白。只求爹爹勿以孩儿为念，孩儿便去的放心了。

【玉交枝】人生苦事，最难禁骨肉分离，愿爹休把离肠系。算当初未养孩儿，此后呵，随时宴饮且酣嬉，爹心旷达儿心慰。只是那《行乞图》上，有孩儿题的诗句。爹爹是必寄与张生，不要忘了。虽良姻未和伊缔，孩儿也抱贞心不可转移。

（外）那张灵，我虽有此意，并未下定，可以不必认真。只要你保重身子，随时过遣，为父的也就罢了。（旦正色介）这是怎说？若不因爹爹心许张生，孩儿是闺中女子，珍藏那图做甚么？儿意已决，爹爹更勿多言。（外泪介）儿呵，依你便了。

【川拨棹】无计留儿住，你随机当自持。若到京中，见天子婉曲陈词，见天子婉曲陈词，或可有济，（背哭介）免使我心摇意驰。（旦）爹爹，请宽怀不用悲，膝前儿有日归。

（外）我还有万语千言，只是一时无从说起。儿呵！你今晚尚与我一处，

【尾声】明宵此际，你居何地？（旦）天吓！闪得人无门可避。（合）从今后两处离愁两不知。（下）

第七出　赚归

（丑上）只为一纸美人图，多方聘取名下士。可怜陪尽瞎小心，谁知还受腌臜气。区区宁王邸中一个内监是也。你道为何说这几句？只因俺王爷是个雷厉风行的性子，近来被刘养正说转

了，可可那性儿比棉花还软，不是奇事吗？自聘那唐阿呆到此，莫说咱家陪尽小心，连王爷也十分恭敬。初时不过有些高傲神情，都道是名士习气，也还罢了，不料图成之后，陡然换了个样子，每日里不是狂歌，就是痛哭。有时安静，便喃喃念念说甚么佳人难得，负我良友，说过了又说。有时又咬牙切齿，肆口嫚骂。前日王爷酬他写图之劳，盛陈筵席，尊他首坐，亲自敬酒，他毫不谦让，公然坐饮。王爷又命众官一同，跪献三爵，那个阿呆接过来，一饮而尽。此等踞傲，已非情理，谁知他又放声大哭，哭了又骂。那时合殿官僚，尽皆失色。王爷倒陪着满面笑容，说唐先生醉了，快扶去歇息，好生小心伺候。及至扶了回来，他又纵声狂笑，跳起身来，将王爷最心爱的温凉玉瓶，撞得粉碎。那时咱家只得报知王爷，王爷勃然变色，说道：孤家实在耐不得了。刘养正说：大王欲成大事，何惜一瓶！那刘养正怕王爷得罪他，劝王爷明日送他回去。你想巍巍的一位王子，被他如此作践，一毫气也不生，不是奇事吗？此刻那阿呆想是起来了，我且去伺候着，不要惹他聒絮。(下)(生偃蹇傲态上)内侍！(丑)奴婢在。(生)快取酒来。(丑斟酒，生饮介)内侍，你可晓得

【点绛唇】饮痛歌狂，逸情云上，风流况？可恨你那昏王，怎说我胡颓放！

(丑)王爷敬先生如泰山北斗，何曾说这话来？不是奴婢多口，前日殿中哭骂，又将玉瓶撞碎，先生也有些不是。(生怒介)哇！好大胆奴才。(丑跪介)先生息怒。(斟酒介)王爷拟于明日送先生回府，不知去也不去？(生)呀！你那颓王竟敢撵我么，待我去同他算一算帐。(欲起介，丑慌，连叩介)可怜见蝼蚁性命。(生)我又不怪你，你怕甚么？(丑)先生一去，奴婢还有命么？(生)也罢，看你服事分上，饶过他罢。(丑)叩谢天恩。(生)再斟酒来。(丑连斟，生连饮介，末暗上，与丑做眼色，听介)敢问先生，

明日还是坐车,还是坐船?(生)我要行便行,一概不用。(丑)可要刘先生来谈谈?(生)见那混帐行子怎么!(丑)他是先生大恩人哩,若不是他极力回护,王爷早恼了哩!(生)他恼便怎的?况你那颓王,他只晓得

【驻云飞】跋扈飞扬,那识尊贤礼士方?性傲心骄莽,岂有容人量?嗏!图画写成将,他没些儿奖。他可晓得,当日李太白进《清平调》,也不过作了三首绝句,他倒赢得唐环捧砚亲相傍。我今正正的画了十个美人儿,难道就消不得宫嫔捧玉觞?若不看你面皮,定要同他论短长。

(丑背向末伸舌介)(生)童儿收拾,随我回去。(童挑琴剑书箱上,随生下)(丑)你看那阿呆真个去了。阿弥陀佛!正是:酒逢知己千杯少,话不投机半句多。(同末下)(生带童挑行李上)小生唐寅,只为宁藩招写十美新图,内中有个崔莹,真不愧倾城之色,曾拓副本收藏。后来有崔家院子送来书信一封,画图一轴,托我回去面付张灵。方知此女即梦晋嘱访之人,悔已无及。又见宁藩反形渐着,被我一味佯狂,方得脱身归里。这也不在话下,只是将何面目去见梦晋哟?

【前腔】自恨荒唐,辗转思量意恐惶。若见梦晋,他定讯佳人况,我将甚言词讲?嗏!况崔女入宫墙,崔翁身丧,他见好事成乖,怎不心凄怆?且这图上有崔莹题的诗句,那梦晋再细读簪花字数行,必定要断送多情奉倩亡。(下)

第八出　恸逝

(生上)小生唐伯虎,自离藩邸,一路耽耽搁搁,比及至家,已是仲秋时候。闻说梦晋患病,我且去看他。(唤介)童儿!携了画轴随着。(童应,拿画上随行介)(生)

【出队子】款循幽径,要与伊人话别情。蓦然秋气刷身轻,是有凉

飔拂面迎。看那野塘中,翠盖离披,如珠露零。

(下)(童扶小生病容上,坐介)(童)相公,可想吃点汤水?(小生不应,童下)(小生)

【前腔】才眠旋醒,才眠旋醒,恍惚迷离唤懒应。我几番清夜自推评,这段愁魔怎的生?真个是有影无形,偏教人强绊苦萦。

小生张梦晋,自那日回来,一病几殆。闻说六如已去南昌,不知到家也未?他与我访的那件事,有无着落?好生悬挂。(伏案睡介。丑扮结欢使者笑容上)惯帮人结同心结,一结同心不许开。俺结欢使者是也。(杂扮结怨使者上)俺结怨使者是也。(指镜介)但愿世间儿女,像这影过即空无色相,欢从何至怨何来?(见介)(杂)使者为何这等欢喜?(丑)俺在唐六如家,看他那闺房之乐,真是有一无两,令人可欣可羡。适才又与他们结了许多的欢,心里快活,不知不觉就现于面了。你拿这许多家什,请问又到那里作孽去?(净)俺到张梦晋家去,请了。(下)(丑跺脚介)真真是个情场恶煞,只不知古往今来,被他断送了多少佳人才子!可恨,可恨!(下)(生带童上,小生醒,低唤介)童儿。(生前执小生手介)梦晋!(小生)六如,你回来了,好不盼杀我也。(生坐介)我昨日才到家,闻你抱恙,只道偶有感冒,如何竟清减得这般?你这病毕竟因何而起?(小生)这且缓谈,可将你近况并弟所托之事,早些见教罢。(生向童手取画介)这轴美人图,你可细细的赏鉴赏鉴。(展图介,小生强起介)

【二郎神】劳延颈,对冰绡画图猛省,何处美人闲造请?似曾识面,模糊记不分明。(凝想介)恶,是了,那日山塘游戏骋,遇娇娃依稀堪并。(向生介)六如,果然被你访着了,待我拜过美人,再谢你这月下老。(取画铺案上,跪拜介)美人,美人!念张灵,连连叩首、为君谢失趋承。

(生)梦晋,你且安坐一边,内中还有许多曲折,待我从头相

告。(小生坐介)(生)我那时呵

【集贤宾】新图十幅亲手成,一个个丰姿绰约轻盈。中有崔素琼,更是才比双文貌比莺,兼蕴着蕙兰心性。可惜他良姻未订,良缘已尽,被那昏王活查查将去,送入宫庭。

(小生急介)六如,我问的是美人消息,你怎扯起闲谈来?(生叹介)正是说的美人呵。(小生惊介)呀,这是怎讲?(生)宁藩命我写十美图,见一人为十美之冠,摹一副本。及进御之后,有人送来书札一封,画图一轴,方知此女姓崔名莹,字素琼。其父曾为海虞学博,妻亡解组,舟泊山塘,便道访友。适我与枝山为你画《行乞图》,崔翁见之,谓非真才子不能,(小生作听呆介)并欲托我与枝山,联两姓之好,因舟人催迫而反。其后崔翁复欲携女来吴,访你面议姻事,尚未起身,即遭选祸。此女临行,将《行乞图》题诗一首,崔翁作札,托我带回。不数日,那崔翁也就死了。(起向童手取图展开,指介)这便是崔莹题的诗。(小生揾泪急视,读介)才子风流第一人,愿随行乞乐清贫。入宫只恐无红叶,临别题诗当会真。

【黄莺儿】留句代寻盟,比珍珠字字清,一篇已足为媒定。奈他宜家未行,丧门又临,只身远把宫中进。(哭介)误卿卿,这是俺书生薄命,当不起你小姐多情。

(向生介)六如,六如,吾今死矣!死后乞以此图殉我。(取纸疾书介)张灵,字梦晋,风流放诞人也,以情死。(掷笔大哭倒地,生扶介)梦晋醒来!梦晋醒来!童儿,快扶张相公到房中歇息。(童扶小生下)(生恨介)宸濠呵宸濠,你

【琥珀猫儿坠】骄恣横暴,恶贯几时盈?平地埋人惯揠坑,谅你昭昭反迹渐彰明。威灵,终有一日,天兵定斩长鲸。

(童上)告相公得知,张相公扶到床上,随即气绝了。(生)怎么说?(童)张相公气绝了。(生哭介)梦晋,梦晋,你真个为情而死!总是我唐寅几笔丹青害了你也。我想你与崔素琼,一归地

府，一入宫庭。你二人过去因中，是怎的来哟？

【尾声】青衫红粉同悲哽，生死难抛一缕情。（向案上取图介）只这幅图儿，便是才子佳人落的身后影。

童儿，你将院子唤来，备办一切，我也去一同料理。梦晋，梦晋，你正是：天上有星临薄命，人间无药治相思。（携图下）

第九出　还珠

（旦乘车上）

【番卜算】春杪记离家，瞬忽过长夏。不知望眼几番斜？爹爹呵，爹爹呵！可晓儿归也？

奴家崔莹，被选入都，值天子远在豹房，不曾召见。后因宸濠就擒，有旨放归田里。奴家真个侥幸也！回想那时呵

【风入松】落红如雨送香车，似共泪痕同洒。文姬远塞明妃嫁，恰一般愁肠牵挂。何期今日，感皇恩纶音降下，竟不要黄金赎许还家。

（泪介）呀！崔莹，崔莹，爹爹若见了你，也不知怎生喜呢？我且不要伤心。譬那老死深宫，也只无法。今得天恩放还，天伦重聚，还不是好？且在这窗子里望望沿途风景，也是三四千里的行踪。（望介）真个好一派清爽气象也！

【前腔】风光漫说是春佳，恁秋光也无价。望那渲青界白如图画，是远林内几点人家。想奴深处闺中，这水远山遥何曾见也，疑门外咫尺是天涯。

天吓！几时才能见着爹爹哟？（下）

第十出　殉玉

（旦淡妆带老旦、贴上）

【步步娇】刚把那一点惊心才宁帖，蒙恩旨放归金阙，谁料奇灾先

降也。痛杀严亲,身藏墓穴。可怜奴家,离恨一襟赊,只落得杜鹃晓夜啼红血。

奴家崔莹,得放还家,严亲已殁,本是痛不欲生,只因养娘苦苦相劝,院子又述爹爹遗命,因此拜辞坟墓,买舟前来,可巧仍泊在春间那个地方。已打发院子到唐六如那里去了。(叹介)咳,春间尚有爹爹同行,今日只身来此。(哭介)我那爹爹哟!

【江儿水】方幸天伦聚,何期成永诀,剩这茕茕弱女谁提掣?只身儿小舟趁一叶,寸心儿柔丝萦万结。这已断姻缘能联接,双亲何故,不得再教生活!

(老旦)小姐,不要思前想后,保重玉体要紧。将来夫妻和美,老爷太太在阴间也是欢喜的。(旦)养娘,你教我怎不思想哟?爹妈如在,今日岂要奴家自主?只是院子也该回来了。(末上见介)小姐,老奴回来了。(旦)你听唐相公说甚么来?(末)没甚么说的。唐相公因今儿晚了,明日相见,还教老奴劝劝小姐,不要烦恼。(旦惊介)此话我不明白,你可细细说来。(末)没甚么说的,明儿唐相公来就晓得了。(旦怒介)大胆奴才,你敢搪①塞我么?(末叩介)老奴不敢。(旦)你可细细说来,不许含糊一字。(末)老奴说便说,千祈小姐不要烦恼。那张相公已于前月初旬死了。唐相公说,虽是气数使然,还是张相公没造化。(旦呆介)(末)养娘好生小心,陪伴小姐。(末下)(老旦)小姐且自宽怀,可记得那日老爷说的,并未传红下定,不必认真。有小姐这般才貌,怕没个王孙公子?多是那人无福消受,所以死了。咱们明日回去罢。(旦不语,忽正色介)呀,崔莹,崔莹,你好痴也!

【清江引】今生为底多磨折?分明总是前生孽。倒要拿定主见,作事勿稽迟,为人毋懦怯,拚得个腻粉弱脂铸成铁。

---

① “搪”,原文作“塘”,据文义改。

养娘,传语院子,明早安排香烛酒果,随我到张相公坟上致祭。叫侍儿同去,你在船上照看行李。唐相公来,我还有些言语,不好当面说得,妆盒里面有封字,你拿给他看,他就明白了。(老旦)小姐放心,老身知道。只是明日小姐设祭过,早些回来,好一同回去哟。(旦微笑介)明日正是我回去的时候了。(同下)(末捧香烛,引旦孝服,带贴上)

【香柳娘】看秋容惨冽,看秋容惨冽,似为人添悲助咽,只是奴家此时呵,不特中怀少凄切。倒转觉心神爽澈,转觉心神爽澈,堪叹人生幻影,空花易消灭。纵上寿百年,也无非一瞥,也无非一瞥,少缓须臾,便与古人同列。

(末指介)前面那块新碑,不是张相公的坟么?(旦)

【前腔】正肝肠迸裂,正肝肠迸裂,分明在那,又断肠碑碣。咳,崔莹,更有何话说,更有何话说?想彼祝英台,千古擅芳烈。况没甚牵缠扯掣,况没甚牵缠扯掣,一意孤行,自甘澌灭。

(末)到了,等老奴排列停当,小姐再拜奠。(旦)排列好了,不必在此伺候。去请唐相公上船,再来接我。(末)是。(作排列介,向贴介)收拾齐备了。你好生伺候小姐,我请唐相公去来。(下)(旦上香介)

【前腔】把清香敬爇,把清香敬爇,(跪介)低鬟拜者,愿英灵鉴此微忱竭。奴与郎君,虽丝萝未结,虽丝萝未结,才子光仪,画里每相接。(哭介)况严亲曾择,况严亲曾择,地下寻盟,庶几无慝。

(贴劝介,旦起拭泪介)侍儿,那边远远开的是甚么花?倒也可爱。(贴)想是野菊。(旦)你去采些带回船,我在这里等你。(贴)小姐就在这石上坐坐罢。(旦)不要多管,快采花去。(贴应下)(旦化纸介)

【忆多娇】灰扬处,飞乱蝶,(浇酒介)一盏椒浆浇马鬣。浇奠已毕,早些寻个归着罢,(徘徊四望介)四顾茫茫何处歇?呀,那边好一带枫林,看赤似丹霞,看赤似丹霞,不如就到那里去罢。(行介)林呵,林呵!借重你成就我从夫大节。

(作到,解帕,向鬼门结扣介)

【斗黑麻】款解冰绡,向枝头牢将扣结,为判阴阳,故此关特设。(回望介)只怕养娘要来,急忙的催返楫。想此时唐六如不知已到船来?我身后诸般,要伊打叠。崔莹,崔莹,你俄延怎的?就此去罢。(理扣介)不由人将身一撇,须臾魂销气又灭,含笑从容向泉台去也。

(缢下)(末上)在下崔家院子崔恩的便是。奉小姐之命,将唐相公请到,随即赶来接小姐回船。呀!小姐、梅香,一齐往那里去了?(望介,贴执花上)(末)姐姐,采那野花做甚么?小姐呢?(贴)小姐说此花开得别致,教我采些带回去。小姐在石上坐着等你呢。(末惊介)不好了!快快寻去。(同行四望介)(贴)不是小姐么?原来在那里玩野景儿呢。(末)在那里?(贴指介)那树边立的不是么?(末急行向鬼门看)呵呀!唬杀我也!原来小姐自缢死了。好个才智兼全的烈女!(向贴介)你在此守着小姐,我去报与唐相公知道。(急下)(贴哭介)我那小姐人儿也!我那有仁有义的小姐人儿也!(哭下)

第十一出　酬墓

(丑上)美人如毒蜂,螫得主人死。若能少缓些儿个,不独开花还结子。在下张相公家书童云笺的便是。只因一片报主忠心,弄出许多烦恼。列位不嫌絮聒,听在下细细的表白一番。我主人张灵相公是当今才子,一心要配个绝代佳人,时常与唐六如相公谈论甚么莺莺、太白,把在下耳朵总听热,因此日日留心,代主人察看。不意去年春间,主人在山塘街效刘伶乞饮,醉眠山塘堤上。那时我见塘里船上有位美人,随即请主人往看。呵哟,这就不好了哟！自那天为始，我主人便逐日沿堤访问，仅仅访得此人是南昌人氏。可巧唐相公往南昌，我主人就嘱他细访。若是访不着也罢了，偏偏将他画成图像，送与皇帝老子，这还算是不知不招罪。及至唐相公回来，正该将这件事掩过不提，偏偏的他又直书不讳，还有甚么诗儿、图儿。我主人因那美人，相思病害得已久，被他一激，遂一恸而死。谁知主人死后，那美人又来了，往哭主人，就缢死主人墓下。唐相公将那美人与我主人合葬一处，将美人的侍儿配与在下为妻，又买山地数亩，令与老仆崔恩同居守墓。这烦烦恼恼，不是在下一片忠心上来的吗？闲话少说，今日唐相公要来上祭。（唤介）浑家那里？（小旦上）绣阁曾为伴，荒坟又结邻。做甚么？（丑）唐相公要来上祭，我到那里照应去，你好生烹茶伺候。（小旦）那个唐相公？（丑）就是成全你我婚姻的唐相公。（小旦）原来是他，我心里恨还恨不过来，有那些力气？（丑）你为何恨他？（小旦）我恨他胡描乱写，将我那如花如玉的小姐活活断送。（哭介）我那小姐人儿也！我那有恩有义的小姐人儿也！（丑）莫哭莫哭！为人在世，也要凭个良心，论理你还该感激他才是。（小旦）我感激他甚么？（丑）若不是唐相公一番义举，你我主人岂得安眠地下？我二人又岂得如鼓瑟琴乎也哉？（小旦）啐！（同诨下）
（生带童捧香酒上）

【捣练子】穿紫陌，步青郊。山村处处酒旗飘，已九十春光过半了。

落拓青山名士影，迷离香草美人魂。小生唐六如，自葬梦晋、素琼之后，忽忽少欢，不免再往坟前哭奠一番。只是良友云亡，春光依旧，好生伤感人呵！

【山坡羊】碧摇摇杨丝风袅，艳晶晶杏花烟罩，翠生生细草铺毡，浑融融春色无边浩。终有一日乱英飘，任燕掠与莺捎。还则怕堕溷沾茵难料，谁将金铃系牢，遍芳园护着？庶不似我那亡友张梦晋，方蕾蕊已蔫苞。我近来恰也勘破虚器，利名场眼怕瞧。高超，浮大白尽一瓢。

（叹介）记得去年，我与枝山在虎邱。

【步步娇】联襟接袂抒怀抱，俯仰乾坤小。那时梦晋，他携书挟杖条，悟石轩前，乞儿曾学，因此留下一幅画图，致与那崔素琼，两地种情苗。可惜良缘只是一面，今日呵，张生已秋风玉树凋，崔女亦春梦琼花渺。

（作到，丑上迎介）唐相公来了，小的去安排香案。（作焚香点烛。生徘徊四顾，叹介）梦晋一生狂放，沦落不偶，得与崔美人合葬此间，消受香光，亦差可不负矣，但将来未知谁葬我唐寅耳？（掩泪介）（童）排列齐备，请相公行礼。（生上香斟酒，拜介）梦晋，梦晋，可知六如在此？（哭介，起浇酒介）

【风入松】幽明路隔一条条，这精诚谁与告？满斟浊酒墓门浇，算仍投当时纻缟。梦晋，梦晋，你我生前那般款洽，怎一死就不相见？我今夜宿在此间，梦晋，你若肯翩然来到，方是我唐六如的死生交。

（丑）唐相公请自保重。我主人比活的时候还快活多多哩！（生坐介）何以见得？（丑）我主人自与崔小姐合葬之后，尽有人看见。小的先前也不信，今年上元与浑家看灯回来，果然望见他二人并肩坐在相公坐的这块磐石上。（生）是真么？（丑）小的怎敢说谎。（生不语凝思，起介）哎，是了！

【前腔】人生总以情相胶，况才子佳人尤多感召。他生不入凤凰巢，死也埋鸳鸯窖。梦晋，你与崔素琼，此际已琴瑟静好，想他生也必共吹箫。

（丑）请唐相公到屋内去吃茶。（引生下）

第十二出　闹诗

（场上列烛台茶碗，生上坐介）人亡方有恨，天远更无涯。待欲招魂问，孤灯自落花。小生唐六如，日间躬吊梦晋、素琼之墓，闻他二人每每乘夜游行，因此留宿墓庐，以希一遇，不免且到外间等候他。（起行介）

【梁州新郎】【梁州序】荒原岑寂，闲门虚迥，冉冉花移月影。断和得淡烟轻霭，碧蒙蒙一片氤氲。几番徙倚，几度徘徊，夜气侵衣冷。（听介）漏传三鼓矣。（望介）渺音尘，（引手作势介）等得我目倦神昏屡欠伸。【贺新郎】无捉摸，增愁闷。（凄然介）多应是幽明路隔难相近，（转行介）且进去盹睡片时，好从那春梦里，访元真。

（伏案睡介）（小生、旦挽手上）（小生）三生石上旧精魂，赏月吟诗不要论。惭愧情人远相访，此身虽易性长存。小生张梦晋。（旦）凄迷往事怕重论，梦里姻缘梦里身。今古茫茫皆是梦，怪人偏说梦非真。奴家崔素琼。（小生）

【前腔】【梁州序】春宵如昼，一刻千金，当世何人管领？琼娘，我与你款携素手，共证幽情。生离死合，后果前因，消息无凭信。回忆那日山塘堤畔，也蓦相亲，疑到蓬山见玉真。【贺新郎】后来便眠食废，心思紊。日移带孔腰围损，只觉憎美景，厌芳辰。

（小生）琼娘，我与你人世乖离，冥中好合，亦足补生前缺陷矣。（旦）晋郎，今日之欢，皆六如唐君所赐，真令人衔感也！（小生）便是。他今现宿坟屋，我们乘此月色，访他一谢。（旦）

【前腔】【梁州序】风流云散，香销玉殒，到此应偿宿恨。想一抔黄土，再不教风拆鸾分。任凭同心带绾，如意钗横，好事无人儹。奴家那时呵，并非轻猛浪，毕余生，也只图连理花开地下春。【贺新郎】今鸳冢内，双眠稳。晋郎，我与你倡随已不让天仙韵，又何须向那人世上，说还魂。

（生欠伸介）好沉困的呵！（起介）许久不见梦晋，我且寻他闲话去。（行介，看介）呀，这是元墓，我明明的去访梦晋，怎来到这里？（想介）恶！梦晋是死了耶！（泪介，四望介）我今早还来奠墓，怎一时就忘了？只是日间梅花已零落殆尽，为何此刻又开得这般茂盛？衬着这月色，是好一幅疏花朗月图也。

【渔灯儿】莽莽的月轮挂，朗澈如银，疏疏的梅枝亚，洁净无尘，惜没个同心侣来倾玉樽。（内朗吟介）花满山中高士卧，月明林下美人来。（生侧耳听介）呀！这声恁熟要分明详审，（小生上，生厮认，惊喜介）果是梦晋。（前迎介）急趋迎，（执手介）更握手欣欣。

（小生）六如，别来无恙？（生）梦晋，则被你想杀我也！（小生）

【锦渔灯】咫尺地乏鳞鸿怎通芳讯？特奉告续前缘已配佳人。（旦上，小生指介）六如，你看那边来的，雾鬟风鬟倩女身，请同行，去那梅花深处细谈论。

（同行到介，生四望介）水僻山幽，一个大好所在，是几时移居的？（旦）唐君请坐，待我二人拜谢。（小生、旦同拜，生答拜介）（小生、旦合）

【锦上花】同叩首敬谢君，谢高谊上薄云。不独是代营佳圹妥双魂，更置丙舍守墓门，携樽酒奠故人。蒙君处处费精神，我二人虽为异物，也没齿不忘恩。

（生）分所应为，岂敢当谢！这等说，你们不是生人，我正好将地下事请教，毕竟有无宿因？（小生）

【锦中拍】你休问果假报真，须认取吾身。不过是阴阳转运，鼓铸出聪明愚蠢。荣华苦辛寿夭富贫，咳！终竟留不住人间只影，也似停不住天边两轮。无古无今，总是浮尘，其间虽有更替，也只算旧诗书重翻本。

（杂扮高启，大呼上）我高季迪《梅花诗》乃千秋绝唱，何物张灵妄称才子，改"雪"为"花"，定须饱我老拳。（小生、旦闪下）（杂前摔生介）当捶此改诗之贼才子。（丑扮结欢使上拦介）不得无礼。(杂下)(生)多承排解,敢问上姓尊名?(丑)俺结欢使者是也。(生)原来是位仙真,失敬了。(拱介)请使者暂停仙驭,唐寅还有要事相问。(丑)愿闻。(对坐介)(生)敝友张灵与崔莹婚姻间阻,是何因果?(丑)人世婚姻皆归月老执掌,氤氲使撮合,更有结欢、结怨两使者。那如鱼似水、情和意洽的,俺结欢使便去与他凑趣,他就愈加固结;那旷夫怨女、春恨秋悲的,那结怨使亦从中调拨,教他越越乖离。(杂扮结怨使上,向生、丑拱介)请了。(丑推介)你靠后些。(向生介)不要理他,他最是可远不可近的人。贵友张灵为他所害,今既相遇,你可着实的打他几巴掌。(杂点头叹介)若说那张灵,

【锦后拍】他若不、自伤神自消魂,自种三千病魔根。他愁萦恨蕴,他愁萦恨蕴,俺怎得时时暗中乘衅?(向生笑介)**论闺房内,艳福孰如君?尽享受,翠围红阵。**(指丑介)**那也不是你的功劳,须知道,丰盈缺陷皆定分。**

你可记得月老派差之时,俺本是结欢使,这结怨使原是你的,俺怕你逞才任性,不知惜玉怜香,因此与你换了过来,今日正为这千人嫌、万人恶的差事难当,特来寻你,同见月老,一则归结崔张之案,二则求他老人家,或另派一差,或仍与换转。(丑恼介)哇!你也不看看你那嘴脸,竟妄想夺俺这美差。(欲打杂,杂扭①丑介)不要逞强,俺与你见上司去。(生欲前劝,丑同指介)那边张灵来了。(推生坐原处,同杂扭结下)(生欠伸醒介,起介)呀,好一场大梦也!(作凝想,复大笑介)六如,六如!何梦非真?何真非梦?

【尾声】分明一枕游仙稳,奈打得晨钟太紧,方信道是浮生有尽情无尽。(下)

尽有微波未许通,乍相逢处太匆匆。

---

① “扭”,原文作“纽”,据文义改。

茧中蝴蝶真情种,镜里芙蓉亦怨蘩。
野雉朝飞尘梦醒,彩云春散画图空。
吴山不是苍梧地,也听湘灵一曲终。
——《小蓬莱传奇》十种本,上海藻文石印社1900年版

氤氲钏①

提纲

(末上)

【解佩令】须眉不惜,裙钗愿化。问伊谁有此怜才悃?绛阙归来,忆往事诙谐生衅。谪人间苦萦清恨。　　神伤鹢舸,身藏虎穴,赖娥眉代传芳讯。两地浮萍,一般的鸳鸯眠稳。梦南华夙因同印。

第一出　判偿

(幡童引末执拂扮南华老仙上)

【懒画眉】几番东海见沧桑,碾破青天日月忙。蟠桃宴罢返旌幡,恰承玉殿纶音绛。为贬谪仙官去下方。

世界三千又大千,算来都是有情天。殷勤只为联佳偶,不把人间怨偶联。俺南华老仙是也。(外扮月老携赤绳上)千里因缘凭一线,俺月下老人。(丑花面扮氤氲使者执彩扇上)联成还仗我扇氤氲,俺氤氲大使。(见介,坐介)(外、丑)请问老仙,约我二人今日同来,所判的想必是件风流公案了。(末)便是。只因那香案吏张船山在尘世,有修文院两个修文郎爱其才华,愿作绝代丽姝

① 原文此处有"东海刘清韵古香填词,古僮钱梅坡香岩较订"。

为船山执箕帚。及同归天上，船山每每以此相戏。前日蟠桃赴宴饮得大醉，复申前说。监席使者恐其失仪，向前禁止。不料船山狂态大作，信口诙谐，说得未免太无赖些，连那监席使者不觉失声大笑，惊了王母，立刻奏闻，上帝震怒，将加严谴，幸群仙合辞乞恩，他三人亦上表谢罪，始得温旨：张问陶真才子，可惜太狂，从轻拟处，着将他三人谪向人间，教他受些风流魔障。还有那监席使者，因监席无状一同发落。他一闻此信，不候同行，竟自悻悻的去了，将来必有一番波折。这也不在话下，只是他三人怎还不见到来？（生扮张船山、旦扮金棕亭、小旦扮马云客，仙装同上）（生）世人何苦学长生？作到神仙位亦平。（旦）但得双开花并蒂，（小旦）卿须怜我我怜卿。（见介）（末）童儿看坐。（生）我等得罪之人，礼当侍立！（末）坐了好讲话。（生、旦、小旦坐介）（末向生介）船山

【前腔】你承恩身近衮衣傍，簪笔通明侍玉皇，龙文百斛力能扛。无端谐谑生情障，特教你细把风流况味尝。

（向旦、小旦介）这件事虽因船山谐谑而起，亦你二人怜才所致。

【前腔】只为他风流文彩擅词场，你愿化倾城绝代芳，双承巾栉侍檀郎。好待他一身占尽温柔况，可喜今朝夙愿偿。

（生）这是往事，望老仙将问陶未来的指示一番罢。（末）此去呵

【山花子】步青云早岁魁金榜，美前程月满花芳。香馥馥绿珠艳张，软浓浓红玉娇藏，虽中间有些微碍妨，若不呵，怎能双偕鸾与凰？到得那三生情债偿，只怕你沉醉温柔白云，不羡这仙乡。

换形使者过来！（杂扮换形使者上）造物全凭翻覆手，几人能现本来形？（末）你可将他二位引去，化成绝代佳人，务要燕瘦环肥各极其妙，好待月老系赤绳，使者用宝扇。（杂引二人下，改妆上）（生含笑平视）（旦、小旦愧容俯首介）（外取赤绳系三人足）

（丑执扇互扇介）（生、旦、小旦忽作顾盼迷离，执手留连介）（末）照得那监席使者已先降生，（指小旦介）令彼作其胞妹，辗转相引，同归一处。幡童，引他们去罢。（童引三人下）（末）

【尾声】风流客，窈窕娘，忍使暌离两地伤。月老，全仗你一缕红丝紧系将。

（同下）

第二出　访美

（生便服上）【忆秦娥】春如睡，垂杨新展眉痕翠。眉痕翠，胭霞一抹，杏花娇媚。一枝曾向琼林醉，蓝桥待访神仙配。神仙配，云英何处？闷怀难慰。（坐介）下官陶元璋，表字小山，南昌人也。幼擅神童之誉，早叨仙禁之荣。乞假归来，未偕①谐凤侣，邀媒询访，将结鸳盟。可笑近来竟闹得门庭喧杂，所议的不是门高就是家富，那一派庸脂俗粉，怎做得我元璋之配？因思佳人乃山川灵秀、天地精华凝结而成，不能随处皆有。拟欲轻装短艇遍览名区，既可充扩襟怀，又可留心物色，或者访得个真正佳人也未可知。昨日已命院子雇下船只，打点今日起身，又恐贪远忽近，教媒人再向城外搜剔，待他回来问个明白，方可放心前去。只是那日琼林赴宴，意谓必有奇逢，不料若大京师，竟无佳丽！

【步步娇】紫骝曾向天街骤，鞭袅罗襕袖。那十二红楼，珠帘尽上钩。那里讨燕瘦环肥，无非是粉浓脂厚。人都说春色满皇州，只下官呵，偏偏眼底缘难凑。

这媒人怎么还不见来？且向庭前闲步一回则个。恶，你看迎风欲语，浥露堪怜，槛内花开得恁般好看！我想花是美人小影，美人是花正身，若无正身，许多影儿从何幻出来呢？

---

① “偕”，原文作“谐”，据文义改。

【皂罗袍】料佳丽人间原有,那造物也煞费苦心,尽桃红李白芍艳棠幽。一般般把美人韵致仿摹周,还恐不足,更倩那垂杨袅出腰肢瘦。咳,既有这些影儿,就有正身,但不知那个有福的池中一朵莲开并头,堂前一树萱能解忧。一任他合欢连理都成就。

我陶元璋不知有福也无,纵使无福,拚个终身独处罢了。只是那美人呵

【园林好】怯生生香温玉柔,艳溶溶月闭花羞,也须得个才郎消受。若遇那庸夫俗子不知供养,或更摧残,岂非澈天壤恨长留?

(童引丑扮媒婆抱画卷上)城里但夸妆样好,村中莫道美人无。(见介)小妇人叩头!恭喜老爷,寻得三个绝代佳人来了,一个胖的,一个瘦的,一个不胖不瘦的。有图在此,老爷请看!(生惊喜介)怎么竟有许多?这等说,有劳你了。(童挂图,生负手远立看介)呀,好教我

【好姐姐】定睛瞧难分劣优,毕竟是谁妍谁丑?(笑介)像这些样子就算佳人绝代,又何须细访求!(丑向童诨介)我这媒人今日可做着了,也不枉跑这大半年的瞎腿!你说与老爷,喜钱要十倍加重哩。(童)何以见得?(丑)你看老爷在那里眉欢眼笑,不是中意么?(童)那图上姿容还不及他十分之一,如何中意?(丑转向生介)老爷看中那一位?(生)肥的过夯拙,瘦的太轻佻,不肥不瘦的可惜眉眼不秀。多承盛意,一个也用不着!非吾偶,只合与好色登徒相伴守。从今后,似你这扯淡的媒人索罢休。

童儿,取银子一两赏他去罢,我们也收拾起身便了。(童付银介)(丑)凭将两条腿,博得一毫毛。(作扫兴状下)(院引杂扮长年上)一篙春水暖,五两好风轻。(见介)今日好大顺风,请老爷早些下船罢。(生)知道了。(同下)(生坐船上作凭窗凝眺介)

【马蹄花】云树望中收,原野纷如绣。

你看剑门秃兀,栈道萦纡,水碧山青,天开图画,不觉已入四

川省会矣。虽然览些名胜，只是那件正事尚在，毫无影响。我想前辈中有个张船山，妻娇妾美，不独闺房之乐被他占尽，还有两个知音才子愿来生化绝代丽姝，为执箕帚。若论我陶元璋，风流文彩也不在船山之下，怎么他就那等欢娱，我就恁般索寞？（叹介）

【川拨棹】对这溶漾春波绿鸭头，把无着落的相思暗暗揉。贮娇娃甚处琼楼，贮娇娃甚处琼楼？美人，美人，只被你愁杀元璋也。漫推求似射覆藏钩。我且不要管他，只是一缕红丝曾系纽，终有一日咏河洲，遂好逑。

（笑介）说便如此说，倘前世缘悭，今生命薄，将来如何是好也？正是：身贵愈看金榜易，情深偏觉美人难。（闷坐呆想介）（小生扮尹元、净扮白健坐船，杂摇橹上）（杂）前面到马头了，我们住了罢！（靠生船同泊介）（净）尹兄，前日说的上巳踏青，不知良家女子也出来么？（小生）怎么不出来？（净）不怕游人窥觑么？（小生）只因本处视为常例，倒也从无轻薄之人。（净）俺家初到此间不知底细，尹兄是领略过的了，不知里面可有绝代佳人么？（小生笑介）绝代佳人谈何容易！（生作听介）只此间有个林下大老，家中一位小姐，莫说绝代佳人，就天上仙姬，还怕比不过呢。只是不肯许人，凡求亲的一概谢绝。（净）恰是为何？（小生）说也话长，我们到岸上去，一面闲步一面细说罢。（作上岸介）（小生）这位大老姓黄名山，曾作当朝首相，单生一子，早入仕途。那夫人断孕二十年，偶得奇梦：独自登楼玩月，见云际来了一位仙女携着一个美人，自称袁大娘，说你命中还该有个女儿，只是婚姻不可妄自许人，自有谪降仙官到门相访。夫人当下问他要个凭据，随取出一副镯来，说道：此名氤氲钏，将来不问近地远方，只要有绸缪玉的方可相匹。不特是一对佳偶，还有一段奇缘哩。夫人更欲相问，被那美人往身上一扑，猛然惊醒，果有副宝钏在手。后来就生了这位小姐，现年十七，犹然待字，将来不知造化何人。（生惊喜，私语介)小生倒有对绸缪玉,且这位大老是父亲会榜同年,既到此地,礼当拜谒,待我上岸去问个明白。(作上岸向小生拱介)请了!借问一声——(小生)请了!尊姓大名?所问何事?(生)小生陶元璋,南昌人氏,问的就是姓黄的这位大老,不知所居何处?(小生)你明日出了城东门,只问如绘园,是人人知道的。(净作见生,先喜后恼,渐怒目直视介)(生)承教了。(净扯小生介)俺们向前面饮三杯去。(同下)(生作上船介)谢天谢地!无意中竟被我访着个佳人了!我好喜也!

【尾声】刚刚舒展眉峰皱,不觉悬悬摇曳心旌,又私揣这奇缘正凑。可怜我一片至诚心,也乡合住温柔。

(乘船下)

第三出　遗钏

(丑扮氤氲使者执扇上)已从天上联佳偶,再向人间结美缘。俺氤氲大使是也。照得陶元璋与黄佩芬良姻虽结,魔障将临——他今日合与白玉英相见。可笑月下老人,只把那红丝一系,就做个没事的人儿联成撮合,(指扇介)皆是这扇儿,白白的与他效劳。(摇扇笑说介)我这扇儿恰也淘气哩,随你仇家敌国,萍水途人,只要有缘,我就将扇儿扇这么一扇,登时就氤氤氲氲的缠绵起来,凭你有切玉昆刀,也断不了这情丝一缕。世人只晓得夫妻情好,那知全是我这扇儿作怪。(向扇介)只为三个孽障,劳动你是第二回了,且先向白玉英扇一扇子,将一阵美人香送到陶元璋马前,好待他闻香留恋,等他二人觌面之时,再于中间互扇一阵。只是大千世界,恒河沙数,若总像这等唠叨,就化身千万亿也照应不来!不过每日向四面八方混扇一阵,如磁石引针一般,霎时间就布满宇内了。今日这番作用,一来成就才子佳人,二来因是仙官暂谪,未免有几分趋奉之心。闲话少说,我且立在空中等他。(立高处望介）你看陶元璋此刻，好不如心趁意哩！（四女兵引小旦戎装上）玉貌比花娇，漫说花堪并。妆成每自怜，几回重对镜。（坐介）奴家白玉英，琼州人氏，椿萱早背，兄妹相依。爹爹在日，做了一任武官，俺兄妹二人也每每传些韬略。只因三年前受不过那土豪之气，哥哥一时兴发，将他全家杀却。兄妹二人带了数十名家将逃往海中，寻个藏身所在。巧巧的有座飞来岛，上边广有良田，颇堪据守。俺哥哥便自称本分大王，奴家就号乐天宫主，年来招集了数百名喽卒，虽是落草营生，恰不做那打家劫舍的勾当。只为哥哥有勇无谋，一应条约皆是奴家执掌。因这岛是外洋入口的总路，凡有夷船，要他纳税，也曾与哥哥打了几仗，被奴家弄个小小神通，方得如约。这也不在话下。前月哥哥向内地访友，在成都地面撞着个绝代佳人，叫做黄佩芬，要娶来压寨。哥哥带了数十名喽卒，奴家带了锦韬、玉环、隐奴、线婢四名婢女来此山中，暂为安插。因听哥哥说得，那黄小姐娟娟楚楚，像一枝海棠花一般，奴家就心心念念放他不下。今日天气晴和，且去打围散闷。（同上马绕场下）（生策马带童上）

【醉花云】【醉扶归】**此行喜遂平生愿，金鞭扬处意孜孜。望那裙腰芳草碧痕齐，春山淡冶青如黛。更垂杨千缕绿丝霏，丝丝牢把柔肠系。**下官陶元璋，前在成都拜谒黄年伯，蒙其十分见爱，留住家中。谈起世妹待字来历，下官随将绸缪玉献上，他便欣然允下亲事，还说“你在客边，那些下定繁文一概不必，老夫也不备甚么回聘，就将小女的氤氲钏付你一只，你将绸缪玉留下一块便了”。第二日便拜辞岳父回来，好打点迎娶。舍舟从陆，虽然受些风霜，恰省得水程稽滞。（丑望空扇介）（生望介）呀，这是平原旷野，那里来的这般气味？【四季花】**迷离，**【驻云飞】**何处奇香拂面吹，吹得我心动神移不自持。**

（沉吟介）哦，是了，这香气想是那宝钏发出的，待我取出来看看。（出钏嗅介）虽然有些幽香，恰不似适才那般浓郁。（复取玉看介）玉呵，玉呵，下官感激你不尽也！不如将他系在钏上罢。（系介）（丑复扇介）（生嗅介，望介）（小旦上，绕场，逐兽下）

【一封罗】【一封书】这是谁家艳冶姿？较明妃结束奇。【皂罗袍】宝嵌鸾盔笼翠髻，血点猩袍罩玉肌。我凝眸遥觑，丰神半规，他雕弓轻试，骊驹似飞，跨金鞍愈显出那蛮腰细。

这女子远远望去，倒也丰神绰约，只是面目看不真切。先前那阵气味原来就是这女子的一股肌香，等再来时细细的把容貌赏鉴一番，看比我那黄小姐如何？（执钏呆望介）

【醉罗歌】【醉扶归】停骑，停骑缘空地；延望，延望待仙姬。（四婢引小旦上，丑下，立中间两面扇介，下）呀，明姿焕发若朝晖，清神莹澈如秋水。【皂罗袍】芙蓉玉面，远山黛眉，桃腮杏靥，樱唇瓠犀，溶溶粉鼻琼瑶腻。【排歌】鸾靴窄，宝镫欹，恰似笼云新月一钩垂。

好个十全女子！若与黄小姐相较，只在伯仲之间，不过温柔俊爽神情里面微有分别。只是又添我一件心事了，似此佳人，将来不配个真正才子，岂不比焚兰泥玉还要惨酷么？（内净厉声介）你们与我把那马上小畜生擒来，取心下酒，不要被他走了。（生失惊，遗钏跑马下）（婢）你看此人，被大王一吓，掉下一件甚么东西，慌慌张张的跑了，待我看来。（拾介）原来是只手镯。（小旦）此乃妇人之物，如何男子带在身边？想必是件要紧东西，你可放原处，等那人依旧寻了去罢。（婢）禀宫主！此处是来往大道，被行人拾去可惜，不如带回岛中，找个高手匠人，或配上一只，或另造一副。宫主请看，这镯造得异样精工呢。（小旦接钏沉吟介）我们回去罢。（同下）（小旦换倩妆带婢上，坐介）我要静坐一回，你们去罢，呼唤再来。（婢应下，出钏细玩介）你看此钏，非金非玉，奇香袭人。（复看玉介）呀，这两样东西怎恁般眼熟？好像在那里见过的？（想介）不独这两件东西是我见过，就是那马上书生也十分面善。方才被哥哥一吓，此刻倒替他耽起心来。看像个远行的样子，那等文弱，倘途中遇见歹人，将何招架？白白送了性命岂不可惜？但愿平安便好，呀，我怎么为个素不识面之人，心内竟恍恍忽忽起来，这也可笑

【前腔】【醉扶归】萍水，萍水匆匆遇。无语，无语各分驰。缘何辗转系人思？又非关感触摽梅意。这是个甚么道理哟！【皂罗袍】莫不是瑶台旧侣相逢路岐，故此兰襟忽忽恍如有遗，更几番遣去还来至。【排歌】心私忖，自讶奇。怪无端，为彼恁迷离。

（微笑介）不要在此胡思乱想了，倒是去同哥哥商议，将嫂嫂娶来，早回海岛，方是正务。（下）

第四出　劫美

（兵卒旗帜引净金盔赤蟒上）

【点绛唇】马壮兵强，威风直上三千丈。除却天皇，谁敢将吾抗？

为把心头恶气伸，纯钩初试血痕新。敢夸豪杰无今古，四海茫茫七尺身。（坐介）俺本分大王白健是也。喽卒们，可晓你大王到这成都地面作何勾当？（众）喽卒们不知，望千岁爷明示。（净）孤家身为一岛之主，缺少一位压寨夫人。你们黄昏时分人尽衔枚，马皆勒口，到如绘园左近伏下。等三更天一齐奋勇打进园去，将黄小姐抢来，孤家自有重赏，违者砍头号令！（起介）

【清江引】众儿郎，你洗耳听吾讲，谨记门和巷。先期预伏藏，临时莫怆惶。好生与俺，把美貌佳人着意的去抢。

（众）得令。（四婢引小旦戎装上）

【点绛唇】胡帝胡王，对开营帐，留先样。射斗虹光，匣内的龙泉莽。

（见介，同坐介）哥哥这般举动，不怕惊坏了嫂嫂么？（净）妹

子，你莫非要备鼓乐彩舆去么？排场虽是好看，只怕人娶不来。还是我的着数稳当。（小旦笑介）不是这等说，妹子另有个计较：在此先备下一辆香车，我们今晚一同前去，于三里外屯扎。（指婢介）就用隐奴一人，效摩勒盗绡法子飞入楼中，将黄小姐负了出来，那时哥哥教喽卒们奏起军中鼓乐，唱着凯歌，岂不比寻常娶亲的还热闹些么？（净大笑介）此计甚妙！就依你便了。（小旦）隐奴，听俺吩咐

【清江引】你御空行，料想那无拦挡，早把妆台傍。虽难软款商，休教簇拥慌，小心儿莫吓的娇娃弱魂扬。

（婢）婢子理会得。（同下。内金鼓声，兵卒旗帜唱凯歌引净、小旦车，推旦绕场下。）

第五出　惊钏

（旦愁容倦态上）【忆江南】漂泊甚，枉说绮罗丛。巾影搬将眉黛绿，枕痕分却脸霞红。幽意诉谁侬。奴家黄佩芬，娇养香闺，深藏琐闼，内家品格，懒为时世之妆；上相门楣，自具幽闲之性。不数班姬谢女，才本无双；可方书圣针神，巧还第一。恰是明艳艳有色奇葩，偏堕黑茫茫无边苦海。已拚一死，不望生还。幸这岛主是个爽直汉子，既知受聘，便不相凌。更兼他妹子竟有羞花闭月之容，驭气隐形之技，彼此一见心倾，就像多年久别一旦重逢的光景。且承他一意温存，百般怜惜，慨然以女押衙自命，方得权且偷生。（小旦倩妆执兰花上）兰闺欣有伴，佳卉也联芳。折得新枝去，为他助晓妆。（见介）姐姐起来了，丫环们那里去了，怎么不代姐姐梳妆呢？（旦）是愚姐心内烦闷，叫他们去的。（小旦）既姐姐懒得动，妹子代你梳掠。（旦）不敢有劳，随他罢。（小旦放花，代旦解发介）

【懒画眉】幽香一缕袭人馨，（梳介）款落牙梳玉手轻，果然如漆发

光明。玉环，取镜台过来，姐姐，你秋波请对菱花镜，看妹子代挽灵蛇髻可精。

(旦向镜内看小旦介)

【前腔】一泓秋水鉴光莹，恍与湘妃觌面迎，仙姿绰约态轻盈。(小旦取花介)这枝并蒂兰代姐姐簪上，可好么？(簪花介)(旦)纤纤玉指春葱并，(见钏介)呀，我触目平添心暗惊。

(小旦)前日蒙姐姐不弃，欲结为异姓姐妹，因姐姐身体不快，未便烦扰。今日妹子欲践前约，谅姐姐必能俯就。(旦)既承见爱，愚姐只得要仰攀了。(小旦)排香案伺候。(婢排香案介。旦、小旦并立香案前介)(旦)弟子黄佩芬，成都人氏，年十七岁，三月初八子时建生。今与白玉英结为姊妹，从今便同心合意，永远不离。若食此言，(指香介)有如此香。(拈香拜介)(小旦)弟子白玉英，琼州人氏，年十七岁，三月初八寅时建生。今与黄佩芬结为姊妹，若不同心合意、休戚相关，(指外介)有如此海。(拈香拜介，同起介)姊姊请上，受妹子一拜！(旦)愚姊也有一拜！(同拜介)(小旦)安排酒筵伺候，再与我推开亮槅，卷起湘帘，好待我与姊姊凭栏闲眺。(挽手行介，旦作凭栏回望介)地灵楼果然名实相副。(小旦笑介)姊姊休得取笑！妹子因这飞来岛高出群岛之上，这飞来峰又高出本岛之上，妹子故建此楼。共有三层，下层并无间隔，是妹子操演侍婢之所。中层做了卧室，上层东西南共辟三门，东曰“迎晖”，西曰“留景”，以便朝览晨曦，暮瞻夕照。南曰“天宝”，是此楼正门，即名天宝阁，所以中层妹子便妄配“地灵”二字。少刻同姊姊上去，海天一览，才空阔呢。(旦)这等说，愚姊倒要去领略领略。(小旦)同姊姊先看霞飞，今晚就住在上面，好待五更观日出，那方是洋洋大观哩。(婢上)禀宫主，大王有请。(小旦挽旦进楼介)姊姊保重！妹子去去就来。(旦)贤妹请便。(小旦向婢介)你们在此小心伺候，不许走开！(下)(旦)咳，你看，不特玉英妹子容华绝代，就是他这几个侍儿，若无我二人在此，何尝不是天姿国色？怎么竟有这些美人聚在一处，只是我这无限情怀谁人堪剖？

【幺①篇】恍惚浑如梦，懵腾宛似醒。想那日晚间，正垂垂绣幕挑银檠，沉沉香篆飘金鼎，溶溶璧月浮花寝。刚晚妆初罢倚云屏，仿佛影儿一晃②，便硬将人轻轻摄取凌空骋。

只不知家内怎生惊惶呢！

【前腔】浩劫从天降，奇灾陡地生。爹爹那时见楼头那有娇痴影？庭前惟剩凄清景。不由人胸中顿作悲哀梗。怎知你孩儿此刻，只落得恹恹一息困愁城，那堪往事重追省。

（起作凭窗望介）咳，你看骇浪惊涛，茫无涯际，蜀道如天，怎得知我在此也！

【解三酲】眼望着沧波混溟，不由人珠泪难停。这岛呵，似蓬山远隔红尘境，何处觅青鸾信？料爹爹，思儿立倦三更影。（哭介）那晓得奴家念父睁残五夜睛。想那定亲之日，爹爹心喜，见于颜色，说请冰下聘一概不必，就将陶郎的绸缪玉留下一块，把奴氤氲剑回他一只。岂知良缘定，这是奴愆缠夙世，致今生与你徒挂虚名。

呵呦，陶郎呦！（痛哭介，婢送手帕劝介）小姐，请免悲伤，保重玉体要紧！（看介）呦，把一件翠生生的越罗衫尽被泪痕淹透了，有宫主的手帕在此。（旦接帕拭泪，见玉介）呀，这不是绸缪玉么？（细看介，复从裙带解玉比介）奴先于镜中见玉英妹子腕上分明是回陶郎的氤氲钏，还道看错了，今复见此玉，便的确无疑了。只是这两件东西怎么得到他手里呢？（沉吟介）呵呦，不好了，陶郎必有性命之虞了！适才与玉英妹结盟时，还打算与他同归一

---

① “幺”字原稿误作“公”。

② “晃”，原文作“愰”，据文义改。

人,这等看来是绝望的了。

【前腔】实指望名花蒂并,怎知你玉树先零。也怪奴家优柔不断,咳,若毅然早决残生命,倒也免得这几日惊魂迸。罢,罢,(向壁上取剑自刎介,婢一面劝一面向丑)翠屏,快请宫主到来!(丑下)(旦)奴家此时也无他念,只图个青锋过处诸魔净,要甚么史册流传姓字馨?你们不要胡拉混扯,可将这玉的来历说与我听。(婢跪介)请小姐把宝剑付婢子归鞘,待婢子细细说来。(旦掷剑介)(婢)小姐听禀!(旦)起来讲。(婢起介)只因俺宫主在成都山中打围,遇见一个马上书生,(旦)住了!你宫主到成都何干?(婢)就是因小姐去的!(旦)恶。(婢)那书生生得好不齐整!勒马路旁,呆呆的望着宫主。不料被大王一吓,慌慌张张的跑了,就掉下这块玉来,还有一只镯,现在宫主手上。小姐回来看看,造得才算精工哩。不知甚么缘故,俺宫主回来便有些闷闷的。(旦)这是几时事?(婢想介)今日是三月十五,这就是初九那天拾的。(旦)这等说,你宫主也看见那书生的了?(婢)怎么不看见?(旦转身低语介)这钏是奴未生之时仙人赠的,说有绸缪玉方可匹配,不特是一对佳偶,还有一段奇缘,看来这些波折皆因玉英妹子婚姻而起。早知如此,岂不省了我这几日千般辗转、万种踌躇么?(转介)心神定,到那于归之日,妹子,妹子,奴甘心把中宫位让,酬你多情。

(丑上)好笑,好笑,一刻工夫便看了两件新闻。(婢)怎么说?(丑)只为楼上佳人要拚命,我跑到前殿去报信,谁知大王也在那里自刎颈,因此宫主不得分身进,教我回来代传令,诸人各各须敬听。倘若疏虞失照应,须防备把你一个个头颅都砍净。(婢)少得混说!到底怎么了?(丑背指旦介)算来总为这俏佳人,(笑介)实告诉你罢,大王因有个姓尹的失风到此,说是四川人。大王请宫主商议,或是黄小姐传一口信,叫他家来接,或随船着人伴送,只不知他夫家何姓?宫主说姓陶名元璋,南昌人氏,大王登时大怒,说原来是那个小畜生,黄小姐今生他再莫想回去了!宫主说,哥哥不肯,妹子必要送他回去的。不知还说了几句甚么,大王就拔剑自刎,宫主在那里劝呢。(旦惊介)有这等事?(小旦上)姊姊,妹子报个喜信儿,现有人往南昌贸易,姊姊何不寄书姊夫叫他设法来接?(旦)令兄作梗奈何?(小旦)不妨,待妹子慢慢劝他。(旦背介)这书中第一要紧是玉英妹的姻事,必须支他开去,方好写得。(转介)妹子,你权且回避,让愚姊一人在此静静的好写。(小旦)既如此,妹子到外间去,等写完了再来。(下)(旦望笑介)果然被我哄开了,快写起来。(写介,封介)妹子进来罢。(小旦)来了。(旦付书,小旦接介,向丑介)你去唤一名精细喽卒来。姊姊,我们到天宝阁上去罢。(挽手同下)

第六出　惊札

(生便服上)

【二郎神】高斋悄,搅清眠数声啼鸟,一枕惊回幽梦早。襄王颠倒,巫山云雨都消。正海日曈曈光送晓,好亭台断烟犹罩。掠花梢,看衔泥燕子,双双也自营巢。

下官陶元璋,自成都回来即择定吉期,一面专人往递,一面收拾洞房。我想黄小姐不止璇闺丽质,只是阆苑仙姝,那些铺陈排设必须巧不伤雅,华不涉俗。且作养美人与培植名花一样,务要阴阳寒暑不失其宜,方得精神焕发,故将园内亭台略为改制,虽非玉宇琼楼,恰不是汉家金屋。我且前去看看他们铺设。(唤介)童儿!(童上)主人为美人,使我忙不了。我也有私心,主人可能晓?钟情无尊卑,好色无大小。你倒偎红倚翠,兴酣时也把那不三不四的丫环挑我一挑。(见介)老爷有何吩咐?(生)那些扁额作齐了么?(童)联芳楼、写韵轩两处今早送来已经悬挂,其余的明日都有。(生且行且看介)这是联芳楼

【前腔】先瞧回廊,周折文窗深窈,珠箔银屏光四照。这是外面的,再看里面何如?烟萦宝鼎,霏微百和香飘。那象床上锦帐流苏装七宝,合欢衾鸳绮鸾绡。此等铺陈,除我那黄小姐,他人也不相称。可藏娇,盼仙娥云軿飞下清①寥。

(童)老爷,看收拾的可好么?(生)未免华丽些。(童)他们说洞房是例应如此的。(生)这也罢了。(童)这是写韵轩。(生看介)

【贤郎听黄莺】窗明几净尘污少,此中别趣偏饶。(坐介)碧桃插向铜瓶好。【二郎神】幽香风递,磁斗蕙兰娇。【黄莺儿】牙签缃帙,书城接着文房宝。好待我与黄小姐,韵同敲,评花品月,相对遣春韶。

(童捧茶上,下)(生品茶介)我想这碧桃是有色的,兰蕙是有香的,各各总有一般动人之处。譬那美人浅笑轻颦,故可怡情;就佯嗔薄怒,也堪悦性。若不解领略,也像这奇葩名卉无人玩赏,听其自开自落,为可惜耳。只是我那黄小姐,(童持报上)提塘送到《京报》一本,请老爷过目。(下)(生看报介)都御史文一本,为拣员出使事:泰西诸国与内地通商,皆有驻华人员不时朝觐,我国亦须遣人往报,伏查前科。状元授职翰林院修撰陶元璋,才为国华,堪备行人之选。倘蒙简任,必能不辱,伏候圣裁。谨奏。奉旨,着照所请行。(惊介)呀,朝命严迫,想地方官必敦促起行,这便怎处?看来婚期是要另择的了。(童持书上)这是成都黄老爷下来书札。(生)管待来人,外厢酒饭。(童下)(生看书呆介)呵呀,怎、怎黄小姐竟不知去向,兀地不痛煞我也!(哭唱介)

【前腔】只说是婚姻天赐缘自巧,怎弄成这梗泛蓬飘?似这神踪鬼迹无分晓。【二郎神】闪得我巫山咫尺,翻做楚天遥。【黄莺儿】平添

① “清”,原文作“青”,据文义改。

烦恼，情丝寸寸已柔肠搅。怪京僚，他又无端妄举，催逼我上星轺。

（童上）禀老爷：黄府家人立等回书，好回去呢。还有官役仪从一并到门，就请老爷起马。（生）甚么要紧！真个苦煞下官也。说知道了，我就出去。（泪介）咳，只是成都这回书怎生写得？（把笔拂笺介）

【啄木梁州】【啄木儿】心神乱，志虑淆，湘管拈来胡乱扫。纵然地老天荒，今生恩义难抛。望岳父晨昏善自保，有日终须圆聚了。【古梁州】小婿元璋，即日就要身涉重洋海国遥，只落得梦魂劳。

（封书付童介。内鼓吹介，仪从上，生出更衣行介）吩咐起马！（绕场下）

第七出　悟因

（兵卒旗帜引净甲胄上）

【玩仙灯】坐拥海中天，宝看诸夷献。

（坐介）孤家白健，王称海国，威慑诸夷。妹子玉英劝俺报效皇家，只是没有机会。去岁钦使出洋，妹子代俺作了数十道檄文传与各国，教他谨守臣服，倘有不遵，俺就不许进口互市，这也不在话下。今日天气融和，且去操演人马，洒落一回。水陆二头领何在？（副净）波涛能出没，（小生）鹅鹳不参差。（见净打拱介）愿大王千岁千千岁！（净）头目少礼！前日宫主传出水陆阵图，可曾操演精熟？（小生、副净）精熟了。（净）就此同到前山操与孤家看来。（众）得令。（引净行介）（净）你看洪涛万顷，鲸窟蛟宫，孤屿千盘，星罗棋布，好一派茫茫大海也。

【山花子】但见渺微茫远岫星星现，衬沧波混漭无边。是何时桑田变迁？限中华不得相连。想俺兄妹好好安居，只为被那土豪凌逼不过，致俺一时怒来无端胸满填，青萍吐芒仇血溅，故此弃家园窜身这岛屿间。（望介）那故里呵，极目苍烟，归去何年？（下）

（丑扮氤氲使，插扇持镜执幡上）

【玩仙灯】圆聚美姻缘，（举镜介）镜儿，镜儿，全仗你解释牵连夙怨。

俺氤氲使者，只为张船山那件风流公案，闹得俺这撮合山忙个不了。目下陶元璋魔障已尽，好梦将圆，无奈监席使者从中间阻，莫说白玉英婚事难成，连黄佩芬亦被羁勒。俺只得到南华老仙处将悟因镜、指迷幡取来，好待白健照看，自悟前因，俺再从中点化。（取镜插场角介）俺为这件事真个的煞费苦心，只怕将来他们还说是良缘天赐哩！这也随他。远远的白健来了，俺且隐在一边。（下）（兵卒旗帜，二头目引净上，高坐介。头目分领水陆二队先后走阵介）（净）操得好，果然精熟！二位头目领众儿郎先归营寨，静候颁赏，孤家还要玩玩海上风光，不须伺候。（众）得令！（下）（净下台缓步闲眺介，丑暗上，立高处展幡介）（净惊介）呀，那边岩石下为何一片红光直冲起来？待俺看去。原来是块晶莹片石放出来的。相传钱武肃少时曾照过石镜，今日孤家也照照看。（对镜看介）呀，这镜中不见俺家面目，恰现出这般景象，是个甚么道理？（想介，丑复连展幡介，净作恍然介）恶，俺家是监席使者！

【前腔】蟠桃会上监席纠疏慢，有那香案吏，狂言陡起波澜。致堕落情魔一关。还有两个修文郎，同绕却愁绪千盘。他们要践前言，俺家这度轮回恰为何来？恨无辜因人被牵，是有意与彼寻嫌，故抢佳人从中去作阻难。今既了然明白，只合与他解释尤愆，成就姻缘。

这等看来，妹子应与黄小姐同归一处的了。只是气那小陶不过，还要留难留难，方才泄恨。（丑展幡大声说介）监席使听者！既悟前因，应明后果，幸勿违天，再干严谴。（净仰视，丑取镜下）（净复看惊介）呀，一转眼怎的就不见了？俺且回去再作道理。

(下,卸甲上。丑、贴扮二家将随上)(净)传语后殿,请宫主到来。(丑向鬼门传请介,小旦带婢上)大海何年变,深宫尽日闲。(见介,对坐介)(净)妹子,俺与你早失父母,共守田园,不料闹出事端避居此岛,打算与你择一快婿,只是难得其人。你与黄小姐十分投契,俺欲将你与他同归一人,不知你意下如何?可说俺家知道。(小旦)哥哥又来了!父母亡过,此事自应哥哥作主,怎倒问起妹子来呢?(净向婢介)你代俺多多拜上黄小姐,虽是俺一时莽撞得罪,将来妹子同去,须念他是少失父母之人,格外看觑他些,俺就铭感不尽了。(小旦泪介)(净)黄小姐来此日久,月内也就送你们起身罢。妹子,你此去呵

【尾声】携手行,同心伴,两颗明珠一线穿。只你这段姻缘,做哥哥真出意外的罕。

(下)(小旦)哥哥这番举动,真非意料所及,奴去告知姊姊,教他欢喜。正是:何期吴越成秦晋,并蒂欣闻姊妹花。(下)

第八出　舟忆

(生一品服上)【如梦令】玉敕九重亲奉,远涉瀛寰威重。一自计归程,恍惚精神如梦。如梦,如梦,谁识魂销心痛?(坐介。童捧茶上,即下)下官陶元璋,出使泰西,幸不辱命。只因成都信至,一惊之后随即就道,备历风涛之险,加以中怀郁结,一病几至不起。后来有个游客耿星聚,自荐知医兼精子平风鉴,随船诊视,方得日就痊可。前日观我气色,复推命造,说我八字里妻应双娶,恰非续弦。术士之言,亦未可尽信。且喜此行风帆顺利,今日进口便是内地了,已传谕沿途各官,不须迎接。咳,前有王事在身,尚可勉①强,这几日只觉千愁万恨纷来缠绕,好生迷闷的呵。(凄然

① “勉”,原文作“免”,据文义改。

介）

【粉孩儿】记那日匆匆的没腾挪，催速驾，叹凄凄楚楚泪珠盈把。望长安意绪如乱麻。到成都梦耶真耶？朝见后随即陛辞起行，奉玉敕远布纶音，整精神听唱皇华。

此度往返半载有余，也不知我那黄小姐已返闺中还是渺无着落，无从问信，好不伤感人也！（起介）

【红芍药】记踏青瞥见璇宫娃，难摹仿貌月容花。谒见黄年伯，蒙其允亲，以氤氲钏见赠，也只说奇缘自天假。百年姻一朝成也，随即回来安排迎娶，花骢骋处玉鞭斜，觉多般风流潇洒。及至家中，改园亭务极清华，择良辰恭把那彩舆迓。

正在铺陈排设，不料成都信至，哎！

【耍孩儿】一纸书从天际下，陡觉神魂越。适值出使命下，又官役拥户波查。催迫起身，只得匆匆就道，思量没摆布，只得权停罢。便一天好事成虚话，倒博得肝肠挂。

（坐介）此事好难明白！也不知精怪摄取，或侠客所为，还是飞仙度去呢？那日路上把氤氲钏遗失就是不祥之兆。（长叹介）

【会河阳】默坐筹思闷怀倍加，神仙鬼怪总胡拿。只我那黄小姐，天吓，玉蕊琼葩，风吹雨打，他多管凋零也。若尚在人间，知我远涉重洋，也必朝朝暮暮为下官悬念。叹两边一样心牵挂，倒不如当初不结这姻缘罢！

呀，那黄小姐也不是精怪摄取，也不是侠客所为，的的是神仙度去了。那日一见，虽然一样的

【缕缕金】垂袖翠辫鬟鸦，恰别是一种丰韵，翩翩尘外格，浊世怎留他？咳，古来夫妇同仙的尽有，黄小姐，黄小姐，你就是要去，为甚不把下官携带携带？一样的夫和妇彩鸾同跨。仔细想来，是劣书生无福啖胡麻。一念及此，有何生趣？待复命之后，自寻归结便了，把这一缕痴魂愿甘化，痴魂愿甘化。

（默坐介）（旦长班上）启爷，有成都黄府家人要见。（生）传他进来。（旦传介）黄府大叔，老爷唤你进来。（杂持书上，见生介）小人黄福，叩见姑老爷。（生）起来。你家相爷好么？（杂）家爷好。（生）小姐回来了？（杂）小姐回来了，还有一位白小姐同来。（生）那个白小姐？（杂）就是那拾绸缪玉的白小姐。（生）你小姐与白小姐何处遇着？同来何事？（杂）小人不知。家爷见那白小姐十分怜爱，认为寄女，还要奏知圣上，与小姐一例诰封，同日花烛。（生惊喜介）（杂）家爷此刻带了二位小姐到京中少爷府里去了，教小人先报与姑老爷知道。（呈书案上介）（生向旦介）你陪管家后舱歇息。（旦）是。（引杂下）（生）黄小姐回来已事出意外，不料还有一位白小姐同来，岳父又这般撮合，更是意外之意外了。呀，那里有这等快心的事？多应在此做梦，待我想来——（想介，笑介）不必狐疑，有书在此，我且看来——（取书拆看介）恶，白玉英就是山中所见的马上美人，黄小姐因绸缪玉被他拾去，谓是天缘，故求岳父撮合的。早知如此，岂不省了这些时悲伤恼闷？这等看来，凡事莫非前定，果然双娶佳人。耿星翁真神相也！

【尾声】书生艳福由来大，双折瑶林第一花。我此时有万语千言，待花烛之夜向他二人申诉，到那时只怕我又相对忘言喜极也。（下）

第九出　诰圆

（内鼓吹仪仗引旦、小旦冠帔乘彩舆，四婢艳妆乘车同上，绕场下）（末扮院子披红上）世上无难事，只是心要坚。苦衷天不负，一娶两神仙。在下陶府中院子陶旺的便是。列位，世人婚姻皆由月老注定，或好或丑，各人命摊。偏是我家老爷自负才貌，百般拣选，务要娶一个绝代佳人。谁知那老天爷也就从他之愿，恰恰遇着四川黄小姐相府定姻，及至黄小姐被人抢去，他又百般懊恼，只说此事无望的了。谁知那黄的又拖一个白的来，也是千娇百媚，这不是人定能胜天么？今日奉旨完姻，说不尽那荣华富贵，五鼓天就入朝谢恩去了。彩舆已发多时，老爷将次回府，我也率领童儿把花烛排列起来。（二童上。列花烛介。内鼓吹仪从引生朝服上）一缕御香浮袖暖，十分春色上眉浓。下官陶元璋，入朝谢恩，圣心愉悦，特赐内府珍物并御用筵席，真个圣恩深重，臣心感激靡涯。（坐介，仪从下）院子，迎亲仪注一切齐备了么？（末）齐备了。（生四望介）

【念奴娇序】看那彩结霞绡，屏开云锦，鸾笙象管悠扬。十二珠帘高卷处，暗逗一片春光。凝想玉软香温，花娇柳媚，安排领取恁情况。（合）惟愿取连枝并蒂，兰蕙齐芳。

（同下。内鼓吹仪仗，丑傧相、末院子、四婢执红灯引生、旦、小旦上，并立拜天地介）（丑）送入洞房。（绕场行介，到介。生上坐，婢扶旦、小旦对坐合卺介）（生作左顾右盼介）

【前腔】端详，评红品白，衡浓较艳，似芙蓉烂漫秋江。他慧敛娇藏，教我一霎里那千种娉婷难状。欢享，融漾春怀，朦胧绮梦，待双携神女赴高唐。（合）为愿取连枝并蒂，兰蕙齐芳。

【前腔】（旦）回想，氤氲钏奇，绸缪玉巧，红裙欣配绿衣郎。更有那意外缘从天降。奴承妹子相爱，凭仗，两结鸳盟，双偕凤侣，愿郎君好将恩义代奴偿。（合）为愿取连枝并蒂，兰蕙齐芳。

【前腔】（小旦）欣傍，淑女才郎，念庸姿陋质，深惭凡卉并天香。蒙不弃，尽许伉俪，同庄相仿。绣阁随肩，妆台学步，古人成例效英皇。（合）为愿取连枝并蒂，兰蕙齐芳。

（生醉态介）

【古轮台】款瑶觞，重抬醉眼细端相，宛然身到蓬山上。迷离惝恍，对这鬓影钗光。我待诉相思情况，一片神怡，十分心畅，把年来积愫竟相忘。更罗帏绣幌,早勾人魂魄飞扬。握雨携云,揉花折蕊,者般偎傍。银烛恁辉煌,光摇漾,催人同去解明珰。

(生起挽,旦、小旦行介)

【尾声】三星照入洞房,良夜沉沉未央。(合)为愿取美满恩情百岁长。(同下)

第十出　证因

(二幡童引末上)俺南华老仙,适奉玉敕,香案吏、修文郎那件公案完结后,即着随朝归班,不免回宫去者。你看那阎浮界中,

【粉蝶儿】只九点齐烟,乱纷纭触蛮征战,搅红尘似海无边。堪叹世人沉溺其中,纵然是运途佳、身名泰,也费尽心机一片。还有那些时乖命蹇的,就枉辛勤精卫难填。幸这香案吏、修文郎虽然心醉温柔,身居富贵,还不至叹沉车恒沙参遍。

(向童介)你二人接引香案吏、修文郎,再传语换形使者,先换本形,然后引来相见。(童应介,分下)(丑上)为人莫情多,情多适自累。试问大千中,谁得情三昧?俺家氤氲大使是也。记得香案吏与修文郎圆聚之时,俺走去看看,见他们那种郎才女貌,连俺家也乐个不了。前日偶尔想起复去看时,竟是苍颜皓首,八旬以外之人,俺又不觉闷闷起来。今日情缘已满,完结此案,俺不免先到南华宫等候。(指扇介)扇儿,扇儿,还要借重你一回,(叹介)只怕今后再没有这等才子佳人来劳动你了。哎,俺家虽是个情场领袖,到这分终缘尽之时,教俺也没法了。(外上)堪叹世人何扰扰,俺为你终日终年忙不了。月如无恨月常圆,天若有情天亦老。氤氲大使请了。(丑作骄态介)请了。你这老头儿何往?(外)到南华宫去。(丑)到南华宫何干?(外)去收利市绳儿。(丑)甚么利市绳儿?(外笑介)亏你还是情场的朋友,连个利市绳也不晓得。大凡神仙眷属、才子佳人,绸缪固结,始终不渝,系的赤绳就如新

进士白纻衫一般,是最利市的。(丑带笑带说介)好个老不识羞!你认俺真个不知么?只问你白玉英山中打围,黄佩芬成都被抢,不知那时你在醉里还在梦里?此刻偏偏的又想来讨利市!若不是俺一片婆心,扇儿十分帮衬,莫说利市绳,只怕连丧气绳还没地方去取哩。(外大笑介)原来为此着恼,足见是你糊涂!请问你这氤氲使做了几年?(丑)三千余年,问他怎的?(外)不知三千年前这扇儿是何人执掌?(丑)这个俺到不知。(外)天色尚早,俺们到前面磐陀石上坐下,细谈谈罢。(对坐介,外)自开辟以来就有俺这月下老人,联情扇、合欢绳全归俺一人执掌。遇着才子佳人,俺那片联成撮合的苦心比你还要高出万倍。争奈世间儿女情缘两长的固多,情长缘短的尤广。或琼花早谢,或玉树先零,到那弥留之际,缠绵不解,宛转难分。俺那厢边衬眼泪足足掉了几大缸,于那些人的情缘究竟不能增出一丝半黍,白白的酸心苦肺,所以决意——(指扇介)将这牢什子缴还上帝,再把往日那一片火热心肠换上了近日来的冰凉面孔,到也心闲意适。奉劝老兄将脾气也改改儿罢,热肠人是再做不得的。(丑作怅然介)俺们且到南华宫去将这件公案清了再说罢。(同下。生白须,旦、小旦白发赤绳系足同上)(旦惊介)老相公,这是那里?(生看介)呀!

【南泣颜回】碧水更丹山,瑞霭缤纷四散。琪花瑶草,这风光不似人间。既是仙灵窟宅,讶凡身那得轻相探?(旦)又非关梦境,模糊,(小旦)怎分明旧游重览。

(旦)老相公,何不寻个人儿问问?(生作走不动介)呀,我道为何行走不动,原来是被你们扯绊住了。(旦)先前我见那花开得有趣,想前去看看,是你二人将我扯住,此刻你又说被我们扯住。(小旦)我也在这里被你们牵累的一步走不开,此事不知怎的。记得那时园中锦香坞桃花盛开,姊姊高兴,率领儿孙在介寿堂家宴,也做个人世的蟠桃会,大家饮酒,怎么到了这里呢?(生)不要管他，一同回去便了。（三人转身欲行介，幡童、月老、换形使者同上）（童）请仙官转步。（杂）火速回头。（外）你们享尽情场之福，快把利市绳儿还俺罢。（向三人足解赤绳先下）（生）啊！你们是些甚么人，在此大呼小叫？此是甚么地方？（幡童举幡交护，杂与生、旦、小旦照首出换仙装介）（杂）不须新面目，仍是旧衣冠。（下。二童引生、旦、小旦行介）（童）来此已是，请仙官少待，好去通知。（下）（三人作迷离介）这又是甚么所在？（末、净同上，见介）船山公久违了！（生）素昧生平，何云久别？（丑执镜、持扇猛上，向三人舞镜、扇扇，说介）速返真元，毋迷本性。（下）（三人猛省，同向末揖介）照拂提携，寸衷铭感！（生向净揖介）醉言相累，负愧殊深。（同坐介）（末）凡事莫不由因生果，这个因果只因你们

【北石榴花】前世里互将文彩擅词坛，勾惹起古语说才难。为相怜忏，隔世化云鬟；如花如玉，以伉俪换金兰。船山，你那时呵，桃宴上逞诙谐，桃宴上逞诙谐，虽天恩竟许前言践。恰也挨了千般搅扰，万般磨炼，才博得跨鸾凰，才博得跨鸾凰，了却那三生愿。喜今日同驂，鹤驾返瑶天。

（生）老仙，念船山那时在（起介）

【南泣颜回】西池会上吐狂言，是戏语、原无成见。那知这殿前僚友，翻联成枕上姻缘。（向旦、小旦揖介）二兄虽被船山牵累，恰做个美人名士一身兼，真堪羡①。（旦、小旦同起回揖介）虽因牵累，亦由自取，入风轮再染浮埃，步云衢重叨清宴。

（净）老仙说由因生果，不知俺家是何因果？亦望指示。（末）使者

【北上小楼】漫说你受牵累遭贬遣，可晓得也是泼情场数应然。他

① 原稿“真”字前有“处”字，疑为衍字，删。

们也被你磨难得够了。间阻经年,两地神伤、一样情牵。且你四人所历境界虽各不同,恰都是锦簇花团,恰都是锦簇花团。究竟也不过空花梦锦难抛难恋,今可也消除前件。

（净）承教了。（合）

【南扑灯蛾】负才华诙谐广座中,落情关柔丝自牵恋。莽飒飒横将佳期阻,急忙忙星槎远贯,终久久如花美眷。喜孜孜箕帚执联翩,虚飘飘轮回一转,味津津怜才佳话世争传。

（同起介）（末）

【尾声】明朝同拜通明殿,好再向瑶池赴宴。船山,船山,只怕你那狂态奇才,（合）两般儿依旧仙班推独擅。

（同下）

有才端合受才怜,第一多情第一仙。
何必形骸为判别,果同心志便缠绵。
三生已自前因悟,两意终须后约坚。
磨少磨多成好事,人间天上总悠然。

——《小蓬莱传奇》十种本,上海藻文石印社1900年版

英雄配[1]

提纲

（末上）

【御街行】杜家有女真佳丽,待觅个,英雄配。何期同志得周郎,恰好联成双美。烽烟突起,疆场陷贼,从此人千里。　　孤舟苦向天涯寄,幸玉树,还相倚。辞官携手远归来,更复辞家深避。置身

① 此处原文有“东海刘清韵古香填词,古僮钱梅坡香岩较订”。

福地，珠宫贝阙，永作神仙俪。

第一出　惨诀

（末病容上）

【玩仙灯】差可乐桑榆，赖有慰情娇女。

休言笔扫三千士，枉说胸藏十万兵。赢得茫茫身世感，仰天搔首不胜情。卑人杜希牧，表字又之。幼读儒书，长娴将略。腾蛟起凤，何输倚马才高；横槊弯弧，不羡穿杨技巧。（叹介）有心为皇家硕辅，无奈只做个盛世畸人。这也罢了。荆妻柳氏，单生一女，名唤宪英，因他慧性生成，故将平日所习，尽数传授。可喜他不特一说便明，更添出许多妙解，有此凤麟奇女，胜他豚犬庸儿。目今年已十四，尚未字人，值我二竖忽侵，精神日减，倘有不虞，如何是好？（负手徘徊长叹介）（老旦上）天道原难问，人心略可平。门楣纷瑞彩，掌上一珠明。（见介，坐介）官人，今日可觉轻爽些？（末）总来不过如此，看光景是不能与你白头相守的了。（老旦）官人保重，这不过是年灾月晦，用心调理，过几日自然好起来的。（末）哎，娘子，卑人于生死关头，早经打破，只不曾与女儿择一佳婿，是一件大不了的心事。（旦扮垂髫幼女，两鬓插兰花，捧汤盏，带婢上）膝下倚娇痴，才胜金缕衣。耽嬉非素性，借此解亲颐。（见介）爹爹、母亲。（近末立介）爹爹好些么？想吃甚么汤水？（末）儿呵，为父的心中烦闷，不思饮食。（旦）孩儿煎有参汤在此，爹爹喝一口儿。（递盏，末接饮，呕逆，旦代捶背介）（末）我一时气逆，温在那里，停刻再拿来罢。（旦）红儿拿去，还倒在银壶里，隔汤温着。（婢应，捧盏下）（旦）孩儿多时不习骑射，等爹爹大好，拣个晴和天气，同到郊外打猎，捉些生锦鸡、活兔儿笼来养着，那才好耍子哩！（末抚旦，凄然欲泪，俯首介。旦向老旦介）春间看那山上野花开的那么好看，孩儿明儿随爹爹去，要采他一大捆来，给娘插戴,娘说好么?(老旦)好个痴孩子!你娘有多大的头,就要一大捆花插戴!这么大了,还是疯疯颠颠的混说,看你到那天才懂得人事。(旦拈带,含笑俯首介,复向末介)孩儿刚才满满的养了一瓶建兰,送到爹爹房里去。(俯首,指头上介)爹爹看看这枝并蒂兰好不好?(复指介)孩儿头上还有穿的兰花圈儿、兰花串儿、兰花球儿,明儿还要穿个兰花衫儿披着,那才新奇有趣呢!(末解颐介,老旦笑介)怪道要弄一大捆花给我戴,看你这头上,真个有一捆了。(末)儿呵,坐了。(旦含笑不语,坐介)(末)想为父

【驻马听】黾勉三余,读到那拄腹撑肠富五车。拿定了蟾宫稳步,蕊榜连登,直上云衢。岂知有才无命莫何如!又难甘雌伏把雄心负。比及文战屡北,故尔决意屏弃诗书。(起介)大丈夫,等闲肯被那毛锥误?

从此遂轻装短艇,

【前腔】远涉江湖,先向那禹穴搜奇探异书。只道有玉编金简,宝箓灵符,那晓得尽属虚无。又闻少林寺拳法最精,遂回身中岳访僧徒。留彼年余,尽得其秘。私念此不过一人数人敌耳,虽云趫捷难言武,须当得万里长驱,登坛秉钺司旗鼓。

随即归来,镇日间(作势介)

【前腔】研究阴符,更风卷云屯演阵图。潜察那天时地利,隅落钩连,遁甲孤虚。儿呵,为父的虽未去开疆展土巩皇都,哎!尚可一身作障把乡闾护。(抚躬叹介)咳,而今已矣!看这病骨难苏,怕一朝奄忽零朝露。

(坐介,作气喘介,旦)喝口儿参罢!(末点头,旦急下取参汤上。末饮毕,忽长叹介)儿呀!

【前腔】伯道身孤,得汝中年良胜无。可喜你聪明天授,文并曹刘,武擅孙吴。要择个乘龙佳婿当儿扶,岂知射雀人难睹!为父的夜观乾象,不出三年,当有兵起。为父身亡之后,倘一朝豺虎盈途,

教你这茕茕母女把谁依附?

（末挥泪，旦背掩泣介）（老旦）官人，你放着病体不保养，说这伤心话怎么？怎见得你这病就不好呢！还是同女儿谈谈别的罢。（末）咳，娘子，你那晓得？（向旦介）儿呵！人生最难得者佳偶，这是为女子的第一件吃紧事。

【前腔】汝母粗疏，你的识见远过于他，那百岁良缘须自主。勿憎寒俭，勿羡豪华，勿取迂拘。更嘱你，不须羞涩效凡姝，只管留心拣择休教误。必须得个文武全才，虽说是二美难俱，料庸流也不堪作我这奇儿婿。

儿呵！坐了。（旦拭泪坐介，末向老旦介）哎！娘子，卑人死后，你可

【前腔】照旧安居，况财帛田园尽有余。你也是中年以外之人，我与你虽说分手，也无非小别，不用欷歔。（老旦）官人养养神，歇歇儿罢！（末）好生与我抚养娇雏。（向旦介）儿呵！十四年来，为父的何曾一日掌离珠？如今要抛你去了，儿呵！（哽咽介）你要亲心善体休酸苦。（旦、老旦同哭介）为父的虽在九泉，睁睁的不闭双眸，儿呵，何时才得宜家赋?

（旦掩面痛哭，老旦拭泪向末介）官人精细着。（末）儿呵，不要悲伤，走近来，为父的还有话嘱咐你。（旦近末立介，末上下注视微叹，执旦手介）儿呵！我死之后，你母亲全仗

【尾声】你巧鹦哥好慰这哀黄鹄，事事帮他料理，免教他终日啼哭。娘子，（老旦起，近末介）你莫痛无子单独。待女儿完姻，生了孙儿，你可继一个宗支续。

（晕介）（老旦、旦）官人醒来！爹爹醒来！（末醒介）娘子、女儿，我此刻四肢无主，魂魄飞扬，想是要去了。（注视老旦、旦介）我也顾你们不得了。正是：生人和死客，一样怆心魂。（复晕介，老旦、旦扶唤介）官人醒来！（内细乐，扮四仙童，二童执幡，一捧

敕,一驭鹤,绕场上,向末立介)奉敕召杜希牧归班,不得稍延时刻。(下)(末醒介)(旦)好了,爹爹醒过来了!(老旦听介,复抬头望介)女儿,你听空中是甚么声音?(老、旦听介)(末)方才明明白白见天符下降,召我归班,那是来迎的仙乐之声。(老旦)你不要胡思乱想,定定神,好进点饮食。(末)你教我吃甚的来哟!娘子、女儿,想我杜又之枉具雄才,空怀大志,一筹莫展,半世虚生。哎!罢了!虽未吐气人间,幸得扬眉天上。你们也不必悲伤,各自保重,百年一瞬,相见非遥。娘子、女儿,但有生离无死别,须知天上胜人间。扶我进去罢!(老旦、旦掩泪扶下)(内奏乐,仙童引末星冠岳帔上,绕场下)

第二出　婚引

(生窄襟箭袖上)丈夫焉肯事毛锥,合建平明大将旗。勒石燕然知有待,飞而食肉是何时?(坐介)小生周孝,表字又侯,中州人氏。幼攻词翰,长习韬钤。才高志大,思图海内奇功;影只形单,尚少闺中良匹。适从郊外盘马回来,不觉日已向午。(唤介)童儿,彘肩、鹿肘、狼背、豺肝可曾端正?(童上)端正了。(生)送到旷怀亭去,好待我消闲小酌。(童)相公用甚么酒?(生)就是隔年的香雪酿罢。(童应下)(生)咳!举世悠悠,谁堪共语?争知俺周又侯的抱负也!

【破齐阵】漫说当年樊哙,敢夸今世周郎。壮志徒长,乾坤自莽,猛可的冲冠发上。恨纤儿盗弄潢池仗,争得去跃马横戈赴战场,烽烟靖四疆。

(下)(小生上)春痕吹上柳梅梢,盼断秦楼引凤箫。一缕新愁何处着,带围宽褪沈郎腰。小生郑朴,表字拙庵,与同里周又侯砚席至友。虽他近来弃文就武,可喜仍是一案进学。今日天气甚佳,不免去寻他谈谈。来此已是他门首,待我唤他一声:又侯兄在家么？（生上，见介）原来是拙庵兄，一向间阔，请到小亭畅叙罢。（到介）（生）郑相公在此，一面看茶，一面快暖酒来。（坐介，童送茶上即下）（生）才过残腊，又到春初，真个流光迅速也！（小生）便是。（童送酒上，对坐饮介）（小生）小弟今日一来奉访，二来约兄同去说一头亲事。况你我皆当弱冠之年，也是授室之候，再迟延不得了。（生）拙庵，你还说的是自如话，可知刻下光景么？（起介）

【柳摇金】**烟尘扰攘，兵戈沸扬，肯孟浪结鸾凰？**（小生笑介）又来面欺小弟了。这等说，只待世道平静，才议亲的了？（生）非也，**也只为可意人难访。**（小生大笑介）原来要娶个才貌佳人。（生）**不特才容两擅长，还要精武略，智深谋广。**小弟将来好与他**机宜赞划，同事戎行，同事戎行，做一对英雄随唱。**

（坐介）（小生）真是旷古奇谈，真个事有凑巧。（目生，微笑介）眼前现有一位，只是择婿过严，数年来求者虽多，竟无一个中选，故来约你也去碰碰。（生起，狂喜介，向小生介）适才言语，那是小弟平日一片痴心妄想，难道竟真有这样越古超今的佳人么？（背身负手，沉吟介）谈何容易？郑虔三绝，不闻兼善韬钤；娘子一军，不闻兼攻词翰。文事武备，在我辈尚且难兼，何况女子？（小生）你看这个人背身私语，俯首沉吟，也不知想的甚么？待我唤他一声：又侯！（生不应，自语介）待我问拙庵。（转介，小生笑介）又侯，你不要想的太高兴。这头亲事，不是一说便成的，内中还有许多烦难呢！（生）有何烦难？（小生）这位佳人不特才兼文武，更且风鉴如神。凡求亲的，必须亲自寓目。（生）何物女子，这等高自位置？拙庵既知底里，可曾一睹其人？（小生）就是希牧杜公之女，其父无子，将平生所习，皆传授与他。上几年随其父出来骑射，小弟时常看见，果然是个倾城之色。其父亡后，便不出来。闻说择婿，也是遵他父亲遗命的。（生）原来杜老先生的闺玉，自然与众不同。明日便遣媒往说,不要当面错过。(小生)不消费力,小弟回去,即吩咐李铁嘴去撮合便了。(生)深荷关切,看热酒来。(小生起介)不消。(拱介)请了。(生)果有佳人能绝代,(小生)断无名士不关情。(分下)

第三出　得婿

(旦倩妆,带婢上)【捣练子】珠箔静,晓风柔,一缕沉烟淡不流。嫩暖轻寒浑未足,春衫可否换云裘?奴家杜氏,小字宪英。貌夺春花,神凝秋水,蕙兰心性,冰雪聪明。椿萱爱重,劳他双掌擎珠;荆树凋零,惟我一枝缀玉。(叹介)不幸爹爹早世。(泪介)迅速流光,又已三年服满。明日清明,家家上冢祭扫,奴家亦手制冥镪,好随母亲到爹爹坟上焚化。一时心内烦闷,且去取本书来消遣消遣。(取书展看介)咳!这书皆经爹爹评点,朱墨犹新,音容已杳。(掩书泣介,婢劝介)小姐且免愁烦,可记得老相公临终嘱咐的三件大事?不争小姐这样伤心,老相公在阴间也是不安的。(旦拭泪介)哎!翠儿,爹爹遗训,我何曾刻忘?(指介)你看架上图书,壁间弓矢,那一件不是爹爹所遗?你教我怎不触目伤心来哟!(掩面痛哭介)(婢)红儿,快拿水来给小姐净面。(婢应,捧奁具上,侍旦净面毕,捧下即上,侍立介)小姐,从古说:"愚不谏贤,卑不责尊",不是婢子多口,小姐年已及笄,正是桃夭之候。外间求亲的尽有大姓贵族,富室豪门,小姐一概拒绝。若不早结良姻,白白地把青春虚度,岂不可惜不是?老相公说的全才难得,劝小姐把眼界略略放低些儿罢!(旦不语沉吟介)不要多讲。红儿,去将那件葱黄罗袄包了,恐明儿路上暄热好换。翠儿,煎茶去。(二婢应下)(旦微叹介)爹爹说:"人生最难得者佳偶",古人亦云:"易求无价宝,难得有情郎",又说:"愿得一心人,白首不相离。"在那些林林总总的女子尚且如此,何况我杜宪英乎!

（起介）想奴本是

【菊花新】琼苞玉蕊上林枝，岂是凡葩可并栽？武略与文才，也合得铁群奇配。

生憎婢口无端语，勾起眉心有分愁。（下）（净、副、杂、丑四媒婆上）

【字字双】做媒全仗架虚词，绝技；何妨嫫母说西施，妙谛！葫芦旧样再休提，不济；女家倒要相男儿，新例，新例。

（净）我是赵瞒天。（副净）俺是张过海。（杂）在下马铁脚。（丑）区区李铁嘴。请问列位到那一家去的？（众）都是到杜奶奶家去的。（丑）我也奉陪走走，弄钟溜边喜酒吃吃。（众）媒钱不能分肥，喜酒是有你吃的。（丑）我们就去来去来。（作到，唤介）门公公，我们特来与奶奶贺喜，烦你通报一声。（外扮老院子上）想是来提亲的，怎么竟约齐了来？（众）门公公，常言道得好："一家有女百家求"，况奶奶又要亲自相看，所以我们今日一齐来说，明日一齐来相看，也免得他老人家唠叨。（外）这等你们进来。（众进介，外向内介）梅香姐姐，有四位媒人在此，要见奶奶贺喜，你引他们进去。（下）（贴上，众见诨介。贴向丑介）你又来鬼混甚么？（丑）来提亲。（贴羞丑介）来来往往鬼混一年多，也不见你提起一个好人家，奶奶吩咐说，你再来，叫我重重打两个耳光子，赶出去呢！（丑笑央介）好姐姐，引我进去，等小姐亲事成了，得的喜钱与你三七分用。（贴）不希罕。（丑）哦，是了，待我也寻个白白胖胖的少年老公给你。（贴）啐！（同诨下）（老旦带婢上）

【菊花新】把家当户一身持，青鬓年来渐有丝。可奈女娇痴，叹甚日才完心事？

妾身柳氏，膝下无儿，单生一女，先夫临终命其自择佳婿。年来求亲的，何止数十百家，竟没一个中意。照我的意思，只要门第清华，儿郎俊秀，也就可许了。争奈孩儿执定主意，要选个文武全才,还不单是貌比潘安,才如子建,更要勇似温侯。我说世上那有这样十全人物?他说如真没有,情愿终身不嫁,倒也免了许多牵缠冤苦。你看这不是痴话吗?(问婢介)小姐呢?(婢)在那里静坐,刚才命人收拾箭园,想是要演习骑射。(老旦叹介)算起来,总是他老子不是。一个女孩儿家,只该随着我学些针黹闺仪罢了,偏偏和他今日讲文,明日讲武,把个孩子讲的入了魔,把甚么人也看不上眼。劝又劝不醒,扭又扭不过,只好由他罢了。咳!一天不遂娇儿愿,片刻难开老母怀。(贴引四媒婆上,见介)恭喜奶奶。(净、副、杂)今日来提的,皆是第一等门户、第一等人才,任凭奶奶相看。(老旦)是何等人家?(净)提的是王翰林的公子,今年十六岁,长的比美人儿还俊,去年入了学,人人说今秋解元必定是他的,想来文章不用说好的了。(副净)我提的是孙朝奉的小相公,今年二十岁,家里有二十四个当典,十二个钱庄,还有黄的白的不动的老项,真真压折了楼板。这还不打紧,那小相公的一张俏脸儿,长的就像粉团花一般,又白又嫩。(杂)我提的是马小员外,今年十九岁,家内有万顷良田,千间瓦屋,大门外头骡儿、马儿、驴子,黑压压一大群,真真像个财主人物儿,又长得风流。奶奶听,这可是第一等门户,第一等人才吗?若再错过,只除非到天上找个左金童下来,人间可实实没有再好似这几家的了。(贴向丑介)你怎不言不语的?(丑)尽他们说完了我再说。奶奶在上,我李铁嘴今日来提的是两位相公:一个姓郑,一个姓周;一个文的,一个武的。论门户,只好算个第二,论人才,不是李铁嘴夸口,实实要算一等第一哩!明儿奶奶瞧瞧看。(老旦)明儿要同小姐上茔,没工夫。(众)不错不错,明日是清明佳节,又是个上好日子,他们都要去郊外踏青,我们去照会请他们聚在一处,好待奶奶相看,真真巧极了。(老旦)这也使得。(众)还有一事要禀知奶奶。(老旦)甚么事?(众)明日我们各带定礼,奶奶相中那一个,就收那一家的礼，然后择日传红下聘。（老旦）倒也斩捷。（众）话已说明，别过奶奶罢。（同下）（老旦起介）正是：明日青郊攒众美，不知今番赤线系何人？（带婢下）（生、小生乘马带童携具上）（生）草色青开盘马路，（小生）花光红上听莺楼。（生）是好一派到眼春光也。（小生）是好一派撩人春色也。（生指介）拙庵，你看

【好事近】柳弹更花歌，罨画郊原如绮。绣幰金鞍，来往水边林际。（小生沉吟介）便是。（背介）何时，才马踏杏林香里？倘能得雁塔名题，聊以偿鸡窗志砥。出入薇垣兰省，簪笔彤墀。

（转介，生笑介）不要心焦，状元有你做的，想他怎么？（小生亦笑介）又侯，以你之才，取青紫如拾芥，因甚改图？愿闻其说。（生）拙庵，念小弟。

【泣颜回】非敢薄毛锥，仰慕班超故事。也只为折冲万里，男儿自应如是。况年来粤寇妄鸱张，鼎看中原沸。正朝廷用人之际，英雄得意之秋，（作势介）待奋鹰扬志翦红巾，画麟阁名垂青史。

（小旦扮王公子，小丑扮孙小朝奉，末扮马小员外，同乘马带童携具上）

【前腔】提携，几辈踏芳埖，照眼浓桃艳李。你听那鸾笙象板，清音袅袅风递。我们只须呼朋引类，急寻欢、莫负春光丽。好招他翠袖红裙，肯效那迂儒俗子？

（见生、小生，拱介）请了。（生、小生）请了。（小丑）二位来的好早，此刻就想嫦娥下降，只怕还闭着月宫门哩！不要把眼光预先望花了，真真嫦娥来了，倒看不清切，才是乱子哩！（生）休得取笑，诸位来的也不过迟。（小生）诸兄与弟辈皆是一样心事，又何必以五十步笑百步乎！（同大笑介）童儿先去铺茵暖酒，我们且散步一回去。（小丑拍手介）可惜不曾带得小娘，吃哑酒没趣。（小旦笑介）今日可是用他不着。（同下）（净、副净、杂、丑上）年来跑折两条腿，不曾捞着一文钱。（见童介）你们主人统来了吗？

(童点头,净)我们也到那边迎杜奶奶去。(下)(外院子捧香烛,老旦、旦乘车上,老旦遥望挥泪介)

【太平令】马鬣荒披,都有儿孙化纸来。咳!官人,官人,你只得茕茕母女供时祭。今日我还带着女儿来上坟,身后感益凄其。

(下)(生、小生、小旦、小丑、末上。小丑指介)你看,那些游女来来往往,好不有趣!(小旦)一面吃酒,一面遥观,才更有趣呢!(末)是极,是极。我们竟是团坐罢!(生、小生)如此甚好。(坐介)

【前腔】共倒金罍,底用当筵羯鼓催。更有那楼头少妇凝妆美,帘半卷显容辉。

(二童轮流斟酒。四媒婆上,蹲场角望介。老旦、旦乘车上,四媒迎介)恭喜奶奶、小姐。(老旦)低声些,不用惊动他们。(低向旦介)儿呵!你可留神细看。(四媒各取物介)(杂)这是珠花一对。(指末介)(旦)

【风入松】形容鄙俗貌痴肥。(净)这是紫金钗一对。(指小旦介)(副净)这是如意一枝。(指小丑介。旦微笑介)好两个花花荡子。(丑)这是一首新诗。(指小生介)(旦)饶他自负才华美,怕折不下蟾宫娇蕊。(丑)这是羊脂玉钏一双。(指生介)(旦)看此生一种神清骨奇,(复凝神细看,低语介)燕颔虎头,此万里侯相也。(取钏介)堪做个鸾凰侣效于飞。

(丑喜介,净、副净、杂作扫兴下。生出席,与旦打照面。老旦、旦下)(生)

【前腔】听粼粼花外小车催,陡地神迷心醉。看铅华不御天然致,算得个无双佳丽。人间那有恁般女子,恶,是了,多应是瑶台玉姬,来尘世偶游戏。

(徘徊延伫介。小旦急扯小丑、小生、末介)你们只顾吃酒,把天大一件好事错过了,可惜,可惜!(末)错过甚么好事,这等大惊小怪的？（小旦指介）哪，哪，哪！才过去的正是杜小姐车子。（小丑）何以见得？（小旦）你不见那几个媒人团在那里吗？（小丑跳起，顿足拍手摇头狂叫介）不曾看得一眼，真个可惜，可惜！（末）人人皆说像天仙一般，想来人材自然是好的。小弟倒不想看他，只愁亲事不就。（小生）据小弟看来，（同起介）

【尾声】只要三生石上缘曾缔，自有一位月下老人，暗中代把红丝系。（丑遥向生做手势，示空手下）（生背喜介）真徼幸，算今生闺房艳福谁齐？

（小旦）杜小姐已走，回去罢。（小丑、末）正是。我们也要打听喜信。（小生）又侯，我们也去罢。（互拱介）请了。（分下）

第四出　贼氛

（内鸣金擂鼓，八卒扎红巾，执黑旗，拥净黑花面，巨口獠牙，红巾扎额，金甲锦袍，执双鞭，跳舞上）金甲锦袍红，高蹄战马雄。去年小强盗，今年大元戎。俺左山虎是也。奉俺主将令，攻城掠地，括物搜财，掳得丁壮，即将他充作前队，做个挡枪炮的牌儿，胜了愈加助俺威势，败了伤的是他自家子民，于俺无损。且太平日久，人不知兵，一处处望风而逃，毫无拦挡。众儿郎！（众）嗄！（净）前面是甚么地方？（众）是河南开封府。（净大笑介）妙，妙，妙！闻说此间有个杜小娘子，是个女中豪杰，众儿郎用心搜取，不可被他逃去，俺要将来做一位掌印夫人。（众应，呐喊介）（净）

【二犯江儿水】鼓声喧哄，扑通通鼓声喧哄，如霜戈戟拥。（指介）看漫山遍野，耀日巾红，马膘肥人健勇。（众）儿郎听俺吩咐。（众）嗄！（分立介）（净）遇着大兵，一齐奋勇，斩尽杀绝。（众）嗄！（净）不用挽强弓，全凭火炮冲，既做豪雄，怕甚苍穹？休提伤人一命关天重。有两等人不杀：丁壮留着当兵，少年妇女留着做妻小，其余一概收拾便了。免得他受颠危耽怕恐。就此冲上前去。（众）嗄！（摇旗呐喊，走阵介）（净）烽烟蔽空，黑漫漫烽烟蔽空。尸横血涌，一处处尸横血涌。（内作号哭声）（净）这是你每作孽太重，老天降罚，特遣来俺这泼魔星杀伐动。（喊杀，战杀下）

第五出　筹形

（旦带婢上）

【临江仙】宿雨新晴春意骤，繁花开遍枝头。晓妆初罢一凝眸，更有那依依金线柳，披拂小红楼。

奴家自结褵之后，与周郎真个如鱼游水，胜漆投胶，正好安享太平，同娱老母。争奈粤匪日近，与周郎商议，练些乡兵，以卫桑梓，怎么不见到来？想是在母亲那边。红儿，随我去。（下）（生上）

【一枝花】良缘欣结就，艳福生来有。我与他，谈诗兼说剑，连宵昼。闻小姐文才武略，皆是岳父教成，虽说是学有渊源，也大半由天授。勿论他的才华智勇，就是那一种丰神，春山秋水，真个温柔。周又侯，周又侯！你自问如何消受？

小生自就婿乡，蒙岳母十分怜爱，小姐万种温存，为愿终老是乡，更无他念。叵耐寇氛甚炽，因与小姐划一保护乡闾之策。且去将山川形势审度一番，再为区处。（内）鞍马已备，请姑爷前往。（生）待将十万红巾扫，先试周郎第一功。（下）（老旦带婢上）

【玩仙灯】扫却一天愁，喜有婿承先启后。

老身一向为女儿婚姻，刻刻在念，生怕急切选不着乘龙佳婿，耽误青春。幸得天从人愿，竟真个有件件都如女儿说的十全人物，赘入门来，遂把往日万种愁烦，化作一天欢喜。这真是意想不到的。女儿说今儿要去踏青。（问婢介）你说给厨上，收拾几样精致肴馔，可齐备了不曾？（婢）端正好了。听说另备一辆车子，请奶奶同去逛逛。（老旦笑介）我懒得动，倒是他们自去的爽利。

(带婢下)(二童一抱锦茵,一携春榼,生扎巾箭袖,旦戎装,二婢扎额锦袄背剑,同乘马上。小旦扮垂髫小鬟,提锤步行随上)(生)迟日江山丽,春风花草香。(旦)泥融飞燕子,沙暖睡鸳鸯。(向童介)你去那一带柳阴下铺设。(童应下)(生)是好天气也。呵!小姐,你看那

【梁州序】晴岚遥抹,轻云微逗,匝地青浮绿凑。花骢嘶处,茸茸细草茵柔。(指介)那一处处听莺人聚,扑蝶筵开,都为韶光寿。(向旦介)古人说话,也有不大准的。(旦)是何言语?(生)就是那"恼人春色"四字,口头烂熟流传久,不识斯言是谁留?(笑介)卿试想果然否?

(旦笑介)春色何曾恼人?恼者自为恼耳。譬如我和你

【前腔】房帏相匹,田园厮守,肯把年华辜负?还有那芳情无那,堪怜少妇楼头。不知多少幽怀难寄,锦字空传,斯意无人剖。只落得悔教夫婿封侯走,脉脉凝穿望远眸。(泪介)甚相干印如斗。

(生)小姐说的是。小生之见,未免落偏。(复熟视旦介)怎好好的伤心起来?(旦)心有所感,不觉怆然耳。(生大笑介)你莫以时事为虑么?现放着周郎在此,区区小寇,何足惧哉!我们去办正经事罢!(并辔立高处,四望介)(生)

【节节高】连镳阅四周,豁远眸,(鞭指介)鞭梢指处机宜就。河形陡,山势幽,堪屯守。(旦鞭指介)者边厢碉楼合建当双堠,我二人再兵分奇正互相救。管取鲸鲵一网兜,便单人只骑也难容漏。

(生向旦拱手介)聆卿妙论,真令周郎心折矣。(旦)有此险要可凭,贼兵不足虑矣。(童上,铺茵列具暖酒介)(旦)你看花红柳绿,春色固自怡人。(生)再加那边一带云影山光,倍觉引人入胜。(坐介,二童左右斟酒介)(生)良辰美景,赏心乐事,又得我们游览,可谓四美具,二难并。(旦)正是。(向婢介)你两人可舞剑助饮。(生指小旦介)这小丫头带着恁般大锤何用?(旦笑向生介)

你不要小看他，其年虽幼，其力颇勇。我若登坛，便点他做一员摧锋陷阵的前部先锋。（生笑介）强将无弱兵，经你赏识，自然是不错的了。（旦举杯介）相公请。（生照杯介）干。（旦）

【前腔】花前酹玉瓯，竞添筹，风吹花气香盈袖。（婢舞剑介）寒光抖，如怒虬，交缠纽。勇儿，你一锤敌其二剑。（小旦应声，急前斗介，生鼓掌叫绝介）妙呵！看飞花滚雪都随手，（小旦奋勇直前）旁人眩得眼光溜。（二婢收剑，笑介）这妮子颠疯发了，怎么认起真来？（小旦笑介）姐姐莫怪，一时使得手滑，收不住了。（生）小姐，我想那些膏粱纨绔，冒充风雅，只不过绿酒红灯竞风流，惟知词出佳人口。

（旦）那班蠢物，只晓得餍珍羞、罗粉黛，乘肥衣轻，以奢侈骄人。一经变乱，岂只不能庇护父母妻子，连自己一个身子还不能保呢！（生）小姐说的是，请浮一大白。（举杯介）请。（旦照杯介）干。（连饮介，旦举杯介）请。（生照杯介）干。（小旦仰望介）怪道满天风琴儿乱响，原来是那些收风筝人扯的。（婢）可惜我们的不曾带来，不然把这些风筝一箍脑儿都比下去。（生）我们也到那边去散一散，待他们来吃过了，一同回去。（缓步下）（童、婢分两处席地饮酒介，婢向小旦介）我且问你，先前舞剑，不过是玩意儿，你怎么竟直上直下，认真打起来？（小旦笑介）这也有个道理。只因时常听老相公和小姐说："士为知己者死"，又说："得一知己，死可无恨。"适才小姐说，我是他一员摧锋陷阵的先锋，我若不拿出本事来，岂不辜负小姐一番赏识了吗？（婢）你只顾自己要好，教我们脸上怎么下得来呢？（小旦）啐！谁教你不拿出本事来呢？（童）我替二位姐姐不平，待我四人来并他一个，看他还逞强不逞强？（小旦跳起，舞锤介）你来，你来，怕你不算好汉。（童、婢拔剑齐前，小旦举锤迎斗。生、旦暗上，立看介，童、婢败走介）权且让你一回。（小旦）走的不算好汉。（生大笑，赞介）果然名下无虚。

(二婢急走隐生、旦背后。小旦擎二童按地,举锤欲打。旦喝介)还不放①手!(小旦含笑放手,二童起,收拾酒具,背指小旦骂介)小贱人,迟早教你死在我手里。(生)有文事必有武备,我们今日既有武备,岂可没有文事?我和你或分题,或联韵,以记今日之事,小姐以为何如?(旦)联吟最好。带马过来。(同上马,缓辔行介)(合)

【尾声】此行专为防狂寇,逢花遇柳也兼收。好待我二人在锦鞍上,把好句吟成互唱酬。(绕场下)

第六出　馘左

(内作喊杀声,净引卒上)

【醉太平】乾坤簸荡,马到处望影逃亡。数年来留意访娇娘,恰原来在此乡。孩子每!(众)嗄!明日遇见杜小娘子,切休惊彼神魂丧,只须款款轻轻抢。(众)嗄!(净)你们好生的把成亲筵席广铺张,好待俺共娇娇醉沓觞。

孩子每!(乘)嗄!(净)人不解甲,马不离鞍,昼夜兼行,随俺到尚义村,娶杜小娘子去。(众)嗄!(绕场喊杀下)(内起更,二婢提灯照生、旦上)(生)一天有象占星斗,(旦)四野无声听鼓鼙。(生)小姐,寇氛甚炽,我们虽说练些乡兵,未经战阵,倘遇敌而怯,偾事不小。若不先明纪律,何以令众?(旦)相公说得是。奴家已遣人约邻村父老前来酌议,如能谨遵条规,不是宪英夸口,管杀得他片甲不回。如其不然,我们尚有自练庄丁,亦可自保门户。(杂上)不好了!大队贼兵兼程而来,离此不过三百余里,势头甚是凶恶。姑爷、小姐,要早防备才好。(生)你且去歇息歇息。(探下)(旦)时事孔急,且先集本村丁壮,把性命身家的关系,恳切申劝一

① “放”,原文作“是”,据文义改。

番。(同下)(末、外、杂、丑扮四父老上)(末)闭户惟知读与耕,(外)生来同作太平氓。(丑)免遭道路流离苦,(杂)全仗乡村父子兵。我等皆尚义村前后左右邻村父老的便是。只因长毛造反,所过地方,皆遭蹂躏。我们这里全亏周相公、杜小姐,筑下土圩,练就乡兵,才得安然无事。早间听说贼头左山虎,领着大股人马杀来,也不知是真是假?适才杜小姐遣人相招,特地约会,同去走走。(到介)老院公,我们来了,烦你说一声。(童提灯引生、旦上,见介)(众)不知呼唤小老们,有何吩咐?(生)父老请坐。(同坐介)(生)目下匪信甚急,特请诸位共商守御之策。(来)全仗相公、小姐筹划,小老们有何长策?(旦)兵贵纪律,全在赏罚严明。(众)这是大家保命之事,自然要听二位号令。(生)虽如此说,还是先去向众乡亲申明一番才好。(起袖出纸介)这是条规,烦父老聚集各村子弟,念给他听。如其不愿,亦随自便。(众)请少待,即来奉覆。(同下,即上。生、旦起迎同坐介)(众)上覆相公、小姐,小老们将条规递示各村,他们众口同声说:有人犯令,轻则恁凭捆打;若犯的重了,即以柴刀自刎,死而无怨。他们已赶筑一台,特嘱小老们来请,去登台发令。(起,向生、旦拜介)谨以性命相托。(生、旦答拜介)既承父老见委,愚夫妇竟要妄尊了。(众)好说好说,全仗全仗。(下)(童上)乡兵齐集,请姑爷、小姐祭旗。(同下)(内三更介,场上搭高台,内鸣金擂鼓。扮乡兵扎巾短袄,腰插柴刀,执旗帜,引生、旦戎装,小旦随上。内放炮奏乐,打得胜鼓。生、旦祭旗毕,同登台并坐,众分立介)(生)传文琴、武剑听令。(二童上)(生)你二人各带五十名,拣那山林丛杂处,多插旗帜,不消迎敌。待贼过去,一齐举火擂鼓,使他不敢返顾。待我到时再合兵追剿,不得有误。(童)得令。(领兵下)(旦)传轻红、浅翠听令。(二婢上)(旦)你二人各带五十名,轻红镇守碉楼,浅翠往来巡绰,不得有误。(婢)得令。(领兵下)(旦)相公我与你各带百名,互相策应,料今番擒贼必矣。

【普天乐】喜乡兵堪搏控,懔营规随操纵。(指介)你看一个个纠纠的,纠纠的似虎如龙,谅妖魔早避前锋。(众合)呀!仗神机妙用,烽销指顾中。从此户逸家宁全靠,全靠巾帼英雄。

(内打四更介,引兵下)(生大笑介)军容如此,贼不难平矣!(作势介)

【朝天子】幸先期预防,免临时怆惶。志成城,村坊可保安无恙。(合)同心共胆,又何愁敌强莽!干云军威壮,看旗飞旆扬,听枪鸣炮响。管将管将管管将,管杀长毛人翻马仰,人翻马仰。报朝廷安乡党,报朝廷安乡党。

(引兵下)(内作枪炮声,贼飞奔,旦追上)

【普天乐】浩茫茫烟尘滃,烈轰轰雷霆哄。抛戈甲,抛戈甲遍野纵横,暗沉沉杀气迷空。(合)呀!仗神机妙用,烽销指顾中。从此户逸家宁全靠,全靠巾帼英雄。

(贼败,旦追下)(生引卒上,贼冲上,生拦介)狂贼那里走?(战介)

【朝天子】撒骅骝锦缰,展长戈利芒。突重围,一身所向无拦挡。(合)同心共胆,又何愁敌强莽!干云军威壮,看旗飞旆扬,听枪鸣炮响,管将管将管管将,管杀长毛人翻马仰,人翻马仰。报朝廷安乡党,报朝廷安乡党。

(贼败走,生追下)(旦上,向小旦介)那边一支贼兵蜂拥而来,速随我迎杀上去。(众)得令。(绕场走阵呐喊,贼冲上)(旦)贼子速来纳命。(贼众围旦混战介)(旦)贼子,一任你

【普天乐】马和人如潮涌,剑和刀如林耸。分明是,分明是聚蚁屯蜂,看须臾践踏无踪。(合)呀!仗神机妙用,烽销指顾中。从此户逸家宁全靠,全靠巾帼英雄。

(贼四散分逃,旦赶杀下)(生引兵上,登高望介)你们装好枪

炮。(指介)向那边山坳埋伏,待贼至前,看我举旗为号,便一齐施放。(众)得令。(众向场角埋伏,生执旗立高处介)

【朝天子】向山傍水傍,把奇兵暗藏。管旗尖,一展把沙虫荡。(合)同心共胆,又何愁敌强莽!干云军威壮,看旗飞旆扬,听枪鸣炮响。管将管将管管将,管杀长毛人翻马仰,人翻马仰。报朝廷安乡党,报朝廷安乡党。

(净引卒上)俺左山虎,自起兵以来,所向无敌,因防杜小娘子逃去,分做四路进兵,只说马到擒来,不料竟被他杀得人亡马倒,那三路片甲不留,只剩俺这一路不曾折损。这口恶气怎生出得?且去安营休息,明日定要把这几村荡为平地,方泄我心头之恨。(走介。生展旗,众起围贼放枪炮,贼败走。生追下复追上,生马陷淖泥,贼拥生下)(净上,立高处望介)你看那贱婢领着一枝人马,风卷云驰的追来,好不厉害!孩子们!四散埋伏,等他来时,一齐奋勇,团团将他围住,好待俺亲手擒拿。(众)嗄!(四散伏地介。旦引兵上,贼兵突起,围住混战介)(旦)

【普天乐】杀声高天关动,两军鏖千户壅。征袍上,征袍上血雨飞红。(净冲下迎战。旦)少要猖狂,教你知我厉害。(枪刺净落马,兵捉净背翦推下,贼兵奔下)(旦)缚渠魁一战成功。(合)呀!仗神机妙用,烽销指顾中。从此户逸家宁全靠,全靠巾帼英雄。

(童上)报小姐!不好了!姑爷因追贼过猛,误陷泥淖,为贼所得了。(旦呆介,复沉吟介,附小旦耳介)速去料理。(小旦先下)(旦)摆队回庄。(众)嗄!(打得胜鼓绕场拥旦下)(兵执刀枪旗帜,引旦上,登高坐介)推贼将过来,钻刀而进。(众)嗄!(执械交叉,推净赤膊背翦钻进介)贼将当面。(净不跪,仰天叹介)俺左山虎也是一条好汉,不意今日死于儿女子之手,为天下兄弟笑。(旦急下,解缚介)取衣甲过来。(兵取衣甲,披净身上介)(旦)众兵各归队伍。(兵)嗄!(下)(旦)奴家有眼不识泰山,请穿好衣甲，待宪英谢冒犯之罪。看坐过来，好汉请坐。（净）不敢。受擒之人，不杀足矣，怎敢当此殊礼？（旦）久闻大名，如雷贯耳。（净坐介，小旦急上）不好了！姑爷身陷敌营了。（旦沉吟不语）（净）俺左山虎，承小娘子这番厚待，尊夫既在俺营，山虎回去，自然另眼相看，不敢亵慢。（旦）全仗好汉。看过酒来，一当压惊，二来谢罪。（小旦捧壶上）（净）不敢不敢！恐防尊夫受屈，倒①是早些放俺回去的好。（旦）既这等，待宪英立敬三碗。（以大碗送酒介）带马过来。（净拜旦介）左山虎，谢小娘子不杀之恩。（旦答拜介）敢以拙夫见托！（净）承命承命，放心放心。（上马下）（小旦）小姐既做人情放他，又弄药酒毒他怎么？（旦）周郎身陷彼营，非彼不能保全性命。彼既饮我之刃，我以虚礼相酬，终是惠轻创巨。彼一转念，周郎必危，彼身既死，余贼就不理论了。（小旦）小姐好妙算也！（旦）我此刻方寸已乱，你去按队巡视一番。（小旦应下）（旦遥望挥泪介）咳！周郎，周郎！一朝鸾凤分飞去，何日鸳鸯比翼来？（掩泪下）

第七出　辞墓

（旦素服，带小旦上）

【挂②真儿】感逝伤离心绪懵，怎今生恁的遭逢？婿隔天涯，亲归地下，剩儿家独把愁城坐拥。

奴家自周郎失陷之后，顾影无俦，再加母亲终日不是长吁，就是短叹，口口声声说是自己老命不好，以致女婿如此，老天爷为甚么不教我早些死了？留着他们团团圆圆的过日子，身后也还有个

① “倒”，原文作“到”，据文义改。
② “挂”，原文作“卦”，据曲谱改。

倚靠。这些话头说个不了。奴家虽极力宽慰，争奈老人心窄，终竟为此得病而亡，剩奴孑然一身，愈增凄寂。勉①强支持，将母柩与爹爹合殡，又将红、翠二婢，配与文，武二童，勇儿亦令其父母领回，家事交与老院子掌管，备下轻舟，好亲去寻访周郎消息。已命安排祭礼，到爹妈坟前告别一番。(向小旦介)你老子娘来过不曾？(小旦)一清早就来过，婢子回他走了。(旦)这是何故？(小旦跪介)婢子有话上禀。(旦)起来讲。(小旦起介)婢子自幼相随，蒙小姐十分看待。若姑爷在家，老奶奶不死，婢子还可走得，今日小姐要寻访姑爷，竟单身前往，(哭介)婢子何相舍？(旦亦泪介，婢上)祭筵车马一切齐备。(旦起介)待将满腹酸辛语，哭向坟头父母听。(同下。童排祭礼，外捧香烛，旦乘车，小旦步随，二婢乘马同上)(婢)好天气！好天气！你看路上游人来来往往，真个热闹。(小旦向婢作白眼介)我们尽管走我们的路，管那些闲事怎么？(旦拭泪介)咳！看了这

【胜如花】天光霁，野色融，更格磔枝头鸟弄。顿教人触景伤情，想起那双驰并控。咳！周郎呵，周郎呵！那失陷时，也是你过矜英勇，今日呵，待觌面山重水重，要传书鳞空羽空。夫妇情浓，况欢娱正永，又岂知一朝断送！虽说寻访，也不知寻着也无？哎！天吓！问苍天可许重逢？问苍天可许重逢？

(到介。童摆祭筵，婢点香烛，小旦铺毡。旦哭介)呵哟！我那爹娘哟！你双双去的孩儿好苦哟！(痛哭拜介)爹娘哟！孩儿来

【前腔】寻幽壤，诉曲衷，直得嚎啕一恸。想爹爹实指望半子承家在妾身，也只图百年共垄。此时看来，不特孩儿命薄，爹娘哟！你也真个命苦也！料地下悲怀尤重。爹娘哟！孩儿欲亲身寻访，特

① “勉”，原文作“免”，据文义改。

来告别。拚得个犯长途兵戎寇戎,胜似这坐家园形恫影恫。南北西东,向何处捞拢,好教我迷茫难懂。他现在下落,爹妈是必晓得的。今宵梦里,愿分明指示其踪,愿分明指示其踪。

呵哟!爹爹、母亲,孩儿去后,愿你阴灵安居墓穴,勿为孩儿悲惨哟!(痛倒介,婢前扶劝介)小姐不必过伤,保重玉体为要。(旦住哭,对坟长叹介)想我此去,不知可有归期?剩此荒茔,谁来祭扫?你教我怎不伤心来哟!(复痛哭介,外、童、婢齐哭,同跪劝介)天色不早,请小姐奠酒化纸。(旦拭泪起,化纸奠酒,童、婢一齐收拾)(外)请小姐上车回去。(旦)今朝一恸辞乡井,何日重来拜墓门?(同下)

第八出　梦因

(小旦上)外具娇娃质,中藏烈士心。时时灯影下,看剑不拈针。儿家杜小姐侍婢勇儿的便是。自幼相随,蒙主人十分恩待,武则张弓跃马,文则磨墨摊笺,好不逍遥自在。不料老相公归天,接着姑爷陷贼,老奶奶去世,把一个热闹门庭,弄得冰寒雪冷。小姐因要寻访姑爷,今早拜辞老相公、老奶奶坟墓,痛哭一番,此时倦倚妆台,恹恹睡去。遥听更楼已交二鼓,怎还不见醒来?且索煎茶伺候。(下)(旦上,作迷离延望介)这是那里?我竟不曾到过呵!是好个所在也。

【金络索】依微絮影斜,隐约花枝亚,淡霭轻烟,迤逗的春痕化。(贴仙装上)随风响佩环,(贴与旦打照面介)(旦)是非耶?想不起在何处曾经遇着他?看那来的女子十分面善。(贴转,立旦背后介,旦惊介)呀!我待迎头仔细人刚近,(贴远立,向旦招手下)怎忽地迷茫路又遐?你看那边一带,浑如画,青峦紫嶂势杈枒。(立想介)这地方是我来过的哟!恍前游今日重踏,记风景依然那。

（徘徊瞻眺介）你看天光浑浑，地影沉沉，多应是仙家灵境，不可不细细的领略一番。（缓行介）

【前腔】微风掠鬓鸦，翠袖凉生乍，止止行行，玩赏心殊暇。真真是个灵境！想那蓬莱海上奇，世争夸，不知与此处云山孰胜些？（一望介）瑶宫蒙密多芳草，琪树葳蕤有艳葩。（仰望介）悬崖罅，奇藤异蔓俨龙蛇。（远望介）更玲珑楼阁层搭，争得个青鸾跨？

好一块盘石，何不坐坐，再去游览呢？（坐介，凝想介）记得爹爹临终曾说身入仙班。必定住在那里，只是不能相见。（泪介）我那爹爹哟！

【前腔】你年未及芳甲，怎便惊凋谢！掌上珠擎，爱护谁凭借？音容欲见难，眼巴巴，待向梦里瞻依梦转赊。想爹爹在时，何等爱惜奴家！难道死后就不相干了么？虽留老母和人住，惟望娇儿得婿佳。（哭介）提前话，潸潸不止泪如麻。哎！爹爹哟！念孩儿已赋宜家，怎得告爹知也？

（拭泪，顾盼介）有此仙境，不可不与周郎共之，我且去将他约来。（起身欲行，忽凄然呆立，泪介）咳！周郎身陷贼营，已经数载，一时间那里去讨个周郎来哟？（复坐介）杜宪英，杜宪英，你好命薄也！

【前腔】才欣快婿纳，又悼良姻诖。哎！周郎，可知奴家为你刻刻时时，牵系无朝夜？眉淡不曾描，背窗纱，辗转柔肠只自嗟。春来怕见楼头柳，晓起愁看屋角花。空占卦，吉凶生死两胡拿。所以才抛弃家园，拚得个效前人贯月乘槎，把一叶轻舟驾。

咳！身世如斯，何心游赏？回去收拾起身罢。（起行介）

【前腔】低徊踏浅莎，（忽欲立听介，贴内）杜小姐请留步。魆地心惊讶，寂寂空山，那有这音娇姹？（贴上）奉主命相邀，即请同往。（旦）因何特见招？没根芽。况我与你主人，野葛从来不识瓜。（贴）不必猜疑，一见便晓。（旦）我有事在身，不能久停，改日再来罢。(贴指介)前面不远,不妨事的,我和你去来去来。(旦且行且望介)碧城珠阙祥烟锁,玉宇琼楼瑞霭遮。(贴)来此已是。(下)(末仙装带童上)一朝挥手谢时人,玉洞桃花别有春。为念娇儿情未了,又从梦里说前尘。(旦遥觑急前介)悲还诧,原来竟是我爹爹!(扯末袖大哭介)呵哟!爹爹哟!你这些时怎不还家?把母女齐丢下。

爹爹有这好所在安身,撇得孩儿母女好苦哟!(末坐介)宪英坐了,听我道来。(旦近末跪哭介)一自爹爹去后,可怜孩儿与母亲,(哽咽介)

【前腔】凄凉度岁华,几阅冬和夏。雀中金屏,儿已把周郎嫁。果不出爹爹所料,长毛滚滚来,儿与周郎莽抟沙,练些乡兵,能杀退长毛把战鼓挝。只是周郎失陷贼营,茫茫数载无音寄,可怜母亲思念女婿,叠叠衰年有病加。难禁架,桐棺又向北邙发。爹爹哟!似此光阴,教孩儿怎生过活哟!所以才立心儿寻遍天涯,浑不计天涯大。

(起扯末介)爹爹是必与孩儿一同家去的。(末大笑)痴儿,家在那里?你且坐了。(旦告坐介)(末)大凡人世情缘,悲欢离合,皆有定数,要晓得浓淡二字。你与周郎虽是过去因中一段因果,然亦由浓生淡,以致合而复离,欢而复悲。自今以后,由淡返浓,仍有欢合之日。(旦点头介)(末)特血肉之躯,岂能久驻?电泡之影,岂能常存?如诸事看淡些,便是觉悟根基,你可明白?(旦)这些道理是一向明白的。(末)童儿!送他回去。(旦)爹爹不去,孩儿也不回去了,竟随爹爹住在此间罢。(内放烟,末下)(旦欲前扯,童滚地变虎驮①旦下)(外带二童、二婢上)老汉杜宅一个老院公便是。今日小姐起行,只索早些伺候。(旦行装上,小旦随上)

① “驮”,原文作“驼”,据文义改。

此日辞香阁，何年返故关？徘徊无限意，直上望夫山。（坐介，外领众见，分立两边介。旦向外介）老人家。（外）不敢！小姐。（旦）你是我家三代老人，素怀忠赤，一向田园出入，皆是你一人掌管。我虽不在家中，一切事件，仍当照旧办理，倘有奴婢不遵约束，轻则责打，重则撵逐，不可徇情容隐。（外）是！小姐吩咐，老奴懔遵。但愿小姐前途保重，寻着姑爷，早早回来，就是老奴万千之幸了。（泪介）可恨老奴筋力衰颓，不能随船照应，教老奴怎生放心得下？（哭介，旦亦泪介）那倒不消。（指外，向童、婢介）

【刘泼帽】嘱伊们总要将他怕，莫谓我不在家，便可任情游惰，倘犯规条，一般的责难宽假。（向外介）这重担千斤全付你肩头压，早晚间莫惮辛勤，须为我撑持者。

（杂推车上，旦、小旦上车，众随行。旦向外介）不必远送，带他们回去罢。（外）老奴叩送小姐。（旦）不消。（外同众下）（旦、小旦上船，旦四顾微叹介）两岸春光明瑟瑟，一天离绪浩茫茫。（下）

第九出　冒试

（杂、丑扮客商上）（杂）一身能致富，（丑）两手惯抓财。（杂）有贝之财皆好趁，（丑笑介）只怕无贝之才你弄不来。（杂）老三，常言道得好："一品官，二品客。"做官的还有拘管，争如做客的吃喝随心，顽笑任意，真真是快活神仙，乐哉，乐哉！（丑）快活神仙！快活神仙！（杂）难道你还说不舒服吗？（丑）甚么舒服！甚么舒服！拿着大块银子，安排去受乌龟气。（杂）怎么说？（丑拍手）报关哟！（杂皱眉叹气介）不错不错！就是这点难，怎么处？怎么处？

【黄莺儿】袖手少良谋，怕前途不自由。（顿足介，丑）不怕，不怕！试看我劈空想出心机有。只写个乡试旗儿，插在船上，同下科秀才混在一处走,岂但不报关,包你吓的那关官缩头,关差磕头,任凭挺肚挎胸走。荡悠悠,官舱高坐,到处没羁留。

(杂)好想头!好想头!这次是免准的了。你有此心计,何不也想个法子,弄个举人做做?那可祖祖辈辈永不报关。(丑)何以见得?(杂)举人就是官派,行船例用旗灯。你不见每回的样子吗?凡有旗灯的船一到关口,只一张红帖子,就扬扬得意的过去了。不过拿我们的钱儿垫背。只要中了举,桅上也扯个旗儿,挂个灯儿,随便有多少货,他连张也不敢张,你说我这算盘打的好不好?(丑视杂笑介)法子尽有,只是不说。(杂)既有法子,何不说来大家商量商量?(丑摇头介)这个乖,岂是轻易给人学的吗?(杂笑介)你教给我,我明儿抬花酒请你。(丑)教便教你,只是不可告人。此去全要装做斯文模样,行动摇摇摆摆,满口"之乎者也",你能不能?(杂)这有何难?(丑)口说无凭,做来方见,且把秀才顶帽戴起来演演看。(同戴帽介,互看介,杂笑介)外边像是像极了,(向丑嗅介)只不知里边酸气有也没有?呵哟!到底铜臭熏人。(丑)快些上船罢,不要错过这机会。(摇摆行介)

【前腔】帐簿且权丢,文章也不用诌。(丑)不做文章,怎么中举?(杂)呆货!只要有钱,捉刀少甚么斯文友?看此去,名儿也收,利儿也收,时来自有那天帮凑。且风流,寻花问柳,打点醉红楼。

呔!闲人闪开!闪开!(同诨下)

第十出　悼寻

(队子引生戎装上)

【步蟾宫】频年协力剿群寇,果一旦澄清宇宙。看鲸鲵大股已全收,余孽须防网漏。

本帅周又侯,厕身行伍,改姓为王。累立战功,叠蒙恩荫,现授提督之职,统带水陆全军。昨接督帅劄谕:发逆虽歼除净尽,仍须一律清查。传谕三军:准备战船,明日五鼓,本帅亲自巡江。(内)得令。(队子引生下)(案上列烛台、兵书、茶具,内起更介,生上)蝴蝶梦中家万里,熊罴帐外月三更。(坐介,展书看介,忽掩卷长叹介)自离乡土,不通音问者,十余年矣。前数年陷身贼中,无从通问;后数年又羁身军中,无暇通问。去年方得差人到尚义村,访问英娘消息,回来说小姐已六七年前带一侍婢,亲自寻夫去了。(凄然介)小姐,小姐!我和你呵

【一枝花】愁城坚自守,两地同生受。满眼的茫茫离绪也向谁剖?(起身徘徊介,仰视介)天上明月,宛似一面团乐玉镜。(凄然介)咳!月缺能圆,不知我与英娘,已破菱花可有重圆候?何时得聚首?(内二更介)呀!且住。(想介)前日在甘露寺敬求一签,上面说:"待得月轮圆似镜,自然江上见湘妃。"(指介)天上月轮已圆如镜,怎我那英娘尚不见哟?(泪介)想小姐出门时,正值豺虎盈途,壮夫尚难行走,何况娇怯闺人?签上又说:"江上见湘妃",仔细参详,殊非吉兆,多分是紫玉成烟,只怕重逢难够。

当日练乡兵,也不过保护乡里,既把贼兵杀退也尽够了,苦苦的追他做甚么?(内三更介,顿足介)真是合九州铁,铸不成一大错,俺好恨也!(作势介)

【红衲袄】恨杀我逞雄骁纵紫骝,恨杀我失提防追困兽,恨杀我无端金印思悬肘,恨杀我有分琼花不并头。此时呵,只落得悔前非自怨尤,只落得忆芳容成疾疢。罢罢罢!封甚么侯?拜甚么相?明日巡江回来,决意把一官抛弃,向九州四海,去觅我佳人也!倘若不过呵,拚得个不到那骨化形消不罢休。

(内四更介)更可厌的那一班同寅朋友,故为关切,苦苦劝我嗣续为重,早觅良姻。被我斩钉截铁回绝,方得耳根清净。倒惹得他们不是嘲拘泥,就是笑呆骙。他们争知我周又侯的心事来哟?孤帏独守,虽难免顾影兴悲,亦还有忘怀时候。倘若续娶,一

见新人,愈思故妇,倒弄得刻刻萦心,时时在念。不惟不能解释愁肠,只怕还要促我年寿。(内鸡鸣介。掩面饮泣介)咳!

【前腔】满打算乐闺房共唱酬,那料到作参辰成卯酉!都是我时衰运蹇连中媾,致令你背井离乡走外州。空劳你莽天涯遍访求,怎奈我姓和名皆易旧!(内五更介)小姐,你在何处哟!苍天,苍天!好教我难捉摸把鼻毫无,似大海捞针也,猜不出你芳踪甚处留?

(欠伸介)一时困倦起来,且去假寐片刻。(伏案介,内鸣金擂鼓,生惊醒拭目介)呀!天明了。(起介)

【尾声】柔情一缕权丢后,把善后机宜好运筹,且索沿江去细细搜。

(队子上,引生行介。内)你们可看见王大帅么?真个是威风懔懔,相貌堂堂,怪不得百战百胜。这才是好男子,大丈夫哩!(生动容介)我正心萦奇女子,人偏口赞好男儿。(下)

第十一出　签应

(小生、副净扎巾短袄,行缠护膝,腰插短刀上)

【神仗儿】身强力壮,全仗这身强力壮,才得商民争饷,充囊厚贶。如有些儿矫抗,便钢刀一亮,还他停当。真利害赛阎王!真利害赛阎王!

(小生)做官做大,(副净)做贼做小。(小生)官小被人压,(副净)贼大兵来剿。(小生)怎讲?(副净)你不见长毛吗?先前那样大,此时被官兵剿得一乾二净。争如我们小玩意儿,有的大块银子用,没得自家性命忧,可是做小好哩?(小生)闲话少说。前日打听得一桩买卖。(副净)是伙甚么人?(小生)有几个富商,装做下科士子,不知真不真?如是真的,倒有一注大财发,等老大回来便知。(净金箍束发,锦袈裟,挂素珠,执禅杖上)莫道杀人非佛子,须知解脱是慈悲。(小生、副净)大哥回来了,那话儿可能得手?(净)听俺道来:

【滴溜子】原非妄,原非妄,不难摒挡。(向小生介)还须你,还须你,预先一往。和哄他泊舟人稀江旷,待二更将尽时,呼风齐上。管吓得那假士真商,形匿影藏。

(小生)兄弟先去作何举动?(净)凡事须投其所好。他既装做下科的,你就扮个穷秀才去骗他。他必定同你亲热,你随机应变,引逗他到僻静地方,还怕他飞去不成?(小生改文士装先下)(净、副净)俺们也分头约朋友去。(下)(丑、杂蓝衫雀顶,乘船上)

【青哥儿】斯文调装来肖,顶儿银衫蓝靴早,心儿痒痒兴儿高。财丰运旺拚几两,再买个举人名号。

(杂)老三!(丑顿足介)咳!(杂)砚弟!(丑)砚兄,有何见教?(杂)一来天气炎热,二来实在拘窘得极,可好脱了外衣凉凉?(丑摇手介)脱也脱不得。(杂)怎么脱不得?昨儿晚上同下科的靠在一处,那船上倒有十几个秀才,没一个穿长衣服的,还有几个光着身子,连小褂①子通脱了哩!(丑指杂,笑介)我今日才晓得你是个道地糊涂货。他们秀才在肚里,脱衣何碍?我们秀才是在身上的,如何脱得?(杂作不懂呆想,忽笑丑拱介)佩服佩服!承教承教!(丑)快不要响,那边有个秀才来了,看他形状,像个寒士。这是上门买卖,不可错过。(小生朗吟上)雄心枉说三条烛,饥口难餐一卷书。(叹介)老天,老天!则被你穷杀我也!(丑、杂迎拱介)请了。(小生)请了。(丑)如不见弃,请到敝船谈谈。(小生)正要领教。(同揖介,坐介)(杂)尊姓贵表?(小生)小生全假,贱号皆空。(回问杂、丑介)(丑)区区黄千。(杂)在下白万。(小生)久仰久仰。(丑)皆空兄与我们一般也是下闱的了?(小生叹介)若论文章,不是小弟夸口,就中个解元,也还不愧,只

① “褂”,原文作“挂”,据文义改。

是没有川费奈何?(丑、杂)何不问亲友间借助借助?(小生)人情纸薄,那个是慷慨的哟!(丑、杂)四海皆兄弟,如不见外,就与我们同船何如?(小生揖介)若肯提挈,恩同再造,念小弟今日呵!

【剔银灯】与诸兄水萍遇巧,是夙世有缘不小。不然呵,怎面儿一见就心倾倒。今日既遇知音把微劳愿效,(袖出册,起送介)是小弟,平时秘稿。念区区珍藏敝帚,望诸兄幸勿见嘲。

(丑接,扯杂背介)这想必是文章,我们得了也没用处,还他又不好,怎么处?(杂)只要他肯同行就有法了。(转介)既承厚爱,却之不恭,只好祇领。(小生)说那里话?从今以后,总要脱去客气,才是真正好朋友哩。(杂、丑)空坐没趣味,暖壶酒喝喝罢!(小生)二兄真真是个趣人!(丑)吩咐后稍,收拾一桌酒筵,快些快些!(小生)不瞒二位说,小弟不止文字在行,就是吹弹歌唱,也稍知一二。(外望介)天色尚早,何不将船开到空旷去处住下。今日是中元节,晚间月色必佳。小弟回去将笛子、弦子拿来,大家乐一乐。(丑)好极了。(喊介)快开船到前面去住。(摇船下)(旦、小旦乘船上)【半剪梅】水宿风餐一叶舟,半载离忧,半载乡愁。行尽山邮更水邮,越苦搜求,越没根由。奴家杜宪英,为访周郎下落,于今数载,杳无消息。哎!周郎,可晓得你妻子为你呵

【啄木儿】如蓬泛,似梗飘,忽忽悠悠昏又晓。不知你现如今甚处栖迟?好教奴枉辛勤逐地搜牢。只为你存亡两字难猜度,以致奴凄其一意无人告。哎!天吓,天吓!可许我拆散文鸳颈再交?

(闷坐介,小旦旁侍介。丑、杂、小生上)此处人烟稀少,江面空阔,就在那边泊下罢!(丑)还有只小船呢!(小生望介,回头向丑、杂介)原来那船上只得两个女子,倒好模样儿,二位可看见?(丑、杂)看见的,就靠在一处,饱饱看他几眼,好享享眼福。(小生笑介)今晚竟请他过来便了,此间离寒舍不远,小弟去将行李拿来。(靠旦船泊介。小生上岸)(杂、丑)早些回来,不可失信。

（小生目视旦，应介）一定来的。（复视旦笑介，旦怒目视小生，小生作惧色，急下）（杂、丑）快哉，快哉！（同觑旦介）有趣，有趣！（旦冷笑介）身死财丧不知，尚窃视人家闺眷耶？（复冷笑介。丑、杂怕介）呵哟！女大王饶命！（旦）奴家非盗，适才上岸的，倒是个江洋大盗。我想你们家拥巨资，日在醉梦中，不见天日，岂知世路险巇哉！可笑你们既

【前腔】眸多眊，识不高，只合坐拥妻儿乡里老。可怎的涉江河挟带多赀，致垂涎暴客横招。今夜三更，彼众必至，既不能挺身以斗开除早，也只得迎头跪献金和宝。若不呵，只怕就要把你好颈拿来吃一刀。

（丑、杂慌介）怎么好？怎么好？天色又晚，路径又生，人家又远，怎么好？怎么好？（哭介）装甚么秀才？想甚么举人？老天爷爷吓！银子钱、秀才、举人通不敢要，只要落两条狗命还乡，那时买整猪羊谢你哟！老天爷爷保佑保佑哟！（小旦目视笑介）几个毛贼，打甚么紧？也值得做这些慌张，真真可笑，可笑！（旦）你们不必张遑。（指小旦介）此我前锋燕支将军，足了此事。你们胆小的上岸暂避，胆大的坚卧舱中勿动。些小毛贼何足惧哉！（丑、杂）是，是！（扒进舱伏介。内作觱栗声。小旦扎头，换紧身小袄，绣带束腰，执锤立候介，旦佩剑立。小旦旁遥望介，净、副净、小生率十余人或七八人，照前装束，各执兵器上）（旦）

【三段子】看汹汹拥到，乱纷纷抡枪舞刀。团团裹绕，密层层周围四遭。咳！劫贼，你只思唾手拿金宝，争知惹动了旁观恼？（抚小旦介）火速与我扫除者。（小旦舞锤迎斗，打贼落水）（旦）妙呵！锤到处脑裂肢崩，劈拍的落江心似萍如草。

（一贼举刀向旦，旦剑挥落水，余贼逃下，小旦欲追）（旦）不必穷追，饶他去罢！你且歇息歇息，我再坐一会儿。（小旦）是。（假寐介。杂、丑扒出伸头四望介。内作金鼓声，杂、丑慌向旦船磕

头,喊介)不好了！强盗又来了！救命哟！快些救命哟！(旦起介)强盗在那里?(丑乱指,急同杂扒进舱伏介。旦跳立篷上,四望介)天色将明,那里还有强盗?(听介,笑介)这是军营鼓角之声。想那班蠢才吓昏了,认做强盗的。一夜无眠,不免掩上舱门,盹睡片时则个。(睡介。内复作金鼓声,四卒穿号衣上)俺们王大人标下前哨巡兵是也。哥,前面那只船有些古怪。(一卒望介)看那旗号,像个乡试的。(一卒)乡试船那得有血迹器械哩?(一卒)不要管他,且去盘查盘查者。呔！你们做得好事！(杂、丑爬出磕头介)呵呀呀！大王爷爷饶命呀！饶命呀！夜里的事通是(指介)那边船上两个女子做的,我们是情愿献财宝的呀！只求大王爷爷饶命哟！(卒)胡说！甚么大王?俺们是王大人的前哨。(杂、丑扒起看介)果是几位将爷,我们是被强盗吓昏了,莫怪莫怪。(卒)有多少强盗?可曾伤人破财?(杂)也未知伤人破财,也不晓得多少强盗?(卒)满嘴胡话,拉他去见大人。(丑)要晓得强盗多少,问那船上的人就晓得了,强盗是他杀退的。(卒上旦船介)呔！日头老高的,还关着舱睡。(旦、小旦惊醒,小旦起介)甚么人大惊小怪的?(卒)是王大人水师前哨,专管沿江盘查奸细,快快开门,让我们查看查看。(小旦)好个专管盘查奸细的,任凭强盗明火执杖打劫行人,管也不管！(内鸣金放炮,生暗上)(卒)那边人说强盗是你杀退,特来问明姓名居址,好去报知大人。(小旦)候着,待我禀知小姐。(卒)好大来头。(小旦转禀介,旦正坐,小旦开门介)(旦)你们是巡兵么?(卒)是。(旦)俺乃过路之人,要识姓名何用?(卒)禀知大人,好严行搜捕。(旦)你且听着:

【前腔】俺曾擒红巾寇枭,何在这绿林小盗！不过是救行人,偶然拔刀,何须恁琐琐的盘查絮叨?既酬恩不望衔环报,又何须姓氏分明告?杜宪英祖籍中州,嫁周郎又侯为号。

(生听介,起介)"江上遇湘妃",果然应了！(急前介)(卒)大人过船来了,你们小心着。(生)我那英娘在那里?(旦起介)妾与君素无瓜葛,俯临敝舟,有何见谕?(生)卑人周又侯,自别小姐,十有余年,真个苦杀卑人也!(欲前执旦手,旦退立,熟视迟疑介)既是周郎,为何旗上大书王字?(生)这些原委,一时也无暇细说。(旦俯首沉思,小旦扯旦,背介)细看此人神情举止,倒有几分像姑爷,只是没个的确凭据,难以相认。(旦)哦,有了!(转介)(生)卿竟不相识耶?不忆嵩山射虎时乎?(旦)弓衣金弹何在?(生)置之落水犀腹中矣。(旦前扯生袖,哭介)周郎,周郎!寻得奴家好苦也!(生亦哭,小旦前劝,生、旦止哭,对坐介)(小旦)勇儿叩见。(生扶起介)好,好!这几年随着小姐,着实的难为你了。(卒引杂、丑捧金上,跪献介)我等受夫人活命之恩,敬献黄金五百为寿,伏望军门大人俯纳。(旦)我无须此物。但处世须财,即兵戈扰攘中,亦不妨挟资远出,然非大有才者不可。苟自度无其具,宁坐闺中弄稚子,毋以买命钱空饱虎狼也。此后小心,不能复遇我矣!原金带回去罢!(生、旦过船介)(合)

【归朝欢】一天的,一天的,愁消恨扫,这相逢真非意料。喜还悲,喜还悲,把容颜各瞧,托天庥余生幸保。(杂、丑叩头)(合)重生父母恩难报,惟有率领妻儿,朝夕的清香一炷向遥天祷,祝夫人福寿绵绵直到老。

(下)(内鸣金放炮开船介)(生)珠欣还合浦,(旦)剑喜合延津。(同下)

第十二出　仙隐

(云童舞云上,内细乐,末仙装执拂跨鹤,二丫髻仙童执幡,驭二鹤随上)

【一江风】下层霄,鹤背天风峭,拂袖云霞绕。(俯视介)你看那阎浮界上,恒河沙数,诸般人物,除却孝义忠贞,高人才士,精灵不泯外,其余不过如开谢花,圆缺月,或生或灭,随化变迁而已。只登叨,攘攘劳劳,憿憿焦焦,不肯闲怀抱。心机枉自操,心机枉自操,问谁能打破这乾坤罩?

则俺慧静真人杜又之是也。名列丹台,身居紫府,适朝金阙,特奉玉音:周又侯、杜宪英本天上金童玉女,因扫花不力,暂谪人间,既经磨折多端,即合愆尤少免。且其杀贼擒渠,奋身罔惜,更兼女贞男义,矢志不移,洵属可嘉,例得与奖,着令肉体飞升,永为神仙眷属。童儿,速往天台山接引者。(童应下)(末)天上也容偕眷属,人间那不羡神仙?俺亦回三清去也。(下)(生三髯道服上)【黄钟引子】【西地锦】止觉寒来暑往,悠然身世俱忘。(旦淡妆布衣上)数椽小筑岩阿傍,是别有好风光。

【如梦令】(生)摆脱风尘劳控,消受烟霞清供。蓦地上心来,往事思量如梦。(旦)如梦,如梦,一卷南华同诵。(生立前场介)卑人周又侯,罢职归来,多亏老院公照理,门庭如故,照旧安居。可喜孪生二子,长名珣,继与岳父为嗣,次名斑,承续本宗。且俱髫年入泮,同登秋榜,同捷春闱,同时授室,也算了向平之愿了。即饬断家事,与英娘带着一童一婢,往天台山下,以辞家之梁孟,为避世之巢由。(转与旦对坐,捋须自看,复觑旦介)英娘,你我自入山以来,不独心安意稳,魂清梦恬,而且衰颜转红,苍髯变黑。(叹介)回思往日,可知世缘累人不浅也!(旦)便是。今日天气甚佳,欲去山隈水曲凝眺一番,不知官人有此逸兴否?(生)卑人正有此意。童儿,携酒同往。(内应介。同起缓行介,生指介)你看那

【画眉姐姐】【画眉序】岩壑郁青苍,画手荆关费摹仿。更伊谁游览,曾度虹梁?(旦指介)你看那峰回路转,水复山重,是乾坤别剖潜藏,付幽人冷吟闲赏。(生)我想刘阮得遇仙子,同饭胡麻,你我今日也,【好姐姐】倾家酿,蔬羹笋脯同欢畅,不似那流水桃花事渺茫。

(童、婢捧酒上,生、旦席地饮介)(旦)

【前腔】别具小排当，畅好云来作帘幌，抵多少朱甍碧瓦，桂馆兰堂。官人，试问那热恼褰裳，何如这清凉携杖？（生点头介）英娘，我平心想，不经世上红尘莽，也不省山中趣味长。

（捋须微笑介）曾几何时，不觉桑榆景逼矣！想俺周又侯少年呵，

【啄木鹂】【啄木儿】稠人地，广众场，每每的意气雄豪性粗犷。护前非不觉其侗，致后悔难免于伧。其他勿论，就如择偶一节，定要个才貌兼全，文武双擅的人，似这多般搜求应是空天壤，何期竟得痴心偿！既已如愿，终老是乡足矣。（长叹介）【黄莺儿】不提防又惊风骇浪，一旦拆鸳鸯。

只为壮志难消，致累卿卿。（泪介）

【三段子】只身寻访走他乡，辛尝苦尝，中怀惨伤，历多年音亡信亡。

（旦亦泪介）回想那时呵，（起介）

【鲍老催】情丝一缕牵千丈，那只顾闺房儿女葳蕤样，因此把扁舟放。习风波，江湖上，拚教荡遍天涯桨。何期今日赤城深处人犹两。周郎，周郎，只问你，可还作封侯想？

（坐介，生长叹起介）英娘，可知卑人今非昔比了。（作势介）

【滴溜神仗】【滴溜子】繁华梦，繁华梦，此心久忘；平安福，平安福，和卿共享。（指天介）看双丸往来跳荡。【神仗儿】究竟古今过客，阿谁无恙？留不住隙驹光，留不住隙驹光。

（坐介，举杯介）请同浮一大白。（童、婢连斟，生、旦连干介。生醉介）我想世间口头常语："无事散神仙，一日清闲一日仙"，不过说神仙自在逍遥，不同人世名缠利绕的意思。你我今日境界，比神仙还高哩！（旦笑介）竟是神仙罢了，怎么还高呢？（生）天上神仙大半不偕眷属，争及你我这绸缪燕婉，不是比神仙还高吗？（狂笑介）取大杯来！（童取大杯斟送，生视童、婢，向旦介）佛法平等。乘此刻教他们也交拜一番，做对神仙眷属，他日同归天上，你道好吗？（童向婢做鬼脸，婢羞介。旦笑介）刘安鸡犬，尚许飞升，

何况童婢？（凄然介）可惜勇儿不在此间。（生）勇儿随夫任所，久做富贵神仙，你还想他做甚？再斟酒来！（童斟酒介）（旦）你们可对天一拜，就此现成酒肴，吃个合卺杯罢！（婢作羞态，童作态扯拜介，转拜生、旦。生大笑，起介）有趣，有趣！英娘，和你散步一回去。（下）（童扯婢并坐介）娘子，在下每每听见主人说："共牢而食，合卺而饮。"先前不懂，后来才晓得，斟一杯酒，两人一家一口的吃，就是这个礼，我们今日就行起来。（斟酒先自吃一口，送婢介）快吃，快吃！包你白头偕老，子孙满堂。（婢不吃，童劝，诨介。云童引二仙童驭鹤暗上，立高处。生、旦上）（生）迤逦行来，杳无人迹，只闻涧水松涛，自鸣天籁，不觉动我凭虚之想。（指介）你看岚光缥缈，黛影参差，和你到那高峰上一豁眼界去。（缓行介）（旦）

【双声滴】临青嶂，临青嶂，愈觉心夷旷。长风荡，长风荡，宛步蹑青霞上。（内细乐，旦听介）何处笙簧嘹喨？恰非下里音，是钧天妙响。（指向生介）可见云中并控仙禽，仙童两两。

（婢仰望，急扯童起介）你看五色云中，有两个人引着鹤，把那云头渐渐按低，莫非来迎主人了？快些前去，跟他上天做神仙，不可错过，不可错过。（童作醉态介）你我此刻就是神仙，还要做甚么神仙？不要管他，来吃酒罢！（扯婢诨介。仙童下）真人法旨：接引金童玉女朝元去者。（生、旦跨鹤，童、婢急前，扯衣随行。仙童执幡前引，云童簇拥绕场）（生、旦合）

【尾声】英雄已自夸随唱，作个神仙味更长。（众合）共相将，鸡犬云中觅婿乡。（同下）

纷纷彩凤总随鸦，每为兰闺一叹嗟。
漫说王凝惭谢韫，直推徐淑胜秦嘉。
周郎不负风流赏，杜女堪当卓荦夸。
世有斯人作连理，浑疑天半展朱霞。

——《小蓬莱传奇》十种本，上海藻文石印社1900年版

天风引①

提纲

（末上）

【离亭燕】泡影同归迁化，分甚妍媸真假。混混茫茫今古事，一派云烟虚架。冠玉好丰标，何反见憎罗刹？　一笑翩然冠挂，从此奇缘天假。不向龙宫将腹坦，谁识文章司马？父母共登仙，始信才人无价。

第一出　贾训

【半剪梅】举世谁俦顾影双，情似荀郎，貌似潘郎。怪他海宇恁茫茫，何处仙乡，甚处柔乡？小生马俊，表字龙媒，福建莆田人氏。风神俊爽，才调纵横。文坛夺帜，曾叨绣虎之名；锦帕缠头，复有俊人之号。今早被几个朋友约往郊外听莺，日已向暮，不免回家去罢。

【绕池游】青云有路，待献金门赋，望长安帝乡何处？流光似羽，最易抛人去。愿高堂椿萱永茂。

（下）（末、老旦上）（末）

【玉山供】半生服贾，狎波涛河海江湖。叹逞逞足迹已陈，怪青青鬓丝非故。（老旦）可安居静处，将旧业把儿曹付，令早学拄撑门户。也待俺与你，乐桑榆，心闲体适守着这稳乡间。

（末）不堪回首处，岁月去骎骎。（老旦）幸有儿如玉，能欢父母心。（末）卑人马忠，年过四旬，只生一子，名唤俊儿，倒也聪明

① 原文此处有“东海刘清韵古香填词，古僮钱梅坡香岩较订”。

伶俐,颇可读书上进,只是不知作家。(叹,向老旦介)娘子,若他生在富贵人家,怕不是个状元宰相?可惜生在你我家里,只好学些生理了。(老旦)便是这等说。读书虽是好事,究竟当不得衣穿饭吃,还是做些生理,找点利息,才能稳靠。你可着实的开导他一番。(生上见介)爹爹、母亲。(老旦)儿呵,你自清晨出去,这才回来,可曾吃些东西?(生)孩儿被朋友拉往郊外踏青,不觉耽搁晚了,累母亲悬挂。已在问柳园吃过饭了。(老旦)哎!看你这孩子,又不痴又不呆,终年终日游手好闲,将来怎么好哟?(生俯首侍立不语介)(末)孩儿坐了。(生告坐介)(末)想你从小至今,只管穿衣吃饭,那知为父①的

【前腔】栉风沐雨,觅蝇头养活妻孥。近年来精力衰颓,已不耐奔驰劳苦。(老旦)儿年非孺,须探讨生财道路,休把那青春误。也待俺与你爹爹,乐桑榆,心闲体适守着这稳乡闾。

(生)爹妈听禀:念孩儿

【玉抱②肚】虽然愚鲁,待勤探古圣诗书,果能得钟鼎大名藉,可沾斗升微禄。倘若孩儿去经营什一较锱铢,免不得中夜扪心负却初。

(末)儿呵!读书上进固是好事,倘文运难齐,白白地把岁月蹉跎,饥寒交迫,那时追悔就晚了!(叹介)咳!不是为父的

【前腔】苦将儿阻,也只为见当前几许通儒,就如张相公、李相公、王先生、赵先生他们,拥着那莽铅黄昼夜无眠,何曾与泼饥寒丝毫有补?莫说没得官做,就是做了官,也形劳体瘁意难舒,争及俺为商作贾的,虽是受些风霜倒得自如。

(老旦)你爹爹说的句句是好话呢!从今以后再莫想为官作

---

① “父”字原脱,据文义补。
② “抱”,原文作“包”,据曲谱改。

宦,把那几本书丢开了罢!儿哟!

【前腔】非娘聒絮,你少年人要有乘除。试看这为商贾的利与息历历有征,何如那读死书的功与名茫茫无据。不愿你声华赫奕振天都,只愿你父业能承便乐有余。

(生)孩儿谨遵爹妈慈训。(末)儿呵,你未出过门,单身不便前往。有为父向来合伙的人,嘱他带你同行,方可放心。只是货无定价,须审天时,人弃我取,方可居奇。儿呵!

【尾声】好记取,这是为商贾的窾要无多语。(老旦)客途中寒暖须调护,更嘱你早早归来,免得我日倚闾。(同下)

第二出　容炫

(外、丑、副净、杂扮罗刹国贫民上)

【贺圣朝】自是前身孽大,才教现世遭磨。寻衣觅食苦奔波,依旧挨饥受饿。

嘴脸不如人,一生无发达。落地怨爹娘,如何不弄杀!我们大罗刹国沿海贫民,结伴进城,卖些海味。恰好今日新状元游街,等着看个热闹。(共蹲场角介)(内)这回三鼎甲生的好不齐正,快请太太小姐上楼去看哟!(扮老少奇形怪状妇女上,立高处介)(丑指介)哙!天仙下凡了!呵哟哟!怎么样美的也比不上来,待我狠狠的看几眼,也不枉人生一世。你们也见识见识,不特是灾消福长,只怕来生也得个好人身哩!(外)少要乱说,留点福罢!(丑扭头介)出你娘的鬼,偏这会妆老实哩!(内鼓吹,执事引末、净、老旦带红黑白奇形面具骑马绕场缓行介)

【豹子令】纱帽锦袍骑俊马,骑俊马。(内赞"好相貌、好标致"介)堂堂福相万人夸,万人夸。文章自古称无价,偏偏我国不须他,高科一样手能抓。

(下)(外目送点头叹介)老天爷,老天爷!他也是个人,我也是个人,他就该那样尊荣,我就该这样卑贱,未免你老人家也过于不公道了?(末笑介)不是这等说,又安知我每前生不是贵人,他每前生不是贱人,羡慕他怎的?(众)说便说得是,到底有些气他不过。(合)

【前腔】同是人儿有甚差,有甚差?无非相貌不如他,不如他,致分出贫穷富贵高和下。(丑)不要瞎嘈,我有法子,包你发达。(众)甚么法子?快些赐教。(丑)各人归去焚香顶礼拜浑家,求他也养个俊娃娃。

(众)少得嚼蛆,回去罢!(诨下)

第三出　飓变

(小生扎巾箭衣执令旗上)漫言海上风涛险,若比人心似掌平。须知险境由心召,人若心平浪亦平。小生龙王驾下水将是也。为何说这几句?只因今日海面小有劫数,适奉天妃娘娘法旨,内中有个马龙媒,不在数内。令小神率领水卒护送他到大罗刹国,另有处置。水卒何在?(扮虾鱼蟹鳖四卒执大旗上见介)呼唤水卒每那边使用?(小生)奉天妃娘娘法旨,护送马龙媒到大罗刹国去,不得有误。(众)得令!(拥小生绕场走阵呐喊下)(生行装上)不图珠玉挥毫客,也作锥刀逐末人。小生马龙媒,自遵父命,弃儒习贾,来往江浙闽广,流览些名山大川,不特资生有道,兼可充扩胸怀,进益学问。这也不在话下。因有几个伙伴近做外洋生理,我想内地山川尚且如此,那海外更是不同。前日托他们代我买些货物,约定今日上船。一路行来,前面已是泊船的港口。(望介)好一派茫茫大水也!(且望且行介)但见那

【菊花新】弥漫漭瀁接天长,蜃室蛟宫在恁处藏?(指介)遥见那群岛似鸥翔,掩映着雾涛烟浪。

(徘徊介)(内)马客人,快些上来,就要开洋了。行船遇顺风,

好个彩头儿,包管诸位客人一本万利。(生上船伫立四望介)(内)这是洋面,不同里河,舱里去坐罢!(生)诸位请便,我且在此看看海上风光。(内)马客人留点神,不要大意。(生)不妨。(杂上,烧神福扯篷开船介)(生)这船走得好快呵!

【不是路】不由人意气飞扬,一任他澎湃声来震耳厢。(内放烟介)亭亭上,讶炊烟怎突出海中央?(烟消现蜃楼介)敛烟光,又层楼矗起连云壮。你看那楼,一处处琐槛琼窗倚倩妆。(复放烟收蜃楼。扮鱼龙上舞介)纷奇状,鱼龙曼演须髯扬,引逗得长风鼓荡,长风鼓荡。

(内作风声)(生)你看激电奔雷、飞花滚雪,(笑介)真是乘长风破万里浪了,快哉,快哉!(鼓掌大笑介)(内)飓风起了,快收港呵!快些收港呵!(生)好大浪头,连日影天光都遮住了!

【罗袍歌】涌起洪涛万丈,更风添浪猛,浪助风狂。(远望惊介)呀!前面那些船只,先前还随波起落,此刻竟被浪打的影儿也没有了!长舸大舶已残伤,(叹介)俺这布帆怎必安无恙?(内齐声念佛,喊天妃娘娘救命,生跌介)身凭舟寄,自难主张。舟如梗泛,任他簸扬些儿,望吉人或者邀天相。

(舟覆,扮客商舟子上,呼号浮泛下)(小生领水卒拥生绕场同下)

第四出　歌酬

(外带奇形花面具、白须过膝、带二丑婢上)

【马蹄花】何幸雨来新?难得天风相引。

老夫大罗刹国执戟郎是也。壮岁曾为先王出使四方,遍历瀛海诸部,只有中华不曾到过,每以未见大邦人物为憾。及至老归林下,这些念头早已丢开。(笑介)而今多大年纪了?屈指算来,整整一百个春秋。乃祖乃孙从头数起,恰恰也是曾元五代。这也罢了！可喜濒海地方飘来一客，说是中华人。既善清言，复工雅乐，只面目瓌奇，不能谐俗。被老夫替他妆点一番，荐与主上，暂拜下大夫之职，将来还要高转。昨晚遣童相招，今日过来饮酒听歌，同消永昼。（向婢介）传语下次小的每，安排酒筵家乐伺候。（婢）酒筵久已齐备。女乐们连夜制成一套新曲，叫“主宾同乐”，正在那里演腔呢。（外）好，办得周道！（笑介）主人知好客，奴仆解娱宾。（下）（二杂执旗引生带黑面具上，坐介）回避了。（二杂下）小生马龙媒，一向在闽广生理，获利颇丰。兼得同行伙伴，代为照料，尽有余暇温习经史。既可奉养高堂，又不误己身功课，真是一举两得，也算极好的了。偏偏要玩甚么海上风光，弄得羁身异地，假面向人。（掩泪长叹介）

【香罗带】浮萍一叶身，飘然无尽。望家山何处怆心魂，凄迷只剩一沾巾也。况镇日的只与妖作侣，怪为邻。更可笑的那一班脚色，不知自丑翻丑人。哎！此身既堕鬼域，不得不勉投鬼好，也装鬼头鬼脑有精神，权当做扮演登场串戏文。

回忆初时，将着好好的一副面目，在山村小市，尚可博口淡饭充饥，一到通都大邑，便像老虎会吃人一般，躲的躲，藏的藏，连边也不沾。幸有个告休的执戟郎，不随流俗，延至家中，尊为上客。又代装出一副假面目，遍邀当道，极力揄扬，竟得名达王廷，大邀荣宠。从此人人亲近，处处招延，反使我应接不暇，较先前那番落寞光景，竟是天渊之别了！（叹介）人心不古，虽说是喜假厌真，也还有个分寸，不料竟至于此极。我想枳棘非鸾凤所栖，胡为在此与鬼打混！昨承执戟郎折柬相招，且索走遭，一则谢彼提携，二则与彼诀别。可儿那里？（丑净面扮童上）老爷有何吩咐？（生）随我去赴席。（童应随行介。生微笑介）你看来往之人，不是奇形，就是怪状，绝无一个平头正脸。远远看去，宛然一幅鬼趣图，真不愧国名罗刹。（作到，丑报门，外上迎介）（外）马君来了。今日天气颇佳,老夫特治一樽,邀君小饮。(生)既荷厚情,复蒙盛设,真令龙媒感愧无地。(外)看酒过来,传家乐每承值。(丑童引四丑女白锦缠头朱衣拖地执乐器上,立两旁,奏乐。外、生互送酒,对坐饮介)(四女歌舞介)

【渔阳小令】少年辙迹遍寰区,呀一个低都呀一个低都,风土人情,低打都打低都,处处殊,呀一个低都呀一个低都。老遂初衣多乐事,呀一个低都呀一个低都,高歌花下,低打都打低都,饮醍醐,呀一个低都呀一个低都。

【前腔】樯摧柁折没腾挪,呀一个波查呀一个波查,贵逼身来,波打查打波查,恰借他,呀一个波查呀一个波查。昔日投砖今掷果,呀一个波查呀一个波查,人人争羡,波打查打波查,貌如花,呀一个波查呀一个波查。

(一女前禀介)这是"主宾同乐"。(外)好一个"主宾同乐",有赏。(送生、外酒,退立两旁,奏乐下)(外顾盼大笑举杯介)请。(生举杯介)请。(照干介)(生)既饮旨酒,更聆妙音,不觉心神俱醉,敢献下里之歌,敬以侑觞。(外)既有清歌,合当洗耳。(生起送外酒,复坐,以箸敲桌,唱[古轮台]曲介)醉流霞,浅斟低唱按红牙,纤纤素指轻轻下。歌翻子夜,琯弄朝华,一派余音虚架。赤凤堪乘,彩云欲化,今宵清梦绕天涯。风情潇洒,都付他流水浮花。美人绿鬓,英雄白发,同归狼藉,想起泪如麻。须酩酊,莫教月落漫嗟呀!(外)妙哉声也!直是凤鸣龙啸。(叹介)如此人才,若非遇着老夫,岂不沉沦可惜!(送生酒介)昨晤国相,言君不日还要高转,可为预贺。(生)龙媒承老先生厚爱,本应日侍左右,敬领教言。只是龙媒呵

【香罗带】望云忆二亲,桑榆已近,料应噩耗久传闻。况父母止龙媒一人,更无弟妹伴晨昏也。想二老人,(背掩泪介)必定将儿痛,内如焚,朝朝暮暮声暗吞。(转介)龙媒在此,归心搅扰已难论,还

怕这假面目终须要露本真。

明日即乞假还乡，今日一来赴召，二来告别。（外）马君听者，假面目三字倒不消虑得，只是上国离此二万余里，莫说急切难归，就要寄封书信，也无便鸿可托。（踌躇介）有了！海市不远，此中贾人年年总要去采办珍异，那里为天下各国凑集之所，作封家报付他们带往，觅个便人寄到上国，甚为妥当。（生喜，向外揖介）多谢指引。（背介）既有这个所在，只消自家前去，何必托人？（外）马君请坐，看热酒来。（生揖介）龙媒已不胜酒力，就此告别。（互拱介）请了。（分下）

第五出　具掷

（末、净、老旦如前装，東爪旗引上）（净）二位老年兄，可晓得小马面貌是做出来的么？（老旦）这倒不知。（末）面貌是天生成的，如何可以做得出来？况他为人甚好，老年兄何必多疑。（净）小弟实有所见，并非无中生有，造他的谣言。（老旦）依你说来，小马竟是个大奸臣了？（摇头介）这等人，如何容得他在此做官！（净）小弟还有一分疑惑，等下朝回来察实了，再约二位公同举发，以正国体。（合）

【红绣鞋】举朝尽被欺蒙，欺蒙，今朝识破难容，难容。须奏上，主人公，从重处，此个侬。莫教民间传染刁风，刁风。

（下）（二杂执旗引生如前装，笑上）小生马龙媒，偶因醉后戏图花面，竟得官为下大夫。那些同朝之人，从风而靡，争纳交恐后。近来渐形疏远，大有腹非之意。此去早朝，决意缴还冠带，也免得被鬼奚落。（下）（末、净、老旦上）（末）看不出这个小马真真奸滑，我每正欲公举，他竟先自辞官不做。（老旦）这也罢了，免得多此一番口舌。（净）只是太便宜他。（下）（生便服提面具带丑上）

【绕池游】地殊俗异，无那相依倚。甚情怀曳朱拖紫？偶然滥厕，无非游戏。笑他莽村沙何用微言相挤！

（坐介，丑送茶介）（生执面具看，笑介）想我马龙媒，生在世上，好端端的一种丰神，被你装点做九幽变相。（复看，叹介）花面逢迎，世情如鬼，举世皆然，又岂特一罗刹国乎！（执面具起介）哎！

【金井水红花】试看名场客，无非假面皮，上下互相欺，概如斯滔滔一例。直是司空见惯，习久自安之，有谁个说非宜也啰？若没这副脸儿，不独文成绣虎，不足为奇；纵使技擅屠龙，也归无济。但得形同魑魅，榜头便题；迹邻魍魉，官班便跻。此处也有一件及不来的好处，论选政倒光明正大，不用些儿贿。

想我生于文明之世，礼义之邦，视掇巍科如拾芥，躐高位如探囊。那知一经飘泊殊方，不特才华没用，连面目亦不得守其常。（叹介）漫说甚

【前腔】掷果潘郎貌，悠悠转见嗤，甘受亦何辞。漫寻思殊难处置，因此改头换面，只好偶为之，恰一派弄虚脾也罗。（复取面具看而又看介）面呵，面呵！若要呈颜伺色，自合偕伊，今将适性陶情，势难用你。况我目空一世，英豪自期，胸罗万古，汪洋自怡，肯久逐高低，人面泥涂里！

（掷面具拂袖径下）（丑拾带，立场面喊介）都来看官人哟！都来看官人哟！（摇摆下）

第六出　储遇

（生乘海舶，四人摇橹上）

【金珑璁】大地尽包藏，镇相连云水苍茫。回忆堕鲸洋，那有生存想？又谁知身落遐荒，浑不觉易星霜。

辞家三万里，踪迹类飘蓬。欲寄平安字，天边少断鸿。小生

马龙媒，自离中土，面目都非。可笑此邦人士，不谅余怀，竟作鸱枭之吓，所以决意将那牢什子抛去，早晚就觅便还乡。今土人有海市之行，相随同往。（登高望介）你看水云晃漾，淼淼茫茫，好不惝恍人也！

【一江风】漫徜徉，徙倚飞庐上，聊把羁怀畅。咳！一般儿，骇浪惊涛，迥异前番样。想那时呵，烟迷雾惨黄，烟迷雾惨黄，暗沉沉白日藏，莽鲸波险把这身儿葬。

【前腔】指扶桑，旭日刚初上，显豁得大地光明相。看长空，雾卷烟霏，动我凭虚想。怪蓬山路渺茫，怪蓬山路渺茫，更方壶在那厢？等闲间盼不到青鸾降。（四望介）

【前腔】点青苍，岛屿星星漾，时出没银涛上。浩无边，水与天齐，天水相磨荡。（凄然介）家山在那厢？家山在那厢？对春晖意惨伤，（掩泪介）念双亲可晓得儿无恙？

想俺初心本欲

【前腔】守寒窗，经史勤研讲，静待春雷响。展谟猷，济世安民，厚禄将亲养。岂知爹娘意不在此，说成家别有方，说成家别有方，弃芸编远作商，虽是己身劳喜博得亲心畅。

（顿足恨介）偏偏的要玩那海外风光哎！

【前腔】真胡撞，有甚胸怀旷，涉险将亲扬。（遥望介）莽天涯，一片模糊，翘首云难望。（掩泣介）爹妈在那厢？爹妈在那厢？（哭介）隔音容一载强，纵清宵有梦也成虚诳。

（痛哭介）呵哟！我那爹娘哟！

【前腔】想刚刚，乍听凶音降，定吓得胆裂魂飞扬。他还要，想后思前，辗转心凄怆。况斜阳寸景光，况斜阳寸景光，又平添两鬓霜，怕晨昏耐不过这凄凉况。

俺那爹娘哟！

【前腔】不提防，爱子波心丧，菽水将谁仗？想他泪尽肠枯，也不知这的衰颓样。(跪叩介)哀哀告上苍,哀哀告上苍,佑椿萱体健康,爇沉檀好满斗酬天贶。

(内)好热闹!各路的船只已住满了,俺们也靠着他们住下罢!(生徐徐起看介)

【前腔】燦琳琅,眩目光摇漾,顷刻难名状。你看岸上各处的人,闹挨挨,服异言殊,络绎纷来往。俺不免也上去逛逛。(上岸缓行介)(内)闲人闪开,世子来游海市了。(生立一边望介)翩翩马上郎,翩翩马上郎,雪裁肌玉琢庞,气轩然宛鹤立鸡群上。

(小生金冠绣服带二杂乘马上)

【东瓯令】藏头角,敛威光,缓辔垂鞭态度长,特来遣兴闲评赏,风景好须观望。(下马缓步见生介)怪斯人何事至遐方?待仔细问行藏。

(顾杂指生介)去将那人引来,有话相问。(杂见生介)主人奉邀,请即随往。(生)贵主人是何邦族?且素不相识,缘何见招?(杂)主人东阳世子是也。偶游海市,见客官非此处人,故特遣相招。(杂引生见小生,生揖介)羁人马俊敬谒。(小生喜介)既蒙宠临,缘分不浅。(前握生手介)即请移玉,俯降敝居。带马过来!(杂递鞭,小生、生并辔绕场介)(小生)

【刘泼帽】紫骝并骋鞭同扬,得大贤水国增光。(生)羁人何幸邀青赏,怕历颠危礼节全荒,还乞你矜疏放。(同下)

第七出　宫赘

(末扮龙王,二侍臣随上)

【蜡梅花】屏翰藩封海国偏安,澜普庆为专管延,企待高贤,看迟迟日影已过帘。

寡人东阳君是也。王称万岁,泽沛群生。云行雨施,不崇朝而遍天下;名闻德仰,甫乘时即满寰中。这也不在话下。寡人有一爱女，聪明淑慎，拟于人世觅一快婿，争奈急切难得其选。昨日儿子偶游海市，遇一中华人，载与俱归。已遣员引其来见，因何尚不见到？（杂引生上）

【窣地锦裆】拟从海市返乡关，又落瑶宫贝阙间。几番翘首望云难，但见茫茫烟水涵。

（生趋前拜舞，末起揖介）先生请坐。（生告坐介）（末）文旆宠临，实深欣羡，愿闻邦族？（生）大王听启：

【掉角儿】念羁臣生长中原，守寒窗史铸经研。习经营为代亲劳，运邅迍遭逢飓变。猛可的水如山，天似墨，任飘摇，无把握神识茫然，同舟共难，都随浪颠。得天怜，只留下俺这蓬梗余生，来参玉殿。

（末）先生既是文学之士，必能衙官屈宋。欲烦椽笔为海市一光，幸无吝珠玉。（生）既蒙殊遇，敢不藉献微长？（旁列书几笔砚，生拂纸拈毫，略一构思，执笔疾书介）（末视生介）呀！你们看他

【瑞鹤仙】缓拂彩云笺，向墨池轻把麟毫饱蘸。淋漓疾挥洒，（笑介）信海岳钟灵，天才宿擅。更风度端凝，果不愧中华名彦。（生搁笔起，执文稿送末）（末看介）先生雄才，有光水国多矣！抵多少韩潮苏海、孟珠潘璧。（背介）此生可谓兼而有之矣！（转身复注视生介）恰允称东床之选。

排宴过来。（侍臣捧酒盏上。末送生酒，对坐饮介）（末）寡人有

【宝鼎现】璇闺娇女，解咏诗篇，犹虚甥馆。倘雅怀葑菲不遗，则鄙衷茑萝是愿。（生起谢介）自愧草茅凡贱士，怕无福消承恩眷。（末微笑介）不必过谦了，这是缘结三生丝牵，万里皆由天赞。

请先生便殿更衣。（杂引生下）传语后宫，严妆宫主，安排卺宴。（下）（净、丑捧珠冠绣服上）良姻何日订，好事一朝成。还怕

娇羞客，当筵怯面生。我等龙宫侍婢是也。只为俺大王爷十分怜爱宫主，要向人世选个才貌双全的驸马，争奈近海诸国率皆形质卑陋，性情卤莽。每想中华人才出众，奈相去两三万里，不独水陆途殊，更兼人神分隔也，只好说说罢了。岂知果有一中华人到来，偏偏又是个少年美貌才子，你说巧不巧，奇不奇！（丑摇头介）也不是巧，也不是奇，这叫做苦心人天不负，有志者事竟成。（净）闲话少说，来此已是。你看绣幔沉沉，兰闺寂寂，想是宫主朝眠还未醒呢。（丑）难道明珰、翠羽，此刻也还挺尸不成？好一对懒丫头。（内）少胡说！低声些，不要惊了宫主香梦，讨个没趣回去。（净、丑）奉王后懿旨，说大王爷选了一位才貌双全的驸马爷，差我等送来冠帔，将宫主严妆。先在锦云宫成礼，再到广德殿赴宴，快请宫主起来梳洗，不要错过良时。（贴、小旦扶旦倦态上，坐介）

【锦堂月】谁搅幽眠，惊回短梦，帘外彩禽喧唤。（欠伸介）春困难胜，脉脉慵抬娇眼。（贴代理发介）对菱花，款掠香鬟。（小旦代上冠，簪花介）衬珠冠，斜簪翠钿。（净、丑代更衣介）云霞闪，（扶旦立介）微漾湘裙佩声低剪。

（净）排辇伺候。（二杂推辇，二宫女执扇同上。小旦、贴扶旦升辇，拥下）（内奏乐，四侍臣提宫灯引生金冠锦袍，二宫女执扇遮旦，贴、小旦，净、丑随上。净、丑扶生、旦对坐，贴、小旦送酒介。四舞女上两旁作乐介）（生）

【前腔】恍然身到瑶天，神游阆苑，眩目容光映现。风绮鸾绡，愈增体态翩跹。疑织女未阻银河，恍嫦娥曾探桂殿。（合）酬良愿，羡仙女、仙郎共偕仙眷。

（旦）

【前腔】因缘幔引丝牵，堂开巹宴。底事教人腼腆？隔座窥郎，暗把星眸微展。皎翩翩风格晶莹，润生生情致温婉。（合）酬良愿，羡仙女、仙郎共偕仙眷。

（生、旦合）

【前腔】当前宝鼎凝烟，祥云绕练，缥缈镕成一片。看玉树琼枝，双双朗照华筵。是何时引凤吹箫，到此间乘鸾却扇？（合）酬良愿，羡仙女、仙郎共偕仙眷。

（四舞女跪献酒介）（众）

【前腔】芳妍乐既和宣，歌还缓遣，妙舞轻盈宛转。玉盏琼浆，满泛高擎恭献。金莲烛天上恩浓，玉蕊花禁中春暖。酬良愿，羡仙女、仙郎共偕仙眷。

（净）排辇过来，送宫主、驸马爷回宫。（二杂推辇上，净扶生、旦并坐。四舞女奏乐前引）（生、旦合）

【尾声】翠辇徐徐碾暮烟，并香肩纤纤共挽。（合）神仙眷，地久天长不计年。（引下）

第八出　荣聘

（小生扎巾鬼脸骑海马执令旗上）众鲛人听者：大王有令，今日驸马爷来游海市，尔等广列奇珍，大呈异宝，兼设蜃楼，不得违慢取究。（内叫应介。小生下）（丑扮鲛人头领引众鲛人推车载宝上）（众）哥，俺们这海市每年一次，亘古如斯。不问九州万国人士，五湖四海龙王，自去自来，各随其便，从无干涉。为何今日先期传令，莫非要来抽税么？（丑）不是，不是。俺昨日进城候朋友，适值驸马在南海赴宴回来，说不尽马上弹筝，车中奏玉，那种尊荣显贵。随溜过去一张，原来就是那日三世子在这里带去的那个贫子。俺私问人道："好好的一个玉叶金枝，放着许多龙子龙孙不给，将来配他，岂不委曲？"那人伸伸舌头，说："你不要看轻了这位驸马爷，只因作了一篇《海市赋》，不独俺们王爷十分爱重，就连四海龙君也一般景仰。只三日光景，把绝大才名四海都传遍了。王爷还要大开海市给他散心呢！"（众）既如此，俺们就将宝摆列起来罢。(丑)慢些,慢些!蜃哥快来!(净扮蜃精上)云雾随时吐,楼台顷刻成。鲛哥,俺老蜃又没奇珍异宝,只有一口假气,你们要他何用?难道有人买假气不成?(丑)少说闲话。大王有令,令你工工致结一座大城,将俺这海市围住城内。还要六街三市,万户千门,种种精奇,不得违误。(净屈指数介)一、二、三、四、五、六、七,海市只得今儿一天了。呸!那里是他传令,分明你拿我开心!(欲走,丑扯住介)谁来哄你!委实是大王令旨,命你点缀好,待驸马爷游玩的。(净)列位,俺那口假气只可搪塞一时,岂能拿他靠实吗?(丑)不错呵!这怎么处,这怎么处?(净)你们只管将宝排列齐整,俺吐些雾气罩住,等驸马爷将近的时候,再照你式样办理,又变幻,又新奇。(众拍手狂笑介)好想头,好想头!真个有趣。兄弟们,快来动手呵!(场后列高台三层,众取宝排列,净放烟,出黑纱幔将台遮住介)(丑远看介)妙,妙,妙!俺们且去歇息歇息。(引众同下)(小丑、末、杂、外、老旦扮各路客人上)海市要完,俺们再去买几样,也好收拾回去了。(抬头惊介)海市收了吗?(外)记得还有一天,待俺问来。(向内介)鲛哥,鲛哥,俺们来收买珍宝的。(内应介)来了,来了。(丑上,向外细看介)你们可是罗刹国来的?(外、小丑、末)正是。(丑)你那贵友招了宫主,做了驸马,少刻来游。他到了才开市呢,诸位略等一等。(外向小丑、末介)且船上去等,来时好细问问龙宫景致。(小丑)少要做梦,他此刻还有工夫理你哩!(外)马大夫不是那样人。(丑)咳!此一时彼一时,你又那能拿得稳?(外叹介)说的也是,待临时看光景就晓得了。(丑)我们昔日与他是"贫贱他人合",只怕他今日待我们就要"富贵故交疏"了。(同诨下)(生上)【谒金门】红偎翠倚,一枕春魂莺唤起。惝恍迷离,只觉春风溢。两眉绣帏香暖,软软浓浓情意款。真个消魂,不是朝朝暮暮云。小生马龙媒,蒙东阳君十分宠待,配以爱女。今复大开海市,令俺游览遣怀。(叹介)虽是他宫禁恩深，争奈俺乡园念切。昨晚于灯下作一平安家禀，带往海市，好觅便寄归，以慰父母。（贴、小旦艳妆上，跪启介）请驸马爷后宫早膳。（引生下）（末、小生二侍臣引生乘马上）

【懒画眉】论文敢说马卿工，姓字风传四海中，水云影里骋花骢。（内喧哗赞叹介）马头到处人争拥，抵多少得意花看上苑红。

（二武士上，跪介）守城员役迎接驸马爷。（末）起去。（二武士下）（生抬头看介）

【前腔】曈昽佳气郁葱葱，楼橹森严雉堞雄，更有那黄旗摇曳漾和风。招引我无端豪气连云耸，几忘身居碧海中。

（生鞭指介）前面一带，红光闪闪，紫气腾腾，是个甚么所在？（末）是珊瑚林。（生）内府尚以七尺珊瑚为希世之宝，岂知此处竟有如许之多，如许之大，真奇观也！（末）世人用尽心机，将铁网沉入海中，不过取些顶上嫩枝儿，这大的怎能到手？（生）

【前腔】遥观如火似霞烘，原来是万树珊瑚列道中。不特多，而且大，更且长得扶疏偃仰，各各不同。有回枝曲干偃虬龙，也有亭亭婉约疏而耸。想那王恺、石崇当时光景，真不值一粲，恰似拥着那敝帚千金意自雄。

（二杂上，跪介）守珊瑚林员役迎接驸马爷。（小生）起去。（二杂下）（生徘徊抚玩介）（小生）这个没趣。（指介）那灵珠圃才好耍子哩！（丑、净）守灵珠圃员役迎接驸马爷。（小生）起去伺候。（净、丑起，立鬼门边吹画角，下）（生指介）那一带水晶短垣，想就是了。（策马欲前）（小生）驸马爷不要前进，珊瑚林宜近观，灵珠圃宜远玩；一到跟前，反没情趣了。（生立马遥望介）你听那

【前腔】悠悠画角数声终，仔见那瑞霭霏霏起囿中。猛可的明珠万粒荡灵风，高低错落如丸弄，陡一闪散作繁星丽碧空。

（生且行且看，赞介）妙呵！真个灵奇有趣，眼界一新。（向末介）那座小山，为何皆是砂砾所成？（末笑介）那是精卫鸟儿思量

填海衔的西山木石，日积月累，竟成一个小小山儿。（生叹介）咳！

【前腔】零砂碎砾积成峰，恰费冤禽几许功。叹西山木石岂能穷，何须苦把精神用！可晓得沧海桑田少定踪。

（策马行介）（末指介）那边有真正道地古董，驸马爷不可不赏鉴赏鉴。（生立马介）在那里？（小生）不要理他。（指介）就是那个枯树与那个破船，没有看头的，还是到海市去瞧热闹罢。（末以鞭拂小生介）你懂得甚么？这是当年徐福载着五百童男女求仙的船，这是张骞乘着探河源的槎，怎么还说不是古董！（生鞭指介）咳！始皇呵始皇！

【前腔】你剪除六国逞残凶，逞到坑儒事未穷。长城一筑血膏空，逼得那民愁神怒天心痛，平白又仙药思求碧海东。

（策马转身，徘徊细看介）

【前腔】这楂枒老柨偃泥中，古色斑斓碧藓封。每想那河源那得与天通，今见此槎，信不诬矣！槎呵！当年情事君曾共，我待细问支机旧日踪。

（忽抬头念介）"琵琶亭"，呀！（沉吟介）记得琵琶亭在江州呵！（末）这是王昭君的琵琶亭，不是江州故事。昭君亡后，琵琶沦入沧海，俺王爷特地为他建亭，以昭珍重。（生）原来明妃手泽尚存，倒要领略领略。（下马抚玩，掩泪介）咳！明妃，明妃！想你生前虽然出塞，这也是

【前腔】佳人薄命古今同，莫把图形怨画工。倘若是当年宠冠六宫中，怎及这千秋青冢人知重！琵琶呵，琵琶！虽是你物因人重，想明妃那时，不知怎地悲怆凄凉？恰也亏你在马上替他切切凄凄诉曲衷。

（徘徊雪涕介）明妃不肯赂毛延寿，以假容貌见斥汉宫；俺马龙媒因遭飓风，以真面目见摈鬼国。虽是两般情概，恰一样悲凉也！（忽失声大恸介）（末、小生劝介）明妃身死名留，足可无憾，请爷启行。（生上马回顾拭泪策马行介，忽立马四顾介）呀，碧水潾

漭，繁花枭枭，古树森排，小桥斜跨，是好个所在也！呵，你看那

【前腔】数椽茅屋翠阴中，青粉围墙碧藓封。（听介）若不是隐居避世有儒宗，怎得这书声朗朗随风送，顿使我受教殷殷礼意崇。

此地何名？（指介）那是何人居址？（末）此是清水洋。苏老泉相公爱其幽静，卜居于此已数百年了。（生）老泉先生还在？今日便道不恭，明日再来拜谒罢！（行介）那边一座白玉牌楼，祥云缭绕，瑞霭缤纷，又是甚么奇异？（小生）那是通天河。过了牌楼，便是天界。（末前望惊介）记得过了清水洋不远的就是海市，怎今日只见茫茫烟雾，恰是为何？（小生）难道走错了路不成？（末）胡说。（同立马迟疑介。净立鬼门放烟上，取幔下）（丑率众鲛人跪生马前介）鲛人迎接驸马爷。（末）起去。（小生）快些开市，好待俺爷游览。（生）妙呵！果然是海市蜃楼，一转眼间就有

【前腔】层轩广厦互相通，异宝奇珍列满中，只觉晶莹璀燦影浮空。那些明珠美玉倒也不足为奇，最奇的是天成百物皆生动，不借些儿斫削功。

（丑、末、外、四杂上，跪介）海外诸路客商迎接驸马爷。（末）起去，照常交易。（众）是。（生见丑、末、外，下马执手介）诸位与龙媒是贫贱之交，怎么也行此礼？不敢当，请起，请起。想龙媒那时

【前腔】栖栖海畔泣途穷，深荷提携涸辙中，报琼有志久蟠胸，今日呵，酬恩愧乏千金奉。（袖出锦匣送介）这是夜光珠十粒、龙脑香十帖、通天分水犀各四枝，望诸君笑纳，还祈恕不恭。

（丑、末、外）吾侪小人，日受大夫之赐，正欲在海市购些珍玩相奉，怎敢复承厚惠。（生）聊以将意，幸勿过辞。（众叩介）多谢大夫。（生复出匣介）这是送与执戟郎的，烦诸君代为寄上。说龙媒呵

【前腔】虽然身隔水云重，把厚德深铭五内中。每向那屋梁落月忆音容，（指匣介）这戋戋菲薄交情重。还望诸君与龙媒，代把愚衷宛曲通。

(众)小人们理会得。前日大夫欲寄家报,现有往贵国船只,可将书付小人,交他带去。(生)竟有便船,俺好喜也!

【前腔】家山久付梦魂中,天外何期得便鸿?凝然喜色上眉峰。(掩泪介)悄然双泪如泉涌,天吓,天吓!求你赐一阵饱送蒲帆百尺风。

这封家报,必须面交,船在那里?(众指介)就在那边。(生)乡书才待发,旅梦已先归。(同下)

第九出 慈祭

(老旦病容拄杖上)老身吴氏,幼适马门,世业为商。单生一子,被他爹爹朝夕敦逼,小小年纪出去生理,利息倒也找了些。(哽咽介)只不知那个天杀的,哄去外洋游荡,传说遭风,弄的人船不归。我同他爹爹一听此信,吓得死去活来。今已一年有余,杳无消息,多半是没指望的了。今儿一清早,他爹爹又到港口去打听。儿呵!做娘的镇日里

【胜如花】行常记,坐不忘,想后思前悲怆。早晓涉鲸波将命残伤,怎肯放娇儿为商远往,这暮年有何凭仗?晚来呵,对昏灯迷离惨芒,晓来呵,透疏棂熹微曙光,朦胧际恍听儿郎书声清朗。(哭介)恰都是征鸿嘹唳,惨凄凄寸断柔肠,惨凄凄寸断柔肠。

俺那儿哟!想你自小算命打卦,都说是个大富大贵之命,更兼生你那日,梦见神人从天而下,怀中抱个粉妆玉琢的孩子给俺,说好好看承他,能挈带父母同归灵境,蓦然惊醒,就生下你也。只说纵不能大贵,富家郎是稳稳要做的,岂知恁般结果!儿呵,只被你痛煞为娘也!(掩泣介)呀!且住。今日正是短命的生辰,昨日晚间还想起,今早做下羹饭,怎么一霎时就忘了?(揾泪起介)且去收拾收拾,望空遥祭一番。儿呵!则被你苦煞为娘也!(哭下。捧香烛纸钱上,炷香点烛斟酒,坐地大哭叫介)俺那聪明伶俐的儿

哟！俺那狠心短命的儿哟！可晓得为娘的在这里祭你哟？（起焚纸钱介）

【前腔】焚冥锞，瀼凉浆，你可早早前来受享。（起旋风介）你既滴溜溜旋绕娘旁，儿呵，何不早些些携娘同往，怎舍得将娘抛漾？但离这愁乡恨乡，也免俺心伤意伤，似这活在凄惶，倒不如身归泉壤，翻赢得团栾欢畅。俺那聪明伶俐的儿哟！俺那狠心短命的儿哟！你怎不答应一声哟！对灵筵老泪双双，对灵筵老泪双双。

（末笑容持书急上）忙将天外佳儿信，急报床头老妇知。娘子，快不要哭！（老旦不理介）（末）俊儿有书来了！（老旦）孩儿来了？在那里？（末）孩儿不曾来，有亲笔家信在此。（老旦）信上说些甚么？他现在何处？（末）你且将香烛收了，一同进去念给你听。俊儿现在龙宫做驸马，不久就来接俺们前去，一同享受哩！（老旦）果真吗？（末）怎么不真！（老旦喜笑合掌介）谢天谢地！南无阿弥陀佛。（同下）

第十出　养圆

（生上）【捣练子】迷艳冶，醉温柔，只解欢娱不解愁。无那思亲愁一缕，时时飞上两眉头。小生马龙媒，自入赘以来，说不尽花天月地，翠绕珠围。只是二亲年老，远隔天涯，每一回思，衷怀怆恻。前曾草一短章，拟欲陈情归省，因此宫主便进迎养之策，既得奉侍舅姑，又好承欢父母。岳父称善，已立刻遣使往迎去了。不知何日，方可到此？想那出门时，俺娘亲呵

【窣地锦裆】嘱儿早早整归装，莫久恋他乡忘故乡。岂知一别竟茫茫，两地离怀一样长。

（欠伸介）一时困倦起来，且去假寐片时则个。（下）（旦带贴、小旦上）

【哭岐婆】和风淡荡，晶帘微漾。看槛内轻黄浅绛，名花争放。觉

迟迟花外日初长，待仙郎共把春光赏。

奴家东阳宫主，生长晶宫，深居璇室，良缘天赐，好事克谐。可喜马郎倜傥风流，温文儒雅，既联琴瑟之古欢，不愧神仙之佳偶。只是他思亲甚切，每每寡欢。前已奉迎舅姑，计程今日当到。（唤介）明珰。（贴应介）（旦）洗尘筵宴，可曾安排齐备？（贴）齐备了。（旦）排小宴过来。翠羽，请驸马来，一同赏花小饮。（小旦向鬼门请介）驸马爷有请。（生上见介）（旦）今日翁姑俯降，重叙天伦，奴家特治一樽为贺，兼玩春光。（生）多承宫主。（旦）马郎，你看槛内花开，争妍斗艳，如此春光，岂可辜负。（生笑携旦手介）心倾妙论，目眩仙姿，真令小生真个消魂也！（缓行玩赏介）（生、旦合）

【五供养】同心欢畅，难得这景美辰良。花前携素手，共相将。花容旖旎，整一片红涛翠浪。（贴捧台盏，引四舞女同上）请宫主、驸马上宴。笙歌列，绮筵张，喜温柔乡并白云乡。

（内奏乐，旦、生互送酒，对坐饮介，四女舞介）（合）

【山花子】云裾霞袂凌风扬，翩翩应节低昂。弄轻盈环铿佩锵，袅蹁跹凤翥鸾翔。照人离离花影芳，袭人馥馥花气香。浅斟低唱乐未央，畅好瑶宫日永春长。

（内奏乐介）（生、旦合）

【大和佛】为向花前一举觞，闲宴赏。重重锦幔绣帏张，恁辉煌。啼莺啭燕歌琼树，流风回雪舞霓裳。对这歌娇舞艳把欢情酿，拂座香风溶漾，整一片，鬓影迷离接钗光。

（内奏乐，四女急舞介）（合）

【舞霓裳】回旋夭娇似龙翔，似龙翔。笙簧竞奏韵铿锵，韵铿锵。霓旌缥缈流云漾，仙音法曲两悠扬。歇拍处声繁调响，迥袅袅余音自空降。

（住舞，内奏乐介）（侍臣上，跪介）启宫主驸马爷，太翁、太母车已近城。（生、旦）排辇伺候。（四内臣提炉执扇上，引杂推辇

上。生、旦上辇并坐，绕场行介）（合）

【红绣鞋】龙旗羽褓翱翔，翱翔。鸾笙象管琳琅，琳琅。排小队，接高堂，来福地，就欢场，把莱衣同舞称觞，称觞。

（下）（旗仗鼓吹引末、老旦坐虬车上）

【前腔】云车风马飞扬，飞扬。故乡回首微茫，微茫。浑不觉道路长。顷刻里，见儿郎。向龙宫同住风光，风光。

（四侍臣提炉执扇引生、旦坐辇上。杂趋向末车前，跪介）宫主、驸马爷迎接太翁、太母。（住辇，生下跪伏介）不孝儿迎接爹爹、母亲。（贴、小旦扶旦欲下，末、老旦同止介）（生）就此进城。（生上辇，同行介）（末）这

【尾声】重逢真出非夷想，（老旦）都是那苍苍默相。（生、旦合）愿高堂同享，龙宫日月长。（同下）

炯炯双眸少寸光，看人得失亦何常。
朝为鬼国希颜客，暮作龙宫坦腹郎。
斯世不教容面目，他乡翻得借文章。
是非真伪凭谁问，独对春风一举觞。

——《小蓬莱传奇》十种本，上海藻文石印社1900年版

飞虹啸①

提纲

（末上）

【踏莎行】才避豺狼，又逢虎豹，无端误落奸人套。全家性命霎时休，只留袅娜裙钗小。　　手试青萍，身沉清沼，返魂不借名香

① 原文此处有“东海刘清韵古香填词，古僮钱梅坡香岩较订”。

好。烈肠贞骨侠精神，挑灯一一为之表。

第一出　家宴

（外、老旦上）

【瑞云浓】鬓丝如许，把往事回头暗数，壮岁曾经登显膴。遂初衣早，有膝下佳儿，堪娱迟暮。（老旦）更佳妇允称贤助。

（外）①深惭无术济明时，许赋归田圣主慈。尚有园林饶水竹，不须人寄草堂资。老夫姓金，名诚，中州籍贯。叨登万历某科甲榜，官至光禄少卿。因见朝政日非，以病乞归林下。春去秋来，流光迅速，不觉又是五旬以外人也。（坐介）可喜孩儿大用髫龄入泮，媳妇尤氏亦复秀外慧中。（向老旦介）待过一二年，将家政交与他小夫妻管领。（笑介）俺们老两口便是陆地神仙了！（叹介）流寇信息日紧一日，未免可虑。（老旦）正是。老身为此日夜盘算，倘一旦贼兵到来，俺们老两口儿便死也死得着。只是孩儿年轻，媳妇生的过于娇艳，乱离时候，路上难行，官人早些打点打点才好。（小生、旦带婢捧台盏上）（小生）

【传言玉女】学富三余，拾芥紫青非诩，为时艰权停进取。（旦）铅华不御，提瓮汲家风儒素。（合）向花前介亲眉寿，白华同赋。

（小生）深恩何以报，积念未曾消。（旦）食性谙应久，羹汤手自调。（小生）爹爹、母亲。（旦）公公、婆婆。节届新秋，幽兰早放。洁治酒筵，为二老寿。（外、老旦）生受你们。（并坐介。婢斟酒，小生送外、旦送老旦介）（小生、旦合）

【啄木儿】倾金液，贮玉壶，斟向高堂增福祜。祝吾亲健朗康娱，到百年共衍居诸。（内奏乐介）听檀板玉箫声缓度，更双双争献莱衣舞。问蓬壶，可有人间此乐无？

---

① “外”字原脱，据文义补。

（老旦）孩儿媳妇坐了。（小生、旦告坐介）（外、老旦合）

【三段子】琼筵广铺，馥芬芬珍肴异蔬。金樽共濡，乐融融意愉色舒。看乔柯荫草相交护，更琼枝玉树相依附。（婢）这兰花开得恁样好香！（同起散步看花介）愿阶下毓秀芳兰芽更吐。

（老旦向旦介）果然今年秋兰开得茂盛。（旦）今早小鬟说，园中开的比这里还盛呢！（外向小生介）儿呵，不是为父阻你

【尾声】迟迟展放青云步，也只为虎狼盈路。（合）似这等富贵神仙，兀的不乐有余。

（末急上）不好了！流寇离此只有百里之遥。沿途鸡犬，所过一空。城外居民纷纷逃窜，特来报知老爷。（老旦、旦呆介）（小生）那些官兵怎不拦阻？（末）不要说起。好的预先回避，还有一班正好趁势抢掠。（小生）有这等事？（外）孩儿媳妇，不必惊惶。（向末介）速去安排车骑。（末应下）（外向老旦介）你同媳妇进去收拾些金珠，各人随身携带，换件粗布衣服，免得路上打劫。火速出城，往南方暂避几时，再为定夺。（老旦、旦掩泪介。外长叹向小生介）咳！儿呵！今朝安富尊荣客，明日离乡背井人。（同下）

第二出　遇贼

（丑带贴倩妆上）做官莫做小，做贼莫做大。官小权柄小，贼大声名大。若不声名大，任凭罪恶弥天，俺也不怕。区区王十八的便是。生来不读不耕，无营无业，只在水面上结交些朋友，做一个坑财杀命的勾当。倒也广积金银，大收珠宝。近因闯王兵到，商旅断绝，连单身人也不便行走。只得将浑家带了出来，方好沿途瞎碰，或者碰着一注大财，也未可知。（笑介）若要财神到，全凭美妇招。（内）这等时光，带着妇女，岂不累赘？（丑）兄弟，你也是老行家，这句话就不通窍了！此时正要他做个护身符儿，撞见自己朋友是一家人，不消说了。撞着官兵，见有家小，不来盘诘。即

使撞着贼兵，一经报名，谅无妨碍。倘能撞见殷富客商，那就有些意思了。（内）这等说不是你的浑家，竟是个招财进宝的愰子了！（丑）着、着、着！（作势介）

【撼动山】探囊胠箧走江河，做强徒做得么？不是海龙王，一样儿金宝多。遇肥商、逢财主、见娇娥，莫想放他。（拍手笑介）也是那一班倒运的人儿才撞着我。

（内作金鼓喊杀声）（贴）贼兵来了，怎么好？（丑）怕甚么，随我来。（携贴立场角望介。众难民老少男妇携儿抱女拥挤扑跌哭喊上）大队贼兵杀来了，快些逃命哟！（外、小生、老旦、旦敝衣散发随众绕场下）（丑注目直视出神，忽软瘫倒地，勉强挣起坐地，大声问贴介）你看见我的魂灵儿可跟那人去了么？（贴不应，丑笑介）若不是失魂，为甚俺这身子比棉花还软呢？（贴）少要胡说，有话问你。（丑）请说，请说，小子恭听。（贴）你说出来做买卖，必由扬州经过，顺便送奴家去走走。既有贼兵，想是不能去了，不如早些回去罢，免得耽惊受怕的。（丑拍贴肩介）我的心肝儿，慌甚么？还有一件大事要借重你哩。你且在此歇歇，小子去去就来。（贴）呀！丢奴一人，倘遇贼兵怎好？（丑）不怕，不怕！有人啰唣，只说是王十八的家小，包他碰也不敢碰你。（急下）（贴目送掩泪介）咳！看他行径，那里是个客商，分明是个江湖大盗！唐柔娘，唐柔娘！错嫁了人也！天吓！（小生扶外、旦扶老旦复上）

【锦缠头】迫兵戈，这流离教人奈何？（内作哭声介）四野哭声多，恁纷纷知他甚处藏躲？俺泼残生也权时过活，勉支持随众奔波，万苦向谁说？猛一看魂飞魄落。（绕场急行介）沿途上累累乱尸拖，更叠叠填沟塞壑，这分明是上天特把下民虐。

（啼哭下）（贴看旦介）好个人儿，看他恁般狼狈，真令人一见生怜。（丑引外、老旦、小生、旦上，向贴介）这也是避乱朋友，娘子过来。（指老旦、旦介）与这二位见个礼儿，好一处逃走，彼此互相照应。(老旦、旦向贴福介)(丑)大家坐下歇歇,再定主意。(同坐地介。贴携旦手向老旦介)大娘、姐姐,这边来坐。(同坐介)(丑)请问老丈上姓尊名,何方人氏?(外)老夫金诚,中州人氏。(丑)作何生理?(外)老夫微有薄田,足供衣食。(丑)原来是位富翁,失敬了。为何不带几个下人?(外长叹介)随行婢仆,俱被乱兵冲散。(丑)这三位想是老丈的亲属了,还得聚在一处,是天大幸事呀!只是也要拿个主意,没头乱跑,不是善策吓!(外)咳!君子,念老夫呵

【朱奴儿】诉不尽摧残折磨,没处讨居停栖托。(掩泪介)适才君子说,老夫是个富翁。咳!便有那万贯家财待怎么?只剩这老与少四口存活。思远避商量渡河,奈没个乘风舸。

(丑背向旦点头微笑,复转身向外介)可怜,可怜!老丈想必饿了?(向贴介)快将干粮取出来。(指旦介)给那位娘子吃,再拿些这里来。(旦变色俯首介)(贴取送老旦、旦介)大娘、姐姐,请吃些儿。(丑让外、小生同吃)(外叹向丑介)老夫已三日未尝得食,萍水相逢,过蒙厚爱。敢问君子姓名,待愚父子好申衔结之报。(丑)不敢,四海皆兄弟,何分彼此。小子王十八,扬州人氏,家无田产,只靠小子经纪为生。因带房下探亲,不意遭此大乱,正待觅船回去。适才老丈说要渡河,何不与小子结个伴儿过得江去,再寻头路?不然就在舍下暂住几天也不妨。(外、小生)怎好相累。(丑)老丈、相公,说那里话来!

【朱奴插芙蓉】论小子为人最和,又恰好同遭坎坷。一样逃难,多几个人便缓急之时也有商酌。带着年轻妇女,最易招摇耳目,最难行走。须得寻一艇两家同坐,轻帆挂把长江送过,再从容向那康庄稳步没差讹。

老丈稳便,小子觅船去来。(下)(旦招小生立一边,低说介)适才少年切不可与同路!彼屡顾我,目动色变,心不可测。(小生

笑介)

【朱奴剔银灯】笑卿卿芳心恁多,你不见他也有个人如花朵,为此疑人真太过,况只片时间同伙。无恶,请舒开翠蛾,幸勿将他一片的殷殷负却。

(旦不悦介)咳!官人,你不听妾言,必贻后悔。(小生)娘子且自宽怀。(丑引杂扮舟子摇橹上)(杂)往镇江是那几位客人?快些上船,好连夜过江。兵慌马乱,不是时候,快些!快些!(小生)来了。(丑扶外,小生扶老旦)(丑)船靠稳了再打个扶手,好待娘子们上船。(回顾旦介)快好好的来罢!(同上介)(丑)老丈一家儿在中舱坐,我同房下去梢舱里蹲蹲罢。(外、小生)王兄同尊嫂也到这里坐罢!(丑)不便,不便。(外笑介)这真是搭船的坐官舱了。(杂)喂!王大爷,怕没油水哇!(丑背指旦向杂递眼色,杂点头介)(外)

【尾声】向他方好觅个乡安乐,(老旦)还只怕家园损破。(丑作得意状介)你纵有能凌云的健翅,也难出俺这网天罗。

(杂摇船同下)

第三出　堕阱

(杂摇橹唱山歌上)月子弯弯照九州,几家欢喜几家愁?几家高楼饮美酒,几家离乡在外头?(泊船介。丑上向杂做手势介)(杂)你招呼他出来,好下手。(丑点头向内介)金相公,请出来谈谈。(小生上)好幽渺景象也!

【懒画眉】一钩新月破云来,则见那芦苇萧萧夹岸排。迷茫烟水浩无涯,动摇闪烁星光大,何日去破浪乘风展壮怀?

王兄,你看水阔天低,四无村舍,不知是何处所?(杂)客人,这是有名的黄芦荡。莫说商民不敢傍,就是官兵大队来,只好远远的将咱老子望一望。(小生惊介。丑视小生狂笑介)(杂下,取酒上)客人,过来喝钟长别酒儿。(小生呆介,转身低语介)听这声息不好了!(丑扯小生转介)他这长白酒是远近驰名的,快来吃一杯儿,好上路。(小生勉坐同饮)(杂)客人,王大哥待你如此,你将甚么报他?(小生)王兄高义,小生没齿不忘,等乱平后,愿分田宅之半为谢。(丑)谁稀罕你那田宅,好轻巧话儿!你若晓得好歹,将老婆送我,我还佛眼相看。若说半个不字,看刀!(小生)待我商量。(丑)快些!不要耽搁时刻。(小生起,背介)

【朝天子】刚躲过兵戈大劫来,又遭逢此变怎差排?他势凶凶一味逞狂乖,明欺俺嫩书呆,空拳无策制狼豺。咳!也只好权词脱灾,权词脱灾。

(丑)朋友,你想延挨时刻,等个人来救你吗?可真是买干鱼放生,不知死活了。(小生转介)王兄请听小弟一言

【普天乐】既多承殷殷厚意相携带,得免那刀林剑树分尸块。论酬恩犬马应该,俺方思图报将来。王兄,你合受全家感戴,甚因由顿把初心改?小生死不足惜,二老亲残年,望你矜哀。如能相舍,便赠你妻房也快。(背介)金大用,金大用!你枉抱负冲天大志、济世奇才。

(外、老旦慌上)求好汉饶过我儿,将我老两口杀了罢!(杂)老厌物多讲!(一篙打落水下,向小生介)你不下去,等咱老子动手,你就莫想全尸了。(小生转介)罢了,罢了!

【尾声】他暗地里先将罗网排,也是俺一时执己见,送爹妈水底埋。(指丑骂介)恶贼,恶贼!俺死了,到阎王前告,准将你魂追油锅里,也把贼尸醢!

(杂举篙介)不必唠叨,下去罢!(打小生下)(旦哭上)一家皆死,此身谁托?(丑)娘子省烦恼,小子不特库积金银,箱堆锦绣,而且最是多情多义的。你跟俺去过活,一样知心着意,比那书呆子,只怕还快活些。(旦拭泪不语,贴缓行上视旦,向丑冷笑介)

(丑)泼贱人,你笑谁?(贴)笑你死在眼前,还不知道。(丑怒介)好讨打!贱人,你莫非看上那书呆么?就叫你跟他去。(打介。贴指丑介)你杀人没天理,俺不愿为贼子妻。(投水下)(丑)死得好!死得好!(向旦做鬼脸介)娘子莫多心,莫害怕。兄弟快暖酒来,与你一来压惊,二来贺喜。(杂应,同下)

第四出　蒙救

(外白须幅巾深衣携杖上)

【夜行船】倏然自得闲中趣,日偿些酒债诗逋。有时去叩禅关,来寻道侣,向丈室同挥玉麈。

云水烟霞自有真,每将行乐惜佳辰。平生不走邯郸道,赢得华胥梦里身。老夫尹仁,少厌纷华,长辞仕进。一吟一咏,自耽泉石风清;半士半农,敢说邱园道贵。今当衰暮之年,愈益优游之兴。(缓步视介)是好一派静冶风光也!

【似娘儿】爽气沁心苏,(指介)看门前蓼红蘋白,秋来多少游行处。想那世人,轩冕萦心,泥涂沾体,(笑介)争及老夫这懒散江湖。

无事散神仙,正老夫今日之谓也。且去作一首即景诗,以娱清昼。(转行坐介)童儿,将笔砚摆好,再去煎茶伺候。(内应介,外大笑介)有趣,有趣。(下)(丑急上)有生凭我救,无力把尸埋。(内)你不在船上,来此何干?(丑)有件奇事报知主人。(内)主人正在吟诗,没工夫管闲事,停刻来罢。(丑)从古说人命关天,岂有不报之理!(内)恶!你的老婆被人打死了吗?(丑)呸!你的老婆才被人打死呢!(内)不必取笑,到底是件甚么事?(丑)昨日刮了一天风,我想必定要刮几个大鱼来。起个大五更,把船放到中流,扳几罾,谁知一个鱼也没有。隐隐听得人喊,是被贼打劫落水的少年汉子,将他救起。(内)这也不算奇事。(丑)再去起罾,费尽力也起不来,只得叫那少年帮着。(内)想是打着大鱼了?

(丑)俺一看,刚叫得呵呀字尚未出口,那少年大哭起来。(内)对着鱼哭甚么?(丑)那里是鱼,竟是那少年的老子娘,你说奇不奇!俺只得帮他抬到岸上,他在那里守着,俺就来了。(内)有这样奇事?我代你请个示下罢。(丑)好极,好极!(内)主人叫你将那人带来亲自问他呢。(丑欲下,复回介)俺还忘了,他自己说是个秀才哩。(下)(引小生上)(丑)你且在这里站着。(向内禀介)小的将那人带到了。(外醉容带童上)短发霜添白,衰颜酒借红。(小生拜介)长者请坐,难人叩头。(外挽介)秀才少礼,请坐。(小生)不敢,晚生礼宜立陈颠末。(外)坐了好讲话。(小生告坐,坐地介)(外)足下何方人氏?尊姓贵表?因何遇盗?令尊人在何处被害?(小生)长者听禀:晚生姓金名大用,中州人氏,只因闯兵猝至,听说他

【长拍】所过邱墟,所过邱墟,怕孤城难御,只得与父母妻室,避寇乱暂离乡土。(掩泪介)行刚半日,见漫郊遍野逃难的和那败兵,乱纷纷蚁似蜂如,被他一冲奴仆散骑车无。只得自相扶掖,步伶仃挨道路。撞见一个少年,自称王十八,也携着幼妇避乱,约俺与他偕行。因在惶急之际,故未尝深虑,遂错认恶人为善侣。随彼觅船渡江,一日晚间行到那一望茫茫烟水处,他便逞凶威,硬夺俺荆钗妇。晚生只得婉语相求,以希脱祸。岂知舟子,从旁相助,一篙将俺及父母打下呜呼!

(哭介)晚生落水之后,不知荆人作何归着?更且父母双亡,俺虽得苟全,只身空手,将何殡殓?(痛哭介)(外)有这等事!可怜,可怜!足下且自节哀保重,令尊之事,老夫自当稍效绵薄。(小生哭叩介)承长者高义,大用当效犬马之报。(外)些须小惠,何足挂齿。(丑笑上)笑话,笑话!笑话年年有,没得今日长,死的既会配成对,活的也要凑成双。(童)你疯颠了吗?说的甚么?(丑指小生介)他的老婆也从水里找来了,特来说一声。(小生惊

起介)管家,小生妻子现在何处?怎样来的?(丑)是龙王爷差龟将军、鳖元帅从水里送来的。(外)胡说!你去说金相公在此,请他相见。(丑应下,引贴上。小生起迎,忽退立,揉眼复视,呆介)呀!你、你是强人妻子,怎得到此?(外)难道不是令正么?(贴向外跪介)贱妾果是王十八之妻,内中有段苦情,望老爷详察。(外)起来讲。(贴)念贱妾

【惜花赚】系出寒儒,父女相依母氏殂。也是爹爹,一时误听媒语,致将娇女配强徒。可怜贱妾结缡初,只韶光勉向愁中度。昨夜里,他又见色欺心,把人性命图。寻思数,凤凰怎伴鸱鸮翥,因此上碧波甘赴,碧波甘赴。

(外)小娘子请坐。(贴坐介)贱妾唐氏,误适匪类,本拟毕命清流,以消宿孽。奈一息犹存,不得不择人而事。(目视小生掩泪介)(外)这件好事,老夫自合玉成。(向小生介)愿足下俯从其请。(小生)大用此时

【短拍】正五内摧崩,五内摧崩,又何心纳妇?况荆妻性比罗敷,争肯事强徒。料芳魂已在泉路,只不可于他有负,非是我十载薄相如。

俺孑然一身,葬亲之后,即前往镇江,密访仇贼,岂宜细弱为累?(贴)若以细弱为嫌,娘子如在,亦将以复仇弃之耶?(外)足下不可固执。(小生背立踌躇介)(外)老夫筹之熟矣,若不以萍水为嫌,区区敝舍,暂代足下金屋之藏。且只身访贼,亦非善计。老夫有一旧交好友,现握重兵。若肯随营参赞,非止成就功名,亦且报仇甚易,未知足下以为可否?(小生)长者

【尾声】念鲰生荷厚德,敢支吾,也只怕学浅才难副。(外)足下不必过谦,把你济世宏谋,先向那细柳营中去小试诸。

童儿,送唐娘子到内里去。(童引贴下)(外向小生拱介)请。(同下)

第五出　快刺

（贴羽衣双髻扮仙童执幡上）人心自刁狡，天眼不模糊。俺乃南岳夫人座下旌善童子是也。奉夫人法旨，接引烈妇尤庚娘魂魄，且索往金陵走遭。（绕场下）（杂、丑撑船上，旦佩匕首随上）

【端正好】假从容随强暴，懔冰心白日光昭。俺要把杀全家海样深仇报，特地改悲为笑。

（丑）已到水西门了，就在此靠下罢。（杂泊船下）（丑）娘子，今日是新人进门，必须穿套鲜整衣服，戴些头面才成体统。（旦含笑介）遵命。（丑背介）恶，他说挣命，大约是笑我穷的意思。（掀衣解钥匙，转介）娘子，方才不是笑小子穷吗？（指介）哪！那几个大皮箱子里，锦绣珠翠多着哩！（递钥匙介）任凭娘子拣着穿戴，小子先家去好着轿来接。（旦）你去罢，消停些儿，待奴家慢慢的梳洗。（丑连揖连应介）是、是、是。（下）（旦）嗳！

【滚绣球】念翁姑在那厢，共儿夫葬碧涛。只剩奴孑然身，强挨昏晓，这丝儿命俨风花抱蒂难牢。（掩泪介）俺强忍着血条条的泪痕，佯展放喜孜孜的翠梢。既仗虚言将这贞姬身保，再凭急智把那仇寇头枭。料贼子今日晚间必定要百般卖弄逞虚乔，哎，贼子，你那可妄想了！究竟害俺全家，你落个甚的来哟？止博俺玉手亲抬试宝刀，贼子，贼子！你可还敢轻觑俺这女苗条。

趁无人在此，待奴将公婆丈夫拜祷一番，没有香烛祭品怎好？（沉吟，忽大声说介）尤庚娘，你好糊涂！莫说没有，就有也是贼人之物，阴灵岂肯享受？倒是舀碗净水祭祭罢。（舀水供介，哭拜介）

【叨叨令】酌清泉一盏当椒浆，这精诚望冤魂共享来相告。俺那公公哟，俺那婆婆哟，俺那郎君哟！想当初警烽烟性命合家逃，岂知为一人翻将三命齐丢掉。（痛哭倒地介）俺岂肯苟活偷生委靡甘入他人套？也只念沉冤须痛销，恁孤身仗你阴灵保。（起介）果能如愿，兀的不快杀人也么哥，兀的不快杀人也么哥，那时节含笑从容，向地下寻着一家儿，可团团栾栾的好。

（坐介）奴因身无寸铁，一时急计，只说合眼便见公婆丈夫索命，贼子即取此剑，说挂在床前，鬼就不敢来了。奴说夜间果然不见，又在日里时时刻刻站在面前，好不怕人。贼子信以为真，就叫俺佩在身上，日夜不离。想奴家泄愤全身皆凭此剑，待我拜他一拜，托付一番。（解剑放桌上拜介，起拔剑介）

【脱布衫】是龙泉气自冲霄，（拂拭看介）是鱼肠锋可吹毛。剑呵，剑呵！凭仗你杀人材将人胆照，成就我小裙钗报仇名号。

剑呵，剑呵！是必好生帮俺了当也。（入鞘复佩介）日已过午，且去梳洗罢。（对镜理妆毕，起身开箱，翻看介）呀！这一包是甚么东西？（捏介）如此结实，纸上有字，待俺看来。（看，喜介）竟是一包蒙汗药，这是天赐俺成功也！分些放在身边，晚间好用。（包药藏怀内，取艳色裙衫穿。穿毕，对镜簪花。簪完，对镜自看介）

【小梁州】注横波把镜里人儿仔细瞧，袅亭亭绝世丰标。（叹介）真个我见犹怜，管贼子眼迷心荡更魂摇，疯麻了魃魃的命难逃。

收拾齐备，且去歇息歇息，养养精神。（下）（副净歪嘴独目跷脚拄拐上）老身王十八的母亲便是。刚才他来家，说又娶个媳妇，天仙一般。今日不宜拜家堂，也不给我磕头，只见个面儿，且自由他。（杂扮王十九上，指副净骂介）我把你这老不死的乞丐婆，恁的偏心偏肺的，哥哥就该左一个右一个的娶老婆，难道我王十九就该永远打光棍吗！好个偏心偏肺的老贱货！（副净笑，搂杂介）我的乖乖肉，看你哥哥娶花眼了，好乖乖儿子，不要生气，明儿叫哥哥拣好的也娶一个给你就是了。（杂）我的老婆要同他的一样，差一丝儿我是不依的。（丑引旦上）娘子，这是婆婆，这是兄弟，见个面儿,明日再行大礼。(旦向副净福介,杂呆看,忽倒地打滚狂笑介)(丑)娘子,到房内歇息歇息去。(引旦下)(杂)呵哟哟!我可真个开了眼界了!(爬起不见旦,乱望喊介)呵哟哟!我那玉天仙的嫂子到那里去了?(副净)到你哥哥房里去了。(杂)我也跟去。(副净扯杂诨下)(场上列烛台,丑引旦上对坐。小婢捧酒上,丑斟送旦介)娘子不要害羞,请欢欢喜喜的喝个双杯儿。愿天天偕老,日日成双。(旦接酒含笑,回送丑介)

【么篇】把朱唇轻启柔声告,怕奴的陋颜色难配英豪。(丑)好说,好说!娘子容貌比西施还俊哩。(旦)俺怎及冠吴宫西施貌,只可追踪庞谢,英风侠气不多饶。

(丑跪接饮介)谢娘子厚爱。(旦)快些起来,被人看见笑话。(丑起背介)这几天见他不言不语的,只说是个泥美人儿,中看不中吃,岂知竟这等有趣!(大笑介)乐煞哉,乐煞哉!(旦取药,背放壶内,转向丑介)酒寒了,快吃罢!(丑带笑连应介)是、是、是。(旦连斟,丑连饮,醉伏介)(旦)再吃个双杯儿好安歇。(丑不应,旦转问婢介)二爷呢?(婢)站在窗外。(旦取壶介)你将这酒拿去,说我送他吃的。(婢提壶欲下,杂突前抢壶喝干,倒地不动介)(旦问介)二爷吃未?(婢)二爷听是新人送的,接过去咕噜噜一气喝干,晃了几晃,倒在地下动也不动呢。(旦怒介)唗!胡说,与我跪下!(婢向场角跪介。旦怒容,起身拔钗环脱衫裙乱撒,在衣底抽剑,双手举起,向丑砍介)

【快活三】把青锋只一标。(丑倒,暗下)(旦惊介)呀!难道不曾砍着么?(弯腰俯首看,退立介)原来这贼恁般不结实,只轻轻一剑,已身首两处抛。(婢喊介)了不得了!新娘子疯了,杀人了,快来哟!(旦将剑架婢颈,婢惊倒。旦转身向外杀杂介)也送伊一并去赴阴曹。(副净拄拐上)半夜三更的,儿子房内为何喧嚷?多半是那小孽障跑去胡闹。(且行且喊介)十九儿,十九儿,快出来!

有话同你说哟,十九儿来哟!(旦立听介)这是贼老婆子声音。呀!待俺闪身门后,等他进来,好劈头给他一剑。(副净伸头张介)十八儿还未睡吗?(旦冲出,一剑劈倒,副净喊,旦连砍,死介,暗下)(旦点头叹介)哎!贼婆子,这也是你教子无方招来的恶报。

(倚剑坐喘介,缓缓立起,听介)更传四鼓,鸡声乱唱,不免将仇贼头颅取来,祭告公婆、丈夫一番,奴也相随一处去罢。(执烛照介,放烛,两手各提人头放桌上排列,哭拜介)俺那惨死的公婆、丈夫前来受享哟!

【朝天子】你避兵氛寇嚣,遇凶残劫盗,莽黄泉一去无音耗。奴今手刃仇雠,奴身事了,(起拔剑介)少不得也借龙泉寻归着。(欲自刎,停剑想介)呀!尤庚娘,你是独来独往女中豪杰,若模糊而死,这海样深仇,何人得晓?况又杀死多人,官府看验,岂不累及邻近?(视婢,欲言又止,沉吟介)也罢!将这件事明明白白写封字放在桌上,人一看就知道了。(执烛遍照介)没得笔砚怎处?(想介)有了,何不割块衣襟,蘸血写在墙上呢。(割衣蘸写介)把根由一一的分明表。(写完看介)大事已成,快些走罢!(问婢介)此处离河多远?(婢)门、门、门外就是、是河。(旦且行且望介)看冰轮正高,听人声静悄。(到河边立看介)金郎呵,金郎呵!快来领你妻子同去哟!俺也算夫唱妇随,早向那中流跳。

(投河介,随波翻滚至场角,跃起闭目直立介。婢爬出偷望,见旦投河,乱喊介)救命呵!新娘子杀人哟!快些救人哟!新娘子投河了!救人哟!救人哟!(外、生、净、丑扮邻人上,见婢介)天尚未明,你这孩子喊甚么?(婢一把抱住丑介)救命!救命!(指门内复指河介)(众)到底怎么了,你说呵?(婢乱指说不出,扯净走,众随行。丑入门见人头惊倒介)呵哟哟!有鬼,有鬼!(众问婢)(婢)是新娘子杀的!(众)新娘子呢?(婢)投河了。(众)有这等事?(抬头望介,外向生介)墙上有字,李相公,念给我们听听。(生念介)“难妇尤庚娘,中州人氏。因避闯乱,全家南往,途遇劫盗王十八,诱与同舟;公婆、丈夫被挤落水,留妾一人屡欲相犯。妾诱以婉言,醉以毒酒,亦刃贼之全家,以泄冤愤。家人尽死,岂忍独生?行赴清流,以成吾志,谨白”。(丑)快、快跑开,不要被官差来撞见,拿去偿命哟!(生)不必慌张,一点事也没有。(外)且去打捞尸首。(众)是极,是极。同到河边看看去。(丑)还站在那里,待俺扶他上来。(丑下水欲扶,旦左右闪避,丑细看介)呸,死了!(向众介)快取扇门来,抬上去。(净取门放水边,旦自到门上介)(众)阿弥陀佛!(同抬介)(贴引旦上,绕场下)

第六出　追悼

(场上列烛台,小生缓步上)

【绕池游】藐兹身世,泛泛如萍寄。惨磕磕双亲丧矣,又传来恶耗,绝代佳人逝,念贞魂红丝忍再系!

(坐介)避乱离家客,飘然何处身?相随惟有影,一顾一伤神。小生金大用,蒙尹翁十分看待,高谊厚情,真是糜身莫报。争奈亲亡妻丧,四海无家,究竟此身,不知作何归着?尹翁又访友去了,空斋默坐,好生伤惨人呵!(内作风雨声介)听那窗外雨声越发大了。(起身徘徊介)

【五更转】寂寞宵,孤灯对,秋霖淅沥吹。听檐溜将人滴得、滴得心儿碎,百绪千端,交萦五内。痛亡亲、悼亡室、双垂泪。妻呵,怎生得你、得你魂儿会,共话酸辛,永怀不寐。

想大用生平每不以寻常自命,然富贵功名皆所固有,难必者佳偶耳!

【前腔】拾芥般、视青紫,最难求真佳丽。(掩泪介)记双双花烛时,见容华绝代、绝代天然致。似玉如花,玉温花媚。那时我身酥软,眼迷离,魂销矣。卺卮未饮、未饮心先醉,待傍仙肌,自惭形秽。

【前腔】说甚么笔圣才、针神技，你灵心殆过之。非关殢雨、殢雨尤云意，浅笑轻颦，也饶情味。素手携，香肩并，含欢对。白云不羡、不羡那仙乡矣，愿效琅琊，甘为情死。

（内鸡鸣介）

【前腔】想你每戒旦、鸡鸣起，向堂前怡色。更柔声问亲所欲、所欲调甘旨。为你孝谨温和，二亲心喜。每说是、堪慰我、桑榆矣。怎知一旦、一旦兵戈挤，（哭介）好好人家，流离琐尾。

恶贼，恶贼！你害得俺好苦也！

【前腔】恰值那，怆惶际，见他也携将红粉姿。故坦然不去、不去相疑忌。（顿足介）若听卿言，将他回避，待得那、天兵到、妖氛洗，一家照旧、照旧团栾矣。（捶胸介）铸错无成，悔将何及！

（痛哭介）俺那智烈妻呵！

【前腔】你眼看着、翁姑丧，儿夫一并随。竟悠悠当做、当做途人视。智赚强梁，假欢佯喜，残灯下、剑光飞、血花渍，手诛贼子、贼子全家死。（哭倒介）呵哟妻哟！细弱孤身，争能如此？（起介）

【锁南枝】芳容杳，鄙念痴，绵绵恨长无尽时。仙客少洪都，怎寄青鸾字。只有形呆立，骨瘦支，算虽生，仍是不如死。

哎，偏生又添出唐氏这段枝叶！只为尹翁

【前腔】怜孤梗，借一枝，如云谊高难遽辞。唐氏又说，若许侍夫人，愿作青衣婢。是以含糊答应，满拟有珠还剑合之时，今既无望，莫说唐氏不过一姣好女子，纵然能、貌美胜西施，也难消、俺的痛心事。

（掩面大哭介）俺那妻呵！总是俺不听良言，弄到这般地步！（内鸡乱鸣介）呀，鸡乱叫了，且勉强去胡乱睡些个。正是：愁多那厌浮生短，痛极浑忘秋夜长。（下）

第七出　开坟

（杂扮樵夫携斧提酒瓶上）卖将柴一担，换得酒三斤。俺张三。（净扮渔翁撑船上）锅中鱼正熟，共酌好谈心。俺李四。（招手介）老三这里来。（杂上船，对坐饮介）（净）三哥，俺两个辛苦大半辈子，也不曾攒①积下一文钱半文钞，只说是生来命穷的。谁知老天爷怜念，昨夜梦中有神人指点，教去开尤烈妇坟，许俺们发注大财，你看这件事倒底做得做不得？（杂）这是他老人家叫的，有甚么做不得！等喝完酒再说。（哗拳痛饮，净醉态视天，向杂介）天色晚了，走罢，赶到那里好动手。（杂）说得是。（同划船下）（贴照前妆束执幡引旦上，绕场下）（净荷锸、杂执斧同上，绕场行介）

【番卜算】平野荡层烟，灼灼星初烂。远阡近陌递相连，踏得芒鞋绽。

（净）到了，快些动手。（掘介）（贴引旦上，推旦倒地，说介）尤氏听者：你与金大用，皆阳寿未终，合得夫妻重聚，安心等候，切记切记！（下）（杂）不用刨，到棺了。（净）到官就不得干净了。（杂）少要闲话。（取斧劈棺，旦呻介，杂掷斧远立抖介，净拾斧笑骂介）好没用的忘八蛋，快滚开！看咱老子动手。（启棺盖，旦长吁，净惊倒喊介）不干我事，俱是张三的主意，求你老人家单单拿他，饶过我罢！（旦低唱介）

【琐窗寒】迷离惝恍几何年，恰似初醒一枕眠。回头寻梦，艰危万千。已拚白水同归，那得赤绳重牵？若不呵，怎分明更向因中现，堪怜，一抔②黄土已安然，何由再睹青天？

---

① “攒”，原文作“趱”，据文义改。

② “抔”，原文作“坏”，据文义改。

（缓缓起坐介，杂前跪磕头介）小人张三，本不敢来，都是李四总成的，（连磕介）求放过我，（指净介）只拿他一个罢！（旦）不用害怕，俺不怪你。（拔首饰起介）

【前腔】累伊们救我生还，没甚相谢，（递首饰介）权送些玉钿金钗代酒钱。（杂、净跪辞不敢受介）娘子厚赐，实不敢领，只求说明家乡，小人们情愿送去。（旦）咳！俺只愿皈依尼院，焚修佛前，晨钟暮鼓，忏悔尤愆。（掩泪介）则俺生生死死可也无留恋，空镌，天涯海角总茫然，儿夫知在谁边？

你们若肯行此方便，也可得几文钱钞。（杂、净）小人们从不为非作歹，因梦中神示，方才做此勾当。娘子若无家可归，现有镇江耿夫人寡居无子，且又巨富，若去投靠，定然收留，不强似做尼姑吗？（旦）且到那边再看。（净）老三，快放船，好连夜送去。（杂下，划船上）李哥，好生扶着。（旦）不消扶得，待俺自走上去。（上船介，杂、净同撑船）（旦）珠还怜此日，剑合是何年？（同下）

第八出　荐幕

（队子引净戎装上）军书纷火速，缓带自风流。（坐介，队子下）俺袁大勋，奉旨剿贼，便道访一故人，兼欲咨以军事。中军何在？（末上，净付令旗，末接跪介）（净）传令大小三军，暂扎行营，不许喧哗妄动，违令者斩。（末）得令。（下，即上，缴旗下）（净）带马过来，随俺到桑苧村走遭。（生扮家将带马上，同上马，行介）（净）俺与那

【双劝酒】宗爷岳爷，威名同诧。（回望介）风卷双旌，云屯万马。喜军容闲整静无哗，剪强寇安奠皇家。

（生）来此已是，请爷下马。（净下马介）（生）门上那一位爷在？（童揉眼上）何人惊午梦，值我未晨餐。（看介）你们是甚么人？（生）有奉旨剿寇靖逆大将军袁大人拜访。（童发怔，净向童

笑介)你去告诉主人说,故人袁大勋相看。(童)你这话记得。(指生介)他那一串儿连一句也不懂。(下)(净目送,长叹介)乍听童语朴,愈见主人高。(外出迎,净前握手介)一别十年,可喜道容如故。(外)云泥分隔,何幸旌节宠临。(见礼对坐。童献茶)(外)传语厨上,杀鸡砍鱼采芹剪韭,安排小酌伺候。(童应下)(外)君侯身膺宠命,手拯民艰,不识下顾荒村,有何见教?(净)大勋久违颜色,便道造访,一慰渴怀。更有所求,千祈勿却!(外)君侯有何教言,不妨明示。(净)大勋才凉任重,恐失机宜,特来敬请吾兄随营参赞,伏望俯允。(外大笑介)君侯为国储才,必求龙蟠凤逸之士,俺尹仁何足道哉!且

【双金园】年衰迈,鬓已皤,强干军国事,定差讹。有金生其人者,不特甲兵森武库,胸有包罗,更倚马才多。是天教助牧颇,天教助牧颇。

(净)其人现在何处?(外)适在舍间。(净)愿求一见,乞兄代达微忱。(外)童儿,将金相公请来。(小生上)意气思投笔,情怀暂倚楼。(外)这位便是敝友袁君。(小生、净同揖,净执小生手介)久仰洪才,曷胜欣慕。(小生)惶愧。(净)金先生,大勋要借重你

【尾声】运奇谋,相辅佐,靖烽烟,奏凯歌。(小生)晚生后学庸才,过蒙推奖,敢不敬输管见,以备刍荛。(净)金先生不必过谦。(合)看指日画上凌烟,管领取幕中人名远播。

(童上)启爷,酒已齐备。(外起,向净、小生拱介)请到敝斋小饮谈心去。(同下)

第九出 凝盼

(老旦扮耿夫人带婢上)【忆秦娥前】真非望,暮龄何幸承天贶。承天贶,瑶池玉蕊,尽教培养。老身耿氏,先夫见背,膝下无

儿。每年向金山寺进香，于大士前默祷，或子或女乞赐螟蛉，以慰衰暮。果然前月神风送来一女，不特百媚千娇，亦且心灵手敏。老身命他敬绣长幡一对，乘大士诞辰好去还愿，不知可能赶上？(婢)刚才花童说，园中兰花盛开，请夫人赏玩。院子也来回过，女班子到了，在外边伺候。(老旦)等姑娘们到了再传。翠荷，请小姐去，说我先在园中等着看花呢。(下)(旦带婢上)【忆秦娥后】菱花虽有重圆望，朝朝暮暮劳神扬。劳神扬，因何恁地，将人魔障？奴家尤氏，小字庚娘，转生后往事回思，恍惚如梦。(想介)记投水时，被童子引入一所宫殿，住了些时，又引俺出来，说与金郎尚有姻缘之分，教俺相候。刚欲细问，被他一推，恰值有人开棺，随即苏醒。今蒙耿夫人寄养膝下，十分怜爱，尽可安身。只是金郎毫无消息，又没处察访，也只好听天由命罢了。前月母亲命绣花幡，昨已完备，不免送去过目。(唤介)菱花，将幡取来。荷钱，将茶煎好，一同随我到堂前去。(二婢一捧幡、一捧茶盏随旦行介。婢上迎笑介)小姐来了，婢子正要去请，夫人在园里等着呢！(同下)(老旦同婢上)(婢)已到毓秀亭了。(进亭坐介，婢折并蒂兰送老旦介)今年兰花有许多开着双朵儿，婢子先折一枝给夫人看看。(老旦接花向婢介)你且去瞧瞧小姐来未？(婢指介)那不是小姐来了？(旦引婢上见介)母亲。(老旦)女儿。(旦)这花果然香得浓郁。(老旦)我儿走近前来，待为娘将这枝并蒂兰替你簪上。(旦近老旦立，老旦上下端相，笑介)儿呵！看你的身段儿、模样儿，分明

【懒画眉】生香一片玉无瑕，觉莲步梅妆未足夸，(旦俯首，老旦簪花介)偏宜这芳兰斜压鬓边鸦。(簪毕看介)若共那蟾宫仙子争高下，只恐寒簧较逊些。

(旦向盘内取茶送老旦介)

【前腔】玉瓯亲捧劝尝些，这是活火新煎顾渚芽，幽闲风味恰宜他。

况对这春光明媚人潇洒，抵多少圆峤方壶乐事赊。

（老旦）菱花捧的是何物件？（旦）是孩儿绣的长幡，拿来与母亲过目。（旦同婢展开，老旦看介）呵哟哟！绣的好鲜明花草，爱煞老身也。儿呵！快好好的卷起来，供在佛前，等大士诞辰，好去悬挂。（旦卷付婢捧下）（旦倚栏望介）好个园子，花木亭台，位置的颇有画意。（老旦）这是你爹爹费了许多心力，左改右改，方才造成。又嫌过于辽阔，一时不能遍览，特起一座聚景阁，极其高峻，不特园中景致尽在眼前，连大江内风帆沙鸟，也历历可数。翠荷，你送小姐到那里逛逛去。（旦）母亲不去么？（老旦）儿呵，做娘的因你不曾会过亲眷，今日订了班女戏，将近房远族姑表姊妹邀来，同你会会。我要去张罗张罗。（下。婢）小姐随我来。（引旦绕场行介）

【绕池游】苔阶绣结，小步凌波怯，绕亭台曲廊回折。猛见那穿花戏蝶双飞双歇，不由人芳心警也。

（到介）（婢）胡梯甚高，小姐缓缓的走。（旦登梯介）

【二郎神】琼琚曳，漾湘裙层梯缓蹑。（进阁介）看画栋雕梁光照澈，芸窗静掩，有桐阴竹影遥接。万轴牙签高下叠，燦琳琅文房排列。（旦徘徊顾盼介）咳！看这景象，倒钩起俺的闷怀赊，没理乱低鬟暗暗咨嗟。

（俯首默坐，婢开窗卷帘介）小姐，这边来看哟！（旦起倚槛，婢指介）这是金山，那是焦山，你看江里船只来来往往，好不热闹。（旦远望介）

【前腔】遥瞥，长天大地，烟云明灭。（颦眉介）两点金焦相带掣，镇江流一线，千秋万岁难歇。来往帆樯纷错揭，知恁是何人旌节？（掩泪介）莽无涯，问茫茫底处侬家？

（婢）小姐不喜看远景，还是到窗前坐下，观玩花草罢！（旦凭窗坐介）哎，翠荷，你说

【啭林莺】观花玩草添喜悦，怎知俺百头千绪撩拨。看那芭蕉不展丁香结，又枝头杜鹃红缀，似殷凝恨血，想这种种是专为愁人添设。浑难割，儿夫远在天末。

抚今追昔，好生伤感也呵！

【前腔】回思未遇兵戈劫，一般恁地时节，也金樽绮席笙歌列，侍高堂听绕梁音叶。又纤腰转折，越显得春光明澈。兴偏奢，共檀郎雕栏笑倚同阅。

咳！金郎，金郎！你那俊爽丰神，和平性格，何曾有一刻不在奴家心头眼底哟！况俺二人，本是

【啄木鹂】连枝树，并蒂花，并蒂连枝情意惬。实指望百岁长开，争晓得片刻被掐。枯根幸喜今再发，几时才得相撑达？莽情芽，心头窨约、兀地自胡拿。

（哭介）呵哟！金郎哟，想你与俺

【前腔】情千缕，爱万叠，百顺千随将奴体帖。记得你恁地温存，记得你恁地亲热，记得你晓妆代将钿翠贴，记得你晚妆代解湘裙结。还有几多些，轻怜痛惜，待说口难说。

【黄莺儿】往事一凄咽，问捐生，为那些，到阴途又逐俺回阳辙？今日呵，柔肠断耶，芳心碎耶，甚因由恁地未磨灭？漫拦遮，缥缥渺渺，空赚得俺的泪痕赊。

（痛哭介）金郎，金郎！想你在那里，也与俺一样的

【前腔】目断碧云斜，见花愁，对月嗟，两边厢一样心牵挂。天耶命耶，真耶梦耶，更何年始共你相逢也？幸得神言相告，只好耐烦些，宁心静候，料想没争差。

（拭泪介）咳，天吓！既许俺破镜重圆，怎又不明示以何年、何月、何地、何方？只一味糊糊涂涂的瘪杀人哟！（婢上）诸家小姐到齐了，夫人叫婢子伏侍小姐净面更衣，前去相见。（旦点头，婢下）（旦）撑持见慈母，惨淡展愁眉。（带婢下）

第十出　重圆

（小生巾服、贴艳妆乘船上）

【忆秦娥】风帆紧，江山胜处遥相引。（贴）遥相引，人行画里，感怀无尽。

（小生）患难程途旧，功名岁月新。（贴）芳魂招不得，同此一沾巾。（小生）小生金大用辞幕归来，随即买舟南下，先行改葬二亲，然后再展庚娘之墓。你看水碧山青，依然如故，时移世异，愈增悲感矣！（长叹介，向贴介）柔娘，俺与你一旦萍逢，遂成眷属，或亦三生石上曾缔前缘，只是我那庚娘——（掩泪介）妻呵，想你死得好苦也！

【山坡羊】乱丛丛刚躲过贼兵锋刃，又昧蚩蚩落贼船的窝顿。孤伶伶止存你一人，烈轰轰竟泄俺全家恨。志已伸，怡然赴碧沦，不崇朝南北芳名震。妻呵，你万古留芳，俺毕生抱闷。伤神，减尽腰围奉倩身；消魂，携得椒浆奠墓门。

（下）（老旦盛妆、旦倩妆乘船上）

【玩仙灯】南海共西天，佛菩萨齐看，娘儿还愿。

儿呵，做娘的今日起得早些，要去歇歇，你坐到窗子边，看看江景儿。（旦）母亲稳便。（老旦下）（旦叹介）咳！俺有甚心情观玩江景来哟！想俺与金郎

【山桃红】一自风鸾分散，屈指三年，似剪断风鸢线，镇摇曳心旌自悬。音和信无有丝儿，只剩俺系柔肠，盘回万千。争得阵做美风吹至前，始把俺心苗展也。若不呵，似俺这失水的鱼儿命怎延？这就里难参辨。天吓，天吓！听奴告言，你既不许鸳颈重联，因甚又叫俺蝶魂再旋？

（掩泪颦眉俯首默坐介）（内）翠荷，夫人说怕小姐饿了，叫你煎茶取点心，给小姐吃呢！（旦）哎，母亲，母亲！你待俺

【隔尾】万般慈爱口难言，俺也无他报答，只愿俺儿夫早转，好与你博个半子承欢慰暮年。

（下）（小生、贴上）

【不是路】指点金山，梵宇琳宫在咫尺间。和风散，一江春水漾微澜。几多般、牙樯锦缆香船返，逗得个花枝劈面看。连声唤，（向贴招手介）柔娘，柔娘！快来同把疑团按。（贴靠小生并立，小生指介）你看那只船上的人儿，丰神态度，与庚娘一些不差，竟难分判！

（贴）果然十分相像，只是离的远，看不真切。（旦上）

【前腔】一死心甘，岂料小魂灵得再还。增悲叹，茕茕影只又形单。望夫山、分明险比连云栈，壹似我举步曾经蜀道难。空凝盼，朝朝暮暮无些间，何时在眼！

（小生与旦打照面介）呀！

【前腔】仔细重看，省识春风旧玉颜。心私忖，若说是呵，有几人死去再生还？若说不是呵，猛然间、伊人为底回娇盼？似脉脉含愁把粉泪弹。（呆望介）心胡乱，一时怎断这乔公案。（想介）呀，有了！何不将昔日闺中隐语说来一试，自然就立分真赝。

（高声说介）看群鸭儿飞上天也！（旦听，惊介）呀，莫非金郎见奴在此，不好竟认，故以此语相探么？（倚窗且望且听介）

【哭相思】一声声耳畔频传，料心上人儿不远。

（徘徊遥望，掩泪介）只见那

【不是路】桂楫联骈，来往纷驰似蚁然。徒欢忭，（小生又朗说介）儿夫毕竟在谁边？（回望介）怎无端声音恁近人偏远，平白的东风作惹牵。（见小生惊喜介）非悬念，果然得见伊人面。金郎哟，金郎！你为何来缓，为何来缓？

（掩面痛哭介，两船相近，旦拭泪介）金郎，你果然来了！兀的不痛煞奴也！（小生急问介）你果是俺庚娘吗？闻你投水身死，如何又在此间？（旦过船，小生迎抱，哭介）妻呵，则被你苦煞俺也！

【二郎神】重泉闭，只说是今生没见期。今日呵，陡地相逢真不意。想那晚被恶贼生生的连枝剪断，生生的比翼分飞。总是俺不听卿良言才堕贼计，谁知你借白刃替人吐气。（合）重提起，转泪痕似线，喜极愈悲。

（旦）奴家那时见变起仓猝，故惟坚贞自守，也只得逶迤相随。及至贼家，被俺以迷药入酒，将贼醉倒。念奴

【前腔】斯时，钢锋擎处，手起贼死也。杀彼一家儿母共子，幸冤消仇报，侍翁姑急自赴清漪。（掩泪介）金郎，俺只说向泉途伴你，几曾想在人间见你。（合）重提起，转泪痕似线，喜极愈悲。

（拭泪坐介，贴趋前拜介）贱妾唐氏拜见。

【啄木儿】青衣整，素手垂，敛衽低鬟款致词：念儿家未识闺仪，望娘子随方指示。此身倘得房帏侍，知书愿作康成婢，纵有时，辱在泥中不敢辞。

（旦扶介，小生愧容向旦揖介）此唐柔娘，孑身无依，望娘子怜而覆庇之。（旦笑执贴手介）同舟一话，心常不忘，不图吴越一家矣。蒙代葬翁姑，所当首谢。（拜介）

【前腔】蘋蘩事，代主持，叩谢应当幸勿辞。谢伊家奉祀翁姑，谢伊家匡勷夫子。论礼儿奴该让你中宫位，似这等谦谦转倒教奴愧，再如斯，则是将人罪戾滋。

（贴答拜同起，坐介）（小生）娘子几时回生？现依何人？今欲何往？（旦）那些生死离合之事，且待缓讲。妾蒙耿夫人收留膝下，亲女相看。适同往金山还愿，不想归舟与郎相遇。覆庇之恩，愿郎代为补报。（小生）图报之事，所不待言，且先过船一谢。（旦）待俺先去通知。（下）（随老旦上，小生、贴过船同向老旦拜介）（小生）小婿金大用拜见岳母大人，兼谢抚养妻室之恩。承岳母

【啼莺儿】殷殷乐善兼好施，展慈云普荫花枝。若不是岳母，怎免得风吹雨打离披？怎免得梗断蓬飘颠坠？俺惟有寸草心报答春晖，庶几岳母见承欢桑榆情慰。（合）喜孜孜，珠还剑合，依旧案眉齐。

（老旦笑挽介）贤婿请起，可听老身一言：

【前腔】这是上苍有意怜烈姬，倩世间代作扶持。况老身膝下无儿，曾佛前螟蛉求子，今贤婿比亲生差争半丝？（指旦介）你与他皆天所赐。（合）喜孜孜，珠还剑合，依旧案眉齐。

传语院子，去安排筵席灯彩乐人傧相，再备彩舆，好接姑爷小姐与唐娘子家去。可速打轿来，我要先回。（旦）母亲，为甚么要这等费事？（老旦）儿呵，一来你与女婿是再世夫妻，必须重拜花烛，方成个体统；二来也不枉与做娘的一番遇合。（小生揖介）岳母如此费心，真令小婿感激无地。（老旦）姑爷又来说客气话了，这是老身应该事件。（婢上）点心有了，请夫人示下。（老旦起让介）同到中舱吃茶谈心去。（同下）（内鼓吹。老旦吉服上）上苍感应本无差，果赐璇闺一朵花。喜溢门楣笼瑞霭，承欢有婿也堪夸。（末院子上见介）恭喜夫人。（老旦）一切齐备了么？（末）齐备了，回过夫人，便去迎接。（老旦）小心办理，诸事不可草率。（末）是。（下）（内）洞房收拾齐整，请夫人过目。（老旦下）（鼓乐仪仗引小生、旦、贴乘彩舆上，绕场下）（傧相、院子披红插花先上。婢执灯引小生、旦、贴上。傧相赞礼，小生、旦、贴排立同拜起，坐筵介。小生作迷离状，或微笑、或皱眉、或凝想、或执盏、左顾右盼大笑介）

【玉莺儿】看倚红偎翠，恁风光分明昔时。记前番一朵娇凝，讶今日两枝香腻，好教俺乍欢然莫持。想俺那二亲，又愀然莫持，莽心头搅扰得纷难理。（合）喜孜孜，珠还剑合，依旧案眉齐。

【前腔】（旦）旧人重会，更新人倾城丽姿。金郎呵，你从今后，傍雕栏素手同携，俺与贤妹拂花笺彩毫双试。（贴）奉盘匜敢辞，抱衾裯敢辞,月无芒星也识包容意。(合)喜孜孜,珠还剑合,依旧案眉齐。

(小生起,双挽旦、贴,婢执灯前引绕场介)(合)

【尾声】想当年既陡地虹飞起,便缺月重圆事亦奇。到头来联比目结同心,也似那天半余霞散成绮。(引下)

等闲一样女儿身,智勇偏教两绝伦。
乱乱离离遭坎陷,生生死死见精神。
脱身苏武终归汉,愤志荆轲竟报秦。
虎穴龙潭都历遍,洞房消受画眉春。

——《小蓬莱传奇》十种本,上海藻文石印社1900年版

镜中圆[1]

提纲

(末上)

【满江红】世事如棋,谁解判、局中黑白?伤心煞、残年公瑾,几番凄恻。为念古今多缺陷,如天待补终无石。倩绛帏、弟子点乌丝,红牙拍。　　长途就,新婚逼。空房怯,前鱼泣。幸图成亲手,有形无迹。往事顿教惭粉黛,奇缘更许联珠璧。好帮他、天女写生绡,维摩力。

第一出　饯游

(小生巾服上)

【西地锦】潇洒花前态度,风流笔上眉痕。壮怀须借江山衬,拚作远游人。

---

① 原文此处有"东海刘清韵古香填词,古僮钱梅坡香岩较订"。

朗如新月淡如云，打叠征衫换屐裙。要展男儿四方志，不关书剑学从军。小生南楚材，濠梁人氏。既无父母，终鲜兄弟。可喜娶妻薛氏，性格温柔，才情敏捷，恰恰天生是小生一个对儿。我想人在世间，如电光泡影，曾几须臾，得此无双佳丽，亦不虚生一世矣。那些富贵功名，也不过登场傀儡，纷纷扰扰，又何足道哉！昨有父执赵玉父，现为颍州太守，书来相招，只得要前去走走。且待娘子出来，话别一番则个。（坐介。旦靓妆拈带，带婢上）

【啄木儿】钗燕巧，黛蛾新，浅淡春衫稳称身。似这袅亭亭比玉温柔，消得个韵风风檀奴清俊。恰好是春痕红溢桃腮晕，怎忍教离愁翠减眉峰寸！无计留伊茜罗凝泪痕。

【忆江南】梳裹罢，犹倚小屏风。不识柔肠缘底事，低徊辗转暗惺忪，合是有情侬。奴家薛氏，幼出儒门，长娴母训。人非徐淑，喜伉俪之相庄；福比吴鸾，恰神仙之有偶。既夫唱以妇随，亦扬风而扢雅。（见介，对坐介）楚郎。（小生）娘子，前日河南有书相招，择于今日起程，不知行装可曾收拾齐备？（旦）齐备了。楚郎，只是团栾正好，分离在即，奴家值此，何以为情？（小生）娘子呵，念小生

【前腔】青云志，郁未伸，漫说文章泣鬼神。只困清愁沈约纤腰，泥闲情潘郎星鬓。（起指介）况一庭红雨春光褪，更飞飞蓦地增人恨，怎似他寂寞梨花深闭门。

（婢捧酒上。旦起介）楚郎此去，未知何日归来，奴家备有薄酒一樽，以壮行色。（小生）生受娘子。（旦把生盏，生回旦盏，对坐，生饮）（旦）

【三段子】这离愁且忍，对离筵把离怀细陈。丝儿小魂，怕今朝消磨不存。楚郎，你要早去早回，愿君一路舟车稳，多情莫被那闲情引，须念我绣被生寒芳意损。

(小生)小生此去,多则一年,少则半载。娘子在家,诸凡自爱。只是此时我与娘子呵

【滴溜子】凄凉况,凄凉况,两心共悯。(起背介)缠绵意,缠绵意,侬心自忖。(转介)敢忘你卿卿情恳!春山好护持,休教蹙损。留待郎归,重画旧痕。

(旦起介)楚郎呵!(背掩泪介)只怕你

【前腔】从今后,从今后,信音未准。争奈这阳关叠,阳关叠,骊歌太紧。(转介)不免再叮①嘱几句:那客途寒暄须慎,更灯残漏尽时,你休萦别恨。奴家更无可言,且忍泪强欢,同尽一樽。

(再把盏介)尽我临歧一杯酒,共君千里远相思。(生接酒同尽介)为君更尽一杯酒,西出阳关无故人。(生)就此拜别。(同拜介,生策马,童挑行李绕场下)(旦凝望掩泪介)咳!

【哭相思】如此分离才一瞬,万斛愁柔肠蕴。且漫说他日的眠餐欠稳,便此时呵,几赚得裙腰褪。(带婢下)

第二出　留婚

(外苍髯冠带,旦长班,末院子,随上)

【双劝酒】金鳌撤班,银鱼投简,三农既宽,早衙刚散。待把乘龙客拣,可有个择果潘安?

少小读诗书,壮岁长安走。致身廊庙间,男儿斯无负。经济与文章,二者期不朽。夺我凤凰池,一麾乃出守。下官赵琬,表字玉父,浙东人氏。由翰林拣放,出守颍州,待罪三年,负惭五夜。连编累牍,仍翻循吏之书;领郡专城,转弃儒家之术。只是年过五旬,嗣无一子,单单有个女儿,倒也幽闲贞静,德言容工,差足慰情,大难择婿。昨有故人子南楚材到颍,我因公事,未得接见,幕

① “叮”,原文作“订”,据文义改。

友李湘芬曾与会面，向我道其才貌双全，风流蕴藉。我想女儿年已及笄，尚未问字，果如幕友之言，匹配此人，到是一双佳偶。且等他前来，再作道理。左右！（旦）有。（外）你拿我的帖儿，到长春栈，请南相公到来。（旦下，即上）禀老爷，南相公到门。（外）快请。（起迎介。小生飘巾艳服，带童上）平生自谓工怜影，此际谁知学折腰！（拜介）（外）常礼罢，请坐。（小生告坐介，旦送茶介）（小生）小侄年幼，未得领伯父大人教诲，今蒙见招，实为欣幸。（外）言重了。我与你父为同砚至交，不意中道离阻。今见贤侄，可谓故人有子矣。你我既是通家，就如骨肉一样，不必过谦。左右！（杂应介）（外）将李师老爷请来。（杂下）（丑上）下士也容居上座，热肠偏要作冰人。（见介，同揖介）（丑）楚翁早来了。（外）适有佳客，烦先生一挥谈麈。（丑）晚生合当奉陪。（长班排席介，外定席介，小生上坐，丑、外对坐饮介）（外）

【步步娇】看了他玉树亭亭，神清远，堪备东床选。（背介）此生外貌如此，不知内才如何？须得试他一番。（转介，指扇向小生介）老夫此扇，乃南朝周昉所画《美女簪花图》，贤侄可宠赐一诗，以为玉台生色。这团团旧素纨，须借新篇，增他娇婉。（小生接扇看介）果然是一幅精致仕①女图，大有神采。（杂扮童送笔砚介，小生取笔题介，题毕送扇向外介）未免献丑了，有污伯父尊目，还求诲政。（外接扇朗吟介）漫道花枝好，丹青欠较量。只图簪鬟女，不写画眉郎。（笑赞介）好好！清新俊逸，庚子山、鲍明远不得专美于前矣！且其运思之速，只是七步竟成章，不愧曹子建。

（外托更衣出席，背面低语介）此子外貌既佳，内才亦富，的的是个快婿。只是这句话儿，我怎好当面讲得？不如暂且回避少刻，看李幕友神色，再为定度。（下）（丑）楚翁，敝东以扇乞题，阁

---

① “仕”，原文作“士”。

下可会意么？（小生）晚生不知。（丑）尊作已中式了，可喜可贺！缘敝东有一爱女，才貌双全，务要择人而配。以阁下丰神朗澈，且又门第高华，实欲附为茑萝，故以题扇示意。未知阁下以为何如？（小生）晚生娶过的了，有辜伯父错爱，望湘翁代为婉言回复。（丑）楚翁说那里话来？这是敝东一片美意，两家爱好做亲，那在娶过不娶过呢！且自古英皇并嫁，兰蕙同婚，原有成例的。（小生）且容缓议。（外上，丑向外递眼色介，入席坐介）左右，取大杯来！（斟酒敬小生介）贤侄满饮此杯，老夫有一言相告：

【风入松】念老夫阶前兰玉叹摧残，宦海浮沉兴懒。暮龄生怕遗经散，要留做文姬嫁产。今日呵，高贤待攀，不识贤侄可许朱陈列秦晋班？

（小生目视丑，欲言又止介，起回敬外酒介。丑向小生笑，复向外递眼色介）（外）不消了。老夫还有点小事，烦李先生陪贤侄多饮几杯，失陪了。（小生）伯父请便。（丑向小生笑介）（小生）适才所托之话，湘翁怎么笑而不言？（丑笑，取大杯敬小生介）且满饮一杯再说。（小生）晚生量窄，还是小杯奉陪罢。（回敬丑酒，同干介，丑复敬小生大杯介。小生辞介，丑强小生饮介）这一杯是必要干的，小弟也奉陪一杯。（小生作醉态介）小生醉矣。（丑撤去筵席，旦献茶，丑、小生①对坐饮介）（丑）楚翁打算何日下定？小弟好通知敝东，早早张罗，免得临时仓卒。（小生）湘翁醉矣！晚生不曾允婚，怎么下定？（丑）吓！你真是贵人多忘事了。适才敝东席间面言，你自亲口允下，且你扇上所题是甚么话头？小弟作个现成媒人，不过吃几杯喜酒，也不要花红谢礼，你何须向我装腔作态呢？（小生作模糊凝想介）（丑）不必迟疑，诸事有小弟一力担当，包你一床三好，到老无猜便了。只是尊阃前且慢说明，可作

---

① “丑、小生”原缺，据剧情补。

一含糊平安家报，明日专人送去。左右！（杂应介）取笔砚伺候。（杂送笔砚介，小生不顾，仍自踟躇，起介）

【前腔】看他这怜才一片意艰难，都只为王郎腹坦。我待玉台重把花枝拣，怕穿了深闺望眼。忍教他红消翠残，怎能够英皇并、兰蕙联？

（小生）事已如此，谅难推却。（拂笺握笔，欲写不写介）

【前腔】几度欲下又俄延，引逗得肠回千遍。已自觉风尘碌碌游踪倦，平白地情丝牵恋。（写毕，封书付童，嘱介）这消息你归家莫言，只说我名山访道意坚。

（童）官人，官人，你只顾得新弃旧情颠倒，好教我欲吐还吞意怆惶。（下）（末上）家爷吩咐小人，请南相公下榻衙斋，李师老爷早晚代为照应。（丑起拱介）请。（同下）

第三出　图形

【长相思】（旦淡妆愁容带婢上）风萧萧，雨萧萧，金井梧桐一叶飘，幽花泣露娇。山迢迢，水迢迢，入骨相思暮复朝，红添镜里潮。（坐介）奴家薛氏，自楚郎去后，悠悠忽忽，不觉已是一载有余，好不惝恍人也！

【新水令】朝来庭院鹊声高，甚佳音者番相报？沉沉惊梦醒，黯黯惹魂销。人远书遥，只有那篆余烟，逗得个情丝袅。

炎夏已过，爽秋又到，楚郎尚无音信，奴家怎免挂怀！

【驻马听】帘影萧萧，残暑横窗风尽埽。房栊悄悄，新凉殢簟气偏饶。闺中将息阿侬叨，客边滋味牙郎饱。门前路几条，好教俺历碌的肠轮搅。

（丑扮童上）短报通千里，长途困一身。大娘娘，奴才叩见。（旦喜介）你回来了，官人在那里？（丑）有书在此。（旦接书拆看，执书踟躇反复细看，愁容起介）

【沉醉东风】记得一霎时双栖娇鸟，变做了轻燕离巢。他初涉远游场，侬乍构相思料。几番凝想，几番盼望，不谓想望得书来，反无端增人懊恼。（指书介）试看这浮文满纸真意越淆，低徊寻讨，觉狐冰蛇影疑团不少。

（旦坐介）童儿，你可将官人近状，细细说来，不许支吾一字。（童）若说官人么，那颖州老爷膝下无子，只有一位小姐，生得才貌双全，十分怜爱。因见官人品格相同，留在衙中招赘。官人再三推辞，争奈那老爷百般缠绕，故此叫小人回来上覆大娘娘，勿以官人为念，行将求道青城，访僧衡岳，好图那白日飞升的事业。别的小人不知，不敢妄说，望大娘娘详察。（旦沉吟不语介。童向婢做鬼脸，指旦说介）你好痴，你好痴！今日也要想，明日也要思。思思想想，想想思思，思想得自己的人儿，旁处去攀花枝，看你痴不痴？（下）（旦）咳！楚郎，楚郎，即有此事，亦当据事直书，何必藏头露脚？奴家本非妒妇，这光景要把奴家作弃妇了。（怒容起介）

【雁儿落】你纵想理朱弦锦瑟重调，怎不剖悃愫将奴告？奴尽许他人静好联，何须你弃置今无道！

哦，奴家想来，楚郎乃诚笃之人，平昔又十分情好，今日之事，不过一时被赵太守所困，作此权宜之计，总非贪财恋色者可比，这倒是奴家错怪了他。且果能成得此亲，不独赵太守暮年有靠，赵小姐托身得人，就是奴家也得一个闺中良友，岂非天地间一大快事！只是楚郎呵，

【得胜令】似你这冠玉美丰标，艳福儿才能邀。（微笑介）毕竟如何消受？楚郎，你共挽风前带，奴与赵小姐双吹月下箫。同胞，姊妹行无颠倒；分曹，真仙子离碧霄。

（叹介）媛儿，媛儿！你好痴也！楚郎如以结发为重，就不言语支离了。只怕他此时银屏花拥，锦帐香围，还不知弃你何所哩！咳！他虽薄幸，争奈我自情深，欲待修书相问，但其中许多曲折，

怎生落笔呢?(坐介,想介)吓!有了,奴家素善丹青,倒不如写一幅小像,教他自喻罢。(唤介)晕碧,可将画盏素绢安排好了。裁红,再取镜台过来。(婢取列介)几时临镜懒,今日画眉新。(旦对镜介)

【乔牌儿】对菱花自照,仔细儿谙评较。看了这鬓影恁飘萧,愈觉那薄情郎的心性乔。

楚郎,楚郎,看这镜中容貌,奴竟为你憔悴到这般了,端的你知也不知?(泣介,起介)

【甜水令】不由人滔滔滚滚,连连断断,腮边乱罩,总是泪珠抛。似蜀魄啼红惜春,奈春归早,只博得语咽声消。

(坐介,复对镜细看,作把笔描容介)

【折桂令】好教俺没奈何,重窥明镜,小试湘毫。白溶溶粉鼻碾琼瑶,艳晶晶檀口点樱桃。更翠染眉梢,再渲那杏腮傍的双涡红晕娇。斯衬得横波目妙,添鬓影金凤斜挑。衫袖飘飘,裙衩摇摇,一捻纤腰,越越苗条。

图已写成,不知像也不像?(唤婢介)裁红,你可将图帧起,晕碧执镜同立,待我细细对玩一番。(二婢一执镜,一提画,并立高处介。旦远立看镜介)

【锦上花】看这澄秋水,奁中影俏;(看画介)看那淡春山,图上形娇。(自看介)与奴家相比呵,恰似三树琼枝竞耀。(向画介)图儿,图儿,你见楚郎,代奴把万种幽怀,向伊诉到。你说奴自别后呵,妆台畔神驰,绣窗下魂搅,到如今粉悴香憔。还有那肝摧肠断,班管难描。只你这图儿,便是俺薄命人寄来一纸家书稿。

单是一幅图儿,教他无从捉摸,不如再题一首诗儿便了。(婢铺画桌上介,旦坐介,题介)"欲下丹青笔,先拈宝镜端。已经颜索寞,渐觉鬓凋残。泪眼描将易,愁肠写出难。恐君浑忘却,时展画图看。"(题完放笔介)楚郎,楚郎!(起介)

【碧玉箫】别种情苗，你意侬知道。曲引愁缫，侬意你猜着。恰不料热夫妻忍竟抛！只把那雪夜冰宵，花晨月晓，往常的燕婉都忘了。

（坐介，袖出扇展玩介）此扇原是楚郎的，上面有奴所画宜男草一丛、并蒂合欢花一枝，兼有楚郎题咏，故将双莲佩系上，刻刻随身。想此佩是楚郎与奴定情之物，今既来取，便连扇儿带去罢。咳！楚郎，楚郎吓！不想你与奴家，就绝情到这步田地了。裁红！唤童儿过来。（婢应下）（旦作包画介，欲包扇又止，作不忍释手介，复玩玉佩介）佩儿吓！佩儿，你也弃奴而去了。（掩泪介，包扇介。童上）大娘娘，家书修成了么？小人明日要起早动身了，可有甚么话吩咐小人？（旦付包裹介）所有言语，尽在此中，不消再嘱，你去罢。（童）再将这里意，传与那边知。（下）（旦）媛儿，媛儿，你好痴也！他已弃你如遗，你又何必苦苦的自思量、胡打算来哟！

【尾声】明明如月天边靠，倩丹青代传心照，可同那文君调。卖赋相如猛感悟，茂陵归，白头偕老。

我想此图一去，楚郎必回，只是几时才能到呢？全凭一幅多情影，感悟三生薄幸人。（下）

第四出　感画

（小生上）

【南剑器令】连岁客他方，思故里几番神往。为怜才万分诚恳，这去住教人费尽筹量。

小生南楚材，自去春辞家，遇见好友拉游黄山白岳，沿路句留，比至颖州，已是一载有余。蒙赵伯父十分优待，下榻衙斋，期以爱女相匹。小生推辞再三，只是那李湘芬十分撺掇，也就无可奈何了。家中有个双莲玉佩，叫童儿拿来，好作聘礼，兼知会娘子，不要想我。目下也该回来了，好生放心不下。（童背包上）小人叩见。（小生）你回来了，大娘娘好么？有何话说？（童）大娘娘不曾吩咐甚么，（递包裹介）说："所有言语，尽在此中。"官人请看。（小生接包裹放介，先取扇佩看过放一边介，展画看介）这是娘子小像吓！（作寻书不见，沉思介，复仔细看画，反复读诗介，掩泪介）哎，娘子！

【北混江龙】卿卿模样，俺风前月下几曾忘？每夜里梦中摸索，此时呵，画里端详。看了这愁眉啼眼太伶俜，好教人酸心苦肺莽凄惶。本是树连枝花并蒂，奈何鸾拆影雁又分行。辜负他楼头几度空凝望，都怨俺生成薄幸，岂是你姑小无郎！

童儿，与我收拾行装，明日清晨辞过赵老爷，随即起程便了。（童）官人明日回去，岂不辜负了赵老爷美意？（小生叹介）那也顾不得许多。（童）闻衙内人说，赵小姐十分美貌呢！（小生恼介）多讲。（童背指小生，向台下介）列位，你看我这主人，被人把几句巧语花言诓，劈空里要把名山访。及至看了画一张，疙搭地如见亲娘，装出那撒娇的模样。不怪自己少主张，反说他人多话讲。似你这软棉花没半点钢，教我半只眼儿也看不上。（随小生下）（外、末、旦、杂同上）（外）分明是安排绣户迎娇客，反弄得打点离筵送故人。左右！（杂）有。（外）南相公今要回去，安排酒筵伺候。（末）是。（排席介）（小生上）忍抛同梦侣，难作受恩人。（见介）小侄蒙伯父雅爱，理当朝夕娱侍。适童儿传言，家中有一要件，只得拜辞，暂且回去，改日再来领教罢。（外）贤侄今日起身，老夫匆促无以将意，备有薄酒一樽，少壮行色。（小生）多承伯父。（外定席介，小生上坐，外陪坐，小生饮酒）（外）

【南桂枝香】琼筵大饷，瑶浆满漾。唱阳关别泪婆娑，把祖盏离情怅惘。抚衰躬自伤，抚衰躬自伤，幸喜得一珠擎掌，好博个半儿凭仗。取赆仪过来，（末献银封介，外接，送小生介，小生辞介）（外）贤侄呵，你莫辞将，虽不能累累充行囊，也须要些些衬客囊。

（小生接封付童，出席，背介）

【北寄生草】平绕丝千缕，横抛泪万行。这深恩也只合铭心上，归家未识如何样，婚姻怎敢虚言诓。（转介）愿伯父晨昏善自遣风光，莫因小侄樗材致使清神扬。

小侄就此拜别。（起行，外送介）（小生）伯父请留步。（外执小生手介）

【南煞尾】执手再丁宁，休把愚言忘。（袖出书介）这尺素妆台要傍，也如婉曲详明当面状，料贤媛应许联芳。倘能教并跨鸾凤，便早早移家就婿乡。（小生）伯父诲言，小侄字字牢记。伯父保重，小侄去矣。（上马，带童、杂、副净绕场下）（外目送介）看征鞍排宕，看鞭丝莽旷，只这远林边是一座小河梁。（下）

第五出　合璧

（小生巾服策马，杂马夫，丑书童挑行李，副净白须扮老奶公骑马，同上）（小生）不是丹青能感召，险教琴瑟竟乖离。俺南楚材，好端端的动甚么壮游之兴，作甚么颖州之行？被那赵太守苦苦的以婚姻相逼，今虽托词得归，他又有书函并遣人同来。只是这句话儿，我怎好向娘子说得？真个难煞小生也！（策马下）（旦带婢上）昨夜无端灯蕊放，今朝莫是远人归？（向婢介）裁红，童儿去已许久，怎么还不见动静？莫非那薄情郎真个不回来了？（婢）大娘娘且自宽怀，官人早晚是必回来的。（旦不语，倚袖闷坐介。小生、丑、杂、副净上）

【宜春令】情空切，骑懒催，望乡园迟迟怕归。（鞭指介）家门已至，倒觉千愁万虑横胸际。赵伯父，赵伯父，你可害人不浅哩！天下不乏才貌郎君，你为何苦苦逼着小生来哟？恨无端意外摽梅，蓦地里把人拖累。今日归家，见娘子时提及此事，教小生何辞答对？只怕要将唇费。

（下马介，丑、副净、杂下）（小生见旦揖介）娘子。（旦）官人回来了。(小生执旦手,并坐介)娘子,小生出门日久,劳卿盼望,大为不安。(旦不语介,小生看旦脸介)前日带去小像,看那画上芳容,竟比以前消瘦了许多。今见娘子,比画上愈加清减。这都是为着小生,教小生心上怎对得过你来哟?(旦不语,掩泪介。小生起立,一手代拭泪,一手抚旦背介)娘子呵,你

【浣溪纱】只管怀自凄,不念郎心碎,(背介)顾不得当前惭愧。(转揖介)望卿卿高抬玉手宽人罪,(旦不理,小生连揖介)恕小生负义愆情恣所为。(旦仍不理介,小生又揖介)今知悔,(背低唱介)若要睦闺房息争凌,(转跪介)只好再下个全礼相陪。

(婢做鬼脸,羞小生介,下)(旦扶介)官人珍重,奴家怎敢怨君?不过自伤薄命,为人弃掷可怜耳!(泣介,小生代拭泪介)千不是万不是,总是小生不是,娘子丢过不提罢。(婢捧酒上)接风酒有了,请大娘娘把盏。(小生)不敢重劳,倒①是小生敬娘子一杯,以谢已往之罪,方是正理。(小生敬旦酒,旦回敬小生酒,对坐饮酒介)楚郎,奴且问你:那赵小姐姻事,还是定下未娶,还是圆过了房?(小生)说起此事,真是夙世冤牵呢!(起介)不知他为甚么

【秋夜月】心不移,强把红丝系。一味歪缠婚愿缔,真真可笑之至!因见小生不允,更其中想出非非计。小生临行时,那太守还有一书,托小生带与娘子,我竟忘了。(袖出书送旦介,旦接书开看介。小生向旦介)小生从此要娘子形影相依,白头共守,岂肯另生枝叶?这恩情难替,(背介)那闲情权置。

(背手徘徊介。旦作看完放书桌上,掩泪介)咳,情真语挚,读之令人酸鼻。(向小生介)你意下何如?(小生)娘子,我前已一误,今日岂可再误?任他百计营谋,奈我主意已定,明日作书回复便了。(坐介,作觑旦神色介,旦作怒容介)哎!楚郎,你每每以多

---

① “倒”,原文作“到”,据文义改。

情自命,怎么做的件件薄情呢?(小生对旦笑介)小生就是薄情,也是初犯,怎说件件薄情?未免太冤屈了。(旦)你前日负奴家,今日负赵太守,还不算件件薄情么?奴再问你,此事到底如何处置?(小生)悉听娘子主裁,小生毫无成见。(旦笑介)如此说,便宜你了。奴家修书覆那太守,允了此亲,叫他择吉完姻。你可修书将双莲玉佩寄去,托李幕友代你下定。这等处置你说可好么?(小生出席,向旦笑揖介)多谢娘子,小生感激不尽。(旦笑介)你也不要假惺惺了,我也进去收拾收拾,好早天陪你这新郎前去,不要等的赵小姐生了气,只怕下跪还不能饶呢!(小生目视旦笑,不语介。旦笑下。婢收酒具下)(小生修书介。婢捧锦匣书札银封,放桌上介)官人书札玉佩盘川在此。(下)(童领副净上,见小生叩头介)老奴打算明日要回去了。(小生)有劳管家远送。(付书匣盘川介)这一封是奉上你家老爷的,这匣儿与这一封是寄李师老爷的。这是盘川十两,你可一并收好了。管家,你先行,我随后也就动身了。(副净叩头介)谢姑爷赏,还求姑爷早些启行,免得家爷悬望。(下)(小生向童介)你去安排车轿伺候。(童应下)(小生笑介)我南楚材好不徼幸也!(下)(小生乘马,旦坐轿,二婢坐车,丑、童、杂马夫同上)(小生)

【隔尾】弥天好事凭谁赐?尽是佳人代主持,如此贤明世岂知。

(绕场下)(仪从引外冠带吉服上,丑幕宾,末院子,旦长随,随上)

【玉女步云端】笑拈长髯,极目葱茏佳气,婚嫁事今朝毕矣。

(外、丑坐介,仪从下,外向丑介)小女姻事,多亏玉成,不特老夫暮年有靠,即小女亦可谓托身得人矣。(丑)不敢,还是太尊福荫。(外)新郎少刻到来,要屈先生权为傧相,以便照理。(丑)晚生当得效劳。(外向末介)鼓乐彩舆可曾齐备?(末)齐备了。(外)早去迎接。(末)小人理会得。(外起向丑拱介)老夫失陪了。(丑)太尊请便。(分下)(旗仗鼓乐伞扇引小生红袍纱帽骑马,旦乘彩舆同上,绕场下)(场上设花烛酒筵,仪仗先上分立两旁介。丑傧相、末院子披红插花上,丑照常恭请。四婢艳妆执红灯引小生,老旦、副净扮喜娘,一扶旦、一扶小旦同上。小生中立,二旦上下肩并立,同拜。拜毕,丑请小生上坐,老旦、副净扶二旦对坐,同饮合卺介)(合)

【画眉序】艳福感天施,因缘如此尽称奇。合麻姑毛女,眉案同齐。征兰梦隔岁重圆,合卺筵今宵双美。闺房从此添佳话,关雎对咏风诗。

(丑掌灯送入洞房,四婢执灯前引,仪仗簇拥,绕场介)(小生)

【尾声】风流小杜魂销矣,喜孜孜翠偎红倚,(合)还亏那代补情天笔一枝。

(仪仗拥下)

谁云平地有神仙,欲海难将艳福填。
消得红闺春烂漫,照来青镜影蹁跹。
幽怀未许传鹦鹉,热血空教洒杜鹃。
不是生花双管笔,从何觅石补情天?

——《小蓬莱传奇》十种本,上海藻文石印社1900年版

千秋泪[1]

提纲

(末上)

【昭君怨】场屋无心鏖战,放旷别开生面。峰壁两番题,展新词。

① 原文此处有“东海刘清韵古香填词,古僮钱梅坡香岩较订”。

一点怜才意厚，甘弃铜章墨绶。千载更何人，绝音尘。

第一出　题峰

（贴幼童，副净财主，末寒士，外老翁，扮考童上）（贴）幼学行文愧未工，（副净）钱多能把节关通。（末）能容寒士扬眉否，（外）未冠题还属老翁。（见介）请了。（外）诸兄想是入城应试的，一路同行，谈谈章旨经义，倒不寂寞。（末）正好领教。（副净拉贴背指外，笑说介）这样又老又穷的货色，还要开口章旨、闭口经义，岂不可笑、可耻？（贴）龙头属老成，我们做后生的也不可过于轻薄。（副净点头介）咳，原是我错了，错了，错了！孩子家晓得甚么？（走开介）这些奴才可恶已极，回来每人赏他二十皮鞭。（杂上，副净）你怎么此刻才来？（杂）早起同他们进城看寓处，他们在那里铺设，我先回来安排相公尖踮地方，所以来的迟了，就请相公前往。（引副净摇摆下）（外向末、贴）我们也到前面村店打个中火罢。（同下）（小生扮沈嵊带童携盒上）

【玉芙蓉】秋能洗碧寥，人可舒长啸。今日重九，登高的人竟如许之多，有趣，有趣！恶，认错了，还是那一班时文鬼儿，尽哝哝唧唧，炼腔摹调。只听满口之乎者，那顾旁人笑与嘲。尤堪恼，酸风振地腐气冲天，那乾坤、都被烂泥包。

曾经云海荡吾胸，青紫原期拾芥同。岂料止羸狂士目，文章何处哭秋风？小生沈嵊，表字孚中，武林人氏，奇才夙擅，傲骨天成。大人未赋，敢夸气已凌云；小节不修，一任世相排诋。奚奴，刁家酒店还有多远？（童）就在前面。（小生）你可晓得元、吴二位相公进城也未？（童）小人不曾打听，或先到店中相候同去，亦未可知。（小生）我们也到那里去罢。（同下。丑上）小子刁全贵，十年前是个一品穷人，近来也做个二三等财主，你道为何致穷，为何致富？其中有个道理，待我从头表白一番。列位，我原先也在这三义路口卖酒,货真价实,只说财源茂盛,谁知倒弄得生计萧条,那些同行朋友送个绰号,叫我做"刁全累"。小子听了叹口气,向老婆说直道不行,要另换题目做才好。明日为始,货低价贱,只要壶盏精洁,再加小子一味谦和,也不过数月光景,不特来饮的遣发不开,还有零沽的、趸打的一复应酬不了,所以家私似水浸黄豆,日大一日。近来又盖造些房廊,添设些摆饰,雇了十数名伙计,小子居然做起主人公来。同行中气我不过,竟叫我"刁钻鬼",虽然刻毒,倒成了我一面金字招牌。不论南、北二京,苏杭湖广,提起"刁钻鬼"三字,竟是无人不知!愈加大发其财,往常听见试期一到,那些同行朋友胆小的预先关了门,免受啰皂,胆大的被考相公摔碗掼碟、打酒保不给钱,竟成长例。算来不怪考相公纠缠,还是自家趋奉不周,若像小子,一见面先说一套吉利话头,再装出一副奉承面孔,不但酒钱不少,还要叨光多赏几文。(笑介)你道我这刁钻鬼,做着不做着?(内)那边考相公来了,你快去奉承罢。(丑)来了,正是:未曾身到龙图阁,也要他人叫相公。(下)(末上)提壶不助寻幽兴,橐笔须登选佛场。小生元不识,与吴相干兄相约沈孚中兄进城赴试,半路上他被朋友拉去,我只得到刁家酒店等候便了,来此已是。酒家有么?(丑上)元相公来了,今年案首必定是相公的,请里边坐,先敬一杯喜酒,明年联科及第,小子还要大大沾光哩。伙计,取上等好酒来。(末)且慢,待沈相公来同饮。(丑)是。(旁立介)(小生带童携盒上)好将白酒频浇我,莫遣黄花冷笑人。(末)沈兄来了,小弟等候同行。(小生)劳兄久候,小弟是特来邀兄登高的,不知有此清兴否?奚奴,你向店家沽瓶好酒带去。(丑)有,有,有,有专为相公另造的酒,只因相公是个名士,此地人顺口就叫做沈公酒,远近驰名,每斤竟多卖五十文。(小生)奚奴,如数与他。(丑)相公多心哩,小子是感激的意思,如何敢多收相公的钱?伙计,将沈公酒装一瓶付与这位兄弟,

再暖一壶来，请二位相公同饮。（内应介，杂提瓶执壶上，末、小生对饮介）（末）沈兄，请听小弟一言，你

【前腔】才华盖世高，意气笼人早。算云程发轫，正在今朝。愿登高，权爽这青山约，入场先将那赤帜标。（小生笑介）小弟已与山灵相订，岂可食言不赴？如承教，怕北山移文重见诮。惟愿吾兄此去，一战冠军，叫那些只字不通的假斯文才晓得、主司衡鉴有真操。

天色不早了，请兄进城，小弟也要登高去了。（同起介）请了。（末下）（小生、童担酒盒随行介）（小生）

【倾杯序】超超是诗狂是酒豪，怎免那庸流笑。想乾坤偌大，英才何少？古今虽易，精爽非遥，只索向长空叫。满头纷插菊，只手紧持螯，我待把青莲玉局一齐邀。

（带童下）（外扮老僧、贴沙弥上）一点圆明相，天空月上时。当头人不悟，辜负佛心慈。老僧乃圆明寺住持是也，远远望见沈相公来了，今日登高必有佳作，我且闪过一边，不要阻他清兴。（立一边介）（小生带童上）来此已是巾子峰绝顶了，你可放下酒盒，先回去罢。（童下）（小生）呀，你看云净天空，湖光山色，好一派清奇景象也！我且拾些风枝，暖起酒来，畅饮一回则个。（作拾风枝暖酒，痛饮高吟介）咳，枯肠得酒，芒角四生，信口吟成，不免就题在这峭壁上罢。（取笔题介，题毕复连饮，作醉态，执杯看介）

【朱奴插芙蓉】无人劝金樽自倒，墨淋漓带真连草。为语山灵须护好，莫把那苔封藓罩。留他日重来到，认前番旧稿。不羡他碧纱笼句小儿曹。

（长叹介）咳，名士多穷，原是古今定例也，未必似我沈孚中恁般沦落也。（仰天长号介，复朗吟介）有情花笑无情客，得意山看失意人。（恸倒介，外点头介）可怜，可怜。（前扶介）沈相公且免愁烦，此刻日已平西，进城不及，不如同老僧去小庵参蔬笋禅，消

磨长夜罢。(小生起介)倒也使得。(外)沙弥代沈相公拿了酒盒、笔砚。(贴收酒盒、笔砚同行介)(外)

【尾声】可知浮生原是闲常好,恨逢俺僧家不早。(小生)你便是煨芋的老头陀,李长源觉悟了!

(同下)

第二出　赏概

(场上左右列二长几,内鼓吹放炮,作点名声、搜夹带声)(末副净、贴、外提考篮执卷上。外、贴坐一边,末、副净坐一边,副净向末拱介)请问尊兄贵姓大名?(末)小生韩聪。(转问介,副净)区区姓富,单单号一个愚字,今日与兄同坐一处,可谓三生有幸了,少刻有事相烦,愿奉十金,聊作一茶之敬。(末不理介)(副净)是小弟说错了,二十金如何?(末微笑介)谁不知你是杭城第一个财主,且平时眼内何尝看见人?今日若要捉刀,和你斩捷说,竟是毛诗三百罢。(副净)二百可否?(末不睬介,副净背介)倒他娘的灶,遭他娘的瘟,一篇臭文章,竟要我白花花①纹银三百两,这是那里说起?争奈区区有的是钱,少的是才,既到此间,也说不得了,忍忍疼,只当吃花酒赏篾片罢,真真这是那里说起!(转介)如数,如数。(末)打张手条来。(副净)怎样写法?(末)这是你家生财的秘稿,怎么也不记得?也罢,我念你写。(末念副净写,写完付末介。杂执牌上,绕场喊看题介)(副净向末介)拿文章来哟。(末)我起个稿子,你照样抄罢。(副净)请你一发替我写写。(末)这个不能,我还要做自己的文章哩。(副净闭目摇头,假吟哦介)(小生提考篮,踉跄醉态上)奚奴,收拾酒盒,一同进城,也到考棚中混混去。奚奴,奚奴,这狗才那里去了?(四望介,擦眼介)

---

① “花花”,原文作“化化”,据文义改。

恶,原来不是巾子峰,竟是考棚中了,不知如何到此?(笑介)你看好好房屋,被这些人酸腔腐气闹的充庭盈砌,将我的酒也逼醒。此刻若作文字,不是酸定是腐,不若将昨日的登高词题在壁上,驱驱腐气,再作文也还不迟。(末付稿,副净起交卷介)(贴)韩先生,我也随你去。(同下)(内鼓吹放头牌介。生三髯冠带,旦门子随上)

【尾犯序】学制锦难工,提百里花封,德惭民颂。想此地山明水秀,必盛文风。心动,我且向风檐潜步,看可有奇才出众?(笑介)此等生活,少年时也曾做来?回想那霓裳聚咏,恍似梦魂中。

神山何事引回风,吹堕蓬莱第一峰。政拙不妨书下考,刑清且喜棘囹空。下官宋兆和,别字禧公,云间华胄,茸上名家。青年登第,曾叨才彦之称;壮岁辞家,且作风尘之吏。且喜此地湖山佳胜,民秀而文,风俗敦和,官闲以励。今值多士云集,其中必有出尘之材,不免前去察看一回。(小生立几上,题介)万峰顶上,险韵独拈糕。撑傲骨,与秋鏖,天涯谁是酒同僚?面皮虽老,尽生平、受不起青山笑。难道他辟英雄,一纸贤书,到做了禁登高三寸封条?(生先立外,后视介)此人好学不倦,可谓老而弥笃。(抬头见小生介)此生何为,在墙上纵笔大书?待我看来。(立小生后介)呀!

【榴花泣】【石榴花】横挥斜埽笔如风,好一笔狂草呵,恰一似落健鹘戏惊鸿。(念词介)想此生多应是情咄咄,特题粉壁代书空。这分明语重声宏,才高气雄,不由人不要相知重。他果能卓越千秋,我怎肯盲瞎双瞳?

(轻抚小生介)贤契,(小生回顾介)呀,原来是老父师,门生失瞻了。(下揖介,生回介)门子,代这位相公拿了笔砚到花厅去。(旦)是。(同行转到介,见礼对坐介。生)请问贤契高姓贵表,世习何业?(小生)老父师听启,念门生呵

【泣颜回】姓氏叶封公、单名嵘，双字孚中。遗经静守，怕滚滚轻逐尘红；时乖命穷，尽生平抱负无人懂。今君侯逾格垂青，致门生涕泪交涌。

（生）美人见嫉，文士相挤，古今同病。（起把小生臂介）昔贺监遇太白，为解金龟换酒，我虽远逊知章，君才何异太白？此日之事，今古攸同，盍拈是题，与君共填数曲志奇遇乎？（小生）门生怎敢与老父师旗鼓相当。（生）不必过谦，正好领教。（各执笔吟哦，小生疾书介）（生）来得敏捷，老夫竟要避君三舍了，果然是

【前腔】后绝更前空，说甚么七步才雄！翻江搅海，他更浩茫茫吐气如虹。是擎天玉栋，我蓄良材好贡与皇家用。目今流贼纵横，正英雄奋身之际，看他做一个李郭元功，那时方显得书生技不止雕虫。

（小生作完搁笔。生取看，笑赞介）真是旷代奇才，真不负此番赏识，真是老眼无花。（小生）承老父师过誉。（打拱介）门生告退。（生恭介）恕老夫不送，请了。（小生下）（生目送介）不料今日得一奇士，可喜，可喜！（笑介）哈哈哈，倒要与他作个忘形之交。

【尾声】从今胸臆期相共，倒屣须教踪迹重，莫怪我此后愈加眼界空。

（下）（内鼓吹，二杂上抢卷，同副净、外诨下）

第三出　累官

（生便服带旦长随上，坐介）龙团新碾蟹新烹，秋菊东篱绽蕊呈。新样另翻彭泽案，不须官酒送王宏。下官宋兆和，去岁考场赏识一个沈生，将他拔置前茅，学使案临，亦复名居高等。公事余暇便与他谈古论今，连朝累夕，相近一载，不觉又是杪秋时候。刚值庭菊盛开，已遣人邀他来赏花小饮，我且去斋前闲步一回。（缓

步介）好一庭秋色也，这菊呵

【宜春令】疏香远，冷韵长，点秋光分外辉煌。西风鲈脍，一官早，动我归田想。更那堪篱畔徜徉，彭泽陶高风可仰。待白衣来至，黄花同赏。

（下）（小生巾服，贴随上）小生沈嵘，今日午后，宋公遣童相招，不免一径前去，你看

【前腔】天万里，雁儿行，怎能穿云衢远翔？翩翩小蝶，只绕阶越砌频来往。因他热官场尽许疏狂，冷生涯不嫌豪放。是平生知己，第一难忘。

（到介。生上笑迎介）孚中，因何迟迟而至？（向贴介）童儿，取兕觥来，先罚沈相公十盏，然后才许看花。（贴下，取酒壶巨盏上，斟奉。小生立饮，饮毕向生介）禧公，你此刻罚我，回来我要加倍罚你哩。（生）为何？（小生）古人云：不有佳作，何伸雅怀？今日有花有酒，岂可无诗？（生）待君同咏，是以未成，我和你先赏过花，再去剪烛联吟罢。（作玩花介）（小生）果然好菊花。虽是五色纷披，恰别具一种丰致。与这位主人翁恰恰是菊淡如人，人淡如菊了。（贴、旦取烛上列介）（旦）晚风甚凉，请沈相公、老爷斋中坐罢。（生、小生作进斋，对坐介）（小生）这座菊山，被烛光照那墙上，花影扶疏，愈加有趣。（贴取酒上。生、小生对饮，生指介）他

【前腔】凌朝露，傲晚霜，抱秋心迟迟自芳。清标逸品，与你襟期淡朗堪相仿。老夫近来，拥花封名愧循良，谢尘鞅志存夷旷。愿风晨月夕，共捧霞觞。

（生）童儿，取笔砚过来。（贴送笔砚介）（小生）就以秋夜即景为题，联一首五言百韵罢。（生）使得。（生、小生联句。旦、贴左右送酒介，联成，生看介）到也去得，老夫未免相形有愧了。（小生）童儿，取兕觥过来，待我敬你老爷二十觥。（生）老夫认罚，叫童儿斟罢。（小生斟酒。生如数饮完，大笑介）哈哈哈，孚中，你的

诗才是老夫一向佩服,究不知酒量如何?左右,再取个大觥来,今夜我与沈相公角一角。(旦应下,取大银钵上)(生)怕孚中无此巨量,还是拿个兕觥来罢。(旦放钵桌上。小生取看介)老兄制此巨盏何用?(贴取兕觥上,斟酒送小生前介)(生)这是我在翰苑时,同人公制的,若能连进三爵不醉者,尊为酒仙,即以此盏相送。那时惟禧公能之,故得此盏。改官后就不曾用过。此时见他,不觉动我今昔之感。(举盏介)贤弟请。(连照干介,小生醉介)门生告饶,饮不得了。(生笑介)哈哈哈,禧公酒量,孚中诗才,可称双绝。若要相饶,即以此语为题,作诗十首,诗如不佳,更要请君入瓮。(小生)诗成不佳,愿甘受罚。(生)甚好。(内发擂介,旦下,捧冠带上)天已大明,请老爷升堂。(代生更衣,内鼓吹介,生向小生介)老夫失陪。(小生)君侯请便。(生下,旦随下。小生作吟成,自看笑介)虽不甚佳,罚酒可免。只是这宋公于我沈嵊呵

【前腔】心相爱,形亦忘,便多般矜宠异常。这怜才风谊,令人怅望千秋上。就是他在此为官,也算得爱民如子,折狱如神,那里有惨昏昏汉狱冤沉,总觉得喜昭昭秦宫镜朗。像他这样好官呵,尽容他风流诗酒,又何须簿书鞅掌。

(下)(旦上)完了,完了。老爷这顶纱帽送在这疯子手里了。咳!算来也是老爷自家闹的。从去年把他取作案首之后,就今日赞才人,明日夸奇士。巧,巧!这位学台是老爷同年至好,得以第一名进学,从此同他不是吟诗,就是饮酒,整日整夜的闹,全不晓得巴结上司。果然上司恼了,今儿好好的坐堂,忽接到一角文书,方知道上司已参了一本,说他饮酒赋诗,不理民事,竟得了革职的处分!老爷不但不恼,倒反大笑道:好得狠!命做一面大旗,写着“饮酒赋诗,不理民事,奉旨革职”十二个大字,便雇了一只船,把此旗插在船头,要连夜收拾回去,这事怎好呢?(生、小生携手,末院子随上)(旦)沈相公坑死小的了!(小生)怎么说?(旦)小的

是靠官吃饭的,如今一家老小活活饿死,不是相公坑的吗?(生恼介)狗才多讲,到那时自然与你个门路。(旦向生叩介)谢老爷恩典。(生)起去。(末代生换便服介)(生向小生介)你还敢与我角酒么?童儿,你去将御赐的端溪砚、龙宾墨、麟毫笔、凤尾笺取来。(贴取上列介)(生)看酒来。(旦应取酒斟介,小生把笔吟哦)(生连饮介)孚中

【普天乐】我和你清吟击钵酬还唱,再把那觥船满泛流霞酿。人生果快意当前,管甚么用舍行藏?况我耿介性,久不合官场样,只好与渔翁樵叟相依傍。泛烟波鼓枻鸣榔,论阴晴圃边塍上。老夫已自甘失马,孚中,你又何必代怆亡羊。

(小生执笺送生,生看毕大笑介)何足介意。(起把小生手介)贤契,可知我

【尾声】家山飘缈劳神漾,(向末介)你好把琴书早束装。孚中,老夫此后呵,(凄然介)还望你健翮扶摇看直上。

(小生)门生告退。(生)正欲与你尽数日之欢,你为何别我而去?况老夫只身居此,说行便行,所以迟迟者,为贤契耳。(小生)门生也回去收拾行李,与老师同去。(生)这到不消,惟愿努力青云,勿负期望,足矣!(小生)老师若不许相从,门生今夜即赴清流而死,决不强颜人世!(大恸介)(生正色介)孚中,何作儿女态?也罢,老夫此去,要做个岩栖谷隐之人,若寻着山水胜处,有了归着,你可回来做你的事业,方不愧是禧公知己。(小生)门生遵命。(生)收拾同行便了。(分下)

第四出 偕隐

(外白须扮田父持锄,净樵翁执斧、担同上)(外)野菜和根煮,(净)山柴带叶烧。莫大哥,你去锄春田么?(外)不是锄田,是去种菜。贾兄弟,你也去斫柴么?(净)正是。(外)且在这田埂子上

歇歇。(同坐吃烟介)(净)大哥,我们此处是个人迹不到,最荒凉不过地方,从古以来,只有我们两家人家,莫说没有邻居,终年终日,想个人看看也是难的。不意去年有个宋大叔来此住家,近来可喜成个三家村了。(末扮渔人上)旧给头衔抛院子,新加口号作渔童,在下是宋老爷家院子宋诚的便是。老爷弃官后,即同沈相公到天台山下结茅同隐,主人既成了云水闲人,奴仆也做个烟波逸士。(外、净)宋大哥得彩呵。(末)靠老兄福,五更打了三网,取有四五十斤,这也不奇,最奇的里面竟有一尾三尺多长的鲈鱼,那个是留与沈大叔用的,再送十余斤家去,下余的我们老弟兄同享罢。(外)岂有白扰之理。(净)也罢,我出柴,莫大哥出酒,等晚间大家乐一乐。(贴扮牧童携笛,唱山歌上)天又高来地又宽,中间有我亦无端,不知地老天荒后,我这个人儿局怎完?(见众介)你们好快活呵!(向末介)今日送沈大叔出山,如何还在这里哩?(末)你不要多讲,快跟我来摇橹,趁日光未上,再打几网。(外、净)正是,我们各干各的去罢。早些回来,好与沈大叔送行,少尽我们做邻舍的道理。(生幅巾深衣上)一湾溪水碧,四面乱山青。疏散容今日,劳劳笑昔曾。老夫宋兆和,挂冠之后,即将祖遗田宅付族人管领,率妻子隐于天台山下。你看此地途纡径僻,水秀山幽,虽有两家邻舍,可喜为人质朴,犹存太古之风,居然枝鹿之世。老夫既遂初心,孚中也该去干他的事业。已吩咐宋诚舣舟相候,但不知他还是高卧未起,还是早出未归?我且到船中等他。(行介)你看宿雨初晴,好一湾流水呵!

【念奴娇序】淰淰波清,粼粼纹细,琉璃净碧涵空。(望介)紫岫青峦,排列处、宛然着色屏风。懵懂,花悬①琴堂,鱼租鹤糈,无端被那利名哄。今幸得,劈开世网,身作神龙。

① “悬”,原文作“县”,据文义改。

（末摇橹上）（生）你可曾见沈大叔？（末）不曾见。左右不过在这山中。（生上船大笑介）真个是“只在此山中，云深不知处”了。（末）我将船摇到三汊口去等他。（弄船下）（小生葛巾野服上）共狎沙边群鹭，同抚岭上孤松。为受一番知遇，不辞千里相从。小生沈嵊，来此已一年有余了，今日天气融和，我且自前去游览一回，好一个葱蔚世界呵！

【前腔换头①】从容，散步郊原，翛然意远，不知南北与西东。腔信口和答是，牧竖樵童。围拥，翠染如流，青浮欲滴，置身如在画图中。谁知我销除尘障，身作冥鸿？

（生乘船，贴立船头，末摇橹上）（贴）沈大叔，快上来罢，我家大叔候久了。（小生上船同坐介）（生）将船缓缓的摇着，好待我与沈相公领略这山容水态。（末摇橹，贴斟酒，生、小生对饮介）（净携蕈上）我在山中打柴，看见一簇又肥又白的树蕈，捡②了家去，收拾好了，特特拿来与沈大叔送行。（外携芹上）贾兄弟，那里去？莫非与沈大叔送行么？（净）正是。（外）我也是送行的，一同去罢。（招手喊介）宋大哥，且慢开船，我们来送行的。（末泊船，外、净上船，生、小生笑迎介）（生）请舱里坐。（外、净）大叔远行，我们没甚么效敬，自家田中长的芹菜、山里捡的树蕈，特来劝大叔多饮几杯。（生）多承厚意。（四人同饮，末摇橹，贴连斟酒介）（小生）兄欲何往？（生）我们且饮酒。（合）

【前腔换头】清供，肴烹野蔌，脍砍溪鳞，家酿新笋似粥浓。村杏靥恰相映、醉颜红。融融，淑景当前，良朋聚首，山俦水侣也堪共。算得个，浮家泛宅，陆地仙翁。

（外、净作醉态介）送君千里，终有一别，我们醉了，大叔宽饮

---

① “前腔换头”，原文作“前腔”，据曲谱改。下一支曲同。
② “捡”，原文作“检”，据文义改。

几杯,我们别过罢。(作上岸踉跄同下。生、小生复豪饮介)(小生)兄长,你道这两家邻舍姓甚么?(生)贾、莫二姓。(小生)非也。朝来信步寻幽至西山顶上,见一块古碑,拂拭细看,方知这两家先人原是显宦,因权奸当道避地居此的。上面虽不见姓名,大约贾、莫亦非真姓。(生)他们居址虽是茅檐萝壁,位置不俗,原来如此。(举盏介)贤弟,请满饮此杯,且听愚兄一言。想当日

【赛观音】赋归与劳相送,论交际情崇谊隆,幸已脱风波澒洞。前日邻家卖柴回来,说流寇愈加猖獗,你既具旷代奇才,愿早去建奇功。

(小生)兄长这话,从何说起?怎么动这个念头?我沈嵊半生潦倒,万念俱灰,莫说不去奔走名场,就是妻子亦置诸度外了。

【前腔】意疏慵,我自心儿懂;性刚愎,更难为世用。况视那富贵荣华如梦,说甚么奇功!愿毕世你作云龙,我作冥鸿。

(生)吾弟差矣!大丈夫处世,当磊磊落落,且人非鹿豕,焉能长聚?既具经世之才,必负苍生之望。

【尾声】兄言语弟要从,此去呵,好趁图南六月风。若说前番的事呵,愚兄也不过一点怜才秉至公。

(小生)兄言恳切,弟何敢违?(生大笑介)妙呵,这才是宋禧公的朋友。行装已备,明日便行。渔童,将船摇到前面山脚下,好待我们上去,以尽今日之兴。童儿,你可携具相随。正是:此日共歌《将进酒》,何时再赋《小停云》?(同下)

谁向西风诉不平?苍苍早自见分明。
狂来天地犹嫌窄,交到金兰尚觉轻。
才子那无名士习,宰官罕有达人行。
数行岂止千秋泪,一盏醇醪万古情。

——《小蓬莱传奇》十种本,上海藻文石印社 1900 年版

拈花悟①

提纲

（末上）

【如梦令】畅好云烟矜宠，蓦地雨骄风纵。艳质委荒邱，幸有仙曹知重。知重，知重，更向花宫寻梦。

第一出　悼婢

（场上列书案瓶花。旦倩妆扮垂髫幼女上）【望江南】迟日丽，花影碧纱移。绣谱不须描旧样，彩笺端合写新词，罗绮乍胜时。儿家刘三妹，娇小年华，温柔性格。椿萱爱重，视同掌上明珠；姊妹情殷，推作班中碧玉。当夫晓妆初罢，上省高堂；及乎辰膳已完，仍归阿阁。（坐介）你看金鼎飘烟，晶帘漾水，好一派幽闲景象。不免唤婢将绣床取来，做些针黹则个。正是：绿窗昼静无些事，闲绣金泥簇蝶裙。（唤介）琼儿，琼儿！玉儿，玉儿！（内不应介，起介）怎这些顽婢，一个也不在此伺侯？（行近书案介）古人云："一窗晴日写黄庭"，我且临几笔帖儿，等他们便了。（坐介，看瓶花介）这枝海棠，绰约鲜妍，颇有画意，是开得好呵！（嗅介）好一股幽香。（回头见兰花，喜介）呀，素心兰也开了！何不做首诗儿，题咏他一题咏呢？待我就构思起来。（开砚匣介）这砚，还是我初学字时所用。

【懒画眉】一拳小制石精良，（拈墨看介）前日爹爹说友人所赠，是仿内造龙香剂制的。（研介）试轻研，整一片花香和墨香，（拂笺

---

① 原文此处有"东海刘清韵古香填词，古僮钱梅坡香岩较订"。

介)衍波笺腻展潇湘。(凝想介)诗思兰襟酿,(取书看,复放下介)锦韵才拈又住将。

呀!且慢。既要咏花,先要将花的精神,细细领略一番,才好落笔呢。(起介,对花徘徊介)

【前腔】星眸凝注费筹量,我待把花韵花情一一详。这兰呵,宛璇闺娇女静含芳,一种幽闲况。那海棠呵,淡妆浓抹,似笑如颦。你看他俯羞庞,恰似人家新嫁娘。

呀,有了!(坐介,吟哦介)

【前腔】新诗制就自评章,漫吟哦看果否能生口角香。念着倒也去得,再稿出来,推敲推敲。(写介)真珠小字灿琳琅。(低吟介,对诗微笑介)可惜我是个女孩家,若具男儿相,肯让那宋艳班香独擅场。

(贴捧茶上)竹炉火活烟初细,玉盏香浮味更清。小姐请茶。(旦视贴介)你在何处?半日才来。玉儿呢?(贴)婢子伺候小姐饭毕,即去烹茶。玉儿往园中剪兰花,也该来了。(侍立介)原来小姐在此做诗。(旦)你看这诗好么?(贴)好的。(旦)你竟会看诗,大是奇事。(贴)只因时常听见老爷说的。(旦微笑介)你再看这花,是那一种好呢?(贴)全好。(丑执花上)一枝分得春多少,不费区区半点功。我每常随夫人小姐进园,十分拘束,不敢乱走半步。今日被我假传圣旨。对园丁说:夫人怪他不穿花送给小姐,明日要撵他呢!(笑介)唬的他小鬼似的,说:"烦你回上夫人,兰花尚未大开。本要今晚拚着一夜工夫,将花篮儿、鹦哥儿、花把子穿好,赶天一亮送上去,如今就先穿花把子罢。"说毕,他就恭恭敬敬的穿花。我趁着这个空儿,就去打秋千,扑蝴蝶。(拍手介)满园子里,玩了个尽兴。(仰视介)呵哟!天不早了,快送花给小姐去罢。只是这花怎么拿法呢?也罢,顶在头上,恭敬些。(放花头上介,进介)(贴)你可疯够了。(丑)我在那里穿花,几曾疯来?

（向贴介）你来，将花代小姐插上。（贴取花送旦看介）（旦）好枝花儿，是那个穿的？（贴代旦插花介）（丑）是婢子穿的。还有球儿呢。（送介）小姐看可好吗？（旦）倒也有趣。只是你将花恁般作践，可也忒顽皮了。（丑）大凡花能插在小姐头上，正是花之大幸。（旦笑介）胡说。（丑）不是呀，这话是芒儿姐姐说的呀。（旦）几时听见来？（丑）是园丁告诉我的。还说他怎样乖巧，怎样伶俐，夫人小姐怎样喜欢他，又说是死了，怪可惜的。（旦俯首介）（丑）怎么弄他活转来，仍旧伺侯小姐，我也跟他学学。（旦凄然介）（贴）少胡说！小心在此伺候，我去取点心就来。（下）（旦）咳，芒儿一条小命，活生生都是他母亲送的。那样一个女孩儿，他竟糊里糊涂

【前腔】匆匆草草配村郎，说甚么之子于归百辆忙，止博个夜叉罗刹不离旁。闪得柔魂扬，芒儿芒儿，你莫怨苍苍合怨娘。

七年小伴，三载长辞，往事重思，不堪回首。记他初来时节，母亲看他头脸干净，手脚灵活，即命供我使唤。

【朝元令】他便形随影随，伴我芸窗里。云移月移，导我迷藏戏。逗儿家百样憨嬉，博堂上几番欢喜，朝朝暮暮不曾离。明慧如斯，可人尤在黠兼痴。及至稍长，腻发学拢时，兼呈窈窕姿。助妆台几多清致，今日谁知你竟恁般身世，恁般身世。

自他去后，为之忽忽不乐。念他虽长蓬门，来至我家，一样深闺娇养，何曾受过日炙风吹？一旦嫁到农家，那粗重生活，怎生禁架？

【前腔】不过是怕你气微力微，不任农家事。怜你脂辞粉辞，淡尽眉峰翠。人皆说你不能作苦，只我知你好胜心儿，不辞劳悴。咳！指望你绣户重回，（泪介）怎知你竟绿残红碎，只落得棠梨一树小坟隈。惨迷离烟草乱斜晖，深宵杜宇啼。你俏魂儿何处羁栖？愿你早皈依向白莲龛侍，白莲龛侍。

（坐介）哎，你不能久驻浮世，又现此幻影何为？徒令旁观人

代为惆怅。芒儿呵,你这是何苦来哟?

【尾声】怪无端飞来愁绪萦心上,(作倦态介)软哈哈芳神摇漾。(欠伸介)一时困倦起来,且待我这女书生,也去做一个栩栩蘧蘧的蝶梦庄。

(起介)人间无活处,天上有醒时。(下)(丑望介)你看小姐,云鬟半亸,翠髻微偏,竟甜甜睡去。不要惊他香梦,待我轻轻的将帐儿放下。(暂下,即上)我想起一句话来了,呀呀呀,是甚么"婢学夫人"?大约是我们前辈留下的故典。老爷又说,小姐是神仙中人,想我也是神仙之婢了。(指介)琴棋书画,文房四宝,色色俱全,我何不也留个故典呢?(看书介)这个弄不来。(看画介)这个也不妥。(想介)做甚么呢?嗯,有了!(看帖介)这个玩意儿,只怕还可哩,就留个小婢仿神仙的故典罢。不错不错,是的是的。(伏案写介)(贴托盘上)兰酥清味隽,雅称玉人餐。(见丑介)你作死呵,乱抹的甚么!小姐呢?(丑向内努嘴,复扯贴介)不要响呵,你来看哟!(贴)看甚么?(丑)来哟!试看我"小鬟仿仙子",(指贴介)终胜你"老婢学夫人"!(笑跑下)(贴笑骂随下)

第二出　聚仙

(二仙童执花幡,引老旦仙装上,杂扮十二花神执花随上)(老旦)

【西地锦】合座香云缭绕,启花宫大集苗条。嫩生生云容月态不胜娇,艳晶晶分班排着。

紫紫红红,树树枝枝,朵朵风风雨雨,朝朝暮暮年年。小神花宫总司是也。作群芳主宰,管万卉荣枯,这职任可也不小也。(内奏乐,童)请总司升坐。(老旦高坐介,众仙拜介)(老旦)既非令节,只行常礼罢。(众花仙分立介)(老旦)看坐。(众告坐介,童下)(众)不知何事见召?敢请香旨。(老旦)众仙子听着:只因蟠桃宴后,王母赐游御苑,赦免礼节,兼许花下携樽,随意游赏,又各赐琼花一枝,以便携归洞府,本是异数。那时惜红仙史,被众仙子作弄得大醉,遂与司香玉女嘲笑分颜。惜红竟将琼花踏得粉碎。惊动御园仙吏,即时奏闻,以大不敬论。王母敕仙籍除名,永归轮转。那时众仙子一齐俯伏,代为乞恩,就中玉虚仙子保救尤力,方得小示警惩,从宽暂谪。恰好玉虚阁浮化身,送结七年主婢之缘。惜红近已谪满归班,玉虚怜其夭折,每每为之怅惋。本司因此大启花宫?命惜红去邀玉虚,证明因果,故奉屈诸仙子作陪。只是惜红敢待来也。(众)敢待来也。(小旦仙装执拂上)浮沤幻影忒惺忪,每为群芳怅晓风。一样花飞茵溷异,谁知赏罚寓其中?小仙惜红仙史是也。职司落花,虽是名微位卑,恰也大有操纵。今奉总司之召,来此已是宫门,不免进入。(进见介)(老旦)仙史少礼,看坐。(小旦告坐介)总司见召,不知有何香谕?(老旦)自仙史归班后,玉虚每每月夕风晨,为你忽忽不乐,土地神屡次申报,仙史可晓得么?(小旦)小仙知道。只是人天路遥,欲见无由耳。(泪介)(老旦)此事本司竟付之漠然,岂不将他一片芳情辜负!你可引他梦魂先到集艳亭小憩,证明因果。再遥仙乐鸾驭相迎,设宴廿四番风殿,作一个群芳大会,也是我这花宫一段佳话。去罢!(小旦)领香旨。(下)(仙女上)启上总司:奉令打扫殿庭,安排筵宴,一切齐备了。长春乐、百花舞皆已演熟。(老旦)齐备了么?(仙女)齐备了。(老旦)虽然齐备,恐有不周,烦芍药、芙蓉二仙子,代为照料照料。(二仙子)领香旨。(老旦)仙子听我道来:

【倾杯序】休教,高低混,上下淆,逐件安排好。必须要银屏大敞,金樽广列,花毡满布,珠箔高挑。那霞瓶云盎,也点缀些珊枝琼树,琪花瑶草。仙子,惟愿你莫辞劳。玉虚现处繁华之境,那些肴馔,尤须一一检点,莫令他十分寒俭笑吾曹。那长春乐呵,

【朱奴儿犯】整一片仙音缥缈,云和瑟闲着琅璈,再加上象板鸾笙

紫玉箫。那百花舞呵,要满襟袖,满襟袖,群英旋绕。蹁跹处,似丝萦絮袅。烦二仙子传语乐舞诸女:玉虚来时,各出精神奏技。倘能博星眸一盼,桃靥含春,也算他花宫一样福能消。

(二仙)领香旨。(老旦)侍儿引导。(仙女)二位仙子随我来。(引下,即上)启总司:芍药、芙蓉二仙子特具小宴,请总司去按舞听歌。(老旦)生受他。(向来介)我们去罢。(起介,率众绕场介)(合)

【尾声】回栏曲槛徐徐绕。(内大合乐介)(仙女)在那里演舞了。(老旦)想正值回翔入妙,(内细乐介)(合)早听那袅袅珠喉一串娇。(下)

第三出　宴真

(云童引小旦仙装执拂上)

【玩仙灯】轻蹑彩云飞,风漾玲珑环佩。

我惜红仙史,奉命来邀小姐生魂赴宴。此番聚会,这也是意外奇缘,须索催云前去者。(童舞云,拥小旦急行绕场下)(丑、杂二仙女上)花天开世界,月地聚神仙。我花宫侍儿是也。(丑)姐姐,今日主人排筵设席,赢得我姊妹们好忙耶!且喜打扫收拾,一切齐备。说不尽殿庭中陈设的奇珍异宝,数不完筵席上排列的佳果香蔬。真是锦团团,花簇簇,夸之不尽。这算好极的了,还有那些陪客更奇,一个个俱是描不成的花容玉貌,画不就的玉骨冰肌。只觉满座上红凝翠颤,玉映珠莹。想除却瑶池会上,就要让我们这里独步了。正是:全凭青鸟使,邀得玉人来。(杂)色色俱全,只少一样。(丑指杂头介)你又来强作解事。你看少甚么呢?你说呀!(杂)荤。(丑笑介)你也来了百余年,请问你:那次排筵,用过荤呢?(杂)不是呀,我因这次与往日大不相同,自然要换换花色的呀,原来还是照旧。(丑)被你说着了!这回有了。(杂)哦,有了?我不曾见呀!你不要哄我。(丑仰视介)天色尚早,你且坐下，好细告诉你哟。（杂）今日是我司茶，我去泡碗来，和你品茶闲话，不比这清坐的好吗？（丑）果然好。快去泡来。可要绝顶的叶子，那些中等货，我可不吃。（杂笑下，捧茶上，对坐介）姐姐，这是新制的鸾尾香，你尝尝看。（丑）听说新制三种叶子，你何不俱弄点给我尝尝呢？（杂羞丑介）你也不看看你的嘴脸，就是这一盏，我还担着十分干系呢！（丑笑介）罢了，不用说了。我告诉你正经话罢。（丑）昨日主人命童儿到麻姑处吃酒。（杂笑掩耳介）我不听，你少说些罢！（丑）那个哄你？（杂）我们宫中的酒，莫说洞府驰名，就在瑶池会上，也要占个尖儿，还要外四路去吃酒么？（丑指杂介）咳！对胡涂人实在难说话。我们酒的好处，是香清味隽，究竟不及他的力量沉厚。（杂）由你说罢。（丑）童儿至彼，敬致主人之命。哎哟哟，真真好个麻姑哟！随命侍儿满满的装了一大葫芦沧桑酒。又说：我晓得你宫中是不用荤的，只是有酒岂可无肴？真真好个麻姑，即命取青麟脯二盘、白凤腊一盒，教童儿多多致意主人，说：固与双成有约，不然还要做个不远之客哩！（杂）沧桑酒怎讲？（丑）连“沧桑”两字通不晓得，笑杀千万人哉！田变海时酿，海变田时熟，酒力沉厚者，就是陈的道理。（杂）原来如此，多承指教。姐姐，你是司酒的，千万留一钟儿给妹子尝尝，不要独自叨登才好呢。（丑）看罢咧，闲话少说。（起介）惜红仙史去已多时，众花仙也去迎接，我们也好去约齐众姊妹，小心司事，排班伺候。我和你去来去来。（云童引小旦急行上高处介）匆匆短梦醒经年，旧梦重寻倍惘然。今又梦中寻旧梦，阿谁参透梦中禅。（俯视介）前面已是花园了，云童按云者。（云童拥小旦下，缓行介，云童下）（小旦①望介）哎！你看楼阁依前，亭台如故，只是时日变迁，今昔不同耳。呀！迤逦行来，桐阴拂槛，花影侵阶，是吟椒馆

① “小旦”字原缺，据文义补。

呵,这是小姐时常起坐所在。(立看介)咳!

【临江仙】看那风约帘波庭院静,碧苔芳草凄迷,我姗姗转过画栏西。(倚栏徘徊介)无人怜倩影,哎,谁管是耶非?

(行介)这是小姐香闺了。你看纱窗静掩,金鼎微飘。(伫立迟回介)重来故处,回忆前尘,不禁怦然心动。想小姐待我那番恩义,真令人感激不尽也。记当年随着母亲

【啄木儿】投身始,寄一枝,人事些儿全不识。深感你刻意矜怜,遂令我纵情游戏。每每的时常为我嗔他婢,就有一差半错又何曾罪?若非感动花神,小姐小姐,岂不把你的一片芳情空自费。

(向内介)小姐请起。(旦内)声音恁熟,是谁呵?(小旦)是芒儿在此,请小姐起来。(旦内)原来是你回来了。(急上,见小旦喜介)你真个回来了!

【玩仙灯】惊喜问云鬟,自你去后,可知我为你常牵望眼?

坐了。(小旦告坐介)若非小姐垂念,芒儿争得到此?今奉主人命,敬请小姐去花宫赴宴,即请移玉。(旦)你主人是谁?你这话我不懂呢。(小旦)敝主么,是花宫总司。(旦)恶。(细看小旦,想介)看你霞裳月袂,是成仙了,怎么说是死了呢?(小旦)芒儿何曾死来?(旦喜介)原来你不曾死,我倒要问问你呢!

【三段子】这长生诀秘,九还丹是何人授之?你现居何处,可详明使我得知。再者,你说奉主命相招,只是我与他,从来半面无曾识,缘何今日相招致?况未禀双亲,岂容造次。

(小旦)我已禀过夫人,不妨事的,去去就来的哟。小姐请行,婢子引导。(旦起介)(小旦)云童何在?(四童舞云上,拥行介)(桌上设像、生花果)(小旦)这是集艳亭,请小姐小憩。(云童下)(旦望介)好个所在,千红缭绕,万紫缤纷,真不愧"集艳"二字。(坐介,二仙女捧茶上)(小旦)小姐,请用茶点。(旦饮茶介)妙呵,好茶!香色宜人,别饶风味。(看桌上介)这果品,想是交梨、

火枣么?(小旦)非也,这是花宫异品。(指介)这是桂实,这是兰粉,这是玉井莲糕,这是琼花蕊饼。小姐请用些。(旦)我一面用茶点,你可将得仙缘由,细细告我。(小旦)小姐听禀。(旦)你与我已隔一尘,不必再称小姐。(小旦起介)谨遵台命,大胆竟称上真了。上真听禀:这番旋转,皆是小仙轻率所致。小仙原是花宫专司落花的惜红仙史。(旦)花既落了,所司何事?(小旦)堕溷飘茵,皆说是封家十八姨作用,岂知皆是我这拂儿,以示赏罚功罪。(旦)花开花谢,皆出天工,有何功罪赏罚?(小旦)大概而论,一花即有一神执掌。应时而开,应时而谢,即谓之功;前期而开,后期而谢,即谓之罪。如美人簪戴,文人题咏,即谓之赏;牛羊践踏,蜂蝶捎掠,即谓之罚。若堕落溷厕之中,更是罚之至重。计功论赏,计罪论罚,(举拂介)皆是这拂子主持。(旦)原来花木也有赏罚功罪。假如有人将落花收聚,埋于净土,免他飘零作践,可好么?(小旦起立介)上真具此一片婆心,不特群芳感激,就是小仙也免些纠察之烦,真是功德无量。"花律"上载着一条:凡人能爱护群芳,栽培灌溉,惟恐其伤者,得三世美貌之报。如怜惜落花,或收埋净土,或聚付清流,免其作践污秽者,得好颜色耐老之报。(旦)恶,花木也有律例的?(小旦)一花一美人,一花一世界。既将美人、世界作比,自然有一部"花律"了。(旦)这也罢了。只是就因何事谪降呢?(小旦)上真听启:

【前腔】只为瑶池祝厘,宴蟠桃多倾玉卮;席终告辞,敕游园暂宽礼仪。小仙醉后,与玉女嬉戏,逞辞锋诙谐信口浑忘忌,致纷争愤然竟践琼花碎。为园吏所纠,王母大怒,即敕仙籍除名。多亏群仙及上真代为乞恩,方得小惩戒暂入轮回,许归班深蒙覆庇。

与上真七年主婢之缘,就是为此。(旦)怪道一见相怜,原来有此缘故。(小旦)侍儿换茶。(二仙女换茶介)(小旦)请上真再用些。(旦)不消了。这个所在是难得到的,何不外边观玩观玩?

也不负此来一番。(小旦)上真,小仙引导。(同起缓步观玩介)(云童拥众花仙奏乐,二仙童执花幡,引二仙女驭青鸾上)(旦望介)那远远的香云缭绕,仙乐悠扬,不知是何仙驾?(小旦拂指介)那是众花仙,来迎接上真的。(旦)恶,那就是来迎我的么?(伫望介)妙呵,你看那些仙子,真个个皆绝世倾城也!

【归朝欢】翩翩的,翩翩的,霞裳羽衣,恁绰约似花枝旖旎。(众)奉主人命,请上真赴宴,遣小仙辈奉迎。小仙辈稽首了。(旦答礼介)承令主人如此隆礼,何以克当?更劳诸仙子远来,更属惶恐。(众)好说。(二仙女)请上真乘鸾前往。(旦跨鸾,众拥绕场行介)(旦)香云里,香云里,青鸾稳骑,簇拥着仙姬一队。(众合)笙簧暖,琼箫脆,花宫大启群芳会,敬候你这天仙去捧玉卮。

(大合乐,仙童舞云,拥旦绕场从高处下)

第四出　葬花

(场上设奁具)(旦簪花上,贴随上)【菩萨蛮】沉沉帘幕低垂下,胆瓶婀娜花枝亚。金鸭火初温,轻浮一缕云。东风昨夜悄,芳径红休扫。鸦嘴早安排,为花筑墓台。(坐介)儿家刘三妹,宵来见芒儿羽衣缟裳,来请我赴宴。即随他前去。路过集艳亭,小憩茶话,方知他是司落花的仙子,有过被谪。正欲观玩山景,又被众花仙簇拥乘鸾,引赴花宫。有一云冠霞帔的仙真,率领一群仙子,迎入廿四番风殿。见合殿中那些仙女,只觉馥芳芳红娇粉腻,灿盈盈玉映珠辉,真令人迷离惝恍。及至上宴,仙厨品味,姑置勿论,就是那几名歌舞侑觞的女子,洵不愧惊鸿游龙之态,穿云裂石之音。心中甚乐,不觉连进数觞。加以主人率领群仙迭次献爵,竟至沉醉,以百花舆送归,醒来恰是一梦。(微叹介,低语介)哎,芒儿果能成仙,倒也免我许多怜惜。这也罢了。今夜五更,听那风声甚紧,想园内繁花,多应被他吹落不少。记得芒儿说:能收葬落花,便是功德无量。我一向原要收葬,免其狼藉污秽,今既感梦,更是义不容辞了。(贴代旦理装,取花自看,复执花问旦介)小姐,这枝花是几时有的?婢子竟未看过。(旦)是才除下来的么?(贴)是。(旦)适才还说是梦,看这枝花,芒儿的的真真是成仙了!(贴)小姐说的甚么?婢子问的是这枝花哟!(旦指花介)梦中见芒儿,来请我花宫赴宴,大会群仙。我即景留题,花宫总司特折如意花作答。(贴)怎么叫做如意花呢?(旦)大凡各种花卉,朵儿大小,色香浓淡,皆有一定式样,彼此不能移易。只此花,色香式样,随心更换,永不枯萎,所以叫做如意花。不特人世所无,即在花宫,亦称异品。(贴)这等说,小姐遇仙了。那时小姐怎不携带婢子?也见见世面。(旦微笑介)这是梦境,怎生携带得你呢?(贴不语)(丑背气介)恨死我也!这样无情的东西,怪不得早早的死了。我若能见着他,先拿老大的耳光子打他还不算,还要指着脸啐着问:这势利小人,为何这等忘旧?(贴扯介)你敢是疯了,要问那个?(丑顿足介)就是那芒儿丫头呀。既请小姐,不睬我罢咧,何妨顺便人情,约你一声。难道说,低了他的身分不成?你还夸他好呢!(贴点头微叹介)他如今成仙,也如寒士得官一般,那些平日伙伴朋友,自然没眼看了。这也是人大一例的,不要说了。(杂扮老妪,捧衣包上)琼姑娘,这是夫人给小姐新制的春衣。(旦接介)(杂)你给小姐穿起来,看看合身不合身?去回夫人一声。我且去了。(下)(丑解袱看介)呵哟哟,好鲜明颜色哟!(贴取衣,代旦换,丑看旦,复看壁上,低语指介)啧啧啧,原来这衣服的颜色,是照画上吹笙仙女做的。你看,也是松黄衫、翡翠裙、葵绿绯红的衬褂,一丝儿也不错。(扯贴低语介)姐姐,你看那画上仙女,虽然美丽,还有些妆饰,怎及我小姐玉骨冰肌,天然丰韵呢!(贴)便是。(丑)如在身旁添朵祥云,岂不是一位仙子么?(贴笑介)小姐就是神仙,何须云彩帮衬?(旦微笑介)你们说甚么

【懒画眉】冰肌玉骨态天然,更说甚添朵祥云便是仙。(贴对丑介)你我伺候小姐几年,将来也随着小姐成仙,不知有那福分没有?(旦视贴、丑介)似你这添香侍茗的小云鬟,待他年蓬山有甚难同践?(贴)只怕婢子们福薄。(旦视贴、丑,点头微笑介)痴丫头,你可晓得那淮南王刘安家的鸡犬由来亦上天。

纱囊我已制下,你们可安排翠帚、鸦锄伺候。待我到堂上转来,好去葬花。随我去来。(带二婢下)(贴捧香烛上)只知几度看来好,那信群芳落有灵。我琼奴,奉夫人之命,去传语园丁,打扫天香馆,等老爷拜客回来,同夫人、小姐赏花。又命将香烛送至留香洞,好待小姐葬花。行行去去,去去行行,来此已是。待我将香案排列起来。(作拂尘排列介)(丑捧酒上)常听"万事销除无过酒",只不知他"春光一醉可还醒"?我玉奴,奉夫人之命,到厨下吩咐安排家宴,又叫取清酒一壶,送至留香洞,好待小姐祭送花神。(笑介)今日可要尽我乐够了呢!来此已是留香洞了。(见贴介)呀!他倒先来了,待我唬他一唬。(立贴背后,拍手喊介)呵哟,不好了!蛇来了,快跑呵!(贴回身见丑,骂介)你这死丫头,好端端的唬人家一跳,这是怎么说呢?(丑笑福介)恭喜姊姊大喜呀!(贴)又来胡说,甚么大喜?(丑做身段,说介)这喜么,真是非常之喜,出奇之喜,如天似地之喜。直投我心内喜,是时说不上来。(拍手弯腰笑介)(贴)满口胡柴,到底说的是甚么?(扯介)和你到夫人那里说去。(丑笑央介)好姐姐,饶过这次罢,再不敢了。(贴)那不能。(丑)不是呀,少停小姐来葬花,大约有半天耽搁,你我沾光,也可玩个尽兴,这不是非常如天之喜吗?(贴笑放手介)少得胡说,和你请小姐去来。(丑)去来去来。(同下)(贴携帚,丑荷锄,随旦上)小姐这里来。(引旦绕场缓行介)(旦)

【前腔】连朝嫩暖与轻寒,取次花风到牡丹。你看那霏微絮影扑朱栏,(仰视介)晴云如粉横霄汉。(立望介)你看那些屋宇,被日光掩映,宛似小李将军一幅金碧楼台。我也待写入鹅溪绢上看。

(贴)前面已是园门了。(旦)

【前腔】遥见那垂垂薜荔锁苍烟,掩映着青粉围墙一带偏。(丑)那边一带花篱,开得好不热闹。(贴)果然好,不知比石崇的锦障如何?(旦)怪石家枉自费金钱,笑他那人工怎及这天工善。(贴)好一片碧茸茸的芳草呵!(旦)恰似那青翠平铺一色毡。

(场角设绣墩)(丑袖拂介)小姐走乏了,这个石砰儿倒光洁,小姐请坐下来,歇歇儿呢。(旦坐介)

【前腔】石砰小坐慢俄延,(内作风声介)(贴)好风呵,你看那些花像红雨一般落下来了。(旦)猛飘来,万紫千红满目前。(内作鸟声介)客来了,拿茶来呀。(旦惊介)呀,听呼茶鹦鹉恁声尖。(贴、丑四望介)(旦)有人来了,我和你权时避客须回转。(贴)不见有人呀?(丑)猫咬头了,人在那里?待我赶回去,一把抓下来,摔死你,看你还扯谎不扯谎?(旦)没人来么?(贴)没有。(丑)小姐放心,再没人来的哟。(旦)鹦儿鹦儿,怎故故惊人作谎言?

(老旦扮管家婆上)小姐怎在这风地里坐着,不怕着了凉么?(旦)我因走乏了,在此歇歇,不妨的,你去罢。(老旦向贴、丑介)夫人叫说给你们,不要只顾自己贪玩,引逗小姐尽着在风地里站着。(贴笑推介)知道了,老奶奶你请罢!(老旦)还是请小姐到留香洞去坐坐,那里稳便些。(旦)我稍坐坐就去的。(丑)实在噜苏,难道小姐乏了,也不容他歇歇儿吗?(老旦指丑介)总是你这鬼头不好,你防备着,我禀过夫人,揭你的顽皮,看你和我还嘴!(下)(丑指骂介)老不死,老砍头,老厌物!我恨不得把他一下推下金鱼池,叫他变个忘八儿,爬给我看,看他还管人不管人!(旦)不许胡说。(丑)小姐,我去打秋千给你瞧,可好吗?(扯贴介)和你去来去来。(贴)安稳些罢,跌下来,不是玩的。我不去。(旦)

【前腔】绿杨影里露秋千,看风约朱绳画板悬,咳,只有芒儿在日,他打得高低上下势蹁跹。每怪他憨嬉以外无多恋,怎知他原是花宫谪降仙!

你们把地下落花,替我装起来。(贴取纱囊装介)(丑四望指介)那边不又是管家奶奶来了吗?(旦起介)不要惹他琐碎了,到留香洞去罢。(贴、丑携帚荷锄,随行介)(旦)这座假山,虽是人工,却也幽深窈窕,颇具岩壑之致,是堆得好呵!

【前腔】玲珑皱透石嵚嵌,叠就王维画里山。(丑)小姐,你听这声,响得好听吗?(旦)这是溪流雨后响潺潺。(贴)这条瀑布,直从山顶上泼下来,真个有趣。(旦)看飞泉乱落珠玑散。(丑看介)甚么留香洞?直头神仙洞罢了。(贴笑介)你看过神仙洞的?(丑)此处也不听人声,也不见人影,难道不是神仙洞吗?(旦)此地果然幽静,若与别处比较,恰便似世外仙源自许探。

琼儿,你去折些桐叶,再扫些柳絮来。(贴)是。(下)(旦)玉儿,你与我在这藏春巘下,(指介)第一株松旁,深深的挖个井儿。(丑应挖介)(旦)

【醉扶归】须要紧靠长松堑,(丑)为何要靠松呢?(旦)我要借他做个遮阳翠幄四时牵。(丑)原来如此。(举锄连挖介)好了,井儿挖成了,小姐来看罢。(掷锄,坐地喘介)呵哟哟!实在来不得了。(旦看喜介)果然挖得好。(看丑介)难为你有这力气,歇歇儿罢。(贴提篮上)桐叶、柳絮有了,不知要他何用?(旦)要他铺在井中,替花作个周身之具。(取桐叶介)岂不比那硬梆梆的桐棺三寸较安便,(贴、丑同铺介)(旦)你们可要小心些,莫教灰土相沾染。(取柳絮介)白溶溶,匀摊满布代吴棉。(贴)小姐请歇歇儿,坐在那边,看婢子们弄罢,不要劳碌着。(旦)不妨的,我还要亲自扫花呢。你们怎晓得我人劳,庶博个花欢颜。

取翠帚过来。(贴递帚介,旦扫介)花呵!

【皂罗袍】忍见你恁狼藉苔侵泥溅,你可轻随帚下,(贴)好一阵凑趣风儿，竟将落花拥在一处。（丑）真个神妙之极。（旦）小聚栏边。（贴）小姐不要扫了，满园落花总归此处了。（旦倚帚看介）妙呵，看如霞似锦紫红兼，分明大块文章现。（贴取纱囊，丑捧花装介）（旦）把纱囊满贮，（贴放囊，丑填土介）（旦）香泥细填，免得他飘摇不定，污秽堪怜。（贴）小姐为花这等费心，还该立块石，替他表墓才是。（旦笑指介）你不见么？堆这山时，老爷就为他制下了志香阡，特书三字是"藏春巘"。

看香过来，待敬他一盏儿。（贴焚香，丑斟酒）（旦）

【前腔】送花灵早返霞宫月殿，（丑）他怎么回去呢？（旦）他自有云车风马，雾盖烟軿。（丑）不要鼓吹么？（旦）他自有灵璈宝瑟韵纤纤，不似世间，嗷嘈笙管真堪厌。（取酒介）我把松醪满酌，沉檀敬燃。（丑）小姐替花送行，必须结彩排筵才是。（旦笑介）蠢丫头，你晓得甚么来！（背介）我葬花，无非是为芒儿起见。（转介，向丑介）人神感格，全在真诚，要那虚文何用？无烦结彩，何须设筵？（丑）程仪难道也不送些么？（旦）也不用金银锞锭盈盘献。

（老旦上）老爷、夫人俱在天香馆，等小姐赏花，请小姐就去罢。（下）（旦）把香酒收过了。（丑）是。（收香酒下，即上）（旦）

【尾声】我芳心一晌为他缱，故把飞英着意拈。如今心事已完，畅好陪着爷妈，向花下酌春醪，学舞莱衣彩色鲜。

（小旦扮小鬟上）奉夫人之命，请小姐赏花。（旦）我正要去呢。（小旦背对贴介）今年牡丹花，听说是特差人到洛阳办来的，叫做甚么"大北胜"。果真那花开的，比斗还大，实在希罕。（旦）你漫把花名夸北胜，我愿偕①亲寿比南山。（下）

美人觉悟便登仙，好句吟来一惘然。

怕向南柯寻旧梦，记曾东海访新阡。

---

① "偕"，原文作"谐"，据文义改。

添香侍茗虽无地，积翠堆红更有天。
我亦上清参末座，不知归去是何年？
——江苏沭阳县诗词协会刊印本1990年版

望洋叹[①]

提纲

（末上）
【踏莎行】海上群英，樽前一老，客途不恨知音少。无端赴试各还乡，匆匆帽影鞭丝袅。　久别良朋，频惊恶耗，新诗几叠悲凉调。精诚极处格仙灵，蓬山亦许凡身到。

第一出　轫游

（生上）【忆江南】春如梦，软软复浓浓。稚柳竞舒无嫩[②]绿，娇花争放可怜红，故故恼愁侬。小生王诩，表字子扬，建陵人氏。派衍乌衣，性耽黄卷，早擅神童之誉，晚同鬼谷之称，这也不在话下。可喜椿萱并茂，棠棣联芳，守彼田园，永兹朝夕，也算人生佳境了。只是小生呵
【玉芙蓉】经纶满腹储，匡济期无负。念驹光隙影，肯教虚度。几时才扶摇直上青云路？好把平生快展舒。烝民赋，山龙代补，赞吾皇垂裳而治效唐虞。

（笑介）说便这等说，只是僻处乡隅，见闻不广，且从古文人，未有不借江山之助，师友之资，而成学问者。欲往南方游览游览，

① 原文此处有“东海刘清韵古香填词，古僮钱梅坡香岩较订”。
② “嫩”，原文作“敕”。

一来凛不远游之戒，二来道途梗塞，因而中止。我想朐浦离家不过百里，兼有云台、大海之胜，又为四方游客所聚，故尔决意走遭。适已别过爹妈。（望介）童儿去雇船，为何还不回来？我且向阶下闲步一回。（作看花介）呀！你看小白长红，临风欲笑。昔人言：名花如美女，诚非虚语也。

【朱奴插芙蓉】何来这璇闺丽姝？倚画槛含情无语。（忽凄然失声长叹介）我想这金陵、维扬，自经发匪蹂躏，也不知有多少绿惨红愁泣歧路，有谁把金铃遮护？浑无主，任风欺雨妒，（泪介）断送得香魂艳魄委沟渠。

（徘徊拭泪，忽怒容拍案介）呀！

【倾杯赏芙蓉】猛可的怒气凌云贯斗墟，发看冲冠竖。恨不得立请长缨，一旅亲提，把那些豺狼枭獍，一例歼除。（叹介）咳！奈茫茫宦海无梁渡，（仰面搔首踟蹰介）只落得仰视苍苍一叹嘘。哎！罢！哎！罢！经邦平国，庙堂自有其人，想俺王诩，伏处草茅，虽具一腔忠愤，也只好付于无何有之乡罢了。焦思何为？毫无补，又何须自苦！（微哂介）笑煞我、忧天更比杞人愚。

（童挑琴剑书箱上）一切行装，皆已收拾齐备，请相公下船。（生）就此前往便了。（随童行介）想我此行呵

【尾声】也只为男儿志气须昭布，敢说奇才为国储，且索去登眺云山把块垒舒。

（同下）

第二出　探志

（外白须上）

【燕归梁】匆匆廿四番风迅，惊雪鬓，感芳辰。粗官冷署寄闲身，容说剑，许论文。

【本诗】身为小吏，心在大乘。是我非我，亦俗亦僧。形骸泡

影，仕宦风灯。吾谁与归？西方化人。（坐介）下官周诒朴，别字瓠翁，以湘潭世胄，作海上微员。依然俭约家风，处脂膏而不润；其奈迂疏性格，作傀儡之未能。所喜远近名流，知我怜才，争来执贽。老夫虽秉①好为人师之戒，亦不时延接。一则与儿子切蹉，二则老夫也借此广些见闻。屈指槐黄已近，他们俱要回去秋闱。昨命折简邀来谈谈，改日再为祖饯。（叹介）人生斯世，聚散如萍，良可慨也。（杂持帖上）禀老爷：本地吴相公、许相公陪谦师父去游云台，不在家。张相公、刘相公、邱相公到了，少爷陪着。两位王相公少刻即来。（外）客齐了，报我出迎。（杂）是。（下）（外出介）凝神搜典籍，排闷盍朋簪。（下）（杂持帖复上）俗语：人要想找钱，只消巴结伺候盐务官。有的银子用，没得事干连。老爷摆筵席，跟班喜气添。垣商与票贩，一一去招延。老爷得大采，跟班光小沾。加斤与贴色，扣款更无边。积久成习惯，视为例固然。往往主与仆，个个富腰缠。不料我主人，件件异从前。商贩俱不请，扣款一齐蠲。朝朝延名士，日日接书颠。（拍手顿足介）老爷，老爷，只为你主人好风雅，致令我奴仆受熬煎。哎，罢了！这也是我命穷，合讨饭，巴结到有钱地方，也不找钱。闲话少说，且去伺候着，不要讨主人没趣。（下）（小生扮王菊龛上）读破人间万卷书，不甘章句好迂儒。男儿自有当为事，谁共闻鸡起壮图？小生王菊龛，北直真定人也。向客南中，近游海上，遇二三好友，连宵清话，排日狂吟，倒也颇不寂寞。只因小生素有经世之心，虽然王粲依人，不免刘琨起舞。（微笑介）争奈日下江河，狂澜难挽，因此一腔热血，化为满腹寒冰，倒白白地做了数载背井离乡之客。（笑介）从此决意回去，再不作南柯梦了。昨承周瓠翁先生见招，一向蒙其青目，只索前去走走。且宗兄子扬，刘君殿勋，张君溥斋，皆

① “秉”，原文作“禀”。

要回去乡试。邱君履平,投笔从戎,不日也要就道。正好到那里畅谈畅谈,即以辞行,甚为简便。童儿!(童应上)你将许相公《虹桥春柳图》拿着,随我出去。(童下,取画轴上,随行介)(小生)你看遥村似画,远近如屏;舫内筝声,楼头笛韵,好一派清和景象。争奈人意绪不佳何!(指介)那些落花呵

【渔灯儿】乱缤纷漾和风万点愁人,可怎的韶光阴偏恼这客中身?都只为寇警时传风鹤频,镇日价拨愁排闷,借金樽、劝无人索自温存。

(生上)出门流水住,回首白云多。(见介)请了。(小生)请了。正欲奉约,就请同行。(生)请。(行介。向小生介)对此春色阑珊,愈觉增人乡思也。正是:飞絮落花游子泪,(小生)暮云春树故人心。(下)(净、末、旦、丑上)(净)莽莽乾坤眼倦开。小生邱履平。(末)海山东望忆蓬莱。小生张溥斋。(旦)明朝应报文星聚。小生周莲亭。(丑)骐骥当前愧驽骀。小生刘殿勋。(坐介,童送茶上,即下)(末)履平,以你文章,真堪纵横一世,岂只小冠一军?缘何屏弃诗书?敢问意之所向。(净)哎!溥斋,(起介)念履平呵

【前腔】叠次的感诸兄下问谆谆,非是俺无心攀折上林春。也只为仰慕当年投笔人,只待要银河倒挽洗乾坤,树宏猷像写麒麟。

(末、丑)好!这是男儿事业,英雄志量,大丈夫理合如是。(向旦介)莲亭,你近来也神情懒散,大有薄视科名之意,又是何说?(旦)小弟怎敢薄视科名!正为重看科名,自揣学浅才庸,难副科名耳。(丑)今岁秋闱,去不去呢?(旦)家君期望甚殷,少不得要振作精神,陪诸兄走一趟。(末、净)太谦了。(旦)并非自谦,若论制艺、试帖、对策三条,那些伎俩

【锦渔灯】要向月窟攀仙蕊,料嫦娥笑引。自知性气疏戆,不知忌讳,文字虽佳,只怕定要做个忤当道下第刘蕡。(外暗上,潜听点头介)纵使秋试、春闱联捷上去,新进小臣无所建白,与其去拜起随班逐后尘,倒不如躬耕田亩,做个识字太平氓。

小弟鄙意如此，亦愿闻二兄之志。（末）溥斋十年作客，四海无家，竟不知此身将何归着？

【锦上花】看整一片烂熳春，望故里怆客魂，那好韶华尽消磨马辔与车轮。待秋闱后，不特放情诗酒，还要超世网谢尘氛，息妄念作闲身。岩栖谷隐养天真，把玉树种恒春。

（丑）弟以樗栎之才，（向旦介）

【锦中拍】一向的荷尊翁垂青殿勋，感高谊如云。容滥入文坛笔阵，日征逐传笺选韵。（起介）畅交游正好，猛乡园念殷。此后俺在乡里呵，怅离群梁间落月，存知己天涯比邻。（看介）呀，这栏中芍药，开得好秾粹。（坐介）对这照眼花光，合把醇醪痛饮。（向旦介）从君乞一贵重之物，幸勿见却。（旦）敢不如命。（丑笑指介）要借那金带围，与诸兄当别贶。

（净起看介）今年金带围，尽有如许之多，有趣有趣。（徘徊玩赏介）（丑）待我数来。（数介）一二三四五六，呀！我们今日连二位王兄，恰恰也是六位，这个先兆，大奇大奇。（净笑介）不消算小弟，我与你们，文武殊途了。（末）溥斋将来要做个世外散人，亦谨谢不敏。（丑笑介）二兄说那里话来！昔日扬州，开了四枝金带围，同时四人入相。我们今日同时六人，还有一个汾阳王哩！弟虽不才，亦愿敬附诸君之末。（鼓掌大笑介）谁道今人不如古人？据今日看来，竟超过古人一头哩！（旦微笑介）你不要说得太高兴了，看将来言不应口怎好！（丑）不妨不妨，这是必应的。（同笑介）（末）菊龛、子扬，因何还不到来？（净）菊龛性情豪爽，决不恁般迟滞，大约被子扬拖累住了。（旦笑介）邱兄说子扬举止疏慢，小弟转觉他别饶妩媚哩！（童上）二位王相公到了。（旦）快请。（小生上见介）（童）老爷有请。（外上拱介）请了，老夫揖迎。（众）不敢，晚生辈正欲来领老先生清诲，不期先辱宠招。（外）不过水酒一杯，约诸兄来谈谈，改日再为祖饯。请坐！（众）晚生辈数日就要起身,还有些小事,心领厚谊,多谢罢。(同坐介)(旦)看酒过来。(童捧酒上)(外)知己谈心,也不拘那些俗套,竟是团坐罢。(众)遵命。(外拱介)请!(同坐介,童斟酒介)(外)请!(同饮介)(外)适才童子手中,是何画轴?(小生)是许牧生兄《虹桥春柳图》,索晚生题的,待回寓时,好便道还他。(外)愿借一观。(童送介)(小生)小生正欲求老先生指教。(童展开,外念介)

【新水令】好烟花,转瞬叹萧条,才唤醒扬州一觉。血漂游客舫,鬼唱玉人箫。破碎虹桥,剩几个瘦杨枝,贼不要。

【驻马听】他斫桂仙曹,赋就芜城悲塞草。他吟诗丁卯,歌残江南怨南朝。干卿何事恁萧骚?似曾相识闲凭吊。愁丝袅,逗得个老吴生,改画了嘉陵道。

【沉醉东风】画出者凄惨惨金迷粉消,可还有软哈哈雨浥烟捎?他只说任横陈汉院腰,那知道憔悴了灵和貌!可怜人冶叶倡条,怕往日春容不易描,多谢恁临风写照。

【折桂令】记当初碧浅黄娇,厮傍个亚字红栏,越越魂销。深护着乱莺啼,勾引着灯船闹,牵绊着紫骝骄。没来由烟尘一搅,作弄底风月无聊。冷落林皋,呜咽江潮。谁教你锁了眉梢?谁教你瘦了裙腰?

【沽美酒】叹防江士马骄,阑不住篝狐啸。大开门拱揖迎强盗,老钟繇头颅卖了,他亚夫营,谁管者小苗条?

【离亭宴带歇拍煞】二分明月隋堤晓,三千殿脚宫衣袅,都变作春恨条条。你看闪青燐萤苑荒,踞红巾瓜步稳,流碧血秦淮小。难道者青青眉黛娇,禁得起焰焰机枪扫?是何人轻把繁华送了?止不住韵悠悠玉笛吹,泪盈盈铅波泻,情切切金城悼。东风梦已非,往事丢难掉。莽天涯,情尽再题桥。则者段旧垂虹,便算一幅六朝金粉伤心稿。

妙妙!孔云亭【哀江南】,不得专美于前矣。(小生)惶愧。

（童斟酒）（外）请。（同饮介）（外举杯向生、小生，指净、丑、末介）他三位适与小儿所谈，老夫潜听，略与知二一。菊龛、子扬，何不也把趋向谈谈？好教老夫开些茅塞。（生）老先生听启：

【锦后拍】念下士荷栽培，浑不惜齿牙芬，更论才每每叹空群。（起背介）咳！想子扬的抱负，莫说秋风桂树，春园杏林，视如拾芥，就是那些经国宏谋，运筹妙策，也深蓄久蕴，也深蓄久蕴。说便这等说，倘文运不齐，朱衣难遇。哎！只愁返乡园精疲神窘，将何言慰倚闾亲？非是子扬热中，只为亲老家贫，河清难俟，这下悃，望嫦娥见悯，（转向外介）如幸折桂薪、怎敢忘陶钧。

（坐介）（外捋须笑介）以足下之才，何往不利？将来凤阁鸾台，跂足可待，区区一第，何足道哉！（生）老先生过誉了。（小生起，背介）俺虽一介书生，当此世界

【北骂玉郎带上小楼】既具昂藏七尺身，合做皇家御侮臣。不能够明良会合际风云，试问那，逞鹰扬、彼又何人？（转介）恕狂言昧昏，恕狂言昧昏，都只为盗贼纵横。（指介）你看大江南北，黑漫漫似烟迷雾屯，似烟迷雾屯，故不免书生气愤，只索把英雄泪揾。（向生、净介）你二人虽文武分途，谋国则一，愿巩皇图涤荡妖氛，巩皇图涤荡妖氛，歼除小丑，共建奇勋。俺此番归去，守田园、学农圃、懒踏京尘。（向众拱介）望诸君，报捷音，鳞鸿莫吝。

（外点头拈髯介）说那里话来！据老夫看你的丰①神才调，前程正远，怎说这恬退话头？（小生）承老先生过奖，晚生虽不敢以奇才自夸，亦不肯以庸流自贬，奈遭时不遇何！鄙意已决，此番归去，永不作出山之云。国恩家庆，留与儿曹补报罢！（外微叹介）看热酒来。（众）酒多了。（同起介）敬谢厚扰，晚生告辞。（旦）判袂在迩，愿屈诸兄，同聚小斋，作个竟夜之谈，各消别绪，诸兄以

① “丰”，原文作“年”。

为何如?(众)极好。(外拱介)恕老夫不陪,请。(众)不敢,老先生请便。(旦同众下)(外目送介)我看眼前诸子

【尾声】论才应同步青云稳,这也拿不定,又只怕才难争命。诸子虽趋向不同,将来皆有成就。只是儿子虽可读书,无奈志气飞扬,语言激烈,当此时身入仕途,(叹介)难保平善。不好说破,阻其上进之心。咳!(泪介)我也不忍言了。暗凄惶,也只为舐犊情深,把愁自轸。(下)

第三出　训子

(二杂引外白须黑蟒袍上)只说浑无地,谁知别有天?晶宫思教子,桂馆启招贤。小圣黑水洋龙君是也。职受天曹,权操水府,万年享寿,一子承家。哎!到那行雨时节,好不辛勤劳苦也。

【桂枝香】云蒙雾盖,雷忙风快。示灾祥旱涝无偏,按点滴勤劳敢懈。前日上朝玉阙,感天恩浩大,感天恩浩大,悯臣年衰迈,这职守,敕教儿代。虽是无量天恩,争奈儿子年幼,细思裁,素昔看他,论聪明,世业虽堪继,只是一件,过娇惯,贻谋恐未佳。

(坐介)且他刚猛性成,易致偾事。欲化气质,必须读书。只因僻处海隅,名师难得,也就因循过去。可喜事有凑巧,今早水将呈到册籍,内中有个高才饱学的孝廉,原有根器,以微过暂谪,令其修省,数应于三日后水解。因他在尘世,仍不知悔,再罚居水府,沉沦十年,方得超拔。正好延请教训儿子。侍臣!(杂)臣在。(外)迎接张先生,车仗可曾齐备?(杂)已到洋面伺候去了。(外)传语后宫:所有酒筵,务要精洁丰盛,不可草率。(杂)是。(下)(外)趁此闲暇,不免将儿子叫来,戒谕一番。侍臣,宣世子上殿。(杂向内介)小千岁有请。(贴扮龙子上)闻礼闻诗当此日,为霖为雨待他年。(见介)愿父王万岁。(外)我儿少礼,坐了。(贴告坐介)(外)儿呵,你生于大海,养自深宫,只解酣嬉,不知世务,

将来怎肩此重任？为父的聘得一位名师，你可殷殷请益，不可任情骄惰，听为父的道来：（贴立听介）大凡读书的人

【前腔】全要分阴是爱，把放心须戒。习威仪进退雍容，讲礼乐精神舒泰。不然就行亏名败，就行亏名败，须念那流光不待，青春难再。漫推排，拚着俺供职身交悴，只要你攻书首肯埋。

（贴）父王严训，孩儿谨遵。（外）适才言语，你可牢记，去罢！（贴）是，孩儿告退。（下）（外捋须目送介）寄语人间为父者，莫将姑息误儿曹。（下）

第四出　海延

（外扮白须老仆上）人生万般好，为仆多苦辛。台下静勿哗，听我一具陈。同是父母养，尊卑何以分？只因家太贫，仰面去投身。区区一碗饭，从此不如人。主人宽厚者，或加颜色温。驱使有疼意，督责无恶言。主人刻薄者，只见鞭挞频。饥饱寒暖事，顾问寂不闻。宽厚百无一，刻薄何纷纷！仆亦判黠拙，相提好并论。拙仆嘴不乖，遇事秉忠诚，不讨主人喜，翻惹主人瞋。黠仆巧言语，揣摩更得神。主人受蒙混，当作肺腑亲。主人事体旺，百般恣侵吞。主人事体败，各自别寻门。惟此老拙仆，盛衰俱无痕。反更加勤谨，借以报主恩。这叫做：路长知马力，日久见人心。在下张老爷家世仆陈忠的便是。今年痴长七十二岁，伺候三代主人。想老汉初进府时，好不光华显赫，现在老爷虽做京官，家计十分萧索。可喜少爷也中了举，将来门户照前兴旺就好了。可奈老爷被京债催逼，由津沽附轮船南下，单带一个桂儿。老汉放心不下，强着跟来，路上好有个照应。（低声介）不知此去采头如何？若像前日那般光景，那可就真个不了了。（叹介）老爷，老爷，你有的时候，仗义疏财，每每拿着大块银子帮人，怕你没的时候，就没人帮你了。闲话少说，这几日见老爷抑郁无聊，怎生想个法子劝劝才

好。（向内介）桂儿！（丑缓应介）天色未明，就听你老人家唠唠叨叨，说个不了，此刻又喊甚么？（外）日头老高了，也该起来伺候爷的汤水。只是睡不够！小孩家这样懒惰，将来还成个人吗？（丑作丧气声介）起来了，起来了，真真琐碎之极！（外气介）看看刻下的奴才罢。（摇头介）真真看不惯，真真看不惯！（下）（杂扮侍臣执帖，引鼓吹、仪仗、水卒驾虬车上）（杂）咱家龙宫侍臣，奉大王之命，迎接张先生，须索早去。水卒每！趱行一步。（水卒应，摆队绕场下）（末三髯便服上）一番回首一凄然，北马南船送岁年。默坐水窗思往事，旧游如梦复如烟。（坐介）下官张溥斋，久居京邸，失志宦途。附舶南游，水窗厄坐，好生迷闷人也。（起，负手徐行介）似此为人，毫无生趣，且到飞楼上，凭眺一回则个。（立高处，作凭栏四望介）

【十二红】振精神把海天凝眺，你看浩浩茫茫，不见寸土，只有水摩天天将水罩。（遥望介）呀！那一丢丢的随涛起落，泛泛浮浮，是何物件？待我取远镜来。（下，取镜复上，看介）恶，原来是些海舶，在那里挂席飞行，好不畅快！你看他狎鲸波似骛纷驰，驭长风破浪把帆张饱。这恰是古人所谓："客行争利涉，来往任风潮。"咳！我想人生浮世，一落胞胎，便难自主。隆替升沉，悉凭造化。由你伶俐刁钻，也只好随播弄，任差排，毋争较。若多方广设，广设迷魂套，岂知越是聪明，越多烦恼。回想少年时节，千金买笑，一掷得卢，真有不可一世之概。（捋须介）曾几何时，此乐不可复得矣。那时呵！（作势介）漫说甚莽题桥书生兴豪，上笼霄英雄气浩。（微笑介）每到酒阑人散之后，也省识处世恂恂最好，猛可的到酒社诗坛，恰又飞扬浮躁。（搔首微叹介）畅春华尚早，急匆匆忽流光易消，早又飒飒秋风料峭。念激电奔霆，争得朱颜常保！想俺溥斋年来，恁这风尘攘扰，真如着败絮行荆棘中，步步挂碍，不知将来如何结局？哎！又何暇筹量下梢？只落得侧身四望乾坤小，一任他束缚煎熬。（慨然四顾高吟介）壮志难酬三尺剑，穷途谁听一枝箫？（凝立介）（外上）老爷一冬天，只是闷闷的，此刻又在那里自言自语，不免前去，谏劝一番。（转身近末介）老爷在这里观海呵！（末俯首凄然长叹介。外侧立介）老爷虽然有点心事，推开些罢。长路风霜，还该保重才是。（末）汝言虽善，岂知①我触景兴怀，只觉胸中千般忧缕，万种愁丝，攒聚纷扰。（外）老奴也知老爷心绪烦多，但焦急也算不了事哟！（末）咳！明知无益处，争奈不能抛！你还说甚么保重，我恨不得把泼形骸，如烟化了。（外）老爷说那里话！明年少爷高中了，老爷后福正长哩。（末）叹年来精神消耗，幸有子书香可绍，只些儿心慰，（微哂介）聊堪作解嘲。（外）老奴想，老爷乡榜同年，有一多半做着现任官儿，何不去打个抽丰？（末）有几个做京官，也不过仅足自给。（外）还有好几位做外任，又皆是富足地方。（末）那做外任的，我与他们，一别长安道，久乏雁书捎。一旦突然而至，不受他冷落，也就罢了，未必能欢然道故解金貂。（外）老奴又想起来了，老爷还有几个髫年好友，何不写封信去？料想是不落空的。（末）再休题童年至交，想当日在一处时节，花晨月夕互招邀，说我们的金兰愿比金石牢。今春专人致书，缕述近况，料其必有所助，岂知竟答空函，真是出人意外。这也罢了，最可恼的，前日顺路过访的那家，他历代受我家厚恩，你看见他那宅子，还是我先祖替他造的。前日至彼，必定惊喜承迎。岂知冷坐半日，方缓缓踱出，更兼那一种神简慢语支离。不知为何，忽然又假殷勤佯倾倒。说感高轩枉过衡茅，说感高轩枉过衡茅，愧乏囊蚨，难沽浊醪。（外）那不过是骗老爷出门的意思。这等负心之人，自有天报。朐浦之行，定然如愿。（末）这也未必。前日的事，我倒拿稳的，也只说些儿事似券能操，

---

① “知”，原文作“如”。

些儿事似券能操，又岂知人情恁硗！若说此行呵，只怕也镜花空自好，水月恐难捞。（作倦态呵欠介）怕看烟波增垒块，且赴华胥散郁陶。（伏案介，外立侍介）（杂执帖上）张先生醒来。（末作入梦，起介。杂见介）奉王爷令旨：敬请张先生敦诲世子，愿先生勿辞。（送聘书介。末看沉吟介。杂回指介）迎接人役，伺候久了，即请移玉。（末）我有要紧言语，要嘱咐小儿，方得放心前去。（杂）见过少爷，祈先生早早启行。（内）那前船上有位张溥斋老爷吗？张少爷到了，好一同过洋。（外应介）（小生上）笔墨几年荒我业，孝廉两字愧人称。（外）少爷来了。（小生点头，近末轻唤介。末醒介）你来得正好，坐了。（小生欲拜，末止介）不必繁①文，为父有要紧言语嘱咐你。（小生告坐介。外向内介）桂儿，少爷到了，拿茶来。（丑送茶上。末视小生大笑介）哈哈哈！不想与你父子之缘，尚有一面。（外、小生惊介）爹爹怎么说？（末）适才为父朦胧睡去，恍惚见人投帖，说黑水洋龙君，延请教其世子。我已应允，大约今日就要去的。为父见你头角已露，大可克振家声。（杂暗上）水卒们走动。（水卒执旗帜、驾虬车暗上，列一边介）（内）好大潮头，竟同天一样高，平盖下来了，怕人怕人！（小生、外同惊起看介）（内）龙王爷爷出来巡海了，你看潮头上，有多少旗帜人马！（末笑介）不妨事的，那是接我的水卒，拥起潮头。少刻我去了，自然平静，不伤人的。（向小生介）还来坐了。（小生坐介）（末）儿呵，惟愿你好好做人做家，不要像为父②的，半生落拓，一事无成。为父去后，不可过于伤悲，保重身子要紧，切记切记。（向外介）少爷的饮食起居，全仗你用心照理。他若伤感，你可想法劝慰。（起介）我就去罢，免得大众受惊。（小生起，哭介）爹爹

① “繁”，原文作“烦”。
② “父”字下原有“为”字，今删。

不要去,不然孩儿代爹爹去罢。(末)驷不及舌,如何悔得?(内号哭介)不好了,潮头扑到船边来了,(末执小生手介)儿呵,不要害怕虽然是狂风揭浪弥天表,更听那震耳蛟螭吟啸,据为父看来,若比那陆地波涛尚不算高。

(杂前禀介)车驾久备,请张先生启行。(末)且慢。(向小生介)好生自爱,不要伤心。(小生哭介。末挥泪介,复向外介)你可用心照应少爷,不可疏忽。(外哭应介。杂复请介。末点头含泪顾小生介)为父的去了。(小生、外欲向前扯末。杂执旗幡挡小生、外,拥末上车,同立高处介。外、丑哭喊救人,小生欲投海。外、丑扯小生同下)(末俯视拭泪向杂介)我欲劝慰小儿,尊官可吩咐他们,送我前去,旋即回来。(杂微笑介)上复先生:幽明异路,去也无益,不如暂驻洋面,听个下落,倒还使得。(末长吁介)罢罢罢,一见即行,反增伤感,不回去倒也罢了。(内小生痛哭声、众船凑拢声、大声传话声)众驾长听者:有人捞起尸身者,有几位老爷愿出千金奉酬。(内作嘈杂声介)大家一齐动手快捞呵!(末点头微叹介)这恰是百金买马,千金买骨了,真真可笑之极!诸公早能如此,溥斋也不至如此了。(复俯视,挥泪不止介)(内作老少男妇号哭凄楚声。杂扮夜叉水卒,长绳牵老少男妇鬼魂号哭绕场下)(末)这是些甚么人?(杂)皆是堕落水劫之人。(末)牵往那里去?(杂)到水判官处对册,按其罪大小,照册发落。罪大的解赴酆都,罪小的沉沦一二年、十数年不等,罪满之日,方得重瞻天日。像先生这等峥嵘,真是千秋之遇哩。王爷候久了,水卒们!趱行回去。(簇拥绕场行介)(合)

【二犯江儿水】旌旗前导,翩翩的旌旗前导。厮趁着笙箫嘹喨,舆辇辉煌,众波臣前后绕。张先生,你今日呵,虽未上青霄,也平添意气豪。愿先生谢却喧嘈,涤净烦嚣,算才将一篇尘帐缴。(指介)晶宫不遥,早望见晶宫不遥,咱王爷在那里,迎劳迓劳,企高贤

迎劳迓劳。先生此去，管一见互推襟同送抱。（拥下）

第五出　楼祭

（生白须朱履带童上）【半剪梅】岁月催人两鬓霜，世短心长，着甚干忙？年来物我喜相忘，曳杖池塘，鸥不惊翔。（坐介）老夫王诩，婚宦早成，乡园退守，只是自寻其乐，非关藉以鸣高。因厌家中烦杂，遂于宅外，别构草楼，墙下尽作蔬圃，正所谓：身安茅屋稳，性定菜羹香。今夏天气颇炎，一向尽在这小轩中避暑，不曾登眺。昨日下了几点雨，今天甚是凉爽，颇有秋意，且到那里望望郊原景色去？（唤介）寿儿！拿了茶具，随我到楼上去。（童）老相公想是要去看秋山呵？（生）正是。（童）快不要去，那山还与春天、夏天一样蓝蓝的、薄薄的，贴在天上，一点看头都没得，何必去上高下低的劳神？不如在这里静坐的好。（生笑介）你也知道看山？（童）我原不晓得，因你老人家去年冬天同哥儿们讲书，才晓得春山如笑，夏山如滴，秋山如妆。（生大笑介）哈哈哈！有趣有趣，康成有通诗之婢，子扬有数典之童，可谓媲美前人矣。（童）当时我就牢牢记在心里。好容易一天一天的巴到了春天，我就背着老相公，大大上楼去望，冉不听见他的笑声儿，想是离的远的道理。一夏天，就未去理论他。今日一清早，跑到楼上，去看他梳妆，（拍手介）不想还是照旧一样，想是去得太早，山还不曾起来。刚才我又去望望，那里有钗儿、钏儿、裙儿、褂儿？依然精光光、赤条条的一堆石头，不去罢。（生怒目介）胡说。（童背介）说真话，他不信，就随他去来去来。（携茶具随外作登楼远望介）妙呵！你看山横新黛，野抹疏烟。（四望介）十余日不到此间，竟园果垂金，池莲坠粉，景象又一变矣。（仰视介）好清爽天气也！（凭栏介）

【山坡羊】送余炎残蝉声咽，递新凉轻风微扇。漾长空几缕飞云，浸银塘倒影浑如练。（俯视介）那曲栏边，一丛丛，幽花静可怜。

喜门无车马尘嚣远,(负手徘徊介)散朗真同碧落仙。(看童烹茶介)清泉,试兰芽活火添。(摊书坐介)陈编,取虫鱼细释笺。

(掩书介)读旧书如访故友。屈指半生故友,大半凋零,何不将《建陵山房诗钞》取来展阅一过,也如面晤故人一般了。(取书细看,忽拍案起介)妙呵!

【前腔】这几首清超超倚天长剑,这几首混茫茫奔雷掣电。(坐看介)这几首峭棱棱怪石嵯峨,这几首整严严大冶工锤炼。(点头击节介)若论诗,虽是那李杜合居前,可知道王维不让先。(微叹指书介)似这思深事博神通广,(大笑指须介)纵有那劲旅,也难攻我壁垒坚。真可上下五千年,纵横一万里。有才如此,足可自雄矣!(复看介)这是与海上诸友投赠之作。(喜介)联翩,悦诸君坐比肩。(忽掩卷长叹介)淹煎,怆诸君尽壑填。

老夫交际虽广,气味相投者,亦不过十数人耳。十数人中,又与浦中联社诸君最为莫逆。想那邱君履平,虽是个文弱书生,每怀大剑长枪之志,最喜谈兵。时值发逆倡乱,遂奋袂而起

【集贤听黄莺】【集贤宾】辞家远泛戎幕连①,已许着先鞭。知其必有建树。后又因保护高丽,随大臣远涉鲸洋海国偏。终竟数奇不偶,客死津沽。可惜恁苦心志,巴不到画凌烟,又不得冯唐一荐,伤心煞才丰命蹇。倒不如像菊龛,将那荣华轩冕,一概屏置。【黄莺儿】兴悠然,评花品月,一味的把盏与传笺。

彼时见他飘然归去,也觉他过于标新立异,不近人情。据此时看来,他倒是侪辈中,第一个大福分、有享受之人。诸人中最有幸的是菊龛,(皱眉介)最不幸的是莲亭大令。他的遭际,真令人心酸发指也!

【二莺儿】【二郎神换头】惨变,长毛突至,硬生生把合户同时血溅。

---

① “连”,原文作“莲”。

想我那时，一闻此信，只待去把阊阖高排叫问天。适有术士在座，说贵友夫妇，已去朝见上帝，【黄莺儿】①于蓬山瑶岛永作神仙眷。虽未定言之真伪，亦属理②之当然。惟念以瓠翁先生品德，不应睹此凶惨，致孑然一身，依其犹子，可谓天道无知矣！随接先生手书，历述近状，说：愿早把形骸化迁，免受些凄惶罪愆。隔不数年，即闻讣音。【二郎神】喜超出三千大千，证西方，上乘禅座涌金莲。

（复展阅低吟，复朗吟，忽动容介）呀！海漫漫。（叹介）咳！不料溥斋竟恁般结果！屈指浦中诸友，或久别数年，或远隔千里，惟溥斋或见或不见，尤为彼此关切。溥斋呵

【莺啼春色中】【莺啼序】文坛飞将历有年，怎想到恁迍邅！曾许他莽相如作赋争雄，那晓得倒做了病文园落魄堪怜。这也罢了，岂知更有意外之变！舟过黑水洋，竟被洪涛卷去，渺无影迹。据船户说，是龙王请他教书的，也不知是真是假？就是真有此事，哎，溥斋，溥斋，你不得花探上苑，只博个经传水殿。人寿百年，终归于尽，像你有这等居停主人，倒也不恶。只是大海漫漫，没处讨真消息，为可恨耳。溥斋，溥斋，不知此时作何光景？【绛都春】我欲问兴居，恨无鸿便。

（掩卷拂须长叹介）我也懒得再看。（取书搁一边介）不免作篇祭文，望空凭吊，也同僧伽忏悔一般。寿儿，取笔砚过来。（童应，取列介。生拈须凝思介，写介，搁笔看介）真个情文交至，读之令人增友朋之重。（朗诵叹介）虽是小小结构，亦复谁能做得？可恨尘海茫茫，知音不易耳！寿儿，将园中梨枣，溪内菱藕，拿两盘来，再煮几盏新茶、一壶清酒，炉内装上香，一切皆要精洁。

（童）是。（下，捧香炉茶酒果盘上）老相公，闲闲儿罢。每节

---

① 此曲牌名，据谱加。
② “理”，原文作“礼”。

祭先,俱是童儿摆列的,我会呵。(生)多讲!不要在此惹厌。(童退,立场角偷看介。生列茶果,焚香斟酒,跪读祭文,起揖介)

【啭林莺】这不过是借涧水溪毛表意虔,抵多少广席长筵。愿诸君云车莫惮云程远,同命驾早降阶前。恍灵风肃然,(揖介)我待千万语细申情悃。只是一部十七史,从何处说起?(指发介)念王诩也,逼春景,霜雪盈颠,想不久的就去共诸君,风马镳联。

咳!人神分隔,愈增离索之悲。(对香案瞻视徘徊介)呀,有了!(揖介)问诸君

【尾声】若同深觌面山河感,愿小驻霓旌且慢旋。待宵深人静,好就那梦里分明去接晤言。

(呵欠介)一时倦怠起来,且去歇息歇息。(向童介)收了香案,随我进来。十人尚有三人在,不得天怜亦自怜。(下)(童拍手大笑,绕场说介)我们老相公,平时最是安静不过的。每日起来,除却扫地焚香,饲鹤喂鱼,洗桐拭竹之外,再不唠叨一点人的。今日可谓大改其常了。不知看了什么仙经神传,陡然的哭哩、笑哩、悲哩、喜哩,这还不算,忽然又烧香点烛,望着打恭作揖,咕咕唧唧,也不知说的是些甚么?又不许我在跟前,是个甚么道理呢?(挠头想介)恶,是了,是了,晓得了。不是拜诗仙,就是演文戏。现成香案在此,待我也来演习演习,将来也好做个大才人、大名士。(先取书坐看,作诸丑态介)(内叫介)寿儿,日色将落了,还不知安排竹几藤床,待老相公晚间纳凉。(童慌,抛书起,望介)天果不早了,快收拾进去罢。这叫做:名士学不成,书童仍旧贯,此之谓也。(捧盘笑下)

第六出　梦访

(小生仙妆上)

【尾犯引】退直下通明,待盍朋簪,遣青雀传笺遍请。伫盼人天,因

恁两无信影？俺紫府仙卿王菊龛。（旦仙妆上）入尘世，槐柯梦短，莅仙曹，桂宫职清。俺桂宫仙使周莲亭。（净神妆上）金兰谱，蓬山再订。好共玩，龙宫景。俺荡魔神将邱履平。（同见介）（净）子扬为何不到？（小生）人天路遥，还有一刻哩。（旦）同到前面高峰上，候他去。

（同下）（生白须，作入梦上）天静似太古，日长如小年。好融和天气呵！（缓行介）

【风入松】看沿阶芳草绿茵平，娇衬离离花影。（坐介）喜纤尘不到幽斋迥，恰消受风和日永。（顾盼笑介）对兹淑景，令我神怡。（摇膝吟哦介）信口诗成，亦复情深韵远，争得个知音侣好句同赓？和他掀髯奋袂的，把一盏更同倾。

童儿！（内不应）这小狗头，越发可恶，又遛到那里去了？（杂扮仙童上）生长碧云巅，乍踏红尘路。遥听吟诗声，寻声应不误。这里是了。（趋前见介）奉主人之命，请老文星蓬山小叙。（生沉吟介）贵主人是谁？因何见招？（童送帖，外接看介）弟荫袺再拜。（拈髯笑介）原来就是菊龛，数年不见，竟列仙班，可喜可喜。只是云路迢遥，怎生去得？（童）备有鹤驾，即请前行。（生）就是那只鹤儿么？（童）是。（生）恐他胜人不起哟！（童）不妨事的，又稳又快，请老文星试试看。（生）也罢，待我来试试。（童扶生乘鹤，生喜介）妙呵！

【前腔】果然鹤背稳堪乘，更喜他破青冥如轮翅劲。呀！渐觉吹衣拂面天风冷。你看郁郁葱葱，云霞弄色，这是不能到的所在，我倒要定心神，把云路风光，沿途细省。（指介）那是何处？祥云瑞霭中，嵯峨耸贝阙珠甍。（童）那是上帝天宫，其中最高的，便是凌霄宝殿。那鳞鳞齿齿，许多楼阁，俱是仙宫府第，我主人也住在那里。（生）何幸得瞻玉阙。（指介）那瑶宫亘，玉宇横，又是甚么所在？（童指介）那是十洲，那是三岛，那是琼楼十二，那是弱水三千,还有些仙峤灵山,一时也说他不尽。老文星,请紧行一步,咱主人候久了。(生)平时从地下望天上,只见青青苍苍,此刻从天上望地下,不知又是何等式样?我倒要见识见识。(俯首看介)呀!怎只见些蒙蒙雾气也?掩大千,全无影。(童)想是要看阎浮世界么?(生)正是。(童)云彩遮着哩。(生)怎得这云气散开才好。(童笑介)老文星,不听见尘世上那些说鼓儿词的吗?动不动说:“拨开云头朝下看”这句,可就被他诌着了。待我来拨云呀!(持拂拨介)请看。(生俯视,点头介)唉!一向只觉四海九州,无边广阔,此时看来,真勺水,果微尘。(喟然介)(童)老文星为何发叹?(生)哎!回想少年时节,为一点蜗角虚名,也强挣扎,苦支撑,到此际,才晓得可怜生。

前面一片澄鲜碧水是?(童)那是弱水。过了弱水,就是蓬莱岛了。(小生、旦乘鹤,净骑天马上,立高处望介。生指介)那就是蓬莱岛么?(童)是。(指介)那高峰上立的,便是我主人。那并立的,想是邀来的客,一同迎上来了。(生望介)原来是菊龛、履平。(复细看介)呀!莲亭也在此间。(大笑介)我好喜也!(小生、旦、净下迎,执手介)子扬因甚迟迟?(生欲下鹤,净急止介)不必不必!溥斋安砚龙宫,待你同去访他,到龙宫再叙阔罢!(生)恶,溥斋果在龙宫,敢烦诸兄挈带。(净)小弟引导了。(拱介)请!(同绕场行介)(生)

【前腔】真傒倖,今朝竟得到蓬瀛,更把袂共访良朋。(小生)迤逦行来,不觉已到海上。(生)呀!早见浮天浴日潮声猛,真赛过莽莽喧豗,百万雄兵。(小生向童介)传唤巡海夜叉,叫他通报。(童向内传介)(生)蓦忽的涛分浪迸。(丑扮夜叉上)奉大王之命,遣水卒恭迎仙驾。(呈帖介)(生)眼面前现奇形,把帖高捧,说龙君遣呈。(向小生介)似此浩浩茫茫,全无径路,怎生行走?(丑)待水卒分水。(作分水介)上真请行。(生)妙呀!果现出修途似掌平。（内击鼓奏乐介）（生）震轰轰鼍鼓訇，韵悠悠箫管清，遥见那主和宾，同倒屐，远相迎。

（外扮龙王同末上，趋迎介）（外①）鹤驾俯临，有光水国，失于远迎，伏乞恕罪。（小生）偶偕旧侣，一访故交，轻造尊宫，不嫌唐突，为幸多矣，敢劳灵驾！（外）不敢。（生前执末手介）溥斋，你安居水府，可也一念故人否？（末凄然介）幽显殊途，无从通问，殊堪恨恨耳。（坐介。侍臣献茶介）（外）备有蔬筵，少申地主之敬，幸勿以简亵为嫌。（小生）多承了。（外）撤宴过来。（小生）不须过费，我们与令西宾，离索已久，正要促膝谈心，竟是一席团坐的便。（外）如命。（低语侍臣介）虽设一席，肴馔仍用五分，好生伺候，不可疏忽。（杂）是。（捧酒上，外定席完，向末拱介）敢烦先生代为陪奉。（末）当得代劳。（同拱介）龙君请便。（外下）（生四看介）

【前腔】翠楣红栋眩双睛，呀！押珊帘是那明珠照乘。恰与晶盘珀盏辉相映。荐珍羞异脯奇鲭。（杂引四旦艳妆执乐器上，叩见，分立两傍。杂前禀介）王爷特造宫乐侑觞，伏望上真莫嫌下里之音，容其献技。（小生）多承大王厚意，但是故人初会，畅谈心曲，无暇领略，谨辞罢。（末）这是敝东一片敬意，不可过拂。命他们一面歌舞，我们一面谈心，倒也有趣。（向杂介）命他们敬酒歌舞。（四旦敬酒，内奏乐，四旦歌舞介。生微吟介）“此曲只应天上有，人间能得几回闻？”（小生微哂介）（净）溥斋居此，较人世何如？宾主也还款洽么？（末）东阳乔梓，颇解尊师，与弟十分投契。只是索居孤馆，未免岑寂耳。今承诸君过访，真非意料所及。（四旦舞毕，前进酒）（杂）再献飞仙舞。（生）倒是箫笛合奏，好待我们清谈缓饮。（杂）是。留二人在此敬酒，二人去廊下品箫吹笛。（二

---

① “外”，原文作“付”。

旦坐场两角吹箫笛，二旦连斟酒。生微醉介）今日故人重聚，又皆身列仙班，挈带子扬，登蓬莱岛，游龙宫，可谓：四美具，二难并。敢问诸君，现居何职？（净）菊龛拜紫府仙卿，莲亭是桂宫仙使，履平忝为武圣前荡魔神将。（大笑介）论地位清华，要推菊龛第一，莲亭次之；溥斋虽困青毡，然得贤居停，殊亦不恶。履平固不及诸君尊崇，（作势介）随着帝君，荡魔剿寇，所向无前，（大笑起介）恰也顾盼自喜。（旦笑介）邱君豪气，对之令人神往。（生捋须介）真是快人快论。（小生目净介）狂奴故态又作矣。（同大笑介）（末）溥斋久慕蓬莱，无由能到，今得故人提挈，何不早些去逛逛？（众）是极是极，我们去罢。（四旦同送酒介）请上真再进一樽。（众）不消了。（同起介，向杂介）烦代为致谢龙君。（杂应介。生向众介）念子扬与诸君别后，**想丰仪魂牵梦萦，喜今日慰离情**。

（杂）大王有请。（外龙王、贴龙子上）愚父子恭送上真。（众）既承盛设，复领妙音，不以恶客为嫌，则幸甚矣。（同大笑介）请了。（分下）（生、小生、旦乘鹤，净乘天马，末乘青虬上介。杂扮仙童暗上）（生）①

【前腔】乘风飞渡过沧溟，望齐州九点，霏微烟影。（末）前面可是弱水？（小生）正是。（指介）那一带苍苍翠翠，就是蓬莱岛。（生凝思介）（旦）子扬因甚沉吟？（生）昔人交友，只有友直、友谅、友多闻，绝未闻提及友神仙。今日不是神仙朋友，子扬怎得到此？（旦）非也。你若没有太乙秀气，坐于命宫，虽有仙友，亦难为力。若殿勋、牧生，也是海上骚坛至好，今日怎不一同见招呢？（净）必须寻个地方，小憩片刻才好。（旦）溥斋或可重来，子扬是难得到此的，必须拣个绝胜地方，游览游览，庶不辜此一行。（小生）海外

① “生”字原缺，据文义补。

神山,蓬莱为最。(净)蓬莱以第一峰为胜,闻说芸华宫,又擅第一峰之胜,竟到那里,观玩观玩罢。(生)不知比龙宫何如?(净大笑,作势介)子扬,子扬,论风景,算芸华首冠蓬山境,争阆苑,匹瑶京,笑那龙宫值甚!(小生)其余勿论,内中(指介)有座慧光阁,高敞,凭窗四望,不特本山之景,一览无余,即东土、西方,也历历是指掌分明。子扬,你既到此,不可不一登临。

(向杂介)你去通知芸华宫守门童子。(杂应下)(末)我们也随后缓行前去。(同下)(内作叩门声,贴、丑扮二仙童上)(贴)风摇琼树枝,日晒琪花朵。(丑)若个叩金扃?故来惊动我。哥儿,日长无事,寻个甚么玩意儿玩玩呢?(内又作叩门声,贴听介)(丑)不要理他,我同你下棋。(贴不应)(丑)不下棋,到瑞莲池,钓几尾锦斑鱼来耍子罢。(内作急叩门介。丑怒介)早不来,迟不来,刚刚掩上门,就来聒噪,好不惹厌,真真可恶之极!没工夫睬他,我还去睡觉呢。(欲下,贴扯介)少得胡说,我同你去看来。(杂上)开门,开门!(贴开介)仙使何来?(杂)奉紫府仙卿之命,久慕芸华宫佳景,欲来一游,烦仙哥通报一声。(丑怒目向杂介)通报那个?主人不在宫中,接待无人,免劳光降罢!(杂)我主人因慕此间风景,携朋一游,不劳接待的。(贴)我这兄弟有些稚气,仙使不要理他,待我扫径相候。只是主人不在宫中,接待不周,还望令主人原谅。(杂)好说。(丑)既这等,就请进来罢。(贴向内介)传言童子,速到尚仪司关照,有紫府仙卿来游。(内应介)(净、生、小生、旦、末上)才向龙宫观水藏,又来莲岛叩金扃。(贴、丑迎介)芸华宫司门童儿迎接上真。(小生)好说。即烦导引。(贴)请上真小憩奉茶。(向内介)值日童儿走动。(贴、丑下)(小旦扮仙童上)童儿稽首。请上真到青霞殿献茶。(小生)仙童少礼。久闻虚灵殿、慧光阁、涵象园数处最为佳境,烦仙童指引一游。(小旦)好教上真得知,虚灵殿是奉敕建的,主人临行,亲手加封,不敢擅启,只好到慧光阁看看罢。上真请行,童儿引导。(行介)(末指介)那可是虚灵殿?(小旦)正是。(生)看外面局势,恁般宏阔,不知里面如何?可惜不能进去。(小旦)内中陈设,皆是上帝颁赐的天府奇珍,等闲洞府是没有的。(末)那边楼阁参差,亭台高下,瑶林琼树,芝草琪花,想是涵象园?(小旦)是。(指介)那中间极高的,就是慧光阁。登涵象园,即见一山之景;登慧光阁,能见三界之景。(末)原来如此。(作上阁列坐介。小旦下)(生作凭栏四望介。小旦捧茶果上)奉洁芳司仙子,命童儿代致上真,主人不在宫中,不便开筵,谨具一茶之敬。(小生)岂敢。(小旦列介)这是瑶林果,这是琪花实,这是紫琼桃,这是碧琳枣。(斟酒介)这是红英酒。(送茶介)这是碧腴茶。皆是园中异品,他处没有的。(小生)多承了。(生举盏微叹介)诸君可晓得瓠翁先生现在何处?(小生)他证果西方,为坚瓠佛。曾遣童相招,想少刻即至矣。(生起,凭窗望介)远远有一队仙人来了。(末起,并生肩望介)果然有仙童、仙女,也像是到此处来的。菊龛来看看,或者有相识的在内,邀来谈谈。我同子扬也看看仙女是怎生丰度?(小生微笑,净大笑介)溥斋,你经此一番旋转,也该粉碎虚空,怎还如此轻薄?(末笑介)怎敢轻薄?不过景慕耳。(丑扮仙童,引黄巾力士,捧玉瓶:四旦扮天女上)(丑)佛使、天女,请少待,等我通知主人。(进见介)(小生)坚瓠佛到了?(丑)不曾来。(旦、生起介)为何。(丑)为听如来讲大乘真经,不能赴约,特送天魔舞一部。力士、天女,现在宫外。(小生)请他进来。(丑出介)佛使、天女,请随我这里来。(力士、天女进介,众起迎介)(四旦)列位上真,小仙稽首。(众答礼介)天女请坐。(同坐介)(力士)奉坚瓠佛法旨,禀复上真:因听如来宣演大乘,不能赴约,谨致甘露一瓶、天魔舞一部,稍助清兴,愿上真俯谅失候之罪。(小生)好说。(向四旦介)有现成茗果,请天女稍用数箸,勿嫌简亵。(四旦)太谦了。(力士斟甘露,遍送介。四旦向小旦介)烦仙童铺下舞茵,好呈薄技。(小旦向小生介)启上真:选舞征歌,莫妙于停云馆,其中铺设,一切齐备。(众)如此甚好,就到那里去。(同起介。小旦捧茶果,力士捧玉瓶,随行作到介。众仰视介)停云馆。(净)宽宏平敞,窈窕玲珑,果然好。(旦)登慧光阁,令我神旷;坐此处,令我神怡。(生大笑介)若与龙宫相比,子扬今日真有辽东豕①之讥矣。(同大笑介)(力士)列真请坐,好待天女献技。(小生向四旦介)有劳了。(列坐介。力士复斟甘露送介)(小生)不敢重劳,请坐。(力士)不敢,礼当立侍。(傍立介)(内奏乐,四旦歌舞介)

【山②花子】倩天魔妙舞娱清兴,旋折处,低徊婉约轻盈。张翠袖飘萤点蜓,荡霞裙掠燕飞莺。呈变态如分似并,听繁弦急舞乍停,剩袅袅虹梁余韵清。抬玉手轻掠烟鬟,整霓裳款拂珠缨。

(排立介)(众)有劳了,请坐。(列坐介。杂上,禀小生)酒筵端正齐备了。(小生)再备一分,一齐送来。(四旦)小仙敬领茗果,不消备宴。(小生)从命了,撤宴过来。(杂排宴,四旦起介)列真是难得聚会的,愿在筵前,再献散花薄技,以助清兴。(小生)怎好再劳?(四旦)当得,献丑。(内奏乐,四旦歌舞介。力士下)

【舞霓裳】流风回雪趁身轻,趁身轻;缤纷璀璨万花迎,万花迎。花虽散去娇成性,沾襟惹袖故相萦。说甚歌清舞妙欢难罄,奈一煞人天路迥。须记省,莫把仙游当梦影。

(小生同乘起介)多多有劳了,请坐奉茶。(同坐介,小生举盏介)请。(众)请。(同饮介)(生)子扬观妙舞,听仙音,饮琼浆,叨玉馔,皆良友之赐也。

---

① "豕",原文作"豖",据文义改。
② "山",原文作"小"。

【红绣鞋】今宵大快生平，生平；良朋厚惠心铭，心铭。（小生举盏介）请！（生执盏微叹介）对此境界，不觉的怜幻影，感浮生。（生向小生介）子扬回去，愿把尘心涤，俗念更。只不知他日瑶京可许同登，同登？

（小生向生介）人天一例，皆贵自立，愿子扬好自为之。（生）金石之言，敢不敬铭肺腑！（小生举盏介）请同尽三爵，好送子扬回去。（同饮介，小生举盏向生介）请再浮一大白，好送君行。（生饮介）（小生）收过酒筵，看茶来。（众）不消了。（同起介，生、小生、旦跨鹤，末乘虬，净乘天马，力士、四旦乘云，同绕场缓行）（小生、净、旦、末合）

【前腔】青虬白鹤同乘，同乘；丹崖翠巘遥临，遥临。游阆苑，历蓬瀛，征后会，恐难凭。愿共君且缓踏云程，云程。（四旦合）

【前腔】闪红轮海底将升，将升；灿晨星天际犹明，犹明。畅好的，送君行。（合乐介）仙乐奏，韵泠泠。羡人天胜会谁曾，谁曾？

已过弱水，恕不远送，小仙等告辞了。（众）天女慢请。（力士引四旦下）（生）

【前腔】看瑶天宵气清澄，清澄；（回望介）望蓬山台殿晶莹，晶莹。渐渐的，远青冥。（向众拱介）诸兄请留步，转瑶京。若怕我途路生疏呵，烦君遣个仙伻，仙伻。

（众）不必客套，前面已是贵居哩！（众）到了。（众向生拱介）请了。（生）请了。倾襟无你我，分袂判人天。（下）（小生向末介）也送你到海上分手罢！（末）怎好动劳？（旦、净）自然送你回去。（同行介）（末）今宵之聚，可称胜会。方才子扬说，回去要洗涤尘俗，不知能否？（旦）所怕者，看不破耳。（净笑介）大难，大难！他的尘梦方浓，如何得醒？（末）这也由他，只目前四人，（指小生介）菊龛前为阎浮逸士，今作天上仙卿。侪辈中，自应首屈一指。（指净介）履平虽生前寂寂，今随帝君，伏魔荡寇，亦足舒展平生豪气。(指旦介)莲亭夫妇同仙,又身登奎府,手握文衡,亦不负平生所学。(叹介)惟溥斋因人碌碌,无所短长,殊觉自怜自笑耳。(小生)溥斋何出此言?你看世上人人说得透,恰又人人逃不了,究竟是假解脱。若是真看破

【尾声】那显晦彭殇皆一顷,也不去朝朝暮暮的,自坚壁垒筑愁城。咳!只两字利和名,竟醉得人心死不醒。

已到海上了。(末)请了。(下)(小生微叹介)说便这等说,看那些高人逸士,得上苍成全,令其无求于人,方得自鸣其高。若家贫亲老,仰事无资,就不能不混迹名利之场,正是:多少高人眠不得,鸡鸣催入紫宸班。这是不得已为之,与那贪禄位、恋纷华者,则大相径庭矣。(旦)是极。(净)快论!快论!请了。(小生、旦)请了。(分下)

文昌郁郁气斓斑,远近骚人聚一坛。
转眼便教云已散,回头犹忆酒将阑。
男儿厄塞天难问,仙佛光荣世许看。
闲为红牙征往事,曲终如听海漫漫。

附:

同邑刘古香女史,邃于词曲,哦诗作画之暇晷,尝撰小蓬莱廿四种传奇。前十种曾见赏于德清俞荫甫太史,为序刻行世。余则劫于冯夷阳侯。九鼎沦泗,千夫莫取,不可谓非词场一厄运也。岁丁巳,余避债治南旧十字桥,有以女史所谱《望洋叹传奇》钞本赠者。阅之,乃搬演乡先哲王子扬孝廉近卌年事。停云朐浦,啸雨秦东;诗友吟朋,歌离吊梦。此其最确最新院本,与太史序行各种,所谓"皆传述旧事者",愈觉前犹邻于虚想,而后则更征诸实境。

——沭阳张润珍叙

此卷于沭城失陷后九日，日机向各区投弹，轰炸村庄（黄黎墩、马屯、钱集等处都被轰炸），余处在百无聊奈空气中，始将此抄毕。

民二十八年一月十七日（国历三·七）一吾识①

——江苏沭阳县诗词协会刊印本1990年版

① 此为原抄录者之卷后按语。

古越嬴宗季女传奇一种

古越嬴宗季女，清末民初女作家，姓刘，真名不详，原籍浙江，寓居上海。

《神州日报》1907年11月11日所登广告云："《六月霜传奇》，刘家小妹嬴宗季女新撰。幼同里，长同学，稔其生平最悉，哀其牺牲于男女革命，为传奇以寿世。附以传记、遗文，及海内吊挽诗文，为他本所不载者。阅者当先睹为快也。洋装一本，价洋六角，鸿文书局小说社。"（见郭长海、李亚彬编著《秋瑾事迹研究》，东北师范大学出版社1987年版）可知嬴宗季女为秋瑾之同乡、同学，在秋瑾殉难后不久完成传奇《六月霜》。

六月霜

仆故越人，流寓海上。性不谐俗，终日闭关。然而拳拳桑梓之心，未尝一日少忘。属吾乡秋瑾女士之狱起，申江舆论，咸以为冤，几于万口一辞。而吾乡士夫，顾噤若寒蝉，仆窃深以为耻。会坊贾以采摭秋事演为传奇请，仆以同乡同志之感情，固有不容恝然者。重以义务所在，益不能以不文辞。爰竭一星期之力，撰成十四折，匆匆脱稿，即付手民。润色补苴，俟诸再版。观者倘鉴其愚而亮其率也，则幸甚。

前提

【苏幕遮】鬼雄雌，仙女厄。名士倾城，一例都惊绝。今古寥寥天地窄，几个才人，忍更相摧折！　　饱刀铓，红雨热，断美人头，忍矣邯郸躄。我辈不须长恻恻，藉甚香名，寰宇平生色。

【沁园春】秋雨秋风，南望仄身，有怀故都。痛离魂倩女，冤同精卫；浮云夫婿，忍甚秋胡。彩凤随鸦，明珠弹雀，乐府凄凉咏采芜。偶才妇，教飘零至死，薄幸知乎？　　使君故是庸奴，惜虚辱吾乡女丈夫。问漫漫长夜，何时始旦？深深葬玉，此狱元诬。东亚罗兰，支那玛丽，罪案重重定有无。血和泪，告同胞姊妹，善自枝梧。

芙蓉城谪仙降尘世，苎罗村越女破天荒。

天壤郎随鸦惜采凤，人间世打鸭惊鸳鸯。

第一出　蓉谪

（旦仙装，手执白芙蓉一枝，扮芙蓉仙子上，唱）

【红绣鞋】谢铅华，冰肌玉骨；耐刀锯，花貌雪肤。娥影妒，侠心孤。矛头豪士赋，铁血美人图。寄语有心人，须看取。

（白）鸡唱一声天下白，置身三十三天，横刀笑倚海门边。环瀛金世界，涌出月轮圆。　　下视齐州烟九点，山阴佳气葱然，斩新大越好山川。莫邪神剑啸，惊觉万家眠。小仙芙蓉仙子是也。夙秉灵根，自饶馨逸。碑镌碧落，侪梅仙尉而司香；花满锦城，代石曼卿而作主。永忆前身良玉，忍忘白杆之英风；却怀时辈云英，蹶起红妆为先导。方今五洲风紧，四海尘飞，小仙以是因缘，常滋感愤。生成傲骨，特标不二法门；发愿舍身，普渡大千世界。不辞下谪，欲挽中衰。且喜同伴姊妹行芝、菊二仙，相约联袂偕往，想待来也。（唱）

【迎仙客】俺懒做白日升天的谢自然，却愿做青史留名的曹大家。

敢漫自菲薄,道是一个孱孱弱女。看齐州九点烟,祖国斜阳暮。这其间,正英雄儿女驰驱处,问时代,恰当过渡。

(白)想小仙此行啊,纤纤素手,志扶半壁之河山;磊磊丹心,誓洗六朝之金粉。不但成败利钝非所逆知,抑亦祸福死生有所不计也。(下)(老旦仙装,手执灵芝一本,扮灵芝仙子,小旦手执菊花一枝,亦仙装,扮菊花仙子,同上。老旦白)小仙灵芝仙子是也。(小旦白)小仙菊花仙子是也。(老旦白)请了。闻说芙蓉仙子不日临凡,吾曹姊妹情深,不忍相舍,须索为之左右,先后偕行。(小旦白)有理。请吓。(合唱)

【石榴花】浑不是无端辞紫府下清都,也明知曙后一星孤。遮莫仗区区一木也大厦不堪扶。终不愿安坐享人间幸福,索扭转乾坤气数。有几许,副笄六珈,起居八座,尽自诩东方千骑,夫婿与人殊。(旦上唱)

【斗鹌鹑】须知道,最有情的无过仙佛。但能够,同臭味的便是骨肉。俺早判,舍却者细骨轻躯。多谢姊妹行,姊妹行,情深看顾。(三旦相见介,旦白)小妹热心难遏,是以不惮此行。如何牵率二君,良深歉仄!(老旦、小旦同白)贤妹侠气逼人,热肠救世,生当众浊,惧忌独清。愚姊们夙订石交,久联同志,诚难释念,故愿同行。(旦白)如此,敬纫高谊,不为虚谢了。(唱)则见那,娇惰的熏香闲坐,悍妒的拈酸泼醋,妖冶的滴粉搓酥,便风雅的也只颂椒嗳咏絮。

【上小楼】者几般儿如坐烟雾,者几般儿争禁风雨。俺待要大发婆心,广开聋瞶,直指迷途。还索望姊妹行并胆同心,毋忘今日言,奋援众生苦。棒喝当头,针砭入骨,遮莫者几般儿到那时才悟。

【么篇】似者般才不负是绝代姝,才无惭是女丈夫。者般才自觉问心无歉,返已堪娱,生世非虚。若不啊!总只道,男和女,不相如。难道真个俺巾帼辈便于时无补?

【快活三】不是俺厌雌伏，羡雄图；则是俺痛长夜，闵群愚。俺便骖鸾骑凤下寰区，端的是民吾胞，物吾与。

【十二月】者是俺生平的期许，祝女界从今群自主，看举世自由花放，非种根锄。是不是，身荷着仔肩，肯负此大好头颅！

（老旦、小旦白）请问贤妹此行，欲降生何所？（旦白）小妹见浙江山水清嘉，人文秀淑，山阴道上，锺毓尤奇，便拟托生彼地。（唱）

【耍孩儿】史鉴上曾载着霸越沼吴的西施女，宋明后添几许扫眉才子女相如。最伤心，挽近来党祸株连苦，文字狱罗织遍庄、吕与查、胡。知他青燐白骨魂何处，黑狱丹书罪有无！俺不惧前车覆，莽秋水挺芙渠，娟洁天然，雕饰全除。

【煞尾】占一席廿世纪开幕才，做一尊女学界救世主。但是有心人，俺尽把同情许。则者热肝肠，遍中国娇怯怯的女同胞，遇着俺都进取。

（老旦、小旦白）既如此，我辈分头前去便了。（分两边下）

第二出　悔嫁

（旦时装，襟缀白芙蓉花一朵，扮秋竞雄上，白）旧梦忆仙宸，小谪红尘，伤心都是慧心人。春女能悲秋士怨，一例销魂。漆室胆轮囷，欲请长缨。十分矜贵女儿身。洗尽人间脂粉态，不解伤春。（坐介）妾身秋瑾，小字璇卿，一号竞雄，浙江山阴人也。家传名阀，生秉异征。幼习女仪，长娴翰墨。早擅班姬之誉，夙钦荀灌之风。无如生不逢辰，归而非偶，抱天壤王郎之感，蓄人间何世之悲。这也不在话下。惟是时方多难，外侮交侵，祖国陆沉，人有责焉。女子且然，何况男子？此时相公想待出来也，且待我相机规劝他一番者。（唱）

【醉花阴】女子宜家所同愿，便侬也有情未免。宁不愿风肆好，月长圆。乐融融，悱恻缠绵，堪媲美孟和桓。争羡道琴瑟静无喧，自校胜那断肠空写怨。

（小生冠带扮秋婿，作骄态上，唱）

【画眉序】通籍列朝班，世受国恩荷天眷。但志存温饱，说甚平权？择好官我自为之，谢谰语，人休相劝。（旦起迎，万福介，白）相公出来了，妾身有礼。（小生略点首介，白）夫人，下官也有一礼。（旦白）请问相公刚才出来时，所说的是些甚么？（小生白）夫人，我想：（唱）人生行乐无他事，又何必苦身焦念。（旦）吓！（唱）

【喜迁莺】休得便轻灰志愿，休得便轻灰志愿。意恹恹，气索神蔫，哀也波怜，莫怪妾忠言进谏。既做个男儿当自贤，断不该贪苟安，博得个万千秋留名汗简，便是妾与有荣焉，便是妾也与有大荣焉。

（小生白）夫人之言虽也有理，但是家国的兴衰，民族的消长，大抵皆天运使然，非人力所能强挽。况朝廷大事，自有当局者主之。你看那一般儿天潢的贵胄和当朝的元老，尚都得过且过，燕雀处堂，何况区区一个卑官末秩！委实平生志不及此，敬谢不敏。你我且仍旧及时行乐便了。（唱）

【画眉序】但愿主恩遍，一日九迁服章换。便伊膺翟茀，谅亦欣然。（夹白）设使夫人尔时无福同居，不愿共享，顿成死别，或怅生离，下官啊，（作势介，唱）钱千万，与汝营斋；钗十二，从吾妙选。夫人，卿若要我和卿琴瑟两相调，须索把此怀权遣。（旦唱）

【出队子】本只为竭诚相劝，谁知道蓦无端把君怒干。俏东君寄情只在声色间，单只待，单只待，尊位多金聘玉颜。既不沙，为甚么常把那钱刀挂齿颊边。（小生唱）

【滴溜子】元不过清闲偶开谈判，恁兰心蕙性，顿生埋怨，把人无端轻贱。我庸夫志力微，平生干材短，请从此无言，闺房各便。（拂衣竟下。旦唱）

【刮地风】嗳呀！始言薄命红颜今果然，侬不忍这遇人不淑嗳谁怜！只是者满腔儿愁绪如何遣？可怎生般俗病难痊，便苦针砭总是徒然。都只说，属须眉，终较胜云鬟素面。怎知道，好头脑，浑负却世阀奇男。虽则是黄绶鲜，金印悬，人情都恋。到如今也须知时局艰。怎拒我比肩人药石嗳良言！（掩泪下）

第三出　恤纬

（旦扮秋竞雄上，白）海棠已嫁梅阴绿，吹得东风足。女儿年纪好春光，一样匆匆过后怕思量。（贴扮丫鬟上，接白）夫人，看浑身都被春愁绾，还听鹦哥唤。（旦白）侍儿，我背人无语展鲛绡，亲把泪珠偷系向花梢。妾身秋竞雄。一昨进规夫子，竟尔参差，不亮余衷，反逢彼怒。加以时艰日迫，大局将危，想起来好不伤感人也！（掩泪介。贴白）夫人且免愁烦，婢子有一言告禀。（唱）

【滴滴金】劝夫人省可闲愁绪，足食丰衣无所虑，何况俺爷贵胄都时誉。便是普寰区诸仕女，也都是醉生梦死。你怎的独含颦，空着意，只恐俺爷怪伊雌伏雄飞。（旦唱）

【四门子】非是咱英雌忽有雄飞志，非是咱英雌忽有雄飞志。道道道，道的咱似醉如痴。只为他丈夫身却少男儿气，以故将言相劝伊。我若是男儿，断羞为伏雌，誓展施补天才，力将国势维，把颓机再挽回，定指挥。似者般，心肠儿才慰。

（贴白）小婢愚昧无知，窃恐夫人奢愿难偿，不徒失伉俪之欢，且虞被清流之祸也。（唱）

【鲍老催】东南雀飞，伤心中谷歌有蓷。古今本自无真是非，况你如莫邪刚，并剪快，哀梨脆。琴心剑胆羞姿媚，独清独醒当群醉，如何皦皦能无累？（旦唱）

【水仙子】问问问，问粪英肥；怕怕怕，怕不似雪中花更美；有有有，有那息夫人失节无言；总总总，总不似绿珠楼坠；莫莫莫，莫管他福与灾；那那那，那遑恤嫠姜憔悴；看看看，看阳九百六天胡如此

醉;愿愿愿,愿赤手能将劫运回。也省得寸心中长抱愧。(合)

【双声子】除残秽,除残秽,便九死,终无悔。知耶未?知耶未?人间世,清名贵;浑不羡,爵与位。看得那褕衣翟茀,直等埃灰。(贴唱)

【煞尾】主婢喁喁今夕对,约他年,此志无违。(旦接唱)莫笑我女孩儿心独伟。(同下)

第四出　典钗

(小生扮秋婿上,白)年时欢意渺秋烟,(旦扮秋竞雄上,白)身世苍茫欲问天。(小生白)不死私情死公益,(旦白)九泉羞唱想夫怜。(小生白)夫人,你前朝劝我,今日我也有一言奉劝,你且听着。从来妇道家自应以柔顺为主。天地之道,阳刚阴柔;人伦之宜,男贵女贱。你饱读诗书,岂不闻曹大家《女诫》有云:“生男如狼,犹恐其尪。生女如鼠,犹恐其虎。”我屡屡劝你,如何还是力主男女平权之说,执迷不悟呀?(旦白)相公,这叫做士各有志,难以相强啊。(小生白)哼哼!好一个士各有志,难以相强!我且问你,你前日有游学日本之请,如今可作罢论了么?(旦白)此志妾怀之已久,今时势风潮愈亟,万不能再缓了。(小生白)咄咄,妇人家不出闺门,岂有只身远游异国之理,我断乎不准的。(旦白)相公便是不准,妾身也定要前去的。(小生白)好!你如必欲游学,我誓与汝离婚。善自为谋,勿贻后悔。(旦白)这也但凭相公的尊意便了。(小生怒下。旦白)这样看起来,他既然不许我游学,自然便不肯替我代筹学费的了。没奈何,我只索自家筹备罢。(作检点妆匣介,唱)

【搭绵絮】者香奁妆匣,赠嫁几何年?我本是天然,不爱铅华不受怜,何用他铺设镜台边,助媚增妍。说甚娇红夕殢,倦绿晨嫣。索将他倒箧倾囊,付质求沽尽易钱。(取钗把玩介,唱)

【前腔】这钗啊，是双鸾斜插，八宝翠花攒。他比翼交飞，牢固同心缔合欢。我恰没遮拦，艳福难堪。浸假易钗而弁，有玦无环，又奚取留此戋戋，点缀翚衣压凤冠。

（白）不免持付苍头，命他前去典鬻变价，以作行资便了。（下。末扮苍头持金上，白）夫人有请。（旦上，末白）这是钗钿等件变得银钱在此，请夫人收下。（旦白）知道了。（末白）老奴适才闻途人传一奇事，报与夫人知道。（旦白）却是何事？你且说来。（末白）据说维新党宁河某老爷，刊章拘捕未获，现已自行投到，下在刑部监里了。（旦白）哦！有这等事！（背白）想我与某君虽无平生一面之缘，却有爱群同志之感。他今当急难，我学费尚可另筹，不免先将此款移助他狱中使费便了。（转白）苍头！（末白）老奴在。（旦白）你可将此典钗之金，火速送到狱中，交与宁河某老爷收用，却千万不可说出我的姓名来，切记切记。（末白）老奴领命。（下。旦吊场白）侬此举既非仗义，亦岂好名？不过聊尽我区区爱群之心而已。（下）

第五出　雀飞

（旦扮秋竞雄上，白）侬似杨花无定，渠思桃叶重迎，双栖只索且消停。病因愁故酿，酒和梦都醒。　　曳雪牵云漂泊，羞红闷绿零星，兰衾犹剩旧时馨。想夫怜一曲，凄断不堪听。妾身秋竞雄。前日因商议游学日本一事，和相公争执了数言。此事若在男女平权文明之国，妇人有志求学，思助藁砧，为夫婿者方且求之不得。就是意见偶左，谅也尽可含容。不意他盛怒难回，竟写离书，促吾归去。这也是无可如何之事，万难腼颜乞留，只索委心任运，听其所为罢了。（唱）

【尾犯序】嫁娶不须啼，但得一心人，胜万方喜。沦弃怜侬，竟去留听伊。（长叹介）吁气。侬不恨生成薄命，侬不恨未能如意。（白）

然则恨甚么呢？（唱）侬只恨心坚求学，人道想非非。

（小生上，白）夫人请了。下官此举，良非得已。卿原达者，休怨薄情。我和卿宗旨既殊，性情复异，勉强相聚，亦复何欢？倒不如各奔前程，反为更便。卿担屩笈，我恋斗升，蕙性兰心，必能相谅。（唱）

【前腔】我何尝想着要分飞。数载夫妻，一旦离异，愿卿卿珍重，休为郎憔悴。随意，卿只管东瀛负笈，我依旧长安索米。思量起，便忘情似我，也觉惨凄凄。（旦唱）

【前腔】谢君留别辞，是家人，何须客气。总是妾不贤，敢怨君弃遗？须记，还指望君此后留心康济。待他日为国民尽力，便是妾遐方遂听，也慰目睽睽。

（小生背白）到此时节，还说这些迂话，真正可笑，亦复可怜！（转白）敬拜高论，敢不服膺。（旦唱）

【前腔】裙钗琐琐亦何奇。君是大丈夫，宁患无妻？祝新人胜故，清娱得意。交替，妾从此蘼①芜罢采，君尽把素缣互比。明知道旧恩已断，临别尚依依。

（小生白）罢了罢了！（唱）

【鹧鸪天】知否？女贱谁云女是齐，（旦接唱）最难白首不相离。（小生唱）戒心芒刺今除累，（旦唱）专制房帏几受欺。（小生唱）悲永诀，会无期。（白）夫人请了。（旦白）相公慢行。（小生下。旦唱）请看生女壮门楣。欲言犹恐惊君胆，肮脏填胸不敢提。（下）

第六出　蜕寄

（旦扮秋竞雄上，唱）

---

① “蘼”，原文作“蘪”。

【浪淘沙】影事只供愁，云散风流。瘦来玉骨不禁秋，闲展鸳绡偷卷泪，莫莫休休。

（白）妾身秋竞雄。自别夫婿，言归母家，难舍亲生，爰携弱息。岂桃花之轻薄，竟沟水之东西。怅触前尘，恍如隔世。渍短绡兮红泪，吟尺素兮白头。未免有情，谁能遣此！（泪下介，唱）

【前腔】绮梦冷妆楼，香炉熏篝。落花难上故枝头，便使故枝重许上，花也应羞。

（白）顷者理装已竟，不日出发东行，惟有两雏无可安插，不免请出母亲兄嫂来，面托一番者。母亲，哥哥，嫂嫂，有请。（内应介）来了。（老旦扮秋母扶杖上，生、花旦扮秋兄嫂随上。老旦白）女儿唤我何事？（生、花旦白）贤妹唤我等有何言语嘱咐？（旦白）母亲和哥哥嫂嫂在上，请听告禀。（唱）

【小桃红】非是我不安闺秀，锐意东游。（夹白）但念天地生人，本来平等，权利义务，一切无殊。况时局如此，断不能株守闺中，贻羞玩物也。（唱）男和女，当分守，朝愁暮忧。每想起黑暗深闺，总觉得寸心难受。不暇顾夫妇亲，儿女幼。愿则愿，学成归国把同胞救。只这荏弱的双雏要向外舍留。

（老旦、生、花旦合白）你只管放心前去，留两儿在此间，自有我等代你尽心抚养。（旦白）如此，多谢母亲、哥嫂了。（老旦、生、花旦合白）自家骨肉，何用客气。（众合唱）

【尾】好女儿俊胆浑如斗，男儿合羞，这才是宁死终须博自由！（同下）

第七出　负笈

（场上放烟火，作轮船抵埠介。生短发西装扮留学生上，白）男儿识字忧患始，（丑科头跣足荷锄，扮垦荒人上，白）披荆棘兮长孙子。（末华冠丽服扮豪商上，白）商人重利轻别离，（副净短衣毡帽扮工匠上，白）工用高曾之规矩。（合）请了，请了。我辈皆是搭客,今轮船业已抵埠,不免一同上去。(作行上船,到买票处介。生白)我是官费到东的留学生。这一趟儿,元是怀挟着金钱主义和功名思想来的。拚着稍微吃一两年的苦,将来还要做大官,娶西妇,前程万里,不可限量。今日虽然是客边,暂时在船上,倒也不可妄自菲薄,被外人看轻了。好在有的是同胞汗血的钱替我代惠,又何妨慷他人之慨呢。我要坐头等的舱。(末白)我是有名的大商家。虽然自家两手空空,却善于纠合他人,招集巨股,创办各种实业公司。将来商部的头等顾问官,我是一定有分,稳稳装在荷包里的了。这一趟来,元是为的运动外埠侨民大资本家,今日也不可妄自菲薄,我也是坐头等的舱。(丑、副净合)我们都是苦力,不但坐不起头等的舱,并且坐不起二等的舱,只好在三等的舱里权权罢咧。(同下。旦男装佩短刀,携皮包,扮秋竞雄急上,唱)

【赏宫花】天步艰难国步赊,流水无心恋落花。痛此去天涯飘泊我无家。遥看那一抹疏烟下,抵多少门外即天涯。

(白)俺秋竞雄是也。只为学费不足,拮据拼凑,是以来迟。急急赶来,生怕轮舶已开,又须续待下次。幸喜得才吹汽笛,尚未启行,不免趱行前去则个。(唱)

【么篇】身本是,柳亸花娇一女娃;身本是,翠绕珠围一宦家。恰不羡象服与笄珈。嗳,竞雄啊!赢得世间人争笑个侬儿忒傻。嗳,竞雄啊!听旁观嘲笑但凭他。(作上船介,唱)

【粉蝶儿】风马云车,不及者轮艑飞驾。客舱中估客喧哗,萃鹑居,罗鷇饮,走同牛马。清浊争差,鲤和鲢何妨同化。

(白)我想人类平等,分甚么贵贱尊卑;懿好元同,别甚么智愚灵蠢。那些苦力虽然是下流社会,也不能不算我同胞。今我盘费无多,当从节省。妙在有宝刀在佩,足以御侮防身,不免和他们杂处,就搭三等的舱也罢。(唱)

【醉春风】单只为救四海的热心肠，不惜贬那值①千金的贵身价。者舟中如蚁聚万头攒，睹怪状，使俺心儿怕怕。者一边是鹄面鸠形，那一边是垂髫黄发，更有那一边儿是蓬头赤踝。

（下）

第八出　鸣剑

（旦日本女装，持倭刀，扮秋竞雄上，唱）

【集贤宾】好女儿壮心殊未已，肯空作楚囚悲？怜女界寒蝉噤响，尽旁人凡鸟留题。多迷信拜月香焚，不思量挽日戈挥。大都是怯生生顾影翩翩自道美。终日家弄粉调脂，只知道邀欢和妒宠，几曾解雌伏愧雄飞。

（旦白）俺秋竞雄，新自日本东归。道出申江，闻得义姊吴芝瑛侨寓在此，不免前去访他一叙，以慰离思则个。（纳刀鞘中，闭门出行介，唱）

【逍遥乐】趁东归之际，小彻吟身，闲寻盟姊。俺则见阛阓喧阗，闹攘攘似伦敦巴黎，那里有冒罪昌言的杜紫微。俺秋竞雄啊，待学个李家小妹，叹文佳不作，吕母云遥，征侧风微。（下）

（老旦扮吴芝瑛上，白）小阁垂帘日扫除，炉熏花气宛精庐。红囊拣得钗头茗，手瀹清泉伴著书。妾身吴氏芝瑛，小寓春江。比闻义妹秋竞雄游学东归，道出于此，想他必定过我，我且扫门以待。（唱）

【上京马】还记得，情深姊妹惜分离，祖帐筵曾向陶然亭畔启。谁想到，沪上再将纤手携。唤雏鬟，扫径开扉，见隔墙花影忽动，浑疑是，故人来。（旦上唱）

【梧叶儿】俺恰是，访戴的山阴客，特来寻写韵的世外姿。一路价

---

① “值”，原文作“直”，据文义改。

帽影鞭丝。但见那官道旁,人如织,俺莽心情,亟思见伊。渐路转树影移,已离得渠家近矣。

(作行到入室相见介,白)阿姊别来无恙?(老旦起迎介。白)贤妹回来了。一晌相思,惄如饥渴,今得复见,深慰鄙怀。旅况毕竟如何?尊业想当大进。(旦白)阿姊如不嫌烦絮,待小妹一一奉陈。(老旦白)愿闻。(旦白)念小妹啊!(唱)

【醋葫芦】奋东游,忘顾恤,费驰驱,劳跋涉,几回儿。轻身一剑走天涯,轮舶肮脏偕苦力。这其间,只仗龙泉自卫。(出刀相示介)又岂料,长途触暑,一病竟几危。

(老旦夹白)咳,可怜哪,可敬!(取刀把玩介,唱)

【么篇】我这里,定睛分明觑,留心儿仔细窥。这刀啊,真是吹毛断,削玉也如泥。但则留学风潮方大起,怕一发难支难避,得不惧鸡鸣偷度,错疑君是革命的女孩儿?

(笑介。旦笑白)男女革命与政治革命,宗旨则一,办法各异,姊固知吾非新少年之侈谈革命者流也。(老旦白)前言戏之耳。(旦唱)

【金菊香】见了那熏心富贵俗肠的儿,龌龊肮脏,真有愧女仪。怎把这学期藉为仕路媒,走终南捷径争推。更觊那东施西子下嫁苦求妃。

(老旦白)贤妹志气,真是女中丈夫,彼等闻之,能无愧死!(旦白)阿姊过奖了。(唱)

【柳叶儿】不由人色赧赧替羞代愧,冷冰冰气短心灰,懒洋洋欲高歌弹铗归来未。(白)今日雅集,不可无酒,能咄嗟立办否?(老旦白)酒已备下,仓卒主人,谅不责我。(唤介)叫鸦鬟安排酒酌,我要和秋女士对饮。(内应介)晓得。(贴扮鸦鬟提酒上,即排果酒,二旦同饮介。旦唱)纵教俺倾千斝饮尽了百杯,难把这闷沉沉一腔魂磊儿消弥。

（白）妹以为此等恶魔力，必能羼入吾女界中。吾女界前途，必不致亦经此二阶级，有断然者。（唱）

【浪里来】看着那一桩桩恼人的邻国事，又加上这一般般羞人的留学弊。怕人心天意两难知，好教俺费沉思。省可地将心愁碎，悲鹑首赐秦天醉。到而今回国，犹觉意萦回。（高歌《宝剑篇》，拔刀起舞介）

宝剑复宝剑，羞将报私憾。斩取国仇头，写入英雌传。（一解）

女辱咸自杀，男甘作顺民。斩马剑如售，云胡惜此身。（二解）

干将羞莫邪，顽钝保无恙。咄嗟雌伏俦，休冒英雄状。（三解）

神剑虽挂壁，锋芒世已惊。中夜发长啸，烈烈如枭鸣。（四解）（唱）

【高过随调煞】赤紧似，素与丹，各是非；酸与咸，异滋味。且喜得唱和歌，竟得学成归。直待的把娲天重补就，将气奄奄余一息的国势维。纵有须眉豪杰，少不得一齐拜倒石榴裙下，争把女雄推。（作别介，分下）

第九出　凤仪

（旦愁容扮秋竞雄上，白）手折将离赠所知，轻风剪剪雨丝丝，鸾漂凤泊断肠时。　　絮果生疏怜分浅，昙花飘瞥怨开迟，个侬不道者般痴。（白）俺秋竞雄。愤男儿之专制，欲抑男权；痛女界之昏蒙，思兴女报。无如章程虽布，经费难筹。竟嗟过问之无人，不信哀时之独我。想起来委实痛心也！（唱）

【解三醒】亡国恨，眉尖蹙损。补天才，心坎温存。生不解邀人傅香粉，闲月夕，冷花晨。俺待把慈云普荫幽闺界，化日重回漆室春。雌风振，誓洗净柔仪曼态，浅笑轻颦。

（白）亦既欲办不能，又复不办不忍，没奈何只得勉竭绵薄，稍醵微资。和血泪以成文，拚心肝之呕出，以供众赏，以觉群迷而已。（唱）

【前腔】怀梦草难如吾意，血痕花未丧斯文。私叹蛾眉少英俊。希并力，盼同心。俺平生回文织锦轻苏蕙，曲笔缔章陋左芬。说孤愤，俺不惜奋拈彤管，普告红裙。

（白）俺平生所持宗旨，以为女子当有学问，求自立，不当事事专仰男儿。此之谓男女平权，家庭革命。目前虽不免见讶于人，异时女学大兴，必能达吾目的，其在数十年后乎。（唱）

【前腔】绿媚云香迷缬眼，红颦晓玉沁脂唇。叹春睡瞢腾梦难醒。作狮吼，振鲸铿。非不知孤花香冷元违俗，腻叶阴清易近人。心坚定，终有日兰芽怒茁，柳盼愁醒。

（白）迩来自沪返越，就聘明道女学堂，权充体操教习。枳棘非鸾凤所栖，斯元不过糊口而已，然而责任不敢不尽也。（唱）

【前腔】娘子军军容制胜，夫人城城阙也生新。俺待把吴宫队重整。坚玉骨，竖柔筋。愿诸生美人虹气参天势，少女风清大地尘。鸳鸯阵，抵多少鱼鱼雅雅，燕燕莺莺。（下）

第十出　瘈噬

（丑绅士服扮苟入华上，干念）

【字字双】我做乡绅不值①钱，烂贱。奴颜婢膝善贪缘，花面。党祸牵连怎自全，快变。知风报信捕婢娟，眼线。

（颠头播脑做丑态，伸指指鼻介，白）自家，（嗽介，接白）乃是浙江绍兴一个乡绅，名叫苟入华嗹末便是。贼介贼介。（笑介）哈

① “值”，原文作“直”，据文义改。

哈哈！有数说哔:莫信直中直,须防人不仁。倪为啥话介两声呢？吓！介搭吓吃末人哔场化,让我把介事体话俚出来看。就是倪介同乡徐道台哇。倪因为俚屋里蛮有铜钱,新近又做子道台,要想沾俚介光,求俚介提拔,就狗颠屁股筛介去巴结俚笃,还只怕巴结俚弗上。幸而巴结上仔末,倪恨弗得做俚个儿子,日日在俚介膝下才好。所以俚在屋里哔辰光,倪差弗多吃末一日弗去请安伺侯几转哔。就是介歇,俚弗在屋里,也时常彼此通信,往来勿绝哔。弗但是俚,就是俚介表妹,明道女学堂介教习秋竞雄女士,倪向来想俚替倪在官府面前吹嘘吹嘘,也是当做观世音菩萨,搭亲生介爷娘一式一样介供奉孝顺哔哇。介个阿徐,好好叫哔在安徽做官,十分得意。想弗到忽然听见话俚谋反行刺,一下仔杀脱哉,还要搜捕余党。倪向来搭俚笃蛮要好,往来蛮密介,是大家才晓得哔哇。如果真个捉起余党来,岂弗要首先连累到仔倪末。倪介歇想得一个脱身之计,移灾害人,只有倒咬介秋竞雄一口,就话俚是徐党,要想搭介阿徐同谋造反。介哔样式哔办法末,弗但倪自家一身脱却仔干系,还可以讨官府介欢喜,受知风报信介重赏嘘,岂弗妙哉！（作点头拍手得意介,白）此计大妙,此计大妙,不免火速依计而行便了。（扮鬼脸,吐舌缩颈,做狗吠下。众征兵装,各执洋枪,随副净戎装扮标统厉瘈上,副净白）马来！（众同干念）

【金钱花】提兵捧檄长征,长征。同胞屠戮休论,休论。能戕妇孺是奇勋。嘴头上报仇人,刀头上做功臣。

（副净白）俺乃浙江省新征练兵第一标标统厉瘈是也。奉抚台大人之命,统本标兵三百人,星夜驰赴绍兴,会同营县,攻围大通学校,搜捕徐某余党。儿郎们！（众）有。（副净）须鼓勇前去者。（众）吓。（干念）嘴头上报仇人,刀头上做功臣。（众下）

（四杂扮学生上,白）我等乃大通学校学生是也。近当暑假之期,全体尽散,只余我等三十余辈,留居在堂。今日闲暇无事,不免出校散步一回则个。（副净率众拥上，杂惊避。众追放枪，击倒二杂，余二杂急闭门。众破门突入抢掠。旦袭重衣暗上，坐场上隐处。众搜得，前擒旦，牵曳脱衣，以手枪纳旦手及怀中，且撑拒不受，众强置旦足下。丢练套旦项介。副净抚掌狂喜大笑介，撇京腔白）你们今天儿也想要欢迎你们的老爷和将爷们吗？儿郎们！（众）有。（副净白）我唱凯歌，你们齐和。（众）吓。（同干念）

王师荡荡，来攻学堂。威稜所指，孰敢相当。

以十取一，易如捉鸡。身生蛮国，死复怨谁。

嗟尔弱女，奈何竞雄。料汝此往，霾碧以终。

外侮不御，此独奏功。痛歼妇孺，我顶其红。（众欢呼，拥旦绕场下）

第十一出　张罗

（净冠带扮绍兴府知府，末扮会稽县知县，从人喝道上。净唱）

【菊花新】购来五马费心机，犹恨黄堂不疗饥。（末接唱）幸遇发财机，（合）更指日升官可冀。

（净白）人都道咱公义私仇两欲伸，（末接）谁知道下僚唯恐长官嗔。（净）浑不是传来种族新思想，（末）料只合抹煞楹联旧颂声。（净）贤太守，戮顽民。（末）灭门令尹果然真。（合）试看奴辈无知者，可再生心害满人？（净白）咱每浙江绍兴府知府是也。（末白）小官会稽县知县是也。（净白）咱每近因皖案发现，星夜上省请兵，围攻大通学校，搜捕女匪秋瑾。人都道咱每是新学家，迷信种族主义，又和恩抚有戚谊，是以穷治斯狱。（笑介）哈哈！这都是以君子之心度小人之腹，未免看得咱每太高了。他每那里晓得：咱每本是内务府的一个包衣出身，何尝知道甚么新名词，何曾知道甚么种族界。满人现做皇帝,我固不妨杀人媚之。万一汉人掌了大权,我也何妨反颜事之。如果真个因种界起见,咱每倒是大清朝的一个忠臣,满洲种的一个肖子了。就是那一副竞争天演、雄冠地球的对联,也是咱每叫书记师爷捉刀的,并不是咱每的亲笔。至于和恩抚有戚谊的那一层,更不消说了。咱每做官的人,本是绝顶势利的。他如果现在还活着呢,咱每自然要借这点儿戚谊,掇臀捧屁的去趋奉他。他如今已经被人刺死了,咱每还管他甚么戚谊不戚谊。如果真个因戚谊起见,咱每倒又是一个官场中的义士了。(笑指心介)其实区区方寸之地。只有升官发财的四个大字而已。经日此举,不过为此。他们胡猜乱测,煞是可笑。(唱)

【好事近】吾辈得施为,正好摧残奴辈,瓜蔓罗织,不但替人吐气。休疑,总是一班豺虎磨牙处,食肉寝皮,又奚畏区区清议。咱肯见蛇不打,任彼啮人肥?

(白)以我国女子之卑贱,粥粥群雌,虐杀掠卖,久等诸不甚爱惜之物。杀一秋瑾,何足为奇!(唱)

【泣颜回】雨打复风吹,那惜娇红嫩翠。山阴道上,秋花合谢枯蕊。会稽太守,补天功,且说瞒天嘴。判借他颈血斑斓,染得我顶儿红矣。(末唱)

【前腔】提携末秩也分肥,奏保报销附赘,杀人献媚,情甘狗续貂尾。猩红一点,觊几年金紫银青贵。但能教成我军功,何暇恤冤他女匪。(净唱)

【太平令】女子无知,欲竞雄飞信有之,只者两言小字应殊死。又何况,弄潢池。(末唱)

【前腔】一搦腰支,体育如何作教师!堪怜吾辈尸居气,不及个,妇人奇。(净唱)

【风入松】饰词上省请兵归,杀人如同儿戏。凭他昭代婵娟子,尽

自许蓉出秋水。咱判学个太公掩面,断送渠好蛾眉。(末唱)
【前腔】为民父母不须提,且顺长宫风旨。个人一命轻于蚁,肯自误前程万里!也只索借他蛴领,冤屈者遭儿。(合)
【尾声】受知政府从今知,便焚琴煮鹤心无悔,一任供状如何,总不恕伊。(下)

第十二出　对簿

(众拥旦上,旦唱引)
【金珑璁】蛾眉高自许,论风裁,端不愧男儿。今日事,元无预,便杀身,夫何惧!

(白)俺秋竞雄,虽属女儿之身,夙坚殉国之志。今缘皖案,无辜被拘,人皆争惜其蒙冤,己独不祈其幸免。死生祸福,一听当途便了。(唱)
【点绛唇】发排枪,擅杀生徒,女书生岂意一旦被野蛮人捕。黑暗山阴路,天日都无,覆盆下,争许把沉冤诉。

(净冠带扮绍兴府知府,末扮山阴县知县,从人喝道上。杂扮吏役四人,持刑具罗列介。净升堂正坐,末旁坐介。众拥旦上,禀介)禀大人,女匪秋瑾已经拿到,候大人发落。(净)带上来。(众)吓。(押旦带锁上,跪介。净看审问介)你就是秋瑾么?现在有人告发你和徐某同党,于皖案有连,从实供来,免受刑拷。(旦唱)
【寄生草】狗至士人室,女为君子儒。枭鸾共穴元难处,薰莸异器宜相妒,者萋菲告密浑无据。俺秋瑾啊,檀心一点向人开,尽自知光明磊落公知否?

(净)你和徐某向来认识么?(旦)数载前在海上曾经一面,近年来并书札亦绝往还。(唱)
【么篇】略涉葭莩谊,稀通竹报书。他双旌千里应官去,我数年一面还乡住,便千枝百节难牵附。论人间主宾中表亦寻常,问使君何从见得交通处?

(净)你不是主张革命的吗?(旦)余所主者,乃男女平权之革命,而非政治种族之革命。(净出扇一柄示旦介)这是你的亲笔,岂非你主张革命的真凭实据吗?(旦唱)

【么篇】酷吏同文狱,阎摩变相图。(净逼旦书供,旦不从介)俺非是无才无识的群雌伍,那里有知情知罪的亲供语。(净苦逼旦,旦始大书一"秋"字。复逼之,始大书"秋风秋雨愁煞人"七字,高举示场下介)单则是秋风秋雨的销魂句。可笑他腼然人面俨然官,明欺我只身无助的伶仃女。

(净白)速上刑具,带去收监。(众钉镣介,净、末退堂介。旦唱)

【么篇】一苟余皆苟,名如实不如。僵桃代李诚无与,摧花斫柳夫何取。维桑与梓谁相助,忍人间关头铁血此须臾,问须眉男子羞颜否?(众拉旦下)

第十三出　返真

(末扮会稽县知县,执手牌,杂扮兵役、刽手,提绳执刀急上。末白)狱底芳魂断,山阴酷吏尊。大人有令,将秋瑾就地正法,快去绑来!(杂应介)吓。(急下,拥旦背绑披发上。旦唱)

【临江仙】记得春江曾置酒,酒酣笑盼吴钩,拚教断却美人头。不教奴隶气,沾染到吾俦。

(末执牌前导,杂推挽旦行介,旦唱)

【碧桃花】千秋名不朽,长共河山寿。好男儿几个能消受?何况婵娟,人比黄花瘦。者千岩竞秀,万壑争流,合添个血痕红绣。

(末白)行行重行行,已到轩亭口。劳我宰官身,取汝美人首。来此已是轩亭,吩咐将秋瑾即行处斩。(众)吓。(作杀旦介,俱下。

场上放烟火，旦换仙装，手执白芙蓉花一枝，扮芙蓉仙子上，唱）

【梁州序】半生沦落，十年僝僽，噩梦而今醒骤。花魂月魄，蓉城斗忆前游。鹃啼夜血，蝶抱秋心，从此慵回首。同胞痌病亟须救，侠骨英风何可求，东海狱，者番又。

【前腔】江南莺乱，河东狮吼，雌雄风云依旧。沉沉天醉，新亭尊酒无愁。便脱胎换骨，成佛生天，难解眉间皱。六宫粉黛须眉做，半壁河山巾帼羞，恢复事，亮难就。

【节节高】蛾眉第一流，百尺楼，床分上下谁先后？姻缘谬，悲好逑，非佳耦。容心去就余何有？冰清玉洁终身守。未卜他生此生休，唯怜失母双雏幼。

【前腔】棱棱玉骨遒，不可柔，眉心一寸愁偏逗。忍家诟，怀国忧，今无负。杀身首把天荒剖，香名占断人间秀。热血判教洗神州，入人心坎真能否？

【尾声】愿则愿，中华政党无新旧，日夜馨香祷祀求，俺一片痴心尚未休。

第十四出　追悼

（场上供小影，设祭筵，旁悬挽联，大书“一身不自保，千载有雄名”十字，老旦素服扮吴芝瑛上，唱）

【天下乐】秋风秋雨愁煞人，生何薄命不逢春。人间无地容奇女，海上何方起僇民。

（白）清流不可为，党祸到儿女。中国前未有，此局创千古。名香九鼎重，一死讵无补。万心莽嶙峋，感慨遍妇孺。多少健须眉，吞声不敢语。我辈皆可危，苛政猛于虎。悲君亦自悲，哀哀泪如雨。妾身吴氏芝瑛。惊闻义妹秋竞雄惨因皖案株连，竟遭冤僇。代苦恼众生而受死，痛振兴女学之无人。追忆旧游，好不令人伤感也啊！（起视壁间小影介，唱）

【甘州歌】亭亭倩影，似梨云夜缟，棠月宵韵。雷霆精锐，更兼冰雪聪明。始知文章故憎命，不但儒冠多误身。薄苏蕙，轻左芬，输他福慧两平分。莫须有，冤成狱，一腔热血洒轩亭。

（白）吾与竞雄既有一日之雅，复能道其平生，爰为之小传，别录其遗事，复撰集联语，申之以祭文，且愿以性命身家保渠宗族。业登某报，代吁当途，但不知果能有效否耳。（唱）

【前腔】霜风凄紧，悼瑶华寒剪，桂枝秋賈。摧花折柳，手辣正由心狠。爻凶咥人虎尾履，命苦为女鸿毛轻。香自蠹，膏自焚，仙家兵解女儿身。白杨陇，黄叶村，抄同瓜蔓可怜生。

（白）此间有义妹梁氏爱菊，夙表同情，约来公祭，时已不早，敢待好来也。

（小旦女学生装，素服，扮梁爱菊上，唱）

【前腔】女中欣有人，替吾侪生色，蛾眉气振。风飘雨打，愈教馥烈香腾。嵇肝苌血杜宇魄，吉纲罗钳猛虎行。草木腐，蒲柳零，争如千载有雄名。文扫地，花满城，几人袖手棋枰。

（入相见介。小旦白）阿姊请了。（老旦白）贤妹请了。愚姊恭候已久，可就此行礼罢。（二旦同哭拜，起合唱）

【前腔】但教稍存爱国心，忍同胞鱼肉，旁观齿冷。一班男子，甘心奴隶珠申。宦途弹冠不二法，女界开幕第一人。昭君恨，荀灌魂，阿谁继起扫胡尘？付檀板，题练裙，一声河满不胜情。

【余文】防家贼，到闺阃，秋风秋雨酿愁新。那管他六月飞霜屈煞人。（同下）

题词

南乡子（古越嬴宗季女自题）

满纸泼胭脂，不是心花是血丝。缕缕鹃魂和蜡泪，相思，六月霜飞遍会稽。　　秋怨付填词，帘卷西风瘦不支。赢得聪明销尽福，痴痴，身后微名那复知。

鹧鸪天（南徐香雪前身敬题）

六月雪霜飞粤城，秋风秋雨葬秋魂。花都冷落休论我，词太牢愁莫示人。　　仙露盥，妙香熏，此中元不着纤尘。水痕都是雪英化，光景长随日月新。

大江东去（宛溪双玉诗媛敬题）

曹娥江上慎风波，收入美人词料。娩婳新歌刚唱罢，万树秋花齐笑。飙举云摇，霆撑月裂，拍得聋虫觉。蛰龙海底，捉来为谱高调。　　可惜热血深杯，壮心末路，只许天知道。闲却斫鲸屠鳄手，权办嘘花拂草。精卫沉冤，木兰豪举，一曲兼双妙。酒酣起舞，辖然更发长啸。

浣溪沙（苏台桂宫仙史敬题）

解道情天色即空，莫教儿女笑英雄。大王风剪美人虹。

名世文章希有鸟，悲秋心事可怜虫，江花江草梦惺忪。

浪淘沙（初云女史倚声）

钗钏易冠缨，慷慨东行，拚将情爱作牺牲。话到痛心惟二字，黑暗难论。　　热泪向人倾，演说纵横，凭空结撰诧无因。秋雨秋风何太恶，摧落花魂！

前调（巫云女史倚声）

一发系千钧，闺侠留名，是仇是敌不分明。二六鹍弦新谱出，凄楚鹃声。　　匣剑作龙鸣，愤恨难平，淋漓书记拜芝瑛。女子平权非革命，诠解须真。

——阿英编《晚清文学丛钞·传奇杂剧卷》，

中华书局1962年版

陈慧传奇一种

陈慧(1883—1947)字仲瑄,别署拜石,江夏(今湖北武汉)人。曾祖陈銮,嘉庆二十五年(1820)探花,官至两江总督。父陈石臣仕于皖,与太湖赵氏联姻,陈慧适赵文楷重孙恩彤。陈慧乃赵朴初之母,文学修养极高,能作诗填词,同时笃信佛教。1947 年,陈慧逝于太湖县。

陈慧的作品仅存《冰玉影传奇》一种,余皆散佚。该剧未见前人著录,系陈慧中年时所作,今存其长女鸣初所录藏抄本,1996 年由佛教文化研究所校印出版线装本,分赠亲友。

冰玉影传奇

引言

一九九〇年,余回故乡安徽太湖县寺前河(今名寺前镇),以先母之别号拜石之名义捐献奖学金人民币二万元。此后每年续有捐献,至今已达十万元。盖欲用以培植掌握科技振兴家乡之人才,以报答先母爱念乡人子弟之遗意。

先母姓陈名慧字仲瑄,湖北武汉人。曾祖陈銮,清殿试探花及第,任两江总督。父陈石臣,仕于皖,因与吾家联姻。一九一一年,先父炜如公与先母携子女由安庆迁回太湖老宅。一九四七年，蒋介石发动内战，先父母因避兵祸，始欲离乡返安庆。临别，先母有诗云："寄住湖山四十年，一丘一壑总留连。"于太湖山川人物情意至深。先母辞世将五十年，余年已九十，常有子欲养而亲不待之感。爰以吾姊鸣初录藏先母中年时戏作剧本名《冰玉影传奇》者，印若干册，分赠亲友，以为纪念。

书中人皆化名。沈洁者，先母自谓，传奇中简称"玉"。谢清者，先母之义姊关素，字静之，余兄弟称之为大姨者，传奇中简称"冰"。主要内容乃叙述二人之友情及晚年同隐西湖之愿望。今之观者或可窥见当时社会状态之一二。

余少小离家，又屡遭丧乱，先人遗墨几无一存。惟于吾母致关大姨书札中偶忆其诗词零句，如"怎得化为明月，照他江北江南？"余少依关大姨如母，姨亦能诗，传奇中《酬咏》一折，所载冰寄玉惜别诗，乃姨之亲作也。又有"西风吹老一天秋"之句，皆一般士人所难及。曩昔妇女无受教育之权利，其文艺皆自学得之。假令生于今日，其造诣可胜言哉？此书之校印与装帧设计，皆得佛教文化研究所同仁之助，附此致谢。

一九九六年十月　赵朴初

玉影

（玉拈花徐步上）

【南宫引子·秋蕊香】小步庭除，领略幽香，喜嫩蕊芳菲，愿日擎在掌。堪恨那稚子攀援弃道旁，莫辨青黄。月明露泣自凄惶，待携归胆瓶中供养。

往迹已模糊，伤离转忆初。清宵闲记取，聊报故人书。俺沈洁，鄂都人氏。幼随父母宦居吴郡，年及笄，结缡萧氏子。后先君解组归田，洁遂远居异域，想当时的千般苦闷，笔难尽述啊！

【减字小梁州】欲作归田计，不该把儿婚异地。往日个明珠在掌，

不忍分离。霎时间,硬生生将人抛弃。听凭哭诉,一任牵衣。反谕我恭循妇职,大义无违。(拭泪)

回忆当年,不胜凄楚,父母远去,又无姊妹!本有一位莫逆之交的义姊谢清,也远在沪滨。如近在相邻,还能朝夕晤谈,解我离思啊!谈起我这义姊,不免要把她的苦节光辉的事迹叙述一番了:我义姊谢清,与我同乡,本是亲戚,又结拜为义姊妹,她和我气味相投,愿同生死。谢清幼许宋仲子,不幸仲子十九岁早逝,谢清矢志不二,誓奉父母以终年。宋仲子与我是中表亲,我母是仲子的姑母。在宋仲子逝去数年后,谢姊的双亲又相继去世。遗嘱谢姊助弟成立,从此谢清更孤苦无依,又肩重任,含辛茹苦,独力支撑。我母怜她孤苦,嘱我奉她为亲姊,把谢清的纯孝志节的事迹和我详谈,并说打算和谢姊同居,保护和陪伴她。不意我的双亲也先后弃养,愿未偿而音容已杳!我誓承先人遗志,以效绵薄。今年姊年四旬,宋家欲于秋间迎姊归宋室立嗣。余自辛亥兵乱,避地山居,姊亦随其弟宦居上海。前夏今春余赴临安省姨氏,便道至沪与姊小聚,因闻知迎归一事,不免想到届时当事人的无依和哀楚,我应该去陪伴阿姊,使她能得到一些安慰。今夏,我祖父生辰,我同婿归楚祝寿。我因小儿女牵累,要作些安顿,婿以事独留,我先回皖,秋间再作楚游。

儿女增人累,长途好护持。

半年来去迹,说与世人知。

冰痕

(冰淡妆上)

【商调过曲·绕池游】素心人远,长昼难消遣。石性空灵,安知我中怀缱绻。小草葱茏,消多少啼痕点点。身世如烟,禅关久敛,谁知这一片情天,为伊行难免。

春晖不我照，大地忽成秋。已谢人间责，今来为汝留。我谢清，楚之汉阳人也。命运多舛，贻父母忧。清本已断人间情愫，但知永侍双亲，亦不虚生一世。我父手足情深，父有姊早孀以忧致病，迎归奉养，躬亲照料。我母多病每强自支持，清稍能事，即代劳汤饵，旦夕陪奉。有知以来，忧姑母之疾苦，念双亲之辛劳，未曾一日心安。又无姊妹，虽有弱弟相爱重，奈衷肠无法互谈，居恒郁郁。后姑母逝世，父留沪滨，死别生离，更难自慰！讵料祸来天外，沪电告父病危，惊魂千里。随母携弟，星夜奔驰。父寓姑父家，到即趋往省视。哀哉！断简犹存，音容已杳；长号躄踊，欲以身殉。陡见阿母哀毁，不敢复增其痛，只好强制伤悲，劝慰慈母。岂意祸不单行，母以忧伤致病，诸医束手，天不为怜，夺我慈亲。弥留时谆谆以弱弟为嘱，命清助弟成立。生既无依，死亦不得，刺腹椎心，曷其有极！噫！世间宁有如清之无告者！

【北水仙子换头】叹浮生怎挪，投生怎么？纵罪孽深沉，亦不当这般折挫！看世间苦恼余生，未必伤心似我！灵幕垂垂，双棺寂寂，留亦难安，归兮无所。这叫做苦海茫茫，大劫难逃躲！

唉！以前的苦难，虽昏昏应过，今天回想，余痛依然。现在弟已授室，且有子女，服官江左，颇有政声。清大责已卸，只想从此逃入禅关，不生外障；而前岁夏间，义妹沈洁忽来海上，触动旧情，不能自已，联榻言欢二十余日，别后怅惘不已。今春妹以回楚祝寿之机，来申约清同赴临安省视姨母，在湖上作十日勾留。出则握手，眠则抵足，人世之乐，为清破题儿第一遭也。

【越调①·集贤宾】山光明媚，湖波涌翠，小桥同饮闲滋味，看堤柳丝丝，花光细细，游客都成队。烟痕袅娜，塔影浮沉，日色西垂，始向村童问道归。

---

① “越调”，原文作“越洞”。

又作浮云散,何如未聚时。

寂寥难自遣,谁与慰离思。

病驰

(玉病容上)

【双调·武陵源】途路风霜,又恹恹入病。二竖为灾,杯羹莫进,四肢瘫软梦昏沉,人比黄花瘦损。

药炉香影共氤氲,一枕辛酸梦不成。病里愁衷时忐忑,沪中人事可清平?我病了这些日子,不觉已入仲夏,我清姊多日无信来,未免悬悬不安,小何进城探信,日已西沉,该回来了啊!(丑作小何持信上)

【锦衣香四犯】家计萧条,为人厮仆,上街下县走江湖。半生酒色,一梦呼卢,落得个两手空空囊内无。

【丑面】鄂中书叠至,报与敝东知。

(见主)禀主人,今天下县取信,上海一字也无,湖北来信有七封,请开看罢。(丑下,玉拆信看了一惊)呀!秋间改成现在,我怎么来得及啊!(旦作祖姨上,玉持书见旦)宋府改期迎清姨,就在本月中旬,我今晚就上路,家里一切事务,祖姨,您只好替我担任些时了。(旦沉吟了一下)既是事关重要,必须速行,家事我当代理,只君病初愈,酷暑上路,家里怎能放心!望自己保重,大事办完,及早回来,免我久担重担。还有太君前,应该快去请命才是。(玉见太君请命,太君答)家事多,孩子多,你病刚刚好,又要急出远门,我不赞成。玉再三禀告事情的重要,太君才勉强允行,嘱早归。玉连夜兼行赴楚到沈宅。家人出迎,生作沈二郎见至(姊),回来得好快,左家作馨表姊前半月从京都来,是她要给姊写信,姊可去找她谈谈。(玉车行至宋府,宋作馨急上,握玉手道歉)此行累妹矣!现在仍定秋间办事,因谢炯畏热,他又要亲自送他姊姊,所以仍在秋间办事,我正想函止妹行,不料妹来得好快!(玉怏怏,稍作酬应即驱车回沈寓,向婿萧二郎诉苦恼)惟今之计奈何?耽搁太久,太君要责怪。家事又累尊亲,去既无情,留亦不安。进退两难,如何是好!(婿提笔劝慰)且候至秋间,修禀太君为之乞缓。(玉亦作函致祖姨、谢清)

情极真无奈,都缘不自由。

修书为缓颊,权作此淹留。

愁柬

(冰愁容上)

【越调·驻云飞】何事相歧?累她长途酷暑人千里!病初瘳,怎经得这般调剂?叫我晓夜难安,梦魂萦系!

昨有皖城寄来洁妹一函,说她连得鄂中信七封,告以清将于月初回鄂,催她速归。我并不知此事,以询家人,亦均茫然。想鄂中人未免荒唐,事不知虚实,迫她千里远行,倘又犯病,如何是好!止已不及,且作书一探吧。

惊心函报说登图,病里风霜惯也无。

轻信伊人忘我嘱,不知珍重枉怜余。

喜聚

(玉欣喜持信上)

【相见欢拍】书来天上,鹊噪檐前,喜行踪不远。幸终能少尽微忱,仗先人灵显。

回到楚都不觉月余,今天又得清姨来信,其弟谢炯夫妇,将在秋间同姊来楚,刚才馨姊来说明天可到,我好喜也。(次日馨来约同往谢寓探视,下车入院相见)是沈谢两家在天之灵,默佑我们能顺利完成大事啊!

【莺啼序前犯】相逢又也,看容光消瘦。神情凄绝。猛可的九曲回肠,为君寸裂。我待要上前握手分明说,怎奈这广庭人众,对面成山隔。只索去一一周旋,寒暄叙别,两下无言,是参商,是亲热?

鬼混一时,日已云暮,众人尽散,此时正好两人细诉衷肠也。

【中吕退腔·声声慢】日落钗横,画台灯四设,客去廊空,打叠起衷怀细白。道不尽的离愁,又怜他舟车劳顿风尘色。我诈作朦胧,促伊少歇。一更更,一声声。只听得她长吁反侧。我这透骨酸辛,更不知何从熨帖!

明天清姊一家去扫墓,我也回去消停一天吧。

相聚何多戚,喁喁夜不眠。

嘱君须自惜,珍重墓门前。

扫墓

(冰泪容同生旦及众携祭礼上,抵墓,冰哭拜)

【大石引子·东风第一枝】浪迹萍踪,宦游湖海,梦断双亲冢。叹年年寒食清明,纸钱灰可到得乡关云陇?我今日归来,只见那白杨高拱,荒草茸茸。乱石残枝,横直坟头拥。痛音容长寂,一任空号踊,日色苍苍,也为人哀恸。念罔极深恩,怎到此犹难陪奉?只剩得步步回头,难禁沾裳泪涌。(生旦跪拜奠酒,众拜焚纸钱下)

(冰)片刻依云树,(生)先灵可有知。

(旦)浮生同一梦,(合)啼笑总成痴。

探候

(玉慵妆上)

【北吕挨谱·台城路】已残暑,炎威犹剧,她鹤骨清癯,卸征装又登长道,更兼悲苦。我目断神沮,寸衷忧虑。计算着她到,计算着她哭奠,计算着她别墓。天哪!但愿她归来如故。

此时约计已归，且着老袁去探视一下吧。（老袁上）听得洁姑呼唤，想必又有美差，待我上去听听。最好能让我赚几文，吃足老酒才好哩。

【南吕·调笑令】供走使，涉风波，无非为穿摇吃喝。幸生得，一张嘴信口开河，两只眼观风使舵。骗得人家快活，一发赚钱多。

（见玉）洁姑呼唤老妇有何使令？（玉）今天谢清姑上坟，现在想已回来，我本想自去看看她，怕她太辛苦，请你替我去一下。（老袁）老妇知道了。（转身便走，玉）你转来，还要带点药和一封信去。（老袁）呀！人家好好的上坟，有什么病，要我送药？不要害我挨人家骂，这差事儿免劳赐顾罢。（转身要走，玉笑）傻婆子别走，听我说，谢清姑咳嗽，今天上坟走长路，会咳得厉害的，几包杏仁霜治咳的，你放心送去罢。（老袁接信和药）怎不早说，害我等半天，腰也站疼了。（捶腰下）

（玉）无限关心事，（袁）都来付老身。

（玉）不知归也未，（袁）且为去行行。

迎冰

（玉乘车上）

昨晚老袁归报：清姊上坟回来，果然有点不适。今天我去看看。（玉入院见侍女小梅）小梅，你清姑好吗？（小梅）沈洁姑娘好早，我姑娘有点不好过，还没起床哩。（玉入室搴帷低视）

【衷调过曲·孝南枝】只见她宝髻松，眉痕绉，比帘外霜花，同是一般消瘦。神寂寂是梦萦青冢，病恹恹她懒展星眸，只剩了思亲泪把枕函儿淹透。

（玉执手悲唤，冰长吁欠伸）妹何来许早？新凉，晨风刺骨，你太不珍重自己了！（冰起梳洗倦卧，玉同卧闲谈，劝起少进汤粥，小梅上，小梅暗牵玉衣，同暗下。梅白）我刚才去宋府，太太叫我为我姑娘铺设房间,宋老太太请沈小姐明天一早过去,有事商量呢。(一宵已过,玉起梳洗整衣,辞冰出。乘车至宋府,宋府已装饰一新,玉注目环视。唱)

【南吕·园林好】大门前已结的灯彩辉煌,正厅间满悬着扁对流芳,中庭厢准备好香车宝马,后庭厢供奉着木主先亡。

(白)唉,虽也十分热闹,总感到凄惨,心里十分难受啊!

【高平过曲·九回肠】说什么赫赫清名宇内扬,堪慰那泉下高堂。我啊,只可怜她神经消受一桩桩,又不能替代伊行。

(玉入见诸人,老旦扮舅母,正生扮宋四郎,旦扮宋二姊,丑扮宋五郎领众相迎谦辞。舅母唱)

【新令·会何阳】留余庆寒舍增光,仗清操顿辉泉壤。感贤甥往返周张,任辛劳情关痛痒。今天啊,还请去迎归华毂,陪伴着她不许心伤!(玉背唱)哎呀!这差事儿怎当?我这会儿已觉着意乱心忙!

(正生宋四郎白)巳刻已到,请二姨、沈妹同去迎请吧。(玉与馨抵达谢寓,旦扮谢炯夫人出迎行礼,陪宋二姊坐客室,玉入室,待冰梳妆,速共起行。冰唱)

【正宫·端正好】大劫虽逃,猛忆起当年情事,更那堪昨日今朝!说甚么儿女情缘,人间名誉,我念中一一都消。为只为,当日先人缔好。承遗志,只索要傀儡登场去走一遭。

(玉携冰手随馨出,家人毕集,旦拭泪下。生扮谢炯侍姊登结彩马车,以袖擦泪。生唱)

【雁过声换头】叹儿时椿萱亡早,只剩下图书四壁,家业萧条。都赖着姊氏贤劳,力助我内顾无忧,不使我文章潦倒。到而今服官江左风声好,宜室家儿女成淘。怎忍教连枝孤立,风泊鸾飘。让她混过了两日三朝,仍随我归帆同棹。

(众)英雄亦有泪,(生)不肯乱沾衣。

（众）此日青衫湿，（生）非为感别离。

礼祠

（馨、玉导冰上）（正生、丑礼服立宋家祠香案边赞礼，玉、馨扶冰向上行礼）

【中吕·谒金门】雾沉沉宝鼎爇沉涎，香霭霭蒸尝进豆筵，画堂人静肃无言，篆烟中隐约着先灵不远。礼将昭穆，谒过慈严，又来到木主神前，深深拜奠。

（玉导冰至木主前展拜，馨捧木主同拜，馨饮泣唱）

【山坡羊换头】痛生生二老无言，恨悠悠双星不见。冷清清幽龛半掩，杳冥冥生死隔重泉。感承她一线绵绵，枉煞我有志难将宗社延。（正生宋四郎拭泪唱）忆当年同案磨研，痛连枝夜台偃蹇！（宋氏尊亲抱嗣子于堂前见礼）

【前腔尾声】襁褓中喜生得玉润珠圆，望他年稳继得青云后选，赖尊前继母慈贤，存曙后孤星一点。（众宾合）今日个皎日秋霜义凛然，完却了补天宏愿，想仲子啊，从此他乐住修文天上，更无有遗憾人间！

（礼生丑白）没来由赞了半天礼，肚皮好生饥饿，客人都未上席，又不能先去解馋！站了半天，腰也酸呢。找个地方躲一躲懒去吧。（唱）

【破阵子弋阳腔】碌乱多端，用金钱无算，似这般美酒华筵，怎叫我空张饿眼。急得我搔头挠耳涎空咽，摆去摇来腿痛酸。这会儿精神推板，只好且躲向前厅轿内眠。

（捶腰作息白）文章真真有价钱啊！我们秀才赞礼，比起平常礼生腔板，毕竟不同的。

文章原有价，今日口头枯。

摇摆招风耳，堂前鬼画符。

情话

(玉挽冰上。入室闭门,玉唱)

【减字元和令】闭绝了尘世纷烦,且回到神仙庭院。盼几时还了你自在清闲,免了我提心吊胆。且请去罗帷暂眠,待分派诸人针线。

(冰白)这一关好生难过啊!(唱)

【寄生草前犯】闹轰轰车行半天,昏沉沉礼仪数演。一时间辨不出是羞是惧是悲酸,只想去飞到双亲墓边,哭我慈严!

(玉与小梅等将送各人礼品派出,分送了收拾就卧,冰白)我从前替炯弟经理家事,不免与多人酬应,总觉谈笑自如,今天不知怎地十分局促,好难过啊!(唱)

【金蕉叶慢】只感到,前行后退两俱难,左之右之随人转,想从前酬应了万千,见多少生人面,怎不似这般不惯?(玉笑叹,唱)

【前调】这就是终身事与己相关,又事事是别人办。你自己不摸门,事事从头看。全新事怎生能惯?

(玉握冰手,白)好在这样的事,人生只有一次,现在诸事已了,又得到一时的清静,我和你且随意谈心哪。

【减字四边静】握手论心田,已结下他生鸰雁。夜沉沉香自篆,静悄悄灯半掩。诉不尽这一宵情话,忘却了许多劳倦。

大事一天了,偷闲且自亲。

论心嫌夜短,来日又登程。

祖饯

(冰玉携手上,玉白)今日已是八月初七日,明天又各自首途,闻诸姊妹均来酒叙,忽也快来了。(宋作馨领众姊妹上,宋白)昨天我二嫂和洁妹已同回沈家,听说明天她们俱各就道,我也快回京城了。热辣辣地、又各自分飞,这惆怅之情,我好生难受啊!

(洁与诸人相见,把盏劝酒,唱)

【小桃红令】今日个樽前须尽醉,到明朝,又人隔天涯外。未相逢日日盼相逢,到分离,才识得相逢反害。厮守着这一刻千金难买,最销魂是胜地不常,盛筵难再。从今后各自保平安,休记取此时情态。(左沾玉盏,把冰盏泣拜。唱)

【中吕·叨叨令】愁无奈,留下这别后相思怎解?说什么聚会重来,我怎禁那窗前的催归杜宇,镜中的憔悴形骸?恨无缘一煞分开,承亲嗣诸多倚赖。我,陈不尽万语千言,都并作深深一拜。(众姊妹泪)这人生烦恼怎安排?向天心恁奈!

(冰答拜)二姊身体不好,此去长途辛苦,要好好保重,不须伤感。(唱)

【商调·梧桐儿】历过了许多颠沛,大愿今偿,愿尊前无须挂碍。只珍重来日方长,那忍听伤别离,二竖为灾。去京华,还望你常通音籁。(众合)归去啊,好自卫,休惆怅眼前分袂。

(馨)百感一时集,(玉)寸衷满别离。

(冰)独怜知己泪,(众)湿遍故人衣。

旅叙

(玉沮丧急步上,白)清姊一早回寓,同其弟妇过江,住汉口旅馆。本来清姊约洁同乘江宽轮船,此船明日才到,后天发船。刚才小梅来告谢炯兄急不能待,已定明日乘公司轮船返沪。那末,我和清姊之聚,又减少一天了!我已辞过祖父和家人,现在赶到旅馆与清姊送别去。(萧二郎婿及沈家几位郎君赶上,同玉过江同行和送别。抵汉,大家登岸。玉)今日这江好生难渡也!(唱)

【仙尚高调·急急令】今日江心变海隅,一帆沉重难轻渡,恨不胁生双翼飞到伊行,诉出我这半天的凄苦。(抵汉,大家登岸,玉唱)

【前腔过头】才下了帆樯小渡,又来到闹市通衢。迂回曲径,信踏平芜,(众上车)觅下这轻车代步,电卷云将去。早望见那广厦千间,清姊呀,你在何处居住!

(冰携小梅登楼,冰白)我一早别妹过江,先来旅馆。她也是明坐江宽回皖,须早一日过江,大概也快到了,且登楼一望。(玉车行上,语婿)前面已是福昌旅馆,君先进去,探问谢家住几号房间?(婿仰视)你看楼上栏杆边不是小梅么?(小梅白)呀,萧二郎来了,洁姑呢?哦,洁姑!(冰急下楼握手笑迎,冰白)我们正准备上番菜馆,你同去吧。(众到餐馆,冰、玉相携倚楼栏凭眺,冰背汉江唱)

【八声甘州引】这壁厢,是鹦鹉洲芳草绿芜;那壁厢,是伯牙台横琴故处。想须眉,到离时亦有痴肠,岂独是,两人的临歧情绪!

(入席酬劝。宴毕,冰拟乘江宽送玉至九江,往告其家人,返回时,喜笑入握玉手)好了。(江宽船员来说)江宽也在明天开行,炯之已决定仍坐江宽。我们仍可同舟,又能多聚一日了!(玉喜握手相庆唱)

【天颜喜令】天意怜余,许同舟又聚,虽只是一霎欢娱,也得到暂时宁慰。怎能够将这间逆旅,变成我们的意造蜗庐,便终世同居。

(冰)长夜喁喁曙不知,(玉)萍居聊以慰相思。

(冰)销魂话到沾巾处,(玉)一种痴情两不持。

舟别

(冰、玉出现,手扶江宽轮栏。玉白)昨晚上船,只定得房舱与清姊同住,虽窄小却不嫌弃,只恨时不可留,匆匆已过九江。(冰下泪,玉强笑劝谢)明春扫墓回楚,又得相聚,眼前且尽欢笑,凄楚无益啊!(暗悲拭泪)

【锦套玉连环】浓情似酒,别意难删。怎能够把这一轮留住,休西坠,一任我百载同舟永不还。赢得个冰玉常圆,不枉了人间五味都尝遍!天,甚心肝!忍催人离散!看啊!蒙蒙细雨湿轻帆,已到了皖北江南。

（江宽抵皖，人客纷纷下船。冰握玉手泣送，玉摇手示勿远送，匆匆过船，玉唱）

【新水令操头】强笑别君前，此味难言。一声珍重匆匆去，早掩过分携处，许多幽怨。（汽笛呜呜，轮船开行，玉立江干凝望）

【前腔】汽笛促归船，两地魂牵。不堪回首隔苍烟。昨日畅饮今日恨，莫辨酸甜。

（生扮萧二郎上）轮船已开动，人已去远了，何必痴想！明春又能晤面，分离不过数月，且回栈收拾行装，明日早行罢。（同下）（话分两头）（冰凭船栏痴望，白）适才还握手论心，现只有烟水茫茫，伊人何处？好不惆怅人啊！（唱）

【征招意难忘】只见这烟波浩渺轮声拍，舟如箭，霎时间还握手伴欢，有道似待决囚将临秋斩。我和她也分别过几番，怎不似这番留恋？后约难凭，况星期尚远。似这般乍合旋离总可怜，倒不如当初不见，省多少意惹情牵！

（小梅持半臂上。白）外面有点凉意，姑娘穿好衣服去房舱休息罢！（同下）

望君烟水阔，天畔独潸然。

此地一为别，相逢又几年。（集唐）

雨阻

（生、玉乘舟上，抵石镇，天忽雨，生央人搬行囊同玉住栈）

【黄钟引子·西地锦】风卷轻帆，人来茅店，且任它雨湿泥泞，一心在，这回肠九转，怎生遣这离绪万千？壁灯如豆，银烛烧残，长夜怎如年？

（天雨不止，一居酣眠，玉卧而复起，燋烛修书）

【商调过曲·山坡五更】灯重换，烛再点，恁枯坐难禁，欲诉无人，且亲笔砚。我待要一笺诉尽凄凉苦，又怕她摒却伤心不自怜。漫俄延，再思量，敢细传。

（书毕东方已白，玉掷笔欠伸向窗外，白）呀，夜色已阑。

雨意绵绵不住声，伴人长滴到天明。

天公也惜伤离苦，特为离人诉别情。

山行

（生、玉乘竹舆上，生白）今日雨止，已是八月十四，须连夜兼程赶到家过中秋节，免高堂苦忆游子啊！（玉白）天色已暮，月魄将升，纤云四卷，一轮普照。月儿啊，好不洋洋得意也！

【中吕引子·绕红楼】妒她皓魄将圆，苦我人初离散。浓树森阴，山容浑淡。任月色分明，露和泪也难分辨。更青磷闪闪，古冢回环，冢中人或有痴心似俺。今夜里何妨相见，共话辛酸，教彼此愁肠一展。（生、玉到家，扣门又犹移缩手）

【前腔】山前田坂，小桥曲岸，已是自家塘畔，门掩重关，摇尾猧儿不肯喧。待上前扣扉呼唤，怕只怕惊醒高堂有罪愆。

（丑扮小何上，白）外面有人声，莫是主人归也，待我看来。（开门作欢迎互语，旦扮祖姨偕众上。白）何以夜间到家，天气渐凉，身体还好么？（玉笑谢问太君，旦白）老太太已睡熟，你且休息一下吧。（玉下，生偕众下）

（玉）一番梦醒又云归，（生）月满行囊露满衣。

（旦）何事匆匆夜登道，（生）恰逢佳节忆慈帏。

泣笺

（贴扮小梅持书上。白）姑娘，豪燥点起来，洁嫂信来哉！（冰急起披衣）信呢？（贴）衣裳着反哉！信来浪哰！吓拨啥人抢得去，耐着好了衣裳，慢慢交看喤。（出书送上，冰持书拭泪，贴鬼脸伸舌下。冰唱）

【南吕①引子·挂真儿】镇日价盼星星一纸书，待书来猛可的一缕辛酸，更添愁绪。我待要开封一一从头觑，怕的是墨泪交溶，难禁凄楚。(读信)唉！怎许多日子尚居逆旅！风雨泥涂，你怎禁这般辛苦。我缩地无方，诉天无补，愿将这三尺微躯化作青风吹送汝。

(贴小梅上，白)(背白)倪姑娘像煞有埃神经病，人家信弗曾来末，又要天天急杀哉，信来了②末，阿是应该高兴啘，啥格信拿到手里，反而淌起眼泪来哉，阿要急杀人！故歇大概起来哉，倪倒上去看看瞧。(冰梳洗罢倚楼栏痴立)

【仙吕双调过曲·双玉借】闹攘攘车马通衢，乱纷纷离人情绪，你，草茅困雨灯如豆，我不愿，这广厦高堂一刻居。我便绕遍回廊，黄昏清夜空延伫，望不到你，那十仗征尘向何处趋。(持书重看)泪重抛，书再睹，我谅你不只这聊聊别后怀人语。只看这点点斑斑，便含着伤心无数。我猜你是欲诉还休，怕人悲虑，有无限踟蹰。

雁池衰草露沾衣，北斗星移银汉低。

此夜断肠人不见，一封书寄数行啼。(集唐)

酬咏

(冰上，唱)

【奴调引子·醉花阴】早是闲云，与世无牵缚，甚来由，为尔关情不禁轻轻堕。怎恁的别恨难禁，使我泪泉枯涸。

浇恨惟余酒，愁深鬓有丝，临风无限意，聊寄故人知。昨得洁妹书，竟夕不能成寐。想我谢清落落寡合，与人无所好恶，独与洁妹一见再见，竟成不解之缘。此次别后，离绪万千，魂梦为劳，构成一律，不免随函寄与。

---

① “南吕”，原文作“南昌”。

② “了”，原文作“子”，据文义改。

【南吕引子·步蟾宫】有甚文心，藉把愁城破。寄与伊行定是情如我。万语千言休厌琐，但珍重此身为我。总能够如愿相偿，共证婆娑果。（下）

（玉睡意初醒，披轻衫上，白）风雨连朝，使人困倦，午睡方浓，得清姊来书，急起展视。信中附有惜别五律一首，情致缠绵，一字一泪，真好诗也啊！（奉诗吟哦）握手难为别，神伤无语中。离人忘去住，帆影各西东。对面成千里，浮云起万重。断肠此时意，今古更谁同！（玉唱）

【高平过曲·倾杯序】一天风雨，闷掩流苏卧。雁寄书来，梦醒眉痕锁。弥满纸辛酸，我泪似春潮夥。纵不折断回肠，那禁寸肠如割，不争恁地心伤，我知你珠玉难轻唾！

（玉握笔思索）别后情何似，凄凄风雨中。性灵能聚结，色相任西东。野渡人声寂，邯郸客梦重。关心清夜月，并照泪痕同。（吟罢作书）

【前腔】曲高调寡难为和，愧我粗识之无敢并它。且胡乱诌成不计妥。只凭这一片痴情，博取天涯认可。

楚云沧海总无穷，心有灵犀一点通。

别恨转深何处写，行人临发又开封。（集唐）

招隐

（冰上）我室亦临水，湖山一望中，避尘招旧侣，并傲北高峰。我谢清，行年五十余矣。俗气尘攘，遍历酸辛，今春在西湖苏堤近处，筑庐一所，当约洁妹来同住，遣此余生。伊心愿已了，大可同我避迹，了其夙志，且寄书招隐吧。

【正吕引子·燕归梁】闻已金屋藏娇，向平愿了，儿女都成配。偿尽了人间宿债，好归来伴我，共领湖山滋味。你看那树挂斜阳天接水，风摇荷梗花如醉。小舟来去乱红中，双桨横飞，把一片绿波溅碎。我新室落成在桥洞外,恰与陈庄相对。书室三楹,楼窗四面,收尽一堤空翠。待和你烹茶对卷,同悟古人精粹,便白发盈头休自馁。只大道能闻,性光圆满,终始追随,才酬得个今生许多酸泪!(作书下)

邮筒函去近黄昏,夜色临湖碧影沉。

待得人归烟水上,一船明月照同心。

璧合

(玉行装上,生扮萧二郎携花旦、众扮子媳等同上。玉白)前得你谢家姨母来信,招我归隐西湖,我现大责已卸,早已欲偿夙愿,你们好侍汝父。不违我教,即是孝子。善事亲者贵能养志,不必以留恋为孝也。(众唯唯,请送至杭州,玉不许,转向生曰)卅年夫妇辜无大过。今君佳丽侍侧,儿孙绕膝,老景良可自娱,愿忘情于故人。(又嘱花旦)新娘善侍君子,慎守无违,我且去也。(匆匆登车驶至码头过船,生率众同上船,生珍重揖别。众泣拜牵衣,玉一一告慰,催众下船,生及众同下。玉凭栏目送。唱)

【仙吕双调·忒忒令】她室成临水,我债了今生。卅年尘梦一朝醒。待一笑相逢,悟澈前生我是君。甚来由幻出非非两影形?到如今才合了冰痕玉影。姊妹花世世相厮并,任凭开谢,此性长存。便地老天荒精诚不泯!(下)

(冰上白)从洁妹来信中,知她今日抵杭,我好喜也啊!已派人去迎接,我也去车站候她同回。(玉已下车,二人相见。相携缓步絮谈。冰唱)

【前腔】乍相逢疑假疑真,莫非是荒唐梦景。看鬓边白发亦星星,再端详仿佛当年旧影形。妹子啊!分别后总说消神病,怕的是镜花水月成虚另,精卫难填恨海平。(拭泪作欢笑)喜今朝博得个如愿相偿团圆仙境,我和你且同到潭前证此心,我和你且同到潭前证此心!

【尾声】不识霓裳,莫辨宫商,一曲胡诌,赠与知音赏。要达到此性常存,期与天地同长!

(冰)一棹归来湖水春,清流并影识前身。

(玉)雷峰几度曾相识,亦与殷勤待故人。

书后:

如见当年旧影形,书成疑假复疑真。

苏堤柳色青如许,天意何妨助友情。

——佛教文化研究所校印线装本1996年版

刘韵琴杂剧一种

刘韵琴(1884—1945)原名刘羽诜,江苏兴化人。祖父是晚清著名文艺评论家刘熙载,父刘展程为光绪元年(1875)举人,兄刘增诜、刘祥诜俱能诗词。同乡闺友任瘦卿说韵琴"九岁能诗,及笄文名籍甚"。为逃避不如意的婚姻生活,刘韵琴于1907年入南京女子师范学校求学,求学期间非常关心时事,曾于秋瑾逝后不久写下《吊秋瑾》一诗。1913年深秋,为寻求救国真理,刘韵琴只身仗剑赴日本考察,留日期间与反帝反袁革命斗士黄兴、宋教仁、邵飘萍等人交往。1915年归国后不久被上海中华新报馆聘为记者,从1915年至1916年上半年,刘韵琴在报纸上发表了大量揭露、抨击或嘲笑袁世凯及其主要帮凶的小说、散文、笔记,还有一部传奇《新华宫》。袁世凯去世后,刘韵琴前往马六甲培德女校任校长,令该校教育事业取得长足进步。1933年返回故乡兴化,1945年病逝,葬于兴化。

1916年,上海泰东书局出版了刘韵琴的作品集《韵琴杂著》,共收诗71首、词33首、散文17篇、小说14篇、戏曲1部、笔记9篇。陈荣广(白虚)在序中称她"夫以一弱女子而能于春容吟咏外,举不律与欺罔一世之奸人袁世凯抗,卒能合同人之血泪以倾之。其事诚难而其文弥足贵矣。可不敬哉!"充分肯定了刘韵琴在反袁世凯斗争中的重要作用。

新华宫

【北点绛唇】（生扮明怀宗颈系白练，杂扮二监上）骨冷肌寒，空亭独凭，谁认得一代人君，身后的行径。（悲介）

雾惨云愁月色低，宫花苑柳半凄凄。河山有恨家何在？衮玉渗金化作泥。寡人崇祯帝是也。只因熹宗嬖信客魏，擅窃国柄，诬害忠良，以致纪纲不振，国势垂危。迨朕继承大统，复有李闯作乱于南，满清起兵于北，贼势猖獗，直逼燕京。黔首何辜，惨遭浩劫。嗐！昏愦虽由于朕躬，误国实害于若辈。是以自经于煤山寿皇亭，殉身谢国。满人虽据大明天下，享了二百余年荣华，今日也一般与我同归于尽。那三海本在煤山之麓，瀛台即在三海之中。清光绪帝曾被囚于此，不久也就龙驭宾天。朕与他生前虽是敌国之仇，如今国破家亡，到成了个同病相怜，惺惺相惜。每值晓风残月，与他共话兴亡，以慰夜台岑寂。今夕月明如水，宇宙澄清，曾着人请清德宗来此赏月，此时敢待来了。（问杂介）你等快去瀹茗伺候。（杂应下）

【混江龙】（小生扮清德宗着团龙排褂，带二监上）前生孽障，此身堕入帝王家。尽教冠旒服衮，不啻带锁披枷。梦醒庄生迷蛱蝶，魂归望帝泣春花。说甚么禹汤文武，有甚么夷狄中华，从知万事真皆假。免不了一抔①土，白杨萧瑟，碧灯闪，乱萤湿，苦雨寒鸦。

朕乃光绪帝是也，空作一朝天子，竟成千古恨人。想起昔年与慈禧太后相继大行，不知者只道寡人病薨，有识者深知袁贼弑逆。摄政王本拟处以极刑，张之洞为之缓颊。盖因主少国疑，御极之初，杀戮大臣，恐有外变，故仅免官而已。及民军起事，彼此

① “抔”，原文作“坏”，据文义改。

不忍生灵涂炭，宣布共和。那知这老贼虺蜴为心，豺狼成性。前既离间朕母子，今又欺孤儿寡妇，终身总统不足，擅自变更国体，逼二妃移宫。先将三海改作新华宫，想做起皇帝来了。那老贼在清室为乱臣，在民国为贼子，朕与他有国仇私怨，恨起来委实放他不过。嗐！昔年若明正典刑，安有今日之祸？这教做纵犯一时，遗患无底。今夕明怀宗约我在煤山赏月，不免就此前去，将此事与他商量一番。(行介)

【油葫芦】照路青燐送我行，悄冥冥来到禁城，看瀛台矗立，回首尚心惊。到此际，凄惨惨，陡觉幽魂警。冷清清，没个人儿影。痛寡妇孤儿，陷入凄凉境。我纵在重泉，心中也不平。说甚立誓拥共和，早已狼子阴谋逞，恨奸雄，口血尚在背前盟。

(小生)来此已是寿皇亭，不免竟入。(见生各揖介)(生)今夕正拟与子畅谈风月，为何面现不豫之色。(小生无语长吁介)(生)到底是为着何来？(小生)我恐大汉江山，不亡于满人，只怕到送在这老贼之手了，你不知道那袁世凯近来的举动么？

【天下乐】眼看那大好山河瑞气消，鼠狐满朝，叛国窃黄袍。可怜一局残棋金瓯倒，兀自的阋墙鼓噪，种了亡国根苗。更不惜众英豪热血缔造。

(生)此事我也略知一二，照这样情形，中国不知被那贼子弄到甚么地步，何不将那老贼生魂摄来，教训他一回，使他知道利害，皇帝是不好做的。(小生)此策甚好。(向内唤介)宫官们，可把这老贼带来。(内应介)

【前腔】(净扮袁世凯，杂扮二侍卫二女官挑灯上)这几日警信传来大局翻，皇皇不安，误俺是皇冠。者番兵连祸结人心散，恨不合把人欺谩，急碎了心肝。要得保命儿全，异域远窜。

孤家袁世凯是也，自从假造民意，变更国体，只道中华民国便可归俺袁家掌握，不料外人干涉，警告频来，革党迭乘，唐任崛起，袁家将被革命军杀得大败而逃。杨度等吓得束手无策,看来这皇帝有几分不稳,连日心惊肉跳,坐卧不安。莫非是近来吐血过多,不免进宫休息一宵。(二女官扶掖净下,作到宫介)(净睡介)(杂扮二监潜上)咱等奉明清两朝皇帝之命,带你前去问话。(净惊起随二监行介)(作至煤山介)(丑扮小监上)袁世凯你来了,两位万岁爷唤你进去。(生与小生同指净唱介)

【后庭花】问枭雄,你因何心太高?不思量,妄自骄。做了个总统还嫌小,又想那披旒着衮袍,新华宫前番出炸弹,也是你自将仇衅招。讨袁军都来了,平心论,休懊恼。这情形,你自瞧,及早的回头好。

(净)早知今日,何必当初。费尽心机,一败涂地。不但总统一席不可复得,便国民怜我,不加重罚,我那里还有面目去见国民。就是逃到伦敦,对外人更觉无味。罢罢罢,不如自刎了罢。(作拔刀欲杀介)

【煞尾】老泪湿衣裳,无言低头想。悔不该仿模操莽,瘦损了鸡皮鬓似霜,总是俺平生做事无天良!暮暮里,朝朝里,只去残民党。谁料到萧墙起祸殃,才晓得生儿是杨广。真个是窃权叛国少收场。(自刎介)

(末扮建文帝僧衣僧帽上)富贵繁华梦不长,袈裟顿改昔时装。从来四大皆空相,速向迷津觅渡航。老衲建文帝是也,自从祝发空门,便驻锡在白龙庵里,修仙有道,涉世无缘。且喜尸解之后,位列仙班,那①袁世凯本是百龙山中一只猿猴,早晚听老衲讲经说法,也沾染了些须仙气。一日老衲打盹片时,那孽畜便偷到人间扰乱。屈指算来,已有五十多年。今日是那畜生命尽之日,出家人慈悲为本,不免前去点化他一番。驾起祥云,早到了新华

---

① “那”,原文作“邢”,据文义改。

宫内。(净魂浴血上)(末用手向净顶上拍介)哇!孽畜还不醒来?须知苦海无边,及早回头是岸。(净就地化为白猿,合爪向末膜拜介)(末用长练锁白猿颈介)

(末)从此归真证净因,(净)不遭棒①喝几沉沦。

(末)山中自有闲天地,(净)长啸一声云满身。(同下)

——《韵琴杂著》,上海泰东书局1916年版

---

① “棒”,原文作“捧”,据文义改。

陈小翠 杂剧五种、传奇一种

陈小翠(1902—1968),初名璻,字翠娜,室名翠云楼,别署翠吟楼主,浙江杭县(今杭州)人。其父为著名作家陈蝶仙(名栩,号天虚我生)。陈小翠天资奇慧,十三四岁时为诗,其父改窜数字,辄不满意,而自存原稿。十七岁从山阴画家杨仕猷学画,擅长工笔仕女、花卉。廿六岁适汤彦耆(字长孺,浙江省督军汤寿潜之长孙)。廿七岁生一女,后离异。1934年于上海创女子书画会,1947年任上海无锡国专诗词教授,1958年受聘于上海中国画院为画师。逝于1968年7月。陈小翠诗、词、文、曲、小说俱佳,郑逸梅称"在近数十年来,称得上才媛的,陈小翠可首屈一指了"①。陈声聪亦赞她"灵襟夙慧,女中俊杰"②。

1927年上海著易堂书局刊印了《翠楼吟草》和《翠楼吟草二编》,收录小翠13岁至27岁出阁之前的诗词曲及文章;《翠楼吟草三编》为1942年油印本;2001年,小翠之女汤翠雏、侄子陈克言重新编辑出版了《翠楼吟草全集》二十卷(台湾三友图书有限公司2001年版),收录了小翠从1915年到1966年的诗、词、文、曲,各体俱备。除《翠楼吟草全集》中的作品外,陈小翠还曾创作小说

---

① 郑逸梅:《才媛陈小翠》,见《郑逸梅选集》,黑龙江人民出版社2001年版,第758页。

② 陈声聪:《兼于阁诗话》,上海古籍出版社1985年版,第251页。

《疗妒针》《情天劫》《望夫楼》《薰莸录》《视听奇谈》等，翻译过法国丁纳而夫人（Maacelle Tinayre）的小说《法兰西之魂》（载《小说海》第2卷第9号）等。

梦游月宫曲①

（旦淡妆上）

【北新水令】②小庭帘幕卷蜻蜓，爱黄昏，月痕娇靓。凭栏闻玉笛，隔座展银屏。罗袂竛娉，怎禁得晚来冷。

倚遍妆台懒画眉，惜花心事只花知。宵来几点芭蕉雨，滴到侬心尽是诗。侬家小翠，生长闺门，耽情诗酒。偶离绣闼，借遣琴樽。爱此夜之秋光，平分一半；看中庭之月色，容易三更。只是满地虫声，一栏花影，好不令人凄感也！

【南步步娇】③楼阁珠灯烟催暝，人与花同病。琼筵昨夜筝，一觉懵腾，到今才醒。圆月正当厅，想姮娥却对着菱花镜。

值此长夜无聊，酒阑人散，俺想天上姮娥，不免也嫌寂寞。只那广寒宫里，月殿云阶，终胜人间无数。你看呵

【北折桂令】卷罗云四面空灵。贝阙琳宫，十二层城。渡银河，一水澄清。俺前身如非弄玉，定是飞琼。倘许把霓裳偷听，也能够玉笛飞声。只奈尘梦零星，病骨伶仃。梦游仙，梦也难成；醉红妆，醉也难醒。

如此无聊，只索假寐片时，暂消闲闷也波。（隐几介）（小旦羽衣上）暂辞月殿司香令，来引幽闺入梦人。小仙月里寒簧是也。

① 原题为《仙吕入双角合套·梦游月宫曲》。

② 陈栩有眉批云："末句尾三字当仄平仄。"

③ 陈栩有眉批云："起句仄仄平平平平仄乃定格，不可倒换。"

适闻小翠对月痴吟,望风怀想。渠本散仙,俺曾相识,不免招引他向广寒宫一游。来此已是,小翠啊小翠,你且醒醒波。(旦惊起介)

【南江儿水】①惊破良宵梦,伊谁小语轻?你娉婷貌比莲花俊,轻盈人似桃花影,闪得俺迷离如入南柯境。俺不是文园渴病,你休错认书生,却来向深闺邀请。

(小旦笑介)姊姊休得取笑,俺因你独坐无聊,特来邀请你散步。(旦)原来如此。却好月色当天,露华满地,俺和你似曾相识,暂共清游,不妨使得。(同行介)(内布景)(旦唱)

【北雁儿落带得胜令】②出帘栊,夜气清;扑罗衫,西风劲。吹得俺打胡旋身同乳燕轻,只见他拂长袖翩若惊鸿迅。呀,忽然间飞过小蓬瀛,一煞里来到蓬莱境。莽烟云,足底生;扪星斗,肩头并。玲珑,是大地山河影;轻盈,是霓裳法曲声。(启幕)

(旦四顾惊喜介)好一派清凉仙景也!

【南侥侥令】③穹门开宝镜,四壁拓云屏。爽气迎人双眸凝,真是个天开不夜城。

【北收江南】呀,似琼台,浸水晶;看帘角,缀繁星。一朵朵飞云彩绣护雕楹,一层层天香金粟堆芳径。正瑶阶露零,正瑶阶露零,装点就三千琪树挂珠灯。

【南④园林好】隔花阴丁丁杵声,是谁把元霜捣成?闵子里西风吹冷,听何处玉箫鸣?听何处玉箫鸣?(小旦惊介)吓,嫦娥归得怎

① 陈栩有眉批云:“第七句或不叶,非正格也。”

② 陈栩有眉批云:“‘呀’字以上为【雁儿落】,全;‘呀’字起为【得胜令】,全。”

③ 陈栩有眉批云:“第三句拗,系定格,第二、四句亦可押入声韵,但非入声作平声者不宜以下仿此。”

④ “南”,原文作“商”。

早也？快俺送你回去波。（内起笙乐，旦凝视介）

【北沽美酒带太平令】①灿明珠翠袖擎，灿明珠翠袖擎，一队队簇宫灯。只见锦片红云叠万层。（小旦扯旦欲行，旦不肯。小旦推旦仆，闭幕。小旦下，旦眩介）风涛触耳惊，小魂灵蓦然醒。（搓眼惊起介）改尽了虚无仙景，依旧是寂寞空庭。暗腾腾香销烛冷，夜沉沉漏深人静。我呵，又不是卢生、吕生，因甚的魂惊梦惊？呀，步邯郸算侬徼幸。

【北清江引】②寒蟾抱魄啼秋影，风定帘波静。莫问假和真，胜似恹恹病，惟愿多情的小寒簧再来将我请！

附原作

【北新水令】③秋庭帘卷悄无人，爱黄昏月痕娇靓。凭栏闻玉笛，花影绣罗襟。玉宇凄清，怎禁那西风冷。

倚遍妆台懒画眉，惜花心事只花知。画屏酸透芭蕉雨，滴到侬心尽是诗。侬家柳眉青，生长闺门，性耽诗酒。吟风弄月，敢饶雅之深致。只是怨柳怜花，总未脱儿女之心怀。你看虫声匝地，花影一栏，好不令人烦恼也。

【南步步娇】楼外晚灯烟催暝，人与花同病。怜花更瘦生，花落天涯，何处觅无愁泥寸。（挑灯展卷介）（白）清夜无聊，不免展观书画以遣愁怀。吓，这是桃源图也。你看小艇载溪云，桃花点碎玻

① 陈栩有眉批云："'醒'字以上【沽美酒】，全；'醒'字以下【太平令】，全。"

② 陈栩有眉批云："【北清江引】本院本《浣纱记》，与《西楼记》之【南清江引】不同。"

③ 陈栩有眉批云："真、文韵与庚、侵韵不宜通押，俗本不可从也。予儿时制曲亦为所误，后知其非，则已无法可改。故着手时即宜抱定正韵，庶不致为所误。"

璃镜。(白)这边板桥茅屋,鸡犬怡然,好不令人神往也。

【北折桂令】柔桑茅舍成村。儿女无愁,坐听蛙声。倘钻身,许入壶天,便化作蝼蚁也肯。(挑灯介)剔瘦秋心,早不觉四边人静,漾吟魂烟织帘旌。走廊声,铁马冬丁,怕海棠花褪了微猩。呀,是谁把绿湘帘偷揭轻轻。(小旦古装暗上作搴帘介)清宵独坐,可不寂寞人也。(旦惊起介)

【南江儿水】惊破良宵静,娇声忒煞轻。你娉婷貌比莲花俊,你轻盈人似桃花影,闪得俺迷离如入南柯境。俺不是文园渴病,你错休效文君,却如何问煞总无回应。

(小旦掩袖微笑,招旦,旦不觉行介)

【北雁儿落带得胜令】出帘栊,夜气清;扑罗衫,西风劲。吹得俺打胡旋身同乳燕轻,只见他拂长袖翩若惊鸿迅。呀,忽然间离了软红尘,刹时间飞上蓬莱境。莽云烟,足底生;扪星宿,肩头并。红尘,小如山畔埋狮阱;人民,忙似墙根起蚁兵。①(风止缓行介)(旦四顾作惊喜介)好一派清凉仙境也!

【南侥侥令】流星簪宝髻,飘带染芳云。幽微仙乐天风冷,何处花香沁骨清。

【北收江南】呀,珠阙琼楼耀眼明,玲珑檐角缀繁星。一朵朵飞云彩绣绕雕楹,一层层云屏叠锦遮芳径。看花如碎琼,看株如玉莹,有三千琪树挂珠灯。

【南园林好】悄行来照彻晶莹,听花阴玉杵才停。爱煞个雪兔②儿偷窥人影。呀,听何处玉箫声,听何处佩环声。(小旦惊介)吓,嫦娥归得早怎也?快,俺快送你回去罢。(内起笙乐,旦凝望介)

---

① 陈栩有眉批云:“二句思想颇妙,惜辞句不稳,改本限于局势,不及取用。”

② “兔”,原文作“免”,据文义改。

【北沽美酒带太平令】掌宫灯女似云,掌宫灯女似云。香共雾,两氤氲。只见羽扇如花簇美人。(小旦扯旦欲行,旦不肯。小旦推旦仆,自下,旦眩介)风涛触耳惊,应休也,小魂灵。(搓眼惊起介)忽改尽清凉仙景,又来到纷纭尘境。曾笑那渔郎愚蠢,是谁把春婆惊醒。俺呵,听纱窗虫声雨声,剩衣裳花魂月魂,兀是的小鹿儿心头不定。

【北清江引】寒灯抱魄啼秋影,风定帘波静。不辩假和真,云气萦双鬓。算蝴蝶共庄周同幻境。

——天虚我生编《文苑导游录》第一册,
上海时还书局 1917 年版

除夕祭诗[①]

(生儒巾上)

【步步娇】又是天涯愁时候,岁月空辜负。浓睡醒,倦凝眸,还把残年,灯边厮守。卖不了痴呆,却买到牢骚万斛诗千首。

一点青灯酒一卮,十年心事付吟诗。逃禅误入红尘里,费尽推敲自笑痴。俺贾岛,字浪仙,范阳人也。本是浮屠,岂耽利禄?只因推敲诗句,邂逅昌黎,被他邀入仕途,虽然得中进士,却与俺有何用处?可笑当今皇上,强作解人,索观诗卷,被俺奚落了一番,因此忤了意旨,除授出来,做个长江主簿。思想起来,尽堪一笑。只有这些诗卷呵,算是俺一生成绩。可奈爆竹连声,又是一年将尽,我想呵

【醉扶归】说什么玉人金屋书中有,依旧青毡拥敝裘。(持酒向诗

① 原题:《南仙吕入双角·除夕祭诗杂剧》。附评语:“结构颇佳,措辞亦隽。90 分。”

介)诗呵,你生来无福碧纱兜,且和侬共饮杯中酒。俺年来独自作诗囚,算惟卿是我知心友。

【皂罗袍】俺不愿才名留后,也不愿称南面、不愿封侯,俺只待青萍杀尽佞人头。(作起势介)俺只待凌云入海骑星斗。广寒宫里,清歌细讴;昆仑山上,狂呼浪游,向青天试展我拿云手!

(白)哈哈,到那时候呵,俺可不再籍诗吐气,定要把那阎罗的帐,天公的簿,一齐扯个粉碎,才消我胸中郁闷呢!(狂笑痛饮介。内作鸡鸣,生惊介)吓,又是一年过也。俺还在这里说梦么?

【好姐姐】休休。任前生早修,总逃不了人间窠臼;任凌云志气,怎敌他鬼计狐谋。消磨够,问俺家犯了甚迷天罪,便把个铁桶愁城活活囚!

(作醉呕介)咳,无端一语,又兜起俺半天愁思。则索收了诗册,进去睡罢。

【尾声】吟成空有诗千首,莫比做轻薄多才小魏收,只把我心坎中间热血呕!

附原作①

(生儒巾上)

【步步娇】又是天涯愁时候,爆竹纱窗透。残睡醒,倦凝眸,空有伤时,泪珠千斗。买不到痴呆,偏买到牢骚千斛诗千首。

一点青灯酒一卮,十年心事付吟诗。无端诉尽生平志,赢得旁人一字痴。俺贾岛,字浪仙,范阳人也。生性萧疏,甘遭白眼,胸襟落拓,岂识黄金?若论清才狂纵,何殊云表之飞鹏,可奈岁月蹉跎,犹作幕巢之秋燕。(指几上诗册介)这些册子呵,多是俺一生心血所在,却又有何人,能向他正眼一瞧?咳,你听爆竹连声,

① 附评分:“甲85分”。

又是一年将过，只是我呵

【醉扶归】说什么玉人金屋书中有，依旧青毡拥敝裘。（持酒向诗揖介）诗呵，你生来无福碧纱兜，且和侬共饮滴杯中酒。俺年来独自作诗囚，算惟卿是我知心友。

【皂罗袍】俺也不愿才名留后，也不愿称南面、不愿封侯，俺只待青萍杀尽党人头！（作起势介）俺只待凌云入海骑星斗。广寒宫殿，清歌细讴；昆仑山上，狂呼浪游。一低头吸尽那黄河水！①

（狂笑介）恰恰，快哉！到那时候呵，俺可不再籍诗吐气，定要把阎罗的帐，天公的簿，一齐扯个粉碎，才消我胸中郁闷呢！（狂笑痛饮介。内作鸡鸣，生惊介）吓，又是一年过也。俺还在这里说梦话呢！

【好姐姐】休休。甚聪明心性②，总脱不了人间窠臼；任凌云志气，怎敌他鬼计狐谋？消磨够，问俺家犯了甚迷天罪，便把个铁桶愁城活活囚？

（作醉吐介）咳，无端一语，又兜起俺半天愁思。则索收了诗册，进去睡罢。

【尾声】吟成莫道诗千首，比做那轻薄多才小魏收。要知我呵，禁不住热血心头拌命呕！

——天虚我生编《文苑导游录》第六册，
上海时还书局1918年版

黛玉葬花③

（旦淡妆荷花锄上）

---

① 陈栩有眉批云："'水'字出韵。"

② 陈栩有眉批云："'性'字漏叶。"

③ 原题《南双角调·黛玉葬花》。

【新水令】模糊旧梦隔云屏，惜韶华，只该愁病。无聊依翠竹，有恨诉银鹦。自惜伶俜，踹碎夕阳影。

一春心事只花知，怕听鹦哥读旧诗。等是有家归未得，杜鹃何必笑侬痴。我林黛玉，幼失怙恃，终鲜兄弟，蒙舅母收养，视若亲生，人非木石，怎不知感，只是……咳，这也讲不得许多了。你看绿叶成阴，斜阳如梦，又是暮春时候①，料想园中花片，定又飘零，俺为此携着锄囊，前往替他埋葬，免得伊堕溷随萍，更增薄命也。（行介）

【驻马听】绕过朱楹，绿波吹皱春人影。平桥画艇，蛛丝零落沁芳亭。残红吹尽东风窘，俺只为惺惺相惜怜同病。荷锄独自行，莫错认扫天花仙女来云岭。

（白）来此已是沁芳桥，你看一片飞花，揉红搓粉，好不可怜人也。

【沉醉东风】早则是媚春风柳明花艳，多化作困沉沉惨绿愁青。红雨暗长亭，有多少倚楼人病。任你是，娇姿傲性，一例的，香消玉损。当日个宝镜云屏，消受了恩怜万顷。到得个飞花落絮，更谁来问。

（白）叹你呵

【雁儿落带得胜令】本是个怯生生病影愁形，怎禁得恶很很东风摧紧。这一现昙花太瘦生，怕不是薄命的娥眉影，空剩这护花幡拂护花铃。兀是作，不平鸣。（作筑冢介）香泥经宿雨，溅上白蘋汀。凄清，虽不敌胭脂井；零仃，也胜如逐浪萍。

【乔牌儿】喜佳城幽静，有几树，垂杨映。分明绝似儿女茔。只少个，泣三更，呜呜鬼语声。

（坐石上掩面恸介）（紫鹃上）我紫鹃，正要请姑娘用药，却不

① “候”，原文误作“侯”。

知又到那里去了,教我好找。(见旦惊介)吓,好端端的,又在此哭了,我且听他讲些什么。(旦低吟介)侬今葬花人笑痴,他年葬侬知是谁?一朝春尽红颜老,花落人亡两不知。咳!

【甜水令】底事红颜薄命,猜他不透,天公情性。有我替收成,也还算花儿,比人侥倖,况有个吊芳坟的燕语鹃声。

【折桂令】止不住芳心悲梗,珠泪盈盈,打点着断句零星。俺只待诔芙蓉剪纸招魂,听檐铃风紧,错认做归来环佩断肠声。

(紫鹃进介)吓!姑娘,何苦这般伤感!(旦作惊回顾介)吓!宝……是紫鹃也。紫鹃,你看满地残红,东风犹妒,怎不教人烦恼呢?(紫鹃)姑娘痴也!这花儿是无知的,值得这般怜惜?(旦)咳,连你也不知我的心里,如此说来,俺则索一个儿憔悴死也!

一任我恹恹闷损,镇相看语冷颜冰,俺则算心事难明。画槛愁凭,除却银鹦,没个垂青。

(紫鹃)姑娘且休伤感,俺想着花儿,今日虽是飘零,到了明年,自然有个月圆花好的时候。(旦)咳

【碧玉箫】纵有日月圆风静,怕花开明岁,依然薄命。泪空零,心早冷;愁似织,恨难平。谁把你镜中来觑,掌中来擎,只落得葬秋坟骨蚀胭脂冷。

(拭泪介)(紫鹃)姑娘何须如此。依紫鹃想来,盛绝必衰,本是一定的道理,这花因前此开的忒繁盛了,所以才有零落。若要像姑娘院子里的竹一般潇洒出尘,自甘淡泊,谅也不致遭际如花了。(旦)痴丫头,又说痴话呢!(紫鹃)紫鹃痴也罢,姑娘痴也罢,姑娘你看呵

【鸳鸯煞】一弯眉月窥人冷,早罗衫添绣了垂杨影。你瘦骨忒伶俜,怎禁他,池塘畔,晚风轻。(合)且收拾,锄囊等;莫辜负,沉香鼎。(旦)葬尽了落絮残英,偏剩点,泪如冰,心窝里,终夜哽!(同下)

附原作

【新水令】模糊旧梦隔云屏，惜韶华，只该愁病。闲愁抛玉笛，幽怨诉银鹦。着甚思量，踏瘦夕阳影。

十年心事有花知，怕听鹦哥读旧诗。等是有家归未得，杜鹃何必笑侬痴。我林黛玉，幼失怙恃，长鲜弟兄，蒙舅母收养，待似亲生，人非木石，怎不知感，只是……咳，这不讲不得许多了。这你看绿叶成阴，斜阳如梦，又是暮春时候。料想园中花片，定又飘零无数，俺为此携着锄囊，前往替他埋葬，免得伊堕溷随萍，更增薄命也。（行介）

【驻马听】绕过朱楹，绿波吹皱春人影。平桥画艇，蛛丝冷落沁芳亭。残红吹尽东风窘，俺只为惺惺相惜怜同病。荷锄独自行，莫错认扫天花仙女来云岭。

【沉醉东风】早则是媚春风柳明花艳，多化作困沉沉惨绿愁青。红雨暗长亭，有多少倚楼人病。叹者般灵心傲性，一例的香消玉损。当日个宝镜云屏，消受尽恩怜万顷。到而今飞花落絮，更谁来问。

（白）叹你呵

【雁儿落带得胜令】怯生生病影愁形，怎禁得恶很很东风斯侵。①这一现昙花萎午庭，怕不是薄命的蛾眉影。呀，空剩这花幡拂护花铃。兀是作不平鸣。（作筑冢介）香泥经宿雨，溅上白蘋汀。凄清，虽不敌胭脂井；零仃，也胜如逐浪萍。

【乔牌儿】喜佳城幽静，有几树，垂杨映。分明绝似儿女茔。只少个，泣三更，呜呜鬼语声。

（坐石上掩面恸介）（紫鹃上）我紫鹃，正要请姑娘用药，却不知姑娘到那儿去了，教我好找。（见旦惊介）吓，好端端的，怎又在

---

① 有陈栩有眉批云："'侵'字应仄。"

此哭了？（抚旦肩介①）姑娘快起来，兜了风不当耍的呢！（旦不闻低吟介）侬今葬花人笑痴，他年葬侬知是谁？一朝春尽红颜老，花落人亡两不知。咳！

【甜水令】②不信红颜底事，尽教薄命。猜不透天公情性。一样葬秋坟，花儿呵，要算君侥倖，犹得个吊芳坟的倩女鹃声。

【折桂令】芳心悲梗，兀无端珠泪盈盈。断句零星，聊做个诔芙蓉剪纸招魂。听檐铃风紧，错认做环佩空归月夜声。

（紫鹃）姑娘，何苦这般伤感！（旦作惊回顾介）吓！宝……是紫鹃也。紫鹃，你看满地残红，东风犹妒，怎不教人烦恼也？（紫鹃）姑娘痴也！这花儿是无知的，值得这般怜惜？（旦）咳，连你也不知我的心里，如此说来，俺则索一个儿憔悴死也！

任恹恹黛螺颦损，镇相看语冷颜冰，俺则算心事难明。画槛愁凭，除却银鹦，没个垂青。

（紫鹃）姑娘何须伤感，俺想这花儿，今日虽是飘零，到了明年，自然有个月圆花好的时候。（旦）咳

【碧玉箫】纵有日月圆风静，怕花开后度，浑不是前朝倩影。意娇柔，丰姿俊，少不得镜中觑，掌中擎。依旧悍悍相惜，依旧怜同病。呀，忘却了葬秋坟骨蚀胭脂冷。

（拭泪介）（紫鹃）姑娘何须如此。依紫鹃想来，盛绝必衰，本是一定的道理。这花因前此开的忒繁盛了，所以才有零落。若要像姑娘院子里的竹一般潇洒出尘，自甘淡泊，谅也不致遭际如花了。（旦）痴丫头，又说痴话呢！（紫鹃）紫鹃痴也罢，姑娘痴也罢，姑娘你看呵

【鸳鸯煞】一弯眉月窥人冷，早罗衫添绣了垂杨影。你瘦骨忒伶俜，

① “介”，原文作“个”。

② 有陈栩有眉批云：“以下句法多误。”

怎禁他，池塘畔，晚风轻。且收拾，囊锄等；莫辜负，沉香鼎。（旦）葬尽了落絮残英，偏剩点，泪如冰；剩心头，终夜哽。①（同下）

——天虚我生编《文苑导游录》第六册，
上海时还书局1918年版

自由花

事见近人笔记，予哀其遇，为谱短剧

（付、丑二僮同上）【字字双】（丑）瓜皮帽子，歪戴。（付）豆腐架子，要摆。（丑）若见穷鬼上门来。（付）我不理。（丑）你休睬。相公叫奴才。（付）哙、哙、哙，来哉。（吓）呸，我正说得冠冕堂皇，却被你一句讲穿了。正经咱们趁今儿晚，相公不在家，该怎样一个顽耍才是？（丑）咱去弄一坛烧刀子来痛饮一场。（付）这有什么味儿，我听说外面院子里，有个新来的妓女，叫什么郑怜春的，长得很不错。咱们不如到那边去，喝杯儿酒，强如在家里闷着呢。（丑）好好好，就请老哥带路。（付）还该老弟先请。（丑）不要客气，咱们俩挽手而行。（付）行行去去。（丑）去去行行。（付）来此已是。呔，开门来。（老旦持烛上）只道风吹竹，原来人叩门。（开门介）那一位？（付）哇！不是你家大爷来此，还有谁来？（老旦）原来是二位爷们，里边请坐。女儿走动，有客来也。（旦上）

【中吕·金菊对芙蓉】烛泪啼风，蕉心闷雨，断肠人在天涯。似沾泥柳絮，堕溷杨花。风帘不障离人梦，奈飘零已是无家。任玲娜瘦骨，蓬松乱发，向樽前催抱琵琶。

（老旦）见过二位官人。（旦含羞福介）（付）啧啧，果然好个

① 有陈栩有眉批云：“‘剩’字应平，‘头’字应仄。”

人品！（丑端详作丑态介）（付）老人家，安排酒果。更烦小娘子，弹一套小曲儿听听。你大爷有的是银子，少不得有些重赏。（老旦）多谢大爷。（老旦取酒斟介）（旦侧坐弹琵琶）（泪介）（丑）咦，今儿天气很凉，怎么大姐眼角上，也淌下汗来。（付）我看小娘子神情抑郁，莫非有些心事不成？（旦）咳，提起奴家身世，煞是可怜人也。（老旦暗下）

【驻马听】回首嗟呀，儿是人间薄命花。把青春耽误，风也欺他，雨也欺他。（付）今日酒边无事，小娘子何妨说与咱们一听。尘天梦影记些些，只奈被乱愁填满了芳心窄。欲语先嗟，则索把分明恩怨诉琵琶。

【前腔】豆蔻年华，风雅能诗出大家。记红楼听雨，翠被熏香，初长情芽。好韶光浓艳似桃花，玉人儿擎掌珠无价。（付）不知可有婿家？（旦）才绾双丫，俺爷娘呵，早把红丝一缕付琅玡。

（丑）从前住在那里？（旦）

【前腔】水畔山涯，紧贴着孤山处士家。有避花径窄，让月墙低，鹦鹉呼茶。爱把这紫箫吹醒碧桃花，对红窗窈窕栏干亚。绿树阴遮，惯隔着一重秋梦听啼鸦。便是辛亥那年呵！

【前腔】世乱如麻，惊醒深闺井底蛙。说什么自由权利，爱国文明，羞也波查。口头禅语尽情夸，倒变做了没头蝇蚋无缰马。

（丑）哎吓，了不得！怎么把些女界伟人，都骂起来了？仔细着，那一班英雄人物，可是惹不得的！（旦）咳，二位有所不知。（接唱）

【前腔】俺本是白璧无瑕，也只被卢骚学说误侬家。

那时我见同校女友，一个个俱是自由婚配。想俺才貌超群，岂肯学那无知儿女，一任父母做主，去嫁个一面不相识之人？因此我虽许字王郎，却又另自选择一个可意郎君，订了自由婚约。和伊呵

【舞霓裳】并蒂新栽合欢花，没拦遮，陌上同乘自由车。只是俺娘爷，既不许苦罗敷竟把东风嫁，则索做俏文君奔走向天涯。又谁料双鞍一马，蓦听得狮吼河东受惊吓。

（付）吓，他家竟有大娘子在，真正岂有此理！（旦）他那妻子，好不利害，将俺百般凌辱。后知我爷娘相继亡故，无人来问，竟把我卖入烟花。思想起来，好不恨煞人也！

【前腔】彩凤无端竟随鸦，眼巴巴，才识郎情薄于纱。尽磨牙，难将倩女离魂化，硬支撑门巷住枇杷。活着呵挨嗔惹打，待死了怎向泉台见爹妈？

【前腔】说甚迦陵与频伽，负韶华，错把琼瑶报投瓜。忒胡拿，山盟海誓原来假。受人欺侮女儿家，倒做了情场话靶，只剩个玷污的名儿惹人骂。

（付）原来如此，想那薄幸郎早该夭折死了。（旦）那陆士衡么？（丑、付同惊介）吓，陆士衡？（旦）却也消息全无。（丑背向付介）阿哥，陆士衡可不是我家相公？不要弄出事来，担待①不起。咱们溜罢。（付点首出席介）（老旦上）呀，好好饮酒，如何便要走了？（付）你女儿正伤心呢，你来劝劝他。这里有银子一锭，把与你做酒资。夜色已深，咱们明日再来。（老旦）多谢爷们，还得常来照应。（付、丑）好好，咱们再会罢。（付）正是人世且看眼前报，自由休做口头禅。（同下）（老旦指旦骂介）我把你这哭死鬼，早也哭，晚也哭，我也不知是那一处待错了你。今天好好有两个客来，给你一哭，便哭跑了。老娘今晚倦了，不来问你，明儿个再和你算账罢。（下）（旦起立叹介）

【前腔】这才是一着都缘自家差，枉嗟呀，薄命偏遭鬼揄揶！没搔爬，心窝眼泪如铅泻。纵教弹瘦玉琵琶，何处觅江州司马？（老旦

① “待”，原文作“戴”，据文义改。

内作骂声,旦惊介)咳,准备着玉骨冰肌受那粗棍儿打。

——《翠楼曲稿》,收入《翠楼吟草全集》,
台北三友图书有限公司2001年影印本

护花幡①

(旦艳妆、贴饰婢随上)

【北新水令】炉烟扶梦出云屏,簇明窗四围花影。卷帘呼紫燕,携酒听黄莺。雾鬓钗晶,人比春风艳。

簪罢瓯兰掩镜奁,暂添春色上眉尖。偏生一片花阴月,又送春愁入绣帘。侬家谢惜红,夙耽吟咏,略涉诗书,虽无道韫才华,却有绛珠心性。且喜椿萱并茂,荆树常荣,也算是人生佳境。今日是花朝令节,向画堂侍宴归来,已是黄昏时候。(顾婢介)红儿,你去煎茶侍候。(婢应下)俺且向回廊闲步一番者。(旦做搴帘行介)(内布景)

【南步步娇】满院花阴帘波静,眉月窥人冷,步屧悄无声。是玉笛谁家,却刚把醉魂吹醒?你看那几树杏花,好不妩媚人也!斜向曲栏凭,似斜阳一抹胭脂凝。

吓,一时困倦起来,只是如此好花,如何舍得睡去?俺不免倚着石栏,休息片时也波。(作凭栏介)(入梦介)(小旦内唱)

【北折桂令】挟春风两袖身轻,看斜月流溪,小犬无声。(旦作惊介)呀,深夜沉沉,何来人语?(再听介)(内唱)步珊珊穿过花汀,早露华湿透,瘦影伶俜。(旦)吓,你看那旁有一女子,遮遮掩掩而来。俺且闪过一旁,听他讲些什么。(小旦上接唱)恼煞这刺森森蔷薇枝劲,明知俺怯生生不惯宵行,却偏生的钩住罗襟,挂住钗

① 原题《南仙吕入双角合套·护花幡杂剧》。

缨。（见旦却立介）呀！那旁敢是惜红姊姊？（旦）吓，你是何人？为何夤夜来此？（小旦）姊姊倒也好笑，俺日日与你为邻，怎便忘了？（携旦介）哪，转过这曲湖山花榭珑玲，便见那傍名园草舍凄清。

（幕启，内起笙乐介）（旦惊介）吓！

【南江儿水】簇簇灯如猬，霏霏雾作屏。层楼飞阁花间映，奇香腻骨箫声俊。漫天匝地花如锦，缀满露珠如镜。世界常春，一派的燕莺歌竞。

吓，原来此地，有这样的所在，俺却一向未曾知道。（小旦）姊姊足不逾阃，自然不知。今日乃家姊生辰，特命我来相请。你看春风匝地，仙乐凌云，姊姊们敢则来也。（垂髫侍儿十余，着霞衣，持云灯、乐器、炉扇等，拥贴艳妆执杏花灯上）（旦背唱）吓，你看那

【北雁儿落带得胜令】扇如屏，绛炬明，拥簇着，天神近。绿云鬓斜亸太憨生，俏庞儿低衬着双头杏。（侍儿持云灯，拥众仙女执各色花灯上）（旦唱）只觉得香雾杂衣馨，不分明花影和人影。袅炉烟，沸玉筝，响环佩，丁冬韵。猜惊，敢则是絮梦无凭准。轻轻，便飞入璇宫第几层？

（小旦前介）姊姊，惜红来也。（贴）有请。（内起乐介）（众相见介）（贴）夙荷帡幪，久怀向往。本当趋谒，反劳玉驾先施，使人何以克当？（旦）姊姊说那里话来，侬家幸接光仪，已是三生之幸；又蒙款待殷勤，直使人感愧不知所措。（小旦笑介）罢呢，我辈本是神交，何必道这些泛语？倒辜负了一天春色也，你看呵

【南侥侥令】迷廊笼瑞雾，麝月媚新晴。既不是女文园渴倒相如病，莫负了花满琼筵酒满樽。

（贴）妹子此言正是。蜂儿，你便排下绮筵，待俺与诸位姊姊把盏波。（众）多谢姊姊，咱们生受了。

（杂蝶衣上）来将花国事，报与主人知。启上主人，封家十八

姨到来。（众惊起介）吓，有失迎迓了。（武旦急风上）吓哈，不知诸位姊儿在此雅叙。客来不速，未免有扰清兴了。（贴）封姨驾临，顿使蓬荜增辉。今日此会，足与幔亭仙宴共传千古矣！（武旦）这个太推重了。（同笑介）（贴率众入席介，侍儿斟酒介）

【前腔】劝银樽，翠袖擎；劝银樽，翠袖擎。醉倾鬟笑颤玉蜻蜓，把红笺行遍鸳鸯令。（合）**看风清夜清，看风清夜清，愿年年花好月常明。**

（贴）如此良宵，岂宜辜负？蝶儿们歌舞一番者。（内起乐）（旦唱）

【前腔】绕琼筵，起玉笙；绕琼筵，起玉笙。小歌台络索缀珠灯，散天花人比花还俊。（合）**看风清夜清，看风清夜清，愿年年花好月常明。**

（贴起介）咱们得有今日，胥赖封姨之赐。俺姊妹们须索共敬一杯。（武旦）姊妹们，说得有理。俺想虞帝圣人，还赖俺以解愠；楚王霸主，尚借我以称雄。俺笑一声，扰得水底蛟、海底龙，冲波而起，蓦地里惊涛澎湃；叫一声，慌得那雨师师、云伯伯，不召自至，一刹时地黑天沉。何况你们小姊妹儿，我要你们荣，便送上青天云路；要你辱，便打入藩溷泥涂。怕那老天的威权，也赛不过俺呢。（小旦笑介）封姨此话，未免过甚。凡人荣辱，自有定数，岂是封姨所能擅主？（武旦愠介）果然么？（小旦）难道是我夸口不成？（武旦）你敢与我打个手掌？（小旦）便与你击掌何妨？

【南园林好】漫夸你弄威权，声狞态狞；须知俺鄙逢迎，心清骨清。是荣辱由来天定。（武旦）措措，你敢小觑了俺，你明日可莫怪俺。（小旦）**谁怕你气纵横？谁怕你气纵横？**

（小旦、武旦三击掌，武旦拂袖下。）（众失色介）吓，封姨真个恼了，这便怎处？（旦）请问众位姊姊，那封姨究是何人，为何这般自大？（小旦）他么

【前腔】是群芳、魔星命星。惯领着虎脂胭，三千甲兵。（贴）既知如此，就不该和他斗气。（小旦）姊姊，俺偏不信呵！他有了这威风拗性，便该派到处受趋迎，派到处受趋迎。

偏俺再不信他恃势凌人。只请惜红姊，回家去时，速制彩幡一面，上绘日月四星，插在园中。他纵有十万神兵，也就奈何我们不得了。（众白）吓，你看沙走尘扬，封家姨已卷土而来，如何是好？（内鸣锣作风雨声呐喊介）（武旦内白）众儿郎，紧紧围住者。（众惊避介）（武旦引黑衣女卒冲场上）（众花神惊散下）（武旦率众追下）（旦抱头伏栏颤介）哎吓，好怕人也！一霎里

【北沽美酒带太平令】闹喧喧金鼓声，闹喧喧金鼓声。黑雾起冥冥，似见那满地的头颅滚不停。

（婢持茶上）花阴春撰梦，鼎沸夜烹茶。适闻小姐惊呼，不知为了何事？吓，你看他恁地娇困，竟睡在杏花阴底。晚风寒峭，想小姐娇弱身躯，怎般禁得？小姐小姐，且醒醒波。（旦握红儿颤介）哎吓，骇死我也！（婢）小姐醒醒，敢梦魇了么？（旦搓眼介）吓，是小红也？（四顾失笑介）啐，不料竟是一场大梦。你看哪，（接唱）

昏黄月满棂，薄罗衫绣花影，倩谁管满庭诗境？遍池塘掌了萤灯，是迷花蝶魂才醒，揩不去心头梦影。俺呵，听苔阶虫鸣籁鸣，似犹闻闹喧喧的风声雨声。吓，兀自的小鹿儿心头不定。

俺想此梦未必无因，定是花神托兆，俺不免替他制就护花幡便了。

【南尾声】多情愿作司香令，惟愿取腻绿成围锦作城，莫与那梦里空花同一瞬。（同下）

——《翠楼曲稿》，收入《翠楼吟草全集》，
台北三友图书有限公司2001年影印本

焚琴记

第一出　楔子

（旦淡妆上）

【新水令】莽长风吹雪夜茫茫，笑催诗梅花初放。栏干低篆字，雁影落潇湘。万卷缥缃，唤醒花同赏。

我姓乌名有，字子虚，亡是乡人也。生无媚骨，羞为儿女之容；性本耽闲，且作樊笼之鹤。只是世界潮流，愈趋愈下。燃来犀镜，无非鬼魅之颜；听到钟声，尽熟黄粱之梦。使俺蛰处璇闺，只恨赘生双耳。顾怀国是，竟成一发千钧，好不烦恼人也。咳，这些也不必去管他了。正是：年来国事沸蜩螗，若个甘为折臂螳？举世昏昏皆入梦，赖谁只手挽颓纲？（小旦上）姊姊，你怎的在此闷坐？今日是元宵令节，隔邻姊妹，多往游戏场游玩，你怎的不去？（旦）咳，此等正是鱼龙混杂之场，见之只增感慨，有什么好玩？（小旦）姊姊骗我哩，我听他们说，这里面玩的人绝多。依你说，这些可是些什么人？（旦笑介）这里面的人么，好不气概哩！

【驻马听】十里洋场，簇新鲜人物纷纷翻旧样。文明装幌，入时衣服竞西装。口头禅语逢人唱，秃鸠容貌分明像。带三分乞丐腔，手内摇摇，抛不了号丧棒。

（小旦大笑介）姊姊惯会骂人。难道清洁的女子，也是这般不成？（旦笑介）那些娘子军更了得哩！

【前腔】兵气轩扬，走将来各各靴声先送响。自由解放，要赚人回顾眩奇装。妆做出乱头时节倾城样，英雌威焰高千丈。改尽了女儿腔，错认做兵连吴越开新仗。

千精百怪，无所不有，也说不得许多。

【沉醉东风】一迷价烟昏雾涨,闹昏昏生死全忘。没头蝇撞入迷天网,绝尘马断了藕丝缰。有多少魅魑魍魉,使出他千般伎俩。管什么礼义全忘,斯文全丧。便南山罄竹,写不尽他奇形丑状。

咳,算年来呵!

【雁儿落】早则是好河山,歧路亡羊,挽西江洗不净人心腌臜。更效法欧西说改良,皮毛可有三分像?倒把那国粹千年一旦亡。国事沸蜩螗,私怨还分党。海横流,倒八荒。堪伤!凭若个中流撑?何当,向中州学楚狂。

(小旦笑介)好了,好了。一句话,又勾出你许多牢骚来了。只依你说起来,世界上除却你,便没个好人。这就怪不得你平日落落寡合,没个女友呢!(旦笑指书介)痴丫头,我的师友,这里面多着呢。

【乔牌儿】看纷来,还攘往,济济哲贤党。俺何妨书城自拜山中相,一任他海水桑田涨。

闲话少说,你替我在架上随便拿一册过来罢。(小旦允取书介)(旦看笑介)(小旦)这是什么书?姊姊为何好笑?(旦)却是私家记载,火焚祆庙的故事。

【甜水令】是天心难量,活生生焚琴煮鹤,者般奇惨,冷雨葬秋棠。几千年不死芳魂,书中飘漾,忘却了地老天荒。

(旦叹介)正是:毕竟黄金能作祟,从来紫玉易成烟。是好伤心也。(小旦)既这地时,姊姊为何发笑?(旦)妹妹,你那里知道呵!

【折桂令】我笑他芥儿般儿女胸肠,只装下一字痴情,生死全忘。似缚茧僵蚕,蜘蛛挂网。漫淹煎,心字焚香。争似那忘情太上,悟南华蝴蝶周庄,低微煞鹣鲽鸳鸯。一笑天空,海水苍茫。

妹妹,可知情之一字,正是青年人膏肓之病。可笑近来女子,争言解放,惟恋爱之自由,岂礼义之足顾。试看那公主以纯洁之爱情,尚尔得此结果,况下焉者乎?(小旦)如此说来,姊姊何不把此事编为剧本,演之舞台,以为借鉴?(旦)这可使不得。

【碧玉箫】寸管枯僵,岂有奇花粲?况闺阁言情,也易受通人谤。倘舞袖上歌场,可不是笑倒了记珠娘,顾曲郎。

(小旦)姊姊此言,却又不然。从来剧本,寓言八九,只图以古鉴今,聊针末俗。岂惜将无作有,贻诮通人。若谓绮言非闺阁所宜,则雅曲亦才媛所擅。况姊姊旨存砭俗,原非浪作情言,何消过虑?(旦)妹妹之言倒也有理,只是我生性疏懒,不高兴弄这些。我有一个闺友,唤做陈翠娜,最欢喜涂鸦弄墨,待我唤他去做罢。料獭祭文章,未必受通人欣赏,唯愿取天下有情人跳出了蜘蛛网。

【鸳鸯煞】甚奇文堪覆瓮头酱,倒累他几千年的陈尸,跳出埋香圹。载着骷髅,粉墨登场。一刹昙花,幻出个空中色相。四座休哗,锣鼓开场响,绣幕初张。你看那边厢,可不有一群活鬼登场来演唱。(同笑下)

第二出　宫宴

(宫婢数十人,着一色黄金绣花衣执灯上)玉楼天半起笙歌,风吹宫嫔笑语和。月殿影开闻夜漏,水晶帘卷近秋河。我等乃蜀帝宫人是也。今日节值元宵,万岁宣旨,命在水殿安排小宴,与娘娘同来赏灯,则索在此侍候。(舞唱介)

【南吕·挂真儿】满院衣香春风漾,宫灯缀满回廊。万户焚椒,重楼宴月,处处歌声嘹①亮。

(舞介,忽分作两行俱伏介)(生、旦携手上)(众执宫灯随上,丑、末执拂,太监同上)

【梁州序】(生、旦同)春回大地,华年堪赏,中天齐庆垂裳。与民同

① "嘹",原文作"缭",据文义改。

乐,城开不夜辉煌。(宫婢)奴婢接驾,愿吾皇万岁万岁,万万岁。(起介,绕场行介)(同唱)华筵启也,吩咐梅花,齐趁今朝放。黄金匝地缕鸳鸯,一簇簇万朵红云捧玉皇,愿岁岁春无恙。

(丑)来此已是水殿,请万岁娘娘下辇者。(生)吓,妙啊!

【前腔】风摇珠络,银灯画幌,珠帘齐卷回廊。花临藻镜,映重重复殿云房。衣香漾也,宫女秾妆,花里时来往。(合)信神仙富贵属君王,趁芳时莫把韶光放,愿岁岁春无恙。

(丑)御宴已备,请万岁爷上宴。(旦)待臣妾把盏。(生)有劳了。(内起细乐介)

【梁州新郎】银筝劝酒,传花桴鼓,消受尽浅斟低唱。美人如卿,好风散吹脂香。锦笼焙炭,香雾氤氲,春满人心上。(合)信神仙富贵属君王,看羽扇如花簇御床。雕栏外,花齐放,瑞莲细蕊高千丈,愿岁岁春无恙。

(放焰火爆竹介)(生笑介)如此良宵,岂宜独乐?快宣夫人公主,同来赏玩。(丑)领旨。万岁有旨,宣夫人公主上殿。(贴花蕊夫人、小旦公主同上)领旨。(贴)莲花细步落珠玑,徼倖微星近紫微。(小旦)人与梅花争妩媚,一般初换水红衣。(小旦)臣儿小玉,(贴)臣妾费氏,(同)见驾,愿吾皇万岁万岁。(丑)平身。(贴、小旦)万万岁。(生)几日不见小玉,便益发长成了。(贴)原是。(小旦低首笑介)(旦抚小旦发介)近来在闺中作些什么?(小旦)惶愧!

【梁州新郎】左则是秋千弄索,药栏斗草,不改年时娇戆、顽皮状也,泥痕常污罗裳。

(旦贴笑介)(生)我记得小玉的乳娘,旧时曾携一幼子进宫,与玉儿同乳,如今可还在么?(小旦)在着呢,可要叫他来看灯么?(生)不须。(向旦介)小孩儿年龄渐长,杂处宫闱,殊多不便,明日便命乳母领他出去罢。(旦)领旨。(内起乐介)(生)吓,箫声何处？一缕诗魂，隔着春风扬。

(丑)这是灯船来也，请万岁龙目赐观者。

【同】早则见一队队荷灯如绣满银塘，看桴鼓挡筝尽女郎。桃叶桨，莲花舫。六鳌海上驼春降，似海鸟、穿银浪。

(灯船数艘，宫娥杂坐其中，随意歌唱上，绕场下)(生)哈哈妙哉！宫娥们。(杂)有。(生)撤过御筵，待朕凭栏一观者。(杂)领旨。(生)

【红衲袄】漾芙蓉，散满塘。映月色，晶晶亮。是好月色也！粉团搓就娇模样，添写出花阴满画廊。(贴小旦)倚红栏，怯嫩凉，妒姮娥偏得君王赏。

(生)夜已过半，微寒袭人。宫娥们好生扶持娘娘公主，回宫去罢。(众)领旨。

【同】唯愿取年年圣寿无疆也，常似那日中天，乐未央。

【尾声】(生)此生端合老柔乡。(小旦)怨容易酒阑人散。(同)吓，则索把黄金买尽铸君王。

(众宫娥执灯走队下)(众拥簇生、旦、小旦、贴同下)

第三出　闺忆

(小旦垂髻宫妆上)

【中吕·金菊对芙蓉】镜槛围花，云房贮梦，东风吹绿云天。似琼楼雾阁，画里神仙。芳心酸透宵来雨，诉春愁弹瘦琴弦。镇愁宽眉窄，意长梦短，自也生嫌。

镜窄妨鸳影，衣宽散麝芬。昨宵春梦懒于云，睡起长眉故故作娇颦。侬乃蜀帝公主是也。生长天家，幼娴母教。琼阶小卧，恒添梅瓣之妆；画阁吹箫，能引凤凰之集。只是我性厌纷华，情甘淡泊。西池十载，鲜逢金根之车；南阁三年，每咏浮云之句。不知者，以为我富贵神仙，人生乐境，无过于此；那知我生小婵娟，别有一般怀抱也哪！

【驻马听】你道是璧月琼莲，绮阁明妆望若仙。一例儿缚人富贵，伐性膏粱，槛鹤笼鹇。我不求玉堂金屋了余年，我倒愿竹篱茅舍甘贫贱。笠雨蓑烟，向沧波放个五湖船。

（丑贴宫婢上）宝镜暂开红绣袱，温泉初注白瑜盆。盥漱已备，请公主晓妆波。（旦作对镜介）

【前腔】兽鼎香残，一桁珠帘卷画栏。恰花临藻镜，蝶恋衣香，人在琼轩。一春心事有无间，恼菱花照瘦娇容面。解了仙鬟，看一抹的香云拂地腻于烟。

【前腔】微倖琼钿，贴向烟眉粉颊边。把灵蛇细绾，玉燕斜簪，自也生怜。依心却似镜儿圆，有个人儿常向我心头现。意惹情牵，似莲根已折藕丝连。

记当初呵！

【前腔】两小鹣鹣，道是无情却解怜。有多少浅嗔薄怒，浓欢双笑，蜜语甜言。芙蓉影里爱凭肩，展梨涡笑比谁深浅。又谁道散了离筵，便隔着银墙碧汉路三千。

咳，已往之事，思之只增惆怅，则索罢休。

【舞霓裳】我悄倚妆台镇俄延，镇俄延；放不下的宛转柔肠藕丝牵，藕丝牵。展不开的愁蛾敛蹙双眉茧，情丝十丈枉缠绵。牵不拢东劳西燕，偿不了泪珠冤债隔生欠。

（贴）春光朗媚，公主怎地枯坐寡欢？可不被春色笑人，且请向回廊散步一番者。（小旦）使得。（扶婢行介）正是：

【意不尽】年年芳草深宫遍，只不见斗草人归倚画栏。可奈这挽不断的情丝还比那炉烟软。

第四出　病讯

（老旦上）廿载辛勤鬓有丝，中人门户费支持。多情最是寒窗月，常照深宵孟母机。老身陈氏，原是长安人氏。少时选入宫闱，哺乳公主，喜他冰雪聪明，不以富贵骄人，视我如母。今年告老归来，承万岁公主赏赐不少，家以小康。老身饱食安居，眼明身健，也算是老来蔗境了，这也不在话下。老身年过半百，先夫早亡，只遗一子，小字琴郎。虽则长卿家世，贫无半石之遗；喜他子建聪明，学蕴五车之富。只因他幼时无人抚养，蒙万岁许可，随母入宫，与公主同乳。居宫十有五年，与公主青梅竹马，两小无猜，耳鬓厮磨，情同手足。去年因他渐及成人，不宜更居宫禁，奉旨归得家来。谁道那痴儿只是思念公主，寤寐萦思，饮食忘味。自春徂秋，竟恹恹成疾，百般医药，也不见效，看看竟将不起。咳，老身半世辛勤，只此一子，倘有一长二短，教老身怎生处也！（泪介）近闻公主已许婚他氏，倘被痴儿知得，只怕更增悲绪，只索瞒他便了。今日秋高气爽，不免扶我儿出来疏散疏散，多少是好。（扶生巾服病容上）（生欲跌介）（老旦）我儿仔细了。

【小桃红】（生唱）空廊落叶步虚声，掠地的西风劲也，深院无人。剩几个寒虫阶下话凄清，一声声，絮难停。咒煞相如病也，倒劳他白发飘零，侍病榻，镇酸情。

（老旦扶生坐，视生泪介）我儿今日病体如何？（生）母亲不消忧虑，孩儿偶感风寒，势虽沉重，料无大患。（老旦流泪视生介）咳，儿呵，你的心事，为娘也都知道，只是你想呵

【下山虎】云泥路迥，岂有天孙肯受黄姑聘？我想普天之下呵！仅多那倾国倾城，那里便除却巫山，没个楚云堪近？慈母萧衰曙后灯，只是你我相依形共影。倘然间有个死和生，我也则索先向黄泉等。吓，话不成声，早不禁老泪盈眶作雨零。

（生哭介）累母亲伤心如此，孩儿死不瞑目矣！想孩儿呵

【五韵美】拗情怀，多愁恨，挖心儿揩不去那人影。病维摩参不透幻花境，兀无端把沉腰销尽。肠早断，泪空零。倘能勾长侍妆台，

便化做胭脂都肯。

我不怨他人，只怨公主。

【五般宜】他原是天上的牛星女星，为什么谪向那皇城帝城？便云泥路隔阻三生，便梦也梦也，梦也难相近。

（老旦）我也知你与公主十年手足之情，不比等闲，岂能一旦忘得？只是非分勿慕，先哲有言，难道我儿读书明理，倒不省得？况闻公主呵

早则是红丝另聘，鸳盟另订。他女儿家弱质孤零，也怎抗得君王命？

（生瞪目痴介）（老旦）吓，我儿，怎么了？（生半晌泪介）母亲哪！

【山麻秸】我镂心刻骨的伤心甚，早则是破鸾换镜，银雁啼筝。惊惊，道云英另受了裴航聘。等闲间莫道蓬山路峻，怕此后呵，更隔着蓬山千里，弱水千层。

（老旦）可不是么，好孩子，你听为娘教训，从此可死了痴情，好好将养病体罢。（生）母亲，你教我怎般忘得了也。想我和公主呵

【黑麻令】原没甚花盟月盟，几曾订三生两生。又何敢怜卿爱卿？也非慕倾国倾城。兀无端心萦意萦，蹈进了愁城恨城。到如今我愁深病深，他那里百辆将迎。怕此后相逢呵，须索要他生异生。

母亲哪，我病在垂危，料将不起。我待写个简儿，请母亲将去，请公主驾幸我家旁①邻祆庙。使我一见颜色，以为永诀。（老旦）哎哟，这个如何使得？无论公主未必允许，便许了，倘被万岁知道，我母子都吃罪不起。（生）万岁深处九重，那里便会知道。我此生但求再能一见公主，便死也瞑目的了。（哭介）（老旦）也

① “旁”，原文作“傍”，据文义改。

罢,或者你诀了公主之后,从此便断了情痴,也未可知。你便写个简儿,他日得便时,我与你将去波。(生)多谢母亲。(老旦取笔砚置几上,生喘息取笔书介)

【江神子】我深情,说不清。你莫认做一弯弯满纸秋蚓,要知我一丝丝袅着魂灵。我但求芳颜一见死还荣,也何敢妄求非分。

(掷笔欲晕介)(老旦)我儿保重了。(生)咳!

【尾声】只怕阎浮更比伊人近,只觉得彻骨凝寒细细生,可奈那不做美的西风还送冷。

第五出　妒谋

(丑宫娥上)

【光光乍】从幼儿,貌似花。添些瘢疤,蛾眉直直口儿斜,粉痕厚得刀难挖,回眸一笑将人吓。六宫佳丽,谁能及他?终须寻一个俏冤家。那时节,宜室又宜家,宜室又宜家。

自家一个宫娥,名唤宝儿的便是。生来兰心蕙性,容貌倾城。可惜辱在下僚,英雄无用武之地。今日清晨无事,不免到前院踱索踱索。(老旦上)贫已取憎何况老,情如能正不妨痴。(丑)哇!那一个老龟儿,胡闯胡闯做什么?(老旦背介)哎哟,又碰着这个雌老虎,不免装个笑脸,混过去罢。哈哈,宝姐晨来安否?(丑)阿哎哟,我道是谁,原来是你老人家,失敬失敬。你出去了,可一向没来过。(老旦)是呢,因此我今日特地抽空儿来请安公主,并望你宝姐。(丑)不敢当,不敢当,(老旦)公主可在着么?(丑)公主么,我刚才去瞧过,你道他在那里做什么?(老旦)不知。(丑)你且听者(作丑态舞介)

【洞天歌】罗帏窈窕垂,薰暖沉檀气。他懒微微斜里鸾衾,软梦如烟扶难起,曲香肱娇枕小蛸蛴。散云丝,枕畔垂,微坦着酥胸一抹娇还腻。

(老旦)如此说来,公主敢还睡着么?(丑笑介)被你道个正着。(老旦笑介)看你不出,还会掉文呢!(丑作态笑介)你不知道,我生出来时,就装着一肚皮的曲词。如今花蕊夫人,会做什么宫词,还是我教的呢!正经,公主尚睡着。你来的太早,且到我的房里坐会儿,咱们俩谈谈心罢。(老旦)这就最好。(丑)行行去去,来此已是,老人家请坐。(老旦)有坐。(丑)老人家长远不见,你家琴哥可好么?(老旦)不要说起!

【前腔】他缠绵鬼病儿,已阅年余矣。

(丑)原来病着么,这不消虑得。吉人天相,自会好的。不知可曾定媳妇儿?

高下难当,尚因循未果把红丝系。

(丑)这般年纪,怎还未订亲?(老旦)我也急呢,只是等闲没个好女儿。(丑笑介)好女那里会没有,便是眼前也多着,只是你老人家不留意罢了。(老旦)是谁?(丑笑指鼻介)妈妈,你想还有谁呢?我不是夸句口,倘然我和你令郎,成了一对儿呵

这才是郎才女貌两无疵,是天生,并蒂枝。

(贴上笑介)怪丫头,怪丫头,这般的。

胡言惫赖真羞死。

(丑跳起介)好吓,你专在那里窃听么?看今天我还饶过你。(贴笑央介)(老旦)宝姐,看老身面上,饶了他罢。(丑)也罢,看在妈妈份上,便放过你一次。(贴笑介)好吓,婆婆讲情,是要准的呢。(顾老旦介)公主知道你来了,命我来召你进去呢。(老旦)领旨。宝姐我去去来,咱们停息会罢。(起立介。自衣内堕一纸落地,同贴下)(丑)方才说得入港,被这丫头来混扰一番,好没意思。吓,地下是什么?想是这老婆子的,待我拾去还他罢。(拾纸介)咦,是一封书信也。(看纸惊介)这笔迹好似琴郎手书,好奇怪吓,待我拆来看看。(作看信怒介)咄咄,宫禁森严,他竟敢作此传书

递简的勾当,老婆子你好大胆也。琴郎是我禁脔,竟然生此外心,尤其可恼。俺不免持这纸书信,向万岁前告发去。且住,老婆子少顷觉得信失了,一定还来问我要,我不与他,他便和我拚命,这不大妥当。我不免映摹一纸,换入信内,拿去还他。却把这纸真书,报与万岁知道,以为邀功之地,有何不可!那时万岁见俺有这般智略,又是容貌倾城,立刻平升三级,册为贵妃,那才遂了我的心愿也。哈哈,正是:好女原为所悦容,岂宜眉黛别西东。从来将相封侯业,只在权谋两字中。(持书笑下)

第六出　乔拒

(旦上)

【南仙吕入双调·步步娇】袅瘦炉烟春如线,晓梦风吹远。怎十丈情丝,牵不拢东劳西燕。兀自恹恹,倦妆人比斜阳懒。

【洞仙歌】红笺小字,倩流莺相候。一寸春愁酒边逗。怅梦魂蝶冷,镜里鸾孤,只剩得血泪尚沾衣袖。　　伊家何处是?梦也难寻,月夜花朝断肠久。欲守十年贞,不嫁东风,问为甚又难开口?怕门外安排七香车,便断送红颜,不堪回首。(悲介)(贴上)奴婢启上公主,乳娘已到宫外。(旦)命他上来。(贴允)公主有旨,宣陈氏进宫。(老旦上)领旨。还将青鸟语,报与惜春人。老奴见驾,公主千岁千岁。(贴)平身。(老旦)千千岁。(小旦)妈妈不消多礼,起来赐座。(老旦)老奴怎敢?(小旦)坐了好讲话。(老旦)如此放肆了。(小旦)妈妈近况可好?(老旦)唉,年老家寒,那有善况呵!

【醉扶归】早则是米盐琐屑双肩倦,更何堪长卿善病忒缠绵。

(小旦惊介)吓,敢琴郎病着么?(老旦泪介)是呢,如今已阅半年,百药无灵,看看竟将不起也。(小旦)不知此病从何而起?(老旦)老奴不敢言讲。(小旦惊介)如何?(老旦)恐渎公主清听，老奴吃罪不起。(小旦视贴，贴下，小旦)妈妈，你自幼儿抚我至长，难道我的心儿，你还不知道吗？但讲何妨。(老旦)如此，老奴斗胆了。

他疗愁难觅艾三年，把相思骨髓都填满。全不想美人如月隔云端，贱春驹怎敢把琼枝恋？

(小旦)吓！

【前腔】他言中有物我如何辩？羞得我软晕如花彻颊妍。(背介)琴郎吓！只你春蚕到死尚缠绵。可叫我怎生的偿得了泪珠冤债今生欠。休波，今生已矣料无缘，是相知何必定成姻眷。

(老旦)琴郎尚托我带得书信一封，恐嫌唐突，不敢上呈。(小旦)姊弟通书，事理之常，这亦何妨。(老旦)多谢公主。(搜囊作皇急介)(丑上)奴婢启禀公主，方才在宫阶拾得一个纸封，上书公主芳启，想是公主遗失的么？(老旦喜介)吓，是呢。(小旦点首介)且呈上来。(接书看封面介)正是我遗失的，多亏你替我拾得，少顷重重有赏，退去罢。(丑)多谢公主。(暗笑做鬼脸下)(小旦拆书看介)

【前腔】我鱼书欲拆还重敛，怕鹦鹉偷窥画栋间。看涂鸦颤曲泪痕淹，是分明一纸相思券。写将来愁魂怨魄依稀见，祷天车，暂把红尘践。

吓，这个使不得。

【前腔】虽则是聪明冰雪由来惯，可不道终古青蝇起暮烟。倘然间宵行多露惹流言，这微瑕白璧我如何辩？休波，早则拚参商今世了余年，步香闺肯把全身现？

(老旦)我也是这般说来，可奈那孩子执迷不悟，他道：

【前腔】我倾心岂敢留他念，只当作玉洁冰清第一仙。虔诚礼拜一千年，愿云间一见真真面。唉，则索由他去罢。是他痴心妄羡忒无端，便死也将谁怨？

（老旦以目偷视小旦介）（小旦掩泪无语介）（老旦起立介）如此老奴拜别了。（贴、丑上）（小旦）宫娥们，你们便带着妈妈出去罢。（老旦）唉，正是：诉尽痴情成一笑，始知洗耳有高人。（同贴、丑下）（小旦哭介）妈妈，则你也休怪我啊，念我呵

【皂罗袍】似无主飞花一片，只女儿身世，孱弱堪怜。白珪应守女箴篇，黄金不铸鸳鸯券。旧情难忘，魂牵梦牵；身遥心近，情坚意坚。这丹诚一片君须鉴。

只怕琴郎得此回音，更增愁绝。倘有参差，可叫我怎生对得他住呵！

【好姐姐】堪怜。他藕断丝连，没摆布繁愁如蚕。毕竟是相思没药，几曾惯者般针砭。休埋怨，桃瓤剖取凭君验。可不是呵有人深嵌在中间。

【尾声】无端一纸相思券，勾起愁肠万万千。可耐我粉捏的心肠还比那游丝软。

第七出　惨诀

（小旦宫装上，贴随上）

【北正宫·端正好】博炉香，灰不尽，蛛丝绣满云屏。恨年时一寸菱花，偏不铸，鸳鸯影。

儿家小玉是也。日前乳娘来宫，得悉琴弟消息。传来青鸟，重约萍踪。感他万斛痴情，倒引起了我十分愁绪。虽则宵行多露，恐来感悦之嫌；只是我两意如冰，也何必有投梭之拒。况十载深情，只成一诀。踌躕再四，终难竟恝。因此已命排下车骑，驾幸祆庙。只是赠来玉玦，只多惆怅之词；焚尽心香，又岂能偿团圆之愿也哪！（内鸣乐介，宫妆侍儿十余执仪仗拥钿车上）（贴）车驾已备，请公主登车者。

【锦缠道】（同唱）佩冬丁，拥钿车花枝成阵，绣帷儿摇漾挂珠灯。

沸春声，卷西风一路衣馨。麝兰香喷，络黄金白马嘤嘤。错认做姮娥飞出广寒城也。（旦）我嵌鸾衫天街娇冷，扰回肠，乱丝萦。人被香轮碾损，倚芳茵愁重觉身轻。（同下）

（小生上）

【塞鸿秋】斜阳收了花枝影，早则又钟声古寺烟催暝。徘徊人瘦晚风劲，盼不到青鸾黄鹤伊人信。听何处玉轮声，敢花外香车近。吓，原来是破檐铃语催霜信。

小生琴郎，日前母亲回来，道公主峻颜拒绝，惹我万分悲感。谁想今日祆庙中僧侣们传说，公主宣旨，将来庙拈香，使我闻信之余，喜出望外。一早便同着母亲，在庙中坐俟，希望再见公主一面。只是者般时候，还不见公主车尘，敢又不来也唉。他整冠李下，恐来吉士之疑；我抱柱桥头，空作尾生之守，好无谓也。病体僝僽，十分困倦，且向耳房中休息片时波。（作隐几睡介）（老旦上）绣旆临风一向斜，烟中飘拂五云车。萼华仙子多情甚，竟降羊权处士家。我儿醒醒，外面公主来也。（小生惊醒介）真的么？（老旦）谁来哄你，看那边厢可不是鸾舆来也。（旦原人绕场上）（生搴帷偷视介）吓！

【普天乐】卷香尘，车马近，一队队，簇宫灯。是天孙接下云軿，护春人重重扇影。

（杂上）僧侣们接驾。（贴）起去。（杂下）（小生）这分明是真的了，我好喜也。（贴）已至内殿，请公主下车者。（小生）

猛听得曳鸾裾环佩泠，蓦见那颤云鬟蜻蜓影。步凌波罗袜伶俜。我知他小心儿将喜还惊，我见他小眉儿将笑还颦。

【伴读书】再不道在今生，重见你真真影。喜雾鬓云裳，越衬得庞儿俊。

（贴）请公主拈香者。（鸣钟介，小旦拜介）（小生）

我知他祷慈云，愿替相如病。心香手炷低芳颈，响玉钏冬丁。

（小旦坐介，贴送茶介）（丑）启上公主，奴婢有桩要事，要回宫去一趟，少顷便来侍候，伏乞公主许可。（小旦）使得。（丑）多谢公主。（做鬼脸急下）红儿。（贴）有。（小旦）我要静息片时，你叫他们都退去罢。（贴允，挥众下）（小生搴帷出介）公主。（小旦）吓，琴郎。（同泪介）（老旦、贴陪泪介）

【前腔】（小生小旦同唱）说不出这凄清，镇酸味，心头梗。泪眼相看灯生晕，算别来两减了芳容润。怕相逢尚在南柯境，愿从今长睡休醒。

（小旦）琴郎年余不见，如何憔悴竟至于此？

【前腔】（小生）他小语，蕴深情，镇羞晕连鸳颈。得公主存问，微臣死也瞑目的了。感谢煞几载相磨愁和病，把泪珠儿买得你芳心肯。敢则是梦儿中天花幻出虚无境，愿从今长睡休醒。

（小旦泪介）见爱之情，深铭肺腑，今生已矣。

【前腔】惟愿取，向来生，同现个婵娟影。那时节呵，道什么授受嫌疑难相近。（同）又何妨画眉双笑朝临镜，秋荷夜雨凭肩听，一齐把恨海填平。

（小旦）这个玉环，是我从小所佩，今以相赠，用坚来世之约。玉喻吾意之坚，白似两心之洁也。

【刮地风】我聊解琼环表至诚，且留向来世证前盟。便相知原不在形相并，愿从今医可你个病惺惺。

（内作呐喊声）（旦、生同惊介）吓！

蓦地里闹纷纷，人语声，卷波涛车蹄声紧。

（老旦逃上）哎吓，公主不好了，不知是何人走漏消息，万岁大怒，道我儿引诱公主，命黄公公带领许多侍卫前来，要将我们立刻处死也。（小旦惊倒介，小生扶小旦起）（净扮太监带兵冲上）（小旦起立，发颤厉声介）哇，大胆奴才，怎敢胡行？（净跪介）奴婢万死，万岁有旨，请公主即刻回宫，不得延误。（净招手，杂拥车上）

（小旦）哎吓！

他仗威风声态狞，好难教我眼睁睁欲语无声。（净）请公主上车。（众宫娥强拥簇小旦上车介）（小生）公主，莫更以为我念，从此长别了。（小旦大恸介）（净）这奴才还敢饶舌，众侍卫，万岁有旨，将他锁入庙中，放火焚死，不得违误。（小旦大恸介）哎吓！

【尾声】怎怎怎不由分，皂与青。猛猛猛焦雷一个青天震，不不不由我魂魄飞扬五内崩。

（作晕倒车中介）（车下）（众拖老旦行，老旦、小生相抱大哭介）（众强拖老旦倒行下，小生分头跌下）（众作放火介）（净）处置已毕，众侍卫。（众）哦。（净）回复万岁旨意去者。（众呐喊同下）

第八出　焚琴

（场上布庙景，庙外有羊肠细径，中隔墙一架）（内呐喊放焰火介）（小生跌仆上）哎吓！

【南仙吕入双调引子·绕地游】天旋地转，人影如麻乱。火炽通明殿。釜底游鱼，幕堂巢燕，活生生将人作鲊煎。

（叩神介）

【步步娇】望尔慈悲将人念，（放焰火介）（小生跌倒介）哎吓，栋折梁先断。（逃介）焦焰穿衣，火鸦迷眼，骨髓尽如煎。烈烘烘到处烽烟满。（逃下火焰追下）

（丑急上）哎吓，不好了，我因一时妒念，把这封书信报与万岁知道，只道轻则训斥，重则责打，也好戒戒他的下次。谁想万岁性如烈火，一见此信，又知公主已赴祆庙，登时大怒。也不暇计及报密之功，立刻差人前去，要将琴郎活活焚死。唉，咱们这些美人胎子的女郎，最吃亏的就是心软二字。我一想呵，他虽负我，我怎忍负他。况听他烧死，终觉于心不忍。因此冒得万险，在御园中偷了软梯一架，诳出宫外来，要将琴郎救出。来此已是祆庙，幸喜人已散了，只是烈火烘烘，通天尽赤，教我如何下手也。（作四顾无策介）（放焰火介，丑慌避介）（小生跌上）（又焰火介）（小生逃撞墙上介）天哪，眼见着命儿难活也。

【醉扶归】百尺高垣如天远，怎能似因风飞絮度前垣。（丑）且住，这墙内似有人声，待听波，胭脂蒸熟晚霞天，火波匝地将人卷。天哪，好教我上天无路，入地无门，逼得我那里走也。（丑抛绳梯过墙介）琴郎快上来。（小生惊介）猛昂头天半有人言，蓦飞下救苦厄的杨枝线。

（丑）琴郎快上来罢，命在临头，还唱戏么？（小生作攀梯上介）

【皂罗袍】我急煎煎心慌身懒，眼摇手颤，弱线难攀。（攀立墙头介，内作人声介）（丑慌介）哎吓，有人来了。琴郎快下来罢，不然我跑了。（小生慌介）火鸦追客过前垣，眼光撩扰金花乱。

（丑）快下来呢。（火焰扑介，小生自墙头跌下）（丑）琴郎可跌坏么？（小生摇首介）还好。（杂侍卫兵二人上，丑惊急曳生同伏草中介）（杂）伙伴，你看火光冲天，琴郎想早死了，咱们回去罢。（杂）好好，咱们喝酒去。（同下）（丑延颈出草际望介）好了，他们去了，咱们走罢。（小生）走呢。

崎岖石路，心煎步艰。（丑）待我扶过你罢。跄踉欲仆，身躯似绵。那恶作剧的藤萝还把我衣裳挽。（同下）

（老旦上）

【好姐姐】天，天，蓦地风烟，者般的将人作践。看着那漫天烽火，哭不出睁睁双眼。

也罢，想我儿已死，我这条老命，要他何用，带我也跳入火里去罢。（小生、丑与老旦撞，小生、丑慌俱伏介）（老旦）来的什么人？（丑）是行路的。你是谁？（老旦）也是行路的。（小生）吓，这声音好生厮熟。是母亲么?(老旦)吓,是我儿么?(小生)母亲!(老旦)我儿!(相抱哭介)哎吓,天哪!

是天垂念,怜人开了慈悲眼,九死微生竟得全。

(丑)这不是讲话之所,快些走罢。(三人相挽行介)

【前腔】相连,穿过前峦。深林映掩,惊风草长,露华细溅。

(小生作走不动介)(老旦)也罢,这里幽静些。我儿坐下来息一息罢。到底怎样脱险,告诉为娘知道。(小生)孩儿方在危急,多亏宝姐,抛过绳梯,才能逾垣而走。(老旦)如此待老身谢过救命之恩。(丑)这是偶然徼倖,不消谢得。只是我做下此事,理难更回宫去。待要跟你们同逃,又是非亲非故,没个名目如何是好。(老旦)既蒙活命之恩,但听宝姐主裁,我母子无不乐从。(丑笑介)这就好说话了。(内作人声,三人惊起介)(小生)怕有人来,快走罢。

遮还掩,回身还怕乌龙见,听柝鼓声声隔梦传。

【尾声】(小生)微生脱网心犹颤。(老旦)回首霞天,尚起暮烟。(丑)可知这无数的苦厄冤牵,都是你珠泪换。(同下)

第九出　碎玉

(净武装扮魔星,领群魔推车呐喊上,同舞介)我等乃情天仙子,情海愁魔是也。专管领无量牢愁,亿千珠泪,到处寻人分派。眼看那些世上痴虫,一个个如蛾投火,如茧自缚,弄得死不得,活不得,好不可怜可笑也。今有蜀帝公主,原是天上散仙,偶因一笑之缘,备受人间诸厄,累俺们替他弄恨搬愁,卖痴分泪,忙个不了。今因蜀帝怒他有越闺范,锁入南楼,不许越雷池一步。那公主便更加贪多,任俺们把多少眼泪,无数病虫,送将前去,他总是直受不辞,多多益善。因此俺们发一个狠,索性把愁恨涕泪,装着几万车前去,看他收也不收。众小妖!(众)有!(净)就此同往者。

(众呐喊同下)(贴扶小旦病容上)

【南正宫·金菊对芙蓉】病叶雕虫,圆蛛缒镜,晚风吹皱眉痕。风帏写满相思字,镇无聊看到黄昏。泪眼先枯,柔肠早断,犹是伤神。

(贴)公主,你已病得者般模样,且自保重,莫更悲伤。万岁原是一时之怒,毕竟父子之亲,不待几时,少不得便和好如初的了。(旦不语,泪介)

【驻马听】万叠酸辛,算解识侬愁只泪痕。宫廊风紧,最怕黄昏,偏又黄昏。(贴)东风寒峭,我且替你下了帘儿者。(接唱)晚烟和梦漾帘纹,恁湘桃落尽也无人问。公主你且打叠旧时心绪,莫更凄凄如此。且着意过今春,打叠起三分幽怨七分颦。

(小旦)我自理会得,你退去罢。(贴允下)(小旦)咳,我以一念之差,铸此大错,夫复何言。

【前腔】回首前尘,还怕是噩梦中宵错当真。一迷价黄尘烟滚,蓦地里人马喧腾,人语纷纭。那里是求鱼缘木晋桓文,倒做了焚山介子难逃遁。死别已声吞,况眼睁睁回不得玉皇嗔。

【前腔】天哪!难道前世前身,原则是离恨天中负谴人。便生生揉碎,揉碎了芳心,掐断情根。他泉台风雨泣孤魂,我红闺哀恸成孤另。更遗累到闺箴,硬派定我柳梢人影约黄昏。

【前腔】印心头的惨状难湮,算祸首穷魁一字贫。是情天冤簿误氤氲,怨苍苍搔首天难问。热血尽如焚,猛可地残红片片兜心喷。

(作呕血状)(贴急上)公主怎么了?(哭介)哎吓,这便如何是好?快着人请御医去。(小旦吐止,摇手惨笑介)红儿不消多事,我能死了,倒也干净。(贴哭介)

【前腔】(小旦)任他是妙手回春,仗药石难医九死身。早则是心肝碎尽,遗蜕空存,肠断晨昏。倒不如向人间留个女儿坟,向情天早结了三生恨。足底起烟云,拔金钗云窟叩天阍。

我这时把心血都呕尽了，心里空空洞洞似的，倒觉得好些。你且扶我起来，看是甚时候也。（贴）公主你何事者般劳动，且静静的休息片时不好么？你看月色横窗，早则三更向尽也。（小旦颔首，复卧介）

【前腔】神思昏昏，凄切鸱鹛隔梦闻。恰压帘花影，夜色三更，深院无人。月钩斜挂美人魂，扑窗落叶旋风紧。灯焰冻如萤，魆魆地寒风四壁动幽魂。

（瞪目神痴介）（良久泪介）这料是奴婢①命的时候了。（哭介）爹爹吓！

【前腔】敢怨吾亲，碎骨难酬罔极恩。是女儿薄命，愿从今恕我前愆，莫为着不肖伤神。

哎吓，好冷也！

银釭眩目光昏，玉楼冻合寒生噤。

（执贴手介）我从此要和你长别了。（贴伏床上大哭介）

从此谢尘纷，还我个莲花清净女儿身。

吓，那厢可不是琴郎来也。（瞪目闷绝介）（贴哭呼）公主醒醒，公主醒醒。（小旦呻介）（贴）好了，好了，阿弥陀佛，醒过来了。（宫婢上）（贴低语）我看这神气不很好，你们快报与万岁爷知道去。（婢下）（小旦）爹爹可在这儿？（贴）万岁爷那里，方才已着人去通报，怕不久便来了。（小旦泪介）唉，不能一面了。

【舞霓裳】莫报劬劳此生恩，此生恩。不提防喜怒哀嗔廿年身，只换梧桐薄薄棺三寸。（合）罡风吹堕落花魂，恨苍苍情天难问，打从今万古千秋留缺恨。

（小旦呕倒介）（贴哭大呼，小旦不应，贴搓手哭介）公主吓！（旦暗下）

---

① “婢”，原文作“毕”，据文义改。

【意不尽】你人天撒手成高隐,只撇下万种凄凉我独存。可不把普天下失意的人儿齐恸损。(下)

第十出　雨梦

(小旦上)

【新水令】莽长空飞絮下青冥,打胡旋东风吹紧。鸳鸯憎命薄,蝴蝶比身轻,十载痴情,尘梦陡然醒。

我小玉,自蜕尘躯,得大解脱。游戏云间,了无挂碍,好不逍遥自在也。值此月色当天,霜华满地,不免顺着长风,飞过洞庭湖去者。

【南步步娇】大地光明玻璃境,着个苗条影,渡盈盈一水清。似只鹤孤飞,斜捎明镜。一笑觉身轻,猛翻身跳出了埋人阱。(飘然下)

(小生上)洞房秋思深,古帘沾暗雨。朱火不照人,独自抱愁语。我生未二十,坎坷不得意。黄鹄双飞翔,长风挫其羽。生死两茫然,伤心奈何许。明珠结罗帕,珍重题新句。因之寄天涯,奈何鸿雁阻。我琴郎,自奉母山居,于兹经岁。采柴换米,借奉甘旨。宝姐因我罹罪,无处安身,便与母子同居山谷。时来打扰,殊属可厌。想我曾经沧海,心似枯枝,纵有春风,料难嘘拂。所以不即披发入山者,为有老母在耳。自念历碌半生,只余失意。乐昌破镜,料无再圆之机;神女留环,空作来生之想。值此长夜漫漫,百感交集,好不凄凉人也。

【北折桂令】听山齐远柝初停,峭寒吹雨,湿透窗楹。惨凄凄坐也无聊,睡也凄清,梦也难成。颤幽魂灯花红凝,贴风帏人影零丁。风也声声,雨也声声,似愁人泪眼难晴,隔窗儿滴到天明。

咳,我想公主经此巨变,当已灰尽初心,不复以我为念,只是教我这颗心如何安顿也。正是人间岂少钟情子,只生长贫家便可诛。(作支颐睡介)(武旦上)去日苦短,来日无多,人生若梦,为欢几何？我乃春梦婆是也，司人世离合悲欢之事，参佛门幻电泡影①之宗。所辖汤邑，说大便茫然无际，说小便渺无一粟。借来小隐，不须费买山之钱；悟透繁华，曾催醒黄粱之枕。今有琴生，最喜作梦，以假为真，以真为假，庸人自扰，忙个不了。待俺打破这闷葫芦，引入邯郸境界，走遭儿也呵。（引小生起介，武旦暗下）（小生搓眼介）咳，今夜怎这生的睡不着呵。

【南江儿水】风共檐铃语，山阶落叶声，忽忽地潜踪恍有人相近。

（贴上）儿女苦还珠泪债，神仙竟有返魂香。（小生惊介）吓，你是何人？为何夤夜到此？（贴）我奉了公主之命，特来相请。（小生）真的么？我好喜也。

他三山海外原来近，则累煞你传言玉女殷勤请。则待我瞒过了月明风冷，担受些心惊意惊，把前盟重证。

吓，出得门来，好天气也。

【北雁儿落带得胜令】洗前溪，雨正晴。扑衣裳，浮云冷。放芙蓉万顷闪流萤，泻晴篮四面天如镜。人似画中行，杨柳藏孤艇。（贴）那边有一叶慈航，我和你上去者。荡兰桡，水晕轻，点破了玻璃镜。轻也么盈，似花外蜻蜓影；伶也么俜，似长风送暮鹰。

（小生）春水双枝天上桨，红楼一角意中人。是好景色也呵！（贴暗下）

【南侥侥令】曲崖蛙煮梦，波底月燃灯。翠盖亭亭三千顷，听银浦流云学水声。

【北收江南】（小旦内唱）吓！（小生惊介）步湘波，烟水轻。踏软月，车轮滚。莫认做悄湘妃罗袜太伶俜，权学那散天花神女来仙境。（生）奇哉！那旁有一女子，步水而来，难道洛水宓妃，竟有其人不成？（小旦上）动玲珑玉佩声，动玲珑玉佩声，挟西风两腋觉

① “影”，原文作“彰”，据文义改。

身轻。

琴郎,可认得我么?(小生)哎吓,是公主也!劫后相逢,好不令人痛煞也。(泪介)(小旦)痴儿,你是你,我是我,你亦非你,我亦非我。我和你本无瓜葛,着甚牵缠?想我呵

【南园林好】早勾却了新盟旧盟,挨尽了三更五更,拗不过无缘无命。似邯郸梦,忽然醒。

(小生惊介)如此说来,公主是已经死了吓,怎不教人肝肠寸断也!(小旦笑介)这也值得哭么?人谁无死?彭祖佺期,难逃此例。要知人生无非做梦,所见所闻尽是幻境。等人死后,知觉既泯,世界之究长存于天地间否,尚在不可知之数,况其他乎?便是我小玉,何尝实有其人,只是你梦中偶然幻想罢了。

【北沽美酒带太平令】左则是眼中花,幻缬生;镜中花,幻想成。笑何物,是人生?平白地喜怒哀嗔折性灵。一例是昙花泡影,又何苦,动心兵!

琴郎醒醒,我去也。(小生哭扯旦衣介)公主且住波。(小旦背立戴面具,猛回头化为厉鬼介,长叫一声闪下)(小生惊堕水介)哎吓!

猛回头舌伸目瞪,惨呼声花凤娇狞。猛可里波涛汹涌,早孽海沉沦没顶。

哎吓,救命呀。(老旦急上)我儿醒醒,敢梦魇了么?(小生细认介)吓,是母亲也。(老旦)我儿敢梦见什么来?(小生哭介)方才梦见公主,说了许多死后生前的话,只怕是真的哩。(老旦笑介)我儿痴也,方今主上圣明,赐建甲第,不日便将公主下嫁我家。欢喜不暇,如何倒说梦话?(小生惊喜介)有这等事?(狐①疑介)如此说来,难道焚庙偕遁诸事,倒是做梦不成?(老旦)可不是么,

① “孤”,原文作“孤”,据文义改。

昨日寄书前去,公主原畏礼未来,你只在庙中打一瞌睡罢了。那有这等惨事,休更饶舌,那边厢公主来也。(闪下)(内起乐介,小生惊喜介)

我只道打鸳鸯魂惊梦惊,又谁想庆团圆风清月清。(小旦浓妆,贴、杂侍儿十余人,衣粉霞裳执灯上)吓,一派的花秾人靓。

咦,不信人间,有此奇遇。我敢在这里做梦么?(贴)是真是梦,过后方知,当时谁能知道?今日乃粉侯贵主团圆之期,我等当歌舞一番,以为庆祝者。(同舞介)

【江儿水】植莲塘,花两两。叩缥囊,豆蔻香。蕊珠仙子从天降,花房曲槛春风漾,脂香易嵌人心上。何须想望,白云帝乡,便神仙无此温柔情况。

【嫌】低尽千花首,向尊前,拜粉侯。黄金铸就鸳鸯偶,泪珠灌出同心藕,垂杨妒得眉儿皱。从今成就,花秾月柔,一任尔天长地久。

(小生)吓!

【沽美酒带太平令】谢精禽,把恨海平。谢精禽,把恨海平。成就了两多情,一迷价腻叶骈花锦作城。(内作鼓噪声,众惊起介)(小生)吓,何处渔阳鼓警?惊煞了燕和莺。

(生、旦、净、丑逃上)不好了,宋兵杀来也。(杂兵冲上,众逃下)(生慌介)(武旦上,引生复卧原处,拍小生呼介)孽海无边,回头是岸。琴生琴生,此时不醒,更待何时?(闪下,小生猛醒介,搓眼惊介)吓,却原来是一场大梦也。

猛狮吼将人惊醒,似长风扫尽烟云。赚煞人空花照镜,没把柄画中娇影。原来是瓶笙水笙,幻做了金声鼓声。吓,抵多少邯郸梦醒。

【南尾声】从今参透虚无境,好向那蝴蝶庄周悟化生。吓,愿天下的热中人齐悟省!

——《栩园丛稿》二编之《翠吟楼词曲稿》,

上海著易堂印刷所藏版1927年版

二、话剧

高剑华话剧一种

高剑华(1890—?),浙江杭州人。祖父高学治为清代名儒,父高保徵曾任奎光阁典籍。高剑华1910年入读京师女子师范学堂,1912年结束学业后返回杭州,与文学家兼戏剧家许啸天成婚。许啸天(1886—1948)名家恩,字泽斋,号啸天,浙江上虞人。1914年,高剑华和丈夫一同创办了《眉语》杂志,前后出版两年,大获成功,多有小说问世。1917年,高剑华又模仿《眉语》发行了《闺声》,但仅出一期。此后,她将主要精力放到各类畅销图书的编辑工作中,也偶有小说、游记、诗集问世,还编过多部唐人诗选。抗战期间,高剑华随许啸天辗转各省避难,曾加入重庆光复会。战后,二人回到上海,因普及教育运动的需要,受邀与冯玉祥、郭沫若、田汉、陶行知等人卖字兴学。1948年12月,许啸天遭遇车祸,不幸身亡。高剑华于新中国成立后仍在世,卒年不详。

《白牡丹》原为英国小说,中文译本刊于陈以益主编的《女报》第一卷(1909)第一、二、三号,署"懊侬女史述意,啸天生笔记",懊侬女史为高剑华笔名。

白牡丹[①]

此剧原本系英文小说之一种,啸天曾于八年前译为华文。情节离奇险变,哀艳动人,乃侦探的兼爱情的,大可编为剧本而实演之。其第一章虽载诸《女报》,余稿皆被散失,每欲续成,正以不复记忆为憾,幸内子剑华曾寓目原稿,每于灯前月下为我溯述,曲折无遗,乃详为记录,而以剧本编制之。则是本之成,内子之助力实多,不敢掩美,因述其缘起焉。(啸天识)

第一幕　娟娟此豸

登场人名

垂死之老父	鲍郤尔
老伯爵	迈脱
孤女	兰灵
迈脱之仆	宝三
牧师	某

场上布景:矮屋一椽,灯光惨淡。室偶板床一架,上睡垂死之老父。一女郎蓬首乱服,于艳丽中含悲伤色,俯首坐床前。室左有出入之门,药垆茶灶、破桌残器,杂列室中。枭鸣呖呖,声发屋顶。

良久良久,老父发声微喟。

(鲍)咳……兰儿,兰儿……苦命的兰儿……你母亲生下你来不到三年,便丢了你死了。我那时将父作母,千辛万苦,抚养着

---

① 许啸天编,高剑华女士述。

你。看着你的身体，一天长大一天，你的脸儿，一天美丽一天，我心中便愈看愈高兴，愈看愈欢喜。愈高兴便愈希望，愈欢喜便愈恐怕。希望的便希望你长大成人，配一个才貌双全的女婿，不独你幸福无量，便是为父的，也有半子之靠。可是希望到极点，又恐怕起来了，恐怕我这样白发苍苍的老年人，早晚倘有不测，那便丢了你孤苦零丁的……咳，希望的倒①没有成功，那恐怕的倒恐怕要成功了……

老父言至此，作哭②泣，气喘不成声。女郎兰灵，且泣且抚抱老父。

(兰)爸爸，你心里不要难过！爸爸抚养着女儿、希望着女儿，到这样长大，女儿没有尽一点孝心，在爸爸身上……爸爸现在病着，又为女儿操这个心。倘若爸爸有什么三长两短，那叫女儿怎③么对得起爸爸呢……爸爸，你心里不要难过呀！

(鲍)家里又没有一亩田一间屋，又没有亲眷本家的照应。我活在这里，还是吃不饱穿不暖的，我死了，叫你一个女孩子怎么过日子呢……那迈脱虽说是我的老朋友，他平日也很欢喜你，我们家里也常常靠他照应，我和他彼此是道义结交，原不论这些。可是人心难料，我若将你托给他，知道他心里怎么样？即使他肯好好的看待你，也难保傍人不说长道短……

此时兰灵背向门，抚抱老父。老伯爵迈脱与仆宝三自门入，立兰灵身后，静听鲍郤尔之言，频频拭泪。

(迈)鲍郤尔……老友……你说的倒是笑话了。我和你这样要好的朋友，自问不至于信托不过。我是狠佩服你的道德学问

① “倒”，原文作“到”，据文义改。
② “哭”，原文作“枯”，据文义改。
③ “怎”，原文作“什”，据文义改。

的。我看你这样贫困，我原想请你住在我家里，享享清福，无奈你恐怕辱没了你的志气，委曲了你的品格，所以才不敢勉强你……至于令爱兰灵小姐，我是狠欢喜他的，狠可怜他的，差不多比我自己的亲生女儿还要欢喜十倍，因为令爱的性情、品貌、才学，件件都令人可爱。我自己又没有亲生女儿，我不欢喜他，倒欢喜谁去？……老朋友……你放着心静静的养你的病，你的女儿就是我的女儿，我总尽我的心照看他，和你亲生的父亲照看他一样，你此刻不要烦这个心了。

（鲍）老伯爵……谢谢你！……我真对你不起！你待我的真心我狠知道……我是朝不保暮的人了，我若死了，还要请你照料我的后事。那兰儿你便带了去。你可怜他是没有父母的苦命孩子，他有什么不好之处，还要请你格外原谅他……等他满了孝，便给令郎作了妻子，那我的心也放了，也总算报答你的一番热心罢……

此时，迈脱移坐床前，鲍郃尔伸其如枯柴之手，力握迈脱，且言且颤。

（迈）是了……我一定可以抚养着令爱到长大成人，好好的配一个才貌双全的郎君，享那一生的幸福……我那不成器的小畜生，天天在外边吃酒逛窑子，我早晚要赶他出去。这如花如玉的小姐万不能给他做妻子。你心里也不必过意不去，你的女儿就是我的女儿，我总抚养他是了。

此时鲍郃尔释手，面色改变，双目紧闭晕绝。

（兰）呵哟……爸爸……爸爸呀……醒来呀，女儿在这里唤你……爸爸，你怎么不醒了吗？

（迈）鲍郃尔，鲍郃尔……老友，老友……你话还没有说完呢！

鲍郃尔渐醒，张目四顾，兰灵抚其胸且泣。

（鲍）兰儿……你快谢了伯父罢！你以后便好好的跟了伯父去

……我是要丢你去了。

兰灵跪迈脱前,接吻于迈脱之手,鲍郤尔视而作微笑。

(鲍)好朋友……谢谢你……兰儿,兰儿……我……

鲍郤尔死去。兰灵抱头大哭。迈脱立床前视老友之面而拭泪。宝三急奔走室中,搬置器物。

(迈)宝三……快,快去请了牧师来。

宝三去,兰灵清理尸身。

(迈)我到伦敦去了一个多礼拜,今天回来,急急的来看你,再想不到我今天便送了你的终……这也算是我和你朋友交好一场的结果。

兰灵复伏尸哭,迈脱劝之。

(迈)小姐……不要哭坏了身体!你可知道你父亲活着是狠欢喜小姐的,你这样的伤心,要是你父亲知道了,岂不是也要心疼的么……我待小姐虽不算什么好,可是我欢喜小姐的心,与你父亲也差不多,你要是想着你父亲的时候,你便多亲近亲近我,也是一样的。

牧师入,宝三携花圈入,置死人身上。牧师行洗礼,俯首祷告,室中寂静无声,远远闻晨钟声。

(闭幕)

第二幕　花前情话

登场人名

伯爵子	克登
孤女	兰灵
克登之情女	怜芬
兰灵之友	华雷
怜芬之婢女	小翠

迈脱之仆　　　　宝三

场上布景:作公园之一部,浅草平铺,好花杂列,远树森森,夕阳红艳,自林际映射,作可怜色。花前铁椅二三,兰灵素服愁容坐椅上,俯首作沉思状。老伯爵之子克登与其情女怜芬携手谈笑自林际行来。

(怜)啊唷……我昨天在央格尔湖上跑马,不知怎的那马受了惊,提起了前蹄一跳,险些把我摔下马来……到现在我的心还是怦怦①的跳个不住呢。

(克)姑娘以后要小心,骑马是狠危险的。有时那马发了性子,姑娘又是长得很娇嫩的,那里有这样大的力气控住他,到闯了祸的时候儿,那叫我心里怎么呢……

怜芬向克登微笑。

(克)姑娘欢喜骑马,以后倒不如我和姑娘一起去,也可以保护着姑娘。

(怜)这便谢谢你……

(克)哈哈,这是应尽的义务。

怜芬与克登行近铁椅,兰灵起立欲避之,为克登所见。

(克)兰灵小姐,我看你脸上很不快活的样儿,你有什么心事,可以和我说说,我是最多情的人吓。

(兰)多谢公子!我是一个零丁孤苦的女子,我心中的愁苦,是与有生俱来、除死方休的了……公子虽是多情,可是我没有和公子说心事的分儿,请公子不问我罢。

(克)这也是笑话了。想你住在我家里,有的是吃,有的是穿,丫②

---

① “怦怦”,原文作“砰砰”,据文义改。

② “丫”,原文作“了”,据文义改。

头、使女的服事着你，高厅大屋的供养着你。我父亲的爱你比爱我亲生的儿子还要强，你也可以心满意足的了。

（怜）是吓，公子家里待你这样好，你今天见了公子，也应该格外的亲爱些，为什么反是一脸的不高兴样子？

（兰）怜芬姊姊，你是富家小姐，上有父母保养，下有公子这样的恋爱着，你自然是心满意足……可怜我既无父母，又是贫苦出身，现在虽有老伯爵十分的保护着我，可是老伯爵春秋很高的了，我受着老伯爵保护也是有限的日子，后愿茫茫，叫我怎的不伤心呢？

兰灵言至此，拭泪呜咽。

（克）这有什么后愿茫茫的那，继续老伯爵保护你的，便有我在……

（怜）是吓，公子肯继续老伯爵保护着你……你趁此亲近亲近公子，好得多呢。

（兰）怜芬姊姊，不要胡说，我不敢受公子的保护，也不敢亲近着公子。

（克）啊哟，你这说话简直和怜芬姑娘起了冲突了……你不愿亲近我，又不愿受我的保护，你简直是个……

此时婢女小翠奔跃而至，拽怜芬手，攀克登肩，状极轻佻。

（翠）好呀！你们在这里乐，也不唤我一声儿。如今夫人在那里唤着姑娘，叫我来同姑娘回家去呢。

（克）好丫①头，给我们多乐一息儿……我明天也和你乐一天罢……哈哈

（翠）我不要乐……我也没这个福……

（怜）我们回家去罢。

---

① “丫”，原文作“了”，据文义改。

小翠攀克登肩,克登拽怜芬手,喜笑行去。

此时兰灵仍俯首坐椅上拭泪。

林外白烟一缕,汽笛呜呜作声。稍顷,一少年名华雷携革囊行来。兰灵先见之,急起迎之,微露喜色。

(兰)华雷……真是意想不到……怎么你今天来了?你一向身体好吗?你这一个月里为什么一封信也不给我,叫我好记挂吓。

(华)你还问我呢?我这个月里,共总寄给你三封信,你倒一封回信也没有,我倒要问你什么道理。

(兰)啊哟……我糊涂了!我现在是寄住在老伯爵迈脱家里,我的父亲是死了,我的家也没了,你那三封信自然是没处送的了。我这个月里因为哭父亲哭昏了,也忘了给你一个信……可是你现在是为什么来的呢?

(华)是吓……我倒不是为你死了父亲来的么?我前礼拜接着我父亲的信,说你父亲死了,我想你是从小没了娘的,本来是个工愁善病的人。你父亲在时,还可以保护你、安慰你,现在你父亲死了,你又没有可靠的亲族长辈,也没有一个知己的朋友,零丁孤苦的,倒不要苦死了你么……所以我听了这个信,学堂里大考也没考完,便跑来看你了。

兰灵闻华雷言,初拭泪,继且握手,伏华雷肩头呜咽哭。

(华)就是你现在寄住在老伯爵家里,也不是长久之计。老伯爵虽是欢喜你,不少你吃,不少你穿,可是总是表面上的事。我知道妹妹心里的苦楚,也没有人可以说,况且依人作客,又是处处要避嫌疑的,所以我不得不赶快的来看你了。

(兰)华雷……哥哥……你不要再说了,我的心已经要碎了。承蒙哥哥不弃,爱我到了十分,可怜我到了十分,我也是狠愿意受哥哥的爱,受哥哥的可怜。我和哥哥从小在一个学校里念书的时候儿，已是情投意合的……我父亲的死，我原想写一封信通知哥哥，后来我想哥哥在高等实业学堂里，正应该用功读书的时候，我若写信通知你，倒不要分了你的心么……我是狠希望哥哥学业成就，将来在社会上做个大大的人物的呀。

（华）咳……学业成就……说起来也是我的命苦……恐怕不能如你的心愿的了。

（兰）不能如我的心愿……这是怎么说……这是怎么说……

（华）这个原因说起来话长……我是从小没有母亲的，我父亲是一个有名的建筑家，不幸在中年上因为从纪念塔上摔下来，折断了脚骨，伤害了脑筋，从此变了残疾的人，闲住在家，不能操他的旧业。每年虽得些公家的恤费，也是有限，因此上家境不甚宽裕，这是妹妹知道的……不料前几个礼拜，我父亲来了信，说道因为家中贫困，父亲的意思，今年下半年，要我出了学堂，去干那谋生的事儿……这个也是做儿子的应尽之责，可是我在高等实业学堂里，已经四年半的工夫了，还有一年半，快要毕业了。如今依我父亲的话，出了学堂，岂不可惜呢？……我想起这件事儿，所以我心里老不高兴的。

（兰）华雷，你快不要出学堂！你是个有志气有才干的人。在这高等实业学堂里毕业出来，是很有名誉的。

（华）父亲年老，家境穷困，也是没法……我只得屈着我的志气，依了我父亲的意思做去便了。

（兰）这万不能，这万不能。你家里穷困，我可以帮助你，我一定可以帮助你！

兰灵言时将指上一钻石戒指脱下交华雷。

（兰）华雷，你快把这个戒指拿去变了钱，给你父亲充作家用。这个戒指是老伯爵给我的，听人说还值一千金磅呢……你一年半的学费,我回去拿我的首饰变换了给你罢……这起东西都是老伯爵给我的,我本来也没什么希罕,如今为了你读书的事体,我不得不用他一用,请你快收了罢。

华雷束手俯首不动。

(华)妹妹……妹妹的盛情可感得狠!可是这些东西,都是伯爵的,妹妹为了我统统变换了,倘若老伯爵问起妹妹来,妹妹怎样的对付?这件事体,给别人知道了,不说妹妹是热心助人,倒要疑心妹妹有别的意思在里边,于妹妹名誉上也狠有妨碍的。妹妹快快收了这个罢。

(兰)我不知道别人疑心不疑心,我也不管老伯爵问不问,我只求你学业成就。

(华)男儿贵自立……我决决不做这个苟且、自私的事,请妹妹快收了罢。

(兰)啊哟……这样说来你倒疑心我有什么坏意么……咳……哥哥你真不知道我的心……

兰灵复泣,华雷抚慰之。

(华)我知道你的心……我很感激你的心……你望我学业成就,我无论如何总成就我的学业。我一面谋生,一面也可以读书的。

(兰)我老实对你说了罢……我终身所佩服的,所希望的,所依靠的,所亲爱的便是……

(华)哈哈……便是什么?……快说吓!

(兰)便是……便是哥哥!

(华)谢谢妹妹……

华雷抱兰灵之腰而接吻。

远远闻晚钟声。

(闭幕)(未完)

——《新剧杂志》(1914年5月1日)创刊号

周梅云 话剧一种

周梅云，近代女作家，曾师从戏剧家许啸天。《小说大观》1918年第13期刊有其小影一幅，题“上海周梅云”。又，《小说新报》1915年第7期刊有“海上名花周梅云”小影一幅，似为同一人。其余生平事迹不详。

怜我怜卿

吾师许啸天君，擅剧事，手编剧本，披诸管弦，刊诸简编者，久已誉满江南，纸贵洛阳，固不待后生之赘辞矣。春间以此剧见授，嘱编为剧本。按此剧情节以莎士比亚所编之《铸情》为蓝本，参酌中国社会风尚成之。梅云拙于文，率尔操觚，画虎之讥，固知不免也。阅者谅之。

第一幕　骨肉摧残

布景　田野

人物　吴世仪　　吴家族长，年四十余岁，读书人

　　　吴少仪　　吴世仪子，年二十余岁

　　　黄天禄　　黄家族长，年五十岁，读书人

　　　黄茜霞　　黄天禄女，年十九岁

　　　吴阿虎　　农人，年六十余岁

　　　吴三祥　　吴阿虎子，年三十余岁

　　　吴家族人　九人，农人

黄福儿　　年三十余岁，农人
黄　妈　　五十岁

黄福儿持棍逐牛出，践田稻。黄福儿执牛角力扑之。吴阿虎追出。

（虎）啊？你为什么打我的牛？

（福）你这老畜生，自己的牛也管不住，我的田稻都给你的牛踏坏了，我还要你赔我的稻子呢……打了你的牛算什么！

（虎）你这人，好不懂礼！我的牛踏坏了你的稻子，我赔你的稻子是了……你为什么要打我的牛？打了我的牛，你为什么还要骂我是老畜生呢？

（福）打了便怎么样？……骂了便怎么样？……老畜生，老畜生，千年不死的老畜生，老畜生……

黄福儿一边打牛，一边骂人不住口。吴阿虎大怒，一手夺去牛，一手打黄福儿。

（虎）我便不许你打……我更不许你骂……你还要骂，我便打你，你怎么呢？

（福）好，好，你打我！你今天老虎头上来抓痒，是你自寻苦吃，我便对你不起，要你知道我福老子的利害了。

黄福儿与吴阿虎相打。牛逃去。吴三祥急奔出。

（三）阿福你好，你怎么打起我爹爹来了？

（虎）三儿你来，我们打死这个杂种！

吴三祥、吴阿虎合力打黄福儿。

（福）你们两个打一个，不算好汉。

（三）你小伙子打老年人，也不算好汉。

黄家族人三人，各负耒耜出，见三人相打。

（黄族人甲）好你父子俩，欺侮我福阿哥吗？

（福）你们快来，他的牛踏了我的稻，还要打我。

（黄族人乙）岂有此理！我们快去打个抱不平。

黄家族人甲乙二人，助黄福儿相打，黄家族人丙，急急入内，牵牛出。

（黄族人丙）哈哈，他们相打好了，我个旁[①]边人……老实勿客气，这头牛我牵到家里去了……你们好好的再打几下罢。

黄族人丙牵牛欣然将下，吴家族人三人各负耒耜上，拦住黄族人丙。

（吴族人甲）啊？这头牛是虎老老的，你牵着干什么？敢是你想偷回去吗？

（吴族人乙）不好了！你看虎老老要给他们打死了！

此时黄族人甲以耜头打中吴阿虎脑，流血倒地死。吴族人甲乙急奔上助打。

（黄族人丙）他们打他们的架，我牵我的牛，去罢，去罢。

吴族人丙拦住。

（吴族人丙）慢着！没有这样容易，你要去，吃我三拳去。

吴族人丙、黄族人丙相打。黄天禄领四族人出见之。

（天）你们也没有王法的了！快快与我绑他们起来！

黄族人七，绑吴族人甲乙二人及吴三祥。吴三祥且哭且倔[②]强。吴族人丙，急逃下。

（三）你们打死我爹爹，还要绑我们的人，我今天也和你们拚了。

黄族人甲缚吴三祥。吴三祥取耒耜打死黄族人甲。黄族人乙丙二人急捉住三祥。

（天）好，好，捆他起来，明天拿我的片子，送到衙门里去。

吴族人丙偕吴世仪出。

（仪）天禄兄，你也太胡闹了！我们都是念书的人，应该懂点道理……他们不懂，你做族长的也该劝劝他……你我吴黄两家，

---

① “旁”，原文作“傍”，据文义改。

② “倔”，原文作“崛”，据文义改。

常常的寻仇相打,也不是好事。我们这天赐村,统共只有吴黄两族,这里离县城里又是狠远的,倘有什么盗贼匪乱出来,县里也一时照顾不到,那时全靠我吴家帮着你黄家,你黄家帮着我吴家的了,怎么你我今天自己相斗起来,给傍人听见,岂不是笑话吗?……天禄兄,今天的事,我看就这样算了罢。

(天)那不兴!我黄家的人,难道是白死的?

(仪)我家的人打死你家一人,你家的人也打死我家一人,这有什么算白死呢?

(天)你家的人,打死个把算什么?我家的人,是很贵重的。打死了我家的人,非送到衙门里去不可。

(仪)哈哈,你这句话太欺人了!你仗着你的亲眷在衙门里当个门告,你便开口送衙门,闭口送衙门。我也并不是怕这个衙门,实在这位县太爷,我有点儿信不过他……你既然还是不肯罢休,你们替我再打罢。

吴家族人六人,闻吴世仪言,急自内奔出,解吴族人甲乙二人及吴三祥之缚,合力打黄家族人。吴世仪扬长去。黄天禄抱头鼠窜入。相打良久,黄家族人乙丙二人受伤倒地,吴族人甲乙二人受伤倒地,其余黄家族人逃下。吴家族人扶伤者、抬吴阿虎尸下,吴三祥哭随下。黄家族人复出,抬甲尸、扶乙丙二人下。吴少仪打猎出,吴族人丙丁急追出。

(吴族人丙)少爷,不要过去,他们要打你呢。

黄家族人丁戊二人扑出,打吴少仪,吴家族人丙丁追之下。

(少)咦,很奇怪呀!他们为①什么要打起我来了?

黄茜霞行上,后随黄妈,手挟衣包。

(黄妈)小姐,你看此地的路很难走,我原说我先回家去,打轿子来接小姐上岸的,小姐是不信……地下这样子湿,又是这样滑,

① “为”,原文作“会”,据文义改。

小姐这双新的绣花鞋儿弄坏了倒不要紧，倘然把小姐滑倒了，叫我怎么担得了呢！

（茜）你这老婆子，怎么这般碎碎繁繁的讨人厌！我在小船里坐了半天，这两条腿有点儿麻了，脑子也有点儿昏了，我因这里走走，倒是很舒服的。这里旷野地方的空气也是很清爽。你不听得昨天外婆说我么，他说房里关得太利害了，脸色有点不大好，应该常常在外边走走呀。

（黄妈）小姐，你看稻子都压倒在地下了，好像有人在这里打过架样。

此时吴少仪隐身树后，含笑默视黄茜霞。忽吴族人丙丁二人回出，扑向黄茜霞来。

（吴家族人丁）这是黄家的女儿，快打，快打！

黄妈与黄茜霞大惊，躲避。

（少）不许动！

吴少仪喝止之。吴家族人丙丁二人垂手立。

（少）快去！

吴族人丙丁二人去。吴少仪向黄茜霞行礼。

（少）黄小姐受惊了！他们得罪了小姐，我替他们赔个罪罢。

（黄妈）他们是一起的，不要去理他，我们快回去。

黄妈扶黄茜霞行入树后，黄茜霞回头，与吴少仪四目相触，黄茜霞嫣然一笑。闭幕。

第一幕终。

第二幕　生死缠绵

布景　闺房

人物　黄茜霞　年貌见前注

　　　阿　彩　黄茜霞侍婢，年十六岁

　　　黄天禄　年貌见前注

　　　吴少仪　年貌见前注

黄茜霞斜倚熏笼观书,少顷,执卷支颐作沉吟态。阿彩手折梅枝嬉笑入,衣襟着雪点点。阿彩扑去身上雪花。

(彩)哈哈,小姐,外面雪下得有趣呢。我在那里和丰儿扑雪玩儿,猛闻得一股梅花香味,我便冒着雪跑到花园里去折了一枝来。小姐,你看这花开得好不香艳呵……啊唷,倒是我两只手冻得痛了。

阿彩以梅花交黄茜霞,急以手向熏笼取暖,黄茜霞手执花枝玩视。

(茜)这花经我们一番赏识,也算不辜负他一生了……唉!

(彩)小姐,手怪冷的,我拿去插在花瓶里罢。

阿彩以花插案上瓶中,黄茜霞向花凝视,作沉思状。

(彩)小姐,这里有个柬帖儿,不知写的是些什么东西?

(茜)啊……柬帖儿……你是从那里得的?

(彩)我今天一早在大门外看雪景,忽地来了一个人,鬼鬼祟祟的将这①柬帖儿送给我。

(茜)你怎么不早拿给我看呢!

(彩)我恐怕上边写的那话儿,不好给小姐的呢。

(茜)不要胡说,快拿给我看。

阿彩从怀中取柬帖出,黄茜霞接视之。

(茜)啊哟……什么吴少仪,这种柬帖儿拿来干什么?

黄茜霞佯怒,以柬帖掷地上,阿彩作惊诧状。

(茜)还不快与我倒茶去。

阿彩俯首含嗔,且行且言:“都是那贼,好好的送什么柬帖儿,倒惹了小姐一顿骂。”黄茜霞含笑目送阿彩。阿彩出,茜霞徐拾地上柬帖,开缄注视,久久,渐仰首啮指尖作沉思状。

(茜)生……死……系……卿……唉,怪可怜的……吴少仪,吴少

---

① “这”字前原有“那”字,今删。

仪,你要知道,黄吴两家是世仇,你快死了那心罢。

阿彩送茶入,蹑足立黄茜霞身后,含笑注视柬帖。

(彩)小姐,这种柬帖儿看他做什么! 快丢在熏笼里烧了罢。

阿彩欲夺柬帖,黄茜霞急藏柬帖于怀。

(茜)哼……你还说呢! 谁叫你拿这个来,我藏在这里,还要拿去给老爷看,怕不打下你贱人的下段来。

(彩)啊哟……小姐,这使不得的……我跪下了。

(茜)哈哈,你也只有这点胆量,快起来罢,哄着你玩呢。

(天)哈哈,好大的雪! 你们在这里弄什么玩呀?

黄天禄且言且进房来,黄茜霞起迎,阿彩送茶。

(茜)爹爹,今天狠好打猎的天气,为什么不和叔叔们出去打几只野鸡回来,烘着吃吃,才叫得有味呢。……爹爹快去呀! 爹爹快去呀!

(天)哈哈,怪冷的天,你又要攒我出去了,我偏不去,我还是和你看看雪景罢……你这楼造在这山凹里,下临着溪水,那四面的山峰像围屏似的向着你的妆楼,狠好的雪景,还不快来赏识赏识么?

黄天禄与黄茜霞携手倚北窗眺望。

(茜)爹爹,你看天寒水涸,这山势更觉险峻。这时候若是有人吊在这溪水里,他的性命一定是保不住的了。

(天)这种荒野绝险的地方,又值这大雪风劲的时候,也断没有人跑到这山脚下来的。

阿彩进房来。

(彩)老爷,外边有客来了。

(天)这样严寒大雪的天气,不在家里向火,倒跑到我家里来干什么?

黄天禄且语且行出,黄茜霞犹倚窗赏雪,口中吟曰:“玉龙酣斗正无已,素甲翻空走千里。”忽若所见,以手指窗外作惊惶状。

(茜)阿吓……阿彩,阿彩,你快来看,这溪水里好像有人掉①下去了。

阿彩急趋窗口俯视,张臂大呼。

(彩)啊哟……这人还活着呢,小姐,你看他还在水里翻腾呢。

(茜)阿彩,你看他游到我们窗下来了……啊哟,这样冷的天,身子浸在水里,人不溺死也该冻死的了。

(彩)小姐,你看他还向我们伸着手望着……可怜他是在那里望我们救他呢。

(茜)阿彩,快想个法儿救他起来才好呀!

阿彩奔走寻觅,得汗巾二条,结其两端,以一端系窗槛,一端堕窗外。俄倾,窗外吴少仪已缘巾而上,跨入窗内晕倒。

(茜)啊吓,这人我在路上看见过的,听黄妈说他的名字就叫吴少仪。

(彩)怎么?……他就是吴少仪么?……这样说来,他是不怀好意来的……小姐,我们仍旧丢他在溪水里罢。

(茜)这使不得,我是慈善的女子,不忍见死不救的。你快去拿姜汤来罢。

(彩)好,好,把个小白脸儿弄到房里来了。

阿彩且言且行出。黄茜霞俯视吴少仪面。

(茜)唉……你为了我冒这个险,你也太痴情了……我现在救是救你起来了,可是怎么呢?

黄茜霞俯首沉思,又从床上取条绒毯缓披吴少仪身上。阿彩已持姜汤入。

(彩)小姐,姜汤在这里了,可是羞人答答的,我可不去喂他的呢。

(茜)这是救人的事,管什么羞人不羞人呢……你快到房外去管着,看有人来呢。

阿彩急转身出。黄茜霞以姜汤灌吴少仪。良久良久,吴少仪

---

① “掉”,原文作“吊”,据文义改。

渐醒。黄茜霞扶之起坐,吴少仪徐举目仰视茜霞。茜霞作羞状,转身他视。

(少)黄小姐……我冒死的到来……小姐也应得可怜可怜我了。

吴①少仪渐握黄茜霞纤指吻之。

第二幕闭幕。

第三幕　春光漏泄

布景　河屋

人物　吴阿俊　吴族人,年四十余岁,农人装束

　　　吴四宝　吴族人,年二十余岁,农人装束

　　　阿　凤　吴阿俊妻,年三十余岁,农妇装束

　　　吴少仪　年貌见前注

　　　黄茜霞　年貌见前注

　　　毕世芳　官僚派,年五十余,方袍大袖,状极奸顽

良田数畦,中隔河桥,对岸高垣一带,双扉并阖,上贴一纸条,大书"黄宅"二字。此时朝旭东升,吴阿俊与吴四宝荷耒耜出。

(宝)大凤阳,小凤阳,凤阳原是好地方。自从出了朱皇帝,十年倒有九年荒。当当当……当当当……当当当……当

(俊)哈哈,好听得很,这底下我会唱的。

(宝)那你唱罢。

(俊)大户人家卖田庄,小户人家卖儿郎,只有我家没得卖,背了包裹儿走街坊,当当当……当当当……当当当……当

(宝)哈哈,不错,不错,你比我唱得好……你还有什么好的唱给我听听?

(俊)不唱了。你看太阳菩萨出得高高的,时候不早了,我们快到地头里做生活要紧……回来晚上我再唱给你听罢。

---

① "吴",原文误作"黄"。

(宝)你的地头到了,我还要跑过去呢……我们再见罢。

吴四宝向背景入内,吴阿俊在桥旁①耕作,口中唱乡调。

(俊)一走走到华山地,跪倒身儿拜母亲……啊哟……母亲

吴阿俊之妻阿凤自场左树后行来。

(凤)阿毛的爹,你倒唱得高兴啊!

(俊)阿毛的娘,你一早跑到那里去了?……害得阿毛在家里哭着寻呢。

(凤)你知道什么呢!我的事体忙呢……昨天东庄里的毕家太太忽然打发人来叫我,我道是什么事了,急急忙忙的跑去,那里知道是叫我做媒呢。

(俊)啊……做媒吗?……做什么媒呢?……替谁做媒呢?

(凤)哈哈,说起来真是笑话!毕家太太要把他小姐配我们族长的少爷,叫我做媒呢。

(俊)族长的少爷……可是那吴少仪吗?

(凤)一点不错,正是他……你想那族长太爷那里要呢。

(俊)那族长怎么说呢?

(凤)他说毕家老爷在外面做了几任小小官儿……尽刮着地皮,赚了几个造孽的钱,住在这里名气坏得很,脾气又不好,谁敢和他结亲眷呢?……我听了族长老爷的话,我知道我的媒酒是吃不成了……可是人家婚姻大事耽搁不得的,所以我今天一朝跑到毕家,去给他个回信,直到现在才回来,你看我忙不忙呢。

(俊)毕家原是不好的,可是少仪阿官年纪也是时候了,偏偏我们村子里除了那混账的黄家以外,没有第三姓人家,要替他做媒,倒也不容易呢。

(凤)啊哟……你说起少仪阿官,我倒记起一桩事儿来了。

(俊)什么事儿也值得这样大惊小怪的?

(凤)我听人说少仪阿官和黄家那个霞姑娘有了来去了。

---

① “旁”,原文作“傍”,据文义改。

（俊）胡说！少仪阿官有几个头、几个臂膀，他敢破犯我们吴家世世代代的家规么？……况且少仪阿官也不是那些不读书不明理的人，决不会做出这种事儿来的。

（凤）说轻些……看被少仪阿官听见了。

（俊）这有什么呢？……不要说是少仪阿官，便是我吴家族长，若是犯了家规，吴家随便什么人都可以打死他的……你快回去烧饭罢，不要在这里胡说了。

阿凤慢慢走去，吴阿俊俯身稻田中耕作，稻没其顶。

此时黄宅门忽开，吴少仪自内出。黄茜霞送出，二人行至桥顶，立住，少仪握茜霞手，俯首相视。

（少）黄小姐……你请回去罢，被你我两家人看见了，不当稳便的。

（茜）吴少爷，我和你缘尽于此的了，你下次也不要来了。你拚着死从那河里来，叫我心里真正过意不去。今天幸而我父被朋友叫去了，不在家，你还可以从这门里出来，若使我父亲在家，你仍是要从那河里去，岂不是白白的送了你的命吗？……你下次再也不要来了……你我有心彼此守着是了……吴少爷你去罢，你自己千万珍重啊。

（少）我得小姐这样看待，我 生 世守着小姐，也是情愿的了……黄小姐，我们再见罢。

吴少仪以指环套茜霞指上，二人握手分别。吴阿俊自稻中探其首，怒目视少仪。茜霞入门，少仪凝望。吴阿俊拽耒耜上桥。

（俊）你这个不肖子孙，今天做出这种事来，败尽了我吴家的门风，我倒要告诉族长，整整家规，重重的办一办才好呢。

（少）你是什么东西，敢对我这样无礼？

（俊）黄家是我吴家世世代代的仇人，我吴家无论什么人，不许和黄家来去的……倘和黄家来去了，这人便是我吴家合族的罪人，不论他是皇帝、宰相，犯了家规，吴家无论什么人，都得骂他、打他、杀他……何况是你这小把戏。

（少）你再敢骂我？……你小心些！

（俊）你和黄家那黄毛丫[1]头有了私情……

吴少仪以手按吴阿俊口，瞠目怒容。

（少）啊……混账东西，你敢骂起黄家小姐来了！

（俊）我不但要骂他，我还要打你。

此时吴少仪与吴阿俊怒目相视，握拳相向，势将动武。毕世芳从背景处行来，见二人争执，急隐身树后窥视。

（俊）我替你老子教训了你罢。

吴阿俊挥拳着吴少仪面部，少仪鼻中流血，大愤，猛力相斗。旋吴阿俊倒地，吴少仪握耒耜击吴阿俊头，吴阿俊头破身死，翻身滚至桥堍。吴少仪持耒耜目视吴阿俊尸，痴若木鸡。毕世芳在树后做慌张状。少顷，吴少仪掷耒耜，仓皇遁去。阿凤手提筐榼行上。

（凤）阿毛的爹……吃饭了……阿毛的爹，在那里？吃饭了……哟，他到那里去了？

阿凤作寻觅状，渐至桥边，见吴阿俊尸，大惊。

（凤）啊哟……你怎的这般了……啊哟……死了……啊哟……我的青天呀……你死得可怜呀……

阿凤倒地，抚尸大哭，毕世芳自后上。

（毕）阿凤嫂嫂，不要哭了……快去替你丈夫报仇要紧吓！

（凤）啊哟……毕老爷……阿毛的爹这般死得不明不白，叫我替他到那里去报仇呢？

（毕）不要紧。那仇人我看他逃去的，我认识那仇人的。

（凤）这样说来，这仇人是谁呢？

（毕）你不忙，你先给你丈夫后事料理好了，我再带你到那仇人家里去。

（凤）啊哟……叫我拿什么钱来料理他的后事呢？

---

① “丫”，原文误作“了”。

（毕）不要紧，我这里有钱……你拿二十块洋钱去罢。

（凤）啊哟……阿弥陀佛，叫我怎么好意思拿你的钱呢？

毕世芳以钱交阿凤，阿凤伸手接取，毕世芳复缩回手。

（毕）慢着！……我且问你……你替我女儿去说媒……那吴世仪怎的说呀？

（凤）我们族长老爷说你是个臭乡绅，名气不好的。

（毕）哦？……他这样说么？……哼哼，吴世仪，今天撞在我手里了，我便要你的好看……这钱你拿去罢。

阿凤含笑向毕世芳手中取钱，四目相视，作含情状，毕世芳以指摘阿凤颐。

（毕）你心里知道罢了……哈哈

第三幕终。

第四幕　情场历劫

布景　书房

人物　吴世仪　年貌见前注

吴　忠　吴世仪仆，年三十余岁

吴夫人　吴世仪妻，年三十八岁

吴少仪　年貌见前注

毕世芳　年貌见前注

阿　凤　年貌见前注

吴世仪怒容坐书房中。

（仪）来……怎的一个人也不在跟前了？

吴忠匆匆上，侍[1]立。

（忠）是……是……老爷有什么吩咐？

---

① “侍”，原文作“待”，据文义改。

（仪）少爷昨晚到那里去了？……快找他来，我打死这小畜生……

（忠）是……是……是……

吴忠急急下，吴夫人上。

（夫人）老爷别这样生气，气坏了身体不是要的。

（仪）这小畜生在外面干的事体，我已约略有些知道。我本当好好的教训他一番，都因为你溺爱他，打了他又恐伤了你的心……如今他愈加胆大了，竟在外边过起夜来了，这还能恕他么？

（夫人）老爷说我溺爱他，你想你我这把年纪了，总共只有这个儿子①，他又长得可人意儿的，怎的不叫我爱他？……他在外边过夜原是不好的，可是你也饶恕他一遭儿罢。

（仪）你不说管教管教他，倒说这些话……都是你平日宠得他无法无天了，现在做出这些事来，再不教训更要不得了……

（夫人）你还说呢！都是你平日粗声暴气的吓着他，他见了你和鬼王一样的怕你，弄得他住在家里一点儿趣味没得，自然要跑到外面去了……你逼着他到外面去，现在还要打他！

（仪）真正糊涂东西！你还说这些话呢……你快进去，我教训儿子不与你相干。

（夫人）咗！……儿子是我的……你打儿子和打了我一样……我是不依的。

吴夫人且哭且诉说。

（仪）唉，真正是蛮妻、逆子无法可治……

吴少仪此时慌张闯入，急跪吴世仪前。

（少）父亲，不好了！……孩儿闯下祸来了！

（夫人）孩儿不怕……你不要对你父亲说……你快和我说什么事儿？大惊小怪的。

---

① “子”，原文作“了”，据文义改。

(少)孩儿打死阿俊了！

(夫人)啊哟，你怎的做出这事儿来！打死人是要偿命的，这便怎么得了呢？

吴夫人大哭。

(仪)不哭，不哭，听小畜生说下去……你为什么要打死阿俊呢？

(少)孩儿不好……孩儿不好……

(仪)该死的畜生！你还不快说么？

吴世仪举拳打吴少仪，吴夫人揽吴少仪于怀。

(夫人)小畜生快说罢！你娘的肠子被你急断了。

(少)因为我从他家门口走过，被阿俊见了，说我败吴家的门风，又拿起拳头来打我，我气愤极了，把他一推，他立脚不住，滚倒在桥下，脑袋撞在石板上，便死了。

(夫人)这是阿俊自寻死路！为什么好好的要骂我孩儿还要打我孩儿呢？

(仪)你听他呢！阿俊也不是蛮不讲理的人。他生得性直气躁，好管闲事是有的……可是你这畜生总有什么坏处瞧在他眼睛里，他才敢打你、骂你……在你父亲面前还敢打慌？……你不快与我实说么？

吴世仪举棒痛打吴少仪，吴夫人抱持而泣。

(少)啊哟……父亲请息怒，孩儿说了，孩儿说了……阿俊实因孩儿和人好，他便大怒起来，打我、骂我，我被他激起怒来，推了他一下是真的。

(仪)你和什么人好呢？

(少)父亲别生气……孩儿实和黄家小姐认识的。

(仪)糊涂东西！黄家是我们吴家的仇人，你认识他小姐做什么？

(少)黄家小姐，实在长得可人意儿，情性又好又聪明……

(仪)这样说来，昨天夜里敢是你在他家里么？

（少）不瞒父亲说，孩儿实在爱他，他也爱我。我也顾不得什么公仇，什么嫌疑，什么危险，我便拚了我的命，昨天夜里从水里爬到黄小姐的闺房里。承黄小姐爱我，他已把终身许给了我。今天一早，他送我出来，刚到门口，被阿俊看见了……父亲饶恕孩儿，可怜孩儿，成全了孩儿的私愿罢！

吴少仪悲声诉说，吴世仪勃然大怒，瞪目注视少仪面。

（仪）唉，你这畜生，你打死阿俊的事倒小，你和黄家的女儿私通的事倒大。你这样没志气，败尽我吴家的门风……唉，我生了你这种不肖的儿子，也没得说。罢，罢，我今天结果了你，赎了你的罪，也赎了我的罪……你这一死，既可以对得起吴家的祖宗，也可以对得起吴家的族中，你快死罢！

吴世仪从壁间拔剑向吴少仪斩去。

（仪）孩儿，你这一死，也不必怨我，是你自作的孽……我总算白生你一场了。

吴夫人抱剑哭，吴世仪含泪注视少仪，少仪跪地上。

（少）父亲，别气坏了身体。孩儿该死，便请父亲赏孩儿一死罢。孩儿违背了家规，死也情愿，孩儿为黄家小姐死，也是甘心的……只求父亲别生气是了。

吴世仪起立，与吴夫人夺剑，吴夫人力抱不释。

（夫人）可怜我这样年纪，统共只有这个儿子。你今天要杀他，索兴让我娘儿两个一齐死了，你眼睛里也清净些……

吴夫人与吴少仪相抱大哭。吴世仪举剑不能下，怒目注视良久，退坐。

（仪）唉……，我的心也碎了。

（夫人）你可怜他小孩子不知道，饶了他罢。

（仪）罢，罢，我看你老夫妻份上，看我父子的面上……你这小畜生，快与我滚罢。从此不许上我吴家的门，我也没你这儿子……

（夫人）好孩子，你听父亲的话，快到你外婆家去躲着罢……打死了人可不得了的……快去，快去！

吴少仪投吴夫人怀。

（少）母亲，孩儿遵父亲、母亲的吩咐，暂时离了家里，母亲别记念儿子，当儿子是已死了，过几年待风潮平靖了，孩儿总要回家来侍奉父亲、母亲的。

吴夫人掩面哭，吴世仪倚儿挥泪，吴少仪且哭且行，一步一回头，行至门边，毕世芳突自外入，握吴少仪袖。

（毕）哈哈，世兄，杀人偿命，国家定律，你想一走了事么？……那恐怕太容易了吗！

（夫人）毕先生不要含血喷人，我孩儿好好的在家里，怎么说他杀人呢？

（毕）哈哈，吴太太，你不要假装①没事人儿……世兄做的事儿，我统统亲眼开见的。

（仪）我正要杀了这不肖儿子，既是老哥来替国家正法律，那更好了，我孩儿便交给老哥带去，送他到衙门里正法去罢。

（夫人）我孩儿已做了毕先生的女婿了，毕先生看令爱面上，也该救救我孩儿才是。

（毕）哈哈，不错，不错，我竟忘了世兄是我的女婿了……我一定救他，我只不去做见证是了。

（少）母亲我不。

吴夫人急示吴少仪以目。

（夫人）孩儿你要明白些……

此时阿凤披发素服奔入，口中号哭。

（凤）啊唷……偿我丈夫的命呀……

（毕）哼……见了你家族长还是这般没规矩……

毕世芳以目视阿凤示意，阿凤即默然。

第四幕终。（未完）

——《眉语》第一卷（1915）第一、二、三、四号

---

① “装”，原文作“妆”，据文义改。

郑申华警世新剧一种

郑申华(1898—?),广东香山人。父郑汝骙系美国华盛顿大学毕业,曾任驻日本使馆参赞。郑申华幼年曾入南京洋务局模范小学读书,继入金陵汇文女校肄业。1913年入上海圣马利亚书院深造,是美国传教士亮乐月的学生,1915年毕业。她既写戏剧,也做翻译,1916年至1919年间多有作品发表于《女铎报》和《妇女杂志》。卒年不详。

知足不辱

第一幕

(布景为一花园。一女郎坐石畔阅书)

女　(抛书)这书真正难读!我何不幸生在这样家庭中?家人都逼着我读书。(倚石而泣。仙母至。)

仙　韵裳,你为何哭?

女　(惊)呀,你是那个?

仙　我名慈善仙子,以慈善为怀,你有何苦楚,可告我知,我必能使你遂心如意。

女　我觉得读书毫无乐趣,那像从前的小姐们,才真有福呀!终日安坐闺中,衣来伸手穿,饭来张口食,又不要预备书,一事不做。我若能像隔壁李家的小姐,就安心乐意了。

仙　果然如此么?恐怕你到李小姐的地位,又要后悔了。

女　若到他的地位,快活还来不及,岂有后悔之理?

仙　我给你仙果一枚,你若愿意做谁,晚间临睡时切一片食,就说:“请你变我为某人”,次日早上,你必在你所愿在的某家了。(授果)

女　(接果)多谢仙子!我今晚必食一片。(闭幕)

第二幕

(设一富家女寝室)

女　这仙果果然灵验!今晨我已在李家,做我朝夕所羡慕①的李小姐了。这里真快活,一事不用做,但一人枯坐,有点闷,让我到前面花园逛逛去。(出遇李母)

李母　金英,你到那里去?

女　花园里去走走。

李母　那是甚么话!女孩子家怎可乱跑?你只可坐在房中,不许出来。

女　(入)既不让我出去,我就在房里玩。(就架取球击之。李母入)

李母　我说是那个在那里擘擘拍拍呢,原来是你。这球是三四岁小孩子玩的,那里是斯斯文文大家的小姐、十二三岁的人玩的呢?不要再打了!(出)

女　真是烦!动也不能动了。让我想想,还有甚么消遣的法子?啊,有了,我想看书必不阻我的。(阅书。李母入)

李母　金英,你今天为何这样不安分?书岂是女子所能多看的

① “慕”,原文作“幕”,据文义改。

吗？古人说女子无才便是德，你不知吗？（夺书出）

女　气死我了！此处既无友朋谈话，又不许我到花园玩，又不许我拍球，又不许我看书，这华丽的闺房同牢狱无异。（泣。仙子至）

女　呀，仙子啊，我真不愿做这有名无实的快活小姐，求你救我出这火坑，我倒情愿做后街的磨豆腐店人的女儿，无拘无束，跳也可以，玩也可以。

仙　好！我再给你仙果一枚，你今晚食了，明日必在豆腐店里了。（授果）

女　（接果）感谢得很！（闭幕）

第三幕

（设一豆腐店。店主及主妇切豆腐。女衣衫褴褛立门首）

妇　开水开了吗？

店主还没有呢，因为喜子忘记烧了。

妇　（怒击女首。女被打痛哭）愈做愈懒了。每天做惯的事，也会忘记的吗？快拿那桶衣服到河边去洗。（女提桶出。片刻空手返，衣尽湿）

妇　那么快，衣服洗好了吗？

女　（嗫嚅）不是的。我刚拿衣服搁在河里，就给水冲去了。我捞不着，身上的衣服倒弄潮了。我要换衣服呢。

妇　你这蠢材！你昏了么？下次水还将你冲了去呢。（取棒打女，女大哭）不许哭！

店主　不要打了！现在很晏，连水还没有烧呢，我去捞衣服去。（出）

妇　快去烧开水！将锅上热水拿给我。（女取热水壶，偶倾侧，水滴足上，女失手，壶跌下，水泼地上）

女　痛死了！热水浇在我脚上了。

妇　笨虫！一样事都不会做！你又不是娇生惯养的，这点水浇浇就痛死了吗？我现在没有工夫①打你，饭后我必定用力鞭你。快去烧饭。（女出）

女　（大哭）仙子啊，你为甚么不来救我呢？我不愿意在此处了。（仙子至）

仙　韵裳，你知悔了吗？

女　知了！

仙　比你富贵的地位，你既做过；比你贫贱的地位，你也做过，你觉得做谁最好？

女　还是我本来的地位好。求你还我本来面目，我必不敢再生他念了。

仙　无论如何，人应该要知足。你有此番的经历，此后切不要怨天尤人。你既知悔，痛改不知足的罪，你明日必仍变为本来的韵裳了。

女　（大喜）多谢！

（闭幕）（完）

——《妇女杂志》第四卷（1918）第二号

---

① “夫”，原文作“失”，据文义改。

陈衡哲 独幕新剧一种

陈衡哲(1890—1976),笔名莎菲,原籍湖南衡山,生在江苏武进。1914年考取清华留美学额后赴美,先后在美国沙瓦女子大学、芝加哥大学学习西洋史、西洋文学,分获学士、硕士学位。1920年被聘为北京大学教授,讲授西洋史,同年9月与任鸿隽结婚。后任职于商务印书馆、国立东南大学、四川大学。著有短篇小说集《小雨点》《衡哲散文集》《文艺复兴史》《西洋史》及《一个中国女人的自传》等。陈衡哲是我国新文化运动中最早的女学者、作家、诗人,也是我国第一位女教授。

老夫妻

外面狠大的雷雨,渐渐住了。有一个老太婆,在灶内烫衣服。

他的丈夫,浑身淋着水,自外面走进。

老太婆:“哪,我晓得你又忘记了。”

老太公:“忘记了什么?”

老太婆:“忘记了什么?你须问你自己,我那里知道?”

老太公:“哦!我记得了。你不是说那块鸡蛋糕吗?”

老太婆:“不是他又是什么?”

老太公:“你看哪!我两只手装得这样的满,那里再能把他带回来?”

老太婆:“狠好,晚餐的时候你可不要咕啰就是了。”

老太公走进卧房,换湿衣。

老太婆(对着卧房高声说):“你换了衣服,立刻就去把那扇门钉好罢!”

老太公(口中咕啰着向外面走去):“大概我终年终日,是不应该有一刻儿休息的。”

老太婆:“不错不错,这句话是我常常对自己说的。我说:‘我自从嫁了这个亨利华伦,简直可以说没有休息过一天。一家八口,烧洗缝补,那一件不是我一人做的?’今早我的腰背……”

一个隔壁的寡妇走进来向老太婆借报纸,忽见他怒容满面。

寡妇:“华伦太太,今天又有甚事不称心了?”

老太婆(指着篮中未烫的衣服):“你看!”

寡妇:“但你有那么大的家庭,真是福气:多烫一件衣服,就是说你多了一个孩子!像我这样……”

老太公口中嘘着气,自外面走进,陡见了寡妇。

老太公:“陶林太太,你来得正好。今天我的妻子不知又吃了些什么不消化的东西,他正在发气哩。”

寡妇(站了起来,且笑且叹着气):“好了好了,华伦太太,我丈夫没死的时候,我也常常如此。现在我想起从前我们两口儿呕气的情形,觉得已经和在天上一样,更不要说起我们说笑快乐的情形了。”

寡妇取了报纸自去。

老太公:“爱娜,我们该用晚餐了。”

老太婆(放下熨斗,一面解围裙,一面说):“好好,我也饿了。”

二人坐下吃晚餐。

老太婆:“阿呀!你的鞋袜都湿了。还不快去换掉,明天又要生病了。”

老太公进内换鞋。

老太婆取了一块苹果做的点心，放在老太公的座位面前。

老太公（自房中走出，见点心）：“这是那里来的？”

老太婆：“这是我今天为了你做的。”

老太公：“爱娜，你可记得三十多年前的那一天，我到你家去看你，你把这个点心给我吃的情形吗？”

老太婆：“怎么不记得？你那天差不多把碟子都吃下去呢。”

老太公（且吃点心且说）：“这个点心，也和那天的差不多；不过碟子是我自己的，我舍不得把他吃下去罢了。”

老太公说着，两个人忍不住，都笑起来了。（完）

——《新青年》第五卷（1918）第四号

三、散曲

吴藻小令一支、套曲四支

余昔为倚声之学,间作金元乐府,因篇什寥寥,未敢问世。剩稿蠹残,久不省记,今夏曝书,偶于敝箧中检得。滋伯以余之不复为词也,劝授雕人,以存昔时鸿印。遂附刊于词后。

庚戌秋日蘋香自识于香南雪北庐

南南吕·集贤宾

题玉年悼亡诗后

【集贤宾】仙香一缕空散花,问吹堕谁家?出落个红闺人俊雅,好清才删尽风华。霜毫自把,定不减鸥波身价。烧绛蜡,拓粉本绣余琴暇。

【二郎神换头】星槎,盈盈一水当年稳驾。正月照璇宫花影亚,比肩似玉,分明徐淑秦嘉。便十样眉图郎会打,怕两点愁蛾难画。没波查,为甚晕红涡褪了朝霞?

【黄莺儿】亲舍白云遐,望乡关便泪雨麻,名香夜爇重帘下。愁深病加,仙乎梦耶,彩云易逐罡风化。满天涯,红心草长,抽不断春芽。

【琥珀猫儿坠】虚帷酒醒,凉月剩些些。遗挂风翻飐画叉,神伤奉倩镇嗟呀。愁他,怕月落瑶宫,鹤梦寻差。

【尾声】天边重把云軿迓，较可是兰姨新嫁（续娶夫人之妹）。且剪烛论心向碧纱。

南仙吕入双调·步步娇

云伯先生于西湖重修小青、菊香、云友
三女士墓，刊兰因集见示，即题其后

【步步娇】金粉难销湖山路，草绿裙腰露，荒陵落日初。一片伤心，美人黄土。何处吊蘼芜，把香名一例儿从头数。
【醉扶归】一个葬秋坟冷唱逋仙句，一个对春山闲临西子图。一个帘垂画阁绿阴疏，怎莲胎生迸的莲心苦。最怜他零膏冷翠强支吾，最伤他兰因絮果难调护。
【皂罗袍】日日画船箫鼓，问湖边艳迹，说也模糊。桃花三尺小坟孤，棠梨一树残碑古。春烟杨柳，秋风荻芦；粉痕蛱蝶，红腔鹧鸪。玉钩斜谁把这招魂赋？
【好姐姐】有个谪仙人转蓬莱故乡，爱一带青山眉妩。平章花月，把婵娟小传摹。诗禅悟，能留片石将情天补，欲倒狂澜使恨海枯。
【尾声】珊珊环佩归来否，早注入碧城仙簿。只问他曾向诗人拜谢无？

南南吕·梁州新郎

云裳妹邓尉探梅图

【梁州新郎】【梁州序】空山流水，疏篱曲港，买个探春画舫。神仙眷属，飞琼生小无双。更有青莲居士，玉局仙人，老作湖山长。（云裳与师齐梅麓先生同游，故云。）梅花开遍也，好平章，算枝北枝南春正长。【贺新郎】咏絮格，裁云况，镇金钗弟子吟怀畅。香不断,沁诗肠。

【前腔】【梁州序】铜坑西览,米堆东望,七十二峰相向。水边竹外,澹云微雪斜阳。只觉花如人瘦,人比花清,花与人无两。登楼凝眺也,敞轩窗,看一片湖波接大江。【贺新郎】春雨过,春潮涨,但春山都学眉儿样。风作佩,水为裳。

【前腔换头】【梁州序】热红尘此地清凉,冷黄昏个人疏放。雏鬟娇小,累他频负奚囊。不信万梅花里,片石峰头,设到青绫幛。花神含笑也,说荒唐,怎今夜词仙是女郎?【贺新郎】招月魂,添霞想,恍前身萼绿今生降。在香雪海,白云乡。

【节节高】拈花试晚妆,飐钗梁,香边细酌葡萄酿。胎禽让,翠羽忙,银蟾亮。分明人在瑶台上,仙乎素袖乘风扬。此会明年定重来,相逢缟袂原无恙。

【尾声】玉台新续梅花唱,看花有精神玉有香,从今后,绣阁应开玉照堂。

南越调·小桃红

题寒闺病趣图

【小桃红】玉梅小朵占芳先,逗一缕春如线。也待挂帘栊,北风猎猎雪搓绵。问今夕是何年,摆列下元香墨,碧云笺,紫罗毫,呵暖了红丝砚。也画眉才十样俱全,恰遇着病西施,又添一种捧心妍。

【下山虎】恹恹惜惜,楚楚娟娟,一捻腰肢瘦,裙花翠宽。只恐凉杀荀郎,香衾怕展,扶不起莲瓣鞋儿弓样弯。瘦腔腔余嫩喘,怯生生弹腻鬟,如水空庭院。檐冰箸悬,分明是甲帐生寒卧彩鸾。

【五韵美】暮天低,彤云乱,妆楼四面风絮卷。耸山肩,裘压翠云暖。闲支素腕,拥髻里伴郎吟倦。香微吐,脂又然,似一对徐淑秦嘉,较谢庭胜远。

【五般宜】渐渐的咽桃花粥糜少传，渐渐的调芍药羹汤厌酸。绿蒙蒙一带琐窗关，镇日价眠里坐里，伴药炉茗碗。春长梦短，香娇翠软。承谢煞琼姊共兰姨，又相探来绣馆。

【山麻秸】记小胆空房惯，为甚银液心忪，索到文园。难瞒，唾花红病，信春将半。料不能玉箫长奏，玉台长倚，玉镜长圆。

【黑麻令】簪不上金钿翠钿，袅不尽茶烟药烟，挣得个长眠短眠。镇支离瘦骨香桃，厮守定愁边梦边。消受煞卿怜我怜，供养到情天恨天。不提防一阵罡风，吹去了花仙月仙。

【江神子】动不动蓬山路万千，没相干碧落黄泉，可是他优昙一现人间。裙衫金缕泼新鲜，怎奈爇蘅芜梦浅。

【尾声】酸风苦雨梨花片，想杀那桃花人面。最关心窗外梅花又开半剪。

南南吕·楚江清

月下吹笙

【楚江清】【香罗带】窥帘一点明，秋生满庭。香销烛灭开画屏，懒拈湘管坐调笙。也把檀痕小掏，云和自擎。猛觉的仙乎两袖风又轻。【一江风】玉宇琼楼，怕飞去愁难定。只教乌儿缓缓升。教乌儿缓缓升，兔儿略略停，吹一曲凉州令。

——《香南雪北曲》，道光二十四年
精刊《香南雪北词》附刻本

吴淑仪套曲一支

吴淑仪字逸香，江苏常熟人。生平不详。现存套数一套，系为王佛云所藏叶小鸾的眉子砚题曲，收入王寿迈辑《砚缘集录》，该书有咸丰六年(1856)大兴王氏砚缘庵刊本。黄钧宰《金壶浪墨》有“眉子砚曲”一则云：“大兴王佛云孝廉，工书法，尝于袁浦市上，得叶小鸾眉子砚，背镌二诗，与秋雨庵所载相合，深自宝贵，拓本征题。且曰：‘君善填词，为我作南北曲，以备一格，可乎？’余诺之，为成北曲一折。”按：黄钧宰生于道光六年(1826)，故可推知王佛云就所藏叶小鸾眉子砚征题一事应在道光、咸丰年间，吴淑仪为道光、咸丰间女曲家。

南仙吕入双调·步步娇

题王佛云藏叶小鸾眉子砚

【步步娇】尘海沧桑如过鸟，今古凭谁吊？仙云迹未消。千古伤心，美人香草。一砚认前朝，是名媛当日文房宝。

【醉扶归】有时对明窗闲谱游仙调，有时卷疏帘戏将眉月描。你看樱花开落几昏朝，又是寒食东风斜照。谁解道，生天成佛任逍遥，只怜他昙花幻影增悲悼。

【皂罗袍】落日松陵古道，叹荒烟蔓草，遗冢萧条。桃花三尺艳魂销，垂杨几度啼莺老。春山翠黛，秋风野蒿；绿波明镜，罗裙细腰。

佩珊珊应有芳魂到。

【好姐姐】遇这谪仙人读生香旧稿，一片石珍似琼瑶。仙魂招取，把亭亭倩影描。又护得孤坟好，砚缘庵里怜才怀抱，仗海内诗篇把忧恨消。

【尾声】愁红惨绿知多少，谁值得才人倾倒？也算得薄命青娥有下梢。

——王寿迈辑《砚缘集录》，咸丰大兴王氏砚缘庵刊本

刘清韵套曲五支

南仙吕入双调·步步娇

中秋对月遣怀

【步步娇】高卷珠帘霏香雾，莽莽清光赴。秋心一半苏，火爇名檀，满斟清醑。含笑语蟾蜍，可能容尽意儿输情愫？

【醉扶归】我愿驾云軿朗诵乘风句，我愿按霓裳重披探月图，我愿凌寒手抚桂花株，把平生疑抱向嫦娥吐。待问他琼楼玉宇底盈虚，待问他青天碧海何今古？

【皂罗袍】人世利名牵处，怎纷纷扰扰，一片模糊。穷通得丧既多殊，升沉显晦尤难悟。英雄儿女，子孽臣孤，吞声饮泣，狂歌碎壶，恁茫茫的缺陷谁能补？

【好姐姐】叹偌大、圆灵照，阎浮未周，且索把新词闲谱。无边怅触，只湘毫一一濡。劳延伫琼箫，更向这花前度，不识仙宫，可解听无？

【尾声】灵台粉碎虚空久，且消受绿樽频注，一任那缥缈罗云自卷舒。

南北曲

自题望云堕泪图

【新水令】望家山，目断白云遥，猛酸心、泪珠忽掉。余生怜一瞬，五桂剩双条，风木悲号，忍听那树头乌，返哺噪。

【驻马听】便血染冰绡，寸草春晖难答报；更神伤瑶岛，人天无路共游遨。云旗翻展影飘萧，望中如见青容肖。须臾杳，闪得我失娘儿，痛切切无门告。

【沉醉东风】只落得情黯淡，愁多病饶，再加上意懵腾，粉悴香憔。浑不是楚王宫爱细腰，怎教我消减了梨花貌？勉支持瘦骨香桃，把一缕吟魂锁扣牢，何处问亲庭近耗？

【折桂令】想当初膝下怜娇，畅好是砚北花南，翠拥红招。微雨过，落英飞；清梦醒，沉烟袅。明月上，玉笙调，没些儿人间热恼。镇领取笔阵书巢，锦韵频敲，金字闲抄，安排着福分能消，那晓得过眼云飘？

【沽美酒】到如今涕泗交，魂已断，梦空劳。怎闺娃也习趋庭教？授诗书曾怜慧早，翻令浮生能识字、种愁苗。

【离亭宴带歇拍煞】牙签缃帙蛛丝绕，琉璃砚匣尘封了，更说甚低咏长谣！蓦忆戏莱衣云锦鲜，赋于归云山隔，歌陟岵云天渺，深恨那茫茫紫府高。目极浩浩青冥少，问苍穹何日才能梦觉？你看这苦骎骎岁已驰，急匆匆颜都换，倏忽忽身将老。庭空絮影微，昼永天先悄，向文窗情愫托湘毫，写一幅望云图，再谱一套杜鹃啼血伤心调！

南仙吕·新水令

题王冀臣茂才泰山堕泪图

王朐人童时遭捻寇掠至山东，寇败被获，同难十七人皆死，独王以泰安广文艾先生救得免，图报无由，绘图志感，余不多艾君之施，而多王君之不忘。为谱此调，亦足以风。

【新水令】有人曾陟岱宗高，惹茫茫泪痕多少？雏莺悲失木，子燕泣离巢，魄散魂飞何处所，遭掳掠的情悰自陈告。

【步步娇】记当时，匝地烟尘篝狐啸，远陷豺狼窖。见纵横白骨抛，叹几度途穷，伤几回乡杳。浩劫苦难逃，拚童年血染荒原草。

【收江南】呀，幸有那王师风动涌如潮，把欃枪恶焰霎时消。喜刚刚皇天解得网周遭，又谁知厄运相连到？遇巡兵缚牢，遇巡兵缚牢，准备着一丝儿命送今朝。

【园林好】看同侪头颅尽枭，许生还家园尚饶，此救厄真同再造！漫说是报琼瑶，漫说是报琼瑶。

【沽美酒带太平令】感恩施，梦寐劳；感恩施，梦寐劳。曾共那群仙海屋献蟠桃，猛忽里修文又见招，天荒地老，只几回沉痛几牢骚。沉痛的斯人已渺，牢骚的此泪徒抛，既访取倪黄笔妙，更征求李杜才高。你呵，安排着名笺自抄，名香自烧，这图儿须索自珍藏好。

【尾声】寸珠尺璧宁堪宝，只有风义能为万世的标，试看那海上群峰青不了。

南北曲合套

题六桂图

图为南宋高士龚开所画，徽、钦北狩，汴都故宫，荡然离黍，仅余老桂六株。开痛宗社沦没，思以义兵逞恢复，又恐无成，不得已图此寓感、其志亦可悲矣，爰谱曲以张之。

【南点绛唇】上院繁华黍禾荒，后人踪少，碧苔翠藻，渍满龙墀道。迤逦行来，一任闲凭吊，兴亡耗，向谁寻讨？只有那冷清清的六桂儿临风啸。

【北醉花阴】想当年，蓦地如云铁骑扰，锦样乾坤碎了。宫车北去迢遥，遗恨难消，目断冰天雪窖。

【南画眉序】凭萧条，玉殿瑶宫一例凋，竟山残水剩艮岳都抛。最堪怜、烈轰轰宴乐君臣，煞时间、惨凄凄苍遑猿鸟。幸留这秋香几树残阳里，也算宫人天宝。

【北刮地风】可还记置身丹禁沐恩膏，越显得白浅黄娇。侍灵波几番曾博君王笑，折纤枝翠袖招邀，助新妆簪上兰翘，赢得个湖山畔曲栏深拥。不提防险些儿劫火延烧，今日呵，颓垣旁断砌边荆榛旋绕。还怕那无端一旦樵斧遭，更何人怜惜柯条？

【南双声子】悲风早，悲风早，竟换了舆图稿。雄心渺，雄心渺，恐一木难支掉。银毫饱，银毫饱，金英小，金英小，合风枝露叶，写上生绡。

【北尾声】看了这卷中疏散丹青妙，顿教人平白地兴废感前朝，不枉你世外畸人着意描。

南仙吕·步步娇

昔韩昌黎有送穷文，张平子作遣愁咏，皆于坎砢之境，抒厄塞之辞，余穷既不殊，愁尤相类，借彼短调，写我长怀。

【步步娇】秋夜沉沉秋阴悄，耿耿秋灯照。秋虫恁絮叨，使我心头，百绪纷来搅。排闷托湘毫，拂花笺，打一幅穷愁稿。

【醉扶归】想当初掌上同珍宝，到而今倚竹暮连朝。尽人夸续史业能齐，又谁知煮字饥难疗？呼庚祝癸总徒劳，望梅画饼干成笑。

【皂罗袍】不独米无柴少，更屋欹墙倒，没计营巢。秋风昨夜卷衡茅，杜陵广厦同缥缈。瓶浆涸竭，炊烟寂寥，雏儿稚女，啼糜索糕，小狸奴也待哺将人绕。

【浣溪沙】正横担十分急焦，再平添万千烦恼。新逋陈负，纷纷的把户敲。齐来讨，香奁典尽难登度①，也只得吞声任聒嘈。

【香柳娘】记吾师有言，记吾师有言（指龙太夫人），且舒怀抱，谋生自可丹青靠。展冰绡试写，展冰绡试写，花卉与翎毛。枉把精神耗，究何曾得济，算开门七件，依然无着。这景况，看将来怎好？

【尾声】由来否极还生泰，或有时逢②泰运交，幸莫把此日的艰辛忘却了。

——《小蓬莱仙馆曲稿》，收入上海著作林月刊社编《著作林》第四册，光绪年间刊本

① 此曲又刊载于《女子世界》1915 年第 2 期，第 11 页。“登度”二字又作“为报”。

② “时逢”二字，《女子世界》作“遭儿”。

裘凌仙套曲二支

裘凌仙(1851—1906)字筱芸,江苏江都(今江苏扬州)人。父裘云栋,曾任杭州通判。夫秦国均,江苏无锡人,永嘉知县。曾从俞樾学,工诗善词能文,古风、词、散曲尤佳。著有《明秋馆集》。其女秦飞卿亦能诗文。

越调·斗鹌鹑

灯虎九曲

【斗鹌鹑】月色昏黄,池波荡漾。对着嫦娥,凉人惆怅。咫尺相离,何从偎傍?看他才整晨妆,又卸去了残妆。偷窥半面,云鬟低挽。

【金蕉叶】挥不断情丝儿牵系,急当风紧处,罗衣怕凉。只这脚根儿着地无方,好似那垂柳风前身乱晃。

【调笑令】泉鸣硐底,云雾迷茫。水火同功炼,如道士金丹,电光石火见虹藏。恍似那隐隐溪声洸,飞絮轻围铜柱长,一阵阵香风扬。

【秃厮儿】早则是佛前供养晨钟撞,又有那闺中暗卜时开放,想因是心头如火热难当。每夜里,费思量,愁障!

【圣药王】他大力王能将鼎扛,已排成阵势作一一行行。待要独扫千军,挑战筹画心兵藏,好锋芒,试问何人敢来当?

【麻儿郎】假借着诗书满装,如何真果入室升堂?冒充作斯文太荒唐,罚令靠墙终日踮。乱堆些唐宋文章,顶着这小奚诗囊,腹空虚装甚恍？责从今司书在旁。

【绵搭絮】记清归路，仔细思量，任人摇拨，我自端详。呀，谁遣纷纷手下忙？乱退须防错主张。还争筹短与筹长，子要安退须缓。

【拙鲁速】惜贞贞恨蚁度忙，动相思是九回肠。脸儿似花妆，腹内是锋芒。他却也无言对绮窗，他却也唧唧倚牙床。恍若生悲叹，叹是谁作俑？一字传呼，名似平康。

【尾声】我一朝醉倒墙阴傍，吐雨喷云真是狂。不要夭矫势作虹桥样，也不想点睛飞去翻波浪。

仙吕·赏花时

古宫女(开元遗事)

【赏花时】恰又是剪剪春风拂绣笼，闲倚空庭数落红，花谢曲池中。谁将春送？寥落故行宫！

【点绛唇】慢徙倚，终日恹恹，长门深锁，谁怜念！梦断朝阳，却何处寻未央殿？

【胜葫芦】想当年，兴庆独承恩，挝羯鼓催春，御院里群花嫩。妃子舞霓裳，动地渔阳鼓振，幸蜀出都门。

【鹊踏枝】这桃花尤胜太真，依露井年年润。思量起南内君王谱曲时，往事伤神。似这等旧离宫，谁瞅问？薄命人把泪痕洗，面度朝昏。

【胜葫芦】盼飞鸿不到，断人魂。辜负上阳春，谁赐与珍珠慰问？久不理残妆，镇日长门幽恨，蹙损两眉痕。

【么篇】绿涨芳池水一痕，盈盈照影欲离魂，错认作仙娥初试凌波步。却原来眉痕淡淡，腰支袅袅，相映水中身。

【么篇】紫燕飞飞扑锦茵，喃喃软语太相亲，他不管兴亡，有恨无人问。只落将乌衣濯濯，红襟灿灿，来绕画梁春。

——《明秋馆集》，民国三年排印本

俞庆曾套曲二支

俞庆曾（1865—1897）小名牛，改名顺，字吉初，号琴愔，浙江德清人。俞樾孙女、俞陛云姊、俞平伯姑母。嫁上元宗舜年（子戴）。著有《绣墨轩诗词》二卷。

南仙吕入双调·步步娇

偶仿香南雪北词余谱以腊梅为题
戏成此调博抱珠妹一笑

【步步娇】衣染鹅黄新妆巧，瘦影亭亭小，斜阳惯助娇。一点檀心，清芬自抱。呼婢折花梢，插铜瓶大可添新诗料。

【醉扶归】一样月明中，疏影横斜好；一样梦罗浮，江城何处箫？一样巡檐索，笑立廊腰，怎忍寒忘却西风峭。觑清标，几回欲画笔难描。爱清标，秋波兰芷输君俏。

【皂罗袍】独向花前慢绕，执银壶玉盏，清酒相浇。浓妆可羡着红绡，淡妆可愿衣寒缟？云罗自暖，芳情自饶；春前腊后，霜天月宵。爱丰神终日里窥花貌。

【好姐姐】笑我喜寒芳故，故立花阴，算此意何人能晓？围炉小阁，典金钗沽浊醪。摹清照，前生约略也游蓬岛，爱一缕香魂透绮寮。

【尾声】新腔戏谱君休笑，拈竹管书成草草，掩芸闺慢把红牙着意敲。

南商调·二郎神

昼长无事偶谱此曲以遣闷怀

【二郎神】重门闭,把百样思量总不甚宜。造花无端将人戏,原知不解那恹恹惜惜无聊问。何日心头能称意,岂堪说此中情理。魂销矣,这一个愁字在眉间事事非!

【集贤宾】红尘久住真没味,自怜身世支离。顾后思前无一计,真好比风中飞絮。香篝倦倚,当日事般般都记。重帘底,镇日价无情无绪。

【黄莺儿】拚得醉如泥,莽生涯众所讥,怜形惜影黄昏里。灯儿渐低,月儿渐西,前程缥纱无凭据。笑痴迷,问慈云座下,可要我皈依?

【琥珀猫儿坠】朝朝暮暮,赢得鬼揶揄。八字安排天付余,也知命运两难齐。依稀,记玉殿瑶宫,宿世曾栖。

【尾声】泪难干,愁莫避,只怪当年错了些,更恨那剪不断的情丝有时牵缠你!

——《绣墨轩词稿》,光绪二十三年刊本

朱恕套曲一支

朱恕(1878—1944)字澹香,一字素仙,号嬾云,浙江仁和(今属杭州)人。朱祥甫次女,鸳鸯蝴蝶派小说代表作家陈蝶仙之妻。其子陈小蝶也为鸳鸯蝴蝶派作家,其女陈小翠,工诗善画。朱恕工书史,擅诗词,是陈小翠良师。有《嬾云楼诗词钞》。

南仙吕入双调·新水令

倚翠楼吟草题辞(用四弦秋·送客谱)

【新水令】笑文章从古属须眉,险抹杀裙钗我辈。有情牵玉虎,无福嫁金龟。寂静香闺,且向砚池中,注一滴洗剩的胭脂水。

【折桂令】我春来只惯昏昏睡,变成个没字的碑。亏得你一卷新诗,枕上吟哦,消遣多时。那些个若兰锦字,那些个婕妤秋辞,倘将来比并妍媸,一样的玉骨冰姿。你前生不是曹昭,你前生定是文姬。

【雁儿落带得胜令】缠绵是南都豆蔻枝,秾艳是西洛鸳鸯纸,骀荡是东湖书画船,豪迈是北固云山史。一篇篇云锦织天机,一声声嶰竹吹仙吕。好装修砆砾亦珠玑,巧缝裁布帛皆罗绮。真呢,画眉的称才子;信呢,女尚书信有之。

【收江南】闻说你夫婿也能诗,可算得文福已双齐。这楼名倚翠太新奇,都管是草藁凭肩起。五七言算诗,短长句算词,赛过个青虫相对吐秋丝。

【沽美酒带得胜令】灿生花笔两枝，写不尽鸳鸯字。想当日鸡签唱和时，把鸾笺密记，积赚下许多诗，才编辑做平生情史。喜春风心花意蕊，说甚么昨非今是？要不过道情言志，小楼前花枝柳枝，也劳你牵肠挂齿，写的个满篇儿淋漓尽致。

【尾声】我来属和生查子，算女子无才便是痴。问那世界上有几个男儿得如此？

——《女子世界》(1915)第二期

吴蕊先套曲一支、小令一支

吴蕊先，字绛珠，安徽歙县人。擅词曲、弹词。1915 年至 1925 年间，吴蕊先多有作品登载于《小说新报》《香艳杂志》《文学研究社社刊》《射南新报》《爱国报》等，《女子世界》载其诗 6 首、词 14 首、文 3 篇、曲 1 首。曾为李定夷的小说《千金骨》题词，与陈琴仙、鲍蘋香诗词唱和甚密。

南仙吕·醉扶归

秣陵秋（用西堂韵）

【醉扶归】媚香楼，零落桃花扇；右军桥，争分荇叶钱。班家妤婕旧齐纨，甚琵琶又唱昭君怨？垂柳垂杨，绿袅尽栏杆；曲曲弯弯，又雨丝风片。

【皂罗袍】要问情深情浅，只看他秋水，新涨江干。销魂桃渡数声蝉，伤心菱匣双飞燕。篆炉香淡，银床暮寒；蒜帘纹断，金缸夜残。莽园林何处吹芦管？

【江儿水】瘦褪黄金钏，愁凝白玉钿，骆驼山镝响惊风颤，凤凰台笔搁停云慢，鹭鸶洲棹系催天晚。袖卷脂香皓腕。背着雏鬟，检换桃笙旧簟。

【玉交枝】听经已懒，雨花台鸳鸯影单，海棠花化泪香魂断。小眉峰天外落三山，鹦鹉梦残杨玉环，秋波一转愁人眼。哭西州城门夜关,叹东林春灯夜弦。

【川拨棹】寻旧院,泣新亭,落叶干。弹风前,玉佩珊珊;弹风前,玉佩珊珊。飞鸟倦,如何不还?意中缘,刚一年;意中人,各一天。

【侥侥令】黄花鸡埭畔,红树雀桥边,料得旧时明月秦淮转,对渔火江枫照客眠。

【尾声】凶荒不注毛诗传,满江南泽嗷鸿雁,记去年战血腥红化杜鹃。

——《女子世界》(1915)第三期

新样四时花

题观音绣像(用尤西堂美人图韵)

【小桃红】妍黛绿,红丝砚;调粉白,黄金管。【月上海棠】对禅林紫竹,霞举轩轩。【红芍药】灰拨乱,炉冷无烟;龛掉转,琴好无弦。【石榴花】甚蓬山,信凭青鸟传;说难出,玉温香软。【水红花】写初完,鲛绡开展。【玉芙蓉】桃花泪湿侯生扇,蕉叶愁销蜀妓笺。【梅花塘】慈悲应我鉴,书楷字,姓名填,问谁怜?【水仙子】信是观音沽现,碧纱描,芙蓉幕前。

——《女子世界》(1915)第四期

张碧琴小令一支

张碧琴，生卒年不详。字韵岑，江苏兴化人。

南正宫·五色丝

题昭君出塞图(用尤悔庵满装美人韵)

【白练序】画工误画，眉皱双蛾鬐绾鸦。任粉白脂红，玉颜描写。【黄莺儿】风狂佩斜，尘污袖遮。【青哥儿】弓弯三寸凤头靴，胡姬爱煞。【红芍药】看一片斜阳雁门下，映猩裙，紫花骢马。【黑麻序】不争差，路出浪河蝓塞，恨抱琵琶。

——《女子世界》(1915)第四期

陈小翠 套曲十支

南正宫·锦缠道

尘游小纪

【锦缠道】月昏黄，好楼居花阴画廊。帘幕卷潇湘，闪灯光，和萤点皱银塘。不分明衣香水香，只觉得宝气珠光。人影一双双，向小曲栏边闲傍。笑花底，浴鸳鸯，也输与画裙新样，齐向那五陵胜地斗新妆。

【朱奴剔银灯】有的是临波窅娘，有的是傅粉何郎。趁潇洒风流别样妆，要赚得旁人回望。端详，露蝤蛴似霜，耳轮边银珠飘漾。

【雁过声】琳琅，珠帘翠幌，听氤氲笙歌绕梁。花香如海春风漾，玉为廊镜为墙。映重重复室云房，珠光，耀明缸。脂香易嵌人心上，看雪聚花浓环佩响。

【小桃红】听不断云梯响，听不了歌声唱。镜光漾得人如象（场中有凹凸镜），分明更比温犀亮。红裳翠袖娇模样，都化作鬼怪魔王。

——栩园丛稿二编《翠吟楼词曲稿》，

上海著易堂印刷所藏版1927年版

南仙宫入双调·步步娇

题梅聘海棠图

【步步娇】谁记模糊相思帐,一例都胡诳,凭撮合小鸳鸯。要把红丝,打成情网。切莫做迷藏,且高烧银烛双枝绛。

【醉扶归】你从今不受无香谤,染得檀郎竟体芳。只怕是团圆月姊笑荒唐,说凌波仙子娉婷样。怎化作青衫傅粉的小何郎,便把这修来艳福今生享。

【皂罗袍】一个是蜀郡名姝风范,一个是翩翩玉树,处士衣装。从今不用断人肠,铜瓶纸帐相偎傍。竹篱芳①舍,清溪短墙;石崇金屋,卢家玉堂。是孟光接下了梁鸿案。

【好姐姐】再思量你凌寒傲霜,没些些温柔模样。恁寒酸本相,况生成铁石的肠。休夸赞,怕罗浮旧侣重来往,对影三人没②下场。

【尾声】迷离扑朔增③惆怅,算④生不同时枉忖量,倒教他蝶使蜂媒空望赏。

——栩园丛稿二编《翠吟楼词曲稿》,
上海著易堂印刷所藏版,1927 年版

南仙宫入双调·步步娇

哀东京

【步步娇】天似人心原难料,戾气凭谁召?奇灾不可逃。地裂天

---

① “芳”,《文苑导游录》作“茅”。
② “没”,《文苑导游录》作“怎”。
③ “增”,《文苑导游录》作“添”。
④ “算”,《文苑导游录》作“只奈你是”。

鸣，山崩海啸。鬼火炸僬侥，做一锅杂碎零星烤。

【醉扶归】畅好是山明水秀蓬莱岛，倒做了三月咸阳宫殿烧。乱烘烘海沸巨鲸焦，天心振怒容如罩。一迷价鬼哭更神号，飓风儿挟焰把繁华扫。

【皂罗袍】惨兀兀风狂雨小，早青天如血，抹上朱标。地倾西北不坚牢，万千庐舍齐声倒。茫茫千里，沙焦土焦；凄凄千众，头焦额焦。还有那自家制就的无情炮。

【好姐姐】萧条，极目鬼多人少，剩月痕夜深相吊。路隅掩泣，有多少哀燕寻巢？悲还恼，仁心悯汝三年桀，辣手难忘念一条。

【尾声】想从前雄谋壮略知多少，吴越相关忍汝嘲，况一样的人祸天灾何日了！

——栩园丛稿二编《翠吟楼词曲稿》，
上海著易堂印刷所藏版1927年版

仙吕入双角合套·北新水令

题除夕祭诗图

【北新水令】莽乾坤何处着英雄，笑谈间白虹先动。中原犹逐鹿，沧海敢屠龙，世界牢笼，到底成何用？

【南江儿水】放眼今何世，人间一杵钟。乱纷纷谁把江山送，他醉昏昏睡不醒华胥梦。俺苦依依作甚么唐衢恸。菜芽满瓮，浊酒盈钟，把酸滋味今朝享用。

【北雁儿落带得胜令】忒萧条，四壁风，忒萧条，四壁风。没商量埋头做哑聋，好年华去也真如梦。苦韩愈送不去一生穷，拙浪仙卖不了痴呆种，劣羹浆祭不得祖与宗，陋书室用不着财神供。惺忪，一字字，高声诵；朦胧，一篇篇，唱懊侬。

【南侥侥令】湖山惊破碎，身世感飘蓬。几处楼阁笙歌拥，怎幕燕池鱼处处同?

【北收江南】呀!你看遍天涯,割据中,噀妖雾,一千重,有几个长房缩地擅奇功,有几个燃箕煮豆称英勇,想今宵北风,想今宵北风,只苦了天寒地脊几哀鸿。

【南园林好】再休提王公巨公,再休提王公巨公,乱纷你欺他哄,笑恩怨忒匆匆,笑恩怨忒匆匆。

【北沽美酒带太平令】痛铜驼,荆棘中,尚慷慨,说陈东。最怜他蹈海沉湘术便穷,中流砥柱空,蠢劳工,尽骚动,掷身家被人搬弄,乱纷纷竹马儿童。休波,得意的凯歌休诵,失意的微词休讽,说什么山穷水穷,说什么年凶命凶,没结果一场胡哄。

【清江引】俺酒边热血和诗涌,尺纸全无缝,纵得碧纱笼,难疗心头痛,想他日呵,也不过添了埋文三尺冢。

——栩园丛稿二编《翠吟楼词曲稿》,
上海著易堂印刷所藏版1927年版,
参校《翠楼吟草》卷六《绿梦词》所附南北曲

南仙吕·步步娇

戏拟闺情

【步步娇】六曲银房花如绣,络索珠灯逗,红帘卷玉钩。藻镜回光,万点星如豆。人影小窗幽,有麝兰香息微微透。

【山坡羊】一丝丝是淡黄杨柳,一重重是画帘疏牖。一弯儿新月回眸,满庭花影和风走。凉雨收,罗衫薄薄兜。把连环细印,细印薰香兽。掩了纱帱,添将银漏。悠悠,锦年华似水流。休休,古杭州天尽头。

【江儿水】枕腻芙蓉粉,襟兜茉莉球。一春心事和花剖,一楼诗梦和烟瘦,一帘风絮和鹦守。着甚来由,平白地添些僝僽!

【玉交枝】湖山前后，忘不了珠奁玉篝。波光如茧扑妆楼，便晓梦梨云都皱。绿杨阴里美人舟，桃花陌上雕鞍骤。怕思量年时旧游，越思量年时旧游。

【园林好】乍相逢情投意投，未相逢魂愁梦愁，冷厮侵冤人欺负。欢笑也，没根由；烦恼也，没根由。

【侥侥令】画鸾辞破镜，筝雁泣银驱。门外羊车归来否？赢得啼鹃哭不休。

【尾声】纵教心似玲珑藕，也难禁你手挽情丝日夕抽。俺则索醉倒中山千日酒。

——《翠楼吟草》卷六《绿梦词》所附南北曲

南南吕·梧桐树

聘猫曲

【梧桐树】兰阶丽日长，柳线风吹扬。几两吴盐，迎到桃根桨。银鱼贮满筐，弹铗卿休唱。禅榻，茶烟，从此相偎傍。镇琅琅，佛号心头想。

【前腔】花阴捕蝶忙，鸳瓦行霜响。偏爱梳妆，珠唾娇黏掌。长吟口角香，劳汝先夸奖。妙也，佳乎？也算钟期赏。耳边珰，系得红丝两。

【前腔】纱囊麝脑香，宝缬鲛绡绛。坐惯人怀，不许轻轻放。寒灯剪尺凉，绕膝频来往。逗汝，娇憨，彩线因风漾。做迷藏，鼠踏空梁响。

【尾声】口头禅语原来谎，莫遣双鬟唱。添描半额王，封作书城将，只不要吓坏了帘前妩媚娘。

——《翠楼吟草》卷六《绿梦词》所附南北曲

南仙吕入双调·步步娇

病中遣怀

【步步娇】风雨满楼挑灯坐,梦逐芭蕉破,人影漾帘波。独自生愁,起来较可。往事细如螺,向心头眼底磨旋过。

【醉扶归】还记得花天曲晏催鸾鼓,隔水红楼柳线拖。驮春蝶翅薄于罗,有明珠劝酒花双朵。玉指调笙凤一窠,却便似梦钧天不许风吹堕。

【皂罗袍】帘际斜阳未殛,伴词仙双髻尽日吟哦。光阴全被墨消磨,炉烟熨贴诗魂妥。箧中清句,罗敷艳歌;楼中岁月,蟾宫玉梭。不信道人生只是黄金做!

【好姐姐】蹉跎于今值什么?算完了人生一课。五湖旧志,负他雨笠烟蓑。心相左,秋风摇落双声树,密雨催残并蒂荷。

【尾声】只待向人天证却三生果,碧海青天自啸歌,怕只怕俺这病困的僵蚕无法蜕!

——《翠楼吟草》卷六《绿梦词》所附南北曲

南仙吕入双调·步步娇

敝裘曲

【步步娇】陋巷沉沉余音杳,人瘦微风峭,危楼雨雪骄。客散车遥,天寒睡早。拥一领敝羊羔,遣残灯写一副穷愁照。

【醉扶归】分明似苏秦落魄在长安道,有叶叶垂杨肘后飘。纤尘折处细于描,俺不羡五陵年少。夸风调只愁月黑过枫桥,当垆换酒无人要。

【皂罗袍】几处破纹颠倒,似风吹芦絮,雨打芭蕉。谁怜范叔忒牢骚？人间但有侏儒饱。襟痕草草，诗邀酒邀；泪痕小小，魂招赋招。猛思量旧事都来到。

【前腔】记得苏堤春晓、远山冷翠，飞上眉梢。船窗四面嵌鲛绡，锦屏人隔芙蓉笑。水边荇藻，风牵翠绦；林间艳雨，花沾步摇。映文波越显得人娇小。

【好姐姐】避尘嚣严陵意自豪，也曾向江边垂钓。受了些霜侵雪耗，便颓唐改尽丰标。休相诮，俺可是人情冷暖闲方觉，你可是松柏青黄岁后凋。

【前腔】明朝料春来染树梢，应被那东风偷恼。怎陌头柳宠，更夹着堤上花娇。笙簧巧，杏黄衣换雏莺俏，甚穷酸独拥着牛衣自解嘲。

【尾声】再休提王恭雪里精神好，鹤氅翻成虮虫巢。俺则索学一个不怯冷的寒虫吟到晓。

——《翠楼吟草》卷六《绿梦词》所附南北曲

南仙吕·醉扶归

春球曲

【醉扶归】午鸡花外停娇唱，恰浴罢、鲛绡镜槛凉。绣球开遍不闻香，象床筠管刚刚放。檀夷和露捣玄霜，倩东风吹出团圆样。

【醉归花月渡】轻罗小扇风飘漾，有队队明珠出画廊。吹来犹带口脂香，想翠槃一寸娇擎掌。翱翔，楼台五色藏绿杨，明窗四拓回夕阳。映入玻球，看彩雾晶晶亮。更胜他屏风上，仕女描周昉。似冉冉姮娥启镜光，把大地山河倒影装。

【醉罗歌】这不似吴江捉月诗人莽，也不似汉殿悬灯四角张。提防他莺捎燕掠忒轻狂，怕彩云脆薄玻璃散。风团柳絮，时时绕梁；春随蝴蝶，纷纷过墙。有多少粉蛾贴死在雕楹上；樱唇绽，金钏响，漫当作盈车瓜果掷檀郎。

【尾声】一刹那昙花泡影添惆怅，却下晶帘日正长，空费你碧海青天三日想。

——《翠楼吟草》卷六《绿梦词》所附南北曲

南仙吕·懒画眉

夕佳亭消寒曲

【懒画眉】四面青山起重烟，小阁窗楹树杪间，乱鸦啼煞晚来天。说宵寒一缕浓于线，不许你独向匡床听雨眠。

【前腔】排比银灯缀层檐，春在朱帷笑语边，又何须雪浓花聚敞华筵。只红炉火活屠苏满，雪样银鱼不值钱。

【楚江情】闲亭翠袖寒，修篁几竿？苔痕满地微雨干，恰月明霜重画逋仙。也把柴门自掩，豪情自怜，一任他尘世浮云几变迁。俺可也幕燕梁间，看得沧桑贱。有几个冰鬟带露偏，有几个霞裾隔水贴，风吹下彩云片。

【大雅歌】朱颜带酒鲜，参军俊逸，开府芊绵。羊欣裙褶都题遍，待新诗唱和到明年，吩咐梅花不许残。

——《翠楼吟草》卷六《绿梦词》所附南北曲

附录：

龚慕兰套曲一支

（约作于1924年）

龚慕兰，江苏人。曾就读于南京中央大学，加入吴梅与学生组织成立的人文活动学社——潜社。后任江苏省立苏州女子师范学校校长。王季思《忆潜社》中有："那时（吴梅）先生担任的课程，除'词选'之外，还有'曲选''南北词简谱''词学通论'，凡是选读的同学，都可入社，要填词，要作曲都可以。当时社员，现在还约略可记的，有陆维钊、孙雨庭、唐圭璋、张世禄、卢炳普、叶光球、唐廉等几十个人。女社员里有龚慕兰、周惠专、濮舜卿等几个人。每学期都有好几次的社集，或在秦淮河，或在扫叶楼，或在灵谷寺，真是盛极一时。女社员里写作能力以龚慕兰为最好。记得那年暑假将近的一次秦淮社集，她填了一套《秦淮消夏》的【南吕·一枝花】北曲，在当时可说是压卷的。现在就当时笔记，转录如下……听说慕兰是梁鼎芬内侄女，少育于梁氏，所以国文的基础很好。抗战以前，她是苏女师的校长，现在不晓得哪里去了。"

南吕·一枝花

秦淮消夏

【南吕·一枝花】想当年骄骢柳岸嘶，翠管朱楼沸，舟嬉芳渡口，花笑水亭西。曲槛风微，菡萏喷香气，鸳鸯弄碧漪。美风情艳说前朝，好景色浑如画里。

【梁州第七】到今朝只落得冷清清残阳不语，碧茫茫岸草空肥。伤心自古繁华地，剩遥山隐隐，野树离离，水云缥渺，禾黍高低；锁长桥一片烟迷，傍疏林数点鸦飞。朝局换残棋谁继，燕莺亡雕栏半圮，笙歌散水榭全欹。境非，事移，流连处添愁意；更何堪孤月来天际，潮打空城夜色凄，画角吹迟。

【尾声】闲愁休念兴亡世，舣棹欣寻水月涯（音宜）。天末风凉炎威避。星火渐稀，罗裳露微，棹歌回，万斛牢愁净如洗。

——王季思《忆潜社》，收入《王季思全集》第五卷，
河北教育出版社2005年版

吴蕊先套曲一支

（约作于1936年）

南北曲

吴芝瑛夫人哀荣录·题辞

【新水令】一窗灯火夜迢迢，阐幽光、帖摹章草。墨干香屑聚，炉冷篆烟消。笔冢书巢，闺秀惠捡遗稿。（惠女士主编）

【步步娇】短幅长篇从头校，橙搓云绿绕，薇盥露红娇。女相如是绛仙才调！纸界拓芭蕉，一行行铁画银钩巧。

【折桂令】想当年几卷冰绡，珠玉挥毫，五岳俱摇。万古云霄，鸡林价贵，凤阁名高。破工夫莺昏燕晓，分支派虎卧龙跳。元著超超，文彩昭昭。墨淋漓书工大雅，辞灏瀚经拟离骚。

【江儿水】芸编无限好，华衮有余褒。你看他征车几度琼琚报，你看他倾囊几解珍珠到，你看他拂竿几树珊瑚钓。谁说他卫夫人，不抵王家逸少？

【雁儿落】不住的红粉调，不住的碧纱描。不住的彩币交，不住的黄金耀。最难得披香博士手儿抄，最难得摛华才子眉儿扫。都只为生花有笔独能操，因此上簪花有格尤能效。萧萧，黄叶树锡山遥；翘翘，红豆粒玉壶敲。

【侥侥令】博文蝌蚪肖，食字蠹鱼逃。娄星光暗天将晓，环佩魂归不用招。

【收江南】瞧，金石图书慰寂寥，可怜时节可怜宵，六丁不攫忒蹊跷。湖上月明来鹤吊，彩鸾书韵亦仙曹。望天街一条，望天街一条，路入蟾宫杖化桥。

【园林好】赋梅花陈编忍抛，颂椒花新编乱销，那里有春蚓秋蛇贻笑？书照读，蜡炬烧；文补阙，蚁酒浇。

【沽美酒】怎能够返魂香一树飘，扫愁帚一柄挑，凤死山空多吊鸟。翰墨林何处好？文章树几时凋？

【清江引】问谁敢千佛名经视弁髦，幸亏你心香一瓣酬天姥，暮暮又朝朝。打点刊梨，绸缪镌枣，运心匠觅手民，把一个贤媛忙够了。

——惠毓明编《吴芝瑛传》，无锡双飞阁藏版1936年版

陈小翠 套曲十四支

（约作于1931—1966年间）

仙吕入双角·新水令

梦江南曲

戊寅之岁，江南沦陷。有客自西湖来者，述梓里全墟，蝶巢半毁。是夜仿佛梦见之，醒忆年时，泫然有作，寄呈家君重庆。

【新水令】珠灯络索带风飘，好亭台湖山环绕。长廊宜响屟，水阁爱吹箫。日上花梢，梦醒闻啼鸟。

【懒画眉】四面纱幮绿鲛绡，雾鬓云裳想六朝，银蚰蘸雨画墙坳。半臂双鬟俏，手拨名香仔细烧。

【山坡羊】你看翠生生一行春草，曲湾湾几折红桥。碧沉沉垂柳千条，映文波打桨春人笑。魂易销，断肠经几遭！沧桑变了，转瞬谁能料？眼看那旧楼台换主，新燕子寻巢。萧也么条，换了幅流亡稿。飘也么摇，独自把江南吊。

【雁儿落带得胜令】这搭是定香桥，那壁是岳王庙。凤林钟坏没人敲，精忠柏和天倒了。呀！画堤边添几条新战壕，黑灰堆是谁家旧荒灶？新鬼多故人少，把几千年的锦江山生踩做犬狼巢。牛皋骨，暴在荒山道。钱镠血，污了泥锦袍。

【侥侥令】柳堤倭系马，水榭鬼吹箫。真个是压低云汉天垂泪，尸拥钱江水不潮。

【沽美酒带太平令】访柴门不用敲,访柴门不用敲。长荆棘比人高,问何处荒庄是蝶巢?俺只见软浓浓媚春光的花草,扑朔朔避生人的鸥鸟,碧晶晶是玻璃碎料,红簌簌是宫墙半倒。俺呵,访新交、旧交,雨散云消,吓,一例儿曲终人杳。

【川拨棹】当日呵,骨肉分抛,出门夜雨荒鸡叫。痛阿房土焦,梦家乡难到。盼中原何日把烽尘扫?

【鸳鸯煞】苍生冤痛知多少,却便似孤臣孽子无门告。正夜茫茫,人寂寂,雨潇潇。梦见了些死亲朋,生爹妈,旧亭桥。春梦回家山破了,散发空山唱大招。猛血泪下如潮,险不把一个铁如意敲碎了!

——《翠楼吟草》卷十一《江南集》

南仙吕·香遍满

西泠息养社

【香遍满】红楼悄悄,天影湖光出树梢。石栏面面垂杨绕,绿深人不到。蝉声闹早朝,蛙声怨夜遥。问诗意添多少?

【懒画眉】梦醒梨花粉痕消,镜里春山聚枕坳,暖风晴日卖饧箫。搅碎杨花闹,飞遍长堤内外桥。

【二犯梧桐】波光画栋摇,山影围廊抱。六幅银屏,人隔菱花笑。池塘长遍红心草,夜雨朝凉暑欲消。盘餐不用安期枣,只莼菜樱桃,彀侬啖饱。

【前腔】嗔蛛觉网高,爱燕嫌巢小。楼下春波,楼上东风峭。布蓬叶叶天边鸟,蝶粉轻轻茉莉硝。绿苔雨后微尘杳,觉塘外轻雷,藕花开了。

【前腔】山围古国遥,岭入栖霞绕。窄袖蛮靴,时听青骢啸。绿阴细细幽篁道，驼得词仙马亦骄。是何人天外寻诗，红妆郊岛？

【秋夜月】银汉高，月影瑶阶缟，傍花阴棋枰细敲。荔支香近明珠皎，嫩藕才生玉有苗。炉烟袅，商量仙劫灵犀悄。玉鹦儿睡早，玉猧儿休吵。

【刘泼帽】擫琼箫风，雨孤亭窅，银鱼吹雪上春潮。芦荻响潇潇，有萤火来相照。

【东瓯令】泉石僻，水云巢，何必明珠结绮寮？青山乱叠如诗稿。天渺渺纸阁芦帘，处处堪凭眺。花四面，柳千条。

【金莲子】怕相思，后夜难忘掉。过眼山遥水更遥！因此上遣银毫，把这十日西泠细细描。

【尾声】仙心禅意无人晓，万轴娜嬛手自钞，看楼外远山青不了。

——《翠楼吟草》卷十三《翠楼曲稿》

双调·新水令

拗春曲

吟社二届，拈题得此。吴语二三月间，天重作冷，风雨不时，谓之拗春。名甚新艳，爰谱一曲，请琼姊歌之。

【新水令】峭寒如水浸银屏，怕开帘落红成阵。画眉鸳镜雾，擫笛玉纤冰。乍雨还晴，拗煞春情性。

【乔牌儿】绒绳半臂轻，欲卸还生噤。鹦哥咒煞东风狠，那里有十万护花铃？

【风入松】年年辜负踏青行，偎不暖小银灯。红炉剩火休教烬，擘芳笺偷问春灵。比似者般索寞，何如休过清明！

【拨不断】是冰清？是温馨？万般体贴猜难准，似病里伊人倍矫情。把山眉水黛都齼损，蓦地①里兜天烦闷。

【一锭银】我打叠柔情说不清，他泪雨盈盈。消受了莺嗔燕恨甚来由？到底不分明。

【离亭歇拍煞】愁云遮断红楼影，苍苔埋没胭脂井。春来休问，依旧是西泠桥畔雨丝声，西施湖上游船尽，月明孤馆人初醒。寒如鬼手馨，虐似临川政。漫赢得旁人酸哽，只为你拗东君，短了他桃花命，枉了我薰香令。空余袅袅声，不断恹恹病。倒不如学佛维摩归净境，撇下了惜花情，一任你怎般冷。

——《翠楼吟草》卷十三《翠楼曲稿》

南仙吕·步步娇

新柳曲

【步步娇】十里春风如图画，逼得隋堤窄，鸳艇小于瓜。双桨浓阴，桃根催打。含笑拍红牙，向情天暂告个伤春假。

【醉扶归】红桥流水银河汉，陌路偏偏遇见她。纤腰婀娜绾秋蛇，遣谁扶上桃花马？吟鞭寸寸袅情芽，对青山越显得人潇洒。

【醉归花月渡】黄昏新月刚如掐，一带湖窗映碧纱。纱窗人影弄琵琶，雨丝斜搭在秋千架。排衙，池塘嫩绿啼晚鸦，小桃偷放三两花。何处迷藏？只在湖山下。画帘疏，朱槛亚，莫惹春风骂。小叩铜环不理他，把柳絮成球楼上打。

【醉罗歌】引将烦恼天来大，却不道梢头才绿上一些些。树犹如此漫嗟呀，听流莺说甚关心话。双柑斗酒，醒耶？梦耶？晓风残月，天涯水涯。女相如风致清幽煞！算我已伤心怕，漫把那黛螺十斛赠儿家。

---

① “蓦地”，原文作“墓地”，据文义改。

【罗排歌】几处圮城荒野，任摧残樵斧渔叉。春来依旧万丝斜，你多情毕竟多牵挂。眉间写怨，愁赊恨赊；风前咏絮，云遮雾遮。论才华，天壤由来窄！还不及梧桐声价，不栖么凤只栖鸦。

【尾声】怕只怕万丝拦不住东皇驾，空哭得流莺声哑，亭短亭长春去也。

——《翠楼吟草》卷十三《翠楼曲稿》

越调·小桃红

妾薄命

甲戌秋返里，经一尼庵，颇饶花木，入而散步。忽闻唏嘘声，见一老妇，白发玄裙，作旧家妆。偶述姓氏，乃吾亡伯侍姬也。伯亡时，妾方绮年，分香遣嫁，归一商人，生一儿。商人又死，梵修于此，已三十年矣。夫妾在家庭，本同骈拇，当其盛时，颦笑移人；华颜一去，不如玩偶。末路凄凉，似此者何限？为谱此曲，倘布之管弦，亦足为欢场棒喝耳。

【小桃红】西风黄叶遍天涯，又来到南山下。也忒寒些，芜田谁种故侯瓜？那边厢似有人家，竹篱笆，茑萝花，门半掩梵宫瓦。也有一个白发宫娃，曝斜日，傍檐牙，絮叨叨说与根芽。

【下山虎】俺却似苏内翰，悲秋无那。遇着个春梦婆，春怨偏奢。三十年真一刹，是耶？非耶？燕燕莺莺，者般飘泊，道旧时曾入乌衣王谢家。刚聘到春无价，十斛①明珠百辆车。绿鬓娇于画，只这纸帐梅花，可也抵金屋修成娶丽华。

【五韵美】他也曾对银屏把蛾眉画，他也曾把鸳鸯小印轻轻打，雁柱银筝细细抓。多只为春长梦短，情深恨赊。感白傅先丢下，丢

① “斛”，原文作“解”，据文义改。

下了俏如花，做不得关盼盼锁燕空楼，倒做了魏武帝分香铜雀。
【五般宜】说甚么护花枝云屏绛纱，说甚么迓鸾凰香罗碧车，早变了积世老人家。钟声鼓声，朝挝暮挝；柴钱米钱，朝赊暮赊。苦念着娇儿今长大，便有那五花冠你可也轮不着！
【忆多娇】呀！天一涯，不见那星姨月姊随风嫁。高楼画栋和烟化，一声清磬出南山下。波罗般若，波罗般若，左不过南柯一觉。
【尾声】繁华过眼追风马，下场头一领破袈裟，好把只薄命缘由问释迦。

——《翠楼吟草》卷十三《翠楼曲稿》

越调 · 小桃红

残英曲

残英女史，某小说家妇也。余儿时曾与同居，时女年十七，姿容隽爽，有丈夫气。伉俪不睦，邂逅吉士，挑与同奔。女初犹顾忌礼教，后一日其夫饮茶，味有异，疑女鸩己，勃溪终夕。女去志遂决。遗一儿仅周岁，亦云忍矣！去如黄鹤者十七年，甲戌冬忽重见女于海上，颜色悲戚，非复故态。云后夫以事下狱，遗儿女俱幼，零丁无依。其前夫及姑，则已久死，墓木且拱矣。余闻而哀之，为谱此曲。盖女天资非劣，但未尝学问，为外境所诱，堕落至此，可怜亦可惜也！

【小桃红】天涯重见断肠花，引一段伤心话。也忆年时红楼，同住碧窗纱。刚十七妙年华，好风范，大人家。天真煞，羞自把眉儿画，也剪云发，小小蛮靴忒潇洒。本无邪，孩儿般口没拦遮。
【下山虎】怨则怨恶妗姑，惊鸳打鸭；苦则苦劣夫婿，彩凤随鸦。才提起泪珠儿盈帕，人道你憨笑喧哗。谁知你暗地悲嗟，愁怀谁卸？因此上吩咐门前七宝车，散闷来歌榭，怎夙世冤缘又遇他？蓦地劳牵挂，报李投瓜，要向美人心上打。

【五韵美】没来由难报答，受人珍重心翻怕，苦罗敷粉泪娇盈帊。送还你明珠无价，悔相逢今生已嫁。生也休，死也罢，怎受那两家茶？已把红丝错付了他，莫再把情丝牵累着咱！

【五般宜】这不是步飞烟心肠忒邪，也是那沙利叱恩情欠些。杯影误弓蛇，莽胡由一味胡拿，逼恼了俏文君远走天涯。稳住了小婢雏娃，瞒过了兰姨蕙姐，忍心肠别抱琵琶，顾不得羞怯怯。

【忆多娇带江头送别】猛回头真也假，三年四年死了婆妈，七年八年散了人家，十几年老了如花。新夫婿带锁披枷，旧夫婿形消影化。一个在铁窗中，一个在泉台下。剩下你贫病交加，带着批没爷儿泪眼巴巴，哭啼啼到处寻庐舍。那里有黄衫古押衙！

【尾声】灯边一席凄凉话，不由得咽喉都哑。哭坏了不堪回首的婉凌华，恸倒了江上青衫的女司马。

——《翠楼吟草》卷十三《翠楼曲稿》

曼声引

自挽曲

甲戌秋，病中社集，拈题得此，略仿万古愁谱

【曼声引】夜雨潇潇，猛惊心自来凭吊。一抔诗冢小，三尺纸幡摇，把今来古往思量着。窗外梧桐叫来，也一个鸱鸮。瘦形骸病似秋前草，苦心肠劣似惊弓鸟，独自凄凉自解嘲，何限牢骚！

【入拍】那没结果的嵇康诌甚么养生谣？那老不死的佺期采甚么长生草？那恋富贵的秦嬴访甚么蓬莱岛？弄玄虚的周文打甚么死生爻？长生赢得多烦恼，何似归来一笔消，虚也波嚣！

【放拍】笑，笑，笑，笑那哭不杀的望帝，变甚么杜鹃鸟？笑，笑，笑，笑那看不透的小庄周，一会价化蝴蝶，赋逍遥，骑日月，上云霄！

却不道青山夜雨骷髅泣，广漠风凄拱木号。只曾见新鬼悲啼，那曾见古人欢笑？

【大拍】似纷纷水面泡，似重重海底礁。千古短，宇宙小，大地微尘，有何足道！没来由造化将侬造，谁愿向人间走这遭？百忙里过了些昏和晓，挨了些饥和饱，受了些讥和诮。可不道俺秋蝉饮露心原冷，倦鹤忘机品自高，有多少块垒难浇！

【歇拍】归去好，件件都抛掉。愁也消，恨也消，跳出情圈套。菜也毛，饭也毛，冷了东坡灶。欲死须乘人未老，待博个落花万斛胭脂窖，细雨千层穗帐绡。碧海银涛，山遥水遥。月佩云绦，天高地高。俺老人家跨鲸鱼偶来到。

【尾声】秋坟鬼唱休相诮，屈指谁为生死交？他日呵，只莫把斗酒只鸡忘却了！

——《翠楼吟草》卷十三《翠楼曲稿》

北双调·新水令

题桃花潭送别图咏册代序

【新水令】桃花潭水属谁家？女汪伦吟怀潇洒（谓汪桂芳女士）。青梅宜煮酒，谷雨细烹茶。悄指天涯，有客把云帆挂。

【乔牌儿】书生井底蛙，岁月追风马。又何似黄沙大漠明驼驾，独携这一囊诗梦出中华。

【风入松】吹残铁笛向天涯，收拾起珠玉压征车。半生没一句是寻常话，炼诗炉九转丹砂。梦醒梵天红雨，香消海岛樱花。

【拨不断】洗筝琶，尖叉。雄奇处似黄河万里向天边泻，清脆处似辋川细雪把芭蕉打，悠远处似钟声夜半在寒山下。蓦忽地奇峰新拓。

【一锭银】呀！紫气扶桑汤晓霞，金阙银宫，龙吟凤驾。莫不为访神仙万里浮槎?

【离亭宴带歇指煞】海风劈面千山迓,长吟不怕鱼龙吓。早则是气吞河岳,痛年来剖豆更分瓜,舆图渐渐中原窄,含沙鬼小心肝大。干将与莫邪,此去休弹铗。好身手,男儿华夏,要把那耻来雪,账来查。日中乌拿来杀,烛边龙提来罚。只问他个亲亲善善原来假,捉住了鬼僬侥,把桃条重重地打。

——《翠楼吟草》卷十三《翠楼曲稿》

双调·新水令

题乙亥上已龙华修禊图

【新水令】吟鞭细马驾香车,曳斜阳影儿都雅。一壶沽美酒,十里访桃花。今日晴佳,结队儿去到那青山下。

【乔牌儿】清明上已天,粉壁旗亭画。一任那双鬟唱得娇喉哑,待赌个诗思在谁家?

【风入松】翠生生一行春草衬蛮靴,嫩依依新柳恰抽芽,瘦亭亭天际龙华塔,闹盈盈香市吴娃。蝴蝶飞来青冢,菜花黄到天涯。

【拨不断】感年华,惜春华,因此上女汪伦暂结个桃花社。只待遣女陈思妙句把春愁写,女龙眠妙笔把春人画。留住者春游一霎!

【一锭银】呀!却便似饭颗山头闲嗑牙,料过眼烟霞,认不出游踪那答。画图儿好好笼纱。

【离亭歇拍煞】离筵谱一套离亭煞,兰闺添一幅兰亭画,好留做千秋佳话。这的是武陵渡口日初斜,梵王宫里钟声打,漕河泾畔闻嘶马。门墙旧作家,十载才名大。道指日云帆东挂,俺呵,曾一面记双丫,怪重逢生白发,问旧侣多凋谢,休言作客愁,莫说空王法。这过眼沧桑真一刹,且饮酒问渊明,那桃花源真也假?

——《翠楼吟草》卷十三《翠楼曲稿》

南仙吕·步步娇

寄答佛影同学兄(丙戌秋)

【加引】鲤鱼如雪下春江,拍孤城寒潮初涨。西风传雁语,微雨洗重阳。酒绿花黄,待送与你陶元亮。

【步步娇】当日呵,一骑明驼成孤往,谁记飘零账,烽烟满后方。落月停灵,几番凝想。怎十年音信断他乡,早难道,雁儿飞不过这荒江上?

【醉扶归】故人相见欣无恙,万劫重逢鬓欲苍。喜新诗别后满奚囊,喜雄谈依旧同豪放,喜红妆弟子两三行,喜黄河瀑布三千丈!(是日大雨)

【皂罗袍】俺呵,当日个白刃丛中孤往,赤紧的人亡家破,肠断心伤。十年血泪洒①钱塘,把诗情画意都轻放。东京夜雨,灯凉梦凉;江南烽火,粮荒屋荒。这沧桑便相见也如何讲?

【好姐姐】端详,先生休谎,说甚么茂陵弦上。这信呵,碎零零是残笺断榜,乱匆匆是剩墨斜行。无生相,你庄严宝塔天人想,俺可也百炼柔情早化作钢。

【尾声】而今老矣休惆怅,同有文名压万邦,好把那大众歌儿齐唱响。

——《翠楼吟草》卷二十《翠楼曲稿》

---

① “洒”,原文作“酒”,据文义改。

北双调·新水令

雁字(丁亥秋)

【新水令】莽西风哀雁唳长空,上危楼碧云无缝。稻梁恩怨语,天末短长封。密密浓浓,泼云蓝写不尽你心头痛。

【破牌儿】纵横笔陈雄,跳脱飞乩动,却便似老神义一划辟鸿蒙。有多少秦碑汉篆,吹落在混茫中!

【风入松】想潇湘月夜水蒙蒙,玉柱银筝曲未终。一行惊起芦花梦,镇日价咄咄书空。说甚么前呼后拥?左不过断梗飘蓬。

【拨不尽】俺呵,一样的感民穷,诉苍穹。诗书本是饥寒种,倒做了排队长街的卖字佣。遍天涯有几个知音懂?枉了你奇才天纵!

【一锭银】万里家山战伐中,一年年北去南来,一字字心酸眼肿!哭文章何处秋风?

【离亭歇拍煞】不及他鹦哥享不尽雕笼宠,鸳鸯做不醒池塘梦,生受了天公磨珑!只问你徘徊六合欲何从?飘零天壤谁相共?参差断句谁能诵?兀自的卖弄①你墨势戏游龙,提防他杆拨弹金凤。早不道书生无用,渐渐的没遥峰,渐渐的长亭晚,渐渐的炊烟送。荒林古驿通,雨雪江湖冻,只拜托你家书千万须珍重。可莫教,铁铸个小洪乔,在离人心上供。

【加尾】平沙落处琴三弄,怕只怕右曲凄凉调不同。好寄与普天下,识字的人儿齐一恸!

——《翠楼吟草》卷二十《翠楼曲稿》

---

① “弄”,原文作“美”,据文义改。

越调·小桃红

题周拜花先生倚红轩怀旧图为其去姬菊子作

【小桃红】劝人生休种称心花,引烦恼天来大也。怎生的秋雨秋风,都化做潇潇泪点打窗纱,守着这离恨天,断肠家,唤芳名无回答也。又不是牡丹亭叫画的傻瓜,把个白香山活愁杀。怕听那隔帘鹦鹉说琵琶。

【下山虎】当日个雷峰塔下,湖畔人家,晓起珠帘挂。一双燕语,七尺菱花,说不尽知心话。澹澹春山镜里她,代把眉儿画。桃叶妹略输些,樊月姐同风雅,央及煞添香煮茶。有多少韵事流传在若耶。

【五韵美带五般宜】好年华,平地风波乍。难忘她香车欲登心未舍,牵衣泣别珠盈帊①,把娇喉哭哑,道夫人贤达。原不是,河东姐,也不是老去诗人,把杨枝遣嫁。多只为一鞍双马,人多口杂,你读书人怕犯了婚姻法。

【忆多娇】呀,天一涯,水一涯,廿五年雁鱼沉各自嗟。生离死别不争差,悔种情芽,悔种情芽。毕竟是为人生负了如花。

【江神子】到如今老去周郎鬓已华,忆前尘梦耶非耶?念伊人死耶生耶,空守定心香一瓣誓靡他。待他年折证到泉台下。

【尾声】并头花不合生三桠,你莫怨东风当自嗟。便来世相逢也要早一些。

——《翠楼吟草》卷二十《翠楼曲稿》

---

① “帊”,原文作“把”,据文义改。

懒画眉

【懒画眉】十亩南湖种菱花，一带回廊拓碧纱，波光潋滟动金蛇。山色明于画，好并坐藤床看晚霞。

【清江落梅风】书生心计无多大，壮志消磨乍。青春忒短些，要安排画里人家，种芭蕉这搭，补千秋那搭，镜屏开恰见黄妃塔。你渴文园病酒当茶，他俏书生万言倚马。

【水仙寄生草】疏疏香雨画帘斜，和新词一砚梨花。慢说甚双心栀子同心袜，绣出新篇字字佳。只晓妆时一盏清茶，晚餐时一寸湖虾，也把你画眉人俊煞。

【同声歌】晚来渔火星儿大，且相携红袖，去访荷花。小船儿缓缓在水中划，便诗魂悄悄逐湖烟化。喜绿云春水遍天涯，喜海棠真个把梅花嫁。

【初煞】绿窗凉烛填词罢，听帘外雨声渐大。料明日呵，又青草池塘处处蛙。

【尾声】渊明十愿原虚话，尘世难栽梦里花，且画一幅世外桃源聊当耍。

——《翠楼吟草》四编，1954—1966 年

南仙吕·醉扶归

挽唐玉虬夫人

【加引】想当年天荆地棘众芳收，剩一树梅花相守。苍皇辞故里，浩荡放扁舟。四海遨游，数鹣鹣福分从消受。（抗日时唐君夫妇曾避乱入蜀）

【醉扶归】你也曾渡黄河夜听蛟龙吼，你也曾上峨嵋长啸碧山头。

你也曾听诗帘外注明眸，你也曾栽花阶下泥红袖，痛杀你匆匆玉树委荒邱，问人生到此伤心否？

【前腔】安仁肠断诗千首，唤不回梦醒春归万事休。再休提慈乌担负别家愁，再休提米盐辛苦年来瘦。不提防哀弦弹断茂陵秋，不提防金针误尽华陀手！

【前腔】没人庭院秋花瘦，小影珊珊玉样柔。流尘一镜掩香篝，隔窗鹦鹉凄凉久。错道你归宁暂别小红楼，错道你迷藏只在屏风后。

【前腔】纸灰风起团团走，逝者何如生者忧！黄泉没个寄书邮，夜深谁把铜环叩？没来由风竹响飕飕，鬼森森窥人冷月来窗牖。

【尾声】人生朝露知何有，俺半面缘悭也泪流，且献一束生刍聊当酒。

——《翠楼吟草》四编，1954—1966 年

郭延礼　郭浩帆　总主编
济南大学中国近代文学与文化研究中心　编选

中国近代女性文学大系

弹词卷

张秉国　主编

齊魯書社

图书在版编目（CIP）数据

中国近代女性文学大系 / 郭延礼，郭浩帆总主编；济南大学中国近代文学与文化研究中心编选. -- 济南：齐鲁书社，2021.7

ISBN 978-7-5333-4238-8

Ⅰ.①中… Ⅱ.①郭… ②郭… ③济… Ⅲ.①中国文学－近代文学－妇女文学－作品综合集 Ⅳ.①I215.01

中国版本图书馆CIP数据核字(2019)第293187号

责任编辑：史全超　王　敏
责任校对：王其宝　赵自环
装帧设计：郭　觐　李　生

中国近代女性文学大系·弹词卷

ZHONGGUO JINDAI NÜXING WENXUE DAXI TANCI JUAN

郭延礼　郭浩帆　总主编
济南大学中国近代文学与文化研究中心　编选
张秉国　主编

主管单位	山东出版传媒股份有限公司
出版发行	齊魯書社
社　　址	济南市英雄山路189号
邮　　编	250002
网　　址	www.qlss.com.cn
电子邮箱	qilupress@126.com
营销中心	（0531）82098521　82098519　82098517
印　　刷	山东临沂新华印刷物流集团有限责任公司
开　　本	880mm×1240mm　1/32
印　　张	255
插　　页	72
字　　数	6400千
版　　次	2021年7月第1版
印　　次	2021年7月第1次印刷
标准书号	ISBN 978-7-5333-4238-8
定　　价	1980.00元（全12册）

2011—2020年国家古籍整理出版规划项目

2017年度国家古籍整理出版专项经费资助项目

郑贞华《梦影缘》第一册

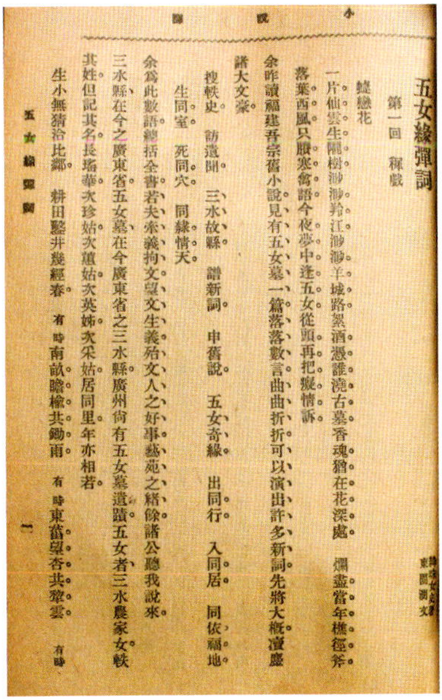

五女緣彈詞

東園潤文

第一回 稗戲

蝶戀花

一片仙雲生隴樹。渺渺羚江。渺渺羊城路。絮酒憑誰澆古墓。香魂猶在花深處。 爛盡當年樵徑斧。

落葉西風。只賸寒螿語。今夜夢中逢五女。從頭再把癡情訴。

余昨讀福建吾宗舊小說。見有五女墓一篇。落落數言。曲曲折折。可以演出許多新詞。先將大概瀝盧諸大文豪。

搜軼史。訪遺聞。三水故縣。譜新詞。申舊說。五女奇緣。出同行。入同居。同依福地。生同室。死同穴。同緣情天。

余爲此數語。總括全書。若夫牽義拘文。望文生義。殆文人之好事。藝苑之緒餘。諸公聽我說來。

三水縣在今之廣東省。五女墓在今廣東省之三水縣。廣州尙有五女墓遺蹟。五女者。三水農家女。軼其姓。但記其名。長瑞華。次珍姑。次蕙姑。次英姊。次采姑。居同里。年亦相若。

生小無猜洽比鄰。耕田鑿井幾經春。有時南畝瞻榆共鋤雨。有時東菑望杏共犂雲。有時

五女緣彈詞 一

绛珠女史《五女缘弹词》

孙德英《绘图金鱼缘》

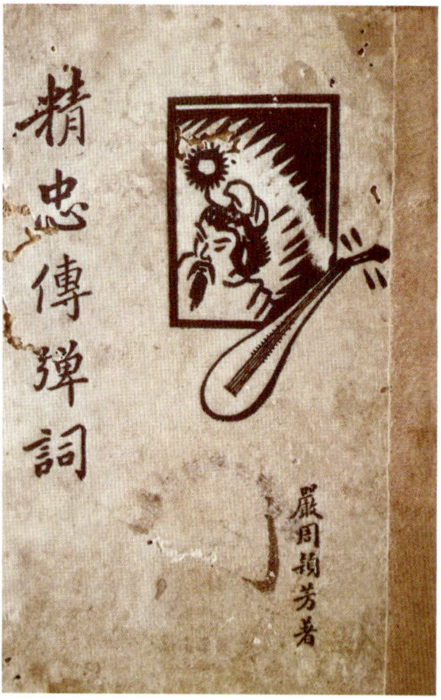

周颖芳《精忠传弹词》

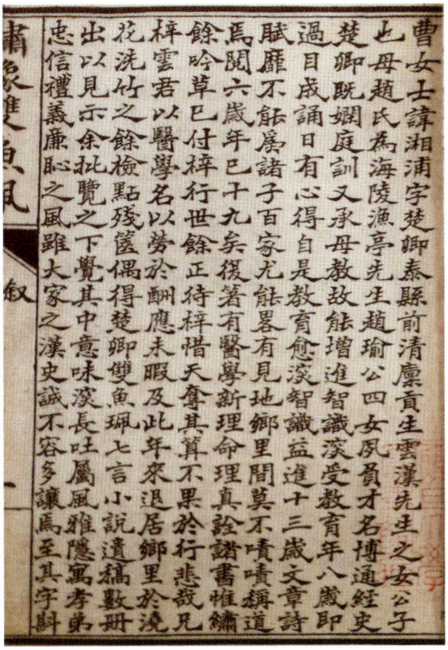

繡像雙魚珮　敘

曹女士諱湘蒲字楚卿泰縣前清廪貢生雲漢先生之女公子也母趙氏為海陵漁亭先生趙瑜公四女夙負才名博通經史楚卿既嫻庭訓又承母教故能增進智識深受教育年八歲即過目成誦日有心得自是教育愈深智識益進十三歲文章詩賦靡不能屬諸子百家尤能畧有見地鄉里間莫不嘖嘖稱道焉閱六歲年已十九矣復著有醫學新理命理真詮諸書惟鏽餘吟草已付梓行世餘正待梓惜天奪其算不果於行悲哉兄梓雲君以醫學名以勞於酬應未暇及此年來退居鄉里於澆花洗竹之餘檢點殘篋偶得楚卿雙魚珮七言小說遺稿數冊出以見示余批覽之下覺其中意味深長吐屬風雅隱寓孝弟忠信禮義廉恥之風雖大家之漢史識不容多讓焉至其字斟

曹湘蒲《绣像双鱼佩》

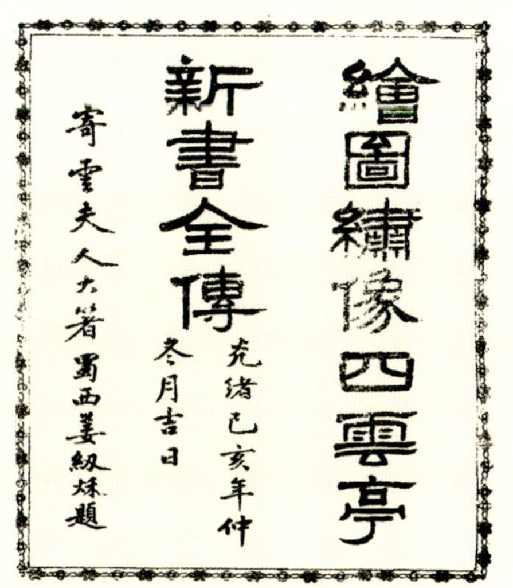

繪圖繡像四雲亭

新書全傳

光緒己亥年仲冬月吉日

寄雲夫人大著　蜀西姜紉妹題

彭靓娟《绘图绣像四云亭新书全传》

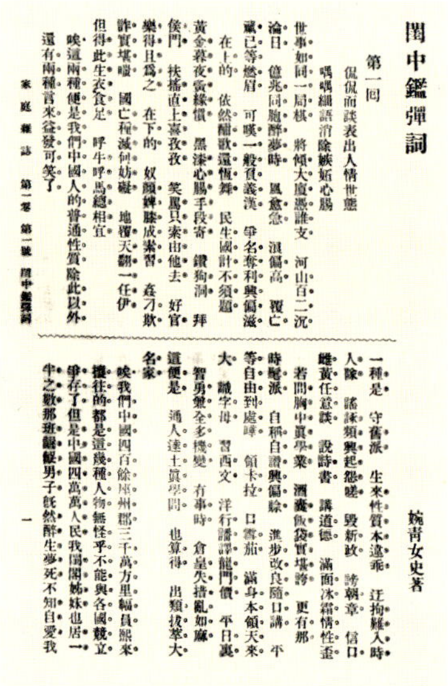

閨中鑑彈詞

婉青女史著

第一回

侃侃而談表出人情世態
喁喁細語消除嫉妒心腸

世事如同一局棋　將傾大廈憑誰支　河山百二沉淪日　億兆同胞醉夢時　風愈急　浪偏高　覆亡藏已等燃眉　可嘆一般負義漢　爭名奪利興偏濃　在上的　依然酣歌還恆舞　民生國計不須題　黃金暮夜賣緣慣　黑漆心腸手段奇　鑽狗洞　拜侯門　扶搖直上喜孜孜　笑罵只索由他去　好官樂得且爲之　在下的　奴顏婢膝成素習　姦刁欺詐實堪嗤　國亡種滅何妨礙　地覆天翻一任伊　但得此生衣食足　呼牛呼馬總相宜

映這兩種便是我們中國人的普通性質　除此以外還有兩種言來益發可笑了

一種是　守舊派　生來性質本遼乖　迂拘難入時人隊　謠詠頻興起怨嗟　毀新政　謗朝章　信口雌黃任意談　說詩書　講道德　滿面冰霜情性歪　若問胸中眞學業　酒囊飯袋實堪誇　更有那時髦派　自稱自讚興偏賒　進步改良隨口講　平等自由到處嘵　領卡拉　口嚼茄　滿身本領天來大　識字母　習西文　洋行譜譯龍門價　平日裏智勇兼全多機變　有事時　倉皇失措亂如麻　這便是　通人達士眞學問　也算得　出類拔萃大名家

映我們中國四百餘座州郡三千萬方里幅員熙來攘往的都是這幾種人物無怪乎不能與各國競立爭存了但是中國四萬萬人民我閨閣姊妹也居一半之數那班齷齪男子既然醉生夢死不知自愛我

婉青女史《闺中鉴弹词》

姜映清

弹词卷

目　录

导　言

女性从事创作,史上不乏其例,但真正蔚然成风,则始自明代。据胡文楷《历代妇女著作考》,明代有著作可考的女性作家有245家。到了清代,女性创作更是蔚为大观,胡文楷说,“清代妇人之集,超轶前代,数逾三千”①,可以想见清代女性文学创作之盛。近代的女性文学创作,正是明清以降女性文学创作潮流的继续。换言之,明清以降蔚然成风的女性文学创作是近代女性文学发荣滋茂的前提和土壤。

弹词作为以七言韵文为主的长篇叙事文体,以其独有的艺术性和音乐性成为最适合女性的书写方式,因而最受女性青睐。在清代的弹词中,女性创作的弹词占据了主体地位,著名的《再生缘》《笔生花》《榴花梦》等皆出于闺秀之手。盛志梅《清代弹词研究》说:“大量的女作家(知名的、佚名的)参与到弹词创作中来,她们的作品在数量、质量上远远超出同时代男性作家。动辄十几万字、一气呵成,甚至几乎能够一韵到底的长篇韵文体巨著,充分显示了女性的文学才华。同时,女作家们大量优秀作品的存在,使得清代弹词的优雅气质更加明朗、突出。女作家和她们的作品构成了清代文学史上一道独特的风景线。”②

---

① 胡文楷编著:《历代妇女著作考·自序》,上海古籍出版社1985年版,第5页。

② 盛志梅:《清代弹词研究》,齐鲁书社2008年版,第2页。

清代以来女性从事弹词创作的盛况，一直延续到近代。1840年以前的女性弹词，以“弹词三大”中的《天雨花》《再生缘》为代表。《再生缘》无疑是成就最高的作品，陈寅恪《论再生缘》称：“《再生缘》之文，则在吾国自是长篇七言排律之佳诗。”“世人往往震矜于天竺、希腊及西洋史诗之名，而不知吾国亦有此体。”①《再生缘》可称整个弹词史上的巅峰之作。

近代的女性弹词，一方面是清代1840年以前女性弹词创作的延续，另一方面随着时代的变化，又与其他女性文体一样，呈现出时代特点。近代女性弹词以20世纪为界，大致可分为1840—1899年和1900—1919年两个时期。

一

1840—1899年这一时期的女性弹词，从题材内容、结构篇幅、作家身份到传播形式，与1840年以前并无本质不同。

基本写成于道光二十一年（1841）的《榴花梦》，可算作近代第一部女性弹词，也是迄今所见篇幅最长的弹词。全文共三百六十卷，四百八十多万字，通篇七字韵文。因篇幅太大，书成后长期以传抄的方式流传。作者李桂玉，字姮仙，生卒年不详，据现存资料，她生于甘肃（一说福建侯官），随丈夫叶氏居于福州。丈夫早逝，她便在福州李家厝馆授徒。《榴花梦》并未写完，直到1935年，翁起前和杨美君以“浣梅女史”的笔名续完最后三卷，遂成三百六十卷的完璧。其内容叙写了以桂恒魁为代表的一群闺中女子建功立业的故事，以桂恒魁“兴起百年事业”（《榴花梦·自序》）为核心，叙写了桂、桓、梅、罗四家的英雄业绩，杂以儿女情

① 陈寅恪：《寒柳堂集》，生活·读书·新知三联书店2001年版，第71页。

长、忠奸斗争、家庭琐事。《榴花梦》的思想旨趣跟此前的《再生缘》一样，以女子通过女扮男装实现辅国安邦的人生理想为模式，这也成为女性弹词的一种程式。

稍后成书的《梦影缘》(《梦影缘 · 自序》作于 1843 年)是极有特色的一部弹词。作者郑贞华，字蕉卿，一字澹若，自号茗溪爨下生，浙江吴兴人，为《精忠传弹词》作者周颖芳之母。其内容是由罗浮仙君降世的庄梦玉与由十二花神降世的十二名女子之间的因缘故事。以“梦”“影”象征人世的真幻无常，以“缘”释人生因果，而以“情”贯穿始终。此书的构思异于女扮男装建功立业的模式，述庄梦玉娶花神转世的林纤玉、宋纫芳，后立种种功业，偕母退隐，其他十位由花神降世的女子经种种周折，皆未婚成道，各归本位。该弹词风格哀感顽艳，语言空灵隽永，被评为“华缛相尚，造语独工，弹词之体，为之一变”①。

“弹词三大”中的《笔生花》也成书于 1843 年前后。②作者邱心如，江苏淮安人，父邱广业，曾任凤阳县训导。邱心如幼精通文辞，十九岁嫁清河(今江苏淮安)张姓儒生。后夫死子夭，乃回母家，设帐授徒。此书意在补正《再生缘》的不足，在作者邱心如看来，《再生缘》“立意负微愆”，女主人公孟丽君有违传统道德，所以她笔下的姜德华女扮男装建功立业后最终雌伏闺中。这也说明作者的才情受其陈腐思想的限制，“她所受的女规女戒的教育，时时掣肘那支生花妙笔，以至于出现了将人物强行符号化、概念化的现象”③。

上述几部弹词都成书于 1840 年之后的几年，其思想性并未

---

① 〔清〕坐月吹笙楼主人:《娱萱草弹词序》，见橘道人《娱萱草弹词》，清光绪二十年(1894)印本。

② 参见盛志梅《清代弹词研究》，齐鲁书社 2008 年版，第 101 页。

③ 盛志梅:《清代弹词研究》，齐鲁书社 2008 年版，第 105 页。

超出清中期的《再生缘》等作品。咸丰年间(1851—1861),弹词创作进入了短暂的低谷期,可考的女性弹词仅有黄小琴的《三生石弹词》。

成书于同治年间(1862—1874)的《绣图金鱼缘》,作者孙德英,浙江归安(今属湖州)人,终生未嫁,同治二年至七年(1863—1868)完成了《绣图金鱼缘》的创作,其主要写钱淑容化名竺云屏女扮男装、锄奸匡国的故事。不同于一般模式的是,竺云屏终身未复女装,以"假丈夫"的身份为官做宰,且智慧、才能远胜男子。思想内容较之前期弹词并没有多大超越。

光绪年间(1875—1908),弹词出现了复兴之势。到20世纪之前,女性弹词出现了繁荣的局面。汪藕裳的《群英传》《子虚记》,陈梅君的《镜中梦》《九仙枕》,白香女史的《英雄谱》,周颖芳的《精忠传弹词》,程蕙英的《凤双飞》前传、后传,彭靓娟的《四云亭》,都创作于这一时期。但不少作品只以抄本流传,传播不广。

汪藕裳的《群英传》成书在同治至光绪初年,写男主人公曹英率一众女将建功立业的故事,塑造了飞珠、芸仙、佩兰等女英雄群像。成书于光绪九年(1883)的《子虚记》可算作这一时期的代表作,故事情节纷繁,基本围绕两条线索:一是文玉彝建功封侯、平定叛乱、剪除奸党的故事;一是赵湘仙易装改名,中状元后建功立业,官居宰相,后以身份暴露罢相,不复女装绝食而死的故事。

周颖芳的《精忠传弹词》由于改编自小说《说岳全传》,思想上还是以忠孝为旨归,没有刻意塑造女豪杰形象以体现作者的女性意识。其唱白生动活泼,不似其母郑贞华《梦影缘》的华缛典丽。

程蕙英的《凤双飞》立意上不再写女英雄的建功立业,而写男英雄郭凌云与张逸少异于常人的同性之恋,两人同日受封,欢聚始终,故有"双凤齐飞"之誉。彭靓娟的《四云亭》成书于光绪二十五年(1899),内容兼写建功立业和英雄儿女:写明末主人公赵继龙与刘云翠、耿云佩、李云素、崔云凤四名女子的离合,写其铲除阉党,扶立新君,并在明亡后浮海隐居。

总体来看,1840—1899年间的女性弹词创作,仍然延续了明清以来女性弹词的传统,其特征表现为以下几个方面:

首先,在思想方面,以表现“女性意识”为主。这些“女性意识”,主要表现为赞扬女性的非凡才识、过人胆略和建功立业的参政意识。上述作品中的女英雄形象,如桂恒魁、孟丽君、竺云屏、赵湘仙等,无不具有超越男子的才识胆略,文能治国,武能安邦,终于成就一番功业。通对描写她们建功立业的过程,一方面突出其智慧才能,另一方面借以表现她们参与政治的强烈愿望。

另外,这些弹词还体现了对平等互敬的爱情婚姻的追求。与男性作家笔下的爱情相比,女性弹词中的爱情婚姻集中体现了她们脑海中理想的两性观念。女性在描写男女之情时,注重两性由相敬到相慕再到相爱的过程,多写男女之间的“相敬如宾”,而回避“床笫之欢”的情欲,表现出经过礼教“过滤”的精神之恋的倾向。正如论者所言:“弹词女作家都是秉承传统礼教的,认为女子首先就要‘戒淫’,所以她们笔下的女英雄都是只知道父母之爱、朋友之爱、姐妹之爱却不知道夫妻之爱……弹词中凡是有着春心的女子,必然都是‘淫奔’之女的反面形象。”①

其次,在情节结构上,往往采用女主人公“出身不凡→遭逢意外,被迫出走→建功立业,大展才华”的叙事模式。在男权社会中,女性要走出闺房,必须改变社会角色,才能自由从容地施展自己的抱负和才华,于是多以“女扮男装”的方式变换社会角色,从

① 王赟:《清代著名女性弹词中女英雄形象研究》,南京师范大学2013年硕士学位论文,第57页。

而达到施展才华以建功立业的目的。但这类弹词写女性通过“女扮男装”参政并非其根本目的，根本目的还是通过写她们建功立业的过程以体现她们超过男子的胆略和才华。“谁说女子不如男”才是她们在想象世界里驰骋时心底的呐喊。

再次，从作家身份看，这一时期的女作家都是闺阁才人。这些闺秀作家由于受儒家礼教的熏陶，在塑造女英雄的形象时，十分注重“女德”。为体现“女德”，在写家庭婚姻生活时，多写“一夫多妻”的婚姻模式。如《榴花梦》中的桂恒魁才华胆略远胜其夫桓斌玉，但仍帮助丈夫娶梅媚仙、张绛枝、钱彩春、柳湘君等；《梦影缘》中庄梦玉娶林纤玉、宋纫芳，《四云亭》中赵继龙娶刘云翠、耿云佩、李云素、崔云凤四女，正是写女性在“一夫多妻”制下“不妒”的“贤媛”形象。“贤媛”不仅“不妒”，还主动为夫纳妾，以示其“贤德”。如《笔生花》中的姜德华，不仅主动为夫文炳纳妾，甚至还用欺骗的方法帮助夫兄娶到佳人。诚如论者所评价的：“所谓的大度贤德，已经成为支持姜德华在闺门维持高人一等心态的精神鸦片，她已经狂热地痴迷于此。”①

最后，从女性弹词的传播与接受范围来看，也多以闺秀为主。闺秀作家在创作弹词时，也多将女性作为预设的读者。如《笔生花》结尾称：“留贻闺阁邀清赏，工暇消闲仔细评。”②汪藕裳在《子虚记》卷末也声称：“只图闺阁知音赏，窗下生涯笔底忙。”“都梁女史书于此，贻笑闺门也不妨。”③而实际的传播与接受范围，也与作家的预期一致。如阿英《弹词小话引》说：“过去妇女欢喜听弹词，也欢喜抄弹词。故弹词抄本，流行的特别多。所以抄，有时也

---

① 王赟：《清代著名女性弹词中女英雄形象研究》，南京师范大学 2013 年硕士学位论文，第 50 页。

② 〔清〕邱心如：《笔生花》，中州古籍出版社 1984 年版，第 1554 页。

③ 〔清〕汪藕裳：《子虚记》，中华书局 2014 年版，第 3024 页。

另有原因，就是这一类作品，被当作善书看，抄写一部，即是一部功德，故有些抄本结尾，我们还可看到附语，说是‘阅后请抄一部再送友人，功德无量’等等。这些抄本已发现的，最早是乾隆，且大都出于闺秀之手。”①再如《榴花梦》，成书之后也一直以抄本形式流传，据1962年《新民晚报》载《谈〈榴花梦传奇〉》：“在清代道光、咸丰年间，福建有一种风气，少女在出嫁前常在闺中抄书，出嫁时作为妆奁。目前发现的这部《榴花梦传奇》，抄书者是笑红女史，校对者是惜香女史。笑红和惜香是何人，不得而知。但可推测，这部抄本也许也是当时随嫁的妆奁。”②可见，从创作到传播、接受，女性弹词的流传范围主要在闺阁。

总之，1840—1899年的近代女性弹词作品，其思想内容方面虽有些微的新变，但从思想内容、叙事模式、作家身份，以及其传播接受来看，本质上仍是明清以来女性弹词的延续，作为“近代”文学的特征并不明显。

二

20世纪初，随着西学东渐，女子教育快速发展，女权运动蓬勃兴起。这一时期的女性文学也发生了巨变，作为其中之一种的弹词也随之发生了明显的改变。以下先对这一时期的主要作品略加介绍。

成书于光绪三十一年（1905）的《侠女群英史》，题“湘州女史咏兰、友梅、书竹著”，有邗江心庵氏、梦菊《序》。咏兰、友梅、书竹是三姐妹，心庵为咏兰之夫，梦菊为三姐妹之弟，心庵氏《序》曰：

---

① 阿英：《小说闲谈四种·小说二谈·弹词小话引》，上海古籍出版社1985年版，第86页。

② 转引自谭正璧、谭寻辑《评弹通考》，上海古籍出版社2012年版，第342页。

"是书为友梅大姨、书竹三姨及内子泳(咏)兰三人合作,以闺阁之余闲,博高堂之欢笑。三人均博通经史,长于吟咏,故书中诗词歌赋,亦能追步前人。其命意遣词,俱甚深远。曰'侠女'、曰'群英'者,欲儿女英雄兼而有之之意。"①书中写庆顺馨(化名秦庚香)、文霞仙、庞玉龙、张月娟(化名苏子秀)、林琼珠等一帮侠女的故事。忠孝节义的思想主旨、女扮男装以行侠立业的模式,与前一时期的女性弹词并无二致。然而,咏兰之夫心庵氏在《序》中,则强调是书乃张扬"女权"而作:"中国无女权,故女子为最卑弱,即或有光明磊落、志趣不凡者,亦狃于闺阁之琐屑、习俗之相沿,而不可革。是必立一说以挽回卑弱之习,使天下女子足以鼓荡其心胸、活泼其心志,而中国之女权乃出。"称此书"于女子自主之权力为尤重",虽不无溢美,毕竟指出了此书异于前期弹词的特质。

署名"挽澜词人"的《法国女英雄弹词》刊印于光绪三十年(1904)。挽澜词人,有人认为是俞天愤②,有人认为是陈伯平③。然而,据弹词中"想我同胞诸姊妹""愿吾闺阁金闺女"等句子,显系女子口吻。据秋瑾弟秋宗章之《六六私乘补遗》:"[《中国女

---

① 〔清〕咏兰、友梅、书竹:《侠女群英史》,清光绪三十一年(1905)铅印本。

② 此说最早见于1923年1月31日《小说月报》上徐天啸为俞天愤所作小传中,"其所著单行本小说,最初为小说林(社)出版之《法国女英雄弹词》"。见芮和师等《中国文学史资料全编·现代卷》,知识产权出版社2010年版,第341页。

③ 持此观点的学者较多,如左鹏军《晚清民国传奇杂剧史稿》中介绍陈伯平:"十一月(1906年12月—1907年1月)在上海协助秋瑾筹办《中国女报》,任主笔,并化名挽澜女士发表文章……仅存小说《海外扶余》、《女英雄独立传》(未完)、《法国女英雄弹词》、《同情梦传奇》等。"(广东人民出版社2009年版,第338页)另参钱仲联等编《中国文学大辞典》、齐森华等主编《中国曲学大辞典》等。

报》]第二号目,有……会稽挽澜女士之《女英雄独立传》(小说),吕碧城之《女子宜急结团体论》,俱为精心结撰之作。挽澜女士闻为陈伯平烈士胞妹,碧城女士文名尤远播中外,余人未知谁何,今已无从考证。"①按,《中国女报》(1907)第一期有署名"会稽挽澜女士"的《女英雄独立传》,其创作倾向与《法国女英雄弹词》非常相近。所以,"挽澜词人"即"会稽挽澜女士",当即陈伯平之妹。这部弹词演说的是法国大革命期间罗兰夫人投身革命最终慷慨赴义的故事。这部弹词出现于中国妇女觉醒、女权运动兴起的20世纪之初,可谓恰逢其时。

秋瑾的《精卫石》无疑是这一时期女性弹词的代表作。这部弹词大约从1905年开始创作,至1907年秋瑾就义前只写到第六回。它以主人公黄鞠瑞率众姐妹逃出闺房、东渡留学,然后回国从事革命活动为线索,黄鞠瑞实即秋瑾本人的化身。《精卫石》的思想主旨是反对男尊女卑,反对女子缠足,主张男女平权、天赋人权,倡导革命等,集中体现了秋瑾的革命思想。从未完成的这部《精卫石》来看,作者重在宣扬女权和革命,而无意在情节结构、人物形象等方面精心营构,所以在艺术方面稍显粗糙。

清末民初,随着报刊业的兴起,出现了一批以报刊为载体的短篇弹词。这类弹词以吴蕊先的作品最具代表性。吴蕊先,字绛珠,安徽歙县人。她有《西泠剧弹词》《五女缘弹词》《瑶台第一妃弹词》《潇溪女史弹词》《苏小小弹词》等。《西泠剧弹词》发表于《小说月报》第六卷(1915)第十、十一、十二号,原署"绛珠女史著,东园润文",写清初徐巨源将龚鼎孳与李明睿降清事编为剧本搬演,为龚、李所恨,聘女侠一枝花刺杀徐巨源,一枝花终与徐巨源归隐,意在讥

① 秋宗章:《六六私乘补遗》,见《辛亥革命浙江史料选辑》,浙江人民出版社1981年版,第409页。

刺卖国失节者。《五女缘弹词》最先发表于《小说海》第二卷(1916)第九、十、十一、十二号,写广东三水县农家女瑶华、珍姑、蕙姑、英姑、采姑五女因情谊笃厚,最终一起投渊相聚的故事。《瑶台第一妃弹词》刊载于《小说海》第二卷(1916)第四、五号,写元末张士诚宠妃徐贵妃在张士诚兵败后嫁于村夫的遭际。《潇溪女史弹词》最早发表于《小说海》第二卷(1916)第六、七、八号,写潇溪女史颜初元嫁于白居易后,受樊素、小蛮之谮而被迫与白居易分离,最终两人于死后相聚。《苏小小弹词》刊载于《小说新报》第四年(1918)第十二期,写赵君与盼奴相爱,赵君赴京赶考,考中后于赴任途中病卒,临终托其弟院判寻访盼奴,院判诣杭,知盼奴亦逝,其妹苏小系狱,乃重金救出苏小,两人结为连理,偕隐西湖。另有刊载于《小说海》第三卷(1917)第四、五号的《扬州梦弹词》,历来被认为是吴蕊先所作①,但只署名“东园”,似不能归到吴蕊先名下,而应看作吴东园(吴承煊)之作。

载于报刊的其他女性弹词还有:(1)署名“兰陵纫兰女史编次”的《中秋记弹词》,刊载于《苔岑杂俎月刊》(1911)第一期。纫兰女史姓顾,字纫兰,号佩仙内史,兰陵人。此弹词讲述韩蕙卿、兰卿兄弟中秋节喜订良缘的故事,未完。(2)署名“皖南女侠”的《十二个月新弹词》,刊载于《自由杂志》(1913)第二期,短短数百字,以宣扬改良为主旨。(3)署名“嵩城倚翠楼主”的《风雅记弹词》,刊载于《风雅杂志》(1915)第一期。倚翠楼主,即陈翠娜

---

① 谭正璧、谭寻编著《弹词叙录》“《五女缘》”条注(上海古籍出版社2012年版,第81页)、鲍震培《清代女作家弹词小说论稿》(天津社会科学院出版社2002年版,第298页)、盛志梅《清代弹词研究》(齐鲁书社2008年版,第417页)均因袭其说。马名超、王彩云主编《中国民间文学大辞典》“五女缘弹词十四回”条:“绛珠女史……曾著有……《扬州梦》等弹词三种。”(黑龙江人民出版社1996年版,第1305页)

(1902—1968),原名璻,又字小翠,钱塘(今浙江杭州)人,南社会员陈栩之女。(4)署名“雪儿”的《卖花记》弹词,刊载于《娱闲录》第二卷(1915)第一、三期,未完。(5)署名“泣红女史”的《乳娘血弹词》,刊载于《眉语》杂志第一卷(1915)第三号,题“弄珠楼主泣红女史原著,集艳阁主人贯一氏阅刊”,仅一回,未完。作者泣红女史,生平俟考。(6)署名“华璧女士”的《双侠歼仇记》,刊载于《妇女杂志》第三卷(1917)第八、九号,共六回,华璧女士生平俟考,写庐州商人陈雪庵为两门客所劫,其妻曼仙、妹莲香北上访贼,最终杀掉贼人,救出陈雪庵的故事。(7)署名“婉青女史”的《闺中鉴弹词》,仅一回,也是未完稿,刊载于上海《家庭杂志》第一卷(1915)第一号。作者婉青女史,生平俟考。

另外,姜映清的《玉镜台弹词》《风流罪人》可看作这一时期(1900—1919)弹词创作的延续。《玉镜台弹词》,共五回(未完),有民国十三年(1924)有威书室排印本,写女子杨彩霞刺死大盗易男装,改名方霞,受聘于梁家,遇未婚夫周文藻事。《风流罪人》,有民国十五年(1926)上海大陆图书公司排印本,写甄超英、沈古檀追求贾昙花的故事。这两部弹词虽成书于1919年之后,但可算近代女性弹词的尾声或余响。

与前一时期相比,1900—1919年的弹词有了明显的新变化。

首先,思想倾向从“女性意识”向“女权意识”的转化。这一时期的弹词很少再写“女扮男装”高中状元、辅国安邦的女英雄故事,而尤其值得注意的是其中表现出的女权、女性解放的思想以及女子参政的意识。这以《法国女英雄弹词》和《精卫石》为代表。《法国女英雄弹词》表现出的忧患意识足与男性有识之士相比,“叹则叹,四万万人都醉梦,无才无德百无成。有的是,乌烟堕落男人志,有的是,缠足伶仃害女身。只落得,大地竟无干净土,将来拱手让他人。做书的,一心想把中原救,要向文明佐太平。

不但丈夫当努力，便女人责任也非轻"①。《精卫石》表现的女权思想更为突出，作者秋瑾是把自己作为"壮怀未肯让须眉"的"国民一分子"看待的。在作品中，她痛斥"数千年传下来一最不平等、最不自由的重男轻女之恶俗"，认为"天生男女，四肢五官、才智见识、聪明勇力，俱是同的；天职权利，亦是同的"。② 这些思想已不是单纯的"女性意识"，而是一种"女权意识"。"女权"概念最早引入中国是在 1900 年③，它与"女性意识"性质不同："女性意识"是女性觉醒后对自我价值和独立人格等的体认，"女权意识"则是对自身权利和社会价值的体认。总之，对"天职权利"的自觉追求是此时期弹词最闪光的倾向。

吴蕊先的作品尽管不直接表现这些内容，但也往往通过借古喻今，表达一种深沉的忧患意识。如《西泠剧弹词》："东南半壁难撑拄，相继沦亡，不可以图存。亡国大夫洵可丑，甘心事虏作奸臣。""国变当为袁粲死，位尊不共褚渊生。严将军头，嵇侍中血，张睢阳齿，颜常山舌。"④再如《瑶台第一妃弹词》："叹国亡家破，游随麋鹿。兵连祸结，劫惨鲸鲵。"⑤这些思想意识较之前期在闺房中凭想象创作的闺秀弹词，现实感无疑大大增强了。这与作家已走出闺房、接触到了社会现实有关。

其次，结撰方式从"幻想式"向"写实式"转变。如前所述，1840—1899 年间的作品，女主人公多以"女扮男装"的方式进入男

---

① 阿英编：《晚清文学丛钞 · 说唱文学卷》，中华书局 1960 年版，第 202 页。

② 郭延礼、郭蓁编：《秋瑾集　徐自华集》，中华书局 2015 年版，第 165 页。

③ 参见夏晓虹《晚清文人妇女观》，作家出版社 1995 年版，第 67 页。

④ 参见《小说月报》第六卷（1915）第十号。

⑤ 参见《小说海》第二卷（1916）第四号。

权社会,从而施展才华,建功立业,实现自己的人生价值。这样的构思显然是缺乏社会阅历的闺秀“幻想”的产物,是一种白日梦。然而,随着时代变迁,女性开始走出闺房,接触到真实的社会,她们笔下的形象,尽管仍出于虚构,但毕竟源于社会生活,具有“写实”的倾向。《精卫石》基本以秋瑾自己的经历加工而成,《法国女英雄弹词》则是据梁启超的《近世第一女杰——罗兰夫人传》写成,更具史实的性质。

最后,篇幅由长篇向短篇转变。这一阶段,真正的长篇仅有《新编绣像双鱼佩》和《侠女群英史》,秋瑾的《精卫石》有二十回的规模却未完成。其他弹词几乎都是形式短小的短章,前期那种动辄几十万言甚至几百万言的长篇已经绝迹。

近代女性弹词的上述两个分期,也是中国近代女性文学整体风貌的体现。1840—1899 年的弹词仍是清代弹词创作的延续,1900—1919 年的弹词,其创作主体已由闺秀嬗变为知识女性,“这一转变为中国女性文学走向现代迈出了第一步”①。另一方面,弹词这一女性独擅的文学体裁,随着作家身份的改变,其思想意识、结撰方式、传播方式都发生了巨大改变,没有了“以读弹词或听唱弹词为消遣永昼或长夜的方法”的“长日无事的妇女们”②,这一文学体裁已不可避免地走向衰落。

三

以上就是近代女性弹词的概况。最后,我在此交代一下本卷《弹词卷》编纂的缘起。《中国近代女性文学大系》(以下简称《大

---

① 郭延礼、郭蓁:《中国女性文学研究(1900—1919)》,山东教育出版社 2016 年版,第 15 页。

② 郑振铎:《中国俗文学史》下册,上海书店 1984 年版,第 353 页。

系》)的编纂始于2014年,受总主编郭延礼先生之邀,由我负责弹词卷的编纂。我于弹词素无研究,但因攻读博士时的研究方向是古代文学俗文学,郭先生以为或可胜任,又因我早年曾读陈寅恪先生《论再生缘》而翻过《再生缘》,对弹词有些感性的印象,所以也就不自量力地接受了这一项任务。项目启动后,《大系》开过多次会议,在总主编郭延礼先生的指导下,关于如何编纂眉目渐清,形成了比较详备的编纂体例。本卷即以《大系》的"凡例"为指导思想编纂。

从2014年项目启动后,我就开始了《弹词卷》的编纂工作。到2015年,除了一些比较偏僻难觅的弹词外,重要的弹词作品已搜罗殆遍。同年,《大系》又召开了"近代女性文学高层论坛",邀请了一批学有专长的学者共同交流,我提交了《近代女性弹词述略》一文。2016年,我又先后赴北京、上海等地查阅未见文献,在首都图书馆查阅到的《绘图金鱼缘》,在复旦大学图书馆查阅到的《新编绣像双鱼佩》和《侠女群英史》,都颇为罕觏。但仍有几部弹词,如汪藕裳的《群英传》、陈谦的《镜中梦》《九仙枕》、白香女史的《英雄谱》,虽见于《评弹通考》《弹词叙录》等书目和其他著述,但已难以寻觅,只好付之阙如,这也是本卷的一大遗憾。所以,除了以上几部长篇弹词外,本卷收长篇弹词12部,中短篇及微型弹词17篇,共计29种。其中所收的这17种中短篇弹词,多见于近代以来的报刊杂志,虽属吉光片羽,亦弥足珍贵。

数易寒暑,《大系》终于杀青,将与读者见面。我也借此机会向在本卷编纂过程中给予指导和帮助的师友表示衷心的感谢!

编选说明

一、本卷为弹词选本。编选范围是从1840—1919年的女性作家创作的弹词。姜映清的《玉镜台弹词》和《风流罪人》已超出此时间段,但风格上仍承此段特点,故而收入。

二、在内容选择方面,由于长篇弹词篇幅巨大,作为一种编纂选本,本卷仅选那些较为重要或精彩的章节,以便读者尝鼎一脔;较短的弹词,由于流传绝少,获睹不易,则全篇收入,以为文献征存之助。

三、按《中国近代女性文学大系》的体例要求,每部弹词之前均冠以简介,除了介绍版本及作者情况外,还对长篇弹词的情节略作梗概,以补节选未窥全豹之憾;短篇弹词,则仅介绍作者及刊载情况。

四、本卷共收24位作者的29篇弹词作品,大致按作品的创作时间排序。登载于报刊的短篇弹词,则按登载时间为序。

五、弹词作为一种通俗文学,一般版本较少。有些弹词所据版本不佳,而缺乏其他版本参校,则以理校法校改,并出校记。

六、弹词的韵文和散文,各种弹词原本在排列时不尽一致。本卷一律将韵文以宋体字排列,散文以楷体字排列并独立成段。

李桂玉

李桂玉，字姮仙，生卒年不详。据现存资料，她生活于道光年间(1821—1850)，生于甘肃，嫁到湖南，丈夫叶姓，早逝，她便在福州李家㕍馆授徒。其盟姊陈傧松的《榴花梦序》云："今夫《榴花梦》一书，系余盟姊桂玉所著。盟姊生于西陇，长适南湘，为舅氏所钟爱。性本幽娴，心耽文墨，于翰章卷轴，尤为有缘。每于省问之暇，必搜罗全史，手不停披。出语吐辞，英华蕴藉。"作者在本书第一卷说："常开奁具寻文墨，性喜研朱染小笺。《三奇缘传》经删定，榴花异梦再垂编。"可知她曾删定《三奇缘》。又据董执谊辑《惜昔室丛钞》："此侯官女史叶李氏(姮仙)诗也。女史父李某，工医，居会城梅枝坊。早寡，无出。久在李子嘉观察作梅家课诸女。子嘉业盐策，戚属多知名士，与女史多所唱和。晚年编《榴花梦》小说百回，传钞殆遍。诗稿两帙未刻，不知存否?"可知她亦有诗作。

榴花梦(节选)

《榴花梦》，李桂玉作，其《自序》和陈傧松的《榴花梦序》均写于"道光辛丑年梅月"，即道光二十一年(1841)四月，共三百六十卷，其中最后三卷为民国二十八年(1939)翁起前、杨美君续写，署"浣梅女史"。此书是迄今所见篇幅最长的弹词，共四百八十多万字，全部为七字韵文。作者《自序》称“余故为梓行于世”，但因篇幅太大，书成后一直以抄本的形式流传。1964年，福州古籍书店将《榴花梦》抄本影印出版，重订为线装一百八十六册。1998年，中国文联出版公司以福建省图书馆所藏抄本为底本整理排印了《榴花梦》全书，分十厚册，这也是《榴花梦》目前唯一的排印本。

此书述唐代自贞观以后，朝纲废弛，奸臣当道，权奸勾结外藩入侵，皇帝被围于扬州。女子桂恒魁改男装，起兵经略天下，皇帝拜为天下兵马大元帅。平定外藩后，帝赐铁券丹书，裂土封王。复又嫌其功高震主，疑忌渐生，于是罗织罪名，欲置之死地，恒魁凭机智而得全。外藩闻恒魁失势，再度入侵，恒魁又提兵灭之，并肃清君侧，廓清宇内。作品通过叙桂、桓、梅、罗四大家族的仕宦遭遇，描绘了一批忠臣孝子、英雄佳人以及谋士、侠客、将领，极力描写桂恒魁、桓桂卿、梅媚仙、罗锦魁等几位妙龄女子，文武双全，尤精通韬略，屡立军功，建不世奇勋。

对此书的创作意图及内容，陈俦松在《榴花梦序》中概括道：“盖自贞观之后，法纪乖张；中晚以来，朝纲废弛。外藩侮主，逆阉无君；神器动摇，柔弱不振。然当是时，虽干戈扰攘，仍不少豪杰英雄。所惜者，宰相不知举，天子不能用，卒使忠贞并美之桓武王，退就藩楚；文武全才之罗静王，出封海国。贤才抱屈，英俊流离。致令妖妃逞志，奸相弄权；欺君侮母，嫉贤妒能。内而淫乱宫闱，外而怨声草野，国事几不可为。”为挽救“几不可为”之国事，作者塑造了文武全才的人物桂恒魁，作者在《自序》中说：“是书也，独生色桂恒魁一人耳……把经天纬地之才、旋乾转坤之力，负救时之略、济世之谋，机筹权术，萃于一身，可谓女中英杰，绝代枭雄，千古奇人，仅闻仅见。当其深闺雌伏，不飞不鸣；一经骇浪惊涛，兴起百年事业。”以桂恒魁“兴起百年事业”为核心，叙写桂、桓、梅、罗四家的英雄业绩，杂以儿女情长、忠奸斗争，结构布局纵横捭阖，陈倚松的《榴花梦序》云："虽分桓、罗、梅、桂四大家，其意则首者南楚，次在南蛮也。以桓斌玉、桂恒魁、梅媚仙为提纲，以罗锦魁、桓珠卿为压局。故斌玉有梦榴之祥，锦魁有购刀之兆，恒魁有登坛之命，珠卿有绣旗之荣，媚仙有金牌之宠。若夫梦蛟之纯孝，琦徽之坚刚，敏钗之清贞，毓奇之潇洒，是为衬托之笔也。他如中间穿插陪伴，无非忠臣、孝子、奇英、名将、谋臣、娇妃、静女。意则层出叠深，事则千奇万变，望之如危峰叠嶂，屹立参差。或形舞凤飞鸾，或现龙蹲虎踞，非细心领悟，不能穷其妙也。"此段概括，有助于我们把握这一鸿篇巨制的大概。

第二十八卷　桂恒魁承恩挂帅　折桂台慧心指星象　梅媚仙请旨随征　皇亲府俊眼识英雄

日表渐移今返舍，再会妆前另畅谈。绛枝笑说无情谊，听完喜讯即匆匆。下回休想重通报，任汝相思暗断魂。琴仙不答微微笑，相辞妹妹上宫车。回至衙中参嫂嫂，闲谈良久即归闺。

妆台展看对郎信，字字钟情诉可怜。不由引动腮边泪，痛念郎君远别离。为报君恩羁战阵，别后新婚冷镜台。此心望汝封侯返，怎识翻为流落人。回朝重会知何日，寂寥绣阁懒描眉。封书怎慰相思念，为郎憔悴日生愁。寄身怎在山林内，玷辱英雄怎出头？含愁执笔修回书，细嘱郎君保贵躯。英雄志气休颓丧，再逢奇功早返朝。封缄已毕双眉锁，仍命书童递桂衙。堂前诉与兄和父，探花国舅也欢欢。小仆把书投桂府，状元接信入书轩。也修回复金兰信，统封一处用图章。亲到梅衙参冷舍，重重拜托告辞回。腾龙次日修行李，拜辞慈母返山林。夫人执手难分舍，小姐殷勤寄父安。修整回书交顺带，大夫相送出登鞍。取路回山容后表，罗衙母女各欢欢。堂前神主双除毁，怅望他时再聚圆。桂衙复表恒魁首，递罢回书返府门。

无聊步入香闺苑，玉人不在冷妆台。闲添炉内沉檀束，解下銮箫品一番。含愁召进青衣嘱，可请恒超武状元。侍儿忙到书轩请，武元移步入闺庭。见兄闷闷蛾眉锁，坐对窗纱似有思。进前含笑呼兄长，台命相传为甚因？平时都道无愁闷，今日因何锁两眉？或为桓郎生挂念，或因嫂嫂起愁怀。乞请言来心腹事，弟当为汝解相思。连问哥哥当赐教，状元不觉笑微微。愚兄素果无愁恨，不想今朝忽动愁。只觉精神多仿佛，坐不安时立不宁。无意承欢重访友，故招贤弟解愁怀。武元笑道原来此，兄本多情第一人。玉人奉旨归宫禁，冷落仙郎怅画眉。行坐不安真可悯，这等相思解怎消？状元笑答知心弟，果识愚兄肺腑情。嫂嫂入宫虚绣榻，请弟今朝在此眠。锦帐春光仍似海，自当把弟当娇娥。武元说道休胡说，命鬟进席入深闺。笑挽哥哥同上席，一醉能消万古愁。状元执盏微微笑，兄弟同筵喜劝酬。召出歌妃和舞女，帘前弹唱递金杯。少时金镜当空涌，绛烛辉煌照绮筵。金樽酒尽移花影，醉了恒超武状元。初愈金躯非善饮，朦胧星眼软金交。状元恐弟风侵受，亲挽恒超入绣帏。代脱锦袍除紫履，多将绣被盖娇躯。起身放下销金帐，出帏传命众青衣。收除残席烹香茗，赏赐歌妃退出闺。掩上朱门双日月，散退青衣左右人。恒魁独坐纱灯下，辗转芳心闷似山。自来心下无忧虑，今夜因何这不安？挂念桓郎边外信，阵上交锋是若何？仙妃嘱我提兵助，未请添兵我怎行？耳听更筹交二鼓，倍觉心焦即起身。半挂金钩携绛烛，照看恒超睡可安。见弟沉沉含醉眼，脸映桃花衬玉颜。斜拥锦衾遮玉体，浓浓媚眼胜仙娥。好笑出帏停绛烛，宽袍解带放金钩。锦被展开携爱弟，并卧鸳鸯枕上存。低低耳畔呼贤弟，醉后身中见若何？武元醉眼雄开展，回答哥哥莫唤人。心乱神昏支不住，都是香醪太害人。状元闻语微含笑，再唤恒超又睡沉。堪爱温柔如片玉，动人怜惜不胜情。戏抚香腮凝晓露，出水芙蓉让汝娇。桓郎未近娇躯体，不及恒魁独占先。抚弄春尖温又软，不胜叹息锁春山。此心本有冲天志，誓愿登台拜帅荣。腰金蟒玉朝天子，定列金钗十二妃。可恨苍天无遂愿，把吾屈作女裙钗。涂脂抹粉心何愿，纵作男装怎久长？

恒魁若是奇男子，定与桓郎夺媚仙。细想绛枝虽艳冶，芳姿逊我妹恒超。绝色珠卿桓表妹，但他凛凛令人钦。无如我妹恒超女，温柔妩媚最堪怜。难怪干戈生外国，难怪桓郎每醉迷。天屈恒魁为女子，对面娇花入睡难。闲思好笑蛾眉展，不觉东方动晓风。武元酒醒开朱眼，启问哥哥怎未眠？魁首笑道皆妹害，睹面芳容睡不成。巫峰十二祥云拥，令人心醉与神驰。武元拥被含羞笑，专用非言寿怎长？银箭渐催天渐晓，圣驾临轩应久时。状元笑答今将去，奈因未睡欠精神。恒超笑道谁怜汝，为甚为宵竟不眠？恒魁无语推开被，嘱弟安心且养神。病假未销惟汝乐，不妨睡到日三竿。武元笑答从吾便，锦被重遮向内眠。状元离榻披冠带，进茶进点进兰汤。吩咐朱扉休乱启，武元酒醉未翻身。青衣诺诺齐声应，恒魁执笏出深闺。堂前相会兄和父，车马纷纷执事全。万盏沙灯光灿烂，父子朝君上午门。

笙箫迭奏金车出，百万衣冠谒上方。贺罢起居都就位，招分宫扇现天颜。兵部出班重见主，又奏干戈变乱情。登州失了桓元帅，受陷重围已丧身。孤城难抵番奴勇，告急天台乞发兵。奏完跪递边关表，九重殿上失天颜。纶音未降丹墀下，左班吓煞状元郎。闻奏桓郎临阵丧，心迷意乱失三魂。回头忙扯生身父，玉体难支已散神。桂爷扶住娇娇女，低低泣叫我娇儿。金车咫尺天颜近，莫犯威仪可定神。驸马子芳悲挽妹，状元晌久定芳魂。秋波不住珠珠泪，浑如万箭射穿心。桓郎果在沙场故，留我恒魁作甚因？含珠出班移玉步，斜持玉笏拜金阶。频频拭泪丹墀下，轻启朱唇奏上方。登州危急元戎丧，陛下须当发救兵。小臣不揣低微技，情甘报国领三军。仰仗天威扬四海，定灭番奴扫贼氛。君王正虑无良将，闻卿所奏大欢欢。正欲纶音批准奏，班中又出一朝官。玉带红袍张国丈，俯伏廷参奏圣君。我王莫听恒魁奏，少年文士敢提兵？耗费钱粮难退贼，反被番邦笑我朝。朝中不少英雄将，臣婿痴迷错奏章。天子闻言迟半晌，状元阶下已听明。寸心已恨张侯贼，再闻拦阻巧言陈。愈加怒上蛾眉火，执笏丹墀又奏君。陛下英明浑似镜，下察微臣一点心。贼氛已急江山重，误用无能必丧兵。小臣若没安邦手①，怎敢天台奏领兵？愿王休准张侯奏，臣若输兵愿受诛。自料微才堪退贼，不报君恩愧怎安？君王一听微微笑，张侯不悦唤贤甥。兵机战阵非容易，汝是文臣怎出兵？莫误国家天下事，速速归班勿再言。状元至此心如火，怒启樱桃答数言。皇亲既识文官弱，怎保桓元出万兵？难道仲章原武将，应作沙场阵上魂？愚甥愿退番邦贼，何苦君前强阻拦？皇亲当念君恩重，莫把私亲太挂心。张侯听毕心中怒②，君王殿上笑微微。桂卿果是忠良士，耿耿丹心最可亲。必是英雄堪扶国，孤当准奏许卿行。早展奇才安社稷，平定辽邦解朕忧。回来不失封侯贵，国丈何须为婿愁？笑提玉笔封官爵，征东元帅桂恒魁。带兵十万征秋虏，京营自选各先锋。状元叩首阶前奏，连年征战用英雄。营内所存皆老弱，不堪效力上沙场。伏望天恩宽圣限，赐建招兵选将旗。天子龙床批准奏，任卿挑选上英雄。钦赐征东元帅印，兵符一道赐招兵。外赐锦袍金铠甲，金盔鸾带皂朝靴。国丈虑卿文墨士，卿可戎装与朕观。状元谢圣天台下，张侯失色不欢欢。切恨畜生真斗胆，死要金阶领万兵。此心不为娇孙女，谁向丹墀阻汝身？畜生不识人情好，冷语讥言渎我身。任君去作沙

---

① “没”，原文作“设”，据文义改。

② “侯”，原文作“假”，据上文改。

场鬼,我女何愁没俊郎? 恨恨归班颜色忿,尚衣宫监已来临。捧至戎衣盔与甲,奉旨更装桂状元。珠帘高卷叮当响,两名彩女下丹墀。代脱乌纱双软翅①,顶上金盔凤翅飞。玉带朝袍都脱下,唐貌金铠护娇躯。镀金带束腰肢小,内衬飞龙锦战袍。日月掩心双宝镜,黄金帅印放祥光。装成越显芳容妙,威风更胜二郎神。两两宫娥回复旨,九重殿上喜天颜。风流英武真堪羡,定奏平辽捷报回。状元拜谢皇恩重,退下丹墀锁两眉。天子又宣梅谏议,敕卿捧诏赴桓家。斌玉阵亡孤不负,加封报国静忠侯。柳氏发妻封一品,次妻钱氏国夫人。钦赐开丧延吊客,他时嗣子袭封侯。世忠谢圣含珠泪,金车奏乐已归宫。午朝门外群臣散②,文武朝官打道回。

桂爷父子双回府,下鞍齐步上华堂。正遇武元梳洗出,堂前伴母坐闲谈。闻报父兄朝君返,抬身出位接檐前。先行正是恒魁首,金甲金盔起细鳞。武元一见无颜色,慌忙扯袖唤哥哥。朝君怎改戎装返,何处行兵快说明。状元见是知心问,一阵心酸不住禁。纷纷滚下秋波泪,万种言词怎启陈。半晌含悲方启口,天降飞灾弟未知。桓郎身丧东辽国,愚兄奉旨出三军。此行难报冲天恨,无面回朝见弟郎。可怜天降无情剑,与弟从今见面难。话次悲悲难再语,堂前吓煞武魁元。芳心久为桓郎挂,再闻此事怎能当? 三魂七魄先离体,放开袍袖软尘埃。满堂人众都惊骇,状元急急抱连枝。扶进沉香交椅坐,樱桃对口引神魂。恒超少刻精神定,扯住哥哥玉泪倾。原来有此飞天祸,圣旨朝堂汝出兵。忍忘谊结金兰重,怎不为奴奏圣君? 情甘生死随兄去,誓不离开各一方。语完痛切汪汪泪,魁首凄凄答弟郎。非兄舍别吾贤弟,非兄

① “乌”,原文作“鸟”,据文义改。

② “臣”,原文作“君”,据文义改。

不带汝同行。但弟娇躯非比我，贵恙初安怎出征？分离天定兄难强，非干有意独行程。念兄岂为求名利，报罢冤仇即返朝。说到凄凉千滴泪，夫人桓氏好伤心。可怜爱婿凌云体，被害沙场竟丧身。抛吾娇女芳龄少，反领戎衣出甚兵。状元痛切弹珠泪，武元如箭射芳心。泣问哥哥真不肯，弟亦无劳汝奏君！抬身掩泪归书馆，桂爷亲见好惊疑。悲问恒魁儿识否，恒超悲忿已归轩。恐防执性娇痴见，我儿当往慰他身。子芳连道亲言是，状元失色急抬身。含悲忙步来书馆，问弟何为怪我身？武元哭对盟兄长，哥哥汝好太无情。丹墀竟挂将军印，把弟抛如陌路人。何意恒超冲武榜，哥哥岂不识奴心？当日桓郎身尚在，犹思报恨斩王威。今朝何况桓郎死，弟反藏身不出头。望兄念我金兰爱，代奏金阶感汝情。状元泪答知心弟，兄亦安能舍汝身？痛念桓郎临阵丧，独留红粉愧偷生。甘心跋涉风霜苦，甘心征战阵中劳。倘能斩了王威贼，代郎代弟报冤仇。恒魁命薄羞延世，何心退贼建功劳？飞龙剑下全名节，愿逐桓郎赴九泉。带弟同征难共返，半路相抛岂是情？金兰姐妹从今断，弟勿痴迷错共行。状元话次心如割，战袍掩面泪珠倾。武元听罢无颜色，哥哥好不察人心！恒超肯背桓郎约，不致番邦丧此身。感兄两次相超救，敢不随兄上战场？生死一凭兄所令，莫虑恒超有二心。兄知代报桓郎恨，弟岂敢存禽兽心？伏望哥哥为细察，乞谅恒超是甚人！状元泣对娇娇弟，兄岂难知爱弟心？惜弟芳龄春色艳，惜弟芳姿绝代容。桓郎寿夭花无主①，何忍牵连妹玉人？还须听我微言劝，莫伴愚兄上战场。武元闻语魂飞散，泪落千行与万行。哭道哥哥何此语，原来尚不识奴心。兄知名节纲常重，把弟何当太看轻。兄虽爱惜良言劝，奈弟痴迷未领情。镜破钗分该薄命，怎向妆前剖寸心？兄若不同愚弟

---

① “夭”，原文作“天”，据文义改。

往，弟身何惜此残躯？甘心血洒青锋剑，免得哥哥虑我深。说罢悲悲肠寸断，壁中扯下剑龙泉。扯开一闪寒光射，惊煞恒魁桂状元。夺过青锋抛在地，扶住知心好痛伤。难得聪明贤妹妹，有此清贞不二心①。愚兄怎舍分离汝，愿同吾弟上沙场。但汝娇躯多疾病，难禁风霜怎受劳？武元哭倒兄怀内，泪唤哥哥不用忧。弟病却无关紧要，不至伤生丧此躯。蒙兄见能随征战，须当草表急朝君。状元扶住金兰弟，泣言吾弟可安心。兄既应承同汝往，决无瞒哄不须忧。武元掩泪抬身起②，泪眼相观更断肠。

忽闻小童窗外唤，夫人公相请登堂。恒魁挽弟含悲出，登堂来见两尊人。驸马千金都在座，诉说行兵各断肠。少保长吁称爱子，尚宫宫苑未回衙。我儿既欲提兵出，须当乞旨接他归。恒魁泪答儿知道，含悲启上子芳兄。恒超弟欲随征出，奈他病假未曾销。劳兄入恳皇公主，代修奏本达当今。情甘带病随征虏，乞请天恩下九重。并求乞假张家女，俟弟行军再入宫。驸马子芳称领命，夫人少保怪恒魁。干戈战阵非儿戏，何当带弟涉风波。若被梅家年母晓，必然怪汝太非为。魁首泪言焉敢强，系弟恒超愿出兵。武元含泪亲前禀，多恩父母不须忧。姐妹待儿恩不浅，儿不随行怎放心？夫人公相添哀切，难得娇儿有此心。可怜天夺东床寿，误汝双双姐妹身。再领戎衣双远别，教人膝下更凄凉。话完加溱如泉泪，素芳小姐泪如倾。二兄舍别天涯路，抛妹依然雁失群。魁首武元悲洒泪，驸马嗟嗟入内廷。妆台来见皇公主，细诉辽东势甚凶。帝命恒魁身挂帅，恒超三弟欲随征。劳动贵人为上本，兼为乞假绛枝回。琼云听毕沉吟道，三叔金躯始乍安，不避风霜甘报国，妾上封章敢惮劳？遂教彩女携文具，亲到窗前草表章。

① “清”，原文作“请”，据文义改。
② “元”，原文作“无”，据文义改。

指拨黄门双小监，皇宫上表奏当今。君王批准娇儿本，拨遣钦差到桂衙。代替修文蒋学士，绛枝奉旨赐归家。

宫车乍出天街上，诏书先到桂爷衙。双双兄弟更冠带，接诏廷参香案前。钦赠恒超武榜首，征东招讨准随征。御赐戎衣盔与甲，协力征东早建功。武元兄弟承皇旨，叩谢天恩准远征。款待天差回帝旨，恒魁闷闷唤恒超。已受敕封同助阵，军中事故要相劳。书轩代草招兵榜，急急张行不可挨。武元拭泪承兄命，自入窗中草榜文。手提斑管如山重，几度凄凉粉泪淋。外头云板宫车入，尚宫学士见尊人。状元恐惹多娇切，先入闺中候玉人。少时小姐归闺苑，宽卸宫袍换绣衿。入座金交弹玉泪，说对郎君怎主张。东辽兵勇桓郎故，亏君怎涉阵中劳。状元泣对芳卿妹，薄命千秋我与卿。桓郎为国捐躯惨，恒魁自悔事行差。不当受汝花球赘，误我芳卿白首嗟。小姐泪言休此语，非君念妾已身亡。纵便桓郎身未故，此身久已属君家。况且表兄今死国，绛枝安敢再生心？寸心一点天堪表，情愿随君假扮郎。状元闻语纷纷泪，回头忽见武元来。启道榜文皆写便，天街悬挂谕军民。恒魁拭泪称劳动，绛枝见姐泪珠倾。携过金交方坐下，小童窗下报情由。桓衙开吊延交武，驸马教奴请二元。厨中祭品都齐备，仪仗堂前候久时。兄弟含悲同起位，香闺改换素衣冠。登堂辞别双尊长，与同驸马上金鞍。

喝道鸣锣来设祭，桓衙此日乱纷纷。谏议大夫亲奉诏，西堂上面欲开宣。报入夫人柳小姐，魂飞天外失精神。哀哀天降飞灾惨，斌玉吾夫丧外邦。倚阁终日空悬望，谁识行军去不回。湘君小姐悲悲泪，暗怨苍天不佑人。薄情身丧沙场内，痛妾含冤永不明。夫人哭对贤良妇，肠断心伤不住哀。外堂谏议连催促，速迎皇诏莫挨延。桓府夫人悲切切，唤妇更衣接诏书。小姐湘君无可奈，掩泪妆台整鬓云。卸下金钗诸宝钏，洗除宫粉退残妆。淡淡素装更服色，为郎挂孝接皇宣。夫人率领青衣女，引出湘君柳玉人。含悲掩泪羞千种，行礼廷参接帝书。读罢纶音方谢圣，香罗掩面泪纷纷。奶娘引退千金女，大夫洒泪见姑娘。细说恒魁贤弟妇，挂印番邦报弟仇。刻间又听纶音下，征东招讨授恒超。此行全仗恒魁勇，必能代弟报深仇。夫人哭道成何用，斌玉难回总枉然。可怜年少忠王事，执杖灵前少孝男。世忠叹道天无眼，偏把灾殃祸善门。话间梅府夫人到，锦春小姐也来临。见面哀哀重哭泣，呼儿唤婿乱如蜂。挂孝披麻柳小姐，痛切芳心恨命乖。重门大启安灵位，锦幔遮天百乐鸣。百合银沙灯灿烂，千枝素蜡烛辉煌。袅袅炉中香一炷，凄凄帐内定魂灯。武将文官来设祭，鸣锣擂鼓奏笙箫。柳爷父子悲参吊，探花蒋舍痛年兄。纷纷又见人通报，桂衙祭品到来临。招讨元戎皇驸马，登堂相见众朝官。百味珍馐罗列满，赞礼官生左右分。素毡并立三兄弟，齐上名香作揖深。读罢祭文人惨切，帘中女眷放哀声。桂家兄弟低头拜，跪伏毡中泪似珠。痛煞红妆双俊士，珠珠玉泪洒衣袍。暗叫桓郎君报国，忠魂不远必归家。曾否知奴双姐妹，今日登堂奠汝灵①。记君容貌浑如在，记汝言词尚未忘。款款多情空眷恋，到此无能顾及奴。前日虑君言不吉，谁知果应昔时言。今日领兵空挂印，安得同君奏凯回？痛奴姐妹闺中女，尽节捐躯屡受灾。到此钗分鸾镜破，又作军中杀戮愆。不为才郎仇似海，何须红粉上沙场？永断红丝君负我，误奴姐妹白头吟。兰闺同抱终身叹，泉下桓郎知不知？有念前缘双姐妹，芳魂当引九泉游。凄凉无限芳心痛，寸结柔肠欲断魂。礼完含泪抬身起，世忠谢礼揖深深。武元一见胞兄长，惹得悲悲泪又倾。谏议伤心携爱妹，恒魁掩泪意彷徨。入座金交童递茗，子芳驸马起抬身。唤弟与兄同进内，须当探嫂候尊

① “奠”，原文作“尊”，据文义改。

人。二元勉强承兄命，左右家童卷素帘。梅府夫人罗小姐，双双回避不相迎。桂家兄弟移身入，欠身行礼见尊人。揖见柳家贤表嫂，湘君小姐脸通红。含羞敛衽轻还礼，无由退步竟迟迟。驸马子芳犹则可，乔装兄弟转秋波。细看佳人生果媚，妖娇俊艳玉生香。眼凝粉泪花含露，淡妆挂孝白袍仙。观他岂是轻浮女，堪叹桓郎事不查。怜汝与奴双姐妹，一般心绪一般伤。不胜伤感蛾眉锁，青衣请坐递香茶。驸马起身携二弟，告辞母妗欲归家。夫人哭扯双魁首，咽哽喉中欲语难。子芳本是聪明子，见妗行仪已暗知。将言说对恒超道，弟当少坐我先回。状元也出金交椅，夫人玉手扯恒魁。泪道贤甥休急去，妗有情由托座前。状元被扯羞低首，驸马先辞出绣帘。夫人牵住征东帅，玉泪如泉洒满衣。哀哀说道贤甥女，十一年来未会颜。闻汝投江遭大难，老者哀伤几断肠。何期甥女逢仙救，及第登科挂锦袍。得汝喜音欢未过，又报吾儿阵上亡。可怜负我贤甥女，斌玉无缘怨九泉。感汝不忘中表谊，挂印东征代报仇。此行妗托无他事，救得身尸早返朝。痛妗天伦难会面，见尸如见仲章儿。话次夫人悲哭泣，状元失色泪如倾。机关怎露难遮掩，羞我今朝进素帘。见妗牵衣言痛切，凄楚芳心泪更抛。掩泪含羞称母妗，暮年保重莫哀伤。表兄报国沙场丧，愚甥正应报冤仇。誓斩王威番国贼，定将灵柩运回朝。夫人听毕汪汪泪，怜吾甥女正芳龄。难得奇才能报国，此行定奏凯歌回。无福表兄辜负汝，无主娇花过别栏。知甥不比寻常女，千金身价貌才全。此去建功天子宠，怕没乘龙跨凤郎？薄福桓门惟有妗，绵绵哀怨几时消？庭前失子春光散，娇甥总是别家人。见汝玉容增我痛，叫妗安能不怨伤？夫人说到真凄惨，征东桂帅失朱颜。听妗言词多不雅，疑我水弦别调弹。羞将袍袖遮颜切，泪洒香腮愧启陈。启言母妗悬明镜，当照痴愚甥女心。念奴颇飞兰闺训，敢辱尊人母妗羞？天赋愚甥该薄命，怎敢重忘节操名？挂帅并非图为国，伏望尊人代察明。此行应识无回首，不能随侍妗尊前。话毕娇羞弹玉泪，夫人悲感大伤心。难得娇甥存此意，妗感妆前怎敢忘？泉下仲章魂不远，必佑吾甥早建功。切休存甚痴迷见，望汝回朝会我身。状元掩泪羞无语，夫人哭挽桂恒超。哀呼侄女心何恨，别后和番竟不来。只疑玉质沉没久，何幸重生占首魁。终朝盼望吾儿到，谁料娇痴避我身。到今斌玉捐躯惨，负汝番邦尽节心。闻汝欠安身乍愈，怎又提兵出塞劳？总是仲章带累汝，叹姑怎报汝恩情？武元洒下千行泪，泣道姑娘赦罪名。非奴不入西堂内，为避男装恐露机。谁知天绝红颜命，表兄临阵丧青春。大仇未报心何愿，故随姐姐上沙场。残躯无可堪珍重，不用姑娘太挂心。望姑保重休悲怨，莫教过切欠安宁。夫人挽袖悲悲泪，湘君小姐已听明。始知俱是闺中女，频把秋波顾粉郎。双双不亚昆山玉，非常娇艳色中魁。原来都是桓郎室，不叙哀情怎辨明？羡汝英雄能挂帅，仗汝塞外报冤仇。相逢彼此同心恨，姐妹同为薄命人。伤心轻掩香罗帕，状元知觉好羞颜。拭泪抬身呼弟出，武元拦住唤哥哥。既入内帘容一等，尚容愚弟会家慈。恒魁只得重停步，夫人拭泪命青衣。并请锦春罗小姐，不须回避俱亲人。侍儿领命来闺请，梅衙姑媳入中厅。湘君起位相迎接，亲移交椅坐尊人。状元已识乔装破，无能回避只低头。暗恼恒超多语甚，羞奴无故见诸亲。武元难顾哥哥怪，进前见母痛芳心。夫人见女珠珠泪，怎生病重把吾瞒？可曾痊愈生何样，怎敢行兵上战场？寿短东床误我女，教人悔恨永绵绵。武元无限哀心切，碍有湘君未便陈。含悲答母休哀恨，桂兄在此可相逢。夫人掩泪抬身起，状元含愧至跟前。长揖躬身参伯母，不才小侄候金安。自愧误扳贤世妹，屈作金兰姐妹亲。家父家慈多叹羡，庭前斗胆作孩儿。何幸弟郎无见弃，书轩朝夕指愚蒙。何意今朝逢伯母，愿投膝下奉晨昏。尚望尊人休见却，小侄高扳实汗颜。说毕状元重作揖，低头下拜跪尘埃。梅府夫人扶不起，武元急急挽盟兄。弟受厚恩犹未报，怎行重礼愧家慈？状元回揖千金嫂，锦春还礼退金莲。梅府夫人双挽袖，连称劳动状元郎。小女两番蒙厚德，老身感激未能忘。今朝又出征东国，妖痴全借代提防。倘得平安回故国，衔念深恩肺腑铭。怎敢重扳盟谊爱，有屈魁元妾自羞。魁首欠身称岂敢，二弟金躯托不才。管取回朝重会母，受爵金阶始显奇。话罢告辞重作别，挽弟春尖可出帘。夫人意欲留娇女，恒魁知意启朱唇。连日军机多事故，稍闲二弟必登门。夫人无奈方依允，武元别母泣悲悲。桂帅进前辞母妗，含羞作揖启端详。京营出榜招兵马，凑集兵威即起行。不及登堂重拜别，尚祈母妗赦愚甥。死生分定休哀怨，保重高年金贵躯。话完难忍珠珠泪，下拜尊前好痛伤。夫人扶住千行泪，我儿吉日出征东。爱惜千金娇贵体，切休哀怨汝桓郎。倘知母妗堂前寂，须要成功早返朝。老年自恨难如愿，当将甥女当娇儿。感汝聪明持节操，须记吾言始是情。夫人说毕哀哀哭，魁首悲悲滚泪倾。半晌悲言甥领命，有命回朝必造衙。拭泪回身重唤弟，武元含泪别家姑。两府夫人悲挽手，军机稍暇可来临。恒超承命心凄切，兄弟双双始出帘。堂前却已排筵宴，款待同朝文武官。桂府弟兄辞不领，要理军机不得闲。

喝道匆匆回本府，驸马将身上画堂。武元凄切归书馆，恒魁掩泪入深闺。绛枝小姐相迎接，代君更换锦朝袍。状元携手芳卿妹，对坐伤心泪不收。桓郎寿夭真堪痛，误我红颜薄命嗟。空登虎榜争名利，夺此朝袍作甚因？惜兄才貌双全士，惜兄忠孝久驰名。怜汝捐躯何等惨，抛下恒魁失所依。妆台永破菱花镜，白玉双分鸾凤钗。早知君果遭凶厄，恒魁何必避嫌疑？舍死随君同上阵，何怕王威法术强。堪叹彩春钱姐姐，随征怎不代提防？岂不知君无法术，怎致郎君陷入围？一身仙法何方去，安忍桓郎丧贵躯？姐妹到今都失望，逢人羞愧说英雄。苍天绝我恒魁志，貌美才全福不全。精通仙术成何用，难救桓郎恨怎消？王威这贼愁如海，万割凌迟尚是轻。伤切悲悲遮粉脸，小姐凄凄玉泪倾。痛恨检书狠毒笔，怎注桓郎夭寿倾。叹奴久冒重婚耻，犹望他时得表明。谁料表兄今日丧，桂郎未必改红妆。知他久悬男儿志，失节重婚愧怎当？有心桓府持名节，桂郎现在岂容行？袖掩凄凉含不出，魁首关心记弟郎。定然书室为郎切，娇弱金躯病乍安。起身掩泪辞卿出，要来书馆劝恒超。

武元哭倒牙床内，泪洒湘江枕欲浮。暗叫桓郎君忍别，百岁丝萝两断分。早知名色姻缘浅，扬子江边岂恋生[1]？留此残躯何所用，凤折鸾孤镜失明。叹君空有恒超念，天不怜人丧少年。忍抛姑母堂中寂，误我幽闺叹白头。恨奴空识仙家术，难救郎君阵上危。枉存胸内韬和略，到此行兵只报仇。怎能生捉王威贼，寸斩灵前祭汝身。知君泉下难忘我，何不携奴上鬼关？抛丢薄命何延世，愿伴郎君地府游。愈想愈悲心愈恨，罗帏呕出血鲜红。心乱神昏支不起，伏枕悲悲泪不停。状元含泪来书馆，见弟行仪大吃惊。忙移玉步登牙榻，挽住春尖好痛伤。哀呼妹妹聪明女，须当爱惜贵金躯。寿短桓郎抛汝我，惟存姐妹两相依。当图报恨行兵马，共结同心守内闺。妹此悲哀无益事，怎得桓郎再复生？过哀再染沉疴病，怎领戎衣上战场？叹兄军事兵机累，怎得时时入内轩？不能照顾吾贤妹，汝这痴迷我怎安？折凤离鸾天所定，妹有疏虞我岂生？武元哭挽哥哥手，薄命天生姐与奴。历受灾殃难展翅，到此终身抱恨嗟。妹病缠绵非必死，哥哥何必代奴忧？状元挥泪称贤弟，遇事都该退后想。天产此身为女子，已负胸中志气奇。再遇桓郎身不幸，竟使裙钗一世嗟。须当暂解心悲怨，竭

---

① “扬”，原文作“杨”，据文义改。

力征东且建功。先斩王威灭此恨,再平番国报君恩。回朝设祭桓斌玉,与妹双双剑下亡。那时含笑归阴府,尽忠尽节表芳名。徒然哀怨成何用,怎代桓郎报大仇?武元再听添凄惨,不尽斑斑玉泪抛。点点血星难忍耐,一回肠断一回哀。桂帅芳心无限切,为郎悲恨怎能消?强劝连枝心愈痛,拭尽袍衣泪未干。见弟悲哀难劝止,不住鲜红病必增。强含珠泪呼贤弟,执性娇痴见未长。自料愚兄无薄待,所望相随到百年。桓郎绝我终身望,姐妹尤须伴白头。弟今若执悲哀意,血症绵绵怎保躯?不但大仇难得报,必散闺中姐妹群。弟如有甚疏虞处,独留薄命怎延龄?与其异日分群惨,毋宁今日我先亡。甘心先逐桓郎去,让弟沙场独报仇。话罢悲悲离象榻,即来壁上扯青锋。武元吓得魂离体,滚下牙床夺利刀。哀呼兄长休如此,安忍金躯剑下倾?天丧桓郎惟靠汝,兄再捐躯要弟何?蒙兄见爱言相教,指弟痴愚岂不知?

从今愿减桓郎怨,誓伴哥哥到百年。状元掷剑肠千断,软靠金交泪似珠。武元恐触盟兄怒,强停哀痛拭啼痕。状元泪启金兰妹,我想桓郎事可疑。前日辞行书馆内,曾付腾云咒一张。桓郎本具聪明性,定然记诵在胸中。何致重围遭彼斩,必是腾云走外方。表内又无言号令,番贼藏头作甚因?恒超听毕沉吟想,含悲启口唤哥哥。兄疑斌玉腾云走,弟虑桓郎死是真。既知驾雾仙家术,何不回归本寨临?怎致寂然无影迹,任凭告急报身亡。状元掩泪沉思久,不由顿足唤恒超。此事说来吾作错,怎怪桓郎踪迹无。失授拨云寻路法,彼纵腾云怎晓回?随风飘浪东与北,寄迹他方不用疑。弟若猜疑吾有法,今宵同汝入花园。高台同弟观星象,桓郎生死便知情。武元闻语方收泪,盼望东方日色沉。少时童掌书轩烛,金镜当空色最明。捧来晚膳珍馐列,兄弟心焦下咽难。即命收开双散步,心绪纷纷两锁眉。不期玉漏敲三鼓,衙中人众已归眠。恒魁挽手恒超弟,此时人静好同行。武元领命抬身起，双双并步出书轩。穿过回廊和曲榭，启开金锁进花园。迎面冷风吹透体，三径朦胧月色阴。唧唧虫吟庭鸟静，引动愁怀泪满衿。约柳分花同进步，齐上高高百尺台。四围桂树多枝叶，空阔中央好住停。状元细展秋波看，万里长空一色清。一轮玉镜当空捧，碧云净尽倍光明。星斗满天光灿烂，三台九曜放祥光。簇拥紫微星朗朗，前星太子更光辉。喜见桓郎星尚在，朦胧一片黑云遮。心欢携进恒超弟，指点东方斌玉星。黑云隐隐明遭难，本命无妨不足忧。将星移入东南向，他日追寻有甚难？待兄觅返桓斌玉，奉还吾弟可安心。武元闻说羞低首，细盼长空颇放心。但愿桓郎身尚在，何愁难觅返中原。状元回答金兰弟，桓郎星近斗牛边。女牛之下非中国，系在东辽国内存。无端怎到番邦地①，寻访他时又费心。话完又指恒超看，此是琼卿表姐星。祥光四拥多华采，正应中宫懿德明。武元星眼频频望，忽观黑气起当中。悠悠一道如云雾，直撞青宫妃子星。登时四面纷纷散，好生惊骇唤哥哥。状元失色称贤弟，黑气冲星必有军。汝看不消三月后，有人暗算害王妃。恒超点首呼兄道，哥哥星象在何方？状元见问回头看，不觉含愁锁两眉。指道愚兄星在此，光摇不定有微云。但愁不免刀枪难，只可凭天听命排。武元细看心中苦，状元指点启端详。吾弟将星多朗耀，珠卿星象更光华。瑶光瑞彩非常朗，黑雾邪云不敢侵。悠悠移入中原地，必是班师奏凯回。闻语恒超心颇悦，状元唤弟可归轩。桓郎星在身无恙，请弟安心一枕眠。恒超不答同移步，兄弟双双下月台。穿过丛林池与榭，出了花园把路分。武元步入书轩睡，状元绣阁叩朱扉。小姐绛枝犹未寐，忙教侍女出开门。状元入内携卿手，细诉桓郎本命星。黑云隐罩东南向，似在边邦未丧身。小姐闻言心内悦，星在人存可放心。生女

① “番”，原文作“翻”，据文义改。

脱衣同就枕，次朝天亮起披衣。夫人堂上重妆束，亲来桓府祭东床。状元未便相拦阻，纷纷车马出衙门。

设祭参灵多热闹，储君府内已知闻。可怜惊煞琼卿女，失散三魂泪似珠。哀哀斌弟番邦丧，老母高堂怨怎当？可恨皇亲坑害汝，断送青春夭寿亡。拆散雁群难复会，痛弟捐躯为国家。悲悲泪涌鲛绡帕，太子含愁劝玉人。旨命差官排御祭，代孤祭奠小皇亲。桓衙连日在参吊，无不伤心痛少年。夫人哭子多凄惨，小姐湘君泪不收。日暮散筵方罢吊，桂府夫人告别回。状元心急行兵马，出榜招兵挂七城。英雄勇士都齐集，造成名册报元戎。择日较场开操演，金鼓三吹闹将台。虎皮椅坐征东帅，红罗伞盖罩将军。金交侧坐都招讨，金盔锦甲起龙麟。帅旗初立招兵马，五方旗帜选英雄。三通鼓奏传军令，要选先锋挂印人。对对英雄相比试，各展胸中武艺高。十八般中诸技勇，争先献上帅爷前。较场不绝冲天鼓，台中欢悦桂恒魁。亲提珠笔标名姓，点上擒龙捉虎人。先行左部张文显，右部先锋蔡碧魁。左翼姓名刘国栋，右翼英雄刘国英。前行开路黄天爵，后部先锋谢建英。随后押粮双大将，邹勇邹奇两弟兄。桂帅恒魁亲赐酒，高台挂印八先锋。重传帅令召兵士，战鼓齐敲炮乱鸣。花名册上重重点，点一名来试一名。黄昏兄弟方回府，次朝又到较场来。元戎招讨留心选，一连数日费心机。选足貔貅兵千万，各路催粮急似烧。朝堂请旨纶音降，吉期十八出三军。状元说向知心妹，急迫行期不数天。所有军机今颇定，弟可回衙见母亲。武元闻命如天降，匹马迢迢去似飞。相会母亲兄与嫂，连夜离情说不清。

状元交结多僚友，处处辞行领绮筵。来到张衙相作别，先辞岳母进深闺。侍儿先把珠帘卷，夫人接见递香茶。状元欠体深深揖，启言愚婿要离京。奉旨征东驰外国，小姐妆前必寂寥。若遇退班来奉接，尚祈岳母降寒家。至亲母女堪谈叙，尊人幸勿苦推辞。话罢状元方下拜,夫人扶婿泪汪汪。贤甥身挂将军印,报国驱驰要小心。但愿班师回国早,玉殿褒封受圣恩。小女堂前姑舅在,老身未便造潭衙。桂帅答声无此理,小姐娇痴恐欠安。岳母素常多爱女,不降寒家岂是情?伏祈莫却愚甥意,使婿征东始放心。和颜悦色重重语,夫人无奈始应承。多承贤婿重情意,有念娇痴小女身。妾身敢不从尊意,只恐登门打扰深。状元见许深深谢,夫人传命备华筵。桂帅相辞忙出位,愚甥有事欲归家。岳母深情心敬领,班师之日再登门。夫人知婿军机冗,命召娇儿送姐夫。状元揖别移身出,舍人相送上华堂。告别张侯和太郡,辞行岳丈礼殷勤。太郡张方双挽婿,张侯冷笑唤贤甥。恭喜身悬元帅印,马到成功有甚难!金殿已无翁婿意,何劳贵步至辞行!知甥今作征东帅,掌握貔貅势焰高。回朝他日王侯贵,何罕吾家一女郎!今日老夫先说定,接回孙女莫生嗔。桂帅闻言颜失色,不由怒上两蛾眉。回答太公言可笑,嫁鸡自古逐鸡飞。请旨出兵甥报国,有何冲撞渎台前?令爱归甥将一载,难道迎回再别调?莫道愚甥身尚在,岂容令爱再更婚?纵使恒魁临阵丧,令爱何颜嫁别人?赫赫尚宫荣贵女,堂堂将帅状元妻。重婚改节羞何地,玷辱芳名笑煞人!哂君枉作皇亲贵,这般言语不知羞。恒魁血性奇男子,岂容妻室辱吾名!要断亲情凭汝断,恒魁怎表受人欺!从此休思贤小姐,再返皇亲国戚衙。话完怒色朱颜变,也不相辞即起身。皇亲父子雷霆怒,喝骂下流小畜生。这般挺撞无尊长,看汝沙场怎得回?莫借腰边悬帅印,家散人亡悔是迟。桂帅明明都听见,玉步匆匆竟下阶。公子占元相送出,把袖殷勤告罪名。家祖暮年言语急,姐夫海量莫生嗔。乞推家姐闺庭爱,休把言词介在怀。状元暗羡聪明子,方收怒色启端详。此事非干愚姐丈,令祖言词入耳难。多蒙鸾弟言相教,不才安敢记微嫌?公子躬身称海量,郎舅双携至外堂。状元正欲登鞍马,回头忽见一英雄。岁上才交十六七，面白唇红小俊郎。不由住步频频看，问言鸾弟是何人？舍人回答章飞虎，日行千里上英雄。无弟无兄无父母，寄身舍下已多年。言完招唤来相见，飞虎躬身叩状元。恒魁亲挽英雄手，启言足下貌非凡。须当出力朝堂上，屈身相府辱奇才。下官深恨行期迫，难同足下久盘桓。君如有甚疑难事，不妨寻访我恒魁①。下官颇有怜才志，必当提拔上青云。飞虎叩头称领命，状元拂袖上金鞍。重辞鸾弟匆匆去，回归府第已黄昏。

入闺遂即更袍服，弹指妆前告玉人。可笑不良卿令祖，非礼言词敢出唇。莫言生在卿难嫁，我纵身亡汝怎婚？就使桓郎迎娶汝，也着恒魁奏假装。何况今朝身挂帅，岂许迎回敢别调？今日与卿先说定，切勿归宁见众亲。卿如不听吾言语，回朝誓不认芳卿。奸侯恶语真堪恨，恒魁宝剑岂饶人！状元话急朱颜忿，小姐低头脸已红。半晌锁眉轻叹息，家尊家祖性俱狂。料因金殿行兵恨，方有非言得罪君。但君将帅汪洋量，何须小忿变容颜？妾不归宁犹自可，可怜家母叹孤单。望君代妾推详想，乞念天伦割爱难。语次秋波双搁泪，诈整罗衣脸侧东。状元自悔言词急，见卿伤感好生怜。进前挽住尖尖手，愚生语错渎妆前。实因令祖将吾辱，怎按胸中怒气狂？况卿欲救生身母，乘此行仪计始行。附耳低低呼小姐，这般方可哄尊人。芳卿母女仍相会，又脱尊堂令弟灾。小姐绛枝心受计，方收珠泪谢才郎。感君设此奇谋计，妾身安敢再归宁？倘能母弟双无事，待君奏凯谢多情。状元启答无劳谢，终始随吾始见情。莫至桓郎回凤阙，重抱琵琶负我身。小姐含羞无语答，状元事冗又离闺。军机数日皆清理，惆怅离亲伴画堂。

此朝正是行兵日，梅衙先唱武元郎。书轩梳洗披冠带，堂上

① “妨”，原文作“访”，据文义改。

拈香别祖先。请上母亲深下拜，伤心粉泪洒香腮。孩儿奉旨忠王事，不比和番去不回。恒魁现掌中军印，母可安心莫念儿。但求平定东辽国，回朝再奉北堂欢。珠卿不日班师返，老父团圆庆画堂。母当保重金躯体，莫过忧思至欠安。夫人揽住娇娇女，肝肠寸断放哀声。怜吾爱女千金体，每受飞灾好不安。相逢未尽相逢乐，又报东床丧了身。怜儿带病行兵马，欲报冤仇不顾身。劝儿莫为桓郎怨，须念堂前有母亲。保重娇躯征破虏，早驰捷报返皇京。莫为贞名抛孝念，必致吾身一命倾。招讨泪言儿怎敢，倘能奏凯即回朝。回揖哥哥和嫂嫂，大夫小姐泪齐倾。并嘱此行休过切，早平番贼早回京。武元泪答兄和嫂，母氏高堂要奉欢。兰闺但愿增祥瑞，不须挂念妹征番。夫人悲唤亲生女，西堂须要别姑娘。恒超细想难推托，拭泪辞娘过曲廊。即来西院登堂上，拜别姑娘泪满衿。夫人牵住恒超手，惜别凄凉好痛心。我儿贤孝人间少，可恨苍天不佑人。斌玉阵亡抛侄女，为报深仇又出兵。娇躯病体须珍重，休为亡儿怨在心。早早班师回故国，方慰高堂悬望心。代姑寄语恒魁女，表兄尸首托他寻。他既不忘桓氏聘，须当保重早回朝。暮年姑媳相依倚，无福吾儿误二娇。说至夫人悲哭惨，武元凄切大伤心。拂衣跪下尘埃地，姑娘切莫这般思。古来多少人临阵，失陷重围遇救星。但愿表兄身有救，有日回来慰老年。传嘱恒魁当代述，望姑保重勿多哀。暮年倘若生灾病，表妹番邦怎放心？招讨话完悲不止，夫人扶住泣悲悲。恒超心虑恒魁等，掩泪辞姑即起身。中堂再别生身母，依依扯袖好难分。无奈森严防帅令，伤心分手上金鞍。世忠先到金门外，诏讨飞鞭至桂衙。

先提桂府恒魁帅，早起衣冠上画堂。拈香拜别宗和祖，请上椿萱两大人。低头下拜红毡上，膝下牵衣寸寸哀。不孝离亲身挂帅，为领君恩没奈何。此行日望长安远，为父为娘好挂怀。必须保重黄金体,使儿战阵始安心。少保夫人双挽女,舍别娇儿痛寸心。相逢喜汝标名姓,谁料飞灾事又生。短寿乘龙天注定,我女须当念二亲。莫为桓郎伤玉体,莫把娇躯看得轻。报罢夫仇平外国,慰我高年父母心。凡事我儿思大义,莫执娇痴不顾身。知儿胸内多成见,必能安慰我双亲。帅闻亲语珠珠泪,哭道椿萱请放心。孩儿虽是痴迷女,岂不知亲爱女心?苍天若悯儿之苦,稍从儿愿即回京。重戏斑衣应有日,切休因女挂于心。高堂爱惜金躯贵,爱女尤须爱自身。夫人公相千行泪,状元哭别妹如兄。念奴此去心常在,父母堂前好看承。千金驸马悲还礼,重重嘱咐保娇躯。惟愿成功欢奏凯[①],父母毋庸汝挂心。

状元含泪来闺苑,妆台揖别玉颜人。泣唤娇娇贤小姐,愚生今日别行兵。画眉笔冷怜卿寂,莫为闲愁上翠蛾。念生身逐刀枪队,一片神驰在汝前。芳卿当记前宵语,切勿归宁致露机。卿当珍重娇躯体,不须思念出征郎。小姐绛枝心切切,携郎袍袖泪如珠。怜君体重凌云贵,冒涉干戈上战场。饥寒须要加珍重,早救桓郎返故闾。切体怀念闺中女,受君之计敢轻忘?念奴颇识名和节,生死随君敢二心?话至伤心悲不止,帅挽娇娥更痛心。

外面武元身已至,登堂作别二双亲。庭前下拜纷纷泪,少保夫人好惨伤。双挽春尖呼爱女,儿须保重莫伤心。不幸桓郎亡得惨,误我娇娇女俊英。报仇报国须珍重,奏凯回来始放心。恒超哭道蒙亲爱,愧儿无以报双亲。但愿尊人松柏寿,待儿回国好承欢。回身泪别兄和妹,双双执手泪如倾。都嘱远征宜自爱,专望班师受圣恩[②]。武元拭泪来西阁,哭别金兰妹绛枝。小姐悲悲牵玉手,频嘱征番保贵躯。缠绵血疾须调治,寻访桓郎早救回。从

---

① “愿”,原文作“原”,据文义改。

② “师”,原文作“帅”,据文义改。

此闺中长盼望,双双奏凯慰奴心。武元悲答吾贤妹,兰闺自爱莫多忧。桓郎尚得追寻返,必有佳音报镜台。两心相照何须嘱,自寻消遣莫思奴。寄语琴仙蒋姐姐,恒超不得别妆前。统容他日班师返,重会金兰应有期。小姐绛枝悲领命,忽闻金鼓奏三吹。催促元戎双起马,先锋副将俱来临。恒魁此际心如醉,挽手娇娥不舍分。武元洒泪重辞妹,挽出哥哥别贵人。帅顾玉人肠寸断,妆台切煞女词林。兄弟含悲双步出,东闺拜别女千秋。彩女宫娥传报入,琼云宫主出帘前。二帅躬身同作揖,龙生还礼启朱唇。叔叔出征宜保重,早驰捷报奏金銮。麟阁描形应可望,好慰高堂姑舅心。二元欠体同声答,竭力征番愿尽心。但祈贵主金言重,能遂微功报国恩。贵人退入珠帘内,兄弟回身又上堂。哭辞父母多凄惨,少保夫人不尽悲。哭道吾儿双姐妹,阵中彼此两提防。知汝金兰情谊重,相爱相怜要小心。桓郎身丧应无奈,姐妹须当结百年。招讨元戎伤肺腑,哭倒亲前不住哀。声声父母休牵念,不孝行兵有日回。子芳挽弟如泉泪,小姐离兄几断魂。衙前久候先锋将,传请元戎快起身。子芳也虑皇登殿,拭泪重重劝弟郎。二元惜别真无奈,父母离儿倍痛伤。兄弟阶前同上马,凄凉掩泪出衙前。令下先锋和副将,长亭排队候吾身。众锋应诺纷纷去,桂家兄弟谒金门。

九重殿上开宫扇,百万衣冠陆续齐。高呼万岁朝天子,分班整肃凛朝仪。班中先出征东帅,后随招讨少年郎。阶下廷参重面圣,剑佩铿锵拜玉墀。同声奏道臣兄弟,今日征东出凤城。谨叩龙廷求圣训,伏望纶音下九重。天子喜开龙眼盼,双双何逊俊仙郎。笑道二卿今远战,早驰捷报定番邦。为国驰驱真赤胆,当教太子饯长亭。二帅玉阶重启奏,小臣效力理当然。怎敢重劳皇太子,金车下饯罪如山。帝闻旨道卿休逊,即教近侍报东宫。兄弟阶前同谢圣,圣驾回宫散早朝。

二帅金门同上马，先到长亭始下鞍。远远笙箫鸣百乐，文官武将拥如云。簇拥储君銮驾至，二帅廷参接小王。太子下车春满脸，赐起征东两状元。请上储君升御座，绮席琼筵左右开。赐坐英雄兄与弟，饮罢皇封出位来。谢酒重参皇太子，沐恩赐饯愧难当。此行愿仗天威广，得平番虏再朝天。太子纶音双赐起，二卿此去要同心。早展奇才驰捷报，孤在朝中候好音。二帅齐声臣领旨，储君传旨欲回朝。金车出驾笙歌振，复旨宫中见父王。亭中饯别诸亲友，玉盏金杯带泪吞。驸马大夫悲挽妹，齐声叮嘱凯歌回。先锋捧上盔和甲，英雄兄弟挽戎衣。赤翅金盔遮粉脸，铠甲龙麟罩锦袍。金镶玉带拦腰束，前后双分宝镜明。左右彤弓和画矢，粉底朝靴未染尘。飞龙双剑征东帅，中军招讨挺金枪。双双再别胞兄长，含悲都上马龙麟。帅旗一转三军拥，战鼓冲天队伍齐。连珠炮响行兵马，刀枪映月出京城。文武百官回马首，梅衙桂府好凄凉。别离爱女天涯远，痛念乘龙永渺茫。

休言挂印双兄弟，单提女帅喜班师。得胜旗开威凛凛，回军锋将喜腾腾。路中迎送多文武，谁不趋承贵玉人？此朝兵到荆州省，珠卿传令歇三军。记得恒魁龙姐姐，住居正是此间人。蒙姐赠书恩不浅，方致番邦奏大功。今日回军重到此，不访金兰岂是情？帅令一传人百诺，探旗先报入城池。张雄率领文和武，迎接班师得胜人。中军要见多娇帅，珠卿女帅再三辞。桓爷梅相心虽恨，马上相逢强笑颜。三军屯扎城门外，驿庭大启奏笙箫。武将文官来禀见，女锋两两谢多劳。珍馐百味多供奉，绛烛纱灯奏这弦。次日珠卿桓女帅，新妆已毕整罗裳。命请父亲和母舅，二爷悦色入中堂。女帅珠卿深敛衽，笑启朱唇借问安。二爷赐坐娇娇女，珠卿启上两尊人。前日孩儿身挂帅，在此停兵过两天。遇着恒魁龙氏女，倾城闺秀色如仙。辕门面叩亲进见，与儿结拜作金兰。

第八十四卷　贬贪婪托参双节度　桓斌玉误泄绝食谋
忌忠直题保三大臣　桂恒魁计传催花令

重宽金扣情无限，再整阳台意更浓。恰值新喜佳节尽，捷雄家信至京师。奇玉得书多喜悦，恒魁拆信怒生嗔。可恨两湖文共武，这等亏心要税银？不识恒魁非好惹，岂许重居我楚疆。即教请入桓王帅，怒将事故议夫郎。归藩时日犹无定，税务年年被匿收。君可密商蒋老伯，另补封疆各大臣。部下先锋十五位，京营俱授总兵官。兄当传彼花厅内，探他口气可如何？妹知众将皆忠勇，个个知恩俱俊英。若肯先归南楚守，盗贼钱粮可免忧。蒋家伯父当朝相，升调权归掌握中。代奏君前无不准，陆续离京免主疑。斌玉喜言卿见是，即来外室遣差官。不驰令箭投名帖，遍请英雄众总兵。众将得知焉敢逆，各各衣冠佩剑来。武王不上银銮殿，私厅便服会英雄。赐坐待茶多礼貌，细将细节诉群英。女王出意生如此，未知卿等是如何？十五总兵闻此语，一齐出位欠身陈。末将频年蒙桂帅，格外提携得奋飞。理应先归藩地等，各竭愚忠敢惮劳。王闻大悦连称美，将军慨诺我安心。孤今拜托云标相，伫候龙章下九重。众将欠身称领旨，要请金安见女王。武王含笑称劳动，欠安桂帅未临妆。众将方才辞退出，各人回府各留心。都呈手本和私礼，送入潭潭首相衙。人人谋缺归南楚，密托多才蒋舜昭。少保父前为婉转，蒋爷猜想好生疑。顿然变色呼娇子，此事跷蹊你可知？十五总兵皆勇将，身经百战俱当先。两湖地是武王国，彼是恒魁部下人。到今不约同心意，谋守藩疆必有因。莫是女王先授意，豫伏英雄有异心？你父一生儿已晓，不知荣辱不趋权。蒙恩委任群僚首，安敢徇私不奏君？手本礼仪堪作证，难顾恒魁救妹恩。听毕舜昭方欲谏，外报桓王拜会临。丞相披衣亲出接，待茶已毕叙寒温。武王请退家童等，年伯之前诉曲衷。侄等居官无积蓄，怎当粮税再消磨？年年贡献难赔垫，不已前来扰大人。乞换两湖节度使，武官更换各先锋。蒋爷闻语微微笑，又问桓王年少郎。此情或出贤王意，或出修仁王后心？旧属总兵都乞守，是否贤王嘱他们？斌玉欠身称老伯，父执之前不敢瞒。事皆出自荆妻意，为恨贪婪扰害民①。丞相闻言头点点，老夫颇晓女王谋。若行此事多关系，可容谒见女元戎？武王笑道孤何幸，伯父光临妙莫当。荆妻结谊琴仙嫂，安敢藏身不候安②？蒋爷喜道蒙王许，愿同造府谒妆前。桓王诺诺称承命，蒋爷吩咐取衣冠。即与武王同备辇，同返潭潭帅府来。龙浩得知忙出接，请入迎芳宫院中。小姐琴仙欢见心，膝下殷勤借问安。召出梦恩参外祖，武王告退请恒魁。小姐可疑轻问父，盟妹无因请见何？蒋爷据实和儿诉，琴仙好笑唤严君。恒魁肯举飞天事，三载之前早已为。爹爹真个多心绪，必被恒魁哂父亲。丞相笑言非你晓，碧芳彼是女中魁。素多权术能收拢，笼络人人效死心。此事系关吾责任，若非面问不安心。小姐笑言凭父见，耿侯龙浩起抬身。启言弟妇今将入，甥当告退恐非宜。蒋爷回答生言是，夺魁移步已离轩。须臾桂帅恒魁至，随带宫娥见蒋爷③。词林丞相同离位，女王含笑启朱唇。侄女不才从遣嫁，伯父潭衙欠问安。今朝幸又瞻山斗，容谢无知失礼仪。话完即令毡铺地，欲照年家晚辈行。蒋相再三辞不受，恒魁执意要行参。蒋爷笑道休如此，女王本是女英雄。须应脱除虚俗套，怎屈威仪愧老夫？顾令琴仙儿代阻，断不能当此礼行。女王难拂知无奈，却行常礼始分宾。茶毕方才收盏退，桂帅先将始末陈。两湖节度贪婪党，串通武职任施行。明恃

---

① “贪”，原文作“含”，据文义改。

② “候”，原文作“侯”，据文义改。

③ “娥”，原文作“蛾”，据文义改。

朝廷差代守,侄女无能奈彼何?贡献逐年赔不起,难敷贡数恼天威。因思伯父朝中首①,百僚黜陟让当先。清谦卑污应先鉴,为何不黜众贪员?莫因错爱封藩地,不肯弹章上九重。故特拜求年伯父,代更镇守众官员。侄女当年诸部下,足堪分守必精勤。襄治竭心无隐匿,得伸臣职感难忘。蒋相云标含笑答,女王见托敢推辞!但想总兵诸贵属,俱系英雄上将才。巨穴不宜存猛虎,难保人人俱赤心。不但老夫差负国,女王恐被累芳名。未识妆前筹熟否,老夫上表有何难?桂帅闻言微哂笑,伯父尊人过虑深。侄女不才虽弱质,历受皇朝圣眷多。况联国后椒房爱,兄弟双双尚贵人。涓埃未报心惭愧,怎敢重生意外谋?恒魁有背君恩重,合门绝灭受天诛。伯父不须疑众将,彼敢生心何处逃?蒋相细闻心大喜,女王决烈我无忧。何须重誓生如此,老夫岂虑女元戎?奉命即今归缮表,女王静听报迁移。桂帅笑言蒙伯父,侄女叨情有日酬。蒋相答声何言语,小女金兰受爱多。话次武王重入见,桂帅须臾始出轩。龙浩入陪方设席,太师下午始回衙。驭出总兵诸厚礼,各留手本记他名。修成奏本朝金阙,直参守楚各官员。玩视外藩屏障地,匿粮藏税虐军民。却使桓王同桂帅,隐碍君恩不敢言。岁岁暗赔充国帑,有伤陛下待功臣。请旨题参双节度,保出封疆两大臣。河南升调邹巡抚,节度三湘南楚民。更调庆先方察院,节度荆襄楚北民。各关险要关防地,都换京营众总兵。君王览表都批准,两湖更换用能员。阁中发出当今谕,凭照纷纷送上门。方忠刑部辞官久,随子心欢赴楚疆。庆先作别来桓府,桓王兄弟托留心。小姐锦姿归送饯,奢华赴任喜匆匆。十五总兵都领照,请训桓衙见女王。恒魁召见多优礼,嘱托边防要小心。陆续出京都赴任,练兵讲武各勤劳。

---

① “首”,原文作“着”,据文义改。

升迁诏下河南省，碧涛巡抚得知闻。庭前却种双兰桂，凤梧公子甚聪明。小姐彩祥方襁褓，夫人赵氏喜齐眉。承恩代守藩疆地，励精图治尽忠勤。两湖喜庆升平乐，国富民殷大有年。土物方仪和税款，按期进纳上京都。此时二月春光美，武王府内报祯祥。西轩北院双临产，昆山姐妹入红尘。欢悦王妃桓国丈，恒魁桂帅甚欢欢。报喜柳家和桂府，三朝各送宝与珍。弥月喜延文武客，柳府夫人喜降临。桂府太妃车辇至，笙箫百乐宴婆神。削发西宫娇郡主，新取芳名号绮徽。随后北轩小郡主，与姐排名字艳徽。粉妆玉琢容皆媚，姐妹随观俱不凡。两院夫人都启镜，开筵奏乐至更阑。先散珠卿姐与妹，夫人王后俱辞回。

不期转眼三春尽，仲夏方中日乍长。捷雄复命回京国，加赐三级入鹓班。兄弟椿萱欢不已，恒魁斌玉谢多劳。接观酒席欢传盏，狼主书文递正轩。随又递书来各府，人人接待晚方回。灯前喜弄双娇子，闺室重圆恩爱情。迎芳院内琴仙女，又得佳祥叶梦熊。却于七月中旬日，产下多娇一女郎。名作静徽娇似玉，耿侯爱惜掌中珠。是时秋令金风际，留云妖女已投生。系是九重皇眷属，西宫妃子乃同胞。

姓耿绍文人正直，扶朝治国职将军。室内夫人刘氏女，三朵兰花在膝前。长唤梅蟾大小姐，年交四岁甚聪明。次号碧蟾才两月，就是妖狐传世人。三女呱呱非嫡出，系出西房薛氏生。二奶产中身已逝，遗下多娇号宝蟾。庭前尚欠麒麟子，三颗明珠掌上看。小姐梅蟾婚已定，史衙二舍结红丝。史銮太傅随青琐，父子同朝佩玉珂。倚恃东宫妃子贵，勾通内监姓程人。英和正室申家女，西台御史女千金。二桂一兰阶下茂，允文允武两官人。湘琴小姐颜如玉，乳哺怀中最可人。申爷夫妇双双逝，一子承恩号启臣。秦晋夫人穆氏女，闺中有女十庚春。芳名号作申珍玉，雁落鱼沉色最娇。能歌善舞知音律，待字兰闺欠俊才。有弟大魁方九岁，从师书馆读文章。申相官居为谏议，姐家依附史皇亲。史銮奸宄存心久，暗结多官作腹心。风言未死张廷保，称尊啸聚卧龙山。密密遣人通信息，暗召廷保入京师。左邻恰是王朝佐，恐被知情必泄机。待到黄昏延请入，书轩深处叙交情。结纳重重相救援，款留数日始回山。史銮暗地通关节，保出英雄众武员。一名提督宣跃麟，代州节度管兵民。二保腾龙西蜀郡，绵州镇守大将军。三保捷雄邓都统，绛州总制管三军。文凭发出人皆晓，三爷写本谢君恩。择吉路麟先赴任，拜辞父母嫂和兄。随后腾龙方择吉，领同妻子别椿萱。静王送弟难分舍，双亲离子泪如倾。兄弟双双同抵任，各尽忠心报圣君。捷雄转眼行期到，辞亲赴任甚奢华。到后夫人奇玉女，又生一女貌如花。名作淑徽邓小姐，兄妹庭前悦二亲。次岁琴仙蒋学士，又得宁馨一俊郎。名作梦玑字德佐，一双桂子貌非凡。同班侍读罗家女，锦春连得两娇花。长号蕊英大小姐，蕊枝为次二千金。繁华第一桓王府，桂子兰孙院院芳。东院恒超梅女帅，春间喜得一麟儿。取号梦鹍字德举，美如冠玉貌如神。西院湘君欢得子，德柱为名号梦鳌。正轩又降麒麟子，梦鹤双名字德恭。六位舍人欢膝下，三娇郡主解承欢。忠侯双桂双兰茂，两美同谐甚称心。安王桂府多和叶，驸马双双子道全。江西有信常来往，寿王兰桂甚多枝。爱女素芳增吉庆，庭前儿妇两调和。东阁琼云大公主，双双娇女已三周。舜煐公子方周岁，又得麒麟降世昌。满月设筵多热闹，金盆落发二宫人。取名号作怀图全，又取窗名桂舜烨。大宴黄昏宾客散，恒魁桂帅未曾回。子芳请妹来东阁，剪烛谈心兄妹情。奶娘抱进双公子，桂帅欢欢接舜烨。笑唤哥哥桂驸马，狠毒之心汝最先。封藩事不通知母，反助恒超启我箱。愚妹多时归楚国，舜烨妹即继为兄。承袭藩王王世子，作成愚妹足平生。哥哥不舍亲生子，害我恒魁作女郎。子芳闻说微微笑，问妹原来尚恨兄。当年若随吾贤妹，妹夫哀怨怪非轻。愚兄怎忍芳龄误，贪妹藩封薄至亲。喜今妹妹英名著，光耀吾家出女奇。妹有梦蛟承世职，怀图何福作藩王？琼云公主微含笑，回答姑娘话未真。口虽恋恋南藩爵，怎舍姑夫年少郎？桂帅笑言皇贵主，恒魁心愿比人奇。房帷恩爱非臣愿，难遂痴心死不甘。子芳笑唤恒魁妹，不须抱怨许多多。妹若他年归楚国，或令怀图伴妹行。代劳早晚随趋奉，任凭教训当亲儿。议婚授室凭尊主，何异怀图继膝前。足堪消汝心头恨，免妹含怨恨子芳。女王笑道兄言定，只防贵主不能从。琼云笑答姑何语，肯带归藩妙莫当。不须限定同归楚，数年先送入潭衙。凭姑训责文和武，要费清神莫厌烦。桂帅笑声臣所愿，但望金言勿变更。即把舍人交乳母，闻谈良久出闺轩。陪侍高堂父与母，钱昂亦在喜承欢。次日黄昏桂帅返，问安礼罢入东堂。直至更筹经二鼓，方返迎銮正院中。郡主舍人都已睡，三娇难等俱回宫。惟有恒超斌玉帅，灯前对弈等恒魁。喜观灯闪来窗外，推棋迎接起抬身。桂帅入宫欢挽手，问妹原来在此间。椿萱有命传言责，那日匆匆怎急回？媚仙笑道难瞒姐，梦鹍未去觉关心。桂帅问言三姐妹，斌玉回言顷刻回。女王忙令诸宫女，再请夫人可降临。宫妃闻命分头去，桂帅罗帷始换衣。少刻三娇莲步到，相逢姐姐笑颜开。都道顷间因晚膳，不能恭候故先回①。不意回归犹未用，又承见召复重来。桂帅笑言同一体，愿留同用共闲谈。遂命宫娥呈晚膳，女生上席各抡杯。桂帅席中欢畅叙，细诉怀图貌可人。家兄许我归藩日，随带同回楚国中。众娇闻语微含笑，梅帅恒超带笑陈。姐犹怪我乔装破，这等贪图桂舜烨。不知不盗丹书券，王爵安能及梦蛟？亲生难道无如侄，姐姐今朝见不明。桂帅答言非此理，不才不愿作红妆。当年若得承恩去，赫赫声名北面王。生杀大权随所

---

① “候”，原文作“侯”，据文义改。

欲,流芳一代作贤君。到今雌伏真羞愧,日锁深宫举步难。为人只望名芳美,何羡兰孙桂子欢。闻语媚仙犹未答,武王含笑把言陈。芳卿果是无情女,不及恒超妹有情。桓郎非彼金针引,与妹应知断赤绳。感他代我劳心血,两次因孤费苦心。莫道上书为待非,登州一节感他情。绝食带参私度日,方能感动铁心肠。天前得誓非容易,全我糟糠结发缘①。三女闻言犹则可,媚仙女帅失朱颜。忙将俊眼观斌玉,暗恼搜寻惹事端。武王尚不关心意,恒魁桂帅始知情。一天春色登时退,两片桃花顷刻生。正色执杯无一语,媚仙察意坐难安。正欲设词相掩饰,偏逢保母入宫来。手抱琦徽大郡主,含笑筵前启女王。梦醒贵人坚不睡,要寻王后此间来。恒魁接过娇娇女,怀中跳跃笑嘻嘻。女王挑弄樱桃口,问女更深至此何?三兄六弟安眠否?曲栏风冷莫胡行。郡主琦徽称母后,哥哥兄弟睡多时。孩儿连日宫中闷,盼望宫车尚未回。母后怎于今夜返,入宫亦不唤孩儿。女王闻说微微笑,闻已安眠唤你何?春尖携取盘中果,送入娇儿小绛唇。启唤琦徽娇爱女,嫡母之心你可知?生平素重名和谊,于世堪称颇有情。梦蛟梦鹤虽居嫡,未较吾儿厚薄分。不望他年承孝我,只要能存一点心。儿休奸宄生欺诈,儿休面是背生非。须知心术人居要,莫学奸刁你母亲。琦徽郡主闻娘语,襁褓婴儿怎识机?含笑点头称母后,孩儿记得母良言。武王失意知言错,梅家女帅脸飞红。暗中恼恨才郎短,无事生非露我谋。致令触怒恒魁姐②,羞我忘盟用暗谋。含羞出了金交椅,自奉金杯至席前。启唤恒魁贤姐姐,海量芳心赦媚仙。频年得沐推心爱,未报天高地厚恩。非干无故生欺诈,乞念恒超不已为。都为桓郎冲撞姐,妹恐妆前挽不回。离开佳偶非

① “糠”,原文作“糖”,据文义改。
② “令”,原文作“今”,据文义改。

祥瑞,谊亲父母怎安心?桓郎衷曲无从表,欲托青锋剖此心。自愧痴愚行错计,安敢存心把姐欺?事露今宵甘受责,姐休讥刺妹难安。桂帅微微含笑道,妹妹多情久已知。自悔执迷蒙指示,此心岂有怪妆前。愚姐知恩期必报,妹休引罪太多心。接过香醪停放案,已醉无能再领情。梅帅彷徨无限苦,侍立难言退步难。武王至此难开口,默默低头锁两眉。三院夫人都察意,一齐出席劝恒魁。各赔笑脸称贤姐,莫听桓郎起是非。恒超姐亦奇才女,那有将恩认作仇?设谋多为访离散,非敢欺瞒有异心。事过不提推旧爱,不领香醪彼怎安?桂帅恒魁同起位,启言众妹错生疑。恒超用计恒超意,彼为桓郎岂为吾?自羞愚昧难猜测,岂敢今宵反怪人?委实此杯难领意,莫劳妹等请登筵。三女笑言无此理,不怪恒超不应辞。悦色捧杯言再四,女王执意不沾唇。苦了媚仙梅女帅,愤恨桓郎害煞人。不谅为谁行此计,何当当面破吾机。恒魁不喜吾何脸,随侍他时怎长久?欲怪桓郎防姐在,要引前言碍众人。几度追思无主宰,低头粉泪搁秋波。进前再捧黄金盏,递上金兰姐姐前。问姐推辞明怪妹,何妨发泄莫存心。自知久沐垂青盼,事错甘心敢措词?桓郎害妹成如此,若断金兰彼罪多。话次心中羞又急,再欲陈言启齿难。秋波洒下珍珠泪①,恐人知觉背灯弹。桂帅转波亲看见,好生怜惜颇回春。正色接盏呼媚妹,你莫多疑到此形。恒魁无憾丹书失,何碍存参小事情。快速上筵当用膳,恒魁不作背盟人。不须疑虑交盟断,妹无负我始为情。话罢执杯方饮半,半递娇儿代饮干。三女欢然都入席,媚仙方始入金交。用膳已完都起位,进茶彩女奉娇娥。四院宫娥来接主,对对纱灯槛外明。四娇姐妹相辞别,女王独挽桂恒超。唤言妹妹休辞返,草榻当延过一宵。梅帅低低回答姐,桓郎在此妹非宜。有

---

① “洒”,原文作“酒”,据文义改。

爱明宵君不在，妹当领命伴同眠。桂帅恒魁微冷笑，桓郎同榻有何妨？未赋关雎堪议计①，已合鸳鸯反怕羞。同眠亦让痴愚妹，领略桓郎待妹心。何等多情何等爱，致妹倾心这为他。不须羞避无能姐，懵懂痴人识甚情？媚仙听姐相留语，羞得桃腮阵阵红。玉手被牵难扯落，辗转娇羞只锁眉。武王不便辞和挽，三院夫人笑满颜。启唇都唤恒超姐，留宿何妨莫告辞。女王重问金兰妹，可能赏脸请言明。媚仙女帅羞千种，启言姐姐莫生嗔。恒超非敢相违命，实为桓郎不便多。望姐原情休见怪，妹愿明朝至负荆。桂帅答声休巧语，妹妹行为我所知。今宵好意扳留汝，刁难假意碍桓郎。他日若逢君亦在，不留自宿更为何？媚仙答姐休冤谤，恒超断不此行仪。女王笑答吾难信，当留财约始相宜。恒超启道当从命，妹若输时愿作东。桂帅笑呼三姐妹，见证恒超此际言。两月之期无此举，恒魁甘愿罚琼筵。武王旁听微微笑，绛枝小姐不应承②。启言妹恐轮班去，见证须当让别人。柳女钱妃称姐姐，妹愿承当证此情。桂帅笑声全仰仗，即呼保母接娇儿。嘱言速抱归宫睡，窗前我要送夫人。乳娘奉命将身退，姐妹齐称不敢劳。宫娥都举宫灯照，女王亲送转阑干。三娇请进中宫姐，恒超住步挽春尖。启道今宵蒙海量，妹自羞惭怎置身？望姐宽洪容我改，慢慢妆前赎罪名。桂帅答声难取信，待你同眠恨始消。媚仙含笑无言答，随同姐妹出雕栏。女王又入迎銮苑，心想恒超可恨深。这般如愿桓斌玉，累我惊忧日夜劳。已往之情难重究，姑息凭他太便宜。数日必须施一策，戏耍金兰妹媚仙。要他羞急难伸泄，要他恼怒变容难。默默细思须此计，武王眼见好难安。见妹沉吟疑不喜，不胜追悔露前言。恒魁今作如斯态，恒超归院怨非轻。金

① “雎”，原文作“睢”，据文义改。
② “绛”，原文作“降”，据上文改。

兰绝好成疑忌,招引参商悔怎随。闷闷起身携妹手,问卿何不卸新妆?左右宫娥忙启镜,桂帅更妆又换衣。生女双双归绣榻,天明定省各承欢。恒超心挂金兰姐,特进中宫谢旧非。恒魁执手微微笑,问妹何须太介怀。欺与不欺五载事,愚姐何心记你仇。与妹频年非别比,不须局蹐我难安。媚仙闻说芳心悦,喜姐宽宏免挂怀。烹茶煮茗消清昼,姐妹情殷复似初。至晚恒超方别返,归宫无限怨才郎。轻言孟浪无关照,对面教人愧不胜。若非姐姐东洋量,教妹妆前怎立身?斌玉答卿孤亦悔,从兹守口要如瓶。媚仙怒道今无事,那怕君侯再露机。这般轻忽真堪笑,错费心机待及君。话次娇嗔心不悦,武王赔笑挽佳人。孤家错误今知悔,芳卿何苦太苛求?恒魁亦未勤追究,得罢休时要罢休。殷勤款曲言相劝,佳人蹙黛闷沉沉。

笔波停唱凝祥院,词谈春榜动长安。御笔点差主副考,选求天下俊英才。纷纷应试人如蚁,三场文字各留心。榜发泥金驰捷报,世元梅舍夺元魁。报入桓家人尽喜,厚赏黄金始退回。张府夫人悲又喜,公子衣冠叩祖先。九重殿试开文运,对策丹墀各献才。弥封开拆知名字,世元中式状元郎。榜眼刘文居浙省,探花林茂出潮州。率领群英朝圣主,蓝衫初换紫袍衣。金花压顶君恩重,红彩披肩羡少年。君王查是梅王侄,称羡忠良出子英。钦赐毕姻岳小姐,大小登科赐俊郎。谢恩退出金门外,琼林大宴曲江园。笙鼓震天真热闹,题名雁塔上青云。状元回至桓王府,武王兄弟笑春风。张府夫人无限喜,绛枝小姐笑朱颜。数年心恨今朝遂,喜弟蟾宫独占先。笙箫百乐披毡彩,状元冠带拜宗先。回拜北堂年老母,伤心严父泪如珠。夫人扶子多伤感,安慰娇儿勿痛伤。你父奸谋当伏法,喜儿金榜得标名。所望吾儿休似父,建立功勋复姓名。状元拭泪承娘训,来参姨母与姨父。又见表兄和姐丈,再参姐嫂揖深深。郡主舍人来贺舅,外迹传板有宾朋。帅保静王和驸马,相见人人笑脸春。岳府接樽开大宴,簪花挂彩贵承龙。陪宴兆先秦学士,维仁此日大欢欢。领筵谢酒游街市,杏花十里马蹄忙。堂上夫人欢择吉,仲秋十七是良时。报知岳府无推托,预备妆奁日夜忙。小姐离亲心如醉,夫人绮阁助姑娘。公子其祥曾入学,又得兰花两朵英。长号燕春颜最美,第二芳名号燕娇。小姐素娥来助妹,走绣针针步步奇。

此际三春明媚景,桓帅衙中事再提。迎銮单表恒魁帅,桂子兰孙满膝前。芳心念念南宫妹,暗对才郎问事因。院院芝兰都献兆,未见南宫报吉祥。料兄心内生偏爱,薄我张家妹绛枝。怜他侍读多归禁,归家日少怎呈祥?望君须要加怜爱,早兆祯祥始是情。斌玉细闻思好笑,回答芳卿错怪人。孤家虽重恒超妹,各宫恩爱未轻疏。西宫双兆兰和桂,北宫一女两男儿。芳卿双种怀中宝,东宫连得兰和桂。谁料南宫迟子息,却叫孤家没奈何。女王叹道君情薄,薄待南轩得子迟。愿兄多进凝祯院,早使枝头早种芳。武王笑道孤从命,再不如心莫怪人。恒魁正色称胡说,不才眼内阅多人。绛枝不是无儿相,非兄薄待更何因?桓王含笑方无语,上灯彩女掩纱窗。桂帅阴言时尚早,月色花香两可人。厨中命备珍馐宴,传齐舞女与歌妃。代我打灯行四院,请到夫人赏月游。彩女应声分步去,少时来了四佳人。桂帅相迎欢让座,递罢香茶喜叙谈。皓月腾空多皎洁,遍处珠灯对对辉。彩女宫妃张绮席,芙蓉椅褥绣鸳鸯。沉香交椅层层到,请坐妖娇众玉人。十院歌妃都召出,女王桂帅作东人。樽倾玉液倾金盏,馔列珍馐超脍鳞。珍珠帘幕高高挂,来了吹弹众美人。彩袖翩跹轻似燕,霞衣辗转态如仙。筵前参见王和后,恒魁桂帅赐平身。帘前命坐诸歌舞,笙箫百乐度新腔。窈窕宫娥呈美馔,如花彩女进琼浆。花香月色双争艳,映入华筵美景多。最悦武王年少帅,酒至杯杯带笑吞。金钩帘动笙歌歇,一班舞女进筵前。廷参礼罢称莲步,红锦毹毡就地分。迭奏百音呈巧技，飞鸿舞凤转霓裳。红飘绿闪花枝软，掩映珠灯倍出神。舞毕一番音乐止，各至华筵露玉尖。鸳鸯盏贮琼浆酒，跪劝多才桂女王。恒魁接盏微微笑，启唇说向众娇娥。东院夫人多酒量，众卿各要劝三巡。舞女歌妃承帅命，退移莲步捧金瓶。尖尖玉指抡金盏，来劝桓王得意人。恒超女帅微含笑，春尖接盏启樱桃。卿等却遭王后哄，奈吾素不近香醪。你可新音弹一套，多捧金杯劝女王。歌妃领命将身退，隔帘重奏紫琵琶。一曲奏完呈一盏，殷勤奉劝桂恒魁。女王连饮三杯酒，笑言可劝众夫人。歌妃退步重呈馔，四娇离位各抬身。都命随身诸彩女，换杯敬酒姐夫人。俱露春尖抡宝盏，离筵出席劝恒魁。女王桂帅抬身起，笑言劳动妹诸娇。奈值贱躯今有恙，不能多饮酒琼浆。刻因今夜为东主，勉强相陪三四觞。众妹于今皆错爱，赐酒恒魁怎敢辞？乞念委难全领意，推辞又道我偏心。愿行击鼓传花令，无党无偏可若何？众娇一听微微笑，媚仙带哂启朱唇。酒令欲行无紧要，妹非善饮奈之何？彩春笑唤恒魁姐，惟他乱令不遵行。桂帅笑言无此理，酒令浑如军令严。有谁不奉金杯令，罚跪帘前捧玉壶。三娇听毕都称妙，媚仙女帅笑朱颜。正欲启唇重唤姐，武王阻妹莫多言。鼓声未奏难先定，何见今宵你必输？乱令帘前先罚跪，笑煞歌妃舞女身。恒魁接口君言是，启唇唤进两宫妃。轻抛眼色微微笑，隔栏速折牡丹花。宫娥小小多伶俐，已受多娇暗计行。折下牡丹花一朵，递上筵中桂女王。桂帅接花离位起，命教音乐一齐停。牡丹笑递桓斌玉，君为领袖统群芳。传花主应从君起，照次轮来始不差。武王好笑将花接，歌妃奏鼓画帘前。或高或下低还暗，虽然连续不曾停。牡丹传至恒超帅，隔帘鼓止寂无声。席上众人都哂笑，女王桂帅出金交。即令换杯亲执盏，殷勤来劝妹多娇。女帅媚仙辞不得，起身接盏进朱唇。饮完重把花枝递，鼓声又起迫催传。宫娥已受歌妃意，却存暗号两勾通。梅帅接花刚到手,帘外偏偏鼓又停。一连数次皆为此,笑煞筵中众玉人。梅帅不胜多酒力,杯杯受罚不能辞。起身笑唤恒魁姐,念妹难干酒甚多。桂帅笑声休乱令,罚跪帘前不雅观。传命宫妃来进酒,自家出席劝恒超。媚仙难脱杯中酒,却思逃席要抬身。湘君小姐知他意,笑言避酒不为奇。女王召集宫妃等,团团围守绮筵前。梅帅心知难脱出,无言香醪又饮干。重重春色生眉黛,阵阵红云上玉颜。恒魁细盼微微笑①,令传奏鼓再传花。席中生女都停盏,左右宫娥候进杯②。屡次停花和住鼓,刚刚都是桂恒超。盏盏琼浆推不停,好生强勉皱双蛾。武王暗暗生怜惜,明知桂妹用机关。不能指点知心妹,只把秋波送媚仙。恒超被罚心先乱,那晓桓郎暗用心。心思只怕花枝剑,刻刻提防报鼓停。不知已入人圈套,不绝金杯进面前。连次鼓声停得恶,醉倒多娇梅媚仙。但见灯光摇不定,惟观宫院欲翻沉。好似玉山倾覆倒,娇躯玉体覆金交。恰值并肩柳小姐,忙将玉手扶恒超。女王忙令收残席,快些修整绣罗帏。金钱大发诸歌舞,帘前谢赏各回身。绣槛朱门都掩上,扶挽贪杯中计人。武王启唤恒魁妹,卿行此计太狠心③。不谅恒超无酒量,醉后侵风怎主张?桂帅笑声惟是酒,并非无益及君侯。非如毒药谋人命,不用多情假小心。桓王带笑无言答④,恒魁扶妹出金交。宫娥执烛团团照,柳女张妃助女王。纷纷扶入纱橱内,恒魁代妹脱衣衿。玉佩珠珰都脱下,湘裙锦服衣松开。移来绣枕轻轻放,舒展鸾衾紧紧遮。笑拍香肩称妹妹,醉乡步步要关防。恒超至此难回答,翻身朝内睡沉沉。恒魁笑挽三娇妹,同出鸳帏放玉钩。重进香茶依次奉,各宫彩女接夫人。三妃

---

① “盼”,原文作“盼”,据文义改。
② “候”,原文作“侯”,据文义改。
③ “狠”,原文作“狼”,据文义改。
④ “桓”,原文作“恒”,据文义改。

起位辞娇姐，女王执手笑朱颜。无几春宵容易亮，中人明日早来临。柳女钱妃称领命，武王好笑只无言。三娇重别移莲步，恒魁送出绮窗前。归来宫院重门闭，蜡烛高烧照晚妆。博山重上凝檀木，无数宫妃侍贵人。左接皂靴和玉带，右捧宫袍雪浪裙。桂帅武王归绣榻，熏笼重覆麝兰香。销金锦帐双双放，回避宫娥承值人。妆台照耀金龙烛，生女同开锦绣衾。武王喜拥多娇妹，软语求欢要解衣。女王桂帅含羞脸，轻将玉手把君推。低低启答身沾恙，不能陪侍要包涵。请君当伴恒超妹，醉乡正合近温柔。桓王听罢微微笑，问妹何须反怕羞。媚仙已醉安能晓，莫负春宵闭武陵。痴痴来解黄金扣，女王惶愧失朱颜。怒言素性君当谅，决难从命莫缠痴。武王知妹端严性，不便重缠恼玉人。踌躇只得松开手，答妹无情只有卿。既是今宵沾有恙，孤当领命请安眠。桂帅检衣羞不答，斌玉翻身挽媚仙。笑揭鸳衾移绣枕，来看娇娇得意人。见妹浓浓沉醉态，恰似娇花宿露眠。倒身搂抱如花女，枕畔低低唤玉人。桓郎在此卿知否，可开俊眼认何人？恒超此际芳魂乱，那辨鸳鸯枕上人。任郎拥抱情如海，玉体依依软似绵。武王凑引魂飞越，难顾多娇梦未回。细将玉指宽金扣，醉酒佳人并不辞。层层解散鸳鸯带，缓缓松开锦绣衣。初申款曲情千种，玉暖香温细护持。娇娥醉里魂颠倒，似梦如真怎阻拦。被郎勾引芳心动，无限柔情不自持。风流俊士心狂荡，握雨携云意更浓。红凝绿拥迷春色，娇怯佳人倦怎支？秋波星眼难开展，意中颇觉是桓郎。问君何故相轻薄，不念难支酒力绵？桓王闻语加怜爱，喜送丁香小绛唇。低低答妹卿休虑，怎舍摧残自用心。媚仙沉醉难回答，俊眼朦胧又睡沉。刻薄恒魁都听得，不胜好笑上蛾眉。羞将锦被缠头睡，任郎迷惑妹恒超。缠绵一枕春光艳，桓郎代妹理重衿。拥抱多娇寻蝶梦，同绕巫峰一片云。银壶滴尽莲花漏，星移半柄五更天。女王初醒庄周梦，芳心记起要朝君。摇唤桓郎天不早,四起鸡声报晓筹。桓王吓醒开星眼,忙问铜壶转几更。恒魁笑道东方动,圣驾临轩应久时。斌玉答言卿哄我,碧纱犹是黑沉沉。笑放佳人归绣枕,殷勤安慰桂娇娥。昨晚失陪卿勿恨,容孤今夜谢妆前。女王忽听红羞脸,正色呼君话莫多。武王又嘱多娇道,媚妹沉酣睡正浓。碧窗绣户休轻启,莫放轻风犯入躯。女王听毕微微笑,似此关心发欲斑。启答不须君所虑,媚妹妆前自效劳。武王带笑披衣起,唤醒宫娥一众人。捧袍执带携鸾镜,进茶进点进参汤。王爷梳洗披冠带,袖提玉笏出登车。纱灯万盏光如昼,会齐兄弟起朱轮。仪班执事纷纷集,护衙军官对对齐。盖伞摩天离帅府,百乐迭奏出天街。

休言斌玉朝天子,复表迎銮正苑中。女王未起宫闱静,朱门深掩禁喧哗。彩女宫娥都退出,天色微微尚未明。恒魁已见桓郎去,锦帐双垂烛影微。有心调戏贪杯妹,却移并枕盖鸾衾。盼妹沉沉蝴蝶梦,沉醉乡中料欲回。轻轻附耳称娇妹,酒气于今可见消。辜负一宵春景好,惆怅桓郎梦不成。戏拥娇躯松钮扣,恒超吓转梦魂迷。彩袖推翻含倦眼,唤郎安睡莫胡为。恒魁桂帅丌声笑,问妹须当把定神。一夜碍卿沉醉酒,那有逃开楚岫云?恒超此际心神定,认知是姐展秋波。笑言昨晚直沉醉,原来打扰姐深宫。何若这般多刻薄,羞你裙钗不至诚。检衣忙自缠金扣,女王挽妹笑微微。细问贪杯惟有妹,可能记得隔宵情?娇躯一夜谁搂抱,枕上同眠是甚人?堪笑桓郎轻薄子,翻云覆雨太无情。不念恒超迷中酒,依依醉态强支持。料妹芳心非不晓,方用多情待玉郎。今番东道难逃免,再要推辞不是人。女帅恒超闻姐语,依稀颇记夜来情。细想绣衾多少事,不由羞得玉颜红。心知中入恒魁计,可恨桓郎助辱人。羞把锦衾遮粉脸,女王扯落笑朱颜。问言媚妹何须愧,情待桓郎岂别人?但妹素常能巧语,执礼循循假撇清。多亏美酒香醪力,天遣恒超自露形。羞云怯雨真堪爱，难怪桓郎不动心。柔言软语求何切，我亦销魂岂仲章。怜妹醉乡娇且怯，恼恨桓郎欠护持。不知软款偎香玉，任意欺凌太不情。少刻相逢三姐妹，好待恒魁告此情。媚仙听次羞无地，粉脸桃花阵阵红。半晌启言贤姐姐，居心奸狡不成人。传鼓催花皆暗计，欺妹痴愚中你谋。姐妹同眠何紧要，造此非言气煞人。桓郎今现居何处，巧言花语寿怎长？恒魁听罢朱颜笑，果然辩得十分真。桓郎不在同衾枕，问妹宵来睡可安？鸳鸯睡带谁宽解，金扣层层怎得开？不须巧辩言三四，当唤宫妃作证明。恒超掩住恒魁口，问姐今朝莫失心。唤甚宫妃来对证，羞你何颜问众人？恒魁笑道吾何愧，要饮华筵事要明。媚仙细听心中急，倍觉羞愧玉脸红。芳心追悔贪杯错，奸巧桓郎共一谋。辗转不由心不愿，珠珠玉泪洒朱颜。拥衾不住频频拭，女王难禁笑微微。扯开锦被称贤妹，何用娇羞泪又倾？金兰数载同夫爱，对姐何妨怕甚羞？桓郎珍重多娇妹，不贞恒魁爱妹心。妹如虑我传扬出，速备琼筵我不言。恒超不悦含羞脸，启言姐姐太无情。金兰之义抛何处？这般恶计太欺人。把人欺辱羞何地，说甚知交姐妹情？天前之誓须当记，乱多怕不绝恒魁。桂帅笑言吾岂怕，此身已出战场中。纵有乱刀何处下，不须妹妹诅吾身。天色见明休记恨，好向窗前理晓妆。梅帅怒言偏不起，姐要留吾在此眠。莫言天色方明亮，日满纱窗尚要眠。言毕拥衾重又睡，频把罗纱拭泪痕。女王暗嗔娇痴妹，笑言任你再酣眠。神劳体倦原难怪，培养精神好复原。梅帅娇嗔全不答，恒魁带哂始抬身。唤进许多宫内女，争捧宫袍挂玉钩。桂帅嘱言休挂帐，东院夫人睡正酣。纱窗半启开鸾镜，女王桂帅整云鬟。左右宫娥为整理，坠马新妆画远山。朱脂宫粉修眉黛，芳姿不枉广寒仙。金盆净手离交椅，更换宫袍六幅裙。耳闻环佩声声近，卷帘彩女启多娇。西南北院夫人到，女王含笑起身迎。接入多娇三姐妹，宫妃左右递香茶。彩春笑启樱桃口，姐姐今朝起早晨。恒超醉梦翻身否，何事朱扉紧紧关？女王笑道何曾起，要赖华筵不动身。正欲遣人延请姐，中人保认莫偷闲。柳女钱妃同笑答，原来尚未起临鸾。姐姐不须多挂虑，不怕恒超不作东。绛枝掩口微微笑，湘君先进揭金钩。摇唤恒超称姐姐，扶桑日已满纱窗。硬话到今休出口，赃既全时证亦全。总须罚个华筵席，苦赖牙床作甚因？女帅媚仙都听得，羞将锦被紧遮颜。诈睡沉沉全不答，床前众女笑微微。故将玉手相推扯，问姐因何睡这深？朝帝桓郎犹未返，是何好梦这缠绵？彩春笑道难瞒妹，酒气迷人十二分。桓郎不解温存趣，怎生冲犯姐妆前。玉体金躯支不起，倦倒牙床怎动身。湘君笑道称言是，绛枝带哂进床前。启呼表姐休装睡，谁叫贪杯中计谋？恒魁惯设风流阵，任你多才怎得知？负愧含羞言不得，绣榻安能避一生？女王笑答张家妹，谁道恒魁设阵图？媚妹芳心应感我，独你诸人见不真。殷勤劝酒非无意，亲送襄王上楚峰。无奈恒超娇弱质，桓郎俗子欠扶持。娇花怎禁狂风雨，绿散红消最可怜。今日不能临晓镜，仗妹双双扶玉人。三娇一听齐声笑，各问恒超事可真？梅帅芳心羞又怒，全然不睬任他言。恒魁含笑登牙榻，再呼媚妹勿娇痴。旭日高升天近午，料妹非关展眼难。多因未尽桓郎爱，鹊桥预架待才人。何事武王犹不返，是何朝政阻金门？负妹芳心空怅望，紧拥鸳衾恋绣帏。欲寻桓郎凭在妹，此举痴迷计未真。彩女众多防外泄，合让恒魁代你瞒。言完召集宫娥嘱，东院夫人体欠安。紧要避风休再染，窗门快闭下帘钩。火速曲栏传内监，急提名帖召良医。两列宫娥同答应，罗帏怒了桂恒超。听姐激言心似火，玉手推开锦绣衾。翻身怒喝诸宫女，休从王后巧言词。速取衣衾吾下榻，代召东宫女御们。三娇眼送齐含笑，女王又至挽春尖。笑唤恒超何此态，是真是假不欢欢。一片好心成歹意，要怪恒魁可说明。夜来事故难瞒众，诉自妆前莫怒嗔。为人一语如金石，驷马难追已往言。任妹生嗔狂似火，休想华筵赖得开。挽手重重相借问，媚仙负愧怎存身？怕见床前诸姐妹，无限娇羞把首低。被姐数言难对答，只催彩女取衣衿。承值宫娥呈锦服，梅家女帅下牙床。自知酒后娇无力，羞见同群姐妹身。坐对妆台羞不语，宫娥对对启菱花。女王进挽尖尖手，问妹何能理鬓云。肚饥久候开筵席①，彩女梳妆到甚时？恭奉武王钧旨嘱，夫人妆次要殷勤。受人重托难推诿，自当代妹理新妆。媚仙羞拂恒魁手，答姐花言促妙龄。此间多少宫妃等，不劳姐姐假殷勤。记你深仇甚切齿，休想开筵待你身。恒魁笑道成何语，言出难收赖不成？携进钱妃和柳女，要作中人请出言。二娇笑唤梅家姐，反复无凭岂是人？巫峰一夜春如海，百口今朝辩不清。莫借桓郎身不在，对证之时更觉羞。恒超掩袖羞无语，外边奏乐武王回。玉佩铿锵来正苑，卷帘彩女挂金钩。入宫遂即更衣服，宫妃忙奉雀芽茶。笑问娇娇诸淑女，因何这早俱抬身？这等取齐应有事，可诉孤家一二闻。张钱柳女微微笑，梅帅娇羞首不抬。独对菱花描翠黛，女王桂帅笑生颜。启道君侯还敢问，媚妹芳心恨莫当。推辞不肯为东主，还仗台前照理评。武王笑答原来此，要领琼筵有甚难？媚妹怕羞生狡赖，容孤代办请芳卿。话完眼盼如花女②，媚仙对镜玉颜红。妆毕起身更彩服，无意相逢姐与郎。启呼彩女掀帘幕，移莲遂欲出宫廷。恒魁玉手连忙扯，问妹今朝避不成？桓郎虽代为东主，还须妹妹捧金瓶。恒超被扯难行出，又难对姐变朱颜。含羞无奈重归位，整衣默默只低头。恒魁对问金兰妹，问妹于归已数春。今朝怎作新婚态，无限娇羞怕见郎。媚仙羞答休胡说，三娇笑道果然真。武王亦

---

① “候”，原文作“侯”，据文义改。

② “盼”，原文作“盼”，据文义改。

觉开颜笑，宫妃请帅问晨安。女王含笑离交椅，领同姐妹出深宫。鸾带飘飘飞辗转，宫裙幅幅佩环鸣。绕过曲阑逢伯母，殷勤敛衽笑春风。同上康慈帘乍卷，娇花朵朵谒尊人。王妃国丈欢无限，赐坐娇娇众玉人。德灿德标和德佐，梦蛟梦鹤梦鳌身。随后梦祺和梦禩，梦鹍德建俱来临。十位舍人六郡主，都至承欢尽礼仪。问罢晨安都退步，回廊拱袖各分途。女王挽住恒超妹，东人设席莫私逃。媚仙难脱真无奈，相随又入正宫廷。武王已令宫娥等，绮席琼筵次第开。见妹进来多喜悦，问卿可要召歌妃？桂帅恒魁称不必，今朝席上要清淡。桓王点首从卿意，宫妃请坐众佳人①。媚仙至此羞千种，勉强登筵锁两眉。玉液琼浆宫女捧，苍鳞美脍内厨呈。女王彩袖抡金盏，笑递恒超妹妹前。得罪妆前休见怪，望妹芳心莫记仇。聊借名花为献佛，尽此香醪表寸心。梅帅含羞离座起，启言姐姐乞原情。念妹素常难饮酒，况兼过饮好难支。今朝见酒心先恶，望姐妆前赦罪名。桂帅笑言休见却，酒能拨开闷与愁。成人美事功偏大，妹妹还当勉强干。梅帅闻言羞满脸，拦住香醪不接杯。桂帅恒魁亲出席，袖出春尖捧玉杯。进前来劝金兰妹，不饮琼浆不见情。纵然沉醉无妨碍，歇姐纱橱再一宵。恒超听罢羞低首，启呼姐姐莫胡言。此身与酒为仇敌，从今誓不近朱唇。恒魁笑道何须恨，定要妆前尽一杯。殷勤挽袖频频劝，恒超难脱苦彷徨。坚辞恐触知心姐，强接金杯一饮干。女王归位微微笑，武王执盏劝恒魁。恒超不便相回敬，还让孤家劝玉人。谢卿贤慧无痴妒，谢卿妙策胜陈平。撮合绛枝酬夙愿，调全柳女赖奇谋。昨宵又仗妆前惠，当奉金觞十大杯。桂帅含羞离位起，回答君侯错此言。众妹良缘天所定，与妹何干敢说劝？十盏香醪当不起，望君见谅让三杯。斌玉笑言无

① “请”，原文作“清”，据文义改。

此理，自离交椅劝佳人。彩女捧瓶分左右，桓王亲自执金杯。桂帅恒魁辞不得，娇羞出位意彷徨。恒超斜眄方含笑①，彩春唤姐勿推辞。武王悦色殷勤劝，女王无奈接香醪。饮尽金杯犹未放，宫娥玉液又重斟。武王立定金交侧，亲捧琼浆劝玉人。桂帅芳心羞万种，暗恼桓郎太失仪。众妹在前无避讳，劝甚香醪作甚形！启唤君侯当请坐，执瓶自有众宫娥。桓王笑答何须彼，孤当亲劝始为情。女王不悦含羞脸，强接金杯进绛唇。酒尽香醪重又进，一杯才饮一杯连。桂帅果存东海量，琼浆连尽十金杯。微微春色添丰韵，含羞回敬露春尖。武王饮罢同归位，三娇姐妹出金交。各捧香醪来劝姐，女王含笑再三辞。此身已醉难重饮，望求众妹赐开恩。三女笑言贤姐姐，何重桓郎把妹轻？一色香醪分厚薄，妹等无能自汗颜。故意言完都退步，女王含愧扯三娇。妹妹不须相见罪，容当领意愿全干。三娇方始回春色，各奉金杯左右呈。女王桂帅真无奈，又饮琼浆三大杯。始命宫妃更宝盏，回敬多娇妹众人。席中谈笑抡金盏，撤筵不觉近黄昏。四院娇娥都谢酒，女王亲送画帘前。入宫辗转冰轮上，晚膳完时又进茶。恒魁饮罢微微笑，轻开檀口唤君侯。媚妹芳心多不悦，有愤宵来中酒谋。劳君今可归东苑，代谢妆前莫记怀。武王带笑抬身起，挽妹春尖唤玉人。是卿得罪恒超妹，论理须当自己行。怎叫他人为代替，此事孤家怎肯行？桂帅笑言君语定，不愿行时不敢劳。恒魁颇有苏张舌，何恐难回媚妹心。只恐君侯难应口，一心先已入东宫。桓王好笑无言答，挽妹窗前玩月明。玉漏迟迟传二鼓，女王召进两宫妃。低低授计双宫女，命点纱灯照武王。桓王斌玉微微笑，挽手娇娥未忍分。问妹薄情心似铁，压迫孤家入别宫。他时若泄尊人晓，必然怪我薄糟糠。女王闻语羞低首，

① “眄”，原文作“盼”，据文义改。

半晌呼兄勿乱言。殷勤挽转恒超妹，不劳在此假钟情。斌玉挽卿情恋恋，提灯彩女候多时①。相辞无奈辞身出，恒魁即令掩朱扉。武王来到凝祥院，日月双扉紧紧闭。彩女进前双叩户，内面宫娥问是谁。外边答是武王后，要见夫人快启门。媚仙闻是恒魁姐，忙教彩女启朱扉。武王步入微微笑，辞退迎銮两彩妃。恒超见是才郎入，不胜羞愤夜来情。无言背对银灯影，凝祥彩女掩重门。重添檀束金炉内，来请夫人卸锦衣。女帅怒言吾不睡，不用宽衣入绣帏。宫娥不解因何故，退立妆台不敢言。武王识得娇娥意，将言说对众宫妃：你等安眠身可退，不须在此侍夫人。众人领命纷纷散，灯前惟剩女和郎。武王挽住多娇手，笑言何事不欢欢？更筹已动天非早，不入鸳帏作甚因？女帅恒超推玉手，怒问君侯至此何？居心奸狡非人类，那把恒超当甚人？我睡我眠君莫管，不劳贵步进宫廷。桓王一听微微笑，启问芳卿错怪人。妹与恒魁皆赌约，方致他身用此谋。就言醉酒迎銮苑，俱出恒魁巧计成。卿何不怪金兰姐，移怒孤家好没由！媚仙女帅蛾眉皱，重启朱唇愤愤陈。奸谋虽出恒魁计，君何合党把人欺？将人羞辱何颜面，无地存身怎见人？素常道你真君子，今日方知不是人。话间顿忆前宵事，羞上朱颜脸倍红。袖出香罗遮粉脸，珠珠粉泪湿秋波。武王无限生怜爱，相牵彩袖唤芳卿。事情已过卿休怒，何须记恨存芳心。劝卿何用生伤感，闺情燕婉怕何人？况且恒魁卿素重，同夫姐妹避何羞？卿为有怪桓郎短，孤当认罪列何辞。愿请安身贤表妹②，莫误春宵动晓风。女帅梅仙全不睬，背对银灯泪似珠。武王眼眄无精彩③，殷勤执手又呼卿。桓郎已认千条罪，妹妹何无

① “候”，原文作“侯”，据文义改。
② “请”，原文作“清”，据文义改。
③ “眄”，原文作“盼”，据文义改。

顾惜情。笑将袍袖拭珠泪，金交扶起意中人。梅帅怒言休越礼，谁要君侯太费心。夜静欲眠君自便，何用恒超伴武王？斌玉笑言卿不睡，孤纵归眠梦不成。鸳鸯枕设为何事，定要恒超伴玉郎。依依来挽如花女，不用娇嗔请入帏。笑挟香肩同并坐，代松金扣解重衿。女帅娇羞红满脸，推开玉手掩衣衿。怒言尊重休如此，莫惹人心恨不消。斌玉笑声何可恨，银箭迢迢夜欲残。芳卿纵有冲天怒，须到天明再理论。玉人拭泪频无语，桓王心急漏声沉。问卿不睡何时睡，似此挨延莫怪孤。抬身搂起多娇妹，金交急煞桂恒超。问道桓郎当放手，要妹宽衣怎此形？桓王放妹微微笑，女帅含羞蹙黛蛾。无奈解衣宽彩服，武王喜挽入纱橱。锦被并开存窈窕，武陵佳景要重游。温香软玉归怀抱，无限情浓意欲飞。恒超此际真无奈，默默无言锁远山。一息未成天已亮，宫娥左右请临鸾。蝶梦才郎犹未醒，佳人离榻至妆台。承值宫娥人不数，装束如花似玉人。又拘宫衣方用点，所言桂帅探夫人。媚仙接入金兰姐，自觉娇羞杏脸红。恒魁挽袖微微笑，特来探候妹妆前。借问桓郎曾起否，妹何这早莫经风。梅帅含羞延姐坐，宫妃忙进雀芽茶。女王唇口称贤妹，隔宵得罪渎妆前。藉在金兰休见怪，望妹芳心勿怒嗔。昨晚本宜亲入候，恐妹生嗔尚未消。故托桓郎为谢罪，温柔乡里好呈言。今朝见妹多春色，定无见怪我安心。话间掩口微微笑，梅帅低头脸倍红。半晌启言真可恨，姐姐居心不是人。何尝当妹金兰谊，用此奸谋太不情。

第二百四十卷　瞻远台恒魁得异梦　桂女王预画诛奸策　宜昌殿彩武捧皇宣　杜小姐承受锦囊书

已令宫廷先准备，明朝午后再归城。免教法驾銮仪拥，有阻妆前雅趣多。女王听毕朱颜笑，答弟多承汝用心。这等言来双侄女，必然先返入王宫。士英笑道何尝返，彼等从无玩此台。料在二层偷寓目，怎肯先回不赏心！说毕即传双彩女，谕知楚国众将军。无妨卸甲消炎暑，传来宫主怎贪游。宫娥应诺连忙去，女王问弟勿拘文。少顷琼芳姐与妹，都上台中见父王。番君责女何贪耍，王姑在此应殷勤。德玉飞仙双不在，岂无事故要宣传。况兼双奉姑箕帚，那堪任意四方游！痴顽似此成何礼，必教母后责非轻。二娇被父垂宫训，无限娇羞满脸红。半晌奏称非敢避，儿因车驾始停骖。营盘应扎崇台下，致教留顿片时辰。失侍王姑知有罪，父王恩赦恕无心。修仁桂后微微笑，启呼侄女信他何？本宫所率多兵马，汝在中军应代劳。惠妃尚且无踪迹，何况吾儿代令忙。本宫非比宾和客，不消地主太拘拘。辽王带笑无言答，二娇返步捧香茶。侍立金交双打扇，番君传旨启华筵。各卫将军兵甲等，可曾开犒礼休轻。公主琼芳回奏父，皇舅云珍已入宫。母后娘娘遵旨意，已约明朝接御车。犒军羊酒经颁发，御厨承值候多时。番主欢然头点点，内官奏请绮筵开。蟠龙宝座双开设，宾主新开上下筵。桂后恒魁辞再四，琼筵移上右边来。奉御霓裳歌舞女，礼待湘都国后尊。番主士英亲定席，贵人姐妹送金杯。笙歌迭奏翻新舞，玉液仙浆细细斟。辽王唤姐休藏量，不醉宫车不下台。笑命两宫娇爱女，代孤用意劝王姑。琼桂二娇遵父命，捧杯进酒最殷勤。桂后果生潇洒性，宴赏烟光恰称心。笑挽二娇同入座，交错觥筹叙素心。饮到黄昏筵始散，台中遍处上珠灯。番君起位微微笑，启上金兰姐姐前。明月已升将起漏，弟当告退失相陪。已令娇痴双蠢女，追随妆次听传呼。但姐远行鞍马苦，理宜早歇勿劳神。闻语女王含笑答，贤弟何为太执仪？不才忝附金兰谱，却非外客礼何拘。已有惠妃身在此，莫劳侄女可回营。番主答声原一理，相辞遂下二层台。自有内官防护等，奉御番君不用提。台下将军同扎寨，旌旗摇漾晚风飘。击柝敲锣巡夜哨，持防宵警保銮车。女王驾驻崇台上，绮罗成队锦成行。凭谁不敬修仁后,旷古稀今绝代人。进点进茶轮打扇,奉罢兰汤启镜奁。龙床御榻先修整,女王桂后不曾眠。十二窗纱都未掩,要赏冰轮领晚凉。赐座多才双侄女,赏观江景玩名花。恰妙晚风知凑趣,阵阵花香送入台。女王据案神清爽,对月临风体欲仙。默然无语凝神处①,不觉朦胧睡思生。难舍掩窗聊伏几,沉沉却入黑甜中。桂芳轻唤同胞姐,王姑已睡恐侵风。琼芳点首移莲上,正思摇唤启朱唇。美人艳雪忙阻拦,低呼贵主不须忧。崇台虽说依江际,帘幕雕栏面面多。花枝花叶交相荫,那有凉风何处来。凭听娘娘凉少顷,作成宫婢玩须臾。不然明日归城去,安得重临此地游。琼芳唤道虽如此,女王被酒恐伤躯。须掩纱窗垂绣幕,我们悄悄出栏前。艳雪欢欢称有理,帮同掩槛放湘帘。嘱咐司台诸彩女,听候娘娘假寝回。两列宫娥同答应,宫主双双挽惠妃。同出玉栏寻月色,闲谈南楚国中因。夫人艳雪无瞒妹,细把情由告二娇。又告茗卿装扮事,尚把储君认女郎。兀坐欢谈凉露下,刁斗查巡第二番。

满天月色多华彩,暗中广有鬼和神。前来指点修仁后,凭借庄周境内来。桂后恒魁迷蛱蝶,摇漾芳神不自由。飘飘似在军营内,高居虎帐看兵书。忽闻请令人通报,月下仙人拜会来。女王忙令延他入,方才离座起抬身。远远灯光人照引,旗牌引入掌书仙。头顶云冠披鹤氅,芒鞋扶杖束丝袍。童颜鹤发多丰采,信是蓬瀛世外人。女王接见分宾主,未及传茶问事由。检书仙长先开口,恭喜姮娥欲建功。化外干戈平四国,赴阙诛奸谅有期。但思兵贵求神速,要使奸人不及防。姮娥胜算虽周到,其奈妖人计更狠。皇唐天子难安席,太后銮车险十分。须仗姮娥分国难,何恋烟光阻马蹄。桂后笑言非敢缓,今朝方始抵东辽。为关儿女朱陈

① “凝”,原文作“疑”,据文义改。

约,要待完姻带共回。观政之谋曾伏线,已存内应保銮车。未审重华皇太后,受何急难是何时?妾受仁慈恩不浅,凤车有险妾何安?尚望仙师明指点,本宫安敢惮驰劳?月老说声皇太后,被拘南内胜针毡。蝉娇绝尽天伦义,弑君害母毒如狼。姮娥欲救仁慈难,须访佳人杜艳昭。惟他熟识宫闱路,惟他医术亦精通。只须召彼来参谒,别有玄机自得知。莫辞撮合张良策,可助妆前两下宜。桂后欠身称领教,艳昭此女在何方?或系民间或宦室,或存外国或中原?仰仗指南须晓畅,本宫尽瘁敢推辞?月老微微含笑答,姮娥要问艳昭身,不远路途惟咫尺,王亲国威贵千金。珠围翠绕多娇美,不露春光不露容。怜他暗抱奇冤重,父母之前不敢言。正大光明宣不到,要仗奇谋可召来。捧日擎天堪助力,赶紧施行勿再延。说完作别抬身起,女王带笑再挽留。启上仙师求且缓,承指机关奉命行。必当谨竭辛勤力,诛奸戡乱保仁慈。惟碍艳昭杜氏女,前缘受聘是何人?彼为闺秀羞陈剖,本宫又不识他盟。仙师嘱妾牵调合,当乞言明姓与名。月老被拦微笑答,姮娥何必紧追查?艳昭若得瞻宫范,怕他驾下不陈情?此际毋庸先细问,但费精神事总成。话完以手朝西指,艳昭已到请观明。女王桂后回波盼,四围营帐走红光。无情烈火腾腾起,不由吓得魄魂飞。口叫一声搜细作,仓皇惊醒睡乡迷。展波始觉崇台上,灯烛交辉月未西。借问番宫诸女御,贵人何往夜何几?彩妃说在栏杆外,疾忙出召贵千秋。琼桂二娇祁艳雪,忙忙承值进台中。奉进香茶亲剪烛,奏报更筹已二更。假寐此间防不快,当求安置入纱帏。女王点首微含笑,侄女因何亦未虑?既此无妨联共榻,本宫有话要相商。琼芳公主迟疑答,但儿侍寝恐非宜。亵尊圣母难安枕,有紊宫规恼父王。女王正色称胡说,本宫与汝执何规?更筹不早难延误,紧要情由要一商。琼芳唯唯承姑命,回身重拨博山炉。承值王姑宽彩服,先入销金绣凤帏。小榻另开祁艳雪,台中值宿候传呼。退下宫娥诸彩女，姐妹灯前正解衣。女王唤到龙床侧，启唇细问一多娇。我儿宗室多亲眷，可有闺娃杜艳昭？公主桂芳回奏上，皇舅云珍有女儿。名作艳昭年十二，姑母因何忽问他？桂后笑言吾有事，要用他身故查问。但他似此芳龄浅，可曾受聘有才郎？文经武略能知否，杂学精通哪一门？二娇见问同声答，杜家表妹未联婚。习通诗礼多沉静，尚熟岐黄海上方。母后闲常多召见，姑若宣传怕不遵！桂后闻言心内悦，美人又进奉香茶。姐妹宽衣双侍寝，不觉银竿屡转壶。东方曙色微微亮，美人艳雪早抬身。唤起双女王贵主，临鸾修饰扫双蛾。伺候王姑犹未起，先下崇台候父王。番君见女龙颜喜，嘱儿当去侍王姑。姐妹闻言承旨退，玉步登台遇惠妃。细说娘娘回蝶梦，得闻不快懒抬身。二娇听罢心惶惧，忙来龙榻探王姑。问姑贵体生何恙①，得非昨晚被风欺？桂后答声非重症，父王曾否起抬身？侄女代吾延请入，本宫诉症托求医。桂芳领诺移莲步，桂后恒魁要整衣。宫主琼芳忙谏阻，奏称圣母欠安宁。应避轻风当歇息，难拘礼节反劳神。既与父王联手足，怎执繁文薄至亲！女王笑答非因此，本宫奇病汝难知。特烦汝父为吾治，不须传泄众王儿。琼芳难逆真无奈，惠妃方进绮罗裳。宫主琼芳遵妇职，亲承沃盥捧参汤。人报番君来候姐，查询玉体怎违和？莫为宵来眠不稳，无知两女失关防。女王长叹称贤弟，不须错怪及他们。愚姐幼从童稚际，即沾心痛最危沉。初起微微犹不觉，骤发之时甚不支。选尽名医皆束手，须索由他病自痊。顷刻梦回微作痛，此时渐渐较前加。辽王听毕龙眉皱，琼芳宫主已张皇。奏上王姑如此疾，理宜急治怎挨延？闻得钦祥岳总管，神医妙手有仙方。王姑何不教他诊，却留此症累金躯？桂后叹言贤侄女，本宫一向在沙场。千百事情交集冗，

① “恙”，原文作“样”，据文义改。

安能记及此情由。但惑昨宵筵散后,贪凉假寐片时辰。却梦何来方外道,上台提唤本宫名。道孤旧疾今当发,此地难求国手医。天子盼我诛奸急,却难因病久掩留。报言有个深闺秀,姓杜名为杜艳昭。身为国戚皇亲女,却负青囊宝笈才。惟他能治吾心疾,必须作速请他来。昨晚本宫方问汝,始知国舅贵千金。只疑梦兆何凭准,故无和汝细言明。不料今朝方梦醒,果觉前心绞痛生。士英贤弟能依否,可肯传车请艳昭?辽王忙答何言语,金躯贵恙弟之愆。亲冒刀锋为退贼,未能调护至受风。云珍果有闺中女,颇闻传说彼知医。能治金躯愚弟幸,那有迟延不如他!话完忙令随车监,速带香车速入城。宣召艳昭杜小姐,诊视湘都桂女王。内宫奉旨如飞去,辽王劝姐要安眠。早膳可曾强进否,不当久坐恐劳神。女王此际将装病,略回数语俱推辞。娇躯斜靠飞龙椅,默默无言锁黛蛾。不期传出延医旨,台下将军个个知。绮艳艳徽心下苦,梦烨德建好愁眉。乞旨登台同问候,女王安慰说无妨。退下将军王子等,又报辽邦太子来。亲领龙车和凤辇,迎接王姑与父王。銮仪法驾千行集,羽扇云旗百队分。武将文官随小主,台前候旨列鹓行。太子登台朝见父,初谒王姑桂女王。修省起居犹子礼,恒魁呼侄喜朱颜。辽王旨谕娇娇子,今日王姑体欠安。已去宣传杜表妹,服药须当歇一天。銮车起落难劳顿,再择良辰好入城。可料朝中无要事,王儿尽可代施行。甲兵将领权归伍,孤回恩堂自无亏。太子欠身承领旨,女王阻侄启朱唇。本宫小恙无妨碍,待延下午可归城。已定日期休再改,不须撤退众銮仪。番君问姐须珍摄,入城小事本无妨。桂后笑言承爱惜,恒魁贱恙不须忧。贤弟但凭愚所意,自无贻误我方安。辽王无奈权依允,即命王儿且下台。湘营将士皆中表,须要扳谈叙叙亲。储君继武称遵旨,回身见妹各欢欢。略叙数言方退下,军营拜会楚藩亲。相见梦烨新妹丈,极致殷勤喜叙怀。

复提谕旨归城召，国舅云珍早已回。入宫复奏昭阳后，娘娘欢悦脸生春。议择进城明日吉，预派銮仪御仗们。马步甲兵权入伍，云珍朝退始归家。夫人接见欢无限，舍人小姐拜椿亲。家宴新开欢弄盏，谈叙沙场征战因。夫人告诉亲夫婿，艳昭娇女事生奇。上月莲池身堕水，醒来却换别人魂。声声报是申家女，启臣谏议女孩儿。说甚入宫充奉御，说甚蝉娇陷害他。自家事节都遗昧，只记唐王内苑因。妾身未与强分析，要待君回察此情。将军闻语何曾信，凝波细盼女娇儿①。口音举止全变更，又似他人借体来。半晌笑言痴蠢女，多为惊魂未定神。那有人亡堪借体，何凭何据更无稽。由他纵是申妃子，凤阙长安隔路遥。投魂已作吾家女，再无又贡入唐宫。君恩厚薄无凭准，何况前身被害倾。这般荒诞毋庸论，事要随时怎例推。夫人喜色连称是，多娇小姐已仓皇。细听父亲言决绝，今生无望报冤仇。欲求谒见湘都后，料知父母岂依从。欲告冤情休出口，椿萱不信枉呈言。暗地彷徨无限急，捧杯默默只颦眉。夫人国舅知儿意，却不提他改别词。宴散碧空明月上，云珍劳苦早安身。小姐艳昭归绣阁，芳心惆怅泪偷弹。长悬主上恩波重，恨结蝉娇切齿仇。不因被害红颜命，怎夺身躯至此来。都疑身在仇堪报，谁料双亲俱不从。河山绵邈多关界，艳昭插翅亦难回。何颜异日更新婿，负煞天恩待妾浓。辗转凝思愁万种，晚妆无意扫青蛾。天明勉强临妆镜，彩服承欢省二亲。陪同用膳华堂上，云珍初返事偏多。忙忙膳罢归书馆，探知太子出迎銮。急欲趋朝同候驾，始教左右取衣冠。忽传狼主谕旨下，桂后恒魁体欠身。钦召皇亲贤小姐，诊视多才桂女王。云珍接旨踌躇久，暗思狼主果希奇。女王尊贵非常比，有恙须当召御医。为何召见吾娇女，错下岐黄怎主张？细想不能违上旨，传宣

① “盼”，原文作“盼”，据文义改。

近侍急如烧。只得教人闺内报，传命夫人整女儿。艳昭小姐愁还喜，暗谢苍天肯见怜。今朝得见修仁后，绝妙良机未可抛。揽镜再修螺子黛，夫人代女整衣妆。预备香车堂上候，侍儿引出女千金。内监一观同起位，国舅云珍嘱女儿：修仁桂后天朝栋，我儿用药要留心；力若不支休强勉，得辞旨意可相辞。千金诺诺称承命，侍儿扶上七香车。两个内官方上马，相随宝辇出衙门。奉召崇台朝国主，辽王遣下四宫娥。引领多娇杜小姐，登台参谒本番君。狼主士英亲赐免，指点娇娥见女王。笑呼侄女宜留意，凭仗仙方治贵人。小姐奏称南楚后，百神呵护贵金躯。庇臣弱女无才识，自然药下得成功。番主欢然头点点，杜家小姐退回身。锦墩朝拜湘都后，祝颂千秋报姓名。桂后春尖亲扶挽，细盼佳人貌果娇①。芳龄春色犹轻浅，妩媚丰姿色可人。未知有甚衷心恨，却使仙人报暗机。细细凝观多爱惜，启唇笑唤杜千金。本宫扳挽宫车降，为孤心病少人知。闻得千金医国手，必求医治本宫忧。小姐艳昭回奏道，臣女无才强效劳。愿听娘娘何贵恙，示知臣女看如何。恒魁闻奏微微笑，回盼番君唤弟郎②。愚姐要陈心腹病，请弟移銮避少时。辽王笑答真奇语，诉症何为避弟闻？即同内臣掀绣帏，东辽狼主下高台。带出台中男女御，单留宫主与祁妃。女王方令移交椅，赐坐娇娥杜艳昭。笑唤多才杜小姐，本宫与汝系奇逢。但卿身附椒房贵，可是皇亲嫡出儿？难得一腔医术妙，自谁传授得精通？可能诊出人心绪，本宫心病始堪医。艳昭忽听跷蹊问，心思桂后果然奇。有病求医当诉症，怎用刁难展驳吾。欠身含笑低低奏，臣女痴人质地愚。医术虽从臣父授，望闻问切未能精。怎及娘娘天所授，麻衣神相彻人心。尚求法眼为昭鉴，照知臣女

① “盼”，原文作“盼”，据文义改。
② “盼”，原文作“盼”，据文义改。

苦中因。女王一听心知异，笑启朱唇问玉人。卿何委曲芳心事，可请言明不用忧。艳昭奏道蒙恩准，但臣奉召为投方。娘娘贵恙须先诊，再容臣女诉衷情①。桂后笑言原一理，本宫沾病本因卿。卿如剖白心中事，本宫不治自然安。艳昭闻语无明白，暗想良机不易寻。既他要我先陈奏，吾即先言应不妨。难顾二宫宫主在，要把冤情细细陈。想定起身忙出位，女王驾下拜红毡。启唇奏道修仁后，蒙恩追问许鸣冤。垂怜臣女前生恨，宿世含来切齿冤。念臣虽是辽邦女，渺渺魂从中国来。前身系作申家女，名为珍玉入皇宫。沐恩待罪南宫苑，蝉娇册正转东宫。女王宫范曾瞻仰，朔望宫中俱晤颜。不料昭阳桓帝后，闹案鸩君痛渺茫。宫嫔无依伤失主，妖后蝉娇浑逞凶。盗窃朝纲犹不足，宫闱私匿少年郎。新榜翰林吴国佐，内苑宣淫不避人。尚敢挟兵围大内，斩除言路陷金车。叹妾痴迷无后顾，为念金兰袖手难。昭阳误撞私情事，错进忠言谏正宫。触他所忌生怀恨，计使奸臣陷妾羞。被锁昭阳难脱步，幸遇纶音天上来。入谒至尊逢圣怒，始闻复壁有人声。君王畏彼干戈变，抑郁天心病又沾。蝉娇忿恨移归妾，屈妾迷君陷圣躬。禁入冷宫身待罪，赵王染病痛夭殇。蝉娇拟妾戕皇嗣，传刑赐绞报冤亭。沉沦泉壤难伸雪，力恳森罗乞报仇。冥王悯妾遭人害，道妾阳龄本未终。故令投魂来外国，特借身尸杜艳昭。嘱教习熟岐黄术，投谒姮娥听命行。方能重入长安地，报仇雪恨再朝君。妾道姮娥居月殿，珍玉凡人怎晤颜？冥王指点非他别，便是湘都执政人。日盼銮车心似火，不料双亲不肯从。恐妾说明前世恨，又入唐宫隔路遥。何期天却从人愿，懿旨颁来召艳昭。沐恩许剖含冤事，伏望娘娘赐见怜。若能报得蝉娇怨，听凭驱策谨遵行。奏次不胜心痛切，伏毡切切泪如倾。琼芳姐妹同称异，

---

① “衷”，原文作“哀”，据文义改。

桂后恒魁出锦墩。春尖扶起如花女，笑呼小姐贵千金。本宫昨夜贪凉爽，无心假寐半时辰。梦见检书谈异事，报知贵姓与芳名。道含心恨难言出，要孤代汝效微劳。本宫方假身沾病，故请宫车至问明。怎知卿是申妃子，惨祸飞来丧妙龄。本宫未晓情犹可①，既已知闻怎敢辞？卿只掩瞒尊父母，休说冤情已奏孤。本宫自可寻机便，带卿凤阙报冤仇。话完回顾双宫主，侄女同闻此事情。当代掩瞒休走泄，莫与昭阳母后知。姐妹齐称儿怎敢，杜家小姐喜芳心。起身下拜红毡上，国后恩波胜泰山。艳昭惭愧无随侍，先蒙关切这般深。弱息自羞无以报，惟颂绵绵圣寿长。女王笑挽佳人坐，事未施行莫过称。蝉娇枭毒人间少，本宫观政岂饶他？堪叹圣聪犹不悟，直容祸患变宫闱。小姐艳昭深切齿，奏上娘娘尚未知。蝉娇已负君恩重，岂念君臣夫妇情。不思淫乱羞宫训，尚谋鸩饼弑君王。妾奉阴差随卫驾，方保金车得避灾。妾今魂入东辽国，虽托同群代护车。不识蝉娇凶毒性，可有重施恶计来。桂后慰言何必虑，本宫不日即回京。但卿奉召称医病，若无动静引人疑。随便良方开一道，方可遮瞒耳目多。小姐欠身称领旨，美人艳昭进文房。艳昭入座持斑管，调叶君臣草妙方。献上女王观阅过，即令琼芳捧下台。进奉辽王先御览，旨催合药下金炉。桂后赐筵杜小姐，宫主双双共引杯。席散谢恩方告退，厚赏金珠宝玩多。宫车回转皇亲府，椿萱接女喜颜开。查知桂后无妨症，方始安心免挂怀。晌久艳昭归内阁，芳心暗喜展蛾眉。女王肯领千金担，有望宫中报大仇。料定明朝应又召，得掩双亲暗里疑。休言淑女闺中事，复表高台桂女王。金炉药沸人恭进，惠妃照应暗倾翻。少顷方教呈御膳，番主登台再问安。桂后诉知身颇愈，愿随贤弟入都城。番王不能拦阻姐，无奈传教备御车。銮仪御仗

---

① “犹”，原文作“忧”，据文义改。

同开展，龙麟宝马各装鞍。番君请姐先升辇，方上黄帏翠幰车。八百朝官随御跸，三千甲仗捧重轮。乐奏笙箫同起驾，纷纷簇拥进城池。天街结彩焚香篆，都进王都紫禁城。番君驾至金门口，停止銮车把旨传。命报中宫杜国后，可出相迎桂女王。锦珍得旨难延缓，领同妃嫔出宫门。琼桂二芳先下马，随侍銮车入禁宫。朱轮停驻宜昌殿，左右宫娥请女王。杜后锦珍欢接见，殷勤叙礼进宫茶。极陈契阔多年别，又谢叨情定乱烽。弱女得承青眼盼，尚求训诲勿姑容。借问金躯何贵恙，女王回答已粗安。琼桂二娇方见母，美人艳雪始行参。宜昌殿上开琼宴，东辽国后作东人。歌舞吹弹双进酒，半叙离情半叙亲。外面辽王登宝殿，八百衣冠贺起居。番君召上娇娇子，诉说王姑桂女王。所带无多马步卒，可令屯营给厚粮。数员将弁皆兄弟，儿可延归汝府中。开筵款待休轻慢，候孤择吉要开屏。太子玉阶欢领旨，陪同众将返青宫。大开美宴多恩礼，发犒屯营甲士们。狼主朝堂修国政，加赏随征守土臣①。传召钦天选吉日，桂芳公主赘才郎。择定佳期十九日，招赘多才桂梦烨。即令报知南楚后，番王英明不惮劳。亲抚万机犹未毕，报入南蛮奏立君。狼主士英心大悦，差官厚礼贺蛮王。即把梦麟廷桂表，退朝带入内宫廷。宜昌宫殿筵初散，锦珍拱袖启恒魁。芳仪久隔天天念，难得銮车肯降临。本思另扫清幽所，恨皆隔远似生疏。绿仪宫是琼芳室，愿扳凤辇暂停留。庶使痴儿堪侍奉，未审王姑意若何？女王笑答承情重，搅扰宫闱好不安。语间飞报金车降，锦珍领女接君王。番君笑对金兰姐，愚弟开屏已定期。先赘御甥成好合，屈姐留车要几时。又告南蛮驰实信，锦魁姐丈已承封。愚弟已修庆贺礼，姐今无碍可留车。女王听语芳心喜，说言妹丈果分封。四国升平天下福，玉成愚姐早班师。

---

① “土”，原文作“士”，据文义改。

梦麟可有军中报，士英含笑递恒魁。女王看处朱颜喜，说声明日我修书。派令梦恩赍贺礼，入贺蛮君请射屏。番主士英连道是，陪坐金兰喜叙怀。问姐欠安金贵体，艳昭下药觉如何？女王笑道真灵妙，已平疼痛较前差。明朝望弟重宣召，再投一剂可全痊。辽王说道虽如此，姐当珍摄早安眠。桂后笑声愚姐晓，吾弟初回来进宫。不才愚姐当知趣，莫教弟妇怒恒魁。辽王答姐莫胡说，昭阳王后玉颜红。绛烛上灯天色晚，女王桂后叫传车。宫主琼芳随侍奉，陪姑同返绿仪宫。梦芳姑嫂方辞退，辽王王后始回宫。喜信已传太子府，梦烨王子暗欢欢。内宫留下恒魁帅，地主多情礼貌殷。谕旨又宣杜小姐，绿仪宫院再投方。桂后恒魁多爱惜，力许娇娃带共回。宫中修下封书札，要差德建入南蛮。据案亲书犹未套，报言太子见王姑。桂后即教延请入，继武行参省起居。欠身奏上王姑母，钱昂王叔与王兄。泛舟浮海今朝至，要见王姑紧急情。桂后一闻神色改，问言贤侄在何方？有劳速奏尊公晓，代延王叔至斯间。储君领命移身去，须臾又入报王姑。已奏父王知此事，王叔王兄俱进宫。道奉天王机密诏，宜昌殿上候报宣。桂后恒魁知不妙，催教艳雪启宫奁。薄修眉黛更衣服，两两宫娥备绣车。匆匆出见宜昌殿，辽王接姐进珠帘。相见弟郎钱彩武，武平驸马出金交。口称姐姐分离久，为何奏凯不朝京？国政日非君上苦，特颁密旨请回戈。请姐先开香烛案，王事先终再叙怀。桂后恒魁称领教，辽王忙令众宫奴。调开玉案焚香烛，倩地红毡锦绣分。宫娥扶上修仁后，展拜廷参祝上方。驸马钱昂朝北立，朗朗报宣帝诏书。上谕奉天天子旨，密传藩后桂恒魁。朕闻人主当阳莅，内政先修外始平。堪叹朕躬凉德薄，年来抱病渐衰羸。朝机误托朝阳后，讵料妖人负朕躬。心怀不轨欺神鬼，作尽伤天害理情。内苑拥兵欺太后，欠安圣母不传医。御点存鸩谋弑朕，移及洋獒内侍亡。不知悔罪求修省，狼心仗毙两才人。朕躬皇嗣无多种，个个皆遭毒害亡。祸端尚陷申妃子，害他母子一齐倾。到今逐渐侵欺朕，挟兵监朕玉春园。八百臣僚难召见，亲王宗室绝朝参。助恶史銮奸父子，朋比为奸树满朝。覆国翻家堪指日，擎天捧日叹无人。朕思诏取勤王将，其奈宫门出入难。刻下查搜防范紧，一音一信不能飞。又恨无人堪付托，倘非才智反招灾。朕躬失德应无悔，圣母仁慈怎受惊！静夜寻思惟有汝，须卿重奠朕江山。兵符帅印卿曾领，调将征兵不汝拦。当思圣母重华后，何等恩波待及卿。仗卿布置顷周到，先投一信报孤知。保孤母后无惊恐，盼卿倍道入长安。代朕诛奸锄国贼，扫清宫掖慰苍生。朕躬不负卿劳苦，必当重赏永无亏。末后又书夏六月，手书宝玺押中央。驸马读完天子诏，桂后恒魁谢圣恩。煌煌凤诏龙章重，蒙恩批委敢辞劳？原率本藩子与侄，入京斩佞保金车。廷参礼毕抬身起，移开香案供皇书。驸马钱昂方叙礼，愚弟见姐揖深深。公子舜恭都拜见，引领康王桂梦骧。次第行参姑与叔，女王惊喜问何来？彩武叹声休说起，愚弟前来仰仗他。辽王让座传茶点，桂后恒魁问弟郎：天子诏中宣召我，回戈保国荡奸邪。不知愚姐存心久，正思观政上长安。何幸纶音天上降，成就恒魁有正题。但吾贤弟随青琐，怎得迢迢出帝都？禁宫曾说严搜检，密诏教谁捧出来？弟带舜恭犹可说，跷蹊德耀怎随行？梦蛟梦桂经先返，岂无传报我将回？何必又劳贤弟驾，冒险离京渡海来。彩武闻言长叹息，姐姐安知凤阙因。蝉娇万恶皆全女，无法为非逐日狠。先将声色迷天子，放胆临轩窃大权。宫中藏匿青年子，被人截发揭奸情。又劫蒋家年侄妇，彼却疑为姐姐谋。五路起兵侵袭楚，不能成事不知更。宫闱寻隙伤妃子，主上求医不择方。为恨仁慈严训诰，方把干戈布内宫。近日存鸩谋弑王，侮母欺君步步狠。金车日锁针毡内，故书密诏给哥哥。嘱姐先筹良妙策，掖庭保驾助诛奸。大兄藏在青丝发，方能混出禁宫门。愚弟朝堂虚诈病，带同怀锦访西苗。已会腾先和姐丈，始知姐姐在东辽。蒙派梦骧二御侄，赠引浮舟渡海洋。今日刚刚方抵岸，先投储府见怀图。得闻蛮国经平安，锦魁姐丈接番封。太子承猷无恙在，为何姐姐不班师？安心在此停兵马，糜费军粮扰骆兄。知否姐夫南楚主，急欲归藩似火焚。命弟传言催促汝，本藩无主姐何安！况加天子多悬望，姐姐班师未可迟。女王闻说微微笑，二弟诚为错怪人。恒魁岂不悬家国，鞍马沙场那得闲。昨朝方把征衣卸，已思择吉要回军。为碍桂芳次侄女，御屏中选侄怀图。已定佳期完好合，带他同返免周章。尤喜锦魁居北面，可践珠卿曩日言。腾龙夫妇归蛮国，深闺有女我邦人。吾如仓猝回兵马，隔关迎娶更烦难。刻间正缮封书启，派教德建捧书行。蛮国毕姻冷小姐，嘱他整旅候恒魁。一到南蛮迎太子，合兵甥女即班师。谁知贤弟匆匆到，怎料天子事许多。都道蝉娇贤国母，懿德流芳不比常。到今怎指淫邪女，忍令勤王剪灭他。恒魁归去犹容易，只恐天台自取羞。复壁若开遮不住，得罪昭阳得意郎。殿中人听齐声笑，彩武回言怕彼何！蝉娇那顾三分脸，正当如此削他羞。姐姐有谋须早展，作成愚弟早些回。权奸济济多消息，若知诈病必生灾。女王答道何须急，吾弟终须歇一天。容愚今晚筹良策，细细标明汝带回。掖庭十面先埋伏，恒魁怎敢再停留。等待梦烨完娶后，即动三军赴阙廷。彩武欢欢称正是，梦骧王子欠身陈。王姑钦奉天子旨，赴阙诛奸不肯停。臣侄仰遵臣父嘱，特随王叔至扳辕。必求姑母迂途降，姑父同回始合宜。父王愿听军中令，当提一旅助诛奸。桂后微微含笑答，贤侄原来为此来。本宫虽说遵君命，终始当回汝贵邦。亦当奏表王姑父，得他谕旨始堪行。况有本藩兵与将，都留贵国怎抛丢？但劳贤侄须先返，奏知姑父要操兵。本宫若到难挨久，克日回京赶站行。德耀闻言心大喜，深谢王姑准所求。臣侄不消先告别，愿留随驾共回归。女王好笑依他意，命召怀图与梦恩，并与探花赵榜眼，宜昌殿上会亲人。辽王传旨开琼宴，歌舞吹弹品竹弦。礼待钱侯父与子，西苗王子贵郎君。传杯递盏欢谈叙，不觉黄昏各上灯。钱侯安歇东宫府，继武殷勤尽礼仪。桂后恒魁归内苑，临窗定计启文房。公主琼芳为剪烛，美人艳雪进宫茶。女王桂后持斑管，恭缮封章奏至尊。安排荡佞平妖策，预报回京日月期。又写乞师三道信，西苗北狄与南蛮。告知观政诛奸日，请发精兵助入京。又写一封朝奏本，藩君驾下请勤王。写完次第粘归套，案旁召近骆琼芳。含笑启唇称侄女，天子密诏汝深知。本宫归去诛奸佞，须先草檄布军民。叹孤近日无心绪，百事纷纷下笔难。须要烦劳贤侄女，莫吝高才代一挥。琼芳闻旨迟疑久，含羞启奏正宫前。圣母纶恩相见委，理合钦遵怎敢违。但关国贼和妖后，都在天朝内阙廷。弄法为非千百款，有已知闻有未知。自羞臣媳无才藻，万难书一怎监书？宣布檄文须痛快，要动苍生百万心。不成章句招人哂，未便虚承委任恩。到底须求王圣母，自展仙才拨冗书。女王听毕微含笑，说声侄女过谦谦。本宫事即吾兄事，可代吾为莫怕羞。何况本宫知识汝，汝勿推辞过拂孤。若问权奸诸恶款，本宫得有秘谋书。妖后贼臣前后事，件件桩桩载入书。并同助恶同谋者，何年何月俱标明。即今取出先交汝，任汝何时得便书。本宫要俟怀图子，毕姻事后有情由。要令吾儿姐与妹，同伴更装杜艳昭。先赴长安投禁苑，保卫仁慈龙凤车。吾犹迂道西南国，许多琐事赶完成。辗转必交冬十月，方能应诏进长安。观政檄文须发刷，随吾兵动好驰行。琼芳宫主闻严旨，不便重辞要奉遵。娇羞唯唯开檀口，圣母纶音罪煞儿。推原臣媳非因懒，委实无才怕引羞。但今圣母恩批委，臣媳甘心强效劳。自愧涂鸦惟塞责，求恩改削始相宜。桂后笑言何致此，起身亲自启行囊。取出秘谋书一卷，付交王媳骆琼芳。宫主接来开展看，领悉奸谋种种狠。备细看完颦翠黛，叹言果好暗中谋。射影含沙真鬼蜮，绵里存针毒又沉。这般难怪唐天子，怎能辨出陷人谋。女王笑道虽如此，皆由天子太姑容。初番不警含糊过，滋长妖人胆始高。故云军国王章典，要在刚柔相济行。可见兴衰和治乱，多由内助后妃们。君前应谏须当谏，未可逢迎反陷君。琼芳听得王姑旨，句句含存带训词。反引娇羞无可答，低头唯唯整宫衣。遂把密书恭缴上，奏言臣媳已观完。容儿草稿今先拟，恭呈诲正再誊真。桂后问言能记否，琼芳回奏不曾遗。欢悦恒魁藩国后，收存书卷始传茶。惠妃答应连忙奉，女王赐坐骆琼芳。尖尖玉指开文具，亲提兔管拂鸾笺。奉命诛奸为草檄，笔走龙蛇细细书。不消一盏清茶沸，檄文一道已书成。推开交椅抬身起，奉上中宫桂女王。含羞奏道聊搪塞，圣母娘娘赐斧裁。桂后羡言何敏捷，赐坐娇娇侄女郎。含笑展开详细看，满纸琳琅吐笔花。披诵一番欣击节，芳心大悦玉颜春。称羡多才王媳妇，文无披点自然佳。他日布分天下晓，定揭奸臣逆后魂。当待至期交记室，誊真发刷再颁传。宫主娇羞无可答，女王喜悦即收存。不曾布发人难晓，容至抄传再诵明。玉漏频催香散篆，承值宫娥启镜奁。伺候晚妆姑与媳，同入纱橱翡翠帏。夜景无多容易尽，钟鼓楼中报晓筹。番主临轩修国政，娘娘早起理宫仪。率领合宫妃子等，绿仪宫苑探王姑。御膳进呈欢对用，番君退殿又开延。宴待天朝钱驸马，钱侯心急要辞回。狼主士英留不住，无奈应承父子回。厚赠盘川和路引，只留德耀待恒超。女王出见金兰弟，交付封章嘱弟郎。弟回京阙朝天子，把吾密表献天台。圣主天聪应领悟，凤辇龙车可万安。传语王儿桓德远，教他速启锦囊书。先向珠卿求射雀，免把宫仪屈女甥。不然异日归南楚，韵珍身在六宫尊。礼仪有屈罗甥女，翻悔求婚我不安。吾弟先回须内应，我遣廷兰与梦祺。悄悄相随归帝阙，与他须便各完姻。本宫俟汝登程后，尚欲差人暗入京。教他投入皇宫苑，必保天子再出朝。那时如有人投控,有劳贤弟代关防。无过叩阍三五日,愚姐提兵接踵临。钱侯诺诺连声应,姐姐金兰弟谨遵。但凭吩咐如何办,蹈汤赴火敢推辞?桂后恒魁频叹息,启言尚有一桩由。八方埋伏虽皆妥,放心不下只双亲。三军若抵皇城下,眼见奸奴起恶心。必把椿萱威胁我,不容愚姐不收兵。犹幸梦蛟曾受计,将及其时彼自知。梦蛟有甚施行处,弟与哥哥万勿拦。驸马钱昂称领教,修仁桂后取封章。指点须当抄录过,方可私传入禁闱。钱侯接看先存妥,女王吩咐小宫官。宣入梦祺和起凤,教把火速卷行装。随伴钱侯投帅府,花烛洞房早毕姻。闲是闲非休妄露,惟留勇力助擒奸。二生领令欢无限,女王附信贺珠卿。代子梦蛟求射雀,并求鼎力顾双亲。狼主士英修厚礼,托呈菽水谊椿萱。大开饯别华筵宴,储君继武递金杯。席残骏马装鞍候,殿上分离个个伤。王子梦烨来请令,郊原送叔送三兄。桂后恒魁亲许诺,钱昂同子上龙驹。东辽番主亲相送,带领英雄众少年。送至西郊成礼别,怀图王子泪珠倾。谆托大兄和叔父,祖亲父母候金安。母后进京期不远,愚侄当图拜膝前。舜恭挽弟情难舍,钱侯安慰勿痴迷。回别辽王和众将,丝鞭同起彩云飞。出了番城寻路径,雇舟浮水赶回程。扬帆直渡沙门岛,登州起站觅归途。一路传闻新榜挂,文场武试一齐开。父子归心浑如箭,马蹄同起不停留。

何日抵京容后表,辽王送阁已回宫。带入怀图参母后,女王已退绿仪宫。思亲心绪遭勾引,万种芳情撇不开。临窗洒尽珍珠泪,琼芳烦恼劝殷勤。人报辽王来见姐,并与怀图绮艳徽。桂后恒魁收玉泪,接见金兰弟士英。叹言京国将生乱,愚姐情难再久留。盼望梦烨完娶过,要劳侄女二多娇。与同国舅云珍女,艳照小姐两联群。私进长安谋一事,好与恒魁暗进兵。未卜云珍欢允否,偏生吉日这迟迟。辽王答姐何难事,要用谁人一面传。弟妇尚教随听令,凭谁敢不奉差行!女王不觉芳容笑,启言贤弟果多情。既此恒魁堪免虞，比及临时再奉闻。说完遂令宫官出，梦恩梦禩入朝参。桂后同说龙德建，赍传贺礼与封书。亲投蛮国朝姑父，速择开屏大吉期。等候本宫兵马至，即欲登程不得延。龙舍梦恩欢领旨，捧书捧礼出王宫。桂后始传梦禩侄，给交书信启朱唇。本宫不日回京国，勤王定乱灭奸谗。事定归藩无复出，侄等朱陈未践盟。不独关津多费事，尚恐权奸暗害人。喜今帅印归吾手，汝曹往返不愁人。领书速赴淮扬郡，岳翁台下请完姻。待孤文檄如传至，舜昭定亦发三军。汝即带同蒋小姐，同上长安见本宫。贤侄建功堪助国，功成挚眷好同归。襄侯梦禩欢闻旨，接书诺诺即离宫。择下行期惟次日，甲兵付与赵兰标。辞别辽王和桂后，梦恩梦禩各登程。女王方召祁家女，令他赍带两封书。一投北狄朝番主，请发英雄洗佞臣。一封先递西苗国，奏知狼主本藩君。请令梦巩龙御侄，先赴杭州见庆先。完娶多娇方小姐，计日来京订共回。惠妃领旨难延误，更装即日出东辽。

转瞬此天交十九，桂芳宫主赘才郎。云母新开金孔雀，虾须帘幕绣鸳鸯。文臣武将趋丹陛，剑佩叮当对对齐。东宫催请藩王了，龙袍玉带顶金冠。传粉玉颜真俊采，凌云格度信丰神。满颜喜色含春笑，玉陛廷参拜上方。狼主欢欢亲赐免，内宫启请后和妃。宫禁催妆二贵主，月媚花娇美十分。朵朵群芳相簇拥，彩云拥足降蓬莱。请上多才王郡马，乐府笙歌奏管弦。参罢皇天朝九庙，龙床双谒后和君。锦毡下拜修仁后，才郎淑女结同心。相见本番嫂与姐，储君王子揖深深。金盘跪递湘都后，女王含笑揭红巾。赏鉴玉容多喜悦，金冠玉佩赠多娇。珠灯引上宫车辇，回宫合卺奏笙箫。臣僚八百随班贺，辽王赐宴醉金杯。昭阳殿内华筵启，娘娘妃子作东人。殷勤礼待恒魁帅，玉液仙浆细细斟。宴散碧空移斗柄，深宫春色醉鸳鸯。良缘方信三生定，一缕红丝万里牵。柔情美意重重结，却恨东方曙色明。承值宫娥分对对，启请仙娥起整衣。春倦玉人羞揽镜,得意才郎代扫蛾。问安先谒修仁后,双赴中宫尽汝仪。领罢宫茶方告退,回归宫院庆同心。于飞燕尔新婚好,鼓瑟调琴喜唱随。桂后心悬京阙事,却关儿媳始和鸣。强勉迟延虽未露,暗含焦急日颦眉。多才难得怀图舍,猜彻中宫暗地心。妆台授意如花女,母后娘娘有事情。叔父传来天子旨,九重朝政不堪云。修仁欲奉勤王诏,曾说差卿上帝畿。日来怎不相提起,多因贵主是新婚。芳卿系是聪明女,身奉湘都箕帚权。须当争跃芳名美,要顺修仁母后欢。莫待中宫传旨遣,可向修仁请命行。桂芳公主闻生语,彷徨无语锁春山。梦烨却认卿留恋,顿生不悦改颜容。正色问卿何此态,贵人身本女英雄。争名有路须当奋,休恋柔情志气低。何况鸳鸯经比翼,百岁夫妻日月长。当求母后中宫爱,有失欢心怎立身?孤为芳卿方直指,卿宜委婉顺夫郎。桂芳忽听才人语,顿引桃花上玉颜。娇羞怒问亲夫婿,君侯所说是何言?圣母颁传差遣令,谁云贱妾不遵行?不曾回答君侯语,何见裙钗缠恋夫?桂芳虽是番邦女,壮志昂昂未肯低。顷者未言原有故,叹恨苍苍屈桂芳。偏把此身居五漏,又将红线系中原。桂芳未奉君箕帚,何愁中国走千遭。恨今已赋于归曲,圣母归藩不再来。妾如乞旨先遵办,眼见王姑亦退兵。身离本国难回首,父母颜容怎得逢?惟君解得亲恩重,别人那识有椿萱?不消认实闺中志,请旨修仁有甚难?语次含嗔传彩女,速备宫车省女王。宫娥答应忙传出,捧衣备辇各匆匆。王子梦烨知失语,上前含笑挽佳人。问妹孤家原错会,与卿戏语有何妨?何须这等娇嗔怒,明朝乞旨不曾迟。公主桂芳羞不答,对镜更衣上绣车。来到绿仪宫苑内,琼芳接妹见王姑。膝下起居遵妇职,女王赐座两多娇。桂芳公主开榴口,启上中宫圣母前。儿闻天子纶音召,圣母诛奸已定谋。闻欲遣儿和姐姐,同入中原干密机。不识娘娘何旨意,愿求恩旨示儿知。当即束装先佩马,天色微明好起行。女王一听心疑惑，沉吟含笑启朱唇。说道本宫虽蓄意，为何王媳这匆匆？鸾凤和鸣方五日，无妨再缓数天行。桂芳锁黛含羞答，圣母高明怎此言？儿已终身随膝下，理宜奉令效驱驰。圣母爱儿全脸面，莫持俗例陷儿羞。闻语女王心大悦，羡言王媳果贤明。本宫数日心方急，却碍新婚未便行。难得贤明甘出力，本宫当即定行期。遂问宫娥贵国主，劳请金车至此间。彩女双双承旨去，辽王闻请即来临。桂后恒魁迎接弟，递罢宫茶启绛唇。三国国书经已递，钱昂二弟已回朝。可料天子应盼望，父母京华未得安。愚即班师难即返，须投蛮国与苗邦。今喜梦烨曾叶吉，贤明侄女请行期。故扳贤弟同商议，乞传谕旨召云珍。辽王闻说双眉皱，心虽不舍不能辞。长叹启言贤姐姐，大义诛奸怎敢拦。但恨此离何日会，东南阻隔路迢迢。女王笑答何须念，恒魁魂魄总重来。弟如不负吾盟义，屈驾拈香即汝情。辽王正色称胡说，女王带笑遂无言。狼主难猜何隐语，旨宣国舅杜云珍。并与青宫王太子，速来内苑听差传。晌久云珍和继武，入谒番君桂女王。士英旨谕亲生子，楚邦姑母欲回军。观政诛奸彰大义，理宜襄助出三军。汝可较场先讲武，带兵　万侍同行。太子欠身遵父命，接下兵符退出宫。狼主又呼杜国舅，女王奉召要回朝。尚有应行良妙计，教孤宫主作行行。要用贤卿闺内女，艳昭侄女有奇才。同进长安同结伴，太子回军可共回。孤思琼桂双宫主，初离国后各随夫。长途怎免思亲恨，得卿爱女可盘桓。消解离愁三两月，慰孤王后挂儿忧。云珍闻旨难推脱，无奈钦遵谕旨严。奏道女王南楚后，军国情由不比常。微臣弱女无知识，又无武略怎从军？桂后笑呼杜国舅，令爱同行别有谋。并非用武提刀剑，国舅安身不必忧。云珍诺诺称遵旨，驾前奉请起行期。桂后即教提日历，先选三娇赴阙期。择定孟秋初八日，贵人中表入长安。初十女王方起驾，先入南蛮订合兵。谕知国舅归家报，令爱先期入禁闱。国舅云珍无可奈，只得承恩退步行。回衙遂对夫人说，女王桂后恼人怀。平空要用吾娇女，伴同宫主入中原。帮助诛奸留内应，君主命谕不容辞。香闺可召娇儿出，好整行装克日行。夫人一听无精彩，问君桂后假和真。艳昭又不知韬略，何故叫他上帝京？况兼弱质闺中秀，怎干军功出本番？云珍叹道修仁后，要用吾儿怎得辞？即令侍儿传话入，请出千金上画堂。参见双亲修定省，杜爷闷闷诉娇儿。女王差遣君王旨，我儿可敢奉差行？小姐闻言心暗喜，故作沉吟启绛唇。狼主情殷盟义爱，桂后言词岂许辞？孩儿虽属深闺女，到底君亲命似山。同群况有双公主，结伴行程可免忧。父母安心休过虑，桂后应无故害儿。国舅夫人同叹息，答声吾岂这般忧。女王既肯差儿去，自然无误我娇儿。惟恨吾儿多隐事，身入中原管汝难。儿休认作申家女，抛撇生身去不回。小姐艳昭容失色，踌躇启上二椿萱。儿虽借体投魂女，生身恩惠敢抛忘？前生事节何凭准，儿敢长抛养育恩？况入京师因帅令，未知奉办甚军差。两宫贵主同随在，教儿何处访申家？椿萱不信当留誓，神鬼昭昭察艳昭。儿今奉令登京国，水源木本必归来。除非天子皇皇旨，不许女回始不回。凡知私认申家姓，鬼灭神诛未可容。国舅夫人闻始悦，转口呼儿我戏言。原汝入京须早返，莫犯无情帅令严。书轩召出亲生子，闻姐分离各皱眉。夫人代女修行李，议差奶母伴同行。王宫内回东辽主，相辞姐姐上昭阳。带领二娇朝母后，诉知不日要离开。娘娘惜别芳心切，追怨君王错主张。娇儿许婚无顾后，都把红丝结楚邦。到今一别分南北，欲望重逢永绝期。番主叹声难怨朕，儿女姻缘注由天。孤家盟姐非他比，宫闱慈爱怕何因？中宫决烈雄才女，怎持俗见怨孤家？杜后锦珍无可答，挽同娇女泪千行。二娇姐妹芳心切，同母双弹粉泪珠。至晚宫车方告退，琼芳归去侍王姑。桂芳方始回宫院，梦烨含笑接佳人。问妹娇嗔朝圣母，批准纶音是甚时？宫主答君期不远,行期初八上京华。王子问卿何密计,宫主回言尚未言。彩女进汤开宝镜,挽妆已毕整罗帏。淑女才郎归绣榻,恩爱新婚乐未央。次日锦珍传保母,代同贵主整行装。辗转此朝初七日,桂后宣传杜艳昭。国舅府中开饯别,拈香小姐别宗先。下拜椿萱悲切切,父母携儿寸断肠。同嘱娇娇吾爱女,奉令登京干密机。当念双亲慈爱汝,儿勿痴痴只认魂。盼望女王能奏捷,儿随储驾早归来。小姐泪言儿怎敢,椿萱保重万金躯。所愿仰叨鸿福庇,弱女天涯得早回。礼完请入同胞弟,手足分开痛寸心。国舅含悲呼爱女,祖姑徐姓在长安。汝父稚年蒙抚育,别后鱼鸿失问安。书信一缄今付汝,并同礼物候姑安。汝若进京为访问,姑母存亡代探真。小姐接书悲领命,恋恋牵衣泪更倾。外报女王重降召,杜爷拭泪始传车。婉劝娇儿方上辇,行囊奶母亦登车。痛切夫人悲别女,云珍亲送女娇儿。香车直叩王宫口,请旨黄门走似飞。辞退英雄杜国舅,单引多娇进禁宫。昭阳先见君和后,方入朝参桂女王。桂后恒魁欢赐免,随行彩女进宫茶。良久双双宫主到,参谒修仁听计传。女王悦色开檀口,本宫要事托千金。卿同公主明朝去,似此衣装不可行。一道锦囊存紧要,须要更装假俊郎。入京停歇招商店,打听仁慈病若何。蝉娇现在招医士,欲图不利太娘娘。喜卿熟悉岐黄术,即当应选进皇宫。应行计策何行办,临时可拆锦囊书。宫主切休同入觐,只用贤卿可奏功。上可保全皇太后,下可关防天子车。剪佞安邦完夙约,仗卿胆略勿仓皇。笑把锦囊亲解付,杜家小姐锁春山。含愁奏道蒙驱遣,臣女无能强奉行。但妾生来心胆小,孤身无助恐难行。

——《榴花梦》,中国文联出版公司 1998 年版

郑贞华

郑贞华(1811—1860),字蕉卿,一字澹若,自号苕溪爨下生,乌程(今浙江湖州)人。父郑祖琛(1784—1851),字梦白,清嘉庆十年(1805)进士,历官至广西巡抚,道光二十五年(1845)任云南巡抚兼署云贵总督;寻调福建巡抚,转广西;后遭革职。夫周锡诰,钱塘贡生。郑贞华婚后居杭州。1860 年,太平天国军队攻陷杭州,郑贞华饮卤自尽。著有《绿饮楼遗诗》、弹词《梦影缘》。其女周颖芳,著有《精忠传弹词》。

梦影缘(节选)

《梦影缘》,全称《绣像梦影缘》,四十八回,八至十六言联目,苕溪爨下生(即郑贞华)撰,清道光癸卯(1843)自序。版本有清光绪二十一年(1895)竹简斋绘图石印本,十六册;又有民国十三年(1924)大达图书供应社排印本,四册。

《梦影缘》是清代弹词中颇具特色的一部。署名"坐月吹笙楼主人"的《娱萱草弹词序》有云:"昔郑澹若夫人撰《梦影缘》,华缛相尚,造语独工,弹词之体,为之一变。"谭正璧《中国女性文学史》称:"在一切女性所作的弹词中,郑澹若的《梦影缘》不能不算是鸡中之鹤……作者的思想与艺术造成了它的伟大,使它得与其他作品别树一帜于当时文坛之上。"

书叙宋太宗端拱二年(989),罗浮仙君与十二花神受天命降世。仙君投生为御史庄渊之子,名梦玉,字季华,号兰君。庄渊以谏阻太宗建舍利塔不成,辞官回乡。其妻惠希光,号琴史,先有一子梦燕,后又生梦玉。琴史急欲为梦玉求妇,梦玉戏画美女为妻,以释母怀。花神中之梅花神投生为南康太守林武女纤玉,才貌双全,一日,忽得病不起,请陶慧云(桃花神转世),陶认为有神画其像所致。后梦玉焚画,纤玉病即愈。庄渊与林武相遇,一见如故,乃聘纤玉为梦玉妻。兰花神转世为吏部侍郎宋曦女纫芳。曦亦庄渊友,曦母往访琴史,见梦玉娱母,遂将纫芳许与梦玉。庄渊命梦玉入京应试,中探花,任翰林学士。权臣王钦若、丁谓诬林武私通外国,梦玉救之。后王、丁败,林武升枢密使,梦玉升礼部侍郎。帝封赠梦玉父庄渊(已仙化)。梦玉与纤玉、纫芳成婚,欲归省母,帝不肯。后梦玉立种种功业,携手纤玉、纫芳与母琴史退隐,庄渊来迎,同日升天。其他花神转世为陶慧云、苏韵仙、韩紫瑛、阮珠英、刘令娟、周妙华、贞仪公主、石青琼、谢景韫、杜倩儿,分布各方,经种种周折,皆未婚成道,各归本位。庄、林二姓在天会晤,玉帝赐十二花神并为林公夫妇之女,同配罗浮仙君,共侍双亲,永享团圆。全篇以“情”字贯串,而以“梦”象征人世之无常,以“缘”释人生因果,以“影”喻人世之真幻。

第一回　碧落红尘仙子多情伤判别
葛巾羽服高人一笑赋归来

今来古往恨绵绵,沧海桑田有变迁。地缺东南填不满,天倾西北补难全。叹人生穷通夭寿难参理,离合悲欢莫究缘。世界大千空复尔,春光九十岂长鲜。秋风容易斑双鬓,人寿焉能享百年。那及仙家常快乐,遨游三岛十洲间。心无半点尘氛染①,如水在寒

① “无”,原文无,据文义补。

潭月在天。我亦久思遗世事，隐名遁迹入深山。偏教身困于巾帼，义在难行只叹嗟。看得破来逃不过，总难脱此一重圈。层层魔障消难净，冰雪为怀只自怜。何者堪为消遣法，且摇柔翰作新编。但思量传奇半出名人手，难以争先着祖鞭。小说亦闲逢才子作，安能下笔斗其才。鸡口牛后须斟酌，倒不如扫尽南词独写怀。孤陋寡闻犹自愧，纵书成亦是覆瓿才。惟有扫除天下人心秽，洗出情场异样宽。孝义忠贞皆至性，风花雪月亦清欢。其间意趣随人会，我但题名"梦影缘"。脱却前人窠臼熟，趋炎陋习亦齐删。叹才人命薄千秋例，又何须富贵荣华尽占全。后事纷纷难遽表，且先把水源木本略为言。

话说混沌初分，轻清之气上浮而为天，内有一股氤氲之气，随风荡漾，化成一蝶，玉羽翩翩，每日餐霞吸露，复受日月之精华，修至千年，得成人体，因自号曰梦隐真人。曾入粤东罗浮山采药炼丹，丹成九转，普济凡人，上帝奖功，封为罗浮仙君，使作此山之主，统领华首真人五百，占据洞天福地，长乐无忧。当下界东周战国之时，仙君偶动凡心，下凡游戏，险遭堕落。幸有本山梅花之神，幻形点化，得以返本归真，从此匿影藏形，不复涉世。那梅花神受封魁芳仙子，别号碧华仙史，却不知其何许人也。

两仙生就品超凡，玉骨冰肌貌共妍。情性温柔仪雅静，言谈慷慨意幽娴。爱如手足常相守，分处璇房琼宇间。玩月有联时步出，观花每共驾云还。鼓琴互领高山意，对弈同争一着先。画意触来齐点笔，诗情发处竞题笺。仙家岁月春长在，弹指间滚滚红尘不计年。一日忽蒙青帝召，两仙驾鹤共升天。青华宫里来参见，拜舞山呼帝主前。青帝笑称梦隐子，朕今有事欲相烦。昨承上帝纶音降，命我天曹选妙才。只为是世有一人庄孝子，廿年隐痛慕椿萱。早应接引归仙籍，奈人间谁得知其隐孝怀。感化人心须仗彼，惜乎其志未明宣。待遣个现身说法仙家子,显出诚心使众观。朕想惟卿能担荷,已经奏准九重天。今来召尔临凡去,大宋朝中走一番。往为御史庄家子,先当托梦可投胎。他日里代亲报国成亲志,好教他做个双全忠孝仙。帝主殷勤垂谕毕,罗浮君沉吟回奏色凄然。便说道帝君圣谕应遵奉,但只是臣实无才恐不堪。又恐怕辜负天恩难报称,伏求另遣智能仙。此际是碧华仙史旁边立,静听青华帝主言。一点芳心愁脉脉,两行珠泪落连连。想化身度世非容易,况仙君一去仙山色黯然。万树瑶华谁领略,使侬家洞天独占也难安。不如雁序私相约,先后分投人世间。待他时调协埙篪同努力,度亲出世亦非凡。频频凝想低垂首,乃听罗浮所奏言。堪笑仙君空启齿,谅圣言已出怎能拦。帝君当下闻其奏,含笑重呼梦隐仙。卿意朕心已领会,你不须违旨更多言。朕即遣名花十二随卿去,助尔成功共返天。便把魁芳仙子唤,挽卿家姊妹下尘寰。本来世道人心坏,谁把纲常礼义谈。巾帼之中无杰出,关雎风化最宜先。诸卿今向尘中去,须广劝凡人学古贤。使江汉蘋蘩风再振,功成定召尔回天。含欢重唤罗浮子:卿但前行勿畏难,所愿卿休迷本性,待卿归朕当代奏玉皇前。酬劳逾格施隆典,使卿家万古团圆碧落间。此际两仙难再语,谢恩同拜玉阶前。帝君即命催花使,把十二花神速召来。花使领旨匆然去,蕊珠宫里降纶音,霎时召到诸仙子,玉佩珊珊步共前。

芳兰仙,碧桃女,牡丹贵客,芍药娘,莲君子,秋海棠神,桂郎君,菊处士,芙蓉娘子,黄梅媛,水仙子。十一佳人,捡香襟,垂彩袖,盈盈下拜;启樱唇,吐燕语,款款闻声。承帝君,召臣等,有何圣谕;望天恩,明指示,敢不遵行。青华主,将前言,重宣一遍;众花神,皆失色,半晌沉吟。芳兰仙,重展拜,缓呼陛下;念臣等,无智力,怎下凡尘。虽人间,伦理坏,人心不古;有前贤,与古圣,遗下经文。谈孝弟,信与忠,言言似玉;讲礼义,廉和耻,字字如金。

风流子,口咿哦,似乎有解;究何尝,溯根源,领会于心。古圣贤,尚难把,人心挽转;小臣们,又那得,扶正人伦。请帝君,慧眼看,尘凡俗气;冲到了,九重天,天也昏沉。东华主,听其言,一声长叹:据卿言,诚若是,使朕心惊。但只是,古圣贤,千经万典;有才人,方可以,领略三分。浅愚徒,更不懂,纲常伦理;如弹琴,对了牛,那得知音。现朝中,也尽有,正人君子;便闺中,亦间出,礼义钗裙。正者正,邪者邪,不能化俗;正人稀,邪人广,直道难行。因此上,要卿等,现身说法;费苦心,费苦口,劝化人民;风化始,在闺房,渐行而出。助罗浮,愿卿等,各显才情;承父志,报君恩,安邦定国。使亲心,宣众口,警俗扬名;此外事,更纷纭,一言难尽。可随机,来点化,各自施行;待他日,众功成,召归本位。屈诸卿,权涉世,勿逆吾心。众仙子,奉纶音,万分无奈;再山呼,同载拜,深谢天恩。帝主命,与罗浮,两仙相见;叙寒暄,谈衷曲,不尽惺惺。遽来了,小青衣,趋前跪奏;蕊珠宫,花主召,十二花神。青华君,便分付,司花仙子;到瑶宫,辞尔主,速下红尘。休耽搁,快如梭,人间岁月;在天边,多一刻,已换秋春。众花神,称领旨,相将告退;这一边,青帝主,赐饯仙君。且讲那,女童儿,引诸仙子;蕊珠宫,来复奏,总领花神。总花神,尔道他,自何出处;却原来,巫山女,赤帝亲生。

那仙真生成绝世美容颜,千种风流百样妍。闭月羞花非妄赞,沉鱼落雁岂空谈。饶他万古红颜女,见此风姿尽汗颜。何屑失身于俗主,高唐一席是讹传。兰台本赋无其事,两受千秋不白冤。玉洁冰清真处子,头衔新领百花仙。秾桃郁李为常侍,芍药芙蓉作属员。艳福几人修到此,蕊珠宫里乐无边。曾匡大禹疏河道,功绩昭然著简编。遗庙犹存于楚地,香魂早已上瑶天。为云为雨原佳话,雅绝何尝涉不端。恨后世纷纷邪说广,致使这无瑕美玉受讥弹。太清肯为浮云蔽,总须当提出冰心置玉盘。当下群芳齐进见,仙真便问帝君言。询知其故心难忍,惜别心藏万种怜。先向魁芳仙子道:“与卿别又十余天。离多会少犹怀念,竟何堪判别人天一霎间。”仙史惨然亦动色:“娘娘珍重漫兴怀。儿家福薄难邀荫,辜负恩垂格外怜。敢逆帝君谆谕嘱,且随诸友下尘凡。但只是庸姿陋质卑还弱,一堕罡风恐不堪。尚望娘娘垂懿训,俾使遵循恪守免遭殃。他时或可重归本,再叩金容诉鄙怀。”欲慰娘娘翻自感,泪随言下已潸潸。仙真亦泣重相慰:“卿勿怀愁涉世难。但真性维持终不惑,定逢吉曜少凶灾。所愿卿繁华队里须回首,勿昧身为琼岛仙。我独知卿深道行,谅天边重会不为难。卿须自爱休伤感,与尔相期二十天。”复向诸多仙子道:“诸卿伴我已多年。而今一旦抛侬去,十丈红尘退步难。是否重能归碧落,我蕊珠宫里再留连。惟愿诸卿各自持真性,善保无瑕玉体全。建德立功同勉力,定蒙圣佑召回天。诸卿牢记侬言语,入世休忘此本怀。怅帝主遣行何太促,且饮我琼浆一盏领余怀。”群芳受训齐垂泪,无限依依难尽言。使者又来催下降,仙真愈觉惨伤怀。盈盈杏眼如沾雨,黯黯桃腮似带烟。兰鬓低垂情宛转,樱唇再启话缠绵。忍把我宫中佳丽全收去,从今后秋月春风定黯然。空使我独对南枝调玉笛,仗何人谱成三弄写余怀。空使我援琴独自怀空谷,仗何人白雪新翻助兴来。空使我独倚栏干挥彩笔,仗何人清平和调共为欢。空使我东篱独步寻诗句,仗何人载酒来消抑郁怀。徒向山中招隐士,难从洞口问渔船。锦城十里应无色,泪滴秋阶亦不鲜。还惜你金带檀心名枉在,更凌波难觅两飞仙。恨罡风一霎都吹散,枉教人肠断魂消不可攀。

十二名花齐拜别,伤离泪涌欲成泉。碧华仙史还为语:“尚望娘娘纳一言。念儿家属下司梅诸女弟,在宫侍奉本无才。随时还乞施良训,俾使遵循免避愆。愿娘娘金玉尊躯还自爱,或归来有日觐仙颜。”言词至此尤悲感,纵有万种情怀不可宣。太上忘情原不易,仙家亦觉别离难。正当难舍难分处,几辈催花使又来。不敢重违青帝命,也只可分时各各降人间。只一望红尘滚滚迷天日,叹群仙一去如何得转来。到此踌躇难下笔,几回握管慢俄延。忍抛天上清幽景,去叙人间尘俗缘。堪笑世人眼界浅,但只慕荣华富贵乐无边。为名为利心如炽,谁复能兴出世怀。私欲纷纷难解脱,便水源木本亦茫然。还有那措词动辄伤风化①,定说道玉女金童互忆凡。才子佳人齐扫地,管城子亦欲呼天。是何冤孽遭斯辱,纵掬西江洗不鲜。遗臭流芳皆自取,汗牛充栋笑陈编。倒不如楚人一炬收干净,也使人人自惕乾。抛却淫词和艳曲,收心去读圣贤篇。可知巾帼奇男子,别有胸襟海样宽。洗耳自同高士洁,问心只许古人言。因悲今世情场坏,欲把前贤雅行谈。尽有同心闺友在,无奈晨星寥落各天涯。眼前谁可评今古,且把三寸毛锥当舌尖。写出无穷奇幻事,别开生面出新裁。虽奇却又无奇处,却正是举世人人有此怀。赤子之心憨且执,未经道破觉新鲜。事虽似幻还非幻,又何尝蹈袭聊斋述异端。淡淡言情情自至,微微寓意意无偏。但只是是非未必全无谬,又还愁绮语仍难一例删。故妄称敷演梓潼心孝语,只无非扫除薄俗滥情言。不辞笑弄班门斧,聊赠闺门好友观。我原自愧无盐难刻画,因此上登场傀儡屈诸仙。这前边叙过天边话,合把人间接叙来。

历代兴亡难缕述,唐亡五代乱纷然。幸亏天降英明主,宋太祖旋转乾坤力盖天。扫尽烟尘归一统,巍巍圣德绝无偏。奉亲至孝追虞舜,灼艾尤敦友爱怀。谨守慈帏金匮训,位传皇弟了无难。何物吴僧乃著湖上录,烛影摇红作妄谈。皇弟太宗登九五,治民治国也明贤。惟是天伦之内微亏缺,有负先皇恩义全。残腊改元名遽易,更昭德廷美死非愆。所赖朝中多列贤良

---

① “辄”,原文作“辙”,据文义改。

士，海内毫无水旱灾。有李昉宋琪廊庙器，齐贤蒙正栋梁材。辅君行政多仁德，人寿年丰国永安。偃武修文兴教化，十洲贡献远方来。君明臣直朝无事，海宇清平已有年。端拱二年秋八月，忽然天子逞私怀。欲为巨塔名开宝，费了资财亿万千。有一位御史庄渊三上本，直言进谏敢批鳞。竟难拗转君王意，愤极难于得措言。朝罢归家惟自叹，不来说与阃中贤。夫人慧黠深知意，便向君前问一言："夫子日来何所忆，契丹可是又侵边？"庄公闻语连声叹："只为投戈外役安。朝野太平无所事，圣心忽尔出新裁。欲藏舍利来为塔，亦非徒衅血涂膏百姓灾。崇信虚无何以可，是何时异物到君前。笑举朝前辈多君子，竟无人能继昌黎辟佛言。既舍利入宫无谏者，今日里君王此举亦当然。成君之过谁之咎，恨我迟来未及观。事既如斯何必论，但此番过举定须拦。千言进谏君无悟，我更何颜戴此冠。三谏不从原可去，肯贻尸位素餐惭？便思拂袖归林下，只愁卿未免斯时就道难。因此相瞒难决退，卿偏善察合明言。"夫人一笑称夫子，谏既难行可挂冠。依尚身轻无所碍，便鹿车双挽亦非难。本来早想归田乐，偕隐千秋艳伯鸾。君勿愁侬难就道，请君看我已安排。从容退入兰房去，半晌回身出绣帘。御史方才凭案立，无言瞻望尽兴怀。回头一看双眸豁，见夫人卸却华妆便不凡。乌帕围来云髻亸，湘裙束住柳腰纤。月蓝秋袄双笼袖，玄色云衣半掩肩。兰鬓微垂光可鉴，钗钿花朵一齐捐。本来是不将脂粉污颜色，螺黛无加胜远山。素服淡妆饶雅致，岂同凡卉斗鲜妍。生来自是神仙眷，一种风姿出自然。手捧葛巾和羽服，盈盈含笑送君前。为君早已筹归计，请就此相将共入山。喜坏风流乌府客，连称妙绝笑颜开。孟光更比梁鸿捷，先着安排在我前。敢负贤卿相勉意，便当拜本即辞官。本孱躯难胜风霜任，定博天恩许遂安。公子适从书馆出，乍成窗课献亲前。见母亲妆束心奇异，又见衣巾案上排。侍立躬身恭启问，夫人细告此情端。髫年公子闻斯语，趋跪亲前进一言：“七载大人朝内列，如鱼得水帝心欢。言章叠上无虚日，从谏如流圣德全。一旦欲为开宝塔，君王竟不纳忠言。虽然于理无妨去，恐负前恩海样宽。还望大人休固执，为苍生之计合留连。”庄君长叹回言答：“儿所言来理亦然。但只是既已不能回帝过，目观非礼怎心安？何颜再列朝班内，肯为前贤笑素餐？只为君王恩太重，使人愈觉不能堪。似今番危言直谏全无怒，又何取要君以犯愆。只可忍心来引退，难倾葵藿向阳怀。也思仰报君恩渥，我已三思计亦全。愿儿辈他时承我志，勉图进取列金阶，从容讽谏开君悟，善为君王策治安。君宠祖恩俱可报，那时忠孝两名全。休辱我庄门世代忠良后，惟望尔从今紧着鞭。”言际凄然容遽改，夫人忙道此真言。儿休拒父为斯举，且让他林下优游善遣怀。即遣娇儿呈笔砚，亲研香墨更舒笺。笑呼夫子休延滞，看黄菊东篱已欲开，肯让他归去来辞称绝唱，君合与高风陶令斗其才。庄君难却夫人意，按住云笺戏一言。怎教人竟尔效颦于西子，无盐刻画又何堪。且让他高人竞诩追彭泽，我独无才愧此贤。绝倒夫人与公子，更诙谐杂进乱其怀。愁多赖有知音妇，曲解清愁每每然。无奈文园终善病，又恹恹瘦损带围宽。朝中贤士来相探，谢客深深昼掩关。同列因其常若此，也只好由他自便不相缠。次朝御史亲呈表，面乞天恩许解官。天子闻言心遽动，惨然不觉显龙颜。“想庄卿定因朕不从其谏，由此心寒欲罢官。怎知我方倚卿如左右手，但听你一言去字便伤怀。若说我待卿未弛恭和敬，你进谏番番激切言。朕又何尝轻动怒，总把温言慰你秉虚怀。再不道卿今竟忍辞朝去，嗳！太看得鱼水之欢作等闲。”遽纳奏章藏袖内：“唤庄卿你且缓归怀。免朝容尔聊休憩，卿但从容待十天。

朕自有言来复尔，卿今且退莫多言。”群臣奏事纷然上，天子心维在此篇。急欲退朝亲细阅，如何留取此英才。频频思索微嗟叹，耳内何闻此外言。传旨回宫旋起驾，中宫李后谨迎銮。君王便把贤卿唤，欲与尔相商一事来。李后含欢恭启问，君王何事与臣言？君王叹道真难测，不道此人若此憨。为朕不从其切谏，遽然引疾欲辞官。贤卿归坐休拘礼，朕与卿同阅此篇。袖出表章将展视，适燕祥宫内彩娥来。奏云婢奉胡妃使，求请皇爷早降銮。外域所呈金色菊，昨宵忽尔一枝开。娘娘特备延龄酒，请万岁观花博一欢。

天子惊喜道：“异域奇花，先时而放，可谓祥瑞，不可不往一观。贤卿你且把此表细细看来，待朕再来批复可也。朕断不轻放此人，总要竭力留他在此。贤卿以为如何？”

绝世无双此妙才，谁甘轻易放归田。况年华方少非垂暮，据例难容乞退言。总饶他舌上生莲能措语，朕也要大挥一笔硬批开。适才间听他提起归田话，竟教人万斛愁怀尽上来。正该应聊借赏花来遣闷，唉庄卿呀！总要你葵心重展向鸾台。一声分付排銮驾，离却昭阳正院来。来到燕祥宫院里，胡妃迎上笑颜开。但见他翠翘双凤垂珠络，五色宫衣彩带翻。鸳目生波偏俊媚，娥眉染黛自明妍。粉装杏脸娇还嫩，脂抹樱唇艳更鲜。呖呖莺声呼万岁，花枝招展拜龙颜。君王御手忙相挽，有累卿卿望眼穿。恕我来迟休见怪，愿与卿竟日笑言欢。胡妃笑道王言重，臣妾何能有怨怀。任陛下朝朝游别院，引羊车断不洒红盐。君王笑道真如此，朕便从今永不来。何苦自来招尔厌，不如仍与正宫谈。胡妃忙把宫人唤：快请皇爷速返銮。君王听到胡妃唤，不禁大笑又相搀。爱卿莫与吾相戏，承尔多情请我来。对酒赏花真乐事，若不逢卿亦不欢。朕虽不及唐明帝，卿比肥环胜一班。不妒而能多顺德，便中宫亦复赞卿贤。朕躬何福能消此，贤后贤妃德并全。妃子闻言尤不悦，君王何不别天渊。母仪天下中宫后,贱妾如何可并肩。陛下不应为此语,倘被人闻定必起闲言。总疑臣夺中宫宠,臣却深防受此冤。天子笑云无此事,爱卿何必自疑猜。与卿且玩先开菊,还要你妙舞清歌博笑欢。当下胡妃亲进酒,腰肢袅娜步姗姗。行来刚似风摇柳,高举金杯露玉纤①。媚眼含情呼万岁,请饮此延龄新酿益尧年。君王笑唤卿归坐,这益寿花才蕊半开。难道你采落英来酿酒,你且把离骚熟读意能参。若待他香枯色谢何来味,是应该采向新枝始可餐。妃子答言非菊蕊,是木犀酿出色偏丹。离骚忧郁而无乐,臣妾从来懒展观。陛下开怀须畅饮,莫辜负延年花为报恩开。君王忽尔长吁叹,倾国名花已共欢。白也风流原尚在,只可惜斯时难以召他来。胡妃忙便将身起,请效霓裳舞一番。更唤宫娥翻艳曲,退身筵外舞翩翩。折腰垂手偏多态,凤翥鸾翔亦若仙。故作随风来荡漾,倏如奔月又回旋。舞来半晌云鬟乱,弱态欹斜步不前。天子神摇兼目荡,此时顿歇爱才怀。颜开喜笑呼妃子,太觉劳卿我不安。看你已鬓弹钗横堪少歇,朕与你举杯对饮共为欢。胡妃应诺重归坐,笑举霞觞索对干。天子笑颜同饮讫,又呼换取巨觥来。胡妃起立称皇上,敢请还将酒令宣。天子笑云何令好,况人多方可竞为言。胡妃忙道何妨少,最好是花字流觞令可行。请陛下先言臣妾继,但则是今朝不醉不成欢。

天子道:“如此亦好。但是惟朕与卿,不必拘流觞之例,每飞一古人佳句,须略不寻思,脱口而出,若稍迟者,即以巨觞罚饮。卿道如何?”胡妃笑诺。天子便道:“迷离色相悟空花。”胡妃应声道:“云想衣裳花想容。”天子笑道:“梅花国里证前盟。”胡妃又接口道:“春风桃李花开日。”天子又遽道:“满城花气梦魂甜。”胡妃道:“且慢。陛下所飞之句,是那一朝名士的诗?臣妾却从来未领

① “玉”,原文作“王”,据文义改。

教过。谓陛下明白指示也,可使臣妾开广见闻。”天子一想,不觉大笑起来,无言可答。

胡妃灵敏早能猜,想君王眷念斯人若此虔。比似唐皇逢太白,果然一样善怜才。怎竟把其诗当作前人句,可知他心内毫无别念来。一笑起身呼陛下,误用今人佳句不应该。敢求满饮三觥毕,再请重将古句言。天子笑云该受罚,但是这三觥使我怎全干?爱卿代我消其一,待我把唐诗再一宣。原本来对景分明佳话在,莫妙于名花倾国两相欢。再说句啼花鹃血要离家,免此双杯尔可甘。妃子喜而重转愠,君王又复诵谁言。这三杯定欲求全饮,臣妾难于代告干。手捧巨觞亲跪进,君王笑饮急相搀:卿休如此虔相劝,我尽此三杯亦不难。宫女连斟来叠奉,君王一气饮来干。醺然醉意难禁奈,倚妃肩欲倩相扶就榻眠。从报中宫王后至,在门前特教请旨可容来?君王不觉心烦恼,分付宫娥复后言:有事明朝堪共议,此时且请转宫间。胡妃一见君王醉,早已心头悔万般。倘此事遭人传出去,君王又未免听规言。岂非使我无颜面,再不道饮此三杯便怎酣。又听君王如此语,岂堪竟拒正宫来。明朝定受腌臜气,总道我鼓惑君王进闲言。忙劝君王休阻后,待臣妾出迎凤辇入门来。娘娘有事方来此,陛下应当与共谈。天子点头言亦是,重复整襟危坐敛容颜。顿然想起庄卿表,定必中宫为此来。酒意忽然消一半,捻髭俯首发长叹。胡妃迎进中宫后,相见君王御座前。

天子遽云卿到此,可是阅庄卿之表有何言?中宫暗里窥天子,色带醺然意半酣。欲待不言身已至,也难言无事到君前。奏云奉旨观其本,曲折陈情意可哀。字字俱从真性出,怜他未歇慕亲怀。臣妾特来求请吾皇上,允许其归勿阻拦。曾听君王常赞叹,庄卿从幼孝思虔。昔蒙先帝亲褒奖,乡里之间亦诵传。乞陛下但思其往行,忍使他久离亲墓莫抒怀?吾王以孝治天下,自合推恩御史渊。

天子怫然多不悦:卿何代执一边言?岂不知此他幼抱终天恨,庐墓哀深众口传。既已登朝期报国,以忠移孝是应该。他初居翰苑清闲职,讽谏时时进朕言。学识兼优人莫及,非徒才藻妙如仙。经筵侍讲言犹切,竟深得前贤古圣传。若据朕怜才私念重,只应该使他永作玉堂仙。内廷供奉何其妙,鱼水君臣结古欢。相共吟风兼弄月,笑前人七步尚无才。无奈先朝旧宰都相荐,尽言他折狱真如子路贤。有一案经年疑莫决,竟遭他一言顷刻辩沉冤。君臣惊骇深相佩,尽愿投师乞授传。此后若逢难处事,总来仗彼为周旋。因而迁置兰台寺,国政军情并赞参。退佞进贤功第一,俾苍生暗受福无边。夏间不雨吾愁闷,他以修德相规更尽言。遣使诸州分决狱,甘霖立降万民欢。目前建塔非为过,他自琤然进谏言。我虽不从他心亦感,知他爱国好心怀。本早欲使其竟领平章事,亦不可台中少此官。定欲留其终辅朕,治平天下赖其才。朕既许他十日批其奏,当曲慰其怀善谕言。也谅他难以忍心抛朕去,定消归念再留连。贤卿勿为其游说,要教他从此休将去字言。李后低徊重启奏,人才原是得来难。如斯绝代无双士,怎怪君王眷恋深。臣妾思来亦若此,自因留取佑尧天。但细观其本心伤甚,敢乞天恩曲赐怜。袖出其章呈御览,再呼陛下纳臣言。但观他言言曲折深藏意,如听哀猿岂忍怀。他道是风木兴悲于早岁,春秋久欠荐时鲜。臣方少壮时多疾,已似桑榆向暮年。移孝为忠诚可愧,受恩只觉报恩难。无才自合还藏拙,纵列朝班亦素餐。已动归心难自遏,退身敢竟忘尧天。有儿梦燕年犹稚,初解经书薄有才。他日宫门求效力,应堪仰副圣明怀。伏求陛下垂恩鉴,慨赐微臣返故山。臣妾述其言大概,乞吾言再察此千言。此中自有真情在,这一篇哀艳文应警圣怀。天子听来心亦动,把表章接过尽吁叹。据卿言如此诚堪悯,竟阻其归亦不堪。朕欲赐其权乞假,一年半载可重来。贤卿以为当行否,如此君臣两遂怀。

李后答云诚若此，尚愁御史逆纶言。臣妾观其字字无虚发，至性真情不饰言。既欲告归难再至，又怎肯虚言乞假赚归田。吾王若以斯言复，彼定陈情续上篇。总望怜其纯孝思，圣明割爱遣斯才。君王又听中宫语，又复生嗔冷笑言。皇后不应预外事，你言三语四为谁来？我断然不放斯人去，亦何必观其此一篇。即付胡妃焚此表，莫再来扰乱我心怀。回身徙倚盘龙椅，知叹长吁意不欢。李后端然来告退，略无愠色尚和颜。胡妃跪请娘娘坐，听妾君前奏一言。便俯伏驾前呼万岁，娘娘言语绝无偏。伏求陛下依其奏，慨放多才御史还。若必欲留其居谏职，敢请问君王此举可甘捐？煌煌圣旨传宣出，建塔奇功可盖天。中止非徒伤圣德，遭人讥笑更何颜。若仍旧不从其说何能挽，欲挽其回必此端。御史纵然才绝世，怎当佛法广无边。藉他慧眼空中照，默佑皇家万万年。舍利深藏为国宝，塔成开宝福绵绵。愿吾王熟忖休贻悔，垂允娘娘金玉言。天子闻言心又想，果然妃子虑来全。若必欲挽留他住难成塔，竟难道就此甘心弃此才。良久沉吟回语答，中宫言自理当然。妃言亦复无差谬，待朕明晨降谕言。允许其归无别说，料来原也挽他难。中宫拜谢相辞出，妃子殷勤送一番。回转身来重侍主，但见君王无语一声叹。惨然不乐形于色，不复如前笑与谈。妃子趋前呼陛下，良宵美景好开怀。有何事可萦宸念，定然是质陋难于博圣欢。天子长吁携素手，爱卿未解我深怀。倾城名士原相似，朕又何甘舍此才。想唐代青莲蒙帝眷，遭杨妃见忌进谗言。夜郎流放千秋恨，笑肥婢焉能解爱才。怎似贤卿能顺我，从无妒色嫉才怀。寡人自得庄卿后，七载如鱼遇水欢。卿亦入宫将四载，曾无片语及于谗。君臣自可常相守，怎知他一旦无端欲解冠。失此贤才难再得，卿应亦为我伤怀。胡妃再拜呼皇上，天赐无双此俊才。自是吾王之至宝，岂堪轻易放其还。至如臣妾庸愚质，怎堪当名士倾城一例看。想御史也应非为别，定因臣妾在君前。只愁狐媚将君惑，由此寒心愿解官。伏望吾王疏远妾，加恩御史降温言。挽留他住终堪必，弃色怜才是所该。天子愕然翻一笑，卿言真使我难猜。干卿何事为斯语，卿勿疑予有异怀。妃子低徊重进奏，愿吾王垂听下愚言。既然御史蒙恩眷，只合长存报国怀。岂可半途求引退，未免此心难以对尧天。吾王何必还相挽，纵留住其身亦枉然。本来难得君臣鱼水遇，圣心尚尔爱其才。趋朝陈善真为美，全始全终无异言。臣妾岂能生妒忌，私心亦复赞其贤。今朝此举真难料，总望君王察彼怀。俯允其言来遣恨，始见优隆圣眷始终全。君王又听胡妃语，低下头来不答言。妃子连声呼万岁，既圣心如此舍他难。但诏停建塔留他住，陛下如何不决怀？绝是平常容易事，只一言便可决疑难。君王一笑忙回答：卿怎斯为矛盾言？妃子忙言臣死罪，故将虚语奏君前。他是总求陛下怜其意，既允其归降谕言。便呈上表章求圣览，乞垂念娘娘之语决宸怀。君王即便披其表，不禁凄然动圣颜。妃子不须重进语，朕当就此降纶言。也难勉强留他住，割爱终当勇决来。妃子即忙来捧砚，盈盈含笑近天颜。请吾王御笔亲书诏，勿更迟挨到次天。恐难免群臣俱上本，奏留御史话纷烦。君王独自行宸断，始不负君臣遇合怀。使御史初心能克遂，圣恩真为善周全。君王便道卿何急，待明日挥毫亦尽堪。朕醉欲眠卿勿扰，怎教当晚降纶言。胡妃又笑呼皇上，书诏何妨此刻间。臣妾素钦宸翰妙，愿敬观大笔疾挥来。吾王何得轻言醉，已酒意全消染翰堪。宛转相求多媚态，君王那不爱相怜。微微一笑呼妃子，便依尔亲书此诏来。把金管提来亲落纸，又难禁暗暗惨宸怀。但庄卿风流占断于千古，比讽谏兰台善进言。轻易未曾伤朕意，便危言直谏亦堪观。笑魏征妩媚何须道，怎如卿色愈庄严愈媚妍。似今番几欲引人生盛怒，但观其风度又欣然。无奈我一心欲建珍藏塔，竟不纳卿言逞我怀。却并未疏卿仍厚视，卿何遽尔欲归田。虽则你清癯体比休之弱，方在英年力岂衰。何忍竟思抛朕去，难道我甘心就此允卿言。忍把这区区三寸毛锥子，断送无双第一才。思至于斯连太息，把管城一掷手扪腮。

胡妃见主如斯态，一促双蛾敛笑颜。趋跪君前称万死，自知臣妾罪弥天。不能善事吾皇上，劝建浮图惑圣怀。致遭他铁面台官生退志，岂可为区区一妾弃贤才。乞吾王速斩臣之首，以谢忠良盖旧愆。留取才能贤御史，苍生社稷福无边。陛下吓！倘圣心尚肯怜臣妾，乞赐葬残骸感九原。掩面娇啼来伏地，又连呼万岁愈凄然。此时扰乱明君意，爱色怜才两为难。叹郑袖工谗终得志，灵均又怎免泣江潭。才虽至美何如色，千古谁能破此关。天子相扶妃子起，为其拭泪慰其怀。卿何出此惊人语，此事焉能拟尔愆。况御史虽然多正直，也难得宫闱乳兴弹。纵留他住何干你，卿但无忧在朕旁。妃子正容回奏道：吾王何必更相怜？贤贤易色为君子，请但倾心在此贤。天子相看微一笑：爱卿尚尔怄人怀。我便立书恩诏将其遣，请尔从旁坐以观。下笔如飞书诏讫，又不禁心下自悲叹。断送却一朝人物真堪惜，从此后铁面登朝永不观。

此际胡妃深喜悦，笑吟吟捧过这纶言。千娇百媚殷勤态，侍奉君王分外虔。按下宫中行乐事，再言御史退朝还。因见天颜惨动能摹揣，圣意应难许遂安。七载如鱼如水乐，原本受恩深极敢辞官。但臣言既不蒙垂听，再若留连愧素餐。太息君心犹眷恋，不才臣已愧尧天。未能先事回君过，臣罪如山敢自宽？只合山林终遁迹，仍居尸位有何颜。看吾王大有垂怜意，未必旋能准我还。惟愿商于贤国母，正言相劝允臣言。尚愁难动君王听，总欲相留下诏来。叹臣岂忍辞明主去，最伤心天恩垂恋恁缠绵。今生已矣恩难报，无奈终须逆圣怀。思至于斯悲更虑，千头万绪乱纷然。又一想銮舆若是临偏院，定可以成就微臣引退还。未必嫔妃无见恨，曾谏阻广求海内宝珠来。况庄言时刻规天子，宫内闻之岂不嫌。若果然此举能教臣志遂，施恩于怨感中怀。思怀及此拿堪稳，始觉灵台略展宽。李吕二公相共至，欲询其何遽乞归田。为司阍强阻无由入，下吏门生亦逐渐来。又正要夺门来进见，怎奈他软红尘里卧袁安。群贤俱欲相留挽，奈不见其章怎进言。怎知道天子一封丹诏下，竟容御史遂初怀。惊蛇脱兔人难测，步步先机早占来。庄御史奉诏即来辞圣上，殿前再拜谢恩言。君王即赐平身起，一见其容又惨然。虽则他象简豸冠容整肃，紫袍玉带体庄严。却见得神姿焕焕刚如凤，风度翩翩已欲仙。只觉余人形尽秽，群空冀北不虚言。今朝轻放归田去，无复重能睹玉颜。可惜风流从此绝，此时相对怎为怀。含悲更把庄卿唤，我与你鱼水君臣岂等闲。卿纵思归心似箭，也应为朕略留连。朕今尚有言相问，当与贤卿共坐谈。命设绣墩卿且坐，从容先问计安边。回言虏性终难测，降服其心始久安。弭战息民原美事，深谋远虑总应全。吾王须鉴前朝失，江左偷安最可惭。他日倘逢危急事，乞回思臣语决宸怀。君王许可重相问，李继捧应无后患延。御史答言难以恃，其心反复岂能安。武臣岂乏才能士，但任将能专事不难。潘美曹彬功丕著，亦由陛下任之专。难言后起难相若，尚望留心选将才。托付有人何足虑，定教永享太平年。

君王太息言称是，天以先生赐朕来。每每有言无不中，寡人敢忘此时言。教人何忍容卿去，你应将社稷苍生略注怀。御史黯然呼陛下，微臣岂有济时才？得人之盛今为最，枢密中书尽是贤。愿陛下推恩于众士，开诚任用尽其才。谁非远出臣之上，蒙正齐贤学更全。微臣岂能方万一，愿吾王勿更念臣来。君王又叹休相逊，谁似先生识见全。料事从来无少谬，便契丹亦复畏威严。权臣参退贤臣进，总仗贤卿勉我怀。从此不堪回首忆，此生无复听忠言。言来至此声悲咽,御史凄然亦动颜。从谏如流明主德,吾王何虑不闻言。知睦州田锡刚而正,重使朝纲定可观①。言必使其无所隐,助成圣德更如天。微臣待罪兰台寺,自愧难能格圣怀。以锡代臣应胜任,伏求陛下纳臣言。

君王又复长吁叹:每听卿言启我怀。田锡果然多梗介,怎如卿更尽忠言。回思往事吾深悔,可惜你不早登朝勉我贤。御史明知天子意,乘机更复奏君前:愿陛下时时追忆先皇德,念念无忘悔过怀。社稷苍生皆万幸,岂独诸王皇子感重泉。虽然往者难追复,陛下斯言已格天。欲冀上侔尧舜帝,总祈勉力励宸怀。君王便道卿言是,朕应当座右铭之永勿谖。待欲赋诗来送别,但对卿只觉朕非才。想那时赏花后苑卿曾共,独让你一霎挥成五十篇。非但词华妍莫比,言言讽刺警余怀。群臣谁不倾心服,交口推卿第一才。今更何心游后苑,对此秋光满目怎兴怀。叹先生一去风流绝,纵秋月春花色尽蔫。惜别徒然愁宛转,只可以一杯相送暂留连。内官呈上金杯酒,天子呼卿听朕言:第一难忘卿勉我,上追尧舜朕深惭。治平天下皆卿力,先见危亡辄尽言。你弱不胜衣常抱疾,尚忘身治国不辞难。愿卿尽此杯中酒,鉴朕褒忠惜别怀。御史谢恩呼陛下:负恩臣自歉于怀。圣言若此增臣愧,愿勿忘微臣昔日言。俯采刍荛君德薄,微臣敢不颂尧天。君王又复持杯道:更难忘卿在瀛洲侍奉班。应制诗文成倚马,锦心绣口绝无侪。夺尔凤池非我甘如此,无奈你政事文章两占先。竟不能继美青莲长供奉,劳卿正色列南台。愿卿再尽杯中酒,鉴朕怜才惜别怀。御史答云臣学浅,内廷供奉每怀惭。禹偁易简才如锦,赞咏升平是所堪。谏职臣犹难以称,何如田锡最为贤。愿吾王俯诺微臣语,移爱臣心爱众才。谨领天恩增感愧,再求陛下决宸

① “纲”,原文作“刚”,据文义改。

怀。君王便道依卿语，即召田锡来朝不再延。但是他怎及九龄风度美，朕躬只觉少卿难。更难忘先生卓识超千古，讲解经书旨趣全。独得圣贤真学问，一言一行总端严。恐先生一去风斯下，谁把文宣正学传。朕岂忍于容尔去，也只是怜卿孝思幼而虔。七年撇却先人墓，那得贤卿不动怀。为国忘亲非得已，今日里始违朕意使卿安。愿卿三尽杯中酒，鉴朕伤离悯孝怀。手授金杯犹掩泣，庄御史矜持至此愈为难。强排哀绪排难下，悲咽难于答一言。又恐重伤明主意，谢恩尚尔作庄颜。君王起更携其手：朕与卿片刻盘桓再叙谈。欲问你此去可还思朕否，可还自悔不应还？卿如尚有重来意，我他日终当召尔来。御史正容呼陛下：微臣力不逮于前。既不能鞠躬尽瘁全终始，重复登朝亦自惭。陛下恩深虽刻骨，但今朝只恨自无才。浓沾雨露无能报，恐他年青史书来姓字惭。乞陛下休将臣再召，免微臣逆旨更愆。负恩何足萦宸念，请从此天心忘却渊。谨谢天恩辞圣驾，伏求善保圣躬安。端然退步重施礼，天子观其色愈严。难道其心全不悔，这般决绝为何来？心头暗叹终难舍，唉庄卿吓！尔纵忘恩朕亦怜。即命平身卿且退，待卿家行时朕再降恩来。琤琤铁面庄风宪，黯黯魂消顷刻间。七载君臣今已矣，伤心无复觐天颜。臣心只想全终始，中道相抛岂本怀。从此去为林下客，也难言报国待他年。辜负了非常恩遇如鱼水，叹君王枉许臣为济世才。一出朝门悲莫遏，泪珠如雨溅朝衫。五伦首重君臣义，最堪怜鱼水君臣一旦捐。究不知何日何时重遇合，叹人生生离死别有多端。

御史因知天子必有悔心，稍若延迟，定生枝节，陛辞后，即微服潜行，出其不意。家人们随侍夫人公子，亦相继登程。平章吕公蒙正、枢密直学士寇公准、翰林学士李公沅，方才上表奏留，已无及矣。

飘然一去挽难留，凤脱樊笼得自由。明主虽非鸟喙比，大夫爱泛五湖舟。闲云出岫非无意，倦鸟投林别有怀。虽则是绝世风标人易识，途中未免有耽延。却瞒名隐姓终能遁，任凭他百姓悲号似丧天。十里邮亭五里驿，陆程行尽又登船。布帆一片迎风挂，两岸萧萧芦荻寒。飞雁眠鸥皆静逸，长天秋水共澄鲜。山妆膏沐初经雨，树隐云霞起淡烟。骑犊牧童吹笛脆，扣舷渔父放歌宽。担柴樵子情尤适，一步回头屡看山①。秋景清佳如画本，叹前人名画尚难全。庄君笑对夫人道：睹此难禁兴欲仙。我与卿对展生绡图点笔，把山光水色共收来。夫人一笑称夫子：方始名缰利锁开。正笔墨债多酬未了，闲中侬更爱偷闲。庄君笑道卿何懒，不为秋光一展才。恐难免山灵讥诮你，蓬心不趁美人才。夫人答道休相激，妾岂同君好斗才。只合让侬藏拙好，待君看独挥妙笔写秋山。庄君笑道应相罚，如此讥人理可该？我岂如卿灵妙手，霜毫落处万花开。既甘藏俊难相强，但罚你画桨轻划送我还。知我归心真似箭，想劳卿纤手亦心甘。笑谈间夕阳临水方舒彩，新月如钩已上天。显出山光与水色，互相照耀愈明鲜。水中点点金光灿，山上濛濛翠雾连。孤鹜飞鸦流影艳，大鱼踏浪振声严。榜歌遥共他舟发，欸乃声声隔浦连②。四顾苍茫秋意足，陡觉西风飒飒扑人怀。夫人亲把篷窗掩，庄御史笑拥香肩作戏谈。范大夫载取残妆亡国妇，岂若我同心伉俪共归山。一舸佳话千秋诵，今日谁知让我来。言际夫人作色起：君何出此不经言？笑君不学诚无术，枉把贤人烈妇冤。西子倾吴原为越，舍身报国反蒙愆。虽然曾受陶朱聘，安得重谐未了缘。吴灭投江甘殉志，又何曾琵琶重抱想夫怜？范大人孤忠豪杰垂千古，又岂把亡国佳人载上船。听此不平谁可耐，令人真欲发冲冠。春秋逸史分明在，岂可以污蔑前贤与古媛。君更

① “屡”，原文无，据文义补。
② “欸”，原文作“款”，据文义改。

不应随众论，今将旧案再新翻。你惯治疑狱申冤抑，却如何独不明斯负屈端。倘西子有知应詈你，待问你豸冠空带秉何怀？言来绝倒庄风宪，愈信卿卿舌有莲。如只般海阔天空一席话，教人何处去寻端。诚然不学余之过，让尔通今博古才。独出心裁持正论，西施佳话想当然。誓从今不敢谈今古，深佩贤卿识见全。西子有知应感尔，多谢你冰心香口雪奇冤。只还愁陶朱未免将卿恨，夺我佳人意岂甘。说得夫人亦一笑，君家且慢作诙谐。我思来千秋只有东家子，白璧无瑕一美媛。虽则窥墙私念重，他心盟苦守自年年。何伤从一而终志，独抱幽贞入九泉。使侬家倘作氤氲天上使，定须撮合此良缘。兰台绝代风流子，合配倾城第一媛。君谓我言非谬否，可许他东家首占美人先。庄君答道卿言妙，绝世无双自此媛。若不遇悲秋情种子，肯垂青眼顾凡才？孤贞独抱终无玷，比似文君自绝悬。女妇守贞原合尔，我尤爱兰台雅胜长卿怀。既为知己应相谅，忍陷佳人似不端。笑司马行为真鄙俗，视兰台何啻隔天渊。但若是使余能作氤氲使，岂独将其两作全。定还须访遍人间倾国色，备金钗十二侍其前。最堪怜红颜薄命千秋例，肮脏吴宫第一冤。马上琵琶流恨远，楼东画笔寄情哀。蛾眉螓首终风怨，骏马枭雄末路难。鄙俗不堪夸富客，明珠一斛辱贞媛。使兰台尽得诸佳丽，岂不是振古无双美满缘。卿亦定应如我意，合许他悲秋人拥众婵娟。夫人戏道虽然好，令我难禁起妒怀。须待我他生消此福，肯将奇乐让兰台。庄君又笑何须羡，我比兰台福更全。独占花中仙逸品，风清林下谢家才。笑绛仙枉有相如号，未必真容秀可餐。日费画蛾螺子黛，风姿那得是天然①。怎如卿襟怀冰雪全无俗，吐属风流更不凡。愧我何修能得此，温柔乡里傲神仙。挑灯并坐篷窗下，一席闲谈夜已阑。兔走乌飞原迅速，朝朝水国挂轻帆。行

① “那”，原文作“耶”，据文义改。

行已入三湖界，风景依然似昔年。三径未荒松菊在，田园无恙赋归来。正是相逢尽道休官好，林下何曾见一员。千古高风彭泽令，一时继起有南台。难行我道甘归隐，情不忘君意自虔。肯笑无知之犬马，受恩深极便衔环。酬君却愧成君过，欲报君恩待后来。妙有同心琴瑟友，劝抛富贵遂安闲。孟梁未老成偕隐，脱却朝衫万念宽。从此翩翩云外鹤，回翔千仞欲冲天。我笔酣墨饱无余憾，书到其间兴已阑。歇下霜毫聊啜茗，芸窗徙倚且偷闲。欲知归去来兮后，第二回中再叙言。

第十一回　惊艳奇才正许吹箫鼓瑟
传神养志忍拼损玉消香

关雎风化最为先，情到无邪始可言。淑女应成君子偶，求之寤寐亦何嫌。偏则是意中尚有同心友，轻易难开射雀弦。有愿终期能快遂，喜苍苍巧为两周旋。且谈宋母移居后，亲向庄君拜候来。惠氏夫人岑佩茝，想迎施礼问慈安。宋太君含欢携住夫人手，一别旋逾十二年。我看你绿鬓红颜如昔日，膝前佳妇更翩翩。这一双姑妇真如画，怎不教人更爱怜。休怪老身唐突语，相看难免兴如颠。夫人笑答蒙慈爱，喜伯母容光倍焕然。眠食兴居应似旧，寒门何幸降鱼轩。自应侄媳先趋候，怎敢轻劳大驾来。疏懒久耽村野性，尊前失礼乞垂原。太君含笑称言重，惠夫人玉盏亲擎献风团。御史到阶犹未上，太君先使婢传言：我深知折腰定为陶公耻，须把从前俗礼删。若欲拘于长幼礼，定当答拜待高贤。但将一揖来相见，使我方能免歉怀。御史欣然称领命，登堂长揖请慈安。太君笑问君无恙，羡尔天伦乐事全。佳妇佳儿双舞彩，更兰声桂馥喜蝉联。竟全然不为苍生念，林下优游作散仙。御史答云承谬奖，向平累重愿难完。无能怎慰苍生望，聊藏拙山林藉免愆。宋母言君真决烈，一朝拂袖陡归来。迅雷掩耳愁难及，我若先知定阻拦。谁为吾皇谋社稷,谁许你奇才牖下竟深潜。虽欣高足能相继,直谏偏难悟圣怀。想能谏未形惟有尔,叹台官半抱素餐惭。老身每为朝廷惜,度先帝终当再召还。应是胡妃中作梗,成就你长年闭户卧袁安。回言伯母言何重,渊岂安邦定国才。若说是君过未形能谏阻,言尤过许侄难安。君原无过何容谏,况往事浮云尽去怀。幸勿再劳长者念,看举朝人尽比渊贤,太君一笑难重语,御史相辞出外间。

宋太夫人又请公子等相见,夫人道:“燕儿与小孙余庆出外未回,玉儿卧疾未痊,失于叩谒,尚求见宥。”太夫人促额道:“二郎小小年华,怎这般善病。吾乡名医不少,宜及早治之。岂可容其屡发,夫人你也太大意了。”

夫人答道辱垂怜,子玉身同弱女孩。易染微疴非重疾,但风寒偶冒尽缠绵。既痊久养方能起,医治终难骤霍然。改日当教其造府,邀福星一照或延年。大君谦逊还思忖,莫是同他父体单。但是他日在椿萱慈阴下,一生欢乐病何来。岂似乃尊早抱终天恨,悒悒于怀疾易沾。且自闲谈情意合,惠夫人挽留当午设华筵。妇姑频举瑶觥劝,宋母欢欣量愈宽。豪饮纵谈今古事,夫人佩芷尽开怀。太君因索神童稿,琴史思之推托难。便命侍儿房内去,问明公子取将来。侍儿入内无多刻,出外传将公子言:昨为同窗人借阅,待遣人索取再呈观。太君一听心头闷,惠氏夫人带笑言:明日定当呈雅鉴,尚求斧削费慈怀。再盘桓牡丹花上斜阳尽,宋太夫人作别还。离却众香村不远,联芳港内宋家园。祠间旁首闲庭院,比较城中住转安。次日夫人回拜去,太君姑妇共迎来。体仁堂上分宾坐,各叙寒暄意甚欢。

庄夫人请见小姐,说之至再。宋太夫人总是推辞,庄夫人笑道:“侄媳蒙伯母错爱,视如骨肉,始敢作冒昧之求。既秦楼仙子,不屑一现仙容,下士凡人,也只好告别了。”宋太夫人笑道:“岂敢岂敢！夫人言重，使老身何以克当。若说到这别字，愈令人吃惊不小。何幸得邀莲驾亲临，正欲畅叙谈心，何忍分袂？夫人纵使尔比肩人刻不能离，又何妨为我留连半晌？请坐请坐。待我唤孙女来拜见便了。”

言时亦复把身抬，更携手夫人俯耳谈。孙女从无轻见客，已每为侍儿仆妇暗相传。在京日有蜂媒至，他愈守闺房自隐潜。为此难教其出外，乞夫人勿责老身偏。便呼贤媳亲身去，携取芳儿把伯母参。谢氏夫人忙应诺，进房良久尽留连。太君使婢还催促，道夫人立待堂前可速来。无奈纫芳随母出，侍儿纷拥共掀帘。惠夫人骤然一见魂飘荡，定性从容再细观。但见他两道蛾眉如翠羽，修长欲入鬓云边。一双凤目清如水，两点明星点漆般。说不尽眉目之间无限好，已把山川灵气尽包含。再观来琼瑶粉鼻樱桃口，掩映着双颊微红异样妍。倘若是比较桃花无此雅，纵拟来梅萼逊其鲜。尚嫌他海棠秋色还输艳，更流观花相花王色尽湮。玉面凝脂瓜子式，双披翠鬓下齐环。对分髽髻光兼滑，后发苏苏掩两肩。抹额翠围梅朵小，更斜挑衔桃仙鹤挂珠钗。再看玉耳温还润，颈似蝤蛴嫩更纤。白缎云肩如意式，洋蓝袄子绣金兰。飘飘彩带垂璎珞，下衬桃红绣裤鲜。小小身难盈一掬，若比那风前杨柳态轻纤。却又是端庄立处如山样，却又是万种风流举止间。惠夫人目荡神摇难出语，不信道洛川神女竟临凡。但仙姬虽则难能见，亦向丹青每每观。岂有惊人如此貌，倾城倾国赞难全。莫不是今朝我入邯郸梦，只还愁一梦回时失此媛。楚佩亭亭依母立，太君笑视惠娘颜。如何竟尔呆呆看，且唤芳儿见礼来。

楚佩领言呼伯母，莺声轻哢脆还圆。惠夫人含笑忙相应，万福相还还手挽①。定不容其行大礼，携将玉手又详观。柔荑软滑纤

---

① 第二个“还”字，原文无，据文义补。

如笋,手爪光莹细更尖。一笑回头呼伯母,今朝媳妇遇真仙。教人难以浮赞词,不信人间有此颜。宋太夫人微笑答:多承谬奖过于言。此儿生亦非常比,其母曾征异梦来。见碧雾绮霞纷四散,一群仙女下凡间。手中各把花枝执,中有仙姑貌愈妍。将品字同心兰一箭,付他母手使相怀。觉来音乐空中奏,更堪奇一院幽兰萼尽开。惠氏夫人欣悦道:令孙媛降生应是仲春天。太君答道花朝日,向午刚刚日正悬。琴史此时惊且喜,果然真有夙生缘。回眸再观佳人面,爱极难于出一言。频抚柔荑心欲醉,更思量粉妆玉琢语犹偏。粉能洁白何能润,玉但温柔岂有妍。如此佳人真绝代,羞花闭月始真言。料人间除我奇儿玉,岂有人堪下镜台。今日痴心应可遂,是天生一对绝无偏。原本他二人岂是尘凡客,始信神仙绝等妍。想到联姻情急甚,相辞便欲转家间。太君姑妇坚留挽,果饵排来又设筵。更索二郎诗与赋,惠夫人道敢辞愆。竟然失信于尊长,恨彼同人不肯还。且待消停重索取,取来当即敬呈观。太君含笑重相问,应是华郎已大安。答道虽痊犹未出,改期当遣赴尊潭。起身又复坚辞别,老少夫人挽住难。相送殷勤期后会,惠夫人更顾婵娟。笑呼小姐权相别,我他日重来幸勿潜。楚佩低声垂首应,太君订约尽缠绵。惠夫人应诺登舆去,归到家中片刻间。便与庄君商此事,谁知宋女美非凡。居然还比陶刘胜,自是无双绝世颜。失此佳人何以可,求君即为我周全。倩冰人就此求亲去,我一刻留连抵一年。御史笑云真异事,你若为男子太狂颠。遭逢美色浑无奈,定欲将他勾引来。你常以陶刘称两绝,竟难道鼎分三足又逢才。况陶刘非独容颜美,意趣才情尽不凡。便算宋媛颜绝代,知他咏絮可成篇?夫从笑道何须问,他灵秀非常尽显颜。况且是非但美来清更绝,竟全是仙家风度岂凡媛。三分正统当归此,自是奇儿有异缘。伏乞君家休作难,快求月老把姻联。庄君又笑何其急,且待从容议万全。倘如再如刘宅事,问卿教我更何颜。

夫人笑道应能允，我看他老少夫人言语间。如慕玉儿葵向日，定无推托可成全。他雀屏曾却多人射，高搁东床待俊贤。事必能谐无可虑，但博他千金一诺我心安。庄君又道虽如此，待我先同伯父言。琴史便催其走告，庄君定欲待明天。夫人无耐归房内，目视奇儿暗悦怀。这分明合璧联珠无少错，更奇他同时同日更同年。奇缘果是苍天赐，但只是我恨孩儿意太偏。便唤玉儿何太执，不将文稿与他观。兰君含笑称慈母，虽则他绛幔传经有大才。岂许容他斟酌我，念孩儿崆峒百尺折来难。夫人听了无言语，一想终须彼显才。又唤玉儿休固执，试付他一看亦为堪。兰君又笑呼慈母：儿实何尝有稿来？信口即成随手毁，那来文赋与诗篇。夫人又忖原来是，他断简残篇四散开。定有数篇堪我觅，且待我将他书箧细搜来。搜来不见诗文影，忽尔回头换小环。

便道："前年二公子所作《关雎》诸诗，是大公子亲自裱成册页，一向少夫人收藏，可速取来一看。"侍儿领命，顷刻取来。夫人再翻阅一番，喜动颜色，即告与庄君遣人送去。

太夫人便同儿媳共观看，不禁惊奇击节叹。正比似李杜同生难伯仲，竟不让吾家道韫独登坛。重看乔木诗尤异，曾记芳儿有一篇。不信雷同竟若此，无差一字印来全。侍儿带笑呼慈母，可许东床坦腹眠？人世更从何处觅，这奇才求之于古尚然难。太夫人笑言未见才郎面，何可轻将婿字谈。芷圃答云何必相，但看这毫端秀艳自非凡。况既观其父知其子，想雏凤姿容更绝妍。太夫人又笑此言难作准，你可听潘安子亦似潘安？且左思妙绝《三都赋》，投石常常满载来。似庄君双擅才名何有两，选东床总须面见始心甘。侍郎又把慈亲唤，试看其兄亦似莲。你子双容颜若此，岂反生幼子戚施颜。太君又道言虽是，孙女生成绝代妍。倘若他弟貌如兄原亦美，上秦楼还愁箫史比肩惭。总许要半斤八两无轻重，方可欢娱我老怀。芷圃夫人齐应是，太夫人又教且去探音来：二郎全愈如能起，执柬相邀到此间。从此侍郎深注意，红丝欲付季华牵。一朝庄老来相候，先把三孙往事谈。感谢恩公言不尽，侍郎不悦正容颜。须知晚辈无私意，老伯因何作此言？自是令孙才卓荦，我秉公直断理当然。轻谈恩惠增曦愧，伏愿公无再介怀。庄老暗思真侄友，轻轻一芷便丢开。从容说到求亲事，芷圃言须禀母言。庄老即教其请命，侍郎应诺起身来。传呼公子来陪客，入内商量片刻间。重出含欢称老伯，家慈有语乞垂原。要求才子亲移玉，当面挥毫展大才。方可红丝亲付与，倘若是仙郎不屑降尘凡。断难曲意从尊命，乞转言于令侄前。庄老暗忖何不可，笑称领命便辞还。侄儿侄媳同言此，御史言原在料间。笑谓夫人卿可信，我言如见彼心怀。若还率尔依卿语，那日匆忙议此缘。却教玉儿何可去，弱如纤柳步难前。夫人一笑无言答，老者含欢又出言。若使华儿临宋府，更愁何事不能圆。一任他诗词文赋经纶策，三教诸家试尽堪。况此无双如玉貌，教人一见更生怜。即呼童子邀公子，梦玉方同兄长谈。一听传呼忙入内，问安伯祖到尊前。庄翁笑视莲花面，频把头摇对侄言。未必东邻有美女，竟能相配宋兰台。我笑他夜郎自大居奇货，恐淑女还输君子颜。庄御史答道祖爷休取笑，他已为老成见弃更何言。

庄翁笑道："罢罢罢，那刘老头儿那副眼睛，全不识个好歹，怪道没有福气。邀你医治，你未进他门，他等不得，先就呜呼了。贤侄我想你新收的这个遥从的学生，虽也有些美人形，却比华儿厚实些，倘若这老刘看见，又有什么批评。只怕还嫌他不魁梧罢。"御史道："刘老先生老成之见，计虑万全，却也不谬。据侄儿看来，子霞自是厚福之相，果较胜玉儿。若配以刘姑，可称佳耦，惜他目前有服，未便提亲。"庄翁忙笑道："好侄儿，我劝你将就些罢。他不肯将孙女儿许你为媳，难道你还要真心实意，反去管他的姻事，以德报怨，未免也太过分了。嗳！可以不必，可以不必。阿唷唷，怎么只管讲这些闲话，不如你且问问华儿，看他可肯去么？”

御史含欢应诺连，便呼梦玉听余言。宋太君要思面把东床试，你可肯亲投玉镜台？梦玉闻言心骇异，却微微一笑禀亲言：怎教炫玉来求售，乞谅儿心实不甘。老者听来殊不悦：华儿何事恁心偏。尔非闺女应深匿，况射雀求贤礼亦该。惠氏夫人连道是，乞伯爷即允宋家言。由他择日亲相试，何虑孙儿不肯来。御史不言频视玉，见他黯然不乐显于颜。思量此子应非愿，岂可将他硬作全。笑唤玉儿明告我，此姻应不遂儿怀。夫人暗恼君多事，怎向孩儿问此言？便道君家何必问，我心定欲结斯缘。庄翁遂即抬身道：我且归家理别端。明日宋家回此话，随他相试择何天。庄君留住高年伯，小酌三杯再返船。更又回眸观梦玉，盈盈欲泪欲凄然。起携玉手重相问：儿有何怀可实谈？问切兰君低唤父：登门求偶玉何颜？双亲慈谕应遵奉，但刻意违心也自难。伏乞大人怜鄙念，免教就试赴秦台。庄君一笑依儿语：乞伯父明朝作覆言。梦玉才疏何可试，请东床另选右军眠。庄翁含笑呼贤侄：侄媳言佳定不凡。莫顺华儿奇性格，勿教轻易失良缘。夫人不禁心中怒，唤过孩儿恨恨言：你下笔千言成倚马，况世间何事不能谙。容颜更是无须说，面试何难尽欲潜。明晓我心深爱彼，者般作难是何怀。看你平时承顺都为假，今日难将逆罪宽。梦玉从无逢母怒，当此际心惊胆战不能言。自伤不孝违亲意，自悔如何率尔谈。似骤乞雷震一声全失措，膝前长跪泪阑珊。庄老翁笑呼侄媳休烦恼，恕彼无知在幼年。御史观之心不忍，即携儿起对妻言：卿应略体痴儿念，不愿难于拗彼怀。老者亦言休勉强，他终身琴瑟要和弦。还须侄妇思之熟，勿使华儿意不甘。惠氏夫人呼伯父：实然难得此奇缘。怎教到手轻轻放，可恨他心是恁偏。老者又呼贤侄媳：我今为尔善调排，回言孙又沾微恙，日内难能赴贵潭。且待消停商此举，劝华儿心转始堪谈。夫人御史齐称是，过午庄翁始返船。惠氏夫人房内去，兰君随入唤兹萱。夫人不应临窗坐，梦玉频频视母颜。笑唤母亲休懊恼，倾城容易素心难。夫人一笑连声啐，尔又何知乱出言。若使宋媛成觌面，你方晓倾城人竟比蜚仙。倘然失此真佳偶，纵教你访遍天涯遇不谐。梦玉含欢重唤母：也未必无双竟似古婵娟。夫人道我看尤胜，觉古画佳人色尽蔫。任彼虎头夸绝技，邻姬怎及此媛妍。兰君道母言如此，且待孩儿试绘来。若果有人同此貌，何辞亲把彩丝牵。

夫人听说连称好，梦玉挥毫展素笺。凝想意中知己客，引香摄影写婵娟。夫人后立频观看，看他将眉目容颜已绘完。不觉惊奇真似活，再看绘香肩玉手柳腰纤。仙家装束天然好，本色湘裙淡绿衫。云髻堆成螺样巧，一枝梅萼手中拈。兰君一笑抛湘管，请母从容细细看。惠氏夫人先一睹，欣然笑对玉儿言。果然尔有传神手，竟是无双宋女颜。秀脸纤躯何等肖，不过他年华尚小未梳鬟。兰君笑请重凝视，惠氏夫人又细看。只觉得无限风流无限美，比宋媛另自有奇妍。再观他眼波眉黛非常秀，似又全然别一般。笑靥盈盈如欲语，流波似盼益嫣然。消魂相看真无奈，慈母痴情又起怜。良久含欢呼梦玉，果然另是一红颜。倾城各具无穷艳，与宋女难分伯仲间。但是他体气如兰常馥郁，不让你香如荀令坐中延。图中自是羞花貌，独有芬芳气不传。毕竟还输于宋女，大乔应让小乔先。兰君又笑呼慈母，请再留神细察来。惠氏夫人微作嗅，竟觉有暗香阵阵出衣间。

便笑道："妙阿！玉儿你真可谓传神生香之手。但是画中人，竟咄咄逼人，使我相对，又把宋媛抛在九霄云外了。唉，玉儿，话虽如此，究竟我意中人有形迹可求，不似你画中人虚妄无据阿！"

言时御史进房来，先自流睛四下观。那得寒梅香酷烈，时犹孟夏岂花开。夫人带笑呼君视，御史心惊目眩呆。应是玉儿成此画，人间那觅此奇妍。夫人笑道君何见，宋女居然仿佛间。御史踌躇难以信，兰君笑对母亲言：此人可惬慈怀矣，幸勿重将别念牵。御史转睛观梦玉，欣然色不似先前。痴儿情性真难测，喜愠无端屡改颜。试听其言应有据，竟难道真真巧结画中缘？重观画上人如活，如听珊珊佩欲来。时复香飘清且雅，消魂怎免我惠卿怜。世间美色何须说，更难言天上仙姝有此妍。梦玉本来毋足怪，他通神手段百般娴。绘声绘影知仙技，香气能传更异哉。笑西子文君何足道，将他遗像比何堪。千秋艳羡倾城色，今日消于一笔间。若使玉儿逢此偶，方是无双一箭并头莲。教人何处寻斯女，恐劳他独对真真枉自怜。惠氏夫人重自忖，宋媛绝代美容颜。何成更有人相匹，图画何堪作准来。未必有人如画里，奇缘总在宋家园。怪玉儿不肯登门去，此事何时始可谐。又复笑言呼梦玉，你须依我意毋偏。亲将玉镜妆台纳，面试何妨一展才。梦玉沉吟低唤母，孩儿从未逆慈言。但此情实有为难处，伏乞慈恩曲赐怜。御史从旁忙接应，贤卿勿再与儿缠。自然总有天缘在，有一日合璧连珠称尔怀。卿若爱观倾国貌，请对斯图画日凝看。料来更比他人胜，岂有人能若此妍？琴史难于重出语，兰君又笑慰慈萱。终期畅遂慈心愿，何必匆忙顾目前。非是孩儿甘逆拗，妄思陇蜀愿双谐。庄君微悟其中意，琴史无言亦自猜。难道竟能逢二美，但英皇许在一家间。倘然难以联双眷，岂有求亲向两边。权且由他休性急，看宋家未必另联缘。从兹按下联姻事，两姓常常作往还。屈谢夫人来此处，兰君回避不来参。惠夫人向他家去，小姐纫芳亦隐潜。琴史心中翻自悔，不应轻易议姻缘。玉人使我难重见，幸常观画上仙容略展怀。梦玉暗中还自叹，竟不觉勾魂摄魄画来全。恐玉人难免恹恹病，也只为欲赚慈亲略解颜。空自相怜无可奈，他日里负情侬合被卿嫌。朝朝相顾情难忍，又难以言于慈母前。一日庄君和芷圃，谈及子霞姻事怎迟延。侍郎答道家慈择，要貌美才优德更贤。昔在京城言者众，总来难遂老人怀。不将贵贱高低论，但择新人要万全。试想者般何易得，吾兄意内可有斯媛？庄君闻语心思忖，宋子居然迥出凡。若论才貌同梦燕，喜他壮志更争先。想陶刘二女应无匹，如配斯郎尽不偏①。但清婉目前有祖服，求亲须要待三年。不如竟说陶纤碧，芷圃应无贵贱嫌。因说弟心有一女，昔寄生我族亦常来。岐黄世业渊明后，他才貌兼优志更坚。能读父书穷至理，助他伯母女科看。若吾兄不以高低论，此女真为美十全。芷圃闻言微含笑，业医家世又何嫌？吾兄目许何能谬，且待归家禀母言。小弟日来闻一事，吾兄绛帐有名媛。不知此语真和假，幸勿相瞒畅赐谈。御史笑云原有此，授经闺女约三年。今为年华渐长都相遣，弟子无多只七媛。中有刘娃才德备，姿容陶女可争妍。但祖丧犹未交终七，如配云泉此亦堪。他家世业儒多隐德，父兄食饩胜凡才。须待刘君服阕方堪议，此际何能结此缘。如若云泉堪缓娶，这二媛年小尽无嫌。乞禀闻伯母当何择，依弟观之伯仲间。若欲定其年长者，汤媛亦有颂椒才。与云泉同岁堪相配，家亦书香世代传。惟是冠玉姿仪郎太美，反虑新人顾影欲生惭。

芷圃笑道："庄兄惯会取笑。汤令弟既有谢女之才，又何妨具无盐之貌？况且一定丑不至此。我看你品貌衡才，也未免太刻薄了。"御史亦笑道："承兄指教，弟敢不谨遵？从此当永戒口过。但汤秀媞虽不及子霞貌似莲花，却亦端庄俊雅，吾兄以无盐方之，真欲冤屈死矣。"芷圃大笑道："你才说戒口过，却又来胡赖我。当着这青天白日，庄兄尔可望而生畏么？"御史又笑道："因为是青天白日之下，不敢欺心，要做一个极公平的月老，谁知反又招尤。这是那里说起？"芷圃道："庄兄，若使尔作月下老人，赤绳却不消用得，只送尔一杆巨秤，好把世间男女姿质情性，一一较重，定教普天下

① "郎"，原文作"即"，据文义改。

都成美满姻缘。岂不大妙?”说着,两人俱抚掌大笑起来。

芷圃当时又动怀,便问华郎何以竟深潜。岂有三天两日常沾恙,又何妨一示莲花绝世颜。御史言非推托语,应是此儿无福得瞻韩。每逢兄至偏增疾,乍向风前双怯寒。芷圃怫然心不悦:吾兄太把弟欺瞒。慕君往行敦君诺,今反常常作假言。我亦深知华侄弱,有时抱病镇朝眠。卫郎纵却多人看,我叨在相知会面该。贵恙岂无全愈日,我到君家请见已多番。庄君一笑呼兄长:他委实宵来又冒寒。既是吾兄垂爱切,应教力疾叩尊前。便呼佐茗传公子,佐茗从容禀主言:医士高爷方始去,叮咛公子要安眠。暑风尤易伤纤体,谨慎行居始可痊。乞弗传呼容静养,愿爷俯允此医言。庄君暗喜童真敏,芷圃将疑半信间。又想若然常抱恙,恐难松鹤保遐年。但玩他诗情笔意高无比,岂可作长吉呕血一例看。定必苍苍深付托,他时振作自非凡。莫真有左思陋貌难教见,仔细思来又不该。频望庄君频作想,忽见童儿传进一书函。说是西江贾客传来信,御史开封对客观。一笑递于良友手,此君兴致竟如仙。侍郎接过忙观玩,笑道何来两伯鸾。各隐林泉遗世事,他游山雅兴更翩翩。为兄同调情难却,慰相思命驾何辞道里千。况往返不须三四月,愿君一往慰其怀。原本来谢公应起游山兴,闭户袁安太自闲。君若不游山亦恨,怎容余子探幽寰。庄君笑应心还忖,若说斯行为本怀。但欲待玉儿登仕路,尘缘了尽始寻山。究不知双亲仙驾何方驻,据儿言间亦遨游入世间。曾慕庐山天下胜,神仙每每此游间。莫不是渐行蔗境天缘凑,巧有梁君为作全。待与玉儿商议妥,何妨命驾访名山。侍郎亦复心思想,我亦庐山久在怀。只眷恋慈帏难远出,他毫无牵绊怎留连。试看他雅人深致应多兴,却因何尽作沉吟似不甘。岂是难抛闺内友,不能蜡屐远探山。便戏将手内杨梅果,掷向其前带笑颜。猛唤吾兄何所忆,岂无游兴想偷闲。庄君笑答应相允,原亦思划访戴船。芷圃便言应若此,莫负却知心良友远相怀。剧谈半晌方才别，御史拢书入内来。唤取玉儿观此札，兰君领命即开函。却原来湘潭旧令梁公寄，他家在屏风九叠间。

且住，须把那梁公来历表白一番，方才了了。那梁公名子谅，字进诚，号松友，西江南康人氏。科甲出身，历任湖南桃源、清泉、湘潭知县，父母俱存，广多昆弟皆在。其二兄子廉，陕西邠州知州，任上梁公娶妻颜氏早逝，子女全无，却不肯续弦，亦不收妾媵。因感太宗皇帝有名士之称，故闻宫车晏驾之信，即解绶辞官，往陕西省亲一行，遂归隐于故里。爱庐山之胜，常自飘然独步，游咏其间，亦高尚之士也。

当下兰君看札唤严亲，慈竟如何准可行。御史欣然回语答：看他慈意甚殷勤。三秋一日想思切，望我何殊久旱霖。况是游山风雅事，教人难以却其情。夫人便问谁人信，梦玉将书送母亲。御史笑云卿可许，暂为小别漫伤情。夫人不语心中想，我看他五载以来改旧形。不似当时憔悴色，多年旧疾竟除根。也虽则君恩故情常兴念，弱体能支病不侵。想我于归年十五，朝朝相伴坐愁城。六年常对真容泣，襟袖斑斑有泪痕。幸有伯爷能强劝，更使他评诗品画与陶情。又勉他出仕承先志，移孝为忠以事君。七载在朝勤国政，始能稍息念亲心。我又愁他忧国心偏重，多病多愁更不禁。想勉归田遂初服，只望他从兹行乐好延龄。又谁知闲愁更复常想搅，最怜他一息余生幸尚存。枯守园林何所乐，倒不若寻山访水可怡情。况西江路亦非遥远，一水堪通不累人。岂可将他游兴阻，由他蜡屐作山行。忽然重又思量起，昔日离魂一事情。岂今朝忍撇亲容思远出，教人心下又疑生。夫人尽自回环想，梦玉沉吟唤父亲。虽则游山堪遣兴，往回亦复数千程。大人幸勿轻相许，时值炎大可缓行。御史笑云儿勿虑，你知我从来不畏暑相侵。逢秋转怯西风肃，趁此时行却也应。又问贤卿何不语，漫将别恨动于心。夫人触起丁年事，已甘拼同向幽途比翼鸣。今日残生还幸在，纵然小别转难禁。忍教他形单影只离乡去，又谁作龙门随侍人。往恨重兴肠欲断，强禁双泪不能瞖。兰君俯首重凝想，虽则是天赐机缘此一行。怎忍相离岁月久，待相从无术可分身。母亲况是情难遣，须色笑亲承略散心。顾母可能兼顾父，教人可以处其情。一双母子凄然感，御史相看又笑云：此别无须逾百日，待归来团圆共赏月华明。并非牛女经年别，愿尔休劳化石心。又唤玉儿何必尔，入山尔每劝余云。斯行谅亦无疏失①，何以儿心亦不欣。梦玉敛容忙答父：虽然蔗境渐相迎，大人岂可单身往，要择从游绝少人。除是呼兄随侍去，始教慈母略宽心。夫人闻语连称是，便即传呼梦燕临。此事从头来告与，要儿侍奉父亲行。孟仪一听心思忖，山水陶情最合应。倘似从前难劝驾，今幸慈躬却疾不妨行。终朝闷坐终无味，乐处还须向外寻。便笑请母亲休系念，孩儿愿侍父登程。清癯此体偏宜夏，定得平安请放心。难却殷勤母子意，庄君遂许燕随行。夫人更有私叮嘱，你须当更比家庭侍奉勤。休待深秋方返棹，须相劝金风微动即扬舲。孟仪应诺重相慰，梦玉同兄又悄云：此去愁城方打破，从此后椿庭乐趣自盈心。吾兄侍奉勤于弟，弟又何言更嘱君。但只是惟恐良朋情谊重，一时未必忍分群。弟有一缄敬付吾兄手，倘若经秋缓返舲，请以斯函呈父阅，定当星夜办归程。母前弟自能排解，况嫂侄承欢得母心。君勿分心于两地，寻山问水可怡情。叹从来未歇埙篪调，又何堪一霎无端拆雁群。兄弟殷勤双嘱付，未曾握别已沾巾。次朝御史东村去，告与年尊伯父闻。庄老闻言心大悦，及时行乐正该应。庐山况是真名胜，尔合探奇试一行。但是你父子同游虽则好，孟仪年纪更为轻。我教宽侄相随去，始免我悬心念你们。御史答云应领命，但家惟梦玉与先生。待邀克裕持家务，小侄舟行最惯经。伏乞伯爷宽爱

① “失”，原文作“矣”，据文义改。

念，暌违三月定回舲。庄翁道我思来妥，安侄何妨住你门。宽侄随行堪照应，我膝前更有众曾孙。庄宽却自私盘算：叔父求山问水行，他父子二人何等雅，却教我俗人相伴愧难胜。笑云禀上高年祖，此处南康岂远程？叔弟同行非寂寞，况家丁可靠不无人。季华年幼兼多疾，孙去相陪侄放心。要乞祖爷依叔语，算来两下尽相尽。庄翁依允无他说，又代翻书择吉辰。五六日间俱不利，定须十九始堪行。难违长者殷勤意，无奈庄君带笑应。他从来不信阴阳将日择，又难不顺老人心。但此心一起何能忍，恨不得顷刻蜚身五老寻。

老者相留重叙话，又说起子霞姻待结陶门。庄翁长叹称贤侄，尔处原来尚未闻。三媳月前因感冒，接他继女作医生。不晓他全家远徙何方去，访问无从得实音。失此良缘真可惜，宋家公子果超群。庄君亦叹心奇异，何事他家竟远行。想我痴情闺内友，若知此信愈伤情。须将他瞒住方才好，他别感盈怀已不禁。老者笑将贤侄唤，你不须垂念到他们。屡承你以鲥鱼赠，我昨用沮泉贮尚清。今可借花来献物，我自制梨花新酿也还醇。与你同拼一醉方为乐，定须当饮尽床头酒百瓶。

当下伯侄二人，饮至半酣，庄宽之长子延祥，捧着一盘桃子进来，禀上太公道："四姑夫亲自采桃子来送新，因听见叔祖在此，他不肯进来，对曾祖说，在太公叔祖上都请安，便回去了。"庄翁看了一看，笑道："倒是他家的早出市，难道我们园里几百株桃树，都没有一个熟的么？让他先来送新，这也很好。祥哥你听我讲，你叔祖家里，都是只爱花果的，你拿去请你婆婆分一半送到西村去，这一半与你们大家分。要分得均均匀匀，不要争多嫌少。闹得打了起来，我是先要骂你的阿！"延祥笑着去了。御史早又感动梦玉之言，尽是沉吟不语，庄翁回过头来，望了一望道："贤侄，你难道有什么心事么？我正在高兴的很，不要这个样儿呵。灵鸠你来替御史爷换上一杯热酒，再替我斟斟满，我们今日务必要吃个尽醉方休。”因举杯一饮而尽，连声叫：“干，干，干。”

御史聊酬长者情，笑言相应亦倾樽。庄翁更命童斟上，我虽知贤侄从来量不深。尽此一壶终可已，又何妨粗肴贱菜略沾唇。你莫效张刘李邺当年事，辟谷求仙起妄心。此是断然行不得，又难道长斋绣佛学苏生。庄君答应公毋虑，侄岂能于遗世情？张李二侯何可效，他是功成身退始为应。长斋曾笑苏生鄙，何必持斋始素心。伯父持荤长戒杀，斯为至善达乎情。侄家亦尽遵慈教，从不学僧尼假撇情。老者笑言吾学尔，怎反言你效我之行。果僧尼等辈真堪恨，偏是他巧语花言易动人。最是妇人无见识，全不晓堂前自有佛双尊。平日间一钱如命多盘算，却又甘心布施僧。既到了那时无吝惜，何不略将甘旨奉双亲。想神仙圣佛无私意，谁要你花钱瞎奉承。倒是你两嫂虽然乡下女，却生来天性孝心深。都为我持斋保我延年寿，遇斋期偏亦时将异味呈。我每劝他们休顾我，你既持斋岂可办荤腥。他言有罪当身受，断不累公公此罪名。说到此间还大笑，难得他粗人倒是有真心。庄君太息真明理，两嫂俱为善事亲。老者连连摇手笑，侄儿你且漫评论。我二孙女为亲生育，下许持斋一愿心。上月归来住几日，几乎累倒老萱亲。他总来嫌恶厨房菜，说是全然不洁清。你大嫂为他可无奈，亲自调盐下豉作汤羹。

“贤侄，你想你大嫂已是六十外的人了，便三嫂也有五十多岁，这些家务事情，也彀他们操劳的了。还添了女儿来累他弄素菜，岂不罪过。你这二侄女，可算得持斋行善么？我听见这样，也不管他，嫁出的孙女，是别家的人，就把他很很的教训了一场，立刻送他回去了。贤侄你道还是我错，还是他错呢？”御史道：“文帝阴骘文中，有‘或持斋而戒杀’之句。如大嫂三嫂方能谨奉圣言，二侄女之愚，反为不孝。伯父训饬一番，所谓爱而知其恶，他亦定能改过的了。"

闲谈良久转西村,他日重来告别行。老者便教孙辈送,却将珍重再叮咛。庄御史临行更向真容祷:渊作西江探胜行。非敢膝前轻告别,要祈垂鉴谅深心。仙凡间阻难重侍,卅五年来哀慕勤。请向庐山幽胜处,仙车双降暂居停。容儿略望慈颜色,纵使凡躯难侍亲。但一示仙容儿亦慰,敬求勿再儿拒情。虔诚默祷频瞻望,倏又双容作笑形。四目齐垂同视子,欣然喜色各生春。夫人公子皆兴感,岑氏媜媄泪欲倾。感格幽冥能若此,父亲孝思恁般深。忆当初真容双堕盈盈泪,我空有娲皇炼石心。几日天倾难以补,全家人尽是重生。伤心往事悲难遣,强自排情暗抚膺。偷视父亲容自若,心头展转又疑惊。私呼夫子重相告:伏乞君家陪小心。侍奉不离爷左右,谏毋轻易入山深。我看来父亲大有离尘相,恐一入名山遗世情。愿夫子慎之还更慎,时时步步紧留心。孟仪低道言虽是,卿但无忧我可承。再嘱卿须娱母意,不须频念远行人。

顷刻间布帆一挂人千里,送行人望断湖滨目枉凝。乍唱渭城音未歇,已先屈指数归程。夫人更自情难遣,黯黯魂消不自禁。每夜灯前思宛转,把前情细细上心旌。与他念五年夫妇,相敬如宾各遂情。君子之交如水淡,身虽疏远意偏亲。从来不作经年别,垂暮何堪转远行。今又不知何处宿,叹正心斋内冷孤灯。兰君思父旋成疾,难以寻欢慰母心。弱骨难支终日卧,无言掩泣暗伤神。惠夫人正当思到无聊处,忽一抬头见画真。带笑盈盈如欲出,顿把那千愁万绪一齐倾。相看不觉欣然笑,梦玉帷中暗察情。私喜母亲愁可遣,夫人观画不回睛。采莼再复邀安寝,漫自常陪画上人。把纱帐轻挑移玉枕,更持麈尾逐蜚蚊。夫人立起轻移步,先望旁边帐里人。缓唤玉儿声细细,恐他熟寤转相惊。兰君答应呼慈母,好请安眠夜已深。惠氏夫人掀帐入,床前坐下抚儿身。频频太息频相视，梦玉心伤又不禁。慈母之情何以慰，何堪我疾尽缠身。须将孺慕忧稍歇，振作精神把乐事寻。一想顿然神色旺，笑母勿云系慈心。明晨儿疾当能起，随母同为消夏行。池上白莲应有萼，好相邀蒋汤诸姊玩园亭。夫人且自含胡应，凝视其容闷闷昏。梦玉含欢重唤母，儿心觉爽体俱轻。母亲幸勿将儿虑，请自回观画上人。惠氏夫人回首看，珊珊玉佩似将临。展言一笑呼儿视，你妙笔真能绘影神。倘或呼名应可活，我儿可试拟芳名。兰君闻语心思忖，但一呼名可召魂。恐断送玉人冰雪体，纵炼形有术究输真。要思曲慰慈亲意，又怎忍轻伤知己生。虽则他道行非轻能却死，已为尘氛沾惹恐难胜。芳名何可轻呼唤，已愁他定染沉疴怎可禁。强笑再求慈母寝，待儿缓缓拟其名。

夫人消却愁千缕，径自归床梦渐成。梦玉无端愁又起，此心移向碧华卿。别来十二番寒暑，转觉人间岁月深。何日始能重觌面，相将笑语证前因。红尘深入难回步，偏是苍苍付托因。不许奉亲旋出世，定教为国建奇勋。偏又是双亲体为耽愁重，也须要涤尽凡心始可行。我父斯游堪悟道，母亲愁杂更多情。如何方得慈心悟，魂礌消平体始轻。无奈图卿倾国貌，为亲委婉解愁心。还愁耗取卿神采，未免纤躯积病亲。曾记当年亲送你，姑苏林府托仙根。也知卿能持真性无迷惑，定念前因忆我深。今日天缘应凑合，林公移节豫章城。只愁弱病何能愈，除非是毁却真容始返神。但慈母相看如异宝，藉他解闷遣离情。岂堪毁画伤亲意，左右为难怎处分。宛转兴愁私堕泪，朝来病体又深沉。早已医家识透思亲症，虽则非同宿疾深。却也难将常药治，但劝少君刻意慰萱亲。斯时又讶愁怀杂，定另有愁来扰孝心。频问少君终不答，医家也只可下参苓。夫人相顾真无奈，但劝娇儿莫忆亲。我看你送父登舟归即病，到今半月已将盈。虽则你从无父子分离日，小别何须尽罣心。况有尔兄来侍奉，父亲体健疾无侵。何须如此深相念，劝尔稍宽孺慕忱。梦玉低声回答母：儿非念父故消神。看母亲日作无聊态，怎使孩儿畅此心。慈母倘能寻乐趣，定教儿疾即离身。夫人笑道吾何念，为你教人转系心。我纵有闲愁能自遣，玉人相对即怡情。劝你宽心自保清癯体，一旦全瘳我慰深。梦玉口应心又忖，断难毁却画中人。我想你修成不坏坚金体，未必轻轻送此身。且自由他无可救，好消愁遣病慰慈亲。他忍心不顾知心友，更自排开念父情。刻意承欢强自起，日轻一日复容形。一宵母子同观画，见佳人倏转秋波顾盼频。转侧香肩如欲出，兰君惊极泪双倾。夫人既异还相悦，竟尔婵娟欲下尘。回视玉容惊问道：儿何伤感者般深？兰君此际回肠断，泣下沾襟不可禁。听母问来难隐匿，跪投怀内话难成。夫人奇绝连声问，梦玉含悲半晌云：明告母亲此玉友，前生情比雁行深。他与儿同入尘凡世，儿画其容竟逼真。屈指算来期七七，倘若是画中人出彼难生。定教命送于儿手，因此心伤自莫禁。琴史愕然亦洒泪，也难细细揣其情。即问儿何法堪相救，梦玉迟疑未忍云。惠夫人频问玉儿应有术，兰君掩泣告慈亲：要求割爱儿何忍，毁画方能救彼生。四十八天今已足，倘延于明日定离魂。夫人忙命莼儿去，快取围炉把画焚。顷刻间鬓影衣香消毁尽，梅花香气尚微闻。夫人笑慰姣儿意，应亦无妨可放心。梦玉凄然忙答母：应教垂绝得回生。夫人又把儿埋怨，你早合将情告我闻。何致累他偏至此，恁般娇艳病何禁。兰君只可含胡应，琴史含欢又问云：儿既与他同入世，可知他向那家生？兰君答道儿何晓？谅有日终来侍母亲。惠氏夫人惊又喜，又将那话与儿论。兰君从此消深虑，把乐事搜寻劝母行。池上看尚同觅句，庭前玩月又联吟。鼓琴弄笛还歌曲，逞姣痴更执齐纨笑扑萤。叹人生谁有儿能如梦玉，温衾扇枕是其伦。可怜他含悲强把慈亲慰，岂是多情念玉人。怪他人常以真容为话柄，每写作情深儿女目无亲。全不晓高堂父母忧其疾，好色心还鄙更轻。名教罪人真可杀，辱没杀佳人才子盗来名。这画中玩真两度翻新笔，须认取雏凤声如老凤清。今看事亲庄梦玉，便知御史昔时情。神仙岂许凡人做，独取他孺慕终身至性人。梦隐君现孝子身来说法，度他孝子上天庭。请诸公着眼休轻觑，心孝须同面孝分。平淡无奇情自至，岂比那谈忠说孝口津津。若欲看庄君探胜庐山事，十二回中再细论。

第十六回　岁寒图上题庚翻为绝妙鸳鸯谱　夕照影中访菊诉来至洁女儿心

团圞佳节共欢娱①，两处良缘订合奇。异兆同征千里外，难将天意辨幽微。鼎分三足何容缺，彩凤文鸾合共蜚。且表侍郎双母子，归家同把话来提。太夫人笑呼贤媳听佳话，天赐姻缘遇合奇。我处麻姑行美酒，他家王子游斑衣。半斤八两毫无短，自是天生比目鱼。其母鸾笙为信物，我壶卢回赠更无疑。一言为定无更改，岂必同于俗例拘。常唤芳儿何有匹，苍天竟不独生渠。怪郎君竟似娇儿美，更羡他况复文齐行亦齐。从此老身心愿足，喜乘龙光耀我门楣。但是须将楚佩牢瞒住，好缓缓将言劝转渠。因此方才吾不讲，遣他进去我方提。便把鸾笙付与夫人手，谨密藏之勿使窥。谢氏夫人忙笑诺，亦深喜苍苍真不误姣儿。但只是如何好把芳心慰，且待从容作劝词。太夫人再示曦儿才子赋，侍郎叹赏果新奇。纵教人回肠搜尽思难到，如此仙才古亦稀。笑示子霞儿看此，较之尔作又何如。子霞笑道原难及，儿作何堪与骋驰。合让他与妹骚坛双帜立，人看鲍谢现今时。侍郎笑道真难及，莫但夸扬尔妹儿。何以昨宵才竟尽，竟将白卷缴来迟。太君听语忙相问，何

① “圞”，原文作“栾”，据文义改。

故芳儿懒赋诗。莫是他见他身沾薄恙，极应早告与余知。急呼侍婢闺中去，快请千金出绣帏。芷圃夫人忙笑慰：芳儿无恙请无疑。他笑谈仍似朝来样，因带酒微醺懒构思。慈母适才观彼态，可还舒畅似平时。太夫人沉吟不答低声叹，楚佩重来见祖慈。悦色和声呼祖母，有何慈谕训孙儿？太君携手观其状，笑问芳儿体可舒？昨夜月华呈异彩，父兄玩赏共为诗。何能许尔藏其俊，怎不当筵展绮思？楚佩含欢忙应答，孙因中酒力难支。因之未助椿庭兴，伏乞慈心勿起疑。屈太夫人还细视，佳人低首更无词。看他喜愠何能辨，竟强笑终非意悦怡。且以闲言相与论，纫芳随顺博慈愉。却中怀宛转愁难已，昨夜之情料可知。事至于斯何可挽，只虞耽误碧华姬。究知他冰肌玉骨归何处，我与他何日堪寻会面期。忽尔芳心生一计，移花接木亦堪为。且借取碧华二字为依号，他日里访到其人可改移。脱壳金蝉侬可遁，让他三友效于蜚。从今思把闺媛访，便相求祖母堂前设绛帷。招致能诗闺内秀，时为雅会共吟诗。墨亭弟子俱来到，摘句寻章乐有余。太夫人更请庄门姑与媳，尊为主试考诸姬。故教楚佩相亲熟，不许潜身在内闺。那识佳人怀异念，转复不相回避顺从慈。庄夫人得亲佳丽非常悦，每接兰芳辄袭裙。相其论说开慧思，叹散花天女是斯姬。玉儿何幸联佳耦，还只怕天上难寻此二奇。梦玉从今无复避，亦每与侍郎父子会文期。两家来往无虚日，太夫人竟弃城中旧住庐。更向此间增户宇，筑园则近写秋西。惠夫人一朝赚得纫芳稿，如获奇珍笑示儿。梦玉观来心快慰，幽芳真情亦无迷。居然灵慧同前世，还有这蹈袭他人别号奇。他岂把碧华仙友忘，料前生景况定依依。陡然一想心明白，可叹佳人曲折思。可必劳卿为彼虑，东皇岂肯误双姝。你可知护春仗我沾泥絮，方免他莺燕颠狂想折枝。想魁芳亦未全能将我谅，定恨我将他送入别门闾。恐他年尚费团沙力，俱不屑鹣鹣比翼蜚。我三人何啻同心兰一箭，笑无端遭他两友弃如遗。如何使彼双心悟①，好同来庄惠双仙膝下依。也须知林宋两家为奇寓，皈依须向我亲帏。你可见芬芳天籍书丹字，我父名于最上题。吾辈因何来入世，难道两卿竟不忆当时。兰君不语频凝想，惠氏夫人笑诵诗。

月下弹琴

屏山曲曲月沉沉，独抚清徽写素心。流水一庭香半炷，满衣珠露散花荫。

读罢欣然唤玉儿，他分明妙手善调丝。却几番欺我真堪恨，总道是指法从来得未知。我今朝据此一诗为左券，见他时定须相浼奏新词。爱他才艺真全美，真不虚生绝世姿。梦玉笑云称正是，他不应欺侮屡推辞。高山流水逢知己，一奏新音始合宜。料是他略解宫商非尽善，因此怕教贻笑大宗师。夫人笑道休胡说，他既知音定胜余。再相逢必欲倩渠操一曲，恐还比尔更神奇。言时又复翻其稿，看到他咏史森严褒贬微。何意闺中有此笔，从今不许尔称奇。让他巾帼无双士，匹马词坛独骋驰。儿怎观之全不语，料来佩服暗心输。兰君听说微微笑，果是笑中闺妙词。儿绝堪能争上下，从此后当焚笔砚不谈诗。夫人又把华儿唤，若依你当时过执拘。相避不甘逢一面，失斯佳偶悔何追。还亏你良心发现中秋夕，太岳母尊前委宛依。今是昔非真可笑②，我问你为何曩日恁相推。一兰君笑难为答，忽侍女传来一纸书。送上夫人亲拆视，是庄君缄寄付双鱼。中秋次日匆匆发，看到其间一事奇。车骑将军林节度，闺中有女胜文姬。瑶琴竟作连城乐，不卜而知绝代姿。因以古琴为聘定，断然不误不凡儿。天生佳耦应联合，谅夙有姻缘玉自知。从此贤卿心可慰，他日里佳儿佳妇乐

① “使”，原文作“便”，据文义改。
② “今”，原文作“令”，据文义改。

桑榆。后面说梁君又作登高约,归计犹迟勿系思。看罢愕然难以语,兰君旁立已全窥。含欢便把慈亲唤,可记孩儿昔日词。今日竟偿陇蜀愿,母亲何事又迟疑。夫人一听恍然悟,带笑盈盈唤玉儿。事太稀奇今古少,怎两边同日聘娇姝。但岂有一夫二妇成连理,未免齐家道有亏。还不知林女生来何等貌,谅必断难及我韵卿姿。兰君又笑呼慈母,怎忘却朝朝对面时。人力难将天意挽,苍苍双付更何推。琴笙俱是仙家物,既入他家岂可追。以礼言来原不合,但丝萝谁复肯更移。夫人又复惊还喜,却原来画上真真是那姬。竟有者般如意事,奇花两朵付奇儿。且携书向他家去,看宋太夫人作恁词。又想去书应亦到,谅庄君一见亦称奇。也应两处无翻悔,合许他一凤双鸾比翼蜚。想罢含欢呼梦玉,我且向宋家去探彼言词。当时便赴联芳港,老少夫人接上墀。逊坐献茶方已毕,惠夫人遽云有事问尊慈。当年尧帝英皇女,下嫁重华布衣时。岂可民人招二妇,叹古人行事绝无拘。若依今世何为可,二女焉能一室居。岂不骇人之耳目,果逢此事待何如?太君不解其中意,笑说因何徒问吾。佳话千秋称帝子,效尤端不许凡夫。鼓琴鼓瑟惟相对,岂有笙竽杂奏歌。世上断难容此理,齐家之道岂能和。惠夫人笑道承明教,敢问行权也有无?屈太夫人真好笑,夫人言语太模糊。你漫为露尾藏头话,且把真情说与吾。应是有谁行此事,与卿评议待如何?

惠夫人又笑道:“若英皇生于今时,当何以处之?”屈太夫人道:“若英皇生于今时,不遇重华,亦断然不字。”惠夫人道:“若依一夫一妇之例,英皇又岂可同归?”屈太夫人笑道:“若果这三人同生今世,亦当破例为之。忍使一人失所乎?”

惠夫人起呼伯母纳微情,犬子深惭大舜君。令孙爱堪为尧帝女,我娥皇既得欲更求英。伏祈伯母开洪量,许玉镜台分两玉人。屈太夫人尤不解,妇姑相顾笑难禁。夫人何事轻相戏,我只此垂髫一女孙。辱许庸姿依福荫，执箕应遣侍高门。更无此女堪持帚，未免尊言太欠明。惠氏夫人低首笑，袖中家信取来呈。家书敢乞垂青鉴，尚请高明断此情。屈太夫人观信面，笑云敢读万金文。惠夫人便道休嫌亵，请赐观之意始明。宋母敛容称僭妄，抽来一看暗惊心。沉思忽尔微微笑，此事何妨尽可行。一出父心一母意，光明正大两连姻。况将军非是他人比，亦与儿曦交谊深。我昔闻他闺内秀，倾城倾国貌无伦。屡思走候偏逢阻，他内眷从来不出门。因此在京无往返，但知他登门射雀者纷纷。有多少双全才貌遭其斥，料想芳容自绝尘。非我自夸好女美，谅可与林家小姐斗娉婷。谁甘俯配其余子，自合双归令少君。伏乞夫人休顾虑，他年姊妹好相称。况最奇同在团圞夕，始信天缘暗结成。贤媳亦应无所憾，想当时梦兆早分明。谢夫人笑道真奇事，自是天心巧作成。

惠夫人大喜称谢。话既说明，又欲请见小姐，屈太夫人笑道："夫人你也该看厌了。今日不见，又有何妨？"惠夫人笑道："父母朝夕相看，犹然不厌，侄媳岂能常见，一日不见，如隔三秋，要请来一会方好。"屈太夫人笑着，即唤驻春到后堂去请小姐。当下纫芳应命而出，相见一番，各自归座。惠夫人虽不知他立誓字贞，却不肯在闺女之前，略露联姻之意，但称以韵卿相共评诗论画，更以其弹琴诗为证，定欲浼其一奏新音。

纫芳虽不愿联姻，却与伯母投机到十分。知己之恩深似海，一回相见一回亲。太夫人款留琴史辞难脱，到夜宴终时始送行。相送夫人归去后，侍郎来问有何云。太君细把其情讲，芷圃惊奇带笑云：梅屿令媛应出众，昔年退尽射屏人。幸而孙璨深知趣，不肯求亲自上门。他竟要第一流人为快婿，果然玉润配冰清。虽则吾东床已许王郎卧，念在相知让可能。况是芳儿心不愿，竟何妨容他毕世守孤贞。伏求慈母依儿语，谨璧鸾笙绝此姻。屈太夫人听到此，一声冷笑正容云：此言亏你如何说，岂忍乘龙让别人。虽是芳儿情性执，缓将他劝可回心。看日来姑媳相逢处，何等投机两洽情。况且其心多孝顺，终能曲体老身心。我若然不见华儿面，还可以随你如何作主行。既见此人何等爱，到亏你忍心出此不情云。总然还是吾之过，不合中秋作此行。强定婚姻犹是可，大不该闺中玩物付郎君。侍郎忙笑呼慈母：乞恕曦儿话不经。一诺千金慈意重，海枯石烂永无更。况无双一对连城璧，何忍将他两下分。想林君慷慨襟怀非俗比，亦定能许彼两连姻。俱出是双亲之命经媒妁，又何妨破例为之反俗行。儿未熟思冒昧语，尚求息怒广垂恩。太君一笑回言答：你此语方能中我听。年嫂修书应已达，且看庄君回信怎生云。夫人芷圃皆称是，又瞒住纫芳不使闻。

且把西江重接叙，梁林二友昵庄君。朝朝夕夕相依傍，载酒游山日日行。松友私商于义弟，重阳屈指又将临。岂甘就此将他送，我与你极力攀留定可应。况天气渐寒难就道，等明年春暖让他行。将军闻语低头忖，只恐他阃内良朋属望殷。有己无人何以可，还须曲意体其情。况华郎书意缠绵甚，我看他孺慕之忱迥胜人。孟侄思归常动色，又怎忍挽留拂彼合家情。但只是教人离绪如何遣，未唱阳关已断魂。黯黯改颜难以答，梁公又问弟何云。将军良久呼兄长，他乔梓离家日已深。重九之期休再缓，待明年再寻机会赚他临。梁公闻语微微笑，贤弟多情善体人。谅感他杜老兴怀于望月，因此竟拼折柳自销魂。将军长叹无言对，松友相看又笑云：君且漫兴离别感，我与你观他作画可怡情。再携良友来家内，竹隐轩中访墨亭。御史秋轩同笑接：林君何事又重临？将军便道深相渎，看你这妙笔淋漓实爱人。三友清高宜淡墨，胜徐熙动即染丹青。笑求再运生香管，待看你挥洒烟云醒俗睛。便与梁公齐立后，墨亭下笔肆纵横。早写出孤松劲直凌霄汉，势若游龙雾气腾。再添来疏竹萧萧风致远，寒梅清韵更宜人。将军一笑称兄长，竟是君家自写真。劲节清标闲雅态，更无余剩妙传神。墨亭未及回言答，适童子传来一信音。梦燕接来呈父阅，墨宁对客即观睁。华儿书内无奇事，一纸夫人自写成。看罢抛开微一笑，两君试请共评论。岁寒三友谁堪弃，竹劲松高合比邻。玉骨冰肌世外客，孤标岂入众芳群。自应与结同心契，岁暮同为耐久盟。弃一应愁非雅道，亦似我三人相爱永联群。梁公笑道原如此，梅屿呼兄且慢论。何以观书忽自笑，此函可出嫂夫人？墨亭笑说君休问，先请兄们议此情。三友可能删却一，将军笑道此何云？试看他同心品字幽兰萼，纵金剪无情剪不能。沧海桑田还可变，岁寒三友岂堪分。墨亭又道虽如是，可许他人效我们？梅屿答云何不可，便闺房儿女亦堪行。只要这真心一点同相印，岂比东施故效颦。御史笑言将信递，又何妨闺中拙笔辱垂青。将军告罪忙披阅，一见簪花美女文。先自心中无限喜，喜他夫妇竟双清。玉儿他日无边福，风雅姑嫜覆庇深。佳话手谈堪继美，羡庄君神仙眷属举家清。欲知书内如何语，十字翻来括本文。

妾希光，谨奉致，墨亭夫子；想兴居，多顺遂，林壑优游。良友欢，过骨肉，自应眷恋；幸全家，皆迪吉，勿系离愁。届中秋，宋伯母，亲劳慈驾；写秋园，同赏月，交错筹觥。梦玉儿，戏舞彩，吹笙佐酒；太夫人，深见爱，极赞风流。妾私怀，慕宋女，已非一日；趁机缘，求俯允，结就鸾俦。蒙伯母，既无词，千金一诺；以鸾笙，权下定，代咏河洲①。彼竟以，玉壶卢，慨然回聘；指冰轮，为作证，两意悠悠。妾非敢，背君家，私传信物；议此姻，经月老，夏至于秋。太夫人，心已许，只图一见；恨痴儿，初逆拗，不肯亲求。却也是，天假缘，筵前觌面；竟欣然，拜大母，更不迟留。只一言，已订就，百年好合；待君归，重下聘，庚帖相求。谨以闻，祈见宥，希光僭

① “洲”，原文作“州”，据文义改。

妾;叹此儿,非此友,谁可为俦。入深秋,风瑟瑟,萧条满目;愿君家,还自爱,行乐消愁。劝添衣,加餐食,毋庸赘语;有燕儿,勤侍奉,妾更何忧。只两字,报平安,慰君雅念;妾希光,敛衽拜,封寄山邮。

将军看罢此书函,却也惊奇出语难。松友从旁含笑道:可容弟谅僭相观。墨亭笑道何妨碍,梅屿将书送友前。御史呼兄何默默,弟言早已表于先。岁寒三友何容缺,是天赐痴儿不世缘。况已蒙君垂允我,闺房儿女效颦堪。定知令爱非凡女,芷圃闺媛亦若仙。梦玉也非庸俗子,较之三友更何惭。我今更欲翻新样,尽把联姻旧例删。借此岁寒图一幅,把他们年庚姓字各书来。比如朋友金兰谱,地久天长永守坚。梅屿欣然抚掌笑,连称妙绝解疑团。梁公正看夫人信,又听庄君作此言。亦复言佳连点首,墨亭提笔便书来。

在正中先写“庄梦玉”三字,下注:“字季华,号兰君,庚寅二月十二日午时建生。”写罢,捧笔起身一笑道:“梁兄,请你这多情月老,以此三寸管,向林府求取芳庚。”说到此语,早引的松友与梅屿大笑起来。墨亭道:“两兄莫笑,虽是我觌面议姻,何伤雅道?亦不忍冷落良媒,故多此一举,非矫揉造作可比。岂似大将军必欲听闽中之令么?”松友愈笑的不可俯仰。接过笔来,对梅屿一拱道:“请大将军姑且从权。慨赐庚帖,再回去谢罪不迟。”梅屿笑道:“你们二位一吹一唱,惯拿我取笑,也太觉刻薄了。”墨亭道:“弟等若不先作戏言,只怕吾兄一定又要去请教嫂夫人,方肯落笔。这激将之法,亦不得不行。”梅屿道:“庄兄休得取笑。据小弟愚见,兄既先求宋府,自应让彼居先。小弟何敢妄僭?”墨亭道:“先后何须计较,总之,月份大者为姐,小者为妹。倘若令爱生于二月十二后,请书于右,虚左以待宋女,也不为不恭了。”梅屿道:“小女偏又生于正月,怎好占先?”松友道:“既如此,姊妹之称,断难假借。请即赐教罢。”梅屿难以再却，又想了一想，便提笔写道：“林文婉，字雅芬，号素君，庚寅正月十五日亥时建生。”书毕，将画图卷好，亦求松友转交，又复互相笑谢。

梁公大笑唤庄君，这鸳谱从来见未曾？奇绝君心真绝俗，天开异想巧翻新。原本是奇儿奇女应如此，岂可随他俗例行。梅屿笑云真异事，怎中秋两处共联姻。我也知芷圃曾相慕，他曾诵兰君令嗣名。却未探他家内事，岂知有女比夫人。但既然尊嫂深相爱，何以吾兄不系心？转又赚人闺内女，笑君行止欠端诚。梁公便道斯言是，我亦心疑要问明。御史笑云非偶尔，此中曲折有微情。林君责我言非过，弟却难将此罪承。万事如今权莫论，看来画谶是他成。梁公笑问如何说，梅屿闻言又笑云：容易请君为此画，又赚为庚帖璧连城。翻言弟武成斯谶，这倒坐名儿却也新。松竹本来方我辈，谁甘移赠与闺门。试教月老查鸳谱，可有此希奇岁暮盟？御史粲然犹未答，梁公又笑唤庄君：闺房有此风流侣，争怪思归日动心。诧尔龙蛇笔下走，原来学术自夫人。但令师慷慨真无比，竟不以归兮勒措君。又何妨略以深情移向友，再盘桓数月办归程。定然尊嫂能相谅，何损你地久天长伉俪情。御史笑云休取笑，何尝弟又动归心。你自思逐客谁宣令，转以虚情阻我行。松友便呼梅屿弟：庄兄之语尔同闻。从今岂许谈归字，纵欲归时待仲春。就此一言为定准，不许你三心两意再思行。连声笑问应垂允，无奈庄君带笑应。梅屿不言还自忖，看庄兄令正至情人。胸藏无限怀思意，不肯轻轻付管城。言外分明情可见，相怜相谅一何深。不将归计轻相劝，但自切山头化石心。想庄君岂不偶思琴瑟友，况非同伉俪别人情。知心如此谁能及，更比良朋进一层。须要将他双意体，劝梁兄题糕之后放他行。梁公笑视呼贤弟：何以无言想甚情？可听庄兄已允我，九秋可免尔消魂。将军微哂称兄称：昔日为君重九盟，岂易邀他垂一诺，既蒙允许又何云。岂如索债频为限，我劝你得陇休生望蜀心。御史点头频顾盼，梁公失笑唤林君：最难邀取庄兄允，你为友从旁又怄人。我也不来与你较，且看他菊花香里怎扬舲。将军一笑难为语，适赵老唤童接主人。说有事相商须速去，将军闻语即辞行。径归别墅留云院，赵老相迎笑唤甥。我原说陶媪之心何厌足，他千金到手又生文。欲求为买邻居院，去接他家弟侄们。原本来此处就医人太广，他夫妻生意日隆兴。怎怪他抛家竟想居于此，所可笑弟侄何须聚一门。也亏他竟浼其夫来告我，定求允许即施行。我再三推托无余俸，他说是昔日贤甥许彼深。但是玉姑身愈后，惟其所欲总甘心。因之与你商其事，可是当时有此论。梅屿含欢称舅父，果然甥武昔曾云。一言既出难追悔，乞舅父依他为买邻。但其弟不知何所业，接他到此有何情。赵翁便道原奇事，岂晓他藏怎样心①。但则是难免老人烦絮你，怎出言不辨重和轻。许之太过何其可，倘若是要你倾家岂可应。虽则守钱奴可鄙，轻财也要义当行。有钱填此无穷壑，还不如加倍将来济困贫。梅屿敛容忙揖谢，甥儿知过悔无门。还求舅父宽容恕，誓从今敬奉慈言守口瓶。赵老笑言应如此，岂堪信口乱谈论。但既然你有成言在，此事权依彼一行。与你今朝先说定，从此后不容彼再妄求情。

梅屿一笑称是，又将交庚帖一事细说一遍。赵翁把眉头一促，双手乱摇道："罢罢罢，这位庄御史所作所为，真真怪诞绝了。贤甥，我且问你，难道你这般一个才貌无双的女儿，就这等轻轻的许了他家么？我想他这年庚八字，用金子打起来，还觉得不贵重，就是装些嵌珠宝，也化不了一万八千，何足为奇！什么话竟将大

① "怎"，原文无，据文义补。

笔一挥，费了些墨水儿，就把他的年庚送到别家去了么。这个岂不是大笑话、大蹭蹬呢？嗳，不成事体，不成事体。又要我老人家气起来了。”梅屿忙笑道：“舅父不要着恼，又是甥儿错了。再陪不是，舅父宽恕些罢。”

赵公一笑不重云，梅屿相辞进内门。径告夫人奇绝事，先把庄君家信诵分明。夫人一听铿然笑，今古难逢此异情。却也不妨称姊妹，于归他日好同行。岂同儿戏能更改，已各以红丝付此君。但不知二女年庚谁大小，将军答到尽庚寅。说来还有希奇事，已将儿庚帖亲交在墨亭。从以岁寒三友画，相求亲为女题名。因改将纤玉为文婉，更字号年庚共注明。比似金兰结义谱，他居中先写季郎名。但虚其右当求宋，这庚帖卿家见可曾？何氏夫人尤绝倒，庄公果是一奇人。行来事事超凡俗，岂是他人可拟成。但怪君家何太妄，他先于宋府去求亲。自应虚左来相待，岂可前题各姓名。梅屿言卿何执此，彼言月分女为尊。只须以此分先后，好定他时姊妹称。原本又无大小别，况兼茝圃亦通人。断无所憾何须论，若太拘迂转惹憎。因问文儿何不在，岂一人独去玩园亭。夫人笑说同纤碧，才作东篱访菊行。梅屿遽然长太息，陶姑遭际实堪矜。知他伯父心何属，如此良缘不愿成。我看子霞真贵品，也为第一等中人。分明一对鸾凰友，何事苍苍不作成。何氏夫人微笑答：君家怎不问分明。有何不足来推却，也须知执斧人须助力成。梅屿叹云卿岂晓，我一言他便似生嗔。连声阻绝无温语，我何能下气低声更与论。昨与庄君谈此事，彼云亦畏见其人。性情鄙俗人尤怪，但与交言气不伸。所惜泥中藏美玉，凭谁唾手挽奇珍。夫人亦叹真堪惜，伯母尤难共语论。还算他肯放侄媛来此处，宽洪大量广施恩。将军笑道斯言是，可笑无知这两人。有此不凡亲侄女，全无怜爱是何心？言时移步东园内，寻访双媛偏处行。却原来文慧婉云相对语，湖山背后坐芳茵。素君款款呼贤妹：可记前生有夙缘？这三径秋光卿管领，严霜烈日护持深。怎相看今日如无识，卿岂忘情到此英？纤碧低头良久答：多承贤妹示分明。妹儿时悟兼时感，夙慧非常岂若君。一睹仙容如旧识，君可是百花头上占魁人。素君笑应称言重，贤妹还当念众英。可识幽芳何处寄，慧云呼姊莫欺人。幽芳乃是君芳字，岂得谁还有此名？文婉笑云君误矣，我雅芳当为字幽芬。你看这秋兰风致真堪爱，好仔细凝眸认此人。半晌慧云心略悟，点头微笑便开论：知他投向何方处，贤姊应能识此因。还乞明言以教我，让卿夙慧比侬清。素君一笑卿休问，仙友灵星尽拆群。未卜何时能聚首，叹红尘滚滚欲迷人。卿将仁术行于世，不负东皇付托心。自叹侬家无学力，代天宣化竟何能。日前愚妹商其事，谅必家君定允行。纤碧答言今始说，未知尊甫可垂恩。但还愁难以其书进，家舅虽来事岂成。文婉笑云君勿虑，家君最爱购书文。本来我等何堪动，也只好深坐闺中待好音。纤碧闻言重点首：倘成此事亦功勋。我家伯母真堪恨，昔日依于舅氏门。每每使侬觉院本，又教说唱与他听。妹儿欲避真无计，但信口雌黄改鄙文。常想妄为施一炬，恨无其力枉存心。若能贤姊成斯举，是妹扬眉吐气辰。你制作到今计有几，早交梨枣始相应。素君答道方三十，待禀家君即梓行。半是传奇半小说，把往古忠臣孝子叙来明。闺房奇行须传尽，待陆续将来集腋成。总须当化转人心归古道，投明弃暗豁然清。但只是谈何容易徒劳力，恐今人有目如盲岂会心？纤碧叹云虽若此，也未必观书即悟竟无人。欲求尊作先相示，且待我一鼓生平铁石心。文婉笑云应请教，与君就此转闺门。将军在外听明白，又见他们携手兴。便闪入那旁松树下，坐于石上暗思寻。本来文婉何庸说，我早已知非世上人。绿萼一枝原有兆，应是我爱梅成癖造斯因。但怪他入世无迷性，怎把前生尽记清。怎说幽芬何处寄，怎言仙友尽离群。想幽芬定是司兰客，他姊妹班中一路人。王者之香尤出众，莫不是托生宋府这娉婷。你何须如此深相念，你可知已作英皇好合群。纤碧原来亦彼友，怪清高品格本离尘。行医济世前生愿，难怪道小小年华志恁深。其舅原来耽此业，谅小书邪说广流行。叹闺中有此鸿慈念，挽救人心出至诚。此事我当成彼志，待苏生到此好调停。不道他著书三十将呈阅，应为他刊印将来布散人。成就他娇小慈悲心一点，还愁世道救难能。但他们尚有同行伴，渺渺天涯怎我寻。既是彼苍深付托，想定当他日建功勋。教斯琐琐裙钗辈，重任耽来又怎行？料想庄门奇绝子，受天付托更非轻。文儿如欲行其志，待他年辅助郎君或可行。既已前因俱了了，又怎想桃夭免赋意何存。喜庄君一门风雅神仙眷，却称斯儿寄此身。我亦浮云看富贵，只愁未报国家恩。墨亭劝我酬君遇，与我相逢约廿春。我岂不知言外意，但相思廿载怎为情？我看他飘然辄作凌云态①，恐一别今生见不成。虽则入山余有志，何能却步此君尘。转思至此心如捣，便出园来向外行。重到梁家寻好友，夕阳已尽晚风清。庄梁齐出相迎问：君又重来定有因。梅屿笑云何厌我，既然如此便当行。墨亭一笑携其手，同入轩中坐论心。梅屿戏将贤侄唤，令堂惜墨已如金。暌违四月书方达，比似嵇康懒更深。令正荒唐尤至极，竟无只字达于卿。谅必是相思万斛难为寄，握管消魂写不成。梦燕笑云公善謔，岂知侄媳那能文。梁公忙呼贤弟，莫听秋轩假意云。谁不晓岑公闺内秀，生来才貌也无伦。羡庄君占尽人间福，风雅之人集一门。御史言君何谬奖，似岑君全福始堪称。高堂垂白双双在，覆庇兰芳桂馥深。孤苦余生何足道，吾兄怎不谅渊心？将军亦起终天恨，相对凄然尽改形。松友一声长太息，两君幸勿感伤情。我欲求贤弟推斯念，曲体先灵裕后心。梅屿迟迟言领教，墨亭更不赘余音。

---

① “辄”，原文作“辙”，据文义改。

松友暗想我父母在堂,尽可承欢侍奉,偏是命犯刑克,年犹未冠,母亲即欲命我出家,父亲却又迟疑未决,我想抛弃衣冠,未免辱我父母。若常依膝下,又愁祸我双亲,因此力请独居,不顾他人以陈仲子见诮。今已年逾不惑,凭五星而断,须再度十年,方能免克。幸我广多兄弟,俱深得父母之欢,我便忍心害理,做一个不孝之子,亦无可奈何。所喜庄林二君,竟能曲体我心,不以诞妄责我,知己之德,真堪铭感终身。

且将闲语问庄君,季侄才华冠古今。明岁应教他赴试,岂长年竟使隐兰庭?墨亭答道应如是,但亦愁他不肯行。无可奈何须迫逐,加鞭遣步祖生尘。梁公暗想真奇异,既是庄君淡世情,怎又思儿登仕路,我言相探岂真云。他胸襟深遂难相测,岂尚有求荣慕贵心。但见他绝口不言名利事,今日里此情又使我难明。将军又复兴悲感,他遣华郎出报君。恐便欲飘然来出世,定然深有者般心。想完便把庄君唤:虽则华儿学问深,年纪太轻何可出,还堪停候数年行。要祈兄长依余语,俯体姣痴赤子心。忍使早离于父母,待其稍长遣之应。墨亭叹道言虽是,义在难迟合遣行。叹人生惟有忍心堪决断,倘迟疑误事悔无门。将军便道何言此,依我终堪缓几春。一出岂能容易返,叹何年重可待萱椿。以我心置入华郎腹,代为思之怅不胜。御史黯然亦动色,林君自是至情人。缠绵若此何能已,也须当一举铜锋下绝情。便道林君非达者,情长儿女太惺惺。还须略振英雄气,切莫徒伤无益神。携手下阶同看竹,一钩新月已斜升。琅玕满地清如昼,逸致宜人影亦真。御史喟然因一叹:笑今人妄思比拟此丰神。风流前辈谁堪继,未免贻讥在效颦。松友将军齐笑道,何须回首忆前人。子猷倘见君应愧,惟尔方堪比此君。何幸与君成莫逆,俗怀亦藉化为清。回言君等谦何忍,我幸受芝兰气味深。还觉胸衿难免俗,尘缘尚尔遣难能。

言来至此重观望，我乍视天文有异情。明岁干戈闽地起，想三郎虽然战策尽精明。须寻仗剑从征士，助彼成功报太平。童子侍棋曾学武，万夫之敌勇天生。应教他向延平去，待勉他赤胆忠心辅克诚。便问将军君可识，延平知府旧朝臣。回言小弟无缘会，可是君家贵族人。昔后服不成他上本，直声耸动四方闻。那时弟适行边去，可惜难能识此君。今日政声尤卓异，辞婚一事最琤琤。闺中节度张公女，自诩才容绝世人。择配蹉跎年已长，开屏射雀日纷纷。因爱克诚才调兼人品，强欲招为坦腹人。再四推辞有故剑，可笑张公坚欲硬招亲。他批鳞直以危言拒，更欲辞官引退身。幸此老回心忙认过，挽留贤守不联姻。据其行止真堪敬，究是君贵族之中怎样人。御史答言为族侄，他原有糟糠之妇在家庭。君何知彼辞婚事，舍下从无此信音？梅屿言余原未晓，是南未幕友口传闻。是君令阮应如此，怪道他劲节高风迥出尘。

"如此说来，贵州新升贵阳同知名礼者，定亦是令阮了？其人耿介清尘，政声丕著，贵族贤者迭兴，令人可羡！谅此二君，俱受业于吾兄门下，方能若此孝行兼优，迥出流辈。"墨亭道："弟性似嵇康，且不学无术，安能授业于人？二子俱受祖训，方能至此，吾兄有所不知。"松友暗想：庄家好胜，每每自夸，难怪墨亭归功于伯父了。

将军微叹又开言：我深惜朝中失此官。若使克诚居谏职，料堪继武我兄贤。我疑总是兄传业，不信他令祖居然有此才。御史呼君言太过，又岂知家伯学渊源。弟原尚在门墙列，叹长者才高德更全。松友接言诚若是，此翁真比古名贤。庄兄仰事尤难得，比似生身父母般。长者常常与我讲，至于感泣每涟涟。羡两君笃行真相若，贤弟承欢舅氏前。百顺千依何啻父，纵逢盛怒亦能安。赵公情性奇还僻，接客迎宾更所嫌。因此庄兄犹未晤，叹林君承顺最为难。墨亭正色呼兄长,岂可将来一例看?似林君能以逆来还顺受,斯为小辈始无惭。将军不悦忙拦阻,怎君等皆为谀佞谈。平日深憎于此辈,效尤今日更何堪?墨亭笑道何辞责,但尚怪梁兄怄我言。松友笑云该万死,任凭拟我罪何端。惟贤弟责人太薄非君子,怎已过全然竟自瞒。若不是硬派庄君师弟分,何能引我二人言?将军道我言原确,自是庄兄故自谦。总算克诚承祖训,陶镕终仗尔才高。现在朝中尚有君高足,学问分明也一般。一定克诚曾受教,怎冤人硬派我何甘?墨亭笑道凭君说,我何幸门墙列此才?此事无关于紧要,笑君何必再三言。我欲问陶医究竟因何故,遇此良缘不愿联。彼且有心求快婿,我总虑名花他日委舆台。若吾兄一力承其事,可有良方悟彼怀?梅屿叹云诚不易,你既然畏见我尤嫌,他语言无味难投耳,面目堪憎怎对谈?悔我当初轻启口,妄将此举慨然耽。今朝竟把吾兄负,难践斯言弟实惭。御史叹云原莫测,我兄何必歉于怀。但忍看一对佳儿女,不为联成美满缘。笑谓梁兄曾执斧,一言旋合两家欢。伐柯何惜重施力,向良相门前一展才。松友笑言君尚畏,弟如见彼怎开言?劝杞人且歇忧天念,夜已将残露下寒。请效唐宗当日事,你二人共枕再兴谈。墨亭笑把林君唤:怎又忘情似那番?又累金钱灯下卜,盈盈秋水望应穿。梁兄莫再相留住,我与你就此携灯送彼还。松友含欢连应是,又几乎忘却妄留攀。将军笑道真胡闹,我有谁何念我来?岂似别人能体贴,藏愁强语报平安。自然日问金钱卜,怎免秋波望已穿。回唤秋轩应不谬,想令堂更有劝归函。秋轩带笑回言答:家母何常有此怀?枯守园林无乐处,本来常劝父寻山。况归期已定何须念,纵未定归期意岂悬。书到开缄公尽见,其中那更有私函。墨亭忙道原来是,内子何尝愿我还?倘归时又累鸡鸣常戒旦,更愁规过反蒙愆。言时众尽哄然笑,梅屿还观御史颜。他却从何来晓此,便梁君未必尽深谙。若言出自麻衣术,太觉欺人信不来。便使柳庄重出世，也何能察微辨隐者般颜。他那时微言示我深相佩，但谁识宜男侍女颜。不若请他为我择，莫枉许闲花野草抱衾堪。墨亭便问君何忆，何是胸中究未安？梅屿飘睛微一笑，低头更不作回言。梁公笑道何须说，既是他假意惺惺不肯还。童子已归告主母，屈留似觉亦相安。四人当下皆归寝，夜已沉沉四鼓残。次日三竿红日上，诸人方始起身来。又不容梅屿归家去，竟日留连共聚欢。已到重阳风景好，登高绝早上庐山。长天万里空濛色，岚气腾空众岭巅。万壑有声喧瀑布，朦胧远树尽含烟。渐看赤日云间出，照耀峰岚倍觉鲜。九叠屏风云锦列，龙眉五老笑开颜。梁公指谓庄风宪，君纵甘将我辈捐。看五老爱君情复至，时时相顾欲兴言。竟拚相弃君真忍，我料山灵亦歉怀。御史笑颜无语答，庐君与彼为深缘。看他定作山中客，又何知我却难能恋此山。各有因缘难强勉，叹梁君有心招隐显乎言。负他雅意余堪愧，况学到庐君也自难。梅屿呼兄原太忍，欲再寻此会待何年。叹山灵恨别如吾辈，相对凄然兴已阑。松友言君何又感，千金一刻此时闲。须索要相将鼓舞登临兴，过此回头更不堪。御史斜眉观显允，不禁黯黯亦伤怀。教人何忍轻相别，非我轻为唐突言。竟比闺中知己客，相怜相爱恁缠绵。有何语可将他慰，珍重千言总枉谈。恨尔尘缘难遽了，总来此别再逢难。叹人生岂堪轻易交朋友，相守谁能到百年。纵到百年终有别，又何须眷恋尽相怜。转为一笑呼梅屿，万事无常要达观。离别谁能无所感，但睹斯山色可开怀。君休败我斯时兴，我与你携手同登百丈崖。书至于斯难下笔，亦自感零星闺友散天涯。雁行大有知心客，偏则是死别生离再聚难。慧业生天难步武，徒劳梦想一年年。在生谁复能相守，地北天南怎遣怀。最是无情偏有恨，笑谈歌苦总无端。叹誉人过实何如毁，女伴相逢莫可言。聊借酒杯浇块垒，素心浪泻管城尖。一编入我知音手，空博他星眼垂青鉴我怀。两字达观原易易，只愁跳出此圈难。徒然看透人间世，肯放登场傀儡闲。石火光中聊碌碌，本来岂有入山缘。恨苍苍困我于巾帼，更不合时宜处世难。夙孽自如深似海，原亦合受天责罚敢求宽。前生既受霜毫累，应再以霜毫盖旧愆。但拙笔何能成妙作，仗诸君颂椒赋茗有高才。慨施点石成金术，闺阁方堪广布传。这前边惟是借题聊寓意，更无余暇写诸媛。须当历叙司花客，十七回中再叙来。

——《梦影缘》，大达图书供应社
民国十三年(1924)排印本

邱心如

邱心如，生年不详，卒年在1872年之后，江苏淮安人。父邱广业，举人，曾任凤阳县训导。心如幼精通文辞，十九岁嫁清河(今江苏淮安)张姓儒生，丈夫颇平庸。后丈夫去世，爱子夭折，姑舅以病亡，家境凄惨，乃回母家，设帐授徒，奉母至终。

笔生花(节选)

《笔生花》，四卷三十二回，七言联目，署"淮阴心如女史"著，清咸丰七年(1857)陈同勋《序》，同治壬申(1872)棠湖云腴女士《序》，商务印书馆排印本。《笔生花》一至五回作于未嫁时，于归后二十年又成十四回，回母家后始完稿。咸丰七年(1857)始刊刻行世。其表侄陈同勋作序称："今读余表姑母邱太夫人所著《笔生花》弹词一书。抱婕妤之奇才，成大家之《女诫》。计三十二回……姑母性至孝，借笔墨以娱北堂，非必沾沾以逞才为事也。"棠湖云腴女士在再版《序》中说："张母邱太夫人者，生本儒宗，世居枚里，学传卫铄，幼即能书。教秉宣文，老犹设帐。"

《笔生花》写明代正德年间(1506—1521)杭州府姜、文二姓男女婚姻离合的故事。杭州仁和县文上林，字杏圃，官翰林侍读学士。二子一女，幼子文炳，号少霞。妻兄姜近仁，号浑庵，妻莫氏，生幼女德华，号蕙英。上林妻归省老母，求德华为少霞配。时召选秀女，浙抚逼献秀女，德华为救老父前往，途中欲自尽，为狐仙所救，代之入京。德华男妆，改名峻壁，号小峰，进京赴试。少霞以德华负己，娶慕容纯娘。峻壁中解元，其父为浙抚诬陷下狱。后赴殿试，峻壁中状元，少霞中榜眼。少霞屡疑峻壁为德华改妆，多次试探未果，又闻妻纯娘失踪，遂又入赘沃家。正德帝亡，楚国文僭位，峻壁、少霞伪从之，而暗结文上林、王守仁、姜近仁等晓谕各省起兵伐楚，扶立兴献王登位。少霞总疑峻壁为德华，向姜母求证，姜母承认。事白，御赐德华与少霞完婚。后内宫妃嫔相争，几成大乱，少霞夫妇入京平定，德华以功受封为公主，子女各受封，姜、文两家衣锦荣归。

第十九回　慕神仙虔祈跨鹤　争快婿喜得乘龙
靖妖氛顺天践祚　颁圣典锡爵酬功

时逢令节又重阳，厌听秋声惹恨长。一阵阵，掠壁西风侵薄袂，一枝枝，宜人野菊恋余芳。云卷碧，叶翻黄，秋色犹存晚节香。赏芳辰，沽酒无资心悄悄；寻旧卷，编书有兴意洋洋。《笔生花》，前终十八今重续，剔银釭，漫爇兰膏再忖量。影疏疏，一穗灯花摇暗壁；明皎皎，半轮皓月透虚窗。诗怀最喜秋光洁，书兴犹宜寒夜长。我且是，揭去闲文归正传，前情叙续另开场。提明峻壁前差使，那兵丁，送信分头各处详。谢抚惊惶忙正备，夫人忐忑甚彷徨。求神佛，祷穹苍，但愿东床此举良。可恼年轻偏胆大，全然作事不思量。真造次，又荒唐，怕只怕，功不成时命已戕。害我絮才娇弱女，青春年少做孤孀。于归二载无生育，令彼终生怎主张？虽说雅娘生一子，襁褓儿，安能保得便无妨。纵教幼弱能成立，亦恐怕，庶子难于奉嫡娘。惟愿皇天垂佑庇，莫教我，娇花一朵折严霜。谢夫人，思思想想心如结，蹙损双蛾意自伤。赖有连奎勤劝慰，并与那，轻红慧婢一红妆。频解劝，话温凉，究竟何能放下肠。

更有二娇怜与惜，得知此信亦惊惶。虽然未得承恩泽，一向追陪情自长。倘若此行难遂志，可怜今世永分张。二姬终日担惊恐，也只得，耐性权居侍画堂。抚院忧心因国事，操兵积粟日提防。无暇顾问家庭事，举宅惶惶惊又忙。莫子本思归里去，胆小人，登程不敢恐兵荒。无何权住姑父署，亦有愁思一片肠。只得贻书安父母，就烦那，姜郎使者寄归乡。夫人亦寄春溶信，谕令他，权住家乡且匿藏。妹丈已经身涉险，高堂悬切日忧惶。汝当体谅双亲意，切不可，强出头来惹祸殃。且待一朝王事定，再行销假赴朝堂。此言领悉休轻忽，倒也是，明哲全身一妙方。谢夫人，一纸手书传便羽，付兵丁，盘川重赏带回乡。军人叩谢重登道，趱路程，电走星飞到浙江。先赴司空工部府，阍人引入递书章。姜侍郎，夫妻同在慈亲处，并及群芳众女郎。正侍太君同笑语，忽听报，小峰信至喜非常。工部接来忙拆看，不觉的，喜喜惊惊改面庞。喜的是，娇儿具此非凡志，赛过须眉男子行。若得匡扶王室定，吾家门第姓名香。留美誉，显鹰扬，裕后光前大有纲。漫道娇娃原女子，便作是，恁般男子亦非常。惊的是，恐他不克成其志，事废中途命必伤。那时节，一粒珠擎悲覆掌，膝前仍旧叹凄凉。老侍郎，手持书札思于此，不住的，皱着眉头又细详。姑媳座中齐启口，问道是：小峰信上怎行藏？前接音书甥已救，近来他，兄弟居官身可康？迩者谣言常听见，说什么，圣主龙飞国已亡。楚贼乘时为篡位，后金国号各传扬。未知此语真和假，一向牵挂甚挂肠。峻璧书中何所语，是真是假即知详。工部恐惊慈母意，不敢明言直道将。顺口回称无此事，孩儿近况甚安详。一边答话将身起，手执花笺便出堂。言称自去书回信，匆匆举步色凄凉。太君年老无详察，莫氏夫人亦未详。兰姨机警心知异，暗暗的，私扯纯娘及谢娘。二娇会意抽身起，一齐告退下华堂。移绣履，动珠裳，款款同行出看详。前厅不见姜公在，兰姨揣度去书房。相邀二位同前去，谢小姐，两片羞红罩粉庞。含笑低言奴不往，少不得，有何事故要知详。二娘心忆良人切，也不妨，你与姨娘去探将。说得纯娘无意思，迟迟款步慢洋洋。方才走下瑶阶砌，劈面前来老侍郎。燕氏迎前忙启问，少爷信上怎行藏？适见主人容色异，未知道，公子都中否与祥。少夫人等心悬念，故教贱妾探其详。姜公见说微含笑，答应之时步入堂。目视谢家娇小姐，袖中摸出子书章。

便道："峻璧手书在此，媳妇汝等自去看来，便知分晓。却不可告你太婆婆及婆婆知道，恐又添出他们许多空愁瞎虑。"

言讫将书付雪仙，佳人接取共观瞻。一知地覆天翻事，慕容纯，骇得登时变了颜。两颊梨花春失色，双痕柳叶翠消残。默默呆观难出语，迟迟暗叫假夫男：

"啊呀，我那贤妹啊，你好心雄胆大也。"

虽然神授梦南柯，究竟难知真与讹。习学刀枪时日浅，怎么就，恁般冒失掌兵戈？况兼何等娇柔质，那禁得，冒失冲锋受折磨。设有差池非小可，还只怕，功犹未捷命先无。那时撇我孤寒女，无靠无依将奈何。小姐苦心思及此，早不觉，盈盈泪欲滴秋波。佯擦目，半颦蛾，只得回头别处睃。虽然不是真夫妇，只为他，小峰相待忒情多。故使纯娘心倍切，倒觉得，金兰谱胜凤凰柯。不言慕女愁千叠，且说多娇一谢娥。看罢儿夫书一纸，不愁不喜意冲和。低低便向姜公道，此举由来是善图。大人放意休悬切，试观来，功成大约麦秋初。千金言讫微微笑，向尊前，告退回身便别过。纯娘也便相随去，话来不表两娇娥。

且说那送书人自姜府出来，便投文府交呈少霞之信。

文家母子悉其词，也觉忧心惊诧之。两个书生柔弱辈，怎将王室独扶持？尽忠报国虽然好，怕只怕，成败由来两不知。文夫人，当命长男修复信，交代那，来人带去赏川资。石良叩谢无消说，又行到，莫府之中去寄词。

送进莫公子家信，顺问谢公子现居何处，要去送交他的家信。莫公道："他本乡是住海宁，闻得他早晚就要到此，你把信留在我处，待我转交他罢，省得你又多绕路程。"

兵丁听说喜添花，叩别当时出莫家。依然又到司空府，要催回信复瑶华。工部相留停一夜，来日回书打发他。重赏盘川相谢去，难辞辛苦历风沙。慢提军士传家书，且说纯娘与谢娃。二美自知修撰信，不担心处亦忧嗟。絜才旷达还犹可，愁杀纯娘意似麻。蹙损蛾眉消翠黛，忧形粉颊退红霞。虽然幻影鸾凰侣，要晓得，无限关心姊妹花。为只为，峻璧看承情太重；愁只愁，变生不测隔天涯。那其间，撇我孑身谁看顾，这点点，襁褓之儿怎靠他？倘再有些差失处，岂不是，不明不白事全差。枉教具此冰霜操，弄得来，难辨清浑何处查？那佳人，万转千回心惋恻；终日里，自悲自怨暗嗟呀。谢家小姐观情态，暗笑佳人情太赊。只得婉言来慰谕，东君此举谅无差。天生才智非凡品，正应该，克尽臣忠报国家。待得太平王室定，那时候，封妻荫子正堪夸。欢正久，乐无涯，但请宽心不用嗟。若照恁般愁又急，还只怕，夫回汝已染黄沙。说得纯娘无话答，也只得，抒愁且弄小娃娃。时逢初夏清和月，日暖风轻景物佳。谢氏千金居绣阁，一个人，清闲细把道书查。芳心清似江心月，雅意空如镜里花。自觉一身谁似我？销除万念总无他。端详一会权抛卷，忽然间，一动心神暗自嗟：

"咳，我自出世知事以来，便看破红尘，潜心道术，不愿处此繁华之世，惟思归于缥缈之乡，方遂我一生志愿。近日虽悟得有些道理，但恨没个真人指引，这却怎处？"

想奴镇日处深闺，怎得真传作指挥？想当初，得道女仙殊不少；未知他，是何法术便升飞。嗟吁枉具超尘志，难向瑶池作侍随。谢小姐，良久沉吟低玉颈，忽然喜色上双眉。

呀，有了，闻得这里园内多有狐仙在内，虽然非类，总是一般修法，我何不去求教一番，看可得遇超凡出世的真筌妙术？但是那园门上锁，轻易不开，钥匙又在姨母房中，若去讨时，必又惊动多人同去，那仙家怎肯出现，指我迷津？这却奈何！

思思想想暗咨嗟，隔户呼环取盏茶。侍婢应声呈玉茗，忽闻窗外笑声哗。银蒜响，绣帘斜，步入风流一女娃。却是杜家娇小姐，叫声姊姊笑添花。絮才含笑抬身起，让座窗前靠碧纱。杜氏芳洲来动问，因何绣阁静无哗？二娘却往何方去，妹特诚来相约他。谢氏千金回不晓，想必在，西房抱领小娃娃。

“不知贤妹寻他作甚？”芳洲笑道：“其实也无甚大事，只因见此天色晴和，春光烂漫，欲约他同到花园内去散步一回，以消长昼耳。”

素知姊姊爱清闲，未敢轻将俗事缠。有兴不妨同一往，要晓得，古人秉烛尚留连。佳人闻语犹无答，又听丫环廊下言：

“小姐出来，二位姨太太同来了。”

妯娌闻言玉体抬，笑吟吟，搴帘步入众裙钗。纯娘随侍双姨后，柳氏怀中抱小孩。谢氏千金忙让坐，侍儿左右献茶来。乳娘抱去娇公子，几位闲谈共叙怀。杜芳洲，告与纯娘相约意，兰姨不禁叹声咳：

“咳，提起那花园来，自三小姐去后，我等只随侍太夫人去过两次。对景思人，总觉得不似当先有三小姐在家时高兴，不知是甚缘故。”

记得前春二月初，游园遇怪示风波。言言说得曾无谬，三小姐，果遇飞灾受折磨。究不知，到底是仙还是怪，为什么，前言颇验后偏讹？彼云小姐天星降，试观来，这句言词差不多。委实千金才貌绝，自然前世是仙娘。因此上，幽昙一现旋吹落，本来也，薄命红颜最坎坷。只是一桩奇幻绝,是这般,无踪无影费猜摩。想起令人真可惜,与我等,数载相亲一旦疏。梦兰言讫弹珠泪,柳氏也,闻言泣下拭秋波。妯娌二人同慨叹,只有个,纯娘暗笑展青娥。低素项,掩香罗,半抵朱唇现粉窝。燕氏姨娘回首见,停悲忙便问娇娥。

"呀,奇了。我等提起故人,不禁伤感泣下,你为甚恁般好笑啊?"

惺惺自古惜惺惺,你怎闻之笑不禁?说地纯娘无话答,推言为引小孩婴。含笑便道休多说,要去还须趁早行。钥匙收在夫人处,只愁不肯付开门。兰姨说笑奴能讨,包管夫人必允情。言罢之时来立起,座中几位共抬身。摇玉佩,曳湘裙,侍妾从之左右跟。绕径穿廊临正院,夫人却好坐中厅。清闲无事观稗史,在那里,背靠金交细细评。侍儿三五旁边立,华堂寂静悄无声。当时一众掀帘入,莫夫人,掩卷含欢笑问云:

"呀,汝等从何处同来?一个个恁般笑容可掬,莫是我孩儿京里又有信来了么?"

大人言讫笑容堆,燕梦兰,款款回言把手垂。不为少爷驰喜报,为的是,有桩事体恳慈帏。少夫人,欲看园内三春景,浼妾前来禀一回。乞付钥匙将锁启,贱妾们,片时随喜共相陪。兰姨说着花容笑,太太闻言亦展眉。

笑说道:"少夫人是像我一样喜静不喜动的人,那有此兴?只不过又是汝等高兴,掇哄假名罢了。"芳洲笑道:"委实是侄妇辈的意思,望乞夫人付与钥匙,略去即回。"夫人道:"既如此,不可使你官人知道。恐他告诉叔叔,又要埋怨我容纵你们。那园门除了太婆婆要去时,他从不许开的。怕里面有邪祟骇坏了人,不是当耍。"

芳洲小姐应声知,莫夫人,便令丫环取钥匙。再四叮咛须早返,大家答应共相辞。香风拂拂移莲瓣,笑语盈盈下玉墀。来到园门将锁启,双扉推进步迟迟。

众佳人进得园来,四围观览,真好一派明媚春光,芳菲景色也。

莫说道,久无人迹是荒园;行到处,风景宜人别有天。绕花棚,满架荼蘼香坠粉;行翠径,一围芍药正舒妍。花簇簇,草芊芊,日丽风和淑景鲜。众佳人,对此韶华心自乐;一处处,亭台馆榭慢留连。香泥软衬金莲稳,粉壁轻扶玉笋尖。谢氏千金深有意,新莺低啭问含烟:向闻此地多仙迹,未识停云在那边?可惜絮才缘分浅,几番过此未曾瞻。柳姨听说忙摇手,低道夫人勿乱言。自古仙凡须有隔,安能露相你当前?小姐笑云既如此,为什么,三妹当初得遇仙?一旦潜形无见处,岂不是,仙姑接迎上瑶天。一边闲论徐游玩,绕到了,封锁梅香伏影轩。燕氏年轻情好戏,慌忙笑对谢娘言:

"少夫人,你看这梅香伏影山房,便是仙家的住处了。闻说还是祖上封锁的,从不许人进去,究不知里面是几位仙家?系何模样?等我几时高兴时,同你去瞻仰瞻仰,见个世面,好做仙人。"柳姨啐道:"休得胡言乱语,快些走罢,我看你越大倒越发孩子气了。"

言完催促向前行,谢小姐,呆望轩中出了神。默默通诚伸素志,迟迟跪倒在芳尘。春尖双合深深拜,檀口轻开悄悄云:弟子絮才惭学浅,敢祈仙者指迷津。佳人拜倒低低祝,环佩无声不动裙。几位观之都好笑,旁边走过慕容纯。上前一把忙扶起,笑问夫人为甚情?探手袖中寻绣帕,代他衣上拂轻尘。柳姨便道休耽搁,日已衔山好转程。恐怕夫人为抱怨,又言我等太离经。众人点首同移步,侍妾相随路上行。出得园来仍上锁,齐来中院见夫人。钥匙交付收藏好,说说园中景物新。言论一回皆散去,词中单说谢千金。晚膳过时昏定毕，听得谯楼起二更。纯娘陪侍灯前话，絮才吩咐早安身。佳人告别归西室，谢小姐，亦卸残妆展绣衾。侍儿服侍安身睡，朱门静掩夜沉沉。

却说絮才小姐上得床来，哪能睡去？想后思前，细细的参悟超凡出世的玄门道理。

耳闻三鼓漏迢迢，方始朦胧入梦遥。恍惚身如离绣榻，抬头忽见一多娇。娇容逸态丰神异，道骨仙风品格超。手执拂尘飘翠羽，身衣道服曳冰绡。真个是，十分绰约花光逊；真个是，百样风流月影消。看去分明多面善，想来却又费推敲。佳人梦里心迷惑，忽想起，鼓瑟吹笙一俊豪。暗道儿夫真好戏，为何易服卸冠袍？多应国事今平定，故此归来兴致高。改换衣妆调弄我，一团儿气弄蹊跷。心疑想，又观瞧，果系姜郎不错毫。想到此间微带笑，慌忙诘问启樱桃：

“呀，恭喜相公，国事平定了么？是甚时归来？见过舅姑也未？怎生易此女妆？莫非欲效班衣彩戏，以博高堂一笑乎？”

一言失笑那仙姑，手动拂尘启口呼。叫道谢娘何恍惚，怎生认我作卿夫。虽然容貌多相像，要晓得，他姓姜来我姓胡。两字月仙为贱号，青城山里是吾居。潜心修炼年华久，近日已，九转丹成赴太虚。玉皇敕与西王母，瑶池随侍七香车。并与那，双成等辈同为伴，闲散逍遥乐有余。昨者娘娘传玉旨，说道是，司书尚缺一仙姝。命奴下界来寻察，要见个，聪慧佳人接引渠。昨往天台经此过，空中见汝叩吾庐。灵光透露根非浅，俗念消除意自如。因此上，特造香居来见汝，欲传大道授仙符。却不料，佳人爱欲犹然在，竟将我，师傅呼为比目鱼。仙府岂容鸾凤侣，有几个，刘纲夫妇许谐居？登彼岸，撇迷途，全在空明万念除。愧我今宵空下顾，且从别处另相图。言完一笑憨然态，拂袖回身转玉躯。此际絮才心恍悟，忙忙的，上前一把挽仙裾。倒身下拜开檀口，唐突无知恕我愚。

“仙姑请暂停云,容弟子谢絮才一言上告。”

久仰仙名幸识荆,敢祈开导暂留停。施雅教,指迷津,愿作仙姑门下人,乞念我,跨凤吹箫虽有伴,调琴鼓瑟实虚名。六根早已消除净,上界何为不许登?才适误呼祈见谅,实因尊貌似姜生。谢絮才,本来久悟玄门理,岂有流连欲海情。望乞上仙生悯恻,授之秘诀不忘恩。佳人伏地殷勤恳,大笑仙姑命起身。便叫一声贤弟子,既然愿拜我师尊。抬身不必多为礼,待我将,大旨今宵细细论。言罢含欢携翠袖,一同归坐剪明灯。先传养性修身术,又谕腾空缩地经。谢女虔诚拱手听,聪明性格易通灵。月姑授罢神仙术,耳听谯楼已四更。立起身来随作别,殷勤叮嘱谢千金:

“只此数言,便是仙家奥旨。汝可领会,切记切记。照此奉行,待三年后,吾再来度汝,登真出世便了。”

言讫回身启绮寮,乘风而起赴青霄。絮才小姐忙相送,跪倒香尘眼望遥。顷刻仙踪观不见,方才立起整鸾绡。花猫过屋抛檐瓦,惊醒佳人转柳腰。回思梦境多明白,不胜惊异暗推敲。自道今宵侥幸也,难得个,仙驾亲临授术高。从此潜心功用足,他年应可望升超。自古来,仙家原是凡人做,殊非是,仙种仙根旧有苗。思想之间惊亦喜,披衣坐起挂鲛绡。穿凤履,束鸾绦,款步离床把烛挑。草草正妆临宝镜,轻轻浣手益兰膏。金炉移向窗前案,沉速多添细细烧。叩谢仙师重下拜,春葱合掌倒柔腰。祷祝一番方立起,旁边端过一金交。归禅默对香炉坐,细运功夫不惮劳。耳听漏声催晓箭,春宵易逝又明朝。一轮旭日升东海,曙色临窗映绮寮。诸婢起身开绣户,一观此景最蹊跷。

一齐笑问道:“怎么,小姐今日起得恁早,倒梳洗过了?”

此刻东墙日未红,怎么竟,千金梳洗已从容?侍儿言讫相窥笑，谢小姐，慢慢抬身告女童：

“偶然早起一日，何足为奇？休得恁般失惊倒怪。”

说得诸人没话言，慌忙取茗奉妆前。乳娘怀抱霞郎至，笑说孩儿请母安。小姐应酬三五句，秀妻抱去小官官。纯娘少刻梳妆毕，到东房，问候夫人笑语谦。相邀同到高堂去，请安略伴老慈萱。家常闲话无多琐，谢小姐，自此求仙志更坚。澄净兰襟修本性，空明雅意悟真筌。除将定省无他事，止不过，静室焚香供月仙。仆妇侍儿私下笑，尽言小姐犯痴颠。未知所奉何神佛，似这等，终日烧香礼拜虔。谢府陪房诸仆妇，暗中便对二娘言：吾家小姐真奇怪，一旦何为更改迁？向者性情虽古板，也还说笑与寻欢。近来迂阔尤其甚，终日里，面壁浑如木偶然。若此痴痴防有病，还须解劝二三言。

“小姐生来古怪，我们未敢进言。二娘得便时，可解劝解劝方好。”

纯娘答应暗寻思，这一向，委实夫人宛若痴。莫非为念良人事，忧深虑切故如斯。

“不错呀，大约因此也。”

好笑他，前劝奴家不用忧。为什么，自家如此动深愁？这叫做，向人说话多明达，事到身来不自由。还说甚，看破红尘除俗障；还说甚，性耽仙佛习清修。到底是，少年性格心难定；有几个，绣户娇娃出世游？但是一桩浑不解，既这般，情牵锦瑟两心投，却缘何，鹊桥未许牛郎渡，仙岛无容阮子留？我到此间交一载，未见他，夫妻一夕共衾裯。姜郎虽则为坤道，伊却从来未识由。此理令人猜不透，是真实假费思筹。

“小姐呀，小姐。”

相思可惜是单思，知否良人亦女儿？是这般，终朝拜祷求神佛；还只怕，那人耳热在京师。佳人暗想心中笑，闲闲的，解劝千金进善词:夫人呀,为甚连朝减却欢?痴痴独坐闷恹恹。想因为念郎君故,这个也,不怪夫人心挂牵。妾昨灯前占一卦,六爻吉庆喜平安。谅无意外疏虞事,且把忧愁放放宽。小姐闻言微一笑,含糊答应女婵娟。香闺正在喁喁语,忽听丫环报事端:

“外面姑太太来了,请少奶奶们快去迎接。”

二娇听说把身抬,挽手同行款绣鞋。绕过雕栏来正院,已见那,夫人妯娌到厅堂。姨娘二位相随后,更有芳洲亦共偕。接入文家姑太太,各相问慰笑颜开。相陪同到高堂去,把一个,太老夫人喜满怀。问道女儿何事故,迄今三月未归来?夫人见母行常礼,答应萱堂把口开:只为纷烦家务冗,熽郎娘子又怀胎。不茶不饭浑如病,外孙是,到底年轻心尚孩。琐琐事情难管理,朝朝止晓坐书斋。女儿故此无闲空,事事皆须自处裁。近来媳妇稍轻可,方得个,归宁一探我慈怀。一边说话同相见,莫夫人,恭喜连称笑映腮。

“到底姑娘福气啊。”

年无四十待添孙,玉树芝兰庭砌生。等到五旬开寿宴,怕不是,诸孙绕膝辨难清。真可喜,亦堪欣,自是姑娘种福深。一壁言时忙让坐,文太太,含欢笑答嫂夫人:

“嫂嫂谬赞了。谅小妹怎及得兄嫂的福气。”

佳妇佳儿膝下齐,弄孙去岁喜含饴。吾家虽有双豚犬,比并贤郎怎及伊?才智无双忠且孝,实称盖世一英奇。不独是,金鳌独步三元占,还只怕,麟阁标名百世遗。

“正是,说笑说笑,倒忘了一桩正事。妹特为此来探问,哥哥可在家么?”

夫人答道在书房,可命丫环去请将。未识姑娘何事故,寻他有甚话商量?夫人听问犹无对,又听丫环报画廊:

“夫人,老爷陪着谢公子来了。”

侍儿通报一声扬，避去纯娘与杜娘。余者齐齐身立起，文夫人，芳心感触一凄凉。容惨淡，意评量，忆及闺娃暗自伤。

“咳，可怜我今日初会东床，爱女已不知何处埋香瘗玉也。”

一阵心酸暗暗嗟，早观那，侍儿揭起绣帘斜。当先引导姜工部，随入风流谢探花。翩翩体度端庄态，向诸人，一一相参礼数嘉。见过姨娘和寿母，姜侍郎，从旁指点启银牙。

“贤甥，这一位乃我之妹，系汝岳母。今日初逢，礼应一拜。”

春溶听说应声知，款步当前把礼施。文夫人，翠袖轻笼裣衽答；谢公子，凄然启口语迟迟：岳母呀，荷蒙不弃缔姻盟，不道中途起变更。万恶千刁奸佞贼，未识他，怎知令爱貌娉婷？施毒计，冒良姻，逼死三贞九烈人。可叹千金亡得苦，使人无处吊香灵。婿前回返家乡日，已筑起，半冢鸳鸯傍祖茔。今世未能偕伉俪，他年可冀共丘坟。也教不负千金意，为我寒门守节贞。谢生告罢凄凉色，姜夫人，闻言悲喜泪沾衿。叫声贤婿承佳意，小女幽魂自慰心。这件事，恨我一时无见识，可怜误杀女娇生。夫人言讫重挥涕，寿母旁边亦泪淋。当下春溶兄妹见，谢小姐，问声父母可安宁？探花答道双亲好，谕妹宽怀勿挂心。客岁妹夫驰信夫，欣知次室得麒麟。些须薄礼今携至，致贺新添小外甥。言罢呼环传话出，须臾仆从向前呈。四盘摆向中堂案，工部夫妻致谢深。寿母欢然来细看，小衣小帽摆层层。绫罗锦绣珍珠宝，四盒东西价不轻。偏是老人多有兴，命奴去抱小官人。远来母舅该参见，快些拜领外婆珍。侍儿答应慌忙去，此际堂前分主宾。各归座位香茶献，言谈套语叙寒温。奶娘怀抱娃娃至，相见春溶母舅尊。香士座中身立起，抬头观看小孩婴。但见那，年幼娃娃长得佳，眉清目秀美堪夸。面如满月溶溶白，腮若含花淡淡霞。见了生人微一笑，躲向那，奶娘身里把容遮。多才看罢霞郎貌，暗自惊疑暗自查：呀，奇也。此儿长得好精神，却缘何，眉目浑如文蔚君？虽然丰满婴儿状，细观神气有三分。这亦真为奇怪事，为什么，姜姓生儿像姓文？春溶思想微微笑，连赞甥儿福分深。佳品格，好丰神，异日堪知性必灵。正所谓，天上麒麟原有种，人间鸑鷟不虚名。姨夫妹丈家传学，祖父的，衣钵应传到外甥。谢君言罢容含笑，姜公是，连称过誉面生春。

“贤甥，休得恁般谬赞，老夫是最不喜谀言的。你倒是看他这相貌，可又些像你妹夫么？”

是儿生得面堪夸，一个个，尽道姿容似少霞。文炳为人吾所恶，行到处，恣情花柳恋如花。轻母族，误闺娃，岂可以，我的孙儿像了他？工部侍郎言讫笑，太夫人，含欢接口启银牙：

“啊孩儿，你这叫些什么言语！”

少霞虽则太无知，好端端，不别而行夜半驰。忘旧约，续新丝，种种行为原可嗤。但只是，既往不追从古说；喜得个，女孩复合凤凰枝。你和他，何必介怀还耿耿，万事应须看女儿。

“至于说灿生貌似少霞，自来世上人相像者颇多，这也何足为怪？”

幸喜孙儿性格优，这胡言，未知究竟是谁诌？假使小峰人古怪，还只怕，为此闲非闹不休。寿母之言犹未毕，文太太，含欢接口畤香喉：

“呀，母亲兄长不必说了，种种事原是逆子无知，怎怪吾兄嗔怪。妹特归来，是为一桩正事，与兄嫂商量，看是如何说法！”

姜公便问有何缘，文府夫人一一言。提到了，地覆天翻情一节；吓得个，太君姑媳变容颜。齐失色，共惊言，对着姜公究此原。工部时间眉紧皱，暗怪着，妹儿口快告慈萱。当时只得回言答，此事原来久了然。前日小峰驰信至，我因为，恐惊母意故相瞒。为因此事筹之久，其实也，无甚良谋但听天。若得个，扫灭妖氛存国祚；伊二人，奇勋独擅表凌烟。邀宠渥，庆团圆，不枉我，两姓清名世世传。假使未能成厥志，大明气数有更迁。那其间，二人尽节无非死；其实也，臣职应当理所然。不惟他，兄弟立朝该殉国；便是我，山林苟活亦羞颜。吾家世食皇朝禄，姜近仁，身列朝班二十年。

“岂有个目睹国亡而偷生于世者？惟念撇下老母在堂，无人侍奉，全忠则不能尽孝，以此为恨耳。”

姜公言讫色凄凄，姑媳三人泪满衣。樊太君，哽咽回头呼爱女；若不是，汝今到此直言提。

“我与汝嫂，尚在梦中。直待杀到此间，死在头上，方才晓得，岂不可笑。”

这本是，汝兄好意故瞒将；殊不知，为母从来志亦强。循礼节，慕贤良，若辈无须为我伤。得能够，父子尽忠全大义，吾家百代姓名香。做娘的，愿如滂母成儿志；岂效那，舐犊无知丧五常。亦况我，衰朽残年何所惜，何如殉国一齐亡。况曾叨沐皇封过，岂谓闺中义便忘？自古人生谁不死，有何瞻顾与彷徨。太君说着悲成笑，又问孩儿及女郎：

“汝兄妹二人以为此语如何？告诉你们，但凡人遭逢此等世界，止可鼓奋其气，视死如归，倒落得无忧无惧，百世流芳。倘若瞻顾彷徨，苟贪性命，便偷得一线余生，也不知要受若干惊恐、多少忧惶，还落了个万年遗臭也。”

老人侃侃一番云，子女双双俯首听。莫氏夫人挥痛泪，文家太太启朱唇：母亲慈训当承命，孩儿也，特地归来为此情。欲与母兄同一议，好将主见定三分。小峰兄弟勤王事，距此迢迢多路程。目下未知胜与负，传谣虽有岂能凭。思量遣个家人去，探听其中败与成。倘若我朝亡国祚，那时臣子岂偷生？全大义，表清名，玉石何妨一律焚。姜氏夫人言讫恸，为的那，情牵夫子一双人。存亡生死难猜料，事到其间不自禁。母子当时犹未语，春溶在侧欠身云：

“岳母之言不错，据小婿愚见，倒不消遣人探听，就请姨夫亲自一行为妥。”

与其这，不明不白死家园；倒不如，烈烈轰轰做一番。到军中，会合文兄与妹丈，大家勠力共除奸①。扶社稷，定江山，纵使身捐美誉传。姨丈大人如果去，愚甥亦愿侍征鞍。虽然萱室曾相戒，不许春溶赴北燕。叫我在家权躲避，勿将王事横相干。窃思国丧家何在，便作偷生也汗颜。亦且家君居北地，那堪父子两分残。本欲起身回父署，何妨一路侍清谈。谢家公子言方毕，宋孺人，接口开言把泪弹。

“啊呀，谢公子高论不差，叔叔可能一往否？”

想当初，令兄受托去京中，原叫他，照应年轻侄小峰。不道忽然遭大变，似这等，天翻地覆起兵戎。侄儿为国原应尔，他却由来怎与从？无智无谋无武艺，毛锥难于敌刀锋。诚可笑，又愚蒙，贤叔叔，若去之时劝令兄。嘱彼束装回故里，儒中书腐莫称雄。一言说得诸人笑，太夫人，便向孩儿道曲衷。

“啊，孩儿。谢郎此论颇是。汝可束装，来日起行，直诣兴王行在，顺便换汝兄回来便了。”

王室颠危在暮朝，束装速去勿辞劳。你因老母多瞻顾，我却是，强健无烦汝远焦。虽然告养年时久，这是你，为人疏懒故辞朝。试观那，古今为国亡身辈；难道说，尽是椿萱两并凋？当下姜公闻母语，连连答应欠身腰：

“母亲教训得是。孩儿奉命，明日即行便了。”

言完回首叫贤妻，命他们，快把行装整顿齐。早道不消多带物，只用那，一肩行李一包衣。夫人点首含悲应，拭啼痕，传谕双

---

① “勠”，原文作“戮”，据文义改。

双燕柳姨。二妾应声同款步，自去到，前堂检点不须提。谢郎当下相辞出，老侍郎，送出多才步共移。刚刚走下苔阶砌，忽见那，云楼入内步如飞。惊慌失色容颜改，气喘嘘嘘汗透衣。工部心惊方欲问，早观公子把言提。叫声叔父闻知否，今日里，地覆天翻祸不低。只恐合家难保命，快些逃避勿迟疑。侄儿适往黄堂府，为探哥哥是与非，彼亦未知成败事，但云保驾去京畿。正说之间传报至，说得是，江南省里动兵机。王公奉旨除奸佞，柏贼相持不伏低。多招亡命充兵将，掳掠民间无孑遗。数战未能分胜负，王公计诱立功奇。驱逐贼臣难立足，统率残兵拔战旗。蜂拥而来投浙省，烟尘滚滚阵云迷。出其不意无防备，骇杀诸官魂魄飞。但听那，百姓悲呼声震耳，端愁城破在须臾。这桩大祸如何处，还只怕，玉石无分一旦夷。贼与吾家多夙怨，此来正彼复仇期。须打点，勿迟疑，何处逃生避祸机？

“叔父呀，祸在须臾，快些打点，合家走避何方，以保姓命。要紧要紧。”

秀士言完泪下来，合家听此尽惊呆。太夫人，心如小鹿难开口，姑嫂齐齐乱了怀。更有如花诸少艾，一个个，浓霜罩上粉香腮。姜公叹气双靴顿，莫氏低头两泪揩。惊动合门男共妇，一时并集后庭阶。齐叫主人何法处，城门紧闭怎逃灾？侍郎传谕休惊恐，这也是，劫数天生运所该。贼兵果若攻城入，拼得我，一门尽节赴泉台。汝辈逃生随各便，我到其间顾不来。可痛我，七旬老母犹难保，况乎尔等众奴才。侍郎言讫悲声恸，一班儿，女眷吞声惨惨哀。仆妇侍儿同声泣，又听得，一声炮响震天来。合门惊倒无方法，走过多娇谢絮才。告禀尊前休恐惧，儿施小术避狼豺。合家包管全无恙，性命安能一霎埋。小姐言时微带笑，众人半信半疑猜。太君座上呼孙妇，笑汝无能一女孩，有甚妙方堪拒贼？不过是，哄吾大众暂宽怀。佳人正欲回言答，又听家人惊报来：

“啊呀，老爷不好了。听说贼兵放炮，打到了守城军士，已杀进城来了。”

家人传报一声扬，吓坏诸人愈着忙。耳听军声如鼎沸，侍郎立命取冠裳。夫人便问何方去？姜近仁，亦笑还嗔又惨伤。叫道夫人呆忒甚，难道我，独行避去撇萱堂？休诘问，勿凄惶，我自心中有主张。言讫飘然移步出，春溶随后下雕廊。合堂此际同声哭，又听家人报上堂：

“启上老爷得知，且慢惊恐。听说王督院的大兵也追杀入城，在那里擒捉贼子哩。”

家人报罢一番言，合宅人心暂略宽。继又惊天闻炮响，好像是，兵戈来至大门前。太君吓得巍巍颤，急唤佳人谢雪仙：

“汝才说有甚法术可以避祸，为甚还不施展施展？你听，贼兵好似到来了呀。”

谢娘含笑应声然，道是无妨事万安。本欲试为施小术，因听说，救兵已至故迟延。太婆既是多惊惧，且试今朝戏一番。言讫袖中除宝钏，凭空掷起转团团。霞光四射云烟布，瑞彩千条月影圆。渐起渐高腾上星，须臾合宅彩云漫。犹如锦帐悬空罩，又似金霓绕宅旋。此际众人惊又喜，齐齐呆看面朝天。春溶又喜还惊异，近前来，诘问同胞妹雪仙。

“啊，贤妹着戏法倒变得有趣，你几时学来的？可肯传授了愚兄么？”小姐笑道：“如此容易传人，倒不稀罕了。我是费了无限功夫始学成的。”

佳人言讫转柔腰，绣舄忙移步步娇。深恐长兄追底细，将身避入内房寮。众人此际皆无语，静听街头喊杀高。女眷同声惟念佛，但愿那，王公得胜灭凶枭。合堂敛息呆呆坐，直等到，日色西斜过竹梢。始听外边声少定，忽闻剥啄把门敲。大家听得浑惊骇,姜侍郎,传命家人出外瞧。少刻报称王督院,为观宅上有蹊跷,非云非雾祥光罩,故此亲来看一遭。工部闻言忙立起,内房走出谢多娇。低低念动仙传咒,玉手轻舒向外招。响亮一声金钏落,祥云瑞霭霎时消。燕氏前来亲拾起,反复端详仔细瞧。分毫不见希奇处,突然难解此根苗。想必他,佳人学得神仙术,故尔施为法力高。燕氏沉吟私纳罕,仍将宝钏付多娇。絮才接过笼纤腕,一个个,道怪称奇笑语嚣。不说画堂诸女眷,且言工部出庭寮。云楼香士同随后,恭迓王公向内邀。逊入大厅同见礼,各分宾主坐金交。佳人单膝呈香茗,姜侍郎,含笑开言欠欠腰。

"前闻年兄荣任两江,扫除妖孽。弟本欲趋辕奉贺,因忝属部民,未敢冒渎。今反蒙大驾先施,有失远迎,获罪多矣。请问年兄,那奸贼曾擒住否?"

先听奸臣窜入城,寒门合宅已无魂。虽为解组投簪士,岂作偷生负国人?准拟一门同就死,喜逢虎驾救星临。叨福泽,灭妖氛,活我枯鱼一郡民。留此余生瞻虎范,小弟是,应当泥首叩荣旌。侍郎言讫容含笑,督院殷勤亦欠身。叨沐圣恩当重任,愧无大略伏奸臣。至于贵省为惊扰,弟实无能负罪深。且幸贼臣今已获,此皆天子助威灵。怎如令嗣多雄略,冒死勤王振大伦。壮志千年昭日月,英明四海震雷霆。堪奇堪敬还堪贺,自是忠臣出德门。弟在军中才适见,潭衙瑞霭罩千层。金光闪烁疑回禄,故此亲来看一巡。到此谁知旋不见,想必是,忠臣呵护有神明。王公言罢其中故,工部惟将不敢称。豚犬无知承过誉,令人不觉汗颜增。扶社稷,佐朝廷,此乃为臣职所应。但愿云开重见日,圣朝复睹太平春。

当下二公言谈半刻,家人又奉上第二道香茗。王公因见姜谢二子侍坐一旁,遂问姜公:"此系府上何人?"近仁一一回答。王公深爱谢郎,好一个儒雅风流的佳士。

窃思吾,闺中爱女正芳年,未结乘鸾跨凤缘。此子断弦犹未续,我何不,系罗许附赤绳牵。两边门第原相称,女貌才郎绝少嫌。此刻匆匆难冒昧,消停挽托浑庵言。心中辗转微含笑,他话闲谈又半天。姜公想起重开口,问及贪官翟耀前。

“那厮自敝县调去,柏固修将他升了江宁首府,不知年兄曾将他拿住否?”

固修虽则是权奸,百凡事,助虐皆由翟耀前。莅任敝乡刚十载,生民涂炭不堪言。若将获住加刑典,亦使人心一快然。答道此人擒已久,因其资重满腰缠。

“死到临头,尚不将所剥民脂民膏抛弃,仍扛箱挟笼而行,想欲逃回故乡,稳稳做个陶朱富客。不道中途被我捕军撞着,并将其幕客家丁李梦周、钱是命等数十人一齐拿住,幸不曾走漏一名,此亦贪恶之报。”

王公道罢笑吟吟,大笑司空及二生。督院起身方作别,外面来了水清臣。参见守仁行大礼,恭禀军门谢罪云:只为日来沾重疾,不克亲来见大人。特差遣,卑府趋辕为请罪,也只因,一时无备贼攻城。出其不意难招架,失守之愆罪不轻。不是大人临鹤驾,合城玉石一时焚。言完传令参游守,跪满姜衙一大厅。当下王公齐命起,将言传谕水清臣:此皆本院疏防甚,致使妖氛扰此城。不必过谦多引罪,相烦代我候军门。各归职守勤公事,看好囚车要小心。本院今宵停一宿,来朝起马返江宁。不烦公馆多陈设,本院从来淡泊人。

“贵府可率领诸官,各回衙署理事,不消在此侍候。本院也作别主人,就回寓了。”

当下王公道罢词,府尊唯诺应声知。旁边转过姜工部,留款王公笑挽之:年兄呀,不弃蜗庐有亵尊,屈留一宿住寒门。廿年未得叨清教,竟夕何妨论素心。省却府尊多少事,又要去,安排公馆费经营。姜公言讫王公应，深谢殷勤过爱深。当下那，水公率领各官僚，告退王公又折腰。工部殷勤亲送出，互相谦逊两三遭。分队队，去滔滔，一片红云散彩旄。督抚随来诸将士，自有那，府尊安置服其劳。囚车奸贼抬归狱，分拨了，五百精兵看守牢。柏贼所携兵与将，亦多伤损亦多逃。其余大半皆归顺，拨入官兵勿细描。且说逆臣归府狱，一腔毒气贯云霄。心惨切，意萧条，切齿捶胸怨自高。

“咳，罢了罢了。一世称雄负气，不道收成如此。”

一生富贵赖浑家，妻舅提携官运佳。开府建牙真显耀，拥旄持节好荣华。只说是，泰山一座终身靠；却谁知，祸水旋来过眼花。到今朝，忽然被获成囚犯，令人怎得不嗟呀。更不知，夫人爱子归何处，骨肉分抛天一涯。还是被擒归禁狱，莫非久已丧黄沙？真可痛，实堪嗟，只怨生平作事差。按下逆臣心懊恼，且提宴客贵潭衙。

话说姜府中席设大厅，并呈水陆之盛，极尽待宾之礼。

但见那，堂开十二锦屏风，高卷珠帘瑞色浓。姜谢二生同侍席，家丁左右奉金钟。姜公本是贪杯客，深劝嘉宾督院公。酒过三巡肴五味，守仁搁盏笑融融。因思爱女婚姻事，款款开言告曲衷。姜兄呀，荷感高情惠爱长，有桩心事共君商。弟今有个闺中女，择婿多时愿未偿。敢托吾兄为执斧，代为遴选一东床。弟为居官多事冗，那有闲暇及女郎。只要英才能拔俗，郎如鹳雀也无妨。王公言讫姜公应，低首沉吟一忖量。乘着三分多酒意，笑携香士告衷肠：贤甥呀，吾家甥女失无踪，汝尚无婚中馈空。今日老夫重作伐，为君家，委禽王府作乘龙。真个是，冰清玉润称双绝；真个是，世好门高有旧风。料想尊翁无不愿，你何不，当筵一拜丈人峰？姜公说着呵呵笑，闹乱了，年少风流翰苑公。两片红云笼玉颊，低头暗暗论情衷：

“呀,此事如何区处?”

嗟我空遗玉镜台,良缘折散凤鸾谐。立心原欲书窗老,以报佳人尽节哀。怎奈堂前无次子,那堪香火使沉埋?少不得,议婚他族胶须续,以慰劬劳父母怀。姨丈所云诚不谬,王公名望实无偕。正人自必生贤女,料彼闺媄定美哉。此段良缘休错过,莫教好事使违乖。佯辗转,慢思裁,良久躬身把口开:姨夫呀,荷感高情代执柯,愚甥岂有反推磨?只愁薄福寒微子,有辱名门美俊娥。须禀家君方可允,未堪自主缔丝罗。料来父母无推托,蒙大人,不弃寒微愧感多。香士言完容带赤,姜侍郎,点头连道语无讹。言完回对王公语,尊意原来是若何?

“适承重托,为大人择此乘龙,未知可当尊意否?”

王公点首笑含春,道是吾兄实妙人。才适一言方奉托,蹇修不道立时成。但愁陋室荆钗女,有辱名家世胄英。既是令甥心不弃,何妨一语结朱陈。牵羊纳币诚虚套,言定须知两不更。工部闻言连道是,年兄与弟一般心。是那些,烦文琐琐真堪厌,朱子云,嫁女何求重聘金?言罢含欢身立起,座中扯过谢词林。

“贤甥可听见否?还不过来拜谢了丈人。”

一边说着笑憨憨,倒把个,香士其间难主专。晓得姨夫多醉意,拗他必定要行蛮。微带笑,半含惭,只得当筵拜泰山。督院见时忙立起,殷勤答礼揖双还。含欢扶住称贤婿,恕我无知为仰攀。香士低头惟默默,红云两片映芝颜。当时叔侄齐称贺,四个人,礼毕方才入席间。宴罢谯楼交一鼓,香茶献上略清谈。姜公吩咐家人等,铺设花厅把榻安。亲送王公安息去,方才作别转房间。醺醺醉意方思卧,偏偏又,来了诸亲各一班。

原来是文爆及吴瑞征,并几个至亲好友都来探候。

无奈支持强应酬,将言吩咐侄云楼:客来汝亦当回看,莫被人言礼不周。吾是从来疏懒惯,那将此,些些小事记心头。峻崟应命慌忙去，侍仆随从不暂留。先候二房贤婶母，又去到，吴家看望姊娇羞。数家走过方归府，早又是，漏点铜壶三下筹。宾客已经俱散去，姜公早入睡乡游。话来暂按千条事，提到夫人万斛愁。虽则将身归寝室，挑灯独坐皱眉头。心忐忑，泪频流，如醉如痴暗运筹：

“啊呀，我那惠英的儿呀，你怎恁般心粗胆大也。”

虽则更妆这几时，要晓得，真身究系俏花枝。真妄乱，忒无知，谁见勤王女出师？倚仗梦中神授术，我看来，此行难保不差池。更愁坦腹东床客，还只怕，摧折双双连理枝。倘若他，爱婿娇儿齐有失，令我这，半生孤苦竟何之？恨只恨，娇娃太煞人聪慧；倒不如，养个平常蠢女儿。反落得，无喜无惊无祸患，随时随分乐孜孜。莫夫人，越思越想心中苦，暗暗吞声泪若丝。仆妇侍儿都去睡，呆呆独坐漏声迟。半宵易过天光亮，早又见，日出扶桑映竹枝。床中惊起姜工部，笑问夫人怎似痴？难道一宵全未睡，呆呆坐到天明时？答言为女愁肠结，要托君家好护持。偏遇相公多中酒，故而坐待动愁思。劝君此去勤王事，切勿依然乐酒卮。自古糟丘能误事，恐防漏泄女儿词。姜公便道吾知晓，不用夫人挂远思。好看老亲承色笑，家中诸事善相持。一边说着衣冠整，唤起梅香共侍儿。取水到来梳洗毕，后堂别过老萱慈。翰林秀才同时集，历乱匆忙在一时。

一面相送督院起身，一面发行装上路。王公昨夜将获住贼臣之事已修成短折，遣差官同姜公一路而行，奏上兴王。贼子权寄江宁府狱，待事定后，送解入都，凭圣旨发落。

当时事毕各登程，轿马如云取次行。合郡官员齐集送，滔滔但听马蹄声。不言督院回衙署，要说司空及翰林。离了杭州登大路，急如星火讵容停。

一路探听兴王消息，驻跸何方，晓夜兼程而进。

戴月披星不惮劳，无分晓夜走滔滔。打听得，大兵驻扎高阳县，直诣军前仰羽旄。走过吊桥方勒马，已闻军士喊声高：

呀，来者何人？快通名姓。到此城中何干？

昨夜王爷纳晚凉，忽逢飞箭险遭伤。今朝元帅传军令，命吾们，内外森严着意防。你等何来须实说，不然侍候看刀枪。一壁言时来得快，一翻身，跃下高城百尺墙。但见他，举刀一晃耀明霞；吓坏了，工部司空及探花。正欲开言犹未语，那旁边，差官抢上恕容加。休罗唣，慢稽查，说出名来你认差。

“这一位乃是你元帅的父亲，王爷的岳丈。那一位名唤谢春溶，系去岁新点的探花，都是特来恭候圣安护驾的。我是江南王督院的折差。因拿住了逆臣，故结伴同来进本，奏知殿下。难道都是奸细不成？有这许多声势。”

差官告罢一番言，军士登时换笑颜。放下刀来垂了手，叩头请罪侍郎前。工部连称吾不怪，这系汝，职分应当理所然。军士平身方立起，令两个，兵丁引导进城垣。按言二位来参驾，提一提，捧日擎天小俊贤。

话说小峰文炳，自那日奉驾北行，一路进兵，势如破竹。虽有几处关津阻隔，亦被小峰智诱而平，并不曾损一兵一将。

一者是，圣朝相助有神明；二来是，峻璧奇才智术深。故此行来无不利，月余时，看看将抵北京城。这一朝，为因殿下沾微恙；因此上，驻跸高阳暂略停。千万雄兵城外扎，兴王驾歇县衙门。少霞父子相随侍，峻璧营中约众军。忽报侍郎姜某到，兴王听得甚欢欣。立传召见参王驾，步入司空及翰林。千岁三呼齐拜倒，小王传旨请平身。微带笑，半含春，挽住司空姜近仁。自娶贤妃今一载，孤犹未谒泰山尊。而今尚未登皇极，国礼森严且慢行。言讫回头呼看坐，姜侍郎，连称不敢谢王恩。无知小女承君宠，实令微臣愧不胜。但愿吾王千万岁，圣朝复见太平春。小王答道孤无德，全仗诸卿辅助成。可敬令郎真国器，不惟忠义且多能。非他卫难勤王事，明代江山一旦倾。异日寡人登九五，定当麟阁首标名。文卿名次居其右，一对忠良小俊英。工部闻言惟自逊，谢恩退步又回身。文公乔梓同相见，香士躬身拜丈人。杏圃时闻悲亦喜，殷勤答礼谢词林。心惨淡，意凄清，看彼风流貌出众，深痛东床初见面，可怜爱女已无形。恨杀那，千刁万恶奸徒子，碎我明珠一粒珍。且待事平君即位，定须为女表清名。思量不觉形凄惨，工部当时又进云。奏上守仁平贼事，携来折本代呈明。兴王览奏龙心悦，深赞能员王守仁。羽翼已除无所虑，管教克日复乾坤。文卿所荐诚无谬，从此江南一路平。自是孤家天赐福，艰难同济得良臣。少霞听说称惶愧，此乃吾王圣鉴明。当下兴王齐赐坐，君臣相会际风云。侍郎心念孩儿切，略坐辞君要出城。

于是兴王留下谢探花随侍，命少霞引导姜公一同前去。

当下那，舅甥辞驾出城墙，侍从相随下教场。一到营前齐勒马，姜公举目细端详。但见那，军伍威严杀气高，层层甲士列枪刀。中军大纛随风舞，一片旌旗映日招。鹿角排排围战幄，鱼鳞叠叠现征袍。居中一座莲花寨，肃静军威寂不嚣。工部见时心暗赞，不信我，老儒生此女英豪。那里是，吟椒咏絮闺中秀；真像个，捧日擎天辅国僚。如此兵威如此智，何愁不得定皇朝？真可喜，实堪骄，笑我多时枉自焦。想罢含欢忙下马，军政司，问明来历即飞跑。中军帐上分明报，姜峻璧，喜展春风柳叶梢。暗道严亲何至此，想必为，情牵儿女特来瞧。当下传令飞忙请，自己也，立即抽身整战袍。移步出来迎接父，忙忙的，抢行几步启樱桃：爹爹呀，自别慈颜三月余，家中人口谅安和？孩儿为国温凊失，乞恕无知不孝多。刻下行程天甚热，又累我，严亲挂念涉风波。一边说着相偕入，坐定香茶献一过。峻璧便呼诸侍仆，后营请到老贤书。

弟兄相见行常礼，各叙寒温久阔疏。小峰便向文君问：未知道，殿下今朝体可和？目下军粮俱调足，行兵怎好久蹉跎？少霞回说平和矣，大约明朝上路途。工部座中听此语，回头忙把长兄呼：大兄呀，嫂嫂传言命告之，叫兄速速整归期。巧值这，王公差使回南便；兄与他，合伴同行事正宜。省得家中多挂念，时时刻刻哭啼啼。侍郎言讫诸人笑，谈论多时日影移。御史告辞城内去，闲文一概且休提。

到了次日，兴王下了一道慰劳的谕旨，付差官带回。姜寿仁便作别众人，随伴回乡而去。

不说贤书返故乡，单言峻璧在营房。送归伯父无他事，走马城中见小王。请驾起行排队伍，三声大炮震穹苍。人影乱，马蹄忙，十万雄兵势莫当。离了高阳登大道，滔滔一直赴皇邦。秋毫不犯军威肃，浩气冲霄壮志长。所过城池从贼者，添兵守御拒兴王。赖他峻璧多谋略，更有诸军勇气扬。所向必克无难事，一处处，贼臣犯者尽摧亡。且行且战无多日，早已是，大队全军抵北邦。扎寨安营权歇息，顿军一日再登场。慢提此处天兵到，表一表，懵懂无知伪僭王。

话说那楚元方逆贼自篡位之后，自谓做了皇帝，是无所顾忌的了。遂终日沉湎酒色，不问政事，而性情更较向时横暴。如有告急文书到时，便大发雷霆，迁怒手下各官，责他们不善辅国：凡百事各尽所职，好自为之便了，何必恁般烦絮？你看历代的开国帝王，那一个不是手下功臣辅佐而成？寡人要汝辈若干官员何用？说得众贼一一顿口无言。若有犯之者，轻则鞭挞，重则斩首。

于是那，手下诸人口紧缄，朝朝勉强列朝班。乐得个，清闲且保须臾乐；那管他，外面兵临天地翻。也有的，见事不佳私遁去；也有的，含冤激怒自相残。是时殿下兵临阙，吓得人人心胆寒。只得入朝同告急，金銮殿，纷纷集满众官员。敲钟击鼓声声急，请驾临朝定主专。吓坏里边诸内侍，乱哄哄，一齐出外问情端：

“啊呀，外边怎么样了？”

一众奸臣着急呼：可晓得，明兵今日已临都。千军万马团团困，只怕我，举国臣民命要无。快请皇帝商大事，少迟城破更如何？合班文武同声说，骇杀宫官急转躯。

“啊呀，原来如此，待我等快去报来。”

一边喊着走如飞，直入深宫报是非。逆贼纳凉方饮酒，在那里，偎红倚翠拥嫔妃。烟生宝篆香风细，日映珠帘暑气微。正换巨觥斟美酒，忽见来，许多内侍报军机：

“啊呀，皇爷，了不得也。大队明兵杀临城下了。”

逆贼闻言吃一惊，正然欲问未开声。抬头又见廷辉到，失措彷徨急急云：

“啊呀，父皇，不好了。可听说兴王那厮，与那两个千刁万恶的负心奸贼，已领兵杀将来了。”

都怪爹爹主意无，平空信任两奸徒。封重爵，赐兵符，放虎归山遣出都。中他奸计添他势，到今朝，祸水反来把我图。更不知，兄长监军何处去，这桩事体更糊涂。快些想个良机策，免到临时性命无。

“啊呀，父皇快些出去。”

廷辉着急乱相催，气杀元方双竖眉。大叫一声朝后倒，当啷啷，手中掷下紫金杯。旁边吓坏人多少，一个个，带哭连呼叫半回。良久悠悠重醒转，裂眦切齿喊如雷：

“啊呀呀，气杀我也。”

恨杀奸徒姜小峰，怎生如此丧心胸。寡人待汝恩非薄，汝怎全无一点忠？巧语花言多诳骗，诱去了，禁兵十万反兴戎。元方怒骂声声恨，贼子旁边气直冲。

“父皇早知如此，何必当初。后悔已迟，不用说了。快请出去，商议正事要紧。”

嫔御同声劝伪皇，元方勉强下龙床。登御辇，出宫墙，宝扇双分列两行。一临前殿升龙座，众官员，舞蹈三呼共奏将。

“谨奏吾皇，事情已急，为何此刻临朝？”

明朝兵马已临城，难道皇爷尚未闻？还是守来还是战，请皇旨下好施行。元方当下犹无语，转过旁边费五伦。

“臣启陛下：九门提督贾世荣有万夫不当之勇，乃朝中第一上将，可将他拜为元帅，以敌明兵，必无疏失。谅那两个年少书生，有甚能处？不难制也。”

吾皇不必重担忧，管教明朝一旦休。楚贼闻言心大悦，立传相召到龙楼。世荣见驾三呼毕，座上元方降旨优。封他神武都元帅，领兵出敌保皇州。世荣领旨将恩谢，退出朝门不暂留。

点了一万禁兵，全身披挂，开了城门。一马冲出，直抵御营叫战。

明营内，蓝旗飞报主君知。姜小峰，立即抽身不暂迟。差遣先锋名石勇，领兵出敌决雌雄。将军奉命忙披挂，亮甲明盔勇气施。带领三千人与马，通名交手共相持。小峰督战辕门下，看见他，石勇行将力不支，回手壶中忙拔箭，弓弦拽满不参差。但见那，一箭飞来疾似风，刚刚射中敌人胸。世荣吃吓连忙躲，石勇乘间用力攻。右手护胸遭一箭，钢刀难举血流红。当时败下如飞去，石勇时间那肯容。抖擞精神飞赶去，那边的，贼兵一见拽满弓。纷纷乱箭如蝗至，石将军，不敢来追贾世荣。奸贼疾忙逃入去，城门紧闭不通风。无何缴令回营寨，峻璧无言蹙翠峰。传令大军权且退，单留下，三千士卒守营中。皇城高固攻非易，慢运良机可建功。令下众军齐后退，兴王不解甚心胸。忙差御史来详问，文炳忙来见小峰。传言殿下猜疑甚，未知何故退兵戎？小峰听言微含笑，只得详细告曲衷：

“弟因此城高峻坚固,若骤攻之,未必即破,且多耗兵力。不若使大军权退,养息数日。单留三千士卒在此,日日攻城叫战,待十日半月后,彼军见我兵无用,守御之心必懈,然后全军鼓奋,乘夜击之。攻其无备,破城必矣。”

当时告与此玄机,文御史,点首连称妙计奇。言罢告辞回复旨,兴王心内释狐疑。离城十里安营寨,养息全军且慢提。

要说那老国舅张鹤龄,自听得文姜诳了兵符出都之后,朝朝盼望,日日忧愁。今探知二人已奉了兴王,拥兵至阙,不胜欢喜,忙奏知太后太妃。二位娘娘大悦,随差国舅至御营见驾。

兴王召见话衷肠,国舅从头奏细详。圣母心中多喜慰,命臣致意告吾王:先皇崩驾无皇嗣,殿下登基嫡派当。入继自然遵汉制,如何典礼请裁量。孝宗否则依然绝,乞看同支一脉长。更请王爷移驾去,一同暂住老臣庄。一来军伍防惊恐,二者娘娘切念将。殿下闻言微笑答,事犹未定慢慌张。至于继统承基业,少不得,自有廷臣议礼彰。现在我朝基已失,谅孤家,如何敢拟定陶王?多承圣母垂慈爱,军伍居之倒不妨。奏上娘娘休挂念,且等待,事平迎接入宫墙。那时慢慢参慈驾,此际匆匆乞恕将。圣母宽心无过虑,老皇亲,孤言归达太娘娘。国公领旨辞王去,转奏娘娘不必详。且说贼臣遭箭后,臂伤深重闭城墙。传叫士卒严防守,且等伤平上战场。峻璧引兵为诱敌,无梯无炮亦无枪。绕城叫骂时攻打,一见那,敌箭飞来又躲将。城上守军观此景,随报与,世荣元帅及元方。篡臣知得哈哈笑,摆尾摇头自赞扬:

“如何?费卿之语不谬也。”

谅他柔弱两书生,岂是勤王定霸人。不过仗吾兵十万,摇旗建帜妄称能。些些军法犹无晓,无炮无梯击甚城?正所谓,谚语秀才为造反,三年管取不能成。真好笑,吃虚惊,似此何妨但放心。只等世荣痊愈后,领兵出战一朝平。管教个个都拿住,杀尽明朝君与臣。那其间，斩草除根何所虑；那其间，寡人一统锦乾坤。

“妙呀，这正是大明气数已绝，故他君臣自来送死，省得朕去寻他。”

贼臣说着喜孜孜，死到临头不自知。仍旧在宫多作乐，恣情酒色拥娇姿①。廷辉贼子尤其甚，真个是，弓冶相承肖父为。按下城中多玩怠，回文要表小峰词。连朝见彼军心懈，是夜安排不暂迟。

安置姜文二公与谢探花三人侍驾守营，点四名副将，一万雄兵防护。余者全军，驾起云梯火炮，分四门齐来攻击。

三军奉命不迟挨，火把灯球遍地来。峻璧自同文御史，督兵遥看立高台。但见那，呐喊如雷响震空；驾起了，云梯火炮一齐攻。人似蚁，马如蜂，潮涌而来各逞雄。里面贼人无准备，大家犹在梦魂中。声声惊起多慌乱，寻得刀来掉落弓。失措彷徨难抵敌，怎当他，明师奋勇势如龙。四门顷刻齐攻破，飞报奸徒贾世荣。伪帅箭疮犹未愈，闻言吓倒在床中。无何挣扎抽身起，上马提戈出敌戎。这时候，大队明兵俱已入，当头杀到石先锋。真厉害，好威风，倒海顷潮一涌冲。火把灯球明似昼，逢人便砍那相容。世荣虽是英雄将，右臂伤深力不充。冲突一回难抵敌，只得个，抽刀自刎落青骢。贼兵四散皆逃命，一片声，叫苦连天响应空。再说少霞和峻璧，一观城破喜无穷。慌忙策马同来到，下令诸军勿乱冲。无犯秋毫诸百姓，城门关闭几重重。一防外寇乘间至，二恐枭雄远遁踪。

当时令下各遵。又唤石将军密谕：“如此如此，速去叫内城，诱其开启。”

---

① “恣情”，原文作“姿情”，据文义改。

将军得令不留停，飞马前来紫禁城。高叫守城诸士卒，救兵已至速开门。守军听得忙相问，何处兵戈此刻临？答道两江柏总督，因闻小丑犯神京。带了合省人和马，连夜飞来保帝廷。适与他家同斗杀，明军覆没已全奔。君臣几个都拿下，特送临朝见圣人。守将城中听此语，夜间那辨假和真。忙落锁，急开门，石勇心欢突骑临。峻璧提兵随亦到，银枪舞动领全军。貔貅队队如飞入，喊杀连天袭了城。贼将贼兵难抵御，东奔西突要逃生。小峰立刻传军令，晓谕诸人不用惊。

“汝等本是大明兵将，因贼威胁而从。今天兵虽至，断不加害。宜各归队伍，无许乱窜，冲突我军。违者立擒斩首。”

中军传令喊声高，令字旗儿招两招。从贼诸人欢踊跃，一个个，咸遵皇化不奔逃。同声感谢声如沸，助力相随杀进朝。父子深宫惊好梦，直吓得，魂灵飞上九重霄。忙曳履，急披袍，要保残生没处跑。美妾娇姬齐痛哭，一堆儿，花枝惊颤尽魂销。众兵排闼登时到，一窝蜂，拿下爷儿捆缚牢。笑奸雄，数载威风今日倒。正所谓，冰山见日霎时消。

当下文姜二位传令校尉：一面搜清宫禁，打扫掖庭。凡贼之家属，尽数收执。一面出朝，搜拿奸党伪官，一齐押赴天牢，毋许漏网一名。

一令传时各自遵，分头四下去搜寻。先擒助虐钱惟宝，后及无知费五伦。更有江彬奸逆贼，并同王霸一齐擒。钱神到此难为力，金窟银山又属人。笑彼世间贪吝辈，黄金何处买长生？分明造化存天理，几见奸雄有后程。按下闲言归正传，当时事毕已天明。风习习，露零零，报晓金鸡四远鸣。峻璧少霞同料理，安排扈从接明君。绣旗队队云霞灿，宝扇行行日月分。烟霏金鼎天香远，日照黄罗御盖擎。大摆銮仪临御寨，弟兄接驾共偕行。相参殿下三呼毕，奏上朝中详细情。千岁当时心大悦，道一声，孤家天赐齐二英。全然不费分毫力，一夜功夫贼已平。智勇兼全今古鲜，我朝有福出忠臣。他时事定酬功日，麟阁标名首二卿。兄弟谢恩称不敢，于时起驾进皇城。黎民户户排香烛，万岁山呼一片声。殿下入宫权歇息，诸臣退出午朝门。寻其寓所为安置，琐琐烦言弗细云。

到了次日，兴王遣使相迎太后太妃，及武宗皇后一并入宫。奉慈诏，择五月望日登基即位。是日齐集百官，共行大礼，好不威仪整肃也。

但见那，君王驾坐太平朝，金殿风微燕雀高。丽日初临仙掌动，彩云凝傍御香飘。花迎剑佩星将落，柳拂旌旗露未消。宝扇双擎分左右，居中现出衮龙袍。百官朝贺山呼毕，文武分排列百僚。召对诸臣参典礼，改元嘉靖继皇祧。诏书布告传天下，正德时，放逐诸人召入朝。大赦罪囚停国税，悉除弊政免差徭。尊崇太后加封号，邵氏娘娘一体昭。事罢君皇提御笔，封官赐爵奖功劳。职名写罢鸿胪唱，第一勤王小俊豪。

"咨尔翰林修撰姜峻璧听旨。朕念汝冒死尽忠，勤王卫难，立中兴之大功，著补天之伟绩，今特加封忠义英烈一等侯之职，总理百揆，入阁兼提调天下兵马。赐丹书铁券，荣封五代。长子袭爵，妻封一品卫国夫人，卿祖父母父母悉同卿爵。钦此。"

鸿胪朗朗读将完，英烈侯爷上殿前。舞蹈山呼辞圣诏，荷承宸眷赐高官。微臣年幼难当职，辅国还宜别选贤。念微臣，父母桑榆无次子；求圣德，准其终养放归田。念微臣，甘为戏彩蓬门客，不羡荣华金殿仙。惟祝吾皇千万岁，圣朝永坐太平年。小峰奏罢连稽首，座上君皇慰谕言：

"姜卿所奏，虽欲忠孝两全，但只寡人不能容准。岂有个才适封官，旋即辞朝之理？"

至于说，父母堂前次子无，何妨迎养共临都。匡社稷，奉桑榆，共享荣华乐有余。至恐少年人不服，可知列国有甘罗。甘罗十二犹为相，卿较甘罗长几多。圣主言完容带笑，小峰只得谢恩波。山呼欲罢归班立，天子重提御笔书。宝墨挥来香馥馥，鸿胪接捧又高呼：

“咨尔右都御史文炳听旨。朕念汝赞襄有力，卫难通心，其功不亚姜卿。今敕为都察院掌院御史，外仍加封襄成武林伯之职。荣封三代，子荫中书，妻封一品夫人。卿父文上林扈从有功，特受太子少保、文渊阁大学士之职。卿母姜氏，敕封一品夫人。兄文爆，钦赐进士，一体殿试。各尽所职，毋辜朕意。钦此。”

鸿胪读罢御封章，文上林，父子三呼谢圣皇。叨沐厚恩予重职，为臣敢不效忠肠？但祈万岁山河固，从今后，王路咸遵化万方。父子谢恩方退出，宸衷当下又筹量：

“传旨百官，各加三级。敕授石勇京营提督，掌管禁兵。谢春溶翰林院侍讲，王守仁勒封忠靖侯，两江总督，世袭指挥。其子凤仪凤彩各仍旧职翰林学士，入京供职。其余扈从诸臣，各封赏有差。下诏十三省督抚，褒奖加级，放兵归伍，口粮加赠，以赏其为国勤劳。又特下诏山东巡抚谢涵，速赴楚省，奉迎圣母帝眷入都。又令三法司，速议定叛臣罪案，首逆凌迟，其余斩首。特提解柏固修入京，一并行刑。即着英烈侯会同法司监斩。”

一应大事议完时，文御史，又叩彤廷上奏词。昔者叛臣谋逆日，楚妃殉国赴阴司。不从伪爵为公主，其母同时并死之。义侠可嘉宜锡奖，以见我，圣朝仁德不偏私。朝廷闻奏依其请，又降纶音下玉墀：

“楚贵妃追赠义烈皇妃，择日于武宗先帝山陵祔葬。逆妻蓝氏，赠悯烈夫人，着其弟蓝章择地安葬，建坊以示旌典。”

诏下文君代谢皇，朝廷当下又评量。姜妃德貌言工备，到他时，正位昭阳自必良。而今典礼犹无议，且等待，圣母临都作主张。欲待今朝封外戚,又防物议重椒房。佯辗转,细平章,诏赐司空老侍郎。子既有功荣及父,进封公爵列朝纲。母封太郡加光宠,以见皇家雨露长。旨下姜公忙谢圣,三呼万岁祝无疆。暗思锡爵因儿女,倒使我,食禄无功意恐惶。叩彤庭,再四辞封君不准,无何只得受封章。谢恩已罢归班立,目视孩儿笑暗藏。不信老夫生此女,功名盖世胜儿郎。公然竹帛昭奇绩,竟使山河复故疆。荫子封妻恩眷重,光前裕后姓名香。若人生女能如此,弄瓦翻教胜弄璋。当下事完銮驾起,百官退出散朝行。但听那,一篇铿锵佩韵传,玉阶墀畔散千官。金鞍白马挨班去,袍袖轻携香案烟。按下闲人都不表,要提峻璧少霞缘。二人仍在当初寓,只因为,仓卒难寻宅第宽。是日朝回童仆接,一齐朝贺各欣然。厅前归坐同闲话,文相传教设绮筵。庆贺小峰兼致谢,小儿提挈赖周全。一杯水酒聊将意,各自开怀尽一欢。峻璧闻言惟逊谢,姑父过誉侄何安?表兄自是非常器,罄忠诚,岂赖扶持始占先。一向多承同助勖,侄犹未谢恕尤愆。正当谦逊华筵至,侍仆安排桌椅端。文相起身邀入坐,英烈侯,玉容红晕皱眉尖。佯带笑,强含欢,对着文公启口言:连日侄儿辛苦极,又当值此日炎炎。贱躯不适无思食,美酒佳肴实怕沾。荷感大人施盛设,不能把盏侍尊前。祈下谅,恕尤愆,告退尊前要去眠。言讫回身遂入后,恐他姑丈再多言。文公此际难相强,暗道孩儿语果然。莫不真身原是女,因此上,避嫌不肯与同筵?才见他,早间与父同餐膳,好好的,一霎何来疾病添?明是虚词推托语,这光景,其中实系有奇缘。真淑女,假奇男,亦似前朝花木兰。似这般,绝代闺娃今古鲜;怪不得,痴儿思慕意频烦。此时匆遽休提破,待后从容慢试探。

"是呀,且待迎接家眷来时,叫夫人细探消息,撮合此姻便了。难道舅兄好意思悔约不成?"

文公暗想笑容堆，当即相邀共举杯。郎舅二人双对面，少霞香士两边陪。风吹杯酒波纹细，日映帘栊鸟语来。知己同筵情自适，家人立后扇频挥。金浆玉露杯杯满，美馔珍肴色色堆。直饮到，花影移窗筵始散；早又是，姜公醉倒玉山颓。家人撤去残筵席，龙井香茶献一回。四位纳凉齐散坐，姜公醉后语多违。向前来，一把相携文御史，含笑微微展二眉：贤甥呀，万里鹏飞乐正优，却因何事皱眉头？可也知，物如易得终非美；可也知，事到难图必有由；可也知，修谨老成随处好；可也知，风流放诞更何求？劝贤甥，且寻道义文章乐，劝贤甥，莫惹风花雪月愁。要晓得，鲤跃龙门多变化；要晓得，鹊填银汉志须酬。琴瑟约，凤鸾俦，少不得，第一仙人许并头。言讫含欢称是否，不住的，点头摇首笑悠悠。少霞侍立低头笑，听得其言暗运筹。母舅所云深有意，分明峻璧实娇羞。

“呀，妙耶。这段良缘不绝望也。”

一向心中本动疑，猜他表弟即娇妻。因而讽语时相探，无奈分毫不露机。继后见他匡帝室，那一派，神情光景好威仪。

“看他那举动行为，轰轰烈烈，那一些儿像个深闺弱质、绮阁佳人？”

故把疑心久撇开，敬他忠义服他才。神机妙算人难及，足智多谋志孰偕？真像个，捧日擎天奇国士；那里是，吟香弄粉美裙钗。因使我，痴心撇去东洋海；那还思，复合温家玉镜台。殊不料，到底小峰原是女，笑吾一向太痴呆。雌雄莫辨浑如梦，难得个，母舅今朝说出来。

“是呀，据此为凭，就不怕他母舅将来抵赖了。”

侥幸儒生福分佳，果然良偶得名娃。迟迟花烛何妨碍，只要如心事不差。想到此间私得意，春风映满玉莲花。当时不便将言答，又听姜公叫少霞：

“啊,少霞。汝怎默默不言?想是兰台笔秃,懒赋催妆么?如此,老夫教你听着。”随朗诵道:

去年今日玉京游,第一仙人许状头。今日已成秦晋会,早教鸾凤下妆楼。念完又问诗佳否,汝可知,事大如天醉亦休。说得众人难忍笑,家童含笑各回头。姜公正欲重开口,屏风后,走出多才英烈侯。

原来小峰因见父亲多日戒饮,今日必致沉醉。恐醉后泄露机关,甚不放心,故潜来屏后,窃看如何光景,以便打诨哄父亲去睡。

一见那,父亲饮得醉糊涂,漏泄春光拍手呼。不觉芳心多着急,怨严亲,此时说破待何如?慌忙移步前来到,陪笑亲前用手扶。

“呀,爹爹今日又醉了。不要闹得酒泛上来呕吐,可请去房中睡了罢。”姜公道:“胡说,汝怎见吾醉来?”

言讫将儿玉手携,连呼峻璧笑微微。父亲为汝犹无室,欲为吾儿聘一妻。那佳人,有才有貌非下等;那佳人,名家望族不为低。我儿如若心中可,明日央媒便去提。言讫众人俱各笑,英侯暗拽父亲衣。

“啊,爹爹满口醉话,还说不醉。孩儿久经授室,爹爹昨已添孙,好好的怎说出这样话来?”姜公听了,点头大笑道:“哦,不错不错,是怪我醉得一时忘了,在此乱道。倒不要被谢贤甥听了,嗔怪说我咒他令妹。”

言罢抬身将手拱,近前来,深深作礼向春溶。身乱摆,眼迷朦,一绊几乎跌地中。幸得少霞飞步到,赶来扶住丈人峰。挽到椅中重坐下,姜公索茗润喉咙。家人答应忙斟上,峻璧亲身捧玉钟。一气饮完重又索,不住的,婆娑醉舞笑融融。接杯一晃香茶泼,烫得英侯玉手红。一角红袍俱着湿,姜公反责欠从容。众人此际难禁笑,笑倒旁边翰苑公。探花亦有三分酒,一声响,和身倚倒锦屏风。家人左右忙扶起，失笑文君叫谢兄。

“谢兄，谢兄。甚事恁般好笑？何苦跌这一交？今日想系家严敬客心诚，所以一席四人，倒有了两个醉翁，真也有趣。”

少霞说着笑吟吟，文相国，命作酸汤为解酲。奉上二人来饮讫，姜公告始觉少和平。上林便劝安眠去，命子相扶至后庭。峻璧起身亦告退，入来照应父安身。蚊虫拂去垂帷帐，吩咐家人语莫惊。文伯其时窗下坐，闲观字画且消停。因闻母舅方才语，触动相思又复生。谛视乔妆新相国，见他无语倚瑶屏。手持画扇轻轻弄，眉蹙春山浅浅颦。态度风流诚少匹，容光艳逸实无伦。声寂寂，意沉沉，微觉香腮半带嗔。暗思何故生烦恼，想因母舅适才云。恐防漏泄乔妆现，不愿于归文尉君。幸得军功颁铁券，耻从夫爵鼓瑶琴。佳人若果心如此，这段良缘难合成。枉我多时空眷恋，东床入选负虚名。思量至此心凄感，再把英侯仔细评。正欲将言为试探，推帘走到谢词林。哈哈大笑匆匆步，惊起文姜各起迎。香士笑携文御史，吾兄何事闷沉沉？适才弟在帘中见，你二位，寂寂无言各出神。还是愁烦因国事，莫非口角为闲情？兄知妹丈迂拘性，何必同他认甚真。说得英侯方失笑，少霞亦笑答言云：

“吾兄又来取笑了，弟因贪此处凉爽，故少坐片时，有甚心烦？几时口角？笑你无端捏造谣言。”

一壁言时立起来，相携同步出幽斋。因他香士多沉醉，恐彼胡言出语歪。惹得小峰翻了脸，又像那，去年大脑费安排。当时共至前堂去，侍坐文公伴父谈。闲话一回天色晚，各人膳后略迟挨。春溶入寝归房去，文相爷儿一室偕。闲话灯前权坐下，上林对子笑言开：

“孩儿，你可听见母舅醉后那一派言语么？”

句句机锋话暗藏，实然峻璧系乔妆。莺燕侣，凤鸾行，许你仙郎卜七襄。莫道糊涂多醉话，分明责汝太颠狂。轻母族，背高堂，到处吹箫引凤凰。这如今，桃李虽然皆散落；究竟你，薄情放诞过荒唐。

“呀，正是，纯娘虽杳，沃女犹存，异日同归，作何相处？这却可虑。”

据汝说，沃氏为人手段凶，他年共处怎和同？惠英亦是非常女，看他那，言语刚明气概雄。半点毫无闺阁态，这一向，轰轰烈烈好威风。

“呀，正是。汝看那神色，岂是个女子？我到底有些不信。”

亦可惊来亦可疑，若说他，果然是女古今稀。虽然汝舅微言露，倒不要，醉后糊涂信口提。相国当时言讫笑，文御史，皱眉半晌语低低：

“爹爹，据孩儿看来，错是一些不错。小峰实是乔妆。但只是这段婚姻，若要复合，却不容易。”文公道：“汝怎见得？母舅已当面许你，速赋催妆，难道将来又复抵赖不成？这个倒不怕他。”

纵然汝舅性情乖，孩儿你，久下温家玉镜台。六礼三媒多有证，岂怕他，支吾图赖总推开。而今且自含糊过，且等待，接眷临都汝母来。细探此情虚与实，那时斟酌再安排。

“孩儿，你道此言是否？”

果真表弟是闺娃，这一桩，易服欺君罪恐加。纵使勤王功盖世，要晓得，朝廷国法未容差。倘若教，乔妆败露天心怒；岂不是，惹祸无端害了他？

“此事我儿只可缓缓图之，不可造次也。”

御史当时听父言，唯唯答应锁眉尖。挑灯不语呆呆坐，文相相催始去眠。父子双双皆入寝，一宵无话讲明天。五更各起趋丹陛，朝罢归来日未偏。英烈侯爷思母切，将言告禀老椿前。修书遣使迎家眷，免得慈怀远挂牵。一切田园家产事，浼托他，诚斋堂伯代操权。二房伯母同迎至，以便那，次姊来京会继萱。禀启修成呈父阅，忽然想起又开言：爹爹呀，今朝接眷共临都，那花姨，囚禁旋看一载余,可好从轻为发落?请爹爹,传言释放出幽居。或来或往随其便,本来也,大布恩纶赦罪徒。好教那,长姊心安稍自慰,娘儿感激父恩多。英烈君侯言此意,老姜公,摇首连连把子呼:

"嗯,孩儿你又来多事了。好端端提那贱人做甚。"

妖姬罪恶一条条,提起吾心烈焰烧。岂可从宽为释放,我儿你,切休多管舌多饶。英侯听此难开口,秋水微含蹙翠梢。只为生来殊义重,关心念切姊同胞。夫家已是多烦恼,母氏何堪又禁牢?合宅在时还看顾,这一来,可怜骨肉各分抛。鸿飞雁落相违远,水阔山高阻隔遥。次姊及吾皆贵显,独他遭遇叹萧条。其翁尴尬无怜意,恶妾行为太也刁。可惜耀英贤姊姊,看他那,丰姿憔悴兴全消。云山迢递难相顾,倒不要,从此分飞骨肉凋。想到其间容惨淡,竟不觉,盈盈泪下滴红袍。姜公正欲将言说,文御史,父子同来入绮寮。见此神情皆诧异,上林启口问根苗。姜公回说非他故,伊为他,生母缘由故动焦。今日成名身贵显,未能诰赠报劬劳。少霞闻语心中笑,文相将言故作调:

"请问舅兄,令郎既是庶出,未知这位如夫人现在何处?从来母随子贵,便奏知圣上,请一付封诰也不为难事呀!"

上林用意故推敲,此际姜公把首摇。嬖幸何堪邀圣典,况乎紫玉久烟销。此情提起吾犹愧,只为无儿蓄阿娇。现已相传成话柄,何堪扬布到中朝。姜公言讫微微笑,忍笑勤王美俊豪。暗道父亲言得好,免得人,时时疑我改妆乔。文公当下难重问,闲话支开不再挑。听得姜公迎眷属,将言便乃告儿曹:遣人一起相同去,寄封书,告慰家人免远焦。

"命汝母及汝兄嫂与姜衙宅眷,合伴同来京邸。家中门户及一切田园产业等事,俱交与妥当家人并族中谨厚者,代为管理。"

少霞应命去修笺,各遣家丁返故园。郎舅当时同计议,要寻第宅莫耽延。正言此语闻通报，一道恩纶下九天。父子四人忙跪接，内官捧旨读皇宣：

"奉天承运皇帝，诏曰：兹尔英烈侯姜峻璧，襄成伯文炳，二人卫难有功，今将籍没楚贼之第宅即赐姜卿，改为英烈侯府。王霸之宅即赐文卿，改为襄成伯府。以见朕奖功之意。钦此。"

读罢皇恩宠锡章，双父子，三呼万岁谢恩光。到明朝，金阶共叩圣恩长。各供所职勤王事，要晓得，国难初平诸务忙。事毕归来时过午，中膳后，各人商议要搬房。

各命家人，唤了工匠，将那两所甲第改换门庭，更易匾额。其余内中高堂广厦华丽已极，各仍其旧，不烦修饰。那楚宅内夫人之柩，早有人移去寄庵，以待其弟来领。此是后话，按下慢提。

两府第，不消三日已完工，料理迁居喜气浓。只有少霞多不乐，不言不语锁眉峰。因他表弟迁居去，不得朝朝会玉容。一段幽情怜宋玉，满怀别恨恼文通。不提纳闷襄成伯，且说多才姜小峰。忽然想起宜春馆，停着那，空棺一具久尘封。此时国定奸雄灭，这个是，不怕谁来图诈侬。

因唤进那看会馆的老儿，告知缘故。赏他抬去，做了寿器。那老儿好不欢喜，叩谢而去。

料理完时各起身，文公携手谢词林。叫声贤婿同吾去，省得清清独一人。小女虽亡亲自在，切休见外莫疏情。探花答应称多感，叨沐高情见爱深。言讫大家齐作别，仪从拥护各登程。锦驼各载移家具，无非是，香谱茶经剑与琴。两姓迁居安顿好，一时仆从集如云。趋炎附势人人似，幕友长随荐不清。贺礼如山门似市，举朝那个不趋承。十天以后聊清静，且说风流文蔚君。自与小峰分宅住，十分惆怅意难平。终朝郁郁心无乐，三伏炎炎闷更深。虽有春溶同作伴，幽情怎好诉他人？长吁短叹三餐减，潦倒恹恹二竖侵。上林忙令延医士，姜公知得自登门。良言安慰风流客,相劝宽怀保重身。御史得言心少慰,强寻欢笑始安宁。三伏完时交七月,说到行刑斩犯人。

话说柏贼一案,已经送解入都。三法司判定罪案,择了七月初五,请旨合同监官英烈侯,提出刑部牢中。一干人犯,卸了刑具,绳穿索绑,押赴市曹而去。

午时一到就开刀,这时候,奸党诸人魂魄消。刽子行刑齐动手,鱼鳞碎剐老凶枭。其余从犯俱皆斩,大炮三声透九霄。撤去兵围时过午,英侯复命进皇朝。朝廷召对谈他政,辞出之时日已消。京邸无词休细说,要提起,谢涵奉旨不辞劳。

话说山东巡抚谢涵,自那日接了天子手诏,令其迎接帝眷入都。奉了旨意,不敢耽搁,连夜起身,直赴武昌,奉迎圣母姜妃。请了懿旨,择其吉日,会同王府内官长史等,一共护驾登程,直向北京进发。

水宿风餐不暂留,这一天,娘娘桂楫抵通州。姜妃膝下相随侍,色笑承欢乐正优。忽听外舱中使语,说道是,王爷今已坐龙楼。承继孝宗传帝业,可惜我,兴府从今后嗣休。今接太妃临帝阙,参太后,定须臣礼祝千秋。外舱中,中官几个同闲话,惊动娘娘问事由:

“呀,汝等所云甚话?可速奏知,勿得隐昧。”

几个中官进内舱,叩头一一奏端详。王爷入继方登位,不得尊崇嫡父娘。奴婢们,听得外边人各讲;说什么,一如汉制定陶王。本生不许加尊号,闻得说,太后临朝做主张。内使之言犹未毕,龙床呆了太娘娘。心恚忿,意凄凉,跌跌金莲怒气扬。吆喝内官宣谢某,待吾亲自问其详。内官奉旨飞忙召,隔着官舟就喊将:

“钦差谢大人何在?太娘娘召你,有话问哩。”

中官高叫一声传,抚院心惊急过船。上得龙舟忙俯伏,奏名侯旨隔珠帘。

“请问娘娘，呼召微臣何事？”

娘娘降旨说无他，只因为，有句言语要细查。闻说吾儿今即位，继于太后主邦家。尊崇圣母原应尔，灭我生身礼却差。

“啊，谢卿，汝可从直告我，不许有一句虚言，吾自有道理。”

当下那，谢涵听旨甚心惊，不敢虚言直奏明。皇上是，虽考孝宗承帝统，少不得，本生父母一般尊。娘娘保重休烦恼，且到京都再处分。抚院揍完重叩首，娘娘传旨赐平身。

“谢卿平身，这个不干你事。”

可恼朝中各大员，如何议礼恁般偏？竟将我子为人子，绝我宗支实可怜。主上既然无父母，我今不去到幽燕。仍回楚省藩王府，我只当，今世无曾产此男。自是天生多福薄，应该绝嗣断香烟。娘娘言讫号咷哭，倒把个，抚院惊呆没主专。再四相求全不听，无如退去过官船。

吩咐榜人，暂为停泊。等太妃息怒再行。榜人奉命，一棒金锣，三番细乐，旋将各号大船挨傍龙舟，一排儿泊定。

且说娘娘蒋太妃，一腔恚忿动悲啼。将身卧倒罗帏里，立命回船不肯依。姜氏娘娘无可奈，床前跪劝语低低：圣母呀，暂且宽心请止哀，遣人请旨去京台。姑看主上如何说，少不得，有个调停善处裁。珍重尊躯休气恼，莫教贵体欠和谐。姜娘娘，再三婉转殷勤劝，太王妃，始把眉心略渐开。传旨内官达此意，谢公修折奏天阶。慢言快马如飞去，提到龙心正自猜。

话说天子天性最孝，自别母妃之后，甚是挂怀。因此即位之初，随即遣使奉迎。今见久不到京，更加忧虑。未知何故，正欲遣官前来相探。

龙心正是甚忧煎，却好那，谢某书来奏九天。圣主览知愁更急，御容惨淡泪将涟。立召诸臣同计议，何方上慰母心安？若教骨肉违天性，寡人也，不愿为君愿退藩。天子言完挥痛泪，廷臣不语但呆观。旁边转过文丞相，俯伏三呼奏圣颜：

“臣文渊阁大学士文上林谨奏陛下。前日皇上即位之初，诸大礼已经议定。承继孝宗，相传正统。今若尊崇本生父母，诚恐于典礼不合，为后世所讥。惟请陛下取法前朝，昔宋代大儒所议，最得义理之正，采而行之，自无偏颇之误焉。”

文公奏罢伏金阶，明天子，色变无言半晌呆。良久忽然悲恸哭，不胜烦恼集怀来。诸臣此际浑惊骇，直吓得，有话难言口不开。英烈侯爷天性孝，一见了，恁般光景触其怀。竟不觉，凄凉色现莲花面，香泪双垂红粉腮。款步出班来见驾，再三恳切请停哀。君皇良久悲方止，谕诸臣，退去明朝再处裁。拂袖回宫銮驾起，众官也，纷纷退出散天街。

不说百官散去，单言天子回宫，直向张太后宫中相参慈驾。

奏知一切细端详，愿就藩封转武昌。太后娘娘心自骇，好言再四慰君皇。已成大礼难更易，且待从容善作商。天子默然辞退出，回到那，乾清宫里卧龙床。心惨淡，意凄凉，是日的，御膳呈来也不尝。内侍宫娥难解劝，惧天威，心惊胆战好彷徨。次早纶音传谕出，命诸官，免朝不必集朝堂。从来以孝治天下，大舜躬耕万古扬。愧朕不能安一母，有何乐处枉为皇。情愿退藩恭奉养，望诸卿，另议嗣君别选良。帝室宗支殊不少，岂无贤者握乾纲。玉音一下诸臣骇，个个惊疑没主张。欲待入朝行劝谏，无奈是，君皇不出卧宫房。齐骇异，共惊慌，且说多才文与姜。有话难云无理会，只得个，上书请旨太娘娘。

张太后览奏，亦无良策。欲待另立嗣君，又恐为诸大臣所扼，只得降懿旨，慰谕君皇。宣告中外，命尊兴献王为本生皇考恭穆献皇帝，另立世庙祀之。兴献太王妃为本生圣母章皇太后。

懿旨传时圣主欢，方才进膳整龙冠。直诣上宫参太后，恭谢慈恩大度宽。太后虽然心不悦，无何勉强假周旋。君皇略坐相辞出，次早临朝集百官。遣使通州迎母后，达知详细此中缘。未知那，朝廷宫眷何时至，我却是，十九回中书要完。纸短言长容再续，看官不厌下回观。嗟予忙里偷闲笔，一本词成已一年。

——《笔生花》，中州古籍出版社 1984 年版

孙德英

孙德英，号凌云仙子，浙江归安（今属湖州）人。关于其生平，其嫂钮如媛在《序》中说："姑字德英，别号凌云仙子。余孙氏籍趾东浙归安世族，阿翁游幕西江，受聘浔关，依寓于此，迄今三十年矣。窃思余于归之年，姑尚垂髫，时即不肆嬉游，而好书好静，天资明敏，迥与人异。每于针黹之暇，手不释卷，凡经史诸子，以及异书杂传，无不博览记诵。闭谈远近故事，终始靡遗，听者皆无倦色。……其欲奉亲终老，不愿适字之意，虽未明言，余于词章谈论中早窥测焉。翁姑莫悉其志，每为议及婚嫁，姑惟怏怏不乐。""于是劝责兼施，开导百端，卒莫能易。不得已，允遂其志。"母死之后，"姑悲号泣血，恸不欲生。余夫妇多方劝慰，忧伤稍解。自此幽居斗室，屏绝人事，或诵《金刚》而参悟，或书往事而编纂……自癸亥至戊辰，春秋六度，所著《金鱼缘》全部告成出示"。据此可知，孙德英原籍归安，随父宦游江西，少即博览群书，不愿出嫁，母死之后，幽居斗室，潜心创作，从同治二年（1863）至同治七年（1868），几易寒暑，完成了《绘图金鱼缘》的写作。

绘图金鱼缘（节选）

《绘图金鱼缘》，二十卷二百四十目，孙德英撰，清同治十年（1871）吴小娥、钮如媛《序》，光绪癸卯（1903）上海书局石印，巾箱本十册。

书写女扮男妆的竺云屏(闺名钱淑容)的故事。宋理宗时,首相钱文清,有二子一女:长子芳林,娶舅父冯亭女云鸾;次子景春,以紫金鱼佩聘英烈王秦少伯次女梦娥。女淑容,许外甥梅兰雪。兰雪以状元授翰林修撰,芳林以榜眼授编修。文清致仕,钟良信继为相,时单于来犯,遂以私隙保奏兰雪为征西元帅、芳林为随军参谋,意欲陷之。不料兰雪出兵获胜,良信又造伪书,诬奏文清与秦少伯、冯亭阴谋篡位,理宗收三家下狱。秦梦娥男妆逃脱,自称甄梦莲,因救民女章锦书而遇辅国将军文圃,文圃以女许梦莲,梦莲以钱家聘物紫金鱼佩为聘。钱家遭抄,景春在外学仙术得脱,淑容被土霸封若金乘乱抢走,封妻水氏暗使淑容男妆逃走,伪称已投水自杀。淑容遇致仕巡抚竺裕祖,被收为义子,改名竺凤瑞,字云屏。未几,云屏中解元,娶左副都御史李荣章女玉娥。玉娥知其为女,立誓终身为假夫妇。云屏上京赴试,中状元,为太子师。梦莲因剿匪封定山侯,景春逃亡遇难,得罗女仙芝相救,遂结为夫妇。

钟良信勾结河南盗阴逢龙,谋夺帝位,奏请斩钱、冯、秦三家,为竺云屏力阻。良信通盗事被云屏所知,遂据以定案,良信处死,钱、冯、秦三家出狱,文清复为相。云屏升刑部尚书,梦娥复名改妆,封定山女侯。皇后召见梦娥,认为义女,封升平公主。兰雪与芳林驻雁门关,单于又以晏灵钰女英珠为先锋来犯,景春受命救援,生擒英珠,单于降。兰雪以淑容已真死,誓不复娶。云屏托芳林兄弟为媒,以妹素瑛许婚。景春亦与梦娥、锦书、仙芝成亲。玉娥、素瑛遇水氏,始知淑容未死。文清、兰雪疑云屏即淑容,乃请皇后作主。皇后赐云屏宫女,云屏不辞,理宗遂不许人怀疑。后云屏知生母念女成病,遂与父母及兄弟相认,得叙天伦之乐。后云屏与玉娥退居西湖终老。

卷十三

诗曰:一番妙计竟成空,宿债难忘苦隐衷。雁杳鱼沉悲淑女,鸾飞凤散怨天公。齐眉来结前生约,比翼何能今世同。不是仙翁亲点悟,韶光只恐负英雄。

仲夏收篇季夏临,迁延一月废词文。看官必谓余疏懒,要晓得,养静人妨过用心。念佛念经为本务,修行修性炼原神。连枝重义全初志,慈父天恩悯下情。自愿一生为隐迹,喜来事事得如心。幽轩新建诚无俗,小院清闲信绝尘。花下不开迎客径,窗前惟设待风琴。娱心爱把书千卷,快意难抛酒一樽。满地干戈都莫问,闭门高卧绝相闻。且不言,平生得遂清闲志,还要续,书里无完曲折情。兰香自从闻信后,愈疑竺相是钗裙。转央郡主宫中去,要乞王恩验一巡。贤妹欣然无妒意,便约同,梦娥公主共朝君。这正是,襄王有意求神女,别岫无心恋楚君。夙世无缘焉得合,空劳心力事难成。当时内监昭阳奏,却值君王也在廷。二圣心中同大悦,飞传召入两佳人。升平公主离銮辇,孝义王妃步御尘。才到分宫楼一座,就有那,诸多采女共相迎。齐齐步入昭阳殿,整顿宫衣把礼行。公主娘娘先拜过,多姣郡主后参尘。宫衣拂处花枝展,彩袖扬时玉佩鸣。慢吐姣音声款款,轻开桃口语嘤嘤。

"臣姬女丽仙谨参陛下娘娘圣驾,并谢天恩浩荡。"

朝廷座上意欣然,国母娘娘面带欢①。敕赐平身宫女挽,锦墩赐坐二婵娟。王妃公主将恩谢,采女重传龙凤泉。皇后御容含着笑,眼观郡主丽仙言。

"阿,丽仙皇侄女呀!"

---

① "带",原文作"代",据文义改。

可嘉一点孝心肠，血本陈情救父娘。播得芳名朝野晓，王家有幸出贤良。近来汝母之情性，可能彀，改旧从新要变良。相待贤哉皇侄女，应添慈爱胜前番。多姣郡王闻相问，欠了欠，杨柳柔腰奏细祥。死罪得宽蒙圣德，天言称赞愧难当。若言臣母如今性，皆沐天恩善化良。工德含容修妇职，爱臣女，胜如亲育更非常。现今已是怀身孕，二月将交体甚康。天子娘娘皆喜动，原来有庆在宫房。愿天赐一麒麟子，御弟成王有后传。道罢宫中重又问，皇儿御侄在宫墙。此来必有因由故，何不分明奏一番。郡主闻言先立起，从容拜伏奏端详。要求陛下先宽罪，臣侄女，方敢分明达细详。天子笑言何所故，不妨奏上罪无干。丽仙郡主芳心喜，先拜谢，浩荡王恩彩袖扬。君后传宣仍敕坐，那佳人，欠身款款叫君王。陛下呀，臣女今朝进掖廷，为的是，有桩异事特陈闻。臣夫原聘陈家女，只为身端封若金，抢劫归家众逼迫，曾言水内已倾生。蒙恩两次加封赠，已在那，望庆宫中设了灵。不料近来重得信，却出在，若金妻子口中云，道言抢劫情非假，威逼佳人事也真。烈志不移钱氏女，当时即欲自倾生。封妻水氏原贤德，救了佳人匿内庭。后悉家中之变故，遂同着，封妻罔定主张行。移花接木更妆服，静夜私逃出彼门。至若投池情一节，乃封妻，微成形迹死夫心。家中上下惟知此，未晓机关袖里因。水氏只因家落薄，尼庵借住苦交贫。清平公主烧香过，接娶回家伴老亲。就此所言多少事，伊告与，东宫竺氏素瑛闻。臣夫因此猜详出，触动了，向日心疑一个人。

"陛下呀，非敢擅谈廷宰，有欺君上，然因此事实有多分真确，既蒙陛下已宽臣女之罪，臣女谨陈其中之详细。"

臣夫原配貌倾城，亦且才如渊海深。下笔成章曹子建，簪花妙楷卫夫人。天资敏慧人难及，智议精明独异群。姑表联姻曾见过，故而深悉彼真形。容颜若说谁相似，实在像，相国云屏竺大人。无有二，没差分，非连同貌又同庚。臣夫一向虽疑惑，因想到，死者何能可复生。不料其中多有故，移花接木未丧身。臣夫为此深奇异，相国观来必有因。

“阿，吾皇圣明详察，若论年貌相同者，天下犹或有之，断无声音举止件件相符。”

竺门本已乏宗祧，膝下惟生一女姣。相国原为承继子，武昌舟遇认劬劳。其时钱女刚外出，为因此，反覆推之识怪跷。意欲认时犹怯认，恐伊不肯吐根苗。坐将戏弄廷臣罪，到反要，触怒天威不可逃。事本非虚□□在，又难弃置费区调。寻思千万无良策，只得令，臣女来宫走一朝。求圣德，恳恩高，分明上达内中苗。

“阿，如今这事是要求陛下天恩作主，将竺相国细加一番追究。”

验明真假释疑怀，只有求，陛下天恩作主裁。非敢无端生妄议，竺相国，分明件件似裙钗。圣明如肯垂恩究，必可将，就里机关现出来。竺相果然真女子，断不敢，巧言诳主再妆呆。那时亦要求恩旨，赐配完姻两和谐。万岁呀，臣夫重义最多情，一切无忘原配人。为聘素瑛亲作主，赐婚臣女强应承。至今戚戚犹于念，一得了，如此佳音喜不胜，恨不得，弃职四方来访觅。恨不得，挂冠天下去追寻。然而疑到云屏相，真正是，如醉如痴想认明。臣女此来参圣驾，叩求陛下悯衷情。天恩一降深如海，完全了，破镜姻缘感戴深。郡主奏完重立起，花枝招展拜尘埃。君王听了多般话，便不觉，圣意当时恼几分。半晌沉吟方启口，龙眉一皱应声云：

“阿，皇侄女，尔所奏的这一番言语么，据朕思来，断非真实。”

历代由来千万传，那见有，裙钗可以秉朝权。云屏驸马非他比，识治良才岂等闲。一自推升为了相，内阁中，朝端政事肃清然。量才简用皆良器，善断能谋果大贤。慢说诸宫无以及，论将来,文华钱相欠他先。闺房岂有才如此,真正是,乱起浮言造事端。

“阿呀,这些言词也不是作耍的,岂可轻易出口么?”

寡人顾命大元臣,怎就相猜作女人?御侄归宜梅定国,从今当绝这疑心。朕躬虽可宽容恕,相国从来不顺情。执法无私真是彼,朕亦难,偏心怠□底功臣。自宜谨慎休招祸,不可朝前出乱云。天子言完容不乐,丽仙郡主暗心惊。正思竭力求恩准,又只见,公主娘娘拜在尘。玉面满含欢悦色,莺声轻吐小珠樱。

“阿,父皇呀,臣女今日也为此事来,并有详细上达。”

武英学士实非男,丽妹之言非妄谈。不但可疑兼可据,臣儿翁婿尽知详。当年怀孕临盆日,儿姑姑,曾梦仙姬降下凡。妆家可奇非女子,竟是个,紫袍金幞一朝官。傍边却有人言道,此女将来大不凡。降在汝门深有益,尔家中,合遭大难有灾殃。年龄疑案总难白,须要待,此女成名栽父娘。醒后异香生满室,临盆果是一红妆。延师□□皆聪慧,万卷诗书腹内藏。

“然而臣女翁姑俱不以梦寐之言而作准信。”

何期一旦遇飞灾,失去无踪音信乖。曾诣缘空仙道处,叩门以,可能相会在将来。神奇但笑称无碍,此一去,转祸为祥福禄偕。莫道女流无出息,栋梁之器岂凡事,奇逢在后休忧患,巾帼偏能立赤阶①。不料后来闻死信,俱道是,前言无准尽丢开。近来得此稀奇故,茫一推详识隐埋。呀,云屏驸马辨忠奸,钱宅方能明大冤。非但缘空言已验,更兼相应梦中言。素袍金幞应为相,岂不是,臣女姑娘作宰官。前后事情多合作,父王龙腹请详参。果然无影无踪事,怎么敢,冒昧陈闻欺圣颜。公主奏完重拜稽,朝廷座上笑开言。

---

① “巾”,原文无,据文义补。

“阿，皇儿，你于归未久，怎知道从前底细？”

多应伊等造虚言，哄骗儿来奏父前。那有这般多凑巧，桩桩合作梦何言。寡人一国山河主，难道说，这点虚真难辨焉。竺相实真非女子，尔们不可乱相传。中宫皇后闻多语，也觉心疑启口言：

“阿，陛下，据臣妾观来，莫非其中果有些古怪？”

景春驸马貌风流，也算得，男子之中无侣俦。尚且不能相及彼，可疑真是一姣羞。他们如此求恩切，定然已，观得无差在里头。陛下何妨来试探，就作相国一追求。君王听了中宫话，到不觉，且笑还嗔应事由：

“阿，御妻，尔如何也同着他们一样糊涂起来？”

他如果是武宁妃，怎么肯，久远相瞒不嫁归。紫诰皇封真显耀，夫荣妻贵实光辉。只因非是他原配，故此方将妹子归。前者丽仙婚定国，也是他，求恩赐作武宁妃。从来妇道无长见，那有此，度量宽宏甘让渠。

“阿，况且前番丞相本中，原说是吴姓妇人亲眼所见，封若金又自当堂承认。”

分明件件事真情，那有虚无一二分。这多是，水氏虚言和造语，哄骗得，他们俱以信为真。

“咳，就便容貌生得风流，这又何为稀罕？”

自古非无美貌男，岂不闻，当年掷果有潘安。姿夸春柳王恭美，体近芳兰谢览香。这些尽是风流士，难道他，多系香闺女扮男。何故御妻能信实，出言也是恁荒唐：

“阿，真真好容易，就轻轻说个追究二字。”

这句言词讲出来，岂不要，登时作恼小三台，他为朕，削除奸佞清朝政，他为朕，保护东宫免祸灾。鲠直无私称铁面，经心为国秉忠怀。寡人多少难酬彼，岂可以，同着狐疑也犯猜。

“咳,若果如此一来,岂不要将他一片忠义之心化为乌有了!”

非但无心佐寡人,定然还要骂昏君。挂官一去为高隐,岂不要,去朕朝中柱石臣。可笑他们来泥朕,竟将这,虚无之事上陈闻。寡人不致昏如此,见得分明议得人。国母闻听天子语,点点头,也言陛下见分明。丽仙郡主心中急,没奈何,又复趋前奏圣明:

“陛下呀,然而臣夫等亦恐内有虚讹,故于昨日生辰,竺相国到来拜寿,酒阑后即款留住宿,明则借言玩月观梅,暗中实欲窥其形景。若欣然应允呢,则无有嫌疑,就是貌类人非了。如坚执不从,便可见其中之隐弊矣。”

谁知竟尔不依从,再四坚持告别匆。既是至亲郎与舅,有何妨碍在其中。分明自是为妆容,因此的,要避嫌疑怕露风。为此愈加知得实,今日才,敢来宫掖奏天容。

“阿,圣明若道是虚无,这个怎敢上闻?”

总析陛下降天恩,究一究,相国云屏见假真。果属虚无无此事,重罪名,那时臣女愿当承。若然真是臣夫配,岂不是,错过当前何处寻?臣女自惭无善德,愿教闺阁得贤人。王妃方始陈言毕,公主趋前又进云,细奏姑嫜思女苦,臣儿自,于归见此欠安宁。深惭不孝无其力,难解高堂恳切心。近得此音聊喜慰,思良只有恳君恩。父王不准儿们奏,此事如何可得明。只为姑嫜深念女,臣儿一力已担承。今朝未得求恩旨,却以何言复老亲。伏乞父王垂雨露,今一念,人间天性最关情。升平恳切重重奏,宋天子,良久之间应一声:

“阿,既是皇儿孝念、御侄贤良,也罢,待朕消停再看。”

若是裙钗不用云,朕躬即,赐归郡马了前姻。倘然其实真男子,令伊等,以后须当谨慎云。此等言语关系重,谁个将,股肱良佐这般轻。彼时朕亦难轻恕,你们可,归谕家中一众人。天子言完呼内侍，速调便辇出宫门。龙袍一览离将坐，去幸东宫尹贵人。圣意只因烦恼甚，厌闻多语便抬身。王妃公主言难进，也只得，整整鸾绡谢了恩。内侍慌忙调便辇，宫娥即便展龙旌。君王上辇离宫去，皇后重传设御樽。赐宴二姣同入座，东西陪奉母仪尊。绿衣太监呈仙露，彩袖宫娥献玉樽。国母座中重又问，升平皇女听吾云，所言竺相多般似，难道尔，皇姐清平不晓闻？难怪父皇心不信，其中只恐假非真。升平公姐微吁气，玉面含羞欠体云，母后呀，臣女姑娘志不凡，虽为女子羡为男①。常题诗句言其志，每羡前人际遇昌。不得姓名魁虎榜，无心世事作闺妆。而今既得如其愿，他所以，罢绝姻缘念一桩。适刻父皇同在此，臣儿不便奏端详。恐妨君上加其志②，越不追求短与长。

"咳，臣儿观清平皇姐也是个清雅之人。"

定然两下已心同，因此上，瞒得丝毫不透风。虽则父皇来奏准，圣心犹未信相从。惟祈父后垂怜念，内里相帮催九重。若得重逢完骨肉，一门无不仰恩浓。梦娥奏罢抬鸾袖，拜恳昭阳暗用功。郡主丽仙同出席，娘娘扶起二姣容。含欢应允称容易，待本宫，慢慢消停出九重。尔等归家须告众，断然不可急匆匆。君王实宠贤能相，看起来，未必忙忙就此踪。如若乱言多奏上，定然懊恼帝王胸。君心一变殊难保，必致要，好事翻成恶事凶。故要小心加谨慎，相机而作易成功。二姣见允非常喜，拜谢娘娘谢正宫。天训如金当领取，自当宣谕众知同。昭阳国母容含笑，复对升平问曲衷：

"阿，皇儿，尔已于归数月，未识可有怀弄之庆否？"

母后关心切望深，儿当实语奏知闻。玉人见问通红面，低首

---

① "女子"，原文作"女女"，据文义改。
② "恐"，原文作"恕"，据文义改。

含羞答未曾。又问章罗人两个,性情柔否可同心?能无失礼于儿否,谁有飞熊兆未曾。公主奏称皆未有,又将那,锦书之事细陈明。劳心决烈无更改,自愿清闲度一生。情性二人皆淑德,闺帏喜得俱同心。娘娘见养深嘉赏,章女原来尚有贞。观彼幽闲知道学,寡言正色不同人。回眸又问皇郡主,竺氏王妃貌怎生,与你可能相得否,相门闺秀应知文。丽仙见问将身欠,应说是,却系贤良第一人。闺阁相依如姐妹,深通翰墨有才情。花容可及钱公主,一段风流画不成。皇后闻言心亦喜,原来也是美才人。消停无事生高兴,待本宫,召集群花品一巡。

话说当下御宴散时,日过午牌,公主王妃一齐起身拜别,只为丽仙郡主自出阁之后犹未出宫,因此娘娘赐了几般珍物。孝义王妃从复叩谢圣恩,皇后又着亲信昭容相送出宫,仍在五凤楼前登各宝辇。

两家护卫各分头,先提起,公主升平返府楼。贤淑夫人同二院,银銮迎接女姣羞。娘娘下辇同相见,齐问宫中可准求。公主皱眉言一遍,看今番,事情不济枉筹谋。姣娥三位皆烦恼,贤淑夫人道事由。少刻婆婆来问及,只可言,朝廷准纳验情由。那些言语多休禀,只恐怕,堂上闻知意更愁。公主点头称领教,遂一同,进临景福款遵勾。太妃正自专专候,盼望着,媳妇归来怎议谋。阁老钱公同在坐,良言宛转慰悲愁。一闻通报王妃转,不觉登时喜更忧。就遣三姣先去接,只闻得,珊珊佩韵近宫头。几人一路同言笑,就晓佳音有望头。命婢卷帘相让入,外边步进众姣羞。升平公主移莲上,相见翁姑禀事由。丞相命皆归了坐,太妃性急即开言。

“阿,凤仪媳妇,尔今日进宫的事体如何,可有点望想否?”

公主含欢欠柳腰,今朝媳妇进宫寮。却逢驾在昭阳院,逐一将情奏赭袍。郡主与奴同拜恳,且喜得,君王准纳没推敲。谕言须要消停候,不可朝前出乱谣。如系姑娘来改扮,便着伊,归宗复姓换衣袍。这番定有佳音至,今后婆婆可免焦。公主娘娘言已乞,太妃不觉展眉梢。既蒙皇上垂恩典,不怕冤家再放刁。若得娘儿重见面,算来亏汝这番劳。贤哉难得皇郡主,也这般,恳切求恩奏赭袍。三位夫人同作贺,姑娘不日有音耗。太师听了心疑惑,未必王恩有此高。何等宠荣于竺相,言之岂信内根苗。想来未得求恩旨,此是他们作计较。惟恐婆婆愁闷怀,故将虚语哄年高。

"咳,不要管他,且安了夫人再处。"

当时点首也开言,既求得,恩准何妨忍耐焉。此事原难轻出口,想君王,也应未便即时言。太妃不可来焦急,掌上明珠有日还。冯氏太妃欢应诺,从今我也略开颜。夫人公主皆欢喜,太太重欢次媳言。累尔今朝劳乏甚,归宫歇息片时间。王妃欠体称当得,早愿姑娘得早旋。媳妇原该来效力,就便是,蹈汤赴火不辞言。于时告退回宫院,又步入,御史王爷二俊贤。

话说兄弟二人自外而归,步入堂内,即问入宫之事如何,和顺太妃一一细言就里。

御史王爷听此言,欣然俱各展眉尖。既然天子同依允,必要将伊一究焉。是假是真知实在,那时候,再为计议此情缘。太师夫妇皆称是,一家中,静候王恩降九天。住表西平千岁府,再谈郡主返衙间。

话说丽仙郡主回到家中,细述宫中之事,梅公夫妇到也无甚言语,把一位定国王扰得意乱心烦。

踌躇不定意难安,抱怨着,圣意偏私故作难。如此情真和事实,犹疑冒昧与虚茫。分明不肯来相试,说甚么,且待消停再看将。再若驾前来请问,无非说,已经验过实真男。令人不敢来生议,还加上,圣谕谆谆禁再三。用尽心机图此举,依然还是一虚茫。

“咳,再不料淑容表妹却有这一番奇怪。”

既然不愿作闺妆,所以深将形迹藏。恩绝双亲如陌路,情捐夫婿当无阙。见孤家,思良守义偏调弄,暗地里,两次良缘他主张。说得一身多洒落,安心安义掌朝纲。爹爹若顺孩儿意,或者他,不忍相亲要露妆。偏奈高堂能性急,催联姻眷不迟将。分明成就他心愿,定还要,暗笑孤为薄幸郎。

“咳,如今这一段姻缘,料想是不能成就的了。”

孤家既已负前盟,彼又无心念夙姻。义既不全情又绝,今生那可得完成。多情王子心惆怅,须破朝靴恨恨声。贞静王妃知此事,寻思不觉也疑心。原来宿有为官愿,抱负才华欲大伸。嫂嫂素来多雅淡,莫非真个两同心。成亲三载无消息,未必佳人不产麟。只恐吾兄原是女,天生狡狯会妆成。便呼殿下休忧虑,消停时,待妾回家走一巡。闲话之间留点意,探其家嫂口风云。如能略得些消息,即请双亲作主分。郡主欣然称善见,这分明,胜如请旨乞王恩。王爷拱手深称谢,盛意多承二爱卿。若得良缘重合配,终身不敢擅忘恩。王妃郡主称言重,若可行时当尽心。夫妇三人同计议,商其良策合前盟。住谈两处图谋事,且表青年相国臣。官爵既尊名望重,丹心一点报朝廷。化行仁政调羹手,约束官僚治万民。明察如神知过失,清廉似水秉精诚。恶虽纤小皆疵贬,善有须些必赏旌。吐哺虚怀求下士,延宾开馆礼贤人。九州国士多投附,四海良才咸集临。拔取无差称所职,去邪进正辅朝廷。武英门下三千客,尽是真才实学人。亦且为人刚柔济,不喜那,趋迎奉承一班人。虞侯不许行私弊,阍者无容受贿银。度理推情明似鉴,下人不敢弄私心。宫僚百姓多称颂,朝野皆传贤相名。内宦风闻传奏帝,龙心大悦栋梁臣。愈加不信其为女,怎肯宣召究此情。因此王恩犹器重,朝端多半委云屏。钱梅两府闻此事,又觉猜疑减几分。遂把事情担搁下,不敢去,宫中请示圣明君。住谈各府情由事,且提起,进贺回邦返同人。

话说啰嘛丞相自八月间离了皇都,滔滔进发,行至本国,已及岁杪时光,面见番王,细奏天朝皇帝如何优礼相待,并及御赐英珠于归顺义王钱梅友等事细奏一遍。

国主闻言意也安,尽将那,忧疑一片去心肠。天朝优礼而如此,岂可生心再犯疆。从此一朝归顺后,年年进贡岁朝皇。

话说当下番王便将晏国舅召上,将天朝恩准御赐于归之言细示其知,又说道:"良缘天定,不宜迟缓,卿亦须速择日起程,送女前往。"

晏公再拜谢明君,狼主天恩似海深。当下散朝文武退,晏家国舅喜欣欣。便来相问啰苏相,钱府家中细底情。公主娘娘贤淑否,室中还有几多人。啰苏便乃将情告,我在中华打听明。公主贤良人莫及,于归未久已传名。金钗十二犹无置,还有夫人二细君。闻说是,并未闺房分嫡庶,俱皆姐妹以相称。钱公夫妇皆慈善,儿媳之中一样疼。起身时,曾到馆中亲致送,再三的,托吾转致与君闻。良缘天定休迟缓,务须要,早择行期送到京。国舅闻言心甚喜,告辞了,啰苏丞相返家门。内堂细述夫人晓,今须要,告与英珠爱女闻。朱氏夫人心更喜,微不觉,眉头皱皱叹声云,咳,老爷呀,如今姻事已皆联,愁只愁,路远山遥孤可怜。彼处三房和四户,岂没有,是非口角与闲言。我儿情性原刚烈,倘若是,一有参商怎处焉。国舅道言无可奈,也只好,临行训诫女红颜①。恐妨为女姣痴性,嫁后温柔未可言。言乞回眸呼侍婢,内闺相请女婵娟。英珠小姐闻呼唤,出见堂前二老年。夫妇欣然皆命坐,晏公启口唤红颜:

① "诫",原文作"戒",据文义改。

“阿,英珠儿,我如今却有一事告与你知,须要听从父命,不可有逆亲心也。”

小姐闻言欠欠身,父亲示下有何情。可从焉敢违亲命,有碍还祈体下心。国舅拈须微笑道,自然无碍我儿名。

“咳,爱女英珠呀!”

尔为曾招宋帅擒,故而不愿复联姻。我因伸奏于狼主,转奏天朝皇帝闻。丞相啰苏今始转,宋朝天子已垂恩。将儿御赐归钱姓,顺义亲王两结婚。彼已天朝招驸马,更兼还有两夫人。我儿嫁到他家去,却未有,偏正之名一体遵。爱女如今须顺命,可算得,全贞全操更全名。夫人亦把孩儿唤,尔当要,体念高堂父母心。这次再休推托了,君亲之命却当遵。多姣小姐傍边坐,父母之言俱听明。低玉颈,弄罗巾,含羞默默不闻声。夫妻已解孩儿意,多只为,羞口难言心已遵。当下英珠辞转室,坐在那,碧纱窗下意沉吟:

“咳,这也无可如何,奴只好听从双亲之命。”

论来远嫁到天朝,背井离乡岂算高。真个是,举目无亲凄惨惨,真个是,没谁相顾独寥寥。他那里,鸾交凤友和谐久,一定是,相爱相怜白首交。奴本是,异国裙钗非本地,还兼是,自家求配到天朝。若然被众相轻看,岂有没,两语三言暗里嘲。虽则言,公主夫人皆淑德,待奴家,焉知情性俱无骄。

“咳,就是那冤家心内,又知道是何如光景?”

如其顺扯一篷风,晏英珠,孤苦无依异地中。况与奴家原有隙,帅厅前,恶言毁骂二元戎。冤家若把前仇记,惟恐妨,冷待奴奴泄怨胸。如若那人真若此,岂非大众更难容?

“咳,这些以后之情,奴也不能过于忧虑。”

事经如此没商量,奴只好,听命由天怎主张。若得不亏奴节操,自然也,终身无憾告穹苍。果如有甚参商处,也是奴,薄命遭逢没有方。小姐寻思愁脉脉，星眼中，珍珠滚滚落衣裳。住谈小姐香闺事，表一表，国舅夫人日夜忙。着遣家人分各处，置办这，妆奁一切好匆忙。成衣店内裁衣服，锦绣绫罗叠叠箱。首饰钗环珠与宝，银楼兑换觅珍藏。榻床棹椅衣橱类，木器行中精选将。件件逢迎真美设，般般富贵大铺场。画屏云杏秋云等，四丫环，赠嫁千金到宋邦。家将家人差四个，陪房仆妇也成双。夫人在内来调派，邀请些，亲眷夫人相共帮。绣作诸般多细巧，凤鞋膝裤配成双。晏公夫妇因怜女，共计妆奁五万长。

话说国舅晏灵钰择于新正初四日动身，由陆路长行，一切嫁妆物件俱由海船进发，派遣亲信亲人押送。单于国主只为晏英珠为国驰驱，随营效力，也立过几番功绩，今因远嫁天朝，故特赐花粉银三万两，太监、宫娥各赐四名服役。晏公父女同入朝谢恩，番王又令英珠入宫朝见姑母，番后得悉其事，甚觉十分不舍，留坐一日，赐宴后复给了许多珍宝，方才得辞谢出宫。

到其新正日初三，饯别华筵设画堂。国舅夫妻同上坐，东西公子与姑娘。多姣小姐含悲泪，回首低声唤女环。斟玉露，捧琼浆，轻轻跪倒母身傍。眼含痛恨千寻落，口吐悲声低唤娘：

“阿唷，母亲呀！”

如今拜别大人行，未知道，何年何月可复亲？儿惟是，保得清贞难尽孝，今做了，世间名教罪魁人。当初若没遭擒事，怎能彀，背井离乡撇二亲。到此万分无可奈，恨只恨，孩儿武艺欠深精。若能一战成功业，那有今朝泣别辰。望母饮干杯内酒，领儿之意尽儿心。从此后，迢迢南北千程隔，再不能，绕膝承欢奉二亲。儿惟有，梦绕慈帏永暂晤，儿惟有，心牵故国望佳音。今朝还得亲颜色，明日驰驱作远行。堪怨恨，可伤心，劬劳罔极未酬恩。

“咳，母亲呀，不孝女儿罪该万死。”

愿祈珍重在高堂，勿忆孩儿去远方。念及但观文敏弟，且喜他,颇知天性质非凡,后来必可成名器,父母天年有靠傍。女在他家心在母,但闻得,康宁无恙也为安。多姣言乞心如裂,袖举金樽敬上娘。夫人接过杯中酒,泣下儿肩惨惨伤。阿唷爱女呀,标梅时候合当婚,岂是孩儿不孝亲。你虽则,远嫁天朝千里隔,保得个,无伤名节幸犹深。儿今不舍离娘去,母却焉能舍汝行。无奈婚姻之大事,故难耽误尔终身。咳,姣儿呀,诸件情由能放心,所忧者,吾儿情性欠和温。尔可知,娘前堪使姣痴性,尔可知,为妇须为温柔人。儿要晓,孝顺翁姑诸长上,儿要晓,和鸣琴瑟敬夫君。正房公主俱尊敬,两位夫人也勿轻。彼等在先儿在后,必须要,诸凡谦让勿称尊。况且尔,孤身独处天朝内,我姣儿,全仗温和以做人。骄傲过时招怨恨,更恐妨,翁姑夫婿冷其心。双亲远隔天涯地,那其间,谁是吾儿知己人。但愿尔,身在钱门能晏乐,就便是,母居故里也安宁。夫人嘱罢垂珠泪,好一似,利箭攒心痛不禁。多姣听受慈亲训,惨惨悉声说谨遵。抬玉体,掩罗巾,重归绮席又闻声。

"咳,贤弟呀,愚姐今有数言相嘱,惟望尔听从。"

你虽年幼性聪明,非比无知等辈人。父母高堂须孝顺,言词训诲要依遵。读书用意休生怠,巴得个,一举成名显二亲。奴是世间无用辈,全仗你,光宗耀祖振家声。英珠小姐言如此,袖掩香腮痛失声。公子欠身称领教,双亲痛泪也伤心。筵前叮嘱言难尽,尽都是,泪眼人观泪眼人。难下咽,不沾唇,酒筵空设画堂门。初更席散皆安寝,这一夜,母女长谈直到明。

话说一到天明时候,先将一切随身行李装载上车,然后晏公即催促爱女动身。

小姐时闻意惨然,心如刀割意如煎。移玉步,掩朱颜,疑疑迟迟登了毡。袖敛鸾绡忙拜倒,就把那,衣衿一扯吐悲言。

"呵唷,母亲呀,不孝女儿拜别。"

一声悲唤合星眸,晕倒亲前痛泪流。朱氏夫人肠寸断,抱住了,亲生姣女放悲喉。

“呵唷,爱女英珠呀,快些苏醒,你若如此悲伤痛苦,令我怎生放心得下?”

此去程途千万遥,儿当保重勿心焦。似这般,心无宽解须成疾。途路间,何处延医没计较。万保重来千保重,自宜珍爱与区调。鱼书雁字常来往,常接得,两字平安免母焦。朱氏夫人频哭唤,晏英珠,方才慢慢启樱桃。伤心倒在娘怀内,只哭得,泪湿桃花两朵姣。难割舍,怎分抛,骨肉离开在此朝。公子傍边陪落泪,也扯他,英珠小姐唤同胞。晏公见此难分解,上前来,只得开言道事苗。

“咳,夫人与女儿俱不要伤心了,相会有期,何消得这般惨切!”

虽然水远与山长,或可能,巧遇良机接转邦。似此不能分与解,要哭到,何年方可住悲伤。夫人不可来如此,须相放,爱女抬身好上轩。太太闻言方止恸,没奈何,相扶爱女促红妆。家人到此真无法,也只得,拜别慈亲忍了肠。侍女宫娥扶上轿,便把那,绣帘垂下隐容光。多姣恸倒鱼轩内①,左右之人尽惨伤。国舅晏公方作别,殷情良语劝夫人,休痛苦,莫悲伤,保重身躯是正当。尔若身康和体健,女儿此去也心安。夫人忍泪连声应,国舅方才上马鞍。家将家人同簇拥,一行轿马出门墙。夫人见众都去了,由不得,大放悲声恸倒堂:

“呵唷,我的英珠爱女,尔竟去了么?撇得为娘好苦也。”

果然养女白操心,抚到成人又欲婚。远嫁天朝离故国,知要到,何年何月可相亲。夫人说着号啕哭,公子殷情劝不停。仆妇

---

① “姣”,原文作“蛟”,据文义改。

丫环人一众,大家围着劝夫人。方才略略收悲泪,传进了,门上司阍吩咐明。老爷今送千金去,家丁须当要小心。照管门庭休出外,闲人勿放府中行。门公诺诺连声应,太太方才入内行。

话说朱氏夫人虽则思念英珠小姐,幸而文敏公子聪明性孝,不离左右的朝夕承欢取乐,夫人也就自宽自解,渐渐的释下来。

住将晏府忆儿谈,再表登程上路详。离本国,出家邦,滔滔进发好匆忙。晓行夜住驰驱苦,水宿风餐道路难。四月之中初九日,一行方始抵临安。

话说晏灵钰亲送爱女到天朝出嫁,自正月初四动身,陆路长行,经过各关隘,俱知是送亲前来,各无阻滞。至四月初九直抵杭州,遂于馆驿中住下,次日早朝面见天子,龙心大悦,慰劳了几句,加封晏英珠为一品夫人,着钱太师即日择吉完姻。钱公父及晏灵钰皆感谢王恩,朝散而退。

太师父子转家门,细说朝中一段因。和顺太妃多喜慰,升平姐妹说兰襟。这番姻事难迟缓,合卺之期拣近辰。二十良辰来纳彩,廿三吉日就完姻。执柯即请梅千岁,定国亲来馆驲门。道达毕姻行聘礼,晏公一口满应承。府中又办迎亲喜,内外匆忙喜气盈。家事太妃多未管,向来委决太夫人。夫人只为将临月,调养深宫不出门。太太恐其劳气血,命委于,梦娥次媳去调停。娘娘遵命无推委,遂同着,两院夫人理此情。贤惠不嗔夫又娶,欢然调派甚当心。才能处事无难办,逐件从容料理清。内外之人皆赞叹,王妃贤德世难寻。蕊珠宫内重妆饰,翰墨移于放鹤亭。集锦攒花多富贵,只等候,佳期仙子降蓬瀛。词中暂按西平府,笔下须描馆驿情。

话说晏公诸事原预备现成,故不须临时忙乱。因思女儿上冠,须得一位命妇方好,奈中华并无亲戚,却相请谁人?筹思良久,忽想到梅定国现为执柯,何妨竟请彼夫人到来,岂不是好?主意已定,遂坐轿亲来梅府面请。

且言定国府中详,东院王妃体欠安。一自开春常抱恙,玉容清减大非常。桃花两颊皆消退,终日里,欹枕恹恹卧在床。胸隔有如多绝塞,珍羞美味懒沾尝。多情王子心中急,孝义王妃意更忙。急请太医来视诊,俱云怀孕病无防。高堂喜动双夫妇,指日兰孙育内房。太王妃,着意珍羞开彼味,内厨精制送红妆。王爷总在东宫内,曲意温存问否安。郡主罗帏常作伴,亲观煎药奉茶汤。相衙太太闻知得,一日差人探两番。相国云屏亲到府,兰房看望妹红妆。知怀六甲非常喜,归禀双亲心也安。异品佳肴公主制,日日的,送来王府与姑娘。只为微疴长不愈,新年也,未曾归贺两高堂。西宫郡主来相代,竺府钱衙走一番。近日稍稍方略好,虽无出户已离床。太妃再四亲相嘱,调养康宜再出房。钱太夫人知此事,也差人到问安康。这天夫妇同房坐,其话英珠事一桩。为保清幽和节操,远离父母出家邦。孝义王妃深羡慕,西平有福广红妆。君侯曾见英珠女,闻说姿容也异常。四美团圆真有趣,君侯何不也如将。素瑛小姐微微笑,妹不言时我几忘。向者有心人一个,如若奉,君侯巾栉颇为良。时人有号为双璧,岂可输他这段香。郡主丽仙忙启问,王妃带笑告红妆。

话说素瑛道:"封府夫人之侍婢林香,丰姿明媚,奴甚爱之,欲得他为妆台之伴,须是谋与君侯方可,奴意欲回去与水氏面议,料他必难却情于我,贤妹你道如此可么?"郡主笑道:"妹正月内前去拜年,也曾看见,果是嫣然之态,令人一见生怜。若依姐姐之言,还有何不美?"

千岁闻听姐妹言,慌忙启口就相拦:二卿贤德吾深感,不必为孤又置偏。但愿得,元配归来心就足,那时间,一夫三妇乐天年。孤非爱色贪花辈,何用多将美色添。贞静贤妃休议此,弄将来,总然不纳这红颜。佳人二位同声笑,殿下你,迂腐缘何似这般。十二金钗非谓过，在呼多置一房偏。劝君不必惺惺假，到只怕，见了之时也动怜。千岁频频摇首道，任他仙子岂情牵？素瑛方欲重开口，只听丫环报一言。

“启上王爷，司阍张宁在院外禀说，今有单于国舅晏灵钰拜会，现有名帖在此呈阅。”

王爷闻报便抬身，转教门公请进临。禀事丫环方退出，呈衣侍女又纷纷。披袍束带匆匆出，迎进了，国舅银銮把礼行。宾主各分归了坐，献茶已毕叙寒温。晏公满面含春色，举袖惟呼定国君。昔日那知今日事，皆为姻戚一家人。无知小女年轻幼，冒犯君侯负罪深。惟望贤王休介意，海涵宽释佩洪恩。此来背井离乡国，荣辱皆凭顺义君。若得君侯常劝谏，毋愁小女不安宁。晏公言乞殷勤托，千岁含欢欠欠身。国舅宽怀休过虑，从前之事不须云。彼时俱各勤王事，为主之中总一心。孤若未消前者恨，怎么肯，驾前成就这婚姻。可嘉令嫒明诗礼，保节全名女俊英。若论含亲钱表弟，谦谦君子性和平。王妃正色多贤德，两院夫人亦有名。令嫒于归无用虑，闺帏之事正安宁。高堂更是仁慈善，待下宽和礼不争。国舅闻言心喜慰，殷勤复又欠身云：下官今造潭衙内，有乞君侯准下情。小女上冠开面事，欲拜请，王妃料理费清心。只因上国无亲眷，故只得，有屈华车一降临。先在尊前来禀白，至期下帖再邀临。王爷见说躬身答，是命唯遵谨奉行。东院寒荆今有恙，即当令，西宫内子到来临。晏公大喜深深谢，茶过三巡便起身。作别武宁相送出，仪门上轿自回程。王爷送罢方归内，告与双亲不用云。却说文华钱相府，露香宫要降麒麟。正当十五辰初候，御史朝中回转程。相共中堂同早膳，夫人忽觉减精神。柳眉双锁停牙筋，放下香羹默默声。御史吃惊忙问故，方知腹痛要临盆。且惊且喜抬身起，分付丫环左右人。扶了夫人归卧室，安眠静养勿须惊。又呼仆妇传言出，去唤收生到府门。然后自家方膳毕，亲来堂上禀双亲。

话说御史亲到景福宫，禀知父母。冯太妃欢喜道："既如此，快着人去唤稳婆到来。"御史道："儿已遣人传去，少刻便到。"

阁老闻言喜气扬，昨宵梦兆见祯祥。南天门启闻天乐，文曲星君降下凡。隐隐遥闻人语说，送来相府做儿郎。醒时正值三更际，佳兆心知应露香。今日果然来发动，料然产下是孙男。太妃见说非常喜，御史闻言意甚扬。遣报各宫知此事，登时来了众红妆。升平公主同晴绮，鱼藻夫人也到将。顺义王爷随后至，太妃亲去看红妆。三宫媳妇同随后，绕过回廊到露香。看问一回皆就坐，太妃即，指挥仆妇与梅香。诸般应用皆端正，襁褓衣襟取出箱。只见侍儿来禀道，稳婆两个进来参。一言未毕帘笼动，走进收生人一双。四五十年人朴实，到也是，颇知礼貌不慌忙。侍儿指点从头见，太娘娘，亲手相扶嘱再三。

"阿，两妈妈免礼了，小心仔细服侍。夫人生了公子，必当重重谢劳于尔。"

稳婆两个应连声，敢不当心候降生。太太欣然连道好，回呼左右侍儿门。领将两个收生去，后面轩中吃点心。日过午牌交未正，夫人坐草始临盆。一声呱哭孩儿落，文曲星君降下尘。隐约仙音闻碧落，露香宫里彩云生。稳婆接住同声叹，恭喜连连口内称：

"阿，太王妃！恭喜恭喜，夫人添了一位公子。"

太妃等尽喜溶溶，忙着人，报喜前临景福宫。服侍夫人床上去，平安无恙甚和同。新生公子忙包裹，啼哭声音亮且洪。乳母早经寻顾下，一双领抱小孩童。太妃看着穿衣毕，接抱怀中笑满容。诸位玉人同走过，一齐观看小孩童。但见他，面如满月两眉长，唇若涂朱骨秀香。凤目半开还半闭，好一个，珠庭黄额小孙男。太妃看罢心花放，公主夫人啧啧扬。笑语喧哗争抱弄，只听得，靴声踱踱进中堂。太师父子皆来到，婆媳同行出外厢。

话说太师闻得添了孙子，喜之不胜，即命芳林新到家祠点烛烧香，叩谢神佛。事毕，同到露香宫观看新生孩子。

公主夫人步向前，笑吟吟，殷勤恭贺两尊年。太师夫妇欣然应，命乳娘，抱出婴孩仔细观。相貌巍巍生得好，果然福寿定兼全。未生已有多佳兆，这儿孩，小字文官应梦言。和顺太妃连道好，右都御史笑开颜。西平千岁同观看，喜欢得，眼笑眉开喝彩连。看罢乳娘仍抱入，又着命，丫环传话到房间。夫人产后宜珍重，切避风寒勿至帘。说罢太师移步出，王妃姊妹也辞旋。芳林御史来房内，亲至床前看玉颜。含笑呼卿能有幸，今朝生子慰堂前。调和玉体休轻忽，勿为身强心不兼。贤淑夫人称晓得，钱御史，方才同母出宫间。差人报喜冯衙去，景福宫中开绮筵。重赏稳婆人两个，待其酒饭始辞还。

话说钱府中染了数千鸡鸭蛋，分送各家亲友，惊动合朝文武，俱知钱阁老得了长孙，无不差人到府送礼。十七三朝，大开汤饼大会，遍请男女诸亲。

至晚诸亲各转程，只留下，冯梅两位太夫人。冯家太太固贤媳，临月惟防要降生。见女平安心甚慰，奇珍异宝赐孩婴。相辞也就回衙去，钱太妃，不便相留送起身。梅府太妃居景福，画堂姑嫂共谈心。太妃冯氏将言问，继女如今可略宁？闻得已经怀了孕，下年恭喜也添孙①。近时只为多忙乱，故未差人探问临。仪德太妃含笑道，近来喜得略和平。因他身体多单弱，故此常常报不宁。延请太医来看视，方知有孕在其身。如今尚未能痊可，他所以，不得亲身拜贺临。再四求吾来转致，请安贺喜二双亲。太妃见说心中喜，复又开言告事因。可笑淑容痴女子，执迷不悟半毫

① “喜”，原文无，据文义补。

分。春间帘燕归来说，竺相容颜果是真。只是行为殊不像，他在府，虽经数月没情形，我思侄女多机变，自幼聪明是性成。动作诸凡人莫测，岂不会，装将声势作男形。他们父子难相认，因此我，不好相催耐着心。静候朝廷恩旨下，未知道，痴儿可肯转回心。太妃说着还吁气，梅府夫人亦叹云。不识痴儿何主意，现成的，姻缘不就悟青春。未知到底真和假，渺渺茫茫混不明。二位太妃同叹息，更深方各睡安身。西房床帐多铺设，侧榻相陪自有人。汤饼会完无几日，又到了，行盘下聘之良辰。相衙喜事重重集，职事人员不暂停。二十这天行过聘，次朝廿一正清辰。晏家发了妆奁到，异域奇珍件件精。分派人员呈设广，光辉显耀蕊珠庭。芳林备帖邀诸眷，又请了，竺相夫人与太君。当面再三亲致意，务要请，鱼轩下降到寒门。武英学士欣然应，内子如期必到临。家母恐妨难受乏，谨承圣意领高情。太师父子心欢喜，相国归家告母亲。太老夫人言道好，我儿辞却正相因。应酬不惯烦劳甚，到不如，闲散家中甚快心。丞相道言儿固晓，爹娘俱是喜清宁。回房又告清平主，悄语低低嘱细君。家父弟兄皆有意，故而必欲请夫人。我心正欲通来往，故不难辞应允行。即夫诸凡须在意，母亲必有□夫人。有言不可含胡应，所问随机对答清。李氏夫人低笑道，看奴高兴或言明。忍观伯母深思忆，奴何妨，做个消愁解闷人。言笑三公闻此语，微微一笑戏夫人：

“阿呀，了不得了，我这闺阃不严，莫非夫人有了外心么？”

要把行藏告父娘，分明欲献画眉郎。此心又属谁人晓，翻把从前盟誓忘。少妇怀春真可恼，败吾名望乱纲常。文君之事须难效，劝夫人，不可胡思乱变肠。言罢哈哈来大笑，夫人连啐骂颠狂。这般言语诚无赖，看起来，真要将情禀令堂。若不重刑加处治，越加狂得不成腔。云屏笑道凭卿诉，我岂无言束手降。慢说夫妻相取笑，且将管驿一言谈。

话说廿二这日，晏国舅也大开筵，宴请了多少朝官。又另备一樽，专待梅府王妃。

只闻通报进庭阶，梅府王妃已到来。国舅晏公忙着令，女儿亲去接裙钗。迎归堂内同行礼，晏英珠，欲论君臣拜下来。郡主丽仙忙挽住，笑吟吟，连呼表婶把言开：

“阿，表婶婶，奴们多是自家人呀，何必论甚君臣之礼。”

小姐含羞道谨遵，殷勤对拜各抬身。分宾逊坐沉香椅，雀牙芽茶献一巡。走过一名年长婢，上前跪下就陈明。老爷命婢尊前禀，说是多劳郡主心。主母未来无接待，诸凡简亵谅原情。老爷未便亲来谢，命婢尊前代请安。郡主含欢亲挽起，道言原应效辛勤。恐妨料理无周到，殊乞宽宏恕几分。姐姐代奴来转禀，请安道喜老爷前。画屏侍婢方才退，又见堂中设点心。小姐起身来逊坐，权为宾主叙寒温。英珠抬首观妃貌，美丽丰姿可动人。翠凤珠冠镶八宝，龙裾凤袄绣祥云。低鬟转黛姣无比，一笑倾城万种情。小姐观睄心暗赞，愧奴之貌欠三分。王妃也把英珠看，不意番邦出丽人。面若海棠含晓露，眉如杨柳带春青。风姿韵绝宜人喜，妙态嫣然不易寻。看罢含欢方启口，千金节操可钦人。三生有幸亲芝范，千里相逢缘分深。晏氏千金闻赞语，微微长叹吐莺声。咳，郡主呀，愧奴不孝罪千斤，背井离乡撇二亲。只为当初心好胜，致教闺阁误声名。万分无奈遵亲命，从此后，听命由天怎处分。小姐言完心感愤，止不住，香腮珠泪落纷纷。多姣郡主生怜悯，安慰佳人但放心。且说钱门人俱好，断然不至慢千金。二姣谈叙皆投合，只听人员报吉辰。左右之人来奉请，窗前妆束女佳人。但听得，一派仙音鼓乐喧，笙箫齐奏两廊传。王妃玉手亲开面，戴上垂珠翠凤冠。妆束一新添美丽，朝裙蟒服动鸣环。画堂顷刻开华宴，女戏登场锣鼓喧。梅府王妃居正位，新人陪坐在东边。侍儿行酒殷勤劝，日色沉西方散筵。郡主起身来作别，深深万福告辞还。晏公遣婢殷勤谢，另日亲来叩府前。小姐又差诸婢送，登车回府不须言。词中原讲西平府，冯宅差人报喜临。

话说素贞小姐于廿一寅时生了一子，大小平安，合门喜庆。起名元熙。廿三这日，正是洗三之期，差人报知钱梅两府，并请太妃早日过去。梅太妃闻女儿生子平安，非常之喜，遂命儿媳代贺。钱府自与忠显王同到冯家看望女儿，钱御史亲往拜贺，厚送隆仪，便请了金氏王妃来与新娘开轿。

廿三吉日喜盈盈，公主夫人早起身。梳妆打扮穿冠帔，同到中宫景福行。姑舅之前齐道喜，殷勤又贺小王亲。风流驸马微微笑，致谢王妃有贤心。贤淑夫人差女婢，出来道喜两尊人。外边宾客纷纷至，钱太师，父子殷勤出外迎。礼罢一番皆就坐，又报到，少年相国竺云屏，太师父子诸文武，一人人，洒袖推冠出外迎。元宰云屏离了轿，殷勤逊上殿中门。春风满面连称贺，紫袖双垂把礼行。

"阿，真真好极了，年伯府上喜事重重。"

辉腾兰室产贤孙，又卜筵开合卺盟。奇节闺娃千古少，同归于，至亲府第更扬名。太师子父同言道，这多是，出在君恩与圣恩。承感大人垂顾盼，夫人竟肯降寒门。今朝有幸迎车驾，蓬荜生辉十二分。年少三公称不敢，应该到府贺尊亲。承蒙宠召殊荣甚，焉敢为辞逆命行。父子殷勤惟致谢，众文武，同行参见竺王亲。云屏又见诸亲友，方各分宾献细茗。一到吉时同起乐，于时发轿去迎亲。行行执事排街走，对对旌旂摆道行。簇拥一乘花幔轿，竟来馆驲娶亲人。三声花炮停仪仗，宾相催妆按次分。且说内中姣小姐，这一天，喜嫔服侍整乌云，梳妆已毕登堂上，父女分离话别情。国舅晏公心惨切，相携爱女唤亲生。良言美语谆谆嘱，愿吾儿，做个贤能有德人。小姐低头来受训，悲愁交结乱芳心。泪如断线珍珠落，哽咽香喉难出声。只听扑通三炮响，催妆诗赋请亲人。此时更觉心如裂，罗帕频提拭泪痕。国舅再三催女起，喜娘簇拥女千金。登毡拜别生身父，哭倒尘埃不起身。灵玉此时心欲碎，也不觉，悲声大放抱亲生。孩儿呀，孤身今日入侯家，举目无亲实可嗟。儿要诸凡加自重，断不可，这般痛苦与悲嗟。你如无恙居王府，父也安心好返家。言乞再三相劝解，姣儿不可误时嘉。喜娘扶拥抬身起，无奈辞亲泪似麻。国舅晏公亲送出，扶上了，花帏彩轿乐音哗。一行小轿相随后，尽都是，赠嫁丫环及老妈。职事纷纷填道路，出离馆驿闹喧哗。慢谈此处迎亲转，且提起，王府来齐女眷家。

话说发轿后，金氏王妃及众女眷皆陆续来到，早报一声，竺相府夫人銮车到了。

太妃率领众多姣，迎接夫人出殿寮。文武公卿皆避入，正辕门，重重大敞奏笙箫。数行仪仗先挑入，只听得，喝道锣声几阵交。纱帽堂官排雁翅，绿衣内监列班寮。挽扶龙凤香车进，宝盖团团罩顶飘。职事纷纷多歇下，辕门内外马蹄嘈。一声住辇丹墀歇，闪过宫娥十六姣。揭起绣帘鸣玉佩，亭亭扶下一多姣。但见他，一下朱轮彩袖抬，双扶小婢款弓鞋。裙拖八幅湘江水，服映宋光万彩开。一片金龙盘五瓜，双分秀带动牙牌。乌云掩髻排珠翠，红粉微拖润两腮。玉貌如花颜似玉，飘然不染半尘埃。亭亭稳步登阶级，冯太妃，婆媳同行迎上来。

“阿，夫人枉顾，蓬荜生辉，寒门幸甚。”

太妃言乞面含春，举袖殷勤导玉人。李氏夫人抬凤眼，已见了，太妃公主两夫人。人人吉服鸣环佩，一片香风兰射喷。公主慌忙趋步上，花容带笑启朱唇。奴家拜贺来迟慢，怎敢劳，伯母亲迎负罪深。言乞殷勤先问好，又呼秦妹叙寒温。王明之妇杨帘燕，随了夫人也到临。今日吉期穿吉服，他也是，俨然冠帔一宜人。太妃一举鸾绡袖，引道先行入锦屏。诸位玉人随在后，殷勤让入内宫门。一双女婢先开幕，众位夫人同起迎。鸣玉佩，款湘裙，人人椅上尽抬身。于时遂入华堂内，公主娘娘面带春。恭贺太妃提彩袖，竟行大礼跪埃尘。太妃一见忙还礼，谦议连将不敢称。对拜定时方立起，李玉娥，含欢致意太夫人。婆婆道未亲来贺，令侄媳，敬致微词谢罪深。和顺太妃称不敢，岂堪劳动太夫人。娘娘又见升平主，姐妹殷勤把礼行。两位夫人多礼毕，方才相见众夫人①。

话说众夫人之内也有认识的，也有不识的，升平公主一一指点。

众等皆因公主尊，一人人，殷勤先自见佳人。清平公主从头见，后到了，孝义王妃问慰频。闻得素贞贤妹妹，已经分娩生麒麟。想来婶母冯衙去，可否三朝是此辰。吾处姑娘曾愈否，现今服药是何人。汝兄近日因繁冗，故未前来看妹们。郡主含欢回答道，婆婆昨日往冯门。姑娘廿一寅时候，生子平安大小宁。姐姐如今无服药，这几时，比前轻减渐和平。干娘继父应悬念，堂上多应纳福宁。太妃相逊分宾坐，众侍儿，献上兰芽路一巡。

话说中堂之内言来语去，各叙寒温，众人因见清平公主言语谦和，丰姿秀丽，无不称扬赞羡。

少年丞相贵当朝，更闻说，容貌风流胜阿姣。刚断才能叨重用，独宠冠，三千文武众官僚。今观这位清平主，秀雅超群美更姣。言语温和谦更让，果然富贵竟无骄。不言众等心私议，又只见，公主含欢启绛桃。进言要看冯贤淑，并乞新生公子瞧。和顺太妃秦贵主，丽仙郡主女多姣。一齐陪奉来宫内，早有丫环报事苗。贤淑夫人亲接入，李夫人，殷勤施礼贺多姣。太妃相逊同归坐，命奶娘，抱了哥儿出绮寮。含笑带将双袖举，道言公子拜娘

① “方才”，原文前衍“大”字，据文义删。

娘。夫人玉手忙相接,看了看,目秀眉清品格高。相府麒麟原有种,长成实是不凡嫽。太妃姑媳同谦逊,此是夫人过奖高。陈赵乳娘同叩首,娘娘亲挽笑含桃。随来宫女忙呈上,八色隆仪摆盒高。

话说乃是金镯一双,玉镯一双,金锁一把,玉锁一把,紫金汉圈一件,脂玉雕花带一条,蟒服缎四端,珠冠一项。

夫人言笑把言开,薄物些许表寸怀。婆媳三人同起谢,要又承,夫人赏赐小婴孩。回呼乳母将儿接,叩谢娘娘礼正该。奶母赵妈忙接过,夫人止住不须哉。

"阿,些须微意,何足言谢。况小官人尚未满月,何消如此多礼?"

乳母方才抱转身,大家宽坐略消停。太妃启口将言问,公主芳年十几春?闻得蓝田犹乏玉,这如今,飞熊定有梦祥徵。夫人见问红双颊,没奈何,欠欠身躯应一声。痴长今年交二十,年轻安敢望儿孙。太妃见说言称是,又复含欢问是因。丞相金钗人几位,可生公子与千金?夫人欠体重相告,只为寒门家训严。堂上椿萱均有命,房中不许置姬人。因而年侄难违命,侍御金钗未有名。和顺太妃微点首,妾身亦,素闻家教最严明。可嘉丞相年方少,竟可以,克守家规不乱行。

"阿,敢问夫人,妾身闻得丞相乃系过继竺府,想来原是舅家姻戚。但不知本身父母现在何处?夫人谅必知之,可肯赐教否?"

公主从容又告将,侄儿原籍是云南,本身父母远消息,年幼时,即被奸人拐出乡。白姓收留为继子,长成父母又皆亡。投亲得遇官船过,萍水相逢认父母。因此不知家国事,生身恩德未酬偿。太妃听了佯为叹,丞相艰难也数尝。总是贵人磨难重,如今显得姓名香。言谈良久香茶过,遂起相邀出露香。云鸾送至珠帘下,仍转中宫会众谈。按下内宫多少事,且将前殿表端详。只闻花炮三声响，迎归了，晏府千金鼓乐扬。花幔鱼轩停了杠，两傍宾相赋诗章。王妃金氏先开轿，捧出仙娥众喜娘。宾相又邀贤驸马，银銮殿，参天拜地结成双。见完亲友参爹母，方相请，正室王妃一共参。罗氏夫人因有孕，章家小姐出银安。王妃只论同班礼，谦让殷勤不敢当。见毕笙歌相送入，蕊珠宫内坐牙床。成婚礼毕王爷出，孔雀筵开款众官。

话说和顺太妃引着，女眷同到蕊珠宫，观看晏家小姐生得丰神秀美，态度风流，众夫人无不称赞。

李氏夫人暗暗思，细评钱宅众名姝。倾城倾国秦公主，静息忘机章锦书。和气一团罗小姐，英风映面晏英珠。更兼贤淑夫人女，达礼谦恭贤孝俱。慢表夫人心想事，侍儿来启太妃知。庆云殿上华筵备，传到黎园子弟齐。冯氏太妃方立起，相邀众客出仙居。喜嫔簇拥新人出，安席完时归坐居。东首清平乾贵主，西边金氏一王妃。余皆按次无须表，子弟登场扮演齐。公主夫人同劝酒，殷勤翠袖把金卮。

话说戏完正本，已是黄昏之后，华筵席收，新人谢酒，先回宫院而去。众宫娥侍女又各献香茶一道。

相国夫人先起身，殷勤敛袖告辞行。太妃公主夫人等，俱说今朝有亵尊。接待不周殊抱歉，海涵容恕勿存心。娘娘敛袖称言重，侄媳痴愚礼未明。若有不周规矩处，殊祈海量恕三分。于时又别夫人等，画烛双枝引道行。文武诸官皆散尽，相衙轿马共来迎。宫灯对对摇红影，火把重重遍地明。送了清平公主去，各官轿马也皆临。殷勤次第相辞起，各上香车转府门。姑媳方才回入内，太师父子在宫门。王妃姊妹同辞退，各转深宫去换衣。和顺太妃归了坐，太师启口问夫人。今朝竺府夫人至，可用言语探此人？我意只因单为此，故欲今，内中来往得情形。太妃见问双眉皱，便将那，问答之言述个明。观彼并无羞涩色，从容回答意何惊。莫非此事非真实,想必是,容貌生成若女形。休为此情迟滞下,还当他处去追寻。太师见说无言语,闷闷长吁叹一声。御史芳林傍首道,母亲之语不差分。孩儿也是如斯想,急欲回乡走一巡。只为连番多喜事,故而未得动身行。华云表弟同儿意,已定于,节后辞朝出帝京。大料武英非妹子,到休为,疑心误了正经情。太师也便来依允,正自堂中议论云。只听珊瑚鸣玉佩,新人定省到中庭。一番礼毕仍辞退,堂上传呼掌上灯。驸马起身辞父母,朝靴款动出宫门。掌灯内侍前边照,分付先临东院行。步入凤仪宫一座,守门彩女欲传闻。王爷摇手休通报,悄步帘前看一巡。但只见,两院夫人也在堂,大家共议晏红妆。英风映面威仪重,到只怕,情性三分是有将。可爱花容生得美,再不料,番邦也有艳红妆。三人正自谈言处,小亲王,蓦地掀帘步入堂。笑说诸卿休害怕,孤来护卫保无妨。英珠纵有通神手,难把家庭作战场。公主夫人齐笑起,被君窃听这端详。顽奴也不来通报,岂晓君侯在此处,姊妹无须相护卫,新人非是虎山王。取笑一回同入座,娘娘启口唤贤王。因何此刻还来此,怎不前行去洞房。顺义王爷微笑道,未来请命怎行将。迎新岂可而忘旧,莫被人言薄幸郎。公主笑言休假了,快些请往会新娘。此间不可多留坐,莫负良宵春夜光。妾等皆须安睡了,奴还要,谢恩明日进昭阳。王爷笑说何慌促,尚有言词与你商。今日清平公主至,母亲有意探红妆。见他没有迟疑处,父母俱皆冷了肠。大兄节后朝辞出,回转家乡去访将。孤意怀疑终不释,岂堪因此便抛傍。卿如明日宫中去,再请娘娘作主张。公主含欢称晓得,自然竭力恳昭阳。王爷方始抬身起,作别三人出画堂。内侍提灯犹等候,出离东院绕西廊。画屏四婢胡宫女,代主相迎跪道傍。千岁欣然皆命起,竟来洞房会新娘。夫人已出红罗幔,广袖长裙卸了妆。玉貌如花犹似昔,只觉得,新妆之后更非常。含欢并坐沉香椅,挽手殷勤启口谈。夫人呀，与卿夙世有前因，孤曾蒙，师父留诗指点明。只为其时关碍重，故而不敢念私情。使卿依旧随亲转，常使孤家系念深。可敬夫人持雅操，情念在，空闺一世守清真。国王来到方知悉，孤其间，惊喜交加意不宁。感沐王恩从下愿，赐婚于我结成亲。从今永远为夫妇，凤友鸾交鼓瑟琴。芳卿呀，当年战地被相擒，马上相依已片辰。不肯令，军士近前来捆绑，孤只为，恐伤雅操辱芳卿。帅厅言语深相犯，有犯狼威以唬卿。王命在身无可奈，不敢起，怜香惜玉那私心。卿今频把前仇解，从此和谐百岁春。千岁言完频抚慰，多姣闻语泛红云。秋波微转观详细，好一位，年少风流美俊英。玉带蟒袍威凛凛，风流更胜昔年春。殷勤软款情无限①，笑语欢容低唤卿。小姐时闻心略慰，含羞也便启朱唇。殿下呀，一概前情请勿提，皆因少女执痴迷。不知天命归皇宋，还自抗强逆虎威。王驾一临诸事败，无能女子被擒归。

"咳，其时妾意原不欲求生，故用恶言数侮二位君侯，以祈速死也。"

何蒙再造广施恩，释令回邦见二亲。窃忆闺门身价重，此身不幸近于人。原思清静香闺老，侍奉高堂二大人。不意家君存了意，暗将此事奏吾君。国王表奏天朝帝，感沐皇恩赐配君。丞相啰苏归国日，高堂明谕使知闻。其时事已而如此，君命难违谨奉遵。弱女离乡抛父母，从今荣辱仗于君。愧奴不谙三从礼，四德多亏怎立身。堂上翁姑祈善视，正房公主望施恩。君侯垂念离乡女，代妾申明感大恩。并及夫人人两位，愿闻教道视如亲。英珠言乞挥珠泪，转忆慈亲感素心。风流王子闻多语，怜悯佳人安慰频。父母仁慈无用说，王妃贤德更难寻。待如两院夫人处，姐妹相呼不妄尊。卿是异乡贞节女，他自然，更加爱女不相轻。诸凡

① "限"，原文作"恨"，据文义改。

事体无消虑，自有孤家作主分。晏氏英珠深感谢，王爷促催入鸳衾。三星照室成佳会，千里奇缘配合成。按下蕊珠宫内事，表一表，丽仙郡主转衙门。太妃已自归家内，相见翁姑先请安。又问姑娘应健好，新生孩子唤何名。太妃道是平安甚，儿唤元熙品格清。叙话片时方退告，又来东院看佳人。武宁千岁相同去，挽手同行至瑞临。侍女慌忙通报入，竺王妃，推帘迎接面含春。

“阿，贤妹回来了么？闻得嫂嫂今日也在彼赴宴，谅已会见了。”

多姣郡主应声然，嫂嫂殷勤命转传。父母康宁多迪吉，教姐姐，不须牵罣放宽心。且言且走来堂内，定国王爷共入帘。夫妇三人归了坐，素瑛含笑又开言。今朝嫂嫂临钱府，继母多应已有言。贤妹应知祈告我，有无形迹在宫间。丽仙郡主微微笑，姐姐何期竟似仙。舅母虽然存有意，何常探得甚根缘。奴思兄若钱家姐，嫂嫂同心是显然。贤姐欲思相套彼，看来何可得真言。素瑛未及回言答，千岁长吁启口言：

“咳，如今这一头指望孤也不着想了，已与芳林兄定于节后辞朝，同回乡寻觅。”

一来或可遇佳人，二则去，叩问缘空老道人。大料云游今必转，竟将我，胸中疑案乞分明。那时再作良谋计，此刻是，空自劳神与费心。二位王妃同道是，指明方可有真凭。于时郡主抬身起，辞别东宫竺素瑛。千岁王妃同起送，宫娥引导掌红灯。王爷方始回身入，贞静王妃低语云。君侯呀，奴自春间病到今，蒙君常伴在宫门。总来疏远西宫妹，妾实于心抱不宁。贱恙已安无甚事，请君不必挂于心。妹今已自回宫去，伏望王爷也共行。千岁见言微笑诺，孤家当得体卿心。今宵遵命西宫去，明日来宫再看卿。贞静王妃方意悦，命丫环，点灯送驾出东庭。王爷执手频叮嘱，方始相辞出内门。早有宫官来接驾，接其侍女手中灯。王爷命转双环女,竟入西宫一座门。郡主卸妆方已毕,窗前闲坐品香茗。宫娥启禀王爷至,整顿云鬟便起迎。灯影摇红窗下过,靴声响动入堂门。掀帘步进兰房内,带笑前来挽玉人。郡主含欢传殿下,不知驾到失相迎。因何不歇东宫内,寂寞罗帷抱病人。定国王爷微笑道,东宫今已少安宁。言孤疏远贤妃久,务欲前来伴爱卿。郡主道言何论此,如何姐姐恁多文。玉躯有恙君宜伴,奴岂无知有不平。言乞同于灯下坐,宫奴左右奉香茗。闲谈话至深更矣,方始安眠入绣衾。住表武宁衙内事,再言竺相府中因。

话说清平公主銮车归府,水氏夫人出外相迎,同到永寿宫见礼翁姑。

坐下从容方告将,姑娘今已渐康宁。今朝郡主临钱府,面会之时问得详。太君见说心安放,又问新人貌怎般。公主细将详细说,坐谈一会告归房。院中妇女同迎接,公主开言问女环。驸马可曾归府否,书香低语禀娘娘:相爷早已归衙内,这时候,带酒醺醺睡榻床。李氏夫人微点首,入房即便换衣裳。沉香小榻芙蓉褥,但只见,驸马甜然入睡乡。公主命将窗掩上,酒甜最易受风寒。卸妆已毕消停坐,宫女忙呈露叶香。只见翻身开凤目,欠而伸起叫当难。

"阿唷,好醉呀!今日因被大众相劝,多饮了几杯,竟支持不住了。"

夫人何刻转回来,我竟全然不晓哉。一壁言时忙下榻,紫袍不整帽檐杯。宫娥忙奉香茶到,公主娘娘笑口开。每遇赴筵常闹酒,黄汤误事岂宜哉。劝君须要微知警,不可疏狂有失来。元宰含欢声领教,从今不入醉侯乡。于时更令诸人退,掩户灯前诉曲怀。李氏夫人方启口,将言细告小三台。谁知伯母言如此,好使奴,羞愧难当怕口开。无奈强词来应对,免教大众启疑怀。君家料理如神见,果有深思在内埋。年少三公微笑道,下官岂不识情怀。自从妹妹归家后，他们已，两次三番把计排。

“阿，夫人，我还有一件事忘记告诉于你，去年冬月上旬间，我下朝时，见有两乘朱轮辇歇在午朝门外，询于下人，方知是升平公主、丽仙郡主同入宫朝后。”

下官一听甚疑心，无事临宫有甚因。想为百方难认取，又要去，驾前陈奏启王恩。当时不上陈情本，多只为，恐我强词会解分。故令内家朝国后，就可以，于中用力恳明君。想来皇上无依允，至此还无一语云。因此我心常在念，每逢召对必留心。

“阿，所以今日特请夫人前去者，欲思探得些须口风①，就要追出根底。彼我亦在外，岂不是轻轻易易便认了出来。”

我为知卿有口才，故而无虑放心怀。夫人若是无能女，吾怎敢，放你回家去惹灾。过此一番无虑矣，放心两处往和来。夫人笑说蒙称赞，奴岂如君有口才。伊等进宫来奏事，姑娘料必悉情怀。因何竟不来拦阻，此理难明请讲来。相国闻言重说道，素瑛怎好把言开。

“阿，他们众人左猜右疑，妹妹怎好独说个不是。”

情虽顾念在于兄，只恐人谈彼不容。因此难于相阻挡，料他必，暗中着急皱眉峰。那番举动无形迹，到分明，安了姣娃难处胸。

“咳，若说父母呢，天性恩深，思女心切。原是我负罪重大，最可笑者，梅兰雪也是那般念念不忘。”

与伊有甚两情牵，着意歪缠实可嫌。我意若非因妹子，必与彼，绝其交往早分颜。云屏说着深嗔恨，公主殷勤劝数言。君亦不须嗔怪彼，谁人像你断情牵。你如薄待梅兰雪，堂上双亲必不欢。郎舅之情须也有，岂可因，些些小事挟微嫌。但能天子无疑

① “探”，原文作“贪”，据文义改。

意,何惧傍人出乱言。元宰闻言微点首,夫妻闲话片时间。谯楼已转三更鼓,方始同归锦帐眠。按下英武丞相事,再提顺义府衙间。

话说西平府梦娥公主次日进宫谢恩,皇后礼毕,复请问前番所求之事,皇后笑道:"本宫为了尔们①,这事也费了多少唇舌。"

如今方得父皇依,已定下,试探云屏一计奇。令我示明于尔等,这般可以释群疑。升平欢喜忙求请,国母娘娘细告其:

"阿,皇儿,父皇因闻得他位极人臣,犹无侍妾,今欲于朱明佳节大宴群臣之时,以赐美女为名,观其动静如何?"

本身若是一钗裙,断不敢,领下君王御赐人。那时节,阁老钱公同在座,只须要,察颜辨色暗留心②。彼如再是坚辞甚,即可同,定国梅君出认亲。皇上自然来作主,要加番,严明盘诘究虚真。云屏断断难瞒隐,当殿即,钦赐完婚定国君。如竟公然来领下,这个就,必非女子勿疑心。

"呵,皇儿,父王道他若竟领了御赐的美女,令钱相等以后俱不狐疑了。"

再有非言奏上来,君王要,按章治罪不容哉。成虚总在朱明节,尔回去,宣谕诸人令候来。国母言完公主喜,殷勤再拜跪尘埃。娘娘恩德如山重,臣女全家铭刻怀。皇后欣然重命坐,闲谈良久乐开怀。方才叩别娘娘出,龙凤香车转府来。便路归宁爹与母,门公通报不迟挨。侯爷出外亲迎接,拜见双亲坐下来。侍女献茶多已毕,娘娘含笑把言开:大兄何日完花烛,虚度春光有不该。闻府千金将满服,今须择日早和谐。侯爷见说微微笑,英烈王爷答女孩。我已择期于七月,中旬十二两和谐。升平公主心欢

---

① "们",原文作"门",据文义改。

② "辨",原文作"变",据文义改。

喜,用过了,早膳方才辞起来。父母俱知家有事,因而也不款裙钗。朱轮宝辇离秦府,仍转王亲府第来。

话说升平公主回到家中,将皇后之言禀知姑舅,太师父子俱有欣欣之望。冯太妃更是愁喜交加,喜的是皇上肯垂恩追究①,愁的是竺相公云屏恐非爱女②,便向二子道:“明日你们去通知兰雪一个信儿,也教他欢喜欢喜。”御史兄弟同声应命,公子方才告退回宫。

此日无词不用云,要提要,次朝庙见许多闻。新人下拜双姑嫂,又见王妃正室君。晏氏夫人行大礼,惟呼公主论君臣。王妃再四殷勤逊,姊姐相称奴到临。贤妹若然为此礼,使奴何以可当承。太师夫妇心欢悦,秦媳贤良果少寻。新妇还须从彼意,家庭不必论君臣。英珠小姐方从命,告罪殷勤礼并行。暗暗心中生喜慰,王妃真是一贤人。锦书罗女同相见,各论年庚章氏尊。罗氏夫人年十七,英珠小姐两同庚。仙芝二月初三日,晏女重阳佳节生。以此论之分姐妹,四佳人,你谦我让各殷勤。因知伯姆生新子,满之月时再见明。内里方才行礼毕,早报说,晏公国舅已登门。太师父子同迎接,宝殿银銮把礼行。宾主各分方入座,献茶已毕话殷勤。太师举袖含欢道,可敬亲翁家教明。令媛清贞能自守,寒门有幸得贤人。晏公欠体称言重,小女无知有辱称。承感亲翁无见弃,微邦弱质入侯门。年轻只为多姣纵,妇道之间定不明。愿望亲翁亲母等,时加诲训教愚人。弟蒙宠召今来府,一者辞行二识荆。已定归期于廿七,但惟有,片言拜托大人闻。闺娃只为全名节,愚夫妇,强舍将他远嫁临。乞念平生惟此女,小弟与,寒荆溺爱过三分。为因如此而失教,四德三从礼未闻。殊乞

---

① “是”,原文无,据文义补。

② “云”,原文无,据文义补。

翁姑加善视，含容过失恕年轻。离乡孤女蒙怜悯，弟佩洪恩似海深。国舅言完容惨淡，起身作礼揖深深。太师答礼称遵命，令嫒须知无所云。亲母亲翁都放意，千金在此不相侵，亲翁归意何如速？地主之谊未尽情，可屈盘桓留数日，少堪表弟一番心。晏公国舅称多感，家下无人难久停。言乞起身重又告，内中欲去看亲生。王爷领命相陪入，先令宫官报内庭。晏氏夫人心喜悦，相迎严父进堂门。一番拜见方归坐，左右丫环又献茗。灵钰开言呼爱女，今朝到此别儿行。离家已久心悬念，廿七回邦要动身。儿在此间须放意，翁姑慈爱自非轻。正房勿失王妃礼，诸事还当请问行。两院夫人如姐妹，勿分彼此在闾门。贤名素著人皆晓，断不将儿别样轻。父母康宁无用念，鱼书来往可宽心①。我如有便当亲到，看望孩儿走一巡。小姐一闻如此语，不禁珠泪落纷纷。

"阿，爹爹就要回去了么？"

撇下孩儿在异乡，此生何日见爹娘。望爹寄语萱堂晓，儿在天朝甚得康。勿为思儿成疾病，英珠罪孽更如山。多姣言乞心中苦，国舅凄然劝再三。回对西平呼驸马，诸凡委决在贤王。良缘有幸归君子，小女终身得靠傍。惟愿贤王称大德，勿因些小失纲常。更祈代禀堂前晓，廿七容他走一番。父女分离惟此日，聊堪少叙表微肠。西平千岁躬身应，小婿焉为薄命郎。岳父宽怀休累念，千金自必得安康。大人归里应亲送，父母须知无阻拦。灵钰闻言心内喜，殷勤致谢小亲王。外边内侍来相请，千岁相邀出画堂。小姐含悲相送出，银銮殿上绮筵张。黎园演戏鸣啰鼓，父子殷勤动酒觞。红日西斜天色暮，晏公谢酒告辞将。爷儿送罢同归内，顺义王爷禀父母，丞相太妃皆应允，送亲归国正相当。王爷告与英珠晓，晏氏夫人感德长。按下钱衙全不表，直谈国舅亦匆忙。

---

① "鱼"，原文作"鲁"，据文义改。

话说次日廿六，晏灵钰入朝辞谢圣驾，宋天子优礼相待，赐宴金銮。谢恩出来之后，又到各处辞行。梅定国等俱设筵饯别，晏公因行期急迫，遂一概辞谢。

至期廿七正晨光，顺义夫妻早到将。随后太师梅定国，奏冯侯伯众朝官。都来馆驿亲相送，灵钰殷情谢一番。茶罢众官皆散去，这一边，爷儿翁婿话离肠。英珠小姐心难舍，把袂牵衣泪万行。国舅伤心频劝慰，没奈何，要辞爱女整行装。家丁带马扳鞍上，小亲王，也坐飞骑送泰山。小姐送将严父去，依然坐轿转衙墙。王爷送出皇城外，国舅殷勤请转将。执手再三惟嘱托，愿君善视女红妆。王爷诺诺连声应，洒泪分离各一方。晏灵钰，行色匆匆归国去，钱驸马，遥观去远始回还。英珠小姐归王府，姑舅殷勤慰一番。公主夫人同劝解，王爷宛曲慰红妆。佳人虽则思爹母，见众殷勤也就安。却说武宁千岁府，东宫痊愈出兰房。堂前拜谢姑和舅，郡主王爷俱喜欢。意欲省亲归府去，别离已久挂心肠。王爷已晓朱明事，恐彼回家走漏将。故以婉言来说道，贤妃何在一时忙。目今将近端阳节，住不三天又要还。莫若消停迟几日，回家拜节两高堂。王妃识得夫君意，暗暗思来到也当。此事纵然成与败，与奴无涉没相干①。免教疑我来通信，结怨诸人到不堪。因此欣然来应允，王爷代彼候高堂。并言节后回来意，因可多留几日长。夫妇闻知儿病愈，十分欢喜放心肠。闲文一切休烦赘，要紧云，试验云屏事一桩。转眼端阳佳节到，百官朝贺宋君王。王妃命妇朝皇后，崇政殿，大宴群臣赐酒觞。天子座中传下旨，召近了，武英学士少年官。黄袍拂地参君驾，牙笏横胸面圣王。红艳艳，两颊桃花凝晓露，翠青青，双眉杨柳冠春山。整冠三叩端然伏，一段风流果异常。天子观之心喜悦，慌忙敕赐坐于傍。

---

① “涉”，原文作“陟”，据文义改。

龙颜含笑开金口，叫一声，相国先生听事详：

“阿，相国贤卿呀，今日端节良辰，寡人却要为卿助一佳兴。”

闻卿爵位列三台，金屋空虚美色偕。难得个，年少志诚若能此，不将花柳乱心怀。朕今作个风流主，今日里，赐尔双双美女偕。富贵春光休辜负，良辰佳节正宜哉。寡人之意卿休逆，领下双姬好合偕。天子言完容带笑，小三公，闻言不觉暗思裁。

“阿，且住，莫非旧案又发作了么？”

今日王恩赐美人，定然有意内中存。吾如不领辞君旨，到只怕，严父当前要认亲。虽可强分而抵赖，总不免，动人疑惑不分明。不如竟受双姬赐，再着调停有处分。

“阿，皇上也是被他们歪缠不过，故只得设此一个小小法儿，以绝众人之意。”

否则君心若见疑，何须如此用心机。只须得，明言考问追根底，当殿前，令脱双靴验是非①。我则自然难隐讳，要将来历奏天威。只因皇上无疑我，拂不过，众等之求试一回。

“阿，也罢，既沐君恩，用意如此，我岂可不领会而有负朝廷。”

元宰思量定主张，揽紫袍，欣然再拜谢君王。臣因未尽匡扶力，安敢将，花柳闲情败大纲。既沐圣恩深似海，臣当拜领谢吾王。云屏之奏犹无毕，喜动英明宝庆王。

话说宋天子原本不欲试验云屏，因谢皇后允了二主之求，在天子前再三婉请，不得已设此一法，惟恐彼推辞，要费疑难调处。今见他欣然受赐，不觉龙心大喜，赞道：“卿少年忠义，不迷于酒色，以王事为重，可谓国家幸甚矣。”言讫②，回命宫官传旨昭阳皇后，挑选两名绝好宫娥，赐与竺驸马，即着令跟随清平公主一同归

---

① “脱”，原文作“说”，据文义改。

② “讫”，原文作“乞”，据文义改。

去领旨。

宫官答应去忙忙，宋天子，又复开言问宰官。卿是寡人能信任，可知道，外边却有众闲谈。从今相国须留意，再如有，非礼相侵可奏将。顾命大臣为朕辅，岂容得，浮言毁谤视为常。事今明后还如此，不治以，罪款如何能息谈。天子言完含怒色，龙眉双皱变容光。风流国相明知晓，故意趋前启问王：

"阿，陛下，未识外边有何言语毁谤微臣？陛下何以知之？伏乞吾皇明示。"

臣当少小欠才能，处政多应失重轻。能在驾前批短者，须知此辈是忠臣。还祈陛下分明示，使微臣，知过修身好立名。天子道言非为此，毁卿之语乃奇闻。内中关碍人非少，言出来，只恐同僚各带嗔。故谕数言为禁止，即今何必问分明。武英学士称遵旨，举袖三呼谢圣恩：

"阿，谢吾皇圣明鉴察，臣惟有一点丹心以效犬马之劳也。"

朝廷大悦极称扬，元宰辞君退下傍。偷凤目，暗端详，严亲兄弟武宁王，人人低首无欢色，个个愁眉减彩光。暗自心中称好笑，果然今日等开腔。吾如不是知机者，此刻要，大动干戈闹一番。今后必能消众惑，料不敢，再生端衅起波澜。住谈元宰心嘲笑，再表多情定国王。一听君王宣相国，喜孜孜，安排言语认妻房。观气色，看行藏，见他受赐喜扬扬。心中不觉如冰冷，俯首长吁暗忖量。咳罢了，几番起意与图谋，实指望，可以完成鸾凤俦。不料事情终变幻，如今还有甚疑留。云屏纵有浑身术，也不敢，玩弄朝廷如此油。御赐之人难再嫁，谅他岂是一姣羞。

"咳，从今以后，到须要谨慎了。"

朝廷言语已明明，禁止人谈作女人。再若疏防而失口，孤家难免罪临身。这条指望今全绝，孤只得，要访明珠别处寻。千岁暗思心恹闷，太师父子笑精神。如今还有何疑惑，再休要，惹祸招灾触此人。住表两家无兴致，且提起，昭阳院里众佳人。朱明令节朝皇后，恩赐诸人饮酒巡。国母遍观心内喜，玉音召上一佳人。

“阿，本宫闻得顺义王新完花烛，晏氏夫人今日谅必也同来朝贺，本宫尚未认识是如何一位，闻得也是才容足备的呀！”

英珠小姐即离筵，冠帔端严趋向前。燕语莺声呼国母，英珠见驾伏花毡。娘娘座上抬头看，果有如花似玉颜。喝彩一声连道好，爱卿贞节实称坚。上天不负成全尔，正所谓，千里良缘一线牵。言乞合欢亲挽起，夫人再拜谢恩怜。娘娘仍命归筵坐，只听宫官奏一言：

“启娘娘得知，万岁爷赐了竺驸马美女两名，驸马已今拜领，有旨着娘娘挑选，就令随公主归去。”

中宫闻奏面生春，笑唤清平继女云。今日父王成美事，双姬钦赐与王亲。汝心可得相容否，宁不要，怨望君王多事情。国母娘娘言乞笑，清平出席欠身云：蒙恩垂赐深为感，焉有无知怨望君。臣女虽惭无淑德①，闺帏焉敢斗姣嗔。娘娘见说言称好，皇女贤良礼义明。言乞回眸呼左右，内宫召出二佳人。瑶英楚女肖红玉，颜色堪推彼二人。一样宫妆穿绣服，云肩翠袖态轻盈。帘前拜见昭阳后，国母娘娘启口云：万岁王爷恩赐与，清平驸马作姬人。二人今日深沾泽，得近仙郎幸十分。须要小心来奉值，闺房不可乱胡行。久知公主贤良性，待汝之恩定不轻。都尉纵然加宠爱，二人勿得失仪文。瑶英红玉心欢喜，拜谢娘娘恩泽深。就令筵前干贵主，二人奉命拜尘埃。清平公主芳心悦，玉手亲扶命起身。此刻升平千贵主，素瑛郡主俱观明。暗中领会心明白，笑语殷勤贺几声。御宴散时皆立起，拜辞国母出宫门。娘娘各有多恩赐，画扇名香绣汗巾。公主王妃诸命妇，一齐拜领谢王恩。只闻

① “惭”，原文作“渐”，据文义改。

环佩珊珊响，一众夫人次第行。各上香舆和宝辇，纷纷出了午朝门。内宫单表清平主，带领了，御赐如花二美人。回到潭潭丞相府，夫人水氏出来迎。云屏先已归家内，拜节双亲二大人。等候清平公主转，团圆家宴庆朱明。夫人当下来宫内，拜贺翁姑把礼行。水氏夫人先走过，殷勤贺节李夫人。娘娘答礼同相见，一霎时，男妇诸人陆续临。叩拜一番方退出，李夫人，含欢回首命佳人：

"阿，楚肖二美人，过来叩见老太爷、太夫人并与驸马。"

瑶英红玉应低声，翠袖轻盈拜在尘。叩过太爷和太太，方参驸马小亲王。风流元宰观详细，二女丰姿俱出群。这一个，面映桃花交滴滴，那一个，眉分杨柳翠青青；这一个，绿纱衫子云肩单，那一个，妃色裙儿玉佩鸣。低吐姣音呼驸马，袅娜之态可怜生。风流相国心深爱，辜负君王恩赐名。二女姿容皆不俗，可惜我，不能消受两娉婷。当时含笑呼声免，紫袖低垂命起身。二女偷情窥驸马，芳心羡慕暗相称。每常只听人传说，相国风流第一人。今日观之言不谬，看起来，夫人犹觉欠三分。蒙恩今日来赐出，有幸终身侍贵人。春风满面非严厉，定是怜香惜玉人。两个佳人心暗喜，太爷夫妇不分明。问之方晓君王赐，既出王恩无甚云。顷刻画堂开绮宴，铺排上下两筵分。竺公太太朝南坐，相国云屏奉二亲。公主娘娘和水氏，二人同席饮杯巡。只因水氏居时久，竺府中，相待如同自宅人。故此夫人无避讳，常常相聚在中庭。团圆家宴生欢乐，琥珀杯浮父酒馨。十二歌姬同拍板，清歌妙舞悦心情。娘娘回首来呼唤，红玉瑶英两美人。可去上边来把盏，一人答应即前行。殷勤翠袖呈仙露，十指尖尖捧玉樽。敬过上边方转下，筵前又敬正夫人。少年元宰容含笑，点首开言唤一声。

"阿，美人过来，我有话相问。"

两个佳人面带羞，从容近步半低头。风流驸马方开口，带笑将言问事由。二位美人年几许,那方人氏住何州,有无父母营何业,被选王宫已几秋?楚氏瑶英先启禀,莺声低吐告情由。驸马呀,贱妾今年十九春,江苏吴县旧家人。双亲去世惟歌嫂,兄入洪门字友卿。妾年十六来宫内,侍御昭阳已四春。楚氏佳人方禀毕,箫家红玉又呈明。扬州人氏年十八,妾父江西任县丞。名唤箫荣娘鄘氏,还存兄弟一双人。长兄箫德攻儒业,妾入王宫亦四春。箫楚二娥同禀罢,武英学士意沉吟。

"阿,既然如此,美人们之胞兄现在府中,同为书记,楚友卿掌管文书奏折等事,箫德乃掌管各项案牍。因才器颇好,办事得力,俱赏有六品前程。姓名住籍与美人们所言无二,这自然不错了。但汝二人在家时,可曾许字与人否?"

瑶英红玉喜还惊,楚女含羞复禀闻。曾许同乡成氏子,其名宗信故家人。朝廷选秀之时节,正遇他,出外闲游未转程。因此妾兄难遣嫁,被人先已报花名。佳人红玉同言道,自幼联姻陆氏门。表字钦雄惟武举,扬州人氏住同城。只因贱妾随亲任,故方才,被选王宫内院门。二女禀完多少事,小三公,开言不觉叫奇文。

"阿,奇哉!此二人俱由武试得第,官至三等侍卫,原来二位美人即系其原配。汝等心中可欲一续旧缘否①?"二女含羞道:"贱妾等安敢自主,悉听相爷裁处。"

风流相国甚欣然,回对双亲告事端。宗信钦雄人两个,孩儿侍卫两官员。谁其二女皆其妇,儿怎将,属下妻为妾御偏。难沐朝廷恩赐与,儿当明日奏君前。二人发令回家去,夫妇和谐完旧缘。伊等之兄皆在府,可怜骨肉又团圆。成人之美儿心喜,不为姣姿迷自欢。太太夫人犹未语,竺公不觉大欣然。我儿之德能如

① "一",原文作"已",据文义改。

此，须识阴功非等闲。二女既然皆有配，正该撮合与成全。太君亦觉心欢喜，不意孩儿能这般。见色不迷今古少，少年诚实可忻然。夫人但只微微笑，水氏夫人亦赞言。丞相志诚兼有德，故而年少拜高官。当时丞相重分付，回首含欢谕二人。

"阿，二位美人，我明日将此事奏明了天子，即将汝等送回家去，骨肉团圆，重完旧约。"

非我无情见弃卿，人生大义要分明。汝夫等尽为吾将，岂可将卿作小星。原本由吾恩赐出，岂知有此一桩情①。世间凡事皆缘分，二位芳卿应自明。在此无非为侍妾，何如荣耀作夫人。职居五品非为小，到可以，自在逍遥过一生。今日留居中院内，保卿名节免闲云。明辰说与夫兄晓，接取回家召旧盟。丞相殷勤安彼意，美人亦觉慰芳心。近承贵容虽言幸，到底人生重节名。既沐相爷能作主，此番定可续前因。胞兄在府为书记，家眷多应也到京。四载不知家国信，今堪回去看新人。赵姬犹觉芳心喜，久别双亲切念深。奴只言，老死王宫无出日，又谁知，蒙恩钦赐与王亲。更蒙丞相恩如海，今得以，归见爹娘叙别情。二女当时同拜谢，相爷仁德体人情。妾们安敢还生怨，只愧今生难报恩。元宰欣然呼左右，领他可入内宫门。既然不是为姬妾，安可筵前奉酒巡。二女愈加心感德，侍儿领入两家人。堂中无不来称赞，席散之时各起身。随意嬉游寻乐事，且言夫妇转房门。少年相国连声叹，可惜了，到手梅花付与人。我在筵前来派事，夫人何只笑吟吟。有何不算为公道，今要卿卿讲个明。李氏夫人闻彼问，樱桃微绽笑开声。

"阿，君又要来寻事于人了。奴只笑奴专一会捣鬼话，连朝廷父母无一不被我愚弄过去。虽觉得乖巧，只怕罪业太重，所以想

① "桩"，原文作"庄"，据文义改。

得好笑。却又与君有甚相干?"云屏道:"咳,所以说人心不知好歹,真真不错!"

我非无意两红妆,也只为,难把夫人一旦忘。能似下官人有几,真心实意对糟糠。谁知卿反无知晓,还说我,愚弄朝廷与父娘。既是这般休怨我,从今要,明珠不惜觅姣娘。三妻四妾非为过,冷落夫人撇一傍。只恐那时追悔晚,终日里,含愁含怨守空房。夫人见说微微笑,摇首连连道不妨。

"阿,这个不妨,君果能如此,奴只消写张小小状子到尊大人台前一递,和盘账目尽被我托了出来。"

且休夸口与夸能,多只为,官运生来有几分。前者林香一节事,高堂阻住不容行。此番本是由恩赐,奴已知,父母难于作主分。谁料二人皆受聘,其夫又是卫将军。使君可以来施展,还落个,君子之名被众称。可惜新文无有看,竟生成,这般福分恼人心。少年相国抬身起,笑挽夫人说是因。

"阿,不消着恼。如此美景良辰,未可辜负,下官与夫人同到翠竹轩玩赏一回。"

公主娘娘立起来,夫妻同步下庭阶。宫娥侍女跟随后,东廊下,推入朱门两扇开。穿曲径,进轩来,同倚窗前坐下来。几树榴花如火焰,数重湘竹荫瑶阶。迎风翠影悠然意,映日秾华烂漫开。阵阵凉风穿户牖,飘飘碎锦落瑶阶。夫妻玩赏生高兴,拈咏分题各展才。左右献茶和研墨,笑谈评论乐开怀。住言此处欢娱事,且提起,阁老钱公转府来。

话说钱太师父子及升平姐妹前后回到家中,同述朝中之事。

闷坏夫人钱太君,果能不是女亲生。枉教疑惑多多少,至此方能一旦明。太太寻思情不乐,良辰佳节少欢心。画堂摆上团圆宴,子媳殷勤劝酒樽。冯氏夫人既满月,双亲命子去房门。钱公也是同相劝,冯太妃,强把眉头展几分。正自堂中来饮宴,有一个，侍儿入内禀其情：

"启驸马爷得知，门公钱福有事禀见。"

千岁传言唤进来，门公钱福进庭阶。帘前单膝将言禀，外有个，老道游方至此来。只在府前称募化，施之又不受钱财。声言要见王爷面，他说是，旧有交情非浅哉。再四再三开不去，特来禀告请爷裁。王爷见说心奇异，若不是，师父缘空到此来。回换门公休待慢，将他请入府中来。司阍答应方才退，顺义王爷立起来。侍女闻言相让出，匆匆款步下庭阶。方才走出屏门外，道士徐徐已进来。千岁抬头观仔细，果然师父不差哉。童颜鹤发还如旧，道骨仙风更少偕。生喜色，慰心怀，抢步慌忙迎上来。

"阿，师父下降，弟子不知，竟有失远迎了！"

若辈无知得罪深，惟祈师父勿存心。何期今日云游至，弟子来，扫径恭迎师父临。言乞殷勤相请入，缘空一见笑吟吟。贤王有志全忠孝，贫道今朝造访临。尊宫不知因见阻，何云有罪要存心。于时同入书房内，顺义王，拜谢当年教授恩。又令宫官传报进，太师御史尽来临。大家见毕方归坐，钱阁老，致谢殷勤救子恩。师父云游犹未转，今朝有幸又相亲。缘空道长微微笑，贫道今来指夙因。

话说缘空道："贫道今日此来，特为令嫒之事耳。"太师喜道："小女失去之时，师父曾许有升腾之日，可能不被奸人所害，至今尚未获着真信。师父今日既因此而来，必有所见教，惟祈明示。"缘空道："因闻御史公与梅千岁有回乡之意，咳，何必得空受程途跋涉之劳。一时闻也难得，连城璧返，莫若耐心静候，自有日团圆。"御史道："虽知如此，余家慈思念切深，为人子者，安忍坐视？"缘空道："若为太夫人相念么！"

记取秋风桂子香，定期姣女会萱堂。虽然不得通心腹，可慰悲愁思忆肠。此事只堪公等晓，莫教传与武宁王。他和小姐无缘分,因此难期凤配凰。还望请来同一会,贫道要,谈明因果与他详。太师即遣家人去,顺义王,又复开言问短长。

“阿,请问父师,今日一事,谅师父必已先知。但未识其人,可是家姐否?”缘空道:“是何事故,贫道不知,还望怀王明示。”顺义王便将一切缘尾细细说了,又道:“当年弟子求问师父诸语,俱已应验。惟巾帼栋梁一事,尚未能明,故而有此疑心。还望师指释。”缘空道:“是与不是,贫道却未能知,贤王何必细查?但静候秋来,自有可见便了。”

太师当下甚欢心,师父之言定是真。我等耐心权静候,秋来谅可得佳音。正言之间家人报,定国王爷飞马临。只听鞋声摇佩韵,才临内院就开声。

“阿,师父到了么?拜谒来迟,望祈恕罪!”

一言未毕启珠帘,喜色匆匆进里边。在座之人同起接,武宁王,一观道长急趋前。殷勤施礼垂袍袖,说道是,救命恩衔肺腑间。只道今生难再谒,何期又得识仙颜。缘空答礼微含笑,贫道也,多感君侯二位贤。请得加封深得益,生祠建立受香烟。赖因如此方成道,如今可,不坠轮回作散仙。受德兄何为补报,片言聊为判前缘。西平定国非常喜,师父原来已得仙。数载虔修功德到,受封一旦脱尘间。武宁千岁躬身问,今日临凡必有缘。见召不知何所教,望祈明示内中缘。

话说缘空见问,笑而说道:“贤王,平生因果颇愿闻否?”千岁道:“此乃愚心最所在念之事,师父既肯见示,焉有不愿闻之?”缘空方才说道:“君前身原系上界捧香童子,钱小姐乃玉座司花玉女①。君因心慕其美,偶与私语,愿得下界同为夫妇,玉女闻言,勃生怒责,傍有云和仙子笑为解和,即今王妃竺小姐是也。被太白

① “小”,原文作“下”,据文义改。

金星查知此事，奏于上闻，玉帝因怒犯了上界清规，将汝三人谪下尘世。因君有欲与玉女为夫妇之意，罚汝二人终身不能完聚，云和仙子为有解和之事，故与君遂有夫妇之分。汝三人若得一生无过，方许复归本位，因此君与钱小姐联姻之后①，遂有亡失之事耳。”

千岁听完一席言，惊惊喜喜变容颜。原来因此同遭谪，怪道姻缘有变迁。既是终身难合聚，莫非玉女不能还。逃亡之处师应晓，可肯今朝赐教焉。道长笑言难得悉，此时未可与君言。纵然有日归乡国，却也难于续旧缘。彼今已是深知悟，断绝情缘两字牵。只待功行圆满日，自然有，高人接引可登仙。知君尚有多痴念，眷眷难忘彼此牵。贫道因钦高义重，故来点悟指前缘。从今能绝情痴念，方可以，复列仙班归上天。倘若执迷仍不悟，恐不免，轮回之苦受冤牵。一差之念犹遭谪，再误之时万劫缠。惟愿贤王当自爱，从今绝念这姻缘。武宁千岁闻多语，不觉胸襟尽豁然。出座殷勤深作谢，仙师所训尽良言。痴愚不识来因事，今日方能悟本源。承感仙师开导我②，自当从此断情牵。太师父子闻多语，也觉心惊与骇然。故此良缘中道折，原来因罪谪尘间。人人敬服缘空道，叩问生平休咎言。

话说太师等见他说出一番因果，无不惊而且异，各皆请示一生休咎之事。缘空笑道：“大人府上积德修仁，一门富贵，人人福禄双全，更何消贫道言之？”

言乞身边取宝藏，回观顺义小亲王。师徒之谊无相赠，一服灵丹付尔藏。可以保全双父母，平安无事产奇男。君之福禄前生定，自是终身无憾伤。若得再修功与德，子孙繁衍更荣昌。王爷

① “联”，原文作“怜”，据文义改。
② “导”，原文作“道”，据文义改。

拜领师言训，收过灵丹即宝藏。道罢缘空来起别，西平千岁即相拦。降临未见门人意，拜恳多留一刻光。浊物不堪为供奉，敬呈鲜果表微肠。深知此别相逢渺，再睹仙颜难上难。定国王爷同说道，蒙师点悟佩恩光。红尘不拜多留款，一日之停料不妨。阁老钱公都御史，殷勤再四款留将。缘空微笑开言道，野鹤闲云不耐关，贫道去来无定止，有缘或者再登潭。众人见此难相强，只得齐齐起送将。出了辕门微举手，飘然一见去徉徉。太师等尽方归内，同到中宫议短长。定国王爷随了入，问安岳母贺端阳。大家同述缘空语，把一位，钱太夫人叹更伤。

"咳，怪道尔两人婚姻不能成就，原来却有这一番来历在内。"

定国王爷叹一声，总因小婿误千金。方才听彼多言语，明晓得，表妹藏身何处存。忙中忘却来相问，但未知，竺相云屏事可真？顺义答言曾问及，他言不晓这桩情①。太师便乃呼贤相，尔如今，既悟前因可悔心。表妹料来无处觅，回乡一事且停停。姻缘自是前生定，未可人谋一二分，贤婿从今须省悟②，不可负，仙师点化一番心。王爷欠体称遵命，只恨缘悭难强成。言罢起身来告别，回家要去禀双亲，弟兄送出来归内，又复将言告母亲。

说话定国去后，太师等方将缘空许在秋间母子相逢之语告知太妃，但细听他言语，虽未肯明说，隐隐约约还是武英学士一般。

又云虽可得相逢，却是难将心腹通。或者他心犹念母，要思来，借端进见会慈容。仙师之语无虚假，事到其时定有踪。和顺太妃微点首，无言默默皱眉峰。恐妨又是成虚事，也未知，何日思儿念始空。父子又言留药是，到只恐，仙芝分娩有微凶。今蒙赐有丹灵在，定可以，保得无虞放此胸。按下钱衙权不表，且提兰雪

① "桩"，原文作"庄"，据文义改。
② "悟"，原文作"误"，据文义改。

返家中。禀知一段因由故，忠显夫妻叹息同。

“咳，只说姻缘之事，原属前定，岂知还有罪罚之由。”

若据他言这一番，分明表妹可无妨。定然尚有归来日，但未识，目下藏身在那方。贞静王妃闻此事，芳心惊喜暗思量①：

“阿，奇哉，原来奴也系上界云和仙子，因为解和，遂被牵谪而下。”

十八年来似梦中，今方一旦悟来踪。平生若得无丝过，方可以，复得天宫本位中。两喜可奇还可惧，奴只恐，坠于地狱怎调容？丽仙郡主深为叹，怪不得，伉俪难于配合同。天上清规严肃甚，一言之乱坠尘中。王爷又对双亲道，儿本拟，节后回乡访玉容。今日缘空来劝令，道不须，程途跋涉总成空。因而岳父从其意，也令孩儿勿觅踪。

“咳，孩儿之意，原不过欲得个存亡实信，至于破镜之缘，早已知是不能完复的了。”

王爷说着两眉颊，忠显梅公长叹云：凡事有缘难勉强②，我儿当亦悔初心。既然已得真消息，何用驰驱远道寻。岳父之言深近理，从今也算已完姻。可将灵位来烧毁，既未身亡怎设灵？诰命一封皇上赐，可移于，家祠供奉在龙亭。王爷诺诺遵亲命，遂绝回乡一片心。当日无文谈次日，王妃竺氏要归宁。告辞姑舅兼西院，郡主殷勤候二亲。便与王爷同送出，银銮殿上上车行。一行轿马离门去，千岁方才入内行。

话说武宁王送了素瑛去后，回到望庆宫，命人将所供的灵位毁去，诰命移于祖祠安放，望庆宫改为内书室。

一番分派暗吁嗟，谁道无缘宜室家。初结姻时添喜兴，后闻

① “惊”，原文作“京”，据文义改。

② “勉”，原文作“免”，据文义改。

死信意如麻。特为卿,深宫安设王妃位,特为卿,驾下陈明紫诰加。又谁知,同在天宫因一戏,遂谪来,红尘应使受离嗟。辜负了,当今才貌无双女,竟弄得,落魄天涯难返家。

“咳,更可笑者,疑三疑四,怎将相国云屏当起淑容表妹来?”

幸而天子甚英明,不动疑心在宰臣。如若准从追问起,武英学士必生嗔。一定是,言孤倚势欺廷宰,免不得,郎舅之间结怨深。亏了朝廷来善处,用一个,两全之计验虚真。如今事事多非实,有甚疑心不得明。住表王爷嗟叹事,且提起,王妃宝辇至家门。飞敲云板传闻进,却遇着,相国云屏来出门。只为朝廷无设殿,因而闲暇在家庭。当时闻报抬身起,迎接佳人先出厅。太老夫妻心大悦,清平公主面生春。便和水氏同迎出,相见之时问慰频。同入中宫参父母,又同兄嫂礼殷勤。夫人水氏来相见,礼罢方才坐定身。侍女献茶呈雀舌,太夫人,含欢启问女亲生:

“阿,女儿,尔如今可实全愈了否?怎生就病了,这半使为娘好不牵罣。”

王妃答道实安宁,儿未知,今岁缘何进晦星①。医院不离常看视,药炉烟绕到如今。深知父母担忧虑,不孝真真负罪深。还要多承贤嫂嫂,百方调护费清心。王娥公主微微笑,手拍香肩低语云:

“阿,姑娘,尔进的乃是喜星,怎说是晦星呀?”

玉体违和日不安,这多是,腹中孩子累为娘。今朝愚嫂来教你,生下他时严训番。只恐那时心又爱,如何舍责小儿郎。娘娘说着诸人笑,小姐羞红上面庞。公主又传排果点,画堂同坐饮茶汤。素瑛含笑呼兄长,二美藏春在那方?昨日在宫曾已见,风流妙态果非常。贤兄得遂心中愿,可算得,知己君王美主张。年少

① “晦”,原文作“悔”,据下文改。

三公微笑道，愚兄无福纳红妆。二人皆有央兜侣，奏了君时即赐将。小姐吃惊忙问故，竺公一一剖端详：汝兄不夺人之配，故欲成全两将官。天子未曾临宝殿，今朝故未进朝堂。二人现在中宫内，亦愿于归舅聘郎。贞静王妃深赞叹，贤兄处事实为良。云屏又乃呼贤妹，妹丈何时出帝邦。闻要辞朝回故里，访寻钱女信存亡。

话说素瑛道："因缘空昨日到来谈明了一段因由，如今故不回乡矣。"丞相闻言，不觉暗吃一惊，即忙问道："此老何由至此？谈了些甚么因果，致能使妹丈厌心？"小姐便将上项事述了一遍。竺公与太太奇异道："这等说来，我儿也是上界仙娥了，怪不得择婿数年，俱未能适意，原来乃有一定之数。"

武英学士听其言，惊喜交加揣事端。怪我生来多异性，情缘二字不相关。岂知有此多来历，悟彻当时幸在先。若为情迷生妄想，定遭天谴受冤牵。现今掌有威权在，祸福皆由我自专。若得广行功德满，自可以，消除罪孽以归天。心中暗喜生欢喜，当时也，假意称奇赞数言。水氏夫人公主等，俱言此事实奇缘。只闻内侍帘前禀，天子钦差近侍官。特招相爷起马去，群英殿上立相宣。云屏闻报忙忙起，一壁掀帘一壁言。可晓宣召因甚事，内家曾否在前边？宫官答道无曾说，奉旨差官尚未旋。丞相于时回内院，换其冠带去朝天。竺公也往书房去，又听得，院内丫环笑语喧。

"阿，王奶奶同何奶奶来叩见小姐哩！原来何义的家眷于正月内就到了京，其妻廖氏，年方二十九岁，所生一男两女，何义将在京所为等事告知父母，一门之人无不感激相爷恩德。王明之妻杨帘燕因念自无父母兄弟，一身之外别无亲人，遂拜认何老夫妻以为父母，两边来往甚是亲热之至。这日闻得小姐归府①，遂同着

① "小姐"，原文作"小妇"，据文义改。

廖氏嫂嫂上来叩见。”

素瑛观看一双人,何义之妻年尚轻。举止庄持知礼貌,姿容也有二三分。王家却有风流貌,翠鬓乌云辞出群。当下二人同拜见,王妃亲挽命平身。回观帘燕含欢道:闻汝之名甚可钦。久待香闺贤小姐①,自应是,得聆教训故方能。王家敛袖深深谢,小姐称扬完不禁,太老夫人传设坐,二人告毕始安身。偷情观看王妃貌,国色天香不易寻。温柔自居无傲慢,笑谈风雅总生情。杨家帘燕曾经见,廖氏观之暗赞称。侍女青烟含着笑,傍边告与太夫人。

话说青烟侍儿笑嘻嘻说道:“王奶奶与何奶奶如今是姑嫂了。”太夫人道:“如何说? 可是认了亲么?”帘燕笑道:“贱妾因自幼孤苦无依,故拜认何家父母,以便有个亲热之人。”太夫人与公主道:“正该如此,尔这个主意甚好。”水夫人笑道:“这是几时之事? 到未及闻,失于敬贺了。”廖氏接口道:“初到京时,姑娘就来拜认了。”

众等皆夸帘燕家,从今也有一门亲。词中按下家庭事,且表风流相国臣。飞马竟随来使去,玉鞭轻动谒金门。群英殿里参天子,已见有,两个词臣在彼存。俯伏叩阶如请罪,御容含怒不闻声。少年元宰心惊诧,不识其中就里因。紫袖□卷忙进礼,扬尘舞蹈拜明君。朝庭一见风流相,龙意欣然面带春。御手亲扶呼相国,先生免礼赐花墩。云屏礼罢方相问,旨下宣召议甚情。二位词林何待罪,龙颜不悦有何嗔? 理宗天子方开口,御面含欢唤爱卿。

话说理宗天子道:“朕因偶忆及伏羲至于太祖,共计年岁若干,故召彼二人一问。谁知枉作词臣,竟茫然不知所对,故特遣使宣卿,谅驸马必能记之。”竺相国见问,从容奏道:“自伏羲、神农、轩辕,至于少昊、颛顼、帝喾、帝尧、帝舜,共计二千二百六十四年。其后夏禹

① “香闺”,原文作“香规”,据文义改。

甲戌至桀甲午,共计四百四十一年;商汤乙未至纣戊寅共六百四十四年,周武王己卯至东周君壬子共八百七十四年;七国分主自癸丑至己卯共二十七年,秦始皇庚辰至王子婴共十五年,汉楚分王自乙未至戊戌四年,汉高祖己亥至淮阳王甲申共二百廿六年,东汉光武帝乙酉至献帝庚子共一百九十六年,后汉自昭烈帝辛丑至后帝甲申共四十四年,两晋自世祖乙酉至恭帝己未共一百五十五年,宋高祖庚申至顺帝戊午共五十九年,齐高祖己未至和帝辛巳共二十三年,梁高祖壬午至敬帝丙子共五十五年,陈高祖丁丑至后主戊申共三十二年,隋高祖己酉至恭帝丁丑共二十九年,唐高祖戊寅至哀帝丙寅共二百八十九年。其后五代梁、唐、晋、汉、周,自梁太祖丁卯至我太祖庚申共五十三年。以伏羲而论,通计五千四百三十年。"天子闻奏,叹道:"卿摄政万端,史鉴之内犹历历可记,彼等词臣皆不知所司何事。"云屏道:"臣因随时强记,故得无妄,词臣辈非不能知,因仓促间恐应对讹错故耳。乞吾皇圣恩恕之。"两翰林一齐伏阶免冠谢罪,天子叱道:"二人速退,朕若不看丞相之面,一并黜之。"

君王叱退两词林,传旨宫官设酒樽。御案排来分两席,君臣鱼水悦欢心。风流相国重离席,启奏双娥一段因。窃谓人伦非可废,一丝为定岂堪更?况臣所好无于色,因沐大恩赐与臣。不敢有违同领下,谁知俱是有夫人。微臣未敢伤人节,别院安居待奏明。请旨发行当怎样,还期恩准赎前姻。理宗天子龙心悦,赞一声,驸马轻年甚老成。盛德不亏真可敬,人伦为重正该应。寡人既赐由卿主,岂复将卿加罪名。可见先生无欺朕,这一点,不关紧要也陈明。国家有幸皇图固,相国忠心佐寡人。年少三公心大悦,谢恩说是礼该应。宫娥侍御蒙恩赐,臣安敢,不待陈明自主行。天子龙心犹敬爱,复将军国甚谈论。风流元宰来机会,竭尽忠言陈圣明。愿君王,约己爱民谘善道,愿君王,清心寡欲主英明。愿君王,逸于匪小全君德,愿君王,亲近贤臣治太平。如此一来皇化远，毋愁天下不清宁。理宗皇帝天颜悦，拱手惟言谢爱卿。幸得股肱唐宋璟，朕躬何虑不英明。君王亲赐三杯酒，圣眷优隆重直臣。饮到排筵交日暮，少年相国起辞君。微含半醉桃花起，浅睡双痕柳叶青。款整金貂离坐席，双扶玉带拜埃庭。九重天子容含笑，唤过当前侍御人。

"阿，宫官们，可撤御前金莲宝矩，送竺丞相归府。"

领旨宫官应诺连，双持宝矩送归旋。风流驸马辞丹陛，出了群英殿里边。仍就午门来上马，两名内侍举金莲。送归丞相王亲府，方始辞归复圣颜。丞相未曾归内室，厅前坐下又传言。掌文书记萧和楚，闻命齐来见宰官。驸马便言根底细，汝二人，可真有妹选宫间？婚姻是否曾先订，可是那，宗信钦雄两卫员？萧德友卿闻此语，且悲且喜俱称然。吏员实有同胞妹，被选归宫已四年。曾定成家和睦姓，却正是，相爷侍卫不差然。云屏见喜重相问，彼二人，定以新缘弃旧缘。尔等可还来往否，应知授室与无焉？

话说楚友卿与萧德禀道："成陆人虽则功名成就，俱未肯以忘旧约，至今尚未授室，各置一妾以为传宗之计。"丞相喜道："如此甚妙！我因汝妹等言明其故，故不肯压良为贱，纳作姬妾之辈。今日特为奏明，以令伊等仍归所聘之人。汝二人明日可将妹子接回，遣嫁于他。"

友卿萧德喜欣欣，急挽罗袍跪在尘。拜谢相爷恩似海，全人骨肉就人婚。阴功浩大天神佑，但愿得，早产仪宾贱后庭。元宰含欢亲命起，又传二将到前厅。谕知就里因由故，着令他，拣个良辰毕就姻。宗信钦雄心大悦，一齐顿首谢深恩。思量不住蒙恩赐，得侍清高德主人。此事若然逢别个，良缘一段必难成。姣娥俱有如花貌，到手名姬岂赐人。丞相故而名望重，诸凡行事重人伦。少年相国调停毕，方始抬身入内行。次日友卿萧德等，各迎妹子转家门。瑶英红玉芳心喜，拜别了，太老夫妻东院行。公主王妃同聚坐，相爷朝罢也来庭。美人二位同辞别，万福深深拜在尘。年少竺公言微作，含情含恨报殷勤。

“二位美人呀，”

幸而有缘又少缘，吾只为，恐伤名望强抛捐。美人有幸完前约，我愧无缘拜玉颜。且喜夫兄皆侍我，美人等，无防常可进衙间。吾为君子知修德，断不坏，尔等清名有别端①。二女闻言皆感戴，多情丞相甚垂怜。无缘难近神仙客，有愿惟祈再世全。只悔当时先受聘，难将名节一时捐。星眸不觉流珠泪，低首唯唯应诺声。又别王妃和贵主，俱皆喜爱两婵娟。金钗珠串同相赐，二佳人，拜谢深深退出帘。公主又差诸婢送，厅前各自上车旋。且言楚女归家内，兄嫂相逢喜万千。侄女侄男同拜见，各诉些，别离之苦庆团圆。佳人红玉归家内，又见椿萱二老年。方晓父亲因革职，仍携眷属返家园。因闻丞相招贤士，兄长相投到府间。幼年赵衡年已长，一门安好慰心田。双亲得见亲身女，喜亦添时兴亦添。宗信钦雄都择日，洞房花烛结良缘。夫妻恩爱如鱼水，都感激，相国恩人撮合全。常夜焚香求祷告，供他牌位祝长年。住谈众等衔恩事，且表西平王府间。

话说钱府中和顺太妃自端阳得信之后，将一片指望化作乌有，虽有缘空之言，而恐又非真实。

心中不免念亲生，总觉得，恍惚神思大欠宁。终日愁眠和闷坐，也无笑语与欢声。一班儿媳心焦急，曲尽了，无限殷勤劝老亲。又值时光交十五，露香宫，夫人满月出房门。拜参姑舅蒙恩护，又谢诸家婶婶情。晏氏夫人初见面，两相见礼各殷勤。王亲府又开华宴，遍请诸亲六眷门。公子剃头诸事毕，越显得，粉妆玉琢一孩婴。太妃见此兰孙相，聊慰心胸念女心。无事抱来常弄

① “清名”，原文作“清明”，据文义改。

要,暂消愁闷度光阴。惟祈候到秋来日,就便是,暗识姣生也遂心。天地之心惟父母,始终不易果然真。认亲拜母多奇故,十四回中最可听。月满一楼摇树影,风含万树卷秋声。窗前落叶萧萧下,四壁虫声唧唧鸣。灯影暗消红冷淡,炉烟香绕气氤氲。清宵息静机思虑,长夜惟攻翰墨心。今值孟秋交十七,金鱼缘,又成一集在书楹。余情滔滔未尽意,收入新词下卷云。

——《绘图金鱼缘》,上海书局
清光绪二十九年(1903)石印本

周颖芳

周颖芳(1829—1895),字惠风,钱塘(今浙江杭州)人。为《梦影缘》作者郑贞华之女,嫁桐乡人严谨。严谨字叔和,官至贵州石阡太守,死于民变,颖芳伴梓回浙,赁居海宁。女严杏徵,亦工诗,有《品箫楼诗钞》。徐德升《序》云:"严叔和太守讳谨,浙之桐乡人也……著有《清啸楼集》若干卷行于世。德配周惠风夫人为世家名媛,有至性,且通书史,谙吟咏,著有《砚香阁诗草》二卷待刊……叔和公……同治乙丑(1865)典郡石阡,五月……其时外无援兵,众寡莫敌,会夜雨城陷,犹自督队巷战,身被数创以殉。……周夫人素慕汉关壮缪、宋岳忠武之为人,忠义之气根于性成,而又痛夫子没于王事,暇日排闷,偶检阅《精忠传》说部,因内有俗传大鹏、女土蝠冤冤相报等事,不然其说……爰提笔补作《精忠传弹词》三十六卷,自始至终,总归诸数,教忠教孝,隐寓箴铭。"李枢《序》云:"《精忠传弹词》三十六卷,为前清追赠太仆寺卿严叔和先生之德配、少和观察之萱堂周惠风太夫人所著也。太夫人生长于钱塘世族,家学渊源,自归太仆公后,贤孝闻于戚党。咸丰庚申(1860)杭垣失守,母氏郑澹若太君饮卤以殉,其时太夫人随宦在黔,闻耗痛不欲生。迨同治乙丑(1865)太仆公治苗匪,阵亡于石阡府任内,太夫人舍生不遂,乃奉君姑,并携六月孤儿,伴梓回浙,赁居于海宁桐木村旧戚马氏之见远山楼。……太夫人固巾帼须眉,生平爱慕古名臣,以宋岳忠武为首推,因就世传之

《精忠传》说部,辨其讹而求其是,改为弹词若干卷……惟此书之成,自同治戊辰(1868)至光绪乙未(1895),二十八年中,或作或辍,风雨蓬庐,消遣穷愁几许!不意此书告成之日,即为太夫人仙去之年。”由此可知,自中年夫丧归乡后,作者用后半生二十八年的时间,断断续续完成此书。

精忠传弹词(节选)

《精忠传弹词》,上下卷七十三回,署“泉唐女士严周惠风颖芳氏”著。清光绪庚子(1900)皖南徐德升啸三《序》,民国壬子(1912)宕梁李枢《序》,民国二十年(1931)商务印书馆排印本,民国二十四年(1935)再版。

此书依据清人钱彩《说岳全传》改编,而删去岳飞为大鹏临凡、秦桧为女土蝠一段因果故事。书说宋徽宗时,相州汤阴县岳和,妻姚氏,生一子名飞,号鹏举。岳飞三岁时,汤阴大水,岳母抱子坐缸内,浮至大名府黄县,为富户王明收留。岳飞幼受母教,与王贵、汤怀、张显结义,又从周侗学艺,后得志明僧赠兵法,并授神枪法。稍长,赴县考武,知县李春妻以女孝娥。又遇牛皋,与之结义。时河南节度使刘世光招童生考武,岳飞五兄弟皆高中。又赴东京考武科,岳飞枪挑梁王,得武魁。主考张邦昌欲处飞罪,岳飞五人愤而离去,中途与施全等五人结义。女真国以四太子金兀术为帅进犯宋朝,掳徽、钦二帝北去。康王泥马渡江,至金陵登位,是为高宗。王渊荐岳飞于帝,封三边总制。岳飞率八百长胜军屡胜金兵,将金兀术赶回黄河以北。岳飞升五省大元帅,移兵太湖,又往鄱阳湖,收服余化龙;取汜水关、茶陵关,所收诸将,皆与结盟为兄弟。兀术二犯中原,分兵五路直取金陵,岳飞前来护驾,又保举韩世忠夫妇,与各路兵马围剿兀术,取黄天荡之捷。高宗迁都临安，岳飞请收复失地，帝不准。岳飞请假归乡。不久应召入京，先在九龙山收服杨再兴，又至太湖收服戚方等四将，平洞庭杨么。金兀术三犯中原，仍为岳飞击退。又与韩世忠、刘琦、张信四帅合兵，将金兵逐至黄河以北。此时秦桧已回朝为相，力主和议，矫旨连下十二道金牌召岳飞回京，以“莫须有”之罪将岳飞、岳云、张宪杀害于风波亭。孝宗登位，平岳飞之冤，封鄂王，赐葬栖霞岭。后岳家后代重起，直捣黄龙府，金主求降。

第三十八回　言往事蓬瀛雅集　完原配衣锦承欢

却说岳元帅当时吩咐内外开筵，家将奉命，早已安排停当，公爷又唤过云、宪、雷、霆四位公子，令至景星堂庆云厅二处，设宴款待诸位叔父。又命取美酒二十坛，猪羊鸡鹅各百具，犒赏八百长胜军士。张保、王横二人就在帅府服役。当时四位公子别了父亲，来至外花厅，邀请各位叔父入席。原来元帅随征将士，出都时俱各分路省亲扫墓，探友看妻，纷纷不一。元帅准假一年。期满仍至汤阴听候调遣。牛皋自往藕塘关接眷去了。元帅麾下军队，出都时尽行拨在韩元帅部下，现在只留得长胜军八百。因伊等不舍得轻离元帅，故此同回汤阴。目前随来新旧将官，是汤怀、王贵、张显、施全、岳真、杨虎、余化龙、孟邦杰、张立、张用、何元庆、董先、吉青、诸葛英、公孙郎，共计十五员，分为六席，四位公子轮流劝饮，众将军畅饮欢呼，好不热闹。

住表庆云厅上事，锦堂家宴早排陈。珍馐罗列厨人备，元帅夫人奉慈亲。翡翠杯斟花露酒，珊瑚盘上点时新。太君交椅朝南坐，下坐仙姿月阙人。九龄姣小琼花蕊，牡丹为质玉为神。好不过娇音如凤兰心慧，弄莺声筵前色笑善娱亲。太君坐中无限喜，锦堂美满值千金。侍儿仆妇轮班侍，金壶玉盏进频频。须臾席散呈香茗，岳爷奉母进房门。言谈许久方安寝，元帅为亲覆锦衾。轻放金钩垂宝帐,候亲熟睡始回身。外边宴罢诸人散,四人公子上房临。琉璃灯引巡廊下,登堂来作问安人。夫人元帅窗前坐,依依榻上话离情。温言绮语香生齿,月明花艳两难分。闻得岳爷低语道:“诸儿张宪一般亲。寻常见面休回避,使他住此好安心。”夫人听说微含笑,当时相见礼殷勤。岳爷唤过云公子,便乃开言说事因。宪弟卧云书室住,吾儿亲送至其厅。公子应声辞父出,弟兄告退下中庭。夫人元帅重归坐,侍儿玉盏进香茗。岳爷携手神仙侣,步进瑶池月殿庭。诸人伏侍除冠带,方才退出掩重门。那元帅是久别重逢恩似海,国夫人是离愁尽释觉身轻。销金帐里情无限,翡翠衾中兰麝馨。数载征战肩重任,疆场劳力并劳心。今宵解甲安鸳枕,仙侣重偕梦亦宁。良夜风和秋月白,晨鸡唱罢曙光明。岳爷早起临亲舍,慈帏安候太夫人。太君一见心欢喜,道儿不合早抽身。戎政初除宜养息,东山再起好忠君。言时太太床中起,侍儿送上紫晶盆。金镶盏上人参露,玳瑁银盘仆妇呈。太太岳爷皆饮罢,问安早到一家人。岳爷膳后辞亲出,率领诸儿祭祖坟。焚黄告庙通诚意,显姓扬名祖荫深。元帅辛劳安社稷,里闾光耀众乡邻。人言啧啧皆称羡,那识公爷暗怆神。椿庭早谢终天恨,罔极而今未报恩。扫墓归来神惨淡,强将色笑慰慈亲。此宵无话休多表,来晨元帅会诸人。

当日元帅遍拜相知亲友,并谢城中各文武的步,刘都院再三挽住道:“谅他们怎敢劳动元帅的大驾亲临。只消用名帖一往,也就算过分了。”元帅只得应允,就在刘衙宴毕而归。那些拜访叩谒的,来来往往,每日酬应纷繁,足足忙了一个月,稍觉清静。这日太夫人在房与元帅说起:“山东被兵,你舅父一门音信杳然。更兼云孙所聘巩女,俱不知怎样了。我今年近七旬,正合为云孙早些婚娶,看看孙媳妇,也足慰我老怀。”元帅道:“慈言正是。孩儿出都时,已曾作书去访问舅父、巩女两处消息。且待覆音便知。”太夫人又道:“孙儿不该造次定下这头姻事,而今消息无闻,如何是好。”元帅默然。又过了两日,早有汴京各文武陆续而来,讲提云爷姻事,有的说山东残破,城郭皆墟,万无寻觅之处,况非大乡官,即使访问,亦寻不至其地。你言我语,皆想为云公子执柯。纷纷不止。元帅惟将查访后再行定夺等语,回复众人。这日,刘都院来见太夫人,说起来意:“现奉宁王之命,欲为云公子执柯,其女晋亭郡主,色比倾城,才夸咏絮,又与公子同庚,因见公子文武全才,甚为爱慕,欲有下嫁之意。故着下官前来探听,望太夫人、元帅允准,下官方好覆命。”太君因刘都院情面,不便回绝,只得含糊其辞,当时送了刘都院出外,回对岳爷道:“此事怎样处置?”元帅道:“母亲放心,待孩儿另日遣几名得力家将,到山东沿途探问消息。务要访个水落石出,明白回覆。有名有姓,断无打听不出之理。”太君点首言善。

且说云爷知此事,锦堂私见太夫人。回见公爷同在坐,思量欲退色含惊。太君一见忙呼住,公子迎前见父亲。又见重帏并慈母,无言旁立秀眉颦。太君扯过姣孙子,搂抱怀中问事因。“吾孙有甚疑难处,不妨说向祖慈听。”闻言公子微红面,顾盼严亲不做声。元帅此时知子意,和颜坐上示知闻。祖慈垂问儿须说,有何不可使亲闻。云爷良久方才道:“孙恼刘公不顺情。姻缘天定无更改,安知巩女已不存。何须意外生枝节,说甚椒房帝室亲。纵他落雁沉鱼貌,孙儿岂是爱花人。凭他织锦回文女,难夺孙儿大义盟①。才貌虽优非所愿,惟知情义重千金。巩姣已作孙原配,才貌平常也称心。若然难访真消息,孙向山东自觅寻。三生缘浅难为侣,佳人果死绝孙情。若然巩女安无恙,叨天还就百年姻。祖慈急欲迎孙妇,尚有连枝两弟身。”言至其间双膝跪,道孙违命罪

① “大”,原文作“太”,据文义改。

殊深。一番言语方完毕，太君椿萱尽听明。元帅斜凭青玉案，凤眸含笑对慈亲。国夫人听姣儿语，芳心也觉恻然生。太君此时无限喜，道孙合建义夫亭。多情未必天终负，义节堪追上古人。早应亲前来禀白，何须烦恼损精神。回头又对岳爷道："速遣能人探此情。"元帅闻言惟应是，丹心暗暗闷思寻。渭阳被掳情知实，巩女遥遥少信音。不便亲前来说实，其时转觉费调停。若还不即差人去，恐误云儿这段姻。坐中良久抬身起，别亲来至庆云厅。书柬立招邦杰至，与他商议这宗情。岳爷天性多慈爱，不将威势令诸人。因他原是山东籍，故使他行并扫坟。邦杰奉书无限喜，感承元帅体人心。汤怀也欲山东去，请命邦杰一路行。一与侄儿寻访侣，二来绕路樊家村。二人乞假期三月，少年家室倍关心。元爷笑容言道好，二弟偕行我放心。发下千金为旅费，川资丰赠二将军。小宴殷勤同话别，叮咛早日报回音。渭阳家事休提起，慈母闻知恐怆神。纵然巩女安无恙，乱后萧条或已贫。也备千金随带去，使他整理好完姻。命示云爷书手札，寄呈岳父达私忱。岳爷也有云笺慰，通达殷勤按礼文。内堂先禀慈帏晓，太夫人听甚欢心。来辰汤孟辞元帅，家将跟随四十名。多带聘仪金玉帛，只因要接少夫人。今朝安了云爷意，深感周详慈父恩。不表汤阴元帅府，听说山东巩姓门。

且说巩致夫妇二人，当年将女儿丽姝许配了岳公子，心满意足。自从送了公子登程，他两口儿日日打听岳元帅班师之信，竟杳然无闻。不觉将近一载，其时杨么窜鲁，抢掠一空而去。又被金兵不时入寇，蹂躏不堪，巩致受吓，一病不起。只留得安人母女二人，手下虽有十余男妇人役，奈遭乱以来，门第凋零，产业不似从前丰裕，有出无入，支持不来，是以服侍人等，渐渐的散去了。张氏母女虽然节省度日，究是女流，诸形掣肘。一般人都晓得丽姝才貌双全，冠绝齐鲁，所有大小官宦，俱各遣媒求取庚帖。张安人皆婉言谢绝回道:“早年曾受武昌开国公的长子云爷之聘。”各官虽是不信,也不敢倚势强求。恐讹中有实,也就不提。张安人暗想:岳公子自从去后,音信不通,莫非将此姻置之度外么?又谢绝了当道诸贵,恐生意外枝节,倒是难事。遂与丽姝商量道:“不若我们移居尔舅父处,共同居住,有个照应。”原来张安人有个长兄张锐,隐居梅花岭下,樵采为业。其妻程氏,生下一子一女,家道小康。今见妹氏偕甥到来,十分欢喜,乱离之后,忽逢骨肉,彼此各诉衷肠,滔滔不休。程氏置酒款待。从此张氏母女依他兄嫂居住。竹篱茅舍,颇得世外清趣。惟有想着女儿的姻事,未免挂怀。这也不在话下。且说汤、孟二位将军奉了元帅钧谕,早行夜宿,看看已至山东,幸喜金人退去,水寇潜形,一路而来,只听得颂声载道,俱说托庇岳元帅的声威远镇,贼寇远窜,方得各安生业。邦杰在马上听得,遂向汤怀道:“你听见么,他们在那里说元帅的好处。且向他们去问问巩家的下落。”汤怀笑道:“呆兄弟,兄长大名,莫说妇孺皆知,就是那外国番邦也没有一个不知道的。以为能知元帅的大名,就晓得公子聘妇的所在,那不梦话吗!此事必要问地方官,找调查户口的清册,查一查或者可以得到他家的下落。”说罢,二人进了城,先差家将到府县处递了名帖,随后亲往拜会,那府县官是早奉过元帅来书,正在探访,信息不实,又不好复命。只因巩致去世,张安人又移居僻处,官府如何查访得着?且乱离之后,人家多半寥落,实也无怪其然。今见二位将军亲来,那府县官着了忙,急急申禀节度总镇,都是接过元帅的信,个个着忙,一面出了告示,四城门悬贴,一面款待汤、孟二位。乞停鞭镫,送入驿馆歇息。不一日,烘动阖省人民都来看那告示。张锐恰好这日有事入城,见人山人海,云集在城门口,他也走将上来。原来众人在那里看告示,但听得说个巩字,他挤上前来将告示细细的看了一遍,不觉大喜,遂伸手将那告示扯了下来,拿在手中。

当时烘动旁观众，人人口内说奇文。不信此人为贵戚，始信他公侯位大不骄尊。巡城兵士忙通报，太守琴堂两慰心。同聚二堂来等候，外忙传进姓张人。细询揭榜情由事，张锐从头诉说明。府县抬身齐进礼，因重岳爷及友亲。汤孟将军来晤面，十分欢喜不相轻。同席欢谈情更好，传杯递盏到更深。吩咐槽头来备马，送归张锐返山村。孟汤回至书斋内，作书飞递至汤阴。细将巩府情由述，请示岳爷定起程。合省官员均慰意，人人具禀覆军门。重叠红笺书不少，候安元帅献殷勤。当时汤孟将书发，按期星夜赶邮程。不言城内官场事，回书张锐转家庭。满面添欢形喜色，未进门时把妹称。喜从天降真难得，佳音咫尺眼前临。安人程氏同声问，张锐欣欣述妹听。喜杀安人张氏女，谢天谢地谢神明。感戴岳爷恩不浅，贵人作事近人情。昔年公子将围解，救我全家脱难星。而今不弃从前约，多方来觅膝前人。有幸姣儿修得到，乘鸾跨凤入青云。程氏也夸真贵极，公侯门第结姻亲。果然侄女非常福，冠绝红颜绿鬓人。张锐又将陪宴事，述知妻妹两人听。严声厉色皆消去，琴堂太守献殷勤。安人姑嫂同言道：此是官场势利情。永夜谈心言不尽，人逢喜事倍精神。来朝汤孟将军至，蓬荜光辉十二分。送上千金为聘礼，岳爷手札至新亲。张锐接书无限喜，贵人一字值千金。慌忙送妹房中去，更有云爷安禀呈。喜地欢天重出外，至诚款待二将军。汤孟告明权候信，我们一探樊家亲。当时小酌观梅岭，方才归去发行旌。鞭指樊家庄上去，登山越岭计途程。英雄儿女情如海，家室牵怀两地情。住说闲文归正传，至情还让长爷承。这朝正值中秋节，弟兄四位庆良辰。玉镜团圞光万里，梧桐叠翠桂凝金。名园佳景欢同赏，此中原号小蓬瀛。绮筵移至明月下，花香人影两俱清。珍馐果品筵前列，杯盈竹叶醮时新。雷爷提起前秋事，万斛愁思似海深。大人守困军情迫，吾兄一去信无闻。遥遥千里关山道，重帏慈母日忧心。

无心领略秋光好，承欢无计坐愁城。闻言张宪微微笑，雷弟言来是雅情。不似愚兄负佳节，单枪鏖战不斯文。无端天子游山岭，兀朮追驹逼至尊。诸将仓皇难拒敌，大人此夕欠安宁。问安方退闻斯信，几如顶上走真魂。未禀大人知此事，拼身去做解围人。龙驹认做随征骑，跨上雕鞍下茂林。紧急事传非小可，大人微步出营门。事安使我非常悔，累却慈躬无骑乘。幸得云兄来日到，亲心略慰把忧分。席间公子同言笑，一谈戎政一家庭。霆爷颖悟虽年小，谈笑风生实不群。只有云爷无一语，多情怀抱少欢心。玉人不识生或死，辜负团圆令节辰。听众言谈惟应是，筵前杯酒强擎樽。饮至半酣称暂别，内堂去见太夫人。元帅夫人同奉母，筵开内室庆良辰。团圞夜宴陈佳馔，人月同圆景倍增。一见云爷来走入，坐中太太喜非轻。命他与妹筵前坐，侍人送上紫金樽。太君手举金杯酒，笑对云爷启口云。

太夫人笑对云爷道："今日应该来陪祖母饮一杯。明年此日，只怕要去陪孙媳欢饮，怎么还记得祖母呢？"说着，又向元帅夫人道："我的话对不对？"公爷夫人俱含笑应是。小姐向云爷道："去年此日，兄长到了牛头山么？"公子道："愚兄到牛头山时，正值中秋佳节，是夜牛叔父被困金营，正在危急，恰好愚兄赶到，解了此围。等到天明，方与牛叔父进营叩见大人。"太夫人听了，便向元帅问道："我正要问你，怎么圣上同了李相轻入危地，受此大惊？"元帅道："此皆李相粗率之过。若非张宪之能，事不堪问矣。"岳爷言罢，旋与夫人道及继嗣之事。夫人甚喜，是夕赏玩佳辰，更深就枕。所谓：

不负中秋好佳节，今宵人月两团圆。清平家国时光好，秋月春花一样情。元帅景星堂内坐，奉亲余暇闲观文。侍人送上山东信，岳爷拆看内中情。欣知巩女安无恙，转念亲家乏嗣人。女子于归孀母独，依兄度日怎终身？不如书示汤怀意，为伊立嗣择宗人。安他家宅无牵罣，子媳离亲也放心。岳爷就爷凝思处，却好云爷来见亲。元帅此时情默默，将书递与长爷身。公子接书忙近案，从头一一看分明。愁思顿释东洋海，喜映蚕眉玉面春。佳人无恙仍归我，亲恩多半更天恩。岳爷目注云公子，便道书中这种情。他宅萧条真可悯，理当为彼善调停。遂将立嗣承宗事，一一说知公子听。公子方才知父意，周详体贴到十分。因说道亲恩高厚同天地，更有慈祥一片心。感激寸心难比喻，惭惶何以报亲恩。元帅移时抬玉体，飘然出了景星门。小爷随着生身父，锦堂来见祖慈亲。元帅将书呈母看，太君阅后说原因。巩女安存孙意慰，岳门有幸赖天庭。言时目视云公子，笑问孙儿可慰心？又向岳爷询舅氏，如何他处竟无音？阅他汤孟书中意，依稀被劫那州城。元帅闻言称道是，遂将他话共谈论。方才出外修回札，家将重差十二名。又发千金为助礼，山东迎迓少夫人。打发诸人来就道，佳期准定在初春。驹光荏苒真如瞬，芙蓉庭外正芳芬。看看王贵佳期到，锦簇花团元帅门。俗礼繁文言不尽，乘鸾跨凤喜盈庭。合省官员都到贺，因敬岳爷及统军。九日大筵三日小，往来亲友贺不停。三朝祭祖参尊长，满月新人拜六亲。左氏慰心儿妇好，有才有貌性温存。夫妻恩爱如鱼水，一门和顺值千金。光阴流水年华逝，不觉一年又到春。令节欣逢元旦首，堂开聚锦岁更新。夫人元帅同参母，玉佩金鱼次序鸣。岳元帅是拽地紫袍莱彩舞，国夫人是香飘五色绣裙轻。太君坐中无限喜①，双扶儿媳令平身。礼毕夫人回玉步，轻笼蟒袖贺功臣。岳爷忙答夫人礼，夫妻相敬本如宾。仙姿小姐来堂上，进贺重帏并二亲。兰史礼完还绣阁，四人公子进中庭。兄弟排肩成一字，一齐叩贺献殷勤。太君命坐张公子，银盘金盏果茶呈。须臾诸将齐来到，登毡叩贺太夫人。岳

① “君”，原文作“郡”，据文义改。

爷答礼诸军将，锦堂赐坐共谈论。果茶糕点排银案，侍儿左右献多珍。内外须臾开大宴，一年好景记元良。此日岳爷陪将士，内堂因有赵夫人。太君留住王家母，堂开聚锦喜筵陈。春景宜人花事好，尽欢宴罢不须云。闻报山东新妇至，早备行辕在内城。香车宝马如流水，迎入行台大厦门。吉期选定元宵节，帅府铺陈一色新。公案虽厌繁华例，事事欲欢慈母心。太君为孙新娶妇，诸凡荣耀不惜金。瑞麟堂作新人室，锦幕银屏色色精。妆成好似神仙府，一片繁华锦绣成。汤孟将军来帅府，景星堂上见军门。

却说汤怀、孟邦杰同送巩小姐香车进了行辕，布置停当，来见元帅，禀知起程日期，并与巩致立嗣的话。元帅甚喜，又问道："愚兄曾有书来，吾弟途中相遇否？"邦杰接口道："末将等正至山东界上，因看巩世馨完婚，耽延久了。"元帅道："是甚么人家的女儿？成礼如此迅速。"汤怀答道："就是张锐之女。"元帅道："如此甚好。只是有劳二位贤弟跋涉，使兄何以克安？"言时命公子道："吾儿好向二位叔父前叩谢了。"公子奉命，正欲行礼，被邦杰双手抱住，道："元帅若使公子如此，折煞末将们了。末将蒙元帅恩待，略效小劳，寸心自愿，何足言谢？"汤怀道："照依这样行事，不免见外了。"元帅只得依从。说罢，元帅引着汤、孟至后堂叩贺太夫人。他二人必欲请见国夫人，当时礼罢，就至外厅饮宴。散后他二人同至王贵处贺喜，看新弟妇去了。这里太君姑媳商量，遣出八名家人媳妇赍着粗细各物，来至行辕，看望少夫人。就在那里服役。所有下程各项，皆是帅府发出，府县承应，一概不受。就着汤、孟二将军在行辕主持外事，定期十二日行盘过礼，款待大媒，好不热闹。到了是日，却好牛皋接眷已到，就在帅府左近赁屋住下。夫妻两个同至帅府叩见太夫人、元帅，当时见过了礼。太君留下戚夫人饮宴，赵夫人一同在坐，欢集清谈，至夜，戚夫人告别去了。太君、国夫人厚送见面仪，到了次日，太君即请赵、戚二位夫人到驿馆中陪伴巩小姐，主持内事，来日送亲同来。二人奉命而去。国夫人终日料理一切事务，幸有王母、左氏代劳，忙忙碌碌又到了元宵佳节。

佳期巧遇元宵节，六街甬道尽张灯。今夕金吾不禁夜，鳌山狮象巧装成。彩结乾坤花世界，灯城灯市放光明。潭潭帅府迎新妇，岂比寻常官宦门。大媒请出刘都院，文武官僚尽到临。相州合省官无数，车马纷纷不暂停。次序应分官大小，登堂参贺岳军门。鼓亭处处悬红彩，帘幕层层挂彩灯。鼓乐三通排大宴，梨园四座演新文。幔天大帐遮红日，九曲阑干护玉屏。喜神高供银台案，画烛双辉耀眼明。家将同披红杏彩，亲军齐插帽花金。高厅宴聚诸文武，公爷把酒自陪宾。酒道三巡鸣细乐，宾人报吉请迎亲。内堂聚锦排佳宴，款待诸多命妇们。太君闻报来房内，看孙冠带换衣襟。公子香汤初浴罢，侍人左右绣袍呈。兵部尚书亲服色，金鱼玉佩内廷珍。金貂翠翅乌纱帽，双龙斗宝夜珠明。两朵金花分左右，玉容光映更丰神。红袍九蟒祥云绕，雅衬孤松独秀身。玉带围腰镶八宝，朝靴粉底不沾尘。九龄风度神仙貌，不信提戈会领军。卫玠潘安何足道，文全武备盖群英。红绫丈二披肩上，护胸宝镜结同心。冠带已完临玉镜，英姿俊美果超群。回身拜别高堂祖，太君详观喜不胜①。忙命姣孙来别母，云爷礼毕下中庭。景星堂上参严父，八拜从容告起身。花灯彩轿皆齐备，后拥前呼缓缓行。八百军兵排队伍，三班鼓乐奏新声。伞盖如云分五色，衔牌金字写分明。旌旗簇簇来开道，仪仗重重拥若云。大炮三声离帅府，音乐飘渺奏天钧。锦鞍马坐神仙子，夺目容光画不成。十里长街排导子，百名战将剑腰横。提炉香袅焚檀降，花炮频燃不住声。一棒金锣声住导，行辕门外马蹄停。云爷奠雁登堂

① “君”，原文作“郡”，据文义改。

上，催妆诗赋请新人。诸礼完毕傧相退，霓裳嘹亮奏仙音。内堂妆束天仙女，凤冠霞帔织金裙。月宫开处嫦娥降，扶入花花彩轿门。一声幺喝鱼轩起①，画角铜锣次第鸣。大炮三通威武甚，行人让道坐抬身。蟾辉朗映灯光色，天上人间一色明。奠雁回程交半夜，笙箫聒耳听辕门。执事两旁排雁序，宫灯对对导前行。各官宴散厅前候，金镶八轿上高厅。云爷参见生身父，内堂去见祖慈亲。鼓亭乐府同声奏，傧相三通吉语呈。新贵云爷参宝轿，彩云开处降仙真。喜娘对对同扶挽，捧出瑶台月阙人。只觉得香飘兰麝随风送，但见他环佩玎珰莲步轻。诸人簇拥登毡立，奉请华堂新贵人。红烛高烧双结蕊，凤箫鸾管遏行云。参天拜地迎和合，夫妻交拜结同心。双牵红绿鸳鸯锦，联步随行进内庭。瑞麟堂胜瑶池会，迎得双仙入凤群。一片笙歌吹细乐，坐床合卺并头春。云爷亲卸红罗覆，觌面仙姿未便亲。只见他窈窕娇容花作体，名花入手喜非轻。回见那撤果人多围锦帐，长爷不便久留停。高厅陪宴诸文武，梨园重叠唱新文。内堂命妇诸亲眷，聚集新房看玉人。要识双星银汉会，词翻四十凤鸾鸣。

第六十回　东窗下双奸盗设计　风波亭三父子归神

却说高宗虽然听信了贼桧谗言，不欲二帝归国，然非出本意，正在疑惑之际。今见贼桧决意要害元帅的身家性命，心中也觉有些不忍。每念元帅丰功伟绩实不可没，每当贼桧奏对，攻讦岳元帅，辄露迟疑之色，欲言不言。贼桧恐怕是天子变转面来，事如不成，反遭其害，遂极意的逢迎上意，多方诱惑。这位无道君王，生性本来庸懦，心中又被那般奸佞设计愚弄，便把孝义两字忘了。有日贼桧钻入宫来，约了高宗乔装客商模样，私出午门，跑到大市

① “幺”，原文作“么”，据文义改。

中间,看那些过往人等。远见前边设着一个拆字摊子,他二人便一头钻将进去,细看那个招牌上写着"成都谢润夫触机测字",撑张着一个帐篷,帐篷底下摆了一张桌子,正在那里替人拆字。高宗站在桌边看了一会,觉得有些道理,遂上前坐下,道:"先生也与我拆个字。"谢石道:"请书一字。"高宗随手就写了一个"春"字与谢石,道:"好个春字,常言道:'春为岁首',足下决非常人。况万物皆春,包藏四时八节,请问足下所问何事?"高宗道:"终身。"谢石道:"好,好!大富大贵,乃人上之人、官上之官。但有一件,秦头太重,压日无光,若有姓秦的下人,切不可用。否则,恐害在他手中,牢记牢记。"高宗不便答言,伸手在身边摸出一块银子谢了谢石。

高宗天子暗彷徨,暗暗心中自忖量。明晓奸臣倾社稷,奈他媚语动心肠。为君不孝存私念,愁的是上皇少帝转还乡。龙心至此模糊了,又把豺狼当宝藏。举目回看无耻贼,爱卿低唤道衷肠。可令其人拆一字,他时晚景可流芳。鹰腮鼠贼将头点,也抽一字待评量。谢石先生推袖里,说声得罪把言扬。若将此字终身论,只怕要天诛地灭少收场。最忌其人行不测,还要遗臭千年万载扬。算命直言无隐避,先生拆字更难藏。言完拱手连连道,直言得罪莫存肠。贼秦面变猪肝色,怒说君王多事忙。暗骂无知谢老贼,竟将宰相妄言谤。少时送你登罗殿,试试盐梅手段强。当时扯着高宗帝,一行钻出市心旁。天子回宫无个事,奸秦回府把恶行。差出二人拿卜士,须臾回复上高堂。道是长街短巷搜求遍,不知那拆字先生在那方。有影无形难捉获,蹊跷怪事怎筹量。听言大怒鹰腮贼,暴跳如雷不可当。痛骂奉差人两个,奴才粗猛乱行藏。必然私受财和帛,放脱无知谢石商。直起咽喉传割首,无端两命一时丧。贼秦咆哮何尝息,口口声声特逞强。说道有人传口信,故而谢石避他乡。追跟要究诸耆老,大众人民怕受殃。搜刮银钱图买命，地皮翻起奉豺狼。都把银钱呈应去，家家户户呷清汤。其时秦贼心生计，威势加增找女娘。逼取家家闺内女①，思量置妾作偏房。龟孙色胆难收缩，忘了妖娆手段强。大闹一场皆赶出，官媒发去受凄凉。可怜多少良家女，付与张俊金屋藏。孽海茫茫波不尽，狐群狗党立成行。运移宋祚扶难起，如此江山谁主张。苦煞临安诸父老，涂炭生民无计商。须知道蝼蚁贪生人惜命，又只好忧忧闷闷度时光。

原来众百姓被贼桧这顿钉锤敲得不小，如有一人不将财帛呈奉，就说是藏匿谢石，拿去治罪，好不利害。故此大众人民，只得卖女鬻男，凑取银钱，保命偷生，可怜可悯。朝中臣工亦知其事，所谓敢怒而不敢言，弄得个人心离乱，怨声遍野。那卖国贼犹以为得计，从此贼胆包天，毫无忌惮，只是催促罗禹楫、万俟卨两个丧心的走狗，终日里用极刑加辱元帅，定要构成谋逆之案。须知道那岳元帅是个忠肝义胆，不屈不挠的人，滥用毒刑，他就肯诬服吗？故此拘系两月，总难成案，看看已是年近岁逼的时候。这日那三姓妖娆陪着贼老公在东窗下向火酌酒，忽有后堂院子里传进一封书来，贼桧慌忙拆开一看，原来就是那不怕死的布衣刘允升，前曾上书为岳元帅雪冤，被秦贼当殿一顿披驳，逐出午门。他就写了上百张的诉冤单，挨门逐户粘贴，约会日子联名叩阍，替岳帅洗刷。却被桧贼的一个心腹走狗姓徐名宁抄写下寄来。这坏蛋不看则可，这一看直吓得一个筋斗由椅子上倒跌下来，那贼婆看了不觉拍手大笑道："亏你无耻的东西，这么胆小，干得大事吗？快快起来，我教你一个法子，怎样个安排绝了这个该死的口碑。"贼桧在地下趴了半晌，才趴起来，口中叫道："啊哟，好一个不怕死的布衣！如此利害，本当早将他斩首示众，却被那个昏君阻住，说

① "逼"，原文作"遍"，据文义改。

爱惜他是个才子,故免予深究。岂料这个东西,竟敢胆大包天,又有这种举动。倘或昏君听信了他,只怕我这顶长翅纱帽就保不住了。只好把岳某早点释出罢。”那三姓淫妇听到这句话,便勃然大怒,高喝一声:“住口。”即将火箸在炉炭灰上划了七个字道:“缚虎容易纵虎难。”贼桧看了,连连点首言善。即将灰上的字迹掩了去。正谈说之间,内堂院子递进一盆黄柑来,禀说道:“是万俟老爷呈奉太师解酒的。”贼桧道:“好极了,此果最能散火毒的。”贼婆道:“更有极大的用处。”贼桧道:“有何用处?”淫妇道:“可令丫头将这柑子挖空,老公急速写下一道催符,藏在其中,转送万俟老爷,教他今夜将岳某父子三人,就在风波亭上结果了姓命,岂不是就了却一桩大事。还怕这些小百姓替他呼什么冤。”贼桧大喜道:“原来如此,妙极妙极!”当时写好,将纸条装入,封固,叫徐宁暗暗投递,不可泄漏。

词中听表岳元勋,凤困龙囚在禁门。一自痛遭张保死,衷怀难遣恻然生。我死一身何所惜,只愁部下怀不平。倘如一夕兴风浪,坏我忠名怎理论。期杳迎銮增我愧,回天力薄负君亲。公怀及此何能遣,镇日恹恹神不宁。怅触故园思乡切,公私两碍怎为情。慌了倪完人一个,看公如病又非沉。支离神彩懒言语,闷闷难消旷达襟。多方百计将言慰,昭雪有日降钧纶。凡人岂晓其中意,其时梦证国夫人。诀别同心鸾凤侣,此情犹是为朝廷。盈怀国事遥相托,巾帼才当任政兴。善抚部下诸将士,千秋完善岳家军。此皆后话休详述,看官细阅记分明。节序催残除夕夜,岳爷略可强抽身。倪完备宴为辞岁,供奉元戎出至诚。设席殷勤呼帅主。道小官特备一卮呈。一为帅爷封岁序,斗柄寅回天地春。二来呈敬将微意,为公却病洗烦襟。言时举酒亲呈案,自向台边立定身。元帅道言休若此,承君意美合陪樽。令他移坐来相近,不敢倪完口内称。枢相不容辞造次,两樽相对始怡情。倪完只得遵台命，就坐殷勤共举樽。酒未深杯元帅止，从容停觥唤倪君。尊潭当置屠苏饮，骨肉家人定候君。因我一人分岁集，碍君团叙太无情。还须请便回潭舍，使我安然好尽樽。闻语倪完忙启口，道大人不必念愚情。小官微贱何家属，冷透尘心累不生。为念大人居上爵，尚然如此受凄清。倪完更有何余兴，只甘在此奉陪樽。深负大人垂下爱，小官无那负公恩。须知道元帅情真恩似海，惯把他心属己心。听罢其言增叹息，默然良久始言云。承君顾我何其厚，使余何以答君情。倪完答道分如此，元帅凝神把案凭。忽听得墙外有声风更雨，其时款款问倪君。

不知外边什么声响。倪完起身看了一看道："下雨了。"元帅愕然道："果然下雨么?"倪完答道："不独雨，兼有些雪。此乃国家祥瑞，大人何故吃惊?"元帅道："倪君有所不知，我前奉旨入都的时节，曾至金山访那道悦禅师，详解梦兆。他言此去临安必有牢狱之灾，再三劝我弃职修行。你想我其时衔有皇命，何可脱身?况国家多故，为臣者何可规避，以享林壑之福。不但无以对君，且无以对吾母于地下。故决计不从。他遂赠我几句偈言，一向不解。今日下雨，就有些应验，恐怕圣上要我去了。"倪完道："不知那几句偈言是怎么说法?帅爷试说与小官听看。"元帅道："他前四句说得是：'岁底不足，提防天哭；奉下两点，将人荼毒。'我想今日乃是腊月二十九日，岂不是'岁底不足'么?下雨岂不是天哭么?奉下两点，岂不是'秦'字么?'将人荼毒'，更明显了。"倪完不待元帅言毕，忙问道："后四句呢?"元帅继续道："老相藤挪，缠人奈何。切记切记，留意风波。"倪完听了不解，又问元帅道："此四句是个什么意思?"元帅道："大约是结果我的意思。"遂向倪完道："也罢。倪君借纸笔来一用。"倪完答应一声有，即将纸笔呈上，亲为元帅研墨。

岳爷就案作书文，落笔春蚕食叶声。侧目倪完心暗想，如斯人物果惊人。那元帅是书成已半长嗟叹,管城迟下意沉吟。灵台难遣山眉蹙,遗憾迎銮志莫平。又只得含悲寄语诸军悉,十载功抛莫怨君。美语良言平素训,叮咛婉嘱秉臣心。须臾一纸书封就,已谢人间翰墨林。递与倪完低嘱道,仗君为我付邮程。我死之时君记取,莫教遗失此书文。朱仙镇札防营所,代理军情有义朋。智士施全曾护印,更有那余何诸杰众豪英。只愁他闻我凶音怀愤激,一时失节碍余名。触犯朝廷臣礼缺,却使我冤沉狱底更难伸。倘或诸君殚锐气,岂非有害国家情。君能顾我传书速,免使三军犯律行。全余身后声名重,不使横行达帝京。我此心只可凭天鉴,矢志迎銮死负君。天意果非人力挽,一生心事付浮云。当时呆了倪完面,道公如何作此论。须知道天相吉人从古语,总要教一朝冤白拜枫宸。若果相公遭不测,小官也不恋微名。世情看破风中絮,黄粱一枕悟平生。看相公功绩盖天犹若此,君臣情薄似浮云。小官是名卑禄微何须道,得脱身时且脱身。元帅无言惟低首,倪完款款述衷情。正在言谈嗟叹际,走将狱卒面前临。轻轻附着倪完耳,几句言词说与闻。惊了狱官倪义士,耳红面赤走真魂。岳爷顾盼知来意,佯作无知问事因。

元帅向着倪完问道:“为着何事,这等惊慌?”倪完料瞒不过,只得跪下禀道:“有圣旨下了。”元帅道:“敢是要我去了?”倪完道:“果有此旨。只是小官等怎能舍得?”元帅道:“这是朝廷之命,岂敢有违?但是宪、云两个孩子,恐怕闹出别的变端,你可叫他两个来见我,我自有处置。”张宪、岳云两公子原来另拘一狱,使元帅父子不能见面。当时倪完请到二位公子,元帅道:“朝廷顷旨下,未知吉凶如何?可一同绑了去接旨。”两位公子道:“恐怕朝廷没有什么好意,我们不可如茧自缚。”元帅道:“犯官接旨,照例如此。”言毕,元帅亲自动手,将云、宪二君上了绑,自己也叫人绑了,便问道:“在何处接旨?”倪完道:“在风波亭上。”元帅叹道:“道悦师之言果然应了。我父子三人今日死于此地。”云、宪二君向着元帅道:“儿等随着大人血战十数载,复地数千里,朝廷今日如此苛待功臣,此种乱命,我们可以不受。就此打了出去罢。”元帅喝道:“胡说!为臣尽忠,为子尽孝,大丈夫视死如归,更何足论!”云、宪二君顿然语塞,随至风波亭,三父子同时被害。倾刻间是:

彩云散尽月西沉,刮地风狂作怒声。走石飞沙天地黑,无光灯火惨愁人。长城天坏王无主,泰岳山崩地失灵。鹤驾凌霄愁不返,英雄气尽化春冰。此后江山应减色,千秋人去世谁英。莫不是才智十全天所忌,赢得个盖天功绩此收场。可惜了迎銮指顾遭奸败,可惜了玉柱长城一夕倾。问寿无多三十九,一生忠义冠群臣。武昌开国功臣首,半壁江山苦战成。三救储君全宋业,一意迎驾感龙心①。金兵百万望风遁,名齐山岳镇乾坤。苍生霖雨人民望,帝倚如城惊鬼神。辅国有方仁化广,四方豪杰尽投诚。神机妙策安天下,三城收复靖边尘。鞠躬尽瘁劳王事,志在迎銮意未平。日月同盟扶宋室,千秋完善辅君心。春风先圣词林品,奋勇神威大帅名。底事功成身合死,补天无术恨难平。终古伤心恩帅主,凄风冷雨返瑶京。朦胧天道何从问,屈死风波狱未伸。无才难觅回天笔,语到吞声续泪成。

元帅被害的时节,贼桧差万俟卨在刑场上监视,见元帅气绝,便连夜邀了罗汝楫前去报功邀赏。倪完正在当啜泣不已,见这两个贼党去了,便放声大哭起来,众狱卒无不为之泪下。内中有个狱卒姓隗名顺,自从元帅入狱以来,尽心服侍,此人为最。他见倪狱官哭个不住,便叫道:“倪爷不要忘记了帅爷身后大事!你且听听,此刻将近四鼓,一到天亮,只怕那两个臭狗又要来看验,将帅爷的遗骸安置何地,快快想个主见,以免暴露。”倪完听到这句话,

① “意”,原文作“章”,据文义改。

将脚一蹬道:“啊呀!我一时气昏了。未曾差人去知会王、李二君,买备棺木,际此夜深昏黑的时候,措手不及,如之奈何?”隗顺道:“小人拼着平生的力量负着帅爷尸首越墙出去,何如?”倪完道:“既是如此,务要小心。二位公子的尸首,我在此安顿,事毕即往朱仙镇去,还要这顶乌纱作甚!”

倪完说着泪双垂,重抚公尸大放悲。我只望帅爷冤白朝金阙,又谁知岁暮公亡两尽期。适才间对我从容言细曲,到而今千呼不应剩遗尸。明晓公流芳百世名难灭,无奈何目下凄凉使我窥。俯首看如生色像英姿灿,妄思量仙迹还疑跨鹤归。恨难平天皇无主遭奇屈,最伤心三字狱成海底冤。到而今功废人亡缘底事,可怜辅国念成灰。轻一掷乾坤保障归乌有,万民失望共深悲。挽不住九京往驾何其速,如斯结局痛何言。恼人心君臣义薄随流水,忍使功勋付劫灰。那倪完哭诉声声怨,隗顺慌忙把袖抬。嚷道一声天欲晓,误其大事更何为。言时即把公尸负,直纵危墙出禁围。天使其然神力助,仙灵在背不知危。惨人心元帅金躯何等贵,岂料今任其狱卒负将归。难细述伤心触目公身后,且把那漏史遗文诉一回。

当时隗顺负着元帅遗骸逾城至九曲丛祠中成殓,葬于北山脚,身上有一素佩玉环,顺亦以之纳入棺以殉。墓门前植双橘树志焉。顺自葬元帅之后,终日郁郁寡欢,不久也就死了。临终时谓其子义曰:“异时朝廷若求元帅遗骸不获,汝当告知墓前有双橘树便是。”

此皆后话记无讹,吊古兴哀莫奈何。痛元帅是盖世奇才筹莫展,落得个雄心未尽受冤多。只留得无穷缺愿悲今古,终不灭英名犹壮宋山河。述不尽丰功伟迹传青史,民失望苍生霖雨活人多。到其时七尺灵棺归黄土,一身心事付流波。华表空期愁不返,只留得精忠纯孝字难磨。叹皇家拆去了擎天柱,好使那狐兔纵横帝北回。载道哀鸿谁庇护,可怜二圣死戎和。运移宋祚愁难复,日月双丸一掷梭。千古不平难洗怨，墨痕不及泪痕多。回文题起倪完事，目击心伤泪眼模。悲公更痛双公子，安顿遗尸遣健奴。王李二君方赶到，东方发白早晴初。一场悲恸伤无限，痛的是报国含冤从古无。将公子两灵轻载出，暂行安放在西湖。倪完弃职朱仙去，王能李直亦闲居。隐迹江湖深密处，世情看破少良图。只有弥天秦恶贼，宵来闻报动欢呼。捞腮抓耳形奇怪，奖赏双双臭狗奴。

便问道："你二人看他真个死了？"二贼同声答道："死还有个真的假的么？若不相信，叫那几个动手的来究问便了。"贼桧听了呵呵大笑道："岳某岳某，任你盖世英雄，今日也逃不出我秦桧之手。"万俟卨道："太师且慢夸口，若无小官们相助，未必有这等爽快。"贼桧道："好好好，我昨日纳下向北国的异宝，共计一百余件，今日先分半出来酬谢你两个。日后再行升奖。到是不等天明你二人再行前去验看一番。莫遗后患，是要紧的。"二贼道："太师放心，小官亲自验看他父子三人的尸体确已气绝，万无生理了。"说罢，收了珍宝，一哄而去。

管城松使几停留，写到辛酸万斛愁。吊古伤心同涕泪，乌啼月落不胜秋。此词回集汤阴事，国夫人别故山湫。遥指长安在天末，香车宝马进程邮。为念征人驰远梦，朝行夜宿不停留。时值隆冬将岁暮，行来却抵帝王州。最伤心枢相行台无恙在，岂知鹤驾九京游。到门呆了神仙侣，冷落虚堂底事由。灰冷药炉人不见，怎言元帅病深秋。寒芳无主何寥落，大厦朱扉作梦游。春信罗浮香似海，台空明镜断肠忧。夫人不识其中实，问讯无从莫展筹。事到关心难决立，疑团难解锁深愁。到其时难坏夫人巾帼士，柔肠百结闷心头。虽有随来家将等，也难探信究情由。偏逢除夕良宵夜，爆竹声中岁暮秋。兴致偏多工献岁，人人无暇更他求。故而更少人来往，斗转星回春兴酬。愈难访问真消息，事逢棘手怎筹谋。公子震爷聪更慧，探知口信感深愁。暗中诉说连枝悉，不敢陈言虑母愁。少时间家宴排成欢莫集，一家性淡冷于秋。其时感坏天仙子，侍亲归寝转香楼。赢得个柔肠百转悲椿陷，兰心饮痛忆从头。痛大人报国逢奸妒，无辜负屈困囹囚。幸苦勤王安社稷，功倾罪积出何由。早知显贵非长局，悔不渔樵作隐流。大人忠孝天然性，勋积非贪万户侯。只望功成全素志，岂期今日被奸谋。事到如斯何作计，恨侬少慧早筹谋。木兰曾有从军志，百战归来慰白头。儿女英雄真壮气，愧侬不及侍亲游。亲遭奸陷儿何晓，犹望承欢趋帝州。岂料而今成画饼，教儿肠断暮江头。回思昔日缇萦女，上书救父姓名留。侬为大将名门女，不效馨名事合谋。罔极恩深难尽报，微躯当为吾亲酬。那仙娥灵台一转莲花放，要打量叩阙鸣冤代父谋。四顾婢嬛沉睡去，轻移莲瓣上楼头。挑灯坐傍沉香案，支颐默默想情由。且把那宛转情文求圣鉴，推诚一死解亲忧。金针挑破春葱指，点点桃花洒砚瓯。斑管轻提和泪写，乌丝历历记从头。一表书成三百字，一言一泪动明幽。情文如锦簪花笔，千古娥眉第一流。月样襟怀花样貌，奇才孝义足千秋。叩阙上书身代父，孝思如此世罕俦。但只恐天道无知不可挽，终使他千秋缺愿恨长留。迎銮期杳精忠陷，吊古空嗟宋室休。万里长城倾一夕，山河破碎水东流。宋皇爷此后羞颜甘伏北，思帅主一门忠孝永流芳。凛然生气疑王在，德比山高与水长。却使我秃笔易衰难再续，又只好六十一回叙从头。

第六十一回　烈女殉身投古井　贤王显圣阻长江

却说雯小姐商量伏阙上书，以身代父，当夜写成血书。正在灯下诵读之际，忽将侍婢颖儿惊醒了。近前一看，不觉失声叫道："小姐为何如此？"雯小姐忙掩其口，低声道："且慢声张。待侬去告诉你此中情委。"遂将上书之事细述了一遍。颖儿道："小姐立意不差。但是此书遣谁去上呢？"兰史道："侬早已置生死于度外，意欲亲身赴阙。只是身居闺阁,不识路径,为之奈何?须得一引路之人,方好前进。”颖儿道:“婢子是临安人氏,京中路径尚能认识,待婢子来引路便了。”兰史听了连连点首道:“汝侍侬六载,远在汤阴,此时还能记得乡园的旧路吗?”颖儿道:“婢子记得。”兰史道:“好便却好,侬有一言嘱汝,不知你能体谅侬的心意么?”颖儿道:“小姐但请见示,婢子无有不依从。”兰史道:“侬家此去倘能侥幸救出老爷,与汝重见夫人。如此愿不遂,侬惟有一死而已。汝当为侬善侍夫人,始终不二。”颖儿听了这句话,便双膝跪下哭道:“小姐但请放心。婢子蒙老爷夫人豢养,岂敢忘恩!当图犬马之报。岂在这区区服役之劳而已。”兰史道:“你是个忠心报主的人。也不待侬多嘱了。只是侬与汝二人出去,必须改扮男装,始觉方便。”颖儿道:“这倒容易。前日起程来得匆忙,误带了三爷衣箱在此,此时恰好合用,待婢子去打开,取出一套来为小姐更换。但是小姐的金莲太小,只好去取五爷的靴儿来穿,方称。”兰史道:“事不宜迟,快快将衣服取来,与汝一同改扮便了。”

当时婢子取衣裳,顷刻化成儒士装。只为朝房非咫尺,六街行去怕人张。改扮已完书笼袖,颖儿小婢饰书僮。手执绛灯为引导,行来僻径晓露丛。此际是玉人不顾弓鞋小,幸而他携婢而行可扶将。星斗无光人寂寂,霜风萧飒倍凄凉。望里午门天样远,听来淅沥漏声长。行行渐近人丛里,巡逻相继绕街坊。颖婢低声呼小姐,道婢子前行探讯音。兰史点头微应是,颖儿行上把言张。诸位缘何相守此,请让开路线好登临。巡逻百十余人众,一听其言举目望。道你这军爷何处至,出言若此太荒唐。此是皇城天子道,谁人敢擅意扬扬。今承秦相台前命,来往人人要守防。有人要上金銮殿,先上巍巍宰相堂。你莫言三兼语四,知机快退走他方。言时各各将抬手,拦阻前行御道旁。恼杀香闺贤婢子,扬眉睁目发威光。欲待上前重止步,须知当道有豺狼。自恨女流难与敌,抛头露面不成腔。权行回府从商计,再随小姐谒朝堂。思至其间惟一叹,回身复命论偏长。缇萦有愿代赎父,宸枫无路怎呈章。又只好相携婢子寻归路,泪珠弹上紫霞裳。回至园林天欲晓,照依旧路进花墙。仙娥难忍无穷泪,哭倒尘埃涕万行。叩阙无从奸势广,亲冤难雪怎筹量。料椿庭龙囚凤困何能脱,定遭毒手绝生望。想侬何用生人世,不及前贤节女娘。思至其间惟乞死,九京先候吾亲傍。玉人欲绝丫环念,停悲强起整霞裳。外盖儒衣都脱下,仍然月殿素娥妆。珊珊仙骨凌霄汉,皎皎仙姿泣露芳。颖婢扶持殷劝际,见这般光景转惊惶。连呼小姐因何故,卸妆还请转兰房。

雯小姐叹了一口气道:"你看权臣当道,猛如虎狼,侬家血书无从呈上了。老爷决无生理,侬有何心,腼颜人世。你看这一注井水便是侬的葬身之所,只是昔日老爷赐侬八角镂银瓶一座,尚在房中青玉案头,汝快为侬家取来与之俱殉。"颖儿听了,放声大哭道:"小姐主意已定,婢子无言可挽。但是婢子既不能相从小姐于泉下,留此身为小姐报仇雪恨,方不负恩主一番的豢养。"言毕而去,不一时只见他手捧着那座八角镂银瓶,冉冉而来,向着小姐道:"银瓶在此。"雯小姐将衣服整了一整,向着上房拜了八拜,叫一声:"母亲,恕孩儿不孝,未得始终随侍,就此拜辞了。"遂抱着镂银瓶,向那八角琉璃井中奋身一纵,便已香消玉碎了。

当时颖婢倍酸辛,拜倒尘埃痛涕零。此水一潭仙化去,不使他一抔黄土掩倾城①。可惜了仙姿占断群芳首,不作荣华队里人。可惜了二七芳龄犹未满,琼花含蕊未逢春。谁可及蕙质兰心才绝调,输他诵絮锦回文。谁可及簪花夺得江郎笔,兰闺应合号词林。果不负身为大将名门女,穿杨妙技诚如神。果不负忠孝传家庭训美,上

① "抔",原文作"杯",据文义改。

书叩阙女中英。最难得温柔如玉儒兼雅，承欢孝悌秉天真。最难得宽洪德性慈祥态，镇日嫣然不易嗔。恨只恨权臣误国忠臣陷，国栋摧残及女君。却使他孝女寻亲轻决死，香消玉碎返柔魂。好教我杜鹃啼血空留怨，冷雨凄风未惯经。小姐阿你一缕香魂应眷恋，高堂尚有母夫人。莫不是散花天女昙花现，早绝尘寰恩怨情。此后仙凡成陌路，梦魂飞不近千金。井边哭倒乔装婢，如痴似梦唤声声。来了同群三婢子，其时斗转日东升。因香闺不见群芳主，失惊觅迹至园林。一睹其情皆退步，见一个军装少俊倒埃尘。向着那琉璃井畔哀哀哭，小姐千金叫不停。内有侍儿名惠友，生平有胆事能行。心中疑惑忙行上，认出梅香队里人。伴姐颖儿张氏女，为何妆束异常形。听他哀把千金叫，不惊心处也惊心。慌忙扯定青袍袖，口呼颖姊为何因。停悲快把情由诉，莫教惊动到夫人。颖婢此时悲欲绝，耳闻人唤当无闻。又哭多时方拭泪，惨见同群侍主人。触目伤心重大恸，从头诉说昨宵情。如何小姐儒装出，如何写本代陈情。如何被阻难呈圣，如何愤激觅归程。如何索取银瓶殉，如何香井葬仙灵。那颖婢是一段言词方语毕，哭倒了香闺三婢身。齐蹬金莲称罢了，豺狼当道怎区分。害了家爷贤父子，无端又害吾千金。有朝一日天开眼，拿住秦奸万段分。割取狼心并狗肺，那时祭我主仙灵。三人哭得肝肠断，凄凄惨惨不停声。颖婢劝言休若此，还须筹计报夫人。正当缭乱悲哀际，来了诸多家将们。哄动人声言不好，秦奸贼党已倾门。

众姐姐且慢悲呼，快快引我们入堂叩见夫人要紧。原来贼桧是夜害死了岳元帅三父子，次早即点御林军五百，将帅府团团的围住。正欲查封房屋，捉获元帅眷属，故此众家将惊慌无措，特来寻颖姐入内禀夫人。国夫人因昨宵未眠，直至鸡鸣时略略假寐，故而迟起，却好坐在那琉璃窗下，梳洗方毕，正值颖儿入帘。夫人便问道："小姐缘何未至？"颖儿料想瞒不住，遂将小姐叩阙这封血表呈上道："夫人明鉴便知。"又禀道："众将有要事齐集堂下，求见夫人。"夫人早已会意，遂不答言，将呈来之书纳入袖中，先见众将便了。

巾帼奇才女丈夫，不形喜怒对诸奴。蕙兰心性明于镜，事到其间志不舒。一定是豺狼当道施奸计，御林差出势倾吾。当时跪下诸家将，一个个愤愤心怀禀事粗。齐愤老爷受屈死，更连公子遭冤诬。而今是围住府门前后进，御林军校动狂呼。猖狂贼势太无理，不动凶时事可虞。将等齐心甘拼死，报仇雪恨捉秦奴。扯旗直上金銮殿，问问通奸卖国徒。当圣开刀秦恶贼，碎尸万段气方舒。恳乞夫人言许允，将们即刻动兵戈。大怒夫人言住口，道尔们擅敢任狂狙。忠臣门第非他比，横祸相加岂惜躯。既有御林军校守，一门伏罪无他图。精忠麾下无反卒，勿效乱臣贼子徒。仁风德化何忘却，敢将王法认模糊。侬等岂违臣妇道，你们可散莫惊呼。农工商贾随心欲，不须啰唣更支吾。违令仍依军法斩，老爷仙去令如初。一班家将承金谕，恸哭齐将内主呼。道夫人言出如金玉，将们安敢妄他图。但是夫人仗节全爷志，壮气堂堂岂易与。容将们天涯海角随慈驾，赴汤投火供驰驱。禀上斯言齐顿首，夫人难忍泪鲛珠。挥退两旁诸将士，柔肠寸断恸悲呼。生生拆去鸳鸯侣，前番梦兆示乖殊。痛负奇冤遭不白，狱成三字恨何如。怎教侬此世伤心生有憾，想君家强持全局苦匡扶。只落得啼乌落月空留怨，期杳迎銮素愿违。最伤心天道茫茫无可问，九京寂寂独君归。幸云儿不愧为君子，父德非常子继贤。喜宪子奇才仁更义，死生慷慨侍君前。断人肠玉树双催缘底事，千秋悲怨总前缘。伤心更痛平阳女，孝念难伸入井泉。哭坏了夫人巾帼士，泪珠溅血染绫襦。在堂人众肝肠断，哭声一片女环奴。更有那小姐闺中三侍女，还有这乔装颖婢共悲呼。又恐国夫人有失，一个个扶持相劝泪抛梭。夫人是正在悲呼肠欲断，忽然的灵台一转掩鲛珠。却值侍儿频挽劝，扶归寝室暂安和。夫人倚案持斑管，书寄汤阴巩氏娥。曲曲言词意宛转，悲悲情绪句轻摩。停毫当下书封就，良久之间掩泪呼。嘱道此书机更密，遣谁急速付前途。颖婢闻声双膝跪，接书在手泪如珠。道婢子蒙恩无以报，赴汤蹈火愿登途。此身再不更闺服，永作乔装任意图。前去汤阴传信息，跟随小主待征诛。凭他前后军兵守，婢子潜身出外郛。禀罢斯言忙拜倒，夫人洒泪命登途。房中去了乔装婢，又来家将众婢奴。齐齐排立巡檐下，夫人扶婢立帘隅。

原来震爷刚才听雯姊投井之事，急得魂消胆落，跪至井边哭个不休。喝令众家将打捞小姐尸首。闹了许久，竟打捞不起，故此众家将无法前来禀命夫人，欲待淘井求尸，国夫人早已纳了颖婢之禀，道："小姐遗嘱，毋庸入井求尸。"今闻众将之言，遂令停止。又传上四公子来开导一番。看官，你道贼桧矫旨点出御林军来，如狼如虎的团团围住帅府，要捉拿元帅的眷属，为什么这时候尚不见动手呢？只因是日五军都督梁红玉入觐，打从帅府门首走过，一询细底，勃然大怒，喝退御军，带领女将，勒转马头，不入午门，竟至相府而来。到得门首，不容通报，直至大堂下马，司阍的见了这般光景，不敢作声，慌忙报入内去，那个三姓贱人尚不知事之深浅，一闻此报，着意的妆束下堂，来见梁红玉。

逢迎走出贱妖精，大怒夫人梁氏身。星眼圆睁生杀气，蛾眉直竖发姣嗔。冷笑一声言少礼，转身就坐椅镶金。春葱手指秦王氏，便乃开言把话论。道本都到此无他事，为的王家大事临。请把岳案言我晓，莫须有三字要分明。这般冤狱从何定，惨杀精忠保国臣。父子全忠甘伏阙，须知难服众人心。犹然不足权奸意，又移毒手灭全门。本都抱愤冲宵怒，特来见你丈夫身。叫他快快来相见，论个虚真气好平。好个妖娆三姓妇，当时变作夜叉形。居然不惧梁红玉，冷笑呵呵怪事称。阿奴认做滔天事，谁知为着岳家军。与你算来无瓜葛,报仇何用姓梁人。红玉听言心大怒,三丈无名火直喷。便不答言先动手,把掌一个打妖精。喝声你敢言无理,长舌前来谤我身。须知道岳侯勋绩江山重,三岁儿童咸敬钦。贱人安晓人伦道,本都是为惜皇家柱石臣。从此山河屏障失,贱人夫妇议和成。亏你口吃南朝饭,甘心归向北邦君。犹敢无知来放肆,居然对我出狂论。须知道彻底阴谋奴尽晓①,权奸卖国我知闻。他人惧尔威权重,本都欲将天讨申。再若横行欺圣主,顷刻即发义兵临。扯旗不上金銮殿,单单拿获姓秦人。杀尔一门鸡犬尽,问问无辜害大臣。言语才止重举手,飘扬彩袖击妖精。女将喧哗齐动手,哄堂大笑胜雷鸣。急了鹰腮秦恶贼,乌龟洞里打翻身。着袍顶帽慌忙来,狗面堆花笑奉承。趋叩鞠躬先下拜,声声伏罪叫夫人。红玉含嗔身立定,口呼少礼把言论。

"你是秦相么?"贼桧应声正是。梁夫人道:"你为何不早来见我?却使这个不知上下的东西来会本都,出言无状,是何道理?"贼桧听到其间,连连的陪罪。梁夫人道:"本都亦不值与贼妻争竞。只问你'莫须有'三字何以服天下人心?你将岳侯父子三人屈死,尚不快意,今日还要将他一门屠戮,罪出何名?快快为我道个明白?"贼桧缩头缩脑,半晌说不出来,深深的打了一拱道:"夫人请息怒,此皆出自上意,非人力可回。我亦恐天下人心不服,故此才由午门而归,再四恳乞天恩,将其家属从轻发落,故刻有流放滇南之旨。"梁夫人听了,不觉失声冷笑道:"如此说来,到全仗你了。"遂走下堂来,喝令女将备马,坐上雕鞍,不辞而别,直诣午门,谁知这个昏君拒而不见,那梁夫人恼怒而回。

住说夫人女俊豪,提言三姓贱妖娆。半晌地中扒立起,披头散发哭号啕。纵身便打奸邪汉,口中不住骂唠叨。道梁氏容颜生

① "彻",原文作"澈",据文义改。

得好,乌龟看中喜心苗。逢迎百计将他奉,打妻仇撇九云宵。须知道你爱他来他恹你,世忠身价比你高。乌龟休得无廉耻,高攀不上枉徒劳。贼秦摇手连声道:“求你休将大祸招。嚼舌之言收拾起,切休触犯女英豪。他起义兵非小可,我们两命料难逃。事逢急迫浑无主,插翅难飞去到辽。快须入内梳妆好,商量具禀慰金朝。狼主得知其情事,你我功劳天样高。岳某已亡金有幸,请和割地不徒劳。那时迎进金邦主,包将麟阁姓名标。只消让过梁红玉,余者诸人一笔消。望得四王登了位,陷灭韩梁不费劳。耐忍片时无大事,我们垂钩再擒鳌。”三姓淫婆连点首,道原来你也畏妖娆。不甘你把仇家赦,留其后患怎开交。一定要斩草除根春不发,始得个奴奴与你放心苗。听言贼桧呵呵笑,道言听我诉蹊跷。阿妈岂晓其中计,我的才能天样高。

“你那里晓得,我为何独将岳氏一门流徙滇南。因他昔年在汴京夺魁,挑死柴王,目今柴王的儿子仍袭其爵,镇守滇南关上。只消我再加一封催死文书,定将岳氏一门结果,岂不是斩草除根,重春不发吗?”淫妇听了,点头道:“好到却好,只是闻得岳某家中尚有一枝子媳未曾入都,须要早早擒获,免留后患。”贼桧道:“我早辰已差冯忠冯孝前至汤阴抄没其家产,捉拿家口。”按下不表。且说那倪狱官当初目睹元帅父子三位惨死,悲感不已,是夜弃印携眷连夜出城,望着朱仙镇而来。一连走了好几天,看看入了境地,遂将眷属安置好了,独自一个奉着那岳元帅的遗书,来到大营门首,对传宣官道:“相烦通报一声。说岳元帅有书投上。”传宣官即忙进帐禀知,施全道:“快传他进来。”传宣出来道:“投书人呢,老爷令见。”倪完跟了传宣入帐,近前跪下,将书呈上。施全接来拆开观看,大哭道:“牛兄弟不好了!元帅与公子、张将军三人俱被秦贼陷死了。”牛皋听了,大叫起来道:“快把这下书人绑去斩首。”倪完听了,浑然不解。早有施全连忙止住道:“这是元帅的恩公,你为何这般难为于他。”牛皋道:“俺却不知是元帅的恩公,认作奸臣叫来下书的,多多得罪了。”施全又问倪完道:“元帅怎么被害的?”倪完遂将往事一五一十道来,直说到十二月二十九日屈死风波亭上。施全、牛皋并同合营将士一齐痛哭,声震山岳。施全叫左右取过五百两银子奉送倪公,倪完再三推辞不受,哭别而去。众将挽留不住,只得忍泪相送一程。

送去狱官倪义士,哭倒营前将与兵。一个个哀啼不绝呼英主,一个个咬牙切齿骂权臣。一个个痛恨天王何不晓,一个个惨伤恩主受冤情。众将军是悲声一片摇山岳,众将军是怨气冲宵破五云。愤极施全贤智士,感伤元庆遇知恩。化龙肠断神交义,牛皋统制气难平。王贵徒悲空滴泪,啼呼张显感同群。余者麾前诸统制,兴哀都作断肠声。随元帅南征北伐勤王事,随元帅枕戈待旦论交争,随元帅风雨无辞常走马,随元帅牛头山上保昏君,随元帅百战偏安赢半壁,随元帅长驱直入复三城。随元帅淮西收复兼襄郡,随元帅固石岩头救小君。随元帅历尽千辛扶社稷,随元帅朱仙退敌水澄清。惟只望元帅入都承御泽,惟只望重镇朱仙要口津,惟只望旗门共论红旗捷,惟只望直捣黄龙洗甲兵。谁又晓功成中废遭奸陷,谁又晓金牌十二散雄军,谁又晓无端冤狱兴风浪。谁又晓天家如此奖功勋。最伤心望断旌旗成恶梦,最伤心泰山倾去众无生。最伤心栋梁材拆乾坤暗,最伤心玉柱长城一夕倾。从此后将们俱作孤飞鸟,虎帐雄风隔暮云。从此后对垒沙场谁作主,更谁为国请长缨。从此后残山剩水空营地,妙策平戎尚警金。从此后痛饮黄龙成画饼,荒凉何处觅忠魂。我那元帅是葵向丹心天可鉴,力扶社稷海山盟。冤狱难伸遭不白,浮云苍狗太昏昏。众军们是只因元帅仁风化,生死难忘德泽恩。梁栋材倾惊四野,岂徒虎帐受恩军。捧遗书恸倒了施余将,怨气难伸不欲生。大怒牛皋粗勇汉,夺书抛入火中焚。道言各尽人之道,元帅忠君俺恼君。此仇不报无天理,杀上临安始称心。大众将军呆了面，炉中同抢那遗文。无计挽留仙绝笔，早经焚化影无形。正当嘈杂惊呼际，只听得辕门一片举哀声。悲呼推上莲花帐，原来是八百争先的长胜军。更有朱仙诸父老，哄辕誓做报仇人。牛皋拍案连称快，回对施余把话论。

好一伙长胜军士，果不负俺家元帅恩养之心。如今个个同怀敌忾，俺弟兄们更有何议？余施诸统制尚未答言，只见那王贵大声叫道："正该如此，大哥被奸臣陷害，我等岂可置之不闻不问，理应杀上临安，饶了那昏君的狗命。只消拿住贼桧碎尸万段，与大哥报了大仇，也尽了俺弟兄们结义心呵。"牛皋道："依着俺的性儿，将那个昏君也是一锏结果了性命，方泄俺胸中之气。"张显道："且慢乱道，快快吩咐三军连夜赶造白盔白甲白旗等类，这一个号令出去，那八百长胜军兵即刻便去赶造衣甲。可怜那些朱仙镇上远近人民，闻得岳元帅被害情形，哭声震野，如同丧了考妣一般，莫不携酒载肉前来呈送三军将士，人人切齿，个个咬牙，俱要替岳元帅报仇雪恨。那元帅营中诸将当时议定专等造就衣甲，也不择日，遂领大队人马起程，浩浩荡荡，杀奔临安而来。不一日，行至大江取齐，僱了船只渡江，这日却好风清日朗。兵船方至江心，忽然狂风大作，云雾迷漫，空中现出两面绣旗，上有"精忠报国"四个大字。

当时惊异众三军，一个个仰望遥天细认明。但只见龙凤旌旗飘荡漾，五云深处见军门。锦袍玉带庄严服，春风态度宛如生。左首云爷垂手立，右边站着小张君。呆了三军诸将士，如梦如醒辨不真。同声哭倒船头上，断续齐将恩帅称。自分无从迎虎驾，岂期华表订归盟。但相逢无语遥相慰，叹九京一隔异常形。弟们此去临安地，必报深仇雪恨心。元帅大哥吓英灵助弟成斯志，稍展深哀决死生。惟望神风相送快，扫除逆党佐朝廷。化龙祝毕重挥泪，望定云端再细睁。但见那钟情主帅神如昨，微微摇手向诸军。分明不允由前进，死生不灭恋君心。众军难会公心意，错疑军令着前行。牛皋喝令舟人起，加上轻帆赶进程，重向五云深处望，英姿快睹已含嗔。只见公袍袖微抬轻一拂，顷刻间平风吹起浪千层。长江滚滚愁无岸，白浪滔滔振耳听。吓坏了三军诸统制，梢公舟子尽离魂。浮沉舟楫浑无定，风打船头急浪声。岂能放楫由前进，倒舵横舟退几程。难了三军诸将士，分明难做报仇人。悲倒一人余统制，沉冤难洗义盟心。知遇恩浓深似海，那堪生死判离群。英灵不远堪追侍，天上人间尚许亲。剩我如遗空有恨，倒不若九京随驾幸何深。这余统制是忆到其时轻一死，友怀义胆火全焚。银枪倒转将喉刺，玉树临风向下倾。血溅征袍英气绝，魂归天上体成冰。武昌定胜麾前将，第一无双是此君。大义慨然随帅主，馨名千载胜图麟。其时大恸何元庆，口呼余弟义如金。同为锦帐雄师将，知遇之恩比海深。擒获两番承释放，备舟馈食太多情。爱才罕见公推首，雅量情怀更甚人。从此更添知己泪，升天入地哭随君。叫声余弟从容往，候俺相同一路行。言时提起银锤子，自击天灵响一声。迸出脑浆身倒地，英雄义重死生轻。武昌第二麾前将，义勇神威答主军。帅主恩深名将义，眼观二将殉元勋。军门抚庇恩无二，春风万物荫重生。向着长江轻一扑，主军恩重敢忘情。武昌开国功臣将，三殉元戎牛统军。天地帅恩同一体，万死难忘怎独生。三将经生皆自尽，众军同作杜鹃鸣。慌张转棹寻归路，顷刻间波平如镜水无纹。不使他楚歌声里千金散，散不去那定胜台前八百军。只为着恩帅爱兵如爱子，敢忘仁德尽铭心。春风雅化苍生望，任使愚蒙尽晓恩。挽不住那天上旗旌迎驾去，江山社稷托谁英。狼心卖国秦奸贼，误尽苍生害尽人。伤怀吊古空留恨，下卷重开续旧文。

第六十四回　巩夫人冰清玉洁　紫郡娘感义酬恩

却说牛通当时听得二公子被擒之事，直急得怒发冲冠，竟自寻路来至临安，进了武夷门，东撞西走，来到一座大衙门面前，拉着一个过路人问道："这是什么所在？"那人叫道："你这朋友，好不讨厌。快让我行路罢。"牛通道："好人儿，向我说了这座衙门住着何等官员？"一面说，一面向身边摸了一块银子付那人道："送你买个点心吃吃。"那人接了银子，好生欢喜，忙忙的称谢道："承你厚情，多谢多谢。这座衙门里却住着一个大大的奸臣，去年腊月间他将个护国的忠臣谋死了。今春又将大宋的江山都与外邦了。你道可恼不可恼？"牛通道："听你说来，这个奸贼就是秦桧么？"那人道："正是。"牛通道："却不知那忠臣姓甚名谁？"那人道："好汉子，你难道不知那精忠报国的岳元帅么？勘定大乱，人民爱戴，莫道中原老幼皆知①，就是那些番国也无不钦敬的。好汉子，你快去寻路，不要落在他油锅里，送了姓命。"言毕，那人回身欲走。又被牛通扯住问道："什么叫油锅，快讲我听听。"那人低声道："就在他内花厅左首，闻得共有五六口大油锅。这两三月内不知烧死了多少老幼人民。你不信，慢慢的访问便知的确。"牛通道一声"可恶"，就一个转身由人丛内钻入头门去了。正值上灯时候，他走到大堂上一看，见搁着一乘大轿，暗道："好个藏身的所在。"就钻了进去。坐待更深人静，走将出来，要向上房去看看。各处门户关好，一眼望去，见院子中有一枝大树，紧靠瓦檐。月光之下，看得清切。就爬将上去，一步挨一步，来到一个最高屋顶上，轻轻坐下，揭起几张瓦来，往下一看，却是一层天花板，便向身边摸出一口利刀，将天花板挖起一张道："太岁爷好点子呀。恰好寻着对头寝室，你看梁上悬着夜光灯。四壁黄绫，好似皇宫一般。不是卖国这东西的所在么？"正待跳将下去，只见那帐幔一动，他便住了脚，但看幔子中钻出个头来，手取便壶，牛通眼快手快，擎起一块三角火

① "幼"，原文作"幻"，形近致讹，据文义改。

砖,向那帐幔抛去,不偏不正,却好打中鼠贼的狗眼。只听得叫声“阿哟”,早已滚落床下。牛通暗道:“事情不好。”急急越瓦而遁,这里打倒那个人,正是贼桧。看官你想这个坏蛋何等威福,在这相府中岂无侍帐姬妾?只因这个泼辣而妒的婆娘,那里还容得他置侧室呢?故而除了此例,却使这卖国贼吃了一肚皮自便。

墨痕香处写忠贞,忍使霜毫作秽文。遗臭流芳千古事,怪侬长作不平鸣。兴尽词文三十卷,伤心吊古到而今。蟾圆三度词难就,卅一书章强续成。为惜九京迎帅驾,无从补缀写哀情。书来处处伤心景,破碎河山惜宋君。一代兴亡留信史,追思存迹恨难平。烦言不具情文剩,要表牛通是夜情。打倒秦奸思遁迹,奈何无术学飞腾。屋脊梁间来坐定,思量无路去潜形。听他下面人声杂,一片高呼捉贼人。其时无奈真无奈,胆落魂惊十二分。忽地空中神语朗,道牛家公子慢忧惊。从容伏我肩儿上,救你今宵脱难星。言毕现身雄凛凛,月光相映甚分明。却是濠梁张总镇,儿时一面记来真。是神是鬼真难辨,闻得他大义当年殉主军。足见一诚天可鉴,魂归却在玉虚门。今朝忽地英灵显,到把牛通战战兢。喜不自持心忐忑,如梦如醒两不分。相对无言呆了面,张神嘱令闭双睛。牛通不敢来违命,紧闭双瞳默默听。耳边只听风声响,此身好似已腾云。不上一时行百里,神风相送鲁邦临。空中嘱道休惊恐,许向宗衙会岳君。一振手时身堕落,牛通惊异起双睛。果然到了山东界,神灵不见影和形。心香一瓣低头拜,十分感激腑铭心。不遇马前张义士,怎得牛通脱难星。感念一番忙取路,日光正值午牌辰。慢言问讯宗衙去,要表雷爷小俊英。义弟几人为伴侣,计程齐鲁远山青。行行山尽临江界,一望前边大吃惊。但只见一片茫茫江水阔,绝无路径可进程。蒙蒙细雨天光暗,水尽山穷莫问津。走上一人诸葛裔,沿河四下细观睁。江水无涯清澈底,绿柳阴里有舟横。此时不觉心欢悦,驾长连连叫几声。道我等弟兄迷失路，宝舟借宿一宵辰。渡过此河齐鲁界，舟金多送奖酬君。船舱走出彪形汉，用目详观逆旅人。一共岸头人七个，昂藏各有俊风神。凤入鸦群偏触目，其人如玉异常形。容光艳艳凌云表，宛若云爷岳长君。儒雅多文梁栋器，神情秋水似元勋。不看之时犹是可，看来识得小雷君。踊身一纵身登岸，启口忙将公子称。倒把雷爷心忐忑，此人何以识余名。答言谁是雷公子，好汉缘何错认人。那人便不回言答，纳头下拜具来情。道言小将随元帅，二字王明贱姓名。朱仙镇上蒙恩泽，云君朝夕喜相亲。愤恸帅爷遭大故，贼秦狗肺虎狼心。图形尊貌沿村贴，加害元戎一满门。小将闻风心胆碎，诚心探望二爷身。遂将往事从头述，细诉金牌散六军。铁甲三千悲倒骑，画图留像秉民诚。破浪乘风经险道，沥泉军器送河滨。金山胜迹难从隐，元帅忠君寇未平。如何行至平江驿，如何矫诏罪功臣。如何校尉加威势，如何仗义死王横。那时元帅遭奸陷，小将同行四个人。乘空脱身寻道路，欲向汤阴报信音。谁知逆旅行难上，沿途访问个中情。适才镇上传言出，公子遭擒被众倾。小将着忙藏此地，欲行劫狱到州城。

前两日闻得湖州府将公子拿获，行将解往临安，因此小将约了几个会技击的朋友，驾着渔舟在此探听消息，如已动身，即在途中截劫，俾公子得脱虎口，不期如天之福，公子已安然脱险。雷爷听了王明这番言语，不禁失声而恸，王明劝道："公子且免悲伤，事既如此，不得不作隐身避难之计。"众英雄同声言善，王明叫道："事不宜迟，快请公子们登舟。"当时众英雄劝住了公子一同下船，你道渔舟窄小，怎能载得这许多人呢？幸有六七只渔舟，分开坐着。舟人解了缆子，咿咿吓吓摇不多时，将近岸口，望去有座古庙，王明指着向公子道："小将同着哥哥住在此间。"一面说，一面将船拢岸，就请众英雄公子进庙，忙忙的铺床搭帐，准备夜膳，同了哥哥王义出来叩见公子。谈论了一会，次早王明兄弟来为公子送行，将元帅那口宝剑呈与公子道："此是先帅爷故物，特呈公子佩带。"雷爷看了父亲遗物，悲伤欲绝，幸有众兄弟再三劝止。王义牵着匹白马驹来请公子骑了，遂同声禀道："小将弟兄因有他事勾留，未得护送公子，实为抱歉。"雷爷拭泪称谢，当时同着众兄弟别了王氏兄弟，望着山东进发。

纷纭琐事集难全，听表夫人至滇南。杜宇魂消啼怨血，凄风冷雨进南关。一门忠节彪青史，历尽蛮乡道路难。逆旅伤心成断雁，飘零骨肉怅家山。扶危幸赖梁红玉，知义酬恩分外虔。女将十名差护送，逢州遇县不遭残。故而在路无他虑，全眷安然计入关。梁氏夫人曾有命，南宁送到令其还。早转润州行缴令，国夫人最谅人怀。锦笺书谢梁都督①，厚送川资女将回。惜别一番分手去，天南地北路漫漫。凤入牢笼难振翅，龙游浅水被虾玩。怪他荆棘偏生道，南关任守一奸顽。其名干始秦奸党，早受奸秦嘱托单。闻得岳门全眷至，奸邪有意昧心裁。升堂高坐厅厢上，安排要造点名单。大怒张英人一个，当堂来问贼奴才。道我身随眷行千里，更无一处检名单。堂堂天子朝臣眷，不比流徒下等看。名册单儿经我手，岂容官府自清盘。你何小视吾家主，可晓得这半壁江山谁奠安。此地宋君朝御土，南臣面北你何堪。我张英不是无能辈，要欺主全门却万难。干始道言无你分，本官行事独心裁。既然你要强持论，不按名儿任点来。指名要见巩家女，武康节度正频繁②。只因奸贼知消息，巩氏蛾眉第一班。倾国倾城容冠绝，姣枝占断百花端。今朝干始真该死，色胆包身是祸胎。点册提名连拍案，张英此际转筹难。欲待行凶人又众，不如且忍保全安。坐中干始高声喝，令传左右快提来。下厢个个斯言闻，夫人此际

---

① "梁"，原文作"粱"，据文义改。

② "频"，原文作"蘋"，据文义改。

亦为难。少夫人更言言晓，勃然怒气上眉湾。海棠花貌浓霜罩，莲瓣轻移直上关。不作闺房儿女态，矫矫英气爽人看。洒脱随行诸仆从，弓鞋窄窄步偏安。上堂几步抬秋水，一见奸徒愤绝看。春葱手指真该死，喝声奸贼好狂顽。须晓我岳氏一门忠义士，汝休作寻常他犯看。奉旨流徙臣节伏，视生如死有何难。大人伏罪忠于主，子孝臣忠无愧颜。自分甘为英烈妇，岂能玷辱此门楣。宁为烈烈轰轰鬼，广摄无耻卖国奸。干贼干贼汝附和秦奸真混账，骂名千载落人间。罢了罢了我何惧须臾轻一死，森罗殿上捉秦奸。云君云君君为孝子侬全节，同心原合素心坚。檀口言迟莲步快，梅妆正撞石阶前。莫愁粉黛香消际，不让经霜松柏坚。幸有那随行四个家人妇，着意扶持始获全。恼了张英飞步上，厉声呼喝贼瘟官。听说那淫邪甘死居堂上，一时间耀武扬威顺口言。口口要提巩氏女，声声蛮语竟难堪。摇头摆尾形容丑，拍案行签令屡颁。忽见少夫人走上，淫邪睁眼顿时呆。魂消魄荡浑无主，莫是那姮娥被谪下瑶台。但看他缟素风流描不就，梅花映月倍明鲜。顿觉一庭香似海，光华夺目秀忘餐。因此上凭他怒骂无言答，身如泥化目偷观。欲加狂语声难出，如醉如痴颇作难。忽见哄堂惊失色，他却无言二目看。直待张英呼骂贼，方才立起强开言。

啊哟哟了不得呀！你这个该死的贼囚。这般放肆起来，快与我将他推下去，一顿乱棒打死了罢。左右正待动手，只听得外面飞报上来道："柴王驾到。"急得干始魂不附体，忙忙整冠出门跪迎，看官你道这个柴王是谁？就是那岳元帅夺武魁之时，枪挑死的柴桂的儿子，叫作排福，此时袭了父爵，仍在南宁镇守。这日得了贼桧亲书，着他处死岳氏一门，并可雪汝父之仇，除老夫之患，他日自当厚酬。小排福得了此书，忙忙入内禀呈老母柴郡娘道：明日岳某全眷到关、孩儿要为父亲报仇的话说了一遍。那老郡娘不听则可，听了喝声："住口，你不可听信奸臣，坏却一身名节。"柴王道:"母亲此言怎讲?"老郡娘道:"你那里晓得,当初你父听了金刀王善之言,借夺魁为名,要抢宋室江山。与岳某当堂比武,那岳某良言相谏,汝父不听好言,反将威势逼他,故至死于枪下。汝父死后,王善起兵谋反,全军覆没。汝父倘然做出叛君大逆的事来,你父亦与王善一样,你我俱为刀头鬼,那得今日之荣袭王位?你附和秦贼,将他一门断送,岂不落骂名千载?恩怨不分,何可为人?况且岳某是个保国的忠臣,宋天子这半壁江山仗他数年血战而得,名留千秋。汝勿助桀为虐,欺凌寡妇孤儿。"排福听了这番言语,躬身答道:"若非母亲训言提醒,孩儿几陷不义。"言毕,正待出外,老郡娘叫道:"我儿转来,我想岳夫人今日该到南宁关了。汝可速至关山,去见岳夫人,说老身渴想良晤。明辰早备车马奉迓至舍,叙谈叙谈。"柴王奉命,带领家将来至南宁关,恰巧来了解厄星君。

当时干始接柴王,千岁三呼跪道旁。迎入高厅参见毕,龙团献上礼偏长。柴王启口来垂问,道:"枢相全家到此厢①。孤奉娘娘钧旨至,前来进谒岳忠良。"柴王此语方言出,干始登时面落霜。胸中小鹿怦怦撞,口呆目瞪死尸腔。走上张英人一个,将言一一禀梁工。坐中大怒柴排福,变色登时把话扬。喝声拿下真卄死,重施掌嘴律条行。两班衙役同声应,按倒奸邪恶贼强。干始呼冤求恕免,道小臣无罪非受殃。堂堂秦相亲书在,他嘱我将岳门全眷付云阳。算来干始良心好,救获全家窈窕娘。还望王爷饶性命,小臣未犯那仙娘。柴王拍案言胡说,法犯三章汝罪当。轻视朝廷真命妇,理该枭首付云阳。姑且从轻按国法,全身赐汝是收场。别人惧怕秦奸贼,孤家独不惧奸强。宋君不识贤愚别,孤今为他拒虎狼。喝令一声推下去,站笼立贮此奸强。今朝干始真该死,身入笼中胆魄扬。哭骂秦奸倾国贼,害我今遭非命亡。求恳柴王

① "到",原文作"道",据文义改。

偏不赦，一班护卫胜豺狼。钉好站笼重禀命，封皮贴上示民望。当时推出头门外，包他干始见阎王。附和秦奸轻命妇，三分果报示奸强。做甚狐群豺狗党，须难漏网有苍苍。高厅听表柴排福，判示分明散了堂。请见夫人巾帼士，殷勤致意道衷肠。自陈救护来迟罪，累及耽惊事一桩。国夫人也殷勤谢，感承逆旅救全堂。柴王细述当年事，又云母命请迎将。夫人闻语方知道，深羡柴王后裔良。贤母果无庸俗子，恩仇明辨老娘娘。伤心追念先夫子，为国心诚世少双。弱冠之年身未任，明扶暗助宋君王。鞠躬尽瘁劳军务，名败身亡是下场。深感柴家贤母子，酬恩消怨不寻常。互相感谢言谈久，柴王回驾转宫墙。次朝车马纷纷至，迓迎全眷到其厢。要知此后如何叙，下回之中续前章。

第六十九回　拆孙祠英雄逞武　拈红豆淑女题笺

却说平北小帅差出四员统制向三吴请饷，正行之际，忽见前面起了一阵尘烟，各各住马，不片刻，见一人跑马而上，口中高叫道："来者是朱仙镇奉令请饷的人么?"余雷答道："正是。"何凤道："你这小儿何得知之。"耿全道："多事奴才，敢来拦阻老爷们的去路?"牛通插口骂道："俺看你这狗头狗脑，好是要去投军的模样。"那人忙忙的下马，叫声："将爷们暂歇，小可正是要往朱仙镇投军的。"余雷众人听了此言，忙接口问道："你莫非与元帅有什么亲眷? 不然何以去投他呢?"那人道："将爷且听下情，小可要去投效，因路径不明，川资用尽，正思回归旧路。昨夜梦见先母指示，今有请饷军从此经过，快去相见，当有机会。"余雷等跳下马来道："如此说来，尊兄亦是吾辈中人。请教尊姓大名。"那人道："小可姓伍名连，籍隶潭州。"何凤忙问道："潭州一位伍尚志，可与足下同族么。"伍连答道："就是先父。俺的先母是枢相表妹。"余、何、牛、耿一齐的拱手道："失敬了。"牛通道："如此说来，是小元帅的至戚了。快把前后的事,说与俺们知道。小元帅常说元帅的旧部多已重集,惟少伍姑父不知下落,极以为念。”伍连道:“说起话长,我父前在潭州受了外舅之命,绾握军符,民心悦服,故而不得卸篆。后闻外舅承诏入都,放心不下,几次命俺探听消息。讵料水陆不通,问讯无从。”

提起前事真堪恨,进退无门没理论。骤尔临安传噩耗,大兄外舅被奸倾。俺家感悼尤还可,哭坏高堂两大人。先父终朝忘寝食,先慈终日泪吞声。未曾匝月双亲故,遗下孤单俺一人。悲悲郁郁神无主,度日如年不计春。今朝盼得天开眼,孝宗天子坐龙亭。巍巍圣德人民乐,扶正锄邪有道君。钧纶旨下褒忠裔,外舅贤郎袭爵承。平北二兄承宠命,君恩深处父冤伸。图麟咫尺红旗报,直捣黄龙即破金。俺思投效平戎帐,更图良会众兄身。今朝逆旅相逢巧,半出天恩半母恩。伍连述罢诸般语,喜煞催粮四统军。悲喜交加言切切,缆绳并马意殷殷。行行不觉天将暮,寂寂山林少路人。错过宿头无客栈,两三灯火暗还明。忙着小军前引路,快寻村户暂栖身。不多一刻军兵转,遥指前边有庙门。言时齐把灯笼举,速请将军四位行。何凤耿仝忙不住,牛通更有伍连身。余雷催令人和马,急急加鞭进一程。少时到了吴行坝,拦路当风一庙庭。不白不青墙一带,两屏斜歪半掩门。内中嘈杂人声众,丐儿栖息起相争。并无管庙僧和道,是个荒凉野庙楹。他人也不观详细,伍连爱胜察余情。走上殿庭来举目,纱灯四照是谁神。虽然外面多颓败,内殿新修彩画精。金炉宝案都齐整,雕凤盘龙像殿廷。上坐一神形古怪,紫须碧眼若猫形。浑身服式多华丽,看罢难禁笑失声。何物腌臜居大位,是禽是兽不分明。当时便把诸兄叫,快来殿上看奇神。统制四人忙不住,前廊安插众亲军。埋锅造饭铺行李,那有余闲管别情。闻声一一方行上,同声笑问为何因。伍连忙扯余雷袖,举灯近案叫观睁。兄看此是何人物,出是何朝何代人。余雷笑视多时候,大约西游记怪精。糊涂之人不省事,将他当作此山神。我们行路神疲倦,须早用饭去安身。管他甚么妖和怪,莫管闲情触犯神。何凤举灯来一照,叫声啊约便回身。一跑便到山门外,照其匾额是何名。上书"吴大帝"三字,笑倒英雄何凤身。道言俺正生疑惑,紫须碧眼草头君。庙堂之上无神塑,鼠辈居然塑像存。一面口中来说笑,走回大殿内中临。高声喊叫余兄弟,你道居中甚么神。逆竖孙权何有德,那堪人民祠为神。听言牛耿齐声笑,怪道其形像兽禽。此辈居然来塑像,俺们功业将何论。余雷答道休胡闹,果是孙权贼相形。狭路今朝逢我辈,岂许孙祠香火陈。久闻彼有孙祠设,却在三吴僻地村。今日看来真不错,陋形相像匾书明。伍连听罢诸般语,挺身走上案前临。大喊一声数其恶,禽兽衣冠算甚人。霸领江东分帝业,蜂屯蚁聚枉称能。称孤道寡无廉贼,叩魏称臣贱贼根。美人计设连枝妹,耻听吴侯大孝称。强夺荆州为己业,忘廉丧耻竟兴兵。白衣摇橹衣冠兽,走狗狐奴鬼计行。丧尽天良偏得利,张牙舞爪逞才能。惊天畏地平天帝,报国捐躯被贼倾。汉业未衰原一统,被这附魏孙权三国分。狗党狐群该受辱,助奸为虐乱君臣。巍巍汉室刘皇叔,将败兵亡白帝城。龙驭难回英气愤,千秋义重死生轻。汉祚运移缘底事,使他草寇乱纵横。一代英明照烈帝,臣良君圣治乾坤。正该一统安天下,舜日尧天颂太平。何物孙曹能蔽日,扰乱江山社稷分。孙权首恶曹瞒次,合付阴曹重典刑。刀山剑狱令历遍,儆戒孙曹犯上人。伍连手指厉声骂,笑倒余何牛耿身。嚷声伍弟何其痴,木偶无灵不须嗔。拆毁淫祠端风化,须臾片瓦不留存。仁杰以还推此举,人人拍手动欢声。

却说那五位英雄,当时奋起拳头,一齐走上。将龛中孙权的塑像排倒在地,打得粉碎。又令军校将祠拆毁,好好一个庙宇,霎时间就变成一片瓦砾,只留下傍屋楹。余雷道:"好了好了,将这两楹给与这一群丐儿居住罢了。”伍连道：“余兄说得有理。只是外面吴大帝庙四字匾额①，污人眼目，必须取下来劈碎才是。”余雷道：“此到不消吾弟费心。劈碎他作甚，待俺来另书四字换上去便了。”一面说就向行箧中取出一支大笔，又取了一张黄纸铺在桌上，命军校磨墨。不一时挥毫落纸，这四位英雄齐齐的近案看他提笔，写了“丐儿公所”四个大字，何凤等同声称妙，忙叫军士架梯贴上。哄动了这伙乞丐②，喜得个手舞足蹈，跪满了一地，磕头谢恩。余雷走上吩示道：“爷们虽为尔等方便，但有失路人役，远方乞丐，均可就此栖宿，尔辈安分住在此间。”

一座巍峨吴帝庙，顷刻变成乞丐厅。是夕诸军均不寐，一宵嘈杂听鸡鸣。东方发白齐行李，跨马扬鞭赶路程。夜宿朝行劳政事，请饷回营慢表明。词中补叙常州事，独占鳌头张九成。锦绣文才难久屈，一朝发达上蓬瀛。凤皇池上标名姓，五百名中第一人。有才偏被奸臣忌，天子信谗谪边庭。一纸书传张府晓，一家眷属骂奸秦。九思访友方回宅，知得其情大吃惊。忙向高堂来慰母，更呼嫂嫂住悲声。大兄书内分明述，出使回家尚有人。擎天玉柱精忠帅，平戎有策扫胡尘。遄返汉关终有日，慈母宽怀且勿论。张老夫人微点首，悲伤无益枉劳人。夫人愁怀终不减，眉锁春山掩泪痕。回至画眉窗下坐，不禁肠断忆夫君。早知贵显招奸害，何必求名上帝京。同挽鹿车归隐处，奉亲菽水度朝昏。何须衣紫腰金贵，高尚风清乐事真。可恨贼秦怀不测，却将儒士入虏营。金闺空有无穷恨，梦魂飞不到边庭。只因秦贼作威福，害得家家不太平。九思友于情甚笃，书斋独坐暗伤神。虽然慰母如斯议，义重连枝泪不禁。欲向三边亲问讯，难抛堂上暮年人。朝朝

① “匾”，原文作“扁”，据文义改。
② “哄”，原文作“烘”，据文义改。

探听红旗报，夜夜无眠到五更。至此方知边关事，元帅回师散六军。矫诏秦奸倾国柱，愦愦臣工若罔闻。兄归绝望魂飞散，不敢堂前告老亲。度日如年愁里过，悲悲切切气难申。春去秋来更岁序，寅回斗柄几年春。传言地灭秦奸贼，恶贯盈时报应明。此际二郎称快事，始信皇天有眼睛。又悉高宗已晏驾，新君即位百度新。正人君子从容起，圣鉴英明退佞臣。褒忠荫子英雄帅，神威继起将门人。平北二郎王世子，重镇朱仙要口津。赫赫威名传四野，煌煌恩诏异方闻。九思探得真消息，惊喜交加不可云。数年愁绪何从诉，今日开颜不自禁。连宵欣见银灯蕊，喜鹊檐前报好音。二郎想到开心处，喜跃堂前报老亲。如此长来如此短，从头一一禀分明。张太夫人知往事，一悲一喜梦初醒。原来枢相遭秦害，靖边新起二郎君。吾儿速把行囊整，投效军中见玉麟。直捣黄龙平贼迹，救尔兄回见老身。喜煞夫人文氏女，谢天谢地谢神明。数年梦断辽西境，今听佳音疑梦寻。关山咫尺书何达，尚须二弟自亲行。

原来张九思自幼不喜读书，每日间领着二三个有力气的小儿童在外花园中打弹射箭，太夫人因此失爱，于后来九成入都求名，独占鳌头，被秦贼陷害，出使金邦。张太夫人十分抱恨，因此不叫二郎习文，令其就武，拜了几个教师，技艺也还练得不错，并收了四五十个有本领的家将，出入带着，听闻岳小帅领兵平北，多来报知二爷，都想到朱仙镇上投效。二爷言善，分付明日辰刻至城外操练，准备行装。过了三日，遂率同家将们起程，向朱仙镇进发。

住言张子从军事，叙集闺房绮旎文。张府夫人文氏女，相夫淑慎有才能。青灯伴读书千卷，独占鳌头姓氏馨。一举名成居凤阁，五花紫诰赠夫人。未探上林好春色，时垂军塞遇奸秦。从来好事多磨折，几载孤鸾怅失群。月缺重圆传好信，这场惊喜也非轻。送得二郎戎马去，一家望眼系边庭。当年闻信为星使，日夕神驰梦不宁。各庙焚香皆许愿,重逢有日谢神明。探知平北岳小帅,红旗捷报入关城。现正召集诸将士,长驱直入扫胡尘。威重泰山人尽仰,福星照辉万民生。此信传至常州地,喜煞张家一满门。张太夫人堂上坐,命鬟东院请夫人。昔年棠荫人争羡,枢相生祠有愿陈。尔夫上苑探花贵,万炷名香献庙廷。兹闻秦贼行奸计,加害吾儿作使星。老身闷闷忘怀了,未酬香愿岳元勋。今知恩帅仙升久,理合趋阶叩一巡。无奈近来成懒病,老年怕作出门人。拟令媳妇来辰去,代我拈香恭谨行。文氏夫人称领命,将言款款告姑听。女孙久欲趋王庙,钦心恩帅胜神明。太君点首言难得,小小闺娃有敬心。正当姑媳言谈处,来了如花似玉人。二七芳龄兰蕙质,"云芝"两字是闺名。才夸道韫诗清艳,簪花更胜卫夫人。生成闭月羞花貌,那更文才如许清。天生绝世无双女,未许乘龙射雀屏。堂上夫人甚钟爱,殿元夫妇惜如珍。二人公子同胞出,兆琪长子挂青衿。三子兆璘方七岁,星使和番七载春。兆琪公子端方士,下帷苦学善论文。年才十九登金榜,娶妻赵氏贵千金。镜台喜咏双飞凤,鸿案相庄恩爱深。只因赵相怜孙女,甥馆相依直到今。公子回乡秋试毕,文章有价桂梯登。辞亲又作临安客,寂寞庭帏日斜曛。幸有三郎随祖母,含饴终日乐天真。多娇小姐依慈母,绣余清兴锦笺吟。碧罗窗下拈红豆,婢子前来禀事因。夫人明日行香去,闻得堂中议此情。云芝小姐知其事,欲向重帏乞伴行。莲步轻移离绣阁,德辉堂上见尊亲。

却说张小姐来见祖母,请求来辰随侍母亲往谒岳庙,张太夫点头应允。当夜无话。到了次日早辰,文夫人梳妆已毕,换了衣服,命丫环去请小姐同至德辉堂去请太夫人早安。然后前去拈香。太夫人晨起,正在课孙读书,一见女孙,一手挽住了小姐的手,笑迷迷的说道:"且慢去,待我看看今日怎生打扮。"

这回喜溢太夫人,细看姣娃果出群。丽色艳姿光夺目,新妆更胜画中人。青丝挽就神仙髻，数朵名花压鬓云。称体罗衣秋月白，凌波淡淡紫霞裙。金镶宝钏垂黄袖，元色云肩巧绣精。姣娃不喜浓妆艳，天然风韵秀无伦。溶溶粉面中秋月，淡淡娥眉柳叶春。秋波占得江山秀，檀口含香一点唇。不短不长偏妩媚，宜嗔宜喜态娉婷。笑容说向贤良媳，勿使狂风乱蝶侵。文氏夫人低首笑，一同上轿出前厅。侍儿仆妇跟随去，得力家丁带两人。小姐兰闺双婢子，管城松使唤为名。手中不脱文房宝，小小书箱捧着行。共乘小轿行来快，梅萼林中取进程。紫气东来王宝殿，巍巍庙貌面前存。但只见松柏参天留靖节，旌旗飘舞尚威灵。修竹森森开路径，夫人小姐步香尘。须臾行至中庭上，玉砌瑶阶拾级升。同登大殿炉香绕，金碧辉煌气象新。宝案盘龙飞彩凤，金炉红烛一齐明。岳王祠额双龙捧，御笔题就锦作屏。黄绫幔卷沉香阁，枢相仙容宛若生。金躯端坐盘龙椅，龙凤之姿日月形。蜀锦绣袍横玉带，乌靴粉底不沾尘。朝冠八宝金光耀，夺目仪容破五云。彬彬儒雅神威帅，皎皎千秋浩气存。张府夫人姣小姐，拈香参拜秉诚心。整容不敢轻流盼，略仰英姿换目新。同感帅恩天地共，当时霖雨济苍生。建祠多半蒙恩者，到处旗开庇万民。帝倚如城兵不用，民呼生佛吏呼神。文全武备惊胡虏，半壁偏安唾手成。英灵保国传朝野，万古精忠神鬼惊。文氏夫人追圣迹，云芝小姐感忠贞。徘徊不忍离王殿，一任斜阳过槛楹。忠臣诗笔勒贞珉。

驻兵新淦题伏魔寺

胆气堂堂贯斗牛，誓将直节报君仇。斩除顽恶还车驾，不问登坛万古侯。

池州翠微亭

经年尘土满征衣，特特寻芳上翠微。好水好山看不足，马蹄催趁月明归。

文氏夫人姣小姐，吟哦奇句齿流馨。久闻枢相文兼武，名不虚传果是真。但是　南征北伐勤王事，东荡西除历尽辛。何来逸兴擅佳句，大都是信笔而成写性灵。洒翰素知神笔妙，元勋儒雅世无伦。云芝欲效碑下卧，檀口含香款款吟。唤过随身双婢子，取将素笺拓诗文。呈上萱帷同把玩，手不忍释感英灵。重临宝殿深深拜，弱质无才冒昧陈。吟就小诗祈佑父，敢言步韵达天钧。频频稽首方才起，紫金炉内锦笺焚。瞻依良久回莲步，爱王诗刻似宝珍。斜阳过槛凉风起，伺候家奴催起身。小姐夫人同上轿，须臾已出万松林。炉香笼袖归程速，到门尚未起初更。殿元门第多严肃，灯烛辉煌接主人。文氏夫人姣小姐，互相下轿进闺屏。德辉堂内参张母，小姐殷勤见祖亲。夜宴安排方就坐，叙谈谒庙拓诗情。举杯同饮兰花露，呈上乌金笑貌温。张太夫人惊更喜，奇句妙字叹凌云。一默心香凭案爇，钦心久慕岳元勋。千秋难灭灵光在，留得遗诗示后人。

张太夫人手捧诗刻，钦心拜倒，忙向金炉中添上些檀香，就案沐过了手，笑迷迷的带上眼镜，向云芝道："你今走着了。"一面说，又恭恭敬敬的朗吟一遍。又向他道："此诗确是真迹上石，诗笔雄继，书法俊逸，而一种忠义之气，不觉流露于字里行间。自公遇害，所有真迹，尽被秦桧搜求，付之一炬。流传于世者，殆如星凤。得此墨拓，亦足宝诸。吾女孙其什袭藏之。公集为其子孙搜集哀辑而成，然有为世传诵，而集中遗漏未载。我曾记得一联云：'潭水寒生月，松风夜带秋。'亦鄂王佚诗也。"太夫人念罢，云芝用笔录出。便说道："诵王此句，想见当日襟度之潇洒。"言罢，吟哦不已。

张太夫人心大喜，吾家道韫又重生。笑容又向姣娃道，今宵夜漏已沉沉。岳帅精忠咸敬慕，无怪弱质也葵倾。来日老身言尔晓，快回香阁去安身。云芝小姐情无奈，大母年高要养神。只得在房来侍寝，然后随母转闺门。次辰早起梳妆毕，来见重帏张太君。公子兆璘呼姊姊，又来缠绕祖慈身。听言小姐难禁笑，小弟缘何起怨心。太老夫人来命坐，同观公子上书文。厨人早点来呈上，三人同用藉谈心。小姐殷勤呼祖母，昨宵曾许讲孙听。太老夫人长叹息，细将王事述孙闻。若言我国神机帅，江山社稷倚长城。霖雨苍生属时望，万民感戴俎豆陈。雅歌投壶军政美，桃溪访友有诗盟。满江红写千秋恨，赠剑书旗壮北征。小重山记清虚梦，湓浦庐山证道心。素愿未酬遭贼手，伤心更上出师文。所作诗文随手散，又被秦奸淹没深。须知道　明镜终难埋尘土，光芒喷薄九霄云①。千秋灭不尽凌云句，尚有遗笺不朽存。若言枢相平生事，今古无双独步称。吾孙要悉王家事，汝父回朝述尔听。祖孙正在高谈论，夫人文氏进房门。承颜膝下将姑叫，笑说痴儿起早辰。祖母迈年宜静养，彼他缠绕不该应。璘郎见母同言笑，午膳中堂三代亲。行乐家庭多逸兴，余情之外望边庭。二郎计到朱仙镇，早晚红旗报捷临。词文按下常州事，听表龙吟虎啸情。按兵不动岳小帅，镇守天长关口津。军政威仪胡虏畏，出师一战鬼神惊。兵强将勇雄无敌，妙算神谋立大勋。倒旗遗笑金邦主，伤残雄将更能兵。连朝闷坐牛皮帐，一筹莫展怎区分。思量可畏南朝帅，雏凤居然继凤鸣。失某威名伤某将，德家五虎一无存。某邦不少人和马，算来多半丧南营。不如退守黄龙府，自觉无颜十二分。正当进退无门路，来了辽邦接战人。不知来者何名姓，后段词中再表明。

——《精忠传弹词》，商务印书馆 1931 年版

---

① “芒”，原文作“茫”，据文义改。

汪藕裳

汪藕裳(1832—1903),名藻,字藕裳,安徽盱眙(今江苏盱眙)人。因盱眙别称“都梁”,自称“都梁女史”。汪藕裳生于仕宦之家,祖父汪云任,清嘉庆二十二年(1817)进士,累官至陕西布政使,著有《茧园诗文稿》《汪孟棠太守诗钞》。父汪根敬,在河南泌阳、许昌、开封等地任知县、知府,道光二十八年(1848)卒于彰德知府任上。父亲逝后,全家返乡,汪藕裳也随即嫁于桐城胡松岩。咸丰三年(1853),太平天国军队攻占桐城,她同丈夫至盱眙避难。六年后,捻军又攻占盱眙,她同家人一同逃难至苏州,依时任知县的堂兄汪祖绶。次年,苏州城破,旋而丈夫病逝,她又逃到宝应依长兄汪祖茂。光绪三年(1877),汪祖茂病逝,她又往苏南投奔侄儿汪瑞曾。在颠沛流离中,她先后创作了弹词《群英传》和《子虚记》,至光绪九年(1883)终于完成了《子虚记》。

子虚记(节选)

《子虚记》,共六十四卷,七至十言联目,共一百六十万字。

《子虚记》成书后一直以手抄本流行。手抄本共有六部,分藏在上海图书馆、南京图书馆、南京师范大学图书馆、国家图书馆、首都图书馆和南开大学图书馆,而稿本由汪藕裳的后人保存。直到光绪二十七年(1901)世界繁华报馆出了此书的前十回铅印本。

而六十四卷的全书一直没有出版。直到2014年,由王泽强点校、中华书局出版的全本《子虚记》终于面世。据此书“前言”:汪藕裳去世前,留下遗嘱将两部弹词《群英传》和《子虚记》分别由外孙女丁韵、丁翰香继承。丁翰香继承《子虚记》后,又将其传授于女儿沈彩西和外孙女肖镕章。沈彩西、肖镕章母女在颠沛流离中一直珍藏着此书,直到2011年,侨居海外的肖镕章将《子虚记》稿本六十四册捐赠给淮安博物馆。

《子虚记》的创作,据汪祖绶的《子虚记序》:“《子虚记》者,为吾藕裳三妹所作,事由意造,语出心裁,其名为《子虚》者,则骋词于风云月露之中,寄兴于儿女英雄之列。兹则前半部属意在英雄,后半部属意在儿女。”故事头绪纷繁,主要有两根主线:一是文玉彝一家,一是赵浣香的经历。明代杭州钱塘县进士文绍有二子一女,次子玉彝有文武全才。文绍堂妹因夫死来投奔,并将女儿陶浣香许配给玉彝。文绍带二子进京赴考,玉彝中探花,振彝中二甲。湖南湘阴县赵元在外为官,其女赵湘仙,已许配安徽布政使之子张端。湘仙受继母虐待,为老仆所救,易妆而逃。路遇赴京上任的裴嘉澍,被收为义子,改名裴云,连捷中状元。玉彝授官江苏学政,皇帝南巡金陵,镇南王刘雄造反,玉彝领兵挺身而出,救帝于危急。以功升刑部侍郎,封永平侯;裴云任七省巡按,平反冤案。梁学士做媒将萧蕴仙许玉彝为妻,又回杭与陶浣香成亲。楚公唐葆祚造反,连败大将,皇帝派玉彝平叛,玉彝招降楚地大将尚德,平定叛乱。云昌国索地,玉彝出征。丞相牛封一党刺杀未成,又私造玉彝通番书信。皇帝怒,传玉彝进京。牛党又假传圣旨,命玉彝自尽。玉彝进京,挫败阴谋。英王、牛党企图篡位,尚德带蒋宝梁到江西策反部下,并娶梁玉映为妻。玉彝征江西,巡抚牛国华拒绝支持英王及其父牛封,后兵败自杀,玉彝平定叛乱。玉彝又打败云昌国王。裴云官至丞相,为裴家逼迫,与杨珍珍成婚。后珍珍郁死，裴云身份引起怀疑。凉郡王女纤纤本许尚书之子沈凤池，凉郡王欲改配裴云，纤纤反爱恋玉彝。裴嘉澍主持，裴云与纤纤成婚，然借口为珍珍守义，并不同房。后赵元进京，偶遇老仆，方知裴云即其女赵湘仙，遂上本请罪。皇帝念裴云有功，恕其罪。裴云被罢相，不愿恢复女妆回赵家，更不愿嫁张端，遂绝食而死。皇帝以宰相之礼赐其与珍珍合葬鸳鸯冢。

卷二十七　思倾国才子赋无题　射名园英雄施巧计

却说紫烟去后，苕华独卧在床，想那乔松举动，竟不觉胸中气塞，手足如冰。

绣榻红妆体太柔，经不得，一腔热血滚心头。芙蓉面上消红色，粉额淋淋冷汗流。侍女方将灯点上，门前忽见动帘钩。乔松移步来房内，查氏苕华不举眸。娇喘多时神略定，扶鬟坐起拥衾裯。更无一语相埋怨，只满面愁烦意带忧。靖虏将军方欲问，弱娉婷，樱唇微启索珠球。

咳，你坐了，我有言相告。

郑家小妹折梅花，你在花前见了他。夺取珠球为表记，可怜唬坏那闺娃。方才哭到奴房内，惊得我，半晌难言四体麻。许定珠球相送去，此时也，不消批点是谁差。但须早把球交出，从今后，好好安居姑丈家。莫再兴波和作浪，更不须苦苦恋苕华。

话未说完，气涌上来，双睛上泛，早已倒在床中。

靖虏将军心大惊，面容变作死灰形。床前高叫贤妻醒，曲住苕华泪满襟。连说珠球原在此，我当即刻送还人。佳人一气悠悠转，冷汗如珠粉额淋。惊坏乔松惟喊叫，侍儿快快取人参。那知仆妇丫鬟等，都已往，各院之中去报闻。太守夫妻齐共到，仁华夫妇也同临。一般心下惊还虑，走入香闺两扇门。闻得苕华苏醒转，人人都说谢神明。仁华促步来床下，观看同胞痛满心。扶住苕华呼姊姊，倚床立定泪难禁。低声慰问同胞姊，娇怯佳人病目睁。仆妇参汤来送上，慧容亲灌入香唇。夫人自执台间烛，照定如花似玉人。看彼参汤徐饮下，床前立定问亲生。

小山，你不要苦切了，可说媳妇因甚忽然昏晕？

乔松见问意如呆，拭泪含悲口不开。太守夫妻欲重问，忽然间，紫烟小妹入房来。云鬓未整青丝发，泪迹啼痕在粉腮。一进房中先叫道，快还奴，珍珠穿线鬓边钗。

乔将军，你不还我珠球，我便撞死你房内。

奴在花间自折梅，何期遇你便胡为。姊夫姊姊皆嗔责，道是闲游惹是非。小妹紫烟言到此，滔滔痛泪两腮垂。也不管，乔公翁婿皆于此，也不管，榻上佳人命渐危。

便扯乔夫人两手，往地上便倒，乔夫人又惊又怒，只骂小山下流孽障，忙抱住紫烟，不容他倒在地上。乔公心下忧煎，喝问乔松取彼珠球作甚，仁华烦闷道："不用说了，姊丈还是前次念头未断。"

乔松羞恼两交加，双目连睁看郑娃。说道偶然同你要，怎生无理闹吾家？我妻若有长和短，要你残生偿抵他。说得紫烟心大怒，柳眉倒竖挫银牙。高声连把夫人叫，你那孩儿理太差！强夺珠球为表记，说甚么，娇妻美妾始堪夸。

乔公夫妇听了，十分恼怒。慧容叹气道："哥哥还了珠球罢，你看嫂嫂可经得吵闹么？"

慧容言罢锁眉梢，弱苕华，强在床中欠细腰。怯怯低声呼郑妹，但须告与二年高。珠球自必归还你，休得要，与此狂夫把气淘。锦帐佳人言未毕，香腮点点汗珠抛。

乔公夫妇因媳妇当着翁姑骂了孩儿，尽皆不悦，乔松却一些不恼。

妻病垂危甚觉愁，不再想，小星他日抱衾裯。忙言你莫劳心了，还彼珠球万事休。本共姑娘闲作戏，他认真如此没来由。你休气恼伤身体，使我爹娘急更忧。道罢自于袍袖内，轻轻一摸出珠球。紫烟一见忙来到，红满花容又带羞。

走近乔松，匹手将珠球夺过，掷向地中，恨道："要你作甚！"

当时连顿小红鞋，一朵珠球被踏开。又道奴奴因为你，受许多屈气好难挨。慧容方劝他归去，外面纷纷女眷来。慌得仁华忙退步，内房回避众裙钗。

乔公父子也退入内房，乔夫人母女接出众人，紫烟见锦瑟同来，溜了出去，文氏、沈氏共锦瑟姑嫂四人都来看问。

帷前同问病如何，查氏苕华汗似珠。勉强欲言言不出，雪腮惟见泪如梭。浣香但说真奇异，病体全安日已多。何故忽然重若此，教人见了费思摩。慧容听了频嗟叹，小姐芳姿锁翠蛾。

说道："舅母可曾令医生看视？怎忽然如此病重？"文氏夫人也说须得早医。乔夫人料也瞒不过众人，便告知其事，想必媳妇恼恨小山，忽增病症，众人彼此难言，锦瑟只笑了一声，更无别语。

当下诸人共告辞，又听得，靴声一片上台墀。兆彝兄弟人三位，相约前来看问之。内里爷儿翁婿出，也将病症告其知。乔松颜厚毫无愧，只忧虑妻房恍如痴。兄弟三人听说罢，各皆叹息没言词。乔公即命传言出，催请医生不可迟。这里兆彝兄弟去，苕华已是命如丝。伤心痛坏查公子，靖虏将军苦莫支。医药虽投无益处，那香魂渺渺赴阴司。苕华气绝牙床上，篆冷香消五鼓时。

却说苕华病故，年才二十一岁。当下乔公夫妇痛哭一番，忙去办理苕华后事。乔松哭得如醉如痴，只守在床前，一事不问。仁华哭过姊姊，即去写信，通知父母。二乔姊妹俱陪着长兄在房哭泣。少刻天明，文府众人皆到，收殓已毕，就停放在晚霞院堂内，自有仆妇侍儿照管灵前香火，却也有些吊客到来。

乔松从此日悲伤，常自哀号素幔旁。父母怜儿频劝慰，奈何不肯听爹娘？堂中设榻陪灵畔，每念花容痛断肠。那管宵深人静候，在灵前，悲声大放哭妻房。虽然相府多遥远，夜静时，常有哀声过院墙。学士弟兄皆不乐，耐嗔心，相同欲要劝乔郎。乔公翁婿相陪到，只见乔松自上香。兄弟灵前齐作揖，乔松便，在旁还揖好凄凉。

侍女移过椅来，一同坐定。乔松用手指着幔上挂的苕华小影，说道："表兄请看，此画工手段平常，画得一些不像。小弟欲请别人重画，只是不便开口。"振彝道："果然不像，但未识欲请何人另画？"

惟我严亲独擅长，莫非是，欲求妙笔画红妆①？乔松回道虽然是，又恐怕，弟妇魂灵不敢当。且又难于开口说，望兄代我诉衷肠②。振彝笑道吾何敢，请画真容再酌量。太守摇头称怪事，小山越过越荒唐。姑夫岂为人描影，休得无知语太狂。丞相不言微一笑，乔松无语泪沾裳。振彝便把眉头皱，表弟听吾说细详。

小山，我有一言劝你：

虽说房中丧了妻，情深不禁便悲啼。然而自己须思索，莫哭坏男儿七尺躯。保重自身当解痛，要晓得，双亲堂上共怜儿。

就是此晚霞院，离着友云斋只一窗之隔。

君家常要夜哀号，吾父斋中心也焦。每每被君来作闹，不能稳睡在深宵。小山此后休如此，要你把，哀恸之心暂且抛。靖虏将军不答应，带嗔容，回头反向别人瞧。

永平公道："情不能禁，这也怪不得小山，只是夜内屡惊吾父，此却使不得的。"

竹清轩后碧松堂，现在空闲有地方。明日将棺移过去，任他

---

① "画"，原文作"划"，据文义改。
② "衷"，原文作"中"，据文义改。

日夜怎悲伤。便同斋内相离远，表弟你，终夜长号也不妨。太守深知兄弟意，点头但说正该当。仁华也道应移去，靖虏将军心便慌。忙道从今当戒哭，不消明日动棺方。灵前几位方言语，有乔府家人走上廊。

禀道："新城侯特来吊奠少夫人，已在少老爷斋内更换素服了。"

乔公急令婿相迎，平国将军向外行。接入萧君行礼毕，乔公与，一双郎舅谢新城。萧君先共乔公见，又见振彜两弟昆。几位青年陪出去，斋中换却素衣衿。芽茶一道萧君起，欲往天香院内行。文相当时陪大舅，遣奴先去禀夫人。蕴仙闻报欣然接，蕴玉登堂把妹称。常礼行完齐坐定，青衣左右送茶临。

蕴玉道："愚兄一则来吊乔府，二则母命来迎贤妹归家。"玉彜道："岳母来接，理应归去，未知何日方回？"蕴仙道："归来度岁。"玉彜默然不语。蕴玉道："三五日即送回相府。"蕴仙道："哥哥少待片时，小妹禀知堂上，即刻前行。"

道罢欣然笑展眉，侍儿随了出香闺。永平笑向新城道，他归去之心急似飞。言讫呼人重进茗，再邀大舅举茶杯。萧君问起乔家事，虽说妻亡理合悲，但看小山何过恸，精神恍惑色如灰。曾闻得，查家令爱多柔弱，受不得罡风一夜吹。蕙折兰枯真太速，叹幽魂渺渺竟何归！永平也自嗟吁道，此算伊人噩梦回。生性太高兼太傲，遂教一怒兰蕙摧。

虽然如此，却也可惜他嫁了小山这一个丈夫。

从自完姻一载多，他强支弱体侍翁姑。每伤薄命非良耦，任把身躯哭折磨。因恨小山多放纵，竟一宵艳魂化南柯。皆因嫁此粗豪婿，断送佳人可奈何？蕴玉闻言微叹说，查公爱似掌中珠。一朝信到知其死，恐彼双亲泪眼枯。说着珠郎公子入，近前来把父亲呼。

玉粦道:"你又逃学了,快见舅父。"珠郎便上前去见礼。蕴玉还礼,笑道:"世子越生得聪明可爱,而且风度端凝,日后定是曲江一流人物。"永平公道:"大舅真乃谬赞了。"乳母在旁禀道:"公子今日随此处夫人往萧府住几日,已禀过太老爷了。夫人命禀知相爷。"永平公道:"使得。"

新城侯爵动欢颜,早来了仙娥萧蕴仙。当下妹兄同作别,带着这,珠郎前往不俄延。慢言女伯归宁去,且把梁生谈一谈。因晓苕华归地府,亲身吊奠到灵前。更思量,彩霞乔府为干女,也合前来走一番。我自归家和彼说,想罢了,起身搁笔叠书函。出离相府归家内,便向妻房告此言。梅氏彩霞思即往,回归房内换裙衫。梁生便往中堂上,来把多娇玉映看。女伯病躯虽则愈,避风独未出湘帘。见兄来到邀归坐,便问连朝怎未还。梁永回言多笔札,今朝才把事情完。说时含笑重呼妹,前日我,姨丈之前去候安。他说妹夫心急甚,完姻未肯待来年。

目下是仲冬时候,大约吉期择于岁底。

去年军务误佳期,统辖雄兵出帝畿。犹幸班师真迅速,如再把,婚姻耽搁本非宜。宛陵女伯听言此,片片红云透玉肌。啐道哥哥真混说,又嫣然一笑背香躯。梁生正待重开口,谢夫人,走进房来叫侄儿。想我半生惟一女,膝前无子叹孤凄。只因渐渐年庚老,欲继梁修左右依。你父你娘皆已允,谅来说定没更移。

只候你回来告诉一声,便把寄郎与我为孙。

寄郎不是你相怜,料汝闻知没甚言。如果推敲和不舍,当日也,不将母子弃尼庵。梁生听了红双颊,玉映佳人长笑颜。偏是母亲多记性,惯将此事口中谈。哥哥断没推敲意,须把前情撇半边。况且是,叔父婶娘皆已允,自然把,寄郎承继续香烟。梁生只得同言道,应把梁修继膝前。道罢告辞忙走出,欲思萧府看椿年。

却说梁永又被谢夫人奚落数言,心中不乐,因想许久未见父亲，遂带了一僮前往。随意步行，刚到萧府，只见有许多护卫之人拥一座香车先入府内，梁永却认得几个相府人员，知是女伯蕴仙归宁老母。

心中又喜又咨嗟，随后面，也入萧君蕴玉家。来惯不须人禀报，门官并不阻拦他。梁生立向中门外，已见阶前歇了车。男妇两边人不少，新城侯爵面添花。亲身自向车旁立，携出了，蕙带荷衣一小娃。认得珠郎文世子，天生美秀貌堪夸。偷睛再看高厅内，有一位年轻夫人貌亦佳。率领侍儿如候接，梁生知是富琼华。方观左右车帘启，早不觉，一点柔情乱似麻。

看那些仆妇扶出一位绝代红颜，果是兰陵女伯。

兰麝香飘佩韵幽，容光艳丽照人眸。整衣徐把香车下，小步行来似水流。一入高厅帘放下，梁生痴立喜还愁。喜只喜，得能又见倾城女；愁只愁，一段痴情怎得休！懊恼湘帘遮玉貌，只弄得，幽情万种集心头。顷刻间，神思恍惑浑如醉，恨未能，也共佳人画阁游。长叹数声心绪懒，转伤怀不禁泪难收。感不尽，如花仙子多情义，救我全家德未酬。芳讯未能通绡阁，相逢空自意绸缪。梁生感叹情难已，如醉如痴不自由。勉强书房来见父，拱辰细说继梁修。梁生唯唯无他语，未肯萧家再久留。

遂辞了父亲，带了小僮，不到家中，仍回相府。

不同幕友众人谈，晚膳排来不进餐。便转自家房内去，闷昏昏，一人倚坐在窗前。愁怀无处能排遣，把往事从头想一番。心绪浩繁惆怅极，无聊灯下写吟笺。遣愁且自题佳句，吟罢新诗意更烦。只得解衣归榻卧，新诗四首撇台间。次朝尤觉身躯懒，强把窗前笔札完。忽见昨宵诗在案，思量未可与人观。无端作此无题句，必被他人话柄传。想着便将诗取过，低头自叠薛涛笺。

随手压在砚下，走到外边，欲寻那些西宾闲谈排闷，却遇兆莽由院前经过。

一见梁生复又回，未开言，先抬双目便相窥。看他是，今因累瘦尤飘逸，似这样，潇洒风流更有谁？问道莫非回府去，缘何左右没人随？尊容似觉微微瘦，小弟是，已与吾兄数日违。未识尊躯何不适，看君家，愁烦如此锁双眉。

梁永道："小弟并非归去，只因偶抱微疴，故此面容不乐。"兆彝道："今日家君寄书到此，并有姑丈一书寄与表妹，尚未送去，就交给世兄罢。"梁永只得答应，兆彝道："少刻令仆人交到。"

兆彝言讫便回身，信步行来到友云。只见振彝堂内坐，听宝梁公子抚瑶琴。兆彝走进微微笑，世弟攻书不用心。可晓明春当会试，怎样把，文章撇下弄闲情？宝梁笑道先生命，初学这，流水高山一曲新。子仲世兄能谱曲，在这里，教吾习学代先生。兆彝坐定重相问，叔父今朝哪里行？学士回言秦府去，归来大约要黄昏。

兆彝又笑道："我适才在外遇着梁世兄，看他带病神情，更觉风流潇洒，使我对他自惭形秽。"振彝笑道："且是才高学广，远胜于人，只可惜品行欠些。"谈了数言，一同出外，宝梁知梁永有恙，因今日先生不在馆中，可以偷闲看问一番。

当时也自出书斋，便往梁生住处来。堂上无人声寂寂，只惟有，小僮两个戏于阶。宝梁一径来房内，不见风流美俊才。回看床中垂着帐，近前亲把锦帏开。见其侧卧牙床上，睡眠中，尚锁双眉带怨怀。公子见其眠熟了，无言退坐近窗台。不知舅氏何心事，面上分明怨且哀。梦内犹闻频叹息，是何缘故莫能猜。

因要候他睡醒，且翻看案中笔札，忽见砚台压着花笺，随手取来观看，原来是四首无题诗句。宝梁暗想，怪道舅父如此愁烦，不料有此心事。

几时见此美娇姿，赋得无题四首诗。多少幽情空寄恨，诗中句句写相思。这般苦念谁家女，舅氏风流想见之。我且将之全录下,携归莫与渭阳知。爱其香艳风流句,也算人间绝妙辞。想着轻轻磨了墨,拈毫抽纸写乌丝。只因梁永方眠稳,录罢新诗未片时。原稿仍然收砚下,忽听榻上吐哀词。

苍天呀,我梁永直被这相思害杀也!

痴念难消数载中,无端昨日又相逢。越教勾起心头事,竟难与佳人一语通!恼杀天公偏弄巧,不教我,姻缘匹配女英雄。昨日里,虽能侯府窥花貌,从此后,何处天台访玉容?负你多情相救我,愧吾无地觅仙踪。相衙咫尺深如海,空使我梁生泪迹浓。言罢嗟吁声不绝,宝梁一笑展眉峰。

呀,舅父醒来了。

交椅推开出座间,袖中藏了那诗笺。床前启帐殷情问,舅父因何身不安?梁永推衾忙坐起,摩挲倦目带愁烦。口称劳动徐离榻,逊坐青年蒋孝廉。唤入僮儿呈上茗,问了声,君家今日怎能闲?宝梁答道清晨里,诗赋文章已作完。闻得渭阳身不适,特来看问到尊前。果然似觉精神减,是否连朝受了寒?

梁永道:"正是冒了寒风,只觉身躯疲倦。"正说之间,忽想起方才睡醒时朦胧的言语莫被宝梁听去,况他赋性聪明,定解我之心事。若被永平知道,我之生死难凭。

心中一急更添愁,由不得,绛色重重面上浮。且作欢容含笑说,今朝偶抱采薪忧。便觉得,语言颠倒神思乱,心下模糊不自由。便是君家才坐此,可听我,醒来絮语未能休?

宝梁道:"外甥贪看案中书史,未闻舅父所言。"梁永略觉放心,再看砚下诗笺尚在,更自不疑,又说几句闲话。宝梁起身告退,回到友云斋,将录的诗笺夹在自己窗课本中。

坐向窗前去读书,又寻思舅氏太糊涂。分明爱那兰陵伯,怎奈罗敷自有夫!忘却永平相救德,方得个,全家无恙在皇都。怎犹思念他妻子,似觉居心礼义无。丞相世兄如晓得,不知此事又如何。宝梁正自呆呆想,只听堂中祭酒呼。今日先生不在馆,缘何世弟废吟哦?

宝梁听得声音,知是信伯到来,起身欲接。蕙林已走入房中,笑道:“我因来吊小山令正,且欲共子仲、子明闲话,谁知都不在府中,故来寻你。此刻临湘侯亦到乔家致奠,我约他来此候子明回府相聚片时。”宝梁方始答应,临湘侯已入斋中,便共蕙林坐定,宝梁立在旁边。

斋内家人送上茶,步军统领便吁嗟。将言说与杨君道,今日方知往日差。为解嫌疑来作伐,劝查公将女嫁乔家。岂知查女憎夫婿,任是趋承不乐他。况又小山粗且俗,佳人闷愤两交加。查郎才说吾知道,为一个,郑氏闺娃起祸芽。一怒不支身便死,细思量,是吾端的害茗华。

蕙林笑道:“我看他太觉娇柔,随风飘忽,似此形相,安得永年?便不嫁小山,亦不能久于人世,君侯何必介怀?”临湘侯亦笑道:“此言不谬。”回向宝梁道:“许久未看你的文字,窗课现在案中,可把近日所作检出来。”

公子闻言近案旁,他已把,梁生诗句一时忘。遂将近作皆抽出,满纸琳琅墨迹香。尚德不言低首看,蕙林也便取文章。本中落下花笺纸,四首新诗字数行。祭酒即忙拿在手,抬头一笑便称扬。

妙啊,好几首香奁佳句也!

信伯杨君赞未完,廊前早已接声言。是谁所作香奁句,可许吾们看此篇?乃是振彝兄弟转,入来彼此笑生颜。临湘出位忙迎接,见毕齐齐入座间。祭酒执诗含着笑,回头但向宝梁观。宝梁畏惧临湘见,立在旁边甚不安。文相玉彝开口问,世兄才说甚香奁?未知乃是谁人作,请把诗文借一看。信伯笑容称使得,振彝也自索诗笺。

蕙林笑道:“世弟虽然年小,却如此风流,真是一个青年才子的行径!待我读与二位世兄听了,足见诗中之意。”玉彝笑道:“如此,信伯读来。”尚德急欲观诗,便走近蕙林,且听且看,蕙林读诗道:

昨夜微寒透茜纱,闲庭小憩壁油车。谁能遣此丝成茧,我见犹怜鬓辫鸦。三月风情怀杜若,一春心事托杨花。画堂咫尺深如海,怪底帘栊故故遮。

蹙损眉峰瘦损腰,碧纱窗底可怜宵。肠回九曲江头水,心卷千层雪里蕉。一院梨云人寂寂,三更莲漏梦迢迢。流苏帐掩芙蓉冷,兰烬光残懒独挑。

欲唤真真总未真,低回往事久如尘。红莲结子心终苦,绿叶成荫恨转新。巫峡朝云天上梦,文园秋雨病中身。今钱慢卜他生事,憔悴萧郎是路人。

回首繁华逐逝波,青衫红粉两蹉跎。人非薄幸也如此,我亦多情可奈何?世事悲欢真似梦,哀词懊恼不堪歌。西风一掬灵均泪,欲问天公隔绛河。

蕙林读罢,尚德心中恼怒,便骂宝梁:“下流小子,你想念何人,作此歪诗?是要讨打了!”振彝笑道:“诗句风流,有何不好?世弟文才果然可爱!”玉彝也笑道:“诗虽风雅,只是口气不类些。”尚德又道:“况言‘绿叶成荫’,必是谁家少妇被这小畜牲见了起此邪心,还不快说!”宝梁因知梁永思念蕴仙,故不敢说他所作,急得面上生红,无言可对,只说:“孩儿未作此诗。”尚德道:“是汝笔迹,岂能抵赖?既不肯言,可取戒方到来。”

小子年少便风骚,心爱何人玉貌娇?将来必成游荡子,一生只怕没收梢。卫公爱你亲教读,此行为,深负师恩罪莫逃。你那父亲由着你,吾今却是不能饶。宝梁深悔钞诗句,不敢明言泪欲抛。去取戒方方转步,蕙林一笑扯衣袍。

向临湘侯道:“此不过偶然戏咏,君侯直如此认真,倒是我等挑唆的了。”尚德道:“此诗决非无意而作!”振彝笑道:“莫非世弟撞见慧芝表妹,赋此无题,亦不可定。”玉彝道:“世弟但说不妨。况你从不到街上闲游,或看见了我家婢女们忽生爱念,故此诗中语多怨慕。”

须当明说勿疑猜,如果心怜甚女孩,待你婚姻完就后,定当相赠列金钗。宝梁公子真无奈,含愧低头口不开。半晌欲言还又住,九门提督动嗔怀。只因身在公侯府,难把威风发出来。但说畜牲真不肖,立时打死也应该。

宝梁知不能瞒,先向永平公看了一看,又望着临湘。

振彝见此便生疑,带笑连连口叫奇。莫道诗因无意作,定知袖内有玄机。宝梁便禀姑夫道,虽则孩儿性至愚,敢负恩师期望意,见红妆便自赋无题?此诗实实非儿作,乃是那,舅氏梁公恋美姬。咏此无题香艳句,现如今,相思抱恙日嗟吁。临湘一听心中骇,料定孩儿话不虚。暗恼梁生真胆大,至今何故尚心迷?永平之德如山重,怎可时时念彼妻?丞相若知还了得,只怕你,残生不久要归西。想时也向元臣看,文相佯为未见伊。知道其中应有故,爷儿光景总堪疑。

蕙林笑道:“梁侍讲风流自许,虽死里逃生,犹未忘情女色。”玉彝道:“此诗明是世弟所作,却推说别人。若果系令母舅之诗,只是他——”

正室虽然貌不佳,尚有我,韩家表妹美如花。小星两位皆娇艳,谁及飞霞与落霞?侍讲之心何不足,断不能如此念头差!

世弟,不是我好生疑,只是你:

论起年庚还不大,奈何已,名题乡榜孝廉公。人情世故般般晓,诗赋文章样样通。以此言来非幼小,况是你,数年出入内堂中。吾家婢女知多少,却也有,几个丫鬟貌不同。或是一时心见爱,赋无题寄恨忆芳容。何委曲,甚私衷,勿虑尊人法令凶。我等代君同解释,且将家法暂宽松。但须明说休推委,管教你,才子佳人得再逢! 丞相故将言语激,宝梁公子面通红。

便着急道:"实是舅氏之诗,偶尔录下观玩,并未想甚侍儿。"蕙林道:"世弟既说梁兄所作,谅非虚语,子明何故蛮缠?"文相道:"但须世弟说出他诗内所指之人,我才信是梁兄所作。"宝梁道:"若竟直言,恐有关碍。"玉彝道:"决无关碍,但说不妨。"临湘侯听了好生着急,又不能止住宝梁勿说。

暗向孩儿怒目窥,偏是那,郎君又不把头回。临湘却也难区处,生恐梁生有是非。只得默然无一语,玉彝微笑又相催。

说道:"世弟不必迟疑,断没有甚么波浪。"宝梁道:"今日先生往秦年伯府内去了,因听存仁世兄说及舅氏有恙。"

偷闲独自出书房,去到那,幕友厅中看渭阳。舅在床中方睡熟,候其醒转坐于旁。偶观砚下藏笺纸,取来看,即此无题诗四章。无意将其全录下,却未知所指甚红妆。刚逢舅氏床中醒,在那里,短叹长吁自感伤。尚德一听言到此,不由面上改容光。生嗔小子糊涂极,竟欲在,丞相之前诉细详。待向宝梁睁怒目,奈又被,永平挡住在中央。

蕙林笑道:"他感伤甚事? 世弟快言!"宝梁被众人逼问不过,只得说道:

舅于榻上只嗟呼,独自个,诉说相思数载多。一念不消常渴慕,昨朝偏又见娇娥。徒教更触心头恨,懊恼相逢一语无。深怨婚姻真错配,动愁肠因此抱微疴。又道是,相衙咫尺深如海,难觅仙踪奈若何! 公子之言才及此,窗前恼坏执金吾。

由不得冷笑道:"看此畜牲信口开河,也不知是真是假,任尔胡言!"宝梁听了,再也不敢开口。

也知明说不相宜,立在旁边把首低。文相玉彝眉略皱,惟言此语定非虚。且容世弟分明说，底事君侯不许提？说甚相衙深似海，此言未免太稀奇。君侯必也知详细，因此上，不准贤郎告诉余。世弟从来无谎话，我今已是信无疑。说完扯住贤公子，一笑微微不放伊。又道何妨明告我，他见了，谁人貌美赋无题？振彝不禁嗔还笑，好色狂生世上稀。刀下幸能留性命，难道他，心中竟未悔些许？蕙林笑道兄休骂，侍讲虽为漏网鱼，犹自一心迷女色，须知本性不能移。青春才子风流惯，偏是他，匹配闺中不美妻。想必那，副室三人皆尔尔，因此上，才郎心爱别娇姬。世兄何必多嗔怪，此皆由，多欲方将美色迷。

振彝道："信伯说得好笑，难道他诗内关碍着我家内眷，也不嗔怪么？"尚德道："他断不敢如此！况诗中明说'画堂咫尺深如海'，不意宝梁把'画堂'改作'相衙'，自然便有可疑之处了。"玉彝道："他诗内虽说的'画堂'，口中却说的'相衙'，世弟也不能误听两字，君勿代其遮掩。"临湘侯一笑无言。早听杨府家奴窗前禀道："太夫人因府中有事，着人来请老爷回去。"蕙林听了，即匆匆作别而行。相府堂官禀道："杭州有一位老爷有事入京，特来拜会太老爷及二位老爷。"玉彝向尚德笑道："有屈君侯在此少待片时，我还要促膝谈心呢。"尚德道："自当在此伺候，请丞相会客便了。"

昆仲齐齐道失陪，相同一共出书帷。方才走到中门后，永平公，不往前行复退回。说道大哥须会客，可言小弟未曾归。转身又往书厅去，要问梁生想念谁。仍到宝梁书室内，自掀帘，抬头先向内中窥。并未见，临湘侯爵窗前坐，卧室湘帘寂寂垂。僮仆诸人皆在外，料是他，有心不令众相随。必然私嘱亲生子，戒休言，好使狂生免是非。

遂走入房来，欲启卧室湘帘，只听尚德责问宝梁道：

汝舅为人本这般，一生只解爱红颜。偶然咏此无题句，你知他，想念何人敢乱言？况且畜牲非幼小，怎一些人事未能谙？缘何对着文丞相,竟欲明言不隐瞒?难道不知关脸面,岂堪将此向他谈?宝梁半晌方回道,丞相疑儿咏此篇,道是爱他诸侍女,故将直说内中缘。临湘道你糊涂极,怎不知,丞相明明激汝言?言讫含嗔重又问,汝知他,诗中所指甚婵娟?莫非欲自推干净,却待要,捏造虚言对宰官?不信梁生能放肆,公然亵语在床间。宝梁答道非虚造,他想的,世嫂夫人萧蕴仙。情不禁,恨难言,自诉相思苦不堪。儿在房中听得细,如何敢,虚言乱诉宰臣前?临湘侯爵重嗔道,汝舅无知胆似天。但你既然知此意,可该录下此诗笺?永平知道如何了,梁永难逃一命捐。犹幸客来方共散,尚未晓,他相思女伯已多年。吾今戒你当牢记,从此后,凭着元帅再问三,不许将情明白说,免教丞相也无颜。若然不听吾言语,说出其情众口传,必把你身加重杖,休言已是蒋家男!宝梁唯唯称遵命,父子低声内里谈。都被永平听了去,忍不住,心头烈火一时填。谁知是想吾妻子,好一个,放肆狂徒太不端!

岂有此理,不道世间竟有这一个背义之人!

去年一本奏当朝,赦尔全家出了牢。父母妻孥皆免死,法场之上未开刀。留于府内为书记,倍尽殷情重世交。不道狂生邪念起,想吾妻,赋诗寄恨怨难消。负心不念吾恩义,似此邪人不可饶!

是了,梁年伯课读鹤年,现于萧府,谅必昨日梁永往观其父,却遇夫人归省。

诗中故说歇香车,世弟之言并不差。难与佳人通一语,相逢咫尺似天涯。料其得见新城府,说甚么,难觅仙踪在相衙!

罢了,这一个轻薄狂生,留他何用!

抱恙皆因念我妻,相思写恨咏无题。这般大胆何能恕,吾待欲,三尺龙泉斩了伊。杀了狂生真小事,但恐怕,被人嘲笑未相宜。

且住，若杀了梁生，人必笑吾反复。

况其思念我夫人，此却难于便说明。无故忽将他斩首，旁人安得不批评？宝梁曾述梁生语，爱慕之心已数春。谅是当年书室内，彼时梁永已留情。婚姻不就增惆怅，数载徒然抱恨心。此念况非今日起，吾今休得斩梁生！

且是好一个人物，何忍杀他？

学广才高腹内通，风流潇洒世难同。岂因四首无题句，忍教这，玉树沉埋在土中？何用恼，可相容，料彼无从得再逢。我且莫同他计较，看狂生，相思何处觅仙踪？永平怒气全消去，顷刻间，神色如常不在胸。

遂至案前，将那诗笺收入袖中，始有意嗽了一声，宝梁立在卧室门边。

闻声代说世兄来，随手将帘便扯开。尚德即忙移步出，外房窗下见三台。永平不复提前语，谈笑他言甚畅怀。左右又呈茶一道，临湘侯爵暗中猜：缘何不问诗笺事，却把前言尽撇开？

又想道，方才共宝梁私语时若被听去，岂不生嗔？那得绝无愠意？又看案上不见了诗笺。

未能解出内中详，相对言谈坐案旁。忽见乔松来走入，立起了，永平公爵及临湘。一同带笑相邀坐，看看他，颜色凄凉面带黄。文相问言来甚事，乔松两泪落胸膛。说道是，先妻今已归西去，吾本欲，一世孤单守冷房。可奈我家爹共母，全然心下不思量。那怜媳妇才亡故，便要我，重聘人家俏女娘。我不依从皆动怒，教人无奈二高堂。眼前便要央媒说，逼得吾身没主张。但恐别人不仔细，难寻美貌好红妆。莫如还是求姻叔，定一个，美丽佳人配作双。

临湘侯尚未听完，忙笑道："此却不能。一则我知道谁家女子貌美？二则实不愿再作此媒人。"乔松道："何故不愿？"尚德笑而不言。

永平也自笑难支，说了声，表弟心中要细思。弟妇棺方犹未葬，婚姻之事可迟迟。乔松答道原堪缓，无奈又，违逆双亲罪莫辞。弟也曾言棺未葬，爹娘说，今冬暂厝在京师。消停再送回南去，结新亲，来岁完姻孟夏时。尚德不禁重又笑，薄情公子竟如斯！在生空说多恩爱，以此看来尽可知。要我为媒难奉命，却教人，何方去觅好花枝？还祈另把冰人托，自必能寻美玉姿。丞相点头含笑说，小山休得太心痴。佳人难得君知否，更向何方去觅之？

乔松道："话虽不错，但只姻叔独能代寻美色。"尚德道："此语太奇，我那里去寻佳丽？"乔松冷笑道："相烦作伐如此作难。不然我也不要姻叔为媒，只为你也是一个色中饿鬼，必能寻出佳人。"临湘侯变色道："何以见得？"

堪笑将军话太非，吾今断断不为媒。去年误把冰人作，害得苕华恶梦归。使我心中常抱歉，如何肯，无端又害别蛾眉？整冠离座辞丞相，忍怒殷情作别回。文相但言休计较，皱眉时向小山窥。

送去尚德，欲来数说乔松，乔松已自去了。恰值振粦来到，复问诗中之事。宝梁何肯再言？玉粦反代他遮盖，拦阻振粦勿问。

另说他言在小斋，少停时，仲明秦府始归来。弟兄同接生身父，侍立亲前到酉牌。说及乔松思续娶，托临湘另觅好裙钗。方才如此胡言语，表弟行为太不该。

仲明道："小山痴颠，已非一日，临湘侯决不较量，料你舅父必也顺从其意，托彼为媒。"振粦道："何苦独要临湘作伐？"玉粦道："小山痴得可笑，以为苕华是他说合，容貌可观，故此不要别人作伐。"仲明道："由他罢了。"

说罢回头呼宝梁，你丹青画得亦非常。岂知今在秦公府，水中单条挂粉墙。是汝同年亲笔写，你和他，画中敌手却相当。一般妙擅丹青笔，而且又，诗赋文章各擅长。窗下再加勤苦读，汝二人，来春定可显科场。

又道："你看杨信伯及两个世兄，皆我当日指教他们，书画琴棋无一不知，但要用心，何愁不会？"宝梁答应了。玉彝带笑说道："小山因父亲画得人物活泼如生，竟欲相请爹爹描画茗华小影，自不敢言，托儿等代呈其意。"仲明笑道："不然未尝不可，但只茗华在日，他眉目之间我还不甚清楚。"玉彝道："便是清楚，也不能代他描影。"

仲明一笑更无言，此日闲情勿再谈。不觉光阴重数日，茗华出殡欲抬棺。相衙遣轿来萧府，接转兰陵萧蕴仙。公子珠郎随着转，无两日，茗华棺木厝郊原。多情苦坏乔公子，连日伤心不进餐。父母怜儿皆着急，急思为子把姻连。

无奈乔松执定要娶一个佳人，须像茗华貌美，所以必要尚德为媒。

他道旁人眼力无，何能识出美娇娥？临湘若不为媒妁，自愿空房一世孤。太守夫妻无奈子，拟消停，为媒之事托金吾。只因依顺孩儿意，必要临湘代执柯。乔府之言权按下，表一表，元臣执政事头多。永平日日居黄阁，理政朝中闲暇无。首相孙公年渐老，三朝两日染微疴。曾经上本求休致，君不依从没奈何。勉强居朝常带病，永平为此少功夫。这天政事稍稀少，早归来，独坐斋中偶看书。

翻阅数篇，忽见那日梁永所作的四诗夹在内中。

取出书中四首诗，芝眉微锁略寻思。起身便往天香院，侍儿们，报与兰陵女伯知。却值芳姿同在此，堂前言笑论诗词。卷帘迎接齐声说，今日归来不甚迟。文相回言归已久，入堂坐定问芳姿：

不识贤妹们作何消遣，如此兴头？

姑嫂俱皆笑满容，怎生作乐此堂中？二乔姊妹何方去，因甚的，不见他们聚一丛？小姐芳姿含着笑，二哥真似小儿同。偶然一笑何稀罕，有甚非常乐事浓？往往追求不肯罢，真教人，无言答你永平公。玉粦失笑称奇事，吾妹何为理不通？与嫂十分情意厚，这般疏淡薄为兄。一言不肯分明说，你两个，毕竟私谈甚隐衷？女伯见夫重又问，启朱樱，盈盈一笑展眉峰。

君尚未知乔家两妹因目下太平，用不着武事了，又在文墨上用功。

偃武修文学作诗①，在闺中，吟哦生怕被人知。目前进益多佳句，始许奴们一见之。姊妹聪明真可爱，公然成咏未从师。姑娘与我才言及，拟待来朝设酒卮。相请宛陵梁氏姊，料二乔姊妹没推辞。赏花彼此吟诗句，并要留他住几时。文相听言微笑道，原来是欲较文思。

但只梁小姐已有了出阁良辰，未必肯来我处。

腊月中旬是吉期，幸去年已制嫁时衣。故而梁府无推托，应允今冬便结缡。大约宛陵何肯至，劝夫人，明春设酒再邀伊。兰陵女伯花容笑，此次嘉期莫再虚。稳稳去年将出阁，忽然间，婚期误过亦堪奇。

玉粦道："不必说他，你等既欲作诗②，我这里有诗四首，请教二位如何？"芳姿笑道："二哥是文章巨手，休得取笑我们。"玉粦也笑道："虽是文章巨手，却不善解诗，惟你两个乃是诗人，故欲与人比较佳句。"蕴仙道："岳王祠堂题壁，若非佳句，何至充军？"

永平便道勿相嘲，向怀中，取出诗笺案上抛。叫道夫人须看

---

① "作"，原文作"做"，据文义改。

② "作"，原文作"做"，据文义改。

看，是谁作此叹无聊。芳容一别难相见，咫尺天涯怅路遥。诗句风流情义重，更无一字待推敲。我因爱此方携到，请二位诗翁瞧一瞧。女伯听他如此唤，香腮不觉现红桃。

芳姿笑道："二哥因嫂嫂取笑充军，故而讥诮诗翁，只不该也把妹子牵连在内。"蕴仙道："令兄叫我等'诗人'，不由我不回他此语。"言罢，同看案上诗笺。

看罢齐齐笑点头，此诗作得果风流①。不知乃是谁人作，若此多情若此愁。既已萧郎同陌路，浓情只合付东流。永平笑道虽然是，怎奈伊人未肯休？不见玉颜空懊恼，闻他抱病未曾瘳。若还要问何人作，妹子是，自必难知内里由。或者夫人能晓得，何须更向我追求？蕴仙不悦花容赤，是谁人，作此邪诗不识羞？君勿乱言奴晓得，使人听此恨悠悠。

芳姿笑道："真也奇谈，嫂嫂何能晓得？"玉彝笑道："他昔日从梁年伯读书，书房之内宾客往来，见多识广，岂有不知作诗人名姓？"

女伯腮旁更泛红，微微冷笑答三公。当年虽在书房内，来往无非一世兄。有甚宾朋常见面，别人那得到斋中？见多识广言何谬，此语君真太不通。难道我家无礼法，许闺娃，日常见客与男同？谁人知此轻浮子，作此歪诗甚曲衷？文相不禁微一笑，夫人且慢恼于胸，难道是，世兄梁永非男子，竟何妨，日日和他觌面逢？礼法这般休再说，那梁生，年轻貌美学无穷。可该彼此常相见？他不是，真正端人有古风。

夫人，你真个不知作者姓名，待我告诉你便了。

若问吟诗是阿谁，便是你，世兄心念一蛾眉。侯门一入深如海，相见无由只自悲。似此为人轻薄否，问当年，可应常相在书

① "作"，原文作"做"，据文义改。

帷？虽然卿尚髫龄际，毕竟潭衙礼法非。

夫人，他这诗中，虽非指你而言，但觉得梁永为人轻薄。

倘若狂生一念差，当日里，赋诗爱你貌如花。夫人虽则多清白，白璧须知着点瑕。被此污言污绣阁，未必你，芳名留得世人夸。慢言未见宾和客，梁永原非你一家。女伯听他多少话，玉容叠叠起红霞。恨梁生不把痴情绝，竟这样，大胆诗题宰相衙！且识东君深有意，我被人思念事非佳。也不知，此诗怎落东君手，令我何言去答他？想着指诗微冷笑，桃腮含愠启银牙：

原来是梁永所作，但不知君家向我说这些言语何故？

除非梁永是疯魔，方敢题诗想念奴。匣内青萍留甚用，休道是，不能斩却彼头颅！昔年间，见时总在师尊侧，何谓吾家礼法无？今日忽因诗四首，知他想念甚娇娥？无端提及当初事，絮絮繁言可奈何？须直说，莫含糊，清白芳名不怕污。如果诗中真指我，我龙泉送彼入酆都。永平见了娇妻怒，复把夫人带笑呼。原说此诗非指你，因甚的，这般不悦怒容多？偶将诗句拿来看，要使你，知此轻狂好色徒。

蕴仙道："要我知他何故？越越说得可笑。"玉粦道："无非是，如此之人不可同他再见，恐他见你又要吟诗，夫人能不怒么？"芳姿听了半晌，方笑道："今日二哥如饮醉一般，说此醉话取笑嫂嫂。"玉粦道："取笑何妨？免得嫂嫂还把梁永当作好人。"蕴仙道："为此邪诗，我无故受人奚落，留他何用？"便取诗笺，欲思扯碎，永平公早一手将诗夺过。

怀中收起那诗笺，半晌无言看蕴仙。此际玉人多愠意，芳心不禁又生惭。十分懊恼难明说，只恨梁生尚这般。料此诗中多蓄意，也该知，三生石上本无缘。蕴仙烦闷蛾眉锁，永平公，立起身来又笑言：诗内并非相指你，知他是说甚婵娟？算来无用夫人恼，似此邪诗不足谈。说罢徐徐行了去，此时候，天边红日尚高悬。

欲思自到西宾处，问一问，轻薄梁郎病可痊？

永平公尚未走到院前，外面已有人报知梁永说："丞相出来了，大约是来此处。"此日梁生小病虽愈，心事尚多，面容十分清减。众幕友及相府官属共有七十余人，相约到来看问。一听丞相欲来，各各起身，从后院避去。梁永忙到院前候接。

强展双眉立在阶，果见那，永平走进院中来。梁生一见忙趋步，曲体殷情叫相台。小病几天今乍愈，越显他，风流无比美多才。院前立定躬身接，丞相观之笑口开。闻得世兄沾小恙，未来候问甚牵怀。

说着走入堂来，梁永口称多谢丞相，随入堂中，恭候永平坐定，欲待献茶。

文相连连道不消，挽梁生同坐近窗寮。一茶之后重抬目，再把风流侍讲瞧。方说世兄清减甚，问君家，因何抱恙在连朝？莫为着，天寒不禁风吹面？莫为着，客馆无人叹寂寥？莫为着，贪咏诗词宵不寐？莫为着，多愁整日暗魂销？非吾故把君嘲笑，这的是，司马琴心未可挑。梁永忽听如此语，心中骇道甚蹊跷。红云略现莲花面，勉强殷情再曲腰。笑说受寒成小恙，致教惹得相公嘲。久已把，少年心性消磨尽，并不怨，客馆孤单意暗焦。几次死中留性命，那繁华妄念早相抛。只惟有，当心相府勤书札，聊报我，丞相恩同山岳高。梁永说完偷目视，永平不觉展眉梢。

世兄，你我通家，再不要说这感恩之语。只要你：

保重身躯莫乱思，再立名立德不为迟。洗心革除繁华念，博一个，端正之名世所知。妄念若消心自正，戒之第一莫题诗。

哪，世兄，不是我说此一番言语。

前朝偶见一诗笺，四首无题咏上边。道是世兄新赋就，被人录去乱相传。思美色，想红颜，诗内相思已有年。小弟生平无欲念，见人咏此替人惭。故将诗句收藏了，不许家中众目观。今日清闲方到此，诗笺仍奉世兄前。

哪，尊作在此，请收了。

敢问相思甚女娘，诗中如此写悲伤？青衫红粉难相见，毕竟佳人在那方？抱病料来因为此，又何时，偷窥玉貌在华堂？君家究竟何心事，向弟明言也不妨。道罢花笺双手递，此时唬坏那梁郎。接诗在手浑无主，两腮边，红晕全消色似霜。看了看，果是前朝吟咏句，竟不知，是谁钞下去彰扬。猜详料没旁人事，一定无疑是宝梁。记得那朝曾自语，被他听去事非常。

唷呀，那孩子好生刁滑也！

乘我酣眠录我诗，数朝竟被永平知。诗笺亲自拿来此，要追求，是把谁家女子思。明说吾今心不正，又道是，相思不去已多时。含讥带刺言言厉，令我今番答甚辞？彼若得知因世妹，必把我，梁郎魂魄送阴司。宝梁多事虽堪恼，赋无题，我亦徒然悔恨迟。耐定惊心陪笑面，又带惭带惧吐言词。

蒙丞相的警戒良言，梁永敢不凛遵教训？

抱病皆因冒了风，并不是，有何心事忆芳容。偶然病内闲排遣，赋此无题解闷胸。实未有，红粉佳人牵意内；实未有，青春美女念心中。这的是，空中楼阁虚无造，委实何曾有影踪？却被谁人抄录去，自然要，误疑真有甚私衷。此诗实乃无心作，敢把虚言对相公？感谢金言垂训诲，再不把，诗词遣闷造平空。玉彝微言惟言好，毕竟聪明是世兄。言讫起身闲散步，玩壁间字画看西东。时时又向梁生望，或作叹容或怒容。侍讲低头扶椅立，半惭半惧面生红。料知丞相非无意，与往日情形不甚同。我若不将痴念绝，走风声，必将一命丧青锋。

咳，世妹呀，世妹！

非我无情不念伊，可怜空想数年余。今朝险惹非常祸，谁把我，一段幽情达绣居？皆是你，夫婿官高人共畏，更恐怕，一些踪迹要生疑。从今撇下相思念，愿世妹芳心莫怪余。梁永伤怀神色惨，险些儿，多情两泪欲沾衣。欲弹不敢惟低首，真令他，吞泪和愁意似迷。生恐相公回目视，敛愁容，低头向壁背身躯。永平见彼回身立，微笑心中自觉奇。看此狂生轻薄态，端容正色没些须。可惜他，文挥锦绣才华美，真个是，一曲阳春和者稀。但只居心何不正，任多才难免被人讥。永平立定方思索，忽见僮儿往内趋。

向梁永道："临湘侯到来拜会，已进来了。"梁永始敛愁容，问永平道："可要相请？"玉粦道："正该请进。"便共梁永相迎。

临湘已自上回廊，他只为，想起前朝事一桩。惟恐梁生重不谨，又在此，吟香摘艳忆萧娘。故而今日来相戒，却不道，正遇元臣在此堂。不觉欣然添笑色，趋行两步整衣裳。入堂施礼殷情见，永平公，笑说君家事正忙。何暇今朝来舍下，待消停，吾当前去看新房。临湘笑道劳车马，蓬壁须知亦有光。道罢回同梁永见，三人归座饮茶汤。步军统领开言问，大舅而今病可康？梁永回言痊愈了，微微抬目看临湘。怪他儿子偷诗去，又不便，当着元臣说蒋郎。

尚德向永平公道："明日是十二月初一日，公主要召昔日帐前那一班将士花园射箭，方才传出令来，众将俱已遵奉。裴子湘得知此事，要上本参奏。"

只为心中甚觉非，他道是，而今国事不艰危。何须比武花园内，任从他，贵主难将法度违。无故演操诸伯爵，这般举动欲何为？如今不比当初日，女子还该隐绣闺。决意欲参张驸马，道步云枉自作须眉。缘何难止妻房意，他不肯，饶过张君此一回。

玉粦道："君侯何以得知底细？"尚德道："才闻朱若青所说，他劝裴侯无须参奏，子湘不从他。欲告知丞相，劝阻子湘勿奏。"玉粦道："总为厉文炳之事，两人结怨到今。"

贵主虽然也不应，何须比射众将军？然而却也无妨事，原本当年帐下人。谅必偶然思作乐，吾今决定没他心。若青要我来相劝，未必裴侯便肯听。他与步云情不合，料其断不恕张君。临湘侯爵言称是，闲话移时已夕曛。又见乔松从外入，三人座上共抬身。

乔松道："前日得罪姻叔，家父十分动怒。今闻大驾降临，特命小侄到来，请往斋中一叙。"尚德辞道："今日尚有事情未了，改日再去与尊大人请安罢。"乔松道："姻叔不去，小侄要下跪了。"

乔松一意尽殷情，文相旁边笑不禁。知请临湘非别事，无非要托作冰人。但言母舅来相请，就请君侯行一行。尚德难辞方允诺，却无闲暇戒梁生。便同丞相徐行出，太守闻知带笑迎。邀入书房相见毕，芽茶一道仆人呈。临湘侯爵开言问，未识相招有甚因？太守乔公微叹息，亲家谅识此中情。只因小媳身亡后，小儿是，中馈无人觉冷清。特请亲家思奉托，为其说合一婚姻。步军统领听言此，微锁双眉不肯应。

唷呀，老亲翁相托，本合效劳才是。

但只公郎志愿赊，定思量，闺中要娶美容华。教人何处能寻觅，晓得谁家女子佳？故此吾今难奉命，更不知，何方待字有闺娃。乔公听了无言语，良久之间只自嗟。靖虏将军心不悦，怪严亲，缘何不肯再求他。起身一径徉常去，命家人，再进斋中二道茶。文相玉粦呼舅父，为小山续娶正非差。要求月老人多甚，自可以，作伐连姻那一家。

乔公道："我岂不知？无奈痴儿为亡媳是亲家作伐，故此不要别人。"玉粦笑道："小山既欲如此，怎又前日得罪冰人？"

当时便乃诉缘由，太守惟言不识羞。小子无知还了得，老夫要把亲家求。临湘忙又推辞道，委实难于作蹇修。惟乞亲翁休见托，并非为，前朝之语记心头。敢求另把他人请，管取公郎赋好逑。太守闻言难再说，乔松自外启帘钩。轻轻走入书斋内，强作欢容又带愁。便向临湘陪笑道,家慈命侄请君侯。至亲彼此堪相见,有事相求代画谋。尚德闻言知就里,微微一笑便回眸。

说道:“我今日未曾冠带,怎好去见太夫人?改日再见罢。”乔松急道:“至亲怕甚么?”乔公恐急坏小山,忙起身邀尚德入内,又叫子明同去。玉彝暗想,舅父母如此溺爱小山,随其所欲!

想着抬身也自催,临湘不便过相违。口称从命方离座,甥舅爷儿一共陪。未入内中人已报,堂前命妇喜开眉。皆因依顺亲生子,要托临湘作大媒。报闻进来移步接,侍儿左右共相随。外边四位登堂上,执金吾,举目微将命妇窥。约略年华过半百,皱纹横额鬓毛摧。当时曲体先施礼,乔府夫人把礼回。便共乔公相让坐,女奴左右奉茶杯。永平不把香茶饮,立起身来入内闺。欲看慧芝何处避,此时候,一双姊妹隐罗帷。永平失笑掀开幔,挂起金钩不许垂。笑向慧容呼表妹,你今在此避伊谁?

慧容下榻笑道:“我陪着二妹坐坐何妨?二哥又来混闹了。”玉彝笑道:“二妹快到堂内,看看是谁在此?”慧芝低着头,不敢作声①。慧容道:“二妹回他几句,堂内那能听得?”玉彝又笑道:“他若回我言语,我便拖他去见公公。”

惟你如今更外凶,以为出阁好光荣。成群结党常欺我,总要愚兄拜下风。久已心头思泄恨,定要把,查郎派遣出京中。冲波涉浪番邦去,奉使前行嗣主封。要得还朝须候召,管教你,十年八载不相逢。那时节,花前能不流珠泪,镜内终教减玉容。待等查郎回转后,只怕你,好花颜色已凋红。与其他日添惆怅,不若今朝让表兄。乔氏慧容嗔又笑,连声但啐永平公。永平一笑窥颜色,又乃开言问慧容。表妹莫非身有孕,我看你,容颜不与日常同。腮旁似带微黄色,一定是,有个查儿在腹中。好好直言明告我,天

① “作”,原文作“做”,据文义改。

河牛女隔西东。

慧容忍不住嗤的一笑，道："休得乱谈。"玉莽道："一定真的了。"言罢掀帘走出。尚德等忙便起身，一同坐定。乔夫人方说："小儿丧偶，内助无人，务望亲家作伐，聘一名门淑女。"尚德道："太夫人之命安敢不遵？怎奈实不知谁家有女待字闺门，尚求见谅。"乔松听他犹然不允，立起身来，赌气出堂去了。

父母观之没奈何，恕孩儿痴念不能除。夫人又乃开言说，老身要，务请贤侯为执柯。膝下孤单惟一子，因此上，心中不免爱怜多。望亲家念此须垂允，也不消，定要如花美丽姝。

乔公忙接语道："此言不错，小子痴病，亲家是晓得的。为亡媳貌美，惹出多少闲事，倒是丑些也罢。"永平公道："如此，君侯勿再推辞了。"临湘侯默然无语。

座中微把两眉攒，暗思量，堪恨乔松太野蛮①。必要吾身为月老，还有他，一双父母共相缠。教人未便重推托，只得应承说好缘。况彼夫妻如此说，吾今不可再为难。但只是，前番已把苕华害，今日里，又害他人心怎安？不若代他寻恶妇，也教管束这痴男。况其父母皆言过，不必新人有美颜。便丑须知难怪我，是他二老这般言。所愁要被乔松恨，又有冤仇重似山。一壁思量心暗笑，身躯略欠便开谈。

说道："既是亲翁亲母之意，不问妍媸，这作媒之事也还容易。"乔夫人喜道："多谢亲家，未知可有其人？"尚德道："是永兴伯裘步先之女，年交十九，未许婚姻。前日裘公托我代他寻一东床。"

曾听人言貌不佳，方才故此未提他。若然不必娇颜色，结此姻亲亦不差。亲母夫人如愿意，略消停，吾当说合往裘家。且闻

---

① "野"，原文作"也"，据文义改。

其女多能干，闺阁芳名唤赛花。操作诸般无不会，执庖手段众尤夸。永平听罢连声笑，闺内深藏一女娃。底事君侯知得细，作媒本领果堪嘉。临湘笑道听人说，此女多能善作家。太守夫妻皆喜悦，这般便可胜苕华。

乔夫人又问道：“容貌不佳，不知可还下得去否？”

九门提督复开言，此乃听人若此传。大约虽然不甚美，谅不至，面容丑陋似无盐。永平点首言非错，毕竟是，官宦千金岂等闲？太守夫人同又道，仍然还把亲家烦。裘公若允姻亲事，来岁婚姻便可完。尚德但言当说合，正思作别出堂间。

廊下家人禀道：“太老爷着人来请少老爷问话呢。”玉彝听了，忙即别过三人，出堂而去。尚德亦起身作别，乔夫人急令唤乔松来到。

皱着双眉走入堂，夫人带笑说端详。方才姻叔曾应允，欲代你，说合裘家一女郎。佳品格，美容光，能干聪明世少双。但候裘家应许我，来年便可结鸾凰。乔松一听娘言毕，顷刻春生两颊旁。因见临湘将欲去，殷情相送到前厢。

乔公欲留斋中少坐，临湘侯欲见梁生，遂辞乔家父子。众亲随随着出来。可怜梁永此刻独坐房中，手内拿着诗笺，细想永平之语，真个是又惊又愧，又恨又悲，他心内不知怎样才好。

不语呆呆看着诗，倚窗前，低眸如醉复如痴。总因不舍倾城貌，在这里，又把佳人苦苦思。或惧或悲方寸乱，只觉得，神迷心醉莫能支。可怜此际浑无主，又值这，寂寂房栊薄暮时。正自销魂迷惘处，忽听那，靴声缓缓上阶墀。僮儿早把帘挑起，梁永昏昏若未知。两个僮儿重又禀，方才立起意迟迟。

临湘侯走进房来，看见梁永手内拿一花笺藏入袖内，方举步相迎。看他的颜色又不似先前的神色自然，临湘侯见他如此，倒觉得又是可怜，又是好笑。梁永迎住道：“妹丈何故去而复返？”尚德道:“恐大舅此间寂寞,到此相陪。”梁永道:“休得取笑小弟,寂寞甚么?请坐了。”

相邀同坐近窗台,巧巧的,袖内诗笺落在埃。梁永神昏全不觉,九门提督把身抬。向地间拾起花笺纸,只道他,又赋无题遣闷怀。低首一观心甚异,仍然是,那朝所见在书斋。谁人送到梁生处,对此真教费我猜。便叫舅兄吾问你,诗笺谁送此间来?怎生相对犹观玩,大舅你,如此行为太不该。是非吾今多抱怨,自家也合略思裁。临湘道罢回头看,把房内家奴尽遣开。梁永略将神色定,闻言又自觉惊呆。

忙起身道:“此是病中烦闷,赋此遣怀,却不道令嗣蒋君呵——”

见此诗笺当作奇,只道是,果然思念甚娇姬。乘吾睡熟私钞去,惹得人人总见疑。别个得知还罢了,永平见此可相宜?当晓得,弟于府内为书记,只应该,改过前非若醒迷。见了此诗能不恼,自然要,怪吾品行这般低。今朝亲自拿来此,若追求,毕竟诗因那个题。我本无心随意作,有甚么,倾城在念去思伊?蒋君莫道年还幼,竟自能将小弟欺!偷录四诗传出去,可笑他,暗中如此用心机。吾同妹丈亲情厚,故敢把言觌面提。说罢皱眉重让坐,含情含愠复长吁。

临湘侯听他见怪之言,又自好笑。暗想,我本欲说他数言,反被他说我一顿。

犹言并未念多娇,怪狂生,在我之前尚放刁。去岁已将心迹露,此分明,愁怀不解到今朝。虽可恼,又堪嘲,谁信你为人品行高?一壁思量微带笑,听完略略皱眉梢。

舅兄呀!

宝梁年幼太无知,竟敢私来录此诗。那日斋中吾晓得,曾经要把杖刑施。永平祭酒同相劝,道彼年轻在幼时。见此风流香艳句,若还不录岂非痴?思国色,见仙姿,皆系诗中自致词。不许弟将他责备,彼三人,追求何故写相思。都言侍讲风流惯,现如今,客馆凄凉又不支。见了何人吟此句,彼时小子更无辞。

梁永道:"原本偶然戏咏,蒋君自必无话可言。"临湘侯道:"舅兄如此称呼,不认外甥了?"梁永道:"我只怪他不应送给丞相观看。"临湘侯道:"我非庇佑宝梁,实为看文稿落下此诗。"

岂知相国苦追求,若不明言誓不休。他道不将人指出,便是你,自家爱色逞风流。小儿年幼难禁受,急得顿时汗满头。忌讳一些皆不晓,险些儿,竟将说出此缘由。

大舅,你道是偶然戏咏,何故那孩子晓得诗中所指之人?

永平逼问甚来踪,小子明言告宰公。道是那天因舅病,特来看问可轻松。只因眠熟权相候,偶见诗笺在案中。顺便将其钞写下,只听得,渭阳榻上话朦胧。说甚么,相衙一入深如海,咫尺无从见玉容。梁永一听言及此,直惊得,三魂渺渺赴长空。顿时哑口难言语,又不觉,羞惧交加面涨红。坐在椅中如木偶,九门提督叫梁兄。那时节,永平昆仲尤追问,愚弟徒然急满胸。欲止宝梁不许说,怕的是,君家要惹祸无穷。

大舅,你今日既知恐惧,何不早把念头断绝,也免是非?

犹幸其时远客来,方得个,三人一共出书斋。诗笺不便收藏起,惟恐元臣要动猜。私向小儿来责问,尔知所指甚裙钗?那知真也知其故,他道是,娘子军中女俊才。念念不忘今数载,佳人今已隔蓬莱。渭阳自己分明诉,一段相思撇不开。我实信他非假话,想起了,去年之语未忘怀。临行曾亦前来此,听君家,自诉相思怨且哀。

舅兄阿!

记否床中苦自嗟,难抛绝代美容华。宝梁所述听闻语,正与前番话不差。弟也难于明说出,那佳人,现为诰命宰臣衙。既然戏咏无题句，为甚么，口内时时但说他？有累芳名真不可，舅兄空感德无涯。当思能免刀头罪，是那个施恩救一家？梁永闻言羞愧极，两腮边，越加红润放莲花。无从抵赖诗中意，忍不住，袖掩双眸泪似麻。心绪纷纭惟饮泣，临湘侯爵怒容加①。

啃呀，舅兄，怎又作此丑态了？

万话千言唤不醒，心迷若此实愚人。腹中空说才华美，不道如斯品行轻。我为亲情情义重，特来相劝止邪心。何期大舅糊涂极，不管曾蒙救命恩。一意只迷倾国色，有心在此败芳名。使人闷杀从何劝，太觉居心欠正经。

舅兄，你难道不知受过他人救你一家之德么？

古人一饭报千金，何在尔，父母妻孥赖以生？就便不能酬大德，也该刻刻不忘恩。怎犹思慕他妻子，似此真称昧了心。且又这般无忌惮，舅兄枉自说聪明。梁生听了临湘责，由不得，惶恐难当汗直淋。只恨自家不谨慎，露将心迹被人闻。低头拭尽相思泪，也不深悔行为负永平。惟道妹夫言语是，宁神半晌忽抬身。便向着，临湘侯爵深施礼②，说了声，多谢相关郎舅情。苦中甘言深戒我，当头一棒喝愚人。

我梁永如不痛改前非，感恩知己，便真是一个匪类了。

罪应大辟狱中收，皆只为，背负君恩附马牛。感得相臣天大德，全家不至死刀头。未能相报应衔感，怎反把恩人视作仇？这乃是，丧尽天良方若此，苦相思，朝朝暮暮不能丢。纵然汲尽西江水，难洗胸中万斛愁。如此数年思不置，到今朝，忽闻戒语令人羞。一言使我开茅塞，从此后，妄念邪心一概休。

妹丈既识我隐情，我亦不能抵赖了。

---

① “湘”，原文作“相”，据文义改。

② “湘”，原文作“相”，据文义改。

婚姻不就恨缘悭，抛不下，绝色佳人美若仙。因此数年常懊恼，也只得，自相悲叹自相怜。诗中实指倾城女，今日在，妹丈之前敢再瞒？还乞君家贤父子，此言切勿向人谈。

咳，天阿，我梁永何故心迷若此？

受人大德不能知，只把那，倾国名花日夜思。天下何来如此理，从此后，好将慧刀斩情丝。洗心痛改当年过，再报答深恩尚不迟。

妹丈，我若不绝此邪念，不但有负永平夫妇，亦且负了萧兄与妹丈求救之恩。

良言相戒谢贤侯，醒我迷团解我愁。自愧枉为男子汉，受恩深处莫能酬。梁生道罢重凄惨，难忍腮边泪又流。再谢临湘开导德，九门提督笑凝眸。看他果是深知悔，不觉欣然也点头。还礼梁生相挽坐，花笺递过说缘由。

舅兄但放心便了，我若向人道及，不来劝戒君家了。

但此诗笺甚觉奇，猜不出，永平何故不重提。还诗自到非无意，或者其心亦动疑。未肯彰扬追就里，相公海量世间稀。犹记得，昌平曹胜宵行刺，永平公，心内明明晓得伊，不在人前提一字，遣其上表赴京畿。今朝之事无须说，谅也明知假做愚。梁永闻言呆半晌，胸中畏惧汗沾衣。连呼妹丈言非错，今日形容已见其。或喜或嗔相对我，听他语语有玄机。

咳，看他劝我之言，又似乎有意无间之间，令人莫测。

宽宏大量有谁知，暗以良言劝诫吾。梁永自今心地净，醒迷安敢再模糊？说完扯碎花笺纸，连着那，旧稿拿来付火炉。尚德但言该若此，兄休忘却受恩多。

正将作别，见宝梁进来与姑夫请安，尚德道："你来得正好，可晓得你父亲收纳二妾，唤做阿翠、阿英，虽不算做喜事，你也该回去道贺一声。"宝梁道："孩儿午已安康，午后归省父亲，已知此事，道贺过了。”

带笑回身见渭阳，说了声，曾闻舅氏已安康。多才顿觉红生面，答礼青年蒋宝梁。含愧道言休见笑，知君已识我中肠。那朝曾问敢闻否，孝廉公，已自怀藏诗四章。却说未曾闻甚语，险些儿，和盘托出在书房。

宝梁道：“外甥因爱此诗，故而录下，并不是有心泄露。因被逼问不过，故此直言。”梁永道：“此乃我自家不好，岂怪别人？还乞君家以后再莫道及了。”临湘侯道：“宝梁断不再言，大舅不须挂念。”言罢，命退宝梁，别过梁永。

梁生送出复回身，痛悔前非自愧心。长夜不眠惟懊恼，自今不再念佳人。虽然私意皆除尽，他也是，强把柔情断了根。有时候，忽忆玉颜难再见，便咬牙自恨负元臣。果然是，洗心立志除邪念，不忘全家活命恩。慢表梁生知改悔，且言贵主要操兵。只因好武闲排遣，三百英雄尽奉遵。绝早同登公主府，征袍箭袖众将军。悬弓带刀排班见，入花园，参谒平阳在箭亭。贵主独于亭上坐，两旁边，武装宫女列如云。重逢旧日营中将，不觉兰心甚喜欣。百桌华筵先赏赐，宴完比箭各施能。金钱高挂枝头上，射中惟闻击鼓声。众位将军虽比武，庭芳箭法打头名。早间射到斜阳候，又设席酬劳宴大厅。礼部尚书虽晓得，也只好，由他比箭作无闻。昨朝下令传诸将，烦恼张端大理卿。欲止平阳休比试，夫人梅氏劝亲生。恐防有拂王姬意，不许孩儿阻此情。再四叮咛休说话，张端无奈顺慈亲。一天热闹操完毕，要把裴侯云一云。

却说吏部尚书裴云，因请封了厉文炳，屡被张端抢白，虽则针锋相对，未免各存了嫌隙之心，今闻贵主操演诸将，驸马张端不行劝阻，便欲上本奏弹。湘潭侯朱明绶再三相劝，子湘不听。自己起了奏稿，令书记誊真，必欲来朝参奏。

明绶因他决不从，相衙来见永平公。玉彛接入书斋里，挽坐窗前笑语浓。明绶始将来意说，子湘如此不能容。要求丞相从中劝，当晓平阳有大功。岂可以，小过罪归张附马，此分明，日常有怨在其胸。但愁天子心怜婿，未必裴君占上风。文相笑言难以劝，非吾不肯顺贤兄。子湘那得听吾语，便不把其情奏九重？

明绶笑道："这一奏参，他两个更加结怨，故请丞相排纷。"玉彛道："公主原不合比武，子湘参奏不差，我不便阻拦。"湘潭侯见他不肯，不便再言，坐谈半晌，告辞而去。

次日君王坐早朝，百官朝拜衮龙袍。裴侯一本陈丹陛，弹奏皇亲气焰骄。驸马张端无法度，平阳贵主倚功高。花园比武诸封爵，府内终朝战鼓敲。非为国家军旅事，岂容私第把兵操？乞求下议张端罪，王法无亲未可饶。

天子看了本章，深赞裴云刚直敢言，即下诏答道：

惟卿正直不怀私，能把其情奏赤墀。朕女虽然功绩大，不应操演在京师。张端不阻平阳意，薄罪须知未可辞。但只操兵非大过，朕当下诏阁臣知。

裴尚书接奉天子手诏，拜谢褒奖之恩。那满朝文武谁不惊裴侯胆大，竟敢奏弹有功贵主？小过不饶，无一个不称赞子湘。此时阁臣奉旨，薄议张端罚一年之俸，天子准奏。

罚俸虽然只一年，但只那，永昌伯爵甚无颜。入朝谢罪朝天子，圣主和容慰好言。此事虽非卿过失，然而也合略相拦。朕如不准裴云奏，只恐言官口尽缄。认作朕心惟爱女，不容弹奏在朝前。故而薄议卿家罪，归告平阳莫这般。驸马谢恩回府第，君王之语口相传。平阳亦有容人量，不怪裴侯竟奏弹。宗伯张公深赞叹，子湘无愧作奇男。王姬小过犹难恕，正直居朝是好官。惟有张端心不乐，他晓得，子湘参奏为前嫌。只因争论心怀怨，略有了，小过些些奏九天。贵主演兵归罪我，说甚么，目无法度是张端。永昌因此尤加恼，吏部裴君心甚欢。朝龙归来先见母，少停方自入房间。珍珍小姐迎夫婿，并坐香房细细谈。先说怎生弹劾事，今朝略略称心田。张端狂妄常欺我，他竟把，昔日之情撇一边。不是裴云翻了案，只怕他，尸骸早已弃郊原。而今富贵荣华日，却把吾身视等闲。今日奏弹他过失，也教他，对人不免要生惭。

珍珍道："奴久闻张驸马端方正直，从没隐情。他不念翻案之恩，乃是以为君家分内之事。"

代天巡狩出京华，原为着，察访民冤各省查。采得案情真有屈，被人诬陷事非差。自应昭雪重翻案，这教做，尽职应当报国家。为此永昌不感德，君家何必去嗔他？

裴尚书不觉笑道："在我原属分内之事，在他亦合感恩。夫人若作了张端，谅也不记念活命之恩了。"珍珍一笑无言。侍女来请用膳，夫妻一共出房。绿芳自己带着幼女，杏龄生才数月，陪着太夫人耍笑。

侍婢齐将午膳排，尚书命把画帘开。夫妻姊弟陪慈母，冬日融和照满阶。许太夫人欢乐处，忽然间，心思长子不开怀。尚书欠体殷情问，又自执金壶把酒筛。再问母亲何不乐，莫为着，贵阳久没信音来？夫人诉说思儿意，并念孙男众小孩。吏部尚书听说此，停盅一想笑盈腮。母亲休得思兄长，此事儿当定主裁。待等部员如出缺，将长兄内调上京台。相同着，侄儿兄嫂团圆聚，管博慈亲笑口开。说得太君先喜悦，春风满面对英才。绿芳笑道虽然好，但恐人言弟不该。调取长兄来补缺，怕的是，九重殿上要疑猜。

裴尚书道："大哥精明强干，是一个能员，待部内出缺时，弟当奏调兄长来京，天子决无疑意。"

内举从来不避亲，不妨明奏九重闻。但须能称其官职，便是这，兄弟之间怕甚情？杨氏珍珍低说是，免教堂上念儿孙。府中现在人稀少，愿嫂嫂携儿早到京。吏部尚书重点首，少停膳罢各抬身。书中暂搁裴家事，要表金吾去说亲。此日午间无甚事，登车亲自到裘门。步先接入高厅坐，尚德方将来意云。靖虏将军亡正室，要求令爱作夫人。步先欢喜无推托，愿与乔家结此姻。尚德见他应允了，略谈数语作辞行。归来说与庭芳晓，裘府婚姻又说成。我为小山蛮不过，故为他作伐一钗裙。庭芳惟说何妨事，免却乔君日挂心。话尚未完人禀道，乔家公子已到临。临湘便道真堪厌，无奈抬身自接迎。少刻相陪同走进，乔松趋步见先生。口称恭喜深深揖，道贺师尊纳小星。

庭芳笑道："此算甚么喜事？"说着命他坐下。乔松道："家父着小侄来问姻叔说亲之事如何？"临湘侯笑道："我晓得公子又等不得了，只因连日有事，未到他家。今日前行说合，裘公一诺无辞，可归禀尊大人择吉下聘便了。"乔松欢喜非常，连连应诺。

心中此际乐滔滔，感谢媒翁往返劳。谈笑之间重启口，要见见，先生新纳二多娇。临湘笑说应该见，好一似，仙女双双降九霄。阿翠樱桃樊素口，阿英杨柳小蛮腰。尊师目下风流极，每共着，二美看花品玉箫。终日闺中开酒宴，夜间歌舞乐通宵。庭芳失笑回头啐，妹丈将人若此嘲。弟却几曾耽乐宴，惟君日日暗魂销。佳期未到心空急，恨未能，一见如花女俊豪。尚德笑言休说了，快领你，门人去把二姬瞧。吾今有事难陪客，要到京营去看操。道句失陪休见罪，起身自把画帘挑。

庭芳便带乔松到双燕堂，令二姬出见，乔松看那美人两个果也有几分颜色，当下辞了归家，告知父母，裘家已允亲事。父母俱皆欣悦，遂择日行盘，仍令乔松去请临湘侯押聘，尚德决意不行，但推有恙。乔松回复二亲。

太守夫妻又共商，代媒相请蒋庭芳。行盘之事休多叙，聘定裘家一女郎。父母因儿亲事就，见儿快乐放心肠。乔松只道真娇美,专盼来年入洞房。念念只思裘小姐,每日里,赛花两字不能忘。婚姻约定明年娶,转恨遥遥日太长。按下不言乔府事,表一表,天香院内美红妆。蕴仙自见诗笺后,深怪梁生意太狂。底事痴情犹未绝,怎不怕,他人认出此行藏?兰陵女伯芳心闷,到黄昏,静坐香闺倚碧窗。两道翠蛾愁不展,心烦无语背银釭。少时方把星眸转,望见窗前好月光。

遂命侍女卷帘,欲思玩月,走出堂来。

月明如水浸阶前,画阁仙娥唤卷帘。廊上徘徊多半晌,玉人微叹倚栏杆。追思梁永无题句,不觉花容又带惭。虽你心中犹念念,须知连累我无颜。痴心如此真何苦,当晓前生少夙缘。到底东君知道否,看他是,分明有意送诗笺。批评昔日曾相见,岂是无心作此谈?奴欲向其追就里,怀惭自觉不能言。恐其知是真因我,却令奴奴又怎般?

咳,世兄,你好痴心也!

胸中既有美才华,因甚如斯作事差?不念我,走马沙场曾纵放;不念我,托兄求救宰臣衙;不念我,完姻已作他人妇;不念我,曾未忘情在尔家。赋此无题因甚意,这分明,有心令我玉生瑕。慢言奴有红颜貌,你闺中,亦有佳人艳若花。

世兄,我被你如此相思,好生难受。

与汝无干恨汝痴,我心虽说不怀私,然而前厅东君语,只觉得,暗地羞惭莫可支。恨未能,当面责伊休妄想;恨未能,亲身戒汝勿吟诗。世兄本是聪明性,却如何,若此轻浮竟不知!果被永平知底细,那时节,龙泉加颈悔时迟。

但只如此痴人,必是死而无悔,由他罢了。

自问奴心没隐情,未尝有甚愧东君。从今莫管诗笺事,一任梁生是怎生。想毕丢开重玩月,玉人展放翠眉痕。外边来了文丞相,夫妇阶前玩月明。文相欣然携素手,春风满面叫夫人。宛陵女伯佳期到，未识何人可上门。妹子明天应要去，慧容表妹必同行。夫人若也他家去，须早传知轿备成。女伯闻言知有意，道奴连日欠安宁。未能相送梁家姊，梁姊应无怪我心。文相点头容甚悦，重将别事与谈论。二更尽后同归寝，次日朝中见圣君。便往九门提督府，前来道贺看成婚。府中热闹悬红彩，此刻已，文武公卿满大厅。

却说尚德择定吉期，今朝完娶。天子因念功臣，昨曾赐假五日①，并赏锦袍一袭、白璧一双。临湘侯谢了圣恩，回归私第，遂请广平侯孙凤藻、嘉平侯孙鸿藻、湘潭侯朱明绶、新城侯萧蕴玉、昌平侯曹胜、祭酒杨蕙林、永昌伯张端、学士文振彝八位支宾接待贺客，并请蒋庭芳照管迎亲诸事。次日，八位支宾一早到来，然后众官方到。孙太傅因身体欠安，不能久坐，道喜即时去了。文仲明虽不喜热闹，奈是原媒，不能就去。工部尚书亦是媒人，故此坐席。时众官让此二人首坐。

梨园演戏佑金卮，片刻间，音乐齐鸣报吉时。侯府重门俱大放，冰人二位共相辞。临湘冠带殷情送，执事全班不敢迟。遵引彩舆同共去，到梁门，拱辰出接下阶墀。迎归厅上茶三献，内里夫人早已知。妆扮绣房娇小姐，喜娘服侍理青丝。

今日杨珍珍、霍蘋香、左继芬、文芳姿、乔慧容俱来相送，惟萧蕴仙、乔慧芝未到。崔氏夫人带着两媳，管侍女客。玉映妆束已完，喜娘扶到堂中拜辞尊长，挽入花轿之中，不须细表。厅上二位大媒知新人已上彩舆，作别拱辰父子，先向侯府而来。

喜色匆匆两大媒，相迎新妇共先归。支宾接入高厅上，凤笛鸾箫细细吹。文武众官皆让坐，临湘此刻未能陪。暂时退入中堂里，心内欢欣喜溢眉。重换冠袍权坐候，画堂前，彩灯宝炬共交

---

① “假”，原文作“暇”，据文义改。

辉。但闻花炮声声振,娶得梁家女伯归。请出新郎迎喜轿,众官立起笑相窥。几班鼓乐盈盈奏,三请新人念赋催。

喜娘等将玉映小姐扶出轿来,与临湘侯并立红毡,参天拜地,交拜成双。谢过皇恩,又谢二位大媒。

冰人含笑共相谦,答礼齐齐叩锦毡。音乐声中邀众客,从头相见众朝官。众官都向临湘笑,皆说新郎尚青年。赞礼已完行礼毕,步军统领亦含惭。仙音吹送新人进,陪房的,妇女相随在后边。扶入新人毡上立,庭芳来到内堂间。命人摆下双交椅,转过多才蒋孝廉。相请姑夫姑母坐,躬身下礼拜椿萱。临湘侯爵微微笑,略欠身躯不出言。合府下人皆叩见,蒋家二妾出湘帘。阿英阿翠同来拜,夫妇抬身半礼还。方送新人归绣户,洞房礼数一时完。临湘退出来堂内,神箭将军便笑谈。今日妹夫须仔细,莫教灌醉在厅前。诸官大半年还轻,是必要,捉弄君家不放宽。可记裴侯曾大醉,所愁今又像前番。临湘笑道他犹可,但恐裴侯心不甘。说着二人同出外,大厅前,众官彼此笑容添。临湘早识其中意,料定今朝躲避难。各处华筵皆摆好,新郎定席众朝官。笙箫迭奏回廊上,定了席,戏未开台锣鼓喧。

酒过三巡,临湘侯复又起身出席,欲与众官把盏。秦宗荫忙笑道:"我等未奉新郎贺酒,怎敢又劳动君侯奉客?"郭震、富和一齐笑道:"秦兄此语不差,不若仍照裴侯去年旧例,五位一杯,恭贺新郎①。"冯良弼笑道:"如此甚好。"众官听了,俱立身来。未知以后如何,且听下文分解。

卷三十五　触痴情再逢绝色　听暗语强纳倾城

却说尚府此日阖家早起,待临湘侯父子退朝归来。贺喜已

① "恭",原文作"公",据文义改。

毕，外面宾客才来，又到了左继芬、霍蘋香二位，谢夫人、崔夫人带着梅彩霞、韩云娥、蒋清畹接入内堂，一番见礼。蘋香要看玉映，清畹等相请入房。玉映身躯结实，仍与平日相同，已经下榻，只立在幔中，口称失接。蘋香、继芬皆握手问好，玉映逊坐幔前，侍女献茶。

蘋香小姐面含欢，笑启朱唇缓缓言。自别芳容将一载，悬思日日不能安。昨闻添得麒麟子，特登门，道贺还兼一叙谈。玉映低声称感谢，继芬小姐笑生颜。道奴亦是常思念，只认作，贤姊相疏意不关。后在文家方晓得，原来是，夫妻反目惹愁烦。未知乃是怀身孕，怪不得，不向人家再往还。玉映面红重答道，奴因抱病日恹恹，久思一叙诸贤姊，又为着，累重身躯步履艰。霍氏蘋香低说是，转秋波，又同清畹略寒暄。忽闻外面人传报，文府的，五座香车到府前。女眷人人皆立起，谢夫人，一声吩咐请鱼轩。宛陵女伯呼慈母，倒不如，都请来房见一番。

蘋香道："但恐姊姊产中不宜劳动，妹子等亦将出去。"玉映道："久违诸姊，日逐怀思，今得相逢，实为欣慰，有甚辛劳？"继芬道："如此，我等但在房内候他们进来便了。"谢夫人率众相迎，同在堂中见礼。紫烟也要随来玩耍，芳姿应允，带他同到，知霍、左已来，更加欢悦，都向蒋小姐叙几句久慕之言。只有慧芝乃是新妇，初次登门，不便先共众人相见。

只得低头立在堂，但听得，乐声未住韵悠扬。料知要请才郎入，看台间，绛烛高烧泛彩光。女婢拥随新妇立，佩环不动貌端庄。芳姿姑嫂移莲步，清畹相陪入绣房。初见蕴仙倾国色，暗惊玉貌果无双。思量梁姊言非谬，真乃幽兰占国香。怪彼环肥和燕瘦，怎能如，停匀骨肉此红妆？一边想着相陪进，梁小姐，翠黛生春立榻旁。知己重逢皆甚悦，又见了，紫烟到此喜洋洋。更兼霍左同迎接，红粉娇娥笑面装。姑嫂三人齐贺喜，殷情见礼问安康。

梁家小姐低低谢，玉趾亲临不敢当。邀坐献茶齐叙话，此时候，内房正浴小儿郎。

芳姿道："令郎曾否取名？"玉映道："取名宝文。"蕴仙向蘋香道："妹因许久未来看望梁姊，十分记念。果然知己同心，姊姊等已先我到来。"蘋香道："妹子原知诸位必将一聚，不意珍珍姐姐未曾到此。"慧容笑道："他是一个热中冷客，虽属知交，视同膜外，只把一位裴相国在心，那舍得相离片刻？"

众人听了笑齐声，但闻得，堂上悠悠细乐鸣。似听靴声和佩韵，徐徐都入锦围屏。慧容低问何方去，玉映回言后院行。二妹今朝初次到，应该双拜祖先灵。蒋郎更有生身母，合拜灵前告毕姻。待等宗祠参礼后，堂前方见阖家人。紫烟见说心中悦，便告梁家小姐听。奴与状元常见面，未尝回避蒋词林。少停如见家人礼，我欲堂前看一巡。玉映闻言称使得，早只见，房中抱出小郎君。众人立起齐观看，同说颜容似母亲。绣褓娇眠双目合，珠唇玉面好孩婴。三分更像临湘貌，且若丰神似蒋君。房内正将公子赞，又听得，堂前音乐出屏门。继芬笑向芳姿道，我等须看二妹们。又挽蕴仙前去看，复呼乔妹可同行。

芳姿道："妹子要共梁姊叙话，姐姐请看便了。"蘋香道："妹子亦不欲看。"继芬即共蕴仙、慧容、清畹皆走到帘内立定，独有紫烟立于帘外，回向帘内问道："姐姐你可看此一班女乐，内有吹管笛笙箫的，颜容皆美。"

慧容忙说莫声张，清畹欢容道不妨。女伯蕴仙抬眼看，桃腮带笑亦称扬。果然四女容俱美，都生得，俊俏丰姿柳黛长。清畹低低回答道，此乃是，郭公所赠四红妆。碧莲青玉红霞等，永平公，亲赐芳名四女娘。女伯蕴仙低答应，芳心暗暗笑檀郎。东君年轻风流惯，若见佳人意便狂。风月情怀难自禁，人前每每露行藏。赐名四美非无意，必为花颜动爱肠。女伯帘中心自想，谢夫人,堂前传命请临湘。新人等候来参拜,且请权时入内堂。尚德大厅陪客坐,家人悄禀近身旁。

临湘侯亦低声吩咐道:"可请少夫人拜见尊长罢,不要候我。"家人奉命欲行,永平公已知其故,便笑道:"君侯但请入内,我权作主人陪客如何?"凤藻、鸿藻皆笑道:"愚兄弟亦可效劳,亲家休得拘拘于此。"

众官皆说合依从,立起临湘带笑容。谢道有劳陪奉客,整冠退入后屏风。家人传说侯爷至,只见临湘入内中。远望红毡夫妇立,此时亦自喜填胸。夫人妯娌云娥等,个个腮旁喜色浓。各府丫鬟和仆妇,廊前堂内立重重。再观绣户珠帘外,有一娇娃貌不同。

当下走入堂来,吩咐先拜老太夫人及外祖母等,又令望空拜父。已毕,临湘侯始立在上面左首,如玉映在右面一般,并立受拜。

慧芝虽则不能甘,只得从夫拜膝前。全礼行完方共起,新婚伉俪立红毡。临湘令请梁生入,说道应将舅父参。阶下之人忙去了,谢夫人,命邀继女出珠帘。状元夫妇重参拜,清畹殷殷把礼还。依旧入帘陪女客,早来了,风流侍讲罢闲官。入堂只得东边立,谦让惟言不敢担。尚德令邀双舅嫂,侍儿奉命请移莲。彩霞辞道休邀我,姊妹从来是比肩。难受新人行大礼,告侯爷勿作这般言。临湘听了亲开口,舅嫂夫人莫太谦。既作长亲该受拜,外甥甥媳始心安。彩霞难以重推托,便共云娥立右边。夫妇三人相对面,殷情答拜谢连连。临湘笑挽梁生起,绣帘中,惊动兰陵萧蕴仙。

却说蕴仙小姐一见梁永进来,望后略退一步,恐梁生窥见,又触所怀。复为堂上人多,乐声正沸,未必便能看见,由不得仍到帘前。

绝代佳人举凤眸，顿然间，春山深锁满怀愁。世兄何故多清瘦，莫非是，一片私心未肯丢？死里逃生留性命，正应该，娱情适性乐优游。为甚么，人前俯首多愁态？为甚么，热闹场中面带忧？为甚么，不看新人窥别处？为甚么，背人几度欲回头？旁人那识他心事，惟我偷观意自羞。

咳，世兄呀！

绝顶聪明绝顶才，行为因甚这般呆？纵使你，落花有意随流水，当晓得，流水无情去不来。未有宿缘空妄想，我芳名岂许集尘埃？蕴仙不悦双眉蹙，转恐帘中女伴猜。仍放翠眉开笑靥，待将退去又还挨。梁生外面行完礼，别过金吾欲下阶。只见西厅诸仆妇，领上了，寄郎兄弟众婴孩。

都拜见表兄表嫂，蒋修撰夫妇以礼相还。梁永欲行又住，微笑道："这几个小儿，表兄何必答礼？"又向飞霞、落霞道："汝二人还不过来与少爷、少夫人见礼，待请不成？"

只为回头语二霞，看见了，帘前有女貌如花。料知非是丫鬟辈，暗道芳姿亦算佳。如比我家萧世妹，繁英那得及仙芭？玉人今已前来了，却如何，不许梁郎见见他？惆怅仙源无路入，迢迢竟似隔天涯。凝眸暗向帘中望，不觉心中喜又嗟。

啃呀，你看那不是世妹么？

隐约之中看不清，似觉得，珍珠帘内有三人。丰姿独显兰陵伯，这是他，灼灼容光照得明。声寂寂，立婷婷，秋水微凝倍有神。小立帘中应自晓，谅来向外看梁生。

苍天呀！

非吾有负永平公，又敢偷窥绝世容。实为娇娥诚太美，玉颜不与别人同。瑶台仙子能如否，每每思量乱我胸。欲断柔情难自主，况且今日又相逢。几番勉强抛开去，却不料，复睹仙姿咫尺中。世妹有心窥望我，愁怀触我恨千重。怨吾莫及梅韩等，倒可以，相近相亲笑语浓。徒使我心深羡妹，不能彀，相携素手语喁喁。

呀，为甚世妹退过去了？

忽匿芳形太也奇，全不念，梁生在此正依依。恨不能，开帘随进观花貌，如何敢，无礼公然入绣居？仙子已归无所望，不消在此恋须臾。今朝一见邀天幸，何妨再，决断幽情撇下伊？一壁思量回步出，此时不向大厅趋。只因为，毫无意绪陪宾客，且恐他人看得低。自转西厅房内去，也不过，含愁含恨暗悲凄。

却说临湘侯待行礼已完，仍带着宝梁陪客去了。这里房内走出几名侍女，请少夫人入房。玉映已共女客在房迎接慧芝，一时间不能改口，只含糊呼唤，玉映却依旧称为二妹。

坐定呈来白果汤，梁小姐，桃腮带笑叙温凉。奴同二妹相离久，日日悬思不得忘。可喜今朝都聚会，奴奴深慰别离肠。伊们虽是儿和父，我等仍为姊妹行。乔氏慧芝言不敢，蒋家小姐笑生庞。低言姐姐常常说，贤侄妇，貌美还兼性格良。奴甚思量相聚首，今朝得见喜非常。慧芝小姐低声答，敢荷贤姑极赞扬。女伯蕴仙开口问，先生料亦在前厢。为何二妹才相见，不见吾师入内堂？梅氏彩霞回答道，公公只为欠安康，连朝小恙虽痊愈，为避熏风不出房。女伯蕴仙惊讶道，妹犹未晓罪难当。

世嫂，不知先生曾否起身，妹子欲去当面请安。

彩霞回说起多时，当下同将玉映辞。侍女成群齐簇拥，风飘绣带步香墀。彩霞先令丫鬟报，老学士，窗下吟哦欲作诗。因是避风聊自遣，拂笺正在写乌丝。梁生旁坐相陪父，默默低头有所思。忽见青衣来禀报，一双父子尽闻知。拱辰欢悦忙言请，侍讲伤怀又喜不支。

呀，世妹竟肯来此么？女婢们，快快卷帘迎接！

学士呼儿你莫忙，吾当出见在中堂。说完便自掀帘出，侍讲随亲也出房。扑鼻先闻香馥郁,临风更听佩叮当。彩霞陪进天仙子,女伯登堂彩袖扬。拜见师尊行下礼,朱唇轻启道端详。

先生呀!

自别慈颜已数春,未曾趋候罪殊深。适闻连日沾清恙,拜问吾师体可宁?学士拱辰还两揖,命彩霞扶起女门生。道吾已幸身轻可,闻汝前来喜不胜。一自于归文相府,屡承馈赠感深情。蕴仙未及重回答,略闪明眸吃一惊。岂料世兄今在此,早知不合到西厅。怎生未去陪宾客,难道知奴必要临?不觉羞红生粉颜,梁生已自近前行。口称世妹来施礼,万种幽情未易明。今日才能当面见,一腔春恨向谁云?兰陵女伯增惭愧,也只得,答礼殷情唤一声。此际梁生忘所以,欲将逊坐玉娉婷。忽闻阶下靴声响,来了翩翩蒋翰林。只说西厅无女客,故而直到内堂门。未曾走到长廊下,已见堂中有玉人。修撰眼明观得快,早经认得是兰陵。幼年曾亦常相见,所以颜容认得清。略略将身朝后退,遥呼舅父莫消停。大厅都已排筵席,姑丈差来请快行。梁永闻呼心不悦,当时只得出中庭。下阶低向词林说,还请君家谢令尊。老父欠安当侍奉,我今不领紫霞樽。青年修撰低低笑,道我前厅复父亲。舅要此间陪女客,不来陪奉众朝臣。说完回步匆匆去,梁永连忙在后跟。走出院来方扯住,芝眉不展但沉吟。

宝梁笑道:"舅父不去便罢,扯我则甚?"梁永道:"你若此回复尊人,如何使得?"宝梁道:"舅父忒也胆大,怎敢与世嫂相见内堂?况今日文府之人来者甚多,倘归去言及,只恐永平公要恼舅父呢。"

纵然世嫂候师安,我舅还当略避嫌。昔日之情应自戒,可该再见那红颜?但看舅父愁盈掬,更有深情两目含。心迹露人妨惹祸,外甥原是不该言。然而吾舅须思忖,若有其心怎对天?背德不祥从古说,要思量,重生恩德重如山。梁生听了通红面,带愧低低谓状元。堪笑君家年正轻，这些迂话向人谈。偶然见见兰陵伯，怎又言吾品不端？彼既到来瞧老父，难道说，不该迎接在堂前？昔年萧府常时见，与他家，两世交情非等闲。今日偶然逢一面，君休絮絮向吾烦！神明自鉴吾之意，也不必，重向君家辩再三。修撰见言窥侍讲，笑呼舅父未知缘。

外甥实言罢，舅父在内，已久不见出来，永平公问过两次了。

须把真言告渭阳，并不是，姑父相请饮霞觞。永平屡次来相问，请我相邀入内堂。也不知，忽有疑心方令请，或者是，相看舅父甚情长。他并说，烦君看彼为何事，因甚多时在内藏？舅勿怪吾言絮絮，当知恐舅惹灾殃。梁生一听元臣问，早不觉，冷汗如珠四体凉。懊恼万分真不合，如何冒昧见红妆？状元再向梁生看，见彼双腮白似霜。含笑连忙宽慰道，放心出外莫慌张。偶然一见谁能说，永平公，未必闻知免挂肠。若问方才何不出，但言奉侍老亲旁。

舅父，不要再耽搁了。

已经在内有功夫，再迟迟，还恐严君责备吾。大料诸官将坐席，前边隐隐听笙歌。等闲一见真平淡，无用临风唤奈何。梁永听言心略放，欲将难禁汗如珠。腰间扯帕轻揩额，急急前行不敢俄。只为恐防丞相恼，竟不能，须臾留恋美娇娥。舅甥同到前厅上，永平公，回目频将侍讲瞍。但说世兄何在内，休同我等太生疏。梁生欲答难开口，强作欢容一语无。修撰代言因侍疾，西厅外祖抱微疴。永平未便重相问，共归筵，左右家人抱玉壶。子弟登台齐演戏，直饮到，夕阳西下树栖乌。

却说蕴仙因见宝梁唤去梁永，倒觉称心，遂坐定与拱辰谈了数言。正院已邀坐席，仍共彩霞回来。谢夫人妯娌、彩霞姑嫂陪蘋香、蕴仙、芳姿、慧容、慧芝、紫烟在后堂饮宴。那些女乐们歌喉宛转，音韵悠扬。也饮到金乌欲坠、玉兔将升，一齐散席。闻玉映未曾睡醒，众女客不肯惊动，都欲告辞。谢夫人向慧芝道："少夫人略停一步何如？"说着，只见侍女走来禀道："少爷说，请少夫人且留片刻，待见过侯爷、夫人再去未晚。"慧芝只得答应。

清畹相携郑紫烟，低呼贤妹莫同还。今宵就在奴房住，相聚闺中耍几天。粉蝶亦来低说道，姑娘住此理当然。紫烟听了相留挽，心内依从未及言。只见蕴仙姑嫂等，一同作别款金莲。都言二妹奴先去，又望着，郑氏娇娃笑满颜。齐说一声须作别，我们就此上鱼轩。紫烟含笑低声答，奴欲耽延片刻间。二姊归时随共转，此时尚早慢言旋。慧容笑道真稀少，那见闺娃竟这般？赖在人家何面目，见生人，毫无畏惧太贪玩。紫烟回说无妨事，梁姊心中必不嫌。谢氏夫人忙笑道，紫姑娘，聪明最是得人怜。若能在此多耽搁，小女心中岂不欢？霍左诸人皆一笑，笙箫引出画堂前。

女客去后，清畹便共慧芝、紫烟都到房内坐谈。粉蝶立在旁边相同说笑。宝梁自外进来，清畹笑道："贤侄不可入房，有客在此。"紫烟道："蒋状元，是我。"宝梁笑道："才已得知。"言罢一同坐定。

侍女重新送上茶，蒋小姐，欣然便向状元夸。今来女客容皆美，都不及，吴国夫人第一佳。真绝色，好容华，实乃芳奇茁嫩芽。料是瑶池仙子降，人间红粉怎如他？上天不负倾城貌，得配公侯将相家。修撰闻言惟点首，慧芝笑说正非差。普天粉黛知多少，二嫂堪称绝世花。言讫回观修撰道，中庭料已月将斜。尊姑未识何时醒，只恐要，候到枝头噪晓鸦。

宝梁道："未及初更，何消着急？今既到来，岂有不见姑夫姑母遽然归去？"说着，侍女禀道："侯爷、夫人命请少夫人前去。"宝梁道："侯爷进来了？"侍女道："侯爷进来，将夫人唤醒，道是少夫人在此等候。"

修撰听言便起身，匆匆先去见双亲。临湘远坐纱窗下，绛烛双枝案上明。玉映佳人新睡起，床沿倚坐欠精神。道奴偶觉身躯倦，贪睡多时到起更。女客尽行全不晓，累教二妹未曾行。状元立定将言说，姑母缘何若此称？姑媳之间呼姊妹，被人谈论岂相应？宛陵女伯言何碍，我岂无知便妄尊？当面已曾同说定，昔年称唤不移更。九门提督微微笑，便叫夫人要忖论。你等若然为姊妹，宝梁同我是连衿。佳人听了生春色，修撰旁边不做声。早见侍儿帘卷起，走进了，如花似玉那三人。

临湘侯夫妇见清畹入来，起身邀坐，又见后面随进紫烟，便笑道："郑妹也来了，请坐。"尚德道："此位是谁？"宝梁答道："存仁世兄的表小姨，姓郑名紫烟。"紫烟红了面道："蒋状元这样呼名道姓，怕人家不认得我？"临湘侯默然而笑，玉映笑道："郑妹初次登门，怎不与主人见礼？"

紫烟听了卷鸾绡，万福深深曲柳腰。生就娇痴兼貌美，金吾亦觉展眉梢。欠身还礼邀归座，略看娉婷貌颇娇。自己仍归原位坐，回眸又向慧芝瞧。见他低首婷婷立，红粉腮旁泛绛桃。唤婢呈茶心自想，此皆当日女英豪。看来非是温柔女，眼角含威性必骄。想罢命教儿媳坐，迟迟方始说根苗。汝姑坐产虽分拨，家内无人可代劳。喜事重重须料理，吉期都定总非遥。幸而贤媳今来到，可肯家中住几朝？

媳妇，我因此事特地相留，未知允否？

本欲相迎到宅中，又为着，完姻未久太匆匆。今来自合相留住，若不能时莫强从。未禀高堂无所碍，我当遣使告尊翁。尊翁料亦无他说，此不过，数日之间甚易容。小姐慧芝听说毕，芙蓉颊上又添红。

缓缓起身答道："既承严命，媳妇自应在此料理，以代姑劳。"临湘侯见慧芝依允，心中甚悦，便道："宝梁可自去吩咐管家婆着人收拾对房，安排各色应用，我自去令人回复汝岳父母。”

状元因见悦亲颜，为此心中也觉欢。答应一声忙去了，临湘侯也出珠帘。宛陵女伯花容笑，郑妹今朝且勿还。二妹况兼身在此，亦堪数日共盘桓。紫烟欢喜言从命，此时候，对室俱皆整顿完。又见宝梁从外入，春风双压两眉边。夫人谢氏同来到，围坐移时促早眠。清畹紫烟归绣阁，状元前面候亲安。临湘已宿书斋内，便命孩儿入内间。修撰依言辞父退，与妻同寝不须谈。休提尚府诸般事，且表元臣带醉还。

却说永平公自尚府回来，因吃了几盅闷酒，已有五分醉意，在仲明面前立了片时。仲明看他纱貂半侧，醉态朦胧，吩咐归房安寝。玉彝告退入房，浣香知他已醉，忙令侍女伺候上床。早经眠熟，适值芳姿、慧容、蕴仙回来，浣香欲待出房。

吩咐鸾钗与凤钗，榻前左右伴三台。徐徐立起移莲步，才欲行时又自猜。今日东君因甚故，明明是，有何不悦在中怀。入房但说吾沉醉，立即归床未略挨。平日纵然堂上责，从未有，些些愠色见于腮。不如意事虽然有，伊本天生旷达才。再不同人多计较，宽宏大量早抛开。今因何故多烦恼，未知他，嗔怪何人事不该。秦国夫人闲忖度，轻轻走出画帘来。蕴仙姑嫂才回转，四对明灯照上阶。锦瑟碧箫都到此，相逢姑嫂笑言偕。

都到仲明房内候安，说几句闲话，各人退出。少刻尚府差人告诉，留下慧芝、紫烟，乔太守只得依从，张锦瑟却无甚话说。

五更三点晓鸡啼，父子趋朝拜衮衣。丞相复开黄阁政，归来红日未沉西。暂时解去眉间皱，先向高堂问起居。膝下承欢娱父意，少停走出步徐徐。仍来秦国夫人室，只见如花二美妻。正共芳姿凭案坐，三人含笑语低低。因观丞相齐皆起，看了他，不乐颜容尽觉奇。

永平公道：“列位请坐。”便令侍女取衣过来更换，然后也坐窗前，默然不语，听他姑嫂谈笑多时，始向蕴仙问道：“闻得梁年伯身体欠安，不知女学生可曾问疾？”蕴仙道：“不去则已，既然前去，怎不问安？”永平公道：“好，可曾见着世兄？”

蕴仙一听识来踪，不禁微微玉面红。疑是宝梁曾看见，前厅告与永平公。东君深识梁生意，因此上，不欲奴奴见世兄。转目一时无语答，怀惭微蹙远山峰。永平此际增烦恼，目视夫人道曲衷。梁永不端惟好色，轻浮如彼世难同。夫人可记前年事，曾赋无题忆玉容？虽则诗中非说你，见出他，轻狂邪念每存胸。若其自戒当回避，似此邪人那可逢？虽说师前该问候，也须防，旁人议论在其中。

怪不得昨日请那狂生入内见礼，多时不见出来，我故令世弟请他。

吾因疑惑始相邀，却原来，果在西厅叙世交。但看狂生来见我，仓皇颜色未曾消。夫人那识他心意，又作邪诗不畏嘲。莫道世兄能见得，可知他，素来人品不为高。果如再有无题句，我必要，追此狂生命一条。如此行为容得否，凭他想念甚多娇？兰陵女伯花容变，冷笑忙言莫絮叨。昨日奴奴侯府去，闻得说，先生抱病已连朝。约同世嫂将安候，理合师前走一遭。

我只道世兄厅前陪客，岂意奉侍老亲？

既然遇见莫如何，又不是，昨日方为会面初。遂在西厅行一礼，这般不算失规模。伊人虽则轻佻性，便咏香奁何碍奴？若说见君神色异，令人却也费思摩。无心撞见寻常事，何用仓皇愧惧多？堪笑君家言不雅，无中生有把人诬。皆由自己多疑甚，竟这样，揣度人心理可乎？反向奴奴如此说，问平章，缘何决事太模糊？

浣香道：“原来为此连日不悦！纵然相见，却也无妨。”玉粦道：“你那里晓得，梁永轻佻，果非常比。大凡有美色妇人，总不可见他为是。”蕴仙道:“君若早言,我昨日也不到尚府了,免却今日这些闲话。”

丞相闻言又不欢,说了声,夫人曾也见诗笺。梁生种种轻狂处,诗内堪知那待言?我晓夫人年幼日,同他是,当时相见在师前。故将诗句拿来看,要夫人,知彼为人实不端。以后自然难再见,聪明应识我心田。果然不用吾明说,从未有,一次身登彼府间。不意前朝商议定,未曾一字向吾谈。妹同表妹皆言去,惟你于旁只默然。却待父亲身入内,方言同去禀堂前。我才晓得夫人意,说与吾知恐阻拦。非我乱言讥笑你,明明要与世兄看。永平说着双眉锁,恼坏了,国色天姿美蕴仙。无奈实知梁永意,芳心不免自心惭。东君之语含深意,因此上,欲待争论出口难。深恨世兄连累己,桃腮红褪改花颜。永平心内虽然恼,由不得,相对倾城笑且怜。

芳姿道:“二哥这样乱说,梁永就使轻佻,焉敢恁般大胆?况乃二哥救他出狱,也不能若此负恩。”永平公道:“梁永若能如此,便日日见他,有何妨碍?怎奈他不是一个正人君子!”浣香道:“君向以大度待人,底事忽生疑忌,令人不解?”永平公冷笑道:“你看我可是个猜忌之人?只为那梁永,委实见他不得。”

清如珠玉色如桃,顾盼风流有美标。挑达天生轻薄性,若逢美色便魂消。写愁寄恨吟邪句,那管你,天大之恩一旦抛。我不负他他负我,丧心如此实难饶。只因昔日曾相救,上达天听赦出牢。目下故而留彼命,狂生那复记分毫?永平渐吐心中事,冷眼还将女伯瞧。小姐蕴仙闻此语,银牙咬碎恨难消。桃颊淡,玉颜凋,忍怒双攒柳叶梢。既愧还嗔无可奈,一声冷笑绽樱桃。

呀,好生奇异,莫不梁永有甚言语及我么?

何言是彼负君家,想当年,乞得天恩格外加。父母妻孥皆免死,这如今,一家饱暖度年华。重生应感恩如海,若有邪心理太差。君但明言闻甚语，奴奴端的不容他。浣香也问因何故，文氏芳姿笑又嗟。不信世兄能放肆，他竟敢，思量二嫂貌如花！吾兄怎不推详看，也该知，如此猜疑事不佳。嫂嫂贤良循妇道，好言相问不喧哗。

蕴仙道："公公住在对房，我若喧哗，必要像征兰室嫂嫂受一番责备，我等敢不略让令兄？"芳姿笑道："父亲前次责备长嫂，却使两位哥哥都得了便宜。但只梁世兄有何相负，吾兄且说不妨。"玉彝道："他不能改过自新，便为负我。"浣香道："何以见得并未自新？"玉彝道："我亦未见甚么，只嫌他轻佻如故，所以不欲天香院夫人同他相见。"

他如未有歹心肠，偶尔相逢也不妨。何故出厅来见我，惊惊惧惧恁彷徨？我心料是非他故，一定是，见我妻房在内堂。年伯梁公身有恙，夫人必去问安康。自然彼此应相见，浪子心中便发狂。女伯蕴仙闻此语，桃花又现两腮旁。但言梁永诚何意，真教人，闷上心来不可当。无意西厅相遇见，险些儿，为他将我美名伤。永平忙道休言此，我不过，欲告夫人莫再忘。提督府中虽去得，候师安，亲身不可再登堂。夫人虽是无瑕玉，所恐狂生心不良。我未疑卿卿自晓，若胡言，在吾面上有何光？当年不羡王公贵，誓守边关遣戍郎。今为狂生焉有意，吾若是，乱言一字太荒唐。蕴仙听了方平怒，始说奴奴欠忖量。原晓世兄非正道，见先生，自来西宅未曾防。一时撞见心深悔，知有旁人论短长。可是蒋君前去说，君家方晓此端详？永平听问言非也，世弟心中护渭阳。他见梁生言不出，代言奉侍老亲旁。

蕴仙道："若梁永这等仓皇神色，原本可疑，如此之人，岂可同他再见？"

丞相听言便展眉，点头无语弄茶杯。一时夫妇皆消怒，不似先前两意违。秦国夫人心也悦，芳姿旁坐笑相窥。道言父许伊家去,兄却前来较是非。如若此时还乱说,妹将前去告亲闱。今朝二嫂真无过,且看高堂责备谁?丞相笑言原使得,吾今受责复何推?蕴仙不欲重提及,惟说道,二妹今朝尚未回。所恐舅公心不欲,必将遣仆去相催。浣香答道何须尔,未必伊家便许归。正说之时人走进,响帘钩,俞家娘子入香闺。一观丞相身于此,欲退含惭又略窥。文相抬身归内室,浣香姑嫂笑容堆。

皆邀进素瑶,窗前闲话。永平公独在内房案旁默坐,似觉后窗外有人悄悄私语,便暗自观瞧,只见后廊栏干上倚着四个美人:一是碧桃仙馆的珍钗,一是丽秋亭的翠钗,一是征兰室的瑶钗,一是自己所用的凤钗。

俱各盈盈二八余,皆聚此,无人之处语低低。原来在此谈衷曲,惟有瑶钗色惨凄。手弄鲛绡眉半锁,樱桃口内屡长吁。低言惟我生来苦,终日里,举动难当人动疑。空使东君垂顾盼,竟不能,片时留恋在须臾。零言碎语朝朝有,还把你,贱婢骚奴口不离。我共紫钗人两个,而今都似坐囚车。昨朝学士人家去,带醉归来欲换衣。紫妹捧袍奴捧带,怪他学士弄跷蹊。夫人现在房中坐,醉后公然不畏妻。接带便将奴手挽,只道是,夫人未见笑迷迷。奴奴不合相同笑,直待东君出绣居。顷刻波涛平地起,可怜奴,皮鞭二十上身躯。

列位姐姐,那些妇女暗地里告诉我,还为我乃太老爷所赐,不敢过于痛打。若是别人,只怕要打得九死一生了。

学士怜奴反害奴,不知我,曾遭鞭扑破肌肤。私心独羡珍钗姐,仙馆夫人淑德多。一纳二姬真得所,奴心自恨怎能如?珍钗见说添欢悦,手挽瑶钗悄悄呼。凤姐比奴尤更好,夫人二位总柔和。任其日侍仙官侧,你不见,丞相风流世上无。得抱衾裯真万幸,凤鸾二姐乐如何?雀钗并及鹦钗姐,一样承恩入绮罗。

瑶钗道:“姐姐比我也不知胜过几倍,还要欣羡别人,真是得陇望蜀了。”凤钗笑道：“丞相并不肯垂青，莫被二位夫人认作真事，姐姐休作此言。”永平公听了暗暗好笑，欲要走开，又想听翠钗说些甚么。

忽见鸾钗入内中，纤纤玉手捧茶钟。永平指令台间放，目视佳人带笑容。唤近窗前低告诉，可听伊等叙私衷？鸾娘奉命身旁立，侧耳无言面泛红。十二钗中伊最美，而且是，端庄不与众人同。虽然未把衾裯抱，永平公，为此相看意甚浓。耳听碧纱窗外面，美人相对语喁喁。瑶钗又复频嗟叹，低叫苍天太不公。底事奴奴常被缚，这一条绳索几时松？

凤钗问道：“少夫人待你如此，不知征兰室那些年长的婢女可总疑忌？”瑶钗道：“他们皆貌不及我，夫人倒也罢了。”珍钗道：“翠姐谅亦如意了，查公子年轻风流，乔小姐贤良无比。”翠钗也长叹一声道：“你那知底细？”

你道千金性格柔，许教侍妾抱衾裯。岂知外面虽然肯，心内何曾竟许收？每遇东君如顾盼，小姐便，留心左右屡回眸。查郎虽是风流性，意固相恋未敢谋。须得千金他处去，方得笑语略嬉游。若然撞见常讥诮，道我三人不识羞。即此看来容得否，休思将我二人留。翠钗向众方言罢，丞相窗前笑点头。暗想这般妖女子，人人如此爱风流。优伶毕竟难如婢，不遂风情怨且愁。嫂嫂为何能利害，含酸之意几时休？慢言两个风骚女，竟不管，番妾长居伴月楼。堪笑慧容尤狡猾，沽名钓誉没来由。

正在想时，丫鬟进来禀道：“韩姑老爷到来，太老爷已出去迎接，命告知三位老爷。”永平公忙即起身去了。直待仲明共韩公、乔公饮宴，兄弟方一同退出，将四钗之语告与两兄。

并笑振彝本不该，缘何当面戏珍钗？致教玉体遭鞭扑，彼美今犹带怨怀。学士但言无此事，弟何相信不疑猜？说时一笑同移步，都向芳姿住处来。听得棋声知对弈，止丫鬟，不教报与美英才。弟兄联步来堂内,翰苑抬身笑口开。连说失迎忙让座,芳姿亦是笑盈腮。

振彝道:“我等到来,打断棋兴,妹丈必笑俗人。”瑶章笑道:“愿聆清教,远胜围棋。”言讫,一同坐定。玉彝道:“贤妹可知兄等来意?”

芳姿笑道未能知,莫不是,花下连吟欲赋诗?否则绿窗听度曲,筵前看舞细腰肢?永平笑道俱非是,吾妹聪明请再思。今日虽然非七夕,管教他,相逢牛女喜难支。芳姿道我糊涂甚,欲解真无意会时。可是长兄将纳宠,征兰嫂嫂发仁慈?振彝笑道非关我,贤妹何须假作痴?欲代秦郎添爱宠,料知吾妹断难辞?探花听了低头笑,偷觑娇妻不出词。小姐笑言当奉命,问吾兄,何方觅得好花枝?兆彝笑道休相信,我把真言代述之。为是慧容乔表妹,常要与,查郎收纳美娇姿。

贤妹,你道他真意么?

翠钗才在绮窗前,二弟听他若此言。怨女怀春嗟薄命,东君心内又相怜。吾们兄弟商量就,已遣人邀世弟还。到此并邀贤妹丈,要烦二位代周全。查郎料没推辞意,彼三人,半载私心一日完。娇婿双双同劝纳,料乔家二老没他言。芳姿小姐欣然笑,表姊诚然自觉贤。常向人言思纳妾,到而今,并无一个侍妆前。永平笑道原因此,谁教他,内里猜疑外作宽?顺彼之言成就了,何妨捉弄在今天?探花笑道虽然好,所恐闺英心要嫌。但只此时天欲暮,不知曾否请同年?振彝答道差人去,促令前来勿久延。惟恐临湘疑甚事,故言相请候开筵。正当说处人来禀,请到青年蒋状元。已在凤仪堂内候,四人立起共欣然。一同别了芳姿出,郎舅匆匆到外边。相见宝梁言底细,告知劝令纳婵娟。状元含笑应承了,彼此同行面带欢。走到丽秋亭院内,侍儿通报入珠帘。慧容避入兰房去,迎出仁华笑面添。接进堂中都见罢,分开座位饮香泉。仁华略向诸人望，个个俱皆喜色含。饮毕芽茶方欲语，二词臣，笑容满面已开谈。

查兄呀！

弟等非因别事来，只为着，闻君蓄有二裙钗。婷婷袅袅人难及，貌似奇花始半开。尊嫂夫人贤德甚，久欲把，名花仙种植瑶台。怪君年轻何迂腐，辜负夫人太不该。不纳二姬当稳重，背人调笑亦奇哉。君家如此须思忖，连累了，贤嫂夫人被众猜。弟等偶然闻此语，皆觉得，吾兄真乃未思裁。故将尊阃贤名累，因甚犹然不介怀？理合一齐都纳下，免人谤议女英才。

查兄，你道我二人主见如何？

今朝且喜是佳期，乘此何妨纳二姬？金屋妆成娇侍寝，吾兄不算失便宜。请归画阁申余意，将此缘由禀大姨。翰苑一双言始毕，仁华不觉笑称奇。两兄何苦来讥诮，弟未曾，花柳萦怀见色迷。学士接言休固却，矫情若此更何须？妹夫世弟多关切，看今宵，二女同居乐有余。平国将军重又笑，兆彝促道勿迟疑。快些禀命闺房去，好妆束佳人入绣居。丞相起身含笑说，查郎何幸得贤妻？常时要代君收宠，直到而今愿尚虚。皆为查郎辜美意，几番见却不遵依。此时知道应欢悦，我且前行告与伊。言讫掀帘来内室，慧容起接步轻移。口称请坐同归位，欲笑还将柳黛低。

永平公道："秦蒋二君年轻贪玩，都欲劝查郎收纳芸翠二钗。约我兄弟到来，说与表妹，我亦阻拦不得。"慧容听了，略一沉思。

忽作欢容展翠眉，说了声，是奴之愿复何推？查郎可否能依允，莫教人，乘兴而来扫兴回。多谢两家贤妹丈，极应该，立时许诺不相违。奴奴每欲收为妾，怎奈良人总觉非。今若应承奴所乐，略欠是，潼关未去告亲闱。永平暗笑佳人语，真乃奸雄好作为。神色一些都不露，果令我，些须影向莫能窥。答言才听查郎说,诸事惟将内命随。你若诺时他便允,吾所以,为其请命到香闺。查郎自己难来问,要在堂前把客陪。秦蒋二君都坐候,欲叨喜酒屡相催。并烦妆束娇娆女,欲亲送亲郎入翠帷。伊等青年多兴致,必要把,查郎灌得醉扶归。

表妹,你道未白高堂,恐防于理不合么?

娶妻纳妾两悬殊,此事何须待寄书?婢子通房焉足道,不消发信出京都。金钗纵使成行列,不禀谁言道理无?小姐见言方点首,笑盈盈,春风一段罩双蛾。道奴即刻安排就,回复依从托二哥。并谢双媒留酒宴,乘今宵,好教一纳二娇娥。永平笑问真情否,我只恐,贤妹心中勉强多。如不愿情须直说,休得要,背人反怪薄情夫。莫教害得查公子,一夜风流永折磨。倘若有伤夫妇意,此真是,旁人无故起风波。慧容带愧低声说,堪笑兄何小视奴?若果这般诚可耻,倒是我,平时言语尽虚讹。便呼妇女诸人等,速速把,二美云鬟去改梳。收拾西厢房对面,锦衾绣榻另重铺。更差一妇传言出,快设华筵勿暂俄。

众妇女奉命去了。永平公又笑道:"我看纳两个太多,不如就纳一人罢。"慧容道:"怕他两个欺负我不成?二哥如此小心!"永平公道:"并非为此,但恐姬妾过多,查郎分了恩爱,便待你情薄了。"慧容笑道:"这也由他。请二哥回复两位妹夫,从命纳姬,并留喜酒。"

永平一笑看如花,说了声,真正贤良果不差。但恐蒋秦人二位,不能有此好浑家。慧容听了频频笑,春映桃腮喜气加。自幸一收双美妾,贤名定博众人夸。永平当下将房出,复坐堂中又献茶。学士问言依允否,可容收纳二娇娃?永平笑说皆依了,表妹为人最可嘉。一说即应无愠意,妇人不妒要推他。谢媒已令排筵席,不枉冰人兴致佳。四位闻言皆带笑,一齐拱手贺仁华。

恭喜吾兄，竟得双美全收了。

内助贤良性不骄，居然一纳二娇娆。问兄心下如何乐，少停时，醉倚春风杨柳腰。平国将军心甚悦，笑称诸位莫相嘲。纳姬置妾何稀罕，止无非，不负亲将玉趾劳。深感两兄关切甚，若幸美意醉难逃。振彝笑道君当戒，从此后，无用瞒人再见挑。正说未完僮仆请，前厢已是设香醪。仁华当下身离座，含笑殷情向众邀。都到查郎书室内，此时已，斋中绛烛几支烧。金杯皆摆沉香案，罗列杯盘具美肴。众等暂时闲散步，向壁间，遍观图画与单条。

瑶章指着一幅山水问道："此乃何人所画？真写得落落大方，飘然有出尘之想，直如涤我胸襟。"宝梁道："此乃家母舅梁公之笔，何故未曾落款?"仁华笑道："他说不欲留名人世，但愿堙没不闻，故此未曾留款。求他画此一幅山水，也非容易。"

本欲求他画美人，再三再四不应承。只因难受吾缠绕，画一幅，绿水青山倍有神。前日偶然朋友见，向吾取讨半时辰。弟因爱此何能允，珍重单条不付人。学士走来忙说道，查兄莫负适才情。何妨算作酬媒礼，不枉前来一片心。平国将军惟笑应，瑶草一笑谓查君。夺人所爱非君子，弟岂无知索此珍？文相亦来同看玩，点头道好赞声声。惟他笔下超凡俗，写遍韶光一点春。春水绿波真活泼，青阳草色满山生。

宝梁道："世兄还未见母舅氏所画的一幅红愁绿怨图，真写得处处得神，也说不出是怎生好法，只觉得无一笔不佳。"永平公道："令母舅事事皆佳，只人品欠些。"宝梁道："目下大非前比，甚自痛悔昔时。"永平公笑道："他果能晓得，觉今是而昨非，但不枉我待他之心了。"蒋修撰知话内有因，无言可答。兆彝道："小山怎不出来?"回令僮儿去请乔松来到。他知了此事，十分欣羡仁华。

今日仁华作主人，殷殷逊坐酌金樽。酒阑席散齐皆起，去了文家弟与昆。只为韩公犹在此，往前边等候送他行。恐防迟去公爷问，兄弟因而不敢停。两位词臣同别去，乔松也自转房门。仁华来见娇妻子，欢笑殷情谢几声。乔氏慧容多悦色，与夫同去见慈亲。夫人已自先知道，为女贤良也喜欣。是晚查郎真遂意，同妻谈笑二更深。迟迟方到新房内，收纳偏妻不必云。

兆彝等五位都到友云斋内，韩公正然作别。仲明因他父女相逢未几，不便固留，忽见宝梁随来，即问道："汝何故此时到此？"宝梁道："因查兄纳妾，来赴酒筵。"乔公道："不知贤婿甥为甚缘由劝其纳妾？"

贵婿双双笑不言，仲明略向玉彝观。料知二婿皆沉静，岂劝仁华云纳偏？知是两儿如此意，恐渭阳见怪出头难。当时一笑无他说，目视东床面带欢。惟问蒋秦人二位，可曾看见二婵娟？表姨既是欣然允，谅必闺房大小安。修撰编修同答道，未能一见二红颜。略为闲话韩公别，修撰相辞一共还。父子兄弟齐送出，探花握手告同年。方才弟在查兄处，爱那单条笔不凡。甚欲心中求一幅，识荆愧未拜尊前。君归若过消闲日，代弟聊将此意谈。修撰蒋君言在我，遂共着，韩公别去上雕鞍。洋灯引道归侯府，下马齐齐进内间。先送韩公西宅去，拱辰候接立垂檐。宝梁方始回中院，直入东房问晚安。绣幕未垂灯烛亮，双亲对坐候儿还。许多侍女成行立，更有娇妻坐一边。见了东君从外入，徐徐立起靠香肩。临湘侯爵开言问，丞相呼儿有甚缘？修撰恐妻归去说，他晓得，泰山情性有些蛮。防他见怪振彝等，听问含欢但默然。

临湘侯笑道："你这孩子，怎吃得这般沉醉？问你也不知回答。"宝梁想了一想，方说道："是秦兄来约孩儿，前去与存仁等三位世兄共劝查兄纳了裴老师所送的芸钗翠钗，大姨备酒谢媒，故此时才转。"玉映道："别人何苦多事？他好好的夫妻莫为此不和。”临湘侯微笑道：“纳妾之家不知多少，也未见得人人皆是此心。”

乔家小姐性贤良，酬谢犹然备酒觞。见此便知无妒意，有何不睦在闺房？夫人莫怪儿多事，未必人人有妒肠。玉映香腮添绛色，洋洋不语对灯光。慧芝暗自心中笑，知彼言辞未忖量。只见金吾离座起，呼奴秉烛往前厢。状元欲待跟随去，止住孩儿莫下廊。去后宝梁仍入内，宛陵命坐近纱窗。命鬟进茗词林饮，檀口轻开论短长。犹为去年多少事，你姑夫，怪人不合去彰扬。至今心内犹怀恨，曾未忘情此一桩。每论人家夫妇事，他刺人言语带锋芒。状元陪笑忙排解，又劝安眠早上床。

玉映道：“你不去看看梅舅母等，皆陪我老母在后堂看纸牌，十分热闹。”言讫，令人执烛，夫妇皆辞了出来。来到后堂，果见谢夫人、梅彩霞、蒋清畹、郑紫烟围坐看牌，皆起身笑道：“快请过来，看看何妨？”宝梁笑道：“原为看热闹而来。”谢夫人令侍女移过两座，一齐坐定，清畹命婢送茶。

紫烟回对美多才，笑面盈盈绛口开。奴只一心思斗胜，青蚨飞去复飞来。君家手段如何样，可代奴奴看两牌？修撰回言吾未学，从为弟子理应该。紫烟笑说真言谎，必要词林把体抬。挽带牵袍称请过，慧芝见了不开怀。思量郑妹何如此，全不怕，妇女多人要见猜。且是玉容生得美，人人爱此小裙钗。加之善作娇憨态，越显他，媚色堪怜俏女孩。惯与男儿多缱绻，向人宛转假装呆。

遂向宝梁道：“君便代他看看何碍？岂不是有意使郑妹纠缠？”清畹道：“正是，侄儿不可得罪了客人。”宝梁道：“这也可笑，一则我委实不能，二则姑夫知我看牌，何能不责？怎道是我有意令他如此？”慧芝道：“姑夫出外，谅已安眠，岂复进来？”宝梁道：“便不进来，我亦不敢，何劳劝架？”众人尽皆失笑。

紫烟见彼不依从，玉手松开带笑容。复向慧芝呼姊姊，却如何，不能使动状元公？慧芝目视金龟婿，微笑无言粉面红。梅氏彩霞回首说，蒋公子，性情却也不常同。昂然不受夫人训，委实堪称有父风。谢氏夫人开笑口，小郎听我说来踪。男儿虽是刚强性，若见裙钗要化镕。使气恶声皆不可，在闺房莫道是英雄。总须宛宛听妻语，曲尽温存意倍浓。真正风流方若此，休如你父性情凶。些些小事难容过，自觉得，豪气能教透碧空。修撰见言微一笑，娇娥齐展远山峰。一同笑把牌丢下，侍儿们，收拾台间摆玉钟。知是夫人将饮酒，俱皆围坐案西东。夫人苦劝诸人酒，案设杯盘肴馔丰。只有状元辞不饮，却未共，紫烟同坐一筵中。在旁散步闲行走，已听遥遥二鼓终。

清畹道："贤侄走来走去，有何事在心？"宝梁笑道："只为皆聚此间作乐，惟韩舅母及二姨未来，欲去相邀，恐防已寝。"

言讫回头问彩霞，今日里，渭阳料定已归家。外甥虽到元臣府，亦未相逢宰相衙。梅氏彩霞回答道，他归家时候日将斜。入房便向床中卧，韩妹于房伴着他。道是偶然心不爽，多时闷闷但吁嗟。咋朝客散归来候，坐窗前，唧唧惟言自己差。看那神情愁且惧，无人能解甚根芽。自悲自叹由来惯，不喜人将底细查。韩妹虽知偏要问，他道是，心情颠倒乱如麻。玷青班失足奸臣党，到今朝，屡被人将白眼加。看同辈青年多气焰，珥金貂赫赫尽皆夸。尽低头不敢相争竞，空负我，博览群书学问佳。人到无聊悲往事，好一似，暮春风雨泣残花。数年因此常嗟叹，皆只为，美玉无端玷了瑕。但只他虽如此说，我观来，其心不是羡豪华。

谢夫人道："不是为此，更为何来？谁教他昔日不做忠臣，今日悔之无益，说他则甚？"又叫小郎："你若是困倦了，可先去安寝罢，不要在此等候夫人，譬如未娶亲时，那个与你同睡？"众人听了，无不失声一笑。宝梁惭愧道："外祖母再没有一句好话说我。"

言罢转身自去。

众人更觉笑难支，谢氏夫人告慧芝。我为贪杯留酒友，语言颠倒老来痴。慧芝笑道该陪侍，任到天明也不辞。清畹紫烟都说是，玉纤更复捧金卮。杯杯只劝夫人饮，直吃到，烂醉如泥夜漏迟。然后众人方去寝，又经鸡唱五更时。濛濛玉露天将晓，父子趋朝叩赤墀。所事已完归府内，才看红日照花枝。仲明来把韩公望，人报临湘父子知。

遂共韩公接入仲明，在大厅上谈了半晌，始相辞而去。宝梁便入内中，来见玉映，适值清畹等都在此间。少刻，清畹相约慧芝、紫烟到西厅玩耍。慧芝知梁永在家，见紫烟也去，便不肯同行。

玉映聪明识此缘，低低笑说有何嫌？郑家妹子年庚小，莫虑他人出乱谈。小姐慧芝方应诺，状元亦自笑开颜。道吾也欲西厅去，问舅今朝可否痊？玉映道言如共去，代奴问候我兄安。众人含笑齐齐应，只见临湘步入帘。有一小僮攀玉匣，随来立定在门边。金吾吩咐丫鬟接，玉匣将来放案间。坐定身躯开口说，我前年奉旨讨安南。安南战败降中国，多备珍仪献九天。更送我身珠宝物，吾皆不受概辞还。奈何国主殷情甚，为此吾身固却难。只受了，此匣之中碧玉佩，归来曾亦献君前。圣恩依旧将吾赐，收在斋中已数年。今日偶然心想起，这十方碧玉价非凡。令人取出来拿进，分与诸人亦正然。

说罢，揿开匣盖，取碧玉十方出来。果然出自异域，光彩耀人，非常宝器。便叫夫人、小姨、孩儿、媳妇各人自拣，留一个与孙家媳妇。又笑道："紫姑娘如若爱此，亦以奉赠何如？"众皆笑应。玉映先让清畹、慧芝拣取，又待宝梁取毕，始拿一个送与紫烟，紫烟道："我不当受此，仍求归赵。"

临湘笑说礼虽微，也不过，聊表吾心莫再推。便令夫人亲代佩，紫烟含笑首低垂。芳心爱此安南宝，碧玉光华倍觉辉。越显花容尤妩媚，众人见此笑相窥。房中正在欢谈处，廊下家人把话回。文府老爷差轿至，特来迎接紫姑归。临湘未及将言答，玉映旁边展翠眉。笑说务须留几日，莫教相府又来催。临湘便道回他去，料定存仁不我违。

遂隔窗吩咐道："汝可回复来人，说我家夫人、小姐必要留紫姑娘玩耍几天，改一日同我家少夫人一同回去，拜上老爷、夫人放心便了。"家奴奉命而退。玉映笑道："他们几位要到西厅，见你进来，佳儿佳妇都立此伺候呢。"临湘侯笑道："如此，我且出去。"

话犹未了听传言，报一声，刑部尚书到府间。尚德隔窗先令请，欠身而起整朝冠。刚刚走出房门外，复又回头问状元。昨日我留裴相饮，他再三不肯要辞还。湘潭侯爵言知我，道是你，师母而今体欠安。或暖或寒连日里，瘦尽了，溶溶白雪美人颜。子湘为此深忧虑，安肯人家饮酒筵？我想其言应不假，少停时，汝当问候上门阑。状元侧立连声应，却不道，生小娇痴郑紫烟，急欲西厅玩耍去，方才款步到门前。临湘偏又回头语，只得挨身退一边。忽托玉钩闲自戏，不提防，一声滑哒下珠帘。刚刚落在朝冠上，打得临湘翠翅偏。修撰忙将帘托住，低言底事太贪玩。宛陵女伯惊还笑，仆妇忙来挂了帘。清畹见时惟好笑，慧芝不悦变花颜。紫烟倚立房门外，犹自憨憨笑不完。低说奴奴真失手，粗心若此实堪惭。九门提督扶冠笑，回目连将郑女观。伺候家人皆见了，低头忍笑在阶前。当时随了侯爷出，去会尚书不必谈。

清畹始走出来，挽着紫烟，回唤侄妇同行。慧芝只得相随在后，宝梁又随在慧芝后面，悄说道："人在我家过几日，不要得罪他才是。况彼年幼贪玩，卿休不悦。"慧芝道："他故托帘钩打在姑夫冠上，若非与妾同来，我管他则甚？"

状元但说不须云，料定高堂那怪卿？乔氏慧芝方不语，行行已是到西厅。夫人姑媳同迎入,相见齐齐把礼行。学士梁公今已愈,与韩公闲话内堂门。梁生却在堂前坐,闻报人来始起迎。蒋氏千金开口问,吾兄小恙可曾轻?风流侍讲含愁答,今日身躯似略平。小姐慧芝来见礼,多才答礼亦躬身。紫烟含笑方行过,彩袖双提侍讲称。韩氏云娥旁首立,代将来历告东君。梁生认得帘前女,以礼相还应一声。修撰抬头观舅面,果然又觉减精神。梁生退步来房内,招手连呼蒋翰林。挽到窗前同坐下,又呼侍婢送茶临。嗟吁良久方开口,君可知吾为甚情?不合昨朝先到此,无端撞见那娉婷。致教文相生疑意,看彼颜容使我惊。非是受寒沾小恙,皆只为,惶惶一日不安宁。君家昨在三公府,丞相神情可带嗔?修撰见言称舅父,既然相遇出无心,何须为此添疑惧,文相何曾见怪人?舅且宽怀无用虑,但只要,此心可以对神明。外甥敢保无他事,断没飞灾到舅身。梁永听言心略放,道吾何敢负元臣?若然再有邪心意,亦且无颜对令尊。修撰略将闲话说,遂又代,瑶章宛转乞丹青。

梁永道:"既然外甥代求,我断无不允,我这里现有好纸,与他仍画一幅山水便了。"即令侍女取出画料,立时便画。宝梁欢喜道:"舅父今才小愈,改日再画罢。"梁永一边举笔,一边答道:

偶为闲情意自焦,并非是,悲秋宋玉叹无聊。闻君相戒良言语,真令我,释尽忧疑兴也豪。且为伊人描一幅,看君面上敢云劳?不然岂代他人画,我与秦君非故交。况我心惭当日事,岂留名姓世人嘲?凡求画者皆辞绝,亦不是,自把丹青身价高。修撰闻言添悦色,手扶书案看挥毫。梁湘兄弟皆能步,都进房中满地跑。侍讲梁生嫌吵闹,回头逐出小儿曹。弟兄才去仍同入,侍讲生嗔向外瞧。不见有人来领去,说了声,这般孩子太嘈嘈。

将椅一扯,立起身来,把三个小儿皆踢倒在地。宝梁忙来扶起道:"舅父生气了,不敢哭。"崔夫人在堂中听得,向梅、韩道:"他父亲在房内共表兄说话,怎教闹人的孩子入内?"彩霞听了,忙令侍女领来。梁永不许,要教他三个都跪在房中。

此时只有一云娥,怜惜蓉郎没奈何。欲到房中亲解劝,恐东君,恶声相向面颜无。抬头略望东房内,悄悄还将郑妹呼。你在幼年何所碍,敢烦一往劝吾夫。紫烟回道初相见,但恐他人不允奴。旁首飞霞低说道,正因乍见尚生疏,好教我主难相却,莫虑今朝会面初。郑女紫烟忙笑应,起身来,湘裙飘动步凌波。慧芝对面难拦阻,微笑无言凤目睃。果见紫烟房内去,暗中不住蹙双蛾。紫烟走进明眸举,他向来,不畏生人笑面多。梁永正于窗下坐,一观入内把腰阿。仍然执笔将图写,半低头,俊逸丰神玉不如。

宝梁笑道:"紫姑娘可是来说情的么?"紫烟道:"正是,韩姊托我代来求告,要望侍讲公赏脸。"梁永也接着说道:"偏是他惟恐孩子受了委曲,今日独不许蓉郎起来,既劳动紫姑娘相劝,令湘书两儿起去。"侍女听了,忙领着两个孩子出房。紫烟道:"我原为二郎说情而来,若不放他,如何肯罢?"宝梁道:"此乃别人儿子,你能管得不打骂么?"

舅母犹然不敢云,笑旁人何必代烦心。不如且把丹青看,待画完时再说情。此本探花心所爱,再三求取甚殷殷。幸而吾舅应承了,莫误时辰待画成。说罢又言须请坐,看一看,渭阳下笔有烟云。紫烟笑说无须嘱,是恐奴奴吵闹人。走近前来扶案看,又把那,秋波略注盼梁生。风流潇洒颜如玉,文质翩翩迥出群。落笔如飞低首写,芝眉欲放又还颦。忽然搦管凝神处,正是他,双目微抬暗觑人。不觉欢容生玉面,顿开笑口敛朱唇。低头自弄香罗带,一段春风柳黛盈。再看梁生描已就,放下笔,雅然一笑倍丰神。

外甥，你看这山水画得甚为草率，恐不当秦君之意。

勉为塞责算成功，全不像，旖旎春光隐翠峰。犹幸绿波稍点染，咏沧浪，扁舟荷笠有渔翁。别开生面诚难事，凡画这，山水丹青大概同。修撰欣然称好极，赞一声，渭阳笔底夺天工。秦兄原本知音客，久已心输拜下风。得此丹青应喜悦，少时间，遣人送至相衙中。梁生应诺身重欠，相让娇娃坐在东。回唤侍儿相送至，手弄着，泥金画扇意从容。无言陪坐青春女，欲笑还愁语未通。郑女紫烟停半晌，掩罗巾，嫣然一笑道情衷。

奴有一句不知进退的言语，要求侍讲公应允。

梁生未解甚根芽，只道是，仍欲求情放小娃。便唤女鬟来领去，又低头，沉吟缓缓饮香茶。紫烟笑道非因此，为爱丹青笔法佳。要乞代奴描小影，料然相像定无差。归时好向房中挂，若有愁肠看看他。修撰笑言愁甚事，莫为着，春光深锁误芳华？吾只恐，披图对影怜花貌，望着他，悄悄无言闷转加。最好不如描古迹，访天台，相逢刘阮饭胡麻。紫烟略解言中意，杏颊微微起绛霞。答道奴奴知甚故，倒不要，无端笑我女儿家。状元自己该知道，怎不怕，梅子流酸溅齿牙？岂晓东风吹甚急，任飘摇，反将轻薄怨杨花。

宝梁笑道："何为梅子流酸，谁说杨花轻薄？我一些不解。"

这般言语太无由，不知我，问你闺中有甚愁？底事向人谈隐语，愧在愚鲁费推求。梁生听了频频笑，爱娇痴，略展双眉也解忧。缓缓回言吾若画，但愁笔底欠风流。向于人物非精熟，因此上，未敢公然强应酬。况且芳容清更美，所恐我，描模不出自贻羞。乞求见谅休嗔怪，小照难描未可谋。侍讲梁生言到此，微微一笑又凝眸。紫烟不见他依允，只得含惭且甘休。回目再窥梁侍讲，多才不觉又低头。状元起把丹青卷，便令随来女婢收。整整衣袍含着笑，道吾欲去又勾留。怎能彀，拂弦有误周郎顾，也不杻,月殿仙娥下世游。梁永低言休乱道,由不得,红莲开向两腮浮。

倒恐紫烟着恼,又向他看了一看。紫烟尚自出神,并未听见宝梁之语。慧芝坐在堂中,斜对房内,虽共众人说话,却看见紫烟举动,不肯再坐,令侍女相请同归。紫烟只得走出,宝梁也随共出房,慧芝更加不悦。只见寄郎走来唤道:“表兄快来,姑父叫呢。”宝梁听了,忙忙前去,众人仍归中院。原来尚德催令宝梁去看珍珍。少刻归家,见了父母,告说才去问疾,老师道已痊愈。

早又光阴十数天,慧芝小姐急思还。诸般料理皆停妥,不欲还居尚府间。且为紫烟同在此,全不管,陌生乍见只贪玩。日常惯与男儿戏,但恃娇憨不避嫌。每遇日斜梁永转,求诗求画去歪缠。慧芝虽未明言出,暗暗胸中甚不欢。此日宝梁窗下坐,写书欲寄雁门关。忽思违侍亲颜久,不觉眉头略带攒。乔氏慧芝妆畔坐,欲将归去与夫言。看他似带愁颜色,为此迟迟也默然。良久起身移步出,便来玉映绣房间。宛陵女伯相邀坐,笑饮香茶细细谈。半晌慧芝徐告诉,欲归家内侍椿萱。待临吉日当重至,况已新房料理完。玉映但言凭妹意,奴奴岂有苦相拦?慧芝又道蒙依允,还未向,姑丈之前禀一番。玉映回言奴代说,自教归奉二高年。慧芝见允心方允,当下相辞出画帘。后面去寻清畹等,停半晌,临湘绣户见婵娟。佳人遂把其言说,彼念高堂甚挂牵。嫁娶事情都已毕,无庸在此久留连。临湘冷笑将头点,既要归家值甚难?适值宝梁刚入内,临湘面上少欢颜。便言媳妇思亲甚,速令归家不可延。彼处未迎吾处送,自然是,同居彼此不相安。伊为蒋氏门中娶,与我家中本不干。岂可强留休转去,不消于此再盘桓。状元听了方知道,不敢多言侍膝前。玉映芳心深不乐,说了声,君家何故这般蛮?方才既已容归去,怎又凭空作此谈?

尚德道："乔家因我处相留，故未来接，今忽然送去，想必是我家多嫌彼女了，不然即是怠慢了媳妇，自要归家。"玉映方说："此言甚是，郑妹亦是我留住，也不便送归。"临湘侯道："你既晓得，怎方才媳妇向你说时，就不能留一声？"

玉映欣然说怪奴，一时应允未思摩。少停当再重留住，倘不依从又奈何？修撰答言吩咐下，料其焉敢逆翁姑？说完出外前边去，付了信，先遣家丁出帝都。然后仍将身入内，径来香阁见娇娥。慧芝起接同归座，蒋词林，手握春纤悄悄呼。因甚芳卿思转去，可知此语恼姑父。方才向我来言及，面上欢容一点无。卿勿再言归去语，我今也可免踌躇。岳翁未遣人来接，姑母相留且略俄。况我家中无慢你，这般急急却因何？

慧芝道："我原知道父母未接，不便言归，只是在此甚觉不安，也非是恐人慢我。"宝梁道："既非为此，何故自归，以致高堂不悦？"慧芝微笑道："不容归去，自必遵依堂上，何须不悦？"

修撰闻听始释然，少时同往对方间。金吾已自前边去，修撰将情向母言。媳妇未能思得到，一时心下欲将还。才听儿告姑父语，依旧迟迟住几天。玉映见言心始悦，春风一段罩花颜。道奴先未相留住，你姑父，说我如同木偶般。照应不周方欲去，却将新妇路人看。慧芝小姐称姑母，此语教人更不安。说着微微攒柳叶，低言另有一根缘。只因郑妹无规矩，恐惹新闻众口传。每到西厅求字画，撒娇痴，全无体统在人前。随来妇女皆知晓，都说其心欲放颠。且又是，极口称扬梁侍讲，夸赞他，风流文雅态如仙。莫如同彼归家去，免令这，小小闺娃干不端。玉映听言开笑靥，小红裙，怜才爱貌不虚谈。状元也自欣然笑，怪不得，月里嫦娥爱少年。但只此情休在念，决无他事可心宽。纵然郑女私相爱，吾舅须知不动怜。谈笑一回天色暮，一轮红日坠西山。

临湘侯入内，玉映说及留下慧芝之事，临湘侯始解去嗔心。

早又过了数日，已到吉期，宝梁娶广平侯孙府仙云小姐，无非是热闹繁华，笙箫聒耳，宾客填门，都不须细表。伊本外戚之家，相门之女，妆奁富盛，婢女如云，东厅数十间房屋始彀摆设。

仙云小姐貌如花，虽则是，身出皇亲宰相家，秉性不骄兼不傲，待人接物礼无差。芳年二八偏明礼，御下宽和个个夸。若见慧芝称姊姊，只因为彼长年华。状元深喜妻贤淑，夫妇恩情倍觉加。乔氏慧芝无甚说，惟觉得，温柔性情不如他。临湘夫妇俱欢喜，娶媳贤良最可嘉。

这一日早间，文府遣了香车来接慧芝、紫烟回去。玉映设筵饯别，众人同饮。宴罢，临湘侯父子入内，玉映道："今日郑妹等归去，停两日，我欲同新妇到文相府中回候诸位姊妹。就吉期那日，钱、陶二嫂俱来贺喜，亦当往谢，贤郎以为可否？"宝梁道："姑母带媳妇前去便了，何必问儿？"玉映道："既然前去，必须见见卫公父子才是。"宝梁道："文府两位世兄都与岳父同年，是媳妇年伯，见见何妨？"玉映道："问过你，我放心了，不然恐你姑父又怪我领着新妇见了外人，受不尽埋怨呢。"

临湘便道话真奇，见我何曾抱怨伊？媳妇娶来无一月，至今犹未出门闾。有何生客能来见，休得要，借此将人暗语讥。说罢皱眉重一笑，微微回顾蒋家姨。千金顿觉花容赤，女伯闻言玉颈低。便道偶然随口说，君家休得又生疑。夫人谢氏心中想，吾女真称不见机。去岁事情他尚恨，今朝何必再重提？连忙笑向东床说，我诸人，久聚今番不忍离。虽则明知非远别，不由分袂总依依。临湘笑道如难舍，待消停，仍接回来好共居。玉映答言应不久，看看便要到佳期。说时阶下人来禀，宝马香车已备齐。乔氏慧芝来拜别，又共着，仙云小姐两相携。低低略叙分离话，佯锁双眉色惨凄。孙府千金年尚轻，不能察出实和虚。若非姑舅同于此，早欲盈盈泪湿衣。玉映不言回目视，暗思新妇受其愚。慧芝一向非贤淑,久不甘为次室妻。岂与正房如此好,仙云竟未识些须。想时更不多开口,又只见,郑氏娇娃凤履移。称谢临湘夫与妇,甚觉得,欲行不舍意凄其。宛陵女伯携罗袖,微蹙春山亦自吁。

当下一一辞过,临湘侯命宝粱亲送慧芝归去,然后共玉映、清畹在中堂坐话,仙云亦侍坐旁。

蒋家小姐忽回眸,说一声,侄媳何须动别愁?况是两家离不远,你来我往可同游。仙云小姐低声应,玉映迟迟道事由。新妇青年难自解,识不出,他人之意竟虚浮。果如情好难分舍,因甚的,急欲归家不可留?郑女虽然贪戏耍,却同乔氏有何羞?临湘耳听夫人语,更不回言但点头。

原来玉映只因识出慧芝不甘之意,自己虽竭力周旋,亦不是实心相好,惟仙云小姐却呼以姑舅,奉事殷情,故此玉映甚是喜他。当下仙云听了玉映之言,起身答道:"媳妇曾听姊姊言及,不为紫姑娘决不归去。"玉映道:"少夫人乃是正室,岂可称他姊姊?我久欲阻拦,因他在此,所以未说。"

临湘听了面生红,便道夫人亦欠通。分在两家俱正室,自宜见面各谦恭。有何不可称为姊,未便看如侧室同。伊本舅兄亲聘定,一般是,行盘过礼有媒翁。言完立起房中去,女伯红霞现玉容。只得另将闲话说,少时候,仙云告退出帘栊。香风冉冉离庭去,环佩声鸣已向东。清畹时时窥玉映,看他未展翠眉峰。正将开口临湘出,依旧还归座位中。玉映虽嗔犹自耐,佯佯以手弄茶钟。忽然冷笑樱唇启,奴也难知甚曲衷。一笑一言皆得咎,教人能不恨填胸?步军统领听言此,拂袖难禁改面容。

呀,夫人,我正要问你是甚心肠,挑拨两家媳妇。

难得他们两意和,怎言情睦是虚讹?慧芝略长仙云幼,有甚么,不可将其姊姊呼?何故妒心如此重,便连儿媳也挑唆!世间妒媳虽非少,妒到夫人可奈何?苦苦道他非实意,这般未免愧为姑。倘然媳妇听伊语,岂不是,和好之情为此疏?我尚未曾埋怨你,夫人怎反怨言多?岂堪去代他们妒,以后言词要揣摩。说得佳人梁玉映,含惭半晌一言无。蒋家小姐心中想,梁姊而今惯服输。情性虽刚能忍耐,非同昔日妇凌夫。临湘侯爵呼姨妹,请评论,今日之情可怪吾?清畹回言奴不晓,起身一笑去如梭。临湘夫妇仍和好,挽手阶前赏绿荷。慢表尚家多少事,且言归去二娇娥。

却说慧芝、紫烟回到府中,紫烟去见锦瑟,慧芝见过父母,便共慧容同到春晖堂相见芳姿。姑嫂谈了半晌,玉粦自外进来,又说起紫烟顽皮之事,众人俱说他年幼无知,皆不在意。永平公只问:"孙小姐情性如何?梁小姐身躯可好?"慧芝笑道:"不久自来,二哥当面相问,无庸挂念。"

丞相听言略皱眉,无言但把慧芝窥。兰陵女伯桃腮笑,说了声,二妹休将道理违。梁姊果遭人想念,在君夫妇甚光辉?况他新共临湘睦,莫又于中起是非。陶氏浣香连点首,芳姿小姐笑微微。口称二妹须思索,当想伊人是阿谁。休说不为姑与媳,既已作,临湘继室礼难亏。慧芝一笑称知道,从此奴当戒下回。言语之间天欲暮,遥看阶下雨霏霏。碧箫令把华筵设,相聚中堂且举杯。文相默然旁首坐,少停立起入香闺。

慧容道:"皆是二妹取笑二哥,惹他烦恼。"浣香道:"他向来也未这样较量别人,料非为此。"说着永平公又走出房来,笑道:"你等太也多疑,难道我因几句戏言便不乐么?我且告诉你们几位晓得。"

义妹前回病数朝,太医院,医官请遍枉徒劳。关心莫过裴丞相,为了妻房日夕焦。直欲学,取冷临风荀奉倩,他的那,闺房汤药手亲调。实非重恙何须急,只不过,清减芳容瘦几毫。又未恹恹常抱恙,那便就,骖鸾返驾上云宵?厉侯偏是能巴结,荐一医生手段高。药饵两天投两剂,珍珍义妹病全消。千金为报酬医德,厉皇亲,莫大功劳难动摇。倚仗裴侯能庇护,爷儿目下气尤骄。

那厉文炳更是一个棍徒,前在勾栏院争妓,殴伤二人,被巡城兵马司所获,那知厉焕章早去求了子湘。

岂料裴侯便允之,不容上奏九重知。有司依了裴丞相,未把其言奏赤墀。前日有人来告我,也曾斟酌细寻思。亲身自到裴侯府,与彼商量莫为私。既有其情须直奏,当知文炳罪难辞。约他同上联名本,去彼爷儿在此时。

可笑子湘竟说实无此事,反道我误信人言。

又言如若果非差,自有言官奏翠华。细末非关元宰事,竟不肯,联名将此奏天家。况为飞语难凭信,无故休将罪案加。我也并非亲眼见,争之不得奈何他?早朝自把缘由奏,却不道,天子恩偏外戚家。本上未曾批可否,留中不令去追查。我同冢宰冯良弼,请君王,下诏将其父子拿。天子但言从缓议,独把那,子湘召上问根芽。

列位请想,不用说,子湘要代他分辩的了。

天子知他识圣心,故而独问姓裴人。子湘更识朝廷意,立代他人一洗清。大理寺卿心不服,左都御史意难平。俱皆奏请须查办,一究其情实是真。堪笑君王惟掩饰,强说我,一时误信别人云。孙君不复重重奏,驸马张端尚苦争。圣主颜和言甚厉,明明是,道他排挤厉皇亲。刚强不屈张都尉,也不敢,宝殿之中再谏君。为此退朝心甚闷,从何除却这奸臣?刚君犯上吾焉敢,面折廷争亦不能。

此两件非我所长,自然不能再争执了。

父亲道我太庸庸,全不晓,委屈从容谏圣躬。不去厉侯终不美,怕的是,小人在位祸将萌。休教再引奸邪党,莫把这,君子盈廷一网空。察佞除奸休妄用,不能如此愧三公。汝休尚作孩童性,终日嬉游不在胸。虽则圣心怜外戚,怎不能,稍为裁抑在朝中?一些才干皆无有,要比那,孙相江公太不同。昔日满朝皆贼党,尚俱能,犯颜直谏对天聪。而今外戚虽骄纵,但问你,平日如何竟许容?严父责吾难置辩,因此上,心头半日闷重重。芳姿笑道休烦恼,此事原难怪我兄,大料父亲非不晓,厉皇亲,泰山之靠是皇宫。浣香一笑回头问,难道君家怨阿翁?烦恼半天还闷闷,心头之气几时松?

永平公又忍不住笑道:“动不动要被此道学先生批评不了,你见我是父亲责备烦恼的么?”

严君嗔责所该当,只惟有,谨记于心不敢忘。单怪子湘偏太甚,他独邀圣眷冠朝堂。一言竟免奸人罪,他不尽,葵藿之忱向帝皇。决不肯扬文炳过,令人实也闷难当。目前暂且宽容了,下次终于要较量。正在言谈犹未毕,报一声,裴侯拜会到门墙。永平微哂心中想,此刻前来有甚商?且整衣冠迎出外,大厅见礼笑容装。主宾分坐香茶献,永平公,问道吾心往那方?裴相答言伯岳母,日来身体欠安康。弟因问疾登门候,留饮醇醪到夕阳。路过府前因入拜,与兄小聚叙中肠。永平听了知来意,暗暗心中笑子湘。想为厉侯情一节,他恐怕,交情从此两参商。故而到此周旋我,兼畏我,不肯相饶厉焕章。想着依然和悦面,溶溶笑语尚如常。

裴相国因见毫无芥蒂,始觉放心,坐话移时,起身辞去。过了数日,天子早朝特降一道旨意,钦点侍读学士文振彝为陕西正主考,状元修撰蒋宝梁为副主考,着即日出京。

君王一旨下朝来,主考闻知喜满怀。伏阙谢恩同顿首,面承圣训下金阶。宝梁自转家中去,整顿行装且撇开。单表振彝归府内,门前下马足沾埃。入来多少人称贺,又叩喜严亲在外斋。训诲之言都不叙,无非是,好将玉尺去量才。

当下乔公父子翁婿皆过来贺喜,蕙林亦至,振粦内外应酬,片刻又有贺客陆续而至。

一日忙忙到酉牌,弟兄方得内中来。兆粦低向振粦道,子仲今番得美差。是否皇亲情面上,君王为欲悦三台。振粦笑把头来点,丞相低言勿乱猜。主试秦中应遣放,秋闱旧例岂能裁?终须有位官员去,怎说君王悦我怀?皆为考差名上列,放为主试正应该。兆粦笑道休言此,须念君恩靡有涯。如此殷情相待你,子明犹自假装呆。

玉粦之道:"若这样说,世弟年纪轻轻便放为副主考,也是为我不成?"兆粦道:"彼乃皇亲孙府之婿,非因太傅,必为广平。"玉粦笑道:"怎把天子说得如此怀私,岂是臣下之言?"

言讫齐齐入内间,各人房内见婵娟。振粦回到征兰室,同共夫人坐案前。问道行装收拾否,回言着叠已皆完。碧箫心内已欢悦,无奈又,不舍东君出北燕。学士道吾将远别,行期迫促在明天。夫人可有叮咛语,乘此消闲好细谈。钱氏碧箫开绛口,惟祈两地保平安。君家明日秦中去,须博个,清正之名合省传。第一戒之须在色,他乡莫爱野花鲜。衡文去把娉婷置,所恐的,督抚弹章奏劾严。余外不消奴嘱咐,高堂自有阿翁言。只惟此事堪悬念,多只为,君太风流在青年。昔日迢迢番国去,生离死别好悲酸。岂知君已忘家室,到归来,犹带番邦一妇还。目下更加难以比,休因女色反丢官。寻花问柳轻浮事,圣上如知未必宽。学士点头心一想,盈盈含笑拍香肩。夫人嘱咐原非错,断不遗忘撇半边。但我去是为主试,自然难以置红颜。归来却也无妨碍,还乞芳卿要见怜。自恨风流难自禁,若见了,好花那得不留连?丢官罢职寻常事,便为佳人死亦甘。学士之言方及此,碧箫不觉怒容添。

呀,啐!如此,还要我嘱些甚么?

原来此念未曾休,怪不得,得意洋洋乐远游。你既放心求美色,奴奴何必为担忧?然而我也分明说,若带佳人入帝州,莫怪我身情性劣,偏房决定不容收。振彝戏道何须怒,如果夫人竟不留,当在外面寻住处,亦堪安顿美娇羞。免卿见了添烦索,如此商量是好谋。钱氏碧箫听说罢,气得他,秋波眼内泪双流。连连叫道真良计,奴与你,那得同心到白头?一语才完文相至,见房中,湘帘高卷挂金钩。已经见嫂流珠泪,暗道何须动别愁?学士忙呼兄弟入,永平立定笑凝眸。道吾乃把哥哥请,饯别荣行设酒瓯。都在友云斋内候,大家相聚乐悠悠。

振彝道:"信伯可曾回去?"玉彝道:"信伯被父亲留下,方才世弟前来辞行,父亲亦留他在此饮宴,现今皆在书房。又请到舅父、表弟、查郎及妹夫与我兄弟,共是十人,摆了两席。"

吾兄明日出京华,虽是驰驱道路赊,半载光阴应可转,归期不远莫咨嗟。振彝一笑方将出,钱碧箫,此际如何肯放他?伸皓腕,咬银牙,匹手来将学士抓。学士失惊忙欲闪,岂知已被玉人拿。只因弟在堂中立,直羞得,腮上重重泛绛霞。回手夺衣忙欲走,低声又道怪吾差。碧箫也是飞红面,一怒之间力倍加。扭住东君牢不放,永平见了甚惊讶。

忙叫道:"哥哥何事得罪嫂嫂,请放手明言。"碧箫带泪回道:"他不共我说定了,何肯放他前去!"

永平未晓此来因,连叫哥哥快说明。外面酒筵皆备好,一言决定便前行。振彝此际羞成怒,但夺衣袍不作声。丞相见时难再说,惟呼妇女劝夫人。丫鬟仆妇同遵命,左右低低劝不停。文学士,手拂宫袍言可恶,俏佳人,泪凝粉颊恨难平。夫妻撕扯香房内,丞相观之甚动嗔。只怪同胞无气力,恨不能,扯将兄长出房门。回身便自匆匆去，意欲来将妹子寻。巧遇芳姿刚到此，阶前迎住告他听。不知何事相争论，快快前行做救兵。舅父父亲皆等候，再迟只恐恼亲心。芳姿讶道何如此，体统全无一二分。丞相点头催快去，自于廊下候兄临。芳姿当下趋莲步，直入香房代解纷。

呀，哥哥、嫂嫂，何故扭做一堆？

今奉恩纶下九重，明朝即要出都中。为因何事难相忍，嫂嫂哥哥两不容？须晓旁观真不雅，为甚么，一般气得面通红？碧箫连把姑娘叫，我要他，说得分明手始松。小姐皱眉重问道，长兄毕竟甚来踪？尚求彼此丢开手，兄嫂都休占上风。学士略将情节告，这般凶泼有谁同？立时便把吾拖住，全没些些畏二兄。真乃被他丢尽脸，吾今实也恨填胸。岂无金屋藏娇所，定买如花聚一丛。说罢自将纤手擘，碧箫随着走西东。芳姿见此难排解，既笑还嗔蹙眉峰。

便左手扯住振彝，右手扯住碧箫，带笑劝道："妹子有个公论在此，不知兄嫂可肯依从？"振彝道："妹且说来，愚兄决无不允。"

碧箫愤愤泪双垂，犹向东君怒目窥。但骂狂夫惟好色，无情如此我心灰。夫妻之义丢何处，竟思量，欲带成群美女回。天子钦差为主试，可曾命你载花归？姑娘且说如何断，若是公平决不违。小姐欢容称嫂嫂，奴今不论是和非，但相求，征兰收转金莲妾，从此后，两两相和在绣闺。却不许，兄长无情忘我嫂，出京收买好蛾眉。公平之论须如此，非是存心护着谁。一患虽留无众患，还求嫂嫂再思维。并非失算应垂允，不怕哥哥不守规。倘若仍将群美置，妹当代去告亲闱。碧箫想想称行得，还把东君一手推。

如此，我总交在姑娘身上，改日令那番姬移住此间便了。

回忆前年那件情，高堂大怒发雷霆。虽然曾把尊兄杖，怪我之心重十分。口口说奴无教法，严声厉色好难禁。却将番妾交姑母，他住在，伴月楼中直到今。人尽怜他多寂寞，岂知暗里会东君？我虽知道装聋哑，忍气吞声不敢争。媳妇孩儿如比较，自然心下护亲生。上风岂许奴奴占，受责还兼受恶名。伊等何曾真隔绝，碧箫空做不贤人。与其依旧私相会，倒不如，收转金莲免众论。今日姑娘为见证，实不容，令兄再纳众娉婷。若他违背今朝约，我愿刎青锋弃此身。学士点头含愧答，一言为定两无更。芳姿失笑开檀口，可晓人皆候外厅？嫂已放兄当速去，怎犹立在此间听？二哥还在堂中等，请吾兄，少刻归来再立盟。学士面红回步出，永平已候半时辰。见兄走出欣然笑，联步徐徐向外行，低叫长兄何苦事，弟今底细已皆闻。方才曾问瑶钗等，却原来，几句闲言认了真。竟肯复收番国妾，看见吾，气平色喜定如心。是吾请得芳姿劝，风流掀天顷刻平。但问长兄何以谢，酬劳弟妹几多金？振彝惟说休耽搁，同入斋中见父亲。几位青年皆立起，仲明不悦面含嗔。便教诸位皆归座，目视振彝作色云：舅与诸君皆等候，迟迟不出有何因？又非五载三年别，多少离情诉不清？若此难将家室撇，何须奉旨出都城？振彝俯首无言对，太守乔公劝仲明。良久卫公重问道，是何缘故太消停？振彝只得虚言告，舅母留儿不放行。丞相听言心暗笑，仲明不语看振彝。

当下蕙林等有意说些闲话，混过此事，仲明始不追求。未知以下如何，且听后文分解。

——王泽强点校《子虚记》，中华书局2014年版

程蕙英

程蕙英，字茝俦，号毗陵女史，阳湖(今江苏武进)人。关于其生平，蒋瑞藻《小说考证》卷七引《缺名笔记》:“阳湖程蕙英茝俦，著有《北窗吟稿》。家贫，为女塾师。曾作《凤双飞》弹词，才气横溢，纸贵一时。其所为诗，纯乎阅世之言，亦非寻常闺秀所能。”

凤双飞前传(节选)

《凤双飞》，程蕙英撰。其版本有:1.《新刊凤双飞全传》，五十二卷五十二回，七至十三言联目，清光绪二十五年(1899)瑞芝室主人序，民国癸亥(1923)上海江左书林石印本(佚二十三、二十四两卷)(二十四本)。2.《凤双飞全传》，六卷五十二回(余同上本)，广益书局排印本。3.《新编凤双飞前后全传》，清光绪二十四年戊戌(1898)怡怡轩主人石印本，四十八回，书前甬上野道人的《序》云:“惜其书数十年来未有刊本，而近时坊刻或增至五十二回，此亦好事者之截长补短，敷衍成篇，非果有佳构之续其后者。且其篇章颠倒，舛误良多。”4.中州古籍出版社据怡怡轩主人石印本排印本，分为《前传》《后传》。《前传》1988 年出版，《后传》1991 年出版，均由江林校点。

书叙写明孝宗时郭伟(字凌云)与张隽(字逸少)的故事。明宪宗时，武定侯郭英之后郭宏殷，放浙江廉宪，赏识书吏张景。另有书记白进忠,因对张景妄想,遂造谣污蔑二人,为郭所逐。五年后,郭公入京任兵部尚书,张景亦应试中会元,白进忠又播谣中伤,致二人罢官。时玉帝遣王子晋与无忧仙下凡,子晋投胎为郭宏殷子,名伟,字凌云;无忧仙投胎为张景子,名隽,字逸少。逸少姊飞香与凌云同年,郭公聘为子媳。凌云被孝宗认为义子,取名永忠,视同太子。白进忠有一子,名如玉,号无双,天生佳丽,屡为奸人所诱。后匿太监刘瑾家,刘瑾献如玉于太子,得太子宠爱。凌云守孝期满入宫,与太子同读,谏太子勿近如玉,太子疑凌云与如玉有私,弟兄失和。

张逸少访师学艺,拜北京名武师何世威为师。世威有女淡烟,自幼男装随父,乃与飞香为伴。有中书令张彩欲诱逸少,世威卫护,卒不得逞。后逸少入京,与太子为友。孝宗病故,武宗即位,吐蕃入侵,逸少、凌云及沐梦熊大败敌兵。张彩投刘瑾门下,知飞香在京,欲谋得之。飞香与淡烟男装回杭州,张彩使人中途凿船,二人溺水,为静海大王慕容韬所救。

凌云入京,刘瑾荐其为平贼将军。凌云偕世威同往,暗访飞香。途中救真大雅,诸奸诬两人有私。又值静海大王女慕容珠来议投诚,诸奸遂诬凌云通海盗,又伪造凌云反书。武宗欲斩凌云,逸少剖腹鸣冤,始得赦。后凌云、逸少降慕容珠,飞香、淡烟始返中原。刘瑾谋弑帝自立,为杨一清与太监张永告发,处斩。其义子刘青云在河南为乱,为慕容珠所除。凌云封靖南王,先与飞香成婚,后御赐真大雅、慕容珠为妻。张逸少封清远侯,始娶沐琼花,又私纳鲍香儿,又百计得真小雅。逸少为人风流倜傥,与凌云之刚直不阿不同。但二人交谊深厚,生死不移,故为“双凤齐飞”之称。

第十七回　递情词奸雄挑丽质　破阴谋侠女斩淫徒

玉帛回朝转帝邦,乌孙归去不称王,天涯尽处无征战,兵器销为日月光。前卷书中曾唱到，群英会集定边疆。沐公自镇云南省，王子单身转贵阳。张逸少，在路无词今按下，回文再说帝王邦。本来原是春间事，只为云南有事忙。自然把，紧急军情交代过，此间还可慢谈量。仲春逸少提兵出，家眷仍居沐氏房。钱舅爷，执掌家门诸外事，内边恰有二红妆。飞香女，淡姑娘，姊妹情投义更长。今岁芳年同二八，飞香许字郭家郎。姿容秀丽何消说，性格聪明态度庄。举措温和言笑美，人言酷似乃尊腔。淡烟本是贫家女，自幼娘亲便早亡。浪迹江湖随父走，倒习得，一身拳棒与刀枪。幸亏过继张家内，母祖相同住一房。指教女工将就会，虽不能，吟诗作赋做文章，也学得，知书识字粗能写，状貌超群也不常。劲骨修躯终带武，行为果敢性刚强。若教变相成男子，倒比他，老父为人还大方。足下红丝虽未结，从来也不自思量。安居绣闺多潇洒，近日来，只为了继父身躯陷外邦。义弟年轻亲去救，虽知他，才多力猛技精强。终须心内耽忧虑，又为他，出去时有言吩咐，不敢将书寄浙江。姊妹相同常记忆，整日里，焚香下拜祝穹苍。光阴迅速如飞箭，兔走乌飞日夜忙①。早又仲春将月底，天时渐暖日方长。小园之内花初吐，杏放梅残柳嫩黄。只为那，贵主离家常闭户，不教春色透围墙。这一日，飞香独为春寒冒，午后和衣睡在床。何淡烟，观看闲书窗下坐，忽见个，养娘转话进闺房。

启上小姐："刚才张福传话进来说，有一个姓刘的太监坐在花厅，说有一件正事要请小姐出去面讲，小姐见他不见他？"飞香听了，不觉骇然道："太监姓刘，必就是当今得宠掌握朝纲的刘瑾了，少爷在家时他原时常来的，如今少爷出外，他有甚事情要来见我？这也奇了，舅爷又在那里？"养娘道："舅爷恰恰不在家，所以他要

---

① "乌"，原文作"鸟"，形近致讹，据文义改。

见小姐的。何淡烟道:莫不是爷爷有甚信息回来了,左右是个太监,姐姐就出去何妨?”

玉人也恐边庭事,颠首称然下绣房。撇却鸾衾临宝镜,梳梳鬓发整衣裳。移金莲,出香房,小婢相随到画堂。仆妇厅前传话请,片时来了老奸珰。摇摇摆摆中门进,见了千金把礼貌装。四揖深深称小姐,玉人达礼捧胸膛。礼完坐定分宾主,婢女端茶送客尝。刘瑾睁眼观仔细,点头暗赞美姣娘。千姣百媚言难尽,十相完全八面光。举止安详尤出众,毫无局促小家腔。果然不愧张郎姊,张老头儿实在强。养出这,一对超群儿共女,真个是,男中绝代女中王。只可惜,差些主意扮亲早,不应该,许与那铁面阎罗有气僵。若是姻缘留到此,正宫皇后稳承当。胡思乱想呆呆看,有事而来却已忘。茶罢千金开口问,公居内苑执朝纲,有何尊干来寒舍,莫不是,边报回京父有伤。刘瑾听他如此问,方才记着眼张张。呵呵笑把千金叫,若说那,边上佳音尚渺茫。问咱此来非别事,只为了,朝廷新设御书房,遍求今古名人画,悬挂高低四壁厢。昔日尊翁官侍读,原有好些书卷进君王,苍松怪石般般有,菊竹梅兰是斗方。但欠美人图一幅,官家心内又思量。家中料必还该有,又恐怕,别个人来不在行。因此上,特命咱家来问讯①,贤小姐,若然向日有收藏,可将献与君王去,定是龙心喜倍常。小姐闻言心自忖,我这道,上差内监到门墙,定然有甚疑难事,原来竟,这等空闲事一桩。何苦将人惊一跳,官家实是小儿腔。

便道:“原来为此,家中若有收藏,自然理当进御,无奈家严平日独不画美人,所以并无留剩,只得烦老公公转奏一声。皇上聪明仁圣,料也不至加罪的。”刘瑾笑道:“咦! 小姐说的什么话。主子虽远在深宫,咱家却现在这里,那边壁上挂的单条,不是美人

① “咱”,原文作“自”,据文义改。

么？怎么当面撒谎。”小姐回头一看，原来是自己画的一幅杨妃罢舞图，便说：“老公公看错了，此画非并家父所绘，乃是儿家游戏之笔，难道这等东西也好去进上么?”刘瑾惊道：“原来小姐也会画画，咱家其实不知，所以失言唐突了。然而细看起来，这般笔法竟与尊大人一色不差，咱家既奉旨而来，岂可空回白转，只索将此图带去与主上看看，若是要，便留在里边，如其不要，再送还小姐便了。”

口中说着抬身起，放了茶杯走近墙。不用亲随来助力，自家卷了袖中藏。说声聒噪将手拱，大步回身竟下堂。贤小姐，只好由他拿了去，淡烟走出问端详。方知不是边关信，仆妇关门闭了窗。少表二姣回绣阁，再言刘瑾走街坊。回宫呈奏张家话，画卷摊开献与王。龙目观瞻连赞好，果然秀气出钱塘。先生字画名当世，逸少因无坐性长，所以弃之而不学，原说他，同胞姊妹唤飞香。幼年便解丹青妙，只是他，不肯夸能擅出场。今日方才传到此，凌云聘得好妻房。这时候，许多太监齐来看，希旨逢君尽赞襄。天子详观将半日，忽然笑道慢称扬，内中还有些微病，尔等重来看面庞。

刘瑾道：“面庞画到这般真算妙极的了，还有什么病处，奴辈实在看不出来。”天子笑道：“你们终是俗眼，岂不知古来称赞美女，必定说巧笑倩兮，或说嫣然一笑，又说笑可倾城，可知凡到女人，必要笑容悦目。如今这个杨妃，虽画得眉清目秀，尽态极妍，然而仔细看来，竟没有一些笑色，可不是一桩大病么?”众太监听了，又细看一回，都说果然不错，到底是龙瞳凤目看得细致。刘瑾道：“这等说只怕他画的不是杨妃，倒是一个褒姒。”天子道：“休得乱说，你速将此画送还了他，再着他用心用意画一幅有笑容的进来，朕当赐他润笔之资，决不白要他的。”刘瑾不敢再言。

只得将图重卷好，宫门上马急忙忙。一程又到花园内，说与家人共养娘。传君命，禀红妆，小姐闻言气一腔。勉强抬身重出见，老刘又乃告其详。料来会者非难事，只要花销纸半张。今晚若然来不及，明朝进献也不妨。佳人答道公休怪，妾本年轻技不长。偶尔涂鸦为戏笔，看来原是不成腔。是公孟浪轻持去，不辨高低进上方。致惹君王评好歹，又多跋涉费周章。妾如会改应从命，无奈画出来也不过如此，就如那丑女焉能作艳妆。委实今朝难奉诏，并不是，欺瞒人主自求亡。刘奸听了真无趣，两手搓搓自忖量。若果这般怎样好，却不把，一团高兴付东洋。又怕他，言词有理难侵犯，只得还将笑脸装。

说道："既然如此，咱只得替小姐覆奏罢了。万岁爷度量宽洪，决不一时震怒，只恐怕相信不过，又要赶着咱来，可是更加跋涉，如今若不得小姐的玉手，到底还是画他一幅出来，总使不好，也待万岁爷看看才好心毕。"小姐见他这般皮赖，好不厌烦，只得起身道："画的不好，何必枉费这许多工夫，如今待我在这画卷上边题诗数首，与老公公带去覆旨，包管主上喜欢，不要再来便了。"说罢就唤玉筝接过笔砚，磨起墨来，自己展开画轴，不用思索，提笔便写。刘瑾不好再说，只得眼睁睁的看他。不上一盏茶时，早写上了三首七言绝句。这刘瑾虽不深明诗理，字句也还解得出来，况见他一挥而成，足知诗才敏捷，又且这笔字写得龙蛇飞舞，竟与男子一般。先是点头拨脑赞叹一个不了①，等到墨干，重新卷起作别而去。小姐走进后屏，淡烟接着道："姐姐若果用心，要画一幅好的也还容易，何坚执不肯？"飞香道："妹有所不知，一者愚姐身子不健，懒于动手；二者天子的性情不大老成，若一次画好了，未免不时缠扰。今人口舌最坏，兄弟是个男子，日前出入宫禁，尚且被人说出许多好话来，禁得我和你还是女子，若平白受了

① "拨"，原文作"播"，据文义改。

朝廷眷顾,焉知不要被别人批点么?所以只好这等打发他,免劳下顾了也罢。”

淡烟听了连称是,姐姐才高见识强。虽说真金不怕火,从来意外也须防。这边话,慢谈量,原说那,刘瑾回身覆帝王。行至朝门方下马,劈头遇见了一位好同乡。就是那,少年中翰名张彩,目下官升吏部郎。旧有私仇新结好,只因财势两相当。笑容可掬殷勤问,何事单身这等忙。手内亲携何画卷,莫非进献御书房。

刘瑾道:“猜得不差,咱为着这点东西,倒跑了两趟了。”张彩道:“是何名画,这等费力。”刘瑾抹着胸口与他说了一番。张彩笑道:“原来如此,可好借光一观否?”刘瑾道:“这又何妨?”就递在手内,张彩抖开细看,不觉抚掌称绝道:“有了这三首诗,竟把那画上的短处一齐遮饰过了,此乃白玉蟾题十八学士图的遗意。那女子真会卖弄聪明,不愧是张逸少的阿姊,此番进御,主上必定中意的了。”

奸雄口内连连赞,刘瑾回头看夕阳。蓦地心焦忙接过,匆匆撇却陕西张。回宫叩首将情奏,展卷高呈在案旁。天子凝眸重细看,果然见,龙蛇飞舞字三行。七言绝句诗虽短,字字珠玑翰墨香。

华清宴罢叠霓裳,共骇亭亭色态庄。应是自持倾国戒,不将笑靥殢君王。

骊山宫殿久生尘,谁向蓬莱访玉真。罗袜自埋香土内,牡丹何处泣残春。

千古芳心化劫灰,懒从春色妒红梅。太真早识图中意,玉骨何由葬马嵬。

君王看罢龙颜悦,此女聪明实异常。虽是自家遮短处,中含讽谏显其长。读之自使人心服,语语翻新脱旧腔。润笔原该加厚赐,又差张永共罗祥。拣择了,两支象管雕龙凤,十样鸾笺出锦江。彩缎一端香四匣，花花绿绿满盘装。乘骏马，到华堂，特赐聪明俊女郎。小姐谅来推不去，只得当场拜领谢君王。内官覆旨回宫去，撇下闲文叙总纲。

有一个讲究，说那世间女子只要丑陋痴愚，便是终身安稳的福相，若有了些才色，倒是命运不祥，得志者竟能败国亡家，失时者便要飘零失所，此乃一定之理。又有人说不然。若依这等讲究，难道自古及今，那些夫人太太皇后嫔妃，都是痴愚丑陋的么？有才有貌者原也托多，只在前生根气何如耳。根气厚者，自然一世荣华，根气薄者，方至终身埋没。这话却也是个道理。然而据在下想来，还有个活变之法，彼此都不可执一而言。即此这位飞香小姐，自小儿出产荣华，锦衣玉食，到后来姻缘得所，极品荣封，福气算好的了。无奈他此时交了一节厄运，也就在那才色上面惹出一场横事来，险些儿与那班薄命之人做了通家姊妹。这都是——

命中注定当然理，悉凭你，金屋深藏自隐瞒。貌不夸而才不露，偏遇着，恶人寻你受灾愆。看官试想谁为恶，就是那，貌美心凶色内奸。张彩为名真恶贼，自从前岁仲冬天，鲍文路遇张公子，拉到家中想结缘。斟乐酒，欲歪缠，谁料英雄自了然。忍笑而归思报答，把他儿子龙贞官，调包巧计陪张彩，气得奸徒死复还。无奈外甥情面重，也只好，吃些亏苦没伸冤。

其后张彩接到了家眷，鲍文还有个爱女在家，恐怕又被正妻所害，也差人去接了来，托与张太太抚养。新君登极之后，张彩由中书科秩满，升了吏部员外郎。

深知少主耽游戏，奴辈逢君尽掌权。急欲高升居大位，营求线索暗中牵。

有一位吏部侍郎焦芳，乃北直故城县人氏，虽也是：

出身科甲通文墨，生性奸邪利最贪。与这班，正直廷臣皆不合，自防无处把身安。因而深结诸中贵，趋奉刘公更不凡。张彩与他原熟识，送他银子足三千。春初引见刘公宅，拜谒权珰礼貌谦。太监心情如妇女，见他生得好容颜，风流态，又青年，一味趋承怪喜欢。自此相知如至戚，许他不久便升迁。无双旧事都抛却，彼此殷勤顾目前。

刘瑾又问他可有嫡亲弟侄，面貌相似者，要收为养子。张彩其实没有什么子侄。

又想着，这等机缘难得遇，就将表弟鲍贞官，华装盛服亲相送，老鲍跟前自进言。情愿过房凭改姓，刘奸快活满心田。就把他，取名仙桂青云字，留养宫中宝贝看。鲍四官人心最巧，也能曲意侍尊颜。这些都是从前话，交代无庸细细谈。

只讲这一日张彩公事回来，在朝门外撞着刘瑾，看见了这幅美人，晓得是飞香小姐的亲笔，若是个稍存天理之人，也不过羡慕一番罢了，怎奈他——

好色之心人世少，专心为色便忘天。当时走马回私宅，独坐书房靠画栏。茶慢饮，想胸前，曾记得，昔年告假过江南。张神州家内将身住，此女年方十二三。随母登舆归舅氏，被我在中堂门外略睁观。花容月貌惊当世，骨秀神清态不凡。彼时节，我正专心于逸少，不曾长记在胸怀。到后来，知他许配南京郭，又闻得，诗画文章件件全。今日画图亲见过，果然名望不虚传。郭凌云也是人生养，何德何能何圣贤。竟要把，天下美人都占尽，想来其实不甘心。如今逸少边陲去，只有他，母舅相同住在园。力弱势孤无救应，且待我，弄他上手解些酸。只是他，出身富贵非贫苦，老父亲夫尽做官。更有个，兄弟为人真利害，若要是，光明夺取谅无能，只好图一个，花前月下私情好，半当风流半报冤。又可恨，身列朝班非士庶，没有这，闲情耐性去谋钻。女儿不比儿童辈，那得轻轻露面颜。偏又是，逸少出门难闯去，相离咫尺若天渊。如何想出神奇计，觅得天梯上广寒。呆呆想，出神般，低着头儿眉不轩。好像高僧入了定，浑忘日影过西山。外边有，一人走进书房内，他也是，耳不闻而目不关。这个人，看见他身如此样，不禁失笑就开言。

列位你道是谁，就是那鲍文老贼，还住在外甥家里。此刻进来见他这般呆象——

开言便把贤甥叫，因甚形容是这般。可是有桩心上事，奸雄听得把头抬。方才立起回言道，只为单身整日闲。枯坐有些神思困，并非心事上眉端。老奴坐下呵呵笑，我与你，甥舅之间那用瞒。有甚事情须说出，做娘舅的，或能替你解愁烦。

张彩笑道："如此母舅且请猜一猜，约摸外甥是何心事？"鲍文道："你听着：

你家豪富资千万，两榜成名在少年。锦绣绫罗衣四季，珍羞百味食三餐。金银满库供花用，真是个，适意舒心富贵仙。诸事料来无不足，今番心内这牵缠。若不是，思量那处姣花女，一定为，爱慕谁家俊小官。我这一猜猜着否？奸雄听了把头颠。"

鲍文道："何如，可是猜着了？"张彩道："母舅可知此人是谁？"鲍文道："这个那里晓得呢？你且说出来，或者我好帮助你一臂之力。"张彩笑着，就把这话告诉他道："这个难题目只怕母舅也没做理会处。"鲍文拍着膝道："原来要偷郭凌云的浑家！这也该的，我也恨他不过，正要作成他做个乌龟，只是你可曾有了主意？"张彩道："正为没有主意，所以在此思量，母舅既问了外甥，可能真助一臂之力否？"鲍文道："我平生的本事你也尽知，只替你尽力办去就是了。"

赛六郎不觉摇头道，若照那，仙露春心两服丹，逸少腹中吞几许，有何见效却徒然。甥儿再不将他信，要好须当用万全。老鲍回言既如此，我还有，炼成五鬼把人搬。管教稳取佳人到，与你双双结凤鸾。只是那，路隔里余不便当，若能移屋近他园，再无不妙包停妥。张彩回言若果然，便是喜从天上至，但恐母舅的法术，今番仍又是前番。

鲍文道："呸！你先自己说这不吉利的话儿，我偏不服。你若肯搬到他家隔壁，我包管还你一个人。这遭若再不成，我也再不立于人世了。"张彩笑道："我也但愿如此，只不知怎样搬去近他。"鲍文道："这个越发容易的了，他那里——"

东边乃是王亲府，西背后，现有空房四五间。是一个，富户人家来买着，穷人租去摆荒摊。收些破旧零星物，料想房租有限钱。我只要，说与这家原屋主，租金加倍定然贪。必将穷户来叉去，只是你，既有家庭又做官。不便突然移小屋，只好待，区区暂去把身安。你于傍晚潜身到，就好施为断不难。

张彩道："这便极妙的了。但有一件，外甥即使弄上了这个女子，也不能连夜住在外边，只好过几日来一回罢了，母舅却不可自己又开他睡起来呢。"鲍文道："岂有此理！你既爱了他，也就算是外甥媳妇，怎么我还好近他，倒是他家还有个何世威的女儿住在一处，我与世威有仇，也要弄他来出出气的。"张彩道："这个悉凭母舅便了，但是别人面前切不可谈起，不要说出事来。"

鲍贼点头称晓得，好一对，伤天害理烂心肠。商量停当多欢喜，夜饭晚时各自眠。次日天明身早起，奸雄梳洗整衣冠。自投吏部衙门去，老贼消停把早饭餐。携了银包身出外，寻着了，该房业主说前言。其人贪了银加倍，果然的，一口应承没担拦。约定三天包出屋，鲍文回去复甥男。倏而三日真容易，赶出穷人撇了摊。免不得，叫几个木工同瓦匠，有钱做事不烦难。收拾得，精精致致堪居住，鲍文在初十清晨把行李搬。别了妹儿张太太，移来新寓弄邪谋。赛六郎午后身无事，微服而来把舅看。

原来沐家府门与这花园都是向北，这所屋倒是向南，正贴近在里边堂楼底下大天井的间壁，那是一间店面，店面进来一个小天井，天井过去又是两间一披，鲍文只带个老仆在披里做饭，因为要做私事，小厮也不曾带来。

里面一间为卧室，外间摆得象书轩。小庭之内多精洁，倒有那，一树棠梨种槛前。甥舅二人同坐定，开怀小饮慢闲谈。抬头起，望东园，幸喜得，粉壁低低止丈宽。绿树阴浓高透出，静听仿佛有人言。此时且莫先惊动①，候到黄昏请玉娟。饮了多时天已夜，张灯打发小童还。鲍文就把箱开了，取出行头有几般。黄纸朱砂台上摆，令牌宝剑甚端严。叫老奴先在门前睡，自向天泉鼎内煎。煎沸泡茶同慢吃，早听得，楼头更起鼓声喧。人声未静难施法，耐等多时茶吃完。听得转更交二鼓，鲍文就把兔毫拈。朱符画在黄笺纸，口念真言烛上燃。剑拍书台一声响，便听得，怪风烈烈起庭前。吹得那，烛光如豆昏昏黑，五个精灵走进轩。衣服面容分五色，披头散发最难看。案前一字齐眉立，请问我师有何令传。

鲍文低低分付道："隔壁张金吾家有两位小姐，汝等可速去撮了来，勿得有误。"

五鬼应声领法旨，飘飘而起上青天。奸雄看得虽明白，惟恐无功似昔年。老贼但言休要虑，佳人转眼到书轩。我和你，一人一个为欢乐，打点着精神向被内颠。慢讲二奸专等候，再谈五鬼过墙垣。乘风飞进花园内，东望西张到处观。看见那，一带高楼多阔大，窗盘却好正朝南。檐头立定偷睛看，一带原来有几间。靠西首，第三间，六扇纱窗四扇关。两扇还开灯火亮，里边是，书房摆设甚精妍。花梨案上烧银烛，对坐青春二女娟。右首一人斟美酒，左边一个看书篇。一环一妪旁边立，睡眼朦胧欲打酣。两

① "莫"，原文无，据文义补。

位姣娥皆美貌，想来就是不须言。思量进去将他撮，先弄阴风一阵寒。吹进窗棂声豁豁，烛光顷刻暗漫漫。吹得这，丫环老妪多寒冷，神思昏沉缩一团。两位千金也觉毛发竖，飞香手内放书篇。

对淡烟道："夜深了，又起了风，我们睡去罢。"

淡烟点首连称是，便叫丫环把窗户关。那晓二人多睡去，凭伊叫唤再而三，沉沉不醒浑如醉，惊异飞香看淡烟。

他两人从不如此要睡的，为何今夜就出奇昏愦起来？淡烟道："刚才这阵风冷得奇怪，或者有些鬼气，所以把他们迷了。"这几句——

说得飞香心内跳，忙回粉颈看窗盘。琐琐裙钗虽是纯阴体，骨气生来异等闲。凤眼一回光射出，犹如两点曙星寒。直吓得，檐头五鬼心慌了，极叫吁吁乱躲钻。何淡姑娘心大怒，呀，果然有鬼在此，壁间就去拔龙泉。如飞赶到窗盘口，喝一声，何物妖魔敢闹喧。伸出窗来朝外劈，鬼魂吓坏散如烟。飞香小姐呼贤妹，鬼魅何能用剑铲。不要睬他就是了，淡烟笑道理虽然。

但这是什么地方，容他们在此放肆，吓他一吓，以后就不敢来了吓。飞香道："此刻料已去了。"

贤妹也不须久在窗前坐，且进来，唤醒婆儿与小环。只是愚人多怕鬼，休将此话对他谈。淡烟答应方回步，顺手先将纱槅关。然后来，推醒丫环并老妪，原是那，昏头搭脑软棉绵。斩眉擦眼移红烛，姊妹同归卧室间。宽衣服，去花钿，大小姐先归床上眠。二小姐还防窗外鬼，就把这，青锋出鞘挂床前。自家然后将身睡，婢妪双双服侍完，也进厢房安睡去，其时已是二更残。二姣小姐皆沉睡，内外无声寂寂然。五鬼逡巡重聚集，窗缝中再望里边观。罗帏深下人酣卧，正待将身往内钻。又见那，三尺霜锋床上挂，光华直射满房间。

这口剑是何世威留与女儿的，曾杀过几十个强人，便算得避邪的宝物。五鬼见了，那敢进来，大家商议道："撮他们不动的了，转去回覆了法师罢。"

精灵撮不动精奇女，只得个，一阵狂风赤手还。甥舅二人同坐等，等过了，一更时候正心烦。忽然五鬼回来了，丧气垂头覆老奸。备说方才多少话，小鬼们，实然无力把他搬。故而回覆吾师晓，甥舅双双听鬼言。呆了面皮开不得口，一腔怒火化冰团。奸雄床上条双足，老贼连声叹气连。

只得叱退了五鬼。张彩恨道："到底做这些鬼戏是没用的，然而难道一法不中就住了罢，到底还要人力为先。"鲍文道："怎样人力呢?"张彩道："只要母舅在此耐性些住住，外甥得空，不问日里夜里就来。难道只隔着一堵围墙，竟一些空隙寻不出的么？左右他的兄弟还不回来，我拼得一年半载工夫，也来弄上了他才住。"

鲍文听了无言语，这时候，倒觉神疲手足摊。只得在，内外两房安睡了，天明日出照阑干。赛六郎起榻忙梳洗，自往衙门去会众官。隔壁园中人也起，梳妆已毕二婵娟。贵家无事闲姣体，同出中堂把母舅看。闲话一回重进内，少停又是日中天。用完午饭香茶到，并坐观花楼下边。何淡姑娘开口说，一春尚未试秋千，今朝天气清和好，打一回儿与姐姐观。

飞香道："贤妹有兴，极妙的了。"淡烟就叫玉筝快去换了衣服来。

玉筝闻命心欢喜，进房中，再把乌云蟠一蟠。换了衣裙重出外，与淡烟小姐并香肩。彩绳画板双双立，架搭庭心耸半天。几个养娘多有兴，忙来推动打盘旋。须臾飞上青云里，阵阵春风拂绣衫。锦带飘摇环佩响，浑如仙子降云间。下边人，仰观笑语齐称妙，惊动了西邻贼老奸。鲍文忠，昨夜法儿用不着，今朝立在小庭前，呆呆正把东邻望，忽见秋千露玉颜。虽则那，眉眼一时看不细，却见这，轻盈体态似神仙。雪肤鬓发光华映，想象姿容定不凡①。料是张家双姐妹，看得个，眼花瞭乱打头眩。神魂飘荡心中热，怎得和他近一番。好一回，日影将西时过未，佳人力尽口中干。下来歇息将茶用，再坐些时把衣服宽。吃过点心楼上去，庭中寂寂架空悬。鲍文不见多姣貌，又听多时声寂然。只得也回房里坐，胡思乱想倒而颠。夜来不见贤甥到，且把牢门两扇关。一夜思量神恍惚，只恨那，无能五鬼不能搬。眠不稳，覆而翻，直到更敲五鼓残。才得沉沉昏睡去，不知红日上三竿。厨房饭热方才醒，慢慢抽身把衣服穿。梳洗完成庭内望，美人不见影和颜。想来过午时方出，回进房中把饭餐。饭罢又将交椅掇，吃茶等候坐阶沿。少停张彩潜身至，甥舅相逢没别言。不过说，昨日如何观玉貌，可惜你，早间去了未曾观。不知今日还来否，半日浑无笑语喧。

张彩道："他们既不在此间，我且拿张梯子上去望望。"鲍文道："望他何用，要便怎么能够过去了才好。"张彩道："且望一望路径，再打算过去也不迟。"

说罢便呼年老仆，长梯掇过靠墙西。自家撒起蓝袍服，慢慢而登到顶间。头过粉墙朝下望，只见那，庭中空阔大如田。周围尽种名花树，嫩白姣红色正鲜。靠墙头，也有一株梅树在，只是比墙低二尺有余宽。遥遥望见高楼阁，一带纱窗阔付檐。阑黑漆，挂湘帘，隐约人形在里边。路远蒙蒙看不细，为甚么，今朝偏不打秋千。再思空望终无益，须要先将一信传。试探佳人心动否，轻轻悄悄下梯间。

鲍文道："可曾望见个把人？"张彩道："人是没有望见，且先送个信与他。"说罢走到房中。

取一幅，素白鲛绡铺桌上，浓磨香墨醮毫尖。小词一首轻书

① "象"，原文作"像"，据文义改。

上,老鲍旁观头乱颠。据看贤甥才与貌,极该惹得美人怜。奸雄一笑停毫笔,坐等些时墨迹干。又取出,两个胡桃包在内,踏梯再把粉墙扳。伸头一望天然巧,恰正好,有个丫环出画阑。只见他,漆黑青丝梳小髻,后边犹是拂香肩。银簪横插无珠翠,数朵鲜花塞两边。半旧绸衫鱼肚白,黑绫比甲倒新鲜。汗巾横束桃红色,白布裙儿黑滚边。约年纪,二八前,白面生成瓜子尖。细眼弯眉悬胆鼻,樱桃小口笑嫣然。身材姣小多伶俐,一对弓鞋三寸纤。衣服家常无藻饰,五分姿色不须言。若有那,绫罗金玉为装束,竟是个,数得上妖娆俊女娘。手内花瓶拿一个,正当仰面把海棠攀。赛六郎看了心中喜,这个丫环甚可观。象个红娘堪寄信,撞着他便是有些缘。轻轻举手扬袍袖,帕裹胡桃掷过园。正中丫环纤手上,吃惊回眼急忙看。鲛绡已向裙边坠,就把花瓶放石间。拾起瞧瞧真怪异,乃一方手帕,内裹着,两枚物件滴溜圆。不知此物从何至,张彩就在上边咳嗽一声,又把丫环吓一穿。才得举头把墙上望,原来有,人身半截上边探。头戴着,乌纱小帽垂长带,身穿着,元领长袍是月蓝。目秀眉清年更少,面如傅粉口如丹。一双玉手墙头搭,下截身躯看不全。满面春风含着笑,这回呆了小丫环。不知他是何人物,又不敢轻轻去问言。张彩见他呆着望,笑盈盈放胆便开谈①。叫声姐姐休惊恐,你可是,服侍千金阃内娟?烦把这帕儿拿进去,送与房中小姐细评观。

玉筝听了,只得说道:“你是何人,我家小姐从来不认得你呀。”张彩道:“我就是隔壁邻居,你将这手帕送与小姐看,他自然知道了。”玉筝道:“我若拿进去,小姐要打的。”张彩道:“我央你送的,小姐决不打你,倒是你不肯替我传送耳。”

我非鄙吝忘恩者,先送你些儿脚步钱。手上边,除下一枚金

---

① “放胆”,原文作“放瞻”,据文义改。

戒指，你接好着，一丢丢过响当然。玉筝本是轻浮性，看了这，和蔼风流美少年。不觉痴迷心惑动，竟忘小姐性尊严。呆想一回又听他催促，只得拿了鲛绡共指圈。眼看墙头微一笑，回身向内转金莲。张彩想道：好了，这丫环倒有三分意，全仗他身把好事牵。张彩呆呆墙上等，丫环急急进房门。

小姐问道："去了这一会，花不见采来，手里倒拿着什么？"

玉筝姐姐迷迷笑，直诉方才话不瞒。小姐闻言心大怒，何人泼胆大如天。敢来墙上胡言语，有你这，贱婢分明像病颠。还敢依他拿进内，明欺我，从来不作动门闩。玉筝被骂方呆立，淡姑娘，揭起湘帘往外看。看了低声称且住，隔墙小屋不多宽。向闻不是名门户，只有个，王老头儿摆着摊。那有书生来此处，起身伸过玉尖尖。

接过帕子来解开一看，原来包着两个核桃，帕上又有几行字，仔细一看，却是一首《临江仙》小词，其词曰：

昨夜西邻宋玉，忽闻笑语东墙。依稀天半见红妆。云遮蝉鬓影，风送蝶衣香。　　神女仙踪缥缈，巫山路径苍茫。蓬莱咫尺隔刘郎。梦魂生彩翼，飞过书楼旁。

无款无题无印记，笔锋秀丽起云烟。意虽轻薄词精雅，若遇着，中等裙钗必见怜。无如这，高尚千金非比别，登时发怒变容颜。几声动手哈喇响，撕破鲛绡作几片捐。又取纸煤吹着火，窗前烧毁化烟漫。淡烟小姐尤其怒，甚贼猖狂到这般？不可轻轻饶恕过，须待我，放些辣手示威严。便呼周妪随来看，手挽雕弓带弹丸。飞步下楼往庭内走，墙头又说这徒奸。痴心等候时将过，才听庭中脚步连。遥见两个楼下出，这一个，形如仆妇半高年。那一个，乌云高挽双环髻，粉紫长袍盖脚尖。花绣红鞋装厚底，约长七寸有余零。真出俗，好奇观，头象裙钗脚象男。面目依稀原俊俏，行为又不似丫环。推详不出谁家女，难道是，沐府之人在此间。心内思量方注目，早见他，如飞到了粉墙边。昂然立定声音了，倒竖蛾眉凤眼圆。

对着上边喝道："那个光棍匹夫瞎了驴眼，不认一认是什么所在，敢来胡言乱语，可是活不耐烦么？"张彩听了，猛然想起道："必定是何世威的女儿，所以是——"

出口行为多肖父，况加凛凛好威严。凡是女人有权术的，开头断不轻轻允，必要装腔闹一番。我是惯家须谙此，放心托胆笑微含。低声便把姑娘叫，不要心焦乱动蛮。请听下官和你讲，这边一句未曾完。淡烟越怒高声喝，好大胆的光棍，还敢胡言称下官。擎起弹弓舒玉臂，弦声一响放金丸。奸雄此刻慌张了，阿呀一声头一偏。虽幸弹丸空落过，吃惊不小腿儿酸。鸽子翻身跌下高梯去，还亏得，母舅刚刚在脚边。一把慌忙叉住了，已吓得，面如白纸体如绵。鲍文也觉惊呆了，急忙的，手拍胸膛叫唤连。幸喜心清身不痛，摇头惟要手扶搀①。进房坐定将身靠，一刻间，心内怔忡出口难。这里园中何小姐，见他跌去好心欢。回房告诉飞香晓，只不知，是何等狂徒称下官。

飞香道："这都不必管他了，只是这贼婢与面生之人竟敢对墙兜搭，此番若不警戒，渐渐要大起胆来无所不为了。"

喝令旁边周老妪，打其十下狠门闩。玉筝不敢重开口，哭倒尘埃受打完。小姐厉声吩咐道，下回若再与交谈。管教打死无饶恕，要命须当自保全。又把胡桃并戒指，惯出墙头不晓落谁边。气过多时又乃呼贤妹，从今后，莫打秋千动外观。被母舅闻知生气恼，算来只得把他瞒。

淡烟道："这个自然，以后只当没有这事便了，也再不要叫这婢子独自行走。"

---

① "扶搀"，原文作"搀扶"，据韵改。

这边按下二姣娃，再说那，张彩奸雄透骨邪。坐了一回心始定，手捕胸口锉银牙。对鲍文细说方才事，此女浑如恶夜叉。动手伤人无趣味，这也是，父亲自下教传家。那一个，通文必定非如此，况这丫环亦颇佳。岂有当真挑不动，只要拼些手脚结交他。鲍文笑道诚如此，有志须当事必谐。无法无天相计较，红轮且又坠山岩。赛六郎也不归家去，夜饭同餐在小斋。用罢出来庭外坐，半轮皓月正光华。恨无三尺丝桐在，只好把，笛弄清音引动他。徐徐按，调和谐，响遏行云透碧霞。风送悠悠能度远，这时节，高楼尚未闭窗纱。二姣仍在灯前坐，消遣闲情弄骨牌。老妪丫环双侍立，忽听得，谁家玉笛弄梅花。清音亮节非常韵，似诉相思述旅怀。

二小姐听了笛音口内称奇，停了手便问道："向来从不曾听见有这等笛声。"周妪道："想来是沐家的小奶奶。"淡烟道："沐家没有这等近。"飞香听了一听道："就在隔壁过来，必然就是这光棍了，我们不要睬他。"

一小姐回言虽若此，看这厮，衣冠不象小民家。若说是，士大夫又不该如此，必是个，拐子浮徒胆似瓜。今夜总之由彼去，明朝设再上墙扒，必定要，差人转出前门去，设法将他拿一拿。讲论一回都睡了，只有个，玉筝女婢暗嗟呀。他虽是年三五未破瓜，轻贱之人骨相歪，任是主人多正道，无奈是，风情月意已萌芽。独睡着，厢楼里面心中想，想着我，虽是丫环实可夸。伶俐聪明非下等，风流性格貌如花。虽不想，凤冠霞帔把夫人做，侧室偏房尚可巴。只为老爷迁外任，少爷还是小儿家，故而并未曾伤损，一朵鲜花叶里遮。今日见，墙上之人真可意，依稀掷果坐潘车。不知究竟何名姓，这方帕，虽被千金手内拉。烧做飞灰还可想，必定是，思量一等妙生涯。更求奴把红娘做，这个张生原不差。怎奈千金偏不喜，反害我，姣皮嫩肉棍儿挨。此时夜静还吹笛，惹得奴心乱似麻。怎得有缘重一见，除非梦里去寻他。丫环床上胡思想，张彩庭中枉自夸。吹到了，力倦气微方住口，进房安歇去巾靴。鲍文又把贤甥叫，你为图谋这女娃，倒弄得，一事无成挨独宿，少年非若老年怀，十分难过如何好，何不把，俊俏童儿带了来。

张彩道："外甥自从相与过张逸少、白无双之后，就把这几个小使打发掉了，直到如今家里也不曾有。"鲍文笑道："这是眼力过高之故，如今他两个都与你绝了交，还该收用几个才是。"张彩道："曾经沧海难为水，除却巫山不是云。提起这事，令人恨郭凌云如切骨，所以发了个愿，凡是他妻妾及所爱之人，总要夺了他的方才快意，所说这个丫头也还有几分姿色，将来留与他妻子随嫁，必定是个通房，若能先弄上了他，也出三分小气，况且有了牵头，就易于成事了。"

鲍文听说称容易，只要重将五鬼差。若是这，小小丫环移不动，断然要，把他治罪决无赊。赛六郎笑道虽然好，但是此刻时光已夜半加。力倦神疲单想睡，清晨又要进官衙。不能再费工夫守，且待明宵再取他。老鲍点头称也是，当时安歇在书斋。黎明急起梳妆好，带马开门就上街。原到那，吏部衙门来办事，只听得，众官传说满堂阶。

原来说张金吾与沐驸马到了云南，三日之内就复了腾越州与神护关。番邦女帅率众归顺，张、沐二人留下华兵，竟将番部往外国去了。张彩忙问道："有捷报回来了么？"众官答道："昨夜到的，兄怎还不曾得知？"

奸徒口应心称异，小贼生来实在乖。兼且运途多顺利，因此上，天心人力尽帮他。今年大约能回转，他若身躯到了家，断断不能重下手，算来宜早不宜挨。心撩乱，象猫揸，午后消闲就出衙。甥舅相同商密事，吃些果品共香茶。其时捷报来朝内，政府喧传市井哗。刘瑾差人来报喜，阖门知道喜无涯。闺中姊妹心安放，再取名香炉内加。拜祷天公神力助，好教父子返中华。此宵早早安眠了，绣户深沉掩碧纱①。隔壁遥听人已静，双双进内又安排。奸雄先向床中卧，老鲍书符拍令牌。五鬼召来重嘱咐，精灵只得领师差。乘风飞过邻园去，依着楼窗鬼步埋。寻到这，西首厢楼原靠近，果然见，房中睡着一裙钗。残灯在桌光如豆，五鬼身轻不用扒。窗缝之中钻进去，连人带被一齐揸。阴风一阵开窗扇，贱骨轻躯若小娃。顷刻之间飞过去，庭心落下进书斋。交明然后随风退，老贼连忙剪烛花。张彩下床来细看，只见朦胧星眼乱云鸦。面庞正是这年轻女，快活非常肉已麻。

鲍文道："人已到来，我也出去了，好让你称心称意的做作。"张彩道："只是这等昏迷不醒的，殊觉没趣，可好怎样弄醒他？"鲍文道："这个容易，只要给杯茶与他吃吃就醒了。"说罢先走了出去。

赛六郎随后将门闭，又把这，布被拿开不用遮。扯起丫环瞧仔细，浑身腻白少斑疤。看来犹是含苞女，好对尖尖红绣鞋。抱上床来安放好，银杯便把好茶筛。轻轻灌入樱桃口，放过杯儿便脱自家。高挂罗帏红烛照，果然色胆大如瓜。素夸浪蝶狂蜂技，国色天香应手拿。小草闲花真易耳，何愁醒转喊吱喳。欲求其主先通婢，卖尽风流手段佳。半晌玉筝苏醒了，晓得身体近着一个男子，吃惊先叫一声呀。及之开眼将人望，幸亏的，不是牛头与夜叉。恰正是，墙上书生真合式，还疑是梦岂真耶。开言惟恐先惊醒，留恋欢娱且听他。张彩见他无甚说，越加胆壮惬心怀。贱奴性比妖娆柳，一任东风上下斜。蝶倦花慵春意尽，玉郎臂枕小姣娃。低声笑把卿卿问，可晓身眠在那家。玉姐回言奴不晓，多应梦里渡仙槎。

---

① "纱"，原文作"沙"，据文义改。

张彩料他是中意极的了,便笑道:“怎么是梦里,难道你还不认得我?”玉筝道:“岂不认得,你就是墙上之人,但不知这里是甚所在,我睡在家里,怎生来的,你毕竟姓甚名谁?”

好奸雄,笑迷迷,方把那,名姓根由说与知。与你东君愿熟识,为什么,没人认得我容仪。玉筝听说还惊骇,原来你,就是中书张老爷。婢子实然不认得,闺中小姐那能知?以此上,当为光棍生嗔恼,你何不当时实告之。

张彩道:“他便不认得我,我却认得他们,这个姓何的,好像煞神一般,我一句话也不曾说完——”

他就是,曳起弹弓来直打,吓得我,翻身直滚下高梯。不知他,帕儿看了何言语,你可曾,戒指收藏当谢仪。玉姐闻声流下泪,不知你,帕中究竟写何词。两小姐,看完忽起冲天怒,说是淫词立刻撕。呼老妪,把奴笞,下次如违要活剥皮。手帕登时焚火内,胡桃戒指掷墙西。奸邪张彩连声叹,可恨他们眼目迷。好意全然看不出,算来到是我无知。累卿被责心何忍,说罢将他两手携。万种温存真爱惜,把一个,玉筝骗得出神痴。相偎说与郎君道,多感垂青爱贱姿。奴既沾恩真有幸,终身侍奉永无移。今宵便住君家内,不愿重归见主颐。

张彩笑道:“我也巴不得如此,只是还有两件不妥,一者这里不是我家住宅,不能将你安顿;二者我的心中深慕你家小姐。”

昨日初挑虽不动,我心切切尚相思。卿家若肯劳心力,代我周旋中了机。才得两边无挂碍,恩情永远不分离。玉筝听,想多时,重又开言叫老爷。非是我,刚近贵人就怀妒念,无奈有,许多难处费支持。第一来,我家小姐心严正,不怒时光笑也稀。昨日已经申戒过,下遭若再有言词,必然性命难重保,想着其言魂也飞。第二来,还有那何姑娘陪着睡,真是个,性如烈火的女拳师。若然听得风和影,他在旁边先不依。第三来,小姐终身已受聘,谅来不久是婚期。纵然愿与君相合，也难做，正大光明连理枝。小婢焉能随嫁过，恩情怎保不分离。想来图彼终无益，君是才人请再思。

张彩道："此虑虽长，我却还有打算在此，且说与你听就知道了。"

多姣虽是人端重，我原也，不要卿家去实告之。只要在，暗里留心相照应，我这里，消停自有计谋施。若然到了才人手，必定情投两合宜。即使将来婚嫁近，我也就，好将情话告他知。留卿与我为姬妾，位列金钗也不低。却又好，主婢还往来通索线，其间原可续情丝。岂非两妙而兼美，卿但安心莫动疑。赛六郎说得轻轻真好听，妖娆偏信喜孜孜。老爷既是心拿定，小婢如何敢不依。若得千金成就了，也乐得，大家放胆没嫌疑。奸雄笑道真然也，只要小姐与你投合了，何惧旁人论是非。这两人，拥抱床中谈已久，忽听得，鲍文外面叩双扉。说声五鼓将交了，快快抽身不可迟。惊了玉筝说谁叫唤，含欢张彩话低低。此人便是吾娘舅，到处传名鲍太医。他有玄门仙法术，特遣了，天神运你过墙西。此时要送卿回转，不用惊惶与惨凄。回去更休轻泄漏，黄昏再望赴佳期。玉筝欢喜声声应，张彩抬身衣就披。仍把丫环轻抱下，布衾裹好细腰肢。开门放进亲娘舅，画烛重新点一枝。依法又将五鬼召，玉筝真当是神祇。钻在被中不敢偷睛看，一任他们动手移。风儿阵，响微微，荡荡飘飘空际飞。张彩床中呼母舅，这桩妙法果然奇。鲍文笑道原奇妙，你既与这雌儿合手脚①，可叫他，偷去床前悬挂剑，再谋搬运两姣姬。

张彩道："甥儿也有此心，只恐才得这一夜，他终究不曾深信于我，须再过两三日方好托他。"讲论之间，五鬼已回来缴令。

---

① "脚"，原文作"脾"，据文义改。

老贼欣然都命退，开窗望见曙星稀。便呼老仆烧汤水，自己还须睡片时。再表玉筝身送转，觉得那，身躯委顿十分疲。探头望见天犹暗，摸一摸，正是床中不再思。放胆宽心重入梦，直睡到，日高三丈尚昏迷。上房小姐离床下，周姬忙来唤婢儿。推醒方知时已宴，慌忙坐起就穿衣。千金那晓其中怪，只说道，何故昏迷睡起迟。这玉筝，惟有低头来服罪，小姐见他如此也就罢了，仍教服侍整青丝。薰香泻水都完了，拂枕辅床件件齐。然后方自己归房梳洗去，捏梳对镜暗思维。昨宵享受风流福，梦境真情是也非。若是真情原妙极，奴家有福上青梯。便教是个春天梦，这等郎君世也稀。也情愿，夜夜梦中能会合，胜如孤枕独凄其。频频想，喜还疑，好似鱼儿吞钓丝。摇荡心神浑不定，金针懒绣好花枝。用完早膳天犹早，忽见钱云鹤，走上楼来叫甥女儿。

昨夜有个好友寄来一封书札，说他现升了保定知府，知我闲住在京，要请去叙叙契阔。这个长班现在旅店中等候，我思左右闲着，也不曾辞绝他，好在路途甚近，打算就去走走，不过旬日即回。只是没有精致的礼物送他，所以取两部册页在此，要你随意写些字画在上，落了你父亲的款，好去凑数送他，你约略要画几日才有？小姐道："若全是字，一日原可写得；两部画的，略费手些，一日半也会完了。"钱舅爷道："既然如此，你就画起来，我明日傍晚起身便了。"

云鹤说完仍出外，多姣收拾粉和脂。便将册页铺书案，颜色调和兔颖题。整日垂环舒玉腕，画出那，诸般花萃尽精奇。用工一日完成了，酷似严亲果不低。到了黄昏人静后，奸人果又在邻西。鲍文出力差五鬼，暗弄阴风人不知。又把玉筝搬运去，赛六郎接着笑微微。恩情再续风流技，一对鸳鸯交颈栖。玉姐对郎轻说道，此时虽是极欢娱，五更就要分开手，隔断音容两处居。仔细思量终不信，还疑梦境两情虚。

张彩道："歇了几天，就能个日间会面的，何必这等心焦。"

若然疑我为虚幻，把一件，信物贻卿表不虚。就在颈上，拔下一根竹节金簪长五寸，当头还嵌大珍珠。与卿带去聊为证，见此金簪若见予。只是收藏须谨密，若是露了出来，恐事不成时反害躯。玉筝接了多欢喜，不觉谯楼四鼓余。依旧是，五鬼送他回去了，床中睡下一般如。春宵短，梦方醒，早又东方现赤乌。急急抽身来一看，金钗在手岂虚无。方才欢喜深相信，又想着，若是收藏箱与厨，到恐被人瞧见了，不如在，身边带着免疏虞。拗弯放在荷包内，挂好胸前贴肉肤。然后出来供洒扫，又将笔砚桌中铺。玉人梳洗皆停当，册页安排作代书。笔走龙蛇传草正，只消半日费工夫。写完放好风吹透，自看精神也合符。送与舅爷装匣内，消停半日日将晡。起身饭罢行囊发，带了家中一小奴。保定长班先等候，同乘骏马上长衢。未曾走到城关口，撞见了，一位官员笑口呼。

原来这张彩自沐都督出京之后，原与张逸少时常往来，所以与钱舅爷也曾认得，此时狭路相逢，见他带着铺盖，不觉触动心头，就举手问道："老先生何往？"钱舅爷以实而告。彩贼道："如此，恕不远送了。"

道罢两边拱手别，钱家主仆自登途。奸雄好不心中乐，他既离家势益孤，任我施为无所碍，但须赶早莫踌躇。

当下就到鲍文寓所细说钱舅爷已赴保定，我与母舅正好动手了。鲍文道："还有一说，若要叫玉筝偷去宝剑再讲撮他两个过来，他又不在小姐房中，知道几时才偷得掉呢。我想倒是今夜弄他过来，与一包蒙汗药，交他带了过去，明夜放在酒食之中，把两个小姐及仆妇们一齐迷倒，然后打了暗号，我与你在墙上扒过去，安安稳稳的到他楼上做事。大家规矩，又没甚童仆住内，可不是放心托胆的么？"

奸雄听说连称妙，讲论开怀又饮一壶。二鼓将来重作法，鬼头风起响呼呼。依然撮过东墙去，张彩相迎用手扶。原来他，不脱衣裙来等候，免教被拥气难舒。香茶用过人清醒，张彩虽为好色徒，过了两遭也就不吃紧，见他不是赤身躯，相携坐定挨肩说，卿且清明俊眼珠，细认人形并宅舍，休教还当梦模糊。玉筝真个团团看，摆设清幽似画图。小院之中明月照，奸雄用手指墙西。这便是，我身前日登梯望，此地还看见你园中绿柳枝。婢子详观真不错，笑而深信别无言。

张彩又道："你家钱舅爷今日往保定府去，我曾在街上遇见他，他说要去十来日才得回来。"

家中只剩两姣娥，我已奇谋预揣摩。只要你，于中设法通针线，就好把，仙郎勾引渡银河。若把这桩大事成全了，真是十大奇功不可磨。玉姐闻言忙又问，不知妙法是如何。奸雄便把前言说，此事劳卿力不多。但把众人迷倒了，我们自会跳墙过。安然成就风流会，也待你，主婢同心意协和。我便常来堪住宿，免卿黑夜费奔波。玉筝听了连连笑，这等说来，管取千金入网罗。只是还有一言真要紧，常闻说，世间男子负心多。若得了，牡丹芍药真倾国，就把那，路柳闲花当草看。但怕老爷也一样，功成便要撇开奴。

张彩笑道："这也怪你不得，要防我，若罚神赌咒，也不足取信，到是教你一个法治，将来我若负了你，你竟把这事发觉出来，送了我与小姐的性命可好？"玉筝道："又何敢？只要老爷自己信得过就罢了。如今药在那里？可先与我收拾，省得去的时候再寻。"张彩就走到外边问母舅要了迷药，又取一枝流星，一齐包付与他道："明夜若迷倒他们，便走到墙下放这一枝流星为号，我们就好跳过来了。"

玉筝接了连声应，又说是，我宅之中男女奴，仅有四人还分两处,两人在后只监厨,从来不到高楼上,关了那,里面腰门便隔途。楼上一人周老妪,年将六十背腰蛇。小姐们,夜来饮食怜他老,定尝他身一巨螺。奴只要,把这药儿倾酒内,管教他,三人醉得尽昏糊。那时就把流星放,等你双双早渡河。贱淫婢,丧着良心如此说,鲍文间壁笑呵呵。连声妙煞心中乐,张彩尤加着了魔。跳舞如狂难再忍,且将婢子上床拖。人逢喜气精神倍,今夜风流更胜初。引得那,贱婢神魂都散尽,倏而又听五更余。复差五鬼来相送,送转房中入被窝。真困倦,软摩呵,沉沉闭眼入南柯。直睡到,纱窗日上千金起,周妪推门来叫呼,他也睡昏全不醒,此番恼了两姣娥。

飞香道:"这贱人一向起来最早,这几日夜里又一般早睡,为何忽然这等放肆起来?"淡烟道:"并且这几日总还是困倦得紧的模样,究竟为着甚来,其中必有缘故,待我搡脱了房门,揪他出外拷问他一个明白的实。"飞香道:"打是该打,但你我还未曾梳洗,待梳洗了再拷打不迟。"

点首淡烟称也罢,当时只用老周婆。下楼脸水来端到,两位千金洗玉肤。好洁不沾脂与粉,时新宝髻对窗梳。簪花沐手俱完备,自是红莲出碧波。脱了臂衣同坐下,其时辰末巳交初。丫环犹是昏昏卧,这也是,该露机关没奈何。姊妹听他还不醒,淡烟发怒满心窝。走来便把房门掇,掇脱了,走到床前举目睃。只见他,倒着身躯衣不脱,蓬松绿发散云螺。双眸紧闭如痴醉,淡烟看了好生着气,也不将他去喝呵。带裤连衣只一把,夹腰提起象鸡鹅。如飞提到香房内,笑坏旁边周老婆。

淡烟就把他往下一丢,震得那楼板之上——

一声响亮非通小,才得个,吓醒神魂退睡魔。伸个懒腰挣起眼,只见千金端坐已妆梳。此番惊得浑身汗,小姐开言喝贼奴。我已起来时许久,房前周妈大声呼。你偏睡得如昏死,况且那,不脱衣衫是为何。吓坏丫环心乱跳，只得低头跪下口支吾。

昨夜因为腹中疼痛，五更头起来泻了一遭，觉道满身疲倦，只得和衣睡下，不意失忽睡到此时，望小姐宽恕了罢。小姐道："非止今日，我看你一连三四日总是周妈妈叫起来，今日便更加放肆了，世间那有这等大胆的丫头！"

况你一向未曾今忽改，其中必定有奸讹。莫非有甚奸情事，欺我闺房戒备疏。乘夜淫奔今复反，故而睡得眼昏糊。丫环被问诛心话，面涨通红骨节酥。勉强开言还辨白，阿呀，小姐阿，丫环到此二年多，从来未出深闺内，那有私情暗里和。更兼那，小姐卧房拦在外，丫环出入总经过。开门岂有无人晓，其实因，肚里生灾没奈何。因此天明番睡熟，无知有罪触姣娥。只求小姐宽初犯，下次若再犯了，悉听皮鞭打几何。说罢先将头捧紧，眼中珠泪扑梭梭。

讲到这位飞香小姐，心性原极慈和，幸而有些见识，因见他神情恍惚，趋发疑心，复又怒声喝道："今日便算腹痛罢了，那几日又是什么病？你好好说了便饶你这遭，若再支吾，鞭子伺候。"

连追究，问重重，讨打丫环耳若聋。恼了淡烟何小姐，圆睁两眼竖眉峰。喝教速把门闩取，自己将他衣服松。一件紧身刚脱下，见一个，荷包小小挂当胸。其中饱满如藏物，心细之人不放空。即便扯开都取出，原来三物在其中。

乃是一枝金簪，一枝流星起火，又有一包末药。

丫环看见真赃露，越发慌张满面红。小姐看簪呼贱婢，此簪金打并非铜。钗头更有珍珠嵌，价值多金出巧工。此物究从何处得，将来藏得密重重。

周妈在旁便说，自然是偷的两位小姐的了。小姐道："我与二小姐并没有这支簪子，夫人又不曾赏他。且我向来亦未见他有过此钗，这是那里来的，贱婢还不快招么？"

玉筝是，挨了多时挨不过，只辩得，相随朝夕在房中。这原是，少爷尝与丫环的，小姐因而未晓踪。

小姐冷笑道："少爷的簪儿，我们固然不大认得，但是几时赏你的，因甚不告我知？"

婢子回言正月内，少爷回转外厢东。洗头呼唤丫环篦，丫环见，这料珍珠不众同。因问少爷何处买，他言御赐出皇宫。尔如爱此何妨取，但莫被，两位千金知了风。因此丫环从了命，欺瞒小姐久朦胧。

小姐怒道："胡说，少爷叫你们篦头也是常事，怎么别人不赏，独独赏起你来？"周妈笑道："敢是少爷爱你，私下串了戏文么？这倒不如直告小姐知道了罢。"

玉筝也恐人看出，顺水推船信口哝。泪眼揩揩称正是，飞香小姐怒重重。

你这贱人，少爷交新年才得十五岁，怎么把这等事去图赖他，你只道他不在家中就没对证的了么？周妈妈道："且慢，你既然认了，且把这情节说将出来，等小姐们详察就见虚实了。"

真贱婢，倒玲珑，指作西边话作东。便说篦头那一日，少爷尝了簪儿后，将奴叫住在房中。欢容笑面低分付，说什么，你若今朝好好从，日后定然收作妾，若不肯从，是莫嫌鞭子打来凶。说完扯上牙床去，婢女如何逆主公。兼怕他，力大千斤难挣扎，因而无奈便私通。妖娆口扯漫天谎，何淡姑娘火直冲。大喝贱人真放屁，少爷纵是性灵聪，总然百事皆知晓，却是个，出类超群眼界空。出入皇宫非一日，也不知，见了多多少少美姣容。并不曾，听他口内常提及，这样东西算那一宗。他肯私心来爱你，岂非楼阁造虚空。金簪说是他相赠，这个流星并药封，又是何人来赠你，玉筝听了转心胸。

这两件物事，益发可以胡乱指说的了，便道："这包药是丫环去年生了个疖子,叫厨夫去买张膏药,又饶来的长肉丹;这流星是前日偶然拾着,所以一齐放在身边,原不是少爷的呀。"

飞香听了疑无语,幸喜那,何淡姑娘学乃翁。出众细心将药取,鼻闻香气便知风。喝声贱婢休胡说,我在江湖走数通。岂可不知是蒙汗药,并非长肉与提脓。家中此物何尝有,你与谁人串合通。将此药来迷那个,讨乖早早快招供。若然再有支吾者,打得你,肉绽皮开遍体红。惊坏玉筝心暗想,他真是,拳师令爱大名公。药中风味都知觉,叫我今朝怎用功。

飞香喝道:"小贱人还不招出来,这等药到底是那里来的?"玉筝哭道:"丫环不晓得什么蒙汗药,其实是药店上买来的呀。"淡烟怒道:"还说是买来的么?"

劈面将他这一掌,打得个,头如斗大耳鸣钟。一交跌倒难扒起,气极英雄女俊容①。就把门闩提在手,不分手足背和胸。声如霹雳连连下,你这狗贱人,若不招来送你的终。姣嫩丫环从未惯,痛得来,满楼打滚发蓬蓬。哀声哭把千金叫,委实全无别样踪。伏望开恩饶了命,当头鉴察有苍穹。淡烟不睬连连打,遍体齐来雨点同。痛得妖娆真要死,牙根咬碎塞喉咙。又将大小姐连连唤,只求你,劝一声儿略放松。留了丫环微贱命,愿小姐,夫人一品受王封。

飞香道:"你若招了自然饶你,若不招,莫说劝二小姐,我亲手还要打死你。"

玉筝听了真无法,若不招来活不成。只得哀声称罢了,淡姑娘,方才歇手听他供。

玉筝婢,到此间,料难遮饰。忍悲啼,含眼泪,上告千金。念丫环,数年来,原无苟且。端只为,围墙上,见那书生。接指环,递

---

① "女俊容",原文作"女俊客",据韵改。

情词,先遭罚谴。到晚来,又听到,笛弄清音。却不知,为甚的,被他牵惹。意缠绵,神恍惚,魂魄离身。过当夜,到明朝,不能出外。近黄昏,安睡了,闭上房门。刚睡去,未多时,忽然惊觉。开眼观,床各别,灯烛光明。有一个,美少年,抱奴同睡。细端详,知就是,墙上之人。那时节,好惊惶,思量跳起。又因是,光身体,并没衣裙。只得个,动问他,是人是鬼。方见他,对丫环,细说来因。与吾家,本同宗,姓张名彩。戴乌纱,官吏部,不比平民。奴又问,既为官,因何到此?他答言,有母舅,姓鲍名文。租此屋,靠花园,权为寓所。他学得,玄门法,能召天神。乘黑夜,把人提,因而会合。这也是,三生石,结下良姻。嘱丫环,莫惊慌,自当送转。到五更,召天将,果是奇文。把丫环,一阵风,依然送转。醒来时,原睡在,自己床衾。细思量,转模糊,犹疑是梦。也只得,藏心内,不敢言明。又谁知,第二宵,仍然如此。我只是,难信过,切问谆谆。他因是,赠金簪,以为信物。又说道,他久慕,小姐才名。因此上,借西邻,欲图一会。倩红娘,相助力,谋遇莺莺。彼时节,我也曾,正言回答。说小姐,真是个,玉洁冰清。不比那,轻狂女,焉能挑动。况终身,先有主,已字才人。郭殿下,久传名,青年早贵。料想来,明后载,就要成婚。你有意,彼无情,断难成就。小丫环,焉敢说,劝你收心。他听了,不再言,点头而笑。召天神,将小婢,送转家门。到昨夜,我留心,和衣而睡。被天神,仍撮去,他又相迎。先说到,在街坊,曾逢钱祖。知道他,出去了,内少男人。取这包,蒙汗药,嘱奴留意。放酒中,迷小姐,若是昏沉,便下楼,到墙边,速升号火。他在家,专等候,见就分明。鲍文忠,也慕着,何家小姐。那时节,双甥舅,梯上同登。过墙东,料得到,无人知觉。上巫峰,会神女,好事能成。悔杀我,性痴愚,一时听信。接了他,双物件,一并藏身。谁知道,事未成,机谋先露。这也是,愚人力,难挽天心。这供招,断无讹,言言是实。所幸者,机先败,未害千金。蠢丫头，虽不该，丧心失志。却也曾，三四载，服侍殷勤。望小姐，宽宏量，高抬贵手。恕丫环，留一息，莫大之恩。保佑那，郭姑爷，加官进爵。享荣华，添福禄，万代公卿。

婢子说完一席话，叩头不住响蓬蓬。飞香小姐听明白，气得来，玉面浑如脂染红。手拍妆台连顿足，清平世界有天公。衣冠出此真禽兽，枉读诗书理不通。无法无天心尽黑，我与他，从来一面未相逢。为何要，奸邪徒起施谋害，还有你，这贼婢歪心一样同。竟尔依他来做作，若非我等预追踪，岂非受了无穷害，想起教人发上冲。啐咬银牙睁凤目，向来从不自行凶。今朝动了非常气，竟把门闩取手中。照定肩头只一下，一声响亮脆松松。丫环极叫身躯倒，打折门闩迸过东。何淡姑娘倒挡住了，叫声姐姐莫匆匆。贱人乃是笼中鸟，不怕他身飞上空。只有鲍张两贼子，罪魁恶首断难容。我和你，急宜商议将仇报，切不可，宽放奸奴赦狡童。

飞香住了手道："愚姐岂不恨他，但想兄弟远出，母舅又不在家，你我乃闺中弱女，怎好自己去到官控告呢？"周妈妈道："便告到官里，玉筝又在家里，算不得捉获奸情，张彩终是个职官，自有那些官官相护，也不肯认真的。"淡烟道："若与他告官，就是失算了，如今有个现成报仇之法在此，只是说出来姐姐不可胆怯，又阻住了我。"飞香道："既不失算，岂有拦阻之理？贤妹试且说来。"

好一个，胆大心细何氏女，先把那，玉筝扯了到厢东。关门又上双簧锁，分付托，不许悲啼话唧哝。这便开恩留你命，若再哭出一声，登时把你送青锋。丫环要命吞声住，淡烟走过这边，隔了遥遥门几重。然后开言呼姐姐，我是向来知那鲍文忠。善行五鬼搬人法，专骗姣娃与幼童。那些人，吃了他亏难发作，皆因暧昧事朦胧。至于张彩之淫恶，逸少和他邂逅逢。他便要，九转三回行毒计，真所谓，甥儿不脱舅家风。这般恶贼留于世，害物伤人无尽穷。笞杖徒流何足抵，我待要，替人除害学英雄。

飞香道："若能够除他，原是好事，但不知怎样除法？"

淡烟笑道真容易，料他们，那晓丫环破隐衷①。我和你，此际也休传出外，耐心等到打昏钟。我就到，墙边把这流星放，哄得那，老少乌龟喜气浓。必定扒墙身跳过，妹儿闪在树林中。一刀一个都完局，然后的，呼唤家人假闹哄。假说贼来遭杀死，就是那，官员相验识形容，却也是，夜入人家打死无他说，我自当堂去认供。官法岂能难为我，岂非白白送他终。周妈妈听了姣娃说，先吓得，缩颈摇头手拍胸。连念阿弥成不得，两条人命岂轻松。倘然破出如何好，小姐阿，你不要无端自弄穷。

淡烟笑道："你晓得什么，即使破出来，也有我在此抵命，何用你这等着忙。"飞香沉吟一回道："若果能够杀了，原不怕他，只差妹妹终是女身，虽有勇力，到底不比杀人老手，还杀他不成耳。"淡烟道："这个何妨，即使杀不成，也好吓他们一个心胆堕地，方见得我们不是好惹的。"飞香点头道："这个不差。"周妈妈道："是阿，捉贼不如赶贼强，唬唬他也就够了。"淡烟道："你只不要到厨下去说了，传出去外面，被他们知道了不来。"

周老妪，笑微微，手按胸膛弼弼条。才得下楼拿早膳，幸亏他，向来口谨不唠叨。果然未对他人说，运饭搬茶独自劳。两位千金同用毕，原把一分儿，送与小妖娆。玉筝被禁身疼痛，不敢高声泪暗抛。又不知，主子商量何计策，怎生报复把仇消。奴奴在此耽忧苦，心上的冤家还在兴空高。又没机关传个信，怎能够，他来救我出监牢。慢言婢子心中苦，再说奸雄万恶刁。赛六郎，定下这条凶恶计，以为稳稳得多姣。清晨办事衙门去，午后回家走一遭。那晓得，刚到墙门才下马，见一个，家人往外乱飞跑。撞着

① "衷"，原文作"哀"，据韵改。

了，连声还好忙忙说，老太太，旧病重来不可熬。跌在牙床连叫痛，夫人小姐好心焦。正差小的将爷请，恰好回来也罢了。张彩闻言吃一吓，连忙举步拂长袍。进房来把慈亲看，只见那，妹儿与妻子仆妇丫头共一淘。多在房中忙碌碌，太夫人床上哭声高。青丝散乱衣裙绉，这不是，富贵之人本性骄。实因他，素有这般疼痛病，发起来，胸中便象刺尖刀。

张彩看了也是着忙，就差小使出来快请了舅爷来，自己又到床前安慰。

老人家看见亲儿在，略觉心安声不高。奸贼侍亲原算孝，端汤送水尽勤劳。少停来了亲娘舅，直进房门把帐枭。坐在床前诊了脉，口称不碍莫心焦。开方吩咐煎来吃，管取除根在这遭。

张彩接了药方，就着家人去配来，自己架在炉上煎将起来。鲍文走出外边坐着，还想等了外甥同去。那知张太太服药之后，心痛如前，又在床上打滚。张彩复请母舅进来，鲍文一口但说没事，你们若不放心，黄昏再吃一剂，包管明日就好。说罢又急急的走了出来。原来张彩还有一妹，年方十四，闺名丽玉，小姐年幼无能，见母亲病势沉重，先是哭做一堆；夫人李氏虽与张彩成亲十载，只因相貌平常，不中丈夫之意，向来琴瑟欠和。此时又见张彩连宵出外，虽不曾知道隐情，大约来总是为闲花野草，心内十分恼怒，就对他说道："一向安闲，你住在外边也罢，今日婆婆有病，难道还要出去不成？"张彩见势头不好，不敢再起邪心，只得应道："自然住在家里的了，还到那里去？"闹了半日，天色将近晚下来。

便出书房呼母舅，低声说与这关交。甥儿料得身难脱，只好消停再计较。老鲍点头称也罢，但是我的话儿，与你要先标。黄昏若见流星起，原要单身去一遭。只与我，属意人儿成美事，断无侵犯你姣姣。未知你，可能相信将心放，这却要讲着天理良心了，难道做娘舅的，捉弄甥儿去扛木梢。

张彩笑道："这是信得过的，母舅不用多心。"说罢就送他出来。

鲍文是，性急慌忙车不坐，单身行走倒逍遥。回归寓所天将暗，老仆厨中饭已烧。看见人回忙奉上，几品儿，现成鱼肉配烧刀。奸人有了心中事，遍体难安满肚焦。酒菜吃来浑没味，只防耽误好春宵。仅用了，一杯白酒慌忙止，半碗黄粱把饿疗。

将就吃完，便向老仆道："我今夜要早些睡，你快去取了一盆水来，然后收出慢慢吃罢。"

老仆听声忙出外，取出热水一团瓢。进来倾在铜盆内，鲍贼抬身把衣袖捎。洗面捋须还照镜，这可谓，丑人作怪会装乔。老奴收盏回房去，慢慢亲将酒菜消。鲍文就，关了中腰门一扇，回到那，小庭之内仰天瞧。时当十四将圆月，皎皎清华照九霄。细细春风无冷气，阶前横影照花梢。掇张小凳临窗坐，细听谯楼鼓未敲。家里面，静萧萧，外边人语尚叽嘈。眼睛只望墙头上，专等流星放得高。我就好，扒上梯儿穿过去，好与那，何家女子凤鸾交。哈哈何世威阿何世威，我和你虽然没有深仇怨，只恨你，狡猾心肠口舌枭。每与区区同一处，语言不肯让丝毫。那年相遇尚书府，又把我，攻出墙门自住牢。还说什么，妹子女儿将彼嫁，这场小气未曾消。今朝难得逢其便，口舌之仇要报销。想到此间真有兴，浑身发痒手难搔。再思却又称奇怪，我三十年四路来跑，也曾奸过那多少平民妻共女，几家富室贵花姣。风月场久已为传舍，却都是，稳稳平平不动摇。从不象，今夜这般焦又急，抽筋缩脉好难熬。老在行忽地临场嫩，不要被，小小机关反弄毛。还待我，拿稳了神魂为上着，雍容镇静去渡蓝桥。慢言此地瘟奸贼，再说花园女俊姣。定下诛奸除贼计，等到那，一轮红日下山凹。

两位小姐用过夜膳，同坐在楼下吃茶，后面关了角门，两个仆妇皆是远远隔开的了。

侍立无非周老妪，天然几上烛高烧。虽然都是闺中女，一般的，大胆能将身体包。痛恨奸徒必要杀，全无惧怯甚雄豪。倚楼伫看冰轮上，万里无云风慢飘。

淡烟道："此刻才得黄昏，人声热闹，还动不得手，呆等又觉心烦，且与姐姐下棋何如？"

一笑千金称是了，便将棋局赌红绡。争胜负，费推敲，姐姐原将妹妹饶。着到完时还是胜，收了棋听一听，早又是，一更五点响遥遥。飞香便叫贤哉妹，此际人声渐寂寥。料想这厮呆等久，若再迟了时刻，只恐骗他不过力徒劳。淡烟答应抬身起，周妪慌忙手乱摇。

阿呀二小姐，怕人势势，杀是到底杀不得的呀。淡烟喝道："杀与不杀总由我做主，谁要你只管唠叨，那张彩敢是你的儿子么？你要这等护他。"周妈妈被他这一喝，吓得再也不敢做声。淡烟右手拔了宝剑，左手拿着这枝流星，又带了些火。

六扇纱窗关五扇，轻轻走出四边瞧。只见满庭月色明如水，花影横斜鸟宿巢。走近西墙心暗想，杀人今夜是初遭。开风发利须停妥，也好官场把名姓标。就把流星轻点着，呼一声，登时飞起透天高。自身闪在花阴里，只等狂徒来凑刀。听唱隔墙鲍老贼，正当等得热熇熇，此时看见流星起，喜极连声到手了。立起身来无别说，踏梯而上像猿猱。神魂早已离身去，脚步真同云内飘。上了墙头先一看，园中寂寂少人跑。四边景致无心看，只见那，一带高楼南北朝。楼下窗开灯火亮，此中必有美花姣。他这些，彩墙钻穴都来得，两脚轻轻踏树梢。挣住身躯朝下看，犹如行者去偷桃。片时脚已登平地，整一整方巾抖道袍。忽听那边轻咳嗽，举目一看，原来前面又有两株大树茂枝条。中间隐约裙钗立，一道寒光飞起手，鲍文看不出甚关交。眼睛一转将开口，早已驴头地下抛。阔胖身躯横倒去，呼呼热血颈中标。淡烟并不开言喊，耐性犹将上面瞧。

飞香在窗缝中,早已望见周妈妈直缩在里边。

心内耽惊还不晓,淡姑娘,依然身立树阴交。那知等了多时候,后面之人没影毫。难道他,身在墙头先看见,知机所以早潜逃。

只得走上阶来叫声姐姐,那一个怎么还不来?飞香道:"一定是他望见了缩下去的,断不来了,只好把这一个尸首声张起来罢,但不知这人是那个?"淡烟道:"有胡须的,一定是鲍文,只便宜了张彩。"飞香道:"既如此,事不宜迟,倒不要被这奸贼弄了手脚去。"周妈妈听了此言,方才晓得,吓得抖做一团。

淡烟小姐真来得,走进去,便把腰门用力敲。口内高声称有贼,两名仆妇睡同淘。更有那,火夫住在厨房内,听得其言心内条。满口吆呼衣乱着,开门急出见多姣。便询贼往何方去,小姐回言杀掉了。快些叫,外面家人并小使,进来细看这根苗。火夫听说慌忙应,开了中门往外跑。唤醒了,沐府家人身姓李,还有家人张福、小使文儿,惊闻此事闹吵吵。一齐赶集堂楼下,火把灯笼手内挑。何淡烟,引领他们庭内去,花阴之下血滔滔。众人放胆低头看,只见那,头戴方巾墙脚抛。矮胖身材无六尺,脚穿鞋子束丝绦。海青外罩天蓝色,衬里层层尺绡绡。并不是,窃盗形容衣破碎,大家惊异说蹊跷。不知此贼从何进,这等衣裳像富豪。小姐如何能杀死,莫非夺彼手中刀。

淡烟道:"刀原是我的,你们听我道来,我与大小姐吃过夜饭——"

因爱月光明似昼,围棋一局把闲消。局终已是初更尽,四下人声渐寂寥。正打算,关闭门窗楼上去,忽见这,墙边树摆像风摇。再一看,原来人在墙头立,我便连声喝问高。那知他,惧怯全无翻下地,公然行走向人朝。想那偷儿怎有通天胆,必是花精月怪妖。因此上，拔剑相迎逢对面，将他一剑劈头枭。那知应手颇落，方晓得，原是平人不是妖。才得开门呼尔等，他在这墙上跳过来的，难道隔邻做了贼窝巢。

管园的说："这间邻屋先前是个摆货摊的住着，前日小人又见他搬往别处，问起他来，他说旧店房被个有钱的出了双倍租钱夺去了，小的却也不曾问是何人。"火夫道："这后面也是一条热闹胡同，那有贼窝家敢住，况且这样衣服来得稀奇。"淡烟道："不要闲讲，且拿张梯子去问那隔壁人家，就见明白了。"

家人听，怎敢违，梯子连忙掇下来。扒上墙头观隔壁，见了那，长梯靠壁叫奇哉。果然贼是他家过，发喊齐声把墙乱捶。惊醒外边年老仆，只听得，声声有贼过墙来。慌忙着裤披衣起，暗里将门用力推。却是里面闩上了，难道是，太爷未醒不曾开。

这里喊太爷开门，那边墙上喊道："什么活死人住的牢棚，贼在家里扒到隔壁人家还不晓得么?"老头儿听了，好不急焦，只得就——

和身尽力将门撞，还亏得，薄板门儿非厚材。撞脱闩儿朝内走，满庭月色照苍苔。这梯是我家中物，靠惯在这里的呀，有甚扒墙贼与龟。张府家人听此话，墙头上面一声呸。

"贼也现在跳过来，被我家小姐杀掉了，还说没有。你家窗户也开着，焉知不失了甚东西。"

老儿听说方才信，走进房中看一回。物件匆忙查不出，半枝红烛尚留台。主人不晓何方去，床上空空不下帷。老大吃惊还走出，立在梯儿底下把头抬。

我家主人不知到那里去了。张福此时也不知他主人是那个，便说："这等你且过来瞧瞧，莫说我们哄你。"

老儿真个登梯上，豁过墙头再下来。张府家人齐举火，领他仔细看尸骸。那知不看犹还可，一看之时便吓呆。大叫连声阿呀呀,这是我家太爷,好好在书斋,你们何故将他杀,冤说偷儿大不该。我与你到官清理去,就将张福扭胸怀。淡烟看了心生怒,喝骂无知老狗才。既叫太爷为甚还做贼,你且说,他身姓甚与名谁。

老人家道:“我就是吏部员外张老爷的家人,叫作霍庆,这位是我家舅太爷,姓鲍名文唤文忠。”

好家世,贵胞胎,国手名医最发财。为甚无端要做贼,这话儿,骗不信小婴孩。张福文儿听说都呆了,沐府园丁叫李奎,即便开言称住了,你主人,既然国手又多财,鲍先生,大名久已闻传久,我等虽未见他面貌,却也深知细底来。常在外甥家里住,但不知,因何又住此间来。

霍庆道:“一向原住我家的,只为他自己怕烦喜静,所以初八日搬到这里来住的。”

主人却也常来看,太太今朝急病危。午后请他还看视,直到了,日沉时候始回归。只要请,我家家主来断认,就见虚真何用猜。小姐闻言头乱点,原来有了这个耽搁,倒是天公赦了恶乌龟。

就说:“便是真的我也不怕,你快去报了官府同了主人与我理论便了。”

道完喝令家人等,快把园门一直开。放彼出街将主报,早来清理莫延挨。家人答应将门启,领出年高往外推。这时候,街上行人犹未尽,听得园中好生热闹,门前早已聚成堆。此时看见门开了,认得的齐来问李奎。无不称奇兼道诧,只怕着贵家不敢进来窥。

这李奎倒也小心,进来对两位小姐禀道:“张彩一来,恐怕手下人等要来逞凶撒泼,待小的过去告知主母,拨两个家将过来,俾好镇压镇压。”淡烟道:“怕是不怕他,但你家太太乃是房主,总要惊动他的,你过去说便了。”李奎奉命而去。淡烟又叫姐姐可带了周妈上楼去,这两个仆妇留此少停,若要叫着周妈,姐姐嘱他下来便了。

飞香会意点头应,便命周妈执烛台。同上高楼安坐听,晓得这,妹儿决不受人亏。只有个,玉筝吓得心如鹿,暗叫千金何苦为。动手杀人不怕官理论,又亏那,心上人命好不曾来。然而此事如何了,还怕是,把我当官去受灾。慢表丫环心内急,再将外面事安排。李奎走过皇亲府,官宦门庭大矩规。虽未安眠难直进,重重传报到房帏。

其时驸马出征,诸公子皆在年幼,不能任事;沐太太又是个慈善之人,只得请公主娘娘商议。河阳公主笑道:“黄夜入人家非奸即盗,登时打死不论。悉听张彩告官清理,官也护他不来。总然欺得别人,欺不得我家的亲戚。”当下就拨八名家将先去守门,又唤过老内官徐敏,原是太后遣来伺候公主的,吩咐也到花园照应,若有官来相验,张彩与何小姐对质之时,先在旁边帮衬几句,他们若果不服,再来报我得知,自有理会。

内官领了娘娘旨,来见多姣说一回。张彩若然身到此,凭他狡猾口多才,只消徐某从旁证,管取吹他满面皮。小姐闻言心大喜,今朝誓必倒他霉。再言霍庆忙忙走,气喘呼呼口内咳。奔到家中门已闭,双拳乱打响如雷。惹得那,张家仆从心如火,急急披衣拔上鞋。大骂谁人来放肆,拔闩一见倒惊呆。便问老兄有甚匆忙事,半夜三更把门乱捶。

霍庆喊道:“不好了,老爷可曾睡么?舅太爷被人杀死了。”门仆惊道:“怎么说?日里还在我家,此刻又被那个杀死了?”霍庆摇着头道:“且去见了老爷说,快些去通报一声。”

阍人吓得急沉沉,只得抽身往内奔。一路敲门传进去,阖家大小好心惊。这时候,太夫人稍止心头痛,小姐丫环仆妇们,彻夜不眠常伺候,煎汤送水没消停。赛六郎虽在妻床卧,心乱如麻尚未宁。并不是,筹画母亲生共死,只因邪事紧关心。思量着,昨宵定下迷魂策，今夜良缘稳稳成。听漏下，已二更，此时正好过东邻。刘郎直入天台路，仙子楼中见玉真。我把他，颔下轻松金玉扣，我把他，腰间慢解绣罗裙。我把他，花容月貌明明看。我把他，玉骨冰肌渐渐温。翡翠衾中情款款，鸳鸯枕上唤卿卿①。生平自信风流足，何惧裙钗铁石心。生米已经成熟饭，醒来决不再生嗔。虽不能，明谐花烛成婚配，也尽堪，暗结柔肠定誓盟。撮空偷闲常赴约，花前月下慢陶情。非惟饱遂风流愿，兼把争锋怨毒伸。谁道天公没分晓，偏偏今日降灾星。却教我，两头失意浑无着，身坐针毡不定神。又不知，母舅此时怎样了，多应已是会佳人。巫山得意为云雨，我这里，运蹇时乖反不能。正不知，今夜一番空错过，何时何日再逢春。想前想后真烦闷，覆过翻来梦不成。正在心焦难过处，忽听外面急敲门。怒而便喝因何事，外面丫环对答明。这时候，任是英雄天大胆，直吓得，犹如冷水劈头淋。汗流浃背头如斗，双手推开锦绣衾。带抖披衣着了裤，穿鞋下榻体如冰。丫环代整冠和带，两脚虚浮立不住身。做梦一般跑出外，老儿先已在书厅。哀哀哭诉稀奇事，老爷阿，你快到他家去理论。那有名医甘作贼，何来女子杀男人。必然别有机关在，赦了他们了不成。我还要，赶到官衙将鼓击，必将此事要查清。奸雄闹得神魂乱，只管颠头应几声。槽内龙驹忙备出，当时便有众家丁。装威做势跟家主，高照官衔大字灯。霍庆回身投察院，这的是，世人多顾自家亲。但言张彩身骑马，街上齐跑众莫停。到了花园人挤满，跟班做势喝高声。众人看是尸亲到，卸在旁边把眼睁。张彩离鞍先下马，灯球高照进园门。只见两旁八个人排立，箭杆长袍戴扎巾。束带悬刀家将扒，大模大样不躬身。

家人喝道："鲍太爷被你们杀在那里，快些领路。"沐家家将也

---

① "卿卿"，原文作"唧唧"，形近致讹，据文义改。

喝道:“俺们奉公主娘娘令旨在此守门,谁与你领路,内外门一直开着,难道不会走?只是小姐在里边,你们都不许进去,只好就在这里伺候伺候罢。”

一众跟班心大怒,横眉竖眼要相争。心虚张彩连声喝,尔等原难进内庭。但有中门分内外,此时还可照前行。两家人听方无语,张彩其时定了神。捉作步儿朝内走,花厅穿过到中门。李奎望见先通报,走出书童年纪轻。领进奸臣张吏部,并无侍从只单身。

走过了中堂就是大楼,这楼下前后有窗,中间隔着屏门,小厮领着张彩在侧首穿将进来,望见正中间灯烛辉煌,李奎、张福立着檐下,寂寂不语。张彩想道:“犯了人命,苦主到来还是这等大样,好像没有干系一般,何物女子这等利害?”只得问道:“尸首在那里?你家小姐又在何处?”文儿道:“小姐现在此间,尸首在那大树底下。”又招手道:“快取火来与他去看。”

同答应,两家人,火把双枝手内擎。领了奸雄来树下,低头细看死尸灵。衣衫面貌般般是,惨目伤心不可论。不觉号啕双顿足,一头痛哭又思寻。为何弄巧翻成拙,必定是,婢子无才露隐情。可恨雌儿心太毒,公然杀命当该应。少停若是当官理,他必把,前案俱翻带玉筝。虽不怕,真正休官并问罪,到底是,观瞻不雅坏名声。若然默默无言语,母舅黄泉气怎平?竟让雌儿居上着,区区岂不被人轻。正当无可如何处,来了中城察院尊。

你道是谁?原来就是曹元,一向与张彩见好,近来巡视中城,张逸少也同他最熟。

夜间忽将稀奇报,虽与他,暗里无关也吃惊。只得要来亲验看,到园已听转三更。闲人仍是挨挨挤,赶打方开轿子停。皂隶公人留在外,只带了,幼年仆从两三名。并同忤作前来看,张府家人领路行。

沐家的家将见是曹元，就在后边笑道："我道是什么官府，原来是个老曹。上年藏了白无双，被俺家公爷三个耳刮子打得磕头如捣蒜，今夜审得好便好，若不好俺们再打他一顿，不怕他不跪着讨饶。"曹元明明白白听见，先是打了一个寒噤，口里却不敢说。

一径直来楼底下，内官徐敏代相迎。曹元认得他容貌，又觉心中蹲一蹲。谦逊进堂同坐下，奸雄拭泪见良朋。当时忤作将尸验，杀死情真无别论。利器已经呈案上，此时不免叫凶身。何小姐，毫无畏惧昂然立，不肯低头膝下尘。笼双袖，福深深，朗朗清喉叫大人。御史抬头观仔细，原来此女尚年轻。只见那，乌云挽就双环髻，蝉鬓生光燕尾分。月白长袍齐地扫，紫丝绦系不穿裙。眉如剑，眼如星，白面天生粉不沾。劲直身材原袅娜，临风修竹自停停。声音举措真豪爽，大有三分象父亲。气概先将人压倒，曹元看了倒心惊。又思年少张灵雀，乃是当今得意臣。我岂可将将他怠慢，添花满面也躬身。好言请坐如宾主，免不得，要把根由问一巡。侠女照前而对答，又将名姓自开陈。父传武艺能刀剑，袖上鲜红可作凭。亲斩此奴头已落，并非假手在他人。夜入人家杀死非为妄，望大人，依律从公判断明。张彩终须心不服，怒容回眼看裙钗。闻言就把曹兄叫，一面之词未可听。家母舅声名人共晓，虽非巨富也丰盈。如何诬陷他为贼，须要推详辨假真。御史连忙回答道，此情弟岂不分明。但思夜入人家者，没有第三件的事呀，难道其中却为淫。

"请问令母舅几时寓在此处的，寓中有屋几间，可有仆从否？"张彩道："屋止四间，就是月初搬进去的，只得小弟家一名老仆伺候，余外并无别人。"曹元想道："你家屋宇极大，为甚忽然要搬到这点小屋里来，其中必有怪气。"然而又不敢指斥他家上人，只得问淡烟道："小姐家中共有多少丫环仆妇，可也到这墙上窥探隔邻么？"淡烟道："共有三个仆妇，一名年老，两名中年，一个丫环才得十五岁,这庭心里面便日日走走,却从不许上墙头窥探的。”曹元又道:“此园可有后门,妇女们也常出去否?”淡烟道:“并没有后门,中门也不许轻出,别处也不会露形。只有前数日打过一回秋千,要便只有此时被外人看见,亦未可知,大人若要细求其故,请快把此处的妇女一并唤来,细细鞫问便知其实了。”

曹元点首方称善,张彩闻言大吃惊。暗想婢儿刁又恶,明明自己已知闻,倒来弄这通天巧,问出之时我怎生?摇首连称非此说,这些仆妇小环们,料无上等姿容者,谁把高人引动心。一句话儿犹未毕,淡烟大怒出高声。

“住了,这鲍文不过是个医生,算得什么高人?若来用计钻谋,也只好钻谋个丫环仆妇罢了,难道倒有什么夫人小姐去受他的笼络么?”

诛心恶话如刀剑,说得奸雄愧又嗔。御史连声称极是,自然只有下人们。赛六郎看得曹元怯,自己心虚更又惊。飘眼斜观何氏女,一团杀气逼人侵。没奈何只得还装笑,又叫曹兄你且听。这等凶身其实大,当官还要骂尸亲。淡烟喝道何为骂,是你胡谈口舌轻。

张彩道:“我并不胡言,还是你忒性急了,话不曾听完就要乱喊,我说丫环仆妇者,不过说不是奸情不必拖带了,难道说不关下人就要关着上人的么?”淡烟想道:“原来你也不敢拖带。”便说:“这也罢了,但既非盗又非奸,据你主意算他是那一样呢?”

张彩回言依着我,奸无其理盗无凭。必然另有其情在,须到公堂始见清。冷笑淡烟称是了,原来还是囫囵吞。即教赴审吾何惧,这时候,与你相随曹大人,就到公堂严审鞫,可晓得,真情难假假难真。我何淡烟,本为白屋平民女,露面抛头惯所经。若要去屈打成招休妄想,始终不过杀人名。只怕你,职居五品官非小,自古郎官应列星。身在朝堂行不法,天公未必佑亏心。水清终见鱼龙出,倒有些儿难受禁。道罢拂衣身起立,连呼快走莫留停。奸雄却又无言答,弄得曹元没理论。此际徐公熬不住,呵呵大笑叫先生。既来验看知明白,曲直应该便处分。因甚的,默默无言来袖手,反凭原被两相争。

曹元道:"下官也在仔细推详,无奈一时详解不出,只好待张兄收殓了尸首,明日定案的了。"徐敏笑道:"先生莫怪,咱家原是奉着公主娘娘令旨,特来看审的。这件事据咱看来,极容易判断,何必等到明朝?"曹元道:"老公公既有高见,恳即见教。"

徐太监,是能人,又把先生叫一声。若说他家令母舅,佳名早已播京城。虽则是,不贪小利为偷盗,讲到那,美色之中最用心。但见人家好男女,就要钻头觅缝去搜寻。我们大概俱知晓,难道先生反不闻。今夜跳墙之本意,可知妄想没他心。明欺此处无男子,数女寥寥守内庭。或者希图能得志,岂知运倒是该应。刚刚遇着多能者,撞在青锋一命倾。依律原来无抵罪,如今看彼令贤甥。且将奸盗之名掩,依六杀之内,论了过失杀罪,罚这凶首出了十两三钱埋葬银。可就把,一件事情停当了,何须明日再纷纷。曹元未及回言答,张彩旁边怒目睁。看着徐公称且慢,莫言母舅有邪名。这还是,死无对证凭伊说,若道他,妄想逾墙致命倾。却不道,俗语篱牢犬不入,又云木朽蛀方生。男儿纵有通天胆,女不相招那敢行。此理易明人尽晓,曹兄还要细推详。淡烟怒道诚如此,我原说,同你公堂去辨假真。

"曹大人或者看了你的面情,把我非刑拷问,我拼得就认说是我招呼他过来的,若问我为什么要招呼他,我还有别话可以对答,快走快走,不走不是人。"好一个——

望势观风的曹御史,看着他,形昂气壮铁铮铮。料来没有虚心事,况且他,亲父虽然是小民,身却继为张氏女,金吾姐弟两相称。又有个,显然左袒的河阳主,比着那,张彩门楣胜万分。便到公堂清理去，尸亲料也不能赢。徒然多事成何益，徐敏之言只得听。陪着笑容把张彩劝，回头又叫贵千金。不须两下相争执，既有旁人善解纷。某亦细思真不错，这般判断恰相应。张兄若肯平心想，依了徐公殡令亲。若是不依也难强你，但是成到词讼便，到头终要见输赢。弟与兄既是同朝友，又与张金吾也熟识的，到此俱难损面情。此事看来难决断，请兄申诉别衙门。年高太监连称善，张彩心中火直喷。只怕淡烟如此说，必然内事尽知闻。到官定把予牵扯，还要当堂审玉筝。审出真情非小可，我虽势力仗钱神，小张却是官家爱，谁敢将他姊妹轻。跋涉徒劳还取辱，算来实在不能成。罢罢罢，聪明一世遭愚弄，权且今朝让女人。母舅有灵休怪我，只须留下报仇心。与同仙桂相商议，日后终须把怨伸。想罢眼中流下泪，曹兄既也这般云，弟无他话当从教，只是他，现有亲儿在本京。未识其心甘服否，也须要，等他到此说分明。方才好把尸骸殓，弟实难于擅自行。

“至于衣棺之费，自然原是小弟承值，谁要他家十两银子？”曹元道：“在保国公家做教习的这位，可就是令表弟么？”张彩道：“正是他，此时被国公差往山西去了，急切不得回来，只有过继在刘家这一个了。”曹元道：“可曾着人去报信否？”张彩道：“小弟仓猝出门，不曾料理，家中仆从想必也去了。”正说之间，只见老家人霍庆，同了刘瑾家一个小内侍提着灯笼进来，见了张彩，小内侍说道：“刚才霍庆来报说，鲍先生被这里张小姐杀了，咱们公公老大吃惊，本该差公子探望，无奈事不凑巧，刚刚午后时公子忽然染患寒热，睡倒在床，此刻仍是昏迷不醒，其实不能过来，所以公公命咱来致意曹御史，只管从公判断便了，至于殡殓之际，外甥与儿子一般，张员外也可主张。”

张彩听完多少话，一团指望花飞尘。应了那，常州俗语真坍统，没兴齐来气杀人。大悦曹公心暗想，刘公到底好才情。分明与我相符合,不怕豪人再强争。

当下就把徐敏调停,自家判断之事,细细对那小内官说知。

小监点头俱记着,自然的,回家述与老刘听。这桩大事完成了,漏鼓风传已四更。拂袖抬身曹御史,别无他说再纷纷。止将凶器收回库,立案存留作证凭。内监徐公相送出,掌灯上轿转衙门。街上人,探听明白方分散,这时候,月落星稀斗柄横。天亮便为三月半,君升外殿集诸臣。奸雄不敢重耽搁,丧气垂头也起身。对了淡烟还说道,一条人命已完成。我回去把衣棺办,总要天明大殓盛。此时要,留个家人把尸首护,难道你们还不肯应承。

淡烟道:"人已死了,难道我还要砍他几刀么,这个由你看就是了。"

张彩闻言方不语,留下了,两外仆从守尸灵。自家上马回家去,徐敏抬身也要行。小姐殷勤相送出,这一回,阖家男女好开心。尽言小姐真豪杰,察院曹爷不敢轻。张吏部,满肚青烟难发作,原来本事也平平。淡烟笑道非如此,我一裙钗有甚能。这班人,不敢徇私胡闹者,总碍着,少爷不久要回京。

少停棺木到来,也不许他在园内出入,你们速速动手把这堵近墙拆了,等他原把尸首拖到那边入殓,再去知会了沐家各家将,好在后门口答应他们。

家人小使连称是,动手扳墙片刻倾。然后淡烟还绣阁,飞香小姐笑相迎。下边话,已听明,姐妹言谈气略伸,周妈连呼二小姐,老身替你好耽惊。幸亏官府多慈善,此刻方才心内宁。小姐低声和妹说,虽然此事已调停,奸奴自必深衔怨,定有风波日后兴。兄弟归期还未有,我和你,从今须要更留心。淡烟点首称然也,只有这,贼婢将来怎处分。

飞香道:"此刻我也没甚主见,只好禁在楼中,不许他下去,等兄弟回来说明细底,听他处治便了。"

时已五更天欲曙，便教周妪闭房门。虽然热闹难成寐，也要和衣略养神。话说奸雄回去后，房中哭倒太夫人。更有个，鲍家五姐年还幼，也在哀哀哭父亲。张彩此时难尽顾，更衣且去拜明君。外朝不过君臣见，不一时，君退深宫散众臣。急急归家时尚早，呀声叹气取花银。差人去把沙枋买，唤几个僧家共乐人。小轿之中抬孝女，兼传皮匠一同行。一程又到花园外，家将拦门把话云。

张彩想道：在那边入殓却是成文些，这倒不必与他争论。便叫家人领了扛棺人等，妇女扶了表妹转到寓中安顿，自己带了皮匠走进园来。

依前路，过高楼，原到庭中看死囚。皮匠手拿针共线，替他连上这驴头。奸雄心内虽然气，还想裙钗在此楼。移倚对窗而坐下，口中不语屡凝眸。只见两旁隔扇都关闭，中一间，挂起湘帘是玉钩。一个女人在窗槛伏，原来是，杀人主子气纠纠。其余并没他人影，寂寂无声冷似秋。未晓玉筝生与死，张家女子恁般邱。匿影藏形只在房中缩，难道我，不见伊家就罢休。

淡姑娘生性原不怕人见，你在下边看我，我也在上边看你。张彩想道：大凡少男美女撞在一处，便要你贪我爱，眼角传情，我与他却彼此成仇，怒目而视，可不杀尽了风景；这个贼婢面貌到也不差，为什么生了这般性格，将来必要嫁个荒山里的强盗才配得过。他这里胡想乱思，那边头已连好。

众人吆喝扛尸起，拆掉围墙到顺溜。扛过自家新赁屋，血衣脱下急溲溲。香汤揩抹肥尸肉，更换衣冠尽缎绸。棺在外房停放好，灵帏挂起万般周。乐人和尚庭中坐，尸下棺中好兴头。鼓笛喇叭齐奏响，阿弥陀佛真声讴。鲍文一世真奸恶，好色贪财到处谋。天理全无心尽黑，机关变作巧钻求。也挣得，万金家业娱妻子，只道是，永世风光可不忧。那晓今朝这一出，出其不意命归幽。迢迢乡国能通信，小小家财容易丢。妻子不能帏内哭，儿孙不得手扶手。华堂大厦无他分，原在那，小屋之中式样邸。俐口伶牙今已矣，奸邪诡智一齐休。阴司还要偿余罪，剑树刀山下滚油。这叫做，虽在牡丹花下死，还怜做鬼不风流。止仗个，无知幼女披麻孝，贵显贤甥奠玉瓯。这时节，事已纷纷传遍了，称奇说怪满皇州。都晓得，他身好色原超众，因此上，为色而将性命丢。

又有那班相识的官员说道："他虽好色亡身，于我辈面上却没甚歹处，况有他外甥主持丧事，我辈倒不可慢他。"

各自差人来吊唁，倒也是，门前簇拥闹啾啾。奸雄一一殷勤谢，单差得，屋小难将来使留。沐府又差诸仆从，进园料理十分周。血痕用水多浇净，又唤师巫把鬼收。净屋讽经烧利市，再将墙缺照前修。诸凡妥贴西归日，两位千金又下楼。特造华堂把房主谢，公主娘娘又备了酒筵款待，清谈细饮更相投。夜深席罢方辞去，闭了园门绝沸啾。隔壁奸雄忙到夜，探丧人住了闹村头。乐工和尚都分散，自己难于再逗留。只好命，两个家人看守着，灵前灯光亮悠悠。一棺长闭人声寂，目睹心伤痰咽喉。大哭一场方拜别，头巾除下向旁丢。领同表妹回家内，说也稀奇，这位张太太自得了哥哥的凶信，大哭号啕泪血流。倒把那，心痛病儿都哭好，依然进食用珍羞。又有那，夫人小姐频相劝，无可如何且罢休。

张氏园中这两位小姐，原极其胆大，杀过了人就当没有一般，其如周妈妈与那两个厨房仆妇出像的胆小。

心下怕煞无头鬼，一到那，日落西山就动愁。下边的，不敢托盘庭内走，上边的，单身不敢下高楼。风吹草动都惊怕，猫叫鸡啼胆就浮。气极淡烟何小姐，对他们，再三剔破说因由。

"他活时被我杀了，魂魄也不知吓到那一块儿，怎生还要这里，你们只要放大了胆，包管没得鬼来，即使真个看见他，只消说一声二小姐在此，他定就吓退去了。"

三个妇人无可奈，精神强打总耽忧。这几天，又闻捷报来朝内，乃是张逸少，夜入番城戮女酋。救父立君番国定，现今复又统貔貅。出关去助云南帅，夹击番邦众虏囚。天子宫中心大悦，众官员，虽知驸马助为谋，也称逸少真骁勇，果是英雄出众俦。皇上又将他厚待，归朝把稳便封侯。老刘暗暗称还好，前日若帮了张彩，将他姐姐难为了些，可就和他结了仇。又遣家人来报喜，并说那，班师只在夏和秋。闺中姐妹非常乐，只有这个玉筝婢，满肚愁烦苦又羞。羞的是，私情败露被千金打。苦的是，拆散鸳鸯难并头。愁的是，小主回来饶不过，还要被，皮鞭竹棒满身抽。更不知，那人情义深和浅，此时节，还把奴家记挂否。

到了鲍文的头七，张彩又来开丧设祭，原有许多吊奠亲朋，也闹了一日，到夜方散。张彩还要打听打听玉筝的消息，依旧住这里。房开着窗，在小庭心里踱了半夜。

频侧耳，听东墙，万转千回费忖量。虽有人声闻隐隐，欲探消息却茫茫。一墙隔断仙凡界，任是奸雄没主张。顿破双靴牙咬啐，声声痛恨按胸膛。夜深只有归房去，睡在床中心气伤。思想自家真不丑，出胎聪敏利如枪。从来只把人欺弄，手到功成占尽强。记得相逢张逸少，犹以为，不曾到手意怏怏。然而细想其行事，止不过，不受人欺有备防。彼此胸中虽结怨，外边还把面花装。语言调笑时时有，并不曾，当面翻颜闹一场。两个雌儿何一物，这般胆大气昂昂。公然如此欺凌我，胜过男儿忒煞强。仔细算来真不服，偏生还要慢商量。你们只在京城内，早难道，真个男人怕女娘。终有一朝归我手，少不得，从前欠债一齐偿。奸雄切切怀私恨，真个是，蛇蝎为心胜虎狼。一两日，不觉长，钱舅爷主仆转门墙。中堂见了贤甥女，更有何家女淡娘。街上便闻这件事，开言便问二红妆。千金岂肯瞒娘舅，又没他人在侧旁。就把那，始末根由多告诉，吓得个，舅爷冷汗透衣裳。

吐舌说道:“你们忒也大胆,审出玉筝不落他圈套已是万分之幸,就只当不知也罢了,怎么竟杀起人来,倘然惹出大祸,便怎么了?”

淡烟听了微微笑,母舅身居文墨邦。说起行凶心就怕,杀人断要命相偿。殊不知此等奸淫贼,害尽苍生心不良。岂可长留他在世,送他一剑理之当。况兼夜入人家者,杀死无人去抵偿。御史只能依律断,尸亲无法可相帮。公然太太平平过,母舅何须要作慌。说得舅爷无对答,一会儿才把眼张张。笑言我是无能辈,理上原该这等腔。不比令尊真好汉,杀人似草铁心肠。故而养女行为肖,初次提刀就在行。

“只是还有一说,若索性连张彩也杀了呢,倒也罢了,如今他恰还活着,他吃了这场说不出的恶亏,那里就肯休歇,必然又要寻出事来,你们可能防备他么?”淡烟道:“事固不能保得全无,但有起事来,甥女自然一身耽待,决不连累母舅与姐姐便了。”

钱舅虽然心惧怯,又闻得,外甥得胜破番邦。料来不久将回转,就有冤家也不妨。算得平安心放下,又谁知,佳人命合有灾殃,自然不妙来相凑,险些儿,玉骨冰肌水内亡。所遇更奇人愈骇,请诸公,重听下卷便知详。

——江林点校《凤双飞前传》,

中州古籍出版社 1988 年版

彭靓娟

彭靓娟，号浣雪楼主、寄云女史，四川人。有关其生平，见于作者《自序》："寄云幼侍蜀东，长游燕北。未忘口授，曾吟柳絮之诗；默奉心香，高唱木兰之句。从郎万里，戍鼓惊霜；课子三年，清砧捣月。写丹青于唾绒之暇，浣雪楼头；习岐黄于主馈之余，密陀阁内……光绪二十五年岁在己亥仲冬吉日，蜀东浣雪楼主寄云女史彭靓娟序于海上双砚斋。"①另据上海清光绪二十四年(1898)4月21日的《新闻报》载《呈李筱荃宫保丁夫人》一诗，落款为"归乐安浣雪楼主彭靓娟寄云"，李筱荃即李鸿章之兄李瀚章，"归乐安"则是指彭靓娟嫁于江西乐安。

四云亭(节选)

《四云亭》，全称《绘图绣像四云亭新书全传》，二十四卷二十四回，六至九言联目，清光绪二十五年(1899)刊本。题"光绪己亥年仲冬月吉日，寄云夫人大著，蜀西江纫秋题"，"蜀东浣雪楼主寄云女史编辑，江州倩云女史校字"。有光绪己亥作《自序》，"新安江干独钓客孙武后裔"的"镜湖闲评十则"，另有蜀西纫秋女士、兰

① 彭靓娟:《绘图绣像四云亭新书全传·自序》，清光绪己亥(1899)刊本。

州严杏徵女士、济州碧嬛女史、湘北沁兰女士、浙江朱丽娟女史、皖南方可青女史题词。《四云亭》的创作,据姜纫秋女士的题词:"亭亭梦云馆,纤纤彼姝子。指毫自写照,风雨生十指……空中构楼阁,蔚然作海市。百日便脱稿,亦何速乃尔。"可知创作过程颇为迅速。

书写明天启年间(1621—1627),陕西兴安县有赵洪先,生子名继龙,订婚舅女刘云翠;女名紫凤。家中新建一亭,继龙梦为妖逐,有四美来救,化为四朵彩云,因名亭为四云亭。洪先得妻舅死讯,乃命继龙往青州看视云翠。过济源,游王屋山,遇耿女云佩。云佩时从师学剑,遂奉师命与继龙结为夫妇。魏忠贤党崔呈秀子世贤任兴安知府,为客氏侄求紫凤为妻,洪先不从,乃诬以四大罪,捕洪先夫妇下狱。紫凤同乳母逃出。继龙得讯下山,亦被捕,途中为金鼎山寨主李龙汉妻龙氏抢去。龙汉妹云素,曾从云佩学武,遂放继龙逃出,在徐州觅屋而居,两人成婚。紫凤在逃亡途中,为湖南提督王丰收为义女,遂识义兄王英。王英与侠客劫狱,救出洪先夫妇,并杀死世贤,后与紫凤成婚。云翠继母拟将其卖为妾,云翠遂与四婢避居观音庵,思为夫家报仇。逢崔呈秀女云凤母女进香过此,欲买丫鬟,云翠乃易容,改名秋鬟,同婢卖入崔府。后得呈秀信任,命代理内书房事务,遂悉其罪恶证据。魏忠贤侄淮扬镇台永锡招兵,继龙与云素携众婢应征,得悉魏私通外国事。云素易男装,因御弟信王之荐,为御前侍卫总统领。时继龙已改名李文,为忠贤荐与崔呈秀为总管。秋鬟(云翠)识为其夫,暗与相会,念云凤之贤,为两人撮合,但未表明身世。天启帝病,魏、崔谋篡位,云素等拥立信王,是为崇祯,遂荡平奸党。云翠复妆,亦与继龙成婚。洪先夫妇去世,继龙守孝在家。崇祯十五年(1642),兵乱四起,继龙夫妇毁家以助军需,悉招旧部,收复城市百余,以功授平南王。后继龙为李自成所败,云佩下山相助。

不久,闻京师已破,崇祯自缢,继龙遂遣散士兵,全家浮海隐居。

第八回　刘云翠改面为奴　崔呈秀痛心丧子

光阴不住轮流转,从丁酉写到戊戌年。弹琵琶揩尽流泪眼,替古人写些悲与欢。千头万绪多纷乱,总要一心耐着烦。才把这边来点染,又怕冷落那一边。便像个,蝴蝶穿花左顾还右盼,你看这作书之人难不难?剪断闲言归正传,来说青州提学官。

刘心远幼年之时在翰院,他祖上伯温先生字青田。从高祖神机妙算,到后人袭爵封官。

心远曾作提学院,所生一女并一男。男名刘全援例作知县,女名云翠美婵娟。九岁时,许与赵府原是老亲眷,早听得,女婿继龙才貌甚不凡。不幸母亲把命短,心远年才五十三。三年考取学院满,娶得张氏来续弦。这张氏他把前妻儿女多厌贱,小刘全,因此带挈家眷到南边。张氏胞侄名炳善,仗着姑母逞刁顽。刘公心上多忧患,得染痰疾便归天。云翠痛哭不沾茶和饭,可怜他悲苦零丁过两年。他后母姑侄日夜谋财产,只碍着聪明云翠在中间。这日刘公两周满,请了些和尚超度在堂前。陕西忽然来信件,便说的,赵家父子造下不赦愆。因此全家被抄斩,仇家便是魏忠贤。云翠听了心中如刀箭,纷纷珠泪洒胸前。正要起身归房转,张氏心中大不然。开口就骂不要脸,与你未嫁女儿甚相干。叫你表兄另去选,选一个上等之家结良缘。云翠登时怒满面,说母亲这些言语太不端。爹娘与我结亲眷,两家爵府非等闲,纵然中途把弦断,也无有良马前去配双鞍。哥哥现在为知县,却叫我另抱琵琶跳别船。别人家女儿不好娘拘管,亏我的娘亲叫我作这般。拿起剪刀便把青丝剪,却有四个丫头生死来救全。张氏虽然大伤脸,却也自知理不端。淡淡说你要守节各自干,看你守到那一年。云翠不答各回转,绣花楼上把身安。一夜悲啼难合眼,满腔血泪洒黄泉。爹娘呵你抛下儿女何处站，却不是活活送往鬼门关。猛然一朵心花展，想了后来又思前，看透了后母表兄真嘴脸，他口虽不言定有巧机关。从古至今多少小说传，也曾看过百十函。有的被人卖了作下贱，有的忍心毒打断送美婵娟。有的造下谣言来把名节贬，有的一付毒药送少年。奴不难舍生一死对得翁姑面，这徒死无益虚生人世间，叫四个贴身丫头近前站，低言附耳莫贪顽。大小箱儿急急检，前后门儿紧紧拴。还须要，轮流去到上房把信探，我不把，恩怨分明不算女中贤。

却说张氏被云翠小姐抢白一场，甚是不快，遂同侄儿商量害他。炳善道："表妹十分美貌，姑母何不做主，竟将他许配侄儿，岂不完了这个家资？"张氏道："这怎能够！你不听见那日的话么？"炳善道："既然不能够，我便索性将他卖与江湖，也落得三四千两白银，何如？"张氏道："好却好，只怕他哥哥将来晓得怎处？"炳善道："昨闻江南一带流贼出没，朝不保夕，他又怎能顾到这里？"张氏道："如此说，你快去做呢！"这姑侄商议的话，早已落在小姐丫头小菊耳中。原来这四个丫头，乃是刘公在江南用四千金买来，一名小兰，一名小菊，一名小蓉，一名小竹，把与小姐陪嫁的。他四个年长一年，都出落的花容月貌，外虽浑厚，内实聪明，恰好作小姐的帮手。小菊听了张氏姑侄之语，急急到妆楼告诉小姐。小姐点首想了一会，叫他四人将珠宝金叶、奇书爱画、换洗衣裳捆成四个小小包袱，又有日本小刀一柄，长止三寸，削铁如泥，合鞘藏在身边。这日正是佛事圆满，小姐到中堂哭了一场，归到妆楼，恰好小竹悄悄来说："张表老爷给我白银一锭。"小姐点首说："以后他给你，你只管要，他叫你做甚么，你只管应承，还要他添些银两。"小竹领会去了。到得次日，张氏备了大轿二乘，同到刘公墓下焚化钱楮，小姐只得随去。

刘小姐坟前把轿下，又只见坟上宿草已生芽。哭一声珠泪飘洒,一霎时泪痕湿遍杜鹃花。又只见,七八个人站在豆棚架,分明是买妾的人儿来看咱。张炳善立在一旁暗惊讶,好妹妹人儿真是玉无瑕。他虽然一身缟素还穿麻,那哀艳盈盈恰是带雨一枝花。坟前慢把纸钱化,他瞧着美人眼不斜。小姐心中暗暗骂,丑畜生无礼真该杀。一时三刻都起马,十余里行来便到家。见四围,有路的门儿都把锁来下,有几个草篾棚子在巡查。分明是天网地网来安下,怎晓得,姑娘的高强手段也不差。上妆楼小兰悄悄来禀话,说他们,抢亲便在这月二十八。

小姐听得此言,在床头坐了一刻,小竹又来说:"张表老爷给我二锭,末药一包,叫我偷着空儿把末药放在小姐茶内,候小姐吃毕睡熟,便报与他去。"小姐点首,拿过末药包藏在身边,定更后唤到四个丫头,分付道:"我看前面左右,他们俱已防备,必然不能逃出。即逃出也难免不追转来。如今只有一条密路,就在那后园五十余步外一抹矮墙下有一穴,为园中出水之处。外边是一丈多高的崖墙,外边有大松树一株,我小时常在那里同各家姊妹斗草摘花,今还记得。"小菊道:"不错。前八月同小竹妹妹在那里捉蟋蟀,倒是走熟的。"小姐道:"我们约定,明辰叫小兰早些起来,悄往那里看熟路径,将两根长绳系在松上。明日月黑头,我同小菊、小兰、小蓉,趁着人静之时各将小包袱紧系在身,从此处附绳而下,你们可有这武艺么?"小兰道:"不瞒小姐,近来同小竹妹妹学打秋千,也都惯熟,扒崖下坎都是会的。"小姐道:"那崖下有一通水,小沟约长二里许,便是观音庵后面。母亲在日,用了五百金所修,招了七八个尼姑,每月初一、十五,逢三到那里吃斋念佛。后来母亲去世,那尼姑散了,只剩三个。后面又有石室一所,甚是幽深,向来母亲避暑的。那老尼当日甚是疼我,我们前去投他,躲在石屋之中,再寻别计。"小竹道:"那沟内怕有虫蛇,奈何?"小姐道:"现在霜降之后,百虫入穴,两旁俱是高埠,只容得一人,虎豹也不能走的。我们各持利刃,相扶而行便了。”三个俱各点头,小竹道:“婢子何用呢?”小姐道:“还有大事。”便扯小竹到耳边说道:“如此如此,方出我的恶气。”四个丫头听了,只笑得吐舌弯腰,下气不接。小竹道:“他若看破不来,怎处?”小姐道:“他爱我颜色,贪我家私,早已着了迷鬼,那还算到此处?”小兰道:“此计果妙,但恐延烧中堂。”小姐道:“一切田土契约在我这里。昨夜我观天象,明晚必有北风向东吹去,不得延烧中堂。我拼着舍了这妆楼,打发张狗头回去便了。”四个丫头又问对一番,才安心睡去。

小姐定计果然妙,想出窄窄路一条。好一似邓艾偷下阴平道,就破了铁桶成都万里桥。又好似韩信背水来破赵,到后来官封三齐显功高。一夜安心且不表,看看红日映窗寮,二更之后各自暗偷跑,好一似鱼儿脱网浪滔滔。有小竹悄悄去对炳善道,说张表老爷你且听根苗,我小姐吃了末药在睡觉,你这里快些前去走一遭。张狗头喜得眉欢眼又笑,跟着了小竹即刻上楼瞧。又则见楼上两枝红烛照,有一架紫木梯儿丈六高,黑暗暗的路儿高矮没分晓。却好比,刘阮天台还隔路儿条。小竹哄他往上跑,怀中取出火药包。张狗头正在左一碰来右一倒。好小竹,他便点着火线急往后垣逃,弯着腰儿把墙跳,便附了松上绳儿往下飘。小姐主仆正在候他到,半夜清霜湿翠翘,一见小竹齐含笑。笑的是狗头这下怎开消,扯下绳子便把痕迹来灭掉。却早见,妆楼火起焚了旧窝巢。一霎时北风大作观音庙,有三个尼姑接着喜眉梢。问小姐你主仆何事运颠倒,深更静夜来奔逃。从前你夫人为善多周到,菩萨也应把灾消。你后母听凭表兄把孽造,他那知举头三尺定不饶。只是这,荒庵之中茶饭甚不好,贤小姐耐耐烦儿莫心焦。小姐开言把泪吊,说姑姑师徒你们听根苗。不幸我家祸事到,还望你们把心操。取出了十两碎银去换钞,买办些柴米油盐度终朝。又要防声名泄漏就不好,那一些,闲杂之人不许往内瞧。不久的咱心自有巧计较，也不劳姑姑尽把心来操。尼姑闻言下去了，他主仆便把石室作窝巢。一夜不觉天已晓，外边的传说刘宅被火烧。又说的张表老爷化灰了，却可怜，小姐主仆一个不曾逃。小竹等听得多暗笑，说那使心害心的怎把毒计逃？

话说小姐在石屋中住了三日，心中想道：若是到哥哥任上，固然可以相安，只是这孑孑一身，哥哥也终久劝我改嫁。我一改嫁，这顶天立地四字，便说不起了。细想那陕西来信说，公子姊妹预先走脱，这生死二字，尚未分晓。我想这崔、魏二贼，恶贯满盈，害了许多忠良，天下人都想吃他之肉，又甚希奇。杀我公婆，抄我家资一事，我今要设个法儿进他两家府中，慢慢将他剿灭，一来为公婆报仇，二来为天下泄愤。只是我鞋尖脚下一个女孩儿家，这事又谈何容易！

我本待，进得权门便把奸臣害，怎奈我，娉娉婷婷一个女裙钗。我怎比，渐离击筑去把秦政害，我怎比，荆轲报仇暗把匕首怀。眼睁睁天大冤仇不共戴，却叫我力不从心命运乖。佳人正在来苦坏，又只见小兰丫头禀事来。斋婆早上出买菜，一行走至王家街。街上人多如山海，行台门上挂了丞相牌。崔夫人，太安山前去把娘娘拜，携了个小姐一路同吃斋。经过的，地方官儿办得甚光采，用的是青州百姓大钱财。猩猩红毡用脚踩，又修路来又补街，无非是，谄媚相爷图个优礼待，升升官儿作上台。这等不要脸的官府不足怪，只可怜百姓衙役苦办差。不料得，随身四个丫头在途把病害，崔小姐路途之中多急坏。没有使唤心不开，影只形单难自在。他只得，平度州中停了起马牌，差人四下去把丫头买。好来服侍女中魁，那知道，平度一州女儿多是歹。要想那，五分才貌也当上天台。当不得小姐一心总不改，他定要自挑自选自安排。第一要会写字端端小楷，第二要会说话应答巧乖，第三要能算账银钱山海，第四要会绣花锦缎弓鞋。论容貌中中的倒也无碍,这四个难题目何人做来?刘云翠听得多爽快,恰中他的美心怀。正要进府去把奸臣害,却有这天送奇缘怎放开。我便把,大的两个丫头随身带,小的两个寄在庵中权吃斋。说明是官家子女贫无赖,因此上,主仆都愿扶侍女多才。这身子并不要他银钱买,只求他小姐格外来栽培。想罢不觉心自在,回头来细把菱花宝镜开。我只道,月来忧患花容改,那知道,娇娇滴滴还是可怜才。纵把些破烂衣服来遮盖,怎奈道,粉面蛾眉倒似薛夜来。潘贵妃的窄窄金莲万金也难买,张丽华的油油发儿映粉腮。则只望他的小姐来宽待,倒防他心生妒忌起疑猜。况则那,相府家人小子多如海,怎容你,美貌侍儿独不染尘埃。佳人想罢心旌摆,把罗巾将泪揩。看看斜阳没西海,一轮明月照东阶。将身走出大殿外,上供的元女娘娘仪仗排。小姐跪下来祝拜,诉诉苦情并幽怀。精神连日多困惫,悠悠一梦到天台。他本是海棠仙子瑶池界,只因有罪谪下来。一点灵根长不坏,早听得,娘娘有旨宣他上金阶。

却说娘娘升殿,云翠小姐走到座前拜伏在地。娘娘说道:"海棠仙子,亏你灵根不灭,将来大有一番作用。这两个奸臣也不久了。今赐你黑丹一帖,将花容藏好,改换模样,以便进他府中。更有金丹一帖,候你成功之时服调此丹,还你本来面目。去罢!"小姐方欲再叩,耳听霹雳一声,惊醒转来,原来跪在蒲团之上。想了一想,那娘娘吩咐言语,句句记得,左手内还拿丹药两帖。起来整整衣服,向娘娘九叩顿首,转到石室,对四个丫头说明照办不提。

刘云翠焚香暗许愿,记下了娘娘梦中言。叫小兰取过菱花来照面,可怜你花容月貌甚新鲜。生来的面目不用巧打扮,那一点绰约风姿是自然。多只为要进相府报仇怨,才把这灵丹改换玉堂仙。从今与你会一面,要还我本来面目待何年。想罢不觉心酸软,纷纷珠泪落腮边。不觉又是夕阳晚,高烧红烛照床前。小竹取来水半盏,调下了娘娘赏赐变容丹。服过黑丹人困倦,和衣靠着枕儿眠。小蓉小兰轻轻把门掩,又到那后墙月下打秋千。好小姐,悠悠荡荡如在空中颤,又觉得,耳烧面热大不似从前。鸡声惊动乾坤转,醒来日上已三竿。悄悄的起来自把菱花看,这面上全然改了旧容颜。发黄黄不是乌云染,脸苍苍不是雪一般,皮皱皱好比四十满。只有这,口中出气还是如芝兰。这正是外面虽变内不变,有这颗,聪明的心儿怕甚大权奸。丫头们,进来一看都道真希罕,这真是,娘娘威灵格外来保全。小姐便把丫头唤,我吩咐的言语记心间。四个谨记我的言,小兰小蓉跟我去犯险,临时自有巧机关,切忌多言惹祸患,泄漏巧计非等闲。小菊小竹且在尼庵站,随时须听尼姑言。我把与百两碎银将钱换,不少你们吃合穿。切忌不可出外转,怕人知道寻根源。好好在石室之中学针线,闲无事去在后园打秋千。待我这大功成就将身转,我们主仆再团圆。与你们好好择姻眷,每人陪嫁银三千。小姐说得泪满面,四个丫头也惨然。一齐叩头谢恩典,看看的主仆分离在眼前。脱下了缟素衣裳内外件,头上取下小麻圈。两件青衣盖了面,一条布带系腰围,又请了尼姑进来说一遍。悄悄的,三乘小轿抬往崔家那　边。

原来老尼姑有个兄弟,年过五十,小姐给他铜钱五串,叫他前往崔夫人馆驿之中,托门上大爷通传,说有前任湖广巡检司王老爷的长女小翠携了小婢两个,因父母双亡,无力回籍,情愿作奴婢以救饥寒。若夫人见怜许允,他并不要身价,留作后日恩赏陪奁可也。夫人小姐闻得又是宦族,且一连三个,刚补前缺,又不要钱,真是意外之幸。遂唤入面问,小姐携了小兰、小蓉进去,见过夫人,转身向小姐叩头。小姐一见大喜,将出的三个题目略问几句,云翠应答如流,觉得满腹才能,还在三个题目之外。云凤小姐万分欢喜,将云翠改名秋鬟,小兰小蓉仍用旧名,分派了事。外边人役等即刻起马,向京师进发。从此云翠便名秋鬟,直到第十三回方还他刘云翠三字,在此表过。

手提羊毫心想烂,一笔能写忠与奸。不一刻燕南赵北都走遍,却苦了行路之人要半年。翠小姐他既改名姓也换,崔云凤了却香愿回长安。他只为中途病了随身伴,因此上补缺才买王秋鬟。为的是宦家流落作下贱,贤小姐心中不忍另眼看。那知道秋鬟原来有才干,最能言语却又不多言。路途之中略把手段显,贤小姐心中却已万分欢。过了德州又是东光县,听一些,路上言语都骂魏忠贤。也只为添设税卡致民怨,又骂的,崔家呈秀助纣为虐上欺天。崔夫人听得此言怒满面,叫随员快把地方官府传。将那些说话之人捆送县,问他个辱骂官长端不端?贤小姐听了登时来阻劝,说这也难怪他们出怨言,人多嘴杂谁敢管,一拿便惹祸包天。大哥因此逼民反,险些一命保不全。九千岁作的事儿讨人厌,拖累爹爹受罪愆。母亲何必寻事干,得清闲处且清闲。崔夫人本来慈悲性纯善,也便回嗔作喜坐一边。假秋鬟一旁暗暗将头点,好小姐,你生错人家倒也可人怜。行行又到河间县,路上饥民有万千。小姐吩咐把钱散,那知他身边未曾多带钱。假秋鬟就把随身箱笼展,也帮助小姐散了二十千。小兰小蓉也出四五串,喜杀了千金小姐女中贤。一直走过十月半,到家正是大雪天。上下人役齐打点,收拾房屋又摆接风筵,美小姐却把秋鬟主仆唤,到上房好与相爷去请安。假秋鬟闻得此言抽身转,随着家人来到内门前。见了相爷叩头将身跪,老贼问了几句言。咬定牙儿徐徐把脸变,我只好忍着气来吞着酸。又与那众家仆妇来相见,依然回到小姐前。美小姐,便叫收拾后一院,着与他主仆三人把身安。假秋鬟闻言谢恩典,说这里连近香闺好往还。院公妈子不迟慢,即时扫出屋三间。楼台亭阁倒也甚宽展,那侧儿一开便是后花院。

且说秋鬟包天胆大,改面进府,原靠三条毒计泄恨报仇:第一条,曾在尼庵托老尼兄弟买得上好砒霜毒药,下口即死;第二条,剩下烧张炳善的药筒十余枚，可以暗焚相府；第三条，他那柄日本宝刀几经毒药煮过，见血封喉，若与老贼近身，便可刺其要害。有此三计，自然马到功成。那知道进得府来，看那各处房屋，皆是铜墙铁壁，莫说烧不起，就烧起来，自己也不能脱身，更不忍祸及云凤。这火药筒是无用了。那老贼随身常有数十人护围，崔世舒更是强横，剑不离手，一切饮食之物都有亲信人伺候，把这毒药日本刀都用不着了。

假秋鬟心内多悲愤，怕的是用计不成反害身。日不安来夜不寝，悲悲切切自思寻。好一似，昭关一夜白了英雄髯，又好似，崤函关前隔着孟尝君。自愁自改说道休急性，等一等，上门机会到来临。却喜那云凤小姐甚高兴，把他主仆当腹心。有时围棋来散闷，有时彼此弹青琴，有时作诗或步韵，有时又红窗之下共拈针。这其中何曾有些主仆分，分明是一个同胞姊妹情，他拿了十分才情来酬应，也恰好一个八两一半斤。这一日，小姐去到上房把安请。回来已是两时辰，小蓉掌灯不迟钝。贤小姐闷闷无言懒抬身，低头对着菱花镜，那芙蓉脸上却有泪双痕。假秋鬟偷眼正在暗思忖，美小姐忽又长长叹一声。假秋鬟，忍耐不住悄悄问，小姐有何悲怨情？小姐回言：你细声些儿慢慢听，你我相知非外人，外边的，只说我们富贵多荣幸，那知道我富贵家女儿实苦辛。可恨的魏贼忠贤多谗佞，我的父，他也依样葫芦作党人。三个胞兄都狼狠，却又生了我来待怎生？那有个雪岭冰山得长稳，这是我说不出的一段情。前月得了兴安信，哥哥害了姓赵人。百万家资抄灭尽，妻离子散惨十分。白头二老收监禁，幸喜当堂死了对质人。此案一时不能定，他那里十张呈词控进京。我父一手来压定，皇上怎能知此情？只图个我家银钱如山岭，却不管人家冤仇似海深。假秋鬟猛然听得这个信，才晓得公婆那边一段情。不觉腮边珠泪滚，天涯骨肉伤人心。美小姐，只道秋鬟动的旁不愤，便说秋鬟你且听下文。我也曾读过诗书三五本,听了此言实痛心。几番与父来争论,他反说女儿爱管闲事情,还要将我许与郑国信。便是那,魏贼忠贤他的亲外孙。一字不识犬羊性,你教我,落花无主伤神不伤神?假秋鬟闻言心中更不忍,便将好言劝千金。花香自有蝴蝶问,鸾凤怎入犬羊群?只要你自家拿稳心一寸,怕没有忠臣义士结婚姻?小姐点头将气忍,把个秋鬟更当心腹人。过了两日忽生病,原来是天癸未曾行。崔贼夫妇心慌甚,请来医院几班人。有些道破血宜用红花引,有些道补血宜用当归身。一连数剂越沉困,假秋鬟主仆日夜泪珠零,阖府的大大小小都怜悯,他原是慈悲美貌好千金。他父母哭哭啼啼来守问,眼见的奄奄一息卧床衾。假秋鬟只得上前将言禀,尊一声相爷听奴说病情:小姐还愿山东省,在路一月受苦辛。又受些闲是闲非心烦闷,遇着风寒经脉停,破血的,他本来无血破的甚?补血的,却又关着风寒万难生。倒不如只用一剂逍遥饮,都是些,轻清之品大约不伤人。崔贼无奈来依允,换过单儿把药称。拨开齿牙来灌进,这叫做死马当做活马疼。那知道连服两剂意安稳,一家大小庆重生。美小姐感谢秋鬟更不尽,他府中,都说秋鬟医道妙如神。因此常把上房进,那老贼夫妇却也感激到十分。

此刻,假秋鬟在崔府已是数月,虽是上上下下无不爱他,他却步步留神,所以并无人疑他。他看这府中,惟有崔世舒甚是凶恶,在外诬害善良,抢奸幼女,不计其数。府中的妈子丫头少有姿色的也都难免。又有个魏长寿,乃是魏忠贤远房侄儿,忠贤荐来当个长随,为人心计聪明,力举千钧,飞墙走壁,诸事能干。呈秀见他忠实,将一切银钱进出、工役围队、房屋门户,都交他总管,他便十分感激,发出万分凶恶,外边与他取名"小委鬼"。却也贪好酒色,凡事他都把细,只说这偷淫妇女,他便性命不顾的。假秋鬟暗暗思忖,要除老贼,必先除小贼,要偷主人,必先除照家狗,这两个人若能剿除，那崔贼也就孤势，不怕这天下不太平也。

假秋鬟许下包天愿，他要把几个奸贼一手权。却买得一府之人来重看，又不徒，云凤小姐护持在中间。他又将府中情形看在眼，慢慢的水磨工夫来捆缠。那老贼，也有几个姬妾在西院，他却常常在东边。夫人倒是好淑媛，唱随和睦女儿贤。这也是老贼衰年气血短，用心不在妇女间。西院冷落不能无埋怨，但只是，闺门严肃谁敢来犯嫌。中有一个王姨最妖艳，他原是江南送来美婵娟，二十一岁正是如花眷，他怎禁这迢迢秋雨夜如年？一日两日尚小胆，后来也就胆包天。暗与那魏贼长寿来通款，飞墙走壁盗一般。白日账房把事办，到晚来悄到西院眠。丫头们假作不看见，那一个挺身出力来捉奸。这一日，秋鬟有事偶然到西院，王姨一见喜眉间，请坐唤茶忙打点，他尊敬小姐敬丫鬟。谈了一刻身子倦，取过绣枕横着安，斜倚香衾朝左看，一面睡来一面谈。有两个小小丫头锤腿腕，假秋鬟也就挨身坐右边。满屋的金银玉器无其算，那八尺床上铺设更齐全。小小花篮装的甚香艳，挂之在流苏帐里实新鲜。八幅绣衾乃是四川缎，四个枕儿绣的刘海戏金钱。枕头下，有个小纸包儿压得扁，吊出了，桐子大的一个小红丸。假秋鬟暗暗拾起袖中卷，又说些空闲话儿回东边。灯前暗把纸包看，上写着房中上用紫金丸。大约是暗藏春药为那件，则叫你死期就在眼面前。夜深暗把银烛剪，前后门儿紧紧关。取下砒霜和些莲米面，照着样儿造成十二丸。将一色的末药穿好把痕迹掩，又将原纸包着做得好端端。千金一刻春宵短，这夜何曾枕上安。到明日饭后又去游西院，又与王姨假周旋，却把药包暗暗放枕畔，慢道是，人不知来就是神鬼也难参。护家狗你果今夜来游玩，恭喜你一颗毒药丧黄泉。倘若是，老贼高兴也来吃一点，我便一重心拜九重天。看看又是三日满，假秋鬟这里甚心悬，放下金钩鱼儿不见面，却不知，魏贼有事到了居庸关。次日却是小姐美寿诞,满十六进的十七年。夫人叫班将戏演,满院的女眷一起到这边。假秋鬟主仆分头把事办,到了三更才回还。小蓉上前泪满面,说我今日摘花到后边,崔世舒狗头百般调戏将我赶,他说要收我进房结良缘。假秋鬟听得将头点,说好个机会在目前,正待把他来暗算,你不怕死的先要来歪缠。

只因小蓉进府,小姐待他极好,不到半年,长的姿容美丽。世舒是个色中饿鬼,怎放得过他?小蓉告诉秋鬟,秋鬟便到小蓉房内查看,他的卧榻正对窗棂,门格子有二寸宽仄,窗下是后园池塘,有小石板路紧靠窗下,仅容一足。轻轻将竹竿控试池水,约一丈深,点点头道:“够了。”进得房来,吩咐小蓉道:“他明日必再来调戏你,你可约他于明日二更后在园门等候。你便如此如此。”小蓉领会,各各睡了。次日辰刻,假秋鬟同小兰仍往前边去了,留小蓉看守房屋。

不表秋鬟前面往,又说小蓉他在房。一切妙计安停当,看看红日已上窗,恰听后园鞋声响,他晓得定是狗头来跳墙。轻开园门望一望,崔世舒笑立池上喜眉双。说小蓉今日你还怎么讲,我昨日之话可是有商量。美小蓉点头说道你休慌,我定要占占《关雎》第二章。白昼里这边多有人来往,你今夜,二更到来与你诉衷肠。崔狗头得了圣旨一般样,转身仍然跳过墙。到了二更寻着旧路往,倚着园门往内张。耳听得园内环佩响,他便唤了一声小蓉美姑娘。美小蓉也在倚着门儿望,说这园门钥匙还在小姐房。你等候一刻我自来开上,说罢转身便到知己房。狗头候得心窝痒,却见他纸窗之内有灯光。寻着那,石板小路来把窗内望,又只见小蓉独坐饮杯觞。灯光之下更是好模样,只恨隔着一堵墙。说小蓉你一人寂寞饮佳酿,你怎不将酒待客我也尝。美小蓉,斟满一杯送往窗格上,他接着一口吞下还在说酒香。小蓉安杯未停当,猛听得,扑通一声倒坠下池塘。

原来假秋鬟算定小蓉前去约他，他必乘夜赴约，锁上园门，不能进来，却见窗中有火，他必然走往窗下窥窥里面，见了小蓉在内自斟自酌，他必然求饮一杯。那张炳善迷害云翠的末药是带来的，预先下在美酒之中，另自一壶，候他求饮之时给与他一满杯，到口即晕，自然倒坠。暮春尚冷，又是绵衣累赘，自然不起来了。却骇的小蓉战战兢兢，静听一刻，略无影响，即忙关了窗门，走到小姐房去。秋鬟见他神色不定，瞧了他一眼，小蓉暗暗点头，秋鬟会意。这夜崔夫人因小姐不喜听戏，请了些清客在小院外厅说书。假秋鬟主仆便在那里陪小姐听听①。天明书毕，夫人吩咐散去，遂同着媳妇、大女、姬妾、奴婢等各归各房。小姐也倦了，秋鬟扶他睡下，便同小兰、小蓉和衣斜靠炕边，那心中怎睡得着？天已大明，只听园中人声狂叫，说："三公子坠池死了。"惊的内外人都起来。老贼夫妇亲来看视，一般仆役已将死公子抬将起来停在花园石板上。一个气昂昂酒色之徒僵冷久矣。老贼亲手检验，通体并无伤痕。又遍视窗门垣墙，全无痕迹。此时小姐在旁呆呆立着，夫人与世舒的媳妇哭在一团。老贼也痛哭几场，吩咐家人买办装殓，暂殡后园小径。小姐劝了他母亲几句，各自回房去了。老贼却暗想儿子原是不肖，莫非与秋鬟主仆有甚蹊跷？夫人说："我临夜二更还看见世舒的。那秋鬟主仆通夜在女儿房内服侍，未曾出走一步。且那园门锁着，钥匙尚在女儿房中，小蓉等的窗门都是紧闭，并无一人。这孩子不知怎的死在此间，真是疑案。"老贼也猜不出来，命家人各处密查。却不道惯偷妇人的，最是手脚干净，没有形迹，从何处查考？正是自作自受了。此时魏长寿刚自居庸关回来销了差，老贼问了些话，令他去请和尚十余个来，与世舒念经拜忏，超度亡魂。魏长寿领命出去。二更之后，忽听

① "里"，原文作"的"，据文义改。

西院人声鼎沸,老贼恐是失火,亲去弹压,却是魏长寿与王姨死在一床,鲜血湿透被褥。那些仆妇丫头正在奔走,恰恰老贼进来看了一遍,暗暗点头骂道:“该死。”叫家人将被褥包裹尸首埋在后园,不许声张。到得七日斋毕,焚化金帛钱楮。老贼正在哭泣,刚接着兴安府跑信人回说:“大公子升任河南道,卸事出城,到黄茅岭,被一伙强人劫杀,箱笼一概抢去,只剩个马夫。这伙贼当即撞入府去,砍了外监,抢去赵家夫妇两犯。那署事的魏永楷也不知如何办理的。”老贼听了大叫一声,晕死在地,那跟随到任的家眷多在府中,一闻此信,也都哭泣不止。夫人、小姐、世勋等抱着老贼号泣呼唤。一个时辰,老贼悠悠醒来,忙叫世勋带领家人赶到黄茅岭,寻取灵柩,请书启,师爷写信寄与陕西总督,求他火速捉贼。一面到通政司衙门请假一月。老贼就卧病在床。这里假秋鬟知道公婆被人抢出,更是欢喜,几番要将毒药断送老贼,又想此药入口七窍来血,自然必要根究,我主仆怎能脱身?且太伤了小姐情分。如今老贼已是无用,那爱子爱妾爱奴俱死在我手,那边世贤又被他们所杀,我这私仇也就报到十分了,不如暂且留着他,慢慢的寻个计策,和那老委鬼一并推下水去便了。

假秋鬟放下屠龙手,崔老贼看看命归幽。崔夫人,同着两个女儿日夜守,无奈的伤心太甚药不投。昏皇帝素来喜的崔呈秀,几番的送些药物与珍羞。老委鬼却也时常来走走,不住的心腹蜜语坐床头。老贼勉强来将就,却听那外边之事更心忧。丫头往往随人走,众姬妾,也多不安本分结绸缪。挖墙割壁多贼寇,那金珠衣物时常被人偷。书房文案堆了一尺厚,无人前来分分愁。可惜我的魏长寿,他若在时我怎耽这忧。如今病重难根究,便对着云凤小姐说缘由。我看这秋鬟丫头狠能够,只可惜他是纤纤一女流。若不然叫他也来作帮手,把那些寻常书信各处投。小姐说秋鬟手段果能够,孩儿的一切衣物是他收。金银珠宝件件能分剖,言语伶俐不盾矛，那寻常文案他还办不谬。他能写能算是个女中第一流，外边之事难免不棘手。这里头不妨叫他分个忧。老贼闻言即点首，好小姐，便叫秋鬟上前来叩头。他从此，便在签押房内常走走，做了个，女中师爷才把奸臣一笔勾。

却说假秋鬟代办书房，遂将照例函件分头办理，甚为合式。老贼心中大喜，小姐怜他辛苦，给了自己吃的参茸丸，叫他按日而服。身边之事，叫小兰、小蓉料理，不忍更累及他。假秋鬟十分感激，一日，清理书柬，见箱内一个小小包帖，皮封甚固，暗想此必贼党私书，忙忙藏在袖内。候到夜深人静，启而视之。第一封便是魏忠贤亲笔朱谕，说："顷蒙推戴，实属真心。老夫劳苦多年，便作个天子也是应分。尔当蚤备粮饷，多招兵马，功成之日，封尔为护国大丞相，世袭王爵。"这二封是日本、安南两国回书，说："前读手书，深荷抬举。九千岁称尊为王，我两国当发兵相助。事成之日，须将苏杭二州谢我日本，将广西全省谢我安南。"第三封是崔世贤请安祝寿，说"前日抄得赵洪先家资二百万，珠宝各件可值百余万。现已由旱路运回。但闻他遣人上控御史，爹爹务须一手压定"等语。第四封是襄阳总兵魏雄来书，说："前日三贤寨之事，现有本地方乡宦上京告状，特兹敬呈朱提，白起长平之数，求丞相包涵方便。"第五封是魏永锡、崔承烈请安书，说："前在徐州与贼打仗，杀了万余人，已经保升江南提督，现有徐扬两州乡绅人民到京喊冤，说是诱杀百姓冒功升赏一案，望祈叔父早为成全。"第六封是湖广总督馈生日寿礼，常遇春之数。第七封是江南总兵杨某孝敬百年之数，求升河南提督之信。其余官不上四品、银不上一万者不及暇述。假秋鬟暗暗吐舌说："真该死了。"遂将信笺纸模上，照样写了三个半夜方才写毕，把抽出的真信包好，放入自家枕匣，却把摹写的几张放入原函，仍然封好。次日进书房来，依旧归入原处。未知后事如何，且听下回分解。

第十三回　俏佳人辞朝生贵子　假秋姐服药返仙容

不表云凤安身稳，回书又说俏佳人。淮阳领了先锋印，卖马才投周皇亲。信王府中当统领，主仆分班管十营。信王有道多亲近，晨夕左右不离身。奸雄羽翼心狼狠，屡次遣来行刺人。全靠他一点丹心来保定，把那些飞墙走壁丧残生。弟承兄业守名分，统兵才进紫金城。如今是大功成就江山稳，李云素心问口来口问心。夫妻恩义表不尽，白衣庵一别又是两月零。我这里念他只好看月影，他那里念我只好听风声。秋鬟大姐为媒证，相府才收崔美人。英雄儿女总是一条性，好云凤他比莲花出泥不沾身，他那里王安飞绪把情定，我这里飞英也曾配史云。三对儿美满夫妻甚高兴，却叫我宫中独自守孤灯。北方地面风沙紧，秋气萧萧愁杀人。身从六甲身怀孕，整整两月动刀兵。黄金软甲拴不稳，可惜我，一搦柳腰改了旧时形。背又酸来手又笨，看看九月到于今。日不安来夜不寝，女儿家怎惯这般行。倘若在宫中生娩怎安顿，又丢脸来又欺君。我有意辞朝归乡井，怕的是天子厚意不准情。昨日飞绪把宫进，他说道公子一行在黄村。他那的朝朝暮暮把我等，我这里悲悲切切不得行。好云凤十万黄金将我赠，多感他聪明女子一片心，到不如灯前亲自写一本，明日拿去奏朝廷。飞绪磨墨休迟钝，飞英上前掌明灯，一行行纸上龙蛇影，一桩桩笔下儿女情。上写着父母想儿多离恨，下写着连月辛苦病缠身。学一学太君辞朝归乡井，效一效张良拜主回故林。十二页本章都写尽，耳听得景阳钟响报五更。皇上设朝难安枕，太极殿见了各部文武臣。卯正二刻把宫进，俏佳人一本一本奏当今。皇上看罢心沉闷，龙泪纷纷往下淋。说道李卿你且听，你怎的大功成就便抽身。只为兄王倦朝政，驾前多系魏家臣。卖官鬻爵天下愤，图谋不轨用机心。百计将来害朕命，周皇亲买马来到德州城，收来你主仆十人多忠信，才与孤王掌禁兵。十营分派最严整，十一员将分班守四门。拿获刺客都把典刑正。兄王龙驾才上宾，文武大臣齐议定，弟承兄业理当行。多感你独力保驾动血性，五凤楼前大交兵。浑身战袍鲜血浸，杀了奸谋太监四百人。又把这深宫内院齐洗净，也免得奸党埋伏图害君。万里江山才到朕，这血战功劳你是第一人。患难之时叫你去拼命，怎的安乐之日却叫你抽身。你纵说父母想儿废眠寝，朕传圣旨接他进京城。你纵说你积劳成了病，朕看你，容颜美丽不过十六春。朕有功不赏怕的军民恨，你要想还乡万不能。俏佳人流泪再奏本，我皇上恩泽似海深，如今是万里江山已平定，恕微臣，告告假儿再回紫金城。说罢不觉泪珠滚，天子听得也伤心。说李卿你只说的江山定，却不道天灾水患流贼横。先王兄做事坏了大明运，要图恢复难十分。你今告假孤王暂且准，你回家省亲急早转回程。朕今封你大大一诰命，升你个，大大官儿奉旨还乡村。俏佳人连连叩首三奏本，这诰命封官臣不能。臣不久的还来把功挣，那时再封官诰命感皇恩。天子点头来应允，你有功不夸是奇人。叫内侍去把库官来传进，搜出了信府存积一万金。赐你还乡作程敬，便当王的饯饯行。俏佳人一见越发心不忍，险些儿痛哭出了声。含悲忍泪再奏本，尊一声圣明天子听下情。国课钱粮近日大亏损，也只为连年水旱多用兵。入不敷出谁来问，可怜的臣子富来天子贫。皇上的深恩微臣不敢领，念微臣家资颇有百万金，臣部下，十二个小将俱也有资本。他都愿同臣一路回家庭，微臣如今只把千金领。分分他们也是沾皇恩，天子点头都依允。俏佳人回头一本又奏明，臣献君来是正分。助一助粮饷去赏御林军，在怀中取出汇票原是云凤赠，就是那，元亨号内存的十万银。臣去每年还要倡捐一万整，望皇上笑纳鉴鉴臣的心。天子闻言真喜幸，难得你年少能将大义明。却之不恭不如领，唤户部注册收了汇票金。俏佳人九叩辞明圣，便说微臣从此出都门,愿皇上用人分邪正,愿皇上保重莫忧心。哭啼下了金阶稳,他腹中不觉一阵疼。

原来云素奏本跪久,又是感伤,便触动腹中胎气。他心上明白,急急走到房中,叫史云押着行李缓缓出城,飞绪去养老院中接取崔夫人。自己同飞英上马,飞奔黄村而来。那马原是龙驹,一刻便到。公子正同王安探望,恰恰云素进来,下了马,公子见云素面容大变,急急扶了他手,走至云凤床前,便倒身下去,捧腹呻吟。公子知是将生,万分不忍,连忙煨了佛手散、人参汤频频灌下,将云素抱在怀中。云凤斜坐榻上,与云素捶腿搦手,闹作一团。到上灯时,腹痛少好,精神亦渐平复,将右手摸摸公子的脸儿,将左手摸摸云凤的眉儿,轻轻笑道:"好,好。"飞英就将云素奏本一节说了出来,只喜得公子、云凤透心刻骨的怜惜,恨不得吞他下去。外边的假秋鬟暗暗思想:他的面貌心胸知是在我之上,怎的他一点花枝袅袅,到上阵之时,就也似虎如狼,岂不可敬?正说间,飞绪一行人俱到,大家都来请安。云素见了飞绪,问道:"崔夫人来么?"飞绪道:"来也,却还在后。"云凤忙惊问道:"崔夫人是谁?"云素道:"想是你的妈。"云凤道:"闻我母被刑部拿去,怎能活得出来?"云素将他奏本请留内眷一切说了,云凤连忙下床跪下,叩了几个响头。云素扯他起来,说道:"你母就如我母,却谢甚么?"不一刻,人报崔夫人已到,公子不能离手,叫云凤前去迎接母亲。云凤只得辞出,刚刚崔夫人进来,母女相见,抱头大哭,秋鬟与小兰、小蓉也来请安。夫人问道:"儿呀,你从何来?这是何处?"云凤道:"那夜围府之时,儿与秋鬟等从后园走出,幸得赵公子救到此处,成了夫妻,已经月余。问问母亲,你可知出来的原由么?"夫人道:"那夜提到刑部,满拟正法,不知怎的又收入孤老院去。"云凤道:"就是云素姐姐在皇帝身边保奏,一切罪犯家眷,老者收入孤老院中。那来接母亲的叫做飞绪,就是云素姐姐的侍儿呢。"夫人道:“云素是谁?”云凤道:“也是丈夫的妻子,现在生娩未下,母亲明日去谢谢他。儿要看他去来。”云凤说毕,仍到云素这里。外边自有老妈丫头安置。飞英、史云一屋,王安、飞绪一屋,另派小兰与崔夫人一屋。这里云素时痛时松,看看天明,又到未刻,总不下怀。渐渐闭目,药方不应。公子、云凤万分凄楚,飞英、飞绪都在暗暗哭泣。云素忽睁眼向公子道:“你昨夜饿到此刻,可去吃吃饭来。”公子含泪说道:“我怎吃得下?”云素道:“便吃一口,我也心安。”公子不忍再辞,叫云凤双手扶抱着他,便自出来了。走到书房,忽闻一阵丹桂花香,见书案之上有一幅五色锦被,包裹着一个乳儿,就便揭开一看,恰与云佩面貌无二。公子大喜,抱了起来,走入云素房中。这房中也是一缕异香,屋上隐隐有笙箫之声。公子抱到榻前,说:“素妹妹,你云佩姐姐有信来了。”云素道:“在何处?我命有救呢。”公子即将锦被包儿给他,云素接过一看,问:“何人送来的?”公子道:“在我书案上检得的。”云素将锦被解开,见胸前有香巾裹信一函,开函一览,上有“月之三,日之午,烦素妹,代妾乳”十二字。云素道:“分明姐姐托我,只是我已将死,辜负他的重托。”说罢,泪如雨下。公子将香巾替他拭泪,但觉一股异香沁入肺腑,哇的一呕,下边儿已生出,啼声呱呱。众人大喜,公子将云佩儿子接过,云凤、秋鬟一齐动手,剪下脐带,洗净包好,递与云素。面貌亦与云素一般。云素道:“姐姐仙香救我垂死,公子代我谢他罢。”公子叫小蓉焚起好香,向空拜谢,隐隐闻得笙箫之声,渐渐远了。公子转身过来,忽然跌倒,云凤急忙扶起,大惊问故,他但笑而不言。云素道:“想是饿到两日了。”公子点首说:“我殊不觉。”外边饭已摆上,云素催他去吃,方才走出。云素解开香襟,抱着两个小儿各衔一乳。不一刻,都咂咂起来,把个云素喜的眉欢眼笑。公子将云佩生的取名午儿,云素生的取名申儿。外边整治喜筵,崔夫人也入房道喜。公子方整整衣拜见岳母夫人,此乃崇祯元年八月初四日事也。次日,飞英在云凤房对面选了净屋一间,安下云素行李,到云素房中请云素的示。云素便要搬过去。云凤道:“你生未满月,怎好移床?不嫌污秽,就此下榻便了。”云素笑道:“岂不讨嫌你两人么?”云凤笑道:“既这么说,我床甚宽,不妨三人同卧,我且帮你带带孩子。”云素大喜,彼此问了青春,云素只长云凤一月。从此便称素姐姐凤妹妹。日则三人同席,夜则三人同榻,真是和睦之极了。

自古妇人多妒性,生来不肯读《诗经》。有几等外面和来心中恨,有几等朝日闹口不安宁。他总说丈夫不好是薄幸,他那知越闹越吵情越生。倘若是大家相爱还相忍,谁见得,男人性格生就不均匀。剪断闲言归正本,假秋鬟随着小姐到黄村,见了云素貌容无双品,又是英雄盖世比人能,我这一旁称称天平秤,我的小姐真要让两分。我如今,也是报了大仇泄了恨,我那庐山真面何处存?几番要,改转面容还我旧形影,又怕的丈夫歪缠不放心。作奴婢的气儿都受尽,我怎肯长在人下不调停。好哥哥同胞之妹不相认,好嫂嫂,他也叫我大姐待怎生。看看八月中秋近,我一家赏月定在八角亭。他夫妻三人席上交杯饮,定要我站立席前把酒斟。我前思后想值个甚,到不如,反本还原也做一个上头人。娘娘的妙药准不准,我自拿来试一分。这正是十三夜月秋宵冷,四边天水淡无尘。窗外芭蕉弄竹影,夹竹桃花红生生。叫小蓉关门只说我有病,叫小兰去取池塘水一瓶。妆台上摆下菱花镜,照见了假面不觉恨一声。你是甚么名来甚么姓,你来我妆台为何情?娘娘的仙药妙得紧,脱胎换骨果是真。一半抹搽一半调水饮,把你这,不害羞的脸皮赶在九霄云。秋鬟想罢即速兑药粉,又望空叩拜拜谢娘娘恩。不多半刻人倦困,侧身靠枕甚安宁。小蓉与他覆上红绫锦,又搭了一件厚棉长背心。掩了门儿走出二三径,丹桂花开香满林。上房的,夫妻三人正在把酒饮,小蓉上前提壶斟。

云凤忙把秋鬟问,小蓉说现在有病心腹疼。贤小姐一听得来深怜悯,便要到小房之内看他身。小蓉说现吃了药睡的稳,要忌风发汗不敢来出门。小姐只好来坐定,说你们服侍还须要小心。酒散月高风露冷,他夫妻三人一同进房门。天色大明小蓉进,说秋姐还在睡着未起身。贤小姐听得慌的紧,着了衣服即速行,一直走到床前问。秋鬟秋鬟叫几声,秋鬟却是早已醒。他脸儿朝内只妆未曾闻,贤小姐伸手被中摸一阵,只觉得香汗淋漓遍体温。搬过脸来一看惊骇甚,这是何处妖精变化一美人?两鬓松松黑如镜,梳一个饼饼髻儿在当心。溜溜的眼儿寒星映,湾湾的眉儿耸天庭。红红白白不是胭脂粉,他樱唇瓠齿色色是天生。公子听得急把小房进,走近前一看也是销了魂。云素云凤已是神仙品,这一个,美貌女子他又是何人?秋鬟坐起把言论,编一折假戏哄他们。昨日后园去散闷,乘兴打从塘上行。见一枝红草长二寸,爱他香嫩摘来吞。回房来浑身发热痒得紧,因此上安眠一直到天明。万不想一身都变尽,这其间我却不知情。公子听得十分信,说这是灵芝草儿本仙根,脱胎换骨在一瞬。贤小姐也点点头儿说奇文,不见秋鬟大姐旧形影,只剩得秋鬟大姐好声音。叫小蓉,快取我的衣服休迟钝,妆一个花朵花枝美貌人。秋鬟只得来对镜,淡淡妆束五六分。本来的面目暗暗认,却好比,他乡遇故想要诉衷情。相府埋名六月整,今朝明月见前身。贤小姐在旁越看越侥幸,把他扯了直到上房门。云素见了也是爱得狠,爱你这七十二变女妖精,杏脸桃腮描不尽。又看了,腰肢举止真正好风神。你的小姐已算无双品,我看你似乎还要强一分。一人传十彼此正谈论,刘全夫妇听得也进门。打一个照面骇得双目瞪,回头不觉泪纷纷。上前忙把妹妹问,他妻子也扯着衫袖喊亲人。假秋鬟知道此事不能隐,我不如认了亲来待怎生?他兄妹三人哭得咽喉哽,这一旁,夫妻三个全然不知情。假秋鬟回身把房进,他兄嫂一同到屋间原因。秋鬟听说把口抿，又编一段假戏文。说只为母亲暴虐心狼狠，我无奈改姓到北京。又怕的容貌太好遭谈论，我只得，皂矾染脸即刻变了形。不幸中途资斧尽，我只好暂学奴婢过光阴。如今是把些解药来洗净，却不想，天涯骨肉都在这边存。赵公子听得如不醒，暗暗想起才伤心。怪不得他贞烈智勇无双品，他原来，提学舅舅生的美钗裙。他为我报仇才把神京进，他为我崔府当了下贱身，他为我毒死他家主仆命，他为我焚香夜拷报仇情，他为我崔相府中作书禀，他为我秋千架下立三更，他为我盗出私书待奏本，他为我作媒娶来崔美人。到如今我也只好糊涂应，说明了只怕伤的云凤心。转面便把刘全问，尊一声表兄听知闻。多感得父母来聘定，我两家亲上又加亲。望表兄权把妹妹领，我看准喜期再来迎。刘全只得来应允，却把这云素姊妹喜不胜。

却说这日恰是云凤身上不净，只得与云素说明，移在他房中歇宿。公子两边照料，谈及云翠假扮一事，公子道："真是狡猾，连我做丈夫的也当面瞒过了。"云凤道："何况着你，我与他同住许久，也还在做梦呢。"公子道："他自家男子，却与别人作媒，可算不妒。"云凤笑道："我妒么？"公子笑道："非也，为这等事实是不容易耳。"云凤道："公子若望他得急，我也替你作成罢。"公子点首，一夜无话。次日恰是午儿申儿洗九之期，云素叫飞英拿出银两去办酒席，云凤道："姐姐不必费心，今日理应妹妹作东。"云素笑道："怎么呢？"云凤道："姐姐由京初来，我当接风，又该贺喜；公子在京姓李，出京姓赵；翠姐姐在我家名秋鬟，出我家名云翠，虽是同我到此，他才改还名姓，也当是初来的。我也应一面道喜，一面迎风。兼之又为两个孩儿洗九。你道是与不是？"云素笑道："小妮子到也会说。只是你下头无人，我分两个丫头与你罢。"云凤谢了。原来云素八个小鬟：桃香、杏香、棠香、梨香、荷香、桂香、菊香、竹香，俱是男装，又都伶俐美秀。当下便叫杏香、竹香与云凤叩头,云凤大喜道:“姐姐,到底他两个是男是女?我是哄怕了的。”云素笑道:“妹妹不信,请面搜便了。”云凤笑道:“你不怕,我又怕怎的?”把个云素笑得弯腰不止。云凤转到自己房中,取出些颜色松布绸绫,叫十余个衣工连夜与杏香竹香两个透身换新,又取出些五色彩缎给午儿、申儿做些冠履衣裤枕被各件。可怜云素生长绿林,除学弓马之外,只晓得弹琴作诗,这针线寸布皆是不能的,今见云凤如此费心,真是感谢不尽。云凤便叫杏香拿银百两去办香烛钱楮,内外共计六席,叫竹香拿公子名帖去请刘舅老爷一家。公子冠服,敬神外边,刘舅老爷及两个少爷一席,赵公子坐陪;内边是刘舅太太、崔夫人、云翠小姐一席,云凤坐陪;飞英、飞绪、小蓉、小兰与六个小鬟分坐两席,杏香、竹香分陪;云素处却是清淡最好的一席,云凤携杏香等回环劝酌。这日欢饮畅谈,直至二更。公子仍同云凤到云素房顽顽小儿。云素向云凤问道:“昨日公子对舅老爷所说的话,可有回信么?”云凤道:“昨日也同公子说到此处,今日翠姐的嫂子说他哥哥到无别说,只是翠姐有些固执。”云素道:“怎的?”云凤道:“他说改面作奴,也是为的公婆。如今公婆尚在,须要禀之高堂,纳采请期,明嫁明娶,方合古礼。若是在途中草草成婚,则那花园之中夜来明去,贞与不贞,谁得而信之?”云素笑道:“这话虽是光明正大,却不过他是结发,要占占身份之意。不然,贞与不贞,权在他与公子两个,关着谁来?依我想想,他若回了青州,这边便不闹热,却叫公子刻刻欠他,也是我们的晦气。况如今天下大乱,他回去之后,倘若耽搁年月,安保不中道分离。若是留在这里,他又不肯和谐,终是躲躲藏藏,有何趣味。妹妹,你好好去弄他一弄,莫叫他一个独清,把我两个独浊。”云凤点头笑道:“我会意了。”公子却还未解,只是呆呆立着。又说些闲话,公子便在云素处歇了。云凤回到房中坐了一坐,到他母亲那边谈谈家常。崔夫人从死里逃活,又看这公子的豪贵,云素姊妹的孝敬,也便心满意足,绝不想起花园中一段疑案与老贼父儿的结局。这叫做妆哑卖呆,正是会做老人的去处。云凤谈了一晌,回到房中睡了。次日早饭后,走到云翠那边,约他围棋。小蓉说:"小姐到舅太太那边去了。"云凤即便坐下,小蓉往外取茶。云凤见几上有红花锦小裹肚,内贮的都是小小药包,顺手取过一包,上注一个"迷"字,急急袖入怀中。小蓉取了茶来,坐饮一刻,又到舅太太处,谈叙半刻。这日是云素请客,内外上席,仍与昨日一样欢饮到晚。云凤约云翠来到他房,谈到二更,情致缱绻。云凤暗将迷药令杏香下在茶内,云翠怎的得知?酒渴之后也就吸吸,随即倒在云凤榻上,不知人事。此时已交三更,四边静寂。公子还在云素处说话,云凤走到身边,扯了就走。云素说:"好些,莫惊了他。"公子那的省得,跟着到云凤房中,见云翠已横陈玉体,公子大喜,同云凤安贴了他,三个人便一同睡了。将及四更,云翠醒来时,银灯尚明,翻身坐起,情知中计,泪落如珠。云凤却是醒的,便把公子扯起来跪在床上,云凤也从袖中出刀一柄,递与云翠说:"这不良人害人名节,姐姐请杀却。"云翠果接了过来,一看,乃是一柄小折扇,云翠咬牙切齿,抛下床去,说:"小妮子,何人教你的?"云凤道:"就是姐姐教我的。出尔反尔,你便忘了么?"云翠道:"你何处得的药?"云凤道:"药出药店,你能买,我亦能买。"云翠道:"罢了,不必说了。"把公子扯来并坐。云凤便问他喜期,云翠道:"哥哥说二十日回平度州,还要清理田园,拜扫坟墓,赶办装奁。我还有两个丫头寄在观音庵,更有别的要紧物件,还须亲自回去走一走。这还有几日的聚会,我先走了,你们候素妹妹满月,即速到我家入赘,分手不多时,你们不必着急了。"公子同云凤欢喜之极,彼此又睡了一更时候,云翠方起来,趁着将明未明之天回到自己屋内。看看红锦裹肚,恰恰失去迷药一包,本要责打小蓉,却又想想公子,就是云凤也是一点美意,心上一平,也就罢了。可怜他这裹肚拴了一年,衣不解带,今日有个哥哥嫂嫂做了靠壁山,不必再要此物,才解下来,岂料中计就在今夜。早饭后仍到云素处谈谈,彼此都以意会,从十五日到十九日,他便都在云凤榻上安宿。未知后事如何,且听下回分解。

第十四回　铮铮闺女遣将立功　碌碌县官因人成事

按下云翠多喜幸,又将刘全来叙明。云素中途救了命,家眷一同进北京。他本有心再到任,光宗耀祖显门庭。在京才把宦场来看冷,他久有心回到故山村。却遇飞绪来谈论,白衣庵里会亲人。可怜妹子短了命,失去了风流才貌美郎君。信王天子传位定,锁拿崔魏一般臣。妹夫可算非凡品,盗出了云凤小姐结良姻。一齐走到黄村等,等的云素到来临。整整半月才有信,那知他到来才是女娇生。头一胎是儿也就算好命,他那一点清秀真是美无伦。又听说,仙姬送子越发好的狠,好表弟,怎的天下美事在一身。前日三朝把客请,云凤小姐作主人。秋鬟大姐说有病,改了面容却是我的同胞生。昨日与他来叙论,他只为报仇才进崔家门。他如今,面容虽不及的云素嫩,却比比云凤似乎高一分。论起结发他是父母定,到后来他合作个正夫人。表弟昨日将我问,催择佳期好成婚。是妹妹,他说回到青州好行聘,才商议这月二十就起程。一来是清理田园与乡井,二来是扫扫坟墓拜宗亲,三来是好把妹妹来安顿,添办些妆奁等候迎亲人。家中行李都已打上捆,好妹妹,他在那边只当不知音。三更半夜还未把门进,想是姊妹难分诉别情,却不知他夫妻四人好得紧,一刻也是手难分。不是作诗来和韵,便是同坐饮杯巡。早知道男女欢乐同形影,倒不必青州回去另成亲。欢娱嫌的夜不永,看看十八天气晴。兄妹行李已派定,公子治酒在中厅。内外三席多齐整,与他兄妹饯饯行。一天明月当空映,大家饮到夜三更。听罢谯鼓各安寝,弹指便是十九辰。云素云凤各出银一分,他姊妹二人私饯翠姐身。把酒席,移在云素房中来安稳,将就他未曾周月不出门。美公子,便同云翠坐了左一凳,云凤右边把酒斟。俏佳人,坐在床边铺下红软锦,他夫妻快乐一日好送行,云凤擎杯说声请,尊声姐姐听原因。从前不弃将我崔门进,把个凤凰当作择林禽。父兄为事多不正,部臣参奏乱纷纷。信王有道根基稳,雷霆震怒不容情。抄家灭门是正分,多感得姐姐提我出火炕。倘不然全家抄斩不留梗,闺中怎免玉石焚。如今是小草得了松柏荫,又好比当头明月照微星。凡百事还望姐姐来教训,我但祝一路福星到了青州城。云翠听得忙答应,说凤妹言重不是这般云。已过之事休提论,我二人见面原来就知音。如今我回山东省,素妹妹他还未到满月辰。这公子家屋交与你承应,还求妹妹来费心。美云凤点头含笑将话领,俏佳人榻上擎杯启绛唇。说姐姐,宽饮一杯请把笑话听,我两个出身都是不正经。你夫人学婢妆得稳,我女扮男装见得人。你在相府操权柄,我在东宫统禁兵。也无非见景生情来鬼混,凑合了公子做个安闲人。如今是鹅毛飞天落地稳,万水东流汇海深。我们这一朝天下三分鼎,他那里,一树梧桐栖了四朵云。云佩姐姐天仙品,他总是有难之时才现身。信王天子虽明圣,只可怜天下纷争起流民。公婆年老都在故乡井,叫我们怎敢长在江湖奔。我们也当尽孝敬,待那百年归世再来报朝廷。还乡之时我派定,贤姐姐你管家屋我管兵。笔墨书写去把凤妹问,还望姐姐保重莫伤暂别情。说得云翠喜不尽,比得个隆中诸葛定三分。连说带饮更高兴,换上热酒还各饮三巡。申儿午儿都睡醒,被底双双作苦声。云翠便把午儿来抱定,云凤也抱过申儿笑接唇。公子呆呆来坐稳,四面丫头点上灯。云素说还有一事来告禀,山东道上不易行。姐姐是运筹帷幄有凭准,却不道战阵之上靠用兵。一来怕奸贼余党报仇恨,二来怕黄河两岸多贼人。我今派了史安定,押队又派小飞英。一路护送方安稳,候我们过河大约喜期临。公子点头说道好的狠,云翠谢谢不住声。下边史云已得令,夫妻即速卷铺陈。披星戴月多劳顿,前途去作保驾兵。传话出去都安寝,这时已是天将明。他四人横卧一榻多亲近,一霎时飞英上前催起身。二十辆小车陆续进,史云夫妇并马行。一轮残月西风冷,他夫妻四人别泪洒红襟。

却说刘全一行人告辞公子,史云夫妇也来请安辞行。云凤扶了云翠上车,彼此珍重而别。话分两头,说那崔贼的侄儿承烈与魏忠贤侄儿永锡,前在淮阳招兵谋反,被李武用计烧灭。后来又另自招募练成二十营,各统十营,正待发作,那知朝廷已将崔魏两家抄斩。彼时河东河南总督得了密旨,用计擒了永锡,就地正法。承烈知风先逃,与他胞弟承休带了亲信百余人,逃至黄河东岸,一路裹胁流民与本地响马,越裹越多,扬言五万。贼破了长清、长兴等县,官军大败而走,洪经略从河南来救,杀散贼众,取回城池。承烈等窜至武定,又裹些流贼。有张正、张禹、刘仁、刘宇,乃是两双同胞,少年好勇,原是东光县大族,家业败坏,不走正路,承烈弟兄收了他以图举事。这日,张正、刘宇正在青罗山掠抢行客,恰见刘全一行人在此经过,车上坐了五六个女子,甚是整齐,落后一个更是绝色。张正大喜,对刘宇打了暗哨,一声锣响,密林中拥出百余喽啰,大声喝道:“快留下后面车子。”刘全骇得魂飞魄散,倒在车中。云翠叫将内眷车子约在一团,如营盘一般,飞英立马横枪,站在车右。张正不知好歹,冲将过来,史云拦住交战,只五合,生擒过手,按在马上,挺枪跃马直取刘宇。有几个胆大上前的喽啰,被史云一枪一个。刘宇不敢交战,落荒而走,史云不赶,勒马回来,把张正绑了,候云翠发落。云翠问道:“还隔客店几里?”刘全道:“十余里。”云翠道:“且到客店。他若肯来报仇,我便好聚而擒之,也免在旷野荒郊,他们易于走脱。”史云夫妇急急催车前走。

云翠见那张正眉清目秀,楚楚可人,想也是大家儿郎,被强人引诱坏的。他虽被绑,却一眼看着小兰,十分留恋。偷视小兰,却也看着他,大有十分怜惜之意。云翠点点头,暗想:这人不下王安,他若肯贴心归服,我也便别有安顿呢。

美云翠生来多才干,他平生杀人当戏顽。史云飞速把车赶,张正拴在车中间。一刻来在陈家店,骇得店主心胆寒。有些说黄河岸侧人造反,我们快要把家搬。有的说青罗山前多强汉,杀人放火非等闲。请客人前头歇歇别人店,怕的是带累客人心不安。云翠开言说且慢,店家休得怕牵连。我们是,朝廷大臣好家眷,奉旨回乡祭祖先。任他是甚么贼人不希罕,只叫他一个不留刀上悬。今夜借我歇一晚,天大事儿我承担。你若不信且把后车看,那拴的,便是青罗山上贼少年。众人果然看一会,吐出舌来叫声天。他本有名张好汉,为甚今日绑车前。无奈何才把众人请进店,今夜晚天大事儿客承担。云翠点头下车站,高高银烛点厅前。行李安顿后小院,公案摆在前一间。叫小兰站立在后面,两边的刀出鞘来弓上弦,推出张正跪在青石板,说你快快吐出真言放回山。张正骇得兢兢战,只好说出真实言。家住河北东光县,弟兄二人拳棒先。不幸父母把命短,万贯家资俱用完。河阳有个崔总督,他招我弟兄去作保驾官。又有个刘仁刘宇也是我同伴,分管四营在济南。黑店开设黄河岸,聚义便在青罗山。今日无知来冒犯,还望小姐放我还。云翠骂声好大胆,不忠不孝罪欺天。分付一声拿去斩。张正不觉泪惨然,说道咱也是个英雄汉,不幸得受人引诱坠深渊。如今我改邪归正还未晚,还要求小姐见怜把我原。云翠也觉心肠软,低下头来想一番。浪荡无知把法犯,送葬青春美少年。素妹妹英雄盖世无双艳,他也靠,一般心腹人儿在中间。史云王安有才干,飞英飞绪两结缘,可见得手下人才也是第一件,独木怎能擎得天。小兰侍女美容颜,算来已近二八年,见了张正先留恋,可见的人情是一般。小贼果然能归款,我何难把你两人心事全。主意定了急把张正唤,我有良言你要听心间。父母生你望你善,为甚的浪荡花消到无钱?勤耕苦积有回挽,你甘心做贼犯的不赦愆。抛别弟兄合亲眷,死去的父母抱恨在黄泉。浑身膂力空精悍,为甚拿来求死不求官?当兵吃粮是正款,封王拜将又何难。谁叫你七尺身躯自踏践,眼见的骨化清风肉化烟。说得张正羞满面,不住的叩头泪涌泉。云翠被他来哭转,分付松绑跪下边。说你门,绿林豪杰重的发誓愿,香断头落规矩严。人能改过天心转,你发誓上来我把你罪宽。张正叩头谢恩点,跪对苍天把誓言,张正投顺若心变,死在千刀尸不全。云翠见他发誓愿,含笑回头看小兰。我把你嫁他你意愿不愿?小兰低头总不言。转面便把张正唤,将此女许你结良缘。一句话来不希罕,喜杀了少年张正强上天。把头叩个团团篆,了姑爷的礼数要周全。云翠说途中妆奁不方便,暂且赏你银一千。说罢正待离公案,冬冬鼓不住响门前。青罗山上有人来讨战,小张正跪禀说愿意出去看。说他们多是我同伴,他为我被擒心上悬。不才出去会他面,把些好言去招安。挣一件功劳当贽见,问小姐放不放心我速还。云翠答说随你便,你不回来又叫史云把你拴。分付飞英做同伴,他夫妻二人并马出门前。则只见灯笼火把前头满,他哥哥张禹特来看的端。说兄弟你被拿去怎不斩,这时怎的得回还?张正便把详细说一遍,劝他哥哥来这边。倘若不降难免不交战,他们这万夫难敌怎当顽。张禹听得也自心中软,又道说财色二字谁不贪。下得马来把缰挽,那旁刘仁不耐烦,手提双锤来与飞英战,好一似龙争虎斗在中间。飞英卖了一破绽,擒过刘仁抛马前。小刘仁自己起来真没脸,同着刘宇把马牵。弟兄四人行缓缓,三百喽啰扎店前。张正回来交令箭,他三人一齐跪拜女婵娟。对天发了宏誓愿,倘若心变刀下丧黄泉。都求小姐赏赐一亲眷,愿小姐大富大贵福齐天。云翠暗暗把头点,此来多是美英年。御沟流水何处题红怨,张嘉贞绣幕何人把丝牵。刚刚的四个少年来讨战,恰恰的我有四个美丫鬟。论年纪也该把他遣,辜负了他们青春我罪愆。他四人一齐发下宏誓愿,观容貌想也不是无义男。回头便把三人唤,你果真投顺我心欢。把小蓉赐与刘仁作亲眷,改日成婚我周全。还有小菊小竹尚在观音院,花容美貌是一般。刘宇张禹且迟慢,好好的同我还乡结良缘。从今后都拜史云学弓箭,每人赏你银一千。他三人一齐叩头谢恩点,晚餐摆在大厅前。三百喽啰都遣散,这青罗山上从此无烽烟。小姐做事多机变,羞杀哥哥小刘全。自家也曾作知县,事到头来只旁观。聪明女子赛过男儿见,像这样无用男儿只好守家园。

次日,云翠命史云夫妇做主,办买喜筵,与张正、刘仁成婚。张禹、刘宇虽是袖手旁观,却识得主母实心,佳期不远,也便一样的贴服,彼此甚是亲爱。须知他四个原是大家儿郎,被人诱坏,一经改邪归正,自然万象更新。又有钱用,又有美妻,怎不心满意足?史云与他指拨武艺,都尽实心学习。飞英又谈起云素英雄,青宫保驾,盖世无双,不久也要到此,将来你们要做大官,都在姑娘身上。因此四人越发踊跃,又学些尊卑上下的道礼,养马三四日,便还了大家儿郎的面目。那刘全所生女儿,小名爱姐,容貌端秀,不多啼哭,将及一岁,戏将唐诗教他,他便牙牙跟着开口,云翠十分爱他,有心聘与午儿。看定明日渡河,刘全道:“明日是爱姐的周岁,整备酒筵,请姑妈看抓周。”云翠应允。到次日便将一支采笔摆在桌上,飞英取下宝剑,连鞘放在金玉之间。妈子抱过爱姐来,他看了一看,左手拿起采笔,右手去取宝剑,却拿不动,就哇的一声哭起来。把云翠喜的拍掌称快,说:“这是女曹彬了。”抱将过来,给兄嫂道喜,说道:“真是我家物了。”众人不觉暗笑,云翠方才省得不是女儿家说的,将爱姐抱高些,遮了脸上羞容。是日尽欢而散。外面接得塘报，说崔承烈弟兄结连淮北土匪，扰乱临清一带地方，那边人民纷纷搬到这边来了。云翠想了一想，暗唤张正四人进来，问道："崔家家贼，你们识面么？"张正道："原是一伙。"云翠道："你们投我，他必不能知道。他正在用人之际，想也不疑到你们。如今我派史云领你等即速渡过漳河，张正、刘仁竟去崔营投效，如此如此。史云同张禹、刘宇驾了小船在河边等候，一俟你们杀贼到来，同到德州王总镇衙门报功，如此如此，不可失误。回来之时，我有重赏。"五人欢喜领令，扮作逃难之民。云翠叫厨下办些酒宴①，与他们壮壮行色。酒酣之际，史云又教些飞墙走壁、百步穿杨之法。这夜张正、刘仁各在闺中话别，少不得留恋一番。天色黎明，忙忙上路。此刻刘全兄妹也起来了。云翠道："恭喜哥哥，要作知府了。快快准备赏钱伺候。"刘全道："妹妹又来取笑。不但我不爱做官，这知府岂是容易做的？"云翠道："我不哄你。事到便知。如今天下荒荒，武官定要本领，知府到还易为，无非仰承俯注，也就得了。哥哥满了服制，也该登台登台，才与父母争些门面呢。"刘全只是不信，又想妹妹神机妙算，或者别有良策。即又问道："张正等新来的怎令远去？"云翠道："那张正、刘仁恋着新婚，张禹、刘宇又被史云绊住，自然都快回来。"刘全方得释然。是日乃九月十一，云翠想起云素满月，治酒庆贺，刘全道："他们想也要起身了。"云翠道："我们一路耽延，将近两旬始到此处，候张正等回来，他们自然到了。"

按下兄妹在谈论，单说史云五个人。店中领了云翠令，披星戴月要起身。小兰便把张正问，姑娘待你多厚情。此去杀贼把功挣，早些回来莫负心。张正点头忙应允，那边的，刘仁小蓉也是一样情。扁舟一叶中流稳，渡过漳河是临清。史云三个就此等，张

---

① "宴"，原文作"晏"，形近致讹，据文义改。

正刘仁到崔营。把门兵士去通禀,两贼听得多喜心。用人之际何待问,况都是英雄豪杰少年人。二人进营把安请,两贼细细问来因。张正即忙将话禀,说那青罗山上招了七百人。不幸官兵来围困,杀了一半尽逃生。因此来投图的报仇恨,还望大哥来收存。崔贼说这不要紧,你们以后须留心。便把张正补了中右领,刘仁也补中左营。明晨领了暗号令,打粮行至高家村。鸡豚鹅鸭都抢尽,那张正还抢一个郑夫人。夫人容貌多齐整,三七年纪美青春。丈夫也曾作县令,姓郑名永字长龄。贪财害命早丧命,丢下夫人守孤灯。这日逃命稍迟钝,就被这打粮张正抢入营。小刘仁,也抢一个伶官叫玉胜,惯唱的《琵琶》《燕子》与《春灯》。千金缠头夸美俊,太洪班中最有名。东监商请客陪酒演戏本,却不道贼兵追及难脱身。张正刘仁回缴令,二贼一见销了魂。一人一个休争论,一男一女各散心。满营将士都高兴,羔羊美酒赏他们。火药军器无人问,大家吃得醉醺醺。看看吃到二更尽,两个崔贼关了门。张正取出刀一柄,紧紧包缠札衣襟。飞过高墙便把内门进,那承烈房内灯犹明,流苏帐子挂得稳,揭开一看全无声。一刀两个人头滚,将包袱裹下人头飞出门。这边刘仁也飞进,取得了承休项上急抽身。他两个盗匹好马各骑定,还把火种抛入贼军营。上马加鞭往前奔,走到临清才五更。弃了马儿重把包袱捆,将水洗尽面血痕。信王府封皮来贴稳,那怕的渡口盘问与关津。河口史云来接应,他便五人一路同往德州城。镇台衙门多肃静,击鼓要见王总兵。总兵王公忠直性,他是个累代安邦定国人。崔贼反叛早得信,一听击鼓心大惊。出坐大堂即忙问,说你击鼓为的那路情。张正跪着把话禀,我们都是青州人。家主刘全作过江南令,终丧守制在北京。前月携家回乡井,路逢贼反道难分。叫小的四人一齐把计定,私入贼营暗动兵。两崔贼头首都在这一捆,请一请大人拿去验分明。王大人听得真喜幸,把两个头首一验果是真。就叫他主仆一同写名姓,待本帅奏过皇上听施行。史云跪下将话禀,我御营教习前在京。家主刘全他曾作县令,带同家眷回里门。途中定计把贼殒,又抛火种灭贼军。则是他,拯救生灵独自把功挣,我五个,因人成事不必来列名。王大人点头忙依允,就发出白银百两赏他们。一齐辞出回了陈家镇,只不过十日往返成了大事情。云翠喜得心花喷,好一班少年谋勇小将军。杀猪宰羊来畅饮,说这是贺功又是洗洗尘。张正刘宇更喜幸,原来远归却又是新婚。他们饮酒正高兴,却报到外边来了一群人。要知来人何名姓,下卷书中再叙明。

——《绘图绣像四云亭新书全传》,
清光绪己亥(1899)刊本

秋瑾

秋瑾(1875—1907),原名闺瑾,字璿卿,号竞雄,别署鉴湖女侠。祖籍浙江山阴(今浙江绍兴),生于福建厦门。其父秋寿南,清同治十二年(1873)举人,历官至桂阳知州。其夫为湖南湘乡富绅子弟王廷钧,捐官户部主事。1904年,秋瑾赴日留学,先后参与创办"演说练习会"与《白话》月刊,并重兴"共爱会";1905年加入光复会、同盟会;回国后曾执教浙江浔溪女学堂,任绍兴大通师范学堂督办;1907年1月创办《中国女报》,倡导女权,宣传革命;1907年7月15日因筹划光复军起义被杀于绍兴。秋瑾工诗词,有《秋女士遗稿》等。

精卫石

《精卫石》,原署"汉侠女儿",即秋瑾自号。中华书局1958年出版的《秋瑾史迹》最早载录稿本,中华书局上海编辑所1960年出版《秋瑾集》亦将其收录。《精卫石》的回目有二十回,据秋宗章《六六私乘》:"姊所撰《精卫石》弹词手稿四本,初意在《中国女报》逐期刊布,以《(中国)女报》出版二期,费绌亭顿,搁置勿用。原稿第三本,遂亦误历此劫,余幸完好无缺。"据孙元超《辛亥革命四烈士年谱·序言》:"查第五回目后,记'后续出再刻',而序文在第五回后补写,记'刊于首页',可见原稿第五回止,三、四两册当系后来续写的。秋瑾档案中留存的系第六回,其款式和字迹似为初稿,并非毁了的第三册。第四册尚未发现。”实际上,《精卫石》虽有二十回回目,但可能并未完成。据孙元超《徐锡麟秋瑾史料》称,《精卫石》的《序言》亦由他人改定。

第一回　睡国昏昏妇女痛埋黑暗狱
觉天炯炯英雌齐下白云乡

爱国情深意欲痴,偶从灯下谱弹词。已教时局如斯急,无奈同胞懵不知。叹从前几多志士抛生命;亦只欲恢复江山死不辞。更有一班徒好虚名者,自分非凡妄骄侈:假肝胆,方见坛前夸义勇;真面目,已闻花下拥妖姬。保赏举人威赫赫,钦加主事笑嬉嬉。惟自利,但营私,博得身荣利亦随。作时髦,志士雄林称革命;趋大老,奴才走狗也遵依!众人诮骂何曾恤?三等奴衔任我为。不念祖宗同一脉,甘为虎怅狀连枝。徒劳志士心如火,可奈同胞蠢似豕!托迹扶桑空愤愤,挽营家国恨迟迟。算吾身,亦是国民一分子,岂堪坐视责难辞。无奈是,志量徒雄生趣窄;然而亦,壮怀未肯让须眉。博浪有椎怀勇士,抟沙无计哭男儿。又苦是我国素来称黑暗,侠女儿有志力难为。无可奈,且待时,执笔填成精卫词,以供有心诸姊妹,茶余灯下一评之。

却说东方有个华胥国,到如今也记不起有多少年数了,只晓得国王姓黄,尊为汉皇,是一统传下来的。从前的汉皇都是很英明的,谁知后来的子孙,生性好睡,弄到一代重一代,竟有常常睡着不晓得醒的;并且会不知不觉的一睡死了的时候都有,龙位往往为外人偷去做了,他国人尚不知道的。这是甚么缘故呢?却不知这朝内外的臣子都有个糊涂病,并且生一对极近的近视眼,所以外人篡了位去,尚是天天磕头,称皇上英明神武、深仁厚泽、食毛践土、天高地厚的话,摇尾献媚,并不知道朝上换了非我同族的人，天天凌虐我们同族的人民百姓，抽饷加税，图专制之尊享，以鱼肉小民，颐指官吏；官吏因有私利可图，顶戴可染，也就奉之惟勤，不惜杀同胞以媚异族了。若有心里不糊涂、眼光远的，看见异族篡夺土地，去告诉他们，这一班臣子吓得屁滚尿流，反说告诉的人大逆不道，拿去杀了。然而官吏中如有不糊涂、不近视的，一定不能安其位的。说也奇怪，明明的好好一个人，一入了宦途，不知如何，就会生出糊涂病及近视眼来。曾有人批评过的：实因利欲熏心，污臭入目，大概就生这两种毛病了。外人见他们自己这样糊涂，就人人来想他这个土地，这个这里割一块，那个那里分一处，各各霸占了去。君臣却全不要紧，天天的歌舞梨园，粉饰生平的快乐，还专只搜寻不糊涂、不近视的志士来杀。这就是华胥近日政府的情状了。并且数千年传下来一最不平等、最不自由的重男轻女之恶俗。这些男人专会想些野蛮书籍、礼法，行些野蛮压制的手段来束缚女子，愚弄女子，设出“女子无才便是德”之话出来，欲使女子不读书，一无知识，男子便可自尊自大的起来，竟把女子看得如男子的奴隶、牛马一样。殊不知天生男女，四肢五官、才智见识、聪明勇力，俱是同的；天职权利，亦是同的。只因女子不读书，不出外阅历，不出头做事，惟晓得死守闺门，老死窗下，把自己能力放弃得一点都没有了，让男子占了优胜地位，一步一步地想法子来压制女子。你说可恨不可恨呢？

造言设法把人欺，却说道天赋男尊女本卑。外事女儿何可道，家庭中，又须夫唱妇方随。闺门不出方为美，内言出阃众人讥。女子无才便是德，读书识字不相宜。只合中馈供饮食，搓麻织布与缝衣。三从自古牢为例，四德由来不可移。女儿守节须从一，男子无妨置众妻。亦有嫌妻刚烈者，诳言七出弃如遗。恍如撒下瞒天谎，无非要女子无谋服彼低。更恐怕隐谋妇女潜来听，所以道下堂定欲佩声鸣。保姆相随无乱步，晚间行路必持灯。更遇昏庸李后主,荒唐做事太离经。一时间好戏偶将妃足裹,束为新月步生金。此言一入狂夫耳,喜了欺凌妇女的人。诈言束足非凡美,方称袅袅与婷婷。此言一出人皆效,娶妻先以小为云。女子已成奴隶性,一身荣辱靠夫君。一闻喜小皆争裹,纤纤束缚日求新。纵然是母亲爱惜如珍宝,缠足时,那管娇儿痛与疼;泪淋淋,哀告求饶全不听,宛然仇敌对头人。戕残骨肉何其忍,一似犴庭受刖刑。痛女子,自小何辜受此罪,模糊血肉步伶仃。

唉!可怜自从缠了双足,每日只能坐在房中,不能动作,往往有能做的事情,为了足不能行,亦不能做了,真正像个死了半截的人。面黄肌瘦,筋骨缩小,终日枯坐,血脉不能流通,所以容易致成痨病;就不成痨病,也是四肢无力,一身骨节酸痛。若是那生气痛病的都是女子,你看万没有男子生气痛病的。产难,妇人视为畏途,生死只争一刻。这都是缠足之害,使血脉不活,骨骼痹塞不灵之故。如是天足,常常运动,自由自在,谋自立之生业,我包你就没有这等病了。从来不听见东西洋各国有产难死了多少人的话,又不听见有那一个外国有气痛的毛病,惟有中国一国的女子才有这病,可见这缠足之害无穷了。我们女子为甚么甘心把性命痛苦送在一双受痛受疼、骨断筋缩的脚上?往往妇女的病百倍难治。岂真难治么?只怪自己把自己看得太不值钱,不去求自己生活的艺业学问,只晓靠男子,反死命的奉承巴结,谄谀男子,千方百计,想出法子去男子前讨好。听见喜欢小脚,就连自己性命都不顾,去紧紧的裹起来。缠了近丈的裹脚布,还要加扎带子,再加上紧箍箍的尖袜套、窄窄的鞋,弄到扶墙摸壁,一步三扭,一足挪不了半寸,唯有终日如残废的瘸子、泥塑来的美人,坐在房间。就搽了满脸脂粉,穿了周身的绫罗,能够使丈夫爱你,亦无非将你作玩具、花鸟般看待,何曾有点自主的权柄?况且亦未必丈夫就因你脚小,会打扮,真的始终爱你。如日久生厌了,男子就另娶他人,把妻子丢在一边,不瞅不睬,坐冷宫,闭长门,那就凄凉哭叹,挨日如年了。若抱怨了几句,丈夫就可打可骂,也没有人说他不应该的。如去告诉他人,反要说你是妒妇,捻酸吃醋,传为笑柄。并且把你关得紧紧,如幽囚犯人一样,有苦无门可诉。气死了,凌虐了,旁人也不能说句公平冤苦话。若又遇了恶的姑嫜,讨了一房媳妇,好似牢头增了一个罪囚,又似南美洲的人增了一口黑奴,种种虐待,务使你毫无人生之趣。儿子有罪,都归在媳妇身上;东西不见了,就说媳妇偷了,送娘家去了;儿子本不成材料的坏东西,反说我儿子本是好的,都是媳妇来了教坏了;家中或是生意折了本,或是死了人,有不顺遂之事,就是媳妇命不好的缘故。真如眼中钉、肉中刺一般,欲置之死地而后已。更挑唆儿子虐待妻子,磨折死了,横竖是别人的骨血,不心痛的,只往北邙山一送,媒人一请,不几时,居然有填死的新人进了房了。那男子已是将女子看成玩物、牛马之物,得新弃故,是其常情。生尚如此,死更可知。今日鼓盆初歌,明日便新人如玉,何曾有一点痛惜及夫妇之情?并且有三年不死老婆便是晦气的话呢。那童养媳是更不必说了,非刑毒打,也不知凌虐死了多少,直成了一个女子惨世界了。这都是女子不谋自己养活自己的学问艺业,反去讲究缠脚装扮去媚男子,一身唯知依靠男子,毫无自立的性质的缘故,所以受此残毒苦楚。有一种女子得丈夫喜欢的,不曾受此苦处,也就安富尊荣,以为无上的快乐,并不知同样女子有受此惨苦;即使有人对他说了,却以为别人的痛苦与我什么相干,我又没有受罪。殊不知天天去烧香拜菩萨的人,应为菩萨能救苦救难。诸位太太奶奶们呀!你既不肯慈悲慈悲救救苦难,已大背菩萨的心了,还求得甚么福呢?若能够诸位有福的、有钱的太太奶奶们发个慈悲心,或助钱财,或助势力,开女工艺厂也好,开女学堂也好,使女子皆能自己学习学问手艺,有了生业,就可养活自己,不致再受这样的惨苦。这样的功德,比烧香、念经、拜菩萨,要大几千倍、几万倍呢。我想后来这些多女子脱了苦海,纪念感恩,朝拜这些太太奶奶们,比拜菩萨还要多呢。这真是千年万载的名誉,车量斗数的功德,为甚么倒无人肯做呢?我的同胞姊妹呀!不能自立的,快些立志图自立;能自立的,须发个救天下苦海中姊妹的心,不可再因循了。我们女子,受那万重压制,实在苦嚓!待我再慢慢讲来与诸位听听,那压制女子的苛法,犹如:

重重地网与天罗,幽闭深闺莫奈何!凌虐难当图自尽,服砒吊颈与投河。昏惨惨,枉死城中冤鬼哭;黑沉沉,祈天闺内罪囚多。真地狱,赛森罗,痛惜我女子何辜受折磨!

更可恨、可哭、可痛、可笑的是:

父母全凭媒妁言,婚姻草草便相联。只贪图今日门楣温饱足,那管你此生佳配是冤牵。空劳爱惜如珍宝,不择儿郎但择钱!一自过门为妇矣,此身荣辱付于天。随鸦彩凤难飞展,入狱的囚徒遇赦难。怨气冲天弥大地,却使那瑶池王母也心寒。

且说这遗毒已有二千余年。朝廷上的皇帝常常昏睡不醒,民间称为睡王,外国称为睡国。谁知这皇帝死,太子又小,却被那几个糊涂臣子交讧,为一个什么爱亲王篡了位去。若说这王子,却不是汉皇祖宗血脉的正派,是三御弟私下相好的一个姓秦的妓女所生。这妓却同姓金、姓胡、姓元的皆十分相好,私通得了孕,生下个儿子,便硬说是三御弟的。这三御弟本姓糊涂,认以为真,便将他母子接了进来,认为妻子。谁知他母子久蓄奸心,暗结党羽。三御弟死了,此子便糊里糊涂袭了王位,又广布心腹,乘此机会便篡了皇帝的宝位。那班糊涂臣子,横竖只要你是皇帝,不管你姓张姓李,尽可磕头称臣,奉承得屁滚尿流,舐痔吮痈都来的。谁知这亲王登了殿,有时竟至发昏不醒,民间就叫他昏王,朝事都归了太后,临朝执政。这且按下慢说。

且说那瑶池王母在宫中，只见那下界漫漫怨气冲。打听方知诸妇女，十分磨折理难容。况且是天生男女原无别，岂独男儿气概雄？忍使毒手恣凌虐，即上界我亦旁观气满胸。二千年毒氛怨气弥天地，惜妇女何辜罹苦衷？速使扫除荆棘地，光明开拔一重重。因思那尘寰妇女无能者，挽颓风，必须差遣众仙童。况且汉室行将灭，须遣英才降世中。

务使男女平权，一洗旧恨。宫女何在？速宣召男女仙童，下界作过英雄事业及有名者，进宫领旨。

一声领旨不迟挨，顷刻诸仙应召来。木兰携手秦良玉，沈氏云英联袂偕。红玉荀灌诸葛妇，锦伞夫人冼氏随。平阳公主黄崇嘏，舌辩临风道韫才。卫娘持笔含春到，红线隐娘仗剑来。青州歃血三奇女，费氏韩娥共一堆。牛氏应贞能讲义，若兰苏蕙善机裁。赵女雪华宋蕙湘，淑英刘氏任妾崔。明末杨娥宋末金义妇，齐王氏共唐赛儿。封绚邵续苻毛氏①，邹保英之妻奚氏随。关妹左芬刘氏妹，班姬伏女一同排。更有魏娥高张陆，尽是忠魂毅魄魁。皇甫规妻同诸女伴，相携济济赴瑶台。

男仙无非是岳武穆、文天祥、谢枋得、黄道周、孙嘉绩、熊汝霖、张国维、钱肃乐、郑成功、韩世忠、张世杰、陆秀夫、宗泽、李纲、史可法、张煌言、张名振、章钦臣等数百人。一齐来到，参见已毕。

当时王母便开言，细把下界情形说一番："差遣尔等非为别，大家整顿旧江山。扫尽胡氛安社稷，由来男女要平权。人权天赋原无别，男女还须一例担。女的是生前未展胸中志，此去好各继前心世界间。务使光明新世界，休教那毒氛怨气再迷漫。男的是胡虏未灭遗恨在，今番好去报前冤。男和女同心协力方为美，四

---

① "苻毛氏"，原文作"符毛氏"，误。苻毛氏，即前秦苻登之妻毛氏，女中豪杰，事见《晋书·列女传》。

万万男女无分彼此焉。唤醒痴聋光睡国，和衷共济勿畏难。锦绣江山须整顿，休使那胡尘腥臊满中原。”

王母吩咐已毕。只见人人鼓舞，个个欢欣，一齐拜辞而去。

众仙陆续下凡尘，各去投胎且慢云。做书人并非故意谈神怪，明知道神仙佛鬼尽虚云。况且是我国妇人多佞佛，念经修庙与斋僧。每以疑心喧有鬼，更将木偶敬为神。身受欺凌称罪孽，求神保护怕神嗔。般般无不崇虚妄，不惜金钱事偶人。更可笑婚姻大事终身配，但卜神前筊几巡①。疾病贫穷委之命，不思自立卫生身。人生原是最灵物，土木何能有性灵？终日礼拜何益处？反因此潦倒困终身！神仙鬼佛诸般说，尽是谣言哄弄人。骗得那愚夫愚妇来相信，借端便可骗金银。试问你遭逢水火刀兵事，几曾见有个神仙佛救人？昔年甚么红灯照，圣母原来妓扮成。甚么师兄甚么法，反被那洋人杀得没头奔。虚言造语都为假，却不道朝内糊涂信了真。闯成大祸难收拾，外洋的八国联军进北京。只杀得血流遍地尸堆积，最多是小女伶仃妇女们。一桩可见诸般假，再莫虚佞木偶人。只有英雄忠义辈，肉身虽死性灵存。姓名遍布人钦慕，功业巍巍救我民。卫国卫民留正气，这般人物万年尊。若得同生斯世界，却能够保种保国保家庭。何能压制由异族，奴我同胞四亿人！若能得男女都如古人辈，经文纬武幸何深。驱除异族真容易，何难光复旧乾坤？岂如今恹恹待死无人救，内施压制外施兵；汉族尽为人奴隶，凄凄惨惨血痕新。这几年志士杀了多多少，尽是同胞作汉魂。矿山铁路和海口，一齐奉送与洋人。民间疾苦何曾问？终朝歌舞乐升平。颐和园共宫前路，活剥民脂供彼身。年年赔款如斯巨，亦是搜罗百姓身。叹民间流离颠沛贫穷极，朝廷方梨园歌舞宴洋臣。若有不忍微言者，捉将菜市便施

---

① “筊”，原文作“筶”，从中华上编本改。

刑。如斯暴虐如斯恶，甘把江山送别人。如何这样来施设，却原来旗下人非汉族人。他只要般般图得洋人喜，宝位龙廷稳坐成。即使后来中国灭，他原不失小朝廷。苦只苦汉族同胞四万万，一遭惨祸尽难存。劝汉人快些醒悟休耽搁，洗除积耻振精神。大家协力图保守，他年方幸早徙薪。悔吾身，从前懵懵今方觉，苦把言论劝众人。大家及早图生计，莫使他年悔太昏。叮咛几句规诸位，心头热血欲奔腾！言归正传无耽搁，如今却说一家门。浙江士族黄为姓①，名叫思华知府身。少年得志青云上，不愧书香世族人。祖先历代为官职，又是闽中关道身。清风两袖居官俭，传子惟遗授一经。但是那传家历代皆清正，性情古板不求新。女子从来不使学，读书专重是男身。前言按下谈知府，夫人桑氏甚贤能。本兹姑表联姻眷，苦伴儿妇读五经。黄母当年逝世早，惟遗膝下子三人。长子即是黄知府，二弟年俱在幼龄。桑氏过门年十八，奉姑循顺有贤声。姑死勤劳抚小叔，宛同慈母一般形。二叔年长为彼娶，艰难家事一身承。从前受尽千般苦，今日荣华不负人。谁知天不从人愿，纵享荣华不称心。若云何故权停歇，下卷书中再续云。

第二回　恨海迷津黄鞠瑞出世　香闺秀阁梁小玉含悲

剪剪轻风阵阵寒，东瀛景物感千端。回怜祖国危如卵，未有英雄挽世艰。感触太多难习课，灯前提笔续前谈。书中曾说桑贤妇，纵享荣华境不堪。却原来思华好色天生性，野草墙花一例攀。因此家庭常龃龉，常常反目一堂间。并非桑氏闲寻气，乃是思华太野蛮。弃旧怜新男惯性，居官人更不容谈。患难夫妻犹若此，怎叫桑氏不心酸？曾生四儿惟剩一，祖荫为名第四男。独子夫人

① “士族”，中华上编本改作“氏族”，误。

多爱惜,掌中珠玉一般看。

黄知府字古之,兹分发来山东候补。宦途是竞尚钻营请托,如不去请托钻谋,任你材能之士,只得袖手赋闲。古之起家寒素,又性狷介,不去营谋,虽是甲榜出身,故尚赋闲,日惟以诗酒及青楼作消遣计而已。其时祖荫年已六岁,幼年多病,身体甚弱。夫人又怀身孕,已将近足月临盆时候了。岁月匆匆,正是季秋天气。

又遇佳节重阳九月时,庭篱菊吐傲霜枝。稜稜傲雪凌霜骨,落落堆黄压紫姿。千枝烂漫成异彩,三径繁华逞瑰奇。如矜晚节开偏艳,独占秋英数妙思。古之即对夫人道:“今岁庭花异旧时。开来不是从前样,异彩奇葩炫此墀。况值登高佳节好,赏花速命备壶卮。”丫环传命厨房晓,顷刻庭前小宴施。夫妇当时同入座,旁边祖荫婢侍之。传杯弄盏多欢悦,忽地夫人皱双眉。阵阵腹痛推座起,归房仆妇尽惊疑。问之方晓将临产,慌忙的收生接到不延迟。伺候夫人临产蓐,参汤服下数分时,满室红光恍耀眼,呱呱生下一娇姿。他年备历艰辛客,今日栖乌借一枝。丫环报喜主人晓,知府当时怒气滋:“生个女儿何足道?也须这样喜孜孜。无非是个赔钱货,岂有荣宗耀祖时?”手举金杯容不乐,夫人房内已闻之。未免心头生暗气,夫妻情分忒差池。不到房中亲一视,反教口出此言辞。问看官,生男生女皆亲系,何故看承却两歧?却原来睡国习成轻女俗,男生欢喜女生悲。所以黄公深不乐,夫人虽不重娇姿,从来慈母和严父,分别由来母意慈。况是亲生身上肉①,虽非珍爱亦怜之。取名鞠瑞怀中女,因生时刚值黄花烂漫时。

唉!可怜生作华胥国中女子,自幼至老,一生之境遇亦可想而知的了。并且重男轻女的风俗,男尊女卑的训语,数千年,父传

① “况是”,中华上编本改作“况时”,误。

子，兄诏弟，已成一种牢不可破的例规。读书世族的女子不自由更甚。黄鞠瑞恰恰投生在此睡国及最讲究古礼之家，不知他后来自己如何能振拔出自由之舞台，因一失足成千古恨也。闲文按下，言归正传。

光阴如箭又如梭，转瞬光阴驹隙过。桑夫人，隔年又得裙钗女，淑仁名字性情和。容易年华催过客，鞠瑞已是年交七岁多。祖荫是早行上学攻书史，授业师为俞竹坡。却与黄公为表戚，温温长者四旬过，最好扶危和济困，绰号人称老佛婆。膝下无儿妻已逝，家无长物自奔波。黄公倩彼司书札，虽兼授业事无多。终朝吟咏新诗句，更将那新奇书籍广搜罗。平生最爱小儿女，所以甚爱惜黄孩妹与哥。其中最喜鞠瑞女，常引其欢笑与吟哦。忽地上司下委札，促黄公济南署理勿延俄。黄公得缺多忙碌，僚友纷纷贺客多。

谢委接印，盘查拜客，自然有一番忙碌应酬。百忙中又娶了两个妾：一个姓侯，是小家女子；一个姓陶，是私开门的妓女。一同到任，其时鞠瑞虽只有七岁。

却是生来有侠肠，年龄虽小性情刚。眉目含有英俊气，傲骨羞为浊世妆。每闻见妇女受欺和被虐，不平暗地独心伤。又见父亲所娶妾，行为奸狡又乖张；常常背地挑唆父，使计无端辱我娘。母本性情多懦弱，不能抵敌更猖狂。因此鞠瑞心中忿，无奈是不平无计处强梁，只得暗中施巧计，周旋言语效趋跄。欲使夫人消气恼，恐因成疾更难当。随兄常到书房内，偷诵琅琅书几章。竹坡见彼人聪俊，亦行授业在书房。谁知过目皆成诵，一目真能下十行。俞老不胜心大悦，便对黄公表女长。

说道："侄女之聪明罕有，只怕你黄家又要出第二个黄崇嘏了。"黄公闻之，诧异道："怎么鞠瑞也读起书来了？女子无才便是德，何必读甚么书？这又是他母亲的混账主意了。待我去讲她一顿,叫进鞠瑞去学针凿!女孩子又读甚么书呢?”说罢便欲走。

俞老慌忙把表弟呼:“请尔稍停且听吾。侄女并非其使,是兄叫彼读诗书。因彼聪明且俊秀,玉如不琢恨何如?若云女子无才好,为甚么今古曾传曹大姑?古来才女多多少,未见当年不羡渠。况是女为贤内助,岂宜不识一丁乎①?愚兄忝为君家戚,不比他人男女殊。侄女侄男同授读,算来却不费功夫。”黄公当下回言道:“表兄做事太多余,女子读书何所用,难同男子耀门闾。纵使才高夸八斗,朝廷曾设女科无?”

竹坡道:“女科虽没有,却听得要设女学堂了。表弟,你曾见过有一位广东人,自称甚么曼大忠臣的,不是上了条陈,要求施行新政么?并且他的帮手极多,都叫甚么饱狂党呀!并且有好多维新的,说道:‘国家养就人材,非学堂不可,须要普设学堂;女子为文明之母,家庭教育又非女子不可,男女学堂非并兴不可。’这样看起来,女学之设也就不远了。还不与侄女读些书?后来也不致落于人下,辜负他的才能知识呢,至小也可做个教习嚎!”

古之即把表兄嗤:“此等妖语也凭之!祖宗旧例岂容改,夷俗蛮风安可施?书院若教都毁弃,岂非辱没孔先师?男女若然无区别,岂非紊乱遗人讥?若是改装和剪发,岂非辱煞汉官仪?”黄公正欲滔滔说,俞竹坡哈哈大笑即阻之,手指自身衣辫等,问表弟:“此装是否汉时衣?纱帽幞头斜领服,就是那戏子穿的古时衣,方是我人汉官服;如今换了别朝的,辫发剃头和窄袖,花翎顶戴与补儿,这些都是胡人服,贤弟穿之反不奇!太后临朝行霸道,反奉为圣母颂仁慈。臭名声,传扬各地人皆晓,他何曾,入学无分男女时?今之学堂非昔比,男女的教育由来一例施。学问深时人自贵,断无淫乱败风徽。试问弟,娼妓濮上桑间者,文字书经并不

① “一丁”,中华上编本改为“一个”。

知;才女古来原不少,未闻中苒有微词。若是如兹来比例,女如不学不相宜。”黄公闻语生长叹:“表兄言此吾何辞?但是纵教学得才如谢,亦无非添个佳人薄命诗!”

竹坡哈哈大笑道:“表弟如何信此虚诬的话?袁子才赠浣青夫人的诗句,表弟想见过,可知‘清才浓福两无妨’呢!后来乘龙之选,此权操之吾弟,当留意为之相攸,毋使有才女嫁大腹贾之叹才是。微闻此女,吾弟不甚爱惜,恐后来误适匪人,未免有明珠投暗之叹耳。”黄公默然半晌道:“天下父母之心,岂有不爱儿女的道理的?但是吾兄教读却可,切不可将甚么革命流血、平等自由的乱话对他们讲。我黄家是世代忠良,不要弄出些叛逆的名声,遗祸家族。如表兄从前讲的甚么胡人衣服,这样的话讲不得的嘘!”竹坡道:“表弟放心,岂能遗害你家?但是你家能够出个女英雄、女豪杰,使世界的人崇拜赞扬还不好吗?我只怕你家没有这样的福气罢!”说着,一笑走了。

俞公当下到书房,鞠瑞闻知喜气扬。此后用心勤诵读,惊心如驰是年光。转眼已交十四岁,琳琅满腹锦成章。俞老不胜心大悦,得徒如此不寻常。其时祖荫年二十,前二年娶了张氏作妻房。已生一子方周岁,刚是牙牙学语长。鞠瑞正好攻书史,不愁娘处要相帮。一朝伏案挥毫处,来了娘房婢小香。道言有客请相见,告禀先生便起行。来到堂前举目视,左边一客锦云装。朝珠补褂多严厉,旁侧还多一女郎。眉清目秀身伶俐,锦绣周身璎珞长。约莫年华十五六,英风秀气内中藏。令人一见生怜惜,恍似前生相见常。心中转辗频思索,夫人命女速登堂。参见来宾梁伯母,深深下礼站中央。梁氏夫人携玉手,从头至足细观详。只见那黄女生来貌不低,容如美玉口如脂;淡淡春山含侠气,泠泠秋水显威仪。举目自如无俗态,谦和举措不骄侈。傲骨英风藏欲露,行为如不受拘羁。闻道读书曾上学,如斯聪俊恰相宜。旁边叫过多姣女,相见黄家女俊姿。同拜罢时携手视,似曾相识各生疑。问芳名,方知小玉为闺字,鞠瑞殷勤便致词:"姊姊呀!莫是三生有宿缘,今朝得见此堂前。此后望君无我弃,相亲相爱两相怜。"小玉闻言生感慨,玉容凄绝泪将潸。低首相携呼姊姊:"君言使妹铭心田。况闻咏雪才华富,可能够收妹为徒拜座前?但恐妹儿无福分!"黄鞠瑞慌忙便道:"语何谦。姊与妹,相逢休作寻常语,客语虚言尽可捐。"桑氏笑对梁氏道:"听他姊妹话长编,相携如此多亲热,应是他生有宿缘。"当下便云:"鞠瑞女,可同姊到汝房间。讨教姊姊书和史,叫排小点作消闲。"鞠瑞当时心大悦,梁女视母却无言。并肩曲室行将去,到一处三字题名栖凤轩。

却是鞠瑞姊妹的房间。淑仁稍有微恙,避风在房,所以没有出来。左边的便是鞠瑞的房。进去只见纸帐竹床,窗前放一书案,满列文具诗书,傍侧数口书箱,几把几椅,又朴素,又清雅,衬着鞠瑞一身冷淡衣服,英风傲骨,恰是此房之主。令人慕富贵的心思,可一洗而淡了。

并肩同坐话喁喁,尽诉家庭枯与荣。方知小玉为庶出,嫡母牛有三弟兄。性情嫉妒多严厉,侍妾妆前未克容。打骂时加凌虐甚,小玉父生成惧内又疲癃。此妾亦由嫡母买,人前欲博量宽洪。内中看待如囚婢,在外面自道看成姊妹同。善工掩饰人难晓,外施揖让内兵戎。小玉生来多命苦,在家胜是鸟居笼。嫡母看承多刻薄,二兄相遇更狂凶。母女若共他人语,丫环仆妇更随踪。提防一似囚和盗,从未曾夫人出外许相从。"只因伯母鱼轩过,欲妹登堂见范容。并蒙当面殷勤嘱,欲妹常来尊府中。因此母亲难却命,今朝过府胜登龙。黄家姊姊呀!今朝此语吐尊前,此言勿向外人传。嫡母若然知道了,必然怒气又冲天。妹受责时无所怨,恐教生母受熬煎。"鞠瑞点头称勿虑:"妹岂无知口不缄?但是我家双父妾,炎炎势力竟熏天。百般事件由心欲,不如意时叱婢呼奴变面颜。家人们趋奉争先还恐后，还胜似十倍娘亲手内权。挑唆父亲同母闹，这般方始意欣然。我母诸般惟退让，他二人常常尚欲起争端。谁知尊宅姨娘好，伯母如斯又不贤。莫是天心留缺陷？不平我欲问苍天。但想姊身遭此劫，香闺绣房胜牢犴。何以遣，岂能堪？辜负了聪明心与肝。不学此生难自立，靠他人总是没相干。苦海沉沦何日出，这般压制太难堪。不能自由真可恨，愿只愿时时努力跳奴圈。深恨妹身无力助，又不能朝朝相见话盘桓。因思姊姊同妹妹，聪明才智岂输男。见那般缩头无耻诸男子，反不及昂昂女子焉。如古来奇才勇女无其数，红玉荀灌与木兰。明末云英秦良玉，百战军前法律严。虏盗闻名皆丧胆，毅力忠肝独占先。投降献地都是男儿做，羞煞须眉作汉奸。如斯比譬男和女，无耻无羞最是男。女子应居优等位，何苦的甘为婢膝与奴颜？不思自立谋生计，反是低头过矮檐。我鞠瑞但有机缘能自立，必思共姊出此陷人澜。惟吾姊如兹压制何能受，欺凌作贱太难堪。虽然说苦中磨炼成英杰，在那牛马圈中度日却如年。如此人才如此质，受此厄难实心酸。”说罢长叹生感慨，盈盈两泪滴衣衫。小玉闻言心触动，千愁万恨压眉尖。自知志量非庸碌，何事沉沦到这般？作客人家难恸哭，只有那纷纷珠泪眼中含。暗思黄女多肝胆，侠骨英风莫等闲。若订金兰为义友，他年患难必相关。低首沉吟未启口，鞠瑞生疑便促言：

“姊姊为何欲言不语？我等已是情投意合，有话何妨直告？”

小玉当时吐此词，黄殊一诺不推辞。不同世俗排香案，同跪窗前出誓词：“富贵不忘贫贱共，死生患难共扶持。若使他年忘此语，刀剑亡身天鉴之。”拜罢起身携手立，相亲相爱胜当时。呼姊姊，叫妹儿，已为手足胜连枝。海涸石烂情无改，正欲归坐续言词。恰逢小婢传言入：“梁府夫人欲告辞。因有远亲已到府，请小姐速行归去勿迟迟。”二人无奈慌忙出，已见夫人拂绣衣。小玉随娘同作别,梁夫人回首致言词:"黄小姐几时请到舍间去,更及高堂令母慈。望勿行客气常来往,我两家交谊原非泛泛之。"黄女诺诺连声应,小玉相视惨别离。没奈何分手同归去,又谁知又遇佼佼数女儿。新奇事业知多少?待我从容一一提。书到此间权歇歇,欲知情节下回题。

第三回　施压制婚姻由父母　削平权兄妹起萋菲

海外风波日逼人,回头祖国更伤心。临门大祸犹鼾睡,万叫千呼终不应。前书说到梁家事,母女回归共入厅。仆妇丫环皆出接,姨娘梁老尽来临。诉言来了姨太太,更同公子与千金。夫人当下忙行进,已见迎出妹儿身。当下登堂同见礼,又转过膝前儿女拜尊亲。

原来梁夫人娘家姓关。胞兄叫关固,在江南候补,膝下一儿一女,儿名关瑞,女名不群。胞妹嫁与鲍家,亦生一儿一女:儿名儒珍,二十岁;女名爱群,十七岁。不幸夫已于五年前亡故,家资尚富①。其夫亦有一胞妹,嫁与左家,丈夫亦在山东候补,是个寒士,全靠着鲍家周济。左夫人自从丈夫到山东去后,即住在娘家的,膝下亦有一儿一女:儿名左文,女名醒华。左老爷到了山东,即写信去接家眷。鲍夫人姑嫂甚相得,叫家人送来不放心,所以自己亲自送来,又可顺便探望胞姊,岂非一举两便。故此前日到了山东,今日就带了儿女来望阿姊,刚遇梁夫人出去拜客,梁老爷即忙叫个家人去请太太回家。姊妹相见,自然有一番问慰欢悦的情形。

若言这位鲍夫人,待人和蔼性宽洪。不同乃姊多急躁,姊妹生来性不同。当下大家皆入座,谈谈别后各情衷。梁氏夫人留妹

① "家资",原文作"富资",从中华上编本改。

住，畅叙年来离别胸。鲍氏夫人称领命，差人左府告情踪。须臾送到随身物，更及多能婢秀蓉。仆妇丫环皆至候，登时筵席洗尘风。席散时已交酉正，房间是铺设西边夹衖中。

却是前后三间排的一进，阶侧两旁两厢房，一个圆门。出门往左首去，一门通上房；右首下去，一门外间，十分方便。鲍夫人甚喜其清静，便住了左首房间，小姐住了右首后房，及一间厢房住了丫环、仆妇，一间做了小厨房，以便自己弄点可口的饮食。公子年纪已大，却住在外间书房里。

姊妹朝朝相叙欢，鲍爱群却与小玉甚相安。朝来携手花间步，到晚时玩月同倚窗外栏。或是论文教识字，小玉聪明甚不凡。爱群才学真佳好，从此后朝朝授妹几书编。本有宿根梁小玉，稍加指点便通焉。姊妹相得如胶漆，真个言无不尽谈。一朝并坐妆台畔，叹息年光又半月宽。提起："左家有表姊，醒华名字性情贤。更多义气和情分，与姊同年体格坚。虽然没有如花貌，作赋才高不等闲。与我同居又同砚，朝朝携手共盘桓。相离半月相思甚，曾说道明日来过小住焉。表妹见之因合意，性情言语尽无嫌。不知表妹居此久，可有佳朋得二三？"小玉便言："休说起，妹身好似槛中猿。家室尚然难乱步，更休言交友出门阑。只有姊来那一日，算来是生来第一次出重关。到本府黄衙参伯母，逢其女相逢如故订金兰。名叫鞠瑞多豪爽，侠骨英风见面含。虽非国色天香艳，秀目修眉樱口鲜。面如鸡蛋红间白，姣妍终究带威严。行为好义和怜苦，装饰惟求朴素焉。上学攻书已数载，那行为不是寻常脂粉班。一自相逢同结义，令人终日意悬悬。十余日未闻消息也，相思无日不相关。黄妹不来人不至，姊处又无可人遣问平安。身无寸柄真堪闷！"说罢嗟吁锁远山。爱群携手称贤妹："何必如兹气恼添？姊处差人可访问，但不知黄母为人好与堪，可如姨母拘贤妹？"小玉回言却两般："黄伯母谦和多客气，虽无二姨母这般宽;尚还不至如同妹,包你人去断不嫌。”鲍女点头称告母,明朝差婢探平安。

当下晚间,爱群告之于母。鲍夫人答应,便差秀蓉去,因彼灵利聪明,做事稳当也。那秀蓉是:

次日朝来晓日红,唤来小轿去如风。行来不远黄衙内,只见衙前碌乱哄。通达情由呼请入,相随已到内堂中。夫人正在多忙碌,有二人旁侧相帮带妒容。喜果多般桌上放,细观此景像传红。千金年纪原还幼,如何便是选乘龙?暗暗沉吟忙走上,深深下礼叩堂中。

说道:“梁府小姐差来,候安夫人小姐!”

夫人闻语略沉吟,命小婢相同去见女千金。当下丫环称晓得,秀蓉随步下阶庭。只听小婢自语道:“不知在内或书林。近来连日多烦恼,碰了钉儿就晦气深。”秀蓉闻言呼姊姊:“不知几岁甚芳龄?”黄家小婢回言道:“我叫春香十一春。”秀蓉再把言词问:“小姐因何烦恼生?”快嘴春香呼姊姊:“我今一一说你听。有个财主苟百万,家中新发广金银。公子今年十六岁,闻言像貌尚堪憎。闻我家大小姐多才貌,特请了魏大人君之作媒人。老爷太太多情愿,一个作怪的俞爷却说不相应。小姐亦是多烦恼,曾把微词谏母亲。太太因为苟家富,无非爱惜女儿身,回言:‘自己休多管,作主还须父母亲,岂有自己羞不怕,三从古礼岂无闻?’小姐始此生了气,终朝至夕不欢欣。日来虽是攻书史,每看愁锁远山春。可恨俞爷常叹息,倒言才女配匪人。人家富有门楣好,不知趣的俞爷偏爱嚼舌根。更有小姐来相信,每天背地泪淋淋。常叹气,每生嗔,兀坐还如泥塑形。这样人家偏不喜,真正呆到尽头根。偏偏苟家多性急,十余日之间聘便行。因此小姐饭不吃,一天躲得影无形。太太道彼含羞态,不许多言嘱我们。我是太太身边者,所以不晓千金在那厅。”秀蓉闻语心明白:怪道梁家去未行。料因苟子人非类，不堪匹配贵千金。可怜父母行压制，苦了亲生儿女身。我家太太多慈善，少爷小姐爱维新。料因没有如斯事，枉了黄家小姐身。正在胸中如辘转，忽闻小婢语高声：

“瑞莲妹，大小姐可在房中?”只见那丫头答应道：“在自己房中呢。”春香便同秀蓉到鞠瑞房中，只见一个丫头坐在小椅上睡着，床上亦帐子低垂，原来鞠瑞睡了。秀蓉忙低道：“不要说话，小姐睡了。”鞠瑞早已听见，便问：“何人?”春香道：“大小姐，梁府差了姐姐来看望呢。”

鞠瑞闻言便起来，秀蓉走过叩尘埃。慌得鞠瑞忙挽住，叫醒了小环移凳靠床台：“请坐。”秀蓉称不敢：“小环侍立正应该。”鞠瑞便言：“休若此，人无贵贱请休推。”秀蓉只得斜签坐，春香自去把主人回。鞠瑞坐中举目视，只见此女好身材：脸似芙蓉腰似柳，削肩樱口翠生眉；眉目俏而含勇气，不同凡俗贱人胎。品格端严伤沦落，莫不是红颜薄命数应该？心中顿起无穷感，默默相思口不开。

秀蓉亦把鞠瑞一看，只觉侠骨稜稜，英风拂拂；目虽美而有威，眉虽疏而含彩；精神豪快，身体端庄。却为何有此厄难？当下使致小玉之命。鞠瑞亦问小玉近状，秀蓉便一一告知。

鞠瑞闻言叹一声，便言：“多感贵千金。梁妹有人相伴处，料因可少受众欺凌。回时与我传言告，余身无恙勿萦心。只因别有无谓事，恼得人近日心中懊闷生。过日登堂携手诉，及拜望尊主贵千金。不知蓉姐尊庚几，何时身入鲍家门。主人相待如何样，可曾识字读书文？如此人材真屈辱，名花落溷恨难平。若得与君受教育，何难为当世一名人。他年若有自由日，必誓拔尔出奴坑。结为姊妹相磋切，造成必是女中英。”说罢喟然生太息，秀蓉知己感深恩。暗思自己身落井，反如此多情爱我身。热心令我多感激，我却正为你愁烦愤不平。当下回言：“侬主母，更同公子与千金，一般多似仁人样，不似他家待婢形。婢身更是蒙优待，也曾小姐教书文。略知一二诗和句，于今年已十五龄。七岁卖入鲍家内，主人相待自多恩。自身无计能自拔，只因是身卖人家没话论。多谢今朝青眼视，毕生知己感深情。”

鞠瑞微笑道："这就更妙了。能有鲍千金这样诗人，教出来弟子自必不弱，有了学问，后日必可自立的。但我说要想救你出火坑的话，只怕秀蓉姐暗中要笑我痴人说梦话呢，因为我如今反不能如你呢。"秀蓉连声称"不敢"，又说了几句安命达时的勉强解劝话，更劝他到梁府去散散闷。鞠瑞冷笑道："我却不晓得安命，只怕安不下去呢。我本想来探望小姐们，明天不来，后天准来。"秀蓉便告辞出外，又辞了太太，太太便发了赏钱及果子，叫转候夫人、小姐。

衙前上轿便归家，已见飞飞噪暮鸦。到了家中身入内，不见主人静碧纱。回身便到梁家去，只听得小玉房中人语哗。忙进去，只见主母和小姐，双双同坐帐中纱。小玉卧床惟痛泣，秀蓉一见大惊讶。慌忙便问："因何事，莫是欠安发了痧？"爱群便道："你去后，此间闹得乱如麻。事因只为薛姨起，忽地平空发了痧。表妹不谈心内急，买药慌忙恳老妈。未曾告禀堂上晓，况是姨母性格差。未必肯为料理药，稍迟人必赴黄沙。所以暗恳金老姆，买药偏偏有了差。误了之时盘问起，方知买药走长街。姨母骂：'何不告我？'旁边钻出二王爷，便骂：'小玉真胆大，眼内何曾有母耶。莫非倚了妖娆势，欺凌母子霸当家！'梁小姐刚刚身走到，慌忙辩道：'兄言邪，一时急得无主意，未禀娘亲是我差。'言未毕时兄走过，夹脸兜头一嘴巴。小玉不防身跌倒，二少爷更将拳脚一起加。口中不住唠叨骂：'今朝打死小淫娃。拼得我来偿了命，免气娘亲挑拨爷。'可是冤枉真气煞，你看这几处伤痕使我嗟。若非秀锦飞来报，我母女忙来救护他。若是少顷迟一刻，真教打杀赴阴衙。”

秀蓉道:“难道薛姨奶也不出来救救么?”爱群叹道:“你还说薛姨娘呢！一则病刚好,二则上去亦无用,不过同挨一顿好打罢,还敢讲甚么话?”秀蓉道:“难道太太也不说姨太太不应该的么?”鲍夫人道:“我何曾不讲?姨太太说是:‘儿子气强,不能忍受,叫我做娘也没法,难道我叫儿子欺凌女儿么?我待薛姨并没有错处。女儿虽是妾生的,同我生的一样。横竖兄妹生气,大家都有错处,叫我也不能说那一个好,那一个不好。’你想想,一派光明正大的好看话,难道我姊妹好翻脸不成么?”爱群忙道:“莫多讲,提防窗外有人窃听。”随叫了几声秀云,不见答应,骂道:“这东西又不知跑那里去了。”

“表妹一自起纷争,至今痛泣未曾停。薛姨娘又到堂前去,伺候主母未归门。你去黄家如许久,到底是黄家小姐若何云?明朝去请他来此,谈谈以解妹胸襟。”秀蓉便道:“休说起,他今烦恼十分深。”小玉住悲惊问道:“却因何事这般形?”秀蓉便诉今朝事:“只见挂彩与张灯,夫人正在多忙碌,般般果点配时新。访问丫头知底细,传庚今日聘千金。原来射雀乘龙选,无端中了苟家门。”鲍夫人连声叹说道:“原来是苟才做了雀屏人。其父名叫苟巫义,为人刻薄广金银。从前本是窭人子,开爿饭铺作营生。不知因了何人力,结识了同里忠奴魏大清。从此改营钱店业,提携平地上青云。家资暴富多骄傲,是个怕强欺弱人。一毛不拔真鄙吝,苟才更是不成人！从小就嫖赌为事书懒读,终朝捧屁有淫朋。刻待亲族如其父母样,只除是赌嫖便不惜金银。为人无信更无义,满口雌黄乱改更。虽只年华十六岁,嫖游赌博不成形。妄自尊大欺贫弱,自恃豪华不理人。亲族视同婢仆等,一言不合便生嗔。要人人趋奉方欢喜,眼内何曾有长亲?如斯行动岂佳物,纵有银钱保不成。相女配夫从古说,如何却将才女配庸人?”爱群问母因何晓,夫人道:“今朝左府表兄身,到此闲谈曾及此,深嗟彩凤配凡禽。未曾提及女家姓,所以为娘尚不明。今闻秀蓉言苟宅,方知就是姓黄人。但不知黄家夫妇因何事,掌中珠许这般人!”秀蓉便道:“为媒者,亦是忠奴魏族人。于彼乡中为世族,闻与苟家同伙作营生。名叫君之排作五,人说是率直无欺魏大人。黄府是一来闻道苟家富,免教娇女受清贫;二因魏宅为媒介,道彼无欺一口应。也曾差家仆出探问,归来俱说甚相应。料因人地生疏难访出,况复家丁是小人。但知豪富余非要,又遇苟家性急便传庚。黄家小姐微词谏,谁知难挽母之心。因此十分生气恼,婢去见彼卧枕寝。”鲍夫人道:“魏君之外貌真诚谲诈深。可惜黄家好女子,已结婚姻无话论。”小玉爱群齐痛惜,连声叹息咸伤深。不知鞠瑞后来如何样,可得飞腾出火坑?此卷书中权一歇,详言且听下回云。

第四回　痛煞女儿身通宵不寐　悲谈社会习四美同愁①

风潮蓦地起扶桑,争约归来气未降。寄语同心诸志士,一腔热血总难凉。偶留湖地为授教,课余偷暇再开场。前文说到梁小玉,受兄凌侮实堪伤。一到黄昏鲍女去,一人独卧更凄凉。薛姨慰女同伤感,起更时节亦归房。闭门小玉身归寝,面对银灯怨恨长。无限伤心来五内,反覆倚枕一思量:己悲身世无生趣,不死还因为了娘。自恨身非作男子,不能腾达与飞黄;不然奉母他乡去,免在如兹气恼场。亦可清贫供菽水,却怜生作女儿郎。出门寸步无行处,人地生疏难远飏。手内更无钱与钞,可怜身世怎凄凉。频转辗,再思量,泪滴千行与万行。唉!梁小玉呀!难道今生是这般?母兄残虐更何堪!自怜身亦非庸俗,志气常期花木兰。心

---

① 总回目作“怨煞女儿身通宵不寐,悲谈社会习四美伤心”。

亦雄时胆亦壮，识人双目每非凡。何苦天教遭此境？无才不学后来难！幸喜鲍家表姊至，连朝讲解授书编。过目不忘侬自许，只愁那鲍姊难常在此间。去后依然无学处，父亲是女儿竟作等闲看。二兄暴虐如斯恶，未见他身出一言然。难怪父亲原惧母，但何苦作孽纳偏焉？若无生母何生我？沦落生涯不值钱。各处都侧室专权欺结发，目无正室惯使奸。男子喜妾皆护彼，一家吵得不安然。嫡房子女皆靠后，惟彼堂皇掌大权。如此妾妇原不好，难怪人人切齿焉。家室不和皆为此，夫妻反目受熬煎。但是我母胆小多柔顺，断然不是此等偏。怪嫡母何须博甚宽洪号，却使今日娘儿受苦端。梁女痴想无言泣，忽地寻思一惨然。唉！黄家妹妹呀！可惜貌佳才更佳，这般际遇实堪嗟。英风傲骨成何用，侠义如山埋没他。爱姊情深思救姊，谁知自身落井仗谁耶？莫是姊身多厄运，结义后，致连妹亦受波喳。莫是红颜诚薄命，空劳志大愿难奢。莫是前生冤孽重，今生受报不相差；莫是才高遭神鬼忌，不容消受好韶华。

小玉呀！你后来不知怎样结局呢！

一声长叹更思寻：自身他日若联姻，亦难得有如花眷，比翼无非是孽冤。嫡母长兄同作恶，喂狼喂狗岂相怜，若然误配终身恨，不若当时一命捐。自知小玉如兹命，难得今生结好缘。倒不如奉母天年寻自尽，此身无挂亦无牵。更思黄女多豪爽，志大才高情更坚。劝我常思图自立，我愁你此生难出此重圈。婚姻已定难更改，空自嗟吁气恼添。遇人不淑真堪痛，彩凤随鸦飞展难。唱和无人谁共语，俗奴浪子配才媛。冰炭岂堪同炉灶？今生境遇万难安！他是亲生父母犹如此，何况儿家更不足言。终身大事如兹重，岂可轻凭媒妁谈。黄家伯母人和婉，为甚么遇事行为这样蛮？鞠妹谏时何不听？反行压制强牵联。须知女的一生事，苦乐荣辱尽相关；岂堪草草来许配，不问人家好与堪？纵他家广有钱财成何用？与媳妇由来半点不相干。况且是暴发人家无礼仪，必定是妄自骄侈大似天。夜郎自大何须说，看得他人不值钱。那知道怜才与爱士，识人双眼似盲然。美玉明珠何能识？礼义无知只晓钱。何曾晓得文和句，俗子庸夫是等闲。马粪如香添细细，怨诗空记赵飞鸾。彩凤随鸦鸦打凤，前车之辙断人肝。淑真枉有才如锦，遇人不淑恨难填。道韫文章男不及，偏遇个天壤王郎冤不冤。袁家三妹空能句，配一个高子真如禽兽般。难道是真个才人多命薄，都无非父母连姻不择贤。若是黄家鞠瑞妹，他日收场也这般，令人想起身惊战，埋没了如此人才欲问天。空教结义多相爱，愧无力能为妹助焉。真可叹，实堪怜，不平最是这苍天。何苦生了人才又作贱？只落得名花落溷鸟呼冤。衔泥有愿难填海，炼石无才莫补天。若都是这般来结果，不如不生反安然。

小玉愁人兼愁自，嗟吁直到五更天。须臾晓日笼窗际，起身下帐拔门闩。生母房中忙问询，方知昨夜甚安然。薛姨举目观亲女，消尽红颐两颊妍。面似黄花眼似肿，不胜痛惜珠泪弹。泥人土佛同相慰，一壁言时两泪含。归房草草忙梳洗，爱群来了问平安。一观消瘦连声叹，料因一夜未安眠。劝慰殷勤携玉手，问安同到母姨间。并言欲要表妹妹，同到儿家玩一天。关氏无言点首应，稍坐待，相携素手到西边。鲍母亦同相劝慰，早餐用罢献清泉。谈谈说说无多刻，跑入丫环小秀莲。报言来了左小姐，爱群命接甚心欢。须臾走进多娇女，万福深深见礼完。并言新得闺房友，今日同来尊府间。鲍夫人慌忙问道何不见，左女回言轿慢焉。母女忙差侍婢候，到来迎入勿迟延。丫环答应飞跑去，少刻时闪入风流一玉颜。明眸皓齿多风韵，明秀难描体态妍。大家见礼通问字，方知江女籍江南；振华名字年十五，父亲候补本城间。一见如故诸女伴，大家联坐笑言谈。左女问道："梁家姊，何事容颜瘦这般？莫是玉体违和也？"爱群闻语叹声连，"何曾疾病沾身体"，

便诉欺凌事一端。二人听了皆生愤,江家小姐便开言:

“唉!我们女子生在世上,那一种不是卑贱的?大小事情,连讲句话都是无分的。”

左女当时叹一声:“可怜女子不如人!生下若然为女子,便称晦气别家人。父母明道犹相爱,不明理之人见便憎。总说女为无用物,无非赔嫁贴金银。男子生时多爱惜,上学攻书读五经;女儿不许亲书史,反道是女子多才命不辰。细想起来我们女子何曾弱?才识同男一样平。若能读就书和史,能出外挣钱养二亲。苦只苦,女儿无地谋生计,幽闭闺房了一生。妹身幸得家庭好,阿兄教读五经文。虽然不得称才女,较胜愚夫两目盲。心中常愤世轻女,胸中壮志日飞腾。实因女子无生计,出外难能四处行。身欲奋时行不得,叫人恨煞女儿身!鲍妹多才人尽晓,江家妹妹更超群。梁家姊姊如兹聪俊质,想来才学定胜人。比他不学诸男子,算起高他几十分。如何俱是甘雌伏,想起令人愤不平。”

江振华叹道:“女子苦处多呢,最可痛的是:

婚姻误配与俗儿,惨煞佳人薄命辞。说甚么夫为妻纲之谬语,妄自尊大便骄侈。流连花酒憎妻子,深闭长门损玉姿。打骂凌虐常有事,宠妾凌妻多见之。或有那一自经商去外省,娶妻讨妾撇家妻;冻饿不关情义绝,一任你啼饥号苦叹无依。或有那曾自从前伴苦读,清贫受尽耐寒微。一朝得志为官日,便娶美妾与娇姬。把妻撇在九霄云外去,前日恩情尽不提。忘恩负义无情辈,弃旧怜新本惯的。更有那公婆遇了凶恶辈,阎王殿上不差池。憎媳妇,宠孩儿,任儿游荡反帮之。亦有夫妻和合者,反说道媳来儿不似先时。骂忤逆时嗔及媳,挑唆是你怪妖姿。务使其夫嫌妻子,方遂私欲喜孜孜。亦有夫本轻薄子,嫖游赌博尽来之。嫌妻妻已无生趣,恶姑嫜,尚更挑唆虐待妻。更有才女嫁于大腹贾,随鸦彩凤更堪悲!空有满腹才如锦,徒将怨恨托吟诗。更无有个人儿解，独守空房泪万丝。性情暴虐庸夫蠢，岂识梅花幽雅枝？知己不逢归俗子，终身长恨咽深闺。叹古来，埋没了多少才能女，空对东风怨子规。思量此景令人惨，恨煞苍天懵不知。忍待我女子如斯酷，既忌之而又厄之！”说到此间眉紧蹙，一回眸，又观梁女泪淋漓。

即问道：“小玉姊姊如此伤悲，必有所感，何妨说与妹儿听听。”小玉道：“姊姊，小妹有个义妹，就是本府黄太尊之女，名叫鞠瑞，从七岁起到如今十四岁，真个是满腹文才，罗胸锦绣，为人又英武又义侠，谁知近日父母许配了大腹贾苟家儿子，恰恰的是个纨绔无赖子弟。这不是千古的憾事么？”

不觉唏嘘叹息连：“不平最是这苍天。既生黄妹如斯质，忍使狂风损玉颜？不知今日如何样，只恐怕消瘦容颜更不堪。痛惜嫩芽初发候，妒花风雨更摧残。邯郸才人嫁走卒，不使文箫配彩鸾[1]。此恨怎消真可痛，叩阍无计欲呼天。彼自亲生犹若此，他人何计解冤牵。”无限感怀无限恨，盈盈珠泪滴衣衫。诸人闻语皆凄惨，鲍女长吁吐玉言：

“女子那一种不是苦的？

一世幽闺闭此生，有主何能作一分。寸柄毫无惟受制，宛似孤儿把主跟。在家父母无教育，从来不准出闺门。终朝督责攻针黹，弯得腰驼背也疼[2]。绣过枕头还裤脚，作完镜搭又茶瓶。帐檐帐挂和围锦，裙幅裙边更画屏。表袋刚成加扇插，袖儿绣罢绣衣衿。更有诸般生活等，穿针配线日求精。终朝无暇闲行走，待得完时脑已昏。或成痨病难医治，即不成病，也是肩耸背曲作畸形。绣来实是全无用，枉费银钱买苦辛。无非陪嫁图好看，试问她遇

① “文箫”，原文作“文萧”，中华上编本亦作“文萧”，据文义改。
② “弯”，原文作“湾”，中华上编本亦作“湾”，据文义改。

夫不淑枉时新。或是儿夫无用者,繁华难救彼时贫。遇了丈夫轻薄者,后来弃作路旁尘。立身无计徒受苦,难将衣物过平生。若是丈夫浮荡者,卖将赌博作输赢。徒劳低首朝朝绣,此刻何曾抵一文。”小玉接口称贤姊:“世事言来尽不平。最恨古人行毒制,女何卑贱子何尊?纵有百万产业女无分,尽归儿子一身承。分明都是亲生养,一般骨肉两看承。嫁出门时由你去,任人凌虐当无闻。反目常占非偶配,反言是汝命生成。三从更是荒唐话,把丈夫抬得恍如天帝尊。虽然名曰称夫妇,内主何能任己行。般般须听夫之命,一事自为众口腾。夫若责时惟婉应,事事卑微博顺名。由夫游荡由夫喜,吵闹人讥妒妇人。吃尽艰劳受尽苦,到贵时眼前姬妾早成群。更有游荡家不顾,另营金屋贮新人。家妻纵是能娇妒,外事由来岂得闻。或是家庭常反目,凌虐妻房不当人。闺中气死还啼死,夫已逍遥花柳行。若是下等人家的,堪为仆妇另营生,免教受此肮脏气;若是生为上等人,寸步出门须轿子,丫头仆妇要随跟。外事一些不知道,又无才学作营生。出外又难为仆妇,真个是气煞身儿怨恨深。南院笙歌北院哭,新人欢喜旧人颦。花月青春等闲度,带愁带病度晨昏。稍行抗拒夫无礼,外人尽道不贤名。家事何能由自主,产业等尽为夫物妇无分。一生好似为牛马,又似那买断奴才把主跟。死时一物非妻有,都是他家有主人。百金作主都不能够,有事情出头不欲妇人身。若无男子来出面,女子无人信汝云。养女不使谋生计,嫁过去,夫自豪华母自贫。欲思周济娘和父,便是夫门大罪人。夫家若是多贫困,母宅豪华岂指囤①?女身左右无权柄,何事卑微若此形?世间只有男

---

① “指囤”,当为“指困”之讹。“指困”,喻朋友间慷慨资助,典出《三国志·吴书·鲁肃传》:“周瑜为居巢长,将数百人故过候肃,并求资粮。肃家有两囷米,各三千斛。肃乃指一囷与周瑜。”

女界,气煞人来最不平。只因女子不能自立谋生活,倚靠他人是贱人。吾身偏是居于女,又遇家庭苦厄人。不能自立谋生计,他年难得好收成。空教愤世何能够,救我同胞离火坑。我母身为姬妾队,此生那有出头辰。我不怨嫡母相待酷,但是你既妒何须置妾身?吾身今生何希望,无非奴隶锢终身。老天既是无公理,何苦生成我辈人?"说到伤心成一恸,千行珠泪湿衣衿。三女思至诸痛苦,尤恐他年身自经。女界中如兹惨像何人脱,忍不住一齐痛泣默无声。却逢秀蓉端盒入,排来佳点享佳宾。一睹此情心内讶,不能相询但沉吟。

好端端的,大家这样伤心,必有甚事,问又不好问,放又放不下,十分纳闷,只得排好碟子,请小姐入坐。说道:"太太因来客人,有事商议,不能奉陪,请小姐们不要客气,随意用点罢!"

众人收泪各抬身,勉强相让用点心,半块香糕吞不下,清茶慢饮各无声。半晌默然皆不语,低头各自弄衣衿。爱群只得将言岔,便问江家姊姊身:"诗才久仰如谢女,晴过梅花香过芸。前日里拜读佳编真羡慕,可肯收妹作门生?"振华当下忙谦逊:"姊姊如何客套深?妹虽学吟知一二,那能如姊有才名?拜倒不遑妹真佩服,咏絮才高独数君。"醒华便道:"都休逊;二位诗章尽有名。如妹真堪遗笑者,涂鸦初学亦惺惺。打油之作真惭愧,说起教人笑破唇。怎如表妹和江姊,丽句清词俊逸新?佳句不厌千遍读。"振花忙道:"莫虚文,久闻诗赋文章好,到处扬名胜左芬。高才博学人难及,何必今朝挖苦人?"醒华正欲回言答,忽闻得环言:"鞠瑞已登门,现在梁家太太处,叫人来请小姐身。"小玉起身忙欲走,三人拖住道稍停。不知说出何言语,下卷出了惊天动地文。书至此间权一按,喝口香茶再诉明。

第五回　美风欧雨顿起沉疴宿疾　发聋振聩造成儿女英雄

中华黑暗数千年，女子全无尺寸权。今日辟开男女界，舞台飞上振螺环。前文诸女所谈事，料看官看了也心酸。愧无彩笔生花手，不能将女人痛苦说完全。不知缺漏多多少，总一句女子生为牛马般。受苦受囚还受气，一生荣辱靠夫男。西洋人说道我国的女子，任人搬弄任人玩。若比男子低去五百级，呼牛呼马尽无嫌。无学问，工艺学科都不学；媚男子，不愁婢膝与奴颜。闻此言，令人无限伤心甚，几度临风血泪弹。叹同胞，不知何事甘卑贱，为奴为畜也心甘。反言女子本无用，不思量亦是四肢与五官。才智何曾逊男子，不求自立但偷安。说到我国之社会，由来男女未平权。说到女人诸苦处，作书人那禁痛泪一潺湲。但祈看者须细味，莫作寻常小说看。其中血泪多多少，无非要惊醒我同胞出火坎。但愿我姊妹人人图自立，勿再倚男儿作靠山。闲言按下书归正，前文说到鞠瑞到门阑。小玉刚欲回身走，三人扯住说情端："何妨差个丫环去，请黄家姊姊到此间。我等畅谈真爽快，何必拘拘到那边？"小玉便言防母说，爱群道："何妨便说我娘言。姨母须知怪不得，木梢自有母亲掮。"当下出来忙告母，叫秀蓉速去勿迟延。秀蓉去了无多刻，来了黄家女俊贤。堂前先见鲍家母，走过了四家姊妹立齐肩。大家平礼来相唤，然后邀进卧房间。鲍母因有客人在，故而其时不得闲。叫女相陪身自去，众姊妹大家逊座各相观。鞠瑞携手梁小玉，惊讶他何事容颜瘦这般。

"呀！姊姊为甚么这般消瘦？昨日我问秀蓉，说没有病呀！"

小玉闻言诉此端："姊身命舛复何言！但是妹亦多消瘦，还劝你善自宽怀保重焉。这也叫无可奈何事，父母为之悔亦难。"鞠瑞不胜心气愤，红霞飞上颊腮间。冷笑一声称义姊："妹儿是作兹奴隶实难甘。虽然父母曾生我,本应该孝敬堂前博父母欢。名誉无伤身自贵,不至淫乱削亲颜。这般便是儿无错,父母须使儿无缺得完全。却如何婚姻大事终身配,不择儿郎但择钱。谬云撞命真堪笑,难道是女子生来牛马般?并未见彼子人何若,学问行为好与奸。一些不察其中细,但听无凭媒妁言。说起又笑又好气,我却须知不服焉。近日得观欧美国,许多书说自由权。并言男女皆平等,天赋无偏利与权。强国强种全靠女,家庭教育尽娘传。女子并且能自立,人人盛唱女之权。女英女杰知多少,男子犹且不及焉。学校皆同男子等,各般科学尽完全。不同我国但学经和史,彼国分门各有专:普通先学诸科目,再进高等学校间。大学专门诸学备,哲学理化学并然。工艺更加美术画,师范工科农业完。般般学业非常盛,男和女竞胜求精日究研。所以人人能自活,独立精神似火燃。男子尊之如贵者,见女子起立躬身礼数谦。

凡茶楼酒馆,如男子先坐,见女子须起立致敬。如坐车人满了,见女子入来,必须起身让坐。女子则不然。彼国之女子何等尊贵?因人人能独立,不倚靠男子,一也。凡事皆能拼命去做,所以女英雄甚多,使人生敬畏之心,二也。家庭教育非母不可,诞育国民非女不可,故文明国的男子皆明男女关系,又利权均一,三也。

此生若是结婚姻,自由自主不因亲。男女无分堪作友,互相敬重不相轻。平日并无苟且事,学堂知己结婚姻。一来是品行学问心皆晓,二来是情性志愿皆知闻。爱情深切方为偶,不比那一面无亲陌路人。平日间相亲相爱多尊重,自然是宜家宜室两无嗔。更遇女权多发达,人人独立有精神。出外经商女亦有,学堂教习更多人。养身执业全无缺,男女权衡一样平。爱国心肠如火烈,国自强而家不贫。我国女子相比并,一居地狱一天门。相去何只千百丈,难道是我辈生来不是人？无非自己甘卑贱,愿为奴隶牛马群。受他压制甘如饴,但将那梳妆衣饰讲时新。身作幽囚无怨恨,沉沦地狱不翻身。不思自己求学业,不思自立免求人。不思脱此奴隶网,不思作个女中英。不思名誉扬中外,不思勋业染丹青。不思烈烈轰轰做,使千载人俱慕姓名。不思身受千般苦,不思跳出陷人坑①。妹今觉悟从前梦,遂我雄心事可行。槛鸾谁解怜文彩,有日飞腾入九冥。冲破痴迷求自立,妹今要求学向东瀛。所以今朝来问姊,未知道可肯相同一起行?"鞠瑞说罢一夕话,在座诸人喜又惊。

乱哄哄问道:"真有此等好事么？使我等如梦初醒。但未知女子求学已曾有人否?"鞠瑞道:"已见载有某女士去矣。"众人大喜道:"我们正在悲痛我们女子不能自立,辜负才华志向呢,这却好了！但是黄姊姊从何处得此消息呢?"鞠瑞道:"妹的先生甚喜维新,近购得此种书报示妹,并为指点外间情形;若是家中,何能得有此种书看。"小玉道:"我何曾不想同妹妹去,但那里来的钱呢?"鞠瑞道:"姊姊勿忧,妹已思得一款。因苟宅急欲娶亲,以十七岁过门,母亲早已措出千金,为备衣饰之用,此银可窃取到手,与其拿来喂狗,不如妹拿来作学费,不好么？亦够我姊妹二年之用。后之接济,俞先生云为我设法,这就不要紧了。"

爱群当下便开声:"黄姊姊所言令我意难平。只思梁妹相同去,难道是我等三人不是人？虽是无才智又短,也堪附骥竞风云。今岂有甘居后者,但是须有个男儿同道行。不然是人生地疏诸不便,恐使失道或迷津。"鞠瑞慌忙呼姊姊:"妹岂不愿诸姊一同行？一则恐诸姊难脱家庭缚,二来未有许多银。若云迷道请休虑,一路航轮路坦平。何须依赖于男子,难道吾人未克行？责任妹甘身

① "跳出",原文作"跳出跳出",从中华上编本改。

独任,须知不误姊姊们。诸计妹已筹划好,方能决计脱身行。但是银钱须措办,倘无资斧事难成。"

左醒华、江振华齐道:"我等亦稍有衣饰,尽可变卖,但一时苦无受主耳。"鞠瑞道:"这容易,盘费妹处共用,物件暗地交我先生,托他售去。"二人皆喜道:"甚好。"小玉即问爱群道:"姊姊如何呢?"爱群道:"我母亲处亦可窃得多金,并金珠首饰等,四五人并在一处,亦可得数千金,大约我们姊妹三年学费是不要愁的了。但大家都要同心合德,不分彼此才好呢。"众人齐声道:"姊姊之言不错,若不同心合德,共患难甘苦,怀二心者,不得善终!"振华道:"我们怎样集合,并设何法子脱身呢?"醒华道:"五月八日是舅母寿诞,借此集合,并可多携首饰①,但如何脱身却要问黄姊姊了。"鞠瑞道:"妹已预备一切了,如此如此,不好么?"众人低声喝彩道:"妙!"鞠瑞道:"此日任何阻力,务必齐集;一人不到,即不能待矣。"众皆点首。鞠瑞又说起放脚的话,众人答应,振华稍有难色,恐放了不雅观。鞠瑞便把缠足的害处开解与她听,又道:

"缠足由来最可羞②,戕残自体作莲钩。骨断筋缩多痛苦,行走何能得自由?积弱成痨因此足,无能不学更何尤?自顾不暇行不得,扶持全要仗丫头。行路若然过数里,脚儿痛得像脓抽。终朝兀坐如泥塑,患难来时作死囚。身欲逃时行不动,受人凌辱自家求。更有一班无耻者,因夫喜小便将足布狠加收。束成三寸夸莲瓣,行如风摆柳枝头。自道十分真好看,倚门盼望命风流。不图振作反自喜,甘为儿夫作马牛。谁知道弃旧怜新男子惯,岂因足小便难丢?再去讨个妖娆女,便把你从前恩爱一齐勾。宠小

① "首饰",原文作"手饰",从中华上编本改。
② "由来",原文作"犹来",从中华上编本改。

妾，买丫头，终朝调笑乐温柔。可笑讨好无处讨，只落得长门冷落作幽囚！可怜受尽千般气，小足何能解尔愁？更有那花柳陶情家不顾，一双小足亦难留。争如放足多爽快？行道路，艰难从不皱眉头①。身体运动多强壮，不似从前姣又柔。诸般事业皆堪做，出外无须把男子求。求得学问堪自食，手工工艺尽堪谋。教习学堂堪自养，经商执业亦不难筹。自活成时堪自立，女儿资格自然优。尖尖双足成何用，他日文明遍我洲。小足断然人唾弃，贱观等作马而牛。”鞠瑞言时众称然，振华一笑转莺喉：“不是一言相激动，那里来这般妙论若潮流？唤醒痴迷真拜服，愿将此语遍传邮。使我等闺中姊妹多惊醒，撇却了从前丑习事雄猷。奴隶心肠一洗尽，跳出重牢把学业修。方知女子非无用物，独立精神男子侔。从今打破愁城府，改革何需戈与矛？学艺成时皆可自立，无靠无依不用愁。若是与今燕雀处，何似他年鸾凤俦？自由花放文明好，平步青云十二楼。我今醒了繁华梦，独立心肠坚更遒。任教压制千钧重，不求学时死便休。”众人赞道真英物，从此闺人痼疾瘳。大家议定多高兴，谁知属垣有丫头。

且说秀蓉因见众小姐悲恸，十分疑惑，当下在套间内蹑足贴耳潜听，恰恰听了一个明白②，心中不胜感动，因思道：主母甚爱小姐，何妨待我以言试探主母，如肯，亦免得典钗质钏；若不听从时，暗中当冒险以助一臂。因太太此来，拟为少爷捐官，携有万余金银票，惟我知其处，窃来为学费，数年足足有余。况且主母家资甚富，此区区者，亦无足贫富，拚得我受几顿打骂便了。

当时想定在胸前，便来主母卧房间。客人已去房栊静，便言道：“小姐都在痛泪潸。”鲍母惊问因何故？秀蓉便诉此情端：“只

① “皱”，原文作“绉”，从中华上编本改。

② “恰恰”，原文作“却却”，从中华上编本改。

因女子皆受苦,又无学问又无权。嫁出去,公婆凌虐许多苦,又恐误配失所天。才女婚姻归俗子,后来必定受熬煎。说起大家皆痛苦,所以伤心尽泪弹。”鲍母便言真可笑:“他们未免太痴憨。若是我同左姑太,断不致将儿误配为银钱。必为选个多才婿,却欲他年凤配鸾。不同黄宅之父母,红丝乱许苟儿牵。何须背地偷弹泪,这也希奇事一端。”秀蓉便道:“非因此,却是其中有别端。只因来的黄小姐,说起外国女同男,大家都入学堂的,教育无非彼此间。求得学艺堪自立,女儿执业亦同焉。有许多女子经商或教习,电局司机亦玉颜。钱道售票皆女子,报馆医院更多焉。银行及各样商家店,开设经营女尽专。哲学理化师范等,普通教习尽婵娟。人人独立精神足,不用依人作靠山。美国近来人考较,女的有七十二份教习权。各处女权多发达,平权男女两无嫌。不似我国之受苦,一生荣辱靠夫男。所以小姐都感动,亦思求学到外边。

恐怕太太不肯,所以忧愁。我想太太何不顺从小姐,使他到东洋留学三年回来。一来遂了小姐的心,免得忧出病来,有伤玉体,使太太又着急;二则求了学问,小姐有了名誉,岂不是太太的光荣么?

小姐从来情性坚,每恨自身不作男。志量徒宏生计窄,跳不出重重奴隶圈。今朝听了这番话,真好比花木逢春月又圆。分明死去重苏醒,恍似醍醐灌顶间。求成学问和工艺,自由男女说平权。脱离地狱登天阙,扫除苦厄自欣然。从此后灵苗善果能成熟,又岂肯湮没才华不占先?若是不许来束缚,恐教弄出别情端。夫人爱惜贤小姐,还请三思详细参。”

鲍夫人道:“胡说!女儿家晓得吟诗作赋便了,还到甚么外边求学?他从来不曾离我,难道我舍得把他远去么?”

秀蓉重再禀夫人:“妾渎言词望下听。若怕分离情不舍,须知总要结婚姻。自然嫁到他家去,母女总难聚一生。倘遇姑嫜多恶狠①,或然夫婿木无情,那时节太太痛惜亦无可奈,只落得两地悲伤泪满襟。何如使小姐能自立,此身生活不求人。不依靠他人人自贵,方是文明幸福深。他年进了文明界,千古传扬贤母名。成就千金雄大志,方算夫人爱女心。”鲍母听完一夕话,半晌无言喝一声:

“你这丫头莫非疯了?我家广有钱财,亦不致要小姐自谋衣食;若是后来许配,我只招女婿进门,不嫁女儿出去,难道也有气受么?小姐不过一时听了黄小姐话,所以说说。我且问你:路远迢迢,几个女子怎么出去,不是你胡说么?不必多言,快去端整开席。”

秀蓉无言退出来,不胜失意叹声唉。暗想夫人犹未晓,这般执拗不应该。忍看志士飘零去,必须暗地为调排。一为小姐相待好,二为黄家女俊才。知己恩深思报答,这间接的功夫表我怀。况且青年女志士,都是同作女裙钗,我可助之时焉不助?同胞同种是应该。慢言小婢怀雄志,不知道可有风波生出来。书到此间权一歇,欲听情由下卷哉。

第六回　摆脱范围雄心游海岛　披指暴虐志士倡壮谋②

兀坐闲窗百感生,救时奋志属何人③?樽前髀肉徒兴叹,肘后刚刀术未灵。肠断英雄闲里老,情伤故国愧难禁。伤心万斛汪洋泪,几度临风愤不平。前文说到鲍家里,诸人定计脱身行。其时五月初八日,鲍家老母庆生辰。虽然作客无亲友,亦有来宾三两

---

① “倘”,原文作“尚”,从中华上编本改。

② “披指”,目录中作“忿诸”。“忿诸”义为长。

③ “志”,原文无,从中华上编本补。

人。左家母女和江女，更有黄衔鞠瑞身。大家叩拜何须说，俗礼繁文最累人。爱群告禀生身母："道今朝祈福拜观音，保佑我娘无疾病，以见儿身一片心。"鲍母平生多佞佛，点头当下便应承。便叫秀蓉相随去，立起黄江左女身。便言同去相随去，游玩片刻便回程。鲍女便携梁小玉："姊身可亦一同行？"小玉当时称领命，梁夫人含怒不开声。左夫人因碍诸女面，当时勉强便应承。众人不待尊人命，当时出外便登厅。鲍夫人嘱咐速回转，莫使筵开等尔们。小姐诺诺连声应，轿上肩头去似云。

到了庙中，诸人下轿，秀蓉嘱咐轿夫在前厅侍候。大家进内假意拜了菩萨，便云随喜，不要和尚跟随；来到后门，只见俞老已同轿子在。大家嘱咐秀蓉几句，秀蓉含泪叫小姐们保重，看上了轿，呆呆支吾到日落回去，家中自有一番大乱。后鲍夫人拷问秀蓉，方知其细，然众人亦无可奈何，怒骂的怒骂，悲泣的悲泣，各家父母亦无可奈何了。

且言诸女下船行，汽笛三声便鼓轮。携手栏杆回首望，家乡千里暮云横。同是知音谈自合，临风抵掌语平生。做书人见此不觉心欢喜，俚句巴言信口吟：

踏破范围去，女子志何雄？千年开础界，万里快乘风。引领人皆望，文明学必隆。他时扶祖国，身作自由钟！

一路无词到日东，有同乡招待员迎车站中。安顿房间权住下，改装一切自从容。请一女师教言语，大家相聚用心功。更有各人同乡会，一体欢迎赞叹同。诸女登台皆演说，灿花莲舌自生风。自中首数黄鞠瑞，改作名儿黄汉雄。侠胆雄心皆莫及，言谈卓见利如锋。梁女英风多毅力，二人有志励兵戎。左江鲍三女微嫌弱，八斗才高气亦雄。如此女儿男莫及，拜到须眉愧未宏。常常有人来访问，觉言语气概俱皆不同。

诸学生皆不胜佩服，名誉大振。其时诸女皆进学校，因人多，校中不便畅叙,故另租一室,日常走读。

如驰年光十月天,此一日星期无课且盘桓。忽见下女持名刺,有客前来请一观。一姓陆名本秀,一名竞欧史氏焉。当下传言速请入,来了昂昂二少年。大家席地团团坐,送茶一盏是清泉。大家是谈谈学问和国事,忽地里陆氏长吁吐一言:

"我国已亡于胡,以今日时事言之,恐又须为白种之奴了,而我内地同胞及各地志士,尚如醉梦一般,奈何!"江振华忙问道:"怎么已亡于胡呢?"史竞欧急答道:"君以为朝廷之皇帝,为我汉族么?彼乃游牧曼珠之族,暗地乘我朝内哄之时篡了位,并且三太子逃至缅甸,都为他所杀。大太子、二太子不用说了,早就为他杀了,如今只留下一小太子在逃,不知在何处去。还有这一班不要脸的奴隶,日搜杀自己同族,为邀异族恩荣的地步呢。"黄、梁二人拍地大怒道:"我竟不知朝中为胡人所坐,彼非我汉人之仇人乎?反戴之为皇帝,愧哉!今我等虽无能力,然誓死以逐此丑虏,但恨无团体,此事非数人可成者,奈何!"说罢长叹数声,拭泪无言。陆、史二人暗喜,方欲开言,忽听爱群问道:"内地之人心,及各处之志士如何呢?"陆本秀道:"内地的人不分清种族,一味拍胡人马屁,自命为忠君爱国,叫甚'保皇党',专以奉仇为父,残害同种的各处志士,又分为保皇、革命两党。保皇的不必说他,都是为名利心,熏黑了良心,惟知巴结胡人,以图富贵,谁知胡人倒心中有个界限,不是他同族的,随你怎么巴结,还要杀他们呢。胡臣姓刚的曾说道:'将土地送与奴仆,不如送与朋友。'朋友就指外国,奴仆就说我们汉人了。你说可恨不可恨呢!乃革命却分数种,却又不外真假两种:一种假的,专只纸上谈兵,以博一虚名誉,为敛钱地步,与内地懵懵懂懂的人及'保皇党',无非为自私自利起见,如胡人有数百银子一月,或赏他一个主事、进士,便奴颜婢膝、争先恐后,把排胡耶、革命耶这些话,丢到爪哇国去了,还要洋洋得意,你说可杀不可杀?如真革命党,惟以报祖宗的仇,光复祖国的土地,为自己的汉人造幸福,不求虚名誉,不惧生死,不畏艰难,必要取回所失的土地为目的,不愿为他族之奴隶,此方为真革命家。”黄汉雄卒然问道:“此等真革命党,君知之否?若有,吾愿入之,甘为同胞一掷此血肉之躯而不惜。”史竞欧道:“尚有诸君何?”梁、左、江、鲍四人齐声道:“黄妹如何,吾等必从,无分贰之心。”史、陆二人相顾惊异道:“竟不知诸君有此毅力,有此同心。然吾二人,即党中派出访求同志①,诸君若能起誓,吾必为介绍。”五人即指天起誓。陆、史二人大喜。

当时便告会中情:“光复为名已数春。创立之人身姓岳,即是武穆岳王孙。名叫汉忠多勇武,会长今推韩氏君。亦是世宗蕲王裔,后辈名字武超群。更有那文思宋和谢光赵,黄复更同章汉臣。李齐赵武张祖杰,钱山肃共熊希霖。张氏继权宗希祖,更有慕嘉姓是孙。郑绳武君张又振,更有忠遗张煌生。皆是忠臣之后裔,尽为会中得力人。我祖即是史可法,为明梅岭葬忠魂。陆苏君祖秀夫者,亦为国亡身死水滨。宋亡于元亦胡虏,今日里又见胡人坐殿庭。思之痛哭皆流涕,无奈同胞实太昏。”汉雄问道:“除此外,会内曾否有别人?”竞欧便道:“人多甚,此十余人为首领。名尽智勇兼全者,最上须推韩岳君。散会计有数千众,势力年年日有增。惟有一种最困难,手内无钱事不成。党中略有微资者,惟有文君第一名。此外岳韩章李耳,五人已毁家助党。但举事粮草如兹巨,即平日营谋也要银。入不敷出真无奈,杯水何能救巨薪?近日营谋一件事,未知可成不可成。我二人专任招同志,内地机关尽有人。广东史氏又坚任,他兄前已殉同群。湖南孙化和马慨,湖北事归贾其铭。安徽吴自强和万又复,江南招待派封云。

① “中”,中华上编本改为“当众”,误。

浙江柴氏和齐氏,四川邹氏小容君。甘肃陕西河南地,王李陈三人尽是勇闻名。山西卢曾身任事,山东徐谢作经营。贵州云南地偏僻,云是杨郎贵是金。”(下缺)

——《精卫石》,载《秋瑾史迹》,中华书局1958年版

吴蕊先

吴蕊先,又名蕊仙,字绛珠,安徽歙县人,工诗词,在《女子世界》《爱国报》《小说月报》《小说新报》《香艳杂志》等刊物发表过多篇诗词,其《蕊轩词话》1917年连载于《小说新报》。除了《西泠剧弹词》外,其弹词另有《五女缘弹词》《潇溪女史弹词》《瑶台第一妃弹词》《苏小小弹词》等。民国间《吴芝瑛传》题词中有"古歙女士吴蕊先绛珠倚声"的词,可知她与吴芝瑛有交往。另根据她发表于期刊的诗词,知其与陈琴仙、鲍蘋香等女士也多有唱酬。据1915年2月5日的《申报》"自由谈"里刊载吴蕊先的《家东园师以朱先生谦甫四十初度诗索和,谨依元字以应》一诗,则知吴蕊先曾就学于吴承煊,两人为同族。东园即吴承煊(1854—1940),字东园,亦安徽歙县人,工诗文词曲,著有传奇《花兰侠》《绿绮琴》《慧镜智珠录》等。朱谦甫即朱文炳,字谦甫,嘉兴人,有《海上光复竹枝词》。

西泠剧弹词

《西泠剧弹词》,发表于《小说月报》第六卷(1915)第十、十一、十二号,原署"绛珠女史著,东园润文"。

李太虚戏本,录《赵瓯北集》。

李太虚,南昌人,吴梅村座师也。崇祯中为列卿,国变不死,降李自成。本朝定鼎后,乃脱归。有举人徐巨源者,其年家子也,尝非笑之。一日,视太虚疾,太虚自言,病将不起,巨源曰:“公寿正长,必不死。”诘之,则曰:“甲申乙酉不死,则更无死期。以是知公之寿未艾也。”太虚怒,然无如何。巨源又撰一剧,演太虚及龚芝麓降贼,后闻本朝兵入,急逃而南。至杭州,为追兵所蹑,匿于岳坟铁铸秦桧夫人跨下。值夫人方月事,追兵过而出,两人头皆血污。此剧已演于民间,稍稍闻于太虚,适芝麓以上林苑监谪宦广东,过南昌,亦闻此事,乃与太虚密召歌伶,夜半演而观之。至两人出跨下时,血淋淋满头目,不觉相顾大哭,谓:“名节扫地至此,夫复何言!然为孺子辱至此,必杀以泄忿念。”乃使人俟巨源于逆旅刺杀之。此事得之于蒋心余编修。

第一回　渔樵闲话

蝶恋花

历仕五朝长乐老,如此恩荣,谁敢轻冯道。优孟衣冠输一笑,几人信口谈忠孝。　　自古邪蒿芟不了,遁入西泠,虱处裤中好。秦桧夫妻犹跪倒,岳王坟外青青草。

犹记明末清初,我中国一般的臣子,死节者固多,生降者亦不少。有史书在,无用赘言。惟阳湖赵云菘先生《檐曝杂志》中,载有南昌李太虚戏本一条,系得之铅山蒋茗生称述。姑演其说,编作弹词,且贡诸公洗耳。话犹未了,欸乃一声①,那柳敬亭变做渔翁,刺舟而至,唱将起来:

我柳麻子是说书人,寻得桃源好避秦。偃月堂中徒侧目,栖霞山里且藏身。六朝金粉古今异,一局棋枰成败分。多少兴亡多

① “欸”,原文作“款”,据文义改。

少恨，秣陵秋又秣陵春。

咳，我柳敬亭避兵这栖霞山下，悠悠忽忽，不觉十有余年。昨日苏昆生担柴向南京城内去卖，旧地重经，无限悲悼，捣有《哀江南》北曲一支，听之令人酸鼻。咳！咳！甲申乙酉之交，苟无卖国奴引导清兵，则吴楚东南，至今犹是大明之疆土。你这一班卖国奴，你这一班卖国奴，言之实堪痛恨！

反颜忍自媚仇人，廉耻全无忝所生。勾引敌兵黄御史，设谋画策破金声。东南半壁难撑拄，相继沦亡，不可以图存。亡国大夫洵可丑，甘心事虏作奸臣。不是义夫肝胆热，不是仁人面目真。读圣贤书学何事，要知取义与成仁。

柳敬亭倚篷自言自语，舟轻如叶，一霎时进了城河。将船拢近了岸，正欲上岸，瞥见苏昆生又挑山柴一担，轻飘飘走来，把一枝前日自捣的北曲，信口而歌，当做樵唱：

新水令

山菘野草带花挑，猛抬头，秣陵重到。残军留废垒，瘦马卧空壕。村郭萧条，城对着夕阳道。

老苏唱时，不意柳麻子已蹑其后，俟其唱停，突然赞了一声好，直把苏昆生的柴担子吓落下肩来。回头一望，见是老柳，啐了一声，说道："几乎将老苏的魂总惊散了，鬼鬼祟祟做甚？"柳敬亭陪着笑脸道："苏大哥，你过黄河时，遇许多溃兵散勇，如何不怕？我不过低声一赞，胆小如此！"苏昆生接住说道："柳麻子休要多言，俟我将柴卖了，沽一瓶酒，和你回去，倾杯闲话。"柳敬亭拍手呵呵大笑道："老苏被我一吓，吓出酒来，悭囊肯破，难得难得！我在小舟，也钓得大鱼一尾，恰好的下酒物，胜《汉书》多矣。苏大哥且去卖柴，我在秦淮河边坐候便了。"苏昆生挑柴去不多时，卖得钱回，果然沽了一小瓶酒，施施然来，对柳敬亭说道："天色尚早，同到皇陵看一看。"柳敬亭就跟着苏昆生慢慢的行。行了数里，柳敬亭叫苏昆生将《哀江南》第二支再唱一遍。苏昆生指着皇陵说道："前面到皇陵，坐下来唱与你听。"二人行未几步，已到皇陵，对面坐下，苏昆生又唱：

驻马听

野火频烧，护墓长楸多半焦。山羊群跑，守陵阿监几时逃。鸽翎蝠粪满堂抛，枯枝败叶当阶罩。谁祭扫，牧儿打碎龙碑帽。

苏昆生唱罢起来，与柳敬亭又到明故宫，唱第三支：

沉醉东风

横白玉，八根柱倒，堕红泥，半堵墙高。碎琉璃，瓦片多；烂翡翠，窗棂少。舞丹墀，燕雀长朝。直入宫门一路蒿，住几个乞儿饿莩。

柳敬亭喝采了一番，又凭吊了一番，复由旧路，向南觅古钓鱼巷而来。只见秦淮河水，横亘东西。苏柳两人，抚今追昔，不觉涕零。苏老复将第四支唱与老柳听：

折桂令

问秦淮，旧日窗寮，破纸吟风，坏槛当潮，目断魂消。当年粉黛，何处笙箫。罢灯船，端阳不闹。收酒旗重九无聊。白鸟飘飘，绿水滔滔。嫩黄花，有些蝶飞；新红叶，无个人瞧。

柳敬亭指着青溪道："你看，

六朝流不尽，终古此情波。呜咽柳枝曲，凄凉桃叶歌。"

苏昆生叹道："第五支且唱与你听：

沽美酒

曾记得跨青溪，半里桥，旧红板，没一条，秋水长天人过少。冷清清的落照，剩一树柳弯腰。"

柳敬亭指着破屋说道："此处不是旧院么？"苏昆生点头说道："我挡的《哀江南》末后两支，索性唱与你听：

太平令

行到那旧院门，何用轻敲？也不怕小犬哰哰，无非是枯井颓巢，不过些砖苔砌草。手种的花条柳梢，尽意儿采樵，这黑灰，是谁家厨灶。

离亭宴带歇拍煞

俺曾见，金陵玉树花开早，秦淮水榭莺啼晓。谁知道，容易冰消。眼看他起朱楼，眼看他宴宾客，眼看他楼塌了。这青苔碧瓦堆，俺曾睡风流觉。将五十年兴亡看饱，那乌衣巷，不姓王，莫愁湖，鬼夜哭，凤凰台，栖枭鸟。残山梦最真，旧境丢难掉。不信只舆图换稿，诌一套《哀江南》，放悲声，唱到老。"

两人在秦淮河一带游览一周，回到小舟。渔童解缆，循岸北行，柳敬亭于舵尾剖鱼炙好，酒又炖暖，于是在篷窗对饮，苏昆生进了柳敬亭一杯酒。

且将浊酒一杯斟，带醉狂呼柳敬亭。俺在黎园多子弟，你从桃渡抗公卿。宁南王是真名将，豚犬儿郎左梦庚。一朝移檄清君侧，触怒权奸马士英。无端冤狱蝗蝻密，几见命定蝼蚁轻。可怜复社东林党，倒行逆施阮大铖。锦秀才华何足取，空教燕子闹春灯。无愁天子福王一，临去秋波两泪零。往事欲言言不得，可堪回首石头城。

柳敬亭也斟满一杯，递与苏昆生饮干。柳敬亭叹了一声，说："酒肉朋友，问我老柳；名公钜卿，狗苟蝇营。

我友我友苏昆生，唱曲说书浪得名。丝竹丛中裙展影，绮罗队里管弦声。只因肝胆照人热，不逐寻常狎客行。樵水渔山十年事，老来灰尽少年心。名缰利锁都开脱，世外闲身物外情。

苏大哥呀，那中山王之十二世孙，今在上元县充当一名皂隶，而洪钱诸老，荐进崇阶，真个是一代元勋留狗尾，满朝元老缩龟头。"

可怜太祖之子孙，于今为庶为清门。簪缨之后舆台降，田舍之奴钟鼎勋。羊头羊胃今都烂，侯尉荣封总贵人。草间偷活非吾愿，名教纲常仔细论。要知后事如何说，再表南昌老荐绅。

第二回　军士追踪

自来内有衣冠之盗，而后外有干戈之盗。明季流寇之祸，悉由朝廷酿成。追剿抚两穷，遂移国祚。车箱峡，资盗赍粮，一误于熊文灿；绥宁路，损兵折将，再误于洪承畴。缙绅不知兵，介胄不用命，故贼至一邑则一邑降，至一州则一州破。疆场多事，庙社无人，国如之何不亡？然明之亡，虽不由于李太虚、龚芝麓，惟李太虚、龚芝麓降贼大不可也。

可知道，屈膝难容向虏廷，苟全性命失忠贞。英姿不绘麒麟阁，大节翻输虮虱臣。李若虚，印儿斗大位公卿，科场几次掌文衡。公门桃李春风满，御阙芙蓉湛露荣。小民尚有硁硁节，硕彦宁无赫赫名？国变当为袁粲死，位尊不共褚渊生。严将军头，嵇侍中血，张睢阳齿，颜常山舌。常觉乾坤正气存，岂肯求生以害仁。记得当年李自成，孩儿十八犯燕京，杀人如草不闻声。李短张长总就擒，死的死，降的降，逃的逃，走的走，脑箍三下黄金尽，手版群来绛节迎。可怜万寿山前路，社稷伤心殉国君，国亡最惨只崇祯，丹诏留贻血诏腥。血诏中言道：闯贼宁食朕心，无害我民。这两句话，可以感天地，可以泣鬼神。读之至今有生气，成败兴亡何足论。

李太虚、龚芝麓当此之时，既不能去，亦不应降。

况是西山薇可采，夷齐先在首阳岑。人生自古谁无死，留取丹心照汗青。

未几吴三桂乞师满洲，有一片石之捷。于是清兵南入，闯贼西逃，李、龚两人，乘此机会遁往江南。

清兵麇集洗妖氛，两公兔脱去都城。甲申乙酉两年经，瓦全玉碎两途分。匆匆鼠窜三千里,急急豚追五百军。蓄意来寻干净土,网中鱼漏入西泠。

你道追兵从何而至,广陵阁部战亡,秣陵福王逃遁,东南半壁相继沦陷,李、龚两人经过之地,扰乱异常。

途中万苦复千辛,昼伏宵行枉断魂。栉风沐雨遵山路,戴月披星趱水程。比至杭州残喘定,谁知又遇满清兵。追踪蹑影西湖去,好一比,故纸钻来十月蝇。咳,这般狼狈窘情形,可叹可笑可哀矜!

方其逃入西湖也。

西湖中有岳王坟,陇树萧萧黯暮云。青山有幸埋忠骨,白铁无辜铸佞臣。

你道佞臣是谁?卖国奴秦桧夫妻也。

卖国奴为夏二子,夏二子为蝇与蚊。乘隙钻营洵可恶,一为秦桧一王伦。诡计阴谋长舌妇,画灰助恶此夫人。抚今感昔空凭吊,山露南屏半面青。

演此剧者,非不知龚、李两人虽有过失,不是秦桧王伦之奸佞,然秦桧王伦由胡虏放回,太虚、芝麓亦自贼薮逃回,先后异同,可以置而勿论。且说龚李被兵追紧,恨地无缝,如有缝即钻进去。瞥见湖干跪有铁人,急不能择,一若可恃为护身符,遂匿铁人下,不知其在秦桧夫人裤裆也。

若虚仿佛蝶穿裙,芝麓依稀虱处裈。寄生急迫何能择,忍辱甘为胯下人。豺狼不见狐狸迹,鹰隼难搜燕雀群。大兵去远两人出,头角何来赤血痕。适逢夫人月事红潮涌,又似双生堕产门。秽形骸见人皆贱,纳垢含污恨暗吞。须臾忍死污清白,得庆更生一息存。可知道,一失足成千古恨,再回头已百年身。赧颜相对真羞愧,贻臭千秋又万春。旧污欲涤何由涤,说甚汤盘日日新。

两人于此,虽掬尽西湖之水,洗也洗不清了。

得保头颅在，难存面目真。且搜明季史，重话国初人。

诸公要知后事何如，再详下卷。

第三回　却奁骂座

金黄之死，天实为之，江浙遂为清有，于是东南半壁，匕鬯不惊。李太虚乃返南昌，龚芝麓亦事清为林苑监。一在天之涯，一在海之角，仕隐分途，各行其是。及龚芝麓左迁广东，路出江西，始与太虚相会。时徐巨源将两人事迹演为戏本，穷形尽相，惟妙惟肖。事为两人所闻，密召伶人夜演，摹写两人出秦桧夫人跨下情形，淋漓尽致。两人相对泫然，遂切齿于徐孝廉。厥后暗杀之谋，实由于此。诸凡后事，言之甚长，姑且按而不表。请补述第一回书中苏柳两人。

自从那日大功坊，一壶浊酒买鹅黄。游行二水三山外，一为掎襶一搴裳。抚今追昔情无限，兴尽归来弄野航。栖霞山里同肥遯，樵水鱼山百虑忘。春来秋往多佳日，倏忽经年笋蕨乡。黄鸟作歌流远韵，白驹过隙感流光。苏柳息阴豆棚下，促膝谈心野屋旁。纵言往事空回首，酷忆前尘枉断肠。传檄敬亭来建业，寄扇昆生向洛阳。十年弹指浑如梦，今日偷闲话短长。

苏昆生与柳敬亭二人正谈论时，侯朝宗暴行日中，以扇遮面，施施然偕扇坠子来。试闻扇坠子为谁？李香君是也。

香君艳帜昔高张，一曲千金独擅场。不是小家轻碧玉，皆知亮节重红妆。

初，李香君名噪金陵，戏呼为扇坠。今随卞玉京校书跳出火坑，皈依净土，亦在栖霞山中筑有小庵，相依为命。未几，侯朝宗避乱而来，依张薇星道观，获遇香君，是为意外。居无何，又值苏、柳两人，数共晨夕，是前生皆有香火因缘者。每岁中元，张薇星等均建水陆道场，追悼烈帝。当其时，只见：

峨峨紫府水云乡，荡荡青城日月光。龙庭峙立在中央，赫濯声灵建道场。善男信女肃趋跄，一樽清酹一炉香。大招入曲忒凄凉，野老黄冠泪几行，逸民白纸打千张。鹭序雍雍昭上帝，骏奔穆穆格先皇。佛家别有盂兰会，鼓钟铙钹响丁当。义士仁人暗自伤，流离琐尾费思量，一样招魂白玉棠。

话说四人在豆花棚下小坐多时，

他敬亭说书本擅场①，昆生赌曲记教坊。李媚香原善歌舞，侯公子又炫词章。一抵一声相问答，春灯燕子话兴亡。穷愁好是清凉境，富贵由来傀儡场。休轻苏柳为清客，义胆忠肝激烈肠。文章魁首侯方域，侍女班头李媚香。正人君子东林党，多少奸邪在裤裆。梯荣贡媚衣冠玷，马阮功名附寺珰。

马士英、阮大铖较之香君，不啻霄壤，一忠一奸，一邪一正，古今来薰莸异处，未闻有相能者。

说甚邯郸挟瑟娼，香君节概凛冰霜。身未入宫先骂座，情因寄扇撕嫁裳。却奁不受人笼络，守节惟知派激昂。调停苦累杨龙友，三百两银空解囊。酒樽浮菊款重九，灯船打桨闹端阳。逼他小阮先回避，盛气凌人也不妨。

余铺叙苏、柳二人，插入李香君历史，并非幻生枝节，以居同地，生同时，相亲相近而又相知，二人心目中亦知有香君而已。观香君抗节却奁，不受权奸之馈，挺身骂座，不知宰相之尊，不为利诱，不为威怵，其品高，其气壮，巾帼中有须眉气，学鼓吏骂曹，千秋仅见。然曹阿瞒一世之雄，犹不值祢正平一骂，马士英诚狗彘之不若，更何足污美人之唇舌耶？

巾帼须眉李媚香，三挝鼓响操渔阳。大声激烈沛天地，女中得此祢衡狂。莺喉滴溜圆如此，气吐如兰齿颊芳。三寸莲花能舌

① “擅”，原文作“坛”，形近致讹，据文义改。

战,樱桃红破掉唇枪。四座宾朋皆失色,缭绕余音玳瑁梁。何物青娥敢为此,当面咆哮丞相堂。不是河东狮子吼,何来盈耳忒洋洋。眼底狐狸安足问,胆寒当道几豺狼。马士英任被佳人骂,休休相度故包荒。数茎髭捻犹佯笑,李猫有剑腹中藏。明褒暗贬真奸诈,选送歌衫入帝乡。守楼不克入宫去,顷刻花飞满上阳。天子风流是福王,纪元国号乃宏光。朝朝菊部排班急,夜夜梨园度曲忙。东晋中兴无此盛,争奈南朝祚不长。

是时侯朝宗摇着扇儿,与香君听柳麻子论短论长,语妙解颐,为之倾倒。昆生见公子手中一扇,便问道:"这柄扇,是否我往年代香君不辞千里递与公子表深情的旧物?"公子点头道:"即是此扇。"昆生又问扇上红红绿绿是谁画来,公子道:"我得扇后,即来南京,仍过旧院。不料妆楼变为画室,有名画家蓝瑛寄寓,始询悉香君被选入宫。见物感怀,人间天上,旋出此扇,倩蓝瑛点缀,几点血痕,遂成几朵桃花,分外鲜艳。孔东塘好事,谱作传奇,命名《桃花扇》,即我夫妇与诸公之历史。几番尘劫,十载山居,回首河南,伤心阙北,家亡国破,慨叹靡涯。

渔樵伴侣话沧桑,甲子编年世代忘。千里梦中归白鹤,一朝劫后痛红羊。绵绵遗恨空文社,渺渺春愁满大江。几人富贵几贫贱,几人成败几存亡。几人屈节朱门宿,几人显名青史光。采薇采薇难为食,一串夷齐下首阳。灯前且看山妻哭,不哭华周哭杞梁。等闲倘与香君说,又恐喃喃骂一场。

诸公听我说来,香君姓李,青楼倡女也,抗节如此;太虚亦姓李,紫署名卿也,辱身如彼。儒林一字之褒,荣于华衮;一字之贬,严于斧钺。徐孝廉虽恶作剧,被之管弦,亦足以风世而厉俗。

要知明末清初事,再听张长李短言。

第四回　寿筵祭文

明季臣工降清者，不独李太虚、龚芝麓两人，余何以独责两人，编入弹词？因见福建吾宗旧小说中有李太虚、龚芝麓戏本，为阳湖赵云崧先生据江西蒋心余太史口述，笔之于书。於戏！铜驼泣，满荆棘，铁牝开，莽蒿莱。徐孝廉之设想太奇，其为剧太谑，适余客金陵，见某夫人扶掖女校，闻彼满口新学，触我满肚牢骚，不禁有感于秦桧夫人，遂有此一段胡诌。盲词瞎话，未免遗笑大方之家。

闲话不提。且从李、龚两人外，得一盛名鼎鼎之洪承畴，海内诸公，当熟悉洪承畴历史，不嫌重与谈谈。

拼死松山誓不降，此身与国共存亡。湫头战没曹文诏，阿侄输忠作国殇。清兵已破松山入，守土将军血溅裳。奄奄一息洪巡抚，突来暗室一红妆。是谁教制回生药，俾尔新尝续命汤。仿佛蟾宫来素女，依稀兔窟下寒簧。心动一朝名万古，孰为贻臭孰流芳。经文纬武居台鼎，光前裕后在朝堂。御殿蓬莱群玉白，公门桃李万金黄。富贵果然兼寿考，中书廿四叙汾阳。故宫钟虡文明地，优孟衣冠傀儡场。匹夫匹妇奚沟渎，被发左衽原不妨。龚芝麓，幸得同寅林苑监；李太虚，引为知己老南昌。独有洪公名望著，佥称经济寓文章。边疆不死宜高寿，偌大壶中日月长。弹指光阴年七十，莱衣彩戏粲成行。南山松柏九如赋，北阙芙蓉万岁觞。纷纷车马盈门烂，灼灼金貂满座香。菊部笙歌阒甲第，槐厅剑佩响丁当。雍雍鱼贯千官进，肃肃凫趋八座襄。将帅侯王来往密，公孤卿相送迎忙。山珍海错珊瑚宴，画烛金灯玳瑁梁。介寿丹书腾彩色，延龄绿酒挹琼浆。

是日也，歌姬侍座，嘉客满堂，飞万寿之杯，极一时之盛。老子兴复不浅，洵乐境也。突来门下士某生，余忘其姓氏，似亦不必详其姓字,但记衣麻衣,履麻履,曳杖而前,一若庆祝大人先生寿诞然。四座见之,皆失色,而某生自若也。

麻衣如雪屦如霜,呼号匍匐寿筵旁。袖间掣出当年稿,白白桃花纸一张。双手高擎双目转,祝嘏声中此祭章。淋漓痛哭音悲壮,泣涕纵横气激昂。一词一句如生挽,一叹一吁复抑扬。蕨薇是亦周家粟,无怪夷齐下首阳。西山有石难为用,勒二臣碑没寸长。老羞成怒原无忌,带讽含讥亦不妨。卖国皆知秦桧佞,骂人不厌祢衡狂。大臣无耻犹如此,小吏偷生自比方。麒麟有楦无生气,鸟兽同群附末光。老人星合躔南极,先哲风微葬北邙。恰将死事如生事,自是官场作戏场。祭文问是何人撰,辰翰蜚英我烈皇。当时传说松山陷,总戎战死抚军亡。朝廷赐祭西郊外,留此哀辞字字香。今日门生恶作剧,歌筵闹热变凄凉。

异哉此生,为乃公不留余地,弗为白马来宾,贺处堂之燕雀,甘作青蝇吊客,学卧冢之狐狸,是亦奇矣。洪承畴虽有功清室,岂无负明廷,意在劝忠,故多苛论。今民国之于让清,犹明代之于有元,不闻有死节之臣者,何也?国为中国之国,人皆中国之人。譬诸房屋土田,祖宗失之于前,子孙赎之于后,方庆幸之不遑,哓哓胡为者?况续轩辕五千年之世系,光华夏数万里之版图,天与人归,正也。揆诸明末清初之世代,不可以一概论之。是故李太虚、龚芝麓,其生平梗概,史臣无恕词,非无故也。余作弹词,初非讽刺,偶然拈得而已。

要知此辈浮生事,再与诸君仔细谈。

第五回　芝麓左迁

话说龚芝麓既去西泠,复游北直,一官匏系,数载萍浮,顺风不遇鸿毛,镇日徒嗟鸡肋。上林苑监,仕岂为贫?大莫能容,所如辄阻。及至贬官,累累若丧家之狗,圉圉如涸辙之鱼。残喘苟延,心意俱懒。吾为此君设想，大概是早知今日，悔不当初呢。

麦秀禾油了不悲，无端琐尾叹流离。欃枪犯座三台暗，烽火飞灰九鼎移。屈节曾经降闯贼，避兵复又去京师。西湖不是西山地，隔首阳山水一涯。望风有客怀孤竹，迩日无人赋采薇。朋友谊高若兄弟，古来清圣只夷齐。

芝麓将赴粤东，迂道江西，思与李太虚把晤，不辞跋涉之劳，两人洵可谓同声相应，同气相求，白首如新，以视凶终隙末者，不啻天渊。杨国忠云："我不知谁是善人，谁是恶人，但与我善者为善人，与我恶者为恶人。"吾于龚、李，亦如是云云。

扁舟直溯大江西，摇碎潮声橹一枝。时来风顺滕王阁，恰不是运去雷轰荐福碑。杭州约略从头说，污染难忘跨下时。倾衿不敢逢人话，浣服徒云薄我私。花花界已成新世，柳柳州谁代故知。李太虚曾同患难，交深贫贱不能移。第二碑嵌一片石，特来江上访娄妃。

李太虚家住南昌，养尊处优，无知者钦其有才，有识者讥其无行。今日龚君来访，自当樽酒论文，一慰离索。数共晨夕，藉话生平，乐可知矣。

联句无为在别离，手拈红豆慰相思。新醅且共梨花醉，杯倾鹦鹉勺鸬鹚。筹花如坐春风里，翦韭偏从夜雨时。鹅儿酒殢惺忪梦，燕子笺传懊恼词。兴酣重话当年事，得意长安快马蹄。春来雁塔题名早，秋至蟾宫织记迟。和凝衣钵传多少，桃李公门厚自期。金莲炬照黄金阙，玉笋班联白玉墀。称心得一知名士，赢得梅村拜座师。实指望，功成名立升公辅，谁知道，国破家亡慨式微。草间偷活情无奈，林下贪生志可悲。繁华已属槐柯蚁，起舞愁闻茅店鸡。人在眼中吾老矣，几缕新霜上鬓丝。两人说到凄凉境，任凭食尽人鱼不疗痴。

李太虚一夜酒饮过多，思潮上涌，对芝麓说道："那个狂生徐巨源，诌有新戏，系形容我两人历史，讥嘲太甚。前日我病在床，他来看病，复又恣情讪笑，语有锋芒。至今思之，实堪痛恨。我欲得而甘心焉。”芝麓说道：“何物书生，胆敢放肆乃尔！一叶浮萍归大海，人生何处不相逢。将来自有报复之一时。但所演何剧，何不召伶人一演，我两人看一看。讥嘲不讥嘲，讪笑不讪笑，到眼便知。惜我行色匆匆，赶赴广东新任。”

羚江浩渺路委迤，捧檄南来已误期。只有夷齐心不易，贪泉觉爽饮无疑。五年画像窥梅萼，一骑红尘送荔枝。甓运广州陶侃鲊，火明牛渚太真犀。小吏卑官何足算，三年谪宦此栖迟。催科政拙应腾谤，抚字形劳又畏讥。江河日下今非昔，保障凭谁问茧丝。要钱本是文官例，恋栈须酬大府知。拍马揣摩工媚术，吹牛迎合得先机。中泽鸿嗷非我问，大田蝗孽岂人为。水灾最好邻为壑，旱魃谁禳鬼有祠。莫管萑苻多盗贼，那堪蕉萃到烝黎。生怕鉴临天有眼，拼教搜括地无皮。苍生一路朝朝哭，花县千家夜夜啼。官方今日谁澄叙，留得金多铄口碑。一朝赚得腰缠满，千里归来手版辞。国计民生非我事，家修廷献系人思。今日江西聊浪迹，庐山真面认依稀。湖水澄澄清澈底，分明镜里照英姿。逢人怎奈颜先赧，对众何堪鼻暗嗤。诗成为底输征士，甲子编年记义熙。果然汉腊能长守，不玷衣冠事赤眉。剧秦美新吾所耻，说与扬雄知不知。

龚、李两人，此其大概，吾也说不了许多。惟徐孝廉诌出之新戏，不但两人要暗中偷演，就是局外人，亦当先睹为快。新戏于上文虽约略言之，未遑详述。穷形尽相，且看下回。

酒樽今日浑无味，弦管来宵最有情。

第六回　梨园夜演

话说龚芝麓迂道南昌①，访李太虚，勾留连日，将赴广东，闻有徐巨源新谄戏本，污蔑异常，密召伶人，后堂夜演，歌衫舞袖，陈设一新。但见：

贴地氍毹百丈红，画楼西畔桂堂东。雪儿拨火薰香麝，云母开屏挂烛龙。竹叶樽前无热客，枣花帘下有伶工。歌衫影弹三更月，舞袖香飘四座风。秘戏演来多笑骂，谁为此曲孝廉公。

吾想徐孝廉谄此新剧，谑而又虐，龚、李两人得之耳闻，何须目见。嗟嗟龚、李，何所见之不广也。你看新戏，他两人：

不将轶事传身后，先赚奇文在眼中。耳听又从亲目睹，何曾见惯让司空。梨园弟子登场早，不省旁观即李龚。

名角登堂，却把李太虚与龚芝麓在西湖如何避兵，如何匿迹，如何出胯，从头细演，颇觉淋漓尽致。想见当年，有《问苍天》一出，说与诸公洗耳。

一兵追，众兵随，势成潮涌。如兔脱，如豕突，急走匆匆。苏公堤，白公堤，柳阴目送。易瞻前，难顾后，水复山重。惊弹雀，避矰鸿，伏雌桑陇。段家桥，岳王墓，到此潜踪。秦丞相，王夫人，认为翁仲。南山南，北山北，无地能容。此胁肩，彼低头，来攒狗洞。阮大铖，还说甚，裤子裆中。悲秋笛，闹春灯，黄粱一梦。韩淮阴，还说甚，胯下英雄。王孙食，漂母哀，报施何用。李太虚，龚芝麓，患难相从。呵护力，卵翼功，夫人情重。护身符，遮眼法，造福无穷。能却敌，能解围，声色不动。草裙腰，苔屐齿，月月花红。是鹃红，是猩红，红污面孔。淡复浓，深又浅，几点守宫。形骸秽，面目真，由他讥讽。腰肢折，头颅保，是我圆通。生则辱，死则荣，捧

① “麓”，原文作“簏”，据文义改。

心何痛。栽者培,倾者覆,好恶情同。

歌伶唱罢,箫鼓飘扬,余音袅袅,绕在梁间。当是之时:

两人不待管弦终,颜比渥丹成醉翁。壁观一怒气忡忡,何物书生骋舌锋!直使斯文全扫地,我与父老有何面目见江东。不禁一阵心酸相对哭,是真怪事咄咄欲书空。霎时笙歇歌绝人都散,蜡炬心煎泪堕红。

是夕更阑,两人皆切齿于徐巨源,暗杀之谋遂始于此。芝麓决意天明启程,李太虚亦不复挽留。于是命仆,洗盏更酌,祖席重开。

芍药将离惨不红,一樽浊酒别愁浓。可堪吊影西江月,送客明朝入粤东。

第七回　孝廉访病

李太虚送龚芝麓去广东后,因愤成病,日益加剧。正是:

暮春三月落花天,帘卷东风袅药烟。闭户闲居忘岁月,不知沧海变桑田。几多骨肉犹生聚,大好头颅幸保全。不料病魔欺我老,苏耽橘井少香泉。

我李太虚病既日久,

一瓯欲啜防风粥,讳说双弓米可煎。这七情六欲交攻日,怕与崔驷共损年。偃息在床无可奈,一春常是病恹恹。绣帏放下朝难起,红烛烧残夜不眠。寝门出入家人满,鼾睡容谁卧榻前。

徐巨源探知李老往日与龚芝麓偷演新剧,自必见之动怒,因怒伤肝,肝阳发作,遂染沉疴。巨源属在通家,居又同地,既知有病,不得不来。阍人见徐巨源来,以系世交,故亦听其排闼而入。

访病偏来一孝廉,丰裁矫矫度翩翩。李公隐忍无从泄,一见徐生恶感添。佯作笑颜仍命坐,问言答语绿窗边。

太虚叹了一口气,对巨源说道:“老夫病将不起,一旦身先溘露,当与草木同腐。”巨源应声答道:“公寿方长,必不死。”太虚不知其言之谑,欣欣然和颜悦色,问:“何以知我不死?”巨源笑道:

甲申乙酉寿能延,百折千磨此两年。当此两年公不死,寿高理合迈彭聃。不从刘宋追袁粲,只许萧齐伴褚渊。有道由来难坠地,斯文信是未丧天。无须更乞蟾蜍寿,长生恰好同登蝶蝶仙。李公听说心中怒,但是理屈词穷不可言。想起去年新演戏,笔尖还比舌尖尖。嬉笑今朝如怒骂,赧颜相对愤膺填。铁汉未能身一死,金人只好口三缄。泥涂已辱衣冠玷,华衮何荣斧钺严。阿瞒惊起头风愈,胜读陈琳檄一篇。行亏反觉功名陋,世乱难期品节全。采薪忧切刀圭利,服药寿无金石坚。死期知否终难免,几见人生满百年。

巨源此来,明为看病,暗实献嘲。所说甲申乙酉两年不死,永无死期,落落数言,含讥带讽,不料竟成语谶,当日太虚俟巨源退出之后,痛骂了一番。适值口干,思啜香茶,吃了一杯,不觉涔涔出了一身臭汗。由此病躯日轻一日,真个永无死期。厥后痛定思痛,言念戏中之出胯,病中之受侮,越想越恨,亟思报复,欲得而甘心。访悉一枝花女侠,潜赠百金,使之暗杀。试问舌锋之利,怎当手刃之凶。要知徐孝廉生死如何,且听下回分解。

第八回　女侠辨奸

中吕　沁园春

是也非耶!阆苑瑶仙,吴宫馆娃,甚军中红玉,惊人节概,侠中红线,绝代才华。笳鼓喧天,干戈满地,千里曾经仗镆铘。谁得似,恁身轻飞燕,髻绾灵蛇。

当垆不算生涯。早风外,香飘卖酒家。问醉乡春暖,谁倾竹叶,歌场夜静,谁梦梨花。白石有缘,黄金无用,虎跨西山去路赊。文箫遇,便素心默契,青眼偏加。

这首词，上半阕写一枝花丽姿侠气，下半阕写一枝花辨奸怜才。李太虚之于徐巨源，一薰一莸，已为一枝花周知而熟悉。太虚老奸巨滑，借手杀仇，未必不为侠仙觑破。

一枝花本姓聂，名紫娃，宦家女，国色也。虽年逾三十，犹二十许人，仍为处子。因聂紫娃三字，音混一枝花，故西江人呼一枝花。两年前，始来江西城外东湖之麓，结庐临水，遂以卖酒为生涯。

初紫娃当明之末季，年七岁，遇异人，授以剑术。洎张、李之乱，贼数经过，如入无人之境。始至南昌，有恶少年艳羡其美而戏之，大受其窘，由是都人士望之若神仙，无敢犯之者。尝在戏园看戏，演李太虚戏本，知为徐巨源所诌，读其文，因爱其才，深以不得见为憾。迨李太虚闻一枝花为女侠，遣伻赍黄金百两来，密令暗杀徐巨源。紫娃既知始末，唯唯诺诺，口是心非，因利百金，为去赣将来途中之资斧。

自是在湖干卖酒，不之措意，遂将徐孝廉悬诸心目之间。少时亦工音律，每到夜阑人静，启小窗，坐对一湖明月，吹长笛以赛江神。一夕，有动乎中，乃制新曲，按谱而歌，调为：

南吕　懒画眉

说甚的蚁绿螺红与鹅黄，杨柳风来满店香。新酿葡萄酒一缸，争奈雨楼画烛皆罗帐。何处是，蝶去寻花作醉乡。

又一日小步竹篱茅舍边，见鸦背日红，鸭头波绿，青帘荡漾，不觉心摇摇若悬旌，一缕情丝，随风吹入柳阴，织成一片春愁，忽忽有身世之感。猝闻隔林人语，注目凝视，有两人联襼而前，入店踞几便坐，狂唤酒来。紫娃初不知二人中，有一徐巨源在焉，乃令小鬟漉酒一壶，以供客饮。一客酒酣耳热，说道：

徐巨源，你虚言贾祸太颠狂，刺客刀锋要豫防。奴仆先避昆仑辈，妇女须知聂隐娘。昼行莫向通衢走，夜宿还宜复壁藏。吴会市中钩鹤膝，专诸酒次剑鱼肠。睫在眼前犹不见，区区忠告要思量。

徐巨源听毕，笑道："我徐巨源之命，受之于天，李太虚其奈我何？君不见晋之刺客不忍杀赵宣子，唐之刺客不忍杀于志宁，宋之刺客不忍杀韩魏公。大凡刺客皆有侠肠，重义轻财，疾邪崇正。太史公《刺客传》，先生未之读耶？"客酒已饮多，叹了一口气道："忠言逆耳"，怒而拂袖径去。巨源饮酒自若。时紫娃在侧，察言观色，益重其为人。见客去，遂扃其门，反身至席前，唤小鬟爇烛，复漉酒饮巨源。巨源烛光下瞥见紫娃，惊为天人，回头见壁上挂了一枝长笛，起身取来，吹了几声，小鬟拍掌叫绝。巨源目视紫娃，问小姑子亦知音律么？紫娃答道："侬尝教之。"巨源说道："会唱昆曲几支？"紫娃以能唱十支对。巨源又说道："娘子是必善吹。"紫娃道："略知宫调。"巨源道："小生冒昧诌一支新曲，娘子肯赐教否？"紫娃笑而不答。巨源见柜上有笔砚纸墨，遂持至烛边，援笔亦得《南吕　懒画眉》。紫娃心暗惊喜：我昨夜谱《懒画眉》，徐孝廉今夜也谱《懒画眉》，声应气求，天作之合。巨源填了工尺，便请紫娃将笛吹起。巨源唱的是：

"今夕倾心到红妆，浑不是云雨巫山枉断肠。瑶池月照影成双，药师敢作非非想。分明是，红拂多情恋婿乡。"

紫娃知孝廉意有所属，正色问之曰："先生之客言李太虚遣刺客暗杀先生，先生知刺客为谁？"巨源道："小生从何得知？"紫娃说道："先生知我为何如人？"巨源道："娘子，天人也。"紫娃佯作怒容，说道："我一枝花即是刺客。先生今日是自投罗网。"巨源从容正襟说道："我为娘子所杀，死得其所，他日有知其事，某名士为某美人所杀，是亦风流佳话。"紫娃心中暗暗称羡，复又笑对巨源说道："先生知今日之危乎？我已得李太虚百金，密令暗杀。只是我稍知节义，不忍加害先生。为先生计，三十六着，走为上着。"巨源点首说道："娘子之言是也。但阮囊羞涩，只剩酒钱，舟车之费，必得回家再筹。"紫娃说道："我固有李老之百金，又有平时之积蓄，三人尚可支持十年。如不嫌陋劣，愿备箕帚。趁此偕行，且往庐山小住。李太虚尸居余气①，俟其亡故，然后回来，不过数更寒暑。"巨源道："我亦孑然一身，野鹤闲云，何往不可，但有累娘子，心殊不安。转祸为福，化险为夷，小生真侥幸也。再谱前腔，仍烦娘子以笛倚之。"于是紫娃吹笛，巨源高唱：

巾帼须眉十三娘，仙骨仙心侠烈肠。我病相如新声一曲《凤求凰》，你卓文君当垆先画葫芦样。且把琴囊换剑囊。

紫娃乃将笛放下，命小鬟饭。巨源饭罢，小鬟揩了桌，煮熟一瓯香茗，置一碗在紫娃坐侧，置一碗在巨源几上。紫娃令小鬟将是夕口占一曲，旁注工尺，教小鬟唱。巨源接过笛就吹，仍是前腔：

月里嫦娥遣寒簧，丹桂花开一朵香。按图三叠谱霓裳。虽则是，清虚府第人无恙，实则是，灵药煎成续命汤。

紫娃乃令小鬟收拾家具，倚装待发。巨源笑对紫娃说道："我与娘子仍用前腔，合谱一支，聊当联句何如？"紫娃赞道："好，好。"两人一递一句，联成，仍令小鬟低唱：

长物随身紫霞觞，风顺依然过马当。轸翼星分此豫章，别去了，南昌故郡雄城壮。待要寻消问息，双鲤迢迢下九江。

吾想两人，此时仍以前腔为之补叙。

福禄新词赋鸳鸯，检点诗书喜欲狂。挑尽兰镫夜正长，好一比，西施与范蠡，游湖从此扁舟放。还说甚流血不流血，满贮香醪下革囊。

由是三人候至天明，乃雇江船渡湖往九江。遂入匡庐。山水

---

① "太"，原文作"若"，据文义改。

怡情，烟霞成癖，二十年后，不知所终。意者其登仙乎？后有过庐山古寺，见有徐巨源与一枝花题壁之联句，墨迹犹存。其诗曰：

"尘梦何如鹤梦长，白云深处是仙乡。秋风富贵原虚哄，朝露功名早淡忘。双手喜拈无恙子，一心誓嫁有情郎。庐山真面年年在，记取黄花晚节香。"

——《西泠剧弹词》，《小说月报》第六卷(1915)
第十、十一、十二号

五女缘弹词

《五女缘弹词》，最早发表于《小说海》第二卷(1916)第九、十、十一、十二号，题名"绛珠女史著，东园润文"，后又发表于《小说新报》第八卷(1923)第八期，题为"五女全贞记弹词"，署名"东园"，有"引子"并前三回内容。

第一回　稚戏

蝶恋花

一片仙云生陇树，渺渺羚江，渺渺羊城路。絮酒凭谁浇古墓，香魂犹在花深处。烂尽当年樵径斧，落叶西风，只剩寒禽语。今夜梦中逢五女，从头再把痴情诉。

余昨读福建吾宗旧小说，见有《五女墓》一篇，落落数言，曲曲折折，可以演出许多新词，先将大概，渎尘诸大文豪：

搜轶史，访遗闻，三水故县；谱新词，申旧说，五女奇缘。出同行，入同居，同依福地；生同室，死同穴，同隶情天。

余为此数语，总括全书，若夫牵义拘文，望文生义，殆文人之好事，艺苑之绪余。诸公听我说来：

三水县在今之广东省，五女墓在今广东省之三水县。广州尚有五女墓遗迹。五女者,三水农家女,轶其姓,但记其名,长瑶华,次珍姑,次蕙姑,次英娣,次采姑,居同里,年亦相若。

生小无猜洽比邻,耕田凿井几经春。有时南亩瞻榆共锄雨,有时东菑望杏共犁云。有时汲水洗清几篮菜,有时入山分斫几担薪。有时夜归织屦,有时晓出湔裙。五谷分,四体勤,头箬笠,手斧斤。秋凊冬温,春耕夏耘,孜孜兀兀,载欣载奔。常此五人如一人,同心同德五人身。时或偷闲斗草红窗下,时或乘隙栽花绿水滨。几度采桑同绕屋,五株植柳又当门。垂帘每逐雏娃戏,滴粉搓酥十指匀。趋庭独对慈亲话,引线穿针两手扪。商量又学聱牙语,几帙诗词几卷文。偶然遇着村夫子,问字堂前酒一樽。只知讲义无他技,那解推陈便出新。

五女虽则嬉戏,不离正务,绝无丝毫稚气。今看新女学校诸凡技艺,近于五女之嬉戏。所学非所用,所用非所学,吾何敢云然。

惟五女之相得,性情和厚,一若痴愚。诗云:自是君身有仙骨,世人那得知其故。要知后事,且看下文。

第二回　耦耕

一日,瑶华蚤起,案上有薛涛笺一捻,展玩再三,色质异常光润,乃检词谱,集唐宋人成句,得新词一阕,调寄《浣溪纱》,其词云:

枉把吟笺寄寂寥,雨余庭院冷萧萧。沉香火底坐吹箫,酒入四肢波入鬓,花如双脸柳如腰。琐窗虚度可怜宵。

甫经拍定,适蕙姑至,见瑶华这一阕词,顺手接过来,低声呫哔,音节泠然。瑶华说道:"蕙妹将来作词,必得碧山之奥,抉白石之精。"蕙姑笑道:"瑶姊未免阿其所好。今余见猎,不无心喜。"瑶华说道:"何妨试作一阕,互相切磋。"蕙姑乃坐倚竹几旁边,沉吟半晌，就在案上拈了一笺，遂写出一词，亦系集成，调仍寄《浣溪纱》，其词曰：

满院杨花不卷帘，更堪孤馆宿酲欣，小圆珠串静慵拈。　晴日晓窗红薄薄，春风剪草碧纤纤，年年三月病恹恹。

瑶华见了这阕词，不禁失声叫了一声好，笑对蕙姑说道："不图蕙姑伶俐，凡事一学即工，虽人牙慧，若己心裁。"两人面朝里，一抵一句，正说得兴高采烈时，不意采姑躲在背后，笑嘻嘻的，悄立良久，两人呆坐，不知旁已有人。迨至采姑禁不住鼻嗤嗤的一声，两人惊起，向采姑一啐，采姑笑道："两姊好词呀好词，妙词呀妙词！真真的绝妙好词！我也触机，凑成一阕，不知气贯不贯？"遂在案上拣了一张废纸，写出集成一阕，亦是《浣溪纱》，词云：

珠箔香飘水麝风，晓来庭院半残红，一春心事雨声中。　绮席象床寒玉枕，茶瓯香篆小熏笼，燕魂莺梦渐惺忪。

瑶蕙两人见了这阕集成，皆目视采姑良久。采姑不知是好是坏，正欲有言，瑶华乃说道："采妹妹，你从那里来的这许多好句？压倒元白，我两人愧死矣。"话犹未了，英姊、珍姑携锄同进门来，匆匆向三人说道："日头已高三丈，还不下田，在此胡言乱语，说些什么东西？"瑶华指着采姑，对英、珍两人说道："你两人也学作词，作了许多日，能如采妹之用心否？"英姊听了这几句话，面发红，把锄放下，走到案前，见案上有三张纸，纸上墨迹犹未干。看了一遍，乃呼珍姑近前。珍姑因瑶华这番言语，惶恐了许久，拿着短锄，呆立如木，被珍姑一唤，如梦惊醒，就走到案边。英姊将三词递与珍姑，皆以手加额，赞叹不置。英姊以手拍采姑的肩，说道："采姑真可喜。"珍姑说道："他三人既有词，我两人难道不能剽窃么？"于是珍姑拈了两张薛涛笺，先将一张给英姊，自己留下一张，奋笔直书，亦系集成，倚前调。词云：

行尽长亭与短亭，试花霏雨湿春晴，杏镕暗泪结红冰。　池上楼台堤上路，风中柳絮水中萍，也须闻得子规声。

珍姑写犹未毕，英姊一笺已先给瑶华披阅。词云：

无限江山无限愁，歌尘萧散梦云收，游人都上十三楼。　小雨纤纤风细细，斜晖脉脉水悠悠，伤春伤别几时休。

于是五人将所集五词互相传观，采姑年最小，所集词最佳，不无喜形于色。英姊说道："日将晌午，同到田间一走罢。"瑶华等亦起身向内取了农器，一同向田间而去。

大家齐唱劝农歌，何处得寻安乐窝。宵尔索绹朝负耒，晴时戴笠雨披蓑。此疆彼界人无别，低隰高原道不颇。一从商鞅开阡陌，凿井耕田敢问他。沮桀耦耕非异事，而今时务又如何。无逸豳风图不画，男耕女织旷功多。说甚么贤良抚字，说甚么污吏催科。说甚么横征暴敛，说甚么赋税烦苛。说甚么仁浆义粟，说甚么善米性禾。说甚么避秦新辟桃源洞，说甚么鸡犬桑麻保太和。

五女越陌度阡，经营了一番，荷锄同返，口号田歌。歌曰：

不许牵牛轻织女，且来叱犊溷村婆。丰年若要占鱼梦，千万仓箱聚蓄多。

第三回　观稼

青春才过，赤夏又逢，四月江村闲人忒少，虽妇人女子，亦刻无宁晷，或上山斫柴，或明农力稼，是以五女咸服先畴。五女中，惟英姊尤勤农务，所居绣闼，洞见青畴。

柴门临水稻花香，一阵清风一阵凉。荷池蛙鼓鸣清昼，槐市蝉琴弄夕阳。雨过鸭头沟水绿，霞明鱼尾野云黄。东皋才见丁男去，北陇还看子妇忙。碧阴深处凭栏久，多少花砖仔细量。调冰雪藕浑无事，我爱凉房夏日长。一枕北窗鱼入梦，丰年预兆千仓又万箱。

英姊除采樵力稼外，好弄文墨，与瑶华、蕙姑不离跬步。自从那日和词，彼此皆研求词学。惟采姑年小，心灵手敏，句必惊人，因嗜词章，积劳成病。瑶华、蕙姑、英姊、珍姑四人，不时探问，延医馈药，垂爱甚深。采姑虽在病中，不废吟咏。一夕，倚《少年游》一阕，以笛度之，音节婉雅。其词曰：

绛绡楼上，碧罗窗底，夜悄怯更长。帘密收香，镜圆窥纷，多梦睡时妆。　羽觞蚁斗，筝弦雁绝，襟袖泪淋浪。月约星期，云情雨意，前事忍思量。

适瑶华与蕙姑来看采姑病时，见几上此词，未问病之如何，先赏词之佳妙。两人甫经坐下，珍姑、英姊接踵而来，于是五人团聚闺中。采姑此时，与四女清谈，不知病之所在，笑对瑶华说道："今夜神情清爽，与四位姊姊可以联吟，以消清夜。"瑶华说道："妹病才好，不要劳心，静养为是。"采姑道："不碍。联联句，反遣病魔。"四人见采姑如此拳拳，只好敷衍一二句，希图搪塞。瑶华说道："最好即景言情，采妹请先起句。"采姑笑道："仍填《少年游》词何如?"遂写了一句云"芳心一缕"，瑶华接着续了一句云"柔情一寸"，蕙姑冲口而出，仍用七阳韵云"悄悄对西窗"，英姊接着写了两句"霁月三更，碧云千里"，珍姑接句"蘋末转清商"，英姊说道"后阕瑶姊起头"。瑶华逊让了半晌，写了二句云"半栏花雨，半帘花影"，采姑云"人已候虚廊"。英姊又接道"玉钏轻敲"，珍姑也接着说道"琼钗暗擘"，蕙姑笑道："我来总结：此景也难忘。"稿既缮成，五人互相讨论了一番。蕙姑站起身来，说道："我们来已久了，散罢，让采姑休歇休歇！"于是四女辞去。

第四回　斫柴

采姑是夕神已散了，睡也睡不着，想到将来，不无有身世之感。叹道："我与四姊相聚已多年，如足如手，一若性命相依。姊姊四人，年皆待字，不转眼间，便有离群索居之一日。"

南北分星是角张，东西列宿是参商。萍飘梗泛情无限，会少离多天一方。相思到处生红豆，别泪徒教化海棠。于归既怕关山远，欲见无如道路长。或隔省，或隔州，行程千里，或隔乡，或隔县，归期十霜。飞雁书成字数行，月中吊影耿昏黄。最是夜来添别恨，秋钲二十五声长。绣幕银屏人寂寂，云窗雾阁事茫茫。天涯消息凭谁问，伤心一曲《古河梁》。

采姑前思后想，睡魔虽去，病魔又侵。

真个是，枕边寻断梦，烛底惜余光。一番销黯，几度思量。最无赖，听农歌，豆棚瓜架增俗虑，柳陌菱塘。

采姑因那夜胡思乱想，病遂缠绵，夏畦之感，秋日方瘳。“倾国倾城貌，多愁多病身。可怜薄命女，还算有情人。”李笠翁《怜香伴》一曲，重为五人谱矣。

瑶华等四人，无日不见，一夜从蕙姑处饮归，作词一阕，尤婉丽，调寄《罗敷艳》，歌曰：

梦云散后无踪迹，冷冷清清，冷冷清清，十二雕窗六曲屏。罗帷黯淡灯花结，宿酒初醒，宿酒初醒，归去如何睡得成。

瑶华虽醉，藻思飞扬，又得《罗敷艳》，歌云：

匆匆相遇匆匆去，罗带轻分，罗带轻分，相送黄花落叶村。蛩螿更作声声怨，几度黄昏，几度黄昏，露冷花阴独掩门。

瑶华既工诗，故其词尤美，四女皆以师事之。月弄风嘲，虽古诗著名闺秀，不能专美于前。

一代针神薛夜来，女相如是绛仙才。抚弦又作琵琶曲，大小新声抱忽雷。移宫换羽谁同调，减字偷声此善怀。五色云横花五朵，分明仙子下瑶台。琼楼玉宇高寒处，且把云缝月又裁。

蕙姑与英姊、珍姑等自采姑病后，除过瑶华处谈文，皆在采姑处访病。入秋以来，采姑的病一日好似一日，饮食如常，精神复旧。五人既精文字，于是登临赠答，随在皆有诗词。一日相约入山斫柴，乃先编作樵歌，一唱四和，天籁声清。

瑶华肩扁担一根，罗裾半曳，罗裙半卷，阔步领着四女入山，有《上山歌》，歌曰：

上山来，上山来，山有薹，山有莱。山北山南猿啸哀，一担山松一担柴，樵风吹得野花开。

又有《下山歌》，歌曰：

下山来，下山来，担上肩头一石柴。说甚的落叶添薪仰古槐，何处是美人南国伐条枚。

《上山歌》《下山歌》此倡彼和，悉遵宫调，惟担柴谣，粤人闻之者众。谣云：

上山兮担柴，履高空兮蹑璇台。草棱棱兮伤我足，树杈丫兮挂我钗。日暮兮初归，呼猿兮不来。碧云合兮天变，化明月兮投入怀。

一女唱，四女和，感动路人，或曰：此谣为广东好事者所作，抑浅之视五女矣。五女于上山、下山、担柴各歌外，又有《斫柴歌》，歌曰：

朝斫柴，暮斫柴，斧柯已烂人未回。人未回，海山何处访蓬莱。

五女所著田歌、樵歌，裒然成帙，余所述者十之一耳。五女之历史尚多，且详下回。

第五回　踏月

《踏莎行》集成句

嫩水拖蓝，暮山凝紫，登山临水，年年是，送春春去几时回，萋萋芳草愁千里。象尺薰笼，鱼笺锦字，纷消香减红兰泪，东窗一梦月华娇，素娥应笑人憔悴。

此词乃蕙姑夜归踏月之作。先是，瑶华与珍姑、英姊三人，怜采姑病后，形容憔悴，不能任劳。凡遇斫柴，四人皆分半以成束，即或力田，四人皆舍己以代芸。五女之出入相友，守望相助，疾病相扶持，诚如《孟子》书中所云。蕙姑此词，殆指采姑之病后，瑶华之将远嫁，故其情辞凄恻，厥后为瑶、采两人所见，相对欷歔，怆然涕下。

天若有情天亦老，月如无恨月常圆。忉利宫无离别怨，天长地久五人缘。五人同声相应、同气相求，纤芥从无一点嫌。五人同心同德、同志同方，生小相亲二十年。日间同食夜同眠，入共当家出治田。棋局诗筒时料理，炉香茗碗日流连。分明姊妹花联络，愿作鸳鸯不羡仙。

五人樵山耕野之余，固多暇日，女红而外，好为古今体、长短令，兰闺结社，相得益彰。五女中惟采姑诗词尤多。一日，分诗社中《春晓》《春夜》两题，感而成咏，调寄《江南春》：

春晓词

梁燕语，谷莺迁，幽兰啼晓露，垂柳幂朝烟。倚阑谁唱清真曲，愁入春风十四弦。

春夜词

香炉冷，锦衾寒，梦游芳草地，醉过杏花天。泥金小字回文句，写向红窗夜月前。

此两阕词，社课选登第一。年以采姑为最小，凡逢社课，恒邀首选词，则以采姑为最工。一夕，又踏月同到蕙姑家，即用隋代乐府题名，有《春江花月夜》，依韵联句以为记念。其词请念与诸公洗耳。

江天一色无纤尘，江国花开万象新。揽胜适逢明月夜，冶游不觉曲江春。春水盈盈泛画艭，林花如霰湿篷窗。几番夜思萦斜月，一片春愁满大江。江北寻春入酒家，江南游子尚天涯。春夜依然秋夜月，今年犹是去年花。花到春来容易发，月到圆时容易缺。不断长江万古流，年年好景春三月。月点江心珠彩射，花迷江口阑干亚。蓬蓬分作万家春，皎皎好同三径夜。

五女之风雅，于此略觇一斑。良宵踏月，例以为常，诸凡吟咏，数见不鲜，姑且置而勿论，请论下回梯云奇事。

第六回　梯云

有一术士，装束若吕洞宾然，采姑偶出溪边汲水，见之。术士停步，谛视采姑良久，正色说道："小姑子，你有仙骨，非等闲人可比。"采姑掉头不理，匆匆汲水归，适蕙、珍两姑与瑶华、英姊在坐，正欲告以遇术士云云。不料术士已尾随而入，术士复审视瑶、英、珍、蕙等四人，大为惊诧，遂坐下，咳嗽了一声，向瑶华说道："大姑子，想你居长。"瑶华唯唯，术士又说道："五位姑子，生有自来，瑶池之秀、玉圃之英，芙蓉城周瑶英其姊妹行耶！"五女相视默然，不知所谓。采姑问道："先生异人，必不类江湖乞食者流，假医卜星相以愚黔首。我五人前生若何，今生若何，后生若何，先生其明以语我。"术士笑道："听我说来。

人生都是可怜虫，身世何须问碧翁。功名朝露无非幻，富贵浮云总算空。自古美人多薄命，菱花镜里妒颜红。有的是赋小星，三五在东；有的是抱衾裯，寔命不同；有的是姑恶唤，绿树阴中；有的是阿家翁，做哑装聋；有的是歌黄鹄，失其故雄；有的是悲再醮，截发毁容；有的是牛衣泣，君子固穷；有的是马磨恨，患难相从。有的是悔夫婿，投笔从戎；凤城南，狼河北，梦想侯封。有的是沉宦海，消息不通；唱离鸾，歌别鹤，咄咄书空。有的是嗟反目，散作飞蓬，覆水收，下堂去，隙末凶终；能有几，案齐眉，孟光梁鸿。我看你花开姊妹粲成丛，一半儿姹紫，一半儿嫣红，一半儿有心捧日，一半儿无力随风。倘若是翻手为云覆为雨，胜游难得五人同。须知道，鹧啼南向鹃啼北，伯劳飞燕各西东。山间凉兔怜孤影，海上浮鸥无定踪。仙人多少梯云去,天上且寻忉利宫。无牵无挂无离别,认取团圞月殿中。"

蕙姑敛容说道:"先生这一番话,唤醒一切,不知梯云取月,另有法术否?"术士点头笑道:"好好。"五女欲再问时,术士已立起身来,向外就走。采姑牵其裾,裾绝,而术士倏忽间不知去所。瑶华与蕙姑、珍姑、采姑、英姊望空而拜。采姑叹道:"真异人也。"审视术士之绝裾,如五色仙云,光彩夺目,比至夜来,案上光灼灼作红色,由红而白,由白而黄,而黑,而青。未几,气腾腾上升,空中忽现百丈丹梯,如唐代罗公远之杖,化作银桥,直接月宫。五女仰视,惊讶异常。少顷,五女身几不能自主,飘飘欲仙,恍惚飞上云梯,步至中间,远闻弦管。但觉:

一道银桥接月宫,丹梯百尺碧云中。分明三叠霓裳曲,引出群仙下九重。衣裄麝薰金菡萏,镜台凤采玉芙蓉。一盘露滴隋珠白,两袖霞明蜀锦红。阿篑娇小嫦娥寡,药臼安排桂树丛。广寒宫殿清虚府,记织登科素女同。污泥不染青莲洁,世界花花色相空。

要知五女如何解悟,再看下章。

第七回　渔山

梯云取月,虽属子虚,化杖成桥,亦多幻术。仙家之神奇怪诞,作如是观。樵水渔山,殆隐士之寓言十九。樵必于山,渔必于水,尽人知之,奈何渔父反在于山,樵子反居于水。此中别有许多事故,请为诸公述之。

小桃源,樵贵谷,别有天地非人间。武陵溪,桃源洞,是否秦人避乱还。鸡犬桑麻问津处,一条绿水夹青山。渔郎系艇林峦外,雨笠烟蓑一钓竿。秦汉到今二千载,沧桑变局几回看。

吾想陶渊明《桃花源记》,托言无怀氏之民,葛天氏之民,是亦设词。

谁云仙带一分顽，曼倩偷桃事等闲。瑶池重见西王母，说甚荒唐玉女班。

瑶华等五人是昆仑仙子，是瀛洲仙子，问之王母，王母不知，问之海客，海客不谈。请仍问之三水县之老民，老民或知五女之历史，约略谈之。

渔婆且把樵青唤，竹里煎茶翠袖寒。西塞山前飞白鹭，东床月下照红鸾。村人只合藏桃洞，渔父从来在杏坛。壶公壶隐逍遥久，巢父巢居俯仰宽。烟霞癖痼是乎是，泉石膏肓然不然。万古同游天浩荡，一生几见月团圆。枕流漱石寻常事，溷迹渔樵总达观。

三水县境内渔父固多，樵人亦不少，惟樵女不多概见。然五女樵薪，奇女之所为，众人固不识也。

朝伐桑，暮伐檀，上山巅，下水湾。云斤月斧，葛附萝攀。松岩寂寂黄昏晚，荻港萧萧白昼寒。樵夫笑，王道休谈，渔翁操，时事多艰。

朝上山，行路难，暮下山，行路难。铁鞋踏穿空长叹，红心待女是幽兰。世外烟霞牵一线，山中日月弄双丸。钓丝拂上珊瑚树，留住诗仙饭颗山。怎今日高山共仰，待明朝流水同弹。

第八回　樵水

五女工吟，凡涉水登山，行歌互答，真个是：乾坤存正气，山水有清音。吾想此五仙女：

山松野草带花挑，明月随身过小桥。不许裴航轻借杵，转嫌弄玉误吹箫。相思宁解拈红豆，仙种还同觅碧桃。劈开三尺梧桐木，取作琴材尾半焦。

采姑妙人，歌尤妙绝，余只记得一二，请约略言之。

兰焚蕙叹可怜宵，红叶题多不忍烧。鬼斧神工小游戏，仙家只剩五人樵。花灼灼，莫歌蕡实，叶蓁蓁，莫赋桃夭。浊水不容清水混，此山不及彼山高。吹笙谁控云间鹤，缑岭归来王子乔。雀屏那有凡夫射，凫鸟犹传叶令抛。怀瑜握瑾皆完璧，谁信麻姑指易搔。万古河山清气在，浮生原不是浮泡。爱河灌注仙源水，一片深情一片涛。倘从不碍城边过，沙数恒河带浪淘。谁说是祆庙无因遇火烧，谁说是愁城筑得似天高。谁说是浊泉流入清泉水，谁说是苦海漩涡恨海潮。谁说是地隔瑶池三万里，谁说是星沉银汉九重霄。谁说是黄姑断绝天孙织，恃有星槎问甚鹊填桥。梁玉清，谁说私随太白逃，叶小鸾，谁说月铛煮梦共仙曹。神女生涯原是梦，小姑居处忒无聊。

话说五人自闻术士一番语箓，心版皆铭，渐渐勘破世情，抛开俗虑，诸凡唱和，好句欲仙。蕙姑一日自谢桥归，口占《一剪梅》，词云：

又趁杨花到谢桥，曲岸持觞，古岸停桡，雨余芳草碧萧萧。银字吹笙，翠陌吹箫。几度春深豆蔻梢。树色沉沉，柳色迢迢，日长才过又今宵。门掩香残，屏掩香销。

瑶华接着看了一遍，赞了一声好，随手递与珍姑。珍姑看时，英姊、采姑争前夺看，相与赞美。于是五女坐谈半夜，把姜白石、王碧山、史梅溪、张玉田、周草窗、吴梦窗各家词学评论了一番。又说道：“唐温、韦，宋苏、辛及秦、柳，词派虽不同，格律谨严，词句清婉，究非剽窃家所能望其项背。”五人乃谈到四更时候始散去。惟采姑兴致勃勃，按谱倚声，得《寻梦》一词，调寄［明月引］：

晚妆匀罢却无聊，灯光摇，漏声迢。欹枕朦胧，空度可怜宵。睡鸭炉温吟散后，寻昨梦，梦巫云，梦翠翘。谢娘翠蛾愁不消。露初晞，月渐高，凤屏半掩幽香歇，寒透鲛绡。不管春归，憔悴楚宫腰。独立东风弹泪眼,人不见,冷清清,归路遥。

采姑词既成,遂就寝,恍惚与瑶华负薪渡水,瑶华溺,援之不及。乃惊醒,心头摇颤,深恶梦之不祥。旋又睡去,不料此梦竟为后时之凶兆。欲知后事如何,再看下回分解。

第九回　秋游

五女一日同游水澨,忘其为重阳佳节,采姑有《一萼红》词即景:

买乌篷,趁潮痕如雪,来泊钓台东。柏老山阿,枫明水港,树树霜信催红。拨鱼衣,呕哑柔橹,俨玉壶仙魄,濯寒淙。鹤梦圆时,鸥邻结处,闲纪游踪。　漫自登高吊古,有曹娥隔浦恸哭西风。磴滑青苔,波荒紫蓼,野碓还带云舂。听一声,画眉啼鸟,送竹阴斜照。绿濛濛,为想烟蓑雨笠,东下吴淞。

瑶华将此词推敲了一番,天色沉暗,乃舍舟登陆。时秋风送爽,新月上弦,五人鱼贯而行,口占旧句。最耐听闻,调寄《鹧鸪天》:

隔陇吹残一笛风,月明如水泼花丛。湘兰报放双头紫,涧树偷窥半面红。　萝径北,桂堂东,惊听鹦鹉语帘栊。销凝最是天涯路,芳草斜阳一碧中。

蕙姑绣闼前有一白鹦鹉,见人来则呼其名,惟五人小名,尤为娴熟。今日五人晨兴出游,至暮方归,鹦鹉见其入门,一一呼其名字。五人行经檐下,也把鹦鹉调弄了一番。瑶华先去,珍姑、英姊亦起而欲行,采姑揽两人裾,约同到瑶华处夜话。蕙姑笑道:“小妮子,瞒着我何为?”珍姑说道:“并未瞒你,必得约你夜间同到瑶华那边去,煮茗清谈,以消长夜。”蕙姑道:“大家吃过晚饭,就到便了。”于是采姑抢先走开,英、珍蹑后,各归其家。

朝朝暮暮五人同,一片庭花绽欲红。雀舌新香浮茗碗,蝇头小字满诗筒。及时行乐情何限，镇日论文语必工。遣兴有时歌一曲，铜琶铁板大江东。

是夕采姑晚餐甫毕，即来访瑶华，见案头墨光明润，有新词一阕，随手拈来，信口赓唱，系《忆旧游》，词云：

剩风梢弄暝，雨叶敲凉，湿翠溟濛，一角危亭小。爱溪流环绕，略彴斜通，满空碧烟，吹暗反照，夕阳红，正橹唱遥。闻樵歌互答，梦落幽丛。　桥东万竿玉，更浓蘸浮岚，淡抹眉峰，藉地苔茵，坐有泉声琴筑。隔座淙淙，欲参画禅诗趣，山寺暮天钟。待秋月明时，重来柳下，移钓篷。

采姑坐下，正欲写夙构，与瑶华看。蕙姑、英姊联袂而来，相偎团坐。采姑翻阅史书，至虞美人夜歌，与大家纵论。惟蕙姑默然不语，久之，对三人说道："'虞美人'三字，词牌中有'虞美人'，花名中亦有'虞美人'，可怜虞姬，有花写照：

腰肢舞歇大王风，垓下花开几度红。剑影生前销浩劫，血光飞处长幽丛。满园春色三间地，倾国娇姿一代中。弱质尚余豪侠气，深情犹是女儿衷。归魂夜帐香无主，埋骨荒原恨未终。开遍蔷薇文锦丽，衬来罂粟绮霞烘。依稀人面敷葩艳，披拂枝头剪叶工。才晒蝶衣坠轻粉，偶窥鸾镜妒芳容。飘芬嫩蕊何秾冶，弄态柔条自秀葱。螺髻拥时妆旖旎，燕裙试罢佩玲珑。愁深骓足繁华散，颦蹙蛾眉色相空。按拍斗惊歌四面，雨零犹自泣重瞳。再休大地纷争鹿，未必芳塍界划鸿。妾怨乍伸怜草化，君恩欲报愧葵忠。黍禾故国伤怀切，桃李成蹊薄命同。历历沧桑谁结果，劳劳歌哭化沙虫。即今一炬焦秦土，莫遣移根入汉宫。九十韶光容易过，八千子弟望徒穷。朱虚枉自锄非种，青冢而今怨断蓬。最是新妆颜色好，不妨黫忿到江东。"

瑶华叹道："情长儿女，气短英雄。名花犹在，舞草谁同。一缕香魂云散处，千秋艳魄月明中。情波不断江流急，壁上旁观霸业空。”

珍姑道：“红颜薄命，今古皆然。造物忌才，天乎难问。即如我五人，将来如何结局，后顾茫茫，不能预料。”瑶华笑道：“天定胜人，人定亦胜天，要如何便如何，莫问天，先问人。”

千花千世界，一叶一如来。心迹双清处，青莲古佛台。凌波旧罗袜，皎洁不沾埃。笑指说书女，奇文阅下回。

第十回　夜话

五女夜话，率以为常。采姑凡事留心，过目成诵。瑶华渊博，农隙无书不览，以故四女以师事之，恒来问字。冬夜最长，往往五人涉猎群籍，漏尽钟鸣，始归就寝。斜倚熏笼坐到明，已成习惯。一夜，以香闺器具，四人来难瑶华，采姑以镜三面，大的名正衣，小的名约黄，中一镜名圆冰，问瑶华道：“此三镜，何人定名？”瑶华笑道：“李月素。”蕙姑问道：“镜有古镜，针亦有古针否？”瑶华道：“有，尝闻许允妇阮氏有古针，一生用之不坏。南华《谢美人针》诗曰：

同心欲制锦，岁月好磨砻。眼中如得线，灯下敢辞缝。”

珍姑问道：“楚娘何人，寝玳瑁之床，悬翡翠之帐。”瑶华道：“楚娘，名妓也。”英姊问道：“金梁却月之钗，玉角红轮之帔，昉自何时？”瑶华道：“燕昭王赐旋娟以此钗帔。”采姑又问：“镜神何名，杵神何名？”瑶华道：“镜神名紫珍，杵神名细腰。犹之陈后主、孔贵妃之琵琶名怀风，东阳之两扇，一名银花，一名寄情。”英姊又问道：“盈盈家奴婢，用黄金之碟碗，桓豁女之制绿锦衣带，魏宫之圆顶簪，隋宫之同心结，见志书否？”瑶华说道：“散见群书，不能备述。”于是五人互相讨论闺中品物，夜又向晨。

六扇芙蓉绿绮窗，风吹不到郁金堂。酒樽竹叶澄澄碧，纸帐梅花点点香。隔座送钩灯影黯，分曹射覆漏声长。洪炉兽炭添无用，附热何须黑太阳。旧籍横陈青玉案，新诗贮满紫纱囊。神女生涯原是梦，小姑居处本无郎。碧纱描粉观音绣，嘘气如兰竟体芳。五女前身证明月，不灭灵台万古光。五家约略分词派，换羽移宫细品量。瑶华才调高凌白石姜，珍姑丰神清挹碧山王。蕙姑词华清茜梅溪史，英姊文情婉雅玉田张，采姑行年虽小才尤美，逼近吴梦窗与周草窗。他五人姓氏，灵飞篇目从头补，阿母班中鹓鹭行。谁向江城访五羊，水云深处是仙乡。传言那有双鹦鹉，鸣盛浑疑五凤凰。春来嫁杏无须说，不愿梅花聘海棠。俗缘不抵仙缘好，尘梦何如鹤梦长。神山休讶蓬莱远，缩地凭教费长房。

采姑忽然翠眉一皱，向蕙姑说道："瑶华姊姊，不日有于归之喜，我五人虽缺其一，犹不嫌寂寞，设年复一年，如鸟雀散，彼时要想如今日之欢聚，谈何容易！"蕙姑因采姑这几句话，大为感触，惨然色变，含泪汪汪，眼波红溜。珍姑亦揉了眼眶，欲言不出，英姊喟然而叹，拭涕说道："人生最苦是离别，瑶姊去后，我四人行复然矣。"蕙姑毅然说道："与其生离，不如死聚。"瑶华卒然笑道："蕙姑解人，所言确有见地。"瑶华末后虽强作笑颜，五人究不欢而散。采姑疑瑶华佯笑，不知瑶华矢志已坚。

将来五女如何死，后卷书中请再详。

第十一回　投渊

瑶华自闻蕙姑"与其生离，不如死聚"之说，遂以为知言。日复一日，看看嫁期将近，惟有矢死靡佗，只知有姊妹之花，不识有夫妻之蕙。绝命之先一夕：

检点奚奴旧锦囊，诗歌词曲费评量。挑灯不忍轻焚稿，长物难凭一压装。离梦未成三踯躅，别魂欲坠几飞扬。脱弦愿作忘归箭，捣药无求续命汤。掷碎红荷仙子佩，抛开黄竹女儿箱。梁空自有燕泥在，花落犹黏蝶粉香。一阵仙风寒洞府，愁云匝匼黯斜阳。西山跨虎何须羡，东粤骑鲸不足伤。瑶池有约蟠桃会，结伴西游万里长。黄鹤窥人紫渊地，彩鸾迎客白云乡。

瑶华黎明即起，收拾一番，待四女来，同访曹娥片石。

未挟冯夷为先导，先招龙女以同行。女婴无用讳沉湘，泛泛鸥踪寄大江。碧海无涯怅精卫，黄陵有庙祝英皇。人生自古谁无死，留取荣名字字香。

日初出，四女先后到来，采姑对瑶华说道："姊姊呀，死何时？"瑶华答言道："是无难也。"遂攘臂直前，挺身跃入深渊。珍姑、英姊、采姑三人皆揽裾从之俱溺，惟蕙姑踉跄归其家，意者女儿家畏缩，贪生恶死，亦属常情。"与其生而离，不若死而聚"，蕙姑之一言，岂真重于九鼎耶？哀哉四女，溘然先逝矣。

哀哉四女已先亡，逐浪随波路渺茫。龙阙蛟宫通蜃市，鹤汀凫岛接鸥乡。凌波仙子知多少，蕙佩兰纫薜荔裳。河伯前驱青盖走，波臣后拥彩幡张。鼓瑟湘灵迎隔浦，伊人宛在水中央。

四女既沉，蕙姑返家，并非畏死，意在说明。匆匆奔到家中，告其父母，瑶华等四人已经沉没，儿与四人生则同生，死则同死，生既同里，死当同穴。言犹在耳，事岂忘心？今四人皆死，义不独生，望双亲于儿死后，将五人合葬一邱，儿之志愿毕矣。惟不能侍奉晨昏，罪该万死，乞谅其愚衷，成其素志。言毕，飞步急行，父母挽之不及。比追至江干，时蕙姑已跃入大江。烟水苍茫，一望无际，杳不知其所在。蕙姑之父母，既痛其死，又怜其义，于是遍告各家，分寻江岸，打捞尸身。

路茫茫，水泱泱，云气苍苍；海天长，飓风狂，滔滔大江。日无光，月无光，无限凄凉；一双双，一行行，水鸟回翔；茝兰香，芰荷香，香飘水乡。

各家沿岸打捞，自朝至暮，不知其处，烟波浩渺信难求，各家惟有饮泣而已。

只恐蛾眉遭惨劫，葬从鱼腹算收场。不道诘朝红日出，迢迢江上架鼍梁。

次日各家早起，又到江边，正要遣人打捞五女，只见波涛汹涌。

银袍白马涛神至，玉佩苍鸾阿母忙。象罔天吴齐着力，送回五女海龙王。

蕙姑踵四女尸，拥抱而出，观者如堵，诧为神奇。各家具榇，先行收殓，厝在江边。

欲把牛眠茔域卜，会看鹤吊墓门翔。芳魂依旧五星聚，倩影分躔织女旁。

合葬如何，下回再表。

第十二回　合冢

五女既经殓毕，乃诹吉日，合葬一邱。

广州三水县边村，村外营成五女坟。拓开马鬣云千顷，想见蛾眉月一痕。红女来观樽酒荐，素娥凭吊纸钱焚。苍苍莽莽鱼龙气，栩栩蘧蘧蛱蝶魂。揽景怆怀荒径畔，抚今感昔粤江滨。数声薤露哀歌起，天遣仙禽守墓门。有几个，渔婆过，烟蓑雨笠；有几个，樵女来，月斧云斤。有几个，词史至，吟风啸月；有几个，田妇归，锄雨犁云。寻莲访藕空陈迹，铭菊颂椒皆夙因。有几人，说丽姿，搓酥滴粉；有几人，夸绝技，织锦回文。有几人，语生前，惊才绝艳；有几人，谈死后，轶事遗闻。有几人，摸暗中，曹刘何谢；有几人，假名下，秦柳苏辛。

有以五女为才女者，有以五女为痴女者，有以五女为义女者，有以五女为仙女者。

乡曲谰言莫认真，从来比拟不于伦。泛泛悠悠无口过，不知论世况知人。

自余论之，五女皆性情中人。今日之世界，共和之世界也，然能如五女之共和者几人？名共和而实不共和，貌共和而心不共和，又何取焉！余今不愿说共和，但愿谈五女：

性情烂漫见天真，履洁怀清此五人。五人未葬之先，素车白马有来宾。五人既葬之后，紫府青鸾妥鬼神。林林总总黄沙路，攘攘熙熙白水滨。五色祥麟方结队，五文小凤又成群。省知天地秀灵气，钟此兰闺女子身。

五人死后，英灵不泯。

江风飒飒水沄沄，罗袜凌波不染尘。剩有鲍家诗句在，晚来谁唱到秋坟。雁迷疏影摇红蓼，鱼漾晴光转白蘋。万里长流穷远目，一抔香土葬诗魂。呕来心血千秋碧，化作莲台五朵云。

欲知五人身后，且看下文。

第十三回　志异

殉葬罗裙化蝶翎，夕阳红尽古雌亭。污泥不染归清净，出水莲花朵朵青。

五女合葬江畔，倏忽经年。石穴窥江，墓门临水，葱葱郁郁，突出莲花，花皆五瓣，其色深青，其香浓郁，姗姗丰韵，濯濯韶容，月下风前，花光明媚，土人以为五人之精气凝结而成。

天遣名花赛女贞，迢迢秋水洗秋心。浅铅薄润疑无影，湿翠轻含倍有情。寿乞蟾蜍空夙慧，凉招鸥鹭续寒盟。女中学士青莲亚，不许诗人赋子衿。

一夜有词客泊舟江次，去五女墓不远。时近三更，风清月白，莲花盛开，如入香国。恍惚间，有五人翩翩然来，瞥见客舟，遁入莲花深处。少顷，歌声缭绕，响遏行云，客乃倚篷静听，历历可辨，遂向舵尾挑灯，以笔记之，第一出似乎《天下乐》，其词曰：

多少楼台蜃气凝，坟台东望五云平。神仙不著荒唐梦，碧海青天夜夜心。

歌稍停，音又发越，则《甘州歌》，词曰：

人间幻境，是浮云富贵，逝水光阴。桑田沧海，世变本来无定。藏娇浪贮黄金屋，寄志慵弹绿绮琴。开眼界，豁胸襟，几回寻梦到蓬瀛。抽意绪，荡心旌，几回访旧过蓉城。

接连又唱，仍是前腔，词曰：

衣香扇影，正红酣绿战，柳暗花明。蜂狂蝶醉，拨触几人秋兴。泛舟不觉鸥乡近，绚彩无端蜃市成。疏雨过，断霞横。望中城阙气萧森，凉月上，乱云平。空中楼阁势崚嶒。

越唱越兴高采烈，仍是前腔（换头）词曰：

千层又万层，恁珠宫贝阙，浮光掠影。虚无缥缈，隐约间有仙灵，令威飞舄认归程。柳毅传书犹剩井。徐福市，何处寻，烟波浩渺隔沧溟。田横岛，谁共登，风云叱咤变形声。

歌停半晌，仍是前腔（换头），词曰：

盈盈，涵濡混太清，恁花花世界，发人深省。玉溪词客，临水几度行吟。调高白雪少知音，路入青云多捷径。神龙跃，九天升，傅岩云出便成霖。神蛟蛰，九渊沉，少微宿朗漫占星。

客信手急书，以其工于词曲，故其笛色，写来一字无讹歌。歇良久，乃拍余文，词曰：

俗虑清尘梦醒，澄波写照芙蓉影。那管他，兔走乌飞变古今。

客在舵楼，将此套曲重拍一番，以笛度之，声流江渚。一若篷窗之外，有人窃听，环佩声璆璆然，启窗视之，但见五翠鸟游泳花际。未几天曙，客舟亦去，惜词客之姓名，未能记忆，犹五女只知其名，而不知其姓。然纪其事，存其实，其姓氏亦可略而不详。五女殆其仙乎？下回补叙。

第十四回　游仙

一日,词客经过广州,遇有好事者,述及在三水县泊舟,近五女墓,见闻之异,证之以曲。于是都人士播传殆遍,故杨氏复吉存其说于《梦阑琐笔》中。

词客只见异于片时,土人则数见不鲜,其同里近邻之妇女,尤时闻歌唱之声,无异平日。数年后,邻女得五人遗稿,珍逾拱璧。

碧纱描粉绣观音,断稿残笺值万金。倩女烟中逢紫玉,仙人月下遇青琴。

偷声减字,亦能摹仿五人,尝作《少年游》一阕云:

垂杨娇髻,香檀素手,低按小秦筝。清泪如铅,明眸似水,休要醒时听。　兰镫初上,蕙熏微度,脉脉复盈盈。雾阁云窗,风台月榭,枕簟不胜情。

邻女工词,余亦忘其姓氏。闻说邻女一夕渡江夜返,时近四更,未及登陆,宿在舟中,月满篷窗,恍如白昼。诗情触发,正欲拈毫,启窗一览,五女墓即在目前。凝伫良久,隐隐有乐声自空际飞来,既而丽人连襼掎裳,各携乐器,皆人世所未见。少顷,墓门洞开,众仙环列,笑语声低,远不可辨。蓦然乐作,迎一古装若画中所绘西王母者,骑鸾至,众仙围绕,遂分别不清,惟闻呼唤之声,一一能辨。

弹八琅璈王子登,吹云和笙董双成。击昆庭金石公子,鼓震灵簧许飞琼。拊五灵石婉凌华,击湘阴磬范成君,作九天钧段安香,歌元灵曲有法婴。

八仙之名,本甚娴熟,曾见《汉武帝内传》,故到耳便明。无何,八音齐奏,六律调和。

此曲只应天上有,人间能得几回闻。月移翠盖看鱼戏,露湿青衣殢蝶魂。

余想五女今夕，与众仙游，当知天上迥异人间。邻女此时，自必心摇目眩，恍惚借游仙枕，著《游仙梦》。

游仙梦，梦到广寒宫，药臼不须研病里，桂轮只合转愁中。芳讯递秋风。

游仙梦，梦到洞庭湖，渺渺翠岩山鬼啸，泠泠宝瑟水神扶。帝女泣苍梧。

游仙梦，梦到小桃源，草木钟灵空万古，桑麻垂熟又千年。樵贵问前缘。

余想群仙此际，

满路香风扇翠裾，入山雅爱玉仙居。不教心为形骸役，自得神游造化初。刺臂有谁调病鹤，脱胎聊复饵飞鱼。樊姑灵匹朝和暮，桂殿嫦娥愧弗如。三天梵度归玄化，六甲灵飞闷赤符。还丹七返刚成候，勤嘱玄猿好守炉。

邻女眼见此时此景，不觉己身亦飘飘欲仙。

玉质空明恍受雕，金峦日月尽琼瑶。生平不识王三叔，风景虚摹郭四朝。洛浦何人逢赠佩，秦楼有客梦吹箫。紫云不是寻常曲，谱向人间魂易销。太乙饱餐五华气，还元占出九阳爻。自断茯苓充上膳，且和松柏订新交。玉羊昨夜亡西岳，天雁何年黯北郊。休管下方兴废事，黄庭携向碧窗钞。叨陪大帝云门宴，墙竹无心露野梢。三杯席水招云鹤，一舸凌风钓海鳌。晓濯衣冠沧水阔，夜宽襟带绛宫高。怀中自有支机石，不羡天台洞口桃。

思念所及，聚精会神，几忘身在舟中，栩栩然不觉神游天外。一转瞬间，彩云四散，明月西沉，翠羽啾啾，如在罗浮山梅花树下。天既明，邻女返，述其异于里人，咸赞叹不置。遂相传五女登仙云。余书既完，请歌短令署尾：

一剪梅

俯视齐州九点烟，只许谈天，不许忧天。劫来三度岳阳眠，鸡

犬皆仙,鸾鹤皆仙。　花发如何五百年,春思绵绵,秋思绵绵,贞魂毅魄化青莲,了却尘缘,结稳仙缘。(完)

——《五女缘弹词》,《小说海》第二卷(1916)第九、十、十一、十二号

瑶台第一妃弹词

《瑶台第一妃弹词》,刊载于《小说海》第二卷(1916)第四、五号,署"绛珠女史著,东园润文"。

第一回　吴苑

中吕　沁园春

说甚夫差,说甚西施,扁舟范蠡。记伪王九四,泰州起事,从人十八,吴郡开基。菊部征歌,椒房选艳,绝代瑶台第一妃。承恩宠,早荣分燕额,图献蛾眉。

知几独有徐姬幸,免脱唐庄走未迟。叹国亡家破,游随麋鹿。兵连祸结,劫惨鲸鲵。偌大高楼,可怜焦土。回首齐云毒雾迷。藏身处,有竹篱茅舍、麦陇秧畦。

此是元末一段遗闻轶史,敢为诸公约略说明。在昔元顺帝朝,秦州白驹场竮有一个操舟运盐的,姓张名士诚,小字九四,以壮士十八人,淮东起事,陷兴化,袭高邮,国号大周,自称诚王,建元天佑。轰轰烈烈,竟做出一番大事业来。时盐丁方苦元之重役,遂共推为主,诸富家亦招少年,起兵遥应。羽翼既成,遂由通州渡江,陷苏州,以为根据地,一若表里山河,有恃无恐。顺帝虽屡次招安,尊为太尉,而士诚阳奉阴违,隐然仍以王者自居,不受节制。惟子女玉帛,沿途恣情淫掠,徐姬亦从掳掠中得之。后宫佳丽三千,止选八人,为群芳冠,八人中又以徐姬为冠,美其称曰

"瑶台第一妃"。人只知瑶台第一妃有倾国之色,不知其有华国之才。我且先述倾国之色:

明眸皓齿态妖娆,仿佛江东见大乔。几点梅花涂额角,一弯桂叶画眉梢。芙蓉妍媚文君面,脂粉全无分外娇。红妆飞燕香肌瘦,绿绾灵蛇宝髻高。绛点樱桃樊素口,翠缠杨柳小蛮腰。指尖玉笋纤纤嫩,脚底金莲步步摇。翠羽明珰妆来丽,错疑仙子下丹霄。

真个是《神女赋》中所言:茂矣美矣,诸好备矣,盛矣丽矣,难究测矣。上古所无,世所未有,瑰姿伟态,不可胜赞,增之一分则太长,减之一分则太短,着粉则太白,施朱则太赤,嫣然一笑,惑阳城,迷下蔡。国色固无双,仙才尤第一。听我再表来:

他无双国色固难描,第一仙才更可褒。女相如是绛仙才调,薛夜来真手段高。五纹刺绣工针黹,一穗挑灯动尺刀。鸳鸯字织回文锦,鹔鹴裘缀吉光袍。有时闲暇开书箧,有时遣兴染霜毫。有时作画摹徐、赵,有时觅句仿刘、曹。陆厨杜库资探讨,韩潮苏海细推敲。才见江花生笔冢,又看谢柳满书巢。

徐姬既为瑶台第一妃,我说他有倾国之色,人皆信以为真。我说他有华国之才,有何征信?尝于吴门逸史拾得残篇,有徐姬《吴苑感秋》一律,署尾"天佑四年秋八月瑶台第一妃子作",其诗云:

绿水长洲苑,红泥短簿祠。暮烟寒虎阜,秋雨涨鸡陂。台柳成人字,湖莼织恨丝。梦醒桐叶冷,富贵几何时。

按,天佑为张士诚周天佑年号无疑,《通鉴》:元顺帝至正十三年癸巳夏五月,士诚据高邮,称诚王,国号大周,建元天佑。越三年,乃至正丙申,是岁士诚之弟士德,秋七月自杭州败归,徐姬八月感秋之作,殆有所指。厥后徐堂落成,有词纪事,叙述生平,则又彰彰可考。我是以知其色艺双绝,既有薛灵芸之三绝:针、机、丝,又有米元章之三绝:诗、书、画。元人尚画,尚词曲。徐姬生自名门,既聪且慧,自必才艺清华。我著弹词,即用诗题之“吴苑”两字,首先命篇。

第二回 唐庄

张士诚自元顺帝至正丙申据有平江,改称吴王,至丁未,凡十年。时吴中承平已久,户口殷盛,士诚坐镇其间,日渐奢纵,怠于政事,外虽持重寡言,似有器量,实无远图。况好色好货,沉迷其心志,乖僻其性情,但只见朝朝暮暮:

馆娃宫里狎吴姬,绝代佳人绰约姿。雪儿才唱黄金缕,云母还浇白玉卮。四座春风生彩幕,八仙终日宴瑶池。海棠绣袄披红锦,石竹罗衫织碧丝。

那张士信是其介弟,尊为丞相,潘元绍是其部将,佥谓贪夫,真个是聚敛之臣也,到处搜括。

法书名画珊瑚网,异宝奇珍粉黛围。不知伐性之斧,螓首蛾眉,腐肠之药,甘脆脓肥、醇酒妇人。此乃平章军国事,奈何上下不恬熙。将帅蹇骄难用命,强邻窥伺屡兴师。万寿寺边狼燧起,万年桥畔羽书驰。江南欲问春消息,除却群花总不知。伤心最是葑门路,记取离筵话别时。可怜一炬成焦土,撤去齐云楼下梯。

万年桥,张士信阵亡;万寿寺,张士诚兵溃;齐云楼,张辰保火起。朱家兵入,正户扉异出时也。呜呼诚王,先一日,徐姬知城将破,乘离觞诀别时,乃囊括珍宝,偕一老妪逾城夜遁。

恻恻离觞诀别时,楚歌四面不胜悲。好一比,西楚霸王在垓下,夜深舞帐对虞姬。张士诚,强欲斗争惭兽困;徐贵妃,饱先扬去笑鹰饥。十年往事三更梦,五夜潜踪十字碑。秦伯旧城犹在望,一钩残月女墙西。

徐姬逃出吴门,如雁之避矰,鱼之漏网,一夜不知走了几多路,路上难民汹汹纷窜,目所见,耳所闻,总是乱离景象。觅了僻静处所,坐下休歇,叹了一口气,对老妪说道:"我十年之前已知有今日之事。咳,咳,你看:

苏台垂柳绿烟丝,惯向人间绾别离。响屟空廊蜻蛚语,采香荒径鹧鸪啼。难言燕侣八人事,又到鸿宾九月时。憔悴那堪连日苦,乱离又赋感秋诗。

老妪呀老妪:

你与侬,侬与你,性命相依。想当年,深宫里,玉食锦衣;怎今日,长途际,走渴奔饥。秋阳暴,浊尘滓,煞费支持;哭途穷,泣路歧,南北东西。东西路,南北路,怅怅何之;无兄弟,无姊妹,倚赖凭谁?累累是,丧家狗,无门可归;飞飞是,绕林鹊,无枝可栖。"

老妪听犹未了,两眼通红,垂下泪来。

涔涔一掬泪频挥,身世飘零总可悲。白蘋逐浪香根断,红树经霜落叶稀。可知道,蜡屐虽新难展步,裹粮虽好不充饥。日夜走来双足茧,炎凉更换寸心违。不如寻着桃源洞,鸡犬桑麻避此时。

老妪正欲又说时,徐姬已站起身来,说道:快赶路罢。

谈心恐怕路人知,看看又是西山日薄时。弯曲沟边弯曲路,短长亭外短长堤。行行不觉唐庄近,柳陌菱塘隐鹭鸶。深深古木无人径,蔓草荒烟望眼迷。疏林漏出数椽屋,花压茅檐竹压篱。今宵此处权投宿,慎勿明朝睡起迟。

不知徐姬唐庄投宿之时,即刘氏云楼纵火之时,要知投宿谁家,且听下回分解。

第三回　邹宅

唐庄有邹宅,去庄里许,荒凉寂寞之区也。日方暮,徐姬将至唐庄,见有一宅,先令老妪叩关借宿,邹宅止有嫠母,母问所自来,老妪具以实告。母睨姬美，默然良久，乃对老妪说道：“我有子，年亦二十，因贫未婚。伊能为我儿妇，我当竭力保全，不能为我儿妇，速去无为我累。”徐姬闻邹母之言，踌躇再四，自念国破家亡，宇宙虽宽，无一容身之地，不得已诺之。邹母喜出望外，即夕令其子草草行合卺礼。

参三昴五在天东，下嫁王姬命不同。乡里小儿得嘉耦，天缘莫问碧翁翁。何图青鸟通芳讯，想是红鸾照命宫。瓦缶椒浆如此绿，洞房花烛不曾红。倩鱼作媵荒沟畔，呼雉为媒野屋中。两人自此佳期卜，妃子瑶台结局终。

我想徐姬此夕，

瓜蔓架　抵不得八宝秋千院，蒜叶帘　抵不得双钩翡翠栊。煨芋火　抵不得华灯光夺月，胡麻饭　抵不得香粥味防风，芦花被　抵不得七尺芙蓉褥，荠菜汤　抵不得七香菡萏筒。昨宵天上称妃子，今夜田间伴牧童。富贵荣华成梦境，抚今感昔　色色又空空。定情有否新诗句，问赏音　谁识焦琴爨后桐。随鸦怕打丹山凤，变鲤羞言碧海龙。徐姬欲诉心中事，吴下如今剩阿蒙。

吾想徐姬再醮之时，不在刘氏自经之后，即在诚王自缢之先。瑶台八仙，已殉其七，惟徐姬一人尚在，彼皆玉碎，此独瓦全。

死荣生辱恨无穷，暮楚朝秦事不同。绿珠溘露先楼下，紫玉如烟亦帐中。只因徒死为无益，不若逃生得善终。可怜笛怨孤生竹，徒事琴悲半死桐。

思想起那　陈友谅，船毁鄱阳战，一炬湖心走祝融。明玉珍　寿终天府国，四川元首付孩童。韩林儿　舟覆瓜州渡，诡计阴谋廖永忠。方国珍　械送秣陵城，怀奸挟诈左丞封。此皆是一班大人物，烈烈轰轰，恢复神州莫大功。同时起义夸光复，革命迂谈一扫空。如我诚王投袂起,壮夫十八下淮东。左湖右海高邮地,扬子江流一线通。世事茫茫难自料,教人何处说群雄。

可叹我,可叹我,国色仙才选入宫,瑶台第一受荣封。画舫芰荷去淮北,妆楼杨柳记江东。银青镜槛三竿日,金碧珠帘一笛风。福薄灾生复何说,春光弹指十年中。一朝零落忏泥絮,野草闲花惨淡红。恰将附葛攀萝事,变做瞻蒲望杏功。嘲风弄月无吟伴,锄雨犁云只老农。

没奈何　真真没奈何,卖珠买犊课佣工,卖珥买牛问阿侬。

暗自忖量,况有张家一块肉,孕怀三月母胎中。弄璋倘协生男吉,冒姓为邹亦亢宗。生死存亡谈不尽,算人生都是可怜虫。

徐姬结果究竟如何,下文再行详述。

第四回　徐堂

邹氏之子,家贫失学,负郭无田,凭舂有庑。既得徐姬,仰事俯畜,悉皆取给。七阅月,姬生一子,呱呱试啼,知为俊物,冒姓邹,名景张。小时聪慧异常,美姿容,性孝。年七岁,始就傅,年十五,博通经史,母教居多。时明定鼎南京,已十有四年矣。洪武三年,始设科取士,业师以景张才貌,将来必贵,劝之习举子业。徐姬坚执不从,意在读书明理,不求闻达。年二十,娶邻村女,亦贤淑,徐姬遂委以家事。是岁邹母亦卒,丧葬如礼。自是以后,徐姬乃得余闲,弹琴读画,摹帖填词,种竹栽花,稍享清福。

一日,买舟带同老妪赴平江,旧地重经,城郭犹是,人民已非。

一别吴门二十年,惺忪尘梦冷于烟。苏台垂柳绿如昨,梅里落花红可怜。同节异时无赖月,良辰美景奈何天。安得夷光同过市,吴儿囊橐满金钱。回首可怜歌舞地,红泥碧瓦草芊眠。才过虎阜真娘墓,不见鸱夷估客船。迢迢帆影莺湖外,袅袅箫声鹤市边。吴娃不识侬心苦，一棹西风唱采莲。

徐姬在姑苏城外游览一周，行到万年桥，是当日张士信败亡之地，遂口占一诗云：

万年桥畔息烽烟，折戟沉沙铁尚坚。十万甲兵空死处，盈盈碧血化啼鹃。

徐姬又折回，过万寿寺，凭吊了一番，不禁泪下，此是张士诚鏖兵之处，遂口号一诗，诗云：

万寿寺边猿鹤化，江云如盖月如弦。金戈铁马前朝地，凄绝西风九月天。

徐姬乃舍舟登陆，与老妪重寻齐云楼旧址，只见，

碧瓦青苔败壁前，白沙绿草废垣边。风高燕雀过墙去，日落狐狸枕石眠。一堆惨目空斜照，万户伤心起暮烟。姊妹花残情渺渺，君臣药古恨绵绵。香魂艳魄无人祭，蝴蝶飞来化纸钱。老妪解诗偏侧立，鼻酸不觉涕涟涟。徐姬无语肠先断，又拟凄凉感逝篇。

徐姬与老妪凭吊欷歔，无限感慨，争奈天色将晚，只好偕老妪出城，上了船，催榜人起碇，向枫桥而去。风逆行了半夜，才到枫桥。就在枫桥夜泊，徐姬想起张继《枫桥夜泊》诗，以其姓张，又添许多感叹，口占其诗曰：月落乌啼霜满天，江枫渔火对愁眠。姑苏城外寒山寺，夜半钟声到客船。

次日舟返唐庄，徐姬益勘破世情，嫌庐舍湫隘，遂大兴土木，创建园亭，鸠工庀材，亦不恤工程浩大，费用繁多。拓开诵诗读书处，以为娱老计，真旷达中之旷达也。

几回问舍几求田，越陌还来又度阡。百万买邻千买宅，云斤月斧忽经年。光明熠爚银黄垩，文彩璘斑玉翠镌。花栏竹槛阶三级，藻棁芝楣屋数椽。凉房燠馆冬和夏，净几明窗断复连。红黄霜树珊瑚海，黑白云花玳瑁天。西园翰墨萧楼笔，东壁图书邺架

签。丹青改入题襟馆，依旧瑶台绘八仙。谁为棋圣追诗史，谁学倪迂傲米颠。犀帘夜夜明灯火，凤幰朝朝弄管弦。素素红红怀旧好，青青翠翠结新缘。朱淑真来应斗艳，李清照至会争妍。自今筑有吟诗处，预备云蓝十万笺。樊素小蛮休再妒，潇溪女史亦婵娟。

华堂落成，徐姬命名徐堂，集成句，手书楹联：

鸟篆虫书，于此间得少佳趣；莺帘燕户，亦足以畅叙幽情。

徐姬固善书画，凡徐堂饰壁之件，悉出其手，且又精于词章，作有《徐堂箴》，悬之厅事。

真个是，章草书，簪花格，笔有余妍，秋菊铭，春椒颂，词无泛填。其《箴》请为诸君述之：

基础宜固，墙壁宜坚，藩篱回护，门户完全。准绳正直，规矩方员，上下班定，中外防严。奴婢屏后，宾客席前，楹书宜贮，柱史宜镌。言出于阃，非礼勿言，言入于阃，所宝惟贤。雨来思漏，风起防颠。勿好高而务远，勿见异而思迁。勿喜新而厌旧，勿姑息而养奸。满而不溢，守富宜然，高而不危，守贵勉旃。兢兢业业，式礼无愆。勤勤恳恳，遵道无偏。创业承业，周旋折旋。蘋蘩采采，瓜瓞绵绵。居仁由义，于万斯年。

虽则落落数言，治家之道，思过半矣。不独徐堂，当为座右铭，凡有家者，皆宜注意。然徐姬能为此言，宜其迷津跃出，觉路诞登，不入火坑，能收暮景，勿谓巾帼中无人也。余为此书既毕，爰缀数言，以为之赞：

徐姬刊入西神话，我且推波又助澜。成败兴衰由数定，存亡得失任人谈。分明逸史篇中语，留作诸公壁上观。补叙瑶台妃子事，香橙搓手一编完。

——《瑶台第一妃弹词》，《小说海》第二卷(1916)
第四、五号

潇溪女史弹词

《潇溪女史弹词》，原署“绛珠女史著，东园润文”，最早发表于《小说海》第二卷（1916）第六、七、八号。

第一回　梦征

浣溪纱

襟上杭州旧酒痕，诗中眷属病中身。算来都是可怜人。底事青娥多薄命，相依白傅亦前因。莫呼梦里趾离神。

其二

湖上梨花幻作云，山中柳絮化为尘。月明何处吊湘君。有宠须防红袖妒，无衣休怨白衣贫。花香销尽美人魂。

我今为此书，系唐朝会昌时代，白香山一段遗闻轶事。据景星《杓山斋客谈》约略铺叙，说与诸公洗耳。白香山有妾小蛮、樊素，人皆知之，况诗中又有“樱桃樊素口，杨柳小蛮腰”。不知潇溪女史，亦是香山之妾。

女史姓颜氏，名初元，字待月，母梦绛雪而生。这样梦征，亦足资冬郎谈柄。

江南独占一枝春，一树梅花一丽人。蝴蝶无知还妒梦，鸳鸯有忏且听经。贴眉粉痣粘黄玉，照面镜神逢紫珍。绛雪园林香雪海，藐姑仙子梦中身。雪絮飘零怨杨柳，雪香淡冶认兰荪。欲收迟暮桑榆景，独抱岁寒松柏心。绝代才人偏落魄，倾城倩女易离魂。梦婆多事通消息，造物生材莫漫论。

天既生才，天何以又忌才？天既忌才，天不如不生才。大抵是造化小儿，惯会弄人，弄得人来，七颠八倒，回环倚伏，交错纠纷，非可以一途验，非可以一理征。其道密微，寂寥忽慌，无形可

以见,无声可以闻。吾想颜氏女娃:

女娃十月母胎生,堕地缘何没笑声?只管呱呱啼不住,可知入世总愁城。三朝汤饼成嘉会,抵否香山防风粥味清?古人占梦谁征信,弄瓦之祥女子身。命宫磨蝎浑难问,转瞬之间便长成。锦瑟华年无限怨,可怜人度可怜春。春诵秋弦居绣闼,朝经夕史在闺门。不觉行年刚十九,无端受聘嫁诗人。诗人为谁白居易,要问前途看下文。

第二回　才聘

话说潇溪女史,渐渐长成,慧中秀外,色艺双绝。人皆称之曰"潇溪女史颜待月",待月其字也,名初元,初元是其母命名,以有梦征故也。我且略述女史之才貌:

他袅袅娉娉十九余,冰姿雪貌玉肌肤。画图省识春风面,豆蔻梢头二月初。经史罗胸比红线,绛仙才调女相如。待字十年甘朴素,生稊不幸卜杨枯。谁将玉镜台来聘,疑是温家一老奴。小星愿作难言命,阴雨生愁又见疏。怕只怕竹叶樽前劳鹄立;怕只怕菱花镜里妒鸾孤;怕只怕薄言往愬多逢怒;怕只怕蛇影弓杯易受诬;怕只怕狐媚工谗时构衅;怕只怕青蝇点素空然污;怕只怕才高反被庸人嫉;怕只怕愁多难把病魔驱。

白乐天守杭州,闻女史聪慧能诗,丰姿又秀丽,不吝千金,聘为篷室。于归之后,宠爱逾恒,樊素、小蛮,由是渐冷淡了。

真个是有金难买《长门赋》,无事浑如永巷居。梳洗慵时多愤懑,寂寥何用慰珍珠。

在女史一方面,固以得侍乐天为幸福,在乐天一方面,亦以得女史为慰怀。

肃肃衾裯夜抱初,诗人得此暮年娱。聊吟碗啜团龙茗,伴读香添睡鸭炉。不使薄餐分苜蓿,相期好景永桑榆。蛮腰杨柳嫌纤瘦，樊口樱桃厌紫朱。同时两妾虽娇小，卷上珠帘总不如。非徒贵比怀中玉，而且珍同掌上珠。乐天于此恣情山水访名区；女史于此燕晓莺昏相与俱。最好是白公新筑长堤去，一棹歌船乐有余。三竺钟声六桥树，良辰美景在西湖。

西湖白乐天尝有即景诗，至今人犹诵之。其诗曰：

湖上春来似画图，乱山围绕水平铺。松排水面千重翠，月点波心一颗珠。碧罽线头抽早稻，绿罗裙带展新蒲。未能抛得杭州去，一半勾留是此湖。

此诗在《全唐诗》，署名白居易，即白乐天。想当年乐天自得女史之后，诗酒流连，老子兴复不浅。每游湖时，必载女史同往，樊素小蛮，且不如解诗之老妪，故有时相与同来，亦有时托故不来。大凡妇人女子，器量宽宏者，百无一二，局量褊窄，盖生性使然。樊素小蛮，见乐天亲昵女史，始则妒，继则愤，终则媒孽其短。欲加之罪，何患无辞，女史初犹推诚相待，并不知其暗中倾轧也。

以乐天之贤智，何至为蛮、素两人所惑？然浸润之谮，肤受之诉，虽贤智如乐天，亦有时见不明而识不远。庸愚者，更可知已。孔子曰："浸润之谮、肤受之诉不行焉，可谓明也已矣。浸润之谮、肤受之愬不行焉，可谓远也已矣。"咳，古今来：

听妇言非大丈夫，不妨小事学糊涂。闺门最忌惟长舌，床笫还防有剥肤。小忠小信终难恃，不过寻常小节拘。鬼蜮含沙原可畏，阴邪害物亦堪虞。云翻雨覆恩成怨，月暗星昏智若愚。兰苓萧艾知多少，究竟薰莸辨得无？宴尔新婚才几日，凶终隙末待何如？要知蛮素谗言进，请再浏观下卷书。

第三回　谮愬

小蛮一名杨枝，与樊素亲密，相处多年，均为乐天所嬖，不知以色事人，色衰则爱弛，自颜初元女史入门以后，非复曩时之宠幸。但见新人笑,那闻旧人哭,此亦常有之事。不料小蛮与樊素怨其胜己,迁怒于潇溪女史,百计构谗,一谮一诉,欲得如鹰鹯之逐,而始甘心。乐天虽置之不理,然枕边之言,究易动听。

本来轻薄是杨枝,絮絮叨叨掩袖时。徐娘虽老风韵犹如故,轻盈一捻柳腰支。鹦鹉能言输鸽舌,鸳鸯交颈笑鸡皮。风流还学少年事,惯向妆台独画眉。

装模做样心徒巧,描浅摹深依然不入时。况乐天钟爱初元颜女史,尚在情浓宠未移。好一比老人坐在鸡窝里,做哑装聋又卖痴。

小蛮谮诉不行,又与樊素密议,樊素乃启樱桃小口,逞如簧之巧言,对小蛮说道:

他强作解人,既然信口善谈诗,就在谈诗弄是非。虽有谢家七尺青纱帐,道韫终难解议围。

小蛮拍手笑道:“有了,有了,待与老妪密谈,叫他所解老爷之诗,一一告知我们,我们虽不能作诗,诗中语句,未尝不懂。好在今日之时,品评诗派,元粗白俗,俗则如俗话一般,令人易解。老妪能解,况我两人稍知文义乎!”

自是两人多诡秘,对于女史吹毛无处不求疵。周内幻成文字狱,此中情事两人知。

一日,乐天自公退食,蛮、素两人,乘女史不在座中,又进谗言,说女史腹诽口谤,自言自语,时有怨望之词。乐天笑道:“他吟诗,自然像似自言自语,腹诽何得而知,口谤有何凭据?”小蛮嗫嗫嚅嚅,正欲有言,樊素冲口而出,对乐天说道:

他说是,我老爷,有甚稀奇;不过是,关东的,一个男儿;读书外,属文外,一无所知。三百缣,来润笔,皇甫排挤;数十函,置空箧,德裕嫌疑。谏不行,言不听,抗直何为;忠见疑,信被谤,追悔已迟。由刺史,降司马,谪宦栖栖;能受是,弹劾语,学士天涯。

乐天说道:“此我常谈,他不过复述,怎就算口谤呢?再说什么?”小蛮接着说道:

他又说:御史不言,坊官多事,你做你赞善,问甚的贼满京师。众情不悦孔戡诗,语侵尔相不知几。不应触怒张宏靖,不肯夤缘韦贯之。管什么,武元衡为人暗杀;管什么,吴元济割据淮西;管什么,雪国耻不合时宜;管什么,捕国贼痛诋当时。

乐天笑道:“此亦复我常谈,非腹诽,亦非口谤,再说什么呢?”樊素笑道:“老爷处处为人开释,我两人还有何说?我时常听他说老爷的诗——”

《秦中吟》,诸权贵恨入骨髓;《乐游园》,诸执政愤激攒眉;《紫阁村》,诸将士怒骂裂眦。以虚言,贾实祸,君子不为;非沽名,即钓誉,为世所讥;内妻孥,外朋友,皆以为非。

乐天笑道:“这些话,总是我愤时嫉俗之言,干伊甚事!你两人还有何说呢?”樊素道:“他还说老爷大不孝呢。”乐天怫然大怒道:“他怎样说我不孝?”樊素道:“太夫人看花落井而死,老爷还做诗呢,还做《赏花新井》诗呢。难道是谢东山居丧不辍丝竹,阮步兵所谓‘礼法不为我辈设’?”乐天正色道:“此诗恰是左迁江州时,有与我不相能者,据此语以为弹参,韦、张两相国实以我语侵台阁耳。欲加之罪,何患无辞!但初元为此言近于讪上。”蛮、素两人于是相视而笑。谮诉既行,洋洋得意,不觉流露眉睫之间。

言巧如流掉舌时,香山竟受两人欺。莺声流入屏风后,早被颜家待月知。

两人进谗之时,不料屏后有人,从头至尾,听得清清楚楚。女史是有涵量的人,听罢,悄悄回到自己房中坐下,叹了一口气,不觉泪如雨注,口占长排以遣长夜:

不是忧谗便畏讥,那堪粥粥溷群雌。纵然不见终风暴,无可如何晧月亏。惨绿螺鬟愁宝镜,泪红鹃血湿罗衣。一嚬一笑空花萼，三起三眠只柳枝。等是心灰同蜡炬，谁怜足茧缚蚕丝。青年错被青娥妒，素志宁教素女知。放棹懒寻销夏处，题襟怕写饯春诗。悲欢离合缘而已，寿殀穷通命不齐。云逐香魂飞渭北，雨摇艳魄濯湖西。任凭在背多芒刺，忏悔前身堕絮泥。每对芙蓉娇欲语，莫因芍药赋将离。莺啼燕语凄凉犯，蝶唚蜂啰懊恼词。爱岳可移山可夺，待无颜色想胭脂。

吾为此书，吾诵此诗。

吾哀女史吊潇溪，磨蝎身宫数太奇。可怜倾国倾城貌，莫道多愁多病时。自古美人及才女，遭逢不偶总堪悲。琵琶笳拍今何处，不见王嫱与蔡姬。樊素呀，小蛮呀，同类相残偏作恶，蛾眉不合妒娥眉。人到百年终一死，髑髅青冢草萋萋。同归于尽知不知，哓哓饶舌究何为？

乐天虽不听两人之谗，其待女史，宠亦浸衰。女史失宠，自怨自怜，积久遂成痼疾。吾想卓文君《白头吟》，可以为司马相如作，如遇司马白乐天，徒费辞矣。女史后来，因病忏悟。

药鼎烟浓袅鬓丝，佛珠百八数牟尼。你待月但拈无恙子，他乐天不是有情儿。病中苦况知多少，下卷书中细述之。

第四回　病吟

女史为樊素、小蛮所谮失宠，触境皆愁。秋去春来，光阴迅速，惟有拈一二阕长短句，聊写长情短情，著有《江南春》词：

梁燕语，谷莺迁，幽兰啼晓露，垂柳羃瑶烟。倚阑谁唱清真曲，愁入春风十四弦。

又一日，闲得无聊，将旧酿香醪，饮了一二杯，复作《忆江南》词即事云：

香炉冷，锦衾寒，梦游芳草路，醉过杏花天。泥金小字回文句，写向红窗夜月前。

又一日，对着海棠，不无感触，一若不能香，与海棠同恨。春日初长，将近清明天气，遂倚《卖花声》一阕：

金鸭懒熏香，蝶梦悠扬，翠帘低护郁金堂。谢了梨花，寒食后也只凄凉。歌短旧情长，钗股敲双阑干，曲曲是回肠。欲唤海棠教睡醒，月正西廊。

又过几日，已是三月下旬，检旧作《饯春诗》，不堪回首，又作《饯春词》，调寄[木兰花]：

东风荡飏轻云缕，满地落红初过雨。三分春色二分愁，把酒送春春不语。濛濛柳下飘香絮，燕子不来天欲暮。十分春事九分休，把酒留春春不住。

女史自失宠以来，朝也吟哦，夕也吟哦，锦囊中诗稿，渐渐的多了；镜匣中芳容，渐渐的瘦了。向来多病，近因事多拂逆，郁结既深，病魔益扰。病魔既扰，吟魔亦相逼而来。一夕枕上得诗一首尤佳，白香山所不逮。其诗曰：

月瘦花残不似前，泪珠零落枕函边。可怜只有金绦脱，臂上依然伴妾眠。

乐天知初元女史已染沉疴，医药罔效，不无有怜惜之意。而樊素、小蛮构谗益甚，说他是装病，凡著诗词，语多怨望，旋作旋焚，所留者十之一二。乐天老悖，将信将疑。吾想女史在病中，有《柳梢青》，集成一词，可引为证：

睡起无人，鬓蝉不整，衾凤犹温。宝瑟尘生，琼箫梦远，前事消魂。海棠啼损红痕，忍不住低低问春，春浅春深，春寒春困？愁对黄昏。

蛮、素两人，初以女史为假病，既而见其形容憔悴，格于众议，不得已假惺惺，亦间到女史房间，殷勤慰问。然一言一语，均仍有机锋，女史亦不之较。惟老妪多情，朝夕总来探看，几与药炉为缘。女史于此：

空房小胆怯孤眠，半榻花风袅药烟。树影摇窗疑鬼至，满庭明月夜垂帘。一点疏灯流冷蜡，五更虚枕听啼鹃。匆匆炎夏寒冬过，弹指流光又一年。罗帐分钗情渺渺，翠楼对镜病恹恹。

一病经年，形销骨立。

楚楚丰姿更可怜，妆台零落旧花钿。脂残粉剩红奁里，玉泣珠啼绣闼边。真个是翠被听春漏，青丝结晓鬟。双鸳屏掩梦醒前。不是月斜人散，闲却缕金笺。梦断知何处，魂销似去年。莺栊风暖十三弦，正是清明，正是海棠天。正是困人天气，沉水袅残烟。

忽一日，朝廷召白乐天还京，乐天商之女史，同往长安。女史不由的一阵心酸，泪欲夺眶而出，以白傅内升是喜庆之辰，将眼一揩，诡其词以触尘对。乐天亦知其病势沉重，不能与俱，况四千里路，病躯难胜劳顿。女史又强作欢颜，说道："妾想伴爷入都，诚恐命在旦暮，奄奄一息，途中许多不便，好在有素、蛮二姐照应，一路相随，不嫌寂寞，妾惟有心随明月到长安。"说至此，白太傅两眼通红。

涔涔老泪涌如泉，又显青衫白乐天。如此佳人难再得，越嬿妍处越嬿妍。知被小蛮樊素误，到今深悔听谗言。琵琶输与商人妇，不似浔阳送客船。红烛西窗销骨翦，绿波南浦断肠笺。江郎别赋难重读，且拟凄凉感逝篇。蛮素两人当此际，良心发见别愁牵。殷殷恳恳无虚假，两地魂销总黯然。四人今夕将分袂，死别生离最可怜。

白傅对女史说道："你不能随我入都，我何忍舍汝而去。"女士毅然答道："应君父之召，何能恋儿女之情！努力加餐，勿以妾为念。"白傅又问道："我留老妪陪汝，住灵隐山中，俟汝病痊，再来接汝。"女士道："灵隐山中，白云庵老尼与我似有香火之缘，得老妪留伴，实获我心。"白傅遂派老妪，摒挡一切。看官于此，必讶女史平时，动不动涕泪澜汍，何以今夕最惨之时，一问一答，皆足令人声泪俱下，独无香泪，不知女史一则因白傅有升官之庆，二则淡白傅依恋之心，其实肠轮已万转矣。嗟嗟！女士伤心人也，亦有心人也。

一朝镜破已难圆，不信山中别有天。金缕犹歌前度曲，玉箫当结再生缘。病中此别空千里，梦里相逢待十年。愁绝临岐无泪洒，离魂倩女鬼婵娟。

此回白傅入京供职，女史入山养疴，人间一别，必须天上重逢。海山院白云偕老之乡，不识小蛮樊素两谗人，犹得充下陈，附青衣之列否？要知后事，再看下文。

第五回　僻居

初，颜女史之别白尚书乐天也，歧路沾巾，柔肠难断，此亦世人常态，儿女恒情。既入灵隐山，亦复怅怅兼旬，引领西望，短叹长吁，屡为老尼老妪劝阻。久之，习静观槿，清斋折葵，遂乃勘破尘缘，恍登道岸，六根都净，四大皆空，旷达为怀，沉疴若失。谈诗则老妪，谈禅则老尼，清泉白石间，别有一种清高之气。茅庵僻处，地阔天空，只见：

界破遥山一发青，绿天庵又署零陵。学书不让僧怀素，纸界中间笔冢平。明媚山光悦鸟性，虚涵潭影空人心。四围古木无人径，一角禅房花木深。飞升鸡犬皆逃劫，逗引鸳鸯听讲经。反觉得，待月佛堂宽俯仰；较胜他，乐天宦海久浮沉。眼中秋水繁华洗，身外浮云富贵轻。绛县有人皆上寿，青城无会不长生。五十粒丹金炼熟，秋云帕里最香清。杜兰香有延年诀，翻笑嫦娥药不灵。

我且按下女史，

寂处西湖灵隐事，且谈白傅在盛京。文章风节高天下，到底难回宰相心。将同军国平章事，李赞皇言阻不行。谗人况是高张日，贤士宜无赫赫名。

白傅因人谮己，遂念及潇溪女史，为樊素、小蛮所谗往事，易地而观，窃叹女为悦己者容，士为知己用，亦非偶然。

白傅既不得行其志，伴食中书，亦非所愿，骤萌退志，欲归林下以尽天年。

因此上追思女史旧时情，道远无从问死生。过尽征鸿飞尽雁，山长水远断人行。相思欲寄无红豆，浪迹何堪泛绿萍。倘使黄花能续命，应教绛树递佳音。匆匆容易数年度，两字平安抵万金。假使当年女史身无病，自必相从直到今。今日又何至游宦杳无黄耳信，美人不答白头吟。

白傅在京中，不逢献嘲，即逢腾谤，犹之女史病中，不是忧谗即是畏讥。吾又按下乐天出山许多不得意，再述待月入山，到来生隐心。

火枣冰梨足养生，绮葱玉薤亦流馨。泳游泮涣知鱼乐，格磔钩辀爱鸟声。幽壑采芝能却病，清泉漱菊会延龄。紫渊龙蜕神仙术，碧落鸾翔浩荡程。

女史与老尼汲水，老妪取薪。

朝夕相依清福享，惺惺自是惜惺惺。事求脱累方无累，人到忘情便有情。山中岁月知多少，甲子编年记不清。

略记唐武宗会昌元年辛酉，朝议欲用白居易为相，李德裕谮以衰老，不任朝谒，因此白敏中同平章事。迨至六年丙寅二三月间，传闻白尚书捐馆，是岁敕建八寺，复度尼僧，世传白居易为海山院主云。若论潇溪女史，莽莽人间，虽受青蝇之点素，悠悠世外，终骑白鹤以偕游。既为叙前因，请再谈后果。

第六回　赴召

话说初元女史，僻居西湖灵隐山中，年复一年，不觉又到唐武宗会昌六年秋七月十五日，唐时中元节盂兰会，各行省极为热闹，是夕山中：

绪风减热，明月澄秋，看宝盖之齐张，见盂兰之俱设。三清绛节，七圣银幡。僧人解夏之期，佛氏托生之日。礼空王于安国，集善女于圣湖。石莲灯火中元夜，金粟阑干盛会场。

老尼在庵，忙了一天，招待进香士女，直到夜深人散，才来女史房中，闲谈了几句，旋即回房休歇。惟女史是夜，旁皇辗转，若有所失，坐又坐不安，睡又睡不着，乃得长短句以写清宵，其词曰：

红蓼烟轻，绿杨风急，翠帘十二空卷。多情要密还疏，幽梦似真还断。屏帏半掩，渐迤逦更催银箭。奈个人水隔云遮，灯下有谁相伴。休说起莺娇燕婉，都忘却蝶凄蜂惨。今宵雨魄云魂，明日山村水岸。匆匆聚散，甚旧恨新愁相间。对菱花与说相思，眉锁何时舒展。

这首词填成，念了一遍又一遍，不觉昏昏睡去。不知是年春，白尚书已死，魂来入梦，女史于此，似梦非梦，恍惚当年湖艇谈诗，其诗句待醒时默写，一字无讹，乃是一首二十韵长排。香山工于排律，是其英灵所致。其诗云：

山外苍山楼外楼，与君约略说杭州。珠帘绣柱围黄鹄，锦缆牙樯起白鸥。烟拥螺鬟三竺远，日斜雁齿六桥幽。碧梧叶落银床冷，红藕花残玉簟秋。麂眼篱边催洗手，燕脂匣畔看梳头。樱桃有口娇含笑，杨柳如腰舞不休。阆苑得书多附鹤，画屏无睡待牵牛。双鸾彩幕凝丝竹，百蝶罗裙妒石榴。每到听鸥携酒榼，偶因刺凤倚灯篝。香山杖履联吟社，湓浦琵琶送客舟。五十篇摹新乐府，四千里隔古成周。横飞笔气云成笏，钓出诗情月作钩。墨守龙宾追虎仆，蘧连燕侣挟莺俦。浆分甘露余冰椀，粥啜防风注雪瓯。小谪犹为香案吏，荣封徒博管城侯。尘消渭北曾留迹，水掬湖西且洗愁。取媚人寰研蝙蝠，寄生天地等蜉蝣。一官沦落青衫泪，七字凄凉翠袖讴。骆马杨枝情渺渺，鲈鱼莼菜思悠悠。梦中思梦梦非梦，一枕南柯记宦游。

女史置诗几上，若有冥感，自是以后，日有所思，夜有所梦，把一座女真庵留住白云，谶消绛雪，不受尘迷红软，恍如乡入黑甜。真个是：青莲钵咒无无老，紫竹林参有有娘。

女史过了十七八日，又逢闰七夕，是年闰七月，七夕重过，双星再度，不禁有触景言怀之处。

山花不入曝衣楼，楼外纤纤月一钩。银河又见填桥鹊，依旧天官会女牛。莫道离多欢会少，经过十二万年秋。人生好便朝朝聚，上寿差能百岁周。算来三万六千日，比十二万年抵得天长地久不？毕竟一年能一度，天孙不解别离愁。

坐到夜阑，隔窗忽见火光，吓了一跳，定睛看时，叹道：

那里荧荧飞鬼火，青磷化作乱萤流。白尚书呀未闻恶耗龙蛇谶，怎挟仙班鸾鹤游？灵爽式凭如左右，座中泣下白江州。锦囊收拾追昌谷，一阵仙风上玉楼。

女史旋即睡去，梦见白尚书，告以是年春暮已归道山，玉皇敕为海山院主。语毕，而女史惊醒，披衣坐起，叹道：原来白尚书已死一月来，隐约间显灵，今始明悉。

究竟尚书心未死，诗魂一半此勾留。周瑶英是蓉城主，杨太真还桂殿游。天上何曾无绛县，人间亦自有丹邱。寂寥不待真珠慰，灵感方知故剑求。不识海山何处院，碧山红树一江秋。

明日乃闰七月初九日，早起呼老妪，邀老尼至前，笑嘻嘻的说道："白尚书已先我五月死矣。玉皇敕封为海山院主，今来召我，我当往赴,你二老看——"

金童蓬绿垂双髻,玉女花红插满头。七宝香车来引凤,九华宝盖拥鸣驺。赐服未衣身已暖,白家千丈有轻裘。

老妪听罢,正欲哭时,被老尼拦阻,赞道:"阿弥陀佛,白尚书果然得道,为海山院主。阿弥陀佛,娘子便是海山院主夫人。那进谗言的小蛮、樊素,而今安在?善哉善哉,娘子超升仙界。"女史待老尼说完,神气自若,徐徐说道:"二老,二老,相处多年,暂时小别,大罗天上,终有相见之时。"老妪又要哭时,老尼喝住道:"人生修不到的。自是娘子身有仙骨,世人那得知其故?只有我老尼识其因果,方且欣幸之不遑,何哭之有?"女史点头赞道:"老佛老佛,所见不虚,我有留别一诗,作绝笔诗,只好口占了——

满衣松雾驰三岛,两袖槐风过十洲。他日访侬海山院,女真花外雪香楼。"

口占既毕,端坐白莲龛内,含笑而化。老尼合十赞道:"阿弥陀佛,女菩萨追诗仙去也。"他梦雪而生,感秋而死,一尘不染,万象都空,既留别有诗,我不能不献丑,作几句挽词,留为记念:

僧栖西北绿云浮,莫向秋坟叹髑髅。一片灵台无挂碍,昙花贝叶霎时收。生原如梦迹如沤,野鹤闲云任自由。飒飒西风禅榻冷,花梢翠羽尚啾啾。(完)

——《潇溪女史弹词》,《小说海》第二卷(1916)第六、七、八号

苏小小弹词

《苏小小弹词》,刊载于《小说新报》第四年(1918)第十二期,

署名"吴绛珠女史著"。

第一回　提纲

蝶恋花

为访西泠苏小墓①,柳色青青,说是藏春处。如此江山如此树,夕阳影里莺声苦。有酒凭谁浇赵土,问甚南齐,当日钱塘路。花落花开风信误,香魂化蝶双飞去。

此阕[商调]《蝶恋花》词,余泛西湖,谒苏小墓之作也。首先唱去,敬乞诸公拍正。

苏小小,南齐名妓也。宋时赵院判得盼奴之妹,以诗中借用萧齐苏小典故,后人遂附会其说,指西湖苏小墓之苏小,误为萧齐名妓之苏小。此段历史,余尝闻之东园,东园据盐渎龚君霭亭云云,并证以霭亭四绝,试为诸公述之。

苏小芳名万古知,唐人题咏证南齐。轮回五百年来到,又作红尘院判妻。

名士人传宋二苏,名花一例镇东吴。飞鹣比翼鸳双死,未必幽魂不负辜。

佳话流传有二诗,铺张扬厉入弹词。姓名同异休翻驳,姑妄言之姑听之。

例仿西厢记会真,於潜诗句代传神。萧齐赵宋留双艳,定是前身与后身。

余按龚君四诗,一部弹词,得其大概,请为诸公子细说来。

第二回　追溯

余且将院判之弟兄、盼奴之姊妹,敷陈几句,藉博诸公洗耳。

---

① "泠",原文作"冷",据文义改。

姊妹花中有女贞，一生一死见交情。与君约略杭州说，文采风流院判兄。院判有兄赵家彦，穆穆丰裁鼎鼎名。纵横才气风云礴，绮丽文章日月明。不料那些庸耳和俗目，妄肆汝南月旦评。乡党之誉毁本无足重轻，就是名公与钜卿，那有量才玉尺平。赵君呵问谁赏识风尘表，真侥幸闺阁怜才藻鉴精。惟有名妓盼奴苏小姊，曲江早赋《丽人行》。真个是一顾一倾国，再顾一倾城。艳帜高张原绝代，嫣然一笑值千金。富绅贵胄频来往，买花钱，不惜箧倒又囊倾。

盼奴艳名既噪，声价益高，才藻既优，趋承益众。诸凡纨绔少年，慕膻如蚁之集，乘隙如蝇之钻。盼奴于此，虽富有缠头之赠，无一留意之人。一日，赵君与友作狭邪游，来访盼奴。盼奴于此，

一见才人眼倍青，依依恋恋独钟情。一个是缠绵镜赋，一个是旖旎奁铭。一个是琼投思玖报，一个是钿誓愿钗盟。一个是文家魁首通眉语，一个是侍女班头暗目成。

虽则是初见，恍如旧识，论了几多古今文，论了几多古近体，论了几多长短令。清言娓娓，两人心目中，不无情见乎词。

似曾相识双栖燕，不啻和谐百啭莺。引凤嬴楼秦弄玉，乘鸾阆苑许飞琼。

两人偶尔相遭，遂成知己，才贪色恋，纸醉金迷。至夜阑，赵君与友始告别，盼奴以有友人同至，避嫌故未挽留。自是之后，因邀一面之缘，遂愿赠同心之结。

朱丝系足前生定，红袖联欢下卷看。

第三回　筹费

余说赵君而忘其名，余说盼奴而略其姓，因苏小事迹，互有不同，姑具所闻于故老者，敷陈赵君与盼奴之大概。

短缘适合固无妨，好事多磨亦足伤。赵师雄便入罗浮境，纸帐

梅花梦不长。欲对才人谈福慧，算来后顾总茫茫。

莫问将来，且看现在，赵君风雅中人，亦性情中人。自遇盼奴，遂成嘉耦。往来亲密，跬步不离。在忉利宫，不戴离恨天。赵君于此，

衣冠整顿步平康，不为花笺枉断肠。司马才高卓文羡，琴心一曲演求凰。沂国夫人何足道，李娃资助亦寻常。盼奴心目中止有赵郎，赵郎心目中亦止有盼奴。名士美人两相得，眉月夜描宫桂样，鬓云朝掠墨花香。

赵君虽在温柔乡里，

朝经夕史不曾忘，丝竹场中翰墨场，兔园册子未抛荒，三载揣摩苏季子，毛锥子安能久处囊。祢衡才美赋鹦鹉，董相名传吐凤凰。松生腹上春婆梦，人镜芙蓉兆吉祥。

一日，赵郎默思，京兆试期将近，苦于考费难筹。

几经辗转几旁皇，几度踌躇几忖量。奈何徒唤无长策，羞涩空存一阮囊。三字头衔穷措大，公车北上费商量。前程易近青云路，阿堵难言标紫黄。搜罗资斧心如结，检点诗书气不扬。屈指棘闱三月到，车尘马足道途长。一肩行李真萧索，千里关河问汴梁。阿娇谁在黄金屋，举子难登白玉堂。

盼奴乃慧心人，目击情形，探知考期逼近，私谓赵郎必艰于考费。一夕，详问赵郎考期，启行何日。赵郎面赤汗下，不知所对。盼奴又说道："郎君考费，曾否充足？"赵郎嗫嗫嚅嚅，以筹画未全对。盼奴笑道："郎君考费，妾筹之久矣，尽管诹吉首途，不虞空乏。"赵郎闻言之下，感激涕零，起而谢之，说道："卿，我之鲍叔也。"盼奴答道："区区无庸挂齿，但愿郎君此去，

归院金莲宵撤炬，趋朝玉笋早排行。泥金捷报速还乡，切勿衣锦夜行名利场。苟富贵，无相忘，只怕奴目送飞云向洛阳，难得你心随明月过钱塘。"

盼奴说到此处，不禁泪涔涔数行下，时妹小小亦在旁，亦为之涕泣，咽不成声。诸公看此，此一番言语，此一番哭泣，盼奴与赵郎一朝千古，竟成永诀。言为心声，是其谶语，事在后来，姑且按下。且述赵郎应对盼奴，又如何说。赵郎为其姊妹拭干珠泪，抚慰一番。

贫贱之交不可忘，糟糠之妇不下堂。我不是扬州杜牧狂，我不是青楼薄幸郎，果得姓名题雁塔，便传消息到鸥乡。待到名成功立后，急流勇退整归装。孤山恰好歌偕隐，梅鹤林家岁月长。

盼奴接着说道："只要郎君不喜新忘旧，妾虽死，亦铭感于九泉下矣。妾于正月中已预为君考费计，有某榷员赠我绢若干，已易金三百两，旅费可以裕如。"赵郎再三言谢，遂择日起程，要知后事，试看下回。

第四回　伤离

赵郎之行期既定，盼奴及其妹叠治离觞，猝闻北方有兵事，不无伤别。盼奴乃得一词，为赵郎赠行。《卖花声》（集成句）

澹荡酒旗风（张琦），吹梦无踪（李清照），晚霞犹在绿阴中（吴琚）。暖艳动随莺翅落（李建勋），恨紫愁红（温庭筠），蝴蝶恋疏丛（司空曙），露重烟浓（钱季重），一枝又逐月痕空（恽敬），玉勒雕鞍游冶处（欧阳修），惆怅墙东（冯正中）。

苏小见盼奴姊此阕集词，哀艳绝伦，亦倚《卖花声》赠别：

送客驿边亭，酒幔垂青，吴儿一曲带愁听。满地杨花何处笛，风雨江城。别浦绿波平。一水盈盈，江南春到怕闻莺。咫尺河梁千里别，芳草无情。

赵郎得两美赠行之作，别绪横生，黯然魂销。依韵分酬，借以留别，亦倚《卖花声》：

错怪石尤风，留住萍踪。伤春常在圣湖中。蜡烛有心还惜别，泪滴皆红。生小绮罗丛，情为谁浓。紫云见惯只司空，携手邮亭肠欲断，劳燕西东。

盼奴三复其词，凄然欲绝，赵郎又步其妹苏小韵：

赌曲忆旗亭，柳色青青。染衣弹汁数声听。忽别天台仙子去，绛县青城。何处访君平。难卜虚盈，花前燕燕与莺莺，一霎辞巢飞更远，无限离情。

此唱彼酬，不啻阳关三叠。

匆匆北上是公车，日丽风和二月初。无奈意中人欲去，不知天下事何如。豺狼当道知多少，假虎扬威莫问狐。呢喃紫幕红襟燕，喧聒春城白项乌。莽乾坤中原板荡，金世界北有强胡。分袂蛾眉多踯躅，停鞭马首几踟蹰。可堪眼底人千里，珍重尊前酒一壶。莫教他日相思苦，石化吴山说望夫。怕只怕两字功名金榜易，一生伉俪锦帷虚。尚书别去楼空燕，叶令归来舄化凫。红羊易堕秦灰劫，青鸟难传故国书。

盼奴与其妹送赵郎登程，挥泪而别。赵郎是夕，投宿村店，破题儿第一宵，颇有离索之感。

阴阴松月夜窗虚，人到离群便索居。二更才过三更近，水滴莲花古漏壶。旅行方悔轻离别，百种思量只盼奴。

一夜无眠。次日晨兴，心烦头晕，不能赶路，只好在旅馆休息一日。春日初长，正是恼人天气，偏又是二月十二日，乃为花朝，遂感而有言，倚《怨东风》一阕：

薄暮东风紧，遥空残照冷。客途容易又花朝，剩、剩、剩。灯火窗棂，琴书囊橐，夜寒人静。此别归难定，此去期谁订。莺癯燕瘦为伤春，病、病、病。堤柳眠痴，海棠睡懒，总成魔境。

第二夜，在旅馆中服药一剂，因连日劳惫，不觉沉沉睡去。梦中恍在盼奴绣闼。

客中偶饮君臣药，梦里还逢姊妹花。尘世寄生皆逆旅，讳言身已在天涯。

不道赵郎与盼奴自此之后，永无相见之期，

可怜一诀成千古，要得重逢到九京。弟妹居然铙艳福，月圆花好证三生。

第五回　捷汴

话说赵郎病于旅店，经宿而愈，遂兼程赴汴。

习习东风二月时，尤红殢翠意成痴。身经病后轻于叶，扶上雕鞍马不知。一从分得缠头费，十万腰缠鹤可骑。麴尘仆仆沾双袖，杏雨霏霏湿满衣。一肩行李人千里，马上鞭丝拂柳丝。江南路尽河南近，汴水东流洛水西。借问梁园旧宾客，几人今日大名垂。九重城阙丹青稿，万古河山黑白棋。沿路浏观风景好，纪游一卷有新诗。

赵郎赶到京兆，适值试期之前五日，磨厉以须，恰好及锋而试：

揣摩利器正投时，射策金门第一期。高文典册呈青琐，卓论鸿词进紫薇。天悬红日凌鳌背，风送青云捷马蹄。鸿胪唱后开花榜，鹗荐居前记棘闱。十倍龙门声价贵，一朝雁塔姓名题。

赵郎既捷南宫，赐进士及第，走马长安，看花连日。红绫之宴，黄榜之传，诚人生得意时也。惜时当末造，内讧纷扰。外侮逼来，诸路戒严，是时邮递之难，不似太平日邮传之易。一日念及盼奴，即拟乞假还乡，扫先人庐墓。适朝旨下颁，一行出守，衔命镇湘，严催就道，刻不容停。公不及私，礼在则然，虽欲迂途绕浙入湘，而道路皆梗，惟有遵陆，从荆襄前进，然后过湖。

一片风梭织雨丝，黄陵庙外鹧鸪啼。花到无言等息妫，竹因多泪化湘妃。千里关山烽火北，一樽浊酒戍楼西。道途荆棘铜驼泣，村郭萧条铁马驰。一官匏系浑无赖，百里花封属有司。受恩不觉黄堂贵，表洁先求白水知。

赵郎到任后四郊多梗皆流寇，数载浮萍不获归。每弄青梅伤往事，苦无红豆寄相思。莺俦燕侣情难舍，雁杳鱼沉信不知。

赵郎自念微夫人之力不至此，迫欲往迎盼奴到任。盼奴有妹才貌双绝，一并取来，为其弟院判联姻。赵氏之弟兄，苏家之姊妹，结为秦晋婚姻之好，仿绘朱陈嫁娶之图，以姊妹为妯娌，亦风流佳话也。无奈好事多磨①，道途梗塞。

素心人远泪空垂，黄耳书传路易歧。姻盟未了生平愿，别久徒萦去后思。骤闻新安起事有方腊，盗贼难图蔓草滋。淳安东下於潜近，暮四朝三羽檄驰。想到两美当此之时，曾若知几先避乱，桃源只在武陵溪。赵郎于此挂冠欲去何由去，敢说因公遂及私。乞休又恐愆规避，中道抽簪悔已迟。因思成病病成痴，瘦骨棱棱弱不支。竖子交侵和缓少，人间何处觅良医。

要知赵病如何，再详下回。

第六回　病湘

赵郎之病，病在七情，虚中重听，恶闻人声。如欲病瘳，除非见盼奴一面，或得盼奴一讯。

吾想赵郎病湘，思盼奴而盼奴不知，犹之盼奴病浙，思念赵郎而赵郎②不知。同一因思成病，因病成魔，至两人之得病，孰后孰先，姑置勿论。且论赵郎在湘中抱病，未能玉杵借裴航，石烁金流药臼旁。苏小徒思调白雪，花阴无计捣玄霜。蟾蜍乞寿终无效，蝙蝠精研那有方。医门不酿延龄酒，仙苑难求续命汤。便是壶天能共隐，问谁卖药到韩康。果操工巧神奇术，缩地相从费长房。

① “磨”，原文作“魔”，据文义改。

② “赵郎”，原文作“盼奴”，据文义改。

不愁七泽风波险，宁畏三吴道路长。无奈乱离屡经岁，空歌一曲忆余杭。

余叹赵郎病久《问苍天》：

好一比，汲长孺，卧治淮阳。岂贤劳，勤鞅掌，偃息在床。赋离鸾，赓别鹄，东角西张。音书断，亲友隔，渺渺珂乡。探不实，侦不确，生死存亡。陈沈炯，周庾信，同一愁伤。叹飘蓬，嗟泛梗，沦落遐荒。夜呻吟，朝痛苦，痼在膏肓。

日复一日，病势沉重，乃招其弟院判至，嘱以后事，院判见其兄弥留床榻①，相对欷歔亲手足，欲言呜咽裂肝肠。待讽心经忏鹦鹉，喝回头棒讲鸳鸯。多情人为多情死，愧煞纷纷薄幸郎。

赵郎对弟说道："我病危在旦夕，宦囊尚有二万余金，一半给汝，一半弟为我亲交盼奴。汝兄昔日，贫困不能自存，京兆考场，长途资斧，非盼奴之力，无以至今日。本欲迎至任所，徒以关山睽隔，烽火飞腾，一纸书尚浮沉不能前达。我之病，实由思虑日深，愁日逼。我死后，其以此金亲递盼奴，以酬旧德。盼奴有妹，美而有才，汝之佳耦也。我与盼奴，未能如愿，中道乖违，经离伤乱，此乃天意，非人力所能强求。汝其具以我意浼盼奴为汝聘其妹苏小为妻。汝能与苏小成为伉俪，不啻我与盼奴成为眷属。我在九京，亦瞑目矣。"

赵郎言至于此，

喘息呼童检宦囊，金余二万岂寻常。此为治命非乱命，一言一语莫相忘。携金速到杭州去，遇见盼奴寄声珍重。教他及时惜取好时光。俗缘易尽仙缘在，尘梦何如鹤梦长。人生百岁终须死，万古灵犀一点光。仙界况无延寿药，人寰那有返魂香。生不能为鹣之比翼、鲽之比目，幽魂死后应能化，化作海燕双栖玳瑁梁。

① "床"，原文作"状"，据文义改。

汝遇那盼奴之妹，记取梅花聘海棠。苏小性情耿介，他虽则嬴女箫吹羞引凤，你必得相如琴弄急求凰。雀屏射中成佳偶，汝志能坚我愿偿。我相汝之貌及苏小之貌，福泽必胜吾与盼奴百倍。陈家五世庆蕃昌，左券先操卜凤凰。

汝之子孙，亦我之子孙。试举两言为汝诵之：

晋砖五鹿宜孙子，汉洗双鱼大吉祥。

院判闻兄言至此，忍不住一阵心酸，泪珠乱落，遂对兄说道："兄且安心静养，或有转机。喜占勿药，天相吉人，当不至一病不起。"赵郎叹道："汝勿轻离左右，我病已深，朝不保暮，汝其为我筹备筹备。"要知赵兄之卒于官，赵弟之如何部署，事在下回。

第七回　逮狱

赵院判受兄遗嘱，固永矢弗谖。越三日，兄殁，经营丧事，诹吉挟榇回杭，不在话下。

且叙盼奴，自送赵郎赴汴，悠悠忽忽，春去秋来，寻消问息。烽火关山，到处不通尺素，有的说赵郎登第，有的说赵郎落第。盼奴私念无论利钝，必有信来。不料日复一日，年复一年，双眼望穿，声销迹灭，不觉因思成病。唐人诗云：

自君之出矣，不复理残机。思君如满月，夜夜减清辉。

久之形容消瘦，倍觉可怜。

珠憔玉悴不胜愁，盼盼空羁燕子楼。每到花开明月夜，悔教夫婿觅封侯。赖有同心妹苏小，灯前约略说杭州。赵郎赵郎，一去不归湖上鹤，寒盟难续海边鸥。阆苑有书空附鹤，画屏无睡待牵牛。经岁相思真刻骨，拚教红豆又嵌骰。

不知盼奴与赵郎，虽有终身之约，却无比翼之缘。

在东参昂星三五，那得在公夙夜抱衾裯。闻说是月有阴晴圆缺，人有悲欢离合。天时人事漫追求。但愿人长久，牖户两绸缪。

盼奴自知病笃，势难久存。一夕，又得异梦，醒而招苏小与之说道："我昨得一梦，梦中见一异人，指汝向我说道：此姑子将来呢？"

了无尘梦到青楼，却把三生艳福修。便有沉怨终雪涤，别饶韵事最风流。红绫开宴班双子，青冢临湖土一抔①。谈罢萧齐谈赵宋，美人名士各千秋。

我味此诗，汝之慧福，贵不可言。苏小问道："梦中异人，最后又有何说？"盼奴道："异人又对我说：

潇溪女史汝知不，十载西湖古寺幽。尚书已主海山院，兜率天宫约尔游。"

苏小听毕，默然良久，以诗意不详，为之泪下。盼奴叹道："昔唐代潇溪女史，乃白香山之妾。初香山入都，以病不能偕行，乃留灵隐寺。后香山死五月，潇溪梦知香山为海山院主见召，数日后潇溪女史乃死。以此征之，我应逝矣。"语毕而气遂绝。盼奴既死，苏小经理丧葬，旬日蒇事。

事后忽生愁，沾衿涕泗流。生同华屋处，零落归山邱。

苏小形单影只，孤苦零丁，匪夷所思，祸从天降。

贯索星躔织女愁，覆盆冤本没来由。只因绢案於潜事，李戴张冠作楚囚。

忽一日，二隶持牒，汹汹而至，翻箱倒箧，大索移时，乃向苏小问道："你就是盼奴？"苏小道："我非盼奴。"隶又问道："盼奴安在？"苏小说道："死已十日。"隶又问道："你与盼奴是否亲属？"苏小道："我乃盼奴之妹。"甲隶道："与妹何涉，不如回署销差。"乙隶道："勾阑中何分姊妹，逮妹去，亦可押令赔偿。"不容分剖，不问缘由，

一霎捉将官里去，是非曲直漫诛求。要知后事，且看下文。

① "抔"，原文作"坏"，据文义改。

第八回　诣杭

话说苏小被逮，乃无妄之灾，随二隶见提刑使。提刑使问苏小道："你是盼奴？"苏小道："盼奴已死，我乃盼奴之妹。"提刑使问道："某榷员盗官绢若干，窝藏汝家，汝姊虽死，汝必知情。"苏小道："小女子年幼，实不知情。"提刑使骂道："勾阑中姊妹行得缠头费，一缗一绢，一珠一玉，尚且沾沾夸示于人，岂如此巨款，汝不知情。盈箱累笥，难保不坐地分赃。今绢究藏何处，快些说来免罚。"苏小道："方才贵差到奴家里，箱箧检搜，毫无赃物，伏乞宪台垂鉴。"提刑使呼二隶前问之，二隶以查无实据对。提刑使沉吟半晌，自忖道："绢事关于国帑，案情重大，不易弥缝。"遂谛视苏小，见其美艳绝伦，青楼中之翘楚，必有属意之富贵少年。区区数千金，不难代为营脱。少顷，提刑使声色俱厉。

拍案声高忽一呼，阶前响应众台舆。苏小于此声色不动，抗论依然不受诬。说是榷员已去，盼奴已殂，孰真孰假孰实孰虚？事隔多年难辨别，桃僵李代古今无。岂有城门失火，殃及一池鱼？

提刑使佯笑道："苏小你还强辩，管押所权且屈尊住几日。"遂掣案头签，标明红圈票，将苏小押下。

瓜蔓株连莫问渠，豺狼当道走群狐。眼前到处皆荆棘，说甚官贪吏又污。

余说书至此，钱塘名妓，与天台营妓严蕊案大同小异。计其时，一在北宋之末，一在南宋之初。贤如朱晦庵，于严幼芳一案，尚有滥刑之失，君子议以为非。幼芳工词，才不亚于苏小，幸朱子去而邱宪来，竟以一词，遂得开豁。余爱其所填词，严蕊其妓中之有才者哉！

卜算子

不是受风尘，似被前缘误。花落花开自有时，总赖东君主。

去也终须去，住也如何住。若得山花插满头，莫问奴归处。

以严例苏，则此提刑使之于苏小，尚未严刑拷掠，如朱晦庵之残酷也。闲话休提，再提赵院判，扶兄旅榇来杭，不道来杭之际，适当苏小入狱之时。

佳城今且卜西湖，湖上春来似画图。古迹三唐怀白傅，孤山千载葬林逋。

院判葬兄甫毕。

闲驾扁舟访盼奴，枇杷门巷已荒芜。魂销彩蝶花三径，声咽黄莺柳几株。为寻旧日藏春处，壁已涎蜗户网蛛。

院判明侦暗访，一连几日，有知其事者，告以盼奴已死，苏小以其姊为於潜绢案被逮入狱。言之确切，院判乃微服探监，询之狱吏，欲见苏小一面。狱吏具以告，苏小不可，院判厚赠狱吏，乃贻苏小一诗。

当时明妓镇东吴，不爱黄金只爱书。借问钱塘苏小小，风流还似大苏无？

苏小览诗，说道："我不识其人，不愿读其诗；不愿读其诗，岂愿见其人？"狱吏说道："赵院判与汝见，当有秘密之语。何为不见？"苏小说道："素昧平生，何能轻见？"狱吏出语院判，以苏小倔强，不肯相见。院判说道："既不肯见，望代我索他和章。"狱吏入，又商之苏小，要求和诗，苏小拒而不答。狱吏强之再三，苏小不得已，始依韵和之。

君住湘江妾住吴，无情人寄有情书。当年若也来相访，还有於潜绢事无？

院判既得此诗，珍如拱璧。与狱吏熟商，必得一见，当为之赔偿绢案，开豁出监。狱吏再入，与苏小语，谓院判必得一见，准为汝营脱。苏小初尚犹豫，迨狱吏严词迫责，苏小畏狱吏之尊，乃与院判见。院判见之，如遇神仙，即日以重资缴诸官，乃出苏小于狱。

风流佳话播三吴，一月房中博议书。从此两人成伉俪，九京兄姊慰怀无？要知后事，畅看下文。

第九回　偕隐

话说苏小脱离讦狱，永免蝎磨，移章台之柳，附阆苑之花，从此艳福两全，和谐同老。眼见中原糜烂，时事日非，婿乡得此温柔，甥馆于焉静好。六桥三竺间，视作桃源世界。吾为两人设想，请倚四词，代传大略。

望江南

偕隐乐，赏雨在西泠。锦片濯余桃涨赤，酒旂斜飐柳条青。载酒过南屏。

偕隐乐，避暑在西泠。十里蘼芜桥畔路，四围荷芰水心亭。联袂采湖菱。

偕隐乐，玩月在西泠。新翠疏帘窥客燕，轻罗小扇扑流萤。携手拜双星。

偕隐乐，踏雪在西泠。竹叶金樽情共洽，梅花纸帐梦都清。白石悟三生。

两人行乐及时，抑何旷达乃尔。院判平时，与茗碗诗筒，书囊画橐，为缘闺中韵事，不在画眉。

有时放鹤山中，林和靖，心同爱静。有时骑驴湖上，韩忠武，口不谈兵。有时访平堤，追白傅，流连古迹。有时开曲径，挟青娥，畅叙幽情。有时延秋爽，斗草归，葛岭黄昏啼蟋蟀。有时趁春晴，看花去，苏堤白昼听鸲鹒。

两人僻处湖村，悠悠忽忽，不觉数年，生二子，皆聪慧，是必：

吴山毓秀，浙水钟灵，天清地宁，俊杰笃生。大儿好是孔文举，少时了了；小儿好是杨德祖，才气铮铮。怀抱戏啼知日甲，鞶牙学语解风丁。森森玉树阶前峙，一阵仙风桂子馨。

二子后来登第，事在南宋之初，姑且按下不提。但言今日，

宋室偏安局已成，临安不过小朝廷。张韩刘岳更番出，四将扶持宋绍兴。他外侮虽然逼处，这内讧差幸削平。宫中早应余杭谶，自来人事见天心。

因是西湖在首善之区，院判苏小，遂以此为安乐窝矣。吾说两人，吾想起月老庙楹联系集成语，颇有情趣。请为诸公述之。（上联）愿天下有情人都成了眷属，（下联）是前生注定事莫错过因缘。如赵郎与盼奴，既有一段因缘，自当成百年眷属，乃竟天厄其算，赍恨而终。至于院判，本不知有苏小，苏小亦不知有院判。以阿兄遗命之撮合，阿姊旧德之荫余，遂成嘉耦。凡事意中者每不定，意外者每易成，此其间有幸有不幸，天也，非人也。吾真羡苏小与院判，遁迹湖山，清风亮节，超越凡庸。

南来谁说两宫事，北望徒悲五国城。和局助成金世界，幽居愿廓好园林。司马不存封禅稿，文君矢作《白头吟》。山中甲子知多少，留住白云盟素心。醉得流霞颜可驻，仙家只有酒延龄。五十粒丹藏茧帕，杜兰香是我同盟。董双成，许飞琼，周瑶英，王子登。群玉山头几送迎，长生同采灵岩药，手把鸦锄劚茯苓。福田未种心田种，性禾善米，仁熟义精。万古芸香借笔耕，凤毛麟角，继继又绳绳。欲知两人此后清福如何，再读下回。

第十回　通幽

苏小与院判，虽年逾五十，犹如少年双美，其乐处尤在琴书晤对，与古为徒。两子年逾弱冠，皆成进士。以家学渊源，文名远噪，主眷甚隆，退食自公，曲承亲志，魏阙江湖，山林廊庙，本是一途，原非两事。一日清明节近，苏小无事，倚笛成声《长相思》：

嫩寒天，嫩晴天，春满水村山郭边。风丝袅纸鸢。晓禁烟，暮浚泉，棠睡方酣柳欲眠，红情绿意牵。

歌毕，院判乃呼二子，循例祭墓，说道："我两人之享福，汝两人之成名，皆由汝伯之余庆。然汝伯非汝母之姊盼奴伯母维持之力，亦不能身入仕途，扬眉吐气。故我将汝伯之骸骨，与盼奴合葬，以志不忘。二十年来，岁时伏腊，必亲临祭扫。汝兄弟亦亲见之。将来儿辈能体我心，不忘先伯，事死如事生，事亡如事存，便为孝子。明日清明，汝兄弟其前往祭扫。"

院判既嘱二子扫墓，复与夫人苏小筹备湖上踏青。苏小叹道：

忽忽光阴五十年，惺忪尘梦冷于烟。浮云富贵成虚幻，朝露功名几保全。卢生莫借邯郸枕，夷甫难言阿堵钱。调成蝙蝠休争媚，愿作鸳鸯不羡仙。

清明日，二子扫先人坟墓，不在话下。院判遂偕苏小泛舟，薄游内湖外湖。

谁犁古墓变成田，一片棠梨飘纸钱。那有乞余骄妾妇，几见墦间鬼乞怜。人生有酒须当醉，一滴何曾到九泉。荒冢风高飞柳絮，铁人铜狄夕阳边。希夷千载山中睡，太白一朝井底眠。去去路迂灵隐寺，几杵钟声云外悬。楞华法说三身偈，贝叶经参一指禅。

苏小礼佛蒲团，凝神莲座。

空空色色大罗天，悟彻三生香火缘。琴操落发为尼去，李师师舍身佛寺几何年。谁将白雪调苏小，赵宋萧齐姓字传。自古慧业文人必生天上，银瓶倒泻银河水，玉帐香沉玉浦烟。此身美满今修到，想必是前身明月后身圆。

苏小与院判回家后，改谈诗处为谈禅处，只知一叶一如来，那问千花千世界。四大皆空，六根无碍，善无量，福无量，遂受梵王戒。

余说书完,总结一诗:

花开花落一千年,说法台高见白莲。佛国皈依清净土,欢天喜地好因缘。

——《苏小小弹词》,《小说新报》第四年(1918)第十二期

曹湘浦

曹湘浦，字楚卿，泰州人，贡生曹倬女。博通经史，工诗，又精医道，年二十一卒。著有《医学新理》《命理真诠》《绣余吟草》。《新编绣像双鱼佩》乃作者兄梓云晚年于残箧中检出整理付梓的弹词作品。王荣春《新编绣像双鱼佩·叙》云："曹女士讳湘浦，字楚卿，泰县前清廪贡生云汉先生之女公子也。母赵氏，为海陵渔亭先生赵瑜公四女，夙负才名，博通经史。楚卿既娴庭训，又承母教……年八岁，即过目成诵，日有心得……十三岁，文章诗赋，靡不能为；诸子百家，尤能略有见地……阅六岁，年已十九矣，复著有《医学新理》《命理真诠》诸书，惟《绣余吟草》已付梓行世，余正待梓，惜天夺其算，不果于行，悲哉！"可见其生平大概。

新编绣像双鱼佩(节选)

书名全称《新编绣像双鱼佩》，泰州曹湘浦撰，共六卷三十二回，二言目，民国三年(1914)上海石竹山房书局石印本，巾箱本六册。冠以丹徒宜之王荣春作于民国二年(1913)的《序》。

书中叙写罗凤卿和陈素莲的故事。明英宗时，贵州府世龙护国公罗邦俊，其子桂庆，字凤卿，由御史李宏正为媒，与元帅陈俊林女素莲订婚，以双鱼佩为聘。宰相郑锦子郑壁欲得素莲，遂诬告罗家谋反。罗家遭抄家，邦俊全家下狱，只有凤卿逃脱。李宏正与陈俊林入京,揭发郑锦陷害忠良,不果。时大罗国进犯,萧文仲保奏陈俊林出征。郑璧又谋得圣旨,回贵州强娶素莲。素莲携婢秀屏男装出奔,往边关投父。途中偶逢表兄金亭,适遇金妹菱花遭知府之子强抢,为素莲所杀,四人遂同投边关。

凤卿逃难,遇秦桂芳,留其家。桂芳妻兄欲出首,桂芳表妹殷芳燕告之,遂同逃亡。经翠云山,遇堂兄罗凤魁、罗凤仪占山为王,遂留。时边关告急,朝廷发榜招贤,凤卿应考,中状元,得封平西大元帅,先往翠云山招降众人,转赴紫金关。至边关与陈俊林会师,收复鱼鳞关,凤魁遭叛徒毛大庸暗箭,阵亡。

明军屡战屡胜,破泉州,入桂阳,捷报频传。郑锦又于御酒内置毒,命钦差送至边关犒赏三军。时大罗国已降,明军回师,适有兵士偷饮御酒中毒身亡,阴谋败露。凤卿班师回朝,途中斩毛大庸以祭凤魁。至京师,追查投毒事件,时宪宗即位,郑锦全家被处斩,受害人释放。功臣各受封赏,罗邦俊、凤卿、陈俊林各封王。凤卿等受封后各祭祖、团聚、完姻。

第一回　联姻

春光明媚日迢迢,静坐深闺太寂寥。门前芳草青于染,墙外梅花长嫩条。海棠枝上涂红粉,杨柳风前舞绿腰。桃花含笑迎风放,柳絮多情似雪飘。无限春光言不尽,东风吹暖卖饧箫。几番欲说前朝事,忽然想起大明朝。

话说大明英宗天子即位以来,四海无事,海晏河清,刀枪入库,马放南山,万民乐业。朝中有一位清廉正直之臣①,祖居云南,姓罗名邦俊,号彦亭,世袭护国公。夫人李氏,所生一男一女:公子桂庆,字凤卿,年方十五;小姐凤明,年方十三。

① “直”,原文作“值”,据文义改。

那罗公爷，官居显爵立金阶，因母病故，辞职退归林下来。李氏夫人是结发，所生一子一裙钗。只小姐，禀性聪明容艳丽，襟怀潇洒有奇才。白公子文武双全，儒雅风流小俊英。桂卿名字号凤卿，云南才子名非假。十四之年已采芹，锦心绣口文章美。深明韬略武艺精，才华压倒云南郡；容貌是，贵州府里尽文名。不说罗家多安乐，书中另有一段情。

贵州有一位元帅，姓陈名允，字俊林，夫人张氏。那陈爷，

心中因爱乐林泉，白又因奸臣当道，告病归家挂了冠。无拘无束多安乐，清闲自在乐家园。夫妇同庚四十二，所生一子一婵娟。公子沛深年十八，百般武艺尽皆全。沛深弓马多娴熟，曾在乡场中解元。

公子小姐俱未联姻。

说起小姐女姣娃，年方十五正清华。芳名素莲容美丽，安处深闺隐碧纱。心如秋夜光明月，貌若春时艳丽花。云南郡里无不晓，贵州府里尽皆夸。相同宦室青闺秀，弄粉吟香意兴佳。求函求诗盈府第，送屏送卷满官衙。只因为，椿楦要觅乘龙婿，未肯轻轻许宦家。

不但文才出众，而且武艺精通。按下陈府，且说罗爷想起孩儿婚姻之事：

罗爷起身进后堂，见了夫人说其详。夫人呵，我想起，凤卿孩儿婚姻事，特与夫人共商量。本城有位陈元帅，所生一位女红妆。只小姐，性格温和多贤淑，才貌双全到处扬。正与我儿年相仿，两家门户又相当。欲要央媒去说合，定与吾儿配鸾凰。罗爷说毕一番话，夫人听说喜非常。

罗爷道："夫人呵，请谁人去说合？"

公爷开口把话云，请谁人说合到陈门。夫人道："妾身胞弟李宏正，可请他前去作冰人。"

罗爷道:“夫人言之极当。即差安童去到李府请舅老爷到此,我有话说。”家人领命,去不多时,御史李爷已到,安童报道:“舅老爷来了。”罗爷听说,慌忙迎接,来到后堂坐下。茶罢,

三人叙话坐堂中,走出小姐女娇红。请安已毕来坐下,罗爷开言叫舅兄。

“呵,舅兄呀!”

今为小儿欲要订良姻,特请台驾到门庭。本城有位陈都督,所生一位女娉婷。正与小儿年相仿,要请你,贵驾陈门去说亲。李爷听说称遵命,明日去会陈俊林。

“亲事一担都在小弟身上。”

夫人听说喜溶溶,含笑说,孩儿良缘必成功。三人正在谈说处,走进风流小英雄。拜见椿萱和母舅,深深施礼又打躬。

罗爷道:“我儿,为父今日请你母舅,并无别事,只为我儿婚姻之事。”公子听得,面上微红,低头无语。

李氏夫人喜气多,孩儿呀,却是陈府女娇娥。请你舅舅去说合,与你匹配结丝罗。

四人谈叙一番,李爷作别而去。次日登轿来到陈府,陈爷接到厅前,分宾坐下,献茶已毕,陈爷问道:“年兄有何贵干,光降寒舍?”

李爷听说欠身云①,恭贺年兄喜临门。今为令爱良缘事,小弟特来做媒人。本城有位罗世袭,所生一位小将军。他父与我嫡姊舅,他是小弟的小外甥,今年才交十五岁,生得个,俊雅风流世无寻。文武双全真俊杰,正与令媛是同庚。小弟是,特地到府来说合,不知道年兄,可肯俯允结朱陈。陈爷含笑忙拱手,回言就把年兄称。

“呵,年兄呀,多多劳动台驾与小女说亲。但令亲罗府可是护

---

① “云”,原文作“去”,据文义及韵改。

国公罗彦亭么？正是如此，小弟久仰大名，何敢高攀！”李爷道：“不必过谦。”二人言罢，一齐大笑起来。陈爷道：“还要相劳大驾到罗府说知。”李爷道：“但请放心。”李爷告别而去。

那陈爷，回转厅前喜气高。放开虎步望后跑，夫人起身忙迎接。老爷请坐，夫人请坐，陈御史，含笑开言说事苗，今有御史李宏正，白前来与我女儿作伐，却是罗府公子小英豪。夫人听说这番话，满面春风喜眉梢。老爷呀，凤英才貌可曾见，到底文才高不高？陈爷道言亲目睹，况且是，名贯云南四处标。我看他，器宇轩昂容不俗，到后来必定，腰金紫衣伴当朝。

二人谈了一回。却说李爷来到罗府，罗爷接至厅前，李爷道：“恭喜恭喜！贵令郎姻缘已定。小弟与陈公言过，陈公已允，特来回覆。”罗爷听说大喜，说道：“多劳舅兄大人了。”

罗爷说罢长笑容，满心欢悦喜重重。乌靴蹈地抽身起，走向前来打一躬。小儿今已良缘定，改日再，亲到贵府谢舅兄。二人说毕抬身起，李爷打轿转家中。此话丢开休细表，单表那，一品当朝郑宰公。

话说当朝有一位宰相，姓郑名锦，字豹全，官拜文华殿大学士。专权误国，卖官鬻爵，无所不为。皇上宠爱异常，惟言是听。又赐上方剑一口，三品以下先斩后奏，三品以上先参后斩。郑相得了上方剑，益发横行无忌，可怜那满朝文武，杀的杀，贬的贬，不能悉数。门下有数十门生义子，皆居显职，真是一个大奸大恶之臣。

那郑文华，官为宰辅立庙廊，奸刁百出乱朝纲。白所生二子，长子郑壁年十七，生来不喜读文章。孙氏庶妻生一子，年才九岁名郑芳。郑壁与夫人同在云南住，孙氏母子相随郑相在京邦。不说奸臣郑相事，再说那，罗爷夫人坐后堂。

罗爷想起孩儿行聘之事，即拣定二月十六日黄道吉日，命安童请李爷到陈府通知。陈爷一闻此信，忙与夫人商议，预备罗府行聘。光阴易过,早到吉日。

罗府众人闹盈盈,准预礼物把聘行。诸亲六眷齐来到,前厅上,摆酒演戏待诸亲。

一切礼物,俱已完备,李爷登轿前到陈府,安童随后押着礼物,放炮起身。

国公府内好慌忙,头牌执事摆成行。李爷做轿前边走,只听得,头锣腰锣响当当。刽子捆绑分左右,对马纷纷走街坊。遮阳旗伞多热闹,礼担盒扛走忙忙。一路上,多少风光言不尽,到陈府,笙箫细乐闹进堂。李爷来到前厅上,口称恭喜礼非常。陈爷躬身忙还礼,面带春风喜气扬。

"呵呀,多劳年兄大人费心了! 请坐!""年兄请!""大人请!"谦让一回,各自坐下。献茶已毕,诸亲六眷俱已到齐,摆下酒席,开锣演戏,款待诸亲,好不热闹。陈爷即命安童将各样礼物,抬进后堂去,请夫人收礼。

夫人听说把身抬,但只见,纷纷聘礼两边排。内中更有双鱼佩,白本是罗府下定之物,唱命丫环,送与小姐女裙钗。收过礼物将银取,众人领赏喜满怀。俱到厨下去饮酒,人人畅饮笑颜开。吃罢酒饭来谢赏,李爷也就,起身告别下庭阶。

陈爷起身相送,李爷道:"年兄不必远送。"说罢乘轿而去,众人亦皆散去。

提起素莲小姐女婵娟,独坐楼中把书观。只见有一小环来走进,喜笑盈盈面带欢。袖中取出双鱼佩,递与小姐说情端。

"呵呀,恭喜小姐配与罗府公子,特来报个喜信。"小姐听说,不觉满面含羞,骂道:"你这丫头①,休得胡说。闻得后花园百花已

① "这丫",原文作"只了",盖"这"与"只"、"丫"与"了"形近致讹,据文义改。

开,我要到后花园游玩片时。快些取水上楼,待我梳洗。”秀屏领命,不多时取水上楼,小姐对镜梳妆已毕,换了衣服。

唱但见他,

云髻堆鸦贯宝钗,锁金绣袄坠貂牌。八幅绣裙低低系,微露夫夫小凤鞋。更衣已毕身立起,同着秀屏云下楼来。白小姐移步下楼,小姐打扮貌如仙①。犹如那,嫩柳绿树倚风前。移动金莲将楼下,步步行来稳稳然。秀屏秀云前引路,前边早到后花园。同着丫环把园门进,行到六秋亭子边。

却说郑壁同着安童街坊游玩,正从陈府后园经过,园门大开,有人言语。公子即偷看,

只见引道丫环品格奇,月貌花容也不低。后边一位裙钗女,美丽芳容世上稀。端庄稳重容艳丽,云鬟粉面绣罗衣。含笑开言呼侍婢②,百花开放果然齐。言罢玉颜添喜色,手拂花枝过廊西。绕回廊阵阵,阵阵香风飘绣袂。行曲径,纷纷彩蝶傍衣飞。

郑壁看罢,便问安童道:“这是谁家女子?”安童道:“这是陈府花园,看花的,必是陈家小姐。”

安童禀罢一番情,公子无言自沉吟。忙启口,问家丁,白既是陈府小姐,你可知,曾与谁家结朱陈?安童听说忙回禀,白小的在街上听得传说,配与罗府小将军。御史李爷为媒证,今早方才礼过门。公子听说心纳闷,满面忧愁不开声。左思右想无计策,打马加鞭转回程。

到后堂,与夫人谈了一回。

闷闷恹恹转书房,想起了,素莲小姐女红妆。姿容素雅堪倾国,品格安闲世无双。如今是,花间不闻鸣玉佩,风前那见整罗

---

① “仙”,原文作“山”,据文义改。

② “婢”,原文作“卑”,据文义改。

裳。不觉早已天色晚，夜膳纷纷摆上堂。公子无心用晚膳，心中不悦暗愁肠。长叹几声无意绪，书灯移近象牙床。宽衣解带来安息，至次日，起身梳洗到后堂。

来到后堂，见了夫人，请过了早安，便又禀道：

孩儿昨日在，街坊游玩转回家。遥遥日色正西斜，偶从花园门前过，适逢园门未闭，抬头见一女娇娃。生得个，美貌丰姿真绝世，沉鱼落雁实堪夸。白他跟随着许多丫环，好一似，粉蝶游蜂齐作阵，簇拥着，天香国色一枝花。行过花街穿曲径，销金罗袖掩还遮。世间女子原不少，似这种美貌，真个是，连城拱璧玉无瑕。

安童说："是陈府小姐。"夫人道："何不央媒说合？"郑璧道："孩儿已曾问过，安童回说已配与罗府公子。"夫人听得此言，便道："我儿勿虑，此事自有为娘的与你作主。"

郑璧听说喜融融，母亲呀孩儿，已有成算在胸中。陈小姐已许罗公子，纵然央媒说合，难保亲事得成功。孩儿欲到京都去，与我爹爹商议，定然要想条计牢笼。同行不要别人去，只要我，心腹家人小郑洪①。母子商议心大喜，到次日，唤进了郑洪小书童。郑洪呀，你同公子京都去，一路上，小心伏伺主人公。

"若然到得京都回来，重重的赏你。"郑洪道："太太何出此言！就是没赏，小人也是去的。"

主人差遣敢不行，小人是，情愿伴主上帝京。太太只管将心放，路途一切我担心。一宿晚景休细表，不觉次日天已明。郑公子起身梳洗毕，来到后堂见慈亲。夫人移步把房门进，即便开箱取金银。公子接银忙辞别，拜别萱堂到前厅。夫人再三来叮嘱，路途遥远要小心。

公子道："母亲放心，不必挂念。"说罢退出。家人行李已收拾

① "洪"，原文作"宏"，据下文改。

齐备,主仆上马。

主仆上了阳关道,扬鞭策马赶路程。夕阳西下投宿店,东方日出又起程。

在路行了十数日,早已三月初旬。

但只见,隔岸青青缝衣垂,对对黄鹂绕树飞。野艇渔人闲罢钓,芳草堤边樵子归。牧童归去横牛背,短笛无腔信口吹。偶从学塾门前过,又听得,声声诵读在书帏。

一路上看不尽途中景致,早到京师。来到相府,郑洪高叫道:“门上有人么?今有大公子到了。”门官听说,即向前叩首请安,随即入内通报,禀道:“启相爷,今有大公子到了。已在府门外,特来禀知相爷。”郑相道:“快些命他进来。”门官去不多时,公子已到厅前,慌忙行礼,口称:“爹爹在上,孩儿拜见。”郑相道:“我儿罢了。”随后,郑洪又向前叩首请安,郑相道:“我儿为何不在家中读书?你母亲身体可好?”

母亲倒也康健,不知爹爹贵体可安康?教母亲,与孩儿,时时刻刻挂心肠。多只为,南北暌违程万里,若要问安除非是,鱼雁传书到帝邦。孩儿今朝特到京都地,一则敬请金安,还有一事禀椿堂。

“我儿却为何事,爹爹听禀。”

奉母命,到京都,谨将衷曲结禀明。为的是,慈亲膝下无人奉,累椬堂,家庭每事要辛勤。母亲说,孩儿年长当婚配,蘋蘩有托得安心。咳儿呀我只也有,许多冰人来说合,尽都是,虽则为官家道贫。若与我儿来匹配,好一似,凤凰乌鹊作同群。白爹爹呀,贵州有一位元帅,姓陈名允,官拜五军都督府,烈烈轰轰旧有名。所生一位贤小姐,好一位,贤良淑德贵千金。白既然如此,你母亲怎不央媒说合呢?公子听,暗沉吟,待我且将谎语激严亲。爹爹呀,我母亲,也曾央媒为月老,那陈俊林,出言无礼太欺人。说爹爹本是炎凉辈,他断不与,势力之家结晋秦。他女儿本是千金体,岂少个,贵族儿郎作射屏。御史李爷为媒证,竟公然许配了,彦亭之子罗凤卿。还有许多言辞多不逊,令人切齿恨难平。倘若是,孩儿不娶陈小姐,岂不要笑坏了,云南阖府众乡绅。尽说是,爹爹空有威权重,竟不及区区陈俊林。孩儿深恐人耻笑,若除了陈家就是,皇亲国戚不联姻。白呵呀呀,可恼呀可恼!这陈林竟敢如此大胆,居然另选东床婿,倒把我,宰相门楣看得轻。儿呀,这罗彦亭,可是云南城里罗邦杰,世袭公侯罗彦亭?

郑壁答道:"正是。"郑相闻言大怒道:"罗彦亭匹夫,气煞我也!待为父明日上朝奏他一本。"不知后事如何,且听下回分解。

第十五回　射袍

话说罗凤卿正在舞枪,忽有一人一声大叫道:"状元要留与俺哩。"凤卿便问道:"来者何人?"那人道:"俺乃直隶永平府皇甫宣便是。"凤卿道:"还是比箭,还是比武?"皇甫宣道:"若是比箭,吾箭也中,如何分别高下?不如比武。"二人遂一同上演武厅请令,萧林即传令,命二人比试武艺,须要仔细,不可伤损性命。二人得令。

凤卿起步整征衫,提枪跨马上雕鞍。那皇甫宣,身躯魁伟多雄壮,雄气赳赳也不凡。萧林二位主考,巴不得皇甫宣来战败,好让罗凤卿,夺取状元去平番。二人接手来交战,教场中,人人看得心胆寒。

二人战了数合,凤卿忽的把枪架住皇甫宣钢鞭,抽出银锏,在皇甫宣臂膊上,轻轻一捺,皇甫宣坐不住鞍鞒,跌下马来。众人喝一声采。

皇甫宣,满面羞惭在尘埃。凤卿连忙下马来,向前双手来扶起。说道有罪有罪,壮士切莫挂胸怀。再请上马来决战。皇甫宣,羞得满面通红把身抬。提鞭上马如飞去,凤卿上厅缴令,二位主考笑颜开。一齐启口同夸奖,这才是皇家有幸,出了这,架海擎天梁栋材。

随后又将其余各省英雄,逐一考过,也有武艺好的,也有武艺丑的,略选数人,以备皇上考试。众英雄俱各散去。萧、林二人打轿回府,次日五鼓入朝覆旨:

二人静坐在朝房间,等候九重升殿面圣颜。不多时只听得,金阙晓钟开万户,玉阶仙仗拥千官。花迎剑佩星初落,柳拂旌旗露未干。九重天子登金殿,众臣朝见立两班。

萧、林二人出班奏道:"臣等奉旨考选天下英才,昨已考毕,有云南凤桂卿弓马娴熟,武艺出众,并有凤魁、凤仪、张沛深等一班英雄,俱各人人强壮,武艺精通。专候陛下面试,以定甲乙。"天子大喜,即传旨明日五鼓御驾亲至教场面试,众臣保驾,朝散。到了次日,

一轮晓日渐东升,龙辇滔滔出午门。满朝文武来保驾,前护后拥密层层。白靴校尉人无数,穿宫太监走纷纷。銮仪尉,全副銮驾朝前拥,细乐风飘处处闻。真个是,人声肃静无喧杂,止听得,满街得得马蹄声。家家户户焚檀熟,洒道清尘候圣君。一对对,手炉提炉朝前走,御香缥缈气氤氲。到后来但只见,高擎一柄金顶九曲黄罗伞,罩定着,一统山河九五尊。到教场又是,烘咚咚一连九声炮,圣驾高坐在演武厅,即传旨将锦袍一领,用绒绳悬挂在高杆上,霞光五采色鲜明。约离百步之远,忙将箭鹄安排好。白若有人能射中红心,即将锦袍赏赐,钦点状元第一名。

一言未了,忽见一人骤马向前,乃咸宁县豪杰王兆元。

众人举目即观瞻,见兆元,面如重枣貌威严。头戴着,束发紫金冠一顶,年方二十正青年。身披赤铜砌就榆叶甲,衬一领,绯色罗袍甚鲜妍。腰系织锦红绒带,护心宝镜似明蟾。坐下一匹,千里追风火炭马,腰悬竹节赤铜鞭。就在百步之上,即便将马来勒住,

搭上雕翎把弓拈。

一箭正中红心,只听得金鼓齐鸣。天子大喜,凤仪对凤卿道:"贤弟快些向前,难道把状元白白的让与他么?"凤卿道:"兄长先请。"

凤仪扬鞭把马即催开,大叫一声,快把状元留下来。说罢一箭也中红心上,正回马,东南上又来了一英才。

乃是襄阳府举子马德维,一马冲来道:"尔等射法,何足为奇!"说罢,翻身背射一箭,也中红心,众皆喝采。

英宗天子笑容堆,即传旨,将状元赐与马德维。萧林二人心中急,沛深在旁侧皱双眉。众人正在心忧闷,只见罗凤卿,一马当先出重围。

高声叫道:"且把状元留下,我凤桂卿来也。"扭转身躯,一箭正中,三枝箭当中,众人齐声喝采,

天子一见更欢欣,此人弓马冠群英。更兼堂堂一表英雄相,必定胸中武艺精。若得此人为大将,定然能,安邦定国辅朝廷。

传旨将袍赐与,凤卿上厅谢恩,内官领旨。正欲取袍,只见马德维十分不服,要与凤卿比武。内官转奏,天子准奏。

一声圣旨望下传,只见左班中,走出了,锦袍玉带一官员。东阁学士名谢政,执笏当胸奏御前。陛下呀,若命二人来比武,两虎相争必有一损,只恐性命不能全。不如还将弓箭比,若能射断绒绳者,当厅钦点作武状元。即命他,统领百万貔貅到边庭去,平番灭寇掌兵权。

天子道:"卿言甚是。"即传旨命二人比箭。二人领旨,马德维先拈弓搭箭,一箭射个不着,羞惭而退。

凤卿拍马向前来,即忙搭箭把弓开。一箭正把绒绳来划断,那锦袍,飘飘荡荡坠尘埃。众人齐声一喝采,英宗大悦喜盈腮。

凤卿披着锦袍,来到厅前谢恩。天子道:"卿能文否?"桂卿奏

道:"乞赐御题。"天子即亲书一题,又赐文房四宝,锦墩坐下。桂卿再拜谢恩,不一刻作完文字,进呈御览。天子看毕,龙颜大悦,即点桂卿为文武状元。其余皆赐进士出身。原来明朝武试,却无榜眼、探花传胪,自状元以下,皆是进士。天子又对众人说道:"卿等且各回金亭馆驿候旨。"

众人谢恩喜动眉,天子摆驾转宫闱。众臣各自回衙去,桂卿等,一齐上马去如飞。就到林府把老师拜,林爷一见笑微微。厅前行过了师生礼,随时叙了坐位,家童献上茶一杯,林爷道贤契呀,你此去,须要赤心为国擒反叛,早早班师奏凯回。君王恩德如天大,莫辜负,九重钦点状元魁。凤卿躬身称领训,恩师的,金玉之言岂敢违。说罢起身,同着林爷把后堂进,拜见了师母,罗氏夫人笑容堆。贤契呀,恭喜你,鳌头独占真荣显,切须要,将盖世功名在竹帛垂。

话说罗凤卿,本是林爷的内侄,夫人的胞侄,只因隐姓藏名,来京赴试,诚恐京都耳目甚众,倘若走漏消息,性命难保,故此权将亲谊权且搁过一边,只认师生。凤卿闻言,即欠身答道:"一则是皇上的恩典,二则是老师提拔之恩。门生敢不尽忠报国?"说罢告别而去。然后众门生俱来拜过老师。凤卿又到萧府,拜过萧爷,回归馆驿,随差当日带来的喽啰,回山报信不提。

众英雄,纷纷拜客转金亭。晚饭毕,凤卿想起椿萱好酸心,众人俱各来安息,罗公子,独坐灯前珠泪淋。父母呀,你在监中身受苦,可晓得,孩儿得中状元第一名。不孝儿,本欲进监探父母,那郑锦日夜堤防,故此无人通信音。儿若得,扫平番贼回朝转,定要拿,奸贼郑锦见朝廷。想罢和衣来睡下,对着残灯泪沾巾。悲切切,梦难成,翻来覆去到天明。

起身梳洗已毕,忽见内监赍着圣旨,来到馆中,高声叫道:"圣旨下。"凤卿等忙摆香案跪接,内监读道:"皇帝诏曰:尔凤桂卿文武全才,堪为大将。可封为平西大元帅。今有翠云山草寇猖獗,卿可于本月二十日统领熊罴之士,长驱虎豹之师,殄灭草寇。凯旋之日即行振旅平西。各进士俱暂赐参将之职随征。日后有功再行升赏。钦哉谢恩。”众人谢恩已毕,送出内监。次日,英宗传旨,命兵部发兵六万,户部准备运付粮草。到了这日,你看这罗凤卿:

顶盔贯甲好威风,前护后拥到教场中。五营四哨齐跪接,声声大炮振长空。旌旗飘荡龙蛇动,刀枪剑戟列重重。白到厅前拜过圣旨,祭旗已毕升公座,两旁站立众英雄。一个个,戎装结束多威武,俱到厅前声喏同。禀道末将等参见元帅,深深施礼又打恭。你看好不荣耀呀,想当年,他离乡背井逃灾难,到如今,竟做了,征西招讨大元戎。三军司命威权重,昨日今朝迥不同。

白凤卿升座,即手拔一枝令箭,高声叫道:“张沛深。”“有。”

“尔可领本帅将令,带领五千人马为前队。同着参将毛大庸,逢山开路遇水叠桥,休迟误。若能早到翠云山前,便算你,头队先行第一功。”

沛深一声得令而去。凤卿又取第二枝令箭叫道:“凤魁何在?”“有。”

一声答应显神威,闪出将军罗凤魁。侍立厅前听号令,凤元帅,欠身启口笑微微。这里有令箭一枝,兄长可带领五千士卒,为二队,同着参将马德维,接应头队人和马,休得迟误。凤魁一声得令去如飞。

凤卿又取第三枝令箭,叫道:“凤仪听令。”“有。”

英雄闻点即当先,放开虎步到厅前。一枝令箭交与你,同着参将王兆元,接应二队人和马,也带领着本部兵五千。一路上,所过州县休惊扰,必须要,秋毫无犯军令严。

凤仪亦得令而去。兵已点过,三路先行,陆续起身。凤卿回归本馆,次日五鼓入朝谢恩,别过圣驾,又到萧、林二府告辞。统领大队人马出京,百官奉旨前来相送。

百官相送闹嘈嘈,凤元帅,一一辞谢出京寮。但只见,风吹鼍鼓山河动,电闪旌旗日月高。叠叠征云迷宇宙,重重杀气销穹霄。戈戟如林人马壮,个个英雄胆气豪。不言元帅京都出,再言萧府一情苗。萧工部,正与夫人来商议,要接殷氏千金女娇娆。即差年老家人名萧茂,又差紫云碧露二多姣。汝等速到耒阳县,去到秦府走一遭。迎接芳燕殷小姐,须要仔细,一路水远又山遥。萧茂领命把船雇定,三人上路去滔滔。

一日,英宗天子偶得一病,医治不痊,十分沉重,萧爷与林爷入宫问安。天子命宣至寝宫榻前,指着太子谓二人道:"朕病沉重,不久于人世矣。太子年幼,望卿等善辅之。"二人泣奏道:"陛下何出此言!臣等皆受陛下厚恩,敢不效犬马之劳?愿陛下善保龙体。"英宗道:"卿等勿负朕言,朕不能复生矣。"言讫而崩。前后在位二十二年。

英宗天子已殡天,萧林痛哭泪如泉。龙棺凤椁来盛殓,拥护着,太子俯伏在梓宫前。一封遗诏从头念,无非是勉励太子,要远佞亲贤学古贤。满朝文武俱哭灵,并挂孝,七七已完送入皇陵安葬,诸事已毕尽完全。回京来,保扶太子登大宝,新君重改建元年。

择定三月初六日黄道吉辰,扶太子即皇帝位,行郊社礼,是为宪宗。大赦天下,改明年为成化元年。内外文武,尽皆加职。红白诏书,颁行天下。罗爷在监中闻知天子驾崩,亦痛哭不已。这也不表。再说那征剿翠云山人马:

头队先锋张沛深,人马滔滔望前行。前行早到翠云岭,大炮三声扎下营。即到山前来讨战,小喽啰飞报上山。桂芳一听卓然惊,与卫广,同到山顶来观看,约有五六千人马是官兵,为首正是陈公子，桂芳一见喜满心。即与卫广将山下，拍马如飞出松林。沛深一见桂芳丢眼色，大喝强盗快通名。桂芳就把名姓来通过，舞动双剑劈面迎。二人假战三四合，沛深虚幌一枪，早把桂芳一手擒。

卫广假意大怒，舞动双锏直取沛深，不上三合，也被擒住，掌着得胜鼓回营。众喽啰已知其故，上山报与两位夫人。两位夫人又惊又喜。

不一日，元帅大兵早到翠云山，三声大炮把营安。沛深出寨忙迎接，即到中军把元帅参。就将平山之事说一遍，元戎大悦喜非凡。

喝叫："将所擒强盗绑进来。"

不多时，桂芳卫广进营门，一齐俯首跪在尘。桂芳一见罗公子，心中大悦喜十分。凤卿看见人多众，假意开言喝一声。你为何不遵国法来造反，兴兵作乱做强人。我看你，堂堂六尺奇男子，不如归顺朝廷，好到边庭立功勋。上将扬名显父母，下得封妻荫子孙。桂芳听得开言说，元帅的，金玉之言敢不遵？

"若蒙元帅收录，末将等情愿归降。"凤卿大喜，即命将二人放绑，

一齐叩谢列两旁，回山去，就将各事细安详。命头目樊雷来守寨，匹马如飞下山冈。凤卿又闻得天子崩了驾，望阙悲哀泪千行。一面申奏平山事，一打造白盔白甲。准备要，挂孝平番到外邦。

打造已完，即取令箭一枝，命卫广到四川催粮，盖赴紫金关军前应用。忽有一小军跪下禀道："启帅爷，今有二人前来投军，现在营外，请帅爷定夺。"元帅即命传进。二人进营跪下，凤卿一看，认得是吴德、吴兴，心中大怒，欲要将他斩首，又恐露出自己姓名，只得权且隐忍收下。原来吴德、吴兴自从那日抢了凤卿的银钱，又被强盗劫去，流落江湖，飘荡半载，无处栖身，故此投军。今见元帅有些像罗凤卿模样，心中亦自疑惑不定。当时元帅传令各营拔寨起行，望紫金关进发不提。且说萧夫人正在后堂闲坐，忽报

萧茂回来，夫人大喜，唤进后堂。萧茂叩首请过了安，垂手侍立，

就将那，途中之事说一遭。今接到，殷府千金到京寮。夫人听说心大悦，白吩咐快些备轿伺候，去迎接千金女多娇。不一会，小姐鱼轩把府门进，到中堂下轿望里跑。同着紫云碧露把后堂进，夫人一见喜心苗。

但见他怎生模样。

巧挽云髻翠花妆，银钗斜插在鬓旁。月白绸衫青半背，湘裙元色佩香囊。腰肢袅娜金莲小，体态风流玉笋长。不施脂粉颜如玉，瘦瘦花容嫩带黄。虽然是，玉颜憔悴多风韵，到底是，美丽芳容世无双。见了夫人，便慢吐莺声呼姑母。白姑母大人请上，容侄女拜见，跪倒尘埃绣带扬。夫人一见忙扶起，移过了沉香椅一张。就命小姐在身旁来坐下，丫环献茶已毕，夫人启口问其详。贤侄女，为何这等容消瘦①，莫非是路途受风霜。小姐见问芳心苦，秋水明眸泪汪汪。姑母呀，只因奴，幼年父母身早丧，在秦府，伴着姑母过时光。姑母待我如亲女，不幸三年前，姑父姑母尽皆亡。侄女又无兄弟和姊妹，只得随着表兄秦桂芳。看待侄女如胞妹，可恨那，强氏表嫂不贤良。只因凤卿罗公子，来到秦府避灾殃，与表兄结拜为兄弟，好似那，管鲍雷陈情义长。表嫂日夜来吵闹，打鸡骂狗实难当。叫他兄弟名强惠，到耒阳县首告，要捉二人进京邦。却被侄女来听见，晚间送信到书房。兄弟二人知此事，一同逃走到外乡。次日表嫂知道了，说是侄女放走，不觉心中怒气昂。从今后，看待侄女如奴婢，叫侄女，扫地抹桌洗衣裳。日日匆忙无闲暇，稍有差迟怒非常。多娇言毕心凄惨，秋波难止泪千行。夫人听说心大怒，又悲又恼又凄惶。

夫人正与小姐谈叙，忽丫环仆妇摆上筵席，与小姐接风。用

---

① “这”，原文作“只”，据文义改。

毕，夫人又命打扫金凤轩一带五间房屋，与小姐居住。又拨两名使女伏侍。萧爷与公子走进后堂，小姐起身行礼，萧爷连忙扯住，各自坐下。谈了一回家常，萧爷叹息不已，随又将罗凤卿平山报捷修表进京、现已起兵直奔边关，从头至尾说了一遍。

夫人听毕喜开言，老爷呀倒底是，自古英雄出少年。可羡罗门真有幸，竟出了，这能文能武美英贤。有一日，平定番寇回朝转，怕不将，盖世勋名在史册传。公子在旁，听得父母来谈说，即回身步转丹桂轩。坐下就把兵书看，身躯斜靠在桌案边。想起了，凤卿表兄被吾长一岁，身为元帅掌兵权。我如今，空有一身文武艺，仍然坐守在家园。不如也到边关去，干些功业，好将名姓表凌烟。白若与父母言明，定然不准。我不如，孤身半夜来逃走，那怕他，迢递关山路万千。兆云想罢主意定，将身立起掩书篇。

即忙收拾些银两，准备夜间逃走。此时在书房东走西跑，自言自语，说道："这天色还不晚，日光还不下去，真真可恨。"

公子静坐在书厅，只急得，满腹焦愁闷在心。端张椅子在天井坐，目对着斜阳不转睛。恨不得，一把抓去天边日，一口气吹布满天星。白呵呀好了，你看那，红轮西坠天已暮，兆云公子喜盈盈。用过了晚膳，打发书童先睡了，连忙收拾不迟停。后槽牵出了萧爷的马，跨上雕鞍急急行。趁着那，月光明朗朝前走，一马如飞出了京。守城军士也不来盘问，认得是，工部的公子萧兆云。词中慢说兆云话，再言次日天色明。安童不见公子在，只吓得慌慌张张，奔到后堂禀其情。

萧爷与夫人尚未梳洗，听得此言，大惊失色，即差人四路找寻，毫无踪迹。萧爷就到书房一看，见有一封书信，又搜出几卷兵书。萧爷看罢，气得暴躁如雷，即到后堂，递与夫人观看。

夫人览毕泪如麻，儿呀你为何，千里迢迢远离家？年幼未惯离父母，因甚的，一念痴愚主见差。关山迢递到边庭去，从今母子隔天涯。你路途更有谁人伴，教为娘，日夜忧愁虑更加。想平时为娘的，爱你真若掌中珠有价，惜如怀内玉无瑕。娇儿若有差池处，为娘的，定然一命付黄沙。

萧爷在旁十分作急，

满腔忿怒意如煎。呵呀兆云逆子胆抱天，堂上椿萱全不顾，路程遥远到三边。父母膝前谁侍奉，真正是，不孝之子罪万千。萧爷说罢上朝去，殷氏夫人涕泪涟。儿呵你，年幼孤身离故土，怎不教为娘心挂牵。常言国法无私曲，倘有差池军令严。兆云若有疏虞处，岂不是，萧氏门中绝香烟。夫人想到悲切处，斜倚绣枕泪如泉。不觉看看思成病，卧床不起病恹恹。萧爷心中多纳闷，幸亏着，殷氏芳燕女婵娟。温言软语常相劝，侍奉姑丈姑母似椿萱。只愁得，翠黛双颦无喜色，无心回转金凤轩。日夜亲身来伏侍，时时不离卧榻前。夫人见他多贤淑，倍觉心中爱又怜。内外众人都夸奖，无不称赞千金孝又贤。

萧爷也十分爱惜，就认为继女，又每日请医看视，夫人服药调治不提。再说那陈素莲，

逃灾避难女红颜，一路上，晓行夜宿甚平安。四人行了将两月，远远望见紫金关。小姐一见芳心悦，连忙结束整衣衫。

“呵呀兄长，你看那些人马，莫非是紫金关被番兵困住？你我四人，必须破围而入。”台吉道：“正是。”于是各提兵器在手，秀屏亦撇了行李，掣出青萍剑，跟随在后。原来秀屏的武艺却是小姐自幼教的，使得两口宝剑，十分精熟。

主仆四人急急行，驱开战马到番营。但只见，刀枪剑戟如麻乱，蝉联不断是番兵。不知道，四人怎样将关进，下卷书中再表明。

第二十一回　降番

转眼中秋景物佳，冰轮皎皎照天涯。袁宏泛渚诗情发，庾亮登楼酒兴赊①。丹桂芬芳香入座，茶烟缥缈漾窗纱。一林月色鸦声噪，又见那，万里云罗雁字斜。仍然再续《双鱼佩》，羊毫挥动笔生花。

话说毛大庸被责之后，怀恨在心，就通连外国，欲害陈爷。此时看罢书信大喜：

不说大庸喜满胸，再说次日，陈爷升帐坐营中。忽报番将来讨战，白呀那位将军出马，闪上了，凤魁刘节二英雄。躬身施礼称愿往，又来了参见了毛大庸。末将情愿来相助。元帅依允三人，各提兵器逞威风。

一齐来到沙场，但见对阵那员番将生得丑陋异常：

头带铁盔雉尾斜，皂罗袍衬绣团花。外披铁叶鱼鳞甲，足踏牛皮紧跟靴。坐下一骑乌骓马，手持九股托天叉。

大喝道："蛮子快来受死。"这壁厢凤魁大怒②，驱马舞戟甚威严。只奔番将，大战冲锋在阵前。战了几合，番将十分难招架，明阵中大庸看见，暗取雕翎拽冰弦。

一箭正中凤魁左臂，呵呀一声，番身落马，被银骨都一叉刺死。

大庸一见喜眉梢，拍马如飞番阵逃。刘节一见心大怒，咬牙切齿怒气高。大骂大庸，背反朝廷该万死，若拿住你，碎剐凌迟罪不饶。说罢飞马来杀出，抡动金背大砍刀。

敌住银骨都，众兵将凤魁尸首抢回本阵，番将战了数合，败回

① "庾"，原文"庾"后衍"庚"字，据文义删。

② "这"，原文作"只"，据文义改。

城内。

刘节只得转营来，至帐中，见了元帅伏尘埃。细说大庸降番事，将凤魁射死入泉台。陈爷听说心大骇，班部中，惊倒凤仪小英才。

大叫一声道："呵呀，不好了，痛杀我也。"说罢晕绝于地。陈爷见了也一阵心酸，泪如雨下，哭道：嗳，将军呵！

可怜你，为国捐躯赴战场，丹心可并日争光。实指望，奏凯班师回朝转，麟阁标名姓字香。谁知一旦成画饼，可惜将军年少亡。真真是，男儿未遂封侯志，渺渺忠魂赴冥乡。

众人一见，莫不垂泪。即将凤仪救醒，凤仪即到外边来看凤魁尸首。

凤仪含悲举目瞧，见凤魁血迹班班染征袍。凤仪一见心欲碎，顿足悲哀泪双抛。白呵呀兄长呀，只说与你同把功劳立，转回京，官高爵显伴当朝。那知吾兄身被害，今朝撇下弟同胞。

说罢又放声大哭，连晕数次。众人一齐相劝，凤仪只得料理棺木，将凤魁入殓。凤仪挂孝。再说大庸：

阵前射死凤魁小将军，心中大悦喜十分。同着番将来到番将府，参见毕，束牙敬开口说一声，白汝就是大庸么？末将正是，呵呀。汝今既食明朝禄，常言道，忠臣岂事两朝君。临阵斩了同营将，你是个，不忠不义大反臣。我处要你无甚用，快些推出枭首在辕门。

早有银骨都跪下苦苦哀求，束牙敬方教大庸退立班中。

不说大庸顺番邦，再说凤卿在桂扬。每日攻城难得下，闷闷不乐暗愁肠。此城攻打十数日，空劳士卒费钱粮。

早已薄暮时候，元帅退入后营。

满腹忧愁闷恹恹，不觉心惊肉跳不安然。用过晚膳来安寝，翻来覆去不成眠。即命从人都退了，思想妹子与椿萱。自经去岁夏天分别后，久陷圜扉已经年。在此迁延多日久，何时才得雪深冤。千思万想难成梦，忽又想起多姣陈素莲。白嗳芳卿呵，你为吾守节来逃难，路途吃尽苦万千。可怜你未出闺门千金女，捱尽风霜受苦煎。芳卿若有差池处，我终身，断不重婚再娶女婵娟。思思想想心如刺，只得起身消遣看书篇。初更已过交二鼓，神思困倦，朦胧睡去伏案边。桂卿还未来睡稳，忽然间，一阵阴风到案前。

只吹得桂卿毛骨竦然。那盏灯或明或暗，闻得一阵血腥扑鼻。灯光之下，远远立着一人。桂卿大喝道："汝是何人？焉敢到此？还不快走。"只见那人说道："贤弟呵，愚兄死得好苦。"凤元帅定睛一看："呵呀，原来是凤魁兄长！为何如此模样？"说罢，就要来扯，忽然不见。

梦中惊醒凤卿小英豪，早听瞧楼三鼓敲。案上残灯昏惨惨，左右无人寂寥寥。剔亮银灯心思想，这场恶梦好蹊跷。此事教我难明白，莫非是，吾兄被害赴阴曹。心纳闷，只得出营闲散步，仰面长吁皱眉梢。正是六月廿四夜，半轮缺月挂三宵。只听得，水夜角声悲自语，三峡星河影动摇。散步一回归营内，凄凉满腹把灯挑。

次日五鼓早膳毕，升帐，与桂芳细说梦中之事。正在谈说，早有军士来禀："启帅爷，营外有凤将军求见。"元帅道："令他进来。"不多时，只见凤仪身穿孝服，哭上帐来。元帅一见，大叫一声："不好了，吾兄休矣。"

凤仪跪倒在尘埃，放声大哭实悲哀。气塞咽喉言难出，半晌方才把口开。元帅呀，可知大庸降外国，在阵前，将吾兄射死入泉台。桂卿听说心欲碎，又悲又恼又伤怀。大庸反贼呀，本帅待你如兄弟，你为何，卖国求荣作祸胎！

"吾兄与汝今日无仇，往日无冤，甚事将他害死？"

元戎说着泪不休，大骂大庸怒心头。无明烈火冲霄汉，满腔怒气塞咽喉。兄长呀，只说回朝封官爵，那知此处把命丢？可怜你，国恩未受身先丧，功劳一旦付东流。

元帅说罢，哭得昏晕过去。众将一齐向前道："元帅苏醒，元帅苏醒。"桂卿悠悠回转，桂芳劝慰一番。凤仪只得哭拜而去，扶柩回翠云山不提。再说，

卫广运粮到大营，参见元帅禀事情。末将奉命将粮运，路收三位小俊英。俱各身材雄壮多猛勇，弓马娴熟武艺精。元帅大喜，吩咐快些来请进。白不多时三人走进，参见元帅把礼行。桂卿一见三人多雄壮，不觉心中甚喜忻。便问三人尊庚多少，高姓大名何处住。有一个道，末将家住在江陵，姓左贱字天祥年十八，先父是，平江侯爵伴朝廷。却被郑景来陷害，末将逃往云南躲难星。

"在曾年伯家住了四载，与我这世弟曾子廷、曾子联同窗习艺①。后曾年伯又被郑景陷害，末将只得与子廷、子联：

一同逃奔到边关，见吾表叔崔元把身安。只因表叔战死在沙场上，无投奔，只得落草在九仙山。

"今日卫将军运粮在山前经过，末将等欲要抢夺，因见了元帅旗号，情愿投降，望元帅收留。"

元帅听说喜溶溶，含欢启口说情衷。原来是三位贵公子，本帅失敬了。屈留在此，同扶社稷立大功。三人听说心大喜，一齐欠礼谢元戎。凤元帅，想起凤魁堂兄长，形容好像子联小英雄。记得翠云山上来相会，手足相逢喜重重。如今此地来拆散，可惜英雄一旦空。桂卿想到凄惶处，减去欢容起愁容。

即令三人退入班中，桂芳在元帅耳边低低说了几句，元帅即令王华到关前讨战，必须活捉一员番将。王华得令而去，不多时，捉得番将一名银德标缴令。元帅大喜，即命将番将绑入后营，用

① "这"，原文作"只"，据文义改。

囚车囚了。又听四个军人看守。早已日色沉西。

四个军人坐在傍,谈谈说说共商量。有一个道,我们在此多把功劳立,若是一毫差错,元帅是,必加重责怒非常。一个道,我们在此多受苦,不若明朝退了粮。有一个道,只恐此时退不脱。一个道若还不退,一同逃走到他乡。正说处,却被番将都听见,满心欢悦喜气扬。呀汝等,既不愿在此为军士,何不别寻贤主,弃暗投明到我邦。我家元帅多仁德,智勇兼全世无双。尔等若肯降吾国,少不得有个官爵伴君王。四人听说心大喜,一齐开言说愿降。

一齐说道:"吾等愿降,只恐将军不肯收录。"番将道:"我看汝等抱负非常,非等闲之辈,若肯放我,我引尔等去见我家元帅,必不轻待于汝。"

四人听说喜重重,白打开囚车银德标①,得意洋洋长欢容。便问四人名和姓,四人一一把名通。一个说,我姓张名虎云南住,这一位②,家住金陵叫马宏。那一位,与我同乡名王宝;这一位③,祖贯襄阳呼李雄。说罢即将番将,衣甲马鞍来反出,收拾停当,五人上马去匆匆。

来至桂扬城下,叫巡城番将④,听得是银德标的声音,即挑起灯球一看:"呀,银将军阵前被捉,怎得回来?那四位是谁?"

银德标见问说根缘,一一从头备细言。番将闻言,忙到帅府去通禀,白正值番将身坐厅前,银烛高烧尚未眠。只见巡城番将前来禀,启帅爷,银德标,今夜回来在城边。

番将道:"汝可曾细细盘问他么?"番将将那四人释放之事,备

---

① "银",原文作"艮",据上文"银德标"改。

② "这",原文作"只",据文义改。

③ "这",原文作"只",据文义改。

④ "巡城",原文作"巡城城",衍一"城"字,据文义删。

言一遍。番帅道:“且放他进来。”银德标将四人引到厅前,参见已毕,通了名姓,自此就在番帅帐下挑用不提。再说凤元帅,

每日思想报兄仇,忽见一军跪下禀情由。启帅爷不知何处,一封箭书营前落,将书呈上不停留。元帅拆开观看毕,芝眉双展喜心头。

传令教王少卿、马德维听令。二人躬身道:“元帅有何使令?”桂卿道:“汝等可领二千人马,在桂扬城西门埋伏。只看二更城中火起为号,一齐杀出。”

二人得令去匆匆,带领三军好威风。就在西门来埋伏,只等今夜,好擒番帅立大功。不说二人埋伏好,元帅又点,沛深兆云二英雄。

“汝等也领二千士卒,在北门埋伏。”

二将得令去如飞,带领兵丁赫赫威。一心要把番将捉,早定番邦奏凯回。

二将就在树木丛杂之处埋伏已毕,元帅又点关庭张兴,也领二千人马,在南门埋伏,也看火起为号。二人得令,

关成玉披挂手提刀,张锦云手执丈八枪一条。就在南门埋伏好,专等营中二鼓敲。不言元帅多准备,再说城中四英豪。

端的不知张虎等是谁,且听下回分解。

第二十二回　破城

你道张虎等是谁?原来是曾氏兄弟。左天祥与卫广将计就计,假扮军士混入城中,今日射了箭书,约会凤元帅今夜二更时分举火为号,内外夹攻。早至二更,四人一齐四面举火。

但只见,烈焰飞腾透九天,将巡城番将,一刀砍死在城边。开了城门,众人一拥将关进,轰天大炮响连连。一众番将都惊醒,只听得,喊声振地鼓声喧。吓得魂不附体,一齐起身忙上马。一霎

时,俱皆齐集帅府前。白番帅从睡梦中惊醒,只听得:

一派军声如鼎沸,啼哭之声实惨然。真正是,兵逞火威山岳动,满城中,红光万道卷青烟。

那些番将一个个高叫道:“元帅爷,城已破了,快些逃命。”番帅闻言,叫声不好,即取了一口大刀,跨上无鞍马,众将保护奔出帅府,正遇桂卿。凤元帅大喝道:“番奴待走那里去?”

番帅一见卓然惊,恨一声,举刀就砍凤桂卿。恨苦相持十数合,团团围绕众明兵。白迷忽海被乱兵杀死,彻里必,心中自料敌不住,杀开条血路,落荒而走向南行。看看将至城门下,只听得,一声炮响金鼓鸣。闯出一支人马来挡住,为首是张雯与关琳。

大喝道:“番奴留下头来。放你过去。”银德标大怒,即来迎敌,被关霆砍于马下。彻里必见自己只有五六骑人马,遂不敢恋战。

望西门而逃走似飞,城门下,闯出王华马德维。番帅急得心如烈,一声大吼似春雷。拼命战了三四合,虚幌一刀拨马回。又见众百姓,携男抱女多苦切,东躲西逃哭声悲。

且说凤元帅传令,大小三军,勿伤百姓,违令者斩。又令将城中烟火救灭。却说番帅只落得单人独马,望北门而逃。

前面早到北门前,劈面相逢曾子联。手执醮金枪一柄,分心就刺。番帅一见大骇然,认得降将名王宝,已知中计,心中不觉怒冲天。举刀劈头来砍下,曾子联挺枪迎敌,二人大战在城边。斗了数合,番将杀出城门如飞去,白不半里前面火光大起,唱当头两位小英贤,

却是沛深、兆云二人,大喝道:“番奴那里去?”又见众明军围裹上来,彻里必舍命杀开血路,望直北上就走,早到一条阔涧,

番将心慌举目瞧,但只见,茫茫白水泛波涛。后边明兵又赶

到，喊杀连天闹声嘈。都叫莫要走了彻里必，番帅唬得心头魂魄消。众兵一拥来围住，一重重，鞭锤剑戟与枪刀。沛深兆云，两般兵器如两点。白番帅身带重伤，血流铠甲染征袍。心中自知逃不脱，望着灵州泪双抛。

"呵呀，主公呵，臣不能再见龙颜矣。"说罢一刀自刎，尸首倒于马下。兆云大喜，跳下马来，取了首级。

番帅自刎一命亡，忠魂荡荡入冥乡。沛深见他多忠烈，白教把尸骸埋了，收兵回关喜洋洋。白提了首级，即到帅府将功报，桂卿满面堆欢喜非常。白二位将军，此功真可称第一，转回京，麟阁图形把姓名扬。二人口称不敢来退下，不一刻，日轮东上出扶桑。即忙出榜安黎庶，又查府库与钱粮。

过了数日，即拔五百军，令马德维守关，统领雄师放炮出城，长催大进。再说陈爷，连战数合，不分胜负。

束牙敬闷坐帅府厅，心中忧闷暗沉吟。看此孤城难把守，不如遣将，到灵州求救兵。忙将告急本章来写起，即差偏将地灵灵。番将领了奏本把城门出，在路如飞不敢停。白有一番将巴凯禀道，末将有一牢笼计，管教捉得陈俊林。束牙敬听说忙相问，将军有甚计良乎？

巴凯道："主将可挑兵在城内，四路埋伏，待末将到明营诈降，诱陈俊林入关，就城中杀之。"

束牙敬听说喜满怀，将军快些去安排。当晚巴凯，也不穿盔甲把城门出，到明营，对着守营军士把言开。吾乃番将名巴凯，特来投降，快禀元帅莫迟挨。小军来到中军帐，一一禀知，陈爷吩咐令进来。白小军领令而去，不多时，番将巴凯来走进，即到帐前跪尘埃。

陈爷道："汝乃番将，为何投降吾国？"元帅听禀：

只因为，吾家关主多凶悍，若有差池，必加重责不容宽。白末将见事机不妙，劝他出城降大国，他反欲，将吾斩首挂高杆。白多亏众将求免，末将只得私自来纳款。白望元帅收录，我执鞭随镫也心甘。耳闻得，元帅英才如管乐，仁德之名天下传。我看大罗气数今当绝，不久定要属中原。

小将今特把泉州献与元帅，以为进见之礼。”

陈爷听说喜眉峰，手捻胡须说情衷。将军既欲将关献，心中定有计牢笼。巴凯以为中了计，堆欢满面禀元戎。元帅若要将城破，今夜便可入城中。

今夜正是末将兄弟巡城，待末将教他开了城门，迎接元帅。陈爷大喜道：“将军请起。”巴凯谢了元帅。时值初更，陈爷即令张信台吉授了密计。

二人授计大欢然，披挂齐整甚威严。同着番将把营门出，带领本部兵四千。俱皆是马摘鸾铃人不语，陈爷领着大兵在后边。早到城下，巡城番将开言问，汝等是何处兵马快明言。

巴凯即射一箭，箭上带着密书。番将接着，拆开览毕，开了城门，台吉喝道：“汝等诡计，岂瞒得吾家元帅！”说罢，手起一枪，早把巡城番将刺死于马下。

巴凯一见要逃奔，却被张信，一枪刺死赴阴曹。陈爷大队早到，一齐跃马来杀进，浑如地裂与山摇。城内伏兵四起，众将分头忙迎敌，一个个，抖擞精神胆气豪。两军呐喊来混战，好一似，汪洋大海起波涛。白但只见四处灯球篾缆，火光烛天。杀死番兵番将无其数，束牙敬吓得魂魄销。

见事不谐，也不顾众将，开了西门，如飞而去。却说毛大庸见不是头，望北门而逃，却被刘节看见。

刘节一见怒气昂，拍马来追赶得忙。看看将欲来赶上，大叫大庸反贼听其详。元帅不曾亏负你，汝为何，临阵投降到外邦。凤将军那日也曾将你救，活命之恩岂能忘？你为何将他来射死，真正是,蛇蝎心肝狗肝肠。今朝狭路来相会,白还不下马受缚?你欲要逃奔到那方?大庸心中多恐惧,也不答话,马上加鞭走得慌。

刘节趁着星月之光,急急赶出北门,

大庸心慌走似飞,刘节拍马紧紧追。约莫走了二里路,正走处,忽然一阵阴风劈面吹,却有一将来挡住,认得是,参将罗凤魁①。

凤魁喝道:"奸贼呵奸贼,你今那里去,还吾命来!"

大庸一见失了魂,坐不住鞍鞒跌在尘。口口连呼饶我命,声声只叫凤将军。

却好刘节赶到,见大庸跌在地下,只叫凤将军饶命。

刘节一见喜满怀,连忙滚鞍下马立尘埃。向来一把来擒住,白用勒甲绦缚了横在马上。洋洋得意进城来,陈爷与众人,却把番兵都杀死,白到帅府升厅,众将报功已毕两边排,刘孝刘义也将功报,独不见刘节小英才。元帅阖府来查问,刘孝刘义,二人吓得没主裁。

有一将道:"刘将军往北门追杀番将去了。"刘孝刘义,即去寻找不敢延。一直寻到北门边,只见刘节,鞍横一将把城门进,春风满面喜眉尖。二人一见心大喜,刘孝开言说情缘。贤弟原来在此处,白马上是谁,刘节带笑即开言。

"此乃反贼大庸也。"刘义道:"元帅特教吾二人寻你,速速回去缴令。"

三人打马急急行,一齐来到帅府厅。刘节即便将功报,白把大庸推上,陈爷拍案发雷霆,反贼呵,你背反朝廷投外国,叛逆之罪重千斤。大庸伏地无言语,陈爷传令快加刑。

① "罗",原文作"罢",据上文"罗凤魁"改。

命打军牢打了六十大棍,用囚车囚在营中。元帅含欢把话云,即命犒赏众三军。又令出榜安百姓。白养兵数日,即教刘孝守此城,元帅即与诸将等,炮响三声出城门。旂旗招飐,万叠征云迷日月,刀枪密密,千重杀气锁乾坤。

大军一路望灵州进发,且说哈利会讨了救兵,

催兵一路走忙忙。前边早到白龙江,忽见细作前来禀,白桂扬已破,元帅自刎一命亡。哈利会听说这番话①,吓得个,目瞪口呆泪两行。白嗳元帅呵,指望你,扫荡中原兴社稷,谁知道,桂扬城里把命伤。

又吩咐备办祭礼,祭罢一番,又命匠人打造船只,准备渡江。又报泉州差官地灵灵求见:

哈利会闻言把话开,传令快些请进来。地灵灵一闻相请忙走进,参见军师不迟挨。细说泉州遭围困,特差末将班取救兵,哈利会听说惊满怀。

又见小番禀道:"今有泉州守将柬牙敬要见军师。"哈利会闻言大惊道:"柬牙敬此来,泉州必失矣。"说罢整衣出营迎接,来到帐中。

见礼已毕坐分宾,柬牙敬启口说端情。细把那泉州之事从头说,如今是,半壁江山属大明。军师快些挑人马,速拒蛮贼陈俊林。哈利会听说心中急,须发倒竖怒满心。将军等,可一同在此来把守,好挡蛮贼凤桂卿。

此话不提。却说大罗国主名欧赤子,一日设朝,但见告急本章如同雪片一般,并奏番帅身亡。

番王一闻此言实心酸,哭叫贤卿泪如泉。白嗳贤卿呵,你赤心为孤争天下,可惜英雄一命捐。番王哭得多苦切,左边闪出一官员。

① "这",原文作"只",据文义改。

却是当朝宰相名思罕，俯伏在，白玉阶前奏情端。

“臣有一愚见。”欧赤子道：“贤卿计将安出？”

番王启口叫贤卿，卿家有甚计良平？主公呀，可教军师哈利会，就在白龙江东岸扎下营。此江本是我国咽喉路，紧紧把守拒蛮兵。思罕奏罢一番话，番王准奏降纶音。

番官领旨去讫，欧赤子又命摆设祭礼。番王望空祭奠彻里必一番，按下不提。且说哈利会，

一日闷坐在营盘，忽报一声圣旨传。哈利会，忙摆香案来接旨，跪倒尘埃听圣宣。读罢圣旨番官辞别去，又报船只已造完。

就依着圣旨，渡过大江，在东岸下了寨栅。

再言元帅凤桂卿，白一路势如破竹，浩浩荡荡望前行，在路行了将两月，忽见探马前来禀事情。启帅爷，前面已到白龙江地面，白却有番兵扎住，元帅传令三军不迟停，就命离江二十里，依山傍水扎下营。小番报入番营内，哈利会闻言大吃惊。即刻齐集诸番将，议论计策破明兵。不说众人来商议，词中再说陈俊林。

一路上所过州府，有破有降，不能细说。亦到白龙江口，早有探子报与桂卿。

凤元帅闻报喜满怀，连忙迎接不迟挨。接至帐中来坐下，众将参见已毕两边排。陈爷细说华州泉州事，又说凤魁被害入泉台。桂卿听说心伤感，止不住二目盈盈泪滴腮。陈爷道，大庸已被吾擒住，静候发落怎主裁。说罢教把大庸来拥进，大庸是，战战兢兢伏尘埃。桂卿一见心大怒，双眉直竖把言开。

喝令左右重杖八十，仍用囚车囚了。凤卿也将打龙门阵、破桂扬城之事说了一遍。

桂卿细细说一番，陈爷听毕大心欢。呀若是白龙江一得，要破灵州甚不难。途中若还无阻滞，只在秋近冬初，便可把师班。二

人谈得多高兴，哈利会，闷坐营中意愁烦。

束牙敬道："明军初来，锐气正盛，料我军定无准备，今夜必来劫寨。可分兵四路，两路从山背小路乘虚去劫明寨。两路伏于寨外，等明兵来时，左右劫之，可获全胜。"哈利会一一挑拨已定。未知胜败如何，且听下回分解。

——《新编绣像双鱼佩》，上海石竹山房书局
民国三年(1914)石印本

佚名

女中师

《女中师》，刊载于《杭州白话报》第二卷(1902)第二十八期。作者佚名，从内容看，文中有“借着这女豪杰的魂灵儿，做我同胞姊妹榜样”“同胞姊妹啊”等句子，则此篇出自女性作者之手无疑。

天地生人一理，英豪不判雄雌。我愿大千闺秀，买丝为绣女师。话说大千世界，浑浑沌沌，全靠着教育两字，做个开辟文明的药线，所以无男无女，秉性都同。自从轻女重男，都说道女子无才便是德，于是万千闺秀，都在那漫天黑雾之中。可喜那新开辟的西半球，却出了个非寻常的女豪杰，把那一双纤纤弱手，拨开那女界光明。不晓得费了多少的苦心，流了多少的血泪，才能够大刀阔斧，扫除了这棘地荆天。今日晴和，空闲无事，不妨放开嗓子，歌唱一场，借着这女豪杰的魂灵儿，做我同胞姊妹榜样。

女豪杰，梅利兰，美洲西部是家乡。父耕母织都贫苦，熬寒忍饥过时光。可喜的天生一副聪明的性质，满腔慈爱的心肠。晓得那不知书不识字的，都是吃饭穿衣无刖事，枉在人间过一场。

却说这梅利兰自小聪明，虽然生在农家，却没得半点乡村的习气。年方七岁，便仰求田主，津贴学费，到那乡立小学校肄业。他那专心勤学，直抵得过三更灯火五更鸡，他那立志用功，却不是想那二月杏花八月桂呢。

自古道，英雄气短，儿女情长，都把那金枝玉叶的闺秀儿，当做个浑沌无识的痴模样。又谁料有个俊人儿，在那教育界上，放出万丈光芒。这梅利兰，离了家乡，进了学堂，到白昼啊，便抖擞起全副精神，埋首书斋求知识。到夜来啊，便靠着这纤纤女手，为他人作嫁衣裳。真个是饥寒不足为身虑，学问之中滋味长。

梅利兰专心求学，学问大进，便想在教育界上，做一番事业，于是苦口婆心，见人说法，无奈众人如醉，举国皆狂，这时梅利兰，恰像苏秦说秦王，书十上而说不行呢。他说道：

不如意事常八九，要不是经过了这荆天棘地，断不能领略那月霁风光。我断不因为这些微的挫折，便冷了我炉火的心肠。我要是有百千万的生命啊，都愿献把教育界，做个担簦负笈的牛马。我要是有无量数的财产啊，都愿献把教育界，做个千年不断的糇粮。

列位，你听梅利兰这番说话，何等慷慨，何等坚定，真令人五体投地呢。自古道："皇天不负苦心人"，这梅利兰既抱定了这个独一无二的宗旨，那苍天岂肯终久辜负了他的一片苦心么。这梅利兰啊！

受尽千辛兼万苦，十年潦倒志难偿。终不肯把这一寸的心和胆，变做个冷灰死木，摆个虎头蛇尾的怯排场。捧出了心肝，历过了凄凉，终遇着个同心合意的人儿两，因此上，才能够开个女学院，造就那花枝袅娜的女儿郎。

却说这梅利兰，奔走多年，才遇着个教育家，名叫薛奇可，合力的开设了一间女学院，那时节啊！

人心愚昧，风气昏茫。都说道，女子无才便是德，因此上，生徒寥落，便像那疏星微月，难放光芒。到后来啊，成效昭彰，女学大昌。那来学的，便像个游鱼赴壑，百鸟朝王。那时节啊，东放一声响，西露一线光，全国的人民，都说道兴女学，是服齐家治国的返魂汤。

列位啊，自古道："有志者事竟成"，那梅利兰，抵死的抱着个振兴女学的志愿，可不是成了个振兴女学的事业么！

后来那梅利兰，怎么样呢？

功成名立，志愿都偿。他做五十岁的生日时节啊，却有六千个翩翩弟子，齐来上寿，祝嘏称觞。那美国总统，也登堂敬酒，祝他福寿绵长。到后来啊，魂归天上，那美国的哀声惨澹，恰如稚子失亲娘。美总统宠以国丧，赐以褒赏，大书特书的，写在那墓门傍。说道是，全美国民众母梅利兰。

同胞姊妹啊。

天地生人原无两，英雄奴隶，全在这心灵方寸长。你看杭州女学，将要振兴。且请抖擞精神，来做个二万万裙钗的榜样。

——《女中师》，《杭州白话报》第二卷（1902）第二十八期

挽澜词人

“挽澜词人”，又署“会稽挽澜女士”。据秋瑾弟秋宗章之《六六私乘》：“《中国女报》创办之始……（秋瑾）除躬任撰述外，旌德吕碧城女士之文、石门徐寄尘女士之诗、会稽挽澜女史（陈伯平烈士之妹）之小说，均有投寄。卒以资金不充，销路甚滞，且无丝毫广告收入，仅出两期，即告停顿，铩羽而归。”《六六私乘补遗》：“〔《中国女报》〕第二号目，有黄公之《道德说》，纯夫之《女子教育》，志群之《恭喜，恭喜》（丁未元旦作），会稽挽澜女士之《女英雄独立传》（小说），吕碧城之《女子宜急结团体论》，俱为精心结撰之作。挽澜女士闻为陈伯平烈士胞妹，碧城女士文名尤远播中外，余人未知谁何，今已无从考证。”可知，陈挽澜曾与吕碧城、徐寄尘一同襄助秋瑾办《中国女报》。综合以上史料，将“挽澜词人”认定为陈伯平之妹，庶几属实。

法国女英雄弹词

《法国女英雄弹词》，署“挽澜词人”著，清光绪甲辰（1904）日本东京翔鸾社印，小说林社单行本。中华书局 1960 年版《晚清文学丛钞·说唱文学卷》重印。

第一回　法兰西奇女出世　美利加志士远游

诗曰:翠鬟红袖可怜虫,脂粉销磨报国功。谁买七香丝十万,大家争绣女英雄。

又曰:欧风墨雨渺无涯,女界沉沉气不华。莫道江毫头已秃,春来新放自由花。

新诗两首苦吟成,手写弹词给众听。一自乾坤盘古辟,于今已有数千春。中间治乱兴亡事,头绪繁多说不清。叹则叹,四万万人都醉梦,无才无德百无成。有的是,乌烟堕落男人志,有的是,缠足伶仃害女身。只落得,大地竟无干净土,将来拱手让他人。做书的,一心想把中原救,要向文明佐太平。不但丈夫当努力,便女人责任也非轻。你看外洋各国英雄辈,多半裙钗队里人。也有困苦艰难开大业,也有干戈战阵去亡身。也有经营惨淡扶王室,也有药饵亲调在阵兵。想我同胞诸姊妹,不过是,烧香吃素念观音。将人比己真惭愧,忿火中烧不自禁。因此上,做这弹词成十卷,其中专写女豪英。愿吾绣阁金闺女,饭后茶余看个明。

话虽如此,但是外国不是一国,也有英国,也有德国,也有意国,也有法国,也有美国,也有日本国,各国贞奇烈义的女人,络绎不绝。叫我从那里说起,我只好将一个最有本事,最有名,人人晓得,各国称赞的一个女人,演出来,大家听听。但是做书的旧套,一桩事体到手,总要添上几句话头,以为好看个地步。在下做这弹词,却没有一章虚设,处处照着外国史记上编成的,不过辞气之间,略为润色罢了。

做书意见已言明,丢却闲文入正文。不是虚空来杜撰,法兰西国有名声。单言有个雕工匠,巴黎市内住安身。这人姓唤菲立伯,古拉斋三字是其名。夫人一个多贤德,却有八个孩儿膝下生。只是古拉斋性情多傲慢,幸夫人支持家计甚精明。这是菲家家事先详叙,看官须要记来清。

且说古拉斋当年养到第六个孩子,正是西历一千七百五十四年三月十八日,生下来,却是一个女儿。生得眉清目秀,月貌花容。他父母喜欢的了不得。便取一个名字叫做玛利侬。那些三朝满月,他外国也自有风俗,我也不必说了。单说这玛利侬到了七、八、九岁,已经要自把着书本诵读了,你说奇也不奇?

菲家女子竟非凡,不比寻常小女孩。读书颖悟非常敏,竟是天生绝世才。好看耶稣流血记,英雄传略更澜翻。置身书卷能忘倦,也把他,年少时光见一般。只是此际家庭真不幸,弟兄姊妹尽摧残。因此上,奄奄一病人憔悴,觉得歌哭无端泪满腮。毕竟是英雄时势交相造,要从困苦中间炼出来。按下这边且慢表,词中须要说罗兰。

话说这位罗兰先生,乃是里昂市人,姓福拉底,是个操行方正,治事精严的男子。他一生信力甚强,气魄极盛,最喜欢的是游历地方,考察工业。那年十九岁时,他便单身周游亚美利加,后来又将法国所有的地面,逐处逐处的跑了一回,考了这章,又考了那章,一肚皮的事业,满满摵着,便做了一部书,叫做《工商问题》,是讲兴发工商的道理。当地众人就推他做了亚绵士地方的工业监督官。法国的工业,就觉得日盛一日了。毕竟后日如何,且听下回分解。

第二回　奉基督扫除迷信　结婚姻振顿工商

词中又要说菲家,那玛利侬年已及芳华。法邦行的耶稣教,即便闺中也读教书。不过他,读书胸内多成见,不把那,天国神灵目外遮。他说道,凡事尽当从实在,升天毕竟是空虚。耶稣不过多仁爱,那有七日坟中复活时。但是愚妇愚夫难听信,要将权术用些些。这篇议论真难得,旬日之间遍里闾。

且说当年玛利侬年已十一岁,读了教书一年,后来就同他外祖母同住。他外祖母是有职分的人,常常带着这外甥女儿,去拜望那些尊贵的女人。尊贵的人家,婢仆成群,礼数繁重。玛利侬不胜其烦,反觉心中闷闷不乐。

可羡菲家玛利侬,天生侠义出人群。他想身是雕工女,倒与这尊贵人儿无异同。因此一身多自负,满怀得意乐心胸。不过人生贵贱原无准,并不是,上下相悬在这中。看到一班诸侍女,因何卑鄙自成风。主人谩骂甘心受,便刑毒交加也自容。想到此间真可恨,要想力行改革这人群。

歇了一年,玛利侬又到卜由拉地方,同诸官女共住一室,这是外国规矩,诸公不必疑猜。他见这些贵人的傲慢,百姓的卑污,及一切无理无义的事情,把他愈加气得了不得。日往月来,那玛利侬已经二十二岁了。当时法国诸名士,愿与他结婚者颇不乏人,都是玛利侬一力辞却。可巧那年玛利侬的母亲病卒,那事就不提及了。

且说罗兰做监督官,光阴荏苒廿年宽。工商事业非凡盛,真个是,日进黄金几万圆。更兼是,有口皆碑多赞美,交游广大共盘桓。不过是,年龄四十还加五,那大事婚姻尚未完。

这天忽然有个女朋友,叫做阿美阿,是加布利野路人,来道及玛利侬的人品,说的娓娓不倦。那里晓得罗兰久有此心,不过没有机会。因道玛利侬住在般奴佛街,不容易得见的。阿美阿道:“原来先生还未知道玛利侬的母亲身故以后,他父亲古拉斋不能治家,生计日衰,把玛利侬寄在这里加布利野路朋友人家,已经三年了。”罗兰道:“原来如此,就烦姊姊介绍,明日十二点钟造访便了。”阿美阿遂作别而去,去通知玛利侬了。

玛利侬寄住已三年,与那旧日良朋日共言。一个是,沙赴伊加真密友,一个是,伊兹托氏更缠绵。这阿美阿君尤热爱,比那两人情好更加添。这天早上妆初罢,便见那,阿氏欣欣入舍间。执手已完相对坐,便把那,罗兰思见说连篇。果然十二时方下,便见罗兰来见美婵娟。这是天生嘉耦当相合,要使大事将来任彼肩。并不是,濮上桑间诸旧说,看官切莫作浮言。

当下罗兰同玛利侬相见之下,各倾情愫。一个是肃慎威仪,纯然学者之风;一个是丰棱顾盼,时露英爽之气。既而往来日密,相订婚姻,不意古拉斋见罗兰品行方正,一意拒绝,逼得罗兰有半年多,不曾与玛利侬相见。直至一千七百七十八年的冬天,玛利侬方做成罗兰的夫人。

那伉俪情深不必云,二年生一女孩童。只因迁官迁得里昂市,便全家搬住市当中。此间工业真颓败,便商务由来也向下风。一从罗兰夫妇迁居后,觉得事事如今日向隆。或是罗兰新著述,也要向夫人笔削夺天工。这五年幸福须消受,也博得后日留征历史中。要知后事如何样,却在下回书内告诸公。

第三回　赋敛烦苛狱破波士　共和实践会集同胞

此卷词中要讲法国王,这路易十六最强梁。朝中百政多颓废,只晓得,录用奸邪害善良。那内廷权贵多专政,只要献得黄金便事好商。待到平常诸百姓,欺陵鱼肉胜豺狼。宫中起造金银殿,要把那,翡翠珍珠饰栋梁。叵耐天时多不正,连年荒歉最堪伤。他身只要贪安逸,把那民情脑后忘。还要加二加三收赋税,星旗火箭讨钱粮。他还恐把财源漏,便在海口之间设卡防。等那商船满货来经过,便要各项捐钱一半偿。自此民情多怨愤,倒悬日促要沦亡。

且说法王路易十六,弱冠登极,上承路易十五的暴虐,不能改革一二,以致国债累积,赔款连年不清,通国百姓,个个贫无立锥之地。贤相尼卡亚黜而不用,那些王公大臣,各人各管自己的家私,并不想在百姓身上息一点力。那年一千七百八十九年五月五日,反而会集百姓立议,在韦尔刹勒地方起造宫殿。当时百姓不依,立刻聚人起来,合成一会,一家不肯赴工,并且责备国王的不是。国王大怒,提兵星夜剿捕,那百姓竟来抵抗。

当时草木尽皆兵,藉藉人言闹不清。把那巴黎府内都居满,只要国王收回成命便遵行。那晓国王真暴虐,居然不肯顺民情。流言四起惊心怕,要三日之间杀众人。

当时在府人民见不是事,在七月十四那天,竟把波士狱中的犯人,统统放出,乘势搜杀专政诸臣,约以百数。邻近地方,揭竿响应。

其时情景不堪言,旬日之间沸反天。百姓国王相拒敌,毕竟是,是谁道理是谁愆。书中又要把罗兰表,幸有这,动地惊天一大贤。

罗兰、玛利侬夫妇,其时在里昂市中,晓得事情不妙,玛利侬便对罗兰说道:“法国是那一国的?”罗兰笑道:“自然是法国的。”玛利侬道:“我们是那一国的人?”罗兰道:“自然是法国人了。”玛利侬道:“然则法国是我们法国人的法国了,为什么要受他暴虐呢?我们现在不是看看书,做做针线,讲讲话的时候了。再过几时,也要做那巴黎府民的炮灰了!我们快些靠着自己的本事,挽回自己的法国罢!这路易十六是靠不住的了!”罗兰道:“不错,不错!我们就此动手罢!”

夫妻相约甚欣欣,立起身来便动身。罗兰去,招些男友来相聚;玛利侬,也约些女友到家庭。家中开个同盟会,把那救国言辞说众听。大众听来齐拍手,齐齐担任不消停。玛利侬,做些论说将人看,更刻那,美国宣言独立文。无朝无夜亲分送,排户排家派个清。百万罗家小册子,家家户户尽观明。这番运动真收效,通国人民尽得生。都说道,法国自是人民物,不许那,无道昏君去王行。他日生人都受死，今朝死里去争生。区区枪炮何须畏，只要我，众人义气结来深。

当时民心惶惶，不一而足。里昂市中，却是钱财告竭，便开了一个会，派一员向国王领款。唤了几声，谁人肯到巴黎？可叹几分钟后，并无答应的人。后来众人集议，请罗兰做委员，罗兰慨然应下。你道罗兰为何肯去？他为可以暗暗探听国王的举动，所以肯去。当下带了玛利侬，一同到巴黎。

罗兰夫妇入巴黎，一路行程不敢迟。这日停车安旅店，那一班志士早闻知。大家相引来相见，个个知心论事机。每日寓中开演说，那玛利侬，也一旁坐下不相离。

其时巴黎市中，民兵混杂，炮火连天。那罗兰夫妇却是抵掌而谈，并不有一点怕惧。等到公事完结，却已经七个月了。当时集了一个同胞会，歃血为盟。毕竟有何效验，要在下回书中表明了。

第四回　路易被捕巴黎重返　罗兰特举官邸移居

词中却要接前文，说那盟誓同胞集众人。只是这般行径真迟缓，玛利侬心中愤不平。因循大事如何样，便聚会之时也不去听。

其年六月，路易十六见朝政已失，外国人又要想来干涉，觉得事事掣肘，想这皇帝也不犯做了，便将随身衣服穿了，偷偷儿的一走。不意走到国境，却被百姓看穿，将计就计，护送回銮，重登宝座。其时玛利侬见国王一返，必有大乱，遂同罗兰匆匆归家，已是十一月里了。

匆匆归里上行程，一路排家散檄文。一到家中无别事，别开议会集同人。取名立法罗兰定，会员七百有余零。那时制造官开缺，罗兰更，一心一意做著书人。热中爱国真无比，可羡他，夫妇生成一片心。任你众人唾骂由他骂，我只管，事事从今实地行。

到底人心容易感，这会中相信竟多人。

罗兰夫妇到了十二月中，起家又复搬到巴黎，那法国国王政府的大权，却渐渐在罗兰夫妇立法议会的手里了。

手段高强实可称，那会中党派又三分。铮铮山岳多奇士，第二平原也有名。其次狄郎的士派，罗兰夫妇主其盟。

看官呀，这分门别户，是中外各国，从古至今，没有一国没有的。究竟呢，这家兴了，那家就败了；那家好了，这家就坏了。讲到国家的事情，却是一点儿没有补助。但是事到其间，也是叫骑虎之势，没奈何的。当日这立法议会中，若然没有这些党派，那事情就易办了，这玛利侬也可以不死了。我这部弹词也可以不做了。不过畏难就安，是人生一世大谬的事，若使人人不做事体，那些事情却叫那一个做呢？只怕要被别一国人来替做了！所以罗兰夫妇，也是这个意思，叫宁可死而无怨，不可以事情让别人做。闲言少叙，书归正传。

当时情势正汹汹，议会王家内外攻。有的是，爵位保家思得利，有的是，新书刊印变民风。有的是，趋承想把高官做，有的是，言论惊心主义凶。有的是，年老糊涂思守旧，当朝衮衮笑诸公。有的是，国民体育连朝习，意气洋洋学校中。更有卢梭民约论，全邦吹散尽相同。不怕你，野蛮手段多方压，俺这里，有百万雄兵一意从。那没用的国王生惧怕，只好把，旧臣尽斥不相容。一时新党纷纷入，数日之间大不同。那内务大臣都放缺，特请罗兰专政入宫中。

其时一千七百九十二年三月里头，罗兰夫妇受路易十六的命令，移居官邸。

且说罗兰意气扬，这番执政喜非常。旧靴圆帽家常服，慢步金阶见国王。一众朝官都咋舌，这人装束不寻常。毕竟奇人方做惊奇事，不是区区在外装。可见众人无眼力，见罗兰行经竟惊惶。

看官呀,说书的,落回总在忙时落,我也要,学些旧套暂收场。

第五回　佩金印宰相红颜　黜新政国王幽闭

春去秋来秋复春,词中又要接前文。说那罗兰一自移官邸,便做了,赫赫当朝内务臣。却是一切机谋由议会,国王权柄没毫分。并不是,罗兰真有兼人量,总羡他,绣阁金闺有助人。家中集会常常有,都是狄郎的士旧同盟。同僚计议逢难事,要请夫人与共论。那公文狼藉如山积,定要夫人亲手经。便以下秘书诸报告,也是夫人属草不曾停。出刊官报单张纸,也要夫人指点二三分。这般帮助真难得,方不愧,豪杰英雄一女人。

说那玛利侬不过一个小商务官的妻子,现在做了内务大臣的夫人,却是助他良人办事,办得井井有条。日里便招集党派,商议大事。夜间便辛辛苦苦,替他良人预备各事。那法国内务大臣的金印,虽然罗兰执在手里,却像玛利侬替他代劳了。

玛利侬本事果然高,他把那,路易心思看得牢。说他是个昏君主,那有昏君能变做英豪。这番从众全然做,要把我,志士同盟一网撩。那个罗兰却无此见,面容快活乐陶陶。玛利侬却对他身说,说是君家勿自骄,他国王政府原空设,太宰亲王也像木雕。我辈不能轻易看,便那亲王亲戚也不须交。这天有个焦摩力,引个良朋做一淘。玛利侬即便来相见,说话完时向内跑。罗兰便问如何样,玛利侬却一团怒气上眉梢。说这些男子真无赖,把那爱国真心在口上描。究竟爱身先爱国,我不愿国中生下这脓包。

咳!常言说道,天有不测风云,人有旦夕祸患,是再不差的。若没有这些事情,那国家那里会得亡呢?说那当年七月里头,波士狱中放犯的时候,那些亲王大臣却有一起逃到外国去,要请外国人来杀这般叛党。外国人却因帮亦不便,不肯兴师动众。等到罗兰做了内务大臣,国王事事听从百姓,那些亲王越发火了,天天的唆使外国，要他兴兵报仇。这年四月里头，果然普鲁士王同了奥地利王，各修兵备，直犯法邦。这边立法议会中便举了窦穆留做将军，出去抵敌。

会中本事果然精，一日之间出了兵。枪炮旌旗都一色，立时上路不消停。这边兵事且休表，要把会里新章说个清。

当时议会中间，看见事势可危，便议了两条计策：一条是，巴黎府速添二万兵丁，以防内外；一条是，凡系不听议会说话的人，一概驱逐出境。

一封书奏上天庭，无奈昏君不肯听。可巧前军都败阵，联军次第逼京城。国王大怒将朝罢，把那议会诸人尽处分。更有乱民思篡位，王宫围得密层层。亲王逃避无方躲，反向这，议会中间身暂存。其时会内无人在，乱党前来杀卫兵。国王别殿来幽闭，那普奥的联军是，愈加逼近愈加增。国中诸事纷纷乱，要在下回词中表个明。

第六回　山岳横行路易授首　狄郎覆没罗兰潜身

看官呀！这罗兰夫人玛利侬，并不是不晓得尊君亲上的人啊！只是爱国心盛，看得国家比国王重几倍，只要国王听从百姓的意见，那就可以上下相安了。无奈路易十六，是个刚愎自用的人，那里肯虚心待下呢？事到如今，也就叫无可奈何了。

其时普奥尚屯兵，要把乱党人民一气平。这里是，议会能开成议院，唤名民选把政来行。罗兰内务重新举，要想指日之间定太平，那晓事情多反覆，一波未已一波兴。

讲到罗兰夫妇的狄郎的士一派人，只要把内忧外患，一律荡平，那事情就可相安。不意山岳党中，却有憎厌国王的意思。可巧联军要入救国王，那些亲王，就做他们的内应，这事情等登时结成了。

王党当时在狱中，却暗中通线与联军。教他早把京城入，好把国王救出变风云。那晓事机一泄全邦震，府内人民愤气冲。提出亲王都杀害，这里民选议院统兵将军窦穆留，是一枝兵将破联军。那知党中山岳真奇横，把那国王抢去一窝蜂。

当时山岳党开了一会，直数路易十六的罪恶，黜掉了国王的称呼，市民管叫他做加伯。立刻宣布共和的法律，那日就改元换岁，作为共和第一日。这里罗兰一党，听见这事，立刻前来救护，那知国王早已身首异处了。

狄郎一派尽皆惊，这事今朝怎处分？杀了国王还不碍，若惊动联军待怎生？还有一桩可虑处，我们一党要倾生。他山岳党人同反叛，我们是彼眼中钉。快些打点休疑虑，莫要事到燃眉急杀人。一众同盟齐混乱，你言我语闹纷纷。

当时玛利侬分开众人，高声说道："我们今日自己身子固然不能保了，但是有一口气在，我们不能不尽心救国。"其时罗兰夫妇家中，常常有山岳党派出来的刺客出没其间，罗兰便辞了内务大臣的职位。

法王被弑早传闻，欧土诸王大吃惊，便再兴兵来讨伐，合了普国、奥国、英国、瑞典、荷兰、西班牙、葡萄牙七国的兵，滔滔滚滚入京城。这山岳党中多计策，把罪名，撤在罗兰一个人，许他捉住来加杀，便合全国人民来效诚。

其时，山岳主盟的叫做丹顿巴里，乱民为首的叫做马拉，率领多人，把罗兰一家团团围住。幸罗兰先行逃避，便把那玛利侬即行捉去。究竟如何，请看下回。

第七回　别爱女慨投黑狱　示公文再入网罗

说这英豪玛利侬，亲生一个女孩童。由托拉三字芳名取，二六年华性质聪。这日罗兰清早出，一双母女坐房中。由托拉当下开言道,说母亲何故怒冲冲。父亲何事匆忙甚,面色今朝大不同。这个疑团儿不解,望母亲详细说情衷。玛利侬便对亲儿说:今日我身计策穷。只怕此时母女相谈论,那明日今朝便不同。儿呀,我愿你,立身自爱无亏缺,要把心思心内容。不要到,生死关头无主见,到留那,万人唾骂最平庸。我娘只为爱国心儿在,到今日啊,跳不出山岳党人一网中。你那父亲因胆小,先逃只为这情踪。我娘胆有身来大,至死方休万不容。一任你,刚刀过颈飞风快,我可也,横览河山一笑中。由托拉听罢纷纷泪,强笑开颜说事衷。说母亲为国捐驱日,那受死时光儿愿从。也博得万年标历史,望母亲许我要相容。

玛利侬道:"儿言差矣!我一生只为救护法国,竭尽心力,到今日不意为同党欺心谋害,我身虽死,我也对得住法国了。你那童稚无知,并不曾做一点儿事情,倒想要一死自了,非但法国没有兴隆的日子,便我的仇也没人报了!你父亲早晚也是一死的,你快快打点自己,学些本事,将来可以恢复报仇,那才是正事。"

不言母女论滔滔,那夜里金钟已十二敲。蓦然火光围四壁,门前人语乱嘈嘈。一声呐喊心惊骇,打破墙头向内跑。一众家人齐吓到,玛利侬,却正中立定甚坚牢。开言便问因何事,那山岳党人是,无语无言一把撩。囚车撤入人飞走,这里是,婢仆哀哀一大淘。

当时山岳党人,并不讯问玛利侬,就一径送入遏比狱中。一面派人告诉联军,一面派人搜捕罗兰。

不言山岳乱纷纷,且说英豪入狱门。玛利侬是,一身天地聊为寄,生死区区是不在心。所以他到狱中身快活,闲来惟有阅新闻。见那国家大事都颓败,便怕听巴黎骚扰声,想到狄郎将扑灭,但欷歔无语泪涔涔。粗衣恶食身能耐,所有金钱尽赈困贫。惟有好花与书籍,时时位置未离身。狱中二十四天刚住满,这天有令转家门。合家大小方惊喜,那晓得,警吏重来一角文。

那角公文里头,却是要将玛利侬再拘入狱的说话。说是七国联军的意思,究竟都是山岳党的私见。他想把罗兰一党尽行杀戮,便好讨好联军,为将来自己便宜的地步。你想捉而便放,放而复捉,国里头有了这些混账东西,那法国那里有重兴的日子呀。若问玛利侬再入狱的事情,再看下卷词中接讲便了。

第八回　桑比拉志英女晤言　狄郎的士党员殉国

联军当日在巴黎,明晓得,山岳人员做鬼迷。只是得罢手时且罢手,便将来也好占便宜。其时只苦菲家女,再向桑比狱内栖。却此际热诚犹未已,时时书札旧人贻。有时又把英文学,有时绘画自怡怡。有时向,狱吏妻儿琴借得,一弹三叹令人凄。安危身世原由命,只这日月如年靡自遗。静念一身来去事,觉得心怡神旷不离奇。不言狱内大英豪,且把英国维廉女史提。

且说这维廉女史,却是英国有名的人儿,只因羡慕罗兰夫人玛利侬的行为,便禀明狱卒,向这桑比拉志狱中来探访。

可羡维廉女子身,今朝来访狱中人。只因驰慕心常切,今见芳容大称心。握手完时相对坐,玛利侬是,先行称谢理该应。维廉当下开言道,姊姊行为我素钦。只是贵党近来如累卵,只恐人员个个命难存。这边山岳风声大,他要独立巴黎位自尊。目下事情真暴虐,时时持刃杀平人。就是敝国这番来贵国,也觉得,目中凄凄好难禁。况姊姊是,一身先受囹圄困,这困苦情由更十分。妹子苦为英国女,这番来访表同情。

玛利侬当下立起身来,握住维廉的手道:“真正多谢了。妹子一心,只知爱国,这生死一关,早已置之度外,只可恨事体半途而废罢了。这是妹子自著的传,这是纪事,这是言行录,都是妹子在狱中做的。承姊姊厚情,烦姊姊带出去,代为表白了吧。”维廉一口应允，便问道："姊姊，罗兰先生及令爱由托拉现在如何？"

玛利侬蓦地顿然呆，仰面朝天泪满腮。哽咽片时犹不语，这维廉，便别将言语叉儿开。恐他伤心过度能成病，便与这，两国邦交有大难。珍重一声言别去，行行走出狱门关。

其时巴黎乱民为首的马拉，同着山岳党横行巴黎市中，无法无天，吃着自己的饭，借着外国人的势，把那平民百姓，任意糟蹋，要想把狄郎的士党，尽行杀戮，才能雄视一国，自己好做皇帝。先把那些亲王大臣有钱的官绅捉出来，一刀一个，再把他家私全行抄出。这天十月三十一号，却把狄郎的士党员二十二人一起捉到。

从来志士最堪怜，他的精诚上感天。只是暴民多狠毒，刚刀过处颈无边。玛利侬在狱亲闻见，兔死狐悲倚枕眠。只见那，狱吏双双来走进，齐声止步立旁边。宣言有命来迁狱，要到康沙士黎住几天。后日即当来审判，这详情却待下回编。

第九回　女同志暗杀马拉　断头台长揖自由

词中暂不接前文，却表开痕村中一女人。小字称呼果尔德，年方廿五有精神。他身也是心肠热，为恨马拉行为太不仁。便想单衣行暗杀，尖刀一把竟登门。乘机走入堂中去，却向阶前立定身。那马拉妻儿心大讶，立时呵叱不停声。果真天网恢恢在，马拉当时要见客人。便引入英雄果尔德，这其间，霜锋突进剑光腾，当时邸内人声沸，果尔德是，弃刀立定任诸人。

当下锒铛入狱，等到审判日脚，一口担承，为民除害，死而无怨。

这果尔德更比玛利侬先死了。当下巴黎乱党，是罗毕司宾主持一切，比马拉愈加暴虐了。

玛利侬当时在狱城，几番审判几番情。律师某氏思来护，玛利侬,一心辞却不遵行。这天审判完功日,这罗兰夫人玛利侬是,雪白长衣上法庭。碧眼盈盈双剪水,宛如二十妙龄人。供词悲壮人争读,十字编成请听明:

法庭中,诸法官,听余一语。我是个,不怕死,第一完人。我心中,惟有那,法邦国土。何尝有,谋反叛,同种夷陵。恨则恨,恨当年,胸无主见。不曾将,诸贼党,飞骨扬尘。到今朝,施毒计,欺凌同党。反把我,诬大罪,杀戮君臣。我则晓,大人物,迥与人异。去情爱,献身体,待报千春。愿诸公,无迟疑,速行宣告。我这里,无所悔,一死身轻。虽则是,我今朝,身首异处。究竟是,生死事,志士仁人。览吾邦,人血界,惨无天日。余亦愿,快脱离,留恋何因。余所祝,我国民,速行自立。愿苍天,眷下顾,法国人民。

供词已毕怒冲冲,一众官儿尽失容。叱咤一声人立起,高声言语响喉咙。

诸君!诸君!可能承认我玛利侬同从古以来为国流血的大人物一样么?我只愿比那古人,不肯遗臭后人的!

说话完时入狱中,遗书亲友甚从容。亲女一封尤恳切,说你须行事与亲同。目今汝母身加害,却是留得徽音在汝躬。你须万事百凡来慎重,方能不负教儿功。

这天一千七百九十三年十一月九日,却是罗兰福拉底夫人玛利侬菲立伯就义之日。

阴风惨惨阵云哀,玛利侬步上断头台。猛见台旁自由像,这夫人长揖几徘徊。说道古今人生罪,总是借尔名头付劫灰。说话完时刀过颈,人头落地起风雷。做书的,做到此间心手抖,要在十回书内再开谈。

第十回　鸳鸯同命流血为民　婢仆多情献身殉主

词中再表女豪英,要把他身评一评。他是一生爱国无他念,并不是,好动干戈叛乱人……一死能为天下福,法邦从此得安平。只是钗钿委地无人管,苦杀鸳鸯同命人。

讲到人生在世,欢乐悲哀,本来无定。那极悲哀的事情,是无过于送别两字。这送别里头,却分三项。第一项是远别,或是父母,或是兄弟,或是朋友,或是夫妇,出门出路,有几年的暌隔,那临去的时候,总有一番感触,然而尚有相见的日子,也不至于十分凄惨。第二项是死别,就以夫妇而论,任你自命豪杰士,斩断别离情,那生死之别,没有一个不是悲从中来,一团哀感之气,直透泥丸宫,这也是至性中发出来的,所谓天理人情,中外皆一,并不是外国情理,同中国两样的呀。那第三项是杀别,你想送别,送到杀头为别,自然比那第二项愈加利害了。人非木石,罗兰虽不曾亲见玛利侬杀戮之惨,也万不能叫他平淡自安了。

罗兰暗里转家庭,听见隆隆枪炮声。说道今朝开杀戒,那玛利侬早已首身分。一双父女嗥咷哭,都是几番昏去几番醒。家中婢仆都挥泪,也只为,主子恩情海样深。可叹一心来报国,反为国事乱加刑。罗兰无语抬身起,走进房中一座门。

当时一婢一仆,同声对由托拉说道:"我们受夫人厚恩,未能报得一点。现在夫人的遗骨暴露草中,我们心中实在不安。我们现在想去取了回来,即行埋葬。纵然被法庭知道,要受死刑,我们也是法国人,为法国之事,死也无怨。"由托拉点头称是。

当时婢仆走匆匆,走近台边血水红。寻得遗骸亲动手,唤人抬起到家中。刚刚走到门前路,只见由托拉,走近身边说苦衷。说是父亲身已死,自家持剑贯当胸。一时人众都惊叹,眼见得,双双夫妇死相从。只苦了,由托拉孤女无人养,此后何人伴女公。

其时一众婢仆,无可奈何,只好把罗兰夫妇一同葬埋。便瞒着由托拉,竟投法庭,肆行毒骂,法官气得没法,只好将他仆人立行斩首,那婢子唤做发狂,放他出来。这婢子就去伴由托拉了。

罗兰夫妇尽成仁，幼女身边有伴人。叛党依然来暴虐，更比那，旧时路易胜三分。书中诸事都提遍，这十卷新词已做成。以后诸般诸事体，词中不复再申明。

但是看官！看到这部弹词，不论何人，总要佩服玛利侬的为人。不过以后法国究竟如何，这山岳党的乱民究竟如何，却一些没有结局，到也是气不过他的，所以做书的，也只好略叙一番，以供一快。

玛利侬身死耳根清，一众行为更不仁。把那耶稣都斥废，另行供奉一邪神。邦家大事多颓废，只晓得，夜夜朝朝杀好人。激得人民都起义，把他们，尽行杀死尽亡身。耶稣旧教重新立，那七国联军也把和约成。此后共和行法国，想玛利侬，九泉之下也目能瞑。全书结局多详叙，更有诗儿请看明。

诗曰：闲将历史览西东，疆土泱泱界地中。一代暴君空有计，两番议会竟无功。邻邦问罪军如墨，同党摧残血溅红。今日共和称法国，可知端赖女英雄。

又曰：茫茫中土事堪悲，知否苍生力已疲？尺幅舆图多间色，三阶社会半酣嬉。伤时一掬轻挥泪，目我千人尽道痴。惟愿红窗小儿女，挑灯夜夜读弹词。

——《法国女英雄弹词》，小说林社

清光绪甲辰(1904)单行本

湘州女史咏兰、友梅、书竹

侠女群英史(节选)

《侠女群英史》,四十回,七言联目。署“湘州女史咏兰、友梅、书竹著”,清光绪三十一年(1905)年铅印本,十册。卷首有邗江心庵氏序并题词十二章、弟梦菊序并题词十二章。心庵氏是咏兰之夫,据其《序》云:“是书为友梅大姨、书竹三姨及内子泳(咏)兰三人合作,以闺阁之余闲,博高堂之欢笑。三人均博通经史,长于吟咏,故书中诗词歌赋,亦能追步前人。其命意遣词,俱甚深远,曰‘侠女’、曰‘群英’者,欲儿女英雄兼而有之之意……吾知是书之出,天下之有志者,不独女子可以振兴,即中国少年志士,偶一披览,当亦奋益加奋。”梦菊的《序》云:“《侠女群英史》者,为吾友梅、咏兰、书竹三姐所共作也,女曰侠,英至群,磊落襟怀,可以想见。其辞赡,其意巧,标新立异,绮丽风流,如刻如画,如见如闻,可泣可歌,可欣可叹,写世上情,寓劝惩意。茶香酒熟,把此临风,最足消寂寞、破聊赖也。吾友梅长姐、咏兰次姐、书竹三姐,俱擅咏絮清才,各抱风雅志趣。女工而外,笃好书史,花间赌句,月下敲棋。偶读弹词,相与仿作,而儿女无脂粉态,英雄抱忠孝心。托辞既雅,寄意遥深,有非他本所及。余散塾之余,较字证讹,得襄其事。”既署“湘州”,则三姐妹为今湖南长沙人。书成时其弟梦菊以授塾为业,三姐妹均已出嫁,且已育有儿女,三姐妹在归省父母的时候，以接力的方式写成。如第十八回，由咏兰写成，开篇有"遣开儿女安眠去"，篇末结以"知音欲听奇文事，待吾竹妹续新文"；第十九回由书竹续写，有"长姐是，刚思开砚人求画，次姐是，正想抽毫弟索书。两姐艺高难有暇，阿侬甚是有工夫。磨香墨，把笔濡，接续前文再说诸"。可以想见她们创作的方式。

书中叙写庆顺馨（化名秦庚香）、文霞仙、庞玉龙、张月娟（化名苏子秀）、林琼珠等一帮侠女的故事。杭州有致仕通政司庆荣，妻钱氏，生二子一女。长女名顺馨，自幼男装，十岁时于上元观灯遇骗失踪；二子名连馨、芳馨。苏州巡抚林业，字又溪，与庆荣为连襟，也育二子一女。长子琼山，字青云，娶秦氏，官河南学政；次子琼玉，字梦云，文武双全，幼聘庆顺馨；女名琼珠。

林梦云入京赴试，住舅父左都御史钱希圣家，中状元后，授修撰，与榜眼吴慕苏、探花郑辉及座师苏居正子子秀为友。原来，顺馨被中军都督秦统妻宣氏所救，携之赴京，继为子，名凌，字庚香。长大后，庚香回秦氏原籍江陵赴乡试，中解元；同榜第二名苏子秀，本太守张亭芳女月娟，自幼男妆，曾许婚吴慕苏，在洞庭湖落水为慕苏父所救，认为子。庚香回京途中遇子秀，共除恶僧，投五台山拜灵根长老学武。

山东德平县有首相米操之侄"米老虎"，强夺文参将之花园，又勾结县官，将其投入监狱害死，并烧毁文家房宅。文女霞仙刺杀"米老虎"，同母弟投奔舅父庞忠。时庞忠出使西辽，有女名玉龙，字蕙卿，亦作男妆，幼许郑辉。玉龙携家人及霞仙一家入京，时林业已升任刑部尚书入京，遂聘霞仙为梦云妻，并将琼珠许配郑辉。庚香、子秀赴会试，与玉龙殿试为一甲三名，米相主考。庚香配玉芝郡主，子秀娶慕苏之姊吴瑞兰，玉龙被米相招为婿，配其女金英。

襄阳为贼所围，太守张亭方请援，子秀受封为都统，出兵平乱，以功授御史，又升四川节度使。庚香巡抚桂林，察得桂林王意图谋反，密奏朝廷，挂帅平乱，以功升桂林节度使。米相谋夺帝位，诱帝南巡，遂自立为帝，杀御弟及太后、皇后，在京忠臣多遭杀戮。太子为霞仙救出，由慕苏送往杭州见帝。米相围攻杭州，两番困帝，庚香、子秀先后救驾，三次鏖兵。帝封庚香、梦云为水路招讨正副元帅，子秀为陆路诏讨都元帅，进兵讨贼。子秀至广陵城，破城拔阵，入城庆功。

第一回　美郎君路逢侠女　奇女子夜报父仇

风和日丽花朝近，燕语莺歌韵最精。苔痕初见阶前绿，草色旋看帘内青。长昼永，午风清，姹紫嫣红艳早春。手足同心无限乐，高堂俱庆喜何深。或向花窗勤绣作，或于花下共联吟。兰闺稽古供谈笑，膝下承欢慰老亲。父为服官身出外，母操家政日纷纭。暇时爱看弹词曲，恨少新奇婉婉情。余姊妹，欲博慈亲生笑面，姑将戏笔作闲文。书名侠女群英史，写出了，离合悲欢万种情。男有扶天匡国手，信哉纬武又经文。女无脂粉闺娃态，冰雪为姿铁石心。君义臣忠安社稷，父慈子孝乐家庭。闺房静好谐琴瑟，夫妇皆贤著令名。报父仇，弱女能为豪侠事，平外虏，书生也作督兵臣。巾帼中，姣娃亦得登金榜，有志者，老年犹得占头名。赞扬忠孝褒贤俊，评论前人劝后人。耳听忠良增感叹，情关孝义长酸辛。龙吟虎啸夸征战，凤舞鸾歌庆太平。真个是，空中楼阁凭心造，真个是，幻里功名信口云。闺中若有知音者，不厌巴词试一听。闲言表过书归正，要把那，其中之事细言明。

天下山川之广，名境甚多，惟浙江山水之秀，较他省更胜。城内城隍山畔之热闹繁华，城外西子湖边之山光水色，从前坡老、白傅尚难形容得尽。

若问那，人中景，真个是，裙拖六幅湘江水，髻耸巫山一段云。

若问那，景中人，真个是，金勒马嘶芳草地，玉楼人醉杏花村。更有那，酒帘飘荡垂杨里，画舫笙箫月下临。诚不愧，高人雅士留佳句，美女才媛可并名。西湖胜趣言难尽，春夏秋尽景物亲。

果然幽境即有雅士。有一位高人，姓庆名荣，表字文锦，幼入词林，曾任通政司之职，因权奸当道，时势日非，退归林下，不愿出仕。父亲爱山先生早已辞世，惟有太夫人文氏在堂。娶妻钱氏夫人，即左都御史钱希圣之次妹。夫人尚有一姊，嫁与本邑林又溪为妻，家有陶朱之富，现官苏州巡抚之职，夫妇和偕，已育子女。庆夫人亦夫妇同心，膝前只有一女，闺名顺馨，小字意如，曾聘与林又溪次子林琼玉为婚。

这小姐，生成闭月羞花貌，长就玲珑七巧心。面似海棠娇又嫩，眉如杨柳细还青。樱桃小口欺樊素，秋水双眸秀更青。鼻倚琼瑶肤似玉，能言善语悦尊亲。祖母相看如至宝，双亲视若掌上珍。通政亲自教书史，小姐聪明无比论。过目不忘奇女子，胜过当年谢道韫。天生夙慧非他比，事事一习便知闻。琴棋书画般般会，作赋吟诗件件精。却有一桩堪异处，左耳后，朱砂小痣放光明。更奇者，不似人家娇弱女，天生臂力胜于人。庆爷只为无儿子，幼将千金男扮成。那年意如方十岁，无端只为看花灯。庆小姐，金冠红服人丛立，却遇奸人起恶心。平空祸起元宵节，闹里不见美千金。惊杀祖慈与父母，多日差人四处寻。谁知小姐龙归海，英雄由此会风云。不枉天地生奇女，做一番，动地惊天大事情。此皆后事休烦絮，词中仍把庆衙云。

夫人因无子女，劝夫纳妾，老爷从之，以千金购一民女俞巧连为妾，人颇淑德，入家无几，妻妾皆孕，连生二子。

连馨长子夫人出，妾生次子唤芳馨。夫妻自得双公子，忆女愁怀解九分。庆公本系高名士，终日寻山访水行。祖居世代萧山县，庆老爷，为爱西湖景致精，即在临湖盖别墅，内造了，爱月轩对玩湖亭。望岳楼与傍苏阁,里边亭榭叠层层。名曰怡园多妙景,名花不断有长春。内派了,四家丁,洒扫其中代照应。这日老爷多有兴,闲玩春光来散心。带了家丁和小使,一肩行李到湖滨。自于别墅安身住,日日骑驴湖上行。这日正在湖边玩,忽听得,酒楼里面闹盈盈。敲台拍桌人声沸,道异称奇笑问情。庆爷倚着垂杨立,句句言词听得清。

只听有一人说道:"文兄子虚,且听我道来:

那年正月十五日,看灯之后寐难成。心中烦杂披衣起,独立中庭玩月明。徘徊踏碎花枝影,极目青天无片云。低头正欲寻诗句,蓦地雷声振一惊。抬头一看真奇异,忽然空际气氤氲。重重结盖祥光迴,叠叠为楼翠色分。非烟非雾星河没,成彩成文音乐鸣。忽然现出宫和殿,顷幻仙姬无数文。尽是宫妆飘绣带,俱都环佩响咚叮。正中座上西王母,左首仙官一大群。一众仙娥西首立,排班而侍两边分。遥听王母开金口,约略之间听未清。忽见仙娥齐改扮,尽着了,仙官衣服谢天恩。尚有仙官五七位,谢恩同阵下凡尘。都乘着,青鸾白鹤龙和凤,仙乐悠扬韵最精。前有小孩抬着匾,上写着,天下平安四字金。另还有,朱红金字牌无数,上边字迹认难真。只记得,连中三元平虏匪;只记得,扶危济困广施仁;只记得,巾帼英雄扶社稷;只记得,奇男侠女矢忠贞。名色尚多记不切,为的是,旌旗耀目认难清。"这人说得正高兴,傍坐之人问一声:

"严再李兄,你见如此奇情,怎不唤我同看?我此夜亦是眠不着。我与君只隔一墙,即呼我一声,亦有何妨?叫我坐到天明,亦是愿的。"那人笑道:"子虚兄真真性急,等我说完呀。

我身看得真有趣,恨煞山荆老内人。伸脚一蹬吾吓醒,方晓南柯梦里情。我身此刻尚还悔,好梦犹来怕易醒。"

那人笑道:"严兄真真会要人的!小弟只道是真的,引的我呆呆听你说天谈地，谁识乃是一梦。此刻酒菜已冷，甚是上当了。”那人听了此言，笑答道：“天下事无非是假，怎奈世间人偏要认真。吾兄不必懊恼，且用些酒菜，赏览这湖上春光，便是实在受用。”说罢，只听猜拳行令，闹了一回，俱皆下楼而来。庆爷留心一看，均有隐士之风，年纪在四旬上下。二人将手一拱，说声“请了，改日再见罢”。只见他二人，一向南，一向北而去。庆爷听了，心内暗笑市井之谈，却也丢开，遂回怡园息歇，游赏半月，也就归来见母，一家团聚不提。

话说苏州巡抚姓林，名业，字又溪，娶妻钱氏夫人。所生二子一女：长子名琼山，字青云；次子名琼玉，表字梦云；小姐名唤琼珠。祖父世居浙江杭州萧山县人氏，均属忠厚传家，每至春冬二季，即施米千担以济孤寒，每令妥人回乡散给济米。这且不在话下。

这老爷，为人义气又真诚，也曾年少入词林。前放苏州为督抚，相同家眷住苏城。政事暇时无别事，便与那，西宾好友共联吟。或向名山闲眺玩，或敲棋子赌输赢。长公子，名唤琼山年十九，前岁鳌头得首名。妻系都督秦公女，榜后在京已接姻。去岁已经生一子，乳名琪郎二字称。林青云，现放河南为学政，相携家眷一同行。琪郎在吴随祖母，一家亲若宝和珍。小姐琼珠十七岁，花容月貌性和温。女工针黹多精巧，幼读诗书亦善文。娇养深闺犹待字，未有才郎中雀屏。次子梦云年二八，生得那，堂堂一表好精神。貌似潘安重出世，颜如卫介又重生①。学富五车人尽仰，去年已中解元身。胸中抱负犹奇异，幼小之时曾自云。人生在世惟忠孝，愿舍身体报君亲。最恨夷邦欺我国，此心愤愤不能

① “卫介”，当作“卫玠”。卫玠，字叔宝，晋朝河东安邑（今山西夏县北）人，著名美男子。

平。功课暇时兼习武，好待他年扫贼氛。抛枪跃马朝朝习，天生臂力有千斤。林爷见儿心好武，聘请教师名武斌。表字才全年四八，武艺精通件件能。两公子，受业夫子东方峤，前年得第入词林。不愿为官身出仕，告归萧山奉老亲。

二公子随武师学习数年，练成一身本领，十八般兵器，件件精通，高来高去，如履平地一般。

夜行之术多精熟，本领非凡艺出群。武师竭力诚心教，青出于蓝林梦云。琼山并不专心习，武艺虽知却不精。才全目下河南去，林公请伊伴儿行。

且说林夫人六年前携二子回籍扫墓，曾到妹家小住，见侄女顺馨才貌，皆比次子，却小一岁，即求为子妇。那时梦云曾见表妹，知定此姻，不胜之喜。后接庆府来函，知意如看灯失去，琼玉伤感不已，誓不再娶。数年以来，常萦五内，每自叹息。这年乃是丙辰正科，林公择于二月初四吉日命次子上京会试。

琼玉是日内堂行，林公夫妇共言论。齐嘱咐，共开声，一路风霜须小心。书史文章休废置，自图上进干功名。住居可在钱家府，一封书信面交呈。舅父母，尊前替我来问候，尚祈照应汝当身。到京速寄平安信，以免时时挂念深。再者姊姊年已长，尚无快婿中金屏。帝都广积人才地，到京汝可代留心。俟场后，若遇风流金榜客，即托舅父做媒冰。不必寄书来禀告，素知汝，眼力常常会识人。词絮絮，话云云，公子唯唯答应频。孩儿是，尺素勤修常寄禀，临行严训谨当遵。惟愿二亲加保重，勿因不肖挂牵深。言完正欲来叩别，画堂前，步进小姐少夫人。姑嫂相携同立定，笑言特到送行旌。琼玉连连称不敢，弟正要，闺中拜别去辞行。说毕躬身施一揖，二人回礼笑盈盈。提彩袖，起朱唇，恭贺鼎甲中头名。泥金捷报归家转，贤弟呀，喜酒多多请我们。琼玉含欢忙笑答，承谢姊嫂美言论。倘能侥幸登金榜，定设华筵奉酒尊。言说毕,转回身,拜别双亲二大人。乳娘怀抱琪儿送,相随一阵到前厅。林梦云,匆匆出外将鞍上,带了那,丹荔书童与白蘋。临河下落舟船内,过了黄河起早行。

梦云自起早后①,晓行夜宿,这日来至山东德平县桑花镇前。只见一座酒楼,甚是热闹,门上招牌大书"百花楼"碗大三个金字。

公子心欢忙下马,酒楼上面饮杯巡。书童牵马相随进,酒保前来问一声。公子爷,还是吃酒是会客,望求明示小人听。梦云答道吾独饮,听人说,宝店内,百花酒味甚奇新。小二即忙去暖酒,公子窗前坐定身。

原来此窗靠北,窗外有一院子,数百棵梅树,满树梅花,甚是好看。林公子正在观看,忽听楼梯声响,上来一人,回首一看,是一女子。只这一看,有分教:月下老人红绳系足,三生石上旧有姻缘。

只见他,柳眉凤目天然俏,一点点,猩红小口似樱桃。桃腮杏靥芙蓉面,另有那,一团英气在眉梢。行装打扮无装束,三尺龙泉挂在腰。蛮靴粉底将三寸,看他那,娇弱身躯似柳条。只见他,轻移步,向南行,闷坐窗前不作声。樱桃小口长吁气,玉手敲台恨不禁。梦云不觉心奇异,何来这等美佳人。若是小户人家女,你看他,这般英美好惊人。若然是,官宦人家娇小姐,就不该,独自将身向外行。

林公子正在呆看,酒保已将酒菜拿来,安排桌上。又望那边一看,见那女子在坐,即过去问酒问菜。那女子只要了一角酒,一盘点心,连饮数杯,吃了几个点心,即下楼而去。

这边呆了林公子,暗想佳人甚等人。当时饮罢将楼下,白蘋牵马上途程。看看已是黄昏了,并无客店怎安身。公子道言望前

① "早",原文作"旱",据上文"过了黄河起早行"改。

走,人家借宿到天明。丹荔答言天已晚,公子呀,可见前边已有灯。公子闻听抬首望,果然的,树林深处有灯明。言时已至灯明处,原来是,茅屋三间紧闭门。

丹荔走上前去敲门,道:"里面有人么?"门内应道:"甚么人打门?"公子道:"行路之人因天晚无店,前来借宿一宵,天明即走。重谢房金便了。"

公子言时来下马,小童性急又敲门。吱呀之声门启处,原来却是老年人。年纪已有六旬外,一头白发似银星。公子含欢拱手道,更深惊动不相应。老者当时抬首望,贵家公子貌超群。带笑携灯朝里让,说道是,蓬荜生辉住贵人。说罢二人同走进,小童牵马也同行。拴在草堂小柱上,茅屋内,坐下多才林梦云。原来是一豆腐店,小小石礳在墙根。

白蘋道:"你家可有汤水与我公子解渴?"老儿道:"此时并无,如何是好?"二人正在说话,

走出一人老妈妈,黑布包头两鬓星。年纪也有六旬外,蓝布衫儿黑布裙。手拿两个粗磁碗,又扎围腰布手巾。便与老儿来说道,腐浆拿去贵人吞。

老儿笑道:"还是妈妈想的到,我都忘了,新出豆腐浆可与公子解渴。"说着即将碗接过,送与公子。琼玉道:"多谢老丈!不知老丈尊姓?"老儿笑道:"小老儿姓祁,请问公子贵姓?"梦云道:"我姓林。"老儿笑道:"公子幸而走到小老儿家内,若走入米庄,遇着米老虎看见,必要淘气的。"

公子闻言含笑问,老儿话说好蹊跷。此间有甚米老虎,见我因何把气淘?祁老丈,首频摇,他说道,桑花镇上路非遥。米家庄,首相胞侄米老虎,为人刻薄又奸刁。因其胞叔当朝相,势力欺人恶土豪。看见人家娇儿女,抢于家内乐逍遥。豪奴恶仆人无数,常在外面动枪刀。桑花镇,左右人家皆惧怕,一个个,咒骂米

家没下稍。

“公子不要见怪，因此贼性好男风，小老儿见公子相貌颇佳，在奸贼原是不敢。若遇着，恐怕淘气。”公子大怒道：“有此恶贼，本地官府难道亦不管么？”祁老叹道：“官府也是势利，因他胞叔在朝首相，谁肯得罪于他？还时常往来。此贼不问事之大小，即将人送在衙门，府县总是回护于他，因此恶贼更横行了。就是南头文参将家，当初何等热闹，可怜弄得瓦解冰消。”梦云问道：“他两家有何仇隙？”

祁老者，泪涟涟，尊声公子听我言。只因这位文参将，家中有个大花园。恶贼游春来入内，爱他花草甚鲜妍。起心不善思强夺，每于文府去歪缠。恼怒文爷来喝骂，一场大闹在厅前。奸徒从此心怀恨，买嘱了，江洋大盗把人牵。遇到糊涂德平县，硬把文爷拿下监。时当监内传瘟疫，文老爷，可怜一命丧黄泉。

公子拍桌怪叫道：“岂有此理呀！岂有此理①！难道文家无人与他理论，罢了不成？文爷却唤何名？”老儿道：“单讳炳字。”

说着又是长吁气，提起文爷实可怜。膝前公子方三岁，闺中小姐唤霞仙。幼小文爷亲教武，千金本领尽皆全。夫人庞氏多慈善，吓得他来已软瘫。文爷去，丧于监，奸徒即便占花园。

那时文小姐要与奸贼理论，夫人断断不许，即将文爷收殓寄于大王庙内。那知奸贼还不甘心，三月前，又叫人夜半放火。自那夜，夫人与公子小姐俱不知去向。

梦云当下听完毕，不觉英雄气满心。不知这，糊涂知县名何姓，助其恶霸乱胡行。老儿答道他姓季，似通二字是他名。身住襄阳长沙府，人人叫他面糊盆。琼玉道言真可恶，天何不灭这般人。琴童便把行李放，老儿进内去安身。公子窗前身坐定，转辗

---

① 两“理”字，原文作“礼”，据文义改。

胸中气不平。起身便把二童唤，你今何不去安身？小童答应来安睡，林公子，越思越想气难禁。我今何不米庄去，看看那，老虎雄威何等形？将彼一刀来杀死，少把文家怨气升。便把包裹来拿过，换了那，夜行衣靠一身青。

且说琼玉将灯吹灭，反带柴门，将身一踪，飞上墙头，又轻轻落下，一点声息全无。

跳出小墙抬首望，四面无人更已深。只觉眼前微一闪，一条黑影似风行。当下定睛观仔细，好像前边有一人。琼玉忙忙来赶上，再看时，全然不见影和形。梦云不觉心奇异，是人是鬼好难明。行时已到米庄了，忽地抬头吃一惊。但见一人身背立，却也是，夜行衣靠一身青。见彼身轻如燕子，飞身一纵上墙垣①。公子不由心纳闷，此人却是甚何人？一头暗想飞身上，轻轻落下地埃尘。将身隐在假山后，只见房中尚有灯。听得一人来说道，老爷吩咐要香茗。见一垂髫身小婢，手托茶盘向外行。

说道："老爷急等要茶到，快点呀！"说着，即望西去了。梦云即闪身窗下，忽听男子声音说道："此女甚是可恶，待我饮了茶，进去用强成亲，怕你跑上天去不成。"说毕，哼哼冷笑。琼玉听至此，大怒，暗道："此贼又抢了谁家女子强逼成亲？恶贼恶贼，你如此淫恶，天必诛之。我此时不杀奸贼，更待何时？"刚要抽剑，忽见灯光一幌，却是个人影儿，连忙从窗牖孔中一望，只乐了，事不有余，原来不是别人，却是酒楼那女子。

但见他，柳眉竖，杏眼睁，手执龙泉下绝情。偏是奸徒身背坐，回头一看失三魂。呵呀之声将出口，已是个，鲜血淋漓身首分。那女子，斩死奸徒回首望，看见台前四宝珍。春纤提起羊毫笔，便于粉壁去题文。一挥而就回身转，抛下羊毫笔一根。便将

---

① "纵"，原文作"踪"，据文义改。

首级悬于剑,将身一幌出房门。窗前乐煞林公子,何来这等女钗裙。你看他,面似芙蓉腰似柳,竟能个,玉手提刀会杀人。

呀,梦云你好呆呀!人已杀了还在此看他怎的。

心暗想,下阶庭,纵身一跃出墙行①。回转祁家豆腐店,跃进小墙里面存。衣靠换时来睡卧,听得街方正五更。琼玉床中心暗想,究竟何来这美人。日间祁老曾言及,文府千金武艺能。莫非是,代父报仇来杀贼,这般女子实堪钦。若然果是霞仙女,慕死人来爱死人。鸦鹊噪,已天明,祁老夫妻共起身。当下二童身也起,梦云犹自睡沉沉。老夫妻,便在床前磨豆腐,惊醒多才公子身。二童伏侍穿衣起,祁老在畔笑言云:

"公子爷起得好早呀!"梦云笑道:"天已不早,我还要赶路。"又问道:"老丈昨日言及文府的小姐,不知几许青春,究竟有何武艺?"

老儿听,便开言,说起来,文家这位女婵娟。今岁芳年交二七②,生成玉貌似天仙。文也备,武又全,百步穿杨独占先。还有那,袖箭百发能百中,步险登高只当顽。

公子道:"有如此武艺,真是了得。文家难道也无亲戚么?③"老儿答道:"亲戚虽有,远水难救近火,就是夫人有一胞兄,现在又封王到西蛮。夫人与公子已回原籍,到陕西去了。"公子又问道:"米老虎可知叫甚名字么?"老儿道:"名叫米宝,字仿曹。"一面谈心,公子洗漱已毕,重谢房金,祁老断不肯收。让之再三,方才收下。白蘋牵过马来,主仆上马出得门来,好一天春景呀。

柳枝碧,桃花红,天清气爽悦心胸。梦云正在观春景,只听

① "纵",原文作"踪",据文义改。
② "芳年",原文作"芳言",据文义改。
③ "难道",原文作"难得",据文义改。

得,人夫骡马乱哄哄。原来是,去到米庄将尸验,马上的,却是四衙高捕厅。三三两两人传说,真是希奇怪事情。人头却到何方去,是谁把,太爷吊起在梁中。米庄壁上题诗句,人人看了不能明。莫非是,真被仙人来诛去,因彼为人过恶淫。梦云马上亲听得,手挽丝缰问一声:

“众位仁兄请了,究竟是何奇事?可能说与弟听听新闻。”有好事的,便上前指手画脚,说道:“真真奇事!昨日米庄大少爷抢南头菜园上的一个姑娘,那菜园黄婆子到米家门前啼哭,被他家赶出,人人皆知。米大少爷昨夜不知被何人杀死,又无人头。婆子与他姑娘也于昨夜不知去向,岂不大奇?他将人杀了,还敢在壁上题诗。县太爷于四更又被人吊在梁上,听人进去时即将太爷眼蒙起,并未见其人。今已吓软,不能起床,所以高爷代去验尸。”公子道:“墙上之诗,诸位还记得否?”有一斯文人道:“我还记得,待弟念与兄听,请大才详解。念道:文光齐射斗,霞影正横天。仙人持好剑,诛恶在今年。”

梦云道:“此诗详解不出。”说罢,将手一拱道:“诸位请了。”

当下众人齐散去,主仆同行到店门。金乌坠,日黄昏,便在客店且安身。来到上房窗下坐,店小连忙来点灯。叫丹荔,取出文房并四宝,手执尖毫笔一根,壁上诗词来落下,细细观来细细评。忽然一悟心欣喜,原来是,四句诗中隐姓名。

看此诗按首一字念去,明现着“文霞仙诛”四字。可敬呀,可敬!

真可敬,实堪怜,好个闺娃胆似天。持刀黑夜米店去,刺杀奸徒报父仇。琼玉正当心暗想,二童傍立便开言。二爷请把晚餐用,明朝赶路早安眠。公子无言身立起,独餐晚膳在堂前。食罢之时窗下坐,小童才把饭来餐。二更之后来安睡,天明忙起不迟延。茅店鸡声忙上路,琴书宝剑各齐全。途中事,且稍停,再表英雄落难人。此人居住湖南省,长沙府内有家门。姓沈名容年二十,生来相貌甚超群。学就一身文武艺,为人老实又多能。父在三边为守备,母亲任氏老安人。在外为官遭不幸,老爷一病命归阴。当时母子嚎啕哭,无奈何,盘灵回转自家门。在路时,衣被行囊俱当尽,到家更是苦零丁。福无双至从来说,祸不单行自古云。

且说任氏安人因老爷故去,过于悲痛,在路又辛苦着急,到家时已是一病奄奄,卧床不起。不数日,尽是故去。云霄蹬足捶胸,嚎啕大哭。自思无计安葬,遂将家中之物变卖一空,将父母安葬已毕,家内更一无所有,因想起有一胞姑母现在金陵,何不投奔他处,看是如何。

云霄决意上金陵,投奔姑父路起英。一路上,卖艺卖拳来糊口,不数日,已到金陵一座城。那晓得,路英已往他方去,全家移住广陵城。投亲不遇心烦恼,又思想,投军去到山东行。已到德州客店内,无何只得暂安身。时不济,运不通,病在招商客店中。一月有余身渐好,卖艺将钱还店东。日日在外将拳卖,渐渐的,人家都不舍青铜。天已黄昏无可奈,丧气垂头转店中。这才是,一钱逼倒英雄汉,短叹长吁怨气冲。忽然听得鸾铃响,只见那,面前一马直横冲。几乎撞倒长沙沉,不觉英雄气满胸。手挽缰绳井口问,谁人骑马这般凶。一面言时抬头看,原来是,武生一位美颜容。但见他,面如傅粉威而秀,口似涂朱一点红。柳叶长眉分八字,鼻如悬胆俊双瞳。此时不由心起敬,天地间,何来这样美英雄。

看官道是何人?原来正是琼玉。因恐试期迫促,赶路心慌,忽见马前一人,几乎撞倒,急将缰绳挽住,拱手道:"仁兄请了,多有得罪!"云霄遂也拱手道:"好说好说。"

梦云马上来观看,见此人,一表堂堂大丈夫。为甚么,愁容满面低头走,莫非是,英雄落难在中途。待我将言来动问,看彼言词是若何。思想罢，问一声，兄是何方那处人？足下尊容多不悦，有甚难心大事情。云霄见问长吁气，兄台不晓弟情衷。敝居住在长沙府，父母双亡只有侬。家贫如洗真无奈，自去投亲又扑空。投亲不遇真烦闷，今到此，投军特意走山东。至此地，一病招商将两月，无钱不得转家中。店饭房钱皆未有，因此上，朝朝卖艺在街东。琼玉闻言生恻隐，有心周济此英雄。即便翻身来下马，后边随着二书童。

琼玉与沈容同到饭店，见礼已毕，分宾坐下。云霄道："请问兄台贵姓尊名？仙乡何处？"梦云遂一一说知，并言："上京会试，赶路心慌，有惊吾兄，多有得罪了！"沈生道："原来是位贵公子。失敬失敬！"

梦云含笑将言说，仁兄何必闹虚文。君既全身好武艺，何不去，三边关上去投军。云霄答道原因此，无奈何，饭店之中账未清。琼玉笑言些小事，兄台不可误终身。便唤店东来问道："这沈爷，欠你店中多少银？"店主当时去看账，回来说，共欠纹银五十金。

梦云就叫白蘋拿银与店主清账。云霄见琼玉如此慷慨，遂长揖而谢之道："萍水相逢，蒙兄如此输财仗义，容弟报于他年。"梦云笑道："些微小事，何必挂齿？"次日，琼玉又赠沈容五十两纹银，云霄决不肯收，梦云道："吾兄何必如此？"让至再三，方才收下。琼玉遂揖别云霄，出店上路。这日，行到直隶高阳县地界，日色已昏。

只见那，路傍有一祥升店，金字店号在门悬。公子正思身下马，走上来，两个店小笑开言。说道此时天不早，前边无店把身安。小店阔大又干净，公子爷，请于小店歇行鞍。说着一人拢住马，一个忙来接过鞭。此言正中英雄意，日已黄昏行路难。当下点头将马下，主仆三人入店间。果见天井多广阔，上房坐北是朝南。却是三明与两暗，三间厢房在两边。

公子便住了上房西面二间，二童拟住东厢房内。店小二打脸水，抹桌子已毕，方问道："公子爷，要何酒菜，吩咐小人去办。"梦云随意点了数样，要了一角酒，一盘馒头。

须臾间，店小端至排于案，又点了，一双蜡烛放光明。公子抬身凭案坐，丹荔白蘋将酒斟。立侍二爷膳用毕，撤清碗箸出房门。同到东厢食晚膳，上房独坐美豪英。忽听院内声嘈杂，步至外房凤目睁。但觉眼前光一射，走进轻年一武生。但见他，秋水为神玉为骨，芙蓉如面口如樱。身材潇洒偏多趣，丰神恰似谪仙人。惜乎天昏观不细，步出房来再看明。

启帘时，却好与那武生打了个照面，见他戴一顶时样武生帽，上绣三色串枝莲花朵，烂熳银抹额，二龙斗宝。两边素绒中竖一朵大红绒桃，顶门上秃秃的乱颤。穿一件粉绫色箭袖袍，周身宽片锦边。腰束五色丝鸾带，上套梅花式璧玺带环，傍佩玉佩，微露出妃色衬袄。足登云根薄底青缎快靴，肋下佩剑，绿沙鱼皮鞘，金什件金吞口湘妃色挽手绒绳飘摆于左肋。面如美玉，唇赛涂朱。黑真真两道芝眉，聚集山川之秀；水凌凌一双凤目，包含天地之灵。鼻如悬胆，玉耳重轮；腰若细柳，俊态天然。目眉间包藏一团英气，面颊似带露芙蓉；红中透白，白里吐红，红中透润，润中透出一种粉爱爱的颜色，吹弹得破。艳如桃李之中，又凛如霜雪。神情足满，潇洒风流，无不尽绝。若对了他那光儿，如照秦宫宝镜一般，照得人胆气生寒，实令人钦佩。要知这武生却系何等之人，且听下回分解。

第十八回　英雄佳配英雄女　红粉好逢红粉郎

碧天如水夜云清，小院风来凉渐生。独对蟾光欹竹榻，静观花影上雕栊。遣开儿女安眠去，且博浮生半刻宁。消俗障，破愁城，月下重将旧句寻。不管蚊雷声惹厌，喜闻虫韵语清新。携笔墨，步花阴，心境清闲兴自增。自笑自愚兼自得，信手涂之信口云。因怜世上颠危态，写出闺中豪侠心。孝义忠贞难脱套，悲欢离合具奇情。枯肠搜索浑忘暑，野史贪编寐未成。是夕分龙佳节候，再将后卷接前文。

且说郑辉辰即起，来到林衙见岳尊。阍人入报相邀请，直向中堂里面行。小婢挑帘忙迓入，林公夫妇起身迎。郑耀斋，殷勤见礼岳父母，含笑说，家严家母候安宁。临来曾命婿致意，转达高堂二大人。家中冷落亲丁少，欲迎小姐转回程。林公含笑邀归坐，夫人命婢请千金。双夫妇，春风满面称不敢，尊人二位想安宁。小女久欲回府上，奈因天热疾缠身。不茶不饭惟思睡，无复平时豪爽形。请医诊治云非病，云是征兰吉梦征。郑辉闻语犹无答，佩鸣早到美佳人。耀斋举目留心看，果见娇妻貌减春。惺忪睡目妆慵整，瘦怯纤腰一捻身。桃花嫩脸容光退，杨柳双眉锁翠痕。步入画堂呼父母，回身复又见东君。耀斋立起呼小姐，莲花面上笑生春。低云卿体少强否，父母时时念十分。准备鱼轩明日接，未知尊意若何能？琼珠含愧低低应，有累公姑刻挂心。依愧久疏昏省礼，本当明日返家门。一壁言时齐入座，丫环左右奉香茗。郑辉笑唤岳父母，婿儿忘怀这件情。前日庞兄曾述及，云伊表妹女佳人。霞仙文氏年三五，未有才郎射雀屏。因闻二弟婚无就，庆府千金消息沉。欲为月老氤氲使，说合奇男侠女婚。托婿转言为上达，问一问，泰山泰水若何能。乃婿之言犹未毕，喜得林公赞不停。霞仙侠女贤而孝，得媳如斯幸十分。琼玉亦曾夸奖彼，此姻谅必亦如心。荷蒙贤婿多关切，转达多才庞蕙卿。即依雅意无他议，一诺千金永不更。回头不向夫人道，切莫怪，下官性急这般行。只为孩儿多执见，又恐伊，推三阻四话堪憎。夫人听得悲还喜，想起佳人庆顺馨。美眷良缘成画饼，至今消息尚沉沉。

今虽又得贤能媳，难撇从前一段情。琼珠亦在沉吟想，表妹如何无影形。纵闻他，文氏霞仙贤又孝，谅不及，绝世无双表妹身。回忆昔年同聚首，伤心不禁泪将淋。最怜伊，多情多义如花质，未卜你，浪打浮萍存不存。恐妨触动爹爹性，回顾他厢拭泪痕。夫人听得林公问，半晌方才说一声：

"老爷之言甚是！庆侄女至今无信，焉得重回，原聘之名分总是他的。文小姐即作吾儿。"

林公听得夫人话，两手掀须笑说然。并非我处忘前约，只因为，襟丈书催已数函。又兼儿亦年非幼，恐怕的，错过佳人觅再难。郑辉在侧连称是，恁情由，婿与庞兄本素谙。文氏堪称奇女子，后来事，断然不致起争端。正言未了靴声响，梦云钱府已回还。春风笑满莲花面，常礼从头见一番。笑向双亲来禀道，舅娘舅父问金安。夫人尚未回言答，琼珠小姐笑含含。樱桃轻启呼贤弟，恭喜你，侠女为妻非等闲。梦云一听心惊异，向同胞，正色端容问再三。

"姊姊此话从何说起？可是真否？"琼珠嗔道："骗你不成，弟见吾谎过谁来？"

林公遂把孩儿唤，我今作主聘姣容。这般女子人间少，有何不足恼心胸。守义之期今已满，庆侄女，依然没有影和踪。姨父数次书催促，令吾儿，早系红丝理甚通。所以我，即托郑兄为媒妁，已定了，霞仙文氏女英雄。愿与不愿凭儿去，为父的，向平愿了乐无穷。一壁说时随命坐，此际多才乱了衷。

这却怎生区处？若待不遵父命，回绝此姻，想是不能的了。若遵父命，岂非作了负义之人，我只有守定此心，不改便了。

当时只得含愁道，这婚姻，父娘作主自当遵。目下孩儿年尚幼，惟恳迟迟再毕姻。倘他时，表妹明珠归合浦，那时节，娥媓一室始亲迎。林公当下含糊应，且待消停再理论。夫人亦道儿言是,何妨等待二三春。梦云闻此心少定,已见堂前设酒樽。至亲几位同入座,欢谈笑语饮杯巡。席散之时日过午,耀斋辞岳便回程。琼玉殷勤相送出,埋怨他,姊丈何须多事情。弟心守义君须晓,怎不通知便议亲。实因原聘无下落,不忍重联他姓姻。可恨你,陷弟终身为不义,恨不今朝与你拼。说罢不禁连叹息,笑倒多才郑翰林。含欢不住连称异,谢媒翁,原来如此好奇文。此时我欲回伊处,待他年,花烛之期再问君。说罢匆匆随别去,梦云闷闷转书林。且说耀斋携二仆,一鞭挥动马头尘。行来已至庞公府,蕙卿知得出相迎。分宾坐定芽茶献,郑耀斋,细述林衙已允亲。玉龙含笑声声谢,有费清神感不轻。

“弟暂失陪,即照尊云,禀知家姑母。”郑辉道:“兄请自便。”蕙卿遂入,半刻方出,笑道:“家姑母甚喜,烦兄转达林老伯。既蒙不弃,一切纳彩、下定烦文可以免却。”

耀斋点首连称好,即刻相辞喜气扬。归家已是天将暮,沐浴更衣热不遑。向双亲,细禀林家为月老,媳妇欲,明朝归省二高堂。父母双双齐道好,明日里,儿可安排去接将。兄弟侍亲闲话候,早观月影上雕窗。膳罢纳凉各归寝,是宵无事不须详。

次日,郑辉又到林衙,向岳父母细陈庞玉龙之语,便欲相辞回第。夫人款留中膳后再去。临行之时,林夫人嘱语琼珠:“诸事留心,将养身体,不久又来接汝。可代余归问公姑安好。”小姐依依不舍,只得别了父母阿弟,同夫归去。

小环仆妇也乘舆,郑耀斋,骏马同行自第趋。半刻工夫已到了,早迎出,丫鬟仆妇笑相呼。

“少爷少奶奶回来了,仆妇在此伺候。”

琼珠点首微含笑,仆妇们,掀起帘儿笑语优。扶拥登堂见姑舅,郑夫人,因观媳瘦问原由;林小姐,满面姣羞难答应,红生两颊只低头。夫人参得其中意,只因为,阿翁在座不追求。笑呼儿媳齐归坐，又来了，华斋小叔见姣差。琼珠立起含欢答，向翁姑，玉容含笑啭香喉。

“家父母命媳代候二位大人金安。”

军机夫妇称不敢，略谈片刻命归房。夫人细询跟随妇，得悉其情喜气扬。吩咐伴房诸仆妇，小心伺候莫疏荒。不谈堂上多慈爱，且把香闺详一详。夫妇于时来绣户，仆妇们，献上龙团各去将。耀斋立起携玉手，笑唤卿卿诉别肠。一日三秋诚不假，累下官，相思竟夕听更长。今见卿，玉容憔悴如花貌，下官甚是负惭惶。劝夫人，珍重玉躯宜自爱，莫不是，半为思郎半恨郎。相思相望难相见，故教瘦得这般腔。琼珠笑唾休胡说，侬劝你，既作男儿性要刚。四海为家勤国事，莫把温柔认作乡。妾身生性多愚鲁，只知侍奉二高堂。从来不识相思味，辜负君家念不忘。耀斋听，笑还嗟，说道夫人此语差。夫妇五伦情义重，请问你，所生子女姓谁家？三从之道全无晓，不念良人只恋家。琼珠笑道君休怨，听我言来理自赊。

“君在家安然适意，父母慈爱，兄弟同心，又非作客他乡，或是在外冲锋打仗，此则教侬记挂甚的？”

耀斋正欲将言答，早观夜膳已来临。于时一笑无言语，夫妻用膳坐分宾。膳罢双双昏省过，鸾凤归房并歇身。良宵苦短斯言确，夜景无词谈次晨。从此琼珠身渐健，林府夫人也放心。且说梦云小学士，只为严亲硬定亲。一夜愁烦眠不稳，思思想想梦难成。霞仙侠女为妻子，也满平生一片心。曾记昔日米庄事，作为不测令人钦。无奈我，因怜原聘无下落，岂做忘恩负义人。又兼别有疑难事，令人心内好难明。秦郎相貌原无二，只不过，相讹口气是京音。恐伊被拐年还幼，改变杭音未可凭。前朝略把言相试，未识他身怎样心。今朝再去相窥探，即知真假若何能。早起趋朝归府后，禀辞父母往秦门。身骑宝马携童仆，一路匆匆倏到临。门公即报小殿撰，庚香知得出相迎。迓入采芝仙馆内，平安吉庆奉香茗。林梦云，假作欢容相问询，尊潭合第谅安宁。伯父尊前祈道达，还兼二位弟夫人。庚香微笑回不敢，于时宾主坐分明。梦云复又留心看，见案头，书集如山满案横。笑向状元来说道，如何这等用功勤。功名成就婚姻就，称心适意有谁能。正好闺房调锦瑟，何须萤案受艰辛。恁般诚实真君子，我却从来眼未经。一壁说时随立起，翻开一本看何文。

原来是本温病条辨，尚有无数名目，也难述尽。梦云道："原来贤弟又增一番学问，真个文武奇才，九流三教，无所不知，兄愧弗如。"

殿撰笑云因没事，学会岐黄以救人。为人子者须当学，本是从前古圣云。梦云拍手连称好，羡贤弟，聪明事事比人灵。庚香笑说何难事，兄如肯学必然精。梦云不觉长吁气，愁锁双眉答一声。

"贤弟，不知愚兄那有心情习此？"

兄因原聘无消息，誓愿他年便作僧。亲前未敢分明诉，只得推辞待几春。可恨郑兄真惹事，瞒吾一点不知情。身充月老来吾宅，说合霞仙文姓人。家父是，不管儿心愿不愿，硬作主，已与文家定了亲。陷弟终身为不义，此皆姊丈害人精，兄恼得，一夜无眠魂欲断，今造府，忝在知交故渎陈。庚香不觉称绝倒，这却希奇耳未闻。奉劝兄，节妇牌坊世间有，从来没见义夫亭。又况是，霞仙义侠人皆仰，得妇如斯深庆君。庆府千金应已故，因而数载杳无音。闻听说，奇姿绝色人间少，却恐妨，仙娥已自返瑶京。飞琼不把红尘破，徒劳后羿望盈盈。目下是，侠女为妻联美眷，洞房指日度双星。宜家宜室周公礼，安了堂前父母心。小弟叨光扰喜酒，今朝先贺结良姻。说罢连连称可贺，深深一揖笑容生。

梦云见此，不觉既恼还笑，微含薄怒，答道："贤弟休得取笑。

原聘不回，今生不作此想。”

庚香听得如斯语，笑启朱唇答梦云。试想弟言皆正理，请兄细细去思寻。续弦也是人间有，那能如此这般行。为了个，所聘之人抛父母，便入深山去作僧。弟劝吾兄丢撇罢，何须执性太痴情。人生多义虽然好，也不可，十分任意逆双亲。有缘到底终须合，若是那，无缘也是枉劳心。依弟论，不如顺从双亲命，奇男侠女缔佳姻。佳儿佳妇娱父母，何用深山去作僧。一壁言时问是否，重邀入坐饮香茗。梦云见彼言词壮，口问心头自忖论。

看此举动言谈，似非女子，若是女子，焉有不妒霞仙，反为赞美，若论相貌神情，却有几分厮像。好教我忧疑莫定。且待我再将言语探之。

徐徐启口呼贤弟，金石良言感佩多。愚兄誓不忘前约，纵聘霞仙奈若何？哄过双亲迟日娶，誓欲要，海角天涯觅玉娥。庚香听得微微哂，林兄此举往奔波。庆小姐，千金弱质闺中秀，理上详之命应无。我观却是徒劳力，莫教好事反蹉跎。

梦云叹道：“贤弟不知其细，听吾细细详之。”

兄之所聘非他比，幼年曾见女姣姿。论容貌，王嫱西子诚难及。倾国倾城非妄辞，却因父母无生子，自幼男装品格奇。论才华，谢女班姬尚觉逊，多谋多诈口如饴。若充男子来赴试，状元久已中京畿。因与吾，阿姊闺中相处久，所说的，一切情由实不欺。只因伊，扬名已作奇男子，岂肯更装着女衣。闺娃贪禄忘大义，竟把前姻绝不提。梦云之语犹无毕，引得庚香笑满颐。

“想是林兄过于夸奖嫂夫人，情人眼内出西施，此语非假。焉有闺中弱质如此有才有识，尚被失落？兄说之言，弟实不信。”

梦云明晓庚香诈，手摇纨扇暗徘徊。频睃凤目窥娇态，含恨含情把话回。贤弟驳吾言不确，他时自必见分裁。若言绝等奇姿美，堪与弟，甲乙无分仿佛来。兄因薄福难消受，故教鸾凤两分开。此后人家如选偶，不须绝等女裙钗。只要他，无违夫子持家好，夫妇相和两意谐。胜我这，望梅止渴终无补，秋水伊人天一涯。良缘中折难完聚，空劳切切挂于怀。若然果是身亡故，兄却也，满腹疑团顿解开。守义三年和五载，招魂设位尽余哀。无奈是，不生不死无踪迹，却愧吾，枉负多才实不才。状元知是讥讽话，□□□□□□□。

“一向不知，原来尊嫂如此奇才奇貌，真乃世间难得！非怪吾兄思之不置。总是尊潭福厚，奇英尽出一门，他日双美完姻，弟要多多叨扰喜酒。”

梦云闻此心辗转，暗暗踌躇暗暗嗟。看伊侃侃言词壮，全然不像女娇娃。我只得，暂把痴心收拾起，莫惹得，朋友分颜道我差。且落得，饱看娇容消渴想，胜于伊，无踪无影在天涯。虽然不得成连理，能见他，一颦一笑也还佳。他时慢慢相机探，林梦云，岂能一世让伊乖。于时含笑呼贤弟，慰我良言感德嘉。兄今灰却英雄志，不思宜室又宜家。秦凌一笑称然也，想林兄，为因国事乱如麻。忘身为国勤劳甚，那有闲情忆室家。梦云学士连称是，故装呆，掉转风头闲阔牙。庚香随唤童儿辈，呈上了，冰桃雪藕共西瓜。含笑殷勤逊佳客，梦云略用便回衙。秦殿撰，送林君，回转书房喜不胜，幸伊已定霞仙女，了我心中大事情。适才是，言语之间如有意，谅伊不敢认为真。伊虽誓不忘前约，知道姨父必不听。男子心肠焉有准，得新厌旧是常情。霞仙侠女成婚后，谅不思量庆顺馨。趁吾私愿充男子，头戴乌纱过一生。奈何身被微名绊，不能够，私往杭州认二亲。暗里往来休说破，双亲谅必也欢心。深幸那，娇妻二位多贤淑，假凤虚凰甚有情。娱亲色笑同偕老，断无嗔怪假郎君。我之际遇真难得，千古蛾眉第一人。所差未报生身德，实乃是，为了神言孝道轻。此身未去心常往，恐累双亲故忍心。今已六年无碍事，决意寻机往武林。思之不觉愁还喜，便往中堂去侍亲。不表庚香多得意,且谈琼玉转回程。心头半喜半忧闷,疑疑惑惑意难宁。见过双亲归书院,维思无计试佳人。按说秦林两府内,书中再表一奇情。化龙翰院居旅馆,朝朝局促不安宁。幸喜的,乔妆二仆多灵便,即是秋葵与绿萍。化龙暗与来商议,我们受尽万千辛。原为缪家贤小姐,希图永世不相分。今已离家有一载,依然未会缪千金。老爷太太多悬望,我实人间不孝人。思想之间诚惭愧,如今追悔已无门。既已如斯焉肯歇,可请汤爷去作冰。求婚缪府贤小姐,这里有,一封柬帖细书明。

"你可速到缪府向汤爷说之,云吾求伊作媒,此信一并呈伊,速去速回为要。"秋葵改名沐达,绿萍改名沐屏,沐屏随即持帖而去。

沐屏到了缪公馆,半膝相参汤老爷。细述家爷求作伐,一封红柬举齐眉。汤瑾含欢忙接过,从头细看笑言之。

"尊介暂回,明日即来复命。既属同年,这点小事总当竭力而为。"

沐屏答应匆匆去,且说汤生缪府言。袖笼书札来堂后,向姑母,细说求亲一段原。今有沐生年三五,青春学士貌如莲。本籍安徽父母远,欲求表妹把姻联。表兄谅也曾见过,侄儿未敢谎尊前。夫人听了微微哂,回问孩儿然不然。

静德答道:"若论沐翰林之貌,全像凝华表妹,男子中也算难得。既入翰林,才是不必说了。此姻甚是开得。只嫌伊为人古董,从不与朋友来往,诚属可厌。"

夫人听得笑盈盈,道是吾儿错怪人。记得你身年幼日,也是如斯怕莫生。此人诚实真君子,青年难得又难寻。我心已定无更改,愿将汝妹许为婚。静德含欢连道是,母命如何敢不遵?夫人又向侄儿道,即烦侄,明朝报允到伊门。汤瑾于是忙答应,是宵无话讲来辰。元裴辞姑来沐寓,化龙知得急相迎。分宾坐下龙团献，汤瑾将言宛转陈。化龙听罢兰心喜，深深一揖谢殷勤。含欢轻启樱桃语，荷感成全深佩君。弟因父母相离远，旅馆诸多不便情。既蒙金诺无推托，弟意欲，入赘伊家射雀屏。父母书来催促我，一子承祧早毕姻①。敬烦转达尊亲处，未卜伊家是怎生？汤瑾闻言含笑起，答言明日即回音。化龙即便殷勤送，临行犹自嘱谆谆。

“年兄，明日早来，弟在寓专等玉音。”

元裴当下连连应，跨上青鬃扬玉鞭。一程回到姑母处，即把那，化龙欲赘向姑言。缪家母子踌躇甚，说道妆奁亦未全。况兼年纪都还小，何妨再过二三年。汤瑾含欢重又道，因伊父母急煎煎。云子单传已年迈，来书催促把姻联。向平早了心头事，免教旅馆叹凄然。夫人笑道原来此，我家是，主事家风贫又闲，恐妨住此难适意，岂非两下反生嫌。静德亦呼贤表弟，即烦尊驾向伊言。母亲之语和伊说，伊如不弃不憎嫌。何妨早早完姻眷，诸事须当说在先。元裴点首含欢起，又来回复小英贤。

缪小姐因避表兄，身居绣阁，故此未曾听见。按下不提。且说，

化龙等待心焦甚，得悉媒来即出迎。汤瑾尚然未坐定，化龙早已问频频。元裴见此心暗笑，故意洋洋款款云。至尾从头言细底，乐煞青年沐翰林。立起含欢忙致谢，即烦转达令姑身。

“妆奁事小，况兼入赘伊家，此事切勿踌躇。若云弟到那厢相处不惯，断无此礼。谨请放心。择吉之期，听凭那里定于何日。”汤瑾道：“下定纳采诸事，狠可减省。”化龙道：“烦兄代达。”元裴遂又回复姑母。

归来细禀贤姑母，夫人满面笑春风。诸事减省即好办，此语

① “祧”，原文作“挑”，形近致讹，据文义改。

言来理却通。只要汝，表妹他时福泽好，何在妆奁浓不浓。回身又把孩儿叫，择吉期，你们兄弟去商通。静德含欢点首应，家中即，妆奁备办不从容。牙床锦帐鸳鸯枕，镜篚妆台箱与笼。数日之间诸事毕，洞房收拾一齐红。黄道吉日红鸾照，荷月初二赘乘龙。媒翁又复化龙信，邀一陪媒水四兄。

同到沐寓，细陈一切。化龙即备宴谢媒。贞华看伊貌似阿妹，甚为惊异，因化龙改了吴音，遂也不疑。宴罢，各辞而去。转眼之间，已临初二。

是日缪家忙碌甚，邀亲接友闹哄哄。外厅中，安排宝轿迎姣客，香闺内，夫人打扮女姣容。全福之人开面罢，催妆诗赋请三通。凤冠蟒服妆成艳，西子南威当世逢。女眷诸人齐赞美，静溶小姐玉颜红。因伊表姊相违后，切切相思日挂胸。今遵母命于归日，既恼还羞锁翠峰。不表香闺姣小姐，且谈外面事匆匆。吉时迎到乔妆客，芽茶三献款乘龙。宾相仙音迎入内，又催玉女降瑶宫。香风招展参天地，烛影摇红拜祖宗①。礼毕牵巾归绣户，挑巾撒帐事重重。化龙目视缪小姐，喜喜惊惊暗想胸。

“水凝华，水凝华，此刻莫非是梦！却教侬疑假疑真，好生侥幸也。”

一边思想呆呆看，外厢相请举金樽。无奈只得前厅去，众亲相逊闹盈盈。席散之时交二鼓，男宾女客各辞行。乃舅导之同入内，沐化龙，深深八拜岳娘亲。夫人见婿非常喜，只见他，翩翩体态必文文。莲花面，柳郎身，灼灼丰姿似美人。看来犹胜吾爱女，更喜青年入翰林。一壁含欢称请起，一边唤婢奉香茗。从容细询婿家事，假郎君，一片虚词恍似真。欢谈笑语更筹永，夫人含笑命安身。

---

① “影”，原文作“彭”，形近致讹，据文义改。

“丫鬟们可送姑爷归房息歇。”嬷嬷随即答应。

一对红灯前引导，化龙含笑后堂行。一路思量心暗哂，此皆熟路旧曾经。昔年姊妹同游玩，今为娇客是新亲。世间之事原难料，果然有志事能成。行来已至新房首，喜娘们，合卺佳筵摆现成。扶出新娘交饮过，喜娘伺候请安身。即请双双冠带卸，又把牙茶献一巡。各自告辞齐退去，化龙随即掩房门。悲悲喜喜欢无限，含笑含悲万种情。近前低语窥姣面，坐并香躯低唤卿。三生有幸依妆阁，算侬艳福也非轻。宜家宜室周公礼，何况萧郎是熟人。卿且睁眸试一看，即知侬语是真情。静溶听得声音熟，偷举秋波吃一惊。分明却是水表姊，为什么，美人变了美郎君。姣羞总觉难开口，半疑半信乱芳心。化龙知得姣娃意，玉手相携说事因。贤妹如何不识我，枉结金兰订死生。我同表妹非他比，同意同心两意亲。我为君，奔波受苦担惊恐，历尽崎岖受尽辛。谁知你，觌面相逢犹不认，辜负侬，切切相思一片心。静溶听此方知确，喜喜惊惊立起身。睁凤目，启朱唇，仔细端详问一声。

“君家真是水家表姊否？乞将其情道之。”

化龙莲脸笑生春，坐并香肩近玉人。附耳低低呼表妹，切休性急听吾云。自从去夏河干别，好一似，刀绞柔肠剑刺心。吾妹想应同此意，不须烦赘渎清听。六月中旬到吴下，一路上，那有闲情玩物情。姊为你，三餐饭食难吞咽，姊为你，四时不辨夕和昏；姊为你，恹恹染疾身难起，姊为你，瘦损腰肢一捻身。后来渐渐加沉重，父母犹然认不清。急坏爹娘人二位，终日里，求神许愿请医生。一月缠绵疾少愈，侬要南华了愿心。爹爹只得随儿意，父命娘亲送我行。朝过世尊欲返署，我身久已备行旌。随身携带珍和宝，与婢乔妆撇下亲。遗书一纸将亲慰，我说的，三年之后定回程。父娘如若追儿急，儿便轻将一命拼。倘如从了孩儿意，儿尚欲，他日重归侍二亲。因此父娘不追迫，我即潜行到秣陵。冒籍徽州黟县氏，化龙沐姓是单丁。大收冒考诚为幸，唐塞之辞竟有名。入闱侥幸身登第，今岁春间入翰林。见人腆腼怀惊恐，小鹿心头撞不停。日夕筹思难会妹，终朝烦恼闷沉沉。机谋设了千千万，始得今朝见妹身。一时间，为着痴情忘大义，侬是人间不孝人。内则闺仪都尽失，此时懊恼已无门①。幸则幸，今朝与妹重相见，愧则愧，养育深恩报未能。未知我，父娘怎样劳劳望，必然道，弱质姣雏已丧生。妹家谅有书来往，知否爹娘身可宁。望妹从头详细告，可怜一载撇双亲。说罢不禁双泪落，抽抽咽咽暗吞声。

缪小姐听得其中原委，不觉嫣然笑道："小妹实愧不如。荷蒙雅意谆谆，诚为可感，怪道朝朝盼望姊姊，只字俱无。姑母书来，亦未提及，云过得甚好。吾姊甚勿愁烦，待小妹也将一载相思细细述之。"

那日与君分袂后，可怜侬，离魂欲断返皇城。终日维思贤姊姊，三餐饭食懒沾唇。恹恹染疾经三月，一病几乎丧了身②。娘亲为我忧成病，日夕呻吟卧枕衾。我不食时娘不食，小妹如何心得宁？哥嫂双双时劝慰，百般调治费精神。小妹因而心不忍，只得就，强按伤心慰老人。后来渐渐身强可，终朝维盼有鸿鳞。谁道已经将一载，未有双鱼慰我心。满腹疑团痴意切，今朝何幸遂初心。今生同把双亲侍，愿倚君家过一生。只有一桩诚可虑，郑家若是要完姻。教我那，姑父姑母如何说？若晓得，闺秀逃亡不好听，又况且，同在京都难躲避，若知消息要追寻。郑家姊丈原难认，怕则怕，表兄等众要疑心。一朝识破乔妆客，你我依然两下分。小姐言时颦翠黛，化龙不觉笑吟吟。

"贤妹不必多虑。这些闲事，说他则甚？我只要父母康宁，他

① "懊"，原文作"燠"，形近致讹，据文义改。
② "乎"，原文作"呼"，形近致讹，据文义改。

事皆不关我。”

劝贤妹,不须烦恼坐深宵。你听那,谯楼已是鼓三敲。真个是,今日且谋今日醉,不管他人认我曹。好容易,一载想君今晤面,奉劝你,休将愁话絮叨叨。静溶闻语含欢起,双双携手入红绡。喜得天公真作美,虽是炎天暑气消。并枕而眠香梦熟,醒来红日上窗寮。双双惊起含欢笑,放入了,丫鬟仆妇语声姣。伺候姑爷和小姐,梳洗完时堂上邀。

婢子前来禀道:“太太相请姑爷小姐前堂会亲。”

假郎君,闻语含欢应一声,千金随后步香尘。侍儿仆妇相随后,同向中堂谒众亲。先拜娘亲兄共嫂,转上了,侄男侄女礼殷勤。又见水汤表兄等,无多几位内朋宾。见礼完时归绣户,一天热闹不烦云。化龙见客皆归去,便往香闺伴玉人。静溶含笑相迎入,亲把芽茶奉姊身。化龙因见无人在,笑拍香肩小语云:日间二仆来参见,妹身认否是何人?静溶笑答妆来像,全然不似往时形。料得表兄难识破,从今狠可放愁心。正在闲谈仆妇入,二娇顿口默无声。天炎沐浴更妆后,假凤虚凰并歇身。仆妇侍儿皆暗笑,少年夫妇太多情。化龙自此多安逸,终日里,躲在香闺懒出门。岳母夫人多爱惜,舅兄舅嫂颇殷勤。二仆相携行李至,房金饭食算还清。另有下房安住彼,主仆们,同居缪府乐心情。

不谈女扮男妆事,且说钱家一幼兴。六月初三得一子,桂官两字取为名。一家欢喜何消说,幼兴是,更把妻儿不敢轻。日夕在房勤照应,胜似孩儿孝二亲。报喜外家忙碌碌,三朝汤饼宴诸亲。一班年少齐来贺,谑语嘲言戏幼兴。至亲几位无他客,即是那,林秦吴郑并苏君。还有玉龙庞翰院,也来贺喜到钱门。献罢芽茶呈绮席,钱幼兴,相邀入坐饮杯巡。蕙卿笑向耀斋道,有一奇文请试听。去秋间,家岳所嬖优童子,黑夜间,忽被人将身首分。嘱语合家休泄漏,时差家将暗寻人。一载至今无下落,闻人说,家岳时时恨不平。大众闻之微一笑,子秀兰心暗忖论。此人必是安徽吕,酒楼曾说刺权臣。看其举动多粗鲁,故而错杀小童身。忽听耀斋含笑答,真是希奇怪事情。相府行凶诚大胆,是奸是盗好难明。莫非是,小童在外行歹事,致令反教自伤生。幼兴举盏殷勤逊,笑道休将他事论。玉龙一笑无言语,郑辉云,如再多言罚廿巡。大众于时重又饮,席终已是午牌辰。蕙卿谢酒先辞别,门前上马去如云。

再言这,众人送出重回转,慢品香茶细语论。庚香说起玉龙话,此人亦是有心人。子秀笑云真不错,梦云连道算何能?老奸贼,将来必要明正罪,刺杀伊,我等能行却不行。丈夫做事须磊落,不然是,早已将其身首分。说时笑向苏秦道,二兄与弟谅同情。庚香子秀连呼是,学士含欢又谓凌。昨宵闻得童儿说,去岁春间弟出京。曾在那,直隶店中诛盗贼,不知此语假还真?侍郎微笑言真确,遂即将,诛盗情由述众听。三山盗寇多作恶,每于四路劫商民。提及令人深切齿,小弟是,誓把三山踏作尘。若得一朝权在手,不灭三山把姓更。学士答言真可恶,君怀此志自能成。子秀闻言微一笑,堪敬秦兄仗侠心。众人亦把庚香赞,笑语言谈又片辰。皆因天热齐辞去,钱家昆玉送嘉宾。苏郎目下居吴府,瑞兰小姐亦归宁。此时节,慕苏子秀离钱府,郎舅双双并辔行。

书至此回交廿四,奇奇幻幻下回云。天炎热,暑气蒸,频摇纨扇汗犹侵。迟眠早起偷暇作,一卷辞成近二旬。知音欲听奇文事,待吾竹妹续新文。

第三十二回　入宫寝真翁假婿　救储贰侠女忠臣

风风雨雨近重阳,已见长空列雁行。篱边嫩绿初栽菊,槛外新红放海棠。临水有时闲自钓,对花无事静焚香。昨朝次姊传双鲤,观之不觉动愁肠。只因姊丈回原籍,姊随同阵往维扬。从今姊妹分南北，心烦甚懒赏秋光。兰闺无计堪排闷，再把那，上卷情由细细详。

尚书林业丹墀跪，俯伏阶前拜圣皇。供词奏折呈龙案，圣天子，亲赐平身视本章。一一从头观看毕，龙心不觉怒非常。骂声负国权奸贼，枉为宰辅立朝纲。十数年来黄阁政，不思报国尽忠良。二代之臣恩不薄，丧心想把朕躬伤。分明莽操生今世，深愧朕，错把奸臣当栋梁。如此贼臣容不得，西曹正法理应当。传旨副挥名刘愉，即传圣谕到京邦。革去米奸官与职，并谕朝中忠靖王。速把贼臣来捉下，问明口供正刑章。刘愉指挥忙领旨，退出朝门慢细详。圣天子，怒冲霄，降谕陶诸不可饶。西曹速即鱼鳞剐，奉旨金吾就拔刀。压解陶诸西市去，即将首级挂竿梢。君王殿上重传旨，宗人府令有功劳。当时即便加三级，外赐花红与锦袍。林公父子将恩谢，时已辰牌散了朝。

慢言浙省情由事，要提起，京都米相使奸刁。自从圣驾南巡去，便与那，一群狗党众同僚。终日商量谋大位，教场日日把兵操。只有玉龙庞翰苑，送驾后，病染沉疴卧锦销。因省亲，染病未能归相府，庞太太，观儿之症动心焦。岐黄遍请时诊视，怎奈是，缠绵疟疾体偏娇。月余方愈书斋坐，忽观见，梅映前来禀事苗。相国府中差仆到，请大爷，陪宴宾朋饮酒肴。玉龙闻语双眉锁，无奈将身出绮寮。入内禀亲临岳处，门前即便跨鞍轿。梅映执鞭随在后，穿过长街巷几条。相国府前忙下马，内中云板已连敲。蕙卿举步来趋入，迎出米定小奸刁。笑呼妹丈今安否，月余未见甚无聊。翰苑强欢回数语，早见侍婢把帘挑。步入轩中呼岳父，米无庸，眼观爱婿乐陶陶。说一声，患病月余容甚瘦，而今汝疾可全消？翰苑欠身称托福，现已将占勿药爻。久思来府金安禀，气体虚柔不耐劳。违侍膝前多负罪，今日里，正思来把大人瞧。正在言时诸客到，尽皆是，乌纱戴顶玉横腰。蕙卿勉强抬身接，共同仿卓把宾邀。老奸高坐金交椅，众官员，参见齐齐礼一遭。

来者大军机唐车、兵马司臧熊、户部尚书周萤、兵部尚书夏冀、礼部侍郎董贵、太常寺正卿周崇、左都御史杜猷、右都御史胡宗道、巡城御史阴笃实。

脚靴手版乱纷纷，座上权奸带笑云。用手一挥称请坐，诸人俱各应连声。一众家丁调桌椅，两廊细乐奏盈盈。仿卓于时邀入席，更有东床庞蕙卿。一同入坐华堂晏，转过歌姬众美人。鼓琴弹丝低唱曲，娇喉婉婉似流莺。老奸此刻心花放，笑对诸人说细因。前命陶诸行大事，今朝谅已刺昏君。山东直隶安排好，已经住扎似铜城。特请你们相计议，如何打点坐龙廷。首席唐车先说道，事到而今要用兵。围住丹墀并禁院，刀枪剑戟洗宫门。国母储君俱捉下，从来斩草要除根。就请相爷登大宝，即时传谕众朝臣。如其投顺加官职，若不从时用重刑。至死不移能有几，群僚势必服威灵。再将敕诏颁天下，赦放囚徒有罪人。税赋今年皆免了，自然可以得民心。况相爷，恩德久施天下感，必无一个敢争论。至若封疆诸大吏，大半归投已沐恩。惟有秦苏双节度，看来不是省油灯。然而不必先相惧，常言独木总难撑。雄兵猛将知多少，自可将他一鼓擒。此是相爷多福气，事不宜迟今夜行。

群奸俱各连称好，无庸点首笑盈盈。玉龙在坐亲听得，不觉兰心吃一惊。暗想道，奸贼向来行不法，不料今朝就露形。吾家世受皇恩重，为臣岂可不忠心？然而是，京都将卒皆伊党，防护宫闱没有人。若救东宫皇太子，惟有文家表妹能。怎得回家通一信，抱储君，暗暗潜行离帝京。奔赴浙江投圣上，事关宗社不非轻。陶诸虽去来行刺，随驾之时有梦云。其人艺大兼心细，谅彼奸谋不得成。但只是，朝中无有忠良将，明辰必见乱纷纷。自愧书生无用处，毛锥难以敌刀兵。真可笑，庞蕙卿，浑忘自是女钗裙，暗恨生来多命舛，何故妻宫犯贼星？同辈秦苏诸好友，泰山个个尽忠精。偏偏吾独将球中，遇着奸雄赘入门。事到如今无可奈，只好是，袖手旁观不出声。筵前杯酒无心饮，强作欢容立起身。即便更衣趋出外，不多一刻又来临。重归坐，举霞觞，耳听奸贼笑声扬。派定臧雄与夏冀①，领雄兵，去围监国捉拿王。自督唐车与子定，勇士随身带两双。一叫卢成一江结，一名常爱一徐飚。兵马三千围禁院，宫门洗尽捉储皇。一一分调俱已定，回头笑对美东床。自家翁婿非他比，须要同心莫异肠。书生虽说难知武，也可随吾走一场。须待三更时尚早，大家且各饮琼浆。玉龙闻语惊慌了，兰心忐忑意彷徨。老奸派我跟随去，事到如今没主张。一片忠心难报国，千秋恐怕臭名扬。思至此间心似火，顿时不觉变容光。手内金杯丢落地，娇躯无力态踉跟。一歪跌下金交椅，闭目神昏体若僵。人事不知无气息，凝脂玉面盖重霜。口内鲜红流滴滴，斑斑点点湿衣裳。合席官员惊立起，坐上奸雄意更忙。抬身抢步来观看，弯腰俯首唤东床②。狗党一起围裹上，米仿卓，连催侍仆取姜汤。妖姬艳女停歌舞，音乐于时住两廊。再表庞家梅映仆，先时本已侍于旁。眼观小主身昏倒，即便掺扶道不妨。且请相爷无用急，乞听梅映禀端详。

遂禀道："小主此次病后，常有昏晕之疾，口即流血，须睡卧静养，一点不闻人声，片时即苏醒。惟后犹须静养，最怕人声，此时宜用姜汤冲服。"米相即吩咐不许作声。

言悄悄，语萧萧，前厅正在静无嚣。忽观侍婢挑帘入，报道夫人出绮寮。一众官员回避出，唐车立起唤同胞。甥婿晕昏非一次，才听梅映说根苗。望请但把宽心放，片刻苏回莫意焦。夫人闻语将头点，走进前来把婿瞧。但见他，玉粉庞儿如白纸，斑斑鲜

① "臧"，原文作"藏"，据上文改。
② "弯"，原文作"湾"，据文义改。

血染罗袍。连问此是如何症，从天祸事实蹊跷。相国于时忙答语，即把那，梅映之言说一遭。回头再视东床婿，已见微微凤目飘。低说一声无碍事，泰山泰水莫心摇。此时气转神清矣，惟觉胸中痛似熬。静养一时当自愈，最怕人声乱杂嘈。夫妇见其苏醒过，不由喜色上眉梢。相国低把夫人唤，与你相商事一条。我宅人多无静处，况有大事在今朝。不如送婿归家去，静养安眠病可消。好在是，金英前次归庞府，汤药时时可代调。夫人点首连称好，事定后，那时再接女多娇。无庸当下忙吩咐，一众家丁碌乱跑。火把灯球齐备好，小梅映，搀扶翰苑慢淘淘。送入那，暖轿之中安坐定，八人抬起走滔滔。慢表玉龙归府第，此时更鼓欲三敲。老奸忙把群官派，诸人各去把兵操。勇士四名齐结束，仿卓于时亦佩刀。老奸身坐高头马，铁骑三千勇更骁。还有唐车随在后，直向皇宫路不遥。

此处事，且慢言，再表那，臧熊夏冀督兵权。营中点起人和马，去围监国不迟延。滔滔直望亲王府，街坊上，家家闭户尽安眠。无多刻，已到堂堂监国第，兵丁围住喊连天。火把灯球如白昼，钢刀出鞘箭离弦。王府门官先早见，如飞报入内宫前。贤王子，为国勤劳犹未寝，灯前批阅奏章篇。忽闻报道兵围府，心内猜疑系米奸。急传护卫来迎敌，自家也便握龙泉。世子是，青灯夜课将书读，闻变之时怒气添。即取佩刀来出外，刚遇臧熊到里边。叱令兵丁须快捉，国芝世子怒生烟。挥刃杀，骂声高，丧心贼子犯天条。何人使你前来到，快快将言一起招。此际贼臣无语答，连忙抢上也挥刀。国芝虽是能知武，总系个，惯养深宫气力娇。早被臧熊来杀败，兵丁捉住缚牢牢。护卫一众思相救，怎奈奸兵涌似潮。只得拼身来斗杀，王爷府内血淘淘。此时再表贤监国，龙泉手握出书寮。眼观爱子身遭缚，不觉心酸意更焦。猜着米奸今篡国，愿拼一死报当朝。龙泉剑舞飞来快，撞着兵丁血直飘。臧熊贼子忙拦住，青锋手举两相交。王爷武艺虽能会，难敌奸臣气力骁。虎腕酸麻丢宝剑①，众贼兵，齐来捉住不轻饶。护卫一众皆观见，拼身个个气咆哮。刀枪剑戟齐齐上，有人还把大锣敲。喊声一片如翻海，街上人家魂已消。皆晓米奸今造反，有的搬家有的跑。看看四更天欲曙，已闻王府静无嚣。原来是，一众护卫俱授死，奸夏冀，已将内宅一齐剿。王妃女眷俱拿住，二贼子，振兵一路去滔滔。

回言再说围宫事，米贼斯时气更豪。领兵已到宫门外，举鞭即便把门敲。侍卫一半皆伊党，前已相约在今朝。专等候，已闻声，吱哪一响辟朝门，米相当先来入内，兵将跟随望里行。宫中米党多多甚，故而是，层层门户不须兵。也有内监忠心辈，早已飞传太后闻。国母昭阳亦得报，魂飞魄散好心惊。扶着宫娥朝太后，无暇备辇即狂奔。又命宫娥抱太子，急急相随在后跟。一路行来宫已到，两宫相见泪淋淋。嫔妃一众齐啼哭，圣母昭阳骂不停。贼子丧心谋篡国，萧衍杨坚又复生。可恨朝中诸大吏，竟无一个尽忠心。监国此时何不到，谅来已是被伊擒。吾辈于今拼一死，可怜最是小皇孙。无弟无兄惟只立，国之储贰不非轻。恨无义士忠良辈，可以将他送出京。因念皇儿身在外，此时可否得知情？惟祈社稷苍天佑，他时重整锦乾坤。正在言时重又报，米奸已进内宫门。两宫相对哀哀哭，计无所出没调停。惊慌之际心昏乱，忽见那，屋檐飞下一尊神。浑身短打腥红色，三绺胡须面赤金。高喝一声休吓怕，吾神特此救储君。说毕忙忙趋步进，连忙抱过不消停。步履如飞重出外，将身一纵去如云。圣母昭阳惊又喜，不由念佛感神明。无多一刻奸臣人，后边兵将拥纷纷。圣母此时心大怒，手指权奸骂一声。朝廷待你恩非浅，今做谋王篡国臣。

---

① “腕”，原文作“捥”，据文义改。

九族全诛须有日，莫以为，帝出京都就弄兵。昭阳也便开声骂，奸贼于时火直喷。喝令与我来拿下，常爱徐飏就逞能。即把两宫来捉住，更有嫔妃一大群。送入冷宫无用表，再说那，宫娥太监乱纷纭。奸党者，个个眉头增喜色，忠心者，喝骂哀号似震霆。仿卓闻听心大怒，喝令开刀速用刑。可怜宫女黄门监，死者于时数十人。米无庸，不见东宫皇太子，令人各院去搜寻。看看已是天将晓，俱禀说，储君不晓那方存。米奸此际惊慌了，审问旁边内监们。

有一内监奏道："方兵入宫时，太后国母抱太子对泣。忽一红衣金面神人自天飞下，将太子抱去。"米奸不信，乃严刑拷问，一众太监异口同音，均说不谬。米奸半信半疑，即令臧熊带兵按户搜查，有藏太子者全家诛杀，献出者重赏加官。又令巡城御史阴笃实晓谕各城门紧闭，不许放人出入。

二人领旨去匆匆，唐车即便把身躬。奏说一声时不早，请王登位暂离宫。外边诸事皆齐备，众文武，俱立朝门贺圣聪。无庸耳内闻斯语，此番乐煞老奸雄。哈哈佯笑将头点，忙更帝服不从容。可恨贪生宫内监，忙备玉辇乱哄哄。

慢提权奸来篡国，要言京兆府衙中。吴氏慕苏京兆尹，送驾后，爱民勤政振顽风。色笑堂前娱父母，或与妹，各裁佳句理丝桐。是晚间，案卷阅完书室坐，忆姻缘，不由深锁两眉峰。暗思我，二七之年登解首，十五身为翰苑公。连步青云升府尹，九重沾渥圣恩浓。椿萱并茂多康泰，也算人间富贵荣。惟有一桩真恨事，兰闺琴瑟至今空。无端拆散鸳鸯侣，月蚀风狂落水中。生死存亡犹未卜，展转相思闷煞侬。记得去年端午节，曾闻侍砚告情踪。说什么，苏府公郎湖内得，好教我，一个疑团又入胸。也曾数次言相探，怎奈他，出语刚强似剑锋。细观不像闺娃态，好教我，柔肠缭乱恨无穷。但愿苏郎身是女，鹊桥牛女可相逢。若然确系奇男子，人间何处觅姣容。同辈俱偕鸾凤侣，何以我，独独红鸾不照宫。表弟华斋犹可异，完夙愿，原配乔装沐化龙。女扮男装今既有，但愿我，将来际遇与他同。思至此，叹连声，铜壶漏转已三更。忽闻外面人声沸，覆地翻天震耳鸣。即唤小童来打听，应命飞奔小侍屏。无多一刻来回禀，连天大祸不非轻。米奸兵马围监国，王爷府，离此无多半里程。米相谋王今造反，事到如今待怎生？小童禀告方才毕，气煞风流吴颖滨。柳眉竖，凤目睁，咬牙痛恨老奸臣。忽然想起苏郎语，暗思道，姊丈聪明果异人。料到京都将遇乱，临行对我语叮咛。今朝悔不听他语，未送父母故乡行。事似燃眉今已急，只得抛亲报国恩。既是米奸谋篡国，入宫速去救储君。主意定时身立起，匆忙不及把衣更。即把长衫来脱去，背插龙泉剑一根。堂前禀告都无暇，将身一纵上雕楹。

原来慕苏自闻子秀之语，即将雄师请来，学习已有多时，夜行法术，般般武艺，俱已精熟。惟暗器未学，故此纵身毫不费力。

思报国，吴颖滨，心忙急急向前奔。离了堂堂京兆府，行来已到午朝门。观见米奸身坐马，后边兵将涌成群。不由怒气冲牛斗，龙泉即拔欲相争。回思独力难持众，如何孟浪这般行？吾今若是来争斗，徒送残生一命倾。不如进宫救太子，想罢之时又纵身。鹿伏鹤行来的快，前边已是内宫廷。忙伏雕檐来探视，但只见，圣母昭阳共泪淋。金面一神飞步入，怀中抱去小储君。将身一纵如飞去，京兆心中吃一惊。心知有异忙追赶，看看已出紫禁城。蹿房越脊如风转，前边又到一墙门。只见那人来跳入，满腹猜疑甚不明。细观此系谁家宅，原来是，奸贼东床庞蕙卿。心中暗道真奇怪，怎样伊家会有神？又思彼既为翁婿，必定其中有隐情。想罢飞身随入内，伏于屋底细来听。但只见，玉龙身靠花梨案，相对神人把话论。救得东宫皇太子，如何可送出京城？慕苏见此心方悟，连忙跳下不消停。要知神自何方出，且待从头细细云。

庞翰苑，病昏沉，暖轿抬归庞府门。米府家丁俱散去，小梅映，搀扶公子进书厅。夫人闻报忙来看，后随相国女千金。还有文家姑太太，手携爱子小郎君。齐入书斋来坐定，庞府夫人问病情。梅映一傍忙细告，文太太，道称侄恐是劳神。玉龙正欲开言说，抬头观见米金英。言至口边忙顿住，微飘凤目唤夫人。前次昏迷曾有药，不知收在那方存？望卿速即来寻找，命人煎好送来临。金英小姐闻斯语，手扶雏婢急忙行。玉龙此际抬身起，细言米相使奸心。孩儿当下心生计，谎言假托把衣更。暗嘱梅映依儿计，复又入席饮金樽。儿因想，前回曾有昏迷症，今朝故意假装成。装时为恐人窥破，将舌咬破血沾襟。一时疼痛真昏绝，竟使奸雄认作真。暖轿抬儿家内转，因为着，欲乞表妹进宫门。抱得储君藏宅内，那时议计再调停。敬请姑母来转告，事不宜迟速即行。两位夫人闻此语，俱各心中吃一惊。文府夫人忙立起，同爱子，匆匆即入内中庭。玉龙重又将亲告，望娘谎语米千金，道儿说，身体虚柔难步履，今宵权且宿书厅。不必遣人频问讯，怕人吵闹乱盈盈。梅映此间能服伺，只须静养到明晨。庞府夫人连点首，入内之言不必云。

再表文家姑太太，金莲款动不迟停。绿荷一见忙通报，霞仙小姐起身迎。夫人此际无他语，急把那，玉龙之话告儿听。霞仙闻母如斯语，又动肝肠侠义心。低骂老奸真万恶，碎尸万段气才平。等把储君来救出，那时定去刺权臣。说时忙把衫裙脱，一方罗帕盖乌云。忽想道，此样若行朝太后，宫内防多米党人。识破行藏知是我，必至连累表兄身。蛾眉一绉心生计，回头唤弟语低声。快将汝，平时顽要金魁脸，可即拿来莫暂停。文郎闻语如飞去，无一刻，赤须金面一齐呈。

笑道："姐姐既要金面，我这里还有红胡子一挂，姐姐现穿一身红衣，若将胡子带上，岂不就像天神了么？姐姐，你道可好！"

文小姐，听弟言，心中不觉甚欢然。口内连忙称道好，接过之时放案间。又取青锋斜插背，即把那，金面红胡戴上焉。文夫人，细语叮咛须仔细，豪侠女，说声晓得款金莲。行至中庭身一纵，毫无声响上雕檐。夫人观见娇娃去，带着文郎暂假眠。慢言庞府情由事，再表那，英雄巾帼美霞仙。飞身出了庞家府，施转那，夜行法术似风旋。行来已到朝门外，早看见，纷纷兵将拥权奸。心慌欲救东宫主，尽力飞奔直向前。忽见一条乌黑影，冉冉而行在后边。此时不问何人物，急往那，圣母宫中不暂延。到得寝宫身纵下，只见那，昭阳圣母泪涟涟。文小姐，装神抱过青宫主，将身一纵走如烟。蹿房跃脊奔庞府，真可怪，后边黑影尚依然。无多刻，到了庞家飞入内，即进书厅把话言。此际玉龙专等候，忽然看见好心悬。仔细端详文表妹，胸中早识内中原。正在言时犹未了，忽听得，一人笑道在檐前。

"嗳呀，你们将太子抱得家来，欲待怎样处置？"玉龙、霞仙俱吃一吓，只见其人慢慢掀帘进来，原来不是别个，就是颖滨。霞仙一见，即飞身出外，向内堂而去。

双眉锁，庞蕙卿，连把吴兄口内称。原来练就飞身术，一向之时尚未闻。但只是，国事如今真怎好，吴兄计较若何能？玉龙一语犹无了，慕苏含笑便开声。既然已，救得东宫储贰主，国事而今慢慢云。惟有一桩须请教，府上何来这位神？想是庞兄多法术，朱府灵咒召天兵。玉龙摇首称非也，系弟表妹女千金。颖滨微哂将头点，原来是，梦云所定嫂夫人。闺秀如他诚罕有，昔时早已仰芳名。此系林兄多福气，妻房得配女中英。庞兄呀，太子藏家非久计，明朝必定要搜寻。不如交弟背逃出，夜行昼伏到杭城。但只是，储君服色人皆识，府中可有小衣襟？蕙卿答曰连称有，唤梅映，西厅速去取来临。玉龙重又开言道，本拟表妹送储君。但只是，弟与米府通家戚，时常来往两边人。忽然不见文小姐，那时恐怕动疑心。既是吴兄担此任，系是皇家福分深。天已不早难从缓，就请飞身即此行。太子于时方四岁，果然天亶好聪明。先前知道人谋反，小小之年亦吃惊。后逢神救知逃难，故此丝毫不出声。今听送彼更衣走，即便开言把话云。既是你们相救我，快快送吾浙江行。见得父王来奏上，那时即可捉奸臣。正在言时梅映转，手把衣襟案上呈。

禀道："到姑太太处去要，小姐命拿女衣一包。"

吴府尹，庞玉龙，起身俱各不从容。共道女衣尤更好，储君竟可女孩充。太子聪明心已晓，自脱衣冠把带松。玉龙服伺更衣带，慕苏取笔写匆匆。一挥而就心酸痛，书好之时手自封。递与玉龙低拜托，家父母，在京甚是挂胸中。务乞吾兄来照拂，小弟心中感不穷。这封书，望乞密交家父母，此时无及告行踪。说罢之时容惨淡，举手连忙打一躬。玉龙答礼连称是，即请宽怀莫挂胸。但父母，既在京华休过虑，照应之时有玉龙。吾兄此去参王驾，代弟谢罪在行宫。玉龙虽作奸臣婿，断然不负圣恩浓。明晨只好来趋贺，那时有语对奸雄。圣母昭阳王御弟，必然不致把尘蒙。此身负扆真千万，如何敢不效微忠？此行恭贺加官职，望乞将言达圣聪。诸友之家俱没碍，已令梅映去通风。颖滨含泪连称是，不及多言说细衷。太子已今装扮毕，连忙背起不从容。把手一拱称去也，将身一纵影无踪。

颖滨此去权休表，再说庞家翰苑公。太子脱逃心事定，耳听谯楼四鼓终。身立起，内堂行，匆匆步履入闺门。案头挑剔银灯亮，罗帏轻揭唤夫人。金英小姐忙惊起，即问郎君身可宁。因何半夜来房内，前此之方服未存。玉龙含笑床边坐，多谢夫人记念殷。静养书斋今已好，因为着，一桩喜事报卿闻。昨晚岳家陪侍晏，曾听岳父告余云。洗净宫门捉监国，今朝五鼓坐龙廷。下官入内更冠带，朝贺今须到午门。贺卿从此为公主，下官是，叨得余

光福不轻。玉龙之语犹无了,金英小姐暗心惊。叹道父亲何至此,留得千秋唾骂名。正言时,一对小鬟掀幕入,玉龙当下便开声:

“你们快将冠服拿来,与我更换。”两环应命,忙即取出伺候姑爷冠戴。

庞氏蕙卿更换好,连忙举手别夫人。道言且等来相接,匆匆步履出闺门。堂前禀过身生母,即便行来到外厅。梅映先时皆预备,已见雕鞍系现成。玉龙跨上加鞭走,梅映乘骑在后跟。慢表蕙卿朝伪帝,再言篡国老奸臣。宫门洗尽心中快,遂志今为九五尊。一众宫官扶玉辇,掺扶奸贼坐安身。贪生的,内监宫娥齐拥护,直望金銮一路行。须晓得,京中也有忠良辈,先时闻得动刀兵,知道米奸今篡国,不胜忠愤岂能平。纷纷齐到朝门里,陆续前来把命拼。当先右相黄隆德,叉手相拦喝一声:贼子丧心真大胆,公然谋位篡朝廷。分明莽操生今世,枉受皇家莫大恩。奸贼病狂行不轨,将见你,九族全诛服重刑。英明圣主杭州地,申天讨,五牛将你碎尸分。须告我,圣母昭阳何处去,东宫太子那方存?老夫世渥皇恩重,恨不将汝一口吞。说罢之时还大骂,手拉玉辇不容行。此际米奸羞变怒,叱令旁边勇士们,快快与我来拿下,免得狂夫口乱云。右相闻之心大恼,喝一声,我是皇家贵大臣,岂能屈受权奸辱,已誓今早不愿生。愧少经纶扶社稷,只拼一死报当今。阴曹誓必为灵鬼,摄汝之魄捉汝魂。一言方了当阶撞,此际但闻噗叹声。可怜右相黄隆德,头颅撞碎命归阴。耿耿忠心图报国,千秋大节令人钦。三魂渺渺归天界,七魄悠悠去作神。卫士两边俱失色,米奸也觉卓然惊。即呼内监来拖出,小黄门,收去忠骸不必云。米奸贼,一路行来临宝殿,此际忙将玉辇停。一群奸党齐围护,无庸举步上龙廷。九龙凳上将身坐,众贼党,合口山呼跪在尘。恭贺吾皇千万岁,从今常享太平春。米奸此际多欢悦,忽观见,大骂连声两个人。原来是,御史巡城名翟澡,侍郎吏部叫袁恒。诚大胆,实忠贞,挺立金阶怒气生。手指老奸来喝骂,无庸此际也生嗔。当时叱令金吾卒,推出朝门问斩刑。答应一声称领旨,相将拥出午朝门。报国不辞身被惨,不一刻,可怜又死二忠臣。又见正詹蔡和顺,浓眉倒竖眼圆睁。不发一言飞步上,佩刀握在手中存。正望奸臣来刺下,旁边江结已来临。青锋一举忙挡住,众奸党,俱各心中吃一惊。齐齐围上将伊捉,正詹武艺本平平,大叹一声称罢了,权臣未刺负皇恩。钢锋扭转如风快,自向咽喉下绝情。身躯横倒金銮殿,魂魄悠悠地府行。报国忘身今自刎,留得千秋不朽名。

座上权奸心大怒,喝一声,戮尸示众莫迟停。金吾奉旨何能怠,将正詹,拖出朝门不细论。忽见臧熊与夏冀,金阶覆旨奏新君。监国全家拿下了,敬听谕旨怎施行。米奸闻奏忙传旨,即时问斩莫消停。更有昭阳与太后,行刑一并到西城。旁边怒煞安南伯,还有忠良大理卿。一叫顾颐一赵寿,两个齐称万不能。罪犯天条非小可,当真丞相目无君?米奸喝道休胡说,金殿何能乱出声。传旨一齐推出斩,朝门以外血流腥。忽听得,喊声高,一人飞步入当朝。原来是,陛见初升新布政,姓王名字叶成骁。因抱病,未能赴任京华出,闻听篡国气冲霄。口吐鲜红昏绝去,苏醒过,方才乘马上鞍轿。到得朝门闻此语,不由气得乱咆哮。飞步金阶连大骂,老奸罪应斫千刀。狂犬养肥翻噬主,可知身已犯天条。喝骂之时鲜血吐,殷然染透绣罗袍。怒极重新晕昏去,跌倒彪躯手乱摇。奸雄被骂心犹怒,喝速即,将他首级挂竿梢。忽然忆及从前事,报仇雪恨在今朝。林郑吴钱诸等辈,还有秦苏记更牢。可恨二人皆远去,不能首级一齐枭。向闻说,伊家眷属京都住,今可将他细细剿。

遂传旨道:“左都御史杜猷、礼部侍郎董贵带领人役,速将秦、苏、林、郑、吴、钱等家家产剿洗，人口不论男女老幼，一齐诛杀。”

二奸领旨出朝门，各去拿人不细论。伪王殿上重传旨，又令唐车恶贼臣。监斩两宫同监国，王成骁，亦等斯时并用刑。真可叹，圣母昭阳同被难；真可叹，监国全家不得生；真可叹，忠臣尽死奸臣贵；真可叹，贼臣浊乱锦乾坤。扫平逆党中兴国，须待惊天动地人。

休性急，且消停，许多俗冗又缠身。慈亲昨日来书接，打点行装刻不宁。收拾书篇归宝砚，慢藏紫笔贯瑶琴。且待归宁相聚后，再倩长姊续前文。

——《侠女群英史》，清光绪三十一年（1905）铅印本

纫兰女史

纫兰女史,刊载于《苔岑杂俎月刊》(1911)第一期的《中秋记弹词缘起开篇》,署名"兰陵纫兰女史编次"。另,《自由杂志》(1913)第二期刊《贺小爱女史出阁诗》,署名"佩仙内史顾纫兰"。《闺声》(1917)第一期刊《病榻缠绵记》,署"纫兰女史之佳话""孤帆君述意",即"纫兰女史"根据"孤帆君"口述整理。综合以上信息,则顾纫兰,号佩仙内史,兰陵人,除了《中秋记弹词》外,另有《病榻缠绵记》等小说。

中秋记弹词

缘起开篇

日月双丸似转轮,催人似箭是光阴。春花秋月都抛撇,那有闲情说古今。只为闺中无个事,萱帏年迈喜谈论。家中有部《中秋记》,寄托相传事有因。书内情形难细表,诸君见后自知情。每逢月白风清夜,绣罢灯前细品评。侍奉高堂来解闷,闲将故事悦慈亲。弹词曲本都翻阅,不及《中秋记》事新。怎奈此书无刻本,亲朋抄写广传闻。毗陵余氏家藏本,未见著书人姓名。最后团圆无结束,曾经妙手补完成。或言闺秀金家女,又说才媛赵姓人。虽是扫眉闲笔墨,其间情迹甚分明。事非乌有先生传,半是虚名半是真。戊午纪年夏五月，兰言日报崛然兴。苔岑诗社诸君子，特辟《苔岑杂俎》门。诗古文词存国粹①，弹词谐著豁胸襟。刊将此记供同好，妙句新词逐日登。愧我米盐操井臼，诗文翰墨久无心。描来蓝本如花样，逐段弹词付手民。略序缘由归正传，奇人奇事复奇文。书名三字《中秋记》，开卷从头说与君。离合悲欢多少事，编成七字唱君听。

《秘本中秋记》卷之一

中秋节两处订良姻，小春朝一门夸快婿

话说宋朝仁皇帝，江山一统太平春。一十三省多丰足，最好江南花锦城。山川之气多灵秀，种出人间美俊英。广陵有个韩乡宦，世代簪缨作大臣。传到此人名大德，年登四十在其身。博古通今多才学，少年两榜翰林身。平生仁厚多端正，人人钦服是贤臣。只因生性多疏冷，退归林下作闲人。夫人王氏多贤惠，生其二子在家门。长子文仪年十七，表字称为韩蕙卿。眉清目秀天然美，潇洒风姿画不成。神如秋水颜如玉，唇似涂朱发如云。无书不读通今古，诗赋文章锦绣成。钟王书法无人及，精明音律善调琴。丹青巧夺天工妙，围棋国手更高能。十三入学为秀士，十四乡场中举人。江南一省为榜首，解元处处尽闻名。扬州大族多多少，香闺秀阁贵千金。家家多欲招为婿，八字纷纷送上门。韩公夫妇相商议，欲为孩儿早定婚。后因细访诸闺秀，绝少双全才貌人。故而只得多辞谢，桃夭时候未联姻。次子今年才十五，取名文俊字兰卿。姻缘少未逢佳偶，与兄才貌不差分。去年院试为榜首，已经泮水采芳芹。中间生一姣姣女，年方十六在闺门。名唤蕴珍娇小姐，知书识字也通文。容颜生得多姣美，瘦小腰肢窈窕

① “粹”，原文作“悴”，据文义改。

身。描龙刺凤般般巧，德性温良无处寻。端庄不喜闲游耍，静坐焚香爱理琴。只为才貌难求配，未遇乘龙跨凤人。双亲爱护如珍宝，子女如斯足称心。夫妻一日中堂坐，忽见兰卿自外临。爹娘齐问何方去，回言儿向学中行。方老学师来月课，儿送文章到学门。谁知方老亲生子，骨秀神清一俊英。言谈举止多文雅，论古谈今共合心。看他案上诗文稿，纵横笔阵扫千军。蛟龙不是池中物，定然不久会风云。年纪与儿相仿佛，问他尚未有姻亲。儿思姊姊年及笄，算来好与配婚姻。韩公听说心欢喜，明朝我去看其人。若真果是多才貌，便可招为坦腹人。夫人道言休造次，只恐伊人家道贫。韩公笑道何妨事，果有高才岂久贫。我为蕴珍姻亲事，未尝一刻不留心。细看一班年少子，从无一个中吾心。读书略略知文墨，便言我是大才人。父兄若是为官职，便言我是大乡绅。家私若是稍丰足，习成纨绔爱奢淫。若是那班穷秀士，一腔酸气盏牙根。果然此子多才貌，错过之时悔煞人。况我家私非富足，有甚妆奁嫁女身。若然嫁到豪门去，反被他人看得轻。谈论一回天已晚，再表来朝天色明。韩公早起来梳洗，一双公子进房门。问安父母方归坐，韩公即便说原因。我今欲看方公子，怎生无事到他门。不如发帖方家去，请他家中做会文。二生欢喜来承命，连忙写帖遣家人。兼请几位斯文客，陪了方生做会文。次日清晨如约到，韩公细看姓方人。丰神濯濯如春柳，才学翩翩出岫云。心中不觉多欢喜，说与夫人要对亲。夫人为择乘龙婿，屏后无声细看睁。果然才貌人间少，好做东床坦腹人。适值韩公来说此，夫人欢笑便应承。等到黄昏人散去，夫妻商议请冰人。韩公即便将言说，有个同窗毕德诚。现在学中为秀士，请他作伐最相应。一家谈论多欢喜，商量明日请冰人。请到德诚言作伐，烦他方府去言情。德诚应允欣然去，方公闻得喜非轻。且表方公人一个，籍贯宜兴县里人。祖宗也是高官职，门第清华亦有名。方公况复为文望,少年一榜孝廉身。只为会场名不中,老来就教作前程。□妻周氏偏愚蠢,出身本是小家人。方老生成软弱性,一生惧内怕夫人。夫妇年庚将五十,堂前还有老萱亲。当初教授扬州府,欲奉娘亲同启程。只为伊妻多不孝,太夫人自愿住宜兴。随其长子来过活,恰是寒窗处馆人。方公每有慈乌念,欲将甘旨寄回呈。夫人若是闻知得,终朝吵闹不安宁。只好把他瞒过了,略寄些微与母亲。为此常常心不乐,劬劳未报北堂恩。生下一男并二女,孩儿名字叫鹏程。容颜生得多文雅,风流才调早空群。长女年方二十岁,名唤琼莲小姐身。鹏程今岁年十七,仁厚端方品重人。若说琼莲人一个,居心不正品低人。面容胖白身粗蠢,情性愚顽像母亲。幼年已许水家子,只为家贫未过门。当日方公因此话,十分欢喜在于心。留住德诚厅上坐,自家急急内中行。将言说与夫人晓,此亲你道若何能?夫人也是心欢喜,这样姻亲无处寻。他家世代高官职,必定妆奁厚十分。

但未知生得如何样,可能配得我儿身?然而只要妆奁好,丑些也是不妨情。方公便道何消虑,定然貌美中儿心。我身曾见他兄长,玉树临风胜十分。同胞必定多相像,断没无盐嫫母形。琼莲插嘴从旁说,此言不可信为真。兄弟与奴非各母,为何不像半毫分。方公听说呵呵笑,你今有事未知因。兄弟斯文原像我,你身粗蠢像娘亲。夫人一听心狂怒,揎拳就要打夫君。方公吓得如飞走,亟到厅前会德诚。说道既然承俯就,就烦贤契请年庚。但是小儿多愚鲁,十分有屈贵千金。德诚答言太谦逊,门生领命就行程。说罢之时忙告别,便到韩家说此情。韩公也是多欢喜,便将全帖写年庚。德诚送到方家去,方公如得宝和珍。择了四月初八日,两边交拜结朱陈。交拜话文休细讲,方家又要择良辰。十月初一黄道日,要把千金娶过门。韩公又与媒人说,敢烦致意舍亲身。闻他家内多清苦,不必行盘到我门。方公听说心尤感,难得亲翁见爱深。连忙借债并纠会，一时打点娶新人。不说方家思娶妇，且表韩家一段情。韩公说与夫人道，方家十月要完姻。一切妆奁须早备，莫到临时着急形。夫人听说心中苦，难舍姣儿掌上珍。养到今年十六岁，未尝一刻暂离身。今朝忽尔来分去，说起犹如刀割心。韩公长叹将言说，女儿落地别家人。怎能长侍爹和母，夫人你是过来人。但是方家清苦况，嫁资须要赠金银。我的家财非富足，一世身为穷翰林。薄薄妆奁犹可备，那有金银赠女身。沉吟半晌开言道，只有门生金济人。当年会试分房日，我曾竭力荐他文。如今他已为知府，选在徐州管庶民。若是向他来借贷，谅来决不却吾身。夫人听说言称好，且待秋凉走一巡。言谈不觉看看晚，各人安睡不须论。韩公一日中堂坐，夫人子女共谈论。忽见丫环来通报，门公传禀老爷闻。有一道人能相面，要来求见老爷身。说是昔年曾会过，王都一别到如今。韩公听说心中想，果曾有一道人身。昔年我尚垂髫日，相随老父在京城。遇一黄冠来相面，说我当为翰苑身。一生安乐无波浪，妻宫到老没伤刑。更且老来多福寿，一双贵子耀门庭。未来之事虽难信，过去之言句句真。今朝既是前来到，请他相相两儿身。夫人见说心欢喜，便叫孩儿快出厅。父子一同来走出，门公引进道人身。三人父子抬头看，道人果是不凡人。童颜鹤发神清朗，仙风道骨出红尘。见了韩公忙问讯，一别明公三十春。尊客更觉多丰厚，福寿无边多子孙。韩公也便来施礼，相邀坐下饮香茗。深感先生来枉顾，有何贵干到扬城？道人即便回言道，云游踪迹似浮萍。因与明公曾一面，乘兴前来访故人。韩公道言承美意，敢求一相小儿们。道人称说当遵命，蕙卿走过立中庭。道人举目来观看，这位郎君是福星。即日名当居鼎甲，王侯爵位贵非轻。姻缘巧合多佳话，中秋当遇宿缘人。老来福寿绵绵乐，桂子兰孙庆满门。蕙卿微笑来走过，道人回首看兰卿。此君也是多荣贵，定是来科鼎甲人。后来也许身荣显，略比尊兄欠几分。姻缘也是多奇遇，子孙略少二三人。兄弟一齐来致谢，家僮便把素斋呈。道人不吃烟火食，略将水果口中吞。家僮呈一花封袋，拿与韩公手内存。说道夫人言薄礼，五两纹银是相金。道人见了连摇手。（未完）

——《中秋记弹词》，《苕岑杂俎月刊》（1911）第一期

皖南女侠

皖南女侠，生平俟考。

十二个月新弹词

正月爆竹喧天又一年，爱国的英雄切莫再酣眠。东南已有瓜分议，铁血男儿快着鞭。江滚滚，岭盘盘，好把头颅换主权。他日河山保无恙①，管教姓字五洲传。

二月春雨江南草色青，读书的也要改章程。国家下令废科举，乡会岁科一概停。文章好，小楷精，一钱不值被人轻。不如及早研科学，做个文明师范生。

三月棠梨花落子规啼，说起我国同胞心骨悲。完课带征民已困，房捐烟酒又相随。物价涨，银价低，人口饥寒说向谁。只怕脂膏都刮尽，十年以后地无皮。

四月南风吹来是麦秋，守钱的虏快快猛回头。有钱不办地方事，徒为儿孙作马牛。戴翎顶，饫珍馐，只怕瓜分不自由。君看台湾诸富户，拥资百万一朝休。

五月梅落江城草阁寒，佐杂的官儿说起也羞颜。得差署缺非容易，见了钱儿拼命攒。派妓馆，抽赌摊，月规名色俱当官。逢迎

① “日”，原文作“目”，据文义改。

但得上司意,笑骂由他心也安。

六月荷花开来傍小池,近来的人事愈变愈离奇。国民原有同胞义,胡忍相煎泣豆萁。藉教势,贿西断,百计欺人暗自肥。自古汉奸多鬻国,不污吾刃待何时。

七月梧桐庭院起秋风,州县衙的房科黑了心。只要黄金能到手,案情勿论假和真。通门稿,结绅衿,搭架无端害小民。寄语有司须仔细,莫教徇纵误前程。

八月中秋月朗木樨香,差役的架子好不排场。马僮轿班快伺候,老叔今朝要下乡。铁索响,火签扬,铁汉见之心也慌。送了盘缠还设馔,可怜百姓受灾殃。

九月菊花时节近重阳,伏莽的生涯也太不良。凿壁开棺犹黑夜,白天亦敢劫行囊。结奸宄①,办团防,官样文章贴满墙。尺蚓不摧终溃邑,古人遗语要思量。

十月芙蓉花发早寒初②,我皖人儿勿要再糊涂。万山留下好矿产,宝藏开来用自舒。谈风水,信堪舆,龙脉荒唐只自愚。若待矿权归外族,辽东兵祸即前车。

十一月风雪飘萧百卉残,地方的浮费算起也宜删。迎神赛会有何益,偏要年年做保安。兴土木,选戏班,浪掷金钱去不还。若把此钱兴实业,小民亦可免饥寒。

十二月梅影亭亭绝世姿,我们的姊妹须要振门楣。古来女子多才德,百世流芳谁不知。缠莲瓣,捻香脂,习俗移人且莫随。从此文明新女界,会看巾帼胜须眉。

强植弱灭,世界公理,欲救其失,道在争存。皖处山乡,民智未浚,内容窳败,肌肉堪虞。女侠苦海现身,妙音感世,乃举公德

① “宄”,原文作“究”,据文义改。

② “十月”,原文作“十日”,据文义改。

群治之当新，秕政蛊俗之宜革者，谱为盲拍，冀唤睡魔。当世士夫，苟鉴其说，而图改良焉。则吾皖人之幸福也。

——《十二个月新弹词》，《自由杂志》(1913)第二期

倚翠楼主

倚翠楼主，即陈翠娜（1902—1968），原名璻，又字小翠，钱塘（今浙江杭州）人。其夫汤彦耆，浙江督军汤寿潜之孙。陈翠娜幼从父学诗，十三岁著《银筝集》，写小说，刊于《申报》。陈翠娜曾任职于无锡国专、上海中国画院，著有《翠楼吟草》《绿梦词》《曲稿杂文》等。

陈翠娜为民国一代才女，出生书香世家。其父陈栩（1879—1940），原名寿嵩，字叔昆，改字蝶仙，号惜红生、超然、栩园，别署天虚我生，南社会员。民国初年，陈栩先后担任《著作林》《女子世界》《大观报》《申报·自由谈》等报刊的主笔，著作宏富，诗、文、词、曲、弹词、传奇、小说等无不涉猎。其母朱恕（1878—1944），字澹香，一字素仙，号懒云，工画史，擅诗词，有《懒云楼词钞》。其兄陈小蝶（1897—1989），著有《醉灵轩诗集》《定山草堂外集》《武林思旧录》等。

风雅记弹词

《风雅记弹词》，载于《风雅杂志》（1915）第一期，署“嵩城倚翠楼主戏编”。嵩城，即今浙江上虞西北二十里之崧厦街道。

编定弹词自解嘲，绣床刀尺等闲抛，珍珠小字手亲钞。懒向重衾寻好梦，惯从四海订神交，年来雅兴逗眉梢。调寄《浣溪沙》。

闲话少叙，事归正传。闻得浙东有一位朱素贞女士，举止端庄，性情潇洒，不常做几首诗儿，东涂西抹。因而交游渐广，名驰遐迩。今日闲暇无事，且将他历史略述一番，大家听听，不免待我调准冰弦，慢慢的唱来。

那朱素贞女士是乍离母腹性温良，冰雪聪明锦绣肠。能读父书刚五岁，九龄呫哔诵文章。待到阑干年纪诗无敌，一目居然有十行。休浴余闲还自课，描龙绣凤刺鸳鸯。因此针神绰号腾邻里，女尚书三字头衔噪故乡。辍学春秋才十五，皆因病不遇岐黄。总觉得腰肢瘦怯如堤柳，妩媚生成逊海棠。绣佛茹斋援俗例，果然身体健而康。以后呵椿萱遍觅乘龙婿，属意荥阳掷果郎。他本是貌似安仁夸出众，簪缨门第匹金张。骚坛拔帜称飞将，梓里人呼小孟尝。谁知被此怜才通问久，多半是避嫌瞒着老爹娘。无端兰友成鸳侣，喜溢眉尖迥异常。百辆亲迎年廿一，青庐拜罢见姑嫜。盈门珠履三千客，不愧为阀阅家声等谢王。过了三朝从习惯，东厨洗手作羹汤。画眉不让张京兆，弄月吟风趣味长。从此故国皆称双学士，陶情诗酒度时光。

却说朱素贞女士与潘少文结婚以后，郎歌妾和，乐事甚于画眉。今日期间短促，不及唱他二十来年的故事。近悉姑苏金君负生，在无锡城内，创办《风雅杂志》，遍征名著①，函请朱素贞撰述小说，并索《月下操琴图》题辞，以充篇幅。那朱素贞儿女累重，豪情非昔，只因金负生是个吴门名士，此番有书到来，谊不容辞。看他：

小坐寻思镜槛傍，挥毫落纸意洋洋。词源直欲倾三峡，拍板歌余韵绕梁。

① “著”，原文作“箸”，据文义改。

列位可晓得朱素贞本来粗谙音律，虽与金负生尚未谋面，见其绘有《月下操琴图》，必是个知音的人，便题就《鹧鸪天》词一阕云：

篆袅金猊爇瓣香，螺徽雁柱细端详。当头蟾月如丸小，一抚焦桐韵抑扬。休说起凤求凰，吴清蜀躁熟评量。钟期已死陈连杳，故与姮娥觌面商。

朱素贞将这首词儿誊写清楚，命婢珠儿低唱一回，觉得音节符合，当寄与金负生，刊入《风雅杂志》小说栏内，一时传为佳话。列位你道这个朱素贞风雅不风雅呢？

亲裁凤纸寄金阊，好语如珠尽恰当。多向石榴裙下拜，欲知艳史另开场。

——《风雅记弹词》，《风雅杂志》(1915)第一期

雪儿

雪儿，生平俟考。

卖花记

《卖花记》弹词，分别载于《娱闲录》第二卷(1915)第一、三号。

荀子《成相》，开后世弹词之滥觞。古人劳役，辄缀韵语以相励勉。清贤作《廿四史弹词》，以其复事入韵，取便通俗。自后代多能，倅时传新声若《天雨花》《来生福》《玉钏媒》《再造天》《双珠凤》类，半记名闺彦，寄情风月，虽非正辙，亦异害马。《来生福》尤为仅见，书共百回，系失志文人泻愤舒郁之血，著长恨生诉月一段，包形括迹，不啻自露色身。且命旨遣词，仆幽隶蒨，凄花夜冷，怨虫寒鸣，环诵一周，如读驴郎鬼诗百阕矣。雪儿亡祖妣曾太夫人平昔极惬心此作，谓本书蹊径独辟，险穴奇造，谐情衷理，不外至经，须形鬼状神，以天地之广溥奇离，在所应有，雨昏风晨，举以命雪。太夫人则持小牙剔，凭几庄听，至刘氏荣反来戏萱堂，伏榻纵声笑，喜尽，和之以悲，杂引书内淑言懿行以砥砺雪。时移境异，慈人背养，觑摹前影，泪落如缨。十九之年，瞬即易度，鉴鉴容酸，展衾心愧，自拊头颅，雪儿生负老亲之期望矣。近攻郁乏术，促恨无方，数雨阶傍，坐月石畔，触绪萦魂，因物幻影，凭儿女离遇之苦踪，诉身世萍蓬之楚况。泪冷枫堆，肠断榆阪。地穴纤魂，倘来昵我；眼前短焰，仍可征声。至情不阻幽明，慈怀幸恤孺稚。幡扬宝符，鬼趣同分；谛唱多罗，法轮怯转。文缠锦附，骸骨采辉；丽瘗嫱俑，髑髅色粲。证真破假，柔情悉浇垒之杯；殿实勘虚，媚态异写生之具。莫我伤心，伊谁浩叹。了尘完本，创作新词。煮水围灯，半符故境。其乖谬不协处，幸时下诸宿学赐教勿吝。

著者自识

壹　梦谐

秋柝三响冷檠昏，风战檐铁百感生。盼长空千叠绿云天波隐，只有那盈盈寒魄伴愁魂。庭砌凄寂虫声静，独对着印壁小影自温存。叹浮生瞥眼风花瞬即灭，嗟国社寄根霜雪忒飘零。更有些怨女騃儿甘孽死，他把那淫情两字认不真。大千世界愁波拥，迷津渡口杳无人。俺也曾碧鼎添香伴红袖，俺也曾绯帷酿酒醉阳春。俺也曾自拈铁管调新曲，俺也曾偷傍宫墙领妙音。到如今朱容消瘦绿裳杳，一场大梦始归真。空对着香雪满庭悲往事，夜台揾泪知几人。甫能够勘透存没阎浮境，拈鬟拾鬓证前因。昨读了张崔遇合情一段，逗得我酸泪汍澜湿破襟。千转柔丝重勾起，眉峰儿笑纹不皱半隐颦。敲枕苦把苍公恨，为甚么生使鹣鲽两下分。既令合神兼达愫，偏吝着一缕红丝不相亲。张开半幅无底袋，满收些清涕酸水及怨声。这也是女娲他把孽根种，补起残天好害人。话到不堪着想处，始思量吮毫煮墨攻愁城。摊纸却嫌眼生缬，对灯又恐火成纹。挨过些寒更及冷夜，始谱出一段凄凉旧事情。食余饮罢资消遣，较胜去追歌逐舞度光阴。铜把银拨伤心事，愿诸君不嫌烦絮领正文。

话说武陵溪边，天台洞里，菊公作记桃侣遗踪后，山诞水育，历朝历代都要出几个异世英才。或秉笏平章阴阳，或磨戈涤荡兵秽。傲奇擘古,即可追稽摹刘①,啸月调风,亦能型翰拟部。到了明崇祯朝,那时权奸霸政,伏莽弄兵,忠鲠授首,宵小伸势。却早恼了武陵溪边一位少年英杰,他便理琴囊剑,别了家众,只身奔到京畿,伏阙连上三书,痛陈时政利弊。却中了温体仁的杀机,密令缇骑搜拿,拟科以通贼之罪。这信息被上书人探着,易服远扬。只可怜他白发的爹娘、绿鬓的妻子,打伙儿都被武陵地方官送到枉死城去了。这上书人是张相国的后裔,单名个筠字,表字秋士,研经铸史,蚀古镕新,出落得气宇轩昂,志概跋特,与那些龌龌龊龊、拈酸调醋的呆子相较,便如大小巫一般。秋士自经此身家巨变后,却并不逾分悲伤,货剑售书,打股儿聚作行资。带了亲信小僮名叫墨香,拟趁京津骡车,到皇陵祭奠列宗列祖,顺道往江南探访姻眷。秋士主意既定,便易了估人服色,驾着旅车,饮露餐风的向直北进发去了。

黄叶酿寒冷霜轻,鞭丝挥处破碧尘。车轮儿呀轧碾地山川易,茅焦草缀似疏星。芦雁横空排云阵,勾起了征客思家一片心。

白:我张秋士报国无能,破家有力。屈死的爷娘妻子,你们暂且担孤挨寂,我不久也要来同领鬼趣了。

唱:倚门一揖成永诀,伤心回首短长亭。红颜血渍断肠草,白发泪浇破骨磷。你们在重泉静待休怨我,终有日凋花复艳镜重明。苦只苦闺帏诗侣瑶波妇,三月相伴便离分。记那日弹泪细把尘途询,记那日爇火不令苦茗温。寒衾刺出相思字,偎郎肩山村水郭数频频。柳絮不把夕晖系,寸心儿半付郎身半暮云。

白:温贼捕我前一日,墨香正打家里至。瑶波封了一张雪嫩鲜笺,笺上并无只字点墨,杨丛石径中,不知白赔了多少泪珠儿,始图就这幅离生别死的伤心画稿。零落天涯,寄迹尘溷,虽生如故,

---

① “稽”,当作“嵇”。“嵇”当指嵇康,“刘”当指刘伶。

倒不如怀着一个清清白白的情字儿，离了这污浊世界，另觅生活去。唉……我张秋士好苦也！

唱：一声哽噎百鸟惊，穿枝掠叶尽飞腾。牧子横笛渔束网，呆痴痴目送车儿不转睛。张秋士偎枕懒把寒衾展，看四野日迫西山近黄昏。村人齐声邀客住，御车夫长缰一挽卸征尘。小书僮躬身慢扶主人进，嘘寒调暖不暂停。乡醪野蔬排桌案，秋士是牙筋不举怕沾唇。和衣细啜愁滋味，数村敲柝铃遥传又二更。檐雨斜从窗隙入，风乱寒灯影不明。猛听得门儿咿哑双环启，裙佩翩番小步轻。秋士蹑履依榻立，细向这窥邻处女询姓名。

白：呀！你是何人，深夜来此何事？

唱：瑶台露冷天街静，寒风倒卷雨淅零。你不去匀采均色勤针纫，你不去焚膏薰麝诵史经。弓鞋冷透罗袜湿，因何事叩我荒凉客馆门。长卿已随卓姬去，巫阳神女休行云。快把这来踪去迹从实说，免使我小胆人儿受虚惊。

白：筠郎，别才数月，你就认不真了？瑶波吗，筠郎呀……

唱：自那日青骢一着征尘后，累奴奴强颦假笑度朝昏。破幅情怀凭雁寄，半渍珠泪半啼痕。正怨远人无归信，陡惊传缇卒密密围墙门。奴悄地潜引公姑出，只捉去仆婢小子及家丁。县宰恐被温贼罪，囚牢中提出无名犯数人。涂面押赴刑场去，宣①传是斩绝君家一满门。奴彼时忙至梧哥处，寻个得冷僻庄舍好避秦。易装潜把京畿进，要替君雪刃霜锋谢仇人。今儿驱车寒途奔，聆哭声奴奴瞿然着一惊。帘幕密护难厮认，始回车碾花践草共一程。夜来更残人静后，叩竹篱挑灯重把旧情温。宋玉既死仙姬老，从何处再觅朝阳片片云。小语呢喃犹未罢，泪珠儿累颊横流透罗巾。秋士离榻双握手。

---

① “宣”，原文作“喧”，据文义改。

白：瑶妹，我们不想今日又得聚首了。

唱：一声瑶妹泪长倾，伏阙上书成底事，只累得南北分飞困风尘。堂上姑翁无恙否，藏形敛影是何村。生苦你御变多材全双老，生苦你零仃小载伴月星。俏庞减却芙蕖色，清波已异水魄澄。我只道地老天荒人难见，又谁知钗员钏合镜重明。从此后载酒一舸酬湖月，从此后飞香四座吊花魂。匣中血铁容他啸，我只是噤口寒蝉不作声。幽碨结个小草缀，梵木清灯了余生。

白：�郎呀！

唱：百年筵席终须散，休把这假境虚情忒作真。前尘后事悉搁起，奴同君拈花聚草乐愁形。言讫两人并步出，环佩飞荡裙屣轻。笑指流星呼北斗，共凭短树话飘零。柔情正在难分处，猛觉得寒鸡唱晓声频频。秋士推枕拥衾坐，看桌上昏灯一盏焰不明。茅屋漏处月儿入，晨风倒送早钟声。那里是神姬破云就帝子，一枕黄粱梦非真。秋士忆到沉痛处，不由得斜偎衾角放悲声。墨香惊起忙慰问，就寒灯煮茗调菽伴郎君。霎时晓月横山畔，听店外车声呀呀马辚辚。御夫调骑催客子，小墨香斜扶秋士出房门。一鞭丝影飞霜迹，四围落叶撼寒声。惊沙卷落冷梅片，衬软径快送征人过前村。这便是梦里和谐情一则，浇来残墨杂悲音。吟余搁笔听啼鸟，读罢推窗数暮云。重帏凄寂谁慰我，只有这一钩花影半帘灯。小魂儿胆怯时惊斗寒雀，便是那老杏移枝也疑人。待重把旧墨新污雪浪纸，再拈秃管续前因。一声短笛人归去，愿诸君耐心稍候半月零。

——《卖花记》，《娱闲录》第二卷（1915）第一、三号

婉青女史

婉青女史，姓名及生平俟考。

闺中鉴弹词

《闺中鉴弹词》，刊载于上海《家庭杂志》第一卷(1915)第一号。

第一回　侃侃而谈表出人情世态
喁喁细语消除嫉妒心肠

世事如同一局棋，将倾大厦凭谁支。河山百二沉沦日，亿兆同胞醉梦时。风愈急，浪偏高，覆亡祸已等燃眉。可叹一般负义汉，争名夺利兴偏滋。在上的，依然酣歌还恒舞，民生国计不须题。黄金暮夜夤缘惯，黑漆心肠手段奇①。钻狗洞，拜侯门，扶摇直上喜孜孜。笑骂只索由他去，好官乐得且为之。在下的，奴颜婢膝成素习，奸刁欺诈实堪嗤。国亡种灭何妨碍，地覆天翻一任伊。但得此生衣食足，呼牛呼马总相宜。

唉，这两种便是我们中国人的普通性质。除此以外，还有两种，言来益发可笑了。

一种是，守旧派，生来性质本违乖。迂拘难入时人队，谣诼频

① “奇”，原文作“寄”，据文义改。

兴起怨嗟。毁新政,谤朝章,信口雌黄任意谈。说诗书,讲道德,满面冰霜情性歪。若问胸中真学业,酒囊饭袋实堪夸。更有那,时髦派,自称自赞兴偏赊。进步改良随口讲,平等自由到处哗。领卡拉,口雪茄,满身本领天来大。识字母,习西文,洋行翻译龙门价。平日里,智勇兼全多机变;有事时,仓皇失措乱如麻。这便是,通人达士真学问;也算得,出类拔萃大名家。

唉!我们中国四百余座州郡,三千万方里幅员,熙来攘往的,都是这几种人物,无怪乎不能与各国竞立争存了。但是中国四万万人民,我闺阁姊妹也居一半之数,那班龌龊男子,既然醉生梦死,不知自爱,我们二万万女同胞若能振作精神,也就可以奋发有为,何必靠仗那班臭男子呢!只是我们女界的情景究竟如何呀?

婀娜轻盈杨柳腰,画楼深锁如花貌。金莲窄窄夸丰韵,春山淡淡态苗条。但与男儿为玩物,难将巨任一肩挑。其间亦有多才者,精通翰墨擅挥毫。弄月吟风超侪辈,拈题叶韵冠同曹。描龙绣凤般般会,书画琴棋件件高。并谢女,赛班姬,压倒古时女俊豪。才如海,貌倾城,名扬闺阁美更娇。但恐怕,风花雪月耽吟咏;致使那,柴米油盐政难操。女子有才无实用,反把这,家庭事业一齐抛。劝同胞,弃却浮文图有益;方可博,贤母良妻名姓标。愿只愿,大千世界诸女伴,莫把光阴等闲消。一个个,振作精神都奋发,操持家务不惮劳。庶几乎,女界曙光开一线,从今后,文明根基立坚牢。

咳!闺中虽怀斯愿,终恐恨海难填。世上几多憾事,安能一一除将?既无仪、秦之舌,空抱救世之心。聊于针黹之暇,暂亲笔墨之缘①。弹词盲说,虽鲜奥衍之思,补过拾遗,藉醒痴迷之梦。但愿我诸姑姊妹,勿负此意也。

---

① “缘”,原文作“绿”,据文义改。

想侬家，香闺深处乐陶然；又何必，闲是闲非弄笔尖。但看那，人心愈趋而愈下；因此上，每于闲处劈花笺。砭世针俗翻新调，无识无知姑妄言。一曲弹词原小道，个中寓意却新鲜。从容无事凭书案，《闺中鉴》，三字题名作戏编。原也知，女子通文诚末事；聊将我，胸中积郁一宣焉。闲文收束书归正，且叙其中起首缘。

话说浙江省钱塘县内，有两个世家，一徐一钱，并称甲族，真乃阀阅门高，不让当时王谢，婚姻世结，无异前代朱陈。诗礼相传，簪缨克绍，清望豪名，一时里党莫不生羡。看官们，且听我详细道来，便知分晓：

这徐家，官印元普号子晋，年方弱冠即登瀛。在朝曾为御史职，垂绅正笏有清名。除奸浑如殿上虎，进谏不亚古贤臣。铁面铮铮无私屈，朝野号作小包拯。自幼椿萱皆见背，早谐琴瑟喜同心。所婚钱氏同乡女，芳名称为钱素卿。本为徐公姑表妹，亲上加亲结成婚。知书识字明礼法，有才有胆更贤能。已生一子并一女，夫妻爱若掌中珍。徐公今岁交五十，夫人比之小一春。只因生性多恬退，去年乞休转家庭。闲来但叙天伦乐，不出户庭绝逢迎。小姐芳名称秀蕴，青春已交十四龄。公子今年刚八岁，官名徐炯字炳文。姊弟双双多聪俊，齐向芸窗读圣经。徐公爱惜如珍宝，亲自课读甚殷勤。此处叙明权按下①，书中另表一家情。

话说徐子晋的妻舅，乃系杭州钱氏，单名一个毅字，别号朴斋。少时亦曾出仕，只因生性疏狂，不合时宜，所以仕宦多年，不能迁升。朴斋本来淡于荣利，遂即告退归家，安享林泉之乐。娶妻严氏，亦是名门之女，端重温和，贤良淑德，与朴斋琴瑟调和，毫无间言。这钱家，本为杭州甲族，坐拥厚资，富堪敌国，朴斋归来

---

① “处”，原文作“虞”，据文义改。

之后,遨游山水,纵情诗酒,无忧无虑,倒也十分快乐。但是夫妇同庚,年已四旬,膝下犹虚,所以常怀不足之意。

夫妇同庚四旬交,膝前乏嗣少承祧。夫人心下生忧虑,提起常常皱眉梢。倒是朴斋不在意,但凭诗酒乐逍遥。家中财产虽豪富,膝下凄凉叹寂寥。每闻人家生子女,夫人便觉暗心焦。因此留心勤物色,要与夫君置阿娇。身傍有一知心婢,名唤燕燕本姓姚。知轻识重多能干,生来体态也娇娆。夫人主意安排定,要向朴斋道事苗。

严氏夫人,因自己结缡多年,未能生育,久有代夫纳妾之心,日常留意物色,并无中选之人。因身傍有个丫鬟①,名唤燕燕,服侍多年,人还庄重,便想把他纳为偏房,倘能生下一儿半女,也可免却膝下凄凉之叹。素知朴斋性情迂执,若与直言,必遭阻止。所以虽存此心,却未露意。一时要想团成,竟无良谋。因此甚为不乐。

夫人雅意未能遂,闷坐香房手托腮。愁绪满怀心不快,娇躯斜倚傍妆台。却巧朴斋从外至,半含醉意入房来。忽见夫人无聊甚,不免心下动疑猜。当时便把夫人叫,何事令卿不快哉。奴仆成群随意使,银钱散漫称胸怀。芳心脉脉因何故,谅无家政费安排。难道是,卑人有甚开罪你,因此上,无情无绪锁双眉。倘然果有干犯事,当在妆前将礼赔。说罢之时哈哈笑,朦胧醉眼倚锦帏。

夫人听罢朴斋之语,不觉脸泛红霞,说道:“相公总爱诙谐!妾身不过略觉疲倦,在此静坐一会,并非有甚不快。今日难得相公回来甚早,却有一件正经事情,与君商酌。”

夫人含笑把言云,有桩心事诉君听。夫妇同庚逾不惑,犹缺坟前拜扫根。自古道,不孝有三无后大,从今后,不妨偏房置小

① “丫”,原文作“了”,据文义改。

星。劝君休要多执拗，老来免得叹凄清。妾身这个知心婢，为人稳重更贤明。君家若肯收为妾，管教明年产玉麟。开金屋，列银屏，风流佳话媲前人。施雨露，赴高唐，愿君着意布阳春。妾身不是无知辈，决不堂前掷醋瓶。朴斋听说连摇首，夫人何故不思寻？我之性情卿素悉，岂是寻花问柳人？婢美妾娇非为福，糟糠不弃古贤云。年方四十非为老，劝尔不必乱纷纭。命里有儿终须有，命若无时枉费心。纳妾一事休再说，我今不是爱花人。言罢之时来立起，回身便入寝房门。夫人此际真无奈，也只得，卸去衣妆卧绣衾。一宵无事容易过，五更鸡唱又天明。夫人早起梳洗毕，要筹良策劝夫君。

严氏夫人劝朴斋纳妾，未能应允，因此心中不乐，一夜未曾安睡。天刚破晓，即便起身，坐在房中一张醉翁椅上，要想一个良策，使朴斋幡然醒悟，收燕燕为妾，方才如愿。

夫人独自意沉吟，默默无言不喜欣。懒向妆台开宝镜，不来窗下理乌云。扶翠袖，蹙蛾眉，心下暗暗自思寻。钱门三代单传矣，必须要，早筹良策劝夫君。倘若是，因循坐把时光误，到后来，膝下凄凉悔无门。香烟断绝如何好，我是钱家大罪人。不言不语呆呆想，静坐浑如入定僧。自古道，世间万事无难处，但只要，有志休愁功不成。严氏夫人心颇切，因此妙计陡然生。

原来严夫人想到朴斋姊弟之间情义甚深，凡是姑娘有甚说话，无不言听计从，因此要把姑娘接来，用好言相劝，或者能够回心转意，竟肯依从也未可知。

主意已定展双眉，便上妆台把镜开。知心小婢前来到，殷勤服侍不迟挨。挽青丝，理乌云，牙梳动处暗香飞。戴金钗，插玉簪，风流不让少年时。夫人正在梳妆候，朴斋床中也起来。笑说昨宵何贪睡，日上三竿起已迟。一面言时褰帏出，也到窗前来整衣。夫妇一同梳洗毕，双双携手到堂西。沉香椅上身坐定，案中早膳已排齐。

夫人用罢早膳,便对朴斋说道:"时值三春,景色融和,园中杏花盛开,妾身意欲开宴赏花,兼之姑娘久不归宁,也好趁此接回,盘桓数日。"

姑娘许久不归宁,因此心中记念深。却值三春多美景,正好接回赏心情。昨宵已命备酒宴,今朝可以乐一寻。朴斋听罢微微笑,夫人兴致十分盈。良辰美景休辜负,正该赏花饮酒樽。姊姊不归非别故,想为家政太纷纭。事事须他亲料理,因此无暇返家庭。我也心中多记念,正好遣人接来临。便差家丁名钱福,去到徐家大府门。迎接前来休迟误,赏花筵席已备成。

朴斋命家丁去后,便对夫人说道:"今日赏花筵席,我却不能奉陪,只因有几个朋友,约定往西湖游玩,不能背约。姊姊来了,你们只管饮酒,不必守候于我。到了晚上,我再回来,与他谈心。"

姊弟多时不相亲,极应该,与他细细诉衷情。无奈是,朋友昨宵已有约,难以反汗竟背盟。虽则前去游西湖,回来决不到黄昏。你可留他住几日,我还有事要谈论。夫人听他一席话,正中心怀满面春。要与姑娘商密计,得他外出正相应。当下便乃开言道,相公请便去游行。友朋之约应当赴,倘然不去被人论。纵然姑娘多家事,何妨盘桓住几晨。

朴斋点首道:"时已不早,我也就此去了。"说罢,便别了夫人,自往西湖游玩。

朴斋自去不须题,单说夫人整备齐。呼僮仆,叫丫鬟①,园中一一去清理。筵席排在红杏轩,姑娘来时饮酒卮。

严夫人正在料理,钱福已将姑太太接来,早有管门家人前来报与夫人知道。

---

① "丫",原文作"了",据文义改。

夫人闻报喜欣欣,莲步忙移出外迎。早见大轿庭前息,徐夫人,袅袅婷婷出轿门。抢步上前同携手,两人相见笑盈盈。呼弟媳,叫姑娘,偕入中堂常礼行。宾主相让来坐下,丫鬟香茗送一巡①。严夫人,开口便把姑娘叫,因甚久不返家庭。姑夫定然多纳福,甥儿甥女可康宁。自己家中何见外,怎不携带一同临。

徐夫人含笑说道:"我也常想回来,无奈家事繁冗,分身不开。你那姑夫,只知纵情诗酒,每日除却教甥儿甥女读书以外,便一东二冬的去闹那诗韵,一杯两杯的去喝那绍酒,家事绝不过问。人口又多,家事又大,不是这里来领银钱,便是那边来报开销,我一个人,弄得应接不暇,又没个人帮忙,那里还能归家呢?"

夫人言罢笑而嗔,俗事纷繁恼煞人。本欲归家来看视,此身羁绊不能行。今日里,暂拨烦冗归家转,也只为,多时思念切于心。贤弟今向何方去,千金身体可安宁?严氏夫人含笑道,多谢姑娘记念深。他本来,生就天性潇洒甚,每日里,诗酒琴棋乐趣盈。今朝因赴友人约,失候尊前乞原情。临行之时曾嘱咐,要留姑娘住几晨。小妹也有知心话,拟与姑娘斟酌行。

徐夫人听说,即便问道:"弟妹有甚事情商酌,不妨从直说来。"严夫人道:"时已晌午,我们且到园中饮酒,细细谈心罢。"

言罢之时便起身,两人携手一同行。绕回廊,穿曲径,侍女围随一大群。来到花园同举目,果然烂熳好芳春。但见那,千红万紫斗繁华,真好似,锦绣乾坤别有涯。粉溶溶,露浥夭桃初放蕊;烟袅袅,日烘弱柳早抽芽。影翩翩,穿林蝶舞争朝市;声细细,绕树蜂歌闹午衙。一枝枝,修竹凝珠因雨后;几点点,残梅坠粉趁风

① "丫",原文作"了",据文义改。

斜。碧沉沉，闲庭茂长王孙草；红艳艳，满壁丛开姊妹花。真过是，春色满园关不住，一群人，寻芳徐踏路三叉。同赏玩，竞相夸，触目韶光处处佳。心旷神怡穿花架，早来到，轩名红杏耸檐牙。两人携手同步入，其中景致甚清雅。隔林鸟语声不绝，当户花香筵已排。严氏夫人笼翠袖，春风满面笑容赊。

“姑娘，一路行来，想必劳乏，酒宴摆设已齐，就此请坐罢。”徐夫人道：“一路之上，观花品柳，倒也不觉十分劳乏。今日这一席酒，就是你我两人，想必要我坐在上首了。”

说罢之时坐定身，主宾相对两边分。盛肴陆续来端上，侍女两旁奉玉樽。酒过三巡菜五道，徐夫人，带笑开言说原因。

“弟妹，刚才说有要事与愚姊商酌，未知是何事情？不妨从直说来。愚姊倘有可以为力之处，自当赞助。”

严夫人闻语便兴词，并无别事动愁思。只因我，夫妇同庚逾不惑，犹鲜嗣续叹凄其。欲劝令弟添新宠，到后来，收成方才有靠恃。姑娘呀，我所属意你深知，身旁侍婢燕燕女，为人聪明兼伶俐，纳为偏房甚合宜。倘能生下儿和女，也是钱门嫡派支。无奈令弟偏执意，再三相劝不从依。因此上，要与姑娘相商酌，求你来把妙策施。倘能够，劝得令弟回心意，姑娘呀，方不枉，一晌看承情义滋。

徐夫人听罢一席言语，不觉沉吟半晌，方才说道：

弟妹呀，劝夫纳妾虽然好，但恐怕，后来要把是非招。自古道，三妻四妾非为福，我劝你，此事还要细推敲。休要轻举和妄动，到后来，反使琴瑟不能调。夫人听罢便言云，姑娘所说不差分。但只是，钱门三代单传子，更无亲房宗祧承。不孝有三无后大，此事决定要施行。况且我这知心婢，相随不啻母女亲。倘若将他来收纳，谅无意外可宽心。但只求你施妙计，务将此事早圆成。

徐夫人便道:“弟妹,像你这样宽洪大量,真是少有!既是主意决定,我也不好阻拦了。”

弟妹且请把心宽,如斯细事易周旋。但须略略施小计,便可玉成这姻缘。明里相劝既不允,何妨暗地把丝牵。

严夫人不觉大喜道:“姑娘说得如此容易,那是好极的了。但不知用何妙计,方可玉成这段姻缘?望从速说明,小妹可以遵照而行。”

既有妙计堪施行,望速从头细说明。倘若此事能如意,姑娘真是大恩人。徐家夫人微笑道,你今且慢喜欣欣。事情变幻难预料,恩人二字快休云。

严夫人着急道:“是了,是了,不要多说了,快把你这主意告诉于我,好使我心中放宽。”徐夫人道:“计策却有一条,但是后来妻妾之间,有甚口角不和的事情发现出来,切莫要埋怨我呀!”严夫人道:“无论后来如何,决不埋怨于你就是了。”徐夫人道:“我记得贤弟生日,是三月初三,今年却是四十岁,那时必定举行庆祝的。到了庆祝这日,只须如此这般,便可成就了。”

这条计策妙无边,管教他,寿筵移将作喜筵。那时节,阿娇自可藏金屋,定卜花开并蒂莲。待到石麟鳞甲动,汤饼筵宴我须先。说罢之时哈哈笑,弟妹呀,你的意思可云然?

严夫人点头称赞道:“果然好条妙计,真是张良复生,陈平再世。倘教你到参谋部里做个参谋总长,定可以运筹帷幄之中,决胜千里之外。比那些时髦参谋好得多哩。”徐夫人笑道:“你真是刁钻鬼!代你出了主意,还要这般打趣我。但愿朴斋娶妾之后,把你贬入冷宫,使你受些凄凉况味,方才出我胸中之气。”

取笑一回日已西,起身散席不迟疑。侍婢送罢金盆水,更把香茗献一回。两人同将花园出,终朝谈笑也劳疲。携手同到香房内,暂时休息并更衣。作书的,至此也要停笔墨,并非是,因埋疑阵故如斯。看官们,要知朴斋添宠事,待到那,下卷书中再表之。(未完)

——《闺中鉴弹词》,《家庭杂志》第一卷(1915)第一号

泣红女史

泣红女史，又号弄珠楼主，生平俟考。

乳娘血弹词

开场词

《醉春风》：世事伤心甚，苍天难借问。奇才不值半文钱，困困困。检遗闻，忽惊奇案，试编新听。

富贵自由命，恩仇且慢论。怨春长莫说姻缘，恨恨恨。沉鱼落雁，闭月羞花，异时同尽。

开篇　颠倒文章

昨夜张飞跳粉墙，赵五娘抱石去投江。程咬金思念红娘姊，莺莺小姐想周仓。骆鸿勋独臂擒方腊，花蝴蝶强奸九花娘。卧龙冈三请张君瑞，常遇春三打祝家庄。唐三藏酒醉把山门打，郭子仪气死在柴桑。六出祁山吴学究，大闹天宫孙二娘。赵匡胤，斩蔡阳，关云长千里送金娘。赵子龙，反西凉，朱太祖兵败在当阳。杨贵妃，别霸王，尉迟恭自刎在乌江。胡大海，闹昆阳，秦桧卖马二贤庄。唐伯虎，反武场，坐楼杀媳唐明皇。单雄信巧使连环计，徐元直走马荐张良。孙行者大闹飞云浦，王天霸打虎景阳冈。姜维独赴单刀会，高冲夺斗在长江。薛仁贵跨海征西去，阎婆媳活捉杨六郎。公孙胜设下空城计，武则天佛殿看新娘。司马懿兵败华容道，木牛流马渡康王。秦琼说计把岳飞害，目莲和尚骂亲娘。李逵大战金兀术①，磨房产子杜十娘。宋江逃出昭关去，盘阳大战武大郎②。柳下惠生了相思病，鲁男子娶了美红妆。这叫作颠颠倒倒反文章。

第一回　览胜

小生引：静坐芸窗觉自痴，竟无闲绪写新词。伤心家国飘零甚，断简残篇信手披。

小生白：小生潘世杰，表字剑人，江苏嘉定县人氏，世居城北娄塘。先严祖达，两榜出身，历任浙江县宰。先慈黄氏，已受诰封。大哥世英，二哥世才，三哥世豪，皆入黉宫，不愧书香门第。小生早失怙恃，幼依兄嫂，去春侥幸得游泮水，入学完婚，赘于同邑之南翔史氏，乃福建彰浦知县笑兰公之孙女，岳丈雪楼，现为浙江盐场大使。内子蕊馨，与小生同庚十九，赋性风流，天然袅娜，诚小生之艳福也。

唱：想小生是娄塘巨族旧书香，世代为官齐显扬。何如家业年来窘，囊萤映雪守芸窗。泰山有意垂青眼，盛情培植小东床。深恩厚谊当图报，怀才未折桂枝香。我是经纶满腹三冬足，七步能吟诗几章。朝中将相原无种，少小男儿当自强。近来国事颠颠倒，八股文章尽废光。停科举，设学堂，皇皇上谕已通行。我想趋时顺势把方针改，囊琴担剑到扶桑。只因岳翁函阻且图缓，鱼雁往来仔细商。

小生白：前得岳翁训示，嘱我依旧攻书。内子于前月产下一孩，

---

① “逵”，原文作“达”，据文义改。

② “阳”，原文作“肠”，据文义改。

取名福宝，苦无乳哺。昨得岳母来函，爱女情深，甚为挂念，已在杭垣雇一乳媪，为乳哺外甥之用。又命两位舅兄回乡扫墓，带了乳媪一同起程。约于明后日可到此间，应当备宴与二位舅兄洗尘。今日西宅叔岳来说，后日清明佳节，为史氏祀祖之期，故饬家丁小使打扫晚香堂，以备会叙亲族，须得布置一番，我当前往一观。

唱：青年秀士一书生，走出书房往外行。想岳家府第都完美，燕还别墅好雕楹。曲折回廊多曲折，鱼池花落游鱼争。穿过了别有洞天门一座，轻轻咳嗽外边行。早惊动了史发史升两家丁。

丑同白：三姑爷出来哉！三姑爷出来哉！

唱：史发史升站两旁，双双伺候少年郎。剑人□进堂中看，但只见卍字栏杆绕两廊。堂中梁柱花梨木，果然富丽好装璜。中堂一幅丹青画，画家摹仿米襄阳。名人对句分左右，竹刻精工棕竹镶。上一联是庭前客至莺调语，下一联是槛外风来花送香。屏风纱隔多清雅，碧纱窗后有书房。抬头仰看高悬额，纵横三字晚香堂。可称椽笔多苍老，图书落款李流芳。想长衡昔日声名盛，猗园曾筑读书堂。久闻古迹今犹在，我须一访先贤翰墨场。

小生白：吓！说也惭愧，小生入赘以来，已经一载，在此闭户攻书。久慕南翔乃江南名胜之地，贤人古迹胜景甚多，竟未一览。咳，我何不趁此。

唱：艳阳天气好春光，午倦抛书春昼长。走访先贤名胜地，免得无情无绪读文章。我今信步游春去，嘱咐家丁收拾忙。

小生白：唔！你二人快快打扫，今日春光明媚，我往外边一走。

丑合白：是是，遵姑爷吩咐。

唱：他二人是将四壁灰尘尽扫光，铺排椅桌乱纵横，玻璃窗隔须揩抹，字画单条挂两旁。不言打扫忙忙碌，且说书生年少郎。转从盘弄来穿出，飘然移步出门墙。见那通衢大道多热闹，肩挑负贩满街坊。茶楼酒馆层层密，万商云集市中央。招牌金字家家挂，都是货真价实自称强。惟有那当铺招牌一个字，他是竟将小富暗中藏。纱罗绸缎多华丽，东西洋货甚精良。海味山珍南北货，关山桃枣闽台糖。皮货店，划衣庄，银楼店面好装璜。江西窑货浒关席，钉铁油麻并冶坊。浙闽纸货杭州箔，蜡烛沉檀宿降香①。高丽别直暹罗燕，膏丹丸散仁心堂。酱园门面多宽畅，墙上高书梁宝康。日华轩翔式馒头大，石有盛美酒郁金香。我是徐徐慢步把招牌看，果然闹热异寻常。三槎原属繁华地，确可称南翔小小赛苏杭。行过市街往北走，早见了巍巍旧刹一云翔。寺门龙形果然像，香花桥下水流长。这是梁朝古迹真名胜，听说是白鹤来飞开道场。小生曾阅前朝史，山河锦绣汉家邦。梁唐晋汉周传宋，有灵泥马渡康王。兴元灭宋辽称帝，朱氏兴师洪武皇。山西李闯图谋反，招子投降有吴襄。关东勇将吴三桂，说什么国破家亡儿自当。情长儿女陈沅妾，气短英雄徒自伤。满洲人从此称皇帝，汉族江山一旦亡。回思嘉定三屠苦，明代忠贤侯与黄。中国同胞四万万，任他烹割似牛羊。我是欲游名胜先观此，不觉触目惊心暗自伤。看这六朝古寺频遭劫，双双白鹤往何方。但只见山门外士女如云集，两旁边小本经营货利场。高摊佛马金银锭，还有锭锻元宝蜡②烛香。东边是和气一团泥要货，假山石上吕纯阳。西边是花花绿绿人和马，五彩鲜明卖画张。这一边相面招牌胡铁口，那一边走江湖假药说真方。说因果的轻敲破钹铛铛响，他说是一代衣冠一戏场。小热昏油腔滑调把新闻唱，在那边高声喊卖橄榄糖。这边是盲词印本言风月，多情男女哭沉香。那一边弹词石印新小说，千金高中状元郎。听那厢小锣小鼓叮当响，诳言景致是西洋。见那许多人团团围住哈哈笑，原来是衣冠猴子骑胡羊。这里是江北女子凤阳调，唱的是

① “蜡”，原文作“腊”，据文义改。
② “蜡”，原文作“猎”，据文义改。

濮上桑间跳粉墙。还有那跌打损伤卖膏药①,旁边是内外科的郎中莫幼棠。这边是一座高楼名望鹤,对照的是鹤鸣楼,下有说书场,那招牌上写着赵正卿弹唱珍珠塔,莫非是方卿借贷见姑娘。九松亭作伐为媒妁,古今世态尽炎凉。见那山门口井亭两座分左右,星家瞎说坐中央。六壬卦卜文王课,炉内烟云三炷香。这多是九流三教因糊口,我是看不尽寺前热闹场。飘然踱进山门内,见那匾额上模糊字迹已难详②。殿庭左右多坍毁,东歪西倒四金刚。大雄宝殿真高大,乃是梁朝敕建的大禅堂。墙坍壁倒泥零落,佛面无金映日光。蜘蛛网,绕满梁,庭心巨鼎不焚香。梁间群鸟纷飞集,书生呆立在中央。

杂白:相公,那边一座是五经桥,朝北是鹤楂山,向南是黄花场。

生白:唔,是。小生告辞了。

杂白:相公请用了斋去。

生白:时候不早了,下次再来拜谒长老。

杂白:请相公留下上姓高名,贵府何处,以备师父回来问及。

生白:小生姓潘,贱字剑人。喏。

生唱《石榴花》:大师仔细问行藏,小生一一说周详。自来练水是我乡,家住在娄塘,入赘在南翔。先人翰林学士多名望,双亲相继早身亡。不才名已列胶庠,我览胜游春到上方。

杂白:多多失敬,明日请来走走。

唱:法昌相送少年郎,览胜回来步夕阳。黄昏暮景难描画,匆匆绕过了黄花场,连忙移步转门墙。万家灯火已煌煌。览胜情由今唱毕,下一回游园留照再开场。(未完)

——《乳娘血弹词》,《眉语》杂志第一卷(1915)第三号

---

① “跌”,原文作“铁”,据文义改。

② “匾”,原文作“遍”,据文义改。

华璧女士

华璧女士，生平不详。

双侠歼仇记

《双侠歼仇记》，刊载于《妇女杂志》第三卷（1917）第八、九号，题前注："家庭弹词。"

第一回　规夫

白日堂堂去莫留，英雄儿女各千秋。中华恶习轻生女，那晓得自古才能属女流。木兰红线人称杰，孟母梁妻孰与俦。更有红闺姑与嫂，能凭纤手雪深仇。家庭佳话堪传播，青史青山两不休。偷闲谱出《双侠记》，愿诸姑姊妹听从头。

话说安徽庐州府，有一位富商，姓陈名唤雪庵，贩茶为业，家资倒有数十万。他的父亲，早经去世，只有老母田氏，和妹子莲香。雪庵二十岁上，娶了同县卢氏女曼仙为妻，这曼仙倒是一位很受过家庭教育的女孩儿。所以过门之后，上对田氏婆婆，下对莲香小姑，都是一表和气，那对于丈夫，更不用说是伉俪和谐。结婚六年，生了一男一女，女孩儿五岁，名唤戊珠，男孩儿三岁，叫做庚宝。这雪庵虽是商人，却没有市侩的气习，生平非常风雅，每年除了贩茶之外，便在家里，寻些诗酒的乐趣，而且疏财仗义，大凡有一点小才干的，他都罗致在门下，做个清客。所以人家送他一个徽号，叫做小孟尝。他们下是……

百篇吟兴诗仙李，五石豪情酒鬼刘。局分黑白棋中客，锋决雌雄剑里俦，斗虫走马般般会，狗吠鸡鸣件件周。纵然有弹铗冯驩侣，也不少吹竽南郭流。那雪庵好客原成癖，不问薰莸一例收。珠履三千门下士，赛过他百里小诸侯。南邻北舍恩施遍，西亩东畴声誉留。仗义疏财人每仰，口碑载道可千秋。持筹握算多辛苦，饮酒吟诗且唱酬。作贾归来便行乐，只有那曼仙女士暗中忧。

原来雪庵是一个豪迈阔达的人，胸中没有什么邪谋诡计，无论对待什么人，都是一样的。他以为他那门下一班食客，一个个都是好人。所以做事言谈，全无界限。譬如某次获利若干，某处存款几许，他到兴高采烈的时候，都是滔滔而谈，绝无顾忌，许多门下客，自然是良莠不齐，有些能对雪庵尽忠的，有些耳热眼红，想暗算雪庵财产的，唉！世上没有冯驩，我劝世人，休要学孟尝君，不然珠履三千，恐怕要变做同舟敌国。雪庵是全然不知，惟有他的妻子卢曼仙女士，是早经看透。曼仙和他的小姑莲香，素来要好，便走到莲香那边，想把要规劝他丈夫的意思，和莲香谈说。只见那……

莲香小姐新妆罢，闲倚楼栏望陌头。忽见曼仙移步至，回身笑靥动双眸。开言便问曼仙嫂，你为甚春日凝妆上翠楼。我哥哥原在家中住，也不曾京华万里觅封侯。曼仙笑执莲香手，说姑姑你真个不知愁。便把规夫心内意，喙喙唧唧说从头。莲香点首忙称善，说得嫂如君几世修。

曼仙既然得了莲香的同意，便打算今天晚上，着着实实的，规劝他丈夫一番。主意已定，用过晚膳，恰巧这位雪庵先生从外面进来，到了曼仙院里。掀帘一看，只见曼仙在灯下教戊珠认字块儿，他瞧见雪庵进来，便站起身来，笑嘻嘻的说道……

月色溶溶一院秋，欢呼高会正优游。你这壁厢高朋满座弹弦索①，那壁厢歌妓当筵弄响喉。这壁厢鸢肩凤顶严诗格，那壁厢四喜三星忙酒筹。为什么不向欢场寻乐趣，却来这凤仙花下看牵牛。雪庵含笑灯前坐，细把游踪述一周。曼仙先讲家常事，渐渐的浅劝深规话不休。象齿焚身贤者戒，蚌珠惹祸古人忧。交游广阔原非福，笑里藏刀鬼蜮流。雪庵听罢谆谆语，一言不发只低头。心中暗笑闺人怯，他只说胆小如鼷无远谋。到后来杀身祸起萧墙内，悔不听此日红闺借箸筹。

第二回　闻耗

月影团圆几万家，花镫锣鼓闹喧哗。那雪庵过了元宵节，又预备浮梁去买茶。他虽然那日受了曼仙诫，总觉得妇人见识井中蛙。匆匆行李安排好，依然是谈笑风生不少差。随行也有人三五，门客家丁总可夸。一个是能书会算邹文伯，一个是善弈精拳郑子嘉。一个是白发老奴朱阿福，一个是烹调良手李三麻。这一班都是风尘劳碌惯，久随雪老走天涯。已定行期期不远，曼仙祖饯送征车。东边坐的是田氏母，莲香小姐坐西涯。雪庵夫妇南方坐，那北头是戊珠庚宝两娃娃。佳肴美酒家常味，无非是鸡鸭与鱼虾。曼仙酒过三巡后，絮絮樽前兴不赊。把规夫旧话重提起，不觉谯楼鼓二挝。收招离筵重话别，早已是残月横窗梅影斜。

这天晚上，家庭话别，那田氏夫人是老人家的态度，无非是吩咐雪庵，一路上风霜保重，早去早回。那戊珠、庚宝是娃娃家的性情，也不过是要求他父亲回来的时候，买些玩物给他。惟有曼仙和莲香，一个是规夫，一个是劝兄，依旧把留心小人的话，谆谆而说。第二天，雪庵带了邹文伯、郑子嘉两个门客，和老家人朱阿

① “朋”，原文作“明”，据文义改。

福、厨子李三麻，一路向上海进发。那……

雪庵一去将三月，尚未言旋故里车。纵说邮筒时有信，总难教萱堂荆室不兴嗟。插柳清明刚过了，转眼间端阳又要看榴花。蓦地北京来急电，把曼仙慌得惊喜两无涯①。

这日曼仙梳洗初罢，和莲香二人闲坐闺中，正然谈说雪庵的事情，料定雪庵必定有什么未了的事件，所以没有回转家门。姑嫂二人心中都不免有记挂，忽然丫头们拿了一封电报进来。曼仙接在手中，尚未拆开，那心里早是和小鹿乱撞一般。因为这封电报是从北京来的，令人诧异，也不知其中是凶是吉。莲香当下慌慌张张，抢过来拆开一看，不看犹可，原来是……

惊心噩耗天边至，雪庵遇害在京华。姑嫂二人闻此信，都不免两泪纷纷落似麻。号啕惊动了高堂母，更叫他老泪龙钟相对嗟。慢说举家都哭泣，且先言阿福老当差。

雪庵家中人既然得了这种凶信，不用说是举哀成服。过了几日，那老家人朱阿福，忽然从北京回来，才晓得这电报是阿福在北京发的。曼仙、莲香和田氏老夫人看见阿福回来，便问他雪庵被害的情形。那阿福含悲带泪的，对他们说道：

主人刚了申江事，便要乘舟返故家。蓦地郑、邹两门客，甜言相劝上京华。主人本羡都门好，想藉此瞻仰王侯卿相衙。谁料人心真不测，变生肘腋实堪嗟。杀害主人非别位，狼心狗肺两师爷。

曼仙听到这里，顿足哭道："我早料到，终这邹、郑两贼非善类。唉！雪庵雪庵，你生前不能听我的警告，方有今日的下场。"莲香劝道："嫂嫂，你休要啼哭。且把情形问明阿福，大家商量一个报仇雪恨的法子才是。"那阿福便又接着说道："那日主人和邹、郑两位师爷，同到天津去听戏，一连去了八天不曾回来。第九天

① "曼仙"，原文作"受仙"，据上文改。

上,老奴得了消息,晓得主人是被他害了,抛尸海中,而且银行的存款也被他们提去。那厨子李三麻通同一气,和他们一同逃往他方。老奴虽然报官捕缉,也是无益。只得一个人回来。"说罢又是号啕大哭。正是:

灵案香烟空缭绕,素帏独影自横斜。纵挥一掬伤心泪,何处招魂唱楚些。

第三回　托亲

胜败兴亡原莫测,桑田沧海本寻常。东坞夕阳西坞雨,那堪人世有炎凉。一自雪庵遭不测,那一班门客於於总散场。只有个忠心老阿福,依然株守旧门墙。庚宝戊珠田氏母,啼爷哭子倍心伤。曼仙要把深仇雪,暗与莲香议短长。悬赏报官都无效,仇家依旧远飞扬。家败便教亲戚少,更无人可与商量。

却说曼仙女士和莲香小姐,自从得了雪庵凶信之后,终日里泪痕洗面,暗暗的商量代雪庵报仇雪恨。虽说是报官数次,悬赏千金,总是不能破案。而且那一班趋炎附热的亲戚们,更没有一个影儿上门。他姑嫂要商量也无处商量。正在无可奈何的时候,只见老家人阿福进来说道:"绿云庵的老尼(镜痕)来了,说要见太太、姑小姐。"曼仙叹口气道:"唉!他尚有一点良心。"莲香道:"也罢,请他进来罢。"阿福连忙出去传请。这老尼真是……

善恶深谙禅里性,慈悲参透佛前香。恩施犹记当年事,不具炎凉两样肠。他既闻阿福来延请,便相随缓步入中堂。寒暄已罢兼安慰,更把情形问细详。曼仙吩咐厨下婢,预备斋筵酒与浆。镜痕反覆深相劝,语语真如金石良。他说是要报深仇须警密,欲图大事莫慌忙。这般这般复如此,不怕君家愿不偿。陈家姑嫂连称善,说这般办法实相当。如果能将冤雪却,愿赠经装佛不相忘。镜痕稽首忙回答,夫人小姐听端详。难嫂难姑真少有,姓名青史定流芳。老衲微言如有济，便呕心吐胆也何妨。

原来这镜痕老尼姑是雪庵祖母的一个婢女，他许配的丈夫不幸早死，他自愿空门削发，奉佛为尼。那座绿云庵也是雪庵的祖母替他盖的。他时常到陈家来探望，这次听见雪庵被害，也是悲伤万分，一面安慰他们，一面却代他们想报仇的法子。陈家姑嫂要想亲自出去探访邹、郑二贼的消息，镜痕也极力赞成，并且说出许多探贼的方法。曼仙和莲香都十分佩服他的计策。镜痕用过素斋，起身告辞。镜痕去后，那……

陈家姑嫂深闺里，把镜痕言语细商量。曼仙道披月戴星吾所愿，莲香道风酸雨苦我甘尝。曼仙道庚宝戊珠年纪小，婆婆白发在高堂。尔我果真寻贼去，须把他绿云庵内去安藏。莲香道镜痕不愧尼中侠，况是吾家婢女行。定能把往日恩情心内记，报侬侄辈与侬娘。更带老奴朱阿福，长途千里定安康。曼仙道婆婆生性多慈爱，定不教吾辈劳劳风与霜。姑姑你只说心烦闷，伴我归宁返母乡。莲香暗暗称良策，打叠衣裳整旅装。他二人先到绿云庵里去，托姑寄子说端详。

他二人这天清早，便同到绿云庵来会镜痕老尼。那绿云庵红花一径，绿水当门，风景是天然冷趣。镜痕刚刚做完早课，放下木鱼经册，预备早膳。听说曼仙和莲香前来，连忙到殿前迎接，彼此到禅堂坐下，自有佛婆献茶。陈家姑嫂寒暄之后，便把要托寄田氏夫人和戊珠庚宝的话说了。镜痕却一口应承，又留他们用了素斋。曼仙和莲香心里十分感谢，便托言归宁，把田氏夫人、戊珠、庚宝，搬到绿云庵，托那镜痕照应。他姑嫂二人别了老母儿女，凄然出庵而去。唉……

古佛青灯权作伴，红闺尺剑亦生光。一个是抛儿弃女离乡里，一个是别母寻仇走远方。一个是行行停步频回首，一个是无限离情暗自伤。虽然是一双侠骨柔肠女，总难免蓦地浪浪泪满眶。

第四回　访贼

绿云庵内伤心别，一路凄凄返室中。他二人暗把行程商议定，悄呼阿福说私衷。阿福闻言双泪落，愿拼老骨尽微忠。检点行装辞故里，先窥贼迹到山东。此时刚是初秋候，一路上衰柳残荷战晓风。主仆三人苦行役，侠肝义胆实相同。晚宿晓行原不定，轮舟车骑总匆匆。安庆南京都过了，春申江上驻行踪。再向胶州浮海去，汽车一日济南通。暂卸征车寻旅店，仇家踪迹探从容。

这时候津浦火车尚未开通，所以曼仙和莲香是搭了长江轮船到上海，改乘海船到胶州，再附胶济火车方抵济南，在济南城内一家(万安旅店)住下。一方面写了一封平安信寄到绿云庵去，一方面叫阿福去打听邹、郑两个门客的下落。原来邹文伯和郑子嘉都是山东道上的响马，家在济南城外。那老奴阿福出去两日，不曾回店。曼仙心里有些狐疑，便同莲香商议。莲香的意思，是猜着阿福一定上了贼人的圈套，要和他嫂嫂亲去探访。曼仙本是一个热肠人，此时早把危险置之度外。预备当天下午去探访贼窟。他……

红闺一对伤心侣，贼窟寻仇意气雄。双双扮作贫家女，先探苍头阿福踪。那曼仙一筐针线缝衣妇，这莲香满箧瓜梨卖果佣。都向六郎村上去，那深仇侠路忽相逢。

原来邹、郑二门客在济南城外六郎村上藏身。曼仙是早经听说，前日阿福也是来这里窥探。他姑嫂二人，一个扮做缝衣的妇人，一个装作卖果的女子，一直向六郎村而来。刚刚到了村前，只见一个人骑着黑驴儿，从庄桥那边过来。他二人抬头一看，不是别人，正是仇人郑子嘉。曼仙当下把莲香的衣袖拉了两下，莲香会意，连忙把脸儿掉过去。他二人虽是贫家妇女的装束，总不能掩却本来面目，早被郑子嘉看见，那郑子嘉当下拉转驴头，回身进庄而去。曼仙、莲香依然装着做生涯的样子,也进庄来。到了一家门首,只见两扇黑漆大门,呀的一声开了,出来两个童子。那……

垂髫童子门前立,身后相随一老翁。料是此中孙与祖,皤然两鬓态龙钟。牵衣童子哝哝说,要买门前果果红。他便把莲香忙唤住,瓜钱果价议从容。那老翁含笑频相问,说若辈因何如许穷。应是年时荒歉甚,流离失所作哀鸿。莲香点首连称是,说与曼仙一难中。老翁听罢莲香语,更是唏嘘似动容。他说道我家小姐婚期近,要觅他人作女红。如果能精针黹事,工资定比别家丰。曼仙故作乞怜态,便与莲香入院东。那知忽中敌人计,陷入天罗地网中。

那老人把曼仙、莲香带入内室,忽见邹、郑二人也在里面,曼仙心知中计,欲待转身,早有两个强健的村妇拿了绳索过来,把他姑嫂二人反手捆绑,推向一间暗室里面去。曼仙和莲香知道万无生理,都是破口大骂,那两个村妇也不同他们理论,只对他们说道:"你们无须嫚骂,空费了气力。前天拿了一个老头儿,也是你们同党。问明口供,过两天都不免要一齐正法。"曼仙、莲香听了,才晓得老奴阿福也被他们囚在这里。可怜他们是……

深仇未向冤家雪,先已双双陷贼中。囚室痛挥姑嫂泪,绝无公理怨天公。他侠主义奴徒仆仆,风尘应悔一场空。

第五回　遇侠

黯黯囚窗日影迟,六郎村里事堪悲。一壁厢是痛挥一掬龙钟泪,一壁厢是愁锁双弯蛾样眉。赤手空拳奴与主,难筹良策出藩篱。转眼光阴经两月,沉沉消息似来时。篱菊堆金霜糁玉,重阳又到卖糕期。这一日万籁无声更漏永,一灯吊影月光微。那看守暗房双健妇,睡乡深入目低垂。蓦地铁窗声瑟瑟,无风无雨实堪疑。曼仙悄向莲香说,定是偷窥有贼儿。低语未终窗忽辟,陡来壮士服装奇。不愧健儿好身手，轻如秋叶下高枝。那壮士悄把尺书窗内递，转身返步出重帏。

那曼仙、莲香囚在六郎村，这天晚上，两个看守的村妇都在那儿打盹，忽然窗门上一声怪响，曼仙和莲香暗暗诧异。这个当儿，进来一位壮士，到他们二人面前，把一封书信递给他们，转身就走。莲香拿向灯前观看，不由的暗中欢喜。此时曼仙也是悄悄的称奇。原来来者不是别人，也是雪庵当初一个门下客，姓黄，单名一个绮字。他在陈家门下的时候，狠受过曼仙、莲香的优待。后来黄绮家贫母死，千里奔丧，曼仙同莲香背地赠了他八百纹银。他受了这种优待，久思报答。嗣后他在山东省城，以保镖为业。这次听见道儿上朋友说他们姑嫂主仆被贼人拘囚的事情，黄绮便夤夜探身贼巢，留书柬儿给曼仙、莲香，约定九月二十日来救他主仆三人出险。他们姑嫂看了这封书柬儿，自然是……

欢天喜地私相庆，惨雾愁云渐可离。一寸芳心肠九转，真真假假总狐疑。如梭日月诚奇速，忽到中旬末日时。他义姑侠嫂方延盼，又睹黄家游侠儿。相随更有中年妇，纤手扶携出险危①。越屋登墙如履地，更无逻骑后边追。忽至一村齐驻步，竹篱茅舍雅相宜。陈家姑嫂忙开眼，只见那阿福苍头也在兹。惊魂乍定欢相慰，那黄绮又设村筵款酒卮。浅斟欢饮喧宾主，各道心中感谢词。姑嫂低声问黄绮，那中年姐姐是伊谁。扶危救难真堪敬，愧惭芳名我未知。黄绮起身忙介绍，这宋家阿嫂技能奇，飞拳击棒般般会，侠胆人称女教师。他二人闻说心钦服，深悔今生相见迟。杯酒满斟筵上献，宋家阿嫂尽谦辞。饮罢已交更四鼓，半墙月影渐西移。从此陈家姑与嫂，宋家庄上暂栖枝。

这宋家阿嫂也是女中豪杰，和黄绮是至亲。他既然把陈家主

① “纤”，原文作“讖”，形近致讹，据文义改。

仆救出,又劝曼仙等人暂且在他庄上栖身,再图报仇雪恨的方法。并且肯极力相助。曼仙和莲香看见宋家阿嫂如此相待,心中更是感激,便住在他庄上。又写了一封信给镜痕,细说他这番遇险出险的情形,这算是他第二封的平安信。他们闲暇之时,又跟宋家阿嫂学些武艺。光阴迅速,刚刚开过了梅花,一转眼又是桃红柳绿,便到了第二年春二三月。那老奴阿福没有事儿,便跟着黄绮出去走镖,顺便打听邹、郑二贼的情形。一有机会,就预备再去报仇。这……

主人侠义仆忠实,千里风尘苦莫辞。出险入安心不死,女儿肝胆胜男儿。宋家阿嫂黄家侠,救难酬恩两可奇。拭目且看今后事,歼仇全要仗英雌。

第六回　歼仇

逝水光阴瞬两年,宋家村上久留连。刚过插柳清明节,又是眠蚕三月天。陈家姑嫂心焦急,欲把仇人颈血溅。况是专心师宋嫂,飞墙走壁更能拳。老奴阿福频频探,邹、郑情形打听全。莲香闻报心中喜,暗把歼仇约曼仙。一个是插剑背枪形赳赳,一个是蛮靴短袄影翩翩。不把同行邀宋嫂,怕将祸害累英贤。星斗满天人悄悄,此行誓肯命相捐。再向六郎村上去,重来志比旧时坚。邹、郑二人少防范,深房拥妾作高眠。曼仙高举手中剑,愤削仇人邹氏肩。莲香也是枪相拟,郑贼胸前一弹穿。已报深仇心内快,双双返步出庭前。

曼仙、莲姑既然杀了邹、郑二贼,转身出来,刚要纵身上屋,忽见前面来了一人,拦住去路。莲香定神一看,不是别人,正是那忘恩负义、私通二贼的厨子李三麻。仇人见面,分外眼红,莲香一把将李三麻抓住,举枪对准李三麻胸口。那李三麻早已吓得魂飞天外,跪下哀求,口称情愿将功赎罪。曼仙走过来说道:“你且说了,如果真实,我便饶你这狗命。”李三麻道:“主人实在是未死,现今尚被贼人拘囚在这里。”曼仙同莲香听了,真是喜出望外,还怕是李三麻扯谎,便对他说道:“你把我领去,将主人救出,我便饶你。”那李三麻便起身叩谢,领着他二人。正是……

弯弯曲曲来深院,竹影扶疏铁槛前。双锁葳蕤少人迹,雪庵囚此已经年。三麻指点低相告,暗引莲香到槛边。一灯如豆幢幢影,叹息微闻实怆然。那曼仙举剑削开双铁锁,闯身直入不迟延。只见雪庵依短榻,肌容瘦削可人怜。姑嫂此时齐惨叹,大家都是泪涟涟。忙把雪庵绳索解,曼仙相伴出深渊。莲香更把三麻杀,斩草除根计策全。便向宋家村上返,压惊饮酒启华筵。黄绮更同宋氏嫂,举杯欢祝再生缘。

陈家姑嫂二人杀了仇人,又把雪庵救出,回来之时,黄绮同宋家阿嫂都是十分佩服他姑嫂的胆量,便办酒席,连夜的代他们压惊贺喜。那阿福见他主人回来,不用说更是欢喜。席间雪庵不免是称谢黄绮和宋家阿嫂一番。一宿无话。第二天,曼仙、莲香把怎样听见凶信,怎样把老母小孩寄在绿云庵,怎样探贼遇险,怎样被救歼仇,说了一遍。雪庵也把怎样入都,怎样被邹、郑二贼诓到六郎村,怎样被囚,话了一番。他们在宋家村又住了几天,那宋家阿嫂便……

嘻嘻笑向雪庵说,愿作冰人结侠缘。黄绮可称人里侠,莲香真算女中贤。况是恩恩相报巧,红丝早已暗中牵。倘使黄衫配红线,风流佳话实堪传。雪庵夫妇齐称善,都说是千里良缘非偶然。执柯便托宋家嫂,交换年庚鸾凤笺。那黄绮早无堂上老,只身随处可留连。授室更无亲与族,宋家村里敞华筵。儿女英雄成眷属,人间韵事羡当年。一场愁苦成欢乐,真个是不羡鸳鸯不羡仙。结婚弥月刚刚过,又觅还家江上船。故里双双归去也,羡他缺月又重圆。

莲香既同黄绮结了良缘,雪庵感激黄绮,晓得他家里无人,便约到他家里居住。那宋家阿嫂,设席替他们祖饯,依依而别。一路上晓行夜宿,不几日便到了庐州,雪庵到绿云庵去把田氏夫人、戊珠、庚宝接回来,夫妻儿女,母子姑妇,重行团聚。更添了一个门中新贵,真是悲喜交集。雪庵又取二千银子寄给宋家阿嫂,报他相救之恩。更取一千银子,赏给朱阿福。从此便守身择友,不敢再向社会上以孟尝第二自居。唉!莲香、曼仙,真要算得红闺双侠,千古流芳。我们现在的姊妹们,大可以拿他做个榜样。真个……

侠妹良妻兼义仆,一门肝胆压前贤。留得红闺佳话在,家庭社会两堪传。

——《双侠歼仇记》,《妇女杂志》第三卷(1917)第八、九号

如如

如如,或称如如女史,当为女性,生平俟考。

饯别(弹词体)

极短弹词《饯别》,刊载于《广益杂志》(1919)第二期。

板桥霜店梦低徊,血泪双双洒落晖。想起鸳盟心若碎,此后是,空留绣阁在苏台。行一步,泣一回,歌一曲,饮一杯。半则鸾笺手自裁。吟诗岂少诗材料,不过景象而今尽可哀。柳色依依如惜别,长亭过罢入短亭来。幅幅题裙书恨事,可记得,当年宋玉伫墙隈。春江嫁得金夫婿,暮暮朝朝笑语陪。佳人闻话双眉蹙,劝檀郎,莫教辜负不凡才。说此番,原有黄衫在,无奈是,返雷不及费安排。多情才子甘情死,薄命佳人叹命乖。世事如斯无可奈,新词三叠唱阳关。一声去矣今生已,旧日交情尽化灰。遣悲怀,聊把四弦弹。

——《饯别》,《广益杂志》(1919)第二期

朱君庸

朱君庸，生平俟考。

团圆镜弹词

《团圆镜弹词》，署名“朱君庸女士”，刊载于《小说世界》第二卷(1923)第八期，同时亦刊载于《民众文学》第二卷(1923)第八期。

天寒岁暮雪纷纷，倚竹无言日又昏。学子皆将行箧理，趁时归去乐新春。有多少，魂飞秦岭家山远，有多少，囊吝难于往返频。暂假学堂为旅寓，围炉共习蟹行文。学生生活原清淡，不解阶前债户盈。人事纷纭浑不管，掉将秃笔写新闻。茫茫蜃海渺无陬，遥对神州即美洲。美国南朝山色里，蕴生一位玉无俦。花作姓，特根名，这真是产自灵山具特根。冰雪聪明花解语，芙蓉如面玉精神。双亲爱惜珠擎掌，因此上，一意栽培爱女身。织素年华工作赋，裁衣时候解调筝。愁未识，乐天真，晓镜不愁云鬓改，夜吟未觉月华侵。

到了二十一岁，竟在哥仑比亚大学毕业。

及笄以后芳名播，史学士居然竟拟班。学位既堪娱父母，令仪远近竞传翻。痛只痛，风云不测笼朝露，祸福无常类转环。

特根女士的父母，竟无端一病不起。

风木感，蓼莪悲，椿树长埋萱又委。孤子一身成独立，苍茫四顾有余哀。情场况复曾遭跌，无复求凰谱落梅。去国行行适华夏，来到那，姑苏台畔古城巍。那时节，中华女学方萌蘖，女士就，掌教其间把妇孺培。

女士在苏州某教会女子中学校，教学十年，热心为学，循循善诱，中外人士莫不景仰。

秋月春花年复年，牢愁捐弃把经传。宵深绛帐呼添烛，问字阶前玉笋联。时雨春风欣普及，二南懿范跻前贤。十年驹隙如弹指，毕业居然两届全。瞬息瓜期临目下，女士要，行装检点着归鞭。虽说那，白云边已无亲舍，但只是，故国风光也足瞻。更欲趁兹休暇日，再行修学史重研。及时努力书绅帛，壮志凌霄意念坚。

到放了暑假，特根女士就由上海首途。

八月秋风馨桂子，女士已，一帆风顺抵家园。少壮离家中岁返，说不尽城廓人民感慨添。严慈双冢岿然峙，知否今朝爱女旋。往事如烟成过梦，旧游回首倍凄然。隔花人远天涯近，更休提，竹马青梅乐事全。

到家解装休息后，略往几家亲戚故旧处盘桓数日，径挈行囊，重入哥仑比亚大学肄业。二年后，博得硕士学位，重行来华。时某教会等在白门合建一女校，规模宏大，咸以史学一席，非女士莫能任。女士乃离其旧校，迁任白门。

从来金粉数南朝，况又是六代豪华胜迹标。人杰地灵相倚伏，诚不愧，中华教育积中朝。莘莘学子前程远，女士是，注意专诚把心得教。再不欲，花前共绾同心结，再不忆，月下双吹弄玉箫。焚膏继晷犹憎短，兀兀穷年现二毛。庸讵知，年交五九红鸾现，乐府新赓迨吉桃。是几时，孟光接了梁鸿案，累旁人纷纷猜测乐滔滔。从此后，芙蓉宝镜双开艳；从此后，富贵长春乐事高。著书人，至此权收结，团圆镜弹词卷暂交。

——《团圆镜弹词》，《小说世界》第二卷(1923)第八期、《民众文学》第二卷(1923)第八期

姜映清

姜映清(1887—?),青浦(今上海)人。幼随御医陈莲芳之妻祝氏习诗文。上海始办女校,即往求学。毕业后,任教于青浦在明女校。夫陈佐彤,为报界人士,夫妇常相唱和。1911年后,有诗词、小说发表于《申报》《新申报》《商报》《礼拜六》等报刊。王钝根《序》云:"予友陈佐彤君之夫人姜映清女士,出身世家,少娴诗礼,雅擅文章。""岁辛亥(1911),予为《申报》创《自由谈》,女士即以诗稿见投,间亦为小说。予深致叹赏,亟为刊布。""予历任《申报》《新申报》《商报》及《礼拜六》《社会之花》诸杂志编辑,女士无不以诗词小说相助。"著有弹词《玉镜台》《风流罪人》《弹词开篇》等。

玉镜台弹词(节选)

弹词《玉镜台》,共五回(未完),姜映清著,有姚文楠《序》和王光鼎的《题辞》,民国十三年(1924)有威书室排印本。《玉镜台》的创作情况,姚文楠《序》称:"映清女士尝母事先慈,间有唱酬。近以所撰《玉镜台弹词》两册见示,都凡六卷。展诵一过,似为未竟之稿。其体格仿兰陵令《成相篇》,而语葩谊正,颇不失'风''骚'遗旨。卷首两叶,大有龙门自叙笔意,尤见文章有神,不必貌似也。至清词丽句,络绎毫端,秀韵天成,别饶风致,犹其余事已。""卷首两叶"即此书《开篇》:"椿庭早谢户萧条,弟妹终鲜子职祧。碌碌无奇权奉母，痴生愧乏报劬劳。效莱衣，北堂萱草春还健，怎奈我，难把红尘俗虑消。归颍川，琴瑟调，添香伴读每终宵。闺房静好泯诟谇，刻烛联吟兴倍饶。侍奉姑嫜多缺略，羹汤频倩小姑庖。备尝艰苦何曾怨，一意晨昏妇职操。又谁知，顺境甫逢添逆境，长男周岁玉楼招。凄凉触目愁眉锁，累我高堂首独搔。幸获次儿差茁壮，哇哇膝下慰无聊。感苍天，来年更把明珠赐，果然是，特地聪明异样娇。得失穷通天数定，庸医耽误又倾抛。昙花变幻情难舍，半为心伤半积劳。帘卷西风人似菊，惟留素志傲霜高。三餐锐减恹恹卧，抱病堂前问寂寥。去岁竟遭萱萎绝，背人常自掩鲛绡。风萧瑟，雨飘摇，罔极深恩付去潮。设帐课徒非得已，篝灯教子勉冲霄。幸喜那，慈姑强饭儿夫健，也算蓬门幸福叨。不羡浮华多富贵，荆钗裙布且逍遥。人情冷暖休相问，世路崎岖孰解嘲。趁今朝，馆课余闲无别事；喜从头，徐翻旧韵补新毫。”

弹词写明嘉靖时(1522—1566)有扬州人杨炳堃，历官显职，为奸臣所忌。夫人夏氏，生一女彩霞，才貌双全。时土蕃入寇，严嵩荐炳堃督师，欲陷之。夏氏偕女回扬，其弟伯韬虑为奸人所算，以书信嘱母女离家避祸，并告以彩霞已许周文藻，附玉镜为聘物。时有大盗蓝天佑，其弟天尉本炳堃部属，因被挞，奔兄处，继为寨主。严嵩遣人嘱天尉劫彩霞。天尉至扬，彩霞假意允婚，于花烛夜刺死天尉，因改名方霞，易男装往襄阳依姨丈连玉书。途中遇于夫人及其小姑于氏，于夫人许以女，乃留书夜遁。方霞居连家，玉书欲命为商，适梁善辅家欲聘西席，乃应荐。善辅之继妻，即于夫人小姑于氏，夫妇不睦。善辅有子名球，女名丽华。方霞教球读，善辅内侄周文藻伴读。梁夫人于氏对方霞颇有情，方霞讽以诗，促其夫妇和谐。善辅欲招文藻为婿，命方霞为媒，文藻以已聘拒。方霞询问，始知文藻即为已之聘夫，仍伪言彩霞为其妹，存亡未知,可先聘梁氏。文藻坚执不允,方霞颇感动。于氏侄名鹏,颇轻狂,元旦往梁家贺岁,见丽华,爱之,因忌文藻……

第二回　席上谈心才钦灵凤　旅中设帐影息神鸾
情密密隔屏窥美色　意绵绵移玉递新诗

兰长笋老惜春遥,琴响空囊手懒调。想当年,八拜缔交征莫逆,一堂清课胜同胞。晰疑问难无私曲,对月评花慰寂寥。到后来,各自东西艰觌面,全凭尺素寄无聊。相夫卒业归宗国,戚党称贤已不骄。天忌才媛构肺疾,罡风触处损兰苕。顿使我,怕拈彤管悲还苦;为着伊,久锁青箱暮复朝。直至于今难自了,遣怀旧业再推敲。在前文,已完姑嫂舟中事;今开卷,才女投亲继续描。

到明朝,主仆三人忙取路;雇牲口,一鞭打动马蹄骄。街坊热闹休烦絮,早见门墙气概遥。因甚彩棚停鼓乐,纷纷轿马杂喧嚣。方霞独自凝神想,不愧襄成一富豪。私向道途人叩问,原来我,姨夫周甲是今朝。语杨荣,店铺招,贺礼终须郑重挑。缎幛全圆金字嵌,锦笺夺目寿文标。备一对,玲珑堆绢无量佛;制一席,丰盛高装极品肴。红烛高升盘百子,银丝长面拂千条。凑成八色殊菲薄,前后匀分一担饶。行近墙门真热闹,家人接帖献声高。霎时延入杨公子,座上宾朋注目瞟。礼罢恭称姨父母,严慈致意祝嵩高。玉书夫妇心欢喜,说一声,贤侄长途太觉劳。破费尊堂还赐贺,弗嫌简慢便粗肴。方霞称谢家人引,步向东厅举目瞧。式取梅花筵八席,嘉宾济济主分邀。无非是,巨商富户推乡宦;更有那,本郡黄堂与属僚。友谊大都兼戚谊,自然面晤尽知交。论寒评暖情靡极,说地谈天致倍豪。独剩方霞多不熟,乔妆益觉惧人嘲。有一位,梁公善辅居同席,问姓通名语独饶。

却说梁尚书前曾托过玉书,欲为其子聘一西席。今日席间晤见方霞,问起知是玉书的内侄。见其面貌秀整,谈吐高雅,心中大喜。等到酒席已散,善辅便向方霞殷勤致意,说暇时请屈临寒舍谈谈,方霞允诺。送了梁公出去,回到里面,见连大娘早在楼下西花厅收拾一间卧房,床帐被褥,完全用他家的,铺设甚是整洁,所有自己带来铺盖等物,便嘱剑童另放一边。待寿事完毕,须得着人洗净再换。此时男宾大半散去,尚余女眷们在东院观剧。方霞就在房中坐下,与姨母叙谈,述明出门原委,连大娘认作杨公螟蛉,倒也不疑。你道这玉书虽称豪富,却生性极其吝啬,家中添了一两个人吃饭,他终要盘算,可有利益贪图没有。今因方霞远道而来,又送了丰厚的寿礼,况且系妻子面上近亲,亏他特别优待,笑也有,话也有,着实留住方霞,好歹须盘桓几月,然后回去。过了数日,方霞牵挂母亲,先打发总管返里,自己和剑童就在连宅住了半月,不觉已是腊尽春初。

爆竹声中岁又更,桃符门换一时新。乔妆公子添烦闷,久住连家也不宁。姨母虽然诚意待,旁人言语恐难听。玉书姨丈经商辈,盘算精明是俗人。我带剑童同此住,岂无伤费到钱文。知机方可泯人辱,怎好模糊不动心①。伫立台阶神思懒,偶看芳草把诗吟。

诗曰:青青阶下草,随处弄晴阴。弗以泥涂辱,偏叨雨露深。遥添春水色,静感故乡心。相对情无限,斜阳伴客吟。

却说方霞正在诗吟,忽觉身后有个人影一闪,回头观看,原来是表妹丈金士香。此人面貌倒也生得不俗,惜乎从小不交好友,确是个纨绔子弟。玉书有一女儿,闺字幽芳,还是客秋玉书招赘士香为婿。故而他常住连家,小夫妻却算得十分恩爱。士香今睹方霞来此,每欲与伊玩笑谈话,方霞便不敢亲近,相晤辄避。今日又到书房中寻访不遇,步出东轩,只见方霞低吟诗句,在阶微步,

---

① “模”,原文作“糢”,据文义改。

本拟潜来戏侮，不防方霞乖觉，早被窥破，士香笑嘻嘻说道："老舅，你又非女子，如何这般胆怯！"

方霞闻话顿然呆，冷笑道：此话亏君说出来。虽则弟身非女子，潜行侮弄不应该。分明背后将人吓，欺我年轻当小孩。公子语完容带怒，红云渐渐晕香腮。士香见说将言答，我想你，貌太风流思太呆。日守书房如处女，背人偏向这边来。偶然取笑何妨碍，待弟恭身把礼赔。几度寻君非别事，春光明媚好游玩。未知能否从邀请，屈驾同行赌十杯。柳绿桃红佳酿熟，些须东道阮囊来。一言深骇乔妆客，妹丈轻狂费处裁。只得相辞难迁就，便称兄长恕顽材。游春本属文人事，性爱清闲最怕烦。岂可因侬兄扫兴，还祈自便欠追陪。士香知是难相强，竟自前行首不回。暗想世间多怪物，杨生情趣傲寒梅。

一日，连爷在家，与妻说起方霞，便道："看令甥的家况也不甚丰裕，趁此年纪轻轻，何不做些商业，图个自立为妙。我并非嫌着他在此吃饭，故欲设计他出去。这层意思，你却千万不可误会才好。"夏氏笑道："我并不疑你，你何必先发制人呢。"连爷道："你信我言，则甚佳，但是我在此想——

虽说我，当铺钱庄有许多；这无非，银钱盘算用工夫。方霞年少身娇弱，劳苦之差怎折磨①。晤面尚希明白问，可能愿意习银炉。娘娘闻语沉思想，每感当年受惠多。虽是螟蛉非姊出，扬门一脉要张罗。书香门第人称羡，岂可无端令改途。因唤相公承美意，非关妾愿与君殊。想他世代簪缨后，上达还应劝业儒。曾记得，梁府欲将西席聘，托君物色费踌躇。倘其未有人承乏，伏望春风口角嘘。日后扶摇能直上，妾身聊算报恩波。玉书一笑称遵命，容到梁家问善辅。言讫飘然身出外，衣巾换上走街衢。不多

① “折”，原文作“析”，据文义改。

时，方霞入内看姨母；他果然，闻说心欣愿就途。大娘便，言语谆谆来嘱咐；到那家，余闲课事读经书。微知公子顽皮惯，善诱宜将夏楚除。梁府居停人厚道，定能看重不轻疏。但得你，诚求学养三冬足；有何难，联捷飞腾近帝居。上可尊荣欢令母，下还光彩照蓬庐。方霞唯唯言称是，敢不铭心奋志图。慢表乔妆公子喜，再谈连老荐相如。

却说连玉书被妻点醒，忆及善辅曾托代延西席，天气尚早，待我就去走一遭，但未知已否聘定也。

连爷就此出墙门，不带家人独自行。只为他，梁府平时常进出，门公无用报东君。客厅穿过西边走，直向书房后面行。绕砌苔纹工点染，当轩帘影织浮沉。梁公眼快先看见，座上抬身已出迎。略叙寒暄同坐定，香茗饮过便开声。玉书道：前承面委将师请，苦乏相当事在心。今有一人堪举荐，未知尊意若何能。他乃是，维扬世裔寒荆戚，偶祝生辰远道临。小作勾留居敝舍，稍迟有恐要登程。品端学粹心尤静，与小婿，地隔天悬不并论。愚弟昨宵思及此，故而特地到尊门。他为的，屡遭颠沛双亲老；没奈何，欲课生徒得馆金。尊处若仍虚此席，敢为绍介课郎君。尚书听了笑盈盈，妙极连声口内称。则为他，曩在连家餐寿宴；晤方霞，十分钦敬抱深心。玉书今欲来相荐，正合梁公无限忱。忙答道，家有豚儿慵教诲，久宜留意聘师尊。令亲年少非凡品，同席言谈达古今。尚得肯临施化雨，管教获益减童心。有劳贵步容趋谢，仰见吾兄错爱真。此际梁公心大乐，立查通鉴定良辰。就选个，仲春十二花朝日；取他是，万紫千红正艳春。黄道更宜儿入学，不愁冲克学难成。挥毫便写门生帖，贽敬还封二十银。另取全红书副柬，具名教弟候先生。办完拟派家丁送，玉书道，何必另烦贵府人。小弟是，本欲回家亲带去；包教他，届期定必早登门。

但愚意欲命小婿士香也到府上。

芸窗相伴贤郎读,免得荒唐胡乱行。若使片长能记录,自然衔感德非轻。梁公含笑回言说,此话尤为弟惬心。孤陋寡闻今古患,两三同学兴方增。不嫌简慢同来好,膳宿如师敝舍承。座上玉书忙道谢,恐多搅扰不安宁。梁尚书,色封银帖全交给;说一声,往返偏劳歉罪深。连老抬身言告别,尚书亲送出门墙。

却说连玉书自离梁府,并不更往他处,径自回家,大娘恰从内堂走来,接着忙问道:"你去探问的事情,彼已有人也未?"玉书摇头道:"尚未有人。"大娘道:"如此方霞他家可合意否?"玉书详告方才如何举荐,如何订定,聘帖贽敬,都已在此。喜得大娘连连点首,当下就叫丫鬟到外边请杨公子入内。方霞一听姨丈言语,知道西席已荐就了,不觉惊喜交集。

惊的是,斯文谬托是红妆;喜的是,幸近高冈蔽凤皇。莫非我,身到襄阳灾晦去;赖苍天,拨开云雾见天光。

方霞应召进来,脸上泪珠未干。此刻是,

贤德母姨忙劝慰,莫将愁绪挂胸怀。幽芳小姐开言说,愿表兄,万里前程夺锦回。姨丈膝前无子嗣,闺中仅有女裙钗。才高貌美人难及,坦腹东床汝稳谐。妹有一端须拜托,良人生性实难堪。愚见欲,劝他受业兄门下,玉尺还劳训不材。为当初,早逝翁姑无约束;小妹是,良言苦口总无干。终朝游戏浑忘倦,浪迹街坊不想归。见我多言如寇敌,分明是,逞伊挥霍就心欢;苦着我,双亲膝下无兄弟;怎能彀,偕老狂夫作靠山。得荷裁成休吝教,改邪归正有何难。千金话到心中怨,玉指轻将珠泪弹。倒使方霞心不忍,叫声贤妹免愁烦。容为规谏回头好,从此兰房琴瑟谐。

原来玉书听见女儿说着士香,不觉叹一口气,已是出房去了。连大娘也一溜烟走了,单剩他表兄妹两人在内,方霞一想李下瓜田,我又男妆,被人瞧见,究生嫌疑,忙立起身来道:"贤妹告别了。"幽芳说声珍重,方霞回到自己卧房,取出梁府贽敬及聘书,观看一遍，便嘱剑童锁入衣箱。屈指今日已是初十，后日花朝，就要往梁家教授。

方霞是，细细思量语剑童；随着我，一年敷衍转家中。剑童道是凭公子，但望难关到处通。待到梁家师席定，先图竹报寄飞鸿。好教太太心安乐，免得牵怀到相公。侍女言完公子喜，剑童难得有深衷。忙说道，原该如此稍轻罪；不然是，抛撇高堂理欠通。正在闲谈闻步响，大娘含笑进房中。手携礼物殷勤送，南枣湘莲色色工。公子抬身谦逊再，有劳多费为卑躬。大娘听，话从容，微物聊将早晚供。但愿拿云舒壮志，梁家随处接春风。知心侍婢将茶献，香嫩毛尖翠泛浓。茶罢大娘身出外，方霞相送到房东。铺陈预备来收拾，检点衣衫仗剑童。是夕闲文休细表，上床一觉日升东。

方霞一早起身，梳洗完事，换了一身衣服。你看他：

才出众，貌惊人，风流倜傥一书生。洋洋得意来厅上，辞别姨父姨母身。伶俐剑童随在后，殷勤谢过众人们。乔装公子乘舆去，假扮书童执柬行。此刻连爷夫与妇，并肩同送出墙门。方霞路上无耽搁，早到梁家把轿停。已有门公通报入，尚书出接领家人，梁球公子随旁立，默默低头怕出声。众家人，点烛铺毡忙不了，命呼公子叩师尊。盛筵款待无消说，从此安居训学生。慢叙连家多少事，周梁两姓要言明。

却说维扬周公子文藻，在府读书，非常用功。一日课余无事，万念奔集，信步阶前，新翠残红，已是暮春天气。凭栏兀坐，殊觉闷人也。

想幼时，探亲曾往襄阳地，姑侄相逢情意饶。与表弟，切磋书房为伴读，陶镕礼乐喜心苗。兰闺表姊才如海，两小无猜暮复朝。迅速韶光皆长大，姑夫有意择英豪。前日里，函中隐约提姻事；怎奈我，已订婚姻瑟未调。姑丈至今还未悉，云山远隔信音遥。

不料自从姑母逝世，母亲因男女避嫌，无故不许再往。近悉姑母已经续娶，且在家聘得一位少年学士，教授表弟，故母亲又欲命我前去作伴攻书。阅者须知周文藻的这位姑丈是谁？就是襄阳梁材，字善辅，官至户部尚书，学问渊博，为人刚直，二十七岁已立朝办事，历年迁调各署，从无陨越。只因朝内权奸林立，不愿为官，上本乞休，解组归田。夫人周氏，与善辅同庚，今年四十有九，人极贤德，膝下子女各一。讵料夫人内外操持，身体柔弱，竟因病故世，遗下子女，乏人照顾，梁公悼亡痛切，不忍重续鸾胶，承同年王御史再三劝慰，代为作伐，聘娶于云鹤之妹为继室。初时入门，夫妇尚称和睦，无如于氏生性暴戾，相处日久，渐渐露出本来面目来了，呼斥儿女，鞭挞奴婢，不觉日甚一日。梁公始尚婉言讽劝，希冀其潜移默化，后竟言者轻，听者厌，遂不免爻占脱辐矣。

一日，梁公兀坐书斋，自叹道：

下官是，年方弱冠立朝纲，时矢忠诚报帝王。卅载居官无过失，只为那，权奸当道甚豺狼。因此上，辞官且学躬耕食；抚着他，无母之儿人一双。想起夫人周氏女，寡言贞静貌端庄。齐眉雅合称同调，鸿案分明接古芳。教诲儿曹持礼义，宽容婢仆性慈祥。日常家政心劳瘁，事必躬亲体暗伤①。一病无端成永诀，世间难觅返魂香。

然而予自知年将半百，本不欲再娶，无奈友朋情好，劝道内助不可无人，当日我自己亦少了主见。

继娶于氏年轻女，入门情性欠温良。待苛儿女何消说，寻事生非日几场。

常言道：顽妻劣子，无药可治，只得置之不理，藉图耳边清静，否则张扬出去，岂不令人耻笑！梁公忽然想着前日旧友叶德裕，

---

① 原文“躬”后衍“谢”字，据文义删。

来函索观近作，那知心绪恶劣，抛荒已久，今日正多暇晷，不免待予做几首寄去，俾彼可恍然予之近况。

梁公是，手取柔毫腹运思，细倾珠玉泻乌丝。言情秋兴题名就，七律吟成四首诗。

诗曰：

杳无消息鬓毛皤，难借鲁阳逐日戈。独具心肝欺叔宝，空谈法律耻萧何。秋分庭院砧初急，梦里关山路更多。惆怅西风侬转健，挥毫争续悼亡歌。

隐隐鸣笳落日横，几株垂柳拂荒城。枕衾依旧糟糠远，愁病常多性命轻。恨海何时波断绝，情天怎得石填平。辘轳心事朝还暮，生怕逢人说令名。

廿年伉俪感良薰，中道奚堪雁折群。半世龃龉休徇俗，一身清白肯输云。蓝田玉尚春风种，赤水珠从晓月分。汉魏元音追未得，竟将古字写今文。

懒却参禅昧学仙，浇花种竹欲忘年。何妨直道遭人忌，转是闲居动鬼怜。点勘丹山涂翠袖，云萍聚散障瑶天。百年光景原非久，聊尽尘间未了缘。

梁公正在收拾笔砚，忽见门帘飘动，兰麝香生，里面步出一位小姐来了。

这小姐，两字芳名唤丽华，青春十五貌堪夸。冰肌玉骨天钟秀，蕙质兰心艺尚赊。七岁唐诗工朗诵，九龄妙笔写簪花。年华娇小萱先萎，爱护凭谁旦夕加。全亏那，乳母忠诚无二志；在妆楼，不辞劳怨伴娇娃。

平日丽华小姐，每遇他父亲与继母反目，终是怡声下气，百计调和的。近时因贪做些文艺，梁公又不进内室，丽华甚觉放心不下，故今朝特地前来问安。他观父亲面容惨淡，分明显出一派不豫之色。慌忙移步近前，叫声："爹爹，日来虽属暮春时节，园中薄红深翠，颇足怡情，缘何一人独坐书斋，未知身子可舒适否？”

尚书举目看多姣，一见明珠万闷消。他说道，为父闲居无甚事；因此上，偶题诗句赠朋僚。阑珊花事残春景，可向园中去走遭。小姐答言儿未往，耽研功课敢辞劳。想孩儿，翻书握管心欢喜；望爹爹，宽宥无知定省抛。母有违言儿代罪，千祈大度海涵包。

梁尚书闻他女儿劝谏，叹口气道：“全不与汝相干。可奈汝母遇事龃龉，令人难耐。为父的决计独处此间，倒可免却许多烦恼。汝只要叮嘱兄弟，诸事留意，可顺者顺之。不可顺者，说与为父知晓，我自能替你们做主。”

千金听说躬身答，敢不遵将父命依？然而是，戾气不祥和气贵，家庭怎好意参差。纵教枉责渠为母，儿辈甘心没怨辞。

孩儿看母亲呢：

近日性情多改换，分明痛悔旧行为。人非大圣谁无过，岂可存心永不谐。在小姐，义正词严情恳切；真所谓，莲花粲舌动须眉。梁公听，喜又悲，难得吾儿有孝怀，仁厚居然无异母，益增潘岳悼亡妻。殷勤父女谈心曲，不觉花砖日影移。猛感触，我在外斋陪父久；惟恐防，继慈里面起猜疑。倘教侍婢搬唇舌，难免横生节外枝。小姐抬身言告退，爹爹保重善扶持。梁公含笑称知晓，累汝萦怀费汝思。相送千金同步出，花厅分手尚依依。丽华归阁无耽搁，抛撇愁肠把卷披。家有贤师闻问少，还防瓜李起嫌疑。可怜他，幼年失恃常悲痛；到如今，佳节思亲倍惨凄。除却三更魂梦里，此生安有见娘时？命途多舛遭磨折，善病工愁欢笑稀。绝代姣娃真可羡，赤绳迟系吉諐期。暂停梁府千金表，要接乔妆公子提。

却说方霞自到梁府教授公子读书，转眼已将半月。公子见了先生，常存惧怕之心，故方霞尚不觉有甚为难。梁公敬礼有加，自不必说,课余之暇,梁公又不时到书房中谈论些掌故,旁及词章。方霞引古证今,滔滔不竭,梁公益发钦其博雅。惟起居行动,自必加一层留心,防人看破。这日里,他兀坐自思:

可恨我,下无弟妹上无兄,托迹西宾梁府中。老父出征身失陷,母亲独处咽西风。华堂换却坟堂住,万贯家私一旦空。奴仆飘流何处去,田园掠尽入官封①。春宵滴尽铜壶漏,欲睡能禁意绪浓?情叠叠,虑重重,鲛绡苦把泪珠融。伤心志愿抛云外,转眼韶华若梦中。一点孤灯照长夜,满腔幽怨锁眉峰。

可笑这些丫鬟们,不知就里:

分明认我多情子,装尽风流悦己容。差幸居停浑未觉,不然是,萧墙祸起怎弥缝?

据剑童说,前晚来了个佳客:

他就是,尚书内侄周公子,苦志芸窗美俊英。今夕华堂铺盛宴,行藏格外要留神。莫教贪饮杯中物,偶失防闲惹祸生。慢表杨生心辗转,绮筵陈设告完成。童儿奉命来相请,晋谒师尊把柬呈。方霞是,吩咐剑童须伺候,整襟移步绕廊行。

这时节已是春末夏初了。

但见那,满院残花曲水流,碧天云净月如钩。芭蕉叶大中庭舞,栀子香清扑鼻幽。称体罗衫尘不染,蛙声摧雨几曾休。栏干十二朱红艳,细草蒙茸约翠流。步近台阶人语响,锦屏红烛两绸缪。梁公父子躬身逊,坐位分明依次投。亲斟酒,琥珀浮,殷勤致送笑盈眸。面南首席尊夫子,主位尚书自己留。上首周家公子座,下边陪坐是梁球。善辅启口称夫子,屈驾寒门简慢羞。难得是,今晚师生同一席,勿嫌烦琐说缘由。这是我,内兄之子周贤侄,负笈离乡志自优。虽则他,天赋聪明情性好;然而是,璞玉终

① “掠”,原文作“谅”,据文义改。

须大匠谋。若说豚儿真惶恐，之无稍识诲难周。务祈雅化施时雨，茅塞当胸细细抽。好使他，食叶如蚕能吐茧，勉加攻错学知修。倘其附尾名登榜，报答师恩感大猷。方霞闻语称言重，窃恐微才误应求。公子一双多俊雅，必成大器可封侯。畅怀彼此谈忘倦，水陆纷陈异味羞。

酒过数巡，梁公语周公子道：贤侄吓——

你看我，年未五旬须渐白，九天恩重愧难酬。吾与你，情关至戚非浮泛；今日里，彼此相逢万念丢。你果能，刺股埋头无厌倦；在吾处，三年五载尽勾留。公子听，意悠悠，忙说道：多谢姑夫情意周。小侄是，闭户读书聊奉母；真觉得，云山遥隔思三秋。辱承训诲深铭刻，奋着先鞭逐紫骝。按下厅间筵席语，内堂另叙一情由。

却说梁公继室于氏夫人，闻得今宵宴客，妇人家心性思量，不免待我潜往屏后，窃看一回。到得厅后，凤目盈盈，看个正着，自语道："奇绝奇绝，这位西席，如何十分面善，难道与他见过的么？"

分明是，粉装玉琢忍吹弹，差认潘安在世间。尝闻说，绝代才华怀彩笔；今见他，动人颜色冠芳兰。妙不过，春葱把盏徐徐饮；妙不过，两朵红霞晕玉颜。应对如流言敏捷，礼仪式好态安闲。待看小试雕龙手，稳步丹墀列上班。莫非他，会赴蟠桃凡骨换；更难道，前身仙子谪尘寰？奴与他，这般面善因何故；不免来，斜倚屏纱想一番。

吓，想着了！

曾记得，客腊回襄风雪阻，附舟人似这人颜。风流潇洒原无二，静穆庄严本不凡。返里顾吾常想念，凤毛麟角少年难。不信道，在船蓄意图非分；弄元虚，设帐为师到此间。碧玉玲珑金缕曲，令人愁擘绪千端。静贞无限情深处，巷拆声声耳畔喧。料想夜阑将席散，匆匆移履转房帏。

于氏回到房中,便在一张湘妃榻上坐下。

细思量,费沉吟,添得闲愁万丈深。回忆那,去岁舟中初觌面,半含羞涩半含春。

到后来,吾家嫂嫂倍相器重。

亲将侄女终身许,每日谈心见此生。船泊城关先别去,留言母病欠安宁。在奴家,毫无私意萦怀抱;也不过,敬爱多才是俊英。若与有缘天作合,终须匹配待来生。横牵思虑精神倦,款步和衣卧绣衾。秋月趋前宽履舄,春花忙伺脱衣襟。夫人着枕眠难稳,辗转深宵梦不成。

想吾家老爷是:

继室不如花烛好,十分冷淡待侬身。几番托故书房宿,辜负纱窗皓月临。他当年,枉自为官居显职,怎施霖雨惠苍生?夫人思到凄凉处,枕上徒添珠泪痕。灯近罗帏明似水,聊伸缱绻赋闲情。诗曰:

清减容颜瘦削肩,累他脂粉不成妍。风流一自归夫婿,鸳枕鸾衾惯独眠。簪花缓步过清池,瑟瑟波摇镜上丝。陋质分明天限定,捧心何敢学西施。

自吟自咏情靡极,脉脉还将倦意寻。略合双眸天已曙,晨鸡惊醒便抬身。罗衣欲换明伸腕,宝帐轻钩透异馨。侍婢双双同入内,银盆盥洗候殷勤。

于氏盥洗已毕,步近妆台,春花将镜袱揭去,抽出梳具来,便伺候夫人梳妆。

开妆镜,整容光,淡扫蛾眉柳叶芳。且看他,云髻高盘珠凤压,翠环低坠玉钗横。薄施脂粉增颜色,袅娜轻盈自在妆。系一条,葱绿纱裙飘绣带;穿一件,杨妃浅色薄罗裳。虽不是,瑶台蓬岛神仙侣;也算得,闭月羞花美女郎。步向外房身坐定,用将早膳与茶汤。回头便问春花婢,送甚东西小主尝?侍婢答言都不在,师爷独自在书房。闻说道，东街沈府筹添屋，演剧飞花共举觞。老爷是，晓露未稀晨即起，匆匆梳洗出门墙。带着那，周家公子同趋贺；还有我，小主跟随一起行。贺客盈庭车马闹，谅情回府后昏黄。

于氏道："原来如此。他一想我虽爱才念切，若在平时，抛头露面，纵无暧昧，大有嫌疑。今日趁彼无人，悄然前往，袖呈我的诗稿，乞为郢正，料他必不能拒绝，日后便可差遣丫鬟送去了。"

情切切，意忙忙，检取新词纸两张。镜里略将云鬓整，下楼一径绕回廊。提防着，青苔露润花鞋滑；喜煞那，晓日和风蝶在墙。绿荫堂中抄近去，忽惊人语唤娘娘。金莲略顿忙回顾，原来是，婴武能言拍翅强。慢表夫人离绣阁，欲言西席在书房。

却说方霞今晨见学生他出，自己可以温习经史，心甚快乐。忽然想着昨夜席间宾主欢洽，本无可异，惟屏后如何粉脸微露，常有妇女在那里窥探，使我局促难安，殊觉奇极也。

早难道，户部千金忘内则，游蜂浪蝶一般狂？更难道，璇闺少妇多春思，露面抛头步外厢？不信居停无约束，肯容婢女失规方。尝闻小姐多才貌，选择乘龙理正当。就像那，文藻贤才无可议，翩翩儒雅貌堂堂。好待我，将来作个氤氲使；等他们，淑女才郎璧合双。看尚书，昨晚席间深致意；他莫非，红丝摇曳雀屏张。方霞正涉遐思想，耳畔微闻剥啄忙。讵料双扉虚掩闭，门开闪进女红妆。

于氏夫人既进书房，先向方霞裣衽，公子慌忙立起答礼。

公子凝神心暗惊，分明舟次即伊人。莫非他是居停室，为着梁球有话论。没奈何，欠体整巾深作揖；见佳人，双提彩袖面含春。说一声：昨宵设席嘉宾款，苜蓿阑干简慢深。惭愧小儿无智识，耳提面命渎先生。夫人是，微飘凤目无穷爱；好一似，出水芙蓉迥绝尘。公子其时称感谢，尚书厚谊太殷勤。令郎辈，今晨早起皆公出；故而竟，寂寂书斋少学生。未识夫人移玉趾，有何见谕鄙人闻？夫人微笑回言答，渴慕鸿才似海深，自恨幼年曾就塾，庸愚难入圣贤门。抛荒书史同流俗，虚度光阴直到今。偶尔涂鸦封故步，贻讥大雅不成文。善辅欲享田园乐，玉尺何能及妾身。因此我，冒昧顿忘亲进谒；敢说甚，抛砖引玉辱师尊。还求点铁成金手，加惠承巾执栉人。

于氏夫人言至此，从袖内取出云笺两幅，呈请方霞观看。公子自思，原来闺人好学，携诗欲就商于我，倒不可错怪了他，且待我看看他的才学如何。只见上面有两个题目，前一首《春日漫兴》，后一章《陌上野眺》。诗曰：

轻云摇荡妒春晴①，窸窣风声误雨声。帘卷绿窗天影近，阶铺苍藓地潮生。算来花日香飞候，忆到楼头夜听情。每欲掉舟舒眼界，横牵愁恨不分明。

无端暮霭失斜晖，淡冶山光锁四围。碧草烟浓珂马去，绿杨风紧纸鸢归。春娇村酿香犹冷，市远饧萧听尚稀。莫问杏花消息好，邻园寂寂掩柴扉。

方霞是，手展云笺默诵诗；但见那，香融玉版界乌丝。题名虽异情无二，言外偏多露怨思。语妙词清应不愧，分明琴瑟久参差。莫使他，裙钗错认为冠弁；为着我，添尽愁怀费尽辞。须择善言来解释，和人夫归敢迟迟。

当下于静贞见先生目注吟笺，一言不发，心中疑惑不定。

岂知他，安排良策启朱唇；赞一声，佳作天然妙手成。非但是，玉润珠圆词典丽；真觉得，调高韵逸对工精。吾何敢，弄斧班门讥大雅；吾何敢，点金成铁作聪明。想当初，文王德化周邦盛，诗咏关雎第一声。正以相求情不二，圣朝模范示良姻。在夫人，双修福慧人难及；自然是，彤管辉煌鸾凤鸣。宜室宜家天百禄，莫

① “晴”，原文作“睛”，据文义改。

教梁孟独传名。一番言语微规劝，感动夫人万种情。可敬他，天付青年兼玉貌；对着奴，吐辞正大又光明。丈夫原是衣冠客，岂肯低眉为妇人？倒不如，待我暗从夫子话；庶几可，免罹情网玷家声。静贞计定弥形愧，脸上桃花冉冉生。他说道：夫子良言如药石，妾身有幸遇贤人。迄今回首当年事，未免违夫抱罪深。于氏语完公子喜，勇于迁善令侬钦。还言乱道夫人恕，难得虫鸣动佛听。佳作暂留容答和，怕的是，蛙声怎好附龙吟。夫人椅上抬身起，得意洋洋告别行。

却说于氏夫人移步归房，心中十分感激方霞，又想到自己与丈夫不睦，半信谗言，半亦由于生性偏窄，又懊恨不已。进内坐定，再想想方霞的面貌，复味味方霞的言语，不觉叹道："吾家侄女如果配了他，真是于门之幸也。但未知终能成就否。"从此静贞幡然变计，待丈夫子女，皆显出他和霭慈祥之气，前后恍若两人了。不可谓非方霞劝谏之功也。再说那梁公是日回府①，已将三鼓，在沈宅吃得酩酊大醉，跨进墙门，几乎倾跌。于氏挑灯相候，便命婢仆搀扶梁公至自己房中歇宿。嗣后夫妇遂和好如初。

第五回　赏园景千金遗丽句　拒冰人公子重前盟
偶饶舌薄逢姊怒　暗伤神强夺夫网

薰风又过浴兰时，才了蚕桑插艾旗。灯影摇临书案静，雨声添到药炉滋。久疑二竖膏肓入，深感良医病骨支。厌的那，树杪吟蝉飞断续；爱的是，池边莲叶弄参差。绿窗意味萧然处，遣兴还凭笔一枝。俗世繁华多了了，劳人岁月故迟迟。功名无分耽书卷，乐善聊将小惠施。收拾是非浑不管，蜃楼海市莫猜疑。时人不识予心乐，错认咿唔若醉痴。倘遇知音能赏识，何妨一字拜为

① "再"，原文作"冉"，据文义改。

师。想今,辰逢天贶精神爽,免不得,剥茧抽蕉再费思。各种情由权按捺,要谈到,丽华小姐一姣姿。

却说梁丽华自从家中聘请西席,便格外留意,平日无事,绝不出中门一步。加之天性喜静,亲戚人家,亦不肯轻易涉足。深闺长夏,全赖书卷以消永昼。一日秋凉,爱兰道:“小姐,近日园中丹桂已开,小姐何不前往一观,婢子也可随往游玩。”丽华笑道:“甚好!你便随我园中走遭。”吩咐品菊看好房户。

小姐是,鬒发如云点翠钿,更衣对镜细观瞻。不加脂粉污颜色,凤履移来步步莲。纨扇轻携遮面便,分明垂柳晚风前。身离绣阁光生户,兰麝余香扑鼻边。行近中门徐步缓,管家婆见笑开言。

小姐,阿是花园里去看花?请小姐等一等,我来开门。丽华出了中门,穿过四面厅,向右转弯,不数武已到园门了。

进园扉,步从容,轻扶小婢过墙东。你看他,淡妆绰约如仙子,体态轻盈姑射同。湘裙边,绣带乍飘莲瓣稳;罗袖底,鸾绡轻拂露春葱。双涡粉颊增姣媚,两道春山挹翠峰。倾国倾城称绝代,恍疑那,嫦娥私下广寒宫。穿芳径,趁晚风,见一所,走马楼台曲折通。踏遍扶梯层十二,凭栏远眺兴无穷。香馥郁,色葱笼,一丛碧草闪飞萤。但见那,满园林木收残署,添得深秋景象浓。波静莲塘余碎绿,露凝蓼渚有残红。几行垂柳萧疏甚,九曲回栏点缀工。养鹤亭,丹桂迎风香馥郁;仪凤楼,芭蕉着雨色青葱。海棠待月姣还嫩,篱菊因霜晚更荣。树杪不闻蝉嘒嘒,只剩得,鸣蛩绕砌诉情衷。假山巧夺云林笔,起伏奇峦耸远空。小姐下楼重向北,紧随那,爱兰侍女话喁喁。瞥见个,悬题三字藏书馆;这分明,黄卷缥缃在此中。

丽华至此,不觉失声道:“呀,妙极了!”

想我是,久未来园今到此,生疏恍与外人同。翩然入内将身坐，细观瞧，联对分悬笔法工。几净窗明帘半卷，画楼深处夕阳红。案头佳卉扶疏供，炉内余香缭绕浓。琴自无言囊在壁，是谁到此理丝桐？

那丽华与爱兰步入里边，只见铺设整齐，点缀幽雅，与他处又是不同。阶下海棠，白如霜雪。

千金当下笑颜开，命侍婢，取过文房笔砚来。他便把，一幅花笺抽出匣；真觉得，无边诗兴把人催。那丽华，娇躯站起临窗坐；运毫尖，字写珠玑尽妙才。微思索，略徘徊，新诗一首告成才，香唇轻启低声念，猛抬头，瞥见书生在水隈。

却说方霞将书室移向后园，丽华初未知悉，今见一俊俏书生，不觉心慌意乱，羞容满面，忙问爱兰道：

我这里，花园平日稀人迹；在那边，年少书生是甚人？当下爱兰含笑答，他就是，府中新聘一师尊。尝闻说，迁移绛帐园亭住；为只为，僻静能求课读勤。修竹轩中无俗韵，谅排笔砚那方存。千金见说低头想，顷刻红霞渐渐生。向日我，绣户深居人不见；怎今朝，游园偏会遇先生。深带愧，半含颦，吩咐丫鬟作速行。慢表那，主婢匆匆归去疾；再说到，方霞先已睹千金。想小姐，天生丽质难描画，玉骨冰肌迥出尘。见我之时多着恼，累伊搁笔出园门。大家风范堪钦佩，谁知我，不是须眉是女身。方霞便，小憩片时重立起；见那里，吟笺一幅在埃尘。

却说方霞将笺纸拾起观看，却是咏白海棠诗，墨迹甫干，书法秀劲，这分明是方才那位小姐的大作无疑了。诗曰：

水晶帘动晚风凉，偷得闲身嘱海棠。领略素馥酣宿雨，划分秋色艳新霜。漫夸富丽藏金屋，独具清华向玉堂。月作精魂冰作魄，人间何事羡浓妆。

花笺入手细观瞧，可爱他，白雪阳春格调高。一缕清才追道韫，二分幽思近离骚。怀才如此初非易，且待我，依韵题诗和阿娇。聊欲效颦忘已丑,好从文字结知交。略加思索融残墨,丽句清辞挟兔毫。书罢微吟还自笑①,似无痴累免心焦。

和曰:

井梧摇落动轻凉,寂寂瑶阶发海棠。洁不容蝇难着墨,香须迷蝶早留霜。无言相对人如玉,顾影遥思月在堂。斜倚阑干秋正美,频添诗思到红妆。

且说方霞磨墨濡毫,将和作写在原稿后面,止在信口吟哦,反覆观览,不防周文藻也信步到此。

方霞是,天生情性多灵敏,随口支吾应变来。手把诗笺几案放,献殷勤,叫声贤契请观瞻,此诗原属闺人笔,未识如何在此间?非是愚兄能斗胆,十分钦佩女英才。容带笑,语含欢,文藻低头着了呆。

周公子不免细细的将诗饱览一回。

暗思量,鬼蜮从来今古有②;好使我,狐疑满腹怎推开。闺门信有千金价,因甚欲,月露风云自逞才?诗稿飘零藏失谨,情形端的费疑猜。就是话到吾师呢,好似个,光明正大中天月,肯拾微尘惹话谈,位为人师敦品学。

虽则通体没有伤雅的语句,不比魏收轻薄,然我想起来,

与着那,闺娃酬和不应该;真失意,太难堪,倘使我,姑丈闻知构祸胎。莫不是,心有灵犀通一点;两人儿,早将惜玉换怜才。

却说文藻疑惑不定,便道:“依学生愚见,原作字句虽工,终不脱脂粉气。夫子和韵,含蓄雄健,真神来之作。”方霞笑道:“这恐未必,原著超脱多矣。”

公子把,吟笺读罢留几上,作揖躬身话欠陪。请便一声徐退

① “自”,原文作“目”,据文义改。

② “蜮”,原文作“域”,据文义改。

出,那方霞,袖藏诗句下庭台。不谈师弟游园去,重话梁公内院来。

却说善辅为着丽华小姐亲事,已与夫人谈及,夫人亦器重文藻,自无不允之理。惟语善辅,便问请你自己可向小姐说明,否则他或有不满意处,恐抱怨我继母不与商量,这确不是要的。故善辅今日有暇,他便径自到上房来看女儿。

千金一见便抬身,翠袖双提万福深。口叫爹爹称上坐,旁边品菊送香茗。尚书当下临窗坐,问一声,曾否园中去走巡?小姐答言刚返此,果然清旷悦人心。孩儿托庇无他恙,莫自为伊过虑深。善辅便,端盏饮茶微点首;有几番,欲言不语吐还吞。千金难解其中意,道爹爹,有话何妨训示明。

梁公说道:"常言男大须婚,女大须嫁。虽是口头的老话,实在却有至理在焉。"

为父的,解组归田近十春,东床选择久留心。今看那,扬州舅宅贤公子;爱着他,绣虎雕龙貌又清。况且是,汝母外家惟此侄;如能彀,姻联中表益加亲。他近来,从师下榻东厢内;与尔弟,伴读书房肯用心。加以数年培植厚,何难雁塔望题名。千金听,暗凄清,忙说道:琐事焉劳父挂心。儿勘破,世人万般皆梦幻;自情愿,终身不字奉椿庭。尚书座上频吁气,便道娇儿莫妄论,宜室宜家诗训在,从夫从父礼经明。非关我,多嫌弱女来催嫁;怕只怕,耽娱青春众口评。似尔聪明多淑德,岂宜丫角了终身。丽华闻语低头想,默默无言闷在心。意欲陈辞图解释,含羞怎好启朱唇。

梁公道:"儿呀,为父的去了。你也不须烦闷。"

气冲冲,将身踱出闺房外;闷沉沉,徐摆腰肢立起身。相送严亲归内室,尚书一径到园亭。

却说善辅见丽华小姐这般固执,倒觉胸中添了一层烦闷,出了妆阁,一直来访方霞。

规行矩步进园扉，转过回廊绕槛西。习习香风人不见，读书此地最相宜。见几枝，傲霜晚菊盆中立，颜色分排白间妃。良工巧，紫竹篱，扎成卐字嵌花梨。行来已至书房首，见杨生，正在挥毫把卷披。低着首，自凝思，十分得意故迟迟。尚书进内称夫子，又在劳神课艺批。只为俗冗难得暇，老夫失候竟多时。方霞含笑抬身起，拱手忙称接待迟。剑童是，一芽盏茶恭献上；无非那，天泉龙井好香卮。尚书谈话频观看，暗赞先生绝世姿。我若把，文藻丽华来比并；转觉得，伊人容貌最丰姿。多只因，亡荆周氏遗言在；要与那，同族鸾凰再结之。思想一番重启口，今日里，向平有愿恳维持。就是我，含亲文藻寒荆侄，弱冠年华未结缡。才学虽非征绝顶，下帷勤读有根基。老夫一女年初长，二八刚逢待字期。静处深闺娴内则，相烦月老系红丝。方霞听，笑又思，遵命连称不敢辞。梁尚书，略叙寒暄来告别；杨生便，殷勤相送出书帷。直送到，园门左近方分手；梁尚书，回到书厅把报观。

却说丽华小姐，当日游园回房，可巧梁公进内，提起姻事，心下烦恼，一到晚上，想起日间在园所作那首海棠诗，东寻西觅，毫无影响，谅因面睹生人，匆促归房，遗落园中。连夜差爱兰同乳母往园中各处找寻，那有一些踪迹！他们只得上楼回覆。原来丽华小姐却是个执一不通之人，当时就思告禀父亲知晓，要查问被何人拾去，追还原稿。后被乳母劝道："细微小事，何必彰扬。或者僮仆打扫，早已丢在字笼中了，那里再寻得着。"丽华听乳母之言，亦颇有理，当时只好作为罢论，但他心上总觉怏怏不乐。

终朝抑郁损精神，心想诗笺闷转增。想奴是，玉洁冰清闺女子，怎将诗稿失他人。未知园内何人拾，或被风吹溷水池。讲到周表兄呢，百行不亏真志士，含真抱璞众人钦。定然不把诗笺取，如此看来莫非是，西席拿来袖了行！岂有此理，必定是他毋庸议。难将此事问先生，这是我，自身不慎相遗失，问明时，反被他人看得轻。懊悔不该园内去,极应该,深闺静坐倒安宁。他昨日,笑容注目将我看,微露轻狂欠致诚。闻得说,满腹文章藏锦绣;却缘何,俚言鄙句当奇珍。我此时,少谈闺阁千金想,再表方霞返旧轩。不一刻,文藻梁球同入内,各将文卷送师尊。佳篇手接存几案,便向周生问事因。

方霞道:“周贤契,汝进来的时节可曾遇见令姑丈么?”文藻答称:“遇见的,据云姑丈亦在先生处坐谈。”

少年夫子甚殷勤,叫一声,贤契今朝听我云:方才你,姑丈进园来见我,他说道,雀屏有意选才人。见贤契,年方弱冠迟迟耦;令表姊,待字璇闺未订姻。谆嘱愚兄来作伐,要与你,佳人才子系红绳。那文藻,闻言起立深深揖,夫子如何取笑人?门生是,杨氏泰山曾面许,亲交玉镜定良姻。还祈代覆家姑丈,另选豪门作婿人。我只为,岳父远征音信隔,故而耽搁到如今。虽未必,盟山誓海难违背;我岂有,辜负当初一诺恩?贵府久闻同处住,未知是否识伊人。

你道方霞听了文藻一番语言,他便怎生模样:

身局促,意耽惊,早难道,未婚夫婿即门生。只见他,香腮桃浪红还白,绝少言词语若人。五内筹思工计画,聊将巧语骗周生。

“呀,如此说来,贤契的令岳丈,便是我家族叔了。”

今朝言及初明白,我与你,论理还该妹婿称。想家叔,当日痛遭奸贼害,险教合眷尽亡身。道途传说无头案,这其中,实有为难费处分。严相恶奸生毒计,密遣那,绿林大盗扮商人。其时要抢吾堂妹,说怎么,违拗之时命必倾。当下阁家多着急,堂中个个放悲声。愚兄久作天涯客,但据闲言议论纷。愚兄是,四处探闻无确信,娘母舍妹杳无形。还不知,贪生吾妹从强盗,随上山头压寨称。女子岂能怀大义,论不定,遗羞忍辱玷家门。还不知,潜身避往他方去,琐琐闺娃怎保身?奉劝贤才丢了罢,吾舍妹,决然不是你婚姻。方霞言讫长吁叹，骇得那，座上贤徒出了魂。秋水莹莹惊欲绝，说一声，门生不愿世间存。曩闻杨氏构奇祸，道路喧传不当真。到处留神无实信，岂知元聘遇强人？伏祈夫子应原谅，誓不重联表姐婚。那周生，言到其间心惨切，梨花着雨吐悲音。方霞此际心难忍，想一想，今日将伊太乞惊。忙安慰，劝门生，或者是，彩霞吾妹可全贞。清风烈女人间有，大料姻缘没变更。文藻听言心略放，开言又复语师尊，半年觌面何曾晓，只落得，满腹愁肠无处伸。今日我，至戚相逢真万幸，愿将始末告先生。门生是，昔年曾往西川地，令叔相逢见爱深；说起那，当日先严同殿仕，蒙将爱女许婚姻。只因皇命难耽搁，遽作长征挂印人。仓猝之间无聘件，取一件，宋朝御赐是奇珍。镜台玉白玲珑样，义取鸳鸯不解分。付与泰山为定礼，原指望，禀明堂上俟亲迎。

话到这玉镜台，确有些来历。

当初始祖功勋大，御赐家藏直到今。夙昔儿曾轻示客，为联姻娅转他人。事难逆料中途变，平地风波巨祸成。在当日，行未抵家先得信；道杨公，军粮不继陷辽城。一时传语纷纷说，姑丈如何讫未闻。更易星霜将二载，门生亲事早丢心。方霞听说多明白，目定心摇暗暗惊。佯思想，告门生，待吾详覆这桩情①。不言文藻抽身去，呆了方霞一个人。无限凄凉无限恨，果然夫婿是门生。剑童入内银灯上，手放疏帘月渐升。方霞是，晚膳拿来无意用；说声道，胃中饱闷不思吞。命将杯箸搬开去，独步闲斋百感增。我只道，梁府安居无窒碍；到如今，瓜田李下怎相应？惭侬原是裙钗女，难效缇萦赎父刑。欲往辽东千里隔，谁将消息探虚真。僮儿见景殷勤劝，安慰多方叫主人。何事又加胸懊恼，懒于饮食

① “桩”，原文作“椿”，据文义改。

损精神①。杨生吁气迟回答。

“呀,剑童,你那能知道我的心事。”

未识我,何日冤仇报得成,父陷异乡侬在此,难放旦夕得安宁。生身大德无从报,愿拼着,万重孤魂觅父亲。公子柔肠思及此,香喉悲咽不成声。抬身收拾文房宝,款步和衣卧绣衾。伶俐剑童忙下帐,悄言莫使露风声。

方霞虽是就睡,一时上了心事,翻来覆去,那里睡得着。直到天色微明,方才朦胧睡去。

一宵无话又明朝,那杨生,暗想周郎艳福高。我何妨,试晤居停商妙计;好使我,桃僵李代称心苗。完梳洗,不辞劳,滴露研朱走兔毫。案侧梁球书卷启,《毛诗》文义费推敲。无何文藻将身进,邺架芸编就手捞。把卷咿唔微摆体,一株玉树趁风摇。他今日,垂头丧气无精彩,若带沉忧满腹操。秋水瞢腾如欲睡,莲花惨淡皱眉梢。方霞见着生奇异,难免芳心几度摇。昨日多因言过急,提伊姻事惹心焦。斯时不便重相劝,待会梁公把话要。

却说梁球不知就里,只因文藻来得稍迟,课余目视于他,低声笑说道:“文哥,今日为何来得晏?”

必非逃学弄蹊跷,或者是,书中少个颜如玉,刻骨相思怎样描②。彼此同堂如手足,若果你,相思病犯弟能疗。昨宵可有风流梦,锦帐温柔记取牢?莫非是,醒后牵帷人已杳,追思梦境暗魂销?今朝说说无妨碍,不用含羞闷鼓敲。况且师尊兄内舅,书房尽可慰无聊。一番戏谑滔滔说,文藻低头益闷焦。说声道,贤弟出言何所据,调唇弄舌把人嘲。在愚兄,强非正直奇男子;若讲到,好色心肠没半毫。昨日我,晚膳未吞身战栗;谅来是,冒寒身

① “饮”,原文作“钦”,据文义改。

② “描”,原文作“抽”,形近致讹,据韵改。

子热如烧。方霞顷刻羞无限,隐隐梨花泛绛桃。可恨梁球油滑甚,俏皮童语快如刀。分明乃父多姑息,卖弄聪明比众骄。面对先生无顾忌,任情玩笑气来淘。纵云初次原当恕,慢慢的,夏楚之施定不饶。慢叙方霞心内想,家人肴馔托盘高。师生就席分持箸,微笑开言说事苗。

“梁贤契,饭后同往令尊处谈谈。”

梁球闻说暗心惊,自悔方才话不经。面带惊惶无喜色,恐防事发责非轻。

用完午膳,方霞整整衣巾,便唤梁球领导。

他虽则,跟随夫子低头走,小鹿胸等撞未停。但见那,画阁树遮深荫暗,红桥路曲碧波清。园中美景无心看,步踏苍苔细细行。径转栏回无片刻,行来早已及花厅。尚书正在观书史,手将须髯白似银。公子低头先见父,方霞作揖也躬身。梁公座上抬身起,迎接先生礼貌殷。略语寒暄杯茗送,方霞启口告东君。

“老大人,晚生是,

面承钧谕为媒妁,鸾凤原期结好姻。

岂知令侄是:

早岁弘农曾缔聘,有方尊命不应承。或者他,三生石上无缘分;只求着,另选东床中雀屏。嘱为善言来拜覆,断难耽误令千金。晚生效力难周处,自觉尊前抱罪深。”

梁公道:“他原来早经定下亲事,予向未知悉。如此说来,倒是老夫的造次了。有劳先生,改日再谢。”方霞敷衍数语,即行告退,遄返修竹轩。

梁公无限闷心窝,画饼充饥可奈何。原指望,内侄何妨成坦腹,向平愿了免踌躇。偏他早已联姻事,一片真情付逝波。若使挽回无妙策,老夫翻觉太糊涂。想当初,尧皇二女同妻舜,容恳先生再执柯。此事想来无窒碍,何妨谆请费张罗。尚书心下添愁闷，叹息频将胸口挪。我这里，诸事不亏皆厚待，谁知枉自费工夫。今朝且是权丢下，停一日，再晤方霞把话疏。

梁尚书过了一日，面晤方霞，托渠便中再向周公子说项，倘能玉成美事，感激非浅。方霞道："自当劝其应允，藉副老大人嘱望。"饭后功课既毕，方霞命梁球先去，一面留住文藻。

方霞兜的笑颜开，说一声，饶舌丰干却又来。令姑丈，今日相逢提旧事，依然器重属英裁。并不是，春花欲发娇无力，乞借东风特地栽；也不是，韫椟明珠轻价值，甘随鱼目逐尘埃。只为那，佳人才子天然匹，妙选乘龙白首谐。美意岂知成恶意，骤遭拒绝不应该。

"贤弟，或者汝疑惧将来一夫二妇，家室勃谿，不能得夫唱妇随之乐。此层倒不消过虑，愚兄可以力保。"

舍妹是，天性温良玉一般，将来与令表姊，定无轩轾少争端。河东狮伏无由吼，嘉橘逾淮不带酸。但望春闱先及第，日后是，诰封左右佩宜男。便问书达尊堂晓，纵可商量好事圆。吾舍妹，现在存亡无信息，总能贞节也难堪。到不如，眼前反是姻缘好；令表姊，才貌兼全德性闲。

却说周文藻不料其师重有一番相劝，又好气，又好笑，顿时默默无言。

望先生，费疑猜，几见为师强作媒。于律停妻难再娶，被人指摘我何堪？婚姻事大非儿戏，岂可贸然把首颔。

想起我姑丈，亦觉不可思议，

有女奚愁无快婿，挜人缔聘实奇谈。倘教易地先文定，难道你，也许他家置喙来。阀阅门墙须自重，充人次室辱红颜。故而我，凭他倾国倾城貌，这段姻亲万不谐。

却说文藻暗暗思想，实在万分不悦。

心烦闷，意昏沉，半晌无言强定神。他便是，行近前来深告罪;说一声,伏求夫子听原因。未婚妻属师令妹,戚党咸知怎变更?君子素行须重德,无端悔约不相应。宁教辜负姑夫意,誓不忘情缔聘人。暮三朝四非所愿,此生难以赘梁门。若贪富贵离贫贱,陷我身为不义人。杨府千金无实信,吾今决不再联姻。门生是,担登负笈欣靡已,端赖栽培感大恩。昧理欺心天不佑,断难遵命妄应承。自知冒昧重推却,待罪尊前愿负荆。文藻言完微冷笑,倚窗呆坐寂无声。方霞见已难游说,好比得,水尽山穷没路行。万种情怀留脉脉,满腔愁绪郁沉沉。想今朝,徒然相劝仍无益;除非我,妙计搜寻再玉成。

却说方霞先见文藻决计不允与梁小姐联姻,暗暗赞叹,忽又转念想到自己身世,不觉伤心起来,两行珠泪,几欲夺眶而出,便反背着手,在书房中踱来踱去。

嗟予身世等萍飘,行止随风莫解嘲。严父从军经数载,吉凶未卜路迢迢。高堂白发愁明镜,境迫分离两地抛。居此授徒非得已,惟图馆榖报劬劳。梁公错爱侬夫婿,嬲我为媒一再要。倘果能,李代桃僵成眷属;好待我,披缁截发远尘嚣。如何天不从人愿,铁石心坚难动摇。欲吐莲花重说法①,那堪舌敝与唇焦。

此刻方霞异常懊闷,独自凭槛凝思,信口吟成古诗一章,诗曰:

凉月在高天,幽花生满砌。花受月光明,月受花香腻。有客独忘情,搔首埋秋意。

反覆微吟了数遍,步入卧房,竟自和衣横在床上睡着了。岂知在方霞劝文藻的时节,梁公子潜匿轩外,窃听许久。他笑道:"无怪先生近来待我如此宽厚,日未沉西,便唤我先自罢课。父亲

---

① "莲",原文作"连",据文义改。

每见先生入内，亦必命我他去，原来为着姊姊的亲事，故而鬼鬼祟祟①，惟恐被我知道。今朝事有凑巧，都已被我听得清楚，谅姊姊未必知晓，待我去告诉他，使他欢喜。文藻哥哥若真配我姊姊，周属甚好。惟先生面貌，比较文藻哥哥，似觉尤美。父亲上了年纪，目力到底不济了。”梁公子纯是一派孩子心性，那里管什么轻重，说得说不得，便欢笑跳跃，直向丽华楼上走来。

行近妆楼举目瞧，笑容可掬献声高。丽华出外呼贤弟，问一声，何事双眉喜挹梢？公子闻言频点首，有桩好事告同胞。今朝窃听先生话，爹爹是，拟把周兄坦腹招。想周兄，不但文章罗锦绣；就是他，青年玉貌也丰标。一双佳耦如佳友，姊姊欢肠怎样描？小姐闻言深着恼，唤声贤弟好蹊跷。读书懒把功夫用，任意偷闲里外跑。属耳坦墙非正士，胡言乱语涉轻佻。终朝嬉戏曾何益，小使丫环背后嘲。禀告严亲无好处，必施家法岂相饶。正言厉色千金语，公子无颜望外逃。自悔薄言逢姊怒，无精打彩返书寮。

且说梁球回至园中，推进书房，见先生与表兄皆不在内，桌上所置书券，亦空空如也，便折向外边玩耍去了。原来今日文藻深怪其师说亲无理，不待功课完毕，独自潜归卧室。周文藻与梁球的卧房，即在修竹轩侧首，并排两间，外面看起来，好似与修竹轩相连，其实墙壁砌断，另辟门户进出，紧靠书房一间，系两人卧室，打边一间，窗纱四启，可浏览园景。文藻便作为起居憩息之所。当时方霞触起自己心事，闭了书斋，独向园中游行散步。

走过西来又向东，见一带，栏干朱漆可怜红。旁分石磴多光滑，拂拭轻尘小憩工。吹面朔风添瑟缩，冷云无数幻奇峰。垂杨莫望丝成缕，不过那，隐约波心认卧虹。楼阁嵯峨窗紧闭，更无玉

① “祟祟”，原文作“崇崇”，据文义改。

笛倚玲珑。方霞目睹园林景，冷落寒冬感慨中。想起慈亲居故里，未知他，兴居近日可和同。情切切，泪溶溶，一声长叹对苍穹。

此时已在十一月下浣①，寒风刮面，草木黄落，园中极萧索之致。方霞兀坐半晌，推闻流水潺湲，钟鸣远寺而已。遂微吟道：

雪意嘘云风怒号，不堪林木极萧条。蚁贪粒粟穷驶力，人爱流泉折听腰。辕轩本非骥所喜，琴材祗合凤来朝。茫茫岐路谁能辨，岂独啼鸟足解嘲。

夕阳明灭驻山巅，咫尺天涯思邈绵。几处僧归黄叶寺，谁家儿诵白华篇。早知华屋空存月，宁碍荒厨欲断烟。满腹愁肠无处诉，一齐攻入瘦眉边。

方霞是，新诗吟罢泪重流，怎得销除万斛愁。作客天涯非我愿，盈盈弱质向谁投。想周郎，天资敏捷才清丽；可敬他，态度端方学问优。几次与渠来作伐，看他是，十分不悦皱眉头。容颜正厉将婚拒，忍把杨家淑女丢。他说道，玉镜一方为信用，良缘天赐结鸾俦。秋闱若得功名就，稳赋《关雎》遂好逑②。句句真情非勉强，言言至理不轻浮。叫侬怎劝伊心动，徒惹欷歔搅乱愁。可惜梁公多误会，还认道，我身不肯出良媒。

却说方霞在中园踱来踱去，顿觉世界上的愁闷多注在他一人身上，真是没法可以跳出这重愁城。

口内喃喃未住声，玉容惨淡少精神。一头行走吟诗句，心事多端度失宁。胸纳闷，意添嗔，回身走经后房门。倚栏微敛春山黛，片晌和衣倒在衾。旁立剑童焉敢问，他只得，香茶献上碧罗春。

此刻方霞和衣睡在床上，无限的愁烦恼恨，不住的短叹长吁，

---

① “浣”，原文作“院”，形近致讹，据文义改。

② “雎”，原文作“睢”，形近致讹，据文义改。

倒弄得极聪明的剑童也摸不着主人为着甚事，欲来相劝，又苦无头没脑，却从何处说起？故献过香茶，侍立细察动静，不敢做声。

这回难倒女乔装，逼得他，默默无言倒在床。袍袖拿来遮粉颊①，方巾斜扣压眉旁。良谋苦索终难获，惭愧人称锦绣肠。合着双眸神志懒，金炉香炉费思量。

且待我缓言再劝一番，只说杨府千金，当时已经殉难，看他如何。若仍不允，这便无术可施了。

虽吾心里淡姻缘，到底是，父命婚姻决绝难。瞒昧一桩行不去，图日后，木归根本水归源。故而细细详其理，大义分明岂等闲。

呀，除了此计，还有什么方法？

方霞想罢意凄惶，却又恐，闻我身亡气坏郎。虑后思前眠锦帐，长吁短叹卧牙床。无端打叠风波起，晚膳排来也不尝。文藻心中多着急，疑师抱病暗惊慌。是宵晚饭无心用，问候先生欲进房。禁不得，伶俐剑童来阻挡；说一声，主人熟睡体安康。不须进内防惊醒，有话明朝会晤长。闻语周生徐退出，方霞状上益悲伤。可见他，敬师如此多尊重；自然是，伉俪之情一样腔。看方霞，这夜无聊添辗转；只觉得，神思恍惚梦难长。晓星掩映晨光动，始入邯郸好睡乡。且把那，书院师生休细述；也不叙，多情于氏递书章。梁公属意多才客，那识因缘一段藏。他本前生夫与妇，多情帝后坐朝阳。商密计，诱红妆，御楼相赚险身伤。幸亏安国多贞烈，一片陈情动帝皇。以后回家心纳闷，竹半灵，恐其堕落成遭殃。忙来点化聪明女，冯安国，遣表辞君达奏章。恰值中秋佳节候，相迎仙子转仙邦。自然后世偕连理，报应分明莫怨将。更有赵王多薄幸，故而转世作红妆。这些都是循环理，尽付吟笺也不妨。

---

① “颊”，原文作“类”，形近致讹，据文义改。

却说梁善辅有一位内兄，姓于名飞，表字云鹤。夫人华氏，所生子女各一，公子早已授室，小姐未适才人。因世代功勋，天子隆重，拜于云鹤为武英殿大学士之职。讵料于公受职后，不思报国，趋附权奸，娶严相之侄女为媳，自此更觉肆无忌惮。其夫人却十分贤德，时时作书劝谏。岂知于公厌其烦碎，竟把华氏夫人撇在故里，绝不顾问。

夫人生性多慈善，平日间，济困扶危不爱财，为此族中皆感德，保全孤，肯栽培。室中崇奉观音像，翰夕虔诚叩几回。愿的是，儿媳一双无厄运，良人伴驾少迍邅。莒芝早择乘龙婿，也待我，暮景桑榆心事完。

华夫人这一片好意，居然付之流水。又谁知，

女似母来儿肖父，一般兄妹别贤愚。公子是，鹏名少鹤称为字，纨绔风流不读书①。诗赋文章为厌物，秦楼楚馆日无虚。

夫人见了这般光景，自然痛加训斥。

虽则夫人常训斥，到底是，江山好改性难移。房帏严氏河东吼，举止轻佻少礼仪。一味骄矜无长幼，惯凭家势把人欺。夫人只当无知觉，他终是，大度宽容免是非。再说莒芝贤小姐，端贞淑顺世间稀。深居绣阁人难见，才貌超群鹤立鸡。每见夫人生气恼，百般解劝使亲怡。不参私见行肤诉，忍耐温柔不必提。宅内情由今表过，这时候，隆冬天气景全非。油云密布天光暗，窗外纷纷瑞雪飞。兔走乌飞能迅速，残年光景又依稀。

这日却是新正元旦，于老夫人令公子往梁府贺岁，故吩咐家人备马伺候。公子是：

人材仪表也堂堂，举止风流欠大方。面白唇红年尚少，眉清

---

① “纨”，原文作“执”，据文义改。

目秀貌无双。随身绣蟒无边艳，東发金冠异样光①。粉底乌靴登足稳，银鞍白马显身长。童儿执柬前边走，公子驱鞭在后行。但只见，绿女红男穿艳服，喧天锣鼓万家忙。新年景象知多少，早来到，梁府门墙气概昂。投帖童儿开口说，相烦通报到中堂。门公接帖先行导，于少鹤，下马相随绕曲廊。步进中厅抬首望，岁朝陈设果辉煌。大红披椅盘金凤，绣彩台围八宝镶。锦匣居中如意供，羊脂美玉自生光。楹联多出名人笔，匾额中书致远堂。红烛高烧香寿字，盆梅左右吐芬芳。不言公子凝神看，里面尚书已出堂。

呀，贤侄久违了，恕我失迎！

于鹏垂手称姑丈，立正红毡把礼行。说一声，鸠拙自安深觋觍，失于趋候甚荒唐。梁公一笑称言重，请起连言就挽将。礼罢分宾同坐下，尚书启口问端详。椿萱谅必皆如意，曾否花征兰梦祥？少鹤闻言忙欠体，家君朝内侍君王。慈亲托庇粗安泰，内子依然未弄璋。姑丈兴居多纳福，定然姑母也迎祥。夙钦表弟英姿秀，料想芸窗学艺强。座上梁公频语答，钝儿才学斗筲量。香茗一道寒暄毕，通报夫人入内堂。

无何，见仆人传语出来，请公子进见。

座中少鹤抬身起，暂别梁公走曲廊。穿讫厅堂临内院，前边引导赖年苍。行过那，朱楼层叠湘帘卷，画阁崇深锦幔张。老仆便邀公子入，音容未接早闻香。夫人一见心欢喜，至戚相逢气倍扬。旁坐丽华忙立起，欲行趋避佩铿锵。

夫人道："吾儿自己表兄，比不得外人，新正元旦，应当见个礼儿。以后相见，大家便可不用回避了。"

千金闻语无言答，莲步轻移退立旁。虽是表兄从未见，能禁

① "東"，原文作"东"，据文义改。

颜赧与心慌。于鹏启口称姑母，抢步轻轻跪在堂。喜煞夫人言请起，只行常礼最相当。

于少鹤礼毕起身，便说几句吉语，并久未到姑母处请安的话儿。夫人说了一篇牵记问好的套语，因曾丽华小姐告于公子道："此乃汝之表妹，彼此过来见个礼儿。"

公子是，回身揖见美红妆，顿使襟怀喜欲狂。可知道，蓦地风波从此起；到后来，险教祸移误周郎。斯时相见情无限，目逆娇姝思虑长。

但见他粉面娇融，恰似芙蓉开雨后；蛾眉淡扫，浑疑杨柳展风前。凤眼盈盈，莺声呖呖。金莲慢疑步草堂，玉笋轻笼移紫袖。

其人如玉态鞭，千艳丽容光到眼前。脉脉柔情秋水寄，依依春色翠眉边。难将修短描新样，真觉娉婷逞妙年。百丈情丝牵一线，好使我，东风吹处也生怜。倾城引动于公子，信有魂飞上九天。如此佳人从未见，堪称绝世女婵娟。虽然是，今朝得睹如花貌；究未知，石上三生可订缘？他如何，俯首含羞称万福，不离慈母会周旋。一番礼罢同归座，早见羹汤送桂莲。于氏夫人呼爱侄，久疏聚首每心牵。家中父母安康否，奋志应争祖逖鞭。难得新年多暇晷，用将午膳慢言旋。于少鹤，殷勤立起称多谢[①]，有扰郇厨感万千。闻说弘农西席好，少年才调媲青莲。今朝可在姑爹府，久慕英名未识贤。梁夫人，笑头颠，答道先生在舍间。家在他乡多不便，岁阑解馆未归旋。正当言语梁球进，

夫人道："表兄在此，快来拜年！"

面带春风立定身，梁球作揖呼兄长。还礼于鹏把弟称，去岁相逢时未久，韶华迅速又新春。定然学养三冬足，下笔囊添锦绣文。公子答言承谬赞，天资鲁钝一无能。得亲叔度纾饥渴，可许

① "殷"，原文无，据文义补。

盘桓一二句。于鹏是，推说新正多俗事，稍停应得再登门。他山借助愚兄愿，到那时，烛剪西窗惬素心。可奈他，心在彼而言在此，频频送目到佳人。梁球年小心难会，小姐低头自忖吟。男女相逢宜自重，有何好看竟忘形？名门举止多佻佻，使我针毡坐不宁。托故抽身忙告退，飘然移步转房门。丽华翩若惊鸿态，益令于生出了神。秀色可餐浑不谬，微嫌去速太无情。不言姑侄谈心曲，外面人邀饮酒樽。即此于生身立起，辞伊姑母到花厅。铺陈厅事征高古，五彩流苏夺目新。文藻梁球先见过，大家鹄立候先生。移时步出杨夫子，彼此殷勤问姓名。谦逊一番徐坐定，各分香茗到嘉宾。华筵顷刻安排就，春酒芬味屠苏溢，色色珍馐皆上品，烹调还使易牙珍。说不尽，鸡鹅熊掌堆高献①；又有那，金盏银盆次第呈。值席家人忙不了，满堂红烛放光明。于生据席凝神视，端让西宾貌出群。美丽温文如处女，端庄尔雅是儒生。方霞也把于生看，体态风流吐属精。可惜双眸流不定，必非君子要留神。三巡已过佯推醉，怕的是，酒入愁肠语失经。窥破乔装难抵制，风波平地可怜生。周郎谨愿无城府，怎得薰莸鉴别清。暗暗沉思心欠悦，樽前呆坐默无言。腮边隐隐红霞现，粉面桃花色更妍。席上于鹏频注目，方霞低首意如煎。梁公举盏殷勤劝，他道是，简慢粗肴莫便嫌。无奈方霞称好说，他此时，照杯略略动香尖。于鹏也是将杯举，座上方霞立起言：

“老大人，于兄，两位贤契，恕我失陪了，晚生今日——

已觉酊酩难再饮，还祈开罪失周全。深深揖，谢连连，佯为推醉返书轩。此时宾主躬身立，文藻是，相敬师尊似父严。他送先生归书院，重来厅上饮华筵。

那里晓得，这位于公子，真是个色徒，他此时——

---

① “熊”，原文作“態”，形近致讹。

醉翁之意非关酒，意马奔驰别有牵。虑的是，近水楼台西席在；还有那，表兄文藻好容颜。在座中，佯装笑脸穷思想，绝少良谋指顾间。欲就机缘须借箸，不如归去恳娘言。胸中计定称姑丈，小侄相辞返舍间。蒙优待，谢华筵，改期问候到尊前。祈为致意家姑母，恕不亲行往里边。文藻梁球齐立起，依依执手话绵绵。于鹏虽忌周公子，佯言道，何日兄台降舍间？文藻答言应造府①，理须谒见令堂前。梁球随父来相送，步近中庭滴水檐。少鹤力辞留贵步，文藻一揖转书轩。梁公含笑称贤侄，得暇常来莫过谦。一笑于鹏称领命，出门上马执金鞭。于生枉具才和貌，他是个，生性轻狂恶少年。今日初逢梁小姐，后来移祸害英贤。暂停琐屑梁家事，要把归途少鹤言。

做书人贪看双星因搁笔，诸君们容将详细下回编。

——《玉镜台弹词》，有威书室民国十三年(1924)排印本

风流罪人(节选)

弹词《风流罪人》，三十二回，七至九言联目，姜映清女士著，王钝根、刘豁公《序》，民国十五年(1926)上海大陆图书公司排印本，四册。姜映清生平见前。除《风流罪人》之外，另著有《玉镜台弹词》及《弹词开篇集》。

本书讲的是甄超英、沈古檀追求贾昙花的故事。杭州西湖边有沈古檀，其父子楼在上海利泰庄为经理，母赵氏及妹雪芬在家。古檀出游时偶遇贾笙甫女昙花，爱慕之，说婚不谐。古檀与母赵氏闻父病，往上海，居赵氏侄女宝蓉家。古檀见宝蓉同学陆乃云，爱慕之，遂同宿。古檀归杭，又向昙花求婚，昙花怒。适男友甄超

① “文藻答言”，原文作“文答藻言”，据文义改。

英来访，亦向昙花求婚，遭拒。超英遭拒后，母为其娶洪女清椒，夫妻颇相得。然清椒好艳妆出游。古檀因求婚昙花不遂，在上海狂嫖滥赌，后发病死。超英见清椒常外出不归，愈念昙花；清椒结识富家子周绍文，常宿旅馆，又欲与超英离婚，为甄母劝止。时昙花学成归国，改名云文，在杭设惠英医院。超英以积劳成疾，送院医治。昙花知其有心于己，因为介绍同学陆道谀与之成婚。后昙花以医院托他人，不知所终。

第九回　观览成绩佳人逢巧遇　替换佣妇浪子起深心

雪芬足趾的伤处，虽涂上了玉树神油，痛苦顿减，若欲踏在地上，勉强走动，就觉得里面突突的跳，立时胀疼。无奈叫古檀搬出许多书籍，堆放在沙发上，翻阅消遣。到十二点钟，古檀知道友伯一定不会来的，唤老妈子开饭上来，与雪芬吃开饭，换好衣服，专候友伯一到，便可同往。

古檀等候倍心焦，不住的，时计拿来细细瞧。一点已敲过半点，徐徐日影转花梢。心中想，如何友伯来还未；不信道，负约分身别处跑。只好耐心来再等，阶前独步慰无聊。见那里，双飞蝴蝶花间住；软绵绵，醉绿迷红好梦邀。自笑不如虫快乐，相依相伴度终朝。吾古檀，容思落雁存虚愿；只赢得，辜负丰姿似雪标。但望善成今日去，不虚往返得多娇。狂生应许天怜惜，慨把红丝付几条。比与神仙成眷属，温柔乡里乐春宵。

古檀沿着庭前的走廊，走来走去，何啻数十遍。友伯足音寂然。古檀把手表一看，两点已过十分。沉吟自思，他莫非真个放我生，不来了么！这也奇怪，所约的时候已过，吾何必发戆，务要等他呢。古檀回上中楼，见雪芬一足微拳，仰卧在榻上，人已睡着。他便不敢惊动，走下来到书房中写好一张便条，关照老妈子：“我出去之后，如若有一个姓瞿的客人来看我，你把这字条给他看就是了。”古檀说完话，摇摇摆摆，出墙门竟向善成学校而去。到了那边，来宾已极拥挤。古檀和善成里头的一班教员，本有一大半相熟，早经门口站立的招待员招呼他进去，迤逦进着校门。走到中间大厅上，果然陈设奇丽，光华夺目，东一堆西一堆的看客。言语喧阗，香气氤氲，把九开间一只大厅，塞得实足。古檀便打侧首的门里走出去，兜到大厅后面，穿过一个操场，只见排列在那里的一间一间教室，男男女女，有的进去，有的出来，恍若穿梭。古檀走近前来，挨进一间去随众观看，看那壁上台上，多是摆的学生所制的美术品，听得许多人纷纷批评，有的道这幅老虎把绢堆得真好，远看不是与活的一样，眼睛尾巴都神气活现，仿佛要跳过来了。有的在那里赞赏一张绣成的美女，说道：“身段衣架，无不微妙，面孔更觉讨人欢喜，如果肯卖的，待吾买转去镶个镜架，把他悬挂着，岂不甚好么？”一人笑道：“你没有看见他写明白这是‘非卖品’三字，还要多话做甚呢？”古檀听他们七张八嘴，倒亦好笑。站立片时，他仍旧随着大众挤出来，再往隔壁一间去看，都陈列的画品，有的是着色的，有的是墨笔的，人物山水，翎毛花卉，无一不有。古檀略为观览，觉得没甚趣味，重又轧到外边，再想楼上去看看，瞥见两个女子，在他贴身走过，一个面貌很熟，就是贾昙花，一个却不认识是谁。

那古檀，目光移注两人身，窃喜昙花此地临。貌比游湖稍瘦损，然而他，益增妩媚益丰神。其中定有姻缘分，天赐相逢学校门。巧不过，友伯未来侬独到，保无人，在旁看破这桩情①。心思想，步便跟，好像那，蝶恋春花欲断魂。贾女昙花胸坦白，不防浪子久钟情。各间流览评成绩，娇怯原非足力胜，行至后园多树木，绿阴底下想安身。

---

① “桩”，原文作“庄”，据文义改。

昙花道:“漱芳姊姊,这里地方不小,我们两个圈子兜转,已经觉得有些怯力,你看树阴底下,天然安放着几条白铁长椅,不如坐歇再走,大家积积力。”漱芳道:“吾也有些走不动了,妹妹你穿着皮鞋,更是累赘。坐坐再走,我很赞成。”两人走到椅子边头,昙花拿一方白巾,在坐处拂去些灰尘,便和漱芳并肩坐下。

昙花举目周围看,见一个,年少男儿注视频,只为古檀随着走,

见他两人在此休息。

他便也,遥遥相对椅存身。漱芳满腹生疑惑,未识狂徒怎样人。举步不离跟左右,十分大胆好奇闻。昙花也是心中想,侬却从无见此生。芳姊向来多谨慎,不信道,肯移行止辱闺门。苦难启齿言相问,默默芳胸意绪纷。

起初他们没有觉得有人跟着,自然说说笑笑,态度活泼。现被古檀骨碌碌一双眼睛,看得他们又羞又忿,昙花早有些坐不住了。

硬着头皮芳姊唤,低声附耳话分明。可曾见,面生男子将人看,目逆吾们不转睛。

漱芳轻轻说道:“愚姊早已觉得这人寸步不离的随在后面,不过方才,他杂在人丛中,未便妄测。”

此地人稀情直显,分明钉我两人身。

昙花道:“姊姊,吾与你在此久坐,如果认识的友人,进来瞧见这种样儿,被人家谈论起来,还恐防要加吾们一个冶容诲淫的罪名哩。大概的成绩,也略经赏鉴,不如同姊姊出去罢。”漱芳点首道好。

为人毕竟贵知机,事到临头免是非。乖觉昙花忙起立,与漱芳,衣裙略整步轻移。匆匆不敢回头看,兜向前边人又挤。出得校门心渐放,大街行尽话分离。

漱芳道："昙花妹，先到吾家稍憩，待我差阿毛送你回去。否则，路上我倒不大放心。"昙花回头望望，却不见那少年跟上来，便道："多谢姊姊，此刻这厮不见，谅已他去。我歇几天再行造府了。"漱芳道："千万留意，倘遇若人，可往人家暂避。"昙花笑道："请姊姊放心。"大家说了声再会。

看他们，一向西行一向东，各回府第步匆匆①。昙花顿益心头闷，恨女子，有志难移薄俗风。

看方才这个男子是：

正值英年宜绩学，衣冠不与下流同。如何举动无廉耻，好色耽花效野蜂。

幸我二人，多是铁铮铮扳起面孔，他未敢冒昧上前道句非礼。

换一个，诗感摽梅卑贱女，保不定，芳衷引动误娇容。玉人无限骚心处，慨叹连声敛翠峰。

昙花回去，因此便生了一场大病。

再说古檀相对坐，苦无机会话情衷。他惟有，勤传视线希相引；却谁知，一对神仙铁石同。两两谈心装未见，忽然起立步从容。古檀是，目送如花心已醉；料到那，满腔欢喜又成空。不甘追步佳人后，怅望园林夕照红。良久抬身前面去，来宾纷散各西东。归途赢得愁如许，

想就是往找汪三，与他计议，也未必有甚效力。

徒费言词计亦穷，回到家中身入内，猛听得，中楼人语乱哄哄。

老妈子急忙趋前说道："小姐有几位朋友在楼上谈话，关照倘若少爷归家，请慢上去，可在书房暂坐。"

古檀闻说称知道，踏进书斋把衣服宽。素稔妹儿心性劣，常防

---

① "匆匆"，原文作"勿勿"，据文义改。

秘密被人窥。贸然闯上遭他忌，吾只好，在此聊将报纸看。

刚刚翻着一张骂人报，看到某公子某山人，被反对党骂得不亦乐乎，忽听见楼梯上一阵脚声，又夹着言语喧笑声，晓得客人要走了。古檀轻挑窗帘，对玻璃窗外望着，见一共四人，三女一男，这男的恰走在靠窗一面，所以看得清楚。身体魁伟，穿一件白熟罗长衫，黑纱马褂，光着头，却没有戴帽子。与他并肩走的女子，只看见粉红色的衣角，身发头形，都被那男人遮住，丝毫未见。后面两个，一个长方脸，年纪约有三旬，姿首尚还不恶；再有一个，面孔横阔，身段肥矮，看上去倒比那长方脸的女子年纪轻点。后面跟着老妈子送他们出去。古檀寻思，这四个人当中，我没有一个认识的，倒也很奇怪。轻轻走到廊下，等到老妈子闩好门进来，急忙对他招招手，唤到书房里问道："小姐可曾知道我已回来？"老妈子道："我说过的。"古檀续问道："客人什么时候来的？"老妈子道："少爷出去不多一会①，他们就来了。"古檀道："一个一个来的，还是四个人同来呢？"老妈子道："女客先来，歇了一回工夫，那男客才到。"古檀道："小姐就在中间陪着他们白话，没有到自己卧房去过么？"只见老妈子微微一笑，答道："少爷要管他做甚？"低着头径望里边去了。古檀心中老大的不快活，慢吞吞上楼来看妹子，见雪芬撑开洋镜，正在那里弄鬓脚，沙发上堆满的书本，都搬空了。雪芬回头笑道："檀哥，如何此时已回来了，善成里可遇见熟人没有？"古檀留神察看，觉他妹子浓施脂粉，满面春风，与自己出去的辰光，判若两人，益发委决不下，便道："踏疼的一只脚，现可痊愈否②？"雪芬把头一摇，说道："好是觉得好点，踏下地终有些困难，故吾在此坐了一天，连移动都不敢，恐怕再伤了他，急切更不容易

① "会"，原文作"回"，据文义改。

② "痊"，原文作"全"，据文义改。

复原。"古檀沉吟半晌,便走到雪芬房间里,雪芬忙道:"檀哥,你要寻甚东西?"古檀道:"没寻甚么,拿一支纸烟吃吃。"古檀口里胡乱回答,急急走到妹子床边,留神观看,可有破绽。岂知被褥整齐,妆台上面也绝无证据遗留。正在四处查察,只听得雪芬在外叫道:"烟罐就在台上,难道你不看见,到何处去瞎寻了么?"古檀道:"你把别的东西遮了,自然我一时找不到。你现在告诉我明白,一拿就着。"顺手取两支烟走到外房,一支递与雪芬,一支衔在嘴里,划了火柴,先送过去等雪芬吃旺,然后凑在自己那支烟上,呼了两呼,坐在藤椅里默默出神。

雪芬含笑唤哥哥,你有何,心事牵缠乐趣无。吾问你,此去可逢人熟识,绝无回答太奇乎。分明受着谁人气,尽管将情说与吾,妙计从长图报复,丈夫奚事费踌躇。古檀听,目定珠,怎好把,揣测之言问讯渠。

便道:"吾记挂母亲,未知他与爹爹吵闹之后,身体可安好,故你问我,一时竟未曾入耳。"雪芬道:"吾近来记忆力十分不足,你不言,我又忘了,爹爹有书信在此。"雪芬在袋里摸出一封信,交古檀阅看,古檀阅毕,说道:"宝姊还欲留他住几天,届时爹爹陪娘回来,倒也甚好。"古檀将信套好,放在抽斗里,此刻雪芬盘膝坐在沙发上,把伤足搁在上面。古檀笑说道:"你这个样儿,若剃去了头发,倒与和尚坐蒲团一式无二。可惜不会念经,否则摊一本经卷,再弄个木鱼敲起来,别人走来一看,还要错认何处逃出来的俏尼姑哩。"雪芬鼻子里哼了一声,说道:"你把人家的脚无端踏坏,不存抱歉的心,反来油嘴滑舌说趣话。待吾好走了,看放了你过门?"古檀不等妹子说完话,早已一溜烟向楼下就跑,不防这当儿老妈子一手提着水壶,正在一步一步的上扶梯。古檀走得急,一时彼此不及避让,把老妈子仰面撞倒,直跌到楼梯底下去。可怜他头发半已秃了,那里经得起与地板亲个嘴呢。古檀一吓,足已踏空,滚下去便扑跌在他身上。雪芬晓得有人从楼梯上跌下去,还未知跌了两个人,坐在沙发上笑嚷道:"檀哥,这是你取笑我的报应来了。"古檀虽是跌下去,却未曾受伤,扒起来想搀扶老妈子。只见他一言不发,正在那里喘气,幸亏得那壶里的水不是沸水,他拎上来预备小姐洗手用的。不然,衣服单薄,纵不跌伤,也要烫熟了。古檀连叫:"妈妈,你跌痛了何处?"老妈子只是不语。雪芬听见,方才明白是老妈子跌了,但自己又不能行动。

问一声,甚缘因,是谁倾跌下楼门。莫非那,妈妈与你行相撞;怎说竟,叫唤连连不做声。恨我未能来走动,跌伤何处说分明。只听得,古檀又把妈妈叫:

至此老妈子方才苏醒,说道:"阿坏,疼杀我也!好少爷,快点搀我起来。"背心下面多浸在水里,冷阴阴令人难受,古檀见他已醒了转来,知道当时跌闷。

顿去胸前万丈惊,用力搀扶婆子起,问他心里可清明。老妈答道浑身痛,背骨俨如断几根。扶向下房衣服换,倒头草榻便存身。古檀来见同胞妹,他说道,须请伤科看此人。年老防伊添别病,未知谁是好医生。雪芬埋怨亲兄长,下扶梯,怎说仓皇不见人。可看他,曾否皮肤来跌破,有无血出在其身。老年难与青年比,

倘若一落不醒。

人命交关是怎生。父母一双多不在,谁堪担负祸千斤。幸而速醒无妨事。

然而已大费周折,既须请医替他调治,家内事体,没有人做,又须另唤用人,一日间你闯了两场祸。

烦恼都由自己寻,此刻时光将欲晚,延医不及待明晨。曾记得,前年表叔京都转,赠吾们,八宝灵丹几粒存。内部损伤皆可服,不如寻取与伊吞。只消没有寒和热,困几天,伤痛痊愈患就

轻。

古檀把平时贮放药物的那只小箱搬出来,叫雪芬寻觅。雪芬道:“你终是贪懒,自己不肯做事。”古檀道:“你晓得清楚,一定认识这药丸是个什么样纸包裹的,不要我性急慌忙,再拿差了别的药,越觉不妙。原属谨慎起见,你又怪我贪懒,冤枉不冤枉呢?”雪芬道:“吾共总说得两句话,你便词锋锐利,源源而来,若真个老妈子死了,你就要吓得如木偶一般,不肯作声了。”雪芬一面说着,一面开了木箱,将那包八宝丹检出来,打开纸包,里面是装的一只铜匣,匣盖抽了开来,方见铺着一张详细用药的仿单,下面端端整整排列着十粒丹药,外面层层密密用上等蜡纸包裹,每粒纸角尽头,另有朱红篆文图章印在上面。古檀将仿单细阅,只见上写道:“内部跌打损伤,重者两粒,轻者一粒,用顶好覆瓿酒温服,服后须睡眠一二小时,食物忌荤腥一个足月。方自秘传,屡着奇效,不可轻视。”古檀取了两粒,便道:“好的覆瓿酒恐怕倒没有。”雪芬道:“酒不过取其行药性的意思,既无覆瓿酒,白兰地不是更好吗?”古檀笑道:“你真想得到,白兰地有祛疫解毒助精活血之功,自较他种陈酒为佳。况且吾们的白兰地藏贮多年,酒性和淡,全无火气。然则你去倒三杯来,待吾就好下去化给他吃。”雪芬道:“倒酒你又不会,又要差遣着别人,倒好意思说得出口的。”古檀道:“是的是的,我去倒就是了,请你莫动火。”

古檀移步进房门,手启箱橱取酒瓶。看分明,不错分,西文牌子字标清。携来便向中间放,瓶塞掀开气味馨。注满一杯颜色显,光华应不让黄金。下楼便进妈妈室,化药擎盏喂予吞。婆子起初辞不要,再三相劝始应承。看他是,眉头紧皱将丹服,仿佛竟,骨鲠喉咙苦万分。勉强吃完重睡倒,古檀旁立问开声:

“你困了一歇,背上痛楚若何?肚皮里头不觉有何难过吧?”老妈子叹口气道:“浑身不能转侧,一转侧就像有人把我在那里拙筋剥皮,困着不动,倒还不觉得甚么痛。”古檀道:“这个药,吃跌伤是顶好,极有灵验的。吃了之后,你安心困一歇,待他周身微微出些汗,那末伤发到外头来了。”老妈子答应一声,古檀拿了杯子,走将出来,替他把两扇房门掩上,回到楼中间。雪芬道:“你看他吃的么?”古檀道:“岂但看他吃,还是我喂他吃的哩。”雪芬道:“可见他一交跌得甚是利害,毕竟楼梯上滚下去,自己做不得主,但望吃下药去,

免生枝节无翻覆①,庶不致,父母归家有责言。想吾们,一日岂能离仆妇,

倒要劳你的驾,速往荐头店里去走一趟。

唤将使女庶周全。”

古檀道:“巷口不是就有个姓黄的,开着爿荐头店在那里,我去看看,如其有相当人物,叫他尽先就领到这里来,好得前回他已送过歇的。”

雪芬便道休耽搁,日已沉西难再延。催着古檀忙出外,自言自语坐中间。

吾今日终以为他善成里观览成绩,遇着朋友,要到晚上才归来的,偏偏转得比往常独早。虽经嘱咐老妈子阻住上楼,人家晓得他已归家,自然不肯再坐了。雪芬想想方才和他们几个人谈笑快乐,现只剩得自己一人,倍形寂寞,倒是打算不出甚方法,可以使哥哥不在家里住宿,则我约他们到此,一无惧怕。正在满肚子的思索,听那扶梯上一阵脚声,早见古檀回来了,随后跟着两人,雪芬一看,认得一个是黄荐头,那一个三十多岁的妇人,大概就是领来的妈妈了。黄荐头走过来叫应雪芬,便说道:“小姐,这个人手脚干净,做些生活,包你看得中意。向来是在盔头巷宋公馆里

① “枝”,原文作“技”,据文义改。

做的,因为今年宋老爷高升到河南郑州去,太太要带他同往,他屋里嫌得路远迢迢,不肯放他跟去,所以出来的。今朝乡下刚刚上来,大少爷来叫人,真是再巧呒不!”雪芬道:“看他人还清洁,就叫他做做看。”荐头又叮嘱几句,关照他好好的做,这里老爷太太,待下人都是和气得极的。做得对,我停两三日来秤工钱。那佣妇微笑应诺。雪芬照例给了两角洋钱与荐头,叫他坐一歇。黄荐头说是还要别处去送人,下次再来坐了,谢了一声。

回身即便将楼下,佣妇跟随送到门。好一似,蚂蚁接头私语密,移时悄悄上楼厅。天光暗,点了灯,古檀便,指引厨房晚膳烹。忽听得,隔户呻吟声不绝,新来人却暗心惊。推开窗牖探头望,室暗如何看得清。跑上中楼询小主,这间房屋睡何人。雪芬道,旧时佣妇年华老,偶不经心跌坏身,半体受伤初服药,因兹呼疼在床衾。你不妨,今宵睡在侬房后,有一只,竹榻湘妃是现成。那女佣,问悉其情心始放,便向那,千金房后置铺陈。

雪芬道:“新来妈妈,你姓甚?问明了唤起你来,免致缠错。”那女佣答道:“小姐,我姓张。”雪芬道:“如此,吾们叫张妈就得了。你在宋家以前,还在谁家做过呢?”张妈道:“贾家。”古檀听见,心中就是一动,忙问:“贾家的老爷可是名字叫做笙甫么?”张妈道①:“大概是的,他家仅有一位小姐,面孔生得极其标致,却和这里小姐不相上下。”古檀接续问道:“然则贾家是你老东家了,有时候你到他家去的么?”张妈道:“今年正月里我去过一回,小姐还给我许多果子,另外又拨我新年赏封。后来就到乡下去,今番出来,要紧上人家,故而没有工夫去望小姐。”

古檀听着张妈话,顿触胸怀一片情。既是旧东常进出,图谋有路胜他人。不妨如此央渠去,何虑佳人不动心。

① “张”,原文作“涨”,据文义改。

谁知古檀因张妈与贾家熟识,从中可以借他臂助,私衷深喜,而贾昙花毕生幸福,无形中早被古檀破坏无遗,令人徒呼负负。

第十回中当细叙,斯时权把笔尖停。

第十二回　萦爱慕当秋怜瘦蝶　求婚姻破晓访英姿

甄超英趁着贾昙花转身入内的当儿,急忙伸手下去,把那张鲜艳夺目的信笺,轻轻拾起来,也无暇观看,就拿来折成长方形,放在自己衣袋里。预备带回家去,好等晚间人静的时节,在灯下取出来细细的赏鉴。昙花进去不久,手里拿着一件东西,笑嘻嘻出来,递给超英,说道:"这张照片①,请甄先生看看好不好。"超英接到手,先还疑惑是昙花的小影,一看这照片的围圆很大,便从蜡纸封套里抽将出来,方晓得是善成学校十周大会所拍的。中间一排坐着老少不等,谅必是校董教职员等人,前后两排,便是该校许多女生。年稚的盘膝坐地,年长的挺身玉立,难得却没有一个拍得姿势不好的。昙花问道:"这张照上头几位董事,甄先生大概多熟识的。"超英摇摇头道:"这倒未必,为因兄弟久客异域,住在家乡的日子很少。去年虽说回到祖国,在杭暂住,然与一班政学界中的有名人物,懒得和若辈通声气,故除掉几个亲戚故旧,简直好说,不认识的居多数吧。不过他们的大名,不常在报纸里头看见罢了。见着面,恐怕彼此还不大相熟呢。"此刻昙花站立的所在,与超英仅隔着一张红木嵌大理石的小方桌子,超英看好了照片,仍将纸套拿照片插入,正拟交给昙花,见他已双手来接,不防昙花袖子管里,发出一股甜蜜蜜的香气,直向超英这边送来。登时闻得那个超英如醉如痴,仰首微睇,觉得贾昙花温柔旖旎,别有一种风流动人的容貌。

---

① "片",原文作"芹",据文义改。

他真是，又惊又爱怎回眸，霎时间，钩起胸中万斛愁。思量我，一自朴人来绍介，不常的，推敲文字近妆楼。

像他这样女子，生长在这龌龊社会上，毫无习气，要算得是鹤立鸡群的了。

你看他，潮流恶习无沾染，吉羽明光逐上流，切磋往来常聚首。

他不是单单在文字科学上具有见地，就论到一切交际品行，和厚机警，怎不令人佩服。

又岂徒，英明庄重绝愆尤，怪不得，朴人极口言称赞。初无愧，巾帼清才第一流。婚媾若能逢此女，尚何不足在心头。最可叹，萱堂年老无知识，把吾的，百岁良姻草草谋。待得学成回祖国，蹉跎岁月木成舟。非关我，超英傲物看人贱，所虑的，门户相差两不侔。日后思量无好处，家庭难免勃谿羞。

与其勉强下去，仍旧要弄到分离地步。

倒不如，解除婚约消灾障，向这边，布腹推心话好逑。那超英，思虑纷如神色异，早未免，语言吞吐鲠珠喉。昙花怎解其中意，目睹超英腹内筹。

这照片给他看看，如何他容颜变色，不信这里头有甚关系，吾倒懊悔多此一举了。昙花把照片搁在壁炉的架子上，想要问问超英，究竟为着甚么不快，一时又觉得难以启齿。

半晌寻思无一语，欢容顷刻变愁容。吾与他，论文聚首时非少，从未见，座上呆呆此日同。因甚不欢谁识得，早难道，偶观照像恼心胸。

呀，这倒奇了。

猛听得，角门响处飘儿进，步近娇容话唧喁。袁宅大房琴小姐，饬家人，送来节礼候厢东。如何收受来开发，应请千金指示从。

昙花道："送来的礼，你可看过吗？共是几样。"飘儿道："婢子已看过，一总六样。"昙花道："这何须定要我去开发呢？你替我拣，轻受他两色，余者退还，酌量给几角洋钱的力钱，用红纸包一包，叫他转去，太太小姐跟前，请安道谢就是了。"

闻命侍儿忙出外，超英告别座抬身。

昙花道："时光甚早，甄先生如没有要紧公干，稍坐何妨？"超英道："我尚有些俗事，须往料理，就此告辞，请女士勿送。"昙花那里肯依。

殷勤送至墙门首，方始回头向里行。不表昙花疑讶甚，且谈甄氏转家门。满腔烦闷头昏眩，偶感凉风嗽不禁。迅速到家嫌怯力，就在那，客堂交椅略存身。里边步出生身母，后面跟随姊氏行。

讲到超英的家庭，本极简单的，自他父亲过世，这位甄太太抚养一双子女，好得甄翰文在日，是个一钱不施、两钱不用的。故而巴结了半世，死下来薄有田产积蓄，不致要啼饥号寒，仰别人的鼻息。等到超英中学堂毕业，甄太太又托人设法，考入香港皇后大学，虽所费稍巨，终可支持得去。超英大学卒业，领了文凭回来，甄太太何等快活。超英的姊姊绿韵已在杭城善成中学毕业，姊弟二人侍奉一个老母，倍极孝顺。晓得父亲见背，多靠托母氏经营节俭，得有今日，自然言听计从，没有违逆他老人家的地方。甄太太人是知足得极的，三个儿合紧了过日子，便成就个快乐家庭。一切社会上闲是闲非，多不去管他，益觉心平气和。但母子感情，既好到极点，超英又学问人品，多是顶儿脑儿，博得有目共赏，甄氏门中不可谓非万千之喜。两年前，甄太太便急急要替他儿子对亲，事有凑巧，超英有个远房爷叔，向来在上海做洋货生理的，大号叫做秀夫。那年端午节边，到杭州收取几笔同行中批发账款，顺便来超英家里，张望嫂子与侄儿。甄太太谈到超英年渐长大，却一时没有门户相当的人家,好替他娶一头亲,吾家里也可添个人做帮手。甄太太一问,恰好秀夫说起他有个知己朋友,姓洪名叫子容,也是吃洋货饭的,原籍洞庭山,他倒有两个女儿,尚未受聘,曾托他觅婿,品貌都生得不差,吾不常到他家里去,全见过的。大的二十一岁,小的十八。嫂嫂如若有意,可要我去请张八字来算算看,这是极便当的事。甄太太道:"这倒甚好,叔叔作媒,决无花言巧语哄骗我的道理,我自然相信得过。"他因为要与儿子好日的心太切了,遂也没有向超英提起,得他的同意,竟妈妈糊糊请过那个小姐的庚帖,叫瞎子去算,禁不得瞎子胡言乱语,说得花好稻好,甄太太深信真是儿子的姻缘,瞒过超英,将亲先自定了下来。后首超英闻悉这桩亲事①,不大合式,已无法挽回,心内便打定了一个阴乾大吉的主意:吾若久久不讨,他们不耐烦,吾便好寻些事,邀媒人和女家讲开,正不必家庭中先使母氏失欢。及谢朴人绍介他与昙花相见,经过几个月的往来交际,情性两相契洽,就是碍着有此先着,否则超英早将求婚志愿,呈露于昙花之前了。譬如讲到社会上那班浮滑子弟,今日讨一个,明日丢掉再讨的,原属不在少数。但超英是个极正派的,焉肯效学他们呢。今日无端被昙花失落的一封书信打动了心事,看看昙花,生得真似天女一般,想向他求婚,忽又转着母氏早经替他联对姻亲的念头,无奈怏怏回来,心里百不自在,面孔上就显出无精打采的样子。

勉强开言唤母亲,双眸注视欠精神。甄太太,看儿神气殊平日,转觉胸中忐忑生。笑问方才何处去,吾儿身子可安宁。超英回答生身母,孩儿在,贾府勾留阅旧文。一日三餐从未减,自然强壮有精神。母亲何用多疑虑,堂上兴居请自珍。

甄太太道:"平时看你,终是见着我十分愉悦,为甚此刻回来,

① "桩",原文作"庄",据文义改。

你自己不觉得,好似与人怄过气的面孔,故而问你身体上可有不舒服的地方么?”超英道:“吾一点不觉有甚不舒服,请母亲放心。”

那超英,敷衍片时房内走,新衣脱卸旧衣更,袋中取出诗笺纸,

正欲展看,听得甄太太脚声,像是要走到他房间里来,性急慌忙,把信笺向枕头底下一塞。

免被娘知有话论,讵料入房非己母,是一个,龙钟陆氏奶娘身。

陆奶娘还是乳哺超英的时节,进了甄家的门口,迄今已有二十多年,从没有登过别家。甄太太与超英都可怜他家中没有人的了,就留用着他。粗笨生活,另外雇着一个娘姨去做,只叫他应酬应酬茶水,超英吃的点心,洗净的衣服收管折折。这陆氏人倒极有忠心,无论什么东西,终替主人打算做人家,决不肯有丝毫糟蹋。在超英呢,常念他吃大自己的,娘亲之外,他把这陆奶娘尊之重之,不当他寻常雇用的娘姨阿妈看待。陆奶娘终感激少爷有良心,万分知足,浑如自己人一般,步步着心,处处留意,有许多生活,虽说甄太太不叫他做,看不过的地方,他仍是帮助着,勿贪懒惰的。所以甄太太倒也罢不了这样一个人。前几年他还有个螟蛉的女儿,嫁在黄渡乡下,每年有一两次要告假前去望望。现在那个女儿已死,女婿贪酒好赌,名式是做木匠,一月里头,不知可有十天是他有生活做的日子哩。陆奶娘见着他头也痛了,所以终年到头在超英家里,真是一无走处的。超英喜欢吃的东西,陆奶娘无有一样不知道,怎奈他出身穷苦,劳劳碌碌过了半世,年纪不过五十四岁,早已白了头发,逢着节气,常要东痛西痒,故人家看他外貌,定要估量是六十开外、七十将近,谁知花甲还没有到呢。陆奶娘此刻到超英房中,便问他炖好一罐莲心香粳米粥,可要盛来吃吗?超英答道:“肚里不觉得饿,我现在还不要吃。”陆奶娘人

虽龙钟，一双眼睛倒极凶的，听见超英回头他说不要，便对他面色看看，晓得他今朝定遇着甚失意的事体，陆奶娘道："如此末，稍停待我来盛给少爷吃罢。好得炭团大，一时也不会就过的。"陆奶娘口内虽是如此说，恐超英不就吃，炭团完了，粥要冷，退出房来，径往厨下去了。超英见奶娘已去，忙把两扇房门关上了，在床门前一只交椅里坐定身子，倒忘记枕头底下的一封书信，独自坐在那里默默出神。

支颐静坐细思量，此事看来待孰商。若说退婚娘不允，要依迁就闷衷肠。究未知，玉人视我如何样，片面相思结果僵。最好与他当面说，免邀媒妁费周章。昙花慨诺无他道，我自能，恳切陈言向母商。

超英想：吾说上去，如果不生效力，吾那边洪家这头亲，决计也不要，情愿抱个独身主义，免得日后受累。他卧室的外面，就是个四方天井，天井居中栽种一棵桂树，花蕊累累，开放得极其茂盛。超英打起那一桁疏帘，浓香馥郁，随风吹送到鼻边，好不欢喜。举首仰望，但见天际罗云，薄的厚的，铺满在东天，仿佛横拖几匹白练。暗叹世人，无论工艺若何精巧，做成的许多丝织品，那有这种莹澈的光华。沿墙脚排列十余只小花盆，盆底下的虫声，你唱我和，断续争鸣，恨科学还未能研究到能辨别虫语，虽劳着他们鼓翅振翼，鸣声唧唧，而无人曲慰其幽怨，徒剩秋风落叶，陪伴若辈的无聊，亦大可怜已。

超英是，对景兴思意味枯，自伤岁月半蹉跎。留欧志愿成虚化①，八口还凭祖业糊。人在少年当奋勉，鞭扬祖逖敢踟蹰。怎奈这，各方变乱难穷极，远走他乡母倚闾。姊氏纵能欢膝下，叫闺娃，勤权子职欠相宜。上月间，沈阳至友函相召，有一席，薪水从

① "化"，原文作"牝"，据文义改。

丰副矿师。说与娘亲眉作结，嫌他道远费愁思。教侬带着全家去，局势焉知是与非。见解老人工异趣，苦难应变趁时机。到后来，表兄相劝娘承诺，那前途，早聘他人订约期。株守在家杳无谓，英雄髀肉恨何如。常蒙国外同窗友，近况相询寄简书①。欲覆数行心绪恶，愧疏寸进负头颅。转不及，秋花香艳邀人赏，含笑风前意倍舒。胸闷总多谁可语，只落得，月圆花好惯愁予。超英俯首频思想，目定双睛暗自吁。瞥见那，蝴蝶一双帘外过，飞飞故故近阶除。

不禁微叹一声，看蝴蝶虽是虫类，他俩的恋爱，倒没有人能拘束的。我枉为了一个人，却万不及蝴蝶自由，随己所欲，要往东就彼此飞向东，要往南就彼此飞向南，并且你依着我，我亲着你，绝无厌弃的思想。超英痴想了一番，这时太阳落西，满屋子里的光明，慢慢地暗起来了。陆奶娘一手盛了碗粥，一手泡了壶茶，进来对超英道："少爷，粥已盛在此了，快来吃罢，再迟炭结一完，温温吞吞，吃下去要不适意的。"超英答应，走到临窗桌子边，拖过一把单靠，坐好吃粥。照他心里，今天这碗粥，顶好吃半碗，就足彀了。怎奈陆奶娘站立在旁，对超英监视着，生恐剩下来。他必然要查三问四，故而超英勉强将粥吃完，觉得腹内有些胀，把空碗交给奶娘收去，自己立起身来，披了长衫，走到大门外，想去散散步，藉资消化。

踱出墙门日已西，林间宿鸟觅巢栖。前行数步街心立，只见那，步担肩挑走若飞。暮色渐昏回府第，电灯光亮照书帏。

陪着母姊吃了晚饭，超英说是身子困倦，我要进去先睡了。甄太太道："你天天清晨早起，自要困倦的，早些睡觉，养养精神。"超英到了卧室里来，闩好门，枕头底下摸出方才在贾昙花那里拾

---

① "寄"，原文作"记"，据文义改。

着的一封信,展开在灯下观看。

片面情缘结得奇,竟贸然,要求婚约语支离。谅来不是清高客,信笔成书越礼仪。志趣独超巾帼秀,肯教俯允把身妻。怪不道,怒容勃勃双涡晕,愁绪深深蹙黛眉。

若非吾超英悉心观察呵,昙花。

几乎你,百喙难辞轻薄咎,徒赢羞恶没终期。

所以公开社交这句话儿,不知葬送人家多少好女子,想起来真是可恨。

当初你纵游湖去,怎许相逢与乃断。未识可曾通一语,引得那,狂蜂颠倒病成痴。

不然,男女的爱情,也断非会见一面,便根深蒂固,无法摇动。像这个姓沈的,直可谓为世界上第一个呆子。

待我来,明朝再候昙花去,伸诉衷肠日夕思。权把书函留在此,看他回答是和非,便晓得,两人果否成前约。

若使姓沈的单单自己的意思,想和昙花订婚,昙花心中,确没有那个姓沈的。

定有佳音报我知。壁上时钟鸣十二,催人安睡莫差池。超英忙把笺藏好,解钮宽衣入梦迟。

陆奶娘奉了甄太太的命,在超英房外探过几次,先见灯火明亮,晓得他还未睡觉。后来再走过来,见里面电灯已熄,方始放心,各自上床安睡。到了明朝,超英吃过早膳,穿好衣服,便对娘说。出去候一个朋友,午饭不一定来吃,请母亲不必等候。甄太太答应了。超英更不耽搁,戴上帽子,提着手杖,径到昙花这边走来。他先要走过贾府的后门,抬头一看,后门首站着两个佣妇,在那里净马桶,只因超英不时来看昙花,他们都熟识的了。一个夏妈,更是欢喜闲讲张,一见便问道:“甄先生到那里去?”超英答道:“我到你家来,不知小姐起身么?”夏妈道:“若说我家小姐,老清早终是第一个走起身，已下楼在书房中读书写字哩。”超英闻说，懒得曲到大门里进去，就叫两个佣妇让条路，打从后门进走，走过后天井，抄到厅前。

诵声朗朗出书轩，他正把，精选韩文读几篇。只为着，早起用功多进益，神清气爽兴无边。一篇未尽超英入，笑立躬身把客延。

道：“甄先生早。”超英道：“女士早。虽说晨起读书比晚间要好几倍，但是眠迟起早，与身体上不甚相宜，顶好须能睡足八小时，庶日间精神不致疲乏生倦。”昙花笑道：“说也奇怪，我每天早上一到六点钟，定要起来了，若是再睡，等到起来之后，转觉得一天要不舒服，不知什么缘故。因此起早，久成一种习惯，其实没有事做，稍迟原属不妨。甄先生，你在府上，大概六时也必起来的了。”超英道：“素性我极贪睡，还是那年害了一场伤寒症，愈后常觉没有气力，精神委顿。后来牛医生叫我困得早，起得早，多调换新空气，减少食物。如是行之一年，果然神完气足，体魄日强，我深信他的说话，很有价值，到如今无论若何，不敢沾染困晚朝的恶习。”昙花点首称善，便问超英道：“甄先生谅还未用早点，吾这里有极好的鸡绒面，我去叫他们下一碗来。”超英道①：“不客气，舍间吃了点心出来的，可不劳你费心。”昙花道：“这个面性质轻灵，吃一碗那里会饱。好得煮法省便，你请少坐。”昙花说完话，早已进去关照甄儿，不一时仍出来陪着超英闲谈。超英斯时定一定神。

启口先将女士呼，说道吾，有言欲吐久踌躇。未知可获卿原谅，共奋精神幸福图。今早特来求解决，还希明示免模糊。昙花顿觉全身震，闻语沉思判断无。不信向侬婚约请，这其间，岂能发付在须臾。不得已，樱唇微启先生唤，卓见难猜究若何。明白未

① “超”，原文作“起”，据文义改。

妨言指教，昙花虽，身居巾帼不胡涂。说来倘使宜遵命，就叫我，赴火蹈汤胆亦粗。座上超英颜忸怩，

心中想想，吾还没有说出求婚的话，他已态度严肃，一变初时柔媚欢笑的样儿。不要说出之后，被他当面羞辱我几句，怎生落得落台呢。还是不要去说的好吧。超英把浑身电力，仿佛开足马达，转动得异常迅速，那里止得他住。昙花见超英不语。

益滋疑窦在心窝，得无偶尔钱艰窘，欲恳通商货币输①。

然而这种事，也值得若是周折，我昙花素性慷慨，难道看师生分上，一二千两银子，拒绝不肯通融的么！你也太免轻视于我了。便道："甄先生，有话尽管请讲，况且又没有第三人在此。"超英听昙花说到没有第三人，情肠热度，陡增数倍，几欲狂沸起来。细思这句话，已分明向我暗暗有所表示，我何必再要嗫嚅不说，坐失机会呢。

略定心神露笑容，超英是，浑身电触乐无穷。

回首看见窗上阳光，反衬着五色玻璃。

陆离美夺春花艳，温暖遥遮斗室风，的是爱神临此地，贺侬百岁两心同。

毕竟甄超英对昙花说些什么，昙花是否答应。

姑收笔砚图休憩，把他们，细细声明待十三。

第十七回　玩夜月才媛恣叹息　恋残花娇客误温柔

当时纪勋、纪椿听昙花说道："我是向来不出远门的，就是上海，一年也不过去个两三次，生性疏懒，他们这班时髦人物，更不敢和之亲近，但五弟与道暄，谅不致会有甚意外事情发生，姊可断言。"此时纪椿便欲抢出来向昙花辩论，昙花道："请你们不用急

---

① "币"，原文作"弊"，据文义改。

急,再听我把下文说完。如果差的,大家尽有讨论余地,我向来只晓得秉公凭理,不肯袒护着这一边,欺压那一边。”纪勋忙道:“妹妹且听昙姊说完话,我们意见不合,再可伸说。”纪椿便不言了。昙花接续说道:“怎生我好硬派他们,决没有这回事。其间很有一个道理,我说给你们听了,自然就能明白。道暄性格虽似和善易与,其实眼界极高,老实说,五弟未必他便看得上眼。况且道暄,说不定早有意中人在,万万不愿意弃彼就此。勋姊请告诉我,这件事还是出诸旁人之口,还是你家五弟自己所说?”纪勋道:“五弟自己那肯说,这是从前在我家做成衣的张司务,他晓得了,才来说给家母听的。”

昙花闻语笑哈哈,道这些,海市蜃楼镜里花。伯母如何深未察,贸然相信乱如麻。

依我愚见看来,五弟别恋所欢。这却不敢说他一定没有,如果说是与道暄呢。

二人程度相差远。

昙花再欲说下去。

见纪椿,顿变容颜怒目加,只为他,姊妹同心来贾府。原指望,昙花袒护派暄差,不图言语多倾轧,深悔初衷郁闷怀。

便道:“昙姊既晓得比我们还要清楚,我们分明来无端瞎说,岂不惹人厌烦!勋姊,我和你就此回去罢。”纪勋无名火早已升高数丈,一听妹子的说话,真觉万难耐得住,想驳昙花几句,又恨也没有老五与道暄私情的真凭实据,空口说白话,未必能占便宜。

立起身来言再会,手携弱妹外边行。昙花更不相留坐,冷冷的,送出墙门便转程。

纪椿走到路上,便与纪勋说:“好个贾昙花,他全然以耳代目,硬与姓陆的帮忙,反见得我姊妹没有见识。冤枉了好人,这话那里说起!”纪勋说道:“昙花如此可恶,我终要慢慢地想一法则来侮弄他，稍出胸中之气。”不谈叶氏姊妹无精打彩，怏怏回去。再说昙花送了纪勋等出去，独自走到里边，一看时光已将近十二点钟，飘儿来问小姐可要开饭，还是再停一歇。昙花道：“倘已烧好，关照厨房里开出来，我下午要去买些东西哩。”飘儿闻语，即忙进去关照。

厨房开饭各匆忙，那昙花，午膳完时用脸汤。命取钱囊和折扇，翩然移步上街坊。待到那，夕阳西下归家转，默默无言进了房。既虑着，陆氏同窗多少事，又挂念，超英未识可安康。倚栏流盼银河静，金粟垂珠自在香。心事万千徒自转，知音人远在何方。家私富有增牵累，怎学飞凫往异乡。

飘儿来请吃夜饭，昙花觉得满腹不快，懒于进餐，只说日间吃多了饭，饱闷得极，夜饭倒不须了，你与妈妈们自去吃罢。昙花打发开侍婢，呆呆的在那走廊里踱来踱去。不多时刻，一轮皓月早已从东升起来了。

皓魄无尘光皎洁，看来微欠一分圆。玉箫何处轻吹动，婉转声飞逗画帘。

一个人上了心事，独自望月，终不免添出许多愁绪。况且像昙花又不比平常女子，自然前前后后，越想越觉难堪。他又想起那一天超英前来求婚，被吾慨切拒却，他虽然未必怪我无情，然而吾终属有些过分。从此他便没有来过，不知可要为这几句拒绝的言词太锋利了，使他深深的受了感触，生起甚病来，这岂非多是我贾昙花的过处么。昙花抬起头来看看天上的月亮，低下头去想想超英的人品。

万转千回心似结①，情天缺陷唤谁填。飘儿几次来相请，小姐更深可要眠。昙花是，一味摇头身不动，似担着，泼天大祸费周

① “回”，原文作“迴”，据文义改。

旋。玉容减尽欢颜色，香烬金炉懒更添。

说也奇怪，这边贾昙花一夜中心绪不宁，正是那边甄超英结婚的前一夕。

超英是，本与昙花称莫逆，此心相谅又相钦。拾书纵说含酸意，面拒姻亲冷了心。所以他，隔绝贾家将数月，绝无移玉这边临。惟迩来，重新思念多才女，寝废餐忘损却真。太太见儿常不乐，只嫌他，钻研科学费精神。慈亲爱子何消说，急欲贤郎早结婚。选定中秋行大礼，取一个，月圆人寿好良辰。厅堂内外悬灯彩，亲友趋临办事情。翠柏青松门上扎，礼人六局闹纷纷。超英谏母须从俭，负债将来累我身。况是目前经济困，婚姻奢侈不相应。

甄太太道："你怨不得我，这是你岳家不肯体谅，处处挑剔，点那件，要这件，我也出于无奈。场面做人终是要的，说不得只好东移西凑，件件依着他家。总之呢，这头亲事，完全我上了媒人的当。进门来还不知是个怎样的人物，既然骑上马背，无论如何经济困难，日后欠债，我尽务必挺一挺，难道弄得支支绌绌，吃大众亲友们讪笑。前托谢先生调来的一千两银子，现在已用剩只有四十了。当日一切的开销，仍然不敷，不得已明日将我两副金镯去兑换，大约有三百多元，还拿几张田单，托谢先生再去抵借七八百金，如此就不愁局促了。"

超英闻语绉眉梢，默默无言心暗焦。半晌道，这样成婚吾不愿，闺房幸福恐难消。既为姻眷当原谅，何必要，争短论长在一朝。寒素之家娘不欲，说什么，全无礼节被人嘲。金钱费却寻常事，所怕的，娶进门时怎结交。太太闻言殊不快，

这呢也论不定许多的。

惟凭家运逐低高。慢表他，参商母子心怀二，我要说，转眼良辰事诘朝。

这天里头甄家好不热闹,贺喜宾朋络绎不绝,一应招待,全由族长主持。一班女亲眷到门,便由甄太太和绿韵接待。来宾中也有说笑的,也有看新房的,到了将近午刻,家人们一面纷纷安排坐席,一面布置超英前去谒岳。那喜娘手里携着一条红毡单,请太太到厅上,便道:“新少爷要告辞了。”等新贵轿子动身去后,男宾多在大厅上及厢房里坐席吃酒,女客小孩等全在楼上及后客堂里饮宴。超英谒岳回来,此地已渐次散席,招呼一声,众宾客走到楼上,满面露出一种不悦状况。甄太太便问超英往岳家详情,超英道:“母亲不必问了,这是你虚荣心的好处。”太太晓得儿子定是听着岳家什么说话,无奈百般劝慰道:“只要新人贤德就好了,丈人丈母毕竟客气的,何用愁闷。至若别人的言语,更是闲人闲话,可以不必介意。”超英怕伤母心,勉强捺住肚中满腔恶气,点首不语。方才超英岳家回转,甄府中就此排道发轿,不多几时,早听得金锣噹噹的敲响,门首家人接着在那里放爆仗,当时就晓得迎亲人到了。邻近人家的妇女小孩,便各自争先恐后的抢进门来,站立堂前,图饱眼福。霎时间男女仆人,非常忙乱,满堂红烛,大放光明,喜嫔左手执了两支安息香,右手携着一对小红纱灯入内道:“请新少爷装新。”居中便摆下一张披红交椅,庖人端整送上一碗什么鸡头饭,喜娘接着安放桌上。超英先用水洗过脸,甄太太忙道:“今日要傅些粉,不然和新人要热面冲,常常要反目的。”超英暗自好笑,等到更换好吉服,喜娘抬起饭碗,原来上面放着一个鸡头,一个菜头,还有些大虾鱼圆肉圆等类,装得满满的。喜娘用箸夹一样送入超英嘴里①,便说一句好话,什么团团圆圆哩,有余哩,湾湾顺哩,涨千金涨万金哩。超英听着又好气又好笑,自思吾中国到今日这个地步,社会上还有许多牢不可破的迷信,积重难反,无途

① “箸”,原文作“著”,据文义改。

撤除①,正不知是那一个人开此恶例,又想想若使依着方才岳母的话儿,怕不是我甄超英娶了妻子,好端端便做了个无辜的犯人。与喜娘们口中所说的这些吉语,恰是遥遥相对。超英坐在披红交椅上,思潮不断。

只听得,连天炮响近墙门,彩轿鲜明坐玉人。一对搀新娇女子,打扮得,花团锦簇貌轻盈。乐声三奏新郎出,貌比莲花迥出尘。又听乐人三次请,新娘出轿众观睁。你看他,宫妆扎额垂珠络,粉面桃花隐约呈。星眼柳眉容美丽,猩红一点小樱唇。身穿礼服杨妃色,一样裙儿锦织纹。罩一幅,妃色兜纱新样结,愈显出,腰肢窈窕柳腰身。来宾无不心称羡,端的郎才配美人。依次鞠躬天与地,然后是,夫妻对谒礼完成。新郎新妇红毡立,族长恭参事证婚。更指戒,盖图文,颂词开读遏行云。喜嫔相请诸亲长,见礼还将辈分分。辛苦乐人和掌礼,吹弹叫唤不稍停。继而祭祖排筵席,并立氍毹把礼行。大事诸般俱告毕,安排合卺待新人。也有些,至亲公份滩簧叫,灯担辉煌席畔陈。吉语诙谐增热闹,繁弦急管四音清。更深酒席徐徐散,欲闹新房尽起身。老幼不分喧笑语,上楼推说看新人。有一班,年轻子弟风流客,滑调油腔件件能。引得那,妇女小儿狂笑乐,喜嫔赔罪献殷勤。超英怕被佳宾侮,躲入娘亲卧室门。太太此时忙入内,劝他们,各分喜果下楼行。

众人一见甄太太到来讲话,自然也不便固执吵闹。

咸称遵命无他说,太太闻言谕喜嫔。便启箱中拿果盒,各人分派极牵匀。履声移动新房出,鱼贯扶梯向下行。随后超英来送客,吹吹打打半时辰。来宾去尽家人暇,司籍先生账算请。领到

① "途",原文作"徒",据文义改。

工银忙谢赏，即辞太太与超英。堂前此刻方清静①，甄氏高年谕喜嫔。

夜已深了，你们快请姑爷小姐安处罢。李婶婶答应老太太，便去点上安息香，一手拿着红蜡，下楼相请。超英见诸务已大致料理清楚，留剩几个亲近下人，在那里打扫收拾，他见喜娘来请，便叫他们收拾好了，厨房间里柴火，须要仔细看一看。然后随着李喜娘上楼，先到母氏房中告了辞安，老太太便吩咐儿子道："辰光不早，快些睡罢。"超英应诺，步入新房。只见他那位新夫人闷坐在牙床旁边一只椅子上，确是生得姿容美丽，身材与贾小姐仿佛，而丰韵独胜。超英因语喜娘道："张婶婶、李婶婶，你们今天也多辛苦了，早些去外房休息，不用在此侍候。"两个喜娘巴不得去困，听见新姑爷这般吩咐，趁势一齐告辞出外，自去边房中睡觉不提。

超英此际乐无穷，细审新娘艳玉容。含笑上前携手说，三生有幸得相逢。令尊翁，不嫌寒素将卿配，愧的是，攸屈佳人歉罪浓。你看那，壁上时钟今不早，为宾朋，失于亲近望宽容。清椒低首羞无语，胆战心惊钮扣松。勉把良宵将就过，早已是，晴曦透进碧纱中。超英起坐穿衣服，哑口难言闷在胸。赠嫁丫环趋奉好②，新娘梳洗倍从容。参汤一道随莲桂，送与姑爷密密尝。张李喜娘同入内，请安贺喜话哝哝。才郎烦闷抬身出，径进娘房有怒容。太太观之心诧异，便说道，吾儿何事气冲冲。莫不是，伴房赠嫁言冲撞，莫不是，新妇宵来礼欠通，莫不是，要挟多端难答应，莫不是，闺房德性异三从。老人家，光明正大横猜度。

---

① "清"，原文作"请"，据文义改。

② "丫"，原文作"了"，据文义改。

门前虽说宾朋已多散归，到底还有几家近亲女客，住在这里。

叫才郎，怎好娘前诉曲衷。只见超英无半语，倒身母榻闭双瞳。

系小姐何等玲珑遽剔，见着兄弟生气，便顺口说道："本来这几天里头，着实辛苦，大小事务，说不得终要英弟一个人做主。今日才算定心。我们快到新房中去看新娘娘怎生梳头打扮，好待他在此困一瞭。养养神。"甄太太听女儿倒也说得很有道理，遂叫他陪了诸女宾移步出外，太太房中仅剩他母子两个。

超英是，心纳闷，泪成行。想想我，怎将斯语禀萱堂。多只为，姣花早被游蜂采，羞辱我，鸾凤何堪与结双。自古男儿当远色，残花败柳玷门墙。那超英，新婚反尔增烦恼，这自然，重念昙花贾女郎。

心中越想越气。

分明是，母舅当初来害我。说甚的，雷家闺秀品端庄。

如此看来，真是一个不知廉耻的人物，他父亲枉恐做了议员，生下女儿，全没受过家庭教育，不知我超英前也和他有何冤孽，今生便阴错阳错的结成夫妇。若说立时决裂，我母舅提出离婚条件，并非惧怕于他，可怜那雷老终属有身价的。我超英虽不打紧，他们把这个抬一坍，那能恢复旧状呢！

没奈何，让吾隐密无消说，多为着，众口飞扬也少面光。

我超英面前有这妻子，心中没有这妻子，这就何妨了。过了几天，老太太问不出儿子的所以然，后又见他每晚终在新房里住宿，疑团亦渐渐的解放了。

转眼时光容易过，早又是，西风秋老菊花黄。在清椒，初来妇道般般尽，少有人儿话短长。从古男儿贪美色。

超英禁不得清椒百般殷勤笼络，不多几时，被他弄得服服帖帖。

前嫌忘却醉柔乡，近来反觉中心爱，我我卿卿情倍长。

故而他们一对夫妇，不时着着棋，看看小说。超英出外之日甚少，甄太太看见媳妇才色并佳，凡事颇守规矩，虽极琐屑小事，他不肯自专，终自到他那里先行请示，然后去做。欢喜得那老人家不知怎样才好。等到满月之后，清椒便对超英说，要回沪省母，因为雷家自造住宅在上海，嫁女时节，不过到杭州借房子，打公馆，喜事过毕，他们仍旧回上海的。现在超英闻夫人想归宁父母，想想这是正理，我何能拒绝不允呢。一面便应允清椒，一面去告知甄太太。太太真是爱媳妇得了不得，听说归宁，也自无不允之理，命家人忙碌购买礼物，好待新少奶奶带回府去。照清椒的心中，却喜欢独自转去，不要超英同着他走。超英斯时已与清椒爱情达于极点，叫他夫人去后，寂寞孤眠，那肯轻易答应。他便料理行装，定是要跟随他夫人同往上海。甄太太对儿子说："雷家往来亲友，多是上品人士，凡事须留意些儿，切勿被人看轻。"超英笑道："母亲不需叮嘱，应酬礼节，儿多熟悉，不是娘前夸口，决不会有失我甄家的面子，但请放心便了。"太太道："但能如此，自然最好。"母子二人欢欢喜喜，商量另办一副重礼，专为女婿孝敬丈人丈母的，其余都是预备新娘子回去分赠亲眷用的。一共算算，已在百金之外。太太只因欢喜清椒，倒亦毫无吝色。超英呢，装着自己体面，益觉不嫌多费。那知他们一身大汗，把礼物完全买好，清椒看着，还不大称心，惟他素性深沉，也没有对丈夫说什么。甄太太替儿媳拣了个吉日，方始让他们动身。临走的时节，又谆谆关照超英，不要久住在上海，上海开销很大，你不能说样样要丈人家来的，能早走顶好。超英口虽应诺，心里深怪他母亲多说。到了九月二十五那一天，他们一双新夫妇，便趁了早班沪杭火车欢欢喜喜的赴沪了。讵知超英不去犹可，这一去有分教。

双鹣反逊孤根好，情海难为孽水深。

欲知后事如何，且听下回分解。

——《风流罪人》，上海大陆图书公司

民国十五年（1926）排印本

郭延礼　郭浩帆　总主编
济南大学中国近代文学与文化研究中心　编选

中国近代女性文学大系

翻译文学卷（上）

刘丽霞　王国伟　主编

齊魯書社

图书在版编目（CIP）数据

中国近代女性文学大系 / 郭延礼，郭浩帆总主编；济南大学中国近代文学与文化研究中心编选. -- 济南：齐鲁书社，2021.7

ISBN 978-7-5333-4238-8

Ⅰ.①中… Ⅱ.①郭… ②郭… ③济… Ⅲ.①中国文学—近代文学—妇女文学—作品综合集 Ⅳ.①I215.01

中国版本图书馆CIP数据核字(2019)第293187号

责任编辑：张敏敏　马安钰
责任校对：王其宝
装帧设计：郭　靓　李　生

中国近代女性文学大系·翻译文学卷（上、下）

ZHONGGUO JINDAI NÜXING WENXUE DAXI FANYI WENXUE JUAN

郭延礼　郭浩帆　总主编
济南大学中国近代文学与文化研究中心　编选
刘丽霞　王国伟　主编

主管单位　山东出版传媒股份有限公司
出版发行　齊魯書社
社　　址　济南市英雄山路189号
邮　　编　250002
网　　址　www.qlss.com.cn
电子邮箱　qilupress@126.com
营销中心　（0531）82098521　82098519　82098517
印　　刷　山东临沂新华印刷物流集团有限责任公司
开　　本　880mm×1240mm　1/32
印　　张　255
插　　页　72
字　　数　6400千
版　　次　2021年7月第1版
印　　次　2021年7月第1次印刷
标准书号　ISBN 978-7-5333-4238-8
定　　价　1980.00元（全12册）

2011—2020年国家古籍整理出版规划项目

2017年度国家古籍整理出版专项经费资助项目

薛绍徽

刘韵琴

陈鸿璧

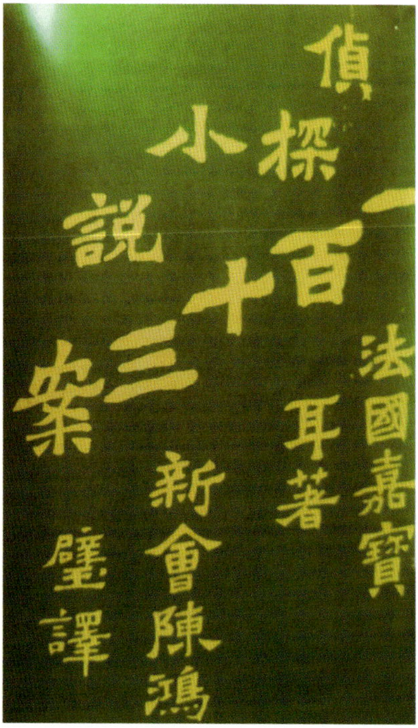

陈鸿璧译《一百十三案》

黄翠凝译《牧羊少年》卷上

刘韵琴译《乳姊妹》上册

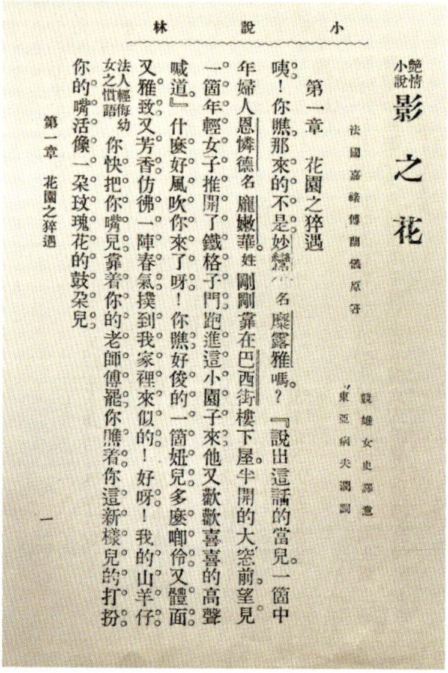

艷情小說 影之花

法國嘉祿傅蘭儀原著
競雄女史譯意
東亞病夫潤詞

第一章 花園之猝遇

咦！你瞧那來的不是妙𡡾（名）麋露雅嗎？『說出這話的當兒。一箇中年婦人恩憐德（名）龎嫩華（姓）剛剛靠在巴西街樓下屋半開的大窓前。望見一箇年輕女子推開了鐵格子門跑進這小園子來他又歡歡喜喜的高聲喊道。』什麼好風吹你來了呀！你瞧好俊的一箇妞兒多麼啣倷又體面又雅致又芳香仿佛一陣春氣撲到我家裡來似的！好呀！我的山羊仔（法人輕侮幼女之慣語）你快把你嘴兒靠着你的老師傅罷你瞧着你這新樣兒的打扮。你的嘴活像一朵玫瑰花的鼓朵兒

竞雄女史译意《影之花》

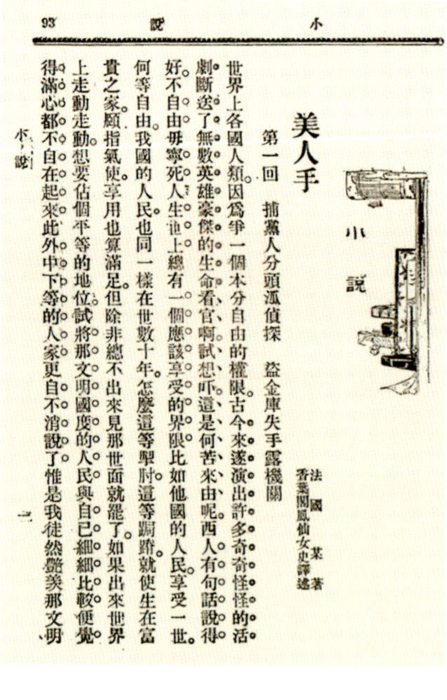

美人手

法國某著
香葉閣鳳仙女史譯述

第一回 捕黨人分頭派偵探 盜金庫失手露機關

世界上各國人類。因爲爭一個本分自由的權限。古今來遂演出許多奇奇怪怪的活劇。斷送了無數英雄豪傑的生命。看官啊、試想吓、這是何苦來由呢。西人有句話說得好。不自由毋寧死。人生世上總有一個應該享受的界限。比如他國的人民享受一世何等自由。我國的人民也同一樣在世數十年。怎麼這等掣肘這等跼蹐。就使生在富貴之家。頤指氣使。享用也算滿足。但除非總不出來見那世面就罷了。如果出來世界上走動走動。想要佔個平等的地位。試將那文明國度的人民與自已細細比較便覺得滿心都不自在起來此外中下等的人家更自不消說了。惟是我徒然豔羨那文明

凤仙女史译述《美人手》

翻译文学卷（上）

目　录

中短篇小说

戏剧

传记

导 言

近代女性翻译文学自20世纪90年代起,便引起学者持续不断的关注。较之近代女性文学的其他几个方面,近代女性翻译文学无论是在资料发掘还是在观念探讨等方面,都相对成熟。对此,山东大学近代文学专家郭延礼教授已进行了较为深入而全面的考察,为推进该领域的研究做出了重要贡献①;此外,一些年轻学者也在该领域积极探索,不断发掘新资料、提出新问题。当然,近代女性翻译文学的研究远没有穷尽,尚有不少重要资料亟待发掘整理,近代女性文学翻译的意义和价值也需要被持续呈现和估价。

我们目前所编选的这些作品,是已搜集到的资料中相对有代表性的部分。本文将简要介绍近代女性翻译文学的概况、主要特点、不足之处。

一、近代女性翻译文学概况

郭延礼教授早在《二十世纪第一个二十年近代女性翻译家群体的脱颖》一文中指出,随着西学东渐,19世纪70年代,中国出现了翻译文学,有翻译诗歌、翻译小说、翻译戏剧、翻译散文、翻译童

① 详见郭延礼《20世纪初中国女性文学翻译家群体论》,见《翻译与二十世纪中国文学研讨会论文集》,人民文学出版社2012年版,第3~25页。

话和寓言等。翻译主体多为男性。历史进入20世纪,中国知识女性开始介入文学翻译活动。20世纪初,近代女性翻译家群体的出现并不是偶然的。它既是西学东渐的产物,也是近代新式教育发展、女学昌盛和女留学生日渐增多的必然结果。①

朱静在《清末民初外国文学翻译中的女译者研究》一文中指出,在1898—1922年,目前可以确定身份的女译者共计45人,其中以广学会创办的针对中国女性的宗教刊物《女铎报》为中心发表译作的19名女性译者,称为《女铎报》译者群体。她们中既包括一些从事文学翻译活动的西方来华新教女传教士,如美国女传教士亮乐月(Miss Laura M. White)、狄考文夫人(即狄丁氏, Ada Haven Mateer或Mrs. Calvin Wilson Mateer)和加拿大传教士季理斐夫人(即季师母, Mrs. Donald Mac Gillivray)等,也有一些教会学校的中国女学生,如亮乐月在南京汇文女子大学堂的学生李冠芳、袁玉英、周澈朗等。其余的26名女译者则称为本土女译者群体,她们中既包括薛绍徽等近代才女贤媛,也包括积极参加革命活动的秋瑾、张默君、陈鸿璧、吴弱男等妇女活动家。所有女译者的译作(包括刊登在杂志上或由出版社单独成册出版的小说、戏剧作品和小说集等)共计113种,其中本土女译者的译作54种(包括短篇小说集《中国女子小说》),《女铎报》译者的译作59种。②

刘青青在《近代翻译文学中的女译者研究》中也指出:“拉开近代中国女译者文学翻译活动序幕的是西方来华女传教士译者群体,她们从1852—1917年为中国读者呈现了23名女性译者的

---

① 郭延礼:《二十世纪第一个二十年近代女性翻译家群体的脱颖》,载《中华读书报》2002年5月8日。

② 朱静:《清末民初外国文学翻译中的女译者研究》,载《国外文学》2007年第3期。《女铎报》后曾改名为《女铎》。

52部译作。……亮乐月对中国女译者的翻译事业产生了较大的影响和推动作用,不仅是她本人办报译书,留下了几十部的译作,更重要的是她培养、带动了一批中国女译者在民初的十几年里持续从事翻译活动,她们的人数和作品的数量、质量在本研究所论述的女译者中都占有相当的分量。”①

较之近代女性创作而言,近代女性翻译文学的数量较少,毕竟20世纪初通晓外文的女性人数有限。当时女性翻译群体翻译活动的成就主要体现在翻译外国小说方面,此外还体现在翻译外国戏剧和外国传记等方面。

(一)翻译小说

翻译小说出现得早,数量众多,成绩也最突出。不同于古代中国妇女以诗词歌赋为主的文学创作方式,这些女性翻译家广泛涉猎并译介国外的小说,这与梁启超发起“小说界革命”的大背景是密切相关的。小说摆脱了它在传统文学中被轻视的地位,而被尊为文学之最上乘,并被认为具有开启民智、教化社会之功能。

在这些女性翻译家中,最早的一位是薛绍徽。她擅长诗、词、骈文创作,并善绘画,精音律,为闽中才女的杰出代表。1900年,她与丈夫陈寿彭(一作绎如)合作翻译了法国儒勒·凡尔纳的科学小说《八十日环游记》。这是我国翻译的第一部西洋科学小说,短短数年间,再版三次,深受读者欢迎。此后,薛绍徽还译有《格致正规》(10卷)、小说《双线记》以及《外国列女传》(7卷),成绩斐然。

此后陆续有女性翻译家出现,成绩最突出的当属陈鸿璧。其

① 刘青青:《近代翻译文学中的女译者研究》,济南大学2012年硕士学位论文,第19页。

翻译活动始于 1905 年前后，其译作多通过小说林社或《小说林》杂志发表。小说林社成立于 1904 年，1906 年便出版其翻译的英国维多夫人著的侦探小说，总题为《印雪簃译丛》。1907 年，《小说林》杂志创刊，创刊号上同时刊发了陈鸿璧翻译的三部小说，即英国佳汉的小说《电冠》、法国加宝尔奥的侦探小说《第一百十三案》和佚名的历史小说《苏格兰独立记》。《小说林》共刊 12 期，每期均发表有她的译作，由此可见陈氏在当时翻译界的地位。陈鸿璧还翻译过两部侦探小说，一部是法国加宝尔奥的《薛蕙霞》，另一部是《捉鬼奇案》。此外，她还翻译过苏婉夫人的小说《沉埋受涤》。

与陈鸿璧有合作关系的女翻译家是张昭汉。张昭汉通英文，译有英国沈威廉著的科学小说《尸光记》，并与陈鸿璧合译了美国白乃杰的奇情小说《盗面》。黄翠凝也是一位值得一提的女翻译家，译有英国却而斯的言情小说《牧羊少年》。另外，她还和日本留学生陈信芳合作，据日文重译西方小说《地狱村》。

1901 年中国女学生首次留日，此后出现了一批赴日求学的女学生。在从事翻译的日本女留学生中，汤绂、凤仙女史均是值得关注的人物。汤绂译有日本龙水斋贞著的小说《女露兵》和日本押川春浪的《旅顺勇士》，后者颇风行一时，另译有《无人岛大王》。凤仙女史，又署香叶阁主人凤仙女史，译有日本江见忠功的侦探小说《地中秘》。她还据日本黑岩泪香的译本转译过法国朱保高比的小说《美人手》。

此外，罗季芳译有英国威廉·鲁鸠的侦探小说《三玻璃眼》，杨季威译有美国嘉德夫人的《黄奴碧血录》，陈翠娜译有法国丁纳而夫人的《法兰西之魂》，刘韵琴据日本菊池幽芳译本译有西方小说《乳姊妹》，毛秀英译有英国尼古拉的侦探小说《邂逅缘》和《寻夫记》，黄静英译有《五万元》和《最后之授课》，侠心女史译有《情中情》,竞雄女史译有《影之花》,高剑华译有《婉娜小传》,沈性仁译有俄国短篇小说《私刑》和《一个病的城里》,侠花译有《提银单》和《指印》,朱畹九译有《离婚》,高君珊译有《慈母泪》,陈倩颖译有《节译沙娜女小传》,鬘红译有《痴丐》等。

《女铎报》的本土译者主要是教会学校的女学生,如李冠芳、袁玉英、周澈朗等。李冠芳毕业于金陵女子文理学院,后赴美国留学,获波士顿大学文学硕士学位、宗教教育硕士学位。亮乐月回国后,李冠芳于1931—1935年继任《女铎报》主编,后担任福建协和大学教授。1913—1934年,她在《女铎报》发文一百余篇,译有小说《秘园》《问津处》等,还译有多篇传记。周澈朗毕业于汇文女子大学,后留校任教,并协助亮乐月进行编译工作,译有《小公主》和《马赛勒斯》等。此外还有郑申华,金陵汇文女校肄业,1913年入上海圣玛利亚书院深造,1915年毕业,译有小说《贪夫鉴》等。

(二)翻译戏剧

这方面有代表性的人物是吴弱男、薛琪瑛和沈性仁。吴弱男先留学日本,后留学英国,通日文、英文,译有易卜生的戏剧《小爱友夫》。此外,她还译过日本押川春浪的小说《塔中之怪》,中译本改名为《大魔窟》。

薛琪瑛毕业于苏州景海女学英文高等专科,后留学法国,通晓英语、法语、拉丁语。薛琪瑛喜爱西洋文学,译有英国唯美派戏剧家王尔德的《意中人》,是第一位在《新青年》上发表译文的女性翻译家。陈独秀称她是"吾国文艺复兴之嚆矢,女流作者之先河"。她还翻译过田贝立的长篇小说《蓝窗》等作品。

沈性仁出身名门,曾留学日本,在长崎活水女学读书,后因父病归国,再入北京女高师,曾任《努力周报》编辑。"五四"前夕,她翻译了王尔德的《遗扇记》(今译为《温德米尔夫人的扇子》)。沈性仁的翻译活动主要集中在"五四"之后。她除了翻译戏剧,还翻译小说、散文诗等。

郑申华既写戏剧，也翻译戏剧。其创作的戏剧作品有《知足不辱》，翻译的戏剧有《薏波》《施德拉》等。

（三）翻译传记

传记是近代女性翻译文学作品中数量众多且文学性较强的文学种类，也是此前近代女性翻译文学研究中被忽视的一个内容。目前所见的翻译传记主要集中于《女铎报》，在其他期刊中也可见。

传记文学旨在再现人物真实的性格、精神面貌和品质，兼具真实性和文学性。《女铎报》刊登的翻译传记宗教色彩浓厚，其传主多为基督教历史上有影响力的女性，以示模范作用，主要译者有高君珊、陈美玉、李冠芳、高华珠、袁玉英等，多在教会学校受过教育，其中高君珊译有《泰西列女传》，陈美玉译有《包可悦女士小传》《柏爱勒斯夫人传》，李冠芳译有《安女士路伊斯传》《佛兰尔斯女士小传》等，郑申华译有《韩安丽女士传》，许之枢（毕业于沪江大学）译有《格浦兰立女士小传》，高华珠译有《来痕马利亚女士传》，袁玉英译有《首创节制会维丽德女士小传》。

二、近代女性翻译文学的主要特点

近代女性译者堪称当时新女性的代表，她们突破传统对女性的禁忌，从家庭生活走向公共生活领域。翻译这一活动在女性翻译家那里也成为她们争取女性话语权的重要手段。关于近代女性翻译文学的主要特点，郭延礼先生曾在《二十世纪第一个二十年近代女性翻译家群体的脱颖》一文中，从地理分布、翻译主体、翻译方式及语言等几个方面加以分析。除此之外，近代女性翻译文学还有一些特点值得关注：

（一）译本选择在内容上体现时代特征

1. 受清末民初军国民教育思潮影响,爱国思想明显

近代以来,面对外来侵略,“重文轻武”的传统教育受到严重质疑和考验,特别是甲午战争之后,“以民为兵”“尚武强国”的呼声越来越强烈,以梁启超为代表的维新派大力提倡军国民教育,以抵御外侮。20 世纪初,在清政府的鼓励下,中国赴日留学者络绎不绝,出现了一股航洋游学的热潮,其中不少人既受到维新派尚武强国思想的熏陶,又受到日本军国民教育的影响,便发表文章,较为明确而系统地提出军国民教育思想及其实施方法。相关文章如蔡锷的《军国民篇》、蒋百里的《军国民之教育》等。军国民即武装国民,以全民为军事教育实施对象,培养尚武好勇的风气。该思潮之兴起正适应了救亡图存的客观形势要求。

汤绂翻译的《旅顺双杰传》,其传主皆为女性,分别是俄国哈拉冬和日本梶川凛子。她们都是在日俄战事中涌现出的女英雄,极大地鼓舞了本国士气。汤绂在《旅顺双杰传序》中指出:“世固有受种种小说之影响,而因之破坏道德溃决防闲者,彼移译者不得辞其咎也。惟择其善者而译之,以为我学界之谈助,并使吾女界中知尚武之精神、军国民之资格,不当为须眉所独擅,而奋然兴起焉,则诚译此书者之苦心也。”汤绂借异域女英雄所要表现的不是一般的军国民思想,而是带有鲜明女性烙印的“巾帼不让须眉”的军国民思想。

此外,黄静英翻译的《最后之授课》(今译为《最后一课》)是爱国主义之名篇。陈翠娜翻译的《法兰西之魂》“最近欧战时代,写一法兰西女郎爱国之轶事”。毛秀英翻译的《寻夫记》以德法战事为背景,刻画了爱丽君为国英勇捐躯之后,爱丽夫人入红十字会奔赴战场寻夫恸绝的忠烈故事。译文最后有译者评论:“秀英曰:情天莫补,恨海难填。此次欧洲之战事,寡人妻孤人子者,正不知其几百千万,而以爱丽君与其夫人为尤甚。语曰:闻伯夷之

风者，顽夫廉，懦夫有立志；闻柳下惠之风者，鄙夫宽，薄夫敦。使吾中国人人能为国忘家，以爱丽夫妇为模范，则区区倭寇，奚足灭哉！”

2. 受民主自由思想影响，推崇反对专制之革命英雄

清朝末季，传统民本思想已无力提出解决当时中国面临问题的方案。伴随欧风美雨而来的人权思想渐次萌生。严复首先从本体论上提出“唯天生民，各具赋畀，得自由者乃为全受”的天赋人权论以及“自由为体、民主为用”的理论主张，影响深远。那些传递民主自由思想的域外文学作品也进入近代女性译者的视野。

如凤仙女史所译《美人手》的故事背景是波兰义士党与虚无党欲推翻俄国专制政府，开篇第一回云：“世界上各国人类，因为争一个本分自由的权限，古今来遂演出许多奇奇怪怪的活剧，断送了无数英雄豪杰的生命。……话说欧洲各国，自从民党得胜之后，或变民主，或变君民共主，人民渐渐都把自由的权利争了过来，独俄罗斯一国，仍然行君权专制主义，因此国中人民个个抑郁不平，想着把强权的魁首掀翻他落地来，暗中结成一个秘密社会，叫做希利尼党，时时伺隙行事。”小说着力塑造的是义士党首领丸田夫人，她继承父亲遗业，为国民争取幸福，最后舍己牺牲。

3. 受近代科学和法制观念影响，侦探小说和科学小说译介较为丰富

清末民初，包括福尔摩斯系列探案小说在内的西方侦探小说在中国广为译介。如阿英在《晚清小说史》中所言：“而当时译家，与侦探小说不发生关系的，到后来简直可以说是没有。”①侦探小

① 阿英：《晚清小说史》，江苏凤凰文艺出版社 2017 年版，第 255 页。

说在内容上与我国传统的侠义公案小说有相通之处,其基本主题皆为伸张公平正义,故易为中国读者所接受,加上情节跌宕、结构奇巧、布局周密等,可读性很强,容易激发读者的阅读兴趣和参与意识。尤为重要的是,西方侦探小说体现了西方"科学"和"法制"的观念,其译介的兴盛反映了译者和读者对此观念的推崇。如周桂笙在《〈歇洛克复生侦探案〉弁言》中写道:"吾国视泰西风俗既殊,嗜好亦别,故小说家之趋向迥不相侔,尤以侦探小说为吾国所绝乏,不能不让彼独步。……至若泰西各国,最尊人权,涉讼者例得请人为辩护,故苟非证据确凿,不能妄入人罪,此侦探学之作用所由广也。而其人又皆深思好学之士,非徒以盗窃充捕役、无赖当公差者所可同日语。"

如黄静英所译侦探小说《五万元》,美国大侦探鲁巴得宝根之"相人之术"源自细致观察和严密推理,故能迅速破获盗取五万元之谜案。毛秀英所译侦探小说《邂逅缘》,罪犯虽栽赃诬陷,但破案者由端倪至底细,层层解析,还原真相。侠花所译侦探小说《指印》,根据罪犯现场留下的指印和严密的推理,破解了一桩离奇复杂的命案。陈鸿璧所译《第一百十三案》,巴黎傅安德银行突发巨款失窃案,库房门窗完好,三十五万法郎却不翼而飞;大侦探刘谷巧妙布置,抽丝剥茧,最终查明真相并追回巨款。罗季芳所译《三玻璃眼》,富翁范勃雷为谋一己私利害人并诬陷黑特生,且使用奇怪之三玻璃眼为凶器;黑特生好友包内孝不遗余力,多方调查,最终协助警察破案,恢复黑特生名誉并助其良缘。

科学小说译介在近代也一度盛行。在女性翻译文学中,科学小说译介虽不如侦探小说丰富,但也有几部,典型者如陈鸿璧所译《电冠》。《电冠》作为科学小说,表现了电冠显露人心秘密之神奇力量,但因涉及谋杀,故也有侦探小说因素融入其中。

4. 受女性主义思想影响,关注妇女问题,突出女性意识进入近代以后,在中国大动荡、大变革之背景下,妇女问题也受到关注。许多有识之士都认识到,若要启迪民智、富强中国,必不能忽略妇女在其中的重要作用,如梁启超认为“妇学实天下存亡强弱之大原也”,并提出“欲强国必由女学”的主张。严复也指出“使国中之妇女自强,为国政至深之根本”。在这些有识之士的疾呼下,中国女性逐步觉醒,一场废缠足、兴女学、倡导女性解放的运动轰轰烈烈地展开了。1919 年前后,《新青年》更是刊发了一系列有关女性问题的重要文章,将女性解放运动推向深入。

在此背景下,近代女性翻译文学也多涉及关注妇女问题、凸显女性意识的外国作品。如沈性仁翻译了英国作家王尔德的名作《遗扇记》,并刊发在《新青年》上。王尔德虽为男性作者,但对家庭伦理问题十分关注,也是女性主义运动的积极参与者。其剧作《遗扇记》挑战了维多利亚时代对女性道德的严苛要求,质疑了所谓“好女人”和“坏女人”的界限。剧中,世人眼中的堕落女人尔林夫人挽救了世人眼中的好女人温特米尔夫人,帮助她保全了名声,而温特米尔夫人的形象也体现出明显的女性平权意识。沈性仁译本回应了“五四”时期关于婚姻观以及女性贞操观、节烈观的探讨,成为一个极具时代特色的典范译本。

薛琪瑛翻译了王尔德的另外一个剧本《意中人》。在译文前的“译者识”中,她简要介绍了原作者王尔德以及译介目的:“此篇为其生平得意之作,曲中之义乃指陈吾人对于他人德行的缺点,谓吾人须存仁爱宽恕之心,不可只知憎恶他人之过,尤当因人过失而生怜爱心,谋扶掖之。夫妇之间,亦应尔也。特译之以饷吾青年男女同胞。”由此可见,该译作旨在倡导婚姻家庭中两性平等,是对时代话题的积极参与,译文也触及当时备受争议的“再婚”话题。

5. 受近代基督教思想影响,强调女性对家庭和社会的贡献

教会学校女学生在女性译者中占有相当比例。她们通常是来华女传教士们的学生或助手。19 世纪末 20 世纪初来华女传教士中,对中国女性翻译文学影响较大的是美国女传教士,如亮乐月等人,而她们深受"纯正妇女意识"的影响。"纯正妇女意识"是 19 世纪美国出现的一种妇女意识,为当时的妇女杂志、宗教文艺、礼品刊物所广传和倡导。所谓纯正妇女意识应包括四个部分,即虔诚(piety)、纯洁(purity)、服从(submissiveness)和爱家(domesticity)。纯正妇女意识要求超越家庭、影响社会。如此看来,19 世纪的"纯正妇女意识"比 18 世纪的"好妻子"传统给予美国妇女更多的弹性和施展的空间。① 在"纯正妇女意识"的推动下,女子受教育日益为社会大众所肯定。应此需要,女子学院大量出现。在宗教复兴运动和妇女性别因素的相互激荡下,选择做常驻海外的女传教士成为 19 世纪美国妇女一种受人尊敬的新兴职业。来到中国的女传教士也把这种"纯正妇女意识"传递给她们的中国女学生和助手们。

由于宗教的影响,这些译者常从敬神事人的角度选译作品,这在传记方面体现得尤为突出。比如高君珊译《泰西列女传》,其中斯土活女士著《汤姆之斗室》推动废奴运动,"《汤姆之斗室》及其他名著稗史将永垂千古,以作者有深意寓其中,非徒作小说观也。小说虽佳,苟不具讽世之意、移俗之功,则如春花烂漫,转瞬即萎耳"。及克逊女士直斥当时虐遇印第安人之弊政,而谆劝执政者改革之,"女士之有造于印第安人,犹斯土活女士之于黑奴也,之二人者,可以并传矣"。丽安女士奔走呼号于当时学界中,

① 林美玫:《妇女与差传:19 世纪美国圣公会女传教士在华差传研究》,社会科学文献出版社 2011 年版,第 22 页。

提倡男女同等教育之说,募款兴建女校,推动美国女学之发展。弗来女士"牺牲其一切之快乐,以扶困济贫为事,且传布福音北自司各兰,南至法兰西,以拯救愚民于罪戾","生前可为时人之将伯,死后可为来者之表率"。陈美玉译《柏爱勒斯夫人传》,在文中称"美国女界为大学校长者,虽不自爱勒斯始,而功则无有出其右者",积极推动女子大学教育,促进社会风气改良,为当时女界之模范。李冠芳译《佛兰尔斯女士小传》,在文中云"其家仆从甚多,而此娇柔闺秀,不特不受人之服役,反甘服役于贫苦之人";赴战场调护伤兵,"一年半之久,毫不休息,故其慈爱之流露实足以感动众人,兵士中皆称为克利米亚天使"。"女士自幼有高志,有远见,且坚忍而不畏难,故卒能达其所欲成之目的。苟非存心与上帝同一仁慈,决不能始终不渝如是。"

小说方面,如李冠芳等所译《秘园》,既指自然之秘园,也指心灵之秘园,但作品均体现出对上帝的敬畏感恩之意。

(二)翻译体例方面,受中国传统文学程式之影响

这一时期的翻译文学作品有的依照原文(如戏剧和短篇小说),但也存在变异现象,除了对原文有删节改译,还受到中国传统文学之程式和故套的影响,呈现出以下特征:

1. 有意将外国小说特别是分章体长篇小说译成传统章回体小说

采用章回体翻译外国长篇小说是近代翻译文学中的常见现象,其审美取向如梁启超在"诗界革命"中所提的"以旧风格含新意境"。以《新小说》《新新小说》《绣像小说》所刊翻译小说为例,三种期刊共刊长篇翻译小说 22 种,其中采用章回体翻译的就有 13 种,约占所刊长篇小说的 60%。这样翻译出的小说除有所谓"新意境"(新内容)外,从译文形式上实看不出与中国古典小说有什么不同。这一现象说明我国当时多数翻译家在小说结构形

式方面基本上采用“旧瓶装新酒”的办法①。近代女性翻译文学也存在这种现象,如薛绍徽所译《八十日环游记》第一回的回目标题是“引子开篇谈福格　健仆入侍得阿荣”,所以读者很容易获得传统小说的阅读经验。回目标题多为对仗,如陈鸿璧所译《苏格兰独立记二》第十一回“居首功少将克城　辱国威英人失信”;凤仙女史所译《美人手》第二回“死机关苦了活美人　黄金钏殉着白玉手”,第三十八回“莽男儿登门肆要挟　狡大尉斗嘴起喧哗”;李冠芳等所译《秘园》第一回“一家人惨遭时疫死　独处女幸遇善人来”,第二回“居印度备受揶揄　来英国忽伤寂寞”。

当然,并非所有译者在翻译长篇小说时均采用章回体,有些则是依据原文分章体例,体现出直译特点。如黄翠凝所译《地狱村》和《牧羊少年》、刘韵琴所译《乳姊妹》、陈翠娜所译《露莳婚史》、侠心女史所译《情中情》、罗季芳所译《三玻璃眼》、竞雄女史所译《影之花》等均采用分章的形式。

2. 翻译术语方面也体现出传统程式

除了采用“旧瓶装新酒”的翻译方式,将西方的分章体改为传统章回体,翻译术语方面也体现出传统文学的影响。如在小说方面,译者在翻译时有时采用“话说”“且说”“下回分解”等说书中常用的词汇。这种仿章回体裁的翻译体例迎合了读者的欣赏习惯。如陈鸿璧所译《苏格兰独立记二》第十一回“居首功少将克城　辱国威英人失信”:“却说和军皆奉命退息,以待时举号齐出……且说和耳士授令毕,各军分头休憩,乃独自倚坐苔石上,凝视城垣,筹画攻城事。”其他各回体例与此相仿。

最典型者是凤仙女史所译的《美人手》。译者直接称呼读者

① 参见陈新良《我国近代科学小说翻译简论》,载《韶关学院学报》2007年第7期。

为“看官”，模拟了说书人与听众之间的对话，拉近了两者间的距离。此外，“话说”“却说”“欲知后事如何，且听下回分解”乃至“后人有长歌一首叹道”这样的程式，都体现了浓厚的传统色彩。如第一回“捕党人分头派侦探　盗金库失手露机关”：“话说欧洲各国，自从民党得胜之后，或变民主，或变君民共主，人民渐渐都把自由的权利争了过来，独俄罗斯一国，仍然行君权专制主义……玛琪掩亚再朝着穴里细细的把这只手打量了一回，忽然眉开眼笑，嬉嬉的说道：‘啊啊，这个真是妙手空空儿啊，这个真是妙妙的手的空空儿啊！’要知玛琪掩亚惊喜的缘故，且听下回分解。”第二回“死机关苦了活美人　黄金钏殉着白玉手”：“却说被机关叉子挟着的手，原来不是男子汉的，乃是一只极轻巧娇嫩的美人手。……看官，你知道这只手是怎么的来历吗？如今不便说明，且先把一首感事诗念与看官听听：‘拼得皮囊便真侠，也须既济忆韦编。要知满掌桃花血，正是当头一指禅。’欲知后事如何，且听下回分解。”其他各回体例与此相仿。

在戏剧方面，译者采用“状”和“介”等戏曲的传统术语，在一定程度上仍沿袭了中国传统戏曲的剧本表现模式。如薛琪瑛所译《意中人》是有史可考的最早运用白话文翻译的剧本，但她在翻译中仍沿用“状”和“介”等戏曲传统术语，如“作困倦状”“作庄严状”“作傲慢状”“作冷淡状”“作亲爱状”“摇头介”“起身介”“微笑介”“略施礼介”“通报宾客介”等。

3. 受传统批注之影响，译者在文末或文中加入解释或评论

这些解释或评论类似传统的眉批、夹批，有的在章节后面串讲大义，讨论写作特点，评点作品优劣之处，有的则在行文之间夹叙夹议。

这在小说方面表现得较为突出，如陈鸿璧所译《第一百十三案》上卷每章后均附有“觉我赘语”，下卷每章后均附有“蛰竞赘

语”;所译《电冠》每部分后均附有“觉我赘语”;所译《苏格兰独立记二》每回后附有“觉我赘语”(第二十八回附“病夫赘语”),对作品内容加以解释或就作品特点发表看法①。如《第一百十三案》第一章“觉我赘语”:“侦探小说为我国向所未有,故书一出,小说界呈异彩,欢迎之者,甲于他种。虽然,近二三年来,屡见不一见矣。夺产、争风、党会、私贩、密探,其原动力也。杀人、失金、窃物,其现象也。侦探小说数十种,无有抉此范围者。……”《电冠》第二十五章“觉我赘语”:“是处为第五结束,亦即最后结束也。此处详写电冠之功用,详写电冠之效果,而电冠遂至是而澌灭。读至篇末,正觉白茫茫一片大地来去都干净也。……”

如凤仙女史所译《美人手》第十四回,译者在行文中评论霞那收到美治阿士之书信的反应,从中可以看出译者既先进又审慎的情爱观:

看官,你想这样光明磊落的女子,怎不令人爱敬呢?无怪他后来得如此好结果,致令英雄豪杰竭尽心力,拼命也要替他成全,我译书的人也不能不要留意替他加足几笔。大凡男女有真情爱,然后世间有完全夫妇,此事极于人类进化大有关系。世人不明这个道理,以为男女婚姻随意可合,不问两人质性如何,硬自作主把

① 据栾伟平考察,曾朴(笔名东亚病夫)是小说林社的总理(即创办者和主持者),徐念慈(号东海觉我)是总编辑,陈鸿璧是专任译员之一。《小说林》杂志共刊载过九部长篇翻译小说,陈鸿璧的译作占三分之一。杂志主编徐念慈很欣赏陈鸿璧,在陈鸿璧的每部译作后都详加评点。徐念慈任《小说林》杂志第1—11期主编,后去世,最后一期改由蛰竞续编。陈鸿璧《第一百三十案》在《小说林》杂志前11期刊载时,都有“觉我赘语”,到第12期改成了“蛰竞赘语”。据陶报癖之说,徐念慈病故后,由陈鸿璧编辑《小说林》杂志第12期,而“蛰竞”又说徐念慈去世后,由他续编一期《小说林》杂志,故陈鸿璧可能就是“蛰竞”。参见栾伟平《清末小说林社成员考》,载《济南大学学报(社会科学版)》2016年第2期。

一生最欢乐的人道弄成个苦恼世界来，实属误人不浅。近日，世界上开了自由结婚的例，本来是极文明的理想，但此事也要仔细，若没有文明的见识，一味自由，不特误了终身，受旁观者指摘，就是本人自己也觉得纯乎是个私意，不敢坦然告人，因此把“情爱”二字便弄得糊里糊涂，成个不好的字眼了，岂不可叹？如今闲话且休烦绪，再把本书的正文说来。

凤仙女史所译《地中秘》关涉日本特有地理文化处，译者常插入解释之语，如第三章“发冢”涉及奈良朝之古冢，译者插入解释“奈良朝为日本元明天皇至光仁天皇时代，即我国唐睿宗至代宗时代，距今约一千二百年至一千百三十年间”；第九章“破扉”插入解释“大高源吾为赤穗四十七士之一，恍惚如《水浒传》一百零八名好汉之李逵。日本室鸠巢氏著有《赤穗义人录》，其性质亦恍惚与《水浒传》相似”；第十八章“盲恋”插入解释“日本旅馆，凡来客初寄宿，须以姓名、籍贯、年貌登注于册，以便警察稽查而防奸宄，即吾国古代商君法之遗意”。

这在传记中也很常见，如陈美玉译《柏爱勒斯夫人传》，在译文中夹议：“人皆以为平时既多从事于学校，势必不善治理家事。今日中国学界女子多有此等弊端，以为既有学术，则家中琐务及厨中杂作与烹调诸事，皆可命仆役为之。而夫人不然，事无巨细，务必躬亲，虽有婢仆，亦必自督率，以故井井有条……”李冠芳译《佛兰尔斯女士小传》，在文末加：“译者曰：当今中国对于善举，贫者固以力不从心为推诿之词，富者暖衣饱食，安享尊荣，更无暇念及此事，男子且然，而况女子乎？女士以席丰履厚之身，行济困扶危之志，巾帼须眉，世罕其匹。所愿诸女同胞共步佛兰尔斯后尘，勉为中国之佛兰尔斯，留名万世，是则私心所晨夕跂祷者也。”

戏剧翻译基本遵照原著，采用直译方法，但有的也采用加写序言等干预性策略①,如薛琪瑛为《意中人》所作的“译者识”,首先阐述了自己对王尔德戏剧的评价,继而阐述了选择该剧的目的。前面对此已有论析,此处不再赘述。沈性仁丈夫陶履恭(陶孟和)在为《遗扇记》写的“序言”中高度评价了王尔德戏曲的价值,特别是《遗扇记》的杰出意义:“《遗扇记》是他戏曲里的第一篇,在一八九二年作的,在伦敦圣哲姆斯戏馆里扮演的。据我‘俗人’的眼光看起来,也算是他的戏曲里最大的杰作。那对话的巧妙伶俐,语气的庄谐并见,诡辞(Paradon)的蕴藏真理,真是天才的著作。”

(三)合译和独译共存

近代女性翻译文学作品虽然大部分是独立翻译作品,但也有一些是合译作品。如薛绍徽与其丈夫合译了《八十日环游记》,首版译者署名是薛绍徽,1900 年由经世文社出版;第二版和第三版署名逸如、秀玉,逸如是陈寿彭的字。倘参这二版的译者署名和译者自序,当为陈寿彭口译、薛绍徽笔述。

陈鸿璧所译《苏格兰独立记二》标注“女士陈鸿璧译　东海觉我润词”,每回后附有“觉我赘语”(第二十八回附“病夫赘语”),亦表明该篇可能是其与东海觉我等人合译。此外,与陈鸿璧有合作关系的女翻译家还有张昭汉,二人合译了美国白乃杰的奇情小说《盗面》。

《情中情》标注“侠心女史译述　吴趼人点定”,《影之花》标注“法国嘉禄传兰仪原著　竞雄女史译意　东亚病夫润词”,《离婚》标注“畹九译意　民哀笔述”,均表明当时有男性文人参与翻译这些小说。

① 加拿大著名翻译理论家弗洛图提出三种文本干预方式:增补、加写前言和脚注、劫持。

《女铎报》的译者有时也与外国传教士合译作品(如周澈朗与亮乐月合译有《小公主》和《马赛勒斯》①),有时也多人合译作品(如《秘园》第一回由许之业、周兆桓同译,第二回后由李冠芳译)。

(四)包含译述、意译和直译等多种翻译形态

有学者指出,中国近代翻译文学的形态演变经历了一个三部曲:1840—1897 年为第一阶段,以译述为主;1898—1908 年为第二阶段,以意译为主;1909—1918 年为第三阶段,译文仍以意译为主,但直译已经出现,辛亥革命后渐成气候,并在“五四”以后成为翻译界之主流。从译述到意译到直译,便是近代翻译文学形态演变的大致走向。②

近代女性翻译文学的形态也是多样的,反映了这一时期的过渡性特征。不过因译作皆在 1900 年之后,以第三阶段为主,故直译较多,意译和译述较少,有的还明确标注。如《婉娜小传》标“高剑华意译”,《黄奴碧血录》标“杨季威译述”,《小公主》和《马赛勒斯》均标“周澈朗译述”。意译和译述意味着译作与原文可能有所不同,如《马赛勒斯》今译为《织工马南》,原著为长篇小说,周澈朗译述本进行了大幅缩写。

薛绍徽翻译的《八十日环游记》是中国女性翻译的第一部

---

① 据宋莉华《传教士汉文小说研究》一书之“附录三”,《小公主》为英国步奈特(Frances Hodgson Burnett)著、美国亮乐月(Laura M. White)译、周澈朗女士述,有上海广学会 1914 年版。鉴于该小说为二人合作译述,且《女铎报》发表时只署周名,故收入大系。据宋莉华《传教士汉文小说研究》一书之“附录三”,《马赛勒斯》为英国乔治·爱那特(George Eliot)著、美国亮乐月(Laura M. White)译、周澈朗女士述,1913—1914 年载于《女铎报》,有上海广学会单行本。鉴于该小说为二人合作译述,且《女铎报》发表时只署周名,故收入大系。

② 袁荻涌:《译述·意译·直译——中国近代翻译文学的形态演变》,载《黔东南民族师专学报(哲社版)》1994 年第 4 期。

小说,总体上忠实于原著,但也表现了一种本土化倾向,小说中人物姓名的翻译大多还是中国化的名字,如将小说主人公的男仆 Passe Partout(意为“路路通”)译为“阿荣”,将印度女子 Aouda(艾娥达)译为“阿黛”,这些名字显然承载着译入语中某种约定俗成的文化内涵。此外,她在译文中还加了若干注释,目的是为读者解难释疑,有助于不熟悉西方文化的受众阅读。至于在公历后加注清朝皇帝纪年,也是将译入语文本本土化的一种符码形态①。

黄静英所译《最后之授课》是法国著名小说家都德(1840—1897)的代表作之一,发表于《礼拜六》1915 年第 42 期。最早的中译本是胡适的《割地》,曾发表在 1912 年 11 月初的上海《大共和日报》上,后广为传播,成为爱国主义教育的名篇。不过胡适的译作是删节版,虽然基本上没有影响原著的思想与艺术,但相比之下,黄静英的是全译本,且忠实于原文,采用逐词逐字的直译法,故有不可替代的价值。②

近代女性翻译文学中,戏剧翻译出现较晚,数量较少,但译作水平较高,且直译特点明显。如薛琪瑛所译《意中人》不仅是最早运用白话文翻译的剧本,且译文和原文逐句对照,包括每幕的布景也均按原文对译,直译特点突出。比较薛琪瑛的《意中人》译本和余光中的《理想丈夫》译本(1998),可以发现二者内容一致,仅译文风格和措辞有所差别。

(五)语言方面体现出此时期的过渡性,文言、白话皆有,且均不乏佳作

① 参见郭延礼《女性在 20 世纪初期的文学翻译成就》,载《中国现代文学研究丛刊》2010 年第 3 期。

② 参见郭延礼《女性在 20 世纪初期的文学翻译成就》,载《中国现代文学研究丛刊》2010 年第 3 期。

清末民初，正处于文白之争较为胶着的阶段，其主要原因一是大多数文人长期接受文言教育，在从文言到白话的转型过程中，更习惯使用文言而非白话；二是白话无论在词汇的丰富性还是表达形式的成熟度等方面，尚无法与文言相比。① 据徐念兹 1908 年调查，“就今日实际观之，则文言小说之销行，较之白话小说为优”②。处于此过渡时期的近代女性译者在译入语的选择上也呈现出多样化，主要是文言或浅近文言，但也有白话，且均不乏精彩之作。

如薛绍徽翻译的《八十日环游记》，语言为浅显文言，译文洗练准确，颇能体现原著风格。加之故事情节惊险曲折、扣人心弦，故首次出版后就深受读者欢迎。再如陈鸿璧的小说翻译在当时颇受称赞，其译文虽仍系浅近的文言，但文字极为流畅典雅，笔下人物言行生动。她采用意译的翻译方法：“常先熟原文，乃竟操笔自作，故所述无失，而绝无结涩之病。”③又如汤绂所译《旅顺双杰传》之《旅顺土牢之勇士》第一章开篇，文气充沛，颇有雄风，与所译内容甚相匹配：

自日俄战事开，而忠男义士麇聚蜂起，拼性命，薄血肉，出入硝烟弹雨中，以博一死。死之烈者，不于海则于陆，堕危崖，葬绝壑，断头折臂，刳腹流肠。故自旅顺包围以来，以战斗死、以侦探死、以疾疫死者，不胜偻指数。而独有一奇伟之日本男儿，拼万死留一生，日锢于悬崖绝壁，腥风血雨中与严寒战，与秽气战，与毒

---

① 参见赵炎秋《近现代文白之争及其反思》，载《湖南师范大学社会科学学报》2011 年第 5 期。

② 徐念慈：《余之小说观》，见黄霖、韩同文选注《中国历代小说论著选（修订本）》（下册），江西人民出版社 2000 年版，第 301 页。

③ 蛰竞：《〈一百十三案〉序》，见法国嘉宝耳著、新会陈鸿璧译《一百十三案》，新民社 1915 年版。

蛇猛兽战,阅数月而志气不稍挫,又复雄心勃勃静睨战机,曾不旋踵而大功立,而盛名传。吾故移译之,而欲使顽夫廉、懦夫立,举天下而闻风兴起也。翳何人?翳何人?则吾所崇拜之土牢勇士是。

凤仙女史翻译的《地中秘》尤其精彩,情节引人入胜,语言活泼生动,人物个性鲜明。全文共59章,每章篇幅不长,但逐层揭秘,出乎意料又在情理之中,令人叹为观止。

《美人手》(上海广智书局1906年版)是晚清少数采用白话文进行翻译的长篇小说之一。译者凤仙女史虽然遵循了传统小说的章回体结构,但语言是鲜活的口语体,浅显朴实,平白易懂,例如第四十八回“轿子车乘夜送囚犯　门外汉捶扉惊店家”的译文:

……再说那小酒店的主人,正挨着梳化椅边瞌睡,忽听外间一片声闹哄哄着,从梦中惊醒,忙着三步两步跳上楼来,嘴里嚷道:“了不得,了不得,强盗来了!”急启窗,钻头一看,见对门聚着十来个人影,也有爬在墙上,也有攀着窗棂,因大呼道:“贼啊!贼啊!”酒店里的人闻声尽跑起来,也跟着“贼啊贼啊”的喊个不住,渐渐邻家也传叫起来。荷理别夫是时弄得进退维谷,心里又急,又怕警察知道不便,逼得招呼那班手下,只见那几个爬墙攀窗的,好像虾蟆跳水一般,毕卜毕卜飞跃下来,跟着全班走散了。荷理别夫同那两人匆匆跑上马车,加起鞭,一霎间便如飞的,连影儿也不见了。欲知后事如何,再听下回分解。

刘韵琴翻译的《乳姊妹》也是白话文,颇为流畅自然。沈性仁所译《遗扇记》则是非常成熟优雅的白话文。众所周知,王尔德戏剧的精彩之处不在于情节离奇,而在于人物幽默机智的语言,妙语连珠。沈性仁不仅译出了原著的意思,而且传递出其语言特有的机趣。该译作在表达人物微妙心理方面令人赞叹,这在新文学发轫之初尤为难得,堪称经典①。还有的介乎文言和白话之间,呈现出过渡特点,如吴弱男所译易卜生的《小爱友夫》。

三、不足之处

总体而言,近代翻译文学的专业意识比较薄弱,翻译者大多缺乏专门的职业意识,以今日之眼光,未免存在诸多不足之处,女性翻译文学也不例外。其不足之处简言之有如下几点:

(一)总体数量较少

较之创作类,近代女性文学翻译方面的译者和作品都是比较少的。其原因显而易见。在清末民初,能够学习外语并具有翻译素养的女性毕竟是少数。这其中,教会女学发挥了重要作用。

(二)语言驾驭能力参差不齐

翻译作为一种双向交流,对译者提出的要求是双重的,既要熟悉原著语言,把握其内涵精髓,又要有母语功底,保证传递到位。在出发语和目的语的转换过程中,有些译者的驾驭能力有待提高。加之清末民初,文言与白话正在转换,有些译作文、白夹杂,难免呈现出语言过渡时期的艰涩之感,影响阅读效果。如《三玻璃眼》中部分人名、地名前后不一致,甚至有因译者疏忽而出现的书中人物张冠李戴的情况,如第二章《婚书伪造》、第三章《名媛失德》等多处有人名前后不一致和混淆之误,后半部分才逐渐流畅起来。《影之花》也是前半部分译文较后半部分译文艰涩,反映出译者的语言水平在不断操练中有所提高。另外,该译本目录中

---

① 当然这其中也有陶孟和的贡献,"今年九月性仁在病院里,闷极无聊,我又没有工夫去陪伴他,乃请王尔德的《遗扇记》给他解闷。性仁喜欢这出戏里的故事,出院后就把他译出来。译笔倒没有大错误,我又替他修改了些,想还没有失掉王尔德的原意,至于那漂亮的语气、俏皮的说话,恐怕不能依样画葫芦了"(见《遗扇记·序言》)。最后一句自然是谦虚之词。

的标题名与文中的标题名有几处不一致,如第十章,目录中的标题名为“勃伦观兵”,文中的标题名则为“女皇大阅兵”。

(三)受语言限制,转译较多

虽然少数译者通晓多种语言,但毕竟世界文学语种繁多、作品丰富,所以不少译作是由某种翻译语种再转译为中文,在一定程度上也削弱了作品的原汁原味程度。如薛绍徽和陈寿彭合译的《八十日环游记》并非根据原文翻译,而是根据桃尔(M. Towel)和邓浮士(N. D. Anvers)的英译本转译的。《乳姊妹》今译为《多拉·索恩》,原为贝莎·克莱(Bertha M. Clay,1836—1884)著,标为“菊持幽芳著,韵琴译”。该小说是刘韵琴由日文转译为中文的。《美人手》是法国朱保高比原著,由凤仙女史据黑岩泪香的日译本转译为中文。汤绂所译《无人岛大王》为《鲁滨逊漂流记》译本之一,其所据译本为日本人岩谷小波之译本《无人岛大王》。

在转译过程中除了有语言因素的限制,还有社会、历史、文化等诸多其他制约因素,故翻来译往之间,原著的原汁原味恐多有流失。不过在近代这一转型时期,翻译本身缺乏专业性,而更多服务于开启民智、输入异域文明等,转译带来的局限性不应苛求。同时我们注意到,在转译过程中,日文版本发挥了较突出的作用。这一方面说明留日女学生比较多,她们借助日本文学拓展了自己的眼界和视野;另一方面说明近代日本文学对欧美文学的译介比较丰富,故而能承担转译这一文化桥梁的作用。

(四)翻译体例欠完备,存在不注明原著者或译名随意等现象

近代翻译文学的翻译体例不成熟,诸多译文不注明原著者,较长的人名作简化缀音处理,或采用不对音的中国人名代替,还有的不分段落,对话不分行书写,这些情况均为当时译界的通病,并非仅存在于女性翻译文学中。

未注明原著者的小说、戏剧如陈翠娜所译《露莳婚史》、侠心

女史所译《情中情》、高剑华所译《婉娜小传》、静英女士所译《五万元》《最后之授课》、秀英女士所译《寻夫记》、侠花所译《指印》、李冠芳等所译《秘园》、朱畹九所译《离婚》、郑申华所译《薏波》《施德拉》等。所收传记除高君珊所译《泰西列女传》，其他亦均未注明原著者。

有的译名经过译者取舍，如陈翠娜翻译《法兰西之魂》，正文前有说明："是书为近代法兰西大小说家 Maacelle Tinayre 丁纳而夫人所著。夫人生于一千八百七十七年，当二十岁以前，著第一种小说时，脱稿后求售于书肆，转转传观，直至六年之久，乃始出版。盖读其稿者，均爱不忍释也。适丁纳而后所著说部，皆其夫为之画，每出版，不一星期，辄销罄，而夫人之名乃益著。生平撰述，率多长篇，惟此一篇为最近欧战时代，写一法兰西女郎爱国之轶事，原名为 *The Soul of France Was In Her*，其意以为法兰西之灵魂，乃在此女郎之脑系中也。予意军人效命，不过如人身躯壳，必待灵魂指挥而动。法兰西之灵魂既在此女郎脑系之中，则此女郎者，实为法兰西之魂矣。故易今名，以取简约易诵。"

较长的人名作简化处理，如沈性仁所译《哑妻》，文前特有说明剧中人物原名音太长，故仅译其首音，如"娄 Leonard Botal 裁判官""阿 Adam Fumée 律师""西 Simon Colline 医士"等。该译文刊于《新潮》1919 年第 2 卷第 2 号，后沈性仁重译《哑妻》，刊于《小说月报》1924 年第 15 卷号外，并指出此剧曾在《新潮》上登过。这次校正，修改之处甚多，几与重译一遍无异。其中的人名也被译为全名了。

编选说明

除了遵照《中国近代女性文学大系》的编选凡例,翻译卷在编选原则方面,还有以下几点需要加以说明:

(一)所收译作年代截至1919年。有些译者在二十世纪第一个十年末开始翻译,翻译高峰出现在二十世纪二三十年代,如沈性仁、薛琪瑛等,因这时期的译作超出本卷所设定的时间范围,故未能体现。

(二)除极少数作品外,一般只收录标注"**译"的译作,未收录一般译述类作品,而这部分作品数量也不少。

(三)为了体现翻译状况的多样性,有的译者虽水平较高且译作较多,但限于篇幅也仅择取部分收录,如陈鸿璧只收录三部。有的译作虽然质量不高,但为透视全部也酌情收录。

(四)目前收录的是文学性较强的内容,包括小说、戏剧、传记等,诗歌方面未查到相关资料,故未体现。

(五)对于长篇小说,采用故事梗概加部分章节的形式收录;对于中短篇小说、戏剧及传记,则内容全录。

(六)收录作品底本的来源,一是刊载于近代报刊的译作,二是出版社印发的单行本译作。

(七)为更好体现作品原貌,对作品中涉及"支那"以及西方文化中的"《圣经》""上帝""耶稣"等文句照原文录入,但有关文句并不代表整理者的立场和观点。

（八）翻译卷由刘丽霞和王国伟分工合作完成，其中导言、戏剧（全部）、传记（全部）、长篇小说《牧羊少年》《乳姊妹》《影之花》《美人手》《三玻璃眼》和中短篇小说《旅顺双杰传》《无人岛大王》《节译沙娜女小传》《小公主》《马赛勒斯》《私刑》《一个病的城里》《地中秘》由刘丽霞负责辑录完成，长篇小说《八十日环游记》《地狱村》《电冠》《第一百十三案》《苏格兰独立记》《露莳婚史》《情中情》、中短篇小说《黄奴碧血录》《婉娜小传》《慈母泪》《痴丐》《贪夫鉴》《法兰西之魂》《秘园》《问津处》《离婚》《五万元》《最后之授课》《寻夫记》《邂逅缘》《指印》《提银单》和译者小传由王国伟负责辑录完成。

长篇小说

薛绍徽

薛绍徽(1866—1911),字秀玉,号男姒,福建侯官(今福州)人。其父薛尚忠,侯官岁贡生。其母邵氏,能诗画,通音律。她后来嫁给同邑陈寿彭。陈寿彭(1857—?),字逸儒,一作绎如,光绪二十八年举人,福建船政学堂早期毕业生,曾任邮传部主事,1917年任海军部军法司代理司长,曾随其兄即清末著名外交家陈季同(1852—1907)出国,精通英文、法文。薛绍徽是中国近代著名女翻译家、女诗人,代表译著有《八十日环游记》(陈寿彭口译,薛绍徽笔录)。薛绍徽去世后,其家人出版了《黛韵楼遗集》,收其《诗集》四卷、《词集》两卷、《文集》两卷、《外国列女传》七卷。她还辑有《国朝闺秀词综》十卷。

八十日环游记

故事梗概

1872年10月,居住在伦敦的福格与维新会会友打赌,要在八十日内环游世界并回到维新会所。他携仆人阿荣即刻出发。在其离伦敦之前,某银行恰发生五万五千金镑被盗事件,侦探非克士认为福格是窃贼,借环游世界为名逃亡,决心循迹追踪。

福格先乘船至苏尔士、孟买，由孟买乘火车穿过印度大陆，一路饱览风光。他们在途中奋勇救出了被迫为邦德尔戡特老王子殉葬的美女阿黛，携之赴恰老加达。非克士许印度和尚以重金，到香港控告福格，欲以此延阻其行程。法官判福格监禁一周。福格以两千金镑换取了保释。

众人乘船抵新加坡、中国香港。在香港，非克士告知阿荣伦敦五千金镑被盗事件及福格为罪犯之情况，但阿荣不信。非克士心生一计，以鸦片烟灌醉阿荣，以剪去福格羽翼。福格觅阿荣不得，为赶时间，与阿黛重金雇一水艇，乘之赴上海。在上海港口外，追上赴日本的远洋轮船。阿荣醒后，登上轮船，却发现福格和阿黛并不在船上。至约哥夏马后，阿荣无以为生，只得到马戏团扮作小丑，却在戏棚中巧遇福格。主仆团聚，同乘船赴美洲生符兰西斯哥，并在当地看到美国两党竞争、互相殴斗的场景。

众人乘火车，横跨美洲大陆，赴纽约，遍历中部风光。中途遇一危桥，司机以最高速冲过，侥幸通过，而桥受此重力，遂倒塌。途中遇印第安人劫车，阿荣奋勇无比，解开机车与客车厢之挂钩，使得客车上的众人脱险。阿荣不幸被俘，福格率救援士卒将其救出，却因此错过火车。福格急中生智，雇一以木板、风帆制成的溜车，赶上火车。但到达纽约后，轮船已起锚出发，而后面的船又需三日后方出发。福格以八千金镑重金雇一商船，横渡大西洋，奔赴英国利浮波尔。途中燃煤烧尽，福格遂以六万元巨款购下此船，拆去舵楼、舱房、船堡等，充作燃料。到达英国皇后镇港口时，该船仅余一船壳。

到岸后，非克士逮捕了福格。待得知罪犯已经被擒而福格无辜时，福格已经错过火车。福格许司机以重金，开一特车赴伦敦。福格出火车站时，是8点50分，他以为比约定时间晚了5分钟，沮丧地回到家中。回英国后的第二天晚上，福格和阿黛互诉衷肠，互表爱慕之心。阿荣奉命去教堂为主人筹备婚礼,得知当日为周六——因时区时差关系,向东而行,每经过一度则增加4分钟,经过360度,恰好赢得一日。因此福格在双方约定的时间前到达维新会,赢得赌局。

福格赢得两万金镑,然而计算旅途费用不下一万九千金镑,剩余无几。福格备历奇险,别开奇境,得到阿黛为妻,是八十日环游世界的最大收获。

第一回　引子开篇谈福格　健仆入侍得阿荣

一千八百七十二年(同治壬申),有非利士(名)福格(姓 Phileas Fogg)者,居于摆林塘花园(Bnrlinton Zardens)沙非尔路(Sanille Rov　在伦敦城内)第七号门牌。是屋,乃一千八百十四年(嘉庆甲戌),许儿毋①利登(Sheridon　福格先代祖父之名)所遗。许儿毋利登为当时新党名人之一,常自逊抑,以避吸力之大,而时望所归,有识者咸钦仰之,诚浊世一守礼君子也。论者譬之卑毋郎(Byron　英之诗人,有世爵者),其貌与须,亦与卑毋郎相彷佛,故咸谓为卑毋郎迄今未老云。传至福格(指非利士。西人以称姓为尊,下仿此),仍居是屋,未尝迁徙。是为英人,而伦敦人窃有疑之者,以为彼既非任事于银号,亦非城中司账,非有主管轮船,入于伦敦船坞,非有委办执事,役于英国公家,不入逆旅,不履教堂,弗任工,弗服贾,弗务农。其名虽列于格致会,然如公学会、英伦学会、技艺学会等处,皆未见其有所建树。他如音乐会、虫学会,群在伦敦者,更无其迹。福格殆新党中之表表软,势足以自张其会,故无俟芸芸以傍人门户耳。所可信者,尝见其出入银票,反覆翻转如流水,福格之富,抑又奚疑!福格虽富,并无奢心牟利,

① “毋”,原文作“母”,今改。下同。

第安分以俟际遇，不事挥霍，不事贪黩，亦不屑悭吝，周急扶危，习为常事。举凡赋税一切，又能默计盈绌，预先筹画，才智之过人如此，故世人无测其高深焉。

然则福格曾经旅游乎？曰："固所愿也。"彼与地球知厚久矣，亲切向往之殷，世无其匹，特无隙得骋游躅耳，尝慷慨曰："吾会千人，有千种心意，然不闻有好游者，亦一憾事。安得亲历大地，以畅吾游，以快吾志，以破彼辈之聋聩固陋也。"自是居伦敦又数年，郁郁无所表见，世亦鲜知之者。喜叶子戏，不过托此自娱，然每局辄胜，胜则散其资以济人，不入私橐；未胜则注目凝思，默筹成算，于难处著想，尤觉津津有味，是真有托而逃矣。福格无妻子，所遇贵胄，非亲则友，独居于沙非尔路(见上)，一屋一仆供使令。晨昏则寄食于维新会所，扣定点钟，入原房，坐原棹，不与他人共膳，亦未尝自延一客。归时恒在半夜，倦即睡，会所虽有房榻，不居也。每日二十点钟，必出门者十点钟，不见疲倦。有时纵步于会所之大厅，徘徊色木嵌花地板上，履声橐然。是厅覆盖圆式瓦脊，支以二十椽红白间色石柱，周围轩棂，悉油蓝色，洞明开敞，一尘不侵，足为赏心乐地，会中之合宴也。厨房肴所，以及收牛乳制乳油之处，匪不有。棹上胪陈诸食品，色色名酒，均预藏储；雇用一班庄严侍者，服长袍，曳舄皮底履，进肴核，奉刀叉，先后进献有节次；盘碟皆用精美瓷器，抹拭如镜；玻璃瓶皆磨光，中供车厘酒、桂皮香、红酒汽水等。一切饮料，皆用墨洲诸湖运来净水冻之，精雅有致。以故福格居此，怡情适景，乐而不疲。其沙非尔路之屋，虽不甚丽，亦自安适，惟乏役使之辈。福格用人，必取伶俐而恪遵规矩者，有旧仆曰则毋士(James　名)和士题(Forster　姓)于十月二日辞却①。因其不善供役，如所取洗脸水，宜热度八十四度者，乃

① "却"，原文作"郤"，据文义改。

以八十六度代之,故不惬意,姑留之以待来者。

是日将届十一点钟半,福格坐交椅上,两足叉并,似旧时操兵样子,双手安于膝上,竖其身,仰其首,以望其钟,解测奥妙,若者点,若者分,若者秒,若者积以成日,若者积以成月、成岁。正在思索,钟针将指十一点半,福格将循平日故事,出门赴会所矣。忽闻房门剥啄有声,福格仍坐不动,则毋士将去之仆,推门进曰:"新仆已到。"即有一人,年约三十以上,入而鞠躬。福格曰:"我知尔为法国人,其名阿存(hn)乎?"答曰:"愿老爷赏脸,我名阿荣(Jean),巴斯怕透得(Passepartont)则为吾姓,乃我出门谋事,彼此天然凑合之预兆。老爷,我自信诚笃,兼善数种技能。言之恐渎听:我曾为歌唱者,遨游四方;又为马戏中善御者;我之跳圈不啻罗他得(Leotard),跳绳不啻博郎丁(Blondin　罗他得与博郎丁皆马戏中名伶)也。我曾为体操教习,以身手好也;我曾为巴黎(法国都城)救火外委,屡次力扑大火,以心力奋也。今离法国已五年,而奴星照命,经英人录为仆从,其味孔甘。日者欲觅枝栖,闻福格老爷为英伦雅望,适在乏人,故来叩见。倘蒙收录,寄托此生,诚不枉我呼为巴斯怕透得耳。"福格曰:"巴斯怕透得,正合吾意。尔自举以告我者,甚善。我既闻尔一篇好消息,尔其知我情形乎?"阿荣曰:"然。遵老爷谕。"福格曰:"现为何时?"阿荣乃向袋中取表视之,曰:"十一点二十二分。"福格曰:"此太慢①些。"阿荣曰:"老爷明察,或无妨。"福格曰:"仅慢四分钟,固无害。今自此时始,计十月二日礼拜三,十一点二十九分钟,尔即充为吾仆。"福格语毕,起立举左手按头上,若有所思,遂自出门去。阿荣闻街门启闭声,知主人已出,继而门声复启闭,则旧伴毋士被撤而归也。自是阿荣遂

① "慢",原文作"漫",据文义改。下同。

留于沙非尔[1]路屋中。

第二回　契主心欲倾肝胆　见仆约整理寝房

阿荣沈[2]思良久，曰："是矣，我这新主人，似曾相识，见于答琐士(Tnssands)太太处。答琐士太太之客甚众，皆往来于伦敦，非富即贵，斯亦可尊矣。"阿荣虽初见福格，又为细心品题之，曰："吾观新主之貌，虽有四十来岁，而仪容秀彩，状魁梧，态温雅，须发光洁，额坟不皱，脸癯而白，诚合风鉴高格，所谓一生安逸者此也。且其言行不苟，性情恬淡，目光清爽，殆为英国灵秀所钟毓欤！至每日应行之事，必有分量，循序按晷，不差累黍，尤为难得。凡人所以异于物者，正在手足灵动，应情而发耳。故行事必须预计，方免临时周章。即如举止踪迹，亦择简要捷径，无事纷扰烦劳，乃不见苍黄之色，是为天下精于思虑之人。观其到会所，必按端正时候。然则福格虽独居，会所殆即其内家亲属乎？福格既知天下事，当知有两物相擦之事(此系电学语，犹言阴阳交感也)，是所擦者，本不庸缓，况彼未尝得一试其擦耶。即如我阿荣，本巴黎人，自别故国至伦敦，寄迹从役，究其心岂徒在择主以事乎?"阿荣之为人，非如莫利儿(Moliere)所绘不才子，趾高而气扬也，不过尽此诚笃，笑颜以供职役而已。其首浑圆，赭容碧眼，即于比肩侪辈，亦能顾盼为豪。其指则善经营，其体弥形强健，性情奋激，膂力方刚，犹是少年故态。其发棕色而微散，俨如古雕匠明尼华(Minerva)所谓欲状烈士，而整发尚有十八法也。何阿荣所妆，竟似其一耶？岂妆台之三画大齿梳，有以成就我耶？此系阿荣之满腔热血，欲仗肝胆，求合于福格者，特身系新来，欲觅有以博主人欢心

---

[1] "尔"，原文无此字，据文义补。

[2] "沈"，同"沉"。

之法,因不觉自言自语,并自为嘲慰耳。

阿荣早年流荡,近今颇喜休息,奈时运不利,沦为奴隶,已历英人十家。诸主人率皆拗癖,心甚愤之,遂不克安而去,恒在城中徐图进取。末一主人,乃世爵郎胚毋利(Lord Longferry)之子,充上议院议员,每夜在草市酒馆中,常沈醉,倩巡捕扶归。阿荣欲敬其事,婉辞谏止。弗听,遂行。盖其生性使然,不能曲贬。迩正佊佊无之,忽闻福格觅仆,遂信可以有为,故进谒之,不意俨若旧知也。

时已过十一点半,阿荣独在沙非尔路屋中,赶办应为之事。自顶楼洒扫至地窖,将全座之屋收拾整洁,恰如蜗牛之壳,燃暖煤气,度其足用为止。至第二层楼,有一房,即彼所居,一切陈设甚好,电气铃、传语筒则与下层通消息。火炉案上立一电气钟,与福格卧房相若,同时可以并扣。阿荣喜曰:“佳哉!”忽见钟旁有一纸,展阅之,乃每日修屋常规,特示之仆约也,略言“每晨八点钟正,福格起;十一点半,即赴维新会。其应供之事,茶与薰面包在八点二十三分钟,洗脸水在九点三十七分,梳洗则在十点二十分钟。凡事皆宜于午前十一点半完妥,至半夜则主人归寝,乃锁门”等语。福格衣橱特阔,华美有香味,若者裤、若者衫,而裲裆①巾领甚夥,此系一年四季应时穿换,于履亦然。是屋建于沙非尔路,为时虽久,尚无破坏,则许儿毋利登当时结构重费可想矣。迄今雨风不动,安稳如山,则堂构相承,不已无黍欤。其间独无诵读房,亦无藏书地,此虽福格所必需,而维新会中已有书楼两所,一储所有名集,一储律例与政治各书,足以常供披览。寝室中立有制机一具,以防火盗。阿荣则疑其无手,又非军械,恐不足用,件件经纪,随洁随安,自屋顶搜察迄于屋底。既毕,乃自盥手,复视一周,

① “裲裆”,指背心。

輾然笑曰："吾于此复何慊哉！此间仅有福格与我两人，奚分主仆？尔果多财，我何幸得为尔宰。奇哉，噫！"

第三回　维新会聚谈劫案　叶子戏拼赌环游

福格出门时，为十一点半钟，其右足在左足前，行五百七十五步，左足在右足前，行五百七十六步，乃到维新会。此会之屋，建在婆尔摩尔（Pall Mall）地方，所值不过三百万。福格径入膳房，房有窗棂九，启之临一园，甚丽，树叶经秋，尽作黄金色。福格至素坐之棹坐定，棹上铺设早备，其膳则一小旁碟，一盘炙鱼，和以酸橙酱；一盘红烧片牛肉，拌以蘑菰；一盘葵菜，并金樱子酸味。又复饱啖牛乳饼，润以数杯名茶，计食十三分钟乃毕。即起步，向大厅。

厅房奢丽，四壁满张金添框①架油画。役人手送一纸，未割叶《太晤士（Times）新报》。福格割开，反覆展阅。至四点前一刻，而《士登打得（Stamdard　太晤士，译言时也。士登打得，译言旗也）新报》又到，为第二课。直至晚餐时候，膳与午餐相似。既毕，福格复入课诵房小坐，盖已六点前二十分钟矣。再半点之久，会友咸陆续来，掀起火炉门，其中煤火正燃，团围杂坐。福格而外，曰莺都留（名）斯他特（姓　Andrew Stnart），管理汽机者也；曰藏（名）萨利凡（姓　Gohn Snllivan）、曰沙描尔（名）和连丁（姓　Samel Fallentm），皆开设银号者也；曰汤末士（名）符连那曾（姓　Thomos Flanagan），酿酒之人也；曰高斯儿（名）毋罗符（姓　ZanHier Palph），英银号监理之一也。品高望重，履厚席丰，皆在此会，包揽英王子钱粮生计。汤末士曰："毋罗符好么？劫案若何？"

---

① "框"，原文作"匡"，据文义改。

斯他特[1]曰:“吁,不过银号欲失其银耳。”毋罗符曰:“此说殊逆耳,我望此劫贼,落在吾侪手里,不然,其逃至欧墨各大埠,露出破绽,亦易易。此辈虽巧,怎脱捕者之手?”斯他特曰:“子知劫贼底细乎?”毋罗符曰:“其初彼未必果为劫贼也。”斯他特曰:“夺去五万五千金镑,安得谓非劫贼?”毋罗符曰:“谅非惯为劫贼者。”斯他特曰:“然则或为制造家乎?”毋罗符曰:“据《地利(译言日日)电报》(Daily Telegraph　此电以伦敦为总归,所谓路透电音者是也)云,此贼亦文雅之辈。”

是时,福格翻转新闻纸抬其首,向诸友点首而言曰:“所说之事,传闻乃在三日前。英银号有银票一包,值五万五千金镑,置于总管棹上。总管正在登记册籍,收到三香林六便士时,眼睛不及顾此,转瞬遂失。该银号人皆诚实,无有轻敢摩动者。是处所储之金银钱币,出入自由,非卫士与司阍所能保护,故霎时遂不知所之矣。英海关有善知识者,测度之云:‘一日,彼在银号一房内考验一金锭,重约七八磅,举之以示隔座之人。隔座又传于一人,递相把玩,约半点钟之久。及彼抬头时,此金不归原处,盖已不翼而飞。’现今此事,尚不及如许光洁。其银票包安于账房,系在五点钟时,顷即不见,是得失利害之账,皆系于眉睫转盼间。然此案不久必破,已急电探踪于利浮波尔(Liverpvol　英伦西北一埠名,临于爱尔兰海峡。纬线赤道北五十三度二十四分三秒零八;经线由英起算,偏西三度四分十七秒),加拉士交(Glasgow　苏格兰中一埠名。纬线赤道北五十五分五十二秒四十二分零六;经线由英起算,偏西四度十七分三十八秒)、夏威(Haver　法国西一埠名,临于英法海峡。纬线赤道北四十九度二十九分十六秒;经线由英起算,偏东零度六分)、苏尔士(Snez　埃及东北一埠名,临于红海。

① “斯他特”,原文作“斯他士”,据文义改。

纬线赤道北二十九度五十八分四十秒;经线由英起算,偏西三十二度三十三分十三秒,是为非、亚两洲之交,法人为凿一渠通于红海)、蒲林地时(Brindisi　意国南一海埠名)、纽约(New York　美国东一大埠名)以及他埠,悬赏二千金镑以捕之。如能收回其银票,无论多寡,每百尚有五厘酬劳。似此窄途密网,彼即由伦敦火车而遁,亦无从逃出网外,故断以此案必获也。《地利电报》又为之切实悬揣,谓此贼必非有业一班人。是日来劫,必妆作文雅良善模样,坦然径入。及至交银房中,遂行此犯法事。此可为其一篇供状,据理易觅破案,即毋罗符辈中人,莫不同作是想。讵知尚稽捕获乎?今之各种新闻①纸暨各会所,无不遍谈此事,咸谓严追可获。而吾维新会尤为着急,因会友之供职银号者夥也。"

时座中毋罗符意特关切,故不乐闻空望破案之语,以为重赏必有勇夫,可信之确。斯他特于此事不甚关涉,乃于诸友为叶子戏。斯他特与符连那曾对局,福格则与和连丁合股。戏局既兴,谈论遂已。既而斯他特复理前说曰:"据我之见,此贼必幸逃法外,意其人必系谲诈之流耳。"毋罗符曰:"异哉!彼能飞往何处乎?无一地可以容彼。"斯他特曰:"噫!"毋罗符曰:"子意彼潜踪何地?"斯他特曰:"我不知其详,第知坤舆之大足矣。"毋罗符低声曰:"一时即了。"遂将手上叶子掷与符连那曾,又曰:"请先生筹之。"一局初终,斯他特收拾叶子于手而言曰:"子何谓一时即了,得无地球生来小乎?"毋罗符曰:"然也,我与福格意合,以为地球生来太小,今人欲绕地球作环游举者,较之百年前,可速十倍。此贼何地得以遂意,又何地不可寻觅哉?"斯他特曰:"欲缉此贼,又岂易易?"福格曰:"斯他特先生,曷若以叶子戏为佳?"斯他特将叶子放下,作色强辩曰:"毋罗符,子有何实据,以为地球生来太小?

---

① "闻",原文作"文",据文义改。

子能于三阅月，环走一周乎？”福格接口曰：“八十日足矣。”萨利凡曰：老先生此说良确。迩来印度大陆上，铁路已开，仅八十日即能了事。《地利电报》新闻纸已编有程期如下：

伦敦至苏尔士取道仙尼士（Cenis）山（在法意交界处，岭高一万一千尺），至蒲林地时，火车、轮船并用，计七日。

苏尔士至孟买（Bomdoy　印度西滨一大埠），用轮船，计十三日。

孟买至恰老加打（Calcntta　东印度大都也，临于恒河，分道通海处。纬线赤道北二十二度三十五分；经线由英起算，偏东八十八度三十分。距海水程一百迷当），用火车，计三日。

恰老加打至香港，用轮船，计十三日。

香港至约哥夏马（Zokohama　即日本之横滨），用轮船，计六日。

约哥夏马至生符兰西士哥（San Francisco　在美国西滨，即旧金山一埠），用轮船，计二十二日。

生符兰西士哥至纽约①，用火车，计七日。

纽约至伦敦，用轮船兼火车，计九日。

前后统共恰八十日。

斯他特见萨利凡所说有据，惭愤大言曰：“所说良是，然其间天气不佳、风向不顺、轮船损坏、火车脱误等事，尚未计也。”福格遂轻藐之曰：“一切在内。”斯他特曰：“假如印度人毁拆铁路、停走火车、杀戮旅客、劫夺行囊，不稽迟乎？”福格徐徐曰：“亦在内。”抽手中叶子掷棹上曰：“两局矣。”斯他特将叶子整而分之曰：“福格，子志固锐，然未经历练也。”福格曰：“我正欲藉此历练耳。”斯他特曰：“我乐观子八十日而为此。”福格曰：“欲我去乎？资斧皆出于

① “纽约”，原文作“约纽”，据文义改。下同。

子。”斯他特曰：“彼苍鉴我，我愿以四千金镑，赌此行程。只①恐子能说不能行耳。”福格曰：“能之，幸勿悔。”斯他特曰：“甚佳，即此为定。”福格曰：“八十日行程，果欲我环游全球乎？”斯他特曰：“然。”福格曰：“我之所欲，无有妙于此者。”斯他特曰：“何时起行？”福格曰：“即刻。我实告子，恐累子破费耳。”斯他特曰：“胡说！”复自扰乱其辞曰：“来，吾人且续此局。”福格曰：“再欲戏赌，乃伪局矣。”斯他特赧然，取出银包，突放棹上，曰：“福格，银在此，我愿以四千赌之。”和连丁曰：“斯他特先生，请勿言，此不过说笑而已。”斯他特曰：“我既言之，必欲一赌，方惬吾意。”福格曰：“不错。”回顾他友曰：“我有二万金镑，存于巴毋林（Bang）银号，愿为孤注一赌。”萨利凡大喊曰：“二万金镑乎？以二万金镑拼此一掷，其如意外延搁何？”福格曰：“无庸过虑。”萨利凡曰：“福格，八十日之期，当从此时之末，即算为启行始。”福格曰：“如是扣算，固有余裕。”萨利凡曰：“此限不可逾，一路由火车搬上轮船，又由轮船搬上火车，处处跋涉，辗转需时，子宜核算明白。”福格曰：“我已核准。”萨利凡曰：“子真说笑矣。”福格庄容而起曰：“我为英国一真实丈夫，安有戏言！如彼所说，此赌若何郑重。我欲拼二万金镑赌此一局，胜时将向谁责偿耶？今我尽此八十日内环遍地球，统计一千九百二十点钟，或作一十一万五千二百分钟皆可。君等能共领一博乎？”

于是，斯他特、和连丁、萨利凡、符连那曾、毋罗符等互相商确，乃答之曰：“吾等愿共领此博。”福格曰：“甚善，九点钟前一刻，火车由都浮（Dover　伦敦东南一市镇）起行。我即乘之前往。”斯他特曰：“即系今夕乎？”福格曰：“然。”乃于袋中出通书，扣计之，复言曰：“本日为礼拜三，十月二日，我由维新会所起离伦敦，扣至

---

① “只”，原文作“祇”，据文义应为“只（衹、秖）”，今改。下同。

十二月二十一日下午九点前一刻,复归于此。否则二万金镑储存巴毋林者,今虽属我名下,将来皆属诸君,不患无著。此处有一汇票,即全数也。”福格见彼系五人合股共赌,遂将赌约分书六纸,各执其一,以为后据。虽然福格此赌未必果赢二万金镑,仅有一半吉利,因此行易中有难,煞费周折,虽有成竹,究不能左券预操。无如已出大言,势成骑虎,故不计成败利钝,毅然行之。即诸友亦代福格为难,而福格不恤也。时已钟鸣七点,诸友遂停叶子戏,以福格行将告别也。福格曰:“我行装已备,请从此辞,愿诸君好自为之。”乃去。

第四回　携毡包两人就道　上火车诸友送行

福格于叶子戏之局,赢得二十居亦那(Gminea　英国金钱名,每个值二十一香令),即取之,起立。七点已过二十五分钟,乃离会所而归。

阿荣自读仆约后,恪供厥职,不待夜半限期,诸事已布置停妥。福格既归,即入卧房,呼曰:“阿荣!”阿荣未答,因为时尚早,不知呼者为谁。福格又疾呼曰:“阿荣!”阿荣乃至。福格曰:“我呼尔两次矣。”阿荣举表对曰:“尚未到半夜。”福格曰:“我知之,不尔责。今我尽此十分钟内,即要起行,由都浮至加利士(Calais　法国海滨一埠,距都浮海峡东南东二十六迷当半,东去巴黎二百三十五迷当。是处有灯塔,当纬线赤道北五十度五十七分四十五秒;经线由英起算,偏东一度五十一分十八秒,塔高百九十尺)。”阿荣心头迷乱,不知主人意向,因强作笑容,请曰:“老爷出门,将何之?”福格曰:“吾欲环游地球。”阿荣裂眦竖眉,握拳而骇,似愤懑又复忧疑,乃喃喃而语曰:“环游环游,地球地球。”福格曰:“仅限八十日,故一分钟不容失。”阿荣愈不明白,只得把头左右乱摇,和喘而问曰:“收拾箱篦乎?”福格曰:“我们不用箱篦,但须一个毡包，为我带两件汗衫、三对袜子，尔可照此办理，其余衣服可于路上购之。将我斗篷及大衫取下，并履数双，以备步行之用。赶快收拾罢！"阿荣欲答不得，乃归己房，坐椅上，含①糊语曰："亦佳亦佳，谁欲郁郁居此乎！"乃匆匆经理行李。又凝思曰："八十日果得环游乎？主人其骇子乎？不然，岂戏我乎？"既而曰："往都浮固佳，往加利士更佳。"盖阿荣已离法国五年，此行得履乡土，自无忧闷，兼望或至巴黎，重睹家山风景，亦一快事。凡客过是处，必有逗遛，且可乘隙以访故旧。又恐辱在奴隶，招人白眼，辗转筹思，忧喜交并。

时已八点钟，阿荣收拾一不小不大毡包，将自己与主人衣服均存其内，又将自己房门关闭，入见福格。福格曰："诸事已妥贴乎？"手携一卷红皮书，曰："此乃《游历大地乡导记》，蒲勒许由（Bradshaw）所著，轮船火车皆有之，并有行止晷刻表在内，宜慎存之。"语毕，遂将毡包打开，放入一大捆英银号汇票，系随地皆可支领者，复顾阿荣曰："尔有遗忘之物否？"阿荣曰："无之。"福格曰："斗篷大衫安于何处？"阿荣指示曰："皆在此。"福格即将毡包交付阿荣曰："好极！汝携之，内有二万金镑，务宜小心。"阿荣用力取起其包，若虑二万磅皆系真金，不胜其重也者。

主仆二人息灯下楼，将临街大门层层下钥，行至沙非尔路尾，始呼一辆四轮一马之轿车，嘱其急御至柴毋林库乐士（Charingcross）。八点后十分钟，车到火车站之前停止。阿荣跳出车箱，取钱给付御人，随其主进入火车站。时有一叫化贫妇，怀抱一子，赤足拖泥，首戴破帽，挂著蛀损鸟毛，两肩围盖碎布领巾，行近含悲呼乞。福格即取出日间叶子戏所赢之二十居亦那，谓之曰："好妇人，我甚喜遇汝。"即信手与之而行。阿荣在旁注视，见其主如

---

① "含"，原文作"舍"，据文义改。

此慷慨,益感于心,即往购赴巴黎之头等车票二张。福格正欲上车,忽睹会友五人,皆来送别。福格曰:“诸君劳哉,我今行矣。诸君在此目见,他日我归,可将我所经路上之护照为据,以证圆满之行程。”毋罗符曰:“福格先生多虑哉!是何必尔?吾侪愿托子之福,与有荣光足矣。”斯他特曰:“子毋忘却该回伦敦之期。”福格曰:“八十日,乃一千八百七十二年十二月二十一日礼拜六,下午九点钟前一刻即是。诸君请了。”主仆乃共上火车,坐于头等车位,已及九点前二十分钟。再至五分钟,汤气号筒已响动,火车遂缓缓鼓轮出站。

是夜天气阴黑,冻雨淋漓。福格缩于车角部不言语。阿荣痴守其主之毡包与不丰之扑满。既而火车迅行,已过色登夏毋(Sydenpam　距伦敦桥东南南六迷当)。阿荣突然失色而喊。福格问曰:“何事?”阿荣嗫嚅对曰:“吁嗟!此行太忙,我忘却……”福格曰:“为何?”阿荣曰:“忘闭我房内煤气灯。”福格冷淡言曰:“少年人,奇矣哉!此殆烧尽汝费用矣。”

第五回　报纸纷纭争赌票　电文紧急捉行人

福格仓猝中轻装就道,伦敦城内遽议论纷纭,遂生疑案。盖其虽与维新会赌赛而行,而会友聚谈,究不免扬厉铺张,别添枝叶,编成一段新闻。既而举英吉兰各家新报,无不聚讼此事。有羡其环游之是者;有訾其环游之非者;有代福格危者,谓此游定难如约;有为福格计者,祝此游切勿滞时。各执一见,各操一说,意之所属,不啻随福格以登程焉。若《太晤士》,若《士登打得》,若《冒宁朴士得》(*Morning Post*　译言早信),若《地利新闻》,共有二十余家上等有名之纸报,甚有谓福格发颠者,即《地利电报》,亦不能为之定决。时人既疑其病狂,兼责维新会友有意设局诓赌,众口铄①金，莫衷一是。要之，福格奋往直前之概，实为英国舆地学问别开生面，别添阅历。冒昧未必不可以成事，特视其心能诚，其志能苦与否耳。彼纷纷之议其后者，不过驰骋笔墨，供其谈助，于福格实无所增损也。其尤为雅致，足惬人意者，则有伦敦《新闻画报》，绘有福格真像，系从维新会照相橅临之本，于是时人始识福格矣。未几，《地利电报》亦谓行者自行，本非怪事，谬论妄议未免无谓，浮言乃因中止。

及十月七日，英国舆地学会发出长编警说，为之条条辨难，并谓行险侥幸，未可成功。据云，逆料行人途中阻碍之事或出自人，或出自物，不一而足。舟车行止之晷刻虽有定期，实难概准。此则程限所关，非彼一人所能自主。彼意欧洲火车行止，不逾累黍，然迢迢长路，安必循轨皆然。计其横径印度者三日，美国者七日，意外之事尽多，果何把握得操左券？且是处火车机器陈旧，轨线不直，时有撞磕。若天气恶浊、大雪封阻，能无延搁？即如轮船开驶时际隆冬，北风凛烈，浊雾迷离，福格将何术与天意争乎？大洋轮船行期不齐，常有后两三日始克到岸者，倘一濡滞，消息不灵，福格能多俟至一点钟或一分钟乎？此即轮船管驾、司机人等无能为力，福格将安处之？

此说一出，不啻大声疾呼，各新报又复哗然，哓哓不已。至有递录地舆会之说，以为铁案，足令羡其环游者心寒气丧、欲辨无从。于是英国之人咸为与赌诸会友幸，以为成算可操。即会友中，亦不独当局者，意气开舒，大众亦预为庆慰。甚至通国之人皆欲争赌其事，设立赌簿，若跑马场之赛马者然。更设彩票，名目曰“福格票”。或照全批，或作分条，视此事顿形重大，盖自舆地会所出驳斥福格之说。五日后，始初则仅包五金镑，继而十金镑，嗣后

① “铄”，原文作“烁”，据文义改。

则二十金镑、五十金镑,迄于百金镑,而赌者益豪,咸以福格之归能否如期,以为胜负之准。有世爵亚尔板马尔(Albemarle),乃疯瘫之长,窃合众论,而折衷之,自以为摊卧椅上,若亦作环游之举,似非十年不为功,遂贸然以五千金镑,赌福格事。由是群言愈噪,举国若狂。或有人告以不必为彼担忧者,则慨然曰:“此举若成,彼为英国中第一等人物!吾纵破钞,亦所情愿!”以故党于福格者,渐退而少;诋福格者,日进而多。一时之间,其赌票又涨至百五十及二百磅矣。一礼拜后,其谓福格如期必归之票,则大跌其价云。

一夕,九点钟时,巡捕头在捕房中,忽得一电报公文,急启视之,内云“总巡捕鉴:我已探得银号劫贼,为非利士福格,急备文书,到孟买擒捉,勿缓。包探非克士(Fix)电,由苏尔士寄伦敦”等语。此文一到,顷刻间将一文雅名望之人化为银号劫贼,维新会友大觉扫兴。细为忖度,既有此电,则捕房必已安排严缉,照贼惩治;转思福格之性,本来难测,又似有意设法,假此环游赌局突然启行,以作脱身之计,亦未可知。讵知隐事,即因兹败露,究竟事之真伪,虽不可知,而行期必因之阻滞无疑矣。

第六回　捕役截路访劫贼　轮船如期抵码头

福格所乘之轮船曰“蒙古利亚”(Mongolia),属于印度之阿毋连拖尔(Oriental① 译言东方)公司,浑铁制成,能载二千八百吨,马力五百匹,于十月九日礼拜三上午十一点抵苏尔士。此船常往来于蒲林地时及孟买两埠,穿渡苏尔士新开河,为该公司快船之一。由蒲林地时至苏尔士,每点钟行十海里有奇;由苏尔士至孟

① “Oriental”,原文作“Orieutal”,据文义改。

买,则九海里有半,此系定章。苏尔士①有乡导者曰:“力色伯士(Lesseps)生长本地,专引游人遨戏村落,领略风景。”而码头上落之处、土人行旅之间,又有两人,一为英国驻札苏尔士领事,此君本欲谋士德凡逊(Stephenson　美国北一商埠名)领事,不能遂意,以是怨英政府。惟时在其署楼窗内,以望英船,计英船由新开河过此,以达印度,较昔时之绕行好望角(Cape of Good Hope　非洲极南尽处一埠),可省一半程期,故每日来往者不少。其一人之职较小,貌非良善,脸聪明而心阴骜,目光闪烁于浓眉之下,流视不止,盖其心有所专注,深恐当面错过,上下眺瞩,若不能稍容须臾者。此人为谁? 即非克士,是近奉英国委派密探银号劫贼之一人也。其工夫全在狭路守候:凡行旅之抵苏尔士者,倘形迹可疑,状似犯案,则踵察之。前两日,彼新由伦敦到此,满拟得缉真犯,厚赏可期,将于苏尔士遂其欲耳,其蓬勃意气,又专在等候此易到蒙古利亚之船也,乃频问领事曰:“据领事所说,此轮船果无后到之时乎?”领事曰:“无闻此船昨日在波赛(Port Said　埃及北一埠,临于地中海,即新开河进口处)停泊,到此是何晷刻,尚难预计。惟此船行止定期,系按公司章程。若能快捷,可得珍奖。”非克士曰:“此船是否由蒲林地利直至于此?”领事曰:“然,且带有彼处赴印度之信箱。其离蒲地时,乃礼拜六下午五点钟。子好自图,此船必不迟误。如子所言者,我究未知真实。若此人果在蒙古利亚舱上,子可自认之。”非克士曰:“认人当先从其同伴起。领事识人必多,请为细察。察之为用,似在第六官(言在五官之末),界于视听与臭之际。我能擒捕,尚多一官。若此贼果在船上,我将即时行事,彼必不脱吾手!”领事曰:“我甚望之,因此乃重大劫案也。”非克士曰:“领事,此宗浩大劫案,计合五万五千金镑,我辈安得不

---

① “苏尔士”,原文作“苏尔土”,据文义改。

涎此风飘坠果耶？贼乎！尔亦有此疏失之一日乎？彼之得手，果用若干先令乎？”领事曰：“非克士，我愿如子所说，并望子得以遂意。第恐子之所觅，颇为不易。子独不见，所得彼处搭船客册中，所注姓名无一不似尊贵者乎？”非克士辨曰：“领事，凡大劫贼，常似尊贵人，惟匪棍面目自不可掩，一经捉获，尊贵安在？不然，若辈尽可漏网矣。盖尊贵脸壳不过文饰之具，能欺常人，不能逃我，真一副实手段。”非克士言至此，颇露骄矜之色。

少顷，码头上人极热闹，如各国水手，如商人，如经理；船载者，如挑夫，如埃及之村夫，一齐麇集，若轮船顷刻即到者。时天气清爽而薄寒，是埠灯楼，露出万屋之上，掩映轻微日光中，其码头乃楢木编成，长二千码，广延至于轮船抛锚之所。一队渔船与海滨小艇尚存埃及古时怪式，摇曳于红海之间，历历可以遥识。非克士负其意气，欲建大功，以为具此聪明，瞥眼间便能遍查行客矣。及埠上已扣十点半钟，非克士喊曰：“轮船尚未来乎？”领事曰：“当不远矣。”非克士曰：“此船停泊苏尔士历若干时？”领事曰：“四点钟，似此尽可装足煤炭，由苏尔士径至亚丁(Aden　本亚剌伯海埠而属于英者。纬线赤道北十二度四十六分十五秒；经线由英起算，偏东四十五度四分)，在红海南尽处，计一千三百十迷当。是处另供有净煤。”非克士曰：“此船由苏尔士至孟买，非直行乎？”领事曰：“并无更停别处。”非克士曰：“善！劫贼果在船上，我可无虑其离苏尔士，从别路遁入亚洲之荷兰与法国属地。彼犹不自知，其至印度时，并无一点钟安妥，盖是处犹英之土地也。”领事驳之曰：“不然。彼固狡猾者，子不知凡英国犯案之人，常隐于伦敦，胜于别处遁窟乎？”非克士闻语默然。领事亦自归署。非克士孑然独立，不胜著急，意劫贼必在蒙古利亚船上，既转思曰：“若彼果有意从伦敦以往新世界(南北墨洲之称)，亦必取道于印度，因印度之防范较少而较难于亚得连剔(Atlantic　乃英海西畔之大海,分隔欧非与南北墨洲。或译为大西洋是也)也。”

正在想法拦阻,忽闻蒸气号筒,呜呜然已报蒙古利亚轮船到矣。挑夫人等皆下码头,并有十二艘小艇,从岸开出,以接是船。无何,该轮驶进,大如堵墙。十一点钟初鸣,是船已下锚停泊矣。船上搭客非常之多,有在船面瞭望镇埠如画景者,有从小艇盘运以上岸者,有即从码①头而上者。非克士振刷精神,细心体验各旅客之形容举止。突有一人,从挑夫丛中闯出,趋至面前,谦和问讯,请为指明英国领事署,并以欲验之护照相示。非克士接过护照,展读之,不觉骇然色变,讵意虞其逃脱之人,忽觌觌面,盖照中姓名,即彼所电致伦敦捕房,指为银号劫贼者也,因问曰:“此照即尔乎?”其人曰:“否,乃我主人也。”非克士曰:“尔主安在?”其人曰:“在船舱上。”非克士云:“须彼亲至领事署,方合例。”其人曰:“呵,此必然者。”非克士曰:“务宜从速。”其人曰:“领事署究在何处?”非克士乃指二百步外一屋,曰:“那处便是。”其人曰:“我去请主人来,然如此周折,尚不知其乐从否。”遂与非克士点首登船。

第七回　英领事验照放行　小包探蹑踪访案

包探非克士走下码头,迅至领事署。是处即彼交接公事之所,并不叙及烦文,径告领事曰:“我料那人必在蒙古利亚船上,今果然矣。”因述适间得见护照,若何写法。领事曰:“非克士,善哉。我因不忧见此棍徒之面,第恐彼或不来谒我,或不敢谒我,似即子所料之人矣。凡劫贼必自秘踪迹,亦不敢有护照呈验签字也。”非克士曰:“领事,彼若谲诈,吾意必来!”领事曰:“彼果有护照乎?”非克士曰:“然。护照虽保卫尊贵之人,然匪棍亦可藉为护逃之券,愿子勿将此照画押。”领事曰:“此则不可,若彼护照果真,我不

---

① “码”,原文作“马”,据文义改。

画押则有错。”非克士曰:“我必欲将此人密拘于此,我能向伦敦取一捉彼之文凭来。”领事曰:“吁! 子自留望,此事我难为力。”

语未终,忽闻门声剥啄,两客进来,一为仆从,即非克士遇见于码头者;一为主人,手执护照,呈请领事画押。领事接文细读。非克士在旁流视,恨不即将二人一口吞下。而此客略不措意,犹两目炯炯,周视房隅。领事将护照验毕,乃问之曰:“子即非利士福格乎?”其人曰:“然。”领事曰:“那人为尔仆乎?”其人曰:“渠乃法国人,名阿荣。”领事曰:“子从伦敦来乎?”答曰:“然。”“今何往?”曰:“孟买。”领事曰:“甚善。子知此票无需签押乎?”曰:“固知之,第欲得一押于上为凭,方见我曾到苏尔士者。”领事曰:“良是。”遂于照上标明日月及花押等,然后盖上官印。福格交纳例银,淡淡一点首即走出,仆亦随去。非克士怅然曰:“妙矣!”领事曰:“我视其举动,或果尊贵之人。”非克士曰:“是或然,惜未以他言盘诘。领事,子亦思此客情形冷淡,貌似尊贵,何以我所得贼案籍中有彼姓名乎?”领事曰:“子之案籍有名,子自为之可也。”非克士愤然曰:“我固相定无疑,其仆幽奥,似不及其主。除彼操法国语,难详其说,则无如之何耳。今请领事假我少时。”非克士语毕即出,访觅阿荣。

时福格辞领事后,回至码头,即令阿荣办事去,自己行上蒙古利亚船中,进入舱房,取出记录簿。其中纪云:

十月二日礼拜三,下午八点四十五分钟,始离伦敦。

十月三日礼拜四,上午七点二十分钟,抵巴黎。是日上午八点四十分钟,离巴黎。

十月四日礼拜五,下午六点三十五分钟,抵仙尼士山之堤毋林(Tnrin　意大利北地一城名。纬线赤道北四十五度四分六秒;经线由英京起算,偏东七度四十二分六秒)。是日上午七点二十分钟,离堤毋林。

十月五日礼拜六，下午四点，抵蒲林地时。是日下午，即上蒙古利亚轮船，五点钟开驶。

十月九日礼拜三，上午十一点钟，抵苏尔士。

总计共费一百五十八点钟零半，计日则六日有半。

似此记载，分行胪列，按月计日，按日计时，各各标明，方合路程单实到之例。今由巴黎而蒲林地时，而苏尔士，而孟买，而恰老加打，而新加坡，而香港，而约哥夏马，而生符兰西士哥，而纽约，而伦敦。自十月二日，迄十二月二十一日，每到一地，皆宜照此一律纪之，庶寸阴中备知得失。是法固凡事皆可仿行，又不徒行路为然也。若福格专注于此，则恐需时后到，糜①费时光耳。今十月九日，既到苏尔士，彼乃取出登记，并验其中之得失若何。既毕，即坐舱房用午膳，并不想游览镇埠，盖彼为英国通人之一，方在家时，两眼固已熟悉他国郡邑之民情风土矣。

第八回　阿荣信口道行踪　包探疑团误实据

非克士迅觅阿荣。阿荣正游览于码头上，若不相觉，亦不转眼照呼。非克士乃行近谓之曰："吾友乐乎？护照已签押否？"阿荣曰："呵，先生是汝乎，谢谢，照已验押不错。"非克士曰："尔在此何观？"阿荣曰："我们旅行太急，视此路景如梦寐，此即苏尔士乎？"非克士曰："然。"阿荣曰："在埃及国内乎？"曰："在其国之东。""在非洲内乎？"曰："在非洲内。"阿荣曰："已到非洲内乎？先生，此非我所想到，我无意中竟去巴黎远矣。我见巴黎，仅在早晨七点后二十分钟，至八点前二十分钟之间，由那省（Northern译言北方）火车站，至利恩士（Lyons）火车站（此二地皆在巴黎城内），只在车箱槛一行窥望，况又大雨迷蒙，欲取两轮轻车向汕伯

① "糜"，原文作"縻"，据文义改。

厄利时(Champs Flysees　乃巴黎一条大道名,为游人所必到之所)一游,亦不可得,用怅怅。”非克士曰:“然则尔大忙乎?”阿荣曰:“我固不忙,我主人极忙,我们出门时,仅携一毡包,并无行李箱簏。我今欲鞋与汗衫,应向何处购买?”非克士曰:“我当指示一精美店铺,任尔所需皆有。”阿荣曰:“先生确乎?承厚惠矣。”于是两人同走,一路扳谈。阿荣曰:“诸事皆妥,不可令我失却轮船搭期。”非克士曰:“为时尚早,不过十二点钟耳。”阿荣拔出所带大表,喊曰:“十二点钟乎?何以此表仅到十点前八分钟?”非克士曰:“尔表太慢。”阿荣曰:“我表乎?先生,此乃家传宝表,自我曾祖传至于我,一年之中,并无五分钟差异,竟可作日晷用,尔曷观之。”非克士曰:“我知其故,尔尚守著伦敦之晷刻耳。伦敦较苏尔士慢二点钟,尔至一埠,宜将尔表整理早些方合。”阿荣曰:“我表须整理乎?可不必。”非克士曰:“若是不合于太阳。”阿荣曰:“先生,太阳甚恶,今之太阳亦错矣。”非克士乃还其表。阿荣收入袋中。数分钟间,彼此皆无语。

非克士忽问曰:“尔离伦敦匆促乎?”阿荣曰:“约略如此。我忆前礼拜三晚八点钟时,吾主福格老爷从会所归,仅及三刻钟之久,我们即离家门。”非克士曰:“尔主将往何处?”阿荣曰:“向前直行,将环游地球。”非克士骇曰:“环游地球乎?”阿荣曰:“然。且在八十日内。彼言是一赌局,干累我们奔走,此说我颇不信,未必果有此非常之举,殆别有风向,亦未可知。”非克士曰:“呵,福格老爷固有名者,即彼也欤?”阿荣曰:“是,我固言之矣。”非克士曰:“彼富乎?”阿荣曰:“可勿疑,彼所携带新羊皮纸银号汇票,其数甚巨,在路少用此费,独许蒙古利亚船上司机者,能使我们应时到孟买,当大犒奖之。”非克士曰:“尔从尔主久乎?”阿荣曰:“否否,即系是日供职,便离伦敦。”阿荣历历答语,无心之谈,正隐合包探测料私意,即如福格急离伦敦,系在劫案后,途中又带有银票甚巨,并著急以赴远埠，其谓偏癖痴赌，当必伪托。非克士此时之意，以为确凿有据，因复与阿荣盘问。无如阿荣新来未久，亦罕知其主真实。特福格独居伦敦，享用富足，莫有知其富所从来者。且其性情幽秘，行事精细，不能无动人疑议者。是时，非克士之心益怦怦欲动，意福格既不在苏尔士登岸，至孟买必登岸无疑。阿荣又问曰："此处至孟买有多远？"非克士曰："远甚，海程约十余日。"阿荣曰："孟买属何国？"非克士曰："印度。"阿荣曰："在亚洲中乎？"非克士曰："良是。"阿荣顿足曰："此其叶子之二乎？我当告尔一事，甚忧虑，我其为火烧之人乎？"非克士曰："何为火烧？"阿荣曰："我房中煤气管忘却拴转，归时必将我费用烧尽。先生，我估算每日二十四点钟，烧去二先令，较我所得工资犹多六便士，尔逆计我行程可知矣。"非克士并不留心阿荣所说煤气灯事，兼以此为不足信，佯作不闻，即同阿荣至一店铺。

阿荣方在购物，非克士亦不管其归途误否，竟自离开，急回领事署，窃喜满盘确信，足备折衷，乃突然曰："领事，我之所疑，果得底细。顷探那人，据云，其主踪迹诡异，欲八十日环游地球。"领事曰："然则子真尖利朋友也，且打点回伦敦，俟其游行两大陆（言两半地球也）后，擒入捕房未迟。"非克士曰："愿领事察之。"领事曰："子果无错乎？"非克士曰："我是不错。"领事曰："彼既是贼，何以独念其文凭，过此必须签押乎？"非克士曰："此则未解，然据其仆人所说，不为无因。"遂将顷与阿荣谈论之言撮要述告。领事曰："究竟此人情形翻覆，子将何以待之？"非克士曰："送一文书至伦敦，即请发文赴孟买。我自登蒙古利亚船，随此棍徒至印度。是处为英地，擒之尤合礼法。我有文凭在手，但伸手抚其肩，即得矣。"非克士说出许多快心语，意气扬扬，别了领事，入电报局，即送一公文至伦敦巡捕房。约一点钟一刻后，非克士手携一小包，遂上蒙古利亚轮船。少顷，轮船储满蒸气，展开红海之水，鼓荡而行。

第九回　赴亚丁船行颠簸　抵孟买期获赢余

苏尔士距亚丁合一千三百十迷当,照公司所定轮船行程例,须一百三十八点钟方到。蒙古利亚之船,全仗司机者肯从奋力,故能使船速驶,抵岸如期。此次由蒲林地时至印度之搭客较多,有趋孟买者,有取道孟买趋恰老加打者,以是时铁路已横于印度大陆,为最捷之径,行人中官员特夥,并有许多武弁,品级不齐,盖依英军次第,而属于色配(Sepoy)队者。自政府合东印度公司之力,其薪俸益厚,千总(领一枝者)二百八十金镑;参将(领一营者)二千四百金镑;总兵(领一军者)四千金镑,此等武士,皆系英国富足少年充当。旅行时,船上医生尤极力趋承之。该轮行程既速,供膳更丰,午饭点心晚餐并八点钟之大餐,皆安排于房舱棹上。其妇女房居之妆台,每日必换两次。遇海波平静,时候空闲,作乐跳舞,诸戏具悉听旅客散心欢乐。红海本如窄长一海湾,常有潮涌,波浪不平,如风从非洲或亚洲海岸来。该轮船身长大,颠簸异常,妇女辈迅即避匿,不敢行动,大洋琴寂然无声,一切歌舞皆歇。然虽风浪排山,此船犹直驶如箭,向巴伯厄尔孟德伯海峡(Straits of Bab-el-Mandeb　在红海、印度洋之交,亚剌地角突出与非洲遥遥相对,仅二十迷当。北岸小岛无数,为行船之险地。岸上有一尖圆山,高八百八十五尺。当纬线赤道北十二度四十二分;经线由英京起算,偏东四十三度三十二分)进发。福格是时将何为乎?因其心悬望甚急,惟著意于风向转换,窃冀推波助澜,破浪直进,庶得助该轮之汽力,将长途缩为捷径。见有骇浪壁立于船前者,则勃然怒,以为将阻船力,滞其行程,方寸中无刻可宁,至不敢探头外望而后已。回念维新会友,此时群集坐论,晏然不惊,与船上晷刻前程迥然不关痛痒,乃起写红海之景,留一篇文字于记录簿中，以备将来归报。

尔时天气薄寒，沿途两岸都无熟悉郡县村落。但见水天一色浩无涯际，亚剌伯海湾（Arabic Gulf①）之险尚无虑，古史称为畏途，以为航行至该处，若无牲币祭告神庙，不敢冒险径进，诚不足信。福格镇日无聊，乃别寻一消遣之法，每日四餐而外，轮船之摇荡上下，悉置不理，惟以叶子戏为事。觅得合局同嗜之友，一为税务司取道赴哥亚（Goa　印度地，属于葡萄牙②者。纬线北十四度五十四分至十五度四十五分；经线由英起算，偏东七十三度四十五分至七十四度二十六分。全埠面积一千零六十六方迷当）供职者，一为大匠作归隶于孟买者，一为英军之参将，统领其军复驻于邦那毋勒斯（Benares　印度一城名，在恰老加打西北四百二十迷当。纬线赤道北二十五度十八分三十三秒；经线由英起算，偏东八十二度五十五分五十二秒）者，遂与福格合股，以叶子戏相娱，时时排闷。阿荣亦不晕船，恒在前舱用膳，旅行颇适，兼喜增广见闻，常以将到孟买之言宽慰其主。离苏尔士后一日，彼甚喜悦，偶至舱面闲行，忽遇前日在码头共谈之人，乃近前微笑曰："尔非在苏尔士引我买物之贵客乎？"其人曰："呵！我固识尔矣。尔为英国行客之仆。"阿荣曰："良是。先生为谁？"其人曰："非克士。"阿荣曰："非克士先生，我何幸得尔同在船上，尔将何往乎？"非克士曰："亦犹尔之赴孟买也。"阿荣曰："孟买乃一都城乎？尔曾经其地否？"非克士曰："数次矣。我是该处公司管事之一。"阿荣曰："然则尔固熟知印度情形？"非克士曰："然。"阿荣曰："印度有奇迹乎？"非克士曰："甚多。若回教之礼拜堂，若礼拜堂顶上之浮屠，若神庙，若回教之和尚，若塔，若虎，若蛇，若象，皆是也。尔得

---

① "Gulf"，原文作"Gnlf"，据文义改。

② "葡萄牙"，原文作"蒲萄牙"，据文义改。

暇时,可以细为游览。”阿荣曰:“非克士先生,我甚愿如此。尔曾见有人坚苦其志、拼其性命,从轮船跳上火车,又从火车跳上轮船,不识不知,特为八十日环游地球否?”非克士曰:“无之,此乃夸父追日之法,尔且看彼至孟买,必将停息矣。”因乘机从容问曰:“福格老爷安否?”阿荣曰:“甚善,与我同,其食如饿虎,想系沾染海气使然。”非克士曰:“我从未见尔主至舱面。”阿荣曰:“他少探新事,从不上舱。”非克士曰:“尔知否,此必隐其真迹,伪托于八十日环游者,或系钦派之密使乎?”阿荣曰:“信乎,非克士先生,我喜尔将我所不知之事相告,我却不费半库郎(Crown　英国银钱名,值五先令,犹言不费一文钱也)。”自此以后,阿荣与非克士常在一处闲[1]谈,交情甚密。非克士又领阿荣在船上横头房中,取一钟毋亦士忌(Whis Key　乃大麦小麦或黍稷所制,产英之北方者良。美国亦有之)酒,或亚尔(Ale　乃一酒饼,安于杯中,以水冲之即溶[2]化,味甘,色光洁。或译为啤酒者,误也)酒以饮之。阿荣领其惠益喜,竟认非克士为好朋友。

彼时船行甚速,十三日已抵莫柴(Mocha　将届红海尽处,在巴伯厄尔孟德伯海峡西北北五十五迷当,乃亚拉伯海滨一埠。纬线赤道北十三度二十分;经线由英起算,偏东四十三度十二分二秒)。是处周以坏垣,枣树浓阴覆焉,望见诸山上,有加非田园甚广,掩映而出。阿荣遥窥名地,念围墙并未毁之炮台,恍如一绝大加非杯碟。

是夜,船入巴伯厄尔孟德伯海峡,亚剌伯语谓之洒泪桥。翌日,轮船取向亚丁港口之西北,以载煤斤,煤斤乃轮船樵薪所必需。最妙者相隔稍远即有煤矿,印度公司一年所用者,约八十万

---

① “闲”,原文作“间”,据文义改。下同。

② “溶”,原文作“镕”,据文义改。

吨,故此隔海之煤,每吨常值英银三四金镑。此船未到孟买之先,已走一千六百五十迷当。照例在此上煤四点钟,然其所得程限,则非福格路程单上所能预知。若系常船,其抵亚丁必在十五早晨,今蒙古利亚抵此,乃在十四晚,已快十五点钟矣。福格与阿荣乃复登岸,以护照又须签押也。非克士不测何意,尾随其后。签押毕,福格归船,仍旧不出。阿荣则随览风俗,信步游行。是处居民,有沙摩利士(Somanlis　非洲东角,与亚丁隔海遥望之地)种,有邦荣(Banyans　在南非洲之中。纬线赤道南二十度;经线由英起算,偏东三十度)种,有巴司(Parsees　奉波斯拜火古教之人)种,有犹太种,有亚剌伯种,有欧洲种,总计亚丁一埠之内,二万五千家。阿荣凝眸注视,于临印度洋之巩固炮台,又见有绝大储水池,乃英国工师所凿。系继二千年前,波罗门工师之工也,二者皆为奇绝。阿荣回船,自语曰:"异哉异哉！凡人必须亲见少许新奇,我今见此,始知旅行有益矣。"

下午六点钟,该轮缓缓驶出,迅向印度洋前行,由是处抵孟买尚须一百六十八点钟之程。斯时海波如镜,西北风正顺,乃将诸帆张满,以助机力。其须颠簸已轻,妇女皆靓妆出舱面,歌声舞态又作矣。阿荣不虞他故,误信非克士为端人,仍与结伴。十月二十礼拜日晌午时,船上已望见印度海滨。二点钟后,引水者已上船。一带山光映入天际,旋见栟榈树行行,装出孟买景物。相距不远,轮船进口之路,乃群岛列于海湾而成。至四点半钟,系缆于孟买码头。福格一路至此,工夫皆消磨于叶子戏,此时完结第三十三局,同伴等共戏正酣,尚摸捉第十三张叶子,以毕此局,且获大胜。蒙古利亚抵孟买之期应在二十二日,今乃二十日即到。是福格自离伦敦,至此已有两日之赢,按之程单,遂觉安心静虑,以为行期必优有余裕矣。

第十回　询捕房包探无策　游宝塔阿荣吃亏

凡人皆知地球上有可称三角形之大陆，由北尖削至南向，谓之印度，总涵面积一百四十万方迷当。地势伸展不等，约载人民一万八千万。英国以真诚待之，并握此大部落绝大产业之全权，设大总督于恰老加打、副总督于麻都拉士(Madras　南印度一省名，有二十二邑隶之。纬线赤道北八度十分至二十度三十分；经线由英起算，偏东七十四度五十二分至八十六度四十分。总共面积十四万四千九百七十二方迷当)、孟买(见上。印度之西部。纬线赤道北十四度二十分至二十八度三十分；经线由英起算，偏东六十度三十分至七十八度。全部面积七万七千八百六十三方迷当)、邦哥尔(Bengal　印度之东北部，或译作麻剌①加是也。纬线赤道北十二度至三十五度五十分；经线由英起算，偏东六十九度至九十九度。全部面积五十八万七千四百十二方迷当)。又设一巡抚于亚姑拉(Agla　印度一郡名。纬线赤道北二十五度四十六分至二十六度十四分；经线由英起算，偏东七十六度二十九分至七十八度五十五分。面积一千九百零八方迷当)。其间可以称为英国印度者，仅七十万方迷当。人民自一万万至一万一千万之数，就中之孰为管辖、孰为自主可想矣。盖内地有毋拉查(Baiah　乃酋长或土司自治之地)之种人，部落零星，慓②悍负固，故得自在耳。东印度公司得擅权力，则自一千七百五十六年始。彼时英所得驻足地，仅一点，即今麻都拉士都城也。嗣后色配(Sepoy　英人雇用印度士兵之称)为乱，遂渐侵入，今日割五城，明日割十城，又贿赂其土酋，使其不必出资，为设总督并文武属员等。东印度

---

① “剌”，或作“剌”。

② “慓”，同“剽”。

公司今已从英国迁入其地,以制治之,因已径隶于英国名号也。其地形势与种人之行径亦渐转移,大觉蒸蒸日上。曩者行旅至印度,其任载老法,非步即马,或竹轿,或笨车,今则用蒸汽艇往来驾驶于印度(Indus 在印度西北)、曾渚(Canges 在印度东北,即恒河)两河之间。并有一条大铁路,又有旁支之铁路,四通八达。由孟买至恰老加打,不过三日。惟此路非径直横通于印度者。孟买与恰老加打,遥遥相隔,仅一千至七百迷当,非如飞鸟可一奋直至也。其路之弯曲转折,竟增远绕越有三分之一。今略举印度大铁路之程途如下:离孟买(此言孟买埠,非孟买全部也。孟买埠乃一岛,在纬线赤道北十八度五十三分四十五秒;经线由英起算,偏东七十二度四十二分),穿通沙尔色特(Salcette 此亦一岛,在孟买岛之北,长十八迷当,阔十三迷当。其与孟买岛相对处,筑有窄海塘以通铁路),横入对面大陆之颠那(Tannel 乃一邑名,属于颠那郡。颠那郡当纬线赤道北十七度五十六分至二十度二十分;经线由英起算,偏东七十二度四十二分至七十三度四十八分。颠那乃首邑,适在其中,地为铁路必经之区),逾西高志(Western Ghauts 此山绵亘于印度之西,约千余里。由纬线赤道北二十一度二十分垂至十三度四十九分止;蜿蜒于经线,由英起算,偏东七十三四度之间。其岭常出海平四千七百余尺,最高之峰则有六七千尺),由是走东北,远至裴夏堡(Bnrhampoor 一郡名。纬线赤道北二十一度二十分;经线由英起算,偏东七十六度十分),遂沿而上,至近于邦德尔戡特(Bundelcund 纬线赤道北二十四度至二十六度二十六分;经线由英起算,偏东七十八度至八十一度三十九分。此部虽为铁路所经,而其地不属于英)自主之疆界,上升于亚拉夏巴特(Allahabad 在邦德尔戡特之北,乃一部落中之一邑,此部与之同名。纬线赤道北二十四度四十九分至二十五度四十四分;经线由英起算,偏东八十一度十四分至八十二度二十六分。

全部面积一万三千四百二十二方迷当。曾渚河常经此地)。由[①]是东转,复见曾渚河于邦那毋勒斯(见上),乃离河少许,而走东南,下坠于派地凡(Bnrdivan　东印度之旧名,今尚有一邑在。纬线赤道北二十五度;经线由英起算,偏东八十七度五十分),并法属之程低尼古(Chandernagor　在派地凡之东南,距恰老加打之北十七迷当。纬线赤道北二十二度五十分;经线由英起算,偏东八十度二十三分。全地面积二千三百三十亩),遂抵于恰老加打。

蒙古利亚船上诸客于下午四点钟抵岸,其赴恰老加打之火车适在八点钟开轮。福格与叶子戏诸友别后,即离轮船,令阿荣办些琐事,赶于八点钟前至火车站,已则步步紧凑,径往请验护照之所,如天文家测准之钟表,不敢稍差分秒。举凡孟买胜迹,若城中有名之学堂,若华丽之藏书所,若炮台,若船坞,若熟闹之墟市场,若回教之礼拜堂,若犹太教之礼拜堂,若亚孟宁(Armenian　乃亚孟那之人所称亚孟那,在东土耳其与波斯之交。纬线赤道北三十七度至四十二度;经线由英起算,偏东三十八度至四十八度)教之礼拜堂,若马勒巴山(Malear hil)上之宝塔,并两座多角之浮屠,彼皆不遑寓目,更何论多费工夫,游览于衣犁生他(Elephanta　小岛名也,在孟买岛西南七迷当。此岛周七迷当,有岩庙数座,甚有名,其岛形酷肖一象)奇异之岩穴,并东南之隐存船坞,及旧遗巧制之佛迹与沙尔色特岛中天然之庆下毋连(Kanherian　岩洞名)也。

护照签楚,福格乃至火车站,即在是处用晚膳。肴核之中,酒保请尝野味,谓有土产之兔,为彼地所珍贵者。福格取尝之,以其酱料调和,转失真味,遂拉铃呼酒保至,凝视之曰:“此其兔乎?”酒保答曰:“然。老爷,此乃疏林中之兔。”福格曰:“此兔被杀时,不

---

① “由”,原文作“甲”,据文义改。

作猫声乎?”酒保曰:“老爷,猫声乎? 兔安能作猫声? 我敢誓其无。”福格曰:“甚好,酒保不必发誓,我忆得印度昔日以猫为圣兽,尚是行善之时。”酒保曰:“乃猫乎? 老爷。”福格曰:“于行旅用之,或是佳品。”酒保无言而退。福格续用其膳,专候登车。

非克士上岸,仅后福格少顷,既往孟买巡捕分局处,备告以伦敦访案一事,以为公文若到,便可联络之以擒劫贼。既询,知文尚未到,大失所望,乃请示于孟买巡捕之总理。总理辞以事干伦敦捕局,须有公文方合例。非克士至此进退维谷,欲待来文,又恐棍徒他适,未免失之交臂;欲即擒,则又无所藉手,既而思曰:“阿荣本欲逗遛,若福格亦肯少留,以俟公文到来,则甚妙。第恐其迫不及待耳。”阿荣自奉主命往办琐事,明知其主之速离孟买,犹是巴黎及苏尔士等耳,此番行程又将远赴恰老加打,或在彼地有格外停留乎? 转思如吾主所言赌法,若非必操胜算,容有蹉跌,定自悔其仆仆奔波,空费八十日环游跋涉也。乃购数件汗衫及鞋,携之游行街市。是处居人颇杂,欧洲种外,有波斯种首戴尖帽,邦荣种则裹头巾,新志(Sindes　河名。发源处在纬线赤道北二十一度一分;经线由英起算,偏东七十七度二十九分。河身长二百六十迷当)种则顶方帽,巴司种则冠毗卢,亚孟宁种则披长袍。行人辐辏,来往如织。

是日适逢巴司人令节。此等人皆卑毋路士题(Zoroaster　即拉丁古教名目)教门后裔,昌盛于东印度,类能习教而聪颖,中有为孟买土著之大富商者。今日系其有名宴会节序,有许多印度跳舞小女儿,皆著玫瑰色(即桃红)纱衣服,望之如金银炫烁,一舞则轻风披拂,遮遮掩掩,作含羞态。旁人则调弦击鼓以和之。阿荣骤获创睹,开眼张口,得意忘言,看至爽快,始而痴立若木鸡,继而逐群如野鹜,探奇斗趣,信足所之,亦不顾其主之何若。无何,巴司之会已远,始定神敛迹,正拟回转火车站,抬头忽见马勒巴山华丽之塔,游兴又复勃然,更欲一探妙境,岂知此处规条,例不准耶稣教会中人进入印度神庙。又不脱履于户外者,亦不许入。此系本土风俗,而英政府又代保护,违者重罚。阿荣分毫不懂,贸贸然来闯入,随处瞻仰,未见有庄严蒲拉铭(Bramin　乃三头四臂之佛首,戴九叶冠,一手执铃,一手执杵,一手执经,一手执念珠,乃印度开天辟地之始祖,是为其第一代圣贤)宝相。正在侦觅圣贤旗号,忽激怒和尚三众,立将阿荣推倒,裂脱其鞋,然后吆喝聚打,势甚凶恶。阿荣急收脚,竭力爬起,滚倒两个长袍秃子,挥拳奉答,并将其赤脚之趾致敬焉。究以寡不敌众,急冲出塔,拽开两腿,愈速愈妙,杂于街上人丛中,方免第三个和尚之追捉。

时已八点前五分钟,阿荣上无帽,下无履,并适间所购之汗衫与鞋一概失去,一步一喘,走进火车站。先时非克士已跟福格入站,见福格在回廊上,知必将离孟买,遂决计欲再随至恰老加打。不敢惮远,将身立于暗陬,见阿荣狼狈回来,喃喃向福格备述苦趣,闻福格淡淡答曰:“我以为不能再见尔。”语毕即上火车。阿荣垂头丧气,跟定其主,不敢再言。非克士因亦跳上别辆火车,紧跟不舍,盖其视福格,若俎上肉,虽未能顷刻生吞,终不肯轻易抛却,犹自怨自艾曰:“我失策在于至印度兜拿,今既跟随至此,真欲罢不能矣。”瞬间汽筒一吼,火车遂于黑夜开行。

第十一回　得良朋顺道同游　购驯象解金偿价

火车既按期启行,搭客中最多者兵官,次政府司员,次鸦片与靛之商贾,皆有事于东方滨海者。阿荣与其主共乘一车,而坐于对面,尚有第三位之客,此人曰佛兰诗士(名)库路马地(姓　Frcmcis Crowarty),乃福格在蒙古利亚船上叶子戏同局之友之一,即领兵队取道至邦那毋勒斯者,貌魁梧,年约五十,丰神清爽,当末次色配之乱,建立功勋,遂居印度,暂归于英之时特鲜,故凡印之民情风俗、史志人类,莫不熟悉胸中。福格与之同行,不徒藉慰岑寂,亦以记录考证,随事得备咨询也。佛兰诗士体素健,前因考求工艺之事,曾游学于环球,此次自伦敦来,见福格性情豪爽,颇悔曩者之行,玩时可惜,不觉见猎生喜,故在船合局时,便与福格胶漆相投、情孚意洽,岂此君之冷外热中欤,抑福格之风仪果足令人钦慕欤?佛兰诗士①虽系参将,官事尚不甚拘束,两人奇癖相逢,几恨见晚,知己之感非旁观所能窥测也。福格因将若何筹画环游之事告知佛兰诗士,并不讳其为赌局起见,程期甚迫,故不敢稍形滞迟。且谓此行但能环游一周,以符期约,不能更及他事。佛兰诗士深然之。

火车行一点钟后,已出孟买,经长堤,越沙尔色特岛,进入大陆,至柯连(Callyan　一邑名,在颠那邑之北,火车从孟买来,向东北行二十八迷当),抵枝路相接处。此枝下垂于印度之东南,由庆打拉(Kandallap　一邑名,在西高志山中。纬线赤道北十八度五十分;经线由英起算,偏东七十三度二十分)与波那(Pounap　一郡名,在庆打拉西南。纬线赤道北十八度二十分;经线由英起算,偏东七十三度五十五分)而去(此条铁路下通于麻都拉士,并分枝于南方诸部落,然亦可绕上东北者)。及至波毋厄尔(Pamvell　一郡名,在颠那南、庆打拉西北)时,进入丛山芜秽之区。粗石黑土满其麓,林木密覆,作浓绿色。福格与佛兰诗士沿途谈论,言及此地,佛兰诗士向外窥览,忽语曰:“福格先生,子若数年前来,遇此一搁,必将赌局全输矣。”福格曰:“何也?”佛兰诗士曰:“因火车停于山麓,行旅须坐轿或骑驴横越此山,至庆打拉,再觅他辆火车。”福格曰:“嗣后倘有此搁,我当预筹善策,以防阻滞。”佛兰诗士曰:“福格,我恐无术补救,亦如子仆之失险于宝塔时也。”时阿

① “佛兰诗士”,原文作“佛郎诗士”,据文义改。下同。

荣枕于毡包,静听二人谈说,尚未入睡。佛兰诗士又言曰:“印度人敬其教门之俗,尤宜谨慎。子仆若果被捉,虽政府亦难科其罪。”福格曰:“甚善。吾仆果被捉去,或定罪,或科罚,彼自当之,我可仍还欧洲,几见此等细事,因仆而阻留其主乎?”语次,已夜。火车绕越诸山之后,过聂儿克[Nassik　乃一大邑,在孟买东北九十五迷当,有山高二千尺,是为火车经行之大道。按:孟买赴恰老加打火车大路,系由颠那直上西北至庆那毋拉(Kanara)过山至聂士克,并不取径迂道走波毋厄尔转至庆打拉也。前云至波毋厄尔望见山色者,似有误。因原书之旧,姑存之]。

翌晨至一郡,曰庆泽许(Khcmdeisp　大部落也,在聂士克①之北,火车经其东而行)。一片坦途,种植特盛,村庄甚众,无不奇异,皆竖有回教高塔。小河丛杂,足以灌溉田土。源头澄澈,皆汇于哥地浮毋利(Godanery　此河发源于西高志山,高于海面三千尺,东南流汇于孟拉剌海湾。计所经者长八百九十八迷当,全河面积一十一万二千二百方迷当)者。阿荣睡醒,向外四望,尚不觉身在火车,已渐入于印度境界也。其火车汽钴乃英机师所司,并用英煤,喷烟于木棉、加非、豆蔻、丁香、胡椒诸田园之上,其汽轮弯轴,蜿②蜒盘绕于栟榈桂树之间,闾阎一带覆以贝叶瓦,寺院庙宇营建奇古,装饰奢丽,俨如画图。翘望天涯,辽阔无际,疏林之内,毒蛇猛虎闻火车声,咸飞奔走避。铁轨通入深林,驯象群立,凝眸冷眼,若视火车之忙碌经过也。行旅既越马利左毋(Walli-gramn　一郡名,在庆泽许之南、聂士克之北。纬线赤道北二十度三十三分;经线由英起算,偏东七十四度二十七分),是处全郡人民皆系女菩萨嘉利(Ktr　此佛三眼四手,左两手一提刀,一握人

---

① “聂士克”,前有“聂儿克”,疑为同一地。

② “蜿”,原文作“婉”,据文义改。

首，右两手一仰一俯。浑身黑胖，袒无衣，腰围短裙。首花冠，耳明珰，项缨络，复挂髑髅一串，长逾膝，手足皆有钏。足踏一尸，亦三眼两手。向上袒腹，受其足。然其像亦有雕刻微异者，离奇诡怪，莫可究诘。殆即佛氏所谓罗孛欤）教门真传之血脉。不远有厄罗毋拉（Qllora　乃一村也。纬线赤道北二十度五分；经线由英起算，偏东七十五度十五分）大雄宝塔，乃有名之阿毋兰加巴德（Aurun，gabad　旧时回教省分之名。纬线赤道北十八至二十一度；经线由英起算，偏东七十三至七十七度），其都旧称阿毋阑济伯（Anreng Geb），甚雄敞，今为尼查母（Nigam　一大部落。纬线赤道北十五度十分至二十一度四十二分；经线由英起算，偏东七十四度四十分至八十一度三十一分。分为四省三十六邑，全部面积九万三千三百三十七方迷当。常与英战甚力，今尚自存）分省首邑之一，约近浮毋林厦（Feringhea）令节。萨其（Thuggu　乃偷掳行人以为祭品，此系回教之变，下文自明）酋长即治辖绞缢之王。诸凶徒私相结聚，每年必缢宰其牺牲（指被缢之人），以邀已死女菩萨（即嘉利，相传为战神之母）福惠。虽无流血之事（言非杀死），而此期以内，凡行旅取道于其间者，如无兵队保卫，鲜敢任意所之。经英政府创惩后，凶徒渐减。而萨其尚在，犹复时肆狠毒云。

十二点钟半，火车停于裴夏堡，阿荣遂购几双印度拖鞋饰以假珠者，长短适足，欣欣然有喜色。行旅在此，赴用午膳，即从亚玺夏（Asswghnr　裴夏堡南一邑）启行，沿小河宅伯地（Tapty　此河发源于纬线赤道北二十一度六分，经线由英起算，偏东七十八度二十一分。西□□入海在纬线赤道北二十一度三分，经线由英起算，偏东七十二度四十二分。此河总长四百四十一迷当）滨海而走，此河归海为坚庇（Canbay）海湾（纬线赤道北二十一度五分至二十二度十分；经线由英起算，偏东七十一度五十分至七十二度四十分。长八十迷当,阔二十五迷当),即近于玺毋拉特(Surat 在孟买北百五十迷当海滨一城,临于坚庇海湾)也。阿荣自到孟买,便望行程停止,讵知愈行愈远,此时见火车之轮横辗印度尘土甚速,处处景物奔突飞驰,浑如梦寐,少年意气,游兴复勃然顿作,始知其主心坚志果,真欲赌此环游,期内晷刻不容须臾疏懈。因为屈指计日时,防阻搁之虞,安得胜算独操,广收利益?福格之满脑热气则又在此不在彼,故尤不敢稍形休息,朝昏努力向前。火车沿路停顿本有定例,福格则时嫌其缓,谯责机师。机师未受赠赂,转笑福格之痴。而小仆窥视其旁,遂谓悬奖催捷能行于轮船者,胡不可更行于铁路哉。

是晚火车离庆泽许,从邦德尔戡特进入萨特堡(Sntpour Mountains),山径窄路。次日,佛兰诗士问于阿荣,试将尔表来较,今为何时。阿荣言系早晨三点,此乃有名应时者,常合于姑林毋亦次(Greenwich 乃英国一邑名,距伦敦东南东三迷当又四分迷当之三。中有天文台,英之经线由此起算,纬线则在赤道北五十一度二十八分三十八秒零二。英国推时亦在此)子午线也。不知是时,已距西向至经线七十七度之多,业已差迟至四点钟之久矣。佛兰诗士欲将阿荣之表改换晷刻,与非克士前论正同,盖向东直走,面日而行,每日之间,凡过经线一度,实差短四分钟,依此扣计,其表乃合。阿荣独守伦敦晷刻,不肯改换,以为细故无关紧要也。

及八点钟,火车忽停于毋路桃尔(Rophal)之外十五迷当。树林中有一小站,藏着茅屋数家并工人小屋。司车者走出车外,大呼曰:"所有搭客皆宜在此下车。"福格正与佛兰诗士玩景细谈,不解诸树中何者为枣树、何者为藤萝。阿荣闻①司车言,急出喊曰:

---

① "闻",原文作"问",据文义改。

"老爷,铁路尽矣。"佛兰诗士曰:"尔何以知?"阿荣曰:"火车已不行矣。"于时诸客皆出车,福格亦随众下。佛兰诗士问司车者曰:"此为何处?"司车者曰:"此为毋路尔拜(Rhobby)一小村落。"佛兰诗士曰:"我们竟停于此乎?"司车者曰:"固矣,然铁路未尽也。"佛兰诗士曰:"未尽何遽停?"司车者曰:"非停也,因有事耳。由此至亚拉夏巴特,计五十迷当,是处铁轨又始矣。"佛兰诗士曰:"然则车票能通行乎?"司车者曰:"尔系何种车票?兵官乎?则此票不行矣。"佛兰诗士愤然斥之曰:"尔辈出售此票,非约由孟买至恰老加打乎?"司车者答曰:"是矣。客人须知,此即以备由毋路尔拜至亚拉夏巴特换车之用。"佛兰诗士含怒无语。阿荣欲打此司车者,目视其主,未敢动。福格从容语曰:"佛兰诗士先生,睹此情势,如子欢喜,可携带吾侪至亚拉夏巴特。"佛兰诗士曰:"福格,此甚迟缓,大不便于子。"福格曰:"不妨,吾已预料及此。"佛兰诗士曰:"何为?子知此路乎?"福格曰:"不尽知,第计我路程,总不免有迟碍之处。今所恃以无恐者,因我前已得两日赢余,由恰老加打①至香港之轮船,系在二十五日,今日乃二十二日,吾侪即到恰老加打,为时尚早矣。火车限定于此,亦系实在情形,惟车票似宜谨守,因远路尚可通行,不仅用于此处。今大段之地既阻,急宜打算旅行。"遂共离车,向是村雇觅代步,探知仅有四轮货车,以犎牛拉之,状如游行之塔,不足载人;若轿若驴,皆无有。福格与佛兰诗士从村头觅至村尾,废然而返。福格曰:"我将步行去。"阿荣欲答,先睨其主,因思彼印度所购之履制美而质薄,不任长行,又不敢据情婉白,嗣见其主无愠色,乃微言曰:"老爷,我思可觅一驮载之物。"福格曰:"何物?"阿荣曰:"象耳。印度产象,去此百步必有之。"福格曰:"姑试觅之。"少顷至一小茅庐,附近处围以高篱,

① "恰老加打",原文作"恰尔加打",据文义改。

其内即系象所。有一印度人出庐外,告以所需,乃引入篱内。主人正饲象,以其象畜以备战,不愿出赁驮载。经三人费尽唇舌,始得首肯,要非其本意也。此象教导素熟,善知主意,行尚不远,即悄然静立,因呼之曰:“魁尼(Kiouni)。”魁尼者,象名也。急行勿疑,为时须久也,而呆立如故。福格知必须象奴命之也,愿加以工钱。寻常印度租象价本甚廉,今则以罕见珍,居为奇货,明知此畜之听命于象奴,如马戏园之驾驭骏物,乃故以不能为力辞。福格虽加其价亦不可,不得已因与从长熟商。载至亚拉夏巴特,每点钟给与十金镑又不可,二十金镑、四十金镑皆不可。阿荣复信口乱增之。印度人以为诳戏,更不可。不然一象之力,行至亚拉夏巴时,不外十五点钟,而主人所得已有英银六百金镑矣。福格于此急极愤极,遂欲即时购买此兽,开口即许以一千金镑。印度人知福格之急需也,仍辞。佛兰诗士急将福格引开,请其先自前行。印度人乃言曰:“我本无意售象,贵客必欲购之,请以二万金镑成议。否,虽还价二十次亦无益。”语毕欲回。其两眼小而尖利,闪烁而贪婪,以为索此大价,即时可得。福格始则加以二百金镑,继则一千五百金镑,递增至一千八百与二千金镑。至此印度人乃允,如数交易。阿荣在旁观听,脸红耳赤,大喊曰:“天乎!一象耳,胡其价若是之昂耶!然尚须觅一导者,取路方易。”

一少年巴司种人,愿供是役。福格爱之,许以殷勤从事有重赏,将象领出备办。此人果善御象,将一幅布鞍覆于象背,并于象腰上驾起宝座,其坐位似不稳而实奇。福格遂从毡包中拔出许多银票交付印度人。阿荣去此职掌,如丧性命。福格因请佛兰诗士上坐,往亚拉巴夏特。佛兰诗士大喜过望,因游旅之间得此奇兽,殊觉不易,复就该处购买干粮带往。福格与佛兰诗士坐于象背宝座之两旁,阿荣则跨坐于两人之间布鞍之上。而巴司种人则栖止于象鼻上。九点钟乃由是村驮载而出。此兽解觅最捷之径,穿入浓密栟榈树深处而行。

第十二回 趁行程草率投宿 窥殉死恻隐生情

所谓最捷之径者，乃在新建停止火车站之左畔。此条之路并非直道，须盘绕曲折，转越于扉德夏诸山（Vindhia Mountains 此山盘郁于纬线二十二至二十四度；经线由英起算，偏东七十四至八十度。其巅高出海面自二千至二千六百尺），巴司种人于此地大小路径特熟识，以为穿度树林以入，可得赢余二十迷当。福格与佛兰诗士坐于奇异宝座旁，摇头摆脑，掀簸不宁，甚且互相挤撞。而象驰甚速，巴司种人出其绝技，鞭策力前，但遵奉此幽癖英人之语，弗顾其安乐与否也。于是两人互相牵揽，以防倾跌。阿荣跨在象背，每遇震动，则蹑履夹其两旁，颇见费力，谨依其主所嘱，慎保其舌于两齿间，否则自己咬短矣。而巴司种人以臀安象鼻上，跳踯上下，如小丑之戏秋千。凡有跳踯，彼犹谈笑自若。既而于袋中取出一块沙糖，插入魁尼鼻孔。此兽收入受用，而奔驰迄不少减。两点钟后，巴司种人遂停其象，俾其休息一点钟。是时，魁尼向邻近泉水止渴后，即吞噬其四围小树枝叶。福格与佛兰诗士趁此小搁，亦下宝座，以便松动。佛兰诗士细视魁尼言曰："他何为用铁做成乎？"阿荣正草草安排午膳，乃答曰："是遗忘铁（似指其勒也）。"无何，巴司种人给与起行口号，即时走至荒野极僻之地。枣丛与矮种栟榈结成密荫，又有广大平原，点缀以小树，并大岩石、磊块可见。此皆邦德尔戳特地界，行人仅约略辨之。其居民多狂妄，笃信印度教甚坚。英人经过此地，不能十分安妥，因其权不属也。其土酋称为毋拉查士（Rajaps），译言王子也，以辖治之。然至丛山深处，其力亦有不能及者。途中屡见刚猛之印度人数队，怒视其象横越斯地，状甚可畏。巴司种人几欲避之，又见有野兽颇多。猕猿成群，由小径慌张疾走，翻身侧望，引得阿荣发笑。阿荣欢乐之际却有所思,盖以其主福格若到亚拉夏巴特时,将何以安顿此象?他其仍跨于背乎?势必不能。此番购载之厚资将掷虚牝乎?抑将转售或放之,听其自主乎?良因此兽价昂,不得不为估计,以待其主福格之择耳。阿荣左思右想,良久不能自已,诚为魁尼所累也。

向晚八点钟,已越扉德夏诸山,至大山脊,而山阴一半斜坡北下有一坏茅屋。是日约行二十五迷当,从此至亚拉夏巴特,尚有一半之远。是夜甚寒,巴司种人即在茅屋内拾得干树枝①,燃火薰暖,如叨厚惠。夜膳之物即毋路尔拜所购之干粮,饱食聚谈,始则低声断续,继则鼻息粗而共入黑甜乡矣。巴司种人守着魁尼,魁尼亦将其身枕靠于大树,立以鼾睡,阒寂之候,虽有豹嗥猿啸及许多无声凶狠之野兽颇虞仇视此茅屋中人,幸尚无黑夜中入扰清梦。佛兰诗士睡甚浓,殆如壮兵战胜而倦者。阿荣辗转反侧,颇难成寐,未明即跳而起。福格虽微睡,却安静若仍在沙非尔路家园内者。次早六点钟仍复登程。巴司种人欲冀晚间即到亚拉夏巴特,计福格自始游至此时,始仅失四十八点钟延搁。魁尼复行甚疾,不久即走下略低山冈,向午过柯冷霁(Kallenger)村。村在加尼(Caui)河上,乃曾渚河之一枝也。导者欲避民居之地,保安抵郡。郡则在大河低洼之滨,是时距亚拉夏巴特②向东北仅二十迷当,休憩于芭焦丛树之下。此树之果大如面包,腴如乳皮,丰实可喜。至二点钟,进入浓浊树林,广长七迷当。巴司种人欲取道密树遮罩之下,福格等虽不乐,奈必由此路而行,方能完全稳妥也。时魁尼尚未倦,突然而停,盖已四点钟矣。佛兰诗士探头问曰:“是为何事?”巴司种人正倾耳悄听,有一片扰嚷之声从浓密支

① “枝”,原文作“技”,据文义改。
② “亚拉夏巴特”,原文作“亚拉巴夏特”,据文义改。

道而出，乃答曰："兵官，我亦不知，须臾此声之来较分明，约略可辨，乃人声杂以铜鼓。"阿荣闻之，张目四望，欲观其状。福格默然无语。巴司种人乃跃至地，系象于树，走入荆棘丛中，侦探之，既而归曰："众迎蒲拉铭神像出游，必经此路，吾辈防被窥见。"并不将象解放，但引诸人入荆棘内，并戒以切勿多事。少顷，自己跨上魁尼，四向罗视，似甚要著，殆恐迎神到此，昭显易见，乃觅贝叶芜秽，瞻视不及处，偕与深藏。无何，不谐调之音乐渐近而来，随行歌吹者与铙鼓之声相杂。未几则见其首，在丛树下，人面数百，皆奇形怪状，各行教门礼节，从树叉中露出，看甚明了。为首先导者乃印度和尚甚众，头戴钟式冠，身披绣花长袍，男女小孩等则环绕之。所唱一种哀歌，间于铙鼓，如呜如咽，末后则拉有大轮之车，辐轴皆饰以蛇。驾车者为四犎牛，皆覆以锦障泥。车上立一丑陋四臂神像，满身皆作淡红色，幻眼，散发，伸舌，唇染槟榔，足踏一无首俯伏长人之像。佛兰诗士认得此像，低语曰："此乃女菩萨嘉利，爱之必死。"阿荣回首喃喃曰："死乎？其然乎？似此老丑媪，谁爱之乎？是固必无之事者。"巴司种人急摇手示以勿语。

又见一队印度老和尚，跳跃像旁作种种野态，其身上行行补以各色泥土，涂掩其所割点点流出之血也，狂愚可想。此为大印度典礼，尚有扎斋那（Juggeruamt　一邑名，当纬线赤道北十九度四十五分；经线由英起算，偏东八十五度五十四分，是处一神像与之同名，其俗迎神时，有许多人自投车轮，俾其碾过以为敬，亦以为荣。神庙前有一金塔，高二百尺）自投轮下之风，又有蒲拉铭（蒲拉铭即波罗门教）之大和尚数人，皆披鲜丽袈裟，引一妇人随后。此妇步步踌躇，欲前还却，若不胜畏怯者，年轻貌美，不啻欧洲所产。其首、其项、其肩、其耳、其臂、其手、其趾，满戴金珠宝玉，如臂上条脱、耳畔明珰、手迹戒指等，不一而足。里衣镶以金缕,外罩朱光罗长袍,表里玲珑辉映,姿格尤都。此妇之后又随有一队卫兵,似有勒逼此妇之势,腰短剑而手长枪。拥一轿,中坐一尸,尸为老人,章身豪侈,即毋拉查士也。所服如生时,裹头巾绣以彩花、嵌以明珠,袍乃编金织丝,搭膊则缝缀无数金钢钻,并有一美饰军械,方显其为印度王子之职也。次为乐部,复有一队印度跳跃和尚,以为后殿,人声乐声合成一片。佛兰诗士观之,形若怅惘,回顾巴司种人曰:“是萨提(Snttee)乎?”巴司种人以指掩唇,略略点头而已。既而游行大众缓缓绕出树林,不见其迹,歌乐亦渐不闻声,惟远处略有喊声,随并喊声亦寂矣。

福格初闻佛兰诗士之说,不解其义,至大众去后,乃问曰:“何谓萨提?”佛兰诗士曰:“乃印度一典制。以人为殉,谓出心愿。此时尔所见那妇人,明早即行焚化矣。”阿荣不禁愤然曰:“呵!顽哉!”福格曰:“尸为何如人?”巴司种人曰:“乃一王子,为邦德尔戡特自主之毋拉查士,即那妇人之夫也。”福格闻之,心大不忍,语言微颤,复言曰:“或然乎?此为野蛮风俗,尚存于印度,若属英国,必不容其再长此风。”佛兰诗士曰:“印度稍大地方亦无此表礼,特此邦德尔戡特不能行吾权力,故扉德夏北向诸邑,劫杀之事犹未艾也。”阿荣曰:“可怜哉!遭难人,意活焚乎?”佛兰诗士曰:“是活焚。那妇人虽畏死,不得不曲从其教门礼制;如其不从,尔尚不知其若何酷待耳。尽髡其发,伺以减少饭食,薄视之如不洁之牲畜,毙于隅角,如枯瘠之狗,威势可畏。故宁俯首就范,甘为祭品,以博教门狂徒之爱敬。虽云事出心愿,亦因与我政府隔远,无从禁止之耳。数年前,我在孟买见一少年寡妇,甘焚身以殉夫尸,请于总督。总督不许,然尔试思其何若?后来此妇杂其地,竟随一自主毋拉查逃遁,是则所传自甘之说可想矣。”佛兰诗士语时,巴司种人掉头不佳,因言曰:“明早行此典礼,彼妇并非甘心者。”佛兰诗士曰:“子焉知之?”巴司种人曰:“此事在邦德尔戡特①中,无人不知。”佛兰诗士仰视曰:“苦哉此妇! 临时痛楚,得不抗拒乎?”巴司种人曰:“印度人以鸦片与大麻之烟醉之,临时虽欲抗拒,亦无力矣。”佛兰诗士曰:“今将在何处焚此妇人?”巴司种人曰:“在皮利志(Pillaji)塔(即焚尸厂也),去此二迷当。那妇人今夕即歇彼处。”佛兰诗士曰:“此礼行于明日何时?”巴司种人曰:“即系天亮时候。”语毕引象从荆棘丛出,跳上其颈。正作奇啸,驱之使前时,福格忽止之,顾谓佛兰诗士曰:“吾侪或可救此妇人。”佛兰诗士曰:“福格先生,欲救之乎?”福格曰:“我固宝惜此十二点钟之久,今愿舍以图之。”佛兰诗士曰:“子何以乃有那人在胸次乎?”福格即答曰:“我得暇时,安得不救?”

第二十九回　英雄气何妨比武　娘子军竟敌前锋

火车既抵前路,是夕并无阻滞,已过双题士炮台(Fot saunders)、度次营关(Cheyne Pass),抵依凡士关(Fvans Pass　皆在怀恩铭之东南)。此程之路皆在最高之处,出于海平八千零九十一尺。旅客至此,复能下望亚的连的克,无限原野,天然平坦。中有一条干路,南下于邓非儿(Denver),即康罗毋拉图(见二十六回)之都城。是郡周围金银富足,户口五万有奇。而车行三日三夜,计自生符兰西士哥而来,已过一千三百八十二迷当。此外尚余四日四夜,可抵纽约。福格于是或不至后期矣。夜半过孟尔伯次营(Camp walbach),沿寓极溪(Lodge Poes creek)左岸,其辙路即与之平行。循怀恩铭与康罗毋拉图两部交界之线,至十一点钟进入尼蒲拉士加部落,近色德毋亦克(Sedgwick　邑名),临扎勒士摆(Julesbury　邑名),有伯勒特河南向之支水来汇。太平洋之铁路

① “邦德尔戡特”,原文无“特”字,据文义补。

至此与大西洋之路合,乃在一千八百六十七年十月二十三日也。任是事者,则为总机师突渚(Dodge)总兵也。是时以双倍力之汽车拖九辆火车,遍载贵客以试行。中有一人曰:“汤马士题毋连(Thomas O Darant)乃此路之副都统,曾驻此处,大给犒奖,以庆落成。后司坳斯与泥尼司(见二十五回)成印度人之野战,曾将此节铁路焚毁。而第一队开路修路之兵又从火车运到。是此为有名要路,可使一带渐进文明之气象,穿越沙漠,连络诸城邑,成为一气。其用之大,又不在行旅有所取资耳。火车号筒吹啸之声较利儿(lyre　乃希腊、埃及古乐器,下如弓加弯,上束一弦,自弦悬七弦通于弓,亦有十六弦者调之。音清越洪亮)感化之力尤妙,竟令墨洲土地奂然改观。”

次晨八点钟,已越麦克非儿孙炮台(Fort Me Pherson)之后,尚须三百五十七迷当乃到阿马夏前面。此路仍循伯勒特南支河左岸,依违曲折。九点钟,休憩于北伯勒特(North Platte)要镇。此镇即建于两河之汊,两河汇合、围绕于此,有似咽喉血管,皆系倾注于密琐毋利一条大港道,在阿马夏之下不远,时已过西经线子午线百零五度(北伯勒特镇①在百零一度处,今作百零五度,误),福格与其伙犹在赌局,都无倦意,虽那哑子一般,亦未尝有讪谤焉。非克士始则赢有数个居亦那(见第四回),再则反似输却,因彼虽熟手,究不若福格之专也。至早晨,此君又获幸遇,如虚诬者、富贵者(皆数张叶子拼合而成之名目),咸落其手,以为一次即可恢复,举定叶子,其气甚壮。

而背后忽有人厉声曰:“我请赌一粒金刚钻。”福格②、阿黛、非克士一齐仰视,其人非他,正掌印参将是。参将与福格面面相

---

① “北伯勒特镇”,原文作“北百勒特镇”,据文义改。

② “福格”,原文作“福克”,据文义改。

看,自然互识。参将先喊曰:“哑,是汝乎?是汝英国人乎?是汝戏此叶子乎?”福格将十张叶子掷下,间间而答曰:“该谁戏乎?”参将作傲慢之态曰:“好矣,如有金刚钻,我亦喜赌。”语毕,即抓起叶子作共局状,曰:“汝们于此戏,毫无所知也。”福格遂生嗔曰:“我之所戏,或可以匹好手。”参将曰:“汝之所为,正如存蒲尔(John Bull)之子也。”阿黛失色,血脉俱冷,急握福格之臂,轻轻推后。阿荣欲前擒参将,参将则裂眦怒视,须发欲动。非克士近前言曰:“老先生,我与彼皆曾与汝交手者,汝忘也耶?我等实不能任汝屡次凌辱!”福格曰:“非克士先生,且让我说。此事皆属于我,即我足矣。今参将又来辱我,我定不戏叶子,且与彼作一场遂意事。”参将曰:“何时?何地?用何军械?任汝意选择。”阿黛至此,欲保留福格,亦徒然矣。非克士即欲夹语以乱之,亦无及。阿荣欲推参将于门外,已为其主所阻。福格即离出此辆之车,参将随之,至露台上。福格婉告之曰:“老先生,我因大忙,欲即返欧洲,若稍延滞,皆妨吾事。”参将曰:“妙哉!子事何涉于我哉?”福格犹作卑辞曰:“我自生符兰①西士哥会尔之后,我已决计回到英国,清理吾事毕,即到墨洲,访尔领教。”参将突然曰:“我已预备矣。”福格曰:“请与子约,期在六个月之后可乎?”参将曰:“何不后到十年?”福格曰:“我言六个月者,庶可觅会场也。”参将大喊曰:“此皆推托之辞,现作乎?永不作乎?”福格曰:“甚佳,俟汝到纽约可乎?”参将曰:“否。”福格曰:“赤加哥[Chicago 在亦林奴士(Illinois)部落之东北,即密赤梗湖南向一城也。纬线赤道北四十一度五十分一秒;经线由英起算,偏西八十七度三十六分四十秒]何如?”参将曰:“否。”福格曰:“阿夏马何如?”参将曰:“又何异乎?汝知李溪(Tlum Plum)乎?”福格曰:“未知。”参将曰:“即此去之第三站火

① “兰”,原文无此字,据文义补。

车,到彼仅一点钟,可停十分钟之久。此十分钟之内,尽足以发数手枪矣。”福格曰:“妙甚!我即停止于李溪。”参将作傲慢之色曰:“我将请汝在该处久住。”福格曰:“安知是谁?”语闭回车,安闲如故,惟以好言慰阿黛,并告以此人系狂妄之徒,可勿惧,遂请非克士临场观战,即以为副。非克士不敢辞。福格又言去此顽梗,则天下太平矣。及十一点钟,汽车号筒呜呜然鸣,已近李溪火车站。福格起而非克士随之,行出露台,阿荣从后,携有一对手枪。阿黛尚留车中,面如死灰。第二辆车门亦启,参将亦出露台,从一杨奇(见二十五回),似彼招以为副者。将俟火车一停,即可交战。

忽司车匆忙入喊曰:“诸客皆不可离车。”参将问曰:“何为不可?”司车者曰:“我们此行已迟二十分钟矣,故不休歇。”参将曰:“然。我欲与此客下车比武。”司车者曰:“我们一气前行,我亦不过意,今将此处之铃拉动可矣。”火车犹行,司车者又言曰:“列位,我甚不过意,他事我皆可顺从于汝,今汝等欲在此比武,不得其时,何如随我前往,此后不用比武乎?”参将大笑曰:“不过便宜此位客人耳。”福格答曰:“亦十分成全于汝。”阿荣自念曰:“善哉!我们于墨洲中,今可无事。”因司车者即为诸客之主也,然随著其主,又默默不敢语,于是两造敌手并两副,随司车者遍历诸车,以探诸客之停否意向。至末后一车,仅有十二客,司车者告以此间有二客欲在此著落,若汝辈无事于此处,则不必停车,免延晷刻。诸搭客咸不喜停车,并嘱直行勿滞。然是车之制,长五十尺,他二人估料,亦自合用,于是偕进其间,以为战场,既不易觅,即此地亦可消遣[①]。福格与参将各执六弹手枪两把。即进车,为副者皆立车外,车门已掩,专俟汽车第一声号筒,即行交手轰发。及间二分钟,此二客在车中几逼不及待矣。非克士、阿荣袖手作门外汉,心

---

① “消遣”,原文作“消遗”,据文义改。

头辘辘乱撞，无可如何，只得静听号筒之命令而已。

突闻喊声四起，如野蛮随风歌唱者。初时尚远，继渐围迫火车而来。车内人皆震骇。参将与福格手枪在手，急夺门出，冲突而来至喊声最盛处，见有一队司坳斯来劫火车。印度人此举习为故常，恣劫客商，愍不畏死。此次驰马而至者约有数百人，不俟火车之停，竟一跃以登，手中各擎鸟枪，喧腾沸乱。车客亦各出手枪与抗。贼乃跃登机器车，司机司火诸人见其兵械，噤不能语。有一酋长欲令火车停止，又不知车上机关，竟将汽钴盖揭开，汽饼蓦然陷入，车行更速。余贼侵犯客车者，跳踯如怒猿翻瓦，用力辟开车门，随手伤客。及闯至行李车，尽掳箱簏，掷于车外。呐喊与炮弹之声扰成一片。诸客各自奋勇保卫，有将车门严堵者，有被围如攻活炮台者。时火车之速力大增，每点钟可行百迷当。阿黛亦勇气横生，携一手枪自卫，凛凛然如一女将军。遥望其外有野人模样，遂举枪从窗棂隙连轰之。有二十余印度人负伤倒地，车轮即从其上碾过，夺路以走。诸尸如断蛇折蚓，无完段者。有数客为炮声震吓，猬伏不敢动。十分钟后，战事始息。然火车不停，虽获胜仗，终难结局此印度人。

气儿贰炮台（Fort Kearney）有火车站，并有卫兵一营，此去仅二迷当，顷刻即到。而贼酋主持汽车，必欲停于炮台及车站外。司车者已受伤卧于福格之旁，尚言曰："若不将火车小停五分钟，我们有错失处。"福格曰："此必须停。"语毕从车中冲出。阿荣急喊曰："老爷且住，我愿前往。"福格是时雄心正壮，岂为仆言中止。阿荣则先开车门，突有印度人一队，乘势从车上溜下，蜂拥而入，于是战事复起，炮弹粒粒，砰訇飞舞，向各人头上掠过。阿荣突围而出，出其旧日跳绳余技，猱升上车，倒攀车链及车旁皮带，由此车盘越彼车，不啻绝迹飞行，独具绝大本领。既至末辆之车，是处系界行李车与验票车之间，阿荣急将其链松解，链中有不羁勒之螺丝栓，信手拔之，毫不费力。而火车遂与机车分离，瞠然在后。汽车无所拖累，冲前益速。惟火车尚有余力，趁轮势而行，约摇动数分钟乃止，则距于气儿贰车站不及百步矣。时诸客皆至车站露台，互相查点。失者约有数人，非阿荣智勇双绝，未易救此余人也。

第三十回　借兵远遁追俘虏　有女凭栏盼捷音

是时，行客失者三人，阿荣与焉。其被杀耶，抑被掳耶？一时无从查究。惟车客负伤甚众，尚无致死。掌印参将受伤尤重，因其鼓勇力战，适为一飞弹攻入膀胱。他客负入车站，令其专心调摄。阿黛独无损伤。福格虽力战，幸未被炮弹擦刮。非克士伤于臂，尚无大碍。惟阿荣不见，阿黛已两泪汪汪，梨窝欲湿矣。诸搭客既出火车，回视车轮皆斓斑凝血，零筋败肉犹粘腻点缀其间；辙迹之后，一片白色平原犹有两行红晕；铁轨之色变作深红，直至目力所穷而后已。印度人则结队南遁，沿公共河（Republican River 河长四百迷当，在尼蒲拉士加与庆萨士两部之交处）而去。福格犹握军械，竖立凝望，寂然不动，明知阿黛在旁，竟不能作一语，盖其心专注阿荣下落，踌躇莫决耳；继思阿荣既能力断火车，必不致死，当系为贼所掳，我若不救，将谁救之，遂顾阿黛曰："死生我必觅此人。"阿黛紧抓其手，泪痕如雨，曰："呜，福格先生，先生。"遂哽咽不能成声。福格曰："倘我辈不失期则生，盖自念此去纽约，若搭轮船不及，此身终不免一死。然阿荣之事又属分所应为、无疑议者，故不觉其辞之哀也。"气儿贰炮台统带已点明百名兵士立于站上，以备与印度人交仗。福格告之曰："老先生，今有搭客三人，不知下落奈何。"统带曰："其死矣乎？"福格曰："非死即囚，肯不定决。子等其能追印度人乎？"统带曰："此事所关甚大，若该贼遁于庆萨士之外，我又不能离此护卫之地。"福格曰："若那三人犹未死,将何以对之?”统带曰:“无疑矣。我分五十人以救此三人可乎?”福格曰:“先生,我不知子之力量如何,然此事固子所应为。”统带曰:“事固吾分子之所教亦不错,第恐此间无人,转使炮台有失,故不得不尔也。”福格曰:“甚善,我愿随往。”非克士上前曰:“福格先生,汝欲随兵士追此印度人乎?”福格曰:“尔知我小伴存亡乎?现今诸客皆在,而彼独失,我安得不去乎!”统带曰:“先生,不必,可不必去。”继又抚之曰:“子固勇士哉。”回顾兵士曰:“可分义勇三十名。”

是时全队在前,统带简选三十人,又派一老把总领之。福格曰:“谢谢统带。”非克士曰:“我须同去否?”福格曰:“先生随便。然子果有意惠照于我,不如留此以伴阿黛,则我受福实多。”福格语未竟,非克士面若死灰,以为千山万水,紧随至此,今彼忽欲自离,跋涉沙漠,此去必战无疑。“我不得亲为隐护,事机安可测哉?”故定睛注视福格,若有无限语言不能宣之于口者,久而久之,乃曰:“我姑留此候尔。”福格乃握阿黛之手,托其看守宝贵毡包,遂和把总小队等行到站前,顾兵士曰:“吾友,若我们能救回被掳诸人,我愿分五千圆以为犒赏。”

时已过午,阿黛休憩于站中候客之所,独自默默凝思:福格深仁厚德,慷慨雄豪,虽缄默寡言,而分所应为者,莫不即时果决。今因一仆之故,犹舍身以往,则其爱人之处,必能心口如一、始终不渝。惟愿此行获福,依旧生还。非克士之意则异,又隐忍不敢出口,但向回廊上,来去闲行,以消胸中郁气,乃未几心头又极柢触,以为听凭福格自去,徒自呆望,诚为错计。何也?此人非我刚随之以环游乎?胡为此时竟信其语,以自离耶?于是自怨自艾而自责,如老吏断狱,按律定谳,觉己罪直无可逭,既又念曰:“我其痴乎!此人明明在我目前,今此去安必归乎?我其奈彼何!非克士乎,倘公文到汝袋中时,安能复有此人乎?我岂非为鬼所迷乎?

我之愚也，无物可比！驴而已矣！”非克士思维之际，觉点钟所行甚缓，似故迟以长其悬虑耳，及思到无可如何，则和阿黛闲谈，以探消息，意阿黛必知若何确信。而阿黛则更茫然，诚又何益？因思横越此大平原，以追福格，地上不过微雪薄冰，无难步行赶上，因其一路所往，尚有履迹可求也，越思越切，情难强制。正欲离气儿贰车站，紧拔脚跟，力追前进，时已下午两点钟矣。雪花甚大而密，闻有汽筒声甚长，自东而来，浓烟一片，覆于雪光，缓缓前进，恰如密雾摇曳空际。此非自东向而来之火车，亦非由电报所呼救应之车。而阿马夏往生符兰西士哥之车则须明日矣。

诸人翘首企望，莫名其故。第见有汽机一辆，辘辘至前，号筒吹啸，震耳欲聋，盖即顷间与诸火车相离之机器车也。此汽车载着晕倒之司机司火者迅速飞奔，约数迷当之远。薪尽火微，汽锤之鼓荡亦弱。一点钟后，自行停止，在气儿贰炮台①外二十迷当。司机司火者本未死，良久自苏，觉在沙漠中，有汽车而无客车，因悟前此所遇之事，其汽车火车若何分离之故，可恍然矣。火车既然在后，必须重往以续之，更无疑议。故司机者又将汽车驶回，迎接诸客，重行至阿马夏。从前诸火车虽被印度人所劫，尚不至十分损坏。诸人至此，但闻号筒吹啸声从雾中出。汽车既到站，与火车又联为一。诸客大喜过望，以此去续行之程当无再碍。阿黛见汽车已回，忙出车站，问司车者何时起行。答曰：“即刻。”阿黛曰：“然则如被掳之人何？如我们晦气之小伴何？”司车者曰：“我们为时已后三点钟矣，不能再为久待。”阿黛曰：“何时尚有从生符兰西士哥过此之车？”司车者曰：“太太，明日下午耳。”阿黛曰：“明日下午乎？岂不太迟乎？我们奚能候之。”语未竟，司车者即接曰：“此无妨，若太太欲行，即请上车。”阿黛曰：“我不愿独行。”

---

① “气儿贰炮台”，原文作“气贰儿炮台”，据文义改。

非克士闻此谈论，行前数步，觉其间都非佳景，本拟离此气儿贰炮台，今见火车即将前行，遂幻想欲乘此车，随意所之，将福格追返。此际身难自主，即不躁动，已觉车站回廊上若有火以烫其足也，又若无数长枪大戟交战其心也，倏而忿怒，倏而气闷，倏而欣喜，其胸次足开绝大战场也。时负伤之客数人亦已上车，参将伤最重，亦在其间。汽锅中沸声雷动，激起汽饼。司机者发起汽筒之号，火车遂行。非克士独留车站。

数点钟后，天气阴黑严寒。非克士坐于车站板凳①，寐然不动，似已入睡。阿黛关心雨雪，遂出客厅，至回廊尽处，扶阑②眺望，觉风雪逾大，极目天涯，有如覆釜，雪光雾光团成一片，悄然断绝人迹，向何处探访开仗消息乎？寒噤战栗，只得步回。继而复往，依然空返。至再至三，总成虚望。比及向夕，而小队尚未归来，然则若辈果安往哉？其与印度人交战乎，抑因雾迷途乎？炮台统带亦觉心悬，惟不敢露惊惶之状。入夜雪较微，而寒气增重，平原之上益复凄黯，既无鸟影，亦无兽声，以慰阒寂。阿黛竟夜忧愁在抱，第觉万绪团结，旋转如车，反载阿黛之身，游行于平原上，目击无边艰险也。阿黛历此一宵苦况，真情密意蓬蓬勃勃，几欲捣碎芳心。非克士是夜同在车站，似睡非睡，即有人近而呼之，彼亦懒于抬头答语，盖已气愤绵软耳。

夜既阑，天色渐亮，而半明半灭之日轮已升于云雾之表，此时已能望见二迷当远路。福格与小队本从南向去，今南向依然空阔，渺无踪影。及七点钟，统带亦觉骇惧，不知所措，将欲更派一枝以为接应耶，抑全队整旅拼力以图救援耶？踌躇良久，乃呼千总一人，令其先往侦探，倘有闻炮声之时，即给一号，则诸兵士赶

① “凳”，原文作“橙”，据文义改。
② “阑”，同“栏”。

赴应援。千总遵令,行不及半迷当,已遇小队陆续而返。福格为首先行,阿荣与两客随后,皆从印度人中救拔而出者。彼等既遇印度人,与之力战,在气儿贰炮台南下十迷当外,阿荣等始为所俘,并不敢动,只得听其拖挽以行。及小队将近追及,阿荣等从中击起,小队等在外接应,阿荣手无寸铁,挥拳乱殴。其主率诸兵士痛行轰击,既获全胜,高唱凯旋。福格乃犒奖诸兵士如所许之数。阿荣不知就里,自语曰:“我今日得吾主周全,可谓顿增身价矣。”非克士既见福格,一言不能发,似昨夜之满腔作恶,自笑无谓。阿黛紧握福格之手,叨叨絮絮,似有数年离绪并为顷刻之谈者。阿荣四望,欲觅火车,犹欲搭之即赴阿马夏,因恐其时再失也,乃东张西望,杳无形迹,遂大喊曰:“火车安在?火车安在?”非克士曰:“去矣。”福格问曰:“第二辆车何时到此?”非克士曰:“今晚总来不及。”福格遂觉心头难过,但发声曰:“噫!”

第三十一回　冰天风送溜车急　海埠船行旅客来

福格至此,觉已后二十四点钟之久。阿荣以为此番迟滞皆彼所误,益形焦灼。少顷,非克士行近福格,注视其面曰:“先生忙乎?关系大乎?”福格曰:“关系甚重。”非克士曰:“我已打算一着,子之必欲应期者,非在十一日下午九点钟前直抵纽约,即搭赴利浮波尔(见第三回)之轮船乎?”福格曰:“此行必须应期。”非克士曰:“若子行程不经印度人阻碍,子抵纽约非在十一日早晨乎?”福格曰:“然。此在轮船开驶之前,尚有十二点钟余晷。”非克士曰:“好矣,子之所后者,仅十二点钟(言半日),以十二点较十二点(言自朝至夕九点钟为止),所差者仅八点钟而已。子欲试我所为乎?”福格曰:“步行乎?”非克士曰:“非也,觅一溜车有帆者,可以前往。此系有人估用是法,以告我者。”盖昨夜非克士闷卧车站时,有人告以此语,今故以告福格。福格骤闻,亦不敢答。非克士乃指出见告之人,其人正在车站前,往来闲行。福格行近与商,其人名曰抹渚(Mudge)。顷刻间,福格与之偕入炮台下一茅屋中。福格先验其巧制之车,座乃一种两条长横桁之板,架前向弯削微,仰如滑车,中有一地位,足容五六人。板架之上竖一桅甚高,张一厚布大帆,桅顶上套有铁竿,以张前向之帆,其后配有一种舵艄,以供驾御。其状似独桅舢板,而短似寻常之溜车,又有帆缆,是合舟车二制而变也。时值隆冬,铁路为雪所封,火车不能行动,而此车横越于凝冰平原,由此站至彼站,行程绝快。其帆力之速过于快艇,倘风从后来,则此车平挖地面,其速如飞,虽火车之捷无以胜之。福格遂与议价。其时风向正顺,吹于西向,甚清爽,而雪铺地面,亦正坚凝。抹渚自信数点钟间,即能载福格等至阿马夏。是处火车甚多,常东走于赤加哥并纽约等处,是其所失之时可以复得,斯真机缘凑巧也。阿黛以为一车临风,此行非稳,不欲如此冒险。福格则嘱阿荣伏侍阿黛,在气儿贰炮台以俟第二辆火车。阿荣亦许缓送阿黛前登稳路,以抵欧洲,冀邀主人厚眷。而阿黛又不欲离却福格。阿荣本喜阿黛,决意迟留,又无计诱之,使离其主。非克士之心则难猜,福格之归,即了案乎?岂彼仍以棍徒视之耶?福格环游之行程已全,非克士果听之,在英国安享耶?虽近日非克士因福格优待,心意略更,然其本分应为之事确不可易,故今之催其速归者,一半欲自销案,一半则藉以成全也。

及八点钟时,溜车已备起程,诸客皆上座,各以征袍自裹,以蔽风雪。车上两大帆已高竖,风力相逼,平挖于坚冰之上,每点钟之速率可行四十迷当之远。气儿贰炮台与阿马夏相距之间,虽飞鸟之速,其程亦不下二百迷当也。若风向寻常握定,则此程不过五点钟可到;若风力格外相助,则一点钟内此车可抵阿马夏矣。诸客于此程作何消遣乎?主宾男女互相拥抱,其寒冷之气不言可知。因其行愈速,冷气愈重也。溜车虽奔突如飞,而平稳则如轻舟冲浪,飙发星驰。时天气已届凝度,故撇掠地上而过。又有帆力满饱,竟如蹑空驾虚,超行无碍。抹渚自为舵工,守定直线,各从意向转移,以防倾侧。桅上诸帆,惟前帆尖圆突出,如风袋,非若下帆,仅作厚布垂帘也。桅顶之上又竖一前帆,握住向外之风,以增他帆之力,故其速力不可量度,每点钟必不在四十迷当以内。抹渚曰:"如风力不停,吾人即到是处。"福格则甚愿抹渚之利益,按时之内直抵阿马夏,特悬奖赏以给之。溜车横经荒旷之地,一平如海,又若广大结冻之湖。火车路所经者尚须按站,曲折盘绕,虽沿伯勒特右岸,然由大岛(Great Island　在伯勒特河中,气儿贰炮台之西)西南,越向西北,至尼蒲拉士加之要埠,曰康辣拨士(Columbus),而后取道于士楚礼(Schuyler)与符利莽特(Fremont),乃抵于阿马夏。今溜车则取短程之路,铁路作弓弯,而彼则作直弦也,横冲直撞,虽有伯勒特河之阻,抹渚亦不之惧,因其已冻也。一路行程,毫无扼塞险阻。而福格所惧,则有两事:一在溜车翻倒,一则风向转换或平静无风也。然当凝寒天气,风力安能轻减,吹刮桅弯帆裂,五金质诸缆皆震动有声。纵纵琤琤,如琵琶之弦索,宫商互奏,诸人咸身在凄音绝调之中。福格曰:"纵为变徵之音,犹不失工尺两字。"计此行许久,仅闻福格作此一语而已。阿黛瑟缩一团,以皮长袍自覆,以避严风凛烈。阿荣两脸红于太阳笼雾,则为酸风所迫,故屡望有一活动之锚不可得。如此神速,则诸人之抵纽约总在十一日。非早即晚,尚有几分侥幸,可期在轮船开赴利浮波尔之先。然既缩地有术,而阿荣反觉此坚硬沙漠接连可厌,遂握非克士手,忆得觅此溜车系彼之意,虽约应时到阿马夏,却似有意侮我,不然胡不少停俄顷耶?然阿荣虽作是想,究不敢以私害公,以为此番非其主力为救出,彼且为印度人之牺牲,此后性命皆出其主所赐,念及此,又不得不望其主之行程迅速,安敢求安一己哉!

各人意向不同，且不具论，而溜车飞奔雪毡上，横渡诸小溪，不觉为田为流，皆隐于一片白光下，故高原平野无有分畸。当两洋相接之间之铁路，本有一枝，由气儿贰与讪特皂斯符（Saint Joseph　此地在美国，同名有八。今此似在庆萨士之东北）合成，为无人居之岛，既无村镇，亦无炮台，中有数树，干骨槎丫如鬼，冰雪蒙之，则如髑髅。而呼号摇簸于风中，又如夜叉呐喊作天魔舞，惊起成群野鸟，啼饥号寒。又有无数贪饕之狼，吠声如豹，尾于溜车后，穷追不舍。阿荣摸得手枪在手，视最近者，给与一弹充饥。此虽溜车意外遭逢，诸野兽公然欲攻行旅，其险阻不甚可畏哉！而阿荣独获胜仗，余狼各求安稳，群立于远道而嗥。将午之候，抹渚认定地志，横越伯勒特河，毫无一语，盖已知此时仅距阿马夏二十迷当以内。不及一点钟，即收车后之舵并卷桅顶之帆。其时风张下帆，推送之力亦不弱。约行半迷当后，并下帆亦不展矣。

既停止后，抹渚遥指一团瓦脊，堆雪皓白，告福格曰："我们已抵是处哉！"诸客惊喜曰："到乎？"抹渚曰："已到火车站。此处每日消息灵通，而往大西洋海埠之众火车尚在也。"阿荣与非克士欢跃而起，四肢一伸。福格扶阿黛从溜车下，取资奖抹渚。抹渚则紧握阿荣之手，告以行至阿马夏火车站之方向。是处为尼蒲拉士加要埠，太平洋火车路至此为限界。阿马夏与赤加哥相接，则由于赤加哥与石岛（Rock Island　一埠名，在亦林奴士之西北）所通之轨道也。向东而去，所经者凡五站。福格等至站时，火车已将启行，刚刚仅得上车晷刻，而阿马夏一切风景皆无所见闻。阿荣亦不之惜，只当未尝游历到此，奚问眼界哉。火车迅即前行，由议事岩（Council Bluffs）、德士梅尼斯（Des Noines）、畏华城（Iowa city　皆在畏华部落中）等处，穿越畏华部落，及夜至地凡堡特（Davenport　畏华部落东鄙），逾密斯色派河［Mississippi　此为地球上最长之河，发源于美之中北铭尼素打（Minnesota）部落诸湖中。其间又合支流甚多,南流而下至卢亦沙那(Louisiana)部落,汇于墨西哥海湾(Gulf of Mexico)中],抵石岛,入亦林奴士部落。次日为十日下午四点钟,抵赤加哥,乃倾颓复兴之地,其华美足越于密赤梗湖(Lake Michgan　为美北五大湖之一,横界四部落。长三百二十迷当,最阔处百零八迷当,周围二万三千九百零三方迷当。最深处一千尺)边界诸邑也。由赤加哥至纽约,相距九百迷当,而此辆火车并不直往。幸自此而下,他辆之火车正夥。福格乃陆续盘搭,中有碧志牌(Pittsburg　一邑名,在彭斯尔房那部落之西,中有机器厂)之汽车,取道于毋营炮台(Fort wayne　在印田那部落东),套以赤加哥之铁轨,其行迅速,足载诸客,乃乘之至印填那(Indinana　部落名,在亦林奴士之东。纬线赤道北三十七度四十五分至四十一度五十二分;经线由英起算,偏西八十四度四十五分至八十八度十分。全部面积共三万三千八百零九方迷当),而恶回(见第二十七回),而彭斯尔房那(Pennsylvauia　部落名,在印填那之东。纬线赤道北三十九度四十四分至四十二度;经线由英起算,偏西七十四度五十分至八十度三十五分。全部面积四万六千方迷当),而纽齐寺(New Jersey　部落名,在彭斯尔房那之东。纬线赤道北三十九至四十一度二十四分;经线由英起算,偏西七十四至七十五度三十分。全部面积八千三百二十方迷当),去如闪电,所经都邑古迹綦多,街道纵横,轨辙交错,惟民居不甚分明(因火车所经多在散地故),嗣至韩尊(Hudson　乃河名,河长三百迷当,轮船可乘潮驶入者百六十六迷当。南流而下汇于纽约海湾,河口有一城与同名。纬线赤道北四十二度十四分;经线由英起算,偏西七十三度四十六分,盖与纽约东西对峙者也)在望,则系十一日下午十一点一刻也。火车停于河之左岸车站中,即近于堪那得(Cunard)轮船码头。其往利浮波尔之船曰支那,已于前三刻钟开行矣。

第三十二回　度夜无聊归旅邸　重金不惜搭商船

支那轮船既往，福格至此，已成虚望，筹画数四，又无别船可僦。法公司有被毋利儿(Pereirs)船甚佳，速而稳，不亚支那，惟一时不能即行，须待至十四日。亨牌(Hamburg)艇船仅行于夏威(Havre　见第三回)，再由夏威至鞘先伯塘(Southampton　伦敦西南七十一迷当滨海一埠。纬线赤道北五十度五十四分；经线由英起算，偏西一度二十四分二秒)，不向利浮波尔或伦敦进发，福格无所用之。仁孟(Juman)轮船明日亦不行，且不能横渡大西洋，得有安稳之期也。福格无奈，遂商于蒲利得许呵(Bradshaw)，而此船亦系每日有应行来往之地，不能更改。阿荣则以到此仅迟三刻钟，不能将身作支那之船压载，气愤欲绝。诚以此行，本欲帮助其主，不意转因之贻误，计一路所历程途，其间虽不无阻碍，究未尝有所休歇，满拟力追晷刻，圆此环游定期，胡为一场总账，算到自家，转致满盘皆错哉！此事关系绝大，今竟败坏吾主赌局，是谁之咎？阿荣自怨自艾，是其身未载于轮船，已载于苦海矣。然福格并不之责，行离堪那得码头而言曰："来，我们且商明日如何了结。"遂偕至韩尊过渡，入齐寺城中，赁一车至阔街(Broadway)尼楚拉士客寓(St Nicholas Hotel)中，觅房屋过夜。福格尚能稳睡，阿黛则一夜辗转不成寐。

次日乃十二月十二日，自十二日①早七点钟，计至二十一日晚九点钟前一刻，仅九日十三点四十五分钟之久，若福格获搭支那船，是船又为航行大西洋之最捷者，则抵利浮波尔以及伦敦，正合期内。今既相左，贻误靡浅。晨间，福格独出客寓，嘱阿荣静候其归，并转告阿黛知之；迤逦行至韩尊两岸，于诸船中，东张西望，第

① "日"，原文无此字，据文义补。

见泊者系者胪列两旁,亦有往来行动者,又有数号之船已张出口之旗,系乘早潮开驶。是处无日不有百号船分往地球各埠,而帆船尤多,福格又不合用。福格至此,似无所望,遥见泊于炮台处有一商船,长约一缆,式样甚佳,其烟通上阵阵黑云,氤氲天半,其势即欲启行。福格遂招一小船,往登该船舱面。该船曰衡毋利他(Henrietta),铁船壳,建木其上。福格既到船上,即问船主。船主恰在其前,年约五十,状如海狼(Sea wolf　鱼名。英国那威冰地、绿地等处皆有之。长四尺或七尺,食鱼类、贝类,为害于海。西人以之比航海者,言其善驾驶也),目大,面色微黑,盖为海气所侵也;发红,颈阔,其声如嗥。福格曰:"船主在否?"船主曰:"我即是。"福格曰:"我为伦敦之非利士福格。"船主曰:"我为加的符[Cardiff　一埠名,在英国孟尔士部落(Malef)南海之滨]之莺都留(Andrew　名)士被地(Speedy　姓)。"福格曰:"尔船将出口乎?"船主曰:"尚须一点钟。"福格曰:"开往何处?"船主曰:"保朵斯(Bordeax　法国西南一大埠。纬线赤道北四十四度五十分十六秒;经线由英起算,偏西三十四分三十二秒。产酒特盛)。"福格曰:"有载货物否?"船主曰:"落货无多,但有压载之物。"福格曰:"有旅客否?"船主曰:"无,此船不欲搭客,因接应烦也。"福格曰:"尔船走快乎?"船主曰:"此船速率在十一二诺间。"福格曰:"尔可载我并三客抵利浮波尔否?"船主曰:"利浮波尔乎?胡为不往支那乎?"福格曰:"我言利浮波尔。"船主曰:"否。"福格曰:"否乎?"船主曰:"否,我是开往保朵斯,即将行矣。"福格曰:"船价无论。"船主曰:"不能。"船主言至此,似甚厌闻他说。福格曰:"然则衡毋利他主人安在?"船主曰:"此船属我,即我便是主人。"福格曰:"我欲附汝搭载可乎?"船主曰:"否。"福格曰:"我欲购此船。"船主曰:"否。"福格默睹情势,徒成虚望,无计可施。在此纽约,非若昔日之香港,衡毋利他之船主又非若谭加地儿。向者一路以银钱能买晷刻，今并钱神亦无灵，诚银钱之晦气者。大西洋巨浸茫茫，阻于前路，欲往无船，除非气球，莫能飞渡。然气球之制，练习未精，多致偾事，又不敢冒险尝试，觉欲济重洋，非船不可。福格乃别生意思，告船主曰："甚善。子可载我至保朵斯否？"船主曰："否。尔非给我二百元不可。"福格曰："我愿奉二千。"船主曰："每人乎？"福格曰："然。"船主曰："尔有四人乎？"福格曰："然。"船主搔首自思：既不改我行程，又可得八千元，似此好客，何从觅得？且彼又非久客，并无商货，每人乐得其二千元，何为不可？乃踊跃而言曰："九点钟，我即启行，尔与同伙已收拾停妥否？"福格间间曰："我们九点钟皆上舱。"

时已八点半，福格急从衡毋利他上岸，跃登所雇马车，匆匆赶至尼楚拉士客寓，与阿黛、阿荣说知，并招非克士同往。时已不早，大众同至衡毋利他时，该船已起锚矣。阿荣闻此番所费特巨，乃呵叱曰："吁！如喇吧乐器，成无调之音者。"非克士则自语曰："英国银号于此事更难弥补矣，若其不将此盈掬之银票散布于道路、抛掷于海波，我固可卜有七千金镑之用。"

第三十三回　囚船主猝生急智　抵英国不免遭擒

一点钟后，衡毋利他已行过灯塔，即韩尊进口标志也。是日，此船沿长岛（Long Island　此岛之名，同者甚多。此在纽约海口斜展向东，长一百十五迷当，阔二十迷当，全岛面积一千五百方迷当）、逾火岛（Fire Island），直取东向，其行甚速。次日方午，有一人走上船棚舵楼顶，查验船向，意其为士被地船主乎？非也，却为福格先生。其士被地船主则关闭于一舱内，下钥紧锁，任其呼号，无有应者。盖福格本欲往利浮波尔，而船主必不肯载，故福格托言搭往保朵斯，及上船三十点钟后，以银票散给水手、火夫人等，一班人既得厚资，遂不遵船主号令，转听召于他人矣。福格如何竟代握船主之权？船主若何反囚别室？少顷之间，其船又若何转向，竟赴利浮波尔？此中矫变，情事显然。

时福格独任驾驶，若曾为水手出身者，何虑此行险阻。阿黛忧之而不敢言。阿荣见其主妙智环生，大权在手，如觉光荣。惟船主言此船速率在十一二诺，原属确语，若此行海浪不狂、东风不猛、船上机器完好，则此船由纽约至利浮波尔，横经三千迷当之程，约须九日。由十二月十二至二十一日，似已恰好，以为迅速即达，可无疑虑。讵意英国银号业已立待，兼以此船之内又生出无数波澜，竟出福格意外。当第一日，海波不扬，船行甚适，未几，风向忽转东北，船上诸帆齐张，破浪而行，颇形拗强。阿荣见其主指挥如意，心悦意舒，又以自己于此事茫无所知为憾。水手人等见福格之技娴熟，益形欣乐，又见阿荣善跳索之技、有关帆缆之学，乃与之结为至友。而阿荣视若辈使船如马，以为非豪杰不办，火夫等赴蹈汤火，非英雄不能，遇辄赞美，顿忘忧恼以及行期迟滞矣；继则凝思其锅炉热度汽力之理，恍若有知。虽其老友非克士即在当前，阿荣亦瞠视而不交一语。非克士莫名其妙，如船中水手之如何甘心受赂、福格如何竟善驾驶之术，彼皆懵然不理。但意此人既能劫五万五千金镑，独不能劫一轮船乎？又虑此船既归福格主治，未必真往利浮波尔，茫茫大地任其所之，设以陆盗化为海盗，逍遥法外，不返故乡，则吾事可哀，吾身安保？转觉此番下船欠斟酌矣。船主士被地关于舱房，大嗥大吼，无有近者，惟阿荣时以饮食周给之。福格若不知船上之别有船主也者。

十三日，船过纽芬兰（Newfoundland　美国东向一岛，而属于英者。纬线赤道北四十六度四十分至五十一度三十七分；经线由英起算，偏西五十二度二十五分至五十九度十五分。全岛面积共四万零二百方迷当）之滨，当此风向，是地经行已险，不在于浓雾暴风也。向晚，风雨针忽跌，指明天气将变。入夜温度尤异，冷气侵人如割，风向已转东南。福格所命之向，非不由于正路，诸帆齐卷，急增以汽力，无如是船速率尚弱，不胜海涌，巨浪又排击其后，使船强勉跳踯，前行之势转滞。陆地微风更阵阵逼出，以添风暴之涨，船益不胜浪力矣。此二日中，阿荣见天气不佳，顿生忧惧，面色黝晦。福格奋勇自若，如老手舵工，并知打头风，若何抵逆海浪之法，惟守定行程，不减蒸汽之力。虽船不胜浪，而冲排横越，船堡欹侧，溅没浪花，却复稳渡。有时一阵卷浪扑上舱面，有时激浪如山，由船尾使全船俯仰颠簸。福格独守其直行之线，幸此风大而不猛，尚可勿虑，非若飓风暴发，其每点钟之速率能及九十迷当也。今风虽较顺，究非爽利，且向系东南，不免相拗，致诸帆皆无用耳。

十二月十六日，是福格别伦敦后之第七十五日。衡毋利他虽不可靠，其途亦已过半。惟该地一带之天气甚恶，如在夏季，则便航行。今值隆冬，非雾即风，天容昏惨，怒浪自增。阿荣别无一语，惟祈祷神明，聊以自慰而已。且念倘或因风有失，当与汽器算账也。是日司机者行上舱面，与福格叨叨陈说。阿荣不知何事，意其别有良图，倾听不易，乃以两耳之一往听其主，余一耳以闻司机者之语，总共听得数句，尚是其主之语音尤清。福格曰："尔言固是，将何以教我？"司机者曰："先生明见，可记得我们自起行时，所有火炉皆守定热火，我们所储之煤仅备由纽约至保朵斯低度蒸汽之用，实不足供由纽约至利浮波尔满力蒸汽之用也。"福格曰："容我想法。"阿荣聆此著急议论，乃知船煤将尽，自语曰："嗟嗟！设吾主此番得过，其成一有名之人乎？"然并不以所闻告非克士。非克士见而言曰："尔知吾辈将到利浮波尔乎？"阿荣曰："自然。"非克士缩肩转踵答曰："驴哉！"阿荣突闻此等称呼，不知所谓，反思非克士十分错计，精细之中又带卤莽，徒自随我环游大地，真觉无谓。福格是时将何为乎？思路既穷，别生急智，至晚告司机者曰:“火力勿轻减,煤虽尽亦无妨。”数点钟后,船中火炉吐出浓烟,汽力又满。及十八日,司机者来告,今日之煤必罄。福格曰:“火力勿微,汽力须满,他事容我筹画。”向午,福格查勘一切,呼阿荣往请船主士被地。阿荣受此要令,如往放不链之虎。士被地走出舵楼曰:“几弄我癫矣。”声音洪亮,有如开花大炮,少顷,炮子又裂曰:“我们将往何处乎?”似怒似愧,似瘫痪不得意,似羊痫而谵语也。其面涨作葡萄色,又言曰:“我们将往何处乎?”福格犹镇静,缓缓答曰:“由此处至利浮波尔尚有七百七十迷当。”士被地大喊曰:“真海盗哉!”福格曰:“先生,我又要难为汝了。”士被地曰:“又幽囚乎?”福格曰:“先生,请汝将此船售我。”士被地曰:“否,否,何为种种捣鬼哉?”福格曰:“因我欲烧此船也。”士被地曰:“竟烧衡毋利他乎?”福格曰:“然。此行后半路程,船中之煤已尽矣。”士被地愤极,言语不清而喊曰:“烧我船乎?此船之价值五万元。”福格取一把银票曰:“此系六万元。”士被地见之而骇,似为银票之气摄服而不敢动,即时忿怨俱消,无待监禁矣。衡毋利他之船已制有二十年之久,忽作此一场大买卖,炮子乃寂然无声,福格亦免却一家仇怨。士被地至是语音和柔曰:“我尚要此铁船壳。”福格曰:“铁船壳与机器皆留与汝,汝其愿乎?”士被地乃曰:“愿。”注视银票,一一点明,又一一勘验,然后纳之袋中。

当二人互谈时,阿荣脸色其白如纸。非克士则气得绵软失魂,私计福格此行所费不下二万金镑,尚余船壳机器交还船主,以示慷慨。虽然,英国银号之五万五千金镑确为此人所窃无疑。士被地既收银票入袋后,福格告之曰:“先生,汝勿骇。汝须知我有二万金镑将失,却因我须十二月二十一日下午九点钟前一刻赶到伦敦,不得迟误。我在纽约已失却轮船,而汝又辞我不往利浮波尔。”语未竟,士被地急接曰:“我则绝佳,竟于此赢得四万元。”福格复间间曰:“船主,汝知一事乎?”士被地曰:“福格,今之船乃福格者。此皆墨洲之扬奇人所抬举,请交原议附塔之高贵船价何如?"福格亦照付之。士被地将去,福格又谓之曰:"今此船已属我乎?"士被地曰:"固然,由龙骨至桅竿,凡木质者皆属汝。"福格曰:"甚善,今先折内面之椅棹堵板而烧之,以增火力。惟此悉系干柴,一经烈火,气焰益烈,汤汽被逼益壮。然柴力不及煤力之坚,故易烬,烬则复折他板以增之,诚抱薪救火之急智也。"是日计烧去舵楼、舱房、船堡等。次日为十二月十九日,又将桅梁排木烧之,水手人等咸守定火度。阿荣则帮同砍伐锯折,立时竟成一破坏不堪之船。至二十日,衡毋利他船顶空无所有,又不但围槛梯板而已,盖仅余一片船壳也。

是日已见爱尔兰海滨并华士捏特(Fratnet)灯塔,至是夜十点钟,过皇后镇[Queenstown　在爱尔兰确克港(Cork harbour)中。纬线赤道北五十一度四十七分三十三秒;经线由英起算,偏西八度十三分一十四秒。然由是处至利浮波尔,水程尚有二百八十三迷当]。福格抵伦敦之期仅余二十四点钟,其抵利浮波尔之程尚远,况其汽力已满,更无以增乎。士被地忽为福格划策曰:"先生,我诸事曾忤汝,今特慰汝,我们已到皇后镇对面矣。"福格曰:"呵,我们所见是处即皇后镇灯塔乎?"士被地曰:"是。"福格曰:"能进此港乎?"士被地曰:"当俟潮高时,然不及三点钟即可。"福格遽答曰:"待之,盖有绝大算计,期于此弥补其缺憾也。"皇后镇乃爱尔兰海口,常川往来之信船皆停于此脱卸信件,由快火车载至搭蒲林(Dublin　爱尔兰东滨一城名,即爱尔旧都也。纬线赤道北五十三度二十三分十三秒;经线由英起算,偏西六度二十分三十秒),随到随送,由搭蒲林送至利浮波尔则用快艇,凡大西洋之船取道于此,可省十点钟之程。福格以为同是行程且得十二点钟赢余,若衡毋利他直抵利浮波尔,尚须明日之夕。今取道是处,则正午可达,计到伦敦必在九点钟前一刻之先。

是早一点钟，潮高，衡毋利他进皇后镇，福格鼻息一清，将所余锄平之船壳交还士被地，以偿其愿，其间尚值所售之半价也。是时，大众偕登岸上，非克士即可下手乎？未也。何者？岂其间尚有所难乎？岂因福格相待，竟改初心乎？岂有悟前此之错认乎？皆非也。彼尚不舍于福格也，继而同上火车。一点钟半，即行，黎明，抵搭蒲林。下船之时，恰好此号轮船破浪如无物，抵利浮波尔。福格等上岸系十二月二十一日十二点前二十分钟，其距伦敦仅六点钟之程。非克士忽走至福格前，将手按定其肩，示以公文曰："尔即非利士福格乎？"福格曰："我是。"非克士曰："我今才得擒汝哉！"

第三十四回　劫案已明仇自解　伦敦迟到局将输

福格既为所囚，紧闭海关之内，以俟明日解往伦敦。阿荣见其主被擒，甚恨非克士。非克士尚未招呼巡捕也，盖其擒福格是其职分应尔，奚知福格枉否耶？阿黛不知原委，忽如雷震耳。阿荣又告以若何贵重勇敢之主人，彼竟擒之，以当劫贼。阿黛闻此可厌之事，心益旋转不宁，欲救之，又苦无计，只有潸潸①下泪，以报救我之恩也。阿荣追咎此事，皆我因循，养痈贻患之过，此事干涉甚大，非克士不尝告我乎，兼示凭据及其臆想一切，我胡不告吾主乎？缄默至今，转遂非克士陷害无辜之志，是皆我错。路上误引同行，吾主又济以费用，使得紧追吾主，仅至英国地界，即行擒拿也。阿荣哭得两目欲瞎，几几嚏出其脑。阿荣与阿黛共坐海关门房中，互相抱怨，不肯暂离其地，尚欲再见福格。然福格赌局居然毁坏，不及数时，限期尽矣。今计其行期，如十二月二十一日十二点钟前二十分到利浮波尔，及是晚九点钟一刻，始起行至维新

① "潸潸"，原文作"潜潜"，据文义改。

会，今九点已一刻矣，由利浮波尔至伦敦尚有六点钟，将奈何？

是时，尚有人入海关视福格，见其静坐木凳上，寂然不动，无怒容，亦无忧色，谨愿若此，又似无有是事者，惜无力以激动局外人耳，彼将隐辱包羞以图将来伸雪乎？胡默坐不发一语？殆别有生机之望乎？狱门已闭，关节不通，大祸在身，将何自信？福格皆不之计，惟置表于棹，以指测验之，静嘿自如。虽然，福格果非贼耶，则环游之局已坏；果贼耶，则谴谳即在目前，福格将何以处？为福格计，殆谋遁乎？或曾察监外地势，思择善地出脱乎？然一房如斗，门已下钥，窗棂又有铁栓重闸，彼虽巡行周视，究如窥笼之鸟，安能飞越哉？既而福格又复坐下，从怀中取出其游历日记，书一行云："十二月二十一日礼拜六，抵利浮波尔。"随复书云："系在出行第八十日十一点钟四十分。"遂搁笔凝思。海关钟已鸣一点，福格验其表，则为二点，似是太快，使果二点乎？福格宜乘快火车赶至伦敦，入维新会，或可符下午九点前一刻之约，今则空自皱①眉，坐令晷刻虚度，奈何！

及二点三十三分钟，忽闻外面有一片欢声，急呼开门，其声先为阿荣，非克士则随其后。福格眼中已爽，及门闪开，则见阿荣、阿黛、非克士偕至。非克士急走向前，发蓬乱，鼻息喘吁，嗫嚅不能出语，良久良久乃语曰："先生，先生，恕恕我。我，我似是大晦气，那，那，那劫贼已于三日前，前，擒得，汝，汝，汝可自由无拘束矣。"福格闻言，行近非克士，定视其脸，勃然大怒，一手拉其臂，一手取一杖击之。非克士应手仆地。阿荣鼓掌曰："快哉！打得好！此即俗谚所谓'英国之拳好照顾'哉！"非克士跌扑于地，不敢出声，因所受者亦系所应得也。福格、阿黛、阿荣等急离海关，不稍迟滞，呼一车赶至火车站。福格先问站中人："赴伦敦之快车已行

---

① "皱"，原文作"绉"，据文义改。

否?”“时已二点四十分钟，快车已于二十五分钟之前开行矣。”福格见此处汽车甚多，乃令特开一车，无如火车规例，非到三点钟，不许妄开特车。福格乃许司机者以重奖，使其速达，遂偕阿荣、阿黛入车，向伦敦进发。一路行程共五点半钟，已经到所，然已迟矣。福格出车时，伦敦之钟已是九点前十分钟，岂伦敦之钟有几分失错乎？实福格环游地球而回，恰后五分钟，而赌局竟全输矣。

第三十七回　太阳差终赢赌局　礼拜堂偕订新婚

然则福格何以忽在众好事者之中？其间别有故在。当夕八点后五分钟，乃福格已先到伦敦，休息二十五点钟而后也。阿荣是时奉其主命，急到大礼拜堂，以议婚礼供帐，庶明日可以成事。阿荣贸贸而行，少顷至教士家，适值外出，立候之。至二十分钟，是阿荣已离其主，至八点三十五分钟矣。其间阿荣胡为乎？但见其发蓬乱，头上无帽，信足于街上急走，从未见有人能捷足以先之者，闪烁而趋，冲突以进，有如激湍，不容留滞。仅三分钟，复至沙非尔路，步阔气粗，昂然直入福格之房，立定喘息，不发一语。福格问曰：“是为何事?”阿荣喘息曰：“吾，吾主，成，成，婚，不，不能。”福格骇曰：“不能乎?”阿荣曰：“明，明日是不能。”福格曰：“何故?”阿荣曰：“因，因明日为礼拜日。”福格曰：“非礼拜一乎?”阿荣曰：“否，否，否，今，今日乃礼拜六。”福格曰：“礼拜六乎？岂有此理!”阿荣大喊曰：“是矣，是矣，是矣。尔系错算一日矣。我们到此已在二十四点钟之先，而此间所余者，尚有十分钟。”阿荣语毕，目视其主，其意特殷，其情特急，又不能往下更说。福格则如当头棒喝，无暇思索，迅急出门，跃上一车，许以一百金镑，即御到维新会所。其捷也，恰如二狗拉五车（西国城语）矣。故会中之钟将届九点前一刻，而彼适到大厅，此即福格圆全八十日环游之期也。而二万金镑之赌局，终为福格所得。夫福格等此一人耳，昨日初归，以为其时已过，悔恼欲绝，胡为今日之晷刻又恰好耶？前后互异，失而复得，其中所以错算一日者，又安在耶？

今日果为十二月二十一日礼拜六，则其昨日之到伦敦是为二十日礼拜五，岂其行程仅及七十九日耶？虽然，其间所错之故，正自非错，乃福格于程途中向东而行，零碎积得赢余一日而不自觉也。使其向西而行，必反短失一日，何也？行程向东，是向日以走，故每日之间，凡穿越经线一度，则短四分钟，大地之周共计三百六十度，以四分钟与三百六十度相乘（得一千四百四十分钟），适与二十四点钟合（亦系一千四百四十分钟），恰好赢得一日。由是福格向东行，见太阳丽于子午线者八十次，而其友在伦敦仅见太阳丽于子午线者七十九次，所以是日群候于维新会，时确系礼拜六，与福格之见为礼拜日者，异也。阿荣原有传家宝表，尝守定伦敦时刻，不肯更变。倘使一路将此表之某点某分，每日与随地之钟表比较，一一划为标志，则效验自见矣。

福格既赢二万金镑，然其费于路上者，不下一万九千金镑，所得即亦无几，而福格之意，则以为此番侥幸获胜，既增智识，又长学问，声名亦克完全，原不在区区银钱也，乃分一千金镑与阿荣及非克士。非克士虽忤之，亦不妨以德报怨。惟阿荣忘闭煤气管，空燃至一千九百二十点钟之久，所值不赀，今亦豁免不扣。是夜福格归，心宁气悦如平时，顾阿黛曰："我与卿仍宜成婚否？"阿黛答曰："福格先生，依前说此语时，因君之事业已坏，故聊藉以慰情，今君复富，焉用侬？"福格笑曰："卿卿恕我哉，我之侥幸，叨卿之福，若卿不说下嫁于我，则阿荣必不赴大礼拜堂，谁来报我错误乎？"阿黛曰："福格先生贤矣哉！"福格亦曰："阿黛贤矣哉！余事休说，惟婚期尚须俟至四十八点钟之后。"而阿荣先为耳红眼热，盼望弥切。

次日天色微亮，阿荣猛敲福格房门。福格急启出问曰："何事乎?"阿荣曰:"老爷何如乎?我刚才寻出此理,是何故耶?"福格曰:"是何说?"阿荣曰:"我们环游大地,实在只行七十八日。"福格曰:"我行八十日,伦敦人仅作七十九日,已出意表,何以更减作七十八日乎?"阿荣曰:"印度逗留一日,遽忘之耶?"福格曰:"不经印度,自然如是,惟我若不滞该处一天,安能救得阿黛?阿黛安能作吾妇乎?"语毕将门复关。

总计,福格赢此赌局,而八十日环游之程雇用互送者,若轮船,若火车,若马车,若引水艇船,若商船,若溜车,若象,此君之癖,全在好奇,故得备历奇险、别开奇境。世之伧父,目光如线,不知天地之若何高厚、日晷之若何短长、舟车之若何便利、行旅之若何苦辛,安足以赌福格之局!安足以知福格之志!安足以得有仆如阿荣、有妻如何①阿黛耶!若而人者,虽告以环游可行,不必限定八十日,彼亦不敢信,况告以福格之事千真万真也哉!

——南京图书馆藏经世文社印本

① "何",此字疑为衍字。

黄翠凝

黄翠凝(1875—?),广东番禺人。丈夫早逝,遗下一子名张毅汉。张毅汉(1895—1950)亦为民国初著名小说家之一。有关黄翠凝的直接生平资料极少,从其作品推断,她应在教会学校读过书,会英文,且能读能译。她因生活艰难,不得已卖文抚孤,常托包天笑介绍出版。她著有中短篇小说《猴刺客》《离雏记》和长篇小说《姊妹花》,译有《地狱村》《牧羊少年》等。

地狱村

故事梗概

纽约医学堂学生威里夫在暑假考试后,因用脑过度、身体不适,便听从劝告,准备暑假时进行海上旅行,以呼吸新鲜空气、放松身心。于是威里夫从纽约船厂租赁了一艘小船,每天巡游大约七海里。

因单调乏味,有一天,威里夫来到法兰式岛附近垂钓,见岛上突出一岩岬,岬与岛有狭窄的沙路相连,岬中突出一嘴。舵手沈冰惠介绍这里居住着一位美艳小姐和黑奴,凡是入岬之人,都被杀害。

不久,因遇大风暴,舵手落海,威里夫被海浪卷到岬上,结识了英姿小姐及其仆人三平、三平之妻阿留。三平向威里夫介绍了他们居住于岛上的缘由:英姿小姐之父来自法国麻志尼玖岛阪东家族,兄弟因爱慕同一女子而反目成仇,为躲避其兄迫害,夫妇二人来此避祸,生下英姿。夫妇二人先后去世,三平受命保护、照顾英姿小姐,并遵嘱严禁阪东家族的其他人上岛。三平听说主人之兄有两个儿子,恐其加害小姐,更是日夜提防。

威里夫受三平挽留,陪伴照料英姿小姐。不久,有邮差送来英姿祖父的信函,谓将赠送价值二百万佛郎的宝石以作纪念。随即,英姿叔叔之子即英姿的从兄狷治来到,被三平逐走。

三天后,侦探祁德来访,告知宝石失窃之事:宝石从法国运抵后,交给纽约运送会社。但是运送人布兰和宝石同时失踪,只有空车停于会社外。威里夫立刻怀疑此事与狷治有关。威里夫与侦探同行,前去警署报警,四处访查,没有音信。

威里夫因思念英姿,便回到岬上,却发现三平被杀害,狷治挟持英姿。威里夫与之挎斗,因被刺伤而晕厥。威里夫醒来后,发现阿留被害而英姿也已被劫走。威里夫被那直罗侦探救起,并于海中发现了布兰的尸体。

威里夫见求助警署破案无望,于是雇用了私家侦探筱田。筱田决定前往巴黎,寻求破案线索。威里夫购买船票,与乔装打扮的筱田在船上会合。(连载至此结束,故事未完)

第一章　黑岩岬

余自纽约医学堂暑假考试后,因过耗心思脑力,时觉头晕目眩,体魄之健稍逊从前。校内教员劝余乘暑假时,试旅行海上,一换吸新空气。余于七月杪①,在纽约船厂赁一快艇,雇老练舵师,

① “杪”,原文作“秒”,据文义改。

名沈冰惠以相助。自纽约埠头启行,游巡小岛间,每日以七海里为率。往来既久,殊觉寡欢。余只为避地养病计,浮家泛宅,托身烟波间,垂钓为乐,习久生厌。屈指假期,已无多日,身体亦渐健康,拟徐归纽约。闻新法兰式岛左近多鱼鳖,乃驶舟往。既至,觉山水清嘉,波平浪静,境地殊清绝。新法兰式岸与缅岸相对,余棹桨进前,欲下钓。周回瞻瞩,忽见舟后突出一岩岬,岬与岛有一沙路相连,路极狭小,仅容一车来往。正中伸出一嘴,高且长,嶙峋陡峭,如鼻尖之突出于面部者然。沈冰惠指岬语余曰:"是名黑岩岬。中居一怪异人,先生知之乎?"余曰:"不知。子所谓怪异者,果何所见而云然耶?"沈曰:"向无人敢登临彼岬,若稍不措意,即无生还。"余曰:"岂岬有猛兽耶?"沈曰:"否。据传说谓中有一名贵美艳之小姐在,如有人进去,彼必杀之。"余闻言实不能信为真,讶曰:"彼美人兮,竟有此凶悍残酷之手段乎?"沈若讶余之疑其言者,益郑重谓余曰:"杀人者,吾不知为小姐或黑奴。"余曰:"有黑奴乎?"沈曰:"与小姐同居之仆即黑奴也。"余闻沈语,益不信为真确。此小姐乃与黑奴同居,实属可异。何为而居于人世隔绝之境,何为有入之者必杀无赦,且警察听其残杀竟不干涉乎?入岬之人必被杀,尚有何人能知为美人与黑奴,而言其中之情形乎?余料此岬昔时曾有一二奇闻,遂至以讹传讹,生此种种不近情理之语耳。余仍淡然置之,放桨海心,投竿作戏。

时日色过午,沈遥望西方之天空,谓将有飓风袭来,频促余归。余举首仰视,见天青一片,波静无纹。以沈言常荒唐不稽,殊不为应,投竿如故。越一时许,稳静不波之海面渐起高浪。仰望天空,浮云之飞,捷于奔马,倒映水际,呈乌黑色。余始知天色果变,急收钓具,准备归棹。讵知洪涛大作,舟反侧摇撼,已不克自主。风号浪滚,从西北袭来,如万马奔腾,深悔不听沈言,然已进退维谷矣。一浪由舟首撞过,舟起立如壁,二人不暇更言,竭力操舟,与恶风浪相战。无如一波未平,一波又起,忽一大浪,飞腾舟尾,把沈冰惠卷去。余魄骇魂离,知已无望,四顾沈已不知何往。相持不五分钟,舟卒覆没。余手抱木板,浮泅上下,自计万无生理,所冀离岬稍近,尽力泳去,或有一线之望耳。正支撑间,隆然一浪飞来。噫!此浪也,于余有极大之利用,盖将余身已送至岬口,余急以手攀岩石,努力耸身上,双足踹定,仰首往上一望,见岬嘴离海面高至四十余尺,无从缘上。身体已疲甚,欲暂时休憩,再觅他法出险。忽闻一声怪叫,则岬顶有人露半身,手持短枪,狰狞怒目叱余曰:“汝来何事?”余顿忆沈冰惠之言,全体战栗,因此人非他,即黑奴也。

第二章 获救

余闻黑奴呼声,如顶上霹雳,魂离躯壳,急欲躲避,已韬匿无方,不得已仰首恳之曰:“余乘快艇,不幸为飓风吹没,舵师溺毙。仆扶一板,泅泳至此,冀少息耳。”黑奴闻言,绝无矜恤状,且以枪指余叱曰:“此非汝休息地,宜速去。若再踟蹰,吾此枪不能为汝假情面也。”余见浪如山立,怒涛未息,再下水游泳,力更不支;苟不去,则必惨毙黑奴之手。虽然,恻隐之心人皆有之,苦苦哀求,冀其天良少动,乃复和声柔色而言曰:“足下亦人也,岂见人迫于九死一生之际,犹忍再促之死乎?维水泱泱,谁能堪此。仆非窃盗,求拯救暂上此岬,俾得由之登陆。”黑奴仍持枪怒目相向曰:“汝非盗耶?汝真不速去耶?吾惟有以枪了结汝性命。”余此时知无生望,窃恨黑奴忍心狠毒,敢怒而不敢言,不得已吞声复答曰:“既不允救仆上岬,请容暂立此片时。”黑奴厉声喝曰:“不能,不能。吾主临终遗嘱,不许外间有半个人来见我小姐。吾知汝为阪东族人,汝欲来夺吾英姿小姐而已。”余闻黑奴言,实诧讶不解,何者为阪东家族,何者为英姿小姐,乃答曰:“仆被风漂流至此,无论阪东家族、英姿小姐,均不知之,并不曾闻有人在此岬居住,焉有抢夺女子之理。”黑奴又曰:“汝不知此黑岩岬乎?”余曰:“仆曾知之,第不知不能上来耳。”黑奴曰:“汝仍不愿去耶?”说毕,持枪向余顶,势欲轰击矣。

忽闻娇音清脆,急迫而细,呼曰:“止! 止!”黑奴之枪倏停。余时危机一发,得此一声,恍如黑暗地狱遇着放大光明之慈悲观世音。仰首而视,见一美少女,婷婷立岬嘴,与黑奴语,随即俯瞰余曰:“君为何人,胡为乎来哉?”余肃敬答曰:“仆寓纽约,名威里夫,向研究医学,适逢暑假,乘快艇作海上旅行,不意艇遭飓风,漂流至此,不知此岬有黑奴杀人者。盖仆非强梁海寇,行劫害人,求小姐怜恤,救仆上岬,使得取道而去。”少女闻余言,似达余之心曲,乃曰:“妾允救子上岬。第三平之对待子,彼实忠于妾而保护妾,非好作此横蛮无理之举动也。”语次,此如花之美人遂迫于危境。盖方俯首答时,忽一失足,而首重足轻,从岩上倒撞下来,直向水面,如落花败蝶,飞舞空际。一霎时间,余大惊失色,岬上之黑奴长声悲呼,亦不暇顾,即纵身入水。幸相离不远,泳三四尺,即得少女,挟之肋①下,奋力泳回岬脚,复攀上余前所立之石上。惟此石甚小,一人兀立,错趾堪虞,今再多一人,愈形局促。海上波翻浪涌,顾此神丧,稍一失足,便卷下水晶宫去。兴言及此,毛发森竖。噫,亦危矣哉。

余扶少女立岩石上,岌岌乎有陨越之惧。时仰首岬顶,欲呼援救,惟寂无一人,心窃愤黑奴之不忠,恝然弗顾其主。少选,见黑奴已垂粗韧之长绳下,化刚愎之态一变为柔顺之容,曰:“先生请以此绳系小姐腰。”余曰:“汝力能胜任耶?”旋闻一人答曰:“请放心。”余闻此异声,复向上一望,见黑奴旁有一黑妇。彼又曰:

① “肋”,原文作“胁”,据文义改。

“我两人必不至误事,请先生齐系绳同上。”余即以索束己身,而以两手抱挟少女,黑奴慢牵绳上,至岬顶。

余见黑奴现一种惊惧之颜色,后有一黑妇,拱抱此晕去之少女,长吁短叹,意极周章。黑奴谓余曰:“噫,小姐死矣。先生为业医者乎?”余曰:“仆曾研究医学。”黑奴曰:“请先生留此片刻,救我小姐疾。”余曰:“间者仆小息崖下,子持枪驱逐,维恐不速,今何故又留我于此耶?”黑奴曰:“无知冒犯,幸恕之。今先生上岬,见我小姐而不救,不义执甚。先生不必介介前事,以报睚眦,令仆等夫妇忧心,而虚先主人之寄嘱也。”余听黑奴恳挚之语,嘉其忠义,允不即行,复对黑奴曰:“岬上不能施救汝小姐,若有室可令其安卧,乃易施治。”黑奴闻余言,即命其妻背负少女下,余与黑奴尾其后。

时余心窃忖此岬为何人所家、黑奴为何人、少女为何人,朦胧想像,几疑身入魔窟中。下岩数十武,见树木郁苍,墙垣高耸,黑奴导进前门。门内为一大园,修竹茂林,奇花异卉,点缀其间,怡目赏心,又如在蓬莱仙境。转过栏外,一室通焉。窗户琉璃,辉映炫目,知此为富家别苑,断非寻常村舍所能有此装饰。

余步入,黑妇转进一美丽室,室横软床,置少女于其上。余乃小心察验其身,忽背后有人言曰:“余因信任先生,故请疗治小姐耳。”余回顾,见黑奴手持短枪,兀立门次,殆恐余杀害少女,故特持枪威吓乎。余怜其愚诚,余乃一笑置之。

余时启少女衣,见肩踵二处稍为岩角擦伤,即命黑妇取绷布及酒与冷水至,余轻用手术,知伤不甚重,特惊而晕去耳。不十分钟,少女已渐醒,醒时,张目视余,惊问曰:“先生!先生何人?从何处来?”余曰:“仆即岩下之威里夫也。小姐殆不忆适才失足入海事矣。”少女乃恍然曰:“是!是!妾正谈时,忽觉目眩,遂致失足。”余曰:“仆即救小姐于水中,扶至岩下,后二黑奴垂绳引上,并请仆来，疗治小姐也。”少女曰：“感君再生之德，未知图报何日。”余即止之曰：“小姐罹此灾害，实仆一人致之。”少女曰：“君何必作此客气语？妾深自咎悔，何敢尤人？”又曰：“君何由到此岩下？”余曰：“仆曾言之，因船遭飓风，漂流至此，非得小姐，则仆作黑奴枪头鬼矣。”时黑奴仍立门侧，闻余言，急答曰：“小人不知先生为何人，疑为阪东家族，故以枪迫之使去，因此岬不能容一阪东家族人到也。”余曰：“仆非阪东人，且并不知阪东者为谁氏。”少女徐曰：“妾实阪东家族人也。”

第三章　阪东家之历史

余时已两次入水，衣裤尽湿，因急欲援救少女，殊未念及。正问答时，黑妇已取得衣服至，请余更换。余乃入一小室，换去湿衣，且思少女既为阪东家族人，黑奴又忠于其主，何故不许其族人到此，知必有秘密之理由，不得向人伸说也。余衣换讫，复入。少女语余曰：“妾虽为阪东家人，先父极恶阪东家族者。妾亦畏其暴戾，故严禁而杜绝之。盖阪东家族远在法国麻智尼玖岛居住，非寓此美国者。”余本疑少女与黑奴或有血统之关系，及视其容颜皎洁，直与黑奴有黝白之分，且聆其解说阪东之问题，言语时带有法兰西音，于是可决其为白种，亦可决其确为法人矣。余之疑团顿释。

少女又问余曰：“先生必未午餐？”命黑奴曰：“三平，汝可准备膳食。”余急曰：“仆不敢久延于此，因所乘之快艇及舵师均已沈①溺，须速报知船厂，事乃妥适。”黑奴摇首曰：“不可，不可。先生必在此句留数日，去当未迟。否则，小人即许先生行。”扬其手中之小枪曰：“彼或竟失礼也。”少女以黑奴出言暴戾，不禁失笑曰：“三

① “沈”，同“沉”。

平,竟欲强迫先生,与妾同此幽囚耶?”三平曰:“先生请勿急归,小人且导至膳室,以进午膳。”

语毕,引余至餐室,谓余曰:“请待片时,吾妻阿留当送餐来。”徐又移椅请余坐,彼亦坐下,言曰:“小人以小姐事,一为先生道。向者先生立岬下,小人执不许援救。今先生欲离此,小人又为是云云。先生必以小人为一最蛮横无理之人矣。虽然,此又何足怪先生者。小人有种种之原因在,请以始末陈之。盖英姿小姐为吾夫妇之少主人也,其深处僻寂之岬,除仆夫妇保护外,别无一人矣。试思吾小姐之伶仃孤苦,尚有何人,足以拟此。小人欲多留先生数天,不仅看护小姐病体,亦聊解小姐岑寂也。”余问曰:“汝主人何故由法国迁居于此?”黑奴曰:“实有深意。盖阪东家为法国麻志尼玖岛之地主,今岛之主人翁即小姐之祖父也。祖父拥厚资,生二子,长名薰,次名实实,为小姐之父,即仆之主人。少时兄弟同恋爱我主妇,彼此各怀意见。然主妇恶薰而爱我主人。薰以是积妒成恨、积恨成仇。始则见于颜色,久则发于语言,常语人曰,若吾弟与彼美结婚,余必致其两人于死地而后已。我主人后果与女子结婚,自此更为其兄所愤。日日窥伺主人之行踪,欲杀之以为快。有两三次,几为其兄毒害。主人后防不胜防,欲觅一僻静地,深自韬匿,使其兄及阪东族人不知其住处。及寻得是处黑岩岬,喜其幽邃,遂买之,于是夫妇避居焉。以仆夫妇忠耿,命留此服役。居无何,主母产下英姿小姐,由是夫妇三人竟与法国隔绝。有一年,主人之父以爱孙女切,特来此岬探望。主人不但不令小姐见,并不令其父入室。再历数年,主母一旦长逝,主人以悲痛过甚,亦相继亡。当我主人垂死时,呼我至其榻前,嘱曰:‘三平,吾死后殆无人料理英姿小姐矣,吾知汝忠诚,必能肩其任。我将英姿小姐托付于汝,小心看护,切勿使阪东家族人来此。若彼辈一来,小姐必遭惨害矣。’主人说毕,瞑目而绝。我既受主人托孤之命,无日不三复其言。先间以枪逐先生者,因疑先生为阪东族人也。小人又闻主人之兄生有两子,年比小姐长,然我未尝见。第料彼二人终非驯善之流,必有来夺害小姐之一日。余不得不日戒备之。”

余闻三平一席话,始明举动暴戾之原因。盖以兄弟同恋爱一女子,为胜者所得,而负者遂日以报仇为事,此亦自然之理也。惟薰之子又何故欲夺其从妹,此中理由,余殊不解。谓绳其美耶,彼未一面,乌由知其美丑。正沈思间,黑妇阿留已端午膳至。三平又曰:“吾主人之前事如是,先生请用午膳。小姐之病尚未痊,求先生暂勿离去,至于需用何物,请示知小人,决无缺乏之虑。”余曰:“吾岂能长居此岬耶？小姐已愈,以后可不须医生,若汝必欲医生调护,则我为代延一医生来,以竟我之任何如?”黑妇阿留闻言,以为不可,极力挽留余,为之调护其小姐。余见彼等夫妇,珍护英姿如掌珠、如宝玉,默为称道不置,更为其至诚所感,乃允之不行。三平夫妇闻余允留岬内,亦喜悦曰:“小姐若闻先生留此,不知如何喜慰矣。此处并无人来,邻村杂货店人每礼拜送货来二次,然亦只在门外,不能入室也。”

余膳毕,复入英姿室,见英姿面形喜色曰:“闻先生允留住敝舍,妾深欣慰。先生留此,得聆清诲,妾幸甚矣。”言毕,殷勤握余手,以表其感谢之意。

第四章　祖父之手书

处于覆载之下,伶仃孤苦,为黑奴夫妇所保护之英姿①,真一最可怜之弱息哉。余在岬内,不仅为英姿之医生,兼任英姿看护妇之职。初本不愿留居者,越一二日,已为雅好韶秀之英姿电力

---

① “姿”,原文作“婆”,据文义改。

所摄引，觉对此丽人，其乐融泄，有令人欲舍之不得者，于是遂无归志。

一日，无事，往园中散步，方倚门侧，见一车辚辚而来，至门外止。此即邻村杂货店之车也。其人以车中各物，一一点交三平。末取出一函，递于三平，曰：“此邮便交来之信也。”交讫，车即行。

余见此信面外，上贴国邮票。三平蹙眉细视，即持信入。已而三平复出，持信至余前，面露愁容，递于余手曰：“请一观之，乃有是事。小人之挽留先生，亦虑祸害之猝至，今果然矣。”余讶其言，不知为何事，诵其书云：

吾之爱孙女英姿乎：我，汝之祖父也。汝生长异邦，未尝一晤。年少时，汝未晓事，我亦未尝致汝书。此为我致汝之第一函。汝向受美利坚之教育，谅汝于祖国文学必不知之。此函之字用美文，使汝易于领会。汝父潜居岩岬，亦已有年，远离阪东家族，抛弃乃祖，愿汝切勿尤而效之。汝祖甲子既多，耄年早届，疾随衰至，浸浸乎将就木矣。我有遗资，无人承受，汝从兄狷治等放荡狼戾，不敦品行，我深疾之。我爱汝，特于未死前，贻此值二百万佛郎之宝石与汝。吾悬想汝受宝石之欣喜，他人又不能与汝争衡，则吾心安焉。此宝石藏于铁盒，不日有人送来。汝谨记收之，以为纪念，暇时再致汝函也。祖杨祐孟手泐。

余阅是信，乃谓三平曰：“此从小姐祖父处寄来，谓不日当有贵重之宝石送与小姐耳。何忧为？”徐以原信还三平。三平曰：“此事不能不忧。吾知此即祸之阶也。异日祸患之来，必以此为起点，吾等必不受彼宝石，彼使者来，亦必标诸大门之外。”余知三平以拒绝阪东家人为快，遂曰：“汝之言，似于理未顺。彼送宝石与小姐，为小姐应得之物，受之庸何伤？”三平曰：“否，否。先主人生时，阪东一尘未尝受过。”余曰：“汝毋固执。”

言时，忽有一人前来。余指谓三平曰：“汝观彼何人？”三平注视少许，乃愤然叱曰：“畜生。”语毕，狂奔入内，持小枪出。余呼曰：“汝何为？”三平曰：“斯人不去，吾必以此杀之。”余曰：“汝诚骇汉，彼行路人，或是运送店送宝石来之使者耳。”三平曰：“吾必不受此宝石。”余二人言时，彼人已将至门首，年仅弱冠，衣服丽都，颇有纨袴[①]气习。余此时制抑三平之狂怒，乃谓之曰：“汝且放下小枪，此乃可危之凶器也，待余试问其来意。”三平曰：“无论彼是何人，请勿任其进屋内一步，否则，吾必击杀之。”余颔以首，乃即趋至门外，与若人语曰：“请原谅仆问，君来此何故乎？”彼人以手左右拈其短须，傲然答曰：“仆亦请足下原谅，欲转以诘君。吾闻此处不许外人厕足，足下何人，得至此乎？”余曰：“仆为医生，来诊小姐病耳。”彼人惊愕曰：“英姿病耶？”余曰：“然。前日因在岩上失足，致受微伤。”彼人曰：“仆闻之，心实不安。然前固不知英姿罹此险厄也。”余问曰：“君为何人？”彼人曰：“仆为英姿从兄阪东狷治。”余闻其名，惊诧不已，心窃讶曰：“咦，彼非其祖来信所云不修品行之人乎？奇哉，彼胡竟至此哉？”

第五章　拒见

余此时始服三平眼光之锐利，且意狷治之来，必非寻常可比。余正疑讶，见狷治眼光紧注余面曰：“仆知此岬，非得主人命不能进，然仆为英姿之从兄，想无嫌疑。且今有要事，必须与之面商，烦足下导吾往见。”余曰：“仆无权领足下入见，请为君先容。然足下立此少待，切勿进此门寸步，否则，必为黑奴枪弹之的。祈注意仆言为要。”狷治闻余言，栗然不语，直立门外，不敢稍动。

余入，三平问曰：“彼何人，来何故？”余曰：“彼为小姐从兄，云有要事特来请见。”三平曰：“吾知来人非好意，必因宝石事来。

① “纨袴”，同“纨绔”。

噫!恐意外之祸患立见于眉睫矣。先生切勿离此岬,一旦有不测,恐吾夫妇不能保护小姐也。”余曰:“汝毋须过事惊惶,吾今往告知小姐,因彼为小姐从兄,或允一面亦未可定。”三平曰:“小姐即允令晤,吾亦不许入内。先主人遗嘱,不许阪东家一人进此门,吾不能不坚守其命。”余曰:“无论如何,亦当商之小姐。汝且在此谨①守,勿使他进内。”余嘱毕,即往英姿室。

时英姿一人独坐看书,见余至,喜迎曰:“威里夫先生,妾甚寂寞。”又指一椅曰:“请坐。”其声温和清婉,蔼②然可亲。余曰:“有事奉闻。小姐祖父所言宝石之信,仆已明阅。今有人来前,欲与小姐晤,现候于门外。请问小姐愿见彼否?”英姿曰:“彼何人耶?殆狷治耶?请为妾逐之。”余曰:“然。然狷治为小姐从兄,何故逐之?”英姿曰:“虽然,妾万不能许彼入内。彼必因宝石事,特来害妾耳,且先君有言,凡阪东人不许入室。”余曰:“余意彼必非害小姐者,即或包藏祸心,仆必竭绵③力以相助,请勿深虑。”英姿曰:“若是,彼必兼害及先生矣。”余曰:“害仆乎?仆生平未尝与人结怨,何故而得此横祸?”英姿曰:“何故耶?妾疑……妾疑狷治之来,殆欲与妾议……议结婚约。今先生在此。”英姿言至此,颜色顿赪④,发声寒颤。余悟其意,知含有无限深意,余心血为沸,不复能自持,急趋英姿前,紧握其手曰:“英姿小姐,余知……”余言至此,不复能续。英姿曰:“威里夫君,妾与君萍水相逢,同处未久,然应洞察妾意。妾甚信仰君,俾君毋得轻离妾侧,妾心始快。妾深爱君,君之待妾,殆如我父之温存、我母之真挚。想君为侠义士,谅怜妾之苦衷,而不我遐弃。今者魔障忽来,苟君远离妾,必

① “谨”,原文作“仅”,据文义改。
② “蔼”,原文作“霭”,据文义改。下同。
③ “绵”,原文作“棉”,据文义改。
④ “赪”,原文作“赬”,据文义改。

难生存于世界矣。”余不意英姿注意于余若是，闻此一席语，不禁色飞眉舞，若膺九锡，喜极不复能作一语，为至爱之接吻曰：“爱卿！我挚爱卿①，我决不舍卿而他适。有害卿者，我任保护之责。我之爱卿，甚于爱我之生命。我决不为负义薄幸之人。”语毕，复吻其颊，曰：“卿不愿见狷治乎？我当为卿驱之使去。”英姿曰：“可。第拒之勿过激，恐其致祸于君也。”

余唯唯而出，至园门首，遂婉辞谢狷治曰：“仆已将君言代达于小姐，小姐以抱采薪忧，今日不能晤君，盖以病故，不克与人晤谈也。不必久待，俟病愈时，再与足下相见。”狷治闻言，圆睛炯炯，愤然曰：“吾非容易受人欺者，吾之来，实与彼有无上之幸福。汝乃欲阻挠之乎？吾自有足，可自行入内，不必汝导焉。”言毕，举步，而大声发矣，矗立于前者，为一黑奴，以手中枪，直指其胸，叱曰：“狂奴，速止步，稍犹豫，吾枪发矣。汝犹知爱惜生命者，当速退。此间不许阪东家人一涉足焉。”狷治猛见，不觉失色，急退数武，疾詈曰：“今日虽不得见英姿，余终必使之深悔此拒我。鼠辈，试睁而目观之。”言毕，悻悻然去。

第六章　侦探

越三日，余与英姿坐谈书室中，阿留匆匆入，向余告曰：“有一少年男子，跨卫停门外。”盖阿留往昔有事，必告其夫，自余到岬后，彼以英姿深信余过于三平，且三平尝谓余，彼每见外人，即疑为仇敌，惟见余则无异于主人。又谓小姐病愈后，必劝其与余结婚，因小姐除余外，无一人足堪依托云云，故阿留事事均先告余。余闻阿留言，即离英姿出门外。见来客年约三十余，适下马，至余前，举止和平，与余点首为礼，徐由怀中取出一小册，问余曰：“君

① “卿”，原文作“鄉（乡）”，据文义改。

即阪东先生乎?"余曰:"否否,此间无阪东男子。三日前,曾有一法国马志尼玖岛阪东男子来,不逾三句钟即去。去后,未有再来者。此男子亦不知何往矣。"彼人似正疑诧曰:"法国马志尼玖来乎? 真咄咄怪事。仆之来,非为阪东家事,乃觅布兰而已。"余曰:"此处无布兰其人,君得无错访乎?"彼乃取铅笔问余曰:"请以尊名见示。"余曰:"仆名威里夫。"彼人即书于册内,又问曰:"君居此岬乎?"余曰:"否。仆本居纽约,来此才数日耳。"彼曰:"是耶,君操何业?"余以其所问,傲不为礼,乃不悦曰:"君何故絮絮穷诘,请君赐示尊名。"彼人曰:"仆名祁德侦探也。"余愕然曰:"君侦探耶? 来此稽察何事?"祁德曰:"前曾告君,觅布兰矣。因其盗去一盒,盒中乃有值二百万佛郎之宝石。"余曰:"宝石乎?"祁德曰:"然,此宝石乃由法国马志尼玖交运送会社,送与英姿小姐者。昨日已到纽约,即由纽约运送会社饬人送来。盖所饬之人即布兰也。布兰去后,人与物俱渺无迹,只余空车一辆,在运送会社门外。"余脱口答曰:"此宝石之失,非与狷治有关系乎?"祁德急问曰:"狷治何人?"余曰:"即仆先时所说阪东家男子,小姐之从兄也。其祖父以其器薄无行,故特将宝石送于小姐,不愿贻彼。彼适于三天前到此处,吾恐此事,于彼有关系。"祁德曰:"狷治乃小姐从兄耶? 既从兄矣,或不致劫妹重器。此事无论如何,我于布兰,不能无疑。此盒固入彼手者。虽然,此小姐事也,仆亦当一晤小姐。"余曰:"可。"

于是偕彼进见。英姿胆素弱,一见祁德,即惊诧欲避。余止之曰:"毋疑,此即运送会社之侦探祁德先生也。"乃备述祁德来意。英姿微笑曰:"此必狷治所为无疑。然妾亦不介意于此等宝物。"余曰:"此非寻常事,乃值二百万佛郎之重宝也。"祁德曰:"姑无论价值如何,惟运送会社有极大之责任在。"英姿曰:"此物定为狷治抢去,是不用疑,乌乎用吾疑。"余曰:"小姐与仆同意见矣。”祁德曰：“君等皆归罪于狷治，以仆眼光，只疑布兰一人耳。吾必侦捕之。”余曰：“如此君当捕布兰，仆则侦狷治。若二人皆得，终必有一为盗犯也。”祁德曰：“毋须我等侦探，那直罗侦探长自有主裁。”余曰：“那直罗耶？”祁德曰：“然。彼乃一著名侦探也。”语毕，遂兴辞而出。

翌日，那直罗侦探至，谓英姿曰：“失宝石事，小姐有疑于狷治乎？虽然狷治曾来此，惟对于此问题，实漠不相关。仆试申言之，盖仆非为狷治洗脱，特事理之相去太远，不能不一研究。狷治既有意抢此宝石，彼何故不在法国设法，而反来此缉捕严密、不易抢劫之地，行斯险策耶。况仆于布兰，更有不能无疑者，彼以二万元保证金而得任运送会社之职，社内司事员云，其在社以来，未尝有二百万佛郎之重器经其手，计最多者，止送过一万佛郎之宝石而已。今一旦得此贵物见委，焉得不穷焰若炽，且其坐之车尚在邮局门外。由斯推测，即有人欲夺此宝石，岂敢在此车马喧阗之街上行劫耶？果尔，布兰竟恝然置之，而不一呼喊耶？倘布兰为凶手所杀，亦当有尸在，何以至今尚未尝发见哉？”那复切实言曰：“此宝石为布兰盗去，可无疑义。我曾电知各警察署，料彼不能远遁。”余曰：“以鄙意，仍当追寻狷治为得。”那曰：“狷治为此案中不关紧要之人。仆断不能于不紧要处着意。君欲察彼，君自为之。”余闻那之所答，似有不服余议，余颇不自悦，乃负气答曰：“仆必当迹狷治。”那又曰：“余来此费去许多时刻，今去矣。我先往礼零顿察访。”余曰：“仆亦欲往彼处觅狷治。”

英姿闻余言，乃曰：“君毋须亲去，另雇一侦探代查可也。”余本一刻不愿离英姿，忽闻英姿止余勿去一语，余于是寻觅狷治之勇气忽然消失。惟思此事使侦探代查，假手于人，终无有济。余固疑狷治即盗犯，奈彼侦探不以为然，必得非布兰之确证，而后及猬治。余并非因此二百万佛郎之宝石，第以猬治如是暴戾，若①不寻之，后必加害英姿，斯则余所疚心，亦为余今寻彼之理由也。余以保护英姿故，无论茹辛苦、历危险，亦在所不畏，乃慰英姿曰："余办妥此事，即可回来。有三平夫妇在，无庸过惊。我今晚即寻得彼，亦未可定。"

余乃与侦探出门，至礼零顿，往报警察署，然终无猬治消息。复乘火车往纽约，再发电各警署要截。余坐待音耗，逾二句钟之久，即有回电，惟仍无着落。余因出来过久，深念英姿，急欲回岬。计时已夜，回岬晚餐已迟，不如在此用膳。膳毕，坐马车反岬。途次，心中无限欢喜，幻景萃集，失宝石一事，竟置之脑后。盖预想将来与英姿结婚，二人并坐油壁马车中，飞驰于纽约康庄大道，而英姿一旦变为威里夫医生之夫人，朝夕相随，殊可乐矣。

余正凝思间，马车已进黑岩岬内，抵绕宅之林畔，见窗内灯光射出，灿灿耀目，忽闻悲啼声，随风送至。余惊惧甚，急策马飞奔，直随哭声去。及宅外，屋内灯光如昼，急下车，入甫数武，觉触一笨重之物，视之，则黑奴三平之死尸也。余时全身抖战，瞥见内有一人闯出，身负重物，则一云鬟散乱之女子，即英姿也。余正彷徨无措，彼挟抱英姿之人见余至，乃曰："汝来甚佳，可交回小姐与我等。"余闻是人言，愤火中烧，即欲向彼扑击，忽房内又走出一人，手持角灯，视之，乃猬治。余怒极，向彼骂曰："若不留下小姐，汝等必死在目前。"语毕，向彼猛扑。猬治闪过，若不欲与余斗，乃以角灯乱晃，欲眩余目。余力击之，中其臂，角灯堕地下。时黑妇阿留从房内奔出，拾起地上角灯，号呼余曰："威里夫先生，请速杀彼等，彼等抢小姐及杀吾夫之恶贼也。"阿留斯时情形，状若风狂，不复知所言何事。猬治放出凶恶残毒声向余曰："吾曾言之，必得小

---

① "若"，原文作"苦"，据文义改。

姐为妻而后已，今果得遂吾愿。汝尚有何恃，再一句钟后，吾当与小姐坐快艇，离此亚美利坚矣。”余闻言怒极，不暇致辨，惟思击死此人，庶能脱小姐于险，即握拳向彼脑打去。狷治一手阻格，回顾其党曰：“汝可先携小姐下船等候。吾一人了此孽障足矣。”彼人闻狷治言，即忽忽去。狷治即于腰间，抽出一利匕首，向余回刺。余时手无寸铁，何能与执利刃者相敌；但一畏缩，英姿必被强暴；以彼伶仃孤苦之女，吾若不救，又谁能拯之者；思及此，更不暇计利害，以为苟能拯小姐于厄，即身死亦甚甘心。况吾身体尚灵便，或不致遽遭毒手，遂一面闪避，一面乘间狙击。狷治自恃其刃，厉声曰：“汝自寻死，切勿怨我。此本我家事，何与汝者。汝必欲插身其间，可谓不知量矣。”自此二人均不言，遂力挎。余拟以足踢去其刃，彼亦善斗者，终不能奏绩。余屡避其锋，急切间，亦无物可援以自卫。一失足而狷治倒于地上，余跨住其身，力殴之。狷治一手挣脱，举匕首向余直刺，余不及避，刃已入吾胸，血溢出，狼藉地上。余虽痛极，仍不稍释狷治，尤狂击之。时阿留伏夫尸而哭，声极悲惨。转瞬，余又中创矣，狷治复以匕首剚①吾小腹，余痛不可支，遂晕绝于地。

第七章　布兰之尸

余痛定苏醒，见三平之尸僵卧余侧，月光从门外射入，色甚惨淡，若梦初醒。忽忆先间之事，不禁切齿痛恨。本欲竭力救英姿，乃英姿不能救，而已反受重伤，又不知英姿被抢后，如何悲伤，兴思及此，不觉惭愧无地。窃念惟有牺牲性命，急追强徒，以冀挽回于万一，但痛苦不能移动，一转侧而创口痛澈心肺，加以饥渴交加，颇难忍耐。继思阿留或在，乃呼之，绝无应声，殆同为狷治所

① “剚”，(用刀)刺。

虏乎。复忖此岬,昼日尚无人到,何况夜静。惟有自为援助之一法耳,乃忍痛起坐,亟视门外,则余先时坐回岬之马车,亦已杳然无影。回首四顾,见背后有一盛水铁桶,疑是阿留浣涤器物所用,放在是处。乃匍匐桶前,伸首视之,桶内盛有水,余正渴甚,得此水,犹胜于仙露琼浆,掬而饮之,渴遂解。复以余水洗小腹伤口,又于袋内出绢帕裹之。时伤口之血已止,惟饥不可忍,虽在纽约曾食晚餐,第以是日奔走过劳,消化之机顿速。欲入庖内,搜索咖啡面包,聊充枯肠,然创后气体羸弱,行步殊艰,且屋内黑暗异常,又不易进。挣扎良久,天渐亮,伤口楚痛,行动比昨夜更苦,急奋然曰:“英姿已被人强抢,辱莫甚焉。若不夺回,尚得成为丈夫耶!”

正愤激间,闻车声辚辚,不禁诧讶,盖是岬向无人至,何竟有马车驰来。若狷治复至者,则此生休矣。少顷,车停门外,一人直进屋内,则侦探那直罗也。余见之,喜已有所助。彼见余之情状,惊疑问曰:“君病乎?”余曰:“非病也,乃负伤耳。”那曰:“何伤?岂与人决斗乎?”余曰:“那直罗君,仆向所料者,事果不差,宝石确为狷治所盗无疑。仆昨晚由纽约回,适狷治强夺小姐去,仆即力夺之,徒手不敌,彼以刃刺伤吾腹。黑奴三平已被杀死。黑妇阿留及小姐或同时抢去。”那曰:“黑妇何人?”余曰:“即黑奴三平之妻也。仆料彼等必遁往纽约,请君偕仆往纽约追踪而往可乎?”那以手拈颔下须,周回瞻瞩,迟疑答曰:“当细察屋内,或小姐仍在屋中亦未定。君昨晚所见,果阪东狷治乎?”余曰:“确是阪东狷治。小姐现必不在屋内,仆亲见其抢去,且狷治自说有一快艇泊在近处,过一句钟后,当同小姐乘快艇离却亚美利坚云云。求先生速同往纽约,寻此恶犯。宝石事自然水落石出也。”那曰:“必一察屋内乃可。”那言时,庄重恳切,颇不失老诚持重之规则。

余于是藉那扶掖而起,伤口之痛较前略减,缓行至厨内,取白兰地酒饮少许,使助气力。再出屋后,至岬之崖端,面海而坐,欲一休息。那在室内勘察毕,出至余前曰:“吾知狷治夺小姐时,小姐必不愿去。观其室内之地毡及各器物,颠倒零乱,狼藉地下,则可知小姐曾与狷治抗拒也。且室内之窗帘扭皱折叠,意小姐初欲从窗户逸出,后为狷治牵制,故紧缠是帘,乃成如是之状。以鄙意则如是测之。”已而又曰:“布兰尚无踪迹,此事殊觉奇诧。”余曰:“是乎?若以愚见,必置布兰而追捕狷治矣。”那曰:“仆以为狷治抢杀人命与失宝石事,两问题或不相属,不能以强夺小姐,即指为盗宝石之犯。因果得小姐,则不患宝石之不入掌中,又何必先事抢劫。”

那又指海突出之礁石问曰:“此何物乎?”余凝视之,见有一旧衣挂其上,海浪涌动,掩映高低。余曰:“奇哉,是旧衫也。”那曰:“然,此衫尚有运送会社之标记在,此必会社员入水矣。姑勿论衣者为谁,且取来一察验之。”余思此岩离礁石高且远,若欲取此衣,大非容易,意那直罗断难拾取,继见那循树而下,拾一树枝,长约二尺。余问曰:“此二尺长之物,可伸及礁石之上耶?”那笑曰:“子勿言,但看吾取。”语毕,即从怀中出捕人所用之长绳,一端紧结于树枝,又以石缀其端末,将索全缠枝上。缠毕,即手持缠余之索,随即标掷海上,恰中礁石之旧衣,树枝为水冲激,旋转如蓬,而旧衣则被其扭结。余暗暗心服其法之巧。那牵索上,似极沈重,忽呼曰:“噫,怪事。”余亟视之,惊骇已甚。盖此非衣,乃一死尸也。其尸未被索绕时,头及手足,俱为水没,故误以为衣。余与那尽力将尸牵上,放在岩上,细心辨验。那曰:“噫,布兰之尸乎?”余曰:“布兰耶?何以至此?”遂问那曰:“君对于此尸有何理想乎?”那镇静侧首答曰:“吾亦无甚理想。大凡人不因疾病卒然而死者,共有三大原因。一为无意失误,一为遇事自杀,一为被人谋害。此三问题,吾将一一剖解之。布兰果失足下水,何故其运送之车,仍安然在会社门前,而独己一人来此,以致失足下水乎？此第一问题,已知其不确。至谓其遇事自杀,但闻会社中人言,彼之处境,亦可称为幸福之人,其生平对于经济一事,未尝向人挪借,且又无家室之累,其死何为？然吾疑其因盗窃宝石后,追缉严紧,乃惧罪自溺耳。渠知自经,犹胜于被捕。且查自来因惧罪而死之犯,实不可胜数。吾敢断言其死为此之故。若疑其被人谋害者,则布兰平日谦逊和平,向无仇敌,又何致人深恨之,欲致之死地。如谓他人欲夺宝石,故谋杀之,计知宝石之事者,只英姿小姐、阪东狷治、黑奴三平及足下数人而已。"余笑问曰:"然则君疑仆杀布兰而夺宝石乎?"那笑辩曰:"否否,余并非疑君,不过论其事实上之理耳。"又曰:"布兰死之疑问,吾辈亦宜研究之,必先由是处查勘一切,或得头绪,亦未可定。"

语毕,即望连岛之沙路而去。余坐守草地上之死尸。少选,那直罗复由沙路回,乃鼓掌笑曰:"吾得之矣,吾得之矣。布兰必为人谋杀无疑,适沙路上有车辙之印,又路旁足迹错杂,此非布兰未入海以前与凶手相抵抗之证据乎。由此观之,杀布兰之凶必于沙路上要截夺之,而后将车拖回运送会社门首,欲掩过其形迹耳。"余见那察事精密,而且无微不到,心极佩服,乃向那曰:"仆总疑劫宝石及杀布兰之凶手,即为狷治。彼劫宝石后,来强抢小姐及阿留,乘快艇离亚美利坚去。"那曰:"如是看来,凶手或是狷治未定。君知狷治快艇之名否?"余曰:"不知。但彼或尚在礼零顿,君能助仆同往礼零顿追之乎?"那踌躇半晌,答曰:"仆恐不能偕往。"语毕,将布兰之尸移置屋内,径去通报警署。余则乘车指礼零顿路而去。

第八章　筱田侦探

英姿小姐及阿留被阪①东狷治抢去后，自以追寻快艇为第一义。惟海上船舶出入，日以千百计，今又不知其名，茫无标识，将从何处着手。虽然事在人为，苟稍有畏难之意，殊非我所以待英姿者。留住礼零顿数日，细查狷治之快艇竟不能得其端绪。而警署中对于此案之意见，真是令人骇绝。盖警署向以黑奴人命为无足重轻，验尸官察验三平之后，遂立一验死状，内详谓黑奴三平向将英姿闭禁岬内，狷治乃英姿从兄，冒险进岬，欲救之出。黑奴与之抗衡，遂罹杀身之祸。此非狷治之罪，而三平实有以致之。又谓余之受伤，亦因与狷治拒。狷治为救妹故，迫而出此云云。警署此论一出，市民翕然附和，无异词。其致此之由，盖三平向日力护英姿，人有进岬者，辄以手枪相拟，故人皆恶之甚。呜呼，忠而受谤，信而见疑，古今一揆，以如此赤心之仆，牺牲生命，保其少主，反蒙此冤抑，良可慨矣。而其验布兰死状，犹有可笑者，谓杀布兰之凶手，非狷治，实三平。彼常持手枪向进岬之人，已现杀人之恶状，今见布兰，直夺其宝石而害之。狷治因救其从妹及夺回宝石，致迫杀三平，此不特狷治无罪，尤见其勇侠可嘉云云。

余因睹此二状，发指气愤，真欲褫此鹘突官宰，而一申詈之。继思事已如此，彼无智之警察，竟荒谬若是，遂决意另图别策为之。即从礼零顿回纽约投寓族店，筹思拯救英姿之计画，及寻出狷治罪恶之证据。窃念余与英姿爱情如何笃厚，今遭此不幸，当惟以寻得英姿为目的。办理此案，虽毁家破产、舍弃生命，亦不应有丝毫吝惜；局外人或谥余为愚，诮余为妄，笑余为情痴，在所不惜。盖英姿之忧危被辱，即余之忧危被辱。无论如何冒险、如何

---

①　“阪”，原文作“坂”，据文义改。

艰苦,誓不稍存畏惮。筹思数日,乃决意往私立侦探会社,雇一有名侦探,委办此案。

至侦探社内,与社长晤谭,将事始末告之。社长曰:“此事关系重,我辈未奉长官命在法不能擅捕人,且凶手系外国人,又不能定其在逃地,故任此侦探,非稔习外国语言律例者,未易得其踪迹也。本社有侦探名筱田者,或可任是职。君明日正午来,彼当晤君。”

余辞归,次日正午,再至侦探会社。进客厅,见社长座右坐一人,体癯而短,轻獦①似猿猴,面黧目灼然上下视。社长为余介绍曰:“威里夫先生,此即筱田,著名侦探也。”余乃与握手曰:“君即筱田先生乎,仆事,社长已告君?”筱田直答曰:“然此事难甚,恐辜君命。”余曰:“否,倘君允助仆,仆敢断其非难。敢问君今对于此案,有何意见?”筱田答曰:“仆此时尚无定见。无已,君其速往购往巴黎头等船票二枚,仆当为君追察之。”余闻其购巴黎船票之说,乃惊诧问曰:“君已定凶手之方向耶?”筱田曰:“不过臆想耳。此理由敢为君述之。君止知布兰送宝石往黑岩岬,而亦未知所送之宝石是何种。以余测之,必是金刚石,法兰西人最贵重之意。狷治必携往巴黎求售,且狷治不得其祖毫末分产,手无余资,焉能长守此宝石,其急于求售固无疑义。”余曰:“往巴黎出售,将得最高之值乎?”筱田曰:“君不闻犹太人凡有金刚石,必往巴黎求售乎?求价而沽,贸易之常,夫何足异?伦敦非无买此宝石者,惟价额远不及巴黎,且收买此等宝石之店铺当收买之际,深恐有盗窃等事,必多方盘诘。彼来历既暗昧,又焉敢出此投网下策耶?”余曰:“君之卓识,佩甚。仆对于此案于宝石上从未思及。”筱田曰:“君且先买船票,一以交我。君自用其一,且君须独行至船。”余

① “獦”,同“僄”,轻快、敏捷。

曰:“然则时始遇君?”筱田曰:“此后仆可见君,而君不可见仆。”余曰:“然则俟船展轮后乃仆于何得见乎?”筱田曰:“不然,仆无论何时皆可见君,而君总不能随时见仆。”余曰:“君岂有隐身术乎?”筱田曰:“子真不解事。譬如仆易装随君,试问君能于群众中指出仆乎? 盖君今日处于四面受敌之地,狷治未离纽约以前,已知君犹未死也。盖君受伤后,亲往礼零顿追查其快艇,且警署验尸之状已四处喧传,谓君受伤。狷治为人颇机狡,焉有不知君举动。彼一刻不忘君,实欲即得之而甘心焉。今君之出入,须得一人暗为保卫,始免于难。吾易装随君,为君安全计耳。”

余闻筱田道出余危险处,不觉胆寒。余自离黑岩岬后,未尝一注意己身之安危,疏实甚。今得筱田一语道醒,焉得不服其用心之微妙。继思得此机变之侦探随余左右,而中心转为之稍安,遂与筱田密商如何侦追狷治,及约于船上相遇之事。

越三日,有船往法兰西。余即定两间头等客房,购妥船票,交一与筱田后,即回旅店,收拾行李,并藉此休养伤病。

次日,余立旅店门首,有一商人迎余面而来,口含雪茄烟,且吸且唱,调怪甚,其声似街头卖手套鞋袜等之小商所唱者。彼人至余前目他视,低声语余曰:“子不买余物亦可,惟彼处有人伺子矣。”语毕,掉头而去。余诧之,注视其后影,良久始悟其是筱田侦探也,味其言,心跃跃动,左右顾,无所睹,复视筱田,已入横路去。自此未到汽船以前,亦不复见筱田面。

至第三日,船将启行,余于码头得晤筱田,仍吸雪茄烟。彼微语余曰:“彼亦同乘此船。”余曰:“彼何人?”筱田曰:“即在旅店前伺君之人也。”又曰:“若仆不与君言,君切勿与仆语为要。”余颔之,遂各自上船。余自闻筱田之言,如谨守敕命,不敢稍有违越。虽知筱田在船上,亦不敢留意探望。时或在甲板上邂逅之,彼此皆不一语,一若素不相识者。船辗轮已三日,是日,余适在甲板上,观望海景,偶见筱田,余正避而他往,筱田四顾无人,乃低语余曰:“此真怪事。仆于搭船时,明明见其人亦附此船。”

——《小说林》(1908)第九、十、十一、十二期

牧羊少年

故事梗概

亚打与高顿是亲密好友,共居于澳洲山中一牧羊小屋。二人本都是英国人,因种种原因流落至此。高顿病弱,亚达悉心照料。某日,亚达接到律师辗转来信,告知其叔烈芍·温葛男爵近已故去,男爵曾立有遗嘱,所有财产、爵位皆归其侄约翰·温葛(即更名前之亚打)承袭,倘约翰·温葛已死,则归男爵之宗派远亲伊雪打·温葛小姐承袭之。信末恳切催促亚打即返英国,承袭爵业。此时,高顿也从一报纸中得知此消息,并欣喜若狂地告知亚打自己的身世。原来男爵之宗派远亲伊雪打·温葛小姐即高顿之妹,高顿父母早亡,与妹妹相依为命,后将妹妹托付亲戚,自己流落至此,若妹妹承袭爵业,则会改变命运。亚打没有说出自己的身份,有意放弃产业以成全好友之妹。

当夜,牧羊屋有强盗入室,高顿为救亚打被强盗打死。警察到后,亚打告知被打死者乃约翰·温葛,而自己为高顿,自此改变身份为高顿,回到英国,并进入伊雪打所承袭庄园做事。伊雪打初袭产业,诸事不通,幸得高顿帮助。二人在交往中,互生情愫。

奈敦羡慕伊雪打富贵,极尽讨好。村女撷脱对高顿一往情深,不能自已,因而嫉妒伊雪达。后来,撷脱去伦敦,被人怀疑与高顿私逃。奈敦假意声称去伦敦,代为寻找撷脱。伊雪打等人甚为感激。高顿到达伦敦后,在剧院里发现了当初在澳洲杀害

其友的凶手,试图将其抓住,但周围环境黑暗,贼人趁机逃跑。

伊雪打后来得知高顿在澳洲的情况,为了查清真相,决定亲自去伦敦找高顿。高顿向伊雪打陈明当时的情况,并向伊雪打表白爱意。高顿因得知伊雪打已与奈敦订婚,且自己被伊雪打怀疑已与撷脱订婚,愤怒离开。

爱慕撷脱的德里伐听信谣言,要报复高顿,后为高顿所救,深感愧疚。当众人都怀疑高顿是一起谋杀案凶手时,伊雪打坚信高顿无罪。德里伐向警察说明真相,众人方知奈敦是凶手并嫁祸于高顿,奈敦拒捕自杀。被奈敦杀死的恰为当年澳洲之贼首,即奈敦妻兄。高顿与伊雪达有情人终成眷属。

第一章

一夕,澳洲山中忽出一骇异之事。是夜天高气爽,月白风清,一少年立牧羊屋门外。屋为木板制成,建于一新垦小林之下。少年举目周瞩,状极恇怯,似久居山林僻野中,与魑魅幽灵同处,故其状瘦瘠,殆不类人形,面色惨白,两目微红,倘有工于笔画者,可描成一幅绝肖之热病图。时则倚扉默听,似所迟之人久久不至,一种急切殷忧之心绪悉流露于外,故其瘦削之面、焦枯之唇竟为其迫切之神情所掩夺,更有一犬蟠伏其足下,时时昂首侧耳,状亦类此少年之嘿然静听者。少年呼其犬曰:“卜比,夜深矣,亚打胡尚不归?”犬摇尾,如解主人语,如是良犬,虽黄金亦不能购得其态也。已而少年进屋内,就茶炉中取火燃①牛油烛。时月色皎白,透窗而入,直映照此瘦病少年之身。少年旋坐炉侧,垂首咨嗟,极形忧闷。此际烛火虽炽,而不能祛少年之寒,身躯战栗,时以袖拭额上冷汗,约半句钟许,欹卧椅后,藉以假寐,伊郁之容见于面上。

① “燃”,原文作“然”,据文义改。

甫交睫,骤闻马蹄声猝起,自远而近,其犬忽跃吠一声,作欢迎状,少年亦起立,身摇摇几踣,状类中酒。行及门次,蹄声骤止,则骑者已至门前,下马卸鞍,时犬飞奔向骑者跳舞,状极欢欣。少年问骑者曰:“尔归何迟耶?所事奚若?”骑者太息曰:“迟耶?”少年曰:“吾以为尔或遇意外事,乃永永不归矣。”又曰:“亚打,可速入。”亚打颔首应之,遂牵马至屋后厩内,略刷其毛,并倍给其刍,然后徐步入室。

少年垂首坐炉次,见亚打入,即起立,微笑出手。亚打急前握其枯瘦之手,觉甚热。此二人对立,皆弱冠少年,顾体质则各异,一则病躯孱弱,厌厌待毙;一则精神活泼,气宇轩昂,其肢体之坚强有如钢铁,遍身筋络条条发露于外,而面目间气色乃为风日炼成,微作黝黑,双眸亦黑如玛瑙,就火光中炯炯流射,发则棕色而拳曲盘叠至顶上。

亚打问曰:“积高顿,尔倦乎?”言时,摘其帽并脱外衣复曰:“胡不安睡?吾临行时曾嘱尔早息,胡竟忘之?”少年面微赧,答曰:“吾曷尝忘之?乃苦于不能入梦耳,此病为生平未有之苦。昨夜似闻人行步声出于山谷,今夜亦如是,故辗转不寐,料皆因此热病致之。”亚打点首曰:“然吾归来时,并无所见。数日前,吾虽曾见有一群人,时聚集于此山之内,然今已去矣,彼辈与我等谅无甚关系,且亦距此甚远。尔今可安睡,吾往取茶来,吾虽离尔远出,此心恒悒悒不释,今既返,甚乐看护尔也,且吾又购得金鸡纳霜少许,当取与尔服。”言已,启药包,慎重如金砂,曰:“此物尤贵重于金,以其能已尔病也。”乃取一服置高顿舌上。高顿目注亚打壮美之面上,意甚感激,颤声曰:“亚打,尔诚良友哉!六月前,吾遇尔于和利科,一见如故,恩义有如手足,而尔尤能事事让我,吾虽以极暴烈之性对尔,而尔亦忍受之,未尝以恶语报我。”亚打止之曰:“勿多言,宜静养病体为是。”高顿曰:“噫,尔以吾病,乃跨马驰一百五十里之长途往购药，亦疲苦极矣。虽然尔之好阅新闻纸尤过于己之生命，尔殆藉购药为名，实则往阅新闻纸耳，未必专为我购药也。”阅者观此数语，必诧高顿出语不情，然亚打则不之怪，盖彼二人之情愫两无猜忌，又知高顿以病中焦灼，故口不择言也。

亚打恐拂病人意，亦不与辩，乃微笑曰：“吾果有报纸携回。”遂向衣架上外衣袋中取出置床上。高顿微声曰：“亚打，吾恐与尔不复能久聚于此，不日且永诀矣。”亚打回面向壁，不使高顿见己之悲惨状，徐答曰：“尔勿忧，何至于此？”高顿曰：“尔闻我言，或且笑我心怯，然我自料不久且长逝矣。”亚打急以他语乱之曰：“吾侪他日必同往美炉彬一游，此盖吾侪夙志也。”又曰：“吾将以何法已尔之寒乎？倘需何物，可告我。”又取茶置桌上，指谓高顿曰：“茶在是，并有软饼购回，然此饼徒有其名，今乃硬如石，惟以之投入茶中，则复软矣。”高顿接饼曰：“尔气力如一猛狮，而尔之温柔慈善乃如一妇人，且尔之心则更软如油船之灰。吾谓尔具此性质，将来必不免入于困苦之境也。”亚打面赪而微笑。高顿复曰：“虽然尔之温柔慈善如妇人，固尔之佳处也，然必立定宗旨，否则将不利于己。盖凡人每以温柔慈善太过，至于舍己救人，倘能坚定其心，则或不致受累。尔以我言为然否？”又曰：“凡人交友能尽如尔者，则真无往不有亲手足矣，吾幸遇尔……”亚打曰：“尔所言乃如一短篇小说使人解颐，然吾对于尔之效劳，尚不及吾愿之半也。夜深矣，可安睡，请勿多喋喋。”言已，出一毡，代高顿铺陈毕，遂独向炉次吸烟，既而忽悟烟之气味或足致高顿咳嗽，乃急灭余烟，置烟管袋中，就炉侧隐几而卧，静听高顿之鼾声，知已熟睡。时炉火将烬，室中甚寒，乃蹑足起，取衣披之，忽手触袋中物，遂忆起内有一书尚未展视，乃取出，就灯下视之，见书面书“亚打·坡顿收拆”，并注明和利科地名，乃自语曰：“此二年来，吾以得此书为第一次矣，惟不知何人寄我。此寄我者又何以知我之名？噫，此必为索债之函。盖观信面，似是商人笔法，且吾戚友中本不知我此名，又不知我之居此。”言时，欲投信火中，料此信必系逼人烦恼之物，既又思曰：“试拆阅之。”主见既定，乃开封取信出，见信纸洁白如雪，知其非寻常人书，信之上端印有“科罗士律师”字样，其内略言查访亚打之踪迹无地不至，所未经查访者只和利科一埠耳，后乃大费周章，始侦知其易名亚打·坡顿而居于和利科；又谓其叔烈芍·温葛男爵近已物故，男爵曾立有遗嘱，所有财产爵位皆归其侄约翰·温葛承袭，倘约翰·温葛已死，则归男爵之宗派远亲伊雪打·温葛小姐承袭之；信末则恳切催促亚打即返英兰承袭爵业。亚打阅信毕，木然不动，面上忽红忽白，昏昏然几疑身在梦中，然此书明明在手，目睹书中之字画亦了了清晰。盖亚打者，即烈芍·温葛男爵之侄，而本名约翰·温葛者是也。其叔为英国男爵，财产绝巨，故亚打接此书，直惊喜出诸意外，乃自语曰：“吾久已忘怀此老，此老当时本无意以爵业授我，今何乃忽改初心而以爵业见畀？诚出吾意料外也。”盖亚打自幼孤贫，谋生劳瘁，艰险备尝，而其壮怀毅力不为艰险所挠，且立志高尚，随遇而安，绝无继承其叔之希望，亦绝无思恋祖国之感情，今乃骤得此佳美机会，温葛之渠渠大厦、膴膴良田尽为所有，吾料此际之亚打或亦一念及其祖国矣。

亚打自思曰：“温葛之邸第虽闳，然已陈旧，曾经两代之久，园中池水亦半涸，芦草丛生，蓬蓬勃勃，而一切家禽孔雀类飞鸣其间，此则吾所依稀可记者，余皆迷离惝恍，几不复忆之矣。”盖亚打现处贫困之境，所居者乃一粗陋之牧羊屋，其衣袋中所存止数先令，箧内止贮骑马旧衣一袭。今阅来书，固宜惊喜交集，方其与高顿同居于此，共为牧羊掘金之苦工，彼此役役竟日，备极劳苦，然二人虽作此贱役，其早年则曾入学堂并受教育，非下流人物也。

亚打秉性坚忍，能为人所不能为，生平既历尽艰难，今骤获此美境，在他人必立时启程，刻不及待前往英兰承袭此爵业，而亚打则不然，倘高顿之病不痊，彼决不离此牧羊屋，即英皇传以大位，彼亦不允骤行。盖其意必俟高顿病愈后，与之同往英兰男爵府，甘苦共之，万不忍一旦舍去其患难之友也。

亚打又思曰："积高顿之病必不致死，彼所以屡作伤感语者，乃自怯耳。但彼现在病中，不宜遽以此事告彼，否则彼必为我焦灼不安且促我行，今惟有静俟其病愈，然后与之同返英国。"正沉思间，闻高顿转侧微呻，亚打乃趋问曰："尔睡安否?"高顿曰："倘无恶梦相扰，亦可安睡。"既而复叹曰："吾此时回想幼时与吾妹共戏于一庭，种种景象如在目前，而今乃天各一方，不知吾妹此时又作何状矣。亚打，吾之身世，吾初未尝告尔，因此种失意事，言之增人愁绪，故忍而不言。"语至此，高顿灰白之面忽而红赤，两目似含蓄极不安状，吁气曰："噫，吾病必不起，吾且以吾之身世告尔。"亚打曰："请言之，但将此事作清谈，藉以消遣，勿因以感伤。噫，然则吾二人殆均有不适意之历史欤？彼苍何太酷，乃竟以此苦况授我二人也。"高顿曰："吾父为一牧师。"言时，声极低，以手略推其枕，续曰："迨父没后，遗吾及一妹，此时抚养吾妹之责任乃归我矣，而吾父无遗产，吾又无力瞻①顾，乃往伦敦……"又曰："此中况味，可想见矣。斯时为吾最困难之际，不得已乃以弱妹托我母姨抚养，幸母姨性极慈祥，颇善视吾妹，吾妹亦可谓所托得人，今彼二人必以我为物化已久。盖自拔兰治威利一案喧传后，彼等皆误以死者为我，我闻之亦不出与之辩论，惟欲世人尽以为我②已死，且我自问，亦生不如死之为愈，故藉此谣传埋名隐迹于此。

① "瞻"，原文作"赡"，据文义改。

② "以为我"，原文作"以我为"，据文义改。

噫,吾之此举,诚不免负先人付托之心,清夜自思,能毋自疚?今吾惟祝我至爱之弱妹现在乐境,料其必能恕我一去不顾之罪。亚打,吾之良友,尔将来无论何时返国,必往一视吾妹,并探其境况之何如,且以吾与尔二人交谊告之,此吾所念念不忘而必举以重托尔者。亚打,尔殆必能如我所托,此吾所深信。盖尔平日对于幼弱者必极意慈悲将护,即如我之卧病,尔竟能如是护持,异日之视吾妹,当必如之。"亚打曰:"吾必如尔所托,且乐为之。"已而举目视高顿,见其已闭目睡,约阅数分钟复醒,遍体颤震,乃嗟叹天气之寒,亚打即解己外衣覆高顿身上,见其瘦弱不堪,意至怜悯。时炉火复炽,高顿乃徐起至炉侧,借以取暖。亚打急又取一衣垫椅上,俾高顿坐之。高顿问曰:"尔试思吾所闻山谷中之人声,究虚耶实耶?"又曰:"倘吾不因罹病,则必与尔至山谷中盟为兄弟,亦如彼等之在山谷联盟矣。"亚打曰:"然则尔疑山谷中有盗党盟会事耶。"高顿曰:"然。"亚打曰:"此尔凭空构想耳。警察距此不远,即有不法之徒,亦必为逐去。"高顿颔之,已而问曰:"尔所携来之新闻纸,今置何处耶?"亚打急取报纸授高顿,复往注茶,以备高顿渴时取饮,陡然间闻高顿拍案猛叫。亚打大惊,急趋至其前,则见高顿已起立,瞠目注视纸上,两手紧握,如恐此报纸之逸去者,面赤如丹,唇颤齿击。亚打见此状,以为热病而变狂易矣,急前抱之曰:"是何故,尔又不安耶?"高顿曰:"不安耶?吾且颠矣。"言已,出其手,曰:"尔试按吾脉,吾之脑筋已失知觉。"亚打急以简短之词问曰:"天乎,速语我,速语我!尔脉甚和平,究为何事?"高顿以一手指报纸曰:"此处乃论吾妹事,此女子之名即吾妹之名,惟此事虚渺若梦,真不可思议,然其名又标写甚详。亚打,尔可自读之,吾目昏然不复能见字,请速读。"又捉亚打之食指,指报纸之一端,曰:"此即是,速读之,否则吾且狂易矣。"亚打即从其所指处读曰:

边赊近有一不幸之事，乃烈芀·温葛男爵今已逝世。男爵实为一优宦，又为英兰最富之业主。彼之爵位及巨产应归其侄约翰·温葛承袭，惟其侄已离英国往澳洲数年之久，杳无消息，或其人已于澳洲物故矣。倘其侄果死者，则此财产爵位又应归其亲属伊雪打·温葛小姐承袭，果若是，则吾人当预为温葛小姐贺也。

亚打读毕，声色不动，只一视高顿之面，复回首视壁上，静嘿无言。高顿谓亚打曰："先时吾所重托尔提携之弱妹，今彼将承袭此爵业矣。倘约翰果死者，则此产业必归吾妹。"亚打闻言私忖曰："倘吾死于数年前，讵非一佳事？"思未已，斗又闻高顿极声一叫，盖其惊喜过度乃至晕然欲倒，幸两手力据床边不致遽仆，然遍体尚颤震不已，问亚打曰："此事果真确否？尔阅之以为何如？吾之弱妹乃赖上帝锡以绝大之幸福。噫，亚打，吾知吾妹前此必历尽苦况，作苦工以自活，且组合无限郁伊悲惨为彼生涯。尔试思之，以一伶仃孤弱之女子，何堪此苦？吾因此每一念及，辄如背负芒刺，食卧为之不安，今彼一旦既富且贵，吾愿酬矣。嘻，亚打，尔以为此新闻纸不至讹传否？"言时，极注意亚打之答。亚打曰："否，否，必非讹传。"亚打答此语时，声色镇静，复问高顿曰："然则尔姓温葛耶？"高顿微颔其首，颤声应曰："然。"高顿之神经至此颓损已极，乃为先时惊喜过度所致，复曰："吾为男爵远亲，但吾从未与彼一晤，盖向者吾自顾贫寒，不敢认男爵为亲族，乃不审彼何由忆起吾妹而以产业授之，此其厚意实令人可感。今既知吾妹无恙，且为英国之富贵人，吾虽死亦无遗憾。"又曰："然则彼已死之侄约翰者，亦为吾之宗兄弟矣。"此时，高顿之声极低，言已，微微作笑。亚打略停不答，既而问曰："倘约翰尚在世间，忽回英国承袭爵业，尔将奈何？"高顿惊骇起立，问曰："尔岂别有见解耶？何作是言？然吾则料约翰必已死，尔不见报纸所载耶？脱彼未死，则见各报所登必早返英国矣，故吾敢决其已死。”又曰：“若彼果出而夺此产业以去，则其人诚丧心，而吾妹乃仍为世界上孤苦无告之女子，且吾病笃垂死，又无返国与之再晤之希望。”言至此，以手拭汗，续曰：“故此财产宜属吾妹。”言已，咨嗟再四，又问曰：“尔究有何见解，谓约翰未死耶？”亚打慎重答曰：“尔不必惊惶。吾不过姑设此万一之问耳，但吾不能直决其确死，倘果于尔适意，并能利及尔妹者，则吾亦愿其死矣，惟尔毋自视为垂死之人，须知此报纸实为起尔之良方。今勿论其事如何，尔且宜归寝。”遂强高顿睡下，牵被覆之。高顿曰：“可将报纸畀我。”亚打授之，高顿翻覆细读至数次，乃低呼曰：“伊雪打，赖上苍助尔，尔竟为英国最有幸福之人也。”

亚打立火炉侧，双手插衣袋中，略侧其首，微露隐忧之容，默忖：“吾将如何告高顿？谓已即约翰·温葛，并念若出而夺其财产，必大伤高顿之心，此无论如何，吾必不忍出。”此时，高顿喃喃自语之声已歇，室中寂然，所闻者惟一犬卧其足下呼吸出入之声而已。此犬正酣卧间，忽耸耳起立，怒吠一声。亚打时已凝想出神，斗为惊觉，侧耳一听，则闻门外有人行步声，即蹑足登榻取快枪，回顾高顿，则已熟睡，顿忆子弹在皮裤带中，乃复往取带，然后趋近门次，门已严扃。此时卜比复大吠，高顿亦为惊醒，起坐床上。门外忽呼曰：“屋内有人否？”亚打亦应曰：“汝其谁耶？”答曰：“行客耳，请容我入。”亚打乃一手执枪，一手启扉。扉辟，突见一人戴假面具闯然入，谓亚打曰：“高举汝手，吾等非必欲人流血者，苟从我言，当赦汝弗杀！”亚打大惊，始知为盗，急发枪击之，顾盗已前备，略低其首，子弹掠顶而过，时又有三人疾奔入，共力擒亚打，亚打连发二枪，皆不之中，后一盗以枪杆力击亚打手。亚打大痛，不能动，遂被缚，推至墙下。高顿力疾自榻上起，取手枪，已弗及，竟被盗党击踣。其先入之盗乃首领也，向亚打问曰：“可速出金赎汝命,汝等所有财物贮何处?即告我。吾知汝等必有藏货,倘不见告,则以此枪饷尔。"亚打冷笑曰:"恣汝为之,吾必不汝告。"盗立举枪向亚打,又一盗止之曰:"不可,姑少假以时刻,吾观其人颇有思想,必不愿因护惜财物而转牺牲生命者。"言已,谓亚打曰:"尔宜速言,若吾等得资助沽酒,当即群焉如羊散去矣。"亚打曰:"一切听汝自为之,吾决不能助尔一边利。"盗首恨曰:"倔强哉斯人!待我先枪杀之,然后再搜寻其财物。"正在此时,亚打猛见高顿横卧榻上,气息仅续,状至惨凄,心中乃大不忍,谓盗曰:"止,止,吾友生命在垂危,汝等竟忍击仆之,毋乃暴戾太甚,其速饮以水。"一盗果如亚打言,往注水将饮高顿。盗首止之曰:"且缓。"复对亚打冷笑曰:"倘尔能告我贮财物处,则吾当助救汝友。不然,吾且当汝之前,立枪杀之。"言毕,遽举枪回向高顿。此时亚打惊惧失次,面色灰白,两目怒睁,如有火星迸出,急止之曰:"勿发而枪,吾等之财物在彼麦粉桶内之帆布袋中。"群盗闻言,大喜,即有两盗奔至桶前,取出布袋,又一盗则以杯注水高顿口中,而盗首仍立亚打前,眈眈凶视,其意极欲报其强项之愤。时一盗提布袋至盗首前,呼曰:"吾等行矣,料此地再无他物。"盗首指亚打曰:"可再一搜其身。"于是牵亚打起,而亚打之愤恨殆非笔墨所能形容。时群盗偶不经意间,遽被亚打挣脱一手,立前批盗首颊并落其面具,盗首怒甚,狂吼而前,遂拾起亚打先时坠地之手枪,举向其胸,将发,一盗止之曰:"勿杀,勿杀,释之可矣。"盗首怒曰:"汝何为尼我?彼批我颊,又落我面具,则彼已识我矣,苟不杀之,且贻后患。"此盗之语声甚狠毒,顾其面目则又甚美,肌肤洁白,殆如云石,惟美中含有一种凶很气象。时盗首正举枪向亚打胸际,忽有一人自床跃下,不发一言,行步摇曳,身轻如叶,屡仆屡起,直扑至亚打前,紧抱其身,已闻轰然一声,烟焰飞腾,从枪口冒出,高顿大呼而倒,仆卧其友身上,旋发出一种悲惨之声,充满一室。

一盗从旁呼曰:“噫!可怜哉,误杀矣。”盗首悻悻答曰:“此其自取耳,于我何尤?今尚有暇晷,可了结此人。”言时,复举枪,二盗急握其腕。当此时,亚打之生命直悬于一发千钧之际,顾亚打则反全不措意,惟以非常之悲痛愤疾贯注于高顿身上。已而骤闻叫笛声,一盗自门外奔入,呼曰:“警察至矣!”盗首曰:“警察至耶?”乃皇然释枪,招手呼众曰:“趣行,趣行!”于是纷纷奔出,各鸟兽散。

当盗至时,卜比亦被击至重伤,卧于屋隅;盗去后,乃缓缓行至主人前,以舌舐高顿额,虽不能言而呜呜哀鸣,其状至为惨切。时亚打之泪,点点滴滴直落于卜比背上。呜呼!高顿竟能牺牲一己之生命以代其友,诚足令人哀之敬之也。亚打既得高顿代其一死,则患难余生正可返国享受其富贵,然而亚打则不然,盖亚打乃一笃于友谊之人,且高顿为己而死,己又宁忍夺回死友之妹之财产而重伤其死友之心也?此数分钟中,卜比跪其前足,伏高顿身上哀鸣不已,亚打亦以一手抚高顿额,泪竭声嘶,一恸几绝。既而闻门外马蹄声及骑兵指挥命令声,旋见一巡长及数巡兵相率奔入,至其前,拔刀割断其身上所缚之绳。亚打颤动起立,立而复仆,跪高顿身旁。巡长验视死者,摇首叹息,复以手扶亚打膊曰:“尔同伴已死,无可救治矣。”亚打欲起与巡长语,惟肢体疲软不能动,稍起即晕,盖其受伤亦甚重也。巡长乃命人舁高顿尸,置床上,取毡覆之,旋谓亚打曰:“吾乃绝不知尔辈在此遭此惨劫,今盗党虽已远扬,然吾必设法追获之,勿使漏网。”言已,又手一书示亚打曰:“此书极为紧要,乃于死者衣袋中检出,此死者得勿即约翰·温葛男爵耶?果尔,彼乃应承袭英国绝大财产之人,今罹惨死,良可惜也。彼果名约翰·温葛否?”亚打略不筹思,决然答曰:“然。”巡长又问曰:“然则君何名乎?”亚打曰:“积高顿。”

第七章

翌日，高顿晨起，精神颇畅适，顾夜来之梦尚在胸臆，此乃日间感触致之。高顿此时决定主见愿牺牲一己之幸福以供伊雪打，而己则置身富贵之外，卑以自牧如一工人，先向园中部署诸事毕，仍至马町屋内早餐，马町妻甚喜顿之为人，即以其夫之事付托之。已而闻里地在屋内，发其清脆之呼声曰："高顿先生，来，来！尔肯就我否？"高顿戏之曰："不肯，吾先须果腹，否则于尔不利。吾前此因腹饥，偶遇一少女，年亦与尔相若，乃啖之。然吾前此之饥，较此时之饥犹未及半也。"里地遂不敢言。马町妻曰："吾夫心中甚焦灼，渴欲一见君。"高顿曰："吾当即往见之，以慰彼意。"膳毕，高顿即登楼见马町，时马町方坐塌前，高顿曰："君创未愈，宜安卧，弗宜起坐。"马町曰："吾胫痛甚，令人不可耐。噫，吾胫竟断，诚弗料也。"言时恨恨。高顿曰："倘可稍为伸缩，则时时微动，但不可过于用力，则其愈亦速。"又曰："吾已向园中巡视一周，君料我将若何处置者？"马町曰："此中有四亩地即须刈草，但因工人未足，故延迟至今。"高顿曰："吾已嘱佐治率两草人往治之矣。"马町闻两草人语，讶然弗解，瞪视高顿曰："君何言？"高顿曰："彼两工人殊蠢蠢一无所用，大类田中所置吓鸟之草人，吾故名之。"又问马町曰："尔所云即山坡之地耶？"曰："然。"高顿曰："此地尽为大树所遮蔽，即种植亦难望收获。"马町曰："吾亦知之，但男爵在时，颇爱惜此树，不许伐去。"高顿曰："今男爵已故，彼爱惜此树，此树亦已饱其一生眼福，今伊雪打小姐之好恶，或与故男爵不同。"马町曰："然。然吾尚未暇问及此事。"高顿曰："此只须费五分钟即可了之。"马町曰："吾亦不喜问及此事，盖前此吾每向男爵言之，辄遭怒斥。"高顿曰："君疑伊雪打小姐性情亦如是耶？即今彼斥责我一二语，吾亦能忍受之。倘君许我，则吾愿往一问。"马町曰：

"可。吾信其且以礼遇君,必不至是斥。"高顿曰:"然则吾今即往问之矣。"又慰马町曰:"君可安心静养,园中之事,吾可代劳。"马町目视高顿,似有所求,既而以手指屋隅曰:"彼间有威士忌酒一樽,君如爱我,则……"高顿曰:"吾甚歉,昨夜已分给众工人矣。"马町目视高顿曰:"乃分给之耶?"高顿曰:"然。此酒吾幼时亦极嗜之。"马町曰:"吾亦知嗜酒非佳,今之痛苦亦此酒构成之。"高顿曰:"今君有病,可暂饮他物,初饮时,必不喜,久则习惯自然矣。"马町曰:"何物?"高顿笑曰:"水也。"言已,复往视里地。久之,乃引卜比往温葛府。

高顿在白日中睹此大宅,觉与月夜所见又一改其观瞻,非第楼阁崇隆,规模宏大,且更有一种严肃堂皇气象,心中益歆羡之,而夜来之幻梦亦不觉随之涌现于目前。既而极力自制,步至门前,适抛路麻①自内出,见之,心颇讶诧,问曰:"汝何来此?"高顿曰:"请代告小姐,吾乃园中管工者,特来求见小姐。"抛路麻心中益异之,以为此间工人皆吾所稔识,安得有此英气勃勃之少年,乃曰:"尔可进观书楼暂待,吾为尔转告。"高顿颔首称谢,乃亦不求其导进,竟步入书楼,并至窗前观眺外间风景。抛路麻愈益诧异,以为此少年何以能熟识此间路径,一如己屋,殊不可解。时高顿倚窗追念往事,并忆温葛先代中有一人极好书籍,购藏甚富,此中之书多由其手置,乃行近书架前流览一过。既而回身,忽见书案上置一手套,极纤巧,知为妇人物,乃取起翻覆玩视,至软滑可爱,正欲辨知其为谁物,忽抛路麻入,乃急置之。抛路麻曰:"小姐已外出矣。"高顿曰:"何往耶?"抛路麻目视高顿足下之履,意颇轻之,以手向花园中指曰:"或在是。"高顿曰:"或又不在,则吾将往何处觅之乎?虽然,吾且试往视之。"于是下楼,从露台过,卜比亦

① "抛路麻",有时亦作"抛露麻",为同一人。

离露台从之。时有一婢从厅内出，见高顿过，急退入，耸肩笑问抛路麻曰："此美少年何自来者？"抛露麻戏言曰："尔试猜之。彼乃一王亲也，今偶在此园中为工人头目。"语毕，神色傲然，徐步而入。

高顿行经一草地，引首四望，仍不见伊雪打所在，思暂归，欲由一捷径，遂纵身跃过花园木栏，忽见卜比竖耳立听，审视之，则见一兔越林而过。高顿止卜比勿逐，曰："此小兔耳，尔勿伤之，否则温葛小姐及管园人或不悦尔所为。"卜比即变其态，低作欢声，直趋至一榆树下。高顿从之，则见伊雪打衣白衣，方手一卷，坐树下。卜比径奔伊雪打前，以首抵其膺，已而摇尾昂头，注视伊雪打面，若谓今日何又得遇尔于此者，复作人立，以巨爪置伊雪打衣上，回首视其主，似告其主以伊雪打小姐在此者然。高顿急摘其帽曰："求小姐见谅吾犬之唐突，彼每因受人之恩，则……"即又呼曰："卜比，速来此！"伊雪打微微点首，以嫩脸枕卜比如丝之毛上，曰："请勿呼彼去，彼竟能不忘我，吾甚乐与彼近。"高顿曰："彼永不忘加恩于彼之人。"伊即出手，徐徐抚摩犬鼻。高顿见其手莹洁无伦，既纤且小，顿忆及书楼中所遗之手套，大小正复相仿，其为伊雪打之物无疑也。时伊雪打面忽赧，似有惭色，盖以其全注意于犬，竟忘高顿植立其前，遂曰："吾留君犬，竟至阻君。"高顿曰："吾往府中求见小姐，小姐适不在，因有人告我，谓来此或可相遇，今果然矣。"伊雪打曰："君欲见我耶？马町已稍愈否？"高顿曰："稍愈矣。"伊雪打曰："果尔，则吾心甚慰。"言时，举目略视高顿，复俯身抚摩犬项，玩弄逾时，绝不顾及高顿。高顿立候久之，不觉心中微愠，又久之，益怒，以为此少女乃无礼藐人至此，于是抗声问曰："此园之树，吾意欲伐去之，尔允许否？"伊雪打闻言，始复注视高顿，问曰："伐树耶？尔何为而欲伐去此树？"高顿悻悻挺立，然仍力忍其怒，告以故，并言若非伐去此树，则不能种粟及红萝卜等物。伊雪打愕视高顿曰:“吾以为此树茂密如是,尤胜于红萝卜也。然则红萝卜果何物乎?”高顿复举其帽曰:“红萝卜乃一种树根,此物可作饲牛马之料。”伊雪打曰:“舍此地外,余地皆不能种此物乎?”高顿曰:“然。因此地肥沃,最宜种红萝卜。”伊雪打曰:“何以前此从未种此物?”又问曰:“君犬已几年矣?”高顿曰:“将四年矣。”复接言种植事,曰:“前此之人,或未尝思及此。然此树虽茂密,实无用也。”伊雪打曰:“然则男爵在时,何不伐去之?”高顿曰:“或因爱此树丛茂故。”伊雪打徐徐答曰:“吾亦颇爱此树。”高顿点首曰:“诺。今姑勿伐去之,然即此种植,料必无获。”言时,目视卜比,意似欲行,即又问曰:“小姐,尔亦曾思及此园庄之价值否?”其语声中似含有不以伊雪打为然之意。伊雪打曰:“此价值必巨。尔问之,何故?”高顿曰:“吾料小姐或未尝以此为念者。但今日纷扰小姐已久,可以去矣。”

言毕,即呼卜比。卜比欠伸其体,注视此可爱之小姐,仍首枕其股间,迟迟不即去。伊雪打曰:“烦君稍待。”其词气至温和可听,续曰:“吾甚愿知悉此间情事。君须知我承袭产业未久,乃初为此间女主人耳,故凡一切关系于产业上者,吾概不知。”言至此,面色渐变,即骄傲之态亦因之消灭殆尽,复曰:“吾平时未习耕种,焉知红萝卜可为饲马之料?又吾向居埃灵顿,故于此间事绝不知之。”言毕,离座起立,四望田野,似不知从何著手而一无头绪者。高顿睹此,心又甚怜之,曰:“吾亦知小姐之初承袭,诸未深悉。”乃指各田畛示之曰:“此即是耳,及……”伊雪打曰:“得君告我,吾又多知一事矣。高顿先生,当数月以前,吾未入嗣男爵时,以为为温葛府之女主人者,其荣幸殆如英国皇后,而孰意有不然者。……”言至此,即又翕张其唇,欲语不语,流转秋波,一视高顿,复曰:“此财产勋爵,本应其侄袭之,特以其侄已死,故传之于我。”高顿曰:“诚当为死者惜之,但此机会……”伊雪打曰:“机会耶?请勿言此。倘君深悉此中情事者,必不忍作此语。盖男爵逝世未久,其侄乃在澳洲被盗所杀,死之夕,仅先接得一承袭此财产之书,书到而其人亦旋死矣。”高顿叹曰:“彼人诚不幸,良可哀也。虽然,此事与小姐无干,而小姐亦复无罪,即今兹入嗣男爵,亦无愧也。”伊雪打曰:“虽然,吾心中每一念及,弥复不安。”高顿曰:“小姐后此勿再思及此不幸人。况今事过境迁,即思之亦复奚益?”伊雪打曰:“倘吾可置而不思者,亦已早置之矣。惟因其死,吾乃得此产业,乃一极可怖之惨痛事也。君试为我设想,吾何以自安?”高顿泰然答曰:“小姐乃因他人而致不安耶?”伊雪打举目一视高顿,悻悻曰:“此亦人之常情,君尚不明此理耶? 噫,此不过我个人心事,姑置之,勿再喋喋。”高顿频频点首谢过,又曰:“此园之树,吾不复伐去之矣。”伊雪打曰:“倘尔欲伐,则伐之,吾于此等事初不了了。”高顿曰:“兹吾不欲伐去之,盖此树既为温葛小姐所爱,则宜留之,红萝卜可勿种也。”伊雪打曰:“君先时不言欲伐去耶? 胡又不伐?”又曰:“君喜在是间执役否?”高顿曰:“吾甚喜之。马町为人颇和厚,且吾与里地已早成莫逆交矣。”

伊雪打俯首视地,顷之,问曰:“君将来之计又如何耶?”高顿曰:“无他,惟伏于上帝之下,听其主宰而已。”伊雪打曰:“君乃作此奇语。”言毕微笑。高顿亦自笑其迂,旋现一种愁容,答曰:“此乃吾同伴告我,埃及人常言之。噫,今吾同伴亦已死矣,悲哉吾友……”语至此遽止,盖顿念己所痛惜者,即目前女子之兄也。伊雪打曰:“此同伴为谁? 君何乃痛惜若是?”高顿曰:“此有原因在。”伊雪打曰:“何故? 其于君殆有大恩耶?”高顿曰:“然。彼曾保全吾生命,且身代吾死。”伊雪打觉此事甚有趣味,欲叩之。高顿曰:“此事甚长,吾今只能略言其大概。”伊雪打曰:“是真痛苦事,望君异日告我。”高顿曰:“恐不能告小姐,乞原谅我,吾今往伐树矣。”言毕,一摘其帽,呼卜比行。伊雪打略一点首,忽曰:“吾欲亲往一视此树,可伐与否?”高顿颇觉困难,乃强应曰:“可。倘小姐为男子者,则亦应尽此责任。”伊雪打微仰其颏曰:“吾虽往视,君可勿尽遵吾言,吾自念亦不过一弱女子而已。彼地距此远否?”高顿曰:“即在园之左,然其地高下不平,颇艰于步。”伊雪打微咬其唇曰:“吾不往矣。”忽又曰:“吾必往,此乃吾之责任也。”高顿曰:“可,趣来。”伊雪打面上忽而微红,高顿自觉出言粗鲁,乃嗫嚅谢曰:“请恕我罪。吾意将来必能尊敬小姐,此一时之唐突,尚乞谅之。吾一工人耳,多不识礼。”伊雪打曰:“吾知之,此亦细事,奚妨者?”言时,声貌甜静。

第十六章

伊雪打告别而出,一路默想高顿抱撷脱之情形,复念撷脱身体既修,必极沈重,惟彼之容貌,何亦如是艳冶?尤忆撷脱见高顿时,面色红晕,料彼亦必恋爱高顿者。伊雪打思至此,不禁柳眉双蹙,面上如盖重霜。伊雪打虽甚妒撷脱,然其心亦不自知为妒,倘有人指谪伊雪打为有妒心,伊雪打必更羞愤,将手刃其人,盖其妒念中包含傲气,似不屑与此村娃争爱一工人。既而又自问曰:“何以吾今晨之愉快,今竟全失之乎?又何以高顿抱救撷脱之事,时时来往于我脑中乎?”时高顿适于路旁转出,手持一纸机器之价单及一马鞭,其行甚速,其貌则如喜如怒,身披一新衣,益觉英俊。伊目视高顿曰:“无怪撷脱之悦爱彼也。”时行渐近,伊雪打微微点首,意欲趋而避之。高顿急迎伊雪打前,而其貌则甚冷淡,言曰:“温葛小姐,何时有暇,听我开述往伦敦所用之款乎?今各收条具在,只须费数分钟可矣。”伊较高顿尤为冷淡,答曰:“今日不能,吾即须往非和士公爵府,此时已太迟矣。”高顿如不见伊面,泰然答曰:“然乎?由此乘车,约须一句钟久,即抵彼处。”伊诧曰:“尔何以知非和士之邸乎?”高顿曰:“非和士邸谁不知之?”伊曰:“虽然，特尔于此地夙非稔熟者。”高曰：“然。然吾目非盲，吾耳亦非聋者。”高顿言此时，率直而简，彼之屡触伊怒，率多此类。时二人并行，高顿竟视伊雪打如友辈，一无畏缩状。

少顷，过一酒肆，见有两人立门前，一为添连参，一为德里伐。添连参略一举帽，而其目则俯视地上；德里伐亦勉强举冠，其貌尤似愤愤，且直视高顿及伊雪打，状颇轻蔑。伊问曰：“此两人为谁耶？”高顿答曰：“此老者乃撷脱之父，曰添连参，少年则名德里伐，其人乃密腊中最狡恶者，且属支波西之血种。其人凶狠诡诈，一如支波西人，加以狡黠如鼬鼠，时来窃猎，而又善能回避管园之人，特吾终必计获之。”伊殊不注意此等事，惟闻与撷脱有关系者，乃极留神，遂欲藉此研究高顿对于撷脱之情愫，乃问曰：“君识撷脱耶？”高顿点首曰：“然。吾今与是地之人几尽识之，因吾常来此觅人作工，故与彼等结识也。”伊强笑言曰：“撷脱诚娟美矣。”高顿答曰：“或然。”伊曰：“其发及目皆殊可爱。”又问曰：“然否？”高顿曰：“吾亦未尝注意观彼。”伊笑曰：“君适言非目盲耳聋者，胡乃不之辨？”高顿闻言，亦笑曰：“吾目果非盲，且尤极明，惟必与我有关系及有兴趣者，始留神察视，若撷脱则与我绝无关系，故不注意耳。”伊曰：“彼告我，谓君昨日对于彼颇极仁爱。”伊雪打之作此言，盖欲探知高顿心曲，实则撷脱初未言及高顿爱彼也。高顿曰：“然乎？吾因见其身堕岩下，不忍舍去，故往救之起并抱回我寓，以水灌治之。彼本不宜擅至是地，特已蒙园中诸人允准其拾取树枝，故来此也。”伊曰：“固宜听之，尔等不可阻彼来此。”时伊知高顿与撷脱初无情愫，遂亦释然意解，怒气全消，复面高顿而言。高顿见其顾盼流转，正如旭日照人，心中窃窃爱羡。伊每于高顿一举一动，莫不神驰而意会者，今见高顿眉宇间藏隐一段温柔雅趣，不觉心内微动，而其爱高顿之心斗然膨胀，几于不可形容，惟见其眼波流动，如嗔如笑，如爱如慕，面上则晕红生颊，竟如凝脂，而高顿此时亦复嘿嘿无言,不知所思何事。

久之,伊问曰:“日来伦敦有新闻否?君归来后,乃未尝告我,然吾料君在伦敦必甚喜悦。”高略一蹙其眉曰:“然。”盖高顿此时忽忆及在伦敦遇电斯奴,并街中检得之裹物,今犹闭置皮包内,未有主名,既而曰:“吾此时少暇,容日为小姐述之。惟所购来之机器确为最优者,而携去之款尚有盈余。”伊听之不甚了了,复问曰:“君谓何者?”高顿曰:“吾言小姐付我之资尚有余款。此机器约在一二日间可至,届时请小姐临视,并可一观割麦。割麦时,尤必多雇农工相助为佳。”又笑曰:“吾料小姐必不肯屈临相助也。”伊闻言,张目喜呼曰:“吾必来,吾必来!此乃最有乐趣之事,且与农人聚食酬劳之餐,亦吾应为之事也。君以为然否?”高见伊憨痴如稚子,乃笑答曰:“今尚早,俟至其时,依农例为之可也。”伊闻高顿言,俨如主人训示婢仆状,顾亦复不深怪,彼以为高顿不欲设犒工之餐耳。时伊雪打本欲归邸,乃以与高顿同行,竟如被电机吸引力所吸,不由自主,竟随高顿同入园门。高顿沿路采摘玉钻花,抵屋时,花已满握。伊见之,不审何为,乃留意察伺。噫!脱令高顿此时竟以此花赠伊雪打,伊雪打殆亦将谢而受之,顾或竟傲视而拒却之,亦未可必。

高顿进屋,以花插瓶内,复出曰:“小姐,各物收单均在此,而余款今日可取去否?”伊淡然答曰:“尔不能送往吾屋乎?”高顿曰:“吾实少暇,吾于一分钟之久,亦极贵惜之。”伊见其言之诚恳,乃不语,步入其屋。高顿即移一椅,俾伊雪打坐,复取皮包至桌上,取出余资,其状颇类一老于商情者,曰:“吾料此数或无舛错。”伊即将收单及余款收入袋中,并不查视。高顿诧曰:“小姐何不一核此数乎?”伊曰:“吾或归屋核之,或竟不核,总之吾甚信君,谅无误也。”时伊目视高顿锁此皮包,心中颇欲一视此皮包中所贮何物,顾不可得,既而举目四视屋内,见墙上挂一枪及一皮制烟袋,忽又见一斧亦挂壁间。伊一见此物，即忆及前时误伤高顿之膊，而高顿何竟能负痛不声，思极，不禁面赪，又思曰：“彼在此孤寂度日，亦可怜矣。以其人品状貌而言，妇女见彼，必喜亲之，而彼将来亦必为爱情感动，其感动之者谁？殆即彼黄发之撷脱欤？”时高顿已复锁皮包，乃问伊雪打曰：“小姐，何竟见信之深耶？且吾之为人及历史究竟如何，小姐乌得知之？万一吾本为盗贼者，小姐亦未①从知也。吾敬告小姐，此后不可如是轻信，必确知其人，方可信之。”伊闻言，顿忆及曾付二百五十镑与奈敦，惟奈敦其人吾已识之，必尚可信，乃笑曰：“君言乃如习字帖上之字，可令人照此规模者，然吾已知尔为数必合。今吾归邸，姑再一核此数，试观尔有无中饱也。”言至此，格格作笑，忽指曰：“此玉钻花甚佳。”其言时，心中颇渴望得此。高曰：“玉钻花乎？吾不知其名，乃里地极爱此花，每当吾赴膳时，必向我索取。”言时，伸手欲取，既至瓶边，忽缩手遽止。伊始觉其意，面乃大赪，疾自椅起立，时卜比卧其旁，亦为之惊起，盖其起立时，至极急速故也，于是面上骤露骄傲之态，谓高顿曰：“请矣。”遂出门去。高顿目睹此状，意殊不解，思曰：“吾又以何事开罪于彼美耶？”继而曰：“或吾语言不慎，至彼怒耳，然吾自问亦无可怒之处。”乃目视其犬曰：“卜比，尔知此意否？”

伊雪打既归至邸内，自责曰：“吾诚愧甚。吾何竟望彼以花赠我乎？”又思曰：“吾之待彼，更不应如是傲慢无礼，且彼如是辛劳，皆为我事耳。吾此种举动，直成一无意识之妇女矣。”盖伊雪打每一见高顿，则几忘己为温葛之女主人，亦几忘高顿为园之管工者，及后觉而悔之，则已无及。于是乃决意回避高顿，且以为阅时久之，高顿亦可渐忘此事也。时和司士打已久候于客厅，伊雪打至，见其面色含怒，言曰：“伊雪打，车停门外已久，我恐此时殆已迟

---

① “未”，原文作“末”，据文义改。

矣,尔究往何处耶?”伊曰:“吾正为欲尽吾责任,故往观田亩并巡视此村中人。”伊雪打并不提及高顿事,盖其心内懊恼,故不欲言之也,于是急入更衣,出与和登车同往。是日非和士家中亦无多客,盖非和士知伊雪打方守制,不能赴大会,故只请一二契友相陪,此一二客者亦极欢迎伊雪打,以伊雪打财产之富、风姿之美,皆足以冠出一时。而非和士性情尤和易近人,笑容可掬,论年则已花甲矣,其夫人则整严肃穆,作事一切颇有秩序。今老公爵乃与此新嗣爵之女主人为忘年交,则以其与故男爵多年交际,男爵虽死,亦不忍一旦忘之耳。然伊雪打为人颇不易与之和洽,以其生性不喜与势利中人交结,幸此老公爵亦复落落脱俗,故伊雪打稍喜之。其来客中,一为罗拔宝鲁士及其一妹,又一少佐名郎,此少佐乃新得武功者。时诸人极欢迎伊雪打,伊雪打亦极注意诸人之谈论,周旋久之,遂忘先时之羞愧事。

迨席终,同至园中散步,闲话中忽又触起高顿,非和士曰:“某日,吾尝乘马造君府,适君外出,吾之失望竟不能以言语形容,今得晤叙,甚欣慰也。”伊曰:“倘知公爵枉顾,吾必不敢他出,以备欢迎。盖吾常乘车复勘庄园及巡视各地,近有一事,颇使人烦恼。马町乃多年管埋庄事者,想公爵亦能忆其人。今因其久病不能操劳,乃另雇一人以为之代。”非笑曰:“此人甚佳,小姐可勿听其辞去。吾闻人言,此少年待马町愈后,即须辞去。果如是,则失一能任事之人矣。倘小姐不欲用彼,则吾处必用之。”伊曰:“此人亦颇合吾意。无论何事,彼均能谙识。”非和士曰:“吾已忘其名。”伊曰:“名积高顿。倘马町愈时,彼虽离去吾庄,则我当以彼荐诸公爵。”非曰:“若是,吾甚谢君,但吾以为君能自留而任用之尤善,盖彼乃一最难得之人也。”伊曰:“然,吾亦知其人尚堪任用。”伊言时,神态殊冷淡,非觉之,心窃疑伊雪打或有不满意于高顿者,于是即置弗谈,更言他事。时罗拔宝鲁士及少佐亦同步至,非且自回客室，而罗等二人遂与伊同行共话，畅论高谈，颇足使伊兴高勃勃。伊当此极乐之际，固应忘怀高顿，而孰意其一点私心仍复牵念不置。已而乘车归，途次，和司士打乃批评殽①馔并及来宾等事，伊颇似不闻。和曰："罗拔宝鲁士勋爵承袭未久，当承袭时，吾曾一至其邸，真一伦敦最华美之大宅也。"伊本欲答曰："吾与阿姨见闻皆鲜。"言将出时，忽又咬唇不语。和曰："宝鲁士所问尔事甚多，并问尔居温葛庄乐否。吾料彼必甚注意于尔，且其人年少而诙谐。少佐亦复如是，并极赞羡尔之美丽。吾闻人言，少佐拥有巨产，在约赊地，名誉亦甚佳。彼问吾等何时有暇，彼欲来访尔。吾告以星期四，至期吾等当勿他出。"伊曰："吾只喜非和士，彼之对我极慈爱，竟如一美利坚人。"言时，车已至爵邸。伊所答非所问，和司士打所言，伊似不之闻，大类西班牙人所云木耳者。

越两三日，伊因回避高顿，竟不至邸园之界外。时机器已至，高顿乃谨慎督视搬运之人，特心中甚失望，盖以伊雪打不亲来一视，心颇憾之。既而亦渐置而不念，惟收贮各机器以备割麦时出而应用。每日则携同卜比，巡视园内之工人及预备割麦之事，指挥甚力。此时，高顿日夕劳劳，竟忘却此肥沃广大之良田为己原有之物，并忘却己为此地之主人翁约翰·温葛矣。又其对于伊雪打全无鸠居鹊巢之感，所不能忘怀者，则伊曾谓须预备酬劳农人之餐，故于割麦前一日，即命佐治往告。伊闻言甚喜，即欲往视之。彼本意不再赴庄园及不视割麦，后又自解曰："何必介怀前事？"乃取护日之帽戴之。方欲外出，适和司士打自外至，手持一电报曰："此为奈敦发来者。彼云今日晚车来此，尔可即命车往接。"伊闻②言，略颔其首，状至平淡，盖其意亦几忘

① "殽"，同"肴"。
② "闻"，原文作"问"，据文义改。

怀奈敦矣。

奈敦既至温葛邸,更衣毕,已及晚膳时,乃赴餐室。伊见其披一白衣,态度温柔,仍如前状。奈乃备述久别之情曰:“吾之事,非通书所能罄述,故不能不一至此,料小姐必不以冒昧见笑也。”伊此时亦颇喜悦,以数日不见高顿,其心伊郁不堪,今得奈敦来,亦可藉以解闷。奈敦于膳时乃历叙伦敦近日之事,膳毕,与伊同至客堂,鼓琴数曲,更助以歌,惟独不言及来意,继又以诙谐之语使伊等解嘲。迨伊等归寝后,奈敦乃然一雪茄,出至露台,默念日来之事,心颇迷乱。是夜天气颇佳,月色清朗,乃信步至林间。楼上夜莺轻啭,尤动人意,奈敦沿路默思伊雪打之巨大财产,不觉利欲之心潮涌而上。行逾远,忽闻步履声如在身旁,奈即停立。时撷脱悄然至林间,闻有人至,即亦停立不动。奈敦举眸四顾,忽于月下见一丽姝,不禁大惑。二人立视至二分钟,奈敦始问曰:“女郎何故夜深至此?”撷脱面容已尽变灰白色,噤不能语。奈敦见其美貌,心益羡爱,复问曰:“如是夜深,女郎一人来此,究因何故耶?抑且问女郎何名?”撷脱惊且惧,颤声答曰:“撷……撷脱·添连参,妾父……”言至此,遽止。奈敦曰:“女郎父亦在此耶?果尔,必在此窃猎。此事最干法律,想女郎亦必知之。”此时丛草中有微声,而二人皆不之觉,盖德里伐方荷一枪,默立二人之左以密侦之。撷脱乃哀声告曰:“先生,万望勿宣言妾父在此,且妾亦不知其确在此间与否。”言时,奈敦遽行近撷脱,手执其腕曰:“女郎勿惊,吾必不言。惟女郎颜色,竟如是美丽,直欲摇动吾心,请与我接吻,吾当送女郎归也。”言已俯首,欲就撷脱接吻,撷脱低声惊叫,力挣脱奈敦手,疾入林中,奔逃而去。

第十九章

高顿忽然与伊雪打接吻,阅者必谓其人殆痫发矣。然当其抱怀玉人而与之对立时，如受绝猛之吸力，遍体战栗，在迷离惝恍之间，莫由自主，竟有不期然而然者。而伊雪打于高顿以温热之唇贴近己吻之际，亦复惛然毫不相拒，唯觉四肢麻木而不能动，如瘫痪者。然此实由其平素积伏之感情至深而至厚，一旦触之而猝发，不复能制止，其状亦与高顿同，故当两唇相触之时，伊雪打亦复颤震情动，顷之，惊骇欲绝，又顷之，则更傲然大恚，觉遍体之回血管，几膨胀欲裂，而此身如在深雾之中，懵懵更不知所措，最后则爱慕之心与羞恶之心，如飞电之速，杂然并集，交战于胸中，而深红之嫩颊渐渐退色，一点樱唇已成灰白，久之久之，始如梦初觉，张目疾视高顿，大愤不止，胸际翕张，如受最难堪之痛苦者。而高顿此时亦复双目如火，愤怒及羞愧之情直达于外，痴立如木鸡，又如身犯重罪之囚徒默待宣布死刑者。已而伊雪打如狂如醉，忽举手欲击高顿。高顿则咽气垂头，一任伊雪打如何猛击，并不少退。伊雪打旋悟，即又缩手回身，洒然而去，特其行甚缓，似尚待高顿冒险追之者。

高顿见伊雪打羞愤情形，自觉心中之痛苦较之受人挞楚尤有甚焉，惟有自怨自艾、悔恨莫及而已。伊雪打既去，踽踽行尽庄园，心绪尚觉惛然，无可发泄，乃力扯其头上草帽掷诸地，两手掩目，半晌不前，其状似已失去知觉，旋坐地上，倚一树沈沈以思："高顿本为我府中雇用之工人，乃胆敢与主人亲吻，其罪诚不可逭，且彼亦自忘其为何如人矣。"思至此，怒气忽又填胸，不可遏止，既又追想是时之情形，高顿绝不类狂暴无礼者，且其目中现出一种温柔媚态，至极可爱，几令人不能以言语形容之，迨后见其面色灰白，似极悔恨，又似于脉脉中恳求我原谅其罪，我何乃如是怒之？左右以思，益觉心绪如麻，纷乱不已。盖伊雪打有生以来，与男子接吻，除其父外，则与高顿为第一度矣。盖以其性情磊落，对于一切男子初无感情，今忽遇此举，绝无预兆，直如从天发一至疾之飞矢,突如其来,其何能不惊惧且怒?虽然,高顿与伊雪打平日相遇,皆互蓄有一种不可解决之感情,高顿本为一极能自制之人,此次对于伊雪打何竟不能自制,以至于此?此则由于伊雪打之吸力战胜高顿之自制力故也。

时伊雪打之脑气纷乱至于不可名状,乃欲竭力撇去之,别思快意之事,以减此愤怒,于是忽忆里地所言之手帕,遂又忖曰:“然则当时高顿检取此帕,彼固私心爱我耶?”思至此,忽颜色渐赪,徐研究此中意味甚确,乃自慰且喜,欲以高顿爱己之情形置之心底,而将其所怒者力撇去之,顾又屡试不能,瞬息间,又觉此羞愤事涌现心上,思曰:“彼爱我乎?彼又何为爱我?”复自解曰:“或因我堕入彼怀中,致彼失去其自制力乎?”伊雪打独坐旷野间,细细忖量,心中亦不自知是喜是怒,复思高顿乃一往来无定之流氓,竟被亲吻,其可耻为何如?愈思愈骇,乃出手帕欲一拭被污之唇,及巾方近吻,忽又不由自主,缩手下垂,乃俯首曲腰,脉脉无语,觉此唇不特不污,且曾为高顿所亲,尤甚爱之,于是欣欣然自喜,而一腔怒气已消归无何有之乡矣。既而又思高顿必不复留此地,从此一别,恐无再见之日,心中不觉似有重忧,然辗转筹维,竟无可以挽回高顿之法,于是强制其忧,并极力撇去其心中所爱而不能爱之人,盖亦自知徒然痛苦,于事无益,且深恨当初无故遇之,今竟堕身情网不能跳出,而又将与其人隔绝,此中痛苦知无已时。又回想高顿举止一切及其笑貌声音,一一深印脑中,终不能抉之而出,又如高顿在此,则己心安而意适,倘高顿一去,则己对于世上,似无一可乐者矣。伊雪打思至此,肺叶亦为之震动,声达于外,忽曰:“吾乃爱一雇用之工人乎?噫!良可丑也。”又曰:“虽然,吾不能昧我心,我心确爱其人。”言已,举手掩面,蹙其眉,紧咬其唇,久之,翘首四望,复含愧自责曰:“吾今竟为爱情所牵制,一至于是。果尔,则消灭吾平日之高尚,而自待亦太卑矣。虽然,吾观高顿其人,较之寻常工人辈,特大有异,其品格亦高出同侪万万,吾故爱之。忆吾之爱彼,万不可为他人所知,即此爱彼之一念,亦宜早早除之。”乃叹曰:“噫!此真痛苦事。脱令吾为一粗工女郎,则当扫除一切阻碍,为吾所欲为矣。抚心自问,高顿确一完全美满之人,每观其种种智识,皆足与我称平等,即今夜作此举动,亦实因一时失去主持之力耳。噫!自今而后,彼必辞此他适,但彼一去,吾之痛苦为何如?吾自信吾之爱彼,虽每点每分钟内,亦不能少去诸怀,果与彼别,则此恨绵绵将无终极,倘彼于今日以前辞去,则少却许多轇轕①矣。忽又忆起一事:吾前此尝识一女学生,其人沈静寡言,平日对于男界绝不动情,后有一少年向之求婚,女拒绝之,且对我言,心中甚恶其人,更不欲与之再晤。越十四日,女又告我,谓已与此少年结婚,且倾心爱此少年。吾闻之,颇甚惊奇,何此女性情变易之速一至于是?乃询其所以先恶而后爱之故。女答曰:‘彼少年至吾许,自言爱我,复抱我亲吻,于是吾之爱情竟油然以生,遂爱彼矣。方吾告君不爱彼之时,彼尚未与我接吻耳。’当时吾闻此言,非惟不能索解,且心窃非之,今乃洞悉此奥妙之理矣。”思极,转自奋曰:“虽然,吾与此女不同,吾必不如此女之无意识。今惟有力压此爱情,宁死亦不能降吾人格也。”言毕,起立,复取帽戴之,方欲举步,忽又闻步履声,伊雪打已审此足音,不禁心中酸楚,乃倚树俟其过。

时高顿心中之痛苦尤有甚于伊雪打者。彼以为我乃一磊落丈夫,不应作此卑污无礼之举,今竟若此,虽倾太平洋之水亦不能洗去此耻,于是始而惭,继而悔,又痛恨至于次骨,且觉全背初时之宗旨,自知此罪重矣大矣,无可挽回。自伊雪打去后,忽又发一奇惨极痛之想,乃欲得一人以枪毙己,既而知必无其人,则又欲返

① “轇轕”,交错。

寓取枪自杀，最后忽又自慰曰：“以吾实在身世论之，则我为承嗣男爵之人，我虽爱彼，亦非辱没。”思至此，其爱情之涨力骤增高至数千万丈，如有一极有势力及能压制人自主之爱神立其旁以指使之者，乃不自知此举文明欤？无礼欤？只知一意恋爱伊雪打，此亦出乎其自然之至情也，而先时痛恨羞恶之心亦渐渐消灭殆尽，寻又悔曰：“吾之为此，诚似一暴徒矣，且为世间最恶之人。伊雪打乎，倘尔以鞭挞①加我，吾亦甘受不辞。”遂自咒詈不已，忽又曰：“吾自问亦尚非极恶，今有一策，稍堪自解。此策则离此地以去，但吾必须再一见彼，然后请行。虽然，吾此时苟往见彼，又似有意耻辱之，且必触犯其怒，奈何？噫！吾曾允亡友，保护其妹②，今夜乃冒昧至此，其病狂乎？抑丧心乎？恨昔日不为贼毙，以致今日贻此无穷之懊恼。”时高顿身倚铁叉，颤震不已，复自问曰：“吾何为竟爱彼乎？吾今离此，即与彼永无再见之一日，而此心牵念宁有已乎？”高顿正沈思间，忽而惊视，见一人已立己前，其人问曰：“君何为默立于此？”高顿懵然一笑，其人见状，讶异却退，高顿如梦初觉，问曰：“尔乃状如魔鬼，究云何乎？尔何不拼挡各事，而乃偷闲至此？”其人曰：“各事已妥，特请君亲往一视耳。”高顿即从其人行，登麦草堆，四视毕，一一覆盖之，始徐徐下。时众人亦已尽散，高顿复执叉出，四向巡视一周，抵闸门，闸门尚未闭。高顿徐步而前，忽撷脱从一小路出，冉冉迎面来，高顿脱帽为礼，撷脱注目视之，颇讶异，问曰：“君病乎？”高顿强笑答曰：“非病，乃倦耳。”遂复与撷脱道晚安，撷脱乃去，而其状似颇不安，已而复返，面上极形羞涩，嗫嚅言曰：“吾料君必疾，特不知君究需何药？前者吾得君助……”言至此，貌甚恳切，复曰：“吾为君往取白兰地

① “挞”，原文作“鞑”，据文义改。
② “妹”，原文作“姝”，据文义改。

酒,一二分钟可至也。"高顿急摇手止之曰:"勿需。姑娘诚仁爱遇我,我甚感激,惟吾今已愈矣。请矣,姑娘。"撷脱仍小立,注目视高顿面,久之始去。高顿亦闭闸门,徐归小屋。卜比见主人不乐,亦垂首无欢,缓从于后。

高顿默坐椅中,至极沉闷,已而举首一笑。时卜比方枕高顿之膝而卧,高顿乃轻拍其头曰:"卜比,吾等又将离此矣。特此事皆为我自误,今复飘零世上,不知所止。尔在此本极安适,今乃无可如何,又使尔别此安乐窝也。"言已,遂起而摒挡行李,尚未完妥,陡觉口鼻中呼吸短促,昏闷异常,如室内毫无空气者,乃吁气曰:"今夜竟郁热如是耶?"复谓卜比曰:"且缓检行李,吾等姑往林间吸取新空气,此次为吾等至林间之最后次矣。"卜比急起小吠一声,状颇欣悦。高顿则手执一枪,出门先进,顿觉先时昏瞀之脑为之一清,乃一路筹思如何可已此心病。生平初未尝有恋爱之人,今一旦堕身情网,牢牢束缚,欲脱不能,自知此一点爱情缠绵固结,直无法足以遣之,将与死俱尽而已,且此事无论如何,终不能遂愿。思欲得伊雪打为妻,正如贫儿说金耳,吾既未以我之身世告伊雪打,伊雪打目中亦不过以寻常仆役视我,彼又乌肯降志辱身以下偶一仆役?矧其性情品质,固为一高尚无匹之女郎乎。噫!吾所爱之伊雪打,尔竟为我身之情魔矣。然吾知尔宁死亦必不愿偶我,且尔又乌知我之爱尔,直疑我丧心病狂、贪尔财产耳。天乎!我何因而堕此情网乎?此时之伊雪打更不知如何恨我。少须,又曰:"吾知之矣。彼之意见,吾可揣测得之,彼无非鄙我而已。"遂举手拭额上汗,面色惨白,殆如死灰。已而举首,从林间望见温葛邸,复自思曰:"俗谚云'否极泰来',然吾于此语则有大不然者。盖吾从幼即交否运,此否运大类马蟥之缠人,久久不去。虽然,吾已得此财产……"忽自止曰:"咄,此吾已秘密赠诸他人,胡为复言及?总之,吾之命运当作流氓而已。惟吾所挚爱之女郎,今居此大厦中,吾竟无机会以娶彼,且又开罪其前,而不能求其恕宥,吾恨为何如矣。”盖高顿此时希望伊雪打原谅之心,较之希望娶彼之心,为尤切也。

高顿正行时,忽见树后一人影微动,卜比亦微吠一声以警其主。高顿心疑为窃猎者,然彼既闻我至,当即遁去,我亦不必追之,继又转念曰:“试往视之。”于是向树林行,而卜比顿改其态,喜趋跃前,高顿讶而就视之,则伊雪打也,见其挺立树下,面白如新切之石,又如一愁伤女神之塑像然。高顿即止立,欲回身避去,特又欲一闻伊雪打之声,即使复遭伊雪打怒责亦非所恤,乃勉力进前,且行且暗忖曰:“彼或见我趋近,畏而避之,或怒而唾骂之,以至于哭,皆夫可必也。”乃勉壮其心胆,力趋而前。时伊雪打方欲归邸,后见高顿来,乃停立,拟俟其行去,然后言归,盖恐高顿见己也。高顿乃径趋伊雪打前,轻脱其帽。伊雪打一望高顿,不十分辨视其面,因高顿方背月而立,故不甚了了,惟其举止,则伊雪打固极能稔辨之者。高顿既脱帽,益觉无地自容其丑,而伊雪打则觉其此际之丰姿尤为可爱。时高顿与伊雪打仅离两步,乃垂目不敢举视。伊雪打则微仰双目,一视高顿,状极冷淡。高顿曰:“温葛小姐,能容我上告一言否?”高顿之作此语,声色谦卑,然于谦卑中又带有贵尚之概,此为高顿生平乞人原宥之第一次矣,且其神宇又似非必欲人之赦其罪者。

伊雪打闻高顿言,心中忐忑不安,喉间则似有块阻,其声冷淡而微颤,曰:“尔有何言耶?抑尔来此林间何事耶?”伊雪打之作此问,似极残忍,彷佛持利刃刺入高顿之胸。高顿闻言,惊而却立,曰:“无所事,吾诚不免侵犯之罪,然吾初不知小姐在此。”高顿言时,貌极诚慎。伊雪打忽又变色,紧咬其唇,已而答曰:“吾正欲归去,只能以一二分钟待君言,请速语。”高顿曰:“吾之私心忧歉,诚至于极地,痛悔适间之狂动,直如疯汉,而又贱鄙无伦也。”高顿言此时，面色甚赧，垂目视地。言已，始徐徐举首，见伊雪打面白如霜，复曰："吾亦不自知何以颠狂至是，吾当彼时，脑中纷乱，竟至全失知觉。"高顿发此哀切之言，语语至诚，直从其心底掬出。伊雪打闻之，一腔羞愤渐变为怜为爱。高顿又曰："似此狂暴无状，万不能赦宥，吾亦非敢求小姐赦宥，除非……"言至此，其状竟昏迷如醉，不能复续，惟两目澄澄，则仍清如秋水。顷之，又曰："吾无他求，自知断不能求恕此罪，亦知不能得小姐严责而痛诲之。吾之举动竟如狂痫之人，并不敢痴想小姐之恕我也。虽然吾之寸心既不可向人表白，人亦莫得而知，惟上帝或鉴及之耳。"时高顿言之甚速，目如飞电，以视伊雪打之面。伊雪打复冷然问曰："尚有他言否？"高顿闻此答语，直如冰水之沁心肺，举手微推额前之发曰："特吾之本心，宁死亦不愿辱及小姐，倘能消灭小姐今日之记忆力，则吾无论如何，亦不惜为之，但以一君子……"语至此，遽止。伊曰："吾知之，君子可于品格见之也。"伊雪打出此言时，心极痛切。高顿曰："然。此非吾分内之称，且吾自觉无颜于世，故欲自裁以消灭此耻，小姐以为然否？"伊雪打闻此，心惊体颤，唇吻翕张。而高顿不之见，复曰："今吾所以不即离此者，乃欲专候小姐之仁爱，驱逐我行，俾得稍泄小姐之恨，然我亦太厚颜矣。"

伊雪打徐徐复倚树上，不作一语。高顿亦举步欲行，盖伊雪打之不答，高顿之行更速，复曰："吾已定明晨去矣。"言毕稍立，以待伊雪打责骂，心内则愧愤至不可堪，续曰："马町不日可愈，麦草亦已摒挡就绪，此间亦不必需我，惟稻事……"伊雪打至此，意大不忍，两手微颤而言曰："吾不知稻事如何。"时伊雪打似有无穷悲怆壅阻胸前，肺气亦几为之闭塞。高顿闻伊雪打言，亦复心如碎裂，曰："然，此事本为马町所管，但以小姐注意园……"伊曰："君明晨即去乎？"高顿乃力压其不忍之心，决意辞去，点首曰："本拟今夜即行，惟必须一见马町，恐或不及，故改行期。"伊曰："然乎，但尔之事似尚未完,可多留一二日否?”伊雪打欲竭力冷淡遇之,且恐言多有失,为高顿所觉,遂即止而不言,继思挽高顿多留一二日乃极丑之事,吾何为竟向言之?高顿曰:“感谢小姐,吾必交代妥善始行。自兹而后,吾当遁迹远去,永不再面小姐。吾已决意明日启行,特恐马町需我了其未了之事,然无论如何,在此一二日间必去也。”伊雪打微俯其首,初欲不言,已而不觉脱口问曰:“尔何往耶?”高顿耸肩答曰:“吾亦不能预定,惟拟且往伦敦,盖伦敦多船坞及码头运货之工,吾欲即彼处谋一位置,否则即往外国,仍作旧时……”语至此,遽止。伊雪打想曰:“彼往外国,则必离此英国矣。”一时伊雪打方寸之中,骤如冰冷,复忖:“……若往他国,必贫而无友,是真极可悲之事。此虽彼自取之,但……”乃回首他视,喉哽声低,徐问曰:“君需资否?”言至此,复止。高顿之面容赧,已而目视伊雪打,微笑曰:“此为最要之问题,必不可少之物,特吾尚有工值在此,上帝遇我不可谓不厚。噫!妇女之心真慈悲也。”高顿喃喃作此语,声甚低。伊雪打不闻,惟闻其叹息声,不禁又为之战栗,身摇摇欲踣。脱令高顿当此时,竟长跪其前,以手围抱其腰,则伊雪打必投入高顿之怀矣。特高顿仍复挺立不动,神气怆然。伊雪打亦回肠寸寸,悲不可仰,寻又亟振其坚刚之气,强言曰:“否,否,吾意非此。”高顿曰:“然,吾实不值小姐为我忧虑安危。以小姐仁厚,尤过于我对小姐相当之责任也。”又曰:“自今而后,必无我之形影,再现于小姐之前,而触小姐之怒。”高顿言时声微震,卜比闻此声,即趋近主人,以鼻嗅之,复徐徐至伊雪打之旁,出舌舐其莹洁之手。

高顿注目卜比,忽有一事感触其心,曰:“温葛小姐能允我之请求否?吾生平最爱此犬,且彼曾与我同患难非一日矣。倘吾此去而不携以偕行,此吾最难堪之心事,然吾既往他处作工,行踪未定,携之又甚难,今欲乞小姐留之,俾得长居以安乐地,则吾之受惠,感且不忘。特似此之求,人将谓我藉此犬为暗结小姐之心,然而吾意实不然,特欲此犬之得存身于此耳,未审小姐能见允否?”伊雪打亦知高顿乃为卜比计,初无他心,且高顿自一身外,即此犬为其最贵重之物,于是喉间之块阻复起,乃徐徐压下之而声殊抑郁,答曰:“吾不需彼。”高顿曰:“诺。吾因小姐素极仁爱,故敢冒昧请之。”言时,手抚卜比曰:“尔今复入忧劳之境矣。”时伊雪打目视卜比,见其两眼闪动,如有忧色,不禁亦为之五中崩裂,呼吸几于不续,已而半露其冷淡神情,半用主人临下之态,答曰:“若恐其不得存身所,则亦不妨留在此间,君可安心自去。”噫!阅者诸君,高顿本为一知礼之人,非如奈敦谄媚无耻之辈,伊雪打如是待之,未免刻薄。高顿乃姑作欢容曰:“谢小姐厚惠,吾今去矣。”言至此,声咽不能复语。少顷,始道晚安欲行,忽又回首呼犬曰:“卜比,今可随小姐行。”复谓伊雪打曰:“亦可藉之保护,此时已夜深,或有废人藏匿林中,亦未可料。”言已,又顾卜比,挥手曰:“卜比,尔可随小姐去。”

当是时,伊雪打之呼吸欲绝,心震不已,而百结柔肠且寸寸断,遂避面以行。卜比以不忍别,乃逆其主人命令,仍返身向高顿,恳切哀鸣。伊雪打见卜比不愿从去,乃曰:“可勿逼其即去,吾随后遣人来取之。”伊雪打言时,泪珠已续续而下。高顿方俯身抚慰卜比,故不之见,曰:“请再俟一分钟,吾今缚一物于其颈上,而后令随小姐去也。”高顿欲觅其手巾,顾遍觅不得,已悟此巾在胸前之衣袋中,乃探手取出,同时更有一巾牵连而出,顾在不意中,遽堕地上。高顿一见,急俯身以黑影蔽之,而已为伊雪打所瞥见,且巾上斑斑点点,染有血迹,即己伐树时所遗弃之巾也。忽欲作声,既而复力忍而止,惟以双目注视高顿身影,如有绝大感情发于目中,乃暗叹曰:“天乎!吾何竟纯然恋爱此人乎!”时又竭尽全力压抑其心,旋发出非常落寞之声,问曰:“此巾乃甚类我物,何耶?”

高顿急以巾纳掌中,力握之,似唯恐被人夺去者,瞪目以视伊雪打,不能遽答。噫!阅者诸君,伊雪打既揭问此巾,试思高顿能还此巾与伊雪打否乎?盖彼宁牺牲财产及其最爱之卜比,赠诸伊雪打,而此一方血染之巾,必不允还之也,已而答曰:"否,否,此乃里地之巾耳。"其言时甚镇静且无惊愧状,而伊雪打则已心颤神摇,昏昏如醉,盖以高顿不承认也。然此时高顿更有一言,足令伊雪打闻之而喜悦。高顿曰:"在此矣。"且语且出一巾缚卜比颈上,谓卜比曰:"尔可去矣,愿上帝祐尔。"又谓伊雪打曰:"小姐,请矣。"言毕,目注伊雪打,尚不即去。一分钟后,伊雪打亦举首一视高顿。高顿始徐徐转身而行,行行渐远,至彼此皆不可见之际。伊雪打之履声渐杳,而卜比之鸣声愈哀。高顿闻之,心痛如裂,盖伊雪打及卜比均为彼生平所深爱者,今一旦骤然离别,其伤如何?怊怅良久,始嗒然如丧而归。

伊雪打携犬同行,其一路心酸泪落亦如高顿。已而回视卜比,彷佛闻其谓己曰:"尔盍速返而追彼,挽令勿去,并降压尔骄傲之气,亲往哀留之?彼心中固全然注念于尔,尔不见此巾乎?且彼地位虽卑,而尔心实已爱之。尔可往告之曰:'吾爱尔。'则彼尚可留,否则尔之生命亦必由兹断送矣。"伊雪打心中有此一番现象,如潮起汐落,心魂颠倒,行步益迟,觉速行一步,即与高顿速离一步,而弗忍也。卜比频频仰首愁视伊雪打,状如哀求而切恳之,而其鸣声又极凄惋。伊雪打心中益为之悲怆不止,及至邸前,乃微微摇首而嗟。时抛露麻已迎候于门次,伊雪打见之,自觉惭愧,乃问曰:"和司士打夫人及奈敦先生已归来否?"抛露麻曰:"未。"伊曰:"吾倦甚,欲即睡。倘彼等归来,尔可为我致言,今夜不及与晤谈矣。"抛曰:"诺。"伊雪打遂入客厅,抛露麻取葡萄酒至,曰:"小姐需……"言未已,忽停口而视伊雪打,盖见其今夜之神色大异平常,丰姿娇弱如一女神,而面色则尤形惨白。伊雪打徐徐取葡萄酒小饮,仍脉脉不语。抛露麻曰:“吾携此犬至外间可乎?”伊雪打初欲听之,继而摇首曰:“可不必,吾携彼宿于吾房,彼不哮吠且又极驯,彼向与高顿同卧一房,今高顿已以彼赠我。”言毕,招手呼卜比曰“来”,遂与卜比至卧室,俯身揽卜比颈曰:“噫,卜比,吾爱彼,吾爱彼。”言已,泪如泉涌,复曰:“吾甚爱彼,今彼去矣,今彼竟离吾等去矣,吾等奈何?”卜比似极解人意,亦于喉间作小声应之,复以舌舐伊雪打面。

时室门忽开,马利进曰:“小姐,求恕吾冒昧,吾以为小姐已更衣,故来检拾耳。”伊雪打曰:“尔可稍待。”言时,起身面隅,盖恐马利见其泪也,又曰:“可取饼及牛乳饲卜比。高顿因有事他往,乃以此犬赠我。”马利曰:“彼他往耶?此真奇事。撷脱将如何耶?”时伊雪打立镜前卸衣,闻马利言,急回首问曰:“尔云撷脱何事者?”马利蠢笑答曰:“小姐不知耶?彼二人已订婚矣。”伊闻言,即引手扶案曰:“订婚乎?吾以为未必。”言时,其声颇颤,盖心中窃恐高顿果有此事,故勉强自抑,谓未必有此也。马利曰:“此事甚确,彼二人结识已久,吾尝与基路士外出散步,目睹其于林间挽手同行,且高顿又与撷脱亲吻……”马利之谎言未竟,伊雪打遽摇首止之曰:“勿言。尔可速携此犬出,命抛露麻闭之马厩或其他空房,亦无不可,今不需其在此,吾欲观书,且此时已夜深矣。”伊雪打立俟马利去后,觉头脑昏昏,目前如障数重浓雾,旋跪地上,两手扶案旁,覆面枕臂上。此时其爱高顿之心,已全然捐弃,而骄傲及愤懑之气骤尔复生。

高顿行抵园门,马町妻适从内出,曰:“高顿先生耶?”高顿曰:“然。”高顿自知其面色变异,虑为马町妻所见,乃以身背月光而立,问曰:“夫人夜出,究何事者?马町及里地皆无恙乎?”曰:“彼等已睡,吾方欲就寝,忽有一人至此,叩扉而问往温葛邸之道路,吾故出应之。”高顿曰:“止一人乎?”曰:“然,乃一面生人,身极修伟。”高顿曰:“流丐乎?”曰:“否,装束类一富人,然其人状貌,我颇畏之。”高顿点首曰:“或是客商及摄影①之人耳,可勿惧,吾试往巡视一周,夫人勿以为念也。”

第三十七章

此时伊雪打之心惊跳不已,又亟自压抑,使勿稍呈露,乃双目注视高顿,见其衣破败之羽绒衣,两手焦黄且有裂纹,知已备尝无穷之辛劳矣。顾高顿此时双眉隐隐,微蓄踌躇之态,面上则喜气迎人,容光四照。伊雪打转复忐忑不可自聊,寻又力制之。时伊雪打衣晚衣,除其领下黑带外,毫无他色杂入蝤蛴之颈,与其银盆之面镕成一片,洁白无疵,掩映于灯光之下,益觉妩媚惊人。高顿睹此美人,不禁惊喜。当时此二人对立相视良久,伊雪打始手扶椅靠,低声曰:“高顿先生,君来竟如是其速,吾心滋慰。”高顿耸肩曰:“然。吾以小姐见召,故疾驱而至,第未悉小姐命我何事者?”伊雪打迟疑有顷,曰:“无他,吾有数问题质诸君,特求君必切实答我耳。”高曰:“唯。苟所问而可答者,吾必竭诚答之。然则庄园中事或有舛错耶?”伊摇首曰:“否。吾之所问者乃在澳洲之事。”高忽瞪目,寻又镇静答曰:“可。”伊曰:“君从和利斜来否?”高益疑讶,然仍简辞以答曰:“然。”伊曰:“君知有亚打·坡顿其人否?”高闻言,面色大变,一若挟而投诸险地者,继又力压其惊,宁静答曰:“有之。”伊曰:“闻其人与君非第朋友,且为同伴,然耶?”高曰:“然,吾固与俱。”伊曰:“君与其最后之晤面在何时乎?”高曰:“当其被杀时,吾亦见之。其死……”言至此,声咽塞不能成语,继又曰:“彼实代吾死也。”伊闻言大惊,急扶椅而坐,复曰:“请以事之原委,一一示我。”高顿一视伊雪打面,心甚悲感,随曰:“诺。以

---

① “摄影”,原文作“撮影”,据文义改。

此告小姐，事乃不难，彼与我经营事业，又同一室居处。”言至此，复不语。伊雪打面现悲痛之色。高曰：“小姐何故忽问此事，又何以知……”伊雪打目视地上曰：“此节吾当告君，特君允答我之事，语尚未尽，请速告我。”高曰：“吾与彼同处一牧屋，一夕，彼病甚重，忽有群盗闯然而入，仓猝间吾为盗众所缚，不能与争，已而一盗欲发枪毙我，吾友见之，遽自榻上驰下，至吾许，以身蔽吾，盗枪适发，竟饮弹以死。”伊听至此，如目睹其事，面色为之惨变，遂闭目少顷，已而复问曰：“亚打·坡顿之真名为何？”时伊雪打之秀目直注高顿，状如极恳切者。高顿自知妄语，特亦无可如何，筹思片刻，乃毅然曰：“彼之真名，乃约翰·温葛也。”高顿言至此，恐伊雪打惊叫，而伊雪打竟能镇静，且凝视高顿，目不他瞬。高复曰：“此盖由其衣袋中得一信，信上所著系亚打之原名约翰·温葛，故警察亦知其实为约翰·温葛也。”伊雪打唇吻颤动曰：“此语非真者。”高顿骇视伊雪打，期期言曰：“尔云何？”伊曰：“君胡以伪言对我？”高顿踌躇答曰：“吾诚不知小姐之旨。”

伊雪打即探怀出一物，紧握手中，又一视高顿面，始置诸桌上，乃一银制之寸盒也。伊指谓高顿曰：“此何人之物耶？”高顿取盒略视，问：“小姐从何得此？此乃约翰·温葛之物，即亚打·坡顿……”伊曰：“君即约翰·温葛男爵矣。”言毕，遂行近高顿。高顿至此，急曰：“尔云何？”伊曰：“尔试观此盒之名。”随又探怀续出一纸，乃高顿前往伦敦开录各项费用之账单，而纸之上端著有“伊雪打·温葛”数字者，此实高顿之手笔也。伊雪打乃以纸上之字与盒上之字两两相较，旋谓高顿曰：“此字出自一人之手，无丝毫差异，君何欺我之甚乎？吾已尽悉实情，君识哈利·加佛地露否？吾曾见哈利先生，彼乃识君，且识彼死者，云此盒即君赠彼，且尔对彼自承为约翰·温葛，彼已将君之行为状貌告我，故吾知君即约翰·温葛也。”言至此，自知直呼其名非礼，急改曰：“约翰·温葛男爵,君即承嗣烈芍男爵产业之温葛主人矣。”高顿至此,即起立,心中痛悔万状,久之,始曰:“温葛小姐,吾之诡计既尽为道破,特何不为我稍留余地,而乃彻①底倾泻至此,竟如一灵敏侦探,使人无可隐遁者,吾之苦心不亦随逝水以去耶?”此际高顿泪承于睫,心痗如焚,言时,唇颤口讷,一似不能毕乃词者,知其虑深也。

伊曰:“吾本不知,至昨夕始疑及此,并细思君何以如是隐匿己名,然至今亦不过就其肤浅者测知一二而已,仍未尽悉其情也,惟吾甚望君速行悔改从前之固执,并请将君前此残忍自待之事实一一示我,君之宗旨究属如何?”高顿以两手插衣袋中,自啮其唇不予遽答,蹀躞室内几十余次,始决然答曰:“温葛小姐,吾友病笃时,尝自以身世告我,谓尚有弱妹在英兰,且穷苦无依,嘱我于回国时,必寻其妹而保护之,后又读吾携回之新闻纸,见载烈芍男爵之事,内谓如其侄果死,则此财产均为其妹所有,同时吾又得科罗士律师之信,告吾承袭此产,吾以其极注意其妹,故亦不以真相告彼,且吾因默许与其妹为友也。嗣盗入吾室,勒吾要货,吾友竟于沈笃之中,闯然而起,罹兹惨祸,代吾而死,吾中心忉怛,无时获②释,回念付托之重,言犹在耳,吾宁忍负吾好友乎?”时伊雪打以两手抚胸际,凝神静听,默不一语。

有间,高又曰:“此人即君之兄,其妹即谓君也。及警察来时,吾亦昏昏如梦,彼等遂于尔兄衣囊中觅得律师致我之信,盖此衣本为吾物,因是夜气候严寒,尔兄以久病之躯,尤为畏怯,吾自外归,特解而衣之者,故吾得乘机更易此名。此端固发生于俄顷,特甚合吾愿,假得审虑熟计,亦不外如是而已。”伊曰:“君诚

① “彻”,原文作“澈”,据文义改。
② “获”,原文作“或”,据文义改。

误矣。”高顿毅然曰:“吾实不误,君兄乃深信我者,而又牺牲其身代我而死,吾乃灭弃天良,为此卑下之行,是乌可者?”伊摇首曰:“高顿先生。”又曰:“温葛男爵,君以为吾竟不知尔之密谋耶?”高曰:“君竟不能呼吾为高顿耶?以君呼高顿之声较为自然,而吾亦甚喜高顿之名,曷为为吾易之?”伊曰:“否,君确为温葛男爵,不宜弃此名。吾今知君牺牲一切,实皆为我一人。至君前在温葛作工之地,即君应得之产,君竟置我于极乐之地,使得坐拥厚资以占君之幸福,君宁不妒羡耶?”高急曰:“否,否,小姐误矣。吾实绝无此心,吾以为慈祥如小姐,又善于管理,且又妙年美丽。”言至此,急谢曰:“请恕吾唐突,吾意此产归吾,亦不过如是管理耳。”伊曰:“吾不能信,君必多不如意之处。”高曰:“请勿误会吾意,吾生平最快乐者,即对于此事,请勿多疑。”伊曰:“吾必以此产还君,盖此乃相当之办法也。”高叹曰:“天乎!君慎毋如是,苟君不允所求,仍作温葛之女主人者,则吾必仍往澳洲矣。”

时伊雪打面赤如火,答曰:“君竟以我为一贪愚之女子乎?”言至此,状似怒,又曰:“吾以何因而应承受君惠,而君又以何因而强迫我于不义?”高顿徘徊数四,乃坐下,谓伊雪打曰:“君欲知吾意否?吾今冒险告君,吾之牺牲财产,初非蓄有他念,胥为顾全友谊而然,嗣返英兰,始见君时,亦绝无其他之感情,仅乐为庄园之管工而已,设非因彼夕之举动,则甚愿永永为小姐执役,至不用我时始去。”高顿言及此,面已渐赪,而伊雪打亦红晕两颊,大似含葩之玫瑰花矣,乃垂首默听。高又曰:“君必以为吾颠狂矣,特吾爱尔心盛,实乐为尔之奴隶,顾我此种爱情,初一见即生,乃积渐而成耳。”言毕,微呼伊雪打之名,伊雪打亦殊无惊诧之色。高顿又曰:“今事过境迁,不妨将我胸中所蕴者为君倾吐。盖吾本极爱尔,且综吾一生,亦无如爱尔之热度者,尔时亦曾屡抑此心,不使暴茁,顾①婚不能,又因境地隔阂,故未敢告君。吾又曾欲取回此产,乃一转念间,终觉不忍,而吾每一见君,即如受绝大之吸力者,此种举动,君或见之矣。君犹忆吾等同至林间号记各树否? 噫! 伊雪打,吾对于世间一切之女郎,惟爱君一人耳。尔弃掷之手巾,吾外归,拾而珍藏之,吾又于辞去之夕,谓此乃里地之巾,此系我之诳语,其实即君之巾耳。吾于此巾,宝贵有如拱璧,即以温葛之产向我交换,我亦不愿也。"言已从袋中出伊雪打当日之血巾以示之,伊雪打手颤欲承,高顿摇首,复纳袋中曰:"当时吾不能言此,今吾言之,吾甚爱君,并恳尔原谅我昔日之秘密。特有此秘密,则君可为吾妻矣,君或不悦我,而吾深愿君受我之爱,如是则将来或得君之爱情,亦未可知。吾于君未知此事之前,未尝稍露此意,且并未显露吾爱君之形迹,今吾特为君诉说。"及言至此,遂张两手曰:"伊雪打,尔胡不来?"

阅者诸君必知伊雪打宁舍去生命投身高顿怀内,特此时则挺立不动,仅张其妙目,凝注高顿之面,而秋波中又含蓄无限悲愤,一若悔不可追者,诚可怜也。虽然,此中玄妙,高顿不知也,特视此情状,以为伊雪打意不我属,知已无望,乃徐徐垂手,叹曰:"吾亦虑及此,尔果不爱我,尔永不爱我矣。"言已踌躇有顷,复曰:"君乃固执己见,却我所求,不知吾之此举,仍欲以此财产属诸尔耳?"伊曰:"否。以君侠义,一己之幸福尚不恤弃之,宁肯欺及孤弱无助之女子? 特吾之为是,乃别有原因耳。"高曰:"原因安在? 可见告否?"伊曰:"吾已与奈敦先生订婚矣。"高曰:"噫! 然耶?"高于此时面色惨变,呼吸急促,几不能言,而仍矫为欢容,以避伊雪打之目,忽又曰:"尔言谁? 尔顷云与谁氏订婚者? 彼人如何? 可为尔婿否? 此外尚有何原因乎?"伊雪打故作不闻其言,乃曰:

① "顾",此处原文字迹不清,似作"顾"。

"闻君来此与撷脱结婚,今正宜举行矣。"高顿闻言状极惊诧,面色顿赤曰:"与撷脱结婚乎?君云何?吾宜与撷脱·添连参结婚耶?"伊雪打目视高顿,心极悲怆,盖知高顿之爱已深也。时高顿甚愤,伊复曰:"温葛男爵,吾确知之。撷脱与尔同至伦敦,且与君同在一处,于此盖可知矣。吾深望君与之结婚出之郑重,勿负旧盟,彼实一好女子也。"高顿闻言,怒甚。盖前此高顿尝闻撷脱言伊雪打将与奈敦订婚,其心已为之愤懑不乐,今闻伊雪打亲口自承,且又误疑己与撷脱订婚,加以谆谆叮嘱毋负前约,故此时高顿之怒盖不可遏,乃问曰:"君信此说乎?"伊曰:"岂不足信耶?尔究有此事否?"高曰:"否!"言时,其声至高,且甚决绝。又曰:"君今诏我与撷脱订婚,吾甚感君,容吾熟思之。休矣,温葛小姐。"言毕,即取帽,闯然而出。此时,伊雪打酸楚之泪竟如泉涌,直欲失声而哭矣。

第三十九章

是早,高顿统率工人,由一运货大海舶中运货上埠,货巨量重,乃用起重之机器,上系巨网,由舱悬起,向埠上推运之。时舱口之工人皆卸衣袒胸,移货安置网内,而埠上则有一人,专司机器之旋转,迨货既至埠,即有工人趋而卸之,复有工人续移至一处,层叠而置之。是时,各工人形极忙碌,又甚精细,至监工之人则尤应注全神于是,而高顿是早适承其乏,则其责任之重大可知。至高顿之所以得充是役者,良因彼于群工之中实为翘楚,抑且聪明正直,勤于职事,每一令出,诸工人无不服从者也。时管机之人立于起重机柱之下,双目注视高顿,两耳又静听其号令,以防为人声机声所乱;凡舱下工人置货妥善,即高声报高顿,而高顿则传呼管机之人曰:"可!"又警告诸人曰:"注意!"于是管机者乃转捩其机关,机器即因之旋转,而缒货之铁链,方蜿蜒而上,货物亦随之而上,及至埠,高顿复高呼曰:“止!”司机者始停止其旋转。此实起货一定之程序,非独专为保护货物,且兼保护工人之平安也。倘高顿之号令一或不当,则机器旋转货物上下时,必致触及工人,小则损伤,大则压毙,此最危险之事亦高顿最注意之事也。

是日气候甚热,高顿一足抵锚柱之上,两手抱膝,仅着裹衣,而机上之网常掠其肩而过,乃时时侧身以避,状至雄猛,而各工人亦极信从高顿之语,盖知其用事灵敏故也。时工人耶许声、工头报告声、货物上下声、机轴铁链辘辘旋转声与高顿号令之声,声声相应,镕成一片,状至喧嚷。高顿兹时独任此纷忙危险之役,遂不暇复念伊雪打,仅以目光随此机器而上下,殊未见及一黑衣长身之女子在轮埠货物丛中左右顾盼者,迨闻有人在后呼己名时,始回首而视,不禁大惊,窃忖此乃活姑娘之衣装,何得加诸撷脱之身?即曰:“撷脱!”匆忙中又回首顾视机器,复谓撷脱曰:“尔不可立此太近,尔曷为来此?”撷脱闻言,稍退,已而复前。高顿又一视撷脱,又掉首急谓管机人曰:“下!”高顿此时见撷脱不特面色惨白且颤动不已,遽问曰:“尔何故如此?”问已,又发号令。撷脱喘息答曰:“彼人。”又曰:“德里伐,彼今已在吾等寓内,必欲与吾同去。”高顿一方向撷脱点首,一方复谓司机人曰:“松下!”已复顾曰:“德里伐乎?彼如何能寻……”撷脱曰:“吾不知,彼亦不允告我。噫!高顿先生,彼知尔在此,必踪迹而至,顷吾诳彼得以来此觅尔,此衣乃活姑娘……”高顿点首,复谓司机人曰:“暂收紧!”又曰:“可矣。”撷脱曰:“彼必来此寻君,君宜飞驰离此。噫!速去,君宜速去!君亦应自知此危险,殊令人惊惧也。”此时,高顿五官并用,稍得一隙之暑,即与撷脱言,乃曰:“撷脱,尔云何?吾何故逃避乎?”撷脱又低声答曰:“君必自知,彼要我,谓苟吾不偕彼去,则将来……”又曰:“噫!君何尚诈称不知耶?”言时用力自搓其手。高顿面甚赤,恨无一二分钟之晷与撷脱细言,又谓撷脱曰:“尔须注意此机器。”又曰:“尔之警告于我已非一次,吾固疑之,究不知尔言何指?且德里伐又何为觅吾?何事惊尔?请详其意。”撷脱颤声曰:“彼——彼知尔在——在温葛村中彼夜之事。噫!尔何尚疑迟如此?此时不速避去,后悔无及矣!”言时状极惶①急,忽惊而狂呼,声流尤高出机器及种种声响之上,指谓高顿曰:“尔观之,彼已来矣!”高顿即随其所指处视之,见德里伐从货物堆中跳越而前,涨脉偾兴,面目尽赤,状如中酒。

须臾,德里伐已及高顿之前,怒气勃勃,状极妒恨。盖彼爱撷脱亦甚至,无论撷脱往何处,彼必舍命逐之,愈爱撷脱,因之疑忌高顿之心亦愈甚也。至高顿初闻撷脱所言林间之事,本不介意,今见德里伐如此情形,始又忆起撷脱之言,知必有事,觉其势匈匈,如欲得人而甘心者。此时撷脱立高顿之旁,心惊欲绝,而高顿则仍泰然自若,无惊怯状。及德里伐行至最近时,高顿乃点首笑问曰:“德里伐,尔佳否?君勿近此,盖此机器由顶上来往,万一坠下,立成齑②粉矣。”德里伐挺立怒视高顿,喘息曰:“尔真可恶,今为吾所得矣,尚能脱乎?”言时招手曰:“可来此,吾必与尔决斗!尔竟非人类,乃一私逃之恶汉,又复引诱良家少女,偕尔私奔,尔试观此女,竟为尔摧残至是矣。”时德里伐手指撷脱,怒极而颤。撷脱至此,知觉全失,惘然倚于起锚之柱上瞪目直视二人。高顿此时虽极忿激,而举止则仍镇静自若,曰:“德里伐,尔大误矣。”言至此,即问舱下曰:“已妥否?”继又谓德里伐曰:“尔谬误无理乃至尔尔。尔虽见吾与撷脱同在一处,吾实偶然邂逅耳。”语至此,又顾司机人曰:“略低。”已乃续言曰:“吾与彼实一清白之友耳。”已

① “惶”,原文作“遑”,据文义改。
② “齑”,碎,细。

又嘱司机人曰:"止。"又回首谓德里伐曰:"尔可待我完工时,将此事一一告尔。"德里伐曰:"尔又欲以术愚我,乘间脱逃耶?尔既与之为友,则彼又何必欺我而逃至尔许乎?吾知之矣,彼之来此,不过欲将消息与尔,使尔逃避耳。今天网①恢恢,竟为吾得,吾当与汝一决,更必大声数尔罪恶,使众闻之。"言罢,跃跃然如急欲一逞者。高顿大笑曰:"吾甚欲投尔于砻磨之中,研尔为粉,以醒尔梦。尔目睹吾操工至忙,不能即离此地,而故哓哓与吾为难,诚可恨矣。尔竟不能待至十五分钟后,俟吾觅得一人代庖,而与尔长谈乎?"高顿貌虽欢然,而心中实已愤懑不已。

时撷脱忽起揽高顿之臂,恳切言曰:"不可,不可,尔万不可。"盖彼恐高顿近德里伐而为所害也。德里伐见状,跃上货包,磨拳擦掌,怪呼曰:"此乃谋杀之罪人,吾曾目击之,今吾数其罪矣!"高顿仍问舱下曰:"已妥否?"随又回视撷脱曰:"彼因酗酒而痫发乎?"此时德里伐之声为众工人喧杂之声所抑,故高顿疑彼所言尚未尽悉,而德里伐则狂吼怒跃,直扑高顿。适高顿口宣号令,而机上之网正于此际旋转摆动,势极猛烈。德里伐不知趋避,竟为所触,腾空而下,如飞鸟,如秋叶,霎时已不知何往。时船中及埠上各工人皆不之觉,盖当铁链牵引货包转向轮埠时,声音颇巨,而德里伐即于此时倾跌,故众人竟无知者。高顿虽见之,顾于此时,则万不能稍动,否则即陷诸人于险地矣。及号令既发,见撷脱奔向埠次,又急禁止之,使毋稍动。及此机器已停,高顿乃呼曰:"请诸君稍待片刻!"言已,即跃至岸旁四望,已不见德里伐,知已坠水中,乃俯首四觅,忽见其在水面浮沉,高顿即投身下水救之。盖德里伐生平未习水性,倘非人救,则当为海藻之养料矣。当高顿凫及其前,德里伐正浮沈不定,举手欲攫高顿,希得救。高顿略避

① "网",原文作"惘",据文义改。

复前,乃至其侧,出手托其背,使仰面朝天,此时德里伐额上之血由伤处流出,涔涔不止,于是一手挽德里伐,徐徐凫泳向岸,特距岸尚远,再行数丈,即觉其躯体忽然沈重,知德里伐必晕矣。特在水面,欲挟一毫无知觉之人牵引而上,殊非易事。时二人旋转大船之侧,高顿亦累次不支,乃稍息以吸清气,已而又挟德里伐而泳,惟水势沮拒,每进辄却,水面屡作旋涡,危险益甚。高顿当此一发千钧之际,自念必与德里伐同尽于此,而澳洲之问题亦必从此消灭矣。此时,幸船上有一人瞥见此状,急发令下一舢板掉至二人之侧,前往拯救。高顿及德里伐及是始得救上,惟高顿以用力太过,历时太久,咽噎不止,气息已奄奄欲绝,德里伐则仰卧舢板如一死犬,默然不动。有顷,高顿呼吸回复,急起问曰:“彼已死耶?”既而知其尚生,特伤势甚重,心乃少慰。时各工人围立岸旁,初亦不甚震动,盖此等意外事,在船上之人久已司空见惯也。撷脱则跪于船上,目注舢板。高顿登岸时,仍瘫痪无力,因先时为水闭塞其气故耳。已而有一杠床及一警察同至,舁德里伐登岸。高顿则雇一街车,与撷脱随德里伐后。未几,德里伐已醒,时时举目窥伺高顿及撷脱,状极懊丧,惟默不发语。

高顿与撷脱得医生之允准,得以同进德里伐之病房,临视德里伐。德里伐注视二人,复闭目内向,状如决意不与彼二人言者。高顿知德里伐之意,盖不欲见救于仇人也,乃辞曰:“德里伐,吾去矣。”言时执其如火之手,又曰:“吾甚不欲离君行,吾愿将来仍与君为友,且君之病状,吾必常从此医院探听之。”高顿深欲表明己意,又曰:“尔勿悬念撷脱,吾必送彼回家,君惟一意养疴,俾早日痊愈也。”时撷脱随高顿出,竟如驯犬之随其主人。高顿曰:“撷脱,吾等可先回寓,请将各事一一明以告我,随后同至温葛。现尚有附火车之时间,今可去矣。”撷脱复变色惊怖曰:“尔往温葛耶?”高顿状甚肃穆,答曰:“然,吾与尔回温葛。”一时二人均无语。既抵寓内,高顿登楼更衣毕,复见撷脱,问曰:“撷脱,今可语我。”言时状极持重,又曰:“尔以为德里伐在码头所言之事乃神经病乎?抑另有意乎?”撷脱觉高顿之言至为圆活,遂负手于背,默然不语,已乃低声曰:“君尚不知耶?君于离温葛之夕,岂绝无他事乎?是夕君往林中,后又见君手上血污,并遗下一枪……”高顿瞠目视撷脱,既而徐徐问曰:“尔云何?究有何事?吾实不解,尔竟诬我耶?德里伐顷谓吾谋杀,然则其言亦有因乎?吾甚欲闻之。”撷脱即起立,双手抚膺而言曰:“君真不知是夕有意外之事耶?”言至此,乃释然自慰曰:“感谢上帝,感谢上帝,若如是,吾无言矣。无论君欲我何往,我必从之,吾且愿立时回温葛矣。”高顿茫然莫解其意,乃点首出时表视之曰:“尚可附火车,吾等当与活姑娘同往。”时高顿面色微赧,觉撷脱已明己意。盖彼之与活姑娘同往者,乃欲藉以消释温葛诸人之疑心也。此时活姑娘亦下楼,见其淡黄之发已累为椎髻,朴①素而静,殊无卑下气息,乃告之故,于是三人起程,同赴温葛矣。

第四十一章

高顿既出温葛府,即向添连参之屋而行,而于科罗士对己所言之谋杀事,亦无惊恐之心,盖自问无罪,虽受此嫌疑不无忧虑,然逆料此事不难昭雪也,所悬悬而视为持重者,乃伊雪打之结果耳。于是途次为伊雪打设想,将来缴还此财产之后,去乎,抑留乎?已则领受乎,抑否乎?又思倘伊雪打不允留此,则将此财产每年之子金,平均以三分之二与之,于礼为当乎?彼既失此财产,仍将与奈敦结婚否乎?高顿沈沈以思,迨②至添连参之巷口,闻添

① “朴”,原文作“扑”,据文义改。
② “迨”,原文作“殆”,据文义改。

连参咆哮之声，竟如牛鸣，又闻其大声曰："彼今何往者？设事果属实，噫！尔勿欺我，否则彼又何为遁去？"时高顿方入室，即曰："添连参，尔谓我乎？"言已，为道早安，又周视室内，状至欣悦。斯时撷脱坐椅上，自叠其两手，垂首无语，活姑娘则立窗前，似劝慰状，且极恭谨。撷脱见高顿入，即举首一视，已复俯首。添连参突然问曰："尔果何意？前此挟吾女同去。"高顿肃然摆手曰："添连参，尔毋然，尔毋自误。吾于伦敦遇彼，其时彼一人孤苦无侣，已冻饿欲死，吾意良不忍，遂将之回寓，居诸吾友之室。"言至此，即指活姑娘曰："此即吾友也。君盍询之吾言确否？"添连参闻言，怨愤曰："尔言良然，特吾女之名誉已为尔扫地矣。"撷脱凄然举首曰："阿父。"添止之曰："可闭尔口，尔乃坚不承认。"又谓高顿曰："彼之名誉已败坏至不可收拾，盖各人莫不言尔与彼私逃也。"高顿蕴怒答曰："苟如是，则人尽妄矣。"添曰："人言如是，吾又安从防止？特吾为彼父，今有一切实之语问尔，尔能与之结婚否？"高顿一视撷脱，见撷脱俯首不语，其状若甚注意者，乃应声答曰："可。"撷脱一闻是言，面赤如晚霞，不禁愕然，已乃俯首呜咽，忽又举首，时面色已渐白。此时添连参喜极，状如得胜后奏凯而旋者，高声曰："可矣！如是方称为君子。吾固以此名呼君，今果然矣。"高顿以干涩之音答曰："吾甚谢君。倘撷脱不弃我，吾已预备与其订婚，但……"添急曰："但乎？此事无用但字之处，尔已应允答，且又有证人。"言次以手指活姑娘曰："此夫人已闻之甚详，君非翻覆小人，一言之诺重于千金矣。"高曰："可矣。"遂前与撷脱握手。顾撷脱见高顿如此，反缩手身后，复一视高顿，似甚痛惜者。高曰："噫！撷脱乃不允我，吾固知吾无善足致撷脱之爱情也。"

阅者诸君，撷脱之所以如是者，非藐视高顿也。彼之对于高顿，实甚崇视，今乃父欲强之嫁彼，故撷脱之思想，诚有如法国人所谓逾分者。时活姑娘适离去、入他室中，添乃诧曰："尔不愿耶？

吾所爱之撷脱,尔速出手,尔父知此举于尔极有幸福也,速出手,勿为是傻状。且高顿先生于证人之前,业已允我,而尔反如是,果何意者?”言至此,忽不语,而高顿于此,亦瞥见奈敦、科罗士、哈利等同进巷内,后又有众人随之,又有一警察。时伊雪打与科罗士并行,高顿舍众人勿视,只目注伊雪打,见其颜色惨变,状极无措,至伊雪打既见高顿,亦心如火灼,至为惊怖。嗟呼!以伊雪打之态度卜之,则众人此来,于高顿必无佳兆也。

各人行近门次,高顿即与点首,复谓添连参曰:“彼等将以此事告尔。”添连参睁目一视门外,已而撷脱忽惊叫一声,急挽高顿臂,如欲保护之者。添连参骇问曰:“何耶?”时科罗士已入,与添连参点首曰:“吾欲与高顿先生言,或将控彼于法庭。”添未及答,见哈利已行近高顿前,恳切言曰:“温葛,尔岂不能表白此事乎?当吾来时,途中已再三思之,实不信君有此事也。来,吾知君颇固执,但是……”忽又向科罗士律师请曰:“科罗士先生,请问彼,使自详是夕之事。”科罗士蹙额曰:“吾本不宜问彼,惟此事乃彼所犯之罪,而又关系綦重,吾当破格行之,况洵如君言,使彼果系约翰·温葛男爵,则又何求?”高顿至此不俟其词毕,悄然答曰:“吾绝无他求,此事质之法庭可矣。”科罗士举手谓哈利曰:“君虽识其人,特无实据,可证其确为烈芍男爵之侄何?”添连参闻是言,张吻遍视诸人,随行至厅之中央,举手摆动,使人皆注意,乃朗然言曰:“科罗士先生,请暂止。”复至高顿前曰:“高顿先生,君曾允娶吾女,是否?”高顿此时由伊雪打之旁,行近撷脱曰:“是。”添曰:“甚善。诸人已闻其言否?请听吾言,吾于此事,即为证人。”言时,以手指高顿曰:“吾可表明其人即为失去之约翰男爵,即人疑其在和利科被盗杀害之人也。科罗士先生,吾言此,吾知尔必矍然以惊,特吾不能不言,或此言于我亦无大害,吾何以知其即约翰·温葛男爵乎?盖吾即当日攻击牧屋群盗中之一人。君等听者,吾于谋杀之事固毫无所预，吾乃在门外侦探及通报警察之人也。”言至此，即向高顿曰：“高顿先生，求原谅我。”忽又易言曰：“约翰·温葛男爵，尔今在此，必能忆之。”高顿听至此，不禁大惊，注视添连参面，添连参虽自知同谋抢劫，厥罪匪细，特以喜极，亦不暇顾，乃一一细述之曰：“吾于门外甚久，彼所谈之言，吾尽闻之，且闻其读新闻纸，及闻高顿先生。”又指高顿曰：“彼名实非高顿也。当时吾闻高顿语亚打·坡顿先生，乃述其少妹之事。”又指高顿曰：“此人即名亚打·坡顿，吾可誓言……”哈利闻至此，连连点首，添又曰：“彼之同伴既死，后来乃更易此名，以欺警察，此必另有原因也。嗣吾于温葛村中第一次见彼，即能认之。”至此，复顾高顿曰：“高顿先生。”又曰：“约翰·温葛男爵，尔尚忆之乎？即撷脱执灯觅我于林中之夕也。”高顿点首，添又曰：“吾知此即应承袭温葛财产相当之主人也。”科罗士听至此，厉声谓添连参曰：“尔胡不早早公布此事乎?”添急答曰：“此事本于我有碍，故欲言屡止，终不敢言。特今吾知约翰·温葛男爵必不寻仇于我，且我又非杀人之人，而彼今日又与吾女订婚，在势不能不言，故放胆言之耳。”言已，周视各人，状甚自足。

撷脱忽高呼，各人之视线均注撷脱，见其挺立言曰：“吾未尝与彼订婚，吾已却之。”添急斥之，前执其臂曰：“速闭尔口，尔其狂乎！”撷脱喘息言曰：“阿父，请释我。”又曰：“吾已却彼，而彼亦无切实向我求婚之意，吾曷为允之？盖吾知彼之允娶我者，实因尔误听人言，谓彼诱我逃遁，被迫而然耳，实则此非事实也。要之，吾宁为彼牺牲生命以救其死，实不能为彼之妇。吾言止此，无他语也。”添怒呵曰：“然则尔因何事去乎？可速答我！”高顿至此，蹙额不乐曰：“添连参，休矣。”遂至撷脱前执其手曰：“撷脱，吾知尔确能为我牺牲，今科罗士律师谓我谋杀，然实诬也。”撷脱闻言，忽惊呼，直奔至其父前。添连参急推之，状极犷暴，问曰：“谋杀乎？

伊何人者?”科罗士目注添连参曰:“即星期二晚与尔相遇之人,今其尸已在岳斯池发见矣。”添连参惊愕不已,双目注视高顿曰:“吾知之。”乃指高顿曰:“即彼也。”高顿即退倚火炉,叉手而立,目视伊雪打。添又曰:“死者即当日澳洲之贼首,吾确于星期二见之。”忽曰:“吾与其言何事乎?”继悟曰:“吾警告彼,谓高顿先生在此,即此约翰·温葛男爵也。盖彼实枪毙男爵之同伴,且几毙彼,彼二人固有嫌隙者,此次之事盖复仇之事也。且电斯奴亦自言,若遇见……”科罗士举手,欲止添连参之言,而添连参言已出,乃谓添连参曰:“尔须慎之,当法廷对簿时,尔不能作诳语也。”添连参四顾屋中人曰:“然,吾知之。”又一视撷脱,怒不可遏,即执其手,牵之至前曰:“尚有一人,亦可取其口供。盖吾女之逃,实因此事。是夜彼往林中,遇见高顿先生,盖必有所见也。”言已,即斥撷脱曰:“尔言,尔速言之。”复举手欲击,高顿急执其腕而遮之,撷脱则以首枕臂,斜倚桌上,坚不肯起。

此时诸人寂然,几于坠针闻声,已而奈敦曰:“吾觉此事甚确,且又闻管园之人得彼之枪,见此枪在斜倚岳斯池边之树下,当时且疑此枪为德里伐所弃者。”言已,回首曰:“遵臣,是否?”时遵臣在人丛之后,见奈敦见问,勉一点首,即远远退立。奈敦又曰:“更有一铁证,彼于是夕忽然逃去。”言至此,即不语,盖因伊雪打蹙额示意,使勿复言故耳,已而又曰:“或约翰·温葛男爵有术可以自白乎?”高顿身倚炉前,面色惨白,周视诸人,亢声答曰:“吾无言,吾知无人能言吾非杀人者。”时撷脱举首视高顿,伊雪打即趋高顿前,愤然答曰:“吾信君,吾能以生命保君无罪。”言已,出手与握,高顿亦出手曰:“吾诚感君矣。”时室中诸人之目光均注集二人之身,而伊雪打面赤如赪,心忐忑乱动,盖以爱高顿深而为之不平也。时奈敦妒甚,即趋二人之前,呼曰:“伊雪打。”伊雪打回首视奈敦,毅然答曰:“吾言确也,吾甚信其无罪,虽至末日,亦必坚持此说，不食吾言。”正于此时，复有二人入内。此二人者，一貌似文人，举止灵敏，态度闲静；一即德里伐，面色淡白，状如大病初瘥者。奈敦一见德里伐，面忽大赧，左右不知所可，少顷，遂离伊雪打退立。斯时，与德里伐同进之人向律师问曰：“君为科罗士先生否？”科曰：“然。”其人曰：“吾名宝威，乃警察署之侦探也。”科罗士颔之。其人又曰：“先生亦为此谋杀之事而来耶？”科作怪异状曰：“君已知此事乎？何迅速若此？”侦探翘首一望德里伐曰：“此人由医院致书于我，详述此事，吾故俟其病愈，即于今日与之同来耳。”奈敦听至此，气为一舒，知相助有人，一时欣喜之状如奏凯歌者，乃注视德里伐，知德里伐必反对高顿，必罗织其事而入之罪，今而后高顿不能与我聘妻争夺财产矣，思至此，不禁大喜。

此时科罗士复问侦探曰：“德里伐致汝之书安在？”侦探即取以授科罗士，随曰：“君为掌法官绅，能准吾逮捕罪犯否？”科点首，侦探乃曰：“此德里伐乃前月十七日星期二夜谋杀案之证人，此事即在岳斯池。”时观听诸人静寂不语，高顿则直立注视德里伐，见德里伐俯其首，状甚决意，且如有意保护奈敦者然。已而科罗士喟然曰：“宝威先生，今罪犯已在此，君可捕之矣。”撷脱闻言，不觉嚶然惊呼，即深爱高顿之伊雪打亦一言不发，科罗士则举手示意高顿，使勿惊。时侦探行近高顿，厉色言曰：“奈敦先生，吾今捕君矣，君乃谋杀之罪人也。”众人见状，不禁喧叫。盖各人虽不闻侦探之言，但知此时为逮捕罪犯，遂互相推拥，争欲一视，特接近侦探及高顿之一二人已闻侦探之言，知此事甚奇，急欲窥其究竟矣。是时，奈敦惊惧欲绝，然仍力自压抑，以掩其状，嗣复决意乘隙窃逃，乃不发一言，举步潜行。此时，科罗士于侦探之言亦已闻悉，急前询曰：“君呼彼为何人乎？”言次，瞠目俟报章，知其心甚急也。侦探曰：“此必其多数别名之一矣，其即斯路卑·奈敦乎？”又谓高顿曰：“君必自认为奈敦乎？”高顿盛怒答曰：“否，吾乃约翰·温葛,或积高顿。”侦探向科罗士干笑曰:“彼竟以两别名示我矣。”时人声复震且推拥而进,科急曰:“此非奈敦,乃高顿先生,然奈敦亦在是。”言至此,急四顾曰:“彼何往耶?”侦探愕然曰:“何哉?”科曰:“此人为尔应捕之人乎?”侦探急曰:“否,吾捕奈敦耳,即素居温葛府中者。”

众人闻言大诧,维时奈敦已脱身至门外,忽见有两警察从巷口入,而侦探又从屋中追出。奈敦前后受敌,状甚惶遽,顾犹傲然曰:“吾名斯路卑·奈敦。”侦探曰:“吾正欲捕君。”奈敦曰:“尔捕票安在?”时德里伐亦偕科罗士追踪而至,目注奈敦,神宇间深露不平之色,侦探则阻其去路,顾科罗士曰:“律师,不已允给我乎?”科罗士即从袋中出一纸,侦探亦出一照片及墨水笔约据等件,曰:“此乃形迹上之凭证也,此笔镌有奈敦之省笔名字,即于该地觅出者,更有银券,亦署奈敦之名,在死者裤袋中搜出。”时众人喧动不已,伊雪打则以双手掩面却入室内。至奈敦则尤呆若木鸡,知觉全泯,已而胆气少壮,复与侦探争辩曰:“笔固我物,约据亦我交死者。吾于岳斯池遇见彼,彼名电斯奴·马非,为吾妻之兄,彼求助于吾已非一次,试观此约据,即可知矣。至彼此次之来,实又意图要挟于吾,以逞其欲。盖吾妻于吾行后已病故,彼乃谓为未死,且捏造吾妻手书,肆其恫愒,吾本不欲人知彼与我为亲戚……”言至此,忽有一怪叫之声从房中发出,已而见活姑娘簸荡其身,踉跄趋至,睁目视奈敦不少瞬,而奈敦视线亦集注其身。活姑娘面色惨白,手指奈敦,喘息言曰:“此吾夫也。”此时,奈敦之秘密已悉数败露,旁观之人均甚奇讶,纷呶不已。侦探即招德里伐前,命之曰:“可将尔所见者言之,毋少隐讳。”德点首曰:“诺。吾已亲见之,彼亦应自知之也。彼杀电斯奴后,尚不自知罪,且欲吾嫁此祸于高顿先生之身。当时吾以为高顿先生引诱撷脱私逃,心颇恨之,后知非是,且高顿先生救吾于危难之中,保吾残喘,吾转感之,又安忍为此丧心之事？今吾敢质言，吾实目睹奈敦击死此人及见其以艇载尸，沈诸池心。吾此言乃良心话，吾言之，不敢自欺也。”

众人听至此，已纷扰不可名状，有詈①者，有笑者。高顿恐重伤伊雪打之心，乃前挽其手曰：“吾与君出屋外。”此时，伊雪打已瘫痪无力。高顿力挽之，排诸人而出，且谓之曰：“君勿惊，吾当送君回邸，毋再留此。”又曰：“不幸之伊雪打乎，速离此，勿睹此种凶状也。”言次，状似无穷怜惜者。伊雪打闻言，嘤然一声，已晕于高顿臂上。时抛路麻已预驱一四轮车至，高顿扶之上车，忽闻发枪声，音极惨利。高顿回头一望却无所见，乃复登车，仍留心看护伊雪打。已而车行，行未几，哈利进至车旁，一手挽车门之铃，喘息言曰：“奈敦已自裁矣。”又曰：“温葛君有何事需我耶？”高顿点首指伊雪打曰：“请助我扶彼。”言时，声甚干燥，又曰：“天乎！哈利，尔可坐我旁。”哈利点首，即登车助之。

——中国图书公司和记民国四年(1915)版

① “詈”，骂，责骂。

陈鸿璧

陈鸿璧(1884—1966),原名陈碧珍,广东新会人,终生未婚。其父为招商轮船局总办陈兆桐,其弟为画家陈抱一。她自幼勤奋好学,长期居住在上海。她少年时曾就读于上海中西女塾,后进入上海圣约瑟西童女校学习,充分吸收了中西方文化的精髓。1907年,陈鸿璧曾在上海育贤女学校和上海女子中学做英语教师,并担任上海神州女学校校长。

1905年,陈鸿璧开始从事外国作品翻译工作。1906年,上海小说林社出版了她翻译的历史小说《苏格兰独立记》。《小说林》曾连续刊登她的三部翻译小说以及以"印雪簃簏屑"为总题的有关国外奇闻趣事和风土人情的编译作品,可见陈鸿璧在当时翻译界的影响和地位。

可惜的是,辛亥革命之后,陈鸿璧放弃了翻译,转入新闻、政治、实业领域,先后创办了《大汉报》(苏州),组织"神州女界共和协济社",创办爱华公司等。陈鸿璧后半生主要从事教育事业。陈鸿璧是近代著名的女翻译家,无论就翻译作品数量还是就艺术水平而言,都是成绩卓著的。目前已知其翻译作品多达八部,除两部是与张昭汉合译之外,其余六部(《苏格兰独立记》《电冠》《第一百十三案》等)均为陈鸿璧独立完成。其翻译成就在近代译坛极为突出。

电冠

故事梗概

居住在伦敦的英国科学家高德士在英伦闻名遐迩，表面上醉心发明，对电浪有独到研究，实则内心阴险狠毒。他发明了电冠，将其放在人的头顶，连接电线与机器后，即可借助图像，发现其人内心所思所想。帮凶蔡礼和贪图钱财，甘心供其驱使。高德士爱慕没落贵族之女蒲梅姿。因蒲氏之母羡其多金，在母亲的压力下，蒲梅姿与其订婚约。但梅姿对其十分冷淡，与青年律师叶乐生真心相爱，叶乐生由此招致高德士的嫉恨。

蔡礼和与叶乐生同为俱乐部成员，二人因在理发时误穿对方外衣而相识。叶乐生年轻幼稚，误入蔡礼和设下的圈套，被骗入高德士的住宅并被囚禁，成为高德士和其助手葛伟生电冠的试验品。

叶乐生失踪后，舆论哗然，因其与蒲梅姿的恋情，所以矛头指向蒲梅姿与高德士，但因缺乏证据，久而久之，舆论渐熄。高德士假借帮助寻找叶乐生而接近蒲梅姿，以骗取她的好感。蔡礼和良心发现，在旅社开枪自杀，高德士匆忙销毁其遗书，赶到现场毁灭罪证，还充做好人，安慰蔡礼和的父亲蔡将军，为其操办后事。

叶乐生被囚于密室，暗无天日，每天戴上电冠，成为高德士的试验品。他回忆梅姿，以强大的信念支撑自己。

高德士的新发明渐为大众所知晓，欧洲各国无不轰动。高德士参加醉心于科学的马耳芬公爵的宴会，为著名记者梅哲伯解释自己的新发明，称其可以发现人的思想，个人再无隐私可言。梅哲伯发现高德士遗忘的烟盒竟然为叶乐生所有，不禁大为惊骇。

梅哲伯回家后,细细探究烟盒,而蔡礼和之鬼魂突然现身,指天画地,似有所指,却又无法明言。随后,梅哲伯梦到叶乐生身处险境。蒲梅姿突然造访梅哲伯,因其昨晚回家后,也突然见到蔡礼和的鬼魂,并在梦中见到被囚于一密室的叶乐生。梅哲伯将叶乐生的烟盒交给梅姿,认为它既是引蒲梅姿到此的媒介,又是鬼魂借此设法通信的工具。

高德士和同党葛伟生密谋,准备在邸宅中开一盛会,当众揭晓自己的发明,同时打算在此之后,将叶乐生杀害并投入河中,毁尸灭迹。

在实验室中,高德士向来宾宣讲自己的发明并进行试验,即在屏幕上显现出试验者脑中所想。在试验过程中,屏幕上突然出现了蒲梅姿的影像与叶乐生脑中对她的思念影像。高德士的阴谋彻底败露。马耳芬公爵与梅哲伯救出叶乐生,并砸毁了机器。高德士因阴谋败露,惊吓过度而死,葛伟生亦因嗜酒过量而死。

第一章

某年隆冬时,有一日清晨,天气晴明,初出之日,暖气蒸人,宛如春初。妇女之晨妆竟者,咸欣然联袂,出而散步。街旁骈列之巨肆,其面东者,晶莹之玻璃日光所映,芒彩四射,至为耀目。肆中之经理人,隐约于窗内,或坐或立,以预备延待赐顾之贵客。总言之,是为旁德街冬日和暖之景也。

来往人丛中有一体魄魁伟,五官端好,目作浅蓝色,呈灵秀气,燕颔鹰鼻,眼旁微有皱痕,行步彳亍,望而知为失睡之人,此即人共呼为蔡礼和者。是年在四十左右,终日无所事事,惟往来于俱乐部中而已。时蔡礼和行至新旁德街口,即立于一盛饰之小修容店前,推开玻璃门而入,见柜上放着无数香水瓶及各种修饰用之品。有一庄丽之少女,坐其后。蔡礼和向之点首为礼,欣然曰:

"嘉林姑娘晨安。柏乐德有暇乎?"少女答曰:"唯,请先生自上楼。伊适有暇,正可听指挥也。"礼乃以手推内室之门,且曰:"姑娘,十分安健乎?"少女曰:"唯。谢先生。先生今晨之容,似甚困乏。"礼和举手套作势曰:"夜来迟睡甚,姑娘亦知来此,即迟睡所应付之价值乎。然柏乐德不久自能为我治之。"少女曰:"诚望如此。"复摇首曰:"嗟乎,汝城中人——"礼和笑置之,不再聆其何语,即向厚茵之扶梯而上。

既抵楼,由一玻璃门通至一小室,陈设甚齐整,有自在椅数把、小桌数方,上置各种报纸以娱客。室中更有一门,通至内厢,厢门半启,有短小状如犹太人者,立于门前,似系闻声出迎者。即上前为客去外衣,然后同入内厢。礼和乃将衣领除下,坐于云石水盆及一大镜之前。镜中映一美貌之人,惟形容憔悴,足证其专求形式之嬉乐,夜以继日,无已时者。礼和自见颜色,微微含笑,意盖谓此刻容颜虽较萎疲,但一时后,则此犹太人自能将其容貌恢复,益臻丰腴也。

时柏乐德忙将修容器具,搬运于其前。柏乐德之修容室,为城中裘马少年群集之所。其美容术即美利坚最新发明之摩挲法,凡绅士之游乐无厌,至失寐者,多就之求助。柏乐德之术亦甚有奇效,以故生涯颇不恶。柏乐德既将器具整顿毕,即推一轮转之座,至礼和侧。座上置一八角之上等黑木大箱,座旁有电线小鞭数条,箱之中央有一略粗之电线,以丝绸重裹之,其末处有一闪光之器,乃树胶与网质所成。柏乐德以毛巾围礼和之颈,以香膏涂其面,然后手执箱中央之电线,又将座旁一电鞭旋转,俄闻电机作猫叫声。柏乐德将手中所执之器,轻接于礼和之面部。是器形式,颇类电话器之听筒,其器末处之树胶小槌大震。每分钟,大约震动至六千次。其槌法异常敏捷,循目下颊际,不绝槌之,以纾其肌肉。礼和亦不觉有何大苦,惟肌上似有细针刺之。越五分钟许,柏乐德即去小槌,而旋上一更大之异式树胶器,在其手中之电线上。礼和是时,觉甚纾泰,即向后椅息少时。盖电流之震力,已将其筋肉纾放。适间憔悴之容,今已一转而成活泼之状矣。

柏乐德曰:“吾已将器旋妥。请先生起立,吾将为公槌脊骨也。”是时,电器复震动如前矣,或上或下,疾槌其脊。礼和斯时,顿觉全身纾适。电槌毕,柏乐德乃为之理发修容。礼和自鉴其容曰:“神乎柏乐德!神乎柏乐德!君之技,为凡百技中,吾所最羡爱者。曩者余因博失眠,每于次晨七下半时,饮伯耳洛加一小瓶,然此物于肝最为不利。自有君技,吾每离此室时,竟未尝觉有一处不适者。”柏乐德曰:“唯。蔡先生,此术颇奇,而所尤奇者,则每日无论何时,士绅之来往吾门者如鲫。吾业册中,挨日登载,成数巨册。今之士绅,恃我有术,可以随意寻乐,以至达旦。一来吾处,即能为其除去倦容,整顿颜色矣。”

寻礼和仍出前室,此时室中,已有一客坐,候倚于榻上,口含雪茄,貌仅中年,拳拳黄发,面色姣白,其身躯之长短,则与蔡礼和相彷彿。伊慢然目睨柏乐德助礼和穿外衣时,礼和亦未经意此人。衣毕,即向柏乐德告别而出。是时,在旁德街上,向碧加达利街行之。

蔡礼和与先时之蔡礼和,竟判若二人矣,非仅容貌转少,即其活泼之态,志得意满之容,亦显诸形表。去此间不远,即为圣詹士街,蔡礼和之俱乐部在焉。其房屋虽狭小,然为著名之区,几于无人不知。礼和将手中之杖随手摆荡,以鸣得意。既抵俱乐部,即连步拾级而进。阍人前迎,为其去外衣,礼和即入吸烟室。阍人将信件呈上,侍者送上车厘酒一杯。礼和指夹柏耳拿士高雪茄,端坐阅来函,扬然有得色。夫蔡礼和之历史,殊不易知。伊寓于节民街,惟被邀至其家者,殊不多得。伊每宿于此,及在此用膳,是处不啻即其家也。伊先出自世家,为老将军蔡梅理之次公子,或言数年前，以家庭细故，被逐于外。此言人多信之，因绝不见礼和一往省其父也。然于交际社会，则无有与之为难者，无有指为不法之流者，无有斥其行为较之同僚尤恶，而指谪[①]之者。其交游甚广，而人亦不避之，尝曰，蔡礼和者，固非恶人也。若不满意于彼者，独好奇之辈耳。若辈时欲探其平生之历史及入款之来源，盖礼和饮食起居，皆从优美，而无恒业，故人皆讶其财之所自来，意者其父及兄，年中付以常款若干，而使之居于外耶。

顷闻壁上时计，已铿然一下。礼和乃起入俱乐部之膳室，侍者趋前，以俟其迟迟点菜。侍者尝谓人曰："绅士之最易侍候者，莫如蔡先生矣。方食时，伊必预计食品，必择美味而后食、美酒而后饮。不若奥斯佛（英国大书院名）、监伯理支（亦英国大书院名）之少年，无论置何物于其前，必放量食之。苟见瓶塞为酒类，则启之牛饮，更不问其品类云云。"当时礼和从容谓侍者曰："鲁伯，可为我做一清汤香菌煮挞沙鱼、炙[②]腰子、八十二年之尼士旦尼陈酒半瓶，余则革兰德马尼亚酒及咖啡足矣。"

礼和吩咐毕，即起视别室中，以观有无友人在此。寻见一颀而瘠之少年，衣服入时，为兰生勋爵，二十一龄之贵人也。近日方受大乔木公司之选举，以其智胜同侪故。少年见礼和，即起前就之曰："蔡君，今日下午，仆将乘车往礼卓望德，藉以健胃。君能同行乎？"礼和意将允之，忽见侍者以银盘盛一电报送上。礼和展读毕，即塞之囊内，笑谓兰生曰："兰君，今适接此电，须赴要约，不能奉陪，歉甚。"兰生轻拍其肩，笑曰："嘻，何不幸也！何不幸也！"言讫，礼和乃归座，坐而候食，凝神一回，复将囊中之电取出再阅，不悦之色满布于面。其电文曰：

---

① "指谪"，亦作"指摘"，挑出错误，加以批评。
② "炙"，原文作"炙"，据文义改。

今午三点来此,不可有误。高德士发。

礼和食毕,即付膳资,匆匆遽去。侍者见其余馔,摇首叹息,以为所喜之客,此日未曾细味佳肴也。

礼和既出俱乐部,即步上街车,告御者往理震公园高宅,遂燃雪茄,倚坐车中凝思,街前美景,更无心赏玩矣。其局蹐之状,殊出人意表。彼高德士勋爵者,为当代著名之科学家、王家公会会员,时人莫不以得亲颜色为幸。而今日礼和之状,反若不愿见此贵人者,果何故哉?世间有精于科学文艺或美术,每以知遇不广,吹嘘乏人,遂至不能见重于世。顾其才能虽如何精博,必待死后于野史记载,或得后人击赏而其名乃传,此为第一种。否则,名噪一时,妇孺皆震其名,而想望丰采,此为第二种。高德士者,即为第二种人也。伦敦全市中无一人不知其名者,其种种肖像,常见报首。伊竭精力于科学,然上等社会中,仍常有此名人之踪迹,无论公私宴会,高德士不到,则举座为之不欢。要之,伊为报纸上时常出现之伟人也。当时齐者名有四:一为艾亨利勋爵,一为泰特马勋爵,一为结伯林先生,一即高德士勋爵。高德士之所以为常人钦重者,以其活泼,而善与人交际;其所以为科学中人所重者,以其有超群之力,悉心研究电浪。盖当时知此者绝少,伊非独精究电浪,使其名可与爱迭森(美人发明留声机器者)、马耳克力(意人发明无线电报者)并重,且为欧洲魂学家、病理学家之巨子。有知者谓伊曾实力试验,而知所研究者,确有超于寻常之证据,故二三年以来,人皆跂望之,盖谓其不久将发明一惊世之术。蔡礼和似与此人为至交,人常见其在高德士家中,又时见二人对谈。此不伦之交,契人遂引作茶余酒后之谈,以局外者观之,殊不解,高德士何取于此无声望无恒业之闲荡少年,亦不解蔡礼和,何以有时能与此严肃之人及终日痴迷于所谓科学者引为伴侣也。惟同时又窃羡其福,盖以一无所长之人竟能与英国当代之名人如此相契。二人之交游已有二三年，而里巷闲谈且不一而足。即高蔡之至友，藉机探其底蕴，亦终不可得。

蔡礼和之车行有顷，乃至柏德伦，斯时礼和更形怏怏，将雪茄奋然掷去，若极不耐烦者。信目以观行人，随解外衣之钮，若藉以纾其胸间积闷。继由囊中出支票簿，检阅存根，复蹙然纳囊中，倚背垫，嗟叹不已。亡何，已至一红砖之巨宅前，宅外有围墙环绕，其屋之款式，为佐佐王时代之款式。由街上视之，仅见屋顶，其围墙异常高峻。出进处仅有一绿砖砌成之门，旁有一铜铃。

既抵宅门，礼和乃下车按铃，应门者为一精细之男仆，即高德士之管家，谓礼和曰："蔡先生午安。主人正盼先生来也。"礼和遂与之偕行，循石径而前，屋之前面，一带俱为白架而镶小块玻璃之窗，有石阶一段通上，庑廊有大石狮，盘踞于下，以背负柱。二人抵屋之大门，即推门入。内即广廊，地板作斗纹式，四面高墙，涂以白漆，廊中有云石座三五座，上置紫铜古器，其色斑斓①，设一古式皮榻，另有一料制之熊，兀然人立，高约八尺，横执一棒，即为帽架。廊中之光乃由天窗射入。廊之四围有阁，有扶梯以通之。其栏杆之雕刻极为精细。屋式至古，黑暗少光，以圣詹士街华丽光明之俱乐部比之，宜乎蔡礼和之不乐至此矣。观其笨重幽暗之状，足令入者寒心，若探鬼穴。仆人谓礼和曰："蔡先生请径往主人之书室，主人正盼望先生也。"

礼和并不去外衣，似不欲久留者。手执帽与杖，径向廊左行。过一扶梯，遂推开一绿色之铜门而进，则另一甬道，铺以厚毯，踏之无声。行至尽处，即为高德士之书室。遂叩门而入，见高德士坐于一大书案旁之自在椅上，其神色迥异寻常，而其所坐之椅尤不堪触目。盖此椅乃特别制作，于地板上筑一台，而将椅盛之。

---

① "斓"，原文作"爛(烂)"，据文义改。

更足骇人者,则高德士头所顶之怪物也。室中幽暗,仅从窗隙透入一线之光,此光适射于高德士之上身。蔡礼和见之,不禁失声惊呼。高德士头上顶着一盔形之铜冠,其状略似栎实之杯,冠顶中央有一黑绳,直连至墙端一磁质之钟形物上,去其身旁不远。至此,礼和不复能耐,呼曰:“天乎,高君何——”语至此,高德士高擎一手,以禁其言。礼和是时虽噤口不言,然若芒之在背焉,踌躇间,耳际突闻电铃之声连续敲击,尤为惊骇。高德士闻铃声,即举手向铜冠上,似掣其机者,随将冠取下,轻放于大书案上,以手掩面,若不胜其疲乏。少顷,始旋身向礼和曰:“蔡君无恙乎?今得君来,慰吾所望。”

第二章

蔡礼和不遽为礼,伊非独惊魂离舍,且觉室中寒风凛凛,阴冻异常。稍间,乃蹙然曰:“君在此弄何魔术,殆又一野蛮之试验乎?愿君毋骇人如此。”高德士举目视之,其面色已惊成惨白。以此时室中二人相比较,则其音容举止,各有不同:高德士者,其美固不减于蔡礼和,第其仪表,则与之迥异,高之面色略黑,目深蓝,灼灼有光,聚而不散,浓眉丰准,身长而瘠,凛然有威,望而知为果敢有智力者;蔡则形容修饬,仅一不知天日之少年而已。高随挥之坐,礼和从之,盖伊知此来,又不知将奉何种命令,总之必无佳事也。

嗟乎,噬脐莫及,悔之已晚,数年以来,孰知衣服丽都之蔡礼和竟非自由之人,其举动悉听命于狡猾强权者之口。高德士已大张其网,厚备其饵,擒而置之麾下,其饵为何,即蔡礼和平生所最崇拜之黄金也。其与此名人秘密交涉之原因,甚复杂而长。要之,伊屡次乞贷于高德士,曾签画无数愿书,而其所负之债愈积愈重,竟至无有偿清之望。宜其阅三四年,遂成高德士之奴隶矣。因高无论何时,可以立刻破败其目下之安乐。此二人之秘密交涉无一人知之，更无一人疑之，即蔡礼和之仇家亦未尝知其为高之间谍而惟其命是从。所幸礼和之工作皆得至厚之偿金，所行之事即非正大，亦未尝有一次败露。盖高德士只命其出探某事，或命其交结某人，此种事业并无大恶。蔡礼和既不知所为之后效如何，即亦无心复问其所定之计。故无论高之举动如何，伊总不妄揣测而已。以昂藏七尺之躯，不作矗矗之事业，仅受此人之指挥，一若为其用具者，此则蔡礼和未尝不自悔恨者也。

少选，蔡礼和复含怒谓高曰："君电招我何为，又将有指使耶？"德士疾视之，以平和声答曰："蔡君，吾愿君毋作此态。吾等交契已久，不应再以此状对我。君能助我，于君亦未尝无利。总之，当彼此和衷相助如前可耳。"礼和耸肩曰："高君亦知我在君掌握之中，而须惟命是听，今且告我何事电招。"高德士以烟盒授之，彼自己虽不吸烟，然不得不备之以款客，曰："吾颇注意于一人，吾虽略知其人，然未尝与之交接，吾尤欲知其种种事迹。"蔡礼和冷笑曰："无论何人，君苟欲交接之，谅非难事。"高德士曰："唯，固无难。第此次吾不欲自为，欲烦君与之往来。脱君愿为，事固易集也。但君与之交契，必伪饰喜态，事事逢迎之。此君有绝技，无出其右者。君必于订交后，以其性情举动及其所志告我。此事吾不欲君破费一文，所需之款可尽向我支取。"礼和去口中之雪茄，目注其烟头之灰曰："此人何名？"高低声曰："其名乎，此君为叶乐生，寓于泰北耳街，为二十七龄之少年律师也。"礼和闻名愕然，已而微微冷笑。高德士见之，赧然不自安，觉此人虽奉命如奴，不敢倔强，然用之亦非尽利。苟彼欲刺己隐事，而密告之他人，亦奚能防之。

礼和闻是名，即知高德士命其探访，非怀好意。伊已知高注意于斯人之目的矣。当时，高德士既饶于资，复以学著名，仪表绝俗，举动有节，以故交际社会之妇女，无不乐与之游。于六阅月前,曾聘定蒲氏姑娘,名梅姿者为室。梅姿之父本男爵,身故数年,家道中落,仅遗下克臣街住宅一所,其入款仅敷其寡妻弱女之用。论者每谓梅姿之受聘于高德士,皆蒲夫人暗中饵诱之,乃得此乘龙娇客。有与梅姿深交者,则谓姑娘美慧无双,若非伊自重其人之品学,宁肯强受母命而愿委身者。

当时,婚约之信传出,人多引为奇谈,故一时舆论亦不一。要之,不出妒与羡之二途而已,既而浮言渐息。至近数星期,则又议论风生矣。因此时忽有少年律师,名叶乐生者,出现于社交界。叶身家清白,然无恒产,近遇梅姿,曾携之溜冰数次。高德士向不跳舞,而伊于宴会时,又常与梅姿跳舞。忌之者乃谓叶将破败高德士之婚约而夺其所爱。此即流言复起之原也。蔡礼和本无恒业,专事游荡,一时道路风说,彼必最先闻悉。今传说既纷如,宁有不知者乎。此刻微笑,诚以是故,心中以为如此淹博之人,于妒字乃亦不能解脱;又暗喜藉此得明人类之性情,乃答曰:"唯,吾将如命而行。"高德士欣然曰:"君常能助我,真不愧为吾之至友。"礼和曰:"目下吾颇涩于资奈何?"德士起立曰:"甚善,吾将为君署支票。"遂往就室隅之书案写之。

礼和喜形于色,此时始觉其手中之雪茄业已燃尽,即弃诸贮灰盘中,插手衣囊内,取其银制之烟盒,瞥见盒面所篆之文,不禁愕然。盖原物所刻者,乃其祖遗之标目,即一手执一战斧,另有文一行为"毋死惧"三字。今盒上所刻者,则为一盾,上绘一飞蛇,另有二字刻出者,曰"警醒"。礼和至此,啧啧称奇。高德士转身问之曰:"蔡君何事?"礼和启烟盒,且曰:"吾竟误携他人烟盒矣。"既启,见有烟一枚,名刺数纸,盒盖之内,刻有物主之名。礼和见之,神色遽变,竟失手将烟盒坠地。高德士忙问曰:"何事慌张?"礼和曰:"噫,君又以诡术戏我乎?"德士曰:"否,何也?"礼和曰:"盖此烟盒即方才吾等所言叶乐生之物也。"言已,起立,复探手入囊，旋取出一信，人名居址了然，且粘一新邮票，似备以投邮筒者。因呼曰："天乎，再有一物，乃未投邮筒之信也。"高德士曰："寄与阿谁？"礼和更张皇曰："天乎，是非寄克臣街第一百号蒲姑娘者乎？"于是二人面面相觑①，默无一辞。既而蔡礼和顿足，自将外被脱下，熟视之，曰："噫，吾知之矣。吾今晨因曾一遇其人，此衣非吾物也。吾往理发所，将衣挂于前厢。吾出时，见有一人坐候榻上，想是吾误取其衣。此人必为叶乐生。深蓝镶皮之外衣为最入时之服，举目尽然。天乎，无怪吾在车中时，觉甚狭小也。吾生平之奇遇，殆未有逾于此者。"德士沉思半晌曰："是天授君结交此人之佳会也。子宜即以外衣烟盒送还彼人。"礼和曰："其信如何，蒲姑娘之信如何？"德士目注之，徐徐曰："吾思之，吾将留信于此半时之久，然后汝可取去，并各物一齐还之。吾可保其必无痕迹，当悉如汝此时所见者。"礼和耸肩摇首曰："惟君所欲，第毋令人讥我私启妇女之信可也。"德士怒目视之，将欲责之，忽闻叩门声，管家仆入告曰："蒲夫人偕姑娘到访。"

第三章

二人闻言，方惊愕间，蒲氏母女入矣。蒲夫人欣然上前，与高德士握手曰："惠帘（德士之小名），吾等特来此饫君茶点。"时梅姿亦向蔡礼和略一点首为礼。礼和忽面赤手颤，梅姿见之颇诧异。蒲梅姿者，面略长，呈椭圆形，容颜姣媚，秋水盈盈，其澄静可比诸秋夜之银河，凤髻高盘，又若夏云之奇峰突起。发作金色，身长玉立，凡见之者，辄不能忘其美。当时少年之奔走其门者，不知几何；而谋委禽者，亦复不少。又有指摘为生性失之庄冷，殊不解人世之所谓爱情。然此言正足以成其为美人，而不愧为端庄流丽

① "觑"，原文作"觇"，据文义改。

者也。梅姿随发其娇音曰:“蔡先生,自嘉氏跳舞会后,久未见君矣。”礼和颤声低语曰:“蒲姑娘,实告君,姑娘之突如其来,竟使吾魂魄逸于躯壳外。仆与高君适谈及姑娘,一矢口而侍者已入报,事何巧而骇人也。”梅姿转身与高德士为礼,且行且以清婉之声语曰:“骇人耶,骇人耶。奴来不喜作骇人之举也。”其意盖指示高德士,谓无论二人所谈论者为何,综之,伊不喜礼和之为人也。礼和亦略应酬数语,即向各人告别而行。行至广廊,将外衣搭臂上,口中喃喃不知作语,出宅去。

蔡礼和行后,蒲夫人从容就坐炉旁,曰:“惠帘,康健乎?今将以茶点款我否?我等今日适往各处拜客,至此方毕,特携梅儿来候吾子,冀吾子或未他出也。子之电学如何,子何不创一飞行机器,此必较汝所欲创者尤为有用,使吾人能飘飖空际,瞬抵他邦,其乐趣有难胜言。始皇之鞭,不足贵矣。”高德士不遽应,蒲夫人亦不以为意,盖此态彼已司空见惯。蒲夫人年近半百,雅善修饰,故不觉其年已老。自高德士纳采于其女后,伊以为慈母之职已尽于是矣。以德士之声望家世论之,固为不辱其女,且清贫世胄得此豪富有才之婿,则将来倚赖处正多也。

此际,德士注视梅姿,其深蓝之目灿若流星,丹唇微启,适间悻悻之容一变为蔼①然可亲之色,而所谋之事殆已尽抛诸脑后。时对其崇拜之梅姿微哂曰:“卿康健乎?卿知否吾未见卿及未得卿之信音者,已四日矣。盍以卿此数日中所事所思告我乎?”蒲夫人插口曰:“唯惠帘,来日方长,子目下且勿思独据吾梅儿也。吾等应酬之事大忙,吾料子日来定必甚满意于电学之试验,凡有一艺嗜好者,实可慰人生之岑寂。矧吾子所嗜既异常人,且所试验又多奇效,则子之乐境,固有非世人所能梦见者。余恒谓世之无

---

① “蔼”,原文作“霭”,据文义改。下同。

所事事,终日伊郁,度刻如年,甚或匿迹闺房,憧扰其夫人,以为笑乐,其鄙已甚。试观佛兰德力勋爵,所嗜者惟手技,此事于宴会时,最足助人清兴。若以之自遣,殊觉淡然无味,人有谓其揣测世情大甚者矣。”梅姿自入室后,仅作数言,其视茫然,其笑也亦介乎有意无意间,似其神魂已为德士一双深蓝之美目惊逼于室外者。

少选,侍者以茶点入,梅姿低声曰:“奴乏甚,阿母试曳吾周行各处。惠帘君,何为款彼蔡礼和于此?此人常恋恋斯宅,乃若一大驯猫焉。奴殊厌之。”高德士闻言默然,不知所答。盖是时伊之手,正插入衣囊内,指触一信件也。梅姿殊失惊,缘往常梅姿有所问,伊立即答言,无有懒慢如是者。德士觉之,急答曰:“吾亦不自知,惟此人颇有用,吾忙甚,常不暇自顾,而此人能为吾料理一切。”梅姿以茶匙调杯中牛乳,且调且语曰:“惠帘君,日来何所事?”德士曰:“吾惟思念卿耳。”梅姿不悦,急辩之曰:“奴意非问此,请君以所事见告。今者君之研究何为,君之试验如何?”德士闻其热诚之声,知亟亟于科学,不觉心中怫然。盖高德士所欲者,梅姿之注意于己身,而非注意己之科学也,特此时不得不告以彼所欲知。

时蒲夫人已茶罢,倚于自在椅中,闭目假寐。梅姿微伛向前,以听德士所述。德士发其柔缓之声曰:“卿欲闻乎?吾宁不以告卿乎?吾宁不以吾试验所得告卿乎?听之,虽然吾所未能尽言者,以数年来未得试验之确证,然吾当以卿所注意,及足增卿之兴味者,告之如何?”遂徐语曰:“吾废去数年之心思、数年之试验,今始能有成。其为物足以改革当今之社会,足以改革吾人之生计,是实亘古未有之奇物也。吾以前所为及所得之效验,不过此物之余屑,如此奇想,自始至终,皆为我有。卿当为我致贺,较之吾前所究得之事,为我成名致富者,实只浪得虚名耳。吾殊自惭,迨今后则已实握理想之确据,再阅一二月,则吾工程可毕,见吾之报告书者,全球或且震动,惊以为神矣。”梅姿闻言,惊喜参半,曰:“其奇异果如是之巨乎?”德士曰:“吾非善于饰词者,吾恐尚不能以言语表其奇状于卿。嘻,人类知能之峭壁,吾等先祖屡攻而不克者,今已为吾所胜。不久,吾将执启人灵魂之匙、见人思想之键。世界男女迨无能再以隐情欺我者,全社会必将大变。”

梅姿目光灿灿,惊问曰:“此为何,此为何?得勿阿母所言之谑语乎?君竟能胜空气乎?”高德士微摇首曰:“更巨于此,更巨于此。是粗浅之问题,非吾所欲研究者。前此讲求形质之时代,科学家能发明搬运之法,较前人为便捷者即为莫大之伟业。究之今果如何,亦不过以研究之效力证明科学之确实耳否!如汽机之发明、印字之发明、火药之发明,各具其功用矣。要之,彼等不过改革事物之表面,而于人类灵魂之秘密,实未一窥焉。吾今所知者,乃超于前者远远矣。”

高德士言至此,颇形得意,蹶然起立。梅姿亦起,注视其面,一手挽其臂,曰:“请速告奴,此果何物,乃奇异至此、可惧至此。”德士曰:“听之。卿解光学,亦知光之为何。卿亦知以三棱镜分光,可以将光所成之杂质分出乎(光之杂质即指七色)?”梅姿笑曰:“此何难,即三岁小儿亦知之。”德士曰:“善,吾特借最浅白者为喻耳。卿更为我言之,何为催眠术?”梅姿曰:“是乃以一脑之力施及他脑,而运用之。”高德士曰:“是也。第以何术?盖二人之脑,彼此相隔,既无相触之机,又何能运用之耶?”梅姿曰:“因有磁力吸之。”复犹豫少时,曰:“因有一种电浪,由彼脑而入他脑。”德士伸出双手,向前紧紧自握。梅姿见其手腕颤动,知其大有感触也。

少选,德士复低声曰:“唯,卿言确也。脑者为一最奇巧、最易觉电质之器具也。伊常发出最奇巧精微、杳无可究之电浪,犹无线电竿上之传信者,可以流行于空中,超过大洋,施其功用,而不为人目所见。有无数试验可以证之,而全球之科学家亦皆公认此理。”梅姿曰:“然则——”高德士曰:“设吾觅得一法,知如何可以收集人脑之光线,唯吾言光线,且可换言之为震动力。”梅姿默然不答,若受大惊者,徐曰:“噫!奴知之。虽然,奴似仅见一线之光耳。”德士曰:“慧哉。卿慧驾常人上,世间无有及卿者。卿之脑,精明壮健,吾初晤时,即知世间有卿,乃天之所以福我也。”

梅姿乍闻是语,似露不悦之色,以手触其臂曰:“请续言之,勿虚縻此可贵之时刻。请以君之试验见告。”德士曰:“全球中能知将人思想部之震力收集者,惟我一人耳。吾适告卿,请勿忘所言之光学。彼科学家能以三棱镜分光之杂质,以发明其秘密,今我非仅可以收集人脑之震力,且能以梦想不到最精巧之分光镜,而发表之。吾可以收集思想之震力,而分辨其内容之形质、之能力、之意义。”梅姿愕然凝视之曰:“虽然,奴犹未了然。适所言者,与此何关?奴惟知君研究思想与电力之关系,为他人所未知者。而此次成功,将使君名震全球,此后奈端(光学发明家)不足专美于前耳。然闻君言,似尚有未尽者,请君详言其理想如何、其试验之结果如何。”德士曰:“约言之,则吾已握一绝对之权力,无论为国王、为罪犯,吾可以随时知其脑中所思为何。”梅姿闻言,惊呼曰:“天乎,曷能如此?是必不能者,上帝必不之许,是乃上帝独有之特权也。”德士大笑。梅姿闻笑声,急退数步,若为物所击中者,有顷,曰:“君虽智,万不能为是。”德士曰:“梅姿,吾固为一具理想之人,然无论所言如何,苟非验有确据,事吾必不敢言。吾今以此告卿者,即公布诸大众,亦无不可。以吾所言固确也,凡吾有言,皆以笔记之,吾必能举黑暗之理想,实验于光天化日之下。”

梅姿愕然,不知所对,忽闻火炉旁自在椅中发出异声。盖蒲夫人正在梦呓也,其词之约略可辨者,曰:“厨子,吾不能允此……”后已喃喃不可辨。又曰:“速告我,汝几时至此……吾不用男厨矣。”德士、梅姿彼此相视，不觉失笑。凡遇谈兴正浓之际，为无谓事所阻，最足恼人。而德士斯时，反觉满意。盖见梅姿欢笑如恒，不若来时之惊惶万状矣。蒲夫人旋鼻鼾如雷，复游梦境。梅姿回身悄谓德士曰：“吾等将遣去一仆，阿娘竟发诸呓语，抑何可笑，且扫人兴。请续言之。”德士曰：“传电话时，乃声音之震力，感触机中一种最易觉之薄膜，复由电气将其震力传于远处。当人歌曲于留声片中时，乃声音之震力，感触机中薄膜，由膜感触钢针，而针乃因其震力之轻重，留痕于蜡筒上。”梅姿曰：“唯，奴知之，请更进焉。”德士曰：“若吾以一器具置人头上，即能将其思想机之震力收集，引之至一极精巧极易觉之器处，由此将其传至远方。其理固与电话同。”梅姿曰：“如何？”德士曰：“吾潜心究此，前后已十稔矣。”梅姿曰：“至今如何？”德士曰：“今已得胜矣。”梅姿曰：“如何？”德士曰：“即使其人居于伦敦，其所思想者，亦可由电线传至巴黎。”梅姿曰：“奴知之，奴知之。是不过由此脑传信至他脑耳。君意殆谓近来发明一较前人所创者，尤为精巧之电话乎？譬之奴在此室中，而君在巴黎，仍可与君自由通问。神哉君之学也！然——然惠帘，此物虽奇，似与君适所引说者，尚有未符。他人之思想，君固可招致之，然必有思想之人，愿传发之，君乃得获之也。”德士喟然叹曰：“使吾徒究得如卿所言者，则吾尚须研究。吾今云得胜者，实已屏除此弊，此吾术之所以可贵也。”

二人此时，复默然，一则惊愕莫名，一则自鸣得意。德士遂曰：“今且再言，留声机器钢针之痕，既留于蜡筒上，复使其发声，而志之钢质之筒上。因此遂使人类之声音，得以永远留存。吾今且揭吾题。吾今确得一法，可将人之思想变为确实之幻景、确实之形迹，而他人可见之。鄙意即谓吾近究得一法，并创得一机器，可于他人思想之时，将其思想之震力收集，而由电线传至远处。彼处之收电机即将其震力传于一分光之机器上，而将其人之思想反射于屏上，或成文字或成画景，悉随其人之思想而成焉。"梅姿曰："君言何指？奴不敏，请详言之。"德士曰："何指乎？犹言无论何人，无论其人愿与否，苟以吾器收集其思想之震力，则此人决不能有丝毫隐于我矣，其思想显布于众。伊虽欲隐之，其可得乎？以后罪犯毋须再用审判，将自承一切。坐守秘密之城墙，已为吾倾倒矣。世人之所谓圣人或为罪犯者，皆不能讳其秘密。而前人所谓惟上帝可知者，今后吾人亦可得而知之。"

梅姿坐椅中，双手掩面，此时其感情有如千顷之波，层见叠出，不知为喜为骇。伊自谓有权力施之于彼，伊自知固有魔力，可驯服此人至高之智能，伊意彼为全球主之言果确，则伊固全球主之母也。盖伊乃此人主脑之主也。德士智力虽大，能胜世人所不禁之难，顾尚有一弱点，即未能攻破爱情二字。伊能以机器奴隶他人之脑，乃其自身，亦受辖于梅姿，则全球之最有势力者，其爱情之为物乎？以如是伟人，能发明万有奥妙，顾仍受役于爱情，然则爱情者，非为全球中最有势力之怪物而何。

梅姿沉思片刻，其惊惧之心瞬已消灭。回思所闻，实增长智识无限。时德士①行至其前，伊已将电灯燃着，室中光耀非常，其手中执一蛋形之铜物，闪闪有光。是时，蒲夫人亦醒，乍见电灯之光，惊曰："噫，吾睡几时耶？"复笑曰："虽然，想此睡可谓知几，以免人之取厌也。惠帘，子何为？"德士曰："一小小之试验耳。此为吾所发明者之一也。梅姿，吾欲卿免冠如何？"梅姿从之。德士将铜冠轻轻置其头上，梅姿听其所为，若不自觉。德士将壁上之机纽一接，数秒钟之后，即闻电铃之声。德士曰："梅姿，吾所告卿者，确有实效。凡卿此刻所思者，已传录于他处矣。"梅姿尚不喻其意，既而猛醒，骤然变色，若惊若怒，急举手将铜冠掷于地上，轰

① "士"，原文漏此字，据文义改。

然有声,随倒于座中,盖已晕去矣,因适间所思者,乃为律师叶乐生也。

第四章

是夕,母女二人既归家,梅姿独坐于客室中。此室宏广华丽,悬金镶亚拉伯白木镜数方,地下铺着紫色之毯,中织成深色之桂花,鲜丽可爱。室中用器无多,然布置得当,转觉文雅,清气充溢,使入者精神为之一爽。有法国古钟一,滴滴之声,常触耳鼓。左右有偏厢二三,壁上仅悬山水画数幅。梅姿此时衣荼叙之便服,半委地上,静坐于电灯灿烂之室中,手执一书,顾其目乃注于壁上,其实则壁上亦一无所有者。伊在德士书室中,曾晕去一二分钟之久,其母张惶不已,德士乃以法醒之。安息少时,即随母命驾归。此日,伊以闻所未闻,方欣欣然欲穷其妙,不图乃得此意外之结果。伊闻德士言,其所思者已传录于他处,而彼时伊正在思念他人,为已受聘之女所不应有此思想者。第其醒时,德士即慰之,谓无论其所思想如何,可毋庸惧,曰:"卿之思想必不为他人所见,卿谓我肯允他人一窥之乎?"梅姿闻言似少慰,但觉疲甚,遂归。

凡事不早断决者,每为人生之阶厉,而欲望无限,又为自然之恒性。今梅姿莅此进退维①谷之境者,正其奢望有以致之也。以彼天禀超脱,胸怀高旷,举世无属意之人。伊亦实不自料竟有施爱于人之一日。即其婚约,亦是卒意出之,盖以为既无所爱,则择一智慧负盛名之人,足以高其位置者事之,可矣。初非有爱于高德士也,今竟如何。

伊在客室中,静候叶乐生。彼于晚膳之前,曾接其书,约今夜

---

① "维",原文作"惟",据文义改。

造访。此函至此，伊日间已盼之，几不可耐。盖常例乐生之信，必于午前至，今日午后始来，殊出意外。叶乐生今已为蒲宅之通家，可以来往自如。而蒲夫人亦常喜招接少年，盖以为梅姿婚约已定，可不必更事防范矣。

时梅姿正在悬念，忽见侍者引叶乐生入。梅姿赧然起迎曰："阿母欠安，今已就寝。君不宜久留（英俗少女非受长者之许可，不能独与男子谈）。"为礼后，乐生即坐下，亦不答其言，惟凝视之。乐生本态轩昂，不减德士，而其魁伟又过之，竟不类后起之律师，而若比力之壮士焉，面目姣好，和蔼可亲，浓眉秀目，举步松爽。奥斯佛书院中人尝嗤之曰："如叶乐生者，可以独食印度产之象，而以士德堡礼拜堂之塔尖剔齿也。"伊自具一种姿势，第较之高德士，则彼此殊不同。当伊入室时，梅姿已心神欢跃，伊以为堪作终身之侣者，惟此人耳。凡人不必具显名，亦不必有惊人之学业，第以品性翕合，自觉生意盎然。梅姿处境，正复如是。

乐生坐定，注视梅姿曰："仆今日来有一重要之事语君。梅姿，吾甚喜令堂今夜之不在此。"梅姿曰："奴已告君，毋以梅姿见呼。"乐生曰："唯。卿呼我乐生者久矣，是所谓以德报德也。"言时欲笑，露其整齐之皓齿。梅姿已窥其来意，怔忡不已，寻乐生以手掠发，欲言复呐，既而曰："吾本欲早到此，乃为事所阻。吾途遇一人，盖今晨此人理发所误将吾外衣穿去，特以还我。此子好谈，刺刺不休，一时吾竟无术遣之。吾今有事告卿，顾出口至难。吾曾自制者屡，然终不能不白也。吾所将言者，恐非君子所宜，吾不自知，吾确不知，惟吾惟觉吾五中隐痛，我脱不言，我将抱终天之恨。故今第求卿宽赦，使吾所言者为不合，则吾惟求卿宽免耳。卿能勿见罪乎？"梅姿低声曰："诺。"其声至微，几不可辨。乐生曰："卿已受聘于他人，吾不知其人，亦未尝一面之。吾惟知为今之名士耳。苟一年之前，有人告我，谓将语一已受聘于他人之女，如吾此刻欲语卿者,则吾必批其颊。噫,世事如何,吾人顾能预料耶?故事非亲历,决不宜妄加批评。卿以为然否?”梅姿此际呼吸急促,香泪盈眶,伊明知此状,乃以其隐衷默示乐生也,顾欲强制之,竟不可得。

俄而,乐生行至其旁曰:“梅姿爱卿,无论其如何不合,吾终不能不告卿,吾挚爱卿,吾慕卿至深、爱卿至切。吾亦不自知其所以然,虽斧钺居于前、刀锯加于后,吾亦决不肯谓天之生卿非为我、天之生我非为卿。吾非骚客,不解如何抑扬其词、得写衷曲。要之,吾爱卿而已。”言时,语声或断或续,既而下跪,两手接椅臂而凝视之,曰:“梅姿,卿不言乎?吾言开罪卿否?”梅姿枕其肩,痛泣不已。乐吻之,知所冀有成,乃曰:“卿必告伊,历此诸艰。嗟乎,吾宁愿是乎。吾思至此,不觉心为之痛。社会中将以卿为闲谈之资料,群将肆其狂论,卿将战此艰,吾无能为力,此其所至痛于心者也。噫,卿肯为我任此巨难乎?卿之力足以御之乎?”梅姿起,以两手各置其一肩上,熟视之曰:“妾罪重矣,妾罪重矣。顾情有可原,凡人未行至至情之地,决不知其天职之所系也。奴初怀奢望,颇悦惠帘,伊视奴至善,吾遂欣然以为得此伟人,当不负此生,顾今思之,乃觉骇极,非畏其人也,乃惧我自火其天真而委身于其所爱之人耳。奴不知来日之命运如何,第如亦不计其结果。奴不复讳,敢誓诸君前,奴实爱君也。无论事之变态何若,奴将永属于君。奴自知有罪,但觉此中固有不能尽以为罪者。奴不能出诸口,然——”然说至此,乐生取其手而吻,遂归座,相对默然。少顷,遂嘱珍重而别。

第五章

吾将回叙高德士矣。高德士于是夕实怏怏不乐,既就寝,竟不成寐。惟闻夜漏沉沉,窗外风声震耳。且其寝室宏广,孤灯惨寂，黑影①憧憧，如见鬼魅焉。高德士辗转床上，其心中有二大感情，一则其学术之佳果行将揭晓于世，一则其毕生之艳福行将被劫于人。迨至次早四时，仅一合眼。及醒，即着驼毛便服下楼。行至广廊，仆人见其神色惨白，不觉愕然，因上前曰："勋爵见恕，敢进一言。主人过劳矣，尊荣甚憔悴，务望节劳。小人已预备早餐，将以香菌挞沙鱼进。今见主人颜色，不复敢请，或以汤代之可乎？"德士曰："谢子见爱。达尼（其人之名），吾恐此刻尚未能进食也，即以邮信送至吾书室。"达尼曰："诺，敬奉命。半时后，小人将斗胆以汤进也。"

德士遂自往书室，炉火熊熊，几案洁净无尘，盖达尼已预为收拾矣。德士负手背炉立，默然若有所思。亡何，侍者以铜盘盛信件入，多至成叠。侍者置盘案上，即自去。德士上前检之，随手投置一旁，若漫不经意者。终得一信，此即其所切盼者也。信面字迹雄秀，殆出自闺人。德士此时，心脉疾跃，颤手启之。读毕，乃行至炉旁，倚架而立，若力不自胜者。伊本谓此必无好音，今之所得者，竟不异于其所料。但事既在意中，坦然虑之可耳。奈人情每不如是，明知事之无可为，而仍冀其转祸为福。信之首端并无称款，仅曰：

谅君必早知此书之来也。盖奴见君之举动，无不若已知此事之将至者。斯亦奴不幸中之差堪慰者。奴将有罪，自承于君前。以君之大智，能见他人之脑，以君之大力，能运动全球，则此事之如何，可毋待言矣。曩者承君子不弃，诏为中馈之人。奴时既迷于奖饰之词，复醉于君之伟业，遂漫应之。此后，吾二人相知渐深，奴乃得悉君之情性，即以今言之，奴亦未尝不悦君也。脱非有较此情更大者，入吾命运，则奴亦必践吾言，以身奉君子。嗟乎，

① "影"，原文作"彰"，据文义改。

今已矣,君亦知事势已变,吾人者非皆受辖于天命者乎?吾人生处斯世,奚能决言其终不遇事而易其方针。君智者也,是岂不知者。奴今不复细述,盖君之慧眼必已洞见,毋庸赘矣。但以君所已知者告君,即奴深爱他人也。以天良论之,既别有所爱,即不复能委身君子,以践前诺。奴固知此事足使君子痛心,然尚幸君已预有所闻而非出于意外也。奴今不敢求君子宽赦,亦无言可慰君心。奴罪至重,然除目下所为者外,不更知应作何举。苟君能涵容梅姿、曲谅梅姿,则君之惠也。

德士凝思片时,即将信复叠,吻而藏之于内衣之囊,然后按铃呼侍者入,曰:"往请葛先生来。"侍者曰:"蔡先生亦适至,延之入乎?"德士曰:"然。"礼和既入,见德士曰:"天乎,尊容何憔悴至此?"德士以手置其肩上,曰:"礼和,且告子,吾今晨乃被人批颊。此事子知之,吾可勿赘。吾今将求子助我一臂,为子前所未为。老友,吾累子甚矣。吾常握子之欠据而劳子,子祈见宥。今后吾将友视君矣。"礼和曰:"嘻,君我之交,勿再言友道。吾惟事吾所宜事耳。"德士之手时仍置肩上,柔声语之曰:"君尚未明乎?"礼和曰:"何事?想吾等恶剧,已演至极矣。"德士曰:"殆如此,今吾所求者,为君最后之助也。后此,吾将尽致君之负券,且将以资酬劳,使君绰有余地,可以自立于世,然后吾等可分手矣。"礼和愕然曰:"公惠我实多,吾固非欲与君分手也,然究为何事?"德士期期曰:"叶乐生。"礼和曰:"然则事已乎?"德士曰:"已矣。"礼和曰:"吾固料其如此。"德士曰:"伊今晨有一信致我,词意和善,然一绝书也。"

德士言时,戚戚然愁容布面。礼和亦为之恻然,慰之曰:"毋失望。以君之智,仆为襄助,奚难不克。君向者虽不礼我,吾今愿助君。凡君所命,吾将竭力效劳。惠帘,且振若神。"德士曰:"君言何谓?"礼和曰:"君欲我何为?"德士不知所答,惟彼此相视。

时室门閉然辟，一人步入。入者一短胖之少年，面大首秃，容貌聪颖，戚然寡欢，其人殆不乐群居而喜蛰伏独游以为得者。是即所谓葛伟生先生，高德士科学中之良助也。是人无甚大慧，于科学界未尝发明一事，亦不能创一新术，然得他人为之指导，伊即循轨而行，孜孜不倦，故于科学界亦可占一优位。伊实为德士之右臂，终年常居于此红砖之古屋内，衣食无缺，惟奉行德士之命，庆其成功，而以试验为其毕生之乐事。

有间，伟生曰："高君招我胡为？"是时，德士手尚未垂下，曰："伟生，斯事果已出现矣。"伟生大笑曰："惠帘，自君以此为增趣于科学时，吾已逆料①其如此。顾今招我奚为？"斯时，德士面色遽变，凶容毕露，曰："吾将胜之。吾已为所击倒，然必将跃起，而复胜之。叶乐生吾誓匿尔迹，此事易行，犹反掌耳。"伟生狂笑曰："得之又如何？"德士曰："彼将永不复见于世。"伟生曰："然。易易耳。惠帘，然必待吾等得之乃云。"德士曰："君言何指？"伟生曰："于最后之试验时，吾等不云将以一废人当此役乎？彼即其人也。此后可惟君所欲而役之，请以君之仇为君成功之础石可也。"二人相顾愕然，礼和与德士面白如纸，惟此矮汉竟笑不可仰。

觉我赘语

原书共二十五章，此乃第一结束处也。梅姿与叶乐生既有固结不可解之爱情，则与高德士自有不可终日居之势。决裂若此，痴情若彼，则嫌衅已生，虽有伟大之电力，不能转此一定之心力也。吾为高德士辄唤奈何，吾为普天下善男子善女人辄唤奈何！奈何！不置。

梅姿姻事实误于天禀超脱、胸怀高旷八字，所以无属意人时，

---

① "逆料"，原文作"逆科"，据文义改。

则婿高德士可也;有属意人时,则绝高德士可也。活画一矜贵豁达、不解人事之痴情女子。

高德士为本书之主,蔡礼和为其事界之副,葛伟生为其学界之副,叶乐生为其情界之敌,尚有一人,能左右诸人颠倒凡事者,曰梅姿。然吾谓梅姿非能左右颠倒人,梅姿亦为被左右颠倒者。主动维何,则仅爱情二字。

余尝谓今世科学之发明,亦已至矣。然仅物质上之发明而于虚空界之发明,则尚未曾肇端也。宗教家之言灵魂,似已入虚空界。然所谓苦,所谓乐,仍入人意中而未尝出人意外。其言诳也,足以欺愚人,不足以证真谛。自催眠术列科学,动物电气之说明,而虚空界乃稍露朕兆。吾不知以后之千万世纪,其所推阐,又将胡底。吾自恨吾生之太早太促矣。

世人尝谓情之所钟正在吾辈,此訾言也,人非木石,莫不有情。欲以社会之一部分私之可乎?余谓善言情者莫如君臣有义、父子有亲、长幼有序、朋友有信数语。既曰,有即必有其不有者在。总地球之社交界计之,其能离此范围乎?其尤妙者,为夫妇有别之别字。一言夫妇,则为事实,而非理想矣。于是有夫妇相爱者,有夫不爱妇者,有妇不爱夫者,有始爱而终不爱者,有始不爱而终爱者。爱有因境而迁、因人而迁、因时因地而迁者。芸芸众生,一切变态,不可思议,不可胜计。昔人熟察其情状,遂以二字概之,曰“有别”而已。若斥其孰为用情之正,孰为用情之偏,此种冬烘先生,只能在三家村,肆其狺吠,岂知世界之所谓情者哉。

柏乐德一段,楔起全文,笔法极有致。

蔡礼和一浮荡少年,与高德士之联络,既如第二章所揭破,以后写二人若合若离之情形,甚非易易。读者注意。

作小说,于难措辞处,最不易着笔。余读《绿野仙踪》,至周涟娶齐蕙娘,其亲友与何其仁对语一段,又朱一套审讯萧麻子一段,真令人五体投地、叹服不绝。因其所言，字字入情入理，针锋相对，而为人百思不到者也。本书第四章叶乐生与梅姿之对语及第五章之信函，亦为最难着笔处。不意语语神来，如亲香唾，才人之才，其笔墨盖有如是者。

第六章

蔡礼和之寓所在节民街，其内容无或有见之者。每逢宴会，伊皆作客，而不为东道主。间有之，亦款客于俱乐部中耳。一日晨起，早膳后，伊忽谓其侍者曰："惠廉①，吾今夕将邀一友至此晚膳。吾二人将有密议，故不便款之于俱乐部中，子当为吾措置一切。"侍者闻言，不胜诧愕。盖主人此举，实为破天荒也。答曰："唯。惟主人向不延客至家，窃恐餐具或不易备耳。"礼和曰："子善为我谋，吾不欲开罪于客。"侍者曰："斯亦无难，容竭力图之。"礼和曰："善。吾今举以任子。"既而曰："唯。吾须自择食品，可备碎肉汤、挞沙鱼、炙鸡、蒸白菌、咖啡等，如是足矣。"侍者曰："酒用何品？"礼和曰："无虑，吾当自办。"侍者唯唯。礼和曰："然则准今夜八时入席矣。"侍者奉命退，蔡礼和亦出外。

是日，俱乐部中人皆觉礼和举止有异，其形色既不若往常之欢，而谈论亦不及平时之爽。伊平日最好探人隐私，今即闻有议长短者，亦不复置喙，即其胃力亦顿减。已而入暮，礼和愈觉不宁，假托散步，徒行而归。时霾雾甚浓，良非都人士散步之候。蔡礼和则施施而前，若泯其感觉者。

既抵家，钟已指七时，自觉汗透重衣，遂入浴室。毕换餐服，再饮药少许、牛奶一杯，觉稍复元。乃入膳室，室虽小，惠廉已为布置一切。炉火熊熊，电灯光四射，有小架盛古玩三五，环列红剪

---

① "惠廉"，与"惠帘"为同一人。

绒椅数把。室隅置小圆台一,设二座于旁,台上满置银杯,配以美酒。礼和检视一周,颇称满意,但其心中感情彷如秋夜之浮云,层置叠出,不复辨为喜为惧。凡人骤临大事,方寸忐忑,若不自持,恒有如是者。礼和平日恃才狡狯,实非巨奸积猾,故其坐立不安,实无足怪。

礼和寓所乃在楼下。是夕,至七下三刻,门外闻橐橐靴声,继而电铃锵锵报客至。礼和趋出迓①之。其厨房乃在寓室旁,又低一层。比侍者闻铃声出应时,则礼和已在广廊,助客去外衣矣。其所以不令侍者应客者,乃恐其知来客之名也。礼和笑容可掬,曰:“叶乐生君,健康乎? 君肯屈驾,惠我至多。盖吾以为敝寓,当较俱乐部中,尤为安静,缘吾有一二事语君。吾当竭力于君,然不能任其咎,第凭君之命运如何耳?”叶乐生环顾室中,欣然曰:“吾愿君至暴北耳一观吾室。君辈广于交游,皆能骋怀自乐也。”礼和曰:“余以好逸故,每过事奢靡,虚耗其财,为智者所不取。惟吾人于自小之习惯,动喜仍之。请坐,请先饮车厘及苦酒,晚膳瞬将备矣。盍一试此雪茄,以生理上言之,膳前吸烟,非善摄生者,然实细事,殆不足据。是烟卷从理奥(在美洲)购来,其长仅及半指。即其裹法,亦异于寻常之以栗叶裹之者。”乐生就礼和所指之椅而坐,倾车厘一杯,燃雪茄,伸足向火炉取暖,泰然自适。彼固不知对坐者之实怀他意也。

未几,膳已备,二人就座。礼和谓侍者曰:“惠廉,汝毋庸立侍,可将汤置桌上。食毕,吾当掣铃告汝。”侍者应诺出。乐生曰:“承君辱招,惠我良厚。否则,吾将往奥斯佛监伯理支俱乐部,啜牛肉汤,阅晚报,归而作信,余实习以为常,不亦负此良宵乎?”礼和曰:“然则君今夜尚有他事耶?”乐生曰:“否。二星期前,余已部

① “迓”,迎接。

署一切。与余寻常交契者，皆告以将有远行，余因有他故，须加力以攻吾业。”礼和愕然，目光灼灼，答曰：“是法良佳。君欲得一二礼拜之安适，乃以出门告人。”乐生曰：“吾当屏迹友家，故人多信以为实。”礼和举酒欢祝曰：“愿君大志早成。以吾等相值之奇，亦不可谓无前因也。吾识荆日浅，知君未深，脱有唐突，幸祈见谅。君知我好逸游，时有异闻，且吾因特别之故，须注意于某事。吾今更祝君未来之幸福，永永无既。”

礼和言时，特注视之。乐生方欲举杯答礼，闻言面赤。礼和急问曰：“吾言开罪于君否？”乐生局蹐①曰：“否，否。第我不解风声之疾，有如是者。噫，君竟知吾事，吾不欲道吾私事。君言果何指，幸明以告。”礼和曰：“吾重言之，吾识君未深，不敢妄言开罪。第君既知我为蔡某，吾愿君以良友视我可也。”礼和语时，其面色阳若平时，而其心殊不自安，深恐人之窥见其秘密，乃俯首饮酒以自掩，徐徐曰：“余闻人言……好友乎……闻……闻有一婚事，行将中变矣。”语至此，惠廉以鱼入，盖礼和掣铃呼之，藉以此时间，俾乐生筹思以答之也。惠廉出，乐生谓之曰：“吾知君已尽悉其事。脱君不嫌烦渎，吾将悉诉诸君。”礼和曰：“吾不相强。苟君愿以见教，固吾所乐闻也。志之，君所言者，必无虑或流于外，吾马齿加长，阅历较深，若能为君助者，吾必乐为效力，毋敢少怠。”乐生曰：“谢君高谊。吾将奉告始末，且求君示我指南，以为应付。”继又期期曰：“蒲……蒲……蒲姑娘，尔来竟误会情字，吾……吾……吾知举伦敦人，咸知渠已驰书告高德士矣。”礼和曰：“竟屏弃之乎？”乐生更觉不安曰：“君言或然。”礼和曰：“然则如何？”乐生曰：“此事我殊觉惴惴不安，幸吾非处高德士之境，否则，何堪设想？吾未识其人，然自忖施爱于已受聘之女，固非君子所宜也，顾

① “局蹐”，畏缩不安。

吾实不自克奈何。”

礼和笑曰:“此情吾固谂①知,非君之罪也。但彼女子非自知其误,不及时更章,则吾决其其确为大误矣。”乐生喜曰:“君果作此想乎?鄙意实同。嘻,闻君此言,如释重负。”礼和曰:“君知否?吾为高德士之至友。”乐生骇曰:“天乎,然则君何……何故,何故与吾缔交?”礼和曰:“是出于吾之所愿,吾等今已达其目的之地,吾将从直告君,君之过失,出乎意外。然吾自贺得交于君,君今夜又惠然贲临,皆我之幸也。近日,吾屡与不幸之高君谈及此事。吾颇感其遇我之深,竟允将其事尽以告我。二三日前,吾方告渠,谓我原识君。”乐生急问曰:“伊有何言?”礼和曰:“吾不能以其言告君,顾吾可为子述其意。此君品行至优,吾最钦服。叶君,渠固善人也。使君识之,君亦当云然。”乐生曰:“识之乎?蔡君,君亦知我安能面无意中伤之人哉?”礼和曰:“君非知高君者,此即其人之可贵也。伊前日谓予曰,礼和,君既知此少年,果为殷实之人否,其心术行止境地,皆不愧君子否。予答之曰,据吾所知,则是数者,此君固可坦然无愧者也。”乐生闻言面赤。礼和续曰:“高君乃告我曰,吾不过愿所爱者安乐耳。届时,吾当以书告彼,吾悦之,吾甚悦之。其始吾以为苟伊归我,不仅为吾贤内助,伊将与我并享大名幸福于未来。顾吾龄倍长于彼,君知我素迷醉于科学者,吾尝自责必有疏忽,致负彼美。第吾既有所嗜,若第二天性,又奚能专事于情爱耶?蔡君,君试度之,我更欲何为乎?予曰:‘不知,愿闻大教。’高君曰:‘吾欲晤此少年,尽以吾之所怀告之。’天乎,脱伊见允,吾且愿为其嘉礼之证人。吾将退而潜修吾业,盖我本欲梅姿安乐。今既见其安乐,则吾可无虑,而事毕矣。”

乐生闻言,倒于倚中,已而跃起,曰:“天乎,高君真义人也。

① “谂知”,知悉,知道。

闻君言，实向往其人。蔡君，不图君今夜竟释吾重负。”礼和从容曰：“良友请坐。君试尝此，此鸡斯为吾特制之品也。吾将唤惠廉矣。”乐生忘其所以，遽曰：“鸡乎？可杀。”礼和曰：“毋咒。君或不得食乃如此。君殆不能预知何时始再膳也。”乐生大笑。侍者献肴去，伊乃谓礼和曰：“蔡君，此事吾当感君不浅。君不谓然否?”礼和曰：“今且勿言。君之感情亦不恶，吾深嘉君天良之明正也。世间有夺人所爱，徒知自贺，不复计及他人难堪者。君竟异乎此辈。唯鄙意谓君所负于高君者多矣。”乐生曰：“苟有可报于万一者，愿竭其股肱。”礼和曰：“吾未敢相强，然据鄙见，则莫若一晤之为妙。高君罕夜出，吾等膳后往谒之如何？吾知其必至诚礼君也。”乐生曰：“佳甚。吾今夜离彼第时，当可坦怀矣。”礼和不应，斟酒饮之。

逾二小时，浓霾重雾之奥斯佛街上竟有二人并行焉，非他人，即因误易外衣而订友好之蔡礼和与叶乐生。礼和曰：“君毋怯，雾虽大，然吾识其途。道路油滑，乘车不宜，且雾迷车灯，不无相撞之虑。虽然，苟君欲之，雇车亦可。”乐生曰：“无需此，徒行最佳。吾不似君生长于安逸中也。今夜既得享佳肴，若不散步，助胃行其功用，恐将负君厚款之美意矣。”礼和曰：“如此请速行，俾生暖气，略可御寒。”二人自此无语，盖霾雾至重，偶一启齿，即冲喉逆鼻而入。大约半时许，乃至伯德伦街。左向而旋，则高宅不远矣。礼和颤声曰：“行将至。”乐生曰：“且噤，吾知君寒甚矣。此种霾雾最易伤肺。君毋多言，吾随君所之可也。”言次，已至危墙①兀立之高宅前。微闻远处车声辚辚，此间左右，竟阒无一人，故二人之至也，亦无有知之者。

礼和出钥启门曰：“是高君给我者，缘我不时至此，不欲频劳

① “墙”，原文作“嫱”，据文义改。

仆人也。盖伊等之出,须绕园行,费时良多。”语事声颤,极似受重寒者。行数武,乐生触小树,几颠,呼曰:“天乎,胡黑暗乃尔?蔡君,请为吾导,幸以君手授我。”遂挽其臂,觉其全身颤动,窃讶彼体魄雄伟,何乃畏寒至此。行约三十码许,见面前灯光一点,盖即广廊前所悬之灯也。乐生又触趾于石阶,礼和挽之,曰:“至矣。”行上六级,即为前门。旋又出一匙,启关而进,遂入广廊。乐生睹此惨暗之形,颇为讶异。正顾盼间,礼和曰:“请去外衣。此地殊荒落,高君之私室在廊末,吾等可到彼畅谈。君有备乎,请前。”此时,举室阒然,惟闻礼和履声橐橐,径向大扶梯右边一门而进。乐生随之,心中忐忑,不知所措,甚悔此来之骤也。俄而,绿色铜门辟,二人皆入矣。

第七章

少年律师叶乐生自入高宅,约一星期后,伦敦人渐渐起狐疑,已而举国皆注意之。盖英人之性情,急公仗义,尤喜合群,无论何人,即下等社会中人,苟一旦告失踪,国人未尝不动于心,而亟亟访求之者。叶乐生事,初仅为闾里私谈,继而报章亦载焉。一年前,曾有一女医忽然失踪,国人至今犹未忘怀,叶乐生乃为之继,能不动国人之感情乎?于是此奇闻遂成报馆研究之问题。而伦敦日报、晚报每次发行,推论其事,辄占一幅,标其目曰“叶乐生之奇事”。有谓叶乐生虽非殷富,然固自给有余,且其处境日进佳境,而人又多乐与游者,伊平日无所负欠,有之亦不过日中往来账而已。某银行中,伊寄有存款,虽不丰厚,顾可绰绰自如。伊平日举动,坦白无瑕,其所交给者,悉为上流人物,亦无与之为仇者。其体魄壮旺,常至德国体操场运动,即踢球之戏,亦时与焉。其人终日怡然,绝未尝见有忧色。要之,伊不宜有此意外之举,忽而匿迹也。或又谓彼必自杀,顾无自杀之缘。人非不得已,谁肯无故捐躯？论者又疑彼一时患狂疾，而出此下策。第其人素强壮，安得此疾？稽其上代数世，亦无染此症者。矧此时英国警察严明，侦探精密，即使有犯自决，不久必能发见其尸。今叶乐生既无影迹，亦缺遗踪，岂果如古书所云，上帝以火车火马迎之天堂乎？是等宗教家讆言，以日进文明之世界、科学发达之时代，谁复信此无稽者？或又疑其被人谋杀，而巧隐其尸。顾伊既无仇家，亦非大富，则杀之何利。况国法严肃，即有以劫掠为生者，今已敛迹。然则叶乐生果何往耶，是即当时至要之问题也。传说纷纷，不觉已二星期，而踪影终杳然。

彼叶乐生果犹生耶，抑已死耶，无有敢答者。惟有一事，似露一线之光。寻常凡招饮跳舞或茶会等，叶乐生无有不赴者。距失踪前二礼拜，凡有折柬招者，伊皆谢绝。据云将出门，实则终日蛰居寓所，即公堂亦罕至。又叶乐生向雇一妇，名比克娘子，每早来寓，为其举火，备早膳，及扫除其室。此妇每早七点来，至午时乃归。下午五时复来，以侍候一切。叶之午餐，或泰北耳公所，或佛理特街之饭店，晚餐则非赴宴，即往奥斯佛及监伯理支俱乐部，以叶为该部会友故也。据泰北耳公所中人言，则谓叶乐生未失踪二星期前，已稍变其常例。来踪渐疏，然伊等尚臆尝遇之于他处。据比克娘子所言，则谓叶乐生迩来较前少出，而专溺于法律书。盖连日下午到寓时，乐生并未嘱其将衣服取出，惟嘱其购面包及别种简便之食物。据云将继晷攻书，无暇出食云。以其改常之理论之，人皆知必有所因；第其故为何，则无有知之者。

据新调查得叶乐生末次为人所见之际，即在早膳时，为比克娘子。是晨，伊侍候叶乐生膳毕，即向之请假，谓是日将往某处视其女，恐下午不能即来。乐生嬉乐如常，欣然许之，并谓是晚伊亦将他出。其举止并无有可疑之迹。伊次早照例到寓，启键入书室时，则诸物如故；乃燃炉火，备茶一杯，送至其寝室。叩门不应，伊以为乐生熟睡未醒,遂自入,则乐生竟不在也。床上被褥如故,若未经睡者,斯亦奇矣,乐生向不在外经宿。伊候至午间一时,尚未见其归,伊遂去。至下午六时又至,则火炉已熄,各物依然,似日间未尝一至者。伊去时,曾询旅寓阍者,问曾见叶乐生先生否,阍者答以未归。一连二日,杳无影踪。寓主遂往报警察。另有要据一端,则叶乐生失踪之夜,乃衣晚餐衣服,其日间所衣者,伊已折之,置诸柜面,迨欲俾比克娘子为之刷净者。就此理推之,则叶乐生似非有意不归者。久之,仍无头绪,仅留人言沸鼎而已。叶乐生朋友虽众,亲故极少,其亲戚中之仅存者,惟一母舅耳。此叟为北亨德牧师,有往问其甥消息,知乐生平日每三礼拜寓以一书,故于彼踪迹,伊亦茫然。

其后有人忆及叶乐生近日与王家公会会员高德士所聘之蒲姑娘,往来至密,然于其事有如何关系,殊非局外人所能妄度。惟人皆知迩来蒲姑娘绝高德士时,即叶乐生失踪之时也。今之世情,不复有门第等级。爵夫人而有过,人即暂为秘密,或较寻常者少缓,迨后亦不复讳。此事发见之半月,有一晨报登出一论,足启一线微光。使此论果为个人之私,则其持论亦殊得体,以能预避感触当局者之讳也。然其事已由私而成公矣,以国人皆注意于斯事也。故将其详细登明,坦然无讳,以餍公众,亦报章之职也。其所登者如下曰:兹探悉有贵族美女一人,前曾受聘于国中之著者。后来恒见其与失去之人相偕,好事者谓此贵女,自知其前时受聘之误,行且变其方针云云。此报虽未指出姓名,然其隐语,固众所共知也。至此人皆纵谈高德士及蒲氏母女,不复有忌矣。此论之发见后,人皆为此事不久将水落石出,久之,仍无所得,遂疑乐生自戕而已。然其尸果焉往耶,又为此事之大关目,而无敢应者也。

第九章

高德士入,梅姿起迓,轻举其无力之玉腕与之为礼,低声曰:“惠廉,感君。”其言至简,第出真诚,若不胜情。溯往日订约时,亦未尝有此。高德士之学业,素为梅姿所推重,然终不若此刻感之之甚。德士直视之,其面亦不能逃彼美之逼视。幸自镇之力素强,未为慧眼所窥破。虽负重罪,仍能自饰,竟以半喜半愁之眼光目梅姿,一若含情莫诉者。斯时高德士幸未顶电冠,否则,其心中之忧惧,当立显于梅姿之前矣。

蒲夫人曰:“惠廉,君肯贲临,幸甚。君惠吾母女至深,吾实不知所报。处君之地,谁复肯竭力如此?吾母女实感君不尽也。”德士鞠躬无言。蒲夫人者,素善词令,今竟讷不能言,盖其感触至深,遂不复知所措。三人相顾久之。蒲夫人喟然坐下曰:“吾今可不必赘言,君固君子,吾自信之。此刻老身与吾儿,皆觉少慰矣。日者吾女势成孤立,几为众矢之的。综言之,妇女每于急难时,辄盼得男子之助。惠廉,吾等决不料子相助,更不料子竟毅然以相助为请,子真侠义士。”德士和声曰:“蒲夫人,仆似背夫人所言之旨,但使夫人许仆,效力于急难时,仆视为无上之荣幸。”复转身向梅姿曰:“梅姿,祈以信友相视可耳。务必尽忘前事,而信任我、指挥我。吾当视以为至乐事。”蒲夫人见高德士仪表蔼然,不觉心动,向日之奢望立时又炽矣,因起立曰:“吾将他适,听子二人自谈,当更纾畅。据目下之境地言之,吾知此举,非理所直。顾对语早为常例,吾不妨听子独语吾梅姿也。”德士戚然强笑曰:“惟梅姿所欲,然吾知渠固能倚信仆也。”梅姿闻言,举目视之,其眼光中含无限感情,又为从未一施诸彼者。高德士至此,不觉若有所感。蒲夫人立待少时,见梅姿垂首而立,并无挽留之意,遂出室去。

是时,室中惟高德士与梅姿二人在矣。高德士曰:“梅姿,且坐,吾以实事告卿。自接卿书,谓前约乃一时之误,此后吾等未尝晤会。想卿亦知吾覆书如何,吾誓当践吾言。今者吾言至此而止,吾挚爱卿①,即今亦未尝稍异。吾以为与卿可同享安乐,而以吾时光,听卿指挥,乃竟异乎吾所望。然吾生性不易遽变,吾纵不能执役于一途,吾必将藉他法,以图效力于卿也。今且告卿,我已竭力侦查叶乐生君之踪迹。"梅姿呜咽良久,曰:"君视奴至厚,奴负君深矣。君真义士也。"德士曰:"止!吾等已共允不再谈此,往者已矣,幸毋再言。卿恋叶乐生②至,而伊竟似没于斯世者。吾之职业,惟有竭吾力以寻觅,俾卿得享安乐生。日者吾已智尽能索,竟了无所得。今且就事言之,卿且告我,卿料此事如何?吾亦将以所料告卿。"梅姿怆然曰:"惠廉,奴不知应如何用吾思,奴实迷于黑暗之途中矣。伊绝无应他出之故,奴惟以最不祥者度之,料必为凶人所戕杀耳。"德士曰:"杀之何为?"梅姿信口曰:"伊美而健,若辈必以其异于己故杀之。"梅姿此时,盖未经意,故不见高德士之怆惶股栗,尤不知此无意之言,足增祸于其所爱者。

少间,高德士佯以安静之声答曰:"梅姿,卿言仅妄度耳。世人必无因他人美于己,而加害之者。若毁谤则或有之。"梅姿曰:"君言是也。奴以巨痛之余,实不知所语。奴不解伊有何故,故难逆料其所遇。"高德士曰:"吾于交通之区,靡不侦查,然迄不得一线之光。仅——或——"梅姿由椅跃起,面如土色,呼曰:"唯——如——如——如何?"言时肺叶相击,呼吸可闻。高德士稳坐垂首曰:"梅姿且坐,吾不欲言此。"梅姿曰:"君已言之,唯吾耳颇灵,君语中有微意焉。惠廉,何事,何事?"德士以果决之声答曰:"无事。"梅姿若不闻者,盖前言伊已闻之,遂以为有所得,乃起踱行一

① "卿",原文作"鄉(乡)",据文义改。
② "生",原文漏此字,据文义补。

周，随至德士前，以玉手搁其肩，以若惊若喜之声哀之曰："君祈见告。"德士复曰："无事。"梅姿叹曰："惠廉，奴知君最深。君不能有所隐于我。君本有事见告，乃又隐之。无论其事如何，君必告我。"德士抬首视之，梅姿见其面具惊惶之色，徐徐曰："梅姿，毋以吾言为实。卿既逼问，吾不得不言。志之，吾所言者，了无证据，亦如卿之妄度耳。"

梅姿低声曰："祈速见告。"德士曰："仅如此耳。即以此告卿，吾殊觉难出诸口，然卿亦知近来叶君与蔡礼和颇契否。吾喜礼和其人，惟卿则恶之。吾不能谓蔡礼和为真——唯吾不知何以名之。"梅姿点首曰："奴知之，请更详言。"德士曰："叶君未失踪之数日前，常与礼和偕。卿亦知此人结交至杂，而于女优尤多。梅姿，吾不知如何告卿，不如止休。"梅姿呼曰："请续言之。"德士徐徐曰："乐生固君子，自可无疑。然伊乃一少年耳，世间无有人能确知少年目前之行止如何，及将来变至如何。吾闻礼和为其介绍于一女子。嗟嗟，梅姿，吾不能续言矣。事过卑鄙，不堪入卿耳。"梅姿闻言起，兀立曰："诚卑鄙。"少选，复俯首请德士再告一切。德士遂托言闻彼等于某处约会，复言虽如此，谅无暧昧事，且言己亦不信，仅据所闻言之。梅姿此际，面色愈变愈白。

德士言毕，梅姿凝视彼，将信将疑，低声若语高德士，又若自语曰："或如此，或如此，然吾恐未必，世人安有忍心若是、卑污若是。惠廉，奴强君言，固知君必不信此无稽也。度渠未必恶至此，乃甘为一人，而尽弃其所有。"德士起立曰："伊必不如是。吾虽未识其人，然敢决其不如是也。梅姿，世间安有舍卿而就一女优者耶？"梅姿呆视久，旋俯首痛泣矣，乃咽声曰："奴不能更有所闻，君去休。祈觅之！祈代奴觅之！"

第十章

时王邸旅寓吸烟室中之坐客,见一面色惨白、行止茫然之人入,择一僻处坐下。一人以指叩去烟灰,低声谓其侣曰:“君知此人为谁否?”答曰:“不知。果谁耶?”曰:“是为高德士勋爵。”曰:“即彼大科学家乎?”曰:“然。据闻,不日彼将发明一不可思议之电器,谓能颠倒此世界者。”答曰:“然,我亦闻之,但世界于我良佳,吾苟有权,必尽执彼发明者而击杀之。我殊恨科学发明者,伊等每促短吾人之生命。上古时至佳,自伦敦至伯来顿,须费八时,又无电话远传,以扰人心思也。”其友曰:“君言或亦有理,然世人之持论者,今易一方面矣。高德士乃无一人不崇拜,为今日英人之巨擘。”曰:“观其神色嗒丧,竟似不以此为荣。”曰:“君不知叶乐生失踪乎?与彼或有关系。”曰:“非以叶乐生夺其所爱耶?”曰:“然哉。余观其状,殊可悯。”曰:“嗟乎,其额汗如珠,伊若——”其友续之曰:“殆过劳动,或过饱食乎。吾意彼必将入浴矣。卓尼君,君料南非洲之战事如何?于二三月后,若辈能恢复否?”盖其言一转,由高德士而至南非洲,无与于吾书也。

高德士由蒲氏室出,即按铃召仆司登楼机,遽入机室,一言不发。侍者颇以为讶,见其时时以巾拭额汗,气促声喘,历历可闻,疑其患肺病。既抵楼下,入吸烟室,据桌,按铃,侍者应声至。高德士命取白兰地梳打一杯来,侍者鞠躬奉命退。伊实未知高德士为戒酒会中人,非能常用此烈性之酒者。少间,侍者以酒来,酒面浮一小冰块。高德士由囊内出一小瓶,取丸一枚投酒中,俄即化去,遂举杯一饮而尽。酒力颇神,适间惨败之容,倏已变尽。五分钟后,乃燃雪茄,出烟室,至广廊,衣外衣而出。

时夜尚未深,街上电光灿然,月朗星皎,清风拂拂,是为伯来顿夜中十时之景象。高德士所寓,实非王邸旅寓,其寓约去五十五码遥。是时,高德士知成功之种已下,不觉欣然,举步疾行。惟听方寸中心脉跃动声,簌簌可听。既抵旅寓,阍人向之为礼,高德士颔之。其寓室虽在第二层,伊此时不复乘升降机,安步上楼。入室,自燃电灯,脱去外衣,立炉前,伸腰作倦态。其所希望者,又进一步,不觉欣然。信目见案上一函,阅之,则其封面之字迹极谂①,乃折读之。书曰:

吾至此者已数日,初意欲避去伦敦所触我目者,乃竟毫无效力。吾今日偶检本寓之客簿,知君亦至此。我殊不料吾二人,有相聚于此间之一日也。吾自至此,忧苦愈甚,百计不能遣解。惟有毕吾命,或可了之。我自度不配生于斯世,亦不敢深责君。盖使吾非嬉荒自弃,则终不致入君之罗网。君之待我,不可云薄,凡我所作之孽,君悉以厚值购之。以吾末次所为,至释我重负。我之宿债,皆已一一清偿。今虽死,只②君一人,谓知吾以失望而死耳。君毋以我为责君,吾并无此意。

吾自少即游荡,至长未尝少悛,所以未尝一日为善人也。吾愧负此身世,且负所亲之希望于我者,是皆吾过也。自与君结识,吾不肖,不能拒君为我备下之资,遂惟君命是行。今已矣,噬脐何及。吾自觉实不容于人类,吾且恨且慰,盖一死后,世殆无确知我者,所知吾底蕴者惟君耳。吾作此书于膳前,遂留此以遗君。吾今将发遗书于各亲友,以为永诀。嗟乎,此一二时内,吾事了矣。惠廉,吾不能更延残喘。每念及君家中之不幸少年,吾寝不安枕。君将处之何地,吾无从推测。君后来之报应,知君必非有幸福者。吾愿君珍重。嗟乎,吾重誓诸上帝使果有所谓上帝者也,应知吾悔前时之遇君,而为君之伥也。蔡礼和顿首。

---

① “谂”,疑当作“稔”,意为熟悉。

② “只”,原文作“衹”,据文义改。

高德士阅书时,顿觉手足[1]冰冷。少选,将书投炉中,以火棒[2]挑拨,使纸灰全灭,然后跨步出门。侍者启升降机门,高德士曰:"烦子领我至蔡礼和先生许。"侍者曰:"蔡礼和先生乎?"既而曰:"忆之矣,在四百〇八号室,非一高美之绅士乎?"德士曰:"是即其人。吾于此时始知其在此寓也,伊为我故人。"高德士既入机房,侍者闭门,发机而升,既抵第四层,乃出。侍者曰:"由甬道向左转,即为蔡先生室,试导先生往如何?"遂偕之行。约离彼室十五码左右,侍[3]者指曰:"是即蔡先生室也。"言未毕,骤闻室中轰然发炮声,侍者愕然,竟忘所以,急谓高德士曰:"趣来,似有不测。"二人急入室,则见蔡礼和倒卧床上,鲜血满头,两手尚微微颤动。呜呼,所谓蔡礼和者,今日休矣。

觉我赘语

是处为第二结束,而蔡礼和死矣。蔡礼和可以不死,而必死之者,一以警浮薄之青年也。方其酒食游戏,裘马翩翩,讵知杀机已伏。所谓一失足成千古恨,非杀身自拔,则有终身陷溺耳。此吾青年所当视如座右箴者也。一以见高德士之阴刻狠鸷,而知梅姿前后受骗,其毅然以绝婚者,不可谓为孟浪也。当其初以如彼之勋望学业,人孰不艳羡之,孰不谓为梅姿之过举。观一面笼络,一面囚执,貌极仁慈,心怀荼毒,使此天真纯粹之梅姿,而果夫婿之焉,又岂得谓之幸福哉!应悟梅姿之毅然绝之,实为天理之纯而正者也。

蔡礼和之宴叶乐生也,须知一举一动、一言一语,蔡礼和如傀

① "手足",原文作"手兄",据文义改。
② "火棒",原文作"火捧",据文义改。
③ "侍",原文作"待",据文义改。

傴也，其灵魂之者，则为高德士。蔡礼和之方寸忐忑、坐立不安、全身颤动，不仅写彼少年之良心发现也，乃深恶痛疾天良尽丧、作恶不悛之高德士。此皆作者之注意所在，读此书者不可不知之。

人有过举，即不自认，鲜有不自知者。礼和以不愧君子语叶乐生，其面恶能不赤。夺人所好，人宜恨之，乃原谅焉，且言之有理，其心恶能不折，而愿泥首负荆于其前，此蔡礼和之推阐世情处，正是高德士之奸恶过人处。

梅姿之去书与高德士之来书，处处针锋相对，观其发言恳至，足令人入其玄中，其谲智真不可及。

小说家之写美人，吾见之矣。如何态度，如何敏慧，甚至衣服如何俏丽，装饰如何玲珑，虽非刻划无盐，正是唐突西施，千篇一律，令人生厌。惟《西厢记》写一不解事矜贵之双文，十分圆满，可称独绝。此书之写梅姿，一意信任高德士，襟怀高朗，口爽心直，能使与之交际者五体投地，智力俱穷。此龙眼居士、白描高手也，与西厢之写双文可谓异曲同工。

高德士于此时，有二事出意外，极力设计笼络梅姿，至终，乃换得祈觅之、祈代奴觅之二语，此一事出于意外者也。以狼狈相倚之蔡礼和，忽焉尽情吐露其悔恨之意，且继之以死，此一事尤出于意外者也。人定胜天，不成难之又难者哉。

第十一章

高德士留居伯来顿凡三日。当时，伊与侍者闻蔡礼和室中枪声，急入救之，已不治，乃为之料理丧中一切。高德士复驰书告变于蔡礼和父蔡梅理将军及其友。纷纷扰扰，伊一人力任之，以此人皆称颂彼，谓不惟生善其友，即死，犹不稍衰。盖人皆未知蔡礼和之引决，伊实累之。伯来顿之长者皆曰，由是事观之，科学者原未尝贬降其仁慈，如常人所料也。高德士精于科学，乃尽戚于其友,如丧手足,且其友实无所取材,仅为社会中一无知识之活泼少年耳。伊乃竭力至此,非重友谊而何。蔡礼和虽不幸,然有此良友为之表彰,亦应可瞑目矣。

事起之次日,有地方之责者查问蔡礼和自决之原因。到者为该处之有司及蔡礼和俱乐部中会友数人,特由伦敦到此,以备讯问。据蔡礼和之友云,日来虽见其有颓丧之状,然终不虞其自杀也。而高德士则谓必婴不可思议之狂疾,故至于此。世固有一种狂疾,能隐伏数年,忽而一旦暴作者。夫高德士为科学博士,其言极有价值,谁不信之,故地方长官亦无异言。高德士且扬于众曰:"蔡君为吾至友,吾二人处世之方针至相背逆。伊固不好亦不解吾科学,我亦不注意于其所嗜之社会交际及宴食,故我二人无秋毫之相干涉,想此即趣吾二人亲昵之故也。世人无有深知吾友之达观大度者。吾不能表扬其平生,吾只谓奇祸不测,竟将社会之美饰、少年之特色,无端劫去之而已。"又有友人兰西、海伯西亦与焉,二人亦由伦敦来者,闻高德士之辞,相顾而笑。彼等与蔡礼和颇善,亦深悼其见背之速。蔡礼和之秘①密,二人绝不知之。兹高德士所言,可决向所闻为告者之过。

蔡梅理将军至旅寓,面谢高德士曰:"适闻君言,至为感慰。仆甚愿礼和之兄亦在此,而得闻君言也。惜伊今在印度,名隶军籍。礼和久不回家,以家庭细故,遂成此隙,致其构祸之由。仆今未便言之,且亦尽忘其过。忆彼幼时,嬉笑活泼,依依膝下,不复触为父者之怀。先生谊重情深,又祛吾忧之半。仆每岁与金若干,俾度岁月,然常恨其浪费,而为累世之人。今日闻君言,伊似尚有善行可嘉,是吾所至慰者也。"高德士谦逊不遑。蔡梅理将军心大慰,是夕竟加餐,而日间戚戚之容已尽消失,膳后,乃驾车归。

① "秘",原文作"祕",据文义改。

今者蔡礼和已矣，王家公会会员高德士今后可高枕无忧，不虞有窥其隐者。

高德士居伯来顿者凡三日，虽为蔡礼和之丧事，然亦不时诣蒲氏许。即蒲氏母女亦惟彼是倚，事必商之。盖此际正如失柁之舟，飘泊不能自主，即见盗舟之至，能不以救星视之乎。高德士与梅姿交谊较前益密，盖彼美于事发现后，毅力锐灭，不无需助于人，而高德士乃适至故也。高德士亦知梅姿之忧虽未杀，然其盼见叶乐生之希望，渐烟消云散。是高德士所言之歌女，亦于是奏功。曾子杀人，尚不见信于母氏，矧以梅姿年少，阅历几何，乍闻巨变，忧苦至深，本无疑虑，奈高德士时时饰言动之，故梅姿亦渐忘前事。此精究魂学之博士不胜欢幸，以为前此之绝望今复有转机矣，事机之熟当不在远。

至第四日，为蔡礼和殡葬期。高德士与兰西、海伯西三人，同尽执绋礼。是午，微风惨淡，途人稀疏，对此素棺白马，愈形凄楚。亡何抵墓所，由牧师举行葬礼。半时后，诸事就绪，蔡礼和者，将无有一毫踪迹留于人世，旁德街上不再见其轻裘散步，俱乐部中侍者不复伺候其从容点菜，柏乐德不复为之修容理发。嗟乎，蔡礼和已矣，伊与繁盛之伦敦市长此永别矣。

葬礼毕，高德士乃诣蒲氏许，告别，返伦敦，临行仍慰彼母女曰："吾今必竭力求之，凡所为所行，吾必日以奉告。使有音信，吾必立时驰报。虽然，吾望毋徒劳水中掬月之思也。梅姿，我似不应为此言，以伤卿心。第吾亦自觉不应作伪于卿前也。勉之，祈祷之，凡吾所能者，吾必竭力以助。"高德士行后，蒲氏母女相对枯坐于旅寓之客室中，如孺子之失所依者。

寻高德士乘车至维多利亚旅寓，就一小桌旁之自在椅坐，桌上叠置种种晚报。高德士于十分钟内，将其一二检阅。伊所注意者，仅报中之一行耳：报上所书"叶乐生奇案"处。伊知此事将告终局,精明之访事,认为一终不能决之难题,即国中人民亦将淡忘此事。新闻纸所占地位,仅一行之三分之一,云仍无确信也。高德士追思日来诸事,于蔡礼和之死似为其秘事加一最固之键,而心爱之梅姿,亦不虑有叶乐生第二,为其爱情之敌,意颇自得,觉身体微乏,乃斜倚椅中休息。

少时,出外,彼之煤气车已候于门前。高德士从容登车,径向本宅去,口衔雪茄,安坐车中,以视道上行人,若坐梨园中以观剧者。时途人拥挤,殊堪寓目。彼科学家①深用自负,以为世人虱处宇内,纷纭扰攘,如粪厕之蛆,无一知有伟大能力者。将举其不可告人之心曲,揭重幕而宣布之,以泄造物之秘。前于十九世纪日报中,曾有一论,剖晰人脑运动之法。顾注意于此者,实无几人,独有高德士深明电理,进步之速出人意外。所试验者已有所得,所制之器已臻完美,所需者惟得一生人为末次试验,以证其无误耳。彼不自量之叶乐生,乃欲与此魔法博士逐情天之鹿,宜乎一举手而入彼玄中。社会有失踪之报告,试验室中多一驱策之动物,以助高德士之成功,而其助手葛伟生方日观此最新之活剧,以增长其科学上之经验,讵非人间之乐事哉。

少顷,车已至理振公园,高德士安抵本宅矣。御者驱车去,德士启关自入时,已十句钟。伊穿过园中,直抵前门。广廊中寂然无声,乃随击铜铃,静立以待,仅闻回声四应,寂无一人。乃自启钥入室,见电灯四耀,炉火烘煖,桌上有信件一大堆,炉旁一小圆桌,桌有冷鸡一盘、红酒一瓶,是侍者皆他去无疑。

德士出室,行至广廊之彼端,又出钥,启门。此门惟伊与葛伟生可出入,终日下键。由此即为试验室、机器室,是皆在宅之后座,本为拍球之广场,今始改盖房屋。高德士既入,随复键其门。

① “科学家”,原文作“科家学”,据文义改。

沿甬道行，至右手第一室，门上有白漆所标一甲字。高德士启视之，室中电光灿然，室中巨案纵横，案上有绘图之器及纸样等，而葛伟生竟不在。

高德士掩门，复向化学室去。此室狭长而甚低，日间仅能见日光，晚来则燃电火。高德士悄然启门，远闻室之彼端有窣窣移动声，欲见之人固在也。时室中幽暗，仅有试验桌上红白火球二枚，葛伟生方伛偻于一汽炉（化学家所用）旁，炉上扣着一大玻璃管，有流质沸于其中。伟生忽闻高德士履声，遽跃起。豆光之下，虽未见其全身，然其惊怖之状已毕露于颜色。高德士曰："葛君在此乎？无恙否？举室何若无人者？"葛伟生喟然曰："天乎，君归耶？骇吾甚矣！吾初未知君以何时返也，亦知君伊！伊！"即与高德士握手。德士知此人又在醉乡矣。彼未尝禁葛勿饮，以葛伟生①无论在醒时或在醉中，终为一堪使人满意之助者也。高德士答曰："唯。吾来矣。诸事皆安妥，想君已闻知蔡礼和之自杀矣。"葛伟生曰："然，初闻吾颇觉不安，继闻君不日将归，吾知定可无事。彼无异言，或遗下何物否？"高德士曰："否，只有遗我一信，吾已毁灭之。"伟生曰："善！今欲告君事正多，凡吾所能者，吾已尽力行之。顾吾甚盼君之归也。惠廉，吾仅能称之曰完美耳，君之筹画至神。嘻，以生人为试验，其便利何可预算！"高德士曰："唯，其人如何，无恙否？"葛伟生曰："唯，第其肌肉稍瘦削矣，以未运动故。然于其室中，吾已特备一电扇，为之流通空气。吾又任其自择书籍，每日许以阅读二三时，余则置冠其首，将火熄灭，自往丙字室内，观察其心思于屏风上。彼人身在黑暗中，其脑中所显出之景像至为明白。盖因身体壮旺，脑中所萦思遂亦显晰也。方君入时，吾正以磷质调入食中。约间二三日，吾必以此剂助之，盖磷

① "生"，原文作"主"，据文义改。

能增中脑之振力也。吾正候君归,俾吾等可行一真确之试验。”

高德士曰:“君曾为彼所窘否?彼固孔武有力者。”葛伟生曰:“否,伊虽猛如虎,既有此轻钢之桎梏,复有橡胶索束之,又何能为?然吾先加缚束,其首又以正颈之橡胶器约束之,而后为之加冠,彼只能任我所为。”高德士曰:“善。吾见古书,详言桎梏之为用,初以为怪,不图今日竟见用于此。”葛伟生大笑。高德士复曰:“此子知君之举动为何否?”葛伟生曰:“否。吾等所为,伊茫然不解。”高德士曰:“使告之如何?”葛伟生笑曰:“必大有可观。伊知吾等细观其思想,伊必欲秘之,秘之而不得,其景至趣。”葛伟生言时,以两手相擦,自鸣得意。高德士迟疑曰:“迩来君于其思想中,必广增智识,倍加乐趣。”葛伟生曰:“是为有生以来未遇之乐事也。吾每日缚其身,后加冠其首,即出至丙字室中,独坐于屏风前。扑开生电浪之机,安坐自在椅中,把酒以赏此美景,每笑至泪出。君不久将自见之。所尤奇者,则其所拟君之状貌,至足发噱。”言已,吃吃笑不止。

高德士曰:“君言何指?”葛伟生曰:“唯,吾在伯鲁生博物院中,曾见过种种奇形怪状,以常人视之,君固一美丈夫也。顾此人拟君之貌,其怪异,虽至巧之绘匠,恐亦难臻至此。”高德士局踖曰:“孺子殊可悯,顾得此完善之脑以为试验,则吾慰矣。其脑必甚健也。”葛伟生曰:“吾亦谓然。君若观屏风,见其思及梅姿时即可知。”

德士愕眙半晌,寻曰:“君言何谓?”葛伟生一面将汽灯扑熄,以玻璃棍调玻璃管中之物,一面答曰:“吾人之视蒲梅姿,仅知其为美人,而此子思及之,则彼美竟若神女。当时吾等筹思一策,胜彼血中之碱质,用分光镜将其矿之颜色映照屏风上。其难如何,吾等历久始能胜之,此人思及梅姿时,其他杂色皆去,仅留原色,而彼美乃精神奕奕,显于暗中,若神女之自天降焉。吾初见之,不觉惊跃,以为醉耳,继知乃不然。”葛伟生言至此,高德士起曰:“吾姑就寝,明日再试验之。吾见书室中,有为我备下之食品。葛君晚安。”葛伟生曰:“善。祝君安。吾今须以和磷牛肉汁,食此活脑也。”

第十二章

葛伟生旋将牛肉汁送入叶乐生处,临去,笑曰:“乐先生安眠,吾今夜不再强君冠彼铜冠,故吾亦不将灯熄灭。君晚膳已用,且有书可读,今君正可优游自乐。当此清暇之时,君可追忆往事,晤蒲姑娘于悬粉红帘之室中,在八音琴之旁而吻之。此情此景,佳趣不浅也。”言讫,大笑,出门下键去。叶乐生闻言,惊愕不已。嗟彼凶徒,乌从知此秘事,当时固无一人在室也,俯仰四顾,此为何地,彼凶徒困之于此,果系何事。伊今所居者为一石室,室顶燃二电灯,其光青白可爱。伊居此者几时,已不复能忆,惟自念叶乐生者,日吸空气,常见日光,往来于社会之中,游息于宴会之地,一不知忧苦之少年也,乃自入此阱,几同梦境。除彼牛山濯濯红面人外,伊未见一人类或一闻人声,若深埋于古墓中者。然仰观房顶,欲一究其妙,又无从着手。回忆被困时,即乍见高德士。伊方立于高德士前,不防背后一人,以湿布濡药蒙其面,伊触其臭,立即晕去,自此无所见,惟闻耳际轰鸣,声如流水。

迨醒,即在此室矣。电火粲然,耀同白昼。此室颇广,计长十六尺,阔十二尺,以波兰大理石砌成,巧弥其隙,殊为精美。重门颇新,以厚钢为之,其键类铁床之钥,以意度之,此室必常用为监禁之室。室中无窗,房顶作弧形,居中有铁栏杆,围着一通气穴,旁有电扇二,终朝旋转,大约每分钟旋转六千次,斯即叶乐生昼夜常闻之声也。室中之地毡即寻常用枳栎织成者。叶乐生遍视一周,了无意味,忽若有所触,惊疑参半,凝视对壁。此物为何,殊不解其名,物为一黑木之狭长小榻,头际稍高,有红色橡胶架,四足承之。架下复有厚方磁质器,乍观之,若一木架,盛一浅木箱然。

头际有树胶制之异式枕一方,旁有一胶制之圆形围颈具,与一轻钢所成之械相连,钉于一圆形之枢纽上,可以四方旋转。叶乐生注视此榻,欲穷其妙,遂由所坐之床上起,欲前细察之。顾行至室之中央,即不能再进。盖其腰际有一轻钢环围之,连于轻脆之钢链,链之粗细仅如粗表链耳。顾乃坚固异常,一端附着于稍粗之链上,粗链之操纵则在房顶上之一辘轳。近其床上之半室,伊可以行动自由、随意坐卧,绝无妨阻,第欲涉室之彼端,则链必收缩而不之许矣。

叶乐生立于所限之尽处,痴视黑木床与颈圈,木床之上、近门首又有一三角架,架上置一金光灿烂之冠,形似一大栎宝①,或似祭司之冠。冠之中央有一橡皮结,结上透有丝裹之线条,直通至壁上一磁质铃形具。叶乐生注视久之,终不能解,废然回坐床上,自言曰:"吾知之矣,使吾能设法遁去,则吾必知此恶党之秘密矣。此等凶徒果何为而拘我耶?吾且缓急思之。"伊遂用几何算术推测之,终于无效。此为彼聊以自遣之一法,每日所遇,绝无可异处。惟于电光下,伊方卧读,突闻房顶上辘轳辚辚声,则所附之粗链,渐渐向房顶上卷去。而连于身之桎梏,小链亦以次收缩而缚束其手足,伊虽力挣,终不能胜。房顶上粗链之动机既止,则葛伟生入,而将其置于黑木榻上,随即以颈圈围其颈,以枕盛其首,使之向前少伛,再缚其手足于榻架上,然后以铜冠加其首,每压之至眉际,使不得摇落,而后出室。有时明嘲暗笑,所言多似隐语。每出即将电灯熄灭。叶乐生殊未知将居此几何,时以意度之,此凶徒殆以之为试验具。所试何事,殊不少解。然居此暗无天日之室中,亦有苏息时,即室中燃灯,可以静读及进食之时也。

久之,乃渐悟曰:"吾知之,吾盖为蔡礼和所卖矣。此子必与

① "宝",原文字迹不清,似又作"实"。

高德士同谋。高未尝甘心舍去梅姿,其意殆欲屏去我,而复得梅姿。必如是,必如是,固无可疑者。吾误以为所交涉者,为诚信君子,不作狡谋,岂意阳为忠义,表见于社会,暗则谋人伤命,聒不为耻。噫,吾自误,且误吾梅姿。此时梅姿或又在彼高德士玄中。”嗟乎!英雄气短,儿女情长。叶乐生思至此,不禁泪下沾襟。久之,又喃喃自语曰:“敌人高德士欲除去我之谋已遂,吾今已灭迹于交际社会,伊可行止无碍。然伊未杀我,伊之留吾残喘者,必又有他故。我之生命,已入彼掌握。我死于是,世安有知者。嗟乎,被困之苦更甚于夺其生命!是人果如我所拟议乎——否!是尚可谓之人类耶?伊胡不早以他法死我,此二魔所为,令我难堪。吾于古籍中,每见种种毒刑,顾吾所受者,乃未一试。即吾食亦丰足,时有吾喜食之品,以之相飨。此又何事耶?每日缚吾榻上,加冠吾首,是又何为?吾卧榻上,未觉有何不适。释缚后,亦不觉其有异。吾自觉心身之力,皆未尝稍变。是必行电术者,凡冠上之线、壁上之磁铃及黑榻之制法,殆皆不传电流之物。始吾以为必有电浪猛攻吾脑,绝我生命,乃久之寂然。即电亦不着吾首,盖其内有一树胶环垫之。昨日彼秃汉来时,尊举而察其内容,吾因得见之,殊无可异,仅见顶上有一圆孔,以一圆形发光之质塞之而已。此颇类电话机中传言之具,今用之已频。吾脑吾身,皆无所损,然则若辈曾有所获乎。”言讫,掩面长叹,百思终不得其故。既无出狱之望,亦缺图遁之谋,转瞬而电灯熄矣。

第十三章

使高德士果放异彩于欧洲科学界,则马儿芬公爵,当为其首领。盖此老固科学界之巨子,事无大小,凡关于科学者,靡不求其决疑,听其裁判。年龄几及八秩,体尚强健,智力无损,且热心于社会事,无异中年人。论其职守,在文学则为帝国大学校长,在法律则任按察司。有种少年，不知彼阅历之深、智识之广，则以保守党人视之，谓其好古太甚，因时判事，偏执己见，是皆年已老迈，不能猛进如少年人故，且功业已成，正宜休养，栽植花木，以娱晚年。至若学问中之发明创作，则悉以待之后辈可也。然国人之重马儿芬，则恒如泰斗，苟有名人逝世，报章中论计共和政党硕果之存者，必推马儿芬公为首。

马儿芬与高德士相反对者已数年，彼此非有私仇，乃以科学中意见相左耳。高德士未受爵位时，仅一常人，人皆呼为高德士先生。时马儿芬常排斥其理论，高德士之理想及欲行之事，表见于演说或报章者，此老则目之为狂妄。虽未尝显表反对之意，亦礼待高德士，但伊未曾信其言确也。后此，高德士渐将理论施诸实行。马儿芬方悟其所言者，非尽属空谈。伊见此少年，非惟告世人，不日将有奇事发现于世，伊且欲促其发表，使近其期日。马儿芬固忠厚长者，知过必改，既知前偏执己见之非，又服高德士果为科学界之晨星，当即向之负荆，竭力相助。自此，二人亦常以科学互相质问，往来渐密。因觉高德士所倡之新理与己意相背驰，所以虽重其智，终不喜其人；明知己之学识终不能阻之，只能强与周旋而已。

当时科学界中，闻高德士已究得新理，凡柏林、巴黎、圣彼得堡、维也纳、布达备斯达等处，皆纷纷致函伦敦之同事，询问高德士所发明者为何。是时，鹤唳风声，奇闻四布，举国若狂，皆蹑足引领以待。而于科学界中人，尤有一日千秋之概。此际欧美各报，时发传单以称扬之。后马儿芬公爵特设大宴，以礼高德士。时人且闻高德士将于席上宣布其所得新理，被招者若膺宠锡。

斯时，凡彼好闲之辈，无不以此事为消磨光阴之资料，其余事已尽置诸脑后矣。叶乐生失踪，已成陈说，即蔡礼和自决一事，亦成古迹。盖今有最新之奇事发表，足以一转移人之思想也。或传高德士已觅得新法，可补助猴脑之缺乏，使之能作人言，而认彼族为英籍国民。《王族日报》又倡言自此英国可尽取中央非洲未开垦之地，而以法教化其中之猴类，又谓将选一娴熟英语之大猴为总督，如此则英国之疆土可愈增，而籍民亦愈众。此说亦多有附和之，或谓高德士将发明制酒精之法，使之成定质，携带便捷，不复有酒瓶之累。众议纷纷，几同齐东野语，不可究竟。

且说老公爵马儿芬所居，石室巍耸，峙于伯德伦街，外观高大，似乏兴趣。其室内修饰，殊足动人。马儿芬终身未尝娶，其家内事，尽由伊甥女柏杜丽司之。此夕马宅中，客室尽开，嘉宾错杂。凡所谓博士贵人诗客娇娃者，靡不联袂而来。此会之有异寻常者，因各色人物，靡不有之。马儿芬复请著名音乐队，以娱宾客。此会之尚无大异者，则珠围翠绕、粉香扑人、长裙扫地之佳人，燕尾长衣之绅士，群聚而谈。

马儿芬与其甥女则俟客于大堂。至诸客将到齐，马儿芬即入内厢，与客周旋，谈笑甚欢。此室在诸客室之中央，装潢至丽，由此可观音乐队抚奏胡琴长笛。此时银须白发、佩列勋章之马儿芬，方就奥列佛勋爵语。奥利佛者，为北省某大书院之总理，乃一颀瘠之中年人也，于魂学哲学派中，至有心得。其旁立一人，身材中度，即为著名之新闻记者梅哲伯先生。哲伯为文艺中之巨擘，当时名士显者，无不从之游。伊论事精详，孜孜不倦，一经剖释，则虽至愚者，亦可了然。

奥列佛曰："高德士尚未来耶？"马儿芬曰："否，吾适得其电话，据云以要事不能及时而至。吾已告管家，候之于大堂，伊到时，即立引其入。"梅哲伯和声曰："是真伟人也。"奥列佛曰："后生可畏，此子几若无所不知者。"哲伯微笑曰："然。"奥列佛曰："请君毋作此态，吾知君之意旨，殆谓同道中人，每相敬爱，若我者，固艳羡而多忌刻者也。然伊虽如是尊贵，我自问实未尝忌之。”哲伯曰:“今日之会,吾人应尽忘其忌讳。吾敢自认,我谓举伦敦之大人物,皆聚于马公爵之府,使此多客,咸拍手侧耳,以听吾宣讲,则我之感情、我之欢喜,将任如何莫与比伦。”奥列佛微笑。马儿芬则蹙然,有顷,曰:“梅君,君年少故耳。当吾少时,其念亦与君同。顾人渐老,即觉名誉之无用,可贵者吾人之事业耳,其他皆空杳无凭。吾老矣,吾所历之程途亦将告尽。或此种荣光将被于吾身,敢矢言,我必拒之。我自知高德士今夕将宣布之新理,如一涉足,必先自毁其身。”二人愕然相顾。斯时,乐声大作,俄而顿止,拍掌之声如雷。盖高德士入,众皆上前欢迎之。高德士则左右周旋,几致接应不暇。

第十八章

马耳芬公爵第中宴会数日后,高德士立于一大试验室中。此室宏广,昏暗不漏光线,仅见四壁中,一壁上有光圈,其形正圆,若演影戏时,幻灯射于布帘上之光圈焉。时见光圈中,显出不成人物之怪状,时而仅见衣冠,时而五彩灿然,俄而消灭,继闻的历一声,则壁间圆形光已亡。高德士将电灯机按拨,则适间昏暗之室,倏变为辉耀之堂矣。葛伟生坐于一长而矮之桌旁,摇膝自得,其面红肿异往日,其手颤动,如树叶之被秋风吹动者,盖彼终日与曲生结雅伴,指先时发光圈之壁曰:“乐生之工作将毕矣。当其脑未尽失功用时,吾将更与以生命一月,但适间所见之效果,可见其思想皆已模糊不定,此子殆将失其思想之能力。由此可知,昼夜以思,损人最易。”

是时,高德士方坐方如小圆台形之机器旁,台面举起,乃电鞭及种种之机械。高德士信手抚弄机纽,殊形怏怏。葛伟生所言,伊若闻若不闻,有间,忽转身谓之曰:“好友,若君仍其目下之举动而行,则君恐不能生活至来月。君固知是者,使酒风再发,则君殆矣。”葛伟生笑曰:“此为意中事,毋待君言,吾亦未尝忘却。顾虑之胡为,吾乃与若异,吾无生人趣。除吾工业外,已一无所恋。”高德士曰:“脱君死于酒患,君又奚能事其工业乎?”葛伟生笑曰:“高君,吾事业已毕,吾亦无事工业。今所发明者,固为君之伟业,吾不能抵赖。然使君不得我之助,则此业亦难望有成。吾知之,君亦知之。举全欧洲之人计之,舍予外,决不更有他人,能耐穷如此,穷年累月,竭力助君,而至功成。唯凡物有始必有终,吾今年届五旬,若更举新业,则光阴逝水,命促业长,其能终之乎?况于电冠之试验,吾已竭尽能力,更无毅力再作新事业。则吾已事无所事,吾将以此自足,随吾命安吾分而行。吾脑不若他人,吾非全属人类者,乃纯然科学之脑,一试验之机器也。今已毕所事,何复恋恋于生命?”言罢,大笑,寻起身,由架上取下威士忌酒一瓶,倾半杯,举向高德士,若颂若嘲然,祝之曰:“惠廉,祝君万岁,敬祝伟人万岁,敬祝全欧洲之伟人、人类之救主万岁!吾已读梅哲伯之论。”随举杯一饮而尽。

旋又取瓶倾酒,曰:“君虽为人类中之至幸者,顾君若不怿①焉。惜哉,君胡不学我,而不为情爱所扰。否,否,吾非欲干涉君私事,吾向不为此,君所知也。然望君颜色,似于婚事,又失败矣。然否,蒲姑娘犹不能允许耶?如以为不碍者,请见告。吾不能慰君,然可以言告诫君也。”高德士面赤,将椅移过,若不耐者,徐徐曰:“脱君之言果确,则君之福诚厚也。君之履历,至为完美,君已得其所欲,行其所安。君即自引决,以毕余生,想亦可以无遗憾矣。君言至当,吾顾未了。吾为所苦者,至矣。吾不冀受慰于君,然君之言固良言也。脱君肯赐药石者,吾至愿领教。”葛伟生点首曰:“请以所苦见告。”高德士曰:“君亦知我欲再得蒲姑娘允诺之

---

① “怿”,欢喜。

事，事本大有希望，蒲姑娘曾信叶乐生之薄幸，吾用君计，时赞以谤言。当吾居伯来顿蔡礼和自杀时，吾常在蒲家。吾伪为竭力于叶乐生之案，而吾前时所失者，渐渐恢复，吾欣然以为慰。迨在马耳芬公爵处受贺后，蒲姑娘许我，来日定与我决实之覆音，吾谅此事定必有成。讵料吾是夕抵蒲宅，乃仆告以姑娘病，不容相见。次日，吾再往，则其举止已尽变，前日亲切之情，悉化为乌有，观其神色，似畏我者。"

葛伟生曰："唯，是何足怪？君之伟业已使君之权力超乎常人，宜乎姑娘亦以术士视君而怀惧也。第伊有何言？"高德士曰："非惧之谓也。吾固知蒲姑娘者，吾知其脑力健而明，伊非寻常之女子，岂易恐吓，如君所言乎？吾告以来候覆音，自度亦未尝失言。吾虽力诘之，奈姑娘终不置一言。"葛伟生曰："唯，是有何怪？吾虽不甚悉妇女之性情，然尝闻人言，若辈每不肯立时答应，此为社会之惯习耳，恶足为怪。"高德士曰："吾深愿吾能作此想，顾我觉未必如此。其言殊可怪，伊谓俟吾宣布新发明术后，乃肯将此事提议可否。届时，伊定以实言见答，伊且言新艺未宣布前，不欲一闻此议。"葛伟生笑曰："甚矣哉，爱情之为物也。好友，惠廉，君徒自苦耳。君不宜拗执私见，此事已了然于吾意中。蒲姑娘不过欲亲见君之功成，借是以相督责，斯则吾所信者。君过于急切矣，异哉君乎，如君者犹急切若是乎？君之得发明于电学界，乃以至奇至大之耐心，始获得其理；亦以至大之耐心试验频年，乃有今日之告成。君得为科学界中之王，不图君能忍于大而不能耐于小也。彼娇小女子之性情，君竟不能谅之，抑何可笑？"高德士摇首微笑。葛伟生之言虽未中肯，顾其言亦未尝无理。

葛伟生曰："然则其事止于此乎？"高德士曰："唯。第吾已将宣告之期更改矣。今无所待，诸事已备，吾已发出请柬，以星期五为期，去今仅三日矣。"葛伟生一面倾酒于杯中，大笑曰："然则果不能待乎？惠廉，吾深自庆不为此等事业所累心也。以礼拜五为期，自亦无妨。盖诚如君言，已有备毋患，惟尚有一事，略费踌躇，叶乐生将若何处置之。伊今无用处，必须除之乃可。吾往杀之，可乎？”伟生言时，神色不少变，其视人命盖如儿戏然。

第十九章

高德士闻葛伟生言将置死叶乐生，即亦不答，惟俯首环行室中。忽壁间电话机铃声震动，此为高德士居所仅与试验室通信之机关也。试验室中，诸仆非有特别允许，不得擅入。葛伟生闻铃声，即就筒听之，旋笑向高德士曰：“惠廉，有女客访君，来自克臣街。”高德士遽止步，旋首凝神以听。葛伟生见高神情，颇匿笑曰：“且安心，无乱乃神，非小蒲，乃老蒲，蒲夫人也。使者已导之入，伊方俟于书室，亟欲知君此时能出而相见否。”高德士不答，即匆匆出门。葛伟生至桌前，倾酒一杯，然后就坐于验脑机旁之自在椅中，一面饮酒，一面望着时表，自言曰：“叶乐生戴冠已及一时，然略延少顷，亦无不可。若惠廉允吾所请，则此为叶乐生末次助吾等试验矣。吾今且窥其思想如何。”伊寻将电光机纽一旋，室中黑暗，如入地狱，随将验脑机开放，即闻呜呜声，俄见圆形之光圈显于屏风上，足有十二尺之圆径。已而屏风上，即显种种画景。

时高德士既出试验所，而至书室。则蒲夫人竟变其常例，不坐于椅中，乃立炉旁，将手中之伞摇弄，伞柄嵌有宝石，其宝光与炉火相映射。相见毕，高德士延之坐，蒲夫人随坐，随曰：“惠廉，吾为梅儿忧，吾甚为梅儿忧。吾筹画者屡矣，譬之牛然，吾力执其角，不能驯其拗性，故吾决计就商于吾子，子以为何如？”蒲夫人言时，颇形忧抑。伊本极盼高德士得赘蒲家，然德士之举止，伊亦有所畏惧。高德士欣然笑曰：“夫人见商，仆之厚幸也，愿闻一切。”言时声音和善。蒲夫人闻之，为之少慰，随曰：“惠廉，吾言此，特欲以梅儿语子。吾所望于彼者,原与子表同情。子冀得而妻之,吾亦愿得子为婿。近来,汝二人之景状良佳,吾早见之。凡事之关吾梅儿者,决不能逃吾之视线。伊久已忘彼不幸之少年叶乐生矣。自赴马耳芬公爵之宴会后,吾已知诸皆顺遂,继闻吾子,将于明日到舍,吾更私庆事之必成。是日,吾故意他出,及归,女仆告我,谓梅儿是日未尝出与君相见过。自此,予更留心察之。凡吾所劝诫,伊皆置若不闻。尤奇者,伊若厌闻子名,吾实不解。即其举止,亦异寻常,伊似有所待,以吾私意度之,必为叶乐生也。一夕,吾抑忿之余,不复能耐,谓之曰,叶乐生必已死却,更无疑义。当此子失踪初,吾已尽情安慰汝,吾原不喜其人,特以汝有权利自选其终身之侣耳。今见汝所为,非惟自苦及累我,且有负于吾国中惟一之伟人。似此不情,安能往还于社会中?吾等行将见憎于人,须避世而居矣。"

蒲夫人言至此顿止,泪珠簌簌下。盖蒲夫人爱女至切,亟望其适此豪富之名人。高德士插口曰:"闻夫人言,至为感慰。然艰难者,所以促吾人成功之具也。凡有志之人,必不知何事可惧,仅视为过目烟云而已。顾夫人善言告诫梅姿时,伊何以为答?"蒲夫人曰:"其答语颇奇,曰阿母,叶乐生未死,儿知之。儿既自觉如是,将以何语覆高耶?予再问其允否二字,果终身不以告子耶。伊闻言泣下,谓其心绪不宁,俟君表明新电学之后,则允否定能确实答覆云。"高德士曰:"然。伊亦曾以此语见告。顾其答语,殊难逆料。蒲夫人,吾等惟有宽心以待。使吾处夫人地位,当将此事暂置,听其自然可也。"蒲夫人曰:"吾来此告子,俾子知诸事如何,事或可有望。彼女娃者,欲治之至难。吾常欲使彼出外,以冀稍宽愁闷。伊竟不顾,凡有宴会,皆被谢绝。幸伊素溺于书籍,得以笔墨自遣,此时正著一小说。梅哲伯君不时至舍以助之。吾深冀其事自此或有转机也,且图再晤。吾今须速去,想费去吾子光阴不少矣。”高德士送之,至大门外,侍其上车而去。

第二十章

高德士回至书室,取电话筒,传言于葛伟生,请其即刻前来。未几,葛伟生酩酊至,目光如炬,面红如火,其声音较清晨时,尤为响亮。伊自早膳至今,已饮威士忌酒一大瓶,若寻常人饮之,当可醉倒二人。葛伟生酒量至豪,此数仅堪止渴耳。高德士怪视之,曰:“伟生,君须助我。吾欲再提蒲夫人未来前所议事。君此时清醒否?”葛伟生连声应曰:“唯,吾未尝醉也。吾此时至适,吾已预备领教矣,所议非为叶乐生事乎?”高德士曰:“然,正为此。蒲夫人告我,伊女至今犹思念此人。”葛伟生笑曰:“以物呼之可矣。伊今不复足称为人,伊特为吾等机器之一分,且为机器中已失其功用者之一分。今已不适于用,弃之可也。”高德士曰:“作此想乎?”葛伟生曰:“确如是。盖吾等须知彼苟有一息之存,于吾等殊有妨害。据吾等所布置,事事安妥,自可无虑。第据鄙见,不可不预为之防。盖危险之事或将由其生活之躯萌芽而茁长也。”高德士曰:“如何发出?”葛伟生曰:“因今之报章上,遍列君名,社会中人皆注意于此宅。”

言未已,高德士忽插口曰:“葛伟生,尚有一事,须为君告。吾欲令其躯壳能为人所得,俾国人及蒲姑娘确知此人已死。君能设法乎?”葛伟生徐燃其手中之雪咖,答曰:“或能之,但须舍去我欲行之试验也。吾初意欲活体剖解之,夫以人身活体剖解,应增科学智识无算。惜有司过愚,不肯以犯人交于外科医士,俾得研究。然如尊意而行,此等试验,自不可行。盖遗躯既欲为人所见,自不能有何种痕迹,缘以后当有验尸之事故也。”高德士曰:“然则君将如何处置之?”葛伟生曰:“且待吾吸烟。”略思片时,遂闭目默思一回,忽抬首作巧笑。高德士见其状,不禁为之股栗。是特其脑筋之力，有以致之，非由良心发现也。葛伟生所将言者，虽属可怖，顾高德士脑中，尚有他事，较此尤为可怖。

旋闻葛伟生曰："此躯将发现于华丙河下流，近船坳林立之地，且须衣以下流社会之衣服。吾当设法使其觅见尸时，若叶乐生行而失足者。夫失足之事，又谁能究其底蕴?"高德士曰："其法若何？吾等不能以皮纸裹之，而运之河中也。"葛伟生曰："自不能如此。但君不忆此宅，原近理震运河乎？我未言其详，惟后此当行之。此河中，小运船之往来者如鲫，藉孔方之力，吾等尽能如愿。所踌躇者，此躯今尚活，若以药杀之，固亦易易，然能为验尸者所觉，奈何？若能再延一月，则吾等能令其尸发现时，若中吗啡毒而死者。其事固不难，吾等且不论其允否，日以药射入其血中，而缓缓杀之。"高德士曰："葛伟生，是不能。若遇精明之病理学家，当为察破。且此法一月内，恐未能竣事，或须六阅月。"葛伟生曰："精明之病理学家必不作验尸者。且此辈统伦敦而计，仅有十人耳。警察所委来之医士，定必照常法而行。如此，则伊所验得证据，当在吾等意料之中。伊必剖尸而验，惟决不推究此尸之历史也。合伦敦计，既仅有十人，君我二人，各居其一。以此观之，此事可一举两得，一则证其已死，再则证其行止不端。而其失足之缘委，自可了然于国人之目中矣。"

高德士谛视之，曰："君之脑力奇特可嘉，此其所以能抗敌烈酒也。葛伟生，君真奇人。君所言者，皆至善。吾今将要求一事。"言毕，起立，目炯炯，神色尽变，若患狂者。葛伟生愕然曰："惠廉，君何事见询，请明以告。"高德士反身曰："嘻，吾等虽久禁叶乐生于此，然伊不知吾等之命意。伊从未尝见我，不过君日往其室，缚之床上，加以铜冠而已。伊虽戴此冠，然不解其故。吾今将往告之，谓凡伊之思想，君与我皆已见之。吾将以欲委置其躯壳之事告，伊将预知其身躯如何发见，其身后之声名将如何为世人所鄙弃。吾将告以伊在吾权力中，戴彼电冠，将其心中之秘密显露吾前。吾将往楼上，偕梅姿同往赏玩，以为笑乐也。吾将告以梅姿已伏吾权力下，不复为彼念。”言至此，顿止，自以手按喉际，若气塞而不能发者。

葛伟生冷笑曰：“愚哉，若君告以吾等如何使用，伊必实信无疑。若君告以梅姿为君所有，则伊必不信。”高德士拍其肩曰：“勿多言，请以匙给我。”葛伟生仍笑不止，从容自囊中取出一匙授之，曰：“君可自往，行其所欲。此人今尚缚在床上。伊被缚者数时矣，盖吾忘释之也。吾今须往尝威士忌少许，然后来赏美景。想此景，定为试验以来未有之奇观也。”高德士持钥出，葛伟生亦往访其故友曲生焉。

时叶乐生仍卧于木床上，其黄金之发已成斑白，愁纹界面，无复有少年气象。高德士入视顷，其头上电冠尚未取去，骤视之，若一偃卧之老人焉。数星期前，所有之精力皆已失去，其健全之躯仅成一皮壳，但其思想力尚明晰，伊闻高德士所言，悲痛至甚，顾毫不为所惑，亦不之惧。高德士又谓之曰：“死人，汝今已尽知一切，汝知我向者处置汝之法，亦知我将来处置汝之法。汝见此室无一他人，以为凡汝所思念、所忧苦，仅为上帝及汝自知矣。非也，子误矣。子至此当知之，顾子之思念，未有一端逃出吾目也。即汝祈祷于上帝之言，亦无一不为吾所得。吾每日验视汝思想以资笑乐。汝之身躯为吾所有，且以旷古未有之能，吾并得掌汝灵魂及思想也。”叶乐生身躯虽已尽改常度，顾其锐目，仍灼灼如常。闻高德士言，即亦不答，仅以明如电光之目谛视之，亦无惊怖色。已而高德士续曰：“伊今在楼上，即汝敢不自量，而思暮之女郎，伊今方欲观看汝之思想，而为笑乐也。少时，吾将往同赏汝心中之美景。”叶乐生听毕，笑曰：“吾今已知吾久被禁于此之故，亦知我之死期将近。然汝之狡猾，犹一小童耳。想吾今后未必能再见汝,然我恕汝所为。高德士,吾恕汝一切,盖吾知汝所言非实也。在今世,伊固爱我,即来世,吾二人之情仍不灭,因汝知此故,特来此发妄言。别矣,祝君晚安。吾身虽卧,吾心较汝尤为安乐,盖吾知我二人之情永无迁变之日,不久,吾等且将把晤矣。”言毕,复大笑不已。

觉我赘语

是处为第四结束,写梅哲士为研究神学者,而鬼偏现身其前,写得迷离恍惚,渗濑怕人,觉其笔下亦有鬼气。

接连二节描写见鬼。而一则由身受,一则凭口述,不同一;一则见后即醒,一则见后连续入梦,不同二;写得历历落落,神耶,鬼耶,精气耶,游魂耶,因果耶,感应耶,是之谓不可思议。

有鬼无鬼,一大问题也。宗教学家、物质学家各信其是,每相持而不决。余固不信为有鬼,且入世三十岁矣,亦未曾一见鬼为何状。但于苏州戚家,曾亲闻一种声音,忽轻忽重,忽疾忽徐,忽大忽小。戌亥时起,天明时止,按时不爽,决非寻常猫鼠所能致此。闻者咸曰,此中有鬼。余曰,此特声耳,不可谓为鬼。若转问声从何来,则固结舌不能对也。余读第十六回,言近代科学日益发达,然仅物质上之发明而已,于精神上之发明尚未能穷其源委。旨哉,知斯义者,方可与之论鬼。

此段渐着笔于葛伟生,除试验饮酒外,不复有第三事,写其醉状一层深似一层,真有匣剑帷灯之妙。

葛伟生自命为一佣人,而其言之痛快深切,转非高德士所能悟到。此由于葛之心全无挂碍,故身虽醉而灵明之府未尝或醉也。若高德士,则心已醉矣,宜其作事颠倒,意致惛腾焉。然葛亦一奇人哉。

叶乐生受术后,至于易容变发,几丧其身,危至极矣。然一则云思想力尚明晰,再则云其锐目灼灼如常,知欲杀此人,尚非易易也。

第二十一章

是日,高德士宅门大辟,门前车马续续而来。高德士之管家侍于门左,延客入广廊。侍者则往来奔走,导客绕园入宅。时维下午,阴云密布于伦敦。隐闻阿香车声隆隆,而彼巍然矗立之高宅愈形惨晦。时被招诸贵客,无不留心细察此巍峻阴冷之宅,盖人已久视此地为奇窝秘窟。以彼望重如斯之人,乃居此荒落阴晦之地,其故果安在耶。矧众客之所尤异者,高德士虽常出而应酬,顾绝未闻其有宴客于家之事。其款客或在俱乐部,或在餐馆,绝未有曾一履其居者。而此日之盛会,为数约有四十人。马耳芬公爵为斯事之公正人,自无不到,与之同行者为梅哲伯及奥利佛勋爵。三人之神气凛然,而尤以马耳芬公爵为最。他客觉之,窃私议焉,以为马耳芬公爵本科学界首领,今日高德士发明新学,将夺此尊位,故尔怏怏。

然若辈安知蒲梅姿,曾于前日下午,偕梅哲伯同访马耳芬公爵于伯德伦街乎。即有人闻此奇事,亦未必遽信。盖梅哲伯曾于魂学力研有得,犹且未能揭此不可思议之幕也。当日与会者,有法国、德国、美国及他国之科学首领,又有伦敦东部主教名项脱者,政界上亦遣来代表三人,一为工艺大臣包山开,一为勋爵嘉露士,一为勋爵简兰亭,尚有帝国大学代表一人及律师一人,其余皆当时知名之士女。此辈虽非专意于科学,然凡有盛会,固无不与闻。质言之,则此辈贵人于伦敦社会中,除应酬外,殆一无所事事者,凡庆会盛典,若不在座,则此会犹未足称,藉可见人心势利之一斑矣。

当时广廊中,缁衣绅士,往来其中,几疑鬼魅之出现。众女客则白皮领带,羽冠巍巍,三五成群,而最后到之客中,蒲夫人与姑娘亦在焉。其时,众客皆在广廊中,燃火炉二具,犹未能将寒气辟除。廊中有仆人数辈,往来传递茶点,以款宾客。是时尚无一人见高德士之面。伊预嘱管家,招呼一切,俟众客到齐,即引入试验室。此会非若寻常,将共证一新事业,为开辟以来所未有、人类中初发明者也。蒲梅姿偕其母入廊时,人皆见其玉容,多愁多病,面色惨白。行至门阈,人且见其悚然起栗①,若中寒者。马耳芬公爵、奥佛利勋爵、梅哲伯三人急上前迎之,举止郑重,迴异常度。海士根夫人谓兰生勋爵曰:"观蒲姑娘之神色,殊不若与此伟人有婚约者。"兰生曰:"然。想伊正为高君担忧,恐其试验无灵也,此等事时有之。"

亡何,见管家仆至马耳芬公爵前小语,公爵环望一周,乃向之点首。管家遂行至扶梯右,开一门,向众客鞠躬曰:"家主人方备诸器,不能恭侍诸公,特命小人告罪,并嘱恭侍列位入试验室。"言已,侍者上前,以手支门,管家即前行,引导众客鱼贯入。此即当日下午高宅之情景也。

试验室颇广大,室中之光由房顶射下。高德士衣灰色便服,欢迎众客,略与二三人握手,余皆点首为礼。室中置小台一,列椅三行,在后之座位较前者略高,俾无碍于观览也。就座毕,客多嬉笑私语,如在梨园中之待掀幕者。离最前一行椅二码许,地板上筑有架,架上有特别制法之桌数张,桌上置有各种机器。客座之对壁有一白屏。其时室中之情景颇类塾师,以幻灯款其学徒于讲堂然。马耳芬公爵坐蒲氏母女间,梅哲伯、奥佛利勋爵则就其左右,伦敦东部主教等亦依次坐。高德士此日未暇礼迎梅姿,然当其立于机旁、将近宣说时,曾以矜喜满意之光遥注射之。而梅姿

① "栗",原文作"粟",据文义改。

愁默如故,略无动容。

少间,高德士前谓众曰:“承诸位不弃,惠然肯来,以观不才,表现其新发明之理,感谢奚似。此事之得以告成,实赖吾友葛伟生君之力。”高德士言至此时,转面指室之彼端——葛伟生立处。时伟生正俯首检理机械及螺旋等,面色灰白,神气落漠。高德士称扬伊时,众客之目光移集彼身,而葛伟生俯弄如故,略无矜喜色。此日为数年以来至苦之日。盖自昨夜至今,未尝有滴酒沾唇。前高德士不禁其与曲生交,第今日为末次试验期,当众客前,故禁绝之。至中午时,伊觉不支,力求少许。高德士坚弗与,故伊此时觉受苦不堪言喻,非竭力自持,不能在此料理其机器。继闻高德士曰:“想诸君于此新理及试验之品质,必不至无所知。以近日报章之称扬及梅哲伯君之高论,极言此事与世界之关系,至为明晰。不才今日所举者,谓如何可将吾人之思想,收集其震力,变成活动可见之形影,而为他人所见。”

高德士言至此,略止,续曰:“未实行之前,仆须以此事之理法,为诸君告。然窃不欲依艺学之名词为说,恐非专于科学者,不易尽行领悟也。故今仅以最浅白之言解说,冀或少有裨于诸君。且仆于同好诸君,尚有特别之要求,即试验之后,请其细验诸器,而互相磋磨,以匡不逮。诸君已闻光之通流,乃因以太(以太者为空气原质中之一种)之浪而传之。此说久为吾人所公认,然其浪所有及以太所有之质为何,至今无敢决者。吾人知物质之至纤微者,发生于震力中,然不敢谓震力皆循轨而行。前已证明磁气及电气之吸力,发生于以太,而仆且究得磁电吸力之传播,其速度与光之流行同。诸君当知光与电浪关系至切。仆既据此理于脑中,乃潜究人类之魂学多时,因此知凡动物脑中之主感觉者,多藉电力。仆更因眼脑筋之布置而试验之,遂知收纳磁电之浪亦能感觉也。仆于试验之始,常自问曰:‘思想者果为何种物质?’诸君亦知马尼哥如何可藉其传信机传出电浪。仆今敢实告诸君,吾人之脑者,特一最巧妙灵捷之机器耳。当思想发生时,此机将其震力传于四周以太中。此种震力之体质,其微妙略与光同。仆乃悟于其传出时,可设法收集之,引归一处,更以法使变成光质,穿入一新式之分光镜内,再由凸镜将其形映于屏上,即吾人之思想为人人之所共见矣。仆行将以所言,实验于诸君前。仆今已将缘委及理由奉告,更将机器运用之法奉闻。”

言至此,遽止,举步略前。时座中众客,无不悠然神往。见高德士在一小桌上,取一铜制之器,其形如冠,以右手执之,高擎示众。在冠顶处,有一丝裹之线,直透至地下,一端则与一夹杂之小机器相连。此机仅离客座数尺矣。高德士又扬言曰:“将此冠加于思想者之首,诸君当可见戴冠时,尽掩头之上部,直至眼际,其后幅亦直垂至颈项并掩两耳。冠此者一无所觉,只觉其重量耳。实则凡伊所思,由脑中震力传出者,非归以太,而收集于此冠所范之界内。此中除吾所特备之孔外,更无出路。此孔乃在冠顶,其制法犹电话中于吾人传话时收集人声震力之精巧薄膜。”高德士言至此,将冠放下,目视众客,众皆无言,亦不动,惟呆视之,彷如蜡人院中之蜡像。

高德士随以指叩一小木箱曰:“此箱中有一器,是为吾二十年来试验中至难之机关也。吾人思想之震力将收集于此箱中,而分化为不相合之电浪,各依其强弱、其体质,而转成种种不相同之电浪。据吾所究得,则虽在寻常人之思想,其电浪亦可分出三千至四千种。简言之,此箱为将思想震力变成电浪之机关也。”随又至一再大之机器处,此机透出红黄丝裹之线数条,其形如网,与适间所言之小木箱相连。此机之外观彷如大旅寓中所见之凉酒缸,方形之大箱下有足架盛之。由此箱之顶凸出一物,其式如摄像箱然,以暗色之钢为之。在寻常摄像具设镜口处,则有一筒,长至六七尺，透至另一机器中。

方高德士言时，声音至为安详。解释至是，座客咸觉其声音颤抖矣。曰："仆已悟得良法，将此种电浪变成电光。苟诸君少假思索，当知此中并无奇妙，犹之府上之电灯，其电浪随时可以成光，原无足异也。顾诸君所见之电光，则或红或白，其质同而不易。第今所言之光，经过分光器之三棱镜，再反映于屏上，其现状略与寻常之电光不同。仆已设法使其变成种种不同之色，俾可因思想之震力而成种种之杂色。"奥利佛勋爵静听出神，目光灼灼，钉于高德士之面。

高继以手指摄像器之方形大箱曰："凡在其下生出之光，皆聚射于此，又缘之而射出屏上。"随言，随以手抚长筒而行，直至此筒与他机相连处，复曰："吾今已至此，此即葛君与吾目为克胜大敌处。此中即为种种思想之分光镜，光线由长筒而经过三棱镜，收取分光镜中之相类者，然后将种种杂质射出。"又以手抚形如摄像器之箱曰："诸君见此凸起之铁箱，其透光镜伸出，俨如活动影戏之透光镜。此镜能将诸景映于诸君面前之屏上。此机运用之法，某已尽言之，行将实验于诸君前，以证某已确实克胜思想之秘密城也。"言至此，遂止，盖解说之初级已毕。

继见马耳芬公爵起立宣言，其声或断或续，于此足见其感触之情，曰："高君，吾知——此室中不更有他人——其精力其艺术之超群如君者。吾知君所言者必确，吾且将目证君之奏凯也。"言至此，乃反身向众客曰："诸君，吾等将见历古未闻之新奇、人类灵魂之真相。"言已，又转身谓高德士，其声虽颤不自持，然其中显有深沉严肃之意，曰："高君，君诚为科学界前人之王、后人之师。某敬为君贺。君之盛名不第居于吾辈之上，且远过乎奈端。吾归荣于上帝，以其予君以此巨能也。君之功今已告成，某且祝君日后更为精进，盖上帝之授君以此奇能者，定必有隐故也。"众闻言，颇以为讶,殊不解其旨。此老之言抑何奇特,其脑中果有何等秘密耶?至此,众客若不能耐,或微动,或干嗽。而梅姿则始终俯首,兀坐不动。

是时,高德士亦垂首而听,若有所感,呆立一回。俄而自振,欢悦如前,面有得色曰:“敬谢老公爵奖励之辞及赐祝之雅。敢问列位,吾等就此举行实验如何?敢请列位中一人前来,俾吾为之代加此冠,然后吾将去室中之光,则其思想定能映照于屏上。”众客至此,默然相视,若疑若惧。嘻,是为显人类灵魂真相之创举,能有不惧者乎?吾人之所恃者,惟此盘旋萦绕于脑中之思想,纵亲爱若妻孥,敬畏如师长,苟非天人交战,私意自陈,又谁能揭隐衷而窥重幕耶?当其初念萌发,吾人实未尝自知其非,今乃贸然直陈于公众之前,是乌可者。

时众客皆默然,相顾不前。高德士微笑,寻曰:“诸位贵女名公,某候诸位中一人前来,确证某适间所言之理也。马公爵,公竟不见宠,而先试吾机乎?”马耳芬公爵直应之曰:“高君,某非不敢表白吾思想于诸君子之前,顾必须某为首乎?吾意不必。君固早有别人为之试验——至其愿否,某不得而知。”言至此,高德士神色忽大变,众客无不觉之者。噫,是何故乎?殆马耳芬公爵与高德士有嫌,故彼此相抗敌乎?又闻马耳芬公爵曰:“高君,以科学故,某诚愿自献。然敢恳切问君,某此时所思想之事,君愿为诸位所见否?”高德士闻言,却立数武,如中弹焉。众亦无语,寻见伦敦东部主教起立曰:“高君,若君许某先试,某之至荣也。仆将注其思想于一实事上。诸位且观吾记忆之力佳否。某近方由圣城回,仆将注思此景,俾众位亦得见耶路撒冷(犹太城)之风景也。”言毕,即离座下小台,而往高德士处,就其所指之椅而坐。高德士殷勤为之加冠于首,然后自行至一桌旁。只闻滴的一声,则黄昏之天色已为房顶上之百叶窗所掩,即室中之电火亦全行熄灭,暗不见物。高德士随拨机试验其术矣。

第二十二章

斯时,众客皆屏息以待。亡何,见白色屏上有一光圈,其上俨如影戏中所见之光圈。未几,见屏上有城一座,是即所谓犹太之圣城也,为当时众客所未经目者。此景非如寻常照片所摄得,虽彩色全备,了无生气者,此由笃信宗教之信徒脑中所映出。众客见屏上现出无数橄榄树,青苍可爱,又见丽日悬空,光耀圣冢,道路荒凉,行人绝少。至是,众皆暗暗称奇。而屏上之景且变化无穷,或而高山,或而僻土。众客至是,无不神往,若身履其地,不复知外间雨注倾盆,阿香车隆隆而过也。

众客正出神,蒲夫人不知何故,忽坠其黑檀木之扇于地。此扇体质本重,际此肃寂无声时,骤耳响声,无不愕然。屏上之景亦因之而忽变,圣城之景彷如在雾云中,继又如物之在水中骚动,瞬即了无所见。或谓主教之脑为扇声所骇,故尔昏乱。顾当画景将灭时,座客中有见屏上,隐约现出字迹曰"上帝必不许"。至此忽闻滴的一声,而举室电火复灿然矣。此一微声乃将黑暗沉寂之幕打破。或谓高德士当时亦见字迹,逆料主教之怀思,并知此机之效果,深恐有妨于己,故立燃电灯以止之。

是时,众客皆面如白蜡,彼此相顾,见主教端坐椅中,面色沈静,微微含笑。众初如梦初醒,一时笑声、叹声、欢呼声、惊惧声齐发。主教起立曰:"诸位好友宁静。此事诚奇不可思议,余之思想乃忽——顾今仅肇端耳,且观其究竟,胡纷乱为。"众闻言乃复静。

高德士复向众宣言,此时其面俨同白蜡,与半时前所见者判若二人焉,顾其发言仍如流水,曰:"承主教不弃,已使吾等略见此术之效果,且使吾等能见其记忆力之富强。今欲更请一位前来,再试此术。"俄闻兰生勋爵耳语海士根夫人,然后起立曰:"高君,某不敏,愿为前驱如何?”言已,蹒跚而前,人多私议之。高德士为其戴冠毕,即将电火熄去。屏上光圈如满月然,绝不少动,既无画景,亦无文字,待至一分钟,仍如故。海士根夫人乃窃窃私语邻客,众亦忘适间所见,而笑兰生胸中无所有,故不能成思。久之,乃见屏上隐有薄雾一层,盖少年兰生不复能久息其脑机矣。亡何,见屏上现出座客数人,后又见女优华施,在戏台上演剧。

第二十三章

凡此诸景,葛伟生已数见不鲜,此即为其生平之至快事、其惟一之希望也。使非为酒瘾所累,则伊今日亲见其历年所成之苦工,为当时名士巨公所共赏、交口赞之,则其乐也又何如。高德士于今日骤伸严禁,使伊绝饮,以为伊定清醒自持,不知此举实大误。伊于切望之下,竟忘葛伟生酒病之深也。彼之饮酒无异病者之服药,一旦戒绝,冀能尽力于工作,实为一至危之事也。当试验初,葛伟生不得不到,以整理机器之各部,使无少误。至第一景已有成效,各机亦循轨而行,则葛伟生似可无庸在此矣。故兰生勋爵试验时,葛伟生即暗由旁门溜出,由长廊至他室。伊至是犹释重负焉。时室外滂沱之雨、丰隆之雷,伊皆未闻,身摇曳若风中之柳,蹒跚而行,径向膳室去。

既至,寂无一人在,室之四壁系以木板镶成,窗前悬血色窗帘,以掩日光。火炉中之火是时犹未全熄。室之一端设上等黑木碟架,架之一格满贮各种美酒。伟生急跨步上前,喉中若有小手爬搔然,痒不可耐;急由架取白兰地酒一瓶,全倾水盘内,见尚未及半,仅四分之一耳,乃探视架上,欲再取一瓶;不可得,随取柑桂酒一瓶,倾之盘中,亦不加水,举盘作牛饮。此品至烈,常人饮之,不能尽四分之一。葛伟生酒量虽宏,久渴之余,不觉过量,初意不过欲略饮少许,以振精神,然后回至试验室,事其所事;及见酒瓶罗列，早已万念俱寂，专事痛饮，遂至烂醉。

膳室颇广大，壁上悬高德士先人之肖像，精美可观。炉火温暖合度，葛伟生乃倒于自在椅中，目注炉火，静坐不动。约五分时，乃坐起，闲拨炉中之火，既而起立，行至架际，瞥见柑桂酒，尚有大半瓶。伊遂倾之杯中，如常人之吸啤酒焉。盖是时伊已尽忘一切，约半时许，其神经扰乱非常，不复记忆前事，旋若自觉，即趋起，力启室门，出膳室。伊似自知有所职守者，顾为何事，则不能忆矣，乃厉声自问曰："吾知固有事，固有要事。第究为何事，胡竟不可得耶?"时伊手适插衣囊中，偶触一匙，乃欣然自笑曰："得之矣，得之矣。吾忆之，吾须往叶乐生室，为之加冠于首，然后与惠廉同坐屏前，共赏其思想之美景。近日其思想愈出愈奇，洵足观也。吾不可再迟，湏①即往其室去。"

第二十四章

吾今更舍此醉人，而言众客所见。兰生脑中所映出之景，见者无不狂笑，亦有私议者。兰生亦不以为意，随众欲笑。盖伊为贵族中人，深知交际中礼法，不欲令众客不快也。及毕，客多有问高德士者，科学中人尤觉兴致勃发。时诸人皆操法语，俾众皆通晓。蒲梅姿自入室至此，未尝向高德士一瞬，惟默然静坐，而色惨白如纸。高德士亦觉之，故即荣誉交集，心中仍怏怏。伊惟冀速将试验了结，独至梅姿前，慰解之而已。继忆马耳芬公爵之言，若被针刺，语语皆含隐意，不觉悚然，自问曰："在此之人，得勿有所闻而生疑乎?"已而又默然自答曰："否。是必不能者。马耳芬公爵何由知此，其言特偶中耳。"遂复自慰。此时心中虽泰然无所畏，其感情实异寻常，默察梅姿神色，逆料好事必无可望。而此恶

① "湏"，同"须"。

感情,较之惊惧,尤难堪也。顾伊心中虽如此,而外貌仍镇静如常,丝毫不露,对答如流,绝无不悦之色。

寻见其倚一机器旁,答项脱牧师之问曰:“正如此,凡屏上所现之景,其形式、其权力及其活动明暗,皆与思想者之智力强弱有关。凡人专心内注、不涉遐思、不甚营营于世事者,则其所现出者,较诸他人,更为完美。譬如主教之下仆,伊数月前,亦随游圣地,其所见之景自无异于主教,然苟以此冠加之,伊脑中所现出之景决不及主教适间之活泼明朗也。伊或不能映出其地之真景而异乎寻常之照片。其所现出为他种意外之事当时感印其脑中。盖人脑能力之功用至奇,凡异常之事必牢记不忘。致于脑力之优劣,所谓力者,非指其强弱轻重大小而言也,乃专指思想之力而已,思想变成之光遂亦因之而明暗。”海士根夫人闻言微笑,低声谓兰生勋爵曰:“琵儿(兰生之名),君之愚,何堪设想。”兰生勋爵睨之,有间,答曰:“有时愚者亦未尝非福。吾誓不愿作高德士其人。”海士根夫人凝视之,见其神色凛然,绝非戏谑语也,复低声问之曰:“琵儿,是何故?君言胡指?”兰生曰:“某虽愚,顾常喜随意为欢,而不曲意作他人以为应作之事。矧吾何尝不知世情,且视高君神色,其心中若有所事,必吾以为应置度外者。嗟乎,君且察其目光,去年泰汤姆将就死之前夕及蔡礼和离伦敦而自杀之夕,其二人之目光,悉如高君此时。嗟乎,何不祥也!君当知某非诳言,且志吾言,以为后验。”

旋见高德士向众观望,扬言曰:“更请一人前来试验如何?”兰生欲自解适间之嘲,笑而起立曰:“高君,君何不自试,俾吾等亦可一窥伟人之脑。”言未已,众皆骚动,有赞成意。马耳芬公爵目睨兰生,以止其再言,兰生遂默然复坐。继闻一德国科学博士名郝慕尔者,曰:“适见高君所言脑力强弱之论,至为有味,使吾能得一智力异乎吾辈者之脑而观之,岂不更有裨益乎?”海士根夫人发其莺声曰："高君，郝博士之言至善。求君允妾，命吾仆来此，伊此时定在廊中。妾甚欲知其待吾夫妇之意见如何。此子至愚，吾等当有奇观也。妾由格鲁士德省带之来者，伊为家兄之仆，妾特命彼随来，以训练之。求君许以电冠加之，妾知其必不惊怪也。"高德士笑曰："是诚至佳。无有逾此仆者，亦可藉之以证脑力不同之说。届时诸君请留意屏上，即知吾言不谬。"

言毕，转身觅葛伟生，不可得，乃曰："吾将掣铃传管家，引之入。"忽座中客有曰："高君，勿须尔仆。此际殊觉不适，祈君宽谅，许吾往广廊略坐。吾将传命君仆入。"众望之，是即梅哲伯也，察其颜色，绝无病状。寻见伊含笑出试验室去，众客皆静坐以待。海士根夫人之仆入时，高士德又四顾以望葛伟生，而葛伟生终不返。

继见发映光线之机及聚光之镜似脱轨，须待整理。高德士因谓众曰："祈诸君见谅片时，吾将使诸君坐黑暗中，以待该仆，因某欲将机之某部略为整理，不得不将火熄灭也。"众客齐声答曰："高君请便，幸毋拘礼。"即闻滴的一响，而室中复黑暗如前。时亦无有言谈者，仅闻有一人往来步声、蒲夫人摇扇声、兰生勋爵与海士根夫人私谈声，已而谈笑渐起。

马耳芬公爵紧执梅姿之手，附耳曰："祈自壮，吾知君之所苦，信尔所信可也。"梅姿低声答曰："马公爵，奴自进此宅，即知之。奴确知——叶乐生定在此宅也。"马耳芬公爵曰："君见梅哲伯君已出外乎，祈自壮。天当为汝导，吾亦觉此室中空气殊有怪异。"言未已，见屏上现出大有十二尺径之光圈，光明异常，当众客入室以来所未见。

众客默然，约十分钟之久。人皆不知有非常之事也，惟科学界中人、惯于机器之试验者，心知有异。盖以室中未尝有人顶电冠，即不宜有此光圈。俄众客哗然，盖于光圈中，忽现出一黑影，瞬即成人形,即高德士也。其面色至白,殆若死人,两手向空中乱摇。哗声仅灭,该影随由光圈中遁去;旋又现出一美人,秀丽慈祥,盖即著名绘匠恐犹不能图此。是人非他,即为伊等日日所见之蒲梅姿。梅姿虽美,犹未至是,顾在其情人脑中,则希腊女神亦不过如是。众客见此,齐声称异。一时英国语、法国语、德国语,朗若洪钟者,细若莺啭者,骤攻于耳鼓。移时此影亦渐渐烟消,而光圈中又有字迹继之,其文曰:"吾挚爱之梅姿,知卿之躯体此时甚近我,无异吾等向日神交之亲也。身虽在此监中,吾亦自觉之。吾不久将死于此,吾知卿之神魂为我所有,而我之神魂亦惟卿是属。使我之思想终为彼二魔所夺,以为笑乐之资料,则吾亦只能听之而已。吾竭其最后之能力,令传至卿所,以为永诀耳。"至是字迹渐模糊,不复可见,而光圈亦随之灭去。

众客仍坐昏暗中,惟喧哗之声已达极点。马耳芬公爵乃告众人宁静,谓伊亦略知此事之缘委。兰生勋爵随擦一磷寸曰:"请诸君少耐,待某往觅电灯之机纽。"遂离座,旋将电灯机拨放,则举室又同白昼矣。时众客面面相视,颜色惨白,于灯光下见梅姿已昏绝于座中;又见高德士倒于机器旁,其面色至可怖。兰生勋爵急前,以手巾代掩其面。马耳芬公爵高擎其手,安慰众客,并略告梅哲伯及梅姿二人所遇之奇事。当其宣告众人时,奥利佛勋爵助蒲夫人救苏梅姿。马耳芬公爵谓众曰:"其人在此,叶乐生正被困于此宅。奥利佛君,请君留此伴诸位,待某前往,揭此秘密。"言已,环顾座中,若欲得一人同行者。兰生勋爵以手触其臂,马耳芬公爵欣然曰:"子来大佳,子真吾助也。"遂操法语,略与远来之客周旋数言,然后出。时室中有数客,起扶高德士,已全体如冰,死焉,遂抬至室之彼端,而以屏风掩之。

第二十五章

马耳芬公爵出，由梅哲伯之导，寻得叶乐生，将其抱出，置于书室中榻上；见其发苍苍，皱痕界面，听若无闻，视若无见，此乃葛伟生所制药剂之神效也。梅姿伛偻于榻前，呼之，蒲夫人默立其旁。马耳芬公爵方召得医士来，为之诊治。诊毕，医士向马耳芬公爵点首曰："是尚无妨，不久可愈。且愈后，其体魄或不致有减于前。"马耳芬公爵闻言，泪绳绳下，不能成声，仅点首答之。再视叶乐生时，见其神气已少复，是非医药之神，实梅姿之声音在其耳畔，实胜于丹药万倍也。伊等随将葛伟生送入病院，无奈其酒患已深，到院即狂笑而死。

时夜已深，惟众客犹未散尽。郝慕尔曰："此事殊重大。"马耳芬公爵曰："郝君之言诚是，故某亦未敢自专，已奉于上位者矣。窦西士君不久将至，诸当听其主裁，伊方往奏知主上也。"众遂无言，默而待之，回顾室中诸器，且惊且叹。高德士者犹人耳，能创出此器，此其心思之巧、研究之精，可想而知，能不令人钦羡。继观其效果如此，创者之结局又如彼，益令人感慨于道德上之问题远驾于智术上，殊为其人怜惜。及见叶乐生之状，则又恨设谋之毒。

已而试验室之总门辟，侍者引一客人入，是即内务大臣窦西士也。前与马耳芬公爵握手，面有忧色，曰："公此事正合圣意。"马耳芬公爵回首谓众曰："诸君，请举吾等所应为。主教实较吾诸人智，伊云上帝不许此事久行，其言今已有验。"又反身谓侍者曰："速往厨间，取一巨斧来，汝用以碎煤者便合。"旋侍者以斧至，授马耳芬公爵。众不解其意，默而观之，见其执斧行至机器处，将机一一碎之。事毕，窦西士乃与之握手作别曰："老公爵晚安，此可怖之事已了结。某须回奏御前也。"

窦西士方将出门,见一颀长蓄须之客人,向之点首。相见毕,窦西士即偕他客同出。此颀长者,为苏格兰场之警员也。伊随上前,与马耳芬公爵为礼曰:“想应为之事已毕,某已领得警察二十人到此,专听指挥,并守此宅,以待上官临查也。”是时,他客均已散去,试验室中惟有警员、马耳芬公爵及郝慕尔矣。

警员复谓马耳芬公爵曰:“尚有一事,仆几忘之。新闻记者梅哲伯君求见,未知可容入否?”马耳芬公爵曰:“唯,请即引梅君入。”警员即出引之入。哲伯曰:“叶乐生精神渐复矣。蒲姑娘亦在病院。医士云,不久当愈,无有他虞,今正熟睡于圣马利亚病院,而蒲姑娘为之看护也。”回首,见室中所毁之物,曰:“公已毁去此可惧之物乎?”马耳芬公爵曰:“然。某往见窦西士君,窦君以此事奏闻,主上意亦谓为欲保全政界之治安及人类之治安,高德士所创之器应与高德士同灭也。”梅哲伯曰:“某亦云然。此事过于可怖,世界不宜有特别之变动也。吾意高德士之为此,或已有鬼物凭之。”马耳芬公爵曰:“梅君,君言特文士之奇想耳,于科学之理殊为相背。某将归矣,此事皆君之功也。夜深,盍同行乎?”二人遂行。时郝慕尔方独细验被毁诸器,见彼二人行,乃舍而随之,仅留警员在此看守。三人至门前,各登车自去。而电冠亦因此失传。

觉我赘语

是处为第五结束,亦即最后结束也。此处详写电冠之功用,详写电冠之效果,而电冠遂至是而澌灭。读至篇末,正觉白茫茫一片大地来去都干净也。

我国小说起笔多平铺,结笔多圆满。西国小说起笔多突兀,结笔多洒脱。是书第一章,从蔡礼和修容起,不过楔起全文,而易衣一端、一烟匣之微已为全书关键,与他书藏其事之造端有意特提中间节目描写者，迥乎不同。所以起笔似极平衍，实为精神奕奕，牵一发而全身皆动矣。

于第二十三章，描写一中酒病之葛伟生于未饮酒时、见酒时、已醉时一片迷离景象，已觉神妙。及至自觉趋出，厉声自问，囊中触匙，欣然自笑，正是颊上添毫，神妙直到笔端矣。一幅醉人图，是能于鲁智深倒山门、武松打蒋门神外，别开一声面者。

高德士何至倒地即死，虽屡写其状态，然尚未必即死也。及兰生有察其目光数语，始觉后之叙其立死，绝不勉强。此用旁笔补足，文章三昧也。

电冠既在室中，何时取出，得加诸叶乐生之首？诸君不记高德士自已整理器械，室中黑暗时，有往来行步声乎？余意定为葛伟生取冠时，此乃从叶乐生被拘之室转至试验室取冠而去。夫此二室之相距不远，有门可通，则前书中固已屡记之矣。

结句云，电冠亦因之失传。余戏云，此冠尚在，特其装置等法失传耳。盖电冠自兰生勋爵戴后，绝不一见，及最后所发光影，则冠当在叶乐生首上，而寻得抱出置榻上时，此冠未云取出，则当仍在被拘室焉。余若有暇，当继之而撰《续电冠》一册，以博阅者一噱。

——《小说林》(1907—1908)第一至八期

第一百十三案

故事梗概

1867年2月28日，法国巴黎的傅安德银行突然发生了巨款失窃案。库房门窗完好，未有撬锁痕迹，三十五万法郎却不翼而飞。该款项是葛勒密耳郎子爵预约提取的，因为他商定早晨开门即取,为了便利,会计长柏鲁违背了银行主傅安德的规定,提前从法兰西银行将这笔巨款取出并放在库房。因为只有银行主傅安德与会计长柏鲁持有库房钥匙与密码,所以柏鲁首当其冲,受到了怀疑。

傅安德报案后,警察前来勘验现场,调查询问。柏鲁因掌管钥匙与密码,并因赌博欠下债务,被警察多方诘问,他乘隙托友人给朋友节西送信。信件被警察方陆截获。方陆假冒送信人与节西交谈,并假借柏鲁之命让其到大天使客寓躲避。

柏鲁被关押在裁判所,法官卓理对柏鲁、傅安德等人一一问讯。此时,节西在四处奔走联系,方陆在大天使客寓主人亚历山大娘子的帮助下进行侦查。而巴黎大侦探刘谷亦发现此案另有隐情,派方陆乔装车夫,易名宝[①]约瑟,投至葛勒密耳郎子爵葛路易门下,并将柏鲁开释。

柏鲁回到寓所,遇到父亲的朋友端理,得其相助。柏鲁在端理的帮助下,先后与傅安德、昔日情人梅娘见面,佯称要离开巴黎、远赴美洲。经过端理的调查,傅安德夫人之侄那立华的身世浮出水面,其与葛路易的关系也颇令人生疑。端理与柏鲁跟踪那立华至费申尼郊外的别墅,发现梅娘与那立华发生争执,事态的发展愈发扑朔迷离。端理扮作伶人,潜入宴会,以言语试探傅夫人,引起葛路易等人的警觉。在归途中,端理遭到葛路易与那立华的行刺,险遭不测。

耳郎河北岸距离理士根约六英里外,有葛勒密耳郎堡。葛老子爵有两个儿子,长子吉士,次子路易。河北岸范拔耳堡的范夫人有女名兰卿。吉士与兰卿两情相悦,在魏士嘉神父的帮助下,

① “宝”,原文字迹不清,今统一作“宝”。“宝约瑟”,后文偶简称“约瑟”。

两人秘密成婚,吉士每晚都泅渡过河与心上人相会。在一次外出时,吉士不堪乡人对兰卿的侮辱,在争执中失手杀死了对方。老子爵赠儿子以珠宝,助其外逃。吉士冒险与兰卿诀别,在兰卿邻居的帮助下,乘船逃走。

兰卿后随母移居英国并生下一子。孩子被母亲送走。因经济窘迫,范夫人做主,将兰卿许给年轻有为的傅安德。兰卿迫于母命,不得不答应嫁给傅安德,成为傅夫人。傅安德后来投身金融业,成为巴黎银行主,使兰卿等过上了优裕的生活。

葛老子爵的次子路易为人阴险狡诈,在父亲去世后,很快败尽了家产。为了供自己挥霍,他回到家乡,欲出售古堡,偶然间得知了兰卿的经历与近况。他欣喜若狂,来到巴黎。葛路易帮助傅夫人找寻到了失散多年的儿子那立华,并帮助那立华以傅夫人侄子的名义进入傅家。

那立华与路易勾结,一方面陷害柏鲁,一方面巧立名目,百般勒索傅夫人。傅夫人在其步步紧逼之下,不得不答应那立华的要求,助其盗取了库房巨款。路易垂涎于梅娘的美色,以那立华逼迫傅夫人钱财为手段,迫使梅娘答应他的逼婚要求。

端理巧妙布置,剥丝抽茧,一点点查明了真相,最终追回巨款。路易发疯,被送入疯人院,不久死去。那立华在真相被揭穿后逃走,他是路易在伦敦重金雇用的同伙,傅夫人当年所生的儿子已经夭折。端理的身份揭开,为大侦探刘谷假扮。

柏鲁与梅娘成婚,成为银行主。傅安德与夫人归隐乡间。

第一章

傅安德银行者,在巴黎柏鲁芬士路八十七号,层楼高耸,书记成群,不知者或疑为政务所也。楼下窗牖皆护以坚粗铁栏,以防宵小。门前有弧形顶廊,有大玻璃门一扇,通至前庑。仆从三五辈,常立于此以候命。右手为公事室,有一狭道,可由此通至会计长之事务室。左手为书记及司簿者之办事所。顶廊之末处有一盖玻璃小庭。庭中有门七八扇,通至他室,日常紧闭。惟于盛忙时,始一开之。行主傅安德之私室,乃在上层总公事房之上。由此有门,通至其私宅。另有一黑而狭之扶梯,通至楼下会计长之室。此室坚固异常,无论盗贼如何诡狡,即围而攻之,亦难即入,门壁皆以厚铁为之。火炉前有铁栏,有一大铁库,钉于墙内,坚大非常。使贫人见之,知积多金,罕有不动心者。库高六尺,阔四尺半,全以熟铁为之,分三面,另分数格,以防祝融氏之劫。库上钥匙,形式小而巧,然无足轻重。钥机处有活动之网钮,上刻廿六字母,此乃全键之要也,盖无论何人欲开铁库,须先以一定之字母,扣于钮上,然后以匙开之,方能启。傅君之库,则以五字母为暗号,此五字又不时更换,知此五字者,惟傅君及会计长而已。二人各有一匙,似此稳妥,虽置天下之至宝于其中,亦可高枕无忧矣。所可惧者,此五字之暗号为人所知耳。

一千八百六十七年二月廿八号,约九下半时,各书记方伏案上,纷纷缮写各件。有一中年人入,面色微黑,衣黑色军装,入公事所,来见会计长。书记等告以会计长尚未到,并示以壁上一字条,书明会计室十句钟开门。其人闻言,若不耐者,忿忿曰:“吾以为当有人在此,候我交易。吾昨日已将此事预告傅君,某为路易葛勒密耳郎子爵,安鲁耳郎铁厂主人。吾今来领先兄存于此处之款三十万法郎,何竟无人接理此事者?”不意所言之子爵也、厂也、金也,众书记似未闻也者,唯曰:“会计长未来,吾等毫不能效力。”曰:“然则请引余至傅君处。”书记等踌躇未决,中有一人名嘉佛郎者,方亦窗边抄写,答曰:“傅君此时常出外者。”葛曰:“然则吾当复来。”即施施然出,既不举冠,亦不告辞,径自去。嘉曰:“此人殊无礼,噫,何不幸也!柏鲁且来矣。”

柏鲁者，姓毕，为此银行之会计长，年将三旬，身格轩昂，美发蓝睛，一英俊少年也。衣服趋时，俨然浊世之佳公子，独其行止冷淡，不无少损其丰采。嘉曰："毕君来耶？方有客欲见君。"曰："谁？彼铁厂主耶？"曰："然。"曰："伊当复来。吾固知今晨必晏到，特于昨日已准备一切矣。"随言，随以匙启其事务所而入。一人曰："此人何其宁静？行主责其晏至者，已不止廿次。伊竟视为过耳之风。"一人曰："伊亦大佳，能察行主之意。"曰："惟如是。伊安能早至，凡守夜之人皆不愿早起，君不见其形容之憔悴乎？"一人曰："伊必迷于赌，高脱利言其前礼拜，一夕输去一千五百法郎。"嘉佛郎插口曰："此亦无足怪，设君身处其地。"言至此，忽见会计长之室门顿启，毕柏鲁怆①惶走出，摇手呼曰："被盗！被盗！吾被盗矣。"众书记见其四支战栗，形容骇人，皆惊奔至其前扶持之。毕萎于座中，遂晕去。一时众人皆纷纷来问故，毕亦渐渐平复，曰："吾放于库内之银，尽失去矣。"曰："尽失乎？"曰："然，尽失矣。本分三卷，每卷为十万法郎之钞，另有五十法郎者一卷。第四卷乃以纸包之，与彼三卷同缚一札，今已不翼而飞。"

转瞬间，此信已传遍行内。各同事皆来问信，室中拥塞不堪。嘉佛郎曰："毕君，铁库之钥机处有损坏否？"曰："否。悉如吾昨日去时所见。"曰："然则何能如此？"曰："吾惟知吾昨日将三十五万法郎置于库中，而此际已不知去向矣。"众人闻言，面面相觑②。有一老成者曰："毕君毋自苦，想必系傅君将款放出耳。"毕闻言，似有一线之希望，由座中跃起曰："然。是必如君言，定为傅君取去。"既而复太息曰："否。是必不然。自近今五年以来，此库常归某管。即余不在，傅君亦未尝一启。有时，伊欲取银，亦必待余

① "怆"，疑当作"仓"。

② "觑"，原文作"觋"，据文义改。

归,或遣人招我。吾不在,伊固决不独取者。”嘉佛郎曰:“唯,且勿失望,待吾往询之。”

嘉方将出门,而傅安德已闻信至。傅安德者,年约知命,身材中度,发作铁色,体胖微伛,如寻常之工作家,面常带笑,和蔼①可亲,目灵锐,唇红如朱,生于爱克士(法之城邑在玛色勒之北),语言中常带土音。今闻被窃之信,甚为惊惶,面色变白,慌忙亲来询问。众书记见其来,皆肃然致敬。傅忙问曰:“何事?何事?”毕闻其声,挣扎②而起,行至其前曰:“先生,因今日须将款放出,故仆昨日在法国银行取来三十五万法郎。”傅曰:“何以昨日便取来?吾常戒子,必待至应付之日,始可往取者,又何止百次?”曰:“先生,仆知之矣。此实未从命之过也。今已悔之无及。昨日黄昏,仆将钞票锁于库中,今竟不知去向。而库之下钥处,一如昨日。”傅曰:“子在梦中耶?子失其魄矣。”毕至此不复忆其地位,恃其抗直之性,答曰:“仆非在梦中,亦未尝失魄,仆不过说失金之事实。”傅闻言,忿甚,执其臂,力摇之曰:“言之,言之,谁开铁库者?”曰:“仆不能举其名。”曰:“惟汝与我知其暗号,惟汝与我方有钥匙。”傅此语乃隐责其盗之语也,闻者莫不解之。第柏鲁仍冷淡如前,徐徐避席曰:“先生,此犹言惟仆能窃是款耶?”言至此,傅喝之曰:“汝贱人!”柏鲁兀立,直视行主,仍续其前言曰:“或君——”傅闻言,怒不可遏。众书记见之,明知两不肯休,皆惊惶不知所措。

方忙乱时,闻廊中有重步之足声,遂将此事打断。视之,则葛子爵也。侍者阻其前,伊则推开之,高视阔步,扬扬而入。众皆默然,亦不少动。葛径向前行,亦不举冠,率然谓众曰:“诸先生又将何说?今已过十点钟矣。”众人相顾无答之者。伊方将肆其咆哮,

---

① “蔼”,原文作“霭”,据文义改。下同。

② “扎”,原文作“札”,据文义改。

忽转身见行主，乃上前曰："傅君，今竟得见先生，余可自贺。余今晨曾来此一次，会计之室未开，而会计长亦未到，即君亦不在。"傅曰："君误矣，仆在吾事务所。"葛以手指嘉佛郎曰："此君告我如此也，然固无碍。可异者余此时再来，非独会计之室依旧紧闭，即彼仆人亦阻吾入，殊为诧异。请君告我，能以银交我否①？"傅闻言，怒气复炽，然勉强自遏，低声曰："君能少待，幸甚。"曰："我以为君之告我，不仅如此。"傅曰："然。昨日固许君，第今早此时，余始知三十五万法郎被窃矣。"葛抗声曰："然则余将待至何时乎？"曰："不久。待仆往法国银行取来，可以付君。"复反身曰："柏鲁，可速写一字条往取，嘱侍者乘车去。"柏鲁兀立不动。傅怒曰："柏鲁，吾言闻之否？"柏鲁闻声，似由梦中惊醒，徐徐曰："往亦无益。此君欲取者为三十万，而该行现下只存十万矣。"傅闻柏鲁言，知将大失信用，乃对葛曰："先生勿虑，请待少时。吾行中自有他法。"言讫，即上楼去，未几，持一信及质物一包来，谓一书记曰："高脱利，吾车在门外，可执此偕葛君，同往露士男爵处，以信及包与之。伊将以三十万法郎交汝，汝即以之付葛君可也。"葛此时似自悔轻率者，向傅曰："傅君，余实非故意触怒君者。吾等交游，已非一日，吾望——"言至此，傅乱之曰："足矣。奚认罪为？贸易场中，友谊安足计算。余欠君资，余不能应时付还，君逼讨乃君应有之权利。"复向诸人曰："诸君，请各归其位。"

时葛路易已去，各书记自归本座，室中遂一空。傅徐徐踱行于室中，喃喃不知作何语。柏鲁仍呆坐。傅踱行有顷，乃曰："吾等有事商量，柏鲁且往若室。"柏默然起行，傅随之，小心将门紧闭，室中并无可疑处。库门已开，上层有金钱数卷，兀未移动，想贼人因未之见，或故意弃之也。傅并不察究室中之物，信手取椅

① "交我否"，原文作"交否我"，据文义改。

坐,并嘱柏鲁坐下,先间之怒容全行消失,仍其一副和厚之态,徐徐谓柏鲁曰:“柏鲁,此间惟吾二人矣。子将有以告我乎?”柏鲁愕然,若以此问为怪者,答曰:“无也。吾先间已尽告先生矣。”曰:“无乎?子竟欲坚执此无人能信之谎[1]言乎?噫!是何愚也!子当信我,我为之筹惟一补救之法。余虽为子东人,然余实为子契友、信友。十五年前,子父以子来托我,即在此室也。此情此景,余终不能忘之。自此,余亦常自庆得人。唯子来此已十五载矣。彼时,余方建吾财运之基础,子亦亲见其日盛一日,而子之位置亦日高。子此时已少壮,较他人居此更久。余每有进益,即增子薪水。”柏鲁惊愕无言,盖从未见傅柔善如慈父者如此。傅续曰:“柏鲁答我,吾非常以慈父自居,而视若犹子者乎?自子初至之日,余即善视子如我家人。吾侄女梅娘与吾子皆视子如兄弟。然子竟厌和平,去年有一日,竟忽然舍吾家而他去。自此——”傅所述之旧事,柏鲁闻之,似极难堪者,双手掩面而哭。傅斯时亦觉有所感,复徐徐曰:“凡人无事不可以告其父。子勿惧,为父者非惟能恕其子,且能忘其过。吾岂不知巴黎少年处境之难——诱惑之事常环绕之。一或不慎,中于魔术,能使吾人舍道德而就之,并掩吾人之慧眼而蒙之,令不复知何者为义、何者非义。柏鲁答我,速答我!”柏曰:“长者欲某何云?”曰:“诚实之言耳。凡正义之人偶受诱惑,其第一步应为之事,即直认其过是也。祈答我曰:‘然。事诚吾为,乃吾一时被惑,我固少年不能自持也。’”柏喃喃曰:“我乎?我乎?”傅恻然曰:“孺子可怜哉。自子去年离吾家去,即以为我不知子所为事乎?子不知同事妒若乎?若辈安能忘子,每年之入息有一万二千法郎。子虽无不法之举,然吾尚接得无名之信告我各事。余可转告子,子在赌场中几夜,浪费几何。噫!妒忌者

① “谎”,原文作“慌”,据文义改。

之耳目最利,余甚轻视彼胆怯者之函,然吾不得不注意之。余惟自往调查之耳。盖余固有权应知以吾财宝、以吾名誉付讫者为何如人也。"柏鲁此时若欲争辩者,然傅仍徐徐续言曰:"唯吾名誉、吾信义,今日皆在葛子爵之手。吾偿彼之资,子知我之损失乎?脱余无质物,今日之事,又将奈何?汝固未知吾有此也。"傅言至此即止,以为柏鲁将事颠末和盘献出矣。柏鲁仍无言。傅曰:"言之,勿惧。余今将上楼,子可再往铁库处觅之,吾知汝必未留心细看。余将于黄昏时再来,余信子必能寻获之。如不能得其全数,即五万法郎亦佳。而明日汝我皆可将此事置诸脑后矣。"

傅言毕,欲出,柏执其臂,凄然曰:"先生之仁厚,毫无其比。某未窃此款,安能归还之?铁库今晨已细心搜查,确系被窃矣。"曰:"然则谁窃之?"曰:"仆敢矢誓非我窃之也。"傅怒曰:"汝狡辩,然则谓我自窃之乎?"柏默然鞠躬。傅此时怒更不可遏,厉声曰:"子以为如此乎?汝乃疑我乎?毕柏鲁先生,既如此,公义当为吾二人决断也。苍苍知我,余已竭力欲保全子矣,子后当知感。余闻被窃时,即报警察,想此时已在我室中待我。然则吾将招之来耶?"柏鲁如将就死之人、了无生趣者,低声曰:"惟长者所欲。"傅即欲启门,然仍注视柏鲁,少顷,乃唤其仆曰:"安苏密,往楼上请警察来此。"

觉我赘语

侦探小说为我国向所未有,故书一出,小说界呈异彩,欢迎之者,甲于他种。虽然,近二三年来,屡见不一见矣。夺产、争风、党会、私贩、密探,其原动力也。杀人、失金、窃物,其现象也。侦探小说数十种,无有抉此范围者。然其擅长处,在布局之曲折、探事之离奇;而其缺点,譬之构屋者,若堂、若室、若楼、若阁,非不构思巧绝、布置井然。至于室内之陈设、堂中之藻绘,敷佐之帘幕屏榻金木书画杂器,则一物无有,遑论雕镂之精粗、设色之美恶耶?故观者每一览无余,弃之不顾。质言之,即侦探小说者,于章法上占长,非于句法上占长;于形式上见优,非于精神上见优者也。善读小说者当亦韪余是言。本书之第一章,其上半则一寻常银行被窃案耳,所失之三十万法郎必非傅安德所窃,亦非柏鲁所窃。余观叙二人之容貌辞气,则固已知之。想读此书者,亦必能见及此。其特色处,即在后半傅安德对书记长之语,其句法则委曲仁厚,其精神则奕奕如生,此等动人性情之语,于家庭教育小说中尤不多见,不意于侦探小说中遇之,是书之所以为杰作也。

傅安德而非长者欤?是以言餂之,而使彼少年伏其辜。傅安德而为长者欤?是真有补救之一片婆心而望彼少年认其过。然余谓傅实长者。其怒也,非怒其不以实告也,怒其不知我而疑我之窃此巨金,以嫁祸于彼耳,故其一怒,愈见前言之出于至诚。

路易葛勒密耳郎子爵,俗气扑人,至不可耐,一启口而子爵而铁厂而存款。彼以为言至此,必延为上座宾矣。伧父之思想,固有如是者。

第二章

世间万事万物至纷糅杂遝哉!临事而不惊惧,到处留心,不露声色,如兵法所谓守如处女,出如脱兔者,其惟巴黎之警察社会乎?试观判司巍坐法堂,据法律以判决民事刑事。为侦探者,默察一切,以匡法力之不逮。伊盖探悉人间之罪孽、家庭之秘密,与社会中一切变幻不测之事,为其应尽之天职。即终事无所得,亦只付诸一笑而已。其可敬者,知人既明,复绝不藐视同类,常于罪恶之中,每存哀矜之意,以为世界人类一视平等,无所谓至善,无所谓极恶,无所谓美德,无所谓罪孽。非矫情也,乃其阅历之深,有以使之然者。

闲言慢表，且说安苏密去未几时，而警员来矣，举止安闲，另有一人随其后，身材矮小，遍身服黑衣，围着一折皱之白领。安德微颔之，谓警员曰：“先生，想亦知仆所以邀君至此之故矣。”警员曰：“非为窃案乎？”安德曰：“唯。是为一可耻而离奇之案也，即由彼库中失去。”又以手指毕柏鲁曰：“是即吾会计长。惟此君有其钥匙，及知其秘码。”此一言似从昏寐中将柏鲁推醒。柏低声向警员曰：“先生恕仆，吾东人亦知其码而有其匙。”警员曰：“是固然。”其心中自忖，此二人彼此相控，固无疑义矣。听二人之言决之，则此二人中必有一为窃犯，第一为银行主，一为会计长；一为东人，一为伙计，殊难判决。警员心中筹思，而外貌较前更为严肃，不时微察二人之举动。柏鲁面色苍白，忧态可掬，萎于座中。行主则毅然直立，面赤眼红，气汹汹然，续曰：“所失甚巨，为数三十五万法郎。此事足招最不祥之效果，虽富者遇此，恐亦难逃舆论。”警员曰：“诚然。不能立还巨款者，殊难免此。”安德曰：“先生，仆已偿之。”警员曰：“已偿之乎？”其声音中似带着狐疑意。安德觉之愕然，忙曰：“仆因是所失已不赀。虽然，脱毕君从吾命，则彼三十五万法郎固不致失去也。”曰：“何言之？”安德曰：“吾常不喜将巨款留此逾宿。吾常嘱其临时始可往法国银行取之，吾已屡戒之。”警员向柏鲁曰：“傅君之言，君闻之否？”柏鲁曰：“唯。傅先生所言甚确。”警员闻语，疑稍解，曰：“然则此款谁盗之？其外贼耶？”安德犹豫片时，曰：“吾恐未必。”柏鲁曰：“固知君言当如此也。”

两造所言，本在警员意料中，然无益于事，故亦置之，曰：“无论其为内贼、外贼，吾等必须搜求证据。”又回首谓其伴曰：“方陆君，君试看有无贼人之迹，或为二君所未发觉者。”方陆者，绰号松鼠，以其短小敏捷，故有此雅篆。伊亦颇以此自矜。外貌瘦弱，绝有武力，着簿呢黑衣，随警员行，不知者将疑为警署之书记；貌寝不扬,鼻昂唇薄,目细而黑,睛流不定。当侦探之职者已五稔,心跃跃然,常欲自显其名。伊初入室,即尽智竭能,细察一切,验门锁,爬炉灰,叩墙嗅壁,到处留神。既闻警员语,摇首曰:“仆殊不谓外贼能入此室也。”遂蹀躞室中,俄问曰:“夜间室门关闭否?”曰:“常锁之。”曰:“谁执钥匙?”柏鲁曰:“阍人执之。日仆临行,即以匙付之。”安德曰:“且阍人即睡于外间之室,彼处有折床,夜间摊开,晨起则收折之。”警员曰:“阍人在此否?”安德曰:“然。”遂开门呼曰:“安苏密来。”安为安德之信仆,随役于安德者已越十年。伊固知主人不疑彼,但涉于如是巨案,虽壮者亦不能无动于中。故安苏密闻呼入室时,不觉心慌胆怯,颜色顿变。警员问曰:“子昨夜睡于邻室否?”安苏密曰:“然,悉照常例。”警员曰:“汝几时就寝?”安苏密曰:“昨日黄昏后,为同事招饮于咖啡室,至十时半,奴乃就寝。”警员曰:“夜中汝曾闻有何声响乎?”安苏密曰:“不闻。奴素警醒,有时傅先生来会计室,奴一闻其足声即醒。”警员曰:“傅君常于夜间来会计室否?”曰:“否,极少。”曰:“昨夜伊曾来否?”安苏密曰:“否。奴可决其未曾来。盖其同事款我之咖啡太浓,致吾达旦不寐。”警员曰:“善。子可退。”安苏密遂出。

方陆仍接续其搜寻之事业,指通楼上之门曰:“此扶梯通至何处?”安德曰:“仆之办事室。”警员曰:“即仆等适间候君之室耶?”安德曰:“然。”方陆曰:“仆甚欲再见之,以细察其进路。”安德曰:“易事耳。二君请随仆来。柏鲁,子亦请同来。”安德之办事室分两间,前一间为候见室,装饰极华美;再进则为办公室,室中有大书案一、皮椅数把、火炉两,一边置邺架,一边置一保险箱。二室中共有四门,一通至候见室,一通至扶梯处而下会计室,一通至安德之卧室,一则由候见室而达楼下,为欲见行主者出进之路。斯时,柏鲁虽随行,乃独留于后,伊亦自觉其地位之危,然伊已与行主决裂,势将恶战,更无平和之望,惟有各手利器,以相抵拒,脱为所败，名誉涂地矣。谁是无辜，此时惟天知之。柏鲁自审位置，明知非傅敌，然伊实亦未尝知东人之苦衷也。安德虽仇视柏，实非其愿。柏鲁独坐炉旁，嗒然默计前途。

忽通至安德卧室之门突启，一美人亭亭玉立，衣晨妆博衣，腰围黑丝带，飘飘然，益形娇媚，目黑而秀，冰肌雪肤，如承露之海棠，如临风之芍药，青丝慵挽，压以玳瑁之梳，此即傅安德之侄女梅娘也。伊本欲来见其叔，乃忽遇柏鲁于此，不禁惊愕。柏鲁惊起，则如触电焉。前此其目光沉沉，今乃精神顿发，若大有希望者，曰："梅娘！梅娘！"梅娘赧然欲退，第见柏鲁向前，似其意志为感情所夺，踧踖而复止，徐出玉手，柏鲁肃立握之。二人虽对面，然其视线则各各回避，若不敢相视，且若有万言欲诉，而不知从何处说起者。既而梅娘曰："君乎，柏鲁！君乎？"其音低微，仅可辨别。柏鲁闻言蹙然曰："唯。仆固柏鲁，卿幼时之伴侣，今则受疑被控为巨盗矣；仆固柏鲁，方才为令叔所交于警察者，再过少时，即将被逮而入囹圄矣。"梅娘愕然曰："天乎！柏鲁！君梦呓耶？"柏鲁曰："恶是何言也？姑娘未知其事乎？令叔母与令弟等岂未告卿乎？"梅娘曰："妾未闻何事也。吾今晨未见诸弟，吾叔母则今晨忽患重病，妾正欲来告知叔父。天乎，果何事，何事苦君？祈告我。"柏鲁欲言又止，若有所触者，凄然摇首曰："多谢姑娘，于此足证高谊。此当为吾末次受于姑娘之惠也。祈许吾缄默，免贻忧于姑娘，亦可掩吾忸怩之状于姑娘之前。"梅娘不耐曰："妾必欲知之。"柏鲁曰："嗟乎！姑娘不久自知吾之不幸与耻辱也，然后——然后将自贺其前时之所为也。"女闻言，心为所折，低声恳求之。然柏鲁终不为所动，曰："令叔与警员及侦探同在邻室，瞬将至矣。仆恳姑娘速退，免为伊等所见。"言讫，即轻轻推其入而闭门。

仅瞬间而警员等已返，伊等方查勘正门，殊不知梅娘之至是，方陆则如猎犬，其目刻刻不离会计也，自思曰："彼少年固自以为独处斯室,其神色实将卖吾。吾于其一瞬一笑,将为吾启一线之光也。"时安德与警员又同往查他处,方陆乃留于候见室,以潜察柏鲁之举动。梅娘之入室,伊于其语言举动,皆历历在目中,以方陆之敏,固能忆①度之也。伊于是事正苦茫无头绪,梅娘之来,事虽至微,方陆仅知为一少年女子而未知何名,将以此为基础,而建大厦矣,自忖曰:"吾得之矣。此会计爱彼美人,而伊又为美少年,必亦为彼美所怜爱。此段爱情有忤行主之意,伊无术遣此少年,故构此盗案,以为驱除之之计。如是则行主自盗其金,以冤会计,殆为理所或然。"方陆此一念不无少补于柏鲁,盖此狡黠之侦探,已决意隐其所得,以为他日扬名之地。谓吾当听他人迷入歧路,吾将自首吾途。苟耐心细察,必可得种种之证据,彼时吾当褫彼奸人之面具也。方陆颇觉自得。此案似乎甚难,几若海底捞针,然经松鼠先生探索,则罅隙立见。彼甚自信其侦探之才力也。

既勘楼上毕,遂皆回至会计室。警员此际乃其决计行事之时,伊故游疑片晌曰:"诸君,吾等此时之查勘,足证实吾等之初意矣。"安德与柏鲁同点首。警员又谓方陆曰:"方君有何高见?"方陆不答,盖伊正在查察铁库之钥机也,忽失声惊呼,似有所得。安德曰:"君已寻得影踪乎?"方陆暗自责,旋回首漫应曰:"此迹无甚关系。"柏鲁曰:"但吾等亦乐闻之。"方陆曰:"吾不过查出贼人于启或闭此库时,曾非常之惶急。"警员曰:"何以知之?"方陆曰:"且观近钥机处之刮痕。"警员上前细视,果见机旁之绿油,刮去一线,长约数寸,曰:"吾见此痕矣。然何所指证?"方陆曰:"殊无关系。吾向已告君。"方言心中则甚得意,他人或不知之,伊则决此痕必系新近刮去者,且足证适间所疑之非妄。使彼会计欲窃银,则伊固无庸惶急,若行主自窃其资,夜间蹑足来此,又恐为邻室阍

① "忆",疑当作"臆"。

人所闻，固应有惶急之态。此定系关锁时，忽忽将匙收回，遂致将油刮去。此时方陆已决意凭其一己之能，将此隐机研究，决不藉力他人，乃佯为舍此痕而不究，谓警员曰："总之，据鄙见，外贼断不能进此室，况铁库绝无损坏，即活动之钮码亦无损丝毫。启此库必为知密码而有其匙者。"警员闻言，答曰："既如是，吾须与傅君谈论片时。"安德曰："惟君所命。"

柏鲁已预知所谈之结果，随将帽置诸台上，以明其并无欲遁意，悄然往邻室。方陆随之。警员向其作一暗号，意谓此人交君看管。然此固无庸嘱者，盖方陆之疑心犹未定，贪功之念方炽，安肯轻易放过柏鲁？既随之至他室，即坐于一暗角处，佯作倦容，泰然坐椅中，频打呵欠，旋即闭目假睡。时适有一书记他出，柏鲁坐其位次。众书记皆欲知侦查后之结果，视线交射，好奇之状毕现，第无敢问者，言者惟嘉佛郎一人而已，曰："毕君，谁盗此款？"柏鲁耸肩摇首曰："无有知之者。"众书记见其宁静之容，无不以为异。盖除其白蜡之面色、浮肿之美目外，其适间惊惧之容，早飞于九霄外矣。使有生客入，见此少年，伏于案上，戏弄铅笔，亦决不知即被疑为盗，将囚于警署者也。柏鲁忽乘人不觉，悄取一纸，匆匆草字于其上。方陆时虽伪睡，然柏鲁之语言举动，无一能逃出此松鼠之耳目者，自思曰："噫，此少年将藉此通信矣。此又增吾研究之资料也。"柏鲁书讫，即折为最小之形式，偷看方陆一面，将纸掷于嘉佛郎曰："节西（Gipsy）！"其所为敏捷异常，致方陆亦被播弄而纳闷，思曰："此子闲静机警，非常人所能及。此举足证学问之有用也。无论柏鲁为有罪或无辜，然当此危迫之时，其名誉幸福皆悬诸一转瞬间，犹能如此静镇，柏鲁诚善于自治者哉！"

然当时警员则谓安德曰："此款必为彼少年所盗，更无可疑。脱吾不拘之，于吾职殊有缺。禁之释之，法律自有明条。"此言傅若不忍闻者，顿萎于椅上，曰："不幸哉，柏鲁！前此吾常信任之，尽以吾财宝付之,而绝不之疑。君未来之前,余已苦劝其承认,并许其必恕之,奈伊终执拗何。伊虽以冤事加我,而吾仍不忍虐待之也。”警员愕然曰:“何谓冤事?”安德曰:“公理之视人也,岂非彼此一律? 恶能因我为行主,伊为伙计,而我之言遂凌驾彼上? 吾岂不能自盗其资乎? 此种事已数见不鲜。吾将受种种之诘问,法律将强吾以吾业及家事宣布。”警员曰:“君或将被传,往诘问一二事,然君之诚信,人尽知之。”安德曰:“惜哉! 此子亦诚信之人也,前此无有疑之者。噫,又谁能疑我今晨竟不能立时交出三十五万法郎耶? 即今又谁敢疑我,除抵房产外,尚欠三百万耶? ……”凡诚义之人,念及已身被疑,名誉被玷①,未有不痛心者。此即当时行东之感情也。警员慰藉之曰:“先生勿虑。无待下礼拜,吾等必可得种种证据,以表此少年之罪。”旋呼方陆等入,告以拘逮柏鲁。柏鲁静听之,曰:“仆敢矢誓,仆确无辜。”此时行主忧闷之容较其会计为甚,曰:“不幸之友,即此时尚可及也。天乎! 祈再思之——”柏鲁若不闻其言者,由囊中取出一小钥匙,置诸案上,曰:“先生,此即银库之匙也。以仆故,吾深愿日后可证明我为无辜;以君故,仆望其发见罪人无过晚。”诸人皆默然。柏复曰:“仆未去之前,请以数簿乎交先生。今须告先生,除所失之三十五万法郎外,仆尚亏欠现银一笔。”此言一出,闻者皆愕然,而感情则各异。警员心中忖曰:“亏欠! 既如此,其罪更无可疑。未窃巨款之前,伊且盗其少者。”方陆则谓:“亏欠! 无辜可怜! 此乃自表其不检之行。脱伊果盗此巨款,伊必将移补前数,又何必声明哉!”然二人疑团,旋为柏鲁之言所释。柏鲁续曰:“此款共三千五百法郎,二千法郎为吾预支之薪水,一千五百乃各同事预支者。今日为月底,明日乃分给薪水之期,故——”言至此,警员乱

① “玷”,原文作“坫”,据文义改。

之曰:“子有权可以随意自支及代汝同事预支薪水乎?”柏鲁曰:“否。第吾知傅君,必不拒吾效劳于我同事也。吾所为者,各行皆如此,吾不过取法前辈耳。”安德点首,以证其言之实。柏鲁曰:“至于仆之所费,吾自有一种利权取之,盖吾有积款存于此行,其数为一万五千法郎。”安德曰:“然。毕君存于此者,最少亦有此数。”

其时警员不复有言,即嘱会计准备随伊去。凡人至被人侵夺自由之际,靡有不错愕者。至于“随我”一语,尤为可骇,俨然将狴犴之门露于闻者之眼前,虽老奸剧盗,闻此亦无有不悚惧。讵柏鲁竟绝无凄怆之容,从容取外衣与手套穿上,若将往赴宴会然。穿毕,谓警员曰:“仆已预备,谨随先生所之。”警员将小册纳入囊中,向安德一鞠躬,谓柏鲁曰:“来!”此时行主见其行,目中含泪,叹曰:“天乎!脱能再得柏鲁向日之诚实,而使其仍在吾处,吾宁倍今晨所失者以偿之,亦所至愿。”

方陆闻言,以为行主故作是语,以自障其罪。伊独留于后,托言寻觅携来之伞,临行,伊尚言将再来,以视觅得否。方陆临去,伊向警员言,谓有他事,求伊许其分道行。警员许之,方陆此举,乃欲得柏鲁掷于嘉佛郎之信也。此必为一要件,然必非与嘉佛郎,定系托其传于他人者。但竟执之,而嘉不肯说出其人,或柏鲁所言节西一名,乃是假者,则将奈何?不然,即嘉佛郎允言之,其所言者,能保其非伪乎?故必潜尾嘉佛郎,然后以计取之,似乎较易。主意既定,即在庑前闲行,与行中小使作无谓之问答,即查得傅安德银行并无通至得胜街之便门,众书记等必须由向柏鲁芬士街之门出进。既知此,其所定之策,更易施行。乃向街上,择一处可遥望见银行之大门者,而守候之,且幸并可见银行之窗,蹑足望之,见嘉佛郎正伏案上书写。

方陆候之甚久,至一点钟,见嘉佛郎起身,易衣取帽,方陆欣然自语曰:“嘻,伊来矣!吾须张目以伺之。”亡何,见嘉佛郎已在银行门首,探望四顾,若踌躇不定者。方陆自思曰:“伊有所疑乎?”其实则嘉佛郎并无所疑,不过伊欲代友人传书,又恐潜出,为人所觉,欲择一近道而行耳。彼出门后,转过望玛街,再转过老利德街,其行步速率,虽方陆捷足,亦几失之。旋回向沙爹街,径向卅九号门牌之屋入。行至狭廊,未及三步,忽觉有人以手按其肩,回首见方陆,登时面转白色,欲向后遁,方陆早已预障其去路。嘉佛郎知不能逃,颤声曰:“君欲何为?”方陆貌虽寝,素重礼仪,即对于罪犯,亦无怠慢意,答曰:“君幸恕仆唐突,君肯告吾一小事,当感激无限。”佛郎曰:“先生事乎?欲闻诸仆乎?”方陆曰:“唯。正欲请教足下,嘉佛郎先生。”佛郎曰:“仆向未识荆。”方陆曰:“君必忆今早曾见过鄙人,然此不过小事耳。君肯偕仆出外片时,不胜铭感。”嘉佛郎斯时殊无所主,遂随之出。沙爹街者,为狭小之街道,行人稀少,有店二三家。在芳登路之转角处,则有药房一所。在丽奥尼街一带,则危墙①峻壁、小窗三五。约言之,即欲在此街上闲谈,亦并无为人惊扰之虑也。

既出,方陆曰:“仆所欲言者,乃毕先生掷于足下之字条也。”佛郎赧颜曰:“先生误矣。”方陆曰:“足下,仆所言者,确为实事。”佛郎曰:“毕君确未以物授我。”方陆曰:“请毋再抵赖,明明以铅笔书之,折而掷诸足下者。”佛郎知不能再赖,乃转其方针曰:“毕君今晨确以一纸授仆,然此乃致仆者,吾阅后即碎而投诸炉中。”此言或确。方陆亦深恐其果如是也,姑大言试之曰:“君祈恕仆,君所言殊未确。此纸乃托君转致节西者。”佛郎闻言,失望之色显然呈露。方陆暗喜其已入彀。佛郎随曰:“先生,仆可誓之。”方陆曰:“毋誓,此乃恶习也。况此纸非徒在君处,且君之行,亦为传书

---

① “墙”,原文作“嫱”,据文义改。

于节西而来。此纸当在君囊中。”佛郎曰：“否，先生，否！”方陆置之不理，仍操其和善之调曰：“仆知君必肯以此见惠者，是不过为最紧要之用耳。”佛郎曰：“决不！”即欲乘机遁去，方陆刻刻防之，遂不能脱。方陆之武力固未减其和善也，曰：“君勿徒伤玉体，请从仆言，将信交出。”佛郎曰：“我未获之。”方陆曰：“既如此，是君逼我行无礼也。脱君仍固执，仆唤巡士二人来，拘君至最近之警署。无论君愿与否，仆将严搜君身。”嗟乎！佛郎固愿舍身以护柏鲁，然此时不可与争，盖伊自计不能将此纸毁灭故也。闻言气塞，几欲泣下，忿忿曰：“仆乃为君强迫！”遂由囊中出信以授之。方陆不禁眉舞，将纸展开，然终不忘其礼，乃先向佛郎鞠躬曰“先生当许我（按：礼不得在客前阅信）”，然后读之曰：

莲娘芳鉴。脱卿果爱我，如卿向日所言，祈立即照吾书语而行，勿再踌躇一刻。卿接此信后，即尽挈所有而他往，向巴黎之别方去，毋出露于公众之场。自匿惟谨，仆之生命或即悬于卿之行止也。仆今被疑为巨盗，行将就逮，请留卿之住址与携信来之嘉佛郎君。此君与吾至交，将以吾事奉告，盖吾无暇自诉矣。无论如何，幸常怀希望。毕柏鲁顿首。

使嘉佛郎此时略为宁静，伊必能见方陆阅信后，失意之形色。方陆本以此信为非常要据，得之必可知柏鲁之有无犯罪，讵意今之夺得者，乃了无所凭藉，不过如常人之关心女友而戒以避祸耳。

方陆反覆阅之，以防或有隐意存其中，然仍无所得，“尽挈所有”一语虽似有隐机在焉，然其辞最平常而意亦至广，遂决意置之，曰：“莲娘，节西姑娘，必为毕君之友无疑。”佛郎曰：“然。”方陆曰：“伊寓此街三十九号乎？”佛郎曰：“君固知之。盖君见吾入彼也。”方陆曰：“仆忆度之矣，然今且求君告我，此女寓于第几层？”曰：“在第一层。”方陆曰：“毕君亦寓此耶？”佛郎期期曰：

"否——即——"方陆曰:"好友,祈以实言语我。否则,吾亦能以强硬手段得之。"佛郎曰:"唯。居是处。第、第、第,非同寓一层。"方陆曰:"然则毕君住第几层?"佛郎曰:"第三层。"方陆与其问答时,随将字条依旧叠好,纳诸囊中,曰:"承君惠告各事,感且不朽。敢以微劳报答大德,仆将为君代传此书。"佛郎愕然曰:"先生!"方陆曰:"唯。蒙君允许,仆当亲授之于节西姑娘。"佛郎欲再与辩,方陆忙乱之曰:"仆尚有数言忠告足下,请即悄然驾回贵行,勿再干涉此事。"佛郎曰:"毕君为吾至友,伊惠助我者,何止一次。"方陆曰:"若如此,则君更宜缄默。君不能助之,或且增其忧。君既为其友,此刻之出若为人所觉,于毕君最为不利。"嘉佛郎曰:"吾确知毕君无罪。"方陆不欲露其私意,曰:"或如君言,是毕君之幸也。脱伊有罪,君恐亦不能洁身,以君与彼至善,人将疑君同谋也。"佛郎惊愕无言。方陆续曰:"君请听仆忠言,即回行内。嘉君再会。"佛郎不得已,垂头丧气而返。

伊行后,方陆即向三十九号进。伊不欲往搜毕柏鲁之室,以惊扰他人,特欲一探柏鲁之女友,遂径至第一层按铃,俄见一活泼小僮出应。方陆曰:"节西姑娘在家否?"僮踌躇不答。方陆出信示之曰:"毕柏鲁君有信在此,托余面交姑娘,而候其回信。"僮曰:"如此请进,待吾入报姑娘。"遂引之入一小室,陈设华丽,座垫皆以黄蓝花缎为之,窗前门际,皆挂厚帘,地下铺着蓝色剪绒地毡。方陆默思曰:"挥霍如此,其值尽出诸会计耶?"正欲细观各物,而节西已掀帘入,立于其前。视之,则一娉婷少女也,身材纤小,丰姿洒然,眉修目媚,齿白唇红,似晨妆未竟者,身上犹穿剪绒制之临妆服,袖口处露出其内衣之花边,垂覆于软滑之纤手上。第青丝似已挽过,盖其额前之发已高卷,缚以一狭窄之紫色剪绒带,脑后之发作盘龙式,压以一精致之金梳,其美惊人。致方陆见之,亦为之目眩,回忆适才所见之梅娘,不觉暗赞曰:"此少年真好眼力,两美都是天人。”节西见客，殊为骇怪，此何人耶？衣尘冠垢，乃在其华丽之客室中。伊有债主多人，然究不知谁家店东，敢遣此侏儒恶伙至此，遂将方陆细细打量，冷冷启口曰：“子胡为者？”一启齿，已知为慢客。方陆则谓此女性急且无学问，观其举动可知矣。节西见其呆立，顿足作悻悻声曰：“子何不言？来此果何为者？”方陆操其最和善之音曰：“仆受毕君之托，有一书送交姑娘。”节西曰：“柏鲁乎？子识之耶？”方陆曰：“仆幸有此荣，且或可称为其友。”节西更作藐视状曰：“恶！子为柏鲁之友乎？”方陆若不觉其轻慢者，曰：“姑娘，仆自谓系其友，然此时敢认为友者，恐无几人矣。”节西闻言愕然，徐徐曰：“妾不解谜语，乞君明示。”方陆乃由囊中出信，鞠躬授之曰：“姑娘，请读之。”女娘不知为凶信也。其目光虽锐，然伊犹从容取其金丝眼镜带上，徐徐展读，略一过目，如受猛击，面色忽红忽白，四体颤动，几不能立。

方陆以为其将倾倒也，伸手扶之。然节西者，性情刚毅，外虽纤弱，内实坚强，骤睹此，神经虽不免为所扰，第俄即自振，以其纤小之手，握方陆之腕曰：“请君言之，此何意也？君知书中之语乎？”方陆者，向日虽遇凶犯，亦无怯容，今为节西之手所握，反若惊骇，喃喃曰：“可怜！”节西曰：“柏鲁被疑为盗而被执乎？”方陆曰：“然。有控其在银库中窃取三十五万法郎者。”节西释去方陆之手曰：“伪也！伪也！”随将手帕及袖口之花边撕去，如小儿之使性然，忿忿曰：“柏鲁为盗！是真笑话矣！伊何故犯窃，伊岂贫乎？”方陆曰：“毕君殊非富有者，所入惟其薪水耳。”节西闻言，似有所思曰：“妾常见其携银甚夥，非富！然则——”言至此顿止，以目视方陆。方陆亦注视之，彼二人所思，若相问答。节西意曰：“汝以为彼盗此以供吾挥霍耶？”方陆则曰：“然，鄙意固如此也。”节西蹙然自咬其唇曰：“否！柏鲁决不为吾盗一苏也（按：一苏为每法郎廿分之一）。人有为盗以供其心爱之妇女挥霍者，然柏鲁实不爱我,伊且从未爱我。世间事常有似是①而非者。”方陆愕然曰:“姑娘!”节西珠泪盈眶摇首曰:“妾所言者皆确。伊曾助我,妾不抵赖。妾亦时受其惠,顾伊毫不恋我也,吾固知如何方为爱恋。以前,吾曾为一诚心之人恋爱,吾漠置之。以吾近年所苦而推度之,始知其人当时之难堪也。嗟乎!凡事必须吾人先自亲历之,始能体恤他人。吾与柏鲁毫无关系,脱吾明日当就死,伊仍不以为念也。”方陆曰:“惟姑娘——”节西乱之曰:“吾已喻君意。然外貌者,非时常可视为准的者也。君以为疑,良是。即妾自问,亦殊不解,然无人能探见伊之心事。伊富于自持力,心中所思,绝无露诸形色者。吾尝竭我辈善伺人之能而窥察之,终无所得,只知其仁爱侠义而已。有人谓其性弱,易为物诱。唯吾告君,此少年犹一铁棍,而漆成木形者。”

斯时,节西漫不经心,竟将其私衷倾倒出之,伊原信此人为柏鲁之友也。方陆则暗中自贺其计之有成,且略知柏鲁之性情,行将由此而研究之,旋问曰:“卿知毕君时事赌博乎?赌者能诱人至——”节西耸肩曰:“唯,时有之。然伊非赌徒,吾尝见其输赢巨款,而伊竟漫不为意。伊赌博犹其饮酒,犹其饮食,非嗜之,亦非乐为之。有时吾颇为所骇,伊似失魂落魄者。嗟乎!吾生薄命,当吾初遇彼时,吾尝幻思之、希望之,谓其或将怜爱我。伊常助我,惠我实非浅鲜。然吾终未能知其心中之隐忧。据吾观之,伊必有一秘事,不知因何而致其失望,遂使其视生命如赘疣。”方陆曰:“伊未以往事告姑娘乎?”节西曰:“伊何故告我?君不忆吾言伊未尝爱我乎?”斯时,节西潸然泪下,两颊莹然,旋即跃起,毅然曰:“无论其爱我与否,吾爱之,吾必救之。吾将往见其行东,彼匹夫乃敢以窃犯控之耶?吾将往觅裁判者,以证其无罪。先生请同

① “是”,原文作“事”,据文义改。

行，于日未西沉之前，伊必当被释，或吾当居牢中以伴之。”节西此举实出于豪侠至诚之性，独惜用非其时，尤背乎方陆所预定之策。伊知节西亦为案中要证，日后或须传之到案，然不愿其自首，盖恐其掩没己功也，乃答曰：“姑娘，此举殊属无利。仆敢决其必无济事者，是何异飞蛾扑焰。人将疑姑娘与毕君同谋，且姑娘谓常受其惠助一语，尤足证其罪状。”噫，方陆误矣！前时用此计以吓嘉佛郎而得其书，今乃用于节西，其效果则如火上加油。男子者，临事计较，知难即退，若女子，则随其性之烈懦而异，烈者一往直前，直置事之结果于不顾。节西答曰：“危险何惧？吾信此中并无危险。脱有之，尤佳，益足以表吾寸心。吾知柏鲁确实无罪，果有之，则分任其罪，亦吾分也。”

节西言毕，即将肩巾围好，丝冠戴上，虽身仍穿临妆服，脚下犹趿拖鞋，而意若谓可以出门，竟往寻判司者，谓方陆曰：“先生请来，君不与妾同行乎？”方陆见之，殊为纳闷，幸心思敏捷，瞬得良谋，答曰：“敢不惟命。如卿果欲往，仆当随行。然据鄙见言之，此行定必大不利于毕君。”节西曰：“何言之？”方陆曰：“以卿故意背其信中之言而行，且未曾预告之。”节西摇首曰：“是人固不必预告之，然后往救之也。吾知柏鲁宁舍身于绝望中，甘心就死，决不置辩一辞。”方陆曰：“姑娘恕仆，吾见毕君时，伊绝无失望之容而愿自弃者。据鄙见，伊殆预筹自卫之方针，伊嘱姑娘自匿，而今姑娘乃反其谋，以是吾恐未必有利于彼也。”节西似韪其言曰：“吾不能安坐于此，而不为之筹一万全之策也。君知此地如火焚炙吾足否？”方陆闻言，知节西已为所动，乃乘机进曰：“姑娘自有权，可以效力于心爱者。”节西曰：“以何术行之，祈速见教！”方陆曰：“从其命而已。”此言殊出节西意外，乃喃喃自语曰：“从命！从命！人常诫妇女以从命！”方陆故作郑重之容曰：“以目下之事计之，姑娘正应如此。”节西踌躇不答。方陆由桌上取过柏鲁之信曰：“毕君于其将就捕之际,特书此以示姑娘之行止,而姑娘乃欲违之。其言为何,请读之。此书之重,无异遗嘱,无异圣诫。伊不云乎,脱卿果爱我,祈立即照吾书语而行。姑娘今欲违之,然则姑娘非爱伊也,既不知毕君实有隐故,是以不欲姑娘即于目下出面。"

方陆于柏鲁之命意,在沙爹街时,早已知之,所以不言者,正如名将之用兵,喜决其功于最后之一击也。节西固灵慧者,旋亦思索得之,暗忖曰:"自匿!然则伊不欲使人知其识我耶?"既沉思一回,忽欢呼曰:"噫,吾知之矣!我何愚也,竟不知此耶?伊同居此屋,恐吾亦被株连。吾不讳言伊曾助我,伊亦常来此。吾所有华服首饰或将被搜封,且将以吾之挥霍而增其罪证。"方陆颔之曰:"正如是。总之,伊不欲姑娘出面也。"节西曰:"然则吾须立行。彼警署中人,若知吾居,则可以随时来此矣。"方陆曰:"无须急急,署中人未必敏捷至此。"节西曰:"无论如何,吾须即行。"遂匆匆入内,嘱婢仆速将所有立时收拾,俄复入谓方陆曰:"半时后,吾可行矣,然将焉往?"方陆曰:"毕君不言巴黎之别处乎?姑娘须觅一幽洁之寓所。"节西曰:"安得之?"方陆凝思片时,忽现得色,曰:"仆知一客寓,颇幽静,然或未必合尊意,以彼处不若此之繁华也。"节西曰:"招呼周妥乎?"方陆曰:"吾为姑娘介绍,则彼等定视姑娘如王后矣,且姑娘居彼必无人觉者。"节西曰:"在何处?"方陆曰:"在圣密加码头,名曰大天使客寓,寓主为亚力山大夫人。"节西即亦不复计较,随以纸笔置其前曰:"劳君即修介绍之书。"方陆慌忙草数行授之,曰:"以此付亚力山大夫人,尽可事事周妥。"节西曰:"然则吾如何使毕君知吾住址?柏鲁固托交此书来者。"方陆曰:"伊不能来,故仆为之代。仆当以姑娘之居址告之。"节西遂嘱仆人往雇车。

方陆自谓伊尚有事须去,当顺道为其雇车云。此日,方陆之运良佳。盖伊出门,即见一空车过,方陆止之,先告御夫,伊为侦探,继嘱曰:“子可停车于此,以候一妇,身材纤小,面带微黑,携有衣箱什物。若伊嘱汝往圣密加码头,汝可即时扬鞭;若其告汝往别处,汝可下地,佯为整弄马鞯①,吾甚远立以监之。”言毕,即去,隐于一酒家门首。约半时后,即闻鞭响一声,知节西果向大天使客寓去,乃欣然曰:“无论如何,伊在吾掌中矣。”

觉我赘语

此章有数突兀处。检查之际,傅安德之侄女梅娘忽然而来,忽然而去。此一突兀也。松鼠先生插入自己争名之意,忽然侦察,忽然隐瞒,生出许多葛藤。此一突兀也。节西姑娘既得晤谈,鲜不谓从此下手,当不难水落石出。乃节西口中柏鲁不爱吾一语,实为石破天惊。此又一突兀也。神龙出没,奇峰飞来,令人叫绝。

作书之妙莫妙于令人无可捉摸,既非傅安德②,又非毕柏鲁,而失金固三十五万也。谁为罪犯?吾读是书至万余言,尚无可捉摸也。吾将于是书留心觅之。

方陆用此语与嘉佛郎交涉,即全得胜算;用此语与节西交涉,则几致失败。一以见世情之变幻,一以见人心之不同。

节西可敬,是巾帼中有肝胆者。世有其人,吾亦乐助之。

毕柏鲁为一城府深沈之人,节西谓犹一铁棍而漆成木形者,奇喻亦确喻。

第三章

毕柏鲁被引至警署中,其冷淡③严肃之容如故。守者常默察

---

① “鞯”,原文字迹不清,疑为“鞯”。

② “傅安德”,原文作“傅德安”,据文义改。

③ “淡”,原文作“谈”,据文义改。

之,终不见有犯罪之畏缩状也。使非额前之汗及呼吸之速,默露其心中之凄楚,则人将疑为不自知所处境地之危至此。警员留彼署中,而自往见长官请命。柏鲁在此等候,约二时之久,有闲装警吏二人守之。伊与彼等闲谈,至十二点钟时,伊觉饥,乃命人往邻近饭店,购食物来。食时,胃健如无事者,饮酒几尽一瓶。其时适有总署司事数人至,见之,大以为奇,一人曰:“此人可谓坚执者。”一曰:“此少年似自置其身而不顾者,其中定有隐情。”未几,有人入告,谓往裁判所之车已备,请行。柏鲁遂起,请命于守者,燃其雪茄而行。会有一卖花女立于门外,伊复止步,购一花球。卖花女知其被逮也,祝之曰:“不幸之先生,祝君好运。”少年闻言,似有感触,曰:“感谢女郎,顾好运舍我而去者已久矣。”是日,天气晴和,春风拂拂。车至望玛街时,柏鲁探首窗外,微微冷笑,若以为如此良辰,乃入犴狴,而自嘲自笑者,且曰:“异哉!吾今日何故渴思散步?”同车一红面伟壮之警员笑曰:“吾知之。”

既抵裁判所,照例审问数语,柏鲁一一以简捷之言答之。但于命人搜其衣囊时,其忿怒之色毕露,泪如绳下。不一时,复自振,兀立不动,高擎双手,俾诸役搜索,以自表其并无有疑据在身上也。苟非座中一人为之调停,则柏鲁将不堪其辱。是为中年人,颇类显者,戴白颈带,架金眼镜,坐于火炉旁。此人初见柏鲁入时,颇具惊愕之色,竟起身向前,若欲与语者,忽又变其方针而坐。柏鲁虽在悲戚忿怒时,亦觉此人之视线,恒集于己身上。噫,是何人耶?果识之乎?顾于何处曾晤之?柏鲁再三苦思,终不可得。不知此人非他,为众人所最敬之刘谷先生,法国之著名大侦探长也。当时,众役方欲除柏鲁之靴,观其有无暗藏利器。刘谷挥手曰:“诸君所为已足。”众人会意而止。

搜毕,引之入狱,厚铁为门,旋即下锁去。此时柏鲁可以自由呼吸矣,盖无旁人扰之也。伊固自信为独居,伊未知牢门嵌有玻璃，犯人之居其中者，犹一小虫在虫学家显微镜之下，有耳能听，有目能视也，伊向者宁静之容不复能保。未一刻，而痛泣矣，怒气焚涌，咒骂如狂人，撞身壁上，如初入笼之野兽然，与适间迥若二人焉。今也屈身牢中，如力士之被困于窄小衣服。当彼廿四岁时，怀无限奢愿，见所谓富人者，挥金如土，颇生妒忌。细考其生平，则其初时所有，更微于己，果何能至是，不过藉一点之毅力及勤劳与信义而已。伊遂立志效之，且欲驾于其上。惜哉！伊不修其内德而变其外行，然亦已有少效。识彼者皆渐渐亲信，而其奢志又暗中鼓励之，谓不难成名而致富，何意竟以犯疑下狱！伊知凡被疑者，无论确否有罪，皆为终身之玷；然则又奚必争此不能涤去之污点，虽争而胜也，究亦无补。

至晚膳时，狱吏将膳入，而柏鲁仍埋头枕中痛哭也。彼实未尝觉饥，盖其思念正充满于其胸间。彼今已由盛怒而转成失望，虽屡欲将脑中之愁云拨去，无奈旋去复来。残灯如豆，照其愁眉苦眼，渡此长夜。及至破晓，始沉沉入睡乡，继又为狱吏粗鲁之声所惊醒，闻其呼曰："来，今为子受判之时也。"柏鲁跃起，亦不整衣，答曰："请前导。"遂行。行时，狱吏告之曰："子真幸也！此案已归一最严明之判司办理。"此人之言甚确。接办此案者，为巴卓理。卓理者，学富才精，非独审诘严明，且秉性刚直，正大无私，无矜怜之偏，无苛刻之弊。其所或缺者，则判断虽公，恒迟迟不捷耳。巴最富耐心，尝费数年之久，而考查一案，伊亦了不厌倦。如查比国伪钞案，查至四年，始得了结。故凡有疑难之案及须细查不能速结者，皆交伊办。当时柏鲁随狱吏出长廊，行经一室，满坐警务人员，由此下一狭阶，入一处若地窖者，复至一扶梯处，拾级而上，其阶级之多，几疑为无穷尽者。有顷，达一狭长之廊，两旁有室，门上各有号码。行至一室，狱吏即止，谓之曰："至矣。君之命运将决于此也。"此狱吏性颇慈善，其声音亦和平。第柏鲁闻此二语,究不能无怯,盖此室中有一人,将讯①诘之,据其所答,以判其命运矣。柏鲁乃竭其勇力而前,将手按门机上。方欲推门入,狱吏止之曰:“毋过急,君须坐此以待其传入。”柏鲁从之,狱吏亦就座其旁。嗟乎!此廊之阴沉惨晦,虽以地狱比之,恐亦不过是。沿墙处置着无数木长凳,相连不断,污迹斑斑,为罪人常坐所致。举巴黎各种犯徒,无论迟早,殆无不到此阴惨之廊内,犹污水之必入沟渠中然。此廊一门通牢中,一门通断头台。曾有一判司为起一绰号,曰“公众之大洗衣场”,以洗巴黎之垢物者。当柏鲁至时,已有多人先到,所有长凳几已坐满。其邻为一鹑衣百结之罪犯,凶目灼灼,常视柏鲁。斯时见判司之门首立证人数辈,切切私语,又见宪兵等押犯人,或来或往。有时于橐橐靴声中,杂以妇女悲泣声,见伤心之妻或母,持帕痛泣。室门启时,即有人出呼某人,或叫某号。廊中秽气充塞,令人欲呕。柏鲁自觉再留此间五分时,必将晕倒。

俄见门辟,一老者穿黑色号衣,佩一钢丝链,出呼曰:“毕柏鲁入。”(原注:此书出后,法国之法律已大变,凡被告受判时,当与律师同入。)柏鲁闻呼而起,亦不自知何由入室也,入时茫不见一物,盖廊中昏暗,而室内之窗正与门相对。日光耀目,室小而污,四壁糊以贱价之深绿纸;地下铺劣质之棕色地毡,已破败;中置一大书案,案上满堆纸卷,乃状纸也。案后坐一判司,背窗而坐,面正向门,位置最巧,自居于暗中,而使受诘者居于阳光直射处,以便察其形色举动。其右有小桌一,书记居之,柏鲁亦无心观室中各物,惟默计己之命运而已。当瞥见判司面时,觉狱吏言不谬,相貌和平,目光灵锐,蔼然可亲,望而知为有道君子也。谓柏鲁曰:“请坐。”柏鲁闻言,觉少慰,初意到此,必将受种种苛待,孰知不然。

① “讯”,原文作“訊”,据文义改。下同。

卓理回首，谓其书记曰："薛高留心，吾将起讯矣。"乃向柏鲁问其姓名，柏答曰："奥吉士德毕柏鲁。"卓曰："子年几何？"答曰："来年五月五号，即三十岁矣。"卓曰："子何业？"毕曰："吾为——吾前为傅安德银行之会计长。"卓理俯首展阅其案上之日记簿。柏鲁时时注目，渐觉少有希望，以为如此和善之人未必忍令其再入狱也。卓理阅后复问曰："子寓何处？"柏鲁曰："吾近今四年，寓于沙爹街三十九号，以前寓于巴天露街第七号。"卓理曰："子生于何处？"答曰："加省（按：加为法国之南省）之部该耳。"卓曰："子父母俱存乎？"柏鲁曰："吾母二年前去世，吾父尚在。"卓曰："伊寓巴黎乎？"柏鲁曰："否。伊在部该耳，与吾姊同居。吾姊夫为南方水道公司之工程师。"柏鲁答此数语时，声音断续。虽吾人有时念及家庭，觉有所鼓励及慰藉，第当欲洁身无由之际，则又反以不能孤生为憾也。卓理已知其感动，寻问曰："汝父何业？"柏鲁曰："伊前时为桥路工程公司总理，后为南方水道公司工程师，今则领其恩俸而退养。"卓理默然片晌，随将椅旋过，其首虽他向，其实则伊尚可了然察柏鲁之面色也，率然曰："唯。今有人控子，谓汝在傅安德银行窃去三十五万法郎。"噫，此言于廿四点钟前，柏鲁固已知之，而此刻闻言，乃如受霹雳，瞪目挢舌。判司复曰："子有何说？"柏鲁曰："仆毫无辜。吾敢誓于官长前，仆确无罪。"卓曰："吾固望子如此。子可倚信我，吾当助汝，吾当竭吾力以代子表白其无辜，第子必须引出证据以自白也。"柏鲁曰："仆自己且不明其故，又安能引据耶？仆惟能将吾平生，告诸官长。"卓曰："吾等今且先论正事。此案无他人可疑，惟傅君与子二人身上。子另疑及他人否？"柏曰："否。"卓曰："汝自言无罪，然则犯此者，必为傅君矣。"柏鲁默然。卓曰："子有他故，而信傅君自盗否？"柏鲁仍不答。卓理曰："吾知子尚须熟思也。今可静听供辞，签字后，仍回狱中。"柏鲁不觉嗒然，先间一线之希望已尽归乌有。薛高所读者,伊茫然无闻,亦不阅其文,仅执笔草书其名于下,匆匆而出。

离室后,即有监伊者上前迎之曰:“吾恐此事殊不利于君,然勿丧心,须振汝锐气。”然当柏鲁回狱时,锐气已无一点,其心中惟满储忿怒怨恨而已。伊已决意在判司前自白,顾未尝得间为之。伊遂自咎,不应为卓理善容所误,忿忿曰:“是犹儿戏耳,乃呼为审判,何其谬也!”但柏鲁先所问者,非真审判也,不过循例为之。法国刑律第九十三条曰:凡人被疑就逮者,必须于廿四点钟之内受审诘。卓理此举,不过照例奉行此条耳。有司虽明,警察虽敏,决不能于廿四点钟内,便得案中要证而定案。况若此案之茫无头绪,谓能立时了结耶?每有罪犯坚执谎言自卫,则有司者不能不悉心搜觅各种证据以辩服之。卓理今正纷纷搜觅证据也。

若柏鲁于廊中稍延迟片时,则伊必见传其入室之人出而呼曰:“第三号。”应此者即为傅安德。今日安德之形色,又一变矣。此人向日怡然不解忧忿,即其昨日举止仍是蔼然可亲。第今日入判员之室时,则汹汹然竭力抵抗其会计。未及数问,伊即盛怒肆骂柏鲁。卓理从容以正言止之,其讯柏鲁时甚怠,今则极留神。盖前者乃循例,今则虽一丝一毫,皆当详细识之,以为研究此案之料。卓理谓安德曰:“吾等今且循序而行,请君宁心答吾数问。君平日曾疑及柏鲁为不诚实否?”安德曰:“否。然彼固有使我疑之原因也。”卓理曰:“何故?”安德曰:“毕君喜赌博。吾曾闻其竟夕博,而输去巨款。伊乃与不守分之人为伍。有一次,伊竟与吾主顾葛路易同涉于一耻辱之赌事中。此事在高勒臣警署了结。”言至此,安德又辱谤柏鲁不已。卓理曰:“据君所言,则君早知其人如此,而君仍以银库之钥授之,即非足下之咎,亦足下之疏忽也。”安德曰:“唯。官长,柏鲁前时,固非如此。去年以前,伊堪为少年之范。伊常往来吾家,犹吾家人焉。伊夜间恒在吾家中,伊与吾长子路西为莫逆。一日,伊忽然不到,除公事外,绝不至我家。然吾固知其属意于吾侄女梅娘。”卓理每得一新意，即蹙其眉，乃蹙眉曰：“或非因倾慕令侄女故，而使其生疏否?”安德愕然曰：“何能如此？吾甚愿以梅娘归之。直言之，则吾且暗怪其不来求婚也。吾侄女有能娶之者，应亦自幸。梅娘秀慧而贤，且其奁资有五十万法郎。”卓理曰：“然则汝不知其故耶?”安德曰：“吾未能知之。第吾常料其必受惑于一少年，名那立华者。柏鲁在吾家，与彼遇而结为友，未几即绝迹吾家。”卓理曰：“此少年为谁?”安德曰：“吾妻之亲戚，纨袴子弟也，性灵敏而好修饰，其富足以供挥霍。”卓理将那立华之名书于日记簿，末曰：“今且言正事。此案君不另疑及家中一人乎?”安德曰：“否，更无可疑之人。”卓理曰：“君常佩库匙于身乎?”安德曰：“然。吾常带在身上，不然，则置于吾卧室大铁柜之抽屉中。”卓理曰：“失窃之夕，匙在何处?”安德曰：“在大铁柜内。”卓理曰：“然则——”安德忙乱之曰：“官长见恕，此匙实无大要，盖开库之人，必须知活动钮之五字码。若知此字码，虽无匙亦可开之；不知字码，虽——”卓理曰：“君未以字码告他人乎?”安德曰：“否。即吾平日，亦不甚记忆。柏鲁随时随意更换之，然后告我。余则辄忘之。”卓理曰：“是日之码，君忘之否?”安德曰：“否。此码乃前一日换过，以其异也，故未忘之。盖此英国字。”卓理曰：“何字?”安德曰：“节西。”遂拼曰：“Gipsy。”卓理又志之，曰：“更有一言，失窃之前夕，君在家否?”安德曰：“否。是夜吾偕一友膳于外。吾回家时，已一句钟，吾妻已睡，余即就寝。”卓理曰：“君不知银库中有巨款乎?”安德曰：“毫不知之，吾以为只有小数之款在耳，吾屡戒柏鲁，勿存巨款逾宿。此语吾曾当伊面告警员，而伊亦承认为实。”卓理曰：“唯。君言是也。警员已将此事报告。”言讫，闭目凝思，种种因果，行主之言可证，一则行主不知有巨款存于库中，一则柏鲁逆其言而存之经宿，均为实事。从此下手，此案可不难破矣。行主见讯问毕，乃立意洗其嫌疑曰：

"官长,仆知吾一身亦涉嫌疑中,脱非见柏鲁之罪有确实证据,则吾心终不安。三十五万法郎为数非小,足以诱惑富人。吾恐人将以此诬我,求官长将此事详细清查。官长应知我非利于自窃,凡处兴隆之境地——"卓理曰:"傅君足矣。吾知之。"卓理原知行主目下所处之地位,乃嘱其签名于供辞,而亲送之出门,是为罕见之殊恩也。

傅安德行后,薛高曰:"此案似甚昏暗。脱此会计为狡猾之流,则殊难言其罪。"卓理曰:"或如此,今且听他证人之语。"应第四号者,为安德之长子路西,年二十二,翩然一美少年也。供言常左袒柏鲁,与彼订莫逆交,即今亦以严正君子视之。至谓其犯窃,则殊不解所以犯窃之故。知柏鲁尝赌博,惟不若所闻之甚,因绝不见其所挥霍者,逾其力任之外。卓理问其梅娘事,路西曰:"吾常谓柏鲁爱之至。昨日,吾始确知伊必娶之,盖以吾父无反对此婚事之意也。柏鲁之绝迹吾家者,殆与吾姊有龃龉。吾度其后,必将言归于好。"此番言语于柏鲁之命运,略放一线微光,然于目下之景,仍属无用。

路西言毕签名出,踵入者为嘉佛郎。佛郎斯时神衰心乱,局促不安。盖昨以遇见方陆事告诸一友,该友讥其怯。伊是夜辗转不寐,终宵自咎,今日即立意乘机补过。伊虽非明控傅安德,然伊自认为会计之友,伊敢决柏鲁为无罪云云。辞语侃侃,独惜所言了无实证,反使人疑其徇情。嘉佛郎出后,有他书记先后入,然大概皆无相干之语,其中有一少年所供,足使卓理留神。据云柏鲁曾在布士馆,以那立华之助而赢得巨款云云。

是日五时后,始将各证人讯毕,然而卓理之事犹未了,寻按铃,唤警吏入。卓曰:"速请方陆先生来。"警吏去多时,方陆始至。方陆本在廊中,遇见一人,遂与之出饮于酒市,盖隐欲有所探也。警吏出遍寻,始得之于市中。卓理等待许久,始见方陆入,颔之曰："方先生何以亦令人候之久耶？"方陆深深一鞠，满脸陪笑，实则其心中极为局促，既因办公之勤，复冀扬名之切，遂冒险出，竟至擅离厥职，告罪曰："官长，仆已搜得旁据甚多，未尝虚耗时刻。"遂将所遇报告。第伊只择其可告者告之，余则仍深为隐匿。伊以柏鲁之书授卓理，告以嘉佛郎传信事，但己与节西所谈则隐之，仅将由他处所查得节西与少年相关之细事告之。卓理闻报，更信柏鲁有罪，喃喃曰："然则足见此子明明有罪矣。"方陆不答，伊心中固不以为然，窃喜卓理已向歧途，则将来觅出真犯时，己之名誉将更加显著。方陆报告毕，卓理即命之退，嘱伊明日再来。方陆临行，卓理犹谆谆嘱之曰："毋被节西遁去。伊必知该项之藏处，而助吾等了案也。"方陆作巧笑曰："官长可以放心。此妇虽插翼，恐亦难逃矣。"

卓理独留室中，至夜深，仍未去，徐徐将各据一一细研。斯时，其脑中惟有此一案矣。此案如谜语，趣奥惑人，然此耐心之判司则决意破之。翌晨，卓理逾其平日之例，到此更早，传诘节西，再讯嘉佛郎及傅安德。一连数日皆如之。除二人外，所有证人皆到案。一为柏鲁命往法国银行取银之仆人，目下此人因跌伤在医院，故不能到案。一为那立华。第此仍不能阻止此案之进步也。至下礼拜一，即此案发现后之五日，卓理以为已得各种证据，足以辩服其囚矣。

觉我赘语

吾喜读侦探小说，吾又喜读法律小说。侦探小说，一举一动，一言一语，无不令人注意，因有绝细事而关系绝巨存也。法律小说，一举一动，一言一语，亦无不令人注意，因需一一准诸法律，不容妄参私见也。此章无一语紧要，大抵复述上文耳，而令读者不厌其烦琐，不厌其复杂。何则？法律为之也，法律之效用，固神矣哉。

吾读夺嫡奇冤,而叹为奇书。彼书写一光明正大磊落奇伟之裁判官,足令人钦敬。本书写一平淡无奇之裁判官,虽细心鞫问,而事之颠末,终不可得,且将入于歧途,而以毕柏鲁为有罪,足令人菲薄,虽然,勿遽菲薄之也。银固失窃也,非毕柏鲁,则必有窃之者。既询不出为谁,则毕柏鲁之被疑,固也,又何足怪?试设身一想,即知卓理所为,未有一丝或逾于法律之范围者。

此书描写心理处不可及。毕柏鲁初见卓理,以为和善,而不至再入狱,及再入狱而忿之,以审判为儿戏,活绘一少年无罪人之思致。而卓理之故询家庭,以动其感情,明示表白,以诱其倚信。是亦阅历世故,体察人情,始能言此,非偶尔也。愿今之任裁判者,三致意焉。

那立华甚奇,吾读至此不忘其人。

取银仆人甚奇,吾读至此不忘其人。

刘谷先生甚奇,吾读至此不忘其人。

毕柏鲁何为不至傅安德家,何为任意挥霍,以资非所爱之节西,何为被逮时如行所无事?一言蔽之曰,少年负气。及至四顾无人,而埋头痛哭矣。

牢中有耳能听,有目能视,则毕柏鲁痛哭时,果有人听之、视之否?吾决其有人且非他人,定为刘谷先生。

第四章[①]

毕柏鲁自是日被诘归狱后,未尝复出。其始一二日,尚不觉日之久,因向狱吏,乞得笔纸,藉其锐气,筹思辩白之状。至第三

---

① 《第一百十三案》前三章以《小说林》1907 年第 1—3 期为底本,从第四章开始,以广智书局宣统元年(1909)版为底本。

日渐觉无聊，盖以所见无非狱中之囚徒，所闻都为太息之声浪。狱吏每送膳来，伊必问之曰：“吾不再受审判乎？”其人恒答曰：“时机自至，子且静待之。”自此柏鲁闷居牢中，日复一日，愈觉无聊，驯至壮志全消，英雄气短，叹曰：“吾将长此终古耶？”

至礼拜日晨，忽闻有重靴声，行至其牢门而止。是非膳时，柏鲁以为又将传往受判，乃趋至门际。门辟，见一斑发之人，立于门域，非他，乃其父毕笃美也。柏鲁呼曰：“父亲！父亲！”笃美曰：“唯，汝之父亲。”柏鲁久居牢中，亲友屏迹，今忽见其父，不禁手舞足蹈。父母者，吾人惟一之至亲也，于忧患中，为子者未有不忆及其父母之慈爱者。即为不能施救事，使其父母在前，亦可少慰。柏鲁此际，更不筹思，径上前，欲投父臂中。笃美厉声喝之曰：“退！”然后徐徐将门掩上，室中惟其父子二人而已。柏鲁伤心欲碎，其父怒气如焚。柏鲁见父如此，嗒然若失，怆然曰：“父乎，父亦以此相向乎？父！父！父亦以儿为有罪乎？”笃美曰：“吾已尽知各事。”柏鲁曰：“父乎，儿确无罪。儿敢以此誓于吾母之灵。”笃美喝曰：“汝棍徒！敢亵渎圣灵！”言至此，若忆及往事者，声音忽断忽续，曰：“汝母已死，我殊不料竟有感谢上帝将其取去之日也。若渠今日犹生，汝之罪恶，已足杀之。”

柏鲁忍痛良久曰：“当吾最宜振我魄力之时，而父乃摧吾勇气。吾终为恶谋之牺牲矣。”笃美曰：“牺牲乎！牺牲乎！汝乃敢诬谤正人！此人顾护汝，提拔汝，而汝乃敢毁谤之！汝盗其金已足，勿毁其名誉也。”柏鲁曰：“父乎，祈见悯，许儿自白。”笃美曰：“吾恐汝又将以谎言没其恩矣。然汝固曾觉其有恩，前次汝致书于我，请吾预备来巴黎，以求婚于傅君，而聘娶其侄女。然则此信为谎言耶？”柏鲁咽声曰：“否！否！”笃美曰：“此事在一年前，时汝爱慕梅姑娘，汝信中固如是云。”柏鲁曰：“父亲，儿至今爱之，且视前弥笃。儿爱伊之心，实无穷期也。”笃美曰：“确乎？然则汝爱慕彼淑女之心，竟不能阻汝趋恶乎！汝既爱伊，汝何忍如此！汝既与荡妇为伍，乃敢至其前而不自愧乎？”柏鲁曰：“天乎，请听儿言。梅娘何故——”笃美曰：“足矣，足矣。吾已告汝，我尽知各事。余昨日已晤傅君，今晨亦见过判司，蒙其恩准，始获与汝相见。汝不知吾未入此前，所受之辱耶。吾遍身被搜，尽出囊中一切，始得入。伊等恐吾暗藏利器，俾汝自裁，以免受刑与辱也。嗟乎！如此丑事实玷家声，死究胜一筹。”

柏鲁不复与辩，嗒丧坐小凳上。其父续曰：“余汝往查汝寓所，余见汝之室及汝之友。余见窗户皆悬丝绢，墙上满挂美画。在汝父之家，则粉白墙壁而已，举室中只有一自在椅，尚为吾母坐者。吾等之朴实，即吾家之装饰也。汝为吾家最先购用剪绒地毡之人，汝亦为吾血族中最先为贼之人。”柏鲁闻言，面红如火，然仍不动，亦不言。笃美又曰：“当今之世，最重繁华。无论何人，只求外观。盖将藉此以求富，非因富而为之。噫，此后为银行主者，决不能复以银库之钥匙托诸他人。盖良善之家而出狡徒贼子，几乎无处无之。”

笃美言至此忽止，盖见柏鲁无心听之，寻又曰：“余不再言。吾来此，非欲责汝，乃欲竭吾力以挽回吾家声，免彼报纸将吾家清白姓名列入盗贼中。汝且立而听我言！”柏鲁闻言起立，笃美曰：“今且问汝，盗来之款尚余几何？”柏鲁怆然曰：“父乎，儿！儿！儿再誓一次，儿确无罪。”笃美曰：“我固料汝言如此。然则吾等将为汝偿还傅君之所失。”柏鲁突问曰：“此何意？”笃美曰：“何意乎？汝姊丈闻汝犯罪，立将若姊之奁资七万法郎送来，吾再搜向日所积有十四万法郎，共有廿一万法郎。吾特带来，以偿傅君。”柏鲁忽暴怒曰：“父必无为此！”笃美曰：“不待日落之前，余将为之。其余，傅君当允我随后补还。吾赡养之款，每年有一千五百法郎，吾可节之以五百为日用。吾今尚壮，犹可作工。而汝姊丈——”言至此，笃美骇然顿止，盖柏鲁斯时之神色忽大变，睁目如棋，眼光灼灼如发狂，厉声曰："父敢如此辱我乎！父不应为此！救我与否，自应听诸父，第父固不应为此，以妄证吾罪，以永陷吾于不义。父有何据，可以证儿罪！此时判司犹未敢断儿有罪，而儿之亲父敢确断之，吾父之无情酷于国律！"笃美曰："吾将尽吾职耳。"柏鲁曰："此犹吾立于峭壁之涯，而吾父自后推之。此即所谓父之职耶？父信流言，儿虽矢誓，而父不信。吾等之家声，今实处于危地。顾以是故，父更应立吾旁，以协儿拒敌也。"时柏鲁气纠纠，语朗朗，其至诚激忿之状足移铁石者之心。

笃美踌躇曰："顾诸事皆似不利于汝。"柏鲁曰："父乎，父不知，儿无故被绝于梅娘，儿以此失望，遂借挥霍以遣愁。然儿并未至如吾父所言之甚也。父所言之妇，儿曾助济之，但彼于我，了无关系。嗟乎，梅娘！梅娘！"此际柏鲁之感情几不复可抑压，既而自检曰："诸事皆不利于我。然无论如何，吾当自洁。人类之公评，确为可惧。儿虽无辜，或被定罪，亦未可知。噫，听之而已。儿即不应受之，而儿仍将忍受也。惟吾人决不能永远被禁者。"笃美曰："汝言何意？"柏鲁曰："父亲，儿意今后作另是一人观。吾今已有一目的，即复仇是也。儿为其毒计之牺牲，使吾一息尚存，吾必往寻真犯，使伊将还尝吾所受之苦况。此谋本出自傅君许，吾将往彼处寻之。"笃美曰："吾儿留意，毋恃一时之忿，信口妄言，以贻后悔。"柏鲁曰："儿知之。父又将言及傅君之义气矣。父言其家中种种美德，惟吾父何由知之，此岂非彼以最和善之貌，而行其恶谋乎？梅娘何故忽然绝我？伊固爱我，而怅吾等之别离，然则绝我何故？儿确知其爱我，儿固有据可以证之。"

柏鲁方欲续言，而狱吏①入，告笃美，谓限其相见之时刻已尽，

---

① "吏"，原文字迹不清，似又作"史"。

请即出。此际笃美之感情犹千顷波澜,层出叠拥。柏鲁所言果确耶?伤哉,其子所受者如此其痛,而伊犹以严辞责之,则茫茫斯世谁复渠信哉?盖其子之声音笑貌,伊常以自矜者,今已复购回慈父之爱矣。此时老人面上凛然之气全消,眼波汪汪欲滴,虽欲仍其进时之面目而出,顾其锐气已丧,其心正如刀割,乃伸手揽抱柏鲁于怀,喃喃曰:“嗟乎,吾儿,上帝佑吾儿道其真实,是时柏鲁已奏凯矣,渠以能自证无罪于其父前。”

第竟无暇自庆,盖牢门旋复启,狱吏入告曰:“此为君应往见判司之时也。”柏鲁从之往,忿忿然昂首阔步而前。伊忆其径,乃先其人而行。行经警员等聚集之室,正与前日被搜时所见之白领带、金眼镜人交臂过,其人曰:“毕先生勉之,脱君无罪,自有人助君。”柏鲁愕然,正欲答言,而其人已旋踵他往。柏鲁问监行之警吏曰:“此君为谁?”吏惊曰:“子不之识乎?此即刘谷先生,大侦探也。”柏鲁曰:“子谓彼为刘谷乎?”警吏曰:“子即呼之为先生,亦不致炙焚若嘴。刘先生者,凡其所欲知,虽无人告知,伊亦知之。脱君之事,非归彼蠢人方陆之手,而付诸刘先生,则早已结案矣。刘先生无许人虚耗半刻光阴,伊似与君友善。”柏鲁曰:“吾以前未尝识之。不过余初来此之日,曾一见之耳。”警吏曰:“子诚不能识之,盖无人敢自谓识其庐山真面也。今日如是,明日又如彼。时为黑人,时为白人,时为一翩翩少年,时为龙钟老叟。素习如余,且尝为其所欺。有时吾与一生客语谈甚欢,一转瞬而为刘先生矣。脱有人告我,谓子即刘先生,吾亦将信之。彼固可随心所欲而变化者也。”警吏信口颂扬刘谷,不觉已到判司之室外。

此次柏鲁不必再坐而待,盖卓理已专候之。卓理者,透知世道,洞悉人情,预使柏鲁父子相见,以为如此持重之严父,见子被控为盗,其相见之时,必有一番感情,笃美必能降伏其心,而使之服罪也。故卓理候①其相见毕，即传之来，以为彼决不能再隐其情。及见柏鲁，颇以为怪。盖见柏鲁有刚毅之气，绝无失意之容，乃谓之曰："子已熟思之乎？"柏鲁曰："官长，吾既未犯罪，何思之有？"卓理讶曰："锢禁之下，仍无良策乎？子忘之矣，诚心悔改，在律亦应得恩免。"柏鲁曰："吾不求恩免。"卓理若为所难者，故意给之曰："若吾问子三十五万法郎何在，子将焉答？"柏鲁摇首曰："官长，使吾知此，则吾今日固可以自由，而不在牢中矣。"此言乃卓理之惯技，伊用之屡有效验，顾以此施诸能自持如柏鲁者，竟无所用。卓理复曰："然则子仍谓傅君盗之乎？"柏鲁曰："非伊，即另有他人。"卓理曰："毕君，祈见恕，更无他人能盗之。盖惟伊与吾子知其密码。伊有何利而自盗乎？"柏鲁曰："吾未能得其故。"卓理曰："如此，则吾将告子，吾子盗此之利益。"

卓理言时，似有确据，而将宣之者，实则了无明证，特故意恐吓之，见其兀不为动，反觉进退维谷，随曰："子肯见惠而告我乎？子客岁费去几何？"柏鲁毫不思索，答曰："唯，官长。以吾境遇所需，不能无挥霍，吾费去五万法郎。"卓曰："汝何由得此数？"柏曰："吾母遗资有一万二千法郎，又在傅君处所得之薪水及利息等，共有一万四千法郎，又在布士馆赢得八千，其余余向他人移借，将以吾存于傅君处之一万五千法郎偿之。"柏鲁此数既详且晰，更无可驳。卓理曰："借款与子者为谁？"柏鲁曰："那立华君。"噫，那立华自失窃之日，即离去巴黎，不知所之。虽令人遍迹之，迄无消息，故此言实否，卓理只得暂时置之，曰："唯。吾今姑不问此，且询子何故逆傅君之命，而预存巨款经宿，何不待翌晨始往法国银行取之。"柏鲁曰："因葛君预嘱次日清晨来取，能愈早付之愈妙云。吾自知不能早到银行，故预先取来也。请官长问葛君，当知

① "候"，原文作"侯"，据文义改。

非妄。”卓理曰:“葛君为子友乎?”柏鲁曰:“否。此人与我殊鲜交际,且吾常厌之,第伊与那君最为投契。”薛高将答言一一录之。

卓理则默思其父子相见之情景,不知如何①,乃能使柏鲁强项至此,随曰:“尚有一言,案起之前夕,子在何处?”柏鲁曰:“五下钟后,吾离银行,由圣拿沙车站,赴费申尼那君之乡居。以伊向吾索还五百法郎,特携往偿之。及至,伊已他出,吾遂将银交其仆人。”卓理曰:“其仆曾告子谓那君远出否?”柏鲁曰:“否。吾未知其去巴黎也。”卓理曰:“此后如何?”柏鲁踌躇不答。卓理曰:“子不言耶?吾为子言之。汝回至沙爹街,易衣,往一旧日女优林玉姑娘所赴宴。”柏鲁曰:“官长所言是也。”卓理曰:“林玉处有聚赌否?”柏鲁曰:“时有之。”卓理曰:“子惯往来于此种地。有一次,在一妇名骨丽仙之家,出一赌案,子非亦在其中耶?”柏鲁曰:“仆以当时在场,故被传为证人。”卓理曰:“赌者常诱人于不义,在林玉处,子非曾输去一千八百法郎耶?”柏鲁曰:“官长见恕,只一千一百耳。”卓理曰:“唯,一千一百。然是晨子曾偿一千法郎之宿账。”柏鲁曰:“有之。”卓理曰:“汝书案中,尚存五百法郎。汝被逮时,囊中有四百法郎。总言之,廿四点钟之内,汝握有四千五百法郎——”柏鲁兀无动容,惟暗异其考查之详尽,曰:“官长所言果确。”

卓理曰:“然则此款何自而来?盖前一夕,汝固无此数。一少数之款,汝犹不能即偿也。”柏鲁曰:“是日余托股份经理人卖去股票数分,得值三千法郎;再加入吾预支之薪水二千法郎,故有此数,吾无隐焉。”卓理驳之曰:“子言无隐乎?然则何故私掷信件与若同事?”随言随将其致节西之书高擎示知。此际柏鲁乃为所窘矣,垂首曰:“此或因吾欲——”卓理曰:“汝欲此人藏匿乎?”柏鲁曰:“唯,如官长言。吾知处我之境,被控为盗,人必将吹求其平日种种之过失,以

---

① “不知如何”,原文作“不如知何”,据文义改。

为证其大罪之地。”卓理曰:“子以为此同寓之妇、子之赌友,将供出不利于子之言乎?凡不自重而交荡妇者,乃自降其人格也。”

柏鲁曰:“官长!”卓理曰:“吾料汝必知此妇为谁。”柏鲁曰:“当吾初遇节西姑娘时,伊为保姆。伊产于俄波多(按:俄为葡萄牙国西方之名城,以酒著),其来法国时,乃随一葡萄牙人之家眷来。”卓理曰:“伊名非节西,亦非保姆,更非葡萄牙人也。”柏鲁欲置辩,卓理耸肩,在案下纸堆中,搜索出一纸曰:“听之,高百美生于巴黎,乃殓殡人之佐者高泽克之女,其母名别兰。”柏鲁蹙然若不耐者,伊盖未知卓理读此之故,意谓无事能掩过警察之耳目也。随闻卓理①续诵之曰:“高百美十二岁时,习业于一鞋匠之家,居此三年。此后一年,竟失其迹。至十七岁,乃佣工于圣旦尼街之杂货商,名巴唐士处,在此三月,一年中易其主者凡八次。次年,役于郭笔寿街之扇商处。”卓理随诵随察柏鲁之神色,曰:“是年冬季,敉②复佣于柳利夫人处,而随之往利司本(按:利为葡萄牙京城),其在彼处之举动未详。然三年后,伊返巴黎,因辱及他妇,曾受三月之锢禁。伊由葡萄牙返时,易名为节西莲娘。”柏鲁曰:“官长,请听——”卓理曰:“唯,吾知之矣。此与若所闻者异,顾确实事也。释放后,吾等又失百美之踪。惟六阅月后,伊复出现,遇一游历商人,名贾耳德,是人惑其美;后又失迹,再得之,则与若为邻,且相与往来甚密。子知崇拜彼之贾耳德乎?”柏鲁曰:“未尝知之。”卓理曰:“是为蠢汉,爱之甚,迨其匿迹时,此人竟为之发狂。伊常言若侦知百美系与他人逃,则伊誓将觅其人而杀之。后闻贾耳德竟自杀,百美果失迹,虽各处寻访,俱无所得。”

卓理至此,言暂止,若将与以时间,俾柏鲁熟思者,徐徐曰:

---

① “理”,原文漏此字,据文义补。

② “敉”,疑为“伊”。

"汝即因此妇,而盗银行之款耶?"卓理此时又入歧途矣,因方陆未将所得全行报告故,伊以为如此辱其情人,柏鲁必忿忿伸辩,讵料柏鲁竟安静如前,惟默思贾耳德其人,致卓理所言,亦未尽闻。卓理复曰:"无论如何,汝必承认此妇,为汝倾败之缘因。"柏鲁曰:"官长,吾不能承认,以其非实事也。"卓理曰:"伊确为汝挥霍之缘因。汝之室已被搜索,中有购物之收据,多系供其所用之品。又已询过商众多人,咸谓节西之债皆汝代偿。又云汝赌博时,常在此妇之室。"柏鲁曰:"此则有之,且余亦认我常助之之事,然乃出于吾一己之愿,吾实非恋此女。"卓理耸肩曰:"汝不能强赖,汝非因此女故,而绝迹于傅君处乎?"柏鲁曰:"否。此非其故也。"卓理曰:"然则汝何故忽然与汝欲娶之少女割席?思之,汝非曾禀于而父,请其求婚耶?"柏鲁若有所触者,曰:"吾有不能宣白之故。"卓理察其神色,曰:"然则梅姑娘绝汝乎?"柏鲁默然,第其感触之情已形于颜色。卓理曰:"言之。此亦斯案中之要据也。"柏鲁曰:"无论所失如何,吾决不能宣言。"卓理曰:"熟思之,勿贻后悔。谁能见他人之天良,而下公断焉?"柏鲁仍不语。卓理曰:"汝确不言乎?余尚再有他问。去年,汝费去五万法郎,汝之财源已绝,汝不能仍其故态以为生,汝意将欲何为?"柏鲁①曰:"吾无成见,吾以为用至尽时,然后吾将——"卓理曰:"将窃诸库中然否?"柏鲁曰:"噫,脱吾有罪,吾今不在此矣,吾将远遁。吾何愚至此,仍返银行,以待罪乎?"卓理笑曰:"是固余所料及之答语也。汝不逃而留,足显汝计之巧。近有数案,因逃遁之危,预警不诚实之会计。火车之行固速,惟电报则较之更迅。虽美洲之远,不能为逃逋者地。汝留此不逃,以为卸罪之地,可以避嫌疑。脱不幸而被查出,则监禁三五年之后,仍可以逍遥安享此款。宁牺牲五年之光阴,

---

① "柏鲁",原文作"卓理",据文义改。

而得三十五万法郎。如是计算之人，不知世间凡几。”柏鲁曰：“若吾果如官长所言，则此区区三十五万，遽能厌我之欲。吾必将俟机以盗百万，盖常有此数经吾手也。”卓理曰：“等待者常有不便之处。”柏鲁凝思一时曰：“吾忘言一事，前此未曾明言。此事或甚有关系。”卓理曰：“言之。”柏鲁曰：“是日吾遣往法国银行取款之仆人，曾亲见吾将钞票扎成卷，放在库内，且伊亦见我先离去公事所也。”卓理曰：“唯，此人行将传审。汝今可回牢中。吾再劝汝，须三思之，汝所坚隐者，殊非良策。”卓理所以令其即退者，盖欲查究适间所言之人。

柏鲁出后，卓理谓书记曰：“薛高，其所云之仆人，非有医士证书，谓其病甚，不能到案之人乎？”薛高曰：“然，即其人也。”卓理曰：“伊寓何处？”薛高曰：“方陆告我，谓其病甚重，今在端宝华医院。”卓理曰：“如此，吾今将亲往讯之。可即备纸笔，雇一车子，即偕吾往。”端宝华医院离巴黎裁判所甚远，然御者闻有重赏，即竭力加鞭，瞬间即到。顾病人目下能答其所问否，此乃卓理在车时戚戚于心者也。

既抵病院，乃往晤院中总理，据云，此人虽折其足，痛苦不堪，但其脑固甚清醒也。卓理曰：“吾欲诘伊数言，烦君勿许旁人入扰。”总理曰：“官长，毋患此。其室中有四榻，然除其所占之外，三者皆虚。”卓理遂请其导之往。时室中仆人，见判司入，后随一顽瘠少年，手挟纸匣，料为此案来者，曰：“君等非为毕先生之案而来耶？”曰：“是也。”卓理立于榻旁，薛高将其纸笔摊诸一小桌下。病人供谓名安汤尼，年四十，未娶，生于希耳郎德省（在法国西南）之加杜贾地。判司曰：“汝精神如何？可以答吾之问否？”安汤尼曰：“精神尚足，尽可如命。”判司曰：“然则二月廿七日，汝曾往法国银行取三十五万法郎之钞票否？”安曰：“确有之。”判司曰：“汝何时以款回？”安汤尼曰：“吾回时，谅必有五时矣。”判司曰：“汝记忆否,汝以钞票授毕先生后,伊如何?毋急急,且细思之,然后答我。”安汤尼凝思片晌曰:“伊始则点其数,继将其分作四卷,缚而锁置于库中。此后伊——唯吾忆之,此后伊即去矣。”安言末语时,颇用力,竟忘其病足而起,忽然失声叫痛。判司正容曰:“汝所言者,无疑否?”卓理庄严之音容,安汤尼似为所骇,游移曰:“无疑乎,更无有确于此者。”卓理此后,不能得其一切实之答语。盖伊已有所惧,以为此事将株连及己,偶一失检,祸不旋踵故也。虽然,卓理欲究之事已得之,遂出,途中谓薛高曰:“此亦要据中之一也。”

觉我赘语

此回首写少年被囚,虽仅数语,非身历其境者,决不能道。然作者非即被囚之人,犹吾所深信者也。昔人谓文人心思,七孔八窍,无所不入,观于此益信。

前余读第一章傅安德对其书记语,叹为委曲仁厚,于纸上奕奕有生气。不意此章复有父子相对一番之问答,观其至情相感,先盛怒,后解释,较之国策左师触詟对赵太后语,尚觉后来居上。盖彼不免为机械的动作,此则事事句句,从性情中流见也。

后半又叙毕柏鲁审问一段,此为第二次,前后相对,无一语重复。不仅见判司之细心勘问也,且知凡成大狱者,事迹必极复杂,多方觅证,悉心详问,犹将入于歧途。若我国之知县,催科抚字,教养兼资,一遇刑事诉讼,论者每斥为三木之下,何求不得。然谚有云,心无二用。彼知县大老爷已不啻千用百用,欲其不糊涂了事也得乎?呜呼!今日司法独立为政府未决之问题,而居高位者且有极力反对,以为不宜于今之中国。此愚所欲索解而不得者也。

月晕而风,础润而雨。彼刘谷先生于此,已春云再展矣。吾知必有绝大文章,随于其后。

仅此被逮后数日,而柏鲁前后之用款、节西生后之历史,均已了若指掌,不得不服其调查之详尽。此警察侦探之所以可贵,而文明国所利用之以办案者也。

那立华乃为毕柏鲁之债主,事奇绝。那立华于失窃日忽不知何往,事更奇绝。吾读至此,吾益不忘其人。

贾耳德何人耶?吾读至此,不忘其人。

第二十一章

以上所叙即胖人佛端理所调查得之事实也。是夕九时,端理乘奥理仁火车回巴黎,即归大天使旅寓。比至,则柏鲁望眼欲穿矣。端理笑谓之曰:“子今将大旷尔聪,须知善探案者,凡探一案必先追其源。世间事常纠葛相连,有因必有果,决遗无端而至者。使二十年前,葛吉士不入茄菲馆忿争杀人,则此日必不至身死不明,范兰卿于一千八百六十六年所受之罚,乃为其于千八百四十年时所犯之罪也。天网恢恢,疏而不漏,信哉是言!古语有云,一失足即成千古恨,再回头已百年身。吾人可不随时自警哉?”随言随将所得一切详述之。端理与此星期内,仅得睡廿四小时,顾毫无倦容。他人于精神劳疲之余,苟见椅榻,急思委卧其上,乃端理追述此案时,或坐或立,口讲指画,仿身历其境若者,查鲁凝神静听,亦俨同目睹。嘻,端理所言,胡竟详细如是,得勿空中楼阁任意虚构也耶!

端理述至翌晨四点始毕,欣然曰:“渠等固黠者,自以为已有备矣。然宁值吾一笑耶,彼等已皆在吾掌中,但未能自悟耳。一星期后,人当公认子为无罪。吾尝许若父如此也。”柏鲁游疑自语曰:“能是如乎?翁所言者,果能是如乎?”端理最恶他人之有疑于己,乃曰:“唯,皆实事也,皆有据可证也。”柏鲁曰:“以巴黎政治之精明,犹能容此狡徒,而不……”端理断之曰:“友乎,子年少,阅历尚浅,较此更重之案,汝殆未之前闻。于法政报告上,子仅见宵小下流行凶劫夺,以妨社会之安宁,而不知在家庭之中、法律之势力外,固亦常演离奇之怪剧也。昔日之盗有形可迹,今之为盗者,竟有文绣衣冠、头衔崇峻、为社会所礼敬而欢迎之者。即被其欺者,且将碎心含笑而死,如适间所述之类,固司空惯见,而子乃以为骇人听闻耶?”柏鲁曰:“此案头绪纷繁,究不解翁何从而下手。”端理笑曰:“吾苟任一案即以全神注之、志之,即寻常之人,苟专力一事,未有不达其目的者。况吾侪久操是业,壹意以探求之乎?”柏鲁曰:“然,仆不敏,终有所惑。”端理曰:“凡人于昏雾中,苟有一丝曙光为之导,即可循之前向也。当余告路易,谓为吉士之友时,彼之目光,余即视为一线之曙光也。余之进行,即凭此一线之曙光。”

斯时柏鲁凝神倾耳,目光炯炯,其意急欲知此老探案之秘诀者。端理知之,乃曰:“子欲知我如何下手乎?”柏鲁连声曰:“至愿!至愿!”端理见其急切如此,颇有得色,矜然曰:“吾且为子诠解吾谋,其理甚浅白也。其始吾等合力攻之,以探其源,故得知路易为此案之主谋;既得端领,吾事即易为矣;遂将诸人分别遣之,以为我耳目。宝约瑟潜伺路易,节西隐守傅夫人与梅娘。”柏鲁曰:“仆不解节西何以肯役于傅宅也。”端理笑曰:“是则老夫之秘密矣。余既有诸人为我耳目,遂自往部该耳细查往事,因知其定与今事有关系也。次日,余往葛勒密耳郎堡之附近,访晤老仆葛顺之子约瑟,其人至诚朴,见我即以为欲购丹参来也。”柏鲁不解,愕曰:“丹参乎?”端理曰:“然,伊有丹参出售,余遂藉与接洽议价,相语竟日。且蒙伊饷以酒食,至日仄,约瑟渐沉醉,余乃向其购丹参九百法郎。此参余已交尊翁代为销售矣。”柏鲁瞠目视之,端理曰:“唯,余费去九百法郎而得细穷堡中事,凡吉士之私婚逃亡及路易之蹶马等事,余皆知之綦详。约一年前,路易曾回乡,将堡售于福积禄。余且知其是夕尝与福妻梅灵私会，后余即往晤梅灵。痛哉此女！其夫虐之，几同鬼类，余乃告以来自子爵处。伊即具告所知，甚至范夫人与其女争论，及傅夫人私婚之事，靡不言之凿凿。至此，余遂将种切理由，志之手册。余更往查吉士之结果，赖福为若父子友，渠告我，谓吉士曾在安鲁耳郎购①得一铁厂卜居焉，未几即死。”柏鲁曰：“翁真妙算无遗，不嫌琐屑。”端理曰：“余常喜藉铁红时击之，需者，事之贼，而鲁莽从事，尤当深戒也。余于安鲁耳郎得遇万义，盖伊由路易处辞出后，即往省故主之墓，而后回西班牙故乡。余乃访之，遂得闻吉士生平之行藏及死事。余且由该处一小旅寓之居停处，探悉当时有一少年工人，假居数日，据所述之状貌，决是立华无疑。”柏鲁曰：“然则此案底蕴，翁果尽知之乎？”端理笑曰：“余果尽知之乎？子犹未深信耶！不久子当自悟，盖当余在安鲁耳郎时，助余者固未尝袖手偷闲也。路易与立华互相猜忌，彼与立华往还之信，宝约瑟皆窃抄之，其最重要者，且私以影具摄印之而致我。节西亦竭其耳聪，潜听一切以报我。不惟是，余尚有他术以彻②查傅氏，此则俟他日更为子言之。今吾所探得者，尽告子矣。顾吾行后，子则何为？”

柏鲁闻言，面红至耳际，自计不如直告之，或尚可挽回，乃喟然曰：“仆昨阅晚报，见最近新闻栏内有路易将娶梅娘之消息，仓卒间，竟冒昧妄为。”端理急问曰：“子何为？”柏鲁嗒然曰：“仆寄一匿名信于傅君，谓夫人私立华！”端理听至此，不禁自椅跃起，拍案大怒，曰：“蠢人！蠢人！奈何败乃公事！”言已，蹀躞室中，复一再顿足，声浪綦重，若忘楼下固有居客也，已复向柏鲁曰：“孺子竟不可教如此！愚哉蠢哉！子不自知溺于大江中，有健者跃入水中

---

① “购”，此字原在“郎”字前，据文义改。

② “彻”，原文作“澈”，据文义改。

援之，行将近岸，而汝竟执其手足，使不能游泳。余临行时如何诫汝？”柏鲁曰：“翁诫诫我静居勿出。”端理曰：“然则奈何不遵守之？”柏鲁此时如犯规之学徒面对严师，期期而言曰：“翁乎，因彼时已入夜，仆头痛甚，遂散步于码头，不觉信步至茄菲馆，以为无妨少息其中，随见报中之恶耗。”端理曰：“前者不尝与子约，须壹心倚信我乎？”柏鲁曰：“顾翁此时不在，余一时为所颠倒，恐翁归期过晚，致遭意外。”端理斥之曰：“惟愚者乃有所谓意外耳。子竟寄一匿名信，子亦知多此一举，大足以阻吾之进行乎？且此举实使我失信于我所尊敬之人，伊将以我为欺妄……”言至此顿止，若恐泄露机密者。

已而曰：“事后追悔奚复有济，必须有以补救之。”乃问柏鲁曰：“子之信投入何处邮箱者？”曰：“在留安区。仆方投入，即便生悔，然已莫能出之矣。”端理曰：“悔何晚也！顾在何时？”柏鲁曰：“约十句钟。”端理曰：“然则是信已于今晨送至傅君处矣。伊或独在书室拆之。”柏鲁曰：“当如是。”端曰：“子能将信中语一一为我述之乎？再思而后言，以信中措辞于事重有关系也。”柏鲁凝思片刻，乃将所书背诵一遍。端理促眉谛听，曰：“此信殊恶，关系非少。子更为我言之。”柏鲁如言，端理自亦复述一遍，已曰：“其最险恶者，则引及会计事后之连接语曰，‘然则尊夫人之宝饰，今在长生库者，未悉亦是伊所盗否’，又曰‘使吾处君之位，吾将暂舍外盗，而潜察吾妻’等语。”言至此，袖手摇头曰：“此信之后果殊难预度，然非佳兆也。傅君性燥乎？”柏鲁曰：“有时其性极烈。”端理曰：“然则此事或尚可挽回也。”柏鲁曰：“如何？”端曰：“凡性急之人，值重要汝临前，每自恐过烈，或再思而后行，此则吾等惟一之希望也。然若傅君得事信，即驰入夫人室中示之，则吾等之谋败矣。盖夫人被迫至是，不得不和盘献出。”柏鲁曰：“数重厚幕一朝揭破，亦殊快矣。”端理曰：“不然。苟夫人一认前事，则彼奸人必立刻远扬,如此更将累及一人。”柏鲁惊曰:“更将累及一人耶?是人仆识之乎?”端曰:“识之甚谛,今姑不尔告也。余尚未彻知二奸之底蕴,若遽听其远扬,余綦不甘也。”柏鲁曰:“吾以为翁所知已无遗矣。”端理耸肩曰:“汝不闻余所述之颠末乎?首言之,路易果毒杀其兄否,为余所必要研究者。”柏鲁曰:“闻翁所述,仆敢决吉士必遭路易之毒手也。”端理曰:“余意亦与汝同,第未得确实之证据耳。余曾诘吉士之医,据云实无可疑之处,此医固极有经验者也。然则吉士之死,果因毒药以致之耶,抑确为病不治耶,迄今犹未解决也。”柏鲁曰:“但其死时何适巧乃尔。”端理曰:“此虽可疑,殊不足为铁据。且犯案之出,容亦有与他事适凑者。其次,则余今尚未知立华之身世。”柏鲁曰:“此尚须再察欤?”端理曰:“然,是必不能免。余已托一友为我踪迹之,此君甚精敏,余已得其覆书,谓目下正在详细根究中。余甚注意于此小子,吾以为使其不遇路易,则必为一刚毅忠义之少年,亦未可知。”

柏鲁凝神不答,伊深信端理之言,故正幻拟路易等在裁判所中定罪,而洗去己冤。至是又悟梅娘绝己之理由,及在裁缝室中相遇时之怪状,今而后知梅娘实钟情于己,未尝变其初志也。思至此,又默拟将来种种冀幸,此为柏鲁被绝以后,第一次宽怀之日也。其始伊甚讶端理之能,今则非惟神其技,且欲知其何以热心如此,是人素昧生平,乃不辞辛劳,不惮艰险,以援救之,其所望报者为何耶。思久之,曰:“翁不宜久隐其名,似翁大德,出仆于死中,恢复仆之名誉。翁亦应留下一名,俾仆知所应感谢者为何人也。”端理笑曰:“子今尚未登陆,姑耐数日可也。”

俄闻钟鸣六下,乃曰:“竟六时乎?余颇思安眠一夕,然今非其时矣。”遂行至扶梯际,呼曰:“亚力山大娘子!”亚乃上楼问所欲,端理曰:“烦即为我招宝约瑟及佩儿来,到时立告我。余今将少息片时。”夫人领命去。端理遂入室,和衣横短榻上,谓柏鲁曰:“请子见谅。”即合目睡去,仅及五分钟,鼾声已作。柏鲁坐守之。

迨至九时许,微闻款门声,而端理已觉,曰:“来者谁?”柏鲁启视之,则路易之御者,宝约瑟也,目光四瞬,喘息不已,已而曰:“首领,暴安,何幸再见公也!今可以导仆一切矣,数日未见,仆几不知所措,仿同傀儡之断线矣。”端理起曰:“小子无谋至此乎?”约瑟曰:“仆固有致惧之由。昨日下午仆连发三电于公,一达安利,一致部该耳,一达安鲁耳郎,皆不得覆音。唯其事固如此。仆虽不知公之计画为何,惟务须鼓力向前,以副雅命耳。苟再延缓,则鸟且远飞,仅余空笼矣。仆原知公极精敏,然渠等亦甚狡黠也,今且自知为人所伺。”端理曰:“是必有人误事致为所觉。”约瑟曰:“吾等皆如令行,未尝误也。第渠等怀疑已久,当夜花衣会时,中伤翁臂。此其一证也。自此外若安详,内实时深警惕,至昨日忽有所搜求。”端理曰:“子因此而电达我乎?”约瑟曰:“然,听之。昨早约十时,子爵起身,梳洗毕,即自捡案上信件,仆乃假托料理火炉,留室中伺之。伊乍见,即知函件曾为人所动,神色惊惶不已。仆不敏,殊不知其何以知信件曾为人所动。公知仆固甚谨慎,抄录后即归还原处矣。后见其将诸信逐一反覆审视,然后一一嗅之,仆方拟以一显微镜呈上,渠即跃起,踢掷一椅至室隅,怒斥仆曰,有人偷阅吾信件,视之,此信曾经其摄照也。嗟乎!仆固非怯懦,第当是时,如闻惊雷,心脉之跳动为之停止,幸能自慰……”端理此时正在画策,殊无意于宝约瑟自述之语,寻漫谓之曰:“其后如何?”约瑟曰:“嘻,我固无所惧也!伊固未尝着吾肤,仆因欲避其锋,故隔一写字桌而语之曰,爵爷误矣,谁敢擅动爷物?伊闻言,遽将一信掷示我,怒曰:‘视之,视之。此信曾经摄影者,此其明证也。’随指信角一至细之小黄点曰:‘视之,嗅之,是即……’”约瑟言至此，仰目张口，已而喃喃曰："吾竟忘其所言之名，即摄照所用一种药料也。"端理曰："知之，知之，其后如何？"约瑟曰："渠言毕即趋前，执吾衣领，严诘我为谁、由何而来，且令将受雇后每日所为详细告之。其讯诘之严，俨同官长之审案然。随后复传旅寓中承值其室之侍者入，操英语诘之。仆不解英文，故不知所谓。俄而怒稍解，侍者出后，渠即授我二十法郎，曰：'适误责汝，今甚悔之，似汝之愚，何能作此等事？'"端理曰："渠言如是乎？"约瑟曰："然，当面语我如此也。"端理曰："汝谓其言果由衷乎？"约瑟曰："然，或无所假伪也。"端理笑而不答，意若不然其说者，已而曰："汝意果如是，则路易之言是矣，汝可坦然信之。"约瑟期期，若将有以自表，既而又止，曰："公若曰我愚，仆何敢自讳？子爵既检视信毕，即整衣冠出，不乘自己之车，而于门外自雇一车。仆以为伊将遁迹，竟不然，至下午五时许，施施然归来矣。当其出外时，仆即电达公。"端理曰："汝胡不尾之耶？"约瑟曰："否，仆另托一人伺之，后将其行止告我，曰其初至经纪处，后复往数银行。其始仆以为渠将远扬避祸也。"

述已，三人皆默然。约瑟所度亦至有理，端理①乃默筹开战之策，一面且俟佩儿之报告以定方针。时柏鲁适立窗前，忽惊呼曰："路易在彼！路易在彼！"端理与约瑟同至窗前视之，曰："何在？"柏鲁曰："在桥头转角处，卖果摊之后。"柏鲁之言甚确，路易正躲果摊后，以伺其御人。端理始尚疑之，因路易颇善于自匿，后因其地甚拥挤，路易竟为人推挤至前，露其全副面目。端理遂得见之清切，第未尝以为骇异，乃曰："猎者今为人所伺矣。"复谓约瑟曰："约瑟，子今犹谓若主信汝无罪乎？"约瑟肃然曰："公固谓不然也。明公有所指教，敢不信之维坚耶？"端理曰："昨日之怒，渠故意为

① "理"，原文作"瑟"，据文义改。

之。伊知有人伺之,故欲探知此辈为谁也。尔之来,伊实尾之,今将伫而俟子出,然后到此探查子为谁。”约瑟曰:“仆可去而不为所见。”端理曰:“吾知之。汝将援寓后女墙而之酒商之草场,由车站而至海威街,然乎?”约瑟咋舌惊奇,既而曰:“正中下怀。尝闻人言凡巴黎之房舍,公莫不洞悉,今果不谬。”少选又曰:“仆尚有他法,仆可袖手由前门来,听其来此问亚力山大娘子,伊固尝受明公之训,必能以诙谐语对付之。”端理曰:“否,狡猾如路易,恐不易处置如是也。吾另有法,更善于此。路易检言后,曾与立华相晤否?”曰:“否。”曰:“或曾与之通信也?”约瑟曰:“仆确知其未。因仆自有秘法能验其笔曾否受握,后确知其昨日未尝执管也。”端理曰:“伊昨日下午尝出外,子焉能知之?”约瑟曰:“然,惟尾渠之人言伊未尝发函也。”端理曰:“如是,则吾等尚有余时也。今予若十五分钟,即易一人来。予暂为汝守之,悟吾意否?”约瑟欣然去,端理遂与柏鲁立窗幕后守之,见路易时进时退,终不离去彼处地点。盖其地甚拥挤,为途人所推拥,而伊则决意立此以伺其仆。柏鲁曰:“公奈何专注意于此獠?”端理曰:“因……唯,是吾事,不汝涉也。”

端理原许约瑟以十五分钟乔①装,乃未十分钟,伊已入室,适间之短发红服之俏俊御人,今已变为威风凛凛之长者,颈围黑巾白领,插一假钻衿针,衣黑大衣,顶一油垢②之旧帽,御光滑皮靴,手执行杖,望而知为警察局中之侦探,亦犹兵士之制服,见者即知为军人也。适间之宝约瑟,今复变为松鼠方陆矣。柏鲁骤见之,不禁失声惊叫,盖认知此即被逮时,警局所派往银行查勘之人。端理细相之,曰:“善,警员气概已有余,即忠诚者见之,亦几至战

① “乔”,原文作“桥”,据文义改。
② “垢”,原文作“诟”,据文义改。

栗矣。子悟吾意否?”方陆闻言,喜不自胜,曰:“首领,仆今当何为?”端理曰:“智者固无所不能也,然志之,成功与否皆视吾等之能合法而行否耳。未与立华交涉之前,须先处置路易。幸彼二人今方分居两处,吾等务阻其聚晤也。”方陆频瞬其目曰:“知之。仆当诱阻之乎?”端理曰:“然,正如是。今可如前策由海威街往,速至圣密加河,沿河畔行,而止于码头,使路易知为人所伺,如渠不觉,汝可故意引之。”方陆自抚其手,曰:“知之。仆当掷小石于水以动之。”端理曰:“渠既见汝,必惊移他处,汝须尾之。渠既知为警察所伺,必竭力避匿。志之,须张而双目,伊固甚黠也。”方陆曰:“诺,仆非昨日始生者。”端理曰:“如此更善,子可于此事自证之。唯伊见汝随其后,必不敢回旅寓,盖恐寓中有不速客俟之于彼也。志之,渠不回寓乃吾等之要键。”方陆曰:“设或回寓则奈何?”端理默思有间,答曰:“料未必,设或回也,汝可守之,必伺其出复尾之。然我料其决不回寓,伊当往车站购票而他适。第无论[①]若何,子必随之,虽至天涯地角,亦必毋辞。子身畔有银否?”方陆曰:“仆当向亚力山大娘子取之。”端理曰:“善。更有一言,渠果乘火车去,子须即电知我。若渠作打草惊蛇计,汝须自慎,于僻静处尤宜加意,伊固无所不可为者。”方陆曰:“苟不猿已,仆可放枪乎?”端理曰:“毋燥莽,惟渠若攻汝,汝固应自卫也。嘻,可行矣。”方陆乃敬礼而出。

端理与柏鲁仍回窗际。柏鲁曰:“翁何为不惮详求,而复不为披露?路易之恶今已贯盈,而仆之羞辱实犹未雪也。”端理曰:“子毋躁,子其知吾欲路易与立华离而不晤之故乎?”言至此,忽疾呼曰:“视之!视之!”柏鲁随其视线而观,则见路易方举步,将离果摊而向桥旁行,而又若有所避者。端理喃喃曰:“渠已见之矣。”是

① “论”,原文作“请”,据文义改。

时路易局促之状毕露，彳亍向前，欲行又止，寻转身向圣约嘉路去。端理矜①然曰："得之矣，得之矣。"

语至是，室门骤启，则佩儿入矣。所谓佩儿者，即节西也。前人诗云，容易玉颜愁里老。嗟乎！节西有是哉！别离才十数日，乃其憔悴之容，有若经数载矣！柳眉紧锁，杏脸褪②红，流利之乌睛亦且凝滞无光，春风笑面转瞬已秋冷逼人矣。向者柏鲁以为此女多情，今久别骤见，定必追诉离情，剌剌不已。乃节西仅对之一颔首，若未曾相识然，而对端理，则殷勤恭谨，翼翼小心，无敢稍存怠意者。第端理则以至相怡之音容待之，旋柔声谓之曰："好姑娘，有何消息报我?"节西曰："傅宅中颇有事故，侬颇欲前来告报。无奈无计脱身，今幸梅姑娘知意，故遣侬出。"端理曰："卿当感其倚信我，想渠今方依吾等所定之计画而行也。"节西曰："然。"端曰："渠今尚肯会葛子爵否?"节西曰："自从议定婚期后，子爵无日不来，而梅姑娘亦善遇之，子爵似甚慰意矣。"

柏鲁听至此，且惊且怒，伊本不知端理之来历，骤闻此，以为是端理故意侮弄之，而助路易成功也，乃盛气厉声曰："恶！葛氏巨盗也，刺客也，乃仍许其出入傅家而辱我梅娘乎？明公之许诺何在！公其故意戏我以自娱乎！公其故意起吾希望而复凌……"语未毕，端理斥之曰："子愚甚，安足与言世事！子既无自救之能，理应自安于愚，勿扰及拯汝者！子不知前夕事，已遗患不少乎！"已复转身谓节西曰："请续将所侦得者，为我言之。"节西曰："依所侦得于梅姑娘者如是。至于夫人处，竟无所得，盖伊日来似乎魂离躯壳，行动茫然，第守口如瓶，一言不发，若有所隐于姑娘而畏避之者。"端理曰："傅先生如何?"节西曰："侬正欲及此。侬敢决

① "矜"，原文作"衿"，据文义改。
② "褪"，原文作"腿"，据文义改。

其近日必遭有意外事也，盖频见其徘徊室中，若失丧心魄焉。且伊平素情性固甚激烈，而日来更燥暴异常。夫人、姑娘及大公子皆讶其举止，惟不敢问之耳，然旦夕间终有爆发之虞。盖其目中已现狞怒之光芒，而于注射夫人时尤甚。昨夜闻报路易来，伊即跃起，匆匆他去，声言有事不能陪客。”

端理矜然视柏鲁，曰：“听之我言如何？”柏曰：“伊显然……”端理接之曰：“伊显然不欲即发也，伊欲更觅他种证据，以实汝言。此时当已得之矣。”又谓节西曰：“夫人与姑娘昨日曾外出否？”节西曰：“然。昨日果外出三小时许。”端曰：“傅先生如何？”节曰：“夫人等携侬同去，傅先生独留宅中。”端理曰：“今更无可疑，渠欲搜觅证据，今当得之矣。彼匿名信已告其匿藏之地。”又谓柏鲁曰：“此书之累我，胜于全案各事。”节西闻言，似有所触，曰：“悟矣，悟矣，非傅先生已悉一切乎？”端理曰：“然。伊以为尽知一切，实则伊所知者皆等诸乌有耳。”节西曰：“以故嘉佛郎君，昨闻其诏仆人意法得曰，凡有信函递来，无论是致何人者，皆须亲自先送其书室，并谓如违此令，立即遣去云。”端理曰：“此令何时发出？”节西曰：“昨日下午。”端曰：“噫，是矣。余正虑及此也。伊固已决定其政策，但暂忍之以俟激烈之爆发耳。今事机之危迫至是，吾等尚有间隙以败其谋耶，尚有余时以证匿名信之不尽实耶。”言讫，沉思半晌，乃谓节西曰：“好姑娘，深谢汝之详报，吾今将筹进兵计，坐而待之，势不能也。今归休，顾语言举动皆须自慎。盖傅君实疑汝亦同谋。宅中所遇，无论巨细，务随时报我为要。”

是时，端理已遣发之，顾节西竟不去，悻悻然问曰：“长者，贾耳德事如何矣？”旬日来，柏鲁闻贾耳德之名已三次矣，其始关于裁判所者二，今又闻之于节西。此究何人耶？柏鲁智尽能索，实不忆交游中有此人也。端理向常镇静有谋，今乍闻“贾耳德”三字，竟栗然色变，旋即自振，随曰：“余许姑娘代觅之，决不食言。

今请即行,毋启人疑也。”节西遂去。是时已正午,端理至是,始觉腹饥,即鸣铃索食。亚力山大娘子乃为二人进膳,食时,屡设词以探案情。而端理置之不答,或斥止之。亚遂不敢复问。柏鲁自晤端理以来,惟今日始见其有疑难色。久之,柏鲁不复可耐,曰:“想仆累公苦矣。”端理曰:“诚然,子困我甚。吾今竟不知所措,将速前乎,抑静观以俟其后乎?其最难者,则余固尝缔有密约也。唯,唯,吾须往就判司,渠或有以助我。子盍随吾去?”

蛰竞赘语

因果之说,事涉迷信,通人达士,固羞称道者。虽然,吾不谓然。事之有因有果,实无或免而或爽者。迷信者,人心耳。种瓜得瓜,种豆得豆,亦可谓之迷信耶?端理以葛吉士之身死、傅夫人之受罚皆因果之报施,岂欺我哉?造因者其谛听诸。

盗有有形之盗,有无形之盗,则治盗之法难矣。何则?有形之盗固可纯之以法律,而无形之盗不特为法律所不及,且将使人受其惨毒而不能声张者。彼盗也则优游其间,劫人金钱,吸人脂髓,日施其奇异之盗术而靡底止。噫,彼路易所操之盗术毋乃类是!

斯时之端理与柏鲁为绝对的一动一静。端则东奔西驰,惟日不足,而柏也匿居旅舍,寡寂无聊。彼动极未遑思静,而静极乃遽生动。讵料即此一息动机,遂生出无限阻力、许多波折,令承理是案者不克如愿结束,则此一息动机之为害匪鲜矣。

端理因匿名信之有害于事也,一则曰实使吾失信于吾所尊敬之人,再则曰如此更将累及一人,然则所谓尊敬者何人耶,所谓更将累及者何人耶,吾闻其语,未悉其人。

两情脉脉,订好有年,一旦遽尔绝裾,夫岂得已哉,必大有故在也。况坚忍如梅娘,尤非泛泛儿女家可比,岂肯以万金不易之爱情,随意效临风杨柳耶?柏鲁不察,几疑梅娘为甘心绝己,今备闻端理一番详述,水落石出,指顾可期,乃始晤前日之拟议非真,来日之良缘未艾。则伊平昔惟一之希望,不绝者如缕,今而后又将引起矣。

西国侦探之变形易相,真神乎其技矣!宝约瑟倏为御人,倏为侦探。译者写得惟妙惟肖,令读者如见其人。柏鲁之惊叫一声,尤足使读者幻想此时宝约瑟之形相为何如。

佩儿伊何人也?胡从而来耶?幸即披露,不然,则又煞费人索解矣。

宝约瑟之入佣于路易处,节西之入佣于傅宅,固皆由端理之派遣也,然则宝约瑟固供职警署,其职务所在即名誉所在,则其奔走勤慎也,宜矣。唯彼节西果与端理有何关系?胡亦唯端理之命是从耶?吾心滋疑不释矣。

噫,异哉!安德接得匿名信后,其一一举动,果悉如端理所料,人谓料事如神,端理殆具此能事欤!

贾耳德何人,可谓一百十三案中最奇绝之人也。洋洋洒洒,一篇大文章已披露过半,独是人名氏仅若有若无,一一闻于他人之口,然则斯人也,其将终秘而不宣耶,能毋令人闷闷。

第二十二章

傅安德得匿名信时,果如端理所料。是晨安德照常入事务室,展阅邮来函件,启阅公事函数封后,随及此。骤见字迹,似有枨触,若明知其为伪迹也者。似安德之名高望重,家资富裕,故虽素未谋面者,亦恒有与之通信,或求职事,或恳周给,或因干求不遂而诘责之,固常事也。乃其骤见此书,已料不善,比启视之,乃如受重击。嗟乎!安德何人耶?斯何事耶?自念虽出身微寒,顾生平以诚信待人,从未尝稍涉欺伪,今乃有以其妻不德者告知,且谓其惑于奸狡,既耗己资,复同谋而陷一无辜之少年。信中言之凿凿,然则果可信乎?安德注视久之,神思昏然,四支疲木,少选乃自悟,曰:“耻哉怯奴!”即将该信挤作一团,掷之于火炉畔,曰:“余将忘之,余愚甚,胡以此不名誉之信污吾脑?”安德言固如是,心亦如是耶?

然自阅此信后,他函皆搁置不阅,默坐苦思,而疑团渐起矣。乃伏案上,将息片时,以手拭额,若将藉以挥去一切思虑者,复怒曰:“嗟乎!吾苟知此人为谁,则必……”语至此顿止,复俯拾前信置案上,以手抚按平之,细认其字迹,曰:“是必书记中有欲吾增加薪水,未应所求,故挟嫌为此。”转念各书记皆端士也,即有求未遂,亦决不出此贱行,更谛信面之邮印,知由留安区发者;又详细复读一字一语,皆注全神以诠解之。凡接匿名信者,初常夷鄙之,以为其人不敢公然出首,而欲委过于楮君者,即非虚妄,其去怯懦几何。然亦有虽明知不屑查究,且或已投诸炉火中,而疑心尚不能与之同灭者。是亦犹毒菌偶着人肤,即不立发,亦将逐渐生息,流蔓全身,至不可救而止。夫为人妻而被疑有暧昧事者,无论其事之真伪若何,但其夫决不肯再恃为心腹者,可决矣。初时,安德颇不自耐,拟将该信示夫人,方起欲出,忽转念坐下,默思此信果实,吾果为所欺,则示之者,宁非反令之得以掩饰耶?果尔,则我复何从而得种种证据?安德此种踌躇正中端理所料。端尝曰,苟傅君不立即发怒,而细细筹思者,则吾俦尚有余时补救前失也。

是日,安德果不骤发,沉思良久,决意潜察之。嗟乎!以安德性情之爽直挚厚,乃家庭间有此离奇之怪事,使之效颦侦探,綦不幸也。计莫之出,复念信中固言其妻之首饰已经质罄,当一验之,即知此信之实否。然果信也,又当如何?正凝思间,仆人入报午膳已备。安德揽镜自照,神色嗒丧,颇为惊愕,自振一回,然后去;食时佯作旧态,杂谈闲事,且欲诱夫人出外,俾得间以搜其室,谈间乃问夫人曰:“今日须外出否?”夫人漫应曰“今日须往某处”,并云“须携梅娘同往”。安德又问曰:“然则夫人以何时去?”答云:“膳后即行。”安德闻言,颇私喜慰,以不久即得探检一切也。食已,即燃雪茄往书室。食罢即出,虽非其惯习,今日则托言有事,不暇久谈云,寻又托事遣路西出。

半时后,闻车声辚辚,知夫人等已出;即趋之夫人寝室,启其贮首饰之抽屉,果见失去数盒,然尚剩有十余盒;迨启视之,则皆空乏其中。嗟乎!然则信中之言果实矣?俄复自慰曰:“否,否,未必,未必,或另藏他处也。”随将室中所有抽屉一一启视,亦无之;又念夫人或送至店中改镶及修理,然曾未闻其言及。猛忆赴桑氏宴时,曾询其何为不带首饰,夫人笑答之曰,安用此?人皆熟见之矣,奴不御者,更易惹人视线,且今夕之衣,不与称也,云云。唯夫人当日之答固如是也,言时且假作笑容,毫不惊惶。嗟乎!夫人固纯厚者,乃亦工于隐遁如是耶?果尔,则安德之被蒙,匪伊朝夕矣!凡此皆为安德意计中筹虑而不能释者,倏又发生一异想,满怀希望,如被溺者骤见一零木破板焉。盖以为夫人之首饰或置诸梅娘室中,遂不再思索,径至梅娘房中,搜寻既遍,非惟夫人之首饰乌有,而梅娘所有者,亦仅存七八空盒矣。天乎!然则此女,伊抚如己出者,亦与谋乎?经此最后之一击,陡然知觉全失,顿萎座中,一味唏嘘不已。嗟乎!安德旬①日不幸也,数十年惨淡经营,存②斯境地,今变出家庭,而傅氏清名亦将隳地,此后尚复有何希望耶?顾安德之思想尤未已也,即此刹那间,已千变万化、叠出不穷。彼以为兰卿伊何人,非余所最崇拜而最敬信者耶?非余出之贫困中,俾伊有今日耶?爱情翕合,积数十年如一日,胡

① “旬”,原文作“洵”,据文义改。
② “存”,原文作“洊”,据文义改。

竟忍心,乃欺我辱我至是耶!且此日始知伊欺我、辱我至是,而昔年之欺我、辱我又正不知何如。嗟乎!崇朝之刺激靡终,往日之追思复切,安德之痛胡终极耶!

虽然,安德亦非愚无识者,自知徒自悲痛,于事奚济,又念首饰之失犹未足为证据,尚须另求诸他。于是传知众仆,凡有外来信件,皆须先送至伊书室。嘱毕,即发电往耳理米,详询那氏家世,而犹注意于立华。后复如信中计,亲往警署调查葛氏先世。诚哉民迹册籍存诸警署,苟得稽考,奚难洞晓。但警署视此等册籍綦为慎重,决不肯遽尔示人。当安德入署调查,署员乃问其调查之原因,安德不能答,署中人遂婉谢不为告。安德只得悻悻而归,然决计以他法求之,必筹有以报复者。比抵家,已得耳理米复电,其文曰:

那氏甚贫,族中无有名立华者。那夫人无子,只有二女。

安德阅毕,五中如焚,怒不可遏,曰:"贱婢,因欲常见所欢,乃伪托姨甥而介绍于我,使居吾居,友吾子。我乃一愚至此,欢迎之,补助之,恐彼辈不特不感我惠,且将暗笑我愚。呜呼!蒙此羞,寻其有洗涤之日耶!"踌躇良久,自椅跃起,冷笑数声,其意一若计议已定,只须俟机发耳。

夜膳时仍矫饰如故,时计报九时,路易忽来谒。伊即托言有事,不与晤,寻即外出,至夜深始返。盖自知性燥,恐一时不耐,以致败事也。次日午间,仆以邮件来,中有致夫人者一,盖有费申尼邮印。安德拆读之曰:

表姨母大人赐鉴:今日有要事欲晤商请,即钰玉(甥)所以不能诣谒之故,容当面告。立顿。

安德阅毕,且喜且忿,急由抽屉中出一手枪,细察其机纽灵活否,然后实以弹。是时室中固无他人,而安德又安知垣墙有耳且具目也?讵节西是时适由大天使旅寓归,行经此室,由门钥孔窥之,尽见一切。安德纳弹后,即将枪置火炉架上,将信复封固,携之入他室,置于平日放信之室中,因不欲夫人知此信曾经开拆也。安德出,仅数分钟耳,顾节西亦机警者,乘机潜入,急将枪弹取出,而安德不知也。节西既得弹,即驰下楼,喃喃曰:"此或可无患,佛君或尚及施其术也。侬今须立请嘉君往报之。"越一小时许,夫人果命驾出,安德亦雇一车尾之。节西暗祝曰:"天乎,勿使佛君失时,否则彼二人必无幸矣。"

蛰竞赘语

安德甫接匿名信,一时思潮蜂涌,百索不得其故,倏焉疑及书记之所为,倏焉将置而不问。迨至诱夫人外出,搜检所藏,空无所有,乃犹不为确信,则平素之深信夫人可见矣。夫人夫人,奈何竟听奸谋,蒙蔽乃夫若尔,其负疚为何如。

二十年琴瑟,情好弥深。一旦蜚语外来,以污行辱夫人,安德不遽之信,亦人情也,乃佐证毕具,欲不信得乎,唯不得不信。夫人良冤,而安德亦綦苦矣。

安德悲愤之余,痛自陈述一段,真慨乎言之,将令读者亦为之酸鼻。读是节,安德之电询立华家世,甚有感政治疏密之判别也。西国各地方警署中皆有民迹册籍,凡居民之家世事业,无不详确纪录。所以或有调查,无论天涯地角、远适异国,仅须数十分钟之时间、数十字之电码,而所欲调查者,无不知之详尽,是可见法律完密之一斑也。吾国今者正在自治萌芽时代,方从事清查户口,此后能保不视为具文耶。

有奇巧事,乃有奇巧文。安德实弹于枪,乃适为节西所见,真奇巧之又奇巧也。苟不然者,不特是案无剖白之日,而端理诸人煞费苦心得底此功亏一篑之际,乃忽为彼分径弹丸所败,不亦冤之大甚耶!

第二十三章

葛路易自闻梅娘向其索信据后，即以立华为其阻障，亟欲去之，筹画久之，实行有日矣。一夕，立华徒步回费申尼，踽踽独行。离车站不远，暗处突来三人，托言借观时计，遽欲扑杀之。幸立华在英国时尝集剑术及他种武艺，颇精娴，三人遂为所败。立华乃得从容返寓。自此，会夜出，必携兵，然犹未知刺客之有所主动也。又一日携一友赴茄菲店，见一大汉，狰狞魁伟，屡以言挑之，意欲与之寻仇。立华忍不能忍，果与争。大汉乃掷一名片其前，声言定期决斗。立华怒甚，即欲扑击之，为友所阻，因曰："既如此，明日当请二友为证，并约定日期可也。"其人遂去。立华殊不解所为，随取刺视之，上书"美国西班牙义勇队前任参谋高拔生，寓李黎区三十号"。立华默念此人既是参谋，殊非其敌，无奈已当众约定，势难反汗。

次日遂托二友为绍介，往见高拔生，约定日期而已，复潜往高寓邻右，探其历史。立华良善侦探，顾此事则未以为易也。拔生所居为群小杂处之小旅店，寓客既杂遝，而寓屋复湫隘。据所闻，则拔生乃无恒业，亦无恒产，且行踪极诡秘，日中则出，深夜始归。除所负之武士旧衔外，无他有也。平时宴友颇勤，其宴之之法，颇类乎微生之乞醯，质言之，殆一无赖也。立华探毕，忖曰："渠行如是，乃故与我开衅，胡为哉？即果杀我，无益于彼，不惟是，万一惹及警察干涉，则于彼诡僻之行，岂不更可虑乎？"立华竟夕筹思，莫得其故。

次日八时为决斗之期，二造偕同证人至所约定之地，寻携剑登场。数合后，立华右肩被微伤数处，证人等即止之。拔生犹欲决生死，证人坚不允，谓既见胜负，可已矣，不能以人命作儿戏云。拔生不得已，悻悻而去。

立华亦归，私喜仅受微伤，未中要害，默念今日之遇险甚，此后凡有所谓前任武员者，宜远避之，复念己虽不善，然从未与人结不解仇，何至屡蹈危机。忽而猛醒，所欲去之者，其必路易无疑。以傅夫人尝以梅娘允归路易之条约告之，而路易所以欲杀己者，殆欲坚梅娘之信也。于是次日往晤路易，私探之，益言："连日所遇，必路易主使无疑。"念路易之得巨产美妻，皆己功也，今乃欲作藏弓烹狗计，此老居心，无乃太毒乎！立华是时殆未知老奸巨猾，苟足利己，即戕贼同胞，亦所弗恤，则又何有于他！立华是时惊怒交集，计虽两次幸免，能保尔后不复图之耶；且深知路易生性狠戾，为恶未尝中止，则此后正防不胜防矣！

自是立华遂蛰伏不出，即有要事，仅于日间始敢外出，然犹有戒心也。伊非特惧路易之刺客，且恐其鸩之，故饮食时，常怀惴惴，杯弓蛇影，枕席不安。继念路易能毙我，我独不能死之乎。谚曰，先下手为强，吾誓扑杀此獠也。往者贫困之时，立华常舍身冒险，恃短枪利刃以生活，若当其时，欲除路易，犹反掌耳。顾今则财运与智识同增矣，昧尽天良，才图得四十万法郎。伊固极愿安享之也，万一①杀人事败且将身受其殃，复能知愿乎？计当以他策去之，随思不如将其婚事解离，此虽不能伤其身，固足碎其心，亦可以称快矣，且以为并可以救夫人、梅娘出其掌握。计议定，即致信傅夫人，请来相见。夫人得信，午后即命驾往。是信即为安德所拆阅者也。

夫人既至，立华先以三寸莲舌自道其悔过之意，然后力诋路易之狡恶，随将所谋陈告。夫人闻之，深喜其迁善，且感其代箸之真切，乃欣然安坐一自在椅上。立华跪其膝下，柔声曰："阿母，儿不肖，苦母久矣。然今知悔矣，顾将始末缕晰禀陈，请俯听之。"言

---

① "万一"，原文作"一万"，据文义改。

至此,突见安德持手枪排闼入,狞笑曰:“骇汝子,汝等竟不料吾来乎?汝等以为我将长此被蒙,而听汝等永远逸乐乎?”立华见其擎枪欲举,急起以身障夫人,曰:“姨丈,请听。”安德怒斥之曰:“足矣,足矣,勿更污吾耳!吾当止此恶剧,今不再为傀儡矣!”立华曰:“仆矢于天……”安德不待其毕,即曰:“此何时,犹欲抵赖乎?汝不知吾已尽知一切乎?吾已知谁质兰卿之首饰,吾已知谁盗吾库而累无辜。”夫人斯时面如土色,战栗不已。嗟乎!其所屡欲趋避之末日至矣。伊以过补过,牺牲一己,牺牲他人,殚①精竭虑以弥缝者,今竟败露矣。至是不觉跪下,泪如泉涌,颤声曰:“安郎赦我!安郎赦我!”安德怒曰:“贱妇,贱妇,我何薄于汝,而欺我辱我至是!唯余惟一之过,则爱汝过笃耳。世上间有厌世之人,甚至安乐亦不愿享受者,然则汝亦此类乎?家庭之乐岂亦使汝生厌,而驱汝于罪乎?汝果苦厌如此,而遂以吾家声为孤注乎?兰卿,汝果遇何魔而至此耶?即吾之笃爱痴情,足以使汝生厌,汝宁无慈母之心,或念及二子,而免汝于罪乎?”安德言时,若断若续,盖有隐痛于心,喉为之梗也。立华听之清切,知其尚未透知底里,而其盛怒亦由误会所致,因曰:“长者请听。”安德闻其声,又转悲为怒,喝之曰:“止,止,毋言!毋言!”

至是,室中寂然,惟闻滴滴钟声与夫人抽咽之声相应和耳。少间,安德复曰:“吾来此,盖欲骇汝二人而杀之也。余已骇汝矣,然吾锐气亦退,吾不忍杀无卫之人。”立华又欲有言,安德止之曰:“俟吾先毕其说,汝命在我掌中。国法固肯宥赦被辱之夫婿,而听其雪耻复仇。然我不欲利用之,汝架上亦有一枪,速取之自卫。”立华曰:“决弗!”安德曰:“速自卫,否则……”立华见其枪已着己胸,即反身取架上枪。安德曰:“汝可立彼隅,吾当

① “殚”,原文作“弹”,据文义改。

立此，以钟鸣为号，各发其枪可也。”二人遂各立于所定之地，静俟钟声。夫人见此，惊骇欲绝，旋即强挣起，趋向安德，曰：“天乎，安郎！少垂悯，妾当尽告一切，祈勿杀之！”安德不知其为慈母之护子，以为淫妇之袒卫情人也，愈忿怒，遽执其臂，挥倒于一旁。夫人复跃起，趋至立华前，张手障之，曰：“杀我，杀我，其罪惟在我。”安德睹此，不复可耐，遂不待钟鸣，遽拨枪机，轰然一声，而夫人与立华依然植立未倒也。安德正欲发第二枪，室外忽突入一人，急夺其枪，而坚握其手。噫，是何人耶？乃即胖商佛端理也。

端理因闻嘉佛郎之报，亟驰至，然未知节西曾私出弹码也，见夫人兀立，曰：“幸哉！夫人无恙。”安德仍为端理坚执未释，乃怒曰：“恶，无干尔事，我自雪恨耳。”端理复不之释，以郑重之声对曰：“幸苍翁眷顾，免君于罪。匿名书不可信也。”安德此时亦不及问客为谁、从何而来，第闻其言前书为不可信，乃期期曰：“顾吾妻且自承其罪矣。”端理曰：“然，惟其罪非如君所拟。”又指立华曰：“君知此人为谁乎？”曰：“其情夫也。”端曰：“否，其子也。”三人闻言，互相愕视。立华少振，曰：“其言是也。”安德游疑视端理[①]，复视立华，更属目于夫人，曰：“君言不确，请以据示。”端理曰：“诺。”遂将所访得范堡中事及魏牧师私为夫人举婚事，简约告之。安德听毕，沉吟片晌，念兰卿婚事既由牧师怂恿而成，虽非正式，自与私奔者异，且其事已逾二十余年，而此日所为实不能强冤以失德；顾立华行止不端，诡狡异常，心实恨之，殊不愿假以颜色，因强作庄肃之容，谓夫人曰：“鞫[②]汝财，盗吾库，陷柏鲁于狱者，固汝子乎？”夫人悲泣不能答。端理曰：“夫

---

① “端理”，原文作“理端”，据文义改。

② “鞫”，原文字迹不清，疑为“鞫”。

人将告君,谓此为葛吉士子爵之子,伊固无所疑也,实则……”言至此,见立华悄然移步至门际,方俟机逸出。适为端理所见,急执之至室之中央,曰:“少年友,行何速也?为主人者不别而行,毋乃太慢客耶?未去之前,还请明教数语。”立华见其语言举动杂出诙谐,有所触,惊却数武,失声曰:“伶人!”端理笑曰:“一也,子今识我乎?仆与彼伶人固一体也,姑为子证之。”且言且自卷袖,袒臂露出伤痕,续曰:“吾言不确乎?此即某夕余经行博德鲁区时,为人所赠之纪念品也。其人为谁,子应知之,以此余当有请于子。然子今姑自略诉其历史,以为代价可乎?”立华不答,端理曰:“善,子竟谦逊不自表耶?”安德闻言不解所谓,叹曰:“天乎!此祸果伊胡底乎?”

端理曰:“仆已以其重要者告君,其余君可勿过问也,听之,斯即其事之结束也。葛路易既闻范姑娘生子事,立即往英国访之。以梅灵报告之周详,随即迹得托孤之农妇。比至,乃大失所望,因韦生立华养至十八阅月即夭逝。”立华忙接之曰:“谁敢妄①语?”端理曰:“美少年,姑勿论谁敢妄语,余自有证据在。”随由囊中出文件数事置桌上,一一检之,曰:“此即农人夫妇及另有见证四人之笔据也,此为生时注册之据,此为死时报官之据。此皆有驻英国法公使之签据在也。子今满意未?”安德曰:“厥后如何?”端理曰:“此子既死,路易犹以为可向夫人勒索资财,其计不遂,因更谋复活此子。于是就其党中之少年,择得此子。”是时夫人之悲痛已达极点,闻端言至此,不觉稍慰,盖伊为立华所苦实甚,既非己子,即可去之,喃喃曰:“确乎?果如是乎?”安德曰:“恶!当今之世,犹有此种不名誉之骗局乎?”立华毅然曰:“妄也,其言妄也。”端理转身谓之曰:“少年友,勿复狡辩,余复有确据语汝,吾方从友人处

① “妄”,原文作“忘”,据文义改。

得伦敦之报告,其所述之故事如此。吾为子述之。英国有勋爵名马敦,豪于资,喜客仗义,善一马商名施宾赛。某年,施于赛马时,失足毙命。勋爵深痛之,因己无所出,遂将施之四龄幼子名詹士者,招抚为嗣。詹士遂抚养于马府中,美俊英敏,马爱之不啻己出。殆至十六岁时,乃与歹人为伍,习入下流,屡戒不悛。一日,复赝仿马公笔迹,支取巨款。马公由是痛恶之,未几即逐之出。詹士于是寓伦敦四年,日以赌博诈骗为生,最后乃遇路易,愿以二十五万法郎雇之,以演此活剧。”立华至是,局蹐不安,不能复听,乃故意乱之曰:“唯君为侦探乎?”端理笑曰:“此时则余为柏鲁之友耳,其后我为何人,则全视汝之行止为准的。”立华曰:“君何所欲于我?”端理曰:“汝所盗之三十五万法郎何在?”立华假思片晌,曰:“在此。”端理曰:“善,子之祖直足以利子,吾知此款在此室,即在彼木橱之内。子意欲归之否?”立华自知事已失败,即至橱内取出钞票数束及质票一大卷,颤然置桌上。端理曰:“善,此足见汝知机。”随将钞票一一检数。

立华遂乘诸人不备,悄然逸去矣。端理佯为不觉,安德闻户辟声,即回顾而惊,曰:“逸矣!逸矣!”端理从容不迫,曰:“自然逸矣,我原知其智足及此也。”安德曰:“竟听其扬长去耶?”端理曰:“君欲此事播扬乎?若加之罪,难免累及夫人清誉。”安德曰:“嗟乎,先生,吾何利此?”端理曰:“如是,不如任其自去。所有赃物皆在此,余敢为君贺。吾料其尚藏过五万法郎,足渡彼离法国。吾等今后将不再见之矣。”安德是时如梦初醒,回忆顷间事,一若幻景然。但闻端理一番陈述,始悟傅氏声誉幸得保全。千叠疑云撇空飞去,一时感激之情,涌塞胸际,坚执端理之手不释,恳挚而言曰:“言浅意深,仆将何以谢公乎?将何以为报乎?”端理思索片时,曰:“若果不以仆为孟浪,则仆敢有所求也。”安德曰:“求乎?仆之身皆财产,皆可献奉,惟公命之。”端理曰:“然则当直言之,仆为柏鲁之友,欲君复还其曩日之名誉位置,且可加惠之伊爱梅姑娘甚。”安德不待其毕,即曰:“吾当以梅娘妻之,余且将恢复其名誉,俾无疑之者。”端理执杖持冠欲行,其从容之状有如访友焉,随曰:“君祈恕我渎求无厌,惟夫人……”时夫人方伏榻上痛泣,安德会意,即至夫人处,慰藉之。

端理亦不告辞,即辟门出,跃上乘来之车,命往鲁福耳旅寓。车中颇焦灼,念立华今当远扬,固可不复云劳矣,顾路易岂可听其逍遥法外,然则将以何术执之而不累及傅夫人?思之数回,殊乏良策。最后忽忆其鸩兄之事,念当自往安鲁耳郎,煽动舆论,使有司启棺验之,顾此又须时日,届时能保路易不闻风远窜乎?正筹画间,已至旅寓。门外拥挤不堪,纷纷谈论,似寓中出有要事然,因问曰:“何事扰攘?”一人答曰:“是诚天下奇闻。唯吾亲见之,其始伊在第七层楼之窗口探视,尚未竟装也,有数人欲执之。噫,渠竟揉升屋顶,乱喊曰:‘救命!救命!’其病狂之举动……”是人言至此,忽失端理所在。盖端理闻言,疑病狂者即为路易,遂排众而入,见方陆与警察装者三人立于总扶梯际,乃亟问曰:“何事?”四人见之,皆肃然致敬。端理颔之。方陆愀然前曰:“首领,仆运良蹇。此案方将就绪,又如此矣。”端理曰:“然则果路易矣?”方陆曰:“然。今早渠见我,即趋避如狡兔。吾以为彼必不回寓,乃尾伊至博罗书院时,伊忽绕道由寓后回来,其意欲安顿其金钱也。及抵①寓,见此三位伺此,乃即举动异常,如罹狂疾。”端理曰:“然则路易今安在?”曰:“适为警察强置之车中,送入署中矣。”端理乃携方陆即往视之,时路易正在警署之狂疾院中,守者三人,方强按之。一医士在旁,执药杯强之饮,路易强挣不服,口中乱叫曰:“救命救命,吾兄来矣!视之视之,渠欲鸩杀我也。”

① “抵”,原文作“低”,据文义改。

端理挽医士于一旁，问其病势。医士曰："棘手，甚恐不治。因渠恐人鸩之，将自绝饮食而死。"方陆怏怏曰："此固其所宜，第无补于我。吾精神魄力竟耗于此矣。"端理曰："然，第一百十三案将无完结之日，惟月杪吾将以一信授汝，则汝虽未获如何名誉，然可以黄金补汝劳也。"

蛰竞赘语

以利始者，惟以利终。则受利之诱者，或不至有所抵抗也。路易当奸计发生之初，固以巨利诱立华，立华受其诱，遂俯首帖耳，乐为之用。今者奸谋已售，大功垂成，乃以立华有碍于己，欲为藏弓烹狗计，自为计则得矣。但立华亦非弱者，其能挥之即去乎？路易胡竟不思？

立华詈路易曰，老奸巨猾，苟利己者，即戕贼同胞，亦所弗恤。是言也，实足诛其心以扬其罪。苟于隐独中质诸路易，当亦默自承认也。

立华至是知路易之有意去己，乃亦有杀之之意。旋恐未蒙其福，先遭其祸，乃即作罢。其识良是。噫，彼二人同恶有日，而今事功未竟，先自内讧①，则来日之结果何如，可逆揣矣。

此日之路易非前日之路易也。前日，惟夫人之金钱是图；今日，则以梅娘之婚约为重也。苟有破坏之者，定不甘心以自已。惜立华仅有解离之说，未见实行其事。不然，则文生情，情生文，定必又有许多妙文章随其后矣。虽然，吾读是书不下数十万言，而犹未窥见是书真相，乃复作是观念。是殆不欲此书之毕事耶。

孰谓安德性情躁急？既得匿名信，复查实各节。今立华之书

---

① "讧"，原文作"閧(哄)"，据文义改。

又为其先见,乃复忍不即发,候夫人去而从之,其意殆权获到真凭实据,然后施以决裂手段也。虽然其措置良不卤莽,其途径终歧误也。

立华正祈罪夫人前,而安德忽排闼入,不几类将军从天上来耶。安德斯时以为真据已得,不复容夫人置喙。虽未免自信过甚,然当时轰轰烈烈之气概,亦大可钦敬也。

安德入立华室,手枪固在握也,乃不欲即发,要立华以互击,其光明磊落为何如。

余读至安德与立华持枪对向之际,不禁击案呼曰:“危矣殆哉!”及安德之枪机已启,轰然一声,而立华仍兀立不动,始恍然悟安德之手枪早已中空。虽然斯时幸立华之手枪未举,乃有不速之端理突入,不然则果然危矣殆哉。

端理何人,虽变形易相,莫测谁何,然夫人与立华见之,当必有似曾相识之感者。唯安德见之,则似未谋一面。今乃突如其来,定必有极大疑团,骤起于胸而不能剖解者。

全案披露乃在立华之室,是亦见文章奇妙。

自立华出现以来,余常怀疑不释,以为若尔人者,来历殊含糊,未敢确信为夫人之子,又不能不假定为夫人之子。至此得端理详细宣布,乃始恍然。吾于此不能不称是书布局之谨严,亦不能不服译者文笔之缜密。

立华非夫人之子,不特夫人闻之,私心自慰,即读者恐亦将为夫人庆幸也。不然则夫人之累事,岂即此而止哉!

端理任立华逸去,岂无意哉?安德不察,乃愕然奇之。曾亦未思此事结束,仅能尔尔,不然则又将何如?

第二十四章

事后第五日之清晨,大侦探刘谷事务室中有一人,蹀踱其内,屡视时计，状甚不耐。久之，乃闻铃声，司阍①之老妇启门纳二人入。二人伊谁？乃为节西及柏鲁，旋导之至事务室。其人见之曰：“善哉，一对玉人，果能依期至也。”节西曰：“翁勿尔言，不过各奉佛先生之命来，遂不约而同矣。”其人曰：“喏。请少待，仆往为二君报知。”遂去。二人默坐室中，阅十五分钟之久，门呀然启，端理自内出。二人急趋前，端理目止之，郑重其声曰：“二君来听吾隐事乎？虽足痛触吾怀，然既许之，当为君等告听之。吾有一忠厚纯直之友，名贾耳德。十八阅月前，渠固人中最幸最乐者也。渠之生也，仅为一女子。愚哉吾友！因自恋彼女，而遂以为女亦爱之。”节西曰：“唯。此女诚爱之。”端理曰：“此女良爱之，但不知因何事，忽一日逃匿不见，就吾所知，盖此女私恋某少年，而又恐贾君为其累，乃出此自匿计，虽然，某少年则未尝或顾之也。贾君失望之始，遽欲自杀。后计不如姑忍须臾，以图报复。”柏鲁曰：“后果已报复乎？”端理曰：“然，未几时会至矣。某少年本弱懦者，智虑不周，浅于阅历，一日为人所陷，蒙羞被辱，不能自白。于是贾君乃出慨然援救之。呜呼！君等喻吾言否？……”随言随将假发伪须揭去，则英俊明敏大侦探刘谷先生之真相也。节西惊呼曰：“贾君！贾君！”刘谷笑曰：“吾非贾君，吾乃贾君。吾非端理，吾乃端理，实则侦探刘谷也。”柏鲁索解良久，始呜然失声曰：“侦探！”言至此顿止。端理乃谓之曰：“君之能雪耻，非我个人之功，实由此女之助也。傅夫人之前事，吾本许梅娘不令傅君知之，不幸为汝之匿名信所败，遂致食言，非吾过也。言尽于此矣，归休。”柏鲁遂行。而刘旋亦起身欲出，节西急上前阻之，曰：“耳德，幸少垂悯，侬受苦至矣。唯君苟知……”此时柏鲁已出，不复有所闻矣。

---

① “司阍”，看门。

数日后,路易果饿死于狂病院,而柏鲁与梅娘即于一月后,在福佛爱寺举行婚礼,贺者盈门,自不必表。未几,安德亦以厌于尘俗,自携夫人寓乡间,而以银行归诸柏鲁。随后,该行即更名毕氏银行云。

蛰竞赘语

吾国说部中向无侦探小说。年来,译籍①东流,乃始有之。然今日坊间所行之侦探小说,本绝鲜篇幅延长者,如福尔摩斯、马丁休脱、聂格卡脱等探案情节非不奇离,叙述非不明晰,但寥寥数语,阅者意兴方浓,而全案已披露,是仍不免有一览无余之恨。今读是书,全案分二十余章,都数十万言,文章之濒于尽者屡,乃终不遽尽。波掀浪潏②,洒洒洋洋,一若靡有终极者,是可谓侦探小说中之杰作也。

《一百十三案》,侦探小说也,亦言情小说也。曷言之?如傅氏银行之失窃,固为是案之主由。然如吉士之与兰卿,柏鲁之与梅娘,凡诸种事,固皆言情小说中之资料也。是则《一百十三案》者,侦探而言情,言情③而侦探,可作侦探小说读,亦可作言情小说读。

是案之结束若是,殊难令人餍意。路易之罪恶,靡能发数;立华纵有首从之别,然其狡诈忍刻,可云已甚。今乃一则令终病院,一则优游法外,恶贯满盈,果报仅尔尔,则人谁不乐为恶乎!虽然,为是案设想,亦正大难。既愿求案情之水落石出,复欲为案中人保全名誉,苟路易不死、立华不遁,固不难开法庭以正式裁决

---

① “籍”,原文作“藉”,据文义改。
② “潏”,水涌出。
③ “情”,原文漏此字,据文义补。

之，但事至于此，傅氏清名未免波及，而兰卿旧事必至宣扬，是固非安德暨夫人所乐愿者。今路易死，立华遁，是正此案不了而了之机会也。倘曰果报仅尔尔，亦只得曰果报仅尔尔矣。

——《小说林》(1907)第一、二、三期；

《第一百十三案》，广智书局宣统元年(1909)版

苏格兰独立记二①

故事梗概

苏格兰起义军首领和耳士带兵攻打腾罢顿城。部将爱德温深夜偷攀城墙，进入城内打探，发现北面易攻。和耳士率军由其引路，偷袭入城。敌军首领豆花兰士使诈，砍伤和耳士逃逸。苏格兰军占领城池，救出被幽禁在塔中的马公及其夫人。爱德温受封侠士之荣誉称号。

攻克城池后，和耳士立苏格兰国旗，宣布建国。马公与爱德温相见，发现爱德温竟是自己妹妹之子，两人拥抱，悲喜交集。梅耳琴等贵族皆率军前来相助。

马夫人曾做内应，引英军追捕和耳士，今见其神采奕奕，手握兵权，不禁既自责又心虚。和耳士与爱德温月夜下谈心，追忆往事，决心以身许国，并认爱德温为义弟。

为马公安全计，众人议定，和耳士先护送马公并其眷属，往拔德岛居住，然后展开进攻。和耳士等遇到海上大风暴，漂流至亚伦岛。

马夫人设盛筵款待和耳士与诸将。筵后，趁两人独处时，马

① 女士陈鸿璧译，东海觉我润词。

夫人向和耳士表达爱慕之情,被其断然拒绝。革拿谦带来了和耳士祖父耳拿耳特大夫与其他苏格兰贵族遭英将豆花兰士杀害的噩耗。和耳士悲痛欲绝,率军准备攻打爱亚城。

和耳士于进军途中,遇保姆爱耳士伯,并在祖父的尸骸前悲戚。苏格兰军火烧英国督署,浴血奋战,大破英军,收复爱亚城,并在牢狱中救出莫提大夫与其他苏格兰贵族。

和耳士料理后方事务完毕,即带领大军,前去攻打苏格兰要塞白力加。他先遣军士假扮英军败兵,劫得英军战舰,打败了水军,断绝水源;接着又及时发现英军挖掘地道企图偷袭,打退敌人,趁机杀入城内。英军主将革鲁杀士德请降,并发誓今后不再入侵苏格兰。和耳士准其带领剩余士卒出城。

攻克白力加后,各地贵族,纷纷来投。和耳士突然接到海伦从士德林城监狱中托人送来的求救信。和耳士率军攻入士德林城,生擒豆花兰士,出于仁慈之心,没有杀死他。英将骨耳星谦率领残兵,负隅坚守。骨耳星谦将马公推上绞刑架,逼迫和耳士退兵,和耳士亦针锋相对,将豆花兰士推上前,举刀相加。骨耳星谦假意应允待和耳士退出城外,黄昏时献城投降。

和耳士识破奸计,亲自领军,前去迎战英将豆和兰所率援军。他首先占领有利地势,在士德林城外、化乎河前列阵,暗中命士兵将桥柱下部锯断,但并不移走,使之从表面看稳固如初,以便届时应用;又以绳暗系断木,派精壮士卒,持绳子一端,埋伏在路边。

骨耳星谦乔装从小道潜出城去,迎接豆和兰援军。豆和兰将军队分为一二三队,自领一支军队居后。骨耳星谦遇到了望德高茂利所率第一队二万人,催促其进军。和耳士故意以少数军队在河对岸迎战,英军过桥进击。和耳士命人拉断木桥,将英军分为两截,打得落花流水。勇将耳洛加擒获并杀死了骨耳星谦。另一勇将茂利则捉住了主将望德高。

豆和兰率英军主力前来，听闻前面两队人马都已失败，主将被擒，不禁为之胆寒，准备逃走，但已经来不及，被和耳士包围。双方达成协议：停战、和耳士送还英国国徽并准其带回国、英军发誓不再参与侵略苏格兰的战事。对于互换俘虏，和耳士没有应允，准备以俘虏交换被俘的苏格兰贵族。

和耳士将所获前两队英军军旗送给第三队英军，第三队主将赫耳顿只得投降，和耳士大获全胜。士德林守军被迫放出马公，打开城门投降。马公一家人获救，善良的海伦没有说出马夫人出卖自己的事情，为之遮掩。

和耳士入城，海伦与之见面，发现对方即搭救自己的隐名侠士，和耳士也认出对方就是自己曾搭救过又厚葬已妻的姑娘。海伦因惊喜过度而晕去，因马夫人从中作梗，二人虽认出对方，但无缘晤谈。和耳士探视被俘的望德高，就昔日之恩向其表示感谢。士德林光复后，苏格兰境内显贵纷纷率队来归，一时间军威大振。马夫人邀其首鼠两端的内戚伯陈伯爵等前来，名曰相助和耳士，实则助己嫁给和耳士，以图日后拥戴和耳士为王、自己成为王后。和耳士在万众敬仰、教主祝福的情况下，以恢复故国、争取自由为己任，毅然拒绝被拥立为王。在众人苦劝下，应允暂任镇国大将军，摄理国事。

在交换战俘时，因马夫人向马公所吹枕边风，和耳士迫于马公情面，将具有卖国行径的马夫人的亲戚约翰·金名伯爵及伯德·洛克伯爵列入换俘名单。海伦自见和耳士后，心神荡漾，为之倾倒。马夫人见和耳士，申明其盼望和耳士称王之心意。英国王子爱德在易俘之事上，有意设置障碍，要求和耳士献出白力加城，作为抵押。和耳士断然拒绝，并调兵遣将，准备迎敌。

和耳士率领大军，如摧枯拉朽之势，夺回东岸各城及水寨。被俘的豆花兰士因羡海伦美色，而多方以求，并恬不知耻地向马公求婚,被断然拒绝,因此衔恨和耳士。英王爱德欲在易俘后兴兵讨伐,战云密布,战事一触即发。

豆花兰士既恨和耳士恢复苏格兰自由、与英国对抗,又怒其获得海伦芳心,决心与其为敌。马夫人举行宴会,宾客云集。和耳士为避马夫人而出,无意间遇到海伦在礼拜堂中为己祈祷,两人见面,海伦为救和耳士被刺客砍伤臂膀,和耳士亦背部受伤,幸为医士所救而无大碍。和耳士宽宏大量,虽然知道豆花兰士是刺客,但在斥责之后,仍按易俘之约将其放回英国。

和耳士引大军出战,在两国易俘后,即行进攻,大破英军,一路上攻城略地,势不可挡,获取了大量粮食、牛羊等,均运回国内,分给民众,获胜而归。

英王派使臣前来,以封苏格兰国王利诱,以大军压境威逼,企图让和耳士承认英国的宗主国地位。和耳士以争取国家主权、人民自由为己任,大义凛然地拒绝了。和耳士与部将的爱国情怀让使臣赞叹不已。

马夫人出于私欲,寄信给和耳士,劝其称王。和耳士一笑置之。苏格兰局势大好,光复了全部国土。为了调停耳勒芬公与亚杀公都想治理伯乎省的争端,和耳士亲自前往。因耳勒芬公血战得到此地,因此和耳士让其担任总督,这使得亚杀心怀不满。

和耳士巡视水陆各地,极受民众爱戴。这时,接到急报,英王爱德往佛兰德聚集大军,向苏格兰进攻。和耳士调集大军,前往边境应敌,再次抵御英王的威胁。他见英军停留不前,便派使者前去,以释放苏格兰杜革拿士公爵、收回强加给苏格兰的一切强权与无理干涉为条件,要求议和,以此激怒英王,使其急躁冒进。

苏格兰军与英军进行决战。和耳士根据英军马队多的特点,提前布下陷阱,并以大量弩队迎战,英军落入陷阱或中箭者不计其数,苏格兰军大胜。

爱德温将大捷的消息传回国内,举国欢腾。贵族亚杀、伯陈、马树三人却结成死党,以除去和耳士、欢迎英王爱德为宗旨,表面附和,实则图谋不轨。马夫人欲劝马公拥立和耳士为王,被其拒绝。马夫人一方面为和耳士即将返回高兴,一方面又预施计谋,阻止海伦与和耳士见面(连载至此结束,故事未完)。

第十一回　居首功少将克城　辱国威英人失信

却说和军皆奉命退息,以待时举号齐出。惟爱德温筹思不能合目,注视腾罢顿城墙,凝思良久。忽有所触,拟独自攀墙石入城,先寻出马公被困处,则攻城时,可径向该处下手,既可节时,又可省事。既定计,暗自称快。将衣服扎束,穿出林间。时爱德温身衣暗淡粗绒,故行茂草丛木中,绝无觉之者。见石廓南面之墙,似较他处易于攀升,遂一跃而上。不动声色,躲于拱柱之后,抱拱柱缘之而下,蹑足依柱所射之黑影而行,故不为守卒所见。行有顷,始至女墙。此处有大队英军逻守,爱德温见左近有军器一箱,遂隐身箱后,以冀或有所得。旋闻军士谐谑,互言戏弄被掳者之法,又揣度豆花兰士许马夫人礼待之说,为真为伪。爱德温潜听多时,方知马公与夫人皆被彼困于石夹中之方塔内。于第一次竟被听得,不觉大喜。乃移步觅之,适有卫勇迎面来,似系往城之西门换差者。爱德温急伏于地,竟得闻是夜之口号。欲待他往,然巡兵植立,无计可施。静伏一回,思此时只有二途,一竟过卫勇前,一掩入甬道。望甬道之端,有门半掩,爱德温沉思少顷,乃决计潜入甬道。

在门外张探,见室中寂然无人,遂放胆入。只见室中军械满地,有空榻二三张,似系备为兵弁假寐者,又有号衣数袭,弃于地上。爱德温即取其一,披身上而出。由斜坡卸下石夹中,夹中有方塔兀立。爱德温足方著地,即见有巡夜兵哨,带小卒二人上前,打问口号。爱德温答曰："板皮陆加（地名）。"一人曰："胡为缘墙下？"一人曰："何不由小门来？"小门者，即爱德温先间伏闻口号处，有卫勇立守，爱德温不敢经过之处也。爱德温答曰："好友乎，为情爱者，罕有择坦道而行。吾今奉吾主少将之命，往彼方塔递信于其所欢，一苏格兰少女。若将我逗遛，少将发怒时，恐并累及诸位。"巡哨曰："孺子何幸，得此美差。"爱德温不答，径向方塔去，将塔前后左右子细估量，既得要领，复缘墙上。此墙极峻，用以杜北方之去路。爱德温复细察一回，见四面皆有石壁环绕，墙顶上只有一面稍平而斜，似英人自为其防军而设。其余他处皆峭壁兀立。然斜坡有卒立守，又何能过？若杀之必不了，女墙各处皆有军逻守，引吭一呼，则其党可立至。似此，岂不更误事乎！

爱德温左右思量，不如仍前策诱之。幸起程时，士提反曾以酒一瓶纳其衣囊，乃佯作醉态，彳亍而前。与巡兵语，自言其主人为一少将，命往方塔，送信云云。防兵见其年幼，绝不为意。爱德温复出酒瓶示之，自言方塔中之美女，非但饮以旨酒，且另赐美酒一瓶，又谓此女为马夫人之婢，因与其主少将相悦，今来特为其传信云云，复以瓶授之，曰："晚风凛冽，借此御寒，幸勿见弃。某此后所得，尚不止此也。"防兵闻言，毫不怀疑，接酒称谢，击去瓶头，一饮而尽。爱德温知中己计，见防兵已有酒意，爱德温乃佯作呵欠欲睡状，醉态酩酊，左右摇摆，若不能自持者，徐徐作睡语曰："噫，今日醉矣。若有友人，肯为我迟彼美，则吾将上墙顶，卧于月下，以醒此睡魔。"防兵闻言，即自告奋勇，代往方塔前候信。爱德温无限欢喜，称谢不已，故作颠踣状，蹒跚上石墙，细思由此跳下，可达和耳士处，须穿林而行，林间妥否，尚未可知，须再行子细探明，方不负此一行。遂佯卧地上，俯首向外，偷观石壁下，只见一片黑暗，不辨一物，因树林之影、房屋之影共射于此处故也。回顾防兵时，见其彳亍向方塔去，爱德温喜出望外，即扶墙石，设法至岩下。

且说和耳士授令毕，各军分头休憩，乃独自倚坐苔石上，凝视城垣，筹画攻城事。忽闻前面隐隐有足声，遂起立仗剑，遥见人影一晃，迎面而来，和耳士问来者为谁。应曰："一忠诚之苏格兰人也。"和耳士察其音，知为爱德温，问之曰："何事而来？子何不偕众人同息？"爱德温曰："欲坚明日必克北城之信心也。某方由将军头上之石岩来。"和耳士忙问曰："如何？汝乌可不与我商，身临不测？汝何故冒此大险，又胡能安然返耶？汝虽智勇，吾愿汝慎之。"爱德温曰："吾欲探明最要重及马公被囚处，则吾等明日可以径向此处力攻，庶不贻误大局。"和耳士曰："然则汝竟得成尔志乎？"爱德温曰："然。马公与夫人皆被囚于石夹中之方塔内，即在彼二峻峰之下。方塔非但有坚壁固柱围之，且四面有天生十五尺高之石壁，为之环绕，又有巡兵林立以守。"和耳士曰："然则汝竟欲吾等由此进攻耶？"爱德温曰："然。若由西面下攻，则吾等须缘灯塔上，如此须排成长队而行，又必再分一队，往攻敌之翼军，则吾等之谋可望有成。然途径狭窄，被敌要击，足怠军心。若由南面往攻，则敌人于彼处防守颇密，恐未易动。此处则石脚多苔，然尚无大险。惟北面某缘下之处似较妥，可以涉兰芬河而过，援岩而上，则万无一失。"

爱德温复将在城中所遇之事告之，以坚其北面易攻之说，又言其所以能缘下者，因石垣有长春藤，蔓生其上，彼遂得攀藤而下，殆后乃堕于一草堆中，遂扪壁而行，涉过兰芬河。其时河水仅及膝，而彼遂得安然至主帅前云云。和耳士奖之曰："勇哉此举！足见子心思灵敏，勇往可嘉。子之得以安回，亦为吾等此举必成之先兆也。待今夜功成后，汝可在吾军队前，受侠士之荣誉。（按：侠士者，武士之派职，列男爵之下，专事扶危济困，无以名之，姑译作侠士。上古时凡身为侠士者，即可依礼建封他人，今则此职惟王者可赐封。）吾子诚足当之。吾英雄之爱德温乎，真不愧为吾之义弟。”

斯时，耳洛加、茂利、士①骨拉其亚等皆来请命。和耳士遂告以别得良策，默领军队，涉兰芬河而进。既至石廓前，月色已尽沉，和耳士遂发令援墙。于此黑夜之中，欲攀怪石，援峭壁，岂非大难乎？幸爱德温已将地势详细告知和耳士。和遂无难色，奋然遂先登，本部随之。和既至上，坚持云梯，以接余人。耳洛加与士骨拉其亚亦各领兵上。斯时，月色无光，星辰俱寂，众默然躲于石隙中，以待事机之熟。别队爱德温、茂利、佛拿寔三人往西攻灯塔。约事济，当举火为号。俾和耳士等见火号，即同时夹攻，杀入城中。

和耳士之队正静候，和耳士将斧击插峭壁之泥隙中，乘势跃于其上。倾听时，寂无动静，仰视灯塔，只见幢幢黑影掩过，既而火光亦灭。和耳士跃过城垣，觉脚际有以手扪索之者，知系其部下，遂不之顾，耸身向墙内下，足着地时，撞倒一巡兵。巡兵急捉其腰，与之相抟，随喊曰：“有贼！有贼！”近处卫勇闻之，皆来相助，叱问和耳士为谁。和曰：“汝之敌也，何问为？”随挥剑搠死二人于地。余人见之，一齐拥上，乱击狂呼。此时，枢耳已引和耳士之队至，卫勇见之，恐不能敌，中有一二人，忙走入城中告急。至和军尽跃下，女墙之门忽开，大队英兵持火把出，上前将和耳士与所部团团围住。和等毫无惧色，挥搠自如。义军兵器较英人为长，英兵拥上前，无不着锋便倒。然后继者复如墙进，和耳士见之，令军士去长枪，挥短剑。惟时义队救国之心如焚，自由之血潮涌，英军虽多，殆不能敌，死者接踵。剑光闪处，流血成渠，火把熏烟，尸骸满地。

---

① “士”，原文作“土”，后文多作“士”，今改。

从火把残光下，和耳士隐见方塔，遂欢呼曰："吾等今夕之功，业已垂成矣！壮士乎，速前，速救马公！"耳洛加闻言，抢步而前，竟奔方塔，沿途狂呼曰："马公！自由！马公！自由！"时方塔卫队已闻警执兵严守。耳洛加不及防，为其所执，嚷曰："洛杜仁壮士，拼力救汝首领。"军士闻言拥上，然复为英军逼退，指挥者为豆花兰士，战正酣，和耳士已领其本部六十人杀至，救回耳洛加。耳洛加得释，复狂笑曰："嘻，试观吾等之举动，有如是之神速者，勿使走脱豆花兰士。"

时和耳士复他往，旋闻英兵大呼曰："此处无地可容鬼魔。"和耳士想耳洛加又被困，复返身来，杀入重围，将其救出。英兵亦愤激，浪涌而前，张翼欲围和军。和耳士知势不敌，急命暂退。士骨拉其亚之部初见耳洛加被围，挥军而前，以为援救，又恐义旗有失，只得退回。时势已不支，茂利与爱德温会同时杀至，喊自由之声与和耳士之声喧天振耳。苏格兰军士知援军已至，勇气大振，乘机斫杀。和耳士复舞刀杀出，英军闻援兵至，喊声涛涌，四面轰起。当此黑夜，不知人数多少，想已中计陷重围，军中大乱，自相残杀者过半，余皆逃命去。

和耳士遂下令攻城，城上箭如雨，苏格兰军士冒矢进攻，毫不退缩。和耳士乃令军士取一倒下之大树，槌城门，无何，门砉然倒。时欢呼之声与喊救之声如翻江覆海，搅成一片。和耳士之战袍已成赤色，忽闻耳洛加呼己之声，返身寻去，见其方与二人厮杀，一人持刀，方望耳洛加项下斫来。和耳士恰至，将刀挑开，剑起处，此人头已落地。和耳士复执他一人，扭之于地，其人哀告曰："壮士，乞恕我，勿辱汝侠士之义风。"耳洛加持剑上前，欲杀之，叱曰："老夫教汝死！"和耳士挥脱其剑，曰："此系吾俘，我有权生死之。吾今当恕之，勿复尔。"耳洛加曰："和君，汝真不知轻重，此乃豆花兰士也！"豆又哀求曰："乞饶我命，某誓不复至苏格兰矣。侠义之和耳士乎,乞饶贱命,乞饶贱命。”耳洛加之手此时为和耳士所捉,乃以脚蹴豆花兰士之颈曰:“我不杀汝,汝将杀我矣!”和耳士曰:“有杀乞命之英人者,迨如以剑刺吾心。”耳洛加曰:“不除此人,吾等永无安枕之日矣!”言罢,将和耳士推开。豆花兰士乘机跃起,推倒耳洛加于地,夺斧猛砍和耳士胸前,然后逸去,逃出城外,乘一渔船而遁。

却说和耳士虽受斧伤,然未被击倒,乃叹曰:“英人之无信义如是,吾不知其何能立国!”未几有苏格兰军数人持火把入,见耳洛加倚剑立。爱德温与茂利亦同至,见和耳士手执胸前斧柄。茂问曰:“将军受伤乎?将军伤重乎?”爱德温骇极,兀立不动。士骨拉其亚曰:“斧乎?”和耳士徐徐答曰:“是无伤也,不过放血耳。”随将斧拔出取领巾抹血。耳洛加曰:“是将军仁慈之报也。”和耳士曰:“予固无愧于吾心。豆花兰士诡诈失信,自辱其名誉与国威耳,于吾何尤?”耳洛加曰:“将军以人类待之,想今已知野兽不如也。下次若再遇时,望将军许我为世人除此兽物。”和耳士曰:“是亦由君暴燥之过,故致彼能逸去。即使非为仁慈,亦可以之作外交之用,吾等不妨留其命,以易回被囚于英国之同胞。”耳洛加自忆先间所为,俯首无语。和耳士恐其难堪,乃曰:“一刻千金,吾等何必废此有用之光阴,以论此怯奴乎?彼今已去,此城复归我等矣。吾等今亟宜筹画良策,以保守之。”

和耳士言时,目注爱德温。爱此时适引一随营外科医士至,为和耳士调治伤口。缠缚既毕,和耳士招爱德温前曰:“吾英勇少年,子曾舍命入此探察,故吾等今日可以一鼓而成,毫不费力,皆子之功也。今夕之役,子又能奋勇当先,猛如雄狮,今应于列位将士之前,领受侠士之荣誉。吾子功德配此,可坦受无愧。”爱德温跪下,和耳士依礼封之(古者封侠士之例,以剑轻拍其肩一下,然后励以忠义之道,祝其毋负名职)。礼毕,爱德温面含春色,喜气迎人。士骨拉其亚自由腰间除下侠士锦带与之,带悬一剑。爱德温掣剑曰:“某今于众前誓之,非为公义故,某誓不拔此。若为公义故,某誓不任其安藏鞘中。”和耳士曰:“如能实行,吾自有用吾侠士之处,可领苏格兰军二十名,往守吾等缘上之墙。”爱德温欣然领命去。

和耳士复教诸将分守各处,然后自执一火把,目视茂利。茂利知其意,欲往寻马公,遂为之先导。既至一铁门,茂利曰:“此处又须用槌城具矣。敌人竟将吾舅父严困如此,虽在内室,仍加锁钥。”言未已,军士已将先间槌城之大树曳来,撞开铁门。室内喊声大振,因马家众婢女闻破户声,不知何故,是以惊喊,相率奔至马夫人处。

先是苏格兰军下攻时,马公已闻喊声,遂起坐榻上,静听一回,曰:“是声不寻常,吾同胞其有攻城之事。”夫人曰:“嗟乎,谁来攻城者?此处有多数英军围守,谁敢冒险而行耶?”马公又曰:“吾似闻军中呼和耳士之声。噫,吾殆可出狱矣。听!听!听!吾上帝已允我所求矣。吾苏格兰之自由,早晚可复得。听!听!非云捷报捷报乎?”马公在塔中,始终细听,至苏格兰兵槌门时,房基大震动,马夫人骇不可当,而马公则竟晕倒于夫人臂围内。因公伤体未痊,年纪亦大,忽经此意外故也。

及至群妇奔入时,夫人已惊绝,噤不能言,惟抱马公首,兀然不动。无何,茂利跨步入,抢上马公前,跪下曰:“自由!自由!”即不能成声。马公闻言猛醒,抬头视之,以双手抱茂利之颈,亦不能达一辞。夫人亦惟流涕而已。群妇见茂利入,始安心退去。马公将头倚于茂利胸前,有顷,举首见和耳士入。公伸开两手呼之曰:“吾永远之恩人。”移时,和耳士步至前,马公抱其颈,念及和耳士为救己而遭破家之祸,不禁潸然垂涕,曰:“和耳士君,上帝所佑之伟人。上帝所以牺牲君世间之至宝者,盖欲使君降福我苏格兰也。”和耳士闻马公之言，已会其意，乃勉强忍悲，从容而起，转与夫人为礼。马公闻苏格兰人以五百之众而败二千英兵，又得此城，不胜惊喜。和耳士复略将攻城之事告之。斯时东方已白，和耳士起身辞出，曰：“仆暂请告辞，今须往视当职诸将士，并须往看吾苏格兰国徽，复掩映于腾罢顿城之上也。”

觉我赘语

此回上半叙爱德温冒险侦探，似少不更事，徽幸①成功者。然其机变处实不可及，衣暗淡粗绒一也，依拱柱黑影行二也，不过卫勇前而入甬道三也，言递信于所欢四也，诈醉五也。而其尤得力、不动人疑者，为年尚少吁。天下事不深思而轻尝试，固未有不败者。此回不当粗心看过。

和耳士初见爱德温数语，自是老成见解。

口讲指画，形势了然，此探之关系大矣。然前所略者，此又加详，是为文法中之补笔。

下半叙战事，不仅如上文所料，非独笔法变换，盖战为危事，兵机瞬息即逝。徒读死书，此赵括之所以败也，益人智慧不少。

豆花兰士写得不堪，乃和耳士曰，诡诈失信，自辱其名誉、国威，何等豁达大度。

第十二回　立国徽庆典初逢　埋敌骨仁心不忍

却说和耳士既出，夫人乃留茂利，且言立国徽之庆典，渠亦欲躬亲其盛。马公亦谓当伴夫人往，又曰：“茂利可掖吾行，若吾不能与此庆典，真枉此生矣。”三人遂同行。既至，见和耳士与士骨拉其亚已在山顶，英旗尚未拔去。和耳士凝视有顷，以手按旗杆

① “徽幸”，亦作“侥幸”。

曰:“赤龙,且伏下,汝今可崇拜于得胜者之前。”言毕,随将杆拔起,掷诸城墙上,然后将苏格兰之猛狮国旗插于原处。一时凯歌盈耳,自由之鼓乐连天,万岁高呼,脱轭之欢声震地。和耳士仰告曰:“天乎,此殆非吾等之力,实赖上帝之眷顾,有以佑我等战列之诸君乎。余谓是战之功,惟上帝实尸之。”士骨拉其亚曰:“全能之上帝乎,吾等今日在此归荣于上帝,立是处之旗,即为我上帝荣徽之代表可也。无论何人,对于此旗,竭其忠说,必为上帝所佑。”和耳士屈膝地上,以剑横格旗杆上,成十字形,一手执士骨拉其亚曰:“吾忠勇好友,吾等今已建吾苏格兰自由之国徽于此,吾誓死于其庇荫之下。请君亦立誓,异日我先逝,必葬吾于其下,毋以奴隶之土掩吾残骨也。”士骨拉其亚以手搁和耳士臂上曰:“敬如尊命。某以历代英武先祖所传之姓氏为誓,某以圣安得鲁之十字架为誓,某以君之英武为誓,倘某一息未绝,誓不弃此剑,至吾苏格兰复得自由为止。”

建旗之礼既毕,和耳士即偕各将回城,见马公与夫人同坐望台上,乃行至其前。夫人起迎之,马公执和耳士之手,眉飞色舞,乐不可名,舌为之结。惟夫人则以甘言来献,媚语相承,若不自觉其丑态者。和耳士亦不以为意,请马公与夫人迁入城中居住,因较方塔更为畅便故也。马公从之,忽问曰:“冒险入城,得以奏凯之神童安在?请引之来,俾吾有以谢之。”爱德温时已交差,遥立远处,意若候和耳士者。和见之,点首招之前,执其手援马公曰:“此乃吾十五龄之侠士也。昨夜曾以其马腹刺得奏大功,虽受马腹刺于王者之人,恐仍逊此子之勇也。”马公俯首,将自穿之金制马腹刺解下,曰:“彼将穿王者之刺,此乃拿士之役,吾先王亚历山大自御足解下,亲赐老夫。吾本欲以之留与豚儿,然谁有伟功,过于夺回苏格兰自由之首将者,此即吾心中之爱子也。”且将爱德温紧揽至其胸前。爱德温战栗跪下,以公之手按己心,低声曰:“求公恕其妹耳辣芬之溺子。”公疾呼曰:“何云?爱德温(名)耳辣芬(姓)竟以此荣耀加我乎?速前,吾爱妹约历德之溺子。”于是舅甥相抱,悲喜交集,夫人亦在旁洒泪。和耳士睹此情景,又触其心病,转身他视。爱德温耳语马公一回,茂利上前为其结马刺。穿毕,爱德温乃与茂利接吻,为表兄弟初见礼。爱德温呼和耳士相庆,和回身执爱德温之手曰:“吾等前夕之约如何?今日大功非已告成乎?吾已引汝至公布汝姓名之处,吾今已闻汝矜然自白矣。吾爱弟乎,今且偕予去,让汝母舅休息。”言毕,向夫人欠身,携爱德温往东门去。

马公年已老,经此惊险悲欢,自是无涯困乏,乃扶茂利回城。夫人则由耳洛加携之,随后而行。夫人见和耳士去,乃喟然长叹。移时,茂利引公至豆花兰士向日所居之室,陈设华丽,夫人至此,目不转瞬,坐于一虎皮榻上,马公亦往坐其旁。茂利取一小机与公垫足。耳洛加便辞出。马公谓茂利曰:“于此荣乐之中,予心尚有未足。当博乎卫耳城被陷之际,吾爱女海伦,非在汝保护之下乎?请以其事告我。”茂利曰:“然,后蒙圣佛灵道院之长老允许,某遂将其托护于长老,匿居道院中。”茂利复将如何逃出,并革林士彼托长老藏铁箱事,一一细告之。马公叹曰:“此怪箱真令人莫测。此中果藏有何物耶?万恶皆随之而来,百福亦随之而降。和耳士一家安乐,乃为其所破。然因其所受之横祸,而吾苏格兰复得享其自由。虽然,吾女所居,离敌咫尺,汝以为彼固可以安然寓彼乎?”夫人忆昔日海伦未晤和耳士,尚生爱慕,恐公或迎其来,则更可与和耳士相亲矣,未免心中怀忌,乃谓马公曰:“料郎君必不令其爱女前来,阅此惨境也。妾意不如令人往,潜将其送至首耳士旦外祖父处,岂不更妥?”马公然之,惟言将与和耳士相议。

茂利复将前后事告马公,夫人在旁静听,既而不耐曰:“嗟乎,郎君意欲何为?和耳士君侠义之士也,郎君若与之谋,渠必将自往护送汝女,吾等何能预算其安危耶?嗟乎,岂可以家庭之私爱而陷护国者于莫测乎?”茂利曰:“如蒙舅父允准,许某往送我表妹于首耳士旦,某之至幸也。然须留和耳士君于此,以待某回,然后进攻士德林城,骨耳星谦可擒矣。”马公与夫人皆然其说。马公遂入内室安息,夫人乃嘱茂利往告和耳士,自言深盼午间可与之相见,俾得闻守兵之事,庶能安心居此云。

茂利应诺而出,来至卫城,闻军士言和耳士适向敌楼去,遂寻至,见和耳士去头盔,立于尸堆中。见茂利来,谓之曰:“观此惨剧,能不伤悲?然不久将收局唱尾声矣。予命人将尽送诸革来的滨,其流汹涌,可将其葬于平安海底中。是役也,吾苏格兰之捐躯者,约十有五名,已葬之于山麓。”茂利曰:“主帅,何必注意于敌人之残骨?不三日,自有饿鹰来,葬于腹中。”和耳士曰:“茂利,心抑何残暴?彼等亦为国而死,忠义可风。余等所以仇视之者,以能加害于我耶。今已不能,则非余敌,而为余友矣。且吾等何可于起义兵之地,而屏绝为国而死之人乎?”茂利曰:“某性愚鲁,幸将军恕而教之。”和耳士曰:“此不过一时之疏忽耳,君岂残暴之辈乎?”茂利曰:“否。某实有劣性,除苏格兰外,某所最崇拜者,惟吾表妹海伦而已。吁,若知吾性情与君相反,彼必疏我,拒之不遑矣。”和耳士微笑曰:“君之表妹乎,彼尝赐荣于我。吾恐无他事,较此为荣者,此实我余生之万幸。”茂利曰:“吾侠义之友,若君知其美德,悉其素性,则君亦必尊之敬之爱之如我矣。”和耳士辗然曰:“决不如君,吾今不能复如君用爱情于妇女。吾之处境足使吾拒绝妇女爱情。吾心已无所属,惟属于吾苏格兰耳。嗟乎,吾乃九牛之一毛耳。”茂利忙乱之曰:“九牛之一毛乎?吾苏格兰之勇士,我人群之伟人,乃九牛之一毛乎?君非吾苏格兰之救主乎?”和耳士目视茂利曰:“吾和耳士之余生已大不幸,请勿以爱情、勿以妇女语我,请勿以吾尝视为至宝之柔情语我。嗟乎,今已深埋于亚流士理村之余烬中矣。”茂利曰:“否。君勿以夫人之遗体为念。”和耳士闻言,瞠目视之。茂利复曰:“吾表妹不忍任夫人之芳体暴露,早已命人往亚流士理村之礼拜堂中,迎至博乎卫耳城礼葬之矣。”和耳士闻言,口唇颤动,舌结无言,其感激之情不再有言语足以形容之者,惟紧握茂利手,旋向城中去。

不一时,军士已将尸骸收拾一清。士骨拉其亚乃引一少年牧师来,超荐死者孤魂。时和耳士别茂利后,即往抚慰其部下伤兵及被掳之英俘。旋有人入报梅耳琴(名)、兰洛士(封爵)伯爵过城下,见苏格兰国旗飞舞城上,喜不自胜,遣人来,请允其进城。耳洛加闻言,不待和耳士答,急曰:“待某往引之来,此人至勇,可以为吾等臂助。”和耳士曰:“凡忠诚之苏格兰人,无不可来此者。”

耳洛加遂忙走至山北,见伯爵引从者已达①于山脚,耳洛加欣然,面有喜色。梅耳琴遥见其来,上前迎之,高声问曰:“耳洛加君为腾罢顿城之主乎?吾苏格兰国徽仍掩映于日光之下。豆花兰士何在?英之防兵何在?”耳洛加曰:“英国防兵乎,偃息于革来的河者,已有千二百人。豆花兰士已遁。此城今已归少数赤胆苏格兰人保守。若敌旗得以复竖于此,则吾等甘躲于狂波中,以避此奇辱。”梅耳琴曰:“伟哉,耳洛加乎,君竟能成此大业,君真吾苏格兰之旭日也!”耳洛加曰:“否,某不过系成此伟业者之从人耳。亚流士理村之惠廉和耳士,乃吾等之首领,其武技精强,德行高洁,非第使吾国人倾心,即仇敌亦望风倒拜。”乃将夜来之事告之。梅耳琴闻言,惊喜不已,叹曰:“噫,何吾梦梦也!吾苏格兰之喜信已遍传,而吾尚聩然无闻。吾此数月间,食不觉甘,寝不能寐者,非为筹画良策,以图恢复吾苏格兰乎,何图此伟业,竟成于瞬息。某尝祈上帝赐我国民一线之光,此非吾所祈之有验乎?噫,速引我

① “达”,原文字迹不清,据文义作“达”。

至国杰之前，速引吾至汝主帅前，因渠亦为吾心中之主帅也。请言梅耳琴与其所部皆将效力麾下。”

耳洛加欣然引之升岭，遥见和耳士、士骨拉其亚、茂利三人，立俟于望台之门。梅耳琴固识士骨拉其亚者，因常见其执国旗于战地故也，惟余人则向未晤过。耳洛加指而谓之曰：“和耳士君，已迟子于彼矣。”梅耳琴曰：“想彼为少年中之一耳。”耳洛加曰：“正为少年，其骁勇不让吾亚蒙（古之勇士），其智识皆藏诸缕缕金发之下。无论何人，皆心悦诚服之。”

移时已至望台，和耳士乃趋前迎之，曰：“蒙伯爵辱临，足使此城增幸。”梅耳琴握之曰：“吾苏格兰之伟杰，请受军人之礼，纳一赤心人之感谢。如幸不弃，敢求收录，以供奔走于麾下。”叙礼毕，和耳士曰：“得伯爵之助，增我军威不少。以上帝之威灵，不上数月，吾等可复睹苏格兰安享自由矣。”梅耳琴曰：“愿上帝借君贵手，降福于我苏格兰。然君如何竟得成此伟业？君如何竟能以一队之众，而败英军千人？”和耳士曰：“惟天所命而已，引吾举事者，为苏格兰之横祸，伴吾行事者，为人类之公理。吾等一无所惧，因依理而行，知上帝必不我弃，彼定佑吾等取胜也。”梅耳琴曰：“方今战事未艾，某由此刻起，誓报吾国，不济则以死继。”茂利曰：“伯爵且慢言死，吾等奢愿尚未偿，巨功犹未了，何便遽死？”又曰：“噫，某几忘告主帅，吾舅母迟主帅于公会所。”梅耳琴会意，知和耳士有事，遂转身与茂利谈。耳洛加乃将马公被困事细诉一遍。

且言马夫人既命茂利往请和耳士，遂亦自入内室，尽情修饰，出至公会所以候之，久待和耳士不至，颇不耐烦，往来室中，屡窥窗户。有顷，见和耳士从容由望台来。夫人此时不觉惊喜欲狂，如获至宝，即其从行者亦未之见，若和君之来，专赴彼之私约者。行至廊前，慌忙起身，迎诸门外。梅耳琴一见美丽妇人，笑靥相迎，绝似天仙下降，不觉为之呆立。盖马夫人年纪虽逾而立，然擅修容术,工于献媚,加以锦衣绣裳,于兵戈匆促中,忽遇此风流婀娜人物,实出意外,所以见之者,以为二八丽姝耳。若梅耳琴未闻茂利言,且讶为不知何国君后矣。茂利见夫人严妆,亦觉出于意外。惟和耳士竟毫不在意,一若未见其艳丽者,欠身为礼,复将梅耳琴介绍于夫人。夫人瓠齿微展,樱唇乍启,与梅耳琴周旋数语,即挽和耳士臂。和遂携之入后堂。

马公见和耳士入,倚剑起迎。马公本武士起家,年虽老,壮心未已,故恒以剑作杖,以表其尚武之意。随后,梅耳琴等亦入。马公见梅,喜极狂呼。梅耳琴乃趋前与之为礼,曰:“某今亦来此效力。”马公流泪,坚执其手曰:“天护爱国者。”遂咽不成声。梅耳琴曰:“吾部下精壮有四百人,明日黄昏,将随吾主帅往奏功矣。”夫人乱之曰:“何能如是之速?且待吾等之恩主少息。”和耳士曰:“谢夫人,然鉴于昨夜之胜绩,又得梅耳琴伯爵之助,此实天佑我也,理宜速进。”耳洛加曰:“主帅之言有理。腾罢顿城非由梦中取得者,若吾等久留于此,吾恐士德林之恶魔骨耳星谦,必随豆花兰士遁去。而某之耻终不能洗矣。”夫人忿然曰:“何云?然则拙夫与妾仍将被弃于敌人之手乎?和耳士君,幸为妾作主。”和耳士不待其说毕,忙答之曰:“夫人,吾等无不为马公计,当留精壮防守于此,必无意外。夫人请暂安居此间,且待吾军凯歌再奏时,自可送夫人回伯来马。”和耳士之言与夫人所语声音颇低,马公皆不甚了然,惟仅闻其半耳,遂问曰:“吾鼠胆之约拿(夫人小字)又抗留防兵于此之议乎?”和耳士曰:“然。似此战鏖之场,殊非妇女所能安居,为今计,最稳者莫如礼拜堂。予今雅不欲令夫人他往,以待吾等之捷报。届时更可从长计较。”斯时膳钟恰鸣,夫人乃勉强挽梅耳琴之臂先行,马公亦倚和耳士之臂而出,爱德温与他将皆随其后。

觉我赘语

善作小说者,当令读者愤。豆花兰士之卑鄙,不能以一刀了之,以成快举,事之可愤者也。马夫人之欺其夫,言之娓娓可听,而马公不察,事之尤可愤者也。

善作小说者,又当令读者喜。以数百人而举腾罢顿城,使英人狼狈而遁,事之可喜者也。乃无端而梅耳琴伯爵来,赤心愿效驱驰,且得四百之生力军,以之助战,一时顿为气壮,事之尤可喜者也。

善作小说者,又当令读者不可测。于戎马倥偬之时,忽写此倩装艳服之夫人,事之不可测者也。夫人于切齿痛诋之和耳士,忽为目挑心许之和耳士,挽其臂,止其行,事之尤不可测者也。

国旗之立而欲往观,观旗乎?爱和耳士也。海伦之来而力阻之,阻海伦乎?爱和耳士也。迨至望眼欲穿,忽焉情人来矣。宜其欣喜若狂,耳无闻,目无见矣。荡妇之荡,盖至于此。

此回又为结束前几回处,爱德温之事、与马公之关系,至是而大白。是以补笔为一结束。茂利以前事一一告知马公,又以和夫人之礼葬告和耳士,是以复笔为一结束。文心静细,是尤不当粗忽读过者也。

书中名言至理,则如山阴道上,目不暇给矣。总之,高尚之国民,无时无地,未有不爱其国者。于何见之?我于其所对国徽见之。

第十三回　叹孤身英雄收弟　怀异志命妇嗔夫

且说食时,夫人目不转睛,光线恒射于和耳士之身。盖和此时已卸去战袍,身裹花绒,体格雄伟,丰修合度,不独深爱和耳士之夫人,见为丰神绝世,即任何交际社会之妇女,当亦无不心折。

然回忆杀海士耳及唱拒英人,为其亲属金名氏之敌,其夫马公因之而陷险,且自己曾作引线,而欲围捉之者,非此人乎?所谓罪奴,所谓逆魁,所谓痴汉,而欲置诸死地者,非即此人乎?今乃痴心若狂,深情如醉,深愿跪伏和耳士之足下,求其宽恕前愆,又自问曰:彼知各事乎?彼肯恕我巨恶乎?心中辘轳,和耳士与之语,夫人竟茫然不觉。和耳士不知其故,以为诸人谈声过高,故未闻所语,复诘之。夫人始惊觉,自知举止失措、心神摇荡,久坐或为所轻,乃强作笑颜,托辞退出。

至己房,即仆床上,自挞其胸以痛哭,曰:"吾心何在?乍见此人,胡使吾心醉。吾见和耳士尚未及半日,乃竟如癫如狂,不复能自持。其人果有何魔术,而令吾至此耶?"哭有顷,复拭泪沉思,时而自责,时又自喜。噫,若其意中人知豆花兰士之围加德兰谷时,彼曾作引线,或在博乎耳卫城,举其欲杀彼之信相告,则休矣,休矣。不得不自恨行事之躁烈,继思和耳士声音容笑,殊令人可以废寝忘饥,若得其一顾,则后日之幸福将不可思议。一念和耳士行程在即,彼固迫于公义,势不容缓,在己不啻如掌上明珠,忽被攘夺,且不识后会更在何时。故为今计,惟有设法将其挽留。最可恐者,为偕茂利往迎海伦,故决计怂恿茂利,勿使和耳士干涉此事。如是则徐图后计,尚为非晚。思及此,即复起身,整衣饰而出。

诸将俱在,惟不见和耳士,因和适携梅耳琴往视城郭故也。夫人此时虽觉失望,然可利用此时。见马公津津然,方与诸将谈国事,夫人乃挽茂利至一旁,告以湏①保全和耳士,勿使冒险。茂利曰:"此事吾应独力办之,决不使和耳士君履险地。吾必竭力护送吾表妹至德韦德(河名)。然某实有所不解,吾表妹非怯于战事

① "湏",同"须"。

者,舅母既可安居,胡不迎彼来腾罢顿城,而反送至首耳士旦?”夫人不觉疾呼曰:“切勿迎来。”茂利见其举止失措,不觉愕然。夫人急自敛,柔声曰:“无他,此处将士杂居,以彼倾国之姿,在此最易招祸。子亦知豆花兰士与苏利士胡为至博乎卫耳城,亦慕海伦之美而来耳。海伦逃去后,二将遍觅不得,几致相争。若豆花兰士知其在此,其野心未悛,势必复至。”噫,夫人是言合之事理,又谁以为非者?茂利遂不复言迎海伦来腾罢顿城。且和耳士曾言居礼拜堂最妥,故茂利自计,不如听其居圣佛灵道院,俟各事稍有进步,然后往迎之,乃曰:“既如是,鄙意暂居道院,迟日迎来,今可先往报已克腾罢顿城,并吾舅父与夫人之安好,即足以慰彼矣。”夫人初意不愿彼与和耳士相见,闻茂利言,极赞成,面有得色。

时和耳士偕梅耳琴返,夫人即上前迎之,心花怒放,媚态毕呈。既坐定,夫人随由架上取一箫吹弄,声呜呜然,宛转流利,竭其技以娱客。孰意和耳士闻箫声,即离座,步至窗前,眺望落日,喟然叹曰:“吾之欢乐与命运,无异此西逝之日!嗟乎,世无太阳,则冷落寡欢。噫!”和耳士触动情怀,不胜于邑。夫人则未知也,调亦哀惨,声声入破,殊不堪令愁人闻之。和耳士面色惨变,不能复听,移步出外。梅耳琴察其举动,心知有异,急起,及于门外,问故。和耳士勉强含笑曰:“无他,仆恶闻乐声耳。”言讫而去。和耳士之语虽奇,实毫无假托。向日之弄笛娱夫吹笙接婿者今安在?抚剑伤心,鼓盆增憾,有出于不自知者,况多情如和耳士乎!

时爱德温见和耳士之面色,亦异之,复见其匆匆走出,久不返,出而迹之,终不得见。暮色四合,斜月挂枝,碎影满地,遂信步登岭。忽闻太息声,止步细听,越数秒时,复闻如前。爱德温寻声往,见一人斜倚石上,发声长叹,若不胜悲楚者。行已近侧,适有行云,将月光遮去,初不觉身畔之有人,迨云过后,见一人兀立其前,失惊跃起,厉声问曰:“子为谁?”爱德温曰:“主帅(句),爱德温也。吾主帅面带愁容,久去客室,深疑或有不快。”和耳士默然坚执其手。

爱德温曰:“然则果有何事撄主帅之心,主帅乃不见告乎?”和耳士乃坐下,以剑树地,首伏柄上,曰:“并无新祸临我,惟世间常有所谓记念之一物,其锋胜于利剑。”爱德温曰:“何事记念,致吾主帅伤感?昔圣哥林伯尝谓某曰,记念者,迁善补过之良药也。吾主帅乃复需此药耶?主帅非吾万众之恩人、苏格兰之救主乎?噫,世人之当满足欢乐者,非和耳士又谁耶?”和耳士曰:“吾向日之幻想若始终不变,某诚当满足欢乐,如子所言。然今中道相违,此非愁人当痛其厄运之时乎?吾重遭横祸,不由不痛定思痛也。噫,爱德温,吾不遇此毒劫,今已为人父或能得子如君,以增荣我姓,又可见吾结褵神女抱弄此子于膝前矣。呜呼,何图今日竟埋于土中耶!噫,吾义弟乎,切勿以追念渠等,为辱我人格。耶稣神人也,在世时,尚且临穴哭吊其友,我何人斯,能不洒泪于吾妻子之墓前耶!”爱德温呜咽曰:“某敬爱主帅甚,某必竭力事吾主帅,以慰失儿之痛,务使主帅自忘其曾失一儿也。夫人往矣,然天主至慈,必使吾主帅破镜重合于天堂、父子相聚于乐土。”

和耳士日注爱德温徐徐曰:“稚子乃以针石良言规吾。”又抚之曰:“吾爱德温,今后吾当以肺腑相托,于吾悲伤时,子当慰我,勿使吾灰心而厌世也。”爱德温欢呼曰:“然则主帅真以儿视我矣,主帅以肺腑相示,某誓不负知己。某料世间必无有人友爱其兄、孝事其父、忠奉其主过于某者。”和耳士以手指天际曰:“噫,月朗云清,如斯美景,不由我心不爱。此足喻吾子之心明性洁也。吾将一心于尽忠为国。噫,吾当视子如幼弟。子年少,不解愁,胡能知我心中之悲楚?吾特以子之灵慧,为自慰耳。”爱德温曰:“敬谢吾兄,兄非以昔日爱夫人之情而爱苏格兰乎。噫,昔日之爱情足以耗兄志气,今将此情尽倾诸国事,当常奋发,以临大敌,不当颓丧,以挫雄心也。”和耳士叹曰:“智哉爱德温,子言实获我心。吾弟既鉴及此,他日亦当节制爱情。向者苏格兰,虽日摧败,吾未尝觉不快者。吾有马利安在旁,全不解隶役之苦。吾非无悲伤时,一经彼拂拭,即不知悲之自去、乐从何来。吾马利安殆有魔力,以迷吾心志,且足制吾生死。及被祸后,吾始知久为爱情之奴,予遂誓除暴党,规复自由。今者予爱情虽死,然余烬未熄。子尚见其黑烟时常吐焰也。吾弟今方年少,正宜以吾为鉴,切勿厚施爱情,则子可以为国杰而不至尝我之悲苦。”爱德温瑟缩曰:“某不能更爱他人,乃胜于爱吾兄。”和耳士曰:“爱德温,施爱者常易迷途,致误应尽之义务。吾所犯之罪,今已被控。今惟有降心服罪,以图晚盖。迨死后,乃安息于自由苏格兰之乐土,可以会吾爱妻,面吾孤子矣。”

言已,携爱德温下山。行至望台,见茂利匆匆来,谓和耳士曰:“吾特来寻将军解围。自将军去后,城中几酿大祸。”和耳士曰:“否,必无甚事。吾已由尊颜预报矣。”茂利曰:“然。不过吾舅母任性,几致偾事耳。”遂同行。

当和耳士去后,客室中相互谈战略。梅耳琴言和耳士已议定,待枢耳引吾之部下来,即时向士德林发进,因料豆花兰士必已逃往彼处故,又谓马公曰:“某当留此,助公摄理此城。”夫人闻是言,大失所望,趋至马公前曰:“料郎君必不允出此。”公误会其意,曰:“否。和耳士君虽以此重任见托,然吾实不副此职,予必让诸梅耳琴伯爵。吾得居其保护之下,吾愿已足。”夫人曰:“嘻,和耳士君离此,谁为守城?和耳士君一去,敌若复至,谁为拒敌?谁护妾者?”马公见梅耳琴面有惭色,知由其妻语之激烈,乃曰:“虽予未愈,不能护卿,然梅耳琴伯爵乃虎将也。”梅耳琴曰:“若使公、夫人受惊,某甘死罪。”夫人尚哓哓不已,向夫争论,欲留和耳士勿行。耳洛加愤然作色曰:“夫人,吾等之三新(古之力士)降生,非为护佑妇女,吾恐彼亦未必如是之愚,甘自系于妇女之足下。”马公颇恚其辞,未及开言,夫人已瞪目向耳洛加申申辱詈,旋向马公呜咽啼曰:“此即足证和耳士君行后之状,若和耳士君在此,决不致妾受此奇辱。”马公既忿耳洛加之言,又为其娇啼所动,乃款其腰,百般慰解。夫人推开公手,曰:“郎君殊无爱妾之心,郎之巧语花言,妾已习闻之矣。”梅耳琴默然起,行向室之彼端。耳洛加随之,喃喃自贺未娶,不至受妇女之累。士骨拉其亚与茂利则作鲁仲连,向夫人解说,言梅耳琴骁勇有谋,在此摄理,腾罢顿城必无他虞,一与和耳士自守无异。言虽有理,惟时醉翁之意,何尝在酒?夫人即含泪而出。

移时,和耳士入矣。梅耳琴上前迎之,曰:“主帅有何良策?君如海乔拿士(古之神道)有分身之术否?不则只能任苏格兰听其自战而已。和耳士君,此城殆无复有和平之一日。”和耳士闻言微笑,方欲启口,夫人已至,手抱乳儿,眼含珠泪。茂利见其来,即挽梅耳琴出。夫人趋至和耳士前,曰:“恩主已来乎,将以慰此乳儿之母乎?吾狠心夫婿与梅耳琴言,谓将军行将弃吾等于此。”和耳士曰:“非弃也,当留健将守之。夫人若不喜居此腥血之场,或暂假寓礼拜堂中。”夫人曰:“是誓不能者。敌人何尝重视圣庙,故妾实不愿吾儿之托庇此中。”马公曰:“约拿是必不能者。和耳士君尚有国事图谋,何能专顾我一家私事?和耳士君须为国建功,若吾等强留之,则实为国贼矣。”夫人回首骂曰:“负心郎,乃将野蛮耳洛加之语再述乎?汝欲致妾于死地耶!汝欲再观惨剧耶!汝欲妻儿被杀、流血于汝足下耶!”和耳士见其撒泼,遂走开。马公低声曰:“约拿过躁矣,乃在吾恩人前,如此放肆,吾不耐再闻汝辱诸将,想亦非和耳士君所愿闻也。爱德温,汝舅母回心时,乃来告我。”言讫,遂入他室。

夫人见事决裂,俯首凝思,料和耳士必不能再留,不如更画他计。少顷，主意已定，遂抬头，见爱德温方与和耳士语。夫人发其柔声曰："渠语君何事，为吾郎忿出耶？嗟乎，彼讵知为母者爱儿之苦心，吾孪儿中一已死去，即被掳至此城之日，若此儿又复不保，妾亦不愿生矣。试观此子，请以其生命托君，侠义之和耳士乎，乞保护之，勿复为妾计。"和耳士固仁人也，今闻慈母之哀求，不由心不软，徐谓夫人曰："夫人，某如何可以效力？夫人既怯居此，请自择一妥处，某将送夫人往就。"夫人曰："环海之拔德岛中，吾夫有耳洛乎西卫城在焉，虽鄙陋，然颇坚固，朴素不华，不足动敌人之欲。妾思或可以安居于彼，任吾夫居此，以俟君大奏凯歌。彼时乞君仍仗义，复领吾儿回至其父处。"和耳士许之。爱德温忆及马公嘱，遂入内报之。爱德温出门，夫人遽起，以儿投和耳士怀，曰："聊使此孤儿谢君厚德。"又举儿与和耳士接吻，己亦佯为吻儿，而竟以头搁于和耳士胸前。和觉有异，骇却数武，捧还其子，曰："夫人无须谢某。"时马公步入，夫人以为和耳士之漠然置之者，必因见马公入故也，遂嗒然若失，徐告公欲往拔德岛之策。公亦以为然，惟言将俱往，曰："吾在此亦无大用，且卿居拔德仍须护者，吾将以腾罢顿城之事，尽付梅耳琴伯爵，则吾可以护伴吾卿于彼。"夫人本意盖欲藉此得与和耳士密谈，今与马公同行，自必有碍，欲托故拒公，无奈马公执意欲去，而和耳士亦赞成马公之说，故不得已从之。

觉我赘语

吾读此回毕，不禁三叹焉。世间凡事，败于不知大义之妇人女子手者，不知凡几。苏格兰独立军竟有马夫人其人，为之一叹。洞箫呜咽，故剑凄凉，此境此情，自非木石人，谁能无动于中者，又为一叹。以马公之深知大义，而深坠情网，宛转低徊，英雄短气，被愚弄而不知悟，被辱骂而不知愤，世有以顽妻为附骨之疽者，于此益信,又为之一叹。耳洛加快人快语,如闻羯鼓一挝。

士骨拉其亚、茂利二人,语语有理,而不堪为当局闻,鲁仲连殊不易做。

写夫人处骨节灵通,绝非呆滞者可比,处处引和耳士入彀,好看煞人。马公爱护其夫人,每碰大大的钉子,而不自知为冤桶,好看煞人。

夫人欲私和耳士,乃劝之寓礼拜堂,可谓不近人情。和耳士伤怀马利安,乃有善言之爱德温,可谓善体人情。一拒一迎,一离一合,好看煞人。

和耳士述其前事,语语足令志士惊心,世之有妻子者,不当粗心看过。

夫人藉其乳儿,以动和耳士,欺君子以方,未有不中的者。夫人自是可儿。

第十四回　敲耳山风伯行凶　革来河波神作戏

次日黄昏,枢耳已领得梅耳琴之军队至,并引加拿佛耳洛加(封衔)大夫尤士德士(名)墨士卫耳(姓)来。尤士德士系武士出身,久忿国艰,深羞国耻,然以独力难支大厦,只手不可遮天,只忍气吞声,相时而动。今见苏格兰之国旗,高映于腾罢顿城上,不觉雄心复振、壮志又萌,立意往腾罢顿城与和耳士连络。沿途劝人随之,共成义举,然罕有听之者,口诽腹笑,目为狂汉。或劝其宁负异种轭,以保全首领,或谓螳臂决不足当车,或系悬于娇妻少子,甘受室家之累,所以尤士德士虽苦口鼓舞,而相从者仅百人耳。尤士德士复往兰洛士以劝土①人。时枢耳亦至领梅耳琴部下,即从傍助之,于是相随者遂有五百人。二人乃领之向腾罢顿

① “土”,原文字迹不清。

城进，沿途国人见军士雄壮，志气飞扬，又闻梅耳琴亦为义队首领，于是踊跃相随者又数百人，共有八百人。

既至腾罢顿，和耳士欣然出迎。礼毕，乃集于议会所，斟酌用兵之策。议定留梅耳琴与其本部八百人守城，尤士德士则引三百人随和耳士进攻。和耳士复将细节为诸将告，其将略之深远、将谋之精妙，加以地理娴熟，何城为要，何地为良，何处宜先攻，何处宜缓击，何术破城，何策退敌，口讲手画，滔滔不竭。时诸将闻言，无不心悦诚服。议定，和耳士当先护送马公，并其眷属，往拔德岛，然后进攻。

次日平明，和耳士即集马公部下二十名，预备护送公行，又嘱士提反小心抚视伤兵。士提反曰："若得君一物，置诸渠等目前，则军士必能易忘其苦。请将军留下克复腾罢顿城之剑，某当悬之军士前，则渠等可不治而愈矣。"和耳士笑曰："此又非大卫（古之王者）之宝剑，曷能有灵？然某敬如君命。"遂以剑授之，又曰："乞暂以君剑假我。"士提反授之，曰："此君当亦不辱将军。拿士之役，渠曾饱饮那威（国人名之）人傲血。"和耳士佩之而他适。

至敌楼前，遇茂利与爱德温，遂相偕入城。斯时，梅耳琴与他将皆已齐集，预备送行。和耳士遂一一与之握手，然后至马夫人前，携之下山，乘马往革来的河畔登舟。马公则由茂利与爱德温伴之而行，马氏家人与护军等亦紧随其后。既下山，遂各上马。和耳士因不欲张扬，故特沿山路而行。马公之意，则欲日夜兼程。惟至傍晚，夫人即言困乏，怼语频出，然四处皆山林，无可投宿，惟夫人执意不行。适是夜风和月朗，故马公遂强从妻意，止息林间。和耳士乃命从者将绒衣铺于地上，俾夫人与侍女等可安息，复教军士更番守护之。

至次日黄昏，始达泊舟处。若非夫人故意延留，则行程已过半矣。时茂利已备下二船，一载马公夫妇与和耳士，一则茂利、爱德温与从者乘之。此时,天气清爽,温暖宜人,舟行如驶,好风相送,水手皆欣欣然,谓行数句钟即可至。不料半句钟后,风色忽转,海浪簸动,惟船尚可徐行。及至向敲耳山时,风景又大变,狂风大作,怒涛汹涌,水手失色,舟将触石。和耳士立命收帆断桅,亲自掌舵。夫人至此,亦惊惶无措,经人苦劝,始折伏舱内。马公亦自忘其病,以勉励各水手。忽又旋风一阵,将舟向亚伦巨石吹去。船主呼曰:“噫,是天数也,无可救矣!”马公见和耳士自把舵,谓之曰:“君可教水手去舟中之水,请以此舵付我。”马公深悉此处水道,故和耳士遂如所请。行未数武,而船面有水手二人,已被狂波卷入海中。和耳士即以绳掷之,一人执索获救,其一人则随三闾大夫后矣。和耳士复与水手二人把持摇橹,立与风战。船主则督水手,力除船中之水。

未几,船身突触石上,摇摆不定。和耳士手执适间救水手之绳,由船面跃至石上,教水手以彼端系船头,效其所为,然后竭力将船曳之向前。夫人闻喧哗声,不复可耐,立出舱外。马公见之,呼曰:“约拿,勿来,恐遭不测!”夫人若不闻焉,瞠目四顾,不见和耳士在,喃喃曰:“吾竟将其溺死耶?噫,吾愿伴其同居海底。”此时涛声大作,马公未闻其末语,隐约闻有溺死者,问之曰:“溺死谁人?”夫人扼腕曰:“和、和、和耳士。”夫人面前之巨浪适下,遥见其意中人蹲石上,与水手等同曳舟行。夫人惊愕不已。

行至将过土角时,和耳士手中之索忽断,和遂失手落水中,从人狂呼。转瞬而和耳士已援船舷而上。既过土角,船又触石,曳船之水手齐呼曰:“是无可为,吾等皆难免于死!”夫人因见和耳士入船,如获至宝,尽忘危险,若非马公将其抱住,彼定奔入和耳士怀中矣,闻水手呼,惶惧问曰:“吾等将不免乎?”和耳士答曰:“或不致于此,夫人请放心。”马公伤口尚未痊,势不能凫。和耳士遂以橹缚成小桴,以渡马公夫妇与其幼子及侍女等。当水手将小桴曳行时,和耳士乃自凫于桴傍,以防不测。

既至亚伦岛之山脚,和耳士乃与从者觅得一石洞,送夫人及侍女等居之。登岸时,和耳士为夫人抱子,至洞中乃付还其母。夫人流泪吻和手,马公倚石紧握和耳士手曰:“吾再世之恩人,某将何以报君?吾妻,吾子……”和耳士忙乱之曰:“此皆上帝之眷顾,仆何敢居功?若非上帝怜悯,吾等早没波宫矣,明公正宜谢之。”马公曰:“君言诚是。”遂跪下祈谢。

部署初定,除和耳士外,无一人不倦极思睡者,各就地而息。和耳士因茂利等之船中途飘散,不知生死,心中极焦燥,忧不成寐,辗转至天明。见和风荡漾,天已放晴,诸人深入黑甜乡,和耳士乃潜步出外,以考登岸处,为亚伦岛何方。出洞门,见洞旁有一山,遂移步而上。至其巅,四望绝无人迹,然细察岛中风景,又似附近必有居民者。复计不如着水手往寻,于是乃返洞中,自守睡者,而命水手往探。

水手去后,约将一时,即携一大船与榜人来,然终不得茂利等之信息。和耳士便乘此船,往查故舟。既至,见已劈为二,搁于峭石上。船身虽不能用,然舟中之物尚有留存者,遂命将马公之细软取出,水手领命。和耳士自回洞中,旋马公睡醒,和耳士乃告其已雇得一舟,预备起程,随时可以听命。马公曰:“吾二甥奚在?嗟乎,此不情飓风,竟把渠等断送耶?”和耳士亦疑不免,却勉强解慰之,谓渠等必在附近躲避。

二人言语,竟把侍女等惊醒,惟夫人尚熟睡不觉。马公因恐其经此一险,不复肯登程,计不如趁其未醒,潜舁之登舟。既位置妥,水手解缆,鼓棹而去。渡至半海,夫人始呻吟长叹,微张媚眼,自觉载沉载浮、漂泊无定,知又在舟中矣,惊惶不已,紧把其夫之臂,面如土色。马公曰:“爱卿勿惧,吾等皆安。”夫人忙问曰:“和耳士君竟委我等而去耶?”和耳士在把舵处,闻言应曰:“否,须待夫人等安抵拔德岛,某始卸任。”夫人欣然笑曰:“感君大德,何以图报?”和耳士无语。

行未几,遥见一扁舟自远处来。移时渐近,和耳士始辨为茂利与爱德温。爱见和耳士不胜雀跃,及一舟相离不过数尺,爱德温即跃过和耳士舟。相抱之下,悲喜交至,如子见慈父,如弟会长兄,然有未可言语形容者。时茂利之舟已与大船相并,牢系之而过大舟,与马公及夫人为礼,次及和耳士,随指爱德温笑曰:“此子孤癖,不复知有他人矣。”爱德温闻言,始返身与马公夫妇为礼。茂利遂将夜来之事为公等述。原来茂利等之船主一见风起,即驶往拔德海峡避,不若马公之榜人冒险取进也,于是众皆得安然登岸。茂利等以为马公亦必在此峡,故是夜投宿渔家。天明即领从人寻公,以冀同由此步往耳洛乎西城。及向土人询问,均无知者,始骇甚,立即乘小舟来寻,天幸相遇于此。

言时,船行甚驶,未几,舟已泊岸。马公等遂一同入城,安息一回。茂利乃请述遇险之事。马公遂一一详言之,并称赞和耳士不已。此时,诸人无不额手相庆,爱德温诙谐百出,如小儿之新得玩物,马公与茂利则欣喜万分,和耳士亦无限欢慰,其心腹少年,所谓义弟之爱德温今竟安然出险,而其同事、英勇之茂利又得保全。凡此诸事,皆足快心,且自己之所为,众人之推许,自问可以无愧,以得尽天职为欣幸。若马夫人则闻和耳士之声,听和耳士之语,观和耳士之举动,无一不足以使其神清气爽、意满心欢者。惟至晚间和耳士将退出时,则心中之情景、难堪之状态实非笔墨所能罄。盖优美之姿、和谐之声,使其闻而忘饥、见而废寝者,今又将离其左右矣,然无术可以留之,且无留之之理,仅趋前与之握手,少遂芳心。然后匆匆入内就寝,凭幻想以自娱,祈好梦以自慰耳。

觉我赘语

尤士德士苦口劝人一段,实足描摹①腐败社会,生命至重也,非知有重于生命者,决不轻弃其生命、妻子、至亲也;非知有亲于妻子者,决难遽舍其妻子。而所谓重于生命、亲于妻子者,则非十年读书、半生立志,不能真知公理。如是之舍生取义、杀身成仁也,则宜乎其听者之罕也。

吾读尤士德士苦口劝人一段,而知苏格兰之独立,有必成之之机。于何卜之?于“而相从者仅百人耳”句卜之。仅者,少之之词也。然既有此百人矣,使此相从者;而若我国之半截志士,朝爆药而夕顶戴者,虽有千万人,必适足以偾事。乃我国维新数年,欲求一二真爱国者,而不可得。区区苏格兰无名之英雄,且有百倍五十倍也,所以虽欲不兴不得矣。

马公而非真爱夫人也,则数日来,马夫人之失张失智,必能洞察其隐。乃不察也,正其深情挚爱处,勿疑其糊涂。读者以为然否?

马夫人②此时亦甚难为情,心爱和耳士,虽屈意迁就,终不蒙其一顾;深恨马公,乃若影之随形,终不去身。俗语所谓“哑子吃黄连,无苦可说”,足以形容当时景象。

中途遇风,不过作一波折,与全书布置无大关系,所以爱德温、茂利二人旋分即旋合。

第十七回　战克白力加　义释革总督

茂利护送英降兵出城,约一句钟后,便回覆命,并领豪坚勒其

① “摹”,原文作“摩”,据文义改。

② “马夫人”,原文作“和夫人”,据文义改。

公爵来。原来豪坚勒其为被囚于城中某显贵之子,闻其父已出狱,特来叩谢,并欲投入和耳士部下效力。行至北门,适遇茂利护送英兵出,豪坚勒其望见旗帜,知系和耳士偏将,遂上前自通姓名,请其介绍见和耳士。当茂利等由郭外回时,只见城中光景已焕然一新。居民知和耳士已得手、苏军大胜,咸欣欣有喜色,道中相遇者,彼此称贺。

和耳士见各事既妥,乃料理其祖父耳拿耳特大夫丧事,以盛礼葬之;然后整队前进,以保姆姊妹二人,托于其表兄耳理及拿耳德(名)革鲁科(姓)曰:"表兄,知兄固仁慈忠勇者,敢请继吾伯祖之耳拿耳特大夫之职,以此二妇相累,因吾祖父故,祈善视之。且此卫城之百姓亦举以相托,乞兄悉心保护之。城中各事,当任诸豪坚勒其与其勇忠之部下,因渠曾以救火居首功。"分泒既毕,遂往点集军士,计有兵二千五百余人。和耳士拟留五百人守爱亚,余二千则自领之,往攻白力加城。至第三日黎明,即起程进军。一路登山涉水,如雨之骤,杀奔前来。

且说各英将既由爱亚出,匆匆逃命,不敢怠慢。回顾爱亚城中,火光烛天,烈焰未消,不由战栗心寒,趱程而走,直达白力加,始稍歇足。白力加本为苏格兰国之要塞,英国军舰碇泊于此,以握苏格兰南岸之海权。前日英苏争战,多注意于此地。故和耳士亦拟攻破是城,藉断英军之后援。然英军水陆兼备,城大兵单,殊不易拔。

和耳士先以兵力,尽驱英军入城,围攻十日,水陆屹然如故,兀无动静。和耳士乃设计先破其水军,苏格兰军士多有娴熟水性者,和耳士令其扮作英国败兵,乘小艇掉至大船边。英人以苏军无战舰也,慢不加察,信之。苏格兰兵乘势上大船,劫得数舰,转攻他舰,不数日,尽夺其船而返。时英海军之援者未集,海权既失,更无他望,城兵惟有突围而走之一途耳。盖城中粮食日少,死伤日增，苏格兰兵又不时袭击，加意更番严防，军民不堪其苦。总督革鲁杀士德(封衔)伯爵亦计无所出，只能死守。

和耳士因破水军，声势益振，乃命人将通入城中水源遏绝，兵士分守要害，以备突击。英军既乏粮，又绝水，饥渴交至，死亡相继。数日，军士乃要求兵官禀知总督，势不能再守。总督此时亦深悔退入城中之非计，初兵败时，暂避城中，以待援兵，及闻水军破，海权失，事势日亟，困守孤城，非死即降，诚不能外此二途。然赫赫英吉利久已名驰四海，威耀五洲，若以一身故，声威扫地，亦太使国民蒙羞矣，遂决意死守，以身殉职。闻兵官来禀，拂然谓众曰："诸君不念国家，愿为降人，以保全身家，则请自去，某不欲强人以义。惟某稍有血性，誓不出此。君等开关揖盗时，即为毕命殉职时可也。某为英王之婿，决不能投降逆党。诸君好自为之，其毋以某为念。"革鲁杀士德素得军心，久为兵士爱戴，今慷慨尽言，悱恻动人，兵官自悔卤莽，咸誓以死守，不再言降。

革乃设计，暗掘一地道，通至苏格兰营，欲出其不意，以火攻之，虽不能尽杀苏格兰人，藉此以措其锐气。不意和耳士每日必登高巡视，一日忽见城中人蚁聚一土山后，计其直径，适当立营之区，见其频频来往，顿悟彼命意，乃急命茂利督兵士由本营亦掘数暗甬，为以毒攻毒计。及渐近，和军即停工，预备厮杀。彼英人正纷纷运入引火木材，一面开掘，孰意隧道一穿，狭路逢仇，苏军奋勇杀出，措手不及，竟至败退。

苏格兰兵乘势追奔，蜂拥由甬道入城。和耳士则领本部兵，跃登城楼。时英军闻地道已破，仓皇备战，兵分力薄，加之久困之余，何能敌此生力军士，不得已且战且退。和耳士见城已破，大喜，招余军入城。而革鲁杀士德闻变，急引队出击。彼存恢复祖国之心，此抱以身殉职之志，奋力鏖战，互有死亡。然时和耳士已操必胜之权，英军渐不能支，若四围兜拏剿击，必无遗类。和耳士见英人骁勇异常、愤不惜身,深为嘉尚,又见死伤遍地、血肉狼藉,不觉慈心一发,遂下令止杀。革鲁杀士德正惶迫,忽闻苏军停战,不觉大感,乃跪下献其剑曰:“请以我耳拿夫豆马特茂(革之名)赎军士之死。”和耳士谓之曰:“伯爵请起,某亦略知道义者决不以多杀为能。贵国军士之忠勇义烈,仆实钦佩无已。今与明公约,其全武士威望,即领贵部出城且无须设誓,此后再侵我国主权与否,惟明公之天良是断。”即以剑还之。

革鲁杀士德赧然接剑,目视部下,众军会意,低声商议一回,由一人高呼曰:“将军请为吾等决之,生死非吾等所愿,惟愿永随将军耳。”革鲁杀士德闻言流涕,谓和耳士曰:“可敬之苏格兰人,子之侠义实令吾无地可容。某前已自誓,愿死不降。今感子忠义,不得顾及誓辞。折脰断颈,非吾所惧,惟侠情义气,有使我不得不望风拜倒者。当吾尚主为驸马时,已自分此身与国同荣辱,不图今日,竟遇一忠义无双之劲敌,使无限尊荣之英国驸马、自矜贵之革鲁杀士德伯爵倒戈而降、蒙羞而生,以为苏格兰历史之纪念,以为忠义英兵之纪念。嗟乎,某今牺牲此身矣!”和耳士曰:“威德万全之伯爵,其勿然,请为贵国人赎威荣。吾敬服之伯爵乎,请前,因公已胜吾尽灭英人之心也。吾敬服之伯爵,豪侠之为物也,可使秦越为一家,吾特以兄弟之礼待伯爵,故代公启关,俾公可安抵贵国。若公他日忆我和耳士时,知仆非因沽名而战,非因好勇而战,乃为苏格兰人之主权、苏格兰人之自由而战也。若果恢复祖邦,则愿已偿,定必释甲韬弓矣。”革鲁杀士德曰:“某当终身不忘将军,吾誓不再至此。此即某敬服将军之证也。吾子热心如焚,不惜赤血,欲争回国权,固为人道之正。但余谓苏格兰之所以至此,非尽我英吉利人之咎。苏格兰人之贪财卖国者,实为之伥。吾英人所以深信苏格兰人天生奴质、不堪自立、不惮蹂躏其境土者,职是之故。若知其中不乏忠义之士、爱国之心,誓保主权,力图自立,何至横施虐杀,群趁强暴之手段乎！吾今誓不复以兵临斯土,且非仆一人私言,即吾部下及全国,想亦表同情焉。”苏格兰军士见和耳士礼待伯爵,遂亦不复慢待英兵。革鲁杀士德命将伤者运送,然后与和耳士作别。和复将粮食略给英军,送之至德韦德河而返。英军自向伦敦去,苏格兰军亦自回城。

觉我赘语

因敌军无战舰,漫不设备,则未有不偾事者。是等可为行军龟鉴。

革总督决意死守,誓不降敌,自是好汉子,孰知事出意外,至不得不降。仅数千言,而先后之宗旨一变,事迹已奇。革既愿降和耳士,而和复令其全军而返,且声明再侵主权与否,听其天良为断,不令人不五体投地,事迹更幻。孟子曰,春秋无义战。若此战争以义字当之,殆无愧色。

不惜赤血,争回国权,实为人道之正,吾同胞其听者。贪财卖国,实召灭国之祸,吾同胞其听者。

第十八回　危父难孝女通书　防敌攻良朋预报

自白力加城克复后,邻近显贵争先恐后,纷纷来请录用,无论老少贵贱,都蜂拥而来。其中有首耳士旦大夫连吉(名)梅德兰(姓)者,寿几及百,素以骁勇名。和耳士闻报老将来,忙出迎。梅德兰见和耳士来迎,即下战马,欣然趋前,与和耳士为礼,曰:“待吾熟视君,将苏格兰之健将、苏格兰之救主、曾起老夫于苏格兰耻辱中者,饱吾老眼。”言讫,遂将和耳士从头至足细相一遍。又曰:“老夫与耳拿耳特大夫及令先君,皆故交也。嗟乎,渠等若生存至今——然君已代雪此仇矣。陆登山应遍竖君之纪念碑。昔吾诸子皆为国捐躯,然吾苏格兰今尚有一肖子。嗟呼,吾泪可以干矣!”

既而欲见诸将,和耳士乃领之入城,引见马公二甥。梅德兰称赞爱德温一番,回首谓茂利曰:“噫,子乎,吾今又见君家第三代兴发矣。亚力山大王第二登极时,吾与若祖尚在总角,去今已八十年。嗟乎,吾所历者何久。吾亲见二帝崩,吾王子被制,吾苏格兰被卖,国民受制异邦。吾曾享受家室之欢、天伦之乐,吾长次二子皆殉职于登罢之役,吾幼子惠帘自登罢失守后,亦被掳去英京矣。吾诸女亦皆已谢世,其一轻鄙外貌、不重少年、酷信宗教者,嫁于耳士耳顿之哲士,未经一载,亦即逝世。吾最幼之女归马公,生一女以西白纳,旋亦逝。噫,少将军乎,若非有此孙女,以其母之遗像慰吾暮岁,吾必将寂然孤欢、死有余憾矣。”言至此,唏嘘不已。和耳士乃转身与他将语,俾梅德兰可以自敛其悲。

忽见枢耳来报,谓有一少年由士德林城来,带来密札一通,言须面递和将军。和耳士乃嘱诸将款梅德兰,而自往前厢面传书者。少年见之,趋前,讷讷不能语。枢耳曰:“此和将军也,今可将文件面交。”少年闻言,由怀中取出一书授和耳士。和乃命枢耳引之出,然后展读之,骤见首行,不禁惊跃,再阅其遗书者之名,不由方寸乱跳。其文曰:

有一女,深危其父之命,敢求救助于和耳士将军。将军曾救彼于枪刀之林、牢狱之困、波涛之险。乞将军勿惜一次之惠,侠义之和耳士乎,请速来救马公于断头台之下。将军去拔德岛时,固以为可安居于彼也,乃不料竟中敌人之计。当豆花兰士由爱亚逃出时,乘夜奔士德林,骨耳星谦留之,遂共议为豆花兰士雪恨。骨耳星谦以为若得戮将军之友,足以碎将军之心,可以泄彼等之忿,乃妄捏妾父以罪,尽夺其财产为彼有。此系豆花兰士亲告妾者,彼佯为不与闻其事,盖欲自明无罪也。当渠等闻知妾父居拔德岛、将军在外用兵之信,遂派一队,乔扮吾国人,至哥耳洛其,遣一人往岛中,伪称奉将军命,请妾父往否夫河之滨答话。妾父不知是计,匆匆而往。妾之继母亦随之,遂同落敌人之手,被押送至士德林,囚诸监中。嗟乎,福无重至,祸不单行,妾父非徒自己被囚,且亲见其爱女与其妹亦俱被囚。

妾自被人由圣佛灵道院骗出后,中途幸得一侠士救获。未几,妾遂往投吾姑母,彼居于亚鲁亚,在化乎之滨。吾姑丈则被爱亚总督连吉亚懦夫设计召来,与吾国之显贵数人同收监中。既将吾姑丈耳辣芬公爵监禁,复收其祖业。妾与姑母皆被掳至此。嗟乎,妾等荏弱薄质,曷堪拒敌?人心不古,谁能舍身以拯此无告者?被掳至此,惟闷守狱中而已。吾姑母有二子,长者殉职于登罢之役,吾姑母有鉴于此,遂将幼子潜匿道院中。

妾等到此,未几妾父亦至。妾等虽居监中,然而隔墙有耳,声息相通。当时街前拥塞,议论纷纷,管监者以告吾姑母,姑母乃以凶信报我。是时,妾自觉哀痛迷茫,达于极点,破监而出,狂奔至父前,倒于吾父被桎之臂中。守者见妾昏狂若此,亦无上前拦之者。妾此时已毫无知觉,余事妾亦不知。殆后自觉若卧于榻上者,张目视之,见吾姑母与他妇女数人,环榻而立。姑母乃前告妾,谓此处乃总监委员之家,此人方与骨耳星谦往取吾父。妾先间之狂举,豆花兰士亦亲见之,然彼为人,虎狼其行,铁石其心,不知父子之至情、儿女之天性,反嘱将父女分别监禁,将妾与姑母送至总监之家。

次早,吾姑母得接一信,系吾继母与之者。其中并有数行,乃妾父慰妾者。妾姑母信中,吾母备述将军之德,并被骗之详。据云,若能通信于将军,使将军知渠等今日之危,料将军必不避水火往救。但如何能通信于将军,则妾未敢必。因由是日起,妾与渠等往来之信息,皆被禁绝也。有一日,为吾等投书人,本一英卒,受马夫人重贿而来,然方跨此间之阈,即为豆花兰士之仆所执,枭首示众，以为后来之传书者鉴。豆花兰士逼吾姑母将信呈出，自此防守益密。虽然，若非与妾父相违，则虽永处监中，妾又有何忧惧？嗟乎，敌人今将妾父定死罪矣，谓其勾结将军，定罪枭首，又以吾母致吾姑母之书作证。

妾曾跪于豆花兰士前哀求，皆不之听。豆花兰士告妾，谓骨耳星谦在此作主，又有士干安士比处来信，极言马公为苏格兰当今最有权力者，杀之足以使苏格兰人心寒，可以减其猖獗之念。有此二人作主，渠亦无能为力云云。速来乎，妾之恩人，吾父之良友，速来救之！乞念其爱国故，乞怜妾无依故，速即前来救之！妾今将昼夜祈祷，以待将军之驾莅，是即妾今日一线之希望也。下署海伦马。

和耳士阅毕，遍身汗下，随折而藏之。自思今去恐已无及矣，罪既定，或已行刑，乃唤枢耳，引少年来，问其离士德林至此约有几时。少年曰："三十四时耳。因恐亚南德耳之风潮与白力加克复之信传至士德林，或促马公之死，故日夜兼程而来。"和耳士曰："吾此刻立即偕子去。枢耳，速往为吾备军马。"言讫，复回至诸将所，谓梅德兰曰："老将军，吾等须赴士德林，因豆花兰士已逃至彼。某初以为已被杀矣，孰知不然。请老将军为吾等祈祷，某不久将以好音，来丽德报告。"茂利曰："有何要事乎？"和耳士回身低①声答曰："请瞒过此老，待其回去后，吾当公布之。马公目下被困于士德林，消息颇危急。"茂利遂忙送梅德兰出。和耳士乃扶之上马，梅德兰以手置和耳士头上，祝福一回，而后别去。

茂利送之出东门，回来时，见和耳士立诸将中，将马公之险宣告诸将，拟立即兴师往救。耳辣芬闻妻舅被困，自是忿恨非常。

---

① "低"，原文作"底"，据文义改。

爱德温闻母舅被囚，亦万分焦①灼。茂利读毕海伦之信，授还和耳士，微笑曰："想吾舅父未必能为怯奴所杀。"和耳士曰："吾亦以为如此。"旋回首谓登达夫公爵曰："某以白力加之事尽付于明公。"登达夫执和耳士手曰："辱承见委，荣幸奚似。然某才疏计拙，恐负所托。但今军务既急，某不敢推委，权摄此间，当尽犬马之力。惟乞将军许犬儿随行，代某立功于战地。"随以手招革拿谦前，以护盾授之，曰："吾儿祈誓以此护尔国，悉若以之护尔躯者。由此刻起，子当永随和耳士将军，为将军之忠仆。"革拿谦吻护盾曰："儿愿誓之。"和耳士执其手曰："在吾左右者，皆吾兄弟也。我之兄弟乎，胜于世间之所谓朋友者万万矣。用诸君之良谋，奋诸君之勇力，克成此伟业，恢复祖国，某之至幸，即亦吾苏格兰之至幸也。"

和耳士深恐梅德兰得知马公被困之信，必致感伤，故秘不告军士。行至稍远始告之，军士方晓然。盖渠等虽未知底蕴，以为此行确系为追豆花兰士也。和耳士曰："万事皆以时，诸君不久将尽知各事。律有言曰，凡有干涉于众之事，众皆宜知之。倘有缓急不虞，宜合众力，以为解救。凡聚于吾义旗之下者，决非乌合之众、无赖成群也，乃各怀急公之心，另抱忘私之志，理宜预知其所为之因果然，万事皆以时。"革拿谦曰："随将军之义旗者，皆深信其主帅，奚必预知将军之谋？"和耳士曰："特为见信之故，故某更不宜事事秘密。然军务中或有不能不秘者，某只能依军律而行，不即宣布，惟愿诸君善体吾心耳。"

军既行，昼夜兼程进。旧时军士欲建奇功，新录军人亦思效力，故全队皆十分踊跃。当时，耳洛加闻往攻士德林之信，即自请为前部。和耳士分布诸将职事时，耳洛加便招集本部，引之向前，

① "焦"，原文作"燋"，据文义改。

曰:“速来,吾等将以骨耳星谦之血,洗净爱德加于吾苏格兰之奇耻!”军士同声呼万岁。

和耳士引队在后,行至加耳安之滨,枢耳骤前,扣和耳士之马,曰:“有快马由杜革拿士城来,递警信于将军。”先是和耳士离爱亚时,留下尤士德士墨士卫耳为该处总督,而以约翰莫提副之。所传警信,即关系是处者。和耳士在马上,展读其文曰:“亚南德耳之众为英将豆和兰所败,约翰莫提为前部,已与军士二千人同时被掳。豆和兰声言来作苏格兰总督,并云豆花兰士亦将前来,取板皮陆加伯爵之领土。豆和兰今方进兵于洛底士仁,欲阻将军前路。深幸将军遣使来此,以士德林之行报,吾等今日遂得以此信预警将军。鄙意本欲先乱其中军,然为彼所败。豆和兰之意,盖欲截君去路。若将军击其前部,某将攻其中军,如是则英军可无遗种,而豆和兰必将束手就缚矣。将军所树于腾罢顿城之国徽,今后当永不再凋零。下署苏格兰之公仆尤士德士墨士卫耳。”和耳士阅毕,枢耳曰:“有回音否?”和耳士随以剑尖刻铁手套上,曰:“吾所使发生之旭日方升腾而未午也。”书毕,脱手套授来骑,然后扬鞭向前,跃过加耳安河而去。

觉我赘语

白力加方下,而忽有士德林之行。途中又接莫提被擒之报,军书旁午,戎马倥偬,自是清闲不得。

约翰莫提前日忽然重晤,此日又忽然被掳,皆出人意外。

豆花兰士既卑鄙恶劣如此,和耳士赦之,未免失之宽纵。然当日服从爱德一世而助之为虐者,何止千百!杀一豆花兰士,讵知继其任者,非又一豆花兰士,或加之厉哉!论史者每就事论事,加之訾议,抑知前人于此,几番椎心泣血,始出此乎。执偏见以绳之,鲜有不失者。

第十九回　和君奋勇唾手破外城　马公临危退师扼[1]要塞

苏格兰军队至士德林城外时，明月正悬天半。和耳士下令军士歇息，然后进攻。次早平明，守城英军见苏格兰军马蚁聚城外，不胜惊骇。正巡视间，有数处已越过城濠，纷纷架云梯，整战具，鱼贯而上。时天甫辨明，事出意外，苏军肃静无哗，奋勇执刀，梯城而进。英军一面放箭御敌，一面飞马报知豆花兰士与骨耳星谦。豆花兰士闻报，即添派军士，上城楼拒敌。和耳士军队早已着手，奋力进攻，将英守兵分头截杀。彼等见城已破，无心恋战，觅便遁走，一时声沸。

和耳士见英兵已退，跃上女墙，适豆花兰士率军出战，杀上城来。茂利、革拿谦挥军迎敌，彼此混战。和耳士自领本部，迎击骨耳星谦，大败之。骨军弃甲而走，耳洛加从后截来，英兵不得已倒退，据隘口以备巷战。而豆花兰士与茂利等竭力厮杀，未几和军四集，竟陷重围，知势不敌，欲奋力攻出。冲突至再，终不能脱，自分必死，拟乘隙死苏将一二人，为瞑目计，瞥见和耳士，觑不备骤马举剑，直搠心窝。险哉，幸有一少年将军，紧随和耳士身旁，举剑迎挡，剑中少将身。和耳士大惊，急伸长臂将豆花兰士直擒下马，掷于地上。方举斧斫杀，豆花兰士亦灵捷，已弃剑跪地哀求。豆花兰士呼曰："侠义之和耳士，乞再赦吾一次！"和耳士疾视之，若深鄙其行为者，以为豆花兰士若稍有人格，此次必不再求命，徐谓之曰："子又欲逃生乎？"回首谓伤倒之少将曰："爱德温，吾又将赦此卑劣之英人。子伤剧否？"爱德温曰："请勿以我为念，致忘将军之义勇。将军幸无恙，某所伤甚微，无系生命。"和耳士即插斧腰间曰："豆花兰士，吾非怜汝而赦之，不过保全吾苏格兰军人之

---

[1] "扼"，原文作"阨(厄)"，据文义改。

名誉耳。汝已投去兵器,虽劲敌深仇若汝,已白手乞怜,吾义不当加刃。执兵以敌徒手者,非勇士也,吾苏格兰人决不为此。汝前杀无助无辜,不能自护之老者十九人,此汝英人所为。吾非忘仇纵敌,为吾军人名誉故也。汝宜牢记。"豆花兰士兀立不动,若被催眠术者。

当豆花兰士擒后,其部下因无主将,纷纷倒戈降。苏军将遂陆续收其旗帜枪剑,挈将卒以献于和耳士。和顾谓亚力山大耳南西曰:"吾以豆花兰士付子,须严防之,然当以礼待。"此耳南西当和耳士过洛底士仁时来投者。

时城外一小镇已为和军所得。和耳士命将降将卒引归一处,又劝爱德温调治养息。爱德温曰:"否,否。前日在腾罢顿城时,主帅之伤更甚于我,吾主帅未尝休战调养,若吾今日回去,是辱我视为师范之义兄,料吾兄亦必不愿有此劣弟也。"和耳士曰:"去否听吾弟,愿此后宝贵弟身,勿以我故,舍身相救。天未绝我,上帝必有以盾护我,若天心已绝,则无论何种友情、何种恩爱,决不能出我于死。吾最亲爱之爱德温,此后应留意,勿逆天以行。"爱德温点首。和耳士乃以止痛药置其伤处,以帛束之,悬护心镜于胸前。爱德温遂负痛起立,随和耳士去,遇耳洛加于女墙外。

时骨耳星谦残兵负嵎①坚守,闻和军号角,请其答话,彼命一部下兵官登高问信。苏军教其速出降。会得马报,谓豆和兰已引大军,不日可至。骨耳星谦闻言大喜,遂亲谓苏军曰:"吾誓之,吾无降贼理。汝等恃众不退,吾必使汝片甲不留而止,尔时悔无及矣。吾知汝此来,必因马伯爵故,吾将格外施恩,改定为绞罪。吾将取马公全家来此,当面绞死以谢汝。"和军传话之使者曰:"和将军威谕,汝敢损马姓家人一发,则今日所有投降之英国军将,亦将

① "负嵎",亦作"负隅"。

尽杀之,不留一人。”骨耳星谦曰:“血戮固吾等所惯见,捐躯乃吾等之义务,何足挟我!豆和兰将军之队转瞬可至,可先教汝贼首,引颈待刑。若不速退,汝将见杜拿耳特马与其全家之尸,悬于此城。”

方骨耳星谦言时,其背后一人忽向和耳士放一冷箭,恰中和银盔而坠。苏格兰军士见之,大喝:“背信狡徒,汝敢伤吾主!”一时弓矢齐发,向骨耳星谦射来。一时和议不成,大声呼杀,战事又起。英军知退必被掳,亦出死力相抟杀。苏军见功在垂成,攻击益力。和耳士瞥见马公被缚于内卫之墙上,一索已环其颈,索之一端透入一阁内。和耳士至此,不竟浑身汗下,不知所措。盖骨耳星谦知势不佳,求援不及,特取马公来,以之挟制敌人。马公见和耳士①犹豫不前,高呼曰:“勿复踌躇,毋以贱命误我苏格兰大事!”骨耳星谦喝令行刑,时茂利、爱德温已入墙内,将守护兵击退,直奔马公缚处。恨英人众多,已将马公劫去,不知何往。骨耳星谦则挥队向前,先将后军打退,逼茂利出卫墙外,先入之爱德温重重围住。及和耳士冲入救时,见爱德温尽力死战,血流不止。英兵素闻和耳士骁勇,今见舞刀前来,不觉惧而稍却。和耳士遂杀开血路,救出爱德温退下。

会骨耳星谦头部亦受伤,意欲息战,使人呼和军答话。和耳士谓之曰:“吾等已擒豆花兰士与其部下军将,汝可将马公全家献出,并以城来降。否则,吾等未便休战。”骨之使者骂曰:“傲贼,勿误会!吾至非欲求和,不过预先告诫汝耳。若仍不退贼兵,非仅马姓不保,即城中所有苏格兰人,教汝一口不留,尔时勿谓我言之不早。”

言至此,忽闻内英兵喊声大振。苏格兰军士举首视之,只见

① “和耳士”,原文作“和士耳”,据文义改。

在监房顶上,搭起一栅,有数人引一囚上,妇女数人号泣牵拉其衣,跪抱其足,作不胜悲恸状,殊令见者酸鼻。囚一举首,则马公也,愁云满面,举手向天,若求神助者。和耳士见状,知其意,大喝曰:"止!马公受刑时,亦即豆花兰士归阴时。速引来。"其声如雷,闻者战栗。和耳士向本部用手一挥,未几即见耳洛加、耳南西二人引豆花兰①士至。和耳士谓之曰:"伯爵,吾既于战场中饶汝命,本不欲在此污吾刀,然汝国人逼我为此,试举而首,观彼惨剧。皓首无辜之老父,凄然立于家人中以待死。汝国人以此挟我退师,吾岂能以一国之自由易此数人之生命?而此数人亦岂肯贪生误国,以蒙不讳?然吾有一线之力,吾必保之,此乃吾志吾职也。以命偿命,吾将借伯爵及军士之命,以抵马公一家。"复大呼发令曰:"军士听者,若绞绳一加马公或其骨肉之颈,则豆花兰士之头亦当同时落地,勿误乃公事!"

时豆花兰士两手紧缚,被驱至城上。军士一人,手执雪刃,立于身后,将一转瞬,而刀起落头,不觉面如土色、战栗不已。又思身为败将,生死听诸人,若昨日巍巍高坐,判定敌人死罪,曾几何时,而此身亦操敌手,今日万无生望,所冀者骨耳星谦见之,或以敌俘对易,则尚有一线之希冀耳,出神兀立,俨若行尸。果然,骨耳星谦见之,亦恐豆花兰士被杀,则其家人必恨彼切骨,于己无利,遂命使者告和耳士,谓若肯暂时退出城外,当不杀马公,以黄昏为期,彼将细议纳降约款。和耳士固知骨耳星谦欲故意稽延时刻,以待援兵,然以兵力可恃,遂亦不惧,而马公或尚可救,乃答使者,谓彼将仍留豆花兰士诸人之命,为马公一家安全之质,并允暂时退出城外,以黄昏为期,届时即以城来降,否则,将复以戎衣相见。骨耳星谦闻和耳士允暂退,不胜欢喜,以为和耳士已中其谋。

① "兰",原文作"简",据文义改。

盖彼预计豆和兰于日未落前必已至此。若援兵一至，竟杀马公于狱中，然后破苏军，以救豆花兰士，亦无不可，深自欣喜。而和耳士于骨耳星谦之狡谋，筹之已熟，既见英人将马公解缚带去，遂亦传令退师，然后复派数队驻守要冲，将豆花兰士交与耳辣芬公爵看守。

觉我赘语

破白力加后，即记攻士德林。文章忌复，不意叙来竟无一复者，方悟小说家连叙两事，每一实写，一虚写，尚落第二乘。罗贯中叙新野、博望、赤壁一火再火，令人兴会飞舞，正会得此旨者。

豆花兰士屡可杀，而卒不杀。余谓书中视豆花兰士与马伯爵，正是一对。闻者以拟不以伦相责，不知余固谓文章，非谓其人之言行道谊也，责者亦失笑。

置太公俎上，而刘邦有分我杯羹之语。观此处叙来，和耳士前之所语与后之所行，似有矛盾处。自是情理兼尽处，若刘邦所为，直可一棒打杀，以警世之不孝子。

或曰，使和耳士亦一刘邦，则骨耳星谦技穷矣。余曰，否。马公被杀，骨耳星谦虽死，和军心亦必瓦解。以马公之死，固和耳士死之也，和耳士审时度势，讵敢出此一举。

野蛮时代之厮杀，固中外皆然。阅者请勿以今日情形疑作者之或误，幸甚。

第二十回　运奇谋断桥胜敌众　仗真义还剑纳降人

和耳士调派既毕，乃自领一队，往迎豆和兰。先占地利，列阵于离士德林半里许，在监伯士干力道院左近，前则为化乎河，有水桥可渡，水深不可涉。此为敌军必由之道。和耳士命军士将桥柱下部锯断，而不去其木，使之可以稳固如初，以便届时应用；又以绳暗系断木,择军中数健者,持其一端,埋伏道左,军士领命去。和耳士则列阵以待敌,命耳洛加与茂利为翼军,和耳士自居中军,一旁为耳南西,一旁为爱德温与士骨拉其亚。阵势肃然,三军不哗,以俟豆和兰之军至。

时骨耳星谦闻知豆和兰军队将至,遂再整精神,预备交战,以城中军务交其手下,已潜乔扮牧者,与数人抄僻道往迎豆和兰。遇豆军于多活,盖豆和兰本欲在西洛底士仁截击和军,因和耳士取别路,遂不遇。豆和兰深悔失此先机,乃将军队分三起,分途并进,以冀一军或可遇之,以补前失。第一队为望德高茂利伯爵,领军二万人,第二队为赫耳顿男爵,领军一万人,豆和兰自领三万人居后。骨耳星谦所遇者,为其第一队。骨遂将如何战败、如何贻和耳士退兵、目下城中如何危急,一一告之,促望德高茂利进师迎敌。望言后队约数时后可至,意欲待赫耳顿或豆和兰到,然后并力攻之。骨耳星谦曰:“数时后,士德林不劳将军保矣。黄昏时,敌必往攻。予欲稽延时刻,故特贻之以约,俾我等可以败敌于黄昏以前。今之为计,惟有速进,尚冀可以挽回,否则,必失苏格兰之锁钥,而吾等无复得苏格兰之望矣。”圣德高茂利闻言,遂偕骨耳星谦起程,径向化乎南岸进发。

既至,见和耳士军马已摆列于对岸静候。和军在此者,不过五千人,然布置得宜,敌人亦无从窥见其数。骨耳星谦见其前队稀少,料数必不多,因和耳士必留多人驻守城外也,遂欣然欢呼曰:“欲擒逆首,易如反掌矣!我等宜速前,勿使豆和兰夺首功,今可即刻渡桥擒之。”望德高茂利乃遣一使,先往告和耳士,谓望军已至,豆和兰之大队不久亦到,如能及早归降,尚可恕之,一切不罪。骨耳星谦颇以此为多事,阻之。望德高茂利弗听,使遂行。无何,回来覆命,述和耳士之言曰:“速归报汝主帅,吾等非为求恕而来,吾等并未犯何罪,今特来承领应得之主权,恢复我苏格兰,此外非所计也。望德高茂利将军麾下欲前，则请进，吾等皆已准备领教矣。”望德高茂利曰：“既如此，我等可速进。”遂骤马引队过桥。翼军当先，斯时，弓弩手、马军、步卒、战士、健将皆拥塞桥上。骨耳星谦居中，趾高气扬，旌旗掩映，号角喧鸣，如潮拥来。方将抵岸，忽闻苏格兰军中一声号角，木桥砉然塌倒，将英国军马之在桥上者，尽送入河中。继进者侧退不及，入水者又数人。一时中，呼救声与和军喊杀声若水之沸。和耳士自引军杀至海畔，革拿谦则从上流引伏兵袭敌中军。哀哉英军，不死于刀，即死于水，数万生灵一时同归于尽。

且说耳洛加奋力鏖杀，战兴方隆，滚滚人头，直如斫瓜切菜。瞥见骨耳星谦抱断桥柱呼救，其身半爬于碎木上，耳洛加正如猛虎吞羊、饥鹰抟兔，忙撇下余人，直赶至河边，方欲设法擒之，而浪花一卷，又将此可贵之宝货涌至他处。耳洛加不觉大失所望，旋见有物一团，由右边冲过，细视之，则骨耳星谦遍身拖泥，方欲爬往岸上。耳洛加大叱曰：“噫，汝尚属我耶！”即上前拖起踏其胸，喝曰：“试观汝日前穷辱之人，吾颊被汝掌之秽迹，吾今将以汝血涤之！此后我耳洛加乃不愧为苏格兰之前驱矣！”骨耳星谦勉力支撑，哀求曰：“乞加怜悯。”耳洛加曰：“吾若饶汝，我亦非人矣。”遂挥斧砍其头，欢呼曰：“吾今始堪复称为人！”旋以剑挑头曰：“无用之徒，吾将以此示吾主帅，使知我已复宿仇。”随策马至和耳士处。忽然马失前足，几至坠下，盖有人射暗箭，适中马足故也。

时茂利亦引受伤英将望德高茂利来和耳士前，纳降。望德高见耳洛加剑挑骨耳星谦头，鲜血淋漓，耳扬扬自得，望德高不觉失色，谓茂利曰：“此即君之主帅乎？噫，吾自误矣，吾不能纳剑于彼。”茂利会意，答曰：“彼人残暴，为万恶之魁。彼人至今日，始逃出于吾众军士心中，而入于耳洛加之手。”又以手指和耳士曰：“彼方为吾主帅。”

此时,和耳士方注视耳洛加,见其以剑挑一敌首,在空中舞弄,口唱凯歌,行近和耳士前,曰:“吾已为我苏格兰除去一狼。辱我者,其结果乃如是;凡为苏格兰之敌者,其结果均将如是。”和耳士蹙然曰:“但愿君报仇之心亦同时而灭。劝君自重,毋以被杀者之解体而自炫也。”耳洛加曰:“谁能如主帅之圣洁而神明?仆乃人也,故其复仇也,亦不异于凡人。其人虽已死,其头亦须被毁。吾将藉此克敌,吾将以此冠吾剑上,凡有英人望见者,想皆变色如土。”言讫,辞去。

和耳士回首见茂利引一英将来前,望其衣甲,知为望德高茂利,遂举手向之为礼。望德高见和耳士如此,已觉满心折服,赧颜而进,默然以剑递和耳士。望德高本英国之名将,以赫赫之英将,何颜说出愿降字,故尔默然。和耳士会意,举手向掌乐者一挥,只听得金声震地,喇叭奏收队令,而喊杀声与求饶声同时顿止,军士肃然。和耳士高声誓众曰:“诸壮士请听,上帝已助吾等得胜矣!吾等正宜施仁惠,以表感谢之心。尔军士速将伤者料理、死者掩埋。”言毕,转身向望德高,以剑还之,曰:“公之所重者,宜公有之,惟愿公勿辱之可耳。愿公于下次取出时,不失为用得其当;愿公辨明何者为武士之荣,何者为武士之辱;愿公辨明何者为保国,何者为叛逆。”望德高默然,俯首半晌,自思曰:“谓吾不应至此用兵耶?”既而抬头谓和耳士曰:“若将军非英国之敌,某必当众军士前,与将军握手。吾王虽为上国君主,然并无有虐待异邦臣庶心,即有苛暴条例,皆冒其名而为之也。将军今已折①服吾心。噫,此心乎,一遇美德,即不能自辨为敌为友,而翕然与之合矣。所留一丝之间者,惟国际之交涉。”和耳士曰:“英王果有美德如公所言,则吾剑可留为修草之用。往事已矣,然吾等确为被逼而起。望德

① “折”,原文作“拆”,据文义改。

高阁下,请听,凡霸者必外假仁慈,内如毒蝎,故意纵容其臣下而不之责,盖欲养练其苛刻残暴之心也。吾苏格兰,受毒政苛刑者已及二年。敢问英皇曾有一次责臣下,为冒御名而立苛政乎?"望德高不能答,因和耳士之言诚也,遂欠身无语,若颇不自安者。和耳士命将掳俘带回镇中,又领军士回至士德林城前。时遥见天际,沙飞尘滚,未几见豆和兰军马至矣。和耳士急命爱德温引望德高去,自将队伍严阵,以待豆和兰。

豆和兰军沿途闻苏格兰军得胜,深滋疑惑。至将近士德林旷野时,先行之探马回报,谓见化乎河浮有英兵尸首无算,并有英之残兵,向各处逃窜。苏格兰军士则竟高唱凯歌。据云,败兵嘱其急来回报,请豆和兰立即班师,因和耳士非徒已陷士德林城,且望德高茂利与赫耳顿二军皆为所败,主将有被掳者,有被杀者。豆和兰闻言大惊失色,然尚未信英人竟致受辱至此。一时军中喧传,已为之胆落。

豆和兰正踌躇间,见败兵续续来归。一人言亲见耳洛加剑挑骨耳星谦之头而舞弄,一人言在林间亲闻骨耳星谦告望德高茂利谓赫耳顿已被擒云云。此言实伪,盖误豆花兰士被擒为赫耳顿被擒也。豆和兰至此,深信不疑,知前两队已失事,自统孤军,恐亦无济,急传令回军,然已无及。和耳士军已如樯而进,前锋俱弓弩,下令放箭,箭如雨集,直向敌军射去。自领骑兵,直冲中军。同时革拿谦由林间小道抄击其翼军。英军大乱,各弃甲曳戈而逃。豆和兰至此,不得已鸣金收军,然四围要隘已被和军据守矣,乃遣使来和军,请求三事,一暂息战,二允其收回英国国徽,三准其领军士立即回国。和耳士于前二事皆许之,惟第三款,则云须彼此俘虏互换,和将以掳得之英将换回被囚于英国之苏格兰贵人;又士卒等且须立誓,不再与闻苏英战事,始得放回。豆和兰一一应允,自领军队前行,以剑授和耳士。和立即还之,弁卒等皆脱帽,行过和耳士前,则放下军器。和耳士已命本部队伍排开,盖不欲使英人知其仅有此数,而抱众降寡之羞也。和耳士命英军至莫提谷立誓,休息一宵,预备次早起程返英。布置周妥,英兵无不感愧。和耳士旋亦辞豆和兰,谓有要公,不能奉陪,惟其手下之将,将代行其职,必尽礼待云云。令耳南西招呼城中各英将,自引一军,前往迎敌赫耳顿男爵之军。

觉我赘语

和耳士此战之胜,而苏格兰之全局稍定,故关系殊不小。然彼众我寡,战何能胜?以先占地利故。地利何能占?以知豆和兰之来援而扼其要道故。兵法所谓知彼知己,则百战百胜也。

豆和兰欲在西洛底士仁截击和军,而不遇,又分三队,以冀任一军之能幸遇。说来惝恍无凭、全无把握,如此行军,乌得不败!

骨耳星谦舍其职务,以迎援军,其失一。促第一队浪战,不为全局计,其失二。和军既不断桥,又不扼隘,前队既稀少,分明诱敌,而不加察,如此行军,乌得不败!

骨耳星谦终局于此,和耳士谓耳洛加过于残忍,即读者亦谓过于残忍。然而报仇者之心,则以为不如此不快也,怨毒之于人甚矣哉!

茂利谓骨耳星谦至今日,始逃出众军士心中,而入耳洛加之手,语妙天下。

和耳士之责英皇,使强暴之主无所藉口,而为之解围者遂亦阢䣛①不安。此非辞穷也,正是良心发现处,阅者幸勿误会。

① “䣛”,同“陧”。

第二十一回　虏队中恩人再遇　牢房内父女重逢

且说爱德温奉和耳士命，将望德高等送入小镇、伤者送入监伯士干力道院中，遂一一如命而行。既至望德高前，见望因流血过多，已昏晕去，乃命人取软床来，舁之入士德林城外之旧行宫中。随营医士与道院中教士亦已纷纷至，将伤者调治。无何，有探子来报，和耳士已战败豆和兰之军，旋又见苏格兰军士引豆和兰入宫。望德高见豆入，知军又败矣。因已亦亲历战况，知苏军勇猛，赧颜无语，伸手与豆和兰为礼。豆和兰曰："将军非战之罪，子伤心之容已为子声明子之赤心，胜于子之自道。仆固知子因不得已而降者。如仆者，无一发之损，无一爪之伤，亦俯首乞降，又将何面目见爱德大王乎？仆亦非为自计，嗟吾无辜之军士——仆见苏格兰将士狠如狼，猛如虎，吾将士胡能取胜？则枉掷无数生灵，亦属无益，遂亦忍辱为此。"

当二英将互相慰谈时，爱德温在旁，殊觉闷闷，深冀复随和耳士左右效力。旋见耳蓝西来，不胜欢喜，盖可以卸责于蓝也。俟二人语毕，忙上前告别。望德高执其手曰："少将再会，子竟不类吾敌，有若吾友焉。"爱德温曰："因某欲效法吾主帅故，吾主帅者，侠义人也。无论何人，恒以友道待之。"豆和兰瞠目视之，问曰："子为谁？观子年少如许，而所言则若老成练达者。"爱德温答曰："某乃爱德温·耳勒芬，和耳士将军之义弟。"豆和兰又问曰："即其义子，偕和将军先登腾罢顿城者耶？"爱德温闻言，不觉面赤。当日偕和耳士破腾罢顿城时，奋起跃上，得建大功。彼以为得国杰之心，与英雄为昆仲，已不胜欢慰，但不过和耳士私认之耳。今闻豆和兰之言，知众人已公认己为和耳士义子，不觉惊喜失措，俯首有顷，旋答曰："某即彼厚福之耳勒芬，曾随吾主帅登城，以获荣誉，且曾受侠士之封于吾主帅。"豆和兰愕然起，曰："若苏格兰之童子皆如此子,则其爱国之精神轶吾英上矣。吾等今日之败又何足怪?”望德高曰:“其锋实不可当。我等细思之,当知其势不易遏。主帅乎,此少年之勇敢,乃足骇公。请公料苏格兰将来之命运,果如何耶?若主帅知和耳士深得烈士之心,则主帅亦可想见和耳士之为人矣。凡属于和耳士者,虽荏弱妇人,亦能变为刚毅。某亲见和夫人之英勇,毅然立于军队中,为其夫伸辩,又能深秘其藏匿之所。某曾见海士耳及所杀之绝世美人。”

爱德温忽疾呼曰:“大辱吾武士风!大辱吾武士风!公曾亲历此暴举,请即离此室,往蓝伯士干力或他处,于伤心未已之和耳士未回前,速离斯地,毋使其再睹亲历爱妻被害之境者,庶免眩其目、刺其心!”爱德温言时,声色俱厉,故举室人之目光咸向之射来。望德高出一手,曰:“仆以右手誓之,英勇之少年乎,若海士耳及作此兽行时,仆在当场,则仆必以其胸作吾剑鞘矣。仆于海士耳及未往亚流士理村数时前,曾奉命往搜拿和耳士将军。后海士耳及责我以查搜不严,命仆往。爱亚连吉亚儒夫亦以此事与吾龃龉,仆遂负气回英。”爱德温曰:“然则将军其为芝耳伯谦伯耳顿大夫乎?然无论将军为何人,既曾善视和夫人,仆亦深悔一时孟浪,误责明公。今惟有求将军见谅而已。”望德高握其手,曰:“英勇之耳勒芬,子之热诚,真令我佩服。仆固即芝耳伯也。嗟乎!倘我得仍吾旧职,则吾今日亦必不在苏格兰矣!当仆升为望德高伯爵时,曾有缘谒见世子。世子谕以有谗人,谓仆交通敌国,不尽力于王事。蒙世子赐殊恩,命仆为副将,随豆和兰将军来此立功补过,以证谗人之谬。仆若违命不来,深恐自证罪状,以实佞者之谤言。且仆虽钦敬和将军,然终不能不以叛逆视之。此所谓各为其主也。仆之所以奉命来此者,亦犹子之乐随和将军于战地。”爱德温曰:“某深幸今日得遇一人,为我证明主帅之敏明。盖和将军虽屡遭惨创,常谆谆谕某等曰,英人非尽残暴不仁者。若和将军知公为谁，又不知如何感触矣。待与子再晤时，某当为吾子介绍。”

爱德温言毕，即反身，将其他被掳诸显贵之住所告知蓝耳西，然后告别出，乘马径向多活去。行至中途，遇见茂利引一小队，迎面而来，欣然谓爱德温曰：“吾特奉命来约汝，主帅命吾等立刻往拔士德林城。赫耳顿之队已投降，吾军今已大胜矣。”

原来豆和兰入镇半句钟后，赫耳顿之军即至。和耳士命人取豆和兰之帅旗及望德高之旗，前往赫耳顿军中说降。赫见旗帜，大惊，细验之，知非妄，自料豆和兰五万众且不能敌，何况部下只万人乎，故亦纳降。和耳士见三英将皆降服，士德林城已如囊中物，城中英人之希望者，援有来兵耳，今皆纳降，则城唾手可得，命茂利速往救马公，先来前拔城。茂利遇见爱德温，遂邀之同行，以为臂助。于是二人高张豆和兰、望德高二人之旗，直至城前，呼英将答语。守城兵深匿不出，盖彼曾于城楼上，亲见化乎河中之流尸，又见豆和兰之纳降；斯时闻苏格兰军呼已答话，知祸已临头，能不胆战，深悔听骨耳星谦微服逃去，和耳士到此，若迁怒于己等，必尽杀戍军而止，每思及此，惊惶无措；忽又得计，不如速释马公，即请彼于和耳士前，代为乞怜，留军士之命。

是时马公正闷坐牢中，忽牢门突启，一英弁冲入，自忖又将第三次临刑矣，不意英弁浑身战栗，转而求救于己。马公知苏格兰军已得胜，心内大悦，深知和耳士为宽厚仁善者，遂一力应允。无何，闻茂利军队高唱凯歌声，英弁骇极，惊跃曰：“今已无及，吾所求之初款尚未提出，而吾巡军之报丧钟已噌吰盈耳矣！奈何！”复求马公曰：“阁下，某曾救公命。日间骨耳星谦命仆掣索缢公时，某曾未理会。祈公念某适间相待之恩，救我防军之命，求明公即偕某出献降。”随言，早将公之桎梏除去，以剑授马公。公遂与之同出。

马公步上城楼时，茂利竟未之辨，遥指英旗，喝令拔下献城。

马公使人传命曰:“敬如君言,但须以和将军之慈仁为质,不杀一人。”茂利闻为马公之命,答曰:“惟伯爵所命。”英弁曰:“能如此,则城中锁钥皆归子矣。某无所求,所求者惟防军之命耳。”于是大开城门,延军入。爱德温此时见英旗已撤,重门大启,因念慈母在狱中,必极盼望其父,若得其父前来亲迎之,岂不大慰其心乎?遂至耳勒芬公爵处,曰:“父亲,请速从茂利入城,开牢救吾切爱之慈母。”时耳勒芬公正静守熟睡之豆花兰士,闻爱德温言,吻之曰:“吾爱子爱德温,此种佳音,吾闻之,吾之欢慰,亦无异于汝。顾吾有应尽之义务,责备吾身,更重于家庭之私爱。吾既受命至此,岂能因夫妇之私情,擅离此职乎?故吾未能前往。吾爱子乎,汝当为吾代白于汝母。吾儿鉴于吾此举,异日亦当奉以为法,无论何时,必悉依主帅之命而行。吾儿当于汝母前,为我告罪,并慰贺之。”

爱德温不敢再言,即时告退,驰入城中。时城门已尽启,见茂利立于敌楼上,英弁以城中锁钥授之。马公欢呼曰:“快哉此观!当吾以义旗付汝时,深望有今日也。计时距今只四月,乃竟亲见吾英勇之安德鲁,泰然领受士德林城之锁钥。”茂利向马公与英弁鞠躬,逊谢不遑,随诘英弁曰:“请引仆至耳勒芬夫人及马贵人等处,仆将亲为之贺喜。”英弁遂引之行。

无何,至一昏黑之小径,通至一室,其门极固,外有铁链围之。英弁随将铁闩推开,徐曰:“此等严密,皆出自骨耳星谦之布置。”随将门竭力缓缓推开,只见其中乃一小石室,鄙陋不堪,以崎岖之怪石为壁,以破旧之皮为毡,上铺以稻秆,有一妇女蓬头垢面,熟卧秆堆中。英弁以手中之烛照之,妇人惊叫跃起,视之,乃马夫人也。马公忙上前抱之,夫人骇极狂呼,曰:“然则吾等将就死耶?吾等将就死耶?和耳士竟弃吾等耶?狼心!狼心之人!”马至此亦凄然呜咽,不能发一言,惟坚抱之而已。爱德温见此,亦触及其母苦况，于是亦结舌无辞。惟茂利欣然答曰："舅母少安，何致如此？某将奉和将军之命，来释放舅母！"夫人闻和耳士名，且闻其遣人救己，其惊惧忧苦早已飞出九霄，欢慰如常矣。异哉陈琳之檄，可愈阿瞒头风，不意和耳士之名，亦镇阿娇惊魄，何其神也！

爱德温与茂利同出，复随英弁行。未几已至一牢，英弁止步，曰："此即耳勒芬夫人之居，其鄙陋亦不减马夫人者。"随言随启钥。门开，见夫人正在熟睡。爱德温欢呼曰："母亲，孩儿特来拯援。"夫人闻声惊起，爱德温飞步而前，吻之，投于怀中。夫人惊骇不已，夫此爱子，彼固亲送入圣奇林伯道院中，今何竟在士德林城耶？硁然触于怀者，非铁甲乎？欢然鸣于耳者，非呼声乎？夫人至此，殆疑为梦幻，乃以手抚之，觉其热泪滴滴流于己颐，遂言曰："侬得毋梦耶？魔耶？嗟乎！速告我，吾所见者，果吾子乎？吾脑筋已紊乱欲晕矣。"爱德温答曰："确系母之爱子爱德温。"茂利上前，跪夫人旁，吻其手曰："夫人，彼所言者，确实无伪。彼自道院出，入和耳士将军之义队中。伊曾建首功于腾罢顿之役，今复立勋于此，特奉主帅命，前来释夫人等。"夫人闻言始爽然，转疑为喜，伏于其子颈上，堕泪问曰："爱德温，汝父何在？彼侠义之和耳士竟未由爱亚救之出乎？"爱德温曰："否，和将军已救之。吾父固在此焉。"遂将其父职守相告。

茂利见其母子情深，慰问无已，己虽至戚，不便终听，遂请英弁引至海伦处。旋至一室，颇宏大，有雕花木屏风居中，以为之障。英弁手指一帘，曰："马小姐必在彼室中。"茂利叹曰："吾爱妹何辜，彼虽未曾亲尝父母所受之苦况，然不免为彼等忧矣！"茂利言时，英弁即鞠躬一礼而退。茂利遂独入内室，见陈饰华丽，室中高悬一灯，光辉耀目。茂利乃缓步至床前，盖恐海伦受惊也，掀开锦帐，则床上虚无所有。茂利失惊，回顾室中，见室旁尚有一耳门，通入他室，遂向此进，见海伦方背门口，跪于一十字架前，恳切默祷。茂利走至其后,海伦竟不觉。茂利静立良久,忽见其高擎合掌,呼曰:“全能天主乎,若听我苏格兰之凯歌,求主赏纳其侍女之感谢!若豆和兰得取胜于豆花兰士败北之地,妾所钟爱者,皆不能复见于此。天主乎,祈亦取妾回天,使妾得与渠等永聚于天堂!”

茂利曰:“神圣之女子乎,上帝已允相聚于此地。”海伦闻声跃起,骇倒于茂利之怀。少选,神色乃定,问曰:“吾父何在?众皆安否?吾所爱者皆安乎?”茂利曰:“舅父与夫人,并耳勒芬公爵夫妇皆安。”海伦曰:“和耳士将军无恙否?未闻吾兄提及也。”茂利曰:“和将军已克复此地,由白力加至士德林城,无处不闻凯歌之声。今特遣某来出妹等于狱中。”

海伦此时忆及中途救己之隐名侠士,谅已投入和耳士军中,深欲一知其详,因以首枕茂利肩上,曰:“安德鲁,请告我。”言至此,若有所触而止。茂利曰:“吾爱妹将有何问乎?”海伦忸怩曰:“无甚要件,然屡次交锋,皆吾兄独任之耶?除和将军外,尚有他将否?”茂利曰:“爱妹,吾军中猛将不少,皆能奋勇公忠,不辱其主帅。感谢上帝,且各安然无恙。”海伦曰:“是诚上帝之惠也。感谢天主!安德鲁乎,请引侬至吾父所。”茂利方欲有言,而马公因急欲见其女,已偕夫人至门前矣。海伦趋投父怀,喜极垂涕,公亦堕泪。夫人在旁嫉视之,暗恨曰:“和耳士将见此绝世姿容矣,然则侬将奈何!”夫人凝思纳闷,若深恨天公之不做美,而乃与彼人以若是花容者。

时海伦之目光适射夫人面,见其闷状,大惊,忽忆卖己事,并在苏利士所受诸苦,怨怼之容立时发现。既念身已得救,且往事已矣,深求无益,复和颜以答其父问,将如何至耳勒芬夫人处略述一过。茂利曰:“吾因阅妹致和将军信,始知吾妹被苏格兰之国奸由道院中骗出,吾誓死此败类。”夫人闻言,露仓皇色,忆在腾罢顿城曾如何设法，以阻彼二人晤会，今闻茂利言，则彼二人早已相识且以书信往来，前日之奇谋妙计，今日全归无用。自此以后，两情或当更洽，则己又将奈何。夫人之变色者，殆以是故。海伦瞥见，以为因忆前卖己之事，故尔生愧，自念曰："既如此，天良尚未全泯，我何多求哉，人患不知过耳。"海伦自计苏格兰军已占必胜地，即茂利果欲报复苏利士，亦无大害。盖谓报复，必在阵前也，遂将自茂利出道院后一切情形详细告之，如何被骗，如何获救，如何在士德林街中见其父。

当海伦述事时，马公与茂利大为忿忿，而血气方刚之茂利则为尤甚。海伦言至与马革利问答时，茂利忙问曰："料此妇必知彼奸细为谁，吾妹未问之乎？"海伦垂目视地，马夫人度海伦已知己之所为，问至此，必将和盘说出，不复能安坐，遂推座起，誓将有以报之。然海伦明知此妇所为，因其父素宠之，言之，必伤父心，且或令其夫妇不和，遂立意隐之，徐徐答曰："兄何不解事如此，岂有狡猾如苏利士者，肯以如此秘密事告知贱役乎？"言讫，复将所遇之事细述。夫人闻言，心方定，乃谓海伦确未知其罪状也。复敛神而听，迨及海伦述至中途遇救一节，夫人料此人必为和耳士。然海伦未将对答之语复述，亦未言及其人之丰采。夫人又窃欢慰，以为和耳士之英姿侠气，触目令人不忘，今海伦并不言其人丰度，谅必无甚可取，故决此人必非和耳士也；且其人言，行将投入和耳士军，则其人必非和耳士可知，不禁色舞，深幸二人之实未相遇。当时海伦述至侠士言往投和耳士军一节，茂利卒然问曰："此侠士何在？谅未必在和将军部中，否则，彼定以妹之信息告知和将军或我。"海伦曰："妹曾诫其勿言，盖恐动兄之义忿，势必图报复，恐或有不利于君子，且恐兄将失职于国事。"茂利曰："彼若果在军中，则吾妹可不久即知其为谁矣。明晨，和将军将引诸将入城，吾妹可细认之，吾等皆当谢其救妹恩，而某亦可藉此机会，以表吾感激之诚。”海伦述毕,马公将博乎卫耳城别后之事细述。海伦虽屡遭苦困,然终不若马公之甚,因骨耳星谦素知豆花兰士属意海伦,不敢过于为难故也。

觉我赘语

此回为结束战事,且结束马公爵流离后各事也。不意士德林城中重牢之地,乃为骨肉重逢之场,悲欢无定,随境而迁,信哉。

耳勒芬公之不离职守,确遵军纪。军国民之举动,固当如此。

茂利之初见马夫人,爱德温之初见母夫人,一样惊骇神情,写来却各有分寸。君子观人于微,而知其人之美恶,正在此等处。

马夫人乍见海伦而妒,闻将尽言而怒,又闻其掩饰,以为隐谋未露而欢慰,中间却横插海伦恐伤父心数语,孝女之孝,恶妇之恶,直觉全神毕露。

马公终是仁厚长者,写其夫妇相会处,每令人气闷。谚有之,逆子顽妻,无药可医。若马夫人者,尚非一顽字所能赅其罪也。

第二十七回　辞金冠忠心为国　弄巧笔狡计惑人

且说和耳士日在洛马本宫中,专理政事,又令人将昔日被英人焚毁之村庄重建,耳目一新,道途争颂。一日,和耳士方约爱德温来,正静待之,忽闻门前车马声,旋见梅耳琴公引着英国使者二人至。一为爱德墨(名)亚耳伦德耳伯爵,豆和兰之妹婿也;一为安桐尼(名)伯克(姓),斗耳蓝教主也。安桐尼上前为礼曰:“和将军,仆等系奉英王之命来,拜候将军,并有机密奉闻。”爱德墨曰:“愿仆等新献之议有成,则非惟两国人民之幸,抑亦其国中义勇者之幸。”和耳士欠身答礼,引至客堂。爱德墨四顾曰:“左近无他人乎?”和耳士曰:“无有。仆今恭候台命。倘无损于我苏格兰,仆无不惟命是从。”爱德墨由怀中取出一金匣,谓和耳士曰:“某之来也,非恃强权恐吓,乃奉仁君之命,来劝化君侯也。我陛下见豆和兰信中,详言将军厚待我国被掳者,不胜感谢,故不以佛兰德众临讨叛逆之邦,特命不才至此,宣赦前愆,复修两国之好。”随由匣中取出一镶宝石之小冠,曰:“此冠也,乃吾王由回回教王子头上取下者,特命不才送至,以报将军之德。吾主并言,倘将军肯及早回头,认之为上国,则行将并授以政权。仆言止此,惟将军明断。吾主特命教主偕来,敬候将军一诺,即立行抹油之礼,立将军为王。有敢反对者,吾主必重罚之。”

和耳士闻言,拂然起曰:“明公听者,蒙贵国虚奖,仆何敢当!惟仆之敢以螳臂当车者,实因上奉天命,下顺民情,以恢复吾国。倘贵国知我为信义之苏格兰人,则未必敢以此冠,来买我无价之忠义也。夫苏格兰苟以小朝廷自处,又胡必听我之指挥哉!祈公收回此冠,凡已在十字架前誓死以复苏格兰之自由者,其额岂肯为此物所污乎!”爱德墨曰:“将军毋言之速也,祈三思之。倘仍执迷不悟,吾恐有噬脐之悔。吾王行将回英国矣,彼将引大军临贵境,是非前日见败于将军之军队可比。想将军亦曾闻我王之威令,凡所至之区,靡不铲平。”和耳士曰:“凡有血气者,无不宁战而死,不愿生而辱。”爱德墨曰:“承认上国君主,又何辱之有?况且除立本国人为王外,苏格兰人尚有何奢望乎?”和耳士曰:“我岂富贵之奴,我岂能尽掩我国人之目,以图一己之尊贵耶!仆之志愿,乃恢复苏格兰之主权,使其国民人人得享其天赋之自由耳。仆之不惜牺牲而死战者,岂欲与我神圣亚力山大王之子孙争位乎?果尔,则仆之行,胡能齿于人类!仆虽愚,何致以儿戏之虚名,将我国至宝之自由售于并吞者之手!”

爱德墨曰:“愿将军毋妄责我仁慈之爱德王,并毋负其美意。将军且试去己之偏见而细思之,倘将军肯允此款,则苏格兰可免战争之惨,此岂非将军赐贵国之福泽耶?”和耳士曰:“仆若允此款,神人当共诛之。明公以忠义劝仆,盍反躬思之?公岂不知凡国民之昧天良,以其自由,以其国权,授诸异国王之手者,系自弃天赋之权利,此种人不足齿于人类乎?先哲有言曰,德者贵于命。故吾等不惜牺牲一己,为吾同胞、为吾子孙求福也。爱德之诡谋,爱德之恐吓,皆未足以动我苏格兰人之心而使之俯首驯服。"安桐尼叱曰:"逆奴,子既知先哲之言,且听我说。某之来此也,乃奉至圣教主之命,亦奉至公仁君之旨。汝速听伯爵言。"言至此,手出十字架曰:"速于此前誓忠诚,无效伯耳理亚之反覆无常也。否则皇天不祐,加以上国精兵,行将铲平汝境矣。"和耳士曰:"长老少罪,倘某果有允许之故,或贵国所求,无碍于我主权,则某又安敢固违?惟是所要索者,乃欲吾舍去义务、抛弃公益,则某又何能从命哉?敢问长老,英王岂即为上帝,而某必须畏服之乎?"安桐尼又叱曰:"逆奴,汝岂不知凡拒信徒者,上帝不之祐乎?汝行将知悔,教堂中非已认明英王之所求至当,汝何人,敢反对之!"和耳士曰:"长老,竟假神权相欺乎?皇天无亲,惟德是亲。上帝至公,危扶助弱,长老何故侮我?我不能因教堂之允许,而遂置圣诫于不顾。神明鉴之,鼎镬居前,斧锯加后,我誓不肯认爱德为上国君主也。强力或足以戮吾躯,然决不能折服爱国者之热心。"安桐尼以十字架加其首曰:"摩西咒罚埃及人以疫,及种种灾祸。吾亦以此咒汝叛逆之苏格兰人。"和耳士闻言微笑。爱德墨曰:"将军藐视咒语乎?何寡信如是?"和耳士曰:"体肉之灾患,何足以惧我?吾既知公理所在,则吾又何惧?上帝至公无私,岂助桀为虐者,谓不能洞悉我心肺乎,如是吾复何惧。长老之咒,我视为敌人击我之军械,吾不当惧此。即使今所立之地忽缺而陷,我所顶之天忽碎而覆我,吾亦必不少动。盖我知天主既生我于此,则无论为人为魔,不能移我心至他处也。"安桐尼曰:"病入膏肓,无可救药矣。"爱德墨曰:"倘易地而居,吾能如是,吾亦可自觉无愧。虽然,可敬之和耳士，吾不能不预为君忧，吾恐自此以后，贵国臣民更无安枕之一日矣。”言讫，即取戟向对面之壁掷去，深入壁中，即将金冠收入怀内。

安桐尼此时已大步踏出，排闼而去，若室中满贮毒气，恐感受之而不得不急避者。时堂前憩息所，已有苏格兰武士多人在，为护卫和耳士之人，闻启门声，皆来看。见教主立于门域外，乃摘冠向之为礼，长老竟掉头不顾。其后和耳士亦偕爱德墨同出。爱曰：“英勇将军，就此告辞。君之忠义，仆诚佩服，然而窃为将军忧。”和耳士曰：“倘爱德王果系公义英明，如其贤臣者，则吾亦可不惧战祸之再见。明公珍重，公与令舅兄之义风，仆终身不敢忘。”

言未毕，只见一少年由众将中冲出，泣拜于和耳士足下。和耳士忙扶起之曰：“吾爱弟，吾爱德温。”此时，由士德林偕爱来之将士亦皆上前，将和耳士围住，吻衣握手，雀跃无已。爱德温曰：“吾主帅乎，吾爱兄乎，能恕德前愆否？”和耳士曰：“爱弟乎，吾不过因军律而罪汝耳。子之盛情，我所深感，倘汝所击者，非尽无权力之人，则我亦必不罪汝如此。掳俘者，其生命一切皆掌诸他人，情实可悯，惟仁人决不忍击之。”爱德墨曰：“敢问此少年，即彼英勇之小耳勒芬，曾在腾罢顿建首功者耶？豆和兰告我，有一少年，因击倒一辱国狡徒，而将军竟以军法罪之，即此少年乎？”和耳士曰：“即此刚毅忠义之爱德温耳勒芬也。此乃吾右臂，天以之赐我，足慰我平生。爱德赐我之冠，万不及此子之可宝。”爱德墨曰：“仆常见贵国之人民，今则并见贵国之精神矣。将军何修，得产斯士，令我羡且妒。”安桐尼因首厉目向爱德墨曰：“子之所言，极似嬖臣及卖国者。伯爵幸少留意，须知虽一语之微，吾必述诸御前。”爱德墨曰：“无烦长老过虑。凡我今日所言，吾当自奏之御前。盖我王必应知其所伐者为何如人，及应加之以逆罪否。俾其异日引军至此时,或当宽恕和将军此举。”

安桐尼于爱德墨之言毫不理会,先将马解下,踏蹬而上。爱德墨则从容与众握别,由革耳谦送之出。爱德墨叹曰:“异哉!贵国之兴也,诚如春风一吹,万芽齐茁。吾今日所见,诸将中无一非齿稚年青者,以少敌老,且能胜之;曾亦知吾老将之价值,乃以久经战事之白发及久涉战场之健躯,始能购得之耶!”革耳谦曰:“如是明公可预料我等之结果矣。请尽以所见告知爱德王,俾其不再辱及此土。”安桐尼大叱曰:“毋听此种逆言!”言讫,即扬鞭驰去。爱德墨旋亦上马,向各苏将一拱而别。

时爱德温见左右无人,遂由怀中出二函授和耳士,一系马公所寓,一系马夫人手翰。爱曰:“海姐姐寄语将军珍重。吾曾劝其致书于君,奈渠只字不肯书。吾舅母则付此长牍。海姐姐愈后,恒在其父病室中,盖夫人日在宫中之陛见室,竟将其义务尽弃矣。”和耳士乃细询马公病状。爱德温一一答之,又告以士德林近来之光景,及马夫人设盛会,恭迎巴顿洛克公及亚杀公二人,曰:“爱兄乎,吾不解此妇近遇何魔,前吾日入雪奴顿辞行,并问有无书信与吾兄。吾见其在陛见室,南面高坐,两旁排立侍女,外厢则有诸少将在,以候其号令,一若彼为镇国将军者。海姐姐亦适过此室,见之,大愕而退。吾亦随之。”

爱德温只述此段于和耳士,至与海伦密谈事,则未道及一语。原来海伦见其继母所为,不胜惭愧,方欲退回闺中。忽爱德温在后,以手持之,携入耳厢,告以行将见和耳士,曰:“姐姐,此玉手曾为英杰受创,今日未知复肯出数字与之,以志不忘乎。吾知此处之女王,行将致以尺素。”海伦曰:“如此,和将军亦必无暇读我书矣。且渠亦何必再得证据,以表海伦马终身不忘其恩主乎?”爱德温曰:“言尽于此乎?”海伦曰:“尽于此矣。”爱德温曰:“无一语道及姐姐之起居乎?吾可不告以玉臂愈后,姐姐屏绝夫人华筵,日在礼拜堂中乎？吾可不告以自舅氏病后，姐姐衣不解带，朝夕在此室中奉侍乎？吾可不告以世间有淑女，因故尽去繁华，如孀妇之孤居？吾可不告以舅母之奢华傲慢乎？噫，姐姐，汝心中有一事，未必许汝忠心之爱德温窥探也。”海伦曰：“爱德温，吾心中所有，汝无不可见。侬尊敬和将军，远胜他人，是固不必抵赖者。此致敬之心，洁白无瑕。好兄弟，祈勿误会。和将军曾与侬订为友，子亦友和将军，当知得为其友者之幸福。曾经沧海难为水，然则我于繁华之中，固无可乐，于高贵之中，更无可取。和将军之友谊在侬心中，已远胜于世间一切。好兄弟，祈毋误会我心中事。侬并无斯须不快，侬并无忧闷，侬心已满足。当侬在我父榻前，其乐诚倍蓰。因在彼处，侬可得见人中之杰，又可尽吾为子之职。”爱德温曰：“海姐姐，海姐姐，吾将欲道我心中之愿，然倘我言之，姐姐与和将军必将恕我。”海伦曰：“好兄弟，然则永勿言之。”

言至此，马夫人已排闼入，二人起迎之。夫人微颔海伦，径向爱德温握手，曰：“贤甥何不入陛见室？”爱德温答以未知夫人为士德林之主政，恐见嫌于诸将，故未敢遽进，只得静候之云云。夫人正容答曰：“爱德温，子或忘之，不妨警汝。吾虽系马伯爵之妻，然吾非独为北岛之主政人，巴顿洛克公爵乃皇族也，祈毋以我为妄，吾不欲则已，倘我欲之，试问何种显爵，我不可得？”爱德温闻言，佯视窗外冷笑。夫人早已见之，然未敢开罪于爱，盖以行将见和耳士，责之，恐在和耳士前谤己也，乃迁怒海伦曰：“海小姐，请问吾所见含讥带诮之容，果何意耶？吾欲汝知傲慢，何竟至是！汝竟轻视分内之品级，然异日必有以骇汝者。”海伦于问答语，本未留心，今夫人忽责己，颇觉惊骇，从容曰：“马夫人，奴既不敢讥诮夫人，亦未尝藐视巴顿洛克公分内之品级。然为尊敬夫人故，为爱敬吾父故，敢进一言。夫人之奢欲逾礼，足以贻笑他人，且恐陷夫人之至戚于祸。倘吾父知之，料未必赞成斯举，恐将生各命妇之妒忌,而于巴顿洛克公摄位,或有不利。”夫人闻言怒甚,盖海伦误会其言,谓欲分荣于龙座上之人也,乃答曰:“汝父已老,奚能有为?渠既不明我之举动,亦无从干涉之。巴顿洛克公既授我以禄位,此乃痴人耳。若……吾今惟望于大力者耳。”

爱德温惊问曰:“夫人欲母舅速死,而伯鲁士来此,扶夫人登极乎?”夫人曰:“吾无望于伯鲁士,更无望于汝舅氏。吾所希望者,乃马小姐之尊荣与和将军之从者耳。”言罢,以信授爱德温,嘱其代致和耳士,并嘱海伦即退入闺中。海伦曰:“侬将往父所。”夫人赧颜谓爱德温曰:“渠必以此告父,我入见公时,其榻前恒有候病者,公必当众责我。”爱德温曰:“吾闻名誉者胜于生命,吾深感夫人今日示我此说,却尚有他解。海姐姐珍重。”随吻其手。海伦答曰:“兄弟保重,愿天使护汝。”言罢出。

爱德温只将后段述于和耳士。和闻夫人妄想,亦觉可笑,启函读之,或嗔或媚,悉若其人。信中极道亚杀之感激,且言渠等极愿立之为王,其操辞之巧、文字之工,倘非爱德温将前事告之,和耳士亦几信其真为已也,以为其目的在得已之欢心,而王位尚在其次。夫人欲坚和耳士之信,故曰:“妾今在此执掌各事,此间之愚者多以妾为借此消遣。但渠等若细观吾行,则定知妾并非行令者,实则奉命之人耳。妾特操练诸人之心,俾后日得为将军所利用。”其言真假,和耳士恒一笑置之。盖和耳士恒厌与夫人交,料其异日必为已祸者,故急将夫人来书略一过目,即放下。

开阅马公书,方知马公已渐次告愈。洛鲁公已得苏格兰之西岸,由金泰亚茂耳至格兰暮亚之地,尽得收复。曾于彼处与耳勒芬公相遇,遂并力攻下之。又将北省克复,由士皮至仁浮拉士省,已为苏格兰人所有。博乎卫耳公与其部下,亦将耳洛士省及该乎拉士之英人尽行逐去。和耳士阅至此,不胜欢慰,忙请革拿谦过来,同闻此喜信。爱德温曰:“北省之地,已尽克服矣。”革拿谦曰:

"南省亦如之。自暮耳革鲁韦至德维德吾父所治之省,又由卓非亚士山至北海,已尽归我有矣。苏格兰之门已闭,英人此后勿再思履我土。"和耳士又接到各处报告,均极顺利,知所行之策皆妥,颇以为慰。所未满意者,耳勒芬公与亚杀公二人,皆欲治理伯乎省。马公函中,力劝和耳士自往断之。书曰:速由洛士仁渡过,径往伯乎,毋来士德林,恐人疑将军受我夫妇唆使,以鄙人之意,耳勒芬公居彼最宜,亚杀无应得之义,不过居职略高耳。彼保贱荆内戚,故渠极愿亚杀得此土。余谓将军欲避妇人之烦屑,幸勿来士德林城。和耳士阅马夫人书时,即知其用意。夫人虽未明言,但其中实有暗求之意。和耳士窃喜避之有术,遂从马公说,将各事付诸茂利,自引爱德温、革拿谦向化乎去。

和耳士既至伯乎省,军民欢迎,途为之塞。有村勇一队,苦求和耳士出见。和从之,乘马出,左右有耳勒芬公及亚杀伴之。和耳士免冠徐行,向众点首。是时万岁之声,有如雷轰。耳勒芬公表同情于军士,其意以为和耳士有此巨功,即立之为王,亦不为过,故每闻军士呼万岁声,必微微欢笑。亚杀之意则不然,恨无异术,立将此种军士致毙,并将和耳士致死,则虽牺牲全国,亦其所乐为。盖亚杀恒以乳臭小儿目和,不屑与之为伍。

迨至会议时,和耳士举耳勒芬公为伯乎总督,此又足增亚杀之恨。和耳士其始亦未言之,不过借喻伸明此事之理,而令亚杀断之。和耳士谓倘亚杀居耳勒芬公之位,以死力战得之地,而让诸他人,肯甘心否。亚杀至此,只能退让。在和耳士之意,以为如此说明,渠必甘服,岂料殊不然,反增亚杀之恨。盖亚以和耳士此言为有心侮己也,乃佯作悦服状,辞和耳士,退居伯理亚,因有食邑数处在彼,潜居此中,以图报复和耳士。

会议毕,和耳士退至耳勒芬公之城内恒丁府中,议论安邦良策。旋又接到北方各省请命之书,和耳士遂立意自往一行,仍携爱德温、革拿谦及精军一小队,向北省行。和耳士立意,每至一城,即留一日,到处欢迎,无不乐接。时已在残冬,家家预备耶稣圣诞,不胜闹热。和耳士则在开耳陈城洛鲁公处度岁,旋至亚节耳省巡视后,就在玉克城作别。陆地既巡过,复沿水道巡视一切。既毕,即仍回恒丁府。是晨,茂利之急报亦适至,据言,英王爱德往佛兰德聚集大军,向苏格兰进。和耳士闻报曰:“吾等将往迎于其本国之境内。彼既欲灭我,则自宜受战事之祸也。”

觉我赘语

爱德墨伯爵与豆和兰臭味相投,如出一口。其人颇为可敬,其再三劝和耳士,乃惺惺惜惺惺之意,易地数语,英雄所见,自无不同。

宗教,余恒谓只能行于野蛮时代,不能行于文明之世。观小说所载,牧师之挟教以蹂躏人权者,指不胜屈。其毒害社会尤甚于医生律师。盖医生律师之作恶,犹有法律以裁判之,而牧师则出于其范围以外也。今者教主之权已渐次失其崇拜,而法兰西且毅然将教产充公,闻之不禁浮一大白。

海伦妙人,其敬爱和耳士纯正洁白,令人且爱且敬。世有其人,吾愿馨香拜祝之。或曰子亦无赖,世有其人,彼将敬爱其勋业学术之等于和耳士者。子自思之,能与和絜长短否乎。或曰,是不然,道义之交,不藉勋业学术之招致,只性情相契,亦能如水乳之交融也;否则,大廷中有管鲍,草庐中无钟俞矣。余闻后说之为余解围,为之欢喜不置。

第二十八回　图霸业英王被败　防夺宠荡妇施谋

一时将令传出,北省诸将皆纷纷准备一切,前往革来的以迎和耳士。而和又自往南省招军,行至灰乎省金克耳行宫之际,适英使一人偕上次被逐之士班西大夫同来。是时,和耳士方与诸将集坐行帐中,二人径入,未及行礼,士班西已扬步至和耳士前,曰:“和大夫,前者奉世子命来,曾受尔侮辱,今吾王特加恩于我,令我复来。吾王亲谕我告若,汝今罪恶满盈,吾王今方引必胜军数万人,行且莅汝苏格兰,尽灭汝族。”同来之使者喝止之曰:“士大夫,请止!公虽亦曾受命于吾王,然仆参居正使,幸听我先传御旨,和将军恭听之,吾王之意旨,极为和平。”随即声明和耳士之罪以及二国人民之苦况,谓和耳士肯罢兵息战、俯首伏罪,则英王亦允恕之而不深究。和耳士蔼然答曰:“当吾等忧患相集之时,汝主假作仁人,施其笼落手段,暗中奴隶吾民,以逞其私欲。吾前日引军至贵国者,乃报其往日之诈也。吾前日之所以竭汝仓廪者,特为救荒故也。吾军曾临汝土而战败汝军,然并未伤一无辜或焚毁一室,此皆那省人民所共见者。吾等所为与贵君之举动,皆可求公断于那省居民。使君知之,汝主决不能有我苏格兰,更不能为我苏格兰之君主。敬谢使君,请转达贵君上听,吾等谨候大兵之戾止也。”士班西曰:“汝勿大言,致贻后悔。吾主兵精将勇,马蹄所践之地,草木亦无复有生望,铲平北土,犹反掌耳。傲慢之苏格兰人,殄灭汝族有日矣。”和耳士曰:“汝王行将犒我精军良将于汝土,倘蒙天恩眷顾,我不即死,则吾将在英地过复活节也。英王与其从者,其将奈我何?”言讫,即起立,向使者一鞠躬。苏将乃前,导使者去。士班西犹强欲再言,苏将止之,谓其使命之事已毕,倘敢再辱镇国将军者,座中诸将士之愤怒将不可遏制,渠亦无力以护之云云。

二使既去,和耳士知必有一大战,且洞悉英王之所以遣使传言者,固已早料苏人必不见允,然故作此,以为市恩计,谓己原欲平和了结,而苏人既不允其条款,则势不能不用强硬手段以表己之仁厚而张苏人之过,以为他日虐待苏格兰人民之余地也。当时,和耳士又恐法国君主非力伯或为英王所惑,遂命使将详情往告之。因监伯之役,苏人获胜,非力伯曾遣使来贺,和耳士曾命耳蓝西为使,前往答谢,并告英人之所要求,及不能息战之故。殆至二月廿八日,和耳士已至博众卫耳郊。茂利出迎之,欣然把晤,各叙离情。其时,北省之兵亦至,点核兵数,共有精壮三万人。方欲进兵,而耳洛加之急报适至,据云,那省人闻爱德将至,已将墨士卫击败,逐之至加耳佛,又将小数炮台夺去。虽得耳洛加竭力抵拒,然已迫退至登佛理士。使者又曰:"英贼张大声势,佯称爱德已率大兵前来,而喧传所至,人民皆为之鼓动。若不速前以敌之,则亚南的人将缚我等以献伯西矣。我忠勇之苏格兰人,当如何奋勇以前御之?"

和耳士不答,惟宣言于众,谓敌人已至登佛理士省。于是众皆踊跃向前,未几军队越格兰东岭,旋至碧加村。维时已入夜,和耳士乃上山巅,举烽火,以告安拿省人民,谓援军已至。无何,四面齐发火焰以答之。耳洛加遥见烽烟,指示军士曰:"愿众勇士毋失望,和将军行且至矣。"军士皆欣然答曰:"和将军来,吾等夫复何惧!"

及黎明,和军已过群山,径攻安拿,将敌人尽逐出,活擒敌将伯西,囚之于洛马本。此时,安拿又克复矣。和耳士乃巡行各处,抚慰居民,责其胆怯不足与有为,随又勉励一番,然后引军直进金伯兰省,列阵于高埠小河之间,以弩队当前,专候爱德之兵。

爱德以次日至,扎营于士德兰郊。苏兵遥见英军,即来报和耳士。和知此战关系非轻,苏格兰之国权、苏格兰人之自由皆当于此决之。顾自审斯举为义战且早谋定,遂亦不之惧。又闻探子言英军之锐全在马队,故和耳士遂立意先扰其马队,以堕彼军威;遂即传命广掘深坑,上掩以土皮残木,然后设计诱敌前来。

维时,英军因北省粮食已尽为和军劫去,故其军粮皆须由中央部运来，且其军中不论何国人皆录用，故各军官之意向致不齐。因此二端，遂不能速进，就此种延迟，实有裨于苏军不浅也。和耳士见其按军不动，略无进取意，于是佯命使者往英王军中议和。和耳士明知所拟条款英王决不见允，然藉此可使爱德疑其因畏求和而轻蔑之，立即进兵，则中计矣。

时爱德方在营中，闻有苏格兰使者至，以为因见我军势大，故特来乞降，乃传令使者进。使者入，行礼毕，曰："君侯请听，仆敬述和将军言，曰今者君侯大军已至，吾和将军亦厉兵以待，事势至此，想亦惟有以戎衣相见而已。然吾镇国将军未忘我先王之训，深知战事之惨、生民何辜、流血可悲，特使不才前来有请于君侯，前时吾苏人之被杀于君侯者虽夥，然死者不可复活，即亦无庸追究。惟是吾杜革拿士公爵，无故遭困，是不得不问。再有请者，君侯欲伸于吾国之专制强权与一切无理干涉，请尽收回。愿君侯明察，允此二款，则吾等亦必止戈息战，如不见允，则吾国固已成人，非复三岁孩提可比，又安能俯首受虐耶？吾国虽小，亦必厉①兵秣马、协力同心，以与麾下相见。君侯曾毁我腴田，焚吾屋宇，虐我国人，囚吾显贵，襁褓婴儿、无告妇女皆遭惨杀。此何故耶？岂吾国民有以见罪于君侯耶？吾国僧侣且为贵国祈福，岂有异心？胡触君侯？而乃毁其寺观，杀之于祭台前。君侯明察之，此即麾下在吾国之举动也。而吾和将军敢起而抗者，亦职是故也。然倘能允吾所请，退师吾疆，收回成命，则吾等亦将复认君侯为亚力山大三世之亲族，而重修两国之好焉。"

爱德听至此，愤懑已极，傲然答曰："汝首领为小胜所惑矣，何不自量如是，以为我英王亦可辱，如其手下之小卒乎！吾岂畏彼妄人哉，吾何人，肯降格以听逆首之言乎！吾来此，特为正明吾名

① "厉"，原文作"励"，据文义改。

分,以降汝苏格兰人。汝等当速备恭迎上国君主,否则,吾誓不留一苏格兰人于世上!速去回报汝首领,此即吾答语也。"

和耳士固已预知其必如是者,不待使者归,已以整队迎敌矣。博公爵与其子居左翼,墨士卫与耳洛加居右翼,革拿谦隐林后作援军,已则与爱德温当中军。既得使者覆命,遂将爱德之言宣述诸军士,随勉励之,谓今日之战,不但全国之荣辱系之,即全国之命运亦随之。此为苏格兰与强兵对垒之首遭,诸勇士当鼓勇抗敌,不可稍馁,须知有无涯之荣耀,为此战之补偿也。

时爱德虽不以苏人为意,然闻日前败回之将士所言,亦未敢过于藐意。俟苏军使者去,后躬自誓众,然后引队向前。英军见苏人按兵不动,竟自向前冲来,一不提防,尽陷坑中。而苏军弩队即乘机放箭,战马受刺,横冲乱跃,将乘者掀下,人受马践,痛极剧呼,一时军中大乱。爱德乃自引军向苏人中军冲来,盖其时和耳士尚兀立不动也。爱德痛刺马腹,越跃数坑,军士虽随之,然多不能跃过,最后复至一坑,较前更深阔,而和耳士之队即立其前。此时各英将无不胆怯心慌,军士更无论矣。虽有将令,亦无有奉行之者。爱德斯时尚东驰西骤,了无惧色,各英将欲止之不得,惟有代其抱惊,盖恐其或陷坑中也。爱德驰骤多时,始聚得一小队,引向苏人中军冲来。方将交战,而在后之革拿谦已出迎,前队弩手箭如疾雨,爱德前队支持不定,惊喊奔逃,英王见全军溃散,不得已收拾残兵,退远敌营数里暂驻。嗟乎!以英王之勇、军士之众,无敌不摧,不料今日竟遭大败于苏格兰。此即英王生平败绩之初次也。

苏人尚欲远追,和耳士止之曰:"无迫之过甚,彼自当远退疆外,不劳吾军追逐也。"未几,英军果退,悉如和耳士言。此时惟见尸横遍地,流血成渠,凄惨之景,不堪寓目。苏军遂入爱德弃营,搬运一切,其中所存贵重器具,和耳士命送往士德林,以为战胜之纪念品。

斯时国中诸将多在士德林，盖彼处为通信最灵之地，且以国运如何，悉决于此战，故群集于此，专等战报之递至也。其中有知和耳士战略者，更翘足引领以待，有徒闻和耳士之名而从未一见其人者，则不能无疑于斯举，盖以为和耳士决非爱德之对手。即由英国新归诸显贵，亦各怀己见。是辈因曾在战地，亲见爱德之英勇。伯克洛公默计曰："和耳士虽屡败英军，然爱德之战略，则非诸将比，和耳士又安能取胜哉？从此一败，则苏格兰无复有生望矣。"思至此，不胜焦灼，然无论如何，决意不愿再入英王之手，故私备一船，若旦夕得闻凶信，立即航往法国以避之。克公之意如此，而亚杀、伯陈及马树三公之意，其所料固与克公同，惟其宗旨则又大异。盖此三人早有臣服英王之心，专候苏军败绩，即当出境恭迎爱德，认为上国君主矣。

是时，贵官勇将数百人方群集马公处，静候消息。而爱德温忽闯入，掷英王御旗于地曰："爱德之威权倒矣。"诸人见爱德温骤入，相顾眙唈[①]。寻亚杀先言曰："子言何谓？英王未必被败也。"爱德温曰："正是英王爱德大败，今已逃出战地矣。欲知详情，此处有公文可读之。勇哉吾镇国将军，如此大军，竟为所退！英王自己且败逃，吾亲见其冲驰，欲强合散队零伍，向前者三次，迨后仍不敌而窜。吾即于此时伤其执旗员而夺来此物。"克公曰："勇哉爱德温，真不辱汝主帅！"其时克公之长子方由法国归，克公因谓之曰："詹士，吾等亦应以吾苏格兰之威武示人。"

马公随展读来文，闻者惊愕不已，始知爱德曾以金冠贿和耳士及得胜之事，并悉和耳士甘拒其宠锡，舍身为国，愿为人民之公仆，现方竭力整顿边疆。诸将闻信之下，疑信参半，或忌其功，或

---

① "眙"，同"愕"。

敬其勇,或疑其诈,或嘉其忠,一时数百人心中终存己见,默然无语者久之。此时,惟马公、克公、洛公三人绝无他念,惟心喜和耳士之战胜而已。公文读毕旋即散会,马公乃引防军高举国旗,鸣吹战号,并携爱德之御旗,遍行各处,以传捷报。克、洛二公则往雪奴顿报信,其余各将亦皆星散。

当马公吹号报捷之际,亚杀谓伯陈曰:“表兄,是即和耳士将行僭位之先声也。吾等岂可隅坐无言,以听此乳臭小儿夺去我等生有之名分耶? 否,否。倘亚力山大之子孙不登斯座者,则吾宁以国授异邦英明之君主,决不甘任此草莽贱产君临吾等也。吾虽曾为掳俘,然英王仍以马队首将待我,且英王之威严不可测,今日虽败,安知异日不突起而战胜乎?”

二人心中既有此意,遂即暗暗传知其手下,有畏其威而附和者,有忌和耳士之功而赞成者,遂以亚杀、伯陈、马树三人为首,成一秘党,以除去和耳士、欢迎爱德为宗旨。惟是既欲施其诡谋,必先伪附于和耳士。马树乃设计求和耳士派其往登罢,为洛底仁总督,以监制苏利士,且以佐登达夫公爵管理白力加。盖谓登公年老,恐不能独持斯任云云。又曰,倘其允者,彼时我在登罢,则爱德可由新城达彼,再由二公计画,即可径进士德林,而擒和耳士矣。众闻言称善。此秘党常集于夜间,白昼则皆佯附众意,以称羡和耳士。

又此秘会即克公前亦未敢露一字。盖因日前伯陈曾于其前有不满意于和耳士,藐其出身微寒,克公对曰:“倘吾等能尽职而行,不辱其世袭之显爵,则彼和耳士亦必无机可乘,又何能自振以居于吾等上耶? 今若此,是谁之过欤? 和耳士奋身为国,公益是图。吾等今日计,惟有降心以从服,否则,效卖国者之所为而已。”克公既有此对,故此三人遂立意不使预密谋,并瞒马夫人。盖伯陈与亚杀二人曾闻其私心之希望,与其梦中之佳朕故也。

当未得捷音时，马夫人曾复与克公私议前计（即欲立和耳士为王也）。克公答曰："若国人皆欲立之为王，彼必无拒意。盖贵族中久不以王位为意，皆听爱德之取舍。且贵族中实无是人克居此位者，若必以诡谋代之图取，以自夺其子孙屡世之嗣业，非特吾等不应出此，即和耳士亦决不肯承受者。"夫人微示以意，谓将来当嫁和耳士。克公嗤以鼻曰："表妹毋妄想，汝何由得此恶念于心！此即耻辱与死亡之母也。倘吾料和耳士之心亦若汝者，则我当首先舍其军队而去矣。然我固知其为端士，必不肯以邪目视有夫之妇也。且彼等敬马家与金名氏特甚，安肯以非礼之言辱吾族中妇女之贵者乎？"马夫人既闻此一番严诫，心虽不甘，然无辞可答，亦置故之，而克公前更不再及此事。

克公则自以为正论严词，已遏服此妇之妄念，故私心亦颇欣慰。既闻捷报，即偕洛公前往雪奴顿报信，岂料爱德温已先到矣。当时马夫人骤闻其甥说出和耳士之名，即命侍婢等退出，亲自上前迎之，曰："贤甥，速告我，镇国将军得勿仍为胜者耶？"爱德温曰："吾母与海姊何在？渠等亦当同听此佳音也。"马夫人不耐曰："渠等皆无恙。噫，狡哉小子，悉如若主帅。"爱德温曰："少安无燥，甥安敢令夫人久待？有书在此，乃镇国将军致夫人者。"言讫，怀中出书以授夫人。夫人急接过，吻之而后展读。盖此乃其初次接和耳士之信也。

无何，耳夫人偕海伦同入。耳夫人趋步上前，海①伦则战栗不已，盖彼尚未知爱德温所报之为吉为凶也。爱德温与母接吻后，即趋至海伦前，亦与之接吻为礼，其母与之言，亦不之顾。海伦即在其耳边低声曰："和将军无恙否？"爱德温答曰："悉如姐姐所祈，英王爱德已兵败远窜矣。"海伦不觉高声曰："感谢上帝！感

① "海"，原文作"侮"，据文义改。

谢上帝!”耳夫人斯时竟亦不耐,疾呼曰:“然则吾镇国将军果如何耶?吾国人之所希望者果如何耶?爱德温,速详言之!”爱德温答曰:“吾镇国将军仍为苏格兰之统帅,彼威勇之爱德已为所败退矣。”

时马夫人已将信阅毕,复暗自屡吻而藏之,曰:“镇国将军函中并未言及此。”爱德温不之答,惟将自己复见和耳士时前后各事,一二细述。马夫人静听一切,喜形于色,及闻其拒爱德所受金冠一节,马夫人不禁大声呼曰:“愚哉,如此佳会,岂能再来!”爱德温亦不以为意,续述一切。忽闻街中号筒捷报之声大作,马夫人趋至窗前,若亲见和耳士之在彼者。耳夫人亦随之前。惟海伦则紧接和耳士所赠之十字架于胸前,潸然退出,入礼拜堂中祈祷。

数日后,有飞报至,谓镇国将军行且回士德林。马夫人虽则昼夜为其私心妄念所扰,然终不能忘海伦,盖恐夺其爱者故也。迨闻和耳士将至,即亲至海伦闺中佯作慈母之容,伸其庄严之论,以告诫海伦。谓今日各家命妇贵女,皆将前来欲迎和耳士,论理汝亦应随众出迎,但前日礼拜堂中相遇之事,恐诸人犹未忘怀,故不如勿出以避嫌疑云云。海伦生性至孝,马夫人虽非其亲母,然非不得已,辄不欲拂其意,且夫人心中所计画者,又岂贞淑如海伦所梦想得到乎,乃答曰:“儿谨遵命。”马夫人闻言,不胜欢慰。自前日和耳士自白后,彼虽不复深疑,然二人交情,固非泛泛者可比,倘使其不时亲晤,则自己之谋无复有望矣。此即夫人所以阻止海伦出见之故也。

病夫赘语

人谓英王不智,以和耳士之热诚毅志,岂肯以一座金冠卖却苏人自由。吾谓英王不幸,倘使英王生于吾国,只须具一筐红顶,便足网尽神州①志士。

英王之遣使于苏军，欲张其威也。和耳士之遣使于英军，欲示其怯也。张威者败，示怯者胜。天下事往往如是，不独行军为然。

马夫人纯是富贵薰②心人，其心目中只有“苏格兰王后”五③字，无怪其一闻不受金冠语，即失声叹其错却好机会也。

——《小说林》(1907—1908)第一至十二期

① “州”，原文作“洲”，据文义改。
② “薰”，同“熏”。
③ “五”，原文作“四”，据文义改。

刘韵琴

刘韵琴(约1884—1945,其生年一说是1883年),江苏兴化人,清末著名文学理论家刘熙载的孙女。其父刘展程,光绪元年举人。其母许氏,江苏泰州人,能文。其兄刘增诜、刘祥诜皆能诗词。其夫李宜璋。刘韵琴曾在上海和马来西亚任教,曾留学日本,归国后曾任《中华新报》记者。其作品集有《韵琴诗词》《韵琴杂著》,后者收有诗词、散文、短篇小说、传奇、笔记等作品。其译作有中篇小说《乳姊妹》。

乳姊妹[①]

故事梗概

某天傍晚,少妇君江抱着三岁的女儿君子,到荒僻之地饰磨里来找她二十年前的乳母滨娘。君江父母双亡,高等女校毕业后在某小学任教,后来又在一个军官家里做家庭教师。君江在军官家中认识了海军大尉浅野(假名,真名叫昭定)并与之相爱,但因男方身为侯爵的舅父不同意,故两人在教堂秘密举办了婚礼,一

① 《乳姊妹》(*Dora Thorne*),今译为《多拉·索恩》,贝莎·克莱(Bertha M. Clay,1836—1884)原著,标为“菊持幽芳著,韵琴译”。此小说是刘韵琴由日文转译的,由中国图书公司和记1916年印行。

年后生下女儿。浅野经常在外巡航，前月因为害病被送到台湾卫戍病院。君江接到电报后，想去台湾照顾丈夫，但又觉带着女儿十分不便，故打算将女儿交给滨娘照顾。

滨娘的丈夫三年前去世，但她有一个女儿也叫君江，比君子大四五个月。君江临走前将一些确定君子身份的纪念品交给滨娘保存。君江坐船离去，中途却遇到暴风，全船人无一生还。自此，滨娘视君子为亲生女儿，并将其名改为房江，而房江也一直以为滨娘是自己生母。后来一家三口迁到泉州岸和田地方，潜心向学的房江从高等女校毕业后，被推荐到知事家中做家庭教师。爱慕虚荣的君江认识了从亚米利加归国的少年高滨勇，考虑到高滨勇积攒的财富和对自己的爱慕，就答应了他的求婚，并相约三年后高滨勇再次归国时完婚。

滨娘病危，临终前盼望能见到房江一面并将她的身世说明，但因为房江没有赶上当天最后一班车，所以滨娘只好把房江的身世告诉君江，希望她如实转告。君江羡慕房江华族小姐的身份，昧着良心，私自将两人的身世调换，心思单纯的房江得知后并未怀疑。君江继而后悔与高滨勇的婚约，心想将来若成了华族小姐，何患不得佳婿，但恐其生疑，假意周旋将其送走，以待三年后不了了之。

房江的亲生父亲昭定得知妻子遇难后，悲痛万分，花费大量钱财寻找女儿下落，但都没有结果。昭定后来继承了舅父的侯爵之位和家业，并将本家之孙昭信收为养子。后来昭定找到君江，并根据当年妻子所留纪念品，断定她就是当年的君子，君江从此过上了梦寐以求的华族小姐生活。昭定为报答滨娘恩情，坚持让房江来松平邸同住。一日，房江见到母亲的画像，感觉莫名亲切，昭定也发现房江与妻子君江有惊人的相似之处。昭信对房江产生好感，但房江为不破坏君江对昭信的感情，对昭信冷淡，令昭信伤心不已。

昭定临终前交代昭信娶君江为妻,并好好照顾房江。君江不但已是华族的交际女王,且有望成为侯爵夫人,十分得意。一日,君江乘车外出,突然看见昔日婚约对象高滨勇,情急之下到男爵夫人家躲避。后来,高滨勇知道了君江目前的身份,写信要求见君江并要求君江践行往日婚约。君江一心毁约,高滨勇则不断纠缠并要挟君江,如果不和他结婚,就将事情真相公之于众。君江摆脱不掉,预感其悲剧结局,留遗书给昭信和房江说明真相。君江与昭信结婚当日,被高滨勇胁迫,只得见面摊牌,但君江宁死不与高滨勇完婚,为高滨勇所杀。高滨勇随后自首下狱,并告知昭信事情的前因后果及房江的真实身份。昭信和房江在办完君江的葬礼后发现君江所留遗书,二人后来重新恋爱并终成眷属。

第一章

一日薄暮的时候,播州饰磨里田舍道中忽来了一乘可坐二人之人力车,车中载着一年约二十二三岁的少妇。那少妇容仪静婉,衣饰丽都,膝上抱一三岁许女儿,肌理白皙,十分可爱。少妇时时用眼望着女儿脸上,现一种悲切不堪的气色,女儿侧边放着个柳提包。车夫拖着车,沿道路高高下下的走去,若寻找谁何不知路径似的。这饰磨里本是个荒僻地方,富室绝少,里中居人忽然见来了这样的一个矜尚美丽的妇人,老老少少的女子都牵衣扯袖的来看,交头接耳的议论。车夫因就问了路径,绕过一带杉树编成的围垣,抵了一个村舍。只见一身材短小、年约四十多岁的妇人迎接出来,一眼望见这少妇,忙走至车前将女儿抱下,向少妇含着一泡眼泪说道:“小姐,你怎的到这里来了?”少妇亦悲声答道:“乳母,久不见你老人家了。我于今日想寄顿这孩子,非你这里不可才来的!”说着,下了车。这乳母抱着女儿,亲了个脸,执着纤纤手腕向少妇道:“好可爱呀,我于今抱着他,不知怎么就像二十年前抱小姐的时候一样,想就是小姐的女公子了。”乳母一边说,一边引着少妇进屋子里来。车夫肩着柳提包亦随了进来,至阶前放下。少妇回头命车夫在外等候,即随着乳母进房,说道:“我即刻就要与这孩子离别,请给我再抱一抱。”说着即从乳母手中抱了过来,望着女儿说道:“儿呀,这就是你的家了。我虽不在此,你也如大人一般的,不要哭,我就回的。”说罢,偎着脸儿几乎哭了出来。乳母亦望着凄然,忙走至厨房倒了杯茶来,说道:“小姐不用如此伤感,我虽不知道小姐此番来的颠末,大约是要将女公子寄在我这里。小姐请放心,我尽尽心照抚养小姐的样抚养他,决不致有差失。只是近年来小姐身上的事,我甚不明白。姑爷是何等人?现在何处?怎生将女儿寄顿我处?须求说个明白。”少妇道:“寄在你处,我还有什么不放心?但是心中总觉得与他一生就是这一回离别似的。哈哈,这虽是没有的事,但怎的这般难得舍呢?”乳母道:“这不是应说这样不吉祥话的事,小姐不说了就要回的吗?”

原来这乳母名滨娘,二十年前曾在少妇家当乳佣,少妇三岁的时候辞了出来。不久,少妇的父亲真野顺藏即因开矿失败,数万家资一朝丧尽。真野顺藏又死,少妇随母到东京,入高等女学校。十五岁时,其母亦相继死,少妇即成孤儿,幸由高等女学校毕业后得自谋生活,充某小学校教师一年。时年十九,有华族出身之佐官军人家延当家庭教师,少妇名君江。

君江听了乳母的话,低头良久说道:“我从我母亲亡过后[1],总觉得世界上没有快活的事,见女伴都嬉嬉笑笑的过日子,我总欢喜不来,将光阴冷淡无味的一日一日送了下去,自到那佐官家也

① “后”,原文作“从”,据文义改。

是如此。一日,我正受了那佐官太太的奚落,更觉世界上无生存的乐趣,独自坐在一个地方隐泣。乳母,你却不要笑话,不知是什么时候来了个少年,用那极温和的面目望着我,羞得我什么似的,又不好意思躲避,只得低下头来不作一声。乳母,这少年他说为访大佐来的,在此有三个礼拜的勾留,问我因何在此悲泣。乳母,你要笑我就不说,如是这少年就用种种方法安慰我,我当时心中又觉羞愧,又觉欢喜,自那日始知世界上尚有一线乐趣。"乳母点着头道:"那想就是姑爷了。"君江亦点头道:"只是他的名字不能说给你听,余都可说,因我与他有严守秘密的条约。"乳母闻言,甚是疑惑,然亦不作声,听君江接续说道:"他的假名叫浅野海军大尉,因暑假来大佐处。至与我如何约婚,你却不可怪我轻率,我也曾十分着想,方到教会堂行结婚式,但非正式的。至因何才秘密结婚呢?因他与我同是一样的孤儿,由舅父抚养大的。这舅父的名字也不能说,总之是一大有名的华族,即说了,你也必惊为不详①。那舅父见外甥要娶平民家女儿,即说道:'如不待我许可,私自结婚民家,你自不长进,我也不能管你,只永不准你再到我家来。'他非是忍舍着有大恩的舅父,只因不肯背弃盟约的原故,遂瞒着舅父与我秘密结婚。"

君江与浅野大尉结婚后,即随着丈夫到吴地,翌年生一女,夫妇琴瑟甚笃。浅野因是海军军人,不能久居家中,前月往南清边巡航去,途中害起病来,入了台湾卫戍病院,打了个电报与君江,要君江去台湾看病。君江接着了电报,心想此去须看护丈夫,带着女儿太觉累坠,必暂寄养别处方好,所以特来寻这乳母。君江将始末说了,乳母方才明白寄顿女儿的原故。

君江接着问道:"你有个女孩子,现在那里?可叫来与我看

---

① "详",原文作"祥",据文义改。

看?”乳母笑道:“那东西啕气得狠,现在隔壁家耍子去了。他也取了小姐那君江的名字,我就去抱他来,请小姐的安。”乳母去不多时,即抱着个小女孩子过来,比君江的女儿大四五月的光景,真是粉妆玉琢,目秀眉清,小口含樱,细牙编贝。君江一见着惊道:“好个女孩子!外貌既如此,心中不知有如何的伶俐。”乳母也觉得意道:“托小姐的福,虽不十分丑陋,然那里比得上女公子?”君江笑道:“我儿不是脸上有点黑子,相貌倒还不恶。他的名字也叫君子,不知怎的三人都喜着这个君字。”说着,望着乳母的女儿,指着自己的女儿道:“你来与他好生耍子,他是你的妹妹。”说毕将儿子放了下来。小孩子见着小孩子,也不知道客气,早各人抢着玩具去耍去了。

君江道:“我这孩子的衣服与玩具,并五十圆钞票,都放在柳提包内,这孩子倘有病痛,不须吝惜,即请医生诊视。这孩子照了三张像,他父亲一张,我一张,尚剩一张想给你,来时匆促忘却了,明日由邮政局送来。”说着,由手提包内取出一个包裹打开,凄然道:“乳母,这是我的头发与君子父亲的头发,也寄你处。这个真珠指环是他结婚时给我的,里面刻有‘初恋’的铭,是我一件极要紧的物件,因我女儿在此,也放在这里。这再有几封信,是结婚后他在西洋写给我的,放在身边无用,且恐遗失,亦寄你处,望你均为我好生宝存。”说着,禁不住悲哭起来,忙取帕子拭了泪道:“我本是就能回的,但不知何以,就像不能再见这些东西与我女儿似的。我去之后,你要使他不忘我的事才好。”

乳母忙道:“小姐怎么又说出这样话来?又不是到什么外国去,横竖就要回的,万不可如此乱想,一路平安的去。”君江点头叹了口气,取表看了道:“坐终列车回去只有三十分钟了,我再与我的儿盘桓一刻。”说着,立起身来,走到庭下,两个小孩子正在葡萄架下耍子。君江抱了他的儿子,偎着脸儿说道:“儿呀,我就要与你别了,我的心是已碎了。儿呀,你将来就不看见你的娘,你也决不要忘记你的娘,你须记清你娘的面貌,你娘的面貌要深深的浸在你的心里,你每晚睡梦中到你娘的枕边来,你娘也每晚由梦中来看你。你娘即不能再会你,冥冥中也要保护你的。你要孝顺乳母,与君江长久如姊妹一样,晓得么?你娘去了。"说着,泪出如断珠,点点滴在君子的脸上。君子在他娘手上,因方才与小君江耍倦了,已悠悠的睡去。君江即抱至乳母房内,安睡好了,又取出表看道:"已是没有时候了,乳母呀,我就托了你。"说毕,立起身来欲行,仍是不舍,复走至君子床边,轻轻的亲了个嘴,禁不住泪如潮涌,乳母亦掉转脸儿拭泪。君江复开了手提包,取出一本圣书(教会之书),放在君子的腹上,即告别乳母,坐着车由原道匆匆的去了。翌日,邮政局寄来君子的小像片一张、君江手书一纸,乳母即将信与照片夹圣书中,置佛龛抽斗内,十几年后方才出现。

第二章

君江自饰磨里访乳母寄顿儿子的第二日,即乘着台湾丸由门司出发,不幸途中遇着暴风,全舟覆没,坐客无一人得救者,即花枝一般的君江,亦随着无数众人并葬鱼腹。当此之时,不知君江若何惨痛,剩得一缕灵魂,还要两头牵挂。

君江居吴地的时候,有与君江稍有来往的一家,也在君江出发时搬了。君江平日使用的一个老婆子叫梅婆的,他有一个嫁了的妹住在朝鲜,此次君江去台湾,因将梅婆辞了,这梅婆也于君江动身的翌日,由门司渡釜山往朝鲜去了。君江去台湾,寄儿子于饰磨里的事,除梅婆外,并无一人知道,倘此婆子不去,则这覆舟的凶耗传来,婆子必然警觉。台湾丸被难的事,一日一日的传至饰磨里来了。君江的乳母滨娘其丈夫已于三年前死去,他带着女儿也不缺衣食的度日。自君江去后,忽闻台湾丸被难,十分惊惧,然犹望君江万一得救,忍住心肠,以待消息。于是一月两月的等候,早过了五个多月,而寄养的君子并不见有人来取,又无从通信与君江的丈夫,且那浅野大尉又是个假名,无论如何,亦无从访问。滨娘养着两个女儿,悠悠忽忽的过去,已是三年,仍是杳无信息。滨娘心中揣度道:“君江的丈夫必是个不诚实的男子,欺君江年少,引诱他甚么秘密结婚,则君江以不虞之灾难结局为幸。不然,则君江的丈夫或已在台湾病死,此二者必居其一。”滨娘虽如此想,然待君子仍如待自己女儿一般,君子亦呼滨娘为母。滨娘以君江、君子名字相混,不便呼唤,已死君江之母亲、君子的外祖母名房江,滨娘就将二字为君子改名,心想此亦是已死君江的意思,他在地下知之,当亦无不满足。滨娘养着他姊妹,安适度日。他二人本是同年,然房江体质素弱,望之约比君江小了一岁的光景。房江以为是滨娘亲生,绝不疑别有生母,君江亦只道房江是亲妹,甚相友爱。看看二人已有了七岁,这年滨娘因房东要屋,就带着他姊妹转居泉州岸和田地方,送入岸和田小学校读书。滨娘心中犹时时望有人来接,心想万一君江或君江的丈夫不死,找了来时,我虽与他抚养大了,而全不使他及时受点教育,将来不明妇道,亦属不好。故对于房江,凡力之所及,无不尽心培植,心望他姊妹二人,将来均成个最文明最高尚的女子,得招个好女婿,亦可怡养暮年。但房江心地异常浑厚,善恶不甚分明,倘其父已死,或未死而无由知道女儿在此前来接取,则房江亦不啻是我亲生女儿,若此时将他来历说给他听,使他反觉得不好,还是藏之心中,静待时机之来为是。

二年三年一瞬即过,君江姊妹二人已由小学校毕了业。可怪他二人性情由小孩子时,即判然区别:房江只知一心读书,君江一心只想荣显,谓既荣显则学问不难成就,房江则谓荣显必由学问中求来。二人年齿渐渐增加,容貌亦各异:房江之貌,沈静不多言笑,无论何人一见,必道是个可爱女子,不因不由的起敬慕心;君江之貌,如映日芙蕖,一团好胜之气,顾盼生姿,见者莫不惊叹道:“好个美女子!”房江见其姊常窃窃自喜人多艳羡其美,自己也不知道要人羡慕,也不想衣饰华美,也不想手头挥霍,看戏游园种种少年好胜的心思一点没有。滨娘更加爱惜,只是他时常皱着眉、苦着脸,像有什么心事似的。一日早起,对着滨娘说道:“妈呀,我是甚么时候曾见过一个极美貌、极悲惨又极亲切的奶奶?我睡梦中常常看见他,一定在那儿见过的。”滨娘着了一惊道:“看见过也未可知,只是做梦都由五脏疲倦而起,梦中所见多是些不可捉摸的事。”房江道:“我六七岁时就常梦见他,不止这一回,他尽望着我惨惨的笑,于今已渐渐容貌模糊,认不真了。”滨娘问道:“从前没有听你说过。”房江道:“妈说时常说梦话的人是蠢人,我就没说。只是这个人的像片,我定在那里看过。”滨娘听了,就想将真实话对他说明,忽转念此时说也无益,即刻用几句扯淡的话敷衍下去。

隙驷不留,房江已到了十六岁,由岸和田高等女学校毕了业。学校的监督及教师见房江最能潜心向学,都十分爱重他,恰好附属的小学校缺了教员,就聘了他去,房江遂日执教鞭,从事教授。他性情好音乐,有暇辄复研究。教了半年的光景,一般小儿女均受感化,将他如姊如母的恋慕。房江一边自习,一边教人,在这附属小学校已是二年。房江同事的一个女教师,有个姐是和歌山县知事的夫人。这女教师时常在他姐跟前称道房江,他姐异常信仰,决心要聘房江当家庭教师,即托女教师敦请,并说对于房江将来的事,尽视力所及的酬报。女教师诣滨娘说知,滨娘听说将来可为房江出力,又是官官人家,或可由此得乘龙快婿,遂怂恿房江就聘。那县知事夫人亦狠有学问,性极严正,与其妹同入教会籍。房江就聘后,宾主十分相得,由夫人绍介隶籍教会。夫人一子、一女,女十三岁,名绫子,子名健儿,方八岁,房江遂一心一意的教这一对小儿女。

一日,房江带着绫子在广厅中散步,指东说西的逗着他说话,房江忽发问道:“绫儿,你时常到教会堂听讲,你记得我们女子有两个甚么目的?”绫子接口道:“第一要做真实的信徒,第二要立志做个淑女。”这是绫子平日听得最熟的,所以一问即答。房江又问道:“怎么才叫做淑女?”绫子道:“不要做使人不快活的事,不要说使人不快活的话。”这也是他平日听得最熟的。房江点头道:“说他人错处,自己强作解事样子,使亲我的人快活好么?”绫子道:“好。”房江摇头道:“博识与有礼节二者不同。博识虽是要紧,然真正淑女固不全在博识,只事物之来,细心理会就是。你以后与人说话时,不存将人比较、觉自己比人强的心,即不求做淑女已是淑女了。你懂得么?”绫子道:“懂得了。”房江又接着道:“做人不可觉得自己地位比人高,遂和人格格难合,更不可觉自己比人强,见之容貌,出之言语,要晓得有学问是求学人的分内事,不足稀奇的,你好生记取。”绫子眼望着房江,好似领会得的样子。房江微笑着说道:“绫儿,我说个笑话你听。有一个队官,干了件有功的事,大队长心中狠欢喜,约了许多少年将校,到西洋酒席馆请那队官吃酒。那队官本是个穷家出身,曾没吃过西洋菜,心想陪着上级官长同吃喝,倘有差错怎了?心中不觉慌急起来。席上照例第一碗是汤,但是这汤放在桌子中间,小使即端着一碗冰、一瓶酒来,放在队官之前。队官心中又想道,这冰怎的吃法才好?想了一想,忙挟了一块丢入汤内。”绫子即笑了起来。房江接着道:“那些少年将校也是像你样的,忍不住掉转着脸都笑了出来,小使接连又端了碗冰、一瓶酒放在大队长前。绫儿,你仔细听。那大队长也照样的挟了一点丢入汤内,许多少年将校都不敢笑了,也只得一个个多挟了丢下去,这队官才心平气和的终了席。你看那大队长可不是个真有学问的人吗?”绫子听了,低头想了一会,说道:“先生,倘做了礼法以外的事,还得为淑女么?”房江摇头道:“于礼法外求好事是没有的,只礼法纯是表面的事,仅理会得这表面的,还不算是真知礼节。即如方才所说的大队长,入冰热汤中,亦是于礼法外作事,但是他所全者大。假令他也照样的一笑,无论那队官心中难受,即庄严之筵宴,亦失体统,故宁肯自己稍逾礼法。凡人利己心太甚,任如何知礼法,不能成个好人物,也不能成个淑女。这礼法二字,比什么多要紧。你立志做淑女,须从他人身上着想,要处处为人留地步,不可使人难堪。”房江时用这等有趣味寓教育的话,引诱勉励的教两个儿女,相安无事过去。

且说君江同房江毕业后,房江被聘当教师去了,他就在家研究茶道(如陆羽《茶经》所载饮茶诸法,日本官家盛行之)、扎花、弹琴种种学问,凡关于妇人的杂志,亦无不购取披览。这君江从小时就是个有野心的女孩子,其种种发愤,都只为将来满足他的野心起见。多看妇人杂志,知男女的交际与社会的状态,用世时方不落人后。这好荣誉的心思,几把君江浑身包裹。既有了这个心思,则凡可相助达此目的的事件,莫不丛集于他的脑筋中,以待他择急施行。君江灵心见到,早已拿定非从修饰下手不可,但滨娘自丈夫死后所遗财产不多,年来送他姊妹读书又耗其半,滨娘虽爱女儿,无如钻石指环、真珠钗珥光辉夺目、助人颜色的种种贵重物品,皆力不能致,君江觉得处处掣肘,不能满心满意的修饰,常自恨手中没钱,一见了富人,便从心坎里发出一种羡慕来,于羡慕中又生出一种嫉妒来,心想一有了钱,什么流行的东西,什么可爱的东西,都可即刻买来,便没有不好办的事了。这种心与君江的年龄俱长。

君江同里的一个少年,名高滨勇,从二十岁时往亚米利加,居了六年,今年回来与君江认识了。这高滨勇身材高大,面色微黑,双眸灼灼有光,一望即知是个能冒险、有决心的男儿。他在亚米利加六年,却非留学,也非考察什么,缘斜特勒地方附近有所广大农园,多雇了日本人耕作,他就做个耕作的头脑,几年来狠积聚得不少。这回归国,也没有什么紧要的事。君江既与高滨勇熟识,就最热心听他说亚米利加的故事,高滨勇也极想与君江拿拢,故将西洋如何富有、如何华丽,说得如天花乱坠。君江平日读杂志、看西洋名胜照片、听人家评论,心里早羡慕西洋如天堂一般,今又听高滨勇这番吹说,心中益发奇痒,只恨自己偏生在日本这样穷国,看不到好的,生在这样穷人家,用不着好的。他母亲滨娘见女儿与高滨勇说得来,又见他人品不恶,也就欢喜。于是高滨勇得两三天一度的来滨娘家亲热君江,一日对着君江道:"我将来倘有得志的一日,凡所有的荣华,我必竭力的遂你的心愿,区区钻石真珠修饰之物,算不了什么回事。"君江听了,口虽不言,心中已是十分欢喜。从此二人都有了恋爱之起点,君江心想高滨勇待自己如此情分,将来必不至半途抛弃。高滨勇心想君江这样的一个美人,对自己又好,若当面去求婚,料断不至拒绝,于是决心要娶君江为妻;因自己不久仍要往亚米利加去,遂乘便将自己如何的倾慕,决意特来求婚,倘蒙许可,则三年后定回来完娶的话,婉婉转转对君江说了,求君江一礼拜后确实回答。君江听了,想了几日,看高滨勇近来做事实像个男子,对自己又有这种情分,他现已积聚得金钱不少,三年后归来,说不定又是盈千累万,他又别无亲属,将来两口子有得享的福。前前后后想了几遍,实在有利无害,就一口应承了。高滨勇见君江答应,感激得至于流涕,心想得君江这样的人为妻室,还有什么不满足,就为他送了性命也是值得,遂殷勤对君江说道:"我尽为你求幸福,我尽竭力满足你的希望,只你也要真实的爱我。"君江闻言,又羞又喜,立时红运双颊,低首无言。高滨勇续着道:"你须与我固守这个盟约,可怜我这条性命就全系在你的心上,你心一转,我的性命也就转去了。”君江点了点头。次日,高滨勇捧着个小盒子来了,云是约婚纪念物,交与君江。君江羞答答的揭开一看,不觉五内震骇,定睛望去,果然是他平日寤寐不忘的钻石指环。高滨勇望着君江,也觉非常得意。这日双方都十分满足,说了许多情话才别。

君江的母亲滨娘这两日忽然害起病来,日剧一日的,君江只得朝夕的看护,高滨勇两三日也来看视一次。一日傍晚,走了来问过了滨娘的病,暗暗与君江递个眼色走了出来,君江亦随了出来。高滨勇道:“我只十天就要动身了。我去之后,你若变了心,我怎生得了呢?请你当天设个誓。”君江道:“你放心去,我决不变心。”高滨勇道:“你真心爱我就好,你若欺我,则将来不知成个甚么结果。我的为人,大约你也知道。”君江道:“我已说了,决不变心,何必用这些话来慲①我!”高滨勇遂柔声下气道:“我是爱你的情切,不觉想得过远,说得太急。既蒙你不负我,我亦誓守此心,虽至海枯石烂不再爱一人,但是须得你母亲承诺一声才好。”君江点头道:“俟他病势稍好方可说知,现正沉重,说了他也不得十分清楚。”高滨勇道:“好在我去尚有十日,他老人家几日内大约会好的,好了再禀明不迟。”君江答应了,高滨勇即别了出来。奈滨娘的病请医生看了,毫无转机,把个君江急得什么似的,邻近朋友来看病的,一班才去一班又来,君江忙着招扶病人,又要忙着接待来客。

第三章

滨娘病在垂危,请了无数医生,吃下药去,都是如水投石。这日医生诊了脉息,对着君江低声说道:“太夫人的病是不能望有起

① “慲”,疑为“吓”。

色了,明早天明时候,倒要留神。"说毕,辞了出去。君江坐在他母亲枕边,只见滨娘举着苍白的脸,用着无光的眼,对君江说道:"我想趁我活着会会房江,你可即去打个电报给他。我起初病的时候,以为就要好的,所以不想给信与他,免他在人家着急,只我现在恐不能久待了,非急急唤他回来会一面不可,对于他身上尚有未了的事。"君江应了声"是",道:"现在打电报去,坐今晚的终列车,十一点钟时候就可以到。"说着,即着人去发了电报。邻近看病的人又来了好多,直到十点钟方才去尽,病人房中只剩了君江一人。滨娘一心只望房江回来,又想着自己女儿尚未许人,这件事我是已不能代他了结,我死后只得由他去罢,好在这孩子心性素高,学问也还去得,将来必不至十分落魄,只是太喜繁华,不是福相,但他生性如此,即说他也无益,我要死的人也不必管了。滨娘心中想来想去,看看已到了十二点钟,还不见房江回来,心中十分焦急道:"这终列车怎迟到这时分尚不到?曾没有迟到这久的道理。"君江道:"妹妹今晚恐不能回了,必是接迟了电,赶不及终列车的缘故。"滨娘叹了口气,低声说道:"没有别人在隔壁房里么?你去看看。"君江立起身来,两边房里望了一望,转身道:"没有别人。"

此时正是九月二十日,寒月穿窗,凄风落木,四壁虫声与远远的涛声相应和。君江傍着将死未死的母亲,对着要灭不灭的灯火,此夜情形,料是君江毕生不能忘却。滨娘见没有别人,即说道:"儿呀,房江的事,我本要等他来才说明的,只是我怕不能等他了,对你说了罢,但是你只可转说与房江,万不可告诉别人。你开了这箱子,拿了内里那个钥匙,到佛龛抽斗内取了那小箧①子来。"君江听了,连忙如言的取了出来,放在滨娘枕边。滨娘手颤,开不

① "箧",原文作"匧",据文义改。

了那小箧子,君江代开了。滨娘取了有初恋铭的指环、纪念头发及两三封书信出来,说道:“这通是房江的东西,你等他来了交与他。你再坐拢来些,我好将我十四五年来隐着胸中未说的事说给你听。儿呀,那房江并不是我的亲生儿子。”君江着惊道:“怎么呀!真的吗?”滨娘道:“我要死的人说什么假话,我的亲生儿子就只有你。”君江道:“然则房江是那个的儿子咧?”滨娘道:“听我说哟,我既在生不能见着他,你要好生记取我的话,向他说知。原来东京有家富户,那富户主人叫真野顺藏,我十三岁时在他家见习礼法(日本小家生女多寅缘入大家充使女学、习礼法),三年辞了出来,与你父结婚,不久即生了个儿子,数月后就死了。恰好真野先生得了个女公子,没有乳吃,就请了我当乳母。”滨娘说到这里,接着将真野顺藏如何开矿失败死去,女公子如何秘密结婚、如何寄女,从头至尾的说了一遍。这事除自己以外,没有一人知道。君江听了,只呆呆的望着他母亲。滨娘指着小箧说道:“你将这个交与房江,将我方才所说的对他说。只是浅野海军大尉是个假名,他父亲的真名姓不知是什么。据他母亲寄房江的时候说,他舅父是个极有名的华族,这话你也要对他说明。”君江听了如堕五里雾中,心想房江将来必是位千金小姐,与自己不待说是身分悬隔,不觉羡慕起来。滨娘仍接着望君江说道:“儿呀,我还有句最后的话和你说,你须领会。我看你一心只晓得爱好,常抱着与你不相称的欲望,为人照这样做去,一有不慎,将来不知得甚么结果。为娘的今日已是黄土临头,世界上无不死的人,即汝将来又安能脱离此劫?须知荣华富贵,一到此时,与本身全然脱离关系,反使你挂肚牵肠,觉得百般难舍。人能安心乐命,神灵自然保护。房江倘有出头之日,你无论什么事多可借他点力,他为人心地素好,与你姊妹一场,他断不至于因自己得志即疏弃你。”说着,叹了声气道:“我甚想见他一面,何能够呵?”说时喘了会气,闭了眼,甚疲倦似的。君江见他母亲睡了，即将小箧仍旧收起。天色微明，君江即着人去请医生来诊了脉，掉着头不肯下药，匆匆的去了。七点钟时候，房江坐着头班列车赶了回来，滨娘已是不省人事。房江趋至床前抱着滨娘的头"妈呀，妈呀"的唤了一气，只见滨娘开眼望着房江，微微的笑了一笑，即悠然长逝了，房江、君江抱着尸痛哭了一番。君江想着自家身世更加悲切，房江昨晚因同知事夫人到别处去了，回来见了电报，已是赶不及终列车，房江一夜不眠，天明即赶着头班车，幸尚及送了乳母的终。滨娘此地别无亲眷，近邻一个单身老婆子平日与滨娘往来甚为亲密，见滨娘去世，即来帮着料理丧事。君江想于此时将事告知房江，觉得人多不便，不如待葬事了结再说不迟。

出葬的前一夕，房江已经睡熟，君江取了那几件纪念品出来，将信看了几遍，心中想道，照信中语气看来，房江的父亲的是个贵胄公子，但他父亲或者谓房江已与他母亲同死海中，并不寻觅，则房江岂不仍是不得出头？既又一转念道，万一他父亲查了台湾丸坐客帐簿，知房江未死，竟找了来，则见了自己的儿子当如何欢喜。房江一旦成了华族家的小姐，穿着极鲜美的衣服，坐着双头的马车，游山、观剧，以及夜会、音乐会、慈善会、园游会种种饶趣味的事，均能随时取乐。君江独自出了回神，依旧将箧子收好，与房江并枕安歇，见房江如小儿一般神安梦稳的美睡，心想我也和他一般的美貌，为何独这样命苦，只一个亲娘都要弃我而去？一边想着，一边注视房江的脸儿，只觉得脑筋中一阵纷乱，浑身不寒而栗，忙坐起来，凝了回神，方才睡去。次日送葬已毕，君江、房江都如梦的过了一七。房江因明早仍要去和歌山，是夜先自睡了。君江又细思了半晌，遂决心摇醒房江道："妹妹，你起来，我有句话说。"房江连忙披了寝衣坐起来，道："姐姐怎么还不睡？想说什么呢？"君江道："是我身上的秘密事，说给你听。"房江惊问道："姐姐有什么秘密事?”君江道:“我不是亡过的母亲的女。”房江道:“你不是母亲的女是那个的女?”君江正色道:“母亲将死的那晚才与我说明,请看这些证据。”说着取了小箧出来,将滨娘对他说的话换个头一一对房江说了。房江大为惊异道:“据姐姐说来,姐姐的父亲定是一位贵胄公子了。”君江深深的叹口气道:“那却不知道,只说当日我的母亲本异常信用你的母亲,因为我父亲守秘密,只说了个浅野海军大尉的假名字,说是当时在台湾害了病,打电报要我母亲去看护。我母亲因带着我累坠,把我送至饰磨里,寄养你母亲处。我母亲即坐着台湾丸往台湾去,不幸海中遇了风,全舟覆没,我母亲也同时被难。”房江听了不禁流下泪来,叹息道:“好可怜呵!”君江续着道:“我母亲既死,我想世界上除了你母亲外,再没有人知道他尚有个女儿在世的。我父亲纵知道我未死,也必不知道我住在这里。妹妹呀,你母亲将这些话说给我听之后,即交了这指环、书信及我父母结婚时剪下的头发与我。”房江看了一看,又听了这番巧语花言,心中绝无疑虑,反觉得君江平日心喜繁华,将来必可遂他心愿,代他欢喜,相与慨叹了一回,才大家安歇。

次日清早,房江即坐着头班列车往和歌山去了。君江既抹去良心骗了房江,安排一心一意的要寻那假名浅野的父亲。忽触到与高滨勇约婚一事,不觉渐渐的后悔起来,心想将来既成了华族家的小姐,何患不得佳婿!如高滨勇这样的男子,须自己与他侍寝,华族家人岂不要笑话?但现在与他破约,恐闹成不好结果,好在他就是这两天要往亚米利加去,三年后方得回来,那时我既到华族家,他必悟到身分悬隔,不敢妄想。并且我不将这秘密说给他听,他三年后回来,决不料我忽然成了华族家小姐,必料我已死或另有别的缘故远处去了,他四处寻觅不着,也就要灰心的。即不然,算他本领高、耳目长,访确实了,而我既为了华族家的小姐,他亦不能占我最后之胜利，但现在仍须敷衍他去了才好。次日，高滨勇果然来辞行，他那里知道君江已变了心，还是亲亲热热说如何难舍，又珍重君江："在家宜保重，母亲既经去世，房江又不在家，冷热均须自家调护，莫使我在外不放心。"君江也含着眼泪，一一点头答应了。临别时，高滨勇定要索一物作纪念。君江面子上与他周旋，听他啰啰苏苏，心中早已厌烦，见他又要什么纪念物，更加不快，想拒绝他，又恐他生疑，只得想拿件什么全没关系的东西给他才好，忽喜道："有了，我记得那晚在佛龛内拿小箧的时候，好像还有本书在那里，就拿来给了他罢。"于是走至佛龛前，匆匆的将那本圣书拿①出来，与了高滨勇。高滨勇接了揣入怀中，又说了许多情话告辞别去，归家束装往亚米利加去了。君江知高滨勇已去，心中毫无挂碍。过了数日，房江因东家辞了县知事之职，改就北海道拓殖银行总办，知事夫人定求房江同行，房江以宾主素相得，母亲又已死，也就应允，归家告别君江，随往北海道去了。

第四章

东京高轮御殿山之边，有所极大的邸宅，名松平邸。这松平家曾以武功锡封侯爵，于今袭爵者为静岳侯。静岳侯晚年得二子，夫人已弃世。有妹二人，少名郁子，有殊色，未字人即夭死；长名春子，与某子爵结婚，生一子，名昭定，后子爵和侯爵有隙，与春子离婚，春子遂带着昭定大归。这昭定小时就有海军军人志愿，先由士官候补生历进为海军大尉。一日，昭定忽对他舅父说，要和家庭教师结婚。他舅父听了佛然不乐道："我家三百年来未娶过平民家女儿，安可自你破坏祖法？可恨你娘见你如此不长进也不教训，倘再来说，连你娘都给我出去！"昭定听了，那里还敢回

① "拿"，原文作"那"，据文义改。

答，自己又不忍背家庭教师的约，少年意气，心想即离了此邸，大约也不至饿死，即决心背着舅父、母亲出来，与家庭教师秘密的结了婚。这家庭教师，不待说就是真野君江了。

昭定既娶了君江，夫妇赁居吴地，次年君江生了个女儿，诸君大约也还记得他那女儿的身世。昭定得了女儿之后，受海军部命往英国，二年方归。归家不久，又坐着军舰往南清一带沿海巡航，不料途中抱病，入了台湾病院，打电君江一节事前已表过，只说昭定在病院中病得十分沉重，日望他妻子前来看护。一日，新闻纸上喧载台湾丸被难一事，坐客中就有君江名字。昭定见了，这一急不言可知，那病势增剧了许多，幸体质素好，不至殒命，调养了数月，也就渐渐痊可。病势虽好，只悼亡心切，懒于就职，请了三个月的假，仍归东京，不知自己女儿君子是否随着他母亲溺死，即至轮船公司调查台湾丸坐客名簿，见无君子名字，心中略为欢喜，想必是寄养在别处，忙至吴地访问，见昔日与他妻子所居之屋已别有人居住，到各邻访问，都云不知底细，但只听人说是寄在别处，却不知寄在那里，那使女梅婆确是往朝鲜去了，只是也不知道住处。昭定访不出下落，无精无采的仍回东京，对他母亲一一的说了，只不敢告诉侯爵，请了几个老练的侦探各处探访，又于东京大阪各新闻纸上遍登广告："寻女……吴市　町　番地住之妇人，名真野君江者，于　年　月　日将所生女儿君子寄养人家，如有人知这人家姓名住址①者，来东京　处报知，酬金三百圆。"这广告一登，不知经了几十万人之目，只有播州饰磨里所住之滨娘并不知道看报，那里晓得有此一事，他正每日在饰磨里埋怨不见有人来接。侦探的搜查、新闻的广告既毫无效果，而三个月的假期已满，昭定只得仍上军舰，在军舰中虽时时托人访问，无奈总无消

① "址"，原文作"趾"，据文义改。

息。此等岁月，昭定已恹恹的过了十二寒暑，寻子的念头也就淡了下来。侯爵与他母亲都劝他再娶，因他立誓要为君江守义，也就无法。只是昭定数年来，为寻子请侦探、登新闻，所费不赀，自己负气不屑取之舅父，已担负债务不少，近来更非常窘迫，虽再欲寻访，亦无力了。

这年夏天，侯爵带着两个儿子往相州小田原之别庄避暑。那时，全国新闻纸上所载之大海啸正在小田原町，侯爵之别庄本近海，沿海一带不知淹死了多少人民，别庄亦变为泽国，侯爵父子三人也共葬鱼腹。侯爵父子既横死，松平家遂择应有相续权者袭爵。侯爵二子虽已授室，然皆无出，顺序而定，昭定应为松平家之相续人。昭定自君江死后已无生人气，还有什么心思慕这荣显？但依法律上的规定，非他不可，只得袭侯位，为松平家主人，时年已五十了。昭定无子，即择静岳侯叔父之孙名昭信者，为养子。这昭信今年才由大学毕业出来，容仪极佳，才学亦秀，性情朴实，不乐繁华，对养父能十分尽孝。一二年后，昭定见养子诚实，也就欢喜。一日闲谈中，谈到自己与君江秘密结婚以及君江溺死、女儿不知寄在何处，为这事受了半生闷苦的话，又流下泪来。昭信也大为感动，想尽力再找一番，以慰父亲晚景，遂劝侯爵（以后昭定均称侯爵）不要冷了念头，请了十数个有名侦探，各报又登了广告，悬千金重赏，大索起来。

一日，昭信正命备马欲出外，忽见侯爵的跟人走了进来，说侯爵在书房立等少爷说话。昭信急急走到书房，只见侯爵含着眼泪坐在一把椅上，祖母春子亦坐在一旁流泪，侯爵膝前站着个男子，弯着腰似回什么话。昭信吃了一惊，忙问道："父亲因何事呼唤男儿？"侯爵见昭信进来，颤巍巍的道："我女儿的所在已知道了。"只说一句，那老泪涔涔如珠脱索。昭信听了，惊喜道："真知道了吗？"那弯着的男子掉转身与昭信行了礼，道："小姐的住处是已经知道了。”侯爵指着男子对昭信道:“这是侦探武田君,可请他将详细说给你听。”武田应着“是”,咳了声道“五日前,由大阪来了一封信,发信人是名梅的一个女人,信是这样写的”,说着即念道:“‘梅十六年前居吴地,侍浅野海军大尉夫人真野君江,是年大尉病居台湾,电速夫人往视。时夫人有女公子方三岁,夫人以同行有累看护,谋养于梅。梅时有弟居朝鲜,久欲往视,不克如夫人命。夫人有乳母滨娘者,居播州饰磨里,夫人遂以首途之前一日携女公子寄养其处,梅以夫人首途之翌日赴朝鲜,前月始归,见新闻广告,惊骇欲绝,因见有通信处,特书数行奉告。’我接这书后,即欲禀知老阁下,因一切调查尚未确实,恐徒劳想像,故先至大阪会了梅婆。那梅婆已是七十许老人了,详细问了一遍,随即往播州饰磨里四处访问,然全不得要领。原来梅婆只知滨娘名字,并不知道姓氏,又事隔了十五六年,故知道的绝少。访了两日,才遇着了一位老人,说道十三年前有个姓田川的名滨娘,居这里,带着两个六七岁的女孩子,不知因什么事搬到泉州岸和田去了,现在不知道又搬了没有。我当时听了,又到泉州岸和田,这回就容易访问了。只是那滨娘已于二月前去世,家中只剩了两个姑娘,一名君江,现仍住岸和田;一年纪略小,名房江,说是在和歌山。这两个姑娘都是在岸和田狠有声誉的。我既访了个明白,恐老阁下与少大人担心,昨晚即坐了急行车回来。”侯爵流泪说道:“我想那叫君江的定是我的女儿。他从前本是叫君子,必是他母亲亡过了,遂取了他母亲的名字,使我们听了易于惊心的意思。”武田道:“听说是十九岁,将年龄算起来也一点不错。”昭信叫着父亲道:“一定是的了,这真是一大可喜的事!但于今应该怎生办法呢?”侯爵道:“除你快到岸和田去接了他来,还有什么办法?就请武田君同你去,再要顾问高林老人同去,如果的确是我的女儿,须速打电禀我,使我安心。”回头叫着武田道:“托了你。”说毕起身,望着他母亲春子道:“你老人家想也欢喜。”春子叹道:“只苦了那小孩子,住乡村人家十多年,不知受了多少苦楚呵!”母子二人说着入内去了。昭信即唤了顾问高林老人,随着武田侦探,坐急行车往岸和田发进。昭信坐在汽车中,心中想道:“那妹子不知是个什么样的人儿,这去接了来,必要朝夕同住一邸,能如父亲所说像亡过的母一样才好,倘是一个毫无教育的女子,使父亲终日望着不快,倒不如不寻到的好。”昭信一人胡思乱想的坐着,翌早汽车抵了大阪,三个人下了车,换坐人力车,只消二小时已到了岸和田。三人寻着馆子,用些饮食。昭信一心愁烦着,假使妹子不好,到了那时,还是接他回去不接回去,实在委决不下,胡乱用了点饭,即催着他们走。高林道:“老侯爷昨夜必是不曾合眼的等电报,我们快走些好。”说着,三人出来,走了不远,只见武田指着一所小房子道:“这就是了。”昭信听说到了,心中更是怦怦的跳。

君江平日使用的一个老婆子听得门口有人说话,开门一看,早见三个衣服华美的绅士立在门口,不觉呆了一呆。高林老人见有人开门,即向前说道:“我们特从东京来访你家滨娘的,及到此地,才知道他已经去世,知他尚有个小姐在家,我们想顺便奉看,请为我通报一声。”婆子听了异常惊讶,不知是什么祸事来了,也不敢请三人进来,慌慌张张的跑至君江旁边道:“姑娘,你看怎么了?现在外面来了如此这般的三个人,说要会你。”君江听了,心中早已明白是那话儿来了,即笑着道:“你去请了进来,到客房坐着,再泡茶张果子出去,说我就出来会。”君江嘱咐老婆子去了,将衣服整了整,对镜子掠匀了鬓,缓步轻移的走了出来。三人坐在客室内,都凝神静气的等候,只见门帘揭处慢慢的走出个美人出来,三人的视线同时齐注在他身上。你看他,一头黑发真可鉴人,两眼青眸实能夺魄,虽不施朱粉,半旧衣裳,却饶有大家风度。昭信一见,吃惊想道:“岂就是我们要寻的人吗?”君江走了进来,从容与三人见了礼,坐了下来。高林老人开口问道:“小姐可是亡过的滨娘的小姐吗①?”君江道:“不是他亲生的女,他是我的乳母。”昭信听了,将座位移进了些,正想问话,高林老人接着问道:“小姐既不是滨娘亲生的,敢问小姐贵姓?”君江低了头,害羞似的道:“我母亲的姓名叫真野君江,二个月前我乳母垂危时候,我尚不知道,以为是乳母亲生女,及至弥留的那晚,始将我的身世说明,并交了先母的纪念品数种与我。至我父亲的姓名,却仍不知道,大约我父亲已将我的事忘记了。”高林老人道:“原来有这些缘故。我们实是特为寻小姐而来,既有纪念品,不知能否赐观?”君江点头道:“且屈少待,即当奉览。”说着起身入内去了。三人目送着君江袅袅婷婷的走了出去,都十分惊叹,就中惟昭信更加欢喜,先刻的愁烦顿然消释,望着高林老人说道:“真是个好女子。我父亲见了,不知当如何狂喜。”武田插口道:“少大人不要喜早了,现在还说不定是的,且见了纪念品的证据再看。”

正说完,君江已捧着小箧到了客室,仍旧入坐,说道:“方才乳母的话尚未说完,请再屈听一刻。当时乳母说他本是我母亲的乳母,后来我外祖家因开矿丧资,外祖父母弃世,我母亲在人家当家庭教师,与我父亲秘密结婚。我父亲的假名叫浅野大尉,我三岁的时候,我父亲在台湾抱病,电催我母亲去看护,遂将我寄养乳母处,我母亲才独自往台湾去。”君江说至这里,流下泪来,哽咽的说道:“我那不幸的母亲,就在海中被了难,我径至今日,尚不知我父母还在否。我又不知道我父亲真实名字,也无从访问,此身虽活在世上,倒不如我母亲先日带了我同去的好。”三人听了,都觉伤感。高林老人道:“乞借纪念品一看。”君江即将小箧开了,取了出来道:“这指环,说是我父亲给我母亲的,这是我父母亲的头发,这

① “吗”,原文作“码”,据文义改。下同。

是我父亲的书信。”高林老人取了过来，将指环、头发交与昭信看，自己将信抽出看了一遍。三人见了这般证据，君江的话又都符合，俱毫无疑虑。高林老人复问道：“何以滨娘至死时方将这些话说明？”君江道：“我也是怪他不早说，但我料我乳母却另有种想法，必以为早说了，反觉使我心里悲感，他也不料他就死的，并且他也不信我父亲，我母亲既死，即早说了也是无益，至他自己临死时候，终觉得不能不说明，将人家女作自己女。我想我乳母心理，必是如此。”昭信听了，即问道：“滨娘何为不信小姐的父亲？”君江望了昭信一眼，恰好与昭信的眼打个照面，忙低了头，吃惊揣道：“他是个什么人？神情怎生这般凛凛可畏？”只得答道：“他自然不能相信。我母亲虽死，假令我父亲肯调查台湾丸坐客帐簿，宁不知我未死？我居此十六年，曾不见一来寻问，于乳母亦无一言礼谢，一若任我自生自死，全不相关似的，教我乳母怎肯相信？”说时，现出无限抑郁神情。高林老人也移进座位说道：“小姐不要伤恸，今日是令尊特着我们来寻小姐的。令尊这十七年中间，不知用了几许心血、抛了几多费用，奈总寻不着小姐下落。令尊为小姐之故，年未五十，已发白齿落，几无生人趣。小姐你那曾知道呵？你快不要说这些埋怨的话了。”君江喜形于色道：“我父亲真还记得我吗？”高林老人道：“岂特不亡小姐，就是亡过的夫人，也时常痛念。可怜十数年来，连笑话多没听他老人家说过。”君江微笑道：“到底我父是谁？叫什么名字？”高林老人听了，觉自己当着昭信不便道侯爵名字，用眼望着昭信，示意要他说。昭信即说道：“小姐的父亲与小姐的母亲结婚时候是个海军大尉，名松平昭定，于今是东京高轮御殿松平侯爵家之主人。”君江听了，低首无言的流下泪来（诸君要知道他这眼泪是喜极了流出来的）。高林老人安慰他道：“小姐此时不用悲伤，你令尊现在是十分……”高林老人尚未说完，昭信望君江插口问道：“小姐乳母的姑娘，现到那儿去了?”君江答道:“他先本在和歌山县知事家当家庭教师,前两月知事改职北海道,他也同去了。”昭信道:“他叫什么名字?”君江道:“他名房江,他比我小,是我妹妹,他听了我的事,也甚为惊讶。”高林老人问道:“他从前也不知道小姐的事吗?”君江道:“乳母在时曾没对他说过,反是我说给他听的。”

高林老人道:“我们不要久坐了,事情既已明白,老侯爷在家度日如年的等候,我想一路请小姐同去,不知小姐尚有什么牵挂否?”君江道:“我有什么牵挂,我恨不得立刻就见了父亲才好。”高林老人道:“这是自然,但小姐倘有甚么帐项未了的,或对于平日好友须报达恩义的,请想想,不用客气,可由松平家拿钱办理。”君江想了一想道:“别的事没有,只有个我使用的老婆子,我去之后,仍须使守这屋,房江回来才有人照应。”高林老人道:“这不劳小姐嘱咐。”说着,即喊了老婆子进来对他说了。那老婆子起初见了三个华衣华服的进来,吃惊不小,不知君江弄出了甚么事,及躲着听了许久,才转惊为喜。此刻听了高林老人的话,他也说道:“诸位老爷在此,我多时就有些疑惑,说滨娘那样的女人,怎么会生出小姐这样好品貌的女来?果然我想的不错。”回头又对君江磕了个头,道了恭喜,才出去。高林老人仍将纪念品交与君江道:“还请小姐收好。今日天色已晚,已赶不及火车,明早来请小姐坐头班火车去。”说着,三人起身辞了出来,就在附近旅馆住了。昭信到邮政局详细打了个电报,告知侯爵。

君江送三人去后,转至房中,将纪念品收好。一个人将这事的前后细想了一遍,忽触出件事来,觉得委决不下,忙唤了老婆子进来说道:“我承你朝夕照拂,几年来如一日,我此次虽到东京去,必按月送钱来养给你,使你这一生享点幸福,你尽管放心在这里住下去。”老婆子道:“小姐这样费心,折杀我了。我五十多岁的人,那里还望享什么幸福,只得不饿死就感激万分了。”君江道:

"房江小姐回来,你要用心伏侍。我现在虽不便说怎生报酬他,然我的心总是和从前姊妹一样。"婆子道:"这是小姐好心肠,不拿腔做势,房江小姐必然感激小姐的。"君江道:"我有件事要托你。于今到亚米利加去了的高滨先生,说三年后回来会我,我既不在此地,他回来时必问你,你只说不知到那里去了。好在邻近都不知底细,你也不可将我去的所在对邻近说,我把这事托了你,你切不可忘记。"婆子答应:"知道了,小姐请放心。"君江觉得妥了件心事。这一夜君江翻来覆去,也不得安睡,天明即起来,理妆方毕,昭信三人已来了,老婆子帮着收拾,立刻坐四乘人力车到车站,上了头等火车,一行人向东京发进。昭信在途中见君江颜色比昨日更分外光彩,服饰虽不甚华丽,而长短称身,越显得肥瘦合度。高林老人知道君江一入松平邸,侯爵必十分爱重,他们当清客的人那有不讲究巴结的,只自恨不知道君江身上那一处痒,替他搔上才好。武田侦探心想我虽费了许多气力,却找着了个美人般的女儿还侯爵,这回劳绩必是不小,心中十分得意,面上对于君江之逢迎更是无微不至,君江者番荣显心的满足也算到十二分了。火车行了一日至静冈,第二日午后四时,一行人已到东京。

第七章

且说房江自到北海道已有年半光景,宾主情深,师弟义重。房江虽是外姓,然一家上下倒觉得水乳交融。前数月接了君江的信,知道君江已为侯爵家寻了去,心中甚觉欢喜,君江本是好胜的人,深幸遂了他的心愿。月前东家来了个医生,夫人劝他将脸上黑子取去,前章业已表过。这日房江复接了君江的信,说要接房江到侯爵家居住,藉以报达乳母从前抚养他的恩。房江读了,虽是感激,奈他性质不乐繁华,又不舍北海道清净,即写了封书谢绝来意。书略曰:

君江吾姊:拜诵来示,情挚意深,虽孤冷如妹,中几为热,妹宁不念吾姊哉?顾家鸡野鹜,赋性既自不侔,养生亦应有别,强之樊中,不死亦惫。又妹母氏云亡,教道无素,卒践高贵,尤虞陨越贻吾姊羞。至报恩,则母氏知吾姊事,当已含笑地下,谨为母氏拜谢厚意,妹无享报恩权利也。恕妹无状,意不宣展。同乳妹田川房江上。

房江发了书去,仍是日伴健儿、绫子读书。一日,正是礼拜,忽见绫子笑嘻嘻的走了来道:“先生,今日是礼拜,不出去散步吗?”房江道:“你想去散步吗?也好,还是到那儿去?”绫子道:“中岛公园好么?”房江点头道:“中岛公园果好,那里森林甚茂,树的种类又多,就到那里去罢。”房江即起身同着绫子走到阶下,只见健儿独自在那里耍子,房江即问健儿可要同去。健儿忙跑了来道:“我怎么不去?”如是师生三人同走了出来。于今正是九月初间,轻寒轻燠,那公园里白杨飘絮,丹桂飞香。房江觉得气爽神清,对绫子指着几株大树道:“你看这些树都高有百尺,大可数围,多半是二百年以上的树,在东京是不能常见的。”绫子道:“先生你喜欢什么树?”房江反问道:“你喜什么?”绫子道:“我喜榆树。那榆树,枝干又直,叶子又厚,若落日的时候,睡条牛在下面,真是如画图一般。”房江点头道:“你说的不错,只是我喜欢的是桂树。那桂树高可达百二三十尺,托根极深,干极直,质极坚,枝梢都向上,其叶四时不凋,其香闻数里。”健儿听了插口喊道:“我也喜欢桂树。”房江道:“你喜欢就要学他才好。你将来立身,当如桂干之直;立脚,当如桂根之牢;立志,当如桂枝之向上,性质当如桂质之坚;有恒,当如桂叶之四时不凋;将来做成事业,当如桂花之香闻远近。你看这桂树,百鸟争栖其枝,百兽竞宿其下,都因有这几般好处。”健儿问道:“桂树虽有这几般好处,只是与那些鸟兽有什么关系?”房江道:“我说给你,你须用心听。凡鸟兽栖息,必求安稳之处，桂树根深质坚则不畏风，叶浓枝密又四时不凋则不畏雨，鸟兽得之，自是安稳之处。”健儿问道：“我学桂树，姐姐学甚么树好呢？他学枫树好么？”房江摇头道：“不是。”说着，弯腰摘了枝薄紫色野菊花道：“他要学这个。”健儿笑道：“这小东西有什么好处，学他做甚？”房江正色道：“你不要乱说，你以为他小么？他与桂树比起来，没有甚优劣。你看他虽是小枝小叶，却能经霜不萎；生污秽之地，无人力培植，而开出一种花来，自然清香皎洁，近嗅又似无香，尤有不求媚人之概。”说时，望着绫子道：“绫儿，这野菊是天生美质，你我立身待人，都要学他。”健儿问道：“然则桂树与野菊比起来，那边好些呢？”绫子即道：“你真是蠢子，先生不说了两种都好吗？”健儿听了心中不伏，哼了声道：“只你说两边都好，先生方才分明说他喜欢桂树。”房江听了忍笑不住，说道：“我是说喜欢桂树，但是男子学桂树方好，若女子也学桂树，那还要得吗？”健儿不知轻重的说道：“因桂树是男子，所以先生喜欢他。”绫子忙止住道：“你这蠢东西，乱说些甚么？归家告诉母亲，请你讨顿好打。”房江听了健儿的话，也吃了一惊，见绫子骂得他缩瑟瑟的样儿，也就笑着说道：“不要紧，下次不可如此乱说就是了。”房江说了，又带着他们两个到各树林中散了回步才回来。

房江执着方才摘的那枝野菊，独自坐着嗅了一番，随手取了书架上一本圣书翻阅。忽女使走了进来，执着一封信与房江道：“方才邮政局送来的。”房江放了书，将信面一看，是由东京芝高轮松平昭定寄（芝，东京区名）。房江心想：“昭定是君江的父亲即松平侯爵，他怎的写信与我？”忙拆开来看，书略曰：

房江姑娘青睐。老夫少失舅氏之欢，遭爱妻横死之变，十余年中怀郁结，既悼亡妻，又悲失子，前年以不虞之会，滥邀爵荫，终不意掌珠即以复得，每念君母之恩，何时可忘？因命小女代达鄙忱，不谓昨读来书，竟弃老夫如敝屣。呜呼！讵“报恩”二字，出老夫之心,逆高人之耳,幸君不为此乘间,俾老夫得申肺腑。老夫今年且六十,人世艰辛所历非一,以将尽之年而登坦道,岂肯再萦心世间事,且世间事又有何不可了?所不可了者,死后事耳。死后见亡妻,老夫自有说,若见君母而责老夫以负恩,老夫其何说之辞?纵君母长厚,老夫亦圆头方趾之流耳,而直以物受其生,能无愧耶?不然,老夫宁不愿全君之高,特自为计,望君怜老夫耳。(下略)昭定老人启。

房江读毕,不觉泪将来书湿透大半,想复读一遍,已泪眼模糊①,看不真字迹。恰好绫子走了进来,见房江独自坐着流泪,甚为惊讶。房江即将来书的意对他说了道:"我这回是再不能不去了。"绫子听说房江要去,急得也哭了出来,道:"先生不去,想也不妨,他终不能用强接了先生去。"房江摇首道:"不是这般说,凡人总有个情,来书既如此恳切,我怎能不去?"说着,用帕子替绫子拭了泪道:"你去请你母亲来,我有话与他说。"绫子答应着,仍哭着去了。房江取了信,又读了两遍,只见夫人带着绫子走了进来,房江忙起身让了坐。夫人道:"方才绫子哭着说先生要到东京去,不知是怎么回事?"房江即将君江的事说了一遍,道:"前月接了君江的信,要接我去,我当时回信辞了,不料侯爵今日又亲写了这封信来。"说着,将信递与夫人,夫人看了叹道:"一纸至性语,真是以泪和墨写的,怎教人不动心?先生此去,想万不至使先生受点委屈,只是照这信看来,先生一去,真是侯门似海,怎肯使先生再出来?小儿女蒙先生薰陶之力,愚夫妇寸心未尽,侯爵家何所不有,将来愚夫妇还能说得到报达吗?于今只有求先生迟期一月去,且还有事奉托。"说时,指着绫子道:"他叔母在东京,我想将他寄住他叔母处,就在东京读书,使他得时常会见先生,沾点益处,想先生必

① "模糊",原文作"糢糊",据文义改。

赐许可。”房江道：“我去本不在急上，既承夫人这般用情，我如命就是了。”绫子听了，才收泪笑起来。房江即写了封信通知侯爵，那夫人这一月的款待，自不待言。

八月十五夜，君江自铃川伯爵家回来，心中很觉得为叶守男爵夫人的事做得快意，“只三宝滋必然记恨，我不要有事落在他手里才好”，心中踌躇一会道：“想他亦无奈我何。”过了几日，接着房江的信，看了一遍，忙走至侯爵房中与侯爵看。侯爵看了叹道：“这孩子心地怎的这般孤洁？他这封书一来，越使我要见他的心思坚了。你只看他这封书，岂是寻常女子写得出？就是字也一笔不苟。我每见女学生写信，多是文不成文、字不成字，求稍为清洁点的，十不得一。”说着，望着君江道：“像你这样的，我一生就没有见过，房江的字迹觉得比你又工整些。”君江笑道：“喜得他不肯来，他若来了，你老人家心中还有我吗？他的性情本素来孤僻，动不动就要说人家势利薰心，今日果然写出这不通的信来，你老人家还说他写得好。我与他十多年姊妹，他视得全没相干，亏他说出这斩钉截铁的话来，还要将什么家鸡野鹜的比着来挖苦人。”侯爵笑道：“你平白的咒他做甚么？他立身行己的大事，怎能怪他？你倒不怪自己的信没有写得好，唐突了他，你反怪他挖苦了你。我晓得你是心里不服我方才说他的字比你写得工整，气忿得将他乱咒起来。”君江滚入侯爵怀中，不依道：“你老人家完全帮着他来欺我，他的字比我写得好，与我有甚么相干，倒值得我气忿？你老人家说将来抱他作自己女儿一般看待，我看你老人家有了他，还要什么自己女儿。”侯爵笑得有气无力的，抚摩着君江的头道：“好孩子，不要闹了。他虽写了信来辞，终不成就罢了。你还是委婉点再写封信去，看他怎样，他如定不肯来，也就罢了。”君江别气道：“我不写，恐再唐突了他，你老人家又要痛心。”侯爵道：“你不写，我就自己来写。”于是侯爵遂写了封书去。

不多几日,得了房江的回书,说一月后定来。侯爵心中欢喜自不必说,忙揣着信想找君江说知。走至君江房内,不见君江,丫头说方才到园中散步去了。侯爵听了,也一步一步的踱到园中来,听得君江的声音和一人说话,侯爵止住了脚,听那人是谁,原来是昭信。侯爵心想:“我不出来的好,就隐身一株大树后偷听二人说些什么。”只听君江说道:“前晚那户田真是讨人厌,当时哥哥是否真动了气?”昭信①答道:“那样无礼加人,怎教人不动气?我甚悔没有多痛责他几句。”君江道:“哥哥也骂得他有了,何必为这些事伤朋友的和气?”昭信道:“难道那时妹妹没有动气吗?”君江道:“我当时也不觉得怎么,不过这种人无味就是了。日本男女交际本不比西洋,他纵白璧无瑕,谁能见谅?都用着那龌龊心肠来估量人,即如那晚的户田,还是个上流社会人物,尚且如此,以下的更不用说了,此原是社会习惯使然,在我看来谓无须动气。”昭信点头道:“妹妹的议论自是不错,我只恨一般人的卑劣眼,平日任如何相信这人,一到了男女之间,就平白的生出种种污蔑话来。我不了解那些人是种什么心理,大约他们于男女之间,必多不可问的。”君江红了脸道:“哥哥你又错了,你几曾见有父女同居、母子共室,而人疑其有他的?是必有可疑的处,人才生起疑来。不然,世界上也没有要避嫌的事了。”昭信道:“嫌疑固是要避,只是我的心,实是把妹妹作嫡亲的敬爱,这多要避起嫌来,岂不可笑?”君江俯首道:“真兄妹固不必避嫌,即将来名正言顺的兄妹,亦复何嫌可避?”接着叹了口气道:“虽是把我作亲妹看待,外人怎生知道呵?我难道不是把你作亲哥哥看待吗?人家要无故的生疑,有什么法子呢?”昭信正色道:“我们都是贵重身体,不宜使小人无礼

① “昭信”,原文作“昭定”,据文义改。

的猜测,我们还是各避别点好。”君江小声道:“这任凭哥哥。”昭信抬头见君江红潮连颊,低着头,那种可怜的情形,几乎要哭了出来,忙笑道:“不是我忍心要与妹妹生分,只恐人之多言,将来于妹妹身上不利益。”君江道:“哥说这些话做甚?哥要与我生分些就生分些,只请莫说我将来身上的事。我将来身上的事,除了父亲之外,只有哥方能为我求利益。人之多言,将来即与我有不利益,是哥尚不信我,反信人言了。”说时流下泪来,昭信忙笑着安慰了几句道:“妹妹也要进去了,爹爹必正想和你说话。”说着,自己立起身来,催着君江进去,君江低着头回房去了。

昭信背着手,皱着眉,在园中踱来踱去。侯爵在树背后听得分明,心想:“昭信这孩子可恶,我这花枝般的女儿,他还不中意吗?不知户田对他们说些甚么,大约是打趣他们的话。但这事有我作主,我不怕他再傲些,难道我的女儿还另自择嫁吗?”侯爵心中想着,独自到君江房里来找君江,见君江用头伏在几上纳闷,侯爵轻轻的将他的头抱了起来,君江吃了一惊,睁眼见是侯爵,忙笑道:“我睡得好好的,你老人家又要来扰我。”说着,打了个呵欠,将手一伸,挽住侯爵的颈,撒起娇来。侯爵道:“好孩子,青天白日的睡觉,仔细睡出病来。我今日得了封喜信,特来给你看。”君江笑道:“不用说,是房江来的。”侯爵说:“你怎么晓得?”君江道:“你老人家于今除了见房江,还有什么欢喜的事?那封信的字迹,想必又是工整的。”侯爵笑道:“你猜得不差,这封信却不比前回高傲,纯是一片天性语构成的。”说着,从怀中取了出来,与君江看。君江胡乱看了一遍,仍交侯爵道:“写得好,只是还得二十多天才能来,未免等苦了你老人家。”侯爵道:“他既肯来,就再迟些也不要紧。他宾主师弟相得,自然有些难分难舍,我心里想见他,及至见了,我想也不过如此。我去年打发你哥哥去接你的时候,我坐也不是,走也不是,那晚接了你哥的电报,我一夜何曾合眼?第二日,天明就爬了起来,站在庭子里看人收拾房子,那里站得住?仍走了进来,与你祖母同坐厅上等了一会,又觉不好,才独自到书房等着。及至见了你,也不觉怎么,不过心中欢喜就是了。于今等房江,还不曾到那步地位,只你也须早些收拾两间房子出来与他住。”君江道:“那不用你老人家费心,我自会料理。我想就将我的房对面那三间房收拾出来,中间做个坐厅,左边做音乐室,他的性情是最好音乐的,右边做他的卧室,觉与我亲近些。你老人家以为何如?”侯爵点头道:“任你去办,我没有不好的。”二人又说了回闲话,侯爵才出来。君江一人坐在房里打算房江来时作如何招待,大约不至在他身上寻出我什么破绽来。忽想起方才园中的事,很解决不来,昭信为何总这般的难兜搭?他是个聪明人,我说的话,难道他不懂吗?我若再说下去,倘他真不愿意起来,我更不好收科。看侯爵的意思,倒十分想我们成就,将来他出来撮合,谅昭信不能却回,我于今只用全力收侯爵的心就是了。

不言君江心中回想,那光阴如矢,早过了二十日。这日昭信有事到旧藩地去了,君江来至侯爵房中,见侯爵躺在椅上,手中执着封信在那里出神。君江走近前一看,原来就是房江那封信。侯爵见君江来了,即对君江道:“照他的信上算日子,只再三天就应来了,想那孩子不至欺我罢?”君江笑道:“你老人家放心,他决不会欺人的。他从小时就说一不到二,既约了来,任有如何阻碍,必是来的。”侯爵点头道:“他来的时候,你先接了他,带到他房里坐一歇,再领来见我。”君江笑道:“这是做甚么?是要我教他见侯爷的礼节吗?他自己很会的,你老人家放心。”侯爵道:“你也听我说完了再说不迟,你总是一味的胡闹,房江来了,倒要惹他笑话你小孩子气。我的意思,恐他是个乡里人,没有到过华族人家,等他先会着个熟人,定一定神。只是我这也是过虑,他在北海道当家庭教师，那也是好人家。”君江道：“虽如此说，我先会会他也好。我去年进来的时候，真是悬心吊胆，还没有下车，就看见大门口站着一大堆的人，一个个目不转睛的，望得我好没意思。”侯爵道：“他较你更是不同，你是回自己家里来，他是作客一样。”君江忙点头道是。

第八章

房江在北海道与夫人及两个学生无事盘桓，早过了一月。夫人带着绫子、健儿，送他到了东京，因抵站天色已晚，就在绫子的叔母家住了一夜。第二日午后，房江坐着车，别了夫人和两个学生到松平邸来。后来绫子、健儿也时常来松平家，因与本书无关系，故不曾提及。房江坐着车，不多一会即到了。门房早知道今日有小姐的朋友来，见车子到了，连忙着小使传报进去。顷刻之间，只见一群丫头拥出个如花如玉的君江来。房江见了，忙走进一步，君江一把扯着房江的手道：“我的妹妹，你直到今日才来呀。”房江道：“姐姐恕我来迟。”君江一边执着手往里走，一边说道：“你我虽年多不见，你的容颜倒还仍旧，更胖了些。”房江道：“姐姐真发福了。”君江笑道：“你若再迟几日不来，真要把我那老爹急坏了。”房江道：“他老人家何必如此用心，我本早就应来趋候的。”说时到了君江房内，君江让房江坐，房江重新见了礼，君江笑道：“妹妹前月写的好信，直将我如此生分起来，还要用家鸡野鹜来挖苦我，可笑我那老爹还说我孩子气。”房江笑道：“求姐姐见谅，那都是我的实情，并非有心生分姐姐。”君江亦笑道：“我也知道你说的是实情，十多年姊妹，岂不知妹妹的性格？只是于今社会上有种人的行为与妹妹相似，我却不敢恭维。每有两人平日交情好到极处，若一人发了迹，则那一个就不因不由的生出一种形容不出的傲态来，自鸣高尚。其实这种样子，何尝是高尚人肯做的?"房江叹道:"我也时常如此说,'高尚'二字被他们①糟蹋尽了。"

二人又闲谈了几句,房江要君江导着去见侯爵。君江笑道:"不用急,我一晌为你收拾了几间房子,且到你房里去坐坐,再去不迟。"君江说着引房江走到对面房来。房江见迎面是个客厅,厅中装饰均是西洋式,此时虽是十月天气,地下已铺着很厚的绒毡,正中一大食台极精致,旁置数螺旋椅,左侧一穿衣镜,右一古磁花瓶,插着几支孔雀尾。君江道:"这左边是间音乐室,我爹听说你喜音乐,恐别人买的乐器不中意,前月特亲自到西洋音乐店买了座比雅罗(西洋琴名),又选了许多别的乐器,恰好那时有家故家子穷得没饭吃,将他先人留下的一张琴把卖,我爹就忙托人买了来,我试弹了一弹,那琴真是不错。"说着掀门帘跨了进去,房江也随了进去,只见满房悬着的、放着的都是乐器,门侧边放着一张睡椅。君江命侍婢将那琴取了下来,去了囊。房江看那琴,虽古色斑斓,却未十分收拾,似多年不曾弹的,即叹对君江道:"他老人家如此费心,我怎当得起?"回头仍命将琴囊好,与君江退了出来,到了右边房内。这房是房江的卧室,侧边附着一间小小的理妆室,不用说都是十分焕丽。君江、房江就在房内坐了片刻,君江道:"我爹近来精神很不如往日,皆是从前忧伤过度的原故,妹妹见他时,切不可多提往年的事,恐他又生悲感。"房江点头道是,君江道:"他在书房等你,我们就到书房去。"

侯爵一人坐在书房等君江带房江来见,等了好一会,总不见来,正要着人去问,只见君江同着个天仙化人的女子走了进来,笑道:"爹呀,我的妹妹来了,恭喜你老人家又得了个女。"侯爵见了房江,因感激他的母亲,不由得流下泪来,忙起身勉强笑道:"真是

① "们",原文作"门",据文义改。

我今日又得个女。”房江趋前一步，低鬟拂袖拜了下去，道：“辱承培植之恩，实无可礼谢。”侯爵搀起了房江道：“快不要如此说，使我难过。君江承你母亲抚养，如此厚恩，我至今丝毫未报。此次虽接了你来，名说报恩，其实你这样人，在外何尝不得安享，稀罕我这拘拘束束的所在？不过我聊尽寸心，得死无遗憾，说不得你受点委屈，望与君江如真姊妹一般，我万不料晚年尚得你们姊妹来娱我朝夕。”君江笑道：“于今可遂了你老人家的心愿。”说时，回头对着房江道：“妹妹，你没看见他老人家初次接了你的信的时候，那片搔扒不着的神景，真教人见着可怜，颠倒的总怪我的信没有写得恳切，你看不冤屈人吗？”房江听了，流泪道：“这都是我不好，不能体贴他老人家的用心。”侯爵叹道：“这正见你的好处呵。”说话时，丸木夫人陪着芳泉院（即春子，以后均如此称）走了进来。君江告知房江，房江忙行了礼，彼此说了会感激的话。芳泉院见房江这般静雅，心中十分爱惜。

自此房江就在松平邸居住，呼侯爵为父，君江为姊，每日的闲叙，有时亦弄琴擫笛，不觉过了半月。一日，正在君江房内说话，只见侯爵背着手踱了进来，笑道：“我带你们到一处地方去好么？”君江喜问道：“到那儿去？王子（地名，产枫树，至秋则繁红遍野）？团子坂（地名，产菊）？泷川（大瀑布）？”侯爵摇头道：“不是。”君江道：“到底到那儿去呢？”侯爵道：“我从前会过一个姓久米的，于今才从佛兰西回来，学了六七年的画，听说已成了名手。前日已托人将你母亲的像请他画去了，想带你们两个也去画一个来，做一个框子画着好么？”君江望着房江笑道：“好是好，只我两人在一个框子内，你不说我的眼睛不好，我就要说你的鼻子不好，恐终日不得安静。”房江也笑道：“那时我让你点就是。”侯爵见他二人愿去，命人备了马车，三人坐着到芝公园久米画师家来。那画师接了进去，请三人坐了。房江看那画室，挂着许多西洋名画、摸写画、佛像,又摆着些西洋塑像及武器、船具。侯爵望着久米道:“今日特来请你替我两个女孩子画个像。”久米问君江道:“不知小姐的意思以如何画法为好?”君江望着房江道:“妹妹以如何画为好?”房江笑道:“姐姐说画一框子内怕吵口,就单画好。”久米也笑道:“果能画得出吵口的画来,那就通神了。”侯爵道:“久米君,还是请你作吵口的像画了好,不知几日方得出来?”久米道:“两人的像必须十日,这十日内,每天请来一点钟就够了。”君江问侯爵道:“怎么要这久?每天请他到我家来一次不好吗?”侯爵道:“就久点有什么要紧?请他到我家来是不行的。你看这些画具,就有许多不能搬动的,并且绘画与光线是很有关系的,和照像一般,不能胡乱将就。请他替你画,就是很费了事的,你一天来一趟都来不得吗?”说毕,望着久米道:“我前日送来的那张像片,想已画成了。”久米道:“已画了个大概,但未收拾,正要请指导。”侯爵叹道:“我等了十多年才等着你这个画手,必是好的。”久米谦逊道:“承过奖了。”说着从架上取下个图板来,将覆上的一块白布除去。侯爵三人近前来看,上面画着个二十二三的半身女像,高高的绾着乌云般的发结,穿着梅纹的衣服,真是眉如远山、目如秋水,虽不见他言笑,却活画出个幽娴贞静的态度来。侯爵见了,止不住落泪,向君江道:“你知道这是你的甚么?这就是你亡过的母亲,久米君真画得好,没一点儿不传神。”君江见了,不觉夹背的流下冷汗来,颜色顿变,侯爵以为是见了他母亲的像心中哀痛,仍说道:“你还记得点影子么?”君江忙凝神答道:“因别的时太小了,现在已一点都不记忆了。”说时也流下泪来。侯爵回头,见房江也苦着脸,呆呆的望着,如思量着甚么似的。侯爵惊问道:“房江你想甚么?”房江愁然道:“这像我好似在那儿见过多回的,一望我就认识。方才久米君除下那布的时候,还像望着我笑。”侯爵笑道:“这像你没有见过的道理,或者你是见过与这相像的,你记错了。”房江道:“没有记错，我小时候①就②常梦见这样的一个人望③着我笑，近几年来虽没梦见，方才一见这像，彷彿梦中那人就在眼前一般。”君江忙笑向房江道：“只有我妹妹真喜说梦话，从前同住岸和田的时候就有这样毛病，时常说些那可惊可怕的事，教人不快活。”侯爵也笑向房江道：“梦中无形无影的事，你记他做甚么？”回头对久米道：“他真还是小孩子样。”房江见人多笑他，也不好意思再说，只得讪讪的罢了。君江起先听房江说出那些梦话，真是毛发悚然，强自镇定，将房江的话头打落下去才安了心，忙催着侯爵起身回来。二日后，这像就悬在房江的客厅内。以后房江、君江二人每日的去久米画师家，十日后已画成，就悬在君江房内。

且说房江自那日见过亡过的君江像，心中甚是惊疑不定，六七岁时的梦中事不由的都堆上心来，自己也说不出个理由，只每日无事就在那像下徘徊不去。一日君江被叶守男爵家接了去，房江独在房中坐了会，又走到君江像下看了一会，正想到侯爵处去，恰好侯爵轻轻的走了进来，见房江又站在那像下，乃笑道：“痴孩子，你每日的临看，他能和你说句话吗？”房江见侯爵来了，忙转身请侯爵坐了，自己也坐在一旁道：“我每日见了他老人家的像，觉得心中舒服。”侯爵道：“至诚通神。他只是年纪不同，不然也是吃你亲母的乳长大的，你亲母的乳养大三人，却都能成个淑女，可见小时乳养的关系很不小。”房江点头道：“只是我怎能比得上母亲与姐姐？”侯爵指着像片道：“他的气质与你的气质就很有些像，这都是同乳的原故，只恨我没见过你的亲母，不知他是个怎样的像貌？我想几时带着你们姊妹去岸和田与你亲母扫墓一回。”房江

---

① “小时候”，原文作“小时侯”，据文义改。

② “就”，原文作“爵”，据文义改。

③ “望”，原文作“坐”，据文义改。

流泪道:“得你老人家如此,想我母亲在地下当亦感激不尽,只是那岸和田风景太差。”侯爵道:“我又不是去游历,管他风景好不好。”二人又谈了一会岸和田的事,君江已经回来,见侯爵在房江房内,也忙走了过来。侯爵问道:“今日叶守男爵夫人巴巴的请了你一个人去做甚么?”君江一边入坐,一边笑应道:“可笑他说得了点稀奇东西,折柬来定要接我去吃。我只道是甚么大不了的东西,值得如此慎重?你老人家估是甚么?原来就是猩唇。”侯爵听得也笑了。君江一眼望见房江的脸,惊问道:“妹妹为何哭了?泪痕满面的。”房江忙用帕子拭了,道:“没有甚么,方才爹说要去岸和田扫墓。”君江听了半晌叹道:“去也好,只是这长远的火车,天气又渐次的冷了,我想他老人家犯不着去冒那通宵的风露,我们姊妹去去也就罢了。”侯爵道:“这不过是尽生人的心,其实与死者有何益处?死者又何尝知道?只是我去也须等天气和暖点,明年三月去最好。”说时,天色已晚,就在客厅内用了晚膳,各归房散了。

且说昭信在旧藩地已住了三个礼拜,写了封信与侯爵,说明日归邸,君江看了,自是欢喜。次日午前,君江对丸木夫人道:“今日少爷要回,你同我到少爷处坐坐。”原来昭信住的另是一所房屋,虽同在一邸内,却间隔得很远。丸木夫人道:“请房小姐同去么?”君江半晌道:“就请你去问他一声。”丸木夫人即走了过去,顷刻出来道:“他说人不快,不能奉陪。”君江点点头,带着丸木夫人婷婷袅袅的去了。房江一人坐在音乐室内,弹了会比雅罗,忽侯爵走了进来道:“扰你的又来了。”房江见侯爵来了,即停了手,侯爵笑道:“你弹你的,我是特来听的,你又停手。”说着,就在门边一张睡椅上坐了。房江道:“还是弹比雅罗好么?”侯爵道:“比雅罗虽好,只是我今日想听琴。说起来,我自己也觉得可怪,你在这房里弹琴唱歌,我坐在书房内,中间虽隔这多的房子,就好像有一种风专送这声音到我耳里似的。我一听了这声音，就如做梦一般，二十年前的事历历的浮上心来。亡过的君江当日在此邸充家庭教师的时候，也是住这房子内，连唱歌的声音都与你的彷彿。我那时也正是这样，他一弹，我就在多远也能听见，这不是可怪吗？”房江笑道：“这都是肯关心的缘故。论琴，还是姐姐弹得好，记的操数也比我多。”侯爵道：“他记是记得不少，手法也还不错，只是心思太乱，总不得醇静。他每日如小孩子一般闹个不了，却也怪他不得。”房江将琴取了下来先试了声，理好了弦，那琴真是古物，不同凡响。房江回头笑问侯爵道：“弹甚么好？”侯爵道：“任你弹。”房江先弹了套《落雁》，接着紧了紧弦，弹着《阳春薄雪》，口中歌道：“嗗彼春雪，若兮薄兮。矢矣夙好，宛斯寂兮。宛其寂矣，泪恒结矣。哀今之人，既狡且柔矣。昔日之好兮，吾安忍尤矣。采彼芍药，我心如灼。我心如灼，之此靡度。”那琴声之高，真可直彻霄汉，歌喉始终跟着他悠扬婉转，到了“采彼芍药”一拍，琴声忽如到了九幽，歌喉则细如苍蝇缚蛛网，琴声歌声辨不出是丝是曲，斯时歌者不知是歌，闻者几疑是哭。正在入神的时候，昭信轻轻的走了进来，二人均不曾留神，还是歌者自歌，听者自听。

第十三章

且说君江得叶守夫人救助平安回邸，心想：“高滨勇既是特来寻我，今日又受了这场恶气，必不肯轻易放心，只是他未必能一刻工夫即探得我的住处，若再过一两月，我已成了侯爵夫人，他纵有通天手段，也无奈我何了。”又想了一会，不觉笑道：“我怕他做甚么？他纵能于一月之间，探得我的下落，亲自找了来，我又没写凭据在他手里，又没有约婚的证人，身子又没被他污坏，虽有本圣书在他手里，却又不是我的物件，且这圣书也是人人可有的，算不得个约婚证据。他不是个蠢人，既晓得我有侯爵夫人的希望，自己又毫无凭借,断不敢轻自找到松平家来讨这没趣。只怕在路上遇着了,当了面却难说话,以后宜少出去的好;即出去,也须坐轿马车方才停当。”君江独自想了一遍,又到房江房里闲谈了一会,睡了。第二日夜间,房江正在君江房里谈话,昭信也走了进来,见房江在内,即恭恭敬敬的在一旁坐了,对着君江说道:“听说初三日,在上野公园开贵妇人慈善会,今日已举出了三个干事。”君江喜问道:“干事是那三个?”昭信道:“一个是叶守男爵夫人,一个是松园伯爵夫人,在交际社会上狠会讨便宜的,一个就是去年从意大利回的,高山子爵的久小姐,不是与房妹妹会过几次的吗?”君江笑道:“这三个干事就只苦了叶守夫人,他老实得连话都不会说,那久小姐与房妹妹是音乐朋友,交际上也不弱人。”房江道:“只可惜丸木夫人去了,不然倒是一个好干事。”昭信道:“妹妹与房妹妹免不得都是要去的,说不定明早就有人来请。”君江笑向房江道:“他们职务都已派定了,不知留了两个甚恶缺给你我。”房江道:“任什么恶缺,也去敷衍他一天。”三人坐谈了一刻,各归房睡了。次日午前,果然报松园伯爵夫人等三个干事都来了。君江、房江迎接出来,那高山小姐穿着西洋服,长裾曳地,腰如弱柳,面如芙蕖,与房江、君江握了手。君江让三人进了客厅,宾主行了礼,君江笑道:“今日三位干事先生齐降玉趾,想是来下委任状的。”松园夫人笑答道:“小姐耳目真长,怎的就晓得我们是供奔走的?只是我们今日却不是为慈善会的事而来,我们是特来与小姐贺喜的。”君江茫然问道:“我有什么喜可贺?”松园夫人笑道:“小姐来月洞房花烛之喜早已发表,还不当贺吗?尚祈恕我们来迟的罪。”高山小姐也笑着说道:“今日道了喜,来月少不得还要来吃小姐的喜酒。”君江红着脸,啐了他们一口道:“你们都不是好人,打趣人还要约齐了伴来。”叶守夫人笑道:“这与我无关系,我是已经道过了喜的。”松园夫人望着叶守夫人道:“倒推得干净,你怎说没有关系?今日不是你特约了我们两个来的吗?”叶守夫人笑道:“我几时说约你们来贺喜?我是约了来商量慈善会事的。”房江问道:“慈善会怎样?就请夫人说说。”叶守夫人道:“诸人的职务都已派定了,只小姐与君小姐两位,派是虽已派定,还须得两位承诺一声,事就妥了。”君江笑道:“你们的主意倒不错,等他们都将轻松的差事抢了去,不知剩了两个什么繁难的给我们姊妹去惹人笑话。”松园夫人笑道:“这回任你君小姐利害,想也赖不掉这差使。”高山小姐道:“两位放心,没有什么繁难的。”房江笑道:“你们专说闲话,何不直切的说出来,倒底是派了甚么?”叶守夫人道:“房小姐是派了个咖啡店,余兴就请与高山小姐奏乐。”房江睨着高山小姐道:“与小姐合奏一两曲倒没有要紧,这咖啡店我实在恐招呼不来,真个要惹人笑话。”松园夫人笑道:“房小姐不要推辞。”君江道:“妹妹想专奏乐,也未勉太轻便了,咖啡店不过多几个男子来吃茶,不然也没有甚难处。”松园夫人即对君江说道:“君小姐,你的更容易,你是派了个纸烟店。”君江听了,想了一想,笑着摇头道:“这我不干,你们这些人真不是好人,好的均给人家抢完了,独剩了个专与男子做生意的给我,你们说,那有个女人到慈善会里来买烟的?房妹妹的咖啡店已属不好,你们且说,还有些什么铺子?如果通是这样,我也不说了。”叶守夫人道:“还有扇子店、玉器店、杂货店、首饰店、脂粉店……”君江不等他说完,道:“我随便换一个都好,只不依你们的这样作弄我。”松园夫人笑道:“君小姐,你怎的也要推辞?但请你自己想想,这缺不派你,叫我们派谁?会里的人,除了你姊妹两位,那个不是只可开古董铺的?高山小姐又偏偏派了他的干事,这干事岂不是更繁难的吗?并且咖啡店的余兴也还要拖着他来。贤者多劳,说不得,请小姐承诺了罢。”君江笑道:“我是吃不得甜话儿的,吃了甜话儿,我的口就软了,虽明知是被你们作弄,也罢了。”叶守夫人道:“既承两位许可了,我们还有许多的事应办,就告辞罢。”说毕,三人都起身告辞出来。

今日是四月初三日,春光明媚,日暖风和,上野的樱花开残各半,近山之处就是贵妇人慈善会场。会场周围,张着锦幕、花圈、灯球及万国旗帜,都五花十色缘幕悬挂着,幕内乐声嘹亮,入场之处排摆着数十辆马车,并系着许多坐骑。因是贵妇人会,警察监守得十分严密,非有入场券的不准入场。那些想广见识的人都挤在幕外窥看,男男女女把座会场围得铁桶相似,钗光帽影,参差混杂。一班少年轻薄儿本意是想混进场去,看各华族家的小姐、奶奶,混了几次,混不进去,就挤入女人多的地方,捻手捻脚的轻薄,捻得那些女人,笑的笑,喊的喊痛,却有一层好处,曾没有动气的,躲避的也少,这是日本女人的特色,名为开放主义。闲话休提,且说会场里面进去了几个新闻访事,都聚到了一处。甲说道:“今日这会,要算极盛了。”乙道:“第一就是天气凑巧,往年于今时分,常是一月二十余日不见太阳。”丙扬着头道:“怎的今日这多的美人?把我的眼都看花了。”乙道:“我进场的时候,正碰着两套马车,一抬内坐着一个。”说时,摇头叹口气道:“那才真是要我的命。”丙问道:“那纸烟铺的那个,你知道是叫什么名字吗?”乙跺脚道:“你问的就是我碰了的,我已打听清楚了,他是松平侯爵家的君江小姐。”甲笑道:“你们真是些色鬼,竟明目张胆的评论华族家小姐。”乙、丙两个忙用手指着甲道:“你不要假正经,你不是个色鬼,你平白的买三十块钱的雪茄做甚么?你分明是想在他跟①前卖弄你有钱。”甲笑道:“他既开烟铺,我自然可以去买烟,你们何得轻易加人家的罪名?”丙道:“谁不要你去买烟?只这不过是个顽意儿,你却要买三十块钱的做甚么?你的心还可问吗?”甲见丙说中自己的要害,掉转脸想借他事扯谈,恰好从那边走出个穿洋装的男子

① “跟”,原文作“踉”,据文义改。

来,甲本来认识,即忙喊道:"三宝君! 且来这里谈谈去。"原来这男子就是三宝滋,见同业的三田叫他,即走了过来,乙与他也认识,只丙是初会,忙问了三宝滋姓名,彼此攀谈起来。乙见他们在那里讲客套,即抽身道:"我口渴了,到咖啡店喝口茶就来。"三田笑道:"你今日怎的这般口渴? 我刚才见你从咖啡店出来,又到咖啡店去。"乙立住脚红了脸道:"你说甚么? 同去好么?"三田道:"我此刻不去了,等余兴奏乐时去。"乙道:"喝茶是喝茶,听乐是听乐,余兴时再去一趟要甚么紧?"三田听了,即点头别了三宝滋要走。三宝滋笑道:"你喊了我来,你又跑了。"三田道:"就来陪你。"说着也不顾三宝滋,随着乙急急的去了。三宝滋与丙谈了几句,也各分手。三宝滋走到纸烟店来,见店外挤着一大堆的人在那里买烟,三宝滋也挨了进去,认得坐在柜台里收钱交烟的是君江,三宝滋也抠了点钱出来,隔着人往柜台上放了道:"白牡丹一盒。"君江收了钱,即向内说道:"拿白牡丹来。"君江接了烟,向外问道:"那位买白牡丹?"三宝滋忙伸着头出来道:"是我。"君江见是三宝滋,就如见了鬼一般,浑身不寒而栗。三宝滋望着君江恨恨的说道:"多谢你。"说毕,从人丛中走了。君江见三宝滋已去,小声问侍女道:"方才买白牡丹的不是三宝滋吗? 他怎能进来的?"侍女道:"他身上好像有新闻记者的徽章,想是以这资格进来的。"

且说纸烟店外挤着许多买烟的男子,其中有一个洋装近三十岁的青年,一双眼睛下死力的钉在君江身上,观察君江的举动。这青年非他,就是由亚米利加回来的高滨勇。他怎么也能进这贵妇人慈善会来哩? 他却不知道君江到了这里,不过因这贵妇人慈善会是不轻易得见的,故托朋友找了张入场券,想进来享享眼福,却无意中被他发见了君江。高滨勇正在出神之际,恰好三宝滋买了烟走了出来,低着头想解支烟吃,不提防踏了高滨勇一脚,三宝滋忙陪笑道:“对不住,没有踏坏甚么吗?”高滨勇看了三宝滋一眼,也不答话,仍呆呆的望着君江。三宝滋道:“足下恕我无意,不要动气。”说着就走,忽高滨勇赶了来道:“方才可是足下和那纸烟店的小姐说话么?如足下知他的名字,请告诉我何如?”三宝滋见高滨勇这神情,知道必有缘故,即立住脚道:“足下问他做甚么?”高滨勇道:“那小姐是我的……”说至此,忙改口道:“好像是我往年认识的,所以问问。”三宝滋微笑问道:“是足下往年本认识,于今反忘记了他的地位吗?”高滨勇点头道“是”。三宝滋扬着头,拿腔作势的说道:“他呀,是有名高轮松平侯爵家的小姐。”高滨勇惊问道:“松平侯爵家?”三宝滋笑道:“松平侯爵家君江小姐,华族社会中才色兼备、有名的美人,无论何人,见一面就永远不得忘记。足下说往年与他认识,怎的倒会把他的地位都忘掉了?”说时,摇着头道:“恐怕不是真认识吧?”高滨勇道:“这足下却可不管,我已领教够了。”说着,脱帽行了个礼,就要走。三宝滋忙止住道:“请再等一等,有句话说。”高滨勇道:“甚么事?”三宝滋道:“别的事是没有,如足下要打听君江小姐的事,我倒可供给点材料。我的父亲就是贵族院的三宝伯爵,与松平家有亲戚的关系,所以松平家的情形,我十分清晰。”说着取了张名片出来道:“这就是我的贱名。”高滨勇接了一看,上面印着“《雷报》记者三宝滋”七个字,高滨勇往怀中揣了,道:“不知足下是贵族公子,失敬之至。日后有事来奉候也未可知,只今日尚有点琐事,须急去办,不能奉陪了。”三宝滋笑道:“足下有事,我也不必强留,但我既送了名片给足下,足下也得给我一张才好。”高滨勇听了,忙取出一张名片,陪了不是,道:“一个无名的小民。”三宝滋接了,看着问道:“高滨勇君,尊寓在甚么地方?”高滨勇道:“不敢劳下顾,有事当亲到府奉访。”三宝滋点头道:“足下要打听松平家的事,请到新闻社来,我很欢迎。”高滨勇弯了弯腰,走了。三宝滋揣道:“这东西怎这样失魂丧魄似的？听我说君江是松平家小姐，他那面色很带着惊恐，其中必有秘密，我倒要追去看他到那儿去、干甚么。”三宝滋心中想着，即照高滨勇去路追了上来，见高滨勇已大踏步的走出会场去了，三宝滋只得住了脚，仍入会场来，找着同业的说笑去了。

午后四时，慈善会闭了会，君江、房江及各职员均坐在休息室内，会长及各贵族夫人均异常感谢君江姊妹，这会中生意结果之好，以君江第一，房江次之。各职员也都分外的趋奉君江，一个个皆要与君江亲热一番，把个交际手段最高的君江闹得应接不暇。君江在慈善会用过了晚膳，才偕房江坐着马车回邸。第二日，新闻纸上喧哗着慈善会的盛况，没一种新闻不推松平家君江小姐是日本美人之王。且慢，贵妇慈善会的事，是已连篇累幅的述过了，只是如上边所述，与“慈善会”三个字有甚关系？难道用几个美人做做生意就算是慈善事业吗？诸君休嫌在下哓舌，等我慢慢的说出来。原来是各华族人家小姐、奶奶、太太们集了钱想做慈善事业，因这慈善事业是个没有范围的，越钱多越能办得好，如是就想出个生财的法子来，每年集了钱开会一次，将集的钱办如上所说种种生意的货，在会场内做生意一天，就请各小姐、奶奶自己掌柜。这一天就可获六七倍的利息，倘不是有入场券限制，恐怕还不止六七倍。得了这钱，就做办慈善事业的经费。虽是利用一般男子的龌龊心理，也可算是与民同乐的良法美意了。

第十五章

君江因听得昭信说了他日来受了什么激刺①，如着了魔一般

① “刺”，原文作“刺”，据文义改。

的话,心中虽十分担忧着高滨勇的事,面子上却不敢稍露点形迹出来,仍是抖擞精神,和人厮混。过了两三日,心中把高滨勇的事淡了些,正与房江笑谈了一会,回房只见花儿又执着一封信来,说是方才邮政局递来的,君江见又是高滨勇的字迹,心中早如小鹿儿冲撞一般,忙拆开封皮看了一看,几下撕得粉碎。原来高滨勇这封信上说:“来信既要我等候机会,我自应静候,只是这无日之期到等何时是了?旅居寥寂,度日如年,君深居简出,何由知外人困苦?若真是不能出会,但用函直接答复亦可。复函无取词费,第书何时可践昔日之约,我得了这句话,便如奉九重丹诏,不必谋会面也。”君江既撕了这信,也不再作理会,独自睡了一觉,醒来已是傍晚,想来想去,仍是放高滨的信不下,恐不给他个回信,他竟跑了来,强请出见,也就不好。他来了,我再不理他,他就对人宣布这事,或找着昭信诉说,他那种人什么事做不出呢?我虽没有证据在他手里,然这事一入昭信的耳,与我感情上即不免有许多损害,只是急切想不出回答的话来。

次日午后,昭信、房江到了君江房内。昭信说道:“今日是礼拜六,天气又好,我们同到上野公园去散步好么?上野洋画馆现正开春季陈列大会,全国有名画家的画都陈列在内,西洋的参考品也不少。听说久米画的一张,名子就是一个‘罪’字,为入神入画之作,全场要推他的第一,不可不大家去赏鉴赏鉴,房妹妹也同去。”君江着惊,笑道:“我又不懂得画,去做甚么?”房江道:“姐姐虽不懂得,好看是知道的呢。又不是请我们去评画,有甚要紧?”君江道:“既如此,就去罢。”于是三人同坐着车到了上野山下,都下了车,步行着上山。三人到了公园里面,抹了几个弯,君江正低着头走,猛听得树林中一人大叫了一声道:“在这里了!”把君江吓得倒退了两步,冷汗直冒,一把拉着昭信的手道:“怎么?怎么?”昭信笑道:“妹妹怎的这般胆小?今日因是礼拜六,学堂里放了假，许多学生在树林里捉迷藏耍子，方才想是寻着了，故高兴大叫起来。”君江定了定神，也望着房江笑道：“这些小东西也可恶，又不去读书。”房江笑道：“他们眼巴巴的盼到了礼拜六，正愁着日子短了不能顽饱，姐姐还怪他们不去读书。”昭信也笑了，说道：“就是我小时候，望这礼拜六也望得苦哩，于今天天是礼拜六，倒无味了。”

三人正一边走一边说话，忽树中转出个军装的男子出来，一眼见了昭信，失声叫道：“哎呀！松平君，久不见了。”说时，伸手来与昭信握手。昭信一看，原来是绫小路大尉，昭信也忙伸手对握着，说道：“怎这一晌不见你到我家来，是甚么道理？”绫小路见君江、房江均在，也不及回答昭信，即对着二人如见长官的行了两个礼，望着君江躬身说道：“小姐可是来散步吗？”君江点头道：“还想去看看洋画，先生可同去么？”绫小路忙道：“奉陪，奉陪。”说着，四人就一同走起来，昭信同着房江走前，绫小路、君江走后。绫小路故意迟缓了脚步，一路闲谈的，已与昭信隔了丈多远。绫小路望着君江说道：“今日得于无意中遇着小姐，真是幸事。我于今就要离日本了，今日若不会着小姐，以后要会，想也不容易。”君江惊问道：“先生到那儿去？何时去？”绫小路道：“五日后就动身到支那去，小姐愿听我去的原因么？”君江道：“请先生说。”绫小路道：“我说了，小姐却不可生气。”君江道：“先生但说不妨。”绫小路道：“我是个军人，素无城府，有话非说不可。我初次见小姐的时候，我实在爱小姐爱到极处，蒙小姐常与我以辞色，我更是死心塌地，要亲自来求婚。想我与昭信君这般的交情，必然允许，那晓得我正在心中计画，却早宣布了小姐来月做侯爵夫人的信。我这场恋爱眼见得毫无结果，再住在日本，空羡人家姻缘美满，有什么味哩。恰好北京日本公使馆有了缺出，所以决心五日后往北京去。”说完，长叹了一声。君江闻言也叹息道：“承先生错爱，我君江此生恐已无可图报。”绫小路道:“我既知是无结果的恋爱,又何必对小姐说?说了有甚么益处呢?徒然使小姐心中不快。然我何以必要说?我想说了,得小姐一两句话,以慰藉我的心,作个带到支那去的纪念,想小姐必不得怒我无礼。”君江道:“我一个毫无知识的女子,说话何足为重?既蒙先生这般过爱,我只有祝先生前途的幸福。天下好女子不少,以先生的学问、道德、人品,求强似我的女子,何处不可得?先生为对我的恋爱无结果,郁郁去国,我岂不动心?但愿先生将来得个强似我十倍的,以补今日的不足。”绫小路听了,摇头叹气道:“像小姐的女子有第二个,我也不到支那去了。”绫小路正说着,忽见君江脸上现出一种极惊慌的色,低声催着绫小路道:“快走!快走!”绫小路跟着快走了几步,问道:“小姐遇着了甚么,这样惊恐?”君江失张失智的道:“很像那东西来了。”绫小路忙问道:“什么东西?要与小姐为难吗?倘有难为小姐的,我就可以……”说着咬牙切齿,如要出阵的样子。君江问道:“如有了,先生待怎样?”绫小路道:“一拳打杀他,奈我何?”君江心想:“如得绫小路这样勇敢的男子保护我,除一个高滨勇,实易如反掌。高滨勇既除,就没有与我为难的了,只我这秘密怎好说给他听,并且也不见得他定肯为我牺牲他自己的生命。”绫小路复问道:“倒底是甚么东西,使小姐如此受惊?”君江定了定性说道:“没有什么要紧。我三年前居岸和田的时候,曾受过一个恶少的迫胁,刚才瞥眼见他也到了这里,现在已不见了。先生放心,我们还是说我们的话,那久米君的画,先生已见过没有?”绫小路道:“没见过,只我今日既得了小姐的话,就要回去收拾一切,预备动身,已无心再去看画了。”说着,赶上昭信告别。昭信道:“你不看画吗?”绫小路点头道:“今晚华族会馆再见罢。”说毕,与房江行了礼,又回头别了君江,去了。昭信问君江刚才绫小路说了些甚么,君江把方才的话略略述了一遍,昭信、房江都笑了。

三人到了商品陈列场洋画展览处内，只见满室都悬着五花十色的画，缙绅淑女来观的络绎不绝。三人走近久米那张画底下，看那画有八尺多高、六尺来宽，角端题一个碗大的“罪”字，上面画着一间阴惨惨的牢狱，牢狱中立着个美人般的少女，由铁槛中放进一线苍白色的阳光，照着少女的额上。借着光线，得见那少女身上穿一件褐色衣服，腰间困一条拇指粗的铁链①，脚彷佛是站在一个石凳上，再下就看不清楚了。少女合着掌，促着眉，又似祈祷，又似忏悔，那种映阳光可怜的色气、可怜的神情，令人不忍逼视。昭信看了叹道：“亏久米这枝追神夺鬼的笔画得出来，也亏他那铁石般的心肠画得下去。我尝见十八层地狱的画像，我说那画的有那般心肠，就应受刀山恶狗道的苦。”房江也叹道：“不知他犯了什么大罪，受这般囹圄之苦！我想一个弱女子，充其量，能做出甚么坏事来？”君江见这画，不啻为自己他日败露写照，登时心胆俱裂，想“此画果是我他日的结果，则求他两人今日这般的评论，恐还不可得哩”，止不住伤心，流下泪来，也不忍抬头再看那画，拭了泪，扯着房江说道：“我们回去罢。这伤天害理的画，看他做甚么？我悔当初大不该来的。”房江道：“姐姐看了心中难过吗？”昭信道：“回去也好，看久了，越教人不快活。”三人走了出来，仍坐车回邸。

第二日，高滨勇的信又来了，其大概云：“昨日于上野公园受君轻侮，情实难堪。君与仆三年前之誓言具在，奈何畏仆如蛇蝎？前日奉书又不答复，君心果作如何想者？将以不了了之耶？此书达，其速指定相见时日及会所；不尔，即当造邸请见。总之，仆非得君践前约，死不放手。”君江看过来书，只长叹一声，即刻取纸写了如下的一封回书：“昨日上野公园不与君交谈，以有绫小路大尉

① “链”，原文作“练”，据文义改。

同行之故,此事于旁人应守秘密,君不宜以此责我,来书之不复、以复,亦不过如前书所陈,匄君静候耳,君既迫不可待,是直毫不见谅,尚有何说?君必欲从事激越,亦任君耳,不然,则一礼拜后,自有以报命。君能耐,则幸耐之。”

君江发书去后,心想“一礼拜,当作何回答?再约久,他必不得承认”。苦苦的思索了几日,实在不得计较。渐渐的隔限期只差两日了,君江急得病了起来,整日的水米不沾牙,昭信、房江、芳泉院①都慌了,忙着召医生诊视,医生说是忧劳过度,须得静地调养。芳泉院叹恨道:“本也不成话,就是个男子也要拖出病来。今日不是这里开慈善会,明日就是那里开园游会,又是什么夜会、跳舞会,镇日镇夜的闹个不了,都要拿着他这孩子去开心。久米那不当人子的,画了什么捞什子画,昭信你也要拖逗他去看,听房江说他还哭了,他从那日回来,就闷奄奄的。我久有意想要他到别的清静地方去住住,等结婚的头两天再回来,因他是个好胜的孩子,怕他不愿意,果然生出病来,于今不由得不去了。”昭信道:“这也好,只是你老人家想教他到那儿去呢?”芳泉院道:“相州小田原的别墅,五年前被海啸冲了,于今只有箱根、平矶两处,箱根的游人太多,平矶更清静些。我已有十多年没有去过了,想也同去看看,房江也同我去。”回头唤着君江道:“好孩子,振作点,明天我就带你去。”君江见医生去后,拥着薄被躺着,听了芳泉院的话,喜不自胜,伸出头来答道:“这东京我本也住厌了,除了吵扰外,实在没有一点好处。房妹妹同去更好,哥哥不知也同去否?”昭信道:“邸中预备一切须我指点,俟来月初间,我来接你。只祖母这高年纪,跟着去,我有些不放心。”芳泉院道:“于今天气不冷不热,我的精神也还好,有什么不放心?”房江道:“我同他老人家去,自知用心

① “院”,原文无此字,据文义补。

伏侍，哥哥初间即来接，还住不到十几日，想没有什么不放心。”君江笑道：“哥哥不放心，就同去。”昭信也笑了一笑，道：“我去叫外边预备，明日午前动身。”说着去了。房江陪着君江又谈了一会，嘱咐了侍女清检各人随身应带的衣服，才扶着芳泉院出去。君江见他们都去了，即起来写了封书与高滨勇，说自己病重，医生劝移地就有温泉处调养，已于今日午前八时动身到某处去，俟病好回京时，再与他相见的话，教花儿悄悄的投入邮筒内。翌日早起，一行人即向常州海岸出发。

第十六章

却说平矶风景，虽不是日本名胜，却有一两处可观的所在。平矶町外西首最高处有一座房子，名听涛阁，是当日松平静岳侯建了避暑的。去阁五六十步远近，有一石矗立，高数丈，名胡麻坛，相传某高僧曾居此坛上煮胡麻食。两边有小石级可登，绕这坛有所谓卧牛石、龙虎石、象石等，都奇礫拔地一二丈。坛的傍海一面，时浪花劈石，撼坛岌岌欲动，声殷九地，如白日喷晴雷。登坛下望，海风卷沫，直欲扑上坛来。两三白鸥，矫翼飞起，浴着白蒙蒙如雪如雾的喷沫，盘旋冲舞，任天公火撒高张，到此即烦襟涤尽。芳泉院带着君江、房江，住了听涛阁，真是不闻犬吠，不闻车马声，只有数处渔歌，夹着涛音，以破晚来寂寞。君江虽不喜这清净地方，喜得可避高滨勇的踪迹，就如得了乐国一般，房江性本恬淡，尤为人地相宜，无事的过了十余日，君江的病已全好了。

这日，接着昭信来书，说邸中已预备停当，打算初五日来平矶，三人见了，自是欢喜。昭信初五日上午果由东京动身，午后即到平矶，进了听涛阁，只见花儿与房江的侍女菊儿两个拥着棋盘在那里摆五子，见昭信进来，忙同站起身。花儿道：“小姐与房小姐到海边逛去了,我就去请他们回来。”昭信止住道:“等我自己去。”说着,进去见了芳泉院,请安已毕,述了几句邸中的事,即辞了出来。芳泉院唤住道:“你见了他们两个,你要房江先回,说我有话和他说。”昭信答应了,急急的走到海岸,见他两人均坐在胡麻坛上,昭信着惊道:“两个真好胆子!这样的危崖,他们也上去。”忙跑至跟前,招手喊道:“你们还不下来!”君江、房江见昭信来了,也招手喊道:“哥哥才来的吗?请上来,这上面很宽大的哩!”昭信真个也拾级登了上去,见君江已容颜如旧,映着太阳,更觉得妙美天成,心中无限欢喜。与房江寒暄了几句,即将芳泉院要他先回去的话说了,房江即起身先走了下来,回听涛阁去了。昭信就在房江坐的地方坐下,望着君江道:“我于今见了你才放了心,我在东京一心惦记着,不知你的病怎样,你又不写书信给我。”君江笑道:“我到这里几天就好了,知道你就要来的,忙着写什么信哩。你这十多日,想也很寂寞的过了。”昭信笑道:“岂只这十多日,自那日在上野公园看洋画回来,见你镇日价懒恹恹的,我就没一时高兴,直到此时才好了。”君江斜瞟着昭信道:“我也不知怎的,无缘无故就害起病来。害了病,到此地不过几天,又自己会好了,真是好笑。”昭信道:“确是劳动过度的缘故,清闲了几天,心中爽快,自然是要好的。”说着,从怀中摸出个小皮包来,打开取出个指环,对君江道:“约婚的指环已带来了,我与你套上去。”说时,执了君江的左手,套了无名指上,道:“这是你我百年的纪念物,望勿弃勿失。”君江偷眼看那指环,几点红玉围着一颗①黄豆大的钻石,一时心中欣喜感激,也答不出话来。昭信问道:“中意么?”君江半晌斜睨了昭信一眼,微笑问道:“你说我带了好么?”昭信笑了一笑,凑近身与君江接了个吻,两人情浓意密,谈起将来的幸福来。

---

① “颗”,原文作“颗”,据文义改。

忽昭信失声道:“哦,我还忘掉了一件事。”君江忙问什么,昭信道:“我动身的时候,与邸中执事们约了,到此即打电报与他们的,我此刻就须到邮政局去,你还是回去,还是等我回头再来接你?”君江想了一想,笑道:“你回头再来接我。”昭信应了声好,即立起身来步下坛去。君江站在坛上,见昭信已下了坛,回头望着他笑,即喊道:“你快点儿回来接我哩!”昭信对着他点了点头,大踏步去了。

君江目送着昭信去后,猛觉得肩上有人拍了一下,接着听得一个哈哈道:“那怕你躲到天上去,我也要寻着你!”君江不回头看也罢了,回头一看,真急得他恨无地缝可入、无羽翼可飞,原来来的就是那能冒险、有决心的高滨勇。君江见高滨勇已寻着了自己,知道不能再敷衍下去,只得定神问道:“你怎么知道寻到这里来的?”高滨勇笑道:“我那里会知道,是托了三宝滋调查出来的。三宝滋说,松平家别墅只有箱根、平矶两处,我到箱根寻了两日,知你们没有到那里,前日才寻到这平矶来。今日到这坛下已有半日了,起初见你同房江姑娘在此,我不便上来,后来见又来了个男子,听他说话,才知道就是侯爵,真是天赐其便,他独自一个人去了。于今想你已再无法狡展,就请坐了谈谈罢。”君江只得仍旧坐了,说道:“我也不会狡展,只求你曲怜我,饶了我罢。”高滨勇也在一旁坐了道:“还说我不怜你吗?我不怜你,也不上天入地的寻你了。”君江道:“我于今已非昔日可比,实在有万不能践约的苦衷。”高滨勇道:“哦,你于今是侯爵家的小姐了,以为与我身分悬殊吗?既有三年前的誓约在这里,那怕我就做了皇帝,你还是田川家的姑娘,我也不能不把皇后你做。难道你做了侯爵家小姐,连盟誓都会忘记了不成?”君江道:“不是这缘故,还有我父亲死时的遗嘱,我不得不遵。”高滨勇点头道:“我知道了,你是说与方才来的侯爵有结婚之约么?这事我久已晓得。”君江道:“你既经晓得,则我与你背约是出于不得已,你也应知道,你还苦苦的找我做甚么呢?并且这样无根据的约,就背了,想也没有什么罪。”高滨勇急红了脸道:“怎说是无根据的约?定约的时候,我不是还送了约婚指环吗?我去亚米利加的前一日,你不是还说了许多爱我、誓不变心的话吗?怎说是无根之约哩?”君江道:“三年前的事,我已全不记忆了。指环是不错,受了你一个,只是一个指环,就要买了我,想也难。至说到爱,我于今除了侯爵外,没有我心爱的第二个。”高滨勇听了,切齿恨道:“你硬要做侯爵夫人?”君江道:“你不必装这吓人的样子,那种一无凭据、二无证人的条约,恐不能教人和你死守。我父亲临死时的遗嘱我不遵,遵甚么?”高滨勇冷笑一声道:“这是侯爵不知道你的来历。你的来历,世界上除了我高滨勇,必无第二人知道。你如肯践前约,我可为你谋安全、谋利益,保全你的名誉,你自己想想。”君江道:“侯爵知道我也罢,不知道也罢,你可不管,这不生爱情的结婚,我抵死不能承认。”高滨勇道:“你以为侯爵爱了你吗?他若知道你的来历,你死无葬身之地了。你犯着弥天大罪,还想与华族结婚哩。”君江听了,惊颜不定的望着高滨勇问道:“我犯了什么天大的罪?”高滨勇脸一扬道:“你以假蒙真,乱人宗祀,夺人财产,不是弥天的罪吗?”君江惊得颜如死灰,浑身发抖,勉强支吾道:“你说些甚么?我全不懂。”高滨勇道:“我自然要将始末说给你听,你才得明白我知道你秘密的缘故。只要你肯守三年前的盟誓,我决不宣布出去。于今说起来,大约你也会忘记了。我动身往亚米利加的前一日,承你送我一本纪念圣书,你知道那书里夹了些甚么?”君江诧问道:“那书并不是我的,与我有何关系?”高滨勇道:“是你的倒好了,唯其不是你的,才有你那欺骗的证据在内。那证据就是说你是田川滨娘的女,房江才是松平侯爵的女。那证据我已带了来,请你自己看。”说着,从怀中取出那本圣书来,道:“我得了这本书时,在日本也没翻看,及到太平洋中,才发见有这样的一封信、一张像片在内,我知道是件要紧东西,所以才保存至今。你看这像片,是你第一件欺骗的证据。”君江看那像片上,是个三岁许的小女孩儿,笑嬉嬉的站着,小鼻子傍有一点黑子,一望即知道是房江小时的像。高滨勇问道:“你说他是谁?你再看这背面。”说着翻了过来,君江见上面有女人的字迹写道:

君子(明治　年　月　日生)

田川滨娘惠存

年　月　真野君江寄

高滨勇道:“这君子虽不知是谁,大约不是你,你问心说是房江不是?然你这犹可推委,说是小时照的,看不清楚,我这里还有一张,是你同房江十多岁时照的,却不是夹在这书内,是我这回在岸和田你小时同学的朋友处得的。”说时,又抽了张出来,道:“你看,站在你左边的,脸上有黑子的,不是房江吗?不是与这小的同是一人吗?这算是你欺骗的第二件证据了。然只这两件证据,犹嫌薄弱,恐你还有法辨护,我再给个死证据你看。这封信是君子的母亲,名真野君江,就是松平侯爵夫人,他写了与你母亲的,我念与你听。”念道:“小女君子像片呈上,鼻旁黑子宛然,对之益增悲痛,恨不能飞来一见之,想此子亦正呱呱泣母也。台湾非远道,然已若不能与此子再相见然,抑初经离别之故乎?闻台湾疫盛,设我有万分一,则此子为孤儿矣,乳母幸善视之。”高滨勇念至此,望着君江道:“你用心听,以下更与你有关系了。”说完,接着念道:“令女君江,长此子五月,可令此子姊之。谓二人同一君字,不良呼使,此子可更名也。神驰两地,五内焚如,书不能罄。　月　日

真野君江具。”

高滨勇念完了道："明白了吗？你母亲滨娘，我知道他素来仁善，必不肯干这罪大恶极的事，这完全是你想一手遮天做出来的，你这欺骗的罪，还有什么抵赖？"君江听了，已无可支吾，勉强说道："你说有黑子的是房江，于今房江脸上有什么黑子？"高滨勇笑道："这有何要紧？莫说我并不靠这黑子作证据，就要这黑子作证据，也属容易。姑无论送滨娘的葬那日，我亲见房江脸上有黑子，又无论尚有房江可质问，只要调岸和田警察署户籍誊本一查，必注载明白。脸上的黑子不是取不掉的东西，据你说，房江现在既没有了，必是在那里取掉了。你自己问问良心，想也知道，我一心想保存你的名誉，曲全你的地位财产，不揭破你的阴私，只要你践前约。你既悍然不顾，我只好见侯爵，将你的假面剥去，你后来的结果，你自己去想，我也不说。你的性命都在我掌握中，我想与其身败名裂，不能做到侯爵夫人，何如践往日的约，又不负人，又不亏己的安全稳妥哩。你如肯践前约与我结婚，对于侯爵那方面，却十分易处，并不须你对侯爵说句话，只我去见侯爵，说你三年前实与我在岸和田有婚约，想一个堂堂的侯爵，必不至与平民争妻室。侯爵问你，你只答应一句'是'就够了。你若尚执迷不悟，则我除见侯爵，将这秘密说明外，还要请三宝滋在新闻上宣布出来，那时弄得全国皆知，什么人都不能替你庇护。那日上野公园的'罪'画，恐就是为你现身说法了。"君江道："我情愿死，践约的话是不能答应。你也替我想想，松平邸结婚式久已准备，久已宣布，到今日忽弄出这样事来，倒不如死了的干净。"高滨勇道："你不答应，我也不能勉强。我于今只两条路任你走：答应，我与你遮盖；不答应，我就出首。"君江道："你肯延期，任我思索几天，再确实答复么？"高滨勇冷笑道："有何不可？横竖你的性命在我手里，多的不能，再缓你五天，到期若无答复，就怪不得我了。"君江道："五天后一定有答复。"高滨勇点头道："我将我这里的住处写给你，确决了就写信来。”说着，将圣书照片等收了，取出个日记本，撕了块纸①下来，用铅笔写了地方，交与君江，自己立起身来，要求与君江握手。君江把手一拂道：“你快去，怕人来哩。”高滨勇也就转身下坛去了。

君江眼望着高滨勇去后，心中如万矢交集，泪如雨下，哭道：“我万不料无意中给人以死我的证据，我还记得拿那书给他的时候，甚喜是与我全无关系的东西。早晚得如此，安安静静的，也不失房妹妹的地位，何等不好？可怜我母亲临死的时候，还说我常抱着不相称的欲望，将来不知成甚么结果。娘呀！不孝女儿今日应了你的话了，再在世上出乖弄丑做甚么？”君江悲哭至此，即欲起身跳下海去，忽一眼望到昭信与他带上的约婚指环钻石上，只见那钻石映着斜晖，光华灿烂，又触起昭信刚才对自己那种缠绵的情态、温柔的语言，登时天人又交战起来，只念头一转，踏海勇气已全消，不知不觉，眼望着指环，如醉如酥的软瘫在胡麻坛上。

第十七章

且说昭信到邮政局打了个电报，仍回海岸来，走到坛上，只见君江面无人色的睡在石上，吃了一大惊，忙两步跑近前，一把抱起，附着君江的耳唤了几声，才微微的开了眼睛，长长的吁了一口气，仍旧闭了。昭信急得连声喊道：“妹妹怎的？妹妹怎的？”此时君江已醒了过来，知道是昭信扶起他，忙定了定神，叹了口气道：“我怎的这样不济？”昭信听君江说了话才放心，问道：“妹妹受了什么惊恐，昏倒在此？”君江道：“没有受什么惊恐，不知怎的，哥去了才廿分钟，忽然头昏眼花起来，立脚不住就睡倒了，今尚四肢无力，想是在太阳里站久了的缘故。”昭信道：“病了才好的人，须自

---

① “撕了块纸”，原文作“撕块了纸”，据文义改。

己好生保养,既在太阳里支持不住,就可回听涛阁去,何必在此久等哩?"君江反埋怨昭信道:"你去的时候,我叫你快些回来接我,就是恐怕不能久等。"昭信道:"先同回去也好了。"君江扯着昭信的手道:"你扶我回去,我一点气力也没有了。"昭信扶了君江,慢慢的走下坛来。君江道:"我昏倒的事,请你莫对祖母与房妹妹说,免他们又生一番忧虑。"昭信点了点头,道:"我想后日回东京,你还是再在这里住几日,还是同回去呢?"君江道:"我想同回去。"昭信应好道:"你近来精神时常恍惚,有大不如意事似的,不是对于婚礼有什么不满足么?"君江听了,伤心道:"只怕我无福消受的,说什么不满足,精神不一会就要好的。"二人说话时,已到了听涛阁。芳泉院、房江虽见君江容色有异,也没有十分穷诘。昭信代君江辨明了几句,就说到后日动身回东京的话。芳泉院、房江见君江愿回去,也没得话说。翌日,君江背地里写了封书与高滨勇,说自己明日回东京,要他初十日午前七点钟时候,到松平邸后园松林中来会。

初七日午后,一行人又回松平邸来。此时松平邸已收拾得内外一新,各亲王府及各华族世交知松平昭定只此一女招养婿,也都高兴,馈仪庆贺。君江见了,心中更加痛苦,面子上虽极力掩饰,那里掩饰得干净?昭信心中已十分疑惑,次日,走到君江房中,君江方隐几而卧,忽听得脚声,知道是昭信,忙抬起头来,让昭信坐了。昭信见侍女不在,凑近身问道:"我看妹妹心中的确有什么愁烦的事,何必一个人闷在心中气苦?你我之间,有何秘密不可说呢?"君江摇头道:"没有。"昭信道:"没有秘密,就是婚礼设备有什么不完全,致你不满意。不然,何以你举动不似从前活泼呢?"君江笑道:"你真是多心,怎如此留神我的举动?莫说设备没有不完全,纵不完全,有何要紧?我不是小孩子,这也值得气苦吗?"昭信听了,虽不能开释疑团,却也再无话可问,只得谈了几句别的话,退了出来,独自坐在图书室内。见房江在窗外走过,昭信忙起身招呼了进来,道:"我有件事要与妹妹商量。"房江问:"什么事?"昭信道:"妹妹近来见君妹妹的神气怎样?我看他有什么心事似的,问他又不肯说,妹妹可知道他有不遂意的事没有?"房江低了头,想了一会,道:"他喜期已近,料没有什么不遂意,哥哥觉得他怎样哩?祖母说是劳思过度,我也是这般想。"昭信道:"是如此也未可知,但我尚有一事没对妹妹说,我现在对妹妹说了,妹妹却不可告人。前日在平矶那胡麻坛上,你回听涛阁去后,我不久即往邮政局打电报,君妹妹就在那坛上等我,及至我回来,见他已昏倒在地。我于今想起来,彷佛我到坛下的时候,瞥眼见一个洋装的男子,急急的从坛那边走了过去,我当时没有留神,后来君妹妹醒了,他说是在太阳里站久了的缘故,要我莫对你和祖母说,我于今觉得那男子很①有些可疑,不然怎的只二三十分钟光景,就会昏倒哩?"房江惊道:"真也可怪!只是姐姐与我同长大的,确知道他没有什么秘密。至相熟的男子更是没有,我可作保证,哥哥不要胡猜。"昭信笑道:"要妹妹作甚保证,我岂信君妹妹不过吗?不过见他近来时时强打笑颜似的,故无理的推度起来,你却不可对他去说。"房江点头出来。

今日是五月初九日,明日午前七时,君江就要确实答复高滨勇。此时君江已决定了心肠,正独自坐在房中,拿一本书翻着散闷,忽见花儿进来,手执一张名片,呈与君江道:"这先生要会小姐。"君江接了一看,上写着"《雷报》记者三宝滋"。君江促眉问道:"这人亲手交你的吗?"花儿道:"不是,由门房传进来的。"君江把片子交还花儿道:"你出去会着这人,说我卧病,不能见客,请他回去罢。"花儿接了名片,答应着去了。不一会,只见他仍拿了转来,道:"照小姐的话对他说了,他就用铅笔在这上面写了些字,

---

① "很",原文作"恨",据文义改。

教拿回呈小姐过目。”君江看上面写道:“滋此来特为小姐求幸福,如不赏见,则明日新闻上恐有于小姐不利益之事发表。”君江看了,忙道:“你去请他到应接室坐了,说我就出来会他。”

君江吩咐花儿去了,心想他必是来报去年的仇的,且见了他,看他作何说法,整了整衣服,即走到应接室来。三宝滋正挺着胸膛,衔着雪茄,坐在应接室,见君江进来,即站起身行礼道:“君小姐,久违了。”君江一边就坐,一边让三宝滋坐了,道:“先生赐临,不知有何事见教?”三宝滋咳了一声,望着君江道:“我今日以新闻记者资格求见,非有别的事故,因敝馆明日对于小姐身上有一事要宣布。我见若这事宣布了,不特于小姐有妨碍,于松平侯爵家也有莫大关系,不得不慎重其事,忝属世好,故特来与小姐商量商量。”君江听了三宝滋这种不敬的语气,心中着实冒火,然知道他必有所挟才敢如此,又恐怕高滨勇与他往来,将自己的秘密对他说了,只得忍住气问道:“承先生的情,不知我身上发生了什么事?”三宝滋道:“对不住,是小姐身上一件非常不利益的事,并且不得作传闻与访闻的体裁登载,当作确实正式的记事。这种记事,新闻记者要负责任的,社会上的人看了,万不能说是捏造。”君江急道:“倒底是甚么事,何不直接说出来?”三宝滋又咳了声道:“特来求见,事是自然要说。小姐三年前在岸和田的时候,与一个叫高滨勇的男子约了婚。这高滨勇今年从亚米利加回来,想娶小姐过去。而小姐自入了松平邸,就将这事隐瞒起来,高滨勇知道小姐不久就要做侯爵夫人,急得将这事颠末写了投到敝馆内,敝馆各访员知道是条极有价值的记事,今日就赶着要宣布,恐高滨勇又往别报馆投寄被人占了先,是我阻住了,说高滨勇、我也是好朋友,松平家又是世交,等我先去尽尽人事,我保高滨勇不再投到第二家去,同事的才肯了。”君江问道:“没有别的事,就是这个吗?”三宝滋道:“虽只这点事,因小姐是交际社会最出色的人物,又是华族中有名的女王，再过几日就是松平家侯爵夫人的缘故，敝报记者尚拟着一篇评论，附在记事的后面，内容虽不敢十分攻击小姐，于小姐也不无些须损害。"君江虽知道他是敲竹杠的举动，然不敢和他撒决，只得道："无论事之有无，宣布出去总不好看。既承先生好意，想还可敷衍下去。"三宝滋听了，知道君江已承诺送钱，忙转柁道："这种记事登出去，还有甚么好看？我三宝滋不知道这事就罢，既知道了，怎肯眼望着他们破坏小姐的名誉，也不出来遮盖遮盖哩！只是为这事，着了两三趟人四处探访，用了一笔很大的运动费，且同事的见我忽将这记事押住，必疑我得了小姐的贿嘱，须得想法子塞塞他们的口才好。"君江问道："当送多少？请说个数目。"三宝滋故意踌躇了一会道："只五百元①，想也天公地道了！"君江道："五百元未勉太大了些。"三宝滋笑道："不够小姐一个指环的价值。"君江道："现在只可交三百元。"三宝滋忙道："这不要紧，余二百元，请小姐写个记号给我就是。"君江即取三百元交了，又写了二百元的一张手票，与三宝滋道："就请与我挡塞了他们罢。"

三宝滋忙笑着起身接了道："小姐放心，即替小姐去办妥当。但我还有一件事，想与小姐尽一尽力。我今日遇见了高滨勇，他说明日小姐约他来，有确实答复。看他的口气，非得与小姐结婚不可。我知道小姐怎肯与他这样人结婚哩，不知小姐已打算明日怎生的回答他？"君江道："我已决心一言回绝他，任他去办。"三宝滋顿脚道："小姐失算了，小姐若真一言回绝他，必生出种种危险，他决不肯任小姐与侯爷从容结婚，那时敝馆虽不宣布小姐的秘密，他也必出来宣布，则小姐今日五百元不是白送了吗？区区却有一条小计在此，不知小姐可否用得着？"君江喜问什么计。三宝滋扬着头道："小姐不是已定了期十五日行结婚式吗？去今日仅

---

① "元"，原文作"圆"，后文又作"元"，今统一作"元"。

有六天,只要哄着他过了这期限,则生米已煮成熟饭,世界上那有请侯爵夫人作妻室的道理?无论从前有甚么婚约,也不敢启齿,纵他手段烈,告到法堂去,法律上也没有将侯爵夫人判归作平民妻室的。且到那时,侯爵必护着自己名誉,托人出来私了,届时我尚可助一臂之力。”君江问道:“但是用什么法子哄得他过呢?他已知道我结婚的时日。”三宝滋道:“这小姐无须问,都交给我去办就是。太久了却不能,只从明日起,再延一个礼拜。一个礼拜后,他知道时,已过结婚期两天了。”君江道:“他肯延期与否,我怎能晓得呢?”三宝滋笑道:“这有何难?我并要他亲自写信通知小姐。”君江喜出望外道:“这我放心了。”三宝滋耸着肩膊笑道:“我与小姐办妥了这事,小姐当如何报酬我呢?”君江道:“总在刚才的数目以上。”三宝滋道:“小姐不要笑我贪得无厌,多少请赐个数目。”君江道:“先生自己说了就是。”三宝滋道:“一千元,似不为过。”君江道:“只要先生办得妥当时,如命奉上就是。”三宝滋眉花眼笑的说道:“承小姐慷慨,这点小事,大约不至辱命。”君江道:“高滨勇不是容易被骗的,先生须留神,倘计用不着,事就更坏了。”三宝滋正色道:“我既来献策,自然担当得住。高滨勇之为人,我已尽知,他于今异常信用我,很想拉我做知己,所以这样事都说给我听。不是我三宝滋一千元就把朋友卖掉,实在这事我看了很有些不平,所以才挺身出来,小姐请放心就是。”说毕,起身辞了君江出来,去干他的鬼勾当去了。

君江回到房中,说不尽心中欢喜,想起昭信问自己的话,知道他狠疑心自己的举动,须得破了他这疑团才好,想了一想,即对镜子匀了脸,掠了鬓,也不带侍女,即分花拂柳的走到昭信屋里来,见昭信正牵着他心爱的一只小花犬,在庭中逗着前扑后退的耍。君江即笑嘻嘻的走了拢去,道:“这小东西,最可恶。”君江才说完,那犬已扑到君江身上,衣上已印了两条泥爪痕。昭信忙一把扯开，笑道："谁教你说他可恶？"君江用帕子拭了泥道："不知养了这淘①气的东西做甚么？"昭信笑着，即叫人牵了开去，挽着君江的手道："我们到园里散步去。"君江摇头道："无味，不如到房妹妹那里去，我久不弹琴了，哥哥近来见我害病，心中不快，藉着破破闷也好。"昭信听了，又见君江容光焕发，异常欢喜，忙赞成道："妙极了！"二人说着，到了房江房内，昭信即将君江的话对房江说了，房江也喜道："姐姐高兴，我也陪奏一曲。"昭信大乐道："你两个的琴我虽都听过，却没有比较过，今日倒要用心赏鉴。"三人同到了音乐室，房江亲自将琴取了下来，君江挽起袖，理了弦静坐，凝了凝神，弹道："春风无语入妆楼，楼上幽人镇日愁，愁到何时方是休？只要鸳鸯得到头，后身荣辱，付与清湫。"风狂雨急的一阵弹完了，笑吟吟的推琴起身，昭信、房江听得都失声笑了出来。昭信道："妹妹平日弹琴总是一股霸气，今日的却有些参差。"君江也不回答，望着房江笑道："妹妹弹罢。"房江笑道："珠玉在前，我不弹了，奏一回比雅罗罢。"昭信道："比雅罗也好。"房江即坐上去，弹了一套音稀节疏的调子下来。三人返到客厅笑谈了一会，都极欢而散。

第十八章

且说三宝滋敲君江的竹杠得了一笔大彩，得意非常的出来，思量去哄骗高滨勇，不到一刻，到了高滨勇寓内。高滨勇迎着问道："托你的事，怎样？"三宝滋促着眉叹道："真是天有不测的风云，人有不测的祸福，好好的一个君江，眼见得不济事了。"高滨勇大惊道："君江有甚么长短吗？这我就死得成了。"三宝滋道："完全是你这没天良的断送的，你要与他结婚，手段也须柔和点才好。

---

① "淘"，原文作"啕"，据文义改。

晓得你在平矶是如何凶狠的将他逼迫,看你于今怎生要他和你结婚?”高滨勇着急道:“君江此刻到底怎样?吞吞吐吐的,又不说出来!”三宝滋冷笑道:“你还做甚么假猩猩?简直说给你听,他于今已病得没有好多生望了,松平邸的形势已变得冷清清的,结婚式也改了期。”高滨勇问道:“我托你去看他,已见了他没有?”三宝滋道:“岂特见了他,还说了话。他知道我和你相好,他说病了不能写信,托我带句话给你,并要讨你的回信。”高滨勇忙问:“什么话?”三宝滋道:“他托我的时候,那种哀怨的情形,我也不忍说,我只述他的话罢。他说明日约你到后园中答复的事要求你延期,他因近日神思恍惚,又病到这样,实是不能践约,好在结婚式已改期,到来月再择日子,要你放心再等几日。又说,若你定不肯等,他也无法,不过就把他逼死了,尸骨也还是在松平邸,分得你也没有。他托我说的就是这些话,答应不答①由你。”高滨勇问道:“他要延期几天?”三宝滋道:“他说只要延一个礼拜。”高滨勇想了一想,道:“也罢!既这样说,就再延他一礼拜。”三宝滋道:“我受人之托,须忠人之事,你不答应便罢,既答应了,你还得写封信书通知他一声,使他放心,不然又要说我荒唐了。”高滨勇点了点头,拂纸写道:“三宝君来,悉君病状,如请延期七日,期满君自图之,十八日午前八时,仆当至前约地奉候。”三宝滋望着高滨勇写好了,道:“很好,很好,我可对得他住了,就封好发了罢!”高滨勇如言叫人发了。三宝滋即别了高滨勇回去,不提。再说君江得了这信,安心乐意的,稳做侯爵夫人。他心中非不知道高滨勇若晓得被骗,必不肯善罢干休,只是他的想头,与人不同,只要正了侯爵夫人的位,就觉死了,总是荣耀的。等十八日高滨勇出来时,无论昭信庇护他与否,他已定了个对待高滨

① “答应不答”,疑作“答不答应”或“答应不答应”。

勇的主意。

看看已到了十四日，这日君江与房江陪着芳泉院笑谈了一日，至夜分才归房，换了衣服斜倚在床上，借着灯火玩弄昭信给他的约婚指环，冥想结婚后的幸福。想了一会，微觉有些倦意，方就枕歇息，忽听得窗外有男子急走的脚音，心中吃了一惊，不由的坐了起来，只见门帘揭处，昭信已跨进房来，满面怒容的说道："你的奸谋已有人揭发了，我于今也别无他说！"说着，从怀中取出先侯爵的牌位来，放在桌上道："只代他老人家将你放逐就是，我也不屑问你的罪状！"接着房江跑了进来，一把扯着君江的袖子哭道："姐姐为何做出这等事来？"昭信怒道："还是什么姐姐？"回头叱着跟来的书僮户村道："你还不给我将他手上的指环取了下来！他有什么资格佩带我的指环？"户村即走至床边道："请自己取了给小的罢。"君江见了，心如刀割，急用右手护住道："我纵死，这指环是能给人的？"户村那里肯听，即伸手来夺。君江也叱道："休得无礼！"这一叱，把自己惊出一身冷汗来，却是安然的睡在枕上，惊道："是做梦吗？"看自己右手，仍紧紧的握着左手不放，忙翻身坐了起来，四处一望，那里有个人影哩，只久米画的自己与房江吵口的那像活活欲动，连忙跨了床来，到灯下看指环还好么。只见钻石侧边的红玉都变了苍白色，大惊道："人都说红玉变色，主本人身上有大祸，我明日的事，只怕有些不妙！"君江长叹了一声，仍回到床上，将方才的梦境想了一会，自己笑道："我惊恐做甚么？三年来，虽说履险如夷，然那一天不可发生这梦中景像？我原是抹杀良心干事，贪图着眼前幸福，那里还想有什么好结果？况且冥冥之中，使我自己埋下败露的根子，尚用得着什么惊恐？只是果如梦境的败露法，则当场耻辱，情何以堪？昭信虽云爱我，然到了那时，未必不真叱户村来夺我的指环，幸得明日即行结婚式，结婚后也不要高滨勇来揭发，自尽了就是。"君江想定了，仍下床，取出

信纸,写了与昭信遗书如下:

死罪田川君江留书别恋人

昭信侯爵阁下:君江蒙重罪,栖迟宇下,迄兹三年,今已大悟,痛前之为,不亟自裁处,恐罪益加厉,事之本末,不忍于君前陈之,要一念之差耳。此后风晨雨夕,惟往来青林黑塞间,不能再以言笑博君欢矣。嗟夫!君亦知我此时睹指环,想胡麻坛事,寸心如割否?

(与房江书叙冒替始末,文太冗长,不译。)

君江写完,放在常用的一个手提包内,忽听房江的声音在门外问道:“姐姐睡了么?”君江忙应道:“没有,请进来。”房江走进来,望着君江的脸问道:“姐姐做什么,脸色大变了?”君江道:“方才做了个恶梦。”房江笑道:“什么恶梦,连脸色都12变了?”君江叹道:“脸色变了倒没有什么要紧,这指环上的红玉也变了。”房江也着惊道:“没有的事,给我看看。”君江将手递与房江看,房江看了,笑道:“姐姐乱说,变了甚么色?倒吓我一跳。”君江听了,忙仔细再看,颦眉道:“这是什么道理?刚才见他分明变了色,怎的现在又好了?”房江道:“那有变了色又好的道理?他原没有变色,姐姐存着变了色的心去看他,又是睡眼朦胧的,故强认作他变了色。”君江道:“真是我的眼花了?”“只是就变了色,也没有什么大关系,”房江道,“那变色的话全是迷信,明日就是姐姐的喜日,不宜说这些无味的话。姐姐从前不是笑我说梦话吗?于今自己也说起来了。”君江低着头,半晌叹道:“明日的喜日不是我的,是妹妹的。”房江惊道:“姐姐怎说这样的话,把我作什么女子看待?”君江道:“不是这般说,妹妹为人,我久已五体投地的佩服,你后来自然知道,我于今已不知此身将来成甚么结果。然无论成甚么结果,想妹妹总是爱我的。”房江道:“我爱姐姐自不待说,只是无故说这些话做甚么?”君江也不答他的话,只接着问道:“若我有对不住妹妹的事,妹妹还是爱我不爱我哩?”房江着急道:“姐姐有什么对不住我的事?”君江道:“你不要问我现在有与没有,假若将来有了对不住你的事,你仍旧的爱我不咧?”房江道:“纵姐姐有对不住我的事,我也是照常爱姐姐。”君江听了,紧握着房江的手道:“我的好妹妹,我的亲切的妹妹,我心中爱你极了,我心中欢喜极了!”房江见君江如此举动,急得不知要怎的才好,只勉强扯些别的话,然后强要他睡了。

翌日,一轮旭日临窗,已把君江的梦魔扫去。朝妆已毕,今日是新嫁的妆束,比平日不待说,更加几分鲜艳。午前十点钟的时候,君江一个人坐在房中,忽见花儿在门外探头探脑,想进来又不敢进来的神气。君江叱问道:“做甚么,鬼鬼祟祟的?”花儿见问,战兢兢的走了进来道:“我方才到门前,那日寄信的人又来了,唤了我拢去。”君江惊问道:“唤了你拢去做甚么?”花儿道:“他又交封信给我。”君江道:“你收了吗?”花儿道:“我说我又不是邮政夫,我不肯收他的,他就一把拉住我不放,道‘这封信你小姐见了定欢喜的’。”君江问道:“你拿来了没有?拿来了就快些给我看。”花儿在怀中掬了一会,掬出一张名片出来递与君江。君江看上面印着“高滨勇”三字,背面用铅笔写了几行字道:“一礼拜之延期约取消,求立刻出见,否则当以最后之手段对君也。”君江见了,也无他言语,只问道:“这人还在外面等着吗?”花儿应是,君江即抽了张纸写道:“请潜至平矶相约之地,待二十分钟。”写完,交与花儿道:“你快拿去给了那人你就回来,不要对别人说。”

花儿答应着去了,君江又独自静坐了五六分钟,借事将外房使女遣开了,轻轻的由后门走了出来,到了松林中,只见高滨勇已怒容满面的站在那里。见了君江,冷笑了一声道:“小姐也肯出来见我吗?小姐与三宝滋商量的好计策,今已为我识破,看你再怎生狡展。”君江也冷笑道:“我狡展甚么?你自己不知自量,要与我苦苦的纠缠,我心中既不爱你,就压着我与你结了婚,你有什么趣?我熟想了几日,总觉得若与你结了婚,就为我平生最大耻辱。

我已决心违背前约,任你去行最后的手段。”高滨勇听了,气得怒目道:“这就是你最后的决答吗?”君江道:“不错。”高滨勇道:“既是这样决心,我就只得揭发你的奸谋,使你去受法律上的裁判了。到那时身败名裂,却不可埋怨我哩!”君江道:“任你去做,只我劝你,也须计计利害,估量着你自己的能力。你以为揭了我的阴谋,就可以死我吗?这你是做梦。你只想,我与侯爵既有夫妇的感情,你就将这事说了,他岂肯不顾松平邸名誉,张扬出去?侯爵既不张扬出去,有什么法律能来裁判我哩?并且老侯爵当日死时的遗嘱,说田川滨娘的女就是松平家的女,我虽不是真松平家的女,田川滨娘的女却是真的。侯爵纵听了你的话,不过将我贬到房江的地位,我有房江的地位,即不与侯爵结婚,也不怕没有佳婿。哈哈,只可怜你辛苦一场,做尽恶人,贪图着甚么?最后之胜利,不仍是我得了吗?你如肯为我曲全,我自然感激,任你需多少钱用,我都可竭力供给,有了钱,那怕不能娶一房比我好的家小?”高滨勇听君江说完了,更急得面青如铁、眼红如火,望着君江说道:“你不说,我几乎又上了当。你既抵死不肯与我结婚,揭你的奸谋又无益,我不要你的命,要钱做甚么?最后的胜利,恐不能让你一个人占了去!”说着,左手一把抓住君江的手,右手飕的从怀中抽出一把七寸长如霜的匕首来,拟着君江的胸膛道:“你还是愿死,是愿与我结婚?”君江略无惧色,答道:“死了比与你这样卑贱东西结婚强多着。只是你可放手,我决不逃躲,等我整好了衣,再杀不迟。”说着,拂脱了高滨勇的手,将衣襟整好,朝着昭信的房子拜了四拜,挥泪道:“今日我田川君江为恋人昭信死了。”转身对着房江的那方磕了个头,道:“田川君江与我房妹妹别了。”说毕,仍对着昭信的房子跪了,用右手紧握着左手的约婚指环,回头对高滨勇道:“请动手罢!”高滨勇走近君江的身边,对准胸膛,一刀刺了进去,君江随手而倒。高滨勇抽出刀来,就君江身上揩干了血,仍插入怀中,见君江颜色如生，并无一毫悲苦的相，手足亦不颤动，只伤口的血溢个不住。高滨勇也挥了几点热泪，捧着君江的头，亲了个嘴道："是你自己逼着我杀的，怪我不得。"说毕，两三步跑出园去了。

且说松平邸中许久不见了君江小姐的影子，房江、昭信也不疑君江有什么秘密，都以为他避邸中喧杂，到园中清静地方散步去了。等到十二点钟时候，尚不见出来，大家才①着急起来。昭信指挥着侍女四处寻觅，及发见了尸首，昭信也登时昏倒了。松平邸顷刻之间，上下如鼎沸一般。房江、芳泉院得了信，都来抚着君江的尸痛哭。侍女们已将昭信救醒，也没有一人研究系怎的一个死法，只传了警察长来相验。警长相验了，正要问君江近日的行动与往日的事实，恰好门房走了来，对昭信回道："现在来了个二十多岁的男子，满面杀气的，求见大人，说有与小姐有关系的事面禀。"昭信听了道："你请他到应接室坐着等。"门房应着去了，昭信即别了警长到应接室来，只见一个洋装的男子，好像就是在平矶胡麻坛瞥见的，对着自己弯腰行了个礼，说道："小人姓高滨，名勇，因犯了大罪，特来投首。"昭信听如此说，也微微点了点头，让高滨勇坐了，高滨勇即将三年前如何与君江约婚，君江如何背约，如何的才把他杀了的话，说了一遍。昭信听了异常愤怒，即要叫人将高滨勇拿下。高滨勇忙止住道："小人若怕死，也不来投首了。暂请摈退左右，小人尚有关于房江小姐身的秘密报告。"昭信听了，只得忍住气，叫左右出去，高滨勇即从怀中将那本圣书及相片书信拿了出来，与昭信看了，把前后情由说明。昭信不待说，是惊疑万状，也无话说，只叫警长将高滨勇带了去。高滨勇到了法堂，始终一言不发，下狱绝食一礼拜就死了。

松平家将君江的尸收敛了，对亲友宣布这事，推说是滨娘临

① "大家才"，原文作"才大家"，据文义改。

时的错误。出葬的前夕,君江的遗书发见了,昭信、房江对哭了一会,第二日就深深葬恨,郁郁埋愁。后来,君江墓上也时有人来簪花供养,其泣下最多的就是绫小路大尉与叶守男爵夫人。过了两月,昭信与房江重新恋爱,重新结婚,把废置的一枝野菊花请了出来,也重作个百年纪念。以后是题外之文,译者绍介这事于诸君,不敢画蛇添足,就请如此收了科罢。哈哈。

——中国图书公司和记民国五年(1916)版

陈翠娜

陈翠娜(1902—1968),浙江杭县人,诗人、画家,名璻,字小翠,又字翠娜,别署翠云楼主。其父陈蝶仙,别号天虚我生;其兄陈小蝶(近代著名鸳蝴派作家),号定山;其母朱嬾云,浙江仁和人,亦擅诗词。她13岁著有《银筝集》,曾创作小说发表于《申报》,17岁时拜山阴画家杨士猷画仕女,26岁嫁给汤彦耆(浙江省督军汤寿潜之长孙),生女名汤翠雏。她后在上海创女子书画会,曾在上海无锡国专教授诗词,并曾受聘为上海中国画院画师,在"文革"时期去世。陈翠娜诗、词、文、曲、小说俱佳,郑逸梅称在近数十年来,称得上才媛的,陈小翠可首屈一指了;陈声聪亦赞她"灵襟夙慧,女中俊杰"。她著有小说《情天劫》《新妇化为犬》等,译有《法兰西之魂》《薰莸录》《露莳婚史》等,另有《翠楼吟草》《翠楼文稿》《翠楼曲稿》等行世。

露莳婚史

故事梗概

露莳与因病赴南非休养、刚刚回国的弟弟福郎雪司重逢,结识了弟弟的朋友卡得。露莳对卡得全无好感,怀疑对方觊觎自己的家产,才想方设法接近弟弟。她为保护弟弟,被迫答应嫁给卡得,却不料在订婚回家时,发现弟弟开枪自杀。

卡得隐匿了福郎雪司的信。露莳对卡得恨之入骨,无法释怀。露莳离开卡得寓所,外出避匿。路上遇到弟弟昔日仆人格林惠,格林惠假作好心,将她送到维多利亚旅馆安顿,实则欲借此敲诈卡得。露莳及时识破,匆忙出走。格林惠恼羞成怒,给卡得打电话报信,卡得赶到,将露莳带回家中。

卡得与露莳在家门口巧遇由国外返回的纳古。纳古与福郎雪司是好朋友,对露莳极有好感,因家贫,到澳洲经商,希望发达后向露莳求婚。露莳向纳古吐露一切,纳古内心备受煎熬。在去朋友梵纳夫妇家做客时,纳古得知夫妇二人倍加赞誉、牵挂不已的救命恩人竟然就是卡得:狂风巨浪中,其女桃睐不慎从船上落水,卡得奋不顾身跳入海中,救起了桃睐。

格林惠之姐马丁向卡得表露爱意,被卡得断然拒绝。她由爱生恨,引诱露莳逃跑。此后不久,卡得外出归来,发现家中无人,知道自己和露莳都中了马丁的奸计,不禁大惊失色,四处寻觅无果。

格林惠与马丁囚禁了露莳,对其百般凌辱,并向其索取金钱。两相比较,露莳转念卡得的善良仁慈,不禁懊悔万分。马丁见露莳体质羸弱,恐怕她不久于人世,更害怕卡得报复,被迫引卡得前来,救露莳于牢笼中。

卡得将露莳托付于梵纳夫妇,梵纳一家带着露莳来到海滨,消夏休养。马丁前来,告知露莳事情的真相:福郎雪司在美国旧金山时,因醉酒后杀人而面临法律的制裁,幸得卡得为之多方奔走,才免除牢狱之灾。回到伦敦后,格林惠借机敲诈,福郎雪司被逼得走投无路,被迫自杀,死前有遗书给露莳。这些事情都被卡得设法隐匿,以免露莳受到牵连。此外,马丁告知露莳,卡得将于三天后坐船去美洲。

卡得在家中收拾行装，临行前向纳古说明一切真相，并祝福他和露莳能够结合。纳古无法接受心上人的弟弟竟是杀人凶手的事实，匆匆离去。露莳赶来，向卡得表明心意，两人尽释前嫌，终于定情，相拥相吻。

第一章

晶窗四拓，电灯吐其朗然之光，射人眸睫。小圆案上，帔以白色线毯，中置玻瓶，满插安石榴花，衬以蜜斯露莳之玉腕，乃益觉其可爱。时露莳方支颐坐案侧，其黑色之外衣，则已卸却，披之椅背，双眸直注于对坐少年卡得之面，现为不豫之色。卡得亦觉，则掉首微微作鼻笑。卡得者，其弟之友人也，状至魁梧，身长可六尺，双肩厚阔，望而知为强有力者。而两目灼灼如电，尤足使人生畏。下颏及唇际之纹，亦一一作坚忍色，与旁坐之福郎雪司相并，为状乃如巨象伴鸽。读者当知，所谓福郎雪司者，即露莳弟也，瘦弱几疑无肉，额上青筋，一一可数，颊内凹作粉红色，然非血色，乃虚火耳。凡此种种，虽非医生，亦知其人之不寿。顾好酗酒，以醉甚，身摇摇乃如风中烛，然以体质而论，虽不醉，亦且如风中残烛，行见其即灭耳。故其女兄露莳，辄悯其弟之脆薄，乃犹嗜酒如命，屡戒勿悛。推其原因，实为劣友怂恿使然。劣友为谁？则舍卡得外，无他人也。因悔从前福郎雪司出门之时，未及牵袂止之，致于舟中识此佥壬。然使此人而亦瘦如其弟，则福郎雪司亦未必爱服其人，盖福郎雪司自苦其弱，故见伟硕之人，辄生羡慕，以羡慕甚，故其谗言亦易入耳。于时，此三人者，乃聚集于餐室之中。露莳又安得无愠，因曰："嗟夫，卡……"而卡得不待其言出，即粗声曰："嗟夫，天热极矣。风扇乎？汝虽如飞作磨旋舞，何不能退热度于万一也？"言时，声响如洪钟，荡漾于沈寂之空气中，屋几为之微震。露莳恶之，则微蹙其修眉，默不复语。福郎雪司则欣然曰：

"吾友言当,今日诚郁热极矣。幸而此时,剧场未散,故此间尚复清静,否则当尤烦聒不堪。"言次,伸手取案上酒瓶,露莳哂曰:"既云热,胡尚恣饮,不更热耶?"福郎雪司怫然不答,仍取酒注杯中,仰脖作牛饮。卡得以目微睨二人曰:"天将雨矣。吾友不闻雷声耶?"福郎雪司饮讫,置杯于案,曰:"闻之,殷殷然,乃如胃部之消化作声。"言时,适有横风自窗外入,榴花之瓣,点点落于案头。露莳忽微颤曰:"阿弟视之,此殷红之瓣,落于乳色毯上,殊类人白护胸上,染以血迹也。"福郎雪司恶其言,力以手拂花瓣于地。露莳亦不自解何故,乃忽有此惨厉之想,而精神亦殊不宁,因思与此恶客共席,实为予所弗安,乃起立曰:"雨矣,吾弟归乎?"福郎雪司怒犹未息,则岔然置弗理。良久,始起立曰:"诺。"卡得亦起,取椅背外衣,为露莳披之肩上,顾亦率直无温存态。露莳却立,低声曰:"谢君。"言次,即返身扶福郎雪司行。卡得亟趋而前,抑若为彼兄妹导者。

至门前,见雨丝蒙蒙,方如烟雾,卡得乃命阍人往呼马车。已及露莳姊弟,则伫立门次俟之。少顷车至,御者启其车箱之门,卡得乃扶福郎雪司上车,回身欲更扶露莳,而露莳却立曰:"吾自能上,不劳君也。"言次,搴裳而上,故以身障门次曰:"密斯忒卡得,愿君晚安,行再相见。"卡得知其不欲与己同车,则冷然曰:"否,吾尚须伴送吾友至家。"露莳曰:"君谓吾弟下车时,无人扶持耶?然有格林惠在彼,当可无虑。"卡得笑曰:"吾闻盛纪方假出,岂密斯转未知乎?"露莳曰:"纵无格林惠在,吾固有腕,足为扶持,万勿敢劳先生。"卡得嗫嚅曰:"恐密斯不胜耳。"露莳曰:"谢君盛意。然……"语未竟,而福郎雪司已怒呼曰:"露莳,吾诚不解汝何心,黠梅(卡得之名)肯惠临吾家,吾且欢迎不暇,奈何阻之?"又曰:"卡得,汝幸勿介意,彼疯婢耳,惟汝设不偕我归者,则我亦必成疯。"语已大笑,顾已醉甚,身乃摇摇几仆。露莳无奈,乃坐于福郎雪司对座，以便卡得与其弟并。卡得上车，顾独与之并坐。露莳乃大恨，几欲起而唾其面，以车已行，乃止。卡得亦知露莳厌己，颇现不耐色，则掉首以观窗外雨景，置露莳于弗顾。

顷之，至一人家石级前，车戛然止。卡得辟门跃下，时雨正盛，路灯亦为之黯然。卡得回顾曰："外间雨大，吾往叩门，君等可于车中少俟。"福郎雪司点其首，亦弗应。卡得则已冒雨拾级而上。福郎雪司始惺忪曰："吾姊视之，卡得诚可谓忠于友矣。"露莳乃易位与之共坐，发为诚恳之声曰："吾弟，汝当听我忠告。"福郎雪司掉首曰："已而，尔又劝我勿饮矣。是诚不啻夺我之命。"露莳则以柔荑坚握其瘦臂曰："非也。我但劝弟，勿与卡得友耳。嗟夫吾弟，汝当知卡得者，实小人也，不特尔产将为耗尽，即尔身心，亦将为之引入邪途，以入黄土。"福郎雪司闻语大怒，力脱露莳手中之臂，厉声曰："露莳，汝奈何詈吾友，吾与相识年余，岂尚不及汝知之详耶？"露莳曰："诚然。我与卡得果初见，然其人阴险之状，即三岁儿见之，亦且能辨。"福郎雪司曰："以汝之见，诚三岁儿耳。汝于日后，当知予言不谬。"露莳曰："然乎，我亦愿汝日后毋悔。"言时，卡得适至，福郎雪司见卡得至，怒立释，若少年人见其爱妻者，笑曰："卡得，吾与露莳正在论汝，吾谓汝必为我良友，今益信。试观肥如巨豕，长如魍魉，岂得谓为小人哉？"言已格格而笑。时露莳已先下车，至卡得前，则亟缩身自搴其裾，似恐卡得衣角触及己者。卡得如未觉，但谓福郎雪司曰："吾亲爱之友，吾扶汝入室如何？"时露莳已上石级数武，闻言，则立返身下曰："先生，夜午矣，君盍归休？此不敢以烦先生。"卡得微鞠其躬，谨对曰："密斯，此何敢言烦者？亦朋友应尽之职耳。"露莳语塞，蹙额不答，回身径上石级。卡得则扶福郎雪司随之。此时露莳虽未引镜一照，然亦自知颜色必已灰白如死。至己何以恶卡得至此，则自问亦殊无以为解，但觉卡得必非良友，将有大不利于阿弟者耳。

既入,卡得乃捩电灯使明,却雨点淋漓之外衣,悬之壁间,顾其手虽作事,而目则数数偷视露莳。露莳力避其瞬,身颤颤不自主。卡得曰:“密斯……”露莳不待其语出,立驰入起居室避之,方其入时,忽电光一闪,殷红如堕火伞,直扑露莳之面。露莳一惊,却退数武,以手自掩其目,几欲失声骇呼,而隆隆之雷声,复继之以起。露莳益骇,竟软倚于门上,在平日,渠胆力实至伟,虽鸣巨炮于前,亦能无惧。然今日,不知何故,精神乃至不宁,虽欲不惧,勿可得也。既闻履声跫跫,卡得入矣,曰:“密斯勿惧,迅雷疾电,固无碍于人也。”露莳闻言,乃自悔不应示弱于卡得之前,则下其手作干笑曰:“我何惧哉?惟此雷突然而至,不无少惊耳。”卡得曰:“然。”言时以手捩电灯之钮,室中乃放光明,复为露莳闭其百叶窗。福郎雪司时方倚于外室沙发上,外衣之领几没至耳际,口中喃喃作醉呓曰:“吾亲爱之卡得乎?汝诚我之好友哉。露莳,汝志之,卡得,我好友也,他日汝有危难,可求救于卡得。吾信其必能救汝。噫,吾能决也。”露莳哆其唇,作不屑状,然心绪不宁益甚,乃入内室,取冷水注杯中饮之,自语曰:“嗟夫,吾今日者,胡为心跃勿已?殆因雷雨故耶?然,必因雷雨故也。”实则露莳亦自知为卡得,曰雷雨者,特自解耳。饮已,置杯于案,方启门欲出,忽闻雷声硠磕,较前益厉,屋亦为之微震。露莳但倚门而颤,无复有自主能力,而顶上雷声如磨,似有无数厉鬼,方鹿鹿而奔。既而声渐远,屋中顿寂。

露莳扶门起立,颤犹弗已,出则起居室中左边之门已阖,有喁喁细语自内出,既闻其弟辩声及卡得责问声,心乃不禁大跃,几欲冲喉而出。惟立尚远,不能辨为何语。因蹑足前,倚壁听之,以手力掩其胸,似恐心跃过甚,致为卡得所闻。然而心神无知,乃不听露莳号令,仍健跳弗已。少顷,闻卡得厉声曰:“福郎雪司,汝试自思,以汝懦夫,能与我敌乎?为汝计,当以从我为得。而汝露莳……”言至此，而无知之雷忽又隆隆然起，语声遂不能闻。露莳之心，直如沃以冷水，体乃不禁大颤，念卡得果恶徒也。尝闻人言，世上有一般人，无恒产，无职业，专以诈取人家产业为生，卡得正此类耳。嗟夫！吾弟软弱无能，安足与彼敌哉？若果堕其诡计，则滔滔后患，宁复有艾，吾又为无能之女子，将何以抵抗？

思至此，忽闻呀然一声，门已陡辟，卡得赫然于门隙露其巨身，露莳一惊，亟却退数武，颤骇几仆。卡得亦植立如石像，目光冷然，直射露莳曰：“密斯梵枯（露莳之姓），汝乃窃听吾言耶？我殊为密斯不取。”露莳力鼓其勇气言曰：“然。窃听固非礼，然以较之诈欺取财者，当有别。”卡得知讽己，顾亦不辩，以手抹其帽沿，干笑曰：“密斯别矣。愿君晚安。”露莳闻言，立回身，以身障其门，嘶声曰：“行耶？恐无如是之易……”言至此，面益白[1]，气抑几不能语，喘息倚首于门上而颤，既复断续言曰：“我……尚欲……有言。”卡得冷然曰：“试言之。”露莳昂首欲语，顾乃吃吃不能声，则复俯其首，久久不答。卡得现为焦灼之色，取表视之曰：“十二句矣。”表系金制，乃福郎雪司所赠，表面镂“黠梅卡得”字样，状至美观。露莳见表，精神为之一振，立抗声曰：“黠梅卡得，愿汝此后勿更来此。”卡得哂曰：“此地为汝阿弟之家，我为汝弟好友，礼宜时来存问。倘汝弟不写绝交书者，则我殊不能从君言。”露莳曰：“汝以吾弟必不拒汝耶？须知我命渠书者，彼必书。”卡得嗤之曰：“然耶？吾恐其未必。其人盖懦夫耳。”露莳闻言大怒，呼曰：“恶徒，尔敢耶[2]！吾弟懦弱，汝即欺之至此，试问尔天良何存？”卡得曰：“密斯语奇矣，试问我如何欺汝弟哉？”露莳曰：“恶徒，尚狡赖乎？吾弟不幸，乃于往南非洲时识汝恶徒，殆至归后，则一变其向日之

① “白”，原文作“曰”，据文义改。
② “尔敢耶”，原文作“敢尔耶”，据文义改。

态,即吾言亦不听矣。恶徒,汝居,吾语汝,汝谓吾弟为懦夫,固也。以汝魁梧奇伟,乃下交孺子,设汝非因吾弟富者,汝早弃之如狗彘,何云良友。汝谓汝之阴谋,殆无一人识耶,而不知我已烛照如燃犀。”卡得睹露莳凛然之状,乃赞曰:“佳哉女郎,乃有斗胆,较之乃弟,诚胜百倍矣!我生平最爱巨胆之人,特惜女郎不爱我耳。”露莳大怒,曰:“爱汝耶?咄,恶徒乃敢妄语!我恨弗寸磔汝以泄我忿。我尝闻人言,世上有一般无业无家之恶徒,专以诈人财物为生,我初犹未之信,谓天下安有如此无耻之人,不图今乃亲见之。”卡得微笑曰:“然。然则亦足使汝增长见识。”露莳益鼓其勇气曰:“汝无耻之狗,岂无他业可为,乃必为此?”卡得色微变,低声曰:“别矣,谨谢女郎加礼于我。实告君,吾自出世以来,遭人面斥者,此为第一次矣。”言次,举步欲行。露莳忽似有所悟,亟前握其臂,喘息曰:“先生,吾顷所语,得罪汝耶。吾今日以神经不宁,乃致漠不自检,愿先生恕之。嗟夫!近以吾弟态度反常,劝亦勿听。吾为其姊,痛苦当如何?”言至此,唇颤欲哭,以极力自镇,始不失声。少顷,以齿自啮其唇,决然曰:“今简言之,则愿先生后此毋再枉顾吾弟,欲得如何报酬者,可恣言之,我无不允。”语次,仍以手坚握卡得,似防其逃,顾手颤匆已,安有握力。果卡得欲去之者,直如拂一尘耳。然卡得亦任之,目睒睒然,发为异光,曰:“然则即以密斯酬予,如何?”

第二章

露莳之意,殊不料其竟作是语,则立释其手,却立数武,灰色之双眸满现为既忿且诧之色,锐声曰:“我耶?是语当作何解?”卡得微耸其肩曰:“女郎,是又安用解释?我爱女郎有胆,敢詈我耳。实告君,若其他懦怯之妇女,欲我眼角微睨之者,我且不屑。今女郎倘以为可……”露莳不待其语毕,面色已泛为青白,气噎几晕,厉声曰："可乎，然则宁死耳。"卡得微笑曰："死亦佳。但女郎澄心思之，恐亦未必乐死。"露莳置若不闻，第断续呼曰："嗟夫！不去汝，吾宁死也。"卡得曰："诺。任君如何，然为君计，自当以嫁我为宜。"露莳乃嗤之以鼻曰："然乎，汝使我嫁汝，乃为我计乎？若然者，则汝亦不成为卡得矣。汝所图者，果为何耶？"言次，现为揶揄之色。卡得哂曰："吾爱，吾爱汝耳。"露莳大恚，惨白之面转为羞忿之赪色，呼曰："咄，恶贼，乃敢辱我！设非吾弟病者，吾必与汝决斗。"语次，欲往启左室门，卡得亟以巨掌握其臂，其面虽犹含笑，然手指着臂，其坚乃如铁钳，顾仍低声曰："女郎何为，欲告汝弟耶？实告汝，汝倘以吾语告汝弟者，则汝弟之身家性命，直可无望。吾当如汝詈我之言，一一行之。"言时，眼中乃流露其犷暴之态，颊上之肉亦且跳动弗已，似其心中亦微有所惧。然不一瞬，即已复其故态，含笑以待露莳之答。露莳微颤，俯而避其目光，冷然曰："即我不告吾弟，汝亦终如我言行之。"卡得曰："诚然，汝倘不嫁我者，必如是。"露莳见其神色坚决，知婉求之，亦殊无益，盖卡得之为人，直可谓为全无心肝，即此时求婚，亦冷然如向人索债，则欲冀其心动，直如以首触壁，欲其动耳。

卡得又曰："惟汝设允我请，则我方将保护之不暇，何忍自欺其妻舅，孰得孰失，愿君思之。"露莳此时乃觉进退维谷，欲从之，则己身且入火坑；设不允，则阿弟愚懦，何能逃其掌握。今如诉之法庭，则又绝无证据。觉此世界虽大，可为其姊弟助者，直无一人也。思至无可奈何，不禁失声哭矣。卡得亟曰："女郎，此事允否在尔，我初未尝相强。倘女郎以为不然，径直言之亦无碍，何嘤嘤效儿啼为？"露莳闻言，立止其泪，厉声曰："汝固不能强我。今试问汝，设不允尔请者，将以若何手段加害吾弟？充汝之量，亦不过以诈术骗其金钱耳。"卡得他顾微笑曰："害止此乎？吾恐其未必也。"露莳闻语，血液立冰，锐声曰："尚有他术耶？狡贼，尔试告我。”卡得笑曰:“此何能。譬如一国与敌国战,岂能预以计划告其敌人?”露莳曰:“佳。尔谓我为尔敌人,是语亦确。吾惟汝死,始释吾忧。”卡得鞠躬曰:“密斯言然。今夜已过午,雨亦稍止。密斯晚安,容再相见。此事,愿密斯三思之,再以报我。”言次,举步欲出。此时,露莳虽亟欲其出,然其心神似诏之曰:“勿尔,此人一去,则茫茫后患,且未有艾。汝岂忍以一己之故,置汝弟生命于不顾耶?”露莳受良心之责备,意乃立决,亟阻之曰:“止。此事,吾亦无庸更思,吾允汝矣。”声至毅然。卡得回顾曰:“然乎?然则佳甚。我甚愿此后勿薄待汝。”盖恶徒者,有时亦有天良,非必尽如世人所云。然既遂其所欲,亦无欣幸惊诧之色流露其面。露莳曰:“惟吾以为此事,终当告知吾弟。”卡得曰:“勿。”露莳诧曰:“此事乃瞒吾弟耶?”卡得现为坚决之色曰:“然。俟我许汝告彼之时,或可告之。”露莳至于此时,则亦不得不应之曰:“诺。”声虽勉强,而其心则已较为镇定,先时,胸中但有怒潮热沸,今则冷如凝冰。惟见卡得行近其侧,则心又不禁大跃,念卡得设欲与己接吻者,则奈何。方俯首沈思间,而卡得已辨色知之曰:“汝以为我欲亲吻汝①耶?否,汝当知我决不为此。”露莳方欲答,而门忽呀然作声,昂首视之,则卡得已杳。

此时露莳亦不自省为怒为惧,但觉惘惘如梦,心神亦不知所之。阖其门,返身入左室,见福郎雪司方熟睡于沙发上,体纤弱如不盈握,颧骨外凸,面作青白色,双目闭而内陷,益形其瘦,几类髑髅。于时,窗外雷声又起,雨声亦复骤。露莳心中热念,亦阵阵逐雷声而起,似见前尘影事,一一自眼前瞥过。恍见碧草如油,深林之中,有一高冢,碑上题为梵枯夫人之墓,傍一垂髫小女,席地而坐,即己是也。更有一年老保姆,携一小儿,嬉于其侧,儿询己曰:

---

① “亲吻汝”,原文作“亲汝吻”,据文义改。

"姊乎,此即阿母冢耶?然则阿母能起而吻我否?"保姆曰:"人死何能更起,起则成僵尸矣。然尔无母,则阿姊即尔母耳。"且曰:"密斯,我言然乎?"己当时搂弟于怀,吻之曰:"诚然,吾亲爱之弟,吾为尔姊,且为尔母,吾自当卫尔至死。"此情此景,犹宛然在目,则我又何能自食其言?思至此,爱弟之心不禁达于沸点,乃俯其身,而以樱唇吻其弟之瘦额,顾其额沸热如炙、两眶深凹作紫黑色,因思此人倘非好为调护,必不能永其年,然则无论卡得尚有他术与否,即以诈术取其金钱至尽,福郎雪司非馁死,亦气死矣。言念及此,则觉卡得之有挟而求,允与否,其初直无迟疑之余地也。

第三章

平原芳草,一碧无涯,白花数点,点缀其间,有如海上远帆,其中一礼拜堂,则如海岛白屋,立于杲杲日影中。巨影之下,有马车一辆,止于门次,御者高坐其上,俯首阖目,似将入睡。少顷,闻履声橐橐,则知新婚夫妇出矣。亟昂首,果见女郎与一魁梧少年相偕而出,乃跃而下,启车箱之门,微睨二人,不禁私诧,盖此二人面上,均似盖有一重严霜,略无一毫欣喜之色。新妇则时以目视指上环,似有所憎,目光痴然,心中不知方作何念。既至车次,亦犹未觉。少年呼之曰"露莳",露莳闻言,心似一跃,既忽悟,乃与牵裾登车。读者至此,当知此少年必为卡得矣。特吾书方为御者述其心理,御者固不识其为卡得也。露莳既登车,卡得与之对坐,顾身巨,坐于此狭座上,乃颇觉不适,且时时以手自抚其颊,亦不省其颊痒耶,抑有他故。而目光之中,则微露其不宁之色。露莳体亦颤颤,如中寒,直与雷雨之夜无异。其装饰亦无殊于往时,惟黑冠之沿加一红玫瑰花耳。露莳幼时,保姆尝与戏言,谓汝长成以后,结婚之日,天必晴和,繁花如绣,饰汝身殆满,如入香海。宾客人多于鲫,必均赞汝之美。而汝亲爱之夫婿,则必以甜蜜之状对汝。而汝心中,亦且美满不可言状。露莳当时亦颇信以为真,自分必当有此一日,讵至于今,所遭适成反比。

在理,露莳当泣,然念牺牲此身,正以保护弱弟,亦复无暇自悲,乃面卡得曰:“今我践汝约矣。汝亦当践前言,勿欺吾弟。”卡得曰:“然。此固当然。且当告知汝弟,谓吾二人已结婚矣。”露莳曰:“毋庸,我已告之。”卡得怫然曰:“孰已先告之者?”露莳曰:“我耳。”卡得曰:“孰令汝告之?”露莳冷然曰:“孰有令我之能力?我临行时,自以函付格林惠,嘱彼转达耳。”卡得嗤以鼻曰:“无人敢令汝耶?汝试拭目视之。”言次少默,既回首向御者曰:“汝过餐馆时稍停。”露莳亟曰:“勿。我未馁,我欲归矣。”卡得曰:“露莳,汝勿故故拗吾意,汝当亦如我之顺汝。吾侪结婚,我本欲至婚姻注册所,而汝欲至礼拜堂,我恐汝不悦,即如汝意。我之待汝,自问亦殊不薄。汝何对我尚作是态?”言次含笑,以手微拍露莳之肩。露莳亟避之曰:“汝勿假作惺惺。尔亦自知此事,非出尔我本愿,何……”于时车戛然止,盖已至餐馆矣。露莳遂不复续其言,但曰:“予实不能进食奈何?”卡得曰:“何妨一试。”言次,已启门跃下,立餐馆阶沿以待,面上虽满含笑容,而目光凛然,似有严令,敕露莳速下。露莳无奈,乃亦姗姗而下。卡得偕之入餐馆,择屋隅僻静之处而坐。此馆,盖即吾书开幕时之餐室也。瓶花含笑,似犹相识,而不知前此之密斯露莳,今则已易为密昔司卡得矣。乃叹人世之事,实有似乎活动写真,瞬息千变,乃不可以理想预测。然而露莳之感想,则又岂止此哉?芳心一寸,五味杂投,虽令最著名之画家试绘其状,当亦自谢不能,故吾书亦不能写其懊丧之容。

此时,卡得发言矣,曰:“露莳,汝与汝弟之函中,作何语?”露莳时方深思,闻语乃昂首曰:“告以结婚事耳。”卡得曰:“曾言其故否?”露莳曰:“未也。”卡得乃不复语。露莳亦默,然双眸则仍注于卡得。此时露莳虽恨之切齿，然平心而论，则得婿如卡得，其仪表亦复不俗，特惜其外观徒美，胸中乃藏一黑如炱炭之心耳。卡得微笑曰："汝相吾面久矣。试问汝评语何若？"露莳微赧，他顾曰："否，我何尝观汝，我方有所思耳。"卡得曰："何思之深，可语我乎？"露莳："是何不可？我盖思汝何为必欲娶我，愿汝以诚实之语为答。"卡得闻言，不禁于目中露其一种不可思议之光曰："汝亦信我有诚实语乎？"露莳曰："信与不信，则在汝言之诚与不诚。我惟思汝娶我直无一丝益处，乃必以此为要求者，何也？"卡得笑曰："女郎谦哉。汝试引镜自照，当即知之。"露莳冷然曰："此詟言耳。吾知汝非好色者，且吾亦勿美。"卡得低声曰："女郎，然吾则以汝为至美，而其余，尚亦有他故，容当告汝，惟此时则未也。"声至和蔼，为露莳前此所未闻，则不禁微俯其首。既进餐矣，露莳心中颇自诧。盖露莳初意，本不欲食，至是，不省何故，竟似觉其食颇适口。卡得则注香槟酒于玻杯，进之女郎，露莳摇首示勿欲，卡得亦勿之强，自饮之，且庄容曰："此酒，愿为君寿。并愿后此，吾侪毋再相忤。"饮罄，置杯于案。时露莳态至冷隽，闻语亦不答。卡得遂亦默然。

少顷，食竟，乃相偕出。御者为启车门，让二人入，则力挥其鞭，马遂展其四蹄，绝尘而驰。第闻车中人语至细，为轮蹄声所杂，乃不能辨。既而语声渐高，闻新妇颤声曰："然则尔悔乎？"新郎曰："汝勿悔其约者，予亦无悔。"御者闻言，不禁大诧，念此两人，实至不可思议，几见人家新婚夫妇，不终朝而相口角者，且此数语，当作何解？因哆其口，张其目，昂首向天，似欲问之天者。忽见已至梵枯宅次，乃亟止其马，而卡得、露莳已推门下。卡得以车值付御者使去，面露莳曰："女郎欲我伴君入乎？"露莳曰："毋须，我自入可耳。"卡得曰："诺。我当于晚来更至。"露莳诧曰："汝来何为？将挈我去耶？须知我万勿能去此，万勿能舍福郎雪司,汝亦不能强我。”言时,声至厉。卡得曰:“勿尔。今日非尔我结婚日耶?何便相忤?感情虽恶,当亦不至于是。我于晚间,必来视汝。今汝令我去者,我自当如命。”言次以手微脱其帽,返身彳亍而去。露莳目送其远,惨笑曰:“嗟夫!天乎,今日即予结婚日乎?”且言且拾级而上,入室,于衣镜中见己颜色,不禁诧曰:“噫,胡苍白至于此耶?”而其思潮,乃亦为之一激。其心本已冰冷如死,至此不禁怒热,如止辔之马,复绝尘而奔,上天下渊,不能自止。竟软坐于椅上,初念卡得固何等人,己实一未之知,吾弟虽识之年余,然亦未悉其身世,或者竟为海盗逃犯,亦未可知。予非好为冤人,似彼奸诈,安保其前此无犯法事耶?既又自责,不应作此等想。事已至此,悔亦无及,即能悔之,则于阿弟实大不利,亦何忍悔。顾虽自解,而仍思之勿已。

时方盛夏,烈日透窗而入,照于露莳之身,热度至高,几可铄金。然露莳则仍颤颤勿已,面色惨白,与殷红之日,适成一反比例。力举其颤颤之手,掷结婚指环于地,锵然有声,以齿自啮其惨白之唇,作惨笑,思安得使卡得亦如指环,掷之于地而不顾。嗟夫,是又胡可得哉!要则惟我死耳,果可死者,我亦何恤!特我而死,阿弟病躯,更有何人将护,且其生性懦弱,惟一任卡得欺之死耳。又念阿弟闻我嫁卡得,必且大悦。彼本甚重卡得,虽死勿悟。今为彼之姊夫,彼方距跃称快,惟我……嗟夫!此亦无论矣。我因弟故,牺牲其幸福,亦胡足论。思至此,不忍更思,乃起立欲往告福郎雪司,预料其弟闻言,必出其故态,盛赞卡得。己前聆此必不豫,然至今日,则颇乐闻之。非乐闻赞卡得也,盖欲见福郎雪司喜状,以自慰耳。乃绝力自镇,俾悲忿之色,不为其弟所见。顷之,乃始启门入其弟卧室,见福郎雪司卧沙发上,背适向外,微露其黑色之发。露莳呼曰“福郎雪司”,顾勿,应以为已熟睡矣。行近其前,不禁陡起骇呼,亟跽于地,摇其身,呼之声颤颤带哭音。

盖见福郎雪司蜷伏于沙发上，首垂至臆，白色之胸衣，血渍已满其上。此时露莳已晕，心惘惘然，不识此红色为胭脂耶，为花片耶，惟觉前此似曾见之。著者曰：露莳前此所见者，盖即吾书开幕时，餐台上之落花片也。彼尝言，有似护胸上之血迹，不谓竟成谶语，亦可悲矣。时福郎雪司之面，惨白有如垩壁，状至可怖，口角血液涓涓而下，滴于衣上，现为惨红色。胸际为枪弹所洞，血沈出如泉。露莳呼之不应，盖此可怜虫，僵已久矣。一枪坠于右侧，盖自戕也。

第四章

天下事之可悲者，实无过于陡遭意外，而况露莳，牺牲毕生幸福，特欲使其弟安耳，今若此，则悲痛将如何。此时露莳之状，直已类痴，亦勿能哭，痴然踞于尸侧，见日光灿然，现为恐怖之色，照及福郎雪司之面，惨白有如素纸。露莳之心，似为厚革所蒙，惘惘然几不自省，此为何时，此为何事，但觉惨厉之日光及可怖之尸面，触其眼帘，使之肤栗，自语曰："嗟乎，此即吾弟耶？吾弟安得而如是，此或我幻梦乎？然也，此必幻梦耳。"思至此，乃伸手微抚其弟胸次，心中自祷，愿此景象实为眼帘之幻，则抚之者，必为空气。嗟夫，及一视其手，则惨红之血，满其掌矣。露莳见之，不禁失声锐呼，陡一跃起，至起居室，力击其门，欲出，而门亦与之作剧，乃不辟。实则此门须内启，今外击之，又焉得辟？然露莳此时似已狂易，仍力击不已，口中则狂呼，声尖厉如猿。门上玻璃悉登登作巨响。而门外之履声及问询声，露莳亦均不闻。及至被人推门而进，始却退数武，睁双目凝视其人，若不相识，且喘息不已。此人盖即卡得也，亟问曰："露莳，汝何惊骇至此？我以汝一人往面汝弟，殊不近情，故复至，非有他也。"露莳心似微醒，颤颤倚于墙上，面直与粉壁同色，欲言，气咽乃不能声。久之，始微举其战动之手内指。卡得知旨,遂迈步入内室。露莳念以一人居此,必且痫发,则亦扶墙随之入。然一至门次,则惨厉之日光与可怖之尸面,又复入其眼帘,不禁嘤然一声,遽仆地晕去。卡得一惊,亟回身抱之起,使伏于己膝上,纳其首于己之胸际,似不欲其更见惨状,自语曰:“此事非露莳所为耶……”露莳时已稍苏,则立推卡得使勿抱己,断续呼曰:“汝恶贼,尚敢以此事冤我耶,我肯自杀其爱弟乎?噫,我知之矣。此事必尔所为,尔所为也!尔纵非手自杀之,然亦无异。汝以为雨夜之言,我不闻乎?汝非以言逼之耶?汝……”语至此,气咽乃不能声,只觉眼前阵阵作碧晕,渐晕渐大,不能复支,复晕不省人事。

不知历几何时,露莳始苏,张眸一顾,则天已深黑,己方卧于温软之物上,似为床也。惟窗畔尚有微明,窗固四辟,晚风吹薰,心至慆适。窗纱深垂,为风所吹,均卷角作蝴蝶舞。露莳自念:“此何地耶?吾何为而至是?”思之思之,不禁陡一跃起,战栗勿止,盖忆及日间惨状矣。于时,有黑影一瞥而前,及近,始察为人,低声曰:“密斯勿骇。某在斯也。”声轻而和蔼,露莳乃坚执其手,伏于其人肩上而颤。露莳于憋惘中,亦不省其为谁,但觉此人为生人,其手则坚,其声则蔼,足以慰己之惊魂而已。其人复曰:“密斯勿怖。今已至我家,我当护汝,使汝无惊。”露莳颤声曰:“嗟夫,吾不省今日胡以乃有朝阳,设无之者,则我惊悸,亦不至是。噫,此室又何其黯耶?”其人乃以右手扶露莳,而以左手捩电灯之机,于是室中大明。此人非他,盖卡得也,色至惨白憔悴,惟其唇角,则仍现为拗执之态。露莳愕然四顾曰:“此汝室乎?”卡得曰:“然。密斯晕后,我以密斯居彼不妥,乃畀君至此。”此时,露莳心似少定,前此头沈沈然似戴铅桶,至是,似稍稍减轻,而悲忿之念,则复乘隙如潮而入,力脱其身,抗声曰:“咄,尔勿近我。我前但以汝为骗贼,今始知汝实为杀人之恶徒。吾弟虽自戕,然实为汝所逼。

予恨非壮健之男子，不能手刃汝以泄吾忿。”卡得闻语不怒，亦不辨，第鞠躬曰：“密斯，吾扶汝上床少憩如何？”露莳但泣不答，顾亦自觉不支，乃自上床卧。卡得状至不宁，逡巡而前曰：“密斯，此惨事之出，实为我所不料，亦知密斯必将疑我，然我可以诚语告密斯……”语至此忽止，盖见露莳已怒不可遏，自床上跃起曰：“然乎，汝亦有诚实语乎？若然，我可代汝言之。福郎雪司者，实一愚懦之孺子，尔即利用其愚，逼之致死。尔天良何存？嗟夫，可怜者福郎雪司，可怜者吾弟！”语至此①，泪涌如泉，衣襟均湿，竟踞而埋首被中，呜咽不已。卡得痴然植立，凝视久之，始返身徐徐启门出，复阖其门。此室系在楼上，卡得直至最下一层，始止其步，现为踌躇之色。既而决定，乃举手轻叩室扉，有一中年妇人启门执烛出。此妇之貌，殊不能决其为美为丑，以状度之，似为上等人，衣黑衣，颇朴素，发整洁而不盛饰。见卡得至，不禁微赪②，且现为惧色。卡得色至严厉，如对仆御，冷然曰：“我将出外。密斯梵枯已醒，汝往待之。然而密斯梵枯之称，今当易为密昔司卡得矣。”言次，亦不待其答，立返身启大门出。妇痴立良久，听其履声去远，始微吐其气，面色惨然，直无血色。

卡得疾行于黑夜之中，状至匆促。出街始稍缓，下其冠，挟之，乘晚风而行。且时时返顾，似恐有人蹑其后者。久之，至一小衖口，有一短小之侏儒，自衖内彳亍出。卡得见之，立止其步，立路灯下以待。侏儒衣破襦，冠敝冠，状至褴褛，有类乞丐，任为何人见之，亦决不料其为福郎雪司之仆人格林惠也。既见卡得，则微笑曰：“黠梅，吾贺汝。吾知汝初意，亦决不料此事成功，乃竟如

① “至此”，原文作“此至”，据文义改。

② “赪”，原文作“頳”，前文均作“赪”，“頳”古同“赪”，今统改为“赪”。下同。

是之速。”卡得曰：“是语何指？吾滋不解。”格林惠笑曰：“狡哉，汝乃故作不知耶？然此地无人，又何必作是态？夫福郎雪司既死，则其财产不尽入汝手耶，而我亦可得其一半，宁非可贺？”卡得不答，正色曰：“尔偕我同行，毋多言。”于是两人乃复行。格林惠又曰：“黠梅，吾以为吾侪生平所作之事，当以此为第一爽利，而运亦最佳。惟吾恐露莳颇疑于君，将……”卡得曰：“否。此必无之事。”格林惠曰“汝真愚人，汝乃不觉乎？汝每来吾家”，语至此，则自讼曰“否，福郎雪司家耳。然而此屋，日后亦为吾人所有，谓为吾家，亦宜也”。则续其正文曰：“汝不觉耶，汝每来吾家，露莳必举其明眸，直射汝之面。此女郎至聪明，彼之双眸，有如 X 光线之镜，直照汝之脏腑，固早知汝非良人矣。”卡得曰：“视我，容或有之。汝亦安知其鄙我，岂汝之眸子，亦类透物镜耶？”言已大笑。格林惠哆唇曰：“汝勿笑我，我岂伪言者？女郎警告其弟，殆已数百次，我均闻之，顾其弟卒不悟，宁非大愚？”又蹙额曰：“然而妇女性情，不疑于人则已，设疑一人，则必务求其根底，不肯轻释。吾侪既为所疑，吾恐终有一日，为彼揭此黑幕。”又曰：“黠梅，汝知彼今何往？”卡得微笑曰：“在我室耳。”格林惠闻言一愕，却立数武，呼曰：“黠梅，此语作何解，戏言乎？真耶？”言至此，则已勃然而怒，目光灼灼射卡得面，以待其答。卡得哂曰：“我生平不作戏语，密斯露莳，固在我室。盖今日之晨，已与我结婚矣。”格林惠愈诧曰：“结婚乎？”卡得不禁微赪，然在黑夜中，格林惠乃未见，又曰：“此语真乎？露莳恨汝切齿，何乃肯嫁汝耶？”卡得曰：“信否听尔。惟露莳既为吾妻，汝即不当直呼其名。汝后此对我言时，幸留意。”格林惠以手拍其胸，怒呼曰：“此必伪言。黠梅，汝敢侮弄我者，汝当慎之……”卡得亦怒曰：“即使我为戏言，汝将奈何？汝但能服从我，乃敢抗我耶？”言次，力挥其拳，以击空气示武，岸然有如天神。格林惠者，其状有如皮球，鼓其胸，势汹汹然向人，若无一物能敌之者，然一蹴之，则立扁。此时见卡得怒，则大惊，觳觫如被挞之狗。卡得复厉声曰："此事今可勿论，我亦已知汝意。尔于早晨，非在露莳衣囊中，得一函欤来，趣以付我。"格林惠战栗曰："诺。然其上所书，非致君者。"卡得曰："知之。汝但付我可矣。"卡得每发言，其声必坚决异常，使人不能不从。格林惠乃不敢抗，亟自囊中出函一束，检得其一，以付卡得。卡得陡伸其巨掌，悉数攫之，作狞笑曰："狡贼，我固料汝必如是。"且言，且至路灯下观之，检得其二，其余仍掷还格林惠。一系福郎雪司致露莳者，其上尚有血迹，一则……卡得陡昂首曰："此书何来？"格林惠颤声曰："此系晨间密斯令我转致福郎雪司者。"卡得亟曰："福郎雪司曾见之乎？"格林惠曰："吾未付之。君但视封口未启，即知吾言非谬。"卡得曰："汝能誓之乎？"曰："誓之。"卡得乃以手加额，发为似悔似悦之声曰："嗟夫，敬谢上帝！"

译者曰：卡得能发此声，直可谓入世以来，第一次矣。吾非谓卡得生而哑也，盖卡得者，其言动举止，无一非伪，从无一语出自良心中者。综其生平，惟此一语自心坎中出，则谓之初声也亦宜。

第五章

露莳伏榻而泣，泪落乃如散珠。衾褥似经浣涤，不省双眸之中，胡以藏有如许之泪，乃竟涓涓不竭。然露莳此时亦无暇自念及此，心中但有悲忿。泣良久，心直为懑。忽闻剥啄声，则昂首痴视其扉，乃不能声。于时门徐徐辟，一中年妇缓步入，至露莳前，露莳仍木然痴视之。妇乃俯身曰："女郎何泣之哀也？"露莳闻此和蔼之声，似有感触，伸两手欲握妇，既又似悟，亟敛手曰："君为谁，何以下问于我？"妇沉吟顷之，曰："我家即居楼下，与君为邻。因闻哭声，故一探询。然亦自知唐突，乞女郎恕之？"言次，即就床侧坐，以手抚女郎秀发曰："女郎，汝勿以生人视我。汝究何以悲苦至此？试告我，倘能相助，我必……”语未竟，露莳忽以手掩其双目，锐呼曰：“嗟夫，彼朝阳，彼尸面，胡故故跃入我眼帘？噫，可怜之阿弟，可怜之福郎雪司！”语已，复埋首而哭。妇抱之起，使卧于床上曰：“噫，伤哉女郎，幸自解勿苦！此患难之滋味，予亦系饱尝之者。以女郎青年，犹如花之蓓蕾，前途正未可量，胡便郁郁至此？”言次，以枕置之女郎首下，起立，取手巾于冷水中微浸，复绞干之，为女郎拭其泪痕，现为微笑，如慈母之抚其爱子。露莳心觉稍清，乃喘息曰：“谢君。予至心感。”妇仍悬巾于架上曰：“此何足言感。惟女郎所悲何事，能告我否？盖予前者，每独悲时，辄思得一知己告之，以杀吾悲，顾乃无可语者。吾意密斯处境，自当不同于我。有戚友，可以……”露莳曰：“嗟夫，戚友耶？予无之，予只一弟耳。噫，福郎雪司！”言次复哭，妇俯身仍坐于床侧，以目视露莳曰：“福郎雪司如何?”露莳悲声曰：“福郎雪司即予弟也，自幼与予友爱，相依为命。去年因病，医生谓宜出外远游，且勿令我偕往。吾弟去后，至今始归。归则一变其向日之态，至昨日竟……”言至此，乃泣不成声。妇曰：“竟如何，岂竟死乎?”露莳哭少顷，始曰：“然。吾弟盖为人所……”言未竟，复哭，既又握拳啮齿言曰：“此仇吾必复。盖吾姊弟两人，实均为彼所杀，不过吾弟死其身，而予则死其心耳。噫，予必报之！吾愿祷之上帝，助吾杀之。”妇掩其口曰：“女郎何可咒人？予前者亦如是，顾乃一一应之己身。咒人咒己，此语信然。”露莳曰：“君意良可感。然我此言，实出诚心，非咒人比，上帝必能谅我。噫……君何名，予乃未知。”妇曰：“予之名乎？……吾闻他人均称予为密斯马丁，汝即唤我为马丁可耳。”露莳微愕，即曰：“然则密斯马丁，予有无理之请，能许我否?”马丁曰：“苟可为力，必无不从。”露莳曰：“吾倘更以一人居此者，必且痫作。密斯能否垂怜，今晚伴吾弗去。”马丁即应之曰：“诺。”

忽露莳陡跃起，自啮其齿，厉声曰："是必卡得也！密斯趣为我斥之，勿听入。我万不愿见彼，我必且痫发。"马丁愕然，露莳呼曰："不闻履声耶？彼且入矣。"马丁悟，乃返身出室，阖其门。时卡得已上，马丁状至惊骇，以手自掩其唇，令卡得勿声，且指楼下。卡得知旨，转身复下。马丁随之，入前室，始曰："女郎令尔勿往，谓如见尔，必且痫发。"卡得曰："彼竟恨我至此乎？"马丁作色曰："岂止是，彼言直将加刃于汝而甘心。"卡得色微变曰："彼何为告汝以此？"马丁曰："彼尚未知我为谁，以为与汝绝无关系之人，一腔哀怨，正无可以告语，故我问之，遂无所隐。惟吾不解彼既恨汝，何肯嫁汝？"卡得未有以答，曰："坐。"马丁曰："我无暇坐，彼欲我伴之，我当仍往。"卡得曰："然则谢汝见爱。"马丁恨声曰："我且爱彼哉，亦不得已耳。"卡得笑握其手曰："汝不爱彼，亦代彼哀乎？"马丁力脱其手，恨恨曰："凡妇女之为汝得者，我无不哀之。"语已遂行。卡得复语之曰："然则我不往矣。倘露莳唤者，当更来。"马丁哆唇曰："待之后世。"意云女郎今世必不唤汝，要则至于后世，或忘汝之夙眚。

马丁既行，卡得默坐于椅上，以手置之膝间，紧闭其唇，成一直线，其眼帘之前，彷彿见结婚时景像，念此事去今，不过半日，而今思之，则似在数年前矣。忆晨间与女郎并立于礼拜堂中，听牧师以低婉之声，为两人祝福，己心乃起为异感，念后此必不薄待女郎，不谓曾几何时，事乃一变至此。实则女郎之忿怒，亦不能责。露莳固恨己，惟为其弟，乃始嫁我，今忽遽失所望，则其悔恨亦自当然。此时卡得念及福郎雪司，眼眶不禁微湿。盖卡得虽轻视福郎雪司，然亦未尝欲其死，念及年余朋友之情，乃不觉泪耳。既念福郎雪司，乃复忆及其书，因探怀出之，痴视封面良久。念此一函，吾其擅拆之欤，抑以示露莳耶？亦知此书，于己前途，大有利害：书中必言及己，或佳或劣，殊不可必。卡得生平作事，欲行则行,意至坚定,至此,乃竟踯躇不决。久之久之,始徐徐以钥启其抽屉,毅然投书于中。盖以为女郎恨已入骨,书中即云已佳,彼亦必不能信;若谓已劣,则女郎之恨心,不将愈深耶,故决匿而弗与。

第六章

福郎雪司之室,今为验尸场矣。时晨曦仍满此室,野马竞奔于光线中。陪审员十二,均垂头作倦容,状至沈寂。露莳衣黑衣,坐卡得之侧,颤颤欲晕。格林惠亦在,然已一变其昨日之状,复成为和蔼诚谨之仆人,衣鲜而洁,发泽几可鉴人,目光低垂,现为谦谨之色。时方与法官作问答,谓其主人,因病日增,尝自恨其日受痛苦,不如死佳……语未竟,露莳一跃起,直斥之曰:“否,是何言?吾弟虽苦病,何致自裁,倘非因……”言至此,格林惠立失色,则佯嗽以自掩,法官乃起注意,即将入睡之陪①审员亦惊醒,众目一的,均昂首视露莳灰白之面,现为诧色。法官则愕然问曰:“密昔司卡得,因如何?”露莳以手自掩其面,仍软坐于椅上,发为微细之声曰:“嗟夫,予适何言,予未之知也。予心已失,语言乃无伦次,殆热呓耳。愿长官勿问。”噫,露莳岂真失心耶,胡乃竟忘前事,而轻释卡得?嗟夫!此恨此仇,露莳实铭肺腑,设非竟癫,胡能一时去怀?特以事无左证,但凭一己之词,人谁能信。且卡得鬼计,多于日中野马,以一弱女子,而欲与之敌,直如螳臂当车耳。自知不胜,而取其败,露莳即愚,亦不至此。故复转念,与其为无益之攻讦,不如俟之他日,乘隙攻之。念至此,乃力遏其怒,托为妄语,而语竟,则不禁失声哭矣。卡得不言亦不笑,镇定如故。若在他人,见露莳哭,或且慰之,然卡得则否。盖其老于阅历,洞察人之性情,知露莳者,实不同于常女子之柔弱,其恨己之心,与日俱深。

① “陪”,原文作“倍”,据文义改。

倘慰之,必且大怒,于稠人广众间,宣其劣迹,则徒自取窘辱已耳。故但以目微睨之,既即掉首不顾。而官亦不复问,以为露莳悲哀过甚,心乱妄言耳,遂决定福郎雪司实为一时神经迷惘,以致自裁,按例慰其亲属。于时旁听者均起立纷纷而出。卡得亦起,低声谓露莳曰:“密斯从我归欤?”露莳似已晕,亦不省其何语,惘惘从之。及上车,两人仍默然不语。卡得则掉首视窗外,亦不视其憔悴之妻。卡得着宽博之呢衣,臂上因服其舅之丧,乃缠一黑带,领结亦黑色,状至雄健。路上女郎见之,辄微溜其明眸。然其妻乃竟恨之至此,乃知人固不可以貌取也。少顷,露莳似醒,昂首问曰:“密斯忒卡得,吾侪车至何处?”卡得曰:“至我家。以我思之,当无更归君家之理。”露莳曰:“我以为当归。”卡得曰:“他日更归未晚。”言次复默。

车既至,露莳即自下,亦不待卡得,扶梯阑拾级而上。卡得追及之,鞠躬曰:“密斯,鄙人有数言欲奉教于君,不识密斯能许我否?”露莳哆唇曰:“今当无人之时,何必更戴此假面具,伪为足恭?以我思之,尔我殊无语可言。言则复争耳,然徒争亦何益。”卡得曰:“非也。我今有要言奉询,倘密斯以为不可,则我不妨明日更言。”露莳曰:“欲言则恣言可耳,胡刺刺为?”卡得曰:“然则请至室中。”露莳微哂,即启室门入。卡得亦入,见露莳立于火炉次,则倚案角面露莳言曰:“密斯,我素不善于词令。凡我所言,倘有误者,请密斯正之。我亦知密斯心中,恨我至于次骨。然我今可以一语告之密斯,倘密斯以为可者,则请彼此蠲除怨恨,予我以自新之机,则我后此,自当洗心革面,另为一人。”言次,屏息以待露莳之答。露莳久之不语,而其目光之中,则似语之曰:“吾轻汝。”卡得见露莳不语,又曰:“密斯梵枯,吾亦知汝轻我,所以嫁我者,特因汝弟耳。然密斯今竟谓我逼死君弟,此语我殊不解。使我果逼之者,则彼亦必恨我,安肯于密斯之前,乃犹啧啧赞我?”露莳至此乃忿然曰:“汝设词诚巧矣。惜雨夜之言,乃已为我所闻。”卡得曰:“诚然,言固有之,然我所言,实劝其勿酗酒也。”露莳曰:“然乎,汝能誓之乎?”卡得色变曰:“密斯勿怒。综言之,密斯斥我之言,有时亦有数语不谬。谓我专藉天下之愚人为生,固也。然我除此小疵而外,自问此心,直可暴之天日。”露莳曰:“诚然,诚然。汝心之坦白,直如牛乳耳。我亦知汝为世界第一之公正人。”卡得曰:“密斯勿嘲。我之待遇君弟,直可谓之不薄。当在南非洲时……”露莳亟挥其手曰:“已矣。汝即唇舌为焦,我亦决不信君一言。”卡得微哂,徐步至窗前,痴然视窗外之街,现为狞笑,复转身至案侧曰:“密斯,汝不愿闻亦佳。惟汝不当恨我至此,汝既为我之妻,则我欲汝如何者,固可以强力令汝如何。”语已,复以巨掌置之案上示之,曰:“汝试视之,以汝荏弱之身,即与此掌敌,亦不能胜。汝信否?”露莳曰:“吾何不信?似汝野蛮之人,以强力凌辱一弱女子,固不以为羞。”卡得曰:“吾亦如是云耳,固不欲行强也。”露莳曰:“即行亦无惧。”卡得声微厉曰:“密斯梵①枯,综言之,此事有二种解决。一,密斯肯予我以自新之机,则我必勉力改过、痛悔前非,密斯亦去其怨恨。倘密斯必弗可,则我不得不行其第二种,即以强力迫君,使君服我。此二者孰得孰失,愿君思之。”露莳不能决,则泣而哀之曰:“卡得先生,愿君释我归耳。我受汝之窘辱数矣,今但求君稍发仁慈之心,释我归去。身外之物,任君取之可也。”卡得曰:“否。君既为我妻,即不当去此。我一日生者,汝必一日居此。”露莳若不闻,仍以手执卡得之衣角,悲声曰:“先生,请君释我。”卡得似怒,拂衣以脱露莳之手,岸然曰:“我之前途,为恶为善,均在汝之一言。兹汝既不肯予我自新,则我亦只能行我

① “密斯梵枯”,原文作“密斯梵枯”,前文有“密斯梵枯”,今统改。下同。

素耳。”言次,见露莳不答,乃径掉首而出。

第七章

次日,福郎雪司葬矣。桐棺之上,满堆花圈。工人力挥其钟,橐橐然以斫墓上之土。日光如火曝其背,汗出如沈,与花气相氤氲,成为异香,使人闻之欲呕。牧师以热极,故礼节乃至草草。卡得与格林惠亦时时挥其额汗,现为烦恼之状。此数人中,其未尝以为热者,实至露莳一人而已。其时,心似已碎,亦未知烈日方曝其首。听牧师诵祝文中有云,灰仍为灰,土仍为土,露莳闻之,觉心中另有一种异感,直自心头散入四肢,手足为之厥冷,更化为奇酸,升至脑海,而簌簌之泪,不禁随之下矣。心中犹望此事,或为噩梦,醒后当见福郎雪司仍安坐沙发上,向己道晨安。然己亦自知其谬,桐棺一阖,乌能再起,即欲一面,亦不可得矣。于时,窀穸告成,工人将畀棺入,则念坏土一覆,即欲一见其棺,亦且不可复得,则大恸,面惨白如临死刑,举两臂大呼曰:“福郎雪司,噫,吾可怜之福郎雪司!”语至此,立仆于地,觉有一粗巨之臂抱之,且闻低声叹曰:“噫,吾可怜之小女郎!”声入耳,嘤嘤然如虫鸣,遂晕不复省人事。

及至醒时,则已卧于卡得室内,马丁方立床前视己,日光透窗纱入,作玫瑰色,射眼生缬,眩甚,乃复闭目,闻马丁低声曰:“彼苏矣。”似向另一人言。于是门呀然启,有履声跫跫而出,觉马丁伏于床上,轻声曰:“密斯,请食此。”露莳微启其目视之,见马丁持一物近唇际,以不忍拂其意,遂即食之。食已,觉脑昏昏然欲睡,乃微侧其身,竟不觉入梦。马丁立床前痴视久之,见日光朗然,照及露莳黄金之发,发为奇彩,雪臂如藕,压于粉红被上,敛其星眸,双眉如愁如恨,有似新月,态至可爱。试回身向着衣镜自照,则少年丰度,已无一存,双目以流泪久,乃枯燥而深凹,眶旁均作深黑色,唇际纹深如刻，一一现为耐苦之色，若与露莳相较，是直以衰草比牡丹矣。因自喟然长叹，启扉而下，入室，见卡得方与格林惠对坐，似有所争，两人均现怒色。格林惠见马丁入，亦不起立，但以目灼灼视卡得。马丁冷然曰："女郎今已睡，请弗念。"言次，即就窗侧坐。卡得颔首，复回首谓格林惠曰："汝后此不当更来，否则汝……"格林惠怒曰："黠梅，我善言，尔竟不听，犹欲下逐客令耶？此女郎，汝决不应厚待之。汝益厚之，彼益玩汝于股掌。吾恐汝后此性命，且将送之彼手。"卡得曰："汝何知者，我设非娶之为妇，则尔我事久已败矣。尔日法官问之不言，虽因无据，然一半亦未始非为夫妇情也。"格林惠曰："愚哉，愚哉。我唇舌为焦，汝尚不信，倘汝仍固执者，我必以汝劣迹，暴之汝妻之前。"语次，犷暴乃类野兽，与尔日面法官时竟判若两人。卡得闻语大怒，一跃起，直前捉其领，厉声曰："汝何言，汝欲以术败吾两人感情耶？无理哉，汝不速悛，当慎汝颅！"格林惠为卡得捉其领，气几遏塞，血上涌，面赤胀如猪肺，呼曰："吾过矣。后此必悛，幸释我。"卡得乃力掷之，格林惠几踣，亟扶桌角幸免，则以指力掐①桌角藉泄其忿。

马丁冷然曰："汝侪因一细故，竟同室操戈耶？"格林惠气稍苏，则复抗声曰："卡得无理。马丁试思，彼平日凡非法事，均遣我为之，己则坐享其成。卒以恶颜向我，其人尚知礼耶？"卡得亦勿辩，取案上冠以授格林惠曰："行矣，倘非我唤尔，勿来。此事自当酬汝，汝其待之。"格林惠无奈遂行。卡得见其去远，乃不禁微笑。马丁曰："君尚有命令我否？"卡得曰："有之，然何敢云命令？"言已，即移椅近马丁曰："今我所求于尔者，亦至简易不过。愿汝视露莳如友，尝往视之，勿使彼过悲，尽心待遇，以得彼之信用。惟如问我与君为素识否，则伪云初识可耳。嗟夫，我今当力践前言，

① "掐"，原文作"搯（掏）"，据文义改。

不薄待彼，改我素行，以副彼望……”马丁笑曰：“是矣。汝意殆欲我为先容，于露莳前赞誉汝乎？然则敬谢不敏，我愧不能作伪言也。”卡得正色曰：“否。我何必汝誉我？我所求于君者，实为上流妇女所应为之事，不过请汝看护此可怜女郎，勿使彼独居空室，日以眼泪洗面耳。汝亦能允我否？”马丁曰：“姑允汝请，亦无伤。”卡得乃曰：“谢君。吾必有以报君。”言次，遂各自去。

此时露莳已醒，以睡弗适，乃徐徐起立，而头沈沈然，痛如刀斫。天已深黑，窗纱为风所吹，卷角而舞，大似尔夜初至时情景，不禁凄然泪下，知己今者，已成为世界畸零人，虽有夫婿，然亦但有怨恨，而无一毫情爱可言。天也何酷，夺我爱弟，使我日受无形之桎梏，毋宁以死为乐哉！既又念及卡得所谓“予生一日，汝即一日不能去此”之言，则又愤然曰：“吾不死，吾诚无术以聊生矣。”此时露莳正坐于临窗椅上，泣不可仰。顾虽泣，而心则仍思不已。忽陡起一念，此念一起，心乃突突跳勿已，泪亦倒流而入脏腑，热血上涌，面为殷赤，乃蹑足起立，取己之物，均藏之小箧中，盖决计遁矣。虽囊中只余五磅，亦不复计。部署既竟，乃取外衣披之，戴其冠，挟藤箧，轻推其门欲出，忽闻格然一声，大惊，亟却立数武。久之，察无人声，乃始蹑足而出。

译者曰：露莳前未起此念时，一切都弗留意。及至于今，则虽喘息之声，亦惟恐为卡得所闻，抑何可笑。既至梯次，心益跃，突突几冲喉而出，倚梯栏久之，觉神稍宁，亟力鼓其勇气，径扶阑而下。然梯或稍响，即复大惊，且似觉时时有人逐其后，回顾，则影耳。亦不知历几许时，梯始尽。闻笑语声出自左室，露莳骇极，不复能自持，急蹑足狂奔而出。至街上，恐人见愕，始敛步缓行，然究至何所，竟不能决。又恐有人追蹑而至，见道旁有汽车待赁，乃即招之前，一跃而上。露莳至此，乃不能不告车夫以去处，沈吟久之，乃曰：“维多利亚车站。”实则维多利亚车站间，露莳亦无戚友，其心中但图去此远耳。车既驶行,露莳头痛益甚,脑中如有小刀力卷,幸不久即至。露莳付值下车,惘惘不知所之,信步入车站。忽有一人力瞩其面,露莳大骇,以为彼人殆知我之秘密乎,不则胡视我勿已,则立返身而奔,方出甬道时,黑暗中忽与一人相撞。其人似为男子,亟却立向露莳道歉,忽骇呼曰:"君非密斯梵枯乎?"露莳大惊,谛视之,则格林惠也。

第八章

露莳初睹格林惠,亦不自省为惊为喜。彼于格林惠之行为,悉未之知,但知彼为死弟信用之仆,而平日作事,亦尚诚谨而已。著者曰:露莳之作此念,实格林惠幸运至矣。于时格林惠亟足恭曰:"密斯恕我未见,我于此处得遇密斯,实所不料。"言次,张目四顾,视有人与露莳偕来否,顾竟无之,不禁微愕,忽闻露莳发言,亟垂其目,现为恭谨状。露莳曰:"于此遇君,我亦未料。予今当患难中,颇欲得一人为助。惟我可否信汝,则殊不敢自决。"言至此,恐为人闻,乃曰:"请君与我偕行如何?"格林惠复鞠躬曰:"诺。"两人既行,而格林惠之心,亦随之辘轳而转。盖露莳仓皇之状,格林惠即勿猜,亦知其必系背卡得而逃,念此女郎,苟以术诱入吾圈套中者,则吾勿畏卡得矣。盖此辈心中,但有金钱,卡得虽允重酬,而彼终恐其勿践。今以露莳为要挟之具,则灿灿之黄金,无患不予取而予求哉。思至此,不觉微笑。译者曰:读者于此,得毋责格林惠耶?然试问芸芸众生,孰弗为金钱而劳劳,可取勿取,虽大愚之人亦弗为,矧格林惠亦聪明人哉!

时露莳固弗觉,因曰:"君为吾弟信仆,自当不泄吾秘。实告君,我实背卡得而遁矣。虽然,吾畸零无戚友,且一弱女子,仓卒中,殊不能定去向。欲觅旅馆,亦且不知所在。君能为我臂助否?"格林惠以目视地,伪作恭谨状,对曰:"吾人夙蒙密斯及密斯忒深恩,密斯有所命,奴厮敢不效绵①,矧在患难之中!此处有一旅馆颇佳,倘密斯以为可,请以车往如何?”露莳感甚,立应曰:“可。”格林惠遂为唤车同往,既至,格林惠替付车资。旅舍颇清洁,惟须预付赁金,格林惠亦代付之。露莳感激至于流涕,格林惠则谓奴受主人深恩,此不过略报万一耳。

此时格林惠之行为,直可谓之为义仆矣。特惜一出旅舍,则态又立变,以拳抵掌,纵声狂笑曰:“此豸今入吾掌中矣。”乃大得意,踯躅循街而行。少顷,至一陋巷,路狭如羊肠,霉腥之气触鼻。既而至一破屋前,格林惠遂推门入。此处亦格林惠之一窟,惟不常居此。屋矮而窄,霉菌之气扑人。格林惠推门入,即有一妇探首出曰:“谁?密斯忒格林惠乎?今有一贵客,方迟君于楼上。”格林惠曰:“诺。谢居停见告。”而心中则私诧,念向无人知我居此,此客固为谁乎,其卡得耶?然别后未及四句钟,复来何为。且彼家正在失人,亦何暇来此。思至此,心不禁大跃。时已至楼上,微启门隙,探首视之,果卡得也,乃释然进曰:“黠梅汝耶,诚出予之意外。予闻有客在,乃转一骇。今思之,亦殊可笑。”夫卡得者,率直人也,闻语即曰:“格林惠,吾妻失踪矣。特来问汝,汝知之否?”格林惠瞪目挢舌作大愕状,实则格林惠之愕亦非伪作,盖初不料卡得竟疑及己也,曰:“失踪耶?嗟乎,吾早料其必如是也。以彼恨汝,胡能不遁?然汝特来问我,则汝此行殊枉,须知我与密昔司黠梅,数月以来,交语未及十句。以我身分,不过为渠弟之仆人而已,渠岂肯以秘密告我?既未告我,则我又安知其所之?然使我而为汝,则必任其遁去可矣。此语,汝解之否?”卡得曰:“我殊不解汝言。”格林惠曰:“福郎雪司非有遗嘱,以产尽予汝耶?然则钱既入手,又何必定得其人?然而此钱终须与我均分。”卡得曰:“尔

① “绵”,原文作“棉”,据文义改。

诚所谓鸢飞于天，即延老饕以就座者。”格林惠愕然曰：“此何谓也？”卡得曰：“福郎雪司何尝立遗嘱，且亦无须立遗嘱。盖当老梵枯死时，彼姊弟尚幼，遗嘱宣言，孰后死者，即以遗产授之。今福郎雪司死，则此产自属露莳无疑。实告汝，我娶露莳，盖即因此故耳。露莳果失，则产亦失，故予誓必行遍天涯，以觅露莳踪迹。”格林惠亟曰：“若是言之，则……否否，此必汝给我者。汝欲独得其产耳。黠梅汝佳，我必以汝劣迹诉之法庭。”卡得曰：“佳。汝能至法庭尤佳。我固未尝作非法事，而汝则试扪心自思，究如何者。汝果欲至法庭，则我尚有数语，将使汝自闻之。汝苟不欲闻者，则请少安毋躁。”

时卡得立于黯淡之煤油灯下，以屋矮，首几触及承尘，叉手腰际，态至岸然。格林见之，气立馁，俯首言曰：“诺诺。惟汝于伦敦之地弗熟，欲觅逃人，亦殊不易。设有人焉，愿得些微之酬，为汝代此劳者，汝亦愿乎？”卡得曰：“其人得毋汝乎？”格林惠曰：“然。汝亦不愚。”卡得曰：“然则酬汝五十磅如何？”格林惠曰：“只此区区乎？至少当两倍之。”卡得陡悟，则以巨掌拍格林惠肩，厉声曰：“格林惠，汝匿吾妻，用为索诈地耶？然则汝误矣，汝试自扪汝颅有几！”格林惠大骇，以手自抚其肩曰：“黠梅，我安知汝妻踪迹哉？汝妻自与汝结婚后，予实未尝一面，予可对天誓之。惟汝亦太大意，汝妻既恨汝，自当严防其遁，弗纵之出。”卡得曰：“我亦何尝大意？日使配格伴之(配格乃马丁之真名)，配格下楼，则必以安眠药饲之，讵药味太薄，渠少顷即醒。及配格上，则其人失踪矣。”格林惠曰：“今汝之言去题愈远。汝究肯予我百磅否？”卡得沈吟曰：“诺，行矣。”格林惠嗫嚅曰：“今已晚，明日为汝觅，当未为晚。”卡得曰：“吾不趣汝行。我云我，当归耳。”言次，遂戴冠而行。出此湫隘之小屋，觉空气为之一舒。时月正明，卡得踏月行，久之，至一桥畔，湖水载月而流，蠕蠕如蛇附草缓行，桥头桐树高逾数人，覆巨影于地,如张巨伞。卡得忽忆前时有一妇人,投湖自尽,竟不复生,设露莳竟……思至此,不禁失色,绝力排此可怖之念,复彳亍趁月而行。

第九章

朝曦灿如濯锦,映入玻窗中。一几一榻,悉焕异彩。时露莳方支颐坐案侧,瞑目而思,愈思愈觉格林惠之不可信。盖格林惠入梵枯家为仆,实犹不过数月,系其弟游南非洲归时,与卡得同至者也。因念其人安知非卡得同党,故殊自悔信托之误。于时门忽辟,一女仆进,鞠躬言曰:“密斯,有客欲见密斯,方待于厅内。”露莳知来者必格林惠,即曰:“诺。”遂戴冠而出。既至,见格林惠方踞坐,而以素巾自拭其汗,现为疲罢之色。实则格林惠家,去此固迩,因恐于途中遇卡得,故特绕道途而来。见露莳入,乃亟起立,向之道晨安,俟露莳坐,始亦坐,屏息待露莳发言。露莳之态颇冷,盖心有所疑,自不觉形诸颜色耳。其言曰:“承君美意,予心甚感。惟予昨宵于无意中,遇一幼时女友,今日即与之同行,此后可弗更扰君矣。”格林惠色微变,亟又镇定曰:“密斯与贵友同行,亦至佳事。惟倘有需我之处……”露莳亟曰:“无之。君之美意,予甚感,然今无需君助。”格林惠貌虽恭谨如故,而其握于冠沿之手,则青筋均坟起,想见其怒极矣。露莳言已,即起立,似速其行。格林惠无奈,鞠躬辞出,而心中则恨勿力掌其颊。知女郎所谓友者,实无其人,特伪言愚我,以远我耳,我何人,乃甘受愚耶?然格林惠以为此犹其次,所最痛恨者,则露莳一行,百磅之金且不翼飞去,欲即往唤卡得,亦已不及。其他复无暂阻其行之法,思至无可奈何,则申申而詈,詈卡得,詈露莳,并詈配格,其言率无理由,吾书可勿之叙。且行且詈,忽见道旁店窗之外,悬一德律风,大喜,立止其詈,狂奔以前,握听筒语久久,始闻一绝低之声浪答之。格林惠曰:“配格乎? 趣唤黠梅至,我有要事告之。”言已复听,既又曰:“勿絮絮,此事至要,趣唤之来!”则闻筒中嗤然笑曰:“诺。”声遂寂。少顷,筒中又言曰:“格林惠乎?”格林惠亟曰:“然。黠梅,君夫人得矣。在维多利亚旅馆,今即须远行,速来,勿延!”闻筒中寂然,复语之,仍无声。盖卡得闻格林惠述地名时,已抛筒行矣。

日既午,露莳整检藤箧,置之案上。女仆持账单进,值既清付,露莳遂披其外衣,戴冠提箧而出。露莳心至忐忑,每见一人辄疑为追己之人。及至上车,始释然长喟,以为既已入车,万事无虑矣。惟见车夫立门前询己至何处,则又不禁踯躅。方沈吟间,忽有一人狂奔而前,力推车夫于一边,闯然遽入,语车夫以去处,阖其门,车遂辘辘而行。露莳噤不能声,但伏壁而颤,盖其人非他,即卡得也。卡得坐于露莳对面,徐下其冠,以巾拭额汗曰:“嗟乎,敬谢上帝! 予倘稍迟,将不能及矣。”露莳至此,乃忿然曰:“先生,汝胡苦苦窘一弱女子,如影随形,非逼我至死不已耶?”卡得曰:“密斯,汝既为我妻,我何能任汝远遁?”言次,即移位与露莳并坐,以手挽其臂,微笑曰:“汝何为如是? 须知天下人较汝夫为劣者,实尚夥,然亦未尝鳏也。我自问未尝酗酒,亦勿嗜赌,待汝又未薄,汝乃恨我至此。固何为者,其有以语我来。”语似庄似谐,露莳者,其性情迥①异寻常女子,不喜人儿视己,则力挣脱其臂,锐声曰:“吾恨汝!”语已,挥其手,意令其勿与己共坐,不图竟着其额际,拍然有声。卡得一惊,曰:“噫……”复以巾自掩其额曰:“女郎何竟暴躁至此?”盖露莳今日,适未着手衣,指环伤其额皮,血汗互渍,乃成奇痛。露莳于无意中出此击人之举,既羞且忿,不禁掩面而泣。时车正疾驰,露莳忽陡辟身畔之门,作势欲跃。卡得亟伸臂曳之归座,冷然曰:“密斯欲自尽耶?”露莳哭曰:“与汝偕归,毋

① “迥”,原文作“回”,据文义改。

宁辗死。”卡得曰：“然车已将至，只可于予家屈居一宵。若嫌寂寞，不妨令密斯马丁为伴。”露莳曰：“马丁汝姊耶，抑妹耶？”卡得色赧，不复言，而车亦止，遂偕下。

露莳此时，重入此门，其状直如逃犯重入犴狱，中心之悲愤，虽罄吾纸，亦不能写其万一，第以手掩目惨呼曰：“嗟夫，吾身复入陷阱中矣！吾必往唤福郎雪司之律师，渠或能拯我于水火。”卡得曰：“亦佳。惟汝此时当已饥，餐于家乎，抑……”露莳忿然曰：“予宁饿死，决不食！”卡得曰：“我亦知汝必出此语。然君之行为，抑何大似小儿？”言次，方欲挽之入门，忽一少年立阶下问曰：“先生，汝家有一密斯梵枯乎？予适曾至彼家，顾弗在。”卡得方欲答，而露莳已见，立脱其手，疾行而前，伸两臂投于其人之怀，呼曰：“纳古，噫，纳古！”语至此，不禁涕泪泫然。纳古亦紧抱之，且哭且笑，言曰：“密斯露莳，安耶？何勿居家而至是？”卡得徐曰：“君殆吾妻……”纳古闻言，陡变其色，释手却立数武，呼曰：“君妻乎？嗟夫天，予乃万不料密斯竟嫁！”

第十章

卡得神色仍不变，以目微睨二人曰：“然。惟此处立谈，殊不便适，曷入内稍坐？”纳古面如死灰，额上冷汗并流，无语，径从之入。三人既入厅事，卡得肃纳古坐，且曰：“君殆吾妻之老友乎？幸得识荆，喜何如之。”言次，伸掌握纳古手示敬。纳古曰：“诚然。吾自幼即与密斯露莳相识，今从远地归，往访密斯姊弟，讵屋已扃锁，询之邻人，始觅至此。幸得见贤伉俪，可谓有幸。”言已，强作微笑，然此笑乃较哭为尤惨。卡得曰：“敢问贵姓？”纳古曰：“吾为纳古费格特。”卡得闻语，心为一跃。盖此人名，卡得实为至熟。当初识福郎雪司时，福郎雪司即已告之，谓费格特为己幼时之友，至爱露莳。以贫，至奥洲贸易，后且屡屡言及其人。然卡得自向露莳求婚,直至于今,竟已不复忆及。今猝遇之,心乃不禁忐忑,顾少顷即复镇定,曰:“君即费格特先生耶?予固闻名久矣。君至奥洲贸易,谅必佳胜。”纳古曰:“何敢言佳?不过略有希望而已。”卡得曰:“君归自远地,或尚未知福郎雪司凶耗。”纳古惊曰:“何言,密斯特梵枯死耶?前月吾尚得密斯之书,云福郎雪司自南非洲归矣,病以稍瘥。何致遽死?”卡得悄然曰:“彼自杀耳。”纳古闻言,面益惨白,如纸上更涂以粉,颤声曰:“嗟夫,此吾万不之信!彼何故,乃自尽,殆为人谋杀耳。”露莳曰:“费格特听之,吾弟盖为恶友所迫,知此恶徒将尽吞其产,无力与抗,因致自杀。今此恶徒尚蒙其假面具,以伪态向人。愿君切勿信之。”卡得闻言微笑,亦勿怒,目光中且现为赞美之色。纳古见状大诧,知彼二人必有难言之隐,遂勿复问,戴冠起曰:“别矣……”卡得曰:“何汲汲为?幸得相逢,正可一倾仰慕之诚。倘蒙不弃,则愚夫妇正将赴餐馆午餐,竟偕行如何?”卡得之为此言,知露莳必阻之。顾事乃奇甚,露莳竟不声,而纳古亦首肯。

三人遂徒步出,行次,露莳但絮絮与纳古言,兴致颇高,实为乃弟死后,从未有之状态。卡得则但俯首而行,无一语。然露莳所言,类为幼时事,即欲羼言,亦无机会。纳古私诧,彼二人尚新婚,何竟冷淡至是。曩时己亦尝伴新婚夫妇行,途次但有彼二人之言,置己于不顾。今则卡得转易地如前者之己,而露莳眼角亦勿一睨及彼,宁非怪事?及至餐馆就座,卡得仍无一语,露莳则但俯首恣饮其酒,想见其中心正忐忑也。卡得仪表至美,纳古颇相形见绌,然惟其美,故露莳虽直指其人,谓为恶徒,人亦决勿之信。此时露莳心中忽起狂念,觉己与卡得同居一刻,己身所缚之链①亦紧一分,乃思以己之悲苦,尽以诉之纳古,求其保障。前者纳古虽

① “链”,原文作“练”,据文义改。

爱露莳，而露莳则但有朋友之情，惟今当此患难之际，爱情乃不觉顿增百倍，似除纳古外，世界更无可亲之人。方思时，卡得忽离座蹀躞去，与仆人闲话，盖故示露莳，谓我不惧汝背地言我也。纳古态至局促，以手自弄其杯。露莳则倚身椅背，良久始曰："费格特，汝闻我竟嫁，得无诧乎？"纳古曰："诚然。然密斯特卡得仪表殊佳，吾为密斯贺矣。"露莳不禁失声哭曰："贺耶？何贺之有？何如俟我死时更贺？"声断续，久之始尽。纳古大骇，竟忘其形，以手握露莳腕，发为诚恳之声曰："是何言？露莳，汝不爱卡得耶？"露莳怒呼曰："吾恨之，吾恨匆手刃之！"语次，忽又悔不应脱口而出。而纳古则释其手，痴然注视露莳，唇动欲言，顾又不便，既乃长噫其气，似咽此言入腹，取雪茄纳之口中，然竟忘燃。时卡得适至，以目微睨二人，划磷寸取火，面纳古曰："先生，君雪茄犹未燃也。"纳古闻声，始如梦初醒，亟曰："谢君。"乃以雪茄就卡得手中火，吸而燃之，顾一吮即复弃去，默然不语。顷之，露莳乃起立曰："卡得先生，归乎？"此语盖纳古第一次闻其向卡得言矣。卡得曰："君等欲归者，即归。"于是卡得乃以值付仆，方付值时，而露莳、纳古已先行。纳古且行且言曰："密斯，此别何时更再？"露莳曰："此任汝。倘有暇者，明日来亦可。"纳古曰："然则密斯特卡得……"露莳怒曰："何言及彼？彼能预吾事耶？"于时已至门次，纳古乃伫立以俟卡得。少顷，卡得缓缓至，因复偕行。途次，卡得谈锋至利，滔滔如倾三峡之水，似取偿其适间之损失。所言类问奥洲风景及其民俗，末则谓予生平游历至广，惟未一至奥洲，他日当挈吾妻同往。因问露莳亦欲之否，露莳不答。卡得复含笑问之，良久，露莳始曰："予殊不欲去伦敦。"卡得点首，又笑谓纳古曰："君试视之，予两人果孰强？"纳古不能答，但强为微笑。露莳亦哆唇不语。时适至三叉路前，纳古作别欲行，露莳亟呼之转曰："君寓何处，幸以见示。"纳古曰："予现与数友偕寓坎星墩小旅舍中。予有女友曰密昔司梵纳,其人至佳。吾知密斯见之,必且称赏。他日,予当偕之面君如何?"卡得诧曰:"密昔司梵纳乎?"纳古曰:"然。君识之耶?"卡得亟复其故态笑曰:"否。予以前曾识一男子曰梵纳。此密昔司梵纳,予思或为其妻。"纳古曰:"或然耳。"遂①脱冠为礼,彳亍向歧路而去。

卡得目送其远,谓露莳曰:"我适离座时,汝殆以恨我之事,告纳古矣。"露莳曰:"然。我何必讳?"卡得曰:"汝恨我可也,詈我可也,惟幸勿置我不理。"露莳以编贝之齿,微啮其唇曰:"先生,汝毋絮絮。实告汝,我当扶墙学步之时,即予纳古相识。渠此次之归,实拟向我求婚。倘我非因吾弟之故,已先嫁汝者,则吾必许之矣。"卡得哆唇作鼻笑曰:"纳古佳耶?吾恐汝苟与之同居一礼拜者,必且斥为狗彘弗如,尚何论嫁!"露莳曰:"然汝,则我一见即知为恶徒,今亦竟嫁汝矣。"卡得曰:"然则谢君盛意。"言次微笑,面色惨厉,直白至唇际,无一丝血色。

第十一章

纳古惘惘然行,几不自知所适。其惨白之唇中,则时时作微语曰:"嫁矣,嫁矣。"神经如大受激刺。然此亦无怪,渠自幼时即与露莳相爱,尔时青梅竹马,两小无猜,几不省人间有烦恼事。及至于长,爱苗亦日与俱增。露莳虽未能如己,然有时亦流露其深情于不觉。后至奥洲贸易,受无限辛苦,其意亦为露莳耳。万不料及今日归来,露莳竟已易姓为卡得,其失望为何如。既念卡得之仪表,实胜于己百倍,露莳嫁彼,实可谓一对璧人。念及此,大妒。然少顷即又骇愕,盖思卡得至美,无论何人见之,皆必欣羡,而露莳又何为恨之,夫既恨之,则又何为嫁之。此其原因,其或与

① "遂",原文作"逐",据文义改。

梵枯自杀案有关系乎？顾终百思不得其解。时纳古心中，直如五味杂投，甜酸均备，乃疾行以自排遣。然虽疾行，而思仍不已，似露莳倩影，深嵌脑际，虽欲去之，亦不可得。觉其貌仍与曩时无异，美丽之双眸、栗色之秀发，一一无改，惟略瘦损，而色惨白耳。此殆境遇使然，当无足怪，然貌虽不易，而姓则易矣。于是适所思者，复一一重温之，如读故书。

直至大钟之声，镗然鸣三下半，始如梦初觉，忆及曾约四句钟，至密昔司梵纳处茗话，乃于道旁呼车，径至坎星墩。车止，即有一可爱之小女儿，迓于旅舍之门，见纳古下，则以搓粉之小手抱纳古膝，笑曰："汝至耶。吾望见马车之影，固早料为汝矣。"纳古笑应之，携之入。密昔司已出迓，见而笑曰："密斯忒纳古至耶。吾以为汝必失约矣。"密昔司梵纳貌美而和蔼可亲，年可三十，而少年丰度犹存，发作栗色，整洁如沐。终日但见其笑，未有蹙额之时，想见彼之心中，实无一丝忧患。其夫曰约翰梵纳，伉俪至笃，此小女儿，即为其女，年龄不过五六。而密昔司心中所有者，亦只此二人耳，其余则但愿天下有情人，均成眷属。倘他人有嫁娶事，则必喜跃参与，直不啻己身之事。故于其时，即问纳古曰："汝见密斯露莳乎？彼喜乎？悦乎？"实则喜即悦耳，然则密昔司以亟欲一知其详，乃不禁口舌倒乱至此。纳古微喟不答。密昔司见其颓丧之状，一腔兴致，遽为消去大半，以手抚女郎发曰："我亲爱之桃睐，今密斯忒将饮茗，汝曷去此？"纳古曰："密昔司，勿须令其去，任居此可耳。惟密斯忒约翰奚在？"密昔司曰："彼已外出，且不喜茗，毋须待之。"且语且调其茗，少顷茗备，乃取一盏予纳古，且曰："密斯忒，汝事究如何者？彼密司露莳见汝，喜耶悲耶，悦欤怒欤否？此必无之事，惟究如何，我于何时能一面其人，请语我，请速语我。"纳古直待其语毕，始悄然曰："嫁矣。"语出，身乃大颤，倘弗自持，必且晕仆。密昔司一惊曰："嫁，是何言？"时桃睐方啜茗，闻语,张其小目曰:“阿母,孰嫁者?”密昔司不答,复曰:“是何言,竟已嫁耶?然则其弟如何?”纳古曰:“已死。”密昔司者素于纳古口中熟闻梵枯姊弟,其状直如素识,闻语乃益惊曰:“死耶?此实出于意外。”纳古曰:“诚然。我亦弗料及此。闻诸露莳,谓为恶友所迫致死。其言时颜色惨白如石,我遂不便更询,致伤其怀。”密昔司太息曰:“惨哉!使吾闻之亦悸,是无怪身当其事者。然其夫,汝见之欤?佳乎?”纳古曰:“见之。”言时,欲力忍其悲妒之色,顾乃不能,声亦颤颤。密昔司以手抚其肩,喟曰:“可怜之纳古勿悲!天下多美妇人,丈夫又何患无妻!”此语,密昔司特为无聊之劝解,既知纳古勿听,乃不待其答,又曰:“其夫佳乎?”纳古良久叹曰:“已而,复何言者。惟其夫仪表则良佳,然……”意谓然露莳至恨之也,既思此语殊不宜告密昔司,乃改之曰:“其人曰卡得。”密昔司一骇,忽却退数武,愕然曰:“卡得乎?”既又笑曰:“或者为同姓,亦未可必。其人至伟硕者耶?其名为谁?”纳古曰:“然。其名曰黠梅,似非英伦人。”密昔司大喜曰:“黠梅卡得,然则是矣。其人,吾尝与以同舟。”纳古曰:“密昔司亦知其生平否?”此时纳古心中颇欲人言其情敌之劣,然又自愧不应作是想,顾仍盼其答言。密昔司曰:“不知。然吾桃睐实为渠所救,以此之故,我虽至死,亦决勿忘其恩。”言次,现为感激之容,以手抚桃睐发,又曰:“吾亲爱之女儿,实为彼所再造。吾虽替渠死,亦无怨。嗟夫,此人之品行,吾敢决其必为世上第一人。君女友得嫁彼,直可谓为天下第一福人。吾知其心中必当愉快异常。密斯忒纳古,君闻此言,得毋恚乎?虽然,汝倘与其人相识稍久,亦当知予言不谬。”

纳古果大恚,前者彼尝闻密昔司数数称一人,谓曾救其娇女,纳古本爱桃睐如女,闻言亦至叹佩此英雄,孰知竟为卡得,遂以前此钦佩之心一变而为嫉妒,忿然曰:“君又安知其人非姓名偶同者,乃即夸奖至此?”此时密昔司为喜心塞满脏腑,竟不辨纳古之忿,笑曰:“是否其人,亦易辨耳。我与君试视一物。”乃抱桃睐于一边,狂奔至案前,启抽屉,于绵里中出一肖影,授纳古曰:“试视之,此人即君所云之黠梅卡得乎?此照系在舟中,约翰为渠所摄,用为纪念。此术,约翰本不精,故照殊勿佳,惟尚清楚耳。约翰每作事,辄不欲即了,故此照迄今,尚未粘于厚纸。君不见茫茫海水中,有一船,蓬底所坐之人耶?果密斯露莳之夫乎,抑否乎,抑为他人乎?”密昔司以喜极,语乃滔滔不止,至此始尽。纳古直待其语毕,始冷然曰:“然。”密昔司不禁狂喜,即茗冷亦不顾,唇动欲笑,吃吃几不能言。桃睐则含其小拇指于口中,张目愕然,不省彼二人究何事,但思其母面红如脂,而纳古则白如粉,设并而为一,不几类顽具中之泥美人耶。少顷,密昔司气稍苏,乃曰:“密斯忒纳古君,勿怪我何喜至是。君设与彼相识,其后久别重逢,亦必欣喜如我。君弗信者,可问约翰,当知其人,实为仁慈、诚实、谦而且端之佳士。噫,约翰至矣!”

于是约翰果推门而入。其人身材适中,发半秃,其他亦无特别之点,惟眼角眉梢,满蕴慈蔼之色,盎如春风。既入,即与其妻亲吻,并吻桃睐。密昔司不待其发言,即曰:“约翰,今日密斯特纳古,竟挟得好消息至矣,吾知君亦必愿闻之。盖救吾桃睐之恩人,竟在伦敦。约翰,其人非绝佳乎?汝曷以告密司特?盖男子恒信男子之言。吾语,彼或不信。”约翰曰:“费格特,卡得为汝友乎?吾前以为后此,当不能更见其人,不谓竟为吾友之友,然则世界固未大也。吾妻之狂态,君幸弗见嗤。盖桃睐为吾两人之性命,彼救桃睐,直不啻救吾一家。而吾侪亦以爱桃睐之故,兼爱其人。”密昔司曰:“诚然。彼实救吾母女三人。须知桃睐设竟不幸而死,吾二人复何生趣,寻亦郁郁而死已耳。则吾梵纳氏,不几绝嗣续耶?嗟夫,吾今忆及当年情状,中心犹惕。时天已将暮,灰黑作死色,风猛于虎。当潮流喘急中,忽有小儿堕入,锐声呼救,我闻声知为桃睐,大骇,陡觉眼前一黑,遽尔晕去。”言至此,涕泪满面,衣襟尽湿,目睹室外灰色之天,似彷彿犹在舟中时也。约翰以素巾为之拭泪,携桃睐手,面之笑曰:“今桃睐固在,汝何悲哉。”密昔司乃抱儿吻之弗已。约翰复面纳古曰:“嗟乎,费格特,当桃睐堕时,正海风动天,怒潮壁立,海为之白。设非黠梅拯之,必且葬身鲸腹。时众见桃睐忽堕,大噪,然无敢从并以救人者,我亦束手将晕,几不省为何事。但闻涌然一声,既复有巨声继之。张目一视,则桃睐为浪所卷,已在数码之外,忽止不动,沈浮于旋涡中,已将毙。顾虽不动,然使拿舟往救,必为水势冲而远之。倘欲跃下拯之,亦徒更送一命而已。方在此千钧一发之际,忽见有一伟硕之男子,游泳而前,始悟后闻巨声,即此人跃下也。其人力与浪战,困乃万状。设在他人,必且力尽而沈,或则却退而遁归。然其人则勇敢异常,仍力前不却。浪激其身,水乃四溅,可见其力之巨矣,然犹距桃睐尺余,在势不能更前,乃以口衔桃睐之发,乘流而归。众人乃亟取绳下缒,其人以口衔桃睐发,并以左臂挟其身,缘绳而上,则已困顿欲晕矣。”

言至此,少息,而密昔司急续之曰:“时吾适苏,已为人舁归室内。闻吾女得救,则大喜,狂奔至吾女所卧之室,即黠梅室也。见吾女已恹恹垂毙,则哭而抱之勿释,亲吻无数,而黠梅即卧于对面藤榻上,衣服均濡,喘息将晕。予感绝,泣不可仰,径前吻之。”约翰曰:“数日后,吾女遂愈,活泼如初。予感其人至绝地,舟人亦佩其义勇,而其人则至谦,每耻言功。闻予感谢之言,则立乱以他语。嗟夫,义勇如此,而谦恭如彼,世界虽大,殆无第二人。费格特,君以为如何者?”梵纳夫妇滔滔而述,忽哭忽笑,厥状类痴。而纳古心中则但有嫉之一字。盖卡得不特夺其夫妇之爱,并夺其朋友之情,知此时梵纳夫妇心中,除卡得外,直更无一人矣。又恐己恚忿之色,为彼所见,乃佯回首以视桃睐。桃睐听其父述竟,以小手抱纳古腕,展辅笑曰:“密斯忒,我至愿其来此,与我共茗。”纳古握其手曰:“我亲爱之人,汝愿孰来此哉?”桃睐曰:“密斯忒黠梅卡得耳,即拯我之人也。”密昔司曰:“此必然。我必请密斯忒纳古偕之来,我乃甚欲见彼。约翰,汝妒乎?”语已失笑,约翰、桃睐亦笑。纳古不愿闻,乃起立曰:“贤伉俪称彼佳,乃止此一事乎?其身世职业如何,吾意称道其人至此,谅必知其底蕴。”密昔司愕然止其笑曰:“予殊未知。约翰,汝亦知之乎?”约翰摇首曰:“未也。”纳古乃不禁微哂。

第十二章

嗟夫天乎,吾生何辜,乃苦苦使我入此犴狱。言者盖为露莳,时方立小厅事中。日光射窗而入,烦热至不可耐。与之并立者,即为卡得,闻语,则柔声曰:“密斯,此处不过屈君暂居一宵耳。君欲归者,吾侪明日即可至君家。倘不欲,则另赁一屋亦佳。此屋固太窄也。”露莳曰:“何言,何云吾侪?汝非狱卒,何乃监守我侧,苦苦勿释?”卡得微笑勿答。露莳怒曰:“何为不答?不屑耶,口缄耶?吾宁使汝痛扑我,不欲见汝偃蹇之态。”卡得曰:“吾亦知汝祈我痛扑汝,藉此可以离婚。然吾必不忍,且……”露莳曰:“且何为?且待异日寸磔我乎?”卡得欲语复止,少顷始曰:“且欲吻汝樱唇,以示我爱。”露莳大恚曰:“佳,汝乃侮我!”言次疾驰上楼,第闻履声跫跫,径入室中。

卡得微喟,亦弗尾之,启门入左室。时马丁方伏案作书,闻声乃昂首曰:“黠梅,吾弟适曾至此。”卡得曰:“格林惠斯拉斯至乎?谅为金钱至耳。”马丁蹙额置其笔曰:“吾恐其人,实有大不利于君者。”卡得不悦曰:“任之。吾决勿畏彼。”马丁曰:“实则君亦不能怪彼。君自娶后,乃大不信用其人。”卡得曰:“即不信彼,彼将奈何?果欲奈何我者,我必报之警署。”马丁哂之曰:“予恐未能。”卡得曰:“何不能者?”马丁曰:“奇矣。胡乃问我?汝但自视己心,果白于吾弟欤(马丁实为格林惠之姊)?亦有劣迹,足为吾弟所藉口者否?如其有之,则汝能诉吾弟于警署,吾弟独无口耶?吾恐汝劣迹一宣,彼美目秀发之露莳,亦不为汝有矣。”卡得默然不答。马丁不禁笑曰:“由是观之,则格林惠谓汝真爱彼女,确矣。”卡得怫然曰:“配格休矣。凡汝所语,直无理由可言。”

言次,回身以目视窗外,置之不顾。马丁痴然注视卡得之背,曾不稍瞬,少顷,忽跃起曰:“然乎。汝固爱彼女耶?负心人,我固早料及此。汝口密而腹剑,汝实为薄幸之尤。负心人,我为汝作伪言,作狗窃,及其他种种不法之事,均因汝耳。汝今乃竟弃我,爱彼妖女,须知彼女恨汝次骨,至于闻汝声而颤,汝尚能爱之耶?噫,汝无耻无良之狗!”语至此,不禁放声狂哭。卡得徐转其身,蹙额曰:“配格,汝何胡闹至此?汝作狗窃,作伪言,果为我耶?咄,汝但自问汝心,汝宝贵之阿弟及汝心中,何非因阿堵物?若谓负心,则更奇异。我之于汝,不过朋友,‘负心人’三字当作何解?”马丁闻言大怒,泪眼立干,大声曰:“汝佳,汝竟出此无良之言耶!汝前娶彼之时,吾犹以为亦如我然,不过利用之者,未必果爱。今乃知……”卡得愠曰:“配格,汝稍静。须知我生平,固非好色者……”马丁呼曰:“非好色乎?彼楼上之女,谁耶?试言之,汝试言之!”卡得怒曰:“吾妻耳,汝未之知耶?且吾娶彼,初非恋色,其原因,汝当知之,何问为!”马丁曰:“汝尚讳耶?汝以为彼女失却之夜,汝张皇之状,予目已盲,乃一之未见,而吾弟亦愦愦乎?试问不爱彼,胡至是?”卡得徐昂其首,厉声曰:“即爱之,汝将奈何?”马丁大怒,面均赤,手冷几如鬼,狂拍其案,响乃震天,且大骂,半杂以恫愒之词。卡得但冷然视之。马丁骂曰:“无良之狗,汝竟敢弃我乎!佳也,汝得新弃旧,竟尔忤我,特惜彼女未必爱汝如我,肯助汝作不法之事。汝既厌我,我固不妨即行,此后有事,幸勿唤我。”卡得冷然曰：“汝欲行者，即行可耳。实告汝，我前此之生涯，今亦颇觉其非，后此必不更作。”

马丁大愕，立止其詈。盖马丁此言，不过藉为恫喝之词，不意卡得竟作此语，则大骇，既思此必伪言，为已所迫，而又不甘降伏，因无奈，乃出此耳，因曰：“汝竟欲为上流人乎？”卡得曰：“然。后此必勿更蹈前辙。惟汝姊弟，则吾必当善待如初……”马丁闻言，知真矣，泪珠荧然，不禁夺眶而出，悲声曰：“黠梅黠梅，汝今娶得有钱之妻，竟欲弃我姊弟耶？嗟夫，上帝鉴之！”言已大哭。卡得不耐曰：“配格，尚有他言否？我欲出矣。”马丁且哭且言曰：“俟之。我安得不言，不言必且腹涨而死。汝无良之狗听之，我今祷于上帝，愿汝爱彼女如我爱汝，而彼女待汝，则如汝之待我，使汝大伤其心，使汝因伤而病，因病而死。嗟夫，上帝鉴临，使汝终有如我颂祷之一日！”

卡得哆唇不答，返身欲行。马丁忽疾前，扯其衣，泣曰：“黠梅，汝竟恼耶？嗟夫，吾心碎矣，乃致语无伦次。吾侪共事数年，汝竟不能恕我耶？噫，吾爱汝耳，吾惟爱汝，乃致狂呓。幸恕我，后此必勿尔矣。”卡得现为憎鄙之色曰：“我何尝有一言，恕汝与否，均汝自言耳。汝但稍静，即恕我多矣。”语次，脱马丁手中之衣角，出室径至楼上，见卧室已阖，微推之，则已键，不禁长喟，乃入隔室，惫甚，倚沙发少憩。时天已入暮，晚风习习，微带花香，案上瓶花，方展其红酣之颊而笑，窗纱半卷，微露窗外灰色之天。卡得自思此状，颇似舟中，当时偕福郎雪司归时，万不料后事乃竟一变至此。今此世上，已无福郎雪司其人，而其所常称之姊，竟已为我之妻。我于前此生涯，今亦不能更作。在理，卡得至此，当自失望。顾殊不然，又思配格今者，亦疑我与露莳真有爱情矣。此系妇女妒心使然，固无足怪。然试扪心自思，予果真爱露莳否耶？盖卡得之为人，生平实无爱情可言，但有利用妇女，马丁即其一也。及见露莳,乃不自觉其生平未尝知为何物之爱情,竟不禁油然而起,故一念露莳容貌,心辄为之油然。念此美人,今竟为我之妻,纤手之上,居然御我指环,其荣幸为何如。特惜女郎心中,衔恨至深,视己有如蛇蝎,至于闻己之足声亦恨。今且键其室门,不容己入,是则路人不如,直仇敌耳,安名为妻?虽然,任为如何恨己,渠终已为己妻,万不能逐我出此大门之外,则我岂竟无转圜之余地?思至此,意似有所决者,则微笑起立,至于室门之前。

第十三章

卡得以指轻叩其扉,少顷,门呀然辟,露莳于门隙中,呈其娇小之躯,见为卡得,似一惊,立以身障其门曰:“何为,汝至将何为?”卡得曰:“密斯,我将有言。”言时,声至和蔼。露莳不觉退立,竟任之入。卡得复阖其门,回身曰:“密……噫,君指环何往矣?”盖露莳时方以手自按胸际,卡得忽见其左手之结婚指环,竟失所在,则大骇,亟询之。露莳冷然曰:“我掷之矣。我于结婚日即已掷之,我何需此龌龊物?”卡得柔声曰:“然则密斯之意,后此将如何?”露莳曰:“我固有家,绝不藉汝为活。”卡得曰:“密斯露莳,君意欲去我耶?然汝,吾妻耳。”声至柔和。又曰:“密斯,君毋然,吾侪当相爱。我于前时,行为虽颇不正,然今已知自悔。密斯又何靳不予我自新之机?”露莳却立数武,倚身于壁间,恨声曰:“吾恨汝,福郎雪司之事,吾至死亦不能忘。汝之娶我,无非娶金钱耳。今之巧言令色,亦莫非恐我竟舍汝而去,则汝一辨士且莫得,宁不徒耗无数心血!”露莳此言,盖欲激之使怒。卡得果赪,以齿啮唇,似力抑其怒气。

露莳又曰:“我知汝为金钱耳。倘我贫如乞丐,则汝亦早力蹴我以出此门。”语至尖刻,顾卡得殊弗愠,但以手低抚其肩,目光凛然,直注其面。露莳颇震,俯首至臆,不敢仰视。卡得始朗声曰:

“露莳,汝何揶揄我至是?若他人言此者,我必酬以利刃。惟汝,则我必勿怒,且益爱汝。嗟夫,露莳,他时必有一日,汝将语我曰‘吾爱汝矣’,然已晚耳。”言至此,复伸一手抱其腰,柔声曰:“吾妻,吾至爱汝,即汝所践之尘土,吾亦将一一亲之以吻。以吾品行,自知不足爱汝,即为汝刷履上之尘,亦且弗称。然吾实爱汝,爱汝之切,直不减于汝之恨我。果福郎雪司生者,必能证实吾言。吾初见汝之时,即爱汝性情不同凡俗,而汝则至憎鄙我。初,吾颇愠,及后思之,凡汝之所以憎我者,实因我爱汝之故,抚躬自问,我诚不足以当汝爱。汝之憎我固宜,我乃益服汝知人之明,抑且引以自愧。凡此,君弟均知之。”

露莳声颤颤似欲哭曰:“福郎雪司知欤?则汝何勿许我告以结婚之事?嗟乎,此伪言耳。汝但欲达汝目的,无论何言,均可伪作,我何能信?吾嫁此人兽,吾弟乃能悦耶?咄,吾万万勿信。”卡得笑曰:“孰云彼悦者?彼知我深,且汝为其爱姊,自决不欲其姊委身匪人。”露莳力脱其身,厉声曰:“吾知之矣!结婚之日,我尝与彼一函,告以结婚之事,彼殆曾有覆函,嘱我勿嫁匪人。为汝所得窃视之,故知其意。然乎?”卡得曰:“密斯,汝之函,彼实未见。”露莳曰:“汝言我决不信。汝前者亦以诈术播弄福郎雪司,以格林惠置于吾家,以为侦探。吾弟不察,竟中汝鬼计,信任格林惠。”言至此,泪落如绠,点点悬颊而下,呜咽曰:“吾不审上帝,胡竟容此恶毒之魔鬼!”卡得本绝镇定,至此,心乃不禁大动,颊赤如胭脂,颤声曰:“露莳,汝何不信我至此!噫,我倘能使君弟复生,以释汝恨者,我虽死亦甘。我亲爱之露莳,愿汝怜我而信我。君函,我敢立誓,渠实未见,至窃视人家书信之行为,则我虽劣,亦不至此。露莳,汝其信乎?”此态实为卡得从来未有之状。然露莳仍不为动,掉首哂之。

卡得态忽变,失声而笑,伸两手抱露莳腰。露莳大惊,力推之,然臂着胸际,坚乃如石,力抗不得脱,则泣呼曰:“释我,趣释我,汝乃以野蛮手段,加之弱女子耶!”卡得不答,俯首吻其惨白之樱唇,始释手。时露莳已泪被满颊,发零乱若狂,面白如石刻美人,态至可怜,以手自拭其唇,冀去其垢。卡得笑曰:“露莳,可往告之纳古,谓汝夫……”露莳状直如狂,呼曰:“何告为?彼固知之,彼固知汝非人,知汝为人面之兽。”卡得不答,吃吃作惨笑。露莳不禁微颤。少顷,卡得颤声曰:“露莳梵枯,君既如是绝我,则我此后,亦决弗更扰君,但求君居此,否则至他处亦可,惟须与我偕耳。其余,则一任自由,如未嫁时。密斯露莳,汝毋泣,汝他时欲我再吻汝者,恐须汝求我矣。”语次,遂启门出。露莳乃伏案恣泣不已。

第十四章

露莳伏案恣泣,愍愍惘惘,不知历几许时。天已入暮,晚风透窗而入,尚带热气。露莳自思己之前途,为状大似薄暮之时,行于甬道中,只藉外间一线天光,以辨途径。乃有巨鬼伸两手阻其去路,一线微光,遽为其巨大之身所蔽,则未有不颠而蹶矣。此巨鬼为谁?即其夫也。继思,即使蹶而死,予亦无惧。盖无论其如何,亦不过死而已矣。思至此,乃以手微掠其额际之发,见白色窗纱,方被风吹,闪闪而动,似魔鬼向之招手。露莳微喟,拭泪起立,至镜前自照,不禁现为惭赧之容。盖思己高洁之樱唇,竟为彼恶徒所吻。当卡得之吻着唇时,直如被一毒蛇所蛰,至今似有余痛。泪点乃落如散珠,则举素手力自拭之。

忽闻门上有剥啄声,露莳以为卡得,乃不声。少顷,门启,则马丁也,俯首言曰:“密斯容吾入乎?”露莳颔之。马丁乃缓步而入,随手阖其扉曰:“今此来,实与密斯为别。”露莳曰:“君迁屋耶?何为乃欲去此?”露莳之于马丁,初实未尝有所惓恋,惟闻其去,则觉后此将益增孤寂,是以不无怏怏。马丁曰:“吾居此,实已厌。此地之人,均不可与一日居。然吾言,密斯自不在内,幸勿介意。”又低声曰:“密斯,今吾将有一言,幸恕唐突。密斯年轻,殊少阅历,何以竟嫁卡得?”语轻而速,态至局促不宁。言已,以手自弄其衣角,而目光则仍觑露莳。见露莳面色泛为青白,体亦颤颤勿已,抗声曰:“诚然,吾亦不解。吾前此何愚,乃竟嫁之!”马丁闻言,目灼灼现为得意之色,亟曰:“密斯,固不悦其人耶?吾今有一语,不识于礼当否。盖密斯倘不以我为鄙,吾侪偕行如何?”露莳大喜曰:“佳也,惟不可使卡得知之。”马丁亟摇手曰:“密斯语声当轻,属垣恐有耳也。此事自不可使第三人知。惟密斯对于卡得,是否果不爱耶?”露莳曰:“吾何能爱彼?彼直吾仇耳。”马丁曰:“若然,佳也。惟密斯此去,亦有戚友可依否?”马丁此语,固知露莳无戚,友则惟纳古一人。然其失踪以后,卡得必疑纳古,设往觅之,自必仍为所获。露莳聪明人,安有勿知?则为露莳计,只有与己偕耳。及露莳发言,果不出其所料,曰:“密斯马丁,予生不辰,致为世界畸零之人,殊无戚友。倘蒙不弃,愿依密斯而居。若房饭金,则予尚能负担。”言未竟,马丁冷然曰:“金钱乎,密斯,君倘至我之年龄,当亦不复重视之矣。”言次,复嘱露莳数语,语至繁碎,吾书可以弗述。少顷,遂先露莳启门而出,至梯前,扶首思顷之,忽纵声笑,为意至得,乃疾驰下楼去。

数句钟后,有汽车一轮,止于卡得门首,电灯两盏,闪闪作光,如魔鬼张其巨目。灯光之中,有男女二人,方与居停人闲语。女色殊不豫曰:“适出耶,抑何缘之悭哉?”居停曰:“不久或当归,盍请入室少待?噫,来者非密斯忒卡得乎?”于时卡得适自歧路彳亍而归。二人乃大喜,亟前迎之曰:“密斯忒卡得,吾侪别久矣。”卡得笑曰:“吾以为谁,乃密昔司梵纳及吾老友约翰。辱荷贲临,蓬荜生辉矣。”言次,伸手与密昔司相握,并握约翰。而密昔司之口,乃如漏底之瓶，汩汩不绝，其言殊繁碎，吾书亦不能尽记，大抵云吾如何闻君居此，如何惊喜，如何来此。桃睐至欲见君，愿君与吾侪偕至旅舍晚餐。言次，复展其双目，作娇笑曰："密斯忒卡得，君今既为我所见，则万不能轻释君。予自别君以后，实无一日不念君也，即约翰亦然。吾夫，吾言然乎？"约翰点首曰："诚然。吾妻言是也。"而心中则私念卡得何憔悴至此，其状若有重忧者。密昔司微笑曰："密斯忒卡得，吾前者闻君已婚，而夫人之美，直为天仙化人。君可为吾介见否耶？今夕，并请贤伉俪偕至旅舍，与吾侪共餐。密斯忒卡得，愿君从我之请，可乎？"卡得闻言，颊上之肉忽跳动不已，为状似至不宁，低声曰："谢君盛意，容与吾妻言之。贤夫妇曷入内室稍坐？"密昔司曰："诺。"卡得乃导之至一室，此室卡得不常入，屋角已有蛛网，案上亦积微尘。卡得捩灯使明，向梵纳夫妇道歉而出。密昔司愕然四顾曰："约翰视之，此室何其陋耶！吾意如卡得人品，当以皇室居之，何乃居此鼠穴？"约翰曰："此屋亦颇修整，安能比为鼠穴？惟吾闻之居停，谓卡得将迁矣。"密昔司乃微哂不复语。

时卡得既至楼上，意殊不欲往见露莳。以日间强吻露莳之唇，思之弥觉自愧，然步履仍进行不止。偶一昂首，忽见室门已辟，其内黯黑如漆，亦无声息，不觉一惊，亟奔入室，捩灯使明，则室中竟无一人，即露莳之物亦均失却。惟己赠彼之盒尚存，顾其内亦空。乃不禁大惊，面色立泛惨白，自恨信之过深，以为露莳必不更遁，乃致大意。至此，今悔胡及哉！忽见案上有一白纸，有针钉之，取视，见上书云："予今行矣，此后必不更入此室。然此实为汝所迫，万不得已而为此。汝宜自责，不当责人。"卡得读已，眼前似觉一黑，此尖利之针似不刺于案上，而刺其心中，痛乃异常。力掷其纸于地，顿足长喟。忽忆客尚未去，乃力自镇定，缓步而下。密昔司闻履声跫跫，以为必露莳偕卡得入矣，亟起立，顾入者，竟只卡得一人,不禁愕然。卡得曰:“密昔司梵纳及吾老友听之,吾妻病矣,有负雅意,嘱吾道歉。”言已,强作微笑,然但口角微动而已。密昔司不禁大失所望,盖密昔司以崇拜卡得,遂并及露莳,恨勿力抱而吻之,今竟不能得见,则其失望为何如,乃曰:“既如是,则君亦不能偕吾侪往矣。”卡得曰:“然。愿君恕之。”约翰曰:“此何恕之有?譬如吾妻病,君来召我,我亦万不肯舍吾妻至也。”密昔司曰:“时晏矣,桃睞必倚门而俟。密斯忒卡得别矣,君夫人,幸为转候。我与夫人虽未尝一见,然我心中,则已深嵌其可爱之状,不可复灭。并愿其爱君如我,而崇拜之心亦同之。”卡得曰:“谢君厚祝。”密昔司遂与约翰挽臂而出。

卡得送之上车,阖门复入,耳际似犹闻密昔司之语声曰“愿其爱汝”,似于嘲谑。信足竟至马丁室前,讵亦深黑,卡得一骇,锐声曰:“配格!”顾无应者,而居停则已闻声出视,愕然曰:“密斯马丁去矣,盖与楼居之密斯偕。”卡得始悟,念己何愚,乃竟不防马丁报复,然面色仍勿改,但曰:“已去乎?吾以为彼等必于明日与予偕行耳。”居停曰:“明日君亦将行乎?”卡得曰:“然。房金付一月可耳。”居停无语,返身自去。此时卡得植立于黑黯之中,万念乃潮涌,深悔己之自信太坚,以为必无一人敢与己抗。而马丁则尤所不料,忆前时种种厚待其姊弟,直不啻一家人,不谓豢虎至长,乃遭反噬,竟诱露莳以去。即格林惠,数日未见,谅亦与之偕遁无疑。思至此,心中似有利刃,刺刺作痛。知露莳一时失策,随马丁而行。彼姊弟鬼计万端,料必百计恫喝,诈取其金,凌践如足下之土。尔时露莳虽悔,当亦无计脱其掌握,即我亦何从救之。嗟夫,凡此种种,实均我有以致之,无怪露莳恨我至此也!因顿足息悲曰:“嗟夫露莳,我前者尝谓汝能成我,亦能败我,今果然矣。我之寸心,均为汝所搅碎。前途生趣,亦且为汝消灭尽矣。”

译者曰:嗟夫卡得,汝何知之?汝之恶心,倘非露莳为汝搅碎,则此后何能更易一心。譬塑泥人者,初塑一魔鬼,虽百饰之,安能成为美人?必碎而更塑,乃始可耳。

第十五章

朝曦初升,微红抹碧窗之一角。梵纳夫妇及纳古、桃睐,时晨餐初过,约翰戏加桃睐于膝,持而摇之,桃睐大乐,吃吃笑不已。若在他日,则密昔司必抱而吻之,顾今日则殊不然,仍蹙额自读其信,置其可爱之娇女于不顾。少顷,读竟,乃以授其夫曰:“约翰试视之,此果何为者?”约翰闻语,亟置桃睐于地,自密昔司手中取函视之。既竟,乃置之案上,笑曰:“此事吾固早已料及。尔日吾侪去时,彼色至不豫,殆怪吾侪唐突。此书中所云,亦不过设辞,特使吾侪勿更往耳。”密昔司愠曰:“君言抑何可笑。渠何为勿欲吾侪往?彼云有事远出,殆诚言也。”约翰哂曰:“若为诚言,则何弗书居址?吾爱听之,彼为吾恩人,固不应加以窃议。然其行为,抑何不可思议?此后,愿汝勿更以‘黠梅卡得’四字置之心中。”

纳古闻言至此,始知彼二人所谓彼者,即卡得也,乃曰:“卡得如何,行欤?”密昔司悲声曰:“然。前夜予往视彼,并请其偕密斯露莳至吾家晚餐,讵密斯露莳忽病,遂不至。今书云竟已迁往他处……”纳古失色曰:“露莳亦行耶?”约翰曰:“然。书中固如是云。”纳古忿然曰:“伪耳。我必不信,且一往视之。”言次起立,密昔司笑曰:“彼不喜居此,偕妻另迁,亦何足怪,胡不信之有?”纳古曰:“否。吾知露莳若去,必无不先告我之理。”语已整衣自出。其时犹早,道上行人尚稀。纳古疾驰而行,幸无车与相撞。少顷,至卡得门首,纳古乃止步,以手轻叩其扉。则有一老妇启扉而出,发蓬松被其额,眼皮浮肿,角上缀眼粪无数,盖即居停妇也。以纳古来过早,则蹙其眉,现不悦状,冷然曰:“客胡来哉?”纳古曰:“密斯忒卡得在乎?”妇曰:“行矣。即二女亦去。”纳古诧曰:“胡得有二?”妇恶其絮,张目大声曰:“二则二耳,何云胡得!”纳古乃探怀出一金镑,置妇掌中。妇见金大愕,疑为梦,既识为真,则不禁失声而笑。其口本如守口之瓶,至是立去其塞,且一变其憎厌之容,易为欢迎之色,肃客入室小坐。谓卡得之行为,实为不法,常与一少年为鬼蜮之事。然自居此以来,未欠一日房金,则其人又似佳也。纳古曰:“此少年为谁?”妇曰:“即密斯马丁弟耳。而马丁亦即予适云二女之一。予所知者尽此,其他亦无可告先生矣。”纳古无奈,乃探怀出铅笔,于名刺之背书居址付妇曰:“汝于他日,凡闻有关于密斯梵枯之事,请即告我,当重酬汝。”妇诺。纳古遂返身而出,心至郁怒,念卡得者,孰知竟为匪人。居停之语虽不可尽信,然卡得设为中心坦白之人,则何以畏见梵纳夫妇,乃竟避不之面。露莳身适匪人,其伤痛为何如,惟渠既行,何以竟勿告我?

纳古且思且行,忽与一人相撞。纳古大怒,及昂首,则卡得也,乃亟曰:“密斯忒卡得,予适至君家,觅密斯露莳,讵已迁去,予心殊怏怏。今幸见君,愿偕我至君之新宅,一见夫人。”卡得曰:“密斯忒纳古,此不能。”纳古曰:“何也?岂夫人病未愈欤?”卡得摇首曰:“初未尝病。”纳古怒曰:“然则何不能?我为渠老友,何乃不容一见?”卡得曰:“汝未之知乎?露莳背我遁矣。”纳古惊曰:“遁乎?”卡得曰:“然。我自前夜直觅至今,亦不见其影踪。”言次微喟,不禁于目中流露其悲痛之状。盖知露莳此时必为配格姊弟囚之斗室中矣。而纳古殊弗深信,曰:“彼何为欲遁?吾殊勿信。”卡得惨笑曰:“彼非告汝,谓彼实恨我耶。此语诚也,其遁亦因此耳。”言已,举步欲行,纳古亟握其臂曰:“先生,然则我助汝觅如何?”纳古此时竟已忘其夙嫌,声至诚恳。卡得摇首曰:“谢君,然无须也。”纳古乃释其手。卡得亦行,行至三数武,复回顾曰:“密斯忒纳古,君倘见露莳者,幸为转告,嘱其勿惧我。我誓不妨碍其自由,任其如未嫁时。渠倘欲见我,则以居址问配格可也。”言次,不待纳古之答,即复匆匆自去。

第十六章

露莳自榻上微张其目,神思惘然,几忘此为何地并为何事,但觉身飘飘然似方飞于空际,耳畔则嗡嗡作声,视屋顶日光,潋滟而动。久之,眩甚,乃微侧其首,见屋小而敝,壁纸破落,缕缕下垂,陈设亦至鄙。有一妇方启窗外视,欠伸作倦容。露莳陡见此妇,忽一惊,失声曰:“噫,马丁!”马丁闻声,乃回顾曰:“尔苏乎?吾深为尔忧,以为必且死矣。汝亦知汝病已几日乎?”露莳曰:“嗟乎,吾何知哉?吾终日昏昏,如在梦中,至今神始稍清。”马丁冷然曰:“两礼拜矣。今汝可勿声,且饮药稍睡。”露莳曰:“密斯马丁,然吾不能复睡,奈何?”声至可怜。然马丁仍不为动,冷然不答,自案上取药饮之。露莳微蹙其眉曰:“药味恶哉?”马丁不答。露莳乃闭目少憩,竟入睡乡。及醒,则案上已燃一小灯,受风而摇,幽绿如豆。窗外明星烂然,盖入夜矣。马丁方立于床前,视露莳顷之,俯身问曰:“尔目炯炯何思?”露莳泫然曰:“吾思去此耳。”马丁蹙其浓眉曰:“去将安适?”露莳泣曰:“吾又安适哉?予固畸零之可怜人耳。”马丁曰:“不有夫耶?”露莳不答,而面上之惊色则似已语之曰:“吾乃惧之如汝。”马丁厉声曰:“汝固欲行者,愈后即行可耳。然汝亦勿必谢我,今晨报上有告白一则……”语至此,复狞笑曰:“此事吾早已料及,渠(指卡得)必如此。”露莳曰:“得毋卡得寻我者耶?”马丁曰:“然。然报上初未书汝之名,其书盖密码也,云吾侪倘更匿汝勿出,将……”露莳曰:“将奈何?”马丁笑曰:“吾言之,汝必且骇。盖云倘更匿汝勿出,将诉吾侪于警署。彼言不发则已,发则必践,殊无畏却。彼盖因汝之故,即自悬于梁,亦弗恤矣。”言已,轩眉作狞笑。

露莳哆唇微哂。马丁曰:“汝何哂?汝意以为汝身分高,黠梅乃不称为汝死耶?”声至厉,圆睁其双目,几欲迸火。露莳大惊,亟闭目避其目光,自思此妇何竟与前判若两人,即其弟亦然。盖马丁前此虽妒露莳,然以畏卡得故,尚力忍之。至此,则已百无所惧。此柔弱之女郎,尚何能免其毒手?若格林惠,则更可弗言。盖彼姊弟二人,直视露莳如死囚,禁之不使外出,并出种种伎俩,迫之出钱,否则即凌辱之不遗余力。此数礼拜中,露莳日以眼泪洗面而已。时马丁见露莳不声,以为慑其威矣,遂亦不言,岸然而坐,以目痴然视灯,顷之,乃曰:“今晚吾且往彼所约之地,往见黠梅。露莳病至此,当不能遁。”此言,自语耶,抑为语灯,殊不可必。语已,回顾露莳曰:“我将往见黠梅,汝欲我转达其爱情乎?”露莳不答,而心中则方以卡得与配格姊弟互较,觉卡得虽恶人,惟平心而论,其待己亦不为薄,较之配格,何啻天壤!虽己恨之之心,未尝稍灭,然欲脱配格姊弟毒手,则实非渠不能矣。嗟夫,幸出犴狱,竟入虎穴,侬命抑何薄哉!思至此,虽坚闭其目,而泪乃不禁夺眶而出,竟失声泣矣。马丁笑曰:“吾亲爱之孺子,毋泣。汝以为黠梅将苦汝耶?吾恐即缳其首,彼亦决不为也。”言次起立,至另室易衣,既竟,复至露莳床前问曰:“汝有言告黠梅乎?”露莳凄然曰:“请唤渠来偕我返家。”马丁诺,遂出室下楼,启门而出。适一电车停于街前,马丁亟跃上,车亦辘辘而行。

是晚,天颇热,车中乘客复多,至觉烦热。马丁痴然兀坐,及车至其所往处,尚不觉。逮闻司机人唤,始如梦初醒,匆匆而下,徒步入衖。至一小屋前,始止步,轻叩其扉。此屋盖亦格林惠之一窟也。少顷,一妇人启扉而出曰:“密斯马丁耶?”马丁不答,举步自入。妇亟曰:“密斯,屋中无人在也。”马丁曰:“居停,吾知之。”言次,径上楼,旋案上灯,使稍明,喟然就坐,貌至尴尬不宁。当前数礼拜,马丁心中实至得意,以为胜卡得矣。然今仍不免为卡得所败,安得无忿。忽闻履声跫然,马丁知卡得至矣,不禁微怵。而卡得果入,狞视马丁,现为且喜且怒之色。喜盖喜其竟至,而怒则怒其匿露莳耳。马丁悄然曰:“吾至矣。”卡得曰:“彼现何在(指露莳)?”马丁自思,吾不告彼,则彼必告警察,此事虽无实据,吾犹可赖。然卡得与我果决裂者,必举从前已往之事,一一自白于官,渠虽不免有罪,然渠自甘牺牲,虽死勿恤,而吾姊弟二人不将同受缳首刑哉?念至此,知己不可与抗,则佯笑曰:“彼在吾别墅中耳。汝有暇,可一往视之。彼今颇欲见汝。”卡得诧曰:“彼欲见我耶?”马丁曰:“彼今但求远吾姊弟,其他亦所不计。近渠病几死,今始稍愈。”卡得曰:“此必为汝等逼之使然。配格,汝可毋辩,此数日中之事,予虽未见,然亦可以想像得之。”言次,二人均默。少顷,马丁哀声曰:“黠梅,汝竟无他语耶?”卡得曰:“然。行矣,可为吾导。”马丁痴然视之,冀其更有所语,然竟无之,乃相偕下楼,马丁身摇摇似欲晕。至门次,卡得呼车,二人既上,卡得令马丁告以去处。马丁无奈,语之。车遂疾驰而行。马丁睹卡得喜状,妒心乃益炽,念己前者尽力为卡得办事,竟不能邀其一盼。今露莳恨渠至此,乃犹爱之如命,诚可谓不辨良莠者矣。乃大恨,又念己之可怜,泪乃簌簌而下,思此车一停,则己之末日至矣,因盼此车永无停时。

而车忽戛①然止,卡得立推门跃下,马丁继之,心大痛,身摇摇欲晕,卡得亟扶之,始免于仆。至梯前,马丁即止步,悲声曰:“汝可自上,第一室是也。”卡得点首,乃自上。至室前,以指轻叩其扃,久之无声。卡得乃径推门而入,见案上残灯一点,摇摇欲灭,光至黯淡。露莳阖目卧床上,色至憔悴。卡得不禁凄然,蹑足至床前。露莳微启其目,悄然曰:“卡得君乎?予未睡也。”言时,拗身欲起,顾乃无力,则伸其手握卡得,泫然曰:“予欲归矣,愿君携

---

① “戛”,原文作“曳”,据文义改。

我归。”此时露莳于惛惘中,竟忘卡得前愆,但忆其“吾终爱汝”一语。卡得欠身就床侧坐,低声曰:“露莳勿悲。汝愈时,我即偕汝归矣。嗟夫露莳,愿汝信我。自汝行后,我心已碎。惟吾不德,乃致累汝尝如许之苦滋味也。即自思之,亦殊不能自恕。”露莳坚握其手,泣曰:“吾万不愿更居此矣。吾恐即为犴狱,亦决不致残酷若此。”卡得欲慰之,顾百思不得一语,默然久之,乃起立曰:“愿君自宽勿悲。归后如不欲与我同居,我亦许之。我誓不复妨碍汝之自由。嗟夫,吾倘能立死以赎罪者,吾亦甘之。”露莳不答其言,呼曰:“君欲行耶?噫,乃抛我于此乎?”卡得俯首柔声曰:“吾去即至耳。”乃唤马丁命伴露莳,遂出室而去。马丁狞笑曰:“露莳,汝二人相见乐乎?此后夫妇同居,当益乐。吾言然乎?”露莳曰:“否。渠允我矣,我二人可弗同居,并誓不复妨害我之自由。”马丁戟指大声曰:“汝愚人,汝乃信其言耶?”言次,蹙其眉,张其目,厥状有如狞鬼。

第十七章

卡得既出,遂往坎星墩,往见梵纳夫妇,欲以露莳付之,以践其不更相见之言。密昔司大喜,亟允之,惟约翰不悦,以兹事鹘突,不可索解,殊不能无疑也。及与露莳同居久之,则亦颇爱露莳,且欲偕其妻女,同往海滨消暑。请纳古以此意告之卡得,纳古往白卡得时,时时掉首他顾,末则谓予不偕行也,其意盖恐卡得疑为己意,欲与露莳偕行,远卡得也。卡得闻言哂曰:“露莳病后,能居海滨殊佳。惟君何勿行,须知机会且至矣。”纳古曰:“何名机会?君言吾殊不解。”卡得曰:“汝未知耶?然我前曾告汝,谓此后将任露莳自由,彼欲另嫁亦可。”纳古曰:“果耶?此安可者。”卡得喟然曰:“不可亦无益耳。”言次少默。纳古曰:“彼即自由,亦何涉于我?”卡得曰:“吾友何必讳?汝非爱之切耶?露莳尝言,彼亦爱汝。”言次微喟,纳古不禁赧然。

夕阳将下,露莳方立于海滨,衣裙为风所吹,翩翩而舞,遥望之,亭亭如神仙中人。桃眯方立其侧,哆其小唇,以手指海曰:“密斯视之,我晨间制一纱堡,置之海滨,乃为彼所偷而去。”露莳展辅笑曰:“为浪所卷去耶? 是诚可恶。然汝毋恼,更制一可耳。”桃眯曰:“且我曾堕入海中几死,故尤恨之。”露莳微笑,以手抚其发曰:“吾亲爱之人,汝曾堕水耶? 或浴盆中耳。”桃眯曰:“浴盆安有如是之巨,实为海也。其事,吾母尝为我历历言之。我则但忆有人跃入水中,救我起耳。密斯,汝以为其人勇乎?”露莳以目视海曰:“世果有其人者,亦云勇矣。”桃眯曰:“是诚有之。阿母谓其人之义勇,世界当无其匹。噫,阿母至矣!”时密昔司果至,现为惫倦之容,以手自拭其面曰:“嗟乎,热哉,吾身几融化矣! 然此地抑何凉爽?”露莳仍以目视海曰:“然。此地海风殊大。桃眯适为我言,彼尝堕入海中,果耶?”桃眯曰:“阿母,予非曾堕海中耶?”密昔司抱而吻之曰:“诚然。其时倘无彼(指卡得)者,则吾今日,必已失此娇小之女儿。”露莳曰:“此事真欤?”密昔司诧曰:“密斯乃未之知乎?”露莳曰:“然。吾诚未之前闻。事果然者,则此拯桃眯之人,亦殊义勇,足以使人钦仰。其人何名哉?”密昔司以目视露莳曰:“其人曰黠梅卡得。”见露莳色顿异,乃又曰:“其人即为君夫。吾以为世上之人,当无一人足与并者。”露莳默然,既以手握密昔司曰:“请君语我以详。”密昔司乃详告之,且谓吾以其救吾娇女故,一生至崇拜其人,虽死勿替。桃眯亦距跃曰:“然。吾亦爱之。”而露莳则方自思,吾人自至梵纳家,初未尝与卡得一面,当临别之时,己方在昏瞀中,不识卡得亦有珍重之言否。盖露莳闻密昔司述卡得入海拯桃眯之状,于卡得之感情不禁稍增,故有此念。三人默然久之,密昔司乃以手携桃眯曰:“日暮矣,不见海鸟且归其巢,吾人亦当归其巢矣。”桃眯乃跃而先行,二人从之,遂返身拾山坡而上。

约翰方自石齿翔步而下，迎之曰：“密斯露莳，有客见君。”露莳以为指卡得也，不禁微赧曰：“欲见我乎？”约翰曰：“然。盖一中年妇人，其姓名则不肯言。”时已至山上小屋前，露莳推门而入，见有一妇方面窗而立，闻声，徐转其身，则马丁也。露莳一惊，回身欲出。马丁摇首曰：“勿，吾来非祸汝者。且阖其扉。”言次，色颇和蔼。露莳乃如言阖门曰：“何语，试恣言之。”马丁曰：“汝夫昨夜至我家，欲偕我至美洲。”露莳诧曰：“美洲乎，何为者？”马丁曰：“孺子汝不解欤？今可重语汝，彼欲偕我至美洲。”露莳仍不解。马丁失笑，然其笑乃近于狞笑，且行近露莳之侧曰：“彼盖欲娶我也，而汝亦可以得自由。若是，汝亦解乎？”露莳一骇，陡却退数武。马丁笑曰：“汝妒乎？然吾实告汝，我已允其请矣。若然，汝当益妒。”露莳颤颤不答。马丁复曰：“吾已诺之。吾爱卡得，彼即命我赴汤蹈火，我亦愿之，何况美洲？特惜卡得心中，实未尝爱我，彼之为此，特为汝耳。彼欲任汝自由，以从汝愿，舍此，实无他法，故此一事，彼心实悲，然必实行此举，但我亦不能任其所为。”露莳颤声曰：“汝既爱之，何为不欲？”马丁不答，仍自语曰：“汝以为我此来，乃易易乎？嗟夫，倘为卡得所知，必且怒而刃我。来此何为，汝可勿问，但决非因爱汝耳。昨夜者，吾尝自思，卡得之为人实亦非劣，初非如汝阿弟之凶暴……”露莳怒曰：“汝乃敢詈吾弟为凶暴耶！”马丁曰：“是何不敢，固凶暴耳。彼之隐事，吾知之实较汝为详。即其自杀之事，予亦知之。”露莳以手掩其目呼曰：“吾不欲闻也。言之，吾即觉悲不自胜。请汝怜我，勿更言及吾弟。”

马丁兀然不为少动，从容言曰：“汝以为汝弟与黠梅，乃遇于舟中乎？须知此伪言耳。汝弟于旧金山酒肆酗饮，醉后与一人争，其地人至野蛮，不类伦敦，且亦酗醉，即出枪互击，此人遂为汝弟所杀。”言次，举目以视露莳，见其木然如痴，面惨白似石，植立不能作一语，乃曰：“吾殊自悔，言之乃重伤汝心，然又不得不言，使汝知之。汝弟既杀人，势不能逃于法，幸卡得救之，始免于死。而格林惠者，实为恶徒，吾人虽为其姊，然亦不能为彼曲讳。渠以此事屡为要挟，诈取汝弟之金，而不使卡得知之，盖知之者，则卡得亦必不许。当汝结婚之日，格林惠复以一小故与汝弟争，忿忿然云，必以此事宣之大众，实则格林惠之意，亦但以恫吓索金耳。而汝弟愚，乃不一思及此，以为格林惠固宣之者，则己必受缳刑，且复玷及阿姊名誉，故遂自裁，以保令誉。”露莳摇首示不信。马丁曰：“汝不信乎？汝但问之卡得，渠处尚有一书，系汝弟致汝者，其中备言此事。卡得殆恐汝悲，故匿不付汝。彼之待汝，直可谓为仁至义尽。此书渠本键之抽屉中，后于无意中为我所见，竟窃视之。今以告汝，予言实无一毫虚伪。愿汝信之。”言次，复举两手作哀声曰：“密斯露莳，君当信我之言。卡得实非杀汝弟之恶人也。我愿君释其宿怨，而以爱情加之彼身。然汝当知，我之所以愿汝爱之者，实非因汝。彼待汝厚，吾尤未尝无妒，我之爱彼，直有如彼之爱汝，以情理论，彼欲娶我，宁非我之所欲？惟我清夜自思，我既爱彼，自当使彼得终身之幸福，不应使之心碎。彼之欲娶我者，实为违心之行。中心伤痛，其哀苦有甚于死，推其心，不过因爱汝之故，欲使汝得自由耳。嗟夫露莳，彼之爱汝至此，而汝乃一无所知，方且恨彼次骨，宁非天下事之至冤者？吾不忍使吾爱蒙不白之冤，故吾冒险至此，告汝以福郎雪司自裁事实无涉于卡得，而渠且为汝弟之恩人。吾知汝闻吾语，则汝恨卡得之心当可从此消灭。我愿祷于上帝，使汝亦爱卡得，俾卡得从此得自勉为善人。”

言次，以手抚露莳之肩。露莳木然勿动，而胸次则起伏不已，久之无语。马丁复曰：“今卡得已预定二舱，准于星期五行。今日为星期一，尚有三日。汝可细思之，倘以予言为然，从吾请者，则吾必甘弃吾幸福，以遂卡得之初心，即让汝偕之行可也。”露莳仍不语。马丁乃启门而出，既出，复握门纽向内语曰：“愿君澄心思之。君不偕往，则予往矣。”语已，砰然阖其门，第闻履声橐橐，下山而去。

第十八章

卡得书竟，乃掷其笔，回顾谓纳古曰：“吾事竟矣。此即吾律师之居址，汝往见彼，彼必能为汝办理此事，汝可信托其人。”语至此，少停，复曰：“君娶露莳后，幸以告我。书但寄维拉司转交可也。”言次起立，惘然四顾，不禁微喟。时为星期四下午，室中箱笼什物，均缚以绳，字簏中塞满破碎字纸，以纸多，簏张吻似欲吐。时已将暮，天色黯然，似以为惜别而悲。纳古木然倚于椅背，闻卡得言，但默然不语。在理，纳古既能娶露莳，当愉快何似，但其良心中自问，终觉此事，非出正道耳。时卡得复曰：“今吾既将远行，此后归来何日，殊不可必。彼事似当告汝，可转告露莳，俾勿使其终身睡于鼓中。”纳古曰：“君何言，试告我。”卡得曰：“吾欲言者，即福郎雪司何故乃致自杀也。”纳古曰：“此吾知之，即密斯露莳亦知，非君……”卡得曰：“否。此特露莳臆度耳，实则非也。吾初欲以此事内容，告之露莳。继思彼至爱弟，倘知其弟竟为杀人之人，不将大伤其心，故宁秘之。”纳古惊曰：“是何言哉，福郎雪司竟杀人耶？”卡得曰：“此亦无怪汝骇，然吾实非妄言。吾为君试观一书，即可知之。”因探怀出一函，纸已甚皱。纳古方欲接，忽敛手呼曰：“书角之血迹何来哉？”卡得曰：“此为福郎雪司临命所书，故有血迹。君试读之。”纳古蹙额曰：“但……”卡得曰：“此无但之可言。君读之可耳。”纳古无奈，乃受而读之。

卡得则步至窗前，昂首微喟。斜阳一抹，照其面上，与前竟判若两人,额上已隐隐有皱纹。从前犷暴之态已消灭殆尽,惟沈毅则仍如故。因念今日居此,实为末日,明日且与素无爱情之人偕往远地,此后必不能更见露莳,中心乃如沃醋,悲不自胜。又思此举不知究合于理否,纳古果能爱露莳否耶。然露莳尝言爱彼,纳古亦云爱之。彼两人既互爱,似当更无不如意事矣。露莳既乐,则即不合于礼,亦何碍。思至此,心似稍慰。忽闻纳古骇呼声,回首视之,见纳古面色惨白,张其双目,若惊疑勿止者。书已堕于地,卡得乃前拾之起,仍藏之怀中,冷然曰:“何如?”纳古颤声曰:“吾乃勿信。福郎雪司竟为杀人之凶犯。”卡得以目视之曰:“是何言?彼不过醉后失手耳,安能加以‘凶犯’二字?”纳古曰:“虽为失手,然此人终为渠所杀,而此杀人之人,竟为吾之妻弟。”卡得厉声曰:“纳古,汝当慎言!彼今尚为我之妻也。”纳古如不闻,举手向天呼曰:“嗟夫,彼凶犯者,乃竟为吾之妻弟!此辱吾何能忍!”卡得怒曰:“纳古,汝岂以其弟之故,不欲娶露莳耶?露莳非汝所爱耶?”语已,以手坚握纳古之臂曰:“汝试言之,汝究爱露莳否?”纳古力脱其臂曰:“予勿知,予勿能知。”言次,举步欲出,偶一昂首,忽木然而痴。盖见露莳赫然立于门次,面惨白如死,胸次起伏不已。卡得陡起锐呼,疾驰而前,伸手欲抱之,既似悟,亟敛其手。

露莳徐徐而进,而纳古即乘隙狂奔出。露莳悄然阖其扉曰:“吾伫立久矣。君及纳古之言,吾均闻之。”卡得亦悄然曰:“吾殊自悔,不应以此告之纳古,并为君闻。”露莳曰:“此吾早已知之。”卡得愕然曰:“然耶?然而此事实为汝弟失手,不能谓之杀人,君可勿介介。”露莳点首曰:“谢君美意。吾至于今,乃始知君实为吾姊弟之恩人。”言次,睨窗外,复视卡得曰:“渠(指纳古)知吾弟杀人,竟不欲娶我乎?”卡得默然不语,觉心中热潮怒沸不已。露莳凝眸四顾,低声曰:“此君之行囊乎?予之行李,亦已在楼下。”卡得微诧曰:“君何言者?”露莳不禁赧然曰:“吾闻汝明日偕我赴美洲耳。”语至此，声益低，竟不可复闻。卡得曰：“我行耳，固未尝及君也。”露莳低声曰：“予偕行如何？”卡得微愕，忽纵声而笑，然笑声至异曰：“密斯戏我乎？我骤闻之，几信为真。”露莳曰：“愿君信我，吾语诚也。吾亦知吾前者待君无状，君必不能恕我。”言至是，泪珠荧然，几欲夺眶而出，乃以手掩目，咽声续曰：“吾今特来负荆请罪，愿君释其前愆。”卡得曰：“予一小人耳，愿君免责足矣，予安有恕君之可言？嗟夫，密斯，君今日殆神经乱矣，所语乃不自择。须知吾人实为恶徒，即今与君高贵之身，共立于此室，亦尚勿称。前者，予竟斗胆向君求婚，至今清夜自思，辄自怍愧无地。惟予实因爱君故耳。以爱君甚，乃竟自忘其身分，今殊悔之。君今来此，予感殊甚。然为君计，则万不能如君所言。盖予实为小人，实以诈伪为生。君今日于迷惘中作此数语，吾知君明日必且自悔。若竟从予往，则且悔一生矣。”露莳哀声曰：“君不欲偕予往耶？君前非云爱我乎？”卡得曰：“嗟夫，予安能不爱？”露莳曰：“君前云此后欲吾吻者，必求我，今果然矣。”言次微笑，赧然俯其首。卡得以手掩面，颤声曰：“此吾安敢望？”

露莳至此，殊觉进退维谷，红潮直晕至耳际。试扪心自问，己果爱卡得否，亦殊不能为答，但觉其竟偕马丁而往，则殊非己愿也。又念卡得平时，初未尝一言及桃睐及福郎雪司之事，亦不自居为功。今且欲偕一素所不爱之人远行，抛其一生幸福于不顾，推其原因，实因我耳。思至此，不禁起感激之心。行近其侧，以手坚握其臂曰：“黠梅，吾爱汝。”语次大赧，而泪亦不禁夺眶而出。卡得昂首，以柔和之目光视露莳曰：“此语诚乎？吾于世界之物，一无所欲，所欲者实惟君之爱情。”言已，微笑以首枕于露莳之肩，凝目视之。露莳低声曰：“君能偕我行乎？”卡得曰：“嗟夫吾爱，君尚不知我心耶？我当剖心以示，则君当见其中深嵌者，实吾爱之倩影也。”露莳闻语益赧，目光亦不禁渐低，然心中私诧，卡得何为乃不吻之。卡得见其沈思,乃曰:“君何思?”露莳赧然曰:“我思君何为乃不欲亲我。”语未竟,卡得立伸双臂,坚抱其娇小之躯,吻发,吻唇,吻之殆遍,始释其手。露莳两颊如渲胭脂,微笑倚于卡得之肩。卡得俯首问曰:“君果爱我而恕我前愆乎?”露莳微笑点首。卡得抚其秀发吻之曰:“吾爱,吾当永永爱汝。吾今此时,直如登仙界矣。吾与君结婚三月,而‘吾爱’两字,竟敢脱然出诸口者,实惟今日。即一句钟以前,吾之心中,实犹以为此后将永永不能见汝。即后日君或回心爱我,然亦已晚,万不料尚有此时也。”露莳此时自觉羞甚,与前竟判若两人。卡得复柔声曰:“君前云爱纳古,此语真耶?”露莳摇首曰:“彼时吾欲激汝使怒,故有此语,实则非也。”卡得曰:“嗟乎!此语诚大伤我心也。”露莳曰:“然则请君恕我。我今回思,亦不自解前者何为故欲忤君。”卡得吻其手曰:“然。吾亦殊不自知果何为而爱君至此也。”言次,二人不禁相视而笑。露莳自思,第觉从前种种绝类噩梦,及兹方始清醒。而卡得自思,则疑此时愉快之境,转似甜然入梦,亦殊不知露莳心中果为憎欤爱欤。

译者曰:卡得之为人,善耶恶耶?吾译至竟,书中未尝下一断语。考其行径,则拯桃睐于难,脱福郎雪司于罪,且以爱怜弱女子故,卒肯割其所爱,将以成其有情眷属,用自慰其良心。其行为亦近侠矣。然其举动诡异,一言一笑俱含险诈,则又望而知非善良之人。即非露莳为阿弟故,而读者亦且目之为恶徒也。但欲举其劣迹,则全书未着一字,译者殊不能为毛举。惟如卡得果为善人,则何以有格林惠及马丁之徒为其党与?且格林惠与马丁尝言,彼果自白于官中者,卡得且受法治。则此一语,即足以证卡得者,实为恶徒。故吾观卡得其人,殆剧盗耳。露莳疑为海岛逃犯,良非厚诬。惟天下之为剧盗者,其行为亦近于侠,亚森罗蘋即其例也。惟率性人乃能为盗,惟至情人乃能为侠,侠盗亦犹英雄人也。乱世之侠盗,大抵皆末路之英雄。惟英雄人为侠盗,而王法乃有穷时,罗刀锯于前,列鼎镬于后,欲其迁善改过,不可得也。不谓以一露莳之故,竟能使之深自忏悔,勉为善人,抑亦奇矣。卡得自言曰:"吾于世界之物一无所欲,所欲者实惟君之爱情。"嗟夫!此言果出自剧盗之口乎?夫人既为剧盗,则所欲者惟金钱耳,乃欲爱情而不欲金钱,是爱情之魔力,不较金钱魔力为尤大哉。吾父曩译 BEESTON 所著 *A CLUTCH AT A STRAW*,名之曰"金钱魔力",以为魔力之最大者,惟金钱耳。吾译是书,乃觉其未必尽然,直可名之曰"爱情魔力"。谓予不信,试观全书之人,其喜怒哀乐,何莫非为爱情二字驱使而然耶?

——《小说大观》(1918)第十三集,(1919)第十四集

竞雄女史

竞雄女史，生平不详，疑为曾朴之妹曾季肃，译有小说《影之花》。

影之花①

故事梗概

法国平民女子妙鸾德的双亲已去世，她到了该嫁人的年纪，为了自己的终身幸福，她来到父母之友恩怜德的家中求助，在那里遇到了隐姓埋名的大岛国王子邵舒。恩怜德寄寓勃伦时，曾教过邵舒法文，后来邵舒为访查本国虚无党踪迹及历练世事，暗中到了法国。妙鸾德淳朴直爽的性格得到邵舒的喜爱，二人畅谈甚欢。恩怜德并不希望二人在一起，她担心邵舒给不了妙鸾德平稳的幸福。妙鸾德无意中听到恩怜德和邵舒对话，对邵舒的身份有所怀疑。

虽然周围人都反对妙鸾德与邵舒在一起，但妙鸾德没有疏远邵舒，两人经常见面。邵舒向妙鸾德表达了自己的爱意，承诺与

① 据"《影之花》叙例"介绍，全书共20章。目前仅见小说林社1905年出版的上卷（1—6章）及1906年出版的中卷（7—13章），未见下卷。该小说为法国嘉禄传兰仪原著，竞雄女史译意，东亚病夫润词。

妙鸾德相伴左右,并希望妙鸾德跟他一起回大岛国。妙鸾德很开心,却在慌乱中把自己的仿制钗子折断了。邵舒把钗子拿去修,后来还给她的却是货真价实的珠宝钗子,并送给她昂贵的镶蓝宝石银戒指。妙鸾德从首饰店得知真相后,对这些金银宝珠并不感兴趣,她不希望邵舒浪费钱财,她珍惜的是两人之间的爱情。

邵舒说哥哥郝洛尔已经回信,答应了他们的婚事。妙鸾德虽然有点担心邵舒的母亲不同意他们成亲,但邵舒说只要哥哥同意就行了。他们举行了简单的婚礼,随后便去了大岛国。邵舒谎称自己是太子幕府里的佐官,其母是皇后的侍女。纳微湖边风景秀丽、景色宜人,妙鸾德一家三口过着安静幸福的生活。

有一天,妙鸾德征得邵舒的同意后,带着儿子劳兰去看女皇阅兵。去时路上,在一家照相馆的玻璃上,劳兰看到了爸爸邵舒的照片。妙鸾德从照相馆老板口中得知,邵舒竟然是佩尔樊伯爵。阅兵开始后,他们在皇太子的军队中看到了邵舒。离开观棚的时候,劳兰误闯入太子未婚妻日耳曼公主的车队,在邵舒的帮助下才摆脱困境。妙鸾德由此知道邵舒原来是皇子,心中担忧一家人简单的幸福能否长久,后经邵舒宽解才放心。

太子郝洛尔到邵舒家赴宴,妙鸾德率真风趣,小劳兰天真可爱,都令太子非常喜欢。他羡慕邵舒能够四处游历,和自己喜欢的人结婚生子,享受生活之乐,而自己只能被困于宫中,毫无自由可言。为了政治原因,郝洛尔还要跟自己不喜欢的公主结婚。皇后又习惯独揽大权,太子对此颇多不满。婚礼当夜,郝洛尔从宫中逃了出来,他决定放弃太子身份,做一个有人身自由的人。临走之前,他去见了妙鸾德一面,与她话别……

第一章　花园之猝遇

“咦！你瞧,那来的不是妙鸾德(名)麋露雅吗?”说出这话的当儿,一个中年妇人恩怜德(名)庞嫩华(姓)刚刚靠在巴西街楼下屋半开的大窗前,望见一个年轻女子推开了铁格子门,跑进这小园子来,他又欢欢喜喜的高声喊道:“什么好风吹你来了呀!你瞧,好俊的一个妞儿,多么唧伶,又体面,又雅致,又芳香,仿佛一阵春气扑到我家里来似的!好呀!我的山羊仔(法人轻侮幼女之惯语),你快把你嘴儿靠着你的老师傅罢。你瞧着你这新样儿的打扮,你的嘴活像一朵玫瑰花的鼓朵儿。”

恩怜德嘴里取笑儿,就把两手捧了这年轻女友的脸儿,狠响亮的接了几个吻,一面领着他到客厅里,请他坐在炕上,匆忙间却忘了再回去关上园里的铁门。

这小园这当儿正开着门,外面望进去,只看见绿①阴沉沉,花开处处。

妙鸾德推开了庞嫩华的手,涨红脸,一声儿不言语,他暗忖庞嫩华这回接待得诧异极了,说话也太轻薄了,待要发作,又想著前几个月、前几个星期常来这里,他相待的狠好的,就忍耐了这一遭罢。

庞“告诉我说,你赶吗老不来?多管是忘了我了。怎么今儿个倒来了呢?”

妙鸾德打著急白的口音,礫礫格格的说道:

妙“我的好太太,我赶着要用功呀,我又该来上我语言学的功课了。”

那个胖太太冷笑道:

庞“嗄!语言学的功课……敢情好,你这个推托,又有礼,又雅致,可是我想这么老早,早饭还没有吃,不到往常上课的时候哪,你就来找我,光罢有别的事情罢。好呀!劳兰德(妙鸾德之小

① “绿”,原文作“缘”,据文义改。

名),你有秘密的事,你瞒着我,你尽管瞒着,你赶你的就得了。"

恩怜德说罢,就轻轻靠着炕褥,没事人儿似的,低着头不言不语。他本来常和这些女学生或是女朋友闹这种小玩意儿,不筭回事。妙鸾德听着,倒狠犹豫起来。

妙"我的太太,我敢说我没有秘密的事呀!"

那当儿,庞嫩华显出狠疲倦的样子,斜签着身体,偷眼瞧着妙姑娘脸上的红色忽然退了,大家一声儿不哼。又等一会儿,妙姑娘叹了几口气,再说道:

妙"没有呀,我没有秘密的事呀……嗄!我明白了,这明明是你腻烦我来了。"

妙鸾德忽然低头不语,引起他无限的烦恼。什么烦恼呢?他想起他的小时候儿,想起他有福的小时候儿,靠着他父母膝下的事情。

他的母亲在音乐馆(一千七百九十九年设立在巴里)学习了两年之后,就进了爱谈恩(巴里府剧场)的大戏园。一进园,满园的什么"自由女"(如中国客串之类)、"妙女童"、"美女"(皆伶人之名)各等角色,多一半儿赶不上他,简直儿成了一个顶好的名角儿。他开手儿八月之后,自己就后悔,不该把一个好好儿的女孩子扔在这个戏园里,他就作计嫁了个有名的小说家,这小说家倒有点儿家业的。

那小说家叫什么名字呢?叫做縻露雅。縻露雅结婚后,一对小夫妻,轻怜热爱,快乐调笑,任什么都不管,金钱不消计筭,享用情趣。他一生福幸狠足,你想世界上谁有那么香艳的闺房福吗?他们俩就养了一个妙鸾德,常带着他到比利时亚须近郊山边、康碧尼森林中的大花园、德罗飞游戏场去游玩。他的父母都痴憨,有孩子气,与妙鸾德的天真烂漫互相酬答,组成一个无上快乐的家族。妙鸾德见双亲如此的康健活泼,差不多忘了他们要老了。

这么着整整的十九年,縻露雅夫妻忽然都得了窒扶斯病,没多时,他们俩竟一块儿死了,妙鸾德这年正十九岁。可怜小小娇娃便遭孤露,生性好动,只晓得快乐玩耍,有限的家业都花费在雅致的游历、娱乐的技术里头,没有虑到他双亲留给他多少金钱。然而还不妨事,遗产有几千佛郎克,还养得活妙鸾德,不过他自各儿想终身的方向,到了总要结婚,就为这个主意,顿时引他到庞嫩华家来了。

妙"你全知道我的小时候儿的事情吗?"妙姑娘自己暗想了一回,忽然插嘴道:"你恕我麻烦你纳,我想能说我小时候的历史,除了近着我的奶妈子沙龙舒,再没有人比他详细的了。"

庞"是呀,那些个我也全知道的。你的妈开手的时候儿,我在爱谈恩戏园扮着狂剧侍女(名伶)已经十二年了,蒙你妈縻露雅太太看得起,许我做了他的朋友。后来縻露雅先生也常常来往,那时候儿,我当了语言学的教师,正经的薪水足彀我的浇裹,我就辞退了戏园,从此之后,你的双亲老不在巴黎,也就没有到过我们家里,可是他们两口子,总筭狠给我要好的。我就不懂和姑娘没有缘分,没有蒙你的抬①爱,我的劳兰德(即妙鸾德小名),只看经理财产一事,你就怕着我,不敢托付。虽然我不是财主儿,我还开过眼儿,这一来你就狠不该应哪!"

妙"没有留多少银钱给我呀!"妙鸾德慌忙的答道。"不过有点儿罢咧。你也知道我们家原不是狠有实际的,你也想得到我本来是个快乐人,如何过得来苦闷的日子呢?我如今狠担心我的家计,一个人儿孤苦伶仃,怎么是了手哪?"

庞嫩华放出一道疑惑的眼光,在妙鸾德华丽的妆饰上打了一个圈儿道:"你这样儿花花绿绿的打扮,像个穷孩子吗!"

妙"帽子、胸衣、裙子,我自各儿都糟坏了",这姑娘老老实实、

① "抬",原文作"台",据文义改。

爽爽快快的道，“我的孝又满了，你是明白的。巴黎的日子不容易过，况且我的往后，这些衣饰上用的花儿、羽毛、绫罗，那一样不要添办？虽然近时我还能预备一点儿，再往后，我可没了。所以我想趁着我手头没有狠紧之先，打定一个主意，自各儿养活自各儿。我知道我长大在富豪人家，往来的都是些博学女子，就是那些不要紧的事情，什么图画、洋琴、唱歌、文学、语言学，我大概都有点儿门径，我倒底该做什么呢？你给我打算做什么好呢？”

庞“你做呀……也和你妈一样的，在戏园里好吗？”

妙鸾德狠有趣的撅着嘴道：“嗐！我没那个好性儿。若是跟我苦命的妈一样，照我的样儿人品，不是我夸口，也保得定在八个月或是十个月里头，找着顶好的婚姻，我何尝不想试试？但是那个行业怎么危险、怎么受苦，我都知道。”说着，姑娘又显出狠正经的样子，神气又活动得狠，说道：“不是我女孩儿家不害臊，做了一个人，爱情是不能免的；既有爱情，自然总有一个存放的地方，我就要祝颂我的爱情存放在光明世界，我只要爱着我的夫君，我爱他，仿佛就是爱着我的生命和我的一辈子呀。”

妙鸾德狠诚实、狠决定说出这句话来。庞嫩华听着就对他大笑：

庞“嗳！我很佩服你，真有那个能耐啊！”

妙鸾德欢欢喜喜接着又道：“我想，一个男人不要太穷也不要太小气才合我的式，照这么着，我总能做起一家好好儿的人家来。但是到那儿去找这么一个完全的人呢？那儿有这么一门如意的亲事呢？人品儿要好，年纪要轻，长得又要体面。就算是有了这么一个人，人家图什么，愿意娶我一个不好嫁资的媳妇儿呢？”

庞“我实在眼圈儿小，可不知道这少少儿的好鸟窝儿在那儿呢。”

妙“那么你除了戏园之外，一点儿不能给我打算别的吗？”

庞“嗳！不怎么说。”那太太瞅着妙鸾德怪可怜儿的,就和颜悦色的道:“就是在戏园里,有什么害处呢？你瞅着你自各儿,多好的一个自由女啊(女伶名)！明儿个怕不是个齐整的掌班儿吗?”

妙“咳!”妙鸾德想到自己如此年轻貌美,还不能找好好的生活,就狠狠的叹了一口气道:“我又恨,我又愁,我这个没有定向的生涯,怎么好呢?”

这么着,大家不言语了,一会儿庞嫩华忽然问道:“你那些个女朋友那里,今儿个都没有去吗?”

妙“可不是吗？我一早的就跑到你这儿来,那就可想而知了。这当儿,那些个女朋友,那儿能都给我一样,一个人儿没有事。他们有爹,有妈,有丈夫,有孩子,有婶婶,有姊妹。就是那些女学生,也给你差不多儿,都有行业,有朋友,有功课。我这么一想,我彀不上这个分儿,到那些热闹地方,倒怕搅了他们的局,被人讨厌,我该加倍小心一点,不要叫人怪我冒失胡闯,想着你还闲一点儿,所以特为瞅着这空儿来望你哪。”

庞“那是你多疑了,凡是诚实的女朋友,断乎不会讨厌你的,也不会怪你冒失闯到他们家里的。”

妙“这话是真的吗?”

庞“真的狠,赶吗冤你来着?”

妙“既然你不怕我打搅你,这一回我可要做一个狠讨厌的人了。”

庞“什么事,你说啊?”

妙“敢情好,我打筭在你家里吃早饭呀!”

庞“嗯！这个可……”

恩怜德一句话没说了,他的额上顿时横了几道皱①纹,又接说

① “皱”,原文作“绉”,据文义改。

道:"可不能如我的愿了。"说着一眼瞅着妙鸾德,见他勉强装着快活的样子道:

妙"怎么了,你吃早饭不在这里吗?我瞧你狠闲着,我想在别的女朋友家和在你的家里横竖一样的,别叫我胡跑着,再碰上不巧儿了。"

恩怜德推托着道:

庞"这实在的不巧了,我今儿个等一个人。啊呀!我真对不住你,我心里狠难过,我的天主,你知道我呀!劳兰德,你明儿个再来不太晚吗?我委实的不能,我今儿个约一个女学生在这儿。"

妙鸾德睁着眼,只望着庞嫩华,他那个意思,仿佛问着他:"这个女学生,你为什么这会儿不去挡住他不来呢?"庞嫩华弄得没有法儿,只好恳恳切切的又说道:

庞"不是一个女学生呀……是个男学生,还是个旧学生呀!"

恩怜德说了就回过脸儿,抬头望着挂钟,连忙站起身来,亲亲热热抱了妙姑娘的腰,做好做歹,仿佛催他走的样子。

庞"你瞅着多长多大的好孩子呀!怎么还说是个小妞儿呢?你明儿个来呀……我要好好儿和你谭心哪。"

妙鸾德只好站起身来,打了一个盘旋儿,看着他华丽自然,虽说是中等身材,仿佛比庞嫩华高一点儿。庞嫩华就拿着他的帽子,直搁在他的脑瓜儿上,把钗儿插在帽子的草边儿里,再把那狠细狠光润的黄金发儿押住了。庞嫩华刚才说明天请姑娘再来的话,原是不愿意留他,催他早早动身,这会儿见他不走,心里有点为难,脸上就全个儿发了出来,自己又觉得怠慢姑娘太过分了,好像过意不去似的,脸上狠搁不住。

庞"我倒底不能请妙鸾德和那个人一块儿吃饭吗?"恩怜德自各儿商量道:"他怎么样的好说歹说,只愿意给我两个人对面儿吃早饭,我答应着,他才肯来,倘或我不顺了他的意,他如何肯依我呢?"

那太太心里这么想,脸上马上就显出愁眉不展的神情,巧了,给妙姑娘看出来了。

妙"我的可爱的太太,求你恕我,我是一个没有眼色的人呀!我原只当你吃早饭是一个人儿,既这么着,我早就估摸出你那个学生来了……"

恩怜德受了这一阵排楦,又听着这末了一句稀奇的俏皮话,倒不懂起来,想他怎么能估摸得那么容易。这当儿,他越发想掩饰这一顿饭的缘故,要想一句话来对付这个难题目。凭你会说,怕总不能彀解掉这齐整女客的疑团,当不住他实在留神、实在刁钻。

在妙鸾德眼中,看着庞嫩华已经是半老徐娘了,况且晓得他从前在戏园,从来没有窝囊的过节儿,就是退出了爱谈恩戏园之后,也没有听人说有什么爱情的关系。他的声名,除了好字儿,再没有别的话可说得了,正是在女优里头,筭意外的人物了,所以如今这回事,倒把妙鸾德蒙住了。庞嫩华见妙姑娘怔着,忍不住要讲出他的真话来。

庞"这个学生是一个外国人呀,我那会儿因为教我国语言学,每年老是两个月过海到大岛国①教那些女小孩子。那时候儿,在勃伦地方,我就遇见这个学生,也教给他法文功课……可是这个学生有一点儿古怪,他常常出门,到那儿都是悄悄儿不教人知道……奇呀!他有特别的目的,可是狠自由自在的,他常愿意到我家里来望我,可是不许我告诉一个人……他最留神在他寄寓的巴黎地方,一点儿不敢大意。他既这么着,我只好答应他,不论要紧

① "大岛国",原文作"到英国",据该译文"勘误表",订正为"到大岛国"。

不要紧的事情,总得守着秘密的义务了。”

恩怜德说完这些话,觉得自己这番含胡的讲说,叫妙鸾德越发添了疑了,又斗起他一片好奇的心思,这事情越闹越左了。然而他总想遮过这一段奇妙的来往,又急急忙忙的说明道:

庞“论起理来,他原不能硬掐着我,不告诉你;就是告了,他也不能得罪你,可也不能怨我,所以他总防着我说出他的所以然来,不敢全告诉我……”

妙“我一点儿没有求你说出来呀。”这当儿,妙鸾德微微的笑着,甜甜儿的哄着,有意把话挑激,看庞嫩华怎么样。庞嫩华到底是直爽的性子,神气就有点儿慌张,说话也和软了。这姑娘又道:“你这回只是推三说四的冤着我,磨撑了好半天儿工夫,你只想骗着我,叫我自各儿避开。咳!你也是一片苦心嗄。但是你那个朋友也太野蛮了,我的好太太,这个拜望,老大的诧异,觉得阴谋诡计似的。太太,你瞅着罢,明儿个日报上头就要记着说,庞嫩华太太近来和一个外国人在那里谋干一件黑暗的事情哩。”

这么着,这太太听了越发着急了。妙鸾德忙又说道:

妙“你别着急哟,今儿个你总归不能宽恕我的了,我偏要等一等,看看你那个稀奇的外国人哩。我知道你的意思,无非为只有这么一个人,怕着我仿佛吃饭似的,分了你的面包儿,我告诉你说,没有什么稀罕。我们打个赌看,我保得定那个人儿是一个狠委琐、狠粗蠢、不成材儿的老外国人,他偷偷摸摸的打着他挺笨重的乡谈来哄骗这儿的妇女们,这就是女界的魔王,不用说别的,那个重笨的声音就可把年轻女子吓怕了。”

一句话没有说了,忽然一阵笑声夹着颤动的年轻人说话口音,在这小园里两个妇人背后喊道:“您别怎么说呀,他们可是没有人怕我呀!姑娘,我求您别错怪了人。庞嫩华太太,他都为要依着我的意思,就得罪了你,这回儿我就请你吃早饭,和我们俩一块儿就得了。”

第六章　十万佛郎之妆具出现

风华快乐的日子匆匆过了一个礼拜，邵舒先生常常来访，不用说益发的亲密爱恋了。

当头一回的拜望，沙龙舒偷偷儿言三语四，埋怨妙姑娘，仿佛要摆出他老祖母的身分，后来看见邵舒先生是个绅士的气概，又长得齐整，不想倒把他已死的春心挑动了，也是十分爱恋起来嗳！可怜的老妇人，说也罪过，虽然没有邪心，可是嘴里常咕噜道：“好一个俊哥儿，好一个哥儿！”

妙鸾德自从答应邵舒之后，一点没有提这件事，倒十分奉承这诚实的老妈妈，心里早许他做个心腹人，一点不想避忌他。有一天，就把一句狠简短的话告诉沙龙舒道：

妙“这就是我的未婚婿呀。”

沙龙舒听了这句话，乐得眉开眼笑，只盼望姑娘喜期一到，就要大开宴会、跳舞唱歌了。后来邵舒先生虽然每日来看望，谈话的时候也短，然因此门上总不上闩，由着那少年人自来自往。他来的当儿，倒也由着沙龙舒不拘什么时候，都可以进这客厅，他们俩虽有亲密的说话，并不避他。这个诚实的老妇，好像他的小姑娘，遇着这个好婚姻，是十分应该的。

一间沿街的小房子好像一个鸟笼儿，放着一张长椅子，好像小鸟儿栖的架儿。劳兰德从朝至晚娇①啼细啭，在这金笼玉架里头享他的自由幸福，好不快活呀。

姑娘一步不肯离开家里，就怕邵舒先生要来，给他相左。那时候，邵舒先生却并不来访，姑娘倒也不着急，心想他这几天，总

① “娇”，原文作“嶠”，据文义改。

在那里用力办事,平他的非常困难,破他的秘密障碍了。

一天午后,姑娘约着斐理姐,要和他一同出门,正在家里等候,巧了邵舒先生到来。一进门来,还没有开口,就拿出一个丝巾包儿,包着一支钗儿,就交给姑娘,说已经接好了。

妙“啊呀!你到还记得哩,这是真叫人可爱了!”

姑娘看着,还是那五色玻璃片的蝴蝶儿,一根断了的铜梗儿,两头儿接得好好儿的,人家再也看不出接的地方。

妙“我该给你一个钱儿,因为我倒有点儿迷信。我常知道,凡是婚姻里头送赠的东西,要是断了或是插坏了,都狠不祥的,除非有人给他换几个零碎钱儿算解了。这是一个路易十六的古钱,还是我曾祖母留下的呢,这会儿你就留下他做了我的记念罢。”

劳兰德既给了他钱之后,就把那钗儿插上他帽子。邵舒先生趁这当儿,又掏出他带来的一个体面小宝石匣子来了。

邵“这一个是你定亲的戒指嗳!你看这也说不得浪费呀,再也不能简省的了。”

妙鸾德开了宝石匣子,看见一个用蓝宝石镶嵌的银戒指。他狠快活的看着这个端正的定礼,不过自从邵舒告诉他金钱困难之后,他常常怕他多费,就不愿意受这会儿的宝物。

邵“不要紧呀!我保管你。”邵舒狠快活的再说,“这会儿我无论怎么样的困难,这些送你的小东西还不至于扰乱我旅用的浇裹呢。”

他又恳恳切切道:

邵“啊!劳兰德,我的娇娇,我的美丽小朋友呀,要称我的心叫你快活,总得我再成一个富家,成个大大的富家,那么你的美貌才能发出满满儿光彩来了,我总要多给你些合意的东西哩。”

妙“我倒要怕这个发亮儿的东西了,我狠怕这个光采呀。”妙鸾德半开着俏眼说道,“我们这会儿不是狠有福气的吗?我们本来一点儿不知道,一点儿不认得彼此,忽然就结了亲,不是全靠着大家的爱情吗?”

邵“是,可爱的劳兰德,你的婚姻比起人家来,算是顶有福的了,赶到我真做了你的丈夫,那时候儿,你还要有福哩。嗳!我已经狠想过那快活日子了,你还不知道我多么苦,耐住这个性急哩。”

妙“你有没有家里的消息吗?”

邵“是,我知道我妈已经接到我的信了,我的哥哥他肯替我管,也肯帮助我的事情,他知道关系我一生的幸福,他们都狠费事的在那里给我铺排哪,我祝颂我只要专心我们的爱情就得了。”

妙“可怜的邵舒,那是十分的苦了你了,我倒在那儿快活,我狠惭愧呀。”

邵舒看着妙鸾德,皱的眉毛也开了,愁容也灭了。

邵“他真可以呀。”他想,“你看他虽然美丽的脸光采极了,温和的心快活透了,一派入骨的迷恋,十分动目的志诚,却还是端端正正、谨谨慎慎,一点不露轻狂样儿呀。”

他就走近几步,对着他,狠高的声音说道:“啊!劳兰德,你刚才怕那个满光彩的意思,好像说你是一朵顶娇艳、顶精致的花儿,开在好太阳里,给开在背阴①儿仿佛是一样的哪!”

妙“人家叫我妙鸾德呀!”姑娘微笑道,“原是一朵三色堇花儿,你不知道一句俗语吗?‘隐尔一生兮,将发尔灵魂之香。’这不是说背阴②的花儿,倒常常喷出顶温甜的香味吗?”

糜露雅姑娘此时迷迷痴痴发出顶清越的声音在这句话里,邵舒就拉住他手,亲亲热热的接了几个吻,忽听前室里一阵脚步音,

① “阴”,原文作“套”,据文义改。

② “阴”,据译文“勘误表”,原文作“套”,应订正为“阴”。

把两人都吓了一跳。

妙“这是斐理姐来找我了。”妙鸾德道,“我早忘了他了。”

邵舒不认得慕雅姑娘,不愿见他,就急急忙忙给姑娘作了别,绕着饭厅走了。这当儿,斐理姐已经闯进客厅来。

斐理姐一进门,一眼看见妙姑娘的神儿,早知道有新鲜的故事儿了。

斐“吾赶掉了你的佳客吗?我在前室里,就听见两个人的声音,沙龙舒老妈妈倒来拦住我了。”

妙“你这种问话,怎么连人家讨厌都不知道呢?”

斐“好呀!你真成了一个藏头露尾的人了。”

妙“那么你也成了个不要脸的没遮拦人了。”

斐“你说我是个没遮拦人,就可见你有秘密事呀。”

在这个当儿,斐理姐抬眼看见那个乌油油蓝宝石戒指,他就喊道:

斐“哪!哪!你有了一个新戒指了。”

妙“是,一个银戒指嵌上一块不值钱的宝石呀。”

斐“你给我看看。”

姑娘狠不然的神气,看着慕雅拿了戒指,鼓着嘴道:

斐“啊呀!这是一个银底儿的呀,倒好像乡下人定亲的东西呀。”

妙“这原是不值钱的,他还要给我别的哪。”姑娘就急急忙忙拿了这戒指套在他的指头上。于是斐理姐又疑心问道:

斐“那个东西到底是谁给你的呢?”

妙“我求你少开口罢。”

斐“你倒不告诉我,不管早晚,或是沙龙舒,或是你自己,总要露出来,你还不知道你是一个快嘴吗?我刚才在前室里,早看见一根金包头儿的手杖,大概就是那邵舒先生的,我想这个总不是

第一回的拜望了。”

妙“我爽性告诉你罢,邵舒先生就是我的未婚婿了。”

斐“啊呀!你到底还可以结婚的哩,怎么拣了这个人家拣剩的婚姻呢?咳!你已经答应了,那是摆脱不了的了。”

妙“你别再磨我了,我今儿个狠容易发怒在这儿,我要下去走走,你肯陪我吗?”

姑娘说着就走了,斐理姐跟在后头,一同下了那台级儿,样子替他女朋友狠发愁的。姑娘不给他多说话,又怕显出自己太执性了,心里暗忖:“他见我这个样儿,好像我有意见似的。”当斐理姐一直往前的时候,就道:

妙“我是狠糊涂,倒好像生气了,我们尽管说说笑笑,别闹这些个了。”

两人已走到街上,看着来来往往的过路人,狠散心的。妙姑娘道:

妙“我已经告诉了邵舒先生你说他是个警察吏了,他听了非常的好笑,我们到把这话取笑了半天哩。”

斐“我不是给你的邵舒先生取笑的呀。”慕雅狠利害的回嘴道,“况且我说他是个警察吏,也没有伤他体面,警察吏也是一个人,也有挺好的呀。”

妙“那么在树林里给你说话的那个人好吗?”

斐“狠好,是个狠有样儿的,我给你那个说话宁可给这一个呢。”

妙“这一个是谁呢?”

斐“这一个是担了责任,看管邵舒逃走的呀。”

妙“你要说邵舒先生给警察看管在那里吗?”妙鸾德连忙走上几步,气愤愤的道。

斐“就是那戴栗色帽的人告诉我,他该跟随着邵舒,永远不许失眼，拢共拢儿他们三四个同事，都受了这一个号令哩。”

妙“那么你估量他，倒底怎么一会事呢?”妙鸾德哽嗌的声音急忙问道。

斐“你想一个人可以给警察跟随的，也就可想了。”

妙“这么说，你想他是个可怕的虚无党吗?”

斐“一个国事犯，倒是人家想得到的，也是可敬的了。”

妙“你难道要说这个苦孩子是个大骗子手吗?”

斐“嗳！我也不愿意给你说，况且看你光景，也不是真心要听我话的。”

这当儿，斐理姐仿佛狠奇怪的看着妙姑娘。

妙“啊！可怜的斐理姐，你快别说这种不好的话了，亏了还是碰见我，要是人家，早已给你不好看了。”

妙鸾德笑着，倒底有点强笑的神儿。

斐“这些爱情的赠物，原不关人家什么，我劝你的话，也无非是好意呀。”

妙“这些小东西，什么爱情，也不过见个意思罢了。”

斐“那么你想你的邵舒先生是狠富的吗?”

妙“我想他必然不是富的，只要看买的东西就估出来了，我原可以说谎，告诉你他是个大富翁，不过我是个好人，况且那时候儿，原只论爱情不论家当的。我老实告诉你，我想他也给我一样的穷哩。”

斐“他那里来买这些花儿和首饰的银钱呢?”

妙“大概也狠费了他的事了，那可怜的孩子呀!”

斐“这个戒指还有一块宝石哩。”

妙“想得去，也不是什么大价儿了。”

斐“也许是的呀！但是你插在帽子上的钗儿呢?”

妙“这不是他买的，原是个旧东西，我弄断了，他给接好，昨儿下半天送还我的。”

斐“我倒觉得他狠好看呀。”

妙“这是个料的，一根铜梗儿，五色的玻璃片儿，你要照样儿买，只要花四十个钱儿。”

斐“这东西在那儿买呢？”

妙“在一个初来的料货商人家里呀。”

妙姑娘指着一个店面喊道：

妙“哪！那边儿不是一个假首饰店吗？你要进去吗？”

斐“这原不远呀。不过你也狠知道，我最怕给这种生意人胡搅，一点不买东西呀。”

妙“若是你要照样买一支钗儿，四十个钱，我给你出了就得了。”

斐“我怕你刚刚没有四十个钱在口袋里呀。”

妙“有呀，我们进去呀。”

妙鸾德把手放在店门上，斐理姐倒疑疑惑惑要退出来，却被妙姑娘一手把他臂膀拉住，一手把店门推开道：

妙“你进来呀！你到这里呀！你不该疑心我的说话呀。”

斐“你快放了我，我们这样子的争吵，真可笑了。”

妙“可笑吗？这不关我事呀。”

妙鸾德真是孩子气，一点不管旁人的耳目，在店门口给斐理姐两人拉来拉去。斐理姐见人家都在那里看他，倒弄得羞惭满面，连忙退下。那当儿，首饰铺里的人看着两位姑娘拉扯一会之后，样子决计要进来，连忙把门开了。慕雅不提防，妙鸾德抽冷子把他往前一推，几乎没栽①了一个大筋斗，刚刚一个穷人走过，撞个满怀。

---

① “栽”，原文作“裁”，据文义改。

斐“你粗莽得可以呀!”斐理姐狠生气的喊道。

妙鸾德此时不能再辩,只好掩口而笑。

斐“先生,你恕我呀,这是我的女朋友推我的呀。”

慕雅正在那里给那穷人赔不是,妙鸾德已经一脚跨进店里,对着镜子拔下帽子上的钗儿。

妙“我的女朋友觉得这个好看,若是你们有照这个一样价儿的,我要买他哩。”

首饰店里的人看了这个钗儿,细细打量了一分钟光景,神气狠诧异的道:

首“姑娘,这不是我们有的东西呀,如果你肯宽限我们些时候,吾们可以照你的吩咐去找来。”

他说完这话,眼光只对着那钗儿,显出益发经心的样儿。

妙“你没有我们要的这种钗儿吗?”

首“是呀,姑娘,这里只有假的呀。”

妙“这是真的吗?”

首“狠真呀。你的钗儿是雕金的呀,我们不是一两天可以给你找的。若是你真要照这钗的样儿,那总得长久等我们先雕好了这个身子,再慢慢的配上那胡蝶翅膀儿,你不看这些宝石都是挑选的多好的水色。”

斐理姐听了这些话,眼望着妙鸾德,只是咽吐沫儿。

妙“先生你看差了罢,这钗儿是铜梗儿,宝石都是假的,一定是料的呀。”

那店家微微的笑着,好像姑娘看不起他,有意欺他似的。

首“姑娘,这东西一定是人家送你的,总是说小了价儿要叫你受。你瞧多么耀眼儿的光采,真少有的呀,我们这里也不常见这种东西,我怎么能以真作假?我认定梗儿是真金,胡蝶儿是真宝石,况且你不看那梗儿还是雕刻的好手工哩。”

此时妙姑娘却被斐理姐焦黄的脸色又撅着嘴那个鬼样儿一比,越显得娇滴滴光滟滟了。

斐"你瞧,"慕雅高声道,"我原说这些都是真宝石,你推三托四的冤著我,这会儿你听先生的说话,光是这钗儿,就有大大的价儿了。"

妙姑娘听了店里人的话,狠吃惊的。

妙"这么说起来,这不是料的,怎么他买得起呢?我从前买这钗儿,只花了二个佛郎克。"

首"我看起来,再加十倍二十倍还不止哩。"那店里人说着,狠疑心的望着斐理姐,"姑娘,我给你十个佛郎克,你若是侥幸买到了,我马上关店给你看。"

妙"那么请您替我估估这钗儿值多少呢?"

店里人一言不发,心里想,看现在这个光景,这小女伶光罢倒给我带了好运来了,叫我估价,必然是个巧宗儿。

首"我怎么说这个价儿呢?"他心里忖道,"这个齐整小太太,我看一定是偶然碰着一个不正的爱情,如今中断了,心里发恨,要卖掉他了。"正想着,姑娘又喊道:

妙"先生,倒底给我估估价儿呢?"

那人假装细细的考验,心里打算要想收便宜的宝石,又好像过意不去,忽然决计道:我估它一个三分之一的价值就得了。

首"姑娘,我也不能估准呀,要照这一样的钗儿,至少也得五千佛郎克罢。"

妙"五千佛郎克呀!"妙姑娘骇然道,"先生,你说的价儿是保准的吗?"

这时候,那店里人看着姑娘惊喜的样儿,倒吃了一惊,原来这首饰商起头全不知道这个主户倒底是卖还是买,怕着他说出话来,就给他们拿霸住,这会儿看着妙姑娘的神儿,不像肯卖掉的,就对着他们俩更郑重的道：

首“刚才我估这钗儿值五千佛郎克，我这会儿看明白了，益发值钱了，只把那胡蝶儿上的金刚石、黄玉、红宝石、绿玉几样儿提出来，差不多儿就值六七千佛郎克哩。”

妙鸾德站着，回过头来，看见斐理姐倒坐在一把有靠背的椅子上。

妙“让我这把椅子，斐理姐呀，我要坐坐哩。”

姑娘坐下，低头呆想了一回，又说道：

妙“六七千佛郎克呀！这是非常的呀！非常的呀！”

首饰商还他钗儿，姑娘细细的看那宝石，把那梗儿在手指头上反来覆去，只觉得那些金刚石、红宝石、黄玉、绿玉都亮晶晶的发出光来。

妙“啊！我光罢吓昏了罢！这难道是真的呀！你看那胡蝶儿，更比别的透亮儿，比到那些旧玻璃，真不能比了，这一定是那一回①，我给了邵舒先生那旧钗儿叫他去修理，他就给我换上了呀。”

首“原来邵舒先生给你这个意外的快活呀！”首饰商和和气气听着这主户的话，微笑道。

劳兰德倒涨红了脸，顿口无言。慕雅乌溜溜两个眼光注定在这首饰上。

斐“你还有个戒指呢，赶吗不拿出来看看呀！”

妙“啊呀！这个光罢没有看差罢！”姑娘就在纤纤玉指上掬了下来，连忙送给那店里人，好像自己狠看得透的道，“一点儿没有金类的颜色，是个银的罢？”

首“姑娘，你当这是一个狠不好的首饰罢！”那商人接着戒指道，

---

① “那一回”，疑原文前漏一“是”字，据文义补。

首“这戒指不是银的呀。奇了！怎么倒是个金底儿镀银的呢？噢！不！倒底全不是银的,你的戒指是一个白金的,是最贵重的金类呀!”这会儿,那首饰商狠快活诚实的道,“白金的价值,要比黄金贵四倍半哩。”

妙鸾德仍退坐在靠背椅上,十分变了脸色,狠着急,狠惊惶,迷迷痴痴的,自己问道:

妙“邵舒先生,他那儿能有这么多的银钱呢?”

斐理姐慕雅这会儿望着那戒指,也是昏沉沉的,两眼出火,只把吐沫往里咽着,自己只觉嗓子发燥。妙姑娘又狠热心的问道:

妙“这个宝石乌油油的不好罢?”

首“这是一块青宝石,非常好的水色呀。”

妙“那么你把这戒指上的白金和青宝石,要估多少价儿呢?”

首“我不敢说定,大约在三千五百或是四千佛郎克光景,这是一个狠好的戒指呀。”

妙“先生,谢谢您。”妙鸾德忽然立起身来,剪断他的话头儿道,“我们这些不要紧的话儿,吵扰得你太长久了,真要惹你讨厌的呀。”

斐“我们大家分呀!”慕雅狠利害的喊道,“这些首饰难道算是你的,没有我的分儿吗?”

妙“先生,谢谢您,我们再会罢。”妙姑娘正给那店里人说话,没有听见他女朋友的话儿,他就把钗儿插上帽子,戒指带上指头,这些价儿全不当一会事,只觉得这是可宝贵的记念物罢了。

首“照这东西的价儿,真正是贵重的记念物呀!”那首饰商狠留意的对着姑娘微笑道。

縻露雅姑娘已走到门口,又说道:

妙“是呀,我想你倒底是个有行业的人呀,我有了这些贵重的东西,我倒常常不放心,要怕他丢掉了,我这会儿暂时交你给我看管看管罢。”

首“叫我看管这些东西？实在太贵重了，姑娘还是请你自己来看着，我给你收拾好罢。”

妙鸾德真的看他归好了这些东西，然后谢那商人，说：“倒白劳你了。”

斐“这是真的呀。”慕雅含着恶意笑说道，“你一点没有买这位先生的东西，你还等什么？怎么不照那个钗样儿给我买一支呢？”

妙“噢！那狠容易，我本来许你买的就是照我旧钗的样儿呀。”

斐理姐狠生气、狠愤恨的神情，立刻出了店门，发话道：

斐“你一点东西不给我吗？要不是靠着我提醒你，你还只知道是料的哩！”

妙“这东西到底是真的，不用你说呀，况且这回儿我已托给那顶可靠的首饰商了，真不真也不关我事呀。”

斐“好呀！你这会儿已经有了十万佛郎克在你头上和手上，我不是笑话你，照这个样儿，你一天到晚，自己撇不住要快活死了。”

妙“我倒狠快活，自己撇不住要想把这些首饰还给邵舒先生哩。”

斐“你要把这些赠物还他吗？”

妙“一定要还的。”

斐“叫我是一定要留他。”

妙“若是要我留这些东西，我必要叫邵舒先生说明了，这种浪费给他家当无害，不然我就叫他还给首饰铺哩……他弄这许多的，不过要叫我快活，我已经狠称心了，何苦这样儿发疯呢？”

斐“我可爱的姑娘，你别太得意了，你怎么不想想，给你首饰那个人，一天到晚有警察跟在他的背后吗？光罢就是一个首饰盗罢。”

妙鸾德听了这话，恨不得立刻给一个嘴巴，自己捺了一捺，连

忙缩回了手,含着怒容带说带笑的道:

妙“你猜他是个首饰盗,你倒劝我留这些东西呀!狠好!你真有窝藏的好德行呀。”

说着,已回到了罗雅耳街自己家门了。妙姑娘把纤指直指到慕雅姑娘的鼻子上,发恨一声,就飘然不顾的走进门去了。

第十章　女皇大阅兵①

自古有名的观兵大典举行之期日近一日,妙鸾德常常打听邵舒道:

妙“你给你哥哥提过没有,到底我到勃伦去,在太子慕佐马队里看看你,他瞧着有些不便吗?”

邵“那倒没什么大不便,可是他说,我们的事情虽说十分谨慎,大会儿都没有知道,然总难保没有人在朝廷上头、公众面前漏出一句半句,所以他估摸着这个秘密到底要不中用的。他也没有别的意思,就恐怕娘知道,况且这会儿又是储皇大婚当儿,没有闲工夫顾到我们。他给我说,倘或做不到公然宣布,还是少抛头露面的好哩。”

妙“你哥哥,我早就敬爱他,你为什么不叫我认得他呢?”

邵“我就怕领见他时候,给我妈知道了,要不答应。横竖他要来……也快来了。”

妙“这回大阅,既然许我去看,我想总得要一张请帖才好。”

邵“那倒我早想到了,在那地方有个高台,我就给你在上头预备出一间观棚,已经把你的切符入场券另添上一行小字儿在背面,到那会儿,拿着这个就可以进去的。你瞧着罢,我们女皇向来

---

① 目录中为“勃伦观兵”。该译本目录中的名字与文中的标题名有几处不一致。

深居简出，最不喜欢在大家跟前露面儿，这一回是非常旷典，他到校场时候，就按着平常老样儿，坐一辆四轮车。跟着女皇第二车里头，就是奥古士都公主。这回事情，大家知道皇太子回心转意，肯给他未婚妻并坐在一块儿，所以越发高兴，要看这个大热闹了。”

妙“那么劳兰该怎么样呢？”

邵“那自然你领着他一块儿去啊。”

妙“啊！真有这么大造化吗？”

邵“你坐着家里自运车，赶早到勃伦，一直就上高台，别尽耽误了。”邵舒吩咐道。“照这么着，省得你在人堆里混挤，可以径进你的观棚，一点儿没有障碍。劳兰德啊！我满心总要大家称赞你，给我自己一样，我看就给大会儿称赞几声，也没有什么大不便呀！”

第二日午后，风和日暖，姑娘趁这好天气，带了小劳兰，坐着自运车迤逦前进，一路上流连风景，顿时把邵舒隔夜的嘱咐全然忘了。车子到了亚尔佩花园左近，那时，校场大阅的各路军马已在开操，姑娘却把车停住，扶了劳兰慢慢步行。

妙鸾德虽说那会儿到过勃伦，不过偶然过路，又正当黄昏时候大雾天气，心里还带着害怕，那里会认得清楚呢？这会儿清闲无事，走到亚尔佩旁边，不免步上高台，要把世界最大名城、繁华市场细细赏玩一番。

姑娘从前游历时候，早学会了大岛国的语言，自己仗着说话便捷，可以沿路问信，也不怕不认得路，一身纱罗华丽打扮，也不管他，自顾自拉着劳兰小手儿，快快活活溜搭在街上。

小劳兰仰着脸，只顾看那无数电线给蛛网一样布满空间，还矗着模模糊糊看不清的八层或十层的高楼。

劳“妈妈你瞧，这不像个蜘蛛网儿吗？啊呀！怎么好像红色的大气球似的,他会飞升吗?”

妙鸾德一路行来,赏玩街上景致,但见车道上一溜停着多少双轮跑海车、小乘合车,赶车的都下来跕满了街头巷口,招揽游人,来来往往的奇形怪状,什么都有。男人穿着全灰色柳条纹的衣服,套着红手套,穿着黄鞋子、窄小袖子贴身裤子。太太们拢着卷螺高发,贴平在鬓角边,拖著几色裙子,累累坠坠,裹着雨伞、雨衣、护谟靴、牛皮袋等件。许多苍白脸的顽童,乱松松几根短发,乌溜溜两个眼睛,偷偷儿在那里窥探警察,想卖掉他的虫蛀榛子、夹生平果、札牙小葡萄球儿。小家妇人摇摇摆摆,手里提留着挺重的筐子,有时放在地上歇息。多少女帮工高卷袖子,露出红隐隐的膀臂,耸起两肩,给大店铺里擦抹门槛儿,头上戴着羽帽,也插上花儿,围了小带,显得妖妖娆娆似的。来了几个穿靴束带的兵,戴着没有檐儿的红帽,耳朵都盖住了,有一个手里拿起马鞭上的丝条,就拂到一个略年轻点儿的女子鼻上,彼此都微笑了笑,看光景,大约是未结婚的夫妻了。

姑娘拉着劳兰走到如怜德露台前,略跕一跕,看见上面粘着无数广告,红黄绿蓝各色都有,里头有一张画着个鲁梅华无双女技师,一脚跨在绳梯上,一脚踹著马背,手里还托了一只杯子喝酒哩。余下的还有美术品、新发明商品、各样告白,不计其数。

这当儿忽然走过一队军队,吹着铜叫子,敲着大鼓,打着响钵,竖起一面雪色流苏军旗,呵道前驱。

妙鸾德连忙退到路旁,沿着店面门口走去。走过多少书铺纸店,来到一个照相馆的玻璃陈列架外,瞧着许多名人肖像,有大政治家、大文学家、大冒险家,有医生歌妓、曲师名优,正看得高兴,忽然,小劳兰狠欢喜的伸出小手来,指着一张照片喊道:

劳“妈妈,你瞧,那个不是爹爹的小照儿吗?”

姑娘的眼光急忙跟着他儿子指头指的地方看去,不觉吃了一惊,也掌不住喊出声来。

妙“咦！果真……就是邵舒呀！”

只见那照片上的少年,穿着一身无钩纽、无绣饰也无勋章的军装,旁边也没有一点标题,可是狠显出贵显气概。就看那照片儿,也仿佛是个通行商品。

姑娘此时心里突突的跳,揣摩了几秒①钟工夫,忽然想起他丈夫给他说的,不久就要把秘密漏泄的话来。

妙“这也没什么希罕呀。”姑娘自言自语道,“邵舒倒还拿把着说我来了勃伦,还不肯把他的秘密全给我知道。照这个样儿,也不过是有名军人罢了,有什么难猜呢?”姑娘就同了劳兰跟着几个买客走进店门,逼紧了嗓子,冒冒失失问那商人道:

妙“你们那边搁着的那个小照儿是谁的？你肯给我看吗?”

那商人听了,就指着那些大政治家、大文学家、探险家、狂剧家、美术家,一个一个的问:“这一个罢？太太,是那一个呢?”可就没有指到像邵舒那一个小照儿。

妙姑娘回出店门,颤索索的指准那个玻璃架,又道:

妙“不是,是这一个……是个有须少年,穿着狠简便军装的呀!”

商“嗄！这个……我们多着呢,有文装、武装、全身、半身、骑马的、步行的,拢共拢儿一大本呢！侧影、正面,要什么有什么。太太您回来,我排齐了给你看好不好?”

那商人说话神儿,好像这照上军官名字是狠知道的。

妙“我要知道这军官的名字呀!”妙姑娘忍不住颤声说道。

商“你问这军官的名字吗？……”商人满脸疑心,好像姑娘跟他闹着玩儿似的,说道,“我想不到太太倒当一件事问出来,这谁

---

① “秒”,原文作“杪”,据文义改。

不认得是佩尔樊伯爵呢?"

妙"就是佩尔樊伯爵嘎!"妙姑娘听了商人的话,虽然全不晓得这个名字,只好跟着说道,"你肯好好儿告诉我这位佩尔樊伯爵倒底是什么人呢? 他在朝廷上当什么差使,居什么爵位呢? 是不是太子幕府里的佐官呢?"

商"太太别挖苦我了,你认得这位伯爵还比我详细呢!"

妙"为的是认得他,我原认得他。"姑娘狠喜欢说道,"难道你就不许我光不知道他这些上头吗?"

商人到底怕被姑娘戏弄,只说道:

"噢,狠好! 真有趣的太太。您是法国人,是打皮科儿好手呀! 您可知道我们勃伦人倒也精灵,从来受不了外国人欺骗。太太,说正经话,这照片儿你买不买呢?"

妙"要买的呀!"

商"那么我还要去照应别人,您把这些拣选一下子罢,赶拣定了,我再过来伺候您罢。"

妙"我拣定了,我就买这一个罢。"妙姑娘展开那本大册子,指着个上头标明"佩尔樊伯爵"一行小字的道。

姑娘掏出半个哥罗纳(币名),放在柜台上。那商人找还了钱,神气狠奉承,好像这付价已经得了两三倍高价了。姑娘再问道:

妙"先生,真的这位佩尔樊伯爵他有重大官职在军人里头吗? 是不是狠出名、狠贤能的呢? 还是你们偶然得了他小照,搁在玻璃架里头的呢?"

商"啊,好奇怪呀!"那商人益发厌烦,冷笑道,"您给我们太闹着玩儿了。这里是找还太太的钱,我们只管东西的价儿,别的都不知道呀!"

妙姑娘讨了没趣,没法儿,只得把小照插入衣袋,拉上劳兰慢慢走出店门，一径向着校场走去，一路上自言自语道：

妙“我今儿个才知道了邵舒的真名了。照这么着，我倒是伯爵夫人了。可是怎么样才叫人相信我是他的夫人呢？我想白有了这么好幸福，还是享不全，我也白知道了邵舒的心，到底没有全知道他社会上的地位呀！”

妙姑娘一路走，一路胡思乱想，没有听见小劳兰的问话。

劳“妈妈，校场快到了吗？我觉得有点儿走乏了。”

这句话姑娘没有回答，谁知那孩子更高兴的喊起来，倒把姑娘吓了一跳。

劳“啊呀！妈妈，你瞧那边儿多多少少的人呀！大概都是进去看大阅的呀！”

妙鸾德连忙抬起眼来，果然见人山人海，都拥挤在一座高大纪念碑门前，都想拥进那门儿。那门两旁矗立两面飘漾的大军旗，望进去，就见一片浩浩荡荡的运动场。那当儿，他不免心里着慌，后悔自己闲宕太长久了，把邵舒的嘱咐忘记了，说不定这会儿那高台上头早被人挤满了哩！

妙鸾德刚刚儿动脚，只见那人堆益发稠密起来，看光景，娘儿俩休想挨得上去。就这么，小劳兰已经给那些又长又大、粗手笨脚的夺路人挤住在中间，差不多儿快闷坏了。

姑娘正没法，狠灰心的想不上去了，忽见一群马兵当中踮着一位警察官，连忙上前求他道：

妙“先生，我瞧着你狠和气的，必然肯帮我一个忙儿。我这会儿要想领我的小孩子，一块儿到那个高台里头，实在挤不上去，你可以给我们开一条路吗？”

这警察官看着姑娘美丽面目，穿着一身绫罗衣服，倒狠奉承的答道：

警“太太，这是不行的，没有招请的凭券，是不能进去的呢！”

妙“我有请帖在这儿,你等一等,我给你瞧来。”

姑娘就在丝带里头掏出一张凭券。

警“噢!果然不差!”警察官看了那帖子,忽然万分恭敬的道,“这是朝廷的请帖,不过那帖子上说明该到在一点钟前,这会儿已经一点半了,来得太晚,过了时候儿了。一古脑的车子都进去了,兵操也开了手了,怎么好呢?”

妙“噢!先生,我怎么这等没有造化呢?不过我想你若要晓得叫我来看大阅的是何等人,你只把我的请帖细细儿考究考究,不单是朝廷发下的呢!你瞧反面儿,也还有些手写的字在那里,你看了或者就晓得,也未可知哩!”

警“是呀!果然有好些写的字在后头。咦!谁写的那个号令呀?”

妙鸾德微微一笑。

妙“就是给我请帖那个人写的。”

警察反覆看了一回,忽然狠惊诧的道:

警“这个,佩樊士①伯爵的呀!”

那警察立地和颜悦色,鞠躬说道:

警“这是了不得的呀!太太,你真要进去,我马上去叫一队巡兵来,给你在人堆里开出一条路,才好走呀!”

妙“啊!先生,你真是可爱的人呀!”

没有多大一会儿,来了十个雄壮警兵,一溜排开。那警察官就给姑娘说道:

警“太太,你搀了这位齐整娃娃,觉得累得慌罢?可以叫他们来一个人抱着走。汤玛,你来!抱了这位小公子。这位太太是邵舒伯爵请的客呀!”

---

① “佩樊士”,前作“佩尔樊”。

从此这些警兵都团团围绕在他们娘儿俩四面,领进人圈子里,自由自在的行走。一路上,那些警兵都低低儿在那里议论他们首长临行的那句话,一边说一边笑。

妙“邵舒伯爵是常请太太们来看大阅的吗?”

兵“嗐！不,这是头一回叫我们护送太太们,我们有造化就碰见了您。您别看邵舒伯爵是个伯爷,倒一点儿不托大,赶我们见他时候,并不小看,倒常给我们说几句话儿,所以我们都敬爱他,情愿忠心服事。太太,您倘或给他说起话来,别忘了给我们道好儿,我们就感激不尽了。”

妙“回来晚上,我给你们说到就得了。”妙姑娘正欢喜他丈夫是个众心爱戴的贵爵,没有想到别的,轻轻易易答道。

大众听着,都略露惊异颜色,微笑了一笑。

汤“他长得俊呀！俊得狠呀！你们瞧这位小公子①。”汤玛两手抱着小劳兰,谨慎小心,仿佛担了重任一般,就低声道,“没有凶相,啊呀！真一点儿没有凶相,世上少少儿的呢!”

这当儿,有一阵狠低的声音发出在警兵队里,吹入汤玛耳中。

兵“你理会了吗？这位小贵绅像着邵舒伯爵像得利害呢?”

汤玛被这些警兵一提,倒也理会起来。

一路护卫严密,妙姑娘居然快要穿出人圈子了。此时劳兰仗着众人,倒也大着胆,把小手儿推搡挤他的人。妙姑娘就招呼道:“你留心点儿,别推坏了人。”汤玛连忙尽心保护,一面又说道:

汤“在人堆里,少不了挨挨碰碰,小爷并没推着人家呀。这些挤在门边儿的,都是些平民呀!”

一阵子慌慌乱乱,透出重围,就看见有一群兵官踮住的地方,显出一个高台,在路旁边儿。

---

① “小公子”,原文作“小公主”,据文义改。

汤玛就呈出邵舒招请的凭券,说明那纸片反面写着小字的大意,马上那兵头儿就发下号令,许多兵官都上来拉着妙鸾德臂膀,要领他上那观棚。这当儿,姑娘看着诚实汤玛脸上狠不舒服,那些兵官却都兴兴头头来抢这差使了,姑娘就辞道:

妙“谢谢先生们,借光你。我只要刚才辛辛苦苦护送我来的那个诚实人,叫他一直陪着我走就得了。”

兵头“就照你的话办。太太,可恨我们没有福分蒙你的使唤呀!”那兵头一面招呼他手下人,一面说道。

此时许多兵官都看过了那旁注小字的帖子,当做一件新闻,飞快传播开去,彼此交头接耳。那人围子越发挤紧了,都想来看看希罕事情。妙姑娘看这个形景,更着忙的想脱身了。这当儿里,就有一个兵官告诉给护送的警兵道:

兵“太太的观棚在尽前边儿,在嗣皇殿下和奥古士都公主观棚右边,倘或你们到那里有什么为难,再来找我就是了。”

这么着,姑娘重新叫汤玛做了前导。那当儿,这个兵官已经狠恭敬行了一个敬礼,慢慢走开,却不住的在那里给军士们低声谈论,偷偷儿只是微笑。

兵“娇艳呀!美妙呀!一个真美人儿呀!就是那小孩子,也多么俊呀!”

那些军士也都低声道:

军“你们瞅着那小孩子,不是一个活脱的佩尔樊①伯爵小照儿吗?”

正纷纷吵嚷间,姑娘已走到了观棚面前。

汤“太太,这会儿放着好走的路,快进来罢。”汤玛急急忙忙道,“大操开了手了。你听冬冬大鼓,那就是预报王家车子来到了。”

---

① “佩尔樊”,原文作“佩樊大”,据文义改。

妙鸾德急忙走进那轩亮的观棚，抬头一看，只见四面挂①着蝉翼软帘，当地摆两把厚绒大椅，有一把上头还铺着挺厚的锦褥，大概是给劳兰预备的。

妙“谁给我们拾掇得这么好呀？”姑娘自言自语道。

姑娘坐上椅子，把劳兰也安顿好了，然后放出眼光望着下面，但见几个高坛上，蚁行蠕动，黑压压都是人头。一片广大草场上，人马沸腾，打成一个大圈儿，无数金盔银甲、剑影刀光，耀着太阳光线，异样精采。千千万万不动的观场人前面，忽然穿出一队吹手，打着隆隆大鼓，掌着响亮喇叭，唱着得胜歌曲，卷地而来。这当儿，多少观场人自然而然一齐踮了起来。妙鸾德见了这万人一致的气概，大大吃惊，只得也跟着踮立，把劳兰也抱上那椅褥上来。

女皇坐着一辆八宝四轮车，驾着四匹高头大马，在高台前慢慢行来。妙姑娘在这当儿里，才望见一个黑影的时候，就见一付胖胖儿淡白脸皮，又沉重又厉害，一双杀气的眼睛，空空洞洞，仿佛没有眼珠儿的。等了没多大工夫，皇车已走到高台软帘前，妙姑娘躲在这个迷离惝恍的帘影里，一时看不清楚，只从斜光边瞟了一眼，倒疑心他戴着面具，又像涂着黄脂、捏上白蜡，全没有一点人气，也不像是活着的，简直儿是个奇怪的幽灵，现形在青天白日之下。

这时候，妙鸾德陡起了无限恐怖悲惨的幻想，也跟那一回走过纳微宫前一般，一阵冷气打到心窝里，掌不住索索发抖，只记着一种不祥的猜想，自己也不解出来。

小劳兰见了那个如同蜡像的人物，不知不觉高声喊道：

劳“妈妈，那个胖胖儿死白脸儿的老太太就是皇后吗？”

---

① “挂”，原文作“褂”，据文义改。下同。

妙“可不是吗,爱儿,这就是皇后呀!”

劳“你瞧那神儿,简直儿睁大眼在那里睡觉呀！一点没有看见什么呀!”此时劳兰也给他妈一样胡思乱想,又说道,

劳“那皇后是睡着的,又像是死的。我想乌克莱斯魔王吃人时候,也就是这个样儿嗄。”

妙“爱儿,你别怎么说。他是你爸爸的女皇,也就是我们的女皇,我们该恭敬他一点儿。”

劳“啊呀！我早敬过他了。妈妈,你没有看见他过这里时候,我在许多比我长的先生们后头除掉我的小帽儿吗？我也要喊着‘皇后万岁’,但是我看他头也没动,就回过眼来在我们身上打了一个圈儿。妈妈,你想我又不是没有胆儿的,可是给他的眼光压住了,再也喊不出来,我的声音掐①住在嗓子里。妈妈,赶吗他有这样儿的眼光呢？他不是瞎子吗?”

妙“胡说,他不是瞎子。这会儿,你不用尽讲这个了。你听一阵阵的音乐,好响亮呀！你看多多少少的兵,都听着号令,在那里运动了。”

妙鸾德不愿再看那无情可怕的眼光,十分想躲避他,谁知那皇后倒张着暗式式的眼球,狠留心的只管围绕他们娘儿俩,姑娘越发心慌意乱,直到皇车过去,皇后进了御用观棚,这里望不见,妙姑娘这才放了心,安安稳稳看着眼前热闹。劳兰忍不住问道:

劳“到底爸爸在那儿呢？我想要看他呀！你不是告诉过我,他还骑着马、穿着美丽军装哩,怎么这会儿还不打这儿过呢?”劳兰只管巴巴的望着,没一点信儿。那当儿里,台下许多人都回过身来,拿着小远镜,对准了妙鸾德不住的看。可巧赶上姑娘快活的当儿,脸上带着微笑,眼角眉梢自然十分风趣,弄得那些人来来往

---

① “掐”,原文作“掐(掏)”,据文义改。

往,万条眼线都钉住在一人身上了。

校场上一阵一阵操演,狠是热闹。大家都为恭敬皇后,静悄悄地连喝采拍掌之声也没有。就在这鸦雀无声时候,忽然人山人海中,吹来一阵低低的声浪。

众"皇太子领着军队,排道的来了!"

不一时,果然排道而来。只见皇太子骑着银鬃白马走在头里,远远望去,挺长的干儿,厚重的气概,一绺红黄长胡子披在头盔腮甲上,穿着匾钮大红的军装,袖头缘着纯金。

在皇太子后头,忽然走出一位少年英雄,戴着给太子一样的头盔,当前一面大军旗,另分一个师团。妙鸾德看着那前走的,骑着一匹雄健黑马,穿着蓝地银镶的军装,俨然一位又文雅又精灵又美丽的壮士。一路旁观人个个低声赞叹,显出格外的敬礼。妙鸾德此时心中陡起了非常激动,脸色惨白,肢体震颤,一眼看着那人,仿佛是认得的,然而到底不敢认定他就是邵舒。

妙"这是海市的虚影呢,还是梦中的幻想呢?"

妙姑娘的眼波顿时如同沸水一般,越搅越糊涂了,再不敢认那少年英雄就是邵舒,不但不敢认,真一点也认不清楚了。他想总是自己弄错的,可是他身旁的小劳兰,睁着小眼珠倒看得明白,高兴起来,一阵子又是跳又是叫,踮了起来,给疯了一般,放开两只胖胖儿的小手儿,尽力的对拍:

劳"爸爸呀!妈妈你看,那就是爸爸呀!在第二排骑着一匹黑马呀!爸爸呀!真齐整呀!英雄的爸爸!英雄的爸爸!"

皇太子和邵舒静悄悄走过台前,彼此都放下了刀,对着皇后御用观棚,行了一个敬礼。邵舒行礼时候,仿佛望见了劳兰,忍不住就微微笑了一笑。那小人儿更快活起来,对着他妈喊道:

劳"爸爸微笑了!妈妈你见了没有?爸爸真在那儿微笑了!"

许多人一听这话,都看着他们母子两人,神情十分惊叹,看到小劳兰益发目不转睛,交头接耳议论起来。

妙姑娘压不住心里慌乱,别的都顾不到了,只管暗忖为什么邵舒就走在皇太子的后头,只隔着一面大军旗,另成一个师团呢?难道他是嗣君的近亲吗?

这个意思自己又拿不稳,心里益发迷离恍惚,把在先兴头慢慢消灭,忽然起了许多挂虑,想起刚才皇后奇怪的眼光,真有点儿害怕,又怕着许多人注定他身上的眼光,不知不觉眼里头掉下索索的泪来,心里惊惊恐恐,起了一种不可解的疑惧,总怕着小劳兰要丢掉一般,连忙把他抱在膝上,把两臂紧紧搂住,倒露出十分娇爱的意思。

亲王的军队过完了,皇后就离了御座,立刻登车。这里警察忙来禁止观棚给高台上人不许擅离,皇车路过地方不准行人来往。这当儿,多少踮着的观场人,都无心看操,回过身来,对着高台,一群一群全聚到妙姑娘观棚前来,顿时一派希罕赞叹的声音沸腾起来,倒把妙姑娘弄得羞惭满面。可是他美丽模样,温和眼光,还带着几点将干未干的泪痕,总是笑眯眯对着那些看他的人,越弄得大家专心注意,把别处观棚里多少朝廷招请的贵太太们都看不上眼了,一时间就发出同声的赞美。

众“他长得多俊呀!就是那小孩子,真像我们的邵舒伯爵呀!”

风声散布,一群一群传开来,马上妙姑娘的周围,那人圈子益发稠密了。姑娘看光景不对,怕闹出乱儿,就决计要离开这个观棚。

汤玛给几个警兵本留在那儿远远观望风色,此时猜到姑娘意思,急忙走过来。

汤“皇后车子快过了,略等一等儿。太太您瞧,奥古士都公主的车子停住在御台前,大约要给太子一块儿走。那些人都下了马了,只要这第二排车子不动身,我想就趁这个当儿,穿过警兵马兵的两重围子去。太太，您敢试一试吗？”

妙“噢！狠好，我狠愿意这么着。你不看那些人吵嚷得了不得，我委实受不住了，又进了人圈子来了。”

姑娘搀了劳兰立刻走出观棚，刚走到伺候宫车过路的兵围子旁边儿，汤玛要叫他们开一条路，这些兵不肯让，正嚷间，一个甲装兵头走来吩咐他道：

甲“公主上了车了，太子也快走了，不准放一个人过路呀！”

可怜妙鸾德到这个时候，前冲着许多军士，后挤着无数人堆，他怕劳兰给挤坏了，狠命拉住，硬在两个甲装兵中间用力钻出，居然给钻过了。才喘过气来，忽然走出一个甲兵头儿，狠巴巴对着他说道：

甲“谁敢冲皇车的道儿，你知道号令利害得狠呀！太太，快回来呀！回到人堆里去呀！”

妙“我给挤死了，我怎么能回来呢？”妙姑娘喊道。

甲“你要回来容易得狠，我派四个人帮你用力挤呀。”

那甲兵见姑娘不肯回来，更拉下脸冷笑道：

甲“这种人真少有的呀！”

立刻叉开五指，猛的来拉姑娘膀子。姑娘狠狠看了他一眼，就给他说道：

妙“你敢碰我一碰，就给你一个结实的嘴巴子！”

妙鸾德正对付那威吓他的兵头，一不留心，倒把劳兰的手放松了。就这一会儿工夫，可巧宫车来到，多少马蹄声音得得的响。姑娘要拉回他儿子的手，谁知他早离了身边，姑娘这一吓非同小可，赶忙闯出没命的喊。只见小劳兰已经在许多马的尽靠身儿，差不多要挤到车轮底下去了。那宫车急忙停住，望到那车里头，坐着一个戴孝妇人，也没看见车前光景，就把挺严肃的声音问着车门边踮着个甲装兵头儿：

奥“怎么这个妇人在那边呢？谁放他过道儿的呢？别管他，叫马夫走我们的，闲人怎么敢穿过兵围子呢？你们还不知道我怕见这些百姓们吗？”

妙“劳兰呀！我的小劳兰呀！你们瞧他已经在那儿跌跌绊绊了，快栽倒了！车快停住呀！啊呀！恶妇呀！他简直儿想压坏我孩子呀！”

姑娘到底拉回小劳兰没有给车轮碰着。这么着，就用了非常力量举起他，紧紧搂在怀里，不觉哽噎起来。

奥“兵头儿来，快把这个妇人扔到他人堆里去呀！”公主高声喊道。

妙“这会儿凭你怎么样罢。”妙姑娘才脱了险，一面抖着，一面说道，“我瞧不上那样儿，我只要我儿子呀！”

许多军士后头，人千人万，都在那里赞叹妙姑娘的有胆量。姑娘益发不肯退让了，只顾紧紧抱着劳兰带泪微笑。

奥“逮住这个妇人呀！”公主高声吆喝甲装兵头儿道。

其时邵舒就坐在那车后头，先没有看见什么，闹得利害，才认清楚是妙鸾德和劳兰，不免惊惶失色起来，赶紧要闯来接应，被实心的劳兰看见，他可不晓得独有这一会儿工夫，这位爸爸不能叫他一块儿上车的，只管在娘怀里喊道：

劳“爸爸，来领我呀！领我给你一块儿坐呀！”

妙鸾德怕又闯出祸来，捧着小劳兰的头，揾住他的嘴。

奥“到底你们呆看什么？还等什么？逮住这妇人，车好走呀！”公主满面怒容喊道。

甲兵头儿踌躇了一会儿，真走到妙鸾德跟前，想要动手。这当儿，邵舒回过身来，不问长短的吩咐道：

邵“你敢动一动，试试看！”

这么着，就远远儿递了一个安慰他们的眼色给妙鸾德和劳

兰,就喊马夫道:

邵"这会儿就走呀!"

妙鸾德在这当儿里,把日耳曼公主的面貌倒看得清清楚楚,只见头上裹着一方黄首帕,狠端正的脸盘儿,可是又黄又枯,堆满了忧愁,更被邵舒这么一阵子的干涉,脸上更显出凶狠不自在的神儿,闭着嘴唇在那里生气了。

宫车启行,妙姑娘想着刚才凶险,不免就在车后冷笑道:

妙"啊!恶妇呀!他简直儿想压坏我的劳兰呀!你瞧他连'留神呀'这么一句话也没有喊呀!倘或邵舒伯爵不在那儿,他要逮住我呢,大会儿懂得吗?逮住了我,才叫我救不了孩子呀!"

妙姑娘对着这些看的人,告诉他们刚才无礼的号令,就一片声的道:

众"这个恶妇人就是日耳曼女子呀!哼!可丑的日耳曼女子呀!"

宫车后头怒吽吽的交头接耳,只管"日耳曼女子呀!日耳曼女子呀!"的吵嚷。忽然人堆里挤出那甲装兵头儿,这回可狠有礼对着妙姑娘道:

甲"太太,我这会再不愿服从刚才的号令了,也不敢有一点儿无礼了,可是您别再挤在人堆里,我来给您疏通疏通,请您自各儿走路罢。"

妙鸾德不愿意求他,可巧诚实汤玛领着警兵都来接他,姑娘仍叫汤玛抱了小劳兰慢慢穿过这条道儿,又进了人堆。不多一会,居然安安稳稳保护出了重围。走到街上,姑娘看着那里,闲人稀稀落落,不甚拥挤了,就打发汤玛给几个警兵道:

妙"我的自运车就在亚尔佩花园门口儿,没有几步路了,我不怕什么了,多谢先生们!辛苦先生们!"

汤玛就放下小公子在地上,答道:

汤“这算得了什么呢！”

妙“我总忘不了你们这番辛苦呀！”

汤“我们有福伺候了您一会儿工夫。”汤玛受了狠意外的安慰话，答道。

警察已走，姑娘还是紧紧拉了劳兰的手，走过热闹地方，冲着那花园走去。已经望不见那人腾马翻的大围场了，姑娘此时才复还了向来温和诚实的态度，真好像一朵小花儿经过了一阵狂风烈日，不免色褪香微，这会儿又回到阴凉地方，还了他百倍的娇艳了。

上了轮机自运车，姑娘把劳兰安顿在身边，立刻就叫开车，一路上不免要呼吸一番郊外尘云烟汽了。

自运车走过一条沿河的平坦大道，就上了树林浓荫的山冈。到了山冈顶上，姑娘叫停住了车，远远望着那山脚下广大市场的周围，都给一片蒸烟雾汽团团笼罩得如海市一般。

姑娘此时还清清楚楚记着刚才的经历，眼里看见的还是日耳曼公主凶狠的脸色，耳边听见的还是日耳曼公主无情的声音，总觉有个冷影子罩在心上，要慢慢把天性的温爱去熨暖过来。正呆呆想着，回过头来，忽见小劳兰坐在那里，一声儿不哼，·脸的不平气。

妙“爱儿，你狠爱你的小妈妈吗？”

劳“是，我自然爱的，可是我再不爱刚才给我爸爸坐在车里的那个黑太太，他已经霸占了我们的坐位了！”

妙鸾德知道劳兰狠可怜，尽对着他脸看。忽然，小眼珠里水汪汪滚下泪来。那当儿，自运车慢慢下那山冈，姑娘问道：

妙“劳兰，你为什么哭呀？”

劳“我伤心呀！我狠给妈妈伤心呀！爸爸也不是可爱的，他刚才好像不认得我们似的呀！”

第十三章　湖边话别

妙鸾德那日受了皇太子郝洛尔第一次的拜访，欢喜自不必说，况且一见面儿，就蒙太子怜爱称赞，这种亲密光景，真是邵舒和妙鸾德梦想不到的。从太子那天走后，这些日子，邵舒也就进了纳微宫，老不回来。你道为什么事呢？原来就为郝洛尔和奥古士都公主的婚期被日耳曼催紧了，差不多威逼似的，再挨不下去，如今已择定了公布婚约的吉日，正在那里预备一切。邵舒既是自己兄弟，自然该在里头帮同料理，大概一时总不能回到别业来，就为这个。妙鸾德倒常常冷清清一人在家，十分闲着，不免时时心里记着那一晚的事来。

姑娘有时在偃息室坐坐，客厅上看看，也有时到花园里走走，一天到晚，溜搭来溜搭去，左不离这几处地方。说也奇怪，姑娘这些时，不论到那里，仿佛总看见太子立在眼前，网着两张纸白脸皮，挂着一部深红长须，长须里头隐隐盖着血色嘴唇儿；厚重的眼皮包着死水的眼球，时时发出黑设设的小光。那样儿也彀姑娘一生记念了，况又看见他粗暴的形状、执拗的性情、嘻笑的声音、苦楚的说话，一样一样真给唱戏般搬演到姑娘想像界来。

光阴荏苒，忽忽就到了皇太子结婚大礼的正日。这日午后，邵舒忽然打发人来告诉他夫人，说今晚还想回来，不过总在更深以后。为何呢？就为皇宫里今夜还要开一极盛的大宴会。这开宴的目的，打算当着女王陛下、日耳曼公使、本国议院会长、许多重要人物面前，要叫太子亲自捧着定婚指环，送到奥古士都公主的手指上，这才算大礼告成哩。

那一天，丽日融融，和风淡淡，正是秋天最快美的气候。姑娘既知道邵舒白天不回，免不得想到园中去散散闷儿。于是就叫沙龙舒带了劳兰跟着自己，信步出门，一径向湖岸走去。到了湖边，就见那群白天鹅正聚在浅水滩头，一听人声，都飞快的跑来，好像特意欢迎主人一般，把小劳兰快活的跳起来，连忙拉着沙龙舒把带来的面包一块一块扔下去，喂着他玩。这里妙鸾德却独自坐在一张对湖的白石凳上，看着黑沉沉的水色、黄漫漫的天光，四面森林中给几阵微微的凉风，把一天紫霭吹得迷迷蒙蒙，如醉如梦。姑娘在这个当儿，忽觉四肢软咍咍地，起了一种不可思议的愁思，随着满地的落叶残花，如潮水般涌出来，又瞧着枝头草际水汪汪雾气结成的露珠儿，在伤心人眼里看去，好像草木有知，也在那里各洒悲秋之泪了。

那一会儿，姑娘抬眼，忽见劳兰穿着晃亮儿的衣服，衬着黄黄儿的脸蛋儿，益发显得俊了，只管在那边儿东奔西跑，引着那一队鼓翅的天鹅玩，有时低着头看水，有时仰着脸望天，高兴得他了不得。姑娘看他高兴，倒动了伤心，细想几年来仿佛把自己搁在重云密雾里过日子，如今虽露了一线天光，到底半明不白，自己的后顾、孩子的前途，都不知道怎么样了手呢！

这一礼拜里头，间天儿下雨，本来把劳兰逼在家里闷极了，巧了遇见今儿个天大好，自然要畅畅快快的玩一玩。等玩彀了，自然累的慌了，忙忙跑到娘的身边，撒娇撒痴坐在膝盖上，把两条小膀子绕住了娘的脖子，那神儿快要打盹儿了，一头呵欠，一头半开著小嘴儿问道：

劳“妈妈，今儿晚上我想在你那儿，给你一块儿等爸爸回来了我再睡，你许我吗？”

妙“不行。娇儿呀，你爸爸今儿回来得很晚，你别等，尽管去睡。妈妈等他回来时候，叫他上你那儿，多多儿抱抱你，那倒可以的。”

劳“但怕我睡着了，爸爸来轻轻儿抱我，我那儿能知道呢？”

妙“你虽然睡沉了，他若是送你一个口亲，你总该要知道的。

你记着罢,爸爸回来,总在你乱梦颠倒的时候了。”

劳“他到底上那儿去?回来得怎么晚呢?”

妙“纳微宫呀!”

劳“就在那女皇离宫里吗?嗯!不差,我还记得,就在那狠荒凉的野地里,有一所挺大宅子,那宅子的颜色,赶落太阳当儿,给血一样红,那就是乌格兰斯魔王的宫哟。妈妈,你倒不讨厌他吗?这会儿叫爸爸爽性长久留在里头吗?”

妙鸾德一听这话,心里勃的一跳,本来想出来散散闷儿,谁知给孩子一句话,提起害怕,顿时两手索索发抖,手里抱的劳兰却只顾闭着眼,叨登他妈道:

劳“我知道靠那离宫湖边儿,天气格外寒冷,且常常有雾,天鹅从来不去那一岸,想来总有可怕的地方了,大概那个乌格兰斯总不是个好人儿。妈妈,你倒不怕他有意把爸爸留在宫里来害我们吗?”

妙“啊呀!傻孩子呀!你放心,皇后是不大出宫来的。”

劳“他不会打发那面无人色的黑太太来吗?”

妙“不要紧,有天鹅儿挡着他不许近岸,你该知道这些鸟儿都是我们狠忠心的护卫呀。到了将来,况且还有你在这里保护我们哩。我想,你既然有这么个有胆量、有作有为的爸爸,你将来大概也是这么着的了。”

劳“可不是,我这会儿年纪虽小,我早是个有胆量的人呀。不过我想,我小孩儿看得到、懂得了的危险,到底大人们简直不怕他呢,还是看不到、懂不了呢?”

妙“你快做你的好梦罢,别尽想这种事情呀!”

妙姑娘说罢这话,一面尽力哼哼,一面尽力摇晃,没多大工夫,居然把劳兰眠着了。沙龙舒忙把自己头被取下来,叠做两半儿,铺在绒一般的草地上。那当儿,天气还是温和清爽,两个妇人就把孩子安放在上面,严严的包盖好了,倒成了一个天然安乐床。两人就坐在他身旁,把自己影子遮护了他的小头儿。

天高气爽,秋色撩人,湖边林下,正是静悄悄地没些声儿,只有离枝黄叶因风坠地,偶然碰着久积的枯叶儿飒飒作响。那伯夫人坐在这冷清清的地方,自己不愿再望那又大又暗又奇怪的纳微宫,勾引平日愁苗恨叶,倒一味鼓起精神,想像那宫中今夜的大宴会,宫殿怎么宏敞[①],装饰怎么华丽,灯火怎么照耀,仪式怎么整齐,空中楼阁霎时涌现眼前,不知不觉就把刚才邵舒暗地招呼的话给沙龙舒细谈起来。一句一句正说得热闹,忽然叹口气道:

妙"公布给婚的大典,这会儿大概快开场了。嗳!沙龙舒,这头婚姻,我那一天不念道他早早成功呢!"

沙"他们的事情,你赶吗这么热心呢?"

妙"咳!你不知道这回的婚礼,真给我们往后的幸福有大关系哩。我们往常怕的,就为邵舒也是皇子,也有做国王的资格,要是他一登王位,我就彀不上嫁他了,所以只盼太子郝洛尔这回的成亲。成亲后,就生了孩子,这么著我们邵舒给王位才算断了根了,从此我们的地位给这会儿大不同了,邵舒在朝廷上,也不用担什么大责任,他身上的事情,人家也就不来留意,我也算安安稳稳做成了他的夫人,我们的幸福这才算真完全了。这里头别的都好,我就可怜一个皇太子,硬掐着脖子,叫他给一个无情无义的人结婚,可是也没有法儿,他自己也知道,到了儿逃不了的,大概这时候也定了心了。太子的心一天不定,我们的福就一天不全,你想不是早一天好一天吗?啊呀!沙龙舒呀,我想就在这说话的当儿里,光罢皇太子已经把定婚指环戴上他新夫人指头上了呢!"

沙"那倒也说不定呀!可是我常听见这里纳微镇上人说,那位

---

① "敞",原文作"廠(厂)",据文义改。

太子,脾气非常暴躁,还带点儿孤独相,又说这个黑太太满身都是不祥气,怕要带累我们王家哩。他的行踪鬼鬼祟祟,就从这一晌来,白日里老在那边棕林底下,有时穿过荒地,有时走到湖边,一到夜里,也左不离那宫里的步廊前后,东奔西跑,忙得什么似的。"

妙"好个贤妇人的行止呀！这个黑太太,除了奥古士都公主,还有谁像他呢？一天到晚穿着孝衣,在皇宫里树林边跑来跑去,也不怕个忌讳。不过我想,那都是他自己家里的不祥,怎么人家说他要带累我们王家呢!"

沙"不论谁家,看样儿,总是不祥之兆呀!"

妙"沙龙舒你这会儿,光罢也给劳兰一样,在那里做梦儿说梦话了。别管他祥不祥了,你还是留神着劳兰,别叫着了凉罢。你瞧太阳下山了,满天都是苍苍茫茫的雾气,晚霞也飞快褪了红了!"

沙"啊呀！小娃娃包盖得严严儿的,怎么会着凉呢？我正要趁他睡着时候,叫他多吸几口清凉空气哩。一过这会儿,不就要把他好好儿逼闷过这整一冬吗?"

妙"那也说得是。你瞧,那湖对岸儿皇宫旁边好厚的雾气呀!虽然太阳光返照宫墙,红得给涂了血一样,可是总好像没有阳光似的,那古城里一团又黑又冷的夜气,要直飞到我们这岸来了哪!你不看见吗？远远儿的有一道小光儿,白茫茫照到浪头上,尽着在那里摇晃哩,那光罢就是宫楼上的灯光,也许是窗上的玻璃光呀。"

沙"是,大概不差罢。"

妙"过了这一会儿工夫,我们邵舒该放心了。你不知他那一天不盼望这典礼的举行呢？那一天不害怕这典礼举行时候有什么意外长短呢？一有三长两短,不但大岛和日耳曼两国立起争端,只怕普天下都要起非常的战祸哩!"

沙"咦！怎么水上的白光儿,忽然的灭了？这一定是雾气更重遮住了。"沙龙舒望着湖里诧异道,"太太,既然今儿个事情成下来,你可以安心了,这会儿何必爬爬儿呆等在这里不回别业去呢?"

妙"可怜的郝洛尔呀!"妙鸾德叹气道,"今儿个是他苦命的开头,就做我们明儿个幸福的根源。我跟邵舒越享福,他越可怜啊!"

这位新伯夫人口虽怎么说,心里狠觉宽慰,就想依着沙龙舒回去的话,笑嘻嘻①踮起来。

就在这当儿里,对着姑娘的那群天鹅,本来稳稳的、悄悄的、懒懒的都浮在水面上,忽然一阵乱糟糟,都昂起脖子,挤在一块儿,多少雪白翅膀儿在灰白霞光底下不住拍打。

妙"他们赶吗?"妙姑娘看了十分惊异,喊道,"那一定看见来了一个不常见的游人了,要不然,他们从没有离开过岸边。你瞧,不全吓散了往外跑吗？那必然有可怪的事了。"

沙"你快听哪！留神湖那一边儿,仿佛有划桨的声音……"

妙"光罢你听错了罢?"

沙"不错！不错！一个船儿！近了！更近了,狠用力的在那边儿划哩！太太,你的眼光比我好,你尽远着看,紧对那皇宫方向,树林边湖的最宽处,不是有狠快的水声打纳微宫旁边飞来吗?"

妙鸾德睁着眼儿,伸着脖子,仔细看了几分钟工夫,果然清清楚楚望见一个船儿打纳微宫那儿行来,一直线的冲着这边树林进发。

妙"这可没有话说的了,就为这个船摇来,把天鹅吓跑了。奇呀！谁在这时候渡湖呢？邵舒往常在纳微宫回来,从不走水路

---

① "笑嘻嘻",原文作"笑嬉嬉",据文义改。

的，况且也不会一个人儿，也不会那么早。这会儿雾气虽然重，我可十分看得仔细，船上确是一个人，如果是邵舒，天鹅不会那么受惊，那一会我们游湖，那些鸟儿还围着船给我们做伴儿呢，那么来的倒底是谁呢？”

沙龙舒抱着劳兰，心里倒有点发怕起来道：

沙“太太，我们就这么抱着孩子回别业去罢？”

妙姑娘只管一眼望定那飞快划来的小船儿。

妙“哪！那划桨的人转了背了，我看不清他脸儿，我可认得那个船，这样长的船，往常我曾见过三四只，那是宫里的船呀。”

沙“太太，既怎么说，我们还是回去罢。”

妙“还等等儿，光罢是邵舒打发来的罢？他知道我狠记挂今儿宫里的事，也许特为叫人来传句话儿，报给我结婚大礼成了。”

那船儿越行越快，一阵猛力划来，差不多近岸了，只见那人放慢了桨，仿佛要挑着那个岸边可以靠船似的。

这当儿，妙鸾德忽然大惊失色的喊道：

妙“我认得这个身量呀！我认得这个脸儿呀！”

只见那船已靠岸，那人正要上岸，姑娘低低喊道：

妙“咦！沙龙舒，这是皇太子郝洛尔呀！什么①他趁着自己好日子、预备结婚的时刻，倒跑过湖来呢？这是奇……”

话犹未了，太子已望见了妙鸾德，慌慌忙忙带定了船就跳上岸来，三脚两步直奔少年伯夫人而来。

郝“我特地来望你呀。”太子一面强笑，一面带着不快的声音道，“这真巧极了，刚碰见你在树林边，我有许多话要给你说，省得大远的再跑到别业去了。”

姑娘留心看着太子，只见他虽然面带笑容，可是狠不得劲儿，

---

① “什么”，疑应为“为什么”。

括得下霜的脸色,流星般的眼光,一举一动都含着愤激的意思。穿件绿色轻骑短褂,戴顶皮檐特制小帽儿,横搁在头上,好像来的时候匆匆忙忙,什么都顾不到似的。

妙"殿下,怎么您在这儿呢? 怎么您能到这儿呢?"

看他勉强定了一定神,复了狠尊严的气概说道:

郝"我早就想给你讲讲你那不对的妇人的,老没得闲儿。这会儿,趁在这里,可以畅谈一下,请就在这幽静湖边云石凳上坐下细说罢。"

太子嘴里说着话,眼睛却只觑着皇宫那边,狠挂心的又道:

郝"快着罢,我在这儿不能多耽误,我还有事呢。"

妙鸾德就吩咐沙龙舒道:

妙"你先抱了劳兰回别业去罢,殿下还有话给我谈呢。"

小劳兰本来挺安稳的,睡在包盖的头被里,沙龙舒正要侧着身体去抱他,郝洛尔见了,急忙上前,对着沙龙舒狠响的喊道:

郝"怎么小劳兰也在这里呀! 你且别走,让我瞧一瞧这齐整小侄儿!"沙龙舒连忙走来,揭开了头被,好叫太子细看。

太子十分怜爱,看他睡得正好,怕惊醒了他,有意放低声音道:

郝"啊! 有趣呀! 妙鸾德,他像你呀,更像我们邵舒呀嗳! 我不知道能有这么一个孩子没有,他是从爱情田里种出来的嫩芽儿,我就有,也怎么能比他呢?"

沙龙舒正想安放睡孩在膀子里,那当儿,太子又递了一个眼色,仿佛叫再等一会儿,静悄悄地不住的看望,那神情十分感动,也非常抚惜,好像这一看之下,把他痛苦的灵魂暂时快慰了。等了等,狠诚恳狠注意低低道:

郝"一个人为什么怕死,只说是苦楚的呢? 我看也不过一觉好睡罢咧。你瞧,他睡得多安稳吗?"

太子说这话时候，声音虽然格外和缓，不过话因儿总觉触耳。妙鸾德倒不放心起来，递个眼色给沙龙舒，叫他抱起劳兰。太子倒像也表同情似的，再三的嘱吩道：

郝“你们在劳兰身上，总得留神看守呀！别离开他……总不要离开他呀！”

妙鸾德倒吃了一惊，忙问道：

妙“殿下为什么说这话呢？我在劳兰身上，有什么可怕呢？难道有什么祸事，快到我们这里，您先得了信吗？”

郝“那不，我没得什么信儿。”太子眼看着孩子去远，渐渐定了心神，恳恳切切的道，“你们的幸福正长，那有祸事呢？”

妙鸾德越听越怕，掌不住喊道：

妙“我们的幸福，大概不狠妥当吗？”

郝洛尔此时神情益发慌张，勉强想把话来安慰伯夫人。

郝“你别瞎操心，你们往后过日子，大概没有多大的忧愁，我狠盼你们好呀！啊呀！我真盼你们好呀！没有别的，我只恨我自各儿呀！”

太子说完话，四面看了一看，只见寂寂深林，沉沉夜色，料想断没有人来偷听说话、窥探踪迹的，就递过大热的手来拉妙鸾德冰冷的手，一领就领到那云石凳上，大家坐下了。

妙“殿下，你快告诉我，为什么不在那边，倒到这儿来呢？难道纳微宫里大礼还没有预备好吗？还是这回大宴，你不该把定婚指环戴上奥古士都公主手上呢？”

这几句问话，在这静悄悄的林中、阴测测的湖上，太子忽然发出一阵宏大的笑声，真像魔王的怪啸、疯汉的狂呼。等到笑罢了，到觉得自己声音太大，不放心起来，四边儿张望了一回，却只见浩荡荡的草地、白茫茫的湖水，这才安点心，又低低说道：

郝“大礼早预备下了，女皇陛下、皇子邵舒、公主奥古士都、执政大臣罗尔欧芳旦、议会会长、各部大臣、各国公使、内廷近臣,一个个华服盛装、恭恭敬敬、齐齐整整,都挤在纳微宫里,睁开眼,掂起脚,只等正式婚礼的举行,简直没有一个人不到……可就除了新郎呀!”

妙鸾德听到这里,料想太子又要发出狂笑来,谁知他倒忍住了,单是半吞半吐在嗓子里打咽儿,还夹些唏嘘的声浪,两个眼珠骨①碌碌的乱转,也不理会姑娘脸上已经变了色,只管密密切切又说道:

郝“他们都在那儿等我呀!都在那儿找我呀!可是再也找不到我的呀!结婚的当儿,新郎不见了,这不是一个大笑话吗?一个天下少有、地上无双的笑话吗?可刚刚儿轮到我身上呀!”

妙鸾德越听越吓得面无人色,暗忖:“这个人,说出这种话来,不要是发了疯罢,还是醉了呢?”

姑娘留心看他,虽有点儿心慌意乱,然说这话当儿,神清气爽,汩汩而谈,暗沉沉的眼光倒更显出聪明活泼的气概来。

郝“妙鸾德,我到了这个时候,再也不能勉强了!”

妙“殿下,你说的是什么呢?我不懂呀!我简直儿不能懂呀!”

郝“你不知道我的②娶奥古士都公主,全出于勉强吗?那都是王位和国运的关系,要借此解释政治上的嫌怨,那里管我们性情的合不合,恋爱的有没有,将来是怨耦是佳耦呢!硬掐着脖子,就这卑鄙龌龊的婚姻,叫人怎么能受呢!最可笑我母亲,只逞他外交的手段,全不顾儿子的痛痒,生把他推下苦海去,怎么叫我不怨恨呢?嗳!劳兰德,我瞧着你在邵舒身边,多恩爱,多有趣,益发动了我的忧愁了。我早就恨那公主狂傲无情的样儿,起他一到我

---

① “骨”,原文作“啃”,据文义改。
② “的”,疑此字为衍字。

们宫里，我就晓得奥古士都是我家门的祸水了。他用尽了力，一天一天的给我近，我也操尽了心，一天一天的给他远，谁知心虽越弄越远，好比着万丈潭，身子倒越凑越近，快和成一团土了。啊呀！那我不能呀！万万不能呀！我的灵魂合不拢他的灵魂，我的热身儿贴不上他的冷皮儿呀！"

妙鸾德听太子说这些机密话的当儿，天已大黑了，树林里外阴暗无光，湖上罩着一片白茫茫的重雾，什么都看不见。只见太子怨恨的面貌，偏执的声音，越说越凄惨起来。姑娘到此时，把诧异心都变了恐怖心，只是突突的小鹿儿撞个不住。

郝"不能！不！不！断断不能！劳兰德呀，我想全个儿不管了，我心也乱了，我光罢得了病了，只想逃出黑暗皇宫，千门万户无见无闻的天牢，从此以后，我要好好儿改换改换这无期的苦生涯哩！嗳！凭着邵舒和别的皇子怎么去胡搅局罢，我没有别的主意，趁着这会儿还年轻，快刀辣手斩断了这具大锁就完事儿了呀！"

妙"啊呀！殿下，这是黄金锁儿呢！"

郝"黄金锁吗？你可知道国王的金锁比着奴隶的铁锁还重呢？"太子愤愤道，"我早该摆脱，耽误到如今，原是晚了。若说再干那营生，那我可没有力量了。啊呀！劳兰德，我想起来又怕又恨，仿佛觉得自己小小身体终日终夜只该应飘荡在狂风恶浪里的呀！"

妙鸾德战战兢兢轻轻说道：

妙"殿下，你光罢犯了热病罢？这些激烈的念头真有点热糊涂了。殿下呀，你快定一定神儿，自己到底觉得是病吗？"

郝"病呀！也许我是病呀！我只觉得日里夜里都是提心吊胆的境界，四面逼紧，连做的梦都带着血腥气了。不瞒你说，我常常梦魔，仿佛看见雪山倒了，大河决了，金笏变了泥泞，宝冠落在涂炭了,打破辉煌的宝座,幻成腥膻的尸林了。又有时梦见喧轰的水沟、急流的污渠,忽然把我掉下去,直沉到底,好不怕人呀!"

太子此时脸色晦暗,身体摇摇不定,两眼直瞪瞪的钉在地上,张着嘴儿,上下唇一伸一缩,仿佛面前真摆着个又臭又脏的污水潭,一时触着恶味儿,掌不住恶心要吐出来了。

妙"殿下,你别把贵国说得太过分了。"妙鸾德瞅着这神儿,益发慌张,不知不觉的劝道,"这会儿你的处境,就不过艰苦一点,所以觉得腻烦,过几天儿,休息休息……"

郝洛尔更激烈的抢着说道:

郝"我那儿有休息的日子呀!告诉你说,已经太晚了!你想我的灵魂早搅坏了,还有什么药治得好呢?嗳,我真像犯了疯狂病似的呀!我是个可怜人儿,比着百兆的平民还可怜点儿呢!倘或我这会儿回了囚笼般的王宫里,关在天牢般的朝廷上,礼数枷着我,文法网住我,就在这一刻工夫,俯就了那可恨的婚姻,那就简直把我人灭掉了!灭了!灭尽了!"

太子说来说去的话无非悲愤之极,发为疯狂的样儿已经沉迷透顶了。妙鸾德只好轻轻又劝道:

妙"殿下,你且定一定神,细细的再想一想呀。"

郝"我想过了,我彻①底儿都想过了,就为想来想去,料定这种配合,断没有好结果。劳兰德,难道你自己靠着无限的幸福,都发源在爱恋的婚姻,自己占定了好对儿,倒敢劝我就这可恨的婚事吗?"

姑娘被这话一提,心里不免一动,立刻转了念头,热心恳切的答道:

妙"不,我并不劝你那个。殿下,我就求你别赶出什么激烈莽

---

① "彻",原文作"澈",据文义改。

撞得行为,少担待一会儿,自己斟酌斟酌,给朋友们商量商量,处处想到,事事虑着,还给邵舒谈谈,大会儿给你想一个法子,把婚事且缓下来,也别公然违背皇后的意思,也别太给公主脸面下不去,结怨贵国,闹出全球的战祸来。”

郝“我早想了法子了,这法子也不过要平平静静蒙过一时,我想只要今儿晚上再胡弄一夜,我的违背皇后、羞辱公主、不肯成婚的事情挨到明天,才叫他们明白。赶明白时候,我总有方法,叫他们不能说我违背,也不算羞辱。我打定这个主意已经长久了,不过这会儿决议罢了。你瞧着罢,我就趁这热狂醉梦的一会儿工夫,要发作了,要实行我的计画了,而且那计画十分简捷,别人不能说什么的,只可惜我没有早想到呀。”

太子说话,尽着低声和气,总带些激烈调儿,闪闪的眼光还要遮盖心中的忧愁。然在妙鸾德眼里看去,已觉得万分可怕,抖索索的问道:

妙“有什么法子?告诉我有什么法子呢?”

郝“赶明儿个你就知道了。”

妙鸾德听到这里,心里忽然触动,仿佛太子的意思已经懂了似的。

妙“嗳!殿下,你莫非想到了萨佛都皇子的故事儿吗?你想扔了朝廷逃吗?你想远远的离开大岛吗?大概你预备做长期旅行吗?你要找一个完全自由的生涯,不怕到无边的海上去吗?”

太子吃一惊,仿佛自言自语道:“妙鸾德难道已猜透我的心吗?”

郝“可不是。”太子略顿了一回,微微一笑,睁开眼儿直望,好像给姑娘触动了心事似的。“我就要动身离开大岛,大约狠远呀!是长期旅行呀!我不知道靠船在那一个口岸,也许永不靠呀!你猜说无边,著呀!的确没有边儿的呀!”

妙“你决计了吗？一点儿不能挽回吗？”

郝“万不能挽回，我只恨早时已经耽误了。”

妙“是一个长久的旅行吗？”

郝“著呀！长！狠长！我不知道多怎回来，恐怕永不回来的了！”

妙“殿下，那么你到底打算到那儿去呢？肯告诉我吗？”

郝“谁也不能知道，连我自己也不知道呀！”

妙“那么你明天动身呢，还是今夜呢？”妙姑娘凄凄惨惨的道，“啊呀！你肯等一会儿，等你兄弟邵舒回来之后见一面儿，也尽些同胞的情谊，再赏几句话儿，也好的呀！”

妙姑娘到底摸不透太子有什么意外的心思，万分纳闷，只得又说道：

妙“你既然不愿再回纳微宫，还是先到我们别业坐坐，横竖邵舒给我约定，赶那边事完就回来的，我们一块儿等等他，也看兄弟一场，赶你出走之先，叫他见见你，也许他能想出法子，挡住你这不妥当的计画，也许他能说出正大道理叫你服从，再不然，或者有开导恳求你的话儿，立刻把这极可怕伤心的长行挽回过来。”

郝“你指望的这些情形，都是我要赶快避开的呀！他们没有救我的法子，不过给我加上点儿忧愁，牵制耽误我罢了。慈爱美丽的劳兰德呀！我动身之先，只要见你，只想给你谈谈心，你要知道我在这世界上一生一世，就是得见你一面是一件幸福的事情，除了你，我就不知道什么是快乐，什么是爱恋呀！你的俊眼，你的妙音，我头一回领教就牢牢印在脑海里，虽然印入时候就夹着悔恨的心思，我也不知受了多少烦恼的苦味儿，然而仔细想想，都是有趣的甜味儿……”

说到末了儿这句话，那声音一半凄楚一半亲热，呜咽的不成声调了。妙姑娘留神看去，仿佛见他暗式式眼珠里头含着一泡眼泪。

郝洛尔一面紧紧拉着伯夫人的手，一面非常感动的呆呆望着，仿佛给刚才看小劳兰一个样儿，要把这美人小像永远印在他眼帘里面。

这当儿里，忽然起一可惊之现象，就在妙鸾德踮着的前面，湖对过儿，纳微宫旁边射来一道红光，把四面遮盖的浓雾都染成紫色。妙姑娘不免吃了一惊，慌张情形巧了给太子看见，急急忙忙转过身来，远远望着那光儿。

郝“那是火把的光呀，”太子自己也十分着急道，“大概他们知道我逃了，满宫里白找了一会，这会儿找出树林边，一直穿过荒地，到了湖岸了，快上这里来了。我的动身，是时候了。”

妙鸾德知道诀别在即，万难挽回，呜呜咽咽的还劝道：

妙“殿下，我还求你等一等邵舒回来，他总可以劝解劝解呀！”

虽经妙姑娘如此恳切劝解，却毫无效力，又给那边火把光儿越催越紧，太子竟一刻不敢停留了。

郝“我只怕走的太迟了。倘或给皇后的人望见了我，那就要把我拉回宫里去了。这一去，又不知要多少年，才能自由独立哩！”

妙“你想限定人家，光找你在纳微宫吗？在荒地湖岸吗？殿下，那是处处都可以找的呢。皇后陛下给邵舒那里肯放？你跑啥？你前脚走动，后脚就有人追赶，光罢等不到天明的呢。”

郝“不差，大约今夜就要追我的，总不出这几点钟里头罢？可是要他们追不着，也不狠难，我早已预备下了。等到他们追到，已经太晚了，挡不住我的去路了。”

妙“我王殿下，你这些话实在难解，我要求你清清楚楚的讲给我，别叫人家心里糊涂得难过呀！”

太子只把两眼睃着漫天浓雾里，掩掩闪闪，火把的红光，觉得更长更多了。

郝“你别再问我了,你也别留我了。劳兰德呀,我不能给你多说话了。”

妙“你觉得冷罢? 也该饿了。你放我跑回别业,给你拿件衣服、带点饭来。”

郝“不用,我不能久留了,我还得上纳微林自己猎房里走一趟①,把一切旅行要用的东西归著归著,我就此告辞了。”

妙“啊呀! 殿下,别怎么说,别说告辞,我们还是再见罢。”

郝洛尔把妙鸾德拉近身边,暗沉沉的眼波,暖融融的光线,不知不觉流出一双新泪,那种亲昵光景,真是越凑越近了。

伯夫人瞧着那情景,真是莫明其故,心里一个害怕,倒退后了几步。太子也似乎觉得了,益发热心,益发亲近,一面偷偷儿揩着眼泪,一面低低的恳求道:

郝“啊! 亲爱的劳兰德,我不求别的,只求我憔悴的腰围一亲你的玉臂的围绕,那就算第一次见面的敬礼,也好算末了儿留别的纪念了。我还想你送给我一个亲热口亲,做我远行带去的幸福,不知道你肯不肯可怜这离家去国的亡人,留个爱影儿在芳心里吗?”

太子办着十分志诚,十分庄重,和和气气,一点不摆皇子的架子。妙鸾德受了这非常的请愿,自然而然起了怜惜仁慈之心,也说不出是惊是爱,慢慢的发露到脸上来。

郝洛尔轻轻儿把他大热的嘴唇贴到妙姑娘粉脸上揾着,没多大工夫,太子低低说道:

郝“劳兰德,求你宽恕我呀!”

妙“可爱的殿下,叫我恕你什么来!”

郝“我害了你呀! 我总归对不起你呀!”

---

① “趟”,原文作“躺”,据文义改。

妙“殿下,你害了我吗?你什么事对不起我呀?我一直只受了你的恩惠呀!”

郝“劳兰德,不论怎么样,你总要恕我……我可也不知道……不能知道害你的是什么事,但是我动身之先,不能没有你的宽恕呀!”

妙“嗳!可爱的太子,那么我就十分的恕你、真心的恕你,就得了!”

郝“劳兰德呀!这么着,我谢你,谢谢你的感情呀!”

太子连连叹了几口气,立刻振起精神,仿佛要把爱恋根苗一刀斩断的神儿。

郝“娣妹,谢谢你,现在我真要告辞了。”

太子说罢,顺手就把姑娘推开,缓缓的走了几步,含了一包眼泪,忽然转过身来,趁姑娘一个不防备,赶快一闪,就闪进深林去了。满林罩着迷迷蒙蒙的浓雾,隐隐还望见一个白脸儿、穿花度柳的过去,慢慢就看不清楚了。

妙鸾德呆呆踮在那里,不动也不语,掌不住一阵阵的心酸。两眼只注定暗沉沉的深雾里,仿佛还望见一闪一闪的白影儿。

妙姑娘伶仃弱影踮在这四无人声的荒林里,正在幻想,远远吹来一阵回声,侧耳听去,好似郝洛尔的口音。

郝“恕我呀,劳兰德,恕我呀!”

连喊几声以后,就寂然无闻了,只听得卷地风来,树头的落叶和着地上的枯叶悉率悉率的怪响。

姑娘此时迷迷糊糊,满身不住的寒战,暗忖难道看见的是梦中幻境吗?是幽灵出现吗?再不然,自己感了夜来的寒湿气,犯着神经病吗?细想太子的话,越想越怪,情愿丢掉了荣华富贵,单身逃出宫来,一个护从都不带,穿着几件乱七八糟的衣服,比着逃犯逃兵还要可怜点儿,真不解他有多大能耐,能够脱离这湖岸左右呢?

此时对岸火光越看越清楚,倒把妙鸾德望得呆了。不多一会,就见那光儿四面乱窜,来来往往,仿佛跑到水面上深雾里来了。

妙“啊呀!宫里人上了船儿,来找太子了。那一定要到这边树林来的,我别在这儿傻等,回来把太子的道儿告诉他们,漏泄了秘密,不是玩的呢!”

妙鸾德连忙取路回家,一边走,一边只管伤心,好像还看见太子眼瞪瞪望着小劳兰的神儿,好像还觉得亲亲热热送他口亲,嘴里说着弟妹告辞的话儿,好像还听见和和蔼蔼恳求宽恕的回声儿。姑娘益发害怕起来,只得飞快的跑,心里暗忖道:

妙“太子为什么不给我说再见倒说告辞呢?为什么再三再四恳恳切切的声音,要求我宽恕呢?为什么要宽恕……宽恕什么呢?”

不一刻,就走到了别业的阶下,沙龙舒狠惦挂的,还等他在门槛上。

沙“太子郝洛尔怎么样了?”

妙鸾德把手握着小嘴儿,不敢放出高声儿,低低道:

妙“人家这会儿正找他呢,只怕找不到他罢……他不该叫他们找着呀!”

姑娘说着话,就把抖索索的手,指着草场那边大湖上。黑沉沉的一片大雾里,多少人影儿都聚在一个划过来的船上,但见那些火把的光轮,越发长越发红了。

——小说林社光绪三十一年至
光绪三十二年(1905—1906)版

凤仙女史

凤仙女史，又署红叶阁(或作"香叶阁")主人凤仙女史，生平不详。她译有日本江见忠功的侦探小说《地中秘》，还依据日本黑岩泪香的译本转译过法国朱保高比的小说《美人手》。

美人手①

故事梗概

某晚，有两人闯入法国巴黎著名的图理舍誉银行库房偷盗未遂，现场留下一只被银行防盗机关割断的美人手和一个手钏。银行行主图理舍誉的外甥玛琪拖亚与银行管账的职员伊古那发现后，商定此事保密为好，声张出去反而不利于破案，他们更改了铁柜的密码，清理了库房的血迹，并把美人手和手钏带走了。玛琪拖亚把美人手偷偷地扔在河里，没想到被一个渔民捡到并报了警，此事于是被公开报道。

图理舍誉的爱女霞那喜欢银行的书记美治阿士，但图理舍誉不同意二人恋爱。美治阿士决定辞职，但在他离开银行前，银行

---

① 侦探小说《美人手》为法国朱保高比著，由红叶阁主人凤仙女史据黑岩泪香的日译本转译为中文，共61回，最初连载于梁启超创办的《新民丛报》，1906年由广智书局发行。

再次被盗,丢了一张五千元的银票以及俄国大尉荷理别夫存放在银行的铁箱子。因为该箱内存有对抗俄国政府的虚无党人花名册,所以荷理别夫打算据此追查处置。经图理舍誉和伊古那分析,美治阿士是最大嫌疑人。

玛琪拖亚带着手钏去贵妇人云集的运动场,想要从中搜集关于手钏的线索。在医生乌拉迓华的引荐下,他认识了冰场美人泽濑梅。医生又引荐他去见银行的老主顾丸田夫人。在与丸田夫人比试剑法时,他随身携带的手钏被发现。

荷理别夫怀疑美治阿士与贼同谋,故将其监禁,后怀疑美治阿士是虚无党员,逼美治阿士说出铁箱子的下落,若他不招供就按照俄国政府处置虚无党的办法,把他流放到西伯利亚。银行守门小厮助摩祖深夜营救美治阿士,却被荷理别夫的人推伤。

玛琪拖亚来到戏院,嘉喜夫人说那条手钏的主人是泽濑梅,正巧当日泽濑梅也在戏院,一场哄乱之中,手钏被泽濑梅带走了。

伊古那趁机与霞那约定了婚期。玛琪拖亚去见丸田夫人,夫人说会尽力帮助霞那和美治阿士两人,并劝说玛琪拖亚要尽朋友职责查出真凶,促成二人姻缘。玛琪拖亚找荷理别夫询问美治阿士的下落。荷理别夫拒不承认监禁了美治阿士,并将玛琪拖亚赶了出去。

霞那和玛琪拖亚造访丸田夫人。玛琪拖亚告诉丸田夫人,助摩祖回忆起偷铁箱子的人是泽濑梅的同伙牛田。丸田夫人责备玛琪拖亚不该自作主张去找荷理别夫。后来玛琪拖亚碰到丸田夫人,告之说乌拉迓华医生约他一起去见泽濑梅。丸田夫人阻止他,说那是乌拉迓华要谋害他,原来乌拉迓华竟是虚无党的首领。波兰义士党与虚无党有着共同的目标,即推翻俄国专制政府。丸田夫人告诉玛琪拖亚铁箱子为波兰义士党所盗的经过,参与盗箱的牛田和泽濑梅均为义士党成员且为夫妻,而为盗箱断手的人正是丸田夫人本人。

原来丸田夫人是义士党的首领,继承父亲遗业,为国民争取幸福。波兰义士党与虚无党本来关系非常密切,但偷走铁箱一案使两党关系破裂。无辜的美治阿士遭受众人的怀疑,善良的丸田夫人想要救出他,而虚无党认为没有必要这样做,可以牺牲他换来两党的安宁,两党无法达成一致。

丸田夫人毅然拒绝了乌拉迓华的条件,不肯交出美治阿士,情愿自己受死。玛琪拖亚和霞那知道了事情的真相,丸田夫人决定带美治阿士到银行去,为他洗脱罪名。玛琪拖亚通过哈理治得知是伊古那陷害了美治阿士,后来伊古那也在临别信中坦白了一切。美治阿士的罪名终于洗清,图理舍誉也同意霞那与美治阿士喜结连理。中毒的丸田夫人牺牲了,在遗嘱中妥善安置助摩祖等人。霞那和美治阿士在替她守孝一月后择吉成婚。乌拉迓华不知去向。荷理别夫因丢失铁箱之事被俄国政府降职,不能再到法国,从此虚无党的秘密便没有人知道了。

第一回　捕党人分头派侦探　盗金库失手露机关

世界上各国人类,因为争一个本分自由的权限,古今来遂演出许多奇奇怪怪的活剧,断送了无数英雄豪杰的生命。看官啊,试想下①,这是何苦来由呢? 西人有句话说得好,"不自由,毋宁死"。人生世上,总有一个应该享受的界限。比如他国的人民享受一世,何等自由! 我国的人民,也同一样在世数十年,怎么这等掣肘、这等局蹐? 就使生在富贵之家,颐指气使,享用也算满足,但除非总不出来见那世面就罢了,如果出来世界上走动走动,想要占个平等的地位,试将那文明国度的人民与自己细细比较,便

① "下",原文作"吓",据文义改。

觉得满心都不自在起来。此外,中下等的人家,更自不消说了。惟是我徒然艳羡那文明国度的自由,亦曾知道他们的自由是怎么样挣得来的呢。平白白地由这个享受惯了的专制政府自己送回来?谅看官也知道①无此便宜的事,如此就要拿出强硬的手段,问他讨这个顽账,那是一家的道理了。但是他既然占了专制的势力,一向可以把我们本分的自由圈禁得住,到如今一旦想跳出他这个圈限,那是极不容易的,此何以故?因为世界上有许多的阻力,不独对家占着势力的地步,不容易把这个九九八十一路的梅花庄打得过,就说自己一个人带来的根性,也常被一种急功近名、见小利无远虑的魔障牵引出许多阻力来。即如作者所译这部故事,其中人才智慧,不可谓不周全,手段布置,不可谓不巧密,而从中阻力,竟生出种种波折,卒至无法可解。看官啊,试想一想,"阻力"二字是容易轻心掉得过的么?如今闲话且休絮繁,请转入本书的正文罢。

话说欧洲各国,自从民党得胜之后,或变民主,或变君民共主,人民渐渐都把自由的权利争了过来,独俄罗斯一国,仍然行君权专制主义,因此国中人民个个抑郁不平,想着把强权的魁首掀翻他落地来,暗中结成一个秘密社会,叫做希利尼党,时时伺隙行事。一日,俄王亚历山大第二坐车还宫,党人就在半途上,用炸药将俄王轰伤,即晚殒命。后人有诗叹曰:"漫云势力占强权,博浪沙椎幸可蠲。野火一星烟一霎,史家赢得早编年。"后来其子亚历山大第三即位,想着将希利尼党人一网打尽,暗中颁出密旨,打发心腹能员到处访查该党踪迹。希利尼党中各头目早已知道风声紧急,不能安居俄地,因此个个投奔他国。其时法兰西已改了民主,人人都讲民权自由,凡犯了公罪投来的人,一体照例保护,因

① "道",原文作"到",据文义改。下同。

此希利尼党人投奔法国的最多。却说当时俄王密派的侦探高手,有一个名叫荷理别夫,乃是大尉的武职。此人也有点本事,自从受了密旨,闻得希利尼党人多半窜匿在法国,他也追踪到法国来。不知他用了甚么的手段,将希利尼党人的花名册子弄了一本到手。怎么叫做花名册呢?就是希利尼党当日拜会结盟的人名部。得了这本册子,就可以按图追索、逐个跟寻的了。当时荷理别夫大尉得了这本册子,十分郑重,想着希利尼党人羽翼极多、本领极大,这部册子放在屋里究竟不稳,不如找个极安稳的去处存放较为妥当,因此用一个小铁箱装好,寄顿在一间私立的内国银行去了。

话分两头,却说法国京城巴黎有间图理舍银行,内国私立银行之中,这是个最有名的。行主图理舍誉是一个最好交结的应酬家,每逢礼拜四日,必开夜宴,招集一班豪客,酒肉征逐。膝下有个女儿,名唤霞那,生得真个是花朵儿似的。他常时当作掌珠儿一般,爱的了不得,临宴的时节,常叫他出来陪席,人人看见,自然要赞扬几句。他闻人家称赞他的女儿,更自高兴,因此宴会的事越发请得勤了。有一天,正当十一月第二个礼拜四的时候,是晚又应该是请客的日期了,到了四打钟,行内早已收工,各伙计把会计账部收拾妥当,人人都分头游耍运动去了。

话说当黄昏时候,马的卢街上,见有两个少年,年纪约在廿四五左右,一个穿件卷珠绒的外套,一个穿件酱色斜呢的披风,两家均将手插在袋里,唧唧哝哝说着,慢腾腾的踱将过来。那一个说道:"坐马车罢,今日天气太冷,觉得有些发寒噤呢。"这一个答道:"此处没有马车可雇,不如大踏步跑一顿,将周身的血气运行起来,只怕汗也要逼出一点儿,那里还怕甚么寒吗?"那一个笑道:"伊古那君,你真可谓俭啬的祖宗了,我舅父用你在行里管账,真真可谓知人善任的了。"这个笑答道:"你且漫笑话我。我劝你用钱的法子,亦宜省俭些才好。我常时闻你舅父说,他心中很疼爱你,因为你这使钱的手段太利害了,不对他老人家的脾胃,因此他老人家为这个事时常纳闷儿。玛琪掩亚君,我劝你不如事事检点些,令你舅父安心,将来或者招你做个东床的娇婿,这分大大的家当,岂不是都要归你的么?"玛琪掩亚答道:"我并不愿意作这个念头,阿霞那虽然是个美人,但我并不属意于他,他给我做媳妇,是不登对的。照我看来,这门亲事将来定然是阁下的。我并非凭空杜撰,我也曾留心窥探舅父的意思,他不久定然要把你提拔起来,请你留神点儿,用点心事巴结霞那,如果巴结得上,这个银行就是你囊中物了。"伊古那道:"我不敢作此妄想,但得稳稳当当做一个管账的头目,顾住这个饭碗,也便罢了。我近日闻得霞那小姐,同我行里这个高等的书记美治阿士有婚姻之约呢!"玛琪掩亚听着,沈吟了半晌道:"哦,是了,怪道那晚宴会的时候,阿霞那和美治阿士两个非常的亲热,趁空儿讲到一个不得开交的样子呢。"伊古那道:"美治阿士和霞那小姐真真是一对天生的可人儿呢。我闻美治阿士在行里同事,大家好像骨肉一般,我也很愿意玉成他两个的好事呢。"玛琪掩亚道:"是不错,你我同美治阿士,大家都是极合心的朋友,外间人人都起我们一个绰号,叫做三把连呢!我很替美治阿士欢喜,阿霞那选得这个夫婿,也算是很有眼力,我也替霞那安乐呢,但不知我舅父的意思是怎么样。"伊古那道:"可不是么,我那东家愿意,那便好了,我也是这样替他们担着心呢!"

一头说,一头走,不知不觉便打从这个图理舍银行的门前经过。却说行主图理舍誉的住宅就在这银行的后边,原来这间银行地方极为宽敞,将前边做了银行办事的所在,后头尚空着许多余地,因此该行主就将后座做了住宅。是时玛琪掩亚同伊古那到了门前,见大门虚虚的掩着,伊古那记起今晚是东人宴会的日期,这时候也该赴席去了,随手便把大门推开,正欲举步,玛琪掩亚在后向里便一张，忽然怪叫起来，用手拍着伊古那的肩，指着楼上道："你瞧见吗？那个库房里边，像有灯火的影子射出来呢！"伊古那吃惊道："那奇怪了，这个金库不独入夜里没有人进去，就是白天里，除了我同东主之外，也无别个能进去的。"玛琪拖亚接道："莫非有了盗贼么？"伊古那道："这也未可定了。但纵然有贼进去，倒也无妨，谅他必不能下手的，因为库房里那个铁柜有一度极秘密的机关，近锁口的步位，两边隐着一个半边月形的铁叉子，如果不晓用这个机关，那钥匙一拨动簧机，这两个叉便跳将出来，把手腕箍牢了。"玛琪拖亚道："不错，不错，我也听舅父说过，若然被这机关把手腕箍着，任你有怎么大的气力，也再没法弄得脱的。"伊古那道："可不是么，若果真是贼，这时候恐怕已经被机械捉住，也未可定了。"玛琪拖亚道："好歹我们只管上去瞧瞧罢。"于是两人进了大门，正欲上楼，突然见有两个汉子飞也似的从里便走将出来，刚刚同他两人撞个对面，一直向大门跑出去了。他二人一时认不清那两个的面目，只认得一个是身材高大的汉子，扶着一个是身材矮小的，好像是着了酒的一般。他两人以为是行主请酒的来客，并不曾注意疑到他两个身上，一直望栏上踱将上去，果然见库房的门也开了，左右一张，并不见了那个守库的人。玛琪拖亚诧异道："伊古那君，怎么这个守库的人都不见了吗？"伊古那道："这个东西是刘伶部下的小鬼托生的，这时候一定又是被那麴孽的魔神拖去了。"玛琪拖亚道："这个人是要不得的，银行重地用着这样没心肝的人，那也奇怪了，就是趁着空儿，也应该先把门户留心关栊妥当，断不能丢着就走，金库比不同别样，万一有失，可是顽的吗？如今看这般光景，里便的情形却是难料的，快些到去瞧瞧罢。"于是两人再走进室内一看，只见桌上放着一枝洋蜡烛，点得光亮亮的。玛琪拖亚道："库房内地夜里点起火来，那也奇怪得很了。"一头说，一头把这枝洋蜡烛拿在手里，到铁柜前一照，吓了一跳道:"你瞧,你瞧,这一定是有贼来偷开铁柜呢!你看这两个叉子都跳了出来了。"伊古那道:"这就奇怪得不可思议了,机关既然跳得出来,怎么盗贼竟然捉不着呢?莫非死机关捉不得活盗贼么?"玛琪拖亚向机关穴里仔细的照了一照,直着脖子惊叫道:"快来,快来!你瞧瞧,贼已捉在这里呢。你看这机关里便吊着一只手儿,可不是么?想必这个贼人被机关捉住,挣脱不得,因此把这只手割断,丢在这里呢。"伊古那听说,留神一看,见这个机关果然不端不正把一只手挟得紧紧,在里面吊着。伊古那伸着舌头道:"这个贼也能彀发得狠了。"玛琪拖亚再朝着穴里细细的把这只手打量了一回,忽然眉开眼笑,嬉嬉的说①道:"啊啊,这个真是妙手空空儿啊,这个真是妙妙的手的空空儿啊!"要知玛琪拖亚惊喜的缘故,且听下回分解。

第二回　死机关苦了活美人　黄金钏殉着白玉手

却说被机关叉子挟着的手,原来不是男子汉的,乃是一只极轻巧娇嫩的美人手。这个无名指上本来带着个指环,他怕留了凭据被人窥破,因此设法把指环脱了去,所以纤指上第三节,尚留有指环的痕迹。玛琪拖亚看得亲切,因自想道:"这个一定是甚么娇贵的妇人了。我在巴黎京城,日中同这贵家妇人来往也不少,或者这个妇人就在我相识之内,也未可定。"没头没绪,把这件事弄出满肚子的疑团来。伊古那是个没胆气的人,见了这样鲜血淋漓的人手,由不得牙关打起个卦来,噤嘪噤嘪震个不住。玛琪拖亚道:"这个强盗,看来一定是个甚么的贵妇人呢!"伊古那道:"这倒未必,如果是个贵妇人,怎肯去做贼,又怎能彀发这个狠心、吃得

① "说",原文作"来",据文义改。

起这苦?"玛琪掩亚道:"不然。做贼[1]的原因我虽猜不出,惟是他既是个贵妇人,恐怕败露声名要紧,所以不顾生死,也要发这狠心,讨个脱身法儿。若果是平常盗贼,不知羞耻,只怕截他半个手指,让他逃去,他也不愿意。依我看来,一定是个贵妇人无疑,像你这样没主意的人,怎能彀猜得出来?"一头说,一头再把洋烛四边端详了一回,忽又道:"这不是一个进来的,还有甚么同类的人一齐跟著,这手定是同类的人替他截断,你明白了么?你看这里的血迹,想系当时同类的人替他将手截断之后,立刻把手巾同他掩著伤口。你试瞧瞧,这里有一男子所用的手巾,都把血迹染得通红,此可见他的同类是个男子汉了。"正说间,又瞥见有一破烂丝巾,指道:"那不是贵妇人所用的吗?想必他把这丝巾劈开,扎住伤口,就逃走的,他那时的光景,非常著忙,所以这枝蜡烛都忘记熄灭,你看这烛现时尚剩二寸有余,谅来正走了未久。怎见得呢?试想他初来的时候,把烛点著,然后拿出钥匙来开铁柜,后来被机关挟著,屡挣不脱,看看时候久了,恐怕败露,这才商量把这手丢了,及至将手切断之后,把手巾扎了,然后逃走。如今我们进来亦已有这一会儿,可见这贼刚去了后,我们就跟著进来了。又我们入门时候,与两个男子打了个照面,或者那就是贼也未可料。我还恍惚记得那个矮的靠著那高的,好像被他搀[2]扶著的模样,那定是个女扮男装的贼婆子,可惜现时已经赶他不上了。"

这里玛琪掩亚自言自语,口问心的不住的点头,那边站着的伊古那并不答应,觉得满心有点不安的模样,蓦地向玛琪掩亚道:"玛琪掩亚君,我们快些同到后楼告诉东主罢。"玛琪掩亚正色道:"傻兄弟,你若把这件事对舅父说知,那就不能破案了。此事必须

---

① "贼",原文作"贱",据文义改。

② "搀",原文作"参",据文义改。

慎密,若令外间知道,那时新闻纸上,当了一件稀奇的事,登在报纸,你传我说,岂不是教这贼留心防备么?如今只有你我两人知道,再没有第三个晓得的,不如你把这事交给我,待我暗中向各家贵妇人处,细细的查访一番,或者有个水落石出,也未可定。"伊古那道:"万一泄露,我怎能彀当得起东主的怪责?"玛琪拖亚道:"东主怪责的话,你也不用操心。他日此事万一泄露,舅父罪责,我自愿一人承当,断不牵累到你身上,但求你始终秘密,那便好了。如今这里黏著的血迹,待我拭抹干净,再看不出一点破绽儿。以后舅父倘或知道,我就问在你一人,你须紧记我的说话才好。"玛琪拖亚拿出东主亲戚的势子,伊古那不过是个受雇的人员,那里敢逆他,因答道:"照这么说,那就瞒著东主,暂不提起罢了。"玛琪拖亚道:"那自然不用说了,无端端惹他一肚子气,白白受他一场责骂,有甚么益处呢?好兄弟,你先把这个库门关上,更把锁拴着,别要被人入来,我还有句密话要同你商量呢。"伊古那听说,摸不著头脑,好似做梦的一般①,无精打采转身闭了库门,把锁拴了,回身走到玛琪拖亚旁边站著。这时,玛琪拖亚用手挡著眼前烛火的光线,向库门外张了一张,然后低声说道:"伊古那君,这个铁柜开阖的秘密法,那贼已经晓得的了,你看这五颗配合记号的数码已经对得准准。"伊古那听说,不觉耳边轰的一声,心里突突的跳将起来,仔细把数码一看,果然正正对著,因说道:"可巧今日银行收工的时候,我同东主在这里谈及要将那数码暗号转一转新法儿,难道那贼也就听见不成?"玛琪拖亚道:"这倒未必。我打量此事定有行内人做线引子,比如日常这间库房,别有人可以进来么?"伊古那道:"除了我与东主,使唤人及书记也有常常进来的,但非允许过他,也都不敢擅进。这个秘密的事,别人怎能彀知道?"玛

① "般",原文字迹不清,疑作"般"。

琪拖亚道:“那守门的细崽助摩祖呢?”伊古那道:“助摩祖吗?这个不成材的懒东西,东主因为怜他娘贫穷,留他在行里供役,他每天一到午后三打钟,便一溜烟跑到外头,访他的朋友,找他的顽意儿去了。我们所谈秘密话的时候,他那里还在行里!”玛琪拖亚道:“那贼虽然晓得开锁的秘法,还有这个机关未曾下得手,也算徼幸的事。”伊古那道:“要知道这个机关,行内除了我同东主,就别无第三个了。”玛琪拖亚道:“你且把这机关试开来瞧瞧,我想把这手拿出,认真检查一番。”伊古那答应著,就把侧便那一行同样的螺丝钉子从中拣了第三那个,把钉头转了几转,却也奇怪,这机关的叉子“撇”的便缩了进去,那只手“扑”的便掉将下来。于是玛琪拖亚把这手取起,忽然宝光四射,亮闪闪的一件东西环著这只手腕,玛琪拖亚一见,不禁喜得发狂起来,向烛火下细细一认,笑道:“你看这件精工细致的宝贝,寻常的人家怎能彀戴得起?有了这件赃证,就可以跟出个踪迹来了。”看官,你道这件是甚么的宝贝呢?原来这个女贼带著一只钻石嵌的镂花金手钏,当时被那机关箍住,连这手钏也箍在里头,后来把这只手割断,大凡没了生气的肢体,那骨节便变硬起来,因此不能把这手钏脱去。如今留下这件祸根,后来遂弄出许多枝节,竟然把一个女豪杰的命都糟蹋了,此是后话。

且说是时,伊古那见玛琪拖亚将手钏拿著,问道:“你打算是静悄悄的在外头查访么?”玛琪拖亚答道:“那是一定的了,因为我是个无事忙的闲人,每日除交接朋友,就别无事情。我天生的古怪脾气,大凡世间有件新奇不易知的事,我偏偏要设法抽出他的头绪来,这算是我的特质。如果我去做个包探,一定不肯让英国的歇洛克,但是我碍著舅父的体面,不好做包探的职业,倘然我做著包探,断不至惹人笑话的。”伊古那道:“这些事业,我是帮手不来了。”玛琪拖亚道:“也无庸你帮手,但要你一力把这事秘著,不论那个,都不可走漏消息。”伊古那道:“你请放心。”玛琪拖亚又道:“那贼刻下不曾会得手,今夜或恐再来,此事不可不防,不如趁此时把那数码暗号再改转别个法儿。古语道,有备那就无患呢。”伊古那道:“东主跟问起来,那就怎么回答?”玛琪拖亚道:“如果舅父跟问起来,你就说昨日商量之时,恍惚听得外头有脚步声响,觉得放心不下,所以再把这暗码变转了,以防不测。我谅舅父不特不起疑心,且一定赞你做事精细。”伊古那听著点头,答应了几个是字,遂把这数码转了几转,沈吟道:“用个甚么暗码呢?”玛琪拖亚想了一想道:“就用霞那的名字串成罢。”于是伊古那果把那暗机照样串成 Ohana 这五个字出来,然后把铁柜的门开了,逐细检点过一遍,见所有存放的金子及各种银票、汇票、各家寄存的保单等件,完完全全不曾短少,知道那贼被机关捉住,果然不曾将这锁弄得开了。玛琪拖亚又把旁边那抽屉拉开看看,见有一个小小的铁箱子,指著说道:“这箱子是个甚么东西?”伊古那道:“是一个大商家寄顿在这里的,说是他的田地契约及先代遗像,都放在里便,是个极紧要的存件呢。”玛琪拖亚听说,依旧把抽屉推进关拢了,嘱他照旧锁好。伊古那答应着,就照霞那这五个字的暗码,珍珍重重把柜门关好,然后对玛琪拖亚道:“这也算是一场徼幸,如今查过无事,大家也好收拾完了,赶到后头赴你舅父的宴会。”玛琪拖亚道:“此时差不要散席了,不去也罢,不如趁着无人知觉,悄默声儿的回了去还好呢。”伊古那道:“倘东主明日问起来,因何不前往赴席,那怎么说呢?”玛琪拖亚道:“有罪总推归我一人便是。倘若他问起时,你可说:‘昨晚被玛琪拖亚死拉到一间酒店,玛琪拖亚饮得烂醉,抬也抬不动,我恐他胡乱睡着,着了风,因此把他送到家里去,被这事缠个不清,因此迟了不及赶来。’你照此说,那就无事了。”伊古那也依着答应了,于是玛琪拖亚把所有血迹也都抹个干净,然后把那美人的手儿用手巾包好,把那钻石的金钏放在夹缝的襟袋子里，同着伊古那一块儿，人不知鬼不觉的，一溜烟向大门钻出去了。

看官，你知道这只手是怎么的来历吗？如今不便说明，且先把一首感事诗念与看官听听："拼得皮囊便真侠，也须既济忆韦编。要知满掌桃花血，正是当头一指禅。"欲知后事如何，且听下回分解。

第四回　善知识相逢离恨天　巧安排强行逐客令

话说图理舍誉刚才把女儿教训，不肯招那书记美治阿士为婿，不料话犹未了，如今踱将入来这个人正正是他。他本来是霞那心头牵挂着的人，一听那脚步的声响，早已认得八九，不觉把这种无限的凄凉愤怨从心坎儿一直挽到脸上，及至美治阿士到了餐楼之内，他眼巴巴的把美治阿士的脸望了一望，这种凄凉欲诉的心事，就从那眼睛儿的光线渡将过来。美治阿士见了霞那这般情形，就如接了无线电报一般，也就猜中了八九分，脸色不觉黄将起来，惟是当着东家面前，不好十分显露，勉强忍着站在图理舍誉傍边，细声说道："方才俄国大尉荷理别夫到来，请你一见，现在客厅上等着。"图理舍誉像个极不喜欢的声口答道："食餐的时候，会甚么客？叫他等着。"美治阿士听了，不敢怠慢，答应一声"是"，连忙退了出去。这里图理舍誉把朝餐食完，立起身来，见霞那在那边坐着出神，好像想度甚么似的。图理舍誉用手抚着女儿的肩头说道："你也不用忧心了，为父的说话正是替你打算的。你好好听着为父的教训，把美治阿士丢开，一时虽然觉得难过，渐渐也就忘了。你把餐吃完，慢慢的自己细想。试看偌大年纪的父亲所说的话有理，抑或你自己使性子固执的有理哩？你仔仔细细想一想，那就自然明白了。"恳恳挚挚的安慰了几句，就从大餐楼踱将出来，心中想道："料不到今日提起择婿的事，累霞那哭了这一场，也觉问心难过,但幸今日一问,方知道他心上的事,不然我就始终睡在那梦里头了。我一向见他在我跟前,尚未脱那些孩子气,因此也不大留意防闲他,不料他就有此意想不到的事,幸而知觉尚早,从今不得不要格外留神了。”一头想,一头走到那客厅上。那个荷理别夫大尉正在把那纸烟用两指夹着,吸了个不耐烦。图理舍誉走近一步,同他握握手,说道:“对不住,对不住,太简慢了!”荷理别夫恭恭敬敬的答道:“造次登门,十分惊动,弟因今朝接到本国来电,促令归国有事,刻下便要起程,因此到来辞行,且欲将从前寄顿的些少金钱及那些……”说至此,图理舍誉急接口道:“那是不错,阁下所寄顿的金钱随时可以收取,但平时银行的规矩,凡提收巨款,先要预日通知,可巧今日法国银行有数十万的款到期应交,已预备好了,尚有数日之期,如今就从该款内提拨,先行交与阁下便是。”荷理别夫道:“弟此来非欲收取这段款项的事,弟从前同那款项一齐交来那个小铁箱子,那时也曾向老兄说过,这是弟家历代所传重要的品物,此箱子弟要一齐带回国去,特地到来通知,至于款项,不过欲取出二三千金作为沿途旅费,其余仍然寄存贵行,比之自存仓库,那更稳当了。”图理舍誉道:“然则阁下几时要用呢?”荷理别夫道:“明日早晨九点钟,弟当亲来领取。”说完,便匆匆起身告辞。

图理舍誉把他送了出门,转身仍旧入客厅坐下,把美治阿士叫了进来,严气正性的,摆出那东家的架子,问道:“你在我这里已经有两年了,你记得么?”美治阿士答道:“是两年零三个月了。”图理舍誉又道:“其中我有甚么地方待薄你的没有?”美治阿士答道:“说那里话,自从先父去世之后,美治阿士一无倚赖,幸蒙东主提拔、格外栽培,得在行里供职,此恩此德,正所谓没齿不能忘的了。”图理舍誉道:“你也知道感恩么?既是感恩,就不该来蛊惑我的女儿,难道算是你报恩的所为吗?”美治阿士突然听了这话,好似当头打了个霹雳，知道不是个好消息了，不觉吓得两脸铁青，如同呆了一般，连话也答不上来。图理舍誉又道：“此事你也不用掩饰了，我已经审问明白，女儿也已承认了。”美治阿士此时不觉那种公子家的旧脾气几乎要发作起来，用力禁制方把这气捺将下去，答道：“小子并不敢隐饰，自己亦不知道过犯之处，至谓小子蛊惑令女公子，此言不知从何说起，莫非小子有诳骗令女公子的财物等事么？”图理舍誉道：“你也不必用那咬文嚼字的话，在我跟前搪塞，我老实问你一句，你是很眷爱我的女儿么？”美治阿士答道：“眷爱的心那是有的。”图理舍誉道：“然则你想眷爱霞那，就估量着霞那也眷爱你么？”美治阿士道：“方才东主说霞那小姐什么都已承认了，然则眷爱不眷爱，想东主闻霞那小姐的言，也都明白的了。”图理舍誉忽然翻了口调，着着实实的说道：“我是个生身的父，他敢不照直的供认？你也不用多说了，从前的事，追悔已是不及，幸如今已经知觉，自今以后，不能不设法挽回。”美治阿士忽听得“设法挽回”四个字，不觉变了颜色，一种又怨又急之气冲得头筋条条暴涨起来。图理舍誉又道：“你也不用恼了，年少两相爱慕，那也是人情有的，但欲我把霞那做你的妻子，那是断断不能的事。我并非嫌你是个破落户的人家，你的境遇我是尽知道的，我也着实的怜爱你，你的品行我也尽见信得过，并不曾有半点儿的意思睇不起你，但我仔细思来，你的家世是个侯爵的贵族，我是个乡里的平民，以平民的女儿，怎敢扳你贵族的门户？我之心意并无别的，不过因我是个商人，我之女婿亦愿择一个商家子弟，那才是我本分的事，贵族的公子家儿怎能彀同我商家人合栊得来呢？如今霞那着实被我教训了一番，他已经醒悟，已经听从我的话，绝了这个念头了，你也该把这无益的念头收拾收拾了罢！我家里近在咫尺，你在此出出入入，实属不便，我极愿你从今以后，二三年间勿与霞那会面，如果两不相见，渐渐的丢开手，那自然也就忘了。我这番说话,并非把你退职,你切勿误会我的意。今有一句话和你商量:我在埃及分设一间支店,意欲委你到那支店当个代理人的职任,任满三年,你尽可积得一分小小的家当,那时择过一个好人家的姑娘,也可以过得活了,这是我一番的好意劝你,你须要知道才好。如今你也不用立刻回答我,我今天有事,此刻要到别处去,今晚或者不回来,你慢慢想过,明日后日回我的信也未为迟。你莫小觑了这事,到埃及的出息,是比别处强得多的呢。"那老头子有意无意、半冷半热的说了一顿,就起身大踏步出门去了。图理舍誉因动了这一点家庭专制的念头,下了这一番强权压制的手段,有分教:慕色起心思卖友,舍生画策累恩人。

后人有长歌一首叹道:

钱神尊骨肉贱,中怀百虑交相战,风俗习惯坑煞人,可怜专制家庭变,天生国民于我何所仇?湍水强决东西流,儿女亦国民,压抑夫何求?岂不曰忧乐关怀是亲志,越俎借箸非多事?岂不曰少年识见未坚定,抉择不审将为累?那知大造成烝民,各赋爱力为精神,正副两电具摄力,电力之大,尚有何物能比伦?阴阳二气皆元理,团体结合万化始,肩任义务行平权,种类密切社会起。斯道本自含太和,因果缘法无偏颇,薰莸杂植异根性,那得玉树成交柯?君不听王郎曲,御轮翻作舆脱辐,君不见璇玑轴,回文字字失声哭,纵然绳尺能闲防,生趣已绝非鸾凰,覆水断带秋扇捐,举案空羡梁孟光。斯民岂尽良德薄,牙角凶终歌鼠雀,是皆间接强权人,酿此祸胎莫可药。野蛮未开化,愦愦吾无言,巴黎号文明,据乱仍朝暾,独惜自由石像默不语,冷眼阅世徒渠轩。

要知后事如何,且听下回分解。

第七回　点失赃银行惊盗窃　认赔款大尉顾功名

却说次日,图理舍银行弄出一件非常的事变来。当时伊古那在家,还未知道,清早起来,梳洗一会,用了茶点,到九点钟时候,照例出行办公,及至到了行内,见金库这两扇铁门已自大大的打开,不禁大吃一惊,想道:“昨日退行的时候,我明明把锁栓好,怎么能彀打开?”走进里便看时,见铁柜的锁件件都已扭开,便知道是被盗行窃无疑。记起前晚美人断手的事情,料得又是他昨夜再来,今回已自得手去了,不觉吓得魂灵儿都走吊了出来,急的奔到后楼,告诉东主。图理舍誉听见,好像头上打了一个霹雳,大惊失色,赶忙跑到库房里便,一一查点过来。却也奇怪,计库里所存的款项,总共有三百余万,多半是现成的金钱,竟然不曾短少,仅仅失了一张五千圆的银票,再把铁柜内的汇单点过,也依然照数完全。图理舍誉才放了心,把手巾将额上的汗珠儿抹了一抹,说道:“所失仅五千圆,倒也没甚要紧,但看这样情景,也真奇了。这铁柜不是也开了么?钥匙只有你同我拿着,暗码也只有我同你知道,还有谁呢?此事谅来不是外人,一定是行里的人无疑。如果是外人,不特这锁不晓得开,还要逃不脱这个机械的利害呢!”伊古那肚子里先已怀了鬼胎,这机械拿不倒贼的缘故,心里早已明白,惟暗想更改暗码的记号,那贼怎么能彀知道?总想不出头绪来,意欲把前晚的事对东主说明,又碍着同玛琪拖亚约定了,不能翻口,不得已含糊答道:“这事确实的奇怪呢。铁柜的秘法连机械暗码一概都晓得,手段这样周密,事情这样冒险,倒仅仅偷了五千圆,谅来确不像外贼的所为,且一个人是做不得来的。”图理舍誉道:“总之行里的人,内中尽有同谋引线的无疑了。”

正谈论间,忽见守门的小厮助摩祖走进来禀道:“俄国大尉荷理别夫到来,现在客厅上等着,他说特地到来领昨日约定的东西。”图理舍誉听着,猛然记起,对伊古那道:“荷理别夫大尉所存下的铁箱子呢?可在铁柜里便吗?你快看看!”伊古那答应着,把铁柜的抽屉揭开一看,不觉吓惊道:“不好了!这小铁箱子不见了！刚才查点,不曾留意这个,如今找遍都不见了。”荷理别夫在客厅上听见这话,就忘了形,忙跑到库房里便,并不与图理舍誉等见礼,对着他两人说道:“怎么把我这铁箱子亡失了？这个是我的性命,我万分珍重,方交托你存放,如今失了,我断断不能干休!我寄存的十五万金钱,你把他失了,我也没甚么要紧,这箱子是金钱买不来的,你失了去,打甚么主意还我?”图理舍誉同伊古那听着,不迭的向着他赔不是,并把失窃的情形哀告一番。荷理别夫带着忧愤之色,向图理舍誉道:“这箱子内里的缘故,谅你未必知道。因为这个箱子,也不知几多人恨我,想设法偷他,所以我忙着送给你存放,以为你这金库坚固稳当,可以放心,不料依然逃不过他们暗算的手段。如今既已失了,谅难再复到手。虽然,事纵万难,我也断不肯干休,惟是此宗失案,如果布白出来,反不好办,如今莫如索性隐着,不要投报警察,等我想个法儿跟究跟究。至你失了这五千圆,谅你是要报失赃的,也可不必,等我替你抵填了,你当作无事,把这事交给过我一人查办罢。”图理舍誉适才被他逼迫一番,不料忽然转了调子讲出这话来,觉得出乎意外,因答道:“那里的话？方才受老兄的怪责,自问实在惶恐无地,如今承尊意指示,不要传扬出外,并愿替敝银行填了这失款,老兄这样海量,兄弟实在万分感激。此事本是敝行的疏虞,兄弟正欲求老兄见谅见谅,所失铁箱子的价值,兄弟力量若果做得到,自愿竭力赔还罢。”荷理别夫道:“说起赔偿的话,这铁箱子实在值不得五块钱,其中的品物,不过是抄存的字纸。因为我受了本国政府的密旨,到来查办事情,这失案若被我国驻法公使知道,那就报知我国政府,我政府就于我大有处分,故此特求秘密,不要宣扬出外,我宁愿多费些金钱,静中设法查究,谅来你等也是不知情,也未必有受人嘱托、与那贼串同,那是我信得过的。总之,我是钦奉密旨的差官,所到之地少不得有人窥伺,这回的车,谅是敌家所为,所以更不能罢手。我且问你,当日把这个铁箱子存放铁柜之时,行内有谁见着?还有那个知到的么?"图理舍誉道:"除我之外,只有这个管账及那个书记生美治阿士,此外再没有别人了。"荷理别夫道:"哦,美治阿士,就是时常在你案傍这个很修洁的美少年吗?我时常闻得他在行爱闹排场的名,他不是先年做过驻俄公使嘉黎那侯爵之子么?"图理舍誉道:"不错,自从侯爵家业退败之后,身后异常萧条,所以我把他提携,用他在这里当个书记。"荷理别夫道:"现在那里?我很想会他一面。"图理舍誉道:"这很容易。"就叫伊古那去叫美治阿士来。伊古那道:"美治阿士昨夜搭火车不知那里去了。"图理舍誉道:"搭火车到那里?此时还不回来么?"伊古那道:"他不回来了,昨夜他有书子给我辞行呢。"说着,便向袋里把昨夜搁在桌上的书子拿了出来。荷理别夫按着看道:"这便有些可疑了,书内并不题所去的地方,这不是逃亡的意思么?"对着图理舍誉道:"老兄,你不觉得诧异吗?"不知图理舍誉答出甚么话来,且听下回分解。

第十二回　没转身强辞护赃物　险失手深夜遇强徒

却说玛琪拖亚一时找不出话来回答,只见那美人又催促着道:"怎样呀?肯送给我么?"逼得玛琪拖亚心中好像辘轳一般的乱转,却转不出一句说话来搪塞他,只得勉强支吾着道:"你你你要这这这,就连连手割了送过姑娘,也也是情愿的。"美人恚道:"你不要假装疯罢咧,我不要你的手,我单只要这只手钏。"玛琪拖亚道:"手手手钏吗?这这个容易,如果不是代代传家的宝贝,我就立刻送过你呢!"美人听见他拿话来搪塞,知道他是不肯的,忽然翻起脸来,现出一种不喜欢的颜色,抢着插嘴道:"别说了,别说了,我不爱听这些话。我晓得了,我不过试试你,看你的心怎样,这也是我错了,女儿家不识羞,任意向男子讨东西,便入了下流的所为,我倒忘了,你见谅罢,别当我是贪心想谋夺你的心肝宝贝,我是不要的。”玛琪拖亚道:“姑娘,你不要多心。”那美人道:“别说别说,晓得了,晓得了。”说着掉转头,把自己搭在玛琪拖亚腕上的手也挣脱了下来,说道:“就到这里算了,你请便罢,我从来不曾试过一个人深夜里在街上混跑的。”玛琪拖亚道:“有我伴着,怕甚么?请你扶着再慢慢走罢。”那美人道:“多谢了,我禁不起你这手钏压着我的手,痛得很的。”玛琪拖亚道:“我知道你为这个手钏心里不舒服,你也不知道这个手钏内中有许多缘故,所以不能送给你,我如今脱下来给你瞧瞧,说明这个缘故,你就明白了。”那美人道:“我不瞧,我不听。”玛琪拖亚道:“这么动气,连我一句话也不愿意听,然则以后连我的影儿也不许见一见么?”那美人装作没听见一般,脸朝着外,忽转身道:“哎哟!怎么后头像是有人跟着来呢?”玛琪拖亚急忙回转头定睛一看,说道:“并没有甚么人,姑娘不用慌,如果有甚么强暴来,有我护卫着,一定与他拼个命,就是死也不悔的。”那美人道:“转了这个弯就是上布街,差不多到屋里了,纵是有甚么强徒,我也不怕的。”玛琪拖亚道:“送到你门前何如?”那美人想了一想道:“不必了,就照我适才所约罢,这里已是临街了,请便罢。”玛琪拖亚道:“不要紧,还有这些路,不如直送到门口罢。”于是又走了几步,到了那十字街口,只见那美人放手离开,走近一家门前,手里拿出一条钥匙正要开门,玛琪拖亚慌忙走近前道:“这里就是府上么?以后若来拜访姑娘,到这屋里使得么?”那美人爱答不答的道:“我又不曾约你,你来做甚么?我这里你是不宜到的。”玛琪拖亚道:“我明天一定来拜访,如果你不许我见面,你就要害煞我了。”美人道:“你明天到来,我也不在屋里,我明儿一早要搭火车到外国去,总要两个礼拜才回。”玛琪拖亚皱着眉道:“又要两个礼拜,那就等煞人呢!没法儿,只管耐着等就是了,你可不是哄我么?”那美人道:“等到我回来的时候,怕你不把我丢向甚么爪哇国去了,还记得著么?倘若是记得,到那时候就请来罢!”玛琪拖亚道:“我怎敢忘?你肯赏我一见,我就是魂梦也记得的。只是我来访问姑娘,用甚么称呼,府上的人才晓得?”那美人道:“你说要见阿梅便使得。如果他们不晓,你就说来访泽濑娘,就没有不晓得的了。”玛琪拖亚道:“哦,泽濑娘。”口里说着,心里忖想道:“以娘字称呼,这定是不曾嫁人的了。”不觉满心欢喜,与美人握了手作别。那美人拿起钥匙,匆匆开了门进去,转身把门仍旧关上。玛琪拖亚站在外边,发了一回呆,将这间屋细细的打量了一回,想道:“院子虽不大,墙壁窗户这么洁净,倒不像是租来的房子,三层楼阁颇亦轩敞,谅来必是一个中等的人家了。”再欲向屋里一张,可惜黑沈沈的没有灯火光,不能见内便的情形,肚子里自己商量道:“瞧不见也没要紧,横竖迟两个礼拜,我是要再到的。那时进去访着美人,自然甚么都看见了。”

想罢刚要回去,转过身来,远远见着有三个人影儿在后头闪闪缩缩,定睛看时,认得就是方才在公园撞着那班鬼鬼祟祟的人,料他追着踪,定然是想来劫夺我的银子了,默忖袋子里银钞有限,纵然被他夺去,也值不得甚么,独是腕上有只手钏,这倒是极紧要的物件,倘或被他见着,这个金熠熠、重坠坠的东西,定然是走不过的,这便怎么处呢?逋盘算着,兀的又见有一个人傍着墙阴,捻手捻脚的跑将来。玛琪拖亚踌躇道:“这班狐群狗党不知有多少人,如今这里又来了一个了,不如大着胆,走向前把他拿住,谅一个对一个,却是不怕他的。”再又转念一想道:“他先用一个人来,或者是诱敌之计,也未可定。我势孤力弱,怎能敌得他过?三十六着,究不如以走为上呢。”正在沈吟未决,只见那人越走越近,忽然听见他低声唤道:“玛琪拖亚相公,我在这里。”玛琪拖亚吓了一跳道:“你不是助摩祖么?这时分还不回去,又到这里干甚么?”助摩祖走近身旁,低声说道:“适才我在凌冰池上呢,你赏了我几个角子,我正在要回去告诉祖母,刚打从那边街上经过,看见有三个人跟着你同一位姑娘的后头,远远瞭着,吱吱咕咕不知讲的甚么,我看他不是个正经的人,因此赶上前,蹑着他的踪,静悄悄的听他,果然不是个好人,原来是个做强盗的。他们如今跟到这里来了,听得他们安排,定要等你回头,在这街口经过,便喝起暗号,把你捉住,要用绳子把你勒杀这等说呢!"玛琪拖亚道:"胡说!那里勒杀得这么容易,难道是没有王法么?街上还有巡捕,他只管来,我是不怕的。"助摩祖道:"虽是相公不怕,但你不要向那条路走,不如向这边回去罢,我也是照这里回去的,有我跟着,那就不怕他了。"玛琪拖亚听着,忍不住扑嗤的笑起来,说道:"你这只秃尾巴的拳鸡儿有多大的分量?就有你在,便做得甚么材料?"助摩祖道:"不是,方才我追着他的踪,这班人一定认得我的,如今我跟随在你身旁,他恐怕我跑去叫巡捕拿他,他自然就不敢动手,等过了这条街,转了过去,就是通衢大路,定然有马车来往,我便替你找一驾空着的马车雇了来,你便坐了马车回去,那才妥当。"玛琪拖亚独自一个人,心里实在有些害怕,但对着底下人,口里不得不要说得硬些,如今有了这个小厮来帮帮手,心里倒也放宽了好些,因说道:"你的家在那里?我想明天买点东西到你家里,看看你的祖母。"助摩祖道:"多谢相公,就是在这前头不远的。祖母现时有病,恐怕款待不到,请相公不要见怪。如果得相公光临,他老人家不知怎样欢喜。"一头说,一头跟着举起步来。走不到一箭多路,远远见前面有两点火光,向着这里奔来,恰像《聊斋志》所说那条大蟒一般。定睛看时,助摩祖早已认得,接着口道:"这前头就是一乘马车来了,你看他走得这么从容,一定是空着没有人坐的,待我走去雇了来罢。"说着,便跑起几步,赶上那马车,雇了过来。那时玛琪拖亚犹如得脱虎口一般,急跑了上车,对助摩祖道:"多承关照了。"说着,他马车便飞也似的发起轮蹄,转瞬便去得远远的了。欲知后事如何,且听下回分解。

第十四回　约幽会保姆递情书　避疑嫌表兄拆封面

话说玛琪拖亚的意见,本来有点子信不过美治阿士的疑心,所以此次劝导阿霞那①,总不肯将就说一句美治阿士是无罪的。阿霞那听了玛琪拖亚之言,他的心事以为美治阿士原与玛琪拖亚是个交情最密的朋友,如今也不肯袒护一句,便觉得没有指望了。正在垂著头暗自叫苦,忽见那边门口有一个人走进来,在那里招手叫他,举眼看时,乃是他的保姆,因此霞那立起身踱过来,问他何事。只见他鬼鬼祟祟向四边张了一张,半遮半掩把身障着,从袖子里拿出一封书子来,递与阿霞那,便默然退了出去。霞那接着,把封面一看,仍旧走回玛琪拖亚跟前,坐着说道:"现今美治阿士有一封书子寄到这里来呢。"玛琪拖亚吃惊道:"果真的么?然则美治阿士此时还不曾到外国去呢。"霞那道:"照此看来,或者不曾离法国也未可定。但此书子不知说的是甚么事,现时没有人在,你替我把书子开了念念罢。"玛琪拖亚道:"这又怎么解呢?他寄给你,不应该我替你拆封,不如你自己开了读罢。"霞那道:"其中写的不知是甚么,倘若美治阿士果然是犯了罪,如今问心难过,特地写封书来向我面前认错,叫我对着这样的书子,心里怎么苦得过?不如你先替我读了罢,如果是没有写甚么意外的事,你读完再交给我看便是,若万一果犯了出我意料之外的丑事,求你快些同我拿去烧了,这个主意我交给与哥哥你,如果你烧了,我就当他是个有罪的人,从今以后,也就绝了念头便是了。"说着,便把这书子,原封放在玛琪拖亚手边,也不等待玛琪拖亚开读,便立起身来,向自己的睡房进去了。

① "阿霞那",原文作"霞那阿",据文义改。

看官,你想这样光明磊落的女子,怎不令人爱敬呢?无怪他后来得如此好结果,致令英雄豪杰竭尽心力,拼命也要替他成全,我译书的人也不能不要留意替他加足几笔。大凡男女有真情爱,然后世间有完全夫妇,此事极于人类进化大有关系。世人不明这个道理,以为男女婚姻随意可合,不问两人质性如何,硬自作主把一生最欢乐的人道弄成个苦恼世界来,实属误人不浅。近日,世界上开了自由结婚的例,本来是极文明的理想,但此事也要仔细,若没有文明的见识,一味自由,不特误了终身,受旁观者指摘,就是本人自己也觉得纯乎是个私意,不敢坦然告人,因此把“情爱”二字便弄得糊里糊涂,成个不好的字眼了,岂不可叹?如今闲话且休烦绪,再把本书的正文说来。

却说霞那进去之后,独剩玛琪掩亚一人,在厅上坐著,自己细细想道:“这个小妮子心地如此光明,也算难得,但我想我也是个光明正大的男子汉,怎好代拆人家私书?我虽与他是同辈表亲,事避嫌疑,亦不应胡乱接受。况此是个男女言情之书,其中爱恋相思定有许多秘密之语。俗语有说,私拆家书,应罚入泥犁地狱。事虽未必,但丈夫做事,究竟不可自欺屋漏,究不如仍旧把原书给还他为是。”继又想道:“我不代他一阅,照旧还他,他再不能转托别人,不得不要自己拆封,万一于中果是认罪忏悔之书,岂不是白白的要把霞那气煞了么?今晚他既一番心意,坦怀把这事交托我,不如姑且代他一阅,倘或果是犯罪的供状,此中原委或者又与那美人手的事件大有牵涉,岂不是一起而二得么?不错,不错,且照这个主意,大著胆子,只管拆开看看罢。”想定了主意,遂拿起这封书来,颤危危的把封面别开,把书子拔了出来,打开一看,上面写道:

出亡人美治阿士拜书奉达:

霞那小姐妆次,仆自蒙恩见爱,许订情交,自问此浮世心魂,已全寄摄在小姐身上。初以为结此爱念,虽海枯石烂,两情无有变更,不意前承尊君示言,小姐近日体顺亲心,忽已改变初志。小姐见弃,余复何望?从此后世上一切繁华幸福均非我有,功名生命均非我欲。茫茫宇宙,厕身无所,行将蹈东海,入穷谷,谢绝尘世,不复再睹天日,以待此余生自尽已耳。为此之故,中心懊闷,竟夕不寐,自念此生已成赘[①]疣,尚有何颜再留法国?因此次日侵晨即赴早车远窜,继而念双亲茔墓冷落故乡,孤露甇甇[②],问心难过,因而折回布理他尼,一扫松楸落叶,今又顺道再到此巴黎斯城。顷者,午间于某寺院门前,得与令保姆相遇。嗟嗟,春蚕自缚之丝未能断绝,每有所触,胸中热潮喷涌不能自息,因就令保姆前,询以小姐近状。闻小姐别后,为余尚留余念,朝夕饮泣,瘦减芳容。呜呼!小姐既犹有情,余岂敢忍心作死灰木石者?虽然,命之不犹,奈之何哉?令尊君之不情,至今言犹在耳,小姐之见爱,余虽感情,亦徒辜负盛心而已矣。自分今生已无望谐此心愿,然幸得知小姐原为亲命所逼,非出于本愿,余亦知小姐苦处,亦当为小姐谅情。余今别无他望,但愿得再一见我最爱小姐之芳容,当面一白余之衷曲,则余之心愿便了。余此次之请求,并非欲以何者私情见告,故不欲夜深凉露背人私语,余不过欲小姐亦知余之难处、怜余之苦衷,勿误怪余之薄情,则余死亦瞑目。如小姐许一觐芳容,请以明日午后三打钟,余当在布伦公园西隅相待,倘小姐不我遐弃,万望切勿失约,至时余当尽情将前后事剖诉,谅小姐闻知,当亦宥我之罪。再者,小姐贞淑之德,余所爱护珍惜,瓜李之嫌,恐伤小姐名誉,明日如允赴约,切祈连率令保姆同来,余愿得令保姆为见证人,以表余两人之清白。嗟嗟,今此一会,便为永

---

① “赘”,原文作“瘵”,据文义改。

② “甇甇”,疑当作“茕茕”。

别之期,小姐明日来与不来,余已决计晚间七打钟,定附急行车遄往外国去矣,切望勿靳此布伦公园之驾,留取余情,勿忘此来生续愿之美治阿士也。心绪凌乱,书不成句,匆匆谨白,并候芳安。某年　月　日。

玛琪拖亚从头至尾看完,再复循环诵了几遍,细细咀嚼其中意思,忽然自语道:“语味来得很奇怪哪!照通篇的意思,不过是一封情书,不过想见见霞那,原没有甚么可疑之处,但何以忽然插了这一笔,说道‘至时余当尽情将前后事剖诉,谅小姐闻知,当亦宥我之罪’,这不是明明自招的意思么?”既而又转念道:“他如果身有重罪,又岂敢再叫别人同去,多个见证?这事或者未必。照此看来,把这书子①还霞那一看,谅也无碍。”忽又想道:“书子内明明有认罪的字样,倘被霞那看了,他也照我刚才的意思,岂不是要气煞了他?这便怎好呢?”皱着眉头又想了一回,忽然定了一个主意道:“没要紧,只管把这书子给与他罢,谅霞那看了这书子,明日一定同他保姆去会他,那时我也跑到布伦公园撞他一面,直把这事情饱问他一顿,谅他未必敢欺瞒我。纵然他一时不肯把受情妇所托偷取铁箱之事直认,但我已识破他真情,谅他亦不能躲闪。这个主意不错,或者因此之故,连那美人手的事情也审问出来,岂不是个机会么?”想定了主意,因把这书子急急的叠起,仍旧将书面套起,直拿进去霞那房内,静悄悄的递了过霞那,遂大踏步出了房门,一直归家去了。未知后事如何,再看下回分解。

第十六回　假包探伪作审判官　弱书生诬扳盗窃案

却说武喇伊忽然厉声问道:“汝不是图理舍誉的旧书记美治阿士吗?”美治阿士觉得神气上头,有些不像,不禁心里疑怪起来,

---

① “把这书子”,原文作“这书子把”,据文义改。

照直答道："是，不错，我就是美治阿士，怎么呢？"武喇伊道："方才我问你名字，为甚么你不直说出来？你想瞒来吗？"美治阿士道："我何尝要瞒你？我与你暂面相交，通名与不通名，此是我的自主权限，你把这些事责问我，究竟是何心意？"武喇伊越发装出威势来恫喝道："你自家做事，心里明白，还诈作不知吗？你可认得我是甚等样人？我乃受了警察官的命令，要来拿问你的！"美治阿士道："甚么呀？你是警察署的人员，这个告白是从何而来的？"武喇伊掀髯笑道："这就是访拿你的勾魂票了。知道你想逃走，一定要往别洲去，故此捏做这张告白，引你自家投到，你还睡在梦中么？"美治阿士惊道："究竟犯着何事，要访拿我？"武喇伊道："你再也不必掩饰了，诈作不知，难道就容了情，便让你逃脱得过吗？这不是法子啊！你知道谳法上的律例吗？狡展之罪比招供自首的还要重呢！"美治阿士道："说我有罪，究竟所犯何罪，我实不知道，你且明说。"武喇伊道："就是图理舍誉银行内库被盗的事，你快些直供了，我或者替你想个开脱的法子，把罪减轻些罢。"

美治阿士本来银行失窃之事至今仍未晓得，不觉茫然答道："有这个事么？银行被盗，我如今是始初闻得的。"武喇伊道："你不用再装模样了，这事我已查得八九了。你那天与行主斗了气，跑了出来，到了夜间，再跑回去，躲进库房里便，拿了合钥，摸开了锁头，把银柜内五千元的单子盗了，又偷了一个小铁箱子，攒在皮包子里，于夜静十一点多钟时候，把皮包提了回来，可是有的吗？"美治阿士听说捏他做贼，不觉心头火起，暴跳起来，说道："美治阿士啊！汝的运气怎么这样不好呵！索性如今连盗窃贼的恶名也污到身上来了，我美治阿士是干这等勾当的人吗？"武喇伊道："你说没有干这些事，你若不是心歉，何故乘着深夜逃走？"美治阿士道："深夜逃走，这话更委曲人难受，我于该行已退了职，迟早既无所贪求，难道把自家行李搬运出来，也是不应该的么？"武喇伊道：

"怎么银行失了五千元,你刚刚就有五千元,这又怎么说呢?"美治阿士听得更愤然道:"我是个自由的国民,不能受你这样深文罗织。无意巧合之事,你便咬定作为凭据。无他,你既是警察的探事,只管带我到衙门去,我见了裁判官,自然有个辩白,若凭在你手里颠倒,欲以刻核意思来盘问我,我没有这些闲气应付你,快些领我去见裁判官罢!"武喇伊道:"我就是受裁判官特委,有权审查这件案情的。我告诉你,此案情的主脑并不为着这五千元银单,为的是这个小铁箱,要查明个下落。这个铁箱乃俄国大尉荷理别夫寄存之品,此中有许多机密要件,一定要追查出来,故此裁判官委我专办此事。此地就是大尉的府第了,你如果允肯从实招认,我当请大尉出来会会你,我劝你勿再支吾罢!"

美治阿士是时满肚疑团,觉得跑进了数十重黑幕的里便一样,既不知这事的来头,又不解本身因何与此罪案牵涉,究竟有无干碍,自己也不能决,惟想起那张告白,竟然中了人计,自家投入罗网,真是不值,不禁悔恨起来,顿足道:"今日上了你的当了,布置得好计策啊!我且问你,既是裁判官委你来查办,然则你只能任查办之职,审判之权自然仍归裁判官,不应由你僭用。若谓是荷理别夫大尉所托,你便有权可以兼理审判,我国未见有此法律,既然大尉要找我,现时已到大尉屋里,即刻同我去见罢;若大尉不在家,则改天再来见罢。"武喇伊道:"你想回去么?这样的自由你休想了。既是要见大尉,我如今同你去罢,这里来啊。"说着,立起身把门开了,先行出来,美治阿士只得随后也跟着出来。一到门前,只见有两条大汉,好像是巡丁模样,在两傍伴着,犹如押解犯人一般,美治阿士心里甚不舒服,想道:"将来见了大尉,谅不至如是刻薄,他究竟是个长官,或者知法守法,不肯任意将人糟蹋。"恨不得立刻见了大尉,希望尚有万一的解救。一头想,一头循着回廊绕将过去,到了一所书斋的门口。武喇伊站着,让他进去。美治阿士含着一肚子气,并不相让,昂着头,一直便进去了。忽然听得"砰"的一声,斋门已经闭著,连钥也下牢了。门外的脚步声,已听得武喇伊等转了回去,斋内只剩美治阿士独自一人,恍如笼中之鸟,空自纳闷。未知后事如何,且听下回分解。

第二十一回　施手段软劫黄金钏　破题儿缔交伯爵府

却说丸田夫人递过木剑来,玛琪拖亚接了。看看又将要动手比试,乌拉医生急了,向着夫人道:"夫人,我常常劝你不宜太劳,你总不肯听,叫我怎么着手呢?不如把这点好胜心节戒了罢。"丸田夫人那里肯听,答道:"怕甚么?我今日手脚都不疼了,正好活动活动筋络才舒服呢。"乌拉医生道:"正要趁他不疼时,加意摄养,才是要紧呢!若又要弄到疼起来,这病就延缠呢。"夫人只是不听,拿着木剑向玛琪拖亚作起势来。玛琪拖亚暗忖道:"一个弱女子,有甚么气力?就算学过一两路,也不济事。适才那个剑师不过故意让他两点,讨他欢喜罢咧,我不如留点神,挫挫他的风头,显显我的手段与他看。"想罢,也不结束,提起木剑便交起手来。初时还想步步逼进去,只见夫人的剑法犹如龙蛇一般,不特捣不中隙,那剑尖如雨点一般,反着着乘隙打过来,弄得玛琪拖亚招架不迭,那还能彀还手?心里不禁一忙,手腕上早已重重着了一吓。玛琪拖亚急收了剑说道:"是我输了。夫人的剑法如此神妙,漫说巾帼中独一无二,就是须眉的男子,我也不曾见过呢。"说着,便把剑放下,欲按过一边,夫人止着道:"这那里算得输赢?算不得,请再试过一次。你的剑法很有步骤,不过猝然间器具不大适手,今回再试试,自然就不同了。来啊,哪,看剑啊!"说着又交起手来。

玛琪拖亚已经吃过了亏,这回自然格外的留神,步步为营,关顾得十分周密,相持了两打多钟的时候,尚未分胜负。忽见丸田夫人一剑照准胸前刺过来,玛琪拖亚见来势凶猛,尽力迎架过去,孰料夫人乃是声东击西之法,趁他迎架之势,便乘机一剑,不端不正,刚刚插在玛琪拖亚的袖子里,只听得丸田夫人道①:"哎哟,得罪,得罪。"连忙把剑拔转过来,不意这剑尖恰好被玛琪拖亚手上所带的金钏箍住,一时拔得剑尖下来,连那金钏也随着脱落在地上。玛琪拖亚不觉吓得呆了,丸田夫人见他变了面色,惊道:"错手把你伤着了么?"玛琪拖亚道:"不是,没有伤着。"是时乌拉讶华在傍,一眼瞧着脱落的金钏,忙走近前把金钏拾起,对夫人道:"夫人,玛琪君手上没着伤,心上倒着了一吓伤了,你请看看这只金钏。"说着把条脱递过夫人,夫人一手接着瞧道:"啊哟,很精工细致的东西,可惜被剑尖弄歪了圈子,我真是太卤莽了,是那位贵家小姐送给你的呀?"玛琪拖亚含糊答应着。夫人又道:"这么珍巧的东西,那个女人家不赏心呢?你随意带着,不十分宝贵他,倘别人家见着,强要了你的,你怎么样呢?"一面说,一面拿着手钏翻来覆去看个不厌,总不见有交还的意思。玛琪拖亚斯时心又着急,又不好意思开口讨,呆呆的站着尽地想不出拆法来,没奈何拼着答道:"这个条脱倒被夫人猜着,是我心上人赠给我的,我虽然不是宝贵这件物事,但因人重物,做不得转送别人,如果有人想要我的,我不说那人是爱这件东西,我竟说那人是嫉妒我心上人了。"夫人不意他说出这段绝情的话儿,不觉呆了半晌,用一双威棱可惮的眼睛盯了玛琪拖亚一下②,说道:"哦,我晓得了,我平生与男子交游不少,最鄙与男子③言爱情,既是你心上人的珍物,快些交还你罢,若遇别个妇人,只怕已钳在腕上去了。"说着便将手钏递

① "只听得丸田夫人道",原文作"只听丸得田夫人道",据文义改。
② "下",原文作"吓",据文义改。
③ "男子",原文作"男了",据文义改。

还。玛琪拖亚接着,心里上的水吊子好像忽然搁了下来,急忙拿出一条小巾子包好,放入里衣的袋子里。

是时乌拉迓华站在旁边,先头见他两人说说笑笑,后来觉得心里上有些不大愉悦,恐怕他两人存了芥蒂,因把话来拌开道:“夫人,你白把手钏交还他,论理他应该要酬谢你。我替他想个法子,替夫人派他个差事。夫人此时养病在家,太过寂寞,不如玛琪君每日到府上来,替夫人解解闷儿罢。”玛琪拖亚笑道:“这样的差事,无论几时派到,我都很愿意去当的。”夫人道:“乌拉医生出的主意甚好,我自从害了这个病,总不许我出外游玩,屋里困着闷得很,玛琪君如果肯来破个闷儿,是极好的。”玛琪拖亚接着道:“夫人若不见嫌,我定当日日到来奉望。”夫人道:“我今日极想吸点子清净空气,是时湖上结冰,趋冰场上很热闹,不如一齐到那里散散步何如?”玛琪拖亚平生性质本来是个观音菩萨的侍儿,大凡妇人家使令他,没有敢违拗过一次,可巧今天为着布伦公园之事,准着三打钟便要去会晤霞那,因此不得不推辞道:“今日有些小事,已先与别人有约,不能奉陪了。”夫人微笑道:“要会送金钏的那位心上人么?”玛琪拖亚道:“那不是的。”乌拉迓华从旁插嘴道:“果是不错,他才说过,三打钟要到布伦公园有事呢。”夫人道:“布伦公园离此不过点子路,此刻还早,去了湖边,回头还有时候,我准三打钟送你到布伦公园就是了,一齐去罢。”玛琪拖亚此时再不好意思多说,只见夫人对乌拉医生说道:“请你同玛琪君先到书房里坐坐,我换了衣服就来。”说着便高高兴兴的转入内堂去了。欲知下文如何,且听后回分解。

第三十四回　受专差指环代符节　翻旧事狂士探痴儿

却说玛琪拖亚起身将要告辞,夫人接着道:“且慢,我想你平白地到助摩祖家里,或者他的祖母不许你会面,也未可料。”玛琪拖亚道:“可是呢,先前我闻助摩祖病,我两次到他家里候问,他总说助摩祖睡着,硬自不许会面呢。”夫人道:“他不是不许你会面,因为乌拉医生这人过于谨慎,屡次吩咐不许与外人见面,他祖母爱孙儿,自然要孙儿好,焉得不守着医生的规矩呢?”玛琪拖亚道:“今天若又是不许会面,那便怎么处呢?”夫人见说,从枕畔一小匣拿出个指环来,说道:“若是仍不许会面,你给此指环与他看,说是我有事托你来,谅没有阻挡的。”玛琪拖亚接着指环道:“晓得。”于是离座,辞了夫人,遂踱出府邸而去。玛琪拖亚套着伯爵夫人的指环,沿途想道:“这指环究竟有此力量与否?虽不可知,但夫人一场心意,把这贵重之品交给我手,纵然事不灵验,我也落得光荣,满心自是欢喜。”再又想道:“听夫人所说,这事总有几分把握,虽然夫人不曾说明,但我也领会得几分,今且到助摩祖家再算。”急着脚,不觉已到门首,遂踱将进去,见了他祖母,便说要请见助摩祖。助摩祖的祖母道:“有心了,屡次枉驾,实在是当不起,本该要命孙儿出来道谢,但他未十分痊愈,兼且医生吩咐不许同外间人相见呢。”玛琪拖亚道:“医生虽是这么说,但我是受丸田夫人所托,要来领助摩祖到街上逛逛,令他触动起平日的记性呢!”他祖母道:“正在为此,不敢令他动掸,他自从一病,如今甚么事都不记忆的了。”玛琪拖亚道:“丸田夫人亦正为此,特地命我领他到从前所识的街道,留心考验他的记忆力。你不信,如今有夫人的凭据在此。”说着伸出指环来,助摩祖的祖母一见,不觉吓了一跳,道:“啊哟!原来丸田夫人认得相公的么?他有讲及指环的来历吗?”玛琪拖亚道:“来历倒没有说,他只命我给你看看做凭信呢。”是时那强情的老婆子好像被这指环的威光所摄,急急向着里屋“助摩祖”“助摩祖”唤了两声。

助摩祖听着跑出来,领下挂着一条白巾,把左手笼着,一眼瞧见玛琪拖亚,惊道:“啊哟,玛琪拖亚相公!哦,明白了,明白了,我昨天没有到银行,你想是来申饬我了。”玛琪拖亚道:“不是,我不申饬你,你病了整个多月,可知道吗?”助摩祖带着点傻气道:“听见他们这么说,我是不知道的。”说着把两只眼睛盯着玛琪拖亚脸上,玛琪拖亚见他这般神气,觉有点与向来的助摩祖不同,又见其脸色青白,眼光挺露,知他的病症未尽复元,复问道:“你病了许久,吃了许多药,实在难为你,我今天特地来同你去散散闷,领你去买点好顽意儿。”助摩祖道:“那死不从,一出门,祖母就很很的吆喝呢!”玛琪拖亚道:“我同你去是不怕的,我已替你向祖母讨过情了。”助摩祖听说已经讨过情,便安了心,立刻眉开眼笑的应道:“那么大家去逛逛!”玛琪拖亚遂携着他,出到街上,就近先转过上布街而去,问道:“你记得这条上布街吗?”助摩祖举眼四顾道:“哦,记得,记得。这里再过点儿,不是有一间高高的屋子的吗?”玛琪拖亚道:“就是。前个月晚上碰了歹人,你替我雇了一辆马车,不是这条街么?”助摩祖听着,茫然全不记忆,低头尽着寻思。玛琪拖亚又道:“就是那晚你在趋冰池回来,路上遇着三个大汉,蹑踪追着我,你不记得啰么?”助摩祖恍惚若悟,豁然曰:“呀!记得了。你不是拉着一位很标致的姑娘同走么?”玛琪拖亚道:“是的呢,你知这个标致姑娘的名字吗?”助摩祖道:“不知道。”玛琪拖亚道:“他叫泽濑阿梅呢!”刚说着,顺步已到了那胡脸汉住屋的门前,玛琪拖亚指着说道:“你还认得这是谁的家吗?”助摩祖打量了一回道:“关着门,这不是没人住的么?”又想了想,恍然道:“呀!记起了,这是牛田的住屋。”玛琪拖亚觉其记忆力犹在,甚是惊喜,复问道:“牛田是甚么的人呀?”助摩祖道:“是贵家妇人的马夫,一口络腮胡子,长的很可怕呢!”玛琪拖亚道:“那贵妇人是谁?”助摩祖把身子幌了幌,脑瓜子摇了摇,竟自想不得出,搔着头道:“昨天还记得,怎么今儿就忘了呢?是谁,此刻再记不起了。”玛琪拖亚听着,呆了半晌,心里甚是失望。未知那贵妇人究竟是谁,且听下回分解。

第三十八回　莽男儿登门肆要挟　狡大尉斗嘴起喧哗

却说来客不是别人,原来是玛琪拖亚。荷理别夫大尉既打发侍役去后,默自想道:“我与他虽然认得,并没甚的交情,不过在图里舍誉宅子会过三几面而已,他今忽来见访,究竟为着何事?莫非图理舍誉差他来么?”再又想道:“适才吩咐军曹友夫预备发送美治阿士的囚车,此事须慎密,勿触着外人眼里,不如速速会他一会,发付了他,好办自家的事要紧。”想罢,遂匆匆踱出客厅,见了玛琪拖亚,满脸堆着笑容,抢前为礼,说道:“啊哟!今天甚的好风儿把大驾吹来,兄弟一向忙碌,虽在令亲府中会过几面,尚未得机会亲自①领教,心里实在思慕得很呢!”玛琪拖亚并不为礼,岸然答道:“无事不登三宝殿,我来并非别的,正为有事而来。”荷理别夫错愕道:“莫非令亲有甚说话来么?霞那小姐可好啊?闻说他吉期已择定,日间成婚,各事都预备齐了吗?”荷理别夫只以为图理舍誉本人之事,并未想到别的,故而满口客气话,故作殷勤。玛琪拖亚见说,带着几分讨厌的脸色,说道:“我并不为这等事,我别有事故找你。”荷理别夫疑惑道:“别有事故么?我以朋情推度,以为令亲有事见商,既是不然,然则究因何事呀?”玛琪拖亚猝然道:“我且问你,美治阿士现在何处?请速明白回我。”

荷理别夫见问,脸色并不少动,不慌不忙答道:“你说甚的啊?”把头略侧,作构②思状道:“美治阿士……”又作记忆之状道:“哦,就是令亲图理舍誉的书记么?那人在银行里会过两面,但没有交过谈,闻说近来辞职,已不在银行了,究竟那里去呢?”玛琪拖

---

①“自”,原文作“炙”,据文义改。

②“构”,原文作“彀”,据文义改。

亚作色道:“还诈作不知么?你所做的事,我一概都知道了。”荷理别夫道:“知道怎的事?”玛琪拖亚道:“你寄存银行的铁箱子被人家所盗,你疑是美治阿士的所为,可是吗?”荷理别夫道:“不错,我是失了铁箱子,这件事只有我同令亲图理舍誉,又管账伊古那三人知道,此外并没人知。我曾与令亲约过,勿许扬泄,怎么你也知道?那就奇了。”玛琪拖亚道:“算甚么奇?你做事焉能瞒我?你以为不报警察,任意施你手段,就没人知啰吗?”荷理别夫道:“你究竟没知这事的底里,我不愿报警察,是有个原故。因为这犯罪的事件闹起来,于我声名很不便,我不得不要顾惜身名,故宁可自己一人慢慢的暗中查访,兼且这箱子里并非甚么值钱的东西,不过是我家系谱及家传要件等物,这个盗我箱子的人,必非寻常窃犯,其中必有意同我作对,借此令我过不去的。我心里很明白,又何必乱自疑人,故我自碰着了这桩事,惟有一意忍耐,希冀勿把我的存据毁灭,望其留着点儿的踪影,不意候到而今仍无着落,看来再也没指望了。美治阿士当时辞出贵行,我也略留过点心,初闻他去了比勒达尼亚的地方(在法兰西东北境),后来又闻他跑回巴黎,此后就没了消息,谅他已旅行出外国去了,老兄此刻何故访他呢?莫非令亲图理舍誉君有甚所闻,要商量通我一个信么?”

说着拿起一口雪茄烟,将要取火就吸。玛琪拖亚道:“有何商量?我来只有一事问你,美治阿士你现把他怎安置?”荷理别夫急把雪茄放下,作色道:“老兄这话从何而来?幸亏令亲是我的知交,不然老兄今天就要讨个没趣。我有甚么安置美治阿士?我不为你言,料他已到外国去吗?照我所知,只有刚才这番说话,此外就恕怪我不答了。”玛琪拖亚道:“你还强辩,还欺我不知道么?一月之前,美治阿士坐着马车到你府中,是我亲眼见的。”荷理别夫作疑讶状道:“一月之前……那么是未去外国以前之事了。你既跟着他车子走,怎么不跑上前,拉他问个明白呢?”玛琪拖亚道:

"我虽不曾觌面根究他,要之,我确见他进你屋里,不特进去,连那马车儿回头,他也再不出来了。"荷理别夫道:"你别混说!"玛琪拖亚道:"我不混说,是你嘴强。"荷理别夫道:"美治阿士到我家干甚么?我与他没交情,就是辞行,也未必到我这里。"玛琪拖亚道:"那里是他自己来?分明是你摆布委人骗他来巴黎①。"荷理别夫道:"啊哟!照你所说,然则美治阿士是我的权力拘解他来了。你想想,白天里在贵国地方,我有这大的权力么?你倒看得我太重了。"玛琪拖亚道:"你也不用掩饰,美治阿士在你屋里,我是确知道的,就是现时不在此屋里,他的下落也只有问你知道。"荷理别夫冷笑道:"想是你认错了。"玛琪拖亚道:"断没有错。"荷理别夫道:"没踪影的事硬来苦缠,论理应该即刻拒绝,念你是图理舍誉君的令甥,也须看看佛面,虽不致下逐客令,然无理白捏之事,恕不奉答了。"玛琪拖亚愤然道:"你纵无礼,我也不怕,我今天定要救出美治阿士来,若你不认,我就叫警察来搜!"荷理别夫闻说"警察"二字,不由得心头火发,喝道:"很大的胆子!到我的屋子乱说话,我要容恕你也不能了,滚出去罢!"玛琪拖亚被逐,不得不踮起来道:"好,好!别悔,别悔!"荷理别夫道:"已打定主意,随你来罢。"玛琪拖亚道:"明日叫见证人来,与你决个死敌。"荷理别夫道:"使得,只管来。"说着,二人愤愤,荷理别夫一转身便入,玛琪拖亚大踏步便出。未知将来如何了结,且听下回分解。

第四十二回　没口供徒犯仍囚犯　用暗号新官吓旧官

话分两头,却说荷理别夫大尉自从与玛琪拖亚争论,愤然归入内堂之后,急提美治阿士再审,百方质问,依然不得一些儿口供,不觉自疑起来,想起军曹友夫之言,或者铁箱事件他果不知

---

① "巴黎",原文作"罢嚟",据文义改。

情,那就把他化骨扬灰也是没用。想到此,不觉解送西伯利亚的念头已渐渐淡了。再又想道:"纵然把他窜到西伯利亚①,既不得真赃实证,究竟不能回覆朝廷。"再又想道:"玛琪拖亚那厮,他不过是个卤莽人,原没甚么可惧之处,就是他今天来此胡闹,说我幽闭美治阿士,也不过悬拟之词,并未拿出真赃实据,就令他传报警察,我硬说没有此事,他也无奈我何,倒不如仍把美治阿士留闭在室,再分发人向别处细查,暂时瞒着朝廷,保着自己的前程要紧。"想罢,遂传令把囚车暂行撤退,一宿无话。

到了次日,杳然不见玛琪拖亚再来,守候到晚间,决斗的事情仍没消息,谅来玛琪拖亚不过一时意气,不过是威吓的作用,倒安了心。到夜里,把便衣换了,出到俱乐部,同那熟识的人击球为戏。是时,守门者忽传进一帖子来,对着大尉道:"这位客人在外间候着,说有要事,请老爷会一会呢。"荷理别夫接着一阅,这帖子上写着摩罗提夫名字,名字旁边打了个细细的花押。这花押乃是俄国侦探官暗号,他人见着,或不晓得,但荷理别夫是同道中人,自然一见就会了意,心里想道:"这个分明是我辈的同僚了,有甚的公干找我相见呢?"急离了球场,跑过客厅时,摩罗提夫已在厅上候着,见他年纪约在三十内外,仪貌堂堂,服式上也附着暗号,荷理别夫心里筹算道:"这同僚官来巴黎因甚的公干呢?有甚要紧的事,乘夜来找我呢?"自铁箱失窃之后,不时提心吊胆,虑政府知道了风声,自己前程不保,今忽新来了侦探官,自然是忐忑忧惧,惟面目上不好显出来,硬着头皮跑进客厅,用暗号彼此行了初见礼。

摩罗提夫道:"足下就是荷理君吗?我现奉朝命,有急事要同足下商量,但此地非谈话之所,有静密的去处吗?"荷理别夫道:

① "西伯利亚",原文作"利西伯亚",据文义改。

"甚么的地方合式呢?"摩罗提夫道:"不这样吗? 我坐了六十点钟的急行列车,至今午才到巴黎,颇觉有点子劳乏,不如找一家上等的馆子,觅个僻静的座,解解闷儿谈谈罢。"荷理别夫道:"那么北邯郸馆子最合式,我可领大驾同去。"于是二人离了俱乐部,踱到街上,幸喜夜后往来人不多,摩罗提夫似乎有点子安心,打起俄国的口音,对荷理别夫道:"足下离国日久,谅不大知道贱名了,这也难怪。当时足下在圣彼得堡(俄国京城)中央警察部供职,鄙人那时恰调任在波兰(俄国西南部),后来鄙人转调中央警察本部时,足下已派遣来巴黎了,彼此同僚,始终没有会过一面,今足下远在异国,兄弟反因公得相晤,这机缘也算一奇事。今回兄弟奉本国政府训令,受了'特委查办'的字样前来,待明天拿出文凭来给你瞧瞧,兄弟所用的暗号,谅足下心意也明白了。"听摩罗提夫的口气,居然是个上司的模样儿。荷理别夫想道,适才他所用的暗号,显然是答见属员的礼仪,谅他官阶必在自己之上,更不敢怠慢,恭恭谨谨的陪着走道,甚觉局躅不安,不知这摩罗提夫,究竟奉本国的密旨,要查办甚么事来。欲知其详,且看下回分解。

第四十五回　入梨园太尉惊艳　受骗局冤家碰头

却说摩罗提夫与荷理别夫离却北邯郸,一直踱至戏园相将入了座。玛琪拖·亚随后赶到,也进了场,远远找了个僻静的座,把身子隐着,那一双眼睛不时注着他二人的所为。只见他二人坐在人丛最热闹的地方,摩罗提夫架起望远镜四面顾盼,已而放下望远镜,对荷理别夫道:"那美人还没来呢。"荷理别夫道:"他今夜定然来的么?"摩罗提夫道:"定然的话难说,惟是礼拜五之期,那奥美人应该是要到听戏的。"荷理别夫道:"奥嘉华是他的真名么?"摩罗提夫道:"真假却不能知,他名字不时变换,但我会着他,也不管他甚么,只照初见的名字称呼他就是了。"荷理别夫道:"他懂得俄国语吗?”摩罗提夫道:“他自己说不懂,依我看来,他是狠懂的,我们操起国语来,他一概都听得出呢!”荷理别夫道:“哼,好!”

刚说着,忽外间一美人进来,满座皆把看戏的精神凝注着他。荷理别夫也随着众人视线看去,不觉赞道:“好一个尤物!”急向摩罗提夫道:“美人来了。”摩罗提夫转首一看,说道:“这就是奥美人了。”荷理别夫道:“果然名不虚传,虚无党有这样的美人,无怪轻薄少年神魂也摄进党里去了。巴黎藏着有这个尤物,我竟然不知道,那就奇了。你看他目灼灼周视座间,似乎要找熟识人的模样儿呢。”当满座注视那美人之时,不特荷理别夫一人惊艳,更有后头远远坐着那个玛琪拖亚,神色益惊异道:“啊哟,那美人不是泽濑阿梅吗?打扮得狠在行哪!好大胆子,还敢跑到这里来,今晚又不知想甚么胡混了!前回在戏园里,我被他同胡脸汉串谋把手钏骗了去,真是不值。今晚怎么不见那胡脸汉牛田呢?闻他骗了手钏之后,同着牛田跑到外国避了一个多月,莫非他近来又与牛田拆了数,丢了那胡脸汉,独自跑回这里来么?这贼婆子实在不是个好人,照助摩祖所说,只怕荷理别夫的铁箱子就是他出手偷了,但他的左手怎么还完完全全呢?”想了一回,又自沈吟道:“是了,阿梅之外必还有别个同党的美人,那也不用疑了。”

一面想着,一面藏着脸,偷看他的所为,忽见俄国秘密侦探,即充作丸田夫人的剑师嘉芝站起来招呼他,他站着点了点头,大家示了个礼意。玛琪拖亚疑惑道:“啊哟,怎么他两人也认识?”继又见嘉芝含笑招他前来,示以此间有座之意;又见那美人迟疑不进,轻轻一示纤指,又摇一摇手,似乎说他座间同来之友不相识不便招呼之意;又见嘉芝示以无妨,当为介绍之意,嘉芝又示意荷理别夫立起来招呼他。玛琪拖亚是时又疑又愤,似醋非醋的,心里沈思道:“真是奇绝了!怎么偷铁箱子的同那失了铁箱子的也渐渐要拢起来呢?呸!这狭路的冤家难道尽着白放过他不成?若然放过他,更欺我没用了。初时他还有些儿忌惮,说是跑往外国里避着,如今公然跑到热闹场中来,这明明是欺我没奈他何了、做不得?待我跑上前一把拉住,当场丢他的脸,糟蹋他一顿,硬讨回那手钏,指供偷盗铁箱子的是他,证明美治阿士的无罪。"继又转念道:"使不得,使不得,我受丸田夫人切嘱,须回避荷理别夫那厮,凡事要忍耐着勿出手,万一闹起事来,夫人见责,那便怎好?不如此刻跑去告诉夫人,嘱他留意拒绝那俄探子,慢慢再摆布他。"想罢正欲离座,忽又踌躇道:"今晚机会,正好候着探探他们行径,我跑了去,岂不是兼顾不得?怎好呢?"不知玛琪拖亚究竟想出个甚的主意来。欲知其详,且俟后回分解。

第四十八回　轿子车乘夜送囚犯　门外汉捶扉惊店家

却说玛琪拖亚站着在窗缝儿,偷看那对间的楼上,说也奇怪,始初只有两个窗户射出灯光,一霎间全楼也就通亮起来。玛琪拖亚忖道:"这分明是开夜宴的光景了,他家里有几许使唤人呢?看他不慌不忙,全屋的灯火霎时便点得通亮,这一件,人脚也就不少了。我往日窥探他屋里,狠不像熟闹的人家,这又怎原故呢?"再定睛狙伺,忽见他三人的影儿聚着头,似有甚么商议,已而一人点点头,立起来略握手,便匆匆转身下楼去。玛琪拖亚急俯首注视大门,未几门启,一人出,乃荷理别夫,只见他左右一盼,便急着步前行。玛琪拖亚欲探听他行踪,急从楼上跑下来,直追出街前。时荷理别夫已行至十字街头,见转湾处停着玛琪拖亚所雇的那乘马车,遂向前对着马夫说了两句,便跑上车来,挥手促马夫行驶。只见那马夫把头摇了摇,马车依然不动,又见荷理别夫急跳下来,怒目对着马夫,狠狮狮的嘴唇动了一回,便低着头去了。

玛琪拖亚戛然安了心,遂蹑手蹑脚跑到车旁,问那马夫道:"适才那人向你说甚么?"驭者道:"他叫我送他到比古尼街,我说是人家雇定的马车，他问谁雇的，我说是一位医生，逐月包雇的，现医生到某家诊症，我在此候着，他听说，才去了。”玛琪拖亚点首道：“果然灵醒变通。比古尼街就是那厮的家里，他赶着回去干甚的啊？”驭者道：“待我蹑着踪，替你探听探听他何如？”玛琪拖亚道：“不必了，依旧在此等着罢。”说罢，复转身跑回那小酒店来，依旧伏在楼上窗缝伺探。略一会儿，见陆续来了十来个人，打扮的也像宪兵也像警察，似是由比古尼街差来，到了那家门前便站住脚，随后又一乘双马车隆隆然驶到那家门前也停住。玛琪拖亚注了神在窗缝儿瞰着，心里赞道：“狠排场的轿子车！”未几，门开处有四人跳下来，当先的是荷理别夫。玛琪拖亚私道：“原来又是他！配着自己的马车，亲身去接了来，那三个是甚么人呢？”再定睛细看，三人中有一人恍惚像是美治阿士，玛琪拖亚十分疑讶。

时深夜街灯暗淡，看得不甚清楚，急从袋里掏出听戏时所用的望远镜来，架在眼端细认，果然不错，复自语道：“助摩祖的话不谬了，为何深夜带他到这里呢？”总想不出头绪来。再又看时，见同来的两人退去，只荷理别夫领着美治阿士按钟叫门。少顷，门启，一人出迎，那人向着荷理别夫耳边，不知说了几句甚么，只见荷理别夫点点首，那人便携着美治阿士的手一直进了门。荷理别夫转身，复到车内，似乎有物携取，已而复向那两人说了几句。那两人便以手招那一班也像宪兵也像警察的过来。荷理别夫昂着头，大踏步正要进门，刚至阈间，忽若有人尽力把大门推过来，只听“訇”的一声，门已闭了，荷理别夫大尉的额几乎不曾打出血来。

是时荷理别夫好像手足失措，急尽力推那门，觉那门已锁得铁桶似的，动也不动。一霎间，楼上的灯光也尽灭了，荷理别夫站在门外，不觉暴跳起来，把门踢了几脚。那班兵丁也忙着过来帮手推门，门坚绝不少动，有几个兵丁忽地跑上车篷，翘首望着楼窗，似是要爬墙上去，七手八脚，闹做一团。再说那小酒店的主人,正挨着梳化椅边瞌睡,忽听外间一片声闹哄哄着,从梦中惊醒,忙着三步两步跳上楼来,嘴里嚷道①:“了不得,了不得,强盗来了!”急启窗,钻头一看,见对门聚着十来个人影,也有爬在墙上,也有攀着窗棂,因大呼道:“贼啊! 贼啊!”酒店里的人闻声尽跑起来,也跟着“贼啊贼啊”的喊个不住,渐渐邻家也传叫起来。荷理别夫是时弄得进退维谷,心里又急,又怕警察知道不便,逼得招呼那班手下,只见那几个爬墙攀窗的,好像虾蟆跳水一般,毕卜毕卜飞跃下来,跟着全班走散了。荷理别夫同那两人匆匆跑上马车,加起鞭,一霎间便如飞的,连影儿也不见了。欲知后事如何,再听下回分解。

第五十八回　念党员伤心爆裂弹　忆家世力护自由权

却说玛琪拖亚伏在内厢,只是感叹,是时又闻乌拉迓华向夫人厉声道:“你向来狠热心为我党尽力,凡事彼此商定才发手,今何故撇却我党? 这是怎的意思?”夫人道:“你党近日的举动,手段太过卑劣,全与公理相背,我今日才知道你虚无党是一辈丧廉寡耻、无赖的所为,故我近日转了宗旨,不喜欢与你等共事。”乌拉迓华道:“何所见而云然?”夫人道:“他不必论,就日间俄国来电,说你虚无党又用炸弹破坏云玻里宫,伤害同胞不少,这种残忍手段,把无辜的生命视同儿戏,你辈既说为国民制造幸福,不应反借国民的血肉,建筑你的修罗场。我义士党堂堂正正,持着爱人主义,岂屑与你辈杀人党同伙儿吗?”乌拉迓华道:“你又食言了。当日歃血合盟,不曾同你党约过,凡有可以改革得俄国野蛮专制的政治,无论用兵流血,都不许避,你忘了吗?”夫人道:“我并不忘,所谓改革,就是不得已用强力手段,也須持着堂堂正正主意,联合全

① “道”,原文作“到”,据文义改。

体多数的国民,与野蛮不化的政府宣战,把风潮卷摄政府的魄力下来,这才是正义。若以一二人诡秘的手段,与鸡鸣狗盗无异,非我辈所屑为。你们此次爆炸云玻里宫,伤害近卫兵凡三百名,这三百近卫兵大半皆我义士党员,我费却许多心血,被你辈一旦破坏了,我国前途又加上一度阻力,你虚无党实解不脱这点罪名。计你党初立,党规本不是这个宗旨,凡做一事,必经党员全体认许,确乎不背公理,方敢施行。今大不然,自结合那班轻薄少年,全失立党原意,专恃血气用事,遇些难阻便暴乱横决,这是干大事的人才吗?我也没闲气和你们争辩了,就是争辩到底,谅你也未必服。"

乌拉迓华道:"我晓得了,你并不为别的,不过为美治阿士一人,遂同我全部党员反对罢咧。"夫人道:"虽然为美治阿士一人不值得两党分裂,然观美治阿士一事,也可见你虚无党是不爱护人类的自由。一个人肯忍心贼害人类的自由,公理上还容恕得过吗?我已是死刑宣告中人,要说我便说,要杀你便杀,也再没甚的客气。我自问平生心迹,十年以来,都如一日,不曾有半点事对不得过本心。自从受党员推戴,做了这个义士党魁,常念我父波兰公爵,为爱同胞自由,扫荡专制政体,为俄军所败,充配西伯利亚,死于岩穴,我虽一女子,誓欲继承先志,为国民造成这个幸福。我手下那一辈子,大概都是我父旧部的人才,那嘉芝,那牛田,他的历史,他的真姓名,谅你也记忆,试问你虚无党中,能有几个比得他?就是助摩祖和度玑两姊弟,他也不是个寻常的人物。他祖母本是波兰的贵族,你也晓得,他是伊连斯伯爵的夫人,伯爵父子为国事捐躯,夫人带着他姊弟两人跑到法国,含辛茹苦,头也挨到白了,此心仍念念为着祖国,一家人皆替义士党出力,你想我手下这一辈义士,怎屑同你鸡鸣狗盗的虚无党联合吗?"乌拉迓华道:"助摩祖也不是鸡鸣狗盗的材料吗?就是你也何尝不是?"夫人道:

"这又不同。若不盗出那个铁箱,我全党义士数百人将被政府一网打尽,这为公义上不得不尔,不能以盗贼论,就是舍身流血,也只残毁自家的肢体,并没借他人作牺牲。至于助摩祖,也同为这件目的,义不能辞,你党也幸得助摩祖了,若不得助摩祖做个内应,你党今日还能彀安枕高卧吗?"乌拉迓华道:"你的好处,我也知道,你为义士党、为虚无党备尝艰苦,不能不感服你这位女丈夫,我党闻你为铁箱的事牺牲此身,没一个不感激流涕。后来这段残弃肢体,你命嘉芝向纵览场偷了回来,又命度玑把手钏骗回,一些儿不动踪影,我党里没有人不赞叹你布置的机密,知你不肯留点痕迹,也为替两党人着想起见,可惜你为一无关紧要的美治阿士,忍把前功尽弃,不顾事情败露,将来党员着手应办的事,你也不复留地步了。"夫人道:"我一身担了这罪,决不与党中事业相妨,若要我昧着本心,把自己所犯的罪移给他人,借无辜之身为自己受苦,背弃公理,何以示教党人?你也是个党魁,这点党力团结的精神,难道也不解注意吗?"乌拉迓华道:"让你怎的辩论,这防害我党之罪,断不能辞。只可惜以你一位女中丈夫,为这小事夺了生命,殊甚不值。我今替你设个法,望你遵悔:头一件,速把美治阿士交出来,任我党处置;第二件,你立刻离却法国,迁往英吉利三岛。你若答应,我党姑且把你恕饶就是。"

夫人听说,陡然凤眼圆睁,蛾眉倒竖,作声道:"这腐败言辞,敢向我跟前冒渎吗?要杀便杀,我岂受你党怜的吗?这会算是最后的相见了,你退去罢。"乌拉迓华也气愤愤的道:"一场好意劝你,反出言不逊,谅你心已死,再也没挽救了。我今准一礼拜以内行所宣告的法律,你好自豫备着,到时连你手下那一辈同罪的,也再没留情了。"说罢,含着怒大踏步去了。未知后事如何,再听下回分解。

第六十一回　白罪状伊古那递书　受毒剂义士党结局

却说图理舍誉拿着伊古那送来的书子,一面看着,一面气得颤抖不迭,听他读道:

久蒙恩宠,会计生伊古那,谨白罪状于主东足下。顷玛琪氏率领哈理治、助摩祖到行拜见,主东想生所犯罪孽已无可逃饰于昭鉴矣,生再无颜见主东,更不敢一刻尚留故土,此书入呈尊案时,生已在汽车中矣。生深悔一时情欲迷塞心窍,被魔鬼侵惑,致负主东恩遇,其中恶机实有意外原委,敢含耻奉述,乞于无可恕谅之处,稍轻减其罪焉。当日被胠箧者盗启金库,经主东点验,除铁箱外,并失去五千元汇票一纸,时生在忙乱昏愦中忘却此票,因来日侵晨应支之故,已于前一夜提取置诸案间抽屉,及后启账室抽屉始见之,即欲持票启白主东。时主东以事外出,未及禀陈,而是时方寸间,魔鬼之莹惑至矣。归座后,心如棼丝,自念职司会计,以此巨款,竟尔遗忘,若告主东,定受严饬。生庇宇下数年,幸无过失,得荷青睐,若为此故,一旦以驽劣见弃,则此身将来所希望,都归水泡,隐忧自咎,不知所从。继欲私启金库,纳置诸他项单件中,伪为当日失检,然窃念当日反覆检对,皆已细经尊目,若被明察窥破,恐更加一重欺罔之罪。思维无计,乃于是夕怀归寓所,而适其时美治阿士之一纸告别书来,言将归比勒达尼亚省墓,省墓后,将复归巴黎筹取旅费,且与令爱霞娘一会,而后投奔异国。生一时懊恼,遂怀妒念。窃计主东见爱,东床将以不才受选,而彼念念犹欲挑动令爱,若令爱知彼身果无罪,则心情所向,将永不能夺,是彼固吾爱情之敌,于吾希望甚相妨者也,不得已思求所以离间之法,以除销阻力。然苦无计,忽忆此无着之五千元遗票,既可移罪名于彼身上,亦可济其所急而促之旅行,于是伪作匿名之书,邮付于彼。初不料有今日之败,害人而反自害也,生悔已无及矣。

生欺罔主东之罪、污蔑美治阿士之罪,知无可逭,今此败露,盖亦冥冥中示罚之报。生再不敢隐讳,以祈恕于上帝。函中或有未尽处,谅哈理治氏当已陈述。吾实欺哈理治,以祈中伤美治阿士。美治阿士实无罪,盗铁箱之贼,谅与荷理大尉相厄者之所为。行中可疑之人,除助摩祖外,所谓诡恶不正者,惟生一人而已。临书惧罪,仓卒不文,伏乞恕谅。负罪出亡,会计生伊古那顿首谨上。

图理舍誉把书子读完,这段疑团至此才恍然冰释,不觉这点又怜又爱又愧①又悔的心事,移向他女儿和美治阿士,望着美治阿士道:“你们可见个礼。”美治阿士遂上前和霞那恳恳切切握了握手。喜得那玛琪拖亚连眼泪也迸了出来,对着图理舍誉道:“不如此刻舅舅出个主意,和他两人定了婚罢。”于是图理舍誉拉着他两人,令霞那除下一个金约指套在美治阿士指上,再令他两人握握手。其时在傍立着那个丸田夫人,忽而颜色改变,“咕咚”一声,栽倒地上,吓得玛琪拖亚手脚忙了,跑上前扶着问道:“夫人觉得怎么样啊?”夫人把眼睛晃了几晃,有气没气的勉强作声答道:“已是不中用了,我已受了乌拉迓华的毒了。”说罢闭着目,把手脚蹬了两蹬,那女豪杰义士党首领、波兰公爵女公子变名丸田夫人的侠魂,已随着金童玉女到了西方极乐世界去了。图理舍银行一时忙做一团,奉着恩人的遗躯,做了个丧主,自不必说。那霞那和美治阿士替他守了孝,过了一月之外,才解除墨绖,择吉成婚。

玛琪拖亚想设法替夫人报仇,到俱乐部各处,要找乌拉迓华的晦气。时乌拉迓华连平日往还的去处都避着,找了两个礼拜,没些儿踪影,渐渐也就丢淡了。夫人身后的遗嘱,认定度玑姊弟二人于义士党勤勉有功,拨分一份大大的遗资,吩咐助摩祖勿抛荒学业,所余家资及府邸施作贫民病院,那手钏赠与玛琪拖亚作

---

① “愧”,原文字迹不清。

纪念,因此助摩祖入了海军学校,他祖母隐姓埋名,避到毕莱萨乡里住了。助摩祖的罪,图理舍誉恕了不究,助摩祖的姊姊度玑得了这一注家资,同着牛田搬到美国去。嘉芝借剑术流徙出地中海,过了土耳其。哈理治由玛琪掩亚作荐,在银行补了伊古那的缺。自经了这一场事故,玛琪掩亚也把世事灰了心,带着夫人那手钏,到世界各地漫游去了。荷理别夫归国后,盗失铁箱之事已被政府知道,把他降了职,不复再能到法国。从此以后,虚无党的秘密再没有人知道了。

——上海广智书局光绪三十二年(1906)版

侠心女史

生平不详。

情中情

故事梗概

意大利女子羞沈那正值妙龄,在保姆康忒达的支持下,离开家乡,前往英国克来服村访友,借此增学识、长见识。英国富家子弟安生与管家阿君安外出踏青游玩,得知自己乡间别墅为一美女羞沈那赁居,两人初次与闻。

安生外出,恰逢羞沈那与朋友圣得斯外出,安生见羞沈那之容颜,惊为天人。其后他和阿君安前去拜访,却没有见到羞沈那,心中怅惘。

第二天清晨,羞沈那外出散步,恰在树林中遇到安生。两人谈天说地,品评文学,极为契合投缘。一只野猫的窜入,为两人带来乐趣。安生对羞沈那产生爱慕之心。(未完待续,小说连载至此结束。)

第一章　甘冒险少女访知音　送远行老人挥别泪

羞沈那者,意大利女儿也。幼失怙,美丰仪而尤深于情,虽毛嫱、西子,温柔不过之。当羞沈那二十二岁诞期,有名康忒达者,为羞沈那幼时襁褓人也,及期康忒达以羞沈那已笄,曰:“吾代庖之责,可以拱手称谢矣。”乃称觞以宴羞沈那于其别墅。该地去勿能赛海湾仅一矢路也。诞之晨,爆声隆隆,旗影飘飘,祝贺之仪,炫人耳目。时日中,载酒扁舟,歌声与桨声相和也。一时少长咸集,欣然以从此游。薄暮,盛开筵宴,以燕嘉宾。酒阑,乃各燃花爆于长林丰草间,毕剥之声,不绝于耳。

维时方四月,炎熇逼人,恶暑袭衣,羞沈那乃纳凉于衣唅拉。一日,康忒达偕羞沈那及侍婢巴廊斯,缓步野游,徘徊至勿能赛海口。适一船驶至,名法哀。羞沈那曰:“船来矣,吾作维也纳一游可乎?”康忒达答曰:“汝年尚幼,道路阻且长,汝踽踽独行,恐非能冒此险者。”羞沈那曰:“此易事耳,何惧为?吾意欲环游大陆,以见天地间山川草木、鸟兽虫鱼、光怪陆离、矜奇炫异诸民物,以饱吾眼界、酬吾夙愿也。吾且重赴巴黎,道经巴黎,以达伦敦及巴海密耶海口。吾于是立秀奥峰,俯瞰万千,天然画图,映入吾眼帘中,岂不壮哉此行、快哉此游乎?曩吾意会山水于心胸间,如化身于云雾中,溟蒙莫辨。吾必身经目验而后已。吾乘是船以往维也纳,诚良会也,吾不可失之。”方羞沈那立谭间,双蛾展翠,顾盼生姿,点樱绽红,笑容可掬。斯时也,康忒达怜恨交萦,心不许其往,乃婉言导之曰:“世路险阻,人情苍狗。以汝蒲泖之姿,只身远行,往返于洪涛巨浪中,吾甚为汝栗栗也。且如是而往,使吾心滋戚矣。汝毋亟亟,容缓图之。”羞沈那执意言曰:“是无难,吾行志已决,多议胡为?今夕,吾必往维也纳。”康忒达沈思良久,遂允其行。

羞沈那乃治束装物,顾谓康忒达曰:“吾挈婢同往何如?此行翁知之否?吾将往英之克来服村,觅吾旧友于彼。”康忒达闻言,讶之曰:“汝径往克来服村乎?汝得无儿女情长,钟爱于彼乎?汝方笄,何痴情乃尔?”羞沈那乃一转秋波,笑而言曰:“吾何痴之有?天涯地角,任人而行,吾终吾身以享吾之自由而已;我而不能偿吾之愿、顺吾之行,是放弃自由而不能自保所有也。吾自忖之:吾当走克来服村,一访异地故知,藉谈衷曲,畅何如之!吾蓄此志久矣,奚自今始?吾终夜思此,不能成寐,以冀有自由之一日。然则今日之往,正吾曩日希望心所惓惓者也。”康忒达佯言曰:“然则汝隐忍以待者有时矣?汝何狡也!”羞沈那曰:“翁且视之,吾束书盈箧,备途中岑寂时,以作遣兴之资,翁无虑我孤寂。吾今往,非独吾,有使婢为伴。设吾至其地,吾先造圣得斯小姐家。小姐,固吾旧识①也,与俱往,当不拒我。吾朝夕侣伴,可破寂寥矣。”乃复问康忒达曰:“翁识圣小姐否?彼固一好女子也,貌称可人,俊雅绝俗,吾固非其匹也。”康忒达作疑状言曰:“曩游学于英之拉丁学校者,即此女子乎?彼貌与汝均,但年孰长?”羞沈那曰:“彼差长三岁。自今以往,有询吾以年者,吾当数彼齿以对。翁熟视吾,亦类二十五岁之女子乎?”康忒达答曰:“汝身过中人,然体态轻盈,明眸善睐,且颊生红晕,唇染朱樱,卷发覆额,色泽若金丝,吾视汝貌,当不称汝年也。汝虽加数年以解嘲,然皮相天然,不事假借,汝以老大自居,人且以二八佳人待汝。汝行诸途,则道路以目,一时汝波光流露,旁观而惊心动魄者正不少也,汝何以往为?此地有崇山峻岭、曲涧回塘、山川清景,任汝领略,又胡为乎涉重洋、犯巨险而独作异乡客耶?始吾以汝作巴黎、伦敦之游,不久便返。今欲往克来服村,何与汝前言相径庭也?吾不允此行。”羞沈那曰:“前言戏之耳,恐翁有所阻。如许吾往,则谨行接吻礼以为别。”康忒达曰:“行止,非吾所能阻也。然阻汝之行,非吾所愿,吾受汝父寄托之重,吾当尽吾庇荫之责,乃无负于汝父。吾视汝犹

① “识”,原文作“雨”,据文义改。

吾女也，汝独不以父执视吾乎？亟亟欲行，使吾老人忧，汝将何以为心乎？即欲往，姑俟数日而行。”羞沈那于是愁眉双锁，泪盈盈而欲下，顾谓康忒达曰：“翁言诚是，爱我多矣。然吾意已决，奈何？吾自知年幼，不足以撄波涛之险恶、人情之诡谲，然阅历深而世故熟，随机应变，吾善自转圜而已。翁言吾当铭佩，异日当有为翁地者。此行似有拂翁之意，翁其宥我，我将去之。”康忒达于是瞠目咋舌，知不可强留，乃许其行。

临行时，康忒达谓之曰：“勉旃，汝好自为之，无令后人笑我拙也。”羞沈那默然无语，惭感交并，于是足趑趄而不前，面唏嘘而无色，乃泣谓康曰：“离情难诉，别恨谁知，吾心中一若与翁长此永诀者，今日何日，何使我黯然魂销若是之甚也！异日吾至维也纳，当付函左右。”言毕，握手登舟，飘然而去。康忒达乃目送羞娘，呆立半日后，遂怅怅而归。

第二章　小登临正言论生计　闻艳色戏语结婚姻

英之南有公园，邻海岸，地佳甚，为都人士游宴之区，一时裙屐往来，络绎不绝。时维四月，天气清朗，半晴半阴，树木交萦，葱葱然翠芽怒茁。群鸟飞来，操音林表，以娱游人耳目。时日光微透，空气渐疏，名花盛开，罨列左右，香气袭衣，令人心醉。去园约百余码，卒然有一人乘舆而至，视之，乃安生也。安生自外游归，道经此园，遂命停骖焉，顾谓御者曰：“汝驾轻车回，此去距园无多路矣，吾可徒步也。”安生言毕，遂入，绕园一匝，四顾寂然，但见鸟嘤嘤以求友，木滋滋而向荣。忽行至一僻处，有吟声琅琅然，触于耳畔。安生讶然曰：“声从何来？”乃遍寻吟者不得。行数武，见一少年独自徘徊于林下，心异之，以为吟者必是人。其人颀而长，貌殊文秀，而衣履清洁，雅不类俗人，一似有旧相识者。安生唤曰：“子非吾故人罗守基乎？在此何为？”彼应之曰：“异哉！子胡为而来此?”安生乃前与之语曰:“吾与子当有夙缘,今不期而会,诚意外事也。”罗守基乃掷果盈盘,光彩灿烂,红白错杂,进而与安生曰:“佳否? 子视之若何物也? 吾知天下多美妇人,粉白黛绿者,都以人力施之,谅不能若是果之色泽天然也。”安生曰:“诚然。是固犹十五世纪时美术家所镌刻于书中者。当时美术发达,号称极点,书中所印诸物,人视之若珍宝。今汝所掷之果,其价值当不在十五世纪时美术下也。”安生言次,目闪视如电,似有讽刺之状。盖安生为人聪慧,举动不逾矩,无佻达之风,时人以奇男子目之。当安生与罗守基遇时,知示己以果,为彼诱煽少年之计。而安生言笑自若,面无动色,则其深沈大度,于此略见一斑矣。二人立谭许久,扪表看时,已三下钟,遂各分道而散。

安生乃独自步归,行一二里许,道逢管家者来,名阿君安。安生与语曰:“怪甚,吾度子今日必来,子果来。近吾行游数日,尚健甚。一星期前,吾作旧金山之游。是处为名胜之区,奇山异水,天下独绝。吾朝夕徜徉于彼间,如登九霄之上,不意人间亦有此福地也。吾畅甚,固不负此游。”阿君安曰:“自君之出矣,已三月余,吾屈指望君归。”安生曰:“何悬念若此?”二人乃相述别后之事,缓步而归。行数里,村舍在望,甲第云连,而群峰环绕,仰观岿然。安生谓阿君安曰:“前村隐约,想至吾故里矣。”盖安生家去市集数里而遥,半村半郭,有屋数椽,依山而筑,颇具雅致。家构园一区,四时花草,遍植满其中。园之前,湖水莹然,清澈可鉴。夹岸芳草,依依向人。满堤垂柳,稀疏青碧,映带左右。天然景致,雅不让西湖十景之一也。山之阴,大海环抱,汪洋一片,朝浴曦而暮濯月,光彩夺目,几不可以言语状。登高一览,胸襟开阔,看云影天光,纤尘不染,对此能令人尽忘俗虑也。

安生既抵家,与阿君安畅谈数日。寻思野游,乃与阿君安携手同行,途中默然,不作一语。比至一土丘,丘斜上,高约一里许,土人盖筑以供登临之乐者也。安生曰:“吾其登乎?”乃两手抠衣,纵步而上。须臾,立于丘上,以手示阿君安曰:“大哉!海之为物也,浩浩荡荡,茫无津涯,遥接天际,一碧万顷。此所谓观于海者难为水矣。”阿君安答曰:“海其亦有情乎?灿烂者其光,澎湃者其声,亦似欢迎吾子之来者。波涛相荡,声韵琅琅,颇悦于耳。突然而来,又如千军万马之声,汹汹骤至,伟矣哉其势也!”

言已,二人迤逦下丘,向荒村野畔而来,则见四围禾黍,一片青青,耳不闻鸡鸣狗吠之声,目不睹茅屋炊烟之景,对此茫茫,百感交集。维时已六月,天暑甚。安生谓阿君安曰:“野草离离,蹴之生火。骄炎若此,微物何堪?回忆城中居民,地狭隘而人稠密,际此长夏,其将何以消受乎?”阿君安曰:“君无过虑,吾近得新闻,且告君。以君之智慧过人,试思索之。”安生哑然失笑曰:“子从耳闻目睹中来,惟子自知之。吾居局外人,固犹聋聩也,又乌可逆料吾子之意?设吾有先觉之明,则过去、今生、未来,三昧之化身,善恶臧否,吾可以凭吾臆断,泄漏天机,而知所取舍矣。”阿君安曰:“吾告君,君当何以谢我?”安生曰:“惟子所命,如子所言。与吾身有密切之关系者,吾生当衔环,死当结草,以感吾子之盛情。吾谨洗耳以听。”阿君安曰:“感吾之德固宜,但闻吾之言,君毋作骇状。”安生曰:“此特吾幼时之习惯耳,闻有人言可惊可疑之事,则为之动容变色。今吾子所言,率庸常语耳,何以异为?”阿君安曰:“既若此,吾且明以告君。于英之克来服村,吾建宅一所,欲与君居焉。寻有来税居者,故不果。”

安生闻言,作色相顾,而目不定视。阿君安曰:“吾之是言,知君必不以为异。夫以室租人,亦贸易之一端也。彼偿我以钱,我租彼以室。彼得吾室以安栖息,我获彼钱以沾滋润。”安生曰:“若是所获者能几何?人将以为吾囊内钱空,遂不免阮郎羞涩,顾为此补苴之下策。天下事必名利两全,斯为美。吾为此而图利,吾即以此而丧名。舍名而取利,吾所不取也。”阿君安曰:“君富家郎,所言乃如此。乃祖乃父披荆棘,冒霜露,不知费若干之经营,耗几许之能力,而始能拥积厚资,以为子孙幸福。君不甚吝惜,弃若泥沙,且于家道肥瘠,如秦人之视越。吾知数年以后,家中生计,日益萧条,不可思议矣。前数月,君外出,游费稍巨,一来复前,某巨行股东以书付吾,彼言甚愤愤。书略云‘近因商务梗塞,钱币积滞,君存款项下,子息甚微’云云。”语次,以簿记示安生,忠告善道,令无作闲游浪费,曰:“君亦知君侪地位,如秋风偶起,蝇蚋都稀;炎景稍更,物状易露。所处特危甚,一旦把持不定,便尔落魄终身,奈何?”言已又问曰:“君需钱否?君之所需何用?君亦知生人供给,辄有定数,挥霍金钱,勿论腴田沃产,一呼吸间,尽可散失。君日费一日,所入必不敷所出。欲均出入,道在撙节。撙节者,生财之不二法门也。君知所以撙节之,则君即知财之如何以生。吾于克来服村以室租人,诚为君图久远、全名誉也,吾岂故为是锱铢之利计耶?”

安生曰:“然则租者何如人?其家视中人之产何若?”阿君安曰:“君憨甚。千金之子,坐不垂堂,安有以富人子而不远千里而来,入他人之室者乎?君阅人多矣,世风日下,黄金结交。以若之阔绰如许,尚问人之生计。吾独不然,克来服村之租者,非富家郎,乃美女子也。”安生曰:“此女系英国人否?彼来有僮仆随伴否?”阿君安曰:“彼固意大利人也。彼居克来服村,所挈来者,只一女婢。婢貌称可人,鬟垂髻抱,不加修饰,而风流自在,为其主所最宠爱者。”安生讶曰:“伊果为意大利人乎?”阿君安曰:“诚然。吾以名示君,彼即意大利之羞沈那也。当年声名显赫,芬芳齿颊,遥想其人,洵无愧意史所载名姝之流亚也。彼年富貌美,百般韶秀,俨然与意大利女皇克提之像相颉颃。一令他人瞻睹芳颜,浑疑为天仙下降,凡尘中那得如此尤物,以是不为其情迷色惑者卒鲜。”安生曰:“果尔,则克来服村之室,固非吾有矣。彼茕茕女子离家远适,我一见犹怜,矧如此绝世丰姿,来租吾室,可谓佳人奇遇,而忍取其租金耶?”阿君安曰:“吾以室租人,而不能偿我以金者,天下宁有是理耶?且是女举动规矩,风范大家,付之于吾,吾可以效犬马之劳以答君。彼居吾室,无他求,以室内有一礼堂,清闲幽寂,可作彼朝夕颂祷之地。其外室中陈设,精微适目。据彼云,彼固一旧家女也,其父止生一女。蓄积余资,存贮某银行中,权子母之利,以为彼饮食衣服计。彼乐攻书籍,经史山积,无所不览。所携来者,子目颇宏富。口操英语,甚清晰,与吾辈相彷佛。以彼幼时在意大利,所结交往来者,大都英之女友,此无怪其然也。彼初与吾遇,言吾甚和悦,蔼然可亲而不可犯,为彼生平所未睹,故与吾心惬意洽,无纤芥隙。”

安生闻之,蘧然曰:“若是之美,可谓天下绝无而仅有之女子矣!”阿君安曰:“不宁惟是,羞沈那尚有一女友,英人也,名唤圣得斯小姐。小姐为水师提督圣得斯之女,幼生于意大利,与羞沈那相善。后同学于英之拉丁学校,时羞娘、圣姐有‘双凤’之称。时人目之以二鸳,盖言其举止轻扬,窈窕有凌波之概,宛如鸳在水中,逐波而上下也。自吾一见羞娘,心迷欲醉,意狂似颠,几不自知何为而至此。故每于夜分沈闷时,握管拈毫,赋诗以赠之。诗曰:‘女儿何事倚栏干,独理淡妆应怯寒。为乞嫦娥借圆月,夜来同作镜中看。’彼见吾吟句,喜不自胜,以为天下人能道出彼之衷曲者,莫如阿君安,遂引为莫逆交,时呼吾为彼之阿君安云。彼两手纤纤,柔荑入握,香生两颊,滑腻无双。彼敏锐如针芒,光彩如旭日初升、朝露未晞,返照闪烁,不可言状。所可奇者,彼时语人云,年已七十四矣。”

安生愕然曰:“其然,岂其然乎?何以子前言彼富于春秋,而今又忽忽若是之老大也?吾甚不解。然则子得无诳言以搪塞乎?天下宁有七十四岁之妇人,而能若是之秀丽姣好者乎?果如是之年,吾知其将就木矣。”阿君安大笑不已,曰:“吾言诚诳君。然则圣小姐吾熟识之矣，圣小姐告吾，羞沈那不惟无七十四岁，且不能足其半数。鉴貌辨色，当无逾二十五岁云。是则羞沈那实与圣得斯小姐同年也。君不闻某年某月，有二月旋行于赤道之间，其殆二人之化身欤？"安生复问曰："羞沈那美则美矣，但不知已许聘未？"阿君安乃瞠目咋舌而答曰："君之问题，促人实甚。谁为彼夫，彼为谁妇，吾安得而知其底蕴？使如此神算无遗，则前途茫茫，后路悠悠，天壤间婚姻秘密之权，任吾揣度，尽入吾掌握中矣。"阿君安于是搔首问天而歌曰："上帝堂堂，照临四方。生人配偶，谁实主张？示我迷筏，其惟彼苍，其惟彼苍。"

安生闻歌乃曰："男婚女嫁，人之大伦，何恤乎人言？想乃夫作九泉下人矣，不然，何秘密乃尔也？"阿君安乃伪言曰："然也，君何由而知之？彼乃一嫠妇也，孀居独宿，于今数载矣。"安生复以言挑之曰："彼既为未亡人，然则空房中夜，独守岑寂，子竟忍坐视之，不如使媒妁通问，以续为子室之为愈也。嘤鸣求友，鸟犹有情，何以人而不如鸟乎？子言彼富有财产，子得之可以乐享无穷。子言彼沈潜经史，子得之可以揣摩有益。以子如此之羡慕，则由羡而爱、由爱而敬可知，爱敬相生，斯夫妇之道至矣。且言为心声，发诸口而征诸心，子既若是之羡慕，若是之爱敬，是子之情丝万缕，意种千苗，早属意于羞沈那矣，子曷从吾言？吾知羞沈那当擢子于世界上之第一乐境，使子为世界上之第一伟人。子于是昂首天外，脱颖而去，享自由之幸福，又何至局促若辕下驹，复在吾羁绊下也？良会难图，子若失之，匪惟使羞娘真成薄命，即抚心自问，子亦太不近人情矣。"阿君安曰："君休矣！无为是言迫我。吾年现尚幼，婚姻之事，何须急切以求？及期而往，固未为晚也。"安生仰首自言曰："男儿于此，何多忸怩而无决也？"

二人且行且言，已抵家，于是相对踯躅中庭，相视而嬉。比行至室南，时日光下射，满照窗牖，左右疏柳，略有微阴。当夫夕阳西下，光线返拍，园中花卉，斗秀争妍，有令人心旷神怡、留连而不忍去者。二人于是拾级而登，排闼而入。扉半启，室内黑暗，无光线可通。行至正室，顿觉豁然轩敞①，别有洞天。室中陈列玩物，清洁可爱。室成方形，广袤约数十余迈，四壁疏棂，漆色可鉴。地砌以方石，上覆一毡毯。屋之隅，安火炉数座。其一隅有梯一架，可通楼，装饰华美，颇雅观。室中排藤椅数张，方圆参错，不一其形。架上图籍琳琅，目不暇给，虽谓西园东壁，亦不过是可也。

二人遍游数地，寻至一书斋，稍有别趣。修竹茂林，映带左右，时有微飔，帘影披拂。二人遂入，向坐而语。阿君安曰："今日，来复之第三日也。明晨，当前往该村，觅吾旧侣。"安生曰："访者为谁?"阿君安曰："何待言，吾所访者，羞沈那无疑也。"安生曰："明晨径去，似稍迫。"阿君安曰："然则来复之第五日何如？奈是日不利吾行。君初返，曷先我以往乎？君以明晨为过速，然则后二日而往，君以为过缓否?"安生沈思不语，乃以手扪袋，取雪茄烟卷授阿君安，寻又取其一以自吸，既而曰："来复五日，适合余意。但吾初自外归，跋涉奔波，觉肢体疲乏，懒于起行，吾甚不愿外出也。"阿君安曰："然则君请择焉，君于何日闲，即于何日往。"安生曰："是固难预决也，吾意欲休息数日，再订行期可乎？矧此间不乏旧友，吾初自外来，酬酢往返，虚与委蛇，亦世故人情中之不可少者。今戚属里党尚未趋谒，何至于素未识荆者，遽尔造次一往？则卑逾尊、疏逾戚之诮，岂不授人以为口实乎?"阿君安曰："善，容再图之。君近日饱受风霜，似觉困顿，调养摄卫，自是卫生要事。君浴后，约钟报四下，可至园中啜茗俟吾，吾必至，当与君密谈数刻。"言已各散。少顷，阿君安飘然而来，与安生相施礼毕，乃言曰："前言君幸无忘却，以吾意度之，无论若何，君当于来复日一

---

① "敞"，原文作"廠(厂)"，据文义改。下同。

往。”安生诺曰:“吾知之矣。”

第三章　阳春景物览赏怡情　空谷足音忽逢知己

羞沈那箕踞坐于林下,独自凝目注视于远树间,则见蔚蓝匝地,滴翠横天,枝叶交加,千变万化,有目不暇给之态。林之稀处,日光闪烁,苍苍天色,时隐时现。树绕三匝,约拓地十余亩,中有高柯,出类拔萃,如翠岫矗立于万山中。遥望林际,隐如市集,其中生机发达,郁郁葱葱,鸟兽聚集,升降不时,跳舞万状。其外飞鸟布空,互相呼唤,以达其怡情悦意。时有乳鸦堕巢,上下其羽,刮刮之声,聒于人耳。林下风来,时含香气。羞沈那对此,不觉心醉神迷,恍惚不知所措,乃自言曰:“曩在意大利时,若此乔木森林,得未曾一寓目;即奇花异草、珍禽怪兽,亦难邂逅。矧丛集一处,万象毕呈,天何若是之不平也!宁独厚于英而薄于意大利乎?回忆生人在世,毫无凭藉,其不平之处实甚,忧者弥忧,乐者弥乐,一似天之于人,容有私意介于其间,吾可以意大利与英之林木作比例观也。虽然天不能普遍众生,天至不仁,不以阳春烟景,任群生纵观,而特设山川以阻隔之,而轮车铁轨可以泄大地之交通,然而吾今日至此,得览斯盛,安能数典忘祖,谓非天有以使之然欤?于天又何尤?吾侪视天,谓有厚薄于其布施;天自视之,亭毒众生于洪钧大冶之中,直无所区别也。人之忧,人之乐,皆种种因果变幻而出者耳。是故无忧无乐,因果以熄,一忧一乐,来往靡涯,大造实有调剂转圜之力焉。”

方羞沈那凝思时,觉有声触于耳畔,若云:“彼来矣,彼已至英国矣。吾何由而知之?吾曾目睹其来也。一日,彼徐徐独行,距我约二迈许。吾见之,容貌温和,有君子风,以是吾知其果来也。”羞沈那愕然曰:“伊何人也?声从何来乎?”羞沈那乃呆若木鸡,目不转瞬,思有以会其意。其实所云,乃圣得斯小姐佯作是语以嘲之也。是时圣得斯小姐适野游，身衣儿服，足踏革履，姗姗[1]莲步，袅袅柳腰，其丰韵柔婉，行止未尝燥妄。世之论其举止者，戏谓其年已度古稀之数云。彼出自贵族，生非寒素。乃祖为英之武僚，父即今之水师提督，声名藉甚，时与鼐尔孙屯守相资者也。圣得斯幼从父训，以是规行矩步，彬彬文雅，迥出乎寻常人之外。彼目光睨人，活泼如桃花流水，别开生面，使见者领其神味，合当许为国艳天香也。彼斜欹于马车中，两颐丰采，娇嫩欲滴，光华透露，倍觉精神。旁一侍婢陪乘，年可十六余，修饰清洁，雅不溷俗。

是时御者缓辔而行，向一花园而去。比至，圣得斯命停，以纤手扶婢而下。各持一木杆，杆之两端饰以白银。二人履声橐橐，迤逦行至草地。圣得斯言曰："彼至矣，吾见其来也。"羞沈那复闻言，不觉大惊，引领而望，言者乃圣得斯也。羞沈那心中诧异，手执紫花一茎，科头垂立，貌益增妍美，乃向圣得斯小姐曰："来甚当，吾岑寂于此，盼姐来，非一日矣。闻姊前有采薪之忧，近想喜占勿药。"圣得斯答曰："蒙姊存问，吾痊可多日矣。"正立谭间，羞沈那作色相向，面透白色。圣得斯言曰："姊何为而然，何顾视愣愣也？"乃侧立于其旁，附耳与语曰："安生已至矣，姊知之否？吾前见之于火车站处。彼下车时，手提一棕色皮囊，所带行件颇充富。安郎虽初自外归，行无倦色，而态度如常。一切装饰，堪称华美，俨似当代名王希哈之像。姊当于来复日，吾绍介相见于礼堂何如？吾度彼不日当来与姊一晤也。"羞沈那闻言，故[2]作异状问曰："彼果来乎？吾若有……"言至此忽停。于时羞沈那乃与圣得斯执手而言曰："近数日，吾心绪瞀乱，精神恍惚，若有为嗜欲所中发者。"圣得斯含笑答曰："若是乎，姊何以堪此？"

---

① "姗姗"，原文作"珊珊"，据文义改。

② "故"，原文作"固"，据文义改。

第四章　惊艳色游子病相思　评品格良朋恣嘲谑

安生私语曰:“吾近日若有所思,忘餐废寝,肠一日而九回,如吾身入于魔障中一般。岂以一女子之故,遂令吾中心惓惓,而不能逃脱于色海情天?吾何若是之痴也?抑岂近日天时酷暑炎热,有以使吾心智不爽、神昧不安者欤?”夫安生何为而发此言也?盖安生言时,独坐于一亭中,未言之先,固有所见也。亭构于园之西角,中可容五六人,凡以为游客憩谈地也。亭之畔,树阴密翳。蜂蝉之声,时闻耳际。芳菲佳卉,栽种盈园,落花满地,因风作舞。时日光相映,五色烂熳,犹古时女皇冠冕之饰,中有玫瑰,红白参错,有如解语,起伏道旁;又若含羞,僵偃草上。时见飞鸟,集于林间,黄鹂一啭,好音相随。安生于此,不觉岑寂俱破,乃凭几而坐,抽毫伸纸,随作函数笺。书毕,乃徘徊庭畔,觉体乏,遂归。

行距园数里,瞥见一马车,飞驶而来。安生以康衢孔道中,车辆往来,不知凡几,固无足异者,遂乃置之度外,不加留意。及见二女同车,乃停步移时。顷刻,车渐近,见一少女两手揽辔,操纵自如;稍长者坐其旁,与之言笑不已,左顾右盼,似若照会少者,令睆一少年。安生领此情景,以为少者或有意于吾。霎时间,神为之往,如芒刺在背,举步不安,乃目逆而送之。车去渐远,乃怅然而返,踯躅歧路,不知所为,心中忐忑不已,觉有物悬于心中,摇摇而不定。于是幻想奇因,倏乎万状,无不毕呈于目前。时而耳中闻有车声至,时而目中见有女子来,飞尘四起,眼光迷离,乃抚然曰:“车中人已成往事,何其丰神态度,犹然历历在吾目中也?吾思此少女,当不类英人,其殆外来而旅是邦者;不然,吾前此何竟未之一睹也?曩闻人言,有所谓羞沈那而居于克来服村者,意者其执鞭之少女乎?坐于其侧者,或者圣得斯小姐,亦未可知。”垂头默语,疑鬼疑神,方寸之间,如丸走板,顷刻之间,直不啻有几千万之旋转也。于是万念纷乘，怅怀无已。回想彼美，得未曾见诸畴昔；转念自身，亦可谓多此缘幸。“当吾初遇时，见其容貌端庄，举止活泼，怡然自得，不知其笑靥为谁而开？彼目稍斜睨，动人魂魄，樱桃小口，不尽娇羞，有一种含情欲语之态。惟恨轮蹄远去，翻使劳燕西东，以致吾情意天涯，断绝何续？即令普天下之人设身处地，亦谁能遣此？吾可谓止饱眼福，幸中之不幸矣。人云羞沈那有倾国倾城之色、绝世佳人之目，吾始以为未必然也。由今思昔，人言不欺我哉。观其秾纤得中，修短合度，衣裳楚楚，飘然若仙，虽谓英国胭脂队中，无能出其右者可也。”旋又自疑曰：“是或非羞沈那乎？然吾从前道经此村，何以未曾一见之也？今卒然而遇，必为异乡人可知。虽然，无论其为羞沈那与否，佳人邂逅，亦人生一乐。无知良会不再，使人焦思苦虑，寤寐以求，忧亦无逾于此耳。”安生自见羞沈那，倏经数日，自觉身体乏倦、心智昏迷，如恋床之病夫，卧不思起，镇日恍惚。又若插足于溟雾中，有时如醉如梦，隐约间见有女同车，绝似羞沈那与圣得斯小姐，容止修饰，无不毕肖其真，而一种飘飘有凌云之气。又为目睹而心许者，流波顾盼，黑白匀称，传神恰在阿堵中，华美外观，窈窕自若。及心神一定，又无所睹，不觉面生红晕，燥若秋阳，乃自言曰：“吾视羞沈那于吾英巾帼中，当为第一流人物也。虽起千古名媛淑女于九泉下，当亦不能与之等量齐观。吾有生以来，奇花异草，未尝无一见，然不若是之香色俱佳也。天乎天乎！何使吾怀疑而不得其真？意者其为羞沈那乎？则一介书生，何足为匹？必如是者，殆想望天河之星，择其燎亮者为偶，岂非楼阁空中之想？然自揣命薄，倘得与羞沈那重相觌面，已为缘不浅，更何敢作他妄想？意者其不为羞沈那乎？则如此小家碧玉，僻壤穷乡，又何由而得此？”于时二者交萦于中，沈思莫定。

正彷彿间，闻履声橐橐，启扉而入。安生心中狐疑，以为羞沈那或者至矣,移步探望,乃阿君安自外归也。阿君安少坐,独语于室中,喁喁良久,似计算租税帐目情形;寻乃往安生房中,见安生手不停书,旁若无人,佯为不知阿君安来者。阿君安与之施礼,安生不答。阿君安心异之,以为安生若有不豫色然,必有他故,幸无以撄其锋而触其怒也。阿君安侧立久之,见安生挥写如故,淋漓满纸,阿君安似觉烦絮,乃强颜而言曰:"君为何而侮我?吾且有事以告于君。"安生回首顾阿君安曰:"子言则竟言矣,又胡为乎必欲吾搁①笔静听,搅扰吾所有事也?"言讫,复握管而书。阿君安略有艴然之意,曰:"君与吾朝夕伴游,无时或间,亲爱若昆仲,言听计从,号称相契。今相商以事,何遽听之藐藐也?君请少停,且与吾谈片刻何如?"

阿君安乃言曰:"吾外出数日,为君催租敛税,以尽吾会计义务。今已竣事,吾是以复命于君。君未归之前,有友来过访,留刺案上,以为异日聚首之约,君曾寓目否?君亦知吾于前数日往羞沈那家,为君道候。君近当珍重自爱,调养休息,则来复日礼堂之晤,不至爽约。"安生闻言,反怒为笑。阿君安复问曰:"君从迩日以来,胡为有沈忧之色见之颜面?"安生答曰:"吾近为天时沈闷,觉头晕目眩,殊少兴趣。"阿君安闻言,异之曰:"天何能为患也?君之所患,吾知之矣,君又何苦而为此饰辞也?以吾观之,清风习习,满陌韶光,一时高车驷马,兴高采烈,士女为踏青而往来者,不知凡几。君惑于他故,意惹情牵,而转归怨于天时耶?吾欲随声附和,亦实难于启口也。君曷登楼四顾?天空一碧,万里无虚,飞烟袅绕,若悬若坠;海水浩荡,与天同白,素练高飞,一泻千里,如龙吟虎啸而来;更有珍禽奇兽,助人游兴,桃李盈园,点缀成趣。如此良辰美景,诚四时之不可多觏。虽罄囊橐以求之,恐亦不能

① "搁",原文作"阁",据文义改。

购诸万一也。君尚不满于中,吾甚为君不解。"

安生于是辞屈,不复置辩,乃应声曰:"美哉天时,但于子为然耳,吾则有所慊然不足也。吾生于斯,长于斯,故乡风景,耳目久之,以是吾厌心易生。吾方踌躇于此,尚无所决。"阿君安曰:"君何不决之于吾?吾为君决,君当以何日往见羞沈那。"安生曰:"固甚愿也。无如一言及彼姝,愈增吾万分烦恼。此中苦况可为吾自道,而难为子言者。"阿君安曰:"君何倨之甚也?社会交际,相持以礼。矧男女初觌面时,尤当以特别看待。今羞沈那以一闺秀之身,不远道路而来,亲造君室,以表趋谒之忱,会君外出而不果晤,吾且代君约以来复日相见矣。彼既以礼来,则君当以礼往。君若不从吾言,吾恐有负于羞沈那之来意、圣得斯小姐之初心。"安生闻言,昂首以目注视阿君安之面。阿君安复言曰:"君,家督也,内而亲戚党谊,外而邻里友朋,其往来酬酢之仪文,固惟君是问。"安生曰:"子言甚善。"语际,觉肢体十分困乏,以肱凭额,伏于几上,似欲作黑甜乡之游,默念:"吾往见羞沈那,固吾心中得意之事。奈此事郁积于中久矣,吾既不能宣播之于口,以是苦无左右先容,亦惟隐忍待时,以迄于今。今幸得阿君安一言,吾乘机而去,岂不遂吾夙愿,而成吾二人之美事耶?"少顷,久伸而起。阿君安言曰:"君疲惫若此,怜甚。可于啜茗时,多取果饵食之,或能滋补万一。"安生低头不语,乃取镜自照,不觉失惊曰:"数日间,吾不意吾瘦比黄花,憔悴一至于此也!"

安生乃复坐,觉房中甚暖,遂偕阿君安散步至花园内。安生自思良辰将近,心中雀跃,但恨日长如年,天公偏①不做美,坐令异地相思,几同牵牛织女之两相望也。心中胡思乱想,如将获至珍奇宝于来复日,其烈烈如焚,欲急于一见可知。于是二人乃并肩

① "偏",原文作"遍",据文义改。

而行。经一华屋,屋之侧,苍松翠柏,老干纷披,几不能见天日。有群鸟集于其上,时相往还,别有乐境。安生即景生情,喟然曰:"天地间无知之物,尚能择木而栖,以遂其性。矧人为万物之灵,则其对付情人,当不知又如何愉乐也。"阿君安闻言,卒然曰:"君何忽又乐甚?"安生曰:"乐则乐矣,然有所思忆,奈何?"阿君安曰:"君何所思?君何所忆?正不妨明以告我也。"安生曰:"子细猜之,以证子之智慧何如?"阿君安曰:"吾度君不久当以羞沈那为室矣。"安生闻之,愕然曰:"子误矣,与吾所思直相去万万里也。"阿君安曰:"虽不中,不远矣,君若语我,吾且为君执柯何如?"安生曰:"如子之言,真所谓以己之心,度人之心矣。吾料子或有意于羞沈那,特反作是语以激吾。"阿君安曰:"然,君何由而知之?"

安生闻之,顿生酸念,乃不悦曰:"子若有意于羞沈那,吾恐羞沈那未必钟情于汝也。"阿君安曰:"君何觑视吾若是之已甚者?"安生曰:"吾为此言,非有他故,以子年未冠,口尚作乳臭味,何遽能行此成人之礼?"阿君安曰:"是固然,三十有室,于礼为当。君亦知岁序如流,光阴似箭,吾几更寒暑,岂不能底于此一境乎?"安生曰:"三十而婚,吾恐子言未必果中也。即幸而言中,亦只偕嫫母以娱情终老耳;欲得一美人以奉箕帚,恐子年半百,尚无希冀之一日也。"阿君安曰:"君无礼实甚!吾何苦以辞辩,吾惟自信生平,未尝以年齿傲人。君言吾年幼,吾且自惭老大。盖吾于世间纷纷扰扰结客场中,阅人不知几许,竟无一当意于吾者。今君以羞沈那无所钟情于吾,岂以吾才学不中足耶?吾涉览群书,更仆难数,则君之素所知也。畴昔之夜,吾方咏羞娘一绝,彼且以吾为天下有情人,则吾或可有成为眷属之望。若以吾仪表不外见耶?则吾之躯干虽不能卓尔超群,然五官四肢并皆中度,尚成人格,发丝缕缕,耀人眉宇间,手足无跛僻之疾,头颅无偏侧之虞。吾自观之，尚差强人意，可以与羞沈那偕①伉俪之欢也。”安生曰：“能若是，则更善矣。然则②吾之所言，或有不当，亦未可知。”

二人各自无言，乃径向园中一厅而去。甫入，门遂启，见大厅中铺陈精美，罕与为匹。地盖一花毯，乃波斯所出也。有书籍数十余种，置几上。安生与阿君安往检之，尽小说杂志之类，乃选一善本，踞椅而坐，互相参看。未几，安生倦于视，独自起行，徘徊于厅中，则见四壁字画，张挂淋漓，如奢侈妇人女子之装束一般。安生于是心不耐烦，尘念复起，恍恍惚惚，又见车中之二人来于室内，翩翩衣服，彷彿鸿惊，喃喃笑声，细若鬼语。寻又见其扶椅而坐，作喜色。安生目中见此幻形奇景，遂不觉若迷若痴，呆立不语。阿君安异之，乃置书于几，起而向安生言曰：“君何所见而若此？”安生曰：“子偕我来此，恍若置吾身于跳舞场中，所阅无非檀板笙歌，所见无非佳人美女。吾子之盛情，容日当泥首以谢也。”阿君安曰：“异哉！此乃一厅也。吾与君外，别无一人至，何来此跳舞之举？君所言，乃乌有事也。”安生猛然闻阿君安言，乃大笑曰：“吾过矣夫！甚矣情之中于人心之深也！”

第五章　纵游豫林下得奇逢　姿娇憨言中藏谜语

二人言罢，遂赋归来。安生满腹牢骚，郁郁无所发泄，乃假寐永叹，一夕无话。至翌晨，天方破晓，明尚不能辨掌纹。虽鸡鸣而起，孳孳为利者，如农家野老、贾夫贩妇之流，尚未工作往来于田野间，而安生以五内焦燥故，不能成寐，已披衫下榻，独自徘徊于卧室内矣。斯时也，万籁俱寂，阒然无闻，但觉壁上一架悬钟，摆声清澈。少顷，闻钟报五下，安生乃步登角楼，推窗一

① “偕”，原文作“谐”，据文义改。
② “然则”，原文作“则然”，据文义改。

望,但见远树含烟,曙色如洗,不觉有平原如此,不知道路几千之感。乃四顾天色,见东方已明,遂计画一番,预备妥洽。又恐惊醒阿君安,疑吾早起,不知有何事故,乃缓步下楼,轻启半扉而出。

安生行至旷野,觉清晨爽气,呼吸最宜,遂停步移时,渐见红日东升,光芒万丈,倒射于大海中,如万道金蛇,其光采闪烁不定,怡然自得,曰:“吾宅于此,占水陆风景之胜,可谓二美具矣。”言讫,乘兴前往,心无定向。瞥见一群羊自山坡而下,觅草而食。安生乃行近山麓,驻足片刻,乃沿坡而上。见一带丛林,苍松翠柏,列成队伍。四围望之,罨霭层层,飞渡海隈,真所谓造化奥妙,尽在无声无臭中,犹道德之在人,充足于内,正不必见诸外也。安生领会情景于胸中,不觉陶然曰:“今而后,吾知早起之乐,宁有涯欤?”于是步于林中,出入数四。

少顷,觉红日渐高,有声四起。枝头鸟语,唤醒眠人。其音之悠扬嘹亮,如度曲一般;好似从世界初开时,将一切才子佳人、旷夫怨妇、英雄儿女之牢骚抑郁历历诉出,令人闻之,起无限伤心之感,而不觉倦睡也。其外又有蜂媒蝶使,度蕊穿花,忙碌寻食。其彩翅翩翩,往来于日下,倍觉悦目赏心。安生因此感触而言曰:“世界如此之大,人物如此之繁,其熙来攘往而不求休息者,无非为求活计耳,即下至微物亦何莫不然。鸟也,雀也,蜂也,蝶也,皆赋此能力以遂其所有事也,时而飞集花丛,时而往还林下。岂物之性,固若是之好劳而恶逸哉?亦以求自给而已。然则世之自食其力者,其劳动之苦,又当倍蓰于此可知矣。”

自言自语,不觉信步,由一平坡而下。行一二里许,觉稍倦。见前有森林数处,阴可蔽日,默念:“吾且憩足于彼,或可得一美景供吾领略也。”心中无所游移,遂径向林中而去。甫至,乃倚树而立,掉头四顾。忽见一女子立于林下,其相去远近,约有二百余步，隐隐约约，不能辨其面貌如何，默念：“昧爽之时，此女子来此何干？其必为野合私奔可知。然举止甚庄重，又不类倚门卖笑者一流人物，且与吾前日所见于车中者相仿佛，或者为羞沈那乎？但一轮红日，初上三竿，吾想羞沈那尚高枕而卧，则此时必不来此。即令癖同齐妇，不喜久拥鸾衾。然梳妆理鬓，束服整冠，尚须延宕晷刻于闺阁中，则此时必不得至此，又可想见。若其亭亭伫立于彼者果为羞沈那，则定为阿君安私约于此，以共订知心者也。顾乃大言欺余，谓来复日相见于礼堂。幸天假之缘，令吾不期而遇，则吾之命运，转胜于阿君安一筹矣。但吾久恋于此，尤恐阿君安视吾外出，彼于此得以脱身独乐，来践此约，则彼我觌面之际，未免妒忌心生。我何不远引高飞，再图后会之为得哉？然而林下美人近在咫尺，何难以絮语相亲，侦探个中底蕴，又岂可飘然远去，以失吾当前之希冀？”思至此，真有如触藩之羊，两难其进退也。而不知此亭亭伫立者，正羞沈那也。

彼以旅居无聊，独处岑寂，乃早起作清野之游，以吸受新空气，故徘徊于此树林之中。伫立既久，忽现惊惶恐怖之色。此时安生行渐近，思欲至前相见，奈无人介绍，男女之际，未容唐突，踌躇不决，心旌摇摇，自念：“今日之相逢，实为奇遇，独惜无一人为我先容，斯为恨事耳。”徘徊于林外一土丘之上，注目而视，略能辨羞沈那惊怖之色。而羞沈那此时惊恐愈甚，自念：“孑然一身，谁可援手者？”突瞥见安生呆立丘上，默念：“此人必待吾前往求助者。”于是移步前行数武。安生望见其行近，心中暗喜，乃亦下丘而迎。羞沈那又复停步于林中，顾视安生何以处彼。安生心中早已布置妥切，以为彼来此，吾且前与之施礼，一看其情意何若。于时心不由主，急步向前，握手为礼，略叙数句套语。羞沈那亦复殷勤款洽。二人于是情见乎辞，眉飞色舞。当此景况，虽有诗家画手侧立其旁,恐亦不能描摹①尽致,绘写肖真也。

羞沈那猝然以手指树上,谓安生曰:"使我惶恐而惊怖者,即此物也。吾欲以瓦砾击之,但恐不能一发即中耳。将伯之助,能无望于子乎?"讵安生此时竟魄已向九霄云外,虽羞沈那有言,实无所闻也,惟目不转睛,凝视羞娘,更无瑕及于树上何物。羞沈那见安生如此情形,似痴似迷,心中不由气闷,益加焦急,复询此究系何物,乃久站②于树枝之上者。安生闻言,始仰面而望,见树枝之上,摇乱不已。视之乃一黑猫也,盘踞枝上,摇尾瞪目,呜呜作声,目光炯炯,向枝上欲捕一黄雀。鸟乃见机而作,翱翔天空,俄又往还林下,如是者数四。猫不觉心烦技痒,愈欲得此以为快,遂大肆雄心,跳跃枝上,几疲于升降。安生顾而语之曰:"蠢物蠢物,何不解人事乃尔,来此搅扰吾意,触接吾目,殊令吾憎恨。"羞沈那曰:"愚矣哉黄雀也,何不举翅高飞之为愈,顾乃栖恋于此,吃惊受吓胡为者?"言次,面带愁容,作死灰色,若大失所望,不胜恐怖之形,口唇紧合,颜色悚然,迷魂丧魄,似乎猫将得彼以甘心。安生答曰:"何可去者?汝不见夫一枝之上,有巢数处,是以彼往来而不忍去,为护其小鸟故也。"

于是安生将所持之行杖举起,向树中而掷,惊去黄雀;复掉头向猫,以悴厉之声呼唤之,乃叱其名曰:"白泰蒲夫(猫名也)下!"复鼓掌为声,令猫知之而下。猫乃转视,而其状甚舒展,竦肩而起,一跃而至其前。于时尾直如矢,背曲似弓,近安生之足而立,吮舐其毛,复绕行安生数周。孰意羞沈那惧此猫甚,其畏葸之情溢于言表,一呼吸间,时闻咨叹之声,猝然曰:"唉!谢汝,谢汝。"复露出纤纤一手,指猫谓安生曰:"此汝之恶猫耶?何其凶暴性成

① "摹",原文作"墓",据文义改。
② "站",原文作"占",据文义改。

乃尔耶？两目深黑，怒视夫汝。彼习惯而然，似以此可邀汝宠也者。”安生曰：“然。白泰蒲夫，诚为吾中心所喜悦者，吾亲爱之，若家人中之一份子也。汝善视之，毋以彼为恶物也。彼猎技最长，且多慧，计其随猎所获逾百数矣。”羞沈那闻言，俯视白泰蒲夫，惟微笑而已，乃婉言曰：“白泰蒲夫，诚哉其为美也，吾爱其名。倘彼允以不复试其技，掠飞捕走，吾岂有不满意于彼者？”

安生佯为不闻，但领会羞沈那之服色如何潇洒出尘，羞沈那之容貌又如何娇妍脱俗。当其看得入魔处，颇有云想衣裳花想容之概，直使羞沈那身上一丝一缕、一眉一发，辨晰之毫无遗误。想其痴迷若此，又那得不魂消魄散也？忽谓羞沈那曰：“汝真似鸟中之名黄鹂者。”羞沈那曰：“类黄鹂乎？果尔，则谢汝之比拟矣。”安生曰：“然也。汝可于黄鹂飞在空中时，唤之使下，自与之比拟，则汝定有类于黄鹂，而后始知余言之不谬也。”羞沈那含笑答曰：“黄鹂岂得为美者？法音格姥之鸟当首屈一指耳。”言时一笑嫣然。安生睹此，愈觉羞沈那美不胜言，皓齿朱唇，掩映鲜丽，好似一朵玫瑰，封掩雪中，红白未尝淆乱，遂不禁乐极而言曰：“清晨相见，慰我以腻言，因是以激我留心观视，幸无负此良辰。”羞沈那闻言曰：“噫！自今以往，吾当以寡言笑为戒。假令彼留意目中，岂非使彼永无乐之一日乎？吾辈幸无自蹈危地也。”安生乃以静悄之声，赞敬①交至。羞沈那又复笑如故，音节谐和，如玉石相击，作叮当响，入安生之耳，自觉悦怿不已。

安生乃忽然忆及曰：“吾于是信其当不以轻薄子责我也，倘我以奇特之事要索于彼，一观其允与否，则今日相遇之乐，不难再见于异日矣。”遂以言挑之曰：“吾辈唯一主义，在乎当前之遴选耳，择之得当，斯终乐矣。”羞沈那答曰：“然也。无如非常之人，当在

① “敬”，原文作“儆”，据文义改。

英国,子盍往选焉?但在意大利则少其人,即令有一二,囿于习俗,锁于见闻,一令他人寓目,遂不免有瞻前顾后之思,如我殆其中之流亚也。且我更有一弊,时喜外出,作吟诗弄句之游。如吾生平所最钟爱者,即'the honrs imm tcloti'之章是也。"安生曰:"诗词中之'the honrs imm tcloti'者,纤巧雅致,最为难能之作,此当是意大利改良进步之诗也。"少顷,羞沈那以目俯视,为之怆然,若有不胜感触之事,乃摇首而语之曰:"诗已忘之久矣。回溯当年吾揣摩而抄录之,不胜其劳,迄于今,又尽遗之矣。"安生曰:"若是乎,吾亦当为之扼腕嗟叹也。"于是安生与之纵谈,语中含蓄感喟意思,曰:"不独诗为然也,世界上之有知觉理想诸物,如沧海桑田,变迁不定,盈虚消息,曾几何时,而同归于尽,尚何珍爱夫区区文字也哉?如必不得已,亦惟异日收集残编剩简时,获一佳本,以求德国之工作者,付诸梨枣可耳。岂非东隅之失,而桑榆有得乎?"安生以悃款之诚,解劝其忿。羞沈那心中始觉涣然冰释,俯思良久,顾谓安生曰:"此事即托之于汝,汝当置之于心而毋忘却也。"安生颦戚曰:"奚其可哉?吾且有事萦怀于心,交际之外,尚须攻习简编,兼之记忆心甚劣,以是细故琐事,易涉于忘。"羞沈那笑而言曰:"汝记录之于簿册,一翻检之,即应手而获矣。"安生曰:"甚至吾自己之身,亦有时而忘,又遑计及他物也?今请以二十分钟之久限,我当更有别事相告。"羞沈那允之。

安生思索一番。羞沈那静俟于侧,将闻其告以何事。安生言曰:"事之萦于吾心,非一日矣,吾决不能委弃之,何故?日昨,吾趋谒汝家,奈未值,殊深怅惘。及相遇于今晨,不胜其乐,于是千思万虑,搅扰于心,以求得善机,但至今未能一就。吾岂不重忧吾之所有事乎?犹之负重债于汝,使我无一息之暇也。"羞沈那闻言,戏答曰:"负债之累,未必为我而然。果尔,则吾当为汝之债主也。"安生复解曰:"免吾债累,惟有一法,吾惟叩罪于债主之前,以恳情耳。”羞沈那戚然曰：“吾不解何故，汝之债累亦使吾引以为戚。”安生曰：“汝真慷慨过人，实巾帼中之矫矫铮铮者。自今以往，吾当深佩斯言，不复有浪费之举矣。现有屋数椽，留在美境，久不施涂刷，未免有陋室之讥。但其原主担承，后当以此室归之于我。”羞沈那目光流注，讶曰：“君子居之，何陋之有？且吾闻人言：‘绳枢瓮牖，尚足以蔽风雨。’矧若此之建造得宜，有立弗来舍馆之宏敞，有薄克金姆宫庭之华丽，居之亦云足矣。尚以为陋，汝之心真无厌也。”安生曰：“既若是，何以人弃如敝屣，奔走而来此乡曲之地以居乎？”羞沈那停思片刻曰：“吾察其情，未得其故。”安生曰：“汝何为大言欺余？岂以吾有所未审耶？大抵英人建造之制，崇尚简朴，无踵事增华之志向，惟乐于畋猎，故一岁之间，每每屡徙其家。”羞沈那沈思良久，曰：“吾知之矣。然则猎事之外，抑更有他故乎？”安生曰：“余则未能尽悉也，但有一事，可略知之。彼国内居民，新建一国会，每年大集群武士于其中，选举自英之四境，以互相竞武，驰马游骋，任人娱乐，镇日未尝倦困，以是显其民之尚武精神而已。”羞沈那于时别有会心，忽谓安生曰：“当其斯会盛行时，汝将何以处置汝之白泰蒲夫猫也？”言际，指猫而笑。

猫若能解人意也者，忽窜入茂林丰草间，望之俨如猛虎；忽而俯身蛇行，阒寂无声，忽而号跳怒吼，穿林升木，以炫其技之长；目光闪烁，时上视不转。羞沈那与安生静视其如何，缄默无言。俄顷，安生谓羞沈那曰：“如此能力，汝当许可。彼静如处女，动如脱兔，此无怪我之爱彼之情挚也。”羞沈那曰：“彼慧美诚然，但我尚有望诸彼者，苟能和顺驯娴，则更足令人悦矣。彼顾视愕愕，注意雀巢，此乃其旧念复发耳。”安生曰：“彼习惯如是，当以何法化喻之？”羞沈那曰：“吾有一言，贡诸左右，汝其宥我之憨也。不若缚之于此，使彼既不能逃脱，则其命运穷而智慧竭矣。俟过一二时之久,彼四顾彷①徨,自觉烦恼,虽有禽物以及林木,亦不足以动其野心,则彼得脱以后,不复有再至之思想矣。”安生闻之,默念曰:“此果美人畏此猫之诚意耶?抑别有狡狯之思,故②为是寓言耶?使果为寓言,亦不能解其言中何物。”

踌躇间,羞沈那又曰:“果能割害以徇余之请乎?请速决之。”安生乃作媚声以呼猫,猫乃纡徐而来。时羞沈那已将围带解下,潜伏于玫瑰花侧,以小刀断去带之一半,俟猫来即缚之,忽谓安生曰:“吾辈当先缚其颈,可取吾之带,为一圈以诱之。”安生从其言,羞沈那乃蹲伏诱猫,安生自旁睨之,见其巧髻盘云,长眉舒黛,韶秀之色,令人神怡。而衣中薰染香气,时时扑鼻,尤觉醉心。一时之间,又不觉心神为之扰乱矣。于时羞沈那系猫于树,回首向安生以目一盼,笑而言曰:“吾其可以行乎?”遂径向克来服村而去。良会难图,佳人已渺,安生亦惟有兴尽而返而已。

——《月月小说》(1906—1907)第一、二、五号

---

① “彷”,原文作“傍”,据文义改。

② “故”,原文作“固”,据文义改。

罗季芳

生平不详。

三玻璃眼

故事梗概

黑特生是一家名为拍蒙顿房屋租赁公司的经理人。拍蒙顿公司本系黑特生之叔拍蒙顿所经理,其叔一年前去世后,遂由黑特生继承。某日,富翁范勃雷前来公司,执意要租一特别栖息之所。在言谈之时,范勃雷得知对方乃黑特生而非拍蒙顿,面露杀机,只是黑特生没有发觉。

范勃雷离开后,黑特生处理完公司事务,到著名律师罗乃福家赴宴,途中忽忆此前曾答应包内孝一同赴筵席。包内孝与黑特生乃多年同窗好友,目前任太阳①报馆副主笔。到报馆后,黑特生从包内孝处得知刚有一桩命案,被害者为范勃雷之妻蒲爱梅。随后二人同赴罗乃福家宴。

罗乃福妻子已故,留有一女费兰。与他们同住的还有罗乃福侄女温兰馥,而温兰馥与黑特生已订婚,情深意笃。席间,范勃雷

① “阳”,原文作“阴”,据文义改。下同。

强行闯入罗乃福家,强迫罗乃福为其做辩护人,并指责黑特生与命案有关,且当众拿出证据,指控黑特生几年前与蒲爱梅结婚,如今又杀害之。黑特生极力否认,但证据在前,罗乃福当众毁弃黑特生与温兰馥之婚约。虽然黑特生陡临困境,但温兰馥不离不弃,临别时告诉黑特生——范勃雷此前对自己图谋不轨,黑特生方知范勃雷陷害自己的原因。好友包内孝相信黑特生是清白的,并极力为之辩驳。

黑特生去范勃雷所赁之屋查看,注意到其中奇怪的三玻璃眼,怀疑范勃雷使用催眠术迷幻人,本打算调查玻璃眼的情况,但不久被关入监牢。审判过程存在众多疑点,包内孝所请律师让黑特生坚持立场,包内孝则不遗余力,多方调查此案,以图洗刷好友冤屈。

费兰迷恋梨园子弟裘尔思,曾为之花费巨金并借债于范勃雷。而今为挽留裘尔思,费兰只好再度求助于范勃雷。范勃雷借机要求她帮助自己得到温兰馥。包内孝偷窥到范勃雷利用三玻璃眼,迷惑欲帮助黑特生脱罪的女伶高兰凝。高兰凝虽被救出,但因中毒发作而被马车撞死,导致此案重要线索中断。

包内孝得知范勃雷曾娶过一个高姓女子,后移情蒲爱梅,便将前妻毒死,故推测杀死蒲爱梅之人是高姓女子之妹高立楷。但找到高立楷后,高立楷却告知真相:杀死蒲爱梅的凶手是著名教士邓庚。原来邓庚之弟曾任职于拍蒙顿公司多年,且邓氏兄弟与范勃雷交好多年。经理死后,黑特生继其任。邓庚本希望其弟继任,以便假弟之势在礼堂中得膺重任,没想到希望落空。而且黑特生将其弟之职撤去,导致其弟终日喝酒伤身而亡,于是便处心积虑报仇。后来邓庚遇见蒲爱梅,一见倾心,但身为有妇之夫,便假扮成黑特生的样子,与之举行婚礼。范勃雷认识蒲爱梅后,也爱慕不已,并利用钱财打动蒲爱梅,迫使邓庚与蒲爱梅分离。邓庚知道黑特生与温兰馥已订婚,便故意让范勃雷接触温兰馥。喜新厌旧的范勃雷转而追求温兰馥。蒲爱梅则转而纠缠邓庚,并威胁将旧事公之于众。邓庚再次假扮黑特生赴约,劝说不成便击杀之,但此事恰被打算报复蒲爱梅的高立楷发现。

包内孝将调查情况向警察长详细说明,警察长告知包内孝刚发生的惊人事情:邓庚将范勃雷杀死后,又用手枪自杀。三玻璃眼之事,后来也已查清。案件最终水落石出,黑特生奇冤得雪。温兰馥与黑特生自遭此挫折,其爱情之笃更倍于前。包内孝则重回报馆,公余之暇,勉人趋善。

第一章　赁屋起衅

有亚瘦名黑特生姓者,在器浦塞特中办公处操笔作书,手不停挥,当拒人入焉。忽有年近五旬、发秃髭缁、身材短小之书佣入,谓之曰:“顷有怪状富翁,踵门求见,再三拒之,彼固请焉,将奈何?”言毕,书佣略作咳声,形不自安,以其违主人之命也。黑特生欲拒之,目视书佣,投笔起,愠言曰:“丕耕君乎(书佣名)? 姑置此。收信时迫,作书尚未就,何暇兼顾?”书佣曰:“诚然,仆亦知之,然来者要求急,强之再三,请转达必欲一见。”黑特生举目视而叹,盖知丕耕软弱性成,人若强迫之,彼必能曲为顺从,而黑特生亦不解已之何故,不肯与该富翁叙谈。该富翁于三星期前,在伦敦城内,及西首之各经租房产公司内,欲得一栖息所。少间,黑特生行近炉旁,伸手取暖,谓书佣曰:“汝曾否告伊,我已向经租簿中细查,并遣人往所有租房内亲查,辄不得一相宜处。”书佣曰:“凡此云云,早已详告,并及因此费五金镑。该富翁即以五金镑票交我,以偿所失,并力请代求一面。”黑特生默想,谓与其令书佣权词以对,不如直达为省事,遂命丕耕导入之,丕耕旋去。

黑特生遂置椅炉旁,待客入,该客固心所厌弃,避之惟恐不速者。未几,客入,年约三十七八岁,衣裳楚楚,手携黑绸大帽,并洋伞一柄。初视之,不过一敏捷之市侩耳;细视之,其面部之凶,其眼光之毒,且其坐于椅上,非常戒备,知其为狡黠者流,所谓“宁我负人,毋人负我”者。黑特生即佯查经租簿而问曰:“君为美洲司库者范勃雷君乎?今住花园弄否?”富者颔之。静候既久,黑特生谓曰:“君毋焦急,我知君欲得一小房,计阔二十尺,长二十五尺,其顶斜下,其梁横架,如北方人所住。我已着人经访各处空房,辄无一得当者,虽出重价无益也。”富者答曰:“诚承厚意,然不才早自为谋矣。”言毕,相对寂然。黑特生故作贺词曰:“甚善,甚善。仆闻君于前时在伦敦找寻,该处经租人早以电话相告,故能知一二也。然君所求者,殊太近怪,深恐此屋不可多得。豪富如公,卒至厕身无所,抑亦窘矣。”言毕,黑特生即起立微笑。范勃雷仍兀坐,答曰:“事尚有幸,在维多利街三七五号门牌。该屋最上层本系阍者所住,彼谓如得君允准,即可以二百五十镑租之。”言至此,复寂然。黑特生闻此言,心滋不悦,虽租金较多,颇有不允之意,盖深虑日后恐受其累也,范勃雷强之再三,势有不能不允者,遂沈吟曰:“深愿此屋,确合尊意。”盖其意谓暂租已耳。范勃雷即起立,以目视手,谓之曰:“拍蒙顿君乎,深谢厚意,该屋实合鄙意。”遂核实焉,即握手告别。黑特生亦伸手答之,若喜其速行者,复告曰:“鄙人之名为黑特生,刻君所呼者,已作古一载余矣。”范勃雷闻言大惊,问曰:“君名黑特生乎?”俯首久之,即谓曰:“君岂常至我友名罗乃福处,向住皇门街,与温兰馥当议婚者?”黑特生即答曰:“诚然。”语次,辄面赤下视,不觉富者已露杀机。范勃雷即谓曰:“仆欲见君久矣,但未知天命何如耳。”遂去。黑特生喜其速行,谓若人毫无友谊,独坐椅上,私念曰:“若人太不自量,吾厌弃久矣。我所不喜,想温兰馥应亦有同情,以其两眼荧荧,若刺入肺腑,而抉其隐藏。况乎罗乃福未尝提及,若人平时亦未会面,而聆其言，若深知吾友者。”怀疑久之，然时已晚矣，遂一意作书，约一刻之久，此念已消归乌有矣。

按拍蒙顿有限公司，本系黑特生之叔名拍蒙顿所经理，伊叔亡后，遂由黑特生承之①。行中之事非常冗繁，作书既竣，即易衣外出，赴皇门街罗乃福家筵之召。而伊女名费兰，与温兰馥正同在焉。行至半途，过弗利街，忽忆前曾允另请一友同赴席，遂回车就同学友名包内孝处。黑特生与包同由小学堂升入大学堂，亦且同时谋生，一则入拍蒙顿有限公司，一则在伦敦藉翰墨糊口。黑特生初甚艰难，渐积有余资，得入股焉，遂稍安逸。包内孝文学素优，不久即充太阳报馆副主笔，该报馆颇著名，凡执事者得俸较厚。二人虽托业不同，而昔日友谊未尝稍衰，即在罗乃福，亦以待黑特生者待包内孝，故今约同赴席焉。

黑特生既到该报馆，即径入主笔房，以素识该馆主笔，遂转入包内孝办公处，但觉一室清虚，纤尘不染，而二人修订綦忙，盖脱稿将付梓焉。时已灯光四壁，黑特生促其行，包内孝起而微笑曰：“请待须臾，适有人命新闻由片勃罗传来者，被杀者之名钞传多讹，因此大费踌躇也。”黑特生旋与同座者作礼，同座者亦因访员来稿大费决择，有无暇接谈之势。黑特生问被杀之名为谁何。包内孝答曰：“勃雷克也。”黑特生即谓曰：“勃雷克乎？此人果非声名素著者。”包内孝即手执改就电文，投入墙隅小箱，机关一拨，箱即上举，已送入印刷所矣，遂告黑特生曰：“被杀者为亚美利加司库范勃雷之妻也。”黑特生闻言即惊绝，旋言曰：“其传之非其真耶？”包内孝答以该电之来，由本馆访员养疴处，离片勃罗约三里许，出有此事，即由该访员力疾往视后电达，并遍告各近处报馆，但嘱不准即登报端，必待本馆刊行后方可续载，此通例也。按范

① “承之”，原文作“承乏”，据文义改。

勃雷为伦敦中第三人。黑特生闻言,忽不自检,即言曰:“范勃雷于一小时前曾到我处,一若行所无事。”二人遂同声曰:“君知此事乎? 承蒙关照,感甚。”包内孝穷诘之,谓此事异常紧要,诚如君言,警察吏犹未走报范勃雷矣,即提笔大书祸起家庭,犹仆仆于道路,诚可悲也云云。黑特生斯时自知失言,即止之曰:“君无作此语,倘一纸风行,动人猜疑,他日涉诉公庭,提作见证,岂不多事?”复欲言,尤惧失绪,惟止之曰:“请君无作此说。”包内孝复聒之,旋即自解曰:“此电传时,在四点四十五分,时范勃雷适外出,亦未可知。”黑特生即云:“倘君肯同悉心查访,定能得诸多情节,登载贵报,将销行骤广,而有洛阳纸贵之势。”旁一人即询曰:“君言范勃雷事乎?”黑特生应之曰“然”,初不料直任不疑,竟至罹祸也。包内孝即以所书数语投入箱中付印,谓黑特生曰:“此事出后,伦敦城中将哄传不置,况我于杀人之案,颇能冥索。君记否当年同时访查此种情节,有因此而废寝食者。昔伦敦扰乱时,出有各种命案,民心骚动,幸我二人查出原因,旋庆镇静。”言毕,命侍者持衣入,盖欲出外宴会。其章身之具,务稍都雅。其一人即赴印刷所,取初印报纸,供黑特生一览,俾知范勃雷夫人致死之由。该报载该大人被凶手以木桩击毙,并详木桩由就近购得者,至于夫人至该处之故,据所寓旅馆阍人言,谓二日前,有人以信招夫人候友之病,去后,侍女久待,竟不回矣。黑特生阅毕,观其文字激昂,玩索有味,而包内孝章身毕,已促同行,遂出乘马车,扬鞭径去。途中详及范勃雷租屋之事,而斯时知罗乃福待客已久矣。

第二章　婚书伪造

夫罗乃福者,大律师也。初不甚著名,一日因废合同事涉讼,经被告延请申辩,得直,名遂大噪,今已于伦敦大律师中首屈一指。而议其后者,谓才非超群,特会逢其适耳,有谓其得有遗产,笼络同辈，广联声气，因而著名者。然其人实非众所悦服，貌既不扬，目圆黑，发缁褐，其措辞亦不雅驯，但少有才已耳。其妻为白克卸村中掌教者之女，早已云亡，遗一女名费兰，年廿三，尚未出阁。费兰貌虽都丽，而轻率非常，其举止敏捷，目棕色而发黑，其性质与乃父反，盖以一则谨慎，一则粗暴也。至温兰馥者，其父与罗乃福为兄弟行，向充参长之职，作故已久，室屡空焉，孑然一身，与叔同居久，今年已二十一。其身颀长，其貌严肃，发黄目蓝，有时温和性成，一望生感，有时光明彻体，莫察高深。至黑特生，面微黑而髭稍长，身材适中，其形状与温兰馥①又相反，初遇于斯坦姆跳舞场，一见如旧交，相识久之，遂订婚，复三月议携手渡蓝桥矣。

黑特生及包内孝入时，适温兰馥衣缁衣、佩褐带、弄貔犬以自娱。一见黑特生，即起立握手，两相对视，觉非常亲昵。包内孝目击之下，感情勃勃，睨而不视。久之，温兰馥乃转身为礼，包内孝语多笑谑。寒暄毕，旋向罗乃福提及盗犬索偿一事，聊作谈助。未几，费兰入，促赴席焉。食顷，黑特生即酌酒，谓罗乃福曰："今日我处特来一人，欲赁住所，幸于维多利亚街得之，在最高层，每星期房金五镑。言次，述及与君称莫逆，便欲过访。"奈罗乃福鄙其人，谓黑特生曰："若人固无友谊者，以不才之代人伸辩，颇多机密，本不宜广联声气。若人之好为附和者，无非欲借重已耳。"言顷，觉有惊讶状。黑特生与包内孝大奇之，而罗乃福旋即自检，爰告以从前绝交情事甚悉。言毕，觉其色挠神阻，举杯豪饮。黑特生已心疑之，特不欲穷诘，谓罗乃福②曰："此言或者知君为我友，欲借此通情，得遂其租屋之计耳，亦未可知。"方罗乃福为道范勃

① "温兰馥"，原文作"温内的弗"，据文义改。
② "罗乃福"，原文作"范勃雷"，据文义改。

雷劣迹,并戒以凶诈如若人,务望远避为当,包内孝即告以范勃雷之妻被刺情事,而罗乃福大惊。

正踌躇间,闻弹指声,一仆人入焉,告之曰:"有踵门请见者,形如焦急,出刺授之,知其为范勃雷也。"乃罗乃福即命仆谢绝,语颇激烈,并欲择地自避,防其突如其来也。讵料仆未出,而客已入矣,仓卒言曰:"从前嫌隙,何足介意?今我有求,终宜尽力相助。"言至此,以手指黑特生及包内孝曰:"吾妻之死,二君谅已言之矣。刻有警察前来,盘诘再三,语多唐突,令人生嗔,今已屏斥矣。而所求于君者,欲于今晚赴尸场,为明日勘验时作代表人,并可由君代述生平事,既为生者保面目,并为死者伸冤抑耳。"孰知罗乃福坚却之,告以"此等情事,宜由小律师办理,我颇不称其职。若出而干预,恐贻大雅笑耳"。范勃雷瞋目曰:"君无拒我,我必强君行之,无庸异议矣。"其暴慢之形溢于眉睫,而罗乃福已惴惴焉不敢作一语。

黑特生不能忍,谓曰:"君既求于人,措辞须稍安详和顺,何鲁莽若此?"范勃雷曰:"君言诚是,然今事不干己,喋喋为何也?"是时范勃雷以凶险心肠作豪暴举动,顽懦如罗乃福,固已敢怒而不敢言,旋离席欲遁。范勃雷绝其去路,谓曰:"君勿亟亟,更有一事相告。"即手指黑特生曰:"此情案中最关紧要者,非他人,固黑特生也。"是时也,霹雳一声,空山皆应。包内孝即正色曰:"君与黑特生素昧生平,何有关涉之事?"范勃雷曰:"黑特生于我固非知音,而尝夺我知音以为知音矣,即拙荆蒲爱梅是也。"黑特生闻言,如当前棒喝,急遽辩曰:"君过矣,君过矣!我何至此?"范勃雷即由怀中出文件一,护封甚固,由包内孝开拆,转达于罗乃福批阅。甫竟,范勃雷告以此次警察报信后,即同至敝庐,穷搜死者衣箱及各秘密箧中得之。黑特生疑惧已极,急欲知书中情状。

包内孝告曰:"刻所阅者,婚书也,内载君与蒲爱梅成亲事,并及二人住址,即片勃罗及坎省敦是也。五年前在片勃罗册房行婚,其主婚及证婚人姓名皆署焉。”范勃雷曰:“蒲爱梅今已被刺矣,我向谓死者夫我,今由此书观之,固早已妻黑特生明矣。”黑特生即起立自白曰:“我不知蒲爱梅之名,何由议蒲爱梅之面?纸上之谈皆系诬造,此可质之皇天后土者!”范勃雷曰:“我之罪君,既有婚书可凭;君之疑我,固非可以空言逞也,请征其实。”而罗乃福深韪之,谓黑特生曰:“此事有关紧要,如果不能自明,知君非南容,我不能以兄之子妻之矣。人之多言,亦可畏也,幸鉴谅之。”黑特生至此,窘迫万状,莫可置喙。范勃雷以成婚诬之,罗乃福以离婚绝之,盖黑特生固无所措手足矣,旋告罗乃福曰:“君之所言,由于过信,然疑我亦太甚矣。”包内孝不能忍,竭力为黑特生解脱。而罗乃福固执性成,其言语背谬处,却与范勃雷作一鼻孔出。斯时唇锋舌剪,盖已不可终席。包内孝抽身出,谓罗乃福曰:“君信范勃雷,我信黑特生,明日片勃罗验尸时,果能入人于罪否?以黑特生平素正大光明,俯仰绝无愧怍,岂遽以一纸空文,遂足定为信谳?”言毕,即慰黑特生曰:“我信君深,知君久,此事系人设计陷害,诚能坚忍自持,何难水落石出,夫何忧何惧?”范勃雷即怒斥曰:“君如不信,我可招见婚人作证,岂徒一纸空文已哉?”包内孝得闲曰:“见婚证人,黑特生宜知之,蒲爱梅宜知之,君非局中人,果何自而能招之来、麾之去?于此而贿通控名之事,已彰明昭著。”言毕,即偕黑特生出。

是时黑特生急不自择,招温兰馥①相与语,欲告以席间所遇事,遂相与至庭隅,即细述被诬情事,并谓主媒者为范勃雷,以及所见婚书一纸,详细备述,毫无遗漏。夫妇女之性,能始终不渝,处危疑之境,持以坚忍,甚至有玷声名,亦所不恤,此亦天授之特

① “温兰馥”,原文作“温兰福”,与“温兰馥”为同一人,今统改。

质也。黑特生此事,罗乃福一大律师尚易受惑,而温兰馥偏能立白其冤,虽由爱黑特生之深,故其信黑特生之笃,然其烛照如神之聪明,固亦不可多得也。观其一再慰藉,尚实寻常酬酢之谈,而其揣度范勃雷设计贻害原因,于是为述斯坦姆跳舞事。谓一日经谭倍雷夫人延请,范勃雷在焉,其眈眈逐逐,令人生厌,遂托疾归,而冥顽已极,任唾骂之,不少悛改,仍赴斯坦姆客栈求见。以父执自负,却而不纳,后复赠以各种香花,均经家叔却之。外此又复多方组织,辄难安居,故迁移至此也。更有一事相告,范勃雷与费兰为莫逆交,常在谭倍雷①家中相遇。一日费兰因乏银,向范勃雷借三千五百金镑,此经目击者。言至此,黑特生穷诘之。温兰馥曰:"自费兰入彀中后,范勃雷用间接之法,由费兰力劝到谭倍雷家,相与晤面。我固俨然却之,后赠以宝石手钏一,价值甚昂,竟璧还之,且作严峻语。然费兰此后,常以不入耳之语相告。"言至此,觉泪已沾巾矣,强言曰:"我深望有离皇门街之一日,免与费兰冰炭矣。"黑特生详聆之下,不觉如梦初醒,知范勃雷所以设计陷害之故,然恶声至,必反之,知雀角鼠牙之祸难免矣,旋相慰曰:"我二人爱情既笃,终须忍持,此事不久得白,今请速入。"二人遂接吻而别。

第三章　名媛失德

当范勃雷约同去时,罗乃福已坚持不允矣。后经范勃雷附耳数语,几有不得不行之势,遂代为熟筹之,谓曰:"君于此事,若欲脱然无累,须先置身事外,可闭户寂处,示悲惨状,如此方免验尸时传提。若欲认尸身真伪,一侍婢优为之。至成婚之书,若先时呈递,恐疑者谓此非系被杀后偶然寻获者,或疑早知此事,今知遇

① "谭倍雷",原文作"谈倍雷",与"谭倍雷"为同一人,今统改。

害，藉以嫁祸。罅隙之端，首宜弥缝，幸祈俯纳。”范勃雷曰：“谨奉命。君阅历多矣，知风俗人心深且悉，不才狃于奥斯大里亚及脱兰斯哇二处风尚，凡有刺弑情事，即可直抒己见，若施之于伦敦，固鲜有不败者。”罗乃福若有德色，谓：“英国素称文明，智识既充，器械愈烈，若直道而行，是无竞①争事矣，律师何用哉？”言毕即行，范勃雷亦匆匆归。

是时费兰与温兰馥俱，情虽同胞，志已分歧，温兰馥故言语如枘凿不入矣。费兰遂入乃父斋中，扃户匿迹，行至电话箱通语，由电话公司牵合，即问曰：“别尔山戏园中，裘尔思先生刻已下剧场否？”该园即答曰：“未也。”费兰约以待演毕后，即请驾临一晤。为词语毕，即危坐斋中，静待客至，正有一日六时，寸肠九转之状。初欲为温兰馥虑，然胸中如万马奔驰，无暇旁及，挥毫作书，辄不能成文，故踯躅一室，独来独往，一似重有忧者。忽闻门外得得声，侧耳听之，神与俱往，无如辚辚之声，过阙渐远，不觉大失所望，斯时焦灼之情，固已不能忍待须臾矣。夫裘尔思，一梨园子弟耳。而费兰企仰之深且笃，一至于此，盖亦奇矣。二年前，裘尔思依人作嫁，奏伎亦属平常，惟该班首领优孟中独占一席。偶至伦敦开演，历时只三月，名遂大噪。费兰曾与谭倍雷夫人就该园观剧一次，该夫人素识优伶，费兰遂由是与裘尔思钟情焉。自后日相往来，情意绸缪。费兰赠以多金，嘱裘尔思创开别尔山戏园，盖居然一主人妇矣。该园初演，为黑麦雷脱之剧，而观者惊为新奇，然试至利慈或约克等处，固已数见不鲜。伦敦素称繁盛，惟以俳优一端素不讲究，故一时称盛事矣。后由女伶高维丽登场，裘尔思之名遂哄传。迨雪克斯比出别尔山戏园，顿为减色。幸费兰代筹资本，尚能支持，否则早已倒闭矣。至是由费兰迫演《奥雪罗》

① “竞”，原文作“兢”，据文义改。

一曲,盖裘尔思曾与高维丽订有合同,情好莫逆,费兰颇妒之,故百计中伤,其所祷祝者,谓裘尔思囊空如洗,定有借贷之举,而钱可通神,何难一肆挟制?何患不偿所欲?而裘尔思果堕术中,向之告贷,费兰始以峻语却①之,至是复呼之来,盖欲观其志趣若何耳。

正踌躇间,忽闻门铃作声,回首视之,见裘尔思衣大衣,携软帽而入,情颇怏怏,谓曰:“日间所言之事,已足令人气阻,今由电话相招,是否有转机乎?”费兰曰:“否。骤询今夜开演新剧,来观者盈座否?”裘尔思答:“以所演者不足动目,故座客出重资绝少。”费兰曰:“高维丽色艺平庸,故观者索然。”裘尔思默不作声,以手入囊,取烟吸之。少顷,强作矫情语,谓:“高维丽订有合同,万难割绝,卿幸勿强人所难。”费兰怒斥曰:“该女伶行止举动,令人见之生厌。妾与君既有成约,下星期宜修婚礼。妾父富于财,能以二万五千金镑相贷,既联婚媾,必不见却。以其眷顾之渥,妾亲受久矣,自不难以妾故而转爱君也。”裘尔思有难色,谓:“此等举动,经汝父觉察,必遭驱逐,不肯畀以家政,亦意中事。”费兰闻此,目瞠视久之,曰:“此妄言也。父子至亲,何忍割爱?君之言此,系高维丽播弄,妾已默揣而知,聆君言,盖前后如出二人矣。故为今计,首宜与高维丽废弃合同,不相往来。”裘尔思闻此,愤极欲斗,既而以费兰为钱神,遂反怒为笑,以手抱其腰,柔声曰:“适有鲁莽,幸勿介意。卿既多情,仆敢拂之?今资本窘极矣,非一援手不可,倘不由卿代筹,则……”言未毕,费兰怒而言曰:“我不代筹,则高维丽将代筹矣,然此固非由衷之语也。”裘尔思佯应曰:“诚是,高维丽实愿为我代筹久矣。”费兰闻言即起身欲击,适炉架上有玻瓶,贮麻醉药,遂取药倾帕上,欲毒之,忽作婉容,谓裘尔思曰:“请

① “却”,原文作“郤”,据文义改。下同。

谅我，前言特戏之耳。故无论高维丽肯为代筹与否，但我明日愿贷金镑五千以助君。”裘尔思闻而大喜曰：“诚蒙厚情，感激莫名。然试问卿果何术得此巨款?”即以一足下跪，牵费兰衣裾，如接吻然。费兰亦俯首，以吻接裘尔思之额，戏言曰：“君问何术得此巨款，此情有不足告君者，但君于翌午，蓬衔茗谈，我即付银不误。”裘尔思曰：“卿爱我既深，岂犹疑我之甚乎?”费兰曰：“今君须立誓，必与高维丽绝交方可。”裘尔思曰：“合同未满，必欲中辍，非偿以重资不可。”盖是时一则借端挟制，一则有意牢笼，夫固各肆其诡诈而已矣。

叙谈已久，起身作别。费兰①送至门首，裘尔思忽蹙额曰：“适有一事，欲以相托。刻离寓时，曾告凡有电信，嘱送贵府。今未能久待，倘电到后，请饬送勒赛思培路剧场总会内。”费兰允之，旋即转身入，独坐沉思：“盖允贷之款，为数既巨，为期甚迫，囊中既空空如洗，安得从神仙学指金术耶?况我父卑视裘尔思，尝目为无能为者，今擅以身许，既大拂吾父之志，而欲其慨输重金，有断断不能如愿者。”思至此，盖已山穷水竭矣。无已，欲商诸谭培雷夫人，虽富以财，奈吝啬何，穷无复之。既欲夺高维丽之宠，不得不置温兰馥于危。盖范勃雷爱温兰馥姿容，欲纳为室久矣，尝以重利啖费兰，而范勃雷之凶悍狡滑，费兰知之，故卒不为所饵，今则告贷无门，几有急何能择之势。盖费兰谓高维丽一日不绝，即裘尔思一日不肯爱己。万一不为筹款，而高维丽能出奇制胜，裘尔思②既获资财，恐此后无驾驭之术矣，况裘尔思尝谓“世界之物，动多变更，人心亦然”云云。踌躇再三，盖舍范勃雷无以得巨款，即供驱使不辞矣。疑及裘尔思电信恐系高维丽所寄，语多隐密，不

① “费兰”，原文作“高维丽”，据文义改。下同。
② “思”，原文无此字，据文义补。

如折阅后,再行送递,而二人之隐情,何难毕露?

谋既定,即闻铃声,有仆者引一童入,盖送电信至矣,谓费兰曰:“小姐乎,刻有寄裘尔思先生电信,由别尔山戏园转送,今果何在耶?”费兰温语曰:“裘尔思君已他去,但临时托我代收,今请付我可也。”言毕,伸手索之。童有难色,告曰:“凡送电文,必交本身,人莫能代也。”费兰曰:“不妨,无私折阅者。”遂给资为饵,童却之,曰:“我诚不能。倘冒昧行此,有干禁例也。”是时面现土色,口呐呐不能语,惟求速去而已。费兰自知铸此大错,佯惊曰:“狡童哉!何刚愎乃尔?”言毕,目瞠视麻醉药瓶,顿生恶念,以手扭童颈,转瓶使倒,倾药巾上,塞鼻孔中。噫!童子何辜,顷刻已倒地僵矣。

第四章　贷款坠计

自古妇人一有嫉妒,其凶悍手段有敢触法网而不畏者,故议者尝以蛇口蜂刺喻之。费兰以爱裘尔思之故,嫉高维丽之夺其好也,百计防维,而寻常往来书函,不惜冒恶名犯不韪,以一睹为快,抑亦奇矣。当费兰之毒童拆函,自谓人无知者,而不知已有人伺其隐矣。其人为谁?盖仆者赵达生是也。赵本性贪诈,从前强自掩饰,至此抵费兰之隙,思欲一逞其志。当时伫立门外,费兰举动,早已洞鉴,既入,佯问曰:“刻呼仆名,欲何为?”旋见一童僵卧,诳之曰:“该童来时,曾睁目视仆,颇觉气喘,盖由奔走乏力故。”言毕,以手按脉。

费兰心知其伪,即促速往取催醒药。赵达生承命趋出,若不敢仰视,盖恐费兰疑之也。费兰亦深防其败露真情,即尾随之,旋回身入,藏麻醉药瓶毕,即拆阅电信。笺色淡红,其文曰“前约宴会,今改明晚。范勃雷亦赴会,席间当讽示费兰亲事,不日将成”云云。其署名者为高维丽。费兰阅后,既怒且妒,其波翻醋海,固欲得而甘心之焉，旋即以电封固，置邮便袋中，不觉自语曰：“彼终不能夺裘尔思于我怀中。”复念高维丽既以隐情告范勃雷，设告贷见却，恐好梦难圆矣，故明日往范勃雷处，劝其不赴宴会，先发制人，终不容高维丽见胜也。然费兰亦明知欲胜高维丽，非有求于范不可，而既求范勃雷，非阴贼温兰馥不可。盖范勃雷非有爱于费兰，其肯挥金如土者，不过笼络已耳。居顷之，闻作呻吟声，而赵达生亦入焉，遂取催醒药近童鼻。未几，童渐苏，起坐，神思未清，呓语曰：“不可，不可。”费兰急欲自掩，佯曰：“汝言不可，岂谓裘尔思先生之信不可与人？然固无恙也，曷一视之？”复温语曰：“汝之昏晕，由奔走太劳或受惊所致，令我胆为之落，神为之丧。今已由催醒药救之矣，毋复妄言。”遂告赵达生速雇车送之，且告以故，请勿见责。该童遂以手捋面，作欠伸状。赵达生目击奇之，遂以手扶童起，咄咄自语曰：“阅人多矣，狡滑如费兰，真罕有匹。盖私拆电信本干禁例，今姑不发其覆，他日自当相难。”即扶童径去。

费兰在寝室内，屏侍婢扃门焉，翘一足旁炉坐，其辗转思维，竟有坐以待旦之势。未几即倦，解衣仰卧，卒不成寐，至八句钟始醒，略一整容，欲就范勃雷家，既念蒲爱梅已死，转觉踌躇。盖范勃雷之处心积虑，无非欲夺黑特生之爱，今事机已迫，不向之告贷，无以制高维丽；若既如愿以偿，势必达范勃雷之目的而后可。沉思久之即乘车，至范勃雷家，见其空房垂帏，凄怆情形，触目皆是，门外有警察吏伺焉。时初侵晨，门尚未启，费兰叩之，范勃雷出，即导入延坐，有书记生奚特雷在焉，忙碌办公，旋即投笔出，盖避客也。二人偶坐，费兰之意，谓身世荣枯，争此一着，范勃雷注目视之，状极精悍，盖欲知客作何语。费兰至此凛然焉，少间，谓曰：“君前时代为筹款至三千五百金镑，极承厚情，今我又乏银敷用，其数多至五千镑。”言至此忽止。范勃雷目狰狞视，不发一语，旋作无情语，答曰："我诚记之。"但只此一语，而范勃雷之允筹与否，固不能知。而费兰亦知范勃雷必哀恳方允，遂面赤曰："我谓君终能一援手。"范勃雷乃索质难之，费兰遽应曰："我无他质，不过求君已耳，以我欲助裘尔思，奈手中空空何。"范勃雷又问曰："今我贷此，卿将何以为报？"费兰曰："吾当尽心力而为之。"范勃雷颔之，骤诘曰："令表妹嫁黑特生，愚见甚不相合，卿意谓何？"费兰至此，身入笼中，无可置辨，强曰："然。"范勃雷曰："两意既合，卿须竭力。"费兰心非之，而无奈何也，遂低语曰："谨奉教。"范勃雷知其有异志，丁宁曰："卿勿犹豫，务必夺黑特生之爱而转授于我。倘卿能践言，即有所贷，无不从命。"费兰垂首，沈思不语。范勃雷复曰："卿之此来，适合鄙意，我方定议，此事非卿不办，首宜与令妹借端起衅，逼令分居自活。"费兰曰："分居自活，是为从驱爵，而黑特生之愿遂矣。"范勃雷从容言曰："黑特生一人已由我诬害，惟温兰馥无法可施，今借巨款，所以卖也。至温兰馥居身处，我已计之熟矣。卿只强迫之可也，此外无复所求矣。"费兰至此，自觉进退维谷，言不成语，谓曰："君代温兰馥备居处，果若何乎？如有意外，恐贻指摘，奈何？"分辨良久，而范勃雷口似悬河，卒不能屈。临行时费兰已得五千金镑，而范勃雷之命，固已谨奉之而不敢辞矣。噫！

第五章　顶楼密查

今试执途人而语之曰"君已婚矣"，鲜有不怒其妄者，然亦一笑置之。若明明有证婚书，详载当日礼文，并有佐证人坚执相诬，人谁不惊且悲？当黑特生离罗乃福家，心颇不乐。包内孝劝之，谓："一纸何足凭？凡人素行正直，终不受诬。今请招集友朋，共相印证，而范勃雷之计可立败。"黑特生已默揣范勃雷行此诡计之故，谓包内孝曰："范勃雷设计陷我，既置我于死地，并欲温兰馥入其彀中，方遂所愿。”包内孝曰：“否，温兰馥深知范勃雷①为匪类，决不至舍此就彼，幸毋过虑。所最难解者，范勃雷究因何事，以杀人之事嫁祸于君？依余之见，不如摭拾今事，登载《太阳报》中，俾人咸知。”黑特生曰：“否，此事适令范勃雷加意堤防耳。依余之见，此事未到棘手时，不必令他人知之。”包内孝曰：“善，为今之计，首宜密查，若明以告人，恐反有碍。盖警察吏知之，必以罪范勃雷者罪君也。”时二人从详计议，得有二策。其一，由包内孝电达请假，拟乘车往片勃罗访查成亲之事，惟见证人奚特雷、刘楷登未详其执业及住址，且掌成婚册者素未谋面，恐难相助为理。计惟携肖像一，俾与掌册者辨认，是否当时与蒲爱梅成亲者相符，并确访死者历史，其生长处为麦泥思坦，亦必履勘之。其一，黑特生不必先时惊惶，反令人议其后，今且置之度外，然须赶紧至维多利亚街，查究范勃雷租顶楼之故。黑特生悟曰：“范勃雷于未租顶楼之前，大费踌躇，知其中必有深意存焉。此事于蒲爱梅之死，不相关涉，而于我恐有所损，然其隐谋，可由守门者得其一二。”包内孝曰：“汝为公司代表人，力能清查租客举动。今乘范勃雷未迁住时，正可入室察阅。倘君不洞烛其奸，恐无以为抵御之计。”言时已觉晨鸡四唱，东方发白矣，遂就寝渐息。黑特生心地光明，衾影无愧，酣睡沉沉，经包内孝三次催起始醒。略用膳毕，同乘车出，行不数武，遂分道而驰。是时也，旭日方升，行踪尚寂，天气新鲜，人怀畅适。黑特生行止从容，胸襟豁达，万不料横祸之已随其后矣。既到公司中，其办事手段敏捷轻便，一如平日，忽有范勃雷租房合同前请署字，黑特生略一犹豫，若自问作何处置辄不得当。就常例而论，凡既允租，即须署字，无烦拟议。但范勃雷凶悍性成，深惧允赁后，身受其累，故不如坚拒为是，此若由天启其衷者

① “范勃雷”，原文作“范勃兰”，据文义改。

然,所惜者卒堕术中耳。

至午后,黑特生命驾出,盖为清查租屋故。按,此屋高踞伦敦,可屈一指。下三层系煤气炉发卖所。第四、五层开设行栈二,专做奈了黑婄花带生意。其第六层为极顶,陈设奇古,已由范勃雷租住。黑特生遂拾级而上,见四门紧闭,且加锁焉。惟一室中,似有人迹,门侧嵌电铃,按之,阍者出焉。见其身材短而肥,年约五旬,目光荧荧,状甚狡诈,颔髭作栗色,两颊胀而晕红,知为饮酒过度。黑特生自述职守,并及来意。阍者冥然罔觉,盖既不知范勃雷已租顶楼,又不识黑特生之名,故不知兀然立于前者,即主人翁也,颇现踌躇之状。黑特生不能忍,厉声曰:“此来非徒费光阴,与尔争论者,速导我入顶屋中检查,毋再喋喋。汝不识我面,独不知我名乎?”即出名刺示之。黑特生已愤极矣,而阍者又踌躇再三,黑特生复胁之,不得已持钥前导,而范勃雷已于一小时前迁入。黑特生即夺门进,并令阍者赴公司待命,既入斗室,见其铺陈,不觉大奇之。黑特生初谓此屋无非为办公处耳,讵竟出人意料,已将庐山真面,全行更变。中悬斜纹布画轴一,其余什物,率多古质,恍似维多利亚时代,颇令人怏怏,莫测其用意所在,惊绝欲叫,旋即自止,踯躅一室,忽见有奇绝一物,状如龙盾,蒙茸如黑鹅绒,紧贴炉上。壁中嵌玻璃眼三,外光返射,晶莹夺目,人难仰视。黑特生见之,大惧,旋自念曰:“天乎,此物虽人工所成,然蓬勃有生气,令人惊怖欲死。”即以手掩目,转身欲遁。而最凶悍、最狡滑之范勃雷,已飘忽至矣。常人际此,无不胆落,黑特生幸能自持,所可惜者,不根究三玻璃眼用处,疑团未释,竟贸然以寻常酬应,略一颔首,徒示起租之期,以极紧要之事,竟作浮光掠影视之,夫亦少不更事矣,旋兴辞作别。范勃雷亦怪其来意。

黑特生既到公司,即命侍者引三百七十五号阍人入,未几至,状极愚鲁,呆立不作语。然其人固黠者,且于此中情案大有关涉,设黑特生以婉言相导，劝其谨慎奉公，既往不咎，或天良难昧，得收指臂之助，亦未可知。无如以其盛气凌之，而阍者偏不甘自屈抑，而黑特生固未喻也，旋厉声曰："我之到维多利亚街，汝谅能知，卒以无礼相加，顾念汝拙，繁重恐非任，今令汝守海麦密斯新造屋，可速去，在四句时迁移。"言毕，即探笔作书，而阍者忽作傲态，谓曰："君以是命我，我不奉命，其奈我何?"黑特生蹙额曰："辍业外，无良策矣。"守门者作咳声，从容曰："君欲辍我业乎?"黑特生是之，阍者忽作色曰："君以窥人隐情，未得端倪，迁怒于我，强令我辍业，君之根器，已见一斑。君卑视我，我亦未敢高视君也。"黑特生闻言大怒，欲殴，然一起争端，致多未便，遂忍受焉，强言曰："无赖之徒，速告姓名，使我付值。"阍者始而笑，继而怒，曰："我之名，贵于汝之名，此数日内，汝终知之。君既辱我，又不谢过，何以故？我有以报君矣。"言毕，举手拍案。黑特生病其痴痫，听之，仍坚询其名，即答曰："我名蔡家齐是也。"言毕，举目四顾，状极骄矜。黑特生闻其姓名，恍于先时见之，极关紧要，已不忆其所自，遂言曰："子之姓名，我耳熟之。汝妻之名为何?"家齐即以蔡立楷答之，然卒不敢仰视。黑特生闻之，即深悔此番争执已大贻误，以蔡立楷为证婚人之一，昔在罗乃福家得之，此案提讯，想伊亦必到堂，今欲修和，抑已晚矣，遂指门请出焉。而蔡家齐不肯遽出，再欲有言，而又忽自检束，作狡诈形状，大笑趋出。

去后，黑特生默然沉思，深悔太自卤莽，然驷不及舌，夫复何言？计惟设法补救。无已，密查蔡家齐及蔡立楷行踪，此为绝法妙门，遂作书交私侦探，曰："谨启者，今有蔡家齐，向充维多利亚街三百七十五号门牌司门之职。今由本公司歇业，务烦贵行饬探密查蔡家齐及其妻蔡立楷迁移何地，并所遇何人，所行何事，以及从前一切举动，如能详细查明，务祈逐时照覆为荷云云。"书既送，黑特生搁笔沉吟，谓顶屋中三玻璃眼，初视之，似觉无意，继而思之,其位置得宜,非徒为瞻观已也。又疑范勃雷能用催眠术,然精此技者,务事先声,不假外求,后又疑为恫胁妇女,然伦敦中自有此种匪徒,可招而致之,又何藉乎此?姑不具论,至其陈设古奥,恍似维多利亚时代,究属何故?愈猜度,愈惊奇,忽自变计,谓与其虚拟,不如实行,然自知材非所长,不如待包内孝由片勃罗回时再行酌夺,或已能查出一切事迹,成婚证书或由人冒为之,此中疑窦,舍包内孝无能破获,盖其幼时,曾襄警察吏,查明礼拜堂命案,时人啧啧称之。至此不觉愁情顿释,谓天日可立见也,而不知网罗已密布矣。

忽有侍者入,谓温兰馥小姐求见,心知其异,急迓之入,见面之顷,觉其满腔憔悴,从前温和态度都消归乌有,相与握手为礼。温兰馥低声曰:“妾今离皇门街矣,昨别后,坐卧觉甚不适。”言至此,忽顿口不言,举目视炉,良久又曰:“非常大祸将临身矣,奈何?妾实深忧之。”言至此,声欲哽咽,强语曰:“妾不料祸之来,竟至如此。”言已长叹。是时黑特生急欲知梗概,温兰馥遂直陈曰:“昨日别后,即回寝室,闭户沉思,忽费兰入,与妾谈范勃雷以成婚证书陷害事,温言慰藉,然察其情,言中率多诈伪,后又言正直如君,今竟诬以重罪,真令人酸鼻云云。”黑特生温言口:“爱卿乎,人生在斯世,若不处危疑境,恐非奇男子。卿勿过虑,然若是者何以谓之祸,请竭情以告,毋隐。”温兰馥曰:“费兰于此时以吻接额,谓有志者事竟成,言毕,遂去。今晨费兰他出,及归,方同食。席间忽告曰:‘高明如吾姊,岂愿与已娶者为偶乎?’旋大言曰:‘如妹愚昧,辄代羞之。’强令作书寄君,欲从此离婚,不复相见。凶暴如费兰,其怒我辱我,无所不至,有不能举以告君者。故为今之计,惟避而他之,虽困苦艰难不计也。”黑特生曰:“卿言诚是,然费兰初颇相爱,继则相仇,前后不一辙者,果何故哉?知必有使之者。”温兰馥曰:“费兰此言必由范勃雷唆使,以便其私图耳。”黑特生不知费兰因裘尔思故,告贷于范勃雷,故亦疑信参半。温兰馥忽微笑曰:“事适有幸,当我将行时,有费兰女仆名梅乃丹,再三劝慰,且代为收拾行装,经我叩以赁屋之事。侍女告曰,与其另自赁屋,徒耗租金,不如躬执微业,聊度昏晨为愈。我谓无业可谋何,该侍女遂殷勤告曰,前尝至一教士家,有女甫七龄,乏人抚养,欲得一人为保母。”黑特生闻言,愀然不乐者久之。温兰馥复言:“斯时即到该处,该妇外出,其夫邓庚久慕吾叔之名,深为喜洽,遂核实焉。邓庚为人颇狡诈,闻其妻和蔼可亲,想该小女亦酷肖其母,故乐就之也。”黑特生正色曰:“此必不可,既订婚媾,听卿自食其力,抑亦左矣。我尚能自持,计不如及早成婚为是。”温兰馥闻言,即起立,注目视黑特生曰:“否,不然也。我在邓庚家,既能自由通信,且每星期能相见一次,待风波平时,再行合婚,未晚也。”黑特生继念身处危境,一经成婚,恐贻累实深,遂应曰:“卿可自择,顷所言者,未免过当,祈谅之。”未几,即为雇车送之往教士家。是时钟将五下,遂急转向总车站处而驰,盖包内孝自片勃罗将言旋矣,故先时鹄候焉。

第八章　系狱沈冤

当黑特生初逮时,其勇敢之情未经挫折,故略一讯质,其供词简赅,毫无忧郁情状。迨既入禁所,觉坐卧只数尺地,四壁萧条,一灯惨淡,无复生人之趣矣。于是举目周视,有铁儿焉,有木榻焉,以及栉浴之具,均极鄙陋,旁黏禁例一纸,环诵半晌。久之,踯躅一室,闻儿啼声、狂歌声,以及强项者怨骂声、胆怯者哀恳声,又复鞭扑蹴踏声,络绎不绝。待更深夜阑,卧不成寐,于寂寞凄凉中,回忆昨日何等自由,有谀之者,有慕之者,方谓处世长逢顺境,孰意一旦挫折至此,思之不觉黯然。

夫黑特生之罹此祸也,盖早已基于范勃雷租屋之事,而彼固冥然不觉也,故其在禁室中,谓今日之事,一梦已耳,偶然遇之,仍恝然置之,其心目中所盼望者,依然如昨,然心虽超于象外,身固囿于环中也。冥想既深,百感交集,以手掩面,唏嘘叹曰:“法网罹矣,危亡至矣,徒自戚戚何?”旋复强作解人曰:“此中之境,既遇之,何妨安之?但未知于温兰馥有何关涉耳。”遂起立欠伸,顾影自豪,其勇敢之气勃然顿复,如是终夜,不觉东方既白,旭日升而夜露晞,憬然悟诚实者胜,虚妄者败,其踌躇反复,忽而气馁,忽而志高,未几身力俱瘁,倦而欲睡,不觉酣卧。待警察吏启门入,方觉,起身,草具初陈,时盖早膳矣。甫毕,闻庑下履声至,则包内孝约一状师入也。聚谈至一小时之久,状师名霍尔梅,斫轮老手,案牍冗繁,而谓诬控如此案,觉未尝有。

二人出后,即有警察吏入焉,拘黑特生赴公堂。是时黑特生神色不挠,纡徐出署,乘车赴鲍和街。其骖乘者,为警察长劳本及当时捕之之包探。黑特生就获,报章中已登记之,且从而污蔑之,故其就道时,有诽谤之者,有指摘之者,卒无一人肯为平反。车甫抵署,即由警察吏护之。黑特生至此,觉孑身无助,古人云“画地为牢誓不入”,诚哉是言。而亲朋故友,至此一空,虽霍尔梅及包内孝已旁坐而待,而作壁上观者,人山人海,白眼相看,一若黑特生为不齿之人,此固蚩蚩者之无卓识也。未儿,人忽让道,盖裁判官入座矣。黑特生既入裁判栅,遂扃扉焉。是时晕绝欲倒,警察吏强起之,于是旁观者有诋其狡者,有怜其窘者。既而强赴裁判官前,低头作礼,即由劳本详呈该犯由片勃罗电提,今由该署饬提,故求公断,以便递解。言毕,旁立,律师霍尔梅即辨曰:“此案由片勃罗电提,已属误会,若欲递解该处,更非正办。”

伸辨间,忽闻蹴踏声,视之,见罗乃福由法律顾问官前直趋,就裁判官行鞠躬礼。是时黑特生怒目视,而罗乃福视若无睹,扬言曰:“今日之事,仆为尸亲及范勃雷之代表。范勃雷之不能到此,因失偶之故,心觉闷绝。”言毕,顾作为范勃雷代忧状。包内孝即责曰："君何奸凶若是？顷所言皆伪，奈何目无法纪，且君欲以一人之力欺众人乎？"罗乃福闻之而不敢置喙，复辨曰："我友霍尔梅谓片勃罗电捉，已误云云，不知此事，固非一人之见，今请于常例外，姑宽一格，俾得征其事之虚实，容呼佐证人至，盖从片勃罗来也。"裁判官允之，且谓被告代表人所称，有可商语。罗乃福旋呼薛克洛至，盖一乡妇也，年已六旬，衣冠朴陋，不合时趋，前与裁判官作礼，并被告及代表人退立证人圈内，矢誓自明，旋即供称，谓"小妇人去犯事处约里许开设饭肆、行客投宿之所，取值甚廉。该犯就时，独居一室，身无余物，终日不食，其行踪怪异，本欲下逐客之令而未果"云云。供毕，霍尔梅就前盘诘，该妇坚执前供，矢口不易，几令黑特生闻而自疑。其次系一十五岁小童，名潘勃兰，自供为园丁，其住处离前证人不远，是夜适迟眠，盖为炽炭暖花计也，忽见一人，自隐僻处入园内闲房。少间即现灯光，疑之，遂由门隙窥之，见该犯向沟中洗血，情景历历，绝不模糊。盖由红烛高烧故，查该烛由薛克洛客寓携来，经十分时之久，该犯血痕已净，即易新衣，置旧衣于其旁，该犯转身欲出，突见人影，即举烛盘外掷，急躲身石壁下，幸未受伤，旋恐遭害，即奔赴苹果树下，缘而上，惶惧欲绝，作巢居焉，直至翌晨，主人入，方呼救得下，遂相与入闲房，寻觅踪迹，卒不得，惟剩有血衣一袭而已，衣襟上署黑特生之名，并有售卖处、牌号云云。霍尔梅复盘诘之，该童仍坚执前语，黑特生是时盖已自分死矣。更有贩卖牲畜名麦恩伟者，证曰"向住弗楼地方，于该犯谋刺日，夜半驱羊赴市行销，行至离片勃罗二里许，时遇数辆人力车，辚辚作声，羊惊不前，即就篱边，拔木桩一，鞭挞之，迨群羊就道、欲弃木桩时，突该犯前来，请购此桩，得三辨士，心窃疑之，恐祸及，疾驱之，不复知其踪迹。待报中登谋杀事，忽忆途中之事，赴该尸场，见木桩一，确系当时所卖"云云。三人供毕，罗乃福复检讼词，谓裁判官曰："更有一证人，即奚特雷是也。”遂呼之上，该证人年约三十五，形状奇险。罗乃福即与肖像一，睇视良久，呈裁判官曰，“此像为蒲爱梅。余前在片勃罗①砖瓦公司执事时，蒲爱梅常至焉。该女以绘事度日，因难自活，遂择人而嫁。其夫即在伦敦拍蒙顿公司内，名②黑特生是也。成婚时曾为之作证，故曾临片勃罗婚册处，目击其所行成婚礼文”云云。罗乃福得供，谓：“黑特生与蒲爱梅联婚问题，今无疑义矣。”

扬扬自鸣得意者久之，忽闻屏后有妇人声，大呼曰：“正多疑义也！所供皆伪妄，不足取信，皆原告之有意陷害耳。”是时听审各人急欲知该妇人踪迹，四围找寻，辄无著落，其言在耳，其人已杳。噫，此声也，胡为乎来哉？令人怀疑久之。警察吏一人曰：“顷立回栏。”时见有一女自公堂出，衣皆黑色，喃喃自语，直趋出门，其举止及服饰，目可见之，口不可状之。经裁判官严词诘问，遂称该女年约三旬，全身衣黑，揆其形状，绝似失偶女伶，至欲详其面目，固已事过情迁，不能追忆矣。裁判官即麾之去，正色斥曰：“此次听讯，大不合度，既有被告代表人膜视情节，复有不知姓氏之女代抱不平，吾决事多矣，得未曾有。英国公堂，素称平正，裁判官不偏听原告，亦不左袒被告，不论情节轻重，必由下议员大公至正，查有实据，方为信谳，如该妇果能供出此中情事，在下议员亦喜纳之，何必作此躁妄举动哉？”言毕，问霍尔梅欲何言。经商诸黑特生，答曰：“原告证人，一则曰在旅店赁居，一则曰在园内匿迹，一则曰购卖凶器，言皆凿凿，似难遁饰。今亦无烦伸辨，但原告证人所言时日，适被告在罗乃福家筵宴，《太阳报》主笔包内孝亦在座，此则大可疑问者也，故为从来未之有奇案，非被告据理

① “片勃罗”，原文作“片勃雷”，据文义改。下同。

② “名”，原文作“各”，据文义改。

直争，以图免脱，即原告有意陷诬，逞其狡谋耳。”

裁判官命先退，即有警察吏扭黑特生去，因格外示恩，于圈禁内许包内孝及霍尔梅二人入焉。既坐，霍尔梅谓曰：“此中情案，仆已得端倪，但须君坚持已耳。今欲构想按察署供状，无暇少留。”言毕，即去。是时两人外，无余子矣，黑特生恳切告曰：“今日被逮，事涉暧昧，诬以杀妻之罪，设温兰馥闻此，必将就问，聊相慰藉，不料自器浦塞特别后，竟无一字寄达。在邓庚家佣值，出入本可自由，何乃两地暌违，不得一面？”包内孝答曰：“事关匍匐公庭，温兰馥既闻之，自应亲赴之，虽刀锯弗避也。”言至此，忽追忆曰：“自君遇祸后，余曾亲赴邓庚家一次。”黑特生即问曰：“彼作何语？是否已中范勃雷之计？”包内孝曰：“我至该处扣门，有女婢出，谢我曰：‘温小姐顷有要公，不令客入。’予即怏怏回。”黑特生叫奇久之，包内孝亦颇不解。黑特生曰：“为今计，终宜往探，告以情状，恐温兰馥有变故，请一行。盖范勃雷处心积虑，无非欲得温兰馥为偶，而丧妻久暂，亦所不计。我受困已极，安知不更以困我者，易一术而逼温兰馥乎？”包内孝告曰：“温兰馥之事，不妨暂置，我将再行亲赴邓庚处查之，但君既至此，须自审生平何者得罪于人，致有今日事？能彻①底研究，自能得有要领。”黑特生曰：“我既任重责，德我者既多，结怨者亦夥，况事有远因近因，我何敢臆断？”遂默想久之，忽自忆曰：“五年前尝因承乏事，向隅者辄觖望曰：‘异时将中以阴谋。’其人为谁？即邓庚之弟也，或者其在是乎？”

第十章　女伶遇害

是时包内孝与温兰馥审知范勃雷居处，有一房之隔，我等但有所为，断不致尽情显露，三玻璃眼秘密之事，当可乘此细察，使

---

① “彻”，原文作“澈”，据文义改。

之无迹可匿,亦一莫大之机会也,遂从壁缝中细细窥去,但见范勃雷房中,几案秩然,铺设华丽,一切内容,无幽不烛。正在观望之际,忽闻有人呼喊之声,旋见红帏滚在旁边,三玻璃眼倏上倏下,屡动不止,高兰凝鼻带青色,涕泗滂沱,身倒椅上,一若非常苦楚。二人见此情形,惊疑殊甚,自忖高兰凝既受此难,苟不援手,岂得谓尚有人心?但此事须斟酌尽善,方无意外之虑,万一出以造次,则将来于黑特生之事,亦不无直接之关系。思忖多时,正如万箭攒心,无可为计,然不救心终不忍,正拟移步,忽又闻言语嘈杂之声。包内孝与温兰馥遂仍走至墙边,忙向隙中一望,见房中一切,布置如前,惟灯光忽变为淡黄色。范勃雷两手向上,立于閬①阑之间,蛙怒之容不可逼视。旁边立一小童,雪满襟裾,手中挟一纸包,两目圆睁,直视范勃雷。范勃雷亦怒目视之,曰:“汝年虽小,而胆甚大,不问情由,擅入此室,非匪类而何?我当呼警察,送交警署矣。”小童声色不动,答曰:“我并未为非,我之至此,因闻女子哭泣,故寻声而来耳。现见汝以奥渺之物威逼此女,始知啜泣之声其来有自。此女系我之至友,今无端被虐,我未据理责汝,汝反诬我为匪,果何理耶?”范勃雷怒不可遏,厉声曰:“无知小子,乃敢乱言!”即伸手将小童胸口抓住,高兰凝忙从地上立起,跄踉走至小童身边,揽住其臂,谓范勃雷曰:“我今日自哈克罗至此,汝以为甘言饵我,我必能坠入计中,然我成竹在胸,汝即澜翻其舌,我终不信,汝其奈我何哉?我自被迫之后,心如悬旌,手足几无所措,现在时过境迁,固亦不必言矣。但此童确系我之至友,因我近来常恐罹不测之灾,所以每出必雇侦探相随,此小童即所雇侦探之伙也。今兹来此,岂有他乎?亦无非为保护计耳。”言至此,怒目视范勃雷,一若犹有深意存乎其间,含而未吐者。少顷,遂偕小童

① “閬”,疑当作“门”。

冉冉下楼而去。

包内孝与温兰馥见高兰凝已去，思欲与之纵谈一切，亦遂急急下楼。迨既至楼下，高兰凝已向前直去，相距甚远，且瞥见大雪迷漫，马路上已积至寸许之厚，行人稀少，月色无光。二人深以追之不及为忧，适路旁有一马车，乐甚，遂雇之而前，嘱马夫加鞭疾驶。但此时风冷雪狂，道路泞滑，马亦不能疾驰，及追至勿脱衖地方，始见高兰凝与小童迤逦前进。二人遂下车，走近高兰凝身旁。温兰馥执手致问曰："高小姐，汝还识我乎？前我佣于邓庚家，承以加意堤防之言来相报告，隆情厚意，铭感至今。"高兰凝注目良久，曰："温小姐，前汝在邓庚家，我曾纳贿于其家奴，使为汝画一脱离之策，不料包君不费一钱，略施狡计，使汝离此虎穴，殊为万幸。然照彼时固执己见，不能尽听我言，则此举反似多事。"温兰馥曰："彼时闻姊之言，所以未能即决者，实以我之叔妹，非惟不能善遇我，且每事与我反对，所以身在家中，几有不可终日之势。汝之言非不尽善，但我佣于邓家，亦属万不得已之举，设离此处，何处容身？非果弃良言如敝屣也。"高兰凝曰："此事今且勿论，但蒲爱梅被杀一案，将来如何结局，虽有智者，亦难逆料。现在无论何事，我等总须慎之又慎，倘稍不自检，恐或以误传误，必至皂白不分，而爱汝者之冤屈，将无自而明矣。"温兰馥悲痛曰："我胆甚大而心甚细，处事不敢有毫厘之差，设我所爱者，我果能以手援之，虽赴汤蹈火，所不辞也。姊今日与范勃雷交接情形，我曾见之。"高兰凝惊问曰："姊何所见？"温兰馥低语曰："见虽极其明晰，但此事毫无主脑，令人莫测其由。想范勃雷一极力爱惜声名之人，前时曾有一大谬不然之事，恐于大美国司库名誉有所窒碍，遂不惜倾弃家财，以为弥缝之计。此事姊所深知，可勿赘述，但蒲爱梅之案，姊必深明原委。承姊关爱，既有所知，请从实告我。"高兰凝曰："此案离奇变化，探测无从，但三玻璃眼，纵非常秘密，欲知底蕴,查察当在此时。汝能否照我言而行,并将我言转告包内孝君乎?”正言间,忽行色慌张,气喘不已,忽若身不由主,由旁路急急奔至马路之中。

此时雪势愈狂,积有数寸之厚,苍茫四顾,一白无垠。温兰馥正恐马蹄踏雪,寂然无声,加以车夫之目为雪所迷,车至目前,将不及避,欲至路中将牵高兰凝使转。正举步欲行,适有如飞之马车疾驰而过,不即不离,将高兰凝之衣襟轧于轮毂之间,身随衣转,拖至数十步,至猕雷客寓之前,衣已寸寸裂,人仆倒于地,而马车已加鞭不顾而去。包内孝与温兰馥大惊,急欲扶起,则已昏迷不醒矣。一时行人蚁聚,议论纷如,从中有一医生,自言熟于此道,当不难著手成春,遂走近高兰凝身前,将面部谛视良久,摇首曰:“我亦无能为矣。”又有一人身材长大,如落差之警察,闻医生之言,自语曰:“妙哉死乎。秘密之事,惟此人知,今与身俱亡矣。”言毕,在众人中挤身而出,飞步向近处之电局一跃而入。包、温二人闻其所言,怀疑莫解,后询之他人,始知即范勃雷之侦探也。包内孝见医者摇首而去,明知万难挽回,正在左思右想,忽一警察吏至,向众问曰:“汝辈有能识此死者乎?”小童闻言,即向警察吏备陈颠末。

包内孝乘其谈论之际,握温兰馥之手,偕至僻静之处,谓之曰:“今夕之事,与我等毫无干涉。设不乘势远离此处,必将姓名告明警察吏,将来验尸之类,断难身居局外。我等以无暇之身,为所羁绊,亦正不必,况黑特生身处狱中,非常寂寞,所以我今夜尚欲至斯克罗一行,一则相见之后,藉以安慰其心;二则杀蒲爱梅之凶手为谁,亦可暗中细细探问。倘能水落石出,我友即可跃出狱中,想此事果能曲意细查,总可一分皂白。”温兰馥曰:“我与黑特生有终身之订,虽成婚有待,人皆谓分合尚可自由,然我已守从一而终之义矣。君今此去,足见友谊之深。我拟附骥一往,庶查察之际，不致影只形单，事难为力。”言毕，泪涔涔下。包内孝曰：“同去固无不可，但汝至彼处，亦无能为，而未必不反激令叔之怒。我意查察之事，专属于我，汝仍至令叔处小心侍奉，使其恶汝之念，化为乌有，而后优游浸渍，移其素听范勃雷指挥之心，为黑特生一臂之助，非一举而两得乎？”温兰馥犹豫未决，包内孝复一再商劝，意亦稍回，遂曰：“君言亦是，当时费兰施其强迫之手段，使我误听诬言，一若惟邓可亲，去叔若浼，由今思之，不已虽悔莫追乎。”包内孝曰：“大凡人之处世，皆须恃有独立之精神，若中心本极模棱，他人使之言，得以摇乱其主宰，未有能济于事者。况费兰以机械变诈之心，尝试于汝，汝以游移应之，无怪乎受其愚弄而不自知也。现今惟有尽汝之能力，以挽回汝叔之意，庶范勃雷之诡计可破，费兰之奸谋不成，莫善于此，而亦莫急于此也。”温兰馥自离叔处，本不愿再赋遄归，及听包内孝之言，不觉心为之动，遂欣然与包内孝雇一马车，向皇门街而去。

罗乃福之为人，虽非和顺可亲，然亦不致过于刁恶，徒以秉性太懦，处事毫无决断，是以谗言易入，虽侄女漂流于外，曾无怜惜之心，然此时因悟己女之不肖，于温兰馥转生怜爱之情。当日包内孝既偕温兰馥归，适罗乃福在客厅小坐，见二人缓步而来，即起身走至厅前，笑容可掬，向温兰馥曰：“快哉汝乃肯归乎！包君不辞劳瘁，与汝偕行，心殊感荷。我与汝情深骨肉，前事切勿芥蒂于怀。”温兰馥脱去外罩大衣，问曰：“我妹费兰何以不见？”罗乃福闻言不觉面露忧容，答曰：“彼与裘尔思之事，谅所深悉，幸奸谋败露，未遭其害。今日报上载裘尔思与谭培雷夫人不日即欲成亲，此事彰彰在人耳目，不谓费兰尚不自羞，惟于我前欺饰，所以我心滋不悦，时有斥逐之意。汝既来此，此后我当以嗣女视汝。此时彼适外出，虽云薄暮必返，然此时天色已晚，犹未遄归也。饭时已届，盍邀包君同食，俟晚餐后再谈经过之事，何如？”包内孝曰：“我心甚愿,但因黑特生久系狱中,今宵尚欲至斯克罗探视一次,故不能久稽时候。”罗乃福闻“黑特生”三字,正如当头一棒,面露无限之忧虑,继又恐无心流露,被人看破机关,忙自敛容,默然不语。包内孝睹此情形,早已心印,遂亦不作一语,告辞而去。

第十七章　幽窟探踪

包内孝与奚咎修二人,心中躁急万分,速欲赶至斯克罗①,是以俯首而前,足不稍驻,几有途有遗金亦不暇顾之势。但二人虽携手同行,而其意绝异。盖包内孝之宗旨,无非欲黑特生脱此无妄之灾,其意此次既见高立楷,设言蒲爱梅果为范勃雷所杀,则范勃雷本无恶不作,我可乘此讦发其隐,彼之名誉损,而黑特生之危解矣。万一范勃雷幸而漏网,而蒲爱梅之凶手证据确然,则黑特生总能拨云雾而见苍天,温兰馥成亲之愿可计日以偿矣。而奚咎修之意,则又不然。因伊伍于下流社会之中,善良之心已潜移于不觉。伊之此去,不以黑特生之含冤莫诉,亦不以凶手之法外逍遥,惟以一己之私。此事得能早日告成,即可遂其岁得数百金镑之愿,优游自得,终其余年,岂不甚善!

二人各怀一意,胡思乱想,一霎时,已到斯克罗高立楷所居之地址。此屋建于高原之上,距大路约有五十码之遥,规模虽然宏廓,但犹是奚利实佩女王时所建,以故颓废不堪。二人步入围墙,见大门内有一片草场,两旁树影扶疏,池水环绕,再进数步,则见此屋巍然独耸,四围空旷,草满不除。奚咎修低声谓曰:“荒凉若此,恰使一伦敦之高立楷赁居于内,其寂寞更觉难以言喻。倘来时并未痴颠,目击此情,必至诸念皆消,潜入于冥寂无欲之境。”包内孝曰:“但恐居此已久,汝与我所望之宗旨未必有益。盖我意稍

① “斯克罗”,原文作“斯克佩”,据文义改。下同。

迟与彼言时，必得其切中要害者数言，为此案所万不可少者，而后将来公堂之上，我即可一言获一言之益，使彼无所逃于法网之中。”奚砦修闻言，亦不置答，即取极旧之门棒，将门一击，声达于内，窗棂皆为之震，渐闻淅沥有声自内出。包内孝提耳不听，即谓奚砦修曰：“恍若鼠子惊逸之声。”

言毕，身即退后，昂首一望，但见窗皆紧闭，非惟尘污满目，且蛛网高悬，多于捕鱼之罟，寂无人声。奚砦修又俯身于闑阒之间，将耳向门隙一听，目向锁孔一望，觉鸦雀无声，荒芜遍地，不啻古冢也，遂起立向包内孝曰：“今此之来，所系甚重，在此久延时候，恐高立楷闻风而逃，匿迹他方，无从寻觅，使我等虚此一来。即不然，或知罪自尽，此案更将何所证据乎？”包内孝曰：“所言甚觉有理。我性最急，最不好无谓之稽延。汝非得蔡家齐之电，来此探视？而久伫门外，殊觉不是，即破门而入，亦有说可圆。”奚砦修点首称是，彷①徨四顾，欲得一物以击之。包内孝忽又转一念，向奚砦修曰：“此计未妥，深恐大声惊骇，启其逃匿之意。我有一术，前失于告汝，因尝闻门如仅锁无闩，虽无适合之钥匙，可以随手而启。”犹忆前与黑特生潜至范勃雷之顶楼上，窥视三玻璃眼时，曾将此法试过，确能得心应手，今苟有所以进身之术，不愈于破门而入乎？遂双膝屈下，轻轻将肩于门上一推，不致过于紧闭，知其内并无门闩，欣喜无限，忙向囊中取一不相同之钥匙，透入锁孔，又取一小钳，将透入锁孔之钥匙夹住，用力一转，微笑曰：“我与汝可以入矣。”遂一推而入。足才入户，觉有一种霉潮之气扑鼻，知此门关闭已久，且门以内黑暗如漆，对面莫辨。包内孝取出囊中黄蜡之洋火燃之而入，觉甚弯曲。走至一卧室，门洞开，门后置有皮酒之瓶，瓶中有点残之洋烛几支，约长三四寸。奚砦修拾而燃之，

---

① “彷”，原文作“傍”，据文义改。

谓包内孝曰:“今得此洋烛,可掷去洋火,将手枪取出,以备不虞。”

包内孝即取出枪,擎于手中,将火机拨正,原来此卧室与厨房紧接,有一门以通出入。二人正欲启门,忽闻地下有叹息之声,忙即驻足,侧耳窃听,觉此声果出自地板之下。奚砮修向包内孝略一举手,嘱其不必多言,遂启门而进,轻步迹之,瞥见厨房内有梯一座,可通地穴。奚砮修寻级而下,包内孝尾之,才及半梯,即有灯光隐隐自地穴中露出,循火光而前,达一室,见高立楷抱一纯黑之猫,危坐其中,目注墙角。奚砮修同包内孝入①,包内孝遂将手枪收入囊中,与奚砮修同坐于空柜之上。包内孝见房中所置之物,无一完全,恍若高立楷之痴颠必非伪饰,而此时貌极端严,猫见人欲逸,尤以手按之,据此二端,又若心清不滓,决非颠病之人。旋闻高立楷发清朗之声音曰:“奚砮修君,此来足慰渴想,我知君必惠然肯来,是以乞为援助。”奚砮修曰:“固所愿也,自当竭力为尔谋之,但恐力弱于绵,不能副汝之目的。”言讫,将所持之皮酒瓶置诸桌上。高立楷曰:“苟利于君,固知君必能竭蹶以图之,但何以与不相识者偕?君岂不知我之邀君至此者,事极隐密乎?”奚砮修曰:“我宁不知?但此包内孝先生,诚实寡言,即有所闻,不致传播于外。况我所以相偕之故,未必无益于汝。”高立楷曰:“如此甚妙!我之招君,非有他事,第有钞票数张,欲以相托。”言毕,以手在里衣内取出一包,授于奚砮修曰:“共计金镑二千,包君同在此间,可细细一检,免致有误。”包内孝默念此票何自而来,遂在旁留心察视,觉与前瞩卖报小童在斯克罗路中所觅得者初无二致,惟其纸略长,不觉奇异。奚砮修一一点毕,果符二千之数,遂取象皮带二根,紧扎入于囊中,谓高立楷曰:“试问汝所以将票交我者,欲我储于银行,抑欲购卖股票?”高立楷曰:“不然。苟是

① “入”,原文无此字,据文义补。

二者,我岂不能自储之而自购之,何必假手于君?所欲君代庖者,皆非此二者。君可将此二千金镑均而为二,以一千储于邮局,使我夫每岁可得赡口银若干。伊既得此,纵不免沉湎于酒,甚或终日昏昏以至于死,是有财适足以戕身,但财之为物,不可一日无之,因财而死,虽死亦足含笑于九泉之下也。”奚昝修闻此数语,忽起贪得之念,即问曰:“然则尚有一千,究有何用?”高立楷曰:“其一千,望代与干练之侦探,使伊获此重酬,致力往查,赶缉蒲爱梅之凶手。”

高立楷之为此言,明示人以蒲爱梅之案,与己毫无关系。而奚昝修之意正与此反,果如是说,则黑特生处每礼拜五金镑之盼望又付子虚,所以乍聆此言,由不得中心扰乱,露出无限之忧容,默默然不作一语,半晌,始嗟叹一声,向包内孝曰:“包内孝君,汝与接谈,我不能言矣。”言毕,即起身踯躅于室中。此时包内孝因高立楷之言,亦觉惊疑不定,深恐其言果确,则前在斯克罗花园中,自寻得金扣,彼此商定之计尽归无用,但心中虽甚惊疑,而机谋仍一丝不乱,闻奚昝修之言,遂转身以言试高立楷曰:“汝殆以被害蒲爱梅之人,久查而未得乎?但此凶手,即系黑特生,早已查明,被系于斯克罗警察所内,汝不必徒掷黄金于虚牝也。”高立楷摇首曰:“汝岂信之乎?我则极怜黑特生之无辜被系。”包内孝闻言,十分欣悦,遂又以言绐之曰:“曾有证人数辈,均证成黑特生之罪,我亦以此案当可为定谳。汝独别开生面,以为黑特生被诬莫白,亦有说乎?”高立楷曰:“汝误会矣。”言次,见奚昝修面有不信之色,遂问奚昝修曰:“汝不必以轻视之心,尽形于面。我犹忆前在维多利亚街时,其视蒲爱梅也,恨之固不啻入骨,纵置彼于死而我命随之,亦有所不惜,但恨有是志而未能逮耳。”包内孝曰:“诚然,汝何为匿于此?”高立楷曰:“我因与人相约,故居于此。”包内孝曰:“所约者谁?”高立楷曰:“我所约者,即杀蒲爱梅之真凶手也。”

包内孝与奚眢修闻其所言，四目对射，面面相觑，自思高立楷语言清朗，应对敏捷，且头头是道，无一毫痴癫之状，但所言吞吞吐吐，适足以扰乱其心。奚眢修遂谓高立楷曰："前时汝乘夜而出，究居何处？今之在此，有何事故？所约何人？二千之金镑其来何自？汝须削肤存液，明以告我。"高立楷微笑曰："奚眢修乎？君一言一行，何以与钱财二字，总不相离？我想君犹太国人，皆钱财之奴隶，所以一见此财，宁置性命于不顾。古之人有剖腹藏珠者，不啻为其先导也。"奚眢修曰："汝须就我所闻之言，逐为详述，出乎所问之外者，不可无理取闹。"高立楷曰："曩时，我尝致詢于君，君每去题千里，所答非所问，今日我之答君，犹昔日君之答我也。但今者有客在前，我亦不与君缠扰。既承见问，自当实以告君。彼乘间逃逸，果不出君之所料。我曾于途中购一利刃，且将回去之车票预行购到，意欲俟蒲爱梅之出，猝然砍杀，立即驰归，所以是夜至斯克罗后，遍处访问，始悉其寓之所在。我探得之后，即隐身于寓门之侧，迨黄昏时候，伊果昂然径出，独自一人向费兰路而去。我即尾之，所以不即砍者，实以电灯林立，须得一黑暗之处，然后可以动手，无如行至百数十步，彼若意甚惊疑，将身立定，我亦因之驻足。此时若欲轻步近前，乘势刺杀，当亦不难，但我意不欲行之于灯光如昼之时，以故未即下手。蒲爱梅略一驻足，遂又前行，才及寂寞无人之处，忽有一男子从篱笆后跃出，手执木桩，将蒲爱梅击死。"

包、奚二人同声问曰："此男子何许人也？"高立楷曰："此乃伦敦极有名誉之人，汝等亦所深悉，但当其谋害之际，则假饰黑特生而来。"二人又问曰："请速言其姓氏。"高立楷曰："非他人，即圣塞俾尔礼拜堂内邓庚是也。彼时目击此情者，惟我而已，故与我金镑二千，以钳我之口，且使匿居于此，俟风声稍息，重赋遄归。"包内孝闻言，将信将疑，以目视奚眢修。奚眢修此时声色不动，恍若未闻其言,无所谓信、无所谓①疑者,盖伊听见“邓庚”二字,忽如当头一棒,忆及前所遗忘之事,瞑目细忖,别有会心,是以虽闻高立楷所言,无暇度其是否。包内孝见其意有他属,怒问曰:“所言是否足以餍服汝心?执是说也,与汝前时所详述者,恍如风马牛之绝不相关。孰是孰非,反滋疑窦。”奚咎修曰:“前者所言,是耶非耶?我今几不自知,只就高立楷夫人所言而论,度理揆情,深中窍要,我聆此言,遂动我以意所未到之处。”包内孝曰:“然则前所觅得之金扣,果谁之物乎?”奚咎修即问高立楷曰:“汝之金扣,于何处失去?”高立楷曰:“遗失于斯克罗花园中,即谋害蒲爱梅者浣濯血痕之处。因谋害者濯毕之后,躲避于暖花房内,我欲迹其所为,遂从而入焉。不期袖口忽被钉所羁绊,交相一击,而金扣破而为二,其一即坠于地。但坠地之后,遍寻未得,我犹耿耿于心,二君此言,其亦为所觅得乎?”言毕,即伸手向奚咎修索之。此时之残扣,适储于包内孝囊中。包内孝始尚犹豫其言,有不愿遽归之意,既而幡然改念,遂将此扣递于高立楷,婉言问曰:“汝前之所言,我已尽信,但范、黑、邓三人之交涉,犹未悉其原委若何?汝苟非细为说明,则以伦敦极有名誉之教士,何以忽萌杀人之心?”

高立楷曰,我今明以告汝。邓庚之弟,本在拍蒙顿②公司为业,与黑特生共事多年,而二邓与范勃雷为莫逆交,亦历有年所。拍蒙顿公司之经理,乃黑特生叔也。经理死后,黑特生继其任,而邓庚已怏怏于心,盖邓庚甚望所遗之责任,其弟继之,得为伦敦极有名誉之房租经理人,而己亦可假弟之势,于礼堂中得膺重任。奈非惟不得继经理之职,且自黑特生担任后,将伊弟之责撤去,而

① “谓”,原文作“为”,据文义改。

② “拍蒙顿”,原文作“拍蒙顶”,据文义改。下同。

邓庚之视黑特生,遂不啻仇敌矣。不特此也,伊弟赋闲之后,终日无事,惟藉杯中物以消闲,后竟因此伤身,以迄于死。濒死之际,邓庚曾面誓数言,有宁舍己身为弟复仇之语。讲到复仇之法,各有不同,惟视性质之何如耳。有蓄之于心,急不能耐,仓猝以从事者;亦有深藏不露,俟事机已至,因而诬陷之,使人莫测其端倪者。由后之说,较之念念欲刃其仇者,其害尤烈,以仇己复而莫之知也,邓庚为人,正类乎此。其弟死后,隐忍不言,事隔多时,果得一极妙之机缘。邓庚虽为教士,实不受教会之范围,且好色殊甚。尝至斯克罗访一教友,偶与蒲爱梅邂逅于途,见其身材袅袅,面貌娉婷,不觉神为之荡,注目良久,遂欲与之相亲,顿将访友之念搁过一边,急急回至伦敦,延一善于假饰之人,向我家陡然而入。我初不解其所为,详加诘问,伊遂用言搪塞,嘱善饰者将己饰与黑特生无异,仍向斯克罗而去。既至,居于客寓之中,藉求画小影为名,至蒲爱梅家顾访。既见之后,交相欢洽,遂偿平生之愿矣。迨后举行婚礼时,我为见证,曾得五十金镑之酬谢,因我酷嗜皮酒,故此款亦遂化为乌有。尚有一见证,即奚特雷,据闻为蒲爱梅所浼,后因出言不若我之慎,或将此事遂扬于外,范勃雷以一有败露,将不利于友,是以为奚特雷代谋一业,以收其心,后见奚特雷处事诚谨,遂延为己之书记。但范勃雷自识蒲爱梅之面,亦爱慕不已,遂藉钳奚特雷之口为己莫大之功,欲邓庚引己一见蒲爱梅以为酬报。邓庚心虽不欲,但无言可答,只得听从。夫范勃雷财富莫匹,谁不倾心?蒲爱梅一见之后,心果为范勃雷所动,遂渐渐厌薄邓庚,且责以成婚之际,何为伪扮黑特生而来?甚至范勃雷运动于外,蒲爱梅诟谇于内,逼邓庚自愿离婚。邓庚计无复施,只得任伊二人在幽僻处成婚,置诸不较。二人遂欲之后,遂与邓庚金镑若干,以弥其恨。然邓庚虽得巨款,心中大不为然,但彼系极能忍受之人,以故不致暴动,后乃适逢此会,遂肆其凶狠之手段,击杀蒲爱梅以偿己之恨,且使黑特生被累以报弟之仇。此计之行也,其积虑之深、用心之苦,无以复加。盖伊自思非渐弛蒲爱梅之爱情,必不能达此目的,非别有以餍范勃雷之欲,必不能弛其爱情,素知温兰馥与黑特生订有成亲之约,倘能从此着手,可以一箭双雕,遂时在范勃雷前称道温兰馥之美丽。范勃雷本厌故喜新,一闻此言,心为之动,细忖欲遂此愿,但将罗乃福恐吓,当亦不难。邓庚见其有意,私心窃喜。一日,温兰馥适在谭倍雷家跳舞,邓庚欲固范勃雷思慕之心,遂与之同往跳舞。范勃雷始得与温兰馥相交接,见其温柔美丽超出寻常,欲娶之心愈切,而于蒲爱梅遂弃之如遗。蒲爱梅既不得范勃雷之欢心,仍思归邓。邓庚则或推或挽,延搁多时。蒲爱梅见无半句实言,而独守空闺,实不能耐,因有解铃仍仗系铃人之意,欲邓庚思己与范勃雷离婚,遂走至斯克罗,径拍一电,致诸圣塞俾尔礼拜堂,谓邓庚曰:“汝速来,不来且将诈装黑特生之事告之于人。”邓庚被其缠扰不已,无计可施,因至范勃雷处,将言诉明。范勃雷不觉变羞成怒,谓“为今之计,惟置诸死地,汝与我始得高枕无忧”。邓庚雅不愿明受杀妻之名,窃思前时成亲之际,既伪装黑特生而来,今者又复饰之,灯光之下,莫辨伪真,既可脱杀人之罪,而黑特生且受其诬而仇复矣,因之装饰如前,约蒲爱梅于费兰路①,甫遇之下,即责以此后不许缠扰,蒲爱梅未从其言,遂举手将木桩击毙。

第十八章　奇冤昭雪

高立楷说毕,喟然而叹。此几分钟内,三人默默不言。包内

---

① “费兰路”,原文作“费来路”,前有“费兰路”,疑为同一地,今统一作“费兰路”。

孝与奚砦修凝神细思,觉此案离奇变化、神妙不测。初时邓庚因弟闲居,反怪他人之不情,人情大都如是,及闻邓庚处心积虑,费多少之脑力,冀偿此复仇之愿,觉世界上人心险诈,即此可见一斑①。高立楷遇事留神,亦殊难得。复闻实行此计,二人不觉面面相觑,但事虽动听,犹在疑信参半之间,直至揭明邓庚所以假扮黑特生之故,事理洞然,始知高立楷言皆切实,乃一极有胆量、心计敏捷之人。遂将先后各言,细细一思有无破绽,免致将来或至公堂上被问官辨驳,无辞以对。

少顷,包内孝仍将洋烛燃着,以备出此地穴,谓高立楷曰:"汝前之所言不必重说,恐徒费光阴,而邓庚或闻风远遁,惟犹有一事,未能了然于心,尚须询问,即邓庚自杀蒲爱梅之后,其心若何?"高立楷曰:"心常摇摇如悬旌。盖伊所为之事,原无丝毫破绽,即伪为装束,亦甚相似,不知者必以为真黑特生,但当至暖花房内时,我俟于外,彼忽遇惊骇异常之一事。因彼于玻璃窗外,见一小童注目窥视,彼遂取物向外掷去,致将玻璃击破,而小童因之而逝。彼因未悉小童之踪迹,或有漏泄情事,遂亦疾行而出,至我所伫立之处,是时万籁俱寂,略有微风,惟路上之电线被风吹拂,隐隐作悲切之声。邓庚闻之,惊慌更甚,手指电线谓我曰:'其律法之猎狗乎?汝有所闻否?恍若低声相诉,如怨如悲,恐此电线,或有不利于我。'"奚砦修曰:"然哉,然哉!伊殆因此之故,始探问杜亨利以偷受电报之法。高立楷夫人此语,将来拿住邓庚时,可省却许多唇舌,因此事与行五百金之赌于杜亨利②夫然确证,且高立楷夫人授我之钞票,前时逐张细看,见上均盖有小印,与当时小童觅得之钞票,其印相同,皆系伦敦威明银行之印。此银行内,想

---

① "斑",原文作"班",据文义改。

② "杜亨利",原文作"杜利亨",前有"杜亨利",今统一作"杜亨利"。

邓庚必有存储于中。”包内孝曰:“若然,则警察亦必查得矣。汝犹忆我等至此之前,曾将小童所觅之钞票,嘱警察转呈于警察所,以便从此稽查。警察所得此,必以电问威明银行此款究付于谁,如得复电,说付于邓庚之手,则心中有不疑及乎?”奚咎修曰:“但此警察长皆有偏见,我与汝纵或前去,将高立楷夫人所言详为报告,恐亦不能得力。”即谓高立楷曰:“此案之结果,全赖汝身。汝能与我同往斯克罗,将汝之所知一一尽诉于警察长乎?苟能如此,非惟欲酬警察之一千金镑,可以省而储之,且邓庚可以置诸法,黑特生可以免于罪,特一转瞬耳。”高立楷曰:“不可。倘警察长聆我之言,欲将邓庚所与之金镑尽数充公,则我与我夫又将何以存活耶?”包内孝曰:“无虑是,倘汝之金镑有所损失,则我可代黑特生应允,如数以偿。只消竭汝之所知,直言无隐可也。”奚咎修闻是言,微笑问曰:“然则汝所允每礼拜之五金镑,将若之何?虽前所设想并非真确,但汝不得我,何由知高立楷夫人所居于此,得闻此案之原因?”包内孝曰:“尽请放心,我既允汝,断不食言。现我欲请高立楷夫人应许一事,其事非他,即黑特生未出狱以前,再不可沉湎于酒。”言毕,即以手指地上之皮酒瓶,注视不已。高立楷两颊通红,垂头而言曰:“此事极可应许。我前时苟无痴颠之状,必不至嗜饮至此。我之饮酒,无非欲藉以消遣世虑,自病愈之后,即已少饮,此后自当分外留神。”包内孝忻然曰:“如此甚好。现在既无所言,我等可以去矣。”遂手持洋烛,自梯而上,高立楷与奚咎修随之,径出大门,向斯克罗而去。

行未数步,适有一空车驰过,此车乃有客自斯克罗乘坐至此,独自空回,三人遂雇一车,共坐其中。车行甚速,不多时已至警察所门前。此时天已薄暮,寒风彻骨,风景虽无异于昔,而行人恍若晨星。三人徐行进内,见一警察吏坐于火炉之旁,问曰:“能许我一见警察长否?”警察吏答曰:“可。”遂导三人至警察长办事室。

警察长正与包探二人,纵谈近事,见包内孝入,似曾相识,且其容若有事面诉者,遂将手中所持之钞票一包及许多电信置诸于旁,延包内孝坐。

包内孝坐于旁椅之上,细述所闻,警察长听毕,面容如旧,二包探亦不露奇异之色。包内孝又嘱高立楷近前细诉,以补己之所未尽言者,高立楷亦将前后各情详述一番。奚咎修取怀中之钞票,与彼所置于桌上者细细一较,其式不爽毫厘。三人知证据确然,然皆不置可否。警察长①起身谓包内孝曰:“我深感汝不辞劳瘁,来往细查,得此真实之证据,且前时曾着警察转呈钞票与我。我既得此,即遣侦探至该银行查问,旋据侦探覆述,此票系付与邓庚,所以我又遣人至邓庚处,但恨失之过晚耳。”包内孝不俟言毕,忙问曰:“何谓过晚?”警察长曰:“邓庚在五分钟前将范勃雷刺死,继以手枪向己一击,即时殒命。”此语出自警察长之口,入于三人之耳,殊觉惊奇。高立楷闻所未闻,心病顿发,不辞三人,匆匆遽出。包内孝与奚咎修闻此案如此结果,殊出意料之外,目瞪口呆者久之,问旁坐二侦探曰:“此事究系若何?以我所知,邓庚与范勃雷二人必不至此。因彼自以为我,但袖手旁观,声色不露,则蒲爱梅之死,谁能察出与己有密切之关系?”

包探未及作答,警察长曰:“汝甚意是,但不知其中有二原因焉。其一,蒲爱梅未死之前,邓庚曾致伊许多电信。前数日,我查得此信,虽皆黑特生具名,究其实,笔迹显然,不能稍掩,以意度之,彼或悔留此确据,恐将祸及其身,因以自尽,未可知也。其二,邓庚自杀蒲爱梅后,状类痴癫,作事不知自检,且事后悔惧交并,深怪范勃雷激成杀害之谋,此亦击毙之一证也。”奚咎修问曰:“邓庚之杀范勃雷,公然自逞于众人之前,抑在私室内乎?”警察长曰:

① “警察长”,原文原作“警长察”,据文义改。

"未知其详。我已发电询问,未有覆音,而我续遣之侦探屈指可回,此中细情,自必查无疑议①,稍迟至此,我等即可了然于心矣。"包内孝离坐曰:"我欲至此处日报馆详探确情,想报馆中主笔,其信息必较敏捷。好在我亦佣于报馆,苟有所问,彼必能尽以告我。"言讫,与警察长作别。奚砮修随之俱出,途中谓包内孝曰:"我所以与汝同往者,因身居警察所中,非常不适。忆及前时所为之事,几使我不能呼吸,即使朔风凛凛,我宁与汝偕行。"

二人正说间,已至日报馆门首,门适洞开,遂通名进内。但该报馆主笔于邓庚自尽情形虽有所闻,亦未深知底蕴,而其遇包、奚二人,也甚觉殷勤,任包内孝用拍电机器向伦敦各报馆询问,自己将所闻邓庚之事登诸报端,发往斯克罗求售。一霎时,有一伦敦报馆覆电已到,上写:"伦敦圣塞俾尔有教士家有一奇事,该教士因癫疾大作,将至友杀去。"电文之右,有许多小字:"今日下午,圣塞俾尔邓教士自约克养病回来,伊妻见其态度失常,心殊不解,但前此在礼拜堂讲书,被高兰凝无端将伊纽住,或者因惊所致,亦未可知。以故亦未诘问,惟是日下午,钟鸣四下,范勃雷适至其家,究因邓庚忧愁莫遣,特来劝慰,抑邓庚在约克时曾发一信,约彼至家,未能辨其孰非孰是。第据邓庚家之女仆说,范勃雷人方入户,竟至书室,进内未久,即闻二人争论之声,迨其后又闻啼号之声达于户外。又越十分钟时,书室之门倏然而开,范勃雷跄踉自内奔出,面容惊惶异常,背触一刀,约有寸许之深,大声连呼曰:'我为邓庚所刺!'啼声震耳,闻者心惊,喊至数声,将手乱抓,旋倒于地而气绝矣。少顷,邓庚仅穿衫裤,疾趋而出,其声如雷曰:'世界上最凶恶之人何往?我欲将伊杀死!'言毕,即以手所执之枪,将范勃雷尸上连击数击,面色顿异,自言曰:'罪孽之赏赐即为灭亡,是

① "议",原文作"义",据文义改。

以三玻璃眼□□①之人,亦不免于一死。'遂以手枪自击,身倒于范勃雷之尸旁。"

包内孝与奚砮修读毕电文,虽中心毫不悲伤,但想到此案如此之结果,不觉手指发颤,又想此案将来究竟如何了结,尚难预料,所以迟疑半晌,恍若欲有为而不知所以为,欲出言而不知所以言者。迨越几分钟,又有一报馆回电亦到。二人见此回电,始悉黑特生可冀脱然无累。其接得之电文如下:"该教士自认己所为之事。三玻璃眼可畏。邓庚之历史,现今益加细察,得一绝异之事,因该教士有一极长之供认单遗下。据伊自供,度量素不宽宏,因度量之不宏,驯致酿成巨患,往往有之。范勃雷之行,初无大异。邓庚前控范勃雷将高姓前妻用药毒死,而次妻蒲爱梅之死,则己亲往斯克罗杀之,供认不讳。但所以欲杀蒲爱梅者,亦因范勃雷所唆而成。数年前,曾在片勃罗与蒲爱梅成亲,必假扮黑特生而往者,因己本有妇之夫,恐为物议所不容也。所谓三玻璃眼者,乃三人,即邓庚及其弟与范勃雷也。三人曾同出矢言,如有反对之人,即将以药毒死。此药惟范勃雷知之,尚有小书一册及一黑物,上列三玻璃眼,自能转动,若欲置人于死地,即延此入为秘密会会友。此秘密会,势力极大,无论何人,均为所惑,故世之有财者,无不列入会中。此人应许后,即导至顶楼上。楼中布置,尽系古式。梁间悬一布幕,嘱此人坐于安乐椅,椅之两旁,将毒药浸过之针暗藏于内。坐之稍久,其幕为电气所触动,滚于一旁,而三玻璃眼倏上倏下,转动敏捷,见者为之头晕,恍若身受催眠术,不能自主,将两手倚于椅之两旁,而其毒即入于内,而气为之喘。事既毕,释之归家。但此人既为毒针所感触,不出三十分,其名即登鬼录。盖凡昏晕之后,必思散步,而其死大都在马车之旁,虽有非

① 原文字迹不清。

常之作作,不能察出其所以致死之由。”

第十九章　共庆重逢[1]

范勃雷与邓庚死后,伦敦之居民既骇且异,议论纷如。但英国警察之积习,所获之犯,虽已得无辜确证,亦不肯遽尔轻恕。黑特生不得已,亦只好耐守于警察所中。包内孝友谊甚笃,日必前去问候,虽际此春风如剪,寒冷彻骨,并未因之裹足。温兰馥自得此佳音,异常欢悦,遂与一侦探相伴,向斯克罗而来。此侦探即前时警察长差往伦敦查察此案,此刻才从彼处回来,将查得之事至警察长处覆命。温兰馥既抵斯克罗,忙自走至警察所内,与黑特生相见之下,悲欢交集,互相庆慰,真有拨去乌云重见天日之概。越数日,黑特生遂从警察所赦出,名誉未能骤复,即他人之疑窦亦未尽豁然,然亦无能为力,惟有待时而已。惟前时被诬名节,好事者不辨真伪,贸然印诸纸以传观于人,而此次邓庚自尽,黑特生无罪出狱,好事者又复传播如前,所以众意渐回,念其受伦敦社会上最凶恶之奸计,有为黑特生惜,亦有为黑特生幸者,且各报代为竭力辨诬,以故曾未数月,黑特生之名誉依然光复。

而温兰馥与黑特生自遭此挫折,其爱情之笃更倍于前。一日二人散步海滨,见银涛滚滚,胸襟为之一爽。温兰馥以目视黑特生而言曰:“我与汝相爱之情,经此挫折,心亦忧乎。平日既未为非,忽受此无妄之灾,由今思之,犹有余痛也。”黑特生正目穷海际,望见旭日徐徐而上,忽动以无限之思,故亦不即置答。少顷,始从容言曰:“我所最亲爱者乎,我履险若夷,毫无所惧,且深感上天使汝我苦其心志,劳其筋骨,经此一番锻炼,非惟忆及前事,心不为动,且处事愈慎,料事益明。”言毕,将帽缓缓擎起,远眺海隅,

① “重逢”,目录中作“重生”。

觉造物势力之大无以复加,人生遭际,倏而悲,倏而喜,倏而是,倏而非,惟上天知之稔焉,遂高声曰:“上天佑我,我今日之复存于世界,皆天所赐也!”温兰馥亦喟然叹曰:“感谢上帝!”言讫,二人泪满眶中。

结语

诸君今日若至斯克罗游玩,即见路旁宫室巍然,异常精致,而其间有一屋名圣利葛者,其建设尤为诸屋之冠。试问之居人曰:“此谁氏之居?”人将曰:“有名之黑特生君及可爱之温兰馥小姐同居于此。”若述及蒲爱梅之案,则每滔滔不绝,感情激昂,盖其视黑特生之含冤、温兰馥之受困,实不啻身受也。黑特生自出狱以后,不欲回至伦敦,爱斯克罗风景绝佳,遂尔寄迹,赁居之后,亦未厕身商界,惟事优游岁月,而以乐善好施。闻费兰自受了戒指之毒,自指而臂而面,数日后遂遍于全身。罗乃福心窃忧之,弃其生理,驾舟于戒指所输入之地即阿比信尼亚国,深望于居民中索得解毒之药,奈遍访多日,所愿离偿,只得仍返故道。此时其毒愈甚,痛不能忍,费兰自知必死,遂乘暮夜众睡之际,自船中跃入水中。

范勃雷之财产,后为其叔母鼓登修所得。初时,鼓登修恐为伊侄所波累,所以虽得其财,心常恐惧。得产之后,即以金镑若干,为邓庚妻女糊口之计,而储于某银行。己常济急赈穷,毫无所吝,又其后以数千金镑之钞票交于各善堂,遂四出周游,不知所终。蔡家齐在范勃雷被杀之礼拜内,因酒使气,出言不逊,为人所杀。嗣据人云,高立楷接得此信,不甚悲伤。我窃疑焉,因特造利万司花园高立楷所居之庐,往候起居,不料有出人意表之一事。盖我甫入室,见同居者犹有一人,其人我亦略识,即奚咎修也,见我之后,面部通红,垂头不语。二人所以同居之故,未能深知,究系情好于前,抑高立楷自得黑特生之一千金镑,而奚咎修亦有每礼拜五金镑之酬谢,合志同方,遂复尔尔。其中孰是孰非,我亦不遑细辨。至于包内孝则并无奇闻,因包内孝自黑特生脱累后,即回至伦敦太阳报馆中,仍膺副主笔之任。此后视人如己,见人有难,心中愈易感动。公余之暇,惟以勉人趋善为宗旨,项间常悬一小金盒,盒中置有一物,与三玻璃眼相仿佛,以示终身不忘此案焉。(完)

——《月月小说》(1906—1908)

第一、二、四、六、七、十六号

郭延礼　郭浩帆　总主编
济南大学中国近代文学与文化研究中心　编选

中国近代女性文学大系

翻译文学卷（下）

刘丽霞　王国伟　主编

齊魯書社

2011—2020年国家古籍整理出版规划项目

2017年度国家古籍整理出版专项经费资助项目

杨季威

李冠芳

高君珊

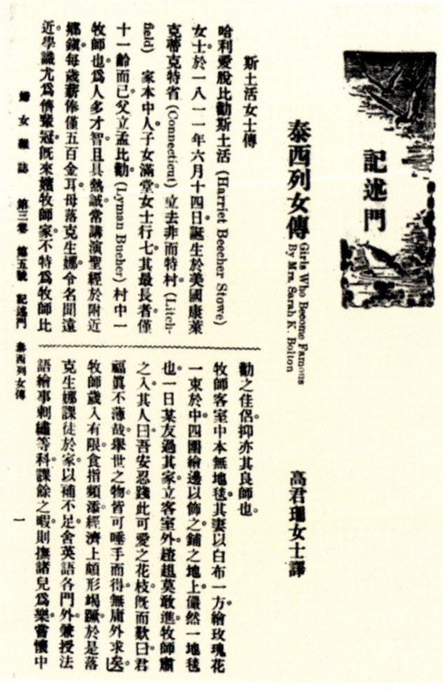

記述門

泰西列女傳

Girls Who Become Famous
By Mrs. Sarah K. Bolton

高君珊女士譯

斯士活女士傳

哈利愛脫比勤斯士活 (Harriet Beecher Stowe) 女士於一八一一年六月十四日誕生於美國康涅克蒂克特省 (Connecticut) 立去非而特村 (Litchfield) 家本中人子女滿堂女士行七其最長者僅十一齡而已父立孟比勤 (Lyman Bueher) 村中一牧師也為人多才智且具熱誠常講演聖經於附近鄉鎮每歲薪俸僅五百金耳母落克生娜令名聞遠近學識尤為儕輩冠既來嬪牧師家不特為牧師比勤之佳侶抑亦其良師也

牧師客室中本無地毯其妻以白布一方繪玫瑰花一束於中四圍繪邊以飾之鋪之地上儼然一地毯也一日某友過其家立客室外趦趄莫敢進牧師肅之入其人曰吾安忍踐此可愛之花枝既而歎曰君福真不薄哉舉世之物皆可唾手而得無庸外求矣牧師歲入有限食指頻添經濟上頗形竭蹶於是落克生娜課徒於家以補不足舍英語各門外兼授法語繪事刺繡等科課餘之暇則擁諸兒為樂嘗懷中

高君珊译《泰西列女传》

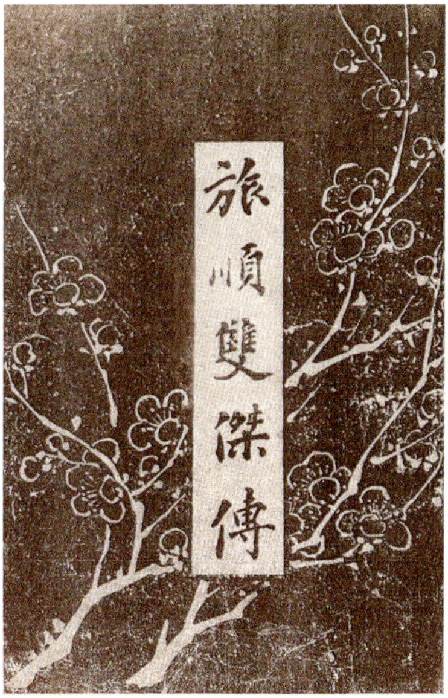

汤绂译《旅顺双杰传》

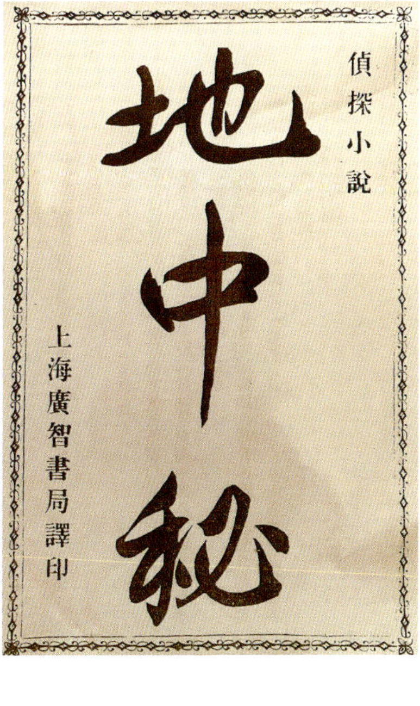

凤仙女史译《地中秘》

周澈朗

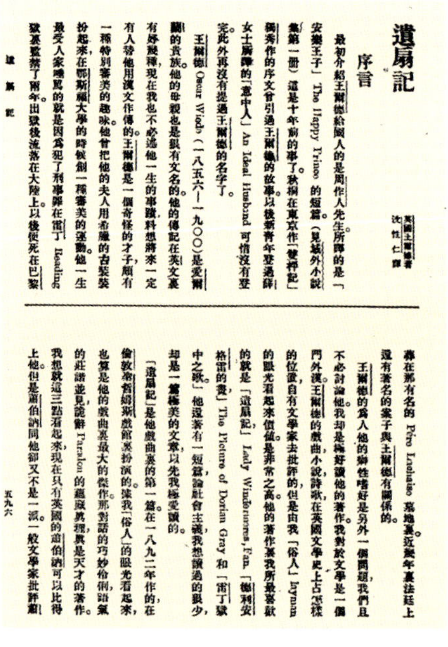

遺扇記

英國王爾德著 沈性仁譯

序言

最初介紹王爾德給國人的是周作人先生所譯的是「安樂王子」The Happy Prince 的短篇。(見域外小說集第一冊)這是十年前的事了。秋桐在東京作「雙枰記」獨秀作的序文曾引過王爾德的故事。以後新青年登過薛女士所譯的「意中人」An Ideal Husband 可惜沒有登完。此外再沒有提過王爾德的名字了。

王爾德 Oscar Wilde (一八五六—一九〇〇)是愛爾蘭的貴族。他的母親也是狠有文名的。他的傳記在英文裏有好幾種，現在我也不必述他一生的事蹟，料想將來一定有人替他用漢文作傳的。王爾德是一個奇怪的才子，頗有一種特別審美的趣味。他曾把他的夫人用希臘的古裝裝扮起來，在鄂斯福大學的時候創一種審美的運動。他一生最受人家唾罵的就是因為犯了刑事罪在雷丁 Reading 獄裏監禁了兩年。出獄後流落在大陸上。以後便死在巴黎葬在那有名的 Père Lachaise 墓地裏。近幾年裏法廷上還有著名的案子與王爾德有關係的。

王爾德的為人，他的癖性嗜好是另外一個問題，我們且不必討論他。我却是極好讀他的著作。我對於文學是一個門外漢。王爾德的戲曲，小說，詩歌，在英國文學史上占怎樣的位置，自有文學家去批評的，但是由我「俗人」layman 的眼光看起來，價值是非常之高。他的著作裏我所最喜歡的就是「遺扇記」Lady Windermere's Fan，「陶利安格雷的畫」The Picture of Dorian Gray 和「雷丁獄中之歌。」他還著有一短篇論社會主義，我想讀過的狠少，却是一篇極美的文章，以先我極愛讀的。

「遺扇記」是他戲曲裏的第一篇。在一八九二年作的，在倫敦聖哲姆斯戲館裏扮演的。據我「俗人」的眼光看起來也算是他的戲曲裏最大的傑作。那對話的巧妙伶俐，語氣的莊諧並見，詭辭 Paradox 的蘊蓄異理，真是天才的著作。

我想就這三點看起來，現在只有英國的蕭伯納可以比得上他。但是蕭伯納同他卻又不是一派。一般文學家批評蕭

遺扇記 五九六

沈性仁译《遗扇记》

翻译文学卷（下）

中短篇小说

汤绂

汤绂，字红绂，号红绂女史，浙江仁和(今杭州)人，1903 年赴日本留学，肄业于东京女子师范学校，1907 年回国，在撷秀女塾任教。汤绂是近代小说家和翻译家，精通日文，著有滑稽章回体小说《蟹公子》(1909 年连载于《民呼日报图画》)，译有《旅顺双杰传》《无人岛大王》等。

旅顺双杰传[①]

浪淘沙　题旅顺双杰传

神州旧主

绀海倒垂虹，浪吼鱼龙，何人击楫月明中，剩得穷途亡虏恨，泪眼西风。　　鹰隼脱樊笼，迅奏元戎，河山粉本去匆匆，雪窖冰天能报国，儿女英雄。

枯柳遍辽阳，染恨沙场，雄风卷地起残疮，闻道军符星火急，哭断柔肠。　　大陆降严霜，捷报迷茫，当垆少妇亦勤王，从古国

---

① 据阿英《晚清戏曲小说目》(上海文艺联合出版社 1954 年版)可知，《旅顺双杰传》收《旅顺土牢之勇士》《女露兵》二种，有宣统己酉(1909)世界社刊本。

殇红粉少，百战留香。

旅顺双杰传序

癸巳夏，予负笈渡东瀛，肄业于东京女子师范学校。凡五岁，课余游憩，专嗜读名家小说，而于家庭、军事两种为尤好，或以刘邕嗜痂诮，勿计也。顾斯时也，适丁日露战事，扶桑三岛义士云集而响应，而血性所至，人人涂肝脑、蹈汤火，而不以为苦难。性命乎，牺牲哉；事业乎，铁血哉。举黄海以北、黑龙江以南之战争活剧，供一般文人学士构成小说之绝新资料，昔昔而录之，片片而订之。不过一小说，而以之振励尚武之精神、锻炼军国民之资格，绰绰乎其有余。嗟乎！此其有裨于社会何如也？予于其时购得百余种，置之案头，稍有散佚。丁未秋以染疾归国，而二三旧友欲延予为撷秀女塾教授，再三辞不获。上课之暇，诸生每欲予译述一二短篇小说，以资谈助。予搜旧箧得百余篇，东鳞西爪，碎玉零金，乃择其文事之有裨女界者译述之，如俄哈拉冬、日梶川凛子者，非皆巾帼中之佼佼铮铮者乎？萤窗雪案，津津忘倦，自谓依样葫芦，不敢增减一字。积数月，得十余篇，而友人见之，复以付剞劂公同好为怂恿，且谓近日小说，或著或译，不啻汗牛背而充屋栋，而卒之瑕瑜既杂，流弊遂滋，世固有受种种小说之影响，而因之破坏道德溃决防闲者，彼移译者不得辞其咎也。惟择其善者而译之，以为我学界之谈助，并使吾女界中知尚武之精神、军国民之资格，不当为须眉所独擅，而奋然兴起焉，则诚译此书者之苦心也。宣统元年元月元旦仁和汤红绂自序。

旅顺土牢之勇士

第一章

自日俄战事开,而忠男义士麇聚蜂起,拼性命,薄血肉,出入硝烟弹雨中,以博一死。死之烈者,不于海则于陆,堕危崖,葬绝壑,断头折臂,刳腹流肠。故自旅顺包围以来,以战斗死、以侦探死、以疾疫死者,不胜偻指数。而独有一奇伟之日本男儿,拼万死留一生,日锢于悬崖绝壁,腥风血雨中与严寒战,与秽气战,与毒蛇猛兽战,阅数月而志气不稍挫,又复雄心勃勃静睨战机,曾不旋踵而大功立,而盛名传。吾故移译之,而欲使顽夫廉、懦夫立,举天下而闻风兴起也。翳何人?翳何人?则吾所崇拜之土牢勇士是。

旅顺旧市街之东,黄金山之麓,有一奇异幽险之土牢焉。险临绝壁,俯瞰千仞,苔藓丛生,几经剥蚀,而土牢之周围,复环以极坚固之铁栅,积久生锈,锈转红色。狻猊之槛、虎兕之柙,以此仿彼,殆无稍异。此土牢之历史,说者谓自某大员构之,以投畀罪人者,首以毒蛇置其中,而后投之以重囚。地中犴狴,赫赫惊人,一入其中,则永昼如漆室,阴森如地狱,秽臭不可触鼻,卑湿不可著足,而种种惨毒之情形,实较寻常之牢狱为更甚,故虽以极壮健之铁汉,一旦锢闭于其中,曾不转瞬,遂成冢骨。此土牢也,实为有史以来所不数觏,而俄人自占旅顺,遂一开千古魔窟之门。

先时日军之谋堵塞旅顺也,聚死士,沈巨舰,一试再试而不得奏厥效,而第三次闭塞之策兴焉。时俄舰以败衄故,蛰伏港内不敢出,东乡大将乃召诸将而谋之曰:“此两度闭塞之奇策,俄军虽未大挫衄,然已足以破其胆,寒其心,梗其咽喉。今欲为第三度之闭塞,诸公谁敢往者?”一言未毕,而座上之赳赳一武夫已挺身起。

众视之,则佐贺大尉也。大尉躯干丰伟,娴兵谋,优胆略,目炯炯有光。日清一战,有功旅顺,继以俄人干涉,以台澎易辽东半岛去,报复之志,寝馈不忘,故东乡一问,彼即锐然自任,英姿飒飒,旁若无人,舰兵翔跃,不胜欣贺。时则日色昏暮,风平浪静,诸舰员晚餐毕,乃为第三次闭塞之预备。

更初静,豫备已竣,佐贺大尉与诸将登甲板上,饮酒诀别,英风凛凛,预祝胜捷,同行者八九十人,咸慷慨有捐躯志。夜将半,大尉与同人登甲板去,率领诸舰鱼贯而进,忽觉黑云蔽天,狂风陡作,惊涛怒浪不啻乱山重叠。大尉乃冲先猛进,悲歌击楫,一若不奏厥功誓不欲生还祖国者。约一时许,抵旅顺港外,而已为俄人探海电灯所瞥见,电光一闪,万炮雷鸣,弹雨飞来,海水为沸,大尉乃从容不迫,使诸舰排作一字,可数秒时乃燃爆药,轰巨舰。既竣厥功,复提刀下舢舨去,此诚所谓临大难而不惊者。不谓一刹那间而巨弹飞来,适中乘艇,舢舨一苇化为齑粉,而舰内诸将已悉为狂飙怒涛一卷而去。

斯时也,旅顺港口炮声震天,沈没舰之桅樯微露水面,随波荡漾,击碎之舢艇复与浪浮沈上下,如一群海鸥之散浴。大尉乃怒目切齿,对敌垒而指詈曰:“露兵乎!汝以我佐贺大尉为毙汝弹丸下乎?抑以为我逐波臣而去乎?否否否否!我将乘风破浪,薄汝垒,入虎穴,得虎子,以雪我部下之仇耻!”言次,乃以手为桨,体为舰,两目为罗针,冲波逆浪而入旅顺,曾不数刻,已泅至黄金山麓而独登彼岸矣。不谓一波方平一波又起,大尉方披榛棘、攀藤葛,登彼陵谷,而已为巡视之俄兵所探见,乃乘其猝不及防之际,突举佩刀奋然挥去,寒光一闪已中头颅,继则并其衣服而剥夺之。呜呼!狭巷短兵相接处,杀人如草不闻声,心目中岂复有俄兵在乎?若佐贺大尉之神勇,真所谓一身都是胆也。

斯时也,大尉复崎岖山谷,化险为夷,仰视天空,明星闪烁,寒威砭骨,肌肤欲裂,乃解淋漓之湿衣,易俄人之军服,解佩刀,枕岩石,假黄金山为黑甜乡,直有卧榻之旁不容鼾睡之意,不数秒钟而鼻息齁齁矣。无何而晨光熹微,狂飙稍息,炮台寂寂,若与诸守兵作酣睡状,而不料万籁岑寂之中而突有俄兵其人者,情形狼狈,胆小如鼠,直向黄金山蹀躞而来。而浪头一激,彼两人僵卧之情形,忽射入于该兵之眼帘,始而错愕,继而惊疑,终乃伸颈张口而旁睨。噫嘻!适从何来,遽集于此?彼何人斯,一生一死?乃故张其胆以谛视之,觉头颅一颗,须发模糊,赤身之尸冰卧崖石,约距数武,而复有英姿爽飒之日本男儿挺卧其旁,鼻息雷鸣,佩刀之血迹未干,面上之余怒未息,盖一望而知为昨夜闭塞队之勇士,于舢舨沈没后单身杀入,突诛一逻守之俄兵而倦卧于此者也。噫!奇矣。

于时俄人疾驰入营内,不逾一刻,而一队之俄兵已统于警备队长达伦司将军,如风驰电掣而来,枪上之刃闪闪作光,军律森严,如临大敌。俄将军察阅一周而号令一声,山谷为震,彼如罴如虎之大尉已在睡梦中束手而受缚矣。呜呼!蛟龙困于涔蹄而不免揶揄于鱼鳖,虎豹絷于铁槛而不免受侮于鸡豚。俄兵以杀同胞之恨忿忿曳大尉而去,离海岸,入旅顺,经过十数繁盛之街市,呵骂促步,如获重囚。由是风声一播,妇孺咸知,观望之人途为之塞,只觉攘攘熙熙中,有怜大尉之英雄而扼腕太息者,有疑大尉为侦探而惧遭枪毙者,杂遝喧哗,莫衷一是。独俄人以阴鸷之性,败衄之耻不啻藉大尉而一雪之,而一群紫髯碧眼儿遂有向大尉而嘲笑者、骂詈者、凌辱者、拍掌欣贺者,人声鼎沸,聒耳不绝。悲哉!悲哉!人孰无情,谁能遣此?况绝世英雄如大尉者耶?

虽然,丈夫可杀不可辱,可死不可侮,可囚可禁而不可屈,大尉乃于四面楚歌之里,怒发冲冠,瞪目直视,三尺无明火直欲冲霄汉而上,而无如自顾藐躬,如蚕在茧,欲遁不得遁,欲斗不得斗,欲死不得死，束手无策，将奈彼何？一踌躇间，乃忽见有某将军者，若嘲若谑于己之左右，遂欲尽一身之力腾一踝去以制其命，适一举足，而忽有女子之声自道左来，如疾雷之掩入耳鼓者，曰："闭塞队之勇士乎，毋轻自陨灭！"噫嘻！此声也，娇而婉，清而越，非清人也，非俄人也，其殆我日本之女子耶？我日本女子而忽发此声，殆所谓英雄惜英雄、豪杰慰豪杰耶！

大尉忽举足，忽停趾，正如万丈怒涛陡然平落，于是且行且思曰："此声也，胡为乎来哉？"侧目微睇，不知所起，而一群前推后拥之俄兵，复引领作左右顾，状狰狰，睛灼灼，若欲严究声之所自来而不可得，乃不数武间，而十余丽姝联襼缀襟，燕燕莺莺若群聚于旅顺之街头，而亦来观此被絷之武士者，粉黛盈盈，附耳私语。大尉张目一顾，觉此十余丽姝中，独有一袅袅婷婷之美人绛唇微动，汗粉交颐，若有意，若无意，若相识，若不相识，其视线若注射大尉之一身，而不遑他顾者。噫！此岂我扶桑三岛之好儿女耶？一刹那间，而大尉前去，已等于烟云之过眼。

第二章

佐贺太尉①既被絷，且匆匆至俄营矣。俄将达伦司将军者，一暴戾恣睢之人物也。彼自经日舰两度之闭塞，蜷伏军港，锐气沮丧，兼之日军游弋无定所，不能测其根据之所在，于是以为太尉者，彼海军中人物也，吾果诱之以甘词，饵之以厚币，无虑秘密之不吐，即或不然，而吾以刀锯威其前，鼎镬列其后，无虑日军根据之不吾告，终不然，而吾有幽僻危险之土牢在，不难藉此以为最后之恫吓。谋既定，乃踞座而见太尉曰："汝来前，汝来前！汝国以

① "太尉"，此前作"大尉"，此后多作"太尉"，偶作"大尉"，皆保留原文用字。

螳臂当车辙,暗袭我军港,私毁我铁甲,堵塞我要口,我欧罗巴舰队一至,汝军为齑粉矣。汝今日者,降则生,否则死,汝能供汝海军中之秘密乎?吾尤厚赉汝。”言未毕,太尉一声狂笑,笑声震帷幄,乃栩栩然呼其名而嘲之曰:“达伦司,汝毋渎,试静听乃公之一言。乃公不幸为汝执,头可断,肢可裂,心可剖,而日本海军之秘密决不能为汝道只字,否则汝试割吾舌,再向吾舌而细探之、详询之,尔时日军之秘密,非复我佐贺之所能自主矣。”言次复大笑,俄将军忿然作色曰:“然则汝降否?”太尉曰:“吾国有断头将军,无降将军也。”俄将曰:“然则汝惧死否?”大尉曰:“吾何惧?吾太尉今日求死而不得,尔可速死我。”斯时也,俄将乃老羞成怒,而遂有禁锢太尉于土牢之命令。

此土牢之情状、之历史,前既言之矣,一旦而锢于此,一佐贺死,百佐贺亦死,斧钺也,鼎镬也,固皆无如此土牢之惨、之毒、之酷烈者也。命令一下,而数十辈如鹰如狼之俄兵,遂悻悻然拥太尉而去。太尉于此,抗之不能,辨之不得,而于是且行且思,将欲斗耶?一身被絷如槛兽,势必不足以敌数十之俄兵,而遽离旅顺之虎口,将欲死耶?七尺须眉,遽尔陨灭,捐躯不足以报国,而又如匹夫之沟渎何?由是踌躇审顾,且行且思,彷彿前时呼我之女子如在目前,而“闭塞队之勇士乎,毋轻自陨灭”之一言,尤历历如在吾耳,于是一声大笑,遂从容徐步而入土牢矣。呜呼,斯时之太尉若虎在槛,若豚在笠,秽气流薰,阴寒刺骨,使庸庸者而闭于此,则有朝入而暮死已耳,摇尾以乞怜已耳,否则疾病痛苦以自贡其秘密,甘卖其祖国已耳,曾谓太尉何人而忍出此?

乌飞兔驰,岁月如流,太尉之锢闭于土牢也,忽匆匆数月矣。俄将以太尉为非常之捕虏,而特遣数十健儿,轮流监视于土牢之门首,且或冀一吐其秘密也,而坚强不屈之太尉则曰:“是土牢者,为吾锻炼地、砥砺场,设吾出而不能拔旅顺、擒俄将、建吾东亚男儿之伟业，则亦毋宁坐锢于此窟耳，无如英雄闲散，髀肉复生，眼前咫尺如隔万里，吾日军包围之攻击，究不知鹿死谁手，而旅顺街头之一绝世美人，又不知为死为生，一念及此，觉坐卧俱有难安，而甚愿我日军之一炮弹，速化此旅顺为飞尘，并速毁此土牢为齑粉已耳。”

居无何而腊近矣，冰寒矣，彤云如墨，雪花怒飞，长夜漫漫，裂肤堕指，土牢中之太尉忽而悲歌，忽而起舞，忽而嬉①笑怒骂，一更向尽，万籁俱寂，而忽有崩天摧地之声自西南来，太尉乃攀栅而狂喜曰：“炮弹！炮弹！”耸耳听之，而炮声隆隆，地雷轰发，自是而军乐声、枪炮声、城郭轰毁声、庐舍坍塌声聒耳不绝，而守门之俄兵又复觳觫战栗，如木鸡，如寒蝉，太尉乃恨不碎铁栅，挎俄兵，提刀跃出，而效死于攻围军之麾下。

乃不料一转瞬间，而同时之腥风血雨中，壮士掷头颅，弱卒填沟壑，而忽有悠悠扬扬、不疾不徐杂炮弹声而继入于太尉之耳膜者。噫！此声耶，何声耶？铮铮者非管弦声耶？铿铿者非丝竹声耶？喧阗杂遝者非歌舞欢笑声耶？前有三军之惧，而后有桑中之喜，意某俄将于更阑夜静中，拥名姬，设盛筵，唱斯拉夫歌，饮白兰地酒，以为我平章军国事耶？太尉乃顿足捶胸而指旅顺曰：“吾不料俄人之将将者如是如是，吾不料俄人之所谓东方舰队者又如是如是。”

斯时也，太尉忽怒忽叹，忽笑忽詈，忽而目光一闪，黑云尽撤，积雪如镜，觉此昏黯之土牢口飘飘然来一人影，彷徨瞻顾，徘徊不定。人耶？鬼耶？胡为至此？太尉乃攀铁栅而微睸之，而但觉战战栗栗之一俄兵，身鹄立，口烟斗，冷面似铁，长髯似戟，而其旁复立一妙龄之女子，垂西施之髻，衣绡白之衣，相映于积雪皎洁之

---

① “嬉”，原文作“嘻”，据文义改。

下,而益显其柔荑瓠犀蛴首蛾眉之美态。噫!此人也,胡为乎来哉?无何而见此女子作恳求状,俄兵作拒绝状,再恳再拒,如是三四,女子乃于怀中出一箧,呈俄兵,俄兵见之,色作喜,乃举首佯作左右顾。噫嘻!此殆为金钱主义所运动,而已许可此女子之进彼土牢耶。

斯时也,太尉又如痴如狂,如醉如梦,对此女子而骇异曰:"以女子而孑身入战地,奇矣。以女子而入战地中危险幽僻之土牢,尤奇矣。入战地之土牢而独在硝烟弹雨之夜半,尤奇之奇矣。噫!吾佐贺自数月来形影相吊,四壁相对,虽欲见吾日军之一炮弹,已如蜃楼海市之不易睹,而忽于战云黯淡、雪夜岑寂中,突来一漠不相识之丽姝,此情此景,得无我佐贺在醉梦中耶?"孰知方骇怪间而忽然娇音微吐,如春莺之乍啭而嘤咛一声曰:"闭塞队之勇士乎,汝乎?"此声也,一入太尉之耳鼓,不啻如恩纶,如慈谕,一字一泪深入脑际,有必非寻常酬答之语言所能比拟于万一者。

第三章

呜呼!读者诸君欲一悉此女子之历史乎?彼自数年前曾卒业于大阪某女校,性聪颖,多机警,同学无能及者,继为某地教授,辄演讲女子报国事。彼以为地球人类,无等级,无男女,惊世绝俗之事业,男子所奋身而优为者,女子皆可以夺其功,而心思之巧、机事之密、形迹之诡秘,有时且驾男子而上之,其言论之惊人类如此。

虽然,欲建功,必冒险,欲报国,必舍身。至明治三十六年秋,日俄以东三省事,两国开交涉,阳开谈判,阴增军备,既而大势将决裂,战云渐迫,风声益紧,彼乃审铁血之必不可免,而深知旅顺一区复为吾国甲午之战胜物,挥汗血,涂肝脑,百战而得之中国者。俄人独以笔舌攘之去,抑且建军港,筑炮台,屯铁舰,造船坞,吾日军而欲言战,必先以全力攻击旅顺;欲攻击旅顺,而军事之侦探尤为此战之要著也,于是此女子乃潜身而至旅顺。

虽然,既至旅顺矣,而彼一弱女子,果处于何等地位乎?继乃知俄将之淫乱之暴虐,而一旦开战,必不容吾日人处其地,故俯首屈节于妓寮,藉其色艺与俄将昵,而得由此以刺其隐秘,探其形势,察其军情,而服饰之改变尤其形迹之诡秘也。呜呼!张禄耶?陶朱耶?彼漆身吞炭之侠士又何多让耶?

居无何而战事启,俄舰毁,旅顺围,港口塞,彼益显其敏妙之手腕,以侦得俄军之秘密,而念我佐贺之处此土牢也,于是冒炮火,披风雪,经山路之崎岖,入土牢之幽僻,而期与太尉谋一面,曾不知几经阻碍而始达目的。殆至趋近铁栅而阴气袭人,毛发都竖,秽臭薰蒸,刺鼻贯脑,于是抚铁栅而之问曰:"闭塞队之勇士乎,汝乎?"太尉奋臂突起曰:"唯唯!汝为谁?"此声也,如洪钟,如怒狮,一若狂喜之后不择其声之何若者,而绝代之姝丽不觉大惊失措,倒退几步曰:"险矣哉!汝果闭塞队之勇士乎?岂前日旅顺街头之一女子,汝果忘之乎?"太尉闻之,而又复大声曰:"否,否!吾忆之,汝究为谁乎?"言次,守门之俄兵颇惊疑,目灼灼视铁栅,若欲施其干涉之手段者,此女子急低声曰:"汝亦知俄兵之疑视我等乎?妾来此,无他意,不过有一语以报告君耳。妾旦旦来此,苦不得当,今则罄妾所有之金钱而赂俄兵,乃得与足下谋一面,请勿声。"太尉会其意,乃趋近铁栅而微语曰:"然则汝果何人乎?"女子笑曰:"妾一贱妓耳,名梶川凛。"太尉闻之,乃猛然若有所省曰:"梶川凛乎!梶川凛乎!!果尔,则为日本海军陆战队中骁将梶川少佐之令妹乎?"梶川曰:"唯唯。妾曾见足下,足下何忘之乎?"太尉曰:"噫!吾忘之矣。梶川少佐,予患难交也。予闻其令妹为近世一女豪杰,数年以前尝孑身入旅顺矣,而今果尚在乎!"梶川曰:

"唯唯。妾之入旅顺有年矣,变姓氏,易服饰,与娼寮伍,以徐图报国之机会。而两国战起,风鹤频惊,我日本人之侨寓于旅顺者悉为俄人下逐客令,即有一二留此以侦探军事者,一旦为俄人获,则又枪杀之、禁锢之,以肆其残杀之手段。妾以秘密得漏网,且得于暗中侦察其形势。"言次,梶川若甚恧者。太尉曰:"然则汝果侦得秘密乎?"梶川曰:"然。"太尉曰:"汝既得此,盍速去旅顺以报告我攻围军,以为攻破旅顺之向导乎?"梶川曰:"悲哉,悲哉!太尉尚未知俄军防守之密乎。妾自探得秘密后,几次冒炮弹,践血肉,欲越危城而去日垒也,而皆为俄兵所阻。今则军事之警察密布如蛛网,欲求一出入旅顺而无阻者,只有空中之炮弹已耳。妾以一弱女子,安敢探虎口?"太尉曰:"然则我日军已逼近旅顺乎?"梶川曰:"然。"言次,复回顾俄兵数次,但见其倚壁作睡态,乃探怀中出一簏,折叠如地图,遂以一手从铁栅中递给太尉曰:"此敌军秘密图也。"太尉以一手接之,遂借土牢外些微之雪影展读之。呜呼!此景此情,固视俄国虚无党人之雪下读禁书尤为有味也。蝇头模糊略可辨认,其中如斯带克之所在,火药库之所在,山上炮台之建筑所,港中水鱼沈没所,旅顺地雷埋伏所,以及俄军种种之通信法,恍如掌上螺纹,历历如绘,观乎此而知画沙聚米者之未足为奇也。

太尉阅毕,乃叹曰:"使我攻围军而得此,当得如何之便利乎?"梶川曰:"妾今休矣,日处危城中,无出险望。足下伟丈夫也,旅顺陷落之日即足下出险之日,足下倘能携此以归日军,妾虽为齑粉,不恨矣。"太尉曰:"否,汝勿馁。汝今为自由之身体,予则一海外捕虏耳,性命之危等于朝露,且汝侦之而予得之,掠人之美,丈夫不为,汝速自藏好,毋为俄虏见。"言毕,若有不胜惊喜之色者,乃哄然大笑。

笑未已,而土牢口之守兵已搓其蒙眬之睡眼,略一欠伸,携枪入土牢来，履声蛩然，目光四射，遥遥以麾手作势，迨至铁栅，复更发其冷酷之声以责太尉曰："默！默！捕虏何无礼？汝岂以此为演说场乎？"又复麾梶川而叱之曰："汝旦旦来此，不审何故？今者一见之后，刺刺不休，汝岂为日人来作侦探耶？予有职守在，不能听汝辈无礼。去者去，不去将辱汝！"梶川方欲再辨，而已为俄兵一曳而出。呜呼！太尉虽勇，其如梶川何？其如俄兵何？

第四章

梶川之见曳于俄兵也，太尉目送之而无如何，而回头一顾，百感俱生。山路崄巇，寒威凌骨，当此漫漫长夜中而雪花遍洒，一白无余，独有此豪侠美丽之女子，踽踽夐夐疾驰而去，曾不转瞬竟如黄鹤，而于是十数监守之俄兵有相向而不胜疑讶者。甲曰："此必日军侦探也。不然，今夕何夕，遽然来此？"乙曰："此清国服饰也，或与日虏有旧好，未可知。"丙曰："此名妓也。昔时尝与某将军昵，吾数数睹之矣，又何足为吾国虑？"然自兹而日军益益逼，旅顺益益危，土牢之监守益益严，坚强不屈之太尉又复困顿寂寥，孑身寡偶。自梶川去后，而土牢之中，仍不见有一人之踪迹，所恃以慰其寂寞者，亦惟黄金山麓之风涛与旅顺街头之炮弹已耳。呜呼！月复一月，日复一日，曾几何时，而已为明治三十七年十二月之末日。

是日也，我日本之旅顺攻围军何如乎？旅顺港口闭塞矣，辽东半岛封锁矣，黄金山、老铁山之炮台毁矣。旅顺全市，前不得进，后不得退，横尸累累，疮痍满目。斯带克氏之麾下，战兵已不敷调遣，而又药弹尽，粮食匮，军械告竭，士无斗志，其不至于罗雀掘鼠析骸易子者殆几希耳。日军乃占得旅顺之一高垒，架巨炮，树国旗，俯瞰旅顺，几如困兽。日将暮，战愈奋，由是以速射炮之攻击全注俄营,炮声隆隆,乘风呼啸,著物物燃,触屋屋烬。俄军以死力相抵抗,而一群皇皇之兵士,有僵卧者,有蹶仆者,有奔走救火者,有背负伤兵者,有修筑营垒者,人声嘈杂,士卒错乱,至此而旅顺之命运,乃不绝如綖矣。

斯时也,我土牢中之太尉何如乎?人人贺新年,除旧岁,而我犹禁锢;人人登俄垒、捕俄兵,而我犹缧绁。举念及此,惟恨不身为炮弹以轰此旅顺耳。太尉方悲愤无可诉,而忽闻百万雷霆从天而降,烽火横飞,极目如昼,号呼之声,入耳萦心,乃不禁抚铁栅而狂喜曰:"旅顺破矣,旅顺破矣!何为而旭日之国旗,尚未耀吾眼乎?何为而枪上之利刃尚未炫吾目乎?又何为日本军之马蹄得得、革履橐橐,尚未注入吾耳鼓乎?"方极乐间,而忽有呜呜一巨弹掠太尉之土牢而过,轰然一声,山谷震动,守门之俄兵已不知遁于何处。太尉乃对铁栅而祈祷曰:"炮弹乎,炮弹乎,汝速化旅顺为齑粉,速化土牢为齑粉,并速化吾佐贺为齑粉。"一言未竟,而斗大之弹已直向土牢而落,巍巍石门炸为平地,而四围铁栅不啻如鲁灵光殿之独存。

斯时也,太尉之惊喜几于不可言喻,辴然曰:"眼前魔障铲除一空,旅顺烽烟历历在目。"太尉其以此铁栅为观战台乎,不谓此枪林弹雨之中,而忽有娇婉之声音,如莺啼,如燕语,"太尉安在,太尉安在"之声,不啻挟炮弹以俱来。噫嘻!人耶?鬼耶?醉耶?梦耶?太尉方四顾惊诧,而黑烟缭绕之中,已有一花容玉貌之女子直向铁栅而来。噫嘻!此非前日之梶川乎?迨至铁栅之外,而粉汗盈盈,情急气喘,若有千言万语而不能道其只字者,直待半晌而始言曰:"我日军大……"言至此,气复喘,须臾又曰:"我日军大胜利,大胜利!敌垒之一角已全破矣!"太尉曰:"破乎?"梶川曰:"然。"太尉曰:"汝可速归日军,以献汝秘密事。"梶川泫然曰:"妾来此,岂欲舍足下而独归乎?"太尉曰:"否,否。汝速归,汝但志此一抔[1]土,使异日之收吾骨者,不致吾暴露足矣。汝试视此铁栅者,宁有出险望乎?”言未已,弹若雨下,太尉大声曰:“梶川速避!梶川速避!”而轰然一声,一炮弹已直落土牢之顶。

斯时也,但觉黑烟一缕盘旋空际,铁栅内外走石扬尘。梶川趋近一望,而太尉已挺卧地上,绝无声息,惊视之下,不觉痛哭曰:“太尉死矣!”太尉其果随此硝烟去耶?一刹那间,而太尉一声狂号,挺身直立曰:“否,否!梶川以我为死乎?我因避此炮弹故,特僵卧于地上,以防其一震之威耳。”言次,乃握拳张臂,不胜狂喜。既而梶川复以一手指铁栅大呼曰:“太尉!太尉!试视此处!试视此处!”太尉一望,不禁狂喜,盖五六株之铁栅已为炮弹轰断,乃大喊一声曰:“天乎!天乎!予佐贺应不绝于此窟乎!”言次,一跃而出。斯时也,如鹰脱鞲,如虎出柙,惊喜之象有非区区之笔墨所能形容者。

太尉既出土牢,梶川乃突掖太尉臂,且呼且跃,且行且笑,借炮火为指南针,一直向炮林走去。斯时也,但觉日军高垒之炮弹直注旅顺,如飞蝗,如贯珠。一地雷触机轰发,炮垒兵房空中化作片片舞,匉訇之声累累不断,一如迎迓新年之爆竹。无何而鸡犬惊飞声,老幼啼哭声,兵士号喊声,入耳不绝。太尉等方猛进间,而一群败北之俄兵已踉跄而过其前,皇皇如丧家犬,惴惴如走险鹿。太尉一谛望之,而为首一人,非俄兵克罗司克乎?彼其委炮垒,弃残枪,手无寸铁,抱头鼠窜,而岂料此间有土牢之英雄在乎?太尉一见而狂喜曰:“梶川请少待,予将扑杀此獠,以泄吾忿!”言毕,乃疾驶而去。

一刹那间而已至俄将前,太尉乃突伸其猿臂,捉俄将之襟而力曳之,仿佛若提一小儿,乃止而叱咤之曰:“何物俄将,汝曾识土

---

① “抔”,原文作“坏”,据文义改。

牢之勇士否？请一试乃公之老拳！”俄将百计支撑，而忽为太尉一掷，已仰跌数丈之外，訇然一声，头颅已碎，而一群俄兵不啻若惊弓之鸟，俱觳觫战栗而去。太尉乃握拳狂笑曰：“弱虫！弱虫！一人敌且不能，乃欲斗万人敌乎？有能与乃公角者，来！来！来！”言已，复磨掌擦拳，大步猛进。方行时，而忽闻背后有相呼声曰：“大尉乎！亦知穷寇不可追，困兽不可斗乎？吾辈盍乘此以归日军？”于①是太尉转而携梶川之手，而与之践血海，越尸场，奔走于炮火中者凡数里。夜气沈沈，火光荧荧，时盖腊月三十日之最后期也。

无何而炮声稍缓，晨光熹微，红日一轮已将出扶桑而射及旅顺，此殆明治三十七年最后之末光，而亦明治三十八年开幕之光明也。太尉与梶川跋涉于旅顺兵燹中，但觉多露厌浥，晓雾溟蒙，一片降幡飘摇于旅顺街头，十万貔貅照耀于黄金山麓，且一旒日本国旗高插于炮垒之上，而一位雄风凛凛之海军士官方手握指挥刀，以督领无数健儿检降虏，收残兵，检视俄军之辎重，勒缴俄军之枪械，指挥刀光忽起忽落，佥不曰：“此盖一少年将军也。”噫嘻！果何人与？果何人与？

太尉渐趋渐近，而炮台一角遽现眼帘，荼火军容，色色可辨，于是翘首一望，而太尉心中不觉私相诧异曰：“此赳赳者，何其似我旧友梶川少佐乎？”且行且思，不旋踵间而已趋至炮台之下，忽闻梶川凛子曰：“太尉！太尉！此炮台上非凛子阿兄乎？”太尉引领一望，狂喜欲绝曰：“此非我旧友梶川海军少佐乎？”梶川凛子乃左手捧图，右手扶太尉，一跃而同登炮台之上，太尉乃发其千古未有之大声曰：“梶川少佐！梶川少佐！贺君新年劈头大成功！仆已偕令妹备得最上之一大贺礼来！”

---

① “于”，原文作“干”，据文义改。

斯时之梶川少佐忽而惊，忽而喜，曰："君非佐贺太尉乎？我军第三次之闭塞队，无一人得免于俄军之炮弹者，而君竟依然无恙乎？"于是凛子以旅顺地图进，而备述太尉禁锢之苦状、土牢之魔窟，日军闻之，莫不感动鼓舞，交口称颂，不须臾而一军皆惊矣。

于是攻陷旅顺之捷书达东京，自朝廷以至庶民，莫不悬灯庆祝，如痴如狂。阅数日，梶川少佐又送太尉等回日本，军乐震天，传为盛事。及至东京，而万民之来瞻太尉、凛子者，莫不花圈以迎之，挥巾以送之，开会以欢迎之，摄影以传布之。而全国之新闻记者亦复珥笔以详其事实，载之报端，而一时上上下下、老老幼幼，莫不相率而高呼曰："佐贺万岁！梶川凛子万岁！"（终）

女露兵

第一章

吾读李华吊古战场文而悄然悲，吾读木兰从军歌而奋然壮。李华之文悲矣，丽矣，然而一披读，则儿女情长，英雄气短，势必率全国人而流于文弱骄奢之一途。若夫木兰，一女子耳，目不识锋镝，耳不闻鼙鼓，身不习矛戟，独能以躬代父，万里从戎，买马配鞍，释笄而弁，阅几许之艰难辛苦，而同伴不及察，七尺须眉，得无愧煞？此所谓巾帼中之铮铮者耶。至若梁夫人亲执桴鼓，秦良玉躬冒矢石，亦足为深闺吐气，而俱不如木兰之悲壮之雄奇。不谓事阅数千载，竟有以闺阁之深情，效孟坚之投笔，其悲壮雄奇若与我木兰相颉颃，而捐躯之烈，从戎之苦，且或过之。斯何人耶？则吾所崇拜所移译之女露兵是。

伉俪之笃，糟糠弗弃，东亚西欧，无累黍异。俄人夙以勇猛闻世界，故于家庭情尤笃。彼虚无党之充配西伯利亚者，类皆得眷属以俱东，冒风雪，历险阻，志气不稍挫，故谪发者不觉其苦。彼女露兵何人耶？自东清铁道延长后，白山黑水形势一变，哈尔滨[1]为俄国人东来逆旅，市场之繁盛，百货之充牣，欧斐美澳商贾之辐辏，攘攘熙熙，兴盛无比。而俄人中之素封者，或尽室东来以为寓公，或稍备母财以事贸易，而女露兵之轶事遂出现于此矣。初哈尔滨街之西端有一小酒肆，肆中雅而洁，种种陈设皆欧风。俄兵中有刘伶癖者，过此辄入门博一醉，故肆中主人，得藉此博蝇头利，生涯颇不恶，朝而启扉，暮而收帘，此中当垆人，即吾所译女露兵之小影也。

女露兵者，名哈拉冬，俄国之木司科人也。其夫名哈露麦恩，向为沽酒业，年三十六，貌中人，性沈挚，服犊鼻裙，与肆中佣保杂作，勿辍也。哈拉冬齿二十六，美而贤，勤恳而朴实，持筹握管俱亲为之，且性情和蔼，工于应酬，一二糟邱之良友莫不与哈夫妇相往来。阅数年，母子倍蓰，囊橐颇丰，结庐数楹，购田数顷，若有终老于哈尔滨之意焉。奈好事多磨，情天易缺，自日军封锁辽东，围攻旅顺，血肉飞薄，惊电纷传，俄军以坐困一危城，壮士百战，死亡接踵，征兵之符，急如星火，故自木司科洼以东，军书旁午，风鹤频惊，凡隶名于后备兵籍者，至此莫不为从军之预备，哈露麦恩之不免于征召，情也亦势也。

虽然，悲莫悲于生别离，背乡井，离父母，别妻子，人孰无情？谁能遣此？一日，哈露麦恩于晚餐后，忽谓其妻曰："哈拉冬，汝亦知近日旅顺战况乎？败耗传来，使人心悸。近闻旅顺战士，死者死，病者病，倘朝廷征发补充兵，予名必在其列。然予非惧战者，得为陛下敌王忾，以扬我俄罗斯之光荣，即使马革裹吾尸，亦大快事。"言次，复闻汽笛声呜呜入耳鼓，复曰："闻此届火车已有数十

[1] "哈尔滨"，原文作"哈尔宾"，后文又有"哈尔滨"，据文义统改为"哈尔滨"。

军队出发矣。"言未毕，哈拉冬已欷歔不能成一语，以手支颐，双颦带蹙，久之曰："然则，君将行乎？"哈露麦恩曰："然。此亦恒事，奚用是郁郁者？"哈拉冬又泣然曰："妾之命薄，一至此乎？妾自襁褓失怙①恃，遭世变，零仃孤苦，事事酸心。及稍长，复因受我伯父之白眼，故常郁郁。自以为与君缔姻后，可脱此一层压制矣。今来此不过数载，稍稍丰衣食，享自由，而君忽以战事去，妾一女子，将谁赖？"言次，意殊悲惨，若有不胜别离之感者。哈露麦恩曰："何必是？予因国家之召集，尽国民之义务。予行后，卿能为予继厥业，则生计当不寂寞。且予于此役，倘得蒙上帝之呵护，托俄罗斯陛下之威灵，一旦战胜，凯歌而返，卿何独非荣施乎？卿自为计，毋以我为念。"

言未毕，突闻门外扑啄声，大惊愕。哈露麦恩急趋至门边，但闻人语鼎沸，马蹄得得，东西邻相传述，有谓此警长系来自木司科洼者，有谓彼来召集后备兵以赴旅顺者。启扉后，悉其故，知不出昏暮所料，乃入告哈拉冬，且谓："限明日午刻将出发矣。予一身床笫之福自今夕止，从军之乐自诘朝始，卿安睡可也。"哈拉冬闻之，不啻一声霹雳从空而降，悲苦填膺，泪涔涔，襟尽湿，哽咽不能成声。哈露麦恩百端慰解，少选，乃收泪言曰："君果明日行乎？妾惜一弱女子，不能与君执桴鼓赴战场，否则易笄而弁，为君执鞭赴旅顺，穀同室，死同穴，亦大快意事。今乃为巾帼所缚，语所谓'人生不幸，为女子身'，其妾之谓乎？"哈露麦恩忽粲然笑曰："卿志诚可佩，然地球铁血事例不得厕女子。卿试思硝烟弹雨中，舍彼赤十字会有看护妇女外，曾见有一纤纤者踪迹否？且予为国尽力，卿为予尽力，一理也，请勿复恋恋。"斯时也，日影惨淡，夜静更阑，哈尔滨街头电灯半明灭，彼沈鸷勇敢之哈露麦恩，对此佳丽，

① "怙"，原文作"估"，据文义改。

夜半私语，殆所谓儿女情长，英雄气短者耶。

第二章

翌日，哈露麦恩闭肆停贸易，为休息日，乃检行装，摒挡什物，出一革囊，置牛乳、饼干各少许，复携数十罗布为资斧，与哈拉冬饮酒话别。忽觉门铃响处，二客手携入，高声曰："哈露麦恩君，将从军去乎？仆来贺君战胜。"哈夫妇视之，见为东邻黄桃源夫妇。桃源，支那黑龙江省人也，寓哈尔滨，为牛乳贩，性诚恳无城府，与哈氏夫妇甚得也。哈露麦恩笑迎曰："黄君来何巧，仆适有一事相恳，君肯慨诺否?"黄曰："数载以来，殊蒙青眼，傥不以异族见嫌，尊阃有事，仆等可相助为理，祈弗见责足矣。"哈露麦恩曰："谢君盛德，感佩无垠。"言次，闻汽笛声，出时计观之曰："时迫矣，仆行矣，请从此别。"

于是哈露麦恩别黄桃源等，与哈拉冬携革囊出门去。但觉羲和亭午，市上嚣尘，出哈尔滨街东抵车站，可半里许，长亭赠策，南浦春波，千古伤心人，只此数分钟耳。哈拉冬且悲且行，且行且语。至则双鹫之旗随风飘扬，枪刃森森如银如雪，而复有种种商界、工界、农界、学界唱征兵歌来欢送者，"祈战死""祈战死"之声，不绝于耳。哈拉冬泪珠盈盈，与其夫为最后之诀别、最惨之接吻，谓之曰："愿我夫前途珍重，愿上帝救护吾夫，愿天父!!"言未毕，而汽笛呜呜如箭离弦，"俄罗斯军人万岁"之声欢如雷动。哈拉冬乃挥巾送之，凝睇一望，觉其夫哈露麦恩尚探半身出汽车窗外，挥巾频频与己身相遥答，一刹那间，而人影车影杳然俱冥，但远见黑烟几缕而已。

斯时也，游客星散，人迹已稀，哈拉冬徘徊车站，如醉如痴，一念哈露麦恩昨日家庭、今宵战垒，此景此情，不觉泪落。道旁观者亦泣数行下，无何而踽踽归来，若丧魂魄。翌日，哈拉冬循例事贸易,眷念良人,苦无心绪,幸黄桃源夫妇时相过从,聊解寂寞,邻谊之厚,于此可见。

未几,乌迅兔驰,转瞬半月,朔风怒号,寒威砭骨。哈露麦恩一去之后,俨如黄鹤,战电传来,风谣莫卜。哈拉冬对镜兀坐,屈指行踪,万里关山,恨难飞渡。噫嘻!哈露麦恩乎,胜耶负耶?生耶死耶?岂邮程阻滞耶?抑鱼雁在途耶?古人诗云:“可怜无定河边骨,犹是深闺梦里人。”哈拉冬其古今同慨耶?由是积思成忧,积忧成疾,寤寐辗转,而寻夫之念萌于此矣。一日桃源①之妇自哈氏室中归,谓其夫曰:“桃源君亦知近日哈拉冬心病乎?渠自良人出,寝馈未尝忘,而两旬以来,复不见夫婿尺素。妾见其精神迷离,神思恍惚,实滋不忍。”桃源曰:“卿言亦良是。然地球上之荣誉莫若兵,地球上之艰苦莫亦若兵。设哈拉冬为男儿,旅顺非战地,则自此达彼,不过十日程,或有可以觌面之一策。今则彼一女流耳,而旅顺四围,战线密布,报章所载大有草木皆兵之势,即使卿身为哈拉冬,将奈何?”黄妇曰:“以予度之,哈其将痫乎?”桃源曰:“情之所钟,谅有同病。卿试思旅顺数万战士,谁无家室?谁无妻子?以情度之,与哈拉冬等耳,可怜哉。”言次,忽见哈拉冬入门来,泪睫盈盈,眉梢带蹙,满腔愁恨,如露目前。桃源笑迎之,方欲讯问慰藉,而哈拉冬已泫然曰:“桃源君,君义士也。妾将束装至旅顺访丈夫,今来此,恐肆中乏人,恳君庖代耳。君素盛德,祈勿却。”桃源闻之,诧异曰:“卿见委,何敢辞?然卿亦知迩日来旅顺坐困,惊耗频传。当此天气严寒中,卿以一弱女子跋涉数千里,铁血阻尔前,霜雪滞尔后,仆为卿计,不如弗往。”哈拉冬慨然曰:“妾志已决,虽使赴汤蹈火不足惧。君若见许,妾之往还,不过数日程耳。”桃源知其不可夺,乃唯唯如命。斯时也,哈拉冬之激

① “源”,原文作“园”,据文义改。下同。

烈,之愉快,殆有非笔墨所能形容者。

第三章

时则为西历一千九百四年十二月上旬,哈拉冬匆匆备行装,携一革囊往车站。道经友人柯礼檬家,叩扉入辞别。柯礼檬者,亦俄木司科洼人也,精测绘,少卒业于铁道学校,自俄政府租借旅大后,彼东来就职于东清铁道,督建筑事,性戆直,有麴蘖癖。自哈露麦恩设肆后,彼时时来觅饮,久之,谂为同里,益亲昵,遂与哈露麦恩为刎颈交。是日,哈顺道辞柯,柯礼檬一见诧异曰:“哈拉冬何行色匆匆乎?”哈拉冬曰:“然,妾良人从军去,迄今无消息,妾此去,往旅顺耳。”柯礼檬踌躇半晌曰:“卿真痴耶。自辽东半岛封锁后,日屡胜,我屡负,旅顺几如瓮中鳖,欲出不得出。今者以卿弱质,只身渡辽去,辗转于冰天雪窖腥风血雨之中,其何以支耶?且由兹附车抵大石桥,而大石桥以南又必费无数跋涉,经无数险难,受无数关吏之盘诘,而且胡匪马贼出没关东,一旦遇险,畴是救卿者?且卿行矣,又畴为卿守此室者?”哈泫然以邻右黄某对,柯礼檬复曰:“此义士,殆难多得。卿果欲行,仆不敢阻,第前程辽远,不可不善为预备。仆有旧友某高义士也,今为大连湾铁道技师,仆试缮数书为卿作介绍,万一途中遇他故,可将此以备缓急。”言次,柯礼檬乃架眼镜,握笔沾墨水,匆匆作数短简,付哈拉冬去。哈乃置简于怀,感谢不置。少选,慷慨出门去。

斯时也,黄桃源夫妇与柯礼檬等均来送,哈拉冬至停车场,买一上等客票,与诸人略叙数语,匆匆上车去,未几而汽笛一声,已首途矣。轮声隆隆,疾如飙风,推窗眺望,黑烟如墨。方横览间,忽闻座右俄语声,视之,客五六耸高冠足革履,身衣俄罗斯皮外套,腰佩刀铿铿然,口操俄音,相对谭近日战况。哈拉冬若逢旧友,耸耳静听,有谓近日诸战事,日军攀绝壁,登危崖,多有坠而死者;有谓旅顺将陷落,俄军不久将投降者;有谓欧罗巴俄舰队已过红海,约不久可至旅顺者;有谓海参崴舰队将与旅顺诸残舰联合者,杯蛇市虎,莫衷一是。哈拉冬自念:“此去安危不可测,万一予去而旅顺果陷,将奈何?即旅顺未尝陷,而予以非战斗员格于军律,不得处其地,将奈何?即处其地,而战事方殷,予虽来,仍不得见哈露麦恩一面,将奈何?”辗转筹思,肝肠欲裂,回首窗外,又复风翦翦,云墨墨,殊有晚来欲雪之意。呜呼!悲哉,哈拉冬。苦哉,哈拉冬。

未几,车声忽停,人语喧腾,车站中书“青泥洼”三俄字,阛阓云连,烟囱高耸,仰望洋楼,矗立云表。俄关吏二三人,虑藏有日军侦探,纷纷检行李,搜坐客。既而坐客蝉联下,站夫争来肩行李,哈拉冬亦同时携革囊下车去,徘徊歧路何所适从,萍水相逢莫通一语。俄见有数人立道左,急出函讯问之,均摇首不能作一语。正踟蹰间,而忽有一人迎面来,口烟斗,服俄装,年可四十五六,颊稍稍窄,眼洼,睛作绿色,射人有光,一望而知为坚深耐苦之士。哈窃自幸曰:“兹必铁道中人。”乃趋前数武,出怀中书,指问其人曰:“谨劳足下,足下居此,亦知有蒲乞利其人乎?”此人遽惊曰:“是即仆也,夫人为谁?”哈拉冬欣然曰:“然则足下即柯礼檬之高友乎?”蒲乞利曰:“然。柯礼檬,仆之恩人也。”哈闻言,惊喜欲狂,出怀中数书付之。蒲乞利接书后,心颇诧异,谛视其貌,风姿尤绝世,乃谓哈拉冬曰:“此地非立谈处,夫人若不嫌屈渎,请即降寒舍一叙。”须臾,抵蒲乞利家,蒲启函读之。毕,谓哈拉冬曰:“仆读柯君书,已尽悉夫人来意,倘得效绵①薄,虽劳不敢辞。”言次,呼妻孥出见哈拉冬,款以盛馔,慰劳备至。少选,蒲乃从容谓哈拉冬曰:“夫人豪谊,令人心佩,所谓巾帼而英雄者也。虽然,仆有一言,不

① “绵”,原文作“棉”,据文义改。

能不为夫人告。夫人亦审开战以来,日军屡屡胜,我军数数北,华亭鹤唳,夜半惊心,青泥洼留住之客民,率已去者去,遁者遁,徙者徙,携家往觅桃花源,恨不能插翼飞去,且数日来,凡非战斗员,已下逐客令矣,仆为妻孥……”语未已,突见门外数人过,喧传日本军已在大连湾上陆矣。蒲闻之,意殊忧悼,复言曰:“仆为妻孥累,不能只身去。夫人一女流,乃敢向枪林弹雨中,念家室耶。仆为夫人计,不若遄返哈尔滨,先寄郎君一纸书以讯消息,他日相见尚未晚也,夫人以为何如?”哈拉冬曰:“过蒙厚爱,没齿不忘,第妾身既来此,断断无返理,敢烦高谊,为妾设策,妾虽万死不敢避。”言次,殊梗咽不能成语。蒲妻孥闻之,皆为酸鼻。蒲乞利蹀躞一室,苦不得策,久之乃谓哈拉冬曰:“果如夫人言,此去已逼近战地,丛林伏莽,榛棘横生,夫人必欲以巾帼往,势恐不能达,将若何?”哈拉冬奋然曰:“此易易事,妾可释笄而为弁耳。”蒲乞利笑曰:“善善。”须臾,携一铁道技师衣服至。哈拉冬见之,喜极,一经改装,惟妙惟肖,猝然望之,俨一铁道老技师也。蒲乞利复曰:“自此以往,类多僻地,夫人一纤纤弱质,冒霜露,践锋镝,势甚危险①,曷若佣一人为途中伴,负行李,慰寂寞,计诚两得。”言次,适有铁路小工支那人某甲过,蒲遂呼而止之曰:“来!来!汝可善送此先生往旅顺去,予将厚汝直。”甲唯唯,居为奇货,呼为洋先生,不敢正眼觑。蒲复出饼干、面包各数事,置诸革囊。哈拉冬部署已毕,一声告别,挥泪出门去。呜呼!张禄耶?陶朱耶?巾帼耶?男儿耶?哈拉冬遂得坦然而至旅顺耶?

第四章

斯时也,彤云如墨,狂飙悲号,寒山无声,鸭绿坚冰。哈拉冬

---

① “险”,原文作“俭”,据文义改。

慷慨向旅顺去。曾不一时,陡觉风飘飘翦耳过,雪花怒飞,乱山皆白,道路泥泞,堕指裂肤。但闻前行之支那人,身瑟瑟顿如猬缩,且行且颤,且颤且叹,曰:"冷耶!冷耶!"哈拉冬鼓勇前进不稍却,无何而道途渐狭,碎石崎岖,断壁危崖左右高耸,跋涉数小时,仍复眼前昏黯,万籁寂寐。仰视天空,白雪纷纷如乱絮,盖已一更向尽矣。

无何过一山坡,羊肠曲径,蜀道艰难,四顾茫茫,积雪盈寸。哈拉冬问某甲曰:"前向何地耶?"某甲曰:"约去水师营不远矣。"哈拉冬曰:"果如是,可速行。"某甲胆小如鼷鼠,欲疾而反徐,正踯躅间,已遥见一片荒郊,茫茫无垠,灯火寒宵,远望如豆。斯时也,忽觉风雪扑面来,有声触耳鼓,静听之,则闲村犬吠声,深巷击柝声,高楼人语声,隐约不可辨。又复风声涛声如泣如诉,枪声炮声如断如续。噫嘻!此殆旅顺前后左右之方面耶?哈拉冬且行且喜,曰:"吾至此,吾何惧?"益鼓勇进。

方疾骛间,而道左高粱田中,若遥立数团黑影,影动蠕蠕,猱伏而进。人耶?鬼耶?猛兽耶?伏莽耶?哈拉冬正惊疑间,拟欲一跃过,而一声呼啸,已有一剧盗斜出其前,举巨梃①击某甲,訇然中头颅。某甲大号一声,掷革囊于数步外,抱头奔窜,不知去向。哈拉冬乃大喝曰:"何处逆贼,乃敢……"言未毕,而盗首已操刃剸胸前,寒光闪闪映衬白雪,曰:"勿声,声则死!"乃发觱篥,一声呜呜,六七人联袂至,掠得行李去,盗首乃剥夺哈拉冬衣服,正搜索间,忽大声骇诧曰:"咦,女子!女子!"遂一曳而至田间。斯时也,彷彿如饥鹰,如饿虎,哈拉冬之不为强暴所污辱,其间不容发。正危急间,哈拉冬已心胆裂,气力竭,自分必死。而一刹那中,马蹄得得,履声橐橐,健儿十余人倏从田间过,大喝曰:"何物狂贼!"一

① "梃",原文作"挺",据文义改。

言未毕,遂一跃入田中来搜察,群盗逸,惊纷纷,若鸟兽散。方欲谛视,而哈拉冬已一声战战曰:“谢诸君救护,当铭肺腑。”斯言既出,诸兵益群相骇顾,曰:“此非女子之声音耶?此非我俄罗斯女子之声音耶?噫,胡为来此?胡为来此?”诸兵乃于雪影中谛视哈拉冬之貌,则一二十许之丽人也,审视哈拉冬之服饰,则一东清铁道之技师也,“奇异”“奇异”之声,不绝于口。哈拉冬乃略述其寻夫旅顺,易装改服之颠末。诸兵闻之曰:“义哉此女,勇哉此女,智哉此女!吾辈家室中,安得有此绸缪恳挚之情偶耶?然则汝夫何名?又在旅顺何联队耶?”哈拉冬曰:“妾不知其详,但闻有松树山一炮台,即为良人驻戍处,感谢诸君,望一援引。”兵曰:“果松树山乎?访察亦易事。今则夜深矣,风雪漫漫,寒威砭骨,汝可在吾辈营中留一宿,明旦,予当往引见太尉。”言次,二十余人为前导,走长街,通短衢,匆匆约趋一里许,遂入水师营。

戣恩克夫太尉何如人乎?彼盖一天性宽和,强武绝伦,待下士复优礼,俄将中之贤者也。一见哈拉冬而诧曰:“美妇人乎!美妇人乎!汝夫即哈露麦恩乎?”哈拉冬唯唯,继而戣恩克夫①又言曰:“汝来寻汝夫,历如许之辛苦艰难而不稍挫,汝义颇可嘉。虽然,汝亦思吾辈方在战斗中,寝馈共硝弹,性命随铁血。汝一妇人,例不得逗留战地,且汝夫以从军来,义不得顾家室。汝亦思旅顺十数万健儿,又谁无妻孥乎?汝休矣,速隳汝志,离开旅顺。”哈拉冬闻之,不啻空中霹雳从天而下,五内摧伤,惨无人色,继自念从哈尔滨以来,王桃源阻之,柯礼檬阻之,蒲乞利阻之,而我殊不馁,于是改服饰,冒风雪,经千百危险而始得达旅顺,今乃为军律所缚而一旦废然以返,有是理乎?一经回首,悲从中来,不得已乃婉言向太尉曰:“将军之言,妾何敢违?然妾之来此,固已经百险,

① “戣恩克夫”,原文作“恩戣克夫”,据文义改。

历万苦,欲死者屡矣。妾虽妇人,亦识忠义,使得见收于将军麾下,妾愿荷军械,习战阵,以报我俄罗斯皇帝陛下。”言次,勇气勃勃不可遏,在旁诸兵士咸为之惊叹不置。

未几,而威武严厉之戳恩克夫恻然而心动,捻髯而微笑曰:“枪炮,危器也,战阵,死地也,而汝弗惧乎?汝果能执军械,耐力役,与吾诸兵同甘苦,予可以破格许汝。”斯时也,哈拉冬如闻纶音,如得玉宝,赳赳干城,其乐曷极。曾不转瞬,而前之为铁道技师装者,今则为雄风凛凛之武装军人矣。夫人阵里娘子军中,哈拉冬而竟能任战事,得不令女子愧煞?得不令须眉愧煞?

第五章

哈拉冬之役于军营也,出而战,入而守,昼而炊扫,暮而刁斗,难则难矣,然未奇也。至十二月廿六而战事起,日军来攻劳律嘴(译音),炮声如贯珠,砰訇不少辍,戳恩克夫还击之,军旗飘扬,如荼如火,两阵既交,血肉飞舞。彼奔走往来于俄军之阵前者,非哈拉冬乎?粉汗盈盈,军刀闪闪,拨枪林而冒弹雨,数万健儿,遂各各自相奋励,战益勇,进益猛。不数小时,日军卒收军而退。斯时而获得数人之日俘者,又非哈拉冬乎?越数日而再战于绿山(译音),三战于劳律嘴(译音),哈拉冬勇敢不少馁。而日军虽猛,终不能越雷池一步。于是戳恩克夫召哈拉冬而奖之曰:“奇女子!奇女子!予嘉汝志,佩汝勇,许汝以特别之权利,汝果有机会,可与汝夫同处一营垒,以遂汝初愿。”哈唯唯,感激不置。

自兹以后,哈拉冬巡营垒,试驰骑,俨与诸兵等。以慓悍淫虐之俄兵,一见哈拉冬,不惟不散作亵语,进昵辞,而且脱帽致敬,敛容相接。独有哈露麦恩者,自抵旅顺以后,大小数十战,胜负互见,并不致大有挫衄。而一自战后萧条,徘徊壁垒,眷念家乡,闺中寂寞,辗转寤寐,若谓如:“我爱妻哈拉冬者,意或有临风流涕而绮念夫婿者乎？抑或有想望家书，而盼我捷音者乎？将与黄桃源夫妇等挑灯对坐，谈我战事者乎？抑与柯礼檬探问战地，讯我消息者乎？呜呼！我哈露麦恩惜羁于战事，而不能插翅以回哈尔滨。我爱妻哈拉冬惜远隔于哈尔滨，而不能至旅顺，天涯地角，魂梦萦萦。”哈露麦恩之想望，如是如是。

不意别鹄离鸾之后，忽而调琴瑟之音；硝烟弹雾之间，而忽睹唱随之乐。机缘之来，千里咫尺。一日，哈露麦恩于某大将部下，奉一使命，直向十三中队而来。迨既至而公事毕，且将去矣，倏而入，倏而出，而无端一声大呼曰：“哈露麦恩乎？……”其声浪直贯入于哈露麦恩之脑海，哈露麦恩不觉诧异曰：“何其声之似哈拉冬乎？”一刹那而已有一兵趋其前，哈露麦恩不胜惊骇曰：“何其貌之似哈拉冬乎？”谛视其人，则腰军刀，衣武装，泪珠盈睫，若惊若喜。哈露麦恩自度曰：“此非我爱妻哈拉冬乎？而胡为至旅顺耶？其醉耶？其梦耶？”方欲慰问，而忽闻戳恩克夫笑言曰：“哈露麦恩，汝亦知此即汝妻哈拉冬耶？彼自哈尔滨孑身来旅顺，冒风雪，服军役，艰苦险阻皆历尽，而莫非为汝。予今赐汝二十分时间，以叙汝夫妇之情愫，可速去。”

于是哈露麦恩夫妇谢太尉携手入营后，手如舞，足如蹈，如异域逢知己，如天涯遇情人，綦哀綦喜，綦惊綦乐，实有非绘画家所能绘、文章家所能写者。于是自太尉下，若特务曹长，若军伍长，若小队长，若上等至一等卒，其千万视线，莫不注射于哈露麦恩夫妇。而此如麇如蚁之兵士，又复相惊叹，相羡慕，相妒忌，相诧异，有谓哈拉冬斯际，不识作如何絮语者；有谓哈露麦恩此际，不知有如何愉快者；有谓哈拉冬夫妇，不知有何幸福，而吾辈别家乡，抛妇子，终不能谋一函者，议论纷纷，一时盈耳。未几而哈拉冬复谢太尉出，临别依依，无限眷恋，自此而哈露麦恩又复归营矣。

第六章

斯时也，日军攻围益益猛，旅顺四隅战线密布，巨炮轰天，声彻昼夜。俄兵之百战者，死者死，病者病，城邑崩摧，庐舍破坏，旅顺全市，不堪触目。哈拉冬乃益愤怒，益进猛，每一临阵，辄不惜以身当其冲。噫嘻！勇哉，哈拉冬。危哉，哈拉冬。

时则为十二月之廿七日，日军率全队扑克罗乌亨山（译音），炮弹续续至，不啻百万雷霆从空疾下。哈拉冬往来奔救，勇气不稍挫，迨至数点钟之久，而卒因日军炮弹势益猛烈，前列之兵死伤枕藉，于是俄军阵地有伤股者，有破额者，有断头折臂者，有决腹流肠者。哈拉冬趋救其间，从容不乱，而忽觉一弹掠面来，嗤然一声，已突中哈露麦恩之右臂，骤然蹶仆，血流殷地。斯时也，哈拉冬相距不数武，猛然见之，魂魄若失，于是亟亟趋而前，以手扶其背，以巾拭其血，以假绷带缚其伤处，而负之于背，至临阵之军医处，敷以止血药，又复负之于旅顺病院，卧之榻上，解伤臂示军医，医以药，且敷且灌，不数分钟，而哈露麦恩之身稍稍动，睫稍稍启，痛稍稍止，一转瞬而见哈拉冬立其前，乃泫然而泪下曰："悲哉予之爱妻乎？汝之来旅顺，乃竟为救我地乎？"既而见臂上之血，沾染襟袖，复凄然谓哈拉冬曰："此血勿浣，吾所以报俄罗斯陛下也。"自是而哈露麦恩困于病院矣。

此时俄军虽有死伤，然因形势之优，日军终不能掠炮台而去。所患者，屡战之后疮痍满目，病院之中呻吟澈旦。查核病者之数，已积有一万三千余人，呼号之声耳不忍闻，残废之形目不忍睹。同是赤子，而一经战祸，遂遭此至惨至痛之恶果。仁慈勇敢之哈拉冬，一人其中，亲见此受苦受难疾痛呼号之同胞，彼尚能遽然舍去乎？由是踌躇焉，拟议焉，务欲使己之有恩造于病者而后已，久之而得一策焉。彼意谓欲调护良人，非身为看护妇不可，欲调护诸病者，又非身为看护妇不可。由是以恻隐之请求，蒙小队长之许可，昔之由技师而军人者，今又由军人而为看护妇矣。

哈自入医院后，时时调护其夫，又得以闲暇之时为诸伤兵调药饵，施饮食，给溲溺器，勤勤恳恳，几等于家人父子。阅数日而诸伤兵中，有瘥愈者，有全健者，均啧啧感哈拉冬不去口。阅数星期，而哈露麦恩之伤渐渐愈。哈拉冬扶掖其间，或与之闪步空郊，以吸取清气；或与之游览公园，以练习筋骨；或与之闲览报章，以察近来之战况，知旅顺之守备。积三星期，而哈露麦恩已瘥愈矣。一日，谓哈拉冬曰："哈拉冬，予此番蒙卿调护，得不殉于敌弹之一击，纫佩深情，无任感激。第予以伤臂之后，不耐苦战，英雄抚髀，辜负君恩，卿能为我出而一战乎？则上可以报君国之深恩，下亦可以尽伉俪之私谊，立功业成名誉，此其时矣。卿可速归本队，毋以我为念。"哈拉冬曰："唯唯。君果已愈，妾将自去，焉能郁郁久居此乎？契别之后，千祈珍重。"言竟，检什物，携革囊，遍视病榻诸伤兵以安慰之，复谓队长、医官等曰："妾不揣蚊力，愿为俄罗斯陛下出而一战，妾夫哈露麦恩将重烦诸君顾虑。"言毕，慷慨出医院去。

未几，与日军战于本源地（译音），两军接近，鏖战益烈。哈拉冬贾其余勇，握军刀，携手枪，与数十日军剧战于狭巷，短兵相接，杀人如草。战罢归来，战血犹腥，如是十余战，几几一军皆惊矣。迨至十二月廿八日，哈拉冬来病院中，谓哈露麦恩曰："君今已健康乎？"哈露麦恩曰："然，予心颇愉快，第不知战事何如耳？"哈拉冬曰："唯战事故，妾将往第六中队之营外壕堑传命令，恐不能与君常常相见矣。"哈露麦恩曰："明公理者不必恋私恩，审大义者不得拘小节。卿能力战以报国，亦我俄罗斯女人之光荣也。卿速行，毋徒以我为累。"言次，诸伤兵恋恋不忍舍，有慕哈拉冬之恳挚而愿其常留者；有佩哈拉冬之勇猛而望其杀敌者。独哈拉冬以一缕柔情,如蚕在茧,挥泪言别,语语伤心。一倏忽间,乃与哈露麦恩为最后之接吻,而绝代勇壮奇玮之佳人,遂不转瞬而与世长辞矣。

呜呼!古人诗云:“人生自古谁无死,留取丹心照汗青。”死则死耳,何足以惧!且哈拉冬自哈尔滨以来,历险阻,薄血肉,倏而技师,已而军人,倏而看护妇,铮铮佼佼,固早已视性命为牺牲矣。不谓至十二月廿九日,而遂有最后之一战。斯日也,日军以屡战之后,不能得志,故对于俄军第六之壕堑,肆其猛烈之攻击,架巨炮,逞血战,巨弹飞来,势如群隼,著屋屋烬,触垒垒毁,堕地地裂。哈拉冬仍从容不迫,尽力防御,血雨腥风,掠鬓而过。傍有一卒,稍稍谓哈拉冬曰:“卿盍稍退以避敌弹乎?”哈拉冬愤然曰:“今日之战,可进尺不可退寸。”一言未毕,而忽觉訇然一声,如天崩,如地析,烈焰腾空,黑烟卷地,彼勇壮奇玮之哈拉冬,已与七八健儿猝然化为齑粉。呜呼悲哉!

或谓斯日也,为哈拉冬二十六岁之生诞。未战之前,哈拉冬将与营中诸兵士,备小酌,供精馔,聊申祝意以志其盛。夫岂料贺者未在门,而吊者已在室乎。惊耗传来,人人悼惜,甚至有留藏其之遗物而长为记念者,有购得其照片而时加敬礼者。阅数日,而旅顺全队之俄兵,遂为之醵义金,敛遗骨,瘗诸松树山之麓,而立以碑,篆以表。会葬之期,花圈以百计,送者以千计,沿途聚观者以万亿计。风声所播,朝野咸知,日俄两国之报纸竞探得其生平之事迹:若何而寻夫,若何而改装,若何而勇战。报纸一载,莫不先睹为快。而当时之居住旅顺者,复亲至松树山以凭吊之,想望流连,遂尔千古。后有人诵其墓表之文者曰:

君讳哈拉冬,俄之木司科洼人也。家世仕官,幼失怙恃,尝依伯父某,肄业于俄京某女学校。毕业后,适同邑哈露氏。生平豪爽明决,顾盼自雄,尤好虚无党,慕苏飞亚之为人,丰貌英美,工于词令。处俄旧京时，常苦伯父压制。与哈露氏东来哈尔滨，隐身商界，逑好甚敦。至一千九百四年，俄政府与日本开战衅，辽河以北，风鹤频惊，征兵之符，驿使旁午。哈露氏固隶后备兵籍者，至是卒应募赴旅顺，阅数十昼夜，音信隔绝。君乃立志往旅顺，或劝阻之，卒不听。时则日军围旅顺益急，辽东一带，草木皆兵，君独涉险阻，冒风雪，跋涉至战地，艰苦之状，闻者酸鼻，然未尝不慕其心志之坚忍也。抵旅顺后，君复与士卒同甘苦，充兵役。劳律嘴（译音）数战，尝奋勇杀敌不稍却，胆略之优，不愧男子。厥后哈露氏为敌弹所中，伤重不能起，至乃亲至医院以调护之，而慈惠所及，全院感之。最后君以全力之防御，受日军猛烈之炮弹，绝世英雄，遂以长逝，时十二月廿九日也。呜呼，惨已！迹其行事，类多英敏勤恳，故虽托身商界，无不蔼然与人以可亲者。第性情贞烈，志节矫然，虽在军中，人辄敬礼之。曾不旋踵，乃卒陨于无情之炮弹，诚可痛哉！为约旅顺俄国军人百余人，卜地松树山麓，葬焉，用表其墓，以告世界之军人，并以告世界之女子，俾知捐躯报国之事，而尚想其烈，永垂不朽，且使奉为千古之仪型云。谨表。

呜呼！如是而哈拉冬，死犹不死矣。然而噩耗传来，英雄堕泪，千古芳型，仅得与旅顺残阳黄海悲涛以为永好。而沈挚勇敢之哈露麦恩，方且与诸伤兵谈战况，时盼哈拉冬之一至医院，为之调药饵，供饮食，存问慰藉，而一闻其战死之信，惊哀欲绝，泪下如雨，泫然曰："天乎！何夺我哈拉冬之速乎？"当时病院中，莫不感哈拉冬生前之慈惠，下几点之热泪，悲恸之象，见者酸心。未几而病院长谓哈露麦恩曰："哈露麦恩君，汝何过悲乎？汝岂不知战阵死地也，殉节美名也。以一女子而至旅顺，而杀敌，而捐躯，尤历史上之所罕觏也。君闻此消息，当为之杀敌人，勉同仇，以慰哈拉冬于地下，何尚作楚囚态乎？"哈露麦恩乃改容起谢，而同时病院中人，复于仓皇戎马之中，开一绝大之追悼会以志其哀，而展扫其

墓者，复往来于松树山之麓而不绝。此盖详载于《关东报》中，而日俄大战之一段军事美谭也。（完）

——世界社宣统己酉（1909）版

无人岛大王[①]

（四）

阅数日，进一海口，舣岸后，乘客纷纷去。克出舱一望，始知此地为南美部辣其罗国，船名派拉敦，往来斐美之商舶也。舰长苦那拜恩，性诚笃，饶于母财，闻克航海事蹈危险，倍益敬礼之。有时或款其之家，优待之隆，莫可胜言。阅数星期，克以闷怏故，移步海次，拟吸一二新鲜空气，忽见有悬双帆、飘祖国旗疾驶于南太平洋者，乃触动其乘风破浪之志愿，技痒不能自止，且回忆数年前，自伦敦发轫渡洋海，一困于暴风，再挫于海贼，几番艰苦，终不得发见一岛一峡。

异乡寂寞，髀肉复生，计不若离异地，约同伴阳事贸易，阴得以便我航海。计策既定，遂携得该国土著若干人，乘一帆船向亚非利加洲而去。

虽然，此实克禄苏之大失著也，由是形体益益苦境，遇益益奇，而航海之事迹，益得以助小说之资料。彼其出发时，有土人十三人与之偕，时则天气晴和，波平如拭，兰桨桂棹，意殊欢忭。克虽经两次之危险，而一若今日之进航，更无足以困彼者，猛进猛进希望益奢。顾不料转瞬间，苍苍者复变幻其境以悚动之，俾得成

---

① 汤绂所译《无人岛大王》为《鲁滨逊漂流记》的译本之一。汤氏所据译本为日人岩谷小波（1870—1933）译本《无人岛大王》，该译本共十五节，其中（一）（二）（三）（五）（六）（八）六节因底本模糊，暂未收录。

一人世间新奔之舞台以歇豪杰。由是罗针一差，航路全非，四顾茫茫，渺无畔岸。克禄苏急欲回舵，而忽闻磔然一声，全舟震动，后艄突裂一巨缝，水汩汩乘隙入，斯时众客号救声与海水崩注声相错杂，盖已触巨礁而洞穿矣。（未完）

（七）

克自度船中食物必不至全遭覆灭，且此身素娴水性，一衣带水，诚不足视为天堑，于是待海潮之稍退，一游泳而近于破船之侧。

克既缘舟上，忽有一犬驰而前，摇尾供爪作种种亲爱状，又若因食物所在，欲为克禄苏之引导者，于是转辗之后舱，疾驰入，衔一革囊置克足下。克启视之，知为船主遗物，感伤不能止，乃复搜六七箱篋谷米面粉之外，因得雪茄烟、葡萄酒数事，其余若刀，又如斧锯，如绳与针，与丸弹与火药，幸不为海波浸渍，而其所倚为性命者，则为新式之一火枪、极大之风帆。搜集已，克乃出绳索，集碎木编成一桴，以备转运。部署既毕，方欲渡至岸上，而忽闻鸡喌喌，猫呜呜，若慨克禄苏之弃彼而去者，克乃置之竹笼而安然以渡。其余笨重之物，仍弃诸海中而已。

克渡过岛上后，一一检视毕，非常欣喜，然其第一之要旨则此后藏身之窟也。岛之东得高阜一，纵二丈而强，横二丈而弱，面清溪，背绝壁，周围杂树数十章，连互如环堵。地势既得，乃稍稍出诸什物。

理钉及索，伐杂树五六株，贯以钉，冒以帆布状，若军帐然。既复于清涘之口搭木板一，以备出入。篷帐四围野花无数，自此鸡鸣犬吠，不啻成一世外之桃花源矣。克之筹策于居住者如此。

由是夙则兴，宵则寐，雨则渔，晴则猎。或采野簌以佐肴，摘山果以解渴，异乡风味，盎然可口。（未完）

（九）

继思之，则此岛既无居庐，势必杳无人迹，且虑且行，且行且搜察。才过山坳，而髑髅梗涂，残骸狼藉①，火化之痕，灰烬尚历历可辨。斯时也，克已战栗无人色，不能作一语，继则奔归其庐帐中，而悄悄叹曰："危哉克禄苏，险哉！"克禄苏继则奋臂而猛起曰："此残忍之性质，不当为人类所有，苟有来者，吾将杀无赦！"由是携手枪，实子弹，将举此残忍之种族而歼于一击。

匆匆十四年，而野蛮之人类未尝造克禄苏之庐而稍有侵犯，克方祝所见之尽幻，渐渐出门事渔猎、捕海鸟，以补资粮之不足。乃无端而声浪传来，隐呼乞命，急上高阜搜察之，则见海边沙际，人影如凫，小艇六七艘，舣集海岸，转瞬间数十人又缚二俘虏至，巨绠贯其前，鞭棰随其后，旁置巨釜燃以火，以为烹食俘虏计。须臾群蛮跳舞，声如鴂舌，毕则擒一虏投釜中，择肥而噬，曾不顷刻，脔割殆尽。而此一虏者，见其同类就烹剥，觳觫无人色，方拟就死，而忽见高阜上之立一人影，乃倏然疾驰而他遁。

克禄苏之睹彼惨毒也，怒眦欲裂，回肠几断，第迫于冢寡之不敌，扼腕无可救。忽见一虏疾驰来，三人尾其后力追之。望其械，石锥②石斧，笨重不易举，克乃为先发之计，斜道出追者旁伺其过，枪柄击其背，殿者立踣一人，回顾又击之，为首者见两人死，惧欲遁而股栗不能走，乃叩首作乞命态，克虑其召俦类谋图报也，复以枪棰其脑，立毙。斯时之俘虏，乃惊克禄苏为天神，为妖术，投地无数，克遂释其缚，而与之偕归。（未完）

---

① "狼藉"，原文作"浪籍"，据文义改。

② "锥"，原文作"椎"，据文义改。

（十）

是日也，适为金曜日，克乃取以名其人。细审其貌，年约二十五六，黑发拳曲，面团团如满月，叩以语，啁啾不能解，乃为之赐饮食，导以手势，使彼习语言，识字母，学放枪之准的，有暇晷则事劳役，饲诸畜。历数月，颇相得一二应用语，已能对答，得以伴无人岛之寂寞者，舍斯人其谁？克自是，事必与弗赖达俱，猎与俱猎，渔与俱渔，山巅海崖与俱游。一日克于闲览岛景时，见距离两英里外，尚有一小岛峙海中，树浓似墨，鸥鸟高飞，濒海沙际，人物如豆。一览之后，恨不即渡以探察其景状，乃问弗赖达曰："汝亦见彼处尚有海岛乎？"曰："然，此得母名揩利皮司岛乎（地名译音）？十余年前闻有西班牙十七人遭飓风沈其船，有谓其护救于土人者，得勿即兹地否？"克曰："此一衣带水耳，得一苇航之，可以渡登彼岸，设果有其人，吾誓必救之归。"言次，忽见弗赖达指海滨骇然曰："主人，主人！野蛮人又来矣，吾辈其速为备！"

斯时，克一远视，觉海外有小舟十数鱼贯来岸次，一声呼啸，即牵得三俘虏出，拾石锥其脑，供彼酋作下酒物，余则群脔割之，以为利益均沾之计，曾不转瞬，血肉狼藉①，不忍目睹②。其余一人则缧绁严重，觳觫待戮，性命之忧，间不容发。推彼野蛮意，则谓前次避遁之弗赖达，实无束缚故，因不得不加以缧绁，而又以小艇数十艘，预防克等之来袭，一旦闻警，彼仍得登舟以去逍遥河上，而不至如前此之被歼也，狡乎不狡？（未完）

（十一）

岂知克不见则已，一见则忿焰不可遏，谓弗赖达曰："速取得

---

① "狼藉"，原文作"狼籍"，据文义改。

② "睹"，原文作"赌"，据文义改。

枪来歼此群丑!”不数秒钟,预备悉妥,乃疾驰来海次,叱咤一声,众皆披靡,于是野蛮等将俘虏一人弃岸上,纷纷鼓桨遁,几不复有秩序矣。斯时也,克勇捷不可当,号令一呼,两枪并发,群蛮纷纷坠水中,如散鸥之浮海,而小舟数艇遂为克等所掠夺,而留为海外战胜之纪念品。

群蛮既歼,巨痈已平,回视岸次,俘虏战栗无人色,克乃为之解缧绁,已视其貌,发已苍白,衰颓晚景,望而生悲,乃扶掖至小艇作偕归计,不意弗赖达至舟中,突见一老人缚于舱底,一见之后,遽前相抱,失声大哭。克愕然,莫解其故,既乃知为弗赖达之父,十余年前骨肉离散,疑为已死,无端而会于此地,遂不觉若惊若讶,若悲若喜,即旁观之克禄苏,亦当为之祝天幸也。

克既归,为老者易衣服,赐饮食,老者甚感服。既乃询其所以被缚之由,老者曰:“仆亿比里半岛人也,十五年前与同客十七人商海外,至半途飓风起,船以沈没,飘浮至某处,遂得土人救。”克闻至此,乃急叩老者曰:“若护救,亦幸甚,予则救我者一绝岛耳。”老者又曰:“无谓幸。”语次,乃以一手指弗赖达之父曰:“仆处境与老人同,惜不久遇战事,凡作寓公者,俱当为土人执干戈。既闻敌人素残忍,苟被虏①无获免者,故一交绥气已馁,同胞十数人俱被掠,稍与之抗,则生啖其肉立尽,仆亦幸遇足下,否则登鬼箓在眉睫间矣。”克曰:“幸矣哉! 无人之岛,天殆福我乎。”遂将遭难情形缕缕以告,而老者亦叹息不已。(未完)

(十二)

斯时也,克之心愿二:其一则速造大舟为渡海计,其二则救我西班牙人之遭难者。同处于无人岛,计既定,乃偕三人持斧入丛

① “虏”,原文作“卤”,据文义改。

林，选良材，施准绳，丁丁之声与海涛相遥答。克复先造一浮坞，待船成，放之入海。克禄苏荒岛之经营，此为最巨矣。

阅数日，船果成，克乃以己名名之。船之桅悬国旗一，系克所特制者，随风飘飐，欣忭无涯，诚不愧遇渡之宝筏。继则使西班牙人驶小舟，往揩利皮司以迎其友，使弗赖达之父检岛中什物，使弗赖达守险阻，以备野蛮人之遗孽乘隙而来报。既而曰："我克禄苏手创之宏基，将授于何人乎？我克禄苏故乡之敝庐，果绝无损坏乎？我父无恙乎？"三十载之主人翁，而一旦舍去，意殊不忍，推克之心，恨不挟此岛以偕归也不已。复阅数日，而弗赖达忽入报曰："主人，西班牙人偕同友至矣。"克曰："嘻，安得如是速？"言次出视，则见距海岸二里许，小艇一叶，疾驶来。出远镜窥之，觉舟中乘客模糊难辨。距小艇数丈外，复有一大帆船接踵来，而船上旗帜复为英式。克一见之后，乃跃然大呼曰："英国旗！英国船！吾见是船，若见吾祖国！"斯时也，欣喜之情形殆有非楮墨所能形容者。

少选，小船已舣岸，水手十余人先后登，远望之，则皆紫髯碧眼儿也，情状忙乱，疑莫能解。弗赖达大号曰："哀哉，哀哉！野蛮至矣！欲尝人羹矣，将奈何？"克亟止之曰："否，否！吾欧人号文明，势不至有强暴，汝试拭目而观其后。"无何，武装者携刀出，牵三人耳，使之伏地上，或以践或以挞，或以唾骂凌辱，须臾乃相率而去，游于森林。嘻，翳何人？翳何人？（未完）

（十三）

斯时，克睹此情形，且行且诧，既乃携得枪械出，趋视之，则见三人踣地上，状类痴，一睹克禄苏，疑为荒岛野人，战栗益甚。克摇手曰："君等毋恐，仆亦英国人，漂流此岛者三十年矣，仆名克禄苏。"三人闻克作英语，转惊为喜，继则握克手而垂涕言曰："仆英国商舰舰长也，一仆仆，一乘客，水手八人拟谋叛，将置我辈于死地。顷者，彼憩息森林中去矣，迨其觉，则我辈危，君请一援手，感无已。”克闻而慨然曰：“吾欧人中，乃有残贼同种如斯辈者乎？”详询其故，始念叛徒中之枭恶者仅一二人，苟得遽歼其渠魁，则其附和可立散。惟念此一二人者携得军器来，不与前日野蛮等，稍一迁缓，则反客为主，转为所制，故不得不谨慎，以为出奇之计。

时天色昏暗，海潮冲激，克将三人匿丛莽中，而己①则持枪狙击于道左。日既暮，七八人接踵出，握佩刀，拭睡眼，将以毙三人，而三人已不知所往。窥其态，殊惊怛，乃谋分道搜岛中，裁数武间，而嚄喈一声，猝不及防。斯时之克禄苏，不啻如亚夫将军从天而降，佩刀一举，百夫莫当，踣三人，余子均就获。船长窥见之，几有舌挢不能下之态矣。

须臾，船长又谓曰：“此辈同党，尚有留得船中者，若知同俦果被杀，势必追踪至，将奈何？否则彼知渠魁已被歼，率尔扬帆去，吾辈处绝域，势不得过雷池一步，将奈何？”克禄苏曰：“子毋畏，仆将诱彼复来岸上而痛惩之。”言次，克以秘策低语弗赖达，嘱其无漏泄，船长一身则留以备克之指使。策既定，诸人乃分道而事其事。（未完）

（十四）

夜景迷蒙，万籁俱寂，船中诸水手待其侣而侣勿至，于是持器械上海岸，联袂并襼向岛中来。约数十武，荒草没膝，不辨路径，亟欲寻日间诸同伴，而忽闻船长叱咤声自丛林出，轰然一响，前者遽毙。诸水手见势不佳，乃即纷纷向岸溃，及至海次，而停泊之舟，已失所在。巢穴既失，益形扰乱，方待别图窜迹，而当径两人

---

① “己”，原文作“已”，据文义改。

已遏去路,乃不得已而弃械匐伏,争呼乞命。其两人者,一克禄苏而一船长也。盖克之料其必出,特嘱弗赖达等夺得其乘舰,而后一战而降之,使不得掠船而去。

斯时,克禄苏大呵曰:“鼠子来前!彼船长何负汝,汝欲置之死地耶?以众欺寡,不为勇;同室操戈,不为智;贪赀危人,不为仁。谅汝小丑,无足当老夫一击,苟听吾命者,偕船长归伦敦,吾宥汝,否则杀无赦。”诸水手惊顾之,后速出,誓唯唯听命,无一人敢与克抗者,未几而船复抵岸矣。

斯时也,弗赖达上岸后,携得日间八人来,船长感克禄苏救护之德,而又虑水手之翻覆也,死灰复燃,不堪设想,乃谆谆然劝克禄苏曰:“桑梓之谊,尽人所同。足下违乡井,离亲友,远适绝岛,独无一念香火情,而终恋此世外之桃源乎?”克闻言心已动,迨一转念,而归计遂决。

是夕,弗赖达宿船内为船长伴,并携得岛中葡萄酒数瓶来,以分赐水手,欢祝之形,咏歌自得。克至庐帐后,乃稍稍检成绩,载簿籍。计入岛以来,垦荒土二百余亩,余谷麦食料三十六斛,羊犬牛驴各若干头,手制榻案筐箱等各数十余事,且三胜蛮族,一靖乱党。(未完)

(十五)

自离家以至今日,忽忽已三十余年矣。翌日,西班牙人往逆之同伴已乘小艇至,约计病死战没外,尚留四五人,形容憔悴,面目黝黑,与克相见毕,乃欣然而入舟中。

克禄苏抵船后,举轻便之什物稍稍携带一二,以为后日之记念。日既午,启碇去阁舟,呼万岁,唱新歌,冯夷息怒,海波镜清。克于此际回望无人岛中,而只觉惜别之泪,遥祝珍重而已。

自是而渡大西洋,左距美陆,右顾斐岛,一帆顺风,舟驶如箭。船中得克禄苏谈其航海事,若何遭飓灾,若何来绝岛,若何生活,若何战胜蛮族,水手俱恻然感动,若有欲忏悔其叛逆之罪者。阅数日,见某处灯塔,有谓将近伦敦者,乘客纷纷检行李为上岸计。船长受克禄苏救命之恩,不取直且有馈遗。数时,进某海口,则万樯林立,风景依稀,万楹洋楼,矗立云表。克一睹之后,觉此身几经百险,而三十年来尚得有重莅祖国之一日,耳目所触,悲喜交集,不数分钟而抵家矣。

某山某村,某巷某里,先人敝庐,幸而无恙。一入门,童仆不相识,笑问何处来?克禄苏不暇叩答,直奔内闼。时有一老翁,发苍苍,伛偻龙钟,倚榻观书,一见克禄苏,忽而惊,忽而疑,忽而握手相庆,莫可名状者,非他人,即克禄苏之老父也。相见后,问别后状况,故人代谢,良朋星散,感慨之心,不释于怀矣。

至翌日,伦敦喧传克禄苏事,亲友来贺,邻人来谒,报馆访事来晤谈,采其事编为游记,逐日登载。克复以亲历之迹,自著一书,上之文部,文部取其事,足为国民砺精神、振志气,乃特广为传播于全国,而各国闻之,竞相移译。阅数百年,即东亚大陆,亦莫不称颂克禄苏之为大航海家云。(完)

——《民呼日报图画》(1909)第三十至四十四号

杨季威

杨季威,江苏吴江同里人。她曾就读于上海务本女校,后任《神州女报》主编、神州女界协济社副社长,参与创办江苏省立第三女子师范。父杨敦颐,清朝官员,商务印书馆编辑。她译有小说《黄奴碧血录》。

黄奴碧血录

唐理苞者一中国少女,幼长湖北,依祖父寡母为生。有一兄与之孪生,名钦回。理苞齠龀所经历长而萦回脑际者,厥惟与其兄嬉戏于祖父之园中耳。园在屋后,墙外不半里即汉江。故二人时立高处眺江流,见江中帆影往来如梭,而自西驶入扬子江者尤多。理苞祖号卿云,家资小康,有田数百亩、果园一所,专植[①]樱桃,所居屋虽不华美,亦复精雅。后园小有布景,兼植[②]蔬菜甚多。其为人奇啬,颇以善谋闻,故踵之者甚众。有铺肆设于武昌,每年必往二次以理账项。以是其居虽去武昌有数百里之遥,而城中知之者,颇不乏人也。卿云有一妻二妾,子息成群,惟仅一男,而此老深能得中国社会之风尚,其重男轻女之观念,虽于梦寐中亦未

① “植”,原文作“值”,据文义改。
② “植”,原文作“殖”,据文义改。

尝或忘,故其精神所贯,仅在其子一人之身。盖以为子者非特承守家业,抑且继延祭祚,则他日百年归土,祭扫有人,不致沦为冻饿之鬼。而其子者,亦颇不负乃父爱护之心,饭囊长健,风度翩翩,年未十八,已娶妇矣。顾娶妇后三载,忽大病,竟不起。乃父一恸几绝,老年丧子,悲惨之状,令人目不忍睹。惟于绝望之中,尚有一线希望者,则其子已有男矣,即理苞之孪生手足钦回也。自是钦回之为乃祖疼爱若掌中珠。盖老人毕生之希望与快乐,惟寄此呱呱者之身耳。

理苞手足相爱至笃,长日嬉戏,不离形影。二人之烂漫天真,憨态可掬,人皆以花间彩蝶拟之也。当园中樱桃盛熟作朱红色,纷坠草地,二人竞捉拾之。时而放其木制小舟,浮行池中,数十成群,以作所见大江中舟楫纷纭之景色,时而攀石缘树以观外景。斯时也,此二人之视此世界,一若满塞天趣,无往而不快乐者。无何,理苞五龄矣,其母为之缠足,自是步履艰苦,每当其兄逐蝶飞奔,理苞必远落于后,心欲向前而双足违其愿也。稍一勉强,则疼痛至于出涕。以是钦回恒慰藉之,然理苞天性活泼,虽昼夜不释其痛苦,而仍未大减其敏慧堪怜之态也。惟可惨之境,乃天之特赐我中华女子之礼物。理苞彼时所受者,仅十之一,乃百之一耳。斯时其祖父之种种举动,渐渐为理苞觉察,见其对于钦回则珍惜万般,对于理苞,则且不及园中之一白菜①。此曷故者,惟熟知中国世情者,能言之耳。

一日,理苞忽不见其兄,遍觅园中,不获只影。正深怅惘,而钦回自其祖父书斋出,目光炯炯,两颊作浅红色,瞥见理苞悄立花荫中,面现得意之色,谓之曰:“妹乎,吾行不克与妹同游矣。刻已上墩,有一长身者,将日来教兄。祖父言,吾今读书者,则他时成

① “白菜”,原文作“白莱”,据文义改。

为官吏，如祖父然，出入必乘肩舆，岂不威赫，而妹则为女子，不可以学者也。”言已，扬扬自得而去。噫，此为可怜之理苞，初次受兹激刺也，始知其兄妹之间，固有莫大之障碍以间离之，使不得相共。翌日，潜窥门隙，见钦回厄坐书案之前，一不知者在旁，频以小方红纸布置案上。理苞见状，愀然忆同游之时，不可复得矣。未几值中秋假，钦回新其衣履，修其发辫，日随其祖父往市游览，而理苞则依母幽居家中。盖中国凡节令行乐之事，女子鲜有参与者。钦回既日闻祖父之训，亦渐藐视其妹，不屑与之为伍。理苞至是益信此障碍之无消除时矣。自兹以往，理苞长日或侍母厨下，或学作刺绣，意趣索然。间至园中，仰观白云，俯视池鱼，一石一木，各得其所，每乐不忍返。其终岁月日，胸襟之宽，无复过于斯时矣。一日，其祖父忽使仆呼之，既入，见其祖父跨足而坐，对坐另有一人，素不识，惟觉其形之怪异，发辫长至委地，蜿蜒①如蛇。当理苞至前，二人各衔其旱烟之筒，倾首相对猛吸，一若未之见者。理苞目视其鼻，屏息而立。旋其祖牵之使稍近客前，理苞斯时木然莫明其奥，惟觉此座客以圆黑之目光，审量己身，自顶至踵，自前而后，则惊悸而股栗。继闻其祖父曰："佳哉此儿也。”夫理苞固丽质也，两颊时现红晖，而明眸皓齿，体态温雅。惟祖父若是之誉，未前闻耳。又闻客曰："恐未必然，骨小而体过肥矣。”噫，理苞已十四岁矣，且甚敏慧，则此时之怔惧，可以想见。出室急奔告其母。其母亦未悉此中原委，惟依舅氏平日疾视女子之心，可以揣得一二。每见其数小姑置办奁具之时，则此老必怨怒毒詈，痛惜所耗之资财。今女孙长矣，或以惧此时期之将至，而用其阴谋手段，然又恐女之不经惊惧，故仅婉语之意，而母女相抱哭。少顷，理苞私至客室后壁隙窥视，适见此怪客立案头，点计银蚨，口

---

① “蜒”，原文作“蜓”，据文义改。

中咕噜曰“值何昂也，值何昂也”，言时烟雾靡漫其口。理苞听至此，急返母前，投母怀而大恸，哭不可仰。不十分钟，其祖复召入，嘱之与母诀别言。客行甚急，须即时与之偕去云云。斯时之理苞母女，其悲痛非言语所能形容。惟中国礼尚孝顺，为媳者不可逆尊命，而理苞年幼，尤不可违抗祖父，故虽逼迫至于此极，亦不容其稍或迟疑行与不行也。母女哭正恸，门外肩舆入矣，似劫似逐，而理苞入轿，长辞家门去矣。穿街入巷，行途半日，理苞啼泣至类泥人。旁晚易轿而舟，理苞此时疲困已极，即倒床蒙首而睡。醒时复哭，哭久又睡，不分昼夜者百余小时。至一日清晨，舟抵一大市，人声喧阗，理苞外视，见景物都新，未尝前见，凭窗眺望，乃渐忘其悲。是日又易大舟，理苞卧一吊床中，去地可数尺，前后左右均为旅客。而与之年相若之女子甚多，视其情状，似亦属此怪客者。理苞正思此数人中，当有可为伴侣者，忽大风起于海上，舟颠簸甚剧，致一一均伏床不得起。理苞呕吐无宁时，其他一切思虑，亦无暇念及，惟觉凄其难堪，既无亲者加以一语温慰。而天地苍茫，恶魔密布，更不知此行究至何所。若理苞而知祈祷者，此时必以死求上帝矣。仰视洞窗之外，白浪泛天。理苞惟愿以其万千怨恨，尽埋其中，则此生或不致为怨恨所制死。嘻，何理苞此思想之不祥也。盖彼实被贩为妓，而后此之身世，行不堪问也。

海行二十四日，舟抵一巨埠，理苞与众登岸，挤入人丛之中。即有五六奇异之人，被同式奇异之衣，长仅及膝，而衣裤均作蓝色，黄铜之钮，光壳若镜，趋前驱之入一暗黑之室，中国之男子及女子已满其中。理苞目不正视，惟觉人人有一种不可名状之面色。思趋前拉一二问之，此为何地，又慑此怪客之狞目而不敢。室中人又有以奇异之语言作问诘状，而众亦一一以奇异之语答之。继又各出一硬白纸片。凡此种种，理苞莫不以为不可思议之事也。未几，又与众出至街中，又相率入一奇异之巨匣，形略如极大之柩,惟两旁均嵌有玻璃,飞射过市时,辄屡止以待行人之或上或下。理苞身坐其中,而惊魂恍惚,不一刻,此怪客命下。众一一从之,入一小巷既窄且暗,而路行者均为中国衣履,俨若还乡。巷尽抵一低小之屋,入门见尽为中国人,立未定,即闻一胖汉人皆以李横呼之者,高声问曰:“谁为吾女?”又闻此怪客答曰:“此为代汝购者。”言时以手指理苞,又曰:“值计三百元也。”胖汉详审理苞一周,于是与怪客呶呶议价值,议妥,意甚得,自袋中出其钞票予之。交易既定,乃一手牵此不幸之幼女,出室而去。过数巷,至一垂圮之屋。胖汉启门入,既入又扃之。室中有数中国女子,闻声群出迓,见理苞,争前抚之,或执其手,或抚其背,或弄其颊,目光中莫不含有怜惜之情。数人者,均幼小与理苞仿佛,仅一为年独长,理苞意其为母辈也。室窄而低,贴右壁支有幢床二幢。室之高下及浅深适足以容之,计共六榻,所以位置六女子也。床前隙地为广不及三尺,除木椅六张而外,室中别无长物矣。一小门容出入,窗洞大若斗,铁棂纵横,如狴犴中者。窗外为一湫狭之小衖,偶有一二中国人,经行其处,他则无所见矣。坐既定,李横离室而去,众女子乃相聚语,群集理苞询其年岁、籍①贯,询其家世及如何为李横所得。理苞一一详答,而一字一句,莫不使之追念往事,遥想家中慈母,不知作若何之状态,不禁泪如泉涌。而年幼之人,思想类未富强,故理苞之历此厄境,彼以为仅恶人之相寻,尚未知为祖父所卖,而确为重男恶女之原因所致。不然,苟念及以同生同长之手足,而谓因男女形体之分,其祖父遂判其对付至于若是,一则爱之惟恐不至,一则害之惟恐不烈,则理苞之感情,不知将作何状,恐聚全世界动物类之哭声,尚不足以鸣其伤心于万一耳。此五女子者,既闻理苞之言,一则有同情之感,一则察理苞之神情,知其

---

① “籍”,原文作“藉”,据文义改。

尚未窥破此黑暗陷阱之真相，暗想似此妙质，何辜而入此禽兽之窟，故亦欷歔不可仰。此时室中静寂，惟有数女子嘿嘿饮泪之声，与壁间所悬李横之旧表“的的”秒轮之声耳。忽理苞收泪殷勤问曰：“我数人在此，果何为者？”众互视以目，未有敢启齿者。是时适李横携晚餐而归，餐仅白煮之菜及米饭一钵。而理苞腹空已久，故食之倍觉甘美。食既毕，李横命之寝，乃攀缘以入至高之幢榻，未几入睡甚酣。醒时，天已大明，故夜来室中人出入，理苞均无影响。晨餐后李横如例扃门而出，理苞等无所事事，惟各据一木椅厄坐闲①谈。理苞渐知颠末，乃知己身将为美洲旧金山埠一千二百黄奴之一人矣，惊惶不知所措，战声曰：“然则我等曷不为逃计？”一女答曰：“逃乎？一则大门严扃，一则无地可往。且尝闻之李横，昔日曾有潜逃者矣，迨捕归以沸油煎熬而死也。”理苞闻此，毛发悚然，瞠目无语。

数星期后，理苞颊上木擒之色，消为惨白，目眶深陷，绕有晦黑之圈。李横瞻其异，知且不支，乃每饭辄强之多食。一夕鱼漏已深，室中并无生人，可怜之姊妹行，正作鼻声。忽闻李横出，理苞伏枕侧耳倾听，未闻旋钥之声，知门或未扃。久之意李横行远，于是披衣而起，以所覆棉被使坟起，俨若中有酣睡者。乃蹑足下床，摩索至门次，轻拉之即启，既出，又闭之。此时门外洞黑，万籁具寂，惟于小衖之一端，隐隐闻人声。理苞投黑荫中急行，路之方向，欲往何处，非所计已。迨远远有来人，即趋避暗陬，屏息以立，猛忆沸油煎熬之女子，则股栗齿战。来人既过，复竭其双足之力，曲折前进。但于此黑夜之中，孜然孤魂，踯躅于异邦道侧，何处为我理苞可往之地，何者为我理苞能为之事耶？若其地而有幽黑之穴，或为世遗忘之地，人类足迹所不至者，则理苞必隐匿其中，得

① “闲”，原文作“间”，据文义改。

安宁而饿毙,为其无上之希望矣。无何,时已卯初,东方将白,知光阴更不可一秒或失,乃前行益急。既折数湾,又入一狭街,此时两胫无力,忽觉天地猛旋,遂颠仆于地。久之张目,而淡灰之光线已满洒空中,能照见道旁垂坍之房屋与衖底堆积之垃圾矣。理苞颓然坐地上,望见一黑洞之口,若专设邀此难儿之入者。理苞乃手膝并行以进,洞居篱脚及二灰堆之间,一腐木板半掩入口。理苞又力拽之使全掩,乃意此间为其至安避难之所矣。觉双足奇疼,急解其缚,以手摩之,始稍止。而体惫不支,乃拾一木橛,代枕而卧,竟入梦,至家中与兄同游园中。斯时理苞之生人自由,俨然悉返其身矣。忽为人声惊醒,而面转死灰,目光直视,若受大恐者,然身体僵卧,不敢稍一牵动,虞为人所见。顷之,人声又至,且杂以巨车辘辘之声,盖清道者破晓来取垃圾也。木板既移,此清道者,惟见一篷头跣足之幼女,面覆于地而昏晕矣。

当理苞清醒时,卧一洁白铁床之上,一慈善之妇人蔼然侍其侧。幸哉,理苞已入孤儿院中,得其庇护矣。此侍侧者为院主密鸳夫人(Mrs. Miller)也。惟理苞于美国而受此残毒,恐以为美人者,必非善类而惧见之。故见夫人,即旋其首向内,而凄怆之念一时毕集,呜咽至不续呼吸。夫人进之食,弗受;劝慰之,若不闻;问之语,不答,盖言语不明也。乃觅一德人,使为翻译①。此德人者曾居中国多年,而金山埠之有谒中国人者,均倩之为向导,以是全埠之中国人,几于无一不识。第理苞乃初至者,故前未谋面。德人既至,乃以极仁慈之语,问理苞之历史,理苞答之甚详,德人乃一一译之夫人,且语理苞,谓已有人为之保护,不必更惧李横矣。无何,此风闻达于李横之耳,次晨即于法庭控告,谓理苞实为其

① “翻译”,原文作“翻泽”,据文义改。

妻，当由之领还，如不信者，可率友人以为证云云。密鸳夫人于讯鞫①时，延一律师，虽竭力辩护，而终不胜，于是复倩此德人为翻译，以助夫人等尽力为辩护之手续。但理苞为幽养深闺之中国幼女，且经大恐而脑经缭乱未复常度，安能知美洲法庭之规则及法律？众所言论者，又不知其命意，惟于堂上见李横之面，则以为或将仍偕之去。是夜返院后，未及夜餐已就枕。密鸳夫人于归寝之前，入其室视之，见其睡甚宁。翌晨又视之，未醒，惟觉其面色有异，以手触其颊，则冷矣，急揭其被，则血迹淋漓满褥上，一削铅笔之小刀，犹植胸际。呜呼，此可伤而误会之唐理苞，卒至九京以觅其自由矣。呜呼伤已。

——《神州女报》(1913)第三号

① “鞫”，古同“鞠”。

陈倩颖

陈倩颖,字漪碧,广东南海人,1905 年毕业于直隶第一女子师范学校,曾担任天津官立第九女子学校教员。其译作有《节译沙娜女小传》(今译《小公主》之节译)。

节译沙娜女小传①

伦敦城有女子名沙娜者,乃父钟爱之,视如掌上珍,供养丰厚。未几父卒,家计凋落,沙娜失所怙恃,服役于明钦小姐家,时沙仅十余龄之幼女耳。

一日伦敦城中天气严冷,街道泥泞,云雾苍茫,天雨数日未止。然每当此淋漓泥泞、最不利于行人之日,供奔走役者乃偏多所事,一若任重道远之差委,必出现于风雨肆虐之时者。沙娜斯时亦身当其境矣。一日之间,频频遣出,踯躅泥中,足不稍息。身上所被褴褛之服为雨湿透,残领破帽如絮沾泥,所履旧靴容水至充其量,乃主人示罚,竟日不与之餐。寒饿交并,气力都困,芙蓉小面现出一种窘迫状态。熙来攘往者频目逆而心怜之。沙娜初不自知也,趋步而前,自思自慰,然而暴风烈雨愈进愈剧,寒自外

① 该文从英语儿童文学作家弗朗西丝·露奇林·伯内特(出生于英国,后移民美国)所作小说《小公主》第十三至十六章摘译。

入，饥从中来，几几乎不能自持矣。沙娜一路自思曰："设吾得服干衣乎？设吾得踏佳履乎？设吾身厚氅足暖袜而手持完全之雨伞乎？设吾寻得六辨士（英钱名）而非为人所有者，吾将趋赴糕饼店，购最热之圆糕六枚，一气吞下，以果吾腹。"

上天有好生之德，上帝必佑善人，此宗教家劝世语也，而不谓世间事竟有出人意料者。当沙娜自言自语、纵足前行时，觉泥中水深，思欲择地而履，乃俯首注地，避泥而步之。忽见沟渠之旁，有物灿然耀目，虽经足踏、沉埋泥中，而一线之光犹足现其灿烂之色。物为何？岂沙娜所欲之六辨士耶？非也，是诚银币，特四辨士耳。不逾秒间，而此币已入红蓝冰冷之小手矣。沙娜且惊且喜，执物而视曰："此真银币也。"语毕，举目前望，咫尺间果有糕饼店。一体胖貌蔼①之老妇方手持热气蒸腾之糕饼一笼置窗格内。糕大且白，葡萄干星布其上，芳香馥郁之味由窗透出，直达沙娜鼻观中。是时，沙固知此小银币之失主必已早去，马龙车水之客未必有其主人翁，即自收用亦无疑义，然而拾金不昧之念，究忐忑不安，乃欲趋问糕饼妇人是否为其失物。既及门，方拾级，一回顾有物触其眼帘，不禁止步细察。则一穷苦小孩蹲身门侧，如一团破布，长不掩体，下露不鞋不袜色红而泥之足，发蓬松，面污垢，馋眼大且圆。沙睹其状，知此儿饥寒已极，不觉同病相怜。该孩目注沙娜，蠕然而缩，意为沙娜让路也。沙手执银币，犹豫移时，乃问之曰："汝觉饿乎？"孩启其破嗓作声曰："然也。"沙复问曰："汝未饭乎？"孩曰："吾无早餐！无早点！！无晚膳！！！并无一切用物。"言时其声愈悲，其意愈惨。沙曰："汝自何时如此？"孩曰："吾不知。吾今日并无所得，吾求且乞者屡屡矣。"沙闻其言，一若自身饥饿疲倦者然，苦痛之感盘旋于脑筋中，其心兹戚，然仍自惴曰：

---

① "蔼"，原文作"靄"，据文义改。下同。

"倘吾得为王后者,吾将□□①。王后穷时或被逐出宫时,如遇较贫、较饥之人,后必与分温饱。□□②然也,良后必然也。圆糕每枚一辨士,若此币为六辨士者,吾可食六枚。今若购四枚,孩与吾彼此皆不足,然聊胜于无也。"乃嘱贫孩少候,自投身店中。屋内温暖而香芬,老妇方置第二笼热糕于窗内。沙即语之曰:"姥曾失此四辨士乎?"言时即出小币示之。老妇视其银,视其面,更视及其昔新今毁之泥衣,而答之曰:"否,吾未失此。汝曾拾得此乎?"沙曰:"适在沟旁泥内者。"老妇曰:"然则汝自留之可也。此物遗于路旁当非一日,孰知谁为钱也主者?吾料汝必不能寻得其人也。"妇言婉而色蔼,若不胜其悯恤之意者。沙曰:"吾固知此,但吾以为须问汝耳。"言次沙目视圆糕,妇即问曰:"汝欲购乎?"沙曰:"糕每枚一辨士者,欲得其四耳。"老妇即趋窗前,以纸袋载糕,数为六。沙觉之,复言曰:"吾适言购四枚,因吾今惟四辨士也。"妇曰:"吾加二枚以补足分量,汝当能尽食之。吾敢断言,汝今非饿乎?"沙闻之,泪潸③然下曰:"诚然,吾饿已极。吾感汝甚,吾谢汝。汝门外尚有一人,较吾尤饥饿也。"是时适有买物者三数人来,老妇匆匆理其生意,沙于是再谢老妇而出。时贫孩仍蹲门侧,拥其破衣,状甚可怖,见沙来,出其粗黑手背以拭眼眶中之泪,喃喃自语。沙乃启纸包取一糕给之,曰:"汝试观此,此又热又美之糕也,汝食之,汝饿当稍杀。"贫孩立起,目注沙,猝夺其手中糕,匆匆纳口内,狼吞虎咽,不遑细嚼,喉中隐隐作狂喜之声,曰:"嗄我的!嗄我的!!嗄我的!!!"沙更取三枚,陆续给之,自语曰:"伊较吾饿,伊饿且死,吾饿不至死,当再给之。"于是更给其第五枚而去。贫儿且接且啖,竟忘致谢,

① 原文空二格。
② 原文空二格。
③ "潸",原文作"潜",据文义改。

盖此可怜虫生平未谙感谢为何物也。沙行数武，回视贫孩，见伊双手捧一糕，口含糕而停嚼，呆面直目注视于沙。沙向之微点其首，伊亦摇其蓬草头颅以报之。沙行渐远，至不见影，而贫孩仍呆立注视，不再咀嚼，且亦不尽啖其手执之糕。

沙娜回寓见明钦小姐于堂。明钦问曰："汝往何处乎？汝出四时矣。"沙答曰："途湿且泥，不易行走，敝屣复溜滑不举，故往返需时也。"明钦曰："毋谎言！不可饰词推托，汝言吾固不信也。"沙入厨，以所购物交司膳之老妇。妇固暴者，见沙怒目视之，愤然曰："汝奚勿竟夕不归耶？"沙倦甚，乞之曰："吾有食物否？"妇曰："餐时已过，汝岂望吾为若[1]再备之耶？"沙曰："吾尚未饭。"言时声浪甚低，因恐其声之颤也。妇曰："架中有面包，此刻汝所能得者惟此耳。"沙即往觅之，面包乃陈品，已干破矣。时老妇方受主人责，迁怒于沙，以泄其气，面包外，并不肯以他物与之。沙不得已，持面包返其宿室。室在三层楼上，平时上落已觉甚难，今夕饥倦交并，觉此数十级梯如登云路，喉间若有骨骾，昏闷几仆，手把扶梯而上，数级辄止，喃喃自语曰："吾今夕真疲极，不能再稍自持。吾惟强食此包，并进杯水，即当就寝，或者黄粱[2]一梦，可苏吾困也。"且言且上，至顶楼，泪泚承睫。此时此际，盖不再作王后之想，而特现一饥寒困苦之幼孩情状矣，因自念曰："倘吾父而存，伊等待余必不至此。倘吾父而在，予之状况亦万不及此。"于是启宿室门，方欲踏入，不意目光触处，有奇物直入眼帘，直透脑髓，几疑彼黄粱梦幻发现于未睡之前，不禁颤声呼曰："噫！此非真物！此非真物！"良久，屏息溜入，手钥其户，以背倚门，双目注射之。噫！物为何？则墙隅之炉空冷久而生锈者，今忽油刷鲜明，烘烘之火

---

① "若"，代词，你。

② "粱"，原文作"梁"，据文义改。下同。

大爇于其内，炉上一壶热水至沸。地板上铺一厚软之绒毡，炉旁置叠椅一，上有气垫，旁之二棹，白布铺之，棹上碟覆以盖，更有杯碟一套、茶壶一提。床上置新被两条，丝衣一袭，书籍数册。于是乎，此寒冷敝陋之小室变成一温暖华美之房间。沙乍睹此，以为幻境，触之恐化去，故以背倚门，久之不敢前，俄而身中觉暖，乃徐步进，思曰："如火为幻想物者，必不致热，今既热，其为真者无疑。"于是将所谓棹椅者，一一以手扪之，揭其一碟，则有香热之食物在焉，他碟贮烤热之面包一方，更一碟盛蛋糕敷①枚，壶内有茶叶，以备沸水之冲。沙更步至床前，以手摩抚各物，凡被毡之属皆真品，乃更取书观之，面有笔法奇特之字一行，文曰："以赠顶楼之小女。"沙不禁倒卧床中，莹莹泪下，自念："此果谁者而降惠我也？此必吾友也，然吾无友也。父在时，随心所欲从游之，小友亦多，今自隶明钦以来，无人过问者亦数年矣，此友果谁者？"思之思之，感慨系之，更不知涕泗何从矣。然此芸芸之物，固属于沙者，当无疑义。食其食，衣其衣，饮水除烦，观书遣性，沙之乐实不可以言语形容，想亦为读者诸君所为深幸者。沙则决意秘其事，不欲以所得泄于人，深恐明钦知之，将为夺去，否亦必设法破坏之也。诘朝出室，严扃其门，然后从容下楼，竭力自制，不使神色有异，然终不能不忆及往事，具有一种诧愕之状，而吾得一友之思潮竟盘旋于心而怦然莫禁也。而幸也，此友施惠以常，而非一次止者。次晚，沙返室启门，入则各物依然，且加数件。沙惟坐而观之，观之且再观之，觉此事竟神异莫测，而尤妙者，则日日继续是也。

自此而后，沙每启其户，则见有装饰服食之新品加增于其小室中，不数日，竟变成一光华之小室，满贮新奇美丽之珍品，而食物书籍亦源源而来。沙之身心乃得适，每以事出，虽泥涂困苦而

---

① "敷"，疑应为"数"。

自知一返其楼即得温饱也。逾月而沙体渐壮，两颊现红云，美目盼兮，更不作昔日馋眼眈眈之态矣。不谓奇事之来，竟无独有偶。一日门铃响处，有人以邮件送来，明钦令沙娜启门取之，累累者数大包并置桌上，包外书“顶楼小女子收启”等字样。沙目注而讶之，明钦曰：“痴鬟！此物寄楼上少女者，尚不速送交于彼，而何呆立为也？”沙乃徐答曰：“楼上女子即予，此物寄予者也。”明钦曰：“噫！寄汝乎？汝殆疯耶？”言时乃行近大包，反覆审视而问曰：“果寄汝者？谁其主之？”沙曰：“此则吾所不知，亦未悉为何物也。”明钦乃使启之，则各式华丽之服在焉，鞋袜手套等件在焉，大衣一袭洋伞一柄亦在焉，字条附于衣之袋，文曰：“以供日需，敝予为易。”明钦睹此，大为疑讶，窃念此物岂误寄乎，则明明地址在也，抑此小女有权势之友乎，如其然也，彼人必尽知此女之底蕴、敝衣粗食劳工困苦之情形，人必讥予为虐待，而吾之名誉休矣，乃回顾沙曰：“佳哉！汝实有人垂悯于汝也。汝既得此，且将来更有新者，汝可即持去衣之，今后汝不患冻馁矣。”沙返室，深感此暗中行义之仁人，乃据案作书以谢之，书曰：

大德君子足下：屡蒙惠赐，铭感五中。知君为善不伐，固未敢深求名姓。今者冒君盛德，如天拯予于水火而登于衽席。予昔为一寂寞饥寒之人，而今则适乐之至，天渊境判，惟君使然。予非木石，能无感谢？谨望风拜手而致词曰：“敬谢君，敬谢君，吾敬谢君。”　　顶楼受惠小女子谨上。

次晨，沙遗此书于室中棹上，晚归则书已不翼飞。沙知必为其友所得，由是欢喜无量而不再为难中人矣。噫！沙娜以舍糕施其仁，今以天赐收其福，倘所谓善有善报者，非欤？

——《直隶第一女师范校友会会报》

民国五年(1916)第一期

周澈朗

周澈朗,江苏南京人,自幼失去双亲,后在教会资助下毕业于汇文女子大学,并皈依基督教。周澈朗毕业后留校任教,终身未嫁。1911年广学会总理李提摩太创办《女铎报》,延请美国来华女传教士亮乐月为主编,时亮乐月正监督汇文女子大学,便邀周澈朗襄理编译。1915年暑假忽得弱症,辗转上海、九江等地治疗无效,于1916年1月去世,年仅31岁。她与亮乐月合作翻译小说《小公主》《马赛勒斯》等。

小公主①

此篇内容,说一女孩在学堂,始而骄傲,继则事事忍耐,终复全其幸福。余喜其性情能因境转移,随时变化,尤喜其立志高尚,始终不渝,因特译登报端,以供女生课暇披览。

美国②伦敦城中有一女校,房屋高而且大,但形式不很好看,门前挂一金字门牌,写着"某某特别女子大学堂"。堂长姓密名叫

① 据宋莉华《传教士汉文小说研究》一书之"附录三",《小公主》为英国步奈特(Frances Hodgson Burnett)著、美国亮乐月(Laura M. White)译、周澈朗女士述,有上海广学会1914年版。鉴于该小说为二人合作译述,且《女铎报》发表时只署周名,故收入大系。

② "美国",应为"英国"。

明清,副堂长即他妹子,学生不少,且多富贵人家女子。内有一孩,名叫顾撒拉,父法人,母英人,他祖上本法国公爵,因百年前法国改为民国,逃到英国的。他父在印度做官,家资颇富,因这学堂狠有名誉,又专为富家女子而设,亲送他女儿来此读书。时年方八岁,他所备的行李及衣服首饰无不讲究,还有许多新奇的玩物,但是他父年纪尚轻,不知小孩当用之物,不免有种种不合式的地方。撒拉有一大洋囝囝,与他身一般长,装饰亦很华丽的。后他父交出学膳费金洋千元,即回印度。撒拉自父去后,终日哭泣,不进饮食,亦不上课,因他最恶英国,故不喜在英国读书,连那些教习都不肯亲近了。

堂长身体高大,两目突出如鱼,脾气很不好。他妹子身体矮胖,又很愚笨,说话又不明白,他的举止行为都看他姊样。有一天,堂长面带笑容与撒拉闲谈,他妹也随同称赞撒拉美丽而且聪明,故教习都欢喜的。但是撒拉听了仍是不快活,原来堂长待他并非真心,因他钱多所以宠他的,恐怕他不愿在此读书,每年千金何处去拿呢?每逢学生出游,堂长必要他著华丽之衣走在前面,各生父母来堂参观,亦必叫他著华丽之衣、抱洋囝囝到客座招待,而且见人夸他父亲在印度做官怎样荣耀、怎样富足,每年送学堂千金,深望他父来住英国可以帮助我学堂。这些话撒拉听了自然骄傲,亦只望他父早来英国,可以常常聚会。

过了四年,堂长忽接到一封信,看了忧愁万分。信中说撒拉的父将所有钱财交友人经理贸易,不料此友人卷逃远方,不知去向,遍查无下落,他父焦急成病,竟去世了,撇下撒拉一人,既无亲戚,又无银钱,如何是好?堂长念完此信,面上变色,说道:“如此我学堂每年不但少得千金,反要照顾撒拉。”气得眼睁睁的,甚至要打人了。于是即呼撒拉,撒拉抱著洋囝囝进来,堂长厉声道:“放下你的洋囝囝!”撒拉向来宠惯,那里肯放?说:“这是我父给我的,我要玩的。”堂长说:“你父现在已死,你既没有亲戚,又没有银钱,全靠我照顾你了!”可怜此时撒拉如闻晴①天霹雳,面色发白,双目注看堂长,一言不答。堂长又说:“你为何还站在这里?岂不懂我所说的话么?若非我留你,你要变为乞丐了。现在我告诉你,你若用功读书或作工,可预备将来做一个教习,你不是很会法文的吗?可先学教那下级孩子,到十六岁即可半教半读。”撒拉说:“我的法文却比你好些。”撒拉如此对答似乎失礼,然亦是实话,因堂长本无甚学问,不过略有办事之材,如专请薪水便宜之教员,专收富贵人家之女子,皆他开源节流的法子,今虽撒拉学费无著,尚能设法使他将来做个法文教习。堂长又说:“你不要作丢脸的人,不然我必打你,要知道你吃我的饭,即当改你的行为,服我的管事。现在你不能同他生比了,快预备为一教习,不取薪水,以便补偿你的学费,你若不愿,可即刻往街上讨饭。我话已了,你可到你屋子里去罢。”撒拉转身要走,堂长说:“为何不谢我?”撒拉答道:“何事要谢?”堂长说:“我给你安身之处,不当谢吗?”撒拉答道:“此非仁爱待我,乃暴虐待我,我何以谢?”言毕,仍紧抱洋囝囝回到自己卧房。将近房门,遇见副堂长,对撒拉说:“不必进去,现在你不能住此房了。”撒拉问:“我房在那里?”副堂长说:“你房在三层楼顶之小室。”于是撒拉走到三层楼顶小室,开门一看,见屋顶低斜,墙多尘土,壁炉铁亦生锈,内有破铁床一张、破桌一顶,洗面台、板凳各一件,这些家伙都是从前用坏了堆在此地的,房中只有一个天窗。撒拉进房坐下,亦不觉苦,仍抱著洋囝囝与之亲嘴,且说:“现在世上,只有你是我的良友了。”后从箱内寻得一件小时穿的黑色绒衣穿在身上当作孝服,又寻得一条黑色丝带系在洋囝囝的腰上,自取镜子一照,面色惨白,眼眶亦大,从前的美丽忽改

---

① “晴”,原文作“青”,据文义改。

为丑陋了，自言："我前为校中最上等人，今为最下等人了，无家可归，无人可靠，只有洋团团是我亲人，同住此歪斜破坏的屋。"停了一刻，头伏在洋团团身上倦睡去了。

从此以后，撒拉性情大为改变，如作一小女仆，上自堂长，下至厨子，无论何事，常常使唤出外。可怜撒拉终日忙碌，竟无片刻之闲，既无暇读书，又无人教授，惟有晚间诸生睡静，偷读点书，偷写点字。同学皆不与他往来交谈，但是他人极聪明，亦不与人计较，虽精神短少、面目憔悴，却常用他乖巧之眼斜著看人。有一刁猾同学最喜搬唆是非，见撒拉双目炯炯，即说："你要把人的五脏六腑看出来吗?"撒拉说："不错，我是这个意思，我要看你到底是一个何等姑娘?"

撒拉一味好静，不肯多言，从不论人长短。他的志向很大，虽无人看顾他，他别有一种寻乐妙法，善作假借思想，每到晚上与他洋团团谈心，当他是个活人，好似知我苦情特来做伴的。他所住屋内有一大老鼠窠，通夜吱吱的叫，他说有洋团团在此，我亦不怕。

撒拉天资①明敏，虽每日偷空读书，但是进步比人多些。他无钱买书，凡人所弃的旧书或别人从未见过的书，他都拿来读了，所以得益不少。有一天，有位女孩名叫腓比，他父很讲究学问，因此买了几部新书来叫他念。腓比拿在手里眼泪汪汪的样子，撒拉见新书装订很好看，问道："腓比，为何要哭?"腓比答道："我父买了这许多书叫我读熟，下次要来考问的，如何是好?"撒拉又说："你喜读么?"答道："倘你父叫你读这许多书，你能不哭吗?"撒拉叹一口气说："我现在那有这个福气呢? 我在世上，最喜是看书。"腓比听了诧异，于是撒拉想出一计，说："倘你把这书借与我看，我把书

① "资"，原文作"姿"，据文义改。

中要义说与你听,你即可对答你父,岂非如读过一样了?”又说:“你不见我在幼稚园常讲故事与小孩听,他们不是个个记得的吗?”腓比答道:“你真能教我书中意义使我记得,我甚感激你了,我肯谢你五块洋钱。”撒拉说:“我不要钱,只要借你的书看。”腓比将书交与撒拉,转身要走,撒拉又问:“你将来如何告知你父亲?”答道:“他不能知道,总以为我自己念熟的。”撒拉道:“如此我不能帮助你欺瞒你父,我素恨谎言的。我想你不妨直说,你父必不责备你的,因为你虽没有用心读,却不能不用心听,我以为听人讲比自己读还容易懂些。”腓比说:“不错,不错。”于是撒拉拿了书到自己房里去。腓比写信告知他父。后来腓比所得书中要义,比自看三四遍还多些。(未完)

小公主(续)

撒拉的假借思想亦可算他的大幸福。有一天晚上极冷,所食又不能饱,到了楼上房里,坐在空壁炉边,自说:“此炉中有极旺的煤火,地上又有极大的皮毯,我坐的乃一极舒服的靠椅,且有极厚的椅塾①,我所穿的是紫色鸭绒大袄且镶著华丽花边,房内有书架,摆满各种奇书,桌上铺的洁白台布,摆的各样新式杯盘,又有美酒、嘉肴、水果、糖食各物,屋角还有柔软铁床一张,与洋团团玩耍玩耍,何等快乐!”如此自言自语了半天,虽没吃过东西,肚子也就不饿了,床上虽无多被,似乎有点和暖,不知不觉竟睡著了。

撒拉有时想起他祖上乃是公爵,即自命为公主。一日走到楼下,显出他端而有威的样子,那时堂长、教习和仆人见了,甚不喜欢,有的唾骂他,有的讥笑他。他非但不怒,且说:“公主不当与人

① “椅塾”,疑应为“椅垫”。

计较,还要礼待他们。”旁人听了更为诧异。撒拉又言:“我虽穿褴褛之衣,到底是个公主,我如此勤苦为公主,比他们著华丽衣终日游荡为公主的似觉佳些。”有一天上课时,堂长见他胡思乱想,打了他一个嘴巴,撒拉仍然面带笑容不改公主的样子,堂长骂道:“无耻的东西!笑甚么?”答道:“我笑自己所思想的。”堂长又说:“你如此得罪我,应当求我饶恕。”撒拉说:“若你以我笑为无礼,即请你饶恕,但我不愿因我思想之故求你饶恕。”堂长又问:“你到底思想什么?我料你所思想必不应该的。”那时同学都注意此事,于是撒拉说:“我就是思想你所作的,你不晓得。”堂长气愤愤的显出惊讶样子。撒拉又说:“我想你若知我是真公主,必定惧怕不敢打了。”堂长说:“你疯了吗?听我离开课堂读你的书。”撒拉于是鞠躬而退,还说:“若以我笑为无礼,请饶恕我。”撒拉去后,诸生彼此私语说:“看他样子却似公主,将来或者真成一公主,亦未可知哩!”

当日下午有一事,撒拉不但如人间公主,实显出他是天国公主。那时天雨已久,满地污泥,撒拉奉命出外,衣服尽湿,中膳又过时了,他在路上又作假借思想说:“我脚上著的是一双好鞋,亦有暖和的袜子,穿的是一件厚外衫,且有一把大伞,好像拾得一角洋钱,遇见面包店买了五个面包,我就一连吃下。”正在思想间,果在道旁水沟中拾得一角钱。“咳!真如我的愿了!”前行几步,见面包店中一妇人正在热气蒸蒸的开笼,撒拉欲买,忽见路边一小乞丐,饥寒交迫,形容枯槁,说:“此乃小民,我是公主,公主应当怜恤小民。”于是问道:“你饿么?”答道:“饿得很,有两天没得吃了。”撒拉跑到店中,闻面包香味甚好,即问那妇人:“你曾掉一角钱吗?我在水沟拾著了。”店妇见他面有饥色,即说:“你且留下买面包罢。”于是撒拉说:“请把我买一角钱面包。”妇人怜他,竟给了六个面包。撒拉随给小乞丐一个,且说:“快乘热吃。”那小乞丐一口吞下,真如饿虎一般。撒拉又给他两个,说:“他比我还饿些,几乎要死。”小乞丐又吃完了,于是又给他两个,那小乞丐饿昏了,也忘说了谢谢。撒拉走后,店中妇人说:“他自己饿得很,还要将面包分给乞丐。”随即出店门问乞丐:“那个小姐给你多少面包?”答道:“五个。”妇人说:“如此他自己只有一个了,真能舍己救人。”于是激动了他的心,又问:“你还饿吗?”答道:“现在有点饱了。”妇人说:“你进来,可在炉旁烤火,若肚子饿了,不妨到我这里来吃面包。”

撒拉一面走著,一面吃面包,且一点一点的撕著吃,说:“只有一个面包,必细细吃,方能久吃。”又假借云:“每一点面包可当一餐饭,如此我吃这一个面包,未免太多了。”停了一刻,已到学堂。天气将晚,堂长问道:“你在何处?到这时才回来?”撒拉答道:“天雨泥滑,我鞋常掉,不便行路。”堂长说:“我不要听你这谎话。”撒拉进了厨房,将所买之物放在桌上。厨子见物件多湿,嘴里唧唧咕咕的亦责备了一番。撒拉说:“我还没吃饭。”厨子答道:“饭早吃过了,那个叫你到这时回来?”撒拉说:“我连中饭都没吃过。”厨子说:“不能怪我,这不是我的事。”原来厨子才受堂长责骂,故在撒拉身上出气。撒拉又冷又饥,·身尽湿,力亦疲乏,自言:“我现在上这三层楼,都走不动了,今晚那有精神再假借寻乐?”不觉眼中流泪,“唉!喝点水去睡罢,或者夜里能做个好梦,梦中吃一餐晚饭也未可知。”

撒拉一步一步走上三层楼去,心中思想著:“我父在世,他们服侍我还来不及,那敢如此待我?”行近自己卧房,伸手旋开门纽,进房一看,好像换了样子,甚是希奇。空而且锈的壁炉有极大的煤火了,上面铁槛放著一把光亮铜壶,还有开水,炉前有一张收放椅,上面亦有椅垫,中间又有收放桌一张,铺著洁白台布,摆著各种好看器具,又见床上叠被甚厚,还有极华丽的日本绸衣,又有软毛皮拖鞋一双,书架上有各种书籍。于是撒拉自思:天下那有此事?一定不是真的。莫非我思想极了,以致如此吗?但是这火果然是热的。于是走到炉边,手摸椅桌各物,一一不差,而且盘内还有烤鸡等食物,茶壶内已摆好茶叶,旁边还烘有面包,说:"此事真真奇了。"于是脱了湿衣,换了日本绸衣,穿了一双软毛皮拖鞋,坐下吃这些点心,又吃些热茶,果然是一餐美味的晚饭,后又拿一本书看看,上面写著"奉赠三层楼屋顶小室之小姑娘"。(未完)

小公主(续)

撒拉因常常假借思想,故此次在他屋子里所见奇异之物件,知皆由自己思想而来,但心中究不能无疑,以为不知何人所送,随与洋团团说:"我们并无亲人,怎得有人送我们物件呢?然而我们究竟必有一位良友,上帝必常照顾我们。"是夜,撒拉见床上叠被甚厚,不久即睡著了,夜中做一梦,梦见送这些奇异物件之恩人为印度之太子,于是跪下随作印度语谢之。次日早晨,撒拉立意自言:"我决不将此事泄漏,若被堂长知道了,必将我之财气夺去。"撒拉得了这位不知道之良友,很觉快乐,从此以后常常送他物件。来到晚间,撒拉洗完杯盘即上楼睡觉,进屋子见壁炉中又有极大煤火,桌上又摆设最香味之晚膳,且又增了许多精美物件,又见破坏火炉台上铺著红色台布,上面且摆设数瓶鲜艳之花,并许多装饰屋内之物件,墙上亦挂著许多美丽之图画及照像,又见破坏之长木箱上面亦铺著毡子,又摆设垫子数件,真是一张极好的床榻。

由是接连几日,撒拉吃完了晚膳,做完厨房洗盘碗之工夫,上楼开门进屋子,每见有新物件放在屋里,从此屋内有许多华美物件。撒拉心满意足,而且他不知之友亦常送故事书把他,盖撒拉平日最爱看书,故每晚间在壁炉前看这些书。每早晨下楼时,不免有晚上所吃之物遗于桌上,及至晚间上楼,则桌上余剩之物尽行撤去,又摆上新鲜之食物。堂长及其妹子依然烦躁且常面带凶相,女仆亦常显出粗鲁状态,呵责之声不绝于耳。是日,撒拉又奉命出外,虽是如此,撒拉很能忍受,虽女仆亦有此等坏脾气,撒拉均算为小事,亦不在意。不久撒拉回来,又逢天雨,衣服湿完,又冷又倦,而心中仍然快乐,因知上楼到自己屋内,必有最暖和之火,且有好晚饭,更有许多有趣味之书籍供他看的。

数礼拜过去,撒拉身体较前肥胖,面色亦带红光,两目较前明亮,且常带喜乐形容。于是堂长眼睁睁的望著他,不知他气色何以如此改变。

一日早晨,有人带数件大包裹来到大门口。撒拉奉命开门,即将那几包物件拿了进来,放于廊内桌上,包上写着“三层楼屋顶小室之小姑娘收”。正看之时,堂长下楼即厉声说:“速将那几包物件送上楼去,给那应得之人,不要站在此处凝视!”撒拉说:“这此①包裹是我的。”堂长说:“你讲甚么?是你的吗?”撒拉答言:“是的,你看上面写著我的名字,但不知由何处来的。”于是堂长气喷喷的说:“且开包看里面是何物?”撒拉于是开了,见里面不同样之衣数件,鞋袜数双,手套一双,大外衫一件,花边领子、手巾各数件,且有一顶皮帽子,又有一把洋伞,于外衫袋中有一张纸,写著“每日可穿,倘穿坏了,当再送你新的”。堂长见之,心中疑惑,因此焦急自思曰:“今他得一富女,因我过于苦待他,知他鞋袜破了、衣服不足又无多食物吃,并且常作苦工,故彼等常送这些礼物把他的。”按英国律有保护小孩之权力,堂长因此心存畏惧,随即以温柔之声,如前撒拉之父在世有钱之时,向撒拉说:“必有人爱你,故送你这许多礼物,并且你穿坏了,他还要送你新的,既是如此,

---

① “这此”,疑应为“这些”。

你现在可以无忧，以后仍至学堂上课。”过了半句钟，撒拉穿好衣裳，进学堂上课，学生见之甚为惊讶，见他所穿之衣与平日不同，自他父死后，他从未穿过甚么华丽之衣，真不若从前之撒拉①了。他所穿者乃一棕色最华丽之衣，鞋袜亦甚精致，故看之甚为整齐，颈项上披著花边，并打一水红色之丝结，头上带一白色丝结。于是堂中另有一学生低声说：“恐怕他真是一个公主，必有人为他留下许多钱财哩！不然，何以常见他有异怪样式？谅必有非常之事临至他身。”当夜撒拉上楼，于未睡之前写一封信给他不知之友，此信如左：

亲爱朋友赐鉴：我深受你的恩惠，望你不要想我看错了，我非不知你要隐秘，我亦不愿失信，必要寻出何人送的，然我实感激你，你如此之爱待我，我心中很觉快乐，因我平日甚为孤单，又寒冷又饥饿，如今你以各种需用之物件送我，真如生我之父母一样，我不知何以图报，先作此函，聊伸谢意。三层楼小屋小姑娘鞠躬。

小公主（续）

过了数日，撒拉进入自己卧房，见一奇怪之小猴坐于椅上，诧道：“此小猴何来？想必是邻舍柯锐先生的。”盖撒拉屋内之天窗与柯锐先生楼顶之小窗相去不过数尺，小猴从此处爬过来亦未可知。柯锐先生乃一大富户，可惜他有肝疾，脸色黄瘦，常带愁容，亦最怕冷，有时乘车出外，必穿厚外衫，并带披肩及毡子种种物件。他有一印度佣人，视之较其主人更冷，然那可怜之小猴，较印度佣人亦更冷。撒拉每见小猴坐于客厅窗下晒太阳，即以矜怜之词说：“可怜这小猴，他必盼望到印度和暖之椰树下，以其尾玩

① “撒拉”，原文作“拉撒”，据文义改。

要。”其印度佣人亦常带愁容,然他很尽忠服役主人。撒拉每见之,必自言:“可怜这佣人,不知亦与我一样常念印度否?深望得机与他谈谈。”过了一月,有一日,印度佣人准备车马待主人上车,撒拉因事出外恰巧遇着,即用印度语与他交谈。佣人又惊奇又喜乐,其主人闻之亦甚留意注视撒拉。自此以后,印度佣人每见撒拉,均以恭敬相待,且与长谈,并告知其主人为一富户,身有重病,无妻无子,且最不喜住英国,因此间天气太冷,猴子亦甚不便。次日早晨,撒拉又见小猴在他卧房内,说:“我将你送回隔壁柯锐先生家去,但我甚愿留你在此与我同玩,免我孤单,可惜不能。”于是撒拉即抱小猴下楼,一路并未见人。不久到了柯锐先生门前,正上台阶,印度佣人出来开门,撒拉以印度语对他说:“你们猴子在我屋子里,恐他由我屋顶天窗进来的。”印度佣人将说“谢谢”,忽听主人以尖锐之声喊他,于是别了撒拉进去,剩撒拉一人抱着猴子立于厅内。过了几分钟,佣人出来对撒拉道:“家主病势甚危,他在书房内欲会会你。”撒拉听见甚为希奇,又思他年迈有病,不便违命,于是随佣人进入书房,见柯锐先生坐于靠椅上面,撑着柔软枕头几个,面色黄瘦,眼睛凹下,问撒拉道:“你住隔壁么?”撒拉说:“是的,我住密先生处。”又问:“他是开膳宿学堂么?”撒拉说:“是的。”又问:“你是他的学生么?”撒拉道:“我确不知道我到底是否算一个学生。”又问:“此话怎讲?”撒拉答曰:“我父在世时,我乃是一个体面学生;我父死后,钱财损失,故此无人照顾。”柯锐先生即言:“如此残忍女人,使你睡于屋顶小室,甚至使你饿的半死,且把你当个小奴才,实在不应当。为何你父不为你留点余钱呢?”又说:“近[①]前来,让我看看你。我听你所说,忽然想起我从前一个朋友来。”撒拉因柯锐先生如此注视他,面上有些发红,因含怒说:

---

① “近”,原文作“进”,据文义改。

“非我父之错，因我父有一友，以为可靠，故将所有钱财交付与他，不料尽被骗去，我父因此焦急成病而死。”此时柯锐先生眼睁睁的望着撒拉，似有畏惧样式，且言：“大概人常听见此等事，亦并非是他朋友之错。”于是又问道：“你名谓何？”答道：“我姓顾名撒拉，我父是顾芮夫，他去世在印度国，恐先生亦曾见过他。”于是，柯锐先生道：“不错，我很认识你父，我就是你父之朋友，他钱就是借与我营业的，我生前①亏本了，以致使你父忧死，我真抱歉，后来我营业很兴盛，可惜你父不能见了。我实言我十分爱你父，今我得见你，很愿照看你。”言毕头晕，即命喊佣人来。撒拉见他如此情形，心想他不久要死，正欲出外喊佣人，佣人已进来，于是扶起他主人之头，摸些药在他嘴唇上。后柯锐先生微喘了数分钟，即低声对佣人言：“快去请我的高律师来，且告知我已寻到这个小孩了。”于是撒拉甚为诧异，即告别回学堂，柯锐先生亦嘱他带小猴去玩。

次日早晨，高美克律师到撒拉学堂去会密堂长。按高美克虽是律师，为人亦最良善，与堂长论了半天撒拉的事，密堂长心中含怒不能出言。高美克律师回家后，又嘱他慈爱之妻来告知撒拉，将有佳遇，不致再有苦役，不但你父钱财皆要归还，而且另要增他盈余哩。这位柯锐先生，他虽发了大财，心中仍不觉快乐，因他所爱之友已不在世，所以每一念及，心中忧闷，不知何法得寻其女，可以图报，以致成了这疾。不料数年后来到密堂长学堂隔壁居住，亦不再想找他友的女了。忽有一日，他佣人告知撒拉能说印语，又告以如何被人虐待，柯锐先生心中颇疑。有一日，佣人由屋顶爬出，窥视撒拉屋顶小室，见里面器物都是残缺，又见撒拉对于人很有礼貌，亦甚和气，故从此注意撒拉之举止行动。有时撒拉出外，他即以各种物件装饰撒拉之屋子，使他安适。佣人如此暗

① “生前”，疑应为“先前”。

助撒拉,柯锐先生很觉快乐,甚至有时自己的病痛亦就忘记了。有一日,撒拉送还小猴,柯锐先生看他相貌很像他父,又使高美克师母与撒拉言:“那位柯锐先生欲你作他义女,到他家去住,他愿待你如你亲父一般,你当习学作快乐人随意玩耍,以期身体强壮。”

密堂长很不喜欢他学生得着如此之好运气,故一听此消息,即以各样谄媚之话劝撒拉仍住学堂,说:“我很爱你,我看你算学堂中最美丽、最洁净之学生,我妹子亦必能使你快乐,你切不可伤我等之心,离开这里。”撒拉听了这一番话,心中即想起他所住之屋顶小室,又想起数次受责及受饥受寒的苦况,又想起从前说他无家之孩不过是一小乞丐的话,不禁大胆出言说:“你当知道我为何不愿住在此地。”密堂长听了这话,亦就不敢再劝了,于是将一年学膳费开了一单送与柯锐先生。柯锐先生就请高美克律师将钱交付堂长,又以严厉之声责骂了一番,且以英国国律恐吓他说:“如此苛待撒拉,必当按英律施罚。”

撒拉与柯锐先生住了月余,一日晚上,撒拉正在看书,面有愁容。柯锐先生异而问道:“你想何事?”答道:“我想起从前路上拾一角铜元,向面包铺妇人买面包给一受饿小孩,今不知有何效果,要想前往一看。我今既有钱,还想送些那妇人,叫他见凡有饥饿可怜之小孩,必使他们得饱,若钱不足,随时开单来取,不知义父意下如何?”柯锐先生说:“甚好,明日早晨,我可同去。”撒拉言:“谢谢义父成全我志。”次日早晨乘马车到了面包铺,柯锐先生与撒拉下车,看见面包铺妇人正蒸好面包放入玻璃柜去,随即进入里面。那妇人注视撒拉面带笑容,说:“我似乎认得你。”撒拉道:“不错,你曾给我一角钱六枚面包。”妇人道:“不错,是的,你还给五枚面包与那小乞丐,那时你虽是很饿,仍有舍己爱人之心,我常记得此事的,料你必有好日的,你今果然比前大两样了。”撒拉道:

“不错，谢谢你。我今与义父同住，故比前称心多了。我今特来求你帮助的。”妇人笑曰：“岂有此事？我如何能帮助你呢？”撒拉于是告知如何设法帮助饥饿小孩之事。妇人言：“这个自然，我很愿帮助，我看来此事可算我一生最快乐的了。我乃一贫妇，有何力量助人？前次施出这些面包，因见你那日忍饥救人，真不愧一个小公主，所以感动了我的心，学你行善。”柯锐先生在旁听了这番称赞的话，满面带着喜容。撒拉说：“那个小孩当时比我更饿。”妇人说：“是的，他将要饿死了。他时常告诉我，他饥饿时正如一只狼在他肚里将要撕裂一样。”撒拉即问道：“这样你常看见他么？请问他现住何处？”妇人道：“他即在后房，他在此将近一月了，真是一个忠心小女孩，很会帮助我作事，现在他较前亦大改变，恐怕你不认得他了。”于是妇人进入房内，叫他出来，果然变了，一个清洁、整齐、诚实之小女孩。他看见撒拉也认得，且满面显出爱情来。妇人又言：“他名叫爱安，他在我这里来，我给他工作，换点面包，现在他很能烹饪，所以我已为他安置一个家了。看他很有规矩，决不是忘恩负义的人。”于是彼此对坐，撒拉道：“上帝甚爱待你，使你得着如此的一个好家。我想这位面包铺妇人亦愿你分点面包与那些饥饿小孩，因你我现已知饥饿之苦楚了。”爱安答道：“是的，我亦欢喜如此作。”于是撒拉与其义父乘车回去，从此撒拉一生快乐，既可遂他求学的志，又可行他仁爱的心，从前假借思想以公主自命，今日如愿以偿。可见凡人身处逆境，万弗忧闷，但能志气高尚，自有达到目的之一日。虽然，存心不厚、损人利己者，恐上帝亦未必赞成的。（完）

——《女铎报》第一卷（1913）第十一、十二期，
第二卷（1913）第一、二期

马赛勒斯①

一千九百年前,英国某城离伦豆园小礼拜堂不远,住有一贫户姓马名赛勒斯(Silas Marner),人极忠厚,纺织度日,可惜蒙昧不明、毫无学问,所识者不过数字而已。

马赛勒斯幼时,母曾教他找寻一种草作为药料以治人病,后知天上有真神,凡事以祈祷为重,即不相信以草作药之事,又思药虽有治病之用,若非得上帝之助,也是无益的,如此人岂不应常完全信靠上帝能治人病较用药尤甚么?故他从此遍游各处,见人寻草为药,必以为是受魔鬼之诱。

马赛勒斯素有两种残疾,一为近视眼,一为抽筋病,每发时手足变硬,人事不知。因他热心待人,诚敬待神,每发病时,有些愚昧者见之,皆以为必是上帝接他之魂上天去,又想或因受圣灵所感以致如此,故凡见他为病受苦者,也就敬重他了。

当地之教友有一位名田伟联(Willin Done),较马赛勒斯年长,为马赛勒斯最密之友。教会皆看他是虔敬人,然而他对于有罪者或较他年幼者格外严肃,自以为很聪明、很虔诚的,应当作个榜样,甚至以为较胜于他自己的先生哩。

彼二友相貌性情各有不同,马赛勒斯两目大而无光,面极老实,极其仁善;其友伟联两目长而窄,口常紧闭,极其骄傲。马赛勒斯因极谦卑,常自以为有罪的,甚至有时不敢盼望能得救;其友则不然,反自以为十分完善,死后定能上天,也以为得了默示,仿

---

① 据宋莉华《传教士汉文小说研究》一书之“附录三”,《马赛勒斯》为英国乔治·爱那特(George Eliot)著、美国亮乐月(Laura M. White)译、周澈朗女士述,1913—1914 年载于《女铎报》,亦有上海广学会发行的单行本。鉴于该小说为二人合作译述,且《女铎报》发表时只署周名,故收入大系。

佛亲见有话写在他的《圣经》上说,你已经得救了。

马赛勒斯自得此良友甚是快乐,尤快乐者即他所聘年少美女,名撒拉,因此他积蓄银钱以备娶亲之用。其友伟联也很认识撒拉之父母,常被请至他们家去作客,从此其友喜悦撒拉之心较他尤甚,因看撒拉将来必能为一完善有益之妻,于是伟联交友之情较前更变。一日晚上作祈祷会时,马赛勒斯忽发抽筋病,其友伟联看见说:“这必是魔鬼。”问道:“你心里有何隐藏不使人知之罪吗?”马赛勒斯惟以谦让柔和之容对答他,并且也相信他友所言的,故祈祷较前更加急切些。

伟联即将此事告知撒拉父亲,从此他父亦渐轻马赛勒斯。正于此时,有一教友忽生重病,将要临危,会中按派马赛勒斯及其友伟联轮流陪夜。一日晚上,马赛勒斯一人陪夜,夜深见病者不呼吸,又见四肢冷硬,孰知已死好久了。马赛勒斯自言道:“难道病者死时,我睡著了不知道么?”抬头看钟已四句过了,自问道:“伟联为何至今还未来呢?”于是出外唤人商议死者后事,立时来了几位朋友,内中也有一位牧师,于是按礼共办丧事。事毕,马赛勒斯仍去织布,到晚上的时候,心疑伟联昨夜为何不来,恐他生病,欲去看望,孰知其友同牧师正要来叫马赛勒斯同至礼堂受审。马赛勒斯诧道:“审我为何?”答道:“你听就是了。”彼等行路时,不交一言,直到礼堂,马赛勒斯坐下,众人皆注目相看。于是牧师取出一把刀,问马赛勒斯道:“这把刀是谁的?”答道:“是我的。”牧师又道:“如此你定要承认你的罪,不可隐瞒一句。”马赛勒斯诧道:“我犯了甚么罪呢?”答道:“前天牧师有钱一袋,放在那死人房内衣柜里,现在此钱被人偷去,遗下这把刀来。”马赛勒斯听了,十分惊奇,甚至不能开口,后来对大众道:“上帝必查明我是无罪的,我不知我的刀如何放于彼处,钱被偷去,我更不知了。你们若不相信,可先搜寻我身上,以后可再到我家去搜寻。我只有四十洋钱放在家中,我友伟联也知道的,那四十元即此六个月内我所收聚预备娶亲用的。”此时其友伟联在旁哼声叹气。牧师又对马赛勒斯道:“老兄凭据已经明显,钱乃昨夜失去的,昨夜你友伟联因有病未曾去照看病者,病者房里没有别人,惟有你一人。”马赛勒斯答道:“这样必是在我睡著时或发病不知人事时,有贼进去将钱偷了,也未可知。自那时至今,我未到别地方去,你们现在可立时在我身上或至我家去搜寻。”于是彼等至他家去搜寻,谁知伟联竟于马赛勒斯的密室后面拿出一空钱袋,强迫他立时承认,不要说谎。马赛勒斯含怒注目望其友且言:“我友阿!你已认识我九年工夫,你曾听我说过谎言么?但愿上帝为我申明。”伟联道:“老兄,我却知你是信实可靠的,但是到这个地步,我如何得知你私下所犯的罪呢?”马赛勒斯听见,面渐失色,身上发抖,并且注视其友,停了一刻,对其友道:“我想起来了,这把刀早已不在我这里。”伟联道:“我不知你说甚么,众人已经查问,皆知此刀在何处找著的。”马赛勒斯道:“唉,我虽受冤,上帝必为我申明。”于是他们回到礼拜堂,又商量用拈阄之法,此乃反对教会律法,故彼等行此事时,不愿给外教人知道,惟恐丢了脸。

当时教友皆不知此事底细,共想拈阄之法必能查出是谁犯的。在未拈阄以前,他们先做祈祷。马赛勒斯那时也做祈祷,知上帝必为他申明无罪的。祷毕,彼等即拈阄,谁知果拈著马赛勒斯。他们商议要赶他出教会,也要他交还教会所遗之钱。马赛勒斯立时站起,对伟联道:“我想起来了,我末次看见这把刀的时候,即我借与你割皮条用的,故这把刀放于你处,钱也是你偷的,定是那夜我发病时及那病者死时,你进去将钱偷了,后将钱袋塞在我密室的后面,反来冤我。我知世上没有一个公义之神能判断人罪,你们说拈阄的事也是有神的,但我要说他是说谎言的神,为无罪人作假见证的。”伟联听见,身觉战栗,底声答道:“这些弟兄们将要判断这事,随他们如何办法,但我一点也不能帮助,只可为你祈祷而已。”

马赛勒斯回家去了,当夜自思道:“上帝已丢弃了我,我友也欺侮了我,未知我所定美女撒拉相信我是无罪的么?若得知此事,要与我退婚么?”

次日,长老牧师果来,将前定撒拉之戒指退还马赛勒斯,即断离婚事。马赛勒斯不能回答,过几分钟离开他们,仍至机前织布。过了月余,撒拉嫁与伟联。以后,马赛勒斯抑郁不能久居原屋,即离开那城,逸至他方去了。

马赛勒斯(一续)

人虽多受教育或自幼教会出身者,倘忽然迁一新境界,从前的学问与信心往往难以持守,所以马赛勒斯离开伦豆园,到了锐弗卢地方,似乎变为新人一样了,以致他诚实的性情渐次改为昏愚,赛如做了一场春梦。

锐弗卢地势很低,田地肥美,家多富饶,到处皆是果园,各种果子无一不有,尤以苹果为最盛,甚至所养之猪也吃苹果。房屋都是高大,里面全用白粉,极其清洁。妇女所用之线毯、毛巾等物销场很大,马赛勒斯虽日夜勤织,尚觉不敷供给,所以他很为诧异,他想此地各家所买者未必顷刻可以用完,莫非预备为天堂用的吗?

此处教会的规矩较伦豆园大有区别。因为马赛勒斯乃浸理会人,他在伦豆园做礼拜,圣堂里面无琴,聚会之时不过随便祈祷;锐弗卢地方多圣公会人,圣堂有琴,近琴处又有一班歌诗者,祈祷时皆用书中成语,所有诗篇不是念的,乃是唱的。两下相比,似乎另出一教。此可怜马赛勒斯当初极热心敬神的,近因遭此失败,大为灰心,以为神未必掌管世界,《圣经》所言未必可靠,可想世人无有爱他的,而且世上无一物为他所有,惟自己一人终日作工而已。

马赛勒斯纺织极勤,但如蜘蛛结网并无想像,每日纺织必至夜深,以免无事胡思乱想,反觉难安。有一天,织一块方花纹的台布,愈织愈高兴,每投梭时,甚觉有趣,他有趣并非别事,不过见台布花纹将要织成,很为好看就是了。织成之后,觉著有点饥饿,于是自去备饭,自取水用,他最怕思想往事者,正为此形单影只、不胜凄凉的缘故。

马以为无神,故他将来的境遇,对于他似乎黑暗一样,他想无神看顾他,他的爱情亦归于乌有。唉!他自从妻子、亲戚、朋友离散之后,从无一点爱情,对于锐弗卢地方的人,由此也无人亲爱他了。一日,有官家请他织台布,织成后得了二十五元金钱。马初次得此金钱,又无妻子、亲戚、密友、诸亲爱者可以分用,因此他极爱钱了,看钱如妻子、朋友一样。过了几礼拜,袋中的钱渐次加多,钱愈多,他愈俭省,不舍得买一物件,且愈得钱,愈起贪心,真如为母亲的喜爱小孩一样。从此以后常常带钱在身边,且常常拿钱盘算,似乎此事可以止他饥渴的。后来积钱太多,身边不能携带,忽然想出一法,于织布机下掘一深坑,将钱置于钱桶内埋之,上面先盖以砖块,后又遮上沙土。他想锐弗卢地方总不致再会遇盗,很是放心。他这样住在锐弗卢,不知不觉竟过了十五年之久。

不料有一天将近圣诞,可怜那无思想的守财虏,忽遇不幸之事。那天将晚,又很冷,他一人甚觉孤单,忽想起钱来,惟恐此物可以助我和暖,于是要从坑内取出十余元钱置于桌上杯盘内,以便晚膳时作为陪伴。那①起身至坑前,扫去沙土,移开砖块,不料

---

① “那”,疑应作“他”。

坑内已空并无钱桶了,自揣道:“惟恐置在他处,也未可知。”于是到床上、桌上各处找寻,终未得见,自说:“难道我眼睛花了吗?”又想:“不是的,我的钱定然遗失了。”立刻双手发颤,抱头大哭说:“谁偷我钱? 我记得午时去放十块钱时,钱桶还在那里的,此钱遗失,必不长久哩。”后忽然想起老靳常常醉酒,且有偷鸡之事,又前星期因我不借他钱之故,他必恨我,我想定是他偷了去。又想起老靳末次送布来织时,在我家停了许久,并且向我房内四面细望,越想越真,定是他,没有别人了。于是马赛勒斯起身欲到某绅士家,请他勒逼老靳交出钱来,跑过酒店,想他定在那里吃酒,且先进去一看。当时天色已晚,又值下雾,酒店诸客正在谈论鬼事,忽见满面失色的马赛勒斯张著两只大眼闯入店来,众皆惊惧道:“这是马某人,莫非已死了,变成一个鬼吗?”马因跑得太快,气喘不能讲话,众人见之,愈不敢出声。后店主自思,倘真是鬼,不能得罪他,免得招不幸之事,于是直著喉咙结结巴巴的问道:“马某人,你有何要事到我店来?”马说:“我家失窃,我要请教某绅士,追究此事。”老靳在旁低声道:“嗳呀,我看他不但被窃,恐怕他已经被杀,这定是他的鬼魂了。”店主此时显出胆量答道:“你不要胡言乱道,他不过有点颠狂,你看他衣服已经湿透了,定然不是鬼。”又说:“老靳,你可握住马手,不然不知要闹出何等祸水哩。”马抬头一看道:“老靳,你果然在此,快快还我钱来!”老靳怒道:“我几时偷你的钱? 你若再讲,定要将你踢出门外!”此时众人看见,一切怕鬼之心尽行消去,都来解劝了。店主对马道:“请近火旁坐下,可将你的事细告我等。”马即坐下,一一说与众听,且说定是老靳偷的,人皆知他因著急发狂,也就可怜他了。后店主劝道:“老靳他虽有偷鸡的坏名声,但没有偷你的钱,他近来终日在我店中作事,颇觉安分。你说午时亲自看见钱桶还在那坑内,他今天下午并未出去,我可保他必无此事。”众人听见,亦同声说道:“不错不错,若无凭据,切弗冤人。”马赛勒斯听了这句话,如刀刺心,因想起他十五年前被冤偷钱的事,于是走到老靳面前,和声说道:“我不过因你常到我家去,一时心急,出此妄言,望你饶恕。”众人问道:“你遗失了多少钱呢?”马叹道:“一千五百六十块金钱零六角。”店主道:“这些钱不算很重,一个强壮人就能拿了。我想你被乞丐偷去,也未可知。我等当代你禀报官府,各处留心寻找,你此时且定心为是。”于是此事传出,众人纷纷谈论。后来,众人想到一件事,共说有一奇怪男子戴著一双耳环,挑著一担东西,那天午时在马家门口叫卖,马不让他进去,想必是马出外打水时被那人进去偷了,但是没有见证,无从办起,亦不过大家猜疑就是了。

可怜马终日忧伤所失的金钱,甚至织布也喟声叹气,如同生病一样,每到夜深,独自坐在火旁烤火,两手捧头低声哀哭。幸此时不比从前人皆怕与他亲近,现在人见他有些昏愚形状,也都可怜他,常用各样方法显出仁爱之意,为他安慰。耶稣圣诞将近,人多带些肉饼、蛋糕等物,来送他吃。一日,有牧师夫人特来看望,顺便规劝他道:“我想你失钱之由,乃因你过于贪财之故,且你不到圣堂做礼拜,所以有此刑罚。”言毕,将火腿两只、鸭子一只送之。自此以后,各人皆优待他。有时有人慰道:“马先生,你虽然失窃,但比上不足,比下还是有余,因为你自能作工,赚钱胜于他人。倘你是一个残废之人,无所依靠者,我们必更要帮助你哩!好在你翻身很容易的。”

一次圣诞下午,有一邻妇恽师母同他六岁小孩亚伦拿一盘油饼来望他。此妇性最慈善,也喜作工,每日清晨四点半钟即起来作事,在锐弗卢地方,惟他一人想帮助人家疾病、死亡与生养小孩等事。他丈夫是一个木匠,亦是好人,不过有点懒惰就是了。将近马的房子,听有机声,心中忧道:“他今日还不息工?”后马出来开门,恽师母用柔和的声对他说:“这饼子乃昨日为主圣诞预备的,我看此饼较平日所做的美口,故送你一尝。”马接著说:“多谢,多谢!”恽师母又可怜他说:“今晨你曾听礼堂打钟么?”答道:“听见的。”又问:“你不知今天是主的圣日?今天非但圣日,也是主圣诞节期,你未想到么?”答道:“我晓得的,但是我已定意不愿再至圣堂做礼拜了。”恽师母说:“可惜,可惜。”此时恽对马爱怜之情如慈母对有病小孩一样,又说:“你既不到圣堂礼拜,为何连你自己亦不收拾房间休息身体,还要在这里如此辛苦吗?你看今天圣诞天气多好,我想你早晨既不到圣堂礼拜,下午务必去领受圣餐,这样你必可得点平安快乐,且一心信靠主,他必救助你所需要的。”马答道:“我不懂你们圣公会教规。”恽师母说:“嗳吓!难道你从前在伦豆园没有做过礼拜么?”答道:“礼拜是做过的,不过在浸礼会。”恽师母不知浸礼为何教会,听此言似乎诧异,于是即对他言:“你还不迟认你的罪,你已许久不到圣堂,你若常去礼拜,必大有益处,近来你所遭逢不幸之事,只要尽力作你的本分,神也必行他所要对与你的。”又说:“我谅你未曾听过圣诞诗歌。”将手向他六岁小孩一指,说:“我子亚伦可唱与你听。”于是命亚伦唱《牧人夜间看守羊群》诗歌。亚伦怕羞,将面躲在他母围裙里。恽怒道:“你这样没有规矩!抬头听妈妈话,可以唱了,后来我把你一个铜角子。”于是亚伦唱起来,声音清脆,甚悦人耳,他母听了,更如天军歌声一样。唱完之后,恽对马道:“方才所唱的即圣诞诗歌,倘在圣堂里唱,还要弹琴,有时两人弹四弦琴,并有一班人彼此合音齐唱,若被你听见,真如天乐降临。可惜今天时候不早,我不能与你多谈,要回去了。你不拘何时,倘觉厌烦,可带信与我,我即来帮助你,谅我夫也必喜来助你的。还有一事,我告诉你,切弗忘记,你不要在礼拜日作工,因此不但伤你身体,实在与你灵魂大有损害。我如此直言劝你,你要知我们乃是你的好友,无非要助你为善。”言毕而去。

马赛勒斯受了这番感动,一人独守主圣诞日。到了晚上,天已下雪,马一味在家哭泣,窗门也忘记关闭。过了许久,走出外面扫雪,扫后进门,正用手要摸门闩,忽发抽筋病,即倒卧椅上,不省人事了。正于此时,有一妇人满身污浊,面带怒容,抱著三四岁小女孩自远方来,其来之原因,似要找某绅士伸明己即他长子告梯福姘妻现在被弃的事。此妇好酒吸烟,为人本不端正,难怪他丈夫告梯福离弃的,至于告梯福姘他的原因,乃受他兄弟之骗,醉后成亲的。他兄弟骗成此事,常常向兄诈钱,说:"不与我钱,我要将此事告父,赶你出族。"故此事除他兄弟外,无人知之。这妇行了远路,觉很困倦,又觉很寒冷,于是自怀中取出几粒戒烟丸吞下,似乎有些精神,可往前行。行近马家,实支撑不住,于是就在树下躺卧,大雪纷纷中竟睡著了,他女醒著,喊了几声妈妈,也未听见。幸此小女孩习惯自理,远见有灯光闪闪,以为好玩,即摇摇摆摆慢步走到马家门口,渐近火旁,那边正晾著一件湿大衫,此孩无人照应,他就坐在外衫上面注目看火,因其和暖,亦忘了他母,不久也睡著了。此时马抽筋渐愈,但他自己并不知道发病已有半个钟头了,即起来将门关上,走到火炉旁坐在椅上,正欲看火,似见炉前有一堆金子,他即伸手欲得此财,谁知摸著了女孩金发,自思:"难道作梦梦见我从前死的小妹妹回来了么?"即燃烛细看,见他衣服褴褛,贫苦不堪,但相貌很好,颇像四十年前的小妹子,于是触动了他的心事,即想起小时种种景遇,凡他父母、妻子、亲戚、朋友以及信神各事,无不一一想到,又自言道:"谁偷我金钱去? 谁放此孩在我家? 难道是神么?"此时女孩忽然醒了,马即抱置膝上。孩子大声笑呼:"妈妈,妈妈!"马又拿稀粥放些糖喂他吃,喂时孩子两眼睁大望马。过一刻,孩子从马膝上滑下要走,马怕他跌倒,就在后面跟著,后见他鞋底尽湿,即为脱下,孩子露出小脚,甚是高兴,后马恐他受冷,将自己袜子为他包上,再细细看他湿鞋，窃思些①孩必由雪地而来，即抱了孩子出到门外，正开门时，孩子大声喊道："我要妈妈！"马见雪地上有小孩走过脚迹，又见前面有一人躺在树下，满身有雪盖著，想必是冻僵，赶前去救，即一手抱孩，一手将那人拖到屋内炉旁，急欲出门为他求医了。那日晚上，某绅士家正开圣诞筵席，并有极好音乐，虽绅士的次子前礼拜逃跑了，然而他们还是快乐。他家宾客甚多，姑且不表，但表那时绅士长子告梯福与一富家美女子交谈，此女即他所聘的正妻，因他父欲为成婚，告梯福私有姘妻，既未便明言，又恐不能离弃，所以很为著急。此时忽然马抱著小孩进来，绅士见之，诧异问道："你是何人？你有何事？"马答道："我探问某医生在此吃筵席，特来奉请，因我家门外雪地上有一妇人恐怕已经冻死，欲请他去一看。"医生很热心的立刻独自到马家去了。绅士长子听了不禁心跳，料想这个人必是他的姘妻，又看马所抱孩子确似他女，愈觉坐立难安了。绅士欲命马到厨房去，众人皆围绕看这孩子，称赞孩子金发及其面貌如何美丽。后来那富家美女子问道："这是谁家孩子？"马答道："我也不知道，恐怕就是那雪地妇人的。"绅士夫人又说道："今晚这小孩可放在这里，我派一佣人照看他，明晨送他到贫儿院去。"马答道："他既到我家来，我理应留他，倘他母不死，我当还他。"此时医生回来，对众人道："那妇人已死去一两个钟头，不能救了。"告梯福面带红色，问道："那妇人如何形状？"医生答道："此妇甚是美丽，头发甚长，所著之衣很为可怜，与乞丐一样。我见他手上还带有成亲的戒指哩。"告梯福道："我下午亦曾见一妇人，恐怕就是他，我要去一看。"于是随著马出去。到了马家，见妇人死卧在火炉旁，一望即知他所恨的骈妻已死，马所抱的孩子就是他自己女儿，而女儿不认识他是父亲。此时告梯福心中

① "些"，疑应为"此"。

觉著难过,又不好说明,但对马说:“此妇想必无家可归,我们可替他收殓,那小孩你明天要送到贫儿院么?”说此话时,如同与他毫无关系一样。马答道:“我断乎不肯的,难道你父亲要勉强我还么?今他母已死,料想他必无父,不过一个孤女,我也是独自一人,我之钱已失,不知何往,此孩来此,也不知何由,我遇这两件都是奇事,故此我必欲收留,与之同住,作为女儿看待,尽心教养,待他成人,再作计议。”告梯福正愁女儿无从寄养,听了这话,却很安慰,于是显出爱情,对马道:“我看这孩真是可怜,若你果能好好照应,我父亲亦必赞成的。但是你景况亦不佳,我还当送些钱与你,为他作衣食之用。”即拿出一张十块钱的票纸交付马手。此时告梯福想坏妻已死,女儿已有人代管,此事不致败露,又可择日与那美女成婚,心中十分快乐,即回家去与众宾畅叙圣诞筵席了。

马赛勒斯(二续)

次日,告梯福备了棺木,将妇人埋葬。马赛勒斯亦得绅士允准,留养孩子。过了一天,此事锐弗卢人闻之,皆很希奇。许多女人以为一男人如何照看小孩?于是诸为母者皆愿帮助他,教他管孩的法子。善于为母者说管小孩饮食如何清洁,衣服如何整齐,不善为母者,袖手搔痒说“不必不必”,内中最善为母者,只有恽师母。恽师母听见此事,带了他孩子亚伦来看马赛勒斯,并欲设法帮助小孩。马赛勒斯将告梯福所赐十元钱票交与恽师母,请为女孩买衣之用。恽师母道:“现在不必费钱为孩子买衣,只要买一双鞋好了,因为孩子长大很快,如同草长一样,多买衣服,后来无用的。我子亚伦五年前所著旧衣很多,可给他穿。”于是恽师母即刻回家取来衣裳一大包,里外皆有,衣裳虽旧,但皆补好,且干干净净的。于是两人拿了一块肥皂为小孩沐浴。孩子坐在盆中,两手激水游戏,口中喊:“妈妈!”虽无人回答,却亦不哭,因此乃孩子习惯,故他心中并不觉难过,反为高兴。恽师母一面洗一面说道:“此孩生得美丽,真若小天使一样。”言毕,向孩子脸颊一亲,为孩子穿衣时,拾起他换下之衣服说道:“看此污浊之衣,怎样穿法?他可怜之母亲已冻死了,幸而上帝之恩,引他到你门①来,如一饥饿小雀求人抚养,幸而那夜你门未关,不然这小孩也不免冻死了。”马赛勒斯道:“是的,这也是万幸的。我钱失得很希奇的,此孩来得亦很希奇的,故我一定要留他在我处。”恽师母道:“我亦想你所作很是合理的,不过我想孩子太小,惟恐使你为难,故我欲常时来此帮助你照看孩子。”此时马赛勒斯见小孩坐在恽师母怀里,甚为安静,觉著有点妒忌,答道:“多谢你美意,但我甚愿领受你的指教,自己照看他,不然他日后亲近他人,不亲近我了。我平日家中烹饪洒扫一切家事,善于自作,故我也能习学如何照顾孩子的事。”恽师母以温柔之声答道:“不错不错,有的男人善以巧妙方法照看小孩,有的男人甚为粗心,不会照看孩子,然而我深知你善于纺织,自必善于照顾孩子的。”一面说,一面为孩子穿衣,且对马赛勒斯道:“这件穿在里面,那件穿在外面。”后又将一条小裤子为他穿上。马赛勒斯两目注视,似乎欲深求照顾孩子并为孩子穿衣奥妙之法,即答道:“是的,我从此知道了。”此时孩子伸出双手,要马赛勒斯抱他的样子。恽师母见之,即笑说:“你看他爱你,较爱我更多些,他要到你面前来,现在你可抱他,可为他穿拢总的衣,如此,他第一天的衣,就是你穿的了。”马赛勒斯笑嘻嘻的接过来抱著,甚是痛爱。这时他心中好像从前遗失的金变为小孩了,故更觉快乐,于是取了衣,听恽师母指教,慢慢的为孩子穿上。恽师母又赞马赛勒斯道:“你作的甚好,但是要问你,在你纺织时,将如何

① “门”,原文作“们”,据文义改。下同。

安置他呢？要知孩子逐日长大，知识渐开，必然较前活泼，好动不好动，你务必使之远离水火以及危险等地。倘物件落在他手，容易拆坏，茶饭落在他手，容易倒翻，及一切事，你当知道小心，以免受害。”马赛勒斯想了一刻，答道：“我纺织时，可用一长布条，将孩子系在机旁。”恽师母道：“他是女孩，此法或者可用，因女孩比男孩容易使他静坐不动，男孩就难管了。我有四个男孩，倘你以此法系他，是万不行的，必定如小猪一样的大叫起来了。我可将亚伦的小椅子拿与他坐，也可将亚伦玩的布团团给与他玩，如此他可与布团团谈话，如活的一样，就有耐心了。唉，我讲句作孽的话，若我男孩中变一个女孩，我即可教他烹饪、女红、刷洗及一切家务了。将来此孩稍长时，可否容我教导他？”马赛勒斯答道：“可以的，但他是我的孩子，非他人的。”恽师母笑道：“此及理所当然的，我深望你做一完善父亲，但是为父亲的本分，必要带他到礼拜堂去，使他领个洗礼，且宜教导他读耶稣教问答、使徒信经、十条诫命以及耶稣登山训众等等道理，这一切的事乃你所应当对与他的。要知这孩乃是上帝送你的，你若好好接待他，就算接待主了；若不好好接待，你这人可照《圣经》上办法，倒不如将磨盘石拴在颈项上，沈在深海里罢了。更要为他早种牛痘，否则倘有天花传染，亦是你为父不周到了。”马赛勒斯接著问道：“牛痘自然要早种，若我现在不使他领洗礼，就算不善待他么？因为按我们教规，必等孩子长大，方可领洗。倘你们教规现在即可使他领洗，我也可以遵照行之。”恽师母听见此话，甚为快乐，答道：“我今天来，就是为此事来的。你既愿照我行事，今日下午，我去告知牧师，本礼拜日就可为他行施洗礼，但是你必须为他起一名字。”马赛勒斯道：“我母及我妹的名都叫黑西柏。”恽师母道：“这名字似不顺口，亦不很好听。”马赛勒斯道：“此名出于《圣经》上的，就是上帝所喜欢的意思。”恽师母诧异马亦知《圣经》，即答道：“这个意思我自然不应当批评，我不过要你为他再起个顺口名字，容易呼唤。”马赛勒斯答道：“称他爱美如何？”恽师母答道：“这个名字好些，如此我可以告知牧师为他施洗，并要告知医生为他种痘。”此时马正为孩洗衣，一面教孩玩耍。恽师母对他道：“将盆及肥皂备好拿出，我能一手洗衣一手抱孩哩！”随将孩子抱起来做与马看，又说：“我明日将亚伦领来，并嘱将他伯父所作的小车子带来与他同玩，他还有一匹花毛小狗也带来玩。”过了数日，要为孩子领洗，马赛勒斯将自己和小孩身上各换新衣，同到礼堂。因为他自离了伦豆园到锐弗卢地方，此乃第一次进圣堂做礼拜，故他于圣公会教规及洗礼之事一点不懂，但知为孩子的益处，故带他来受洗。从此，为了孩子之故，他渐与外人交往了。

马赛勒斯初到锐弗卢，那地方的人不是怕他就是恨他，所以不愿与他交往，及至他失钱之后，一人独居，时发疯病，人皆有怜他的心了。马赛勒斯从前因爱钱之故，以致使他常守家中，不能出外阅历世事、与人交结，不过终日纺织，欲多得金钱而已。自有此小孩爱美，即大改昔日行为，每日下午总要与爱美出外观看花草树木并听雀鸟歌唱之声，由此孩子智识渐开，故年方四岁，已明晓些世事，较前灵巧多了，常常要马赛勒斯领引外面游玩，以此每天磨炼，他就有忍耐的心了。

马赛勒斯此时心里很是得意，他纺织既寻了些钱，又见孩子渐长、智识渐开，然顽皮之性也较前甚，故心中焦急，不知如何管他，于是请问恽师母。恽师母答道：“刑罚却是帮助孩子的一法。倘你欲教养他，盼望他造就成材，有时用点刑罚，本无不可，但切不可打他致命之处。倘他顽皮时，你不愿以刑罚待他，另有一法亦可试用，将他关在煤炭黑房里，惟恐能助他作好。我子亚伦是我最小儿子，不愿打他，我有一次罚他关在黑房里，约四五分钟时候，后来放出，一身衣服都已污浊了，必定要替他换衣洗澡，如此刑罚,他虽不疼,却很气闷的,比打他更为利害。此两法随你选用,都可管他成人,不然不用刑罚,将来他就要胜过你了。”

次日早晨,马赛勒斯即以长布带系于爱美腰上,以免乱跑,只许他床旁或椅旁玩玩,不许走远。马赛勒斯用了这法,自以为得计,仍旧专心织布,即未留意爱美在旁,故将他所常用的剪刀置于机旁凳上。谁知爱美像一小鼠,趁机将剪刀偷去,坐于他父亲背后,将布条剪断,逃至外面。马赛勒斯惟一心织布,心中思想孩子甚是安静,后来要取剪刀用时,忽觉孩子不见,想他必逃到外面,恐怕他掉在前面池里,立刻出门寻找,大声喊道:“爱美,爱美!”终不答应,找了一刻钟之久,又走到田那边池旁树下,看见爱美坐在池边,赤著脚将他鞋子舀水玩玩,树林还有一只小牛在那里看他。爱美小孩如此顽皮,不拘何等母亲,定要打了,谁料马赛勒斯非但不打他,反而与他亲嘴,因为已经寻著,心中甚乐,于是带他回家,为他换衣洗濯。后忽想到此事必当刑罚,使他记得,免得下次再跑,以致淹死。此乃他首次要用刑罚,觉有点胆量,于是定意要关他在煤房内。马赛勒斯抱他坐于膝上,指他污泥之鞋及污浊之衣说道:“顽皮的爱美,你如此不好,应当到煤炭房内。”言毕,他想爱美必定要哭,谁知不但不哭,反以为好玩,即刻就从他父膝上跳下来。马没有法子,于是送他到煤炭房去,关门后,心中觉著不忍,稍过数分钟,忽自煤房听见小声音说:“开门,开门。”马赛勒斯于是领他出来,见看脸手皆黑,对言:“爱美,下次不要再顽皮了,不然再送你到那黑污的煤房去了。”马赛勒斯于是又停了纺织,为爱美洗濯换衣,但虽如此忙碌,并不以为讨厌,因想此次刑罚之后,必能改过,必不再顽皮了。半句钟后,爱美洗濯干净,马赛勒斯仍欲织布,心想再用带子系他,又想他已受罚,自然作好,不必如此待他,故带亦不系了。

过了数分钟,马赛勒斯又不见爱美,忽然抬头看见爱美满面满身及两手皆是黑灰,自煤房门前窥视马赛勒斯,笑道:“爱美在煤房里,爱美在煤房里。”马赛勒斯于是自思道:“这个法子于他没有益处,若不使他受点苦,他反以为好玩,但我实在不能使他吃苦,如何是好呢?”又想不必如此著急,等他稍长时,他自然能习作好的。后来见了恽师母,将这番事告诉了他。恽师母说:“此乃有个理的,此理必先使小孩知道,然后关进煤炭房,小孩方怕,今你小孩不知此理,难怪他当作玩了。在我看来,应当打他,若你不忍使他吃苦,则当设法将各危险物件远离他,以免使他受害。我也曾用此法教我儿子养小狗的,小狗每喜咬物件、撕物件,他们并不知道咬破撕破,亦以为好玩,故有时虽见有衣服或杯盘在地上,亦不分好歹,拖来拖去,若不移开,必至损伤。如此看来,若要教导孩子成为完善之人,亦宜随时随事留心,别具一副忍耐功夫。”

马赛勒斯每出外去取苎麻、棉纱等物,必带爱美同往,凡所到处,无人不以笑容对待爱美,可见此孩处处讨人欢喜。

一日恽师母又对马赛勒斯道:“现在外面痧症盛行,你要小心看管小孩,倘若他现在出痧症,这也是幸福,因为小时出痧症,最易照顾。”马答道:“我也知道现在痧症传染很为利害,所以不准爱美出去。”恽说:“我看总没有那个男子照看小孩,如你这样灵巧,你真如妇人一样,很会照养孩子,大约你纺织的事与妇人女红一样,所以细心的。”凡那些邻家年老先生或太太们,见爱美生得肥胖,必说孩子真是不容易抚养的,马真一番苦心,但愿他将来能成就一完善人,如此这孤独无助的马赛勒斯得有一个孝顺的女儿服事,也可以慰他半生辛劳。

邻家女仆亦常带爱美出外去看鸡或看猪,他家孩子也喜常来看爱美,与他同玩。从此以后,没有一人惧怕马赛勒斯,皆因他有爱心之故,所以彼此往来的。爱美自小到大,并未受甚么刑罚,他父为他顽皮倒吃了多少痛苦,与马父女之怀亦十分真挚。虽住此石头盖的小屋,赛如住在高楼绣阁,总是快乐,从未听见发怒的话或不和悦的容颜。原来马赛勒斯不过为爱美而生活于世上,他深望爱美得各样的益处,将来成一个完善人,他一切所希望、所打算皆为著爱美一个人,故此时他储蓄的心、贪得的心全然丢掉,惟以施于人为要。他以为纺织所得的钱,不过如同矿产,并不希奇,随便拿来作为穿吃抚养孩子的用场,惟养这孩子为最难得的。从此,他对与上帝之信心日见其大,亲近主之心也日见其密,心中满有快乐,大非从前的马赛勒斯可比了。

《圣经》论古世上帝,有时差遣天使到世界来,伸手救助众人出离危险、幽暗、困苦、死亡之罪,近来我们虽看不见天使亲身来世救助,然人也能出离那邪僻的道路,此何以故呢?因有一手牵领他们的手,至那平安快乐的天家去,所以他们不再往回走了。此手是谁的手呢?有时候就是小孩子的手。

马赛勒斯(三续)

锐弗卢①地方,只有告梯福一人顶爱爱美与他人所爱不同,时时刻刻注意在他身上,但是私下爱的,不愿为人知道,故他虽帮助马赛勒斯,然外面不敢过于帮助,因恐露出情形使人疑惑,凡送衣食,必乘一机会送去,所以人都不觉的。

告梯福娶那鸦片妇人就是爱美之母,此事惟有他弟一人知道,但现在他弟既不回家,此事亦不致于漏泄出来了。

此时那地方的人,每见告梯福,总是称赞他说:“这位绅士的长子,一切行为和气得很,常常念穷民的苦楚,全改变他从前爱嫖爱赌的坏习气了。”

---

① “锐弗卢”,原文作“锐弗罗”,据文义改。

第二年,告梯福娶了那美丽女子为妻,于是较从前更加快乐,时时盼望得有后嗣。过了一年,果得一子,可惜不久死了。从此以后,告梯福心中不免有点忧闷,所以他更注意爱美,见他一年长大一年,而且生得一年俊一年,忽生出意思来,要他妻领爱美来家,作为义女。他妻为人,不拘何事,极肯顺人心愿的,但于此件事情,甚不情愿,有时丈夫劝他,他即答道:“要知上帝现在不欲赐我们一个孩子,上帝既不欲赐我孩子,若你欲照己意勉强领一义女,岂非违背了上帝之意?恐怕那孩子将来长大,也是不能成人的。”告梯福道:“你为何要如此思想呢?你看他相貌既生得俊美,性情又极聪明,将来何致于不能成人呢?若他常与马赛勒斯同住,那就难保了,若能在你面前,比在他面前好得多了。”他妻答道:“亲爱的夫,我看那孩子在马赛勒斯面前,一切很好,这也是上帝之意,送与马赛勒斯的。在马赛勒斯,亦断不愿从他人处夺取这爱美来的。亲爱的夫,你不要再勉强我做这不当做的事,要知你我无子,虽是忧愁,但是上帝断不愿我们在他所已赏赐的人手里再夺过来。亲爱的夫,我决不愿做这不当做的事。”

告梯福以为此事马必愿意,从未想到马赛勒斯爱爱美的心,竟肯为他舍命,日夜盼望他长大成一文雅的女子。

告梯福的妻从此时常祷告上帝,希望①赐他们一个孩子。告梯福的心意时常盼望他妻改变宗旨,愿收爱美为义女②。有一天,告梯福看马赛勒斯房子太小,特为替他添造两间以便安居,房顶又重新改造,与前大不相同。有时告梯福将家中旧器具送至他家,有时送些鸡鸭猪羊等肉,为他们作饭菜。

有一天是礼拜日,马赛勒斯带爱美到礼拜堂做礼拜,那时爱

---

① “希望”,原文作“你望”,据文义改

② “义女”,原文作“美女”,据文义改。

美年正十七。告梯福恰巧也在礼拜堂内,由自己坐处注视爱美坐处,愈看愈爱爱美,立意定要勉强他妻领爱美为义女。礼拜散会后,爱美与父一同回去,人见他衣饰整齐,无不羡慕。他还拿一块美丽手巾包著《圣经》及《赞美诗》,后面跟著走的,有恽先生、师母和他子亚伦。亚伦此时正二十岁,看见爱美十分依恋,比告梯福爱他还多些,心中只想得一机会,与爱美父亲说话。那时爱美正转身对恽师母说话,说道:"恽师母,我知你有一极好花园,我望我家也有一个花园就好了。不过听说料理花园很是费事的,如掘土搬石这些工作,我父做是很累的。"马赛勒斯在旁听见,笑道:"那有这话?我今虽然六十五岁,此事我还能做。你为何不早告诉我要一花园?我屋旁本有空地,大可造一个花园,我回家替你预备就是了。"亚伦在旁立时答道:"我能帮助你掘土搬石,因我每日完了工作,很有余暇帮助你花园的事,而且也是很好玩的。你也可以减一点劳苦,我还要从告梯福绅士家拿些好看之花种来给你。"马赛勒斯答道:"嗳呀,亚伦,我正在此同爱美说话,未曾留意你在这里。既然你愿帮助我,如此我可立刻成一花园。"亚伦道:"这样我下午到你家来商量这事,你要多大的花园?明日我可早一点钟起来开工作事。"爱美说:"我们要种玫瑰花、紫罗兰、蔷薇花、木香花、金银花等类,到了秋季,想再种些菊花,但是菊花很贵的,只有富家能种此物。"亚伦道:"菊花虽贵,很容易得的,因我每年帮助告梯福绅士照看花园,他亦很爱菊花,去年他园内有几百盆菊花,时常有花枝折下,有时甚至丢弃外面,我不妨拿来把你种种。"马赛勒斯道:"既是如此,你切不可多拿他的花,最好先告诉他再拿,因我们受他恩惠已多,既为我添造房屋,又送我床铺家伙以及各样应用的物件,又时时送饮食来,我所以不要贪多得他的东西。"亚伦道:"断没有此事。每个花园总有许多花木废去,世人若能搜罗人家废弃的花木,不但惜物,而且没有饥饿的人了。我深喜我乃是一农夫,此事很会管的。”

爱美即对恽师母说:“请下午至我家吃茶。”马赛勒斯也说:“是的,恽师母务必要来,因他有好意见说与我们听哩!”恽师母笑答道:“爱美,我下午必来你家吃茶。”于是两下分路回家去了。

爱美与他父一面走,一面谈,且对父亲嘴笑道:“亲爱的爷阿,我得了花园,我在世再不要别的物件了。”又笑哈哈的说:“我知道亚伦必甘心帮助我们掘土搬石的。”父笑问道:“你怎样晓得?”答说:“我十分晓得他有这样的意思。”马赛勒斯笑道:“你真是神仙了。我也喜欢他来帮助我们,但是你不怕他清早起来作工吃苦么?”爱美笑道:“不要紧,因他喜欢作此事,必不觉吃苦的。”正说间,到了家门口,拴在门外吃草的那匹驴子看见爱美来了,即向前以首靠近,似乎要他扑头。爱美随手摸了他一摸,就伸手拿钥匙开门。他家的狗也叫著欢迎他回来。驴子听见狗叫,吓的跳起来。狗随爱美进了门,又赶那黄白小猫,直赶到机子前,因机子前有老猫和别的小猫在那里,看那老小各猫,也似乎在机前等待爱美去拍拍他,因为怕狗,不敢出来。窗外雀笼内的小黄雀看见爱美,也喜得唱起歌来。现在爱美家中客房里头,摆设极其整齐而且十分清洁,若被恽师母看见,正如他所说指教爱美成一善于治家的话了。爱美家中所摆设的床铺、棹椅及一切器皿,正不像一贫家了,这都是告梯福绅士送来的。那地方的人都说告梯福待马赛勒斯很有爱心;又说他是富家,应当如此待这可怜的老匠,况且他如此老迈,还是辛苦做工教养那孤子成人;又说现在此地作此事业的甚多,所以他所得工价也很有限。那些人非但不嫉妒他,反而称赞他善于①教养那孤子,应得富家帮助。

① “善于”,原文作“养于”,据文义改。

又有人说马赛勒斯精力渐衰,不能久做纺织的事了,惟恐上帝偿还他从前所遗失的钱,也未可知。这一天午膳时,马赛勒斯坐著,看爱美面带笑容,摆好台布,预备中膳,后将各菜一盘一盘摆在棹上,各物备好,请父同吃。马赛勒斯此次膳时与平日不同,不多说话,原来他心中有所思想,后来放下刀叉,望著爱美与小猫小狗玩耍,狗在爱美这边,猫在那边,皆欲从爱美得食物吃,很是有趣。马赛勒斯见了亦不作声。膳后两人出外面,观看花园基地。爱美走到池前,即喊道:"爹爹来看!此处池水昨日很满的,今天忽来下去一半了。"马说:"是的。因近来有热症之患,告梯福绅士要使人放干此处一切的水道,我想明日此池必要流干了。我们可以将泥填满这池,作一稍大的花园。"

爱美在屋后又看见那好看的冬青矮树,对父道:"我们园内也要栽此种矮树,因我母亲当年死在此种矮树下的,我要做个纪念。"马赛勒①斯道:"很好。这种树栽在园内,本是很好看的,但是我们必须用一个篱巴,不然恐怕驴子、猫、狗等畜生要来踏坏了我们所种的东西。"爱美道:"爹爹,此处有许多废石,我们可以叠起来,作为围墙,你同我先搬那个石头,等亚伦来,可叫他帮我们搬大石头。"马赛勒斯道:"我的宝贝,我看你实在细弱无力,恐怕连萝卜大的石头,也是不能搬的,你必定有一人帮助你作事才好。现在我还能勉强管理,再过几年,我就无力作事了,那时有谁帮助你呢?"说此话时出声很慢,似乎含有意思在内,于是直对爱美道:"恽师母与我就是要谈论此事。我愿亚伦作我之子,如此将来我老了,他就可以代管一切,你也要得一少年人,比你强健的,与你同住,以便照应。"爱美道:"父亲,难道你的意思是要我与他同住么?"说此话时,爱美脸色发红,有很难为情的样子。他父说:"不

① "勒",原文漏此字,据文义补。

要紧,此乃我的意思,你愿意么?”爱美又道:“我现在与父同住,很是称心,不愿改变我家中的情形,但是不愿我父再作苦工就是了。我也很喜欢恽师母和亚伦每日至我们家来,我自小即重看亚伦的,因为他能顺著他母亲优待你。”马赛勒斯道:“是的,他甚是优待我的,他的心甚好,也甚殷勤作事,同他母亲一样。”又道:“爱美,你虽不愿家中情形改变,但是我一天老一天,家中情形不能不改变了,我是定要亚伦补我的不及哩。”又呼爱美:“男女嫁娶一事乃终身大事,不可耽误。”爱美答道:“父亲,你也未曾娶过亲。”他父道:“是的,我就因为耽误了,所以成一孤人,直到上帝送了你来,才觉得不孤哩,所以我不要你再作一孤人。”爱美答道:“现在你不是孤人了,但我断不愿离你,虽嫁与那才最大家最富的人,我也是不愿的。”又问父道:“你要我嫁与亚伦么?”他父说:“是的。”爱美道:“如此,我遵照父所讲的行事,但是先要对他言定,不能使我离开你,若他要我离开你,我即不愿了。”言毕向外一望,说:“阿呀,父亲,恽师母同他已经来了。”父道:“你可快跑进房内去,你既愿意,我即可与恽师母商议此事,且看恽师母如何办法。”

马赛勒斯(四续)

星期一正午时,告梯福之妻侍候其夫回家午膳,等了许久,仍未回来,即问女侍者道:“主人尚未回来么?”答道:“尚未回来。”观其回答之神气,似乎已知主人迟回之故,又对夫人道:“我曾看见一群人往一处直跑,我们家中人亦都跑了出去,只剩我一人在此,不然我亦去了,惟恐那里是有人受伤的事,所以人都跑去看,未知太太你亦看见否?”夫人大声道:“我没看见,我深望没有人受害,或者你主人的公牛跑了,也未可知,但是我深望你主人快回来。”

正说之间,忽听有人开门进来,告梯福夫人转身一看,乃其丈夫嘻笑融融极其快乐,即问道:“我深喜你回来了,我本着急,不知你遇有何事,到此时方回?”言罢,见告梯福脱帽时,手发抖,面亦失色,亦不望着他。其妻诧异,何以忽然不言,但未解其意,遂将手搭其夫肩上。告梯福未知其妻扶肩之意,于是坐在一大椅上。仆人赶即奉上一杯茶。告梯福随即对妻道:“命仆人出去,不要再进来,我有话要说。”其妻于是嘱仆出去,关上了门。告梯福勉强对其妻指一椅道:“我妻坐下,我今特来亲自告知你一事,不欲人在我以先来告知你。今有一极最忧闷之事,谅你听见此事,亦必更加忧愁。”其妻闻言发颤道:“吾父或吾姊去世么?”告梯福道:“并非是你娘家事情,乃是吾之亲兄弟不见已十七年了,现在已将他的尸首寻着,不过是骨架而已。”于是其妻稍为将忧释放,留心听其夫告知一切。告梯福道:“在马赛勒斯园中流干之池内,竟找寻着吾兄弟之尸首,有一表及戒指等物,又有我之金把子的马鞭子,上面刻有我的名字,此金鞭即是那日我兄弟瞒着我取去的。”话还未讲了,又停而不能言,于是其妻问道:“难道他是有意寻死么?”其夫道:“并非如此,他乃无意掉下淹死的。唉!谁知马赛勒斯①的钱即吾兄②偷去的,所以亦在池内。”夫人听见,面色立即发红,甚为惊异,因思如此大户人家,尚且作此可耻之事,于是有代夫含羞之意,因为知其夫必自以为可耻。告梯福又道:“他们尚在那里棺殓尸首,将要抬回我家,自行安葬,所以我赶即前来告知你的。”言毕,其妻知其尚有别的话要说。停了片刻,其夫果对妻道:“凡一切瞒人之事,早迟终究总要败露,我心中亦有一件隐瞒不欲人知之事,已隐有十八年之久了。现在我欲告知你,当我娶你之时,此

① “斯”,原文漏此字,据文义补。
② “吾兄”,疑应为“吾兄弟”。

事我就当说与你知道，迟延至今，实在对不住你。就是从前马赛勒斯在雪地寻着冻死的妇人，乃我的妻子，那小孩爱美即我的女儿。”话时注视其妻有何变态。其妻坐着一言不发，面泛白色，稍停，对其夫道：“我怕你将要不爱我了。”言毕，低头如有所思。又停片刻，告梯福惊惧，恐他要回娘家去，即对其妻道：“当时我若早告知你，恐你不肯嫁我了，但是我因受了迷惑，所以娶那妇人的，我为此事已遭过许多艰苦。”后来其妻发忧愁之声回道：“倘若你早经告知我，我即当尽本分对待那女孩了，你若明言他是你的孩子，难道我即推却不肯抚养他么？若是他在我面前，必定敬爱我如亲生之母，并且我自己之孩虽已去世，得此爱美与我们同住，我的忧愁也即解开了。”言毕双目流泪，不发一言。告梯福道：“你虽如此说法，但是我若当时告知你，你一定不欲嫁我。如今时隔已久，你明知我的过处，或能原谅我、宽恕我，也未可知。”其妻道：“夫呀，你并未错待我，此十五年内，你皆待我甚善，但是已错待爱美了，虽然懊悔，也是无及的。”告梯福道：“我们现在尚能领回爱美，我从今以后，不怕将此事明显与世人了。从今日起，我要尽力作一个正道人，凡事率真，绝无所隐。”其妻愁道：“如今领他回来，比从幼时领回有所分别，因他现已长成，有点难处。虽是如此，然而我们必当尽本分承认他，使他相信，我还要尽我一分道理，求上苍默助，使他爱我如母。”于是告梯福道：“既是如此，待我兄弟棺殓事毕，即可至马赛勒斯家内，斟酌此事。”

马赛勒斯(五续)

当晚，爱美与其父马赛勒斯二人独坐室中。爱美因见其父面带惊奇而且疲倦的形状，即将椅移近其父旁而坐，两手抱着，注视其父,似很为其父着急。旁有一桌,桌上点一蜡①烛,又有一堆所寻得的金钱。马赛勒斯告爱美道:“我从前看钱甚重,每晚必数金钱,以图快乐。自失金钱后,一人独处,何等寂寞。那年我初得见你时,见你之发有金黄色,我又忽作幻想,似乎得见真金一样。自得你之后,我的性情渐次改变了,每见你可爱之容貌,或听你可爱之声音,或摸你可爱之小手,即触动我爱你之心,因此我即不关心于我之金钱了。爱美阿!但是你还不知你最小之时,为父亲的如何疼爱你哩!”爱美道:“父亲,但我今日已深知道了,我幸得在你面前,否则他们必将送我到养育堂去,即无人像你这样爱我了。”马赛勒斯道:“我的宝贝阿,这虽是你的幸福,也是我的幸福。若非你自己走进我那已开的门里来,我也得不着你,如此我心里必定终日忧闷,必不能活到今日,早已归土去了。我又想到此钱遗失,很有道理的,赛如为我收藏在库,现已日久,知你正在需用之时,故又出现,可见上帝所行者,甚为奥妙的。”言毕,马赛勒斯仍然坐着注视桌上金钱,又对爱美道:“我今不贪爱这钱了,若没有你,或者我仍爱此钱,也未可知,如此我必觉着上帝离弃我,不过使一人独居于世上而已。”

父女说话之间,忽听有敲门声,爱美立起开门,见是告梯福绅士及其夫人同来,一见爱美生得十分俊秀,面忽发红而且有诧异之色,随后彼此鞠躬。爱美引进屋子,拿椅子请彼坐下。于是告梯福向马赛勒斯道:“我替你很为快乐,因你又得见你之金钱了。不过你此钱遗失多年,乃是为我弟所害,我今当如何尽我本分,补足你所需要的呢?”马赛勒斯答道:“不必客气,我亦有许多事情当感激你哩!况现在此钱并未损失,即有损失,你也是无法可助的。”告梯福道:“你莫说与你并未损失,我想你若先前不失此钱,

---

① “蜡”,原文作“腊”,据文义改。

将他生息,早已积成巨款了,你何必劳苦作工?你今年迈,已有六十岁,本可停工养老,如此尚可多活二十年,也未可知。现在虽然寻得此钱,能用多少时日?恐不免仍要作苦工的。”马赛勒斯道:“唉!大富人家看这些钱不算甚么,但我与爱美看这些钱,已为很多的了。况且我们所住的房屋,多谢你替我修造好了,家中所用一切家伙亦皆是你所供给的,我想此地凡作工之人,像我这样的富是很少的,现在我并无所缺,已心满意足了。”

爱美在旁说道:“父亲不过缺一花园而已。”说时不禁含羞,面忽发红。于是告梯福夫人欲乘机联络爱美,即答道:“你要一花园么?我们也欢喜花园的,我已用许多工夫在花园里了。”告梯福道:“不错,我们家里有一最佳之花园,可为爱美栽种。”又对马赛勒斯道:“你乃算一最善的父亲,因你已善待爱美有十六年之久,如今你愿让一富家栽培他、使他成人么?他现在长得很壮健,也很聪明,然而这个孩子不像平常作工人家的孩子,恐怕他不能作重事。”马赛勒斯道:“我不懂你是何意思。”告梯福道:“你知道我们夫妇二人尚无一孩,因此我们深欲得爱美与我同居,作为义女,我们必看待若亲生之女一样。但是爱美自然照常爱你,也必报答你所善待他的恩,并且也常常来看望你的,我们也必供给你一切所需要者,不使你觉着孤独。我想有人欲如此培养爱美,你必情愿的。”

告梯福说话之间,马赛勒斯听了,身上发抖,爱美两手抱住他的颈。马赛勒斯低声道:“我最爱的女儿,告梯福绅士与他夫人有如此好意,我能阻挡你好机会么?”爱美听他这样说话,两手更加①紧抱,因心中着急,满面发红,停了一刻,先向告梯福夫人鞠了一躬,后向告梯福绅士也鞠一躬,说:“多谢太太,多谢大人,但我断不欲离开善待我的父亲,更不欲称别人为父亲,我也不愿称为富

① “更加”,原文作“更外”,据文义改。

家女子。深蒙二位恩典,甚为感激。”爱美言毕,嘴唇发颤,随即又回到他父旁,两手仍然紧抱父颈,并且与父接吻。告梯福见此情形,有些发怒,因想他为爱美及马赛勒斯身上打算一切,以为这件大事必可行的,不料彼等竟如此固执,于是向爱美道:“但是有一缘故,你当到我们家来,因你身本属我的。”又向马赛勒斯道:“他是我的孩子,他之母即是我之妻。”爱美听了这一番话,面忽失色。马赛勒斯也甚发怒,厉声道:“大人,既是这样,从前我亲手抱他至你家问你,他母已死,许我留养此孩否?那时你何不认他为孩子?直待迟延至今,我已亲爱他十六年之久,方始要带他去,岂不伤我的心么?要知上帝所以将他送至我处,即是因你不承认的缘故,上帝既已派他为我的孩子,你也不能违背了。凡人转脸不欲接受他人之幸福,这幸福即欲转赐与那欲接受之人了。”

告梯福听马赛勒斯所说有理,即道:“我也知道我的过失,但我已懊悔了。”马赛勒斯道:“我喜听你说有懊悔之心,但是这十六年已往之事,就是懊悔,也是无益了,故你如今虽说是他的父亲,但与我们毫无损处,因为他从第一次学呼‘父’字时,至今总喊我为父,其势万难改变了。”告梯福道:“马先生,我并不是要带他去后,不许他再看见你了,他仍可常来看望你的,仍可与你常相亲近的。”马赛勒斯道:“我们十六年来同吃同喝,同居同游,今既分离,如何能使与我亲近呢?这话不是欺我么?你不过要断绝我们二人的恩情就是了。”告梯于是又引诱他道:“我想你既如此的爱爱美,若于爱美有益之事,你虽然有些舍不得,也是快乐的。你当知道你年已老迈,不知将来所遇如何,况爱美岁数亦大,家庭教育正在要紧之时,故当回他亲生父家,好栽培他成人。若在你家,恐怕误他终身了,将来或嫁于贫家,或嫁在下等作工之人,皆未可知。到了那时,我即不能帮助他了,如此岂非你阻碍了他的好命运么?虽然你费了多年辛苦,如何善待他、抚养他,我也甚感激,但如今我一定勉强要我的女儿了。”

爱美听了这番话,心中决意必要尽他本分,对待他的父亲。但是马赛勒斯的良心觉着告梯福所言不错,故不愿阻挡他后来的好机会,因此低声对告梯福道:“我不再说甚么了,按你的意思行事罢,可告知孩子同你去罢。”

告梯福即向爱美道:“我亲爱的女儿!”此时见爱美形状似有疑惑之意,因想他年已大了,自能分别是非,故又对道:“你去后仍可报答他的恩义,我们也愿你报答他的,随你尽力用各样法子,使他心安意适、十分快乐,但是也深望你习学爱我们,我们虽不及马先生待你,然而你要知我与我妻常时尽力使你快乐,并有一切钱财为你使用,因我们只有你一个孩子,我妻要算为你世上最亲爱的母了。”

告梯福夫人道:“我亲爱的孩子,你是我的宝贝,倘我们得着自己的女儿,我们必知足了。”此时爱美紧握他父的手,后又向前要对答他们,但不像前次行鞠躬礼了,不过直言说道:“多谢二位美意,不过此事与我意见相差远了。倘使我与父亲离别,使他一人独居,终日挂念,如此我活在世上,也无丝毫生趣了。因我从小蒙他照应大了,故他活在世上一日,我要与他同处一日,无论何人,不能将我两人分离。”于是马赛勒斯对爱美道:“你与贫人同居,穿粗衣,吃素菜,失去富家种种福气,怕你后来必定要后悔的哩。”爱美道:“父亲,我断不后悔的,我并不想穿华美衣服、吃鲜美菜蔬,更不知如何用这些贵重物件,因我从来没有这样讲究过,倘我忽然穿绸衣、戴金饰、坐马车到圣堂礼拜,被我所爱的或认识的看见,很难为情的。”

告梯福夫人即插嘴道:“孩子,我们皆知你的心意,欲与那抚养你的同居,然而有一件事,你不可不知道,就是你亲生的父要你回家,你若推辞,就不合孝道了。”爱美两目含泪答道:“我没有想到有别的父亲,只知道有一个父亲,他常独自一人在这小房子内火炉旁边烤火,我故常帮助他做事、服事他,并且我是很欢喜殷勤做事的人,此间一切事情,我也很习惯了,故此我决不再想到别人家去了。”言毕,眼泪流下,又道:“况我已经应许嫁与一个作工之人,他亦愿我与父亲同居,助我服事父亲的。”告梯福听见这番话,面色发红,两眼睁睁的望着他妻,甚至难过得不能透气,于是说道:“我们回家去罢。”告梯福夫人立起要走,随道:“我们不再谈论此事了。”于是向爱美道:“可爱的孩子,深望你从此诸事顺利。”又对马赛勒斯道:“深望你亦从此诸事顺利,我们还要常来拜望你的。现在时候不早了,我们在此耽延已久,应当回家去了。”说完即随他夫出到门外。夫妇二人乘车到家,进门时告梯福道:“此事已了结了。”其妻答道:“是的,这也是无法,但是不能以势力强勉他,以致阻他自己志愿。”告梯福道:“不错,如今太迟,难以挽回了。天下有些事情真是银钱买不来的,正如马赛勒斯所说,凡人转脸不欲接受他人之幸福,这幸福即要转赐与那欲接受者,我深悔从前不早认他为亲生女,如今我虽认他,他到不相信了。”其妻答道:“你能否再与他细说生他时候的情形么?”告梯福道:“现在再说,有何用处?但是我必随他所就之境遇,时常设法补助他,将来我还要写一遗书,以便帮助他的子女,但不知他将要嫁与何人,我想莫非就是那农夫恽亚伦么?我曾记得有一次,他们二家共由圣堂礼拜出来,一路谈笑回家,那个男孩子倒是很强健也很勤谨①的,且很有好名誉,凡饮酒赌钱诸坏事一概不做的。果然是他,也还不错,不然倘嫁一个还不如这个人,如何是好呢?”言毕立刻满面生愁道:“他岂不是一个美女子么?”其妻道:“是的,他的眼睛头发很是像你的,他实在是一个美而诚实的女子。”告梯福道:“不知他如何想我,恐他猜我从前必苦待他母亲的,又恐他想我比我自

① “谨”,原文字迹不清,似为“谨”。

己想的更坏些,也未可知,如此他必不喜欢我了。我当时既怕认他,这也是我应当受的报应,又想想我把我无价至宝、独一无二的女儿给那贫穷纺织的人抚养,放弃这样的责任,唉!我这个人真坏极了。”其妻此时不敢多讲,惟恐再使其夫伤心。告梯福又道:“我有了你这样一个贤德之妻,这一件事不当瞒你,深望你宽恕我罢。”其妻道:“你平素甚是优待我,并无错处,但我第一愁苦,是因为我没有一个孩子,使你心中不乐。”又说:“恐上帝不允我们有一孩子之故,也未可知。”告梯福道:“你知我已经如何对待过一个孩子了,我不能再有一个孩子,亦是我之刑罚。我不能恨上帝不赐我们孩子,虽然如此,自今日起,我决意要做一最善良之夫对待你,并且也要做一最仁爱之主人,对待在我手下一切的人。”

马赛勒斯(六续)

次日,马赛勒斯与爱美早膳时,马赛勒斯对他女道:“爱美,我打算要回伦豆园去,看望从前的礼拜堂,我想此时他们已知我没有偷教会的钱,我的冤可以伸了。那地方的牧师是个好人,吾此次愿去看看他,亦要与他讲明那拈阄的事,亦要把此地教会的情形与他谈谈。我料想他不很晓得此处的景况,也必乐意听的。况我们现在既得了这些钱,用费又足彀①了;家里一切事情,可托你婆婆代为照看,路上只要稍为预备数样应用的物件,明日即可动身了。”爱美听见此事,甚觉快乐,私想趁此得见异地风景,且定意此去回来,将所见景致报知婆婆与亚伦听,又想及亚伦大半事情上比自己伶巧聪明,我此次游历归来,识见或能超过亚伦,也未可知。

---

① “彀”,同“够”。

恽师母知道他们要出外，虽因路途遥远，未免著急，但心中却亦赞成，以为马赛勒斯出外已久，理宜回至家乡看看，并且也可伸明他从前所受的冤屈，于是向马赛勒斯道："你如今回本乡一走是很好的，我甚愿你伸明从前的无罪，从此以后，你心中常觉平安快乐了。"

过了四天，马赛勒斯与爱美换了清洁衣服，提一蓝布小包，父女二人携手起程。到了一座大城，走过街道，马赛勒斯心中忽觉搅乱不明，因思隔了三十年的工夫，这地方如斯大变，虽入本乡，无异初到，方向都不能辨了，故遇人即向之问路。

马赛勒斯自叹道："这地方各事大为改变，恐怕无人能告知吾伦豆园的所在哩。"又说："只要有人告知我监牢街道，我到那里一看，就认得往伦豆园的路了，因自监牢门朝东走至二道街上，就是伦豆园地方。"正说之间，马赛勒斯忽然对他女道："哈哈，前面地方就是监牢。"又说："只有监牢一处仍然如旧，未有改变，我们不久就要找到伦豆园的礼拜堂了。"爱美对他父道："这地方为何如此鄙陋？幸而我们不住在污浊的城中。"于是从监牢街经过，将近伦豆园地方，马赛勒斯道："爱美，我甚诧异这地方的臭气触鼻，从前不是这样的。"正说间，见有一群人远远而来，马赛勒斯道："那些人必是从伦豆园地方来的，今日虽是星期三，或者来礼拜堂作特别聚会也未可知。"又往前走了一刻，马赛勒斯忽然停足不走，面上失色。爱美见此情状，不知何事，也甚惊惧，于是紧抱父身问道："父亲为何如此？"停了片时，他父作愁容答道："礼拜堂没有了，此处已改造一所大制造厂。唉，这地方大改变了。"爱美对他父道："既然如此，我们且进入那小刷子店内坐下，暂时歇息，亦可从他们探听此地改变的情由。"那晓得不但刷子店主不知此事，竟无一人能讲此地情由，故马赛勒斯的朋友与当地牧师都不得见。

于是马赛勒斯与爱美忧忧愁愁又回至锐弗罗家中，将所见一切告知恽师母道："唉，那地方全然改变，从前的礼拜堂亦没有了，所有房屋亦皆毁坏了,甚至当时坟墓亦不在那里了,我从前所住的旧屋更不必讲了,我从今以后不再有回乡的念了。不过有一件事,总觉耿耿在心,不能忘记,不知他们究竟曾否伸明我未偷教会钱的事,并那地方牧师所用拈阄的法子究竟有助于我否?唉,这件事隐而不明,我的心怎样能安呢?"恽师母安慰道:"不要懊恼,此事虽然隐而不明,有一事已经显露,你也知道的,你所有的朋友虽皆离弃,上帝常常眷念,岂非与你同在么?"马赛勒斯道:"你所讲的不错,我自从得爱美以后,我即觉看上帝爱我很深,我一心依赖他,即如爱美立定志愿不肯离我,就是上帝的威力,如此我更要爱敬上帝,直至我死,也不敢忘了。此中深意,我虽有所不明,但我惟知依赖上帝而已。"

此时正当春季桃红柳绿,景致异常好看。恽师母就择定吉期,为亚伦与爱美成亲。告梯福夫人送来一件结婚礼服,白色绸上绣著小水红花,甚为华丽可观,其余礼物亦很多。

到了吉期,他们同到礼拜堂行结婚礼时,爱美一手握他父的膀,一手握亚伦的膀,恽先生及恽师母随在后面。正走之间,爱美几次低声向他父道:"父亲,你今日并非丢弃我,乃是得著一个儿子。"不久进了礼拜堂,来宾很多,告梯福夫人也在礼堂,惟告梯福绅士因伦盾有公事不能分身,故尔未到,但他已吩咐摆设极盛的筵席,并邀请许多亲族朋友,在马赛勒斯家中凉台前等候迎接新郎新妇。此时众宾彼此谈讲马赛勒斯一生的事,说他如何幸福,得此贫而无母之女孩,所难得的是城中并无一人嫉妒他,更可喜的是所遗失的钱居然如数寻著,人人皆替他欢喜。又说告梯福如何善待他,平日既送他许多得用物件,并为他改造房屋,且送爱美一个最大的花园,此时爱美出嫁,又送许多婚姻礼物以及摆设新房一切器具,此事真是马赛勒斯梦想不到的。

倾刻之间,结婚礼毕,新郎新妇以及来宾都从礼堂出来,同至马赛勒斯家中,则见家中又有许多宾客,大声欢迎新郎新妇。入房时,地上撒满各种鲜花。那时爱美向他父道:“父亲,我倘非父亲收养,那能见今日如此华丽的房间?从今以后,愿事奉父亲,同享安乐。”马赛勒斯道:“我亲爱的女儿,我们今日得此结果,岂非都是上帝成全的吗?我愿与吾女终身同事上帝。”(完)

——《女铎报》第二卷(1913—1914)第八至十二期,
第三卷(1914)第一、二期

高剑华

高剑华(1890—?),浙江杭州人。祖父高学治为清代名儒,父亲高保徵善于经商。高剑华于1910年入读京师女子师范学堂,1912年结束学业后返回杭州,与文学家兼戏剧家许啸天成婚。许啸天(1886—1948)名家恩,字泽斋,号啸天,浙江上虞人。1914年,高剑华和丈夫一同创办了《眉语》杂志,前后出版两年,大获成功,其间多有小说问世(详见《大系·小说卷》)。1917年,高剑华又模仿《眉语》发行了《闺声》,但仅出一期。此后,她将主要精力放到各类畅销图书的编辑工作中,也偶有小说、游记、诗集问世,还编过多部唐人诗选。抗战期间,高剑华随许啸天辗转各省避难。后来,二人回到上海,因普及教育运动的需要,受邀与冯玉祥、郭沫若、田汉、陶行知等人卖字兴学。1948年12月,许啸天遭遇车祸,不幸身亡。高剑华于新中国成立后仍在世,卒年不详。高剑华是民初发表小说作品数量最多的女作者之一,著有短篇小说《处士魂》《春去儿家》等八篇,长篇小说《梅雪争春记》一部,译有小说《婉娜小传》。

婉娜小传

(一)

伦敦西孟克司村,人烟密集,街衢闤阓,暮色甫起,则行人尤夥。是间有二别墅,为全村最闳丽之邸宅。宅为万勃尔伯爵居。每值斜阳一抹,晚风微动,有一女郎拽缟裙,披金色之发,珊珊然自邸中出,向村口停车场而止。双眸远瞩,精神四澈,以待五点四十分来自伦敦之火车。时以手理其发,且频视礼拜堂之钟。俄顷车到,群客纷然下。一少年学生疾趋女郎侧,为状至乐。携手僻静处,少年曰:“婉妹安乎?”女曰:“吾侪已一礼拜未见,犹忆前此为同学时,朝夕把晤,迄今思之,每用怅悒。然犹时祝君得幸福,学业进步,将来必有所建设。君之荣辱,侬之荣辱所系也。”少年喟然曰:“吾甚感妹之念我。女郎语我以学业乎?兹事恐辜君望。”言时状甚懊丧。女曰:“侬与君为知己,何事忧感,请见告。或可分忧一二。”少年曰:“前数日吾父语吾以家贫,学费无从出,令吾辍学以谋衣食。妹思之,父老且病,今出此言,吾安得不遵之。”女曰:“君勿忧,侬有薄蓄足以助君。且继父爱侬,断不以兹事见责。”少年遽起曰:“大夫处世,羞受人怜。且女郎境遇,吾亦甚悉,何忍相累?”女微怒曰:“君诚有志,此门面语奈何向侬言。且侬之财物即君之财物,君乐侬亦乐也。”少年以目视女郎面曰:“吾心乐,卿亦乐,是何谓者?”女闻之,双颊飞红直至耳际,眼波注地,若不胜羞涩者。少年含笑,揽女于怀而亲其吻。孰知此二人情话喁喁之际,更有一少年窃听甚悉,既妒且怒,乃拾地上石块掷之,堕地作声。二人惊觉曰:“天已垂黑,吾侪归去乎!”二人乃分道路。诸君亦知此窃听之少年者为谁?则万勃尔伯爵之子克露顿也。

先是伯爵有老友,家贫而鳏,僦居村舍。有一女,钟爱甚,出入勿离,谓是盖亡妻所遗之一点血也。岁月荏苒,膝下娇女,已如奇花绽蕾,光艳射人。老人睹此,既喜且悲,回视己貌,则霜雪盈头,盖辛勤忧患两者所致。脱一旦奄化,此零仃弱质,如何结局。谁知所料切中,是年老人果病,且甚沉顿。女侍父疾,玉颜亦为之憔悴。一日伯爵至，慰藉之余，老人嚅嚅似欲有言。伯爵曰："老友有何事，第言之，吾必如尔愿。"老人乃含泪托孤而逝。

伯爵为女成丧礼讫，携归邸宅。女固婉丽承顺如己父。伯爵有子不肖，至时爱子之心更为所夺，抚之若己女，令就伦敦某小学校读。同学有商人子曰华磊，敏慧冠侪辈，爱婉娜，两心相印。课暇常于花间草上，喁喁作情语。无何，婉娜毕业于小学而归，华磊升中学。一对痴儿女，天各一方，两地情牵。然亦因此别恨离愁，情根锐长。每一相见，怜我怜卿，依依不舍，其为未来之佳伉俪，于此可卜。克露顿者，恨女夺己宠，颔之颇深，尝思有以破坏之。

越日，婉娜于灯下作书寓华磊。适克露顿入，睹书，微哂曰："以他人之物，赠汝心坎上之情人，是诚能慷人之慨矣。"婉大窘曰："兄言胡指？此区区阿堵，依质簪珥而得者，何谓慷他人之慨。"因怒极而哭。思生父已亡，依人之苦况，一至于此。克乃大乐，扬长自去。女复悲不自聊，念一生孤露，受人揶揄①，莫可申诉。乃至床内取死母小影，频呼阿母不已。俄闻履声橐橐，知伯爵且至，急收泪迎之。伯爵视女良久曰："汝何事至哭？"女曰："否。适尘气翳目，揉之故红耳。"伯爵默然曰："后此可勿更哭。哭则予不乐，且损汝容貌。"言时以手抚女颈，口亲额。盖老人一生所钟爱，惟此无告之女郎，虽己子弗若也。

（二）

一日，婉娜于女友安莲处归，视伯爵据椅坐，一手支颐，状似怒极，群仆侍之无声息。女疾投其怀曰："阿爹得毋怒我嬉戏太酣乎？"伯爵柔声曰："妮子，尔良可爱，吾何事怒汝？汝更外出游戏，斯须可复来也。"女虽娇痴，特不敢违命，乃侍立于厅外。伯爵视

---

① "揶揄"，原文作"揶揄"，据文义改。

女去,乃叱仆召其子,意愈愤。须臾克露顿入,面色悲沉,足蠕蠕不前,知此行无好消息,顿敛其平时轻佻豪放之态度,状似受掊之狗。伯爵见其子入,曰:“吾以仆召尔,尔果来矣。”语已微笑,顾其笑非真,特如初冬骤寒,朔风狂吼,寒威之气令人难耐。及至积雪盈途,层冰垒垒,则景色转形宁静矣。故伯爵此时已灭其怒容,既而又曰:“尔为万勃尔第之小主人,尔之态度才干,两俱称是。然尔之心地品行,殊未能副尔英爽之躯壳。吾今不更以言责尔。尔第自审,吾所言颇适当否?”克露顿闻言,知其父已刺得己之隐事,初时尚欲以言支饰,至是,竟百觅不得要诀,良久乃曰:“儿不省何事致干父怒?”伯爵曰:“尔问我何事乎?是亦难怪。盖尔所事甚繁,何复忆此。兹事恐尔闻之,亦资懊侬。吾当示尔以证据。俾尔读之当不以若父为见诳者。”因出二函掷桌上曰:“此即是也。”克露顿乃拾二笺,披第一笺曰:

薄幸郎克露顿鉴此:妾以女流薄识,受君诱惑,冒耻追随。不意中道捐弃,致妾困顿旅次,叠经上函,杳不见复。嗟乎克郎,侬已弱病奄奄,冀君垂救,须念昔日恩情,不宜忍心至此。见字后即赐好音,俾资进退。盼急盼急。侍儿雪儿谨上。

其第二笺则为伦敦某银行主人手笔,曰前三日令郎以七千磅支票支金去,因为数过巨,故另函相告云云。克露顿睹此二笺,心寒手颤,立地如绵,似临重刑。料事已决裂,无从挽回,仅俯首待父责谴。顾伯爵甚从容曰:“尔读竟乎?忍心如此,道德败怀,实为吾家门楣玷。且吾年力就衰,不能更事教诲。吾今命尔立出此阈,后此永永勿践万勃尔第之槛,庶可两全。然汝究为吾子,倘流为乞丐亦贻吾羞。此后每年,予尔一百二十磅,必无缺乏。此外尔自为计。”语已,挥众仆曰:“速驱之出。彼不为尔等之小主人矣。”克垂泪视其父,伯爵殊不顾,曰“速去,速去”。众仆知难梗命,不得已拽克露顿出。婉娜大惊,急至伯爵前,双泪被颊曰:“父速使阿兄转,否则请逐侬。侬他人子。”伯爵曰:“此子万无归理。以彼之妄擅威福,吾谴之至当。尔勿如此。即尔亦足以慰吾膝下。”女急返己闺,觅颈饰数事,使园丁赴质赠克露顿。园丁出至一书肆,见克痴立檐下,园丁出资,且告以婉娜语,谓有所需当以笺致女。盖婉娜貌美心慈之女子也,且以一己度人,伤克露顿后来之困踬。而克露顿不知,闻园丁语,顿足曰:“狡哉妮子。吾必得之而甘心。以彼之浸润吾父,夺吾宠幸。”因向园丁曰:“吾今不为尔主人矣。然尚可为尔友。”以一磅赐之曰:“吾尚有一事干求。汝能允吾则大佳。”园丁得金喜甚曰:“小主人,吾必听尔之令。”克曰:“后此伯爵所事,悉以告我。”园丁诺而去。故后此克虽被黜,于家事纤悉皆知。然伯爵暮年习于安乐,交际亦甚稀。故虽得园丁之传递消息,终以不得要领为憾。邻女安莲为婉娜之友,平素与克露顿情爱甚笃。至是克已被黜,婉娜尝过从,藉慰芳衷。偶言涉克露顿事,安莲曰:“彼自儇薄所致,于伯爵何尤。吾以为黜之为善。”略无怜惜意。婉娜大诧,遂归。安莲之为人,极贪鄙,交男子必侦其产业,倘弗丰,则顷刻交绝。今爱克露顿,以其必承巨产也。至是以谓人尽夫也,何必是,遂不复置念。

越数日,婉娜晨兴,即往园中。则所爱之白牡丹已杳。花为华磊赠,故倍觉关情,日必亲手灌植,盖花蕊与情苗并而为一。一旦失去,不觉痴立堕泪。伯爵亦至,睹女双目红肿曰:“尔夜来似失睡。”女曰:“然。”婢绯儿自后呼曰:“姑娘牡丹花开未?”女以目止儿,令勿声。而伯爵已闻,因大索白牡丹,遍觅不得。呼园丁而问之,则曰未知。伯爵大怒曰:“尔司园事,今失花尚未觉。吾以粸畜尔何用!”逼令其去。婉娜劝曰:“令后此谨慎可耳。”伯爵曰:“否。是一笨豕。留之适资吾怒。”因挥园丁曰:“伫此何为,速去速去。”园丁不得已,垂头丧气而去。

(三)

光阴荏苒,婉娜已十九岁矣。其美丽之颜色,与年俱长。腰细如御风之柳,长裙綷縩,行步若仙,两颊鲜艳如玫瑰,眼波尤媚。每见伯爵,则亭亭而前,端庄凝重。伯爵乐甚,为有女如此,吾心至慰,意忘其子踯躅街头,穷愁无计也。顾老人虽爱女而不言姻事,益密觑女意,芳心一点,似属华磊。因思华磊亦好男子也,以偶此女亦非为过。惟私心常忧其贫,回顾己身行将就木,且儿子被逐,万勃尔门无人承祧。辗转思维,不若归女之为得计。因修遗嘱之稿,至七日始成。累读累思,以为既美且善,无只字可更,乃思受遗嘱之证人。伯爵疏于交际,然有至友二,用以证遗嘱,一为安莲之父簃生,一为伦敦银行主任密特劳夫,以电话召明日至。

次日下午九时,二人均至。伯爵引至一密室,室为平时办公处,垣壁极坚厚,有小窗二及门一,至是尽闭之。伯爵乃托遗嘱事。当二客之入,有一人随之入,仓皇四顾,急趋园隅。一女郎出,作怨声曰:“胡久不至,令人想煞。”因以手掩面而哭,且哭且诉。此人为谁?则园丁也,为绯儿之情夫,以念绯儿故,冒险而进。女又曰:“汝若谨慎则饱食暖衣,可永永无虑。今既自害,亦且害我受离别之苦。”园丁见女哭,乃以巾为女拭泪曰:“尔勿哭,亦勿怒我。我今以一事告尔。”俯首与女密语良久,女始破涕为笑曰:“尔弗孟浪。”曰:“然。”女忽瞪目曰:“君来时曾闭门乎?”园丁大窘曰:“吾以急于见汝,竟忘之。”园丁遂出而闭门。孰知二人私语之际,一少年蹑足入,徘徊眺望,似有注意,继而登楼,至密室之外,蛰伏暗陬窃听。此少年即克露顿也。克露顿于是晚八句钟,方彳亍邸外,怨恨不止。念此身本为第中之主,今已侯门似海,咫尺天涯。俄见二客至,防为所识,转身避之。知有异，待二客进园，门不闭，乃入，厥状如鼠。继闻窃窃私语声，细审之，则为园丁与绯儿语。乘二人不备，疾足登楼，意图窃听。至是，闻屋内语声甚微，大恚，久之闻一人语曰："今尚健硕，何预料及此？"知为猻生。伯爵曰："兹事须早为之。脱不幸者，全仗二君之力。是物吾藏于第三层抽屉中。吾死后，向吾女取匙可得也。"语已遂出，伯爵送之。克拟随去，恐为人见，不如留此，更窥其隐。伯爵复入，径至女处。克亦随止于女之室外。女于灯下读书，脸为灯光所映，愈显娇嫩。伯爵告以财产事，女曰："阿爹，兹事至不吉，且儿不愿闻。儿为他人女，蒙长者恩，久承荫下，得免饥寒，于愿已足，且尤不宜令阿兄久久飘泊苦海中。"伯爵攒眉曰："此子吾殊不欲见，须知吾爱汝至深，以产归尔，吾亦安心于泉下也。"女曰："吾必以原物归阿兄。"伯爵曰："吾事已成，尔可勿言。"言已遂去。克露顿大怒，阴语曰："妮子安得觊吾产？"愤甚，几欲以拳掴其父。顷间得一计，乃逾垣而去。

数日后，伯爵携婉娜至伦敦某侯爵处跳舞。归时已夜半，天色沉黑，似有大雨，遂归寝。克露顿复掩入。后一偷儿距克约五步，误为同类也，拟呼之而好奇之心顿起，思觇彼以何门路入。踪之行，克行极速，意盗物非一次矣。既登楼，至伯爵卧室止。念彼胆何巨，已复下楼，至户外得一巨树，高逾屋顶，急攀悬而上，窥室内甚悉。时室中电灯俱熄，一小烛炷桌上，见克露顿持烛于手，目灼灼遍射屋中，至末复视床上人，闻鼾声大作。时大雨骤下，继以雷电。方雷声隆隆时，克探手怀中出一物，则累累者皆锁钥，将各匙配第三层抽屉之眼，至一匙则合。辟之，内藏一极精致之小匣，取而藏诸怀，为状至得。抽屉复闭，行至隔室，室为伯爵盥栉室。四觅得水瓶一，知为饮水，探怀出蓝色小瓶，偷儿大惊，意是盖仇也。克以瓶药倾水中置原处。时雨已止，窗外微风过树，簌然有声。克大骇,谓有人见,急趋室①隅蹲伏,两目直视,须臾始出,置其烛于伯爵处。偷儿徐下,闻钟声三下矣,乃大懊丧曰:"吾以窃物来,既失败,复窥人隐,是何可者?"继念兹事于吾亦有益,明日此邸内必演出惨剧矣,因疾足先去。

翌日伯爵晨兴,婉娜即飘然入,衣饰极华丽,语伯爵曰:"安莲偕侬至某氏作陪新嫔,晚当归。"伯爵嘱以谨慎而去。

是日下午,婉娜甚欢乐,而惨耗来矣。盖一仆仓皇至,言伯爵病沉,请其早去。女闻言几晕,以手支椅,乃辞诸客及主人而归。既入室,视伯爵如沉睡,群仆及医均侍立床侧。因室中尚未举火,阴森之气逼人。医生言为最重之脑窒病,故忌煤气。两目成翳,汗出如沸沈,观状尚有数分钟之久。婉娜闻言,哇然哭出声,痛极而晕。而此赫赫万勃尔第老主人,竟于此时亦长逝矣。

(四)

方伯爵死之二日,伦敦至孟克司村第九次车中,有一商客,状似远道来。面容暗淡,目眶深陷,衣饰朴质,频频以目视车窗外,双瞳似贮重忧。其首向外,若观景物,实则神思外越,厌多客之繁嚣耳。车至某街稍停,一少年之客入,与商客似曾相识,少年拍商客肩,其人惊觉,转视少年作微笑,状似不屑。少年立耸其肩曰:"先生此来何作?"曰:"吾来为奔丧。然则尔来何作?"曰:"吾亦吊丧者。"其人复曰:"吁,生时不作问询,而独媚及死人耶?"少年色变,斗作狞笑曰:"恶是何言? 吾固媚死人者。吾观尔颓丧如此,行将媚我耳。"是时车已至孟克司村,二人下车,入丛林去,各俯首不向顾。须臾一人曰:"猘生先生,事权在我,复谁袒?"一人曰:"克露顿,汝知我隐矣。然汝父曾信托我。汝有何术,能改此

① "趋室",原文作"超室",据文义改。

遗嘱?”克密语久之。舜生似怒曰:“吾非好为人奴者。事成何以报我?”克曰:“二千磅足矣。”曰:“功巨报微,是孰可忍?明日当以兹事为宣布之材料。”克大骇曰:“然则二万磅如何?”曰:“今事权在我矣。是区区者得之殊无愧。”复顾克露顿曰:“信乎?”曰:“信也。”乃署券,匆匆别去。

明日为伯爵已死之第三日,例为宣布遗嘱之期。辟屋之前端为客堂,来宾尤夥,盖彼等后当受款于新主人矣,故急欲闻遗产之归纳者。克露顿亦杂众宾坐。众论哗然,以谓是后来之伯爵也。一人曰:“啐!君何梦梦。其子已被黜,何由袭爵。吾意度之,后此承嗣者必为其美丽无匹之养女也。”俄而两证人至,众始屏息。克露顿坐临窗,以目示舜生意。密达老夫①为人忠直诚厚,见诸人而不见女,因大声语众曰:“诸君听之,为时已至,以主人未出故稍待。”克露顿微哂。门环响处,二女郎出,一安莲,倚安莲之臂者为婉娜。盖婉娜以泪洗面者三日,玉容瘦损,腰支无力,为状至可怜。闻台上舜生语曰:“万勃尔第之主人业已录登天籍,然既舍此而去,则永永无更归之日。吾辈既悲亡者,复吊生人。揆理缘情,当谋所以继续门业之人,以慰泉下。闻伯爵生前立有遗嘱,未识承者何人?”因抗声呼司遗嘱者,密达劳夫出曰:“司遗嘱者我也。”即返身入,取遗嘱,则已不知所往。众大哗曰:“遗嘱被窃,诚奇事也。”密达劳夫大懊丧,面色灰白,不得已坐而待最后之决策。卒以无遗嘱故,财产均与嫡子,盖成例然。克露顿起立对众言曰:“尔等听之,后此我复为万勃第之小主人矣。”复对婉娜曰:“汝为村夫之女,数数离间我父子。今吾为汝之主人,不能予汝如前此之安乐矣,限汝三日出此邸。”女大愤,知辩亦无益,入内复大哭,

① “密达老夫”,前文有“密特劳夫”,后文又有“密达劳夫”,应与此处“密达老夫”为同一人。

念一生飘泊,无复人怜,不如一死以图清净。而所不忍恝置者,则数年恩爱相慰相怜之华磊也,继念不如至伦敦徐图机会。因披笺致华磊,言己身虽离此地而去,而此心则常绕其左右。天涯海角,爱固常在。书末更不署以纵迹所在,重以己之苦况,不欲华磊知,致增忧虑也。是日甚忙碌。夜午,转辗筹思不能成睡。盖别绪离愁,靡复难堪。环睹陈饰诸物,咸有可怜态。嗟乎,婉娜去矣,衣其旅行之衣,纤手提以革囊。既出室,见园中巨树飘飘如示以永①别。女益悲,回顾巨大之万勃尔第如入酣寝中,沉然无声息,略无留恋意。

(五)

婉娜既去,家人遍觅不得,惟相顾而唏。克露顿念女有胆勇,必滋后祸,因语仆众曰:"汝辈勿声,听其去。吾不耐若曹呶呶。"言已,至卧室,盘旋不已,思所以处婉娜,愈思愈愤,筋脉坟涨,而终不得善策。状如宿穴之蛇,伸其毒舌,焰焰思噬人。猘生复来,密谋良久。

当伯爵未死之数礼拜前,华磊尝致书婉娜,谓校中毕业事大忙,吾侪当作旬日别。书甚冗长,且预言后此同居之乐,情词娓娓,似此蔚蓝之墨水,即胸中涌出之血,化为情丝,复袅袅绵绵载于素纸。谁知不数日,劳燕分飞,玉人何处。隐念女非负情,何飘忽若是,乃决计于课业竟后,誓觅得之以了毕生之愿。

婉娜至伦敦,惘无适从,以伦敦为巨海,而己身为细舟,四趋不达涯岸。盖婉娜方只身栖一中等之逆旅,逆旅主人大诧,以为是似巨阀闺秀,何甘居陋屋,意者情逃耳。乃时拈其蒙茸之须,目注女作微笑。女羞,局促不自安,念居此非计。因每日至下等咖

① "永",原文作"求",据文义改。

啡馆，读新闻纸，图一职业。众见女至，哄然围集，杂以议论，曰是间必有佳运，以莅此者为仙女耳。女闻之滋怒，然亦听之。一日归欲易衣，启箧，则衣物俱杳，倚床而哭。思己命胡蹇，所至辄遇魔鬼，不得已，脱手上环，充旅费。然谋生之念，因之愈急。时方首夏，英伦景物如画，炎晖渐逼，以故行人极稀，长日营营者仅苦工，时策笨车以行。斯时有少年，朝阳甫动，即徘徊通衢，举凡妇女涉足之场，无不有其踪迹。斜月初上，伦敦士女群趋泰晤士河畔，少年亦至。人皆以其取凉，实则非是。自首及履，尘埃满积，脸际为日光所炙，作绯红色，惟仪表颇佳，目光远盼似明星。时水色如银，众如得食之鸟，欢腾不已，或放声以歌，小孩则扬袂而舞。波声汩汩，似相和答。少年意殊不属，惟一人踯躅行。夜阑而返，倦极入梦。夜梦辄恶，见所欢冉冉行桥畔，而水中突出怪物拽女去，己则奋力致斗，须臾力竭，势垂败矣。突出一人助己，既此人为怪物所杀，女亦垂毙。幸己力复强，负之狂奔，女亦苏，心始稍慰。醒而大疑，不测何兆。越日，途遇一人，乃大乐，似理纷乱之丝，而得其绪，缘绪以行，不难立解。是人即万勃尔第之园丁。园丁衣繿缕，革履已穿，骤睹华磊，为状甚羞愧，嚅嚅曰："公子，亦知婉娜姑娘消息否？"又曰："郎君，吾殊无面目以见君。吾今无用讳，姑娘之去，罪良由我。"华曰："姑娘已去，尔愿亦遂否？"园丁色沮曰："吾今悔甚。然恶果既成，悔亦何及矣。"

读吾书者，当知克露顿既承家产，故态复萌，如怪木垂枯，人方庆其速去，别植佳果，谁知荆棘傍生，滋蔓复致难图，克露顿亦犹是。虽叠经折挫，其轻狂暴厉不稍减。贵族中人，尤齿冷之。惟獮生相与狼狈，外此则尚有一狞狗，犷暴正类其主。以数年风雨连床，尤所心惬。园丁亦时至索酬金，克心厌之。一日，园丁自外入，呶呶良久。克为霁颜不与较，乘机举手枪砰然作声，弹丸之中，乃在狞狗。园丁大怒，返扑克露顿，枪为所得，击克中一臂，惧罹罪而逃至伦敦。既悲且悔，念孑然一身，了无生趣。盖园丁之妻，为克露顿所逼，惊悸而亡。今既遇华磊，如入光明之域，气亦稍稍舒。华磊曰："汝来良佳，今当助吾觅姑娘。"园丁慨然诺，私语曰："上帝福余。吾之躯命有所托矣。"然踏破伦敦，迄无影踪，徒懊丧而已。

此可怜之少年华磊，已如狂醉，意女或死，则此时埋香骨于邱墓，而已身亦如巨浸中之破舰，当立沉海底，不留形迹。意想所及，竟至魔境，见荒台垒垒中一抔新土，草色依稀，冢中即其妻，已则哭拜于前，颓然而晕。迷惘间，似有人牵臂而语曰："汝妻未死，后此尚有良美之结果。"复大疑惊觉，希望复生，筹思至再，决计登报以召之。

（六）

三日后得一笺，署末为婉娜。嗟乎，华磊此生之快意，当无逾于此者矣。展读数四，尚不知书中作何语。拟再读之，防为人窥，复叠之缕缕置囊中，趋卧室，顾此书初无犯于人，以失望之余，竟获得之，为状竟类狂痫。以书中柔情绮语，为一人所独享，脱有窥伺，必报以利刃。至所载之语，则为今晚十一时至恩谭街，三百十一号之黑色屋，聊叙契阔云云。

是时园丁甫入，即以此语告之。园丁喜甚，昂首呼天曰："姑娘未死耶！"二人乃议决，园丁以十时往，已则事毕即去。盖华磊至伦敦，已受某学校之聘，每夜以音乐课其徒众，日间栖身旅舍。觉是日较长，此淡黄色之日光，竟迟迟不愿去。壁上之钟，亦似病妪，鸣声不肯速报。园丁亦焦急，时向通衢行，或于墙隅计出穴之蚁。至钟鸣九下，园丁不待命先去。华磊循例课徒，至十点五十分始课毕成行。

自学校离恩谭街，途径颇修，荒僻亦甚。时天高月黑，靡望老树丛生,略无宇脊,怪鸟长啼如鬼啸。以一人行其下,不觉毛戴,时以碎石拌足几颠,愈怖。思身为男子震恐如鼷鼠,得勿为妇人笑。乃振其胆,步履顿疾,闻壳壳之声,鬼念遂却。而所期望之墨色屋同时亦发现。屋耸然高矗,四围以森林及荆棘,状如执兵之卫士。举目不辨一物,思婉娜何以爱是屋,而蛰居于此。拾级而上,见门有隙,推之立辟,似有人出入未闭者。望之黝然作深黑,惟楼窗中似有灯火,乃大呼婉娜及园丁,声息俱无。意园丁或未至,婉娜倦而沉睡乎?方欲登楼,一举足即坠入坑内,坑深及顶,幸所挟巨杖尚横梗其上,攀杖力跃起。始悟中人奸计,私心窃幸躯命尚在,乃寸步而行,恐尚设坑于他处。顷之,得一梯,比至楼,则所谓婉娜及园丁皆未有。即机案等物亦不一置,惟小烛粘地上时摇其惨淡之光线而已。华磊得烛胆稍壮,以楼中无他异,复秉烛[1]下楼,见四壁垒垒皆巨大之煤块,故屋外之颜色亦相等,盖煤栈也。以人迹罕至,故得中奸人选,脱死百人,亦无所觉。复至来时之坑,见一人屈曲卧,血沫涌出。嗟乎,此何人?园丁也。坑长数尺而甚深,内一版,长短与坑等,版上载利刃五,园丁之死,即刃穿胸部及脑际也。华磊大震,以齿啮唇几出血,一烛已落,火光遽灭。此时黑暗中与陈尸相伴,战栗不已,几失声号,惊恐之余,念婉娜不止。正于是时闻门外有纤履声,急趋出,婉娜拽长裙亭亭而至。惊喜交并,急负女力奔。婉娜大啼,然迄无应者。至数十步外,已力不能支,女大怒曰:“恶贼赚侬至此何作?”华磊喘息曰:“卿试观我面。”女视良久,愈怒曰:“轻薄儿手段竟如此!”华曰:“我诚冒昧。我今出此,神魂安矣。卿之怒我亦当。虽百鞭吾身,吾亦胡怼,然乞稍留余地。盖吾辈之险已脱,把晤已如隔世。”女曰:“胡云险?君不以书召侬至此耶?”华磊瞠目曰:“书乎?卿之

① “秉烛”,原文作“秉独”,据文义改。

来书,吾固无由报覆,岂因兹致卿怒乎?"女曰:"久不面君,寸心几碎,不意君病深如此,出语突兀,令侬生怖。侬以昨宵得君书笺,约来此。既相见,复如此见待。休矣华郎。"语声凄咽,泪涔涔下。华磊大悟,跃起曰:"吾二人殊孟浪,得荷天佑亦幸矣,几为人所算。吾侪所得之书,悉为赝冒。今尚有一事告卿,园丁已死矣。"女曰:"彼死乎?君何由知?"华曰:"彼死实为卿,以悔恨之余,急欲得卿以自赎,且为状颇惨。盖死于黑色屋之陷阱中。吾初入是屋,亦几陨。幸吾力至伟,得脱。卿亦踵至,吾故不暇预告,急负汝力奔。"女仰面视华磊曰:"侬殊梦梦。幸恕其孟浪。"华柔声曰:"吾爱卿,前此觅之至苦。卿之处境若何?"女曰:"侬至此后,心至念君,处境艰苦。今已得友人介绍为人保傅,得资甚菲,聊度岁月耳。"既而曰:"为时已久,侬当速去。居停端严,逾时必见责。"华曰:"诺。吾送君去。"女曰:"否。君第自归。侬居威尔森街八号,距此密迩。"婉娜去后,华遵旧道归。且行且思,至黑屋之右,闻马蹄声自远至,乃匿身树后。见来一马车,车中似有三人,距黑屋数步即止。二人相语甚微,一人曰:"为时已久,谅已达吾目的。"一人曰:"趣入探之。"此人似踌躇曰:"是中深黑,吾怯不能前,更一人下。"于是二人入,须臾复出,面色张皇,咸曰:"败矣。彼二者,已俱遁。而园丁之死,实为吾侪意料所不及。"一人低声曰:"此物终在吾辈之囊底。彼之居停,即吾好友。明日当嘱鸩毙之。"华磊听至此,频顿其足,马车亦遂去。

(七)

明日,各报纸均载某煤栈中之凶案。陈尸于市,并陈其版及刃。众论哗传,然迄无识者。警厅掩葬后,即严捕凶手,实则仅循例耳。以英伦之繁丽,群盗之手段,较公家侦探,两皆匹敌。故警署中积案累累,为时既久,仅成疑案而已。是日下午,华磊斗忆密达劳夫[1],急往面之。密达劳夫见华磊入曰:“孺子迩来何作?”华曰:“唯。吾今来有求于长者。幸俯允焉。”密达劳夫年鬓既长,阅历至深,其貌和尤蔼,须发皤然,长日惟据案高坐,静观徒伙之交际,斥恶奖善,凡有弊端,洞悉无遗。是时见华磊神色不属,面有倦容,徐掩其手中之簿册,以手拍华磊肩曰:“吾至爱之孺子,尔第告我,必为尔助。”华曰:“吾事为万勃尔姑娘也。”语时,为状至悲。老人错愕良久,曰:“汝言婉娜耶?”华曰:“然。”因告以昨宵事,曰:“伤哉此女。”沉思久之,曰:“吾今作书与尔。绍介吾友屈司登柯柏尔处。吾当觅婉娜至,与子面也。”

吾书当更叙一人矣。其人为法国之商人,来自巴黎,状短小,颇具干才,目灼灼视人不稍疏。以乔居未久,人亦无悉其家世。膝下有娇小之儿女三,佣有保傅。此保氏之丰姿秀媚,婉淑如天人。此三儿尤为所钟爱,每当风清日丽,于柳阴秾翳中,辄挽睡车蠕蠕至,其余二儿酣呼憨跳附韧于裙角。是日遇一老人蹒跚至,喘息作牛声,熟视女郎,面色甚惨沮,曰:“女郎其万勃尔婉娜耶?”女错愕曰:“翁何事?”曰:“姑娘,汝夫已临命。嘱吾晤姑娘,一息尚存,愿与姑娘诀。脱稍迟不及矣。”言甫毕,女已盈盈泪堕,俄顷曰:“吾居此如囚,严扃吾躯弗令出奈何?”既而曰:“脱吾夫死,吾亦当归尽矣。”回顾其最大之儿曰:“码克,汝趣入语汝父,我去即来也。”乃匆匆去。且行且频以巾拭泪,步履之疾,乃无伦比。遥望华磊直立楼际,女回顾曰:“吾乃目翳,顷间似睹华郎,然已不见。”老人曰:“女郎趣缓步。此地多沙石,恐跌也。汝夫固未曾病,吾诳耳。”女曰:“翁何见诳?”曰:“诳为汝夫所嘱。且女郎前固识我者。”女直视久之,始悟曰:“翁其密达老夫耶?”比至,华磊立门次,张其两手如环以待女至,抱女而吻之,并谢密达劳夫。

---

① “密达劳夫”,原文作“密达老劳夫”,据文义改。

自此婉娜与华磊同居乐甚。长日以诗文自遣,不事出游,盖恐为奸人所迹得。屈司登之屋极宽广,壁作淡黄色,楼窗之外,附以浅碧之平台,车轨蜿蜒可瞩。一日,华与女凭栏闲谈,有一车疾驰至,适有一中年之妇人,怀抱玉雪之婴儿,并将两儿于身后,拟越轨行。方及轨道,后随之两儿,步缓,车已频及,相离仅数尺,司机人大呼,众亦狂呼。儿皇惧,扑于轨。正危急间,忽一犯自车跃下,衣血色之衣,手足均加缧绁,急切不能脱,竟以齿啮儿衣,齿不胜重,已折落,儿竟无恙。时车已停,路人群拍掌欢呼曰"侠盗侠盗",复大呼藉欲脱其罪,须臾议成,得警长宣布,须监禁数月令归。诸君亦知此囚盗为谁?即万勃尔第内之窃儿也。以盗物而误伤主人,为逻者所得,拟流极边。其名曰范白森,即安莲侍婢雪儿之夫。以贫薄故,夫归睽离已数载,各谋生计。然所事屡经失败,视他人之蓄妻孥者艳羡不置,故出其单纯之思想,盗人财物,欲得钱足以蓄妻子为止。未几蹈法网,然胆略素富,见儿垂毙而拯之。初无他意,既得赦罪,亦大乐,思我夫妇之缘固未尽耶,于是鞠躬面众申谢。众哄然散。婉娜与华磊亦入。

(八)

婉娜至伦敦已数月,时已入秋,气候至萧瑟,且多雨。道路常泥泞,人皆居家不敢出。婉娜闷甚,幸屈司登夫妇时就谈,稍解寂寞。一日,晴霞陡放,昵华磊出游。盖女恐受人算,出入必依华磊。是日过市,见肆中陈一胸①针,女辨为己物,恍意前此失物累累,此针亦与焉。赎之,籍询肆主所从来。其人思索良久,曰:"质此物者,为可怜之妇人。衣极繿缕,且病肺,行时咳嗽不止。面目尩儴,自言质此作瘳病计。"言已视女曰:"姑娘与是人亲乎?脱亲

---

① "胸",原文作"胸",据文义改。

者,可检吾簿籍,得其住址。”因翻覆久之,示女曰:“即此是也。”女验其名曰雪儿,宿一下等之客馆。婉娜遂去,复购果饵数种。既至,雪儿已濒危,声息俱无,奄卧一破烂之榻。一数岁之小儿蹲枕侧,呀呀学语,似唤其母,见婉娜,连呼曰:“妈。”婉娜逗之笑,儿复羞,急以手引絮被之角遮之,然犹露其蔚蓝色之目,向女偷觑。其母亦惊觉,双眸微启,见有人伫榻侧,曰:“谁耶?”女曰:“雪儿,汝不识我乎?”雪儿闻声,两目渐巨,曰:“非婉娜姑娘乎?”语时喘息不已,复视华磊曰:“此先生为谁?”女羞,忽遽不能答。雪儿知意,乃微笑。此可怜之病妇,日处愁惨之境,此时之微笑,为其最后之愉快矣。时窗外之人大集,以彼二人之风度,大类贵爵夫妇,以下等社会之心理,恒好评骘人之美恶。妇孺尤啧啧叹羡。移时,雪儿语婉娜曰:“向者吾渴念姑娘,然力竭不能与。姑娘亦知吾罪至重。当时致使姑娘受无穷之困苦。盖前此吾方病卧一中等之逆旅,邻室适姑娘居。吾以病无药饵,屡上书与克露顿。彼回书令吾窃君物。吾彼时急欲瘳病,不复他顾,故尽得姑娘之衣饰。”女曰:“彼何由知我足迹?”曰:“彼于君来之第二日,即有人至。复严扃我口令勿言,言必置吾死。嗟乎,吾迩时如风中叶,不复有一丝自主之权。”语已,执婉娜手曰:“姑娘,吾此时大命近止矣。脱不见者,则吾灵魂中必挟无穷之隐恨而去。然吾尚有求姑娘者,吾死后,能为养此呱呱,俟吾夫寻觅时还之可乎?”语时声渐惨,枯腊之面,满被其泪。儿见母哭,亦哇然啼。婉娜亦哭,思己于儿时,为状正复类此。然力抑其悲以劝雪儿,并告以园丁已死。雪儿闻言曰:“伤哉,天下为恶之人均无善果。”时天色垂暮,华磊催女归,知久羁无益也。女犹不忍别,慰抚良久始去。旅主人迓于门,脱其帽以表欢送,并言此妇病革,约明日复来。至明日,则此久病之人,竟离五浊世界以去。人方忙碌,以素帛裹尸身,令其入榇,资悉出之华磊。

丧事既毕,乃携儿归。婉娜爱儿甚,置诸膝,逗之作笑。妇人之于小儿,大似磁石之吸针也。华磊是时才名雀起,偶著一论,或著一书,或于某会场一演说,颇动时人欣慕。品性尤佳,每作一事,必就其适当之地位,并参以极明了浅显之理由,以故得为伦敦之名教师。人咸与交,华磊漠然无动。盖彼视此类人,转不若村童农人之有真趣。且以己身之幸福,不在荣誉而在未婚妻之爱情。故事虽冗繁,亦必走视婉娜。或清谈或论文,或助之作种种消遣。婉娜大乐,以华磊之得佳誉,每引华磊之臂,喃喃致贺辞。盖妇人心理,恒好虚荣,自思得为才人妻,较为万勃尔女为乐。华磊顾之而笑曰:“吾得卿至荣,荣且无上。卿何弗贺我?”此时为状至甜蜜,女羞赧曰:“否。侬村女耳。何足贺?”华磊沉默久之,曰:“得誉固佳,然吾非乐此。须知登高者跌亦重。久久如此,人必嫉妒而谤毁我。且此间人无真是非,脱他日报纸有片语之诋,彼辈必相率而唾我。故吾意不欲久居于此。然卿亦知我前此固贫窭者,后此自理生计,得钱悉贮之密达劳夫之银行中。吾意更图贮蓄,且此际隆寒,气殊萧索,以卿体弱,不耐风尘。吾意欲于明岁春间更归孟克司村,就村中牧师以成礼后,当偕卿之瑞士游,此吾一人之私度也。吾爱,汝欲何语,吾必如尔愿。”女仰首视华磊面曰:“吾夫,吾乐甚。吾意亦如君,更无他念。即欲吾处西伯利亚之冰窖,吾亦安适。”于是二人互亲其吻,华磊遂别去。

(九)

是年,婉娜于伦敦度冬。虽风雪凝寒,而风景之奇丽,乃无伦比。且膝下小儿亦渐肥硕,以故得破沉寂,为时至易。转瞬已至年底,寒威尤甚。一日婉娜以寒故,停其针黹,一人独出。以不辨途径,左右彷徨,仅择林木丛生处行。时木叶尽脱,仅露枝干,亦有矮小之冬青及丹黄之枫樾,于风中飘舞而已。偶有小鸟,亦僵立树梢,埋其颈于胸际,时作啾啾之声,似告人以寒苦。信步至此,离屋已数十步矣。因依一巨树以眺望,而雪花骤下如掌,乃蹇裳急归。时天已垂黑,既至,见远处尚有二人,蹒跚至,意或屈司登与华磊中途相值,故来此。然细审亦非是,乃至客厅之窗隙窥之。二人果至,一人踌躇曰:“吾仿佛见一妇入此,状似婉娜。”婉娜大骇,盖克露顿之声也。其余一人,复辨为羿生,询克露顿曰:“尔能言所见至确乎?”曰:“何谓不确?”俄顷曰:“忆之,此物至狡狯,以吾辈数月之辛勤,今乃得之。”又曰:“可恶之天。脱勿雪者,吾当守之勿去。”于是二人遂去。婉娜亦登楼,思己身为贫女,当脱然无所累,不图尚有人窥伺左右,思之亦不得其理。

明日,华磊来矣。其来初非一人,密达劳夫之外,尚有一少年,体格甚修伟,声宏目巨,状如古代侠客。密达劳夫曰:“我为若辈介绍。”语其人曰:“此为婉娜姑娘。”其人乃鞠躬甚谨。复语婉娜曰:“此人即于车中救一小儿之范白森先生也。”三人既至,室中亦渐暖。婉娜蹀躞往来,为彼等整茗具。此时之室中,不复如前之阴寂矣。密达劳夫善谈,尤善叙其少年之历史,以生平所见尤极怪异,故人多倾听勿倦。即此数岁之小儿,亦敛其憨笑之态,注目老人之面。范白森微叹曰:“佳哉此儿。”因语华磊:“吾前亦有小儿,吾方出时,尚在其母乳下。以年岁度之,当与是儿埒。吾甚悔前此与妻分别。仿佛闻之,似在村间。”语时,以手拊胸际曰:“吾囊中羞涩,即得之,何以为家?”盖数年前,范白森为某银行之徒伙,因识密达劳夫,后以被谗见罪。至是既出狱,遂谒密达劳夫,求谋职业。密达劳夫果允之。方范白森语时,婉娜瞠目曰:“汝言妻尚居村邪?汝妻究谁者?”曰:“吾妻之名谅已更,前名为雪儿。”婉娜闻之,凄然曰:“吾今以一语告君,幸勿悲悸。雪儿已丧矣。吾受其嘱,以此儿还君。”范白森无语,两目直视,少顷,泪涌如泉矣,手抚其儿,吻儿之面曰:“儿真肖母哉。”语未竟,几失声号。华磊默然。盖婉娜未发语,已预审其悲状,故恬然自若。密达劳夫起,观壁上画,以暮年不耐闻凄苦声,聊以解释。婉娜则详告雪儿之死状,范白森大怒,力握其拳几碎,曰:“恶奴,彼鸩其父,复死吾妻!”华磊曰:“彼乃鸩其父耶? 尔何由知?”曰:“吾前此以贫故,窃物于彼处。彼之隐事,乃为吾窥破。既鸩其父,复窃遗嘱。彼时吾拟鸣警,然吾亦罪人。既逮捕,此心常耿耿。”语已微叹,移时复曰:“此仇吾必报。吾今当报之警署,不则何谓好男子?”因持帽及手套匆匆出。华磊曰:“君去吾亦愿行。”二人遽去。密达劳夫怡然曰:“勇哉孺子!”又曰:“兹事吾亦疑之。”语婉娜曰:“姑娘后此尚归万勃尔第乎? 以吾之意,此巨资他日必为姑娘所拥。”女愕然曰:“丈何言? 吾非万勃尔子也。彼家自有裔嗣,且吾更不欲得此非礼物。”密达劳夫遽起曰:“姑娘以汝之姿容,自应有此高洁之思想。”盖老人之为此言,特用以试女,见女言略无私意,因叹息而去,默念此女殊慧而耿介。

读吾书者,应思克露顿何作矣。克自睹婉娜寄屈司登家,复运动其脑中之机械,如巨兽之得小猫,思种种之良法以图吞食。复遣其仆以守之,仆怨其平日寡恩,呶呶不已。克瞪目曰:“尔勿语,语者必令尔尝此。”克手中所擎枪也。仆大恐,跄踉出。是晚羿生至,见克露顿曰:“趣行趣行。吾侪事已败露。侦探四缉,必得凶手而后止。”克曰:“告者何氏?”羿生曰:“其人为范白森。”克闻言大骇,曰:“是人已赦耶? 吾辈今晚当归村间。”于是二人共坐一车返。明日,克露顿之仆,伫立门次。一丐伛偻至,面目㑌瘦,向仆曰:“先生其有面包之屑以赐我乎?”仆不答,丐又曰:“先生固慈善者,谅不吝也。”因出枯脊之手拊胸曰:“吾老且病,不得食者已二日。”仆心动,向丐曰:“汝稍待,吾有以赐汝。”丐唯唯。仆既去,丐乃凝目四注,忽见园墙所列之版,曰:“得之矣。”急取一版而去。仆出,四觅不见丐,因大疑,走告克露顿。克露顿适与羿生争执，势且欲殴。搿生持钱帖，复出遗嘱以示克，克怒而吼，乘势扑取，意欲毁之。此时突有数人入，大声曰“止”，攫遗嘱置囊中。二人惊战不止。方纷扰间，砰然一声，则克露顿已倒地，搿生意欲遁，乃被数人所挟而去。

（十）

搿生既受审判，以克露顿既死，定搿生以远禁之罪。遗产悉属婉娜，乃与华磊归村间。屈司登夫妇不忍别，亦随往村中。律师乃行其第二次遗嘱之宣布，村人多愚朴，闻此事至奇，群至。密达劳夫仍司遗嘱。至此，乃出遗嘱朗声诵曰：

嗟乎婉娜，此书入汝明妙之目，则吾之灵魂已舍此扰攘尘寰而去。吾年既稀，是死亦无戚。惟吾至爱汝，以汝为女。今一旦奄化，汝万勿悲戚，以贻泉下忧。资产十万磅，悉以畀汝。每年二百磅以予吾子，俾弗沦于乞食。吾生无罪戾，倘得幸邀天录，吾当仰乞天主，褒尔以无穷之幸福。嗟乎吾女，汝心至灵慧，当知老父虽死，而爱汝之心，永无沦灭之期。愿汝珍重。特仑万勃尔手笔。

众闻之垂泪。婉娜失声哭，念伯爵父子之死，为己一人所招。密达劳夫亦悲伯爵已死，己身行亦就木。此时室中沉寂，人人咸想像伯爵生时之仪范及行事。俄而哗声骤起，群趋婉娜致贺。婉娜呜咽致谢。众遂散。婉娜则趋老伯爵之墓。越月，婉娜与华磊结婚矣。其婚礼之盛，吾书亦不烦赘述。今有一事以告读者，则前次所失之白牡丹，竟于婉娜结婚之日，于安莲家见之，亦如前此迎风展笑、妩媚迎人之态度，转呈其得意之色。安莲以羞不欲见人，竟绝迹于交际场。婉娜者，其美中慧者也，今睹如此，靡增悲感。思彼亦敏慧而有殊色，其际运不如我，乃反复劝慰，并约为姊妹。此时之安莲，忧父伤已，见婉娜至，则惶然惊避，状如惊鸿之逝。继闻婉娜之温婉，始凄然而哭，后此骄傲贪嗜之性顿除。

一日,人见村口停车处,柳叶浓阴中,有一美妇及少年絮语,膝下小儿数人,争逐嬉戏,时牵此妇之裾曰:“娘,阿妹误蹈泥淖中。”妇曰:“檀悉勿声。”儿遂去。此二人即数年前之婉娜及华磊也,嬉戏之儿,即其子。所立之地,即为二人情根滋长处,故每届月夜花朝,辄就此闲话。若此处更置一白发婆娑之老伯爵,则尤当尽乐。今伯爵已永归于静矣,仅余彼等以无穷之怅触,与绵蜜之情爱,恒相厮守于无穷尘海而已。然日月既有盈昃,人事亦难图美满也。

——《眉语》第一卷(1914)第一号

高君珊

高君珊(1893—1964),福建长乐人。1925 年毕业于美国哥伦比亚大学,1931 年获美国哥伦比亚大学硕士学位,曾任燕京大学副教授,中央大学、暨南大学、震旦女子文理学院、大同大学教授。中华人民共和国成立后,历任大同大学、华东师范大学教授。她著有短篇小说《母心》,译有小说《慈母泪》等。

慈母泪

时为傍晚,暮色迷漫,渐涨渐大,瞬息已幂全地。菩提树下,荒冢累累,深黑不见五指。然树荫不及之处,尚朦胧有微光。溪涧之上,白雾蒸腾,语声喧嘈,出自其中。河旁巨炮,寂然不作隆隆之响。冷风烈烈,刺人肌骨。天上明星数点,闪闪作光铓。对岸黑物隆然而峙者,小阜也。一轮圆月,出自其后,大如盘,色赤而暗澹,不作灿烂之照人,若示人以不祥之兆也者。时余语部下曰:“戚达,尔其留意此间事,瞬息工竣矣。今余至彼处战壕中,一观若辈所事如何。”余言毕即行,既至,见新壕已成,兵士坐憩其中。军曹见余至,言曰:“先生,吾侪事毕矣。”余曰:“壕深乎?枪眼坚乎?尔速遣两卒守两壕相接之地,以备不虞。”军曹曰:“诺。”已而余又谓之曰:“买苛,余知尔善尽尔职,不必余之絮絮。第明日恐将有恶战,尔从事兵间历有年所,必谙于战争之事,娴于驾驭之术,不至贻陨越之羞,此则余所深知者。惟有一事,宜切记勿忘,明日吾辈当死守此地,至力竭身亡然后已。”军曹应曰:“先生所诏,下走当谨受教,且舍此而奔,奔将安适?此壕为吾侪之安宅,亦即吾侪葬身之所。”军曹言时,状甚镇定,若以此地为其田园宅舍,不知其为战场者。余以手抚其肩而言曰:“吾固知君为壮士,第一切之事,吾辈当信托上帝而已。”俄顷,余已返旧处,兵士坐壕中,促膝谈心,态度极从容,且谈且以雪茄烟自遣,星星之火,在暗中倍觉分明。军械堆积壕中,高如小邱,月照其上,光铓四射。时戚达坐近余旁,首俯至臆,沉沉若有所思。余问曰:“机关炮已至乎?”曰:“已至矣。”余曰:“尔曾以其二置右,以其一置左,如余所部署者乎?”曰:“然。第不知明日之结果如何,先生能臆度否?”余曰:“苟敌军军火充足,吾侪无噍类矣。不然,则吾辈可操胜著,杀尽敌人,如冰雹之杀田鼠,无一生还者。”戚达曰:“下走所度,与先生同。”久之,余问曰:“宝拉安在?”曰:“在壕中,据棺上而憩。”余愕然曰:“君何言?”曰:“宝拉坐棺上而凝思。彼常谓,棺木与坐椅,一而二,二而一者也。”时夜已深,烈风呼呼,冷气侵人,余曰:“戚达,吾侪且下壕中,当较温暖,明日尔司左,余与宝拉司右。第今夜吾辈可图良聚。”于是余等同入壕中,其内阴冷如墟墓,湿气中人欲僵。兵士或箕踞而坐,或仰卧地上,深入黑憩,或倚墙而立,以长枪支胸而假寐,目翕口张,状极疲惫。此即若辈军人度良宵之善策也。军士之面苍白无血色,自月光中视之,尤形惨澹,颇类鬼物,似无一丝之生气矣。时余二人至宝拉前,宝拉犹坐棺盖上,见余辈至,起立而迓。戚达悚然曰:“噫,君犹坐于死人之上乎?”宝拉正色曰:“实告君,吾不知其为生为死,吾心固无觉也。”时余亦据棺而坐,欲矫为镇静之状,终觉不能,似有冷气自足心直透背脊,颈骨为僵。余力驱闲想,俾得静憩片时,而万虑之来,如流水涓涓不息。时余神志已迷离,似将入睡乡,惝惚之中,自念曰，今余以生人之身，处墟墓之内，坐于柩上，事乃至奇，为余生平所未尝耳。闻目击者，颇类稗史小说无稽之谈，真耶梦耶，余不得而知之矣。或者余方患热病，脑筋紊乱，目前一切之遭遇皆幻景也。正在此际，疾风自对岸吹来，直入吾人肌理之中。余为之憬然有间。而远处呻吟呼痛之声，亦随风而至，隐约可辨。于是余觉眼前一切之现象皆实景实情，非虚幻也。少顷，宝拉忽突执余手，余愕顾，见月光适映宝拉之面，宝拉状甚仓皇，颜色灰败，唇战目张，一手高举指壕外，以欲告余以所见，而语格格弗能出者。余呼曰："天乎，宝拉，尔果何为者，尔何所见，乃震恐至是？"时戚达坐余侧，以首隐膝上而憩，闻余言，惊问宝拉何所苦。宝拉战栗而呻曰："尔信鬼乎？"戚达不解，宝拉又遥指壕外而言曰："尔独不信鬼耶？"戚达辩曰："尔之所见，殆兵士宵行，非鬼也。"宝拉曰："否，否，余非狂易，奈何作呓语？诸君请起立一觇其异。"宝拉且言且掖余起，时壕中军士已渐醒，或耳语，或起立，景象不若前此之幽寂矣。余翘首属目壕外，见坟地上一黑影，幢幢而动，菩提树枝叶参差，月光自树隙下射，黑影时隐时现于月色之中，其状甚巨。兵士皆立而观，各言所见，状甚纷纭。余曰："尔辈勿喧。"兵士皆默然。时黑影愈行愈近，已而出菩提树荫，全身涌现于一片月色之中，谛①视之，盖一老妪也。妪步行甚疾，行数武，必俯视地上，似有所觅，且喃喃自语，依稀可闻，但不辨其何言耳。少顷，妪行渐近，去余辈仅十数武之远，且行且俯首至地如前状，口中微呻曰："此马拉之坟也。"行数武，又曰："此巴拉之坟也。"已而又微喟曰："开椰瘗于此，然则彼必在是矣。"语甫毕，妪忽噭然而号，声至凄怆，竟投身于一新坟之上，两臂拥累累然之土，且哭且呼曰："天乎，此墓毁矣。此墓竟毁矣！"已而又喘息向言曰："嗟夫，谁乃忍

---

① "谛"，原文作"睇"，据文义改。下同。

心发其冢耶？彼为国牺牲其性命，牺牲其快乐之光阴，此尚不足，乃至死后其骸骨不能安其新居。天乎，惨矣！此墓被发，其痛倍于以利刃剜余肺肝。嗟夫，尔等何不先死余耶？今墓毁矣，尸乃安在，榇乃安在？尔等亦尝起其遗体，解其缚而验其伤痕否耶？”老妪且泣且言，声至凄楚，闻者酸鼻。已而忽起立，颠蹶者再，竟坠于壕中。余辈扶之坐于榇旁，戚达微言曰：“此即坟中之榇也。”妪闻言，立跪地上，以手抚榇几遍，且喃喃自语曰：“是矣，榇在此矣。”如是不已，且言且伏榇上，以口亲之，涕泗汍澜，全身皆战。余有生以来，从未闻悲怆之声，有至此极者。少顷，哭声渐低，最后仅余微呻而已。良久，妪忽仰翻地上，手足皆僵，首触榇上，砰然有声。宝拉见状，微呼曰：“死矣。”戚达趋至老妪前，扶之起。时头巾坠地，斑白之发皆见，额上伤痕，隆然作红色，两目紧闭，知觉已泯，良久微动。戚达呼曰：“速以水来。”妪呻矣，余乃以水蘸[①]妪额及顶，时壕中士卒皆至而观，环立如堵。其中有一人微叹曰：“此人母也。”又一人曰：“伤哉老妪。”又曰：“嗟夫，慈母乎？吾侪皆有母者也。”久之，妪知觉渐复，张目而视，双眸尽肿。伤哉，此慈母之目也。妪凝视良久，复奔至榇前，以臂拥之，首枕其上，振其疲弱之音吐，呜咽而言曰：“吾儿，吾亲爱之儿，告阿母，彼等曾伤尔否乎？”宝拉问曰：“此尔子耶？”妪揾泪曰：“然，是吾子也，是吾独子也。此子为吾之希望、吾之幸福、吾之性命。此子亡，吾不能独存。吾见吾子之双眸，不羡日光之灿烂；吾见吾子美丽之发、玫瑰之颊，不羡花之香、叶之美；吾见吾子广颡之光润，不羡蔚蓝天色之高朗。嗟夫，蜜不甜，花无色，鸟声不婉转，惟吾子果敢之心肠，朗朗之音吐，长留吾心坎耳目中。嗟夫，吾子实吾之灵魂性命。余以爱子故，不知有天地日月花草之可爱，以天地日

---

① “蘸”，原文作“醮”，据文义改。

月花草之美,实钟于吾爱子之身。今吾子亡矣,吾将奈何?”妪且哭且诉,或断或续,其声凄切,言毕时,又顿足恸哭不已。兵士环立而观,皆为动容。戚达挥之令行,兵士皆怏怏各就己位,耳语太息者久之。已而寂然,惟闻此丧子之母悲啼之声而已。少顷,妪起立,执余手而言曰:“君辈岂欲毁吾子之墓,使不得安其所耶?岂欲暴其尸以饷狗彘耶?今老妇在,必不听尔等为所欲为,必以性命爱护死子。嗟夫,吾儿毋忧,阿母在此庇尔也。”言时坚抱棺木不释,似欲举之以行,置之于安适之所也者。宝拉见状,大为感动,因跪老妪之前,泪承于睫,恳切而陈曰:“嗟夫母乎,吾侪誓不加害贤郎之身,当竭吾力庇护其遗蜕,使无暴露之虞。吾侪素与贤郎善,贤郎生平实一可敬可爱之壮士、国家之栋梁,亦即吾侪之良友也。”妪闻宝拉言,愕然谛视其面,久久弗已,似未解其语意者。已而忽亲宝拉之额,状极慈祥,且曰:“吾知君乃吾子之良友、吾子之伙伴,君实一壮士,吾子亦然。意者君有贤母,方悲哭惨恸,若老身然者,特君不见耳。嗟夫,吾子人子也,诸君亦人子也。特吾子已亡,而诸君之死或在俄顷间耳。嗟夫天乎,岂吾辈生子,特以供人鱼肉乎?岂为人母者爱其子为非分,应遭此惨劫乎?诸君幸勿断老妇语,老妇固知诸君所欲言者何,诸君意必曰,国家需人之秋,吾辈分为国民,应当披甲执戈,以卫社稷。卫社稷,即所以报阿母也。嗟夫,诸君之意甚善,即昏愦如老妇,亦知保卫国家为男儿之天职。故当吾子别余之日,余忍痛送之。初未尝留一滴伤别之泪,吾子行时,语余曰,母勿哭,宜自庆得生儿为国效力。吾母二十余载鞠育深恩,今日即儿报答之时也。别矣阿母,行再相见。吾子言毕,掉头径去,行时嘘气作歌,状甚果敢。余亦为深喜不已。越数日,余入医院执看护之役,洗创痕,调汤药,弗敢稍懈。余以为爱护兵士即爱护吾子也。吾子时有竹报,告以平安快乐,且嘱余勿戚戚忧虑,彼觉慈母之爱情,时拥护左右,使彼身不至有险厄也。忽一日——天乎,一日,余入院,见一新来伤兵,首部重创,僵卧榻上弗动,余近视之,天乎,天乎,此即余之爱子也。余惊骇之余,跌于地上再,时吾子面目已改旧观,仅五官模糊可辨耳。嗟夫,吾子惨状,余不忍缕述,面部深黑,双眸严闭,目之四周,或红或紫,不忍卒观。余亲之,呼其名,与之语,皆昏昏不省,继撼其躯,吾子始微启其破烂之眼睑亲余,继以呻吟之声,瞬息即复僵木为故。伤哉吾子,盖已喑不能言,不复能道其痛楚,于其最亲爱阿母之前矣。即双瞳亦已失其作用,虽余在其前,亦如无睹。伤哉吾子,余不忍为诸君缕述也。逾日,余入病室视之,时医士方为理创,余见吾子之顶,已濯濯如不毛之地,其美丽之发已尽薙无余者。首部伤处深陷,血流如渠,斑斑落衣襟上。越数日,吾子之魂已悠悠然离浊世而登天国矣。伤哉,吾子创重,知觉全泯,虽死于余怀中,终不知其临命时所枕者,即其生平最亲爱阿母之臂也。伤哉,嗟夫诸君,独不知余之惨痛为如何耶!余非怨政府之不仁,亦知国之可宝。惟恨吾爱子之死,余不得与同瘗窀穸中耳。嗟夫,诸君当知为母者丧其雏,即苟延残喘,亦复何乐。苟痛哭流涕者仅老妇一人,夫何足惜。第今日哭子之人不啻亿万,布满大千世界之中,哭子之泪足以泛滥全地球而有余,丧子之服足以使日月无光,伤子之痛可以了母氏之余生。嗟夫上帝,何不赐我速死,吾不能生存于世,而丧吾子,丧吾心,丧吾之灵魂也。"妪言时,音吐渐低,既毕,复恸哭不已。吾辈僵坐而听,有如木偶,时万籁俱寐,似死神将命驾降临者。

吾辈坐听老妪述彼伤心之史,历时几何,亦不自知。虽冷气频增,吾辈几如无觉,尘沙枯叶为狂风所吹,飞舞空中,或坠入壕内,声如波浪汹涌,势甚猛烈。吾侪皆兀然不为动,时我等虽处于窀穸之内,去死渐近,然无一震恐者。且吾辈此时,初不愿念及目前及未来之事,以目前及未来皆可怖如黑暗之怪洞,一念及之,狂易作矣。时人人皆俯首枯坐,作其末次之回想,于其脑海中苦索往时之乐事,咀嚼而细味之,觉至可口。每追忆及从前美满之光阴,似见皎皎阳光,遍罩大地,世界中满贮希望快乐者,及开眼一视,万象皆非。吾辈正在蒙眬①之中,忽对岸火光一耀,大地光明,继以砰然巨响,地为之震。人人如梦方醒,一切幻想皆消灭无痕迹,而神志亦为之一清。老妪惊问曰:“此何声耶?”宝拉曰:“殆我军已渡毛拉伐河,桥毁矣。”继又顾余曰:“铁杵行将着铁砧之上矣。”余闻言,为之悚然,于是婉告妪曰:“媪请离此,今其时矣。”妪亲余良久,始强笑曰:“何哉?离此耶?离此安之?吾焉能舍彼而行,休矣先生。”宝拉曰:“战事即在俄顷间,此地行将成齑粉矣。媪请速行,不然不免。”妪微语曰:“死固余所愿也。”余见妪固执不移,颇形焦悚,私念妇人处战壕之中,与士卒同尝枪林弹雨之滋味,实为空前绝后之奇闻,于是复执其手,婉劝之曰:“事急矣,媪请速返尔家。”媪曰:“家乎?余家安在?君当知为母者丧其子,即毁其家。今余之所谓家者,窀穸耳。且余已身入其中,又何归为?”宝拉亲妪枯瘠之腕,恳恳而言曰:“母乎,请垂听贱子所陈。今母之留为势所不可,理之所无,万难实行,不如归休。”媪遽应曰:“何谓不可,何谓不能?且老妇非风狂者,处此何害诸君事?嗟夫诸君,独不见吾子尚幼弱无知,如其初生时耶;独不知吾子尚需其母之抚育爱护耶?”宝拉曰:“母勿忧。吾侪固在此护贤郎也。”妪摇首曰:“君辈男子又焉知育儿事,惟为母者始知之耳。幸听老妇处此,勿亟亟相逼也。”妪言毕,忽回身面余,屈其双膝,牵余襟哀恳曰:“嗟夫先生,请垂怜老妇,老妇一无告之人也。今虽丧吾子,然得傍吾子而死,老怀尚可少慰,则先生所赐多矣。”余木立无动,左右不知所可,第觉心房跳动甚剧,若曰,听之留,

① “眬蒙”,疑应作“蒙眬”。

听之留。时戚达至妪前，令曰："媪必速行，勿作犹豫之态。"妪怒曰："行乎，必行乎？谁能促余离此耶？谁作此忍心害理之事，析人母子耶？吾辈为人母者，虽甚慈祥，然一旦有伤其子者，必出死力与之致命，不肯稍贷。吾谓必出死力，君其闻乎？"妪言时，张其双目，气咻咻然，且伸缩其两腕不已，似将与人抟者。戚达大怒，呼曰："是人狂易作矣，速以两人来。"余问曰："君将何为？"曰："吾将以强力捉之行耳。"余厉声曰："戚达勿尔，速就尔位。"余与戚达共事以来，此为余第一次以长官口吻诏戚达也，戚达闻余言愕然，已而向余行礼而去。于是老媪遂留，其快可想。此时，余思潮起落万丈，念人至可宝者性命，乃当急切之际，轻之如鸿毛，弃之于一掷，无所顾惜。且往往区区之事，于此无所增损，于彼乃有莫大之幸福快乐。今上天赐余以加人幸福与人快乐之机会，而我卒不吝而为之，彼伤心慈母丧明之痛可以少慰矣。

是夜至长，漫漫黑影，似永无光明之时者。久之，始见沉寂天色中放一线微光，忽闻对岸山谷中枪声一响，已而又续发三响，隐隐闻有鸣笛声呜呜然。少顷，左方又发四响，壕中战士闻声皆一跃而起，执枪向外，精神贯注，勇气百倍，盖恶战伊始矣。初交锋之时，状甚猛烈，兵士酣①战如被酒，踯躅暗中，不知方向，至于姿势地位，皆非所顾。布尔加利亚人自负常操胜着，欲一举而获，乃以巨炮向各方而发。盖若辈效德人战术，先尽歼敌人，而后稳步前进。余见此辈妄发其枪炮，子弹火药无一着吾侪者，不觉暗笑其愚。然其势颇猛，子弹火药之来陆续不绝，颇类一长河之水翻腾空中，将尽溺吾侪然后已者。其始敌军炮火如狂风暴雨，向山间无人之境而发，尽掷军火于虚牝。已而易其锋向左侧途径，最

---

① "酣"，原文作"甜"，据文义改。

后始及城镇。炮火激空气,作声如野兽狂奔,杂乱无序。少顷,忽有黑烟蓬蓬然,起自吾侪之前,越旧坟地,即为吾辈之战壕矣。宝拉曰:“镇焚矣。”余曰:“敌军知吾侪为彼瓮中之鳖,必不能逃其刀俎之上,而镇中人可避其锋,故先死之,而后及我也。”余言时,怒极而战,齿戛戛有声。妪闻我辈言,强笑曰:“老身留此,不较胜于居镇耶?今缓我须臾之死矣。”正言论间,忽炮火连天,卷地而来,如无数恶兽,张其爪牙噬人,声如狂飑起于汪洋大海之中,其势甚猛,指顾之间,而子弹如雨已纷纷坠吾侪左右矣。隆隆之声,耳鼓为震。俄顷,忽疾风大作,黑烟蓬蓬,迎面而至,触人鼻观,其味辛烈,吾侪气为之塞,呛噎不已。而飞沙枯叶亦结伴而来,击盔上,淅沥有声,眼为之迷。正在此际,河畔有黑点成行,蠕蠕而动,盖敌军已渡毛拉伐河矣,或者乘昏黑之际,隐于河旁茂草之中,相机行事,今时至而起也。黑点之细如线,进行甚疾,其长似无已时者。余急就电话,警告前军,因竭余毕生之力而呼曰:“第四炮队。”闻有应者,于是复曰:“注意河旁,敌军已在四千五百米①之外,速发炮,勿延勿延。”电话中应曰:“知之,请勿过虑。”俄顷,见敌人炮火连天,大地为震,子弹有越吾辈顶上而过者。于是前军亦发巨炮应敌,余以望远镜向前而观,见白烟两道,蓬蓬不息,其一适向黑点而发,于是余复以电话指挥第四炮队曰:“此着甚佳,敌军进路塞矣。今当注意其左与右,以阻其进行。”余言毕复手望远镜而观,见炮火适对敌军,烟雾迷漫,前此所见细长之黑点,断为无数小队,零落四散,或隐于白烟之中,不可复见,或伏于地,或向前猛奔,于是我军急发炮,以乱敌心。然黑点向前猛进如故,已而又有黑点成行,突起于河干,顾其所自来,余亦茫然不之知。此时敌人巨炮向前面小山猛攻不已,炮火纷纷落坟地上,葱郁可荫

① “米”,原文作“咪”,据文义改。

之菩提树皆自根拔起,飞舞空际,旧碑断碣皆成齑粉。一时大地沸腾,飞沙走石与枯叶断枝高起数仞之上,天色为之无光。时第二队敌兵为我军炮火所冲击,亦散乱不齐,分为十数段,然此辈虽零落不完,尚鼓其余气,勇往向前。俄顷已自山麓丛林丰草之中蜂拥而起,究从何途至此,则非吾辈之所知矣。时前队兵马之驻山麓者已渐向后而退,余见势不利,急振余吭而呼曰:"事急矣,速放炮,尔曹宜注意八百米之外。"宝拉亦周行壕中而呼,以鼓军心。少顷,忽见第三队人马崛起于河干,步伐甚整肃。时一哨兵伏于附近墓侧,蛇行至余前,面目污垢如垢鬼,兵谓余曰:"请告司机关炮者,走弗能至而发令矣。"兵言毕,匍匐而去。已而机关炮发,声甚猛烈,而敌军子弹亦纷纷而至,落地上几无寸土可见。子弹时从吾侪耳畔飞过,作声呼呼,如无数恶蛇相斗于空中。我军机关炮及枪频发不已,累累如贯珠,敌军第一队少退,第二队亦止而弗进,惟猛发其枪不已,子弹结巨团而来,直越吾侪顶上而去。此时大地类一巨镬,空气则镬中之流质,而土石树叶以及残肢断体参杂其中,沸腾弗已。血肉时溅及吾辈之身,吾辈耳鼓中刺激甚烈,颇类热油倾泻其内,痛不可当。口干燥至于开合不能自由,且灰尘满积其中,兵士处此炮火连天之下,眼力眩晕,神志昏乱,惟知向前纵枪,不知其他。当炮声隆隆、火光汹汹之中,隐隐闻呻吟哭泣之声,时断时续,惨不忍闻。余周行壕中,往复不已,以鼓励军心。然当时所触惨状,令人毛发为竖。余偶见一卒,受伤甚剧,仰卧壕中,头颅已碎,血肉狼藉①。兵士酣战之时,精神贯注,不知足畔有死人,时蹴其尸而过,革靴每触及其身,鲜血涌出如流水,令人不忍卒观。数武之外,一兵发枪甚勤,枪管红可炙手,其左手五指皆焦烂不堪寓

① "狼藉",原文作"狼籍",据文义改。下同。

目。兵觉之，略举手一视其创，继以微笑，因执枪而发如故，若不知痛者。余行间，又见一兵，倚壕墙而坐，兀然不少动，余逼而视之，血为之不流。盖其人双眸突出，口广张，泥土满其中，两胫已失，惟上部存耳。已而又遇一人，执枪伏地，状类假寐，余撼其躯而呼曰："速发尔枪。"其人僵卧不动，盖已魂游天国矣。死者虽可惨，然幸知觉已泯，不自知其痛楚，而创兵之惨状犹令人伤心惨目，不忍卒道。时负伤兵士至夥，在在皆是，或坐地上，且呻且缚其创，而创口鲜血涌出如注，不可遏止。猛战之士不暇细察，时踏其身而过，伤兵晕倒，仅余奄奄一息而已。

战事愈激愈烈，至此时已达极点。上帝所造鲜洁之天空至是黑暗如石洞。此石洞之中，炮子流行如火河，滔滔不绝，而轰然之响颇类疾雷狂风，令人胆碎。时生存者尚竭力放枪，惟人人皆鲜血淋漓，状如厉鬼，面部或红或黑，汗流如雨，界两颊而下，目狂张，炯炯有光，状甚忿忿，若必生啖仇人然后快者。余自死伤之中，行归原处，忽念及老妪，因逼而视之，见妪以肩巾覆槽上，两手捧首而憩于槽侧。宝拉见余至，因行就余。宝拉亦一健者，每当归阵之时，无不微笑而歌，初不知性命之岌岌，惟面色甚苍白耳。宝拉向余挥手，似有所言，然其时炮火声喧，宝拉何语，余不之省。忽有白气蒸腾，火光闪烁如电，自余与宝拉之中，疾驰而过，继以巨响，似地球劈分为两者，于时余胸次觉有物重击，仰跌于地，目前似见有光照耀，瞬息即暗。一兵士至而扶余，且言曰："先生固无恙，仅微伤耳。虽然宝拉①"余闻宝拉名，陡惊而觉，急呼曰："宝拉？"因一跃而起，趋而视之，见宝拉卧于老妪怀中，一卒扶其首，伤在颈，首几坠落。老妪睹此惨状，噤不能声，兀坐如木偶，目注伤处不少瞬，而惊慌悲痛之色似已丧其灵魂者。嗟夫妪乎，尔

---

① "拉"字后原有小字"句"。

果何思之深耶?尔慈母之心果何觉耶?尔苟能以所怀告世人,恐世界将一变今日惨恶不仁之状,而为熙熙融融之象,亦未可知也。宝拉虽负重伤,呻吟移时始毕命。嗟夫,此少年勇健之宝拉竟尔长逝矣。时双眸虽张,不能见人,发为血所湿,不作黄金之色,鼻孔中血犹沁沁出不止,其死状盖至惨也。余悲痛之余,狂吼如被创之虎,跳跃上下,厥状若风,且举足力蹴壕墙,念吾侪死耳,又安用是为屏障者。此时,怒火上腾,不可遏制,念此辈不仁若斯,又安得名为人类,直恶兽耳,彼等既不仁,我又安用仁术者,于是大声疾呼曰:"速发枪,杀,杀!"言时因俯拾一枪而发,盛怒之中,觉区区一枪不足以泄余愤,因力掷之地上。余切齿痛心,恨不能得周必脱神之雷电,一击尽歼余仇,为吾伙伴图报复,方快余意也。时战事愈烈,即空中清气亦已尽毁无余,遑论其他。生存者昏昏然亦不自知此身之尚在人间,混混如木偶。俄顷,忽有喧嘈叫嚣之声哗然起于山谷之内,与隆隆炮声相间,大地为震,其声之巨,吾浅陋之笔墨不足以形容之,谓之为魔鬼引吭而歌或微肖耳。此盖敌人嗜血如渴,不可得,故怒而狂吼也。时远处之黑点,非若向者之细长如线,群聚成一黑块,向我军狂奔而来,如恶潮之汹涌,且奔且狂呼不已。余知大势已去,木立如痴,偶一回首,见老妪仰颠,怀中宝拉尸骸亦坠于地。余急就而扶之,见妪首伤两处,鲜红之血沁沁出不止,染白发上,倍觉分明。余亟问曰:"妪伤乎?"妪点首微笑,且振其低弱之声曰:"余乐甚,余知不久将与吾爱子团聚,且永无分离之痛。吾儿少待,阿母来矣。"于是举其枯腕拥抱其子之榇,首枕其上,鲜血自白发滴榇盖上,淅沥有声。少顷,老妪微举其躯,呻吟不已,解其衣,伸手胸次,摸索不已,及出其手,则殷然血满其上,盖胸臆间亦受伤甚剧。妪注视其血掌,良久无语,已而乃出其清朗之音吐,侃侃谓余曰:"吾已牺牲生平之至宝于国家,当可告无罪。第此区区者,意犹未足,故今又益以吾血及吾之性命，无有吝色。惟吾愿自今以往，人类勿自相残杀，演此惨剧，则吾死目瞑矣。”妪言时，两手相握，泪下如雨，状极悲梗。弥留之际，尚强举其躯，投于槽上而逝。其时，余愦愦未能深解其语意，今则恍然大觉，如久梦初醒矣。是时，我军已死亡殆尽，余如曙后孤星，顾影彷[1]徨，宝拉遗体仰卧于血泊之中，灰尘泥土与鲜血交纠，不堪寓目。兵士前俯后仰，血肉狼藉。余目睹此惨状，似觉塞维亚之性命，亦与之俱尽者。余一跃而出，环顾左右，孑然一身，土壕已毁，树木皆摧，人声马迹已远，不可闻见。惟剩一片荒墟之场而已。时山间恶兽成群而出，欲图一果其腹，而军人遗体不膏其牙吻者几希。前此之所谓新坟地，瞬息之间，成为旧坟矣，以累累新冢逐日加增无已时也。

——《妇女杂志》第四卷(1918)第九号

① “彷”，原文作“傍”，据文义改。

沈性仁

沈性仁,又名景芳,浙江嘉兴人,著名哲学家金岳霖初见这位才女时曾以“性如竹影疏中日,仁是兰香静处风”(《悼沈性仁》)来形容她的丰采神韵。沈性仁出身名门,姊妹三人:长性真,次性仁,三性元,俱惊才绝艳。沈性仁幼年喜欢数学,曾留学日本,在长崎活水女学读书,后因父病归国,再入北京女高师,1917 年与著名社会学家、北京大学教授陶孟和结婚。1937 年抗日战争全面爆发后,沈性仁前往红十字会,报名看护抗日军队的伤病员。她劳累过度,后又患上严重肺结核,几度卧床不起,1943 年病逝于兰州。她曾任《努力周报》编辑。“五四”前夕,她翻译了王尔德的《遗扇记》(今译为《温德米尔夫人的扇子》)。沈性仁正式发表的翻译作品共计 17 部,其中戏剧 9 部、小说 3 部、散文诗 1 部、非文学作品 4 部。其翻译作品中戏剧为多数,且均为西方著名剧作家的作品。她的诸多译作均发表于当时的主要刊物(如《新青年》《小说月报》等)上。

私刑

在丰丹格河的岸旁站着一小群的市民,个个都是注目在桥上的一堆人,黑赤赤的在那里拥挤着。他们不关痛痒的静悄悄在那里讨论着:

“那些贼都淹死了。”

“他们捉着了许多没有?”

“三个,据他们说。”

“有一个,小孩子的光景,枪毙了。”

“死了吗?”

“当然的。”

“他们应该把一个个都枪毙了才好,不然就活不成了。”

一个灰白发肥胖红脸的老人,他的模样儿叫人一看就想他是个屠夫,他很自信的说道:

“现在没有警察厅了。我们得要自己裁判自己了。”

一个形状很可怜的人,极害怕的样子问道:

“我们自己裁判,不是太容易了吗?”

那个灰白发的老人看也不看他,很沉静的说道:

“越容易越好呀。最要紧的事情就是去办去。”

“听呀——他怎样呼号。”

这群市民都默无声息的听着,远远的从河里传来一种极大悲惨的呼号声。

——《新潮》第一卷(1919)第三号

一个病的城里

一条很僻静的窄路上,有个五岁来的男孩子和一个较他稍长的女孩子,靠着一面破木栅,坐在一条被雨水冲过的街檐石上。两个孩子都是瘦得怪可怕的,穿的衣服又破又龌龊,那个女孩子穿了大人穿的一双踏破了的锈黄色鞋子,那个男孩子一只脚上穿了一只花袜,还有一只是灰色的。

从那个很惨淡的天空里,远远的透出一道冬天温和的阳光来，斜照着他们，正对着他们的前面，有一面深黄色的墙，墙上有一扇大门，关得紧紧的。那个女孩子坐在那里打盹，一张小嘴半开着，那个男孩子两只小蓝眼目不转睛的看着那面墙，他慢慢的抬起头来，朝着太阳看，仰着脸很渴望的样子，懒懒的说道：

“要东西吃吗?”

那个女孩子困沉沉的，口里喃喃的说道：

“你没有那样机会。”

他扛起了两条精瘦的小腿，扯着裙子把他们遮住了，两只眼睛挤成了一堆，把个后脑袋靠在木栅上。这个时候，太阳的光线满射在他那毫无血色的小脸上。

这条小街上又冷静又荒芜，远远的从城里听见呼号呻吟的声音，一道太阳的青光带着一种地上有毒的汗酸气满充在空气里。

“猫。”那个男孩子带笑着说，用一个很脏的小拳头撞那个女孩子的膝盖头。

那个猫带爬带走的，脚还没有举起来就放倒了，把以前那种精气都没有了，脑袋也垂下了，背上的毛一根根都竖在那里，把个脊骨全露在外面，他的胃垂在下边好像一只空袋。太阳光线正照在他的后面，把个头影子长得不成个样子了。

他站在那里，好些工夫动也不动，很悲伤的样子望着那两个孩子，轻轻的叫了一声，时时好像要跌倒去似的，又蹒跚着向前走。

那个女孩子抓住他的脑袋说道：

“他快要死了。看他软弱到这个样子了。”

那个男孩子皱起了嘴唇，吸一口长气进去，又吐了出来，很渴望的叫道：

"……吃。"

那个女孩子看着这个猫,重又说道:

"你没有那个机会。"

——《新潮》第一卷(1919)第三号

张咏逑

张咏逑（1897—1944），号鬘红女史，上海人。夫李定夷，毗陵（今江苏常州）人，鸳鸯蝴蝶派作家。张咏逑为李定夷所著数种小说作评点，在《消闲钟》《小说新报》等杂志发表《鬘红随笔》《鬘红杂译》以及《情天血幕》《痴丐》等小说译作。

痴丐

去今十年前，英京伦敦市上，有乞儿曰默特猛，颇有声于市廛间。默特猛者，英语痴汉之意，人以乞儿行同痴汉，即以名之。于是乞儿之真名遂佚。乞儿以其名为众所肇锡，不识不知，亦径以此自名。默特猛所居之室，去繁剧之市场稍远，黄土筑墙，席地而居，高不及丈，广仅六尺。朝则乞食于市，夜则蛰伏其间，终年如一日也。

默特猛衣衫褴褛，面目黧黑，乞儿常态，不足为怪。所可怪者，头上呢帽，积埃盈寸，其缘既敝，缚带四周以代之，其顶则如蜂房蚁穴，种种之发，露于帽外，虽值炎天溽暑，未尝一刻弃之。彼自视此息息相依之好友，即吾英皇帝之冠冕，亦无此贵重也。一日，正行乞于市，见有娶妇者，军乐洋洋，蹄声得得，新夫妇并肩比坐于花车之内，一种喜悦态度，似表人世之乐，无有逾于此者。时而睆视道旁观客，矜满之色，尤足令人健羡。默特猛虽为乞儿，注视久之，不禁自忘其卑而为之涎羡不置。

及夕，归其居，冥想之顷，忽得妙思，谓："吾每日所得，常有余粒，不见筐中之累累者乎，非吾之财产耶？若天公厚我，幸值岁歉，彼辈且将食吾之粟，巨金可以立致。吾将以其金购羊一头，羊产子，易购一马，马产子，易购一牛，牛若能生生不息，吾宁不能立成富翁。彼克利佛公爵，奚能专美于前耶？吾既富矣，人将仰我鼻息，何患无人妻我。当择罗维亚教堂，为吾结褵之地，车马骈阗，贺客盈庭。吾当一与之握手接吻，彼日间所见之新婚夫妇，又焉能及余之富丽耶？自是而后，生子育女，吾俨然为主人翁，对于婢仆，即可颐指气使。吾有闲暇，则抚弄孩儿以为乐。有时嘱妻勤理家政，彼或不从吾意，吾当大振夫纲，以足踏之，使彼不敢不从。"讵料结想所至，足竟随之而举，其贮食物之筐，离足颇迩，一举足间，筐竟颠覆，狼藉卧处，遍身皆是。始悟顷者想入非非，不禁为之失笑。起而视之，余食与尘土相杂，已是不堪拣择，徒嗒然自丧耳。呜呼，身犹贫贱，仅一幻想，便欲作福作威、虐及糟糠，此默特猛之所以为乞儿也、此乞儿之所以终于乞儿也。

一夕，默特猛积有余资，向酒肆购得白兰地一瓶，酒气芳烈，透人沁脾。彼儿量固不豪，至此竟罄其瓶，颓然醉矣，踉跄返所居，且行且呕，腥膻之味令人闻之，当作三日呕。乃酗酒之余，顿盟欲念，室家之乐，人所当有，予亦七尺男儿，何独犹是寂处。既及其居，伛偻欲入，黑暗中彷彿闻鼾鼻声，有美一人，身披貂裘大衣，金黄之发，暗室生光，侧面而卧，半身犹露衾外。默特猛骤见之下，心花怒放，其上帝有灵，鉴予之衷，锡此美人以慰予岑寂耶？然此窄狭之室，何堪藏娇，予渎美人甚矣。思至此，竟前抚之曰："美人美人，予心爱之美……"言未终，忽闻狺狺之声，出自室中。默特猛之酒意为之清醒过半，岂意如花似玉之美人，竟变樱口梅足之黑犬耶。一场空梦，徒劳神思。读者莫笑默特猛，彼左拥右抱,日置身燕燕莺莺之间者,百岁之后,孰不遗其所爱。是默特猛之失望,非较他人为先觉乎。

默特猛既受黑犬之揶揄,遂不敢复作色想,泄泄沓沓者,又历数月。一夕,遇群丐于野,各夸其富。斯克芬曰:“余日得辨士无数,存之储蓄银行,日积月累,遂成巨数。昨闻股东会,余竟占其一席。”迦尔洵曰:“余所居之室有巨穴,穴之深浅,暗不能辨。余日投钱其内,今且与地相平。此后取之无尽,用之不竭,当不复丐矣。”纳佛曰:“余积辨士,则易先令,积先令,则易金镑。金镑重而累坠,则兑纸币,即予所用以拭秽者,亦纸币也。”三人言次,迦尔洵笑顾默特猛曰:“若何嘿无一言,殆饥而无力启齿欤,抑寒而不能发言欤?温饱不足,一贫若斯,不亦可怜乎?”默特猛曰:“余非不欲言,委实无可言。予室惟有破甑败絮而已。”言时,自觉惭甚,不禁喃喃自语曰:“予岂不能致富耶?予岂不能致富耶?”且语且行,怏怏而去。

行近市间,遥见远处光明如画,趋近视之,道旁有一家,堆金积玉,五光熣灿①,映以五色电灯,光芒四射,眩人眼目。默特猛逼视之,顷不觉为之心醉,血轮动荡,跃跃欲试。路人行经其旁,履声橐橐,默特猛闻之,疑逐其去也,则几抱头而窜。回顾之,阒焉无人,履声已从前面而去。心乃少安,默念此时何时,人声既寂,非天假余以好机会耶?行矣,行矣。思至此,心潮又汹涌而至,彷佛有人语之曰:“不可行,不可行。”则又为之气阻,木然久之。见此灿灿之宝物,终觉恋恋不忍舍,乃决鼓其勇气,猛趋而前。时觉电光益明,厨中珍品似更焕然可爱,若痴若戆之默特猛乃不能复忍矣。

夜漏沉沉,万籁无声。乍闻乒乓之声,出于道旁,一人手攫银

① “熣灿”,同“璀璨”。

杯一，疾趋而遁，数人追踪其后，“捕贼捕贼”之声，声声震耳。电光之下，乍见一警士趋而至，挟得攫物者以去。噫，此何事耶，非劫财乎？彼何人耶，非默特猛乎？默特猛不知厨面围以玻璃，直趋而前，作势既猛，拳中玻璃，片片作落花状。肆中之人，闻声趋视，默特猛知肇祸，急攫得一物以遁，实则罔辨所取之为何物也。既被获，亦不作乞怜状，惟默念“上帝祸予”四字，彼意以为上帝不应使彼辈知觉也。

明日，默特猛受审于警吏矣，谓为盗也。彼固夙有痴汉之名，且断无如此愚笨之劫财术，谓非盗也，则赃证确凿，行固无异乎盗。若令其赔偿银肆之损失，则彼身无长物，不名一钱。若处以拘禁之刑，则彼方患饥寒，狱中衣食俱备，正得其所，群丐将从而效尤之。思之思之，皆非得计，卒乃获一最妥之法，善辞遣肆主人去。是日，伦敦疯人院中增一褴褛之穷汉。从此，广市通衢间，遂不复有默特猛之形影矣。

鬘红曰：淮尔特，英国哀尔兰人，生于一千八百五十六年，学问淹博，著述宏富。身后遗稿，诗文为多，凡十三卷。一千八百九十五年，以事下狱。越二年，出居法国，易名美里木斯，郁郁以死。当时国人恶之，无读其书者。近数年来，其著大为欧人所赏，盛翻译之，英国且梓其全集行世。此篇从全集中得之，寓意深邃，不减时下名家手笔也。

——《小说新报》(1915)第二期

郑申华

郑申华,广东香山人。父亲郑汝骙系美国华盛顿大学毕业,曾任驻日本使馆参赞。郑申华幼年曾入南京洋务局模范小学读书,继入金陵汇文女校肄业。1913 年入上海圣玛利亚书院深造,1915 年毕业。她既写戏剧,也进行翻译。其戏剧作品有"警世新剧"《知足不辱》,译作有戏剧《薏波》《施德拉》等。此外,她还译有小说《贪夫鉴》等。

贪夫鉴

有白恒者,居俄国某村中,家道小康,饱食暖衣,怡怡如也。其邻人某少年寡妇,有田千余亩,雇一退伍兵士为之司理。兵士司理甚严,苟有牲畜践踏,或啮其稻者,则罚主者以金,人咸畏之。白恒虽小心翼翼,而其牛马终不免常入邻田,受罚既屡,殊以为苦。

一日,闻邻妇将以其田悉售与司理人,村人闻信惶然,相聚而言曰:"此后余等愈无宁日,长此受罚,伊于胡底。"有倡议者曰:"与其落兵士之手,宁出重价,为村人匀分之。"众人欣然赞成,即往商该妇。妇首肯,不幸村人忽中魔鬼之毒,争端蜂起,团体因之而散。乃改议各自购置,多寡视各人力之所及,妇亦允之。白恒见村人争相购田,不胜羡慕,谓其妻曰:"余等亦应购六十亩,以益吾产。”乃取素日所储金百元，并售去驴马，典质家用什物，更命其子预支佣工薪资，并而计之，仅得购地数之半。因商之该妇，先付半值，余款于二年内清还。

白恒既得地六十亩，其喜可知，乃向其妻兄借金购麦种种之，是岁收获极丰。一年后，已将其欠款全数偿清。白恒于是为此六十亩地之真正主人翁矣。第邻近村人之牛马，时入田中，或啮其已熟之穗，或践其将放之花。白恒婉言劝阻，村人不之顾。及后忍无可忍，乃诉之于审判厅，讼直，村人咸受罚。由是群相怨恨，彼此绝交，谋所以倾陷之。故白恒于此时其地虽广、其财虽增，而其村转似日狭，不能相容矣。

某日，有他处农人过其地，白恒留之宿，款以饮食。农曰：“余居近窝瓦河，彼处地土腴美，居民多富户。凡为该处居民，至少有田五十亩。曾记某处有穷汉某徙居该处，以耕种为生，始则囊空如洗，今则面团团俨然一富家翁矣。”白恒闻之，艳羡不已。窃思此村人咸与我不睦，若售去此处田产，徙居窝瓦河旁，则危险既可避免，而大富亦可坐致。明春必躬往一观，以试其言果验否也。

次年春，白恒果至窝瓦河下流处，见夫阡陌交错，苍翠接天，一望无涯者，皆麦豆之属。及询其价，则最良之田，每亩仅值价三元。窃意此间土壤之肥美，远胜我本有者。察视既遍，遂欣然返，尽售所有，挈家同迁于窝瓦河畔。报名入籍，乃购得地一百五十亩，益以牧场，约三倍其原有之地。白恒不胜欢乐。是岁秋收亦佳，仓箱咸为之满。顾其心犹不知足，私念苟我田地再行推广，则所入益丰矣。翌年因又租得他人之田数百亩，雇人耕种。是岁仍大熟，除偿租金外，尚有盈余不少。但所租田距家约有三十里之遥，车运谷麦，殊为不便。默念该地苟为我所有，我必在该处建一牛乳厂，兼理其事，则利市当倍蓰矣。

旋闻一人因事破产，愿以田三千亩贱价出售。白恒大喜，拟以一千五百元购之。时有数商人过其地,系马路旁,坐而休息,知白恒购地事,乃曰:“余等适自南方返,彼处土人视地极贱。余等以银千元,购田一万五千亩,且种植颇佳。”白恒闻之,心怦然动,询其详。商人曰:“惟有一事,须贿其酋长,始得成事耳。余馈以美服一袭、地毯二幅,共值银约一百元,又以茶叶数箱分赠土人。彼等心性戆直,无诈无虞,有时虽不名一钱,亦能得其田产。盖彼等视土地如敝屣,随意作赠品也。”随出田契示之,曰:“此即我等以千元购地一万五千亩之证据。”白恒因思余不以千元购一万五千亩,而以一千五百元购三千亩,岂非天下之至愚者乎,急询地址路程,默志于心。

翌日,以内外事悉委之于其妻,乃携一仆同行;又自邻近城内购备茶叶、地毯等,束装就道。于是晓行夜宿,直至第十日始至其地,距家约千里之谱。该处人烟稀少,土人悉居帐幕中,以畜牧为生,不事耕种,故牛羊遍放山岗,鸡鸭充满园囿。人皆肉食,民风逸乐,除以牛乳作饼外,殆无他事。终日或跳舞,或唱歌,浑浑噩噩,毕露天真。虽言语不通,而待客则甚和蔼①,一如商人所言。既见白恒至,群聚而观。中一土人能操俄语,为之翻译,询其来意。白恒具告之,众欣然延至帐幕,饮以牛乳,并宰牛羊鸡鸭以款之。白恒即取茶叶等物分赠各人,皆大喜,踊跃称谢;旋闻土人啁啾作语,未能会意。即由翻译转达曰:“我等得君厚赐,感激之至。未知如何为报,方合君意。以敝地风俗,有投必报也。”白恒曰:“我所最喜者田地耳。盖我处人烟稠密,隙地无多。此处则地旷人稀,土壤佳美,殊令人艳羡不置也。”翻译既详告土人,与见彼等共相磋商,始则颙颙私语,继则渐渐喧哗,如相诟谇。白恒骇然,急询之。翻译曰:“无他,余等有谓欲商之酋长者,有谓不必告知

---

① “蔼”,原文作“霭”,据文义改。下同。

者。彼此各不相让,此口角之所由起也。”

语毕,忽一狐冠者来,众声顿寂,起立敬致。翻译曰:“此即酋长也。”白恒急出美服数袭、食物数事,恭敬奉上。酋长询知白恒来意,即操俄语笑谓之曰:“我处土地极多,君可随意购取。”白恒曰:“谢君雅意,但必须立约为凭,指定何地属我,以免他日后人纷争。余闻某商人云,彼等曾以千元购地一万五千亩,余亦愿仿而行之。”酋长微笑曰:“甚善。城内有一善作书者,我可命之代书地契。但君当知敝地之价值,系每日千元。”白恒不解所谓,酋长续曰:“所谓每日千元者,纳我千元后,请于一日中,步行一周,以围其地。凡足迹所到之处,所围之地皆属于君。”白恒诧曰:“有是哉。我一日中所走地,当必不少。”酋长曰:“无论围地若干,概不计较。但行至日落时,必须回到动身原地,否则寸土不能得,而千元为我所有矣。”白恒曰:“可。然我所到之处,君安得知之哉?”曰:“君启行时,我当命一仆乘马随之,沿途插以标竿,以为记号。惟一言君须记取,即日落前必回原地。”白恒欣然允之,乃定次晨起行。时天色渐暮,于是饱食羊肉,畅饮牛乳,各道晚安而别。

白恒就枕后,默忖我一日至少能行百里,得数千顷地,易如反掌耳。得地之后,我必以数千亩种谷类,数千亩作牧场,数千亩种蔬菜之属。是不特我为巨富,即我之子孙,亦不忧冻馁矣。思潮起落,幻想丛生,辗转终宵,未能成寐。至黎明方合眼欲眠,蒙眬中似闻人笑声,急起出视,则酋长也。正欲趋问其致笑之由,觉此人非酋长也,乃前之商人,来此购地者。方欲与之寒暄,觉此人又非商人,实前此路过劝往窝瓦河畔之农人。心窃异之,意欲询其何时到此,则见此人已一变其形容,成为狰狞可畏之魔鬼,目不转睛,视己作鸬鹚笑。又见一人蓬首跣足,面白如纸,仰卧于地,细视之,即己也。大惊而寤,知为南柯一梦,情景历历,如在目前。

方骇惧间,而东方已白矣,乃起而唤醒其仆,偕至酋长处,酋长进以早膳。白恒迫不及待,曰:“旭日东升,其速行。”酋长从之,偕众先至一山。酋长指谓之曰:“凡君目力所及之地,皆余所有,好自为之,多寡惟君所欲。”白恒举首四顾,土地寥旷,蓬松之草、苍翠之木,临风摇曳,不禁目为之迷。酋长乃脱其帽置山之中央,曰:“请置金于此,令两仆守之,我亦当在此拱候。若君回至此地点,犹见夕阳返照,我当为君贺也。”白恒乃出千元置冠旁,复去其所著大衣,携面包一袋、水一瓶,并系腰旁,紧束其靴,别酋长匆匆而去。始则踯躅歧途,不知向何方行;继则定意向东,盖此时一轮红日,破云而出,似示白恒以导线也。于是白恒在前,数土人乘马随其后,约每行一里,命土人立竿志之。久之,回顾山上,犹能见诸人坐于山颠。复前行,觉微热,乃去其绒衣,自念我至此时尚未晨餐,即取面包随食随行,盖恐坐食则行路少,得地亦少也。

既而日渐午,觉更热,乃去其靴,赤足而行,较为便利。再回顾山上,则人小如蚁。而地上野花,迎人含笑;枝头小鸟,啄食有声;景物清新,尤使人流连不忍去。至日午,白恒默思一日已过其半,宜作归计矣,而口苦渴甚,乃取水饮之。饮毕,向左复行里许,微觉疲困,倚树休息,取面包食之,不敢席地坐,惧入黑甜乡也。少憩后,精神略振,复前行。是处风景之佳,颇能引人入胜,况多行一步,即多得一步之地。虽体惫神疲,不暇计也。再回视山上,则渺不见人影矣。因念此际若再向前行,恐日落时不能归至原地,即有不能得地之患,于是转身向山而行。奈两足疲罢,欲进不能,一路停顿。则见日影渐渐西斜,遥望该山,尚在数十里外,乃弃其瓶与囊及绒衣等,强作精神,竭力前奔,一若有人逐之者。然未及数里,气喘如牛,不能连续,而日影愈低;自怨自艾,中心如焚,一若日落之速,亦有意玩弄之者;兼之口渴腹饥,身畔已无食物。此时白恒之心,惟以不倒毙半途为幸,他非所计也。遂坐地少憩,既思我行路已属不少,距山当不远,功败垂成,不但弃之可惜，人将笑我愚矣。复前奔，则见日光已近地平线，然引领该山，崔巍之势，却已与我视线相接。未几闻酋长呼声，又未几见酋长之冠及已之千元，依然积地成堆。此时觉昨晚之梦，恍惚如在目前。因念我今日所经过之土地诚广大，特未知上帝果允我享受否耶。盖已深悔太贪，恐自作孽不可活矣。

及至山麓，目光已冉冉没，不禁失声叫苦，又希冀山之高处，或尚能见少许阳光，乃屏息狂奔，疾趋登山，气喘声嘶，热血潮涌，才至冠旁，即倒地而卧，惟以手摩冠而已。酋长曰："君胜矣，得地实无算矣。"其仆急趋前欲扶之，则见白恒口中流血不止，盖已身僵①气绝矣。仆大哭。酋长则叉手腰间，向之狂笑，旋取一锹掷地上，谓其仆曰："可为葬之。"言已下山，余人亦跳跃而去。其仆于是含泪掘地，瘗白恒尸。嗟乎，野心勃勃、贪得无厌之白恒，仅长眠此五尺土中而已。从此山上月光悉变凄凉之色，涧中泉水尽成呜咽之声，贪得之结果竟如此哉。

译者曰：白恒初犹不失为君子人，乃不以饱食暖衣为足，得寸思尺，欲壑难填，终至身死异乡，人财两失。此无他，贪心一起，即不免堕撒但术中。是可知世之声色货利，足以乱我之耳目、摇我之心志，在在皆是。凡我基督徒，处此万恶之尘世中，其可不加之意哉。

——《女铎报》第七卷(1919)第十一期

① "僵"，原文作"偪(逼)"，据文义改。

陈翠娜

法兰西之魂

是书为近代法兰西大小说家 Maacelle Tinayre 丁纳而夫人所著。夫人生于一千八百七十七年,当二十岁以前,著第一种小说时,脱稿后求售于书肆,转转传观,直至六年之久,乃始出版。盖读其稿者,均爱不忍释也。适丁纳而后所著说部,皆其夫为之画,每出版,不一星期,辄销罄,而夫人之名乃益著。生平撰述,率多长篇,惟此一篇为最近欧战时代,写一法兰西女郎爱国之轶事,原名为 *The Soul of France Was In Her*,其意以为法兰西之灵魂,乃在此女郎之脑系中也。予意军人效命,不过如人身躯壳,必待灵魂指挥而动。法兰西之灵魂既在此女郎脑系之中,则此女郎者,实为法兰西之魂矣。故易今名,以取简约易诵。

一日下午,天气郁热,寒暑表升至九十五度以上。风息俱无,火伞虽敛,而墨云四垂,如张漫天之幕,昏昏然令人烦闷。树林尽作惨怖之色,作势以待山雨之来。实则天公方与世人为难,出其惨酷之手段,刀兵亢旱,正犹未艾,作此景象,不过表示其怒容,岂肯与苍生作霖雨哉?于时为一千九百十四年九月初旬,欧战方兴,德兵已有侵入法境消息。邮电纷驰,几如雪片。虽穷乡僻壤间,电信不通之处,而邮递函件,较之平时,亦且增数十倍矣。故圣培尔村之邮局长康德而女士竟以烦劳致疾,卧床不起。不得已，乃倩女郎媚莉墨林为之代。吾书开场时，媚莉治事方竟，虑风雨之暴至，乃闭其百叶窗，而燠闷愈甚。则支粉臂于墨痕狼藉①之案头，以手自捧其颊，金丝之发，方被其面，乃以纤指左右分之，露其素面，美乃无艺。媚莉虽一女郎，年事未逮二十，但其双肩担荷，重量乃十倍于年龄。盖局长既病，女佣亦复辞去，公私交迫，劳苦可想。又须调汤侍药，灶下婢与看护妇，均须媚莉一身兼之。而战事消息，方且愈传愈紧。村中之人，群起恐慌。时见法兰西兵队出发，经圣培尔村，鼓角之声震响山谷，则妇稚惊号，鸡犬亦为不宁。殊不知每日出发之兵，正如潮汐，长江大河中，方且滔滔不绝，势如排山，在港汊中，不过见其一支流耳。圣培尔村乃一荒僻之区，犹港汊也，所见之兵，不过一二支队，及斥堠兵耳。若至相距四里之希佛来镇，当见车站中每日载赴边境之兵，络绎不绝，其势正如潮汐。希佛来之居人，亦幸而有此车站，故其消息灵通。前敌之报，日必数至，虽官中人严守秘密，但人心惶惶，一般揣想之辞，亦复时有传布，大抵闻胜则喜，闻败则忧。究之胜败若何，殊无一人能下断语，即报纸中亦作模棱语也。圣培尔村所得消息，类多由邮局，以电语询之希佛来之邮局长奥白脱女士，但亦绝无真确之信。只知日耳曼兵已侵入法境，大势岌岌可危。一般居民，凡于巴黎有亲知者，则已尽室皆迁，以图庇荫，虽有人笑其胆怯，亦不顾也。盖有鉴于比利时之前车，知德兵之残暴为世罕匹。第闻日耳曼军队将至，则皆恐怖失色，现为幻像，似见村中房屋业被焚毁，妻儿子女尽被杀戮，积尸如山，己身方在枪林弹雨中，作狼奔也。故其梦想颠倒，益虑祸至之无日，宁舍其田园畜牧，里糇襆被，以适他乡。村中盖已十室九空，而牧师乃大忙，日必挨户劝告，令其迁地为良，用体上帝好生之德。似有一人留者，牧师心

---

① “狼藉”，原文作“狼籍”，据文义改。下同。

中，即不能无疾。故于是日，复趋康德而病榻之前，进最后之忠告，汗流满颊，亦不自恤。顾康德而殊不谓然，第曰："战事消息，日必数变，而谣啄木纷纭，传闻尤多失实，讵可深信。以吾思之，法兰西全国之人，无不敌忾同深，前敌军人，方一鼓作气，有进无退，吾国边境，当不容日耳曼军，越过雷池一步。通都大邑，冲要之区，尚不足惧，矧圣培尔乃一小村落耶?"牧师曰："君之理想，殊不足恃。独不见比利时乎？不早徙，事至则悔无及矣。"康德而岸然曰："神甫言然。但吾人为国家职员，平时享其俸禄，无补涓埃，一旦有警，乃即脱身而去。设使官吏军人亦皆如此，岂复有国家哉。故吾意甚决，虽敌军至我榻畔，吾亦不肯弃之而逃。"牧师叹曰："不谓老处女胸中，犹具女军人之英雄心也。君言良是，老夫亦不敢教人不义，但小媚莉何如哉?"康德而曰："渠有姑母腊忒夫人，在斐的，会当遣往可也。"时小媚莉适在侧，闻语，亟曰："否，吾岂畏死者，鼠辈善遁，吾正耻之。矧我亦为国家之职员，阿姆义不可去，我独无人心耶?"言次，展其双目，现为得意之倩笑。著者曰：媚莉之志，固属可嘉，但其言，则殊未当。盖媚莉者，初非邮务职员，不过一无工资之私人助手耳。幼失怙恃，乃依康德而学习邮务，以备将来投考供事。其父本为邮使，间尝为其女，夸述供事之尊贵，谓凡邮差，悉当受其节制，听其指挥命令，高坐于小窗铜栅之中，俨然一高级长官。除薪俸所入外，经售邮票，且得沾特别之利益。月入之资，盖十数倍于邮使。故其毕生之希望，唯望其女，得于将来考取供事。临终，尚握媚莉之手曰："上帝福予，使吾女得为供事，则吾死亦瞑矣。"是以媚莉心中，以为今兹代理局长，职分且在供事之上，正足以慰其死父。果于代理期间而死，正可以局长之头衔，往见其父，故有此说。而老牧师则不禁莞尔笑矣。

绿阴沈沈，映窗作浅绿色，蝉声烦躁不已。媚莉时方握管治事,状至栗六,忽闻巨声隆隆,破沈寂之空气而至,屋宇为之微震。一声未息,一声复起。媚莉大愕,掷其笔曰:“噫,是何声耶?其雷欤?”仰视日光,正复黯淡,如蒙薄雾。康德而方卧床于隔室,闻声,乃骇呼曰:“媚莉,汝闻之乎?是何声耶?”媚莉亟曰:“阿姆毋骇,以我思之,殆雷声耳。”康德而曰:“否,日光方照我窗上,安能即雨。媚莉,汝勿声,俟吾更听之。”媚莉乃不复言,以首倚椅背,凝眸而听,其呼吸亦几停顿,而隆隆之声则愈紧,玻窗均登登作响。既而媚莉忽自椅间一跃起,唇颤几不能言,面色亦灰白如死。而其一寸芳心,则更突突跳动,与隆隆之声相应,颤声曰:“阿姆亦闻之乎,此非……”康德而亦颤声曰:“然,此炮声也。嗟夫,吾敢必其为炮声也。吾惊骇已极,恨以病缠身,乃不能起立。”语声断续,几不能自毕其词。媚莉知其骇,乃慰之曰:“姆勿尔,有我在,姆何惧。”康德而曰:“吾固无畏,所以惊者,固为我亲爱之媚莉耳。”媚莉曰:“姆为我耶?然殊不必,彼日耳曼兵非食人之虎,岂能生啖我哉?若诚能之,则吾亦可以……噫,巴司老人来矣。”言时,有一老人御自由车,疾驰向窗前过,白发如雪,为风所吹,拂及老人眼际,则微摇其首,露其额上之皱纹,瞬息已瞥影而过。媚莉眼锐,则已识为巴司,此来必至己处。及往启扉,则老人果已停车门次,髯分八字,硬而上翘,目圆而小,厥状类鼠。媚莉一见,即现娇笑曰:“老人,汝送信来耶?”巴司曰:“嗟乎,战祸至矣,吾更何暇送信哉。”媚莉闻言,乃立壮其容曰:“如何,汝试言之。”老人曰:“姑娘适间,不闻砰砰声乎?”媚莉曰:“闻之,今希佛来如何矣?”老人曰:“何复言哉,车路已断,病院中伤兵且盈万。今日似闻德军已占胜着。噫姑娘,德兵之残暴,吾闻人言,屡矣。吾老且死,不图犹及此祸。”言次,不禁泪潸潸下,乃以油光如镜之袖拭之。时邻人以老人来自希佛来镇,当知战地消息,则相率而至,一探究竟。老人摇首曰:“危矣,此小村亦石下卵耳,而诸君则为卵中之黄,闭置卵套之中,乃不知石之将下,殊可悯也。”众闻言大骇,竟有失声哭者,而炮声复起,声浪乃喧成一片。媚莉低声曰:“老人,愿汝勿更言此,令人肤栗。今可往告村长,然后更至吾处,以吾尚应发信,须汝携往希佛来也。”老人曰:“姑娘亦太憨,当此乱离之际,不发亦何碍?”媚莉曰:“此章程所定,胡能不发?”老人曰:“然希佛来火车已勿通,即携往,亦奚益?”媚莉恨曰:“絮烦哉老人,汝但为我送去可耳。余事汝可置之不问。行矣,少顷必来此勿误。”老人诺,乃上其自由车,亟驰而去。媚莉目送之远,乃举两手向天,颤声曰:“嗟夫上帝,愿吾法兰西得胜,且佑圣培尔村平安。”

是夜,炮声隆隆,曾不少息。村人均战栗无人色,窜匿屋隅不敢或嗽,觉炮声一响,己心即随之而跃。有时小儿因骇极而哭,则立以衣角塞其口,不令出声。或则蹲伏案下,以手自捧其胸,现为惊悸之色,似唯恐其心跳之声,为敌军所闻,执而杀之也。时邮局长康德而女士方辗转于病榻上,娇小之女郎媚莉则斜坐其侧,频以目偷视康德而,现为恐怖之色,实则康德而心中,惊怖亦殊不减于媚莉,即其身体,亦几等于严寒时街头裸体之丐,颤不可止。至十句钟,炮声乃始稍息。康德而及媚莉仍不发一言,但以目互视,表示其互相怜惜之意。少顷,炮声复起,声且益近,空气亦作奇响,呼呼然似为法兰西军人败而号救之声。久之,炮声复止。但见一片红光,映玻窗上作桃花色。媚莉亟起立,至窗前视之,则见黑烟阵阵,自远处山头,散入云里,化为红色,既又幻为深红,天半如散晚霞,即星光亦黯淡欲没。静聆之,只闻妇孺啼哭,喧成一片,而狺狺犬吠,亦复变为惊号惨哭之声矣。其时,忽见一人,自深林中御自由车疾驰而出,面色惨白,有如死灰,双肩亦颤颤不已,狂呼曰:“吾法败矣,今德兵已在纵烧,凡我村人,幸速避,否则必遭荼毒矣。”且行且呼,转瞬已去远,不可复见。而村人则已大乱，霎时儿啼妇哭，与墙坍屋倒之声喧成一片。群犬亦自草堆中跃出，向人狂奔而呼曰“虎虎”，意谓德兵犷暴，有如猛虎，尔村人宜速行也。而村人亦奉命唯谨，辟其扉，牵驴马出槽，荷包袱等置之驴背，小儿辈则抱之坐包袱上，己则手一长竿，驱牛羊就道。然心慌意乱，每每与树枝相撞，犹大骇，以为日耳曼兵阻其行也。移时，村中居人已空，沈静有如鬼窟，惟呼号之声，时时因风而至。而天半火光，直如涂以人血，惨怖甚于鬼脸。树顶之上，一一通明，如燃庭燎，鸦鹊已噤不敢声，村中乃愈沈寂。所留者，只村长、牧师及村校中校长、邮局长及小媚莉寥寥数人而已。

次日，村中现状，转觉宁静，回思昨夜之事，几如一场噩梦，而儿啼妇号之声，则犹依稀耳畔，有余音也。往日，此邮局门前，必有无数小儿，作迷藏戏，于绿阴之底，今则并犬而无之矣。即万籁亦沈沈如死，惟锵然之铃声，间或于窗隙穿出，一破此沈寂之空气。则媚莉方以电话询奥白脱女士也。奥白脱曰：“昨事，姑娘谅已知之。今吾亦无他闻，足以奉告。且吾局中已有三数德兵监守，畅谈颇不便也。姑娘倘有新闻，幸以见告。”媚莉乃答云无之，置筒于架，喟然而起，徐步至康德而寝室。时康德而方阖目假寐，闻声则张其目曰：“媚莉，我顷闻电铃声，殆汝往询奥白脱消息乎？”媚莉曰：“然。”康德而曰：“彼何云哉？”媚莉因以告之。康德而乃以手抚媚莉曰：“吾亲爱之女儿，汝闻希佛来邮局有德兵在，得无骇乎？”媚莉曰：“否。”康德而曰：“佳哉，是固不必惧也。吾处果有急，则以电话求救于希佛来镇可耳。吾之女郎，汝亦以为然乎？”媚莉颔首，且曰：“阿姆，我安有所惧。盖我心中，恨不生食德军之肉耳，可恶哉德军，流我法人之血，烧我法民之屋。即我国尊贵之土地，亦为彼践踏辱没。此耻此恨，即终我身，亦不能忘矣。”言已，现为伤痛之容。取安眠水注之杯中，以饮康德而。少顷，康德而即已睡熟①。媚莉兀坐其旁，心乃忐忑不已。然非惧也，其心但有狂怒，盖一念及昨宵惨事，及法兰西败绩之耻，乃不禁恨日耳曼人入骨。其脏腑之中，已为怒气所充塞，乃无隙地，更容恐惧？并一变其平素温柔之态，恨不能手三尺青萍飞剑以取敌人之首，一雪其恨。既又自恨不为男子，不能从军杀敌。万念起落，心至不宁。乃取案上书以自遣。视之，贞德轶事也。因又思贞德一牧人女耳，而有志竟成，其后终为大将军，卒报祖国之仇。等是人耳，我何不如彼哉，因而愈思愈远。迨至钟鸣十一下，乃始如梦初醒，喟然起立，径赴寝室，然心仍辘轳不已，亦不自审于何时入梦。梦中觉肘上乃生双翼，自天飞下，挥剑杀敌，人头乱落，如惊风之果。第见无头人植立如林，颈血直喷天际，有类公园中之喷泉。媚莉且骇且乐，忽闻②大声砰然，直自梦中惊醒，拭眸静听，声乃益厉。初疑为炮声，既悟非是，盖其声乃在餐室中也。大愕，则取梳妆之长衣披之，发不暇理，任其散于肩上，为状乃如仙子。启门至寝室，闻声乃在窗畔，因厉声曰："谁耶？叩窗何为？"言时，叩声立止，即闻一宏浊之声曰："汝爷耳，汝家人均死耶？叩半日，乃始闻之。"媚莉辟其窗之一线，觑之，则见有衣灰色之军人凡四，陡悟其为日耳曼兵，即梦中为己所杀者也。然只四人，则又识其为步哨兵也。媚莉见之，亦不自审何故，乃立怒不可遏，厉声曰："汝来何为，吾家只一病妇，并我二人。且为邮局，无金银珠玉足供汝等掠也。"德军闻言似怒，即有一少年曰："女郎，是何言哉？吾侪以饥甚，故至叩窗，以求一饱，安有他意。倘女

① "熟"，原文作"热"，据文义改。
② "闻"，原文作"问"，据文义改。

郎以为可者，则吾侪亦不敢以非礼加女郎。否则女郎幸毋悔。”媚莉无奈，知不任之人，亦无益，乃辟窗以纤指指示之曰：“汝等可于后户俟之，我当来为汝启户。”言已阖窗，往启后户，则德兵已久待，均现不耐之色。既入户，少年之德兵乃嘱媚莉为导，而擎枪随之。行时灼灼四视，有如猎犬。时康德而好梦方酣，为履声惊醒，乃不禁微呻。少年大惊，立跃退数武，大呼曰：“女郎，汝汝，汝室中乃匿有人耶？”言时，且以巨掌拍女郎之肩，以惊极，八字之须乃上翘不已，蹙其浓眉，目光炯炯，几欲噬人。媚莉力忍其痛，不前亦不却，冷然曰：“胆怯哉？吾固早已告汝，室内有病人在。汝心倘勿能安，必欲一视之者，可从吾入此室。”言次，笑之以鼻。德兵见女郎镇静之状，亦不禁暗服其有胆，其犷暴之性，似为温柔所化，则皆默然从媚莉入室。康德而时方睡醒，见状大骇，几欲失声而哭。盖彼心中，虽终日念德兵将至，然终不料其竟来也。因而自疑以为尚在梦中，试以指纳之口中啮之，觉奇痛，始悟非梦，则亦竟以生死置之度外，昂首以视德兵。而此少年之德兵乃发言矣，曰：“病妇勿骇，吾不杀汝，以饥甚，故来求食，非有他也。汝许则甚佳，否则幸毋怪其无礼。”康德而颤声曰：“今我弱而汝强，已无抵抗余地，复何言者。食品汝可自取。”因以手抚媚莉曰：“惟幸勿苦此儿。”少年笑曰：“吾滋不解汝法人，乃畏吾德兵如虎狼，而一般人且上我等以徽号曰‘生番’，实则我亦尝为著作家，且为大诗家、大画家，何尝如野人之能噬人哉。”言已大笑，黄齿巉巉外露，笑声乃震屋宇。一德兵曰：“实则人之畏我亦宜，比为猛虎则尤肖，盖吾德兵勇敢，实至异常。虎口能食人，而我等一举手，亦能死人也。”又一德兵曰：“然，君言当也。”既又曰：“腹馁矣。女郎趣取食物饲吾。”康德而曰：“媚莉，汝可取麦酒及牛肉、面包、水果，以飨众人。”媚莉诺而去。德兵闻得食大乐,絮絮询康德而曰:“汝村中人皆何往,胡竟十室九空?”康德而告之,则曰:“然则村长、牧师及村校之校长如何矣?彼家居何处,离此近耶?”康德而恐其往,伪云:“今已皆行,其家则离此甚远。”一德兵曰:“然则汝等何独不行?”康德而曰:“我病不能兴①。”又一德兵笑曰:“不良于步,则乘车可耳。岂惜小费,宁掷却性命耶?”康德而曰:“我非惜金,然无论如何,我终不愿去我故乡。”德兵乃点首不复言。少年曰:“马丹,彼美丽之小女郎何人,其汝女乎?吾殊服其胆力之伟,彼适才之神韵,殊肖古时但尼尔,囚狮圈中也。”言已大笑,众亦和之而笑,声嘈嘈如群鸭。设有人自门外过者,必且疑此邮局中,开咖啡馆矣。

晓风习习,微带花香,东方渐泛鱼肚色,餐室内灯光,转觉黯然无色。时日耳曼兵之心已放,知此屋内,除二弱女子外,固已无他人也,乃倚枪于室之一隅,且谈且饮,为状至乐。时众人已两夜未睡,至此倦乃不支,则以两手支颐,隐几假寐,少顷,鼾声乃相和而作,有如牛吼。惟此少年德兵,则尚力挣其醉眼,灼灼以视媚莉,仰脖尽其杯中余酒,呼媚莉曰:“来,吾亲爱之女郎,趣来为吾添酒。”媚莉无奈,乃前取酒,为之注满杯中,秀发四散,拂及少年之面。则立捧而嗅之曰:“吾美丽之仙子,汝发何其香也。噫,美哉,美哉!其色乃如黄金,然黄金硬而勿香,则又不及汝也来。趣来,吾酒不欲饮矣,必以汝樱唇吻我,而后乃饮。”言次,伸左手欲揽其蝤蛴之颈。媚莉始尚忍耐,至此,乃不禁勃然大怒,额上青筋坟起,隐隐可数,力掉其首,发立自德兵手中脱去,玻杯琅然,落于地下,酒乃四溅。德兵初不料其竟怒,则一跃而起,张其怒目,灼灼以射媚莉。媚

① “兴”,疑应作“行”。

莉亦植立，以目视德兵，双眸炯炯，几欲迸火。此时室内陡静，但觉肺叶互击，翕翕有声。良久，媚莉似微有所慑，步履渐向后退。德兵则仍咄咄逼之，厉声曰："女郎，汝当爱吾，不当怒吾。须知吾力足以致汝死命。大哲学家徽尔曾有言曰，天生武人，所以卫国家；而天造美人，亦即因武人耳。女郎，吾言汝已闻之否？"时媚莉已退至案前，知已不能更退，乃力鼓其勇气，抗声曰："咄，汝贼……"且言且背手取案上切面包之小刀，忽闻铃声锵然，自办事室中出。少年一惊，立跃退数武，既悟为电铃，则立狂奔向办事室而去。媚莉悄然握小刀于手，匿长裙中，随之出，反扃其门，使此三德兵不得逸。盖媚莉此时，固已有成竹在胸矣。至则德兵已取听筒于手，双颊满现得意之笑容高声曰："然，我即圣培尔村邮局长，康德而也。"语已复听，顷之，面上之笑容渐消归于乌有，易为失望之色。置听筒，返身谓媚莉曰："女郎，电话来自希佛来镇邮局。吾操法语勿精，彼殆生疑矣。来，汝为我听之，惟我命汝如何言者，汝当如我言之，否则汝必无幸。"媚莉不得已，乃取电筒听之，少年亦行近女郎侧，静心听其何言。则闻一极远极低之声浪曰："……而女士，汝局中亦有日耳曼步哨兵否？"媚莉聆其声，似非女子，则立悟为保卫邮局之法兰西军人，方欲答，而少年已厉色曰："女郎，趣言无之，局中且甚安静。"女郎无奈，则曰："诺。"少年乃大乐，微哂他顾，于意至得。媚莉乘其不备，立伸右手，以刀立割其喉，但闻砉然一声，血乃四溢，直喷媚莉灰白之面。然女郎此时，其心直如狂易，亦不顾，仍力割之，直待刀柄俱没，始释其手，乃喘息不已。其时此大著作家虽仆于地，然犹未死，昏瞀中犹见媚莉回身握电筒，高声曰："有之，愿君即派兵来救。"声断续，含惊怖音。少年闻语，欲跃起夺其听筒，顾力已不逮，而面色益白，直如素纸，胸次喘息亦微，盖已死矣。媚莉回首视之，乃作狞笑曰：

“万恶之犷贼,汝亦有今日乎? 嗟乎上帝,我愿敌国之人,一一尽如此贼。”

一句钟后,第见法兵已云涌而至,媚莉亟趋迎而前,以素巾挥之曰:“日耳曼兵已为吾人杀其四分之一,余人皆扃吾局中,趣往擒之。”明日,圣培尔村遂复安静如恒,康德而病亦霍然,则揽媚莉于怀,而吻之曰:“吾法兰西之灵魂,当在吾爱粉脑之中。”

——《小说海》第二卷(1916)第九号

李冠芳

李冠芳，四川泸县人，1925年毕业于金陵女子文理学院，美国著名来华传教士亮乐月的学生及助手。后赴美国留学，获波士顿大学文学硕士、宗教教育硕士学位。1930年代亮乐月回国后，曾与刘美丽等人先后任《女铎报》主编（1931—1935年正式担任《女铎报》主编），是基督教上海青年会骨干。1936年2月，李冠芳辞去《女铎报》主编职务，转而从事高校教学工作，担任福建协和大学教授。李冠芳不仅关注女性权益，也积极参与抗日救亡运动。后来，李冠芳被国民党绑架后秘密杀害。李冠芳在《女铎报》上发表文章190篇，发表时间集中在1913—1934年间，“说部”和“传记”在其文章中所占比例较大。其中，说部有31篇，含3部连载小说，分别是《荷兰小孩》《秘园》《问津处》；传记有20篇 。

秘园①

第一回　一家人惨遭时疫死　独处女幸遇善人来

有连那马利亚者，生于印度，面貌微黑，身量短小，兼以抚养失宜，尤形憔悴。其父供职政界，终日碌碌，且多疾病，既无暇顾

① 第一回由许之业、周兆桓同译，第二回后由李冠芳译。

其弱息。其母美而不贤,为人轻佻,日与红粉数辈,周旋于游戏地点,亦置女于不问。故马利亚甫诞,即随乳母某印妇为生活。印妇本不善育儿,加以母氏之故,更为放纵。逾年,儿甫学步,妇时随其后,以免一双小足遭倾扑之患。故儿自幼及长,舍印妇及诸印婢相亲相近外,不复知有他人。婢女辈每役一事,不敢或违其意,因马利亚性情甚傲,设有不顺意,即大施啼哭,其母闻之,必重责仆妇及诸婢也。

光阴如箭,转瞬女已六龄,人事略通,只因未受教育,但知自私自利。于是延某英女教师,为之启迪。奈习惯嬉戏,对于读书,深滋不悦,以故仅及三月,教师辞职。后由他教师教授,亦不知何故,甚至未及三月,即行辞去。如是凡数易教师,故仍未能得真实之教育也。

忽忽三易寒暑,年已九岁,犹不能稍离其乳母。一夜儿方酣卧,乳母不幸骤感时疾,未能躬亲管理,遂托他印妇代之。印婢等见乳母病危,均极窘迫,共为料理。此进彼出,不免有声,马利亚即惊醒,目睹印妇,怒问:“尔为何坐我床头?我床头不容尔坐,速将我乳母呼来!”妇睹其状,亦殊为难,徐答曰:“汝乳母一时不能来。”儿闻言不耐,乃向该妇拳足交加,妇亦无可如何,惟有再言汝乳母有事,实不能来,只好稍待。

及天方晓,乳母病益危,诸仆婢等愈形窘迫。少顷,众仆俱趋顾乳母。儿睹众仆面色,均极慌张,亦不复放恣,惟终无一人告其原因。既而日上三竿,马利亚甚觉寂寥,遂自步出园,于廊下树荫中堆泥,栽红槿花枝为戏。后为时过久,兴尽而怨恨又生,乃自言自语曰:“若乳母来,我将呼以豕奴(印度人大都崇回教,故常詈人以豕)。”

移时,忽见其母偕一少年,绕廊散步,觉少年风致清雅,语声轻细。盖为官界中人,初自英国来者,儿亦尝闻人言之矣。于是凝视少年良久，而凝视其母尤久。是殆因渠生而离母，故相见不甚亲密也。其母身长而纤，发润如丝，目清如水，常带笑容，常服一薄罗衫，全身文绣，行时飘飘然如下凡仙女。马利亚窃思我母氏今日为何满面愁容，不复如前之时开笑口。正深疑惑，其母握少年手曰："殆矣哉，我家疫气之盛也。"少年仓皇叹曰："噫，连那夫人乎，尔当于一旬之前，避居山谷。"夫人答曰："余意亦然。只因欲赴某处盛筵，致延时日。今甚悔之。"

方斯时忽听众仆婢悲悼之声，大振耳鼓。马利亚亦战栗不已。连那夫人惊曰："是为何耶?"少年答曰："此必有人命死亡也。"夫人即呼马利亚等速随我来，且言且奔，及入一屋舍，果然乳母已死，因告马利亚曰："近日疫气盛行，伤人如麻。汝乳母昨夜不幸亦感是疫。顷间仆辈哀号，即因汝乳母去世也。一日之中，仆辈死于此症者凡三人。余仆皆恐传染，各奔他处。"

马利亚自乳母去世后，独在室中，竟无一人过而问之者，因此非泣即睡，非睡即泣，每闻人声，辄惊曰："谁又感霍乱症矣?"直至午膳时，腹中饥甚，不得已独入膳室，四顾无人，而酒肴则满陈几案，细视膳具，似已用过一半。是殆人方食时，忽闻警报，群趋探信，不及终席也。马利亚此时不暇细思他事，即独自入座，大嚼鲜果饼饵。既饱，闻得酒味甘芳，又畅饮之。饮毕，觉头目昏花，强归卧室。甫抵室，忽闻邻屋内喧喧扰扰，轰然如雷，虽欲伸首一探，而酒性暴剧，醉眼蒙眬，不能复启，于是登床高卧。未几，竟自醉乡而抵睡乡。

岂料次日起来，已演成一出惨剧。其父若母于此半夜中，相继而亡矣。马利亚犹茫然不知，顾室外景物依然，室中岑寂如旧，毫无何等之影响，心中滋疑：岂彼等患时疫者均得痊愈乎？既而又愁，此为乳母既亡，不知更有何人前来护我，转念又曰："不久必当有一新保母来，或可为我宣讲各种故事，以资消遣。"最后又怒曰:“彼等岂以我亦同遭此厄,故相约不敢一顾耶。”实则家人未尝不念及此孤独小孩,只以多为病魔缠绕,自顾不暇耳。

马利亚卧待良久,绝无人来,旋闻地间有声撒撒然,忽俯视之,则见小蛇一蜿蜒而动,目光如珠,直射马利亚。但马毫不惊慌,因料区区小物必不足以害我,且察其情状,似思出此室者,乃定意欲捉而豢之。讵小蛇已觉,即潜入门下,不复见矣。马利亚曰:“此物诚奇哉。一若知我寂寞,特来此与我作伴也。”

移时骤闻数履声,橐橐然自远来,始则在屋之空院中,继则渐近而至廊下,将入马利亚室,互相细语,但终无出为招待者。彼等乃自启门,启门时小蛇竟为伤死。马利亚立于室中,心已不悦,只自皱眉,且枵①腹辘辘然鸣,愈觉难堪。及见首入室者,思此人为一高级军官,昔日本与我父相识,似曾见过,何其形容疲惫乃尔。彼见马利亚,亦惊愕异常,大呼其友曰:“巴耐速来,此处尚有一女孩未遭惨毙。吾辈宜存慈悲,为之拯救。”即问曰:“汝为谁?”马利亚以此人殊太卤莽,不应擅入吾室,乃挺身而答曰:“我连那马利亚也。他人均在病中,仅我一人居此。今余睡醒已久,尚无一人前来照看,不知是何原故。”军官顾谓其友曰:“此女孩吾侪实已遗忘。”友曰:“然。只因其深居简出,素未谋面所致也。”马利亚顿足而言曰:“何得遗忘,何得遗忘?”时巴耐在旁,见马利亚情状不胜可怜,两泪如珠,垂垂欲堕,且对马利亚低声言曰:“悲哉儿乎!吾辈去后,恐无人复来保护汝矣。”马利亚闻及此言,忽然领悟,盖自知家中自父母以次,各人均先后死亡,即有少数幸免传染之仆人,亦皆纷纷潜逃,不然,何致无一人念及我小姐独处,而弃之如遗,惟使蠕蠕然一小蛇与我为伴哉。

---

① “枵”,空虚。

第二回　居印度备受揶揄　来英国忽伤寂寞

马利亚所侨居之印度住所自惨遭时疫后，婢仆或死或逃，举室为之一空。马利亚伶仃孤苦，调护无人，幸有父执某军官慨念故人之女无人照拂，顿起恻隐，为携至某英教士家而寄食焉。时马利亚年正七龄，身裁较长于前，而性情依然如故，仍不知独居世上之可悲，自私自利之心犹未能稍杀。每思再得忠义佣人供其使唤，阿意曲从，有如前乳母及诸仆婢辈同等之待遇。然寄人篱下，岂能一如己愿，故心中戚戚不乐，且不愿久处。因该教士家有子女五人，年与马利亚相若，衣服褴褛，时相争闹。马利亚既恶其不洁，又与诸儿性情不合，故有此想也。逾数日，诸儿知之，遂无有与之同游者。

一日，马利亚独于树下以泥堆作花园，自寻乐趣。有一儿名勃修者，蓝睛鹰鼻，面貌奇丑，为马利亚所最恶者，趋而观之。少顷，谓马利亚曰："汝何不置石其中，作为假山乎？"言时身依马利亚，盖有意惹之也。马利亚叱曰："毋扰我，速去。"勃修老羞成怒，思有以泄其忿，乃作跳舞状，歌而讥之曰："刚愎马利亚，造园亦古怪。银铃螺蛳壳，万寿菊同排。"歌之不已，他儿闻而大笑。马利亚怒目视诸儿，诸儿不但不止笑，且从而和之。自此以后，诸儿言及马利亚，即以"刚愎人"为绰号焉。

某夜，勃修之母克劳福夫人对马利亚曰，不久将送汝至英国密斯卫城，汝母舅克勒文阿威伯先生家去矣。马利亚闻之，不以为意，其倔强气概依然如故，并不问其母舅为何如人家。克劳福夫人怜其无知，与之接吻。马利亚转面他向。勃修之父轻拍其肩。马利亚挺身直立，不为稍动，移时归卧。夫人低声叹曰："此儿语言无味，面目可憎。其母天生丽质，无人不爱，而马利亚乃丝毫不肖。儿辈为起'刚愎'绰号，虽曰轻薄，却亦难怪。"

未几马利亚行期已届,乃随军官之妻航海至伦敦,送交麦洛师母为之看护。麦洛师母者,密斯卫城马利亚舅父克勒文先生之庶务员,先生特遣来迎接马利亚者也。师母躯干雄伟,两颊朱红,目闪闪有光,全身服紫,项间戴一披肩,四围满缀黑须,黑冠上插以紫色之天鹅绒花。马利亚见而恶之,而师母见马利亚之倔强,亦不甚亲爱。军官之妻因指马利亚谓麦洛师母曰:“其母貌颇娟好,此儿殊不肖也。虽然,谚云女孩十八变,将来年长,或能改美,亦未可知。”麦洛师母曰:“然。但乡僻如密斯卫城,风土不佳,恐亦无甚裨益也。”

次日,麦洛师母携马利亚束装赴约克州,此为密斯卫城所属也。既抵车站,马利亚先行上车,盖马利亚不喜与麦洛师母作伴,而孰意麦洛则追踪而至,与之并坐。麦洛师母虽知马利亚不悦己之意,然毫不忿怒,殆其生性仁慈,故能如是耳。斯时马利亚不发一言,且无物可以消遣,坐久闷甚,怒形于色。麦洛师母因问马利亚曰:“汝母舅之性情行为,曾闻汝母言之否?”曰:“未也。”师母闻言,殊甚诧异,不觉冷笑一声,移时又曰:“今汝将至一异地,即密斯卫城之僻乡。该乡地虽宽广,居民甚少,且克勒文先生之住宅建于其河之岸,已历六百年之久。屋内划分百余间,大半严扃而无人居。围以合抱大树,亦人迹所罕到。汝以其地为何如?”马利亚曰:“我未亲历其地,乌能知之?”麦洛师母强笑颔之,旋又曰:“汝舅赋性孤独,既不喜扰人,亦不喜人之扰己。汝往彼家,恐未必能十分照护,一切宜自料理。”马利亚未及答,麦洛师母又曰:“汝舅父性既乖僻,又兼背驼,以残疾故,不克谋生,是以结婚后,株守家园,所幸其境颇佳,不虞窘迫耳。”又笑曰:“汝舅虽驼背,而其新夫人则娇美无比,故汝舅颇宠爱之。一日,汝舅母欲取某草一根,汝舅父不惮烦劳,亲自采而奉之,以悦其意。惜红颜薄命,不数年而汝如花如玉之舅母竟逝世矣。汝舅父郁郁不乐,常他出遣闷。及归至密斯卫城已乡，则独居西隅一室，终日双扉紧闭，禁人入内。所许入者，惟老仆毕戚而耳。”马利亚闻之，兴致索然。

未几，天色昏黑，忽闻玻璃窗上乒乓有声，大雨如注，斜击车窗，点点流下。麦洛师母又对马利亚曰：“此次汝往密斯卫，恐难遽见汝舅，亦无望有人与汝闲谈，汝惟自行珍摄，独寻游玩可耳。且屋大室多，不可擅自出入。屋后有花园一所，为汝舅所封禁，尤须遵守，犯则被责。”马利亚愀然曰：“我知之矣。”时窗外雨声正大，竟不能作闲谈。马利亚目击斯景，加以久坐疲惫，乃依窗而渐入睡乡矣。

车抵福园（Thivaite）车站，麦洛师母呼马利亚曰：“已到矣。汝犹酣睡乎？”马利亚拭目而起，麦洛师母即为检点行李，相将下车。适其舅父之仆已备马车来迎，即扶麦洛师母及马利亚登车，御之而归。行良久，始见灯光。马利亚注视车窗之外，见一路店铺住宅礼拜堂等，衡宇相望。既而车行渐缓，路入崎岖，不胜颠簸，视之则丛林深谷，别有一天。忽觉车身数跃，乃又至旷野。犹是风雨交作，平地水深尺许，势如涛涌，不啻航海。马利亚始询麦洛师母曰：“此岂海洋乎？”曰：“否。乃旷野沙漠之地，故无居人，仅有野马与羊而已。”马利亚曰：“何浪巨若是？”曰：“为风所激故也。”马利亚默然，自思曰：“是地如此僻静，吾殊不悦。”

车行迟之又久，至一广厦，车始停，于是麦洛师母及马利亚下车。马利亚仰视，见门系栗木造成，包以铁皮，列以巨钉。既入门，见一片平阳石地，十分宽广，伫立其间，自视己身，若沧海之一粟。马利亚至此，觉寂寞万状，心更不悦。时老仆毕戚而来，谓麦洛师母曰：“主人不欲人之多扰，明晨拟往伦敦，烦汝安置斯孩可也。”麦洛师母曰：“吾知之矣。”于是携马利亚经过无数回廊曲径，后至楼上一室，示之曰：“此即汝住所也。”时马利亚惫甚，麦洛师母遂令之就寝。

翌日清晨,有少年女佣名马大者,为生炉火。马利亚因惊醒,静观墙上障以彩锦,满绣花卉人物,无异身入其境,旋又转首外视,见荒地一方,问马大:“此何地也?”曰:“平原耳。汝悦之否?”曰:“否。”马大曰:“吾甚爱之。此地春时红紫齐开,蜂蝶毕至,百鸟更来歌舞其间。吾愿永居于此,以他处无此幽闲之乐也。”马利亚思马大颇异于印度佣妇,盖印度主人视奴婢若牛马,而奴婢自视亦甚贱,不得与主人自由议论,且凡事不得抗主人之命,今此仆如此慢我,以我素性,必掌其颊,然恐我掌彼而彼亦掌我,更为所辱矣,因谓马大曰:“我视尔乃一乖僻女仆也。”马大不躁不矜,笑对马利亚曰:“是也。苟此间有主妇,吾亦不能为其仆矣。盖我状态既俗,又满口乡音,性情尤不甘卑屈故耳。今主人克勒文先生出外时多,家务全委之于毕戚及麦洛师母二人主持。承彼不弃,命我登楼为尔服役。”马利亚仍不改其印度旧习,傲然问马大曰:“然则尔乃我之仆妇乎?”答曰:“吾受命于麦洛师母,渠受命于克勒文主人。麦洛师母嘱我洗扫毕,量为汝助。然我视汝似无庸我助也。”马利亚曰:“谁为我穿衣?”马大惊曰:“汝偌大年龄,尚不能穿衣耶?”马利亚曰:“何谓也?”马大曰:“噫,我忘却麦洛师母慎言之训矣。盖吾所云者,以尔不能穿衣为异耳。”马利亚怒曰:“此等贱事,本仆人所为。我一生未曾经手,何由能自穿衣也!”马大曰:“今尔处境非昔可比,亟宜学习。幼若不学,至老终不能也。吾母恒谓富室子孙宛若呆竖,盖自幼事事赖人,长大自一无所能矣。”马利亚曰:“印度富室子孙,无不如是。”马大曰:“若辈黄种依赖成性,不若白人之能自立也。昨晚汝甫至,我疑汝为一黑人。”马利亚猛然由床坐起,詈曰:“小猪小猪,汝胆敢以我小姐为黑人耶!”马大曰:“小姐出言不逊,何得如此。吾谓黑人者,非轻黑人也。吾亦尝诵黑人事迹,觉彼等对于宗教之热忱,颇可为吾人所取法。我慕黑人而未曾亲见,闻汝来自印度,以为必黑种也,故今晨特来一亲颜色。然尔面与吾面并无差别,不过较为黄瘦耳。”马利亚怒犹未息,曰:“黑人畜类不如,尔今以黑人呼我,何胆大乃尔!”

斯时,马利亚竟不知用何方法,方可泄其心中之愤,于无奈之间,放声大哭。马大深为怜惜,劝慰良久,马利亚始收泪。马大为之穿衣毕,领往早餐。佳肴盈席,味甚鲜美,而马利亚犹愁眉曰:“此等食物,吾无一喜者。”马大复惊叹曰:“吾家弟妹苟得此,不五分钟,杯盘告罄矣。”马利亚曰:“然则汝何不遗若辈食之?”曰:“物非属吾,何得擅取。且吾必至星期六方可返舍一次,亦无暇及此。”言讫,又劝马利亚进食。初马利亚不悦马大,今见其和蔼可亲,遂转恶为爱,即依言进食少许。马大亦伴与同食,且告以家境曰:“吾家同胞共十二人,吾父每星期薪俸仅十二仙令(合中国约六元余),吾母每餐煮粥一锅,分给诸孩。有时且不能饱,然咸无愠色,依然嬉戏如常,不以为苦。”

马利亚食毕,马大劝其往院中玩耍,马利亚曰:“有谁伴我?”马大曰:“汝可自行取乐。吾弟迪康年十二,与汝彷彿,常独往旷野游玩,从不欲人伴行。彼性爱禽兽,而禽兽亦甚爱之,是以往往于林中觅得野兔雀鸟归。”言次,麦洛师母捺铃招马大,马大遂去。

第三回　选胜寻幽恨遭斥逐　消闲遣闷幸有馈遗

马利亚自马大去后,忽发逸兴,独自下楼往院中去。有一老者正在掘地,见马利亚讶问曰:“汝来自印度乎?”曰:“吾虽来自印度,然慎勿疑我为印度人。”言毕,即指问老者曰:“此北面为何处?”答曰:“菜园”。又指问:“彼南面为何处?”曰:“花园。”又问:“西与东为何处?”曰:“皆果园也。”马利亚曰:“吾能遍游诸院否?”曰:“既无犬吠尔,何不能游哉?”马利亚曰:“闻诸园中有一园不许擅入,未知确否?”老者笑问曰:“何园乎?”曰:“不知。”

言时,一鸟飞停老者肩上,殊不畏人。老者与语,如晤良友。

马利亚奇之,而其寸衷所尤奇者,则以其舅因何将园封锁,不许人入也。然马利亚胆素壮,遇事一无所惧,于是自往寻之。连入数十院,门皆大启。因思吾舅父所封禁者,当必更有可观也。于是定意欲觅之,逐日寻访,不但不觉其劳,反觉兴致勃勃,不似昔时之抑郁无聊矣。

自此马利亚每食虽杯盘告罄,而犹似未饱,常谓马大曰:“我不知何故,时觉饥肠辘辘,贪思食品。”马大笑曰:“殆以此地空气清新,使尔身体渐长故也。”马利亚每遇食饱后,即往外遍觅秘园。如是多日,终无门径可得。访之园叟,园叟不以告;讯之马大,马大支吾不答。马利亚中心忐忑,时摇摇如悬旌矣。

一日,有知更鸟飞鸣而过,其声清雅。马利亚仰首瞻视,鸟亦屡屡回顾,且歌声较前尤为亲切,似问马利亚来自何方,有何寻求。马利亚不禁大笑曰:“汝区区一鸟,安知人性?”言讫,鸟即飞逾墙头,息于隔院高树枝上。马利亚亦欲进入此院,而四顾无路,心中喜曰:“吾舅封锁者必是园也。”

时忽闻铃声呼之用膳。膳后忽然狂风大作,继之暴雨淋漓。马利亚觅园之兴为之顿阻,旋闻有童子哭声,遂问马大:“是声也胡为乎来哉?”马大曰:“风雨之声耳。”马利亚曰:“此非风雨声,明明为童子之哭声也。”马大即顾左右而言他,以示不欲明言之意。

翌日,天公犹未作美,马利亚颇觉无聊,因与马大闲谈,藉以遣闷,问曰:“汝家弟妹于天阴时作何消遣?”曰:“或玩小鸟,或玩小猫,不过如此而已。”马利亚曰:“我既无小鸟,又无小猫,何以度此长日?”曰:“尔能织乎?”曰:“否。”曰:“能缝剪乎?”曰:“否。”曰:“能诵读否?”曰:“略识之无。”曰:“然则尔何不观书?”马利亚曰:“我有一书,留于印度,忘未带来。”马大曰:“可惜可惜。此间有一藏书室,无异天禄石渠之富,但得麦洛师母许可,不妨随意取阅。”马利亚闻言自思曰:“其间既有书若是之多,不可不往一观,以开眼界。”即不待麦洛师母之许可，遂自行往寻。且前闻宅中有屋百间，今亦将一一观其陈设。乘兴起步，蜿蜒曲折，似约百里之长。路转峰回，东西莫辨，既而信手启一门，见其间玉石堆叠如山，玩弄良久。复入一室，铺陈极其幽雅，壁间悬有丝绣山水画屏，俨然如真。玩赏之余，暗度循此以往，所谓秘园者，殆不远乎。于是又登楼连入数十室，觉罗列多珍，无所不有，如图画也，玩物也，金银铜铁器皿也，五彩磁器也，雕刻木石也，光怪陆离，不及遍览，不啻一大博物院矣。

斯时马利亚腹既饥甚，力亦困倦，欲回膳室用午餐，而迷其方向，独徘徊于楼角，忽闻童子哭声，拟启各室之门以寻之。正筹思间，忽又闻履声橐橐自楼下来，遥瞩之，乃麦洛师母也。马利亚虽知此时不免被责，然避之不遑，亦只好故作从容，以俟其至。麦手握钥匙一串，见马利亚即厉声曰：“汝来此何为？我曾告汝不可擅入他室，岂忘之乎？”即以手推之下楼，送入膳室，曰：“尔再违命，必禁锢不恕矣。”言毕而去。马利亚愤甚，切齿而言曰：“我岂畏尔耶！”

次晨，旭日东升，晴光满布。马利亚喜不自胜，曰：“吾今日将有极佳之游处矣。”俄而，马大入，马利亚谓之曰：“我初以为英国终日阴雨，讵意此时天公竟十分作美也。”马大曰：“然。今日星期六，吾亦将乘此佳日，返舍省亲。”马利亚曰：“尔家离此若干路？”曰：“五六英里之遥。”

马大侍马利亚早膳毕，即起行返舍。马利亚依然往寻秘园。见四围墙垣隙地，遍延蔓草，不得已以手拔除而进，甚至刺手出血，毫不介意。又闻知更鸟鸣于树间，马利亚曰：“鸟乎，尔果为我良友，能否示我该院门径？”鸟似答曰：“此事甚易，然恐尔入此院后，不念我恩，反毁我巢耳。”曰：“尔请勿疑，我必伴尔游，伴尔歌，爱尔护尔也。”鸟于是飞立于南面墙头，高歌以引之。马利亚跟踪至前，适有一阵微风，将蔓草吹开，露有门纽。马利亚心跃跃然喜曰:"得之矣,得之矣。"竭力推门,仍不得入,因知其锁甚坚,不过空喜一番而已。

正在进退维谷之间,忽闻有人呼之,则见马大归来,手持物一包,曰:"此家母赠尔者。"马利亚曰:"尔母与我素未谋面,何以送我礼物?"马大曰:"我已将尔由印度来一路所遇并在印度情形,告我家母及诸弟妹。伊等皆为尔怜,我母命我好生侍尔,免尔寂寞,我弟迪康尤觉不胜念尔。"马利亚曰:"如此吾所经历尚多,暇当再与尔言,以为尔归告家人之资料。"马大曰:"可。"即将手中礼物递与。马利亚视之,乃一绳也,两端有柄,上有花纹,问:"此物有何用?"马大接回曰:"吾教尔用法。"即以两手握柄,且甩且跃,至百余次而止,曰:"昔者吾能跃至五百之数焉。"

马利亚得此,视为至宝,时时操练,初仅能跃一二次,后渐能跃至二三十次,因谓马大曰:"尔母赠我此物,解我忧闷。尔母真一慈惠人也。"马大曰:"然。我母虽对于猫犬畜类,亦不加呵责。吾弟迪康性情酷似吾母。"马利亚曰:"吾虽未见尔母及尔弟,然心甚爱之。"此一爱字,在马利亚从未出口,今独加之于不相识之人,马大母及弟之感力可谓巨矣。马利亚又问:"此物价值若干?"曰:"银一角耳。购此物之意,虽出于家母,而钱则自我出之,以家母近适囊罄也。"马利亚曰:"然则此物乃尔辛苦得来之钱所购乎?"曰:"然。"马利亚曰:"多谢多谢。"此一谢字,在马利亚亦从未出口者。昔时侍之者甚多,虽小心翼翼,尚不能得其一谢,今马大以区区礼物而得谢,可见马利亚之感戴,实非他人所能同日语矣。

第四回　得秘园遨游终日　探病室款洽深宵

马利亚自获此绳,一人练习跳跃,优游自得,毫不寂寞。转瞬腊尽春回,树间鸟鸣上下,阶前花卉争妍。马利亚每于园隅屋角,处处留心,欲觅秘园之锁钥,竟不可得。一日午后,信步至园叟前，见其掘地殷勤，绝不向之一顾。马利亚亦不欲与之交言，伫立旁观，两相缄默。时地中掘出一物，小而黑，两人均不以为意。适有知更鸟复来其前，鸣跃不已。马利亚曰："鸟乎，尔既示我……"言至此，因念园叟在侧，不敢泄其秘密，故语声复止。然该鸟似已洞察微意，纵声高歌，似告马利亚曰："钥匙在此也，钥匙在此也。"马利亚仍不之觉，该鸟无奈，遂从地上将此物衔出，飞投马利亚前。马利亚拾视，乃一钥匙，不禁心中大喜，恐为园叟所见，急纳于袋。

奔往秘园门前，用此钥试启之，门顿辟。既入，心中跳跃，恐为人见，即将门从内复合之。举首四顾，见此园极大，四围绿树阴森，奇花异葩，满目辉映。中间一片平阳，绿草似茵如铺碎锦。有小径数条，或通亭台，或达池沼。亭畔假山耸立，起伏得势，清溪环绕，一桥相通。溪外石狮石马，或立或卧，形状不一。旁有一冢，冢面以矾石砌成，上列花盆若干，红绿相间，殊堪悦目。冢前丰碑耸峙，高约丈许。马利亚自言曰："此园花木鲜妍，不稍荒芜，池水清洁，毫无臭味。十载之中，岂真无人入此耶？"徘徊半晌，复自语曰："吾虽年幼，然所见园林亦已不鲜，未见有此园之别有一种幽胜处，令人不忍遽去者。吾舅既不欲一人进入此园，今已为吾所据有矣。"言讫，忽闻人语声，不胜惊惧，自思曰："苟被人见我在此，告知舅父，吾恐非仅受责，且将被禁锢矣，不如速去为是。"于是仓皇走出，遥见一童子，年可十三四，正与马大倾谈。马利亚暗忖曰："此必马大之弟迪康也。"即趋前与之寒暄，觉其温文尔雅，殊属可喜，于是再三嘱以明日复来。迪康允诺而去。

马利亚既获秘园，又遇迪康，不觉心中喜甚，晚膳时与马大高谈不已，且询马大曰："汝弟知种园之法乎？"曰："我弟将吾家园中划出一隅，据为己有，终日胼手胝足，操劳其间，不以为苦。届时花果菜蔬，无不色色茂盛，可见彼之精于园艺矣。"马利亚曰："彼既深知种植,吾将向之学习,未知彼肯赐教否?”马大曰:“汝喜吾弟迪康乎?”曰:“然。吾初聆尔言及迪康之为人,即思慕綦切。今获会晤,知尔言非谬,尤觉喜之不胜。汝知彼明日肯来此伴我游玩乎?”曰:“以余测之,决其必来。因尔舅母在世时,与吾母甚善,吾母恒携迪康来此盘桓,故尔舅父素识迪康,出入向不之禁。”马利亚曰:“如此实获我心矣。”

次日,迪康果来。马利亚与之游玩各处,并谓迪康曰:“我有一秘事,从未告知一人。未知尔果否诚信,能与尔言否?”迪康两目注视马利亚,似心中甚愠,然外貌犹镇静如常,曰:“为人当诚,交友贵信。尔既不嫌我猥鄙,肯与我友,何又不以我为诚信乎?”马利亚曰:“事关重要,性命相系。苟不审慎,信口道出,则吾或被禁锢,或被杀戮,均未可知。”迪康曰:“究何事也?”马利亚欲语复止。迪康曰:“苟汝不愿相告,则请不必言矣。”马利亚不知如何回答,既而曰:“尔知吾舅有一封锁之园乎?”曰:“闻吾姊曾言及之,谓已封闭十载之久,无人曾入其间。”马利亚曰:“然吾已启而入之矣。”迪康曰:“吾意必荒草蔓延,满目凄凉,不若他园之美观也。”马利亚曰:“不然。依旧争妍斗芳,红绿掩映,幽胜无比,若常有人灌溉者然,斯亦奇矣。”言次,已行至园前,即偕迪康入。相与流连,直至日色西垂,二人始出。

迪康别去,马利亚入室晚膳。麦洛师母入谓马大曰:“待其食毕,为之理发更衣,因今夕七时半,克勒文先生欲见之也。”言毕而去。马利亚闻言,恐秘园事泄,将见责辱,惊惧异常,倔强性又发,曰:“我定不欲见之。来时不欲见我,今又何见为?”继又转语曰:“我去我去,死且不畏,何惮禁锢!”言毕,大哭不止,似染狂疾。马大急慰之曰:“汝舅因明日将往意①大利一游,恐年余始返,以尔来

① “意”,原文作“义”,据文义改。下同。

时体适有恙，故未见尔。今已痊愈，欲与尔一晤，以尽甥舅之谊。尔当以礼相见，不应如此号哭也。”马利亚曰：“吾舅囚我如何？”曰：“尔未犯罪，囚尔何为？”马利亚曰：“恐伊已知……”马大曰：“已知何事？”马利亚曰：“汝既不知，我亦不必告汝。”马大急为之梳洗更衣毕，麦洛师母携之去。

斯时马利亚因马大一番告慰，疑信参半。及入舅父书室，见舅父坐一大椅中，面目癯瘦，蔼然可亲，不似己所幻想之凶狠状态也。然室中虽炉火熊熊，马利亚仍如立身冰室中，寒战不已，齿震震作声。其舅招之使前，谓之曰：“吾欲见尔久矣。”马利亚曰：“迩来吾舅贵恙痊愈乎？”克微笑曰：“已愈。尔何由得知吾疾？”马利亚曰：“顷闻马大告我也。”克见马利亚娇小玲珑，举动有礼，颇悦之，与之寒暄数语，并赐以玩物数事，始命之出。马利亚出自书室，始觉安舒。翌日破晓，其舅即起程远行矣。马利亚知舅已远出，喜不自胜，曰：“吾今于秘园中任意游玩，可无忧虑矣。”

是夜微雨，马利亚知次日不能与迪康游戏，颇觉懊恼，辗转床头，久久不能眠，忽又隐隐闻哭泣声，曰：“此屋甚奇，常闻哭泣声，究不知是何人也。舅父业不在此，麦洛师母即不足畏。吾将起而探此哭声之由来，穷其究竟。”于是秉烛起行，循声而往，至第三层楼，知必在此。于是依次启门视之，不见踪迹。时哭声较微，故马利亚一时探寻不得，伫立细听，似闻一室中有呻吟声，遂推扉入，见一年可十一二之童子，卧于床褥间，骨瘦如柴，两目深陷，披发腮际，形状如鬼。见马利亚则立止呻声，作惊骇状，曰：“尔为谁，人耶鬼耶？”马利亚亦不知彼为鬼为人，战栗不敢遽近，曰：“我姓连那名马利亚，克勒文先生之甥女也。尔为谁？”孩曰：“吾名库林，乃其子也。”马利亚曰：“然则尔果为人乎？”曰：“非人而何？”马利亚曰：“尔何为屡屡号泣，吾闻汝哭声已三次矣。”曰：“吾头痛殊甚，不久将死。”马利亚曰：“何无人告我舅曾有子？”曰：“吾不欲人之扰己,亦不欲人道吾名字,故吾父禁人提及。”马利亚曰:“尔卧此已几何时?”曰:“生于斯,长于斯,不久亦将毙于斯矣。”言讫,不觉流泪。

马利亚曰:“汝既不欲人扰己,然则汝欲我速去乎?”库林曰:“否,绝不欲汝遽去。请汝坐此摇椅中,我将与尔静谈,以解沉寂。”马利亚曰:“不可。苟麦洛师母知之,吾必无幸。”库林曰:“倘彼敢责汝,吾必逐之去。吾家无一人敢违我意,汝勿畏惧。”马利亚曰:“虽然如此,但汝亦不必特告之也。”库林点首,即问曰:“汝来自何所?”曰:“来自印度。”库林询以印度情事。马利亚即将印度形势及风俗人情,详细叙述,娓娓不倦。库林闻之,颇觉津津有味,既而指谓马利亚曰:“烦尔将此绸帘揭去,吾欲示汝以吾母之像。”马利亚依言,将帘揭起,见一秀丽女子,容色极美,两目炯炯,停谛欲笑,遽视之无异活人。马利亚亦油然向之一笑,回视库林,已泪如泉涌。马利亚曰:“吾扰汝过久,致汝又头痛乎?”库林摇手。马利亚曰:“然则吾出言有伤尔怀乎?”曰:“否。吾自悲无母之子,苦不堪言耳。吾不幸自在襁褓,即惨遭失恃,迄今已十载矣,伶仃孤苦,不堪言状。吾母不死,我今日何致若是!”言次,涕泣不止。马利亚曰:“幸勿过悲,致伤贵体。吾亦一无母之人也,然吾今已不复念之矣。盖因彼虽生我,实未尝育我,终日与友人往来于游戏场中,挥霍金钱,犹如粪土。吾之衣食起居,悉委之乳媪,毫不顾问。故吾母虽生若死,死亦不觉其可悲也。”噫,世界不良之母闻马利亚言,能不惊心动魄,引以为戒乎?库林聆言,不胜惊奇,曰:“然则尔不爱尔母乎?”马利亚曰:“吾母无使人取爱之处,吾安得而爱之哉?”库林曰:“谚云,天下无不是之父母。父母有过,他人皆可批评,惟子女不得訾议。故父母虽有不是之处,子女总当忆其恩而不忆其仇,念其善而不念其恶。汝母虽无恩于汝,然汝之身究为彼所生,理宜佩爱终身,不应漠视若此。吾素不识吾母,然每见吾母遗像,每闻吾母遗言,不禁悲从中来,泪即夺眶而出也。”马利亚曰:“尔言诚是。吾此后将谨依尔言,敬爱吾母矣。”两孩谈论已久,库林倦甚,马利亚告辞,库林谆谆嘱以明日再来,马利亚允诺而去。

第五回　堂兄阴谋竟为道破　表妹雅谊何忽乖离

次日清晨,马大入马利亚室邀之早膳,见尚熟睡未醒,意其体或不适,故尚高卧,否则长此以往,恐染怠惰之习,详视再三,仍是鼾声如雷,并无疾病状态。复待片时,始低声呼曰:“小姐小姐,早膳陈设已久矣,何尚贪眠耶?”马利亚徐启其目曰:“待我早餐乎?吾倦甚,尚未眠足,不思饮食也。”马大曰:“尔有恙乎?”曰:“否。因昨晚……”言至此又忽止。马大曰:“昨晚何事?”马利亚笑曰:“昨昨昨晚吾因雨声滴沥,扰我清①睡,复以迪康今日未能前来伴我同游,是以心中烦恼,以致失睡。”马大亦笑曰:“原来为此。”

马利亚又曰:“昨夜且隐隐闻哭泣声自远而至。噫,吾闻此哭声者屡矣,细审所自,知确在此巨宅中,自思此屋岂常出怪物乎。前在印度时,乳母时以鬼怪故事告我,然吾往往指为谬谈,不肯深信。昨复闻哭声,似觉脑中鬼怪故典隐约欲现,似证怪物之说,实有其事。汝知吾胆素壮,不畏妖魔,遂起而秉烛前往,循声四觅,竟为我所寻得矣。”马大闻言,面顿失色,两腮忽红忽白,曰:“汝说梦耶,抑真有其事耶?”马利亚曰:“实有其事,尔岂真不知此屋中之幼主库林乎?”马大愀然曰:“休矣休矣,吾不幸实甚。倘麦洛师母闻知,必将逐吾去矣。吾凡事均小心翼翼,无有错失。主人嘱我此事当守秘密,吾不敢违命,故与汝言时,尤加谨慎,虽汝屡询何人哭泣,吾或默而不答,或转而言他,从未告知。今何不幸泄此

---

① “清”,原文作“请”,据文义改。

秘密,吾必不免见逐矣。”马利亚曰:“此事与尔何干?汝何着急乃尔?吾岂非告尔乃吾夜闻哭声,因而亲自寻得者乎?”马大曰:“麦洛师母必疑余告尔者。苟吾母知之,亦必以不能慎密责余矣。”言次忽闻铃声,马大心跳不已,曰:“是必麦洛师母已知此事,呼吾前往就责也。”

马大去后,马利亚毫无惧色,自思曰:“吾舅为此屋之主人翁,舅去此权应属其子。昨晚库林曾言家中无人敢违其意,苟麦洛逐马大,吾必告库林转逐麦洛,库林必从吾言也。”正在筹思,马大匆匆走入,谓马利亚曰:“库林少爷请小姐即去。”马利亚不待言毕,即直奔高楼,趋入库林室,见库林倚卧一睡椅上,先请马利亚早安。马答之,移椅就坐库林之侧,告以马大知己昨夜至此室中,即惊惧异常。库林闻言,即按铃命马大入,正色谓之曰:“吾命汝敢违乎?”答曰:“不敢。”曰:“尔主为谁?麦洛师母耶,抑库林少爷耶?”马大曰:“库林少爷。”库林曰:“如此,尔可安然而去。苟麦洛师母敢如何汝,吾必立逐之去也。”马大领谢而去。

马大去后,马利亚注视库林,目不转瞬。库林异而问故。马利亚曰:“吾视兄与迪康大不相似。”曰:“迪康伊谁?妹何从识之?”马利亚曰:“即马大之弟也。其人甚奇,虽禽兽亦喜与之为友。彼苟振臂一呼,林中鸟、穴中兽莫不应声而至。我亲见野马跃其前,狐狸尾其后,松鼠援其肩,歌乌立其首,诚异事也。”库林闻言,颇觉津津有味,圆睁双目,精神为之一振,似觉十载夙疾,霎时脱去。马利亚曰:“外面景致十分幽雅,甚望兄能出外游玩,以消积闷,并吸新鲜空气,于贵体不无补益。”库林蹙然曰:“不日吾即欲死矣,何尚能往外游玩哉?”马利亚掀唇云:“欲死何为?”曰:“非吾欲死,只以人皆以我必将速死,故我如此云云也。”马利亚曰:“谁云兄必将速死?”曰:“第一冀吾速死者为我堂兄。彼乃一医生,家父延其为吾诊视,彼欲承吾父巨产,故布置种种计画,冀吾速死。吾屡闻婢仆言其为人极毒，居心极险，然得吾父之信任，不更他医。彼每见吾疾稍愈，即戚然不悦，谓我曰：‘尔父命尔在室中静养，不宜出外，否则非仅触尔父之怒，于尔疾亦大不利也。’平时阳作爱吾状，阴思毒计杀我，以遂其欲壑，诚一阴险人也。非吾诬之，乃婢仆附耳私语时，为吾所窃闻者。”

马利亚曰：“兄何懦弱至此，尔不从其言，彼又将奈尔何！至将死之说，断不至此，兄可放心。”库林闻言，喜甚，曰：“吾果不至死乎？抑诳我也？”曰：“兄苟从吾言，定不得死。”库林曰：“从妹言若何？”曰：“此后兄宜日出游玩，稍事运动，使筋血流活，饱吸清气，使肺部扩张。若终日囚此室内，不见日光，不事运动，不死亦将死矣。余在印度时，一般富贵女子终日禁锢闺中，不见天日，是以非筋骨疼痛，即血气衰弱，百病丛生，不离药石，仍是骨瘦如柴，坐而待毙，尚不若彼下等女流之筋力强健也。吾初至英，亦患瘦弱，后以日在院中游玩，随意寻乐，今不仅体力似较前强健，尤觉寻胜访幽其乐无极。且十载无人能至之秘园，亦已为我所寻得矣。”库林闻言，立时坐起，急问何园为尔所寻得。马利亚因一时愉快，情不自禁，随口将秘密泄露。今彼库林追问紧急，不能遮掩，欲据实道出，又恐库林将其秘密彰扬，将如之何。

正犹豫间，库林又问曰：“妹既告我得一秘园，何又不肯明言？”马利亚摇手止其勿哗，低语曰：“吾可告知底细，然吾兄能否允我不转告一人？”库林曰：“妹不欲我告知一人，吾能守口如瓶，可勿虑也。”于是马利亚将如何探寻秘园及园中情景，据实告知，并谓此园乃因尔母死后，葬于其间，尔父不忍目睹，故将是园封锁，不许一人进入。又云若非知更鸟助我寻得园门及锁钥，亦无由能入。

二人谈兴正浓，忽闻有人叩门。库林命入，乃麦洛师母及医生也。二人骤见马利亚在此，不觉大惊。医生曰：“此何意也？”库林睨视不答。医生向前复问曰:“此乃何人?”库林曰:“乃吾表妹连那马利亚小姐。”医生怒视麦洛师母。麦曰:“余未知马利亚小姐何得至此,吾深知此间众仆无敢告之者。”库林亦怒曰:“昨夜彼闻吾哭喊声,亲自探寻至此,与余欢晤良久始去。今日余怀念不已,特命人招之前来,伴我沉寂。尔等岂不许我与之共语乎?”医生虽甚不悦,又不敢逆其意,遂诊其脉,曰:“烦搅过甚,脉象不佳,汝宜谨慎,不然,恐有性命之忧。”库林愈怒曰:“明明我今日较往日稍佳,尔乃如此诅咒。我不死亦将为尔咒死矣。”麦洛师母点首曰:“以余视之,亦觉较往日稍愈。”医生曰:“早晨此女未来之先,必较此时尤好。”库林笑曰:“然则彼昨夜已来伴我良久,又作何说法?”医生语塞,惟再三嘱以有疾在身,须独自静养,勿宜过劳。库林厌其烦琐,催之速去。医生无法,只得含怒而去。

是日,马利亚与库林同食晚餐,谈笑甚久。次日,天公作美,阴云四散,红日东升。早膳后,迪康即来,马利亚乐极,即偕往秘园,任意遨游,见各种花木,经春雨滋润,分外鲜明。迪康携来许多花种,拟撒布隙地。二人刈草掘土,毫不惮劳。及午膳,马大问马利亚何往,库林待尔已久,宜速往。马利亚曰:“尔可告以吾今日有事,极形忙碌,不克前往。”马大曰:“彼已待尔许久,困惫不堪。吾不敢撄其怒。”马利亚曰:“我实无暇,绝不能前往。”言毕匆匆而去,盖以迪康午膳后先在秘园相待也。马利亚复与迪康在园中共嬉,直至夕阳西下始出。

马利亚往见库林,见其在床坚卧,倒面向内,绝不一顾。马利亚曰:“兄何尚未起床?”库林仍不之顾,曰:“余已待尔终日,何不早来?”马利亚曰:“余与迪康在园中莳花刈草,无暇来此。”库林曰:“尔恋恋迪康,无暇与我共嬉,吾将下逐客令,不使擅入此门。”马利亚曰:“如尔欲逐迪康,吾将永不入尔室矣。”库林曰:“我欲尔来,尔敢违我命乎?”马利亚曰:“我岂畏尔,观尔数根瘦骨,能若我何?”库林怒曰:“迪康乃一私己之徒,尔乃尊崇若是。”马利亚曰:“尔若何?”库林曰:“我不似彼仅顾一己之乐,绝不怜我孤独无友之苦。汝尚不以彼为私己乎?”马利亚曰:“彼举动一如天使,较汝胜千万倍。”库林哼声曰:“为吾速去。吾不愿见如此倔①强之人也。”言讫即将卧枕向马利亚投去,意欲击之。然以久病无力,枕不由己,即依床边坠地。马利亚见库林以枕击己,怒发冲冠,随即走出,且曰:“余好意来视汝,将告汝以无数趣闻。今既若此,必不告汝矣。”言毕而出。

启门,见看护独立门外,以巾掩口,大笑不置。马利亚问故,曰:“全宅中从无人敢与之斗舌者,今亦遇劲敌矣。”马利亚曰:“尔等何胆小乃尔? 平日凡事依从,以致养成如此坏习。”看护曰:“吾等非畏其人,畏其发病也。苟遇不遂意事,其病辄作。尔如不信,试观今夕疾必大作矣。”马利亚冷笑而去。

第六回　游园欲辟医生谬　哭墓因怜老叟忠

马利亚返室,见桌上有信一函及木匣一具,乃其舅父寄来者。启匣,中乃满贮玩物,于匣底得一小包,拆视,乃铅水笔等数事。马利亚既获诸物,心中余怒顿时消释,拟作书与舅父伸谢,以疲倦殊甚,遂脱衣就寝。将入睡乡,忽闻哭叫声甚厉,众佣上下奔走,似甚惊慌。马利亚知是库林疾作,亦毫不为动,紧掩两耳,不欲闻其哭声,然竟枉然。又经片刻,看护至,固邀马往止其哭。马利亚曰:“吾已誓不再入其室,又何往为?”看护坚劝之。马利亚愤极,起身直向库林室中冲去,启门直趋榻前,高呼曰:“不许哭! 如此狂叫,无人不恨,尔何不速死也!”库林闻言,拳打足踢,尤加高声狂号。马利亚曰:“尔再弗停,我亦将号矣。我号较尔号声尤巨,

---

① “倔”,原文作“崛”,据文义改。

尔畏乎?”库林不听,仍旧号哭。马利亚不得已,大喊一声,犹如霹雳。库林惧曰:“吾欲止不得止,奈何?”马利亚厉声曰:“明是汝任性故意做作,何云不得止也?”库林曰:“我有夙疾,每当忧郁之际,辄觉背上起瘤,医言此瘤渐长,遂成驼背,不久即死,是以悲耳。”言讫,哭顿止。

马利亚谓看护曰:“来,亟示我以彼瘤何在。”此时,麦洛师母及马大、看护等俱倚立墙次,惊惧万状。看护闻马命,不敢抗违,而又惧触库林之怒,进退维①谷,不知如何能悦两主,既而稍前数武,曰:“恐少爷不欲我示尔以瘤耳。”库林闻言,微声曰:“示之可也。”于是看护胆战心惊,为之解带宽衣,露背示马利亚。斯时,马利亚俨若一名警察,视半晌,曰:“瘤在何处耶?以尔瘦弱之故,高露脊骨而已。”库林诧曰:“怪哉,医生谓我背已有瘤,不久将成驼背,吾即将死。尔言不见瘤何也?”马问看护曰:“尔见有瘤乎?”看护曰:“我不敢云何。”马怒曰:“尔目何用?见则云见,否则云否。何惧之有?”看护曰:“吾未之见也。”库林曰:“然则吾将不死矣,未知可长大成人否?”马方詈以速死,似未便祝其长寿,遂云尔如不号,常出外游玩,何得即死哉。

库林闻彼可不死,愉快非常。虽彼尚未知死是何意,第以医生谓其将死,故畏死之心,时萦脑中。今聆其将不至死,顿觉大有盼望,盼望既生,精神亦为之顿长,于是谓马利亚曰:“吾寸步难行,焉能与尔出游?”马曰:“汝可乘车以往,请迪康为尔推,我为尔拉,则我三人可共游矣。顾尔性顽劣,辄欲驱迪康去,故我不愿倩彼为尔役。”库林曰:“彼苟肯来载我出游,我决不驱之也。”看护谓马利亚曰:“今已宵深,小姐谅亦劳顿,盍往就寝。吾可亲自照看伊睡也。”库林伸手拉马勿令遽去,马令看护姑

① “维”,原文作“惟”,据文义改。

去，容吾安置库林可也。看护去后，马利亚曰："可就寝矣。"库林曰："尔前云有若干新闻将不我告，敢问究竟是何新闻?"马曰："明日告尔，今我且歌一美调，送尔入梦。尔欲聆否?"库林曰："善。"马轻声漫歌，婉转动听。库林闻之，不觉心醉，片时已入睡乡。马亦旋出就寝。

翌晨，日上三竿，马始起床。早餐后，马大即来相招，谓库林待尔已久，请往一见。马亦不辞，立往见之。库林邀之坐。马利亚曰："迪康待我已久，吾即欲去也。"库林不敢如前之强留，虽允其去，然微露不舍状。马利亚慰之曰："兄勿忧急，吾必速来。"库林曰："吾适头痛思睡，尔既欲去，我亦暂眠以待尔返。"

于是马利亚出晤迪康，共往秘园。见己所植花卉已有含苞欲放意，马利亚曰："此园中必有奇妙不可思议之主宰在焉，否则诸种花木，安能及时生长而结实哉?"又曰："吾侪得观美景，且与鸟兽为伴，俨若良友。惟库林不能行动，终日枯坐室中，或静卧榻上，不能与吾等同乐，深为可怜。吾劝之出游，彼已允许，且嘱我恳尔为之推车，尔意如何?"迪康曰："固所愿也。"马曰："如此我将往告库林，以安其心。吾知彼必甚乐闻也。"

言毕，匆匆遽去。见库林已醒，即曰："迪康已允为尔推车矣。"库林喜曰："如是吾明日即将出游。惟尔昨谓有许多新闻见告，究系如何?"马利亚曰："勿躁，容吾告尔。迪康平日来园，带有许多禽兽，颇有趣味。"曰："是何禽兽?"马利亚曰："彼左手牵一小羊，右手提数画眉，肩上立一猴，囊中藏两松鼠。观其羊鸣鸟语，猴跳鼠跃，不觉使人乐而忘倦。"库林大声曰："请嘱伊携来与我玩赏。"又曰："我今视迪康之为人，无异天使。前此我曾詈之，未免不当也。"

言次医生复至，惊曰："闻尔昨夜疾作，何今日即已愈乎?"盖库林每疾作时，辄四五日不能饮食言语，故医生有此惊问也。库林曰:“吾亦甚奇之。昨夜虽曾发疾,今日只觉疲倦而已,并无他苦。适才表妹语吾,将领吾往园中游观各种动植诸物,以消积闷。吾闻之不觉兴致勃勃,精神倍长矣。”医生闻言,愀然不悦,惟切嘱曰:“子宜时念贵体有恙,切不可轻举妄动。倘或不慎,血管破裂,以致身亡,悔无及矣。”库林曰:“尔勿阻我出游,致害我身。子宜速去,我不愿闻汝多言。”医生含怒出,暗思曰:“吾想尽阴谋,欲将彼治死而不露痕迹,以便获其遗产,竟不由我计划,岂天隐为之鉴察而呵护之欤?如此天亦将鉴及吾之隐衷,吾罪深矣。”

医去,库林谓马利亚曰:“盍请迪康携诸物至吾室,令吾赏玩乎?”马曰:“善。”于是出延迪康入。迪康调诸鸟兽,莫不驯服异常,并示库林以如何喂养之法。库林闻之,津津有味,陡觉神气清爽,夙疾顿除。至晚,库林谓麦洛师母曰:“吾病已愈,拟明日乘坐轮椅游诸院中。尔速命仆辈备治一切,以便听用。”麦洛闻言,暗思今库林精神日强,殆不至死矣。

次日,库林与马利亚早餐甫毕,看护即来为库林更换新衣。盖以库林久不出卧室,故虽往已园中,不啻吾人出游他邦,未免惊天动地。一时,仆佣咸称奇异,均欲俟库林出一望颜色。顾库林不欲多人之扰己,即嘱麦洛,舍马大及看护并健仆马敷罗乞之外,他人勿许近前,违者驱逐。

届时,罗乞力抱库林下楼,安置轮椅中。迪康手推,马利亚扶之,二人且行且歌,颇觉安适。此时库林一路领略春景,饱吸空气,耳目顿新,胸襟为之一畅,真觉起死回生,如游太虚矣。行数武,库林问:“已至秘园否?”马曰:“尚远。”行半晌,库林连问数十次。又良久始至。

马利亚由袋取匙启门而入,见园中奇花异木,红绿相间,色艳而娇,香气扑鼻。三人恣意游赏,正在兴高采烈之际,库林忽然放声大哭。迪马二人大惊,急问何故。库林语不成声,马利亚以为旧疾复发,然不若前此暴怒,仅十分悲泣而已。少顷,库林泣曰:“方吾瞥见先母坟墓,不禁顿触旧感,悲由衷生,是以哀耳。”二人多方劝慰乃止,直游至下午始回。

由此库林不特爱此秘园之风景,且更以母墓在此园中,辄恋恋不忍去。于是拟定每日必来此游赏一次,且时携香茗糕点至亭中会食。约一星期余,库林面上苍黄之颜色已转成桃红,不若前此之憔悴矣。

一日三人正在园中细玩各花,库林突指呼曰:“何人在墙头窥视?”马利亚急奔视之,乃种园老叟,以梯登墙,正色询马利亚曰:“尔何得擅入此园?”马曰:“与尔何干? 顾来问我?”老叟曰:“正与我有莫大关系,故不得不问。”马曰:“是鸟示我门径,是鸟授我锁钥,乃天许我入此园也。尔将如我何?”二人争论间,迪康推库林椅至。库林厉声曰:“汝为谁? 而敢在此多事! 尔知我为谁?”老叟曰:“莫非驼背少爷乎?”库林由椅中猛然起立,谓之曰:“尔观我背直如矢,何驼之有?”马利亚亦力证库林之非驼。库林命老叟入,将重惩之。老叟既入,毫不畏惧,惟露怜爱之状,谓库林曰:“少爷活泼乃尔,而人乃谓少爷将死,是何言之妄也。”于是注目端视者久之,忽曰:“噫,少爷之声音容貌,俱酷肖夫人,是夫人不死矣。”又曰:“我乃夫人宠仆也。夫人死后,我因受恩深重,夫人坟在此园,故时来此除刈荒草,整理花木,略图报答。”库林曰:“我闻此园封禁已近十载,无人得入。尔何由入耶?”曰:“我越墙而入也。”库林曰:“如此,尔乃一忠义之仆,我原欲招尔惩责,今谢尔忠诚,感尔勤劳,将赏尔之不暇矣。”老叟曰:“幸不受责,福已非浅,奚敢求赏哉?”库林曰:“此园为我三人游玩之地,尔宜禁止他人不许入内。”言毕遣去。库林谓二人曰:“我已自能起立,明日将渐试步行,以验足力。后此体力渐强,复原或有可望。恐我父归来,将不识我为其儿矣。”

第七回 与小友游喜有足力 闻老人语顿悟道心

库林既能起立，喜不自胜，曰："明日我将启步试行矣！"次日，不幸雷雨交作，库林、马利亚等不能出外游玩，心中焦急万分。库林仰卧睡椅，默思我病卧多年，两足无力，不能起立，终日株守一榻，以为此生无起立之望矣，岂知游园未经多日，精神已觉倍增，昨日竟于不知不觉间遽能起立，如有神助，岂彼秘园中有若是之能力，能使我痼疾顿除、骤然起立乎？此能力究由何来，殊不可解。若果有此能力，则我从此相继出游，久而久之，我知不仅只能起立，将体力日增，逐渐健强，必有与迪康竞走之一日矣。及午后，阴云四散，日光渐出，惜湿草未干，未免沾足，尚不克出游也。

翌晨，一轮红日高悬天际，似呼库林起曰，可以游园矣。库林惊醒，见天朗气清，晴日当空，不觉惊喜殊甚。起坐床头，不待看护入侍，即自行著衣整履，并不为难，于是颇觉畅快，曰："此后无须事事需人矣。"整理毕，马利亚与看护相继入。见其衣已著毕，看护曰："少爷起身抑何如此之早？竟能自著衣履耶？"库林曰："勿多言，速为我盥洗。即告厨役陈设早膳，并命仆辈速备轮椅，我餐后即将出游也。"看护领命去，暗思少爷卧病多年，药饵未尝离口，毫未见有起色。近来并未服药，只每日出游一次，而夙疾之去，竟若是之神速，抑亦奇矣。

霎时，早餐陈入，库马二人食毕，仍命健仆罗乞负库林下楼。安置既毕，迪康犹未至，马利亚不耐，独推轮椅行。看护欲窥其所至，请代马推车，库林不许。看护不得已即退去。马利亚推至半途，迪康始至，命马休息，即推库林入秘园。

库林见经雨之后，竹林新笋破地层而直上，枝间嫩蕊映日光而怒放，浓芳馥郁，绿荫缤纷，凡一草一木，莫不令人心醉神迷，不觉叹赏不止，流连数小时，犹不忍去，喟然谓迪马曰："如此奇景，直不啻入一新世界，令我每见一物，即有所思，不若昔日卧床时脑中混沌，毫无思索者也。”迪康曰：“然。吾每玩弄一禽一兽、一花一卉，无不思上帝奇能，何深奥如此。”库林曰：“近来四肢微觉有力，伸缩自如，前日我能起立，今日我定能移步矣。”迪康、马利亚同声曰：“我等扶尔试行，以验足力，勿惧颠踬。”库林依言，略行数武，虽觉费力，而喜不自胜，曰：“上帝不特有奇能使植物发生，且有能力使病者立愈，真奇妙也！”迪康曰：“吾母云上帝不仅能使病者立愈，且能使死者复苏。”库林曰：“如是，盍求上帝使我母复苏乎？特不知上帝何在耳。”迪康曰：“闻母云，上帝无所不在，或在天堂，或在人心里，然吾亦不知究何在也。”

库林闻语，心中踌躇半晌，谓马利亚曰：“尔知天堂何在？我欲一往见此上帝也。”马利亚曰：“吾实不知。”迪康曰：“闻吾母云，其地景物极美，人民极乐，不死不灭，无忧无虑。然须真能信从上帝，立意为善，死后始能获往天堂。”库林闻言，转喜为忧，曰：“吾近日方有不死之望，与尔二人同游，殊觉快意，且以吾视此秘园，景物较他处为美，吾侪亦较世人为乐。此地无异天堂，吾固欲寻求上帝，然定欲死后方得见之，非吾愿也。”既而又嘱迪康曰：“尔归家详询尔母，生人能一往天堂否？”迪康首肯，遂相携而回。

次日，迪康来，库林急询之曰：“昨日托问往访天堂一节，尔母何言？”迪康曰：“吾母云诚心祈祷，终有得见上帝之一日；并云上帝即灵也，拜之者心有所求，无不灵验如响。只须竭诚祈请，虽未能目睹，心中定能有所感觉。”库林曰：“诚然。昔日我有病时，虽不能见病之所在，然我心中自觉有所不适也。我思上帝既命此园动植物随时生长，不差毫厘，渠必在此园内，暗中主宰。吾侪盍前往该园一展拜之乎？”

于是三人复往园中，在一亭内坐下。库林谓迪康曰：“我从未一往礼拜堂，未知礼节如何。尔既常往，仪文自必熟悉，请尔主领可也。”迪康喜曰：“委我作牧师乎？此固我素志也。今既见委，即为异日得牧师之兆。”遂正色曰：“请同唱赞美歌。”于是，已先领唱，库林、马利亚和之，歌曰：

赞美上帝万福之源。全球人民都当颂言。天上万军也赞他名。同心赞美父子圣灵。

唱毕，迪康曰：“请即祷告。”于是迪康又祷曰：“感谢上帝赐吾等美丽之秘园，使吾等得以玩赏。感谢上帝治愈库林夙疾，使彼日臻康健。求上帝住在吾等心中，使吾等依靠耶稣之名，坚心信仰，阿们。”库林曰：“此祷正合我意。请授我适间所唱之赞美歌词句，以便熟习。”迪康口授，库马二人潜心领略，顷刻而熟。是日，三人心中愉快非常，直玩至日昃，始行出园。

行至阶前，忽睹一发已颁白之妇姗姗①而来。迪康急奔往呼之曰：“吾母来此何为？”曰：“吾由市买物归，道经此处，知吾儿在此，欲偕汝同归耳。”时马利亚已将库林车推至，迪康母指问曰：“此即尔友库林、马利亚乎？”曰：“然。”库林欲示迪康母以非驼非跛，故急起立。迪康母讶曰：“汝何酷肖汝母乃尔！昔汝母在世，与余甚相亲善，言投意合，无日不见，诚良友也。自汝母逝世，吾即不甚来此。今幸汝夙疾已愈，不啻由死复生。汝父知之，其乐何如！”库林曰：“吾父若回，定将不识我为其儿矣。”迪康母曰：“吾必作书招之返，使彼心中快乐。”库林曰：“何急急为？吾自出游以来，已将月余，今日方能试行数步。须稍缓时日，俟我强壮有力，能行动自如，与迪康体力无异，然后作书邀之归，未为晚也。”迪康母然其说。

库林又曰：“今日吾等在园中礼拜，迪康为牧师，其所唱所祷，俱足感动我心。我羡其才能知识加人一等，深为钦佩。”迪康曰：

---

① “姗姗”，原文作“珊珊”，据文义改。

“君何谦抑若此？我愚鲁不学，承君青睐，邀我来此伴游，吾亦感激良多。”迪康母初闻彼等能作礼拜，已觉喜之不胜，及见二孩出言彬彬有礼，如成人然，不禁为之祝曰：“愿上帝福佑尔等，日近于善。”库林问曰：“师母信道有年，知上帝之所在否？”迪康母素日热心宗教，遇人必谈主道，今聆库林所问，顿触热忱，遂将圣灵之旨细为解释，侃侃而谈，滔滔不绝，然以上帝之所在未曾正确回答。而库林虽属初闻大道，已觉津津有味，一若己身如在上帝左右矣，于此称谢而散。

库林回至卧室，晚膳后细味迪康之母所言，殊觉精妙有理，既而猛省曰：“上帝既有在人心里之说，我之秘园乃上帝所赐，何不将我心中作为上帝之秘园。此后，凡我所说善言即为秘园之树，所为善行即为秘园之木，所思善念即为秘园之花，所种善因即为秘园之草，将来花草树木布满秘园，异日所结之果自必成为善果。我心中既有此上帝之秘园，而且满结善果，上帝在此秘园，即无异在我心中，则我与上帝日日相亲，上帝与我一刻不离，欲求上帝，不必旁求，即在我心矣，尚有何求而不得哉？”库林如此设想，顿悟大道，较之信主多年者，尤有心得，不禁欣慰非常。是晚睡时，因心中清澈，一尘不蔽，不觉安心熟睡，直至次晨方醒。

库林既有此善念，献心为上帝之秘园，则于言行之间，不得不慎。于是凡出一言，必再三细思此言能悦上帝否；凡行一事，亦必再三细审此事能悦上帝否。昔日暴烈之性，今一变而为温和之态，从不轻意动怒矣。婢仆见之，俱各诧异不置，甚至库林亦不自知其变易性情之由也。

一日，三人仍于秘园同游，马有皮球一枚，库林向之索取，马利亚不允。库林乘马不经意时，藏之于囊。马失球四寻不得，问库林。库答以不知。马疑失诸林中，即往寻觅。库林暗思曰：“我非贼也，岂能窃取人物？”回首适见一蛇，库林惊惧，大呼求救。二人奔至,迪康举杖力击其首而毙。库林顿悟曰:“我见蛇尚知恶而毙之,可知上帝见我窃物,亦必如我之见蛇而深恶之也。我心何安哉?”于是出球还马。马亦悔曰:“妹亦不应如此私己,不允吾兄之请求,以后此球吾等共玩可也。”库林既得此训,自此益加谨慎,不使稍有不义存诸心中,以败坏上帝所种植之秘园也。

第八回　得书异地将信将疑　见子候门又惊又喜

库林自将己心献为上帝之秘园,一切言动,力自谨慎,初尚勉强,久之自然,因之性情气质为之一变。于是心中不觉大畅,兼之日游秘园一次,虽游时久暂无定,而要必不稍间断,非仅藉吸空气,亦聊以适性怡情,随其心之所安而已。故自扶试步行之后,未几,即不须人扶而能自行。又未几,觉两足有力,稍能远行。自此日臻强健,肌肉渐丰,面色由枯而黄,由黄而白而红,非特与桃花斗色,直欲与海棠竞艳,俨然一翩翩佳公子矣,较之前此之鹄面鸠形,骨瘦如柴,迥然如出两人。

除游园外,或延迪康之母前来讲道,或与马利亚、迪康谈论《圣经》中故事,彼此问难,殊有趣味。转瞬由春而夏,由夏而秋,凉飙风起,爽气迎人。库林此时精力强壮,气体充实,较迪康似又过之而无不及。迪康之母见之,暗思此时如克勒文先生归来,见其子如此,心中不知若何惊喜也。前数月吾即欲招之归,使其心中快乐,库林意欲俟其十分强健,与迪康相似,始肯招之,今其时矣。于是即发一函,促克君归,并即告知库林。库林亦正念及老父,思有以慰之,因亦极端赞成,命仆辈整理一切,以便迎接老父。马利亚知舅将归,亦甚欣悦。

克勒文出游,已逾半载,欧洲名胜之区,无不有其踪迹。然虽终日游山玩水,寻幽探胜,踵事娱乐,而两鬓已如霜雪,犹是影只形单,自悲身世,无异孤鹤。言念及此,自觉毫无兴趣,一若世间虽大，无处可以寻乐，以消其余生也。一日在一山麓，登临远眺，留连四顾，不忍遽去。未几，枝头小鸟依母怀而安眠，月色高悬，溪流如镜，夜景清幽，万籁无声。克勒文对此，不禁凄然有感，时或忆其爱妻，时或念其病子，一种凄凉，万分悲思，自怨自艾，如痴如醉。及至更深，昏昏欲睡，遂以毡作褥，就溪旁草地而卧。蒙眬之际，恍似有声呼之曰："父亲乎，父亲乎，胡不归欤？"克徐应曰："儿在何处？"曰："园中。"克惊醒，意其子已死，忧惧倍甚，辗转一夜，未曾安眠。翌日归逆旅，见有一函置几上，启视之，乃一乡间妇女笔迹，书曰：

克勒文先生台鉴：君自出游，已逾半载。现知君家中人急盼君归，务祈速回一视，万勿迟误。特代奉达，并请旅安。稣氏上言。

克阅毕，见函中并未提及子疾如何，又不由麦洛出名，故更疑其子必死，即使非死，亦必其疾已危，恐余皇急，故不明言也。猜疑半晌，遂决意回去一视。斯时脑中如海潮汹涌，心中忐忑不定，暗自切责曰："我一生只此一子，病已多年。我乃久游不归，视同陌路。我之为父，何忍心若是！家中虽已延我侄为之诊视，然医治多年，未见痊可，从未更延他医，以资研究。我虽常往视疾，而从未以笑容相向，一尽父子之情。噫，无母之儿即视父如母，我乃一味严厉，绝不稍示亲爱，儿心何安！吾回时苟吾儿一息尚存，俾吾得会一面，吾必将吾不合之处，一一面承。庶几吾儿若死，吾心得稍慰也。"因不禁涔涔泪下，叹曰："我幼失怙恃，壮而丧妻，老又伤子，一生境遇，可谓孤独已极。驹光如驰，人生岁月几何，苟不急归家园，以图团聚，而犹稽迟异国，使家人伫①盼，何以以为情哉！"

于是束装就道，自意大利起程，不数日即至英伦。途中虽为

① "伫"，原文作"跱"，据文义改。

日无多,然以寸衷念子情深,殊甚忧急,觉日长似年,恨不立时飞至。及抵乡,即有麦洛师母偕数仆佣,备马车在车站伫候。克登车即询麦洛曰:“少爷夙疾如何?”曰:“与昔迥异。”克惊[1]曰:“然则果无救耶?”曰:“每餐进食数盏,如何无救?”克曰:“汝须告我实言。”麦洛师母曰:“奈何主人不信吾言?”克曰:“吾非不信汝言。少爷之疾,医治数载,毫无起色。吾去时羸弱已极,岂数月之间,竟能每餐进食数盏哉?”

未几抵门,马利亚与一壮健美童率婢仆迎候于门外。克谓马利亚曰:“数月不见,汝长大多矣。彼美童为谁?”库林迎呼曰:“我父不识儿耶?”克惊异细视,始知即库林也,不禁惊喜欲狂,往日忧愁,霎时云散,即相携入室。细询疾愈之由,知因马利亚导入秘园,日吸新鲜空气,且以游乐之故,心中舒畅,一无忧郁,遂得日渐加餐,身体与食欲俱进,遂渐强壮,致有今日也。于是非仅不责马利亚擅开秘园之罪,且从而感谢之,因谓之曰:“尔如此幼年,即知空气之有益人身,卒使痼疾顿起,高出医生多多矣。”因悟医生每令库林在床安卧,不许出室门一步,殆欲禁闭一室,不使稍吸空气,且以久卧之故,筋骨软弱,气血停滞,故医治多年,非惟不能见效,反致日就羸瘠,药中虽无毒质,而久闭即为伤身之具,思藉此致死吾儿,得以袭吾遗产,毫无痕迹,计亦毒矣,不禁勃然大怒,命门者此后勿令入门,吾已无此侄矣。

次日,克勒文晨餐后,与库林、马利亚等闲话家常,知由迪康母之讲解《圣经》,二人均已归主,不胜之喜,且知库林已献心为上帝之秘园,故不独体力强健,活泼异常,且其言语举动,温柔和蔼[2],彬彬有礼,不若前此之躁妄狂暴、性烈如火矣。数月之间,性

---

① “克惊”,原文作“惊克”,据文义改。
② “蔼”,原文作“靄”,据文义改。

情体质大相径庭，前后如出两人。一则归功于马利亚，一则归功于迪康之母。而①迪康之为人，亦觉温和诚朴，堪与吾儿为友。故克视此数人，颇重爱之。克又闻秘园虽封闭十年，而园中花草树木依然欣欣向荣，整理如新，未成荆棘，言乃种园老叟以受夫人恩重，不时私自逾垣入内，勤加灌溉，夫人墓前，则时植香花，力为洒扫，以图报答。此叟殊属勤谨忠诚，令人钦敬。遂呼至亲加奖慰，并重赏之。

克自回家后，每日与库林、马利亚等欢聚。库马等先意承迎，百般亲爱，且亦时偕二人至秘园玩赏，觉人生乐事无有逾于此者，辄自思曰："上帝赐此两孤，承欢膝下，慰我暮年，遇我可谓厚矣。库林既献心为上帝之秘园，我当于彼之一言一动，常时指导规正，保护此秘园不使稍有荒芜。庶将来所结者全属善果，毫无一恶果掺杂其间，上帝始肯时时游此秘园也。"

——《女铎报》第六卷（1917—1918）第九、十、十一、十二期、第七卷（1918）第一、二、三、四期

问津处

培簇立斯（Petronius），罗马皇尼罗之密友，善审美恶，尼罗号之为鉴别家，甚敬重之，因此招人妒忌。某夕，培以赴尼罗筵迟归，竟眠至翌午始起，起后往浴，浴罢方入他室小憩。仆入曰："有费立赛斯马可（Mareus Vinicius）请见。"培命延至温室稍待。费乃培之外甥，貌美才富，素为培重，以出御巴提亚人归，特来省视其舅。少顷培出，寒暄毕，费历叙战事，津津有味。奈培非武士，似觉倦闻。费即转问培之病恙，曾祈神否。培笑曰："吾素不信亚司

① "而"，原文字迹不清，似为"而"。

克里皮神,虽两年前,曾献雄鸡三只、金杯一枚,然亦不过从俗而已。且时事日非,欺诈成风,生存于世,无甚乐境。吾颇有厌世之心,尚何祈神为哉?”费曰:“舅不求神,甥却欲求神。”曰:“甥今欲求何神？试为告我。”费低首微笑。培曰:“非媒妁①之神耶?”费曰:“然。巴提亚人之利箭,未射吾身;而情神之慧剑,业刺吾心矣。吾此来,正欲以此事与吾舅商酌。”培即叩其本末。费曰:“前于城外驰马,倾跌伤肘,疼痛异常。适将军柏老土(Plautius)过,将吾舁至其家,延医诊视。及稍愈,一日见窗外一美女过,艳绝人寰,不胜钟爱。”培惊曰:“此为何人？柏既无女,又无妾,岂其妻邦波利亚为尔所悦乎？果如是,吾甥误矣。”费曰:“甥愚不至此。其家之美姝,名康立亚,年约十六七岁,以其来自吕基亚,人即以吕基亚(Lvgia)呼之。吾自见彼后,爱慕之忱,无时或释,觉世间一切富贵荣华,俱不足以动我心,惟获吕基亚,于愿足矣。”培曰:“彼苟为柏婢女,出资购之可也。”费曰:“渠非婢女,乃吕基亚人交质于罗马者,其父本为北方蛮夷国王,因战败阵亡,母亦相继死。因而其国与罗马立盟,以吕基亚为质。驻德总督某悯其孤独,即送至其姊邦波利亚(Pomponia)家,并嘱姊丈柏老土将军善视之。柏夫妇因已无女,遂爱之若掌上珠。此乃柏老土亲告我者。”培曰:“柏乃吾之素识,此女果美,我即为尔玉成其事如何?”费曰:“舅若愿赐提携,甥感戴良深矣。”

培即偕费往柏处。途次,培问曰:“汝曾与彼姝交言乎,彼知尔爱伊否?”曰:“初吾病卧时,未得与美人同游共食。及吾病愈,柏邀余晚餐,吕基亚亦在座。吾虽极欲与吕款洽,而柏叙其平生战绩,滔滔不绝,无隙可乘,惟彼此相视而已。一日,适于园林相遇,寒暄数语后,伊即屈其细腰,伸其纤手,拾一芦荻,绘形沙上,

① “妁”,原文作“灼”,据文义改。

仰首视余,欲言复止。余正欲询之,竟翩然去矣。”培曰:“愚哉汝矣,何不注意沙上所绘,其中必寓深意。”曰:“吾何尝不注意哉,奈反覆审视,仅一鱼形而已。”培诧曰:“鱼形乎?其意何在?吾细思之,殆以鱼喻己,鱼为凉血动物,谓己之情如鱼血之冷耳。”

言次,已抵柏宅。廊下悬一鹦鹉,见培等即呼客来不置。阍人闻之,始启关迎入。培诧曰:“何柏仆之懈也。”费曰:“柏氏夫妇御下最宽,仆辈亦竭诚事主,颇尚忠义。此为偶不经意,无足怪者。”及入室,见陈室位置得宜,且甚清洁。培轻语费曰:“人谓邦波利亚崇奉东方一教,厥神名基督,有诸乎?且闻某妇因邦仅事一夫,深忌之,遂藉词奉基督教,起诉公庭。噫,今之罗马妇女,从一而终者,有几人哉!邦能如此,诚难能而可贵也。”

柏闻培至,惊曰:“皇友来谒,必非善意。”不得已出见之。培曰:“吾侪今日造府,特来表谢将军救人我甥之厚意耳。”柏曰:“日前吾侄侍尼罗皇赋诗,偶然闭目,皇怒,欲赐死,幸君巧词解释,始得赦免。吾之救费,不过作万一之图报,何足云谢。”培冷笑曰:“红须君只须赞扬数语,即帖耳受教矣。其后巴皮亚惯用此术,故言无不从也。”柏曰:“时局如此,可胜浩叹。”培又极赞柏屋宇之美。柏曰:“此乃先人敝庐,近复略加修饰耳。”

言次,闻窗外儿童笑声,培曰:“此儿笑声,何悦人乃尔。”柏曰:“乃幼子小亚立士与吕基亚弄球为戏也。”培曰:“既系令郎,可否前往一视?”柏即偕往,见小亚立士正与吕基亚拍球,见费等至,略一鞠躬,仍复嬉戏。邦波利亚坐观于树下凉亭中。培即趋前行礼,并谢其照拂外甥之惠,且云于罗马宴会热闹场中,从未见夫人莅止,何沉静乃尔。邦微笑,指其夫曰:“吾侪老矣,无兴出游。”培曰:“夫人盍一效新派人物乎?”柏曰:“今之新派人物变本加厉,甚至人名地名,俱弃罗马故有而用希腊名词,吾实不欲观之矣。”言次,培即趋晤吕基亚,并以希腊古语赞之曰:“尔美若皇后,究为神乎,抑为人乎?”吕闻奖语,面红耳赤,不知所对,旋即亦以希腊古语娇声对曰:“贵客不以为陋而以为敏,真令人受宠若惊矣。”培思吕能解希腊语,更能以希腊古语答之,尤深钦佩。

柏夫妇虽不谙希腊语,然见吕对答如流,颇以为荣。柏语培曰:“吾处聘有西腊名儒,专授小儿希腊文字,是女从旁私淑,亦竟成巾帼学士,可谓好学也矣。”培暗思曰:“是女如此美而且慧,才貌俱全,我见犹怜,无怪费之爱慕綦切也。人谓我妾库芮所米美,然何能及此女之万一哉!人又谓尼罗后巴皮亚美,我以为巴之美如蜡制模型,无一毫生气,更不足与此女比也!斯女秀外慧中,世所罕觏。”于是指吕谓邦曰:“夫人获此美女,朝夕相伴,如对解语花,足消胸闷,宜夫人之不愿出游也。”培等互谈时,费与吕共往池畔观鱼。小亚立士激水惊鱼以为戏,吕坐池旁,费乃婉倾肺腑,极表爱衷,而吕置若罔闻,惟作庄子濠上之乐。费不得已询曰:“尔明吾所语乎?”吕摇首曰:“不解也。”费愀然暗思曰:“此女明于万事,而独昧于吾言乎?”既而时近黄昏,培兴辞,费犹依依不忍去。濒行,培谓柏曰:“此处整洁清幽,宛如仙境,若尼罗宫则秽气薰蒸,俗不可耐,较此不啻有天壤之别。”邦曰:“此处非尼罗皇之世界,乃真神之世界也。”培曰:“夫人信仰神道欤?”曰:“然。吾素所崇拜者,乃至公无私全能全智之独一真主也。”

培等既出,行次培谓费曰:“孔雀虽美,声音尖锐。今日吾实不敢直陈来意,即畏其尖锐之声音也。虽然,吾甚服尔目力,竟选得如此美女,似非尘世中人也。”费虽备闻奖语,而终以未达目的为恨,遂愤然作色曰:“吾选择既定,事在必行。舅氏既无能代谋,今夜吾必杀柏夫妇,劫吕基亚归,以遂吾志。”培婉语曰:“少安勿躁,吾甥手段何若是之辣也。”费曰:“吾求尔相助者,正盼玉成此事耳。尔今不肯为力,吾只可自为之矣。”既而曰:“吾思柏夫妇既爱吕如己出,吾果膏吕以狼油,使之坐吾炉侧,柏夫妇未有不允者，吾当自往求之。”培曰：“尔父自提比留为帝时，即为谏官。尔既为谏官之子，则蛮夷国之女，以之为妾可耳，何必娶之为妻哉？吾辈非野蛮者，安可因其美而忘其出身之所自哉？即如库芮所米虽美如神女，终为吾妾；亚克娣之美不亚彼姝，且为国王之女，而尼罗皇亦置诸妾媵之列；诚以门第尊卑，不可不较。吾非阻汝此事，特不欲汝为敌体之夫妇耳。今日吾倦矣，明日吾为尔谋，必能如尔之愿。倘我今日死，事或无望。”费至是始转怒为喜，曰：“承舅关垂，感铭何极。”培曰：“数日后，彼姝必安坐尔家，与尔共食矣。”费曰：“舅谋高出尼罗皇之上，我必当静听指挥也。”

次夕，培入宫与尼罗皇密谋。又翌日，皇命千夫长引兵围柏老士宅。柏宅闻报，惊慌无措。邦波利亚紧抱夫颈泣曰：“我夫何罪？竟遭斯厄乎！”小亚立士与吕基亚亦紧握柏手，战兢不已。男女众仆，哭声震天。一时泄泄融融之家庭，竟成凄凄惨惨之场所矣。惟柏处之泰然，谓其妻曰：“吾问心无愧，死生一听诸天命。今果为余寿终之期，容我与尔言别。”邦曰：“求上帝允我与尔同受患难。”于是屈膝祈祷，默求庇佑。

柏老士出见千夫长，乃柏昔日旧部也，出谕示柏曰：“尼罗皇闻贵府有吕基亚女子，名康立亚者，自帝克老丢在位时，即为质于罗马，遂入将军府第，至今有年。皇云彼既为质我国，政府宜有保护之责，命将军交吾护送入宫，今而后不复劳将军矣。”柏阅谕旨，疑尼罗之将以吕为妃也，怒不可遏，几如昔日攻勃里登时之发欲冲冠矣。甚至千夫长亦觉其威之凛凛难犯，屏不作声。既而强抑其怒，从容谓千夫长曰：“且请稍待。”言毕入告其家人曰：“千夫长之来，无他事，乃吕基亚之问题也。”因谓吕基亚曰：“我夫妇爱尔不亚己子，然尔究非吾侪亲生，乃交质于我国者也。保护之权，属之于皇。今尼罗欲迎尔入宫，名为保护，其实未知作何位置也。”吕尚未言，邦已面色惨白，将吕紧抱曰：“与其被尼罗强占为妃妾，无宁一死之为愈也。”柏曰:“皇命不可违,吾亦无如之何耳。”吕基亚投入邦怀,语不成声,惟呼吾母而已。柏怒曰:“吾苟孑然一身,今日必当拼死为汝一争。无如尚有幼儿在,不宜贻害于彼。”于是以手抚吕首曰:“吾侪之乐,无异真光,当图再会。”吕闻言泪涔涔下。邦慰之曰:“昔佛耳金列司因不欲亚辟斯帝污其女,宁将其女刺死。尼罗宫中荒淫无度,诚罪恶滔天之陷阱。然以汝非我亲生,吾侪无杀尔之权。汝宜暂往,或者彼苍佑汝,得以绝处逢生,亦未可知。”

邦劝慰半晌,吕兴辞曰:“我之父,我之母,我之弟乎,此行万非我愿。然吾知抵抗不特无效,反使殃及池鱼。不得已,余今去矣。吾亲爱之父母乎,余于该撒家断不忘尔之训也。”邦等送之出,众仆尾随。忽有吕基亚之旧仆名玉生(Ursus)者,身躯魁梧,膂力过人,跪于邦前曰:“求夫人容仆伴行,以便保护。”邦曰:“汝果忠心,我何不可。吾恐汝不得入该撒宫耳。”玉曰:“余启铁扉如摧枯叶。小姐倘有危险,区区门栏之阻,不足忧也。”柏曰:“吕虽异种,亦为王族之裔,不妨多备仆从以壮行色。”邦然之,即命信道诸仆,悉与偕行。吕见从者甚众,心中略慰。邦复致函尼罗之妃亚克娣(Acte),恳其照拂。邦虽不识亚,以其人乃一基督教之热心信徒,故重托之。时千夫长催行甚急,吕即含泪辞别。小亚立士紧握吕衣,泣不可仰,经柏一再劝解,吕始登舆而去。

柏反室谓其妻曰:“吾本拟往见尼罗王(Seneca),继思今之政权,俱操于琐丰利亚斯、泰吉利亚斯、维汀利亚斯与培簇立斯诸人掌握,往亦无益。”又曰:“尼罗深处宫中,何由知吕基亚在我处哉?闻人言之耳。”邦曰:“谁实言之?培簇立斯耶?”曰:“然。培最无良,费亦不怀好意。若辈岂真欲保护吕基亚耶?特欲纳之为妾耳!惨哉吕基亚,已入彼等牢笼矣。”言次,痛恨不已。邦曰:“君勿忧,尼罗之于上帝目中,不啻一团污泥耳,何能为哉!”柏又曰:

“吾疑培必藉尼罗之力，取吕为己妾。否则，必代费谋，必非为该撒也。盖培素与巴皮亚善，安肯右该撒而见恶于巴哉。今日吾必一探其虚实。”于是别邦出，筹思救吕之计。邦亦往视其子，见尚涕泣弗置焉。

柏怒微平，自思舍往见色纳克，别无良策。盖色乃尼罗之师，为当世贤士也。既见色，色以咎不在皇在培费，劝往见此二人。柏于是先见费，怒气冲冲，责詈备至。费闻吕已入宫，未知其舅心中乃献吕媚帝耶，抑自谋为妾耶，疑忌之余，不禁怒血潮涌，冷汗淋漓，唇齿颤动，面色灰白，惊慌状态悉流露于面目。此中隔膜情节，柏亦无从知之。既而，费颤声谓柏曰：“将军请暂回府，培簇立斯即使为吾亲父，如欲加害吕基亚，吾必为之挽救。若该撒敢加害吕基亚，吾亦必以死拚之。”言毕，即戴以假面具，谓柏曰：“将军请待，吾宁与吕基亚俱死，必不容吕基亚落若辈之手也。”于是向培宅狂奔而去。柏因思费或未预谋，亦未可知，即返慰其妻曰：“培若献吕媚帝，或为己谋，费君必不相容。苟培为费谋，费必将吕携归。汝毋忧也。”及夕，阍人持费札入，其词曰：“柏将军鉴：事出该撒之意，奈何奈何。”他无所言。柏夫妇阅毕，相顾默然。

费至培宅，阍人无敢阻者。直至培前，举拳培肩，势将猛击，厉声曰：“培簇立斯，吕基亚何在？其速交我，否则请试我之铁拳。”培徐去其手，正色谓曰：“吾计已行，但吾力如虎，汝其慎之。”费曰：“吾亦知汝手坚如钢，然既失信于吾，汝虽为该撒腹心，吾敢誓于神前，必剖汝腹以视汝心也。”培曰：“汝既知钢较铁坚，则钢自无惧铁之理。汝苟忘恩负我，我亦何惧哉！”费曰：“我今只询尔吕究何在，无暇与尔逞词锋也。”曰：“在尼罗宫中。”费怒曰：“已在宫中耶？”培曰：“勿躁。汝且坐，俟我示尔颠末。我曾要求该撒二事，一请其迎吕基亚入宫，以脱柏老土关系；二请其将吕赐汝，以遂汝志。汝若未明其事，遽尔杀我，恐他日吕至尔家，尔愧悔无及矣。”费闻言如烈火中浇冷水,默然久之曰:“舅乎,冒犯虎威,请恕甥罪。吾以吕之入宫,非舅献媚于帝,即藉帝力谋为己有。吾故疑舅之失信于吾也。”培曰:“汝何野蛮乃尔!吾果欲取彼姝,胡用是秘密为,即明以告汝,汝将奈我何!”费曰:“是我之过,万祈原宥。然舅胡不直送我家,而迎入宫中,致多转折,抑又何哉?”培曰:“此无他,欲避人言耳。明日该撒赐宴,吾已为尔备位于吕基亚之侧矣。”费曰:“感谢美意。我舅诚仁恕宽厚者也。明日得见吕基亚,倘得成全好事,唱随终身,皆出吾舅之所赐也。”培曰:“汝固乐矣。其如柏之结仇于我,必欲报复何,吾从此不得一日安枕矣。”

吕基亚入宫晤亚克娣,并出邦函示之。二人一见如故,甚相亲爱。盖吕之为人幽闲贞静,和易近人,即宫中嫔妃见之,亦莫不怜爱备至,无一轻视者。亚亦和蔼可亲,虽为尼罗宠妾,而王后巴皮亚视之若婢,彼亦不与之争衡,故与吕相见,遂成莫逆也。

吕闻帝赐宴,不知是何意见,惊惧异常,且忆邦所言尼罗宫中诸般恶习,与己所奉纯洁之道,大相背驰,尤觉寒战不已,曰吾今夕绝不愿往,既而又念及先圣所遗有虽死亦无所畏避之模范,曰我何胆怯哉。亚见吕有难色,问故。吕俱告之。亚因恳切语之曰:“亲爱之吕基亚,万勿激该撒之怒,否则祸遭不测。”吕曰:“吾宁死不欲背吾道而行也。”亚曰:“吾与尔同奉一道,特未能深造耳。余亦曾阅保罗之信札,尔固视死如归,宁死不愿受辱。试问曾聆色哲那司女士之事乎?彼因抗逆提庇留帝命,乃先辱而后死之。吾熟审宫中事,更知尼罗性质,故劝汝勿撄其锋可也。”吕曰:“承赐忠言,感谢无已,今而后惟命是从矣。”亚又询曰:“大臣中舍培簇立斯外,汝尚知孰为皇最亲信者乎?”曰:“吾虽略知数人,如维其潘升、提多及色纳克等,不知为王所信任否。”亚曰:“彼等俱非王信任者。”吕又曰:“尚识有费立赛斯马可,乃培之甥也。”亚曰:“吾未识其人。彼能救尔乎?”曰:“彼殆可为力也。”亚曰:“如是尔宜决往赴宴,即有危险,必得救也。此时已不早,众宾咸接踵而来,吾侪亦宜从速整理,前往赴约矣。”吕诺之。亚虽仆从如云,因爱吕故,亲为理髻。既毕,二人同乘而出。途中见众宾衣冠楚楚,珠翠盈盈,纷至沓来,若赴大会然。又见路旁绿树阴中,石像林立,凛凛威风,不减当日。亚指谓吕曰,某像为某神也,某像即某勇士也,某地为某将遇害处,某地为某王被弑处,既而轻声曰:“今日佩虎符驾驷马来赴宴者,亦有某将某王之仇敌在焉。”吕聆言毛发为竖,暗忖曰:“此王宫所为事,与柏府大异矣。”

既至下舆,亚携吕手入宴厅,人声若雷,灯光如日。吕遽遇此,几失知觉。未几,培费偕来。彼此寒暄毕,费曰:“吾知必于该撒宫中,得见吾思慕綦切之美女。今果亲尔之色、聆尔之声,吾望已成,何乐如之。”吕见费爱之甚笃,以为救星既临,今而后不难出此罗网矣,于是与之倾谈衷曲,问何以知我在此,该撒何以知我在柏府。费云:“尔在该撒宫,乃闻自培处。至该撒何以知尔在柏府,则非吾所能知矣。虽然,吾必竭力相护,吾宁牺牲性命,不使尔居此危境。”吕见费言辞恳挚,于是益加信托。届时,肆筵设席,罗列满堂,男女杂坐,笑语声喧。亚与费俱近坐吕侧,费吕情话联绵,娓娓不倦。饮至半酣,费略有醉意,起而紧握吕手曰:“吾最亲爱之吕基亚乎,吾倾心于尔久矣。”吕见其态度不端,方寸颇不自安,私忖曰:“我若昵此少年,不但忘却邦波利亚之言,且实背乎生平所崇奉之纯一圣道。基督所咒之假君子,非若是耶?”于是拒而不纳。时亚克娣亦谓费曰:“弗尔,该撒已瞻视尔等矣。”费转首谓之曰:“汝与该撒皆属近视,汝奚能见该撒瞻视?该撒亦奚能远瞩及此?汝不忆昔日陪筵该撒之事乎?今日汝自失宠,而反来妒及吾辈耶?”亚曰:“君勿怒。请试观之,彼所持者非远镜乎?”费举首,果见该撒尚在握镜注视,始释吕就座。吕见面目狰狞、狡如魔王之该撒注目视己，尤惴惴然加惧焉。

未几，该撒询培曰："费侧之女，即吕基亚乎？"曰："然。"该撒曰："子谓彼姝美乎？"培故反其意而答曰："何美之有？特费青年识浅，以鱼目为珍珠耳。"培恐帝多言，致广众之中，难守秘密，故谓之曰："吾皇善歌，乘诸宾尚未沈醉，请歌一曲以取乐。"该撒伪辞，众宾鼓掌催请。该撒始起立谓众曰："今夕后躬不豫，故未入座。然愈后之疾，莫若朕之歌也。待邀后至，再为诸宾歌。"少顷后至，浓妆艳抹，美胜天仙，众拍掌以表欢迎。吕暗思曰："我曾闻邦波利亚等云，此即唆使尼罗皇弑母及前后者。"遂微声叹曰："后乎，虽天女亦不能如尔之美，然尔之心毋乃残酷太甚乎？"于是注视巴皮亚不已。费曰："勿羡其姿，以尔较之，佳丽当百倍于彼也。"言讫，举杯劝饮。吕畏之，移坐向亚。时众宾寂然，尼罗起立，昂首高歌。歌毕，合座掌声雷动，妇女中甚有以帕拭泪者。岂其歌寄托遥深，果能感人如是耶？亦伪揄扬已耳。巴皮亚徐步至尼罗前，吻其手不已。尼罗曰："后殊孱弱，不宜久留，当速归休息。朕欲伴之去，请诸宾稍待，不久即返也。"

尼罗与后去后，进演跳舞戏。吕以其形骸放浪，目不忍睹，如坐针毡，欲行不得，曰："天盍降雷霆以毁斯宫耶？"谁知雷霆未闻，而屋顶所装点之各色鲜花，纷纷散堕。一时异香满室，扑鼻而来。未几跳舞毕，即继以格斗戏。此时灯光暗淡，巍巍赫赫之诸贵人，皆成醉魅，先后倒卧席下，鼾声大作，犹如豚鸣。种种可惊之态，几使吕基亚魂不附体矣。费亦以酒醉竟吐实言，谓吕曰："该撒之迎尔入宫者，正以吾故也。明日尔即当至吾家，尔既属吾，请弗以吾为畏。"言次置手吕肩，吕欲向亚怀避去，费即以手拦之。吕不意其最亲信之费立赛斯，即为此事之主动人也，于是大失所望。正在惊皇之际，则见一壮汉至，将费一推，负吕竟去。亚尾随其后，费亦急起直追，以酒醉故，屡遭颠仆。行至中途，竟倒地作黑甜游矣。

壮汉为谁,即玉生也。渠负吕基亚出,无人过问。盖人皆疑吕已醉,特嘱仆负归就寝也。且有皇妃亚克娣与之偕行,众更不以为意。岂知彼时吕非酒醉,实昏晕而不省人事耳。直至亚克娣导至较近之宫,置于空气中久之,始渐苏醒,因悲声谓玉生曰:“吾侪盍归乎?吾欲归家,吾欲见吾母也(指邦波利亚)。”玉生见之,亦不禁悲从中来,唏嘘欲绝。

于是亚克娣慰吕曰:“此时众宾多散,尔欲归固无阻之者。然一经该撒觉察,今夕柏府必不能保全。柏府且不保,尔身独能保乎?”吕沈思曰:“然则尔不闻费立赛斯言今夕即欲强吾同归乎?”亚性虽良,然近朱者赤,近墨者黑,彼在宫中习见淫乱,亦不以廉耻为念,故劝吕曰:“与其返柏府酿不测之祸,不如归费处享安全之乐。”然吕基亚志气高尚,何肯贪恋及此,答曰:“我料费必以我为侧室,侧室我绝不愿为,酿祸所不暇计也。”亚曰:“尔憾费乎?”曰:“吾教不容人憾人。”亚曰:“然则汝教容人杀人乎?”曰:“否,更不可也。”亚曰:“尔不敢憾汝敌人费立赛斯,而反敢激该撒杀汝恩人柏老士乎?”吕不知所对,叹曰:“然则我今生不得见邦乎?”于是屈膝求上帝启示救护。玉生亦恳切为之祈祷。亚曰:“闻基督能行奇事,料此时彼必降临以拯汝出险也。”吕等祈毕,主仆共起,虽前途尚如黑漆,而心中已得安慰。吕谓玉生曰:“今世界中仅尔能为我助,吾惟尔是赖,不啻女之依父矣。今既不能奔柏府,岂能郁郁久居于此,势必另觅一处,为尼罗皇权所不能及,而费立赛斯力所不能至者,以安我身。”玉生肃然应曰:“奴力所能为者,不惮艰险,必为公主牺牲也。”亚克娣此时不赞一词,惟昂首观天,冀异象骤至、奇事顿来,以应吕等之所望而已。奈迟之又久,依然毫无影响,似觉园中群花与夫枝头小鸟,亦相顾而生怜焉。亚固悦道未深者,于是暗忖曰:“祷告亦不过私心妄想耳。不然,何迄无效验之发见耶?”既而谓吕曰:“尔不欲为人之侧室,吾固不敢相强。顾尔肯为费之正室乎?盖尔分处公主,费亦阀阅门第,谊订潘杨,似无不合。若以为然,吾当为之执柯也。”吕闻言双泪直流,溢于颐下,挽首谓亚曰:“君诚厚意,然吾决不愿嫁此人。”玉生亦为眉皱,似颇不欲以圣洁之公主,落彼暴躁贪饮费立赛斯之手也,因谓吕曰:“公主意既定,吾当求援于教中监督,如获许可,今夕吾必集众基督徒于宫外,为之接应。”吕悦,即命玉生往见监督。

玉生去后,亚劝吕就寝,稍资休养。吕以心惊胆战,扰攘竟夜,倦惫已甚,亦思稍憩,遂从之,至日中始起。睡眼蒙眬,询亚曰:“今何时乎?已晚否?”亚曰:“未也,柱头时计,方报十二响耳。”又询曰:“玉生返乎?”亚曰:“玉生安能出入自由?若果监督允其所请,今晚必与诸基督徒共守户外也。”吕曰:“然。吾诚善忘耳。”于是起而栉沐用餐。诸事毕后,亚引至园中赏玩风景。吕见其中奇花异草,心目为之一爽,曰:“苟非尼罗皇在,吾侪优游于此,何乐如之。”言讫,闻有人语声。亚转首,于树隙中见皇后巴皮亚偕二婢缓步而来。一婢手抱一孩,即巴所生之公主,一婢搴后衣尾其后。吕与亚即趋前施礼。后凝视吕基亚久之,询曰:“此婢为谁?”亚曰:“渠非婢女,乃吕基亚王之公主,质于罗马,而为柏老土将军之养女也。”后曰:“然则渠因访汝而来乎?”曰:“否。渠自前日即宿于宫中矣。”后曰:“彼赴昨夕之宴①否?”曰:“赴。”后曰:“谁命之?”曰:“该撒之命也。”后思吕貌既美于己,而年龄又少,使久在宫中,必不利于吾也,即询吕曰:“帝曾与尔交言乎?”曰:“否。”后曰:“汝宁舍柏府而来斯乎?”曰:“此非吾意。”后曰:“然则汝欲归柏府否?”吕惊喜曰:“固所愿也,不敢请耳。盖培簇立斯藉该撒之力,逼余来宫,欲使余为其甥费立赛斯之妾。今夕将遣

① “宴”,原文作“晏”,据文义改。

仆来挈我矣。若荷矜全,使不遭斯辱,感激之私,何异三山鳌戴。”语毕,注目待命,暗思我身成败,仅在后此时之一言也。既而后微笑曰:“是举为帝所赞成乎?”曰:“然。”后曰:“如是汝即当为费妾也。”言毕,复微笑而去。吕闻之泪下,婢女所抱之婴孩亦因吕之哭而呱呱然啼矣。既而吕又谓亚曰:“救济未非人力所能为,吾惟听主之布置而已,鳃鳃过虑何为哉?”于是收泪,转悲为喜。

吕虽强抑悲怀,然此一日中,风声鹤唳,时时相惊。偶闻邻家人语,亚即将肩一耸,曰:“祸将至乎?”吕喟然曰:“否。此谈笑声也。”又久之,日已云暮,忽闻园外犬吠若狂,人声杂沓,亚曰:“事急矣,可奈何?”吕曰:“吾此去若遇玉生,或可出险,特不知天从人愿否耳。”亚急取宝珠数十串,纳其里衣袋中,并将袋密缝,嘱之曰:“此可作尔异日避难之资。”吕抱亚颈相向悲泣,不能成声。未几,有仆奔入曰:“费府人来矣。”言未毕,费仆数人汹汹入。吕此时万分为难,迟迟不欲行。催迫再三,不得已始强拭泪眼,与亚言别曰:“基督徒守门外事,幸勿漏泄。”亚曰:“我自知之,无烦谆嘱。”送之登舆,掩泣而回。

是夕费府悬灯结彩,布置一新,贺客盈门,颇极一时之盛。费此举一切听其舅培簇立斯之指挥,原欲躬自亲迎,因培阻之,改遣仆去,己则御华服以相待,久之不至,即恼曰:“何濡滞乃尔!吾苟不从舅言,何致有此!”于是往来独步檐下,颇有局促不安之状。培妾库芮所米嘲之曰:“君何惶急如斯?今夕必得与新人作良觌也。”费不答,其心若有所思焉。

吕既登舆,仪仗在前,扈从在后,监视綦严,万无可乘之隙。行里余,观者渐众,吕环顾人丛中,遍觅玉生,竟不获见,于是默祷曰:“基督乎,求尔拯救,因此时非人力所能为也。”厥后观者塞途,仪仗不能前进,第闻高呼让道不已,吕愀然思曰:“基督遇难时,亦曾祈祷,而卒遭惨死,反使诸奸遂意。岂皇皇上帝,亦欲助纣为虐耶?”不禁胸次大起疑团,既而强自慰曰:“我既为基督徒,岂可名不副实,对于基督,总当亦步亦趋。虽从之死,必可由死复活。”此时隐约似见玉生傍舆而行,急欲呼之,又恐误认,反为召祸。忽闻前面喧哗突起,灯烛尽灭,吕正在惊惶万状、手足无措之际,玉生忽至,即由舆中负吕于背,转身欲行。从者趋前欲捕,玉生一一击退,轻者受伤,重者立毙,大有赤泉侯人马俱惊,辟易数里之概。故其余仆辈,均抱头鼠窜,不敢与之争锋。玉生遂得大踏步而去。

费久待不至,心中愠怒,亲出探视 ,则见其仆辈痛哭流涕远远而来。一见费面,恐被严责,即哀声求恕。费大惊失色,询吕何在,佥战栗不敢言,仅指所舁尸身以示意。费坚问情由,仆中有一叟蹒跚而来,鲜血淋漓,且泣且诉,将中途被劫事详述一过,并云老奴虽只此奄奄一息,犹欲与众拼死力以相追,奈一转瞬间,其人已不知去向。言时气息断续,音哑声嘶。费搔首顿足,殊不耐闻,不待词毕,即将桌上紫铜灯台信手掷去,适中其额,登时气绝而毙。费犹怒不可遏,又命将其余仆辈逐一痛责,于是呼号之声,通宵不辍。

指顾好事将成,不料又如泡影,此时之费,诚无法可以劝慰。培见此情形,恐其迁怒,即谓其妾库芮所米曰:“汝犹欲在此观惨剧耶? 吾不能待。”言毕即行。库会意,亦随之而出。培等去后,他宾亦以扫兴,联袂而去。费不得已,亲出访吕,更选精壮数人同行,直至天晓,毫无端绪,垂头丧气而归。由是眠食无心,语无伦次,时而怒发,则曰:“吾苟寻获吕身,必肢解之,以泄吾愤。”时而气平,则曰:“吾最亲爱之吕基亚乎,苟能与尔相见,当香花供奉,以表吾虔。”既而又曰:“彼果为谁所劫欤? 噫,非柏老土而谁哉?昨夜公庭宴会中负吕而去者,必柏老土之健仆玉生也。吾真梦梦,彼时竟未觉察,今宜往柏宅一探虚实,如其然也。吾即往诉吾舅,请其转告该撒,不待黄昏,吾必不与柏共戴此天矣。”言毕即出，行至中途，忽又转念曰："倘此事非柏所为，则吾此行，不几如狐狸之自露其尾乎？昨夜吾已沈醉，醉眼蒙眬，所见负吕之健仆，安能知其确为玉生也？然则果谁所劫哉，莫非尼罗皇所为欤？吾知皇之为人，心奸而胆小，所有阴谋不欲显露，殆昨晚彼以望远镜窥吕，已审其美，不敢直接自纳，特使人于途中劫之，以释吾疑耳。果尔，则吾一见亚克娣，便得其中情节矣，盍亟往。"

费立赛斯主意已定，即转身向皇宫行。既至，守卫兵举手致敬，且笑问曰："大人欲谒见该撒乎？此时恐难如愿。"费惊问何故，曰："皇之掌珠小公主，昨日忽患重恙，皇与后焦急万状，京师巫医罗致殆尽，迄无转机。当此性命迫切之时，何暇招待宾客哉？"费思我之来意，本不欲见皇，因问曰："然则吾能一见亚克娣乎？"曰："亚妃殆可见也。"遂由阍人导入亚宫。久之亚始出，费不暇寒暄，即问曰："吕基亚何在？"亚作色曰："吕与吾风马牛不相及，是问也，胡为乎来哉？"费双眉频蹙，若不胜其忧者，因低声谓曰："吾昨遣仆迎吕，不料中道被劫。吾意是谋殆皇所为，故特来此冒渎清听。吕是否匿于宫中，尚求不吝齿芬，明以教我。"亚仍作严词答曰："公主昨日忽染暴疾，皇须臾不敢离左右，政事且不敢顾，何暇顾及彼姝哉！"费曰："如此必在柏老土府中无疑矣。"亚曰："冤哉，彼自闻吕基亚被劫，悲惨万状，今晨破晓，即造汝府探询消息。因未遇汝，复来此处，其时余适在后处襄助汤药，不克出见。伊不得已，留书数行去矣。"言讫取书示费。费阅毕泣曰："然则谁劫之哉？"亚曰："彼自不甘为尔之侧室，故作此举，以为脱身之计耳，于人何尤乎？"曰："然则汝已知其所之矣？"亚曰："吾实不知。"费怒曰："汝岂真不知耶？特不欲告我耳。然我志已决，无论彼或在天之涯，或在地之角，誓必觅得而后已。汝知之乎，彼既为皇所授吾，若果潜逃，即违皇命，吾必语于该撒，请其为我通饬访查，一旦寻获，敢不为我侧室，彼时贱之辱之，无怪我不情也。"亚曰："君此时盛怒之下，忠言自必逆耳，顾吾有不得不为君告者。"费曰："愿领教言。"亚曰："昨日午后，吕基亚与吾同在园中玩景，适后与公主亦出游。正在彼此交谈之际，不意公主忽然惊啼不已，直至此时，犹未止哭。婢以为吕基亚作妖术使然，后素迷信，安得不为所惑。故彼婴儿不死则已，否则不待汝讼，皇必捕而杀之。果如此，则君家琴瑟恐，永无谐期矣。"费默然良久，曰："吕殆善于作妖者，不然，吾何以亦入此迷途而不得出也？"亚又作色曰："汝爱吕犹不识吕，是盲人也。彼美贞洁若完玉，娇丽如鲜花，何妖术之有哉？汝此事不向柏府求之，而故设阴谋，迫令来此，已无情理之可言。虽然，彼犹诚笃无猜，依汝为心腹，奈汝向之作非礼之行动，致使彼大失所望，视若仇敌。平心而论，果吕绝汝乎，抑汝绝吕乎？"费饱受此一番呵责，无可作答，即迁怒于舅培簇立斯曰："苟非彼老魔从中播弄，何至蹉跎迄今哉！"言次，见帷幔微动，倏然出一贵妇，双泪盈眶，柔声谓费曰："子之所为，上帝尽察。吾非不代求饶恕，顾彼弱质梗断蓬飘，生耶死耶，未可卜也。悲哉吾女，使我何以安心。"费谛视之，非他，即柏将军夫人邦波利亚也，于是抱愧不能自已，遂不别而去。

费既出后，遇培于途。培询曰："婴儿所患如何？"费切齿曰："我不知，惟愿其速死耳。"培四顾无人，轻声曰："汝欲知吕消息，可从我登舆，容详告之。"费无奈，遂随之去。培曰："吾度吕必仍在京，故已遣使严守诸城门，苟有知吕踪迹者，随时驰报。且吾闻仆人云，有巫名开罗者，能知过去未来，当嘱其为甥代觅吕矣。"费此时计无所施，亦惟有唯唯从命而已。

培既召开罗至，费询之曰："汝知被召之故乎？"开罗闻言，耸肩而答曰："前夕美女吕基亚被劫事，几传播全城，老身焉得不知。今蒙宠召，殆欲老身代为察访乎？"费曰："诚是。汝知当时被劫情形及其人之状态乎？"曰："此则吾已了然于胸，无烦赘述。"言时将大食二指作一圈形，曰："今所求者此耳。"费知其所欲者为阿堵物，即给一箧。

开罗启视，上下唇几不能合矣。开罗得金，虽扬言改装易服，随处察访，岂知其终日置身茶寮酒肆，尽意挥霍，逍遥事外。迨旅费告罄，方至费处，曰："吾于此数日间，几乎眠食俱废，凡人之一言一动，莫不关心。但闻人称该女状貌之美，及公子思慕之深，而此事之朕兆，终觉无从探索。公子如能示一表记，或彼美词中之隐意，老身于此事庶有把握矣。"费闷闷不乐，久之，曰："休矣，休矣，吾无表记，彼亦未授我隐意。"开罗曰："公子勿急，天下事之重要者，决非旦夕可成。谚曰'好事多磨'，即此之谓也。吾之所以求示表记者，无他，盖欲知其宗何教耳。老身苟知其所宗，即可于其教门中侦探消息。如此范围既小，即不难寻觅矣。"费默然有顷，曰："彼宗何教，却未明言。惟昔日游园时，曾于沙上向余绘一鱼形。表记欤？隐意欤？吾皆不得而知也。"开罗叩首曰："谢公子赐教，谨闻命矣。"又曰："前日所赐旅费，已为公子事结纳诸友，支用一空。此后尚求源源接济，俾不致功败垂成。"费怒目而视曰："前日之金已告罄耶？是今日之来，乃为金钱，非为吾事。吾已审汝诡计矣，我明告汝，事若不成，休想吾分文也。"言次，适培自外至，诘得其故，即劝费曰："吾甥席丰履厚，何必较此锱铢？"费曰："吾岂悭吝哉？乃愤其藉此图利耳。"开罗曰："噫，公子乎，吾为此事，老眼昏花，数夕未寐矣；饥肠辘辘，数日不食矣。吾之焦急，等于公子。"费冷笑一声，信手取银一握，向开罗掷去，曰："速退速退，吾不耐闻此诡语。"开罗拾而藏诸怀中，面带笑容，向培与费致礼而去。

费谓培曰："此老谓苟知吕所宗何教，即不难寻得。是语殆非谬妄，所惜者无从知之耳。然吾意吕必与邦波利亚同宗一教，闻邦波利亚近宗东方耶教，故久不见其入庙烧香矣。人谓耶教人拜驴首,邦德行之优、明慧之资,通国妇女所不及,此吾所深信者,岂肯下拜牲畜,而入此左道旁门之教会乎?然吾前在宫中相遇,彼固明明有愿神赐灵、愿神饶恕等语。此果何神欤?吾今苟能确知其所崇之神,则吕基亚之教亦可知矣。吾故曰,开罗所云,殆非谬妄也。"

一日,尼罗哭谓培簇立斯曰:"伤哉吾心也。吾女之亡,汝殆不能辞其罪。彼妖魔之入宫,劝朕收容者汝也,不意彼竟死吾至宝至爱之女,伤哉吾心也。"培闻言,知其悲戚良深,然神色之间,毫不为动,急以手中丝巾为尼罗拭面,从容曰:"吾皇乎,臣等因公主事已寝食不安,愿吾皇少抑悲痛,勿令臣等难堪也。"尼罗倚首培肩,仍若有不胜其忧者。培又曰:"吾皇盍往安替一游?彼地海风清爽,景物宜人,既可以苏吾皇之精神,而吾侪臣仆亦得随扈以广眼界,奚事郁郁久居此为?"尼罗首肯曰:"培簇立斯乎,斯言良慰吾衷。汝真克解吾忧也。"大臣泰哲立斯素忌培,闻其所言,不禁发指,只以口才不敌培,故敢怒而不敢言,惟眈眈然作虎视而已。培亦明知泰之忌己,然自恃如簧之口,仍侃侃而谈,有旁若无人之概,又谓尼罗曰:"吾皇出游,必获新奇之见闻,以助吾皇之诗兴,不亦善欤?"尼罗曰:"善。朕固欲作诗以悼吾女也。"泰哲立斯不能耐,遂谓尼罗曰:"皇如远游,彼妖魔之罪,将何以治之?"培嗤之曰:"子何愚,彼果妖魔,焉敢犯神威哉?"于是朝众皆不直培,佥曰:"皇自言为妖所祟,尔何强辩为也?"培曰:"吾皇因忧痛至极,故有此不择之言。吾侪臣仆,宜思所以解慰之道,俾皇躬克复于清明乃善,奈何如涂涂附,更张大其事,以增吾皇之惑哉?"众语塞。

培归,谓费立赛斯曰:"今日吾与红须猴(指尼罗)晤语,不特吾辈之危解,即吕基亚之险亦解。盖吾固请尼罗往游安替,俾忘斯事,而避奸细之进谗。彼已允矣。汝可乘此时机,速觅吕基亚。”言次，仆入曰：“开罗①至矣。”费急命召之入。开罗曰：“小人有最佳之消息来报公子，定能觅获彼妹也。”费曰：“然则今尚未觅或其人乎?”曰：“虽未觅获，却已得觅获之法矣。吾今之来，特欲询公子，彼是否曾向公子于沙上绘一鱼形?”曰：“然。”曰：“然则彼乃基督徒，吾意其人必为基督教人所护庇矣。”培正色谓之曰：“开罗，汝其慎之。吾甥至富，汝苟为之觅得彼妹，必邀重赏。若汝欺之，则刑罚立至，不汝贷也。”开罗曰：“大人乎，彼诚一基督徒也。”培曰：“止。凡为基督徒者，皆为吾人所不齿。若辈敬拜驴首，杀戮婴儿，投毒井中，害人生命，种种恶事，罄竹难书。汝谓吕基亚亦此流亚乎？吾曾亲见其人，幽静贤淑，敏慧绝伦，岂肯低首下心，而联袂于彼基督教人哉？汝胡欺人若是耶!”开罗曰：“大人乎，小人非有真知灼见，不敢相告。请以鱼形之义，为大人解之。盖以希腊文耶稣 Leous、基督 Christos、上帝 Theou、独生子 Uios、吾侪之兄 Soter 五字之首一字母拼之，适成为希腊文之鱼字（Ichthus）—fish。此时凡为基督徒者，不敢明言基督徒，故惟以鱼字为隐语。而仅画一鱼形者，则更隐语中之隐语矣。”培爽然若失，旋又转首询费曰：“汝确见其向汝绘一鱼形乎?”费曰：“吾非酒醉，设彼绘鸟，吾胡为不言鸟而必言鱼哉?”开罗愈扬扬得意曰：“如此，彼为一基督徒无疑矣。”培曰：“若果邦波利亚及吕基亚皆为基督徒，则吾侪曩日所见之基督徒，乃大谬矣。”开罗曰：“诚然。真基督徒德行优美，胜于恒辈，为人牺牲，在所不惜。三年前，吾由勒坡来至罗马，途遇一基督教人，遂与订交。不幸忽然遇盗，掳其妻孥子女，吾为之救获而失二指。”言次，即伸其右手示之，又曰：“吾闻基督能行奇迹，吾故效之，不知吾之二指能复长出如初否。”培曰：“然则汝亦基督徒乎?”开罗曰：“然。吾苟不入基督教，何从知

① “开罗”，原文作“凯罗”，前文有“开罗”，当为同一人，今改。

吕基亚之踪迹哉？”又曰：“吾前道经某溪旁，逢一老者坐溪侧哀泣。询之，乃知因子为人奴，备遭虐待也。吾即绘一鱼形于地以探之，彼怃然为间曰，命之矣。吾所希望者，彼亦为基督徒，则吾事乃克有济。今既知彼确为基督徒，即欲藉其力而玉成公子之事。故前授之金，即赠彼老者作赎子之用矣。今虽稍有端绪，顾吾囊告罄，如何能进行此事？”培曰：“开罗，汝岂真赠彼老者以金乎？”开罗笑曰：“大人敏胜尼罗，岂能隐瞒？吾诚未实行其事，然吾却有是意也。”培转首谓费曰：“如此可再与五百金。”开罗笑口骤开，唇不能合，曰：“大人宽厚，诚胜尼罗十倍也。”培又缓谓费曰：“渠非真授老者金，特有是意耳。按理而论，吾侪此时当不与分文，必待吕基亚寻得，然后可以从重酬劳。虽然，今日吾等宜施恩逾格。姑锡五百金，以观后效如何。”又谓开罗曰：“此后汝宜加紧从事。”开罗唯唯，领金而去。

未几，培亦束装就道，偕尼罗出游安替。费独处无聊，日盼开罗之至，乃迟之又久，不见足音，焦急莫可名状。一日开罗骤来，费急询之曰：“吕基亚觅得乎？”曰：“尚未，然玉生已寻得矣。得玉生即不啻得吕基亚，盖玉生为吕之护庇人也。且玉生告吾今夕渠等将有大聚会，演说者为一老人，名彼得。城中大小基督徒均欲一识其人，到者必众。吾料吕基亚、邦波利亚等，亦必往赴斯会也。”费曰：“究在何地？”曰：“其地名阿斯穿利亚，乃在一巨穴中。吾闻玉生言，若辈只以城中反对者多，不得其所，故在城外僻处敬拜基督。”费曰：“果如是乎？”开罗曰：“仆岂敢诳公子哉？”费又曰：“然则汝能至其地乎？”曰：“能之。”费曰：“如此今夕吾当与汝同往。”开罗曰：“公子曾识玉生乎？其人力大如虎，恐于公子有不利焉。”时费之健仆名歌芮吞者，即自告奋勇曰：“吾主尚忆仆于斗格戏场中，击死黑人之事乎？玉生虽力大，然以吾视之，直猫犬耳。”费欣然曰：“汝真壮士，克与玉生斗也。”

及夕，费易便服，与开罗及歌芮吞共往阿斯穿利亚。始则灯火万家，光明如昼，继则竹篱茅舍，渐入乡村。未几，见三五成群，络绎不绝，有携灯言笑而来者，有乘舆代步而至者，男女老少，愈行愈多。费此时心已怦怦欲动，良久至一沉寂场所，举目四顾，无他景物，垒垒然有坟茔而已。最后入曲折隧道，行不数武，即至一巨室，见少长咸集，规模严肃。开罗轻声谓费曰："此即阿斯穿利也。"

少顷，歌声一串，悠扬动听。费虽志在觅吕，而闻斯雅调，不禁神怡心旷，俗虑胥忘，因叹曰："是歌感人，何其深耶！"歌毕，有老者徐步行来，立一石上，曰："人当日新，正心诚意，立己而后立人。不特此也，尤当不以主道为轻，虽为义而受患难、遭逼迫，亦宜始终坚持，须臾不违，如此庶可不负天赋之恩。"又曰："宜善待恶尔者，以恕为怀，如基督之恕其仇敌云云。"费于此时，浮躁之气，为之一平。开罗附耳谓费曰："老者之侧，请注意一看。"费举首，果见玉生及吕基亚皆在座焉。

费见吕基亚身冷若冰，战栗不已，恨不立时趋前获之，只恐众为庇护，致败其事。若听其自然，又恐稍纵即逝，思潮起落，不知吕基亚何由而得。忽忆开罗曾经告我，万勿于会集之际轻举妄动，乃自语曰："吾待会散后，尾随吕基亚至僻静之处，然后出不意擒之可也。"意既决，惟冀彼老者演说速毕，不意彼口若悬河，滔滔不绝，而一般闻道者亦皆津津有味，毫无倦容，独费如坐针毡，无瞬息之安。既而费轻声询开罗曰："基督教非来自犹太乎？若辈犹太人，不曾于泰伯河岸筑堂事神乎？何复来此夜集，一若有所畏者然。"开罗曰："此辈基督徒，虽人与犹太同种，而不同宗，非基督徒与基督徒乃巨敌也。吾尝闻彼两派相仇，时有争战，帝格老底乃逐犹太人出境。故此辈基督徒隐居于此也。"时演说之老者，又为一般新人教者受洗祝福等等，直至深更，礼毕散会。

于是费等尾吕以行。迨行至泰伯河侧,东方已白,诸人分道归去,仅一老妇与一童子并玉生伴吕基亚同行。歌芮吞曰:“吾主乎,非杀彼奴(指玉生),不得彼姝。此其时矣,容吾一往乎?”费曰:“勿躁,须从吾命。”歌唯唯。

有顷,至窄巷,迤逦入一院,其中花卉蔓延,又一池塘,清水碧波,风景殊美。然费无心眺览也,惟见吕基亚在前数武,徘徊片晌,倏不见影。费急嘱开罗待户外,已则与歌芮吞入室。玉生未防,归来即持菜一篮,往池旁洗濯去矣。费遽转首示意歌芮吞,歌如饿虎见羊,一跃而前,直扑玉生。费不待观胜负,即匆匆入室,劫吕基亚向外飞奔。吕惊惧殊甚,意欲呼救,而语不成声。伴吕之老妇急掩扉以阻之,费攘臂一推,老妇仆地。费启关出,则见歌芮吞僵卧于地,满口流血,气已绝矣。正错愕间,玉生一拳飞至,中其颅,费遂晕倒,犹恍惚若闻吕基亚之声曰:“勿死之。”

开罗于户外久待,颇不耐,旋见玉生负歌芮吞之尸出,不禁冷汗直流,狂奔而遁,口中喃喃曰:“祸至哉,祸至哉。齐司神乎,亚波罗神乎,赫米神乎,上帝乎,求救吾命,救吾脱彼凶汉之手。”

费渐苏醒,见吕基亚手持铜盆,另一老夫名魁斯拍者,以凉水沃其首。费如梦初觉,良久,强呼曰:“吕基亚乎?”吕愀然曰:“愿主锡尔平安。”费复注视之,见其较先瘦弱多矣,且服装褴褛,与昔迥异,然其美色未稍减也,于是复呼之曰:“吕基亚乎,尔曷不死余哉?”吕柔声曰:“愿上帝佑尔康强。”费思吕不咒之而反祝之,心殊不解,已而向吕索水解渴。吕即持杯往外取水,亲送之饮,然后入内。时魁斯拍已将费伤裹好,即谓费曰:“上帝不容尔成尔之恶,故令尔若此。虽然,仍佑尔复生,上帝之恩至矣。要知吾人于上帝掌握,不啻一粒灰尘。尔以为尔计克成,孰意上帝破尔计而将尔交吾侪手中。但吾等信徒素宗基督,因基督命吾侪爱及仇敌,故吾等裹尔伤处,救尔性命。如吕基亚固尔所欲害者,尚且为尔祷祝，求上帝佑尔康强，尔亦知感乎？惟是吾侪未能与尔久处于此。”费曰：“然则尔等欲别我去乎？”曰：“然。盖尔之从人，业为吾等所杀，而尔又为吾等所伤。虽非吾等之咎，而究恐不免于刑也。”费曰：“吾必护庇尔等不遭刑罚。”魁斯拍曰：“敬谢好意。吾知尔右手未伤，尚可作书，已为尔取得纸笔来，请即修书嘱尔仆来，迎归府第。府中仆从环侍，较此幽僻之区，愉快多矣。”费颜色顿变，毅然曰：“基督徒请听，吾昨日随君等往阿斯穿利亚礼拜，已闻大道。今日亲见尔等行为，实本道而行者也。吾病甚矣，且吾肘受伤，未能轻动，因此吾转不乐去此也。歌芮吞乃吾仆人，彼之死，舍我外必无人干涉。惟昨日与吾同来者，尚有一希利尼人，名开罗，可招之来。彼乃吾之雇工，吾嘱其缄默，彼亦不敢言也。”魁斯拍曰：“虽然，吾等决意舍此他去，惟吾等去时，当留一人事君，请君勿虑。”费曰：“君等之欲别吾者，殆畏我不利于吕基亚乎？”魁斯拍曰：“然。吾等正为此也。”费愤然曰：“吾誓不伤吕。如彼复他往，吾宁绝食而死。君等何不杀我，而反食我耶？”此时吕已为费祈祷一日，惟冀上帝有以感化之，俾能为一基督徒。兹于隔室果闻费有此诚恳之言，于是出谓魁斯拍曰：“吾侪可相与同处数日，待基督将彼治愈，然后别图安置。”魁首肯曰：“惟命是从。”费曰：“吾将作书招开罗，然其人狡猾特甚，非以武力，恐不能使之来。”玉生曰：“吾将为君效劳，无论如何，吾必强之至也。”

开罗既逃，即往酒肆纵饮。盖开罗此时，有银两囊，一为费所授，一为费所遗。阿堵既丰，则恣意挥霍，余无所虑矣。不意正在兴高采烈，玉生忽至，谓费有命招之。开罗一时无计可施，急以足痛辞之。玉生曰：“无论如何，君不得辞，必偕余同往。”开罗知事不可违，曰：“然则吾往可也。”

行次，开罗询玉生曰：“汝等如何治费？”曰：“吾不知也。然基督有命，总宜以仁恕出之。”开罗叹曰：“旨哉基督之言也。”又询曰:“汝何以对歌芮吞?”玉生叹曰:“君见费君自必知之。”未几已至,开罗登堂,见费躺卧于床,即谓之曰:“吾主乎,尔何不信吾言?竟致于此。”费曰:“勿多言。吾语汝,汝当谨记,歌芮吞前日欲害我,幸吾见几早,已杀之。然吾亦受重伤,幸若辈基督徒为吾调治,不日当可霍然也。”又曰:“吾将远游,归期不能预卜。吾已作一书,汝可持付吾仆,嘱府中一切小心,无旷厥职。”(未完)

——《女铎报》第七卷(1918—1919)
第六、七、八、九、十、十二期

畹九女史

生平不详。译有小说《离婚》等。

离婚

人生天地间，无论父子兄弟、夫妇朋友，皆一情字作用。惟情字全从假字方面做去，假得过去，便胡胡涂涂，消磨却一世岁月。譬之旅行，与不相识之三四人同乘一船，迨抵埠时，东西星散矣。著者曰，此怪诞之语，乃英国一文学家史雪恩格酒酣耳热时，有感而发也。彼何所感，因其脑海中，时时回忆与其爱妻曼耳也离婚故。史雪恩格者，其家产之豪直可谓之西方倚顿。而曼耳也夫人之美貌又为英伦全国士女所称道。史雪恩格初肄业于开姆勃来溪大学。一九零三年，该校开大运动会，史得最优等奖，名传国内，无论老幼，均道是后起之秀。曼耳也，倾慕其名，遂与之缔婚，于一九零九年，结婚于麦蒂因街之大礼拜堂。其夫妇间之感情固十分优美。曼之对待其夫，体贴备至，温柔百般。史雪恩格尝曰，海可枯，石可烂，余夫妇间之感情大约不致损坏也。每逢春秋佳日，凡交际场、俱乐部，恒见此一双佳耦，并肩携手，软语温存，周旋进退于其间。人无论识与不识，莫不曰，如此比肩人，福慧几生修到也。

史有义仆曰哈姆纳，赤胆忠心，克尽厥职。史有密友曰乾克森，为英国著名音乐家，史尝以拜伦、莎士比诸大家之诗歌，授乾谱入时调，大受妇女社会欢迎。因是乾克森遂享倘来艳福，偎红倚翠，其乐虽万户侯不易。曼耳也固风流自喜者，乾又出入史第无内外，故夫人归史之第二年，遂与乾有暧昧交。虽无肉体恋爱，而其私情已若喜马利亚最高之峰。曼耳也惟恐一旦为其婚夫知，其痛苦必定甚于梏桎，故越委曲以事史雪恩格。史乃梦梦，安知其床头人倾心交欢，别有用意哉，频夸于众曰，妻真爱我，妻真爱我。冥冥中已为乾克森窃笑矣。

曼耳也实狡兔也，其与乾克森私，非第瞒过画眉人而已，即外人亦不得而知。然造化弄人，术乃更狡，一旦为之揭开黑幕，而乾曼私情突然败露。

史恩雪格嗜曲蘖，每逢宴会，必伏案作牛饮，而从不解醉字作何解。一日为耶稣①复活日，史赴彼得礼拜堂祈祷后，觉喉间作痒，亟欲一润枯肠，乃独至附近酒肆，尽勃兰地至三瓶。脑中忽觉天旋地转，面发淡红色，忖曰："此殆所谓醉矣，何平日饮未尝如此也？"乃雇一汽车，乘之归，既抵家门，尚能下车给车资。天适雨，史方拟举步入门，而地泞滑，遂颠于阶右，不知人事矣。

英国路政为世界所称许。史雪恩格倒卧门外，即有岗巡干涉之，而呼问屋中人。哈姆纳闻声出视，见主人衣冠不整，倒卧阶下，即与巡士舁之入，安置卧床。巡士且为通电于公立医院院长密笛根。未几，密院长来，诊察史恙，手甫着体，即脱帽行一鞠躬礼。呜呼，是盖丧礼也。曼耳也暨哈姆纳含泪询曰："病人竟不可起乎？"密笛根曰："上帝度彼去矣。"言已，匆匆偕巡士去。于是，

---

① "稣"，原文作"苏"，据文义改。

极和蔼之史雪恩格家庭，顿现惨淡之状，哭声踵起。翌晨，《泰晤士报》特书曰：著名文学家史雪恩格以昨日下午四时，暴病卒。为史之戚友者咸深惋惜，且曰，可怜之曼耳也夫人，谅芳心寸断，必哭之恸矣。孰知乃大反是，曼耳也夫人正与情人乾克森在密室中议承受史之遗产事。

史膝下乏子女且无近族，循例曼耳也夫人承受其遗产。惟史为社会党人，即有子女，例且遗产归公。苟有死者亲笔遗嘱，可以保产十之六七。故曼耳也夫人亟与乾克森计，欲假造亲笔遗嘱，以保存遗产。独家人哈姆纳跪史榻前，频频祈祷，泪涔涔下。曼耳也夫人与乾密议二小时，遂同往谒律师卡克，求其签约，承认遗嘱为有效。卡克不察也，遽为签字。曼耳也欣然偕乾克森返，拟殓前夫，讵入死者室，不见其尸。曼耳也夫人失声曰："故夫何往耶？"

当史之踣也，脑经中跃跃不定，心头如鹿撞。越半小时，遂晕去。密笛根院长至时，适甫晕去，故六脉全闭，俨如死者。翌晨，既发丧，西例吊丧者，以花圈置尸身为大礼，且教礼以净水洒死者面，为其求大解脱。故凡史之戚友来者，咸以净水遍洒史身，且以极华美之鲜花杂置其左右。史藉净水力，其宿酲乃渐醒，通呼吸，复闻花香，脑为之振。逾二小时，而史雪恩格欠伸起矣，方欲振铃呼哈姆纳，闻窗棂作格格声，私忖曰，殆贼逾垣入乎？姑俟之，故反安然卧，目微开，视贼来之方向。一秒钟间，贼入室矣，状甚安闲。史睹贼面，失声曰："哈姆纳，何以从窗外来？"哈闻声惊视，则其亡主已起坐床上，面露愠色。哈亟曰："故主恕我。"言时，翻身欲遁。史厉声曰："鼠子，汝敢步，则以手枪洞汝背。"哈姆纳战栗跪榻前，目灼灼视史面，唇揭揭动，欲言不言，状殊可怖。史从容下床，盛怒询哈曰："越窗何为？女主何往？余身上遍置花圈，又何为?”哈曰:“主人果生还乎,抑为厉乎?”史曰:“余赖上帝福庇,何尝亡?”哈曰:“密笛根院长乃误人。”史曰:“汝言云何?”哈乃历述已事。史曰:“汝女主今何往?”哈曰:“与主好友乾克森往律师许,求签约。”史喟然曰:“亲爱如我妻曼耳也,余目一闭,遽心变如是?”言已,泪凄然下,俄顷复诘哈曰:“汝越窗何为?”哈语塞,惟向史求饶曰:“该死,求主宽恕。”史冷笑曰:“汝平昔非以义仆自命乎,今乘主丧中,而思攫夺财物,汝心亦可见。虽然,余妻尚改节如是之速,遑论汝无识之徒。本欲拘汝入警署,处以法,姑念汝数年来无大罪,汝去休。”哈至此,亦不顾及他,匆匆起立,欲举步。史曰:“不许汝从门内出,罚汝仍越窗。”哈无奈,越窗遁。史凭槛视之,则见其下,积麻袋若干。史始悟其从窗外越入者,不特以此沉重物由此脱卸且可溷侦探耳目也。方喟叹间,闻门铃震动,曼耳也夫人与乾克森从卡克律师处返矣。史亟隐身入窗幕,以观其动静。

曼既入室,不见史尸,狂呼哈姆纳,又无人应,亟置遗嘱于案,偕出呼邻右。邻右闻声毕集,戚友来吊者亦群至诘问。曼耳也夫人瞥见案上之遗嘱,忽变为已与史雪恩格订婚时之婚书。曼耳也夫人毕竟聪明女子,至是恍然曰:“我夫殆苏矣。”于是伏案号哭,不复能作一语。斯时之乾克森亦呆立如木鸡。邻人戚友扰攘曰:“尸何在?”史逡巡从窗幕出,笑应曰:“尸在此。”群惊愕,胆怯者甚之呼上帝救我。史曰:“无恐。”乃历诉其妻罪状,且于胸际出遗嘱,以证明之,遂于是日控妻于法庭。下礼拜三,当庭离婚焉。曼耳也夫人无颜居祖国,偕其情夫乾克森隐居北美洲以终老。哈姆纳亦流为乞丐,不齿于人类。史既与妻离婚后,遂勘破情关,其生平抱负悉托之于著作。其遗产,倩公证人签约,身后均充作教育补助费。惟每当酒酣耳热,必发慷慨之议论(如上所述),盖亦有感于中,非好作厌世语也。著者曰,于此可见芸芸世界无论何种爱情之真假,岂一时能断定哉!

——《小说丛报》第三卷(1917)第七期

凤仙女史

地中秘

第一章　白藤茶屋

(东京湾之东,曰上总国,属千叶县治。其地多小丘,有耀窟山者,山腹无数横穴,相传为棱威尾羽张神穴居之地,其近旁多古冢,屡发现古骸骨、刀剑、土器诸物,故地质学、人类学诸家,恒视此为研究上一重要之地点。)①

一日,闻辚辚然车驱声,见一西服美少年,作猎式装,肩系皮鞄,手拈八字须,疾驰而进。至山后一村落名系井村,驻车于一小茶屋门外,车夫前而问曰:"敢问……白藤茶屋是此否? 主人天津吾作在家否?"

时一年约五旬,状如业农者自内出,答曰:"是……此处即白藤茶屋,天津吾作即某。尊客何来? 问此何为?"

少年见说,点首微示礼意,曰:"君即吾作也耶?"复仰首视中庭,见篱落间藤花如雪,弱蔓低垂,又曰:"果然,果然……门前一树马缨花,吾友之言不谬。"遂下车为礼曰:"吾名西冈纯次郎,自东京来者,将有事奉托,故以请见。"

① 该文中有多处为译者解释之语,今以括号示之。

吾作昧昧然曰："有事？托于予？"

少年又曰："唐突进见，得无惑欤？吾所托非他，将欲偕君一往贝冢村。"

吾作益茫然，复漫应曰："贝冢村？"

少年又曰："吾之来，乃小田切家所示导者。"

吾作若恍然有悟，忽改容曰："尊客自小田切府中来欤？失敬失敬！吾屡受伊家培植，感念无已。室虽湫隘，请进稍住一奉茶。"

少年曰："勿尔……吾即欲行，可否请同道？"

吾作曰："虽然，尊客见役，究何为者？"

少年曰："近郊不有所谓稻妻冢欤？去此冢数武，不有所谓火打山欤？"

吾作曰："然，有之。"

少年曰："欲请翁为吾导，吾当奉翁一日值。"

吾作曰："不敢……尊客为小田切家至交，何敢受值？此去稻妻冢不远，不过里许而已。"

少年曰："不受值，不敢劳。吾偕翁不仅欲为导，并请携锹锄，将欲有所发掘。"

吾作曰："遵示。"遂回首顾而言曰："泷儿！汝守门，吾至火打山一行，须臾乃回。"

室内应曰："谨遵严命，请爹爹早归。"

言未已，一女子伏于户隅，作伺送状，不图举首，与少年眼帘光线恰相值。女子觉少年之清俊，触于心一动，不觉红潮晕颊。少年视女子，觉其容色端丽，不觉心亦一动。

维时，吾作已取锹锄荷于肩曰："请……"

第二章　隐雷壳

吾作与西冈既出白藤茶屋，一路向火打山稻妻冢而来。于途中,吾作问曰:“尊客与贝冢村之小田切家是何交谊?”

西冈曰:“吾与雪雄君友善。”

吾作曰:“即小田切家之少公子耶?闻其体弱,近以养病,从东京回。然则尊客于东京时缔交者矣。”

西冈曰:“然……吾与之同学二年,相视如兄弟。”

吾作又曰:“小田切家为我上总国房州以内首屈一指之大殷户,金银山积,莫可稽核。二三年前,曾有一次为盗所劫,失去古金银不少,至今仍未破案。其老主人先年去世。闻人说,其家道已大逊于前矣。”

西冈曰:“雪雄君自其父殁,家道中落颇甚,彼恒以此忧懑,故体魄日弱。今日,予本偕彼同行,彼恐不耐劳,故示予以白藤茶屋,令予找汝。”

吾作曰:“然则我此行即以代少公子矣,惶恐惶恐!某村夫愚不解事,不知尊客至稻妻冢将何所为?”

西冈曰:“吾近修人类学,欲就古冢而调查之。”

吾作疑曰:“隐雷壳?某事耕作数十年,发掘冢穴不少,并不见所谓隐雷壳者,尊客觅此物何为?”

西冈笑曰:“人类学者,乃研究人间种类之一种学问。欲修此学,须考核古代人类之迹以验进化之机,而因以发明天然淘汰之理,其义甚深,一时不能为汝详解,吾此行即为此目的。闻近村一带多古迹,可巧又多半为雪雄君地业,藉此机会,故一劳汝,俾为予发掘一探检之。”

吾作曰:“如尊说,吾虽不尽领解,然昧昧思之,大抵不外查考古代坟墓,此事吾可为力,且俟至稻妻冢一试之。”

西冈曰:“劳汝。”

吾作又曰:“闻古人殉葬多用宝器,此行或有黄金奇宝发现也未可知。”

西冈微哂答曰:“未必。”

吾作敛容庄语曰:“也难决。”

西冈曰:“吾所欲发掘之古坟,志不在此,如汝所言,即或有之,均不过近古坟冢耳。所谓古坟,分有时代,具种种差别,只就外形观之,虽同是圆锥、覆瓢、馒头诸形,或低陷平没,化为阳穴,然其中大抵为石椁、为陶棺,所殉之物大抵为刀剑、铜环、矢镞,或粗制之曲玉、玉环,或土器、土偶及骨具之余体而已。”

吾作曰:“原来坟冢间有此种种之区别耶?吾等且速至稻妻冢一验之。”

二人遂急而前,未几经火打山,已至于稻妻冢。

第三章　发冢

既至,人类学者西冈纯次郎先就冢外四周审谛,觉其略带覆瓢状,而实为馒头形,知为奈良朝以后之古冢。

(奈良朝为日本元明天皇至光仁天皇时代,即我国唐睿宗至代宗时代,距今约一千二百年至一千百三十年间。)

又思此贝冢村名义,必为近古新成之洲渚,其形势东南连于大陆,西北面海,知必无石器时代,所谓国栖土蜘蛛等种属遗迹。

(大和民族凡八种,除天孙、出云二种为高天原正系统外,又有熊袭、隼人、熟虾夷、国栖、土蜘蛛及韩汉遗民诸族相混,而以国栖、土蜘蛛两种族为最古。)

然此冢以稻妻命名,其义甚奇。“稻妻”为阴阳两电激荡之称(日本名义),于义何取?其或者为火雨冢相传之误也耶?

观此冢形不甚崇伟,然既费若许心力始得至此,好歹且一发视之。

于时对吾作曰:“仆欲假翁之力,即此地,请就此边试掘之。”

吾作应诺,于是卸其锹锄,以两手抠衣,缀于腰间带,复提锹,遂肆力焉。

时西冈亦解其外服,去其坎肩,并除脱其着结(即西服以坚白之布为领袖之内衣),惟余衬衣,持吾作荷来之锄,偶力相助。

坟形虽古,然土质甚松,锹锄并下无几时,而穴已深五六尺。

西冈思贝冢二字若名实相副,此间当已见螺蛤遗迹,今仍不见,然则或果为古冢耶?遂更注意掘之。

未几,复下二三尺。吾作之锹,忽着一物,訇然有声。

吾作曰:“好了!此非金釜声耶?想其中不知充牣若何珍物矣。”

更互相尽力,就四旁稍松处掘之,已而露一长方石,若石棺之外椁者。

二人竭其力移而辟之,中忽陷一土穴,彼长方石闭处,若为此穴之门户者。

吾作暨西冈惊且喜,俯瞰穴中,见壁间嵌砌乱石,大小错杂,状式古拙。

西冈思道:“此窀圹之制,不过中古以后之茔墓耳。虽然,其间遗物除石椁、陶棺外,或犹有殉葬诸具。若得一二新发见之器物,于学问上未尝无补,盍就穴中一检探之?”思已,谓吾作曰:“掘且止!其中乱石,坏之反凹凸难进。彼穴口虽狭,然内若甚宽广者,盍与翁同入一探检之?”

吾作惊曰:“入于穴?吓煞吓煞!活生生入死人穴耶?吓煞吓煞!汝看此中黑索索,不知伏匿何物。客!请毋往焉。”

西冈曰:“何惧甚!中有何物耶?蛇虺诸类,刻非蛰伏之期,已不在土中矣。”

吾作曰:“虽然!穴口若许窄,勉强入,恐不能出。”

西冈曰:“翁!汝年高,无怪慎重多虑。无已某自入,汝于外守候,若土石崩塌,须慎防之,毋使窒出路,谨托汝。”

吾作曰:“诺! 谨遵命。某在,请勿虑。客入,愿留意焉。”

西冈以盛气之少年,于是仗着刚胆,携烛及磷寸,遂只身踽踽而入于黑暗世界中,为地穴之探检。

第四章　镃圹

冢形虽小,自穴而入,其内部之宽广,居然一大石室。

西冈既入于穴,遂取磷寸燃烛,藉光而前。烛之光力,几不能及于四隅。

且以久闭之地穴,无新空气往来,觉一种枯臭阴森之气冲刺鼻观,恶心欲呕。

西冈于人类学上,心虽极热,不惜牺牲此一身,然当此境,亦未免带几分怯气。虽然,壮往之志仍不少懈。

维时,西冈一手秉烛,一手障晃目之光线,随步审谛,觉壁间无碑石文字,亦无造像遗迹,惟隧道石平如砥,坦然可步,其间材式,若非出于一时代之工匠者,空洞虚室,一切副葬品俱无。

西冈默忖曰:“此冢必经前人发掘,所有遗物已出世矣。吾愚甚,虚费心力,乃迹人后。”

再前半武,达于石室之奥,时觉一长方物位于中,抚之,为石棺。

西冈喜曰:“此是也……”复审视,觉形如匣,为平石所制,其大与书笥等。

西冈思忖道:“此种棺式极不经见,必为甚古无疑,谅此中当有极新异之材料,于考古学必大有补益。虽毁坟暴尸法律所禁,然此区域幸为吾友小田切君所有,谅无妨事。既为学术上研究,盍速发表此数千年隐秘之材料,俾公于学界,以为吾辈益?”

思既决,遂以一人之力掀脱棺盖。当棺盖掀脱之时,身为重力所引,一失手烛落,火随灭。

西冈顿足曰:“失策!恰去盖,火刚灭,其中何物竟不得见。”急探手就囊取磷寸,私忖道:“白骨耶?土偶耶?化石类耶?所装饰品铜器耶?铁器耶?”既得磷寸取火,先就地觅检余烛燃之,已而挺身起。起之时,烛光渐及棺内,觉有物反射光,炫耀西冈之目。

西冈惊曰:“怪!岂稻妻果入于冢耶?”[按:(稻妻)为空中电光闪烁之义,乃日本之名词也。]再定睛细辨,觉此石棺中并无所谓白骨、土偶、化石诸类,亦无所谓铜铁葬具诸品,其充牣满中乃黄白镪一物,旁并杂置短铳一、剑一。

西冈索然,自沈思道:“此古坟遗圹之虚蜕也。观其迹,必维新以前经人发掘,所有遗物悉已取去,其后盗贼又藉为储赃秘窟,以冀掩人耳目。观此短铳凶器,其必为近代之物可知。”

又思道:“吾费若许心力,而竟成此无益之发见,于人类学上绝无小补,殊属不值。”

又思道:“此大夥赃品,若得原失主而告之,其感喜当何限?”因而触念,忽忆途中吾作所语,谓小田切家于二三年前曾一次为盗所劫,失去古金银不少,其或即此赃品也耶?

一时胸间疑念潮涌而生。既而复思道:“此铳剑、金银以外,犹有他物盖藏否耶?”遂伸一手,略翻动此古金银,忽一角纸封,着手显露。

第五章　缄约

西冈急提取就烛下视之,其封面书云:“父字留示吾儿雪雄读。”旁加小字一行云:“禁他人启阅。”余无年月,无居址。

西冈一阅,知为父执小田切家老主人遗书,料此书必为雪雄君之父生前遗嘱,同存于金银库中,遭盗难时,盗攫赃品,忙乱间遂并此混入;今幸为其子之友所见,入于吾手,其封面既禁他人私阅，吾当亲手付于其子，不禁狂喜；自思今日虽不能探得人类学上利益，然发见此重要书函，亦不枉此番心力，遂急欲驰归贝冢村，为雪雄君言之；于是匆匆移盖，掩闭石棺，返身出至穴口。

吾作大声呼曰："壮哉！客进何久，中有何所见耶？"

西冈摇手曰："无！予刻有事，须即驰往小田切家。翁祈仍以方石闭此穴，泥封且姑置之，予明日与雪雄君当复来。"

吾作曰："客何匆遽乃尔？"

西冈曰："有急事，不可缓者。"

言已穿衣，匆匆遂去。

吾作如命，移石将以闭穴口，然此方石颇重，初西冈、吾作二人合力始移之，今西冈已去，只余吾作一人，力不能胜，且闻西冈言，中无所有，纵不闭，谅亦无妨事。吾作遂就己意，尽是而舍置之，复提视锹锄，自语曰："明日，小田切家少主人来，或有用于此物，不如留之，倒省事。"遂并纳置穴侧，负手缓步而归。

西冈驰赴贝冢村，既至小田切家，如飞奔进书斋，呼曰："雪雄君！奇事来矣！"

雪雄斜倚案间，面深白，颊瘠带病色，见西冈至，举首言曰："西冈君，归何早耶？所得者何物也？"

西冈曰："此物非汝所及料者。"

雪雄曰："古骸骨耶？殉葬品耶？"

西冈曰："皆非！盖此也。"遂出其书，递示雪雄曰："请视之！"

雪雄一视，惊曰："吾父之手迹也！"

西冈复按书言曰："且缓！吾有一语为君言，君允否？"

雪雄曰："何者？请言之。仆见吾父遗书，方寸怦然，急欲启缄一读。君于何处得此函来耶？乞为我言。"

西冈曰："吾必为君言。虽然，吾先与君一约。雪雄君！汝与仆可以谓至交否？"

雪雄曰:“此奚待言!”

西冈曰:“若然……则君之秘密使仆闻之,当无所疑忌矣。仆有闻,断无不利于君,谅君能信之。今令先君遗书既巧入于仆手,是有因缘,于义当为君一尽力。吾测此遗书中必有大秘密事,关系于君身上,君性默深虑,故为此一约,愿毋隐焉。”

雪雄曰:“君盛情,予甚感激,若有秘密,当必明以示君。”

西冈遂以书付之曰:“若是……请速开缄,是书予就古冢中得之者。”

第六章　移窖

火打山之稻妻冢,其地为山林幽僻之境,人迹甚稀,自是日午间,人类学者西冈纯次郎偕农者吾作一至,其后入夜,不复见有人迹。时新月初明,微云曳空,白杨萧萧,草森虫寂。

忽一人影出于树林阴翳间,衣黄笈折,腰悬守护札、洗心瓢,若巡礼者状。

(东俗凡远道行香者,谓之巡礼。笈折为事神行脚之服状,如坎肩。守护札,书神衔名,祈福者就庙中迎之以镇其家。洗心瓢,用以勺水浣漱,示斋戒之意。此风于古迷信神话时代最盛,今犹有行之者。)

奔而前,若后有追者。细辨之,为一蓬首妇人,胫衣爪甲均涂沾泥土,貌颇凶艳。既近稻妻冢,忽注意睒视新辟穴,一頷首,匆匆遂潜匿于穴间。

未几,汹汹然壮夫五六人,手提竹枪木棒追而来,忽失妇人踪影。

若辈四顾曰:“何去耶?”

其一曰:“狡哉此伪巡礼者。”

一曰:“彼恒伪作种种装,专眮隙入室盗人家物者。”

一曰:“莫非著名女强盗阿玉即此耶?”

一曰:“无他!近村来此狡贼,不得不竭力防之。吾辈须穷追,必捕获之而后已。”

一曰:“刻彼何处逃耶?”

一曰:“前路若微闻消息,其必逃过山后去矣。”

遂招邀曰:“急追之!”

于是若辈如风驰电骤,一霎间,遂转向山后而去。

彼女巡礼者匿于穴间,睨若辈村人已远,莞然失笑,引其首于穴外,颜色顿霁。时月明云净,觉彼妇凶艳之相益增数分妍丽。

维时,彼妇作势欲出,忽转念若有所思,复埋首穴间,循月影入视石室。

是日西冈复盖石棺时,以匆促故,不曾注意余缝,彼妇目力敏锐,一瞬即觉古金银光气已触动于眼帘。

于是移去石棺之盖,解笈摺之衣,悉数提取此古金银,将运之出穴。已而思道:“意外得此大财,毕生当吃着不尽矣。虽然,具此重分量,将以何法始能全数而提挈之?”复反身就出路,将搜求盖藏之地,瞥见穴旁遗有锄锹,喜甚,急提锹出穴,就来路林箐间,择岩阴处作一地窖,遂尽移古金银实之,仍封土。事已,以锹置归原处,点首自语曰:“暂假此为储藏库,其后当缓缓设法移之。”遂拂拭手中土,迈步入林间而杳。

第七章 骈逋

去未几,忽又闻林间金铁声从远而来,已而有二人自蓁中出,见于月下,蓬首垢面,琅当铁锁,手足犹带桎梏。

其一年约三十二三,体高健,鼻仰颧露,一望而知非善类。其一年相若,气象凶悍,右一目失明。

二人喘吁吁,至此稍住,彷徨相视。

体高者曰:“顷大队持杖①从此间来,刻何处驰去耶?此一辈似非为某等追来者。”

眇一目者曰:“无预于某等事!汝不闻若辈沿途追呼曰‘捉奔窃,捉奔窃’耶?某等越狱幸脱,途间遇此,实也吃惊不少。”

体高者曰:“然!某等系于千叶县监狱,不久将解流于北海道,此次所定无期徒刑,惟某与汝。某生平杀人放火强奸强劫,罪案山积,谁不识某鹭本平次郎之名?今与汝同谋越狱,幸得手,乘夜窜至此地,若转落于村愚之手,岂非更是不值?某等须随遇留神为是。”

眇目者曰:“某挂井庆三郎之名,位于强盗案间,较于汝也不减色。某与汝同一牢狱,也算一幸事。今协力离脱樊笼,乘夜飞奔,至此不觉将百里矣。”

体高者又曰:“某等虽幸逃脱,然此手镣脚锁,将以何法破除之?”

眇目者曰:“汝不云于稻妻冢间藏着无数古金银,其中并毁解刑械之器具均有耶?盍就此取鑢,错而断之,夫何难?”

体高者曰:“虽然……此物均埋藏于稻妻冢地底石室中,非掘土开穴不能取之,将奈何?”

眇目者曰:“果然!如汝所云,带此桎梏,于劚掘诚阻碍矣。”

体高者曰:“无已……且至稻妻冢,相机再计议。”

于是逃犯鹭本平次郎与挂井庆三郎二人急趋而前,不数武,遂至稻妻冢。忽见冢间穴已辟,平次郎大惊,瞪目而言曰:“罢了!罢了!大事去矣!谁嗅着此中秘密,敢若许大胆,盗发某所盖藏,恨煞我也!”

庆三郎亦大惊曰:“可恨可恨!”就视之,复语曰:“穴间土色尚

① “杖”,原文作“仗”,据文义改。

新,似未越宿,想今日才盗发矣。可惜可惜!”平次郎曰:“事至此,无法,姑进内一检视之。”

第八章　毁械

鹭本平次郎、挂井庆三郎二人欲进石室,先俯首一瞰内部,于穴口忽得吾作所遗之锹锄。

平曰:“今无他,当先设法敲脱刑具,令此肢体自由,此铁锹谅可打断脚锁。”

庆曰:“果然！此锄谅亦可用以断手镣。”

彼二人遂各取其一,回首四顾,将觅岩石为台,以施捶击。

恰好彼女巡礼运埋古金银之处横石悬壁,二人遂趋就之,足践经藏窖上。彼二人志在求脱桎梏,并不曾稍注意,故虽践过,仍懵然不知。

平次郎先横一足于石上,狠命持锹乱下,未几锁断落。

平曰:“好了好了！予之脚得复自由矣,但手镣将何如?”

庆曰:“盍互易而为之?”

平曰:“好便好,惟汝独眼龙,万一看差了,一锄着于腕上,可了不得,且罢且罢!”

庆曰:“汝安心,予发枪未尝误的,非犹是一目也耶?”

平曰:“果然果然！然则姑试一为之。”

言已,平次郎伸两手,引长锁作交叉点,横置石上,挂井庆三郎强提束缚之肢体,举锄向此交叉点认定一击,砰然作声。平次郎咬定牙齿,若忍痛状,每一击,肆声曰:“认定！尽力!”

已而锁渐断,平次郎挺腕作屈伸状曰:“舒服,舒服!”遂转执锄,如法为庆三郎解之。

惟铁环未能解,虽留此铁环,终多窒碍,然贴近于腕,欲去之,非镳错不得脱。以此久锢不自由之手足,得此亦已具八九分活气,虽仍带铁环,已不觉甚苦。

平曰:“如是当无虑矣。去!进石室一搜!”

庆曰:“须留意,慎防掩击。”

二人遂钻进石室,视石棺,已空无有,大失望。

平曰:“何处毛贼敢为此,不畏某食其肉耶?他究何法知某之所为也?”

言次,野性暴发,握拳切齿,愤不可耐。

庆三郎忽趋前,取铁锹就月下视之,呼曰:

“次郎!汝看!此锹柄刻有白藤茶屋。”

平曰:“眇子犹有此目力耶?”

庆曰:“汝真欺人。”

平次郎接锹审视,果有火印,刻着“白藤茶屋”四字,恨声曰:“某藏窖必为此锹主盗发无疑。某前尝就彼茶屋驻足,其方向今犹记忆,勿放过!须乘夜至其家,搜出此古金银来!”

庆曰:“无凶器奈何?”

平曰:“呸!田舍奴安用凶器为?只此锹锄足矣。若辈遇某等,怕他不吓煞!”

第九章　破扉

鹭本平次郎、挂井庆三郎自稻妻冢出,各携一锹一锄,大踏步而驰。时月影衔山,夜深人寂,彼二囚徒翛然无阻。未几,遂至系井村。

平次郎先年行劫小田切家时,曾于附近村落徘徊侦伺,故一带途径皆所熟识。庆三郎虽属初至,然以平次郎为导,无患失道,遂相将而到着吾作之家。

平曰:“此是矣!汝看棚间藤蔓,不已明示予等耶?”

庆曰:“果然!有此标识,可不差误,但由何处入耶?”

平曰："田舍奴！板门蓬壁奚须虑？只三两锹锄，怕不作齑粉！"

庆曰："义士大高源吾讨仇，自然铁垣皆纸壁，奚有于此？虽然！若为邻居所闻，岂不于某等不便？"

（大高源吾为赤穗四十七士之一，恍惚如《水浒传》一百零八名好汉之李逵。日本室鸠巢氏著有《赤穗义人录》，其性质亦恍惚与《水浒传》相似。）

平曰："自命为绿林豪杰，还管何便不便？汝安心持定胆略，此间四无邻居，岿然惟此一家而已。"

二人以不改之贼性，发动狠戾之气，遂罔有畏忌，訇然直破扉而进。以日本柴门板屋之制，原不足以御险，矧村农寒宅，摧败益易，不数锹锄，已若风扫秋叶。

维时，老农吾作暨其女泷儿从梦中惊醒，闻外间槌户声、板裂声、督促声，知为强盗，急举被蒙首，寒栗将无生气；少顷，汹汹然闻进门声。

鹭本平次郎一手掀去泷儿寝衣（寝衣有袖，用与被同，日本名曰夜具），喝曰："某来！速起迎！勿许声！声则杀汝！"

挂井庆三郎一手扯去吾作之被，喝曰："起！还瞢腾耶！"

吾作体战股栗，齿龋龋相击，伏地而言曰："豪……豪客……寒家服田食力，室中一无长物，恳鉴怜之。若不信，请周视，老朽不敢欺饰。"

平次郎冷笑，喝曰："老耄！汝家无所有，某岂不知？奚待汝言？……叱！老贼！汝家所本无，汝自他处提挈来者，何去耶！"

吾作茫然曰："提挈来者……无有也？"

平曰："无？"

吾作曰："诚无！虽魂梦犹未遇之。"

平作色曰："还抵赖！汝今日掘得何物耶？"

吾作仍不省曰:“掘得者……无有也?”

平曰:“汝毋诈!吾问汝,今日汝曾往稻妻冢否?”

吾作曰:“然!曾往焉。”

平曰:“稻妻冢间,汝掘得何物?”

吾作骇然曰:“慎毋妄以此见疑。予并无所得,予所以至稻妻冢,因贝冢村小田切家之少主人于今日午间绍介其友西冈纯次郎来,嘱予为导。西冈自言为东京学者,托予携锹锄往发此冢。穴启后,予以阴暗可怯,未尝入焉。”

平作点首状曰:“哼!然则彼西冈自入之矣。”

吾作曰:“然!”

平曰:“彼有何物运出?”

吾作曰:“并无物运出。予在场,来去皆的目所见,不敢有半句伪饰。”

第十章　攫裾

吾作为蠢蠢一村夫,大盗平次郎见彼惊惶失措之容,料其言断非虚饰,不觉怅然,俯首默自寻思,既而曰:“事确奇!既不是西冈那厮,然则其自飞去耶?我诚不解……无已,此事且暂置,汝可速觅一锪来,予有用。”

吾作颤危危答曰:“诺!”匍伏遂去。

少顷,平促曰:“有否?速取来!”

庆又继声曰:“速取来!鳃鳃奚为者!”

吾作曰:“请稍缓,予为声威所慑,神魂已失措矣。”

平喝曰:“稍缓,汝欲乘间逃脱耶!”

吾作曰:“不敢……”

庆曰:“然则汝勿恐,可速取来。”

于时吾作已就工具箱,觅得错锪,复匍匐而前,颤危危献于二大盗。

二大盗甚喜，于是互将手脚所余铁环错断。

平自抚其腕曰：“如今汝可以真得自由也已。”复视其身言曰：“此赭衣须换脱。”顾吾作曰：“嚷！取汝衣物之佳者来。”

吾作局促而言曰：“谨诺，但寒家衣物无有佳者。”

平曰：“不论！可尽汝所有呈出，勿复迁延辀张，讨某所厌。”

吾作遂急取衣二袭献之，二人脱去囚衣，换穿毕。

二盗相示曰：“颇称身，谅无复为人所识别矣。”一转身，不图于室之隅见泷儿。

平曰：“好一颗珠儿，田舍间乃有此珍物。”

庆曰：“果然！此一株钱树子，大可以偿所失。”

平曰：“且不计此，某现在腹饥甚，且命此女为炊，先果腹再算。”

庆曰：“妙！妙！高飞远扬，须饱充气力为第一义。”

于是二盗先反吾作之臂，缚于柱间，而后强曳泷儿起，逼令淅米燃薪，又搜取齏蔬诸物。既备，遂胡坐（即箕踞）于泷儿之旁，目炯炯视其色，忽拊髀击节曰：“美而艳！某困于监狱，久不与妇人接，今邂逅相遇，白放过耶？某为带罪逃犯，虽罗网一时挣脱，但将来结果早晚难料，万一再复失手，纵欲狡展，已无生望，均是恶中魁桀，只待贯盈，尚何畏忌？”以手牵泷儿之衣曰：“嚷！如何！允否？”

泷儿被此一吓，羞愤欲绝，急摆脱思遁。

平次郎一手攫其裾言曰：“汝欲遁耶？逃不得！既入吾眼帘，亦汝前世因果，速具餐飧予，不然，予且暴！”

呜呼！一清净无垢娇弱之女子遭此久困囹圄、色情饿于狼虎之凶汉，危乎悲哉！

其时吾作痛此一块肉，思以救之，然口为败絮所塞，手反接不得动,莫可如何;惟有胸愤欲裂,全身血脉皆作冷潮波动,股栗体战,殆无人色而已。

第十一章　吓煞那人儿

危乎悲哉,危乎悲哉!此清净无垢之女子位于二强寇前,若使挂井庆三郎亦表同情。以两饥鹰残此乳燕,含芳兰蕙将不堪惨受封姨矣!幸也独眼龙庆三郎蹲踞其旁,眇一目睨之数四,既顾泷儿,复又顾平次郎。时平次郎怒目悍视,将欲攫泷儿,泷儿惧欲死。

庆三郎忽正色曰:“老平!且勿尔。以某两人欲污此子,不过就案取肉,获啖良易易。虽然,殊可怜,某等绿林最忌堕色界,欲求胜利,慎毋为此婢撼,不破这关头。”

平曰:“虽然,但此花朵儿晃得予眼睛眩,心欲置,情难恝。对此艳福,不费缠头得纵一饱,容何伤?”

庆曰:“某为盗十年,杀人行劫,无事不敢为,惟强奸案一未尝犯。某亦有小妮子,年正与此婢相若,睹此觳觫,心甚激刺,殊大不忍。老平!幸其止之。”

平曰:“以此相难,令某若冷水浇背。汝意甚婉曲,某不忍逆汝。此一念,汝其得好结果欤?”

庆曰:“此且不计,惟某之前,汝慎毋为此。某已去,如何任自为之,某不汝咎。”

平曰:“不得已,姑从汝。今夜且放过,后乃图之。此颗明珠不落予手,念终不释。某根性,凡物印于予脑,不得不已。此块天鹅肉留俟异日啖,其不许耶?”

庆曰:“此为汝事,某不管。”

得此庆三郎一顿话,而色胆如天之大盗平次郎遂撤手。泷儿于绝望中忽幸脱过虎口,不觉回转心魂,溜一大息。

时平次郎尚蹲伏泷儿之侧，忽悍声曰："嚷！闻否？此刻暂舍汝，异日当再来。汝须记取，毋我拒，拒则刳杀汝。某性悍于蛇蝎，若试予毒，鲜得幸免，今此一见，汝谅知之。"复顾吾作喝曰："老悖！稻妻家中确未尝有所获耶？汝毋欺饰，若欺饰，终逃不过某耳目。某必伺汝行径，若知汝伪，某必剐汝心，抉汝目，决不汝恕。某为穷凶极恶之大盗，汝须认取，彼穴中物皆某所有，夺某所有是为某敌，不论谁，某必取其命以偿。西冈纯次郎，寄语彼慎防之，勿遭吾手。"既说，色犹悻悻。

已而饭熟，泷儿战栗奉匙箸，遂相踞饱啖，龙拿虎攫，顷刻盘盎都尽。

平鼓舌曰："腹已果矣，赭衣已换矣，不速远扬，天将曙矣，趁此四郊无人，且去去。"遂相率而不知所终。

第十二章　第一书

小田切雪雄既允以遗书秘事无隐于其友，其友西冈纯次郎遂就怀探此家中书与之。雪雄于是急启其缄，取书读之。其辞曰：

无恙之日，预为身后之谋，特缮遗状二通，以嘱吾儿雪雄。儿须认取，是书为父一生抱憾，无可告语，惟以望诸吾儿，代泄此冤愤。此书极甚秘密，虽家人不可见，故予缮就，匿而置诸金库抽屉之底，以俟吾儿既长能诵时一读。谚云"秘密识破，有尔无我"，虽一家犹不免焉。吾小田切家之大秘事，儿未必知，儿须记取，汝父行将死矣。汝父之死，非病而死，盖将受毒而致死也。予虽尽力自防，然谅终不能逃此厄矣。欲知予被杀之故，须先解小田切家内容之大秘事；欲知此大秘事，须启阅吾次函封记之秘密书。儿得书，幸毋忘父之言也。

读竟，雪雄肉悸心颤，色作死灰，肢体战栗不可耐。忆父之言，知父之死以毒非善终，悲不自胜，亟欲究此不共戴天之仇，而函语隐约,不能知毒者为谁,又不明父为家中长君,尚复受制于何人?计函中语,书凡二通,何西冈仅得此?因问曰:“此函凡二通,犹有其一,君未之见耶?”

西冈曰:“石棺金货累积,予仅就其上翻得此书,余未之见也。”

雪雄曰:“然则当犹在石棺中,请速导予至稻妻冢,翻取石棺觅之。”

西冈曰:“然!此事重大,不得底蕴,使人苦闷。予与君世交,君之事,即予事。若令先君饮恨以殁,某不才,必助君雪之。”

雪雄闻语,心大感动,涕不可仰。

西冈复励之曰:“君毋气馁,君体质弱,须善自保。某在,当尽吾力以左右君。君宜节哀,留取任事精神,以体先人之心为要紧。”

雪雄咽泪言曰:“君知己,愿得倚仗。仆孤弱,遭此变,更无人可与言。吾有闻,当悉以请教于子。”

西冈曰:“愿闻命。惟此奇变,不睹第二遗书,终不能释。刻已暮矣,乘夜不便破冢复入。无已,且俟明日侵晨,共往索之。”

时阳乌既没,座已传灯,雪雄无奈,惟有愁对遗札,默然自思,既而谓西冈曰:“吾心所触,家中凡有秘密,愿私为子言,请为我一剖决之。”

西冈曰:“子病新愈,盍就寝息?吾亦倦欲就枕,俟明日且聆君言。”

第十三章　漫猜

以一家之秘密致令一家之长君,犹不许闻见,若有闻见,虽家长犹不能免于一死,诚不可思议之怪事哉!更所谓不许家长闻见,置家长于死地者,此为何人?能有若是权力耶?是非再到稻妻家中，翻取古金银，探出第二遗书，其秘密之根源必不能释，毒杀者谁主谋必无从决想。阅者当亦急欲一见此第二书矣，而况当日雪雄、西冈为切密相关系者。

翌日，雪雄、西冈早起，草草梳洗即出贝冢村，趋而向于火打山。途次，西冈曰："雪雄君！吾与子今步于田野间，由此至火打山，尚有若许路，四望无人，不忧窃听者，子盍以一家秘密可疑处为我言之？予昨夜竟夕不曾寐，亦尝为君深思之矣。"

雪雄曰："西冈君！子之为仆关情深镂胸臆，仆不敢不尽言。予实处一异象之家庭，予之父本名定右卫门，为小田切家养子，小田切家真裔实惟予母，予父以养子见赘，虽谓为小田切家继统，实不过客观的而已。"

（按《日本民法家制》，养子之义分有两种，一无子之家取他人子以为螟蛉，其既定主鬯分位者，谓之家督相续人，未定主鬯分位者，谓之养子。一其家有女，特取他人成年之子，使之入赘，亦谓之养子。前一项养子，其家既定有家督相续人，于律不得复收养，惟后一项之养子，不在此例。又《民法》其家有女无子，所遗权利应归其女承袭，是为女户主。此等户主权，于常例入赘之夫可以代之，然必经其家含有让授之意乃可。若婚姻时，其家声明此权归女户主，则赘夫不能有此权利。）

西冈点首曰："俞……令先君为定右卫门家子，入赘于小田切之家，于是得君而为之子，然则君为小田切家之家督相续人矣。"

雪雄曰："不然！仆实非小田切家之苗裔。"

西冈曰："然则其别选继续之养子耶？"

雪雄曰："不然！仆实为吾父定右卫门家所生子，惟予生母别一人，非①今之小田切家主母耳。"

---

① "非"，原文漏此字，据文义补。

西冈曰:“然则君之本生母何在耶?”

雪雄泫然曰:“仆自有知识以来,实未尝闻踪迹,惟闻吾母名仲子,初为小田切家婢,见纳于吾父而生予。予出世后,即与母别,至今生死存否,莫得而知也。”

西冈曰:“君家之妹时子,谁生者耶?”

雪雄曰:“此为主母所生者。”

西冈曰:“然则君之母、君之妹,始为小田切家正统,君其旁挺附属者耳。”

雪雄曰:“然!吾父立有遗言书,以妹时子袭家督相续之资格,仆一身绝无责任牵系。仆亦体弱多病,无任事力,若是,殊翛然也。”

西冈忽顾雪雄呼曰:“雪雄君!……”

雪雄愕然应曰:“西冈君……何耶?”

西冈曰:“予闻子言,此大秘事,予已略测其概矣。以予所想像,所谓君家秘密,谅不外家督争立攫夺财产之事,此等事历史上常见之。谓予不信,此去稻妻冢无几程矣,俟获见第二秘密书,当自释然,吾与君且急前而取之。”

于是西冈、雪雄相偕而趋,未几而已至稻妻冢。

噫!西冈学士之推测小田切家秘密事,谓不外家督争立攫夺财产,疑与齐桓公、赵主父之事相类。然耶否耶?若然,则此数见不鲜之故实,奚足演为新说部,谅其中必更有惊天动地、为世稀有之怪现状,使听者闻而股栗、读者睹而魂悸,而后乃足以餍二十世纪吾人理想的好奇心。是书所演为一大惨剧,玩其题旨,想阅者亦知西冈之言为不中也。

第十四章　芳心

西冈纯次郎与小田切雪雄既绕过火打山而至稻妻冢。西冈遂导雪雄进于穴，秉火四照，觉石棺之盖已辟，其中昨所见之无数古金银及刀剑兵器已尽为人掠去，一无有存，而精神所最注意之第二秘密书亦渺无形影。二人大失望，痴若木立。良久，西冈言曰："谅此必吾作所为。彼老虽质直，未必果萌盗念，然村夫几曾经见如许财货，心目骇眩，虑或有失，故运藏于其家，遂并书函持去亦未可料。顷来时，悔不绕道一过白藤茶屋，今且速往询之。"

遂邀约雪雄匆匆奔至白藤茶屋，其时适吾作外出，惟余泷儿守家。客至，泷儿延入，西冈询吾作所在。

泷儿言曰："昨①宵寒家遇盗，今家君往木更津町申报警察署，谅不久便回，请少住。"

西冈闻遇盗，亟询情状。泷儿遂详述之，言脱狱强寇因发掘稻妻冢事，如何汹汹入室，如何逼勒其父索问冢中物，又如何侮辱其身及如何解脱此厄，一一具道之。

西冈及雪雄闻言，不觉心意骇乱，默计此强寇必为当日劫取小田切家古金银之原盗，然捷足于此盗之先，进石室而夺去此古金银者又何人，愈觉茫无头绪。观此则第二书函已不知落在谁何之手矣。相与嘻吁太息，已而自计，如此虽问吾作无用，不如且归，别求他法而访查之。二人遂索然辞出白藤茶屋。

泷儿如礼俟于门而目送之。客既去，泷儿凝立，若有深念，忽耳根薄泛春霞，双颊微含羞晕，背人而私语曰："好个英俊少年！闻彼名西冈，其已字否耶？谁家妙人儿，不知几生修到，才有此幸福，吾辈村姑，想难寻此好梦矣。彼为小田切家少公子至交，闻小田切家姑娘俏丽可人，这段好姻缘，想为小田切家消受矣。"

怀春少女幽怨含情，默款秋波，遥送郎影。时微风拂户，藤花笑人，薄袂轻飘，间阶凝伫，既而复自语曰："想起昨夜事来，怯煞

---

① "昨"，原文作"咋"，据文义改。

人也么哥。那脱狱罪囚今度若来,吾此薄命其已矣。彼尝云‘凡物触彼眼帘,断勿肯放过’,又云‘来若见拒,必肆其毒’,此言隐隐犹激荡于耳底。噫!吾前生何罪孽,逢此因果!吾一死奚足惜,然从此日日提心吊胆,这岁月怎挨得过也么哥!”

思至此,魂胆怯弱,蹙损眉尖,愁苦怜侬,伤心懊恼。时外间忽来一中年妇,绾云高髻,广袖长裾,妖冶之风,犹带村气,进而就坐于胡床曰:“今日天气好,游人来且多,想尊座迎送忙煞矣,愿假少住,吃杯茶。”

噫嘻,彼何人?斯胡为乎来哉?

第十五章　出世

彼妇人非他,盖为我国《水浒传》所述母大虫、一丈青之流亚,即是书“度火线”①前章所记之伪巡礼者阿玉也。彼鬼蜮之恶妇,其心既狠戾无人理,而其貌复妖艳善媚,足以济其奸。彼挟色以肆毒,世间男子颠堕于彼陷阱,计已不知几许。

彼初潜伏于横须贺,继而窜越至安房之北条,后为逻侦者所迫,遂伪作远道巡礼状,披褰人衣,沿途骗窃以至于此,不图恶踪为人识破,村民追蹑,几不得脱。幸奔越小松林,至于稻妻冢,避匿地穴,得免于难,而意外复于此地穴探得若许金银,遂就岩下埋之,此正昨夜之事也。

既埋此金银后,彼乘夜复窜至木更津港,匿于所识者某妇之家,遂变服易装,化作寻常中年妇。

彼大胆无敌之贼妇既变装后,于晨光熹微之际,复至稻妻冢,就岩下掘出昨夜所埋之物,睇验一过,见古金银之外犹有刀剑短兵器,复又得一封函秘密书。彼于是检出此秘密书,并提古金银

① 此章名应为“移窖”(第六章)。

二颗，同置于怀，其余复掩土埋之，不动声息。

事已将返，忽闻人声，彼遂隐身林间，睸伺来者。已而睹两少年匆匆自山后来，入于冢间穴，未几复出，颜色若甚失望，又匆匆相率而去。

彼贼妇睹此状，自林间出，从后追而蹑其踪，见彼二少年直至系井村，进于白藤茶屋，与女子语良久，复辞而出。彼贼妇若为不知也者，姗姗然继而入于茶屋。

客来，泷儿遂暂搁愁思，趋而为礼，忙出茶点飨客。贼妇阿玉止之曰："且勿尔，吾少坐即去，有所需当告子，无事客气为。"

泷儿对曰："寒家僻处山村，客来，寸诚只奉得一杯水，愧无佳品以应尊意，请鉴谅，少作勾留。"

阿玉曰："谢子殷勤。"遂问曰："顷二客来此少休，彼为谁家子？其熟识者耶？"

泷儿曰："御和服者为贝冢村小田切家少公子，名雪雄。其西服者为少公子之友，名西冈纯次郎，乃自东京来者。"

阿玉愕然曰："即房州富室小田切家之少主人耶？"

泷儿曰："然。……"

时贼妇阿玉心若忽有所触，复自含蓄，举眼而视泷儿。泷儿微羞，晕潮于颊。阿玉心自忖道："此子貌甚可人，盍诱而置之，亦一迷客好香饵。"主意定，遂谓泷儿曰："吾有一言唐突，子能为我恕否？"

泷儿昧然曰："妾愚不解，客请言之。"

阿玉曰："子具此姿容，何忧无好啖饭处？守此藜藿，殊可惜。盍以幽谷兰蕙，移于华林？予近就木更津，开设旅馆，彼处港口繁盛，嘉客如云，下婢辈月中出息不少，予家苦应接不给，尚须延雇数人，子如允来，管保汝吃着不尽。"

泷儿闻彼甘言，心颇动，自念穷守蓬荜，依养老亲，殊亦非计，且昨宵强盗万一如言再来,此厄何以逃避?究不如出就人烟繁盛之地,求一啖饭处,既可免于难,又少得月给以助家计,稍慰老亲,计亦殊得,遂欣然曰:“蒙客青睐,不以村野见弃,甚愿得供洒扫,俾资学习。俟父归,禀白,当即趋侍尊命。”

阿玉曰:“子如有意,吾当虚左以待。吾家需人正急,请禀命尊君后,亟早示予消息。”言已遂起辞去。

第十六章　请谒

石室内搜检不得秘密书,怅然出穴,相率而至白藤茶屋之小田切雪雄及西冈纯次郎两少年,既访问无端绪,遂复离去白藤茶屋。时于途间,彼此细细推测,西冈之意始终坚持前说,谓毒杀雪雄之父定右卫门,原因必为家督财产相续之事而起,纵未必出自其妹时子之本心,谅其母必不能免于罪。于是相约伪为不知也者,诫雪雄毋使主母女弟觉,而自往窥察之。雪雄如其教,自是归家隐伏一室,内庭一切不复闻问。其母向主家政,鲜与雪雄谋,自是更疏远,并觌面亦希简,一家之近居然渺若秦越矣。

是日西冈既复至小田切家,遂假世交之谊,登堂拜见雪雄之主母及女弟。

雪雄之主母名鹿子,即小田切家女户主,年约四十许,印鼻细目,颧高颊弛,当妙龄时已有仳倠之目。惟发颇浓好,然至中年后,半已颁白,自恶其媸,爱修饰,恒以硝酸银水涂染,遂满鬓作鹧鸪斑。性悍且妒,御家中婢仆无少纵,叱咤声时达户外如哮虎。

其女时子虽不若其母之媸,然阔口庞眉,体丰而肥,虽日日施丹铅、御绮罗,而较之白藤茶屋布裙荆钗之泷儿,相去有如东西施。

西冈既晋谒,鹿子以客礼见,问曰:“君既吾儿雪雄之友耶?”

西冈曰:“然!侄名西冈纯次郎,家东京,少与雪雄君同学。

昨来造访,叨扰殊甚,蒙假古迹,俾资考镜,实深荷感,谨登堂以告谢。”言次,留意微睇其神色。

时鹿子曰:“闻君昨发掘稻妻冢,可也得补助乎?吾家所有地业,颇多具马鬣形,大都非近世物,君亦其有意耶?”

西冈欣然曰:“甚愿一见,此等地何在耶?”

鹿子若有所触,急自饰曰:“大约在郊垧,然多半已平作田畴矣。吾闻古代一里冢,其址当在彼邻近也。”

时时子侍坐于母之旁,忽顾其母言曰:“培塿小丘不仅田野间有,吾家庭隅亦岿然成一馒头形也。”

鹿子闻言,忽变色,急为言以乱之曰:“彼盖假山耳,为先世营宅时所筑,吾犹及见之。古代之物,一无有也。”

言已,彼此默然,西冈亦不复深究,惟时以目睇其母女,已而复为一二无甚关系之言,遂辞而出,复至雪雄之室,默坐思忖。观彼妇凶相,料此大秘密事必自彼而起,定右卫门之死必为彼毒杀无疑。

第十七章　旅饯

西冈留居于小田切家四五日,所谓考查大秘密事,仍茫然一无形影,不得已欲暂归东京,别求破案之策。是日,与雪雄别,出发于贝冢村。

自贝冢村至东京,其时总武铁道未辟,凡旅客必须就木更津港,附定期航船始达。雪雄不忍别,遂相送讫于木更津港。

既至木更津港,维时尚早,船须午后三点钟启椗,于是雪雄率西冈至吾妻町之伏木旅馆暂憩。此旅馆为雪雄出入恒泊之家,主人其素稔者,今至,举瞩不见前主人,司事者为一妇人,询而知已易主,尚未旬日。

客至,侍婢趋迎,导至临江一室。雪雄遂命酒为西冈饯别,举杯而言曰:“君今此归东京,愿珍重。君去,仆心忧如捣。人之有家族也乐,吾之有家族,惴惴焉如介于敌国而已矣。”

西冈曰:“君毋忧,仆此行归东京,当尽予之力为君谋之。君家事予已略知其概矣,毒杀之事,不外为财产上而起,且君体弱,彼遂藉口以家督之权归汝女弟,此固无可疑者。只可惜此第二秘密书不曾发见,又不知落在何地,殊难着手耳。”

雪雄曰:“失此秘密书件最为痛心,其他一非我所系虑。财产上,仆视之蔑如,虽尽归吾妹享之,亦不靳。惟吾父横遭惨祸,是谁下此毒手?且毒杀之计,吾父既已知之,何乃竟无法以自防?吾诚百思而不能解,此事吾亟欲知之。”

西冈曰:“君姑且忍耐,仆将以此事密与吾友菊池德三郎商之。菊池君为吾国侦探名手,现就职于东京警视厅。吾欲邀彼来代侦此案,以彼敏锐之智能,谅必能抉发吾辈所未及料者。”

雪雄曰:“果得此,吾心其或有望哉,乞君千万为予延致之。”

二人正窃窃私语,时忽天边阴霾四合,俄而大风雷电,飒飒雨势如倾盘,拍岸怒涛,高如山立,二人相顾错愕。

时旅馆新主人某妇,打扮似花枝儿招展,冉冉从外来,端着描金方盘,内储赏封领谢书,裣衽而言曰:“蒙荷惠顾,并贻厚赏,感谢千万。敝馆开业才数日,诸未周备,多有简慢,实深惶恐,愿客不弃,时光赐焉。”

(日俗凡上等旅馆,客至必先具赏封以赉主人暨侍役者。赉主人者曰茶代,赉侍役者曰女中酬劳。茶代即代茶,倒而置之,日本之文法也。女中惟妇人奉公者之总称。)

雪雄曰:“区区微薄,略示意耳。尊馆占得好地步,风景殊佳,不见嫌,当屡来叨扰。今天定航船还未发耶?”

妇曰:“君等归东京耶?不凑巧遇此大风雨,浪头高似山,舟行险比琉求际,顷汽船会社布告,须候看天色才敢开行呢。”

西冈不觉焦躁曰:“奈何? ……”

妇微笑曰:“客请就此一宿。……”复戏言曰:“非风雨,那留得贵人踪? 船不开行,正我辈旅馆好生计也,呵呵。”

第十八章　盲恋

风雨急,波涛恶,航船停,十八里(日本里数,合我国约百里)东京湾无法飞渡,不得已,西冈纯次郎与小田切雪雄是夕就宿于伏木旅馆,加名于宿泊登记册。

(日本旅馆,凡来客初寄宿,须以姓名、籍贯、年貌登注于册,以便警察稽查而防奸宄,即吾国古代商君法之遗意。)

日将暮,西冈就浴,雪雄一人据案支颐独思。

忽闻户外人语曰:“君独坐得无岑寂乎?”

已而门辟,一妇人入,即顷间来见之馆主人,微睇雪雄,复嫣然曰:“君奚不临浴耶?”

雪雄曰:“烦襟难涤,怠于动弹。”

妇曰:“君奚郁郁无欢? 愿自爱。凉雨江风,侵人殊易易也。”

雪雄不答。良久,妇人忽前膝而请曰:“妾有一言,请恕唐突。君可是贝冢村之小田切公子耶?”

雪雄曰:“然! 仆即小田切雪雄也。”

妇曰:“曩君不曾与令友至火打山来耶?”

雪雄愕然曰:“谁言之?”

妇又曰:“君又不尝与令友至白藤茶屋来耶?”

雪雄益愕然曰:“然! 奚知之?”

妇曰:“事有其因,故妾知之。妾犹有欲为君言者,妾有一物,俟异日将以奉君,此物为君所欲见者。”

雪雄心忽动曰:“何物也耶?”

妇曰:“今不能为君言,物亦不在妾家,惟妾能知之。贝冢村距妾家不远,君如不弃,幸常来游,妾终必为君言者。”

该妇固为吞吐以饵雪雄,雪雄愈不能不疑。自念该妇所言,谓有一物将以示予,予除此“秘密书”外,更无有欲见之物,莫非此“秘密书”即落在彼妇之手耶?

彼妇何人哉?吾以告阅者诸君,彼盖即前章所记伪巡礼者贼妇阿玉。小田切家之第二秘密书,盖即为彼所得者也。彼自窃得石棺藏镪之后,遂改行事于商业,顶受伏木屋旅馆旧址,临肆亲自经营,不数日间,居然傲睨称主人矣。惟彼素处贫贱,未尝学问,平昔只认得几个假名字母,于汉体文字实不能读,故彼自得此秘密书,虽料知非等闲函札,然以搀杂汉字之故,并不解其中有此惊天动地大怪事。惟曩者晨间见雪雄偕西冈进彼圹中,似有所求索,不知其为此古金银,抑为此书札。既知有人注意,自不能不留意,试探其心,以妨此意外之财为人见夺。再彼妇自奔窜出故域,只身流徙,久无郎居,以彼淫凶,独处乌能自已?今瞥睹雪雄翩翩少年,不觉惹动欲心,遂生恋慕。此恋慕心与疑虑心,二者交横胸中,皆丛集于雪雄一身之上,而思所以缠缚之,此为贼妇阿玉之心事也。

第十九章　调笑令

今暂不言雪雄而言西冈。彼西冈既为侍役者导至浴室,于是以得大解脱之身,入清净池涤除五浊。维时西冈潜坐池中,默自思曰:“世间意料不及之事奚多哉!就表面观之,如吾友雪雄,其亦可谓幸福最多者矣。而孰料其内容,乃有若是之不幸者。父被毒,生母被逐,惟日对此冷情冰面之主母,虽有骨肉,不如友生,虽曰素封,实非身受,加以体弱多病,不能自拔。如雪雄者,洵可怜之薄命哉!今彼陷此苦海,吾辈朋侪,于义不能不救,然尽吾之力,其果能有补于吾友否耶?又思彼之变起于家庭,其果能胜之而处置之否耶?”独自俯首沈吟,不觉忘此身久浸温池中而不知起。

于时忽闻履声橐橐自廊下来,轻启浴堂之门,低声问曰:“浴池温度可适合耶?”

西冈仰首,忽惊问曰:“子非泷娘耶?”

来者亦惊曰:“客非西冈君耶?”

西冈曰:“然! 子几时来此?”

泷儿曰:“妾已不复在白藤茶屋矣。寒舍僻处三家村,强盗来,吓煞人。此地人烟密,比家里稍安心,妾以避地故,就佣于此。”

西冈曰:“为此耶? 盍再一奋发,出而就东京? 皇都比此更繁盛,子其有意耶?”

泷儿忽红霏相颊,以袖半掩朱唇,羞怯而言曰:“甚愿……君肯提携去耶?”

西冈曰:“如有意,明日当携子以行。”复笑曰:“但……”

泷儿曰:“何谓耶?”

西冈曰:“但恐子欲去,将有人闻而愤恚者。”

泷儿曰:“人为谁? 君毋见谑。妾无此,只恐君携取田家女,风儿吹到君家耳朵边,累煞君不便耳。”

西冈曰:“痴儿! 吾未娶,畏谁耳朵边不便耶?”

泷儿曰:“君欺妾耳。”

西冈曰:“吾不解欺人。”

泷儿复摇首曰:“未必……”

西冈曰:“吾确非欺子,子果确有如东京意,吾必为汝导。惟妇人家情性随风杨柳,恐子主意未必定。子今夜且再思之。”

泷儿曰:“无待思,妾意固甚决者。”

西冈笑顾之曰:“意果决,肯为予擦背否?”

泷儿欣然曰："甚愿……"

（日俗，男女同浴，视为故常。自维新后，此风乃渐格，然乡僻间游览之地，间犹有未尽绝者。至于女为男擦背，男为女擦背，此为侍役者事客之常，并不如吾国男女界限之严也。）

于是泷儿闪身进于阈，反扃浴堂门，抠衣裾。西冈自池中出，背面坐于板凳子。时池中水汽蒸发满室，散作千重云雾，笼蒙不可深辨。忽闻人声曰："子且司汝职，待予来为客擦之。"

泷儿不及觉，被此一吓，急弃巾栉欲遁，举首视之，则来者乃浴堂执役叟某。泷儿溜息而言曰："突如其来，几被汝吓煞。"

（日俗，凡浴堂壁后，必具一小门，为专事浴堂执役者所进出，而客就浴，则自前户进。又凡浴堂执役者，惟冀客就浴时，出而侍应，以叨赏钱。此叟陡然自小户进而为此言，盖恐泷儿之夺其劳也。）

第二十章　安乐窝

是日为大风雨所阻，定航船停止不发。伏木旅馆除雪雄、西冈外，尚有别客，亦以是故，就此泊宿。时有一客，装式若贾人子，于楼上别室呼女仆而告之曰："来！予与汝言。予为江湖行贩者，衣此垢敝之衣，不合寓净室，且此室太宽敞，今夕客多，恐不免拼进他客。某最厌与生面人处，汝且别觅一僻静之所，以阒无人至者为佳，虽狭虽陋无害，速为予迁而去之。"

女仆闻客言，颇甚疑怪，对曰："客室大抵皆宽敞者。若要阒寂处，除是楼下厨侧小室，然太狭陋，不可以居。"

客恚曰："某不为汝言，虽陋无碍耶？速迁去。"

女仆逡巡曰："刻往禀命主妇，即来奉导。"

言已，女仆遂匆匆下楼。少顷，主妇来，进于客室，为礼而言曰："客恕谅，敝馆新更主人，房舍皆焕然，修饰以伺奉客，不敢以……”不图一举首视客,惊曰:“咢! 汝非鹭本平……?”心若有悟,急缩口。

客亦惊曰:“汝非阿玉耶?”

主妇曰:“难得难得。汝几时跳出那关头来到此?”

客曰:“予至此才五六日。汝又怎神通,居然登台作店主妇也?”

主妇曰:“说来话也长。吾与汝身上事,皆不能在日光下言,隔墙妨有耳。幸此家后院,前代主人筑有地中土藏,吾为汝移进此间,慢慢当为汝说。”

客曰:“妙! 妙! 有此处所,某可乐于盘旋矣。前主人大解事,想彼布置或亦因妨警察耳目而后为此。此秘密室,盖天与予消受者矣。”

主妇曰:“非我,汝那得此? 子识我福亦不浅哉!”

客笑曰:“领会得,今夕当谢汝。子肯让此安乐窝,俾予作久计否?”

主妇亦笑曰:“呸! 此谢礼,稀罕汝,汝喜只管住,吾辈惯做那般生业,彼此有个商量,倒也好。汝难道也要客气吗?”

客喜曰:“如汝言,吾得所矣。盍速导予去?”

于是旅馆主妇招此客同至后院廊下,进一暗室。此室正面作龛形,原与常室无异,惟龛台底板处可以移动,既移底板,便露一地穴,穴口悬接扶梯,降此扶梯,即为秘密室。

第二十一章　含沙射影

淫盗奸宄潜匿以欺法网之秘窟,今有二人在焉,一为越狱强寇鹭本平次郎,一为伪巡礼者女贼阿玉,相对窃窃私语。

平曰:“前主人巧心计哉! 筑此好地窟,吾辈居此,高枕无忧矣。汝何神通,弄得此家到手? 以一鼠窃村妇,转眼间居然发迹,施施然作大店家,汝真有化身手段耶?”

玉曰:“汝以有名重犯变作商人装,警察的耳目也被汝掩过,居然跑到木更津来,汝乃真有化身术者?我且问汝,千叶县监狱逻守若许严重,汝究何法逃脱耶?”

平曰:“吾告汝,某初就下总国之佐仓,此地财运颇顺利,月中厮混,颇足供予挥霍,殆后失手被获;幸予改用伪名,把积案瞒过,只供认三两件轻罪,法廷遂判以重惩役,监禁于千叶狱,充作苦工。其时牢中有一罪犯名挂井庆三郎,也是个好汉子,因暗约协力,乘间越狱,相率逃至系井村才分手。予计此地无藏身处,拟偷渡至东京,再谋过一番事业,不图就此得遇子。前与子在大矶相别已有年余,想子与予外遇之数也难指屈,彼此亦不必深讳矣。然我心所最恋慕,仍莫如子。子自大矶一别后,生活可大有起色耶?”

(佐仓在东京之东下总国印幡郡,属千叶县辖境,为堀田氏旧藩地,亦一繁闹市镇。大矶在东京之西南相摸国淘绫郡,属神奈川县辖境,为镰仓时代之关隘要地,南临相摸海滩,风景殊佳胜。)

玉曰:“自与汝别,吾踪迹变更,至此凡三处矣。初时由大矶东走横须贺,继又由横须贺渡海走北条至安房,财运皆属平稳。予往来北条安房匿伏最久,后以事情败露,迫得出走。汝试想由安房至木更津,那一路大山林,亏我踽踽一人,扮作巡礼者,不知走了几日,才挨过这关头。但虽然辛苦崎岖,然犹幸有此崎岖,才掩得过追者耳目,至木更津后,隐伏于某至契家中,此至契为吾家侄女行,名安子,以梳佣为业。平郎!我得一极妙的奇遇,且告汝。”

平曰:“有何奇遇?”

玉曰:“就是小车道穿过那丛林,有地曰火打山。”

平急移座拢近阿玉之旁,问曰:“火打山?何事?……”

玉曰:“彼处不有稻妻冢欤?”

平惊曰:“稻妻冢?何事?……”

鹭本平次郎于时心里突突乱跳,面也变色。阿玉睹其神色有异,私忖道:“莫非此古金银为彼所埋置者耶?若然,则予失言矣。予夺其物,彼安肯放过?不如隐其真者,伪言以瞒饰之,令彼毋我疑。”主意定,遂饰言曰:“且把我的奇遇告汝。那一天,予初到千叶县境内,徘徊于某村,欲乘间试试予的伎俩,不意为村人所觉,率领多众来追。予迫得尽命逃奔,刚至稻妻冢处,时月色正亮,瞥见有人蹭蹬蹭蹬而来,予急躲向林间侦伺之,见那人短衣窄袖作西服装束,背负一囊甚重……”

平次郎闻言,不待辞毕,急问曰:“何耶!有西服少年背负一囊甚重?”

玉曰:“然!彼时予觉可异,急由后蹑其踪,见彼囊间物沿路扑簌扑簌遗落地上。予拾而视之,不意皆古金银……”

平忽悍色昂视,微点首曰:“古金银?哼!……”

玉又曰:“吾只以拾得之数,已足顶受此家旅店。汝试思彼囊橐中当有几许。此谁氏子,财运大好,眼看他驮着去,洵可羡哉!”

彼阿玉以含沙射影之法,为此一番伪言搪塞过去,恰好正中此强盗胸中疑念。于是平次郎信以为实,一意断此古金银为西冈纯次郎所夺,满胸怨愤皆移在西冈纯次郎身上,而恶妇阿玉复轻轻作一挑拨,便完全脱了肩。

第二十二章　侍凶

泷儿自为阿玉甘言所诱,就雇于伏木旅馆。此子聪敏,善窥人意,颇得主人欢。是夕事毕,偷得半点闲,独坐一室,默想今日浴堂间得遇西冈少年,又闻他将有提携妾身之意,是真和假,何去何从,正自商量不决,忽见主妇至,招之曰:“子且来!”

泷儿急起,随而至主妇室。主妇阿玉附耳而言之曰:“予有一事托于子,子心细,能如我意,子切不可告人。予有戚属某,为债家所逼,走避于此,予现匿之于密室,特遣子往服侍之。此密室由廊下某小室以进,汝至该小室,移去龛前底板,即见一地穴,汝循此地穴扶梯以降,便可至密室。予恐事多不暇,故以子代之,汝慎毋以告人。”

泷儿遵主妇命,答应着。

阿玉复曰:“彼才至,犹未用膳,汝速具餐持进可也。”

泷儿复应曰:“诺……”

泷儿遂去。

阿玉之心,以为泷儿来自田间,必不识大盗平次郎,且村愚质直,必不敢泄伊秘事,故安心遣此子去。

阿玉与平次郎虽为旧欢,然自一见小田切雪雄,常若萦萦然不能去心。泷儿既去,彼乘间复至于雪雄之室,思尽其魔力以荧惑之,而彼时西冈在座,不能实施其手段,惟有意无意间盘旋了一回,遂辞而出。

泷儿自奉主妇命,无他疑虑,忙就厨下备取常膳一份,以盘盛之,瞯人不觉,捧进廊下暗室。如所教,果得地穴,循扶梯而下,微见灯影,遂入于秘密室。

泷儿扬声曰:“主妇命妾特来传餐,客久待矣。”敬谨端取酒殽置于机上,不图一举眼,见此所谓客者,即前夜悍如蛇蝎、行同狗彘之强盗,这一吓惧极,不禁发声曰“嗏……”,急起欲遁。平次郎一手攥其裾,攫而止之,冷笑而言曰:“某与子有缘哉!今会逃不得了。某至今才得汝第二次具餐,某为汝废寝忘餐,不知几日矣。某非汝不饱,睹汝,某不愿自动匕箸,须汝哺予,汝宜允。汝今已作笼中鸟,飞也不得脱,汝纵善鸣如土龙,蛰于穴中,声亦不复能达于人世矣。”

泷儿被撮无计，急应曰：“不知！不知！妾为婢仆辈，客宜尊重些，请松手，俾得为君供馔。”

平曰：“欲予松手汝遁耶？遁不得！速就此为予侍食。”遂强曳之就席，捽其手使为之盛饭，又掣其指，令把箸为彼饲食。以泷儿弱质，乌能与抗？惟有婉转娇啼，泪痕承睫，对此虎狼觳觫待命而已矣。

第二十三章　盗诤

地窟中匿伏之大盗平次郎，是时饭已毕未毕未可知，惟见其摧翻泷儿，压着不得动，衣袂皆作皱裂痕。泷儿蜷缩①狠命抵死相拒，悲鸣号泣，鬓丝乱如飞蓬。已而平次郎卸于旁，抚其背言曰：“也值得如许凄凉……不则也罢，汝且起。”遂双手约其胁，欲提而起之。

一霎间，忽闻声势汹汹，有人自扶梯而下呼曰：“老平！汝真登徒子，到处皆为色界作孽，今又作这般行径耶？”

平次郎一吓，急松手，回面视之，愕然曰：“嘻……庆三郎耶？汝何由得至此？”

庆曰：“待吾下却扶梯，从容为汝言。”

于时庆三郎下，随而又一女子同下。平次郎遂舍却泷儿，起而迎之，既就坐。

庆指此女子曰：“此为予女儿，名安子。”

安子遂与平次郎相见，略为礼。

庆曰：“予得至此之故，其引线实来历于予之女儿。予自那日与子别，既出系井村，怅②然尚无所之，忽忆予女儿近就木更津地

① “缩”，原文作“蹜”，据文义改。
② “怅”，原文作“伥”，据文义改。

为梳佣业,予遂奔而至其家,不图予至之时,此伏木旅馆主阿玉亦就吾女为居停,予以是遂得认识,吾女与彼本同道中人,故彼不讳,告予以秘密室,嘱予俟开业后二三日来此避居。顷予与女儿往见之,彼言已先有一人在,予臆料是汝,而不意一见果为汝也。”复顾泷儿,诧而言曰:“又是汝!冤家路窄也,是汝的缘法了。”复顾平次郎曰:“此枝花朵儿偏偏碰到汝手,汝欲摧折,某虽不能管,然吾前与子约,在我眼中,慎勿为,此约愿汝守之,机会正多,愿且俟诸异日。”

其女阿安亦从旁致辞曰:“妾与伯伯初见,阿爷前受伯伯援助,尚未一申礼意,今开口便逆伯伯意,于理实甚惶恐。惟阿爷与伯伯交莫逆,愿伯伯姑谅之。”

平次郎悍然曰:“某作事,谁能阻?汝等毋溷乃公!某意已决,汝纵苦口,徒取辱耳。”

庆曰:“然则汝将于某等之前,为汝所欲为耶?”

平曰:“汝等知机,且暂回避。”

庆曰:“汝果不从,予亦不复劝尔,汝只管为之,予当往告于主妇。”

安曰:“阿爷毋尔尔,如告主妇,面目将何以堪?伯伯!何如……”

平次郎闻将告主妇,彼妇雌威,伊颇惮慑,且寄迹于彼巢中,若不见容,便无栖止,不觉欲情冷了半截,面有难色,强应之曰:“嗳……”

庆三郎窥其色,知彼怯、有悔意,因曰:“老平!吾与汝为手足,得此巢窟,正好商量干事业,奚必溺此一村女,败却机会?汝悟否?”复顾泷儿喝曰:“妖婢!汝两度灾难皆予救脱汝,汝知恩否?……予等豪客行径汝慎勿泄,若汝泄予事,予必殛杀汝。汝勿谓捉将官里去,予等便无奈尔何,汝须知予等到处皆爪牙,若有一人独存，决不汝恕，不仅汝不恕，并汝一家亦铲而除之。汝须记取，予今讨情纵汝去，汝当感恩，须凛遵予所言，汝闻否！……”

第二十四章　筮象

自此一夕以后，泷儿只作秘密室专差供奉，不复许到客堂，因而浴堂一见后，更无机遇与西冈相值。次日雨晴风止，午后航船将发，泷儿仍匿迹销声，恍如有意规避之者。西冈以为彼女别有所欢，实无意随彼如东京，昨日所言不过偶尔调谑，不觉一笑置之，而不知彼多苦多难之身，正无计遣此心此魂①随君左右也。

是日西冈为秘书系念，急欲驰返东京，延请菊池侦探，遂于午后三点钟乘坐东京湾汽船启行。雪雄切望此名侦探早来，再三叮咛托嘱，携手共出伏木旅馆，相送至船，听汽笛三鸣，始分手登岸。

雪雄目送西冈去后，须返旅馆，检拾轻便行箧，交付旅值，遂辞主人出。时主妇阿玉眼中含一种不可言喻之深情，殷勤送至门前曰：“君盍雇取人力车？”又谆谆致嘱曰：“君归望早来，当有机密事相告。”

雪雄漫应之曰：“吾喜徒步。”遂踱向贝冢村之路而归。途次，过田间阡陌，经穗井村，遇一卖卜者，年约六十许，须发皓然，飘飘有仙意。此翁与雪雄遇，忽睇视慨然叹曰：“呜呼！世间昧昧者何多也，迷途险矣哉！易曰：‘定天下之吉凶，成天下之亹亹者，莫大乎蓍龟。’何过予之前，而熟视若无睹也？噫……”

翁之言入于雪雄之耳，大激刺雪雄心中事。雪雄陡然止步，回面视翁，觉其道貌颇为非凡，不觉趋而前，问曰：“小子欲求翁一卜，何如？”

翁曰：“筮不精严，神不告也。子若有疑，请凭汝心所触，且书

① “此魂”，原文作“魂此”，据文义改。

一字来,吾试为汝解之。”

雪雄无有端绪,胡乱书一“地”字与之。翁举而侧首沈思,默玩一会,略作微嗽声曰:“以此字观之,含有极奇之现象:‘土’从‘也’为地,‘也’出头角为‘世’,今不作‘世’而作‘也’,汝所问必为未曾出世之事。从‘土’,其事之根既原于‘土’,谅汝所问必埋置于土中者。混沌剖判,元气初分,重浊始下,凝而为‘地’,汝所问虽已略具其迹,然阴霾四布,仍浑囵未能分明,此必为异常秘密之事。且‘也’字当中一竖,移而横置之,则成‘巳’,‘巳’者蛇也,此事必于蛇有相关系,又‘巳’从‘土’为‘圮’,其义训作毁,其中应有人力在焉,谅必有人破土出之,而后此事方现于世。此吾依理而为君判断者也。”

第二十五章　深宵人影

小田切雪雄自那日从木更津归,枯坐斗室,独居深念,每忆先人遗书,郁郁若有所失。怀望其友西冈,不知几时聘得菊池侦探来。又念彼测字老翁所言,虽未敢尽信,然谈言颇多微中,似亦伏有元机,然究不知破土之人所指为谁,出现之期当在何日。再又念伏木旅馆主妇言有秘事将语予,然隐约不肯直告,彼云有物为予所欲见者,不知是否即吾父所遗第二秘密书?观彼所含之意,似怀有要求,若不能应之,彼终不肯交出,予又将何法以致之?以彼羸弱多病之体,经此愁苦,愈难禁受,时觉目眩脑痛,心神益为之不宁。

彼既处于孤孽之境遇,虽有母弟(女弟也),常若陌路,虽同一室,不啻秦越。其家内外分隔庭院,居恒已甚少往来。自此事发现后,雪雄怀有疑惧心,加以病魔缠绵,愈不复通闻问,每至宵深夜永,茕茕一身,惟觉四壁蛩声唧唧来相慰而已。

是夕为月之十七夜,蟾晖虽升吐稍迟,然颓魄未甚亏缺,娟娟流照，澄映庭除。雪雄以愁病无聊，夜不成寐，遂起而步月于中庭，忽闻庭隅假山上有物作窸窣声。雪雄怪而疑之，以为有贼逾垣，将图行窃，因隐身循假山后，趑趄而绕其前，至辨财天祠，瞥睹一妇人影。

（辨财天为日本七福神之一。古神话时代，言辨财天为女神，能与人以慧业使生辩才，盖自天竺迎来者。辩才作辨财，当时音译之误也，今则转误而视作财神矣。）

此辨财天祠为小田切家前代所建，似为配布假山景致之饰，不过一极小规模，然以石为之，位置恰当山之凹处。此祠扃闭已久，闻合键不知何时失去，钥遂不能启，其内部何如，无有人能窥之者。

今夕，祠前忽睹此怪异之妇人影，雪雄奇甚，急趋前，就月下视之，人为谁哉？孰料其人非他，乃其主母鹿子。是时，雪雄眩然一惊，鹿子亦眏然一惊。

鹿子曰："雪雄！汝深夜不睡，至此何为？"

说时，急以合键藏置袖间，神色若甚改常。

雪雄曰："阿母耶……今夕月色好，辗转睡不着，故就此散散步。"

鹿子曰："汝体质弱，夜深凉重，最易侵人，不宜久伫风露，速归寝罢。"

雪雄曰："阿母亦宜珍摄，毋在庭前侵此凉气。"

鹿子曰："予自晓得。今夕予欲祷辨天神，故来此，并无他事，此刻予亦归矣。"

于是鹿子若甚不乐，讪讪而归内堂。雪雄不复有言，默默而归寝室。雪雄既归寝室后，未几，其母鹿子复潜踪而出，就辨天祠前若有所为，已而周视一过，觉无破绽痕迹，乃去。

翌日，雪雄早起，回念昨宵庭间事，颇觉其母之举动可异，继而思妇人迷信鬼神亦寻常事,不足为怪,因以为主母夜起,不过崇事辨天神为邀福计,遂不复动他疑念,淡然搁而置之,惟伏木旅馆主人之言不能去心。饭后,托辞以告家人,遂一人出贝冢村,复如木更津港。

第二十六章　扬觶

木更津之伏木屋为行客待航暂卸之旅馆,于表面观之,与寻常旅馆无异,然就其内部窥之,实为一可骇之大魔窟。雪雄此来,不啻投于大魔窟,将牺牲其身以饲虎狼,危乎殆哉!

恶妇阿玉既怀有恋慕雪雄之异志,于是视鹭本平次郎心情转淡。彼鹭本平次郎伏居土藏中,无昼无夜,惟沈湎于曲糵,有时或醒,则注念于泷儿。阿玉明知,不特不以为妒,而反幸其有此,得以纵其身于外,俾谋其心之所欲为。是时土藏中,除鹭本平次郎外,犹有挂井庆三郎同在。挂井庆三郎甚不愿其以强暴结怨于彼女子,以妨事泄,于是日则诱之纵酒,使彼泥醉,夜或有所勾当,则连影而出,几于跬步不相离,泷儿以此遂得幸免。

泷儿自那日受遣趋事于秘密室,其后进出便不能自如,近虽稍懈其防,然念西冈少年出发之期已经过矣,欲瞯间逃越归家,又惧彼蛇蝎同行之暴徒未必放过,欲奔诉于警署,又念彼庆三郎两度护救之恩,同就捕缚,情有所不忍。且彼辈党徒众盛,如庆三郎所言,万一见仇,更不知受何惨报。寸心无主,怀忧自危,双腮泪痕时滴襟袖而已。

是日,雪雄至伏木旅馆时,适平次郎在土藏中使酒骂座,催取殽酒甚急。阿玉指挥婢仆,正在厨间督视烹饪,忽睹雪雄至,遂舍而趋迎之,殷勤之容,其状可掬,曰:“难得难得,今日甚的好风儿,果吹得大驾来,且请进……”遂自为导,择一临江雅眺之室为之授座,笑而言曰:“曩君至妾家,招待不周备,常惴惴虑君不再来。君归后,妾心肠一日不仅九回也。”

雪雄曰:“子为我言,将有事见告,奚可不来?”

玉曰:“然……妾有一秘事将以告君,且有一物将以呈君电,君且少息。君今日途间劳苦,妾当预备杯酒为君一觞,海陬虽无兼味,然渔舟顷归泊,新得鲷鳗数尾,妾当亲庖脍炙以进,愿君其少待焉。”

言已,复回顾一笑,遂去。已而具精馔,捧漆方盘以进,鲜衣丽服,侧座侍酒,絜壶以劝觞。雪雄亦如例扬觯为敬,酒数巡,微含醉意。阿玉两颊薄晕绯桃色,低斜眼梢视雪雄曰:“请君再满引此杯,妾为君掌觞,不娱也耶?”

言次,横波一瞥,若不胜情,手提侑樽,乘势拢近雪雄,强相酬劝,忽一婢仆进而传言曰:“刻有客自东京来,姓菊池氏,彼言欲求见小田切公子……”

第二十七章　攫钥

雪雄如木更津后,是夕有二大盗行劫小田切之家。盗何自来?盖即伏木旅馆地窟中之鹭本平次郎、挂井庆三郎也。彼二盗以巾覆面,腰际各怀利刃,夜将半,相将逾垣而进,庆奔时子之室,平奔鹿子之寝所。

时鹿子已熟睡,平一手掀其衾,拔刀向枕前一晃,喝曰:“老妪! 起!”

鹿子从梦中惊觉,急张两眼一视,见有强盗持刀立于其旁。彼妇胆力虽刚,然睹此霜刃锋铓,心魂亦为之碎,强自振衣起坐,问之曰:“子将何为? ……”

平厉目严声曰:“何为! 汝犹不省耶? 深夜持刀入人家,志将何为,虽襁褓儿也领会,汝犹伪若不解耶? 某不暇与汝言,速献汝藏金来!”

鹿子曰:“藏金……予一无有。”

平喝曰:“诳! 小田切家无藏金,谁有? ……”

鹿子曰:“确无……非诳汝,纵有资财,皆寄顿于银行,谁白存置家中者?”

平曰:“汝家租项日有进,大多数或寄顿银行,难道预备金一二千也没有耶? 速取来!”

鹿子强情曰:“无有……”

平瞪目瞵视之良久曰:“汝欲试吾锋刃耶? 某来岂肯白放过? 汝言无有,取汝怀中钥匙来,待予进土藏自搜取。”

鹿子闻索取钥匙,惊欲绝,急自视其身,见所怀常不去身之合键一具垂于衣外,急为计隐之,已被平次郎所睹。

平曰:“某已见,更何所匿,速取来!”

鹿子惶恐无计,自障其襟言曰:“此……此合键,乃家常日用物所置室,非土藏者,纵启视,不过薪炭诸物,他无有也。”

平冷笑曰:“观汝形色殊可嚎,汝犹欺我耶? 既是薪炭诸物,奚至如许珍重?”

鹿子曰:“此……盖因……彼原故……因为今日……辟户取薪炭,以他事故,不觉置于怀中,遂忘却耳……”

平曰:“诳! 速呈出,否且刃汝!”

鹿子惶遽,抵死持襟自蔽曰:“此断不……不能应……”

平怒吼曰:“敢抗予,不知某利害,且给汝一认某!”言已,向左肩上一刀,鹿子嚓然一声,仰而倒地,血涔涔溅于席。平次郎向其襟一手攫钥匙以去。

时从凶庆次郎适从彼室来,见妇人卧于血泊中辗转呻吟,问曰:“胡以彼衅锋锷?”

平曰:“强情取戾,故赏予一纪念……尔也何如?”

庆曰:“彼家豚犬已尽窒缚之矣。”

平曰:“若是乎,与汝且穷搜之,予已得彼土藏钥匙矣。”

于是二盗觅得彼家贮藏库凡六所,以钥匙试之,无一合者。

奇矣哉!此合键何所用耶?既与宝藏之钥不符,然则尚有何秘密室比宝藏尤要重者耶?不然,鹿子何至寝处与俱,宁轻身命而仍不肯献耶?奇哉!

第二十八章　授秘

平庆二盗夺得此合键,既遍试贮藏库之钥均不合,遂怒而弃之,复反而穷搜室内,于衣笥抽屉中得贮藏库合键,遂一一启之,择其细软珍贵之品,肩荷而遁。

盗既去,彼家匿伏幸脱之婢仆始瑟缩匍匐而出,解脱被缚者;入而视主妇,睹伤状,群惊走集,急驰报警察署,一面延促医来,施以种种手术。幸所伤非要害,不至有身命之虞,然亦须半月之期乃能平复。敷治既毕,人心稍定。是夕,鹿子服宁睡之药,痛稍杀,次日精神略复,呼时子至枕畔言曰:“雪雄已归否?”

时子对曰:“未……他昨言至木更津,不知何故仍不归也。”

鹿子曰:“未归也罢。汝且前……予今有一大秘事将告汝,毋被他人窃听。汝为我周视室内,看有谁在否?”

时子起而周视一过,复命曰:“无……”

鹿子遂附耳而语之曰:“此事汝决毋告他人,此乃吾家大秘密,由先代传来者。”

时子应曰:“儿决不告人,母请言之。”

鹿子曰:“予之被创即为此。昨宵贼至,欲攫予所怀之钥匙,此钥匙即秘密之关键。予靳而不与,故为所刃,幸彼虽夺去,不曾破予家秘事,谅彼经试土藏钥不能合,必弃置于庭间,汝可速往觅取之。若觅得,汝且为我藏之。”

时子不审,问曰:“此钥匙究启闭何室者?”

鹿子曰:“即以辟庭北假山后之辨天祠者。”

时子昧然曰:“辨天祠?……是奚为者?”

鹿子曰:“予恒于夜静后,瞯无觉者,予即持此钥往辟祠之双扉。”

时子益疑曰:“此高不及肩之小祠宇,辟其扉,何为耶?”

鹿子曰:“吾语汝,此小祠内有一穴,从阈内拾级而降,成一极深之地洞,可以进至假山之底。”

时子惊曰:“母进此何为?黑沈沈,不怕鬼魅耶?”

鹿子曰:“吾语汝,左扉内阶段之初级处置有一铁网小灯笼,以燧燃烛,提而俯照阶段,数至十五级而止。唷……尚有一事忘语汝,先就家中取一袋囊,米三升、盐三合,持之而下,至第十五级,再举足用力三顿,使有声可闻,而后解囊,撒落此米盐。”

时子曰:“奇哉!……下有谁在耶?”

鹿子曰:“吾语汝,撒落米盐既尽之后,宜即返身,毋持灯向下俯瞰。若不如法,火光所烛,恐有奇惧,将吓煞汝。”

鹿子言未已,时子已栗栗变色曰:“儿不去……儿听阿母说,已惴惴然若难恝。儿胆怯,夜间恒不敢出庭户,矧彼辨天祠不知藏着何魔怪,万一颠堕洞里,恐并魂魄被吞去,儿不去,儿不去……”

鹿子曰:“儿毋怖,汝如不俯瞰其下,决无虑。母居恒每三日必一至,但今受创,去不得,故以赖汝。此是吾家大秘事,舍汝外,无可托者。好妮子……姑放胆一代为之。”

时子沈吟不语,有间曰:“如阿母言,亦无法,儿姑拌命一试……但其中究是何物,请以告儿。”

鹿子曰:“母也不知。此法于古代传来,每三日必以米三升、盐三合投穴中,自祖代已如是。此中物,无人能知也。”

鹿子之言,然耶否耶?其果不知也耶,抑并其腹中物亦瞒着不以告耶？噫！异哉！

第二十九章　述蜕

伏木屋之临江市有借酒浇愁之少年，旁坐一妇人，腻情相劝，恰当酩酊欲醉，忽来一侍婢传言曰“东京有客名菊池德太郎来见访”，此即前章所记小田切雪雄为店主妇阿玉强酒事也。时雪雄闻菊池至，欣喜无极，宿酲爽然若失，急起整襟危坐，谓来者曰：“速为我请来。”

侍婢闻命遂退。阿玉兴酣耳热，其布置勾引之手段，正如风帆饱扬恰当入港之时，不意客来，陡然打断机会，不觉索然，向雪雄横波一瞥，作恨声曰：“甚的恶客，突如其来，如真不解事，没期候，扰人不宁食，不如却①之为愈……”既而又问曰：“彼客究为何等人？与君何交谊者？”

雪雄不以实告，漫应之曰：“吾友介绍而来者……少待，略晤谈，客便当去，到时暖取佳酿来，当再饮。”

玉曰：“信耶？若然……妾且回避，先暖取佳酿，预备来。”

言已，阿玉遂取既竭之尊罍，以盘盛之而去。已而客至，行相见礼曰：“仆菊池德太郎，昨承西冈君见示，足下之事已略闻其概矣。”

雪雄亦为礼而言曰：“仆仰斗山，驰慕已久，不图今日获瞻风采，欣幸无极。仆有心事，愿得机会为君细陈之。”

菊池曰：“足下心事，仆已闻之矣。”

雪雄曰：“吾友西冈为君详言耶？”

菊池曰：“非也，足下曩者曾为仆言之。”

雪雄愕然曰：“仆与君今始初晤者非耶？”

---

①　“却”，原文作“郤”，据文义改。

菊池微笑曰:"足下不省耶?前此,仆已承教一次矣。"

雪雄曰:"相距几年月耶?"

菊池曰:"才三四日……"

雪雄茫然,绝不省忆,问曰:"何地曾相见耶?"

菊池曰:"曩夕,足下归贝冢村,不曾经穗井村陇畔耶?"

雪雄曰:"然!彼时只晤一卖卜者,为白发老翁,余实无见也。"

菊池笑曰:"呵呵,此即某也……"

雪雄异而曰:"君也耶?……"

菊池曰:"然!彼白髯发为伪色相,仆且举其据以示君。"

言次,从袖间掏出白髯发示之,雪雄乃恍然。菊池复微笑曰:"此不过吾辈末技耳……仆为此状,不仅为足下一事,近者千叶县狱有二逸犯在逃,其一名鹭本平次郎,其一名挂井庆三郎,自越狱后,不知窜匿何所。仆奉上官命,委侦此案,故扮作卖卜者遂至于此,不图在穗井村遇足下,觉足下颜有忧色,因借测字以验足下心事,既而足下归去,予亦遄返东京。而西冈适来,以足下事见告,故予今日匆匆复至此相访。仆思足下运遇,亦可谓奇厄也已。"

雪雄闻菊池语,不觉泫然,遂促膝密密私语,其言甚秘,若不可闻。已而菊池起为别,临行约期而去。

第三十章　怪吼

时子如母所教,就庭间果觅得所遗合键,藏之。是夕,夜深人寂,囊米三升、盐三合,持以示母,而后蹑足出庭院;至假山后,如所教,提此合键辟辨天祠之扉,揣搜户隅,果得铁网手提灯一具,遂燃烛,笼光历阶而下;刚至十五级,遂止步,举足铿然作三顿,乃解囊,倒持向下,闻盐米溲溲然作堕地声。时子危怵,不敢正视,恍若盐米振落处有妖怪张口而待，深恐心魂被他摄去；觉良久，盐米犹不曾尽，力振其橐，已而落尽，急返身拾级而升。忽有声如裂帛，不知何物鸣吼传到耳边。

时子心魂一慑，陡然一个寒噤，有如冷水灌顶，全身颤抖，两足几不能步，匍匐竭蹶，不知几许艰窘才爬尽此阶段。当时肢体仓皇，刚逾过阶段，起立时忽襟间怀置之钥匙脱而出，汩辘汩辘转落阶下去。

失此秘钥合键，时子虽着急，然再不敢复下洞中觅取，连颠带碰跳出阈外，溜一大息，烛也忘熄，扉也忘掩，急急跑至阿母寝所。

鹿子见其女面青唇白，知有异，问曰："汝状胡若斯？吾嘱汝毋瞰洞中，必汝不听，故有此。"

时子以手镇心，答曰："乌有是……儿尽着阿母所教，正眼也不曾一向洞中……阿母！此秘密钥匙落在洞中去也。"

鹿子闻言，一惊变色，既而如有所思，色渐复曰："此事恒有，不足虑，辨天祠之扉汝曾闭也未？"

时子曰："未……"忽忆提灯犹未熄，皇然曰："唷！顷匆遽，灯火忘熄灭也。"

鹿子惊曰："汝作事太不慎！若为人所觉，将不了，宜亟往撤此痕迹……再彼遗落之钥匙，谅已拾置在第十五级阶段上，汝往取之来。"

时子惑然曰："吓！钥匙已拾置阶段上耶？谁拾之？此中有谁在耶？"

鹿子曰："蠢妮子……此洞穴谁敢居者？"

时子曰："然则拾置此钥匙者谁也耶？"

鹿子曰："此为吾家先灵所作用，予奚能知？且速去，毋多问，徒事究诘，予不能为汝答也。"

时子为母所催逼，不得已复栗栗就祠中，瑟缩循阶段而降至第十五级,果见钥匙横置其上。噫!异哉!

第三十一章　钥侦

翌日,雪雄飘然归,既至家,如例先就外室斋中却装,不进内堂禀命。其内堂昨宵遇盗,主母被刃,如不知者。其果真不知也耶,抑知而若为不知也耶?

于斯时,内堂投进一刺,上书警视厅刑事巡查菊池德太郎请见。鹿子闻警视厅人员至,料为查勘被盗情形之故,不敢怠,立命延进寝室。

于时,菊池昂然入,披警察之制服,架茶晶叆叇(眼镜也),浓髯长发,与伏木旅馆楼上雪雄晤对时,迥然别为一人。既进,点首微示礼意,对鹿子言曰:“近有越狱盗犯鹭本、挂井二名,逃匿在千叶县境,四出骚扰,某奉上官命,委办此案。府中昨夜被劫,想必即此二盗无疑。”

鹿子曰:“诚如尊言,二盗之中,其一为眇一目者。”

菊池曰:“此挂井庆三郎也,其一谅即鹭本平次郎。汝被刃之凶手,盖非此眇目者耶?”

鹿子曰:“然!”

菊池又问曰:“闻彼索汝怀中合键,汝不与,故怒而刃汝,然耶?”

鹿子曰:“然!此为吾家最重要之钥匙,故不与,致被刃,遂夺去。”

菊池曰:“闻彼夺得合键,遍试藏库不合,遂弃去。此合键究竟用于何室者?”

鹿子皇然不能答,嗫嚅曰:“此……此……此乃……”

菊池曰:“不顾身命以保持之,必非寻常锁钥可比。某为汝查究贼踪,凡事汝须直说毋隐,究竟何室者耶?”

鹿子讷讷而为辞曰："是……是亦不过置物室之钥耳，是亦不过盗来惶急无措、思虑颠倒所致，其实别无有也。"

菊池曰："然耶？果无格别要重者耶……"

鹿子曰："无之！等于通常置物之室耳。"

菊池曰："可能与予一审验否？"

鹿子见问，仰揭裀褥，随手提钥匙一具示之。

菊池曰："汝家所有钥匙，均随身恒置枕畔者耶？……"

鹿子曰："然……"

菊池曰："如许大家，要重室当不少。汝家藏库凡几所，除藏库外，所谓要重室凡几处，试为予述之，且导予一审其处。"

第三十二章　痴饵

以菊池侦探之锐眼观测，彼合键含有不可语人之秘密，已忖度而知之，惟竭尽能智，以试探鹿子之消息，彼鹿子矢口不承，终不能得其要领。时将日暮，不得已遂退而出。彼巧侦探菊池既出，瞯人不觉，猝然入于林间，除却所饰髯发，并解去警部服式，换取通常和服，再入访小田切之家；进而与雪雄晤，彼此密谈移时，乃辞而出，匆匆又不知到何处去。彼密谈所作何语不能深悉，惟将行时，闻彼坚嘱雪雄曰："君须留意侦伺此钥匙为何室所用者，慎毋忘所言。"观此知其所密谈，必为授计雪雄，使伺察此钥匙之用处也。

雪雄至此，始知主母有秘藏合键之事，因而忆前宵鏑铮辟锁之声，于假山后辨天祠与其母遇，觉彼有张皇之色；继又忆辨天祠之钥自先年失去合键，后不再见，莫非此键实为主母所匿而伪言失去耶？若然，则此辨天祠中是何魔窟，为何秘藏，不可知矣。于时雪雄如菊池之所教，将起而进于内堂，与不常相见之主母女弟相晋接。

忽纸窗间一人影现，已而斋门轻启，一人进而言曰："哥哥……独处耶？"

雪雄视之，乃其女弟时子，异而曰："妹何来？……"

时子曰："阿母拘束严，居恒不许逾庭院，欲到哥哥处，常被斥。现阿母养创不能起、不管事，妹出入稍得逍遥，故来一视哥哥。"

雪雄曰："犹有何事否？"

时子口欲言而嗫嚅曰："事耶？本无甚事……"已而面微赤，问曰："近顷来访哥哥，越宿而去之东京客，兄之友耶？……"

雪雄曰："然！问此奚为？"

时子有间，又问曰："彼客还复来否耶？"

雪雄曰："日间当再来也未定……"

时子欣然有喜色，曰："果来耶？……此君待予家，情意若甚厚者……"

雪雄窥时子心事，知其有眷慕西冈之意。彼以父仇不白，正郁郁欲觅时机，以试探主母隐情，今得此隙，正好乘以为饵，因饰言而谓时子曰："巧哉！……西冈尝极口而誉子，而子亦与表同意，洵巧哉！当日，西冈独有言见商于予也。"

时子闻言，面发赤，目灼灼视其兄曰："哥哥！彼何言欤？"

雪雄曰："欲予语子耶？……吾亦有一事欲子语我，如子允为我言，我当告子。"

时子曰："何者耶？"

雪雄曰："阿母有一钥匙，甚秘密，恒不去身，此次为盗所伤亦为此。此钥辟取何室者，汝当知之，且告我。"

第三十三章　大蛇衔键

时子见问，两颊红羞陡然消散，改现一种青苍骇白之颜色，强应曰:“不知也……”

雪雄曰:“果不知也耶?……既不知,吾亦不以告汝。欲闻西冈之言,俟汝查得钥匙消息来,吾乃言之。”

时子情急曰:“哥哥,且勿恶作剧,请语我……”

雪雄曰:“汝且不肯告我,胡为必强予告汝?汝欲有闻,须先述汝所知者,否则终不汝告。汝勿谓予不知也,予固已知之矣。”

时子曰:“已知之?……所知何者?……”

雪雄曰:“汝不语予,吾且略语汝。……阿母不肯示人之钥匙,即假山后辨天祠户之钥匙非耶?”

时子骇然曰:“兄何以知此?……”

雪雄曰:“胡不知?吾不仅知之,吾且见之。”

时子曰:“于何见之?夜间之事,其亦知也耶?……”

雪雄曰:“胡不知?阿母于夜深,常自一人至辨天祠,以此钥匙辟其户者……”

时子益骇然曰:“奇哉!……兄何由而知之耶?……”

雪雄曰:“此亦吾家事,奚有不知者?……汝也无须讳饰矣,彼夕之事,汝且为我述之,吾自当以西冈之言见告……”

所谓彼夕之事,在雪雄心意,盖指前宵所遇鹿子之所为,而恰好影射着时子昨宵之举动。时子心大激刺,以为兄已窥破彼之隐情,虽其母屡诫勿泄,然为钟情恋慕心所战,不能压抑,遂不觉堕雪雄之计,自白曰:“哥哥!汝慎毋泄与他人,此诚吾家之大秘密哉!……近者阿母养创不能起,命我代之,每越三日,持米三升、盐三合投于穴中,穴里黯昏昏,殊怕人也。”

雪雄曰:“此穴自何地而进?……于祠中也耶?”

时子曰:“然!祠中有阶段,循阶段降十五级而止,复以足作三顿,乃撒盐米……奇哉!钥匙坠于穴,亦有物能检置阶段上者……”

雪雄曰："今若往，予为汝伴，何如？……"

时子曰："为母命，殊不得已，予一人实恇怯，哥哥肯相伴，甚愿。妹当瞒着阿母，到时私来约汝。……今夕刚是第三日矣。"

雪雄曰："彼此秘之，毋为阿母言。今夕，吾当在斋中候汝……"

既定约，时子遂反问西冈事。于是雪雄伪为请婚之言以悦之。时子信以为实，中心欣然，抱希望而去。

至夕，时子负米盐来约，雪雄随之至辨天祠。雪雄取而代之，令时子在外相候，于是授钥匙、辟双扉，如所教而进，至第十五级三顿足，撒盐米于穴，复投钥匙而下。

未几，若有物衔取钥匙来，置阶段上。雪雄持铁网手提灯细辨之，蜿蜒昂首，为一大蛇。

第三十四章　骇秘

前夕，平、庆二盗行劫小田切之家，搜获银物细软，席卷呼啸而去，既得手后，贼胆愈张。庆三郎遂每日出就四处乡落，查探素封家虚实，彼平次郎匿处伏木旅馆地藏中，日以曲蘖为命，醉时呼觅泷儿，强迫行暴，幸时为雌虎撞破，不如所愿。

一日，阿玉与平次郎在地藏中泥饮。酒后耳热，平忽谓阿玉曰："玉娘！某寄食于汝家，虽不能配称汝的养家人（俗语丈夫也），然某此心，固恒视汝作浑家（俗语妻也）也。……"

玉冷笑曰："此甘言，予且出售，毋向我卖弄此舌头矣。吾知汝意，视我为河东狮，聒得汝絮烦，故以此奚落我。吾与汝本无婚约，没福儿消受此地位，这段路头草，生灭且随缘罢……"

平曰："怎的没福儿？……此言盖反刺予，谓此新发迹大店家，平某消受不起耳。……"

玉曰："予并无此意。……惟汝假惺惺，觌面诳人喜欲死，背人处，只怕不脑后弃之。汝言虽甘，汝心实不敢知也。……"

平曰："何以见之？……"

玉曰："别且不论，即如侍女泷儿，汝常瞷隙，心跃跃思动，致彼女恒畏汝如蝎。人既抵死拒汝，何苦为此强暴？含苞兰蕙，无理摧折，汝独无人心者耶？……"

平曰："汝果爱此兰蕙弱质，胡为使彼供役以磨折之？……"

玉曰："此为彼所愿而就予，且磨炼其体魄于彼有益，非若汝欲摧残之。予虽忍心，然玷人清节之事，予实不忍。"

平曰："此事且搁过，予且一问汝。……"

玉曰："问我何事？……"

平曰："汝近有新属意者，欲瞒我耶？"

玉愠曰："混说！谁为此言者？"

平曰："犹抵赖耶？吾确有证据，始诘汝。"

玉曰："证据何在？速取来见质。"

平曰："证据不在我处。"

玉曰："在谁？"

平曰："谁皆非。……在汝处。"

玉曰："何解？……"

平指之曰："汝怀中所藏一封书，谁贻汝者？"

玉变色曰："此耶？……"

平促之曰："还有何说？速取来，俾予一阅。"

玉迟徊自靳曰："汝殊难人。……"

平曰："若靳不与，必为所欢者之手札无疑。……如何？终不与耶？……不则吾将夺取。"

阿玉此怀中函，谁与者耶？此实非阿玉收阅之函，盖乃小田切大尽遗嘱其子雪雄之第二书也。彼自稻妻家盗得古金银后，于古金银中发现此秘密书，阿玉以无学不能读，不知其中意义，惟觉其所藏甚秘,知非等闲书函,正欲藉此要挟雪雄,以兜搭其心愿,不意为平次郎锐眼所瞥见,动疑追问,欲待不与,无以自解,若或与之,又恐失此勾饵雪雄之媒介,踌躇瞻顾,殊觉两难。继复转念私计,彼逼取是书,不过疑予有他志耳,此函与予本不相涉,直捷示之,转得释彼疑念,既是于我无关系,阅毕不仍返予手耶,意遂决,答曰:“无碍。……且予汝一阅。惟与汝约,既阅,若于我无干事,须即归还,此函予盖有用处者。”

平曰:“如约!速呈出!”

于是阿玉向怀中掏出书函,递交平次郎。平次郎虽盗贼成性,然少尝就学,略识之无,既得书,先取封面一阅,上大书“秘密书与儿雪雄读”八字,复旁注“他人不许开拆”数小字。平大惊异,急开函阅之。阅未竟,手颤色变,额汗涔涔欲滴,目不转瞬,翻覆数四始罢,口噤良久不能语。

噫嘻!函中语果何事?若是其可骇哉?以此杀人于货、愍不畏死之悍盗平次郎阅之且怵怵若不可耐,此实何怪异之事哉?

有顷,平次郎曰:“此……此……真不可思议之大怪事。某出生入死,劫坟越狱,见闻也自不少,从未梦见世间有此奇境。”既又曰:“嘻!……此奇货也。”谓阿玉曰:“此函汝可假予二三日,予有一大用处。三年前,予尝结伙劫得小田切家大货贿,今以此函往勒索,管保所得更多于前所劫,且要彼双手自送来,快哉快哉!……”

阿玉皇然曰:“使不得,使不得!……汝且先还我。汝才至彼家行劫,风正紧,去不得,汝去必为人识破。”

平不肯听,强攫书函怀之,曰:“此正某机会,有此世界无类之大秘事,若别人家没头绪或无法,彼家皆予脑中物,正惟识我,才好下手。”言已飘然而去。

第三十五章　三指禅

雪雄代其女弟时子入于怪窟中，举铁网手提灯照得阶段下，忽然现一大蛇，怖甚，几至颠眩，拼命拾起钥匙，急急反身遁。既历尽阶段，逾阈跳出祠外，心犹抟跃，血脉坌张不已，坚扼钥匙，指几欲掏于掌。

时子睹兄出，为接提灯、钥匙。雪雄默不以此事见告，惟嘱其妹曰："汝……汝须注意，切切不可下瞰穴中……"言已，急趋返书斋，倒床拥被，寒热交作，怔梦时呓，连日卧病不能起。

其主母鹿子自彼日为盗刃伤，幸伤口甚浅，经医缝治，未及数日，已渐痊愈。是夕，又为饲蛇之期，遂无须时子代劳，自囊米盐，于夜深人静蹈出庭院，刚欲绕过假山后，忽人影一闪，突来一大汉立于前，彼大汉曰："且住！恕某莽撞，汝毋惊恐！……"

鹿子有戒心，急问曰："谁！"

大汉曰："某非他，即前宵入汝室之大盗。……"

鹿子怖甚，发声曰："嘛！……"

大汉曰："毋嚷！……毋恐！……今夕某不持凶器，汝安心。汝嚷，惊起家中人，汝也败事。"

鹿子闻"汝也败事"四字，心中大有感触，低声曰："汝深夜入人家，何事？……"

平曰："某以盗为业，鸱鸠入室，所求者何，汝当领解。虽然，以某悍鸷，犹不及汝。妇人家作事，能令某毛发森竖、心胆寒落者，惟汝一人。若他人为某言，某决不信，今事实证据皆落予手，此大秘事若以投诉警署，必受上赏，即传达于报社，亦新闻上一段好资料，准可得千金以上之报酬，洵世间无类之怪现状哉！予今此来，特先为汝关白也。"

鹿子闻言，不觉瞪目变色，已而自制其心，作整暇状曰："吾不知汝何所言。……所谓大秘事究是何者,予诚昧昧然也。”

平曰:“不知耶?……汝欲知,事不难。……”伸一掌,竖三指示之曰:“三千元……如允,某当售与汝。”

鹿子曰:“何物能值如许数?……”

平曰:“三千元何足算?某且不计值,先示汝。……”手提封面向鹿子一晃曰:“汝看!此书函为记载汝家大秘事,汝一读,当自知之。”

第三十六章　飞一足

鹿子允如平次郎之所请,平次郎遂以秘密书付之。于时鹿子就庭前石灯笼细读,觉其渐而色变,渐而股栗,渐而牙卦儿打个不止,两眼直勾勾注视平次郎,若甚虑此事为平次郎泄之者。

时平次郎促之曰:“何如?……以此大秘密事,三千元不廉耶?欲予保汝不泄,须如约速取金子来,否则予将转售此奇事与新闻社,论价怕不止加倍得。购不购速回答,徒战战奚为?”

鹿子曰:“当如约。……但求汝秘之勿扬,虽三千五千亦不吝。”

平曰:“既如约,某决不泄。……”伸手作讨状曰:“口讲不足凭,且如数先交纳。”

鹿子曰:“刻便要?”摊两手示之曰:“我何从有?……”

平曰:“此不必言。予知之,深夜庭间,自然身上无若许金子,但总不出今宵交纳才算。无论到何处领,予也跟着来。”

鹿子曰:“汝解事,吾不能瞒汝。吾今须先到辨天祠去,照例解纳盐米,此事汝却也知道了。待予毕乃事,当即回内堂向藏库取金子来与汝。”

平曰:“汝真狡猾!曩夕攻劫汝家,抵死说家中无半铢,原来强伪饰。……”

鹿子微哂曰："此不过临机应变耳。"

平曰："且问汝，此辨天祠之秘密窟，可许导予一见否？"

鹿子曰："汝欲观耶？可与予同往。"

于是平次郎随鹿子至辨天祠，如例取合键辟双扉。鹿子燃铁网灯先下，平次郎继之。至第十五级撒落盐米后，鹿子谓平次郎曰："所谓秘密法，不过尔尔。洞里大秘密，欲见诚不容易。……回去罢。"

言已，反身立于平次郎后。平俯首瞰穴中，问曰："此中除大蛇外，还有那……"

言未已，鹿子伺于后，飞一足，向其背尽力一蹴。平次郎"嘎！"的一声颠进穴中。鹿子首也不回，急急摄升阶段，跳出祠外，严扃双扉。

平次郎在穴中呼曰："毋恶作剧！金子不要了，速拯予！速拯予！……"

以此狠戾跋扈之大盗平次郎至此亦落胆无人色，危颤哀号，其声悲惨难耐。鹿子若不闻也者，瞯无人，急自遁归内堂。

第三十七章　蛇语

平次郎初颠进穴中，手足无措，大声呼救，既无应者，已而自语曰："好辣手！允予三千元不与，还挤堕穴中，悔不经意提防，为汝所算。今既堕圈套，将如何而可？"

举首四顾，黑不见影，并不知怪物所在，悬空摩荡，并无所触，忽自诟曰："呸！平次郎！汝岂恇怯者耶？一无所见，瑟缩奚为？……"

振气自励，以手抚壁而进，至一陬隅，陡触一物，怔然心动，抚之式若马栈，中储有若盐米，窃思曰："彼妇立阶段上撒盐米，谅来处即近此。"急探手觅出路，忽又触一物，如倒卧乔松，按之坚而软,微滑,带有腥气,测不出为何物,心忐忑恇怯,不能自已,急倒退几步,不意脚跟复触此物,觉此物蜿蜒而动,匝绕平次郎,索索作旋转声。平次郎不觉魂胆俱碎,仰仆于地。未几,暗中现两光点,直射而来。此何物哉?盖即《聊斋志·花姑子》之解释,所见光点乃大蛇之眼睛也。

于时平次郎自分必无生望,惟坐以待毙,以俟蛇之吞噬而已,不意暗中忽闻有声问曰:“汝何人?为谋杀予而来者耶?要杀便杀。……”既又曰:“不则一年一度来此之药店某耶?”

其声若男若女,一时不能辨,惟恍惚似是人声,然果为现世之人也耶,抑泉下陈人做鬼语耶?

此阴暗之地穴乌得有生人气?且所见双光点,明明为蛇之目睛,夫岂若《搜神记》所谓蛇作人语者耶?

彼大胆无敌、杀掠凶淫、破监越狱之悍盗平次郎至此已无人气,不复能发声作答,惟蜷缩若猬,战战而已。

异哉小田切之家也!岂其家如《岭表录异记》所云养蛇户耶,抑迷信埃及崇拜动物之风而择蛇以事耶?更可异者,修蛇见首而即闻人语,岂蛇果有此神异耶?

第三十八章　夜悍子

伏木旅馆之主妇阿玉自彼日为鹭本平次郎夺去书函,心中郁郁,然犹冀其果有所得,以供挥霍,不意一去三日,渺无消息,看看已至四日,仍不归来,寸衷不免疑虑,默念彼岂失手被捕逮耶,抑有所得而舍予逃去耶?既而自计,彼去予转得以自由,彼纵不归,不足当予所念,惟小田切雪雄心怀睠睠不能去,然雪雄近日久不复至。噫!彼少年,殊忆煞人哉!

一日阿玉岑寂独居,默计及稻妻家所瘗之古金银只曾掘取一次,余尚存置土中,虽山林地僻,或无他虞,然距家殊远,取携不便,不如趁此无人在室,归而藏之,遂伪称将往谒奈良轮八幡神宫;先自潜匿附近乡落,盘桓至夜,遂从小径绕至火打山,穿过小松林,至于藏镪标识之处,四顾无人,遂动工发掘。已而土尽而藏镪现,遂一一取置囊中。既毕,裹囊欲遁,忽闻人声唤曰:“少待!少待!”

阿玉皇急无措,心毕卜作跳声,急挟囊而起,回首问曰:“谁!……”

闻答曰:“我……玉姊! 请少待!”

玉复喝问曰:“汝为谁?”

复闻答曰:“吾独眼龙庆三郎也……”

玉骇然曰:“汝挂井庆三郎耶? ……吾以为谁,汝几时来此?”

庆曰:“吾在此相待已久矣。”

言既,披林而出,果为庆三郎。玉曰:“庆三来此何为? ……”

庆曰:“无他。……汝妇人家,负如许重,恐力不足,吾特来帮手,为汝驮之。”

玉以衣袖自障,饰言曰:“重? ……乌有此事? ……”

庆曰:“姊! 奚饰? ……夜虽暗,某固惯作夜悭子,乌能欺予眇? 囊中物皆古金银,予已尽见之矣。”

玉语塞,惟应之曰:“嗳! ……”

庆又曰:“汝勿惊,吾犹有言。汝择取金银可也,彼无为贱品值几何,也携而去。……”

玉失色,视庆三郎言曰:“既被汝知透,也没法。庆三! 请秘之,当为汝分润,切勿与平次郎言。若言,彼将仇杀予矣。”

庆曰:“某何苦泄汝事? 汝能自秘,某决不言。不言……不言……汝安心,但……”俯首视其囊中物曰:“呵呵……汝也当分取一半与予,何如? ……就在此,分了罢。”

玉曰:“何须急! ……庆三! 且问汝,汝何以知予至此耶?”

第三十九章　快刀

庆三郎见问，鼓掌自得，吃吃仰笑不止，言曰：“蛇鼠各有行径，一手岂能遮天？某留意已不自今日矣。自闻女儿安子述汝让受伏木旅馆时，潜出古金银向某店找换，予已疑之。料汝所得必即平次郎之物，遂着着留意，窥汝举动。至今日，闻汝言将参诣奈良轮八幡神宫；知汝必为托辞，因蹑汝踪，见汝于近村盘旋，至夜绕越小径以至于此。予为侦蹑汝，时刻未尝少宁息，至今日才攫得汝凭据。予无他……不过为财起见，速分惠汝囊中物来。”

玉曰：“惟汝知，还没要紧，但汝须记取，毋为他人扬之。汝所欲，吾当偿汝，吾今向囊中取来。”

言已，以手探囊中，翻动金银，铮锹作声。

庆急曰：“若取与予，当直直捷捷，徒揣手囊中翻弄自娱，使人闻之益不可耐。”

玉曰：“果真如约，不与平次郎言耶？……”

庆曰：“经允汝，奚复赘？汝如数，吾自然当如约，虽至死之日，吾也不言。”

玉曰：“若是……今取出，交付汝。”

突露白刃一闪，着庆三郎之胸，血奔溢若飞雾。庆三郎一嗽倒退五六步，仰首而踣，嚷曰：“施……施……施汝诈术，乃……乃……乃杀我也。”

玉悍然曰：“汝敢识破老娘事，也教汝认认老娘毒手。此是汝命该如此，送汝速转轮罢。”

庆恚曰：“没羞耻！某岂白遭汝手者耶？……”

彼愍不畏死之剧盗庆三郎虽负创，犹能挣扎强起，空拳徒手，狠命扑将过来。时阿玉扼短刀自卫，挥刃相敌，斗移时，庆三郎已被数十创，加以胸前要害先已着刃，血溢奔溃，体力渐弱，终而为阿玉制压不得动，横向喉间复剸一刃，遂僵卧气绝。阿玉见庆三郎已死，溜一大息曰："不意今宵来此杀人。……"复顾庆三郎之尸，自语曰："人生若朝露，信然。……此尸体宜牵入林中弃之，毋暴露触人眼。"复自叹曰："为此阿堵物，生出许多事故。庆三郎！庆三郎！汝何苦来哉？……"

言次，从怀中取纸拭去刀上血痕，忽闻远寺钟声已报晓信，阿玉慌忙收拾一切，事毕将遁，复自语曰："恰好。……"

第四十章　放三箭

雪雄自曩宵为时子所导，一进假山地穴，归斋后卧病数日，此时方愈，遂以秘事密诉于菊池侦探。菊池画策，遂命发电，邀取西冈纯次郎来。

一日，西冈接电，匆匆遂从东京来。既至木更津，如例就伏木旅馆之眺海楼，其时雪雄与菊池已先在此相待。

西冈至，二人起迎，数语寒暄，自不必述。茶罢，三人聚首，唧唧私语，雪雄遂举曩宵所见之事而告之曰："世间奇事，莫有奇于吾家者，而吾长养于兹凡廿余载，懵然绝无所知，尤奇。就外而观之，不过一极小神祠，进于内而视之，实为一甚深之洞穴，而其中乃豢蛇，且所豢者乃大蛇。……"

菊池曰："豢蛇不足奇，吾国俗，古代之富室多有之。"

雪雄又曰："此或然，吾不敢知。……然此大秘密，何为仅主母鹿子一人知之？其事与毒杀吾父之原因，君谅有关系否？"

菊池曰："此难决。……欲究此事，不得不劳西冈君一试令妹，且近探得消息，此秘密书似在店主妇阿玉之手，此事又须雪雄君汝运用手段。至于吾所着手处，此时不能告汝。要之，查探的方针，予已略有头绪，惟必须汝二君分力相助，乃易成功。"

西冈欣然曰："妙！妙！……放三箭，使吾当其一，吾也试一学学侦探的伎①俩。”

噫!菊池侦探所谓略得头绪者,果有何踪影耶?其所分布之策,使雪雄对付阿玉,使西冈对付时子,其果能藉此两人以成功否耶?

第四十一章　情谍

菊池既定计而去,于时西冈与雪雄商,使雪雄自归家以诳时子来,而自留居伏木旅馆以待之。雪雄既至家,窃唤时子出,告以西冈至,相待于木更津之伏木屋,吾特递消息且为汝导,惟汝须慎密,毋对阿母言。时子本怀春少女,久慕吉士,今闻意中人至,且见允为导,遂满心欣愿,凡百从诺。是夕,假以探访姊妹行,请命于母,乘夜检取行箧。翌晨,遂与雪雄并车自贝冢村出发,未几,至木更津,遂相将而入于旅馆伏木屋。

雪雄既介绍时子以见西冈,少坐,即起而出,往阿玉之室自营其所谋。此间时子与西冈对座,彼此未免羞怯。

时子默不语,俯首弄衣带。西冈虽不欲默,然讷讷将语,究觍觍而不敢发。良久,西冈始一言曰:“今日临眺,殊好风景。”

时子回眸一瞥,微含羞意答曰:“此间果是好风景也。”

西冈藉端又问曰:“尊府楼阁,能见海上风景欤?”

时子曰:“敝家乡僻,地势低,不能见。……”

西冈曰:“登高处将可见耶?”

时子曰:“高处或见未可知。……惟近乡,无甚高地可凭眺者。”

西冈曰:“曾闻尊府庭前有假山,为贝冢村之最高地点,然耶?”

---

① “伎”,原文作“技”,据文义改。

时子曰:“此培塿耳。……”

西冈曰:“闻此假山位君家庭院北隅,杂卉繁阴,饶有景致,山后复点缀有辨天神祠,然耶?”

时子曰:“然。……”

西冈曰:“鄙人从事人类学,曩曾相此丘阜,度其中必有古坟,尝请命尊堂欲一发掘,不见许,鄙人今犹念之。……”

时子曰:“此事殊难,母亲必不遵命。”

西冈曰:“虽然……闻尊堂爱姑娘若掌珠,吾欲拜恳姑娘一言,何如?”

时子曰:“母亲虽见爱,惟此事难邀准。……”

西冈曰:“尊堂凡事既皆允从姑娘,岂此发掘假山一事乃不蒙谅耶?……”

时子曰:“然。……”

西冈曰:“是未必。……吾今正欲以此事相求恳,姑娘代为婉求于尊堂,好歹藉仗尊力,一助鄙人参考学业之资,姑娘其不见许耶?”

时子曰:“妾甚愿为君尽力,惟亲意不敢必。”

西冈曰:“乞试求之。……”

时子忽红羞涨颊,嗫嚅而语曰:“妾亦有所愿于君。……”

西冈已窥其意曰:“良意鄙人甚歆感,鄙人之志亦尝为雪雄君言之。……”

第四十二章　婚妒

泷儿自受命供役于土藏中,日为悍盗平次郎所逼辱,此身几不能免,幸屡次皆为人撞破,侥幸得免。然自念日与淫凶晤对,清白恐难终保,欲伺隙逃逸,而寒家无可藏匿处,更恐触彼怨怒,凶残愈不可问,不得已姑自隐忍。而每日传餐侑酌,有如侍儿,吾本良家子,以一念之误投进罗网,今虽欲悔,而进退失据,不知所从,困处地狱中,背人处,日惟饮泣。

近者,平次郎与主妇争取书函,攫夺而出,至今不归,庆三郎一去亦不复返,心窃私幸。是日天朗气清,日光舒曜,独居多暇,遂取垢衣向庭间濯晾,不图仰首,觉楼上纸窗洞辟,中有男女二人相对私语。审视之,心陡然掀动,盖此男子即浴堂相约、不得如志、中怀恋慕、相思无已之西冈纯次郎,彼女子即小田切家之时子也。

泷儿急隐身木叶下偷伺之,见彼两人窃窃私语,若甚亲睦。是时泷儿似怨非怨,欲妒非妒,屏足而立,窃听其所语,闻西冈言曰:“姑娘!吾岂不已言之耶?……吾非长子,无家督相续权的牵系,于例本可入赘君家,惟以鄙人愚陋,且家世不相等,故不敢遣媒介求婚,恐徒取辱,未必得也。”

闻时子答曰:“以君才望,谁复敢有违言?但恐妾陋质,不足以事君子耳。……”

西冈又曰:“虽姑娘雅意,不见嫌鄙,但恐堂上未必俞允。”

时子答曰:“凡妾所求,母亲几无不允,况得婿如君,亲心必甚欣愿者。……”

西冈又曰:“尊堂既若是信爱姑娘,何以此假山发掘事,虽姑娘代请求,也料其不能见许?……”

时子答曰:“此……盖微有原因。……”

时西冈若怅然曰:“何者原因,能否一告我?若不肯见告,是疑我为外人,不能见信心迹。若是,则姑娘心事,鄙人不敢领;婚姻一事,予也不敢冒昧陈渎矣。”

泷儿闻此,明明是议婚消息,中怀恼闷难过,作声一嗽,纯次郎愕然被惊,回眺中庭,恰与泷儿视线相值,觉泷儿痴立含睇,如怨如慕,知为所闻,深悔失策,急起闭窗户,声遂转低。泷儿不复有所闻，踟蹰遂去。

第四十三章　欲幽囚

雪雄既介绍时子进见西冈，少坐而出，遂直造店主妇之室，觉阿玉之举动与前大异，容色上隐含一种戾气。既见雪雄，虽若欣喜，然其卖弄风情之手段又与往常不同。闻彼言曰：“雪雄君！犹忆念妾家而果来耶？……妾为君，相思无已时也。此间来客喧扰，谈话不便，妾家有一静妙室，驱取蛰龙而有之，今且导君一游。妾近喜习静，恒爱居此，君请随妾来。……”

言次，酒气嘘人，薰蒸难耐，携取雪雄之手，匿面四顾而后出。

阿玉胡为作此状哉？彼自稻妻冢刺杀庆三郎后，心怀恇怯，恒惧事泄为侦探者所得，于忧危无计时，每借酒压惊，沈醉以自遣。是日酒后，雪雄刚至，彼乘此酒兴，欲心更煽炽难压，而又恰值平次郎一去不返，阒其无人，正凑合彼之机会，遂因而骗取雪雄，诱之至秘密室。

门初洞，雪雄惊问曰：“奇哉此室也，乃在地中者。……”

玉曰：“毋怯！且默……请随妾而进，妾有要事为君言。……”

雪雄曰：“予欲闻子言久矣。”

玉笑曰：“君欲闻，妾欲言，可谓僶俛同心，此盖出云神圣，默示予二人以缘法矣。”

（按出云神社，所祀为大国主神，冀三穗津姬神。据日本古史，言大国主命平定大八洲，建出云国，其种族来自高天原。日本民族中，混入虾夷、熊袭、隼人、国栖、土蜘蛛等种不少，而自侈称者，惟举出云及天孙两族。）

已而降扶梯，雪雄又曰：“奇哉！地窖中胡为有此秘密室？……”

玉曰:“此何足奇?君且勿多盘诘,姑请坐。……稍息……”

雪雄曰:“既坐……又将如何?”

玉曰:“妾以心待君,君奚不会意而反作色耶?……愿君毋躁,一听妾言。”

雪雄曰:“予正为欲闻汝言而来。汝有言,宜速言。……”

玉横波一瞥雪雄曰:“君真个不解事人。……徒作色胡为耶?且解衣,少作勾留罢。气候翳然,殊困人,予也熬得头痛了。”

言已,伪若病状,捧额作娇态。

雪雄曰:“果病耶?予急往延医来,何如?……”

玉曰:“勿须。……他医不能治予,君为医,便当愈。”

雪雄曰:“予未尝知医,乌能为汝治?”

玉曰:“君毋巧作痴者。”

雪雄曰:“子何言?予实不解。”

玉蹶然曰:“真不解耶?予为汝言,君已至此,还不省耶?……”

雪雄曰:“何谓耶?”

玉曰:“无他,君就此室,已无复自由出入之权矣。君悟否?……”

雪雄骇然曰:“然则将安置予?……”

玉微哂曰:“笼中之鸟,非俟予意允纵之,无奋飞之日矣。”

雪雄变色曰:“子欲困煞人耶?”

玉曰:“是汝缘法,也无可怨。君当耐之,如顺予意,暇当以一大秘事相告。”

第四十四章　吝卜

离贝冢村不远,有街道曰三本松,其时有一白发白髯之叟立于道侧,若卖卜者状。噫,彼何人斯?盖又即前为雪雄测字之菊池侦探也。

菊池侦探自新事实发显之后，专意尽力向于此方。是日变装就此，若有所待，既而停午，犹未遇所待者，颇觉疲困，当行人渐稀时，忽太息自语曰："呜呼！此苦差，仆一人自任之，诚愚矣哉！如雪雄君，领周旋阿玉之差，如西冈君，领周旋时子之差，皆腻情暇逸，消受艳福，惟仆踽踽一人，延伫道旁，受日光曝晾，洵愚甚！然此差更无人能代予者，其奈之何？"复自审曰："此案情亦可谓奇甚。以小田切之富家而出毒杀主人之事。既曰毒杀，必当以药，此毒药究从何处得之？且小田切大尽，既知为人所毒，既能留取遗书以自白，何以不能避免？谅此置毒出手之人，必为承继小田切家业之女鹿子之所为，然彼义实夫妇，果何仇恨致杀其夫？事诚有不可解者。又雪雄之生母仲子，其行踪尤奇，乌有以一人命生死不明而始终能秘之者？依我所鉴定，料彼仍在世生存，然无法能得其实在消息。此事除是雪雄君，哄得阿玉所持之秘密书到手方可明白。再又西冈君巧试时子，未悉事体如何，谅此钟情少女，无难捣隙探得其家之异点。"既而又曰："此事之根源，究竟以探得毒药之来处为主。寻常药坊，例既不能轻易售卖毒药，然则谁授之者？且非速死剧药，非医生不能用，谁欤敢为此恶事者？吾近微有所闻，姑俟那厮来，当以计取之。计期彼今日当必来，胡久待犹不至者？……"

彼卖卜者菊池侦探踯躅道旁，其所俟者谁耶？

既而见一人从北方来，若卖药者状，以带乘肩，荷一古式笼箱，鬓发髻鬖，犹是维新以前绾髻之饰；芒鞋短衣，满身尘气，年约四十以上，眉宇间隐含一种诡异神色。

卖卜者菊池侦探见之，俟其来前，忽进而语之曰："嗟！……客非旅行贩药者？盍前来，为子一判断吉凶。"

卖药者忽住，双眸炯炯视卜者，已而颜面上若蕴不愉之色曰：

“不疑何卜？毋溷乃公。某为业数十年，未尝失德，某自知之，不作亏心事，应无死因。汝勿借端簧鼓，某囊中钱非汝辈可赚取也。”

卜者曰：“客误矣。噫！……芸芸众生，不解趋避，幸遇导者，仍昧不自觉。吾以一言赠君，且记取：君此行前途，有非常凶险事，须自慎也。”

卖药者曰：“谎说！奚有此？……”

卜者曰：“到时君自知之。”

卖药者曰：“汝果为先知，能知予此行前途当落着何处耶？”

卜者曰：“奚不知？……某村某地虽难决言，然向西南方，此去约十二三町，君必就泊于此。”

（按：日本每六十间为一町，每间六尺，十三町约合中国三里弱。）

卖药者沈思曰：“虽然……但此去有何凶险事？”

卜者曰：“然！休咎之征，毕现汝相。君试览镜自照印堂颧准，均晦不泽。某行术志在为世人指迷，并不希谢，君疑某欲赚阿堵物，今日不要财礼，作慈善为君赠一言。”

卖药者欣然曰：“若不赚取囊中钱，姑请布施一语。”

于是卸其药箱，对立为语。噫嘻！此卖药者谁耶？适从何来遽集于此？其果于此事件有大关系者耶？

第四十五章　奇中

彼伪卜者菊池侦探以此三寸不烂之舌播弄卖药者，既而道着其前途所止之方向，彼心竦然一动，遂为所羁绊，不觉卸其所荷，就而请教曰：“前途方向果如翁言，吾今夕欲就泊之地果离此约距十二三町，惟吾自何方来，翁能知否？”

卜者曰：“知之。……君驿马纹现，当主远行，必非自近地来者。大约来途当自西,旅程当在二百里,以方向、路程计之,谅是西京左右,然否?”

(按:日本自东京至西京三百二十八英里,合我国约九百五十里。)

卖药者曰:“奇!乌能知?……”

是时伪卜者菊池侦探益为言以探之曰:“君相带驿马,谅远行非初旅者。此地君每年必当至,且不仅一至,应每年有两次须远行者,然否?”

卖药者曰:“奇!乌知之?……”

菊池又曰:“君伏犀现,应主富,谅君所业,必利市三倍。然山庭杂纹,美中不足,君所业之药曾有一次经官非禁止发卖者,然否?”

卖药者复竦然曰:“诚如翁言。……某不敢欺,某实西京六条家行贩富源丸者。此丸万应,能治百病,甚为人所欢迎,惟合药微有剧剂,故先年尝一次为京都府厅禁止发卖,后自变其制法,遂又得卖出。”

时菊池侦探愈留意以盘诘之曰:“君即驰名富源丸之制造人上谷仪三耶?”

卖药者曰:“然!”

菊池曰:“原来是知名者,予初不知,然就相法上观之,皆隐然若示予矣。”

卖药者曰:“翁相术神矣哉!决予事,无或爽。”

菊池曰:“予于测字法尤神,任举一字以决休咎,无不验者。”

卖药者曰:“又欲予解囊请测字耶?……”

菊池笑曰:“此不过述予之历验耳,至于君气色上已显著,更无须再假卜筮矣。”

妙哉菊池侦探,具此江湖伎俩,滔滔汩汩,谈言微中,不特此卖药者竦然入听,即阅者于此,亦不能不神而异之。然菊池岂果有姑布子卿之秘术耶? 非也。盖彼于近地,先已探得西京六条富源丸之制造人上谷仪三,每岁必两次来此贝冢村,来必就宿于小田切之家,因而疑鹿子毒杀定右卫门(即小田切大尽之原名)之事,彼必知情,其毒药必贿此人而买得,遂跟定此线,以施其行探之术。近探得彼出发之旅程,今日当必过此,因预布置罘,以待狡兔。而上谷仪三懵然罔觉,以为彼果前知,遂不觉深信不疑,而自吐其实。

菊池既得彼消息,知无错认他人,遂放言曰:“上谷君! 汝此行当有大厄。”

卖药者曰:“有何厄? ……”

菊池曰:“无他,前途中当有人谋杀汝。”

卖药者惊曰:“咄! 杀予? 乌有是?”

第四十六章 楠井神水

菊池正色而言曰:“如不信,君且去,必不能免。是亦君之大数,该死于妇人之手。”

卖药者益骇愕曰:“妇人之手?”

菊池徐徐然曰:“君自省,当或知之。谅前途或有大秘事,君曾见之,彼妇惧事泄,因欲设计杀汝以灭口,亦未可定。……”

卖药者作色曰:“谁见之! 连踪影也无,何因而见杀耶? ……”

菊池曰:“此吾不知,吾不过就相论矣。《相经》云:‘目中赤脉外入,必兵死。’君可否今夕就别道假寓,明日返途,一避此厄?”

卖药者曰:“是不能,吾每年二度来此,有大事不可缓。”

菊池曰:“若然,诚为君虑。姑尽吾法,试为汝禳解,何如?”

卖药者曰:“甚愿。……惟翁言,发念以慈善济人,如不费财,请一试之。”

菊池一笑点首曰:“也不妨。……且自替君一为之。”招之曰:“君且前!”

卖药者遂前曰:“请翁以妙法施赠。”

于时菊池侦探骈剑诀指,对之作书符状,口嗡张如有辞,已而从怀中取出法水一瓶曰:“此上总楠井神水,服之消灾解厄,君宜一口咽之。”遂以瓶授卖药者,卖药者闻为楠井神水,更不疑,敬谨受之,两手举瓶,高与眉齐,先作礼状,而后启瓶,倾注于口,一咽而尽,还授其瓶于卜者。

菊池曰:“好了好了,吉祥止止,鬼神来舍,当无往不利,可以行矣。”

卖药者鞠躬曰:“谢! ……”将欲举步,忽自言曰:“恶! 胡飘飘若步虚子?”强负笼箱,前行约二三步,眩,忽自颠。

菊池抚掌喜曰:“得手! 吾事当易与矣。彼夫受麻醉剂,迷不复省,可为吾所欲矣。吾且冒此卖药者,径进小田切家一探消息。计此药力可延展二三时,谅不至事泄,惟入手处,初见鹿子,当以何法措辞,乃无破绽? ……”既而思曰:“彼夫应有日记,窃而阅之,当得头绪,其在彼中怀耶,抑在此笼箱中耶? ……”

第四十七章　索书

伏木屋之土藏室,阿玉以种种手段挑逗雪雄,狐意绥绥,使人不耐。雪雄为此秘密书之故,不敢绝情坚拒,惟漫应而要挟之。闻雪雄曰:“吾必从汝意。惟汝言,知我家一大事,其事为何? 愿子先语我。”

玉曰:“君允妾,妾必言,惟妾言之,君毋食言。”

雪雄曰:“决不食言,请速言之。”

玉曰:“妾尝得一纸书,为君者。”

雪雄急问曰:“谁畀予? ……”

玉曰:“是君先世所遗者。”

雪雄变色,急欲阅,玉靳不与,雪雄央告曰:“玉娘! 请与我。予为此函晨夕焦思、食不甘味,子亦当怜予苦。子得此函无所用,等于故纸;予失此函,则身命随之矣。子若真爱我,愿早以畀予。……”

玉被逼无计,因自承曰:“此函今已不在妾手。……”

雪雄曰:“交与谁耶?”

玉曰:“已为人夺而去矣。”

雪雄惊曰:“谁夺去耶?”

玉曰:“不能指名为君言,要之,此人非善类。……”

雪雄曰:“彼乌从而夺之?”

玉曰:“纱予手攫之,遂狂奔而去。”

雪雄曰:“函中何语? 曾阅否?”

玉曰:“彼人曾阅之,阅时不绝称奇。彼言世间奇事,从未梦得有若是之不可思议者。阅未毕,彼人已面作死灰,战栗若无人色矣。”

雪雄曰:“子曾阅之否?”

玉曰:“妾目不识丁,不能读,询以函中语。彼但言大秘密、大秘密,持此大可赚多金,遂飞奔而出。”

雪雄曰:“彼奔往何处耶?”

玉曰:“奔往君家。……”

雪雄曰:“是几时事? ……”

玉曰:“已多日矣。君家堂上多余蓄,想彼持以示尊堂,赚得金帛,已不知远扬何处去矣。”

雪雄顿足太息曰:“嗟! 大失策! ……此秘密书入于主母手,予无望矣。”

突而起，忿欲出，阿玉皇急，邀遮而恚曰：“去不得！去不得！君当如约，君不复得自由擅出。”

雪雄曰：“子将何为？……”

玉曰：“且缓，姑稍坐，妾当持殽酒来一奉君。”

雪雄愤甚，急摆脱奔向穴口。阿玉追而前，拦截扶梯，引机坚闭穴口，使不得出。

第四十八章　秘药谈

京都六条富源丸本店主人上谷仪三是时已至小田切家，与其家之女户主鹿子对坐一室，窃窃私语。此上谷仪三，真耶伪耶？想阅者诸君，固已测而知其为菊池侦探之变身法矣。菊池自以麻醉剂伪称神水，使仪三服之，仪三醉倒，因而曳其体至林薮中，剥取其衣履，并攫其笼箱而去，就无人处搜其药箱，得日记，检阅一过，遂衣取仪三之衣，巧装假面具，肩其笼箱，径至小田切家，大胆而冒充上谷仪三名义。

于时日渐黄落，暮烟四起，彼巧妙之变身术乘此掌灯时候，愈不可觉。鹿子遂被瞒过，既进，以为果上谷仪三。茶罢，鹿子坦然问曰：“每年此顷君必来，予也料到着之期当在此一二日矣。今朝才为君默数行程，而不意果来也。”

伪仪三曰：“然！予旅程及转泊处，年年大约皆印版，故到着期极少甚相远者。”

鹿子又曰：“今岁采集收成比往年好，老主顾！汝须出善价为予多购之。”

伪仪三茫然，思彼命予出善价多购之，所购何者？今年比往年好，所收成者何物耶？……不觉呆然不知所对，既而运其灵机，巧作浑仑以答之曰：“出善价为君家购买，此何妨事？惟敝店所制之富源丸，近年被人传说，谓其内搀和有剧药，因而为官封禁。以此之故，予受亏累不少，谅君家应亦有所闻者。……”

鹿子正色曰：“仪三！富源丸为剧药品，此何待言？不然，汝就我家购此剧药胡为者？……”

菊池侦探闻而一惊，自念初意以为仪三私售剧药于彼，而不意彼反自有剧药出售，仪三转来买之，诚觉意外之意外，不得已复浑仑答曰：“然……虽然……此一脉相承、祖传秘制之富源丸，例须买取君家材料，是……是固无论者……”

鹿子曰：“斯固然！君家代代创制富源丸，妾家代代供给原药料，君家以此致富，妾家亦以此稍得丰裕，算来予两家实相依为命者。予家与君家，屈指相交凡七代矣，彼此秘密之事均为继续之家主一人知之，此外若微有所觉，必杀之以灭口，此固予两家祖传遗训者也。以此之故，君所以不敢暇逸，不远千里，每年采取药之原料，君必自从京都来。虽有心腹，均不假手，亦正为此。往年发卖禁止之故，不过为流言中伤而起，其实此不可思议之秘药，这一辈盲官吏岂能梦见？任彼延请甚的化学药剂师，决化不出也，值得胡乱让他封禁？此是君家没主张处，还藉辞为予言之。予虽妇人，也自晓得此富源丸何尝有露出破绽。现今各地不依然行销，谓其功效神验耶？……”

异哉，鹿子之所言也！此富源丸之原药料，为七代以前上谷家与小田切家相约之世业，宁死而不可泄。若泄，则虽至亲至爱，亦不能不守祖训，大义以灭亲。呜呼！此富源丸实何奇制，其原药料实何怪异，而若是之秘密也哉！

第四十九章　扑杀此獠

闻鹿子之言，渐稍得端绪，于是伪仪三菊池侦探复别生机智，因其言而致辞曰：“予过矣。彼此皆七代以前同志之故交，以秘制以原料各守其专门，予家惟我，君家惟子，此外更无人知觉，若有知者，均杀无赦。彼此遵念祖训，理应坦怀相待，予借发卖禁止为辞，欲研减君家物价，此诚予之不是处。予为富源丸本店上谷家主人，该念取先代交情，不应作此琐屑语以污子之听，子祈谅我过。予今不复论值，请如子意，给价尽购之。”

鹿子闻言，欣然色喜，遂安心复言曰：“此才是。……予性质直，素不喜枝节多费辞，君谅知之。”

言已，忽自若有所踌躇，已而曰：“仪三君！予近遇一事，殊恼人也。”

伪仪三曰：“何者耶？”

鹿子曰：“非他……予家秘事。前死者定右卫门留有遗书道泄之，此函近为予见之也。”

伪仪三惊曰：“咢！……定右卫门君遗书？”

菊池侦探于时心兀兀跳不止。

鹿子叹曰：“非一脉之亲，究竟难靠！彼本我家赘婿，不料也如是心肠。先年此秘事泄露他眼中，我已谅他不能为我家保全已。”

伪仪三也假作太息曰：“谚云‘家贼难防’，不意君家乃有此事。”

鹿子曰：“正为此，妇人家白为此恒操心，能不可怜？彼定右卫门遗书不知一向何处藏匿，竟落于强盗之手。此强盗即曩劫予家、刃伤予手之人。彼前夜忽持此函复来，藉端欲强为要挟也。”

伪仪三曰：“然则将奈何？”

鹿子曰：“亏予一妇人，深夜立于中庭，对此强盗，君试为我思之，应如何危虑！没奈何，只得百事允之，惟自念破些钱钞原小事，然此大秘密恐终难保，不得已，硬着胆子，以计诳他，诱到辨天祠石阶上，乘彼不觉，遂狠命推堕穴中。”

伪仪三曰：“今犹在穴中耶？”

鹿子曰:“然！彼在黑暗地狱中,若无所得食,应已死。惟例常那一件,若同此饿死,殊不便,不得已,每三日仍以米三升、盐三合馈送于穴,因此恐或尚未死。仪三君！妾有一事相托。君至辨天祠穴藏收取原料时,望代扑杀此獠,能允予所求否？……”

伪仪三曰:“杀人……诺！已领会得,此人持来定右卫门之遗书,犹在彼手中耶?”

鹿子曰:“仍在彼之手也,愿君并为我取之。”

伪仪三跃然曰:“诺！予当力任之,盍速就辨天祠去?”

鹿子蹙然睇而问曰:“胡子为此言？就辨天祠当在夜间,君忘所订耶？……”

第五十章　两仪三

以此名侦探菊池德太郎,此一夕与小田切家主妇鹿子对谈,几着着露出破绽,幸以彼灵捷之机智一一掩过,遂不为鹿子所疑。时已入夜,所侦探之消息已大得端绪,乃相将而就中庭,至假山后之辨天祠,为怪窟之探险。

此怪窟中之情状,菊池前已闻雪雄所言,知此中豢有大蛇,于心未始不恇怯,然得进于此,可望发表世界无类之大秘密,荣显此身之名誉,胆力不觉一壮,遂鼓勇而前。时鹿子取键已辟辨天祠户,菊池遂当先而进,直循阶段,降而入于穴中。

鹿子继进,将历级而降,忽闻有人声追呼曰:“且缓！且缓！稍待!”

鹿子急回首,见一人如飞而至,赤体仅围腰袢一帙(日人亵服以蔽下体者),此正富源丸店主上谷仪三。

鹿子已认定菊池侦探为上谷仪三,此时真仪三来,顿忘之,不能认,喝问曰:“谁！……”

仪三曰:“予京都上谷仪三。”

鹿子诧曰："奇哉！上谷仪三才进穴，乌得又有其一？……"

仪三着急曰："彼伪者也，毋被逃！速扃之！"

鹿子忙无主，急反扃户。

仪三又曰："吾语汝，予悔甚。今日途间至三本松处，为一卖卜者所诳，谓予有灾难，以神水饮予，孰意实麻醉剂。予一服便倒，昏不省。及觉，乃卧丛莽中，裸无余缕，急起视，并笼箱不见，知遇盗，无奈若此趋就君家。入门时，见笼箱置庭隅，疑甚，急趋厅事，不见子，绕至山后，见子偕一人，衣饰皆予物，貌亦酷与予肖，奇哉！……某上谷仪三，有谁能肖？此伪物，予自视之，几无以辨，无怪子受诳。彼实伪，予乃真，子若终不辨，予已矣。……"

鹿子沈思，既而曰："予知之矣，无怪所谈恍惚不中肯，然彼胡为假君形而来此？究何为者？……"

仪三曰："定有故。嗟，莫为富源丸禁止事？伺踪影窥探予两家消息，此其侦探耶？……"

鹿子复沈思曰："是或然。……"

仪三曰："纵不然，也奇甚。……今且勿问，先把户牢扃。此户虽木质，然内包铁，谅槌不破，可勿虑。"

鹿子曰："虽然，但只此恐手尾难断，将如何乃为可？"

仪三曰："且就前厅再相议。"

于是将祠户下钥严扃，二人匆匆就前厅而去。

第五十一章　索盗书

伪卖药者菊池侦探手提铁网灯，一人自历阶段而降，进于蛇窟。进时，心殊注意，循火光四周环视，并不见蛇踪影，蹑蹀而前，于隩隅忽睹一物蜷曲偃伏，心以为大蛇，却立睇视之，实非蛇而乃人。心自思曰："此即鹿子嘱予杀之者也。"就其前，见彼斜倚一物，若马栈，奄奄仅一息，肢体惫甚不能动，细认之，面瘦多髯，形格隐约犹可辨。菊池陡然若惊,不觉又欣然若喜,盖此人非他,即其向者侦察未获之屡犯劫案、脱狱囚鹭本平次郎也。菊池于时以足踤之曰:“起!汝非鹭本平次郎耶?……”

以阚如虓虎之悍盗平次郎至此已弱如虫豸,垂首闭目,息若不属,微答曰:“子……子……为……谁……耶?……”

菊池曰:“哼!其必为鹭本平次郎无疑。”复问曰:“予警视厅侦探菊池也。予,汝当认识,虽此时之貌,汝未必能觉,然闻予名,汝当也省忆。”

平次郎强应曰:“菊……池……侦……探……识之……”

菊池睹其状,知其元气弱甚,已将垂绝,复吓之曰:“起!予特来拿汝,汝强悍气何在?胡不肆抵拒耶?……”

平次郎喘息,良久答曰:“予……已……将死……望……望……怜之……”

菊池曰:“胡一弱至此?”

平次郎曰:“予……一生……梦不到……世间……有此事。……如某也……惊……欲死矣……”

菊池曰:“闻汝持有秘密书,何在?速取来!”

平次郎曰:“以书……奉……呈……求……赎罪……纵我……去……”

菊池喝曰:“命如属丝,曾不费缚鸡力,犹望逃耶?……速呈来!不然,即加缧绁。”

平次郎颤悸,手蠕蠕呈书出,言曰:“此书大……有价值。……今……不敢……望……惟……乞……一恕……纵我去。”

菊池既接书函,遂就灯下开封,自语曰:“不意小田切大尽遗书,乃在此间得之。”

第五十二章　展封

菊池冒万险挺身入于怪窟，始得此遗书，遂急就铁网灯开函读之。其辞曰：

予遗此书，惟望吾儿雪雄得读，甚不愿他人见之。若不幸而入他人之手，诚至憾事。予不得不先为一言弁首，世之君子偶或得此，慎毋毕阅其中隐情，务乞以示吾儿，九泉当感德结草。予虽牺牲身命，原不欲以我一人败其家数百年之秘密，然有万不得已之苦衷，不能不留待吾儿为父干蛊，故遗此秘书，俾其知悉，愿世间仁人君子，祈谅鉴之。

菊池阅至此，踌躇未敢再阅，继思此函既经平次郎手，彼已启阅，事既不能终秘，我亦何妨昧理一阅之，遂复展函细读。其辞又曰：

此秘密遗书，吾专为雪雄言，故以下所记，皆对吾儿立言者。

吾爱儿雪雄，此遗言书盖留示汝者，汝可取而读之。汝父名定右卫门，汝父之死为毒杀者，汝祈知之。毒杀之因起于小田切家大秘事，汝祈知之。然汝毋以此故泄其家秘密，以伤忠厚，汝自知之，趋避之可也。

小田切家之秘密事，在于庭北假山后之辨天祠。辟此辨天祠，中有一怪窟，怪窟内潜伏一大蛇，此大蛇乃其家七代以前所豢养者也。蛇甚驯，不为人害，首恒有膏，以巾濡水抹之，彼喜则绕人三匝，昂首吐舌，赤如血，然曾未闻有啮人之事。

每年夏间四五月为此蛇产血块之期，结于下部阴穴间。至时，则有京都六条之药店富源丸主上谷仪三来收采之，彼此皆七代以前缔结之世业，互守祖训，不许漏泄，若有知者，必药杀之。汝父之死，其原因即在此矣。

呜呼，养子之身哀矣哉！汝父非小田切家血统，乃赘于小田切家者也。此秘事从汝大母鹿子闻之,其时惊痫欲绝,至今犹忆其大概,因为吾儿述之。雄儿,汝父之惊悸,实为非常之大事变,儿须切记之。

富源丸之原料,即此大蛇之血块搀合以成者也。然此为人家事,予亦无暇细陈,予今所切切咎心者惟一事。雄儿,汝毋恐,父为汝言,须慎记之。此黑暗土窟中,不仅惟此大蛇栖息其中,犹有一女性之人类,活埋于此地狱中,无复得见天日,无复得呼吸人世间清空之气,为永年长已矣者,哀哉!

第五十三章　侍蛇者

阅至此,菊池侦探不觉悚然变色,毛发森竖,手战战不自持,适如平次郎阅时景象,继而再观之。其辞曰:

此女性非他人,乃汝之所生母也。汝母名仲子,生汝未久,即离汝被贬于地穴。斯世称汝母忽失所在,其实瞒却世人,而监禁在此地窟中之一室,此诚汝父一生遗憾。想吾儿闻母在,必喜且急欲闻其究竟也。汝母与予本非嫡配,以此故,恒秘不为汝大母鹿子所知,知汝大母鹿子性妒,必不能相容。自得汝,事难再秘,彼闻怒甚,遂出其残酷手段,禁闭汝母于地窟,使为饲蛇之役,每日三度,以巾濡水,为拭蛇首之青。此役非因禁闭汝母而始,代代皆有之,前代大抵皆以犯有大罪者为之,无辜受此大不幸,则汝母为始。吾为此故,心大不忍,思有以救之,因而彼家着着虑予泄其秘,防闲甚至。吾为养子,既非彼家血裔,更复触彼凶妒,遂隐起毒杀予身之念,每日以少许毒药和诸食品,因是予体魄日就羸弱,元气大衰。予于时即知为彼家已行死刑之罚,然予既抱咎心之事,予实甘于死。予死不欲避,亦不欲语于人,惟予将死未尽之心事,不得不与吾儿述之。

儿生于小田切家,就表面上似亦可云幸矣,而孰意实乃若是之大不幸者。彼家虽富，所积皆不义之财，幸毋恋顾。予所留表面之遗言状已承其意，令时子为相续人。雄儿，汝当承父之志，凡小田切家财产，汝丝毫慎勿取，惟地窖中汝之生母，汝宜竭力设法救之，速走他处，自谋奉母，以养其天年。慎毋令鹿子及富源丸主知之，若为彼辈所知，则汝母子之命其殆矣。切记之。某年月日，定右卫门遗嘱。

菊池读竟，骇愕不能自已，亟欲觅仲子而救之，呼问平次郎曰："呵！平次郎！窟中犹有一妇人，何在耶？"

平次郎默不答，复促之，彼战战然以手一指，随所指之处睇审之，见一大蛇巨如瓮，绕伏于隩隅，蛇之后，一小窟钳以铁格子，其中似有人在焉。

第五十四章　铁格子

菊池侦探兢兢然提取铁网灯细辨之，见其中施以藁垫，一妇人端坐于其上，鬔首垢面，衣服褴褛，体瘠如腊，俨然一未化之僵尸。

呜呼！此即雪雄之母仲子也耶？菊池不觉落泪，思世间薄命，谁有若是不幸者！永年幽闭于土窟中，终身离绝化日光天之空气，无生命之乐，无家庭之乐，日惟与巨蛇为伍，延颈待尽。噫，可怜哉！于时菊池侦探低声遥唤之曰："铁格子内端坐者，非雪雄君之母仲子耶？请听予一言。予非汝敌，乃救汝者。予之来，乃受雪雄君所托，为侦察定右卫门君之死因而进于此。子生存，雪雄君犹未知也，若使雪雄君知之，其喜不知奚若。吾救汝，请速出！……"

以十余年活埋地狱不闻人语之身，声浪感触之脑筋，几已半不灵活。聆菊池所语，仲子之心似梦非梦，良久默不见答，惟眸炯炯作惊视状，已而若有所悟，言曰："汝非年年来取大蛇血块某药主耶？是亦予敌，非助我者，子欲诳予出，将见杀耶？予不出，予栖息此间,转幸安乐,每三日受盐米一次注于马栈,予与大蛇分啖之,尚得不死。室之下有泉窟,可以已渴,白昼间时或露一线之光,予得以事蛇,蛇与予习,恒相驯狎,予居此殊逍遥。前数日,不知何处来一恶汉,予狠命坚闭铁格子避之,心惕惕犹未已,今子又来诳予耶?予必不出,毋相慁也。”

菊池着急曰:“予非药主某,予状虽似之,乃侦探之变身法耳,予实为警视厅之刑事巡查。……”

仲子曰:“毋诳。……予不信,子纵甘言,予决不受饵。”

菊池无以为计,搔耳抓腮,复婉告曰:“毋误会拗执,错过时机。若不信,吾有凭据在,请姑出而视之,当领解。”

时仲子默坐,更不复答。菊池一人急如热锅上蚂蚁,思以何法引去此大蛇,以凭据前而示之,使坚其信,而忘彼来处已为鹿子与上谷仪三下键加钥,经已断绝其出路矣。

第五十五章　恋纵

淫妇阿玉以恋慕雪雄之故,诱闭于伏木屋之土藏中,前章已述。今阿玉已去,只留雪雄一人,幽于密室,去却扶梯,欲出不得,俨然一笼中鸟矣。

时雪雄枯坐土藏中,自念此秘密书既不在淫妇之手,所求目的已难得达,今为所欺,困不得出,将以何法逃去此樊笼耶?继复思予不得手,未审西冈对于时子能否渐得端绪,若并此计不行,则予之望绝矣。千思百虑,心忧如焚,忽穴口微辟,轻轻垂下一梯子,已而一人降,雪雄视之,不觉惊曰:“咢!子非白藤茶屋泷儿耶?……”

泷儿亦一惊曰:“君非小田切家少公子耶?……”

雪雄曰:“不意于此间遇子,吾向者虽闻汝就雇于此,然未尝得遇子也。”

泷儿曰:“妾亦屡闻公子来此游息,然没机会,竟未得相值。”

雪雄曰:“汝今来此何为?岂知予在此耶?”

泷儿颦蹙言曰①:“非也,公子在,妾实不知。妾有苦衷,无可诉语,薄命自伤,私来此啜泣耳。”

雪雄曰:“有何苦衷?若是郁郁。”

泷儿曰:“只为西冈君……彼于妾尝有约。……”

雪雄曰:“此诚可喜,奚转悲耶?西冈君尝为予言之矣。”

泷儿曰:“薄情郎,胡有喜?妾已见其心矣。”

雪雄曰:“何见而云然?”

泷儿曰:“公子!彼与令妹时子姑娘乃……”

雪雄曰:“与时子乃何如?……”

泷儿曰:“乃钟情者。彼二人腻甚,为妾见之。”

雪雄曰:“吁。……此何有焉?”

泷儿曰:“那言无,妾亲见之!是已……时子姑娘美且娴,又为富贵家,妾村女,陋质知不足以侍君子。虽然,背盟负心,使我心惙。”

雪雄曰:“子毋妄疑怨,予可决之。彼二人实无他情意,不过因别有所谋,不得不尔。”

泷儿曰:“男女欢爱,乃曰无他情意,不知所谋者何?妾诚不解。”

雪雄曰:“此本予有以托西冈君,因予有一事,不能不假西冈君之力以与时子商。其实西冈于时子并无他念,子果若是钟情,予当为子成全之。惟子可允导予出此穴否?”

泷儿曰:“妾导君出,何难?……惟被主妇知,恐见罪。……”

雪雄曰:“子无虑,予当秘之。若允见导,予必为汝玉成以报

① “曰”,原文作“田”,据文义改。

之。”

时泷儿尚犹豫，逡巡而未敢答，然切念终身希望或可冀此公子为彼援手，不得已，遂大着胆子允之曰：“妾今拼命冒险以救公子，望公子慎勿忘所言。”

雪雄曰：“子若纵予，必不忘德。”

于是泷儿登穴，四瞷无人，乃招雪雄出，纵之而去。

第五十六章　盗钥

泷儿既纵雪雄，雪雄遵泷儿所教，绕从庭后小径而出，遂直奔而归其家，途中适与西冈及时子遇。

先是西冈于伏木屋，假夸毗之术，以笼络时子之心，始则约为夫妇，继而以学问研究之说，饬其相助，求一入后庭假山地窟，俾查考人类学上事迹，且嘱其瞒着堂上，窃取合键一启辨天祠户。时子虽不忘母训，然心醉此美少年，不忍重逆其意，已而首肯，遂相约携手而归。

途间，既遇雪雄，三人遂同道，共指贝冢村。未几，抵家门，时子离却二人，先绕从后门而入，雪雄与西冈乘夜色逾垣而进，共匿于书斋，以待时子之至。

时子既入，直造其母寝所，闻有男子声，私瞷之，见每年来此购药之人同在，觉不便，遂转身回避，就于己室。有顷，复来瞷之，则母已不在室，搜取钥匙亦不见。

复有顷，母匆匆归，相见亦不暇深语。未几，一裸男子随而入，睇视之，即购药者，心异之。既进，购药者与其母譊譊①聚语，彼瞷母不觉，窃合键怀之，欣然自喜，遂乘间出，直奔雪雄斋中，招邀纯次郎。于是三人共就中庭，绕至假山后，启钥辟辨天祠之扉。

① “譊譊”，古同“哝哝”。

纯次郎与雪雄既知穴中豢有大蛇，虽此外菊池侦探在焉，鹭本平次郎在焉，雪雄之生母仲子在焉，彼犹未知，然已决其中必伏藏有大秘密。语云："不入虎穴，焉得虎子。"遂不觉忘却大蛇可惧之念，贾勇而前，循石阶直降而进于穴。

其时惟时子一人立于祠外，为斥候之备，忽闻履声橐橐自庭间来，已而有二人影突从山后出现，其一为鹿子，其一则上谷仪三。

鹿子手短刃，直驱而前，喝曰："阿时！"

时子惊且惧，皇然无以为计，不得已应曰："何者？……"

鹿子厉声曰："汝作得好事！"

时子支吾对曰："没有作甚的。"

鹿子复厉声曰："还强嘴！汝何故窃钥，辟此祠扉！"

时子俯首无以对。

鹿子怒甚，责之曰："毋且欺，汝殊非人！"

时子向为母所骄纵，未尝加以疾言，今以此故，忿若不可压，又自问实胆大无理，于心不免愧悔，遂不觉战战然自发寒栗。

第五十七章　贼恩

七代相传举世莫知之大秘密，是诚鹿子之身心性命所相与为终始，祖训以外，夫无有焉，子女无有焉。今者时子破坏祖训，盗窃合键，引敌入室，观此情景，知事体不可收拾。维时鹿子气忿填胸，恚不可耐，令仪三急键闭祠扉，拔刃向其女儿，目眦欲裂，喝问曰："谁教汝盗钥！进穴者谁！汝必受雪雄所主使，吾见二人同进，又其一为谁！汝胆大已极，决难汝恕！"

言已，一手撼时子之胸，押令倒地，一手挺刃向时子之胸一插，血雾飞喷，时子嗁然号，浴血乱滚。时鹿子凶悍之气，已不复存母子爱情之念，急抟土窒其口，使不得嚷。有顷，血渐尽，体渐直,呼吸渐绝。呜呼!时子恋情之结果,乃如是哉!

时子既死,鹿子狂乱之性更不复能自制,顾上谷仪三而谓之曰:“事已至此,予亦拼此躯壳,无复惜已,以保此秘密之故。夫也死之,女也死之,予罪复何可逭?虽然,此秘密事,予决不欲令世人知之。仪三!吾家与汝凡七代相交,彼此实相依为命者,然至今日止矣。吾劝汝,以后当改图别业,毋再为此依恋。予两家以蛇毒贻害人间,于理实伤阴德,予今即天谴之报矣。予已自觉悟,行将随家族于地下,然不忍使祖宗秽德留白于世,吾今欲将穴底所存丑类尽灭之,并此大蛇,均不复使留余孽,汝能一助我否?”

仪三睹鹿子悍然自贼其骨肉,心魂冷如冰块,呆若木立,闻鹿子之言,悄然对曰:“不意汝家陡然生此事变,汝家事泄,吾家亦难漏网,予亦不得不死矣。观此一夕间,进于穴者已数人,雪雄以外,谅其间必有侦探。侦探之爪牙既众,且与警察同气,逻察必甚严密,若不先发,恐救援者至,则两家七代相传之罪案无法更能掩盖。汝欲速将穴中丑类灭之,此言诚是,惟以予一人,众寡恐不敌,是将何策以制之?”

鹿子曰:“是不难!……”

第五十八章　祸水

仪三曰:“穴中凡五人,尤有大蛇,何易视之?”

鹿子曰:“子奚愚?予岂命汝以力与彼相敌耶?予告汝,予家先代已有备,万一穴中有异变,此假山后所筑引泉之道,中有大石,移而去之,则山泉从穴底泻入,不须臾而土窟成泽国矣,彼辈丑类不淹死,必闷死。若彼辈从阶段上逃逸,吾等先运取大石置于穴口,转而下,打杀之。”

仪三骇然曰:“先代有若是之预备耶?噫,累传恶业,不意于吾等身受之。今此为最后之期,彼此同归于尽,若辈固不能活,吾与汝亦将殉此大蛇，以偿血块之泽矣。”

鹿子促之曰：“毋多言！速引山泉灌石穴，淹杀之，迟恐复生他变。”

仪三于是绕至假山后，果有一石兀立，遂摇落之，泉汩汩从石穴泻入，不转瞬已减退五六分。

穴中人方聚语，水忽至，骚然大惊，群欲觅隙逃避，而四面皆土壁，苦无生路，无何水益涨。蛇忽振怒，张吻旋绕，驰扑阶段上而升。时水已及腰际，命在呼吸，各人不暇多顾，也随大蛇沿阶匍匐而登，刚历尽，而蛇亦已撼破祠扉，昂首欲出。

上谷仪三于祠外已备集巨石，将伺出者狙杀之。时大蛇破扉，昂首先出，仪三急投巨石击之，恰中蛇脑，蛇遂仆。继而西冈纯次郎出，刚探首，又一石横飞而过，急躲之，幸从鼻端擦过，落于地，西冈乘势跃而出。仪三已复攫第二石，将迎面飞来，西冈急掣其肘，继而雪雄、菊池并出，从其后抱持之，不得动。鹿子知事无济，直以刺杀女儿未干之血刃自饮于胸，俯而仆，刃透于膈，不须臾而死。时五人均已出，彼三人与仪三纠缠，仪三不能敌，遂自投于穴中，溺而死。

第五十九章　结案

泷儿既纵雪雄逸，伏木屋之恶妇阿玉已知之，疑彼夺其所欢，恨之刺骨，于时曳泷儿出，横加暴虐，复反接其肢体，缚之后庭柱间，手红烧之火箸，悍色而对之曰：“汝不识母大虫的辣手，且给一利害汝看看。妖村婢！汝几时纵彼男子逸，汝与彼有何私情，须速招来。不然，当烙杀汝！”

煁烘烘铁箸指于泷儿体上，不逾咫尺，泷儿泪如縻绠，然纵若顾参军之倾河注海，也不能沃彼火箸而熄灭之。彼娇娃弱女，魂胆俱落，惟有哀号乞命，伏罪祷饶而已。

于此危机间不容发之际，忽履声橐橐，有警察官数人昂然踱进庭中，招邀曰："狙空巢之贼妇阿玉已在此！"

玉惊曰："汝辈何来？此间无狙空巢阿玉在，妾乃伏木屋主妇，谁不知者？……"

警官厉色曰："狡展！汝于稻妻冢附近刃杀庆三郎身死一案，已查得证据。今日警视厅侦探菊池自贝冢村来报，知汝为积案巨匪且窝藏大盗，罪不容恕，今特来捕逮汝！"

玉犹悍拒不伏。

警官又曰："大盗鹭本平次郎经拿解到案，一切皆已供认，特提汝对质。"

玉闻平次郎被拿，知事已败露，急欲遁，提火箸冲路而出。警官群集追之，至稻妻冢旁乃就擒，遂枷锁牵曳而去。

平次郎与阿玉既伏诛，雪雄厚谢菊池而去，遂改修庭院，封土墐塞蛇穴，奉母仲子以迎养焉。又为西冈作蹇修，成合泷儿婚事。而是书所记，遂以是终焉。

——广智书局光绪三十二年(1906)版

黄静英

黄静英,苏州人,早年就读于教会学校,毕业后任苏州宏志女学的外语教师,是近代重要的女性翻译文学家。她精通法文、英文,是继胡适之后最早翻译法国都德的小说《最后之授课》(后又译为《最后一课》)的女译者,且翻译质量非常高,在中国近代翻译文学史上具有重要地位。她译有长篇小说《妒妇遗毒》,由商务印书馆发行,且多次再版;翻译短篇小说五篇:《最后之授课》《五万元》《钓丝姻缘》《覆水》《独臂少尉》(前两篇发表于《礼拜六》,后三篇发表于《小说月报》)。文学创作方面,她在《小说月报》等刊物上发表短篇小说10余篇。

五万元

美国大侦探鲁巴得宝根与法国海尔倍洛齐名,能于肩摩毂击往来杂沓之中,发见罪犯。其相人之术极精,一见立辨,无可逃遁。国中剧贼多惮之。美国有名之金钱捷运公司,忽于早膳前失去现洋五万元,室中绝无痕迹,且未有人入藏金之室。此公司输运金钱极为妥善,非惟不至遗失,即时刻亦不至参差,以是社会多信用之。此案一出,边西儿巴尼亚之巡警侦探咸大惊骇,尽力侦访者可十日,竟不能得朕兆。捷运公司大窘,计非鲁巴得宝根不能得贼,乃造访焉。特鲁方蛰居事务所,研究各案所得证物,笑曰:“我知之矣。彼官家侦探,但能捕鼠偷狗盗者流耳,此大事非彼辈所能任。容为若探之。”鲁既欣然允诺,公司中人大喜,以为此贼苟不逃至地球以外,必有破案之一日,因静以俟之。公司此款乃由纽约国家交通银行交付边西儿巴尼亚铁路公司,用以发给公司中薪水者。银行中执有收据,业已运至边西儿巴尼亚矣。惟铁路公司恒例,必于运到之第二日始往领取,领后当日分发。故银行运款,必在发款之前一日。捷运公司中守夜之书记曰钦痕,人极诚笃,十余年未尝误公事。是日款到,亲将麻布钱囊锁入大金柜中。至铁路公司取款时,发柜已失所在。大而门户,小而钥窦,无一处不仔细审视,绝无损坏。鲁巴得①遣其部下,潜尾捷运公司中暨铁路公司工厂中人,以工厂去捷运公司至近,此来往亦繁也,顾默察既久,无一人稍涉嫌疑,乃注意往来旅客,得一人曰桥巨。其人方旅行于巴发露,曾作工于边西儿巴尼亚,服装至朴质,乃一抵巴发露,则状类缙绅,自顶至踵,无不悉合时尚。调查其财产,则有一万六千元,分存于三银行。说者谓因煤油股分而暴富,惟存款时日,适在捷运公司失金之后数日。然桥巨一归工厂,则服役如初,绝无破绽,及至巴露发,则挥霍如初。鲁巴得随之往返者已数次矣。一日,桥巨沽饮归寓,鲁巴得亦自酒肆中出,尾之行,渐就与语。正寒暄间,突然剥去假面曰:“桥巨,汝识鲁巴得否?汝所为事,我悉知之矣。”桥巨曰:“何事?”鲁巴得曰:“罪案已定,汝勿作态,径从我赴警署为佳。”桥巨曰:“怪哉!汝乃目我为罪人,有何证据?”鲁巴得探怀出一物,桥巨见之,颜色立变。鲁巴得立鸣警笛,巡警群集,捕之。既至警署,桥巨曰:“鲁巴得君,君真不愧为大侦探矣!然则此物

① “鲁巴得”,原文作“鲁巴德”,据文义改。下同。

究得自何所?”鲁巴得曰:“得自尔寓所之炉中。汝岂忘之耶?”桥巨曰:“已矣。我以为黏土一经烈火,必至迸裂,不图为君所得,用为凭证,我知罪矣。”鲁巴得曰:“我但知此土为汝制造钥匙之模,且汝曾向钦痕假钥,故决汝为窃贼之一。以五万元之多,决非一人所可负而趋也,汝试以详状告我。”桥巨曰:“我审知铁路公司发薪及捷运公司到款之时日,久欲设法窃取。后思得一策,每在咖啡肆中,辄与钦痕倾谈。久之,知公司中锁钥悉在钦痕怀中。一日,钦痕过余门,余见之,趋出,曰:‘钦痕君,愿君稍待。余适欲发箧,而钥匙四觅不得。请同入,君钥匙多,或有相合者。’钦痕随手探怀出钥曰:‘汝试视之,果有彷彿者否?’余乃受而细视,知最大者谓金柜之钥,乃一手拉钦痕,一手手钥匙纳入裤囊。囊中预贮黏泥,插钥匙之头于泥中,紧握之。迨入余室,伪以钥探锁窦,试之,无一相合者,乃谢而还之,复依黏土所抟之范,造为钥匙。至一月前,发款之前一日,乃约两友,密商于余寓,预雇马车停于捷运公司东邻俱乐部门外,遥望钦痕掩扉而出,知就厕所。厕去办事室至远,往复可五六分钟。予掩入,开柜出钱囊,一一隔窗授两友。两友负之投马车中,往返两次始毕。予闭柜疾出,为时不过五分钟也。两友伪为御者,予则匿车中,疾驰抵予寓,剖而分之,余则来此。彼两人已赴英伦矣。予恐败露,因时往工厂工作,不图竟为君侦得。”鲁巴得曰:“我与若同赴英伦,苟能探得两人,予当请于法庭,减汝罪。”桥巨曰:“诺。”既抵英伦,日征逐于茶坊酒肆中,不三日,遇之于倡寮。两人方与桥巨握手言欢,而警吏已至,立关两人手,同赴警署。不两句钟,鲁巴得已持引渡之牒上,警察长挟三人登舟,归而置之于法。

——《礼拜六》(1915)第四十一期

最后之授课

一日,余上学殊迟。恩梅尔先生课文法方及分词,取前日所课,逐一致询。先生夙重国文,课授特严,予心中惴惴,惟恐不能置答,既又转念先生或未必如余,余何庸过虑,然予心究不能了了,且行且忆所课。维时天气骤暖,赤日当空,盖将自春徂夏矣。树头群鹎,鸣声宛啭,杂以鼓鼙声,声声刺耳,盖锯木场之后,普鲁士兵正就里泊尔牧场操演也。予心中虽默念分词,顾一闻其声,百端枨触,已将校课置之脑后矣。路经村中衙署,铁栅上张一告示,予恐此为法兰西军队之败报,不敢近视,但疾趋而过。遇冶工阿鲁台,手携稚子,立街沿,读文告,谓余曰:“汝何亟亟,汝上校殊早,顾……”予恐上课时届,不及与语,疾驰入小运动场,入课堂。平时我师在授课时,口讲指画,孜孜不倦。授课毕,恒手执教鞭,跋来报往,视学生有无偷闲者,状殊严厉。是时,忽霁容谓余曰:“佛伦特,汝就坐,予将开讲矣。”予如命,坐甫定,见我师已易青色礼服,裤亦黑绸所制。此为我师所不常御,惟学生卒业暨有贵客参观时,偶一衣之。予不解,四顾室中,则村人毕业咸就席而坐,静肃一如予等。而前村长沃善亦杂坐其中,手三角之帽,摊书小案,书为蠹鱼所蚀,四缘参差如锯,目架老花眼镜,注视书上不稍瞬。恩梅尔①先生一上讲坛,村人暨学生咸起立致敬。先生出其温重之音曰:“诸君听之,老夫课授诸君,此时为最后矣。阿尔萨司及罗林两州所有学校,行将改课德文,柏林教育部中已下命矣。诸君咸法人,而法文之学堂且终于今日。愿诸君整顿全神,听予讲解。”予闻之,仰天太息,我阿尔萨司之法文果终于今日耶?衙

---

① “尔”,原文作“克”,据文义改。

署中告示竟为此事，予疾驰而过，不为无识，即就观，恐亦不忍卒读也。予此时始悟沃善及村人来校听讲之意。我师四十年辛勤，维系此校，夙为村人所钦仰。今以割地故，禁习国文，而先生盛德犹在人间，果应有此最后之纪念也。予思至此，先生忽令余背分词表，予期期不能成诵。先生愀然曰："佛伦特，余不责汝。汝为法人，应不忘法国之文字。我所属望于汝者，不在今日而在未来。勉哉！佛伦特，我法兰西文字在世界上最明了、最确实、最优美。苟不自亡，决无致亡之道。我阿尔萨司一片土既为普鲁士所有，我优美高上之文字既不能入学校之功课，然我舌犹存，决不能须臾忘也。我法兰西创败之余，忍辱出此，谁执其咎，我亦不忍指摘。要之，我法兰西人，无一人不当自责也。"先生语竟，举缩本文法课授如初，而词气益复恳挚，若欲举其平生所学，乘此短促之光阴，悉数纳入我辈脑中也者。然予精神惝恍，如堕五里雾中。我可怜可敬之先生，虽滔滔不竭，我已充耳不闻矣。文法既竟，更授习字，书数字于黑板曰"法兰西"、曰"阿尔萨司"，令书极工整极美丽之圆体字。时室中寂寂，但闻笔尖着纸，苏苏有声。忽有黄金虫洞窗而入，苟在平时，小学生中必有张手欲扑者，顾兹时则绝无一人留意及此。予仰视窗外，屋上白鸽一群，方高下其首，作阁阁声，思及我辈既因割地而沦为奴隶，国语且不之保矣。嗟此群鸽，其亦当作普鲁士语否？余书竟，反复审视，复移目运动场中，胡桃之实累累然，常春藤亦缘墙而上，由窗棂而及于屋顶。此皆我师手植者也，今将弃之而去，不知我敬爱之先生兹时之痛苦为何如也？习字之课既竟，先生率我等至运动场，俾我辈游散，自入宅中，拼挡行李，已定于明日永别故乡，移居祖国矣。但闻先生与其妹在楼上蹀躞往来，不久，收拾已竟，仍鼓勇入教室讲历史，小学生则习拼音，而老人沃善亦随众伊唔，发音沉重，斩钉截铁而出之，真令闻者欲哭不得、欲笑不得也。此悲痛之纪念，迄于今不能忘。未几，教堂钟鸣，时已正午，普鲁士兵演习归来，道经校外，喇叭声中，似鸣得意。我师面色灰败，大声曰："诸君诸君，予……予……"语至此，似有物梗其胸头，不复能续，乃取粉笔大书黑板上曰："法兰西万岁！"举手曰："诸君去休，从兹别矣。"

——《礼拜六》(1915)第四十二期

毛秀英

毛秀英，生平不详。她曾在《游戏杂志》上发表《海外异闻录》和小说《奈何》，还译有小说《寻夫记》《邂逅缘》等。

寻夫记

汽笛一声，车离利昂市，向巴黎进发。时车中客已满，谭笑之声，喧腾四坐，所谭多近日战事，或评论法军之勇敢，或夸耀法军之胜利，或纵谭法国军前应行计划，或预计法国胜后善后事宜。人各异词，莫不精神焕发，视其祖国之战胜，如操左券。中独有一少妇，垂首屏息，向隅而坐，若甚以人言为可厌者。是何人？盖即余同里之爱丽夫人也。夫人生长利昂市，自幼以德才容三者闻于一邑。凡市中公众跳舞会等，夫人无不与，是以豪华英俊、纨袴少年多求与之偶。不知夫人自幼与爱丽君同学晨夕相亲，红丝早系，往岁之夏，始与成婚，即携手同往瑞士，游历山川胜景，以尽其蜜月之欢。忽闻奥太子与其妃在塞境被刺，夫人为之戚然。爱丽君笑曰："此奥塞交涉，与法国何干？与我辈新夫妇更何干？但畅游可耳。"于是涉保勒第海，登基额伦山，至斯德贺伦京城，见其城中庙堂华丽，楼阁崇宏，学校工场皆甚宽敞。两人流连忘返，正在兴高采烈之时，不料奥塞交涉，日迫一日，忽而俄人出而干预，忽而德人亦出干预，忽而法国因德人之干预引起先世旧仇，恐德人由是崛起,将不利于法,遂亦飞章争论,遽背海牙和平会之约。天半罡风,乃将如花如玉之两新人,吹回故里。盖爱丽夫妇惊闻祖国已与德人宣战,下动员之急令,催促在伍之侨民悉行归国,预备出发。爱丽年在兵役期内,乃不得不相将返里。及至故里,爱丽犹不忍以才及弥月之恩情,遽歌劳燕,辗转踌躇,思得开脱之法,暂行请假。夫人乃抗声言曰:"大丈夫当以热血头颅博千秋荣誉,幸而得摧强敌,奏凯以归,则饮至策勋,建殊功于域外,立铜像于国中,岂非快事?即不幸而马革裹尸,较之瘐①死牖下者,为荣多矣。"爱丽闻此壮语,跃然起曰:"夫人此言,不愧为巾帼丈夫。余誓当于戎马丛中取得十字勋章,归赠细君也。"由是屏当一切,翌日即向巴黎陆军部报名。夫人送之利昂市,殷殷握手而别。

嗟夫!古人有言,乐莫乐兮心相知,悲莫悲兮生别离。爱丽自投身军伍,誓以一死报国,温柔之乡已置度外。惟其夫人虽当征兵命令初下时,迫于义愤,牺牲爱情,慨然劝驾,洎乎爱丽去后,顿觉影只形单,孤灯寂寞,又念德人战器精利,田鸡大炮之外,更有煤烟绿气,惨酷无伦,流毒所至,虽百万之众,可以立毙。似此勍敌,何能速奏肤功?以此心益忐忑,寝不安席,食不甘味,闷极无聊,则以琴歌消遣。然爱丽初去之时,每阅数日,必有家书慰问,夫人犹藉以解怀。数月而后,大将以爱丽勇敢多能,调往前敌,自是军情旁午,无暇修书。夫人乃益愁苦,弹不成调,歌不成声,盖迸断柔肠、望穿秋水矣。去年法国边境一战,法人转败为胜,击毙德皇威廉之叔,惊悸德皇太子之心,皆爱丽身先士卒督率黑人死战之功。夫人于是役,初闻法人在前敌死伤如积,后幸三军奋勇,卒败敌军。然藁砧凶吉,究竟如何,人或有言,将信将疑。忽一日,得爱丽喜报,已得升为上军校,赠铁十字勋章,夫人不禁

① "瘐",原文作"庾",据文义改。

为之破涕而笑。杜诗有云:“烽火连三月,家书抵万金。”今爱丽夫人之得此书,岂但值万金而已哉!

虽然,塞翁得马,终且非福。爱丽自升上军校,益思奋勇,以图报效。乃自入冬之后,两下息争,初无大战。光阴迅速,春去夏来,战事渐复剧烈。某森林之役,爱丽督率联队,已占濠沟二道,德人情急,乃发绿气炮,爱丽猝不及备,遂中毒阵亡。呜呼!出师未捷身先死,长使英雄泪满襟。是可惨矣!爱丽殁后,法人以为损失名将,一经宣布,且长敌国之威而减我军之气,于是讳莫如深,秘不以告。夫人在家,登楼怅望,目送邮人,讵知战事愈殷,而消息愈杳。日夜筹思,乃得一计,拟投身红十字会为看护妇,庶几军前真相可以日接耳鼓,爰于某日乘火车往巴黎,前书所谓车中少妇垂头丧气者,盖正夫人踌躇满志时也。

夫人自入红十字会,极意探访爱丽踪迹,苦无知者。一日,与伤兵偶谈某森林之役,乃知法人均未生还,而爱丽实与是役,已为祖国捐躯矣。夫人闻耗,号跳恸哭,痛不欲生。同伴来相劝慰,谓爱丽君暴骨郊原,徒哭无益。夫人乃矢志欲求爱丽遗骸,以尽榖则异室死则同穴之义。爰上书于大将麾下曰:

妾夫爱丽,投身军界,久著盛名,迭蒙麾下赐以十字勋章、上军职号,感恩图报,奋不顾身,不料敌人毒使煤烟,身殉大难。至今枯骨未收,忠魂无属,能不令人思之伤心、悲之断肠耶?妾自弥月分离,期年未晤,兹者间关万里,跋涉长途,筋骨两伤,心神俱瘁,希望一接英吻,藉叙衷怀。何期大好良缘已成泡影,同心之约望之来生,好梦之圆待诸中夜。呜呼!呜呼!天下可痛之事孰有过于是者耶?妾今欲求遗骨以归,俾了此生夙愿。唯是茫茫巨野,踽踽难行,敢爰中国女子从军之例,为乞先夫旧部之携,如能杀敌致果,获骨还乡,一以为国效忠,二以为夫雪恨,此诚妾之大愿,虽粉骨碎身,亦无遗恨。敢乞矜哀俯允,不胜距跃,待命之至。

大将阅毕,为之愀然者良久,第以格于成例,批斥不准。夫人满怀哀痛,无从宣泄,顿足捶床,一恸而绝。会中人哀之,为之殓葬,而传其事于报端,以表扬爱丽君及其夫人之忠烈云。

秀英曰:情天莫补,恨海难填。此次欧洲之战事,寡人妻孤人子者,正不知其几百千万,而以爱丽君与其夫人为尤甚。语曰:闻伯夷之风者,顽夫廉,懦夫有立志;闻柳下惠之风者,鄙夫宽,薄夫敦。使吾中国人人能为国忘家,以爱丽夫妇为模范,则区区倭寇,奚足灭哉!

——《礼拜六》(1915)第六十期

邂逅缘

米尔特来女士性喜读书,手不释卷。一日,乘电车入纽约市。车中无聊,则倚窗而读。读何书?爱情小说《邂逅缘》也,细意咀嚼,神味隽永。忽有狂风掀帘而入,女士膝上之白手套不翼飞去,女士掩卷急起,欲下车拾之,突觉有人力捉其臂,怪而回顾,则一少年,丰姿英发,意态温和,释手道歉,状至诚恳。女士赧然询之曰:"胡阻我?"少年曰:"车行危险,超跃之事,非健男子不可。女士率意孤行,恐一失足成千古恨耳。"女士曰:"然则如我之手套何?"少年曰:"愿代取之。"因掣铃绳,车行骤缓,少年一跃而下,约于二十码外拾得手套,返复一跃登车,双手奉于女士。女士再三称谢,少年即与并肩而坐。女士仍观其手中之书,少年从旁睨之曰:"此书已为续本。余尝见其首卷,述一西班牙古事,文词清丽,情致缠绵,尤足令人生羡也。"女士闻言,喜投所好,乃置书纵论文字,以次及于姓氏邦族职务居处。

女士之父史考脱先生,为羿拉哈姆公司纽约经理勃郎脱部下之司账,以营业不振,郁郁而死。家无长物,惟遗一女,勃郎脱怜其孤苦,使继父职,办公处在福而登路,门外十数武即停车处。女士至此,起身欲下,乃与少年握手言别。少年曰:“巧哉! 予亦日在此下车也。”欣然同行,无何,勃郎脱办公处已至,少年乃与女士约,晚归仍复相偕,女士诺。及晚,往停车处,少年亦适至,相与携手登车,喁喁絮语,较晨间尤挚。车行数十里,两人畅谈,不觉其久也。一日,女士离办公处稍迟,见少年已伫立街左,女士心窃不安,登车后再三道谢。中途过一剧场,少年邀之入,女士固却乃已。然自是而后,女士与少年早晚出入必同车,旁观者比之水上鸳鸯、梁①间双燕,诚肖也。

情场好事,每易招尤。勃郎脱有一侍者,素事冶游,留心陌上。每见少年于傍晚五六句钟时踯躅道旁,以俟女士,知必两情相契,因造作蜚语,谓司账人眷一美男子,行将结婚矣。展转喧传,陡入三书记之耳。三书记者,素羡女士而不可得,今闻此事,则妒甚。相与私议,欲去少年,以快同仇,顾无隙可乘,亦遂且已。副收支霍来者,膂力过人,且善拳术,闻书记之言,不胜愤愤,时欲得少年而甘心,辄以女士在侧,有所顾忌,不得逞,乃处心积虑,思必有以诬陷之。

米尔特来女士精明勤慎,处事无或错误,勃郎脱赏其能,悉以要务相委。女士乃劳甚,每至晚灯上时,犹低头伏案,结核账目。少年俟女士久不出,则自入斛拉哈姆公司探之,见女士手不停挥,目不他注,良久始毕事。少年呼之曰:“密司米尔特来劳矣!”女士回首见少年,急急收拾簿据,相偕而出。女士归后,独坐无聊,渐入深念,念此少年丰姿英爽,吐属风雅,安得不令人生爱。顾相识多时,只知其姓名为郎司特尔,而职业居址未尝相告。观其诚恳之状,似与爱情小说中人相较,有过之无不及。乃形迹虽亲,绝无

---

① “梁”,原文作“粱”,据文义改。

求婚之意,则又何故,谓其无爱于我,则何以恋恋如是,谓为金钱主义,则亦早知我贫,谓使君有妇而偶采闲花,则又绝无轻薄之态,展转筹思,殊难索解,思至倦极,惘然就寝。翌日之晚,少年又至公司相候。女士乃辟旁室,令少年暂憩,并授以书,俾慰沈寂。少年如命,闭户独坐,静待女士事毕,始与偕返。女士于此,直以少年为保护人矣。

晴空霹雳,平地风波,女士于星期五晨起,觉头脑涨闷,不得已驰书勃郎脱,告假一日。书才发,忽又忆及要事,非亲往不可,乃力疾赴公司办事处。见勃郎脱,方披书而读,回首见女士,诧曰:“汝乃来乎?”女士与言所以不得不来之原因,勃郎脱似不甚听,惟命女士少待,回首与霍来附耳数语,自入其私室而去。一点钟后,忽来一人,状貌雄伟,举止傲睨,闯然直入勃郎脱之室。即闻勃郎脱传唤密司米尔①特来,女士鞾促而入,则见适来之人已去外衣,露其警察制服,努目而视,勃郎脱则怒容满面,大声叱曰:“史考脱,尔作得好事!余初信尔诚悫,畀尔重任,不意负心至此。”女士惊问曰:“君言何指?窃所不解。”勃郎脱曰:“尔已为之,尚何不解,监守自盗,罪又奚辞?始托疾病,继复自来,其中诡诈,路人皆知矣。然使纯为金钱,余亦犹能曲恕,乃竟将余营业之秘密售与劲敌。汝之狠心辣手,未免太甚!”语时,以手击桌,砰然惊人。女士目瞪口呆,仍不能解。警长谓之曰:“汝但直言,此事甚易解决,谅汝不过一从犯耳。”勃郎脱怒曰:“引狼入室,即受指使,亦当以主犯论。”女士柔声谓警长曰:“此案始末,余实不知,乞先生明以告我。”警长曰:“昨日保险箱内失银七千二百圆,并送银单一纸。遍查无所得,意必汝与某少年所为耳。”女士作色曰:“勃郎脱先生,此何等事,可任意诬人耶?予一弱女子,颇知束身自好,

① “尔”,原文作“而”,前文作“尔”,今改。

承先生知遇，任事有年，未尝辱命。今乃贸然信余为此等事耶？”勃郎脱厉声曰：“余实信之，证据凿凿，天网恢恢，汝自投至，又将焉逃？不如承之，免受痛苦。”女士亦厉声曰：“保险箱失窃，亦常事耳，何能必余所为？”勃郎脱曰：“恒例六点钟时，正收支员收齐簿据，始将铁箱锁闭。昨晚六点半钟，霍来始去，汝与某少年则晚餐后复入此室，七点钟乃去。此一小时间，必无他人能窃此项巨款。且昨晚余来此时，适汝将行，余过汝身旁而汝未见。及余开箱检点，则诸物已不翼而飞，非汝所为，又谁为之乎？”女士闻言大诧，私念岂郎司①特所为耶？观其平日行品，必不至此。然欲证明此事，非郎司特来此不可，惜予未悉其住址，不能招之使来，奈何？既而转念曰：“郎司特尝坐予办公处之隔室，即保险箱所在，或者乘间窃取，余乃不觉乎？”正驰想间，忽见警长手携女士外衣及钱袋而入，详细检查，随于钱袋夹层内查得十圆钞票一纸，其一角已经撕破，乃用白纸黏合之。警长举示勃郎脱曰：“此非赃物乎？”女士益骇，俄而警长又大声曰：“此为最明确之证据矣。”盖警长扪女士衣袖，察察有声，剖而视之，乃得一纸，即银箱所失之物也。勃郎脱狞笑曰：“今汝尚能狡赖乎？”女士骇极而泣，斯时虽有百口，亦苦不能自辩②。忽见霍来匆匆入，悄谓勃郎脱曰：“彼贼来矣。”勃郎脱跃起曰：“速捕速捕！”霍来得令飞出，转瞬拘郎司特而入。女士急视之，衣服华美，须发光润，鼻架金镜，指围钻戒，神采翼然，坦荡无怍。勃郎脱指谓警长曰：“吾以此交汝矣。”警长曰：“诺。”立搜郎司特③之身，果于胸际抄出银单及钞票一束，交与勃郎脱检点一过，谓昨夜所失之物，已无遗漏，惟少十圆钞票一张，

① “司”，原文作“斯”，据文义改。下同。
② “辩”，原文作“辨”，据文义改。
③ “郎司特”，原文作“勃郎特”，据文义改。

顷已于米尔特来衣袋搜出,是必与米尔特来串窃无疑。女士斯时痴注少年,目中流露无限怨恨之意,自悔所交匪人,累予声名堕地矣。

乃郎司特被搜后,安坐椅中,闲若无事。警长深致诧讶,人非丧心病狂,未有窃物不逃且携原赃而来者。勃郎脱亦转疑惑,乃问霍来曰:“汝于何处得此人者?”霍来曰:“我适出外,彼在门前探望,故捕之耳。”勃郎脱曰:“是无疑。必俟米尔特来来者。”顾谓警长曰:“何不梏之?”郎司特曰:“且缓,容余一言。”乃转身谓女士曰:“史考脱女士,汝亦信余为有罪否?”女士默想久之,曰:“原赃虽在,然终有疑,或为奸人所陷耳。”郎司特展然曰:“善哉善哉!汝真我知己也。”言已忽起立,声色俱厉,勃然谓勃郎脱曰:“咄咄,盲虫,汝以余为贼耶?惟捕贼者乃真贼耳。”言时声如洪钟,一变先时温柔之度。勃郎脱为之大惊,欲再致诘,郎司特已奋步出室,勃郎脱与警长、霍来急随其后,直至霍来办事之室。郎司特指壁间小圆孔瞋目叱霍来曰:“汝自作贼,乃欲诬陷人耶!”霍来闻言,如被焦雷,心知事觉,挥拳猛击郎司特,思乘间遁。不意霍来之力虽大,而郎司特足与相抗,一回旋间,即将霍来扭住,复至勃郎脱室,向女士曰:“史考脱女士,余与汝同行数日,汝亦知我为何人乎?”言时出名片一纸,女士受而观之,惊呼曰:“噫!汝乃哈利生开斯耶?”开斯微笑曰:“然。一月以前,贵公司有人私售秘密与相竞之公司,查其下手之法,乃在私开铁箱,窃窥簿据。而铁箱之管钥则仅勃郎脱与正收支员及余三人知之。其事殊为怪异,乃不数日而保险箱又为他人私开,取去银圆若干。于是余益留心探访,知有密书一封,送至某公司,书中具有假名姓。细察字迹,实出于贵公司通信所用之打字机。更有数事,似汝所为,故勃郎脱坚欲拘汝报捕。惟余不信汝能犯罪,然欲知汝行为究竟如何,非久与相处不可。曩日偶得机会,乃与汝朝夕亲近,始知汝心清白无他,然欲确知行窃者何人,非乔装至此一探底细不可。余前日至此,略已得其端倪。而彼贼知汝立于嫌疑地位,必欲陷汝,百计假造证据,竟令一状貌颇类汝之妇人亲往某公司,面议私售秘密之酬劳。是妇已于今晨被余捕获,直认不讳。至前数晚,余坐汝之邻室,汝以为余只观书,实则余方事侦察,即确知霍来为是案之正犯,惟其如何得开保险箱之法,则思之颇久。至昨夜始得其解,盖其办公室之写字台与邻室保险箱仅隔一板壁,彼乃潜凿一孔于壁,当晨间正收支员开箱时,彼窃窥其法,遂得乘间肆窃。至汝衣袖中之纸张及衣袋夹层之钞票,乃数日前,当汝外出晚餐时,私为缝入者也。彼于昨晚离此时所窃之款,余自其房中得之,故在余怀中,特携至此,以杜贼口。"口述毕,乃转向勃郎脱曰:"大经理先生,史考脱女士无端受汝辱詈,汝将何以自赎?"又谓女士曰:"勃郎脱先生手下之司账,俸薄事繁,余已为汝介绍他处得一位置,汝愿往否?惟有一言相嘱,嗣后如遇温存可喜之少年,所谓邂逅缘者,须慎防机械,不可轻与订交也。今日之事,若不有余,汝其殆哉!"

秀英曰:栽赃诬陷为中国侦探之惯技,改装易面为泰西侦探之绝能。读此小说,令人无限感慨、无限钦羡!

——《礼拜六》(1915)第八十二期

侠花

生平不详。其译作有小说《提银单》《指印》等。

提银单

斜日已曛,色深赤,照万山如浴血。狄克培脱来倚其身于汽艇维克的司之铁阑干上,双眸直注地中海中洊洊①绿波,若有所思。狄克者,九月前梅尔蓬一圬者也。一日筑屋于某处,独擎数巨木起,力大乃无朋,道左观者佥骇愕,惊其神力。狄克双臂绝强,筋根根怒张如铁索。木既起,汗流被面,立退坐砌石路上。观者围立其前,舌挢不下,既则高声欢呼。

时数码外有一老者,清癯如鹤,插其双手于衣囊中,侧首而观。已而见观者少散,遂彳亍至狄克前,启口言曰:"孺子洵力士,殆古之撒姆逊欤?汝为状大类英人,血管中当含有猘犬之血,故力伟至是。今劳矣,曷从吾行,浮一大白去?"狄克但笑,初不作答。老人又曰:"老夫名惠司顿,所居去此匪遥。"狄克久已闻其名,昔者亦以工人起家,今富冠奥洲矣。少选,老人即挟狄克过其家,予以食,慰劳备至,且纳之为子。

后老人卒,狄克袭其产,富有百万,俨然富家子,寻即买棹返

① "洊洊",原文作"瀳瀳",据文义改。

英伦。顾狄克好动,初弗耐株守故里,于是有遨游世界之志。时适汽艇维克的司启碇他往,因附之行。斯时倚阑眺海,神驰云水乡中,盖已维克的司启碇之后数日矣。

狄克处此舟中,于意良得,与同舟者俱极欢洽,而尤与一老人密司脱卡斯推司及其女密司卡斯推司善。密司脱卡斯推司举止温文,衣饰都丽,且性滋和蔼,对人辄莞尔而笑。至密司卡斯推司,狄克乃弗能曲状其美,虽以英国文法中形容词之丰富,亦无从择一的当之词,以形容彼姝闭月羞花之姿。但觉入世以来,未之前见,玉躯苗条而颀,顾又不甚颀。香云作棕色,而又如金丝,烨烨然耀狄克之眼,缚狄克之心。双波既不如天之蔚蓝,亦弗类水之澄碧,惟紫罗兰差足比拟。檀口樱唇,亦与凡艳殊。当嫣然作浅笑时,百媚俱生,狄克不见则已,见之则方寸间立作奇热,且跳动不置。密司卡斯推司之一笑,确足令人魂销。全舟中人俱渴欲见其笑容,虽拜倒于研罗裙下,亦所弗恤。不特男子为然,即妇人辈一见其笑,亦为之神移。然密司卡斯推司娇贵特甚,遇人殊落落,似雅不欲与人交。时辄默坐室隅,以书自娱,偶坐甲板眺远,其椅亦不与人近,正类天上安琪儿,偶谪人间,见兹凡人俗骨,直不可一日居。

狄克长日无所事,第伺此天人,其一举一动,靡不留意。当夫夕阳红酣、晚风飘拂时,女以紫罗兰之双波注于碧波之中,玉容上每呈愁态。狄克数数见之,亦为弗怡。间或乘隙近女,与之语,则春山立展,易愁容为笑容,洋洋若无事。狄克日见彼美,倾倒至于万状。尝有一次为携罗伞,有二次伴之散步,时或并坐椝谭①,颇相浃洽。女每见狄克,初不规避,且为状亦无忤意。而他少年见之,则群相艳羡不已,谓个儿郎洵幸运儿,乃得彼绝世美人之垂青也。

---

① “椝谭”,同“攀谈”。

是时狄克独倚铁阑,颇涉遐想,斗闻小蛮靴橐橐然起于后。狄克初不回首,已辨其为密司卡斯推司,遂微笑言曰:“今日夕阳真无限好也。”女亭立其侧,悄然弗答,双波盈盈,遥注远山。时山色已成靛青,亦殊奇丽。狄克私觑女,觉玉容益白,妙目之下,微现黑影,春山间亦满露愁痕,若欲纵声而哭。狄克见女之楚楚可怜,中心弥痛,恨不挽其柳腰,怀之胸次,柔声而慰之曰:“卿毋抑抑,予爱卿,当翼卫卿。”然时犹未至,则力自抑制,弗敢唐突美人,但为了无关系之语曰:“余侪近摩达尼亚矣。卿殆将上陆乎?”是语初无深意,而女双靥立赪,低声答曰:“然。侬与阿父将由是上陆去。”狄克曰:“予闻其地滋小,殆在村镇之间,而风物特幽雅,是亦足多耳。”女又低声答曰:“然。”言次,翩然遽去。

狄克徐徐入吸烟室,口烟斗,追味顷者密司卡斯推司之状态及其语声。少选乃出,将入其所居室。忽见司事施密司携二行囊掠其身而过,狄克以诙谐之口吻,谓之曰:“施密司,汝携兹行囊,岂将飞渡上陆去乎?”施密司微笑答曰:“否。是行囊乃密司脱卡斯推司及密司卡斯推司者,明晨渠辈即至摩达尼亚上陆矣。”狄克闻言,殊弗悦,立返其室,兀坐床上,萦念彼美不置。

是晚餐时,乃弗敢一视密司卡斯推司如花之面,恐其中心之郁郁,一为彼美所洞瞩,必且弗怡。心既有所不乐,平昔之食量遂亦锐减。餐后即至甲板上,以椅置女平日坐处,已则遥立以俟。须臾女来,盈盈而坐。狄克乃行近女,坐绳索上,言曰:“姑娘明日将于摩达尼亚舍舟上陆,顷者奚事不为吾告?”女默认有顷,梨花双靥,微现红云,双波注波上月影,低声言曰:“侬初不欲往摩达尼亚,脱此舟能折而他往,则侬心弥适。”狄克欣然曰:“姑娘亦不愿离此舟乎?”女摇首微喟曰:“吾辈姑置此弗论。数小时后判袂矣。”狄克泫然曰:“密司卡斯推司,卿此言殊令吾恻恻。今判袂在迩,乃不得不表白吾心,幸卿勿以吾为喋喋。”语次,心大跃,目女者屡，已又续曰：“实告卿，余倾心于卿已久，朝朝暮暮，未尝忘情。卿其鉴予心，曷怜而嫔余？”女星眸含愁，微睇狄克，旋掉首颤其樱唇而答曰：“是乌乎可。”狄克悲声曰：“卿如何以此答余，余心且立碎。梅丽杏（女名），卿当省吾心，万万不可却吾。”女悄然曰：“君毋苦苦迫侬，侬业已与人订婚，今兹行嫁矣。”狄克斗闻兹语，几化身为石，寻即惘然而起，倚其身于铁阑，望海者久之。及回首，则梅丽杏已去矣。

狄克旁皇甲板上，可一时许，彷佛心脏肺腑都已为人挖去，胸中空洞，了无一物，饮水少许，始入舱。行经密司卡斯推司室，闻中有啜泣声，至凄恻动人。狄克乃伫立而听。闻密司脱卡斯推司之声曰：“梅丽杏，汝既不从予言，老父亦不强汝①。惟有坐俟破产，拚兹老命，无复他策。”俄而泣声少止，梅丽杏言曰：“阿父勿作是言，儿心决矣。此身原不足重，不妨为阿父牺牲。儿为阿父所生，乌敢背阿父命？设阿父欲儿死，则儿亦只得死耳。”狄克不忍更听，复上甲板，蹀躞弗已。

翌晨早餐，舟人咸集，顾独无密司卡斯推司芳踪。密司脱卡斯推司虽在座，而面容憔悴，灰白无人色，似通宵不寐者。餐后，舟已抵摩达尼亚，卡斯推司父女、狄克及他客等各乘小舟向陆。既登陆，女双眸注地，出纤手授狄克，悄然曰：“行再相见。”狄克亦答曰：“行再相见。此世界虽大，或亦有重逢之期。”女半返其身，以横波睐狄克，状至悒悒，旋闻乃父唤声，即微喟而去。

狄克木立码头上，久久弗动。少选，始如梦初醒，口烟斗，漫步入街心。街至狭，多小肆，售东方果实及种种绣品，绚烂动目。居民佥温文有礼，犷暴者少。此英国少年彳亍街心，低首蹙额，伸其两手于衣囊之中，为状殊愦愦。人初不属之以目，惟童子辈见

① “不强汝”，原文作“不汝强”，据文义改。

其面呈异状,则皆伫立而望,若甚诧怪。中有一顽童,则径前曳其袂,伸一污秽之小掌索钱。狄克遂出一土耳其铜币与之。俄而,一土耳其妇人来,抱儿于臂间,向狄克点首道谢而去。

斯时斗有一双马车疾驰而来,狄克仰首,则见密司脱卡斯推司与梅丽杏坐其中,二人外更有一面目黧黑之希腊人,衣欧罗巴时装,且极都丽。梅丽杏似见狄克,盈盈双波中含乞援之意。狄克面立赤,已又变为惨白。刹那间,此马车已如飞向小山去。狄克怅怅至道左一小肆前,询曰:"彼马车为谁氏车者,能否见告?"肆中一屠夫为土耳其人,初不解狄克言,但耸肩鞠躬而已。狄克不得已,返身而出。斗有一少年至,操英语答曰:"先生请见恕,彼土人殊弗解先生言,走当代彼答之。顷者车中之人为密司脱楷利企,居小山上之别墅中者也。走为其园丁,操业至贱,原不敢与先生交语,只以先生为同国人,遂至冒昧而前。"狄克无语,偕之入左近一希腊酒肆。园丁饮酒甚乐,又曰:"密司脱楷利企为何等人,初未之详,但知其业商,拥资颇富。其所居别墅亦殊幽雅宜人。吾主为人尚属可取,惜貌乃奇丑。平素别墅中过从者少,良苦寂寥。今兹有二客来,当热闹不少。先生不见彼车中一少妇乎,玉容乃便娟绝伦。吾英伦素以产美人闻,想此姝姝者当亦吾国人,他邦万万无兹丽质也。"狄克曰:"然,当是英人。"语时,斟酒于园丁杯中。

狄克连尽数杯,始别之,返至码头上,且行且念。念梅丽杏卡斯推司来兹摩达尼亚,奚事郁郁;彼姝所与订婚者,是否即此希腊人楷利企。此二念如辘轳之上下,乃令其心倏冷倏热,靡有定时。既又念及马车过时,彼姝眼波中若含乞援之意,于是决意不复他往,僦居于兹,以应彼姝之需。少选,遂舣小舟返维克的司取行囊,于摩达尼亚赁一屋居焉。

是日夜色将上,全镇悉笼暮霭之中。狄克出而散步,徐徐向小山上之别墅行。屋为土耳其式,四围缭以石垣,高耸出于树表。

狄克行渐近,得窥见其花园及窗中之灯光。时有三影突现于平台之上,则楷利企与卡斯推司父女也。梅丽杏远二人而立,倩影亭亭,至修,仰其蝤蛴之颈,双波注天。曩在维克的司舟上,固惯作是态。适月轮破云出,清光烛及其面,春山微蹙,若带愁痕。狄克不欲复视,立返其身,心头如缚铅,缓缓归去。

三日中,狄克日必上山,徘徊于别墅之外,顾不见梅丽杏芳躅,心至怅怅。第四日复往,则见彼美方坐一圆石上,香颈低垂,玉手伸袂中,花容白如梨花,且含绝望之色。及狄克行近,女遽仰首,红潮上颊,低呼曰:"尔,尔。"狄克曰:"然,余也。余匪薄幸郎,乌忍弃卿去?朝朝暮暮,犹盼卿下嫁也。"女掉头而泣。狄克坐其次,执其如荑之手,出罗巾为之拭泪,且曰:"卿勿泣。更泣者,余亦且泪下矣。梅丽杏,今曷以一切事语吾,毋少隐。卿是否将嫔密司脱楷利企,而意滋弗欲,故恒悒悒无欢。梅丽杏,卿意固当。天下宁有以一漫无爱情之人,而可与之订白首之约。楷利企伧荒,不合为卿夫,余决梗其事。"女嗫嚅曰:"徒劳无益耳。"语时,衔哀微睇狄克,欲缩其玉手,又曰:"侬不欲告君,是为阿父秘密。设令君知之,必且弃侬而去,置侬于不顾。"狄克曰:"卿毋鳃鳃过虑,余固亦知卿尊人必为楷利企所挟制,出于万不得已,因迫卿以嫔彼伧。岂老人尝犯杀人大罪乎?吾至爱之人,趣告吾。"言次,以臂挽其柳腰,若为之庇护。

女遂垂其首,为狄克述其事。楷利企者,希腊富商也,密司脱卡斯推司则为其伦敦代理人,业颇昌。老人为爱女故,时思多获金,俾他日厚其妆奁。因伪造提银单多纸,不幸适入楷利企之手。立大怒,来英欲扬其事,以惩此代理人。抵伦敦后,即造密司脱卡斯推司家,将数其罪,顾一见其女,怒气乃立消为乌有,遂与卡斯推司约,脱肯以爱女下嫁,则隐此不道德事,俾令名弗隳。卡斯推司不得已,立允,此次盖即嫁彼荒伧来也。女述已,又曰:"君幸勿鄙夷阿父,渠盖全为侬也。”狄克曰:“吾乌敢鄙老人?特楷利企如此挟制人,毋乃太很。”女盈盈而起,言曰:“今兹无他言矣,余侪姑小别。”狄克曰:“余原欲挟卿而去,然此非上策,当别图之。今尚有一言乞卿答吾,结婚之日已定未?”女回首他顾,答曰:“殆即在此三日之中。君闻侬言,必且弗怡,将绝裾去摩达尼亚矣。”狄克曰:“为期虽止三日,然亦尽够吾擘画一良策,出卿于水火。梅丽杏,今能许吾亲吻乎?”女红晕两靥,泪珠一颗缘颊下,摇首缩其手。狄克曰:“卿纵不吾许,然而吾情不自禁矣。”语既,径抱女亲之数四。女垂睫注地,娇躯微颤,既则以玉手微抵狄克胸。狄克乃释之去,目送其倩影入屋,始欣然下山归。

是晚餐后复来别墅,则园门已扃。抵以膝破门入,隐短树丛中潜行近屋,直达平台之下。卡斯推司方与楷利企吸雪茄于台上,楷利企倚其身于石柱,状至安闲,询曰:“梅丽杏今晚不复出乎?”卡斯推司曰:“然。是儿弱质珊珊,生而多病。今晚斗患头疾,殆已入卧室睡矣。”楷利企曰:“然渠今晨颇安,了无所苦。”卡斯推司嗫嚅曰:“渠不适者已非伊朝夕,一则为空气之骤变,一则为婚期之将近也。”楷利企荷荷曰:“后一说殊不经。婚期将近,在理当乐,底事不适者。况以吾富豪夫彼美人,不可谓非佳耦①,即汝亦获益匪浅。”卡斯推司曰:“余知之,余知之。承君垂青,吾父女匪不感激。”楷利企曰:“吾观汝曹实无感激之心,且汝女似亦不愿适余。特吾欲告彼无事悒悒,一适余后,当不复以适余为失策,笑容且无敛时。今晚彼既不出,余将入内作书。与汝同处,余心滋不乐。吾辈结婚后,汝以速行为佳,勿迟迟也。”语已即入。卡斯推司遂亦入屋,仰天长叹曰:“嗟夫,吾可怜之梅丽杏!”

狄克伫立移时,乃上平台,耸身跃入一室。室中阒其无人,立出

① “耦”,同“偶”。

至回廊中，则见一室之门半启，楷利企坐于一写字桌畔。狄克悄然入，见门上锁眼中方有钥匙，遂锁门，纳钥于囊，欣然言曰："愿君晚安。"楷利企大惊，跃起呼曰："何处恶魔？ 黄夜敢潜入人室！"狄克曰："走为利却特培脱来，有要事就商，故冒昧来此。今兹且容吾坐，然后与君语。"言次，曳一椅，巍然而坐，交叉其臂，双目注楷利企，若甚得意。楷利企面深赤，眸子睒睒然怒射，不能作声。

狄克沈着如恒，长其声言曰："在理走本当先以名刺进，只以兹事须作密谈，因径来此间，不劳尊纪通报。"楷利企怒呼曰："恶贼奴好大胆，敢进吾屋，登吾堂，入吾室！"语时，向门行。狄克曰："密司脱楷利企，门已扃矣，曷来坐？"且语且出一手枪，直注其心。楷利企遂复返至桌畔，坐椅上，伸其二手于囊中，嘶声言曰："汝来何事，趣言之。"狄克低其手枪，言曰："佳，汝尚不失为一智者。余此来初无他事，第欲向君索取密司脱卡斯推司所伪造之提银单。"楷利企颤其唇询曰："是何谓也？"狄克欣然曰："因余欲娶其女，雅不愿见丈人峰长操汝掌握中，为汝所挟制。"楷利企又跃起曰："汝，汝欲娶梅丽杏耶？"既见狄克之手枪又高举，则复下坐。狄克答曰："然。余已得彼美人金诺，初不如汝伧荒加以强迫。今烦君趣以提银单予吾，止限汝两分钟，勿少濡滞。一过此两分钟，则余枪且立发，死汝如一犬。"楷利企失色，立起身，自银箱中出伪造之提银单数纸，置桌上，颤声言曰："汝此举直类盗贼，非君子所为。"狄克曰："余愿出金为其代价，乌得谓行同盗贼？ 汝今趣以亲手授吾，汝狗！"语时，声中挟有恫吓之意。楷利企不得已，授之狄克。狄克视其数，出一银票掷之桌上，又曰："君能否为吾一按呼人铃，属尊纪请密司脱及密司卡斯推司来此，则铭感靡既。"楷利企且喘且按其铃。狄克至门次，出钥启门。楷利企作嘲笑状曰："敢问足下尚有他命乎？"狄克曰："谢君垂询，今尚有一事相恳，能否惠借马车一用？"楷利企切齿曰："佳，佳，今兹吾仆、吾屋、吾物及吾身，悉听汝发付。"狄克曰："此后必不再劳足下,但乞守秘密而已。君解人,当从吾言。"

斯时门辟,梅丽杏偕乃父入,见狄克,则却立,低声惊呼。狄克执其玉手,挟之臂间,悄然谓卡斯推司曰:"密司脱卡斯推司,走顷已与密司脱楷利企商妥,购得一珍品,今愿属之君。"言既,出提银单授卡斯推司。卡斯推司大惴,急纳入衣囊,目灼灼视狄克,复视梅丽杏。狄克又曰:"密司脱卡斯推司勿惧,此后即可无事。惟今晚,君不便宿此。梅丽杏,汝趣上楼检点物事,马车已俟于门。余尚欲抽数分钟与密司脱楷利企吸烟闲谈也。"密司卡斯推司遂偕乃父去。狄克坐,出其雪茄烟盒曰:"密司脱楷利企,吾烟味殊不恶,君曷一试之?今者临行,吾欲进一言以忠告君,以后请勿以卑鄙手段强人属君。即一朝得如所愿,而彼此了无爱情,夫妇间尚有何趣味!必先有爱情,而后方可结婚。草草从事,非福也。今梅丽杏来矣,吾侪且别。密司脱楷利企,行再相见。"

既上车,狄克怀梅丽杏于胸次。梅丽杏微启樱唇,低声言曰:"狄克,彼提银单如何入君手?君果具何大神通也?"狄克答曰:"余初出强迫手段,既乃以金购之。密司脱楷利企亦殊可人。"梅丽杏曼声曰:"狄克,君真奇人。侬决以身属君矣。"狄克曰:"爱之花开矣,余乐乃无涯涘。嘻!老人已入睡乡。梅丽杏吾爱,曷许吾一亲吻乎?"

——《小说时报》(1914)第二十四期

指印

(一)

却说一千八百九十□①年六月,伦敦出了一件离奇幻怪、惊心

① 原文字迹不清。

动魄的谋杀案，一时哄动全城，使得伦敦人都舌挢不下。被害的唤做苟屈特新格尔顿，凶手还不知道是那一个。只可怜那赫赫大勋爵梅恩的儿子乔弗利梅恩受了嫌疑，翩翩公子竟送入森森铁窗之中。那些侦探家对于此案，人人皱眉，个个掉头，不想时势造英雄，就中便有一个飞而食肉的喀斯白施顿博士，应时而出。这案儿到头来遂迎刃而解，他的大名顿时传遍欧洲，没一个不知道。

说起这位博士，确是一个能手。从前玛立司特劳佛来出使罗马的时候，曾有好几件奇案被他探出。内中有一案几乎使特劳佛来坏了前程，也亏得博士手腕敏捷、才智过人，把凶人的奸计打破，才得安然无事。特劳佛来经了这小挫，不觉一病颠连，便解职离任，先往滑爱脱岛养疴。过了一月，方始回到伦敦，在挨尔勃麦尔街住下，杜门养晦，倒也自在。六月十八那天，忽听得伦敦人喧传哈脱街的谋杀案。当夜翻开晚报一瞧，却见有名的贵公子乔弗利梅恩以嫌疑被逮。这乔弗利便是梅恩勋爵之子，出落得一表非俗，好似一株临风玉树，加着生性慷慨，朋友着实不少，近来方与密司脱哀尔逊莱福达姆的继女密司康斯顿斯濮爱儿订婚。密司芳龄才二十有三，是个美艳绝世的女郎，作配公子，真是世界上第一良缘。这时新闻纸上一披露这乔弗利被捕的消息，伦敦西部的人都吃了一惊。街头巷口，三三五五，无非议论这件事。更急煞了他老子梅恩勋爵，把双脚顿得震天价响，慌忙来见玛立司特劳佛来，恳求他介绍施顿博士，替儿子昭雪。特劳佛来不敢怠慢，立刻发电给施顿，许下一份厚酬，请他来探这案儿。

六月二十二日那天夜中九点钟时，这位喀斯白施顿博士便不慌不忙应召而来。特劳佛来竭诚欢迎，先来他到维奈大酒肆用了晚餐，又在利琴街和抛儿毛儿街散步了一会，然后一同回来。彼此坐在起居室里，促膝谈将起来。施顿点上了一枝雪茄，倚在椅背上，开口道："密司脱特劳佛来，请你先把那案中事实见告，好使小可有个把握。”特劳佛来手中执着几张纸儿,说道:“第一事吾须和足下说。足下这回身与其事,该守着秘密。如今你到伦敦来,除了梅恩勋爵和密司脱福达姆外,单有一人知道。这人即是侦探长希受白,是个有才有学、聪明绝顶的人。逮捕乔弗来梅恩,也是此君的主意。据他说,今夜要到这里来和足下相见。两位大侦探家握手一堂,定有一番伟论咧!”施顿道:“小可曾听得过这位大侦探的大名,记得往年有一件苏格兰火车上的谋杀案和利瑟尔屋的事,确为此君所破。不过此次未得案中实情,贸然间拘禁乔弗来,未免过于孟浪。此刻那梅恩家的仆人可在这里么?”特劳佛来道:“正在下边等着。”施顿道:“如此请你先把事实告知小可。”特劳佛来道:“一月以前,有一个妇人唤做密昔司新格尔顿的,住在哈脱街勃洛姆斯白来屋第二层的二号室中。里边有两间起居室,有和合门可以相通。此外又有一间卧室、一间浴室和一所厨房,都和别家的居室隔绝。外面的一扇门上,常常用一把耶尔锁锁着。密昔司新格尔顿年事不过二十五左右,姿首却也不恶,性儿好静,并不用甚么仆人,一切打扫的事,却托了一个人名叫维廉翻恩和他的老婆密昔司翻恩。他们两口儿便住在下一层的房间里。那密昔司新格尔顿闭门独居,过他沈静的光阴,有时弹琴,有时唱歌,倒也自适其适。一月中并没甚么人来款关相扰。前礼拜三傍晚六点钟时,密昔司翻恩亲见他进卧室去,当下就把门儿关了。七点钟时,维廉翻恩正在那里打扫二层楼的梯顶,忽地来了那乔弗利梅恩,按那二号室门上的电铃。一会门就訇的开了,乔弗利即忙走了进去。”施顿问道:“那开他进去的可是密昔司新格尔顿么?”特劳佛来道:“据维廉翻恩说,他并未瞧见密昔司新格尔顿出来开门。这倒是个疑问。那二层楼的扶梯顶上原又有一个房间,是一家奈维逊夫妇所住。这时,他们正不在家里。过了数分钟,翻恩已打扫定当,走下楼来,在大门前徘徊了片刻。七点半钟时,忽见密司脱奈维逊三脚两步跑进去,五分钟后,就见他提了一只行囊,匆匆而出。久之久之,却不见乔弗利梅恩的影儿。既不见他出来,又没有别的动静。十点钟时,密昔司翻恩照常拿热水到密昔司新格尔顿房里去。那知两脚跨进起居室,即见气象不佳,写字台抽斗开着,里边一切纸物翻得杂乱无章。密昔司新格尔顿横在一只睡椅之上,星眸紧闭,檀口半启,一缕倩魂,早归离恨天去了。那时,维廉翻恩恰在门前和一个工人闲谈,蓦地里听得他老婆惊呼之声,疾忙同那工人飞步上楼。两人一见这情景,都吓呆了。那工人倒眼快,瞥见桌上放着一只水杯,怕里头有毒,就把鼻子凑上去细细闻了一闻。"施顿又问道:"那工人名儿唤做甚么?"特劳佛来道:"那人唤做劳白脱,是个斯堆福街的铅匠。当时翻恩见出了命案,大吃一惊,忙去报告警署。警署里立时委外科医士达克透道生和苏格兰场侦探长希受白来验尸踏勘。那两位到时,房里还未十分紊乱,窗儿仍紧紧的关着,地板上却有许多足印。密昔司新格尔顿靠在门左面的一只睡椅上,他上衣已在喉际撕破,只是那抹胸上的金锁金链却依然还在。锁面上刻着两个字母,一面是个G字,一面是个M字。以外又有三只钻石约指、一只结婚约指、一双金钏也依然还在。可知凶手之来,志不在物。后来把那尸体略一移动,又有一粒椭圆形的蓝宝石坠落于地。这东西的来历,吾们尚未分明。达克透道生一验那尸体,说伤在心房。照这情形看来,如非被人击死,定是被凶手压在左边腰上致死的。因为那边微有伤痕,算来死了差不多有两个钟头了。他身上毫无别的痕迹,子细瞧时,那左臂上却隐隐有几个指印,右手的小指骨儿已脱了节,似是拗断的样子。然而一些儿也没有争斗之状。中间的桌子上放着一个威斯克酒樽、一个苏打水的虹吸管、一只水杯。看那杯上却留着两个指印,一个是右手的大拇指,一个是右手的食指,那螺旋纹甚为清晰。烟灰盘中有半截吸剩的雪茄。面哈脱街的一扇窗前有一只写字台,两只抽斗都开着,里面搅得颠倒混乱,似乎那凶手曾在这里搜寻过甚么东西。一般洋琴上几张乐谱,下边摊着一张乔弗利梅恩未婚妻密司康斯顿司濮爱儿的照片。影里美人眉目如画,只不知道是那一个恶作剧,用钢笔尖在那玉颜上划了两道深蓝色的线。火炉架的上边有一架报时钟,钟的前面立着一张明信片,是乔弗利梅恩的手笔,寄给密昔司新格尔顿的,上边写着'明晚七时,当来奉谒'几个字,下边签着 GM 两字母。看那发信日期,是六月十六日,恰是密昔司新格尔顿被害的前一天。第二天午时,乔弗利梅恩便在他苟崇街家里被捕。乔弗利略无恐惧之色,侃侃说道,昨夜七点钟时,吾确去见过密昔司新格尔顿,向他索取三年前有一个妇人寄给吾的六封信。这妇人并不是密昔司新格尔顿,是另外一个人,如今已死了。算来吾在密昔司新格尔顿室中不到十分钟,给了他两张五十磅的银票。当下他便把六封信一齐交付与吾。吾放入袋中,兴辞而出,一路慢吞吞的散步,直到八点钟。从八点至九点,吾在辟开狄来的奥梅加俱乐部中,九点十五分在维奈大酒肆用晚餐。餐后取出信来,逐一检验,却见六个信封里头只有五封信,内中有一封空着。吾连忙跑到辟开狄来演武场,跳上一辆两轮马车,赶往勃洛姆斯白来屋去,满拟向密昔司新格尔顿究诘那封遗失的信。不道赶到哈脱街,见那屋前立着一大堆人,都说二号室中出了命案了。吾大失所望,只得折了回来。总之,吾先前在那边既未喝过一滴酒,也不曾吸过半枝雪茄。信儿到了手,便走将出来。密昔司新格尔顿的被害,吾委实一些儿也不知情。"

施顿道:"那几封信呢?"特劳佛来道:"据他说已经在礼拜三夜中毁了。"施顿道:"他那夜在辟开狄来演武场坐那两轮马车,可曾把勃洛姆斯白来屋的名儿告知车夫么?"特劳佛来道:"他告知车夫的。如今吾且和你说那水杯上的两个指印,后来捺了乔弗利的指印，和那上边的一对却是截然不同。”施顿道：“呀，奇了！”特劳佛来道：“据侦探长希受白的揣测，说这两个指印是那铅匠劳白脱的。但是这一说也有些儿靠不住。因为那天黄昏时，劳白脱在家里泼翻了一盏火油灯，右手被火烧得十分利害，大指和食指的螺旋纹已模糊不辨。这水杯上的指印分明不是他的了。劳白脱也说那夜虽然闻过那只水杯，手儿并未动过一动。只是唤他立誓，他却坚意不肯。目下警署中虽未得实据，一大半人颇疑乔弗利梅恩是个案中要人。梅恩的明信片上明明证实他礼拜三夜七点钟时曾与密昔司新格尔顿相见，那时维廉翻恩也亲见他进密昔司新格尔顿室中去。有几个达克透都一致说被害者死时是在七点钟和八点钟之间。从各方面参考起来，乔弗利的罪案竟好似铁铸的了。照那两轮马车上的车夫威尔生说，十点一刻时，他曾载过梅恩往勃洛姆斯白来屋去，到了那边，却听得里向发生了谋杀案，当下未曾下车，便回到辟开狄来演武场来。那些侦探们在密昔司新格尔顿家里到处搜寻，并不见有甚么寄给梅恩的书翰。那梅恩赠与他的一百磅银票，也不知去向。”

特劳佛来说到这里，略停了一停，又道：“那乔弗利梅恩确是个不吸烟的人，但是据利琴街烟商施乞弗说，梅恩曾在六月十五日买他一箱赖蒙挨龙司雪茄。希受白到他家里去一寻，果然有这一箱雪茄，箱中单少了一枝。回来便把密昔司新格尔顿家里那枝吸剩的雪茄，请了两个善于吸烟的人辨辨滋味，说是赖蒙挨龙司。去问梅恩，梅恩自认曾买过一箱雪茄，预备送给密斯脱福达姆的，开这烟箱的也是他自己，不过少了一枝，却不曾留意。现在吾有一张指印放大的影片在这里，密昔司新格尔顿、乔弗利梅恩和那水杯上的指印都在上边。又有一张密昔司新格尔顿死后的摄影和勃洛姆斯白来屋的草图，足下可以参观。下礼拜一便当开庭审讯，目前梅恩的地位万分黑暗，万重的疑云都笼在他身上，十人中倒有八人说他是凶手呢。”

施顿道:“足下述得头头是道,很为明晰。这照片和草图更助吾不少。”说着把那照片和草图都看了一遍,又细细的瞧那指印,瞧了一会才放下来,倚在椅背上,问道:“那密昔司新格尔顿家里的烟灰盘中可有甚么烟灰么?”特劳佛来道:“但有这半截雪茄,并无烟灰。”施顿道:“有没有雪茄的香味?”特劳佛来道:“也没有。”施顿道:“那地板上的足印,希受白已研究过不曾?”特劳佛来道:“只为地板上铺着绝厚的地毯,那足印不大清楚。”施顿道:“密司康斯顿司濮爱儿前途很有希望么?”特劳佛来道:“这个不用说,密司脱福达姆早年在外边曾发了一注大财,回到英伦,便和一个极富的寡妇密昔司濮爱儿结婚。那时膝下已有了一男一女,左顾孺人,右弄稚子,家庭间十分美满。不幸四年以前,夫人忽尔弃世,福达姆遽赋悼亡,非常悲痛,从此心灰意冷,不想再娶,打算将来死后,把所有财产替他子女平分。”

施顿又问道:“密司脱福达姆和他继女可和好么?”特劳佛来道:“不消说得,密司脱福达姆原是个心地和蔼的长者,很爱他继女,真视如已出。他生性也颇好交际,一年中宴会觞咏连绵不绝。平居又酷爱美术游猎,名满伦敦西部,几于妇孺皆知。”施顿道:“梅恩和密司濮爱儿订婚有多少时候了?”特劳佛来道:“约在三月以前。一对璧人真足为名都生色。”施顿道:“梅恩和那密昔司新格尔顿可有甚么亲戚的关系么?”特劳佛来道:“没有,没有。梅恩①已说他平生只见过密昔司新格尔顿两次,为了要索回从前一个妇人去给他的几封信。”施顿道:“那妇人的姓氏叫做甚么?”特劳佛来道:“他不肯说出,单说那妇人是个有夫之妇,现在已不在世上了。那几封信万分重要,倘不用金钱收回,便要被密昔司新

---

① “梅恩”,原文作“梅恩和”,据文义改。

格尔顿送到那妇人丈夫手里去，于死的很不便。”施顿道：“那几封信如何会入密昔司新格尔顿手中？”特劳佛来道：“他自己也不知道。”施顿道：“更有可疑的，那密司康斯顿司濮爱儿的肖像如何往密昔司新格尔顿室中？那密昔司新格尔顿的金锁上如何刻着乔弗利梅恩缩写的名字？”特劳佛来道：“这个梅恩也不知道。”施顿道：“还有那照片面上，为甚么好端端划着两道蓝色线，岂不是叫人莫名其妙么？”特劳佛来道：“正是呢。吾们至今不曾明白。”施顿道：“总而言之，梅恩定有甚么隐情。”特劳佛来道：“这也未可知，只是他始终不肯说明。此刻让吾先唤那梅恩家的仆人琴肯司上来，或能从他口中探得一二。”说时便在电铃上按了一按，不一会他的仆人已领着琴肯司上来。

那琴肯司是个很壮健、很干练的少年，年纪约有三十来岁，生得高颧低额，一个诚实面庞，两只棕色的小眼睛锐利如鹰，一面弯腰鞠躬，一面走到中央，植立在桌子的旁边。施顿向他熟视了好一会，说道：“琴肯司，吾是个替你主人剖白的人，你所知道的事，务须一一告吾，吾才能设法助他。”琴肯司答道：“先生，小人怎敢违命？无奈小人并不知道甚么事。”施顿执着那密司康斯顿司的照片，说道：“你瞧这照片，可认识这位姑娘么？”琴肯司道：“先生，小人不认识这位姑娘。”施顿问道：“他从未到过你主人家里来么？”琴肯司道：“先生，小人从未见他来过。”施顿道：“你主人朋友很多么？”琴肯司道：“很多很多，小人在他家里已有三年，主人的朋友大半都认识了。”施顿道：“前礼拜中，你主人可遇着甚么非常的事故没有？”琴肯司道：“先生，小人日夜苦念，总想不起。前礼拜中并无非常的事故。”施顿道：“也没有甚么来历不明、形迹可疑的怪客登门求见么？”琴肯司道：“记得上礼拜二午后曾有两个素不相识的客官来谒主人，一个嘴上有两撇菱角须，瘦长的干儿。那时主人恰恰不在家里，他等了十分钟才去，临行和吾说日后再来过访,然而至今不曾来过。”施顿道:“他可有名片留下么?”琴肯司道:“并未留下名片。密司脱梅恩回来时,和吾说万一那人再来时,只说主人不在家里好了。”施顿道:“你主人素来和他相识么?”琴肯司道:“那天早晨,主人曾接到那客官一封信,据主人说,他是个代理人,彼此略有往来。那礼拜二夜中,又有一位客人唤做密司脱奈维逊的来谒见,和密司脱梅恩在一块儿约有一个钟头,然后告别。”施顿道:“他的容貌如何?”琴肯司道:“那人面色微黑,似是外国人。嘴边留着一片薄须,身材不长不短,两肩颇阔,很强壮似的。”施顿道:“上礼拜,密司脱梅恩可流露出忧虑之状么?”琴肯司踌躇了半晌,默然不答。施顿把眼儿注着他,说道:“琴肯司,吾们都是你主人的朋友。你倘愿助你主人,百事不用隐讳。”琴肯司道:“先生,礼拜四早晨,密司脱梅恩似乎有些举止失常。”施顿道:“只告吾那天早晨他做些甚么事。”琴肯司道:“那天主人方才起身,忽地清理他的写字台,把一切东西都翻了出来,一会又执着笔写了半点多钟,后来又毁了几封信。”施顿道:“你还有甚么旁的事告诉吾么?”琴肯司道:“小人所能奉告的,已尽于是。”彼此不语了好几分钟。施顿又频番探他口气,叵耐于谋杀案上,仍无一线光明。

末后,施顿便道:“琴肯司,好了,你今天说得十分清楚。日后如有所知,你尽可到这里来报告吾。”琴肯司就闭门而去。

施顿博士坐在椅上,把手儿支着头颐,沈沈而思。特劳佛来问道:“足下听了琴肯司的话,可有甚么端倪么?”施顿摇头道:“此刻仍是一片黑暗,尚无丝毫端倪。”

这时忽听得有叩门之声,门开处,特劳佛来的仆人走将进来,报道侦探长希受白来了。仆人去后,又停了会儿,便来了一人,衣冠楚楚,年纪约在三十五岁左右,躯干魁梧,煞有气概,生着一个聪明乖巧的面庞,尖尖的鼻,高高的额,深深的眼眶,口上两撇黑须,翘如菱角。那态度甚为沈着,不愧是侦探家的本色。他一手提着一只小文牍箧,大踏步进来,一见施顿,颇现愉快之色,殷殷的问他探出了甚么没有。施顿答道:"小可尚无头绪。日来听得足下很注意于乔弗利梅恩,把这一个网罗罩在他头上,愈收愈紧。照足下看来,他竟是个有罪之人么?"希受白在一把椅子上坐了下来,吸着一枝雪茄,答道:"这是无可疑的。吾有许多证人的口供在这里,都能证实他。"说着,从那文牍箧里取出几张纸来,放在桌上,又道:"足下刚来下手,事实尚未甚明了。这上边所记的,于足下很有裨益。"施顿道:"小可感激不尽。先有一事动问,那死的妇人和那铅匠劳白脱可有甚么关系么?"希受白道:"吾曾费了好些心血侦察那劳白脱和翻恩夫妇,无奈他们略无半点可疑之处,只得放手。新近吾却发见一事。"施顿坐直了身体,把烟斗敲着桌子,问道:"当真么?"希受白道:"当真。当时吾留意搜索那起间居室,忽在洋琴上乐谱下边寻得了一张密司濮爱儿的肖像。昨天吾仔①细一瞧,又见了几个指印。"施顿道:"有趣!有趣!请细细说与吾听。"希受白又掏出一张照片,说道:"那指印共有两起,一起是一只右手的大拇指和食指,正与水杯上留着的指印一模一样。一起是左手上的两指和一只大拇指,这三个指印既不是梅恩的,也不是劳白脱的。你瞧这便是放大的摄影,不见那两个大拇指一清一楚,其余的几个指头都有些儿模糊么。"

施顿对那照片凝视了半晌,说道:"这确是将来一个最重要的证据。看这照片上右手的指印,恰和那水杯上的一个模样了,无不同之处。可是劳白脱并未动过密司濮爱儿的肖像,可知杯上的指印定然不是他的了。这指印人人不同,苏格兰场中有许多摄影,足下可见过没有?"希受白道:"自然见过。这种学问确是吾们

---

① "仔",原文作"子",据文义改。下同。

侦探界上新发明的。”施顿道:“吾很想备一册副本,以便参考。”希受白道:“那指印册子,吾恰好带在这里。”一壁便探怀取出一本小册子来。施顿道:“再好也没有。待小可描摹一二。”说时就拂笺命笔,照那上边摹了几个下来。摹毕,便道:“足下可带着自来墨水笔么,能否替小可分别诠注?”希受白满口应允,受了那纸儿,拈起笔来,在那指印下一一注了字,授与施顿。

施顿即忙郑郑重重的锁入抽斗之中,从椅上立起身来,说道:“多谢! 多谢! 更有那密昔司新格尔顿的往事,可能约略见告么?”希受白道:“上月他便住在哈脱街的勃洛姆斯白来屋中。这一月中并没甚么奇怪的事,足资吾们做侦探的研究。后来,吾打定了一个主意,到却林克洛司路去探听那房屋代理人弗洛加山士,方知那位夫人以前住在乞尔西亚市王路。吾再到那边一探,又知道了两事。第一事,那屋子是一个甲必丹毛根霍泊替他租的。第二事,他那时曾用过一个使女,现在已嫁了礼拜堂街上一个制造画图镜架的人。吾得了这个消息,怎肯轻意放过,立刻寻到礼拜堂街去见那使女,把乔弗利梅恩的照片给他瞧,问他见过这人没有。使女坚称不曾见过,并且也从未见他到过密昔司新格尔顿家里来。密昔司住在那边不过三个月,平日似乎不甚快乐,天天愁锁春山,毫无笑容,也没有甚么人上门,单有甲必丹毛根霍泊时时过从,每来一回,两人必定闹一回,闹得不欢而散。那甲必丹身材很长,年约四十,左目上戴着一个单眼镜,须儿学作军人之式,一头头发都作铁色。那使女又说密昔司新格尔顿并没有朋友,到英伦来还未久。听说他和甲必丹是个表兄妹,密昔司新格尔顿为了金钱问题,居常郁郁。甲必丹虽在中年,却是风情未减,时有求凰之思。争奈落花有意,流水无情! 表哥哥很想娶表妹妹,表妹妹却有些儿不愿意嫁表哥哥,因此两下里不甚相得。两月前有一天夜里,两人竟大决裂起来。甲必丹头也不回的愤愤而去,从此便绝迹不来。听得他已在四月三十日坐了八点三十五分的火车往柏林。吾听了这话,连忙详细开明甲必丹的容貌,发电到柏林各处去一问。回电来说确有此人,早在五月五日启程往圣彼得堡去了。"

施顿道:"足下曾往梅恩家搜索过一遍,可得着甚么谋杀密昔司新格尔顿的证据么?"希受白道:"没有。一切证据都被他在上礼拜四朝上消毁净尽。"施顿道:"谅来足下已去见过那个奈维逊了?"希受白道:"不幸,奈维逊已离了英伦,不知所往。本月初上,他和他老婆从莽屈里奥尔间关到此,在六月十日租那勃洛姆斯白来屋二层楼上的一室居住。他们俩皆在嫌疑之列,吾们必须寻到他们才是。"施顿点首称是,沈思了半晌,才道:"这案中有几件事都是要点。那水杯上和照片上的指印更须着意。着着进行,罪人斯得。足下专心致志的注目于梅恩,不免失策,还宜三思为是。"希受白道:"吾注目于梅恩实是从事实上着想。据吾想来,那密昔司新格尔顿定是个妒妇,见梅恩和密司濮爱儿订婚,心里老大的不高兴,想中梗其事,拆散他们鸳鸯。那梅恩呢,必有甚么把柄落在密昔司新格尔顿手中,怕他暴露出去,有些不便。所以约他相见,想利用金钱,塞住他的嘴。不道这位夫人却是个硬汉,不是阿堵物所能动的,一些儿也不肯通融。梅恩怒从心上起,自然用刀儿解决了。密昔司新格尔顿既死,他就翻开写字桌的抽斗,取了那信件去。"施顿道:"他既犯了这杀人之罪,为甚么火炉架上仍留着那明信片,并不取去灭迹,岂不是太疏忽了么?"希受白道:"正是。后来,他也想起来了,因此上十点十五分时,又坐了马车赶来取,谁知已东窗事发,没奈何只索由他了。"

施顿道:"足下虽是这样说,小可总不敢附和。你坐实梅恩,过于造次。"希受白道:"这是怎么说起?吾做侦探二十年,可不是个初出茅庐的人,平生不论探甚么案,未尝捕风捉影、陷害无辜。

必先得了证据,然后能说那嫌疑人果真有罪没罪。就是吾对于此案,也得了许多证据,不好说是造次,逮捕梅恩实非过当,吾且把这几件事说与你听。那密司濮爱儿的肖像上划着两道蓝色线,足证密昔司新格尔顿是个妒妇。他恨着女郎所以如此。那几封信足证梅恩确在密昔司新格尔顿掌握之中。倘不取回,于他很不方便。那火炉架上的明信片足证梅恩确在那天黄昏时约密昔司新格尔顿相见。那维廉翻恩的话足证梅恩确在七点钟进死的室中去。那几个医士确说死的在七点钟和八点钟间遇害。那车夫威尔生确说梅恩在十点十五分时坐他的马车赶往勃洛姆斯白来屋。那灰盘中吸剩的半截雪茄明明是梅恩之物。别的都不必说,单是这件事已足证实梅恩不是个没关系的人了。"施顿在烟斗中装了烟,说道:"这几件证据却也不错。小可看来,里边尚有弱点。那烟灰盘中既有了雪茄,如何没有烟灰?"希受白略想了一想,才道:"这个似非重要之点。烟灰盘中没有烟灰,或者当时洒落在地下,也未可知。"施顿道:"还有那蓝宝石如何了?"希受白道:"据几个宝石商说,这宝石是从甚么约指上掉下来的。吾想这东西或是梅恩之物,那时他杀了密昔司新格尔顿后,移动那尸身,百忙中不知怎样一碰,便把这宝石掉了下来,他自己却不曾觉得,飘然而去。这不过是吾揣测之词,至于实在的来历,尚未探明咧。"施顿道:"那奈维逊夫妇忽尔不见,也大足研究。"希受白道:"他们俩不难缉获,但是吾敢信他们于这谋杀案毫无关系。上礼拜二,奈维逊去见梅恩,也非为暧昧之事,实是讨论开矿的计画。"施顿道:"那甲必丹的事可有些儿头绪么?"希受白道:"还没有头绪。"施顿道:"多谢你的指教。明天吾想烦足下领吾去瞧瞧密昔司新格尔顿的居室,然后有几件小事要一问梅恩。礼拜六日,吾便回罗马去,把这案儿细细想他一想,或能寻出一个头绪来呢。"

(二)

第二天一清早,施顿便急急的出去,三点钟时才回来,又同着玛立司特劳佛来去见密司脱福达姆。两人出得门来,一路走去,转到蓬特街上,施顿启口说道:“这案儿已略有进步,不过进步得很慢,到处都有阻力。可是吾是个非常性急的人,大凡甚么事,一到手里,恨不立时解决,只是此案看来不是三四日所能解决的。刚才吾已去检查过密昔司新格尔顿的居室,仍无端倪。但知他死的前几天,专用一种J字笔尖和紫色墨水写字。探问翻恩夫妇,依旧是以前的几句老话。奈维逊又去得无影无踪,好不叫人纳闷。可怜那梅恩老勋爵,这几天慌得甚么似的,几乎要翻天覆地,替他儿子剖白。那乔弗利呢,又是闭着嘴,不肯把他的隐衷宣泄出来。只苦了吾们做侦探的,暗中摸索,难以下手呢。”特劳佛来道:“足下想乔弗利这小子可是隐瞒着甚么事么?”施顿道:“吾确有这个揣测。”特劳佛来瞧着施顿,微现惊异之色。施顿又道:“乔弗利虽是沈默寡言,老大的不开口,却被吾探得了三件事。第一事,那夜他在七点十五分时才离密昔司新格尔顿的屋子。第二事,那密昔司新格尔顿那时只给了梅恩五封信,还有一封不肯给他。第三事,那夜他出室时,见桌上并没威斯克酒樽、水杯、烟灰盘等物,只有那付与密昔司新格尔顿的一百磅银票。”

施顿说到这里,停了一会,又续道:“据乔弗利自述,上礼拜二确见过奈维逊。他们还是第一次相会,以前并不相识。礼拜二午后,又来了一个客人,他不在家里,所以不曾接见。这人到底是谁,至今还未明白。他记得那天早晨曾接到一家公司里寄来的一封信,是用打字机打成的,说午后有一个代表前来奉谒,幸勿他行云云。那时他不大在意,把这信向纸簏里一塞完了。饭后恰有事外出,甚么代表不代表,早置之度外,连那公司的名儿也记不起来。至于那密昔司新格尔顿的被害,益发不知情了。他的话真也不真,尚在不可知之数。可是那案情委实奇怪万分,银票和那第六封信如何不见,那半截雪茄和密司濮爱儿的肖像如何会到那边去,那水杯上、照片上的指印究竟是谁的,这几事都须探明,方能破案。如今吾又有一事问你,那密司濮爱儿和乔弗利梅恩订婚,密司脱福达姆可赞成么?"特劳佛来道:"密司脱福达姆自然赞成,断不肯拂他娇女意的。"

两人走了一会,已到一个所在。施顿立停了,说道:"好好,这里是格洛斯夫诺广场了,论不定这福达姆家或能给吾一线光明呢。"一壁说,一壁径向福达姆家来。那密司脱哀尔逊莱福达姆是个忠厚和蔼的长者,年约五十。看他举止态度,知道从前曾入过行伍,当过兵的。这时很殷勤的接待两人,领他们进了书室,分宾主坐下,先向施顿说道:"博士枉顾寒舍,在下极其欢迎,但不知道博士对于那命案有何高见?须知乔弗利这回蒙此不白之冤,不但是梅恩一家的不幸,小女转眼便是他家的人,也有连带的关系。"施顿道:"小可理会得。此次梅恩君含冤入狱,密司濮爱儿心里定抱不安。"福达姆道:"正是如此。因此在下很望博士能够从速破案,使两家都安了心。"施顿道:"足下尽管放心,梅恩如果无罪,不久自能剖白。小可虽不才,也必竭吾绵①力,替他斡旋。"福达姆道:"以博士高见,梅恩可保无事么?"施顿道:"目下他的地位虽甚危险,两家都无须恐惶。有罪没罪,终有明白之日。"福达姆道:"在下却要问博士,梅恩果真有罪没有罪?"施顿道:"吾以为梅恩实是无辜。"福达姆道:"如此在下的心安了。"

施顿道:"然而梅恩的有罪没罪,又是另外一个问题。目下吾但要知道梅恩的秘密,料他定然隐瞒着甚么事,那写信给他的妇

---

① "绵",原文作"棉",据文义改。

人,姓甚名甚,他总不肯说呢。”福达姆道:“梅恩原是个很有气概的小子,不惜为了别人,牺牲一身,但是为了那已死的妇人牺牲,又何苦来呢!博士,你必须使他说出那姓名来。”施顿道:“吾所要知道的事,自然要设法探他出来。小可近在密昔司新格尔顿室中,寻着一张密司濮爱儿的肖像,不知道那肖像是几时摄的。”福达姆道:“那肖像是四月里在新蓬特街末斯格来夫照相店里所摄,一共印了十二张,分送亲友。”施顿道:“那十二张照片送给那几家亲友?”福达姆伸手到胸口袋里,取出一束纸来,从里边抽出半张信纸,授与施顿道:“足下请瞧,有三张是送给居留外国的亲戚,两张送给梅恩,如今正挂在他室中。吾们自己也留着两张,挂在这里,后来有一张忽地失去,余下的五张都送给伦敦的朋友。近来,吾还瞧见四张,惟有第二号的一张,已瞧不见了。”施顿看了看那纸儿,说道:“这第二号的一张,可是送与堪新顿克里生一个歌女密司克拉伏爱珊的么?”福达姆道:“正是,这密司伏爱珊便是小女的音乐教师。三礼拜前,他[1]偶不经心,烧掉了好些东西,那张照片也逃不过这个劫数,化为乌有。”施顿道:“刚才你不是说你自己的一张已遗失了么?”福达姆道:“不错,已遗失了。那照片还未装镜架,放在客厅里的一只桌子上。如何遗失的,吾们都不知道,但记得那天是五月十日。”施顿道:“那遗失的日子,你倒还记得。”福达姆道:“因为那天是吾爱马米梯洼毙命之日,所以吾还记得。”施顿道:“那照片到底是被谁窃去的?”福达姆道:“照吾想来,定是被吾从前一个女仆窃去的。那女仆为了和管家意见不合,时时勃谿[2]。五月中旬,吾便辞掉他。后来,康斯顿司一检箱箧,也遗失了几件零星东西。”施顿道:“那时梅恩常常到这里来么?”福达姆

① “他”,当作“她”。
② “勃谿”,吵架,争斗。

道："那时梅恩不在英伦。"施顿道："谢足下惠告。小可所要探明的，便是这几件事。密司濮爱儿可在里边么？"福达姆道："正在里边。这女孩子几天来为了梅恩被捕，非常着急，镇日价情思昏昏，很不自在。足下如能安慰安慰他，也是好事。足下请少待，吾去唤他出来。"说时便出了这书室，匆匆而去。

数分钟后，才伴着一个碧眼玄发、长身玉立的美女郎进来。看他芳龄，似乎还不到二十三岁，只是愁痕界面，凄恻可怜，两片朱唇微微带着蓝色，嫣红桃颊，惨白如纸，一双星眼，四边团着两个蓝圈痕，大有憔悴之态。一壁微步而来，一壁把秋波注着施顿，盈盈不语。他父亲替他介绍，也兀不做声，只在一只椅上坐了下来。施顿瞧着女郎玉容，说道："密司濮爱儿，小可瞧你有些儿郁郁不乐。今天早晨，吾已去见过梅恩，嘱吾寄声姑娘，珍重玉体，不必为他闷损。"女郎急问道："博士，他可好么？"施顿道："他很平安，正在那里设法脱罪咧。"女郎道："叵耐那些可怕的证据，咄咄逼人。英伦三岛上有那一个侠男儿肯出来救他呢。"施顿道："姑娘且不要焦心。小可虽不是侠男儿，自问也能救他。"女郎大呼道："博士，你真个能够救他么？快救他，快救他！"施顿道："密司濮爱儿，梅恩既没有罪，吾必能替他辨[①]白，尽竭吾的力做去就是。"女郎很快乐的喊道："博士当真能救吾梅恩，吾便好似过第二个生命了。"施顿道："吾见姑娘快乐，心里也着实欣慰。只记着梅恩的话，珍重玉体，不必闷损。要知这案儿还在模糊缥缈之中，若说梅恩曾在那夜七点钟时见过密昔司新格尔顿，便算是凶手，那奈维逊在七点半钟时上楼，难道算不得是凶手么？"女郎叹了一口气，把两手掩着面庞，倚在椅背上。施顿又道："据梅恩说，那夜七点十五分时，那第六封信还在密昔司新格尔顿手中，那一百磅的

---

① "辨"，当作"辩"。

银票还在桌上。到十点钟时,信和银票都不知所在。记得七点三十分时,人家曾见奈维逊上过楼,也不免有些可疑。况且近来风闻他经济正非常困难咧。”女郎道:“那奈维逊经济也非常困难么?”施顿道:“正是。他曾在六月十二日向一个放债人借过一百磅。那谋杀案发见之后,他忽尔失踪,至今不知道在那里。密司可知道那密昔司新格尔顿手中曾执着梅恩儿封很重要的信么?”女郎低声答道:“知道的。梅恩曾把一切事告诉吾,但有那妇人的姓名,始终不肯说出。”施顿道:“姑娘玉照怎么会到密昔司新格尔顿那边去?”女郎道:“吾也不知道怎么会到那边去的,吾但知梅恩是个无辜的人。”施顿又问道:“姑娘,你真个不知道么?”女郎道:“吾真个不知道,谁哄你来。”施顿摇了一摇头,说道:“密司濮爱儿,吾劝姑娘总要抉心相示,万不可隐瞒一事。”女郎道:“你这话是甚么意思?”施顿两眼注着女郎,说道:“梅恩的秘密,谅姑娘必定知道一二。密司濮爱儿,你不必如此深讳,明明白白说了出来,小可也好省许多宝贵的光阴呢。”女郎嗫嚅道:“达克透,吾不知道甚么秘密的事,请你见恕。”

施顿又眼睁睁的瞧了他好一会,才道:“奈维逊是谁,姑娘可知道么?”女郎粉靥上立时变色,半晌说不出话来。施顿把肘儿搁在膝盖上,俯身向前,冷然说道:“密司濮爱儿,你眼中怎么现着恐惧之色?”女郎举起了那双纤手,掩着玉颜,悲声说道:“呀,叫吾怎么处!叫吾怎么处!”施顿道:“吾但劝姑娘好好的回答吾。”女郎道:“博士,你问吾甚么来?”施顿道:“吾所问的那个人,姑娘必须告吾。不论姑娘肯说不肯说,吾在这二十四点钟中定要知道一个分明。”女郎惊呼道:“怎么说,怎么说?”施顿道:“因为那人和那命案似乎有些关涉,吾倘探得了他踪迹,便能救乔弗利梅恩,还他自由。”女郎道:“这个吾也知道,但是……”施顿道:“姑娘为甚如此恐惧,可是在那人势力之下么?”女郎道:“并非,并非。”施顿道:

"然则姑娘和他有甚么关系?"女郎犹豫久之,才道:"他实是吾的阿兄。"

施顿又靠在椅背上,把两臂交叉胸前,缄默了好久,突然问道:"令兄为甚么用这个假名?"女郎道:"奈维逊是吾阿兄的教名,他年纪比吾大十二岁。十年前,为了赌①债,和阿父闹②了意见,负气出门,当时便改了名,出奔外国。以后好几年没有他的消息,道他已做他乡之鬼了。不想十天前,吾忽收到他一封信,说他已回伦敦,唤吾别使父亲知道,私下里去和他会面。次日,吾如言而往,知道他和他夫人一同回来,勾当一件要事。下一个礼拜,他就来见阿父。"施顿道:"令兄到英伦后,住在那勃洛姆斯白来屋中,正和密昔司新格尔顿在一个楼上,想来姑娘必定把梅恩和那夫人的书件交涉,告诉令兄,求他相助咧。"女郎道:"吾曾在阿兄跟前说起过,嘱咐他见了乔弗利,然后再作计较。阿兄应允了,去见乔弗利,不料乔弗利却不要他相助。"施顿道:"可是密昔司新格尔顿无端遇害,梅恩受了嫌疑,你阿兄也不免被他株连了。"女郎惨呼道:"吾不知道怎么样才好!吾不知道怎么样才好!"

施顿立将起来,皱着双眉,在室中踱来踱去,踱了几十回,向女郎道:"姑娘,你只信任小可,别要多疑。第一要着,须寻到令兄,问他几件事。待吾一得他踪迹,立刻写信通知你。姑娘不用吃惊,吾断不会陷害令兄。你只善自珍摄,保重玉体,静候未婚夫出狱好了。"接着又回头向福达姆道:"密司脱福达姆,刚才足下所见告的,吾都已明白了。一二天中或有详细的报告奉上。"福达姆道:"博士,你果能不使吾们绝望么?"施顿道:"但愿足下自己不要绝望,只忍耐等着。一日浮云扫尽,便是朗日之天。"福达姆很恳

---

① "赌",原文作"睹",据文义改。
② "闹",原文作"閧(哄)",据文义改。

切的喊道："多谢上帝！"

十分钟后，施顿和特劳佛来已出了福达姆家，在格洛斯夫诺街上。施顿问道："那奈维逊究竟是怎样一个人？"特劳佛来道："吾至今尚未分明。"施顿道："最可怪的是那密司濮爱儿，两脚刚跨进书室，便现出惧吾之状。吾一提起奈维逊的名儿，他顿时变色。这可不是不可思议么！"特劳佛来道："这个吾以为不足怪。他一听得吾们又把那命案牵涉到他阿兄身上，自然惊惶失措了。但是吾想那奈维逊决不会窃取那一百磅银票，谋杀密昔司新格尔顿更不必说了。"施顿道："然而奈维逊也有惹人起疑之处，他既不曾犯罪，为甚么不挺身而出，自明心迹，好似故意避匿着的一般。特劳佛来，委实和你说，吾心上也疑云叠叠呢。"

（三）

这天，特劳佛来和施顿分手后，施顿便走了个不知所往，夜深时才回到挨尔勃麦尔街来。看他样儿，好像在那里想甚么极疑难的问题一般，不言不语，只呆呆的坐着。半夜里，特劳佛来和他告别归寝，他仍毫无倦容，一手执着一支挑织针，一手执着一个显微镜，细细的瞧那几个指印。

礼拜三那天，施顿仍整日的出去。夜中，特劳佛来翻开晚报瞧时，却见那新闻栏①中高高的印着几个大号字，上边是喀斯白施顿博士的名儿，下边是"哈脱街谋杀案"数字，案中详情已记得一明一白。九点钟时，施顿回来了，一见那报上的记载，也着实奇怪，知道他这回到伦敦来做侦探，已被那报馆里的访事披露出去了。

次日早晨，施顿却杜门不出，读那各处寄来的报告。用过早

① "栏"，原文作"拦"，据文义改。

餐,歇了半点钟,又把那许多报告一一罗列在写字桌上,再检点一遍,才分夹在三个折纸器里,取出烟斗烟袋,吞云吐雾起来。特劳佛来正在那里看一部万国政治学,斗的抬起头来问道:“施顿,那事儿可有些进步么?”施顿坐在一只圈手椅上,答道:“很有进步。这几天里,吾已打算从三方面着手,第一探那甲必丹毛根霍泊,第二探那密昔司新格尔顿室中寻着的蓝宝石,第三探那奈维逊。现在那甲必丹毛根霍泊杳无下落,吾一些儿头绪也没有。那蓝宝石却已略有端倪。上礼拜中有六个人在几家宝石店里镶几粒椭圆形的蓝宝石,日前已被吾探得三人。六月十九日有一个妇人,到奥克斯福街勃洛宝石店来,把一粒蓝宝石镶在一只肩巾的定针上。六月二十日,有一个长身有须、跛脚的中年人,一蹩一蹩的到利琴街上一家翻瑟宝石店里,唤那店中人在一只金钏上镶一粒蓝宝石。六月二十四日,又有一个瘦长身材、三十五岁左右的人,拿着一粒蓝宝石到辟开狄来利却生宝石店中,镶在那袖口的金扣子上。这一粒蓝宝石却和密昔司新格尔顿室中寻着的一模一样。此刻宝石都已镶就取去。那三人的来历叫人无从探明呢。”特劳佛来道:“那奈维逊如何了?”施顿道:“已经寻着。”特劳佛来道:“很好!很好!”

施顿取出一封信掷与特劳佛来道:“这是希受白的来函。昨夜从圣挨尔本司付邮,吾今天收到的。他但说奈维逊住在圣挨尔本司夫人家里,那命案发生的一夜,他忽地从一辆车上倒将下来,脑儿受了重伤,至今仍昏昏沈沈,连那命案还未知道咧。希受白已从各方面详细检查,知道奈维逊实是无辜,于那命案上毫无关涉的。”特劳佛来把那信看了一遍,还给施顿道:“照这信上看来,奈维逊确是个没有罪的人。”施顿道:“吾已把个①好消息写信给

① “个”字前脱“这”字。

密司濮爱儿,使他芳心也好安了。”

正说时,忽听得门上有弹指之声,接着特劳佛来的仆人进来,报密司脱福达姆和密司濮爱儿求见。五分钟后,他们父女俩已相将入室。施顿忙起身相迎,特劳佛来拽过两把椅来,请两客坐了。濮爱儿面上已略有喜色,不像前天的憔悴堪怜,一面坐下来,一面向施顿看了一眼,现出无尽感激之意。密司脱先开口道:“博士,吾们此番之来并不多耽搁你黄金的光阴,惟有一事奉告。昨天足下的大名发现于新闻纸上之后,便有一人来和吾说,愿意助足下一臂,好使那命案早一日破露。”施顿道:“当真么?”福达姆道:“当真。那人是个理财家,名儿唤做莱维克立顿也,是伦敦俱乐部一个部员。吾和他并非深交,不过时时在那俱乐部里相遇,杯酒言欢,两下里略事酬酢而已,近来才和他有些商业上的往来。昨夜他见了那报纸上的记载,今晨就来求吾介绍他于足下,愿做足下的助手。伦敦城中东部西部,他都熟悉,就是那各处的俱乐部啊,大酒肆啊,剧场啊,咖啡店啊,和其余的许多热闹之场,没有一处不知道。据他说,于侦探事业上很有用处。倘需相助,极愿效劳,不知道足下意中如何?”施顿答道:“那人既肯相助,自然是再好没有的事。”福达姆掏出一张名刺来说道:“这个便是他的名刺,足下且仔细想一想。若要借他山之助,今夜好同吾往伦敦俱乐部去,吾替足下介绍。”施顿把那名刺约略看了一看,向密司濮爱儿道:“密司濮爱儿,小可有一个问题要请姑娘赐答。姑娘和梅恩订婚以前,曾与旁的人有百年之约么?”密司濮爱儿很坚定的答道:“没有。”施顿道:“那时可有甚么人属意于姑娘么?”密司濮爱儿答道:“没有。”施顿又问道:“然则有甚么人妒忌梅恩么?”密司濮爱儿连连掉头道:“也没有,也没有。”

施顿从写字台上拈起一张照片,向密司濮爱儿道:“密司濮爱儿,这是你玉照上所见的指印,已经放大了的,请姑娘脱下手衣一试,越发有趣咧。"密司濮爱儿听了,即忙脱下他左手上的手衣。施顿便把一张光洁雪白的信纸授给他道:"烦姑娘把这纸儿给密司脱福达姆。"密司濮爱儿就如言递与他父亲。施顿又从福达姆手中取了,放在台上,又取出一瓶黑色粉,返身过去,倒了些在那信纸上,然后回过头来,唤特劳佛来和福达姆父女俩一同瞧,只见那黑色粉传在上边,现出四个清清楚楚的指印来。施顿指点着说道:"密司濮爱儿,这是你左手大拇指的印,这是密司脱福达姆右手大拇指的印。那上边和下边,便是吾的指印,各人都有不同。这纸儿反面也能用那黑色粉显出吾们的指印来。"福达姆两目注着施顿,说道:"奇怪!奇怪!如何会显得这样清楚?半点儿没有模糊之处。"施顿道:"这个很简单,不足为奇。吾们的手指上本有一种油质,一执那信纸,这油质立刻附着在上边。吾把黑粉一撒,便现出几个指印来了。倘要摄影放大,都可随自己的意。"福达姆立起来,说道:"好聪明!好聪明!此刻时候已不早,吾们要回去了。博士,可有甚么好消息给吾么?"施顿道:"破案之期,大约即在目前了。"密司濮爱儿高声问道:"博士果能救吾乔弗利么?"施顿道:"姑娘尽宽怀,小可定能效劳。"密司濮爱儿大呼道:"博士果能如此,吾便一辈子不忘你的大恩!"说罢,便同他父亲兴辞而去。

施顿也就匆匆而出去了,约摸三个钟头,方始回来,又把他的记事册浏览了半点钟,便蹶然而起,立在火炉之前,两手插在裤袋之中,眸子里现出得意之色,笑吟吟的喊道:"呵呵,今天才入吾手中了。"特劳佛来忙问道:"怎么,可是那谋杀密昔司新格尔顿的凶手已到手了么?"施顿道:"正是,已到手了。"说着,从写字台上拿起一张纸片来,微笑道:"这个便是他大指和食指放大的摄影,和那水杯上的指印,两两吻合。倘使不曾见惯指印的人看去,须费半个钟头方能辨得出。像吾们吃这碗侦探饭的人,只消十分钟便能瞧出他的异同来呢。”特劳佛来道：“你已去见过那凶手没有？”施顿道：“今天午后，吾已和他谈了半点钟。这半点钟中，吾险些儿送了性命，看他外貌，异常温和，目光中却不知不觉的流露出杀气来。吾一瞧早猜着三分，这厮不是个好相识，亏得吾善于作伪，一味的假意敷衍，不曾露出马脚，不然吾怎能再在这里和你讲话呢。此时吾但等希受白到来，便去拿住那凶手，交付与他。”

六点钟时，那侦探长希受白到了。他很恳切的要知道破案之由。施顿约略说了一遍。希受白听了，似有猜疑之色。施顿便在台上取起一张纸片来，说道：“足下请瞧这个，他以前还犯着罪，足下不妨回去检查检查。”当下希受白收了那纸片，告别而去。

施顿就拉了特劳佛来，到维奈大酒肆晚餐，一壁谈天说地，十分有兴。餐后，回至挨尔勃麦尔街。入别室中，却见希受白已等着，把那取去的纸片放在桌上，指着说道：“博士，吾立刻要这人。”施顿道：“足下所说的是谁？”希受白道：“劳爱特露赛儿。”施顿道：“可是那法兰西警署也要他么？”希受白道：“因为去年十二月中巴黎拉法耶街的宝石大窃案，便是这厮所做的勾当。只是他虽窃了那宝石去，却留了左手上的几个指印。无奈吾们到处侦探，终不得他的踪迹。如今那莱维克立顿便是这劳爱特露赛儿的化身，所以吾要逮捕他。他在那里？”施顿道：“这窃案倒还是小事，犯了那命案，罪名可大了。明晨九时，请足下取提票来，吾便伴着同去捕他。但是他是个杀人不眨眼的凶汉，随身带着火铳，足下最好带两个警吏去，才有备无患咧！”

（四）

第二天早晨九点钟时，那侦探长希受白便同着两个警吏，坐了一辆四轮马车疾驰而来,先和施顿定了方略,然后一同下楼出门。施顿和特劳佛来在前面坐了一辆两轮轻车,希受白同那警吏便坐在四轮车中,追随于后,一路到辟开狄来。施顿道:"吾们此行,实是深入危险之域,须得防备才是。"特劳佛来耸肩答道:"吾自理会得。吾们一到那边,不必再虚与委蛇,竟下手逮捕那厮好了。"施顿道:"不打紧,横竖侦探长和警吏都在后边。他用武力,吾们也好用武力。"

这时那车儿已转往格洛斯夫诺广场,到意白来街上,不多一会,便停在左面一所屋子之前。两人悄悄地走了进去,施顿取出名刺,授与阍人。阍人忙领他们走进一间书室。只见那写字台前,坐着一个三四十岁、躯干瘦长的人,须儿新剃,髋骨高耸,一头红棕色的头发,堆得厚厚的,身上衣服很入时。两人入时,他便从椅上旋将过来,一见了特劳佛来,似有疑讶之色。施顿向特劳佛来挥了一挥手,说道:"这位即是密司脱莱维克立顿。"立顿正要立起身来,希受白早和那两警吏闯然而入,直至立顿身旁,大声问道:"你可是劳爱特露赛儿么?快从实答来!"立顿耸肩笑了一笑,倏的立将起来,把两手插入衣袋之中。施顿高呼道:"大家留意,他要做个困兽犹斗了!"希受白原是个很敏捷的人,早和两警吏扑将上去,把他擒住。立顿乱纵[1]乱跳了好一会,究竟一人气力有限,抵不过他们三人,两腕上已拍的上了手械,重又退坐椅上。当下里施顿向希受白道:"他袋中藏着手枪,不如搜去他的妥当。"希受白一声嗷应,从立顿一面袋中抽出一把手枪来。立顿恶很很的瞅了施顿一眼,才向希受白道:"为了怎么一回事,好端端把罪人待吾?"希受白道:"没有甚么,不过为了去年拉法耶街的一件小事。"立顿听了,面上立现惶恐之色。

---

① "纵",原文作"踪",据文义改。

施顿举目向四下里瞧了半晌，跑到写字台前，说道："希受白，吾们须得一检这书室，或者有些要领，如今且来看他所用的深蓝色墨水和尖笔头。"希受白眼儿瞧着那许多文具，答道："这个足见足下心地精细，然而吾以为不甚重要，且来搜了他的信札再说。"说着，便在那纸架上、抽斗中乱翻了一阵，立顿只睁着眼瞧着。末后，施顿忽在乱纸堆中，寻出一封团皱①了的信来。立顿一见，就厉声说道："博士，你须把这个捺下，上帝才能助你下一回。"施顿微笑答道："露赛儿，吾无须下一回，这一回已足了。"说时，把那信递给希受白。希受白一看，立刻喊将起来道："好个上帝！"一壁把那两个漆黑的眸子一会注在施顿身上，一会又注到立顿身上。施顿道："希受白，这个便是梅恩的第六封信。说不定，那银票也在这里。吾们快子细寻去。"此时那立顿愤火中烧，一时按捺不住，蓦地里扑向施顿，两警吏慌忙把他拽住，按在椅上，使他不能动弹。施顿负手立在面前，瞧着立顿，对希受白道："希受白，他袖口上的金扣子，你须注意。更不见那左目和左眉的下面，有两个深深的痕迹么，可知他常戴单眼镜所致。这个也该记着，甚有趣味的。"希受白又大呼道："好个上帝！"立顿全身索索地颤动，两眼中含着愤恨之色，高呼道："博士，今天你害吾至此！吾总一辈子不忘你，以后你倘插足世界之上，吾总有一天报复你！"施顿似乎不听得的样子，慢慢儿说道："密司脱劳爱特露赛儿，即是甲必丹毛根霍泊，甲必丹毛根霍泊即是莱维克立顿，今天再逃往那里去？谋害密昔司新格尔顿的，不是你是谁？恐怕今天捉将官里去，性命便没有了。日后还想报复吾么？"说时拊掌微笑。

这天午后，施顿、希受白、特劳佛来一同坐在挨尔勃麦尔街屋中，吸着雪茄。施顿的旁边有一只小桌子，上边堆着许多纸片。

---

① "皱"，原文作"绉"，据文义改。

施顿第一个启口说道:"这案今天总算破了。这一把神秘之钥实在密昔司新格尔顿身上。他恋爱梅恩的情,妒忌密司濮爱儿的心,隐隐然就是此案的总钥匙。当初吾们去搜那梅恩的屋子,并不见甚么嫌疑的东西。等到一检密昔司新格尔顿的居室,就发见了那密司濮爱儿的肖像、刻着 GM 两字母的金锁、一张明信片和那半截雪茄烟。但是他住在勃洛姆斯白来屋的一月之中,梅恩似乎从未去见过他。就是他住在乞尔西亚的三个月里,那使女也说梅恩从未过从。这水杯上的指印又不是梅恩的,那蓝宝石又不知道到底是伊谁之物。无奈那些证据,件件都能坐实梅恩。况且密昔司新格尔顿身上的一切珍品都没移动,单失去了一封信。这信除了梅恩以外,别人取去,毫无用处。如此看来,梅恩确是个可疑之人。更验那死尸,左臂上隐隐有两个指印,左面近心处微有伤痕,右手小指骨节已断,似乎先前曾经争斗过的。看室中器物,陈饰不甚紊乱,又似乎不曾争斗过。照吾的意思料起来,那时密昔司新格尔顿正坐在那睡椅上,那凶手定是他生平相识的一人。据梅恩说,他那夜出时,并未见桌上有甚么威斯克酒樽、水杯和烟灰盘等物。想来七点十五分时,梅恩告别出后,又有一人进去。这人定是死的素所相识,所以吸烟、喝酒,十分舒畅,既下了毒手,便偷偷摸摸的逃了出去。不过照那维廉翻恩说来,七点钟和八点钟间,他曾在大门前盘桓了一会,却不见甚么人出来。然而吾以为这话也靠不住,他究竟不是生着翼的,断不能破壁飞去。梅恩出来时,他既不留心,末后那凶手去时,自然也付诸不见了。吾从那天听密司脱希受白说起了甲必丹毛根霍泊以后,便随时留意侦察,知道梅恩和密昔司新格尔顿并无何等关系。甲必丹毛根确是戚串,并且是个保护人。吾一想着了那金锁,就恍然大悟,密昔司新格尔顿原唤做苟屈特,那上边刻着的 GM 两字并非乔弗利梅恩,却是苟屈特和毛根缩写的名字。可是苟屈特的第一字是 G,

毛根的第一字是M,两字刻在一处,恰与乔弗利梅恩的名儿暗合,真是巧事咧。”希受白道:“博士,你不愧是个聪明人!吾却想不到此,真是笨伯!”

施顿又续道:“至于那奈维逊,也是个毫没关系的人。那夜七点半钟时,他虽上过楼,不过是为了要动身他往,收拾收拾行囊。五分钟后,就匆匆下楼。这五分钟①,断乎来不及做这杀人的勾当。他忽尔离英也出于偶然,不是为了犯了罪,所以高举远引咧。吾破这疑案,共得五个线索,最要紧的是指印,第二是蓝宝石,第三是密司濮爱儿的肖像,第四是失去的银票,第五是六月十六日求见梅恩的客人。”说着拈起一张纸儿来,又道:“那指印,停一会吾详细和你说。那蓝宝石,吾已到伦敦西部几家宝石店里详细探听过,据辟开狄来一家利却生宝石店中人说,六月二十四日,曾有一个瘦长身材、年约三四十岁的人拿着一粒像这同样的蓝宝石,唤他们镶在一个袖口的金扣子上,他的姓名却不知道呢。至于那密昔司新格尔顿室中寻着的密司濮爱儿肖像,吾以为倘不是那歌女密司克拉拉伏爱珊的东西,定是五月十日密司脱福达姆客厅中遗失之物。那银票目下虽还未寻到,推想起来,必是那凶手所取。至于那六月十六日礼拜二午后见梅恩的人,据琴肯司说,那人是瘦长的干儿,嘴上有两撇菱角须,吾费了好些心力把各人所说的合在一处,方知那到利却生宝石店中镶蓝宝石的人即是来见梅恩的那个客人。那客人不是别人,即是甲必丹毛根霍泊,杀害密昔司新格尔顿的凶手,也就是这厮。他既杀了密昔司新格尔顿,便贯祸于梅恩。只是他为甚么出此手段,这念头一转,便转到密司濮爱儿身上。吾忙去问他以前曾有甚么人属意于他,他说没有。又问他平日有甚么人妒忌梅恩,他也说没有。不多时,那新闻纸

① “钟”,原文作“中”,据文义改。

上忽地登出吾破案的新闻来,那恶贼奴诡计多端,又想出个法儿来了。昨天午后,密司脱福达姆来和吾说,他有一个朋友,唤作密司脱莱维克立顿的,愿来助吾一臂。好几天前,吾曾到福达姆家去过,又听得他说,五月十日,立顿曾到过他家里,说那关于赛马的事。可是那密司濮爱儿的照片也是这一天遗失的。密司脱福达姆又取出立顿的名刺来给吾,吾细细瞧时,那上边有一个右手大拇指的印,正和那水杯上的指印一模一样。吾于是赶到意白来街去,见密司脱莱维克立顿,却见他须儿已剃得光光的,一头铁色的头发已染做红棕色。单眼镜也已卸下不戴。那两个袖口的金扣子上却镶着椭圆形的蓝宝石。吾设法得了他的指印,急急回来,摄影放大了一瞧,那右手上的指印正与那水杯上和密司濮爱儿照片上的一样,左手上的指印正和去年巴黎拉法耶街窃案中劳爱特露赛儿留下的一样。吾一大半全仗这几个指印,才得破那案儿。现在梅恩的第六封信已在露赛儿室中搜得,那银票不问可知也在他手里。这厮实是一个神通狡狯的恶人,他名谓要来助吾,实则口蜜①腹剑,心怀叵测,怕吾加害于他,所以想渐渐近吾的身,然后下手杀吾。幸亏吾慧眼炯炯②,早觑破他的奸计了。"

施顿说到这里,停了会儿,才续道:"这几天又被吾探得一事。他近来爱密昔司新格尔顿的心已冷下来了,却想买密司濮爱儿的欢心,万一成了好事,将来密司脱福达姆偌大的遗产自然能够稳稳到手。他定了这长线放远鹞的政策,一面便扬言于外,说甲必丹毛根霍泊已往柏林去了,一面换了个莱维克立顿的假名,在意白来街租了一所屋子,做他的理财家起来。密昔司新格尔顿住在

① "蜜",原文作"密",据文义改。
② "炯炯",原文作"晌晌",据文义改。

那勃洛姆斯白来屋中,不相过问。可是露赛儿既属意于密司濮爱儿,第一要着,自然要除掉他唯一之情敌乔弗利梅恩。一天不知道从那里去弄了梅恩的六封信来,便又假意去亲近密昔司新格尔顿,把那信交给他,托他做中间人,与梅恩交涉,一壁又去结识了密司脱福达姆和密司濮爱儿。五月十日那天,捉空儿窃了密司濮爱儿的肖像。六月十五日,梅恩买了一箱雪茄,十六日,露赛儿就到他家里,假做进谒,私下里取了一枝去。十七日,梅恩去见密昔司新格尔顿,付了银票,只收回了五封信,那第六封却依着露赛儿的嘱咐,留着不给他。那时,露赛儿原在隔室,见梅恩一去,便带了威斯克酒樽、烟灰盘和那水杯,溜将进来,喝了一会,便向密昔司新格尔顿索取那银票和第六封信。不道密昔司新格尔顿不肯取出,两下里哄将起来。到底妇人家弱质珊珊,禁不得老拳,小指既为所断,又被他压在胸上,叉住喉咙,顿时不能呼吸,便气绝了。露赛儿算是报了他从前拒婚之仇。事后即取了那信和银票去,又在写字台的抽斗中翻了一阵,把密司濮爱儿的肖像放在洋琴上的琴谱下边,又掏出梅恩的雪茄烟头,丢在烟灰盘中,预为贾祸地步。但是那盘中半屑烟灰都没有,并且也没有烟味,可知那雪茄在外边吸了带进去的。这个犹以为未足,再把那明信片放在火炉架上,使人家疑梅恩的心加深一层。一切布置定当,就趁着机会,悄悄地走了出去。他那里想到已有一件证据掉落在那边。原来,他杀了密昔司新格尔顿以后,手忙脚乱,把那袖口金扣子上的一粒蓝宝石掉了下来,他却不曾觉得。过了几天,又去弄了一粒,到辟开狄来利却生宝石店中镶好,自以为从此好安然无事了。如今,露赛儿的罪已彰彰不可掩。密昔司新格尔顿的使女能证实他从前在乞尔西亚屋中时时过从的,那琴肯司能证实他即是六月十六日求见梅恩的客人,利却生宝石店中人能证实他即是在袖口的金扣子上镶蓝宝石的人。此外更有几个铁证,那水杯上、照片上的指印,那椭圆形的蓝宝石,那密司濮爱儿的照片,那梅恩的第六封信,都足以证实他是个罪人。这几件中,那指印尤为重要,吾就仗着这几个指印,得以破案。现今,梅恩已恢复自由,露赛儿锒铛入狱,吾总算告厥成功,明天便襆被往罗马去了。”

——《小说时报》(1914)第二十一期

戏 剧

吴弱男

吴弱男(1886—1973),安徽庐江县人,女权活动家,中国妇女运动先驱者。其祖父是著名的淮军将领吴长庆,父亲是"清末四公子"之一的吴保初,前夫是著名爱国人士章士钊。1902 年赴日本东京,在青山女子学院学习英语。1905 年加入同盟会,任孙中山英文秘书。1908 年去英国,长期旅居欧洲。中华人民共和国成立后,任上海市政协委员、文史馆员。吴弱男精通日文、英文、德文、意大利文和拉丁文。"五四"之前,吴弱男翻译了易卜生的戏剧《小爱友夫》,是中国最早译介易卜生戏剧的译者之一。此外,吴弱男还译过日本押川春浪的小说《塔中之怪》(中译本改名为《大魔窟》)。

小爱友夫①

剧中人

阿尔末(姓)阿夫德(名)Aefrea Allmers 地主,文学家,曾任教习

① 该剧目前仅见第一幕(未完)。

荔达 Wro. Rita Allmers 阿夫德之妻

爱友夫 Eyolf 阿夫德九岁之子

亚斯达女士 Miss Asta Allmers 阿夫德异母妹

鲍海工程师 Engineer Borgheim

鼠婆子 The Rat Wife（鼠婆子，专以捕鼠为生之女，不必确为已嫁者）

此地点在阿夫德庄上，离那威京城十余里一海湾深处高峡之旁。

第一幕

（室傍花园有月台。玻璃门向月台洞开。室内器具花木杂陈，装饰丰丽。由园远瞩，可见江湾诸景。山林葱翠，悉在望中。室左右俱有门。右门两扇，位于下隅。上隅置一长榻，软垫足茵咸备。长榻之侧，有小棹及椅。左墙上隅，另置较大之棹，安乐椅环之。棹上有露口之提包。时则夏日凌晨，日光正届。）

（荔达夫人傍棹而立，面向左，正在检点提包。夫人长身玉立，丰容盛鬋，年事约三十左右，着淡色晨服。）

（顷之，亚斯达女士从右门入，着淡黄夏服。带冠、外套及一伞在手，另挟一手皮包。女士身材合度，微瘦，发黑，眼奕奕有光。年事二十五岁。）

亚斯达（甫入门）：好早呀！荔达。

荔达（转面向女士点首）：呀！是你吗？亚斯达你这早由城里来的吗？

亚斯达（将冠伞诸物置于近门椅上）：是我。不知为何心里觉得不安，我想我定要今天来看看小爱友夫和你，（将手皮包置于榻傍棹上）所以我就坐船到了此地。

荔达（笑向女士）：我猜你曾在船上遇见你的朋友，是吗？这自然是偶尔的事。

亚斯达(冷静如故):否,我不曾遇见一认识的人。(忽见提包)荔达,你在那里做甚么?

荔达(仍在清理提包):阿夫德旅行用的,你不认得吗?

亚斯达(闻之乐甚,走近荔达):甚么?阿夫德已回来了吗?

荔达:是,你试想想——真料不到他坐昨晚最后一趟火车回来了。

亚斯达:啊啊,难怪我昨晚觉得不安,就是因为他回来的原故。我才来到此地,但是他未曾寄一封信通知你么?连一张邮片也未寄么?

荔达:一字也没有。

亚斯达:电报亦不曾打么?

荔达:到家一点钟前,我才接到他的电报。他真是性子缓,看事太淡。(笑)亚斯达,你不以为他是这种人么?

亚斯达:是,他对各样事都冷淡得狠。

荔达:但是无意中得他回来,觉得他回来更可喜。

亚斯达:此情理中应有的事。

荔达:我望他回来,整整有两个礼拜了。

亚斯达:他好么?不觉得失意么?

荔达(忽闭皮包有声,笑向亚斯达):我初看见他进门,好像变了一个样子。

亚斯达:他一点都不疲倦么?

荔达:啊啊!疲倦!疲倦!他实在是疲倦。他这次回来,大半是步行,真可怜他。

亚斯达:恐怕是那高山上的空气太利害,他受不了。

荔达:啊啊!不是,我想不至于此,我不曾听见他咳嗽。

亚斯达:你看医生劝他旅行,他听了,出去一趟,岂不是收了好结果么?

荔达:是的,照此看来,于他是好的。但是你要晓得,在这个时期,我狠不容易过。亚斯达,我向不曾说到这点事,你也狠少到此地来看我。

亚斯达:是的,这要怪我。但是!

荔达:好! 好!! 好!!! 你在城里,自然有你的功课要上。(笑笑)又因为我们的那位修路的朋友不在此地。

亚斯达:荔达,你不要这样说。

荔达:狠好,我们且不说那位朋友——你不知道我如何想望阿夫德回家,家中好像是空的,寂寞得狠,仿佛有了丧事在家里一般。

亚斯达:真是的! 你们只离开六七个礼拜——

荔达:是,但是你要知道,阿夫德向来离开我经过二十四点钟的时候,十年之内没有一次。

亚斯达:是的,惟其是这样,我想今年出门一趟①,正是时候。他每年夏天,早应该到山上去游玩——正应该。

荔达(微笑):自然你说得狠好。如果我同你一样的想法,或者我早让他出去了,也未可知。但是我实在做不到,亚斯达,我若放他出去,好像就不能得他回来的样子。你一定明白这理?

亚斯达:啊,啊,我不明白。我想这是因为我没有人可以挂念。

荔达(作嬉笑状):是真的么? 真没有人么?

亚斯达:我不晓得有什么人。(顾而言他)请你告诉我,荔达,阿夫德在那里,他还没有起来么?

荔达:啊啊! 早已起来了,他今日和平常起得一样早。

---

① “趟”,原文作“躺”,据文义改。

亚斯达:那么他算不十分疲倦。

荔达:他昨晚回来的时候,觉得狠疲倦,但是现在他叫小爱友夫在他房间里已有一点多钟。

亚斯达:可怜那狠瘦的小孩,他还是照常上他的功课么?

荔达(作耸肩状):你知道阿夫德的脾气,他定要是这样。

亚斯达:是,但是你应当管管这件事,荔达。

荔达(似不耐烦):不对,我真不能干涉这件事。阿夫德比我懂得多。究竟你叫爱友夫做甚么事呢?你总不能让他在外边跑来跑去,像普通的小孩一样顽耍。

亚斯达(作决定状):我将要去和阿夫德讲一讲这件事。

荔达:赞成,我但愿你去说呀!现在他已经来了。

(阿夫德着夏季薄服,携小爱友夫从左门入。人颇清瘦,年约三十六七。眼光蔼然,须发疏朗,黄色,一望而知为真切有深思之人也。爱友夫所着如军衣式,带与扣皆金色。足跛,左腿挟木杖以行。身小而弱,但眼甚灵美。)

阿夫德(放下爱友夫手,以两手与亚斯达握之,欢情毕露):亚斯达呀,我最爱的亚斯达呀!想不到你来了,想不到我看见你这样快。

亚斯达:我觉得我定要来。你回家来了,应该欢迎。

阿夫德(坚握阿斯达手):谢谢你的来意。

荔达:他的样子岂不是狠好么?

亚斯达(凝目视之):狠好!狠好!!他的眼光比前足得多。我想你在旅行中,添了不少的著作了。(作心花忽发状)你若是把那本书完全著完,我决不以为奇。

阿夫德(作耸肩状):那本书么?啊啊那书——

亚斯达:是的,我想你一旦离开,那书就容容易易做下去了。

阿夫德:我想亦是这样,但是我实在觉得不是这样。我老实告诉你,那一本书,我并一行都没有。

亚斯达:一行都没有写?

荔达:啊啊,难怪所有的纸还在你皮包里面,没有移动。

亚斯达:我爱的阿夫德!你在旅行中究竟做些甚么事呢?

阿夫德(微笑):我只是想!想!!想!!!

荔达(将手拊阿夫德肩):你也曾想到你留在家中的人没有呢?

阿夫德:我自然想到你。你是知道的,我那一天不想你?

荔达(释手):那就是了。

亚斯达:你说你的书没有动笔,但是你好像狠高兴狠满足的样子。我记得你平日书著不好,不是这样。

阿夫德:你说的固然不错,但是我到于今,始晓得我一向是一个笨人。你要晓得人的一生最好的,都走入思想里面去了。你若是把他写在纸上,就没有价值。

亚斯达(惊异状):无价值么?

荔达(笑):阿夫德你是发狂么?

爱友夫(两目凝视):啊啊爸爸!你所著的书狠有价值。

阿夫德(以手理其发而笑):好!好!!你既然是这样说。但是我告诉你,再过许多时,有一个人的书,可比我要著的好。

爱友夫:那一个人是谁?请告诉我。

阿夫德:你只要等等,看他一定要来的。让我们听听他的声名。

爱友夫:那时候你预备做甚么呢?

阿夫德(严肃状):那时候我要再到山上去了。

荔达:阿夫德,嗤!亏你讲出这些话来。

阿夫德:要到山顶上,和人所不到的荒野地方去。

爱友夫:爸爸呀!你想我会赶快好起来,能够使你带我同去么？

阿夫德（悲状）：啊啊！或者可以，我的儿。

爱友夫：我如果能够爬山，像你一样，那就好了。

亚斯达（顾而言他）：为甚么呀？爱友夫，你今天穿的衣服这样好看。

爱友夫：是的，安迪（即英文呼姑母之称），我晓得你一定说好看。

亚斯达：真是的，你是不是穿了新衣服欢迎你的爸爸？

爱友夫：是的，我向妈妈要的。我要让爸爸看我穿这样新衣裳。

阿夫德（低声向荔达说）：你不应当把那样衣服给他穿。

荔达（低声）：呀呀！他向我闹得长远了。他一心要那衣服穿，简直闹得我不安。

爱友夫：我忘记告诉你，爸爸！鲍海给我买一张弓，他并且教我射。

阿夫德：那正是你应该顽①要的东西，爱友夫。

爱友夫：他下次来的时候，我要他教我泅水。

阿夫德：泅水么？你为甚么要学泅水呢？

爱友夫：呵呵，你知道海边上的小孩都会泅水，单单我一个人不会泅。

阿夫德（揽爱友夫入怀，以示抚爱）：随你的意思，要学甚么就学甚么。

爱友夫：爸爸，你知道我最爱学的是甚么？

阿夫德：不知道，你告诉我。

爱友夫：我最爱学的，就是当兵。

---

① “顽”，旧同“玩”。

阿夫德:呀!小爱友夫有许多许多的事情比当兵好。

爱友夫:呵呵!但是我长大了,当然非去当兵不可,你是知道的。

阿夫德(拍手):好呀!好呀!!好呀!!!等等再看罢。

亚斯达(坐左棹傍):爱友夫,到我这里来,我有话告诉你。

爱友夫:安迪,甚么事?(且言且走)

亚斯达:爱友夫,我看见那鼠婆子了,你相信不相信?

爱友夫:甚么?看见了鼠婆子?恐你是骗我的。

亚斯达:不是骗你的,是真的,我昨天看见了他。

爱友夫:你在那里看见他的?

亚斯达:我在城外路边看见他的。

阿夫德:我在乡下也看见他。

荔达(坐长榻上):爱友夫,大概其次又要轮到我们去看见他了。

爱友夫:安迪,人人都叫他鼠婆子,岂不是一件奇怪事么?

亚斯达:呀呀!人给他那个名子,是因为他终日在四乡跑,把老鼠都赶走了。

阿夫德:我听见说他的真名子叫做“瓦格”。

爱友夫:“瓦格”!那字的意义是狼,是不是?

阿夫德(手抚其首):那个意义你也会知道了。

爱友夫(作认真状):那么或者他有魔术,夜里真变成一个狼,也未可知。你相信么?爸爸!

阿夫德:啊啊,我不相信,现在你应当到园里去顽顽。

爱友夫:我应当带本书去么?

阿夫德:不要带,你顶好到海边上,同那些小孩子去顽顽。

爱友夫:不去。爸爸呀!我今天不同那些小孩子顽。(作羞涩状)

阿夫德:为甚么呢?

爱友夫:因为我今天穿了这样的衣服。

阿夫德(皱眉):是不是他们看见你穿了新衣服要取笑你呢?

爱友夫(推托):不是,他们不敢。因为怕我要打他们。

阿夫德:那是为甚么呢?

爱友夫:你知道那些小孩子都是顽皮的。他们会说我不能够当兵。

阿夫德(作郁怒状):你想他们为甚么要那样说?

爱友夫:我想他们是嫉妒我。爸爸你知道他们是狠穷的,连鞋袜都没有得穿。

阿夫德(低声,气息几不续):呀呀! 荔达,我心里狠难过。

荔达(立起以言慰之):又来了! 又来了!! 又来了!!!

阿夫德(作势):那些顽皮东西总会知道在海边上,应该谁做主人。

亚斯达(听状):有人敲门来了。

爱友夫:啊! 我想一定是鲍海。

荔达:进来。

(鼠婆子轻悄从右门入,彼身躯瘦小,面皱发华,眼光尖锐,衣古式花布长衣,披黑外套,着黑帽,手一大红伞,提黑皮包,系甚长,绕其背。)

爱友夫(轻轻执亚斯达衣):安迪! 一定是他。

鼠婆子(为礼于门前):失礼得狠,请问你老人家的家中,有甚么偷油咬衣服的东西没有?

阿夫德:此地! 我想没有。

鼠婆子:我实在愿意伺候你老人家,把那些东西消灭了去。

荔达:是! 是! 我晓得你的意思。但是我们这里,实在没有那样东西。

鼠婆子:那真是我不走运,因为我现在恰好走到这方来了。甚么时候再来,连神仙也不知道!呀!我好疲倦!

阿夫德(命之坐):你好像是疲倦了。

鼠婆子:既然是在那些人嫌受逼的小东西的身上做些好事,本不应当疲倦,我是知道的。但是那件事狠费力。

荔达:你可坐下歇歇。

鼠婆子:谢谢。(间于门与长榻而坐)我昨晚在外边做了一夜的工。

阿夫德:真的么?

鼠婆子:是的,在岛上。(干笑)他们叫我去的。他们极不喜欢那件事,但是也没有别的法子想。只得把他当一件事做,他们来吃这个酸苹果。(向爱友夫点首)酸苹果!小主人!!酸苹果!!!

爱友夫(无意之中,微形畏缩):他们为甚么定要——呢?

鼠婆子:要甚么?

爱友夫:要吃呢?

鼠婆子:小主人你不知道么?这是因为他们被那些大老鼠小老鼠闹得心身不安的缘故。

荔达:唔!可怜他们!他们那里有这样多的老鼠么?

(未完)

——《新青年》第四卷(1918)第六号

小爱友夫(续四卷六号)

鼠婆子:是的,那些老鼠都是活泼泼地成群结队的。(笑貌)他们夜里或者轻轻爬上床来,或者跳进牛奶罐里去吃牛奶,或者在地板上前前后后、上上下下不住的乱跑。

爱友夫:(轻轻对亚斯达说)安迪!我决不到那个地方去。

鼠婆子:但是现在我来了,我还带着一个同伴在此。可爱的小东西们,我都一个个收拾了去,我都一个个送他归天。

爱友夫:(惊貌)爸爸!看呀!看呀!!

荔达:爱友夫!你做甚么!

阿夫德:甚么?

爱友夫:(手指状)口袋里有甚么东西在那里动?

荔达:(立于房之左角,惊貌)唔!阿夫德,叫他出去。

鼠婆子:(笑)啊啊!你老人家,用不着怕这个小东西。

阿夫德:但是那是甚么东西?

鼠婆子:这不过是小摩浦塞门(小狗名)。(一面解袋口之绳)我可爱的朋友!出来透透光罢。(小狗鼻高而黑,伸头袋外。)

鼠婆子:(向爱友夫点首而招手)到此地来呀,不用害怕,我那受了惊的小勇士呀!他不会咬人。到此地来呀!到此地来呀!!

爱友夫:(急避入亚斯达怀中)不,我不敢来。

鼠婆子:你看他的相貌,岂不是和平而又可爱么?小主人!

爱友夫:(指犬作惊愕状)是那个东西么?

鼠婆子:是呀,就是这个东西。

爱友夫:(凝视该犬,惊骇失声)我想,我从来没有看见别的相貌比他的更可怕。

鼠婆子:(闭其袋口)好极了。你总会知道的,你总会知道的。

爱友夫:(无意移近鼠婆子,触其袋)他总算是可爱!可爱!!

鼠婆子:(作惊告状)现在他已经是疲倦极了,可怜可怜。(目视阿夫德)先生,我对你说,做那种顽意儿,是狠要用你一些气力。

阿夫德:你是说甚么顽意儿?

鼠婆子:就是那骗人的顽意儿。

阿夫德:你是不是用这小狗去骗那些老鼠?

鼠婆子:(点首)摩浦塞门同我两个人一块儿去做,看起来是狠容易。我只用一根绳子,系在他的颈子上,领了他围著房子走三遍,再吹我那神笛的调子。(乐器原名 Pomispipes si Pandean)那些可怜的小东西,一听这个声音,都从天花板里,或从地板底下,或由洞里,一齐出来了。

爱友夫:这个小狗把他们全都咬死么?

鼠婆子:呵!不是,我同狗走上船去,这些鼠老子、鼠子、鼠孙,都跟了来。

爱友夫:(作切思状)以后怎么样呢?

鼠婆子:上了船之后,我就用桨把船撑开,再吹我那神笛的调子。摩浦塞门泅水跟随在后。(眼光四射)那些会爬的小东西,一个个都随从我们投入很深很深的水底去了。唉!这也是他们该当如此。

爱友夫:为甚么该当如此?

鼠婆子:正是因为他们不想下去,正是因为他们最怕的是水。惟其怕得很,所以沉得深。

爱友夫:他们都淹死了么?

鼠婆子:一个也不留。(声音稍软)下水之后,那些可爱的小东西,得其所哉。凡是他们理想中所有平安稳和静寂的境界,现都到了,笑笑的走进黑甜乡里,永久安眠,没有人再要恨他们、逼他们了。(立起)我告诉你,当初做这宗事,我不用摩浦塞门帮忙,就是我一人自己去骗骗他们出来。

爱友夫:那么,你用甚么去骗他们呢?

鼠婆子:用人。

爱友夫:(作急迫状)呵!用甚么人,告诉我。

鼠婆子:(笑)我的相好,就是我自己相好的人。

爱友夫:他此刻在那里?

鼠婆子:（粗声）和那些老鼠在一块儿。（声音复软）现在我要走了,我要办我的公事去了。我一天到晚,就是跑来跑去。（向荔达说）今日太太没有事用得着我么？我在这里,一切的事都办得了。

荔达:没有事,谢谢你。

鼠婆子:好,好,太太,那是说不定的。你如果看见甚么东西乱咬乱跳,扰得你不安宁,那时候只有叫我同摩浦塞门来就是了。诸位,我去了,再会,再会。（由右门走出）

爱友夫:（欣然悄然走向亚斯达[①]）安迪！想不到我也看见这鼠婆子了！（荔达往前廊走,出手帕作扇扇之。顷之,爱友夫特往右溜出,众未注意。）

阿夫德:（在长榻傍棹上举起一皮包）这是你的皮包么？阿斯达？

亚斯达[②]:是的,我有些旧信件在里边。

阿夫德:啊！家信！

亚斯达:这是你上次出门之后,你叫我替你清理出来的。

阿夫德:（抚其首）你果真得着工夫替我做了么？

亚斯达:是的,有些是在此地清理的,有些是在城里房子内清理的。

阿夫德:谢谢你,你看见信件内有甚么特别事情没有呢？

——《新青年》第五卷（1918）第三号

---

① “亚斯达”,原文作“阿司达”,前文作“亚斯达”,今改。

② “亚斯达”,原文作“阿斯达”,前文作“亚斯达”,今改。

沈性仁

遗扇记

序言

最初介绍王尔德给国人的是周作人先生,所译的是《安乐王子》(*The Happy Prince*)的短篇(见《域外小说集》第一册)。这是十年前的事了。秋桐在东京作《双枰记》,独秀作的序文曾引过王尔德的故事。以后《新青年》登过薛女士所译的《意中人》(*An Ideal Husband*),可惜没有登完。此外再没有提过王尔德的名字了。

王尔德(Oscar Wilde,一八五六——九〇〇)是爱尔兰的贵族。他的母亲也是狠有文名的。他的传记在英文里有好几种,现在我也不必述他一生的事迹,料想将来一定有人替他用汉文作传的。王尔德是一个奇怪的才子,颇有一种特别审美的趣味。他曾把他的夫人用希腊的古装装扮起来,在鄂斯福大学的时候创一种审美的运动。他一生最受人家唾骂的就是因为犯了刑事罪在雷丁(*Reading*)狱里监禁了两年,出狱后流落在大陆上,以后便死在巴黎,葬在那有名的 Pere Lachaise 墓地里。近几年里,法庭①上还

---

① “庭”,原文作“廷”,据文义改。

有著名的案子与王尔德有关系的。

王尔德的为人、他的癖性嗜好是另外一个问题,我们且不必讨论他。我却是极好读他的著作,我对于文学是一个门外汉,王尔德的戏曲、小说、诗歌在英国文学史上占怎样的位置,自有文学家去批评的,但是由我“俗人”(*layman*)的眼光看起来,价值是非常之高。他的著作里我所最喜欢的就是《遗扇记》(*Lady Windermeres, Fan.*)、《德利安格雷的画》(*The Picture of Dorian Gray*)和《雷丁狱中之歌》。他还著有一短篇,论社会主义,我想读过的狠少,却是一篇极美的文章,以先我极爱读的。

《遗扇记》是他戏曲里的第一篇,在一八九二年作的,在伦敦圣哲姆斯戏馆里扮演的。据我“俗人”的眼光看起来,也算是他的戏曲里最大的杰作。那对话的巧妙伶俐,语气的庄谐并见,诡辞(Paradon)的蕴藏真理,真是天才的著作。我想就这三点看起来,现在只有英国的萧伯讷[①]可以比得上他。但是萧伯讷同他却又不是一派。一般文学家批评萧伯讷,说他的戏曲里的人物不是像易卜生那样专把一个人来代表易卜生的思想。萧伯讷把每一个人物多少都加上点萧伯讷的人生观(Shavian Philosophy)的话头在里头。我想王尔德戏曲里的人物也是这个样,各个人物的说话都带着点王尔德机警的气息。

王尔德的戏曲大部分都是用本地风光(local color)所描写的又是极纯粹的英国上等社会,所用的话也是极纯粹的英国熟语,所以外国人不容易领会的。但是我因为这个缘故,更觉著有趣味。今年九月性仁在病院里,闷极无聊,我又没有工夫去陪伴他,乃请王尔德的《遗扇记》给他解闷。性仁喜欢这出戏里的故事,出院后就把他译出来。译笔倒没有大错误,我又替他修改了些,想

---

① “讷”当作“纳”。下同。

还没有失掉王尔德的原意，至于那漂亮的语气、俏皮的说话，恐怕不能依样画葫芦了。

《遗扇记》日人即按原名直译。现在这个名字是适之代拟的，应当谢谢他。陶履恭。

剧中人物

温特米尔勋爵

达林顿勋爵

阿格司脱洛顿勋爵

西西尔格拉汉先生

丹比先生

霍泊尔先生

泊克尔　仆役总管

温特米尔勋爵夫人

勃利克公爵夫人

阿格塞女公主

普林达勋爵夫人

嘉德布勋爵夫人

斯达斐尔特勋爵夫人

克波克波夫人

尔林夫人

洛色丽　下婢

时间　现代

地方　伦敦

戏剧里的情节一共经过二十四点钟，自从礼拜二午后五点钟起，至次日午后一点半钟止。

第一幕

(布景)温特米尔爵邸之早憩室。室有二门(中左)。写字台上置有书籍报纸。(右)沙法一张,旁立一个小茶几(左)。一窗向草地开着(左)。长棹一(右)。

[温特米尔勋爵夫人立在棹前(右)。两手在那里摆弄一个蓝磁碗里的玫瑰花。]

泊克尔:(入)夫人,今天下午会客么?

温夫人:会客?谁来拜会我?

泊:达林顿勋爵,夫人。

温夫人:(踌躇了一回)请他进来。无论那一位来拜会,我都见。

泊:是了,夫人。(由中门出)

温夫人:狠好,今天晚上以前能够见他。我狠愿意他来了。

泊:(由中门入)达林顿勋爵到。

(达林顿勋爵入,泊克尔退出。)

达:温夫人,你好呀!

温夫人:你好,达林顿勋爵!不行,我不能同你握手。我的手都被这些玫瑰花弄湿了。你看,多可爱呀!那是今早从塞尔皮(地名)送来的。

达:真好看。(看见了棹上的一把扇子)那把扇子多少好看!可以给我看一看么?

温夫人:可不是吗!请看罢。有我的名字和好些别的东西在上面咧,我自己也是才看见。这是我丈夫送给我的礼物。你知道吗?今天是我的生日呢。

达:不是罢?真的吗!

温夫人:当真的,今天是我成年的日子。这不是在我一生里最重要的一天吗？所以今天晚间我才开这个跳舞会咧。请坐罢。（依旧在那里装他的花。）

达：（坐下了）温夫人，可惜我不能早一点知道今天是你的生日，好把你邸前的路上满铺起花来，为你行走。那些花都是为你生的。

（半晌不语。）

温夫人：达林顿勋爵，你昨夜在外交部里搅得我好难过。我怕你今天再要苦我。

达：我么？

（泊克尔和一从仆手托杯盘茶器等由中门入。）

温夫人：放在那边，泊克尔。好了。（用手巾擦他的手，走到茶几前坐了）达林顿勋爵，你不到这边来么？

（泊克尔退出。）

达：（拿了椅子踱过中门到茶几边）我好难过，温夫人。请你告诉我罢，倒底我做了什么呢？（坐下）

温夫人：啊，昨天一整晚上你对我拿些花言巧语来恭维我。

达：（笑）啊，我们现在都是这样穷，最讨人欢喜的礼物，还算是恭维的话咧。我们也只有这个能够送得起。

温夫人：（摇头）不要这样说，我是正正经经讲，请你不要笑。我实在不喜欢听恭维的话，并且我不知道为什么一个男子要那样想，不从他的本心，随口说了一大些好话，以为是可以讨好一个女子。

达：啊，但是我是真真出于本心的。（双手接了温夫人送给他的茶杯。）

温夫人：（很庄重的样子）我盼望不是。达林顿勋爵，我实在不高兴同你这样吵闹。你知道，我狠欢喜你的。假使我当你和一般人一样，那我一点也不能欢喜你了。相信我，你比较一般人确是好些,有的时候我想你是假装着坏。

达:我们都有些好自炫的毛病,温夫人。

温夫人:为什么你要特别拿那个来当做你的毛病呢?(依旧坐在茶儿旁边。)

达:(安坐不动)啊,现在有好些个好自炫的人在高等交际场中往往假装做好,照我看来,假装做坏在性情上比较起来,显得稍为和平谦虚一点似的。换一个说法,你要是假做好,世上人拿你看得狠认真,倘使你假做坏,就不然了。

温夫人:你不要世上人看重你么,达林顿勋爵?

达:不要,不必世上人。世上人所看重的是那一类呢?都是些笨牛可以想得出来的一般人,从大僧正一直到讨厌的东西。温夫人,我愿意你看重我,你比较旁人总得要看重我些。

温夫人:为什么——为什么我呢?

达:(稍为踌躇)因为我想我们或者可以做极好的朋友。有时候,你也须用得着一个朋友。让我们来做个好朋友罢!

温夫人:为什么你要说那一种话?

达:啊!我们都有用得着朋友的时候。

温夫人:我想我们已经是狠好的朋友了,达林顿勋爵。我们永远可以像这个样,只要你不——

达:不什么?

温夫人:不要拿过分的傻话来毁坏我们的交情。我想你当我是一个清净教徒罢!(译者按:清净教徒的意思并不是属于清净教派,不过保守严格的宗教道德的,凡是肉体上的快乐一概戒除的意思。)不错,我是有点儿清净教徒的派头,我照那样教养成的,倒也狠愿意是那个样。我的母亲死的时候,我不过是一个小孩子,以后就同裘利亚夫人住在一块儿,他是我父亲的大姊,你知道的。他管得我狠严厉,但是他教导我现在一般人所忘记的是非的区别。他不承认是非会有折衷,我也不承认。

达:嗳唷,我的温夫人呀!

温夫人:(向后倚在沙法背上)你看我的识见好像跟不上这个时代——啊,我是的!我不愿意和现在的人有一样的见识。

达:你想现在的时代不好吗?

温夫人:是的,现在的人拿生命当做投机。生命不是投机,是一个圣礼。生命最高的理想是个爱,洁净生命的是牺牲。

达:(微笑)啊,无论那一件事也比牺牲强!

温夫人:(向前倾)不要这样说。

达:我要这样说。我觉着这个——我知道这个。

(泊克尔入。)

泊:夫人,那些工人问今天晚上草地上要铺地毡不要?

温夫人:达林顿勋爵,你想不会下雨罢?

达:在你的生日里要下雨,我不答应的。

温夫人:泊克尔,叫他们即刻铺起来罢。

(泊克尔出。)

达:(照旧坐着)那么,你想——我当然是说一个比喻——你想,倘使一对少年夫妇,才结婚了两年的光景,这个丈夫忽然和一个——啊,行为极暧昧的妇人结交了,成了狠亲密的朋友,常去访他,和他一块儿吃饭,或者替他还账——你想那个夫人能够安慰他自己吗?

温夫人:(皱着眉头)安慰他自己?

达:是的,我想他应该——他有这个权利。

温夫人:因为丈夫的卑鄙,做妻子的也应该卑鄙么?

达:温夫人,卑鄙两个字用得太利害些。

温夫人:达林顿勋爵,因为这桩事情是利害。

达:你知道么,我怕那好些人在世上做出许多罪过来!他们最大的罪过是把坏处看得太郑重。人也无所谓好的歹的,不过有漂亮的,有讨厌的。我是在漂亮的一边,温夫人,你呢,也不能不在这里头。

温夫人:哦,达林顿勋爵。(起身走到达林顿的面前)不必动,我只过去弄完了我的花。(来到棹前)

达:(起来移动他的椅子)我不能不说一句话,温夫人,你对于现在的生活责备得狠利害。我也承认有好些个可以反对的。现在许多妇人都是唯利是图的。

温夫人:不要议论这一般人。

达:啊,那么,把唯利是图的人放开在一边,他们确是可怕。你想那些妇人犯了世俗所谓的罪过,就永远不能被饶恕么?

温夫人:(站在棹旁)我想永远不能够被饶恕罢。

达:我也不能够么?你想男女应该受一样的法律么?

温夫人:当然的!

达:我想生命是一个狠复杂的东西,不能用那固定的规则来判断的。

温夫人:假使我们有"这些固定的规则",我们的生命倒觉得格外简单了。

达:你不承认有例外么?

温夫人:不承认!

达:啊,温夫人,你这迷魂的清净教徒呀!

温夫人:达林顿勋爵,这个形容词倒用不着。

达:我不能不用这个字。除了引诱,我都能抵抗的。

温夫人:你也有现在一般人的毛病,假装软弱。

达:(注视温夫人)温夫人,不过是假装罢了。

(泊克尔入。)

泊:勃利克公爵夫人,阿格塞女公主。(退出)

（勃夫人和阿格塞入。）

勃夫人：（走近前来握手）爱的马格雷脱，我狠喜欢见你。你还记得阿格塞吗？（踱过了两门）达林顿勋爵，你好呀！我不让你认识我的女儿，因为你太坏。

达：不要那样说，公爵夫人。论到坏人，我是一点也没有做到。有些人说我这一辈子从来没有真真做错了什么，他们当然是背着我说的。

勃夫人：这样利害啊！阿格塞，这是达林顿勋爵。留心着，他说的话，你连一个字也不要信。（达林顿向右中行）不要，不要茶，谢谢你，爱的。（过去坐在沙法上）我们刚在麦克皮夫人处喝过的。又是那样坏的茶，简直是喝不得。那也没有什么奇怪，他的姑爷送给他的。马格雷脱，阿格塞狠盼望到你今天晚上的跳舞大会里来。

温夫人：（坐在几前）啊，公爵夫人，你不要想今天晚上是大会，不过是一个小跳舞会贺贺我的生日罢了，一个狠小的并且早的。

达：（立着）公爵夫人，狠小狠早并且所请的也都是特别斟酌过的。

勃夫人：（在沙法上）当然是要特别斟酌过的。马格雷脱，我们知道你的家里是那样的。这里实在是伦敦少数里头的一家，我可以领阿格塞来，并且可怜的勃克利（其夫之名）到这里也是最妥当的。我不知道这交际社会要变成个什么样子，坏的人似乎那里都去的。他们的确到我所开的会里来——假使人家不请他们倒还要发气，实在应该有人出来矫正这个才好。

温夫人：公爵夫人，我愿意。我可以不叫一个有丑历史的到我家里来。

达：啊，温夫人不要这样说。我永远不能进来了！（入坐）

勃夫人:啊,男子不要紧,女子是不同的。我们都是好的,在我们里面至少也有几个,但是我们的确被推到角上去了。假使我们不向我们的丈夫吹毛求疵的闹着,他们竟会把我们的存在都忘记掉了。这正可以教导他们,我们是有完全依法的权利可以这样做。

达:公爵夫人,讲到婚姻这个把戏,倒是一个狠巧妙的事情——啊,这个把戏已经渐渐不流行了——这些妻子们虽然拿到了好牌,却总是输掉一副。

勃夫人:输掉的一副?就是丈夫吗,达林顿勋爵?

达:这个名字给现在的丈夫还是太好咧。

勃夫人:达林顿勋爵,你这个人坏到这个地步!

温夫人:达林顿勋爵太无聊。

达:哦,温夫人,不要这样说。

温夫人:那么,你为什么拿生命论得这样轻呢?

达:我想生命是一件太重要的事情,倒不能够看得太认真。(移至中)

勃夫人:他是什么意思?达林顿勋爵,请你原谅我的糊涂,只求你讲给我听是什么意思。

达:(走回到棹子边来)公爵夫人,我想我还是不讲好。现在说得清楚要露出马脚来了。再会!(和公爵夫人握手)(走上一步)温夫人,再会。我今晚可以来吗?让我来罢!

温夫人:(与达林顿立在上方)当然许你的。但是你不要对人家说那些傻而不诚实的话。

达:哦,你倒要来教训我。温夫人,要教训人家是一件危险的事情呢。(鞠躬而出)

勃夫人:(起身走到中间)多少漂亮的一个坏东西!我狠欢喜他。我愿意他走了!你的样子多可爱!你的外衣那里做的?现在我要告诉你,爱的马格雷脱,我为你担了多少的忧愁。(移近沙法前和温夫人坐在一处)阿格塞宝贝!

阿格塞:是,母亲。(起立)

勃夫人:那边的画片帖,你不去看看吗?

阿格塞:噢,母亲。(行至棹前)

勃夫人:小宝贝!他顶喜欢看瑞士的画片,我想他的眼力真是不错。马格雷脱,我真真为你忧愁。

温夫人:(微笑)为什么呢,公爵夫人?

勃夫人:哎,都是为那个可恶的妇人。他穿得又狠讲究的,正是叫他格外坏,做这种可怕的模范出来。阿格司脱——你认得我那没有出息的兄弟——真是我们大家的一个累赘——啊,阿格司脱完全是被他迷住了,实在是件可耻的事情,因为他是一个绝对不能容在交际社会里的女子。一般的女子,那不名誉的事情免是总有些免不了的,但是我听见这个妇人至少也有一打,并且和他都是合得上来的。

温夫人:公爵夫人,你倒底讲的是谁?

勃夫人:讲的是尔林夫人。

温夫人:尔林夫人?我从来没有听见过,公爵夫人,并且他于我有什么干系?

勃夫人:可怜的孩子!阿格塞宝贝!

阿格塞:是,母亲。

勃夫人:你不到外面草地上去看看太阳落山吗?

阿格塞:噢,母亲。(由左窗出)

勃夫人:可爱的女儿!真爱看日落!感情多少优美,是不是?没有比天然的景像再好看了罢?

温夫人:公爵夫人,倒底你说的那个是什么?为什么你对我提起那个人呢?

勃夫人:你真的不知道么?我老实告诉你,我们都为这件事狠担心①。昨晚在方生夫人那里,大家都议论着说那是一件非常的事,在伦敦这个城里那么多的男子,为什么就只温特米尔要走这条路呢?

温夫人:我的丈夫——他对于那种女子怎样呢?

勃夫人:啊,爱的,真是怎样呢?那是个要点。他时常去看这个妇人,并且每回在那里总要住好几个钟点,只要他在那里,总不招待别的客了。不大有女子去访他,都是些卑鄙的男朋友——特别的是我的兄弟,方才已经告诉你了——因此使得温特米尔格外可怕。我们总想他是一个模范的丈夫,但是这个恐怕再没有什么可疑了。我的侄女们——塞维尔家的姑娘们,你不认得吗?——很好的闺女们——平庸,平庸极了,但是很好——他们常在窗口做手工,做些丑陋的东西给那些穷苦的……那个妖精女子在克而崇街上租了一宅房子,正在他们对面——又是在这样体面的街上。我不知道我们要变成个什么样子咧!并且他们告诉我,温特米尔每礼拜总要去访他四五次——他们都看见的。他们不能看不见的——他们虽然不会诽谤人,他们——啊,当然要传给别人听的。还有不可堪的事情咧,有人告诉我说,这个女子从一个人手里得了许多钱,他在六个月以前初到伦敦的时候,什么东西也没有,现在他居然在梅琲而伦敦贵族之区住起这样高雅好房子来,每天还在公园里驾了他的小马,这都是——哎都是——自从他认识了可怜可爱的温特米尔。

温夫人:啊,我再也不相信这个!

勃夫人:我爱,可惜这个的确是真的。全伦敦都知道了。所以我觉得还是走来告诉你好,并且要劝你快领温特米尔到霍堡温

① “心”字后疑衍一“事”字,今删。

泉或是哀克司温泉去,那里很有些东西可以使他快乐的,并且在那里你可以一天到晚看着他。我爱,我告诉你,自从我初结婚之后,有好几回不得不假装着病,并且不得已喝那种极恶心的矿泉,不过是要使勃利克离开这个城市罢了。他是极容易感动的。虽然,我不得不说一句,他永远没有送给人家大宗款子过。对于那种事情,他的宗旨是很高的。

温夫人:公爵夫人,公爵夫人,不会到这个地步!(起身走过台前)我们结婚了才两年的工夫,我们的孩子只有六个月大。[坐在棹(左)前的椅子里]

勃夫人:啊,可爱的孩子!小宝贝好吗?是一个男的还是女的?我盼望是一个女孩子——啊,不是,我记得是一个男孩子罢!我很不喜欢,男孩子最坏不过。我的那个男孩子非常的坏,你再也不信他什么时候回家来。他离开奥克司福而特大学才几个月——我实在不知道他们在那里教他们些什么。

温夫人:男子都是坏的吗?

勃夫人:哎,他们①都是的,我爱,没有一个例外,并且他们永远不能改好的了。男子会老,但是永远不会好。

温夫人:温特米尔和我两个人因为爱才结婚的。

勃夫人:是的,我们起初也是这样的。只因为勃利克常常拿暴烈自杀的话来威吓我,才叫我允许他。还没有到一周年,他就去跟随那些形形色色各种的女子。蜜月还没有完的时候,有一次②被我捉到了,他在那里和我的女仆使眼色。这个女仆是很美,出身也很体面的。我立刻把他辞退了——不是,我记得荐给我的妹妹了;可怜爱的乔治(其妹丈之名)是近视眼,我想是不要紧的。

---

① “们”,原文作“门”,据文义改。

② “有一次”,原文作“一有次”,据文义改。

不料又不然,真是不幸。(起立)我爱,我现在一定要走了,因为我们要到外面去吃饭。盼望你不要拿温特米尔这一点点的错处搁在心里头,只要领他到外国去,他就会回心转意来待你了。

温夫人:回心转意来待我吗?

勃夫人:真的,我爱,这些坏女子夺了我们的丈夫去,但是他们总会回心转来的。稍为有点损伤,那是当然的,并且不要演出活剧来,男子恨这些个的。

温夫人:公爵夫人,你是好意来告诉我这件事情,但是我总不信我的丈夫会欺骗我的。

勃夫人:可爱的孩子!我有一次也是这样的,现在才知道男子却是残忍的。(温夫人按电铃)只有一件事要做,就是把这些可怜的东西们喂得好。好本领的厨子可以显出神妙的手段来,这个我想你是有的。马格雷脱我爱,你不是要哭吗?

温夫人:公爵夫人,你不用怕,我再也不会哭的。

勃夫人:我爱,那才对了。普通的女子借着哭躲忧愁,但是好看的女子因为哭要损颜色呢。阿格塞宝贝!

阿格塞:(进来)来了,母亲。(立在棹后)

勃夫人:来和温夫人说一声再会,还要谢谢他。(又走下来)我应该要谢谢你送给霍泊尔①先生的请帖。——他就是现在大家正注意的那个从澳洲来的年轻的财主。他的父亲因为卖那圆罐头食物发了财——我相信那滋味狠好的②——但是我恐怕连仆人都不要吃的。但是他的儿子倒狠有趣,我想他爱阿格塞讲的话聪明。我们少了阿格塞当然是狠难过,但是我想做母亲的每年不能嫁出一个女儿去,反倒不是真爱他。今天晚上我们准来,我爱,

① “尔”,原文作“儿”,据文义改。
② “那滋味狠好的”,原文作“那滋狠味好的”,据文义改。

(泊克尔开门)记住了我的忠告,赶快同这可怜的人离开这城里,只有这件事最要紧的。再会,阿格塞来!(公爵夫人和阿格塞出)

温夫人:这样利害!方才达林顿勋爵说那个刚结婚了两年的夫妇的比喻,我现在才明白。啊!这个不会真的——他说送给这个妇人大宗的款子。我知道阿撒的银行簿子放在那里——在那个书棹的抽屉里或者可以从那里找出凭据来,我一定要找他出来。(开抽屉)不对,这是弄错了。(立起来走到中间)是些瞎话,毁谤!他爱我!他的确是爱我!但是我为什么不看一看呢?我是他的妻子,有权利可以看的!(重又回到书棹前,拿出帐本来一张张的细看,微笑作慰藉状)我知道这个,这一番蠢话里头没有一句会真的。(把帐本仍搁在抽屉里,再拿别本来看)第二本——秘密——锁上了!(要想开他,但是不能够,看见书棹上的裁纸刀,拿来把包皮切开了,从第一张看去)尔林夫人——六百磅——尔林夫人——七百磅——尔林夫人——四百磅。啊!这是真的了!这是真的了!这样利害!(把书丢在地板上)

(温特米尔勋爵自中门入。)

温:我爱,那把扇子送来了没有?(走近书棹前看见帐本)马格雷脱,你开过我的银行簿子了。你不应该做这件事体!

温夫人:你想是你被人家找出来了,是错了么?

温:我想做妻子的不应该去侦探他的丈夫。

温夫人:我没有侦探你。半点钟以前,我再也不知道有这个女子。有人可怜我,一番好意来告诉我的,那件事在伦敦的地方,个个人都早已知道了——你天天到克尔崇街去,你昏迷了,把大宗的金钱都浪费在这卑鄙女子的身上!(走近了书棹)

温:马格雷脱,你不要讲尔林夫人是这样的一个人,你不知道多少罪过!

温夫人:你狠爱惜尔林夫人的名誉,可惜你没有爱惜我的。

温:马格雷脱,你的名誉没有伤。你万不会疑惑我——(把帐本搁在书棹里)

温夫人:我想你的钱用得狠奇怪,不过如此罢了。啊,你不要想我计较这些钱。论到我呢,你把所有的钱都花掉也可以。但是我计较的是你,曾经爱过我的,也曾教过我爱你的。现在不受人家白给的爱,反倒要拿钱去买人家的爱。啊,可恶极了!(倒身沙法上)你是不觉得什么,我倒觉得十分羞辱!我实在觉得玷污了,实在玷污了!你看不出来我觉得这六个月里多少可怕——你每次和我亲的嘴,回想起来都是玷辱我。

温:(走近夫人前)马格雷脱,不要说那些话。在这个世界上,除了你,我没有爱过第二个人。

温夫人:(起立)那么那个女子是谁?为什么你租房子给他住呢?

温:我没有给他租房子。

温夫人:你给他钱去租,也是一样的。

温:马格雷脱,据我所知道的尔林夫人——

温夫人:有尔林先生没有——或者他是一个神罢?

温:他的丈夫死了好几年了。他在这世界上是孑然一身的。

温夫人:没有亲戚吗?(少息)

温:没有。

温夫人:有点奇怪,是不是?

温:马格雷脱,我正要告诉你——并且要你听我——据我所知道的尔林夫人,他的行为极端正的。要是几年前——

温夫人:啊!(走近右方)我不要听你讲他的历史!

温:我并不是要告诉你他的历史,不过要告诉你这个——尔林夫人也是被人家尊敬过、恋爱过的人。他的出身狠好的,也是一个有身分的——他把样样都没有了——你或者要说他是有意丢掉的，所以这才更苦痛咧。灾祸，人是可以忍受的——那是从天外飞来的、偶然发生的，是假使是为自己的罪过遭难的——啊！——那是一生一世的苦痛。二十年以前，他也是一个小姑娘，他做了人家的妻子，比你的时候还少些。

温夫人：我对于他没有什么趣味——并且——你不该同时拿我和这个女子来议论。你这个辨别力错了。（坐在书棹边）

温：马格雷脱，你有能力救这个女子。他要回到交际社会里来，并且要你帮助他。（走近夫人前）

温夫人：我！

温：是的，你。

温夫人：他倒这样冒昧！（少顿）

温：马格雷脱，虽然你已经发现了我送给尔林夫人的款子，我起初是决计永远不给你知道的，但是我还是要求你把今天晚上开会的请帖送给他一张。（站在他夫人的左边）

温夫人：你疯了罢！（立起来）

温：我恳求你。或者有人要议论他，那当然要议论的，但是他们都不知道他有什么错处。他到过几家——并不是你去的家里，我承认的，但是也都是现在称为交际社会的女子所去的家里，那还不能满足他的意思，他要你请他一次。

温夫人：我想那算是他的胜利罢？

温：不是，不过因为他知道你是一个好人——并且他要是到这里来了一次，就有机会使他的生命又有幸福又稳当，比较从前要强些。你肯帮助一个悔过学好的妇人吗？

温夫人：不行！假使一个妇人真真的懊悔过来，他再也不肯回到使他零落的那个交际社会里去了。

温：我总算恳求你。

温夫人：（走到门边）我要换晚装吃饭去了，今天晚上再也不要提到这个题目。（走近他丈夫的面前）阿撒，你妄想着，因为我在这世上是没有父母的一个人，所以任凭你喜欢怎样就怎样待我。你错了，我有朋友的，不少的朋友咧。

温：马格雷脱，你讲的都是瞎话、糊涂话。我不要和你争论，不过今天晚上我还是主张你去请尔林夫人来。

温夫人：我不做这样的事。（走向左方）

温：你不答应吗？

温夫人：绝对！不答应！

温：啊！马格雷脱，看我的面上请他罢，这是他最后的机会了。

温夫人：这与我有什么关系呢？

温：好妇人！多少强硬！

温夫人：坏男子！多少软弱！

温：马格雷脱，我们男子里头没有一个够配得上我们所娶的女子——倒是的确的——但是你不至于想我会——咳，这个想头太坏了。

温夫人：为什么你会比别人不同呢？我听见在伦敦做丈夫的，没有一个不是因为可羞的贪恋败坏他的生命的。

温：我不是他们里面的一个。

温夫人：那我不敢定！

温：在你的心里敢定，但是不要在我们中间生层层的隔膜。天呀，方才这几分钟的时候，我们两人已经成冰炭了。坐下来写请帖罢。

温夫人：全世界没有可以劝导我请他的。

温：（行近书柜前）我可以！（按电铃，坐下写了请帖。）

温夫人：你去请这女子吗？（行近他丈夫前）

温：是的。（稍停，泊克尔入。）泊克尔。

泊:是,我主。(走下来,到左方)

温:把这个条子送到克①尔崇街A字八十四号尔林夫人家里。(走过来拿条子给泊克尔)不要回信!(泊克尔出。)

温夫人:阿撒,假使这个女子到这里来,我要羞辱他。

温:马格雷脱,不要这样说。

温夫人:我要这样呢。

温:孩子,你倘使做出这样事来,怕伦敦没有一个女子不可惜你的。

温夫人:伦敦的好女子没有一个会不称赞我的。我们现在这些人也太没有检束了,我们应该做个榜样才好,我的意思就从今天晚上做起,(拿起他的扇子来)不错,你今天送我这把扇子,算是你给的生日礼物。倘是那个女子走进我的门口,我就拿来打他的脸。

温:马格雷脱,不准你干这样的事。

温夫人:你不知道我!(移向右。泊克尔入。)泊克尔。

泊:是,夫人。

温夫人:我到我自己屋里去吃饭,实在我用不着晚餐。到了十点半钟,件件事体都要预备好。还有,泊克尔,晚上你报客人名字的时候,要叫得清楚。有时候你说得太快,我常听不见。我要仔细听他们的名字,好叫我不会弄错。泊克尔,你明白吗?

泊:明白的,夫人。

温夫人:好了!(泊克尔出。)(向温爵说)倘若那个女子来了——我警告你——

温:马格雷脱,你要败坏我们!

温夫人:我们!从这个时候,我的生命和你的已经分开了。

---

① “克”,原文作“客”,据文义改。

倘使你愿意免去在大众面前出丑，即刻写一封信给这个女子，告诉他我不准他到这里来！

温：我不干——我不能——他一定得来！

温夫人：那我就老老实实照我说的那样行去，（行至右）你不给我一条别的路。（外出）

温：（随他夫人的后面叫）马格雷脱，马格雷脱。（少停）我的天呀！叫我怎样呢？我不敢告诉他这个女子真真是谁，就怕羞死了他。（倒在一个椅子里，用手遮住他的脸。）

（第一幕完）

——《新青年》第五卷（1918）第六号

第二幕

（布景）温爵邸之客室。一门开着通至跳舞室，一班乐队正在那里演奏，众客由左门入；又一门通至照得狠亮的草地上，棕榈花卉等还有狠亮的灯光。屋子里拥挤了一大堆的客人，温夫人一个个的迎接他们。

勃夫人：（走到中间）狠奇怪，温特米尔勋爵怎么不在这里，霍泊尔先生也不早来。阿格塞，你留了五次跳舞给他罢！（走下）

阿格塞：是的，母亲。

勃夫人：（坐在沙法上）给我看你的名单。（西洋跳舞的时候各人都有一个次序单，上边列着同跳的人名字。）我狠喜欢温夫人重新用起名单来了。做母亲的只有借着这个可以防范他的女儿。你这个可爱的傻东西！（把名单上涂去了两个名字）规矩的女子万不会同这样年轻的男子跳舞的！样子太放荡！最后的两次你一定得和霍泊尔先生到草地上去。

（丹比先生和普林达夫人一齐从跳舞室里走进来。）

阿格塞：知道了，母亲。

勃夫人:(用扇子扇)那边的空气狠清爽。

泊:克波克波夫人,斯达裴尔特爵夫人,哲姆斯洛斯顿先生,勃克电先生。

(报名的时候,这些人就依着次序进去。)

丹:斯夫人,晚间好。我想这节(伦敦的高等交际社会里,每年到四五月的时光,特别多开跳舞会、宴会、茶会等等,而此时期名之日节 Season。)里的跳舞会,这回算是末一次了罢?

斯夫人:丹比先生,我想是罢。这是个快乐的季节,是不是?

丹:狠快乐!公爵夫人晚间好。我想这季里的跳舞会,这回算是末一次了罢?

勃夫人:丹比先生,我想是呢。真个狠闷气的季节,是不是?

丹:真闷气!实在闷气!

克夫人:丹比先生,晚间好。我想这一节的跳舞会,这回算是末一次了罢?

丹:哦,不是罢,大概还有两次。(转身到普夫人那边来)

泊:罗福特先生,佳德布先生,格拉汉小姐,霍泊尔先生。

(泊克尔报名,他们便都进去。)

霍:温夫人①好!公爵夫人好!(向阿格塞行了一礼)

勃夫人:好个霍先生,难为你来得这样早。我们都知道这些在伦敦的都想攀附你。

霍:伦敦好地方!在伦敦的不像在息特纳(澳洲的一个都会)的那样排斥外人。

勃夫人:啊!霍先生,我们知道你的尊贵,并且像你这样的人再多些,可以使生命舒服些。霍先生,你知道阿格塞跟我两个人对于澳洲的地方怎样喜欢的。那地方一定有那些小袋鼠跳来跳

① “温夫人”,原文作“温夫夫人”,据文义改。

去的,多好看。阿格塞从地图上看见过那地形又是够奇怪的!正像一个装货的木箱子,不重。这是个狠新的地方,是不是?

霍:公爵夫人,这不是和别的地方同时生成的吗?

勃夫人:霍先生,你真聪明,你是独出心裁的。现在我不要再耽搁你了。

霍:公爵夫人,我要请阿格塞一同跳舞。

勃夫人:我想他总有空的跳舞。阿格塞,你还有未定的跳舞吗?

阿格塞:有的,母亲。

霍:可以赏我这光荣吗?

(阿格塞颔首。)

勃夫人:霍先生,你可要仔细照管我的多嘴小丫①头呢。

(阿格塞和霍泊尔一同进跳舞室去。)

温:马格雷脱,我有话跟你讲。

温夫人:等一回儿。

(乐止)

泊:阿格司脱洛顿勋爵。(阿格司脱入。)

阿格司脱:温夫人,晚上好。

勃夫人:佳姆斯勋爵,你陪我到跳舞室去,好不好?阿格司脱今天跟我们在一块儿吃饭,现在我实在受得他够了。(佳姆斯勋爵伸手挽了公爵夫人,送他到跳舞室里去。)

泊:阿撒包顿先生和夫人,丕司雷勋爵和夫人,达林顿勋爵。(泊克尔报名,他们便都进去。)

阿格司脱:(走向温爵前来)好小子,我有句特别的话要跟你讲。我消损到不堪了,我知道我的外面还看不出来。男子们不容

① "丫",原文作"了",据文义改。

易露出他的本相来,倒也是一件好事。我问你,这女子是谁?是从那里来的?怎么他也没有一个讨厌的亲戚?亲戚讨厌的东西!但是一个人有了亲戚,可以显得体面。

温:我想你讲的是尔林夫人罢?我在六个月前才遇见他。以前我一点也不知道有他这样的一个人。

阿格司脱:自从那时起,你就常见他罢。

温:(极冷淡)是的,以后我常去看他,刚才我还见过他呢。

阿格司脱:哈哈!这些女子们都看不起他呢。今天晚上我跟阿雷白拉一块儿吃饭,啊唷!你没有听见他这样的议论尔林夫人,简直骂得他丝毫不留……勃利克跟我都说这没有什么要紧。我们议论的那女子的身段一定是狠好看的。你应该看看阿雷白拉形容的样子!……但是,哎,好小子,我不知道对于尔林夫人怎样才好。□①!我或者可以娶他!他待我是没有什么亲热。他真是出奇的聪明,什么事他都会讲。啊哈!他讲你,你的事情他都讲……并且又都不一样的。

温:我跟尔林夫人的交情,没有什么可讲的。

阿格司脱:哼喂,老朋友,你想他再能够到那个讨厌的交际社会里去吗?你会介绍他给你尊夫人吗?不要推托。你肯干吗?

温:今天晚上尔林夫人要到这里来的。

阿格司脱:是尊夫人给他的请帖吗?

温:他接到了一张。

阿格司脱:那么样,他就好了。好小子,你为什么不早一点告诉我,省得我难受,并且也不至于误解了。

(阿格塞和霍泊尔先生到草地上去。)

泊:西西尔格拉汉。(西西尔人。)

---

① 原文字迹不清。

西:(向温夫人行了礼,过去和温爵握手)阿撒,晚上好!为什么你不问我好?我欢喜人家问好我,见得大家都注意我的康健。今夜我有点不大好,方才跟家里人一块儿吃饭,真奇怪,为什么家里人总是那么讨人厌的呢?晚饭之后,父亲跟我们谈些道德的事情,我说他老了应该明白些。但是据我个人的经验,人一到老了应该明白的时候,反倒弄得一点也不明白了。喂老头儿,我听见你又要结婚了罢!我想这个把戏你也干得厌烦了。

阿格司脱:好小子,你真琐碎,太琐碎了!

西:喂,老头儿,你倒底是娶两回亲、离一回婚,还是离两回婚娶一回亲呢?那一个对?我看还是离两回婚、结一回亲像些。

阿格司脱:我的记性太坏,实在不记得那一个是对。(移向右边)

普夫人:温爵,我有点特别事情要问你。

温:我恐怕……你肯原谅我……我要看看我的夫人去。

普夫人:哼,你不要做梦。现在的时代,做丈夫的在众人面前照管他的妻子是一件危险的事,因为惹人家生疑心,想他在背地里打他的妻子。这个年头,美满的婚姻都变成了可疑的了。等吃夜饭时候,再问你罢。(向跳舞室行去)

温:马格雷脱,我有话跟你讲。

温夫人:达爵,你替我拿住我的扇子,可以吗?谢谢。(走近他丈夫身旁)

温:(走近夫人身旁)马格雷脱,你在饭前说的话,当然,不行的?

温夫人:今天夜里不准那个妇人来!

温:尔林夫人要来的。你倘使用种种法子羞辱他,或是伤害他,那是叫我们两个人失面子、添忧愁。马格雷脱!记得这个!只要信我!做妻子的应该信服他的丈夫!

温夫人:信服丈夫的妻子在伦敦多着呢。他们不高兴的样子常容易看出来的,我不做他们那样的人。(走上来)达爵,我的扇子请你还我罢,谢谢。……扇子是件狠有用处的东西,是不是?……达爵,今夜我用得着一个朋友了。我想不到要这样快。

温:我一定得跟他讲,我应该。倘使真做出点活剧来,多可怕。马格雷脱——

泊:尔林夫人。

(温爵露惊状。尔林夫人神气狠庄严,穿得狠讲究。温夫人紧紧握住了他的扇子,旋又落在地板上,冷冷的向尔林夫人点一点头。尔林夫人亲亲密密的回了一个,飘然踱入室内。)

达:温夫人,你的扇子掉了。(拾起来递给他。)

尔林夫人:温爵,你好呀!你可爱的夫人多漂亮!真像一张画片!

温:(低声)你来得真冒失!

尔林夫人:(微笑)这是我一生里做的一件聪明事,并且,喂,今天夜里,你待我要特别殷勤才好。我怕这些女子,你也得介绍几位给我,这些男子我倒常常可以处置的。阿格司脱勋爵,你好呀!你近来跟我疏远了,自从昨天我就没有见过你。我怕你不信实,因为人人都是这样说。

阿格司脱:尔林夫人,让我解说给你听罢。

尔林夫人:不要,阿爵,你什么也不能够解说。这是你的好处。

阿格司脱:啊!你要是找得出我的好处,尔林夫人……(两人谈天的时候,温爵便走开了,一个人在屋里绕行,两眼直望着尔林夫人。)

达:(向温夫人)你的气色多少难看!

温夫人:胆怯的人的气色总不好看的。

达:你好像要发晕了,出来到草地上去罢。

温夫人:好。(向泊克尔)泊克尔,把我的外套拿出来。

尔林夫人:(走近温夫人边)温夫人,你的草地上照耀得多少好看!使我想起罗马多利亚亲王家里来了。(温夫人向他狠冷淡的行了个礼,遂同达爵到外边去了。)啊!格拉汉,你好呀!这位不是你的姑母佳德布爵夫人吗?我狠愿意认识认识。

西:(踌躇了一回,并且狠窘迫的样子)当然的,要是你愿意。克洛林姑母,让我介绍给你这位尔林夫人。

尔林夫人:佳德布夫人,我极愿意见你。(靠近他旁边,坐在沙法上)你的侄儿跟我是狠好的朋友。我对于他的政治生涯狠注意的,我想他一定会大大的成功。他的思想像个稳健派,而他的说话又像个急进派,现在的时代狠要紧会装那个样子的。他讲话又是狠漂亮,我们都知道那个他从那一位遗传下来的。昨天在公园里,阿伦台尔勋爵跟我说,格拉汉先生说话的神气狠像他的姑母。

佳夫人:你对我讲这些好话,真好!(尔林夫人微笑,依旧讲他的话。)

丹:(向西西尔)你把尔林夫人介绍给佳夫人了吗?

西:没有法子,我的好朋友,不能不介绍的。那个女子无论要什么,他有能力叫人替他做到的。到底为什么,那我不知道。

丹:啊,我盼望他千万不要来跟我说话!(缓缓步至普夫人那里)

尔林夫人:(向佳夫人)在礼拜四?好极了。(起身微笑,和温爵讲话去。)和这些老太太们周旋真讨厌,但是他们又喜欢这一套。

普夫人:(向丹比)跟温爵讲话的妇人穿得狠好看的,是谁?

丹:我不知道。看他的外貌狠像一部装订得狠好的法国坏小说,专在英国市场上消卖的。

尔林夫人:那就是可怜的丹比和普夫人吗?我听见普夫人狠嫉妒他的。今天他狠像不愿意跟我讲话,我想是怕普夫人罢。这些皮肤焦黄的妇人,好大的性子。温特米尔你知道,我想先跟你跳舞。(温爵齿咬着嘴唇皮,把眉头一皱。)不过阿格司脱要妒忌了!阿爵!(阿格司脱走下来。)温爵的意思要我跟他先跳,这是他的家,我也不便拒绝他,你知道我是愿意跟你先跳的。

阿格司脱:(低低的行一个礼)尔林夫人,可惜我不能这样想。

尔林夫人:你狠明白的。我想一个人一生一世跟你跳舞还觉得有趣的。

阿格司脱:(手插在白色的背心里)谢谢你!谢谢你!你是女子里头最可钦慕的一个!

尔林夫人:多少好听的话!狠简单并且极至诚,我正欢喜听这种话。喂,请你替我拿住了这个花球!(挽了温爵的臂,走入跳舞室里去了。)啊,丹比先生,你好呀!我狠过意不去的,你三次来看我,我都不在家,星期五请你来吃午饭。

丹:狠好。(冷淡的样子)

(普夫人气哄哄的样子望着丹比阿爵手里拿着花球,跟了尔林夫人和温爵从跳舞室里出来。)

普夫人:(向丹比)你真是一个没良心的东西!连一个字我也不能相信你!为什么你告诉我说你不知道这个女子呢?你连去看他三次,是什么意思?你不要到那里去吃午饭,当然你明白的!

丹:我的劳拉啊,我做梦也不会去的!

普夫人:你还没有告诉我他的名字。究竟他是谁?

丹:(轻轻咳嗽了一声,抓头摸耳的)他是一位尔林夫人。

普夫人:那个妇人!

丹:是的,人家都这样称呼他的。

普夫人:这样有趣!多少有趣!我一定要仔细看他一看。

（走到跳舞室的门口头张望）我听人家说他狠难听的事情，他们说他在那里陷害可怜的温特米尔呢，并且像温夫人那样行为端正的人倒去请他！真有趣！十分愚笨的事本来要一个好女子才做得出来。礼拜五请的午饭你去罢。

鸣：为什么呢？

普夫人：因为我要你陪我的丈夫去。他近来狠留心我，使得我种种不方便，像这个妇人正合他的式。假使那女子愿意，我的丈夫一定高高兴兴去侍奉他，就不来打扰我了。我告诉你，像那样的妇人倒狠有用处，为得可以撮合别人的姻缘。

丹：你实在神妙！

普夫人：（注视他）可惜你不是！

丹：我是——对于我自己。在这世界上，我只愿意把我自己知道详细点，但是现在还看不出机会来。

（两人走入跳舞室，温夫人和达爵从草地上进来。）

温夫人：是的，他到这里来实在大不应该，我真受不了。我现在才明白白天里吃茶的时候你所说的话了。为什么你不一直告诉我呢？你应该的！

达：我不能够！一个男子不能把这种事来议论别个男子的！假使我早知道你的丈夫今夜要你请他来，我早就告诉你了，你也可以免掉这种侮辱了。

温夫人：我没有请他，我的丈夫硬要他来——不听我的恳求——不听我的命令。啊！这所房子污辱我了！当他跟我丈夫一同跳舞的时候，我觉得这里的女子个个在那里嘲笑我。我做错了什么，要叫我受这样的痛苦呢？我把我的全生命都献给我的丈夫，他既经受了——用了——又把他毁了！使我吃了这种眼前亏。我并且没有胆量——我是一个懦夫！（坐倒在沙法上）

达：如果你是我所想像的一个，我想你决计不能够和一个待你这样的男子住在一处的！你同他还会有怎样的生命呢？你会觉出他对于你没有一刻是真的了，觉出他眼睛的神色是虚假的，他的声音是虚假的，他的抚摸是虚假的，他的爱情全是虚假的。他厌烦了别个女子的时候，他到你这里来！你得要安慰他。他爱上了别的女子，他到你这里来！你也得要哄着他，你要做他真生命的假面具，做他的外套遮盖他的秘密。

温夫人：不错——你说得狠对。但是叫我怎么样呢！你说你会做我的朋友，达爵——告诉我，叫我怎么个办法呢？你现在做我的朋友罢。

达：男女中间不能有朋友的交情。只有情、仇恨、崇拜、爱，就没有朋友的交情。我爱你——

温夫人：不，不！（起立）

达：真的，我爱你！我看这世上没有比你再好的了。你的丈夫有什么东西给你呢？一点也没有。所有的东西他都给了这个恶妇人了，又把他推进你的交际社会里来，到你的家里来，在大众面前羞辱你。我呢，愿意把我的生命都献给你——

温夫人：达林顿勋爵！

达：我的生命——我的全生命，受了罢，你愿意怎样就把他怎样——我爱你——爱你从来没有这样爱过别人的。自从我第一次看见你，就爱了你，爱得你迷糊了，发疯了！你从前不知道——现在你知道了！今天夜里就离开这所房子罢。我不能说一般的舆论没有关系，或是大众的议论或是交际社会里的批评都狠有关系的，那些关系太大了。但是有时候一个人的生命只有两条路可以选择的。一个自己的生命，满足的、纯粹的、完全的——还是拖着一个虚假的、浅的、卑贱的、是那伪善的世界所需要的生命呢？现在正当你选择的时候。选择！啊！我爱，选择！

温夫人：（慢慢的脱开了他，又做惊骇的样子，仔细注视他一回。)我没有这样的胆量。

达:(随着他)有,你有这个胆量。大概有六月光景的苦痛,或者甚至于羞辱,但是到那时你不姓他的姓名而姓我的,什么事也都太平了。马格雷脱我爱,我的妻子,总会有一天——啊,是我的妻子!你知道这个!你现在算什么呢?在你权利以内的地位被那个女子占去了。啊!出去罢——快用你的胆量,昂着头笑嬉嬉的从这房子里出去罢。伦敦的人都知道你为什么要走,谁来责备你呢?没有一个。假使有,也没有什么关系。错?什么叫做错?一个男子为了一个无廉耻的女子而背弃他的妻子是错的,做妻子的和一个凌辱他的男子住在一处是错的。有一次你说过,你不愿意和解事情的。现在不要和解,振作些!问你的良心!

温夫人:我就怕问我的良心——等我想一想!让我等一回!我的丈夫或者会回心转意过来的。(至沙法上坐下)

达:你还会要他!你不是我向来所想像的那样人了,你还是跟别的女子没有什么分别。什么事情你都担负得起,就怕大家的责备,但是这般人的赞美,你又看不起的。我料你一星期之内要跟这个女子驾了马车一同到公园里去了,他要做你的熟客——最亲爱的朋友了。你宁可都忍受,只不要一下子断了这莫大的束缚。你想的不错,你没有胆量,没有。

温夫人:哎,给我点工夫去想一想,现在我不能回答你。(不知所措的样子,用手抚他的额。)

达:一定要现在,要不然就罢了。

温夫人:(从沙法上跳起来)那么就算罢了!(半晌[1]不语)

达:你使我的心碎了!

温夫人:我的心早也碎了!(少顷)

---

① “晌”,原文作“响”,据文义改。

达:明天我就离开英国,这是最末次我能够看着你了,你也永远不能见我了。只有一息工夫,我们的生命相遇——我们的灵魂相接触,永远也不再相遇相接触的了。马格雷脱,再会。(退出)

温夫人:我的生命多少孤苦!哎,多少孤苦!

(乐器的声音止了,勃夫人和普爵对讲对笑的进来,别的客也从跳舞室里出来。)

勃夫人:马格雷脱,我刚才跟尔林夫人谈得狠高兴,我狠惭愧今天下午跟你讲他的话。假使是你请他来的,当然没有什么要紧。一个狠惹人欢喜的女子,并且狠通达世故的。他说他十分反对人家结婚几次的,所以我想阿格司脱是不要紧了。我想不出为什么人家都批评他,都是我的坏侄女们——塞维尔家的姑娘们——他们常常造人家的谣言。但是我想还是到霍堡(温泉场)去一趟[①]好。我爱,真的应该去。他不过太讨人欢喜一点。啊呀,阿格塞那里去了?啊,他在那边呢。(阿格塞和霍泊尔从草地里进来。)霍先生,我狠不愿意你领阿格塞到草地上去,他又是那样娇弱的。

霍:爵夫人,我实在过意不去的狠。我们出去得没有多大工夫,后来就在一处谈天。

勃夫人:啊,我想你们谈到可爱的澳洲罢?

霍:是的。

勃夫人:爱的阿格塞。(把他招呼过去)

阿格塞:是,母亲。

勃夫人:(在旁边)霍先生曾清清楚楚的——

阿格塞:是的,母亲。

勃夫人:宝贝,你怎样回答他呢?

---

① “趟”,原文作“躺”,据文义改。

阿格塞:是的,母亲。

勃夫人:(狠慈爱的样子)我爱的!你常常说对的事情。霍先生!哲姆士!阿格赛把样样事情都告诉我了。你们两人好聪明,保守你们的秘密。

霍:公爵夫人,那么你不怕我带阿格塞到澳洲去吗?

勃夫人:(作怒状)到澳洲去?啊,不要题起那个粗俗可怕的地方。

霍:不过他说他愿意跟我一同去。

勃夫人:(励声说)阿格塞,你是这样说的吗?

阿格塞:是的,母亲。

勃夫人:阿格塞,你会说这样的蠢话。我想拢总看起来就是格文大院(伦敦上等人住的地方)才算是一个卫生的地方,可以住得。许多的下等人住在格文大院,但是无论怎样,总没有可怕的袋鼠爬来爬去的。有话都等明天讲罢。哲姆士,你可以带阿格塞下去。哲姆士,午饭你当然肯来的。改了一点半,不是两点。我知道公爵有话跟你讲。

霍:公爵夫人,我狠愿意公爵跟我谈谈天。他还没有跟我说过一句话呢。

勃夫人:我想他明天要有好多话跟你讲呢。(阿格塞和霍泊尔出。)马格雷脱,再会罢。我爱,我怕这还是往常的老故事罢。爱——爱不在初见面发生,而在季末的时候①发生,更觉得满足。

温夫人:公爵夫人再会。

(勃夫人挽了普爵出去了。)

普夫人:我爱的马格雷脱,跟你丈夫一同跳舞的女子多漂亮!我要是你,一定要生妒忌的。他是你的好朋友吗?

---

① “候”,原文作“侯”,据文义改。

温夫人:不是!

普夫人:真的吗? 再会,爱的。(注视丹比先生,出去了。)

丹:这年轻的霍泊尔样子太难看!

西:啊! 霍泊尔是自然界里边的绅士,我所见过的绅士中最坏的样子了。

丹:温夫人是一个通达世故的妇人。一般的女子一定要拒绝尔林夫人,不准他来的。但是温夫人倒有那世人所不常有的那个常识。

西:温特米尔把不应该做的事看得像没有罪一样。

丹:是的,可爱的温特米尔渐渐变成了时髦的一派了。我从前料他再也不会这样的。(向温夫人行礼而去。)

佳夫人:温夫人,再会了! 尔林夫人这个人真是讨人欢喜! 星期四他到我家里去吃午饭,你也去吗? 我盼望僧正和麦尔顿夫人都来。

温夫人:佳夫人,可惜我另外有约了。

佳夫人:狠可惜。爱的,来。(佳夫人和格拉汉小姐出。)

(尔林夫人和温爵入。)

尔林夫人:今夜的跳舞真有趣! 实在使我想起从前的景像来。(在沙法上坐下)我看见现在交际社会里讨厌的人还像从前那样多,我倒狠高兴什么都没有改变! 除了马格雷脱他长得格外漂亮了。我最末次见他——二十年以前,裹在一块小绒布里的一个丑东西。真是一个丑东西,我告诉你。可爱的公爵夫人! 跟那位可爱的阿格塞公主! 正是我所欢喜的那种小姑娘样子! 温特米尔,真个我能够做公爵夫人的弟媳妇——

温:(坐在他的左边)但是你会——?

(西西尔先生和好几个客都散去了。温夫人面上现出一种轻蔑苦痛的样子,一心注意着尔林夫人跟他的丈夫,他们两个人却是一点也不知道他在那里。)

尔林夫人:啊,是的!他明天十二点钟来看我。他本来今夜里就要向我求婚。实在他已经说出来了,他径自说他的。可怜的阿格司脱,你知道他说了多少遍。这样的坏习气!到后来我告诉他明天给他回音,我当然允许他的。论到做妻子呢,我敢说,我可以做个贤妻。阿格司脱勋爵的人狠有些好处的,侥幸他都露在表面上,好品性正应该现在表面上的。这件事情你当然肯帮我的忙罢。

温:我想不是叫我去鼓励阿格司脱罢?

尔林夫人:那不是!我可以鼓励的。不过要你给我一点产业,数目要体面点。

温:这就是你今天夜里要同我讲的事情吗?

尔林夫人:是的。

温:(暴躁的样子)这个事情我不能够跟你在这里讲的。

尔林夫人:(微笑)那末,我们到草地上去讲罢。无论做什么,总应该有个好看的背景。温特米尔,难道这个不要吗?女子要是有个好背景,甚么事也做得出来的。

温:明天讲,不好吗?

尔林夫人:不行,你知道明天我要答应他了。我想这是件好事,假使我能多告诉他那个——啊,我应该这样说——我的远房堂兄有二千磅一年给我——或者我的第二个丈夫——或者差不多像这样的一个远亲,这样更加可以引诱他,会不会?温特米尔,你现在有个狠好的机会可以恭维我,不过你对于恭维方面不大擅长。我怕马格雷脱没有鼓励这样的好习惯,这是他的错处。人要是不说漂亮的话,也就没有漂亮的思想了。我们现在谈正经罢。二千磅你以为怎么样?我想要二千五百磅。现在的生活最要紧得宽裕才好。温特米尔,你想这世界是不是一个极快乐的地方?

我是这样想！（跟温爵到草地上去。跳舞室里的音乐又作。）

温夫人：再不能在这家里滞留了。今夜，那个男子爱了我并且把他的全生命都给我。我拒绝他，真是傻子！现在我去把我的给他罢，我一定把我的给他，我一定到他那里去！（穿了大衣，走到门口又回转来。在书棹上写了一封信，封好了，搁在台上。）阿撒永远没有明白我的心，等他读了这封信才会明白。现在他愿意怎样就可以怎样了。我行我的意思那是最好的、最正当的。婚约是他破坏的——不是我，我不过脱了这个束缚罢了。（出门去了）

（泊克尔进来，走过跳舞室门口，尔林夫人走了进来。）

尔林夫人：温夫人在跳舞室里吗？

泊：夫人刚出门。

尔林夫人：（听了一惊，吓昏了，看住了仆人）出门了？

泊：是的，夫人——夫人告诉我他有一封信在棹上留给主人的。

尔林夫人：一封信给温爵的？

泊：是的，夫人。

尔林夫人：谢谢你。（泊克尔出。跳舞室里的音乐也停了。）从他的家里跑了！留一封信给他的丈夫！（走到棹前看信，拿起来又搁下，怕得浑①身都发抖）不行，不行！这个万万不行的！生命不能像那样再演悲剧的！哎，为什么我有这样的幻想呢？为什么我现在又要记得那在我一生里我极愿意忘记的一个时辰呢？难道生命又要演悲剧吗？（拆开了信读了一遍，倒在椅子里，苦痛得万分）呀！真怕！跟我二十年前写给他父亲的信用的一样的话！为了这件事，我受了多少刑罚苦痛！还不是，我的刑罚，我真真的刑罚是今天夜里，是现在！（动也不动）

---

① “浑”，原文作“混”，据文义改。

(温爵入。)

温:跟我的妻子告辞没有?

尔林夫人:(把信团在手里)说过了。

温:他在那里?

尔林夫人:他狠倦,已经去睡了。他说有点头痛。

温:我去看看他。失陪了。

尔林夫人:(急起)哦,不要!没有什么利害,只不过狠疲倦罢了。并且饭厅上还有许多客在那里,他要你去告诉他们一声,对不住。他说他不要人家去打扰他。(把封信掉下了)这都是他叫我告诉你的。

温:(把封信拾了起来)你掉了东西了。

尔林夫人:啊,是的,谢谢你,那是我的东西。(伸手来接信)

温:(仔细看这信,)咦,狠像我夫人的笔迹,是不是?

尔林夫人:(赶快拿了信)是的,这是——一个地名。请你叫他们配我的马车,可以不可以?

温:当然可以的。(出去了)

尔林夫人:谢谢。叫我怎么办呢?叫我怎么样呢?我觉得有个从来没有觉得过的情在我里面醒悟了。这是怎么讲呢?女儿一定不能像他的母亲——那真可怕。叫我怎样救他呢?叫我怎样救我的孩子呢?在一息工夫里可以毁坏一生,谁比我明白这个得多呢?温特米尔呢,一定得打发他出门,那是一件最要紧的事情。(走向左边)但是这件事叫我怎么办呢?无论怎么样,一定得办。哎!

(阿格司脱拿了花球从外面进来。)

阿格司脱:爱的夫人,我总惦念着!我的请求可以得个回音吗?

尔林夫人:阿爵,听我说,快领温爵到你们俱乐部里去,留住他,不叫他出来。你明白吗?

阿格司脱:但是你说你叫我早回家。

尔林夫人:(狠着急的样子)照我说的去办,照我说的去办罢。

阿格司脱:我的酬谢呢?

尔林夫人:你的酬谢?你的酬谢?啊!明天问我好了。但是今夜不要让温特米尔离开你的左右。要是你放他跑了,我可永远不能饶赦你,永远不再和你讲一句话,也不跟你有关系了。记住了,把温特米尔留在俱乐部里,今天夜里不要让他回来。(出去了)

阿格司脱:啊,实在的,我已经可以做他的丈夫了,的确可以了。(做出一种狠迷惑的样子,跟了尔林夫人出去。)

(第二幕完)

——《新青年》第六卷(1919)第一号

第三幕

(布景)达林顿勋爵的屋内,壁炉前面摆一个大沙法,台的后面一个幔帐横挂在窗上,左右两个门。右边的棹子上摆了些文房具,中间的棹子上摆了些曹达水瓶、琥璃杯等等,左边棹上有个盛雪茄纸烟的盒子。电灯开着。

温夫人:(站在炉边)怎么他不来?这样等起来,要苦极了。他应该在这里的。为什么他不在这里拿热情的说话来感动我,使我的心里好火热起来呢?我冷——冷得像没有感情的东西。现在阿撒一定读过我的信了。假使他还要我的,他一定赶着我来,强迫我回去,但是他不管了,他是被这妇人缠住了——被他迷住了——被他支配了。假使一个妇人要管住一个男子,他只要利用他的坏处。我们把男子当做神圣,他们倒离弃我们。别的女子把他们当禽兽看待,他们倒狠情愿、狠忠心奉顺他们。生命多少可怕!……啊!我到这里来简直是疯了,真真疯了。但是我还不明白到底那一个利害,受那爱我的男子的支配呢,还是做那在自己家里污辱我的男子的妻子呢?女子懂得什么呢?全世界上是什么样的女子能懂得呢?但是我假使把我的生命给这个男子,他会永远爱我吗?我有什么东西给他呢?失去快活声音的嘴唇,泪水泡坏的眼睛,冷的手,冷的心。我没有什么给他。我一定回去——不行,我不能够回去了,我的信使我伏在他们的权力底下——阿撒也不会叫我回去了!那封致命的信!不要紧!达林顿勋爵明天就要离开英国,我好跟他一同去——另外也没有别的办法了。(坐定了一回,又跳起来,穿上了外套。)不,不!我还是回去,随便阿撒怎样待我。我不能在这里等了。我到这里来真是发疯,赶快走才好。至于达林顿勋爵——啊呀!他回来了!叫我怎么好呢?叫我跟他说什么话呢?他会放我走吗?我听见人家说,男子们都是狠强暴、狠可怕的……哎!(双手捧着脸)

(尔林夫人入。)

尔林夫人:温夫人!(温夫人直跳起来,睁着眼看他,又缩退了几步,现出一种狠轻蔑他的样子。)谢谢天爷,我来得还巧。你一定得赶快回去,到你丈夫的家里。

温夫人:一定得去吗?

尔林夫人:(狠威严的)是的,你一定得去!一秒钟也不能迟了,达林顿勋爵不定那时候回来。

温夫人:不要走近我身边来!

尔林夫人:咳,你在堕落的边上了,你在可怕的悬崖上了。你一定得快快离开这里,我的马车在街头上等着,你一定得同我一直回家去。(温夫人把他的外套脱了,丢在沙法上。)你干什么?

温夫人:尔林夫人——你假使不来,我倒回去了。但是现在我看见了你,我觉得世界上没有可以劝我回去再跟温爵住在一所房子里的了。我见了你狠害怕,你有一种势力使我心里发怒。我知道你为什么来的,我的丈夫叫你来骗我回家,好做你们两个人的屏风,遮蔽你们的关系。

尔林夫人:哎!你不要想那种——你不可以的!

温夫人:尔林夫人,你到我的丈夫那边去罢。他现在属于你,不属于我的了。我想他只怕闹出笑话来。男子实在懦弱,世上各种的法律,他们都有胆量去犯的,但是怕人家的议论。叫他小心点罢,就要弄出笑话来了,他就要出那伦敦好几年来没有听见过丑名声快了①。各种下贱的报纸上都要发他的名字,我的也要登在各种可恶的广告上。

尔林夫人:不会——不会——

温夫人:会的!他会有的。假使他自己来请我,我也肯回去,去到你跟他两人为我预备好的那个卑辱的生活里——我还可以谦就回去——但是他自己躲在家里,叫你来当他的使者——哼!真不知羞耻——不知羞耻。

尔林夫人:温夫人,你把我误会了——并且你把你的丈夫也误会了。他还以为你安安逸逸的在家里呢,他当你在你自己的屋里睡觉呢。他再没有读过你写给他的疯信!

温夫人:没有读过!

尔林夫人:没有——他一点也不知道这件事情。

温夫人:你当我的脑筋这样简单!(走上一步)你说谎话!

尔林夫人:(强制自己)我没有,我告诉你的都是真话。

温夫人:假使我的丈夫没有读过我的信,你怎么会到这里来?谁告诉你我离了像你那样不知羞耻的肯闯进去的家呢?谁告诉你我到的地方呢?全是我的丈夫告诉你的,并且叫你来骗我回家。

---

① 该句原文如此。

尔林夫人:你的丈夫没有看见你的信。我——看见的,我把他拆开的。我——读的。

温夫人:(转向尔林夫人)你拆看我给我丈夫的信?要你不敢!

尔林夫人:不敢?啊!只要能够把你从深渊里救出来,这世界上还有什么事情不敢做的呢?全世界上没有什么不敢做的事。这封信在这里,你的丈夫没有读过,并且也不会再读着了。(走到壁炉边)这封信再也不应该写的。(扯碎了,信丢在火里。)

温夫人:(他的眼睛里和说话的声音里,都带着十分轻蔑的。)怎么叫我知道那是我的信呢?你以为想出一个极平常的计策来,就可以叫我回去!

尔林夫人:哎!为什么我告诉你的话,你一点也不信!你想一想,我除了从危险里、糊涂里救你出来,还打什么主意,要到这里来呢?现在烧掉的就是你的信。我可以对你起誓的!

温夫人:(慢慢的说)我还没有看之先,你就要紧把他烧了。我不能信你。你这个人一生里都是假的,那里还会说句真话呢?(坐下)

尔林夫人:(狠躁急的样子)随你怎样看我,随你欢喜说怎样的话来反对我,只要你回去,回到你爱的丈夫那里去。

温夫人:(面上狠阴沈的样子)我不爱他!

尔林夫人:你爱他的,并且你也知道他爱你的。

温夫人:他不懂得什么叫做爱。他所知道的跟你差不多少——我晓得你要的是什么,把我叫回去你可以得大人①的利益。天呀!以后我还有什么生命呢!一个没有慈爱怜恤的妇人,人遇见他都算不名誉的,跟他来往都算卑贱的一个恶妇人,一个离间

① “大人”,疑应为“大大”。

人家夫妇的妇人,要在这样的人的手底下过生活!

尔林夫人:(作绝望状)温夫人,温夫人,不要说这些可怕的话。你自己不知道你说的太过分,多少不应该。听我,你一定要听我!只要你回到你丈夫那里去,我乞许你,以后再也不借什么名义同他往来——永远不再见他——于他或你的生命上永远不再有关系了。他从前给我的钱不是出于他的爱心,乃是出于恨;不是尊重我,乃是轻看我。我对于他拿得住的是——

温夫人:(站起来)喝!你承认你拿得住他的!

尔林夫人:是的,我告诉你是什么,就是他爱你,温夫人。

温夫人:你想我会相信那个吗?

尔林夫人:你一定得信!这是真的。因为他爱你的缘故,所以使他受——啊!随你欢喜叫他什么,暴虐,威吓,随你拣选。总之,这是他爱你,他希望免你的——羞辱。是的,羞辱,丑名声。

温夫人:你说的什么意思?你太没有礼!我与你有什么相干?

尔林夫人:(谦恭状)没有什么。我知道的——但是我告诉你,你的丈夫爱你——这一生里,你不能再遇见这样爱你的人——这样的爱,你再也遇不见了——你假使背弃了他,总有一天,你要想这样的爱而没有人来给你,你求爱人要拒绝你——啊!阿撒爱你!

温夫人:阿撒你说你们两人没有关系?

尔林夫人:温夫人,你的丈夫对于你在上帝面前可告无罪的!并且我——我告诉你,我要是早想到你会有这种疑心,我死也不愿意接近你或是他——啊!死,死也情愿的!(移近沙法)

温夫人:听你的话,你倒像有心肝的。凡像你这样的女子不会有心肝的,心肝不会在你这种人里面的,你是个被人家买卖的东西。

尔林夫人：（两眼直挺着，现出一种狠痛苦的样子，自己勉强压制住了。走到温夫人的身边，但是不敢碰他。）随便你把我当做什么，随你便罢，我不值得有一点难过。但是不要为了我的缘故，把你美丽少小的年华消么了！你还不知道你的前途要怎么样，除非你赶快离开这所房子。你还不知道掉在坑里的滋味，要受人家的轻侮嘲弄，被人家驱逐出去、冷嘲——成个无家可归的。人家要关门拒绝他，只好从可怕的小路里扒进去，心里还要时常担心事，只怕人家触破他的假面子，常常听人的笑声，听人家可怕的笑声，这种笑声比哭声还要悲惨。你不知道这是为什么，是偿他的罪孽，并且永远也偿不清，把他的全生命都赔偿掉还不够。你一定没有懂得这种事情。——至于我呢，假使受苦算是赎罪，那末，无论我从前所有的罪孽怎么样，在这个时间里，我就把那罪孽都赎清了，一个从来没有心的人，今天你替他造了个心。造成了，又把他毁坏了——这都不去管他罢。我宁可毁坏我自己的生命，只不要毁坏你的。你——你还是小姑娘一个，怕你要走错路了。你还没有使一个妇人回转来的脑筋，你没有这种机警，又没有胆量，你受不了这些羞辱。不行，回去，温夫人，到爱你的丈夫那边去，他就是你爱的人。你有小孩子的，温夫人，回去到你小孩子那边去。他现在或是苦痛，或是快乐，在那里叫你。（温夫人直站起来。）上帝给你这个小孩子，他要你把他造成一个好生命，要你保养他。假使为了你，把他的生命毁坏了，你怎么能够回答上帝？快回到你的家里去，温夫人——你的丈夫爱你，他对于你没有一息工夫敢存一点不忠心的。就是他爱千万个别人，你也得跟你的小孩子同住。假使他待你狠严厉的，你也须跟你的小孩子同住。假使他虐待你，你也得跟你的小孩子同住。假使他丢弃你，你还应该跟你的小孩子同在一处。

（温夫人听了这些话，淌出许多眼泪来，双手蒙了脸。）

尔林夫人:(奔到温夫人面前)温夫人!

温夫人:(握住了尔林夫人的手,好像没有帮助的一个小孩子。)带我回家,带我回家。

尔林夫人:(要去抱住他,又把自己制住了,脸上现出一种非常快活的形状。)来! 你的外套在那里?(从沙法上拿起来)在这里,穿上了,赶快来!(两人同到门边。)

温夫人:等一等! 你没有听见声音吗?

尔林夫人:不是。不是! 那里不会有人!

温夫人:是的,有的! 你听! 啊呀! 那是我丈夫的口音! 他进来了! 救救我! 啊,这是诡计! 你叫他来的!(外边杂声)

尔林夫人:不要做声! 我要是能够,一定在这里救你,只怕太迟了! 那边!(指窗前的幔帐)你看一有机会就溜出去!

温夫人:但是你呢?

尔林夫人:不要顾算我! 我要搪着他们。(温夫人躲在幔帐后面。)

阿格司脱:(在外)糊说! 温特米尔,你一定不准离开我!

尔林夫人:阿爵! 那是我糟糕了!(踌躇了半晌,四面望了望,见右边的门,就从那里出去。)

(达爵、丹比先生、温爵和西西尔先生入。)

丹:这个时候把我们赶出俱乐部,多讨厌! 现在才是两点钟。(坐倒在椅子里)夜里最有趣的时候才起首呢。(上闭眼打了个呵欠)

温:达爵,你真是个好人,随便让阿爵拉我们到你这里来,但是我不能久留。

达:你要走! 真可惜! 抽一根雪茄罢?

温:多谢!(坐下)

阿:(向温爵)我的好小子,你不必想走了。我有好些话要跟你讲,并且是狠重要的话。

(跟温爵在左棹边坐下。)

西:哈!老头儿,我们都知道你的,除了尔林夫人一个人之外,没有别的话会讲了!

温:西西尔,这不关你的事罢?

西:不关事!所以这才于我有趣咧。我自己的事常常烦得我要死,我宁可管别人家的。

达:诸位,喝点水罢。西西尔,你要韦司格苏打吗?

西:多谢。(和达爵同至棹前)今天夜里,尔林夫人装扮得实在漂亮,你说是不是?

达:我不是仰慕他的。

西:我从前也不是,现在倒是了。他几次要我介绍他给我可怜爱的克洛林姑母,我相信他会到那里去吃饭的。

达:(惊奇状)不会罢?

西:真的,他会去。

达:诸位,请原谅我。我明天要走,还有几封信得写。(走到写字台前坐下)

丹:尔林夫人,聪明伶俐的女子。

西:喂,丹比,我想你睡着了。

丹:我是睡,我常要睡的!

阿:一个狠聪明的女子。他狠知道我是笨人一个——像我知道我自己一样的明白。(西西尔走到面前来,面上带着笑容。)我的小子,随你笑罢,能够遇见一个知己的妇人,真算是大幸呢。

丹:这是件狠危险的事情,结果就是一定得娶他了。

西:老头子,不过我想,你不再去见他了罢。不错!你昨天夜里在俱乐部是这样跟我说的。你说你听见了——(和他作耳语)

阿格司脱:啊,那个,他解释过了。

西:那末,韦司巴屯(德国温众①场)的事呢?

阿格司脱:那件,他也解释过了。

丹:老头儿,他的收入呢?他讲过了吗?

阿格司脱:(放重了声音)要待明天他才讲给我听。(西西尔回到中棹边。)

丹:现在的女子都是金钱主义。我们的祖母辈,不管他怎么样,只把他们的帽子丢过风车就算完事了。但是现在他们的孙女们,把他们的帽子丢过风车之后,立刻要使风起来才好。(英国乡间的旧迷信,把帽子掷过风车,可以使风车转。但是现在先要知道风车必转动,才肯把帽子掷起,此言实利主义之意,恭注。)

西:坏女子使人讨厌,而好女子使人腻烦,就只一点分别。

达:(手拂雪茄灰)尔林夫人的前途狠远大的。

丹:尔林夫人过去的历史狠多的。

阿格司脱:我宁可要一个女子有过去的历史的,同他讲话总是狠有趣的。

西:老头子,那末你可以有好些个话头跟他讲咧。

阿格司脱:好小子,你真讨厌,太讨人厌了。

西:(一手搭在阿爵的肩上)喂,老头儿,你的体格损失了,你的品格丢了,可是再不要丢了好脾气,因为你只有一个脾气。

阿格司脱:好小子,假使我不算是在伦敦的最好脾气的人——

西:我们大家还应该待你恭敬些,是不是,老头子?(走开了)

丹:现在这班青年真是太随便了。他们对于年老的人,没有一点尊敬心。

(阿爵怒容向四周看。)

---

① “温众”,疑应为“温泉”。

西:尔林夫人对于老头儿狠尊敬的。

丹:尔林夫人在他同类中倒可以做个榜样。现在的女子对于他丈夫以外的男子,简直不成样子了。

温:丹比,你真可笑!西西尔,你也讲起毁语来了,你不要爱尔林夫人,你真不知道他,所以常常毁谤他。

西:(走到温爵前)我爱的阿撒,我从来没有讲过毁语,我只有讲过人家的闲话。

温:毁语和闲话有什么分别?

西:啊!闲话是好听的!历史上的事都是闲话。毁语是把闲话弄得讨厌些,里边有道德的判断就是了。我向来没有讲过道德,男子讲道德的都是伪君子,女子讲道德的都是平庸的。

阿格司脱:正是我的意思,好小子,正是我的意思。

西:老头儿,我狠不愿意听这话。每回人家跟我表同情,我总觉得我是错的。

阿格司脱:我的好小子,当时我像你这样年岁的时候——

西:老头儿,你可从来没有像我这样的年纪过,并且也永远不会有像我这样的年纪了。(走上前)喂,达林顿,我们打纸牌罢,阿撒你愿意来吗?

温:不来,谢谢你,西西尔。

丹:(叹了一口气)天呀!婚姻真是坏①人的事!像纸烟一样的败坏风纪,并且格外费钱。

西:老头儿,你当然打的罢?

阿格司脱:(斟满了一杯勃兰提苏打)好朋友,我不能打,曾经允许了尔林夫人永远不再打牌喝酒了。

西:老头儿,你留心不要走错到正经路上去呢。你若是改良

① “坏”,原文作“怀”,据文义改。

了,将来你一定会厌烦的。那是女子的坏处,他们常要叫人做好。若是我们好了,他们见了我们,一点也不爱了。他们第一次见我们,愿意我们是一个极坏不可救药的人;等到要撇下我们的时候,又愿意我们成一个淡而无味的大好人。

达:(从他写信的棹子起来)他们常常看见我们的坏处!

丹:我想我们都不坏,除了老头一个,都是好的。

达:不对,我们都是在小沟里,但是有几个还可以看得见天上的星宿。(来到中桌边坐下)

丹:我们都在小沟里,只有几个人看得见天上的星宿吗?啊唷,你一定掉在爱情中了。那一位姑娘?

达:我爱的是一个不自由的女子,他自己或者以为他不自由。(说话的时间不知不觉的两个眼移到温爵身上去。)

西:那是一个有丈夫的女子!世界上没有像一个有丈夫的女子那样专爱的。论到有老婆的男子对于这种爱情,是不懂的。

达:哎!他是没有爱我。他的确是一个好女子,我生平第一次碰见这样的好女子。

西:是你生平第一次见的好女子吗?

达:是的!

西:(燃着了雪茄)那是你真运气喝!我的眼里见过了几百几百的好女子了,都是好的没有区①别的。这个世界是充满了好女子,不过认识他们如同受中等社会的教育罢了。

达:这个女子真是有贞节又天真②,男子所没有的,他都齐备了。

西:好朋友,我们男子又何必要贞节天真呢?只要留心去把

---

① “区”,原文漏此字,据文义补。

② “有贞节又天真”,原文作“又贞节有天真”,据文义改。

个钮口花做得好点,比较着还有功效些。

丹:他没有真真爱你①?

达:没有,他没有爱我!

丹:恭喜你好朋友。世上只有两种悲剧,一种是心里所要而得不到的,一种是得的到的。第二种更可怕,并且是真真的悲剧!他不爱你,我倒狠欢喜。西西尔,要是一个不爱你的女子,你能爱他多久?

西:不爱我的女子?啊,我的全生命!

丹:我也是这样,但是不容易碰见的。

达:丹比,你怎么会这样自负?

丹:我所说的并不是自负,乃是悔恨。人人都爱我得了不得,我狠不欢喜他们这样看待我。应酬他们狠讨厌的,因为有时候我愿意留点闲工夫给我自己。

阿格司脱:(向四围看了看)我想留点工夫可以教导教导你罢。

丹:不是,留点工夫可以把我从前学过的忘记了。老头儿,你该知道这是更要紧。

(阿爵坐在椅子里狠不自然的移动。)

达:你们这班真是滑稽家!

西:什么叫做滑稽家?(坐在沙法的后面)

达:只晓得物事的市价而不知道物事的真价的人。

西:达林顿,感情派呢,是把物价看得太过分而一点不管市价的人。

达:西西尔,你常常讨我欢喜,你说的话好像你是富有经验的人。

西:我是的。(移到火炉前来)

---

① “爱你”,原文作“爱他”,据文义改。

达:你年纪还太轻!

西:这是你大大的谬见。经验是关于生命的一个本能问题,我有这个本能,老头儿是没有。老头儿之所谓经验者,就是他一生的错处。

(阿格司脱气哄哄的向四周看看。)

丹:经验这个名词,个个人称他为一生里的错处。

西:(背向火炉站着)人总不该有错处。(看见在沙法上温夫人的一把扇子)

丹:没有他们,生命就没有趣味了。

西:达林顿,你对于你所爱的那个女子,那个好女子,当然是狠忠心的了?

达:西西尔,假使一个人真爱一个女子,看世上别的女子都没有趣味了。爱可以改变人——我是改变了。

西:啊唷!真有趣。老头儿,我有句话对你说。

(阿爵一点也不睬他。)

丹:跟老头儿讲,没有什么用处,只当对一块砖墙讲。

西:我欢喜砖墙讲——老头儿,世界上只有这个东西,从来不会反驳我的!

阿格司脱:要跟我讲什么呢?什么呢?(起来走到西西尔这边去。)

西:到这里来,我只要你。(在旁)达林顿嘴里刚讲道德、纯爱,还有这类的东西在这里,他屋子里藏的女子好久了。

阿:不会,真的!真的!

西:(低声)有的,这里有他的扇子。(指着扇子)

阿格司脱:(呵呵而笑)啊唷!啊唷!

温:(起身向门)达爵,我真要走了。狠可惜,你快要离开英国了,你回来的时候请来看看我们!我的夫人跟我都狠要见你!

达:(站起来同温爵)我怕我出去要几年功夫罢,再会!

西:阿撒。

温:做什么?

西:等一息,我有话跟你讲。不要去,来罢!

温:我不能——我要走了!

西:这是件特别的事,于你狠有趣味的。

温:(微笑)西西尔,是你的糊说。

西:不是的,实在不是的!

阿格司脱:(走到温爵身边)好朋友,你现在一定不要走。我有好多话要跟你讲,西西尔还有点东西给你看呢。

温:(走过去)是①什么东西?

西:达林顿藏了个女子在他屋里,这里有他的扇子,是不是狠有趣的?(少顷)

温:天呀!(握住了扇子——丹比立起身来)

西:什么事?

温:达爵!

达:(回头来)是!

温:为什么我夫人的扇子会在你屋里?西西尔放手,不要碰我!

达:你夫人的扇子?

温:是的,在这里!

达:(走过来)我不知道!

温:你一定知道,我要你解说出来。(向西西尔)可恶东西,不要捉住我。

达:(在旁)他毕竟在这里!

---

① “是”,原文作“时”,据文义改。

温:先生,说出来! 怎么我夫人的扇子在这里呢? 对天,回答我! 我要抄你的屋子,假使我的夫人在这里,我要——(走)

达:你不能抄我的屋子,你没有这权柄,我不准你。

温:你坏小子! 我不把个个角儿里寻到之先,我绝不离开你的屋子! 幔后动的是什么? (奔到幔前)

尔林夫人:(躲在右棹的后边)温爵!

温:尔林夫人!

(个个人都吓一跳,回转头来看。温夫人从幔后溜出,向右屋逃出。)

尔林夫人:我怕我夜里离开你家的时候,拿错了你夫人的扇子,把他当我自己的了。(狠对不起的从温爵手里拿过扇子来。温爵狠轻蔑的样子看他。达爵又怒又惊奇。阿爵掉转点头。其余的都相对微笑。)

(第三幕完)

——《新青年》第六卷(1919)第三号

第四幕

(布景)和第一幕相同。

温夫人:(躺在沙法上)我怎么能够告诉他? 我不能告诉他。告诉了,他会要我的命。自从我逃出那所可怕的屋子之后,不知道那里怎么样了。或者他已经告诉他们他为什么到那里去的,并且把那——我那要命的扇子的实情告诉了。啊,他要知道了——叫我再有什么脸见他呢? 他再也不能饶我的。(按铃)一个人好好过日子不受外物引诱,无罪无辜的,心里怎样舒服呀。不料忽然——啊! 生命真可怕。生命原来是治理我们的,我们不能治理他。

(罗色丽入。)

罗:夫人叫我吗?

温夫人:是的。你知道温爵夜里几时回来的?

罗:爵爷到五点钟才回来。

温夫人:五点钟!今天早起他打过我的门没有?

罗:打了,夫人——九点半的辰光。我告诉他,夫人还没有醒来。

温夫人:他说了什么话没有?

罗:好像提起夫人的扇子,我没有听清楚主人说的话。夫人那把扇子丢了罢[①]?我怎么找也找不着,泊克尔说那一间屋里也没有。间间屋里都找遍了,连那台子上也看过了。

温夫人:那没有什么要紧。告诉泊克尔不用再找了,算了罢。

(罗色丽出。)

温夫人:(起来)他一定告诉我丈夫了。我可以想像出来的,一个人做那种惊奇的事情牺牲自己,当时原狠豪气的毫无踌躕的——到得后来他才觉着丧失太利害了。为什么他宁可牺牲自己不愿我败坏呢?……真奇怪!我要在我家里当大众的面前羞辱他,他肯在别人的家里容受大众的羞辱来救我……一定有点苦痛的讥刺在里头,我们所谓好女子坏女子真是一种苦痛的讥刺。……啊,真是好教训!多少可惜,我们得到那些教训,反于我们没有用了!就是他没有告诉,我也一定要告诉的。哎!真是出丑,真是出丑。告诉一遍,就同再经过一番。行为是生命里第一种悲剧,说话还是次之。有时说话也是最可怕的,说话是不仁的……啊唷!(温爵进来把他吓了一跳。)

温:(和他亲嘴)马格雷脱,你的面色多难看!

温夫人:我睡得不甚好。

---

① “那把扇子丢了罢”,原文作“那把扇丢子了罢”,据文义改。

温:(和他一同在沙法上坐下了)真可怜,我回来得太迟了,那时我不敢惊动你。我爱,你哭过了。

温夫人:是的,我哭过了,我有点事要告诉你,阿撒。

温:我的孩子,你身上不大好罢。事情干得太多了,我们到乡下去住几天罢。到塞尔皮去,你就会好的。这季节差不多也算完了,住在这里没有什么用处。可怜的宝贝,你若是高兴的话,我们今天就走。(起身)我们狠可以乘四点半的车,先打个电话给丰南去。(到书棹边写电报)

温夫人:好,我们今天走。不行,阿撒,今天我不能走。没有走之前,我还有个人一定要见他一面——那个人曾经有恩于我的。

温:(过来靠在沙法上)有恩于你的?

温夫人:比这个还重些。(起来到他身边)阿撒,我告诉你,不过还要你爱我的,爱我像从前一样。

温:像从前一样?你是不是想起昨天到这里来的那个恶妇人罢?(走来坐在他右边)你不可以再在那里瞎想——不,你不能够。

温夫人:我没有,我现在明白了我是错的、糊涂了。

温:你气量真大,肯接待他——但是从今以后,你再也不要见他。

温夫人:你为什么这样说?

(少顷)

温:(握住他的手)马格雷脱,以先我想尔林夫人那个人,如同俗语所说的,人家对他作孽,不是他自己作孽。还想他要学好,再回他因为一时受愚所失去的地方来,从新再造一个高贵的生命。我相信他告诉我的话——那里知道我都看错了——他还是坏的——女子可以坏的地方他都做到。

温夫人:阿撒,阿撒,随便那一个女子,你都不要议论太刻薄。我想现在一般人谁也分不出那是好的、那是歹的来,彷彿他们是两个不同的种族或是两个天地的。大家认他为好女子的,也许他心里头坏到不堪问的,昏乱、自骄、嫉妒、罪恶什么毛病都有。大家骂他为坏女子的,也许他心里头悲伤、懊悔、怜爱,倒肯为人家牺牲。我想尔林夫人不是一个坏女子①——我知道他不是。

温:我爱的小宝贝,这个女子是不行了。无论他怎样想法伤害我们,你一定不能再见他。他这个人随便走到那里,都不让他进去了。

温夫人:我可是要见他,我要他到这里来。

温:不能!

温夫人:他到这里来过一次,是做你的客。现在我也要请他来,算做我的客。那才公平。

温:他不应该再到这里来。

温夫人:(起立)阿撒,你现在说的太晚了。(走开了)

温:(起立)马格雷脱,你要是知道尔林夫人昨天夜里从我们家里出去之后到那一家去,你可再不愿意跟他同坐在一间屋子里了。做这段事情,简直一点没有羞耻的。

温夫人:阿撒,我不能再忍受了。我告诉你罢,昨天夜里——

(泊克尔入,手里托了一个盘,里面盛了温夫人的扇子,另外还有一张名片。)

泊:这是尔林夫人拿来还您夫人的扇子,说是昨天夜里拿错的。尔林夫人还写了几句话在名片上。

温夫人:啊,请尔林夫人进来。(读名片)喂,告诉他,我狠要见他。(泊克尔出。)阿撒,他要见我。

---

① “坏女子”,原文作“女子”,据文义改。

温:(拿名片看)马格雷脱,我求你不要罢,无论怎样,等我先见他。他是个极险恶的女子,我所知道的女子里头,他是最险恶的一个。你还不知道你自己做的什么。

温夫人:我应该见他,这是正当的。

温:我的孩子,你要走到苦痛的所在去了,不要见他,还是应该我先见他?

温夫人:为什么是应该的呢?

(泊克尔入。)

泊:尔林夫人。

(尔林夫人入,泊克尔出。)

尔夫人:温夫人,你好呀!(向温爵)你好!温夫人,你知道么?你的扇子,实在对不起。我真想不到怎么我会弄错的,我真糊涂。方才我一路到你这里来,心里想,我应该自己送还你的东西,可以当面谢罪,并且来顺便辞行。

温夫人:辞行?(搬到沙法边去跟尔夫人一同坐下)尔林夫人,你要往别处去吗?

尔夫人:是的,我又要到外国去住,英国的天气跟我不大合适。我的——心里不安,所以我不喜欢,我宁可到南方去。温爵,伦敦地方云雾太多,还有——还有真心的人。不知道是云雾产出真心的人来,还是真心的人产出云雾来,我不明白。总而言之,使人难受的,所以我今天就乘下午的一趟俱乐部车走了。

温夫人:今天下午?不过我狠要去见你。

尔夫人:你怎么这样好!但是我恐怕一定要走呢。

温夫人:尔林夫人,我永远不能再见你面了吗?

尔夫人:我怕不能,我们的生命隔得太远了。不过有一点事情要请教你做,请你给我一张你的相片,温夫人——你肯给我一张吗?你不知道我心里会怎样好过。

温夫人:那是我狠愿意的。那边棹子上就有一个,我来拿给你看罢。(走到棹边)

温:(走到尔夫人身边低声说)你昨天夜里做出那种行为来,怎么还有这样胆子闯到这里来?

尔夫人:(狠乐的一笑)我爱的温特米尔,你先安静些,再讲道德罢!

温夫人:(转来)我怕这一张不大像——我自己没有相片上好看。(指着相片)

尔夫人:你自己比相片上好看得多咧。你跟你的孩子同照的,有没有?

温夫人:有的。你要那张吗?

尔夫人:是的。

温夫人:对不起,请坐一刻,我去拿一张给你,楼上有一张。

尔夫人:对你不起,温夫人,这样麻烦你。

温夫人:(走到门边)一点也没有什么,尔林夫人。

尔夫人:多谢。(温夫人由右门出。)温特米尔,今天有点发气似的。为什么这样呢?马格雷脱跟我渐渐走得拢了。

温:在他面前见你,我真受不了。并且你没有老实告诉我,尔林夫人。

尔夫人:你的意思是说我没有老实告诉他罢。

温:(立在中间)有时候,我倒愿意你告诉他,我这六个月里的窘迫、忧虑、苦恼都可以免去了。宁可以叫我的夫人知道——他向来以为已经死去时常思念的母亲还是好好的活着——并且是一个被弃的妇人,顶了假名字在各地方混,一个极坏的妇人,欺骗人的,我现在知道你确是那样的人。我本来预备供给你的用度,一回一回替你还帐,供你的浪费,以至惹起昨天那样的事情,使我第一次跟我的夫人噪闹。你不知道我那心里多少不愿意,你那会懂得那个！不过，我要告诉你，从他可爱的嘴里吐出那难堪的说话来，都是为你。所以我见你在他的旁边，真叫我发恨，你把他的天真污灭了。（走至左旁）我总想你有这样多的罪恶，倒还是快快乐乐、自以为荣耀的。

尔夫人：你为什么提那事呢？

温：因为你强迫我，问我夫人给你一张跳舞会的请帖。

尔夫人：为了是女儿的跳舞会——不错。

温：你既然来了，刚离开我家一点钟的时候，又在一个男子的屋里——你在众人面前出丑。（走上一步）

尔夫人：是的。

温：（转过身来向着他）所以我可以照你的品格看待你——一个没有人品的、不洁的妇人。我可以禁止你永远不到我家来，永远不要打算走近我夫人的身旁——

尔夫人：（冷淡的样子）你说的是我的女儿罢。

温：你没有权利可以认他为你的女儿。当时他还不过是①在摇篮里的一个小孩子，你就离开他、丢弃他，为了你相好的，你就不顾他了。他也报应你，丢弃你。

尔夫人：（起身）温爵，你说这话是为那男子的名誉——还是我的？

温：算那个男子的，因为现在我知道你了。

尔夫人：留神点——你得要留神点才好。

温：我不跟你讨论字眼儿，我知道你狠清楚的。

尔夫人：（睁了两眼看他）我倒有点疑惑。

温：我知道你的。你二十年工夫离了你的孩子，就是想也不想着他。有一天，你看见报上载他嫁给一个富豪了，于是有了你

① “不过是”，原文作“不过”，据文义补。

的机会了。你料定我因为想免去他的羞辱,不叫他知道像你这样的人是他的母亲,想我样样都可以承受的,所以就实行你那欺诈的手段、取财的行为来了。

尔夫人:(耸肩)不要说那种难听的话,温爵,那是下贱的。说我见了我的机会这句话倒是不错,并且我赶上这机会了。

温:是的,你赶上那机会了——并且因为昨夜你被人家看出来,又把他完全毁坏了。

尔夫人:(作奇笑)你说的不错,昨天夜里,我把他完全毁坏了。

温:至于你为鲁莽从这里拿错了我夫人的扇子,又丢在达林顿的屋里,这是不能饶你的。我现在看也不要看他了,永远也不叫我夫人用他了。这件东西于我已经污辱过的,你还是拿了去,不应该拿回来。

尔夫人:我想拿了去好。(取了扇子)我问马格雷脱要了罢。

温:我希望我夫人肯给你。

尔夫人:那我料他一定不会不答应的。

温:并且我还盼望他把那个小像也给你,那个东西他每晚为他祷告,跟他亲嘴——这像是一个年轻天真的小姑娘,头上长了满头的黑发。

尔夫人:啊,不错,我想起来了。那个好像是多久了!(走到沙法边坐下)这是我出嫁以前制的。黑头发和天真的面相算是当时最流行,温特米尔。

温:今天早晨你为什么来的?你的目的是什么?(走过中间坐下)

尔夫人:(说话里带了是刺的声音)当然是跟我亲爱的女儿告别来的。(温爵一股怒气咬着下嘴唇。尔林夫人睁眼看他,声音渐渐庄重了,发音的高低里含一种极深的悲痛,一时把他的真像显露出来了。)哦,你不要想在他面前演出什么悲剧来,抱住他的颈骨哭,告诉他我是谁,像这种事我都不会的,我也没有念头想做娘了。我一生里只有一次觉着有做娘的感情,就是昨天夜里。真叫我可怕——使我难堪——受的苦太利害。我活了二十年的光景,照你所说的,没有孩子——我还是①愿意没有孩子好。(微微一笑,把他的真情隐藏起来了。)并且我爱的温特米尔有这样长大的女儿,我怎么可以扮做母亲呢?马格雷脱已经二十一岁了。我向来只承认我二十九岁至多不过三十岁。有红晕面颊的时候就算二十九,没有的时候就算三十。那末你可以看出这里头牵挂的难处了。不行,论到我呢,让你夫人保存他那已死纯洁的母亲的记念罢。为什么我要干涉他的幻想呢?我觉得我自己狠难保守的,昨天夜里,我失去一个幻想②。我以为我没有心,后来才觉得有的,不过这个心跟我不合式。他跟时式的衣服不配,他把人显得老相(从棹上拿起手镜来照),并且在最要紧的关节,把人的前途耽误了。

温:你害我满心惧怕——十分惧怕。

尔夫人:(起立)温特米尔,我想你愿意我隐居在修道院内,或者去做个病院里的看护妇,或者跟这相类的事情,像那种蠢笨的近代小说里的人。阿撒那是你笨了!在真生命里的人不做这种事情的——无论如何,我们只要好看不做的。不是——现在的人用什么方法可以安慰自己,并不是懊悔,乃是快乐,懊悔是完全不通行了。并且还有,假使一个妇人真真懊悔了,他得要到一个坏女裁缝那里,不然,没有人会相信他。世上没有人可以强迫我做那样的。不行,我永远不要再跟你们两人往来了。我来是错

---

① “我还是”,原文作“还我是”,据文义改。

② 该句原文如此。

的——昨天夜里我才发觉的。

温:一个致命的错处。

尔夫人:(微笑)差不多致命。

温:我狠懊悔不把拢总的事情告诉他。

尔夫人:我懊悔我的坏行为,你懊悔你的好行为——这是我们两人不同的地方。

温:我不信服你,我要告诉我的夫人。我想要是叫他知道好,并且是从我知道的。不过告诉了他,一定使他狠苦痛——并且使他大受屈辱,但是还应该使他知道好。

尔夫人:你打算告诉他吗?

温:我要告诉他的。

尔夫人:(走上他前来)你假使真要告诉他,一定弄得我的名字非常丑,使他一生没有片时的快乐了,并且会毁害他,弄得他非常苦。你倘使敢告诉他,一定使我降到极深的阶级里去,受最大的羞辱。你不要告诉他——我禁止你。

温:为什么呢?

尔夫人:(少息)假使我说因为挂念他或者爱他——你可要冷笑我罢,会不会?

温:照我看来恐怕不确罢。做母亲的爱子女是专心,不利己,情愿牺牲。你怎么会懂这些事呢?

尔夫人:你说的不错。我能懂什么呢?我们不要再讲这件事罢。什么?你要告诉我女儿我是谁,我不能允许你。这是我的秘密,不是你的。假使我心里要告诉他,等我没有走之前,我自己会告诉的——要不然,我就永远不告诉了。

温:(有怒容)好,那末请你赶快走罢,我可以代你向马格雷脱请罪的。

(温夫人由右门进来。走到尔林夫人面前,手里拿了一张相片。温爵向后退至沙法边，当两人谈话的时候，狠注意尔林夫人。）

温夫人：狠对不起的，尔林夫人，要你等这半天。我怎么找也找不到我的相片，到后来在我丈夫的洗脸房里寻出来的——把他偷走了。

尔夫人：（从他手里接相片来看）这也难怪——这是漂亮。（跟了温夫人走到沙法边坐在他身旁，又拿起相片来看看）这是你的孩子罢！他叫什么名字？

温夫人：叫哲拉尔，跟我父亲的名字起的。

尔夫人：（将照片搁下了）是吗？

温夫人：是的。假使他是个女孩子，我要把我母亲的名字给他。我母亲的名字跟我的一样，也叫马格雷脱。

尔夫人：我的名字也是马格雷脱。

温夫人：真的吗？

尔夫人：温夫人，你的丈夫告诉我，说你一心记念你的母亲。

温夫人：人人心中都有个理想，就是没有，也应该有的。我的理想就是我母亲。

尔夫人：理想是件靠不住的东西。实事是好些，虽然也有害处，比较着好些。

温夫人：（和他握手）我如果失了我的理想，就同把所有的东西都丢了。

尔夫人：所有的东西？

温夫人：是的。（少息）

尔夫人：你父亲常常提起你的母亲吗？

温夫人：不常讲，因为使他心里狠难过。他只告诉我过，说我母亲怎样死的，自从我生了没有几个月之后。他一说起就流眼泪,所以他叫我以后再也不要在他面前提起我母亲的名字,因为使他听了太苦痛。我父亲——我父亲实在是心碎了死的,我所知道的人里头,要算他的生命毁坏得最利害。

尔夫人:(站起来)温夫人,我想要走了。

温夫人:(起立)啊,不要走。

尔夫人:我想我还是走好,我的马车大概回来了罢,方才我叫他送张条子到佳德布夫人那里去的。

温夫人:阿撒,你肯替尔林夫人去看看他的马车回来了没有?

尔夫人:温夫人,不要劳动温爵了。

温夫人:阿撒,劳你走一趟罢。(温爵迟疑的样子,又向尔林夫人看看。尔林夫人只装做没有看见,他就出去了。温夫人向尔林夫人说)你昨天夜里救我,叫我怎样跟你说呢?(走近他面前)

尔夫人:哎——不要提这事。

温夫人:我一定要说的。我不愿意安安稳稳受你这样的牺牲,我不会。这件事情太大,我要把所有的事情都告诉我的丈夫,这是我的本分。

尔夫人:这不是你的本分——除了他,你对于别人还有点本分。你不是说你还欠我点东西吗?

温夫人:我欠你样样东西。

尔夫人:那末,请你不要开口,就算偿还我,只有这个法子可以做报酬。不要向个个人告诉,以至于败坏我一生所做的只有这件好事。昨天夜里的事只准我们两人知道,不再告诉第三个人。不要叫你的丈夫一生里受痛苦,为什么好端端要破坏他的爱情呢?你一定不要破坏他。爱情是最容易消灭的。啊,爱情这样东西真是容易消灭呀!温夫人,我一定要你答应永远不要告诉他那件事。

温夫人:(点点头)这是你的主意,不是我的。

尔夫人:不错,是我的主意。还有,永远不要忘记你的孩子——我愿意把你当着做母亲的看待,并且望你自己也记着你是个母亲。

温夫人:(向上看)以后我总愿意了。我一生里只有一次把我自己的母亲忘记了——就是昨天夜里。咳,假使我记着他,一定不会那样糊涂、那样坏了。

尔夫人:(身体微微震栗)哎,昨天夜里的事早已完了。

(温爵入。)

温:尔林夫人,你的马车还没有来。

尔夫人:那不要紧,雇辆双轮马车罢,我想马车里头没有比雪罗公司的再体面的。温夫人,我现在真要走了。(走至中央)啊,还有一桩事体,我记起来了。不过,你会想我太冒昧罢。你知道我狠喜欢你的扇子,昨天夜里跳舞完了,迷迷糊糊我带了就走。我现在想问你要了去,你可允许吗?温爵说过你也许肯的,不过我知道这是他送给你的礼物。

温夫人:你要是欢喜,那自然可以的,但是有我的名字"马格雷脱"在上面。

尔夫人:好在我们两个人的名字都是一样的。

温夫人:不错,我忘记了,那当然可以给你了。多奇怪,我们的名字会一样的!

尔夫人:是奇怪的。谢谢你——我见了这个可以常常使我记得你。(与温夫人握手)

(泊克尔入。)

泊:阿格司脱勋爵到。尔林夫人的马车来了。

(阿爵入。)

阿:好孩子,你好呀!温夫人,你好呀!(见尔林夫人)尔林夫人!

尔夫人:阿爵,你好呀!你今朝早起来怎么样?

阿:多谢你,尔林夫人,狠好。

尔夫人:阿爵,看你的气色不大好。你睡得太晚——于你狠不好的,你还得格外留心你的身子才好。温爵,再会!(走向门前向阿爵一鞠躬,忽又转身向他一笑)阿爵,你可以送到我的马车里去吗?替我拿这把扇子。

温:我替你拿!

尔夫人:不必,我要阿爵,因为有点特别事体托他传给公爵夫人。阿爵,你替我拿这把扇子可以吗?

阿:尔林夫人,你当真愿意我拿,我就拿。

尔夫人:(一笑)自然真的,你要拿了真是好看。可爱的阿爵,你拿了什么东西都好看的。

(尔夫人走到门边,又回头来看温夫人,四只眼睛却好碰见,他才转身出去。阿爵在后跟着。)

温夫人:阿撒,以后你不要批评尔林夫人,可以吗?

温:(庄重状)他不是像人家说的那样坏。

温夫人:他比我好。

温:(手摩着他的发,笑着)孩子,你跟他两人是属于两个世界的,在你的世界上没有邪恶可以进来。

温夫人:阿撒,不要说那种话,我们拢总人都是属于一个世界上的。善的,恶的,有罪的,无罪的,都是手拉手从这世界经过的。对于生命的半面闭上了眼睛,以为生命是安稳的,就好比一个人瞎了眼可以在崎岖不平的地方走来走去的。

温:(走至夫人前)宝贝,你为什么说那种话?

温夫人:(坐在沙法上)因为我在一生里瞎了眼,走到危险边上，并且有一个使我们[1]两人分离的人——

温：我们两人没有分离过。

温夫人：我们永远不再分了。阿撒要照样爱我，我也会格外信你，我会完全信你。我们到塞而皮去玩玩罢。塞而皮的玫瑰花园里边的玫瑰花有红有白的。

（阿爵入。）

阿：阿撒，他把样样事情都说得明明白白！（温夫人立刻变了色。温爵睁了眼。阿爵挽了温爵到台前。）他把昨夜的事情都讲明白了，我们实在是误会了他。他到达爵屋里去都是为我——起初到俱乐部，实在是要不叫我提着心，他们说我走了，他跟了来——自然的——美男子进门的声音，他害怕——退到旁一间屋里——我告诉你，这回事情我心里都狠满足的。我们看错了他，他做我的妇人正正合式，从头到地都狠配的。他所定的条件，只有是要叫我们两人离开英国——也算一件狠好的事！——混帐的俱乐部，可恼的天气，惹厌的厨子，样样东西是坏的！

温夫人：（害怕的样子）尔林夫人有没有？——

阿：（走上前来向温夫人行一礼）是的，温夫人，尔林夫人赐顾我，答应嫁我了。

温：好，你娶着了一位聪明的妇人。

温夫人：（拿了他丈夫的手）啊！你娶着了一位贤德的妇人。

（全剧完）

（跋）这本戏另由潘家洵君译登《新潮》第一卷第三号，译名《扇误》，读者可以参看。（记者）

——《新青年》第六卷(1919)第三号

---

① “我们”，原文作“我个”，据文义改。

哑妻①

剧中人物(原名音太长,故仅译其首音)

娄 Leonard Botal 裁判官

阿 Adam Fumée 律师

西 Simon Colline 医士

哲 Jean Maugier 外科医士兼理发师

塞 Sarafin Dulaurier 制药师

格 Giles Boiscourtier 娄的书记

瞎子

嘉 Catherine 娄的妻子

爱 Alisen 女仆

葛小姐 Garandière

第一场

(布景)巴黎城中娄裁判官家的一间大屋子。

左边一扇大门临着道芬街上,开着可以望见新桥。

右边的门通厨房。

戏台的后面,有一只梯通楼上。

屋子里的墙上挂着穿制服、戴假发的法官的相片。靠墙一只大书柜,柜内满装着书、报纸、法律文书之类,柜上堆得更多。一个木架,左右有两只梯,梯级狠平坦的,由此可以通到大柜顶上。

① 该剧原刊《新潮》1919 年第 2 卷第 2 号,后沈性仁重译之,刊于《小说月报》1924 年第 15 卷号外,并说明“此剧曾在《新潮》上登过。这次校正,修改之处甚多,几与重译一遍无异”。

一张写字棹，旁边几把小椅子，几把带披套的椅子，还有一个纺绩机。

照英国名优葛朗维尔·白克（Granville Barker）扮演时的布景，街道是在房子的前面，不像平常那样躲在后面，所以一般通扫烟筒的、卖菜的、卖蜡烛的那些人，常在戏台前面走过。

开了大门进去，就是一条长廊，那里有一扇门通到厨房。同戏台的前面相平行，有一条短梯，经过那靠街的一扇双层格子窗，一直通到楼上。这出戏就在那屋里演。

这间屋子有个大露台，一扇窗正对着街道开着。写字棹、书柜和楼梯从这窗里都可以望见的。写字棹的前面有一条长凳足可以坐二三个人。屋后右角上又有一扇门跟那楼梯相通。

第一幕

（格、爱其后阿和娄上。）

（格坐在写字棹前的一只小凳上。帐幔一开，他就回头向着听众极恭谨的行了个礼，从新背着众人又坐下了。）

（卖菜的人带走带喊的，"鹅鸟菜！鹅鸟菜！好鸟食，卖好鸟食！"）

（爱进来，每只臂上都挽着个大篮，向着听众行个礼。格一见他走来，赶快不声不响躲到大门边去站着，所以爱没有见他。等到爱刚进门，乘他一个不备跳了出来，伸手到他篮里抢了一个瓶。）

爱：圣马利亚（赌①咒语）！你当着大众，恶鬼似的闯到人家身上来，像什么样子呢？

格（又从那只篮里抢了一瓶酒）：不要叫，蠢货！没有人来拔

---

① "赌"，原文作"睹"，据文义改。

你的毛,你还够不上呢。

(阿进来,向听众行了礼。)

爱:贱贼,快把判官的酒还来!(放下了篮,赶上去夺回一个瓶,劈面把那个书记打了一个嘴巴,提了篮往厨房里就跑。在那半开半闭的门缝里可以望得见厨房里的灶火。)

阿(举止言语,在先稍稍有点拘礼):这里是那位审判民事刑事的娄先生的住所吗?

格(把个瓶子藏在背后,向他鞠个躬):是的,先生,是这里。先生,我是他的书记 Giles Boiscourtier,有什么事,先生?

阿:小厮,那末你去告诉他,他的老同学律师阿先生有事要见他。

格:他来了,先生。

(娄从楼梯上下来。格往厨房里去了。)

阿:娄先生,好啊?好极了,我看见你。

娄:阿先生,早,我好久没有见你,你一向怎么样?

阿:好,狠好,我希望你也跟我一样。

娄:狠好,狠好。阿先生,今天什么好风把你吹得来的?

(两人进到屋子里。)

阿:我特地从卡德尔来,有一篇诉冤的呈子请你断,为一个小孤女……

娄:阿先生,你还记得我们从前一同在乌伦大学当法政学生的时代吗?

阿:记得,记得的。那时我们一同吹笛子,领了姑娘们去野游,还有从早到晚的跳舞……且说,我这次来,我的老同学,是为一位小孤女诉冤的呈子要请你判决,他的案子现在就在你手里。

娄:他肯重重的报酬吗?

阿:他是个小孤女……

娄:是的,是的,我知道。不过,他肯重重的报酬吗?

阿:他是个小孤女,他的财产都被他的后见人夺去了,所以现在什么都没有,只有两只眼睛哭。假使他这场官司打赢了,就可以发财,那就可以给好多证据表示他感谢你的意思。

娄(从阿手里接过那张禀帖来):我们且把这事看看罢。

阿:多谢你,我的老同学。

娄:我们且看事情,不要怕也不要得意。

阿:那何消说呢……你且告诉我:你近来样样事情称心吗?看你好像狠劳顿的。但是你的位置在这里狠好……审判官的差司得意罢?

娄:我费了好多钱才买到这个好差——倒没有受骗。

阿:你冷静罢。为什么还不娶亲呢?

娄:怎么,怎么!阿先生,你不知道我刚娶了亲吗?(两人坐在棹前的长凳上)就是上一个月,娶的是一位乡绅人家的好姑娘,年纪狠轻,又狠漂亮,名字叫做 Catherine Momichel,是 Salency 审判厅长的第七个女儿。咳!可惜他是个哑吧。你现在明白我所感的苦痛了。

阿:你的夫人是个哑吧?

娄:啊唷,是的。

阿:完全,完全哑的吗?

娄:像一条鱼一样。

阿:难道你起先一点也不知道,直到你娶过来之后才晓得的吗?

娄:那自然不会不知道的,不过当时我以为没有什么要紧。我只恋他的美,贪他的财产,因此一点不想到别的,只计算这姻缘的好处、和他同住的快乐。照现在看起来,这些都是小事,我只要他会讲话,那才可以真真算得我知识上的乐趣,并且还是家庭里实际上的利益。你想做判官的家庭里最得用的是什么？要有一位好看的夫人，可以应酬那些来告状的，使他们心里乐意，他得会用一种高超的手段，可以渐渐引他们想到送礼的一层上去，这样他们的讼事可以办得——格外留心注意。一般的人都要有人从旁鼓励他们、耸动他们，才肯送过礼来。倘使妇人有张巧嘴和谨慎的行为，就可以从这个人地方得着好火腿，从那个人地方得着成卷的布，并且还可以在再一个人那里得的鸡呀、酒呀，但是这个可怜的哑吧一点也得不到什么。我只看见我的同事们家里的厨房里、酒窖里、畜舍里、货房里，满放着好东西，都是仗着他们的妻子得来的，像我要想叫锅子里开水滚沸都不容易的。阿先生，你看，我娶了一个哑妻，要丢多少东西？照例我还不该受这苦的一半……更坏的，是因为我丢了许多东西，连我的生气都没有了，所有的才智也没有了。

阿：那没有什么道理在里边。你仔细把事情想一想，像你现在的情形也可以寻出点好处来，并且是狠好的益处。

娄：不行，不行，阿先生，你还不知道。你想一想！——有时我把我夫人抱在怀里——我想他看是狠好看的一个妇人，彷彿一个极美丽的石像——但是一声也不会响——叫我心里多难过、多不痛快。有的时候，我觉得我手里抱的是个偶像，又像一个机器的玩意儿、一个泥塑木雕，不像是我们上帝的一个子女。还有时候，一清早晨，我想从床上跳下来躲避这个妖怪。

阿：会存这种念头！

娄：还在比这个利害的！跟我的哑妻同住在一起，连我自己也快变成哑吧了，有时候，我也像他那样做手势。有一天，我在公堂上审判，装着哑巴，用手势去表情达意，断定了一个徒刑。

阿：听够了！不必再往下说了！我知道哑吧是不会说话的！你一个人讲，有什么趣味，又没有人答应你。

娄：现在你知道我为什么不高兴了罢。

阿:我不来驳你,我承认你的理由是充足的,但是他也许可以医好的。尊夫人是又聋又哑的吗?

娄:我的夫人的听觉比你我还灵些,一点儿声息也能听见,我敢说就是青草生长的声音他都听见的。

阿:这样看起来,他的病症不是没有希望的。假使又哑又聋,发音和听觉一样坏,他们听不见自己的话,人家的话那是更不消说了。这样的病,那些内科、外科、制药师是没有本领可以医好的。至于能听见的哑吧,那是跟方才说的不同。倘使请教医生,只要解开他的舌头就好了,用的手术如同小孩子玩儿那样容易。他们每天用这种法子医治个把小狗,使他会叫。这里附近有个名医,在你屋角的旁边蒲息大院天龙招牌的间壁,这位医生名叫 Simon Colline。他的名声都是在巴黎医治哑吧妇人做出来的,这样的名医还要我这个乡下老进城来告诉你吗?一转手之间就可使你夫人口里淌出许多的甜言蜜①语,如同你转开一个塞子使水冲出来,如同波纹层层的小溪。

娄:阿先生,这是真的吗?你不要骗我罢?你说的话不会像法庭上的律师那样罢?

阿:我和你是有朋友的交情才告诉你的,所说的话句句都是实在的。

娄:那末我就去请教这位名医——立刻就去。

阿:随你意……但是一层,没有请之前,你先得要仔细打量打量,到底是怎样办才好。总要前后左右比较比较,你娶了这位哑吧夫人,虽然有许多不利,其实也有几层利益的。……老同学,我们还是再会罢。(两人同时到大门口。)记住了,我是你的好朋友——请你把我那张呈文看一看。倘使你肯诚心照顾这位被后

---

① “蜜”,原文作“密”,据文义改。

见人劫夺的小孤女,开诚布公判断这件事,将来你决不会懊悔的。

娄:阿先生,午后请你再来罢,我总可以把这判词预备出来。(两人深深鞠了一躬。阿退出。)

第二幕

(娄其后,格再后,嘉上。)

娄(在门边喊):Giles! Giles! ……这个混蛋永远也听不见我喊,终天在厨房里推翻汤菜和那个女仆胡缠,真是个下流东西、恶汉。Giles! ……Giles……叫你,混账东西,恶棍! ……

格:先生,我在这里。

娄(提了他的耳朵):吁! 赶快替我到那名医那里去走一趟①,他名叫 Simon Colline,住在蒲雪大院,在天龙招牌的间壁。请他赶快上这里来,有个哑妇要请他医……

格:知道了,先生。(格向左就跑。)

娄:超近路走,不要绕那条新桥去看变戏法儿。我知道你这个懒鬼,在这十县里头没有一个像你这样欺骗矫诈的。

(格转身过来,慢慢的经过戏台立定了。)

格:先生,你错看我了……

娄:快去! 请那位名医来。

格(奔到左边):知道了,先生。

娄(上去在棹边坐下。那棹上堆满了文件的口袋):今天我有十四桩案子得批出来,阿先生托的那桩孤儿的案子还不算在里头呢。那倒不是件小事,因为要审判官有声望,判词里头的辞句必得伶俐、巧妙、雅致,并且要用文体上、思想上的装潢陪衬着,意思必得想的透彻②,表得明白有趣。假使不在审判的时候出出风头,

① “趟”,原文作“躺”,据文义改。

② “彻”,原文作“澈”,据文义改。

那里还有表现才智的地方呢?

(卖水芹菜的从右到左的带走带喊着:“上好的水芹菜,春天的新鲜菜!吃了又健又滋养!六个小钱买一把。六个小钱买一把。”卖水芹菜的走过了,又来了一个卖蜡①烛的,从左到右的走,嘴里喊着:“腊烛!棉纱灯心的腊烛!点了像星那样亮!”卖蜡烛的走过了,Catherine 从靠着楼梯那扇门里出来,他向听众行了一个礼,就坐在窗座上刺绣。街上卖东西的声音走远了,娄从他的公事棹边站起来,抬头看嘉走将过去和他亲嘴,凑②巧嘉也向他丈夫这边走来,向他丈夫行了礼,又回他一个吻,狠快乐的样子静听着。)

娄:我爱,早……你几时走下来的,我都没有看见。你真像故事里边说的仙人一样,在空中飘过,又像诗中所说梦里的神下凡来。(嘉听了他丈夫这样夸赞他,显出狠得意的样子。)我爱,你是自然上美术上奇伟的好成绩,样样的好处你都有,只是说话一层。(嘉掉转脸去,稍稍有些唏嘘的样子。)你倘使也能够说话,快活不快活?(他转过脸来,颜色上立刻做出狠有趣味的样子。)倘使你的嘴唇边能够把我从你眼睛里看得出你那巧妙的思想说出来,你快活不快活?把你的才智表明出来,你快活不快活?(嘉把手扬那手帕,乐极了。)你愿意不愿意把你怎样爱你的丈夫告诉他?你乐意不乐意把他叫做你的财宝、情人?一定乐意!……(两人站起来。Catherine 现出十分愉快、高兴的神气。)我爱,我有段好消息告诉你,于你有大益处的……一会儿有位大医生要来,他可以使你开口……(嘉现出狠满足的样子,在台上上下的舞蹈起来。)他会揭开你的舌头,一点不会伤你的。(嘉的一举一动都显得十

① “蜡”,原文作“腊”,据文义改。下同。

② “凑”,原文作“辏”,据文义改。

分快乐,又像不耐烦似的。)

(一个瞎子走过,手里弹着乡下的老式跳舞曲,一会儿立定了,口里发出狠凄惨的声音喊道:“大慈大悲、救苦救难、善心的老爷太太。”娄要赶他开去,但是看嘉的神气好像替他排解辩护,并且指示他是个瞎子,因此就不作声,回到他的写字棹边去了。嘉一个人站在窗边听那瞎子唱。)

瞎子:There's lots of good fish in the sea,
La dee ra, la dee ra;
Now who will come and fish with me?
La dee ra, la dee ra;
Now who'll with me a-fishing go?
My dainty, dainty damsel, o!
Come fish the livelong day with me,
La dee ra, la dee ra,
And who will then be caught? —we'll see!
La dee ra, dee ra, day.

(将唱完的时候,嘉看看娄,见他没有看见,便偷偷的跑到大门边,这时候,那瞎子正唱着第二段歌,嘉在台上向着他跳舞。)

瞎子:Along the rippling river's bank,
La dee ra, la dee ra,
Along the wimpling water's bank,
La dee ra, la dee ra,
Along the bank so shady o!
I met the miller's lady, o,
And danced with her the livelong day,
La dee ra, la dee ra,
And oh! I danced my heart away!

La dee ra, dee ra, day.

（瞎子唱完了歌，停了琴，发出一种空空洞洞可怖的声音叫道："大慈大悲、救苦救难、善心的老爷太太们。"）

娄（埋头在他的文件里，所以一点没有留心旁事，到后来才立起身来，赶那台上的瞎子，骂道）：走江湖，强盗，恶棍！（把一堆信袋和书本丢在他头上，才跟嘉说话。这时候，嘉已经回他自己的原地方来了。）吾爱，自从你走下楼来到现在，我一点也没有荒废我的时光，我已经把十四个男子和六个妇人带手枷的罪案判决了，并且在那十七个不同的人头里分配——（计算）——六，二十四，三十二，四十四，四十七，还有九，五十六；还有十一，六十七；还有十，七十七；还有八，八十五；还有二十，一百〇五——一百〇五年的苦工。你想想看这种岂不是判官的大才干呢？叫我怎么不得意呢？

（嘉停了工靠在棹子上，满面笑容望着他的丈夫。他就在那张堆满信袋的棹子上坐下了。娄从他夫人的身底下的封袋拉出来。）

娄：我爱，你把大罪犯隐藏起来了，贼凶手。但是我也不去追究他们了，他们的避难所是神圣的。

（一个通烟筒的从街上走过，口里说："太太们，通你们的烟筒，通得又亮又干净。"娄和嘉隔着棹子亲嘴，看见医生来了，嘉就赶快逃上楼去。）

第三幕

（娄、格、西、哲和两个跟班的其后进来，塞最后，爱上。）

（进门时候一个个排列得狠整齐，格装着喊口令的领着前头走，后面是医生的两个跟班，又后面是西、哲两位先生。那两个跟班手里背了些医药器具，各人站在门的两旁。内科、外科两个医生向听众恭恭敬敬行个礼。)

格:大人,你请的大医生来了。

西(行了礼):是的,我就是 Simon Colline 先生。……这一位是外科医生 Jean Maugeir 先生,你请我们做什么呢?

娄:是的,先生,要请你们医治一个哑妇,使他能开口。

西:狠好,我们且等那位制药师 Sarafin Dulaurier 先生来了再讲。他一到,我们就可以按我们的智识、能力动手施治了。

娄:啊! 一定要等制药师来使那哑妇开口吗?

西:是的,先生,你不明白这个,乃是不明白各种机关是互相依赖、互相关系的。塞先生快来了。

哲(忽然发出一种极洪亮的声音):啊! 好运气,我们得着像西先生那样有学问的医生保护我们的康健,并且安慰我们的病啊! 像这些好本领的医生用他们科学的理论,并且多年的经验,多少可颂扬赞美啊。

西(微微鞠躬):哲先生,多谢你好意。

娄:诸位先生,我们现在等这位制药师,大家先稍为用点点心罢!

西:极欢迎。

哲:赞成,赞成。

娄:Alison! ……西先生,那末,你要动手术使我夫人开口吗?

西:可以说是我不过在旁边指挥着,请哲先生动手……哲先生,你的器具都带来了罢?

哲:带来了,先生。[(他拍拍手掌,那两个跟班听了赶快走进屋来,一手守著一端,把那只盛器具的大布袋解开来握在手里。)展开一把二寸长齿头的大锯子,还有刀子、钳子、剪子、一只钉、一大块木头、一小块木头,等等。]

娄:诸位,我希望你们不至于把这些家伙全用罢?

西:对于治病总要预备周到的。

(那跟班布袋卷好了交给哲先生,然后回到他原立的门边,恰好逢着 Alison 从厨房里出来,手里托着个大盘,里面盛着许多瓶子和杯子,等等。)

娄:诸位,喝点儿吗?

(爱拿起西先生的杯子亲了个嘴之后,西和哲两位才各自从他的盘里取了一杯。)

西:你这温和的酒狠好。

娄:你说得好,这是我自己葡萄园里制的。

西:你送给我一桶罢。

娄(向格,他正在那里为他自斟满一杯酒。):你这恶棍,我没有叫你喝。

哲(望着窗外):那位制药师塞先生来了。

[塞上。(他奔到台前,立定了向听众行一礼。)]

西(望着街上):他的骡子在那边!……也许不是——这就是塞先生自己,真叫人家分别不出来了。(塞先生夹在满屋的人里头。)塞先生,请用罢。这是新从窖里取出来的。

塞:主人,祝福!

西(向爱):美丽的女西神,随意倾倒,倒右边,倒左边,倒这边,倒那边,随他转到那一边都是好看的。我的小姑娘,你有这样窈窕的身段,自己不得意吗?

爱:随他给我多少好处,一点没有可骄的地方。模样儿长得好看,没有什么可贵,除非裹在绫绸锦缎里才算尊贵咧。

塞:主人,祝福!

(大家喝着酒,并且叫爱也和他们同喝。)

爱:你喜欢欺弄我们,但是于你没有一点好处。

西:现在我们都在这里了,我们去看那位病人罢。

娄:诸位,我来领路。

西:那末,哲先生,请你前头走。

哲(一手拿了酒杯,一手拿着那只盛家伙的布袋):我先走,因为尊贵的地方是在后。(他跟了娄的后面,经过左边,从棹子后绕到门边。)

西:塞先生,请先走。(塞一手拿了酒瓶跟在哲的后面,西在他袍子的两只口袋里塞了两瓶酒,又和那个女仆 Alison 亲个嘴,带走带喝的跑上楼去了,口里还是唱着:)喝酒!喝酒!再喝酒!喝了酒可以减去我们的忧虑和苦痛。好朋友没有分离要喝酒,可以温热那个心!

(爱因为格方才要和他亲嘴,所以打了他一个嘴巴,也上楼去了。)

(一班人从右边上门走出去的时候齐声唱着歌:)

喝酒!喝酒!再喝酒!

(第一场完)

第二场

(布景)和第一场相同。时间在第一场的后四五点钟。

第一幕

(娄和阿二人上。)

阿:先生,今天下午好呀?

娄:好的,狠好。你好吗?

阿:我的好朋友,狠好。不过对你不住,我又来缠扰你。我那小孤儿被他后见人侵吞财产的那桩案子你看过了没有?

娄:阿先生,还没有呢……你说什呢话?你侵吞了你的小孤儿的财产了吗?

阿:不是,不是,可不要想到这个上去,先生。我所说的“我的”意思里是和他完全没有关系的。感谢上帝!我不是他的后见人,我是他的律师。但是一层,假使他能把他的财产索回之后,那数目并不小的,我就可以做他的丈夫;真的,我早料到可以使他爱我了。所以你能早些察看这件案子,我一定很感恩你的。只要请你把我送来的那张状纸读一遍,关于这件案子的情节,你所应该知道的,详详细细的都写在上面。

娄:你那张状纸在那边呢,阿先生,在我的棹子上。假使没有人缠扰我,早也把他看过了,我正在受用那医生的好成绩。(忽然过去捉住阿的臂膊摇几摇)都是你的忠告,害我受这种累。

阿:你说什么话?

娄:你告诉我那位名医 Simon Colline,我就去把他请了来。他和一位外科医生还有位制药师,把我的夫人从头到脚察了一遍,看他究竟是不是哑巴。后来那位外科医生把我的 Catherine 的舌筋割断了,那位制药师给他吃一颗①药丸——他就说话了。

阿:他能说话了吗?吃了药丸才说话吗?

娄:是的,因为各机关是彼此互相倚靠的。

阿:噢!啊!……无论怎样,那最大的事就是他会说话了。他说些什么话呢?

阿:他说:“拿面镜子给我!”他看见我吓了一跳。他又说:“你这个笨牛,等我生日的一天,你该给我一件绸外套和一件天鹅绒的外挂。”

附:他话说不停吗?

娄:至今还没有停呢。

阿:你怎么还不谢我的忠告,不谢我介绍你这位名医呢?尊

① “颗”,原文作“棵”,据文义改。

夫人说了话,你高兴得怎样了?

娄(没精打采的):自然高兴的。阿先生,我着实要感谢你,我听见我夫人说了话,快活极了。

阿:不像罢!你所应该有的满足并没有显出来。你一定有什么隐情在里面——有什么事情烦扰你。

娄:你从那里得来这种观念?

阿:从你的脸上……有什么事情使你烦闷?你夫人说话清楚吗?

娄:狠清楚——并且狠多。假使这是他说话的开场,永远说这许多话,我可受不了。

阿:啊!……我早料到了,先生,但是你不要失望得这样快。像这样多如泉涌的话也许会过去的,这好比那泉水压得太久,第一次溢出来……恭喜你,先生。我那个小孤儿的名字叫做 Ermeline de la Garandière,不要忘记他的名字,请你照应他,将来他一定会有相当的东西酬谢你。等一会儿,我再来。

娄:请放心,阿先生,你托的案子我即刻就看。

(阿退出)

第二幕

(娄上,其后嘉上。)

(嘉在台上唱那瞎子唱的歌,娄作惊状,摇摇头,走到他的写字棹边坐下了,办他的公事。嘉还在那里唱,踪踪跳跳的进来,走到他丈夫的棹子边。)

娄(口里念道):"径陈者,兹为淑女,Ermeline-Jacinthe Warthe de la Garandière。"

嘉(站在他丈夫的椅子背后,刚唱完他的歌"可爱的,可爱的天气",就滔滔不绝的大说起来了):我爱,你做什么?看你狠忙的样子，你事情做得太多了。（走到窗槛边拿起他的绣货来）你不怕累吗？你应该休息一会才好。为什么你不肯告诉我你做的什么事呢，我爱？

娄：我爱，我……

嘉：是不是极秘密的？可以使我知道的吗？

娄：我爱，我……

嘉：倘使这是秘密的，那就不必告诉我。

娄：你连回答的机会都不给我吗？我正在研究一件案子，并且要预备一个判词出来。

嘉：预备一个判词是一件极重要的事情吗？

娄：当然是重要的。（嘉坐在窗槛上，嘴里哼哼的唱着，眼望着外看。）第一样人民的名誉、自由，有时候也许他们的生命全靠在这个判词上的。还有，做审判官的应该在判词里头显他思想的深远和文体的优美。

嘉：我爱，你去研究你的案子、预备你的判词罢！我不再多说话了。

娄：对了……“淑女，Ermeline-Jacinthe-marthe de la Garandière……”

嘉：我爱，你想那一样和我合式，一件织花的外衣呢，还是一套丝绒衣服带一条土耳其式的裙子呢？

娄：我不知道，我……

嘉：我想花缎顶配我的年纪，并且颜色要格外浅，上面须有小花朵的。

娄：也许是的。不过……

嘉：我爱，你想穿条狠长大的围裙不合式罢？裙子当然要长大些……要不然好像衣裳没有穿好似的，所以不应该做得太短小。不过一层，我爱，你不愿意让我在裙围底下够藏两个情人罢？

那种式子不会长久的，我想不等几时那些宫廷的太太们就要不穿这种样式了，城里的妇人赶快会去学他们的样子。你想是不是？

娄：是！是！但是……

嘉：现在，论到高底鞋……他们应该做得不高不低才好。看他的脚就可以批评这女子的好歹——要知道这女子是否品行端正，只要看他的鞋好了。我爱，你赞成我的话吗？

娄：赞成，赞成，赞成的，但是……

嘉：你写你的判词罢，我一个字也不多说了。

娄：那才对了。（带念带写他的稿子。）“所说的那个年轻女子的后见人，名叫秀各汤姆·彼特洛，窃取那所说的女子，他的——”

嘉：我爱，我们相信那位蒙脱柏登的高等法官的夫人，社会的风气弄得真糟，愈走愈坏了，现在一般年轻的男子都不娶亲，他们宁可周旋那些有钱的老太婆们，倒让那些穷苦的姑娘萎谢起来。你想这种事情真有这样坏吗？回答我，我爱。

娄：我的宝贝，你不能有一分钟安静吗？或者找个别地方去讲罢？我头脑都昏了。

嘉：呕，呕，宝贝，你不要着急。我连一个字都不说了！一字也不说！

娄：狠好。（写）“所说的那个男子，彼特洛，把所收的干草和苹果都……”

嘉：我爱，今天夜饭我们做点羊肉丁，还有吃剩了的你那个告状的送来的鹅肉。你说够不够？就只那两样菜，你满足吗？我不喜欢太俭啬，我愿意棹子上摆得狠好看，但是摆了许多样菜，一样也不吃，仍旧送到厨柜里收起来，有什么用处呢？现在的生活程度一天高似一天，鸡、菜、肉、水果样样价钱涨了，不过几时，在外面包饭铺子里定的菜倒要比自家做的便宜了。

娄:我求你……(写)“生而为孤儿……”

嘉:真的,将来一定会到这种景况的,便没有家庭生活的余地了。你看罢,买一只填好烤好的鸡或是鹧鸪或是野兔,总比到市上买活的便宜,那是因为饭馆里买的东西多,有狠大的扣头,所以他们卖给我虽是贱,还可以得利。我不是说我们每天的饭菜都到铺子里去买,平常的菜我们可以在自己家里预备,并且顶好是自己做,但是有时候我们要请客或在家里开宴会,那末还是向铺子里去要的菜,又省工夫又省钱,不到一点钟的工夫,那酒席处和点心铺可以整整齐齐的替你送一桌菜来,够十二、二十或五十个人吃的。鸡、肉,那酒席处可以替你送来;冻卤、酱油、香料,那备办食物的会替你送来;馒头、糖果、水果等,点心铺会送得来,并且样样都是方便的。Leonard,你想是不是?

娄:请,请!(又想写下面的句子,嘴里念着:“生而为孤儿,生而为鸡,一碗肉酱。”)

嘉:各样东西涨了价是没有什么希奇。大家一天奢华一天了,他们要是款待朋友、亲戚,只用三样,汤、肉、果子,一定不够的。不行的,一定要有五六种花样,用许多酱油、酱汁,还有肉酱等,那是一种普通的肉酱。我爱,你想这种样子不太过分些吗?据我看来,我不懂他们肚里盛这许多种类的食物有什么快乐。我并不是看不起一桌好酒席,我自己也是爱吃好的。“不要太多,只要好吃”,那是合我的胃口。食物里头我所最爱吃的是鸡肫干、花菜心。Leonard,你呢?料你爱吃肚子或是腊肠。呸!呸!怎么人会爱吃腊肠呢?

娄(把头埋在两手里):我要疯了!我知道我要发疯了。

嘉(跑到他丈夫背后):我爱,我从此不说一句话了——一个字也不说了,我知道我这样多说话一定会搅乱你的公事。

娄:只要照你所说的做去!

嘉(回到他的原位):就是我的嘴唇也不动一动了。

娄:好极了!

嘉(忙他的刺绣):我爱,你看,我连一句话也没有说。

娄:是的。

嘉:我让你安安静静办你的公事。

娄:是的。

嘉:一点没有搅扰你,写你的判词罢。快完了没有?

娄:永远也写不完——倘使你永远不停嘴。(写)“条款,一百二十磅一年,被该卑鄙的后见人从那个可怜的小孤女抢去……”

嘉:听呀!嗄吁!听呀!你听见火起了没有?(娄奔到窗边,望外看看,回来向嘉摇摇头。)我想我没有听错。也许我弄错了,不一定。还有什么东西比火利害呢?火比水还利害。去年,我看见那条两换桥上的房子火起,那个混乱嘈杂呀!那些人都把家具丢在河里,人末,从窗洞里跳出来。他们也不知道做些什么,他们害怕得把知觉都失去了。

娄:上帝,可怜我罢!

嘉:喂!我爱,什么事体使你这样叫苦呢?告诉我,告诉我为什么呢?

娄:我连一分钟也不能忍受了。

嘉:Leonard,你应该休息休息,不要做这样多事体,那真不应该的,你不当……

娄:你永远不会停嘴吗?

嘉:我爱,不要着急,我不说一句话了。

娄:天呀,你可不要再说了。

(嘉说话的时候,勃罗安夫人在台上走过,后面跟着他的仆人。)

嘉(从窗洞望外看):呕!那个律师的太太勃罗安夫人来了!

他带了个丝线头巾,花缎外挂上罩着个深褐色的披肩,他后面跟的那个仆人的脸上好像熏鱼的皮。Leonard,他是望着这条路上来,我知道他来拜会我们的。赶快把椅子摆好了,拿起一只靠手椅子来给他坐,我们应该照他们的品级、身分,相当的待敬他们。他站在我们门口了。没有,他还是望前走,向前面去了。也许我看错了,是旁人,真不容易认人。倘使不是他,一定是狠像他的一个人,真真像他。不过我想一定是他,巴黎这地方再不会有这样像勃罗安夫人的了。我爱……我爱……你愿意勃罗安夫人来拜会我们吗?(他就在他丈夫办公的棹上坐了)我知道你不喜欢多嘴的妇人,真是你的运气,你没有娶他。他说起话来像只麻雀,一天到晚什么事都不做,光是说话。真是一个多嘴精!有时候,他还要说害他自己名誉的故事。(娄不能再忍耐了,爬到梯上坐在半中央,想在那里写。)他说起话来,第一件,把他丈夫所受过的礼物背一遍。听他从头到尾背完实在讨人厌。(嘉也爬上梯去,坐在娄的对面)勃罗安受的那些鸡、鸭、面粉、鲜鱼、糖果,于我们有什么相干呢?但是有一件事勃罗安夫人不肯告诉你,有一天人家送给他丈夫一大包的阿蜜浆,他丈夫打开来,里面什么也没有,就只一对极大的牛角。

娄:我的脑袋要裂开了!(他就躲在柜顶上,拿了他的写字具和纸。)

嘉(爬到梯顶上):唅,你看见我那漂亮的小姐没有?他实在不是一位阔小姐。带了个绣花披肩,打扮得倒像个公主一样。你看可笑不可笑!但是现在一般人的装束,个个都比他的地位高,男子、女子都是一样的。你那些公堂上的书记都想要做阔绅士,他们带的珍珠、金链子,帽子上还插着鸟毛,都是一样,谁也看得出他们的本来面目。

娄(在柜顶上):我现在已经不能自制了,闯了祸也不能负责任了,什么罪过都可以犯了。(喊着)Giles! Giles! Giles! 混帐的! Giles! Alison! Giles! Giles! (格入。)赶快替我到蒲雪大院里去找那名医 Simon Colline 来,请他即刻就来,现在的事情比从前格外紧急,要请教他。

格:是了,主人。(出门去了。)

嘉:我爱,干什么? 看你样子狠着急的。也许空气太坏罢。不会罢? 吹的是东风,你想不是? ——嗷,也许你午饭时吃的鱼罢?

娄(在柜顶上挥拳舞掌的大发狂气):我们人不能什么事都会,所以听差的职任是洗碟子、碗,卖布的是量缎带,和尚是化缘,鸟是到处去撒粪,女子只会发疯似的多说话。咳! 我多少懊悔,你这个发骚的东西,我情愿你不会开口的。你不要着急,就是——那个名医即刻可以把你治得比从前更哑。(在柜顶上抓了一把封套掷在嘉的头上,嘉即忙从上跳下来,带跑带叫的。)

嘉:救命! 杀人了! 我的丈夫发疯了! 救命呀! 救命!

娄:Alison! Alison! (爱入。)

爱:这还了得! 先生,你要杀人了罢?

娄:Alison,看住他,跟在他身边,不要让他下来。你要是爱惜你的性命,不要让他下来,因为我倘是再听他说一句话,即刻就会发疯了。上帝知道我可以怎样待他——和你。去! 你去! (爱上梯去了。)

第三幕

(娄、阿、葛和一个仆人手提着一只篮。)

(娄还在书柜顶上。阿和葛站在左右两梯上。那仆人头上顶着那只大篮,跪在台前的中央。)

阿:先生,允许我,对于那件案子替我出力,救那个现在在你面前的小孤女,曾经被他后见人侵占财产的,他现在恳求你公正的裁判①。他的一双眼睛可以告诉你,比我用嘴说的还流畅。葛小姐给你带了许多祈祷、许多眼泪来,其余还带了一只火腿、两只鸭、一只大鹅、两只小鹅。他诚诚恳恳来求告你,他总想把这些东西可以换得一个好好的判词。

娄:小姐,你真引起我的注意……你案子里还有什么要辩护的吗?

葛小姐:蒙先生的恩惠,我的案子当然是照方才我律师所说的。

娄:没有别的吗?

葛小姐:没有,先生。

娄:他倒知道应该怎么说——怎么停止。这位可怜的孤儿激动我的心了。(向那仆人)把那只篮送到厨柜里去。(仆出。)(向阿)阿先生,你们来的时候,我正在那里为这位小姐的案子起判词的稿子。(他要从柜顶上走下来。)

阿:怎么,在那柜上吗?

娄:我不知道我身在那里了,我的头脑也昏了。你们要先听一听那个判词吗?我应该把他读一遍。(念道)"兹因那位处女,Garan dière 小姐,生而为孤儿,丧尽天良,诡诈多端,占据他后见人彼特洛的财产,抢去十担干草、河鱼八十磅,并且因为没有东西比火还利害的,还有因为,那个政府的律师曾受了一包爱蜜浆,其中只有两角……"

阿:你倒底读的什么?

娄:不要问我,连我自己也不知道。我想我的脑筋在石臼里捣碎了,两点钟前被那恶鬼捣坏的。(他倒在两人肩上大哭起

① 该句原文如此,略有不通。

来。)我真是呆子……都是你不好,阿先生……假使你那五位医生不把我夫人的舌头治好……

阿:不要怪我,娄先生,我好早告戒你的。我告诉你的话一点也不错,没有治他舌头之先,你得要再三思量思量。

娄:咳,阿先生,我回想我的夫人不会开口的时候够多么好。咳!世上没有比多嘴的女人再可怕的了……但是我静盼望仗着医生可以把他们害人的本事收回去,我已经派人去请他们。那位外科医生来了。

第四幕

(原旧是哲先生,稍迟是西先生和塞先生,还跟着两个制药徒。)

哲:大人,愿你今天好。西先生骑了骡来了,后面跟了那位制药师塞先生。他四周围拥挤着一班信仰他的人,那些管家婢掷起衬裙,还有那些厨子,头上都缠了布,这是他出门的仪仗。(西和他的从者进来了。)啊!西先生穿着医生的长褂,带了斗方的帽子,里面套着长袍头巾,在市上走过,受一般人的趋奉、景仰,够多少体面。啊,我们应该怎样感谢有这种手段高妙的医生,他们可以保存我们的康健、安慰我们的病。啊哈!多少……

西(向哲):好了,这够了。

娄:西先生,我急于要见你,要请教你的医术。

西:为你自己?你有什么病?患处在那里?

娄:不是我!是为我的夫人,就是从前是哑吧的。

西:他现在有什么苦痛吗?

娄:一点也没有。现在的苦痛都在我身上。

西:什么?苦痛是在你身上,你倒要医治你的夫人?

娄:西先生,他话说得太多了。当时你应该只使他会说话,不应该使他会说这么多话。自从你治好了他的哑吧,简直弄得我要发疯了。我不能够再听他一句话,我请你来再把他治成哑吧。

西:那不能够!

娄:什么话?你既然使他能说话,不能再取回他的说话吗?

西:不能!那我不能治。我的本领原来是狠大,但是就止于此。

(娄现出极失望的样子,回头来一个个的向着他们看。)

哲:我们不会治他做哑吧的。

塞:即使费极大的力也不会有一点效力的。

西:我们有药可以使人开口,但是没有药使他不做声的。

娄:没有吗?这是你最后的话吗?你真叫我绝望了。

西:阿约,大人!(他走到中间,拍着手使大家注意,开口说)没有那种仙丹、香料、沉淀剂、麻醉剂、软膏、膏药、局部贴用药、炼药,也没有那种万能药,可以医妇人喉口过于活动病的。蜜糖不会生效力,至于那本草,大家狄斯克所说的药也不会有效的。

娄:是真的吗?

西:大人,你不要这样疑心,惹我不高兴呢。

娄:那末,我是一个废人了。现在也没有别的方法,只好把我颈上缚块石头,跳入塞音河去罢。(他跑到窗口想要跳出去,幸亏被那些医生捉住了。)我不能在这扰攘之中过生活。(那些医生一把拖他回来扶他坐下,并且围绕着他,阿先生立在他面前。)假使你们不让我一直淹死,你们这些位医生们总应该想个法子医治我。

西:我告诉你,在你夫人身上是没有法子了。至于你,倒或者有法子,只要你肯受治。

娄:听了你的话,我倒有点希望了。看天的面上,请你解说给我听。

西:因为夫人多说话,只有一个法子可以补救,就是把他丈夫治做聋子就行了。

娄:你说什么话?

西:就是我说的话。

阿:你懂不懂?那还是个最好的方法呢。那位大医生既然没有能力医你夫人做哑吧,他可以医你做聋子。

娄:叫我真做聋子吗?咳!……(立起身来,但是又被立在他面前的那位西先生拉住了。)

西:我可以立刻把你变成聩症,那你夫人的多话病也就好了,并且是永久的。

娄:变做聩症吗?什么叫做聩症呢?

西:普通就叫聋子。你看假使变了聋子,有什么不方便的地方吗?

娄:当然有的!

哲:你是这样想的吗?

塞:比方有什么不便呢?

西:你是位法官。做法官是聋子,有什么不利吗?

阿:一点也没有。相信我,我是个招揽案件的律师,所以知道一点也不会有不方便的。

西:那末,要判断事情的时候有没有妨害?

阿:一点也没有妨害,反倒有许多好处。娄先生既听不见律师的话,又不听见告状的话,这样才不会受假话的欺骗了。

娄:那倒真的。

阿:他断事倒可以公道些。

娄:也许可以。

阿:再不要疑惑了。

娄:但是你们怎么动手……

哲:这种医法。

西:聩症,寻常所谓聋子的有好几种手术,可以用耳漏法,使耳朵结硬法,或者使耳朵发炎,还可以使耳内的小骨关上。但是这许多的法子都是要费好久日子,并且很受苦痛的。

娄:我不用那些法子!……我绝对不要那种法子。

西:你说的不错,还是用我药包里带来的那种白粉末,放在耳朵里足可以叫他聋的,聋得像老天发气一样,又好像木柱一般,并且一些也不受痛苦。

娄:多谢你,西先生,你还是把你的白粉收起来罢,我不愿意做聋子了。

西:怎么?你不愿意做聋子吗?怎么?你反对聩症吗?怎么你方才请用那个手术,现在又拒绝了呢?咳!一个不听说的病人不愿意受好医生的调治,真叫做医生的着急,这也是常见的事。

哲:并且可以去他的心焦,可以治好他的病。

塞:不会不愿意把病治好的,嘅!

阿:娄先生,我劝你主意打得不要太快,不要因为一点点的痛苦,拒绝那解救你极大苦痛的好法子。

娄:我不要!我不愿意变成聋子,你的药粉我用不着。

第五幕

(布景照旧。爱先上,稍迟嘉上。)

爱(遮住两只耳朵,自梯上跑下来):我真受不了,我的脑袋裂开了。听这样多话,谁也受不了的。实在没有法子叫他不开口,这两点钟里头,我的身子好像关在风车里似的。

(在台上可以听见嘉在那里唱瞎子的歌。)

娄:混帐的!不要让他下来。Alison!Giles!把他锁起来。

阿:嘅!先生!

葛小姐:嗳!先生,你怎么这样忍心把你这位可怜的夫人一个人锁起来吗?

(又听见嘉夫人唱的声音。娄赶上梯去,这时嘉夫人已进来了。)

嘉:这么多人!诸位,我是你们谦卑的仆人。(行了礼)

西:夫人,好吗?你喜欢我们在这里吗?你的舌头我们治得好不好?

嘉:好极了,先生们,我实在要感谢你们。刚起初我虽能说几句,但是不大灵便。现在我觉得容易多了,但是我十分留心节制的,因为家里有了个多嘴夫人,人家听了都要厌烦的。诸位,你们倘然疑心我是个多嘴妇人,或者说我常讲不应该说的话,那真冤我了。(娄在柜顶上狂笑起来了。)所以我要求你们诸位,现在让我在我丈夫面前辩个明白,因为有个实在不解的原因,我的丈夫有了偏见来反对我,他在那里起判词稿子的时候,说是我的话搅扰他了……是的,那个判词是判直一个孤女,当幼年的时候,就失去了父母。那且不要去管他。(他走上梯去在娄的对面,娄急忙又跳将下来,先走到一个医生的身边,又到别一个的身边,最后坐在棹前的长凳上。)我坐在我丈夫的身旁,实在一句话也没有说,我身子在那里就算是我说话。做丈夫的能叫他妻子不在旁边吗?做妻子的命分在他丈夫的身旁,和他享同伴的乐趣,那样他可以算我坏吗?(他又赶到他丈夫身旁来,坐在他一旁。他说以下的话时,在座诸位一个一个不声不响的听着他,但是都狠厌烦的样子。)我愈想愈不懂,你为什么这样着急。到底是什么原因呢?你一定不要假托说我多说话,那个意思一点儿也不能做证据。我爱,你对于我一定有点隐忧,是我所不知道的,我求你告诉我到底是什么。你还没有给我说明白,假使我知道你的不快活,我就可以明白,你也不必为那件事叫苦了——只要你告诉我是什么事。

因为你一不高兴,我就急急要解劝你。我的母亲曾经说过:"夫妇之间没有秘密可守的。"他说的实在不错。夫妇之间或者家庭里边,常有那种可怕决裂的事情,都是因为他们守秘密,不肯把事情的原由清清白白告诉大家知道,那法官长蒲泊洛夫人的事就是这样闹出来的。蒲泊洛夫人要使他丈夫吃一惊吓,把一只小猪关在他房内的箱子里,他丈夫听见了猪叫,当了他夫人的情人了,所以也没等他夫人开口,就一刀铳到他夫人的心里,等到开出箱子来一看,他那种惊骇失望的样子,你可以想像出来的。因此你万万不该有秘密,就是为了好意也不可以的。我爱,你对着诸位先生们狠可以把你心中的意思随随便便说出来的。我知道我没有做错什么,所以随便你说什么,更可以证明我是无过的。

娄(屡次用手势和惊叹辞禁止嘉夫人的话,但是没有效,脸上现出极不耐烦的样子):药粉,给我那药粉!西先生,你的药粉——你的白药粉,看上帝的面上!

西:使人聋的药粉的用处再没有比这次得用的了,那是真的。大人请你坐下,塞先生会把那药粉注入你的耳朵里。

(所有的医生都围着娄先生,先把药粉注入一只耳朵里,后来那一只也注入了。)

塞:是,先生,是。

西:啊!完事了!

嘉(向阿):阿先生,你这位律师,劝我丈夫听道理,叫他应该听我的话,从来没有听见过,说是不等他妻子诉说他的案情就定他有罪的,告诉他把封套掷在你夫人的头上那是大大不应该——真的,他拿封套掷在我头上——如非你有什么利害的感情或者理由强迫你……不要!——不要你了,我自己告诉他罢。(向娄)我爱,回答我,我到底得罪你过吗?还是我是个恶妇人不成?再不然我是个不规矩的妻子吗?不是,我是狠尽我的本分的,我可以说我爱我的本分的……

娄(狠安静的样子,把两个大拇指不住的转):真是痛快,我连什么都听不见了。

嘉:Leonard 听我说,我实在爱你,我要剖开我的心来向你,我不像那些轻薄浮荡的妇人,他们把幻想来惹自己忧愁或安慰,或是拿无聊的事来取乐。(把两手抱住他丈夫的脖子,两个人摇来摇去的,娄从这耳到那耳露着齿笑。)我要个陪伴的,我要人明白我,那是我的天性——我生成这样的脾气。我七岁的时候,我有只小狗,一只小黄狗……你还没有听见我……

西:夫人,他听不见你的话,他也听不见旁人的话。他的耳朵听不见了。

嘉:你说他听不见了是什么意思?

西:我的意思就是,我说的话,他听不见了,因为他方才治过。

(那个瞎子又在那里唱从前唱的歌。)

塞:医治他使他安安逸逸、快快乐乐变成个聋子。

嘉:我告诉你们,我有法子使他听见。

西:不行,你不行,夫人,办不了的。

嘉:我们看罢。(狠亲热的向他丈夫)我爱,我至爱的,相好的,我爱的人,我的亲夫……你听不见我吗?(把他丈夫的身子摇了几摇)你这个怪物,妖精,你这个老乌龟。

娄:我的耳朵听不见他,但是我用我的手臂、肩膀和我的背却听得极清楚。

西:夫人是疯了。

哲:他真疯了!的确发疯了!

娄:啊!叫我怎么逃得了?(嘉咬他丈夫的脖子。)啊唷!他咬我了,我自己觉得也要发疯了。(瞎子走近前来,一边弹琴,一边唱那第一节歌。一会儿,娄和嘉嘴里唱着,舞蹈起来了,把旁边的人也是一个个咬将起来，他们也都发疯了，所有的在台上带唱带舞的闹得一团糟。其余的人一个个的走进到戏场里来——卖蜡烛的，扫烟筒的，还有勃罗安夫人，等等；大家捉住了你咬着我，我咬着你，同唱同跳的做他们乡村上的旧式的"左右"舞，接着唱第二节。）

大众：

Along the rippling river's bank,

La dee ra, la dee ra,

Along the wimpling water's bank,

La dee ra, la dee ra,

Along the bank so shady o!

I met the miller's lady o,

And danced with her the livelong day,

La dee ra, la dee ra,

And oh! I danced my heart away,

La dee ra, dee ra, day.

（娄到了舞台中央就停住不舞了，向着听众说几句话。）

娄：诸位先生和夫人们，我们请你们原谅那位著作者种种的错处。（说完话从新又舞蹈起来，那时候帐幔一下来，那些舞蹈的人左右的都到外边来，大家唱那叠句。）

大众（音渐低）：

I danced with her the livelong day,

La dee ra, la dee ra,

And oh! I danced my heart away,

La dee ra, dee ra, day.

闭幕。

（完）

——《新潮》第二卷（1919）第二号

郑申华

薏波

第一幕

(布景)设一纺织人家

(艺员)妇、薏波、扁足姑、长唇姑、阔指姑、王后、太子

(妇与薏波及三姑在室中纺纱,薏停机外视。)

妇:薏波,你不纺吗?看外面做甚么?

薏:我看门前的大树,真好看,像巡警一般替我们守门。

扁足姑:胡说,快点纺!

薏:妈妈,你看那橡树,高入云中,实是树中之王啊!

长唇姑:我从没听见这样呆话的。

薏:妈妈,我心里忽想起一首咏树的诗,让我现在将他写下好吗?

阔指姑:姐姐,不要理他,叫他快点纺纱!

妇(含怒):薏波!凡是这村里的女子,都会纺纱的,不过你一人不肯学。

薏:让我稍停一下,迟恐忘记这诗了。

扁足姑:姐姐,有这样女儿,真羞辱亲友!

长唇姑:村中已有人耻笑他了。

阔指姑:我听见有人叫他做痴子同梦人呢。

萱:不要紧,随他们叫。

妇(厉声):你不要紧,我要紧!

长唇姑:我们从不对树呆看的。

阔指姑:我们从不会心里有诗的。

扁足姑:我们终日只知纺纱。

萱:你们同我又不是一个人。难道你们这样,我也这样吗?

妇:不许多讲!纺织是女子所当做的事。

萱(长叹):我虽然不敢轻视纺织,这诗词是文学上的一种美术,也是我最喜欢的。纺织是一种生计,叫女子练习勤劳的方法;文学是有调节勤劳的作用,可以陶淑性情,增进智识。你们只会纺织,不懂文学,难道就算尽女子的能事么?

妇(惊谓扁足姑):妹妹,请你快关门,不要给人听见他的话!

(扁足姑起欲掩门,而王后方在街上散步,闻室中喧①嘈声,已入室矣。)

王后(不乐):为何这样大声吵闹?我都听见了。

(众闻而恐惧,萱波泣。)

妇:千岁,再不敢了。

王后(注视萱波):小女子,他们打你吗?

萱(呜咽):千岁,不是的。

王后:妇人,他为何哭?

妇(惊):他因为……哭……他……因

王后:快讲,怎样?

妇:因……因我不许他纺纱。

王后:纺纱是一件好事,你为何阻止他呢?

---

① "喧",原文作"暄",据文义改。

妇:我是出于无奈,因纱用完了。

王后:我有几间房的纱,叫他到我宫中去纺。

妇(慌张):我恐怕他……他要烦扰你。

王后:不要紧,我喜欢你女儿这样殷勤,我要聘他为太子之妃。

妇(战栗):他……他……

王后:但他必要先将三间房的麻于三日内纺完。

萱(惧):三间房吗?

王后:是的,纺完就做王妃了。明日到我宫里来。

妇:是的。

(王后出,众与之鞠躬。)

萱:妈妈,怎可说我喜欢纺纱呢?

妇:若说出真情,岂非愧死我,而得罪王后吗?

萱:三百年我也不能纺完三间房的麻。

妇:这怎么好?

扁足姑(以手牵长唇姑、阔指姑之衣):妹妹们,让我们说几句话。(于是三姑耳语数分钟)

长唇姑:萱波,我们可以帮你。

阔指姑:要答应一件事。

扁足姑:非答应不可!

妇:妹妹们,请明说,我急得很呢。

长唇姑:若萱波结婚时,肯请我们吃酒席,我们就替他纺。

妇(大喜):自然请你们。

萱:如此,岂非欺骗王后同太子吗?这是不成的。

妇:除此以外,没有他法了。你若不答应,又要连累我。你现在不用纺,去写你的晦气诗罢。

萱(愁):可惜诗已忘了。

妇:好,切不可给太子晓得做诗的事,恐他要将你逐出王宫呢。语云:女子无才便是德。你不知么?

(闭幕)

第二幕

(布景)设王宫中一客室,三姑坐室中,薏波坐于房隅吟哦。

长唇姑:我那房的纱早已纺完了。你们的呢?

阔指姑:用不著说,我比你纺得快。

扁足姑:我是出名纺得快的,岂有未纺完的理么?

(三人争执不休,太子在室外散步。)

太子:果然三日中,三间房的麻都纺完了,我的王妃真算得勤敏,但不知他在文字上如何?我想纺织固是妇女所当为的,然更不能不知书识字。

(太子入室,三姑起与为礼,薏有惊惧色。)

太子:那个是我妃薏波?

长唇姑:是我。

太子(惊):这样一个长唇的人做我妃吗?

长唇姑:可见得我工作殷勤。因纺纱时常用手放在唇上,蘸湿手指,可以捻纱,所以我唇才变长,并非生来如此。

太子:我不管你生来是不是如此,但我不愿有这样的王妃。

阔指姑:我比他好。

太子:你的手指为何这样阔?

阔指姑:我的手指是才变阔的,因捻纱捻得多了。

太子:我也不管你是才变的或是从前变的,但我也不愿有这样的王妃。

扁足姑:我没有他们的缺点。我的足虽扁,是因为我纺纱时,用足踏机踏得多了。若我多日不踏,我想能再变成本来的三寸金莲的样子。

太子(叹):若凡会纺纱的女子,都有你们三位的记号,我却情愿得一不会纺纱的女子为妃。

(言毕,四顾,瞥见薏波坐室隅,惊其艳,趋其前。)

太子:你是那一位?

薏波:我名薏波。

太子(大喜):就是我的妃么?

薏波:但三间房的纱并非我纺的。因我虽然也会纺纱,却最喜欢文学,因此不能如他三人纺得一样快。

太子:你知书识字,又性情恬淡,见利不争,不解趋炎附势,真正是我妃了。

(太子跽薏波前。闭幕。)

——《妇女杂志》第三卷(1917)第八号

施德拉

第一幕

(布景)薏塞及彩罗二女孩同坐刺绣。母入。

母:今天喀罗太子开跳舞会,请我们到宫里去赴会。你们快去预备。

薏:是真的么?

彩:要到宫里去跳舞么?

母:是的。你们必须打扮得十分齐整,恐怕太子要同你们跳舞哩。

薏、彩:到宫里去要同太子跳舞么?

母:你们快点拣选好看的衣服。我出去叫你姊施德拉来帮你们的忙。

萱:太子一定同我跳舞的。

彩:他一定不同你跳舞,必同我跳舞的。

萱:我们看他到底同谁跳舞,现在不讲。我要穿那件水红缎的衣服,带上珠钻,等候施德拉来帮我钉花边、结丝带哩。

彩:不行。施德拉应该帮我折齐那件蓝缎衣服,帮我钉花边、结丝带哩。

萱:你再打扮些都无用,太子连看都不看你的。

彩:胡说!讨厌得很。你不相信,后来再看。(施上)

施:二位妹妹,你们吵闹做什么?你们赴跳舞会,要我帮助你们预备么?

萱:要你帮助。你也想去么?

施:我十分想去,但像我穿这样的衣服,怎能到那大地方去呢?

彩:若是你去,大家都要笑死了。快些来帮我们的忙罢!(拖施去)

萱:(亦拖施)施德拉应当帮我。

施:不要相争,我可帮你们二人,快进房去罢!(同下)

第二幕

(布景)设一厨房。施德拉独立在内。

施:我心想到跳舞会去。(坐下哭)可惜我不得去。(仙母出现,施大骇。)

仙:你不要怕,我能预知各事。你妹妹们赴跳舞会去,你亦想去,是的么?

施泣:是的。

仙:你是个好孩子,可以去的。你看我这根仙杖,可以变许多好东西给你。

施:仙母,是真的么?

仙:你试从窗子里望出去,看见什么?

施:看见一部顶好的包金马车、两匹好看的黑马、两个马夫。

仙:那马车是你的,他们特意来送你到宫里去的。但你在宫里,到十二点钟,务必赶急出来。若多耽延一分钟,他们就要离开你了。切记切记!(用杖一指,施之破衣立变为洁白绸衣。)施德拉,你在会里必定算是顶美的了。

施:仙母真是神通广大!我难道是做梦么?

第三幕

(布景)设一王宫,王与后并坐,各宾入与之鞠躬。母与薏塞、彩罗入行礼。薏心慌意乱,踏太子足。

太子:对不住,你踏了我的足了。

薏:阿唷!真的么?

母:(拖薏)小心些,他是太子。

薏:太子阿,求你千万饶恕我。

太子:那个自然,我们一同跳舞去罢!(众宾同跳。太子与薏跳舞,彩旁立有妒色。宫婢入。)

婢:启禀我王,有一位顶好看的小姐来了。

王:请他进来。(太子导薏入座,出迎施德拉入。宾客咸惊羡。)

众:他真美阿,真可爱阿!(太子与施同舞。钟鸣十二下,施急奔出,遗一鞋于地。婢拾起,与太子同出。众宾与王后行礼亦出。)

第四幕

(布景)设一书房。施德拉敝服坐火炉旁,倦然欲卧。母及二女人。

施:你们回来的这样迟么?

薏:若是你去,亦必像这样迟才肯回来呢。今天那里有一位顶美的小姐,真真好看。

施:他是那一个?

彩:没有人晓得。

施:我十分羡慕他。若是我能去就好了。

薏、彩:哼哼。你亦想去,笑死我了。哈哈!

薏:但是那美人到了十二点钟,他也不告辞,就急急的跑去了。因为走得快,丢下一只玻璃鞋,亦没有一人知道他从那里走的。

母:施德拉,不要呆坐在这里,快去帮你妹妹脱衣服,他们都很困倦了。

薏:我同太子跳舞的。

彩:若那小姐不来,太子亦必定同我跳舞的。

第五幕

(布景)设一客堂。太子及宫婢入。

婢:今日太子请拢总的小姐试穿一只鞋子。若那个穿上了,太子便娶他为妃子。

母:我想薏塞丢了他的一只鞋在会中,这鞋恐怕是他的。

婢:(与薏穿鞋)不对不对,太小了。

母:让我来替他穿罢。(捏紧薏足)

薏:(大叫)痛死我了!不是我的鞋。

母:恐怕是彩罗的。

婢:(替彩穿鞋)不对,也不是他的。

母:必定是他的,我来替他穿。(取锤敲之)

彩:(大叫)阿唷！这样痛法,我情愿不做后妃了。(施入)

施:让我来穿穿试试。

母:快走,洗地板去。

太子:让他试试看。

婢:(替施穿)不大不小,刚刚好。这鞋正是他的。(施自身畔另取一鞋出。母与二女欲推施出。仙母入,以杖指施,施之破衣立脱,变为美女。二妹求饶,母有愧色。)

薏、彩:请姊姊饶恕我们。

施:亲爱的妹妹们,我自己也万想不到有这样快乐,我情愿与你们同享此乐。我晓得你们愿做好人,我饶恕你们的。

太子:(携施)我已经找到至美的小姐了,如了我的愿,我很快乐的。(太子跪施前)闭幕。

(完)

——《女铎报》第六卷(1917)第一期

薛琪瑛

薛琪瑛，江苏无锡人，薛福成的孙女，富商薛南溟的女儿。她的母亲是桐城派大师吴汝纶的女儿，亦有文学功底。薛琪瑛自幼聪慧，好学不倦，陈独秀曾称赞她“幼承家学，蜚声乡里”；受过新式教育，毕业于苏州景海女学英文高等专科，后留学法国，通英语、法语、拉丁语。薛琪瑛红颜薄命，嫁给湖南沅陵朱氏，婚后不久，丈夫朱文长去世。她是现代诗人朱湘的二嫂，对朱湘学习外语及其后的成长有很大的帮助和影响。薛琪瑛喜爱西洋文学，翻译的作品有英国唯美派代表作家奥斯卡·王尔德的剧作《意中人》。这是中国首次译介王尔德的戏剧作品。薛琪瑛在《新潮》《女铎报》等刊物上发表过多篇译作，出版过多部译著。此外，她还译有法国著名童话小说《杨柳风》和剧作《产妇》等。

意中人

此剧描写英人政治上及社会上之生活与特性，风行欧陆，每幕均为二人对谈，表情极真切可味。作者王尔德，晚近欧洲著名之自然派文学大家也。此篇为其生平得意之作，曲中之义乃指陈吾人对于他人德行的缺点，谓吾人须存仁爱宽恕之心，不可只知憎恶他人之过，尤当因人过失而生怜爱心，谋扶掖之。夫妇之间，亦应尔也。特译之以饷吾青年男女同胞。民国四年秋译者识。

此剧作者王尔德,生于一八五四年,卒于一九〇〇年,爱尔兰都城 Dublin 之人也。幼秉母教,体弱耽美,时作女装,衣冠都丽。十一岁学于 Emnikillen 学校,文学之才,崭然出众,数学功课,绝无能力。十八岁入 Oxford 大学。氏生性富于美感,游 Oxford 闻 Jhon Ruskin 之美术讲义,益成其志。当时服装之美、文思之奇,世之评者,毁誉各半。生平抱负,以阐明美学真理为宗。一八九五年,以事入狱,禁锢二载,旋以贫困客死巴黎,年仅四十有六。所著随笔、小说、剧本,已出版者凡十余种,文章巧丽天成。身殁而名益彰,剧本流传,视小说加盛。所作喜剧,曰《温达米尔夫人之扇》(*Lady Wendermere' s Fan*),曰《无用之妇人》(*A Woman of No Importancs*),曰《热情之重要》(*The Importance of Being Earnest*),并此剧而为四。悲剧一,即有名之《萨乐美》(*Salome*)是也。世之崇拜王氏者,以是五剧故。此剧译者无锡薛女士,庸盦先生之女孙,母夫人桐城吴挚父先生女也。女士幼承家学,蜚声乡里,及长毕业于苏州景海女学英文高等科,兼通拉丁。兹译此篇,光宠本志。吾国文艺复兴之嚆矢、女流作者之先河,其在斯乎?记者识。

登场人物

侯爵葛佛显

子爵柯林

外交部次等书记洛勃脱纪尔泰

伦敦法国使馆随员南甲克

孟德福先生

纪尔泰之庖人梅生

柯林之仆费泼司

结姆司
哈路特 } 跟随人

纪尔泰夫人
麻克别夫人
斐锡敦伯爵夫人
马孟德夫人
洛勃脱纪尔泰之女弟美白儿纪尔泰
齐佛雷夫人

全局布景

第一幕:郭露斯文诺街,纪尔泰家中,八角式房间。
第二幕:纪尔泰家中晨餐室。
第三幕:卡儿赞街,柯林家中之书斋。
第四幕:同第二幕。
时间:现时。
地点:伦敦。

第一幕

布景:郭露斯文诺街,纪尔泰家中,八角式房间。

[八角式室内,灯烛辉煌,宾客满座。纪尔泰夫人立于楼梯口,容貌端丽,如希腊美人,年事约廿七岁,立此迎接宾客。楼梯对面悬一大枝形灯架,上置蜡①烛数支,烛光正照一大幅十八世纪法兰西之图画,乃名画师布丘所绘,表明恋爱胜利之意。右首一门,通音乐室,微闻四声乐器之弦声。左首一门,通接待室。二美女马孟德夫人及斐锡敦夫人并坐睡椅之上,楚楚动人,媚态欲仙。王陀(画师名)见之,当欲图入画中也。]

马:你今晚赴哈脱洛克夜会吗?

---

① “蜡”,原文作“腊”,据文义改。下同。

裴:我想要去的,你呢?

马:要去的,你看这些会不是怪麻烦吗?

裴:实在是麻烦,究竟不知道我为什么要到那里去。我无论到何处都是这样。

马:我到此地来受教训。

裴:呀,我最厌受人家的教训。

马:我也是这样,这件事几乎教人和生意买卖人一般。岂不是吗?那亲爱的纪尔泰夫人臡屈路特时常告诉我,人生当有高尚的志向,所以我来此地看看有什么高尚的人。

裴:(用千里镜四面一望介)我今晚还没看见一个人,可叫做有高尚主义的。领我进餐室用饭的那个人,对我讲的无非是他妻子的事。

马:这人何等鄙俗!

裴:真是鄙俗不堪!你的丈夫常讲的是些什么呢?

马:大概是我的事。

裴:(作困倦状)你可喜欢呢?

马:(摇头介)一点也不喜欢。

裴:亲爱的马葛来脱,我们是何等道学。

马:(起身介)这种称呼,和我们最合式。

(彼等起身走向音乐室。少年随员南甲克上。此人以领结精致与爱慕英俗著称。前进深深鞠躬致敬,然后接谈。)(梅生上)

梅:(立梯上通报宾客介)巴福特君及夫人、葛佛显君。

(葛佛显侯爵上。年七十岁,胸前挂一头等勋爵宝星。乃民权党员,貌似洛来司所绘肖像。)

葛:请了,纪尔泰夫人。我的无用小儿在此地吗?

纪:(微笑介)我想柯林君还没有到。

美:(走向葛佛显君)你为什么要说柯林君不中用呢?

[纪尔泰美白儿乃英国绝色美人之标本,玉貌亭亭,与香花并艳。头上华发光洁映日,樱唇小口绝类婴儿,举动娇憨活泼,毫不装腔作态。明白者皆知其为天真烂熳可爱之人,酷似塔拿格拉(古希腊城以发见多种造像著名)小像,然彼不乐人道其如此也。]

葛:因为他太懒惰。

美:你如何可以这样说呢?他每天早晨十点钟去赛马场跑马,每礼拜到歌剧场去三次,一天衣服至少要换五次,每晚出外用饭。你怎好说他懒惰呢?

葛:(用极亲爱之眼光看彼介)你是一极可爱的姑娘。

美:多谢你,好说好说。葛佛显君,请你常常到我们这里来,你知道我们礼拜三是常在家里的。你带了这个宝星狠好看。

葛:我如今不到什么地方去,狠厌恶我们伦敦的社会,还是愿意和我的裁缝相见,他常合人意。但是我狠反对那代我妻子做衣帽的妇人,不愿同他用饭,因为我总不喜欢我妻子所戴的那种帽子(英国当时盛行一种阔边女帽,葛佛显夫人所戴是一种狭边最旧式者)。

美:呀!我狠爱伦敦的社会,我想他是大有进步。所有的人都是些好看的呆汉和豪阔的狂徒。社会本应该是这样。

葛:啊!柯林是那一种人呢?好看的呆子,还是那别一种人呢?

美:(作庄严状)我现在不能不把柯林另眼看待,他是生成可爱的人。

葛:是那一等呢?

美:(略施礼介)葛佛显君,我盼望即刻就教你知道。

梅:(通报宾客介)麻克别夫人,齐佛雷夫人。

(麻克别夫人、齐佛雷夫人同上。麻克别夫人为人诙谐和气,头发灰白色,衣服用极精致之花边镶滚。同来之齐佛雷夫人,身材瘦长,嘴唇极薄,浓著胭脂,显得面色净白;发色微红,鹰鼻长颈,眼色青灰,转动无定。衣紫色衣,佩金刚钻石,光彩闪铄,犹如异样兰花,使人人悉留意观看。一切举动,煞是从容幽雅,但见其机巧多术,阅历甚深也。)

麻:亲爱的搿屈路特,请了。蒙你的好意,教我带我的朋友齐佛雷夫人来。你们一对可人,应当相识。

纪:(面带笑容走向齐佛雷夫人,忽然止步远立鞠躬介)我想齐佛雷夫人从前和我见过的,不晓得他已经再嫁了。

麻:嗄!现在时代,再婚的人岂不是狠多吗?这是最合时宜。(对梅白路公爵夫人说介)亲爱的公爵夫人,近来公爵怎么样?我想他的脑力照旧衰弱,那是一定的,因为他的慈善的父亲和他是一样,世上还有比种类相像的吗?

齐:(手弄折扇介)纪尔泰夫人,我们从前真见过的吗?我记不得是在何处,我已经许久不在英国。

纪:齐佛雷夫人,我们是同学。

齐:(作傲慢状)真的吗?在学校时候的事,我已经忘记了。现在想起来,那个时候,却是讨厌。

纪:(作冷淡状)你所说的,我并不以为奇。

齐:(作亲爱状)纪尔泰夫人,你可知道我狠盼望见见你聪明的丈夫。自从他进了外务部,维也纳的人常常谈到他,把他的名姓登在新闻纸上,可想他在本地自然是狠有名望的了。

——《青年杂志》第一卷(1915)第二号

意中人(续二号)

纪:齐佛雷夫人,我不信你和我丈夫有什么交情。(退下)

南:呀!亲爱的齐佛雷夫人。希奇,我自从在柏林后,一向没见你。

齐:不是在柏林以后,是五年以前。

南:你比从前更年轻美丽得多了。你如何能够这样呢?

齐:这是因为我时常专门对你这样和乐可爱的人说话。

南:呀!你奉承我。难怪此地人说你是一张油嘴。

齐:此地人说我这样吗?这些人何等可怕。

南:他们还有一件极奇怪的议论,这个应当使大众知道的。

[纪尔泰洛勃脱上。此人年已四十,而外观犹不及此,相貌清秀,修容洁净,发眼俱黑,高贵出众。其性质虽有为人所不喜者数事,然有极爱慕之者,尊重之者亦自不少。彼之品貌极完美,但略有骄气,自负其生平之成就。为人有勇气而略呈倦容。自彼之口及下颔观之,乃刚毅之人,但彼之目睛深陷,亦表示其为一多情之人。彼有两种性质,一种是爱情,一种是睿智。此两种性质,以彼意志强毅之故,各自存在于自己的范围以内,不相混合。彼之鼻管,彼之苍白细尖之手,均现神经过敏之态,不可称为入画之人。夫入画之人,未能生存于众议院也。但使危达克(画师名)见之,应乐图其头脑。]

洛:麻克别夫人,请了。我只望你和约翰君同来。

麻:呀!我同来的人较约翰更为可爱。约翰君自从热心考究政治以后,他的性情变得真是难堪。实在是如今的众议院渐渐想出风头,这件事是有极大的害处。

洛:麻克别夫人,我盼望不是这样。我们无论如何,应当尽我们的力量,度这公共的光阴,岂不是吗?但是和你同来的那可爱的人,到底是谁呢?

麻:他就是齐佛雷夫人。我想是多儿目脱式地方齐佛雷的一家,实在与否,我却不晓得。现在时代的家族真是混杂,照例每人都要改变一个别的名姓。

洛:齐佛雷夫人么?我似乎知道这个名姓。

麻:他刚从维也纳来到此地。

洛:嗄!是的。我想我认识你所说的这人。

麻:呀!他在那里无处不到,狠知道些他朋友的趣事。明年冬天,我也真要到维也纳去,我盼望那里公使馆有高手的厨役。

洛:倘不这样待你,那公使定要撤回。请你指点我谁是齐佛雷夫人,我狠喜欢见他。

麻:让我介绍与你。(对齐佛雷夫人说)我的爱人,纪尔泰洛勃脱君眼巴巴的望着见你哩。

洛:(鞠躬介)人人都喜欢和美丽的齐佛雷夫人认识。我们在维也纳的同事写信与我,所说的除了齐佛雷夫人,就没有别的事。

齐:洛勃脱君,多谢你。大凡初次认识就有礼貌,将来必为真正好朋友,这样才是最正当的起点。我想起来我曾经认识纪尔泰夫人。

洛:真的吗?

齐:真的,他刚才提醒我们还是同学。他时常得着好品行的赏物。我记得狠清楚,他常常得赏,因为他的品行好。

洛:(微笑介)齐佛雷夫人,你得着的是什么赏赐呢?

齐:我生平得着的赏物来得略为迟些,我想没有一件是因为品行好得来的,我忘记了。

洛:我确实知道那些赏物,是为了别样可爱的事。

齐:我不知道女子因为可爱受人奖赏,我想他们时常为了这个受些责罚。现在时代,最容易使妇人容颜衰老的,就是他们忠心的情人。我敢说,伦敦城内的美人,大半都为着这事,可怜形容憔悴了。

洛:这是何等惊人的理论。我想要考校你的为人,这是狠无礼的事。但是我心里想问你,你是乐天家呢,还是厌世家?因为现时只有这两种,是最流行的宗教。

——《青年杂志》第一卷(1915)第三号

意中人(续三号)

齐:我都不是。乐天家起首欢笑,厌世家结果悲伤。况且这两样都是为难的问题。

洛:你喜欢做天然家吗?

齐:有时是这样。不过这也是狠难行的。

洛:现时我们常听见所说的心理学家,对这理论有什么解说呢?

齐:唉!女子有一种特性,心理学家不能解说的,男子可以用理解说的,女子只可以受人崇拜。

洛:你想科学不能解决女子的问题吗?

齐:科学那能解决理性以外的事?在这种世界,科学的前途所以无望。

洛:那么女子是代表理性以外的东西了?

齐:那些穿着华丽的女子是这样。

洛:(恭敬鞠躬介)这个恐怕我不能与你同意。但是你请坐,告诉我你为什么离了那繁华的维也纳,到这阴惨的伦敦来。或者这问题是无意思的。

齐:问题决不会无意思,回答有时这样。

洛:无论如何,你可许我知道你来是为政事呢,还是为游兴?

齐:政治是我唯一的乐事。你晓得如今不上四十岁的人卖弄风情,不到四十五岁的人做些新奇可喜出范围的事,都是不合时的了。所以我们三十岁以下可怜的人,除了政事或是慈善事业,没有什么可以讲的。那慈善事业,在我看来,不过是那些要打扰朋辈的人的护身符。我还是喜欢讲政事,我想是最合宜。

洛:入政界乃是高贵的境遇。

齐:有时这样,有时不过是巧遇。有的时候,也是狠厌恶的事。

洛:你遇见的是那一种呢?

齐:我吗?这[①]三种凑合成的。(扇子落地介)

洛:(拾起扇子介)许我拾与你吗?

齐:谢谢。

洛:但是你还没有告诉我,你为什么忽然到伦敦来。我们的好时节,差不多已经过了。

齐:呀!我不留意你们伦敦的时节。伦敦人所忙的大半是婚姻的事,不是女子寻求丈夫,就是躲避着丈夫。我要见你,这是真的。你晓得女子好事的心,和男子是一样。我狠要遇见你,请你帮助我做点事。

洛:我盼望不是一件小事,齐佛雷夫人。我觉得小事是狠难做的。

齐:(略想介)咦!我想这实在不是一件小事。

洛:我狠高兴。请你告诉我是件什么事。

齐:且慢。(起身介)如今我可以看看你华丽的房子吗?我听说你有狠可爱的图画。可怜的男爵阿海以前常对我说,你有些狠古怪的珂罗画(珂罗是法国著名山水画师)。你记得这男爵吗?

洛:(作惊吓状)你曾认识阿海男爵吗?

齐:(微笑介)我和他狠亲密。你呢?

洛:曾见过一次。

齐:他岂不是一位狠奇怪的人吗?

---

① “这”,原文作“这这”,疑有衍字,据文义改。

洛:(踌躇了一会)有许多事,显出他是一非常之人。

齐:我常常想他始终没有写出他的行传,是一件狠可惜的事。那是必定狠有趣味的。

洛:是的。他知道许多人物和都会,像一老年的希腊国人。

齐:他不曾遇见什么阻碍,像比尼罗那样的妻子在家里等候他。(比尼罗是希腊国古时最驯良之女神,彼之丈夫出外游历,在家纺织等候十年。)

梅:(通报宾客介)柯林君。

(柯林上。年三十四岁,人每谓其还要年轻。面貌虽不甚显著,然煞是优雅,颇有才能,但不喜人思其如此。彼乃无缺点之豪华公子。倘有人称其多情,则深恶之。为人极和平,与世无忤。彼恒喜被人误会其为人,故常居益利之地位。)

洛:我亲爱的亚撒,请了。齐佛雷夫人,请介绍柯林君与你,他是伦敦最懒惰的人。

齐:我从前曾见过柯林君。

柯:(鞠躬介)齐佛雷夫人,我不想你还认识我。

齐:我的记性还好。你仍旧没有娶亲吗?

柯:我想是的。

齐:好奇怪呀!

柯:我是毫不奇怪,我年纪还够不上。那奇怪的事,是留与比我年纪大的人做的。

洛:齐佛雷夫人,柯林君乃是高等流氓俱乐部的人物。

齐:他是狠相信那个俱乐部的。

柯:你在伦敦可以久留吗?

齐:这个在乎天时和饮食,还在乎洛勃脱君。

洛:你不至激成我们欧洲战事吗?

齐:现在还无碍。

(齐向柯点头,目光作极愉快之状,乃偕洛同下。柯走向纪尔泰美白儿。)

美:你来得狠晚。

柯:你曾记挂我吗?

美:狠记念你。

柯:那么我后悔我没有多离开你一会,我最喜欢被人家记念。

美:你是何等自私。

柯:我是狠自私。

美:柯林君,你时常告诉我你的坏皮气。

柯:美白儿姑娘,我才告诉你一半。

——《青年杂志》第一卷(1915)第四号

意中人(续四号)

美:那其余的都狠不好吗?

柯:狠可怕。我到夜里想起的时候,即刻就要上床去睡。

美:好。我喜欢你的坏皮气,一样都不要你抛弃。

柯:你怎这样可爱!你是永远可爱。如今我要问你一声,是什么人领齐佛雷夫人到此地来的?就是穿紫色衣服,刚才和你哥哥走出这间①屋子的那妇人。

美:我想是麻克别夫人领他来的。你为什么要问他?

柯:不是别的,因为我多年没有看见他了。

美:这个理由是不通的。

柯:一切理由,都没有通的。

美:他是何等人物?

① “这间”,原文作“间这”,据文义改。

柯:他是狠有才能、工内媚的人。

美:我早已不喜欢他。

柯:这可见你的眼力不差。

南:(上前)呀! 英国的姑娘,岂不是眼光最利害的监督人吗?实在是这样。

柯:这是新闻纸上时常讲的。

南:我读过你们英国各种的报纸,觉得狠有趣味。

柯:我亲爱的南甲克,那么你必须体会那言外的意思。

南:我本喜欢这样,不过我的教授不愿意。(对美白儿说)姑娘,你许我随你到音乐室去吗?

美:(作失望状)喜欢的,先生,我狠喜欢。(转白柯林说)你可要到音乐室来呢?

柯:美白儿姑娘,我不去,倘是在那里奏乐。

美:(作庄严状)那是德国音乐,你不懂的。

(美白儿与南甲克同下。葛佛显走向其子。)

葛:呀! 在此地做什么? 你依旧旷废时光。现在不早了,应该睡了。我听说有一天你在路福特夫人那里跳舞直到早晨四点钟。

柯:父亲呀,不过是四点钟前一刻。

葛:我不懂你如何能处这伦敦的社会。风俗一败涂地,许多可恶无聊的人,所讲的尽是虚浮无用之谈。

柯:父亲呀,我爱讲虚浮的事,只有这个是我都知道的。

葛:在我看起来,你活在世上,只是为着欢娱。

柯:父亲呀,活在世上,还为着什么呢? 娱乐最是使人增寿的。

葛:你是无心肝的,狠是无心肝的。

柯:父亲呀,我盼望我不是这样。斐锡敦夫人请了。

裴:(弯了两条柳眉说道)你在此地吗?我不想你曾经到过政界宴会没有?

柯:我狠爱政界宴会,因为只有那个所在的人不谈国事。

裴:我喜欢谈国事,我成天谈的都是这个,但是我不耐烦听人家讲这些事。我不知道那些不幸在议院里的人,如何能耐烦那些极长的辩论。

柯:不过是不听罢了。

裴:真的吗?

柯:(作极庄严状)自然。你要晓得听了是一极困难的事。若是有一人去听他人被人辩胜,或是他自己的议论被人辩胜,就成了极无道理的人了。

裴:唉!男子们何以如此,我终不懂得。对于女子,也是这样。你看他们的丈夫,终不肯评论他们。

马:(叹息介)我们的丈夫,无论什么事,不曾评论我们。我们只好去问旁人。

裴:(用力说)不错!岂不是我们时常去问旁人吗?

柯:(微笑介)这就是你两位夫人的意见吗?你两位都有最可称赞的丈夫,所以在这伦敦城内无人不晓。

马:正是为此,我们不能忍受。我家雷及那本是毫无过失,有时也真令人不耐烦,但是他实在没有一点激昂的态度。

柯:奇怪的狠,真的这事我们应当知道。

裴:裴锡敦实不见佳,他多在家,少在外,好像未曾娶亲的人。

马:(与裴锡敦夫人握手介)我可怜的阿利维亚。我们嫁了完好的丈夫,因此大受责罚。

柯:我想是你们的丈夫受人责罚。

马:(起身介)呀,不是。他们是很快乐自在,很信服我们。他们这样的信服我们,是可愁闷的事。

裴:狠是愁闷。

柯:裴锡敦夫人,或者是可喜的事。

裴:柯林君,断然不是可喜的事。你这样说法,实在是不顺人情。

马:柯林君依旧反对我们。我看见他进来的时候,和齐佛雷夫人讲话。

柯:齐佛雷夫人,好缥致的妇人呀!

裴:(作不快状)请你不要在我们面前称赞别的妇人。你应该候我们说。

柯:我是等候你们说。

马:我们不要去称赞他。听说他礼拜一晚上在歌剧场对路福德太密说,他所见的伦敦社会,不过是些豪华公子和妖艳的妇人。

柯:他说得不错。岂不是男子都是豪华,女子都是妖艳吗?

马:(踌躇了一会)嗄!你真个想齐佛雷夫人是这样意思吗?

柯:自然。这是齐佛雷夫人极通达的言论。(纪尔泰美白儿上,与众人接谈。)

美:你们为什么在此讲齐佛雷夫人?人人都谈论他。柯林君说——柯林君,你曾说过齐佛雷夫人是怎样一个人呢,呵,我想起来了,你说他是又有才能又工内媚的人。

裴:这两样品性联合起来,是很可怕的,也很不自然。

马:(神思恍忽介)我喜欢看看有才能的人,也要听听美人的讲话。

柯:呀!你好像有些不舒服,马孟德夫人。

马:(作真实快乐状)我很喜欢听见你说这话。马孟德和我结婚已有七年,他不曾对我说我是有病。男子们实是不注意这些事的。

裴:(转白马孟德夫人说)亲爱的马葛来脱,我常说你是伦敦城内最多病的人。

马:唉,阿利维亚,只有你是时常怜惜我的。

美:要吃东西可是有病呢。我狠饿了,柯林君,你肯和我用晚饭吗?

柯:狠欢喜的,美白儿姑娘。(与美白儿同下)

美:你狠是可恶,今天晚上还没有和我讲过话。

柯:我如何能和你讲话?你自己跟那年轻的外交家走开了。

美:你应当跟着我们去,跟随乃是唯一的礼貌。我今晚一点都不喜欢你。

柯:我喜欢你极了。

美:好,我情愿你用更显明的方法,表明你的意思。(与柯林同下楼)

马:阿利维亚,我觉得很疲倦。我想恐怕是要用晚饭了,我明白我是要晚饭。

裴:马葛来脱,我也狠想用晚饭。

马:男子们竟是如此私心,他们总不想到这些事。

裴:男子是蠢物,蠢物。

(南甲克偕他客数人来自音乐室。留心一看在坐诸人,然后走向裴锡敦夫人。)

南:伯爵夫人,准我陪你去用晚饭么?

裴:(作冷淡状)子爵,我是不用晚饭的,多谢你。(南甲克将退出,裴锡敦夫人见之,即起身挽南甲克之臂说道)但是我狠喜欢同你去。

南:我竟这样爱吃。我所有的嗜好,简直是个英国人。

裴:你看起来全然是英国人,子爵全然是英国人。

(南、裴同下。华服少年孟得福走近马孟德夫人。)

孟:马孟德夫人,要用晚饭么?

马:(作疲倦状)孟得福先生,谢谢,我是不用晚饭的。(急起身挽孟得福之臂说道）但是我情愿坐在你的傍边看着你。

孟：我用饭的时候，不喜欢人家瞧着。

马：那么我去看着别人。

孟：这样我也不喜欢。

马：（作严肃状）孟德福先生，请你不要在大众面前显出妒忌的样子。

（孟、马及他宾客一同下楼，正值纪尔泰洛勃脱同齐佛雷夫人上来。）

洛：齐佛雷夫人，你动身离英国以前，还要到别的人家宴会去吗？

齐：嗄，不去了，我不耐烦你们英国人家的宴会。英国人用早饭时，就要打扮得十分华丽，那是狠讨厌的，只有愚蠢的人用早饭时就妆得非常华丽。还有那家庭祷告，也是时常应有之事。洛勃脱君，我去留英伦，全在乎你。（在长椅上坐下）

洛：（坐齐傍边说）实在吗？

齐：实在不假。我要和你讲一政治上同财政上极大的计划，就是这亚琴廷运河公司。

洛：齐佛雷夫人，你所讲的是一件狠麻烦的实用的事体。

齐：呀，我喜欢麻烦而且有实用的事，但是不喜欢麻烦好实用的人，这中间有极大的分别。而且我知道你是赞成那万国交通的运河事业。政府收买苏彝士运河股份的时候，你不是来特立公的书记吗？

洛：是的。但是那苏彝士运河乃是极伟大极光荣的事业，是给我们上印度去的一条直路，那是狠有价值、我们必须管理的。这亚琴廷的计画，乃是一平常股票行的骗局。

——《青年杂志》第一卷（1916）第六号

意中人(续前卷六号)

齐:洛勃脱君,这是一件投机事业,是极光荣有胆略的投机事业。

洛:齐佛雷夫人,我不欺你,那本是一骗局。凡百事体有了他适当的名称,更就容易明白了。讲到这件事,我们在外务部里,已得了一切的消息。老实说,我已经派过委员,秘密调查这桩事。他们报告此等工程狠难着手。因为项款虽已筹出,但是无人知道内中的情形,这事全然要变为第二巴拿马,真是没有一分成功的机会。我盼望你不曾投资于此,我确实知道你是狠聪明,不致如此。

齐:我已经投下资本不少。

洛:谁劝你做这样愚蠢的事来?

齐:你的老朋友,也是我的老朋友。

洛:是谁呢?

齐:男爵阿海。

洛:(皱①眉介)呀!是的。我记得听见他临终的时候,已和这件事体全局有关。

齐:这是他最后的理想。公平言之,这是他最后唯一的理想。

洛:(起身介)但是你还不曾看见我的珂罗画,那些画在音乐室内。珂罗画岂不是狠和音乐相配吗?你愿意我引你去看吗?

齐:(摇首介)今晚我来,不是和你在花前月下谈心,是要商议正经事体。(用扇对洛勃脱做势,使他再坐在自己身傍介)

洛:齐佛雷夫人,除非你自家不要冒这危险,我恐怕没有甚么

① “皱”,原文作“绉”,据文义改。

主意告诉你。这条运河的成就,不用说全在乎我们英国的举动。我打算明天晚上,把那些委员的报告送到议院。

齐:你不可以这样做法,洛勃脱君,你断然不可这样做！这是为了你自己的利益,与我没甚相干。

洛:(望彼作惊怪状)为我自己的利益吗？我亲爱的齐佛雷夫人,你这话是什么意思？(再坐在彼身傍)

齐:我爽快对你说,我要你取消你打算送到议院的那报告,证明那些委员是执偏见或是误报,然后再演说几句,使得政府注意这个问题。你就说你相信,若是这条运河完了功,将来大大的有万国交通的价值。你知道那些委员陈说此等事件,只用些老生常谈就得了。现在时代,最有效力的,莫若老生常谈。这件事可使世界变为一家,你肯替我做这件事么？

洛:齐佛雷夫人,你不可当真教我这样提议。

齐:我决非戏言。

洛:(作冷淡状)恕我相信你不是这样。

齐:(言时作沈思及极出力状)呀！我实是这样。我求你的事你若是做到,我要大大的偿还你。

洛:偿还我吗？

齐:正是。

洛:恐怕我全然不能懂得你的意思。

齐:(倚身长椅望洛勃脱介)我狠是失望。我从维也纳这远道而来,为着要你懂得我的意思。

洛:恐怕我不能。

齐:(作最冷淡状)我亲爱的洛勃脱君,我想你是通达世故的人。你有你的声价。现在时代,各人皆有各人的声价。人人希望的偿还金,大半都是狠奢的,我知道我也是如此,盼望你要照情理斟酌。

洛:(愤怒起身介)对不起,我要替你去唤马车。齐佛雷夫人,你住在外边年长日久,似乎不明白你现在是和一英国绅士谈话。

齐:(谈论时仍以扇制止洛勃脱之臂)我知道现在和我谈话的人,他就是因为卖一件内阁机密与一股票投机商人发了大财的。

——《新青年》第二卷(1916)第二号

传 记

高君珊

泰西列女传

斯土活女士传

哈利爱脱·比劝·斯土活(Harriet Beecher Stowe)女士,于一八一一年六月十四日诞生于美国康莱克蒂克特省(Connecticut)立去非而特村(Litchfield)。家本中人,子女满堂,女士行七,其最长者,仅十一龄而已。父立孟·比劝(Lyman Bucher),村中一牧师也,为人多才智,且具热诚,常讲演《圣经》于附近乡镇,每岁薪俸仅五百金耳。母落克生娜,令名闻远近,学识尤为侪辈冠,既来嫔牧师家,不特为牧师比劝之佳侣,抑亦其良师也。

牧师客室中本无地毯,其妻以白布一方,绘玫瑰花一束于中,四围绘边以饰之,铺之地上,俨然一地毯也。一日某友过其家,立客室外,趑趄莫敢进,牧师肃之入,其人曰:“吾安忍践此可爱之花枝?”既而叹曰:“君福真不薄哉!举世之物,皆可唾手而得,无庸外求矣。”牧师岁入有限,食指频添,经济上颇形竭蹶,于是落克生娜课徒于家,以补不足,舍英语各门外,兼授法语、绘事、刺绣等科。课余之暇,则抚诸儿为乐。尝怀中坐亨利,两手为哈利爱脱制小娃,且口中诵司各得或华盛顿、欧文之杰作,以饷诸儿。

此盖女士最乐之时代也。女士棕发蓝睛,玉雪可念,居常游行草场之上或丛林之中,春撷野花,秋拾堕果,为乐无艺。后此女士谓人曰:“吾一念及故乡之天然风物,往往神驰。每届秋令,百果皆熟。苹果清香可口,其甜如蜜,浆果则鲜红如火。尚有杨梅树之花,粉红可爱。地柏作青郁之色,罗兰或紫或白或黄,丛生成簇,风吕草、茜草、秋牡丹以及其他奇花异卉,遍地皆是,触目所见,皆足以悦情怡性者也。”

女士常自述其少时轶事于人,有一事颇足解颐,且亦足见女士少时之善嬉及其母之和婉也。女士曰:“吾母性嗜花草,家园虽小,吾母终日栽花种树,无稍暇。舅氏约翰侨居纽约,以山慈姑花根数枚,邮致吾母。一日母氏他出,余等戏于花室中,瞥见花根,念此物味必适口,于是谆劝诸兄共食之,曰‘此葱头也。吾见年长者常食之,度其味必甚可口’。诸兄见余殷殷劝进,不觉意动,遂群聚而啖之。食毕,余觉其味非佳,颇失所望,念葱头之滋味,不过尔尔耳。是时余母已至,立门次,余等急趋就之,众声哗然,争以啖葱头之事告。阿母闻言,和婉如平时,毫无忿忿之色,乃徐坐诏余等曰:‘诸儿听之,尔等所为,殊令余心戚戚。尔等所啖者,并非葱头,乃花根也。苟汝等不啖此花根者,来春园中,将见鲜艳之花,笑靥迎人,而今已矣。’余等受训,默然相对,是时之懊丧,盖不可名状矣。”

当女士五岁之年,忽愁云惨雾,重重罩此熙熙融融之家庭,盖母氏将与世长辞矣。小儿女八人,聚床头呜呜啜泣,其母以慈祥之目光顾谓诸儿曰:“儿等勿悲,自今而后,当托赖上帝,上帝之恩,非人间父母所能及万一也。”弥留之际,犹谆谆谕诸子习牧师业不已。牧师强制悲怀,为诵《圣经》,其言曰:“自今而后,尔之灵魂将永永居天国中,与天使为侣。尔身得与天上之教会,永处上帝之前,与善人义士之灵魂相周旋,得见我中保耶稣基督之荣光。"辞毕,其妻举目向之微笑,即瞑然长逝。此最后之一笑,牧师终身不忘,至临死时,犹在其心目中也。自牧师之妻弃世后,举家如受重创,不可复振。时亨利齿尚稚,闻人言死母已瘗土中,又云已入天堂,一日清晨,亨利据窗下挖土,问之,曰:"吾将至天上寻阿母也。"牧师悼亡甚切,终日忽忽,若有所失。一日,据案作长书致其亡妻之灵,哀悼之思,尽情倾吐,字字血泪,语语伤心,其妻有知,亦必不忍卒读也。翌年,寓书其友,自述其哀思之情,曰:"自亡妻逝后,似余之生气与之俱瘗窀穸中,终朝郁郁,不可自聊,觉举世之中,无足以解吾忧思者。虽群儿环聚,谈笑甚欢,亲故见怜,慰问备至,而吾终觉寂寂向隅,如处幽谷之中,盖无我之落克生娜在也。自今而后,落克生娜不能与我共安乐、同忧患矣。虽然,死生有命,吾亦何敢怨天尤人?特终朝切想,不能忘怀,念妻之情愈挚,而丧妻之戚愈增耳。此经年之中,余张目而视,似举世空空,百无所有,心如死灰,不可复燃,无一事足动余意者,惟日哀求慈悲之上帝,使吾得早离尘世,而入清净之乡。不然,即恢复吾所固有之希望生气,勿作行尸走肉而已。"

一日,牧师方昼寝于其妻之卧室,忽梦落克生娜盈盈而来,立于床前,向之輾然一笑,类阳光一照,云雾顿消,牧师之悲怀,为之大慰。此数来复中,遂不若前此之抑郁无聊矣。女士自失母后,寄居其祖母家,未几即旋返此寂寂无欢之家庭。已而其父续娶,继母贤,举家咸礼重之。女士初颇不悦其人,尝悻悻然谓继母曰:"尔何人?竟为吾父之妻。他日吾长成如尔,亦将为尔父之妻矣。"然后此相处日久,竟与继母和洽无间。

女士七龄时,记忆力甚强,能背诵赞美诗二十七首、《圣经》两章,无一字之遗忘。世人往往消耗其脑力于无用之事,而女士不经意于琐琐,故能独保其真。女士性嗜读书,然牧师家藏书寥寥,而其足引起小儿女之兴味者尤少。女士所常见者,惟《倍儿之说法》(*Bell's Sermons*)及《托迫来蒂论前定之数》(*Toplady on Pres-destination*)等书。侧橱之内,文牍书札及短篇著作积叠如山,且纷乱无序。女士翻箱倒箧,穷一日之力,始于旧纸堆中获《英雄魁克叔忒之传》(*Don Quixote*),前此虽为一书,今则零落为四五十册,错杂于请帖、文书、论说、杂志、信件之中。女士一一合之,竟成一书,犹于波浪翻腾之中,忽现一风和日煦之岛屿焉。未几,女士忽得《爱梵化》(*Ivenhoe*)一书(译本名《撒克逊劫后英雄录》),与其兄乔治共读之,不及数日,而全书已涉猎一过矣。

女士行年十二,肄业于白来斯之学塾,作文一科,为女士所最惬意者。年终学堂开恳亲会,遍邀学生家长,校长报告学生成绩,当选之文,其题为"造化之奇足以为灵魂不灭之证"。校长既宣读其文,牧师大为称赏,遽询作者姓氏,校长告以为女士之作,牧师见其爱女年幼而获上赏,悦愉之色,不期溢于眉宇。

女士有姊,曰克沙苓,与叶尔大学博士非许儿有婚约。时非许儿游历欧洲,归美成婚,不幸舟行触礁,竟成齑粉,全舟皆果鱼腹,非许儿亦与此厄。克沙苓遭变,痛不欲生。后此强遏其悲,毅然就其兄爱得哇习腊丁文及算术,盖从非许儿之所嗜也。时克沙苓年已二十三,从前种种之希望皆付东流,然不得不勉自鞭策,以期有所成就。时其兄方教读于哈脱夫特(Hartford),克沙苓即往就之,似觉冥冥之中,上帝常诏之为女界少尽义务,于是捐资数千金,建设哈脱夫特女子大学校。时社会中人,颇有非议之者,谓拉丁文及哲学,非女子之所有事,然嘉克沙苓之热忱苦衷,亦听其所为。未几,负笈而来者累百数,学校几无以容之。

此时女士亦负笈就学于其姊之学校,未几即以课余之暇为助教,藉以少减其老父之重累。诸兄咸来教读,家计为之稍舒。一日,其家需款孔急,筹措无方,继母殊形焦悚,而牧师则淡漠自若,不以为意,曰:"上帝常眷吾家,吾知必有以济吾急也。"翌日为礼拜日，晨兴，忽邮者递一函来，中贮钞票百元，不署寄者姓名，惟云其子聆牧师训诲，感化为善，此区区之数，所以表感激之忱也。

牧师虽常处窘乡，然济人之急，无吝色。其继妻尝私储二十五金，以为牧师制外衣之费。一日授钱其夫，未至市，忽赴传道会，会中有以钱箱至前者，牧师慨然倾囊捐助，归时则敝衣一袭如故也，其慷慨好施有如此者。三载后，牧师比劝之名闻远近，未几被聘往波士顿（Boston）传道，历时六载，所著《私欲说》六篇传诵遍欧美。牧师虽喜波士顿风物，然常神驰西鄙，欲拯救一般少年，使脱于罪戾。倭海倭省（Ohio）星星纳蒂（Cincinati）兰因神道学大学校校长缺人，来延牧师，牧师慨然允之，遂携家西去。克沙苓及女士随侍，途中仆仆，备尝艰苦。其后安抵新地，居屋在城外，据小山之巅，女士姊妹遂创设学校于其地。居四载，时为一八三六年，女士年已二十有五，适卡而非因·斯土活（Calvin Stowe）。其人乃大学校之教师，授《圣经》评论与东方文学，文质彬彬，足与女士称佳偶也。

是时蓄奴之事，基督教中人颇有痛疾之者，欲一去陋俗。星星纳蒂与硁脱沟省（Kentuky）接壤，硁脱沟人多虐奴，黑奴之潜逃者多至星星纳蒂。时有人周恤之，或送坎拿大（Canada）。其转徙之法，每十里置一人家，昼则匿逃奴于其中，乘昏夜之际，闭置车内，送往次站，辗转传递，黑奴遂以得免。时人以比地道火车，言其神秘也。时兰因大学学生意见歧出，议论纷纭，南省学生亦有主张释奴者，黑奴之被遣而恢复其自由者，为数日增。间有创设学校，以教育黑人子弟者，职此之故，彼间少年多为父老所斥逐，不得承袭遗产，然彼等弗恤也。倍李博士（Dr. Bailey）一基督教信徒也，尝反覆辩论此问题，谓蓄奴之非人道，登之报端，竟触众怒，印机被毁者再，且弃之河心。是时众怒如狂，其势汹汹，黑人居庐付之一炬，遭杀戮之惨者亦复不少，而大学校之地位殊形岌岌，女士举家兢兢，不遑宁处，夜则倚枪而眠，以备不虞。后此学堂禁止学生讨论蓄奴之问题，而学生之退学者逾其半焉。

是时牧师赴东省筹款，以供学校之费用，既返，见前功尽废，而兰因大学校仅余奄奄一息而已。于是鼓其余气，竭己力以扶持之，学校幸不至于失败。时女士招黑人至家，躬自课读。其中一童子颇慧，忽为人所拘，谓为硁脱沟省之亡奴，将捉归鬻之。其母惊骇欲绝，呼吁于女士之前，女士义愤填胸，即向诸亲友集资以赎之，而黑童遂得幸免。

一八五〇年，牧师翁婿移家东徙，居梅英省（Maine）。时其婿受包杜英大学校（Bowdoin College）之聘，惟薪俸非丰，因招学生数人寄寓其家，冀少得资助。女士时有所著述，售之报馆中，尝著短文，获酬五十金。时其兄弟六人，皆遵其死母遗命为牧师矣。女士年已四十，两子皆幼，女士教诲惟恐不力，其课生徒，亦谆谆不倦，盖其习劳本天性也。

女士天性仁慈，目睹黑奴所遭之惨酷，为之扼腕不已。时国家逮捕亡命黑奴，不遗余力。既得则归还原主，或置之极刑，惨无人道。北省之人，漠然处之，毫不动心。女士自念："吾独不能以文字转移风气耶？"某礼拜日，女士赴礼拜堂受圣餐，静中忽念及汤姆事，怅怅不能自已，即趣行归家，书汤姆死状，甫成一章，即读示其二子。时长者十二，次仅十龄。读既，两儿皆为泪下，呼曰："嗟夫！阿母！蓄奴岂非人世之至惨者耶？"越数日，女士复成三章。时倍李博士已去星星纳蒂，赴华盛顿续其报馆旧业，女士即以其稿投之，竟得收录。于是女士赴波士顿，假得反对鬻奴之书数册，以备参考。女士用全付精神，竭其一生脑力，以成此书。时有周活脱其人者，从其妻之请，愿为发行之人，惟恐是书过长，非一时之所能竣。女士寓书其人，谓之曰："先生勿忧，是书弗成，吾无息肩之日也。"

逮一八五二年三月二十日，而《汤姆之斗室》（*Uncle Tom's Cabin*，译本名《黑奴吁天录》）一书已出版矣。女士自问："果人人能读吾书否乎？即读矣，命名固非新颖，果能引人入胜否乎？"女士恐其书未必盛行于世，颇戚戚引以为忧，然必竭己之力以助其进行，即以一书进亲王爱尔白脱（*Prince Albert*），盖女士知亲王及英后维多利亚（亲王为英后之夫）颇注意于黑奴问题也。更分致末可来（*Macaulay*）、迭更司（*Charles Dickens*）、肯司来（*Charles Kingsley*）诸名宿，冀邀其赏鉴。于是此家庭之贤母、学校之良师，遂退居梅英小屋中，静观世人对于其书之意见，视此纷纷扰扰中，果有眸子否也？孰知十朝之间，其书销售之数已及万部，印刷者碌碌无片刻暇，印机八具夜以继日，尚不足以应求。不及六阅月，伦敦书肆已出三十版，而销售之数不下三十万，城内剧场六所同时演此悲剧，坐客常满，足见一时之盛矣。

时投书女士以表钦佩者纷至沓来，目不暇给。爱尔白脱亲王称谢至再，迭更司贻女士书曰："大作感人之深，洵非他书所能及，有心人宜共读之也。"肯司来曰："是书诚无可疵瑕者也。"歇夫止倍兰伯爵寓书女士曰："苟非笃信圣道之人，乌能贡其拳拳之忠作此书耶？今大地为一震矣，或者冥冥之中上帝相之，使此书风行于世，以革除陋俗而拯救其子民耶？仆日夜馨香祝之也。"伯爵又著文称美其书，且宣言曰："与我表同情者，署名其下。"而妇女之署名者五十六万人，装成二十六巨册，表里护以细革，装订精美，每卷之后，绘一神鹰，栩栩如生。全书盛之木箱之内，敬谨呈之女士之前，以表其仰慕之忱，其荣宠可谓至矣。其时之著名杂志皆不惮连篇累牍，称道是书之佳处。白来克乌得（Blackwood）《月报》谓是书写情写景独擅其长，非近世文家所能与并驾齐驱也。英国女文豪乔治·爱利倭脱（George Eliot）亦以长书寓女士，以表其景慕之意焉。

牧师见其爱女声誉日隆,其中心之悦愉不言可知,度其亡妻在天之灵亦必深慰,而为之一开笑口也。女士静中思维,亦必深感彼苍苍者赋我独厚,故有今日。时是书销路至广,书肆获利无算,女士亦分其余利,不转瞬间,家累巨万,前此终朝碌碌不得求一饱之人,今则坐享安乐,尚绰绰有余裕矣。翌年,女士夫妇同渡大西洋,周游英伦三岛。所过城邑,如立弗埔耳(Liverpool)、格兰司哥(Glasgow)、爱定盘罗(Edinburgh)、阿盘丁(Aberdeen)、登帝(Dundee)等,皆开会欢迎。车轮所经,百姓拥道,肩背相摩,欲得一瞻风采,车为之不行,或掷花车中以表敬意。童子且走且呼曰:"斯土活女士在是矣!斯土活女士在是矣!"某城中人忽提议人捐一辨士以为女士寿,上自王公,下至臣庶,无不慨然解囊,计集金钱千镑,贮之银盘中以进。初干事员按户集资时,入一村舍,见中有老妇盲其双目,即返身而出,且言曰:"彼不能读,当无意于此举也。"老妇应曰:"先生,吾虽失明,吾子已为我读之,且吾储此辨士以待久矣。"

塞哉兰公爵夫人(Duchess of Sutherland)美而好客,邀女士至其家,礼以上宾,女士于此得与诸名士接,如公爵柏某司东(Lord Palmerston)、马考来、格来司东(Gladstone)等,皆当代之表表者也。公爵夫人为女士特制手钏,为奴子手拷之床,上镌数语曰:"释奴盛事,拭目可待,用此以预祝之也。"链上一环,镌禁止贩卖黑奴及英领土禁奴之制之月日,盖一八〇七年三月念五日及一八三四年八月一日是也。又一环后此女士续刻哥伦比亚释奴之月日及林肯总统严禁蓄奴之弊政,盖一八六三年之元旦也。最后钏钮之上书合众国各省修订宪法永禁鬻奴之年月,计是举去《汤姆之斗室》一书出版之日,仅阅十寒暑,又岂始愿所及哉?

女士西归后,著《旅行游记》(*Sunny Memories of Foreign Lands*),是书销行亦颇广,时其夫就墨塞丘塞支省(Mass.)安杜弗

(Andover)神学大学校教授之职,故移家至此。女士甚得人心,学生遇之敬礼有加,而女士恬然如故也。是时女士之著述陆续出版,如《特来特》(*Dred*)一书,叙反对鬻奴之故事,娓娓可听。《牧师之用情》(*Minister's Wooing*)中有美人马利·司客特者(Mary Scudder),是书之主人也;《骚兰多之阿纳司》(*Agres of Sorrento*)叙意大利故闻也,《奥阿海岛之明珠》(*Pearl of Orr's Island*)叙纽英格兰(New England)海滨之谈屑也。其他如《市镇老民》(*Old Town Folks*)、《吾与吾妻》(*My Wife and I*)、《红白之虐政》(*Pink and White Tyranny*)皆传诵一时之佳作也。然是时《汤姆之斗室》一书,购者尚络绎不绝。在英国及其属地,销售之数达一百五十万部,在美销售之数尚不止此。法文译本已届十二版,德文十一,西班牙六。其他各国方言,如俄罗斯、匈牙利、阿孟利亚、希腊、芬兰、威耳斯、波兰及各种文字,凡十有九。此书在盘谷儿(Bengal)尤盛行,塞阿姆(Siam)某贵妇人读此书,大为感动,竟遣其邸中奴婢百三十人,脱其奴籍,且曰:"吾愿效斯土活女士之为人,终吾身誓不买奴以自陷于罪戾也。"自此书风行于世后,法国书肆中,《圣经》销路顿增,以《圣经》为汤姆所嗜,人人咸欲效之也。

《汤姆之斗室》及其他名著稗史将永垂千古,以作者有深意寓其中,非徒作小说观也。小说虽佳,苟不具讽世之意、移俗之功,则如春花烂熳,转瞬即萎耳。

美国内乱平定后,女士营别墅于弗老立大(Florida)橘林之中,每届冬令,女士移家是间,为消寒计。其地黑人咸沾女士之惠,后此女士捐资筑一礼拜堂于康莱克蒂克特省,其夫任讲道之责终其身。女士有精舍一椽,在孟得林(Mandarin),园中橡树数株,老干上附青苔几满,古雅可玩,而繁花如锦,秾郁之气,中人欲醉,女士终老是乡,致足乐也。女士避暑之屋在哈脱夫特,外观古朴清幽,入其中则精雅无伦,具美术之意。后此游客之至其地者,无不生其崇敬之心，而流连不忍去也。

时牧师之家庭已死亡殆尽，牧师年已九十有三，颓然一老翁矣，克沙苓亦已七十有八。逮女士七十一岁诞辰，其著作之发行人大开筵宴，以表庆贺之意。会所在纽顿（Newton）假长官克来夫林（Governor Claflin）之家，一时之诗家墨客、骚人逸士，无不毕至。女士高坐堂皇以受参贺，或读颂祝之诗，或作赞美之辞，极一时之盛焉。曩者发拳拳作棕色之女郎，今则皓皓如白雪矣；曩者明媚清莹之双眸，今则失其光彩矣。然诚恳之意视前有加，而谦和委婉之态度、温文尔雅之气概，则终始如一也。

女士一生之懿行奇才，特用以证一世界不易之定例，即宴安逸乐之不可怀，而孜孜矻矻之足以成大器也。女士晚年忽患风瘫之症，于一八九六年七月一日没于哈脱夫特别墅中，年八十有五。没时昏昏如睡，毫无痛楚之状，其子爱得哇（Charles Edward）、女薏利沙（Eliza）及哈利爱脱（Harriet）侍侧。自一八八六年其夫弃世后，女士常郁郁不乐，故成此疾也。女士于七月三日卜葬于安杜弗神学大学校附近坟地，介于其夫及其子亨利之间。亨利没于一八五七年七月十九日，时在大脱卯斯大学校（Dartmouth College）肄业，偶涉康莱克蒂克特河，遂遭灭顶之祸也。

——《妇女杂志》第三卷（1917）第五号

泰西列女传（续）

密且儿女士传

兰脱开脱岛（Nantucket）风景如画，幽静宜人，中有一人家，主人威廉姆·密且儿（William Mitchell）与其妻利娣亚及儿女十人同居之。威廉姆年方十八时即任教读之职，每星期脩脯仅两金。逮至夏令,学校休业,则力事耕种,或钓鱼海滨,以博微利,后与利娣亚有情愫,即娶之。利娣亚为便雅敏·弗兰克林(Benjamin Franklin)之后裔,且为朋友会会员,处事颇具热肠,心思至细,练达人情,其夫常资其臂助,居常着白色衣裙,愈形雅静。时任朋友会书记之职,性嗜读书,尝为图书管理员,得饱读其中藏书,每夜归时,朗诵日中所读者,以饷其诸友,威廉姆盖其中之一也。两人既成佳偶,终日同作同息,彼此互匡不逮。后威廉姆助其父以鲸鱼油制造香皂,颇获微利。

居七载,威廉姆舍其所事,而复其旧业,以性喜授徒为生,不乐营业也。其始文法学校聘之为师,未几威廉姆自设一学堂,而任教授之职焉。时其三女马利亚(Maria)女士生,女士自幼即缄默寡言,嗜读之性颇肖其母。居家时,常从事洗扫,人口既繁,每饭所需杯盘高叠如山,女士任洗濯之职,未尝有怨言。居校时,则日夕攻苦,孜孜不倦。其父见状大慰,知其爱女后此必有所成,非庸庸者比也。

威廉姆不特为一学校之良师,实一科学家中之表表者也,性喜研究天象。年方八岁时,其父携之往户外观土星,且略为指导,自是而后,威廉姆觇星之方位,能测己之生年,每夜仰首观天,以求精进。及成人,遂筑观象台以研究星学。居无何,任海滨测量之职,年获薪俸百金。威廉姆生长海滨,故其思虑之远,亦如沧①海之大,渺无涯涘,且识见宏达,不同凡俗,常斥男女不能受同等教育为不公,故自课马利亚女士不减于诸男,且授女士以航海之术。

女士十六岁时,毕业于公立学校,继又入私立学校一年。女士颇注意于算术,尤喜随其父研究星象,至十七岁时,即能为其父

① “沧”,原文作“苍”,据文义改。

之臂助。阿格昔司(Agassiz)、倍取(Bache)诸观象家常莅女士家,与其父讨论天文之学,女士在侧,倾听忘神,其学遂日以精。女士家本清寒,其父虽常售其著述以益家用,终觉所补甚少。时女士姊课徒某氏,年入三百金,女士自念己年已长,亦当少尽其力,为老父分忧,于是任掌管书籍之职于兰脱开脱藏书楼,第一年薪俸仅六十金,次年即增至七十五金。岛中人少,来读书者数甚寥寥,故藏书楼中颇形悄静,女士所事既清闲,日多以攻读为事。忽忽经二十载,其少年之时代已逐韶光而逝。时女士之薪俸已增至百金,然女士勤读如故,盖欲从书中少得学问,俾能于世上建一奇功也。

夫世之好学之人,岂有不思徜徉野外以娱其心身,或得数日之闲散以息其思虑者乎?吾知人情大抵相同,此念必不能免也,然勤劳必获有成,而懒惰终归失败,乃不易之定理。彼终日游手好闲而能成大器者,往古来今,曾无其人。美术家、音乐家、科学家之所以能成名者,皆非一朝一夕之功,必先积数十年之勤苦劬学,而后克享其荣誉。至于社会上热心交际、广纳宾客之人,虽一时声名蓬勃,生时虽荣,殁则已焉,魂魄一去,有同秋草,安可与以学问而得之声誉,河山并寿、金石同贞者相提并论哉?

女士尝自言曰:“余之天资,实不过一中人而已,惟余专一之心,则非寻常人所能及也。”读者须知专一之心,实一求学之秘诀也。女士于法文、音乐、绘画诸事未尝一试,惟专心致力于天文、算术两事,此所以能深入精微也。然女士虽致志于学,其家庭琐琐之事亦未尝废弛,尝为老父织袜制衣,且织且读,以女士勤劳本自天性,自有知以来,其心身初未尝得少暇也。

女士自髫龄时即涉猎群书,亦为其学成之一原因。女士曰:“余未生时,岛中已有一公共藏书楼,年付一元,即可任意阅读。余自少时即常读书于此,其中以亨那·毛亚(Hannah More)之著述,及落林之《上古史》(*Rollin's Ancient History*)为余所最喜者,今财政部秘书夫而卷(Charles Folger)少时亦于此中熟读《上古史》。时余等年皆不及十龄,虽同在一室,不相闻问,后此道及,始知人之好尚,有同出一辙者也。”女士幼时之劬学,皆所以助之成一超群拔萃之妇人,美誉才名,今果集女士之身矣。一八四七年十月某夜,女士正以望远镜观天之际,陡发见一彗星,急走告其父。其父即致书肯不立治(Cambridge)观象台台长威廉姆·旁特(William C. Bond)报告女士之所发见。其略云:“小女马利亚于前晚十时半发见一彗星,光甚暗澹,在北极星之上,相去约五度之远。昨晚此星向西进行,今晚则更西,渐近北极矣。小女之所发见,及其所测此星进行之方向,似无舛谬,故敢以闻。但未审此星是否为其阿治星之一,或已为他人所发见者,得便幸即赐知,则感激无既矣。鄙人日内将他出,下星期当至波士顿一行,然愿于晤足下之前,得知此星之究竟。琐琐费神,幸勿为罪。威廉姆·密且儿上。”

逾日覆书至矣,女士之所发见者,果为一新出之彗星,为他人所未曾见者。丹麦国王弗兰特力克第六(Frederiek Ⅵ)于十六年前曾制一奖牌,价值二十达克,以赐发见彗星之人,惟必经英国皇室天文家证明之后始得领奖。然女士家世寒微,无由以达,即亦置之不报。时哈伐得大学校(Havard College)校长爱得哇·爱弗勒脱(Edward Everett)寓书美国公使之在丹麦者,辗转以女士所发见之彗星闻之丹王。女士父喜曰:“苟丹王得知去其千万里外,亦有人嗜天文之学,吾无憾矣。”未几女士果得奖牌,其名遂屡见于各种科学杂志中,以为发见密司密且儿彗星(Miss Mitchell's Comet)之人,彗星盖从女士而名也。是后女士之名,遂列于马利·孙买非而(Mary Somervilles)及卡落拉恩·合许儿司(Caroline Herschels)两女天文家之后,而与之并传矣。女士所发见影响甚大,其时人之研究算术及天文者为数日增,较之从前,倍形鼓舞。女士相助编纂海行历本(*American Nautical Almanac*)且时有所著述,载之科学期报中,一时声价腾起,远近皆知。然女士夷然处之,不以荣辱而易其素,昕夕勤学,初未尝少减于昔时也。

女士居藏书楼中研究天文之学,忽忽又十年。女士久作游欧之想,欲饱观欧洲之天文台,且欲一聆著名天文家之谈吐,俾少增学识,故于一八五七年首途赴欧。至英国时,一般当世名彦无不竭诚欢迎,各致其仰慕之忱;得见颜色者,皆自引为荣幸。故女士终日纷纷,几有应接不暇之势。设女士仅为绝代丽姝或贵家命妇而非博学多能之才女,则约翰·合许儿(John Herschel)及其夫人必不至敦请女士至其家,并出其姑氏卡落拉恩之著述以饷女士矣;则亨包尔脱(Alexander Von Humboldt)必不至邀女士至其寓所,与之讨论终日,而忘时之晚矣。时女士足迹所至,无不遇以殊礼。肯不利治大学校教习亚丹木司(Adoms)示女士以发见海王星时之所处地,此星盖亚丹木司与法人勒弗利亚(Le Verrier)同时所发见者也。英国天文家乔治·爱阿梨(Sir George Airy)寓书勒弗利亚,告以女士在英,勒弗利亚闻信,即自巴黎来英谒女士,后此女士谓人曰:“勒弗利亚先生英语之劣,甚于吾之操法语也。”

女士游历弗老伦司(Florence)时,常晤及孙买非而夫人。女士尝语人曰:“夫人言论雄伟清朗,具丈夫气,然娴雅和婉之神情,又不失温柔女子态度,且为人爽直恳挚,使人易亲。”夫人尝以所著天文书两册贻女士,且请女士回国后以其所发见彗星之影片致之。夫人谈吐带司各兰土音,尝谓女士曰:“君令誉传闻欧美,吾愧不如也。”女士至罗马时,多与当世名流相往还,如美国文学家好霜(Hawthorne)、瑞典女小说家勃利买(Miss Bremer)以及其他著名之美术家。未几,女士由罗马至凡立司(Venice)、未安那(Vienna)、柏林(Berlin)诸名胜。经年之后,女士游兴已阑,复归其幽寂无哗之小岛中矣。居家时，侍奉父母，研究科学，仍不改昔时之状。两载后老母弃养，翌年女士移家林城（Lynn），俾得少近波士顿，女士以千六百五十金购一小屋，以居老父。女士岁入常款不过百金，即益以意外所进，为数亦甚寥寥，然女士素性俭朴，又善居积，此区区千余金，盖其历年来铢积寸累而成者也。后女士为国家任核算之职，岁入五百金，其父壮年时为国效力甚忠，故今得恩俸年三百金，以养其天年。此五年中父女同居，经济上颇觉绰绰有余矣。

未几，女士忽置身于一重要之地位，为其意想所不及者。盖当革命战后，有英国牧羊者携家来美，侨居黑得孙河（Hudson River）近地，其妻为一勤劳老练之妇人，常助其夫理家人生计，每晨驱车入市，贩卖乳油鸡子之属，次子方七岁，常在其母左右。时其父酿制啤酒，售之居民，以为生财之道。儿稍长，即憎其父所业。及年十四，父强之相助，儿不愿，母遂送儿潜逃。母子徒步行数里，既过包记迫细（Poughkeepsie），母出其私蓄钱七十五分授儿，涕承于睫，亲之至再，始挥手令行，目视其去，至不见其影，乃转身而返。儿躄躠前进，行久之，获一栖身之所，即服役其中。朝夕勤劳，颇得主人欢心。居五载，携其年来所积蓄百五十金，归省父母。抵家时，见情状大变，时酒肆已兆焚如，长兄葬于火窖，家景愈形萧条。儿即留家侍其双亲，教其弟妹，以至成人，心虽恶酿酒之业，然以家计所迫，不得已助其父重理故业，时世之人尚未深知酒之为害而远避之也。自是以后，此少年之马太·伐沙（Motthew Vassar）逐日营营于酒厂中，度其生活矣。伐沙于附近之地设一肆名巨蚝，傍晚事毕，即至肆中理其私业，故自清晨至夜午，碌碌无片刻暇。时有英国富人某，见伐沙勤俭谨愿，嘉之，愿出巨金为伐沙营业资本，而此终日孜孜作小营生之人，一旦腾跃千丈，为国中一巨贾矣。伐沙蹇运既去，所至无往不利，且经纪有方，故不数年间，竟家累巨万，成一富翁。伐沙既拥多金，念幼年失学，乃大悔恨，于是发奋读书，以自补救，格致、美术、历史、诗词、《圣经》等，无不一一研求，后此旅行欧洲时，居然一硕学通儒矣。

一日伐沙行经伦敦医院之前，医院为汤麦司·格爱（Thomas Guy）所创设，且捐助百万金，以供其费用。时人感其德，遂为之铸铜像以志之。伐沙徘徊铜像之侧，且读其下之文曰："此创立医院之人也。"读竟不觉悠然有感。伐沙既无儿女以承袭其产，意欲尽出其资，为世人造幸福，惟日夜思维，计无从出。伐沙有从女利娣亚波司，一学校中教员也，助之筹画，计乃定。

时美国女学虽日臻完善，然尚无女子大学校。伐沙即与其友商榷创办女子大学校之事，然百口同声，阻其所为。或曰："大学校之学科，宁女子之所有事耶？"或曰："女子力不胜此，强之必毁其健康。"或曰："科学非女子分内之事，而经典亦非妇人之所必需，妇女应求其相当之学，舍本求末非计也。"其自号为博学广识者，皆谓女子才力有限，当因其才而教育之，履高而蹶，则所失反巨矣。众论虽如是，然伐沙立志甚坚，不以人言而易其意向也。

一八六一年二月二十六日，伐沙邀当世教育家二十余人至其居庐，筹商办学之方。时伐沙年近七十，两鬓如霜，手持一圆盒，上署伐沙大学校之藏款，中贮纸币、股票、契券之属，共值四十万金。人众既集，伐沙即起立宣言曰："鄙人怀救世济人之心久矣，惟觉凡事有裨于人者，皆属应为，故辗转思维，卒不能定取舍之方。今吾已定建筑校舍，开办女子大学校，以培植吾国青年女子。余念上帝赋妇女之灵性才思，既与男子同之，则女子应与男子受同等之教育，固无疑义，且女子为国民之母，一国之强弱，实所攸关。苟女子得高等教育，其才智必不出男子之下，济之以温柔缜密之天性，出而任事，其成效必有可观。今就余耳目之所及，不独吾国无完备之女子学校，即世界之大，恐亦无之。故余愿贡区区所有，创立一大学校，以培植少年女子。此举得成，余愿遂矣，不特美国之福，抑亦世界之福也。至于此校之成否，皆仰仗上帝之力，吾国女子能得高等之学问，而侪于男子之列与否，亦惟帝力是赖也。”

未几，伐沙广招匠人，大兴土木，四载之后而此巍巍校舍告成矣。其地近包记迫细，临巨湖，倚长江，颇饶雅趣。正屋共五层，深五百尺，广二百尺，其他如藏书楼、博物室、美术间等，皆布置整齐，观象台中所用之望远镜既精且巨，为其时国中所有之第三种云。

迨一八六五年，伐沙大学校开学之期至矣。莘莘学子，不惮间关而来，创业伊始，而学生之数已达三百五十人，足见女子求学向进之心不让男子，伐沙之持论固不谬也。伐沙见学校殊形发达，有蒸蒸日上之势，其中怀之悦愉，自无待言。彼视校中一切，皆引为切己之事，日必赴校一行，学生见之，无不竭诚欢迎。每值伐沙诞辰，举校休业，行庆祝礼。伐沙尝曰：“是日之乐，余老朽之躯，几不足以载之。此一日之荣宠，偿余一生之所为，尚有赢余，老身当此，殊增愧赧也。”学校成立后三载，伐沙即弃之而逝。一八六八年六月二十三日为放假之前一日，全堂师生咸集一室，听伐沙训语。辞将毕，忽戛然而止，手中纸片纷落地上，视之盖奄然长逝矣。身后遗产约值五十余万，亦捐助学堂中，合之前此所捐之款，共计美金九十八万九千一百二十二元。曩时一穷困颠连之童子，今竟能为国家造幸福，又岂始料之所及耶？

当伐沙大学校观象台成立之时，众咸推密且儿女士任教授天文学之职。初，女士以父老无人侍奉，颇犹豫不能决。后其父强之行，且允与俱，议遂定。女士既至大学校，其父就养，以终其天年。此四载中，老人结识颇广，尝曰：“校中师生，余所与为友者，皆世之帝王所艳羡而不可得者也。"

女士既莅校,以观象台为家,所有之书籍图书、各种仪器,以及零星杂件,无不载之而来。女士居校二十年,伐沙大学校赖之声誉大著,学生耳女士盛名而来就学者,相续于道。余(著者自谓)有友人本定就读两载,后竟作五载之留,行时尚恋恋不忍去,以服女士之才,而慕女士之为人也。友曰:"女士才学懿行,实为余生平所罕觏,其言动中从无分毫之诈伪。学生之勤勉者,常得女士之奖励,故懒惰之辈,渐为所化。凡受业门下者,无不举止端庄,而富自信之心,盖无意中为女士所潜移默化也。"

女士平日淡妆素服,衣多黑色或灰色,其先世为朋友会中人,本主俭朴,女士盖从其祖训也。学生中尝有困于经济、不能备衣履者,女士谓之曰:"尔等选择衣料,务求华美,故四袭之衣,尚不足供经年之用。吾则所有之衣裙,统计仅值十七元耳。"

女士生性静穆,不苟言笑,学生敬礼如天神,且女士素具热肠,其对学校之事,殊形关切,故学生对之,倍加倾爱。每星期女士延诸生至其私室,与之讨论种种学业,娓娓不倦,学生倾听忘神。每岁六月,女士在观象台开会,遍邀新旧学生,相聚为欢,读诗唱歌,备极乐趣。一八六八年,流星如雨,女士及其门人详测四千流星之道线,及其与地球相距之远近,皆一一不爽。当一八六九年之夏,女士偕诸天文家赴柏林吞(Berlington)、埃乌话(Iowa)观日蚀之状,时八月七日事也。女士所测金星之轨道,亦不爽毫黍。尝著有天文学之书,亦风行一时云。

当一八七三年女士复作欧洲之游,邂逅一俄国天文家司土奴夫(Strnve)于波而土活(Pultowa)之皇家天文台中。女士于一八八八年辞伐沙大学校教读之职,而归其故居。一八八九年六月二十八日殁于林城,时年七十有一,六月三十日葬于兰脱开脱岛中。女士之为人,可谓女界中之表表者矣。其所成就之大,可以证穷困之不足以限人也,为学者其勉之哉。

——《妇女杂志》第三卷(1917)第六号

泰西列女传(续)

蓬乃儿女士传

一八二九年,来门·蓬乃儿(Raymond Bonheur)夫妇及其儿女四人同寓巴黎。时长女露沙·蓬乃儿(Rosa Bonheur)女士年方七龄,其次奥格司脱,其次衣塞杜亚,皆男也,最少者曰周利爱脱,尚在襁褓中。来门擅丹青术,为家计所迫,奔走衣食,不得更求精进。其妻素飞昼则以音乐课徒,藉济家用,归时治针黹,至夜午犹闻刀尺之声也。至一八三三年,素飞竟以劳瘁伤生。诸儿既失母,年长者寄养老妪克沙苓处,最稚者则育于戚党家。克沙苓之抚诸儿,爱护备至,及其稍长,一一送之学堂中。惟蓬乃儿女士性耽嬉游,不乐郁郁处课室中,颇为难御。每值春好花秾之候,女士多徜徉郊外,采撷野菊盈握以归。后此女士语人曰:"余居克沙苓家两载,颇享人生雅福,未尝辜负①此好韶光也。"

未几其父续娶,遂取诸儿归,两男皆令入学堂读书,己则授丹青之术于学堂,以偿两男学费。私念女士既与书史枘凿不相入,强之亦难有成,惟亦宜习一艺以为自活之道,遂令之习缝纴。女士之视活计犹如虎狼,敛避惟恐不及,强之则故以针锋刺指端,布上血迹斑斑。时或游兴勃发,不得遂其志,则啼泣随之,以此日就消瘦。其父遂令之归,未几入圣安汤礼学堂肄业,同学多喜之,以女士善绘滑稽画,常为先生写照,绘种种举动之状,粘之壁间,以

① "辜负",原文作"幸负",据文义改。

相笑乐。初，先生颇不悦其所为，然见女士所绘，皆自出心裁，且无微不肖，即取而珍藏之。

女士自少即多郁郁之时，以神经过敏，易于感触，视己所衣布服、所食粗粝，较之他人膏粱文绣，相去诚不可以道里计，遂不免时生怨叹，即于功课亦不甚注意，继以抑郁致疾，复旋返其家。其父知女士天性不可强以所不欲，惟因其天然嗜好而教育之，则必有成。幸老人变计尚早，不然女士以忧愤毁身矣。

其父既听女士所欲为，不加约束，女士终日在其父案侧，或绘图，或著色，偶见其父作画，则学其所为，终日执笔学习，津津有味，且绘且低吟歌曲以自娱。其父见状，忽悟女士实具丹青妙手，即授之写生之术，或绘器物，或写远景，略知大意，即送之入巴黎美术院临摹名家笔法。女士专意练习，终日不辍，院中管理人尝曰："余来此多年，然未尝见热心向学有如女士者。"一日某英人立女士侧，观其作画，大为叹赏，谓女士曰："君用笔诚妙绝无伦，初学之时已能如是，他日成一美术家，可拭目而待也。"女士闻言，殊为踊跃，希望顿生。归家之时，思潮起落，不能自已。忽忆在校时见他人丰衣美食，每生艳羡之心，念吾苟有发迹之日，亦必能如彼等之拥重裘、醉醇醴也。但此愿能达与否，尚在不可知之列耳。

时女士手摹名家之画，人争购取。女士①得钱，辄上其父，所入虽至微，然老人得之，颇足以济一时之急。其继室来嫔时，已有两男，后复产一子。人口既繁，女士所得区区之数，尚不足以补罅漏，幸继母颇擅理家之才，家事赖以支撑。时女士年已十七，尤喜作风景及历史上人物之画。一日绘一山羊，既成，觉栩栩欲生，意颇自得，自是而后，遂专习动物。惟女士家贫，无力购动物模型，故日须跋涉长途，至野次为牛羊鸡狗之属写照。出时携面包

① "女士"，原文作"女土"，据文义改。下同。

为日中之粮，惟女士心于绘事，竟忘饥馁，归时，则怀中面包完好如故也。女士既长日枵腹工作，又须往返跋涉，故抵家时往往困顿不支，时或冒雨而行，泥泞溅衣履，其困苦盖难言也。

巴黎城外有一宰牲场，女士多至其地习画，私衷虽怜牲畜无辜受戮，然以学问之故，不得不躬临其地，目击遭刑时之惨状，而绘之纸上。女士虽常至贩夫屠户出入之地，然人无敢狎侮之者。绘画之时，以草席地而坐，路人争环立其侧而观之，视女士敬礼备至，殊无喧哗之声。女士两弟阿格司脱及衣塞杜亚皆精美术，兄擅绘事，弟则长于雕刻，即娇小可爱之周利爱脱，亦终日执笔学绘，惟女士习艺之专，冠诸弟妹。日间多作彩画，至夜间则就灯下为书肆作书中解明之图，或绘各种鸟兽之形，为动物标本之用，故自朝至暮，未尝少得休憩之时。家景虽甚萧条，然举家老幼咸有所事，亦忘其忧，转觉家庭之中其乐融融也。屋顶平台之上，女士饰以花卉，烂熳悦目，中畜一绵羊，长毛拳拳，色白如雪，一绝妙绘图之模范也，性驯而怯，举家大小咸爱怜之。

女士年十九时，欲以其画出而问世，以观世人褒贬①之辞，遂出所绘画两幅，陈之美术会中。其一为《山羊与绵羊》（*Goats and Sheep*），其一为《两白兔》（*Two Rabbits*），人见之者咸啧啧称赏，报纸中亦盛称两画之特色。翌年又作三图，一为《群畜聚牧》（*Animals in a Pasture*），一为《卧牛》（*Cow lying in a meadow*），其一则名《马待价》（*Horse for Sale*）也。美术会见画大为欢迎，称赏之者尤盛于曩日。两年之后，女士以十二图陈之会中，其父及弟亦各有数画附女士以进，称赏之人为数日增，不惜以重金购取，而女士家计亦日以舒矣。

一八四九年，时女士年已二十有七，竟达其生平之宿愿。盖

① “贬”，原文作“眨”，据文义改。

女士所绘《群牛》(*Cantal Oxen*)之图,得一奖牌,是图某英人以重价得之,会长浮纳脱(Horace Vernet)当众演说,大加赞美,且以女士之画与当代名家法绘并称,国家赏一精美之花瓶,以为奖励。女士无意之中忽膺殊宠,其惊喜可知也,其父老怀亦为大慰。是岁女士举家否去泰来,其父就官立女子美术学校之聘,家景日就丰裕。然惜佳运之来为时过晚,老人即于是岁弃世,全家哀毁,几不欲生。女士曰:"吾父于绘事独秉异能,设不为儿女所累,得专心练习,其所成就,岂可限量? 其能显身扬名,而与当世大名鼎鼎之美术家并传,固无待言也。"

老人逝后,女士即袭其管理美术学校之职,其妹周利爱脱亦课徒其中。是岁女士所绘《耕种野景》(*Plowing Scene in the Nivernais*)大为世人所叹赏,今是图陈于法国奴克山保美术馆(Luxembourg Gallery)之中。时寓书女士求画者纷至沓来,女士终日执管,尚不足以应求。荷兰国富人某得女士画一幅,以千金为酬,女士却之,其廉洁不苟有如此者。

四载之后,女士以十八个月之时间,成一《骏马》(*Horse Fair*)之图。此为女士生平最得意之作,不特法人称美,即英美两国亦大为惊赏。初英人某以八千金得之,其后纽约富人司蒂活(A. T. Stewart)收集名画时,以重价购取,见之者终身不忘脑门豆(产马地)神骏纠纠昂昂之气概也。女士作是画时,其心爱小驹见之,以为真马也,以后蹄蹴之,竟毁女士累月之功,然足见女士所绘之神似矣。法王拿破仑第三从时人之请,以勋章赐女士。每岁国家常宴当世之美术家,凡经美术大学校所称许者,皆得与宴,女士亦常与此盛会。时世之女子,得与此宴者尚无其人,故拿破仑第三初尚踌躇,不敢以此荣宠加女士之身,畏时人之讥议也,孰知称许之者已百口如一矣。

亨利·陪肯(Henry Bacon)尝述女士得徽章时之情状甚详,载之月报中。其略云：一八六五年之夏，皇帝出游，皇后代理国政，皇宫在芳汀勃鲁(Fontainebleau)与女士家密迩。一日皇后外出，道经女士门外，即令停车，且戒勿通告，独行入内，径造女士画室。女士见人来，即置笔起迓，皇后拥而亲之，且以一物为赠，立谈数语，即别之而出，登车径去，扈从随其后，风驰电掣，瞬息已渺。少顷女士始觉来者为皇后，所遗物则徽章也。女士身膺厚锡，惊喜莫名。未几比皇亦以徽章赐女士，妇女受此殊宠，女士盖第一人也。西班牙国王亦赐女士一勋章。两载之后，女士弟阿格司脱亦以画得奖，荣宠美誉，集于一门矣。

女士研究绘事之时，多与男子相往还。女士念改男子装较为轻便，故外出之时，多舍其长裙织履，而为昂藏一丈夫，扑朔迷离，见之者莫能辨也。女士多外出旅行，以收拾作画之资料，归时则积画盈箧。女士或跨必伦尼司丛山(Pyrenees)赴西班牙，或往苏格兰高原，皆风景明媚、幽静入画之区也。女士旅行各地时亦多乔装，常与其契友弥加女士为侣。弥加亦擅丹青之术，家有老母，常为其女及女士部署家政，使彼等得专心于其所学，不为外物所扰。

必伦尼司山中景象殊悄静，二女居其地经月，舍骡夫及群骡而外，不见一人。其地居民多恃羊乳为生，一日二女不得食，饥肠辘辘，不知为计，弥加捉得田蛙数尾，以火熏之，以供二日之粮。女士在苏格兰时，手成数画，其一为《苏格兰山中土著写照》(*Denizens of the Mountains*)，眉目毕肖。《苏格兰高原之晨光》(*Morning in the Highlands*)及《平湖野渡》(*Crossing a Lock in the Highlands*)两画亦皆点缀入微，皴染得法，极画家之能事。女士在英时，人皆遇以殊礼，尊宠埒于后妃公主。兰得司儿(Sir Edwin Landseer)一大名鼎鼎之画家也，见女士骏马之画，叹曰：“画学一道，女子出于男子之右者实属寥寥，然是画余愧不如也。”女士返国时，携一小狗归。狗善解人意,尤明英语,女士每向之作英语,狗则摇尾而前,作态依人,女士爱之,无殊儿女也。

女士之画为一时冠,故人皆公许女士为绘画名师。未几女士以画致富,坐拥巨万,所绘《必伦尼司山风景》(*View in the Pyrenees*)竟值万金,其他名画价倍于此者亦有之。女士性好施与,所得巨金,多以赈济穷困者。或云女士曩时曾典质其所获奖赏金牌,以济人之急。尝有一女美术家贫不聊生,求助于富人,皆遭白眼,后乞怜于女士,女士即慨然取其壁上画与之,价值不赀,而是人之困立苏。时有少年某,业雕刻,出其所储二十金求女士画,且谓此数盖尽出其所有者,女士立为挥成一幅,价值二百金,其慷慨有如此者。亲故朋友之求助于女士者,女士慨然与之,毫无吝色,即臧获之辈,亦咸沾女士惠云。

女士衣裳雅淡,不作华饰,多御棕色或灰色之衣。赴宴之时,惟以花边领加项上,舍此外无他饰矣。女士绘画之时,加灰色或蓝色之衣,宽博若不附体,长几及地。女士谓时装衣裙紧小束体,不特有碍身体之健康,且阻脑力之发达,故深恶之。女士身材纤小,睛莹而碧,神情之中露刚毅之气,一望而知为具才智之人也。

女士体魄颇健,终日操作,未尝有倦容。每晨六时即起,伏案作画,至昏黑始止,长年碌碌,无行乐之时。一日有以观剧券赠女士者,女士受之,然作画如故,至车来时,方置笔而出,不加修饰。隔坐一少年,衣履整洁,见女士衣其常服至,且衣上油色斑斑,心厌疾之,因出问经理人曰:“坐吾右之妇人谁耶?衣裙之上,油渍色污几满,恶气熏人,诚难以堪,请趣之令行。”经理人入视,少顷返身出,告以女士姓氏。少年闻言,惊呼曰:“蓬乃儿女士耶?吾不敢复入厢中矣。”遂敛避以去。女士喜于夕阳既下、暮色迷漫之际,徘徊静悄无人之地,静中所念,皆不离其所学,辗转思维,以求精进。女士尝谓其友曰:“余自十龄之后,方知致志于学。初执笔时,信手涂抹,并无所本,余所奉为师傅者,天然之风物耳。凡人耳目所触,远山近水,低树丛林,一花一草,一人一物,皆画图之范本也,奚必孜孜于纸上求之?盖美术一道,如专制君主,脑力、心思、灵魂、身体,皆须竭智尽忠以事之,少有异志,则必徒劳无功。余输诚于绘事,历有年所,余忠事之,不敢一日稍懈。余视美术为余之世界,为余之性命,为余所呼吸之空气,余恃之以生以长,以存于世。余当伏案执笔之时,几不知有天地万物,几不觉有人有己也。世界上行乐之事,余觉味同嚼腊,社会中应接之礼,余视之淡然若忘。余所殷殷欲得、孜孜以求之而不倦者,余艺所获之名誉耳。今幸蒙举世之人所赏鉴、当代名家所称许,余愿遂,余心慰矣。"

女士寓亚沙街(Rue d' Assas)历有年所,是街悄静宜人,高楼巨厦鳞次而立,家园十数毗连,占全街之半,景象绮丽悦目。女士画室布置备极精美,上盖以玻璃,全室透明,适于目力;墙上挂名画几满,古时甲胄绣品木屐之属,高系壁间,错落有致;地上铺虎豹之皮,头角耳目俱备,状殊狰狞。一日,某友造女士画室,见女士鼾睡于大牛皮之上,盖女士方自校归,疲极少憩,不期酣寝也。每值客至,女士寒暄数语,即请曰:"幸恕我不恭之罪,吾今且谈且绘可乎?"盖世之有为之人,固不暇以其至宝贵之光阴,长日与人周旋也。

女士居拜村(By)巨邸中多年,地近芳汀勃鲁,邸为路易十五时所建,楼台窗牖及园中布景,尚不脱十八世纪之格式。后既为女士所得,增筑一红砖高楼,车房、马槽、书楼、画室皆备。时祈祷室已拆毁,其地遍树橙橘之属,循车路而出为大门,铁栏木栅卫护甚固,侧门在路左,门小如窦,两扉多闭,外界尘嚣不能入内,故景象殊幽静。所用与外间相接者,则门外一电铃耳。人来铃声一动,而群狗已争起应之。当吠声嘈杂之际,狸奴闻声亦出,以其尖锐之音叫嚣不止,笼中鸷鸟张其睡眼而视,帘前鹦鹉则引吭长鸣,此时百声俱作,而寂寂之景象遂一变矣。屋后一广园,高墙矗天,与外隔绝,草地之上,花床错落如棋盘。

每值天气晴明之日,公牛母牛各一出而啮草,牛硕而巨,盖用以为写生模型者。铁笼之内畜一羚羊,必伦尼司山中产也。其他如绵羊、鹿、兔之属,见女士至,皆依依就之,备极亲爱,女士抚之,犹人之爱怜猫狗也。

女士画室殊宽敞,室之一端有烟窗绝巨,其下四隅承以巨獒,为女士弟衣塞杜亚所刻,状凶狞欲攫人。女士父母遗画亦高悬壁间。室中豕熊豺狼牡牛及种种兽头,罗列几满。小鸟毛羽斑斓①,栖于架上,颇饶雅致。

普鲁士战胜法军之时,兵士直入拜村,蹂躏全镇。主将下令禁止部下伤女士居屋,女士画皆一一珍护,未尝遭厄,即其家奴婢,亦得安度如恒。其地乡民景仰女士如天神,愿为之效力。女士亦常与之煦煦作村中语,毫无蹇傲之态,故人咸乐亲之。女士于一八九九年五月二十五日疾终于其家,时年七十有七。

——《妇女杂志》第三卷(1917)第七号

泰西列女传(续)

及克逊女士传

一八八五年八月十二日,海伦·亨脱·及克逊(Helen Hunt Jackson)女士弃世之噩耗传遍海内时,闻者无不为之惨淡无欢。《国民杂志》中载曰:“舍斯土活女士外,世之妇女,生而能使人致

① “斓”,原文作“烂”,据文义改。下同。

其仰慕之心,及其亡也,复能使人为之太息唏嘘者,其惟及克逊女士矣。”女士姓名之缩写为 H. H. ,此 H. H. 二字之镌于人心也久矣,岂以女士为诗人故耶?曰:“否,否。”才华敏妙之人吾见亦众矣,未必皆能使人景慕于无穷也。若及克逊女士之生平,则不特其诗歌文词为人所钦仰,其真挚之热诚亦感人至深。盖超超元箸必出之非常之人,而后可以称全备,否则其著述虽自可传,亦如昙花一现而已,安能长留荣誉于天地间哉?女士身世,悲欢无定,或坠入愁云惨雾之中,或居于和风朗日之下,女士赋性仁慈,每见受虐之人,无不恻然心动。女士于一八三一年十月十八日生于美国墨塞丘塞支省(Mass.)安姆许司脱(Amherst)。女士潇洒活泼之性传自其母,而刚强果毅之气则得自其父纳生·非司克(Nathan W. Fiske),其人为大学校哲学及各国方言之教习也。女士于一八八〇年著《圣尼古拉司》(*St. Nicholas*)一书,中叙其幼时之顽劣任性,读之者已知此铮铮不可制之女童,必有一日敢挺身而出,对其国人直斥虐遇印第安人之弊政,而谆劝执政者谋所以改革之也。

女士年十二时,父母相继而逝,乃往依其祖,未几即入阿包脱之学校。女士居校,兴致勃勃,忽忽之间,不觉已历数寒暑,女士居然一妙年女郎矣。女士为人,倜傥不羁,襟怀坦坦,长日欣欣,未尝有戚容。性喜交游,颇具酬应之才,每一发言,满座风生,诚一交际场中之能手也。及年二十有一,遂适一少年军士,名爱得哇·亨脱(Edward B. Hunt),后官至少佐。其人美如冠玉,发卷卷如女子,人戏以克必得呼之(按:西人谓克必得为情爱之神)。其家世亦颇不恶,兄曾为纽约省长。兄弟本居纽包脱(Newport),及女士来归,遂移家都市繁盛之区,以便与人酬酢。女士于交际场中颇负盛名,少佐足迹所至,无不与俱。未几生一子,甫周岁而殇,旋又获一男,白皙而硕,字之曰哇伦好司夫,乳名曰伦利,是儿聪慧可人，女士爱之如至宝。女士修饰之暇，多弄儿为乐，良人既多情，而爱子又秀慧，目中所触，无不如意，似其家庭日处春光明媚之中，不知人世之有忧伤事也。

旭日当空，天色明丽之中，忽而霹雳一声，天地为震，而女士极乐之身世，遂一击而不可复振矣。盖少佐试验水雷时，偶不慎，遂致自杀其身，时为一八六三年十月二日也。女士青年丧偶，其伤心可无待言。时儿已八岁，善解人意，女士赖之，少杀其悲。母子茕茕，相依为命，然女士之蹇运，犹未已也。未及两载，而老天又夺其爱子，盖儿患喉痧之症，遂致不起，弥留之际，见其母辗转悲啼，心如刀刳，竟忘己身之痛楚，振其断续之气，谓女士曰："母当允儿勿以悲痛，而自毁其身，则儿死目瞑矣。"女士诺之，且与其子约曰："儿苟有知，魂当归来依阿母，愿儿勿忘是言。"然死儿一去渺然，女士遂斥鬼神为无稽之谈，以为苟有鬼神，则其子何一去不返耶？

女士自遭丧明之痛，长日伏处暗陬，厥状若风，虽素所善之人，亦拒不纳，且曰："诸君苟怜我者，当为我祷天，祈我速死，以就吾子。"时诸医咸云："女士必以忧死。"然幸女士果毅之气，有为之志，卒胜其悲伤之心，数月之后，女士复出而与世往来矣。其夫及子之像，女士常佩不去身，且用之以自勉励，此女士之所以能创不朽之业也。

计去其爱子没之三月，女士成一诗（*Lifted Over*）载之《国民杂志》中，此盖女士生平第一次之著作也。诗中略谓其爱子往依上帝之侧，帝心至仁，其爱护死子，非己身之所能及，虽舍己而去，亦复何悲？自此诗风行后，世之慈母之丧其雏者为之大慰，且寓书女士，述其所怀。女士虽处愁城中，得书亦为破颜，意谓己之所为，苟有裨于人，留此余生为不虚矣。

时女士年已三十有四，然不以年长而馁其求学之志，于是乃专心致力于文学一事，遍读名人著述，择尤而效。女士尝谓其友曰:“君亦知读书而咀嚼其中之遣辞琢句,其成效果如何耶?吾有一书,曰《户外杂志》(*Out-Door Papers*),为喜更孙(Wentworth Higginson)所著,吾觉是书辞句之结构、章法之装置,为著述家最良之范本。余效法于斯,有年矣,其中每字每句,无不致力研求,或调换其字句,倒置其章法,以视其不变其原意,不伤其文采否?余苟有所著述,每成一句,无不自问曰‘此中果能求精否耶’?苟辞句未妥,余必删改至再以求尽善尽美而后已。”

女士最初之散体著述为一短篇笔记,中叙华盛顿山中之风景,是篇载于一八六六年九月出版之《独立期报》(*Independent*)中,后此女士投稿是报中计三百七十一篇。女士文思甚敏,下笔其捷如风,文稿多以铅笔书之,取其速也。女士尝咏《加冕》(*Coronation*)一诗,辞句雅而用意深,其友取之以投一八六九年之《大西洋月报》(*Atlantic Monthly*)。是岁女士远涉重洋,游历德意志及意大利两国,时有所著述。后至罗马,忽婴重疾,几致不起,经名医诊治,始渐有起色,稍痊即上道归国。其友多劝之携一看护妇同行,以便沿途照料,女士不听,惟与一意大利乡女同归。女士于一八七〇年行抵乡国,遂出其诗集(*Verses*)付印。此书既出,传诵殆遍,诗人爱末生(Emerson)尤喜诵其《默思》(*Thought*①)一首,且高置女士之诗于著名诗家之列。爱末生谓世之女诗人无有出其右者,即大名鼎鼎之诗翁,能超女士之前者亦寥若晨星,可见女士诗之价值矣。或称《咏舟子》(*Gondolier*)一首,音节至佳,读之如奏雅乐;或云《入睡乡》(*Down to Sleep*)一首,其味至永,百读不厌;至咏织之诗,尤为世人所共赏。其后女士复著《旅行游记》(*Bits of Travel*)及《家事丛谈》(*Bits of Talk about Home Matters*)两书,是时女士文名尚未昭著,以文人运蹇比比皆是,女士亦何能独

---

① “Thought”,原文作“Thonght”,据文义改。

免？然数载之后，女士著述日多，而声誉遂一旦暴露于天下矣。

未几女士旧疾复发，体羸弱①不支，然其奋发有为之志则犹昔也。女士病愈后，作苛罗拉多省（Corolado）之游，且著书盛道其地之风景。凡女士足迹所至，人无不乐与订交。女士在德时，其居停主妇谓女士乃世之最和蔼之人，其他如卖新闻纸之童子、山间引道之人，无不忆女士委婉之谈吐、鼓励之言语。女士每见他人儿女，无不爱之如己出，尝曰："世之为母者，徒知爱其所生，是不过尽母职之半耳，苟能推爱己子之心而兼爱之，则为贤母矣。"

一八七六年，女士改适威廉姆·下迫纳司·及克逊（William Sharpleso Jackson），时去少佐之亡十有一年矣。及克逊为朋友会中会员，治银行业，为人颇具干才。女士家居苛罗拉多泉，极林泉之乐。所居屋，俯瞰大园，其中藏书无算，精织氍毹、古玩磁器多购自远东，而园中鲜花之盛，尤属罕见。一日女士设筵宴客，厅事中饰以奇花异卉，凡二十三种。女士爱花成癖，其爱之也，犹人之爱其儿女。女士尝自述于人曰："余尝入乡市鲜花一巨束，大可合抱，余自取以归，爱护备至，惟花过多，力不能胜，每行经空旷之地，则以肩承之，苟入丛林之中，则卧之臂上，如抱婴儿然。又尝登且思山（Cheyenne Mountain）采撷群卉，山麓盈亩之地，余与友人喜其绮丽，遂名之曰吾园。余等自吾园乘车而下，车中载鲜花几满，余坐其中，前后左右为花所拥，路人几不知有人在其中矣，见之者将疑是日为装饰节日（Decoration Day）（美俗五月十三日为装饰节日，是日美人以鲜花饰南北美战争时阵亡战士之坟上），实则即以此名名之，亦无不可。盖苛罗拉多每届六月，繁花烂缦，遍野皆是，固无日非装饰之日也。特此装饰之日，乃所以见天时和煦，花草欣欣向荣，非所以为亡人志哀而已。"

---

① "羸弱"，原文作"赢弱"，据文义改。

女士居苛罗拉多时,虽寄情于花草,然未尝忘怀于文墨。其时之著述有《非而不立克司之选择》(*Mercy Philbrick's Choice*)及《黑蒂之奇史》(*Heetty's Strange History*)两书,《塞克司·好姆故事》(*Saxe Holm Stories*)之成,女士亦与有力焉。或云《特来克西·密兰之妆奁》(*Draxy Miller's Dowry*)及《爱司脱·乌音之情书》(*Esther Wynn's love Letters*)著者虽属他人,而其中之诗词,皆女士手笔也。后其书之发行人谆谆向女士索文稿不已,女士遂作短篇文字,以应其求。

吾今当及女士最著名之佳作矣。女士之著书颇苦,无一定之宗旨,今女士得其宗旨矣。其宗旨维何?即拯救一般可怜无告之印第安人(Indians)也。女士以为印第安人宜受国民教育,宜令受洗为基督教徒,宜抚之以恩,不宜施之以威。女士意既定,即赴纽约阿司讨藏书楼(Astor Library)从事著述,三月而书成,其名为《百年来之奇辱》(*Century of Dishonor*),中叙美人剥夺印第安人之利权及背其盟约之事甚详。稿既脱,女士寓书其友曰:"迩来余自朝至暮,未尝一念及他,足见余著是书之苦心矣。"后此女士卒以积劳致疾,遂赴那威养疴。文学会中人既校订其书,遂以付印。出版后,女士以多金购其书无数,分送国会中议员,人各一册,然反对者颇不乏其人,女士之身遂为谤黩之的。然女士生性果敢,宁作畏葸之态以放弃其天职?幸女士之苦心孤诣,卒得执政诸公之称许,其忠言竟蒙察纳,遂派女士为特别委员,与其友阿包脱肯利前赴克立夫利亚省(California)考察印第安人之情形,报告美政府。夫以温文尔雅养尊处优之女士,而侧身于荜门瓮牖之中,听野蛮之人缕述其苦情,宁非异事?然女士惟知尽其职分,使无负国家之重托而已。至于一身之损益,又岂女士所计者?女士至其地后,其待印第安人慰问备至,赐之以快乐,勉之以希望。印第安人感女士之德,尊女士曰皇后。女士尝有笔述纪其事。居有顷,女士及其友以其间详情报告政府，报告书多为女士手笔，其友特少助之耳。观今日女士之为人，与其妙年时之行事，宁非大相径庭？今日之女士不特一诗人文家而已，实一具苦心热肠之人，日筹善策以拯救世之无告者于虐政之下也。女士于一八八三年成《拉莫那》(*Ramona*)一书，其中描写人事，无不入情入理，诚一聚精会神之作。女士自言撰此书时，其一生之精神脑力，实贯注于其中。是书颇为时人所称许，销行甚广，出版后即为伦敦书肆所翻印。女士之有造于印第安人，犹斯土活女士之于黑奴也，之二人者，可以并传矣。

自是而后，女士之待人接物愈形恳挚，终日孜孜筹所以拯救印第安人之策。女士自言曰："吾今得所事矣，吾将以吾之灵魂生命从事于此也。"然女士舍此事外，尚欲改革其他弊政，设天假之年，女士之所为，又宁止一印第安问题而已哉？一八八四年之六月，女士偶失足，跌于梯次，伤其一腿，不能出外者累月。后赴克纳夫利亚省过隆冬，其腿亦渐向愈，然热病相侵，症颇危殆，遂送往旧金山调养。女士入其居屋时，自窗眼外瞩，见海湾风景如画，不禁狂喜曰："余不意此地乃清幽如此，得死是间，宁非福耶？"

女士与其友末次之通信，其中云云，尚觉生气勃勃，不类垂死之人。其言曰："君幸勿以我为去死近，遂惴惴以忧。余亦知不久将往依上帝，此心坦坦，毫无所畏。余年已五十有四，即死亦不为夭，且余事已了，死亦何憾？近五年来，余朝夕所悬悬者，惟印第安人之问题是已。《拉莫那》一书，盖此五年中所积想而成也。今印第安之问题日见其进行，执政诸公亦颇注意于此，吾死目瞑矣。"

女士又寓书其他友，其略云："余已准备一切，与世长辞，实告君，余视死如归也。《百年来之奇辱》及《拉莫那》两书，实余生平最得意之作，此两书得行于世，余心慰矣。其他诸书皆无足轻重者也。苟此两书得传于后,裨益后人必非浅鲜,且今日所得之成效已昭昭可见。近三年来,吾国人对于印第安人之感情,与畴昔大有霄壤之别,且各省巨邑皆设立印第安人权利之讨论会,不可谓非吾书之功也。”

女士所云不畏死之说,其语良确。盖女士又尝致书某友曰:“人之死亡,不过离其乡井而适异国而已,又何悲焉?然余所未能契然者,以余不能更为世人少尽义务,且余所最引为悔恨者,即中年以后始发奋有为,其初之时光皆浪掷于无益之事,宁非痛惜?虽然吾即死,灵魂不灭,犹可竟吾未尽之志。余意死后之境与生前必无大异,且人鬼之隔不过咫尺,他日余将至君前,而君不余见也。别矣吾友,然尔我情意永永无变也。”

女士殁之前四日,上书美国总统克利夫兰得(President Cleveland)曰:“曩者屡蒙左右俯纳鄙言,为印第安人造幸福不少,足见我大总统英明有断,纳善如流,故忍死须臾,于病榻中谨上书左右,以致区区感激之忱。惟今更有求者,愿左右政余微暇,一读拙作《百年来之奇辱》一书,则死无憾矣。此心所尤足深慰者,盖知将来革除虐待印地安人之弊俗,而为吾美一雪其不仁之积耻,必属之左右矣,则鄙人虽死之日,犹生之年也。”

同日女士吟诗一绝,言辞凄楚动人,盖其绝笔也。八月八日之夜,女士遂与世长辞。生时爱且恩山风景,已自营窀穸于其地,殁后即卜葬于此,地去苛罗拉多泉四英里之遥。后此人之至其地者,无不凭吊唏嘘,而想望其人也。女士有友,常徘徊其墓侧,且谓人曰:“女士坟上青草茸茸,微风吹来,荡曳不已,蟋蟀隐其中,见人来则唧唧而鸣,音韵清越,似作歌以欢迎人至者。触目所见,皆充满生气,毫无沮丧之象。吾知女士虽死,其至公无私之心、拳拳恳恳之念,终不死也。”

时女士著述之销售尚络绎不绝。女士逝后,《百年来之奇辱》

一书又增五版,《拉莫那》已售至三万部。《实夫》(*Zeph*)一书叙苛罗拉多省边境之故闻,女士于病榻中成之,时亦已出版,然女士不及见矣。女士所著旅行笔记,已置之《三海滨见闻录》(*Glimpses of Three Coasts*)中。其所有杂诗计成一集(*Sonnets and Lyrics*),亦风行一时云。

——《妇女杂志》第三卷(1917)第八号

泰西列女传(续)

丽安女士传

妇女中为吾国女学界所向慕瞻依而不能忘怀者二人,马利·丽安(Mary Lyon)及克沙苓·比劝(见《斯土活女士传》)是也。当两女士之时代,吾人之所谓女学者,舍读写算术而外无他矣。然两女士独甘冒不韪,出而提倡男女同等教育之说,号呼奔走于学界之中,虽唇焦舌弊弗恤也。今日吾美女学之所以能登峰造极者,实拜两女士之赐。

墨塞丘塞支省西鄙,万山丛岭之中,地名白克兰(Buckland),一七九七年二月二十八日,马利·丽安女士诞生其地,兄弟共七人,女士行五,所居村舍在密林丛石之中,低檐短墙,殊形湫隘。父亚伦·丽安(Aaron Lyon)任侠好义,喜为人排难解纷,邻里咸礼重之,没时年仅四十有五,遗寡妇幼子,几无以为生,幸其妻颇善持家,故群雏得免于饥寒。此勤劳之妇人夙兴夜寐,终日碌碌,无片刻暇,然颇抱乐观,未尝发怨叹之声,其守安息日尤虔谨,诸儿衣履整洁,家事井井有条。每至五月,园中石竹之花娇红如醉,牡丹怒放,艳夺群芳,花事之盛,为村中冠。尝有人以其所心爱之花一株寄种园隅,盖知夫人擅种植之术,苟此花得为其纤手所调护,将益欣欣向荣也。夫人常加惠于人,以故邻右多称夫人贤,然夫人未尝举以语人以自矜伐,惟终日默默,行其心之所安耳。

丽安女士自少即襟怀坦坦,待人以诚,其乐善好施之心颇肖其母,且喜研究所不知之事,探奇索隐,孜孜忘倦。女士既入村塾读书,记忆力绝佳,过目即能成诵,算术、文法两科尤冠侪辈。四日之中,卒业亚力山大之文法,且背诵如流水,无一字之舛谬,塾师大为惊赏。女士年十三时,其母改适,移家倭海倭省,女士独留为其兄主持家计,其兄每星期赐以一金,以奖其功。女士以所得钱市书籍衣履之属,功课余闲,为邻右纺织,以博微利,而囊中遂日以丰裕矣。居五稔,其兄娶妇,移家纽约。女士遂自食其力,任教授之职于某学校,每星期薪俸七十五分。区区所入,仅得饱暖而已,至于绮罗珠玉,又岂女士之所敢想望?然女士固夷然不以为意也。女士有契友,知女士颇深,尝曰:“丽安女士谋人太忠,谋己则拙,殆将牺牲其身于社会矣。”

时女士之积蓄,已足供半年读书之用,遂入阿许非而特(Ashfield)山特生(Sanderson Academy)中学校肄业。女士功课极优,每至背诵之时,其同侪耳听其朗朗之音调,目视其灵敏之态度,几为之手舞足蹈,而忘身之在课室中也。其师尝言女士苟入大学校,其成就必未可限量,惜力不能耳。半载既毕,女士囊中已空,不得不续其教读旧业。嗟夫!穷困之累人深矣。时校长知女士无力就学,怜其苦衷,嘉其壮志,允免学费半年,女士适当懊丧之际,得此好音,不禁狂喜,犹之黑云密布之天空,忽露阳光一线也。女士虽得免学费,然膳宿之资必须自备,女士有卧床及零星器具数事,因持之至一人家,以充膳宿之费,求一栖身之所。女士既得求学之机会,晨夕攻苦,未尝稍息,至于伤躯体损精神,亦非所计,每夜仅睡四小时,每饭草草了事,几有寝卧不安之势。其天资既高人一等,而勤苦又非他人之所能及,故同学中无有能与之并驾齐驱者。其师授课时,尝令诸生各读拉丁文文法一章,女士竟于三日中卒业全书,其敏捷有如此者。

女士既离校,欲得啖饭之地固甚易易,以附近城镇无不知丽安女士之名,皆惊服其博雅,以为儿女苟受业于女士门下,必能得其读书之秘诀,故踵门求聘者相属于道。女士课徒余暇,于各科中择其功夫未深到者而研究之,于是从喜去各克习博物学,又从其夫人习丹青之术。女士习书法时,每下笔皆甚慎重,一点一勾无不仔细摹临,毫不厌倦。其师尝书一拉丁文法帖授女士,女士却之,请用英文,且谓其师曰:“人见之者将以为弟子亦精拉丁文,则虚负盛名,宁不愧死?先生幸勿尔也。”

时女士年已二十有四,少有积蓄,即赴拜非而特(Byfield)入爱末生(Rev. Joseph Emerson)所创设之学校。爱末生教法甚善,一著名之良师也,且识见超远,不同俗辈,其夫人亦盛负才名。女士常曰:“世人往往以其妻之程度,而判定世之女子之才识。”故爱末生以为女子能明心理学及神道学之原理,无异于男子,以其爱妻固无所不能也。爱末生常与其女弟子讨论科学及宗教之学问,故曾受业于其门下者,多养成端庄高贵之品格,且富果敢之心。时女士之友多阻女士入学,以为女士之才学足以自活,不必更求精进,且谓女士曰:“女子既不能置身显要,早夜孜孜,宁非愚耶?”然女士求学之念不为稍沮,攻苦如故。其学友修家报时,尝附笔其后曰:“丽安女士寄语问候家人,渠珍惜寸阴,不能轻易掷之于作书,然其学业则日益进步矣。”

翌年,山特生中学校欲聘一助教,校长拟用男子,或曰“不如丽安女士”,校长从之,遂招女士往。惟女士时欲赴特利(Derry),故不能久留,以爱末生学校中女教习格兰脱招女士往,女士素与格兰脱友善,慨然应其招。未行之先,女士往听衣顿博士演讲化学、物理于安姆许司脱(Amherst)。以女士之才,设为男子,必能得大学校资助膏火,又何患贫之有? 然女士既不幸而贫困,更不幸而为女子之身,故安姆许司脱、大脱卯司(Dartmouth)、威廉姆司(Williams)、哈伐得(Harvard)、叶尔(Yale)诸大学校,女士不得涉足其中。女士性喜化学,仅能乘大学校教习课余微隙,持书就教,其苦衷良可悯也。

或曰:"女士独不自悲其身世乎?"曰:"然。"女士希望过高,故其失意亦易,每至计穷力尽之时,则掩面欷歔,然其后无不翻然觉悟,自念来日方长、希望正多,悲伤啜泣,何补于事? 于是复踊跃操作如平时。女士常诏其弟子曰:"尔等所以有郁郁不乐之时,皆以自私自利之心过盛,而不顾他人之忧乐。一不如志,则忧伤病沮,不能复振矣。"

时推荐女士为山特生中学校助教之人,为女士代备行装,女士即匆匆上道赴特利。校中学生共九十人,女士在校殊形勤劬,尝修书上其母曰:"儿有为人效力之机会,不可谓非福,在理宜谢上帝也。"

特利学校惟于夏季开设,每届冬令,女士任教读之事于阿许非而特及白克兰两地之学校,为其桑梓少尽义务。第一学期学生二十五人,第二学期竟有百人,校舍逼窄,不能容多人,故学生多寄寓附近人家,每星期膳宿费一元,而学费则仅二十五分耳。女士教法完善,远近驰名,地方官为之建筑校舍,且请女士常留墨塞丘塞支省之西鄙,维持教育事务。时格兰脱女士将赴衣迫司威去(Ipswich),强女士与俱,女士从其请,二人在其地教读六载,成效昭著。女士喜与诸生周旋,且甚得人心,故学生往往受其约束而不自知也。女士尝谓诸生曰:"尔等亦知在校读书所费不赀乎? 修金膳宿费固可不论,尔等至宝贵之光阴则一去不可复返矣。欲偿尔等所失之时光及费用,非夙兴夜寐作事有恒不可。尔等晨兴宜有定时,苟人虚度清晨半小时之光阴,虽终日兀兀,所造亦极有限。尔等亦见此辈长日纷纷,手套绽矣,亦不暇缝纴,忘其冠,失其巾,终朝展卷诵读,以求恢复其既失之半小时,然此已去之时光,终不可复得,长日碌碌,亦徒然耳。世之有为之人,自阿伯拉罕至华盛顿皆辨色即起,吾辈后生可不勉哉?”女士又曰:“教育女子,即所以教育男子也。愿诸生勇于向善、爱人如己,他日当以此道训迪儿女,行将见贤明之行政官出而任事,宁非吾国之福耶?”

女士每见学生有偭规错矩之举动,必婉转告戒,学生无不翻然改悔。女士奔走于学界中约十六载,历年所入,多以之资助亲故朋友及无力就学者,故积蓄皆罄,囊橐萧条。女士素性俭朴,不讲修饰,所御蓝色之衣,为己所手织者。女士尝就镜中且加其冠,且语其友曰:“如余之凉德,恐不能进天国之门,设不幸而余言中,余之失望又将如何耶?”观此足以见女士之不经意于修饰,而心乎道德也。

女士年已三十有三,以女士之才华德性,慕之者岂无其人?即女士亦已有属意之人,苟成伉俪,则女士一身之幸福必无穷期,然女士独能毅然牺牲其室家之乐,而为他人造幸福。盖时女士正欲创办一女子大学校也,设女士舍此就彼,则世无孟好利乌克大学校(Mount Holyoke Seminary)矣。

女士知无力就学之女子,其求学之志往往转切于恒人,心窃悯之。时各地尚无免费之学校以教养穷苦之女子,女士意欲创办一女子大学校,仅取极微之修金,庶农工商贩之女儿亦得优游于学问之途。然女士囊中不名一钱,计安从出?女士尝请改办衣迫司威去之学堂为公立学校,不收贫民学费,于是掉其三寸之舌,游说诸大学校校长及名公巨卿助此善举。无如言之谆谆,听者藐藐,即当世名彦,亦以为科学经典非女子之所有事,且此辈意中,固未尝念及女子涵濡于学问之中,其乐亦犹男子。今日学校教员,十九女子,又岂此辈所能意度者?至于阿伯林(Oberlin)、康纳尔(Cornell)、伐沙(Vassar)、威尔司兰(Wellesley)诸大学校之成立,而女学界大放光彩之时,更非此辈梦想之所及矣。

此两载中,女士昕夕筹思,无匹刻之暇,或忘此举。晨夕祷告上帝,求遂其志;每至失望不可自聊之际,则蹀躞室中,往来不已,口中喃喃自语曰:“尔苟信托上帝,上帝必相尔。”又曰:“妇女宜受高等教育。”如是不已。未几女士开会于波士顿,集尚世教育家共襄此举,而到者殊寥寥。女士寓书其友曰:“会虽已延期,而会议之结果乃不可问,以人数不足以组织一团体,吾知此事必无望矣。”女士言虽如此,而办学之念未尝稍淡,尝致其友人书曰:“年来余为少年女子颇费苦心,而有愿莫偿,此心如烈火中烧,转瞬将发狂易矣。”女士念苟令学生辈分治校内琐事,费用当较节省,且可增进其理家之才,如是则世人之偏见或可少解,而反对女学者亦可以息喙矣。

迨后女士办学之志日切,有刻不容缓之势,遂辞教读之职,日夜奔走于亲故朋友之门,持册募捐,无少时之宁息,尝上书其母曰:“儿凡事信托上帝,儿知冥冥之中,上帝必助儿成功。近者儿常深思默想,觉儿之此举,不特为区区学问计,实拯人之灵魂,而归荣耀于基督也。”女士意从往妇女中先募千金,募捐之时,女士婉转劝告,闻之者无不心悦诚服,慨然解囊,或助五金,或十金,或半金不等。时有两妇人乐此善举,各书百金于捐册之上,未几其家忽罹火灾,家具皆兆焚如,一贫如洗,然两妇人于女士善举不愿食言,乃力作得二百金以上女士。未及两月,女士已募得千金。女士谓其友格兰脱曰:“余有生以来,未尝有如此数星期中之疲惫者,盖余日来力竭心瘁矣。”女士常引立孟·比劝博士之言曰:“凡人作事,苟得告成,虽销耗其精力,庸何伤?不成则所失诚巨矣。”女士每至困顿不支之时必熟睡二三日,以恢复其精神,睡后则健旺如平时矣。

女士既获多金，即赴安姆许司脱谒喜去各克博士，其人注重女学，亦不亚于女士。时值隆冬，寒暑表在零度以下，距天晓尚有三小时，博士与女士冒寒赴哇山司脱（Worcester）议创办学校之事，两人皆厚裹重裘，以御寒气。既至，与同人商榷校舍之地址及其构造，讨论良久，始定南黑得来（South Hadley），地去安姆许司脱约有十里之遥。时世人之偏见亦渐融化，赞助此举者为数日增，有某大臣竟相助募捐。然女士个人对于此举亦未尝少懈，每值妇女聚会之时，女士多登台演说以鼓舞人心，时或进谒公卿之门，时或涉足庶民之家，无不以利害陈之。其友人多以女士之恳恳为过举，且谓女士曰："君宜听男子为之，坐视其成可矣，何必终日碌碌，奔走道路耶？"女士曰："岂吾所为有背礼法耶？余外出之时，固未尝以人自卫，而国中妇女亦莫不皆然。余常出入于所素识者之家，或与贵官命妇相往还，岂此亦为过举耶？余常与干事员好克司先生同出入，或赴博爱宏量诸君子之家以求善策，此则余日来所常为之事，敢问此等举动何伤于品德？诸君当知近者吾身体如婴重疾，吾灵魂如患重伤，吾之隐忧盖无穷也。今吾已成骑虎难下之势，诸君厚爱，惟有铭感而已。"女士义薄云霄，竟不免为舆论所攻击，亦可哀已。

未几巨款已集，一八三六年十月三日，遂命匠建筑孟好利乌克大学校校舍。女士尝言曰："是日之乐极矣。木石砖瓦相触之声，似隐隐作庆祝之词，余闻之乐乃不翅热血上涌，几不能支矣。"女士目睹校舍之成立，一亭一柱之位置无不躬自指挥，尝曰："余苟有千百性命，即为孟好利乌克大学校而牺牲之，亦所诚甘。设余身拥巨资，位埒王侯，苟能以之易吾校之幸福，即放弃余之所有而为世之最穷苦之人，亦不复顾惜也。"

一八三七年之秋，校舍落成，各物齐备，正屋高四层，课室布置井井，学费及膳宿费年六十金，女士脩脯之费年二百金。学额本限八十人,然第一学期报名之数已达百十六人,足见一时之盛矣。女士为人虽和婉可亲,然纪律严肃,有过者从不宽假,故学生咸敬惮之。校规定每日三餐,学生不得托故不来。一日下午用茶点之时,某生微有不适,卧床静摄。女士在餐室巡察时,瞥见某生不在,即召其同室者问之,答曰:“某某少觉不适,故未下楼,已令弟子取杯茶及饼干少许以与之。”女士曰:“此事不必劳君,吾自与之可也。”既而同室者上楼,见其友方凭窗观落日佳景,即据其侧而坐,两人正谈笑间,忽闻门外剥啄之声,及扉启,见女士捧茶及瓶而入,至某生前曰:“学生辈终朝读书,此时皆已疲乏思息,故吾特为尔取茶,不必更劳他人也。”言毕,又殷殷问某生病状不已,若甚关切者。某生不禁汗流浃背,踧踖不知所可,惟俯首默默而已。自是而后,无敢更犯校规者矣。

女士每有谆谆劝戒之言,学生无不铭诸肺腑,不敢或忘。新生初来时,女士必诏之曰:“尔等宜勉守校规,勿违师长之训命。及惩罚之来,然后悔改,则非自爱之道矣。”女士常禁学生衣紧窄之衣,著纤小之靴,曰:“尔等徒事外观而不顾伤生之害,宁余所厚望于尔者耶?”

女士年五十时,学校发达之势,竟出其始愿之所及。时女士所募集之款已达七万金,学生先后肄业于是校者几及二千人,其后或传道,或课徒,各有所事,外教学生既来之后,无不成一基督教徒云。

女士尝谓其友曰:“余五十诞辰为余生平最敬虔之日,是日余终朝默思祷告,求上帝赦我五十年来所有之罪恶。今吾事已毕,吾知将不久于人世矣。余隐隐似见天门广开,惟余德薄,又安能攀登而上耶? 余觉长夜黑影日近余身,余碌碌半生,固宜得息肩之日也。”

已而女士息肩之日,果日即日近矣。一八四九年之二月,校中某生病亡，时女士方在病榻之中，召诸生至其居室，慰问备至，且多方开譬，谓死亡实一归宿之日，无足畏也。又曰："余处兹世，坦坦无所畏慑，惟吾所引为隐忧者，则吾不知吾责任之所在而放弃之也。"此数语至理名言脍炙人口，后竟镌于女士之纪念碑上。越数日，女士病势大渐，仅存奄奄一息，血聚于脑，终日昏昏，不省人事。一日神志稍清，所延牧师已至，立榻前问曰："基督圣乎？"女士鼓其余气，高举其枯瘠之腕，合掌而应曰："然。"牧师又问曰："尔信托基督之心诚乎？"言既，见女士已不能作答，即曰："心苟虔诚，即默默无语，亦足以诵美上帝也。"女士闻言，举目微笑，即奄然而逝。逾日葬于校园之中，下窆之时，学生皆临执绋，且高唱丧歌。墓碑为意大利大理石，精洁如玉，下承以青石之方座，上镌数语曰："马利·丽安女士为孟好利乌克女子大学校之发起人，督校中之事十有二载，任教读之职于各学校，计三十有五年，弟子三千余人。生于一七九七年二月二十八日，殁于一八四九年三月五日，享年五十有二。"

女士弃世后，其手创之学校日益发达。校舍之地广充至二十五英亩，正座之屋增建二厢房及一操练场；图书馆中藏书万三千卷，试验室及绘图室布置井井，观象台中所用之器械倍极精美，校中所有应用之物较前倍觉完备，为丽安女士所不敢想望者。时校中一切所有值三十万金，视曩者女士募捐时所得之半金，诚不可以同年而语矣。学生之先后受业于是校者，为数将及六千人，出校后多以授徒为生，赴国外传道者约二百余人。

后此学费逐渐加增至年百七十五金，然仅足偿其费用而已。时学科亦已增加，俾女子之学问得侪于男子。女士虽生于女学萌芽时代，已预知将来女学之兴不可底止，且谓女子之所成就必不亚于男子，故课程中置骚立芬所著之《政治学》（Sullivan's *Political Class - Book*）及威兰所撰之《财政学》（Wayland's *Political*

Economy）两书，虽为时人所指摘，弗顾也。其他如法、德、希腊诸国文字，亦甚注意。校中琐事皆学生自任，日费半小时即已井井有条，课毕则操练身体或荡桨湖中以为乐。是校所教育之女子皆有不轻然诺、注重秩序诸美德，后已离校之学生捐资二万金，名之曰“丽安女士之款项”，以志女士之盛德。女士有大功于女界，其为人所景仰，宜哉。若女士者，世无其匹矣。女士坟上，长春藤盘旋皆满，状如厚毡，每届春令，嫩叶怒发，青翠欲滴，其欣欣向荣之状，正类女士手创之业蒸蒸日上，既以助文化之昌明，又为吾国造成无数之贤母良妻也。

——《妇女杂志》第三卷（1917）第九号

泰西列女传（续）

爱梨阿脱女士传

余赴纽阿利恩司观博览会时，途中以乔治·爱梨阿脱（George Eliot）女士传自遣。是传为其夫克老司（John Walter Cross）手述，文笔绮丽，叙事详备。余尽三日之时，毕读全书，备悉女士之生平。余书女士所曾涉猎之书名而志之，且录女士之名言隽语于一小册之上，以备随时检读。今余复手是书而详读之，觉其中所叙女士之为人，描摹尽致，无所遗忘，读时如见一果敢有为之妇人，跃跃欲出纸上。近世之人多喜女士文笔，或谓自莎士比亚（Shakespeare）后，笔墨之简洁古朴，咸莫女士若也。

女士之所以能追侪前贤、领袖当世者，其故维何？夫女士非生于素封之家，恃培植之功以弋取浮名，又非有殊特之境遇以助之成名也，其所以能创不朽之业者，实以女士存恻隐之心，具宽宏之量，以仁义为根基，益之以勤勉之功，故能于文学界执牛耳，即当代名家亦不敢与之比肩。女士不特于文学一道独擅其长,即科学、哲学、算术等亦略窥门径,且识见宏达、学问渊博,每作惊人之论,闻者咋舌,然当静居之时,则固温柔和婉,令人见而亲之也。

女士本名马利·恩·爱文司(Mary Ann Evans),于一八一九年十一月二十二日生于英国阿柏来伐姆(Arbury Farm),地去格利夫(Griff)仅一里之遥。女士生四月,举家迁徙格利夫,居其地二十有一年。屋高两层,状甚古朴,红砖之墙为烈日风雨所剥蚀,颜色暗澹,其上长春藤盘旋几满,草地上松树及扁柏各两株,青翠欲滴,葱郁成荫。女士父老勃脱·爱文司(Robert Evans)颇具远识,初业建筑,继为地产之经理人,其妻笃操守、富才智,儿女三人,长女曰克利司兴那,其次曰爱塞克,男也,女士最少。格利夫地殊乡僻,居民谋生度日之道与他处少异。马车日至其地两次,御者衣红衣,状殊丑怪,每经女士门首,诸儿争出观之,以为笑乐。女士于其著述中,尝叙其地风土颇详,谓其间贫富之不均、贵贱之悬殊,实为世界冠。富人行路之时,仰首观天,旁若无人,两股外向而曲,盖常蹲踞地上,遂成此丑态也。抵家即鼾卧床上,至日高三尺始起,所用法兰绒之毡,经年不涤,积垢盈寸,昼则酣饮于酒肆,挥霍金钱如粪土,毫不顾惜。而贫困之辈多以纺织为业,破晓即起,至夜分而机杼声尚轧轧不息。虽勤劳如此,犹不得谋一饱,故男女老幼皆尫瘠无人状,茅屋之中积秽如山,小儿则蓬首垢面不堪入目,以母氏终日纺织,无暇为之盥栉也。

女士少时,灵敏可人,喜户外游戏,每见其兄所为辄效之,齿虽稚,颇有远志,自许异日必成有为之人。年甫四岁时,即端坐鼓琴,如成人然,虽不谙琴谱及音节,而自然入拍。五岁时,其母常患疾病,不堪儿女之累,故女士与其姊同寄居学堂中。女士处校垂四载,学生年稍长者爱护之如稚妹。女士年八龄,入兰尼顿(Nuneaton)某校肄业,其师柳威司女士深爱怜之,其后竟成莫逆之交。女士嗜读,本自天性,初读《林纳脱传》(*Linnet's Life*)时,终日执卷不释,尤喜《伊索寓言》(*Aesop's Fables*),百读不厌。时邻女有以威弗利(Waverley)所撰小说假其姊者,女士从旁亦读一二,未毕而书已归还原主,女士大失所望,默忆所得者书成一小册,其家人大为惊异,因复假是书以与之。女士得书,大喜过望,穷日夜之力以读之,然其母常禁夜读,以灯下读书既伤目光,又耗物力也。

未几,女士受业于各芬脱利(Coventry)之某校,成绩之优为全校冠,同学皆惊叹其才。一八三六年母病故,女士哀毁骨立,后此语其友曰:"余十六岁丧母,方知人间苦痛之事,有不可以言传者。"翌岁其姊适人,女士与兄既伤死别,又痛生离,不禁抱头大哭。自是而后,女士主持家政,不复从事学业,年虽稚,然于慈善事业颇乐为之,救困济贫于邻里中首屈一指云。

女士虽不得就学,然嗜读之性与日俱增,乃自各芬脱利延一名师授德、法及意大利文,又从他人习音乐,已而又学希腊、拉丁、西班牙及希伯来诸国文字。女士终岁闭户读书,不问外事,以"勤勉必收美果"一语用自鞭策,故读书时倍形奋发,然于家常琐事亦未尝废弛。两手莹洁如玉,其一较大,以家中所需乳油乳酪皆女士所手制,用力过猛,故发达较速也。女士年二十时,读书颇多,择其要者,列表如下:

《威而柏夫司传》(*Life of Wilberforce*)

《犹太史》(*History of the Jews*),著者乔斯弗司(Josephus)

《仙后》(*Faery Queen*),著者司烹塞(Spenser)

《英雄魁克叔传》(*Don Quixote*)

又于密而吞(Milton)、倍根(Bacon)、山某非而夫人(Mrs. Somerville)、威支威司(Wordsworth)诸名家之杰作,诵读殆遍。诸人中尤喜威支威司之著述,迈儿司(Myers)所著《威支威司传》,女士亦深喜之。

是时女士于所学虽未深造,而终日缗帑,已知惟学之不足矣,尝独居自叹曰:"世界上种种学问,吾人不特无登峰造极之时,即尽余毕生之力,尚不及千万分中之一二耳。念及此,能不黯然而悲?"时女士之父移家夫尔吸而(Foleshill),与各芬脱来相距密迩,格利夫居民见女士行,皆有恋恋不忍别之意。女士既至夫尔吸而,新交颇不乏人,如勃来(Bray)夫妇及其戚畹亨纳尔女士(Miss Hennel),皆当世之著作家也。女士最喜浏览风景,尤喜秋深出游,尝曰:"余之灵魂与深秋风物交接于无形之中,苟能化此身为飞鸟,必飞绕大地以寻佳景,则长年之中皆秋光也。余读尼古尔(Nichol)所著《天空之构造及太阳系之现象》(*Arechitecture of the Heavens and Phenomena of the Solar System*)一书时,不禁神驰乎幽渺之中,似觉此身翱翔于宇宙之间,飘飘乎欲仙矣。"

一八四四年,时女士年已二十有五,译司脱老司(Strauss)所撰《耶稣①遗事》(*Life of Jesus*)为英语,是书前半为亨纳尔夫人之手笔,后以事中辍,故请女士成之且加改削。女士竭三载之力而书告竣,获酬仅百金,而备尝艰苦,尝语人曰:"余苟能信笔疾书,不用苦思,虽终日伏案,亦不觉其劳,即偶有疲惫之时,亦断不生懊悔,惟是书成之非易,几于心力俱疲,誓终身不复从事翻译②矣。"书既出版,大为国人所欢迎,赞美之者谓其中每句每语皆含秀丽之气,且用字典雅,洵佳作也。原著之人见之,亦称赏不置云。

已而女士侍老父至威脱岛(Isle of Wight)养疴,游阿伦姆海湾(Alum Bay),风景绝佳,悬崖削壁,矗立云表,天际彩云层层,五色

---

① "稣",原文作"苏",据文义改。
② "译",原文作"绎",据文义改。

辉煌,与深碧海波相掩映,景象盖至绮丽也。每晚女士鼓琴以娱老父。数月之后,老人竟沈顿不起,于一八四九年五月三十一日弃其爱女长逝矣。女士既遭重丧,哀痛不已。未几与勃来全家同游巴黎、密浪及意大利诸名胜,最后独赴景纳伐(Geneva)作数月之勾留。时女士资斧已罄,即出《大英百科全书》,以半价出售。于是续习音乐,又从利夫博士习物理学,且自行研究社会主义之学问。女士寓书其友曰:“近者余事猬集,往往顾此失彼,以余观之,似长日仅有数小时者,才见晨曦破窗,瞬息间又黄昏月上矣。夕阳虽好,红不多时,大有日不暇给之势。每晚就枕之时,辄怏怏不能成寐,盖日间所定之课程,终未能按时而了也。”

女士返英后,往谒勃来,邂逅切迫门及墨开两名士,其一为《威司脱明司脱杂志》(*Westminster Review*)之主笔,其一则《智慧之进化》(*Progress of the Intellect*)一书之编辑人也。切迫门深佩女士之才学,聘女士为威司脱明司脱杂志之副编辑员,投稿者皆当代名宿,弗老得(Fronde)、卡来儿(Carlyle)、密尔(Mill)诸文家常有所著述,故杂志之声价日增,颇风行一时。苟非才学渊博之人,不能任删改编辑之职,女士得此地位,足见其非庸庸也。女士既就切迫门之聘,遂赴伦敦,下榻其家。此时之境遇,与在夫而喜尔时迥然不同矣。其时之硕彦名流皆以至诚相待,司烹塞(Herbert Spencer)竟与女士订终身之交,马汀奴(Harriet Martineau)及格奴脱(Grote)亦著作界中之表表者,常与女士相往还。时女士年已三十有二,首巨而发长,蓬蓬然作棕赭之色,双眸深灰,口辅流动,面色微带苍白,音吐婉转而轻盈,勃来谓舍拿破仑外,首部之巨,当以女士为最矣。

女士颇具口才,每发言满座风生,而思想之富、识见之高,尤倍恒人,其尤足以动人者,则其仁爱之心是已。白拉恩曰:“女士之课生徒,解譬明晰,谆谆善诱,其教授之法,颇类希腊古圣索克来蒂司。”女士每见人之怀抱真才而靦觍不敢向人启齿者,必千方百计使之发展其才能而后已。每见他人具一艺、擅一技,表扬之惟恐不及,畏怯不前者,则诱导之,使之奋发上进。盖仁爱二字,实女士之天性,而为其一生言行才学之根基也。

时女士方校订卡来尔所著《司得林传》(*Life of John Sterling*),女士素喜读名人传记,尝曰:“余愿上天以奇才妙笔畀诸作传记者之人,则英贤豪侠长逝之后,吾人得备悉其生平,其所怀之志愿、所历之艰苦,不至湮没无闻,且以惊人之笔,叙奇士之言行,人文兼美,流传较易也。今世名人身后之遗物,不过其零星不备之手札、破落不完之日记而已,阅之既不足详知其人之生平,又非尽人可得而读之,则生前轰轰烈烈之伟人,死后且泯然无闻,与秋草同腐,宁不令人丧气?且传记入人之深、移人之易,有非他种笔墨所能及者,而自传之感人尤甚,余尝读夫来儿女士(Margaret Fuller)自传,其中数语,颇足动人,其言曰:‘余虽无过人之才,然颇具一知半解之能,究可自慰。惟余命途之险巇,将伊于胡底耶?嗟夫上帝,岂余将以蹇运终耶?’余读之,大为感动,自顾命途似尚平坦,私衷深感苍苍者不已。”

时当代之著作家多与女士相契,女士终朝与骚人逸士晋接,兴致绝佳。司烹塞尤与女士友善,女士于其著述中尝言曰:“司烹塞与余虽成莫逆,然彼此初未尝有情愫,亦不自解其何因。其为人殊亢爽可喜,余乐与之游,余之新交中,司烹塞实增余无穷之快乐,余等无日不相见,谈笑甚欢,恨相知晚也。”

由此而观,女士与司烹塞交谊,非可以寻常朋友论矣。设司烹塞后此未尝介绍裔治·柳活司(Gerge Henry Lewes)于女士,则女士与司烹塞两人之结果不言可喻。柳活司擅词令,每发一言,口角生春,听之令人忘倦,尝著《哲学史》(*History of Philosophy*)及其他小说数种,且时有所著述,载于各种著名杂志中。其为人多机变,善诙谐,尝执俳优之业,惟为时甚暂,后为新闻纸主笔,不利遂改图。与妻子不睦,居常郁伊不乐,惟与女士甚契,相见欢如平生。夫以女士之才华,柳活司安能不为倾心?以柳活司之遭逢,女士怜之亦理之常也,彼此既相倾向,而爱根遂潜滋暗长而不自知矣。其始女士颇不悦其人,尝曰:“柳活司秉性仁慈,处事慎重,惟初见之时,余颇生其厌恶之心,今则此念冰释矣。盖世常有外貌刁猾而心实无他者,柳活司亦颇类是。其忠愿诚恳之心,实为其巧舌利齿所掩,苟非相处日久,殆无不失之交臂者。”

女士事务繁冗,颇生厌倦之心,尝语人曰:“近者投稿文件纷集案头,堆积如山,东鳞西爪,余自几为之眩。纷纭如斯,余又焉能执管为文?虽然,是中苦趣,余惟有竭力忍耐而已。日昨空勃过我,作长日之谈,渠谓本杂志为余所经理,成效昭著,影响所及,颇足惊人,吾国文学界获益不鲜,诚非他种杂志所可与相持并论云云。余聆其言,此心窃慰,但愿余亦常作此想,则不至时生厌倦之心也。”未几,女士果以积劳致病,遂赴其友马汀奴女士家养疴,间作短文以自遣,如《论赋税》(*Taxation*)、《法国之妇人》(*Woman in France*)、《福音之训语》(*Evangelical Teaching*)等,其尤著者也。女士袭其父遗产,年五百金,然女士服用俭朴,不事华饰,常以所入资助亲友之穷困者,其爱人好施之天性然也。

一八五四年,女士辞编辑威司脱明司脱杂志之职,与柳活司同游德国,亲密逾朋友之分,颇为时人所指摘,蜚语流言日盈于耳。素与女士交好者深为痛惜,谓以女士有为之人乃昏懵至此,竟不顾嫌疑所在、名节所关也。

时柳活司正在搜罗材料以著歌司传,于是偕女士赴威马(Weimar)。至歌司生时居屋,入其室,见床椅几案布置井井,退闲室中书籍报纸罗列案上,尚有展卷未合,如方经读阅而未竟者,女士见状,悠然有感,不期泪之夺眶而出。

未几女士邂逅李司脱，是人工音乐，舞琴甫奏，声韵悠扬，此盖女士生平第一次聆广陵绝调也。有雕刻家名老去者，美丰姿，善词令，亦登门求见，女士顾乐与之周旋。时女士与柳活司终日执管，各有所著述，短文如《威马》（*Weimar*）、《肯敏》（*Cumming*），译本如司兵奴撒所著之《伦理学》（Spinoza's *Ethics*），皆女士手笔，惟不署女士姓名，以不欲人知其为女子之作也。时英国女学方在萌芽时代，妇女辈学识多浅陋，至于著书之事，则非时人所敢梦想者矣；即有之，世人亦必存鄙夷之心，唾弃之不暇，是以女士讳其为女子之作，以博时人之一顾也。

柳活司忽染恙，不能执管，女士叹曰："吾侪恃三寸毛锥为生，身体之健康即生财之道也，偶患疾病，则不幸之甚矣。"时女士与柳活司同赁屋而居，书室仅一所，两人多同作同憩，情款日殷，惟使君有妇，固非自由之身，而膝下之雏嗷嗷待哺，尤不忍弃之也。

时两人所事日繁，自朝至暮，无片刻暇。而著述余闲，尚读诸名家之杰作，远古近今，搜寻殆尽，其嗜读有如此者。女士既自德返，遂赴海滨读书，柳活司著有《海滨之学问》一书，于此时脱稿，两人时或质古问今，时或低吟朗诵，兴致绝佳。

时女士年已三十有七，是岁为其一生名著发轫之始，自是而后，女士之鸿著遂如重山复岭，层出不穷矣。柳活司常云："女士之作构思曲折，描写入神，而又洞明哲理，具此隽才妙笔，以之著稗史小说，必有可观。"女士尝曰："曩者余尝自许他日必竭吾心思脑力，撰一长篇小说以饷世人，惟每次下笔，往往方成绪言即已文思索然矣。年来余觉于著小说一事了无余望，惟自忖于剧本一道似略知一二，剧中结构及说白颇有所长，至于描摹形态果能动人与否，则不敢必也。"（未完）

——《妇女杂志》第三卷（1917）第十号

泰西列女传(续)

爱梨阿脱女士传(续前)

《亚莫斯·巴顿》(*Amos Borton*),女士所编《教士之生活》(*Scenes of Clerical Life*)剧本中之一出也。女士既成一章,因读示柳活司,柳活司曰:"君之说白及诙谐工夫已到深处,但未识能作酸楚动人之作否?"某日柳活司外出,女士独留,伏案疾书,立成一出,中演密利弥留时之惨状,凄惋欲绝。及柳活司归,即读示之,读时两人不禁泪随声下。柳活司曰:"吾今方知君于怨剧工夫尤胜于喜剧也。"柳活司因以剧本寄示某书肆主人白来克乌得,署其下曰"乔治·爱梨阿脱著"。乔治从已名,爱梨阿脱则为女士所喜者,故用男子之名,以邀时人之一盼也。柳活司谓白来克乌得是剧为某友所撰,而讳其为女士之作,且谓自威克非而特之《副牧师》(*Vicar of Wakefield*)一书后,世之著述具诙谐之语调,富感人之至情,而又描摹入理、措辞得当者,当以此书为最矣。

白来克乌得虽采录女士之作,而评骘之语亦甚平平,女士大失所望,不愿更执笔为文矣。柳活司阴语白来克乌得以批语之影响,乃取消其批语,以二百五十金为酬,且请女士时惠佳什,以为其所创办书肆光宠云云。女士闻言,复形踊跃,立成二书,一为《及而非而之情史》(*Gilfil' s Love Story*),其一则《曾纳脱之悔过》(*Janent' s Repentance*)也。书既出版,大为社会所欢迎,时众口纷纷,欲追究著者之真名,卒不可得。或谓为包而活(Bulwer)之手笔,或称非是,议论不一。英国大文家塞克来(Thackeray)读之,赞美不绝口。合而追斯(Arthur Helps)曰:"著者之真姓名虽不可知,然必为当世之大文学家无疑矣。"其倾慕如此。时女士所著剧本,装成一巨册,名之曰《牧师之生活》①,出版后分致弗老得(Froude)、迭更司(Dickens)、塞克来(Thackeray)、丁尼生(Tennyson)、拉司肯(Ruskin)、弗来帝(Faraday)诸文豪。迭更司尤为心折,谓其中滑稽之吐属、至情之言语,尤为全书特色,读时颇疑其为女子之作也。

卡来尔女士曰:"是书可称为人类之奇书,著者实用其一生之精力以成之,非仅费心思脑力而已也。其中措辞委婉而动人,然又无一语作眷眷之情话;说理明了而真切,又无偏见独断之恶习;叙事诚恳而真挚,又无狂妄可嗤之呓语。读之者自不期深入其中,而常觉与书中人日夕相接也。"卡来尔女士又曰:"是书之著作人,必为一中年之男子。其人爱妻在室,稚子满堂,书中所叙儿女子事独能体贴入微,盖自其妻子而得也。"

柳活司见女士文名渐著,深自欣喜。女士素性易于丧气,一聆贬抑之辞,即已颓然不振,今者美誉盈耳,亦不觉为之开颜。女士常曰:"世人之于将来,往往有美满之希望,而余独否,终日惴惴然,似觉失意之事瞬息且至,故余之所谓将来者,殊可畏也。今者少有所成,中怀窃慰,或者余之著述竟足以流传,亦未可知。自去岁以来,余之思虑日就深远,觉于道德学问上颇有所进,知既往之非愈明,而冀来者之补救愈切矣。"

仅《教士之生活》一书,女士已得酬六百金,其后各书出版,获利无算。已而女士复构成一长篇小说,曰《埃丹姆·比特》(*Adam Bede*)。是书取材于丁那毛利司之遭遇,女士姑氏所口述者也。丁那毛利司者,一无知之女子,手刃其所生而不服其罪。女士之姑业传道,与罪女同居处累日,为之祈祷,劝之忏悔,殷殷不倦,已而罪女忽豁然开朗,自承罪状,痛自悔过,婉转悲啼,如摧肺肝。

① 《牧师之生活》,前文为《教士之生活》。

姑氏恻然心动,临刑之日,与之共载以往,俟其毕命始返,怜其无知获戾也。《埃丹姆·比特》甫成一章,即寄示白来克乌得,颇蒙称许。于是女士偕柳活司游妙立克、特纳司敦、未恩那诸名胜,以苏其积困。游览余闲,作其新著,书既脱稿,白来克乌得以四千金市四年之版权。出版之时,人争购读,一时女士声誉蓬勃,声价十倍,文学界中人皆为心折,叹赏不已。谋来(John Murray)叹曰:“是书之佳,世无其匹矣。”利得(Charles Reade)曰:“书中超绝之处,舍沙士比亚外,无能与之比肩者。”时一劳动界工人某,艳是书而弗能购也,因寓书肆主曰:“《埃丹姆·比特》一书,贱子垂涎久矣,未审贵肆可否以贱价见售,俾得恣情一读?如蒙见允,所惠实多。鄙人本能工作,以博微利,今不幸抱采薪之忧,无能为力,惟心艳是书,幸怜而许之也。”包克司敦于下议院中演说之时,尝引用书中之语,至再至三。而《埃丹姆·比特》一书之价值,遂日以增进矣。

女士对于众论,殊惬于怀。时经济上日就丰裕,因赁精舍于温特哇斯,移居其中,自是而后,似不复有忧贫之日矣。女士居新屋,颇享人生清福,此时心身俱泰,环顾左右,似无缺憾之事,尝问人曰:“世之著作家书成名显之日,其得意之状,亦若我否耶?吾自髫龄,即已悬想成名时之乐,今宿愿幸偿,吾无遗憾。”盖《埃丹姆·比特》一书颇蒙当世称许,谓为可传之作,然此书实一时妙手偶得,此后恐未必有得意之作若此者矣。女士之著述皆借用男子之名,读之者惟知其为乔治·爱梨阿脱之作,然终莫知乔治·爱梨阿脱为何如人也。已而有人曰利金司者,自称为是书之著作人,求贷于书肆。白来克乌得吝弗与,且告以著者之姓名以破其奸,而女士之真名遂暴露矣。

《埃丹姆·比特》出版甫旬日,而销售之数已达五千。第一年中共售万六千部,书肆中获利无算,故白来克乌得又以四千金为女士寿。无几何时而德、法、匈牙利之译本,已风行于世。时柳活司所撰之《生理学》亦已出版,惟销售之数远不若女士耳。女士虽已成名,然昕夕攻苦,犹不少辍。其时所读之书,列表如下:

《司蒂芬生传》(*Life of George Stephenson*)

《衣纳克脱拉》(*Electra*),著者骚夫克利司(Sophocles)

《阿格孟朗》(*Agamemnon*),著者衣司开拉司(Aeschylus)

《印度之英国领土》(*British Empire in India*),著者马汀奴(Harriet Martineau)

《三十年之平和史》(*History of the Thirty Years' Peace*)

《近世之画家》(*Modern Painters*),著者贝伦卷(Beranger)

《弗勒得立克传》(*Life Frederick the Great*),著者卡来尔(Carlyle)

《种族之原起》(*Origin of Species*),著者大威音(Darwin)

《文化史》(*History of Civilization*),著者白克尔(Buckle)

其他如希腊哲学家迫来土(Plato)、阿利司托脱尔(Aristotle)等之杰作,亦不惮一一研读。虽学富五车,亦不过此也。

时美国某书肆愿以六千金求女士之著作,惟女士方著《河旁之磨车》(*Mill on the Floss*)一书,匆匆无余暇,不得已而却之。是书第一版销售后,白来克乌得书肆分其余利十千金以上女士,哈迫儿兄弟书肆分售是书,以千五百金为女士寿,德国某书肆亦以五百金上女士。女士曰:"余得有今日,固属可喜,但余行将与是河长别矣。余居此历有年所,淙淙流水之声已闻之有素,一旦舍之而去,能不黯然?盖余将于名胜之区游览一周,以收罗小说之材料,势不得不行也。"于是女士偕柳活司游意大利弗老伦司、梵利司、罗马诸胜地,每处皆作数月之勾留。在弗老伦司时,女士构成《落莫那》(*Romola*)之古事。未下笔之前,先饱读名家著述以备参考。其所取材之书,列表如下:

《意大利共和国史》(*History of the Italian Republics*),著者屑司孟蒂(Sismondi)

《哲学史》(*History of Philosophy*),著者吞纳孟(Tenneman)

《比亚他》(*Beata*),著者脱落罗迫(Trollope)

《中古时代罗马法律之研究》(*Study of Roman Law in the Middle Ages*),著者海兰姆(Hallam)

《希腊学术之复兴》(*Revival of Greek Learning*),著者及本(Gibbon)

《塞芬纳罗拉传》(*Life of Savonarola*),著者柏兰马岂(Burlamachi)

《宗教上及神怪之美术》(*Sacred and Legendary Art*),著者哉姆逊夫人(Mrs. Jameson)

《近世哲学史》(*History of Modern Philosophy*),著者勃尔(Buhle)

《罗马》(*Rome*),著者立得尔(Liddell)

《罗马史》(*History of Rome*),著者莫姆逊(Mommsen)

欲详悉十五世纪时代之民风俗尚,备考之书不胜枚举,以上所载仅百之一二耳。书成后,女士叹曰:“余下笔作《落莫那》时,青春正好,而书成之日,则双鬓欲斑矣。”足见可传之作,非一朝一夕之功也。然《落莫那》、《埃丹姆·比特》及《三月中旬》(*Middlemarch*)三书,与女士之名,同不朽矣。女士又曰:“著书一事,非可率尔而为。苟信笔直书,不顾其于世人之影响为利为害,则直称之为名教之罪人可也。余之于《落莫那》一书,虽不可谓为济世扶俗之文,然实呕心血、绞脑汁之作也。”

历年有半而《落莫那》始脱稿,康喜尔杂志以三万五千金得之,女士因市一精舍以居。女士终日孜孜于学问之途,亲戚故旧之门虽足迹罕至,然人之造其家者,无不竭诚欢迎。当代诸文家如白浪林(Browning)、黑克司来(Huxley)、司本塞(Herbert Spencer)之辈,多乐与游,且常饭于其家。克老司于女士行状中,盛称其款待宾客之周至。女士宴客之际,常有音乐以娱佳宾,苟座中有精音乐者,女士必请之奏技,以为欢乐。当世硕彦通儒多乐与之往还。客之至其家者,几无间日,户限为穿,其所以不惮往返之劳而来求见者,徒以慕女士之盛名,而欲一接谈吐为快也。人来,客室双扉立辟,举目一视,即见女士坐于火次,以候客至。其最易触人眼帘者,即女士绝巨之首,长发蓬蓬然,时已星星作灰白色矣。女士音吐极低,苟与人款语,身躯不觉渐移渐近,发言时状若甚恳挚者,且谈论之际,心甚专一,目不傍视,耳不傍听,出语滔滔如流水,似有不竭之势。客之后至者,欲与主人为礼,竟不得间。而女士言论如故,初不知人之至其前也,谈笑间忽举双眸,始知客至,即起立为礼,状极殷挚,似发自心坎中,非可以世俗应接之道比也。

一八六六年,女士又成一书曰《非立克司·好而脱》(*Felix Holt*),售二万五千金。女士终日著作,体魄日见羸弱,柳活司爱护惟恐不力,来往书札独任其劳,且读报章及时人评骘之语以告女士,其体恤可谓至矣。

女士于一八六八年成一长诗,曰《西班牙之其泼雪人》(*The Spanish Gypsy*)。是诗之成,女士颇费苦心。其初先饱读西班牙群书,后复侨居西班牙数月,考察其地风土人情,下笔①作诗。故后此是诗之脍炙人口宜也。设女士于诗学一道少致研求,则岂特一小说家而已哉!

女士于一八六一年所成《沙拉司·马那》(*Silas Marner*)一书,时已为人购取。一八七二年,女士又著《三月中旬》。是书出版之

① “下笔”二字前空一格,疑漏“始”字。

日，文学界中为之一震，无几何时，已译成各国文字。本克老夫脱自柏林寓书女士，谓是书在德尤风行，几无人不读云。

女士既频获多金，即以巨资营一精舍于塞利（Surrey），地广近九亩，高树丛林，殊形幽雅。女士性爱花草，尤耽林泉之乐，自入新居，状颇踊跃，尝曰："皎皎阳光，馥馥花气，使余体顿改旧观，成一新我矣。"一八七八年，《但理亦·得郎大》（*Daniel Deronda*）一书告成。女士谓著是书时所用之参考书不啻千卷，女士有过言与否则不敢知，然年来所读之书，为数必不鲜，吾书所举特其一二耳，世之学者苟从书中所列表而读之，不可谓无少裨也。

女士与柳活司同居新屋，其乐陶陶。所与交游者仅寥寥数人，如丁尼生、毛利儿、亨利、宝星、荷兰得夫人等，与女士朝夕相过从。时柳活司日形消瘦，体魄远不如前，未几忽婴重疾，旬日即已不起，没时为一八七八年十一月二十八日也。柳活司之亡，于女士实为生平莫大之惨痛，女士既失其臂助，又乏爱护之人，肝肠寸断，哀毁几不欲生。

克老司（John Walter Cross）者，一纽约富商也，治银行业，与女士及柳活司甚相契，年虽少于女士，颇有干才，自柳活司逝后，女士常资其臂助。时女士年以千金助肯不立治大学高才生膏火之费，款项署柳活司之名，以志亡者。女士曰："余苟得少延残喘，必竭余绵①力为柳活司树德，以报相知之恩。"女士自失偶后，长日处愁城中，抑郁不可自聊，克老司母子怜之，百计以解其忧。未几母亦长逝，克老司孑然一身，茕茕无主，遂与女士相依为命，两人忧患余生，彼此相怜，日复一日，遂不觉昕合无间也。一八八〇年五月六日，女士与克老司成佳礼，时去柳活司之亡一载有半也。女士改适后尝曰："余虽不能复恢故我，惟朝夕与知己相处，生趣或

---

① "绵"，原文作"棉"，据文义改。下同。

不至尽黜耳。"未几,女士忽婴重疾,几致不起。病少瘳,寓书其友人曰:"余病中调护之人,虽天使弗如。贱恙得有起色而至于今日者,实克老司之力也。"女士虽与新交情笃,然未尝忘其旧好,尝叹曰:"设以余之性命,能易柳活司之幸福,余固慨然不辞也。"

已而女士夫妇同返伦敦,以过隆冬。女士喜为慈善事业,尝以五千金捐助沟吞大学校,落魄无聊之著述家多受女士惠。亲故朋友之求助于女士者,女士无不慨然解囊。女士夫妇恒读《圣经》,以求真理。《以赛亚》、《约来迩亚》及圣保罗之书札,为女士所尤喜者。女士年虽已老大,犹勤读如少年时,母来、莎士比亚、密尔吞、司各德诸名家杰著,以及英、法、意诸国之文学,皆从事研究。时其病躯已日就强健,有以女士自传请者,女士叹曰:"余命途险巇,生平所遭,无非失意之事。虽然,以吾之不幸告之世人,则世间不如意之人,或当少慰而自勉也。"

十二月十七傍晚,女士往阿克司夫得(Oxford)大学校观学生演剧。次日又赴圣者姆斯学校之音乐会,偶为寒气所侵,患喉疾颇危殆。翌日医至之时,即已沉顿不堪。弥留之际,谓其夫曰:"乞告医士,吾左侧痛彻心腑也。"此为女士最后之一语,辞毕即已寂然。

女士嗜学如饥渴,至死不变,尝曰:"余限于时日,不能遍读世之名著,实为毕生憾事。"然此固亦可如何也?女士赋性宽宏大度,即有面斥之者,亦不与较。女士尝曰:"苟能忍人所不能忍者,则庶几可以成大事矣。"

某星期日下午,余赴伦敦瞻礼女士之墓。青石之碑高约二十五尺,巍然竖立,上镌数语曰:"此为乔治·爱梨阿脱葬身之所,原名马利·恩·克老司,生于一八一九年十一月二十二日,没于一八八〇年十二月二十二日,享年六十有一。"坟之四周护以短墙,玉簪花及蕃红花丛生坟上,红白照眼。其旁则柳活司之墓也。

——《妇女杂志》第三卷(1917)第十一号

泰西列女传(续)

弗来女士传

设有人焉,具绝世之丰姿,拥百万之资产,于社会上据最高之位置,而独能毅然牺牲其一切之快乐,以扶困济贫为事,且传布福音北自司各兰,南至法兰西,以拯救愚民于罪戾,则世人之仰慕赞美,且著书以表扬其盛德,宜哉! 其人为谁? 即以“至公无私”四字为处世立身之秘诀之伊里沙白·弗来(Elizabeth Fry)女士是也。

女士于一七八〇年五月二十一日生于英国老列克(Norwich),父约翰·革来(John Gurney)为伦敦富商,女士其第三女也。母为巴克来氏之裔,美而贤,才识卓越,为戚党冠,其理家尤井井有法。一般研究文学、科学之人,多乐至其家讨论学术,故女士居屋几成为文人学士荟萃之区云。

女士恋母之切、爱母之挚,倍于常儿。其母体素弱,时婴疾病,女士就枕之后,辄忧心悄悄,辗转不能成寐,惧萱堂见背而承欢色笑之无日也。其母偶占微恙,女士必痴立床前,坚守不去,且时相母面,以验其有鼻息与否,若恐其猝然弃之而逝者,齿虽稚而虑远之心则固如成人也。其母绝爱怜之,尝语人曰:“伊里沙白之可爱如小鸟依人,性情之婉顺尤非常儿所可及,自少至今,初未尝与人忤也。”

女士于其著述中叙其少时之乐事颇详,尝曰:“阿母为余生平所最爱者,母常挈余闲步家园之中,且为余讲亚当、夏娃被逐之故事,余念天上安乐园亦类吾家小园否? 回想此时此景,历历如在目前。犹忆家园之中,花床错落有致,其中花卉多吾母所手植者。

春夏之交，百花欲绽，余常侍母赏玩其间，灿烂之色，郁馥之气，至今思之，犹令人心醉神怡也。”

女士居屋为倍根故庐，倍极壮丽。屋据广园之中心，园内高树林立，枝叶蔽天，而温生姆河支流直贯园心，纡徐而西去。屋南青草如毡，一片平铺，周以老树为垣，树下野花成行，五色斑斓，点点如星。长年之中，景象皆妩媚可人，美术家常至其地收拾作画之材料云。

正当此春光明媚之中，其母忽染疾病，三数日即已不起，不图青春正好，遽尔夭折①，遗儿女十一人，皆幼弱可怜，最稚者仅两龄而已。时女士年方十有二岁，已知丧母之痛，此时之惨状，至临死时犹在心目中也。

女士少时甚胆怯，夜行往往震恐失次，就枕之后，常请彻夜燃灯；海水之浴，人多乐之，而女士独畏怯不敢一试。家人多嗤其愚，以为小儿恒态，置之不理，而女士之神经遂隐受损伤矣。女士尝曰：“育儿之道，当顺其天性，强以所难，反损其天真。苟余家人少顺余性，睡后听余燃灯，夜行以人为伴，勿强余海浴，勿使余惊慑过度，则余胆力转因以壮健矣。”女士既身历其境，故后此身为人母，于教育儿女事，独能体贴入微，不至有过与不及之患。其教导罪犯亦用此法，罪人为其慈祥温柔之态所化，咸不期心悦诚服而乐听其指挥也。

女士年既及笄，秀发拂额，玉容明丽，丰神绰约，态度欲仙，性敏慧，善解人意，喜纵骑郊外，常御猩红骑服，愈觉鲜艳如名花。每临交际场中，座客无不争先恐后，承迎色笑，而女士则淡然自若也。女士于其杂记中尝曰：“余于宴会之际，无不战战兢兢，不敢跬步越礼。尝见女子于稠人广座之中，放诞不羁，肆无礼法，心甚

① “折”，原文作“拆”，据文义改。

厌恶之,常自幸未尝染此恶习,然深惧中其毒而不自知也。迩来余自觉品德日趋日下,岂余喜交游、乐宴会,卒随世俗浮沉于不觉乎?今年已十有七,转瞬即成老大,若不自勉,则天赋我之聪明智慧,将如机械久废,锈纹满其上,不可复用,日久觉悟,悔之晚矣。"

是时有美国牧师名塞弗利者来英传道,女士姊妹七人同往听讲,据最前之座仰首倾听,至于忘神。每至动人之处,女士往往泣下,归途之中,尚掩面唏嘘,不能自已也。自是而后,女士性情大改,与前此判若两人,喜荣华乐宴安之心,一时消除净尽矣。后此女士弥留之际,犹口述其事曰:"余年十七时,聆牧师讲道,大为感动,始翻然觉悟而至有今日。不然,余终日梦梦,醉于交际场中,无醒觉之时矣。至今思之,当感谢牧师当头之一棒喝也。"

未几女士赴伦敦以广见闻,且欲遍尝社会上种种滋味,而定取舍之分。及返自伦敦,觉一切行乐之事味同嚼腊。尝语人曰:"余旅居伦敦时,大改余之素行,凡行乐之地,足迹靡不至,即于其中增余无穷之阅历,觉凡行乐之场皆伤风败俗所由生之地,设余能周旋其中而不受其毒,则庶几可以竭余绵力匡正陋俗,而使一般青年男女脱身于迷网中也。即跳舞一事,若视为运用体力操练筋骨则可,若但视为娱心行乐之事,偶一为之固属无伤,数数为之何益乎?世人苟能尽蠲其行乐之事,则嗜欲必日澹,俗念必日忘,此心恬静无扰,必日趋于正途,而行善若不及矣。"

女士既大彻悟,遂舍其荣华安乐,而奔走于穷苦无告者之中,邻里有急难疾痛者,女士扶助惟恐不力。已而创一学校,以教育贫民之子女,其初来就学者仅一人,然无几何时而生徒之数已达七十人。女士虽终朝碌碌,未尝有厌倦之容,而踊跃鼓舞之状,初无改于昔日也。年虽仅十八龄,然颇知自治之方,尝定规则六条以自匡不逮。第一条,当惜分阴。女士曰:"余之言此,非谓必昼夜孜孜,方为惜时。苟每日以数小时修养精神,少事娱乐,亦不为过,惟当养成勤勉有为之习惯耳。”第二条,待人处事当以诚。第三条,勿言人之短,当扬人之善。第四条,勿以非礼待人,勿以恶语伤人。第五条,勿事奢华。第六条,凡事当三思而后行之。为善固属非易,然帝力至伟,冥冥之中常伸臂相助,则所往无不如志矣。

已而女士渐屏华饰,珠玉绫罗皆置不御,然荆钗布裙亦未尝少减其丰度。其始举家颇不直女士所为,时相劝阻,后此见其所为实属善举,亦不觉同声赞美矣。女士年二十时,有伦敦富商名约瑟·弗来(Joseph Fry)者来乞婚。女士惧成家之后未必能分身以继其慈善事业,故颇犹豫不能决。女士曰:“余日夜所孜孜以求者,灵魂上之幸福而已,惟适人之后于余事有碍与否,则不能不令余惴惴以忧也。”未几,女士与约瑟·弗来成佳礼,然于一切善举未尝稍懈。夫以一妇人之身,既须部署一家之事务,又有儿女十余人以累之,则内顾之不暇,又安能为他人奔走?然以弗来女士之为人,有果毅勇往之概,则世无不能为之事。惟女士苟抱独身主义,其所成就或不止此,亦未可知也。女士既归弗来,翁姑以礼相待,小姑尤与女士合。未几,女士营一广厦于伦敦,其后遂成英美朋友会中人会集之区云。

女士于其杂记中尝曰:“余为弗来家妇已八年于兹,人世种种之试探诱惑已尝之尽矣,幸余道心甚坚,尚能自持,不为外物所夺,究可自慰。虽然,余今日之行径,与余初心毋乃大谬,不为基督教会一走卒,为圣道出力,拯世人于罪戾,以自立功而造永远之幸福,而为一力竭心疲之人妻人母,而孜孜于此世之事以求暂时之乐趣,宁不可悲?虽然,余命途中之困难,安知非所以勉余立功而助余之成也?安知非用以教我上帝之谓何,而荣耀之安归也?世上一切本无可为,亦不足为,惟归荣上帝乃吾等为人之本旨耳。”

日月不居,忽忽已历十一载,时女士全家迁徙迫勒吸脱

(Plashet)精舍。此十一载中,沧桑陵谷,人事大异。女士父已物故,其妹适包克司敦。女士受朋友会之聘为传道之人,时膝下儿女已有七人,煦寒问暖,无一不须女士之身。女士家务虽繁,尚能抽身为基督教会尽力,有心人无不能为之事,信哉。

女士演说之时,座客常满。女士曰:“夫挺身立于稠人广众之中,万目所注,如矢之中的,余又安能不惊?然当上演说台之际,洒一腔热血,贡一颗赤心,讲说之间不觉热潮上涌,畏怯之情自归于乌有矣。”女士演讲时,一片婆心时露眉宇间,上自冠冕堂皇之君主,下至铁索郎当之罪人,苟稍具人心,无不为之心动也。

与女士望闾而居,有白发盈颠之兄妹二人,居屋久不修治,朽败欲倾。老人家本少康,后此日渐穷困,因养白兔以博微利,然所入之资犹不得求温饱也。其妹以家景中落,终日忧郁,不与人往来,遂养成冷涩难近之性。然女士独能得其心,而此人胸中之块垒,不觉为女士仁祥之气所化,遂如坚冰之经烈日,消融无迹矣。于是女士请于老人,以其屋旁一巨室赁为女子小学校之课室,老人从其请,不旬日间而贫女之肄业于是校者逾七十人。女士某友尝曰:“女士之遇儿童温婉可亲,故儿童咸乐就之。即与女士素昧生平者,一瞻其风采,一接其謦欬,无不心神倾向而不自知也。”

时女士年已三十有一,家中藏货甚夥,备济贫人之急,如法兰绒、棉布、药材、粮食之属,堆积如山,数楹之屋为满。女士外出行善举时,常挈儿女年事稍长者与俱,使彼等知行善之中乐趣无穷也。女士所至地,多穷人麇集之薮,秽垢不堪寓目,断井颓垣,破窗碎瓦,触目皆是,而道路非泥泞溅衣即崎岖难行,然女士甘之如饴,视疾问苦,亲爱如家人焉。

未几,女士从人之请,赴伦敦近地之慈善会相助部署一切。初,女士以家中皆幼弱,颇踌躇不能决。既成行,二来复后宁家一视,见百凡就绪,家政井井,与昔时无少异,不觉大悦曰:“此虽儿辈之功,然实上天之相余身也。”女士有仆人尝婴重疾,女士立床前为之讲永生之福,至其淹逝始去,且叹曰:“婢仆之身世,实大可悯,彼等自视太卑,似觉天赋与吾人不同者。而吾人为俗见所浸渍,亦忘上帝造人固无轩轾也。且与帝王共事之人,孰非以奴婢自居?然得侍圣躬,尚沾沾自引为荣幸。由此观之,则世人孰非奴婢?特奴婢之中有不同耳,惟上天造人灵魂无贵贱之分,苟顺正道而行,自获天佑也。”

越两载,时女士年已三十有三,移家伦敦以过隆冬。纽格脱(Newgate)有囹圄一所,黑暗不见天日,狱囚皆尪瘠无人状。狱中有妇女三百余人,小儿女绕膝呼饥,喧嘈之声闻数里。而犴狱之制度尤不合理,老奸巨憝与跳梁小丑所居之所,无分轩轾,每人终日无所事事,惟鼾睡以遣长昼而已。如是适足养成其懒惰之性,男女老幼皆衣服褴褛,蓬首垢面,食无几案,憩无床榻。狱卒公然以饮料售之狱中,以博微利。而囚则群聚铁栏之内,瞋目张口,呼声震天,此推彼仆,几欲破栏而出,状殊纷扰,墙上错落悬手镣铁链①之属,见之毛竖。女士尝偕二三友人入狱中考察,监狱者请留贵重首饰于外,以免滋事。女士等不听其言,径行以入,且如女士居心之仁慈,固坦然无所畏慑也。女士第二次入狱之时,请于司事者得独留其中,为女囚读《马太福音》第十章,并略述基督降世救人之事,其愚顽无识者不知基督为何人,絮絮问不已,女士为之详细开譬,谆谆不倦,其仁爱有如此者。

女士见罪人儿女终日裸体枵腹,而狱中盈尺之地空气臭恶,故时生疾病,往往死亡相继,心窃悯之,欲设学塾以教育之,因以此意告罪妇,且令之自择一人为司事。众闻言,喜极而涕,遂公举马利康娜。马利康娜为一少女,以窃表获罪,系之于狱,自聆女士

---

① “链”,原文作“练”,据文义改。

教诲,痛改前非,狱中律例初未尝干犯,被释后不久病瘵卒。

学塾既成立,凡年在二十五岁以下者皆得就学。授课时,罪妇拥塞铁栏之内听讲,争夺座位,纷无秩序,且喧嚷叫嚣,无一刻之宁息,诚冥顽不灵、非理可喻者也。已而女士倡议令罪犯工作,既可养成勤勉之习惯,又可助实业之振兴,一举而获两益。闻之者皆嗤以鼻,以梦幻目之,且谓事必无成。然女士不以人言而沮其壮志,未几,合同志十二人组织一会,以改良纽格脱牢狱女犯之境遇为宗旨。会中之责任有四:供给衣服,授之学问,与之工作,且以圣道贯注其脑中,以养成有秩序、耐穷苦、能勤勉之习惯。如是则彼等在囚之时,心平气静,不至频生怨叹,即出狱之后,知为人之道,亦必勇往向善,不至再投罗网矣。

未几,工作所用物品已齐备,遂于狱中辟一室以为工作之所,且派人监视之,所得利分其半以与罪人。不及十阅月,计成衣裙二万袭,每月手织绒袜将及百双。女士日为之讲《圣经》二次,且示之以处世为人之道,勤勉者常得赏赉,故罪人工作之时,状颇踊跃。一日某少女得新衣一袭为赏,然其人意颇弗屑,因造女士之前曰:“愿女士恕儿冒昧,儿何功何能得此厚赏?本属非分,虽然,儿之获赏,颇觉失望,盖儿深盼女士以《圣经》见赐,庶儿可随时检读,如明灯照道,不至误入迷途。衣服徒能饰身,于儿无所用也。”女士待罪人甚宽,罪人虽未尝受罚,然敬畏女士如天神,尝曰:“吾辈宁受审判官之严辞厉色,不宁受女士之微言轻责,以女士遇吾侪厚,内愧之心令人难堪也。”罪犯多以斗牌为消遣,女士告之以赌博之伤私德,罪犯闻言,立将纸牌五付焚化于女士之前。

纽格脱牢狱既经女士整顿,大改旧观,秩序井井,悄静如人家。来观者相属于道,上自公卿王侯,下至农工商贾以及异国之人,闻风而来,欲一觇其异者,肩背相摩,既入其中,无不啧啧称叹。各处地方官以书来求教者纷至沓来,日不暇给,或邀女士至其地实行改良牢狱之办法,或求女士指教对待罪人之善策。下议院闻女士之名,急以人招女士往,征求女士之意见,以为修改宪法之臂助。未几,上议院亦召女士往,商榷教育狱囚之良法云。

自是而后,女士之名传布遍欧美,即三尺之童无不知英伦有弗来女士也。女皇维多利亚闻之,亲莅其家,以示荣宠。女士每在稠人之中,座客无不争属目,报章亦盛称女士之美才懿行不已。女士虽享盛名,淡泊自若,不以此而易其素,尝曰:“此等事皆上帝之力特假手于人而已,余何有焉?”

女士见行政之不公,心窃非之,而刑戮之施往往过于罪戾,尤为女士所痛心疾首者。律法凡行窃、强夺、假冒笔迹、伪造纸币以及其他罪状,皆坐缢死。有妇人某,坐窃白布一方,价值一元二十五分耳,律判死罪,缢时襁褓之儿尚在怀中也。又一妇人,窃取食物以活其病儿,亦坐死罪。罪轻刑重,故妇人之绞死者,日有所闻。一八一八年,有克卢香克(George Cruikshank)者,为其时大辟之惨状所感动,绘刑场景象以示世人,图中有八男三女高悬吊架上,旁十二人坐地上,以长绳环其颈以待行刑,此图盖纪实也,图中人皆以造赝币获罪者。图既出,百姓大哗,丛诋官吏之滥刑,画肆之前,观者如堵,街道为之不通,于是克卢香克作第二图以餍众意。时一般研究法律者,如格来(Gurney)、威而勃夫司(Wilberforce)、落密利(Romilly)、墨京托许(Mackintosh)之流,皆提倡杀人论抵,余无死罪之说。时有女子名司克而吞者,为拯其情人于困,制伪币,事发坐死刑。此女举止颇落落大方,吐属亦甚娴雅,以一时昏瞀而出于此。案既定,知交为之焦悚万状,至狱中探望者纷纷不绝,然计无所出。女士闻此,深为扼腕,乃偕女之友人格老塞司脱公爵(Duke of Gloucester),诣英国银行经理人家,且谒贵族雪得卯司为女请命,二人心坚如石,毫不为动,而此女遂受绞刑矣。是时舆论沸腾,争诵美女士之慈悲,而诋諆雪得卯司之肆虐。

众口嚣嚣,未几此苛政遂废止矣。

女士于大辟之刑心窃非之,尝痛沉其害曰:"国家滥施刑戮,百姓言动皆死,必至轻性命如鸿毛。夫人既不畏死,则何事不可为?是滥刑转足以助恶也。且罪无轻重而刑均之,则窃一金者死,窃十金者亦死,死均也,则人宁死于十金,固无待言。是刑之不公,适足以导人为恶也。恶人多,则死人亦夥,岂治安之道?观今日罪人日增,即知刑戮①妄加之不足以杜奸防贼也。"女士又力言罪犯禁锢之时,宜以数人同居一室,不然,终日一人兀坐,满腹牢骚无从发泄,必时生妄想,甚者狂易作矣。

时女犯多流往威而司边疆作苦,上道之时,以货车载之,途人群聚车旁,肆口嘲骂,使罪人无地自容。女士乃说地方官,以轿车载之,不至抛头露面供人侮弄,且请于官,愿送罪犯登舟。既至,女士为之祈祷,祝其平安,至舟行始返。其仁慈之态,不啻天使也。

未几,女士偕其弟约瑟夫赴司各兰及英之北鄙,考察监狱之情形,其残酷之状,见之令人心痛。狱中污垢不堪入目,罪犯非疯狂即羸病。负债者无日无夜囚于黑暗卑湿之室,终年不见天日。男子或以铁索缚身,系其一端于墙上,以防其逸,或四肢受絷,痛极而晕;妇女多手足受缚,愁眉不展,叹息唏嘘之声时彻户外,阴惨之状,令人见之不寒而栗。女士既返,记其所见以告世人,读之者不知涕之何从也。

女士年虽不及四十,其名已传遍大地矣。俄国政府寓书女士,求管理疯人院及对待疯人之善策,女士因以己意告之。时安姆司脱敦、丹麦、巴黎各地寓书女士,与之磋商事宜者纷纷不绝。女士所事既繁,几有不能兼及之势,遂令两女任书记之职,司往来

① "刑戮",原文作"刑戳",据文义改。

书札之事。未几，女士复游行全英，合无数有力妇女，组织一会，以扶助罪犯为宗旨，不特在狱者获益不浅，即出狱之后亦得常蒙恩覆，且助之图糊口之方，以免盗窃之事，如是则罪人自少矣。

一八二八年，女士之夫商业失败，亏损至巨，女士全家焦悚，莫知为计，于是以迫来吸脱巨屋出售，迁回旧居。幸女士兄弟尚富硕，其后诸子皆能自活，故女士尚不至久居窘乡也。

时英国海滨守防共五百余处，地皆乡僻鄙陋。任守卫之职者，携其妻子往居其间，其地既无学校，又乏书肆，故颇不便。女士因筹巨资，设藏书室于各地以便居民，所得之数，半为私家所捐助，半为国家所津贴，备应用书籍二万五千卷，分送各处，其地居民异口同声，诵女士功德不置。

一八三七年，女士偕数友赴巴黎，详察狱囚之事。其时之公卿名流，无不竭诚欢迎。法王及后邀女士至皇邸，待以殊礼，与之纵谈国事，终日忘倦。尼司姆司（Nismes）囹圄之中有罪犯二百人，女士入其中时，有卫士五人左右拥护，女士屏卫士，独行以入，毫无恇怯之态。女士行经一狱室，见中有二人，手足被絷，心怜之，为言于司事者而释其缚，且戒罪犯勿妄举妄动以自获戾。二人从之，深感女士之德，每夜祷天，求降福于女士之身。女士在狱演说之时，人人皆为汍澜，即神奸巨猾、良心剥削殆尽者，亦为恻然心动，不期涕之被其颊也。

已而女士便道游德，经勃竦司亦司（Brussels）时，比皇高举双臂，以示欢迎之意。至丹麦时，国王宴女士于皇邸。既抵柏林，德皇及其家属遇之恩礼有加，亲挚之情如姊妹焉。

女士提倡设立迁善所于狱中，以备罪犯忏悔之地，英皇从其议，而事遂成。其建筑之美善、布置之完备，英国皇家至今犹不忘女士大德也。一八四二年，英皇太子受洗之日，普鲁士王来英执代父之礼，因至女士家与之同饭，女士令其儿女孙曾出见，壮者少者共数十人。有德者昌,信不诬也。

未几,此春光明媚之家庭忽罹死丧之祸,女士爱子威廉姆及二孩相继而逝。女士有女曰依里沙白,年五岁而殇,弥留之际顾谓其母曰:“母乎!儿之爱他人甚于自爱,然儿爱阿母之心又远过于他人,而爱上帝之情则又甚于爱吾母。儿愿阿母之爱上帝,亦甚于爱儿也!”夫以稚年女娃而能道此,足见女士平日陶冶之功也。女士病革时,尝语其儿女曰:“人之淹逝,并非死亡,特自此世界入于彼世界,而一经死之关头耳。疾病痛苦虽可畏,然去天父日近矣。”

一八四五年十月十三晨约九时许,女士呼吸渐促,其女坐床前,为之读《以赛亚》一节。既毕,女士举目断续而呼曰:“天父幸拯我助我,勿听其陷于罪戾也。”言毕淹然而逝。逾日葬于巴京(Barking)朋友会之坟地,在其爱女依里沙白①之侧。下窆之时,执绋者塞道,然皆悄然无哗,状至凄怆。沉沉之中,惟闻女士弟约瑟夫②喃喃念《圣经》之声而已。

女士自少至老,日惟以助人为事。行路之时,常以书分致途人。偶寓旅馆中,则集其中佣保厨娘于一堂,而为之讲处世立身之正道。疾病者请女士为之祷天,将死者冀一得女士慰藉之语,故来请女士至其家者,无间远近。而女士足迹所至,则如旭日当空,愁云惨雾立即消灭矣。俄人亚力山大谓女士为其时之一奇人,信哉!

今女士诸子存者仅一人,尝告人曰:“余有生以来目未尝见吾母有蕴怒之容,耳未尝闻吾母有暴厉之声。虽然,吾母一言一动,

① “依里沙白”,原文作“伊里沙白”,前文有“依里沙白”,当为一人,今改。

② “约瑟夫”,原文作“约塞夫”,前文有“约瑟夫”,当为一人,今改。

人皆遵守不敢有违,亦一异事也。”

女士一生事业,实古往今来所创见而罕闻者,生前可为时人之将伯,死后可为来者之表率。女子而从事于慈善事业,宁非人类中之无上上品耶?世界日进,生活程度日高,穷苦之人日夥,而忘廉丧耻以取戾者亦日增,则世之需慈善家亦日亟。吾传此,吾心实有冀于后来者。

——《妇女杂志》第三卷(1917)第十二号

李冠芳

安女士路伊斯传

女士于一千八百九十二年十二月,生于美国牛遮西省(New Jersey)卜勒费地方(Plainfield),卒于一千九百十三年六月,存年仅二十余岁。其生平境遇无异常人,其学问事业亦凡为上帝儿女所共有,然能以身作则,激励多人,实堪为天下后世千万男女之模范,足令人钦慕不置者。苟天假之年,俾用其可贵之光阴,事主事人,岂非奇女哉?

女士自幼身体强健,为人活泼,貌美心慈,志高气锐,颇得祖母欢,故女士常称祖母为伴友,且作《伴友歌》唱与祖母听。一日闻人言"好人不在世,坏人活千年"二谚语,即询其祖母曰:"祖母今年几何?"曰:"近八十矣。"女率尔对曰:"如此祖母必为坏人,不然,何能享此大年?"祖母知其儿戏,一笑置之。时女士正四岁,见他孩滑冰,跃跃欲试,以年太少,父母不许,于是私自练习。练时不愿人助,惟呼其爱犬同行,有时被冰滑倒,犬即驰近,女士得援尾而起,日验不爽,直至遍胜诸童,归告母曰:"余滑冰得胜矣。"一日母见其手执小纸数张,匆匆出门去,良久返家,谓母曰:"余已得银币三圆。"母甚奇,问此钱何来。曰:"卖券。"曰:"卖何券?"曰:"余欲为育婴院筹款,今午二时开会。"母闻之,急曰:"汝一小孩,如何作此事?且为时太促,一无预备,如何是好?"女曰:"不妨，但命庖人略备冷冰，某家小友当有面包、柠檬水送来。”又云：“我尚有玩物一袋，亦可临时分售会友，补助捐款。”及开会，得钱甚多，即全数拨充该院诸婴夏日避暑之用。于是佥谓女士不特有仁心，且有办事之才。

女士五岁，问其祖母曾说谎否，曰：“少小无知时，难免说过。”又问诸叔，叔等皆以难免对。女士默然，祖母问①所思何事，答曰：“我思异日往天堂时必甚寂寞，因家中人均曾说谎，不能上升，彼处惟华盛顿（华自幼至老从未说谎）与我两人耳。”其真实无妄类如此。

年八岁，父母报名贵胄学堂，谁知伊与一最爱小友同入省立学校。父以该校虽不及贵胄冠冕而成绩颇佳，亦听之。女士入校后，依然不改其诙谐故态，但皆由性灵中流出，故事多奇巧，为全校所欢迎。某教员曰：“路生殆安息日生者，英文有谚云‘安息生儿童，娇美兼玲珑’，我最喜伊在校时，即外面流动里面沈静也。”该校类多贫寒子弟，而路一一殷勤结纳，无丝毫傲气。一日校中开演说会，路演说交友之道，立讲台上，仪表极其庄重，所说大意，人必得良友之助，方可使道德日进高尚。说毕，掌声雷动。校长某曰：“我之拍掌，非仅赞其言词之得体，更赞其品行之足以相称。诸生得此同学固为欣幸，吾校得此学生亦甚荣耀也。”

路年十岁，一日禀告其父母，欲入教会，父母以年幼止之，旋见其在房暗泣，问何故，答曰：“年幼者不能爱耶稣，此理我实不解。”父母因亦听其自由。至十一岁，即入长老会，时有忠心小教友之称。原其信主之由，伊有一姊，名格矩，为人诚谨，事主最虔，路耳濡目染，遂为所感。所惜者，路八岁时，姊即去世，当时路雁行折翼，悲痛非常。友人寄函相劝，答曰：“我姊去世，家人必以我

① “问”，原文作“闻”，据文义改。

为菩萨,但我不愿作菩萨。”旋将其姊照像置《圣经》中,下注“离世而能保全其身,不污世俗为有福”等语,又于《默示录》二十一章四节之旁,注“姊姊”二字,盖本节所载,适合其姊身分也。女士人本率真,加以其姊诚信、爽直、清洁、快乐等等可爱之遗范印于脑中,则德行自更上一层矣。年十四,于课暇兼任主日学教授,诸生年皆与伊相若,而无敢轻视者。有男生某谓蒙授《圣经》三年,获益匪浅。厥后女年渐长,其美丽、才智、灵性亦随之俱长。充其活泼性情,使未受教育,势必入于狡猾一流,而路以主为惟一之标准,故得成为高尚有用之才也。

至十七,卒高等业。除某年与某友往欧洲避暑外,每年夏日必到美国诺而非赴夏令会(诺为纳凉场所,犹中国之牯岭),是会凡各处名士牧师,男女青年会、布道会、节制会,以及各校之男女大学生,无不毕集,女因此得益甚多,故于《圣经》外面,贴耶稣牧羊像,里面空页,凡见闻所及、思想所到,随时纪录。其自著祷文则曰:“我亲爱之主乎!尔岂不愿助我等成一诚信人,俾习奥妙之道乎?我等求尔赐恩者,即欲使我等各个人自知应尽本分,为遵循上帝旨意。此非梦呓,亦非空言,乃欲时时习学,所望赐我等坚心,一听真理即能尽力而行,使我等生命,与尔一样生活,使我等言语谨慎,如在尔左右,如被尔拣选,能否助我等不辞劳苦、不避艰险,终成基督之真形像。基督乎!领我等进入尔里面,得真快乐,亦求尔在我等里面,成活水泉源,流至永远,使我等思想能将尔之生命分布全世。亲爱之主乎!我等现在所求,乃按照尔之宗旨,想尔必愿听此祷告,并愿施给我等较我等所求者更多,且必急急进入我等之心。现在我等皆处黑暗,所望于此深夜寂静之时,尽引入于尔荣光之中,各得平安。阿们!一千九百零八年记于诺而非。”女由是信主愈深,不论到何处,无不尽其基督徒之本分引导众人,故其自记志愿曰:“主乎!勉我成为高尚人,藉上帝能力保守我在诸地所受之益，勉我为一有价值之教友，勉我不仅为善人，且多为有益善事，勉我爱人而忘己，勉我乘机助人，勉我每日得一新友，且不失已得之友，勉我为一清洁坚信之人，勉我能竭其智能，作一基督好家宰，勉我无论主安派何地，必面如日光不似黑云，且必现出基督至美之言行。”

一日闻人演说，又标示女信徒之目的曰：“要使主看我等是完全诚实，竟无欺诈存于心中，凡作一切事，不但事之显著者当尽忠，即事之隐微者亦当尽忠；又当完全清洁，不但言行清洁，意思亦要清洁。凡事当推基督居首位，自居末位，如在十字架，化自恃心为自治心，又宜服役众人。所谓服役，遇事争先，不分大小，宜以谦卑为外衣，不可自欺致破坏身上所著美好之外衣；宜出言温和，不可触犯亲爱之朋友；宜将心内美丽发出于外，使人望之可知基督有权，能令跟从者之美胜过世上之美。我等虽欲得朋友之爱，然不可因爱友而减爱主之心，爱主之心当因爱友而更增加；我等虽欲求乐，然必明主所乐者为乐，不可自乐其乐，最关紧要者，所言所行与所思一样。”（未完）

——《女铎报》第五卷（1916）第九期

安路伊斯女士传[①]（续）

于一千九百零九年，路之祖母逝世，寿九十有一。其生时年虽老迈，而精神、才智、信仰、活泼无异壮年。此时路虽难免悲伤，然颇能自慰，盖祖母离世反助其灵德进步也。此说可于路致友书中证之。其言曰：“吾姊格矩已去世，此时得见祖母，不知何等快乐。余初虽未曾思及此中奥理，今已恍然。想祖母今已得见耶

① 标题与前稍有不同。

稣,与耶稣同在,我虽不见耶稣,亦与耶稣同在。然则祖母仍与我近,不过昔日身近,今日灵近耳,余以为灵近较身近更为亲密,因此余不为之忧,转为之乐。回忆余游历欧洲时,祖母为余预备一切,何等周到,且料想余一路参观之物及交接之人,不胜欣幸。今日祖母积一生之预备游历天堂,其所往之处、所遇之事,不更胜于余所见欧洲之人物及风景乎?故余视死如归,何惧之有?所难堪者,弥留时之诀别耳。余知其已升福地,所乘之舟和车,必较余赴欧洲之舟和车为稳妥,是以不向送行,以免彼此一番悲楚也。”祖母既死,路即作诗四首曰:

六月晦日将晚时,斜阳返照入西池。亲爱祖母如故友,平安归去赋栖迟。

美满生命已告终,也如佳日落山中。红光欲隐还留恋,情致依依表寸衷。

祖孙相爱漆投胶,此谊何忍一旦抛?日光虽云已归去,犹见乌轮照旧巢。

日光虽不在我处,他处还能见日来。祖母此去应自遣,后日相逢笑口开。

此诗题毕,又于《圣经》上帖一短文,以表记念曰:“凡有爱行者,永远不老。因人之爱心,犹如一条大路,直可引入天堂。故走至路之尽头,胜于路之开显,盖此路非下降的,乃上升的,追至半空,得气愈清,所见愈远,日光愈觉辉煌,虽到晚时,亦不易黑。”

此时路之信心与年俱长,可于其日记所载十七岁生日祷文中见之。其文曰:“父乎!明日起来,余已十七岁矣。默思所赐年龄及各种鸿恩,感激良深。去年一年,受恩尤多,论世上女子乐趣,谁能及我?论世上境遇,有如此美丽之家庭,又与可爱之家人日相团叙,亦不多觏?敬谢天父,赐我最美最爱之祖母,与吾同居良久,受益非浅,又赐诸良友,勉励多方。我所最爱者,惟主,我今信赖主,较昔更深,愿将生命尽献于主前,求主助我服役终身。”

路于一千九百十年,毕高等学业,思入何处大学,程度最优,筹画至一夏之久。既而自思人之生命有何功用,上帝所要人求学者有何意思,遂于日记又作祷文曰:

我亲爱之天父,谢尔诸般大恩,我本不敢多受,而主有加无已,尤觉惶悚。亲爱之父乎!愿尔为与我同车之贫乏妇孺祝福,使彼等不因困苦怨天,按尔圣旨,大施拯救。如其不能,亦求主使彼等于艰难中悟到尔非不讲公平之暴主,乃爱人灵魂之仁主。基督乎!求尔更祝福吾家,成为感化人之所在,使人常来,愿赞美尔名,导我等所为一切分内之事,因尔最慈悲,故求施权能,俾吾等知为所当为。我所遇困难,惟上帝鉴察,使我等有诚实、忍耐、刚强之性,品行益佳,思想益深,爱心益增。主乎!我所已求及未求者,主皆明白,总靠主在十字架之功劳。

暑假仍赴诺而非(Northfield)夏令会。此次路对于会务,较前更有精神,无论交际上游戏上,无不热心。一日演说,以诚实为题。

路先诵路加十八章九节至十五节一遍,然后说:“吾等于全部《圣经》中,对于法利赛人,最为痛恶。虽然,彼等品行,吾辈恐亦难免,欲矫其弊,惟有一法,各按个人天赋真性行事而已。夫人之初生,其性本善,只因为习俗所染,以致渐入虚假。故今日愿诸位凡失其真性者,力自收回。但此一事,言之甚易,行之实难,诸位能明此诚实之真意否(Sinecera　此腊丁文,罗马建筑公署,多用云母石,故与匠人订立合同,有‘不用蜡’等语,因恐石上有缝,用蜡嵌补,久必为风雨剥蚀也)?有时朋友通函,必于末尾结束写‘尔最诚实之友某某’(英文体裁),试问诸君果可为彼诚实之友乎?呜呼!吾等交友,大都面从心违,此即谓之不诚,不诚则不能久交矣。要知朋友为上帝所赐,乃一高贵事,而竟如云母之用蜡可乎？凡与人交,应使人识我为何等人,且弗使识我为名过其实之人,譬如尔本贫贱,不可伪作富贵。基督云:‘穷人进天国,较富人为易。’勿学变色蝉蛇,随日光而改其形相。我知一个女子,面前说如此,背后说如彼,不得谓为和气,其意实由于谄媚,即变色蝉蛇类也。又有时我等祷于广众之中,所出之言,往往注意于民听较注意于天听为甚,此通病也。诸位作祷,必须忘己,并忘尔之友,只有一主,倘所祷非出于至诚,宁缄默而不露于口。曾见一女子云‘求主使我真诚,由上至下,由内至外’,此祷正合我意。吾人亦明知己身有蜡,有时此蜡甚至加入我最好朋友名上,痛恨而欲除之,终不能得一妙法。余以为此事,惟有结交天友,可期挽救。天友毫无虚假,故亦能去我等之虚假,此天友苟能接受入我胸堂,虚假何自而生？诸君能以基督之助,脱去变色蝉蛇之外壳,显其庐山真面目,何乐如之？”

转眴交秋,入校之期渐近,路闻司米夫大学(Smith College),定八月十五开学,细阅校章后,作其一祷曰:“天父乎！我非又来烦渎,因我有切己之事,不得不与尔静商,况当此时机,更不能不倚赖尔主。我祈求你今日佑我出离罪恶,使我无论作祷或作工,殷勤不倦,使我意想正当,三思后行,速遵主命,克己牺牲。我今日所最要者,求主助我于此事诚实,依主而行,不要畏惧。从今以后,使我在世为主忠良之兵。主知我之长短,故我正心诚意听主安排,无论主差我何往,我当即行。我作此祷,知主必引我前路。”

于是路定意入司米夫大学,初颇高兴,以为得有各种机会,实为此生幸福。既而遍读科学诸书,一切新学理想灌其脑中,不禁与从前诚笃之信心,彼此交争,原有根基几乎摇动,因又祷曰:

父乎！尔曾闻吾祷,引我入此司米夫大学,我深知此校中诸友,对于我感情皆属甚厚。父乎！毕竟学校与家庭两样,家中之信仰与学校似乎不同,因此来到主前,求赐主见。基督为我之救主,必能使我贯通,此乃我自幼立下之根基,为何今日使我不能安心,又要重寻宗教原理,我焉能以有限之脑力,忆彼无限之奥旨?经不云乎:“要全心同意,爱主尔之神。”父乎!我本用全心爱尔,由此观之,尚须用全意爱尔乎?我且坐而自问,天堂岂真有上帝乎?毕竟基督为谁?人乎?神乎?彼与我有何相干?然我静观万物,不能无疑。我灵似告语曰:“此其中殆有主宰者在焉,难道此千变万化形形色色之世界,无一全爱全能之主宰为之管辖,而能秩序井然,各成一类耶?”是不能不信天父所施之福泽,无处不到,无微不至。父乎!尔欲吾等识尔,吾等远离尔时,尔曾遣独生子降生,宣布宗旨,信者得救,此言岂欺我哉?吾等读基督言行,当作若何观念?若非上帝之子,岂世上之骗子乎?但基督事迹与上帝意旨不相枘凿,苟非基督临凡,何由而识上帝?况历代理想名家,批评基督言行,曷曾推翻哉?我一生所盼望之种种目的,惟萃集于我救主之身。因其爱我,甚致愿离天家,为童贞女所生,为世人所恨,钉死于十字架上,使我等被赦。基督诚我之友,护卫我者,救赎我者,我之主,我之天父,此非真实原理,而犹待深究乎?呜呼!我何胆怯,畏彼新学败坏生平信仰,我所建立之基础,岂非抵御风波之盘石哉?上帝乎!我疑惑时,求尔扶植,倘蒙许可,请速使此苦杯离我,但不可强从我意,愿依主旨而成。基督乎!尔曾为人,故亦有此种战争,尔在黑暗中亦曾呼主曰:“我上帝为何离弃我?”今日我之境遇,似亦在黑暗中,亦说若果有主,为何离我?求主赐我真光,求主使我清心,能见我上帝。救主乎!于此大学校中,使我能别是非,为所当为,因此校对于我发生种种疑问,求主启我聪明,助我答覆,使做事有先后,悉由爱心而出,不图人之宠赂,倘我得人欢迎,即可汲引彼等日至尔前,共领金训。父乎!弗使我胡思乱想,以为离尔太远,我的隐情,实不能细说,惟求上帝明鉴,此皆因基督之名所求者。

路自此虔诚一祷,遂为天父所闻,德性坚定,不再游移,于是私心愉快,又于日记上书一感谢祷词曰:"父乎!我感谢尔之鸿恩,今日使我完全领会,知主导我投入此校,实属大有裨益,与我终身实属大有关系。惟求主使我乘此良机,多闻多见,多发嘉言懿行,为尔名增光。"

——《女铎报》第五卷(1917)第十期

安路伊斯女士传(三续)①

此后路女士卧病在床,虽痛苦非常,而犹欣欣然彰其灵德,于其致诸友函中,满纸笑词,然却句句皆有深意。盖未病之先,已预备入苦海矣,其书录下:

久欲围炉欢语而不可得,今虽未能如愿,然可借笔墨以达意。今我敞开心怀,与吾友一述。基督与我同在,彼所作之圣工,即我等寸衷之志愿与敬虔,因属至圣,故甚高贵,常人不得见之,虽对于最亲最近之父母,亦难明白表示。我等与上帝交谈,便是与之来往,吾侪既能祷告,天父亦深愿其子女亲之近之,明其意旨,引为伴侣,效其为人。我今有芜词奉献,望友一览,改变自己言行为基督言行,勿轻自暴动,须听父拣选,勿谓尔乃上帝所遣,奉命而来,有大力量,克负巨任,须知尔不过为上帝之幼童,应完全听命,幸勿急躁,以免看不见父容。切勿违犯父令,应顺其命,时时仰望父面,父若笑容对我,我亦笑容对父,使尔生命作一明镜,照父慈容。吾等君王,业已应许吾等种种好事,祷告者,即所以表显信王应许之果属于我。但无论如何祈求,或为己或为人,必须按其规条。今拟五条如下:一,应深信主能使施诸应许(《马太》十七章二

① 前似缺(二续),暂未找到。

十节)；二，应与国民和睦，凡事无相反对(《马太》五章二十三至二十五节)；三，须知天国语言(《约翰》十五章七节)；四，求时须靠王子之名(《约翰》十四章十四节)；五，须先作天国王家之事(《马太》六章三十三节)。我如此揣想，恐犹非正理，然愿照此而行，直至觅出错谬而后再改方针，尚不为迟。即使上帝未曾大施洪恩，吾人亦当注重祷告。虽一年之中仅能祷主一次，所得有限，然尽可多加虔敬，以数月之工并作一祷。吾友固献心基督，故彼亦使尔所作极美，无怪尔能达其至善之目的也。

又一函云："每思坎拿达两星期聚会，使我感恩不浅。自当时迄今日以至永远，吾等友谊日深一日，惟相待过优，更不敢信为实事，所谓受宠受惊是也。至于论及吾身，病已一年之久，前两星期似觉稍愈，今又渐渐不适，下星期四至医院就割，因此症欲完全收功，必须先经一切苦难。友乎！我正需尔相助，愿尔如我之脊骨，助我有刚毅勇敢之心，盖我素胆小，此时胆量尤为我所不可少者。有暇请时赐珍言，勖我不逮，然我未能一一答覆，因多时不能用我右膀，故难于握管也。若我在医院诸事顺利，约一两星期便可归家。现我感尔已往及未来之恩，真觉无时或忘也。尔永远好友路伊斯①书。"

路于医院中，又作一函云："吾友知我景况，故此信草率，不必求谅而吾友自能谅之。来函使我大得裨益，所作之诗亦颇有兴味，我竭力揣摩，方得领悟，真佳作也。今日下午，我忽忽不乐，因看护下楼午餐，使我寂寞，然我亦知如此利己，实不足被人怜恤。其时适见数跛者，因思彼能久忍苦难，我仅此一星期之困苦，便觉烦搅，不及远甚，苟处我以基督地位，又将如何？正思及此，家母

① "路伊斯"，原文作"路依斯"，前文有"路伊斯"，当为一人，今改。下同。

入房，手持一信，我即念及于汝，视之果然。今我已觉有力，然惟量力而行，不敢多劳。友乎！汝亦当注意自己身内之机器，勿过劳以伤之。我现觉头晕，未能多书，若再多书思友之语，恐于精神有损。再者，请参阅《腓力比》一章三至六节，又《创世记》三十一章四十九节。永远真友路伊斯书。”

路在医院病稍愈，即往其老师梅博士家吊丧。因路在校时与梅之女玛利极相善，故不得不往。梅氏治丧礼节文明，凡来吊者，无不为之感动。路见基督徒之胜死权，何等荣耀，即书一函与某友云：“吾深望良友一观梅博士家丧事，今我视死与昔迥异。我今时得见此丧事而悼人，愿他日人亦如此悼我。一切虚文，消灭净尽，梅之合家举动，实能感动人心。梅师母及其子女虽如钉十架，却以梅博士戴冕为荣，因梅师母等与其子女从此更能亲近上帝。基督既与梅博士同在，亦与梅师母等同在，因此使彼等能有主见、有余力提拔人，而不受人之提拔。今我虽不甚明透此理，然将来必能明透无疑。盖先既有信仰于心，后遇实事，更觉信而有征矣。”

路之所言不谬，果一日明白一日，其对于诸友之情，及对于一己之志，彼此争战，似均为引导之师。其日记曾记一祷词云：“父乎！我欲求清洁，今我见缺少清洁者，有负诸般洪恩，譬如极美之筵席，而器皿不洁，则负筵席矣；极美之衣服，而忽受痕迹，则负衣服矣。主乎！求尔使我活著得见圣光，助我知恶不洁，并于言行上显出尔之完全圣洁。父乎！求尔使诸同学一体清洁，使彼等怠惰时能振作精神，使彼等不畏清洁人见其内心，使彼等常不忘说我要清洁。因有人留意我，我感激尔，使我信靠我友，使我亦能助彼等，使彼等男同学思念我时，以我为清洁、刚强、诚实、不可犯之朋友。虽然彼等知我未明彼等受试探之艰难，但我信彼等因主之眷顾，定能得胜试探。亲爱之天父，因基督救主赎罪之功，纳我所求。阿们。”

此后其书信中之措词命意，尤为深而且美。其与友人论交之书曰：“交友基础坚固而后，凡事必能真而美。彼此互相规箴，自然毫无损害。友乎！勿忘基督。虽彼能领导吾等成为好友，然吾人必当仰体其意，真心从之。与友人相谈奥妙各事，实有裨益，且知他人之境遇亦与我同，因往往遇到艰难境界，忽见我同类之人，其境界亦与我相同也。”

又有书寄一友云：“我于校中之兴趣，第一即为祈祷，作祈祷无须花言巧语，言虽简短，只须真诚，便觉十分与主相近。其次为《圣经》班，其次布道，其次功课，其次游戏，又其次莫忘一身之机器。”

惜乎次年自正月起，由此医院迁至彼医院，虽医生竭力施治，才有起色，忽又变症，不但变症，而且增剧。然路不以为忧，犹细看《圣经》消遣，于紧要各处一一加墨，如《哥林多后书》十二章①“受困苦受疼痛多次不得睡”；又如十二章“主之恩于我身足矣，因我之能力于软弱之人身更为显明。所以我更喜夸己软弱，可得基督覆被”；又如《加拉太》二章“我已与基督同钉十字架，此时生活非我，乃基督在我里面而活也。且我肉身之活，乃因信而活，即信彼爱我为我舍命上帝之子而活”；又如保罗说“我愈爱尔等，岂愈不得尔等之爱耶”；又如《哥林多后书》十三章“彼因软弱钉于十字架，却以上帝大能，依然活矣”，皆用笔标出，此即路所注意处。

又致友一函云：“吾友欲知我身如何，我今细细告之。我目前情形，人咸谓我面如桃花，每食必饱，眠时亦甚安静。每日二十四句钟，时时欢喜。昨日因知我已肥胖，欢喜尤甚，然又不知身量曾重几何，我不当十分快乐，而感谢主恩哉？然我尚不能作

---

① “十二章”，疑应为“十一章”。

重事,恐重事永远不能作矣,虽然主不用我任大事,犹用我作小事,主既爱我,主必有妙旨,使我从其所定之课程而行。今思及主各种鸿恩,使我体力能以支持,我喜极而泣,我不敢因主施恩而自满,我亦不知此恩是否确实,既而默思上帝乃我最亲之父,彼使我有力量,乃欲我作紧要之功课,即使收去我力量,乃欲我作尤深奥之功课也。我总求主使我能康健、能谦卑,克助世人时常快乐,最要者惟主命是听。盖吾等断不能自行快乐,除非主真实儿女,然必须倚赖主,庶不致有仔肩太重之虑,要知主爱我等,然后方裨重任。"

某星期日,路独在医院,颇觉孤单,因作祷曰:"父乎!求尔今日与世界孤苦者同在,主较吾等明晓凄凉况味,我觉凄凉,故求主安慰世界千万孤苦者,祝福一切年老之人,因彼等亲爱之人早归天家,并求祝福一切为尔圣工远至异乡者。父乎!感激尔所赐诸良朋,因良友于我最为得益。感激主所降之疼痛难苦,使我能不因受苦怀恨,且经过此一切苦难,更知主之大爱无穷,将我造成有用之器皿。故无论如何难忍,总感激尔。我至大之医生乎!求尔靠近凡有疾者,令彼等因困苦愿来就尔,不生怨恨。上帝乎!今日乃主日,求尔助吾等知今日为星期中之特别日,但在医院中,则每日如此,无主日不主日之分,故难显出吾等敬仰之诚,且亦甚忆念家人,然无论吾侪处于何所,总求使吾等得见主亲爱之面容,将我等之手置于上帝手中,携手同行,作此星期应作之工。"

——《女铎报》第六卷(1917)第一期

安路伊斯女士传(四续)

路最后一年事迹,皆从其友人书信中得来,足见其为人能顺帝命而荣耀基督，完全得人间之快乐也。路虽日处病中，尚欲自觅兴趣，曾致函与友人曰："医病各床头皆贴有条字，有一条中写'小孩约翰，生病出汗'，人名与病名适成韵语，我见之甚为可笑，因亦为己作一歌云：'此身被医翦，所剩亦有限。医生还频来，取我颈上腺。每思念及此，痛如穿乱箭。然终有一日，脱去捆缚链。行动得自由，疾走快如电。'想吾友读之，亦当发一笑也。初，我想此病不过四日可愈，不料至今已十四日，尚不能出医院。虽然，该院之人待我皆好，故我于此颇不厌烦。余言后叙，因医生不久将来复诊我颈也。"又一函云："卧病在床，觉光阴过度甚缓，不似作工时之迅速，此无他，太闲故也。虽然，我意习静亦好，于枕上亦可学许多事也。我恐我难免在此过夏，不然，或另升一世界亦未可知。我在世一日，且行乐一日，我现已习学与万物作伴，可以分别一二十种鸟声，鸟亦常衔花卉送至我前。有时仰见青云飞散，有时仰看树叶四落，诸般佳景，无非添我诗料。友如不信，请阅此《知更鸟赞美歌》便知。歌曰：'皇矣上帝处高天，日暄雨润满芳田。春夏秋冬行有序，万物滋长尽新鲜。敬谢主恩之护佑，锡我三雏在巢间。更知绝妙之歌喉，对此韶华信口喧。世人闻之皆愉快，从知天人本相联。'吾友观之，以为何如？吾友想我此时何为？乃画一小人也。因有某夫人亦以割症来此，有五岁小女，欲索小娃玩耍，其母允之，而犹未给，故我画一小娃形状，明日俟彼来时，当与之。我友可知我之景况如何寂静。我日盼病愈，方寸如同战场，直至今日，依然如故，不知尚有何等盼望。虽然，我关闭于此，尚能赚钱以助贫人，一日赚银五十元，今计算总数，已得银五百元矣。由何而得？乃因我素好吟诗，不数日即成小本，谁知吾母取示我友，彼以为可嘉，遂印而售之矣。我初尚不知我友何以送钱与我，及以所印诗本嘱校，始恍然也。故我甚喜在此，可学他处所未能学之功课，并使我能在此地位上，解明许多疑问。因此我终感谢主,差我来此,增我才学。假使主治好我病,我更当尽我才力,为主作工。”又云:“我今烦躁不堪,因热度升至百度,腹又泄泻,真觉忍无可忍,不禁泪下,似人间忧苦毕集我身,毫无兴趣,甚至念及家人以及我友种种爱心,皆不能为我安慰。我并不能测度主意,何以使我至于如此。然我知经此一切苦难,必是益处,不过不知其益处何在耳!呜呼!我百事不知,浑身麻木,我所能觉者,只此艰难而已。”尚有一函乃路末次所书者,其言曰:“友乎!今日我似已绝望,我家人及我诸友,并我自己,竭力祈求,天父早已知之,为我安排矣。我虽每日每夜、每时每秒如此忍耐,然我自知尚有许多事缺少忍耐,因为负主十架,追随实非容易。虽然,主知我非容易,使我渐就轻松,从此再无割症事矣。我有一言奉告诸友:君等有一钟或一表,虽坏而未能完好,然仍属君等故物;我今病虽不能挽回,亦仍属君等真实朋友。”此时路病已危,于是作末次祷告曰:“父乎!感激尔赐此清晨,因彼黑暗长夜已往,忧愁可以消除,我之眼泪亦将如清晨露水,映日发光。主乎!请教导我负我十架,毫无怨恨,虽负此重担,亦欲坚守快乐之宗旨。父乎!求尔伟大荣光入我灵魂之中,使我益加敬虔。父乎!赐我心灵,使我痛恨诸罪,始能使诸罪远离,因我仍觉有一些罪恶时爱去犯,求主为我消除。善谋之灵乎!求将圣念充满我之生命,振作我之精神,使我于艰难中克明主旨,使我从尔步此苦程,不容我行平坦道路。我虽屡遭颠覆,我亦心愿情服,因知此乃导入永生。父乎!我发热急躁时,使我得避于全能主之荫庇下,于正午烈日中得清凉。上帝乎!使我不离去我之保障,使我睁目即见仇敌预备兵器,作一健壮兵士。我今所求,全赖基督功劳。阿们。”未几,路竟安然逝世,时一千九百十三年六月十二日也。其未逝之先,即亲自拟就追悼秩序,拣选经句诗歌,请两友代表己意,安慰诸人,彼此勉励,各作新生命之人,并选诗数章,以供开会时诸友诵读。

诗曰:

惨莫惨兮人之亡,共问此去何所望?举头见主耶稣在,笑谓我曰勿惊慌。因问胜死自主始,人死能否使稍俟,再赐生命作别词?主谓我曰彼非死。然则如主之所谓,非死当与睡相类,可否使之眼暂开?主告我曰彼非睡,非死非睡果何求?倘使远游可回头,因爱之者实伤悲。主曰彼亦非远游,非死非睡非远游,度必天堂共勾留,非过死河难相见。主谓死河不须求,问主斯人究何在?敢请示我有周行,使我心安理亦得。主云同在此一方,果然彼此同一院。因何咫尺不相见?前后左右无处寻,主谓乃在我里面。(完)

——《女铎报》第六卷(1917)第二期

佛兰尔斯女士小传

女士英人也,西历一八二三年产于意大利佛兰尔斯城,即以其地为名。其父名 William Shore Nightingale,富而且仁,其母出自名族,母之父于 Norwich 议院任职有年,以释放黑奴事著名当时。女士家境既裕,父母复善于启迪,故能博通经史、算术、音乐各科学以及邻国方言,洵为一才德兼全之女也。其家仆从甚多,而此娇柔闺秀,不特不受人之服役,反甘服役于贫苦之人。时英人之视看护一事,亦如今之华人一样眼光,轻为鄙陋之业,奴婢之职,虽贫女亦不屑为,女士竟毅然为之。谚曰“良种发良苗”,斯言洵不诬也。设非其祖若父有仁慈美德之因种之于前,女士安得获此果于后哉?

女士幼时,其父建有别墅于 Hampshire 城,其中珍禽异兽、瑶草奇花,无一不备。女士每日非送衣食于贫者,即往医院看视病人,暇则往园中喂养禽兽,禽兽见女士皆甚相识,虽胆之最小者亦不逃避,且生欢爱之心。尝有松鼠,每见女士,辄立道旁,女士投以核桃,彼必待女士过后,方始拾食。又有小马一匹,放于院前,女士每出,马即欣然来前,以口探其囊中,取苹果面包等物。

其父某友以女士喜乘马,时来伴之出游。其人精医学,女士从之游,耳濡目染,不久亦略识治疗门径,其后遇病者,辄以所学调护之。其家产甚多,某村有一牧羊场,牧者罗某畜守羊犬一,名堪朴,此犬明慧甚,不特善守夜,且能为其主人代劳。罗无妻子,一生只此一犬与之为伴,尝嘉此犬曰:“吾犬舍言语外,无事不能,吾虽举目无亲,得此亦足自慰。”一日,女士偕父友乘马出游,经此牧场,见罗面有忧色,问何故。罗曰:“吾犬堪朴已失其用,今夕行将枪毙矣。”女士惊曰:“汝何残忍乃尔?”罗曰:“因昨有顽童投石,断其一腿故耳。”女士曰:“汝确知其腿骨已断否?”曰:“确知,因自昨迄今,未见其置腿于地。”言次颇觉悲惨,泪似欲下。女士及父友均默然而去,即入院往视其犬。二人细察该犬,腿果臃肿,然骨未伤也。医士曰:“无性命之忧,不日即愈。”女士曰:“然则能否设法止其疼痛?”曰:“敷以热水,可减其苦。”女士即躬亲烧水,假某妇一裙,蘸水擦之。适罗返,女士具告犬之病状并宽慰之。罗感戴固深,犬亦力疾起立,重摇其尾,送女士等出,以表其感谢之意。次日女士早起,特送新裙两条及食品若干,以报假裙之妇,其爱人及物类如此。

女士喜阅善书,如布道士于他邦之种种善举,或医院中之成绩历史,或孤儿院之组织章程,凡关于公益事之记载,无不乐为研究。有时偕其父母旅行,每至一邑,其所最注意者即医院、监狱之类。盖其心中时时悯恤一般受苦者,故对于他事无如此之关心也。一日至埃及国,遇数亚拉伯人卧病不起,女士即躬亲调护,竟为治愈。病者谓女士非常人也,必为神圣命之下凡,以救吾侪,不然,何仁爱若此?而女士之志,以为看护之事何等重要,且非未受教育者所能为,故愿以提倡此事为己任,所苦未遇机会耳。既而见天主教有女子同仁会选人习学看护,办法完善,女士曰:"我更正教人,盍亦设立此会,选才训练,以养成专门之职业哉?"是说既倡,又经数年,闻来因河旁有一城名 Kaiserswerth,有斐利得耳牧师创设看护院,女士即往参观,见此院宗旨正大,规则完备,羡慕不已,自思曰:"不意我更正教中亦有如此学校也。"即有来此肄业之志。既归,又自思曰:"我为看护,能否较他业更能胜任?"斟酌既定,即曰:"非达吾目的不可。"其友闻之,亦咸赞助之,于是遂束装往来因河城就学。校长斐利得耳乃一仁恕忠良之善牧也,其教友亦无不节俭勤劳,以助各种善举,只以入不敷出,竟致负债累累,遂定志往他方募捐。于一八三二年起程,周游荷兰及英吉利两国。斐牧所至,人咸踊跃输将,故不仅捐得巨资,且得良机调查他国监狱、医院、养病院及各种慈善事业。归来学识既充,经济复丰,不难一伸其志矣。于是若疯病院,若妇女栖养所,若小孩习艺厂,莫不次第举行。其后见各医院病者乏人看护,是以又办妇女看护学校,一时闻风兴起,负笈而来者实繁有徒。然富家闺秀恐人轻视,咸有畏缩不前之势,迨女士入学,一般名门淑质遂无所障碍,联袂偕至矣。

时女士身体羸弱,常有疾病,然志不稍退,毕业之际为全校之冠,斐牧师嘉之。女士归家休息一载,体力强健,即赴盾登城某疗病院就职。该院原为国家所设,腐败已达极点。女士力为改良,不受薪俸,纯尽义务,盖其意不在名不在利,而在欲矫其弊也。院中病者大受其惠,佥曰:"女士以如是声价,而竟甘牺牲一己,拯我疮痍,雅谊高情,诚堪为世人法也。"女士见院舍残败且未完备,修葺增建在在需金,决非旦夕所可成功,遂向政府请拨巨款,以为鸠工之用,再有不敷,则倾囊以助之。未几,斯院落成,非复昔日栋折垣颓、不蔽风雨之故态矣。

一八五四年，克利米亚役起，各营秘书报告军士情形，谓医院疏于卫生，伤兵无人调护，死亡踵接。况时值冬令，霜雪交加，帐篷内积水盈尺，尤易致疾。政府闻报，虽竭力筹捐、整顿病院，而调护伤兵实乏董理人。或曰惟女士克膺其选，或曰枪林弹雨中，岂女子所能入哉？况兵士大都野蛮无礼，亦非女子所能忍受。然政府定意必请女士，遂作书恳其俯就。谁知女士初闻军中报告，早有服役战场之志，亦致书政府，以此役为己任。故女士得政府公函之日，即政府获女士手书之期，彼此不约而同，可谓心心相印矣。女士阅毕，即率女看护三十四人同往歌泰芮城，见病兵虽有四千，却非战伤，乃因不能卫生而成病也。有寒热交作者，有腹泻不止者，有因水土不服而身体肿胀者，满地呻吟，目不忍睹，衣履被褥均甚褴褛而且龌龊，汗秽之气不可向迩。女士等先为洗濯，继为缝补，而后察其所食之物，中有千人未能食常人之食，女士一一另为备餐。厥后病者渐愈，而伤者渐增，竟达至万数之众，而女士仍能调护周至。噫！此岂寻常巾帼所能及哉！女士且设有阅书室，陈设各种有益于身心之书籍，备陈各种游戏器具，俾病者可以随意行乐，洵可谓无微不至矣。

既而女士积劳过甚，以致玉体违和，然犹力疾从公一年半之久，毫不休息，故其慈爱之流露实足以感动众人，兵士中皆称为克利米亚天使。或谓天使在侧，莠徒岂敢为恶？盖女士未至之前，咒詈怨怒之声不绝于耳。女士一至，室中静如礼堂，一般悍夫心平气和，步此天使之步矣。或曰吾侪惦念骨肉，偶现于面，彼即多方慰劝，闻其言者莫不悦服。或曰夜间万籁俱寂，人多休息，而形若天使之佛兰尔斯女士犹秉烛来照我等。其余赞美女士者甚多，未能一一枚举。厥后战事告终，将士欲有所报酬，女士知之，不别而去，大失众望。既返，女王宴之，且赐红宝石十字宝星，镶以白宝石，上镌“怜恤人者有福”数字，下以金刚钻嵌女王之名，旁以绿宝石刻成棕树叶形，叶上之纹嵌以金丝，上系短链，链上加一金刚钻襞针，针之后刻“Crimean”字。国人虽知其富有，然不能不有所酬谢，以报其功德，遂集银五万赠之。女士遂以此银建一医院，即今英之圣多马医院。

女士文学既优，即不难于著作，故每于公暇，从事著书。若《医院记录》《印度军土疗病院记》《印度死生说》《妇女模范》等书，皆已传世，而尤以《看护记录》一册脍炙人口。其言看护士犹一丹青家，看护犹丹青家之画，然丹青家虽费精神，而其画稿终为死物，看护之事乃行于活人之身，人身即上帝之住所，是则此工岂非较为重要乎？女士自幼有高志，有远见，且坚忍而不畏难，故卒能达其所欲成之目的。苟非存心与上帝同一仁慈，决不能始终不渝如是。女士享年九十而没，今虽魂归阊阖，而嘉言懿行不犹彰彰在人耳目间哉？

译者曰：当今中国对于善举，贫者固以力不从心为推诿之词，富者暖衣饱食，安享尊荣，更无暇念及此事，男子且然，而况女子乎？女士以席丰履厚之身，行济困扶危之志，巾帼须眉，世罕其匹。所愿诸女同胞共步佛兰尔斯后尘，勉为中国之佛兰尔斯，留名万世，是则私心所晨夕跂祷者也。

——《女铎报》第七卷(1918)第三期

袁玉英

袁玉英，美国著名来华传教士亮乐月在南京汇文女子大学的学生及助手，亦为周澈朗好友，曾作《周澈朗女士传》一文纪念早逝之周澈朗，刊载于《女铎报》1916年第4卷第12期。袁玉英与周澈朗为少时同学，后又同教习于汇文女子大学，并同襄《女铎报》译务。其译作有传记作品《首创节制会维丽德女士小传》。

首创节制会维丽德女士小传

呜呼！维丽德女士之仁爱品行及其伟大感①力，孰能以确切之言形容其万一哉？余既幸与女士同时生，又幸与女士为莫逆交，故受福无量。每念及此，不禁为未识女士诸人惋惜，尤为佩白色结诸员悲悯，因记其美满之生命，以敬告世之与女士同工者。

女士系纽英革兰（New England）人，而生于美之东北纽约省彻司非城（Churchville，New York），且于知识初开年龄，即居于危司堪辛省（Wisconsin）之林中。此居在旷野丛林，为其父所筑，女士与兄阿佛（Oliver）、妹美丽（Mary）于此可称为最良好之机会也，所得户外新奇见闻颇多。其母有德有才，常以天然景物教导儿女，喜与儿女同游，最注重以无时或息之爱勉其子女对待天父，而

① “感”，原文字迹不清，似作“感”。

子女亦皆能没齿不忘。女士幼患胆怯，每遇恐惧时，辄求母护。母慰之曰："世人皆在上帝怀中，无异婴儿之于乳母。汝知此，但依上帝可耳。"女士自得此训，即定其一生信仰之宗旨而学如不及矣。有萨莫特(Lady Somerset)夫人者，尝曰："丽德年虽长成，而心犹赤子。盖世上虽无一女思想及感觉能与之颉颃，然其性情勇往直前，仍有进无止，真如《圣经》所谓在天国者，如小孩一样也。"

女士幼时不喜针黹琐事，独于某年七月四日，为美国国庆纪念会，兴高采烈，亲制一国旗，是可见其爱国为欲中之主脑。故其兄首次因国家选举随父入城投票，女士见而流泪，告其妹曰："我女子因何不能投票？岂爱国不及男子耶？"妹固解人，即答曰："爱国诚无分男女，其如积习难反何？请勿多言，恐人将谓尔自命男子矣。"此即女士爱国之明证也。

女士虽有男子之志，然终不免有女孩爱美之见，故时以容貌不扬为恨，以其发带红色也。一日，有男孩呼以红发婆，女士大怒，泣告其母。母曰："此等无意识之言于汝何损？汝祖父少年亦曾遭此侮辱，旋以品性庄严迈众，举国奉为模范。汝能效之，不更胜于倾城之貌哉？"女士大慰，自此不以己之容貌为忧，而以祖父之品性为念矣。

女士居恒自思，若欲博通古今，知宇宙之广，审其大势，以创事业，非受完善教育不可，故对于求学，其志綦切。年十二，其父以子女虽有此家庭教育，然年龄渐长，似宜送入各科完备之学校肄业。其母亦曰："我之目的，子女皆当为基督徒，故必使受高尚教育。"奈僻处偏乡，无校可入，因聘女师贝迪恺(Miss Burdick)为之教授。二年后，女士已有普通学识。其父商诸邻人公立一小学堂。女士闻之喜曰："吾姊妹今得求学之地矣。"既入校，对于学问上事寝馈不忘，故为时虽少而获益殊多也。光阴如驶，在校忽忽四易寒暑。年已十八，当挽发系裙，然女士于此等装束颇觉为难，诚巾帼其身而丈夫其气也。

其父最恶各种说部，禁女子阅。女士于己诞日，偶阅《爱芬荷》（*Ivanhoe*）小册。此书为著名有趣味者，不意适为父见，曰："丽德，汝忘我戒命乎？"女士答曰："父乎，我非敢违父训，特此时与彼时不同耳。"父曰："时能使行有异否？"女士曰："儿今年已十八，《爱芬荷》不妨一观。"以美俗，女十八已成人也。其父拟夺其书未果，既而谓其母曰："丽德虽甫成人，而其行为径直，实不愧为我清洁教之后裔矣。"

一日，其父母以两女年事俱长，程度亦渐高，非入大学不能深造，当送美之施喀勾城（Chicago）西北曷芬斯敦（Evanston）大学。因于一八五八年全眷迁往，于是女士姊妹咸得于此大学肄业焉。时该校一女生即女士之嫂谓其初入校时，人皆以狂妄目之，比下课后，则惊为不可及。数星期后，竟被选为校报主笔，则知女士不仅学问优长，而交际上亦和蔼可亲，至是始显著其足为领袖之才能也。然女士并不以才自负，亦时与诸生结伴戏玩，与勉励彼等求学立名一样尽力。校长钟君尝曰："如女士者，庶可以男子同学，足使男生各敛其野蛮之行动矣。"女士宗教教育得自茗龄，迨后学业愈进，疑问亦愈多，其徘徊于信否之间，竟有数年之久。此事在女士自守秘密，旁观何由知之？因某年女士患肠热颇剧，正在生死之间，一夕自言曰："余心中似闻有两种声音，一则招之就上帝，一则教之勿逆个人之理由。"是不难窥见其平日之心思矣。厥后病体复元，遂于众前奉献一己之身心与上帝和圣教，其改悔之诚，不又昭然若揭哉？

一八六二年，女士即为曷芬斯敦大学教员。此时，女士正欲专心于事业上，而孰知发轫之始即遇有拂意之事。伊于其妹美丽友爱素笃，乃以体弱致病，忽于是年仲夏去世。女士痛不欲生，恨未能与之偕往，犹幸记其最后遗言有"姊当广劝众人改悔为善"一语，聊以解其忧伤之心。曾述其妹之轶事，著成小册，名曰《十九春之嘉言懿行》。吾人阅之，即可知美丽之有以感丽德，而丽德之实被美丽感也。又逾四年春日，椿荫失庇，而泄泄融融之家庭遂大减其天伦之乐矣。

一八六八年至七十年，此三年中为女士首次游历欧洲，曾偕一友同行。至埃及犹太小亚细亚等处，见东方与欧洲妇女景况，颇为怜恤，其后著书行事，皆本此阅历以为资料。斯时女士于教育上经验既深，品学益重，即于一八七一年后被举为曷芬斯敦女学一部校长。由是女士于学界中荣名大噪，然女士以高危满溢为心，惟恐有忝厥职，凡校中教授及管理各法，时加整顿，以故诸生无分久暂，悉为所化，亦皆终日乾乾，以仰副女士一番期望之至意。盖女士之为校长，惟一宗旨在因材施教，知学生有何才，必使其养成何才，不但能使人各自奋兴，且使人各自信其所为必有效果。此即女士成功之秘诀也。

男女同学必男女各有道德，方无阻碍，故当时不敢轻意尝试，直待女士赞成，曷芬斯敦学校始实行之，颇为社会所称颂。盖女士既勉诸生事事以基督徒自问，并时为诸生祷曰："上帝乎，请助我等达到心向善时所欲为之目的。"然则聆此言而不动于中者，其惟厚颜之人矣。由是人称女士德化之宏，超乎凡人而近乎神圣，故诸生崇拜之，亦若对神圣而不敢侵犯。其实在女士心中，初无他异，亦第充满基督之灵而已。既具此感力，是不特可为当世女界领袖，且可与古之伟人同得号召天下之荣名焉。（未完）

——《女铎报》第七卷(1918)第一期

首创节制会维丽德女士小传（续）

某年该校忽易总校长，与女士意见不合，女士因而辞职。此事颇与威尔逊辞配斯顿校长相类,诚以此二人皆因和平待学生,为人所不容耳。不然,威何以不能为校长而能为总统,女士何以不能为校长而能为天下节制会之首领哉?女士此时,其心甚不自慰,岂知上帝别有意旨,已遴选为尤大之工作,非吾人所能推测也。

一八七三年,合众国反对饮酒,组织义勇团于欧艾欧省之希斯波镇,共至各酒铺作祷,有时被阻,即于门外作祷,一时风传他处。女界亦纷纷效法,此即女子节制会之开始。此时,女士自思极应赞助此事,而苦于无款。时忽得两函,一纽约大城延为某大学校长,薪水甚厚;一公举为芝加哥基督教女子节制会部长,系纯尽义务者。女士不待踌躇,即欣然就节制会之职。于校长之尊荣多金则舍之,于部长之劳苦义务则取之,其不慕名利、热心救世,谓非难能而可贵乎?女士对于此会热心万状,虽同人集款以酬,终不之受,直至积劳成疾,窘迫难堪,始遵母命而略受薪金,其廉洁为何如哉!

一日,女士于芝加哥美以美女子宣道会演说,有某绅奇其才,翌晨执刺造访,并云三星期内当遍邀各团体重开一会,请选一题再为演说,且出五十金为酬。女士闻而异之,禀询其母。母曰:"吾人处事,遇门开即当入,时不可失。"女士即撰成一稿,题曰"十九世纪之骑将",其宗旨乃欲给还女界天赋特权,俾可成其当成能成之各种要事。当时美国女子亦多受压制,不许担任职业,闻者始而诧异,既而大为感动,从此二星期内聘演说者不下百处,而女士之才遂无人不知。

女士初任节制事,即被举赴欧艾欧省克利芬城(Hillsborough Ohio)第一次全国会议,会中遂选为总秘书,此时女士已为会中之主脑矣。盖女士于此又欲提倡女权,渠以为天之生民,无论在社会上、在学业上、在政事上,男女皆得同享利权,且因此设一会,即保护家庭之法,嗣后全国仿行,女界遂为提醒。

一八七七年,女士佐慕笛(D. L. Moody)先生宣道于波斯盾城(Boston),以奋兴女界为己任。其扶助青年女子尤为注重,凡听者莫不出幽暗入光明,而升为高尚之生命,故当时一般青年女界翕然从风,咸称为波斯盾城之大慈善家。

一日,女士正欲宣讲,而琴师迟迟未到,乃于来宾中觅代理者。忽来一女,形容文弱,曰:“愿承其乏。”彼何人斯?即戈爱娜(Anna Gordon)女士也。自此女士与之声应气求,共商会务,深资臂助,竟历二十一年之久。诚以戈才德兼优而又臭味相投,在女士可合良友贤妹慧女而并呼之矣。然则当年会场中一曲瑶琴,非苍苍者为彼两人作介绍乎?

慕笛欲聘女士为其所立之女校主任,女士以节制事重不之允,遂于是年秋,别慕笛而归。次年即抱鸰原之痛,女士同胞无多,且亲爱实逾恒辈,而今又弱一个,能不悲哉?

一八七九年,女士被选为美国全国白色结会会长,凡所设施皆有条不紊,故每届续选,全体一致举手,从不易人,直至其升尤高之位置,任尤重之职司,辞别人世、进入天堂而后已。

一日,女士宣言:“安得以白色结围绕全球,与世界各国女子共相携手,推广是会?”一八八三年,即与戈女士偕赴美洲南部游历,行九万里之遥。时美南北未和,因女士此行仁慈遍布,而双方仇恨为之少解,于是女士联络天下女子之志益坚,欲集天下女界共立一会,以发达家庭清洁和平为宗旨,其意以为世界为我牧场,慈善为我职业,岂可以有形之畛域阻我无限之权能?一时闻者莫不赞成。

一八八四年,英国首领陆克司夫人即英国某相之妹与女士环游世界宣道,携请愿书,周流各国。此第一次出发,签名者已有七百万人之多。至一八九一年,开第一次世界大会于波斯盾城,时英国首领为萨莫特夫人,渠与女士最为莫逆,于是英美节制会感情益密。

一八九二年秋,女士忽遭失恃,从此维氏家庭影只形单,惟丽德一人矣。女士曰:“我母不特为我母,且为我友,自幼迄长,相依为命。今我母去世,我身之半如已同亡。”其哀可知。由是女士精神果大丧失,曩日之强健竟不可复睹矣。

一八九三年,女士第一次为节制会代表于英国,英人即于著名旻则特讲堂开欢迎大会,凡诸有名之改革家、哲学家及议员显官皆列坐,一见女士,咸起立三呼欢迎。女士曰:“我生平无一事如今日之乐者,因我为英国南部农家出身,今日何幸而得故乡贤达之嘉许也!”旋萨莫特夫人陪游各乡各城,随处演说,被感者不少。其最大之纪念,即一八九五年于英之皇家讲堂再开世界大会,女士于白色结之义勇团中,几乎有口皆碑,称为世界巨擘。《圣经》云:“先知在本乡无被人敬者。”女士则不但英国人敬之,即美国本乡人,无论遇何集会,皆以得附骥尾为荣焉。

女士一生勉己勉人,成各事业,其惟一宗旨,即永无止息一爱字。美国伟人中有仰慕女士者曰:“余生平阅人多矣,独维丽德为能适合《歌林多前书》十三章中‘最博大者曰爱’之旨。”斯言不啻为女士写照也。

一八九六年八月间,女士偕萨莫特夫人赴法国马赛埠(Marseilles),救济由土国逃来之奥迷利牙(Armenians)人并带回美国,使之各得其所。一八九七年,又聚世界大会于坎拿大(Canada)之特安特城(Toronto),各国代表毕至,颇极一时之盛。而是年十月二十五日,女士对世界节制会委员所发之末次议论,尤足为后人永远之纪念。即其议论时,引某诗句曰“去路惟微兮”一语,言天堂相去甚近,不有足令人寻绎乎?

一八九八年之初,女士正拟偕戈女士赴纽约再游欧洲,以伸其数载积悃，不意病莫能兴，遂于二月十七夜，应上帝之召而驾返天家矣，享年正六十。全球闻之，如颓天姥之峰，如匿婿星之彩，识与不识罔不同深悲悼。自来女子之死者多矣，未见有如此哀动天下者，故以女界为尤悲。尝闻其同人相谓曰："世有维丽德，则男女可较强，女子可较贞，婴儿可较平安矣。"此其明证。女士更注重女青年，以为将来节制会惟女青年是赖，而一般女青年亦相亲相近，愿牺牲一己以事之。呜呼！女士死而女士之灵不死，诚如其生前所谓人死如隔一帘而已。是我等虽不能见女士，女士必能见我等，且必能见其生前所结成之果。盖自一千八百七十三年，希斯波镇酒铺祷主及提倡女权二事，至今坎拿大全地，已有女子投票权及禁酒之政策。至美国女权，更不待言。酒之一事，国会亦已于去年通过全国禁售矣。不但此也，各国对于女权及禁酒亦相继鼓吹，渐有效验，此不足以慰女士在天之灵哉？

女士既没，即陈其遗体于芝加哥城会堂中，吊者约八万人。葬之日，美国各大城各公署皆下半旗致哀。按美上院元勋纪念堂例，每邦只准建立二像。一八九二年，伊利挪省即于立法机关投票决定为女士建立石像，与林肯总统之石像并垂不朽，盖此两人俱为伊利挪省人所最崇拜者。又于纽约女士曾到各公所之墙上，以白玉镌其像。即全国各公学内亦多悬女士遗容，凡此皆欲令新世纪之学子得以常常瞻仰，而知所则效耳。此外更有雄冠全球、历久常新之纪念碑，即深刻于我白色结大团体诸人之脑筋中"维丽德"三字。故我同人既感谢上帝赐我女士为之创始，尤愿仰求上帝助我勇力，继续女士以资守成。（已完）

——《女铎报》第七卷（1918）第二期

许之枢

许之枢,生平不详,沪江大学学生。其译作有传记《格浦兰立女士小传》。

格浦兰立女士小传

太平洋之最远处有海威(Hawaiian Islands)群岛。其大半为珊瑚聚成,所惜者有最高大之火山峙于其中,内一山曰格路亚大(Kilauca)山,为世界最险最高火山中之一,其口颇广,且含有一层火液,周围约有六至九英里,当烟出时,无异布云,氤氲缭绕,日夜不息。彼处土人相传此火山中有一暴厉女神,名比利(Pe－lo),其发光明似玻璃,长可覆至山脚,其沐浴时,必在山之最大一层。人皆畏之,以妇女为尤畏,因之立庙设祀,有僧人以司供奉。

有一僧曾语人曰:"如有一妇人敢上此山,采一果掷于山口之沸水海中,此女神必大发雷霆,震裂此岛,威灵赫赫,一至于此。"但距今一百年前,有教会传道者欲辟其谬妄,特至此岛,多方劝导。于是一般土人渐去其信仰女神之心,而归于真正创造天地之上帝矣。所有不能开化者大都聚于一处,往往以发焰之山为安稳之地。

于西历一八二五年,有一勇敢之女教徒,名格浦兰立,即莱海(Naihe)之妻,为海威之公正演说家也,有信实,有能力,深恶比利女神，誓必破其约束百姓之种种迷信事物。该处有一种祭祀所用之圣果，为妇人所忌取者。一日，格浦兰立竟摘而上此火山。山路长约二英里半，为最劳苦、最危险之山路。迨行至山石最滑润之一面，即火山余烬破裂斜处，为奉比利之和尚所知，大触其怒，急自山岩圣殿中出，以绳索遍拦格浦兰立之路，意欲使之颠踬而不得生还也。讵此种事早在格浦兰立之意中，行时极其谨慎，终未遇难。先至最高处，一览形势，后再向下行，至最险之山口，立于近火之沸水海边，将所带之圣果力向中央掷去，曰："我若被比利残害，则比利真可谓有权矣，即使我死，我终反抗比利之忿怒，我已破坏比利之命令，亦何惜牺牲区区一身哉？设比利不能害我，是我之重生、我之得救，皆耶和华全能上帝之恩。盖耶和华我之主也，夫主犹风也，既能引动世上之火，亦能遏灭世上之火。我亲爱之同胞乎，要知威海之女神乃魔鬼之虚张声势，为祸则有余，为福则不足，惟信奉主者乃可胜此试探耳。"

厥后，格浦兰立果未受害，安稳下山。非其心百折不回，乌得除迷信而享自由若是哉？由是海威群岛之人民咸不注意此等淫祀，而格浦兰立之名遂流传不朽矣。

——《女铎报》第八卷(1919)第四期

陈美玉

生平不详。

包可悦女士小传

女士马色处式(Massachusetts)人,生于一千八百三十年,其为人笃实,忠心爱国,名誉甚重,其母为热诚之基督徒,女士秉性慈祥,幼知孝友。年十一,其长兄坠楼成残疾,举动需人,卧床两年之久,女士照顾,无微不至,自此恒以仁爱为注意。及父令就塾,天资灵敏,有逾侪辈,年未两旬,学业已成。初任小学校教员,年二十一,曾游观纽极西之巴亭顿(New Jersey Bordentown)。其地人民极其野蛮,向无学校,男女小孩闲游街市,父母亦不愿儿女读书,政府因此颇以为难。女士见彼等情况,不禁感叹,即要求学部设校于巴亭顿城,愿尽义务提倡教育。学部非但不赞成,且讥诮曰:"男子尚不能化此顽民,汝区区一女子能为之乎?"然女士之母及友皆知女士所为优于男子。逾时,女士又以坚忍之心,再三要求。学部曰:"姑设小学,以试汝才。"女士喜,遂往。初,仅学生六人,女士尽力教授,不数月,各有程度,随处表显其进步之状态,不啻为女士作活动之广告矣。因此生徒近悦远来,日渐众多,至是学部深佩服之。女士又要求另建可容六百学生之大校舍,学部始而不允,继以女士热心且实能办事,遂如所求,后果收学生六百人。盖该处人初不知学堂之益，至是人人心目中，视学堂如乐院矣。

一千八百五十三年，女士积劳成疾，医士云非休息不可，于是离校至华盛顿友人处，调养数月。病愈后，友人荐为议院书记，后议长知其有才，升为速记员。当女士初入议院时，男子群起反对，每值女士入院，必分列左右、互相羞辱，然女士毫不在意。事为监理员所闻，凡反对女士者全行革职，而以女子补之。嗣易议长，因欲位置私人，辞去女士，不料继其后者不能胜任，不得已复女士职。

时美国因欲释黑奴，南北开战于巴提摩尔（Baltimore）。首次战后，除三十受伤兵士留华盛顿病院外，余兵悉调他处。当诸兵士由巴提摩尔抵华盛顿之际，正在星期六，女士闻信，即备食物供给诸兵士，且帮同病院照看受伤之三十兵士。次日，兵士起行，以星期日不开车，女士急雇数十夫役，为担行李，并自备食物，以为兵士途中充饥。女士每至伤兵处，必将报章所载交战情形诵与彼听。此时，伤兵日至，病院已满，女士即辞有薪之要职，服役于战场无薪之苦工，且又自出金钱供给兵士所需，如水果补料之类。时华盛顿有某官员特克（General Tucerk），见女士热诚，为所感触，亦量为捐助。

一千八百六十一年之终，其父以八十高年忽得重恙，女士不得不归家省亲，有时与父言志，愿以扶助病者为己任。其父勉之曰："汝当奋力以成汝之志，我亦曾为兵士，汝既有此仁爱之心，兵士必甚感激。"既而父殁，仍回战场服役，为伤兵敷药治食。有受伤较轻之兵士二十五人，令其佐理一切杂务，以分其劳。一日，干粮告罄，女士忧急万状，忽见一农家有敌人寄藏麦粉数十袋、盐一包，女士即备食分给站立里许之兵士。农家屋有走廊，女士即备为中枪兵士割症之用。女士自早至晚忙碌不息，甚至面如黑种人,其喉亦哑,盖因常受枪烟,以至枯燥、不能发声也。夜间并无灯火,兵士随地而卧,医生定例,夜不看病,伤不重者尚无妨碍,其受伤甚重者,哀号之声惨不忍闻,多有不及天明而毙者。女士深怜之,备灯笼若干,每晚分置兵士卧处。一日,女士身不能支,返至华盛顿,卧床数日,忽闻开战,即赴前敌。因战场之前伤者较多,女士尝曰:“危险之处,即余置身之处也。”一千八百六十二年,美又有战事于福勒得的堡(Fredericksburg),女士得信即往。此时,美政府知女士之热心,酌贴费用,并使带领佐理人若干。所惜人多粗鲁,不服命令,女士一一设法劝之,后果无敢抗逆者。既至战场,虽尚未至战期,然每日两面兵士常有冲突,女士屡为排解。及到战期,随营医院往来不定,女士此次服役约有三星期之久。当时除女士所设随营医院外,无他医院,且时值冬令,风寒刺骨,女士预备食物于旷野之中,殊非易易。时有伤兵五十人,卧于野地,已经数日,无人知悉。及女士寻见,几欲冻死,急使人舁回,脱去冰冻之衣服,裹以极软之毡毯,并生极暖之火炉,并施以饮食,然后分给医药。一日,敌军有少年军官,身受重伤,被掳至女士处。女士用心照顾,苦于无法可救,旋政府派医生于福勒得的堡建立医院及为兵士预备食物之所。女士思此处兵士既已得所,即定意入敌降军队中,照看彼等受伤之兵。将行之日,受伤之军官告之曰:“女士待吾甚厚,吾病虽不能救,然殊深感激,今我有要言告汝,吾国兵士名为投降,但埋伏四处,意欲乘机而发,尽杀城中人民,女士此行殊多危险。”女士从容答曰:“此乃我之本分,危险不暇计也。”少年军官见女士立志牺牲,只好颂祝数语,以送其行。迨女士及其同人入敌队时,众军士知女士乃为善举而来,群起欢迎。一日,有兵士数人捧一极美之绒毡至女士前,女士急问何为,皆曰:“女士待吾等甚善,无以为报,今于某处窃此微物,聊表感激之诚。”女士厉声曰:“速还原主!”其后,女士随华谟(Gilmore)、德格仁(Dahlgren)二医士于极门斯、弗利、木耳斯诸岛屿,佐理一切。女士常受暴风骤雨烈日之苦,毫不在意。或问:“如何能忍?”曰:“此事必有天命,若果畏难,彼愁苦者更无生理。”由此可知女士仁爱之心,非常人所能及矣。

一千八百六十四年,有策士豫料美国将有烈战,未几果然。女士闻此消息,即拟前往服役。政府亦知女士才能及仁爱,遂派之经理救伤等事,于是服役至两月之久。一日,闻兄病重及其侄亡故,返至华盛顿。时战场之兵士常有信致女士,各表思慕之诚,即兵士家属亦皆致书女士,探问战场各兵士存亡消息。女士深恤此等为母为妻之人,因设法召集熟悉战事者,调查明确,于各处随时报告。后为美总统所知,即派女士专办此事。战毕后,女士著成小册,内载兵士阵亡若干、何人葬于何处、为俘囚者若干、逃回者若干,通报全国人民,且于各紧要处遍贴广告,因此人称女士为战场书记。总计女士一生,为国服役,更仆难终,其因善举所费金钱约有一万五千两之谱。或曰:“汝不当为公事用己款。”女士曰:“我用我之所有为保全己,国苟无国,虽有钱何用哉?”

一千八百六十九年,女士正至欧洲,欲图休息,适值法德交战,女士即被请于红十字会办事。女士初不知红十字会之意,后经人详为解释,女士大悦,曰:“苟天假我年,返至美国,必设法创立红十字会。”未几战毕,德法二国以女士功高,赏十字架徽章二座,一金者,一铁者,盖表明女士不论贵贱,一视同仁也。此时,女士身体软弱不堪,意欲回家,因不能受大西洋旅行之苦,于是即留伦敦①,调养数月。一千八百八十四年,立有万国同盟会,女士被举为美之代表,即著《红十字会之历史》,在会宣布。美政府发印此书,以传于世,而美之红十字会亦于是乎有萌芽矣。现时欧战

① “伦敦”,原文作“伦顿”,据文义改。

何等剧烈,若女士在,其作为必有可观,奈女士于未战以前早入天堂,岂不大可惜哉!

——《女铎报》第七卷(1918)第五期

柏爱勒斯夫人传

哈弗大学校长有言曰:"我平生所见闻者,无一女子对于美国社会之感力,能如爱勒斯者。"夫既为大学校长,其所论自能确切不移,良以柏才既高超,宅心仁爱,为众所钦服,故哈弗校长深许之也。其被举为韦斯里(Wellesley)大学校长,其才良可知矣。美国女界为大学校长者,虽不自爱勒斯始,而功则无有出其右者。今特将其事略摭拾言之,以传不朽。

柏夫人费爱勒斯(Alice Freeman),美国人,于一千八百三十五年二月二十一生于纽约之尔波米弱镇(Palmer Broome County)。此地多为农家,故夫人自幼之所见所闻,不外树木、池沼等天然之乡景。其祖乃一平民,非仅无甚名誉,且家素贫寒,平日所经营者,不外工作而已,于学术不甚讲求。夫人之母乃克勒斯韦(Colesville)农家女也,此处人民发黑眼大,故其母之貌极美而有干事之才,热心扶助社会进化,于节制等事尤为注意,凡妇孺之失所者,务设良法以庇护之。己尝身患重病,缠绵多日,故深悉病中苦况。及病愈后,竭力设法欲设妇孺医院,虽其家甚病,力有未逮,而坚忍为怀,务达目的。未数年,夫人之父果然医学有成,并任长老会监督之职,不负其母期望之心矣。

夫人生时,其母年只十八,家贫无婢仆,家庭琐务皆其母躬自操作。夫人幼时尝语人曰:"肉类等物,吾家中从未尝食,有时稍食价廉之水果或小鱼之类,不啻饱饫珍馐矣。"夫人渐长,即知分母之劳,方能步行,即助母携拿小物,或收取鸡鸭之卵,或检点杯箸零星物件，可知夫人自幼即具乐于助人之知识矣。盖富家子女皆有婢仆侍[1]奉，家中杂务无缘练习，故难养成乐助之习惯，且知识甚浅，不能深知父母之慈爱，安望其将来居心仁慈乎？夫人四岁即入私塾，天资灵敏，声音清朗，故教员常使起立高声朗诵，使诸生效读。及五岁时，已有弟妹三人，即能为弟妹等著衣纳履，栉沐头面，伴之同往学堂读书矣。

欧西乡间人民，其思想较城市人为优，因乡间各物不便购取，惟有尽力设法以供所须。若中国乡民则非是，苟何物不便购取，宁可避而不用，不知设法创制也。夫人既属乡间之女，故其对于思索上甚易发达。九岁时，其父正在医校肄业，家中用度甚为困难。其母因欲激励其父之勤学，使无内顾忧，乃甘心劳苦，勤作女红，得资供给家用，以成其夫之志愿。因之夫人后日亦能甘心舍己，不辞劳苦，力助他人者，皆自幼由其母所秉受者也。

夫人年十余时，其父费先生已由医校卒业，斯时其家迁至文色(Windsor)城。夫人入一中校读书，其校长由大学医学及圣道学卒业，兼任牧师之职，另有教员六人。此时夫人渐知人情交往之世故，故师生之感情甚为融洽。六教员中，有一人以夫人天资既高，将来学问必能深造，故对于夫人尤加注意，常以善法引导之；有时借以书籍，以期增其学识，有时与之闲谈，使知己之贵重。于是夫人得知敬主爱人之道，深悉博览群书之益。此时如无此教员激发其志气，恐未必能深知己为有用之才而精进不已，以宏其造就也。夫人尝著一日记，论学校之善及文色城之美。其言曰：“我不知如何设词，始可表明我校对于我身有莫大之利益。我乃一农人之女，竟使我日被熏陶，备受三育，不致成为弃材，皆出我校之赐也。至文色城景物之秀美，风俗之纯良，无一城镇能及之

---

① “侍”，原文作“待”，据文义改。

者。试观河流之宽广,人民之忠诚爱国,其明证也。”由此可知夫人凡事存感激与知足之心焉。

一八七二年,夫人中学毕业,意欲入大学读书。其父因家中贫乏,皆不甚愿。父曰:“以我之力,只能使一男孩入大学,卒业后俾可献身社会,担任家用。”夫人曰:“苟能使我得入大学,则将来一弟入大学之一切费用,我誓必资助,并助诸弟妹等受相当之教育也。”父母见其如此志坚,即允之。夫人决拟选一程度较高之大学,以便投考,以夫人在中校时,闻一教员谓诸生曰:“现时所设女子大学徒有虚名,程度实不如男子大学,惟男女兼收之大学,程度尚有可观。”故夫人欲进米西干大学(Michigan University)。时该大学准女子投入此校已两年矣,其父遂送往投考,不幸在中学之程度虽高,然进大学则不足,是以未蒙录取。后经校长唤夫人及其父入,面试许久,知夫人天资颖悟,补课非难,不妨通融办理,遂与试员相商,使入校试习六星期,视其进步如何再定弃取。孰知此六星期内,其进步甚速,遂得录取。夫人于大学读书时,常受经济之困难,遂于暑假时除补习功课外,更尽力工作,得资以供己用之不足。观其致伊母之函,即可知其窘状矣。其词曰:“前奉慈谕及银十二元,感极,一旦得机,自当尽力报恩,略酬高厚。此处费用甚巨,家中所寄之钱,只敷女火食之用。女于校内衣履不能过陋,现女之衣及鞋皆已破坏,特于前日购外衣一件、鞋一双,然书籍等业经备齐。若我父能寄钱来甚好,若其不能,女可设法,望母勿忧。曾忆《圣经》有言,‘凡有所需,当求之于主,主自将所需者加给我等’。可知上帝极愿扶助乐于自助之人,若上帝有意使女读完大学课程,则必能成女之志愿;若上帝不使女完大学课程,亦是主旨,女一切均听主命,是以请母不必忧也。”一八七四年,夫人在大学已毕三年级之课程,因经济问题不能前进,于次年正月即至高等学校教授。时夫人年未及两旬,与生徒年龄相仿。一日致函某同学,述其教授时刻,略谓“每晨九时上课,下午四时半下课后,仍有点名记分等事,是以每日须至七时,方可返寄宿舍,尚须预备次日所授之功课,并接待来宾,故睡时甚迟。每星期五,须检查诸生一星期内有无缺席。若有缺席三日者,应书一字条,问明该生父母。每星期六,当删改论文若干篇。寄宿舍离校二约里许,往来需时,且有时己之针黹尚须自作,故甚形忙碌。近来母校情形如何,望详细示我。约十星期后,我即可回至校中,完我大学课程,所以欲进行之故,非爱受较爱施为胜,亦以我准备完全,以为世用”云云。盖夫人教授一年所蓄薪金,足入大学一年费用,故急欲前进也。

一八七六年,夫人由大学卒业,末年所读之书,非仅得书中要义,且所学能与实验相符。其同班中一男生曾告其母曰:“我有一女学友,见识甚高,为儿所不及,凡一切疑难,伊悉能解释。”即指夫人而言也。又一历史教员语人云:“凡我素所豫备之课,欲演与诸生者,爱勒斯皆早领悟。”可见夫人精进之功矣。其卒业所作之论题为“格致学与诗有何关系”,见其文者,无不钦佩。在校时与各教员及诸同学之感情甚厚。大凡各校教员之品行及与生徒交接之礼仪,于造就人才上甚有关系。该校教员皆属良师,于爱勒斯之人格莫不注意,故知其将来必能于社会上大有裨益。校长亦知其才能出众,常与互谈,又屡于课余之暇,力助伊之所不足,此校长遂为夫人终身之良友。及卒业后,校长及诸教员特将难作之工加诸其身,盖深知其有办事才也。

——《女铎报》第七卷(1918)第六期

柏爱勒斯夫人传(续)

是时女子得有大学文凭者甚少,与夫人同时卒业者,男生六十四人,女生只十一人,故此次卒业女生,实为女界卒业大学之先锋。伊等亦深知己之责任在尽力扶助女学进行,而夫人尤为热心。以形体言之,夫人于其家中矮小,无过人处,然其道德高深,实为家中之冠。其最著者,则品行端正,居心仁慈,人人所深知者也。

凡人既受教育,最要之事,即当尽其所有,以供人之所需。夫人度量既极宽宏,尤能将由学校所受之益转给他人。大学毕业后,在某中学教授,每月薪金六十余,其妹之学费杂用须耗去二十五元,可见夫人作事不求名利,克己从人矣。观其与友之一函,可知夫人律己之严。其词曰"我以多日未得休息,致身体甚倦,虽在暑假,仍无暇晷。我此时有一极困难之事,然我只知尽力作我本分,虽百般苦况业集我身,我毫不在意"云云。尝有友人问之曰:"汝欲将汝之感力激动诸女生,究用何术乎?"曰:"自我与彼等相处以来,觉彼等之所需不仅德智体三育而已,其所最要者,当使彼等知社会交际之道。天之生人,莫不各有仁慈之心,若不交相往来,则此衷不能表现。譬之冰虽自能融解,若无日光之助,则不能濾化。人若有良法善导,则天赋之性自然流露,因此我决意引导生徒使有社会交际之智识,庶将来实行时不致茫无把握。上帝赐我力量,使能将其所赐与我者转给他人,我必体上帝之意,将凡我之所受者,力求彼等复受之于我。或在彼等欢乐之时,或在彼等忧愁之日,凡有求助于我者,我悉心扶助,不遗余力。即遇我当疲困之候或值忧伤之际,我之门皆大开,概不拒绝。我非故为是说动人听闻,实以深觉此乃我分内之事,亦惟求我心之所安而已。每晨,我与伊等同守晨更,后于礼堂作公共之礼拜,我常见诸生注视我面,目不转瞬,此因基督之爱使我等有此感情也。作基督徒者,当以基督之心为心,每于好行为上表明基督之博爱,能如此则处他事必甚易矣。"

某中校多属贵族女子，夫人以此等女子脑想简单，终日所萦念者无非一己之权利，不易改良，故不欲久羁是校。而原约只定一年，以校中执事及诸生再三挽留，只得复留一年。夫人之志甚高，虽已毕业大学，仍思得博士之位。照安纳耳博(Ann Arbor)大学章程，须自修历史一科，而此科为夫人所最爱，已有深得，复于每年暑假期内勤加自修，故历史之造诣尤高。虽博士应读之书未尽读完，然以夫人有功社会，故于一八一二年米西干大学特赠以博士文凭，以遂其志。一八七七年，某中学校长因能力薄弱，办事不甚精明，举措失当，致校中有不睦之举动，遂公选夫人为副校长以助之。时有一生怂恿数人违抗校规，经夫人竭力劝导，此生受其感动，遂于众前甘心认罪，化小人为君子，夫人可谓善于感人者矣。两月后，校中诸事井井有条，其才其德，于此已可概见。

一八七八年，夫人返至韦斯理大学教授希腊文。次年六月，其幼妹年十八，因痨疾去世。夫人素爱此妹，以其天资较己尤明敏，方期令入大学肄业，今竟弃世，其忧伤可知矣。时夫人年二十四，史学为韦斯理大学第一。校中虽设置完备，然非夫人循循善教，此校恐不能遽成为世界有名誉之学校。夫人每星期除教授历史十五时外，每日另有《圣经》班及管理一切杂务，并常与诸生接洽，虽作工甚多，因校中用费浩繁，经费不足，故薪资甚少，而夫人不计也。韦斯理大学为德先生夫妇出资所创办，德君若有办理不合之处，夫人必毅然抗争，决不服从。德君后亦深服其才，语人曰："此黑眼之女子，即此校来日之校长也。"

一八八一年，校长因疾辞职，德君亦以病亡，众遂举夫人为校长。夫人在诸教员中为最年轻者，夫人既被举为校长，教员中未免有忌之者，且此时甲班生之年龄与之相若，见夫人为校长，俱各得意。于是夫人集甲班生谓之曰："我知校长之责任甚重，我一人不能负担，且我年甚轻，凡有不到之处，尚望汝等臂助，有何意见，随时均可告我。”内一人问曰:“汝初为校长,如何著手进行?”夫人曰:“我苟无甲班生之助,则不能办理此校也。”

在夫人前任之校长,凡所办一切,并无报单可凭。至夫人时,凡办理财政之出入、教员之责任、校规之改良,皆有报告。先是凡由各处高等卒业,不论程度高低,皆可直接送入大学。夫人定章,程度不及格者不得录取,修金不足者不得收留;并设试验室、藏书楼、教员预备室,教员住室与预备室相连,皆与学生之寝室相近,学生出入一览无遗。夫人每日皆有定时入预备室,以备诸生因事谒见;除限定之时刻外,学生若有要事,亦可随时相商。一日,有一新生以初至不知各室之所在,午膳时,闻铃声响动,东西探视,遍觅膳室不得。夫人见之,即领至膳室,且略与问讯。后此生语人曰:“自彼日始,我已受校长之感力,殊令人没世不忘也。”又一学生语人曰:“我初至韦斯理大学时,因自幼从未离家,故恋念不已。正为难时,有一极温和之女士在我旁竭力安慰,我因其爱我之深,殊甚感激。当时我以为乃一学生耳,至次晨礼拜时,见其在台上演讲,经余座右之同学告我曰:‘此即校长也。’我深为惊异,更觉其爱之所至,如使我得一新生命,自是我不复念家矣。”某日一外路新生至校,夫人知其远道而来,当已疲倦,即领入己室,慰藉备至,并取一新巾令彼洗面。此等琐事,不妨使一旧生为之,而夫人不辞劳苦,躬亲其役,其爱人之深、处事之细可知矣。夫人办事精明,且甚果决。校中一生性情乖张,常与他生不睦。夫人尽力诱掖,俾归于正,至终不悛,立即将其革退,于是报告诸生曰:“不守校规之某生,我已革除,且从今后,校中不得忘信谣言,仅闻传说而不能确指姓名者,徒启含沙射影之弊耳。”一日外间忽有谣言蜂起,夫人即谓诸生曰:“此乃谣传,决非事实,无论对于本校或对于外人,不准一人谈论此事。”于是虽街谈巷议、报章纷载,而校中无人提及,且诸生皆服夫人之论断敏捷,故凡所言所行无不钦服备至。尝有一四年级生接得请柬，请其于放假前偕往华盛顿参观毕业礼，其家人盼望甚切，即至夫人前请假，曰："下学期，我必早日来校，以便补考。"经夫人婉言劝阻，该生即决意不去，可见夫婉言感人之深。又有一生以体弱故，医谓其当休息一年始可肄业，此生恐延误课程，语夫人曰："因休息之故，费我一年之时间，非我所愿也。"夫人温语曰："我亦不愿汝废此大好光阴，我当设法令医生谓女①不须休息，以免废此良时。然所忧者恐以惜此一年光阴之故，致将来汝体更弱，医生将谓汝此后永不能读书，或谓当休息三年或至五年，彼时恐我等无法使医生不再说休息二字矣。"该生曰："如此，我不如乘此时休息一年，以免将来之患。"时有一生于每晨礼拜时常迟至，一日竟于唱诗后方始进堂。夫人惟微笑向之注意一视，此生自觉羞愧无已，此后即不复迟至。又有少数学生，礼拜时不愿起立，一日夫人特选"站起，站起，为耶稣"一首，使诸生全体起立唱之，此后每当起立时，诸生全体俱起。曾有学生语夫人曰："人常待我不善，时加毁谤。"夫人劝以与人须当和睦，且宜忍耐。此生曰："人苟如此待校长如何？"夫人曰："我惟谨以处己，和以待人，自不至有人如此待我。"此生无语而退。夫人待学生仁爱公平，诸生莫不心悦诚服，故规则虽极严厉，而诸生无不遵行。一学士尝语其友曰："我于纽英革兰大学肄业时，觉其规则过严，不料校长告我曰：'汝果至韦斯理大学，即知彼校长之威。其校定例，校长若发一令，无一学生敢不服从者。'"其校规则之严，于此可见一斑。一三年级生在外教授数年，欲返校完其第四年课程，惟此时校中课程较离校时已加高，故殊觉甚难，将有退志。夫人语之曰："功课虽较前稍难，然以汝之天资及汝之有恒，勉力为之，定能胜此难字一关。"此生蒙此嘉奖，亦深自策励，后果

① "女"，古同"汝"。

成其志愿以去。

夫人甚注意诸生之优点,故诸生在夫人目中,莫不各有所长。及夫人嫁后与其夫游历欧洲时,途中屡遇前此诸生,夫人皆能历指姓名及其擅长之点。其夫甚奇之,曰:“汝之记忆力,一何如此之佳乎?”尝有一生致函其友,内有言夫人为韦斯理校长时记忆超群一事,谓其初管是校,学生有七八百人之多,一星期后即能分别诸生姓名,可见脑力之佳矣。夫人卒后,一生函告夫人之夫曰:“柏师母实有特别能力加诸我身,凡我所觉极困难之事,一经师母之指导,则措置裕如,实为梦想所不到。至今默想其为人,犹觉有一种贵重之灵力感触我身,不禁令我肃然起敬也。凡师母之见闻学识及其思想动作,我苟能踵及之,我心亦足矣。师母深信良心与上帝交通之人,乃为有生命之根底者,此等人有天然之能力及天然之平安,吾知师母实为有此生命者也。其为校长之初,即创设《圣经》班,每星期讨论《圣经》二时,并令诸生每日私自祈祷查经。诸生听其祈祷之词,知与上主甚近,遂使诸生之精神亦与师母相通,以其言行足为清洁纯粹之表率也。师母所解释之《圣经》,意思深彻①,与众不同,无论一花一木一鸟鹊一婴儿,皆能使人发出慈爱及感谢之心,故不仅能感化全校生徒,并能激动他校热诚之人焉。”有某校长曾作一诗论柏师母之为人。其词曰:

吾侪爱之,爱之维何?仁如天使,爱若真神。送食向饥饿之辈,扶助为软弱之人。

吾侪爱之,爱之维何?遇公益事,勇敢而行。从不因困难之境,致显出丧志之情。

吾侪爱之,爱之维何?品格端严,绝后超前。已胜一切之试

① “彻”,原文作“澈”,据文义改。

探,诚如见其肺肝然。

——《女铎报》第七卷(1918)第七期

柏爱勒斯夫人传(二续)

哈弗大学(Harvard College)执事中,有柏夫人之父执某。夫妇二人因彼此世交,与夫人时相往还。夫人于其家中遇一哈弗大学教员柏先生(Mr. Palmer)者,彼此晤谈,渐成莫逆,至一八八七年,柏遂以一戒指缔定良缘。时有爱勒斯之友人,愿出资建屋,为二人结婚后居住,故二人之意,皆欲于夏季成婚。此时,夫人鼎鼎大名已遍传全国,忽闻夫人不日将嫁,不免稍有责言,谓当以己之责任为重,不应轻弃上主所托之重任,遽尔嫁人,如为祭司者不能婚娶,皇帝不得自由娶后,须于国家有益者方可娶之,一则以传道为重,一则以国家为重。今爱勒斯既有如此之才能,当尽己之所能者,悉授于世之轻年女子,不应自立家室、享受一己之乐也。又谓不知柏君何以有此大胆,敢求婚于赫赫有名之女士,又不知爱勒斯对于婚姻之事何以如此示弱,而竟允之也。韦斯理诸执事亦有言柏君何以己则仍就职于哈弗而欲爱勒斯辞职,何不二人皆各仍其旧,且二大学相距甚近,或使柏辞哈弗之职而就事于韦斯理,则二人皆得尽力社会,爱勒斯亦无辞职之举矣。是时,柏君修金每年三千五百金元,爱勒斯每年四千金元,苟二人同就职于韦斯理,岂非甚善?而柏君不愿也,意谓女士已操劳过度,拟令稍息仔肩,以便调摄。且女士一身非特于韦斯理有关,而于世界亦甚重要,其对于韦斯理之责任业已尽矣,须留其身以尽力社会。盖彼于韦斯理已为之倡立基础、订立规条,只须俟其渐臻发达而已。且此发达之一步乃自然之程序,既已设置完备,自无不发达之理。且从无一校之事发达在一人之时期间者,苟一校经一人管理过久,则在人人目中,视为此人之私塾。故执事过久者常宜更换,以明此为公共之校,则无专擅之弊。韦斯理虽复举校长,而女士在外亦可襄助,故不必恋恋于该校也。柏君之言如此,其视夫人一身之重,正所以示其爱护之深矣。

韦斯理大学再三挽留夫人,祈其再行担任一年,以便清理一切手续。夫人遂拟俟年终时辞职,与柏君成婚。此数月内,夫人仍竭力办理一切,诸生凡有事欲与女士相商者,皆乘此就商,将卸职之数星期更形忙碌。至是年十二月二十三日,与柏君在一巨绅家中举行结婚典礼,亲族赞襄者甚众。未几,二人即游历欧洲,许久始返。

柏夫人之历史约分四期:第一期乃其幼小在父母前之时代,第二期系于校中为学生之时代,第三期为教授之时代,第四期即于归后之时代。孩提时,诸事悉遵父母命令,从未违背。在校受业时,一切皆听师长指挥。自一八七五年至一八八七年,乃为教员及校长之时,所受无形之限制较之有形之命令为尤甚,且此中岁月,不仅供给自己,并须兼顾弟姊。及于归后,始可自由举动。至其对于家政一切,人皆以为平时既多从事于学校,势必不善治理家事。今日中国学界女子多有此等弊端,以为既有学术,则家中琐务及厨中杂作与烹调诸事,皆可命仆役为之。而夫人不然,事无巨细,务必躬亲,虽有婢仆,亦必自督率,以故井井有条;室中一切器具既甚精良,逐日家用复行俭省;常与厨役讨论菜蔬,不厌精详,每日所备食物不过数种,然口味甚佳。无论何时至其家中,皆甚有秩序,供客各种食品皆出自备。一日,厨仆语之曰:“此炉不适用,而面粉又甚劣,故我不能作好面包。”夫人不语,即就原炉及面,亲自作成极佳之面包。后此仆语人曰:“为教员者,凡事皆能,未可以其不谙而轻视之。”又曰:“有才学之人虽未尝经验之事,亦能为之,且甚精巧。”夫人之治家于此可见一斑。

人皆谓女子不当受大学之教育，以为女子苟有大学之程度，则必不屑处理家务。自夫人由大学毕业，才学兼备，仍能尽心家务，有条不紊，非仅为女界之模范，尤能扫除女界入大学之障碍。至于交际之道，夫人待客甚殷，车马盈门，几于无日间断。曾有友人托以三孩，住其家中将及一载，夫人悉心照顾，无异己出，待友之厚可知。自于归后，虽未在校教授，而校中一切进行固常相助为理，不仅韦斯理校然也，即哈弗校中之教员生徒亦常得其辅助，故其家中无一星期无两校之客。不独此也，夫人之为人向无私见，无论何校，莫不尽力扶助，而对于其校感情之善否不计也。尝与诸教员讨论教授方法，凡游历欧洲时所见闻之良法美意，无不尽心指导，几使各界闻之，亦皆欲趋前求其指教矣。青年女子其趋向有疑虑之处，悉与相商，以资定夺。有经济困难、无人帮助者，皆求其援救。学生有不明之处，亦来求其指示。于以见夫人之嘉言懿行有益于社会者，非浅鲜矣。

夫人除家庭工作外，对于美国教育上之事业，殊有一番功劳。因伊关心韦斯理大学之事颇切，校中遂组织一干事员会，夫人被举为该会干事员。每聚会时，夫人除不得已不能赴会外，余皆列座，然缺席时甚少，并常设法劝诸干事员，使知当以善法导引诸生，不当以权力行压制之手段。每于会中议事时，各人意见苟有不合之处，夫人必平心静气，细为劝解，至各人皆能透彻①各方面之事理，然后加以判断，将判断之际，因不欲按一己之意行事，故必十分审慎，并将各人之意见联络一致，务臻至美至善地步，始敢纵抒②己见、详论得失也。似此等小心勤慎、委婉灵敏之干事员，诚该会所不可少者。

---

① “彻”，原文作“澈”，据文义改。

② “抒”，原文作“纾”，据文义改。

韦斯理大学自夫人辞职后,不数年间,三易校长。此三校长皆学识甚优、才具擅长者。校长既屡更易,校规亦随之变迁,是以校中旧规更变殆尽。其初该校有至要之规则三条:第一,即此校之修金较各校为少;第二,诸生不分贫富,每日须有一句钟之工作;第三,每日须有若干时之沈静,聚集公祷,为师生亲近之机。后因校中生徒日众,用费浩繁,是以一切事宜非更变不可。诸生学费,拟议加增;而生徒既众,内有多数非信教者,则不能强其查经祈祷;至于富家生徒,亦多不愿作工,是与此三条至要之规定未免大相抵触矣。于是夫人为设法筹助经费,救济贫苦生徒,劝导未信道者信心祈祷,并劝富家子女亦随同工作。在夫人之意,以为帮助一女子大学,即无异帮助各处男女教育之进行,故其热心赞助,不遗余力也。

——《女铎报》第七卷(1918)第八期

柏爱勒斯夫人传(三续)

除韦斯理大学外,柏夫人助理他校,其热心亦无异韦斯理。曾担任施加哥大学之监学,每年以三个月宿于该大学,为之照顾学生之住室及饮食,并监察学生之品行,遇有学生之间断功课者,则为之补习。尝捐九万金元,补助建一大学,因之此新立之校与哈弗大学甚相亲密。未几,又为韦斯理大学劝捐十一万金元。又请各省所有之大学、各派代表开一大学联合会,商议教育进行方法,从此各大学互相联络,彼此莫逆。并设法各处劝捐,除推广学额外,兼助经济不足之学校,复尽力帮助城内妇女教育会,使会务进行,力谋教育妇女新法及改良课程、注重实业等事。又设法使女子得入大学特别科,习格致植动等学。又发起家庭经济学及练习演说诸务,并推广各省看护,以便照顾各校学生、作工女子及贫病残废等人。夫人更注重各公园内之花草树木，务使美观。对于各城之街道，意在激动妇女力加整顿，务使清洁，此又可见其注意卫生之切矣。夫人深信女子当有参政权，知将来此事定可实行，不必扶助，故未力办此事。伊以为莫妙于先使妇女有清明之脑想、壮健之身体，并使知自己之责任，早自为备，以待时机。迨时机一至，则水到渠成，自不难如愿以偿矣。此皆柏夫人为各城所筹画之事也。

一八八九年，柏夫人被举为省学稽查员，亲往各校参观，见有规模不完善之校，则设法导引，使之改良，于是各校闻风兴起，竞自整顿，以致每年开教育会议有二十五处之多，使各城镇教员就近聚集，讨论教授新法。当是时，马色处色之师范只有六校，夫人设法为六师范校添建新屋，并另增师范四校。旧章学生有中学程度，即可考入师范，夫人改为学生须有高等程度，然后可进师范校，盖以如此则入校时选择专科，方有定见。师范课程定期三年毕业，各校之所以能同守一章者，因各校教员之学术甚优而能彼此平允故也。又设法广开高等学校于各城镇，使儿童皆能受高尚之教育，并立一定章，凡本处无高等可进而入就近之高等校者，免收学费，且往来车资亦准减价，并筹增各教员薪金，使无内顾之忧，然后得专心教授。后又力助美国南境之黑人、英西之印弟安人及各处之贫苦者，使对于教育上实力进行。迨美与西班牙战争以后，夫人于北美洲东南之库巴岛建立一校，旋即担任美国布道差会之委办。其时美国有一学校，已开办百余年，虽属有名，然校内规则类多守旧，以故往学者少，几至不能支持。校长不愿停闭此校，故请柏夫人为之设法。夫人遂邀各界有名男女聚会，商订改良校章，添聘教员，推广学额，增加教员薪金，并为此校偿还多数债务。此校遂得渐复兴盛，皆柏夫人之力也。

夫人甚喜演说，除处置以上诸事，稍有余暇，常出演讲，每年至少四十次。其在各校所演之题,大概关于教育者居多。哈弗大学之一校长云:“有圣灵充满如柏夫人者,实鲜其人。”盖其每次演说,其辞自始自终,皆足以激发闻者之热诚而感触其性灵也。夫人虽如此尽力作工,然皆不取薪资。自于归后,其所作诸工,只于施加哥大学任监学时曾取薪金耳,其余诸般工作皆未取分文也。柏夫人一生所作之事,大率类此。其余各事之最所关切者,每当夏季,必竭力设法阻止本省之售酒。每春季放假归,即佐理各校之种植及豫备游戏场。平时每二星期,则有欢乐会,研究改良缝纫诸法;每星期五,则与哈弗大学之学生晤叙;星期六,则各女子大学之学生为柏夫人开茶话会焉。

一八九八年,柏夫人正下电车,为一脚踏车撞倒,头部受伤甚重,晕去约十二句钟之久,不省人事,身体因之软弱者约一年。其发在此一年内悉变灰色,可见受伤之重矣。是年,各处之驰函相慰者纷至沓来。后以善自宽慰兼悉心休养,渐得痊愈。呜呼!柏夫人何以受此重伤哉?特以服务社会之故,终日匆忙,往来道途所致耳。吾思柏夫人如此辛勤、如此热诚,不但可为我中国未受教育之女子作榜样,直可为我中国既受教育之女子之模范。吾国女子虽有宝贵之光阴,往往不知如何使用,或爱服饰华美,竞乘汽车,终日游观,或爱呼朋引类,共聚一室,日事赌博,罕有能尽心竭力扶助国家者。柏夫人于美国所成之事,要使任教职者能激动生徒乐于工作并为之服役,为妻者能改良家政、精求工业,为世界造平安,且使人人以帮助众人为欢乐,更使人人知懒惰者终身所作之工不及分所当为事之一半,而不得不各自勉励。夫人苟非仆仆风尘、不遑宁处,则既无此成绩,亦不致遭此车撞之危险矣。

凡柏夫人所到之处及与之亲近者,无不受其恩施。一日,有一学生驰书与夫人,叙述己之境遇。夫人覆函曰:“来书尽悉,汝以为汝之生命无益于世界,须知吾等若从未成之事着想,固觉无甚大效，若从已成之事着想，即可大得安慰。我意汝必不觉汝之小孩，此周较彼周已长大若干，即在小孩自己，亦不能觉己之无日不在生长中也。直至数年之后，觉衣之短，始知己之长矣。经云：‘主视千年如一日，视一日如千年。’人须往远处着想，不可责效于目前。现汝所负之责任已多，不识汝尚欲担何责任。我知某某城得汝旅居其中，其城必变优美无疑，汝将来不独能改良一城，渐可推至全纽英革兰，并可渐及天下。汝不可自颓，宜愿上主之祝福临汝，尽汝为妻、为母、为媳、为友、为邻之责，如此则汝之感力必甚大，可成许多大事，为汝所不能自觉。所最要者，汝今已为母，宜注意汝孩之卫生，暇则多作仁爱之工，如医院内之职务及扶助人之事业，更能收拾街道、清洁学堂，使人民减少灾病，如此则汝女成人亦间接得受汝福，将来效汝者多。吾知必由汝欢乐之家庭，可使全城之家庭欢乐，即无家可归之孩童，将来亦必成欢乐之家庭。汝能达此目的，则幸甚矣。若我有一女，必视若掌珠，尽力顾复，为之改良一至善至美之城邑，以备吾女之居住。闻汝现尚勤习音乐，并诵读诸经及论说各书，我甚欣慰，因此种书籍能使女子多得新知识，发展其脑想也。汝女见汝如此勤学，耳濡目染，将来为学生时，必能回忆汝一生之辛勤，而愈加发愤为学矣。世间之学问无穷，吾等生活于上帝所造之世，至别世时，一己之工已毕，而世界之工犹未毕也。若我等常存如此思想，可使孩童与我等常有联合之心，如此则人对世之感情愈厚矣。”

——《女铎报》第七卷(1918)第九期

柏爱勒斯夫人传(四续)

又一函亦为夫人致其女弟子者，其词曰：“接汝函知汝嫂去世，并知汝意欲辞职，为汝兄代理家政，余以此事不应如此办理。

须知此时正汝服务社会、于己于人均属有益之际,若汝坚辞当尽之责,为伊代理家政,非仅无益于彼,亦必遭人谤言,是于对待汝一己及对待汝兄,未免均误。按理汝兄亦不应准汝有此办法,盖以舍此良机,恐将来未必再遇也。且汝兄现有自由续娶之权,汝可不必为之忧虑,我亦曾遇此况,然吾仍以吾之本分工作为紧要,望汝振作精神,力尽汝责为要。至汝之侄女,可随汝身旁,以便照护;俟其稍长,即当送之入校,况此无兄弟姊妹之孩,更应使之早入学校为妙也。”又一函乃与另一女生者,其词曰:“阅来函知汝尚欲仍往前读,至得博士而后已,余意此时汝有当作之工,当尽之责任,正可不必如此着想。每见年轻男女,只顾一己猎取博士之名,将服役社会至宝贵之良机尽行丧失,茫然不觉,此等思想非但错对社会,亦且误待本身。余非谓女子不当得博士,女子而欲求博士之位,必先择定将来所作之事业,非学成后不能有功于社会,故不得不再从事于学问,然后可以入校,盖如此则外虽以求博士为名,而实则求学问以期扶助社会也。非然者,名位虽高,非特无益,而反有损矣。读书之景况固较教授或他项工作为乐,然徒藉读书以娱己而不欲扶助人,则虽有生命,不几如无生命乎。若以余言为然,汝即舍一己之乐,亦不觉有如何之愁恼矣。”

又与友一函曰:“亲爱之友如晤。昨有一友语余,谓妇女有妇女当尽之责,故无暇关心于国家之事;并谓国事自有官长料理,无须他人劳心云云。试问国民对于国家之本分当如何?官长对于政府之本分又当如何?国家之事即人民之事,无论为官为民,皆属国家之子女。子女爱国,当尽己所能以助之,如助己之家然。至于人能为国家作何等事业,乃视各人境过而异。富者有婢仆处理家中琐事,则可为国家尽义务;贫者无力雇用仆人,难免家务缠身。而当选举投票之际,亦可拨冗一往,并可每日以半句钟阅看书报。凡有关于国家之新闻及改良家政之新法,随时转告家人亲友，藉启妇女爱国之心，并勉其成为贤妻良母。如此则所受之效果将倍于所传所闻也。为母之责任，务在使家中成一优美之家庭，此等工作远超百工之上。妇女之暇较男子稍多，故女子受教育之年较多于男子（此指西国言）。而妇女爱国之心亦较男子为胜，如能尽一己之责，即间接尽国家之责也。早五十年前，人皆以女子不当读坚深之哲学及高尚之算学，以哲学为坏人之德育，算学能损人之体育也。现皆知女子得有高尚之学问，即为国家之益，故近世女子之入大学者反较多于男子矣。再者，前星期于某处遇一六十余之老农，晤谈良久，谓彼童年时之幻想，后竟能达到目的。我闻之甚觉诧异，因问其故，伊乃详告我曰：'我孩童时，以贫乏故，将田产典质与人，平时幻想我将来宜如何勤俭，积资赎回此田，并积余钱为妻子稍享清福之资。及我主持家务，觉负担甚重，苟非因爱一至美之女子，强自振奋，恐终不能胜此重负矣。'盖彼时，我曾许此女子曰：'若尔肯允我姻事，我必尽力工作，积资续回祖业。'并许以当我未死之前，我必积蓄余资，足为我全家妇女皆能于每日下午，坐逍遥椅上，阅书遣闷。因我欲践此言以图此良缘，故竭力奋发，遂达幼时幻想之目的，云云。此语我虽今日亲听老农所言，但此事已载美国某书中。然而世界妇女半为境遇所迫，家务缠身，日无宁晷，能有余暇，闲坐观书，真属不可多得之良机，亦为不可多得之幸福也。"

又有致友一函，述其于某处演讲情形曰："某年夏季，一日乘早车至某处领众作会。是日天气甚热，及至，见多数年轻女子及多数小孩聚集一堂。是时众目注射我身，我问曰：'汝等欲我演讲何题？'一女士答曰：'请演生命二字。'我曰：'生命之理甚深，非数语所能了解，恐今晨时间短促，不能演讲此题。'时有一满面愁容之女子，手抱一孩，起立曰：'请告我等如何始有快乐。'我见其情形，不禁为之酸鼻，含泪而言曰：'快乐之所以能得者，亦视其景况何如耳。'此时又有一人曰:'请演快乐,请演如何可以快乐。'我曰:'汝等如能依我之言,则可得快乐。然当我未言之先,汝等须先允许将我之言紧记脑中,每日照行,定不间断,始能有效。'众皆同声应许,依言行事,决不间断。我即一一为之说明曰:第一即每人每日当于《圣经》或他书中,寻觅快乐之言数句。不在语句之长短,只欲能使我心喜悦,即每句三四字亦可,将其时时默念,则心中自快乐矣。我意彼等决不能照此行,孰知后面有一幼女,目黑而明,起立曰:'我知夫人之意,欲吾等多得学识,即使将来眼瞎后,亦可记忆许多美事,不致忧闷也。'我曰:'正是此意。'众复曰:'吾等定照此行,不稍间断。'第二即每人每日须观一美丽之物,无论花草树木、星月风景、山川雀鸟,随在皆可,并问:'汝等所住左近有花园否?'答曰:'有之。'我曰:'每得一物,须先细细视察究竟是否美观,直至实见其物之美丽而后止。'众皆依允。第三即每人每日须作一帮助人之事件。众曰:'此乃易为者。'一人问曰:'不知为人照看婴孩或作赚钱之工,亦可为帮助人之事否?'余曰:'可也。'后数日,于街中遇一女孩,牵我手而告曰:'此事我已作之矣。'余问所作何事并向之注视,见手抱一沉睡之孩,始悟即前日演说时所见之幼女,惟此时喜笑自若,不似前此愁容满面,故一时未能忆及也,并谓彼自闻我如何得快乐之法,已如法照行矣。惟初行之际,似觉甚难,久之渐觉容易。一日阴雨,以为不能出觅一美观之物,今日定将间断矣,心正忧急,伫立窗口,几至欲哭,忽见一麻雀在屋檐水槽内洗澡,此雀颈有黑带,羽润而光,殊为美丽,而是日三事皆行,仍未间断也。此女言时,面上精彩焕发,似觉津津有味,并连谓麻雀真美丽哉。夫以麻雀为美丽,此言虽未闻人道及,然其心中以为美丽,即无往而非美丽矣。彼又曰,一日因伊所照顾之小孩有疾,是以未能出外观物,深恐间断,正愁思间,忽见婴孩之发为日光映射,似万道金丝,光华耀目,似觉天下美丽之物无逾于此者。我即奖之曰:‘尔能遵我之言,进行不懈,定有无限之快乐。’噫! 彼不过一幼女耳,而能日寻快乐如此,甚望吾友闻此女孩之经验,亦照之而行,以求快乐可也。”历观以上数函,其谆谆劝友之处,可以想见夫人之为人矣。

讵巴斯顿城约八十余里,有一镇名巴克斯(Boxford)。此镇即柏先生之祖由英迁至美时所据之地也。历三百余年,至柏先生时,其家已有良田千亩。此镇除印弟安人外,其余皆柏氏家族,其千亩良田皆满种树木,旁有小河一,荷花颇盛,游鱼可数。其住宅有宽大走廊,并有一藏书室,其内所藏之书约一千五百余本。夫人每于夏季辄避暑于此,最喜听鸟鸣之声及观河池之景,有时至河中泅水为乐。暇时,将此后一年内将作之工逐次豫备,如一明灯,必先将灯油妥为豫备。夫人即如一大明灯,油既充足,将来始能于美洲大放光明也。

夫人每日以六句钟阅书,两句钟往林中游玩,两句钟专事书函。惟性喜鸟雀,经其研究所得,有一百四十种之多,无不爱之。其次则爱花木,每季花将开时,即能预知某时当有某花开放。不仅爱高尚之花,即果木野草诸花如蒲公英等,亦无不爱之。至于蜂蝶松鼠等物,尤属爱护周至。盖其对于鸟兽草木之艳丽,不啻作美女观也。且善于以果制为美好之食品,凡得尝其所作之果浆者,莫不啧啧称赏。凡休息日,有探之者,不于书室,即在厨房,亦可见其勤劳不止矣。夫人亦擅女红,所有便服皆其自作,旧衣旧冠随时改制。然夫妇二人皆甚爱诗文,故夫人常一面缝纫,一面听其夫诵诗,唱随之乐,于此益见。

——《女铎报》第七卷(1919)第十期

柏爱勒斯夫人传(五续)

一九零二年夏,乃柏夫人末次避暑于巴克斯。秋后某日清晨,夫人与其夫将束装复至欧洲,忽见园中桃尽成熟,夫人曰:“桃已尽熟且累累满树,吾等舍此美果而去,使尽烂落于地,岂不深可惜乎?”于是与其夫放置行囊,偕往摘桃。夫曰:“吾等当取若干枚乎?”夫人曰:“可尽力摘取,以便作成果浆多瓶也。”夫忽曰:“吾等岂非甚愚? 此冬吾等将羁留于欧洲,作如许果浆何用?”夫人曰:“此浆可藏数年不致败坏,留待尔回时再食可耳。”盖其夫最喜食此,可见夫人注意其夫之饮食,至死勿衰。

是时夫人随其夫过大西洋,复至欧洲,留伦敦①一月,十一月至巴黎。夫人夜则或作书翰,或理针黹,或听其夫诵诗读书,日间稍有闲暇,则出外游观胜景。时徜徉于红楼翠阁间,殊觉心旷神怡,性灵为之一爽。惟素有不消化之疾,然仍勤劳不辍,于己身痛苦,绝不置意。一日,至巴黎之某女校演讲,其命意之善、措辞之美,为毕生之第一。自此次演说后,夫人病渐加剧,其夫历延名医为之诊治,咸不能确定病原。此数日间,夫人虽备尝痛苦而犹甘心忍受,时时关心诸般工作,然其痛苦渐重,有时致失知觉。一日,知觉稍复,即语其夫曰:“请告我近来韦斯理大学职员会之状况如何?”可见虽在极困难之际,仍不以己之痛苦为念也。及将离世之某星期三日,医生告以所患者为一种肠自褪之割症(Intussusception),临割之前,限以一句钟料理琐务,即须奏割。若吾等处此地位,不知将于此一句钟内应作何事,而夫人镇定如常,语其夫曰:“请将信囊内之诸信授我。”盖囊中皆各处定期请夫人前往演

---

① “伦敦”,原文作“伦顿”,据文义改。

说之函也。阅后,语其夫曰:“请为我函复各处,告以因有贱恙,恐不能如期而往,殊深抱歉。”其次,告其夫当将某物赠与某友为纪念品,因此次割症能否痊愈尚未可必;又恳其夫照拂伊之双亲及弟妹;并劝其夫不可回至巴克斯,恐睹物思人、想念过度,有伤其体;且问其夫所著之《伦理学》一年内能否成书。其夫曰:“可。”夫人曰:“彼诗家侯谟(Herbert)之传记,我意须两年方可告成也。其韦斯理及哈弗男女学生,若有须扶助者,汝当尽力助之。”嘱毕,即呼其忠仆至前,将平日所著之衣服分给彼等,后即受割。因素日心跳甚弱,割后虽未受大伤而心跳愈微,延至星期六日,脉息停止,遂赴天召,葬于巴黎。噩耗至美,韦斯理及哈弗二校之男女学生、教职员等莫不哀恸异常,如伤①考妣。为夫人开追悼大会,来宾之到会者甚众云。

当一八九六年时,柏先生得一割症,将割时,语其夫人曰:“汝无须早至医院为也,俟我割过回醒后,汝再往未晚。”及其夫到院不一刻,夫人追踪而至。时医士正拟奏刀,夫人见其夫之枕不合,立回家中,取一长枕至。医院距家约十二里,途人笑其枕之长,夫人绝不介意。数年后,夫妇居于法之巴革斯,夫人自患割症,因其夫正在著书之际,不欲令其忧急,虽极痛苦,绝不形于辞色。及将至医院之前两日,偕其夫同至圣堂礼拜,随群众跪伏祈祷时,其夫见其泪落于地,甚为惊奇,不知其心中有何感伤;及次日,则别其夫入巴斯顿之医院矣。盖夫人不令其夫早知己疾之剧者,惧其心之忧伤也,可见夫妇爱情之笃矣。至其父女之间,亦甚亲密。溯夫人幼时,常随父出外诊病,路间父女闲谈,颇饶情趣,遇有危险,则共相抵御。夫人之所以能得父欢,亦由其父义方之训也。欲明其父女恩情,观其所著一诗即可知矣。其诗维何?盖得其父将死

① “伤”,疑应作“丧”。

电报,回家时于火车中所作者也。爰译其诗如下:

(一)天涯与地角,此路何其长。父病女不见,忧思蕴中藏。昂首向空呼,恨未侍父旁。所愿慈悲声,犹得听故乡。(二)假使我未到,吾父身已僵。必聆天使歌,得胜意扬扬。与诸圣同立,含笑乐未央。(三)既无愁苦累,更无疾病缠。反老犹童也,转弱如强然。于彼海岸间,光明诚无边。彼都尽自由,高地可安眠。(四)父方在世时,救人必争先。安慰愁苦人,何异主在天。价值非所记,所记惟爱怜。孩童亦欢迎,同在乐频年。因如各个人,魂灵赖完全。(五)遥想彼岸人,快乐皆无穷。其受汝恩者,相见当歌功。在昔六月时,吾妹赴天宫。此时欣把晤,笑语应可通。其眼精珠似,其发黄金同。为问较昔时,体貌可曾丰。(六)我今谨告父,不谈愁苦衷。因父已得安,我亦乐融融。虽曰违定省,灵魂贯始终。也如得安息,绝无愁苦丛。青春知不老,祝福且常蒙。

夫人之体态长短适度,殊形窈窕,因体弱故,常致多病,然深耐痛苦,一切动作甚为敏捷;善自抑制,不论遇何危境,尽能心定神安、精神活泼,见者固知其富有信心及盼望也。世界各事皆有光明与黑暗两方面,而夫人对于各种事务,其盼望均属光明之一面。每有类似绝望之事,夫人务证一法,使绝望为有望。盖视失望之事如猜谜然,虽一时迷惘,终必有善法以解其困难也。夫人亦常爱说诙谐语,每谓以诙谐出之,能使欲为之事易于举行,如机器一经加油,则立时转滑、行动无碍矣。即如一次祈祷时,一女孩笑语,夫人不以其不合而遽加责言,反慰之曰:“滑稽之事,谅上帝亦必知之,不加禁阻也。”夫人一生辛勤,无可比拟,所短者,对于己事不甚注意耳。每有函至,必迟延许久,方得示覆。最喜先将函面书就,贴好邮票,有时搁置数月始覆。其末次离美至欧时,语其妹曰:“吾行后,速将吾室中零星杂物全行烧去,设我不测、未能回归,其一切不整之物为吾夫所见,则适足贻吾之羞也。”夫人不仅有感动人心之能力，且能使凡近之者皆得按其所闻而行之也。今举一事以证之，即可知矣。夫人逝世后，有一著作家函告其夫曰："曩以事故，尝决意不再著书，及见尊夫人，晤谈之余，我虽未告以不著书之意，夫人已悬揣而知，即多方鼓励，劝慰备至，如灭烛经火即行复燃，使我再为冯妇，实赖夫人之力。我感夫人之诚意，潜心著作，故此后所成之书较前尤善。若夫人尚生，定将我现时所著捧呈妆次，以谢其所赐我之感力也。"后其夫又接一农妇之函曰："某日清晨，于车站晤尊夫人，觉其对于世界不惜牺牲一己，可谓热诚之至，不禁令人感羡不置。一日，我由报纸中剪其小影以为纪念，每一瞻瞩，觉其双目如生，停停睇视，注我不少瞬，因祝之曰：'幸有我夫人至善至美之模范，贻留于世，我必力自振作，为一有益于世之人，庶不负夫人眈眈视我之期望也。'"噫！夫人生前之嘉言懿行及种种善举罄竹难书，其足以感动人心，使其力行为善也固宜。而乃赴召以后，其贻留之小影感人之深与生前无异，诚为世所不多觏者矣。（完）

——《女铎报》第七卷(1919)第十一期

高华珠

生平不详。

来痕马利亚女士传

美国中流社会女子教育较上流社会为优,其功当推来痕马利亚女士为首。女士对于教育上,自幼热心,非特有益美国一国女子,直有益于世界各国之女子。余思中国青年女界,亦必能仿女士榜样,提倡中国女子教育,因译其小传,以供众览。

女士为白客伦西方(Buckland)马色处式(Massachusetts)人,生于一七九七年,性静而敏,喜读书,家道平常。其父母向业农,无余钱供女士入校,幸距其家四里之遥有一小学堂,不取学费,女士常往就读,或作礼拜。其父有田数亩,皆亲自耕种,更有一花园,内栽各种香花及果品,每至果熟时,即取售于市,或制成果酱出售,其家日用糖料均女士与其母凿糖枫树汁为之。其母为人殷勤节俭,于春夏秋三季中工作不辍,预备冬日之需用,故至寒冬,家中一无所缺,惟女士之衣服无力添制,只有新旧两袭,旧者平日衣之入校,新者惟星期日衣之作礼拜。

女士年十三岁,因此校往返太远,即至其朋友处作工,为己伙食,于每日午后入临近小学堂读书。女士天资聪敏,不论何书,入目即能了然,于国文、算术两科尤易领受,全堂学生无一能及者,甚至先生不遑教授。后女士升至亚西非德中学校，此校名声较著，女士进步更速，每上课时，全班人均默坐静听女士一人背诵，背诵之余，更讲解书中之意。先生见其好学，除功课外，另给书数册，但女士犹以为不足。一次，先生给腊丁文法一册，料此书须阅一年始能完毕，岂意女士不过三日即能熟背，先生闻之大异。但此学堂须略缴学费，女士因此于功课毕时纺织缝纫，且于校中作一份工夫，如洗地板、摆饭席等类，每日并于日学内代教两班书，每星期可得薪水七角五分，于是学膳两费方可无虞。

年未两旬，已毕业，惜其时无一较优学堂可为女士继续求学，即有一二相宜者，专为富贵女子而设，学费太昂。女士因此又出外教授小学数载，颇有名声，意欲再入大学读书，奈此时尚无女子大学，不得已借居女友处自修。女友之夫本为牧师，继为某大学校长，女士每日为友教其小孩，至晚其友教女士以图画，女友之夫归来，即以大学各书教授女士。一次，女士自思写字笔法不善，于乡间访得蒙馆一老先生，每日到彼处与众幼童同坐学习写字，后竟成为善书者。此时女士年三十，学识胜于大学毕业，各地人争相聘请。女士目的即欲拯援中流女子，故随处热心教授，非但使彼等得学识，且救彼等灵魂，感化彼等成为热心之基督徒。女士于春夏秋三季任学堂教授，于冬季放假后，即回至家中，于白客伦开一小学堂教授一般贫寒女子，不取学费，每年如此。俟诸生程度足能任日学之教员者，始给证书。凡得证书者，分赴各处小学堂为教员，亦教一般中流人家之女小孩，彼等所作之工颇有益于当时社会。然则女士所设三个月之小学校，至今观之，不可称为美国第一女子师范学堂乎？

女士年三十五，意欲为中流社会之女子设一最优学校，如大学堂程度者，因当时英美二国女子之得高尚教育者全系富贵人家女子，其中流人家之女子即受教育，亦惟略识文字、略知算学及地理而已。自来痕女子①提倡此校后,美之中流人家女子均能得高尚之教育矣。至美国如何振兴中流女子教育之始,读女士所写之信即知。女士恒曰:“设优级学堂为中流女子,此时最为紧要,亦最难提倡。然凡事苟有一点益处,总当竭力办成,不然,优级学堂尽为富贵女子所享受,则贫贱者终于贫贱,阶级显分,云泥分隔,大非民国平等之主义。”盖女士思己幼时无力求学之苦,对于此事非常注意,因即致函各处劝捐,其信中宗旨云:“我急欲开一学校,为中等人家之女子,拟有规例五条:一,此校房屋及器具须教友中乐意捐输;二,此校教员皆须热心担任各种功课,其薪水较他校为少;三,此校规则务求整齐,学生装饰务宜朴实;四,诸生在校皆须襄理操作;五,本校所收学费及膳费均较他校为微。”来痕女士此信专致各处热心教友及中等人家,凡富贵人家一概不发。其首次与牧师聚集,谓:“我意必捐千元,始能开工办此学堂。”时女士正为易仆司韦痴(Ipswich)校长,校内诸生闻之,即各解囊慨助,共得洋二百六十九元。女士每日又至校之左近,劝人或捐器具,或捐金钱,语甚迫切,且理直气壮,令人闻之义不容辞。于是有捐五角者,有捐五元者,有捐十元至二十元者,如是年余,始积得千元之数。于一八三五年之秋,女士以此举所费不资,又邀牧师及热心办事之教友,聚会议定须捐至八千元,以马色处式西边芒特呵里倭(Mt. Holyoke)为建校地点。一八三六年,如数捐足,遂开工兴造,共计屋四十余间,足供八十学生之用。女士又至各女教友家捐款,以补器用之不足。于是甲捐课堂器用,乙捐膳堂器用,不久一律齐备。此即世界为中流女子所设之第一优级学堂也。

一八三七年十一月初八日,此校落成,惟各种开支尚有不敷,即由董事诸君垫付之。是日即为开学之期,一时报名者已有八十

① “女子”,疑应为“女士”。

余人之多,年龄大半已过二十。女士待之如母见女,一一与之细谈。盖女士之意,必欲先知各生之景况,然后方能按彼等所缺者以补之。谈毕又以温柔之声对诸新生曰:“尔等各将用物置于楼上卧室,随即下楼,助余安排一切。”于是各生踊跃争先,愿供驱策,或报曰“某木匠店送床架来矣”,或报曰“某漆匠店送桌椅来矣”,因此各学生终日忙碌,绝无一人因寂寞而思家者。是日上午,校中器物多未全备,而诸生已到,女士颇为忧急,及晚各物皆全且安置妥贴,女士转忧为乐,即定意校中各种工夫分派学生操作,约每日一点钟。女士思学生操作工夫实为最善之法,一可强健学生之身体,二可省学堂雇仆人之费,三可显出各生性情,如此身强耐劳热心者皆来,而身弱懒惰不热心者自退,真如粉筛之筛粉,精粗立辨矣。时虽有数人反对此法,然赞成者亦多,谓此等学生毕业后必善治理家事也。惟因此课程难定,如十点钟派此生作菜,而此时此生须背地理;如十一点钟派彼生作饭,而此时彼生须上历史。女士试行二十余日,始将课程表定妥。后美国各女学皆从其法,即今于中国之开女校者,大半不外来痕女士之遗意焉。

是年冬季,天气较寒,女士每日尚作工十八点钟,非独预备学生功课,即学生饮食之佳否、卧处之安否,均女士一人督理。人谓其脑筋中杂有面包、物理、苕帚、腊丁、调羹、代数、食盐、史记、煤炭、化学等物,虽属戏言,洵非虚语。女士对于学堂内日用上,颇为节俭,凡事躬亲检点。虽一撮面粉不能多用,虽一小壶不能烧枯,虽门上有一细点破洞,无不查究。所以然者,以为此等皆主耶稣物,不敢浪费及亵渎也。其功课尤注重《圣经》,每日早晚有两次礼拜,常谓学生云:“汝等无论何事何时,宜谨慎洁净,依赖上帝,如此非惟已身可得福,亦能感化世人,即死后至天堂,尤得荫被于无穷也。”至女士之管理饮食,中国以米为重,美国则以面包为要。惟面包一物,为少数人作已难,若为八十余人作则更难。女士见首次所作之面包不佳,即细心研究,于先一夜发酵,次晨五点钟即至厨下作面包,以备午餐之用。试数星期,果作成最好之面包,即将其法教诸生学作,诸生皆乐为之。盖诸生视女士与慈母无异,敬爱之忱出于真性。凡在校中者,其志不在所读书上得一优等分数,乃思欲多得克己工夫,他日离校后,亦能为一般未受教育之女子作一导线也。昔保罗视作帐篷与写信致罗马人一样重要,故诸生视读化学书与洗地板及诸操作,亦与祈祷荣耀上帝一样重要。初诸生每年每人出学膳费六十五元,司账者以为不足,谁知一年后,且有余钱补偿造屋之欠款,此即因女士自理庶务,所以有此盈余也。女士每年只取薪水二百元,教员每年薪水只一百二十五元。女士之目地即欲为诸生作一榜样,使知在此校者非为多得薪俸,乃为荣耀上帝、服役国家、爱恤同胞也。故诸生毕业多至各处开设学堂,各尽义务教授一般贫穷女子。至女士管理之法亦能推诚布公,定章如某生今日有病,不能至餐室,其同房之友宜代报告,倘其友忘却报告,但入餐室,视其何桌缺人,亦可问之。一日,女士见餐室少一学生,即询此人何故不至,有甲生答曰:“乙生因身体不爽,不愿下楼。”女士曰:“然则不饿乎?”甲生曰:“彼嘱带茶一杯、干饼几块。”女士曰:“善。”及餐毕,甲生忘其事,空手上楼,见乙生坐摇椅上,即陪坐闲谈,共赏夕阳风景。女士知之,即亲携茶点上楼,甲乙二生见之,不胜惶悚。此后学生如有小病,苟可行动,无不下楼者矣。又有一生幼年无母,性情愚钝,女士欲某生帮助而不明言,但对之曰:“此生无母失教,景况又苦,吾等宜尽力相助,余知汝定能照顾。”某生颇为激动,遂欣然从之。凡学生中遇有难事,女士均用此法,使诸生彼此相助,无异姊妹。

女士每日自教三班书,即化学、伦理学、《圣经》。其聘请教员,不问有无文凭,亦不问系在何会,但问汝能学耶稣自己变为贫穷、使贫穷者成为富足否。因此来校为教员者无一不热心教授,而所得之薪水亦较他处为少。此校教员如此之廉、学生如此之贫,每年尚捐一千余元为女布道会,捐二三百元为国中贫户,彼等爱人之心不已与女士如出一辙哉？校中定章三年毕业，名虽为高等学堂，其实一切课程与近日大学无异，惟腊丁文、希腊文及算学较少耳。女士为校长时，卒业者有六十五人。首三年之末，毕业三人，其中一人至中国宁波布道，余皆散至各国，或为布道，或为教员。其在本国者皆愿为教师，如无学堂可就，即随意至邻家觅孩教之，教学生之热忱类如此。一八四六年三月二十五号，女士函致其友班尼司师母，谓一日得其学生一信云，渠在家中开一小学，惜房屋窄小，只一层楼，竟有学生十七人，且有十一人代膳，日抱五个月之婴孩为之教授，忙碌不堪，幸诸生皆甚勤学，不独学识进步，并能领悟真理。离校者或操持家政，或教授幼童，随处作工，皆尽义务，足为我师告慰。夫女士之学生实繁有徒，此一人既能步趋师范，余人所作之事自不待言矣，此皆女士劳苦栽培学生之大功也。

后其校发生瘟疫，女士尽力为诸生看护，遂被传染，于一八四九年三月五日逝世，享年五十二岁。综计管理芒特呵里倭书院十二年，为教习三十五年，受其教育而感化者共有女子三千余人，或服役国家，或服役教会，无论在美国或在各国，皆为人所欢迎。美国自女士提倡女学后，凡为父母者多愿送其女入校读书，以期毕业后热心办事，与女士之学生一样。一般少女亦皆愿效其学生而有志求学矣。现有数千美国女子于世界各国，或为医生，或为教员，或为布道，皆服役社会、荣耀上帝，岂非从来痕女士感化力所造成哉？女士恒言："我生天地间，只怕心中不明我之本分，或知之而不能力行。"故迄今其墓上碑文，一面刻《箴言》三十一章三十一节曰："他所操作，结成善果，必当由他享受，人必因他的行为，赞美他在城门口。"一面即刻其生平之恒言曰："我生天地间，只怕心中不明我之本分，或知之而不能力行。"（完）

——《女铎报》第八卷（1919）第二期

中国近代女性文学大系

郭延礼 郭浩帆 总主编
济南大学中国近代文学与文化研究中心 编选

史料索引卷

郭浩帆 主编

齊魯書社

图书在版编目（CIP）数据

中国近代女性文学大系 / 郭延礼，郭浩帆总主编；济南大学中国近代文学与文化研究中心编选. -- 济南：齐鲁书社，2021.7

ISBN 978-7-5333-4238-8

Ⅰ.①中… Ⅱ.①郭… ②郭… ③济… Ⅲ.①中国文学—近代文学—妇女文学—作品综合集 Ⅳ.①I215.01

中国版本图书馆CIP数据核字(2019)第293187号

责任编辑：周　磊
责任校对：王其宝　赵自环
装帧设计：郭　觐　李　生

中国近代女性文学大系·史料索引卷

ZHONGGUO JINDAI NüXING WENXUE DAXI SHILIAO SUOYIN JUAN

郭延礼　郭浩帆　总主编
济南大学中国近代文学与文化研究中心　编选
郭浩帆　主编

主管单位　山东出版传媒股份有限公司
出版发行　齊魯書社
社　　址　济南市英雄山路189号
邮　　编　250002
网　　址　www.qlss.com.cn
电子邮箱　qilupress@126.com
营销中心　（0531）82098521　82098519　82098517
印　　刷　山东临沂新华印刷物流集团有限责任公司
开　　本　880mm×1240mm　1/32
印　　张　255
插　　页　72
字　　数　6400千
版　　次　2021年7月第1版
印　　次　2021年7月第1次印刷
标准书号　ISBN 978-7-5333-4238-8
定　　价　1980.00元（全12册）

2011—2020年国家古籍整理出版规划项目

2017年度国家古籍整理出版专项经费资助项目

《神州女报》第一期

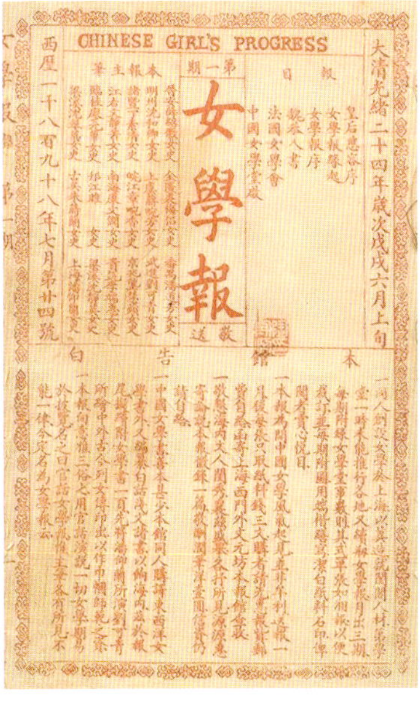

《女学报》第一期

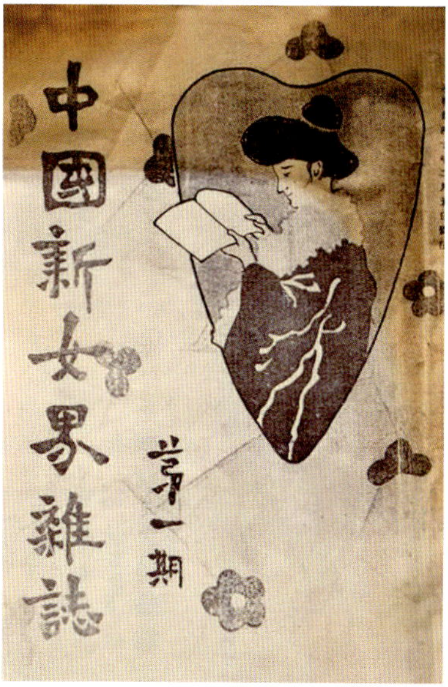

《中国新女界杂志》第一期

《妇女时报》第一号

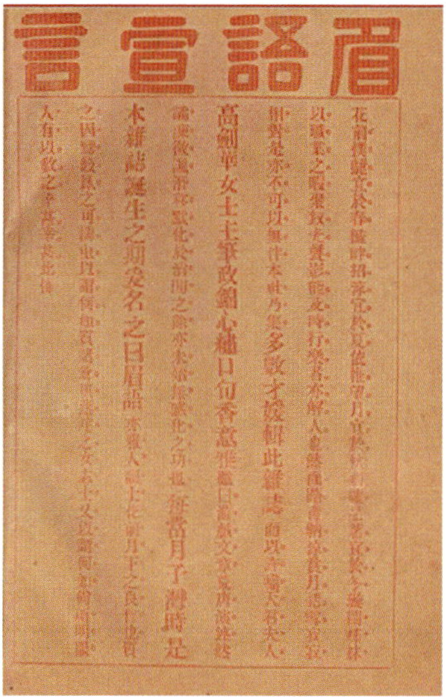

《眉语》宣言

《中华妇女界》第一卷第一期

《江苏省立第二女子师范学校校友会汇刊》第六期

《香艳杂志》第一期

史料索引卷

目　录

序　例

为促进中国近代女性文学研究，也为中国近代思想史、文化史和近代女权运动史提供史料，从2013年起，我们组织编选了《中国近代女性文学大系》（以下简称“《女性文学大系》”）。这是海内外第一次对近代女性文学进行全面系统的搜集、整理和评价，可以比较完整地反映近代女性文学的基本面貌和主要成就，填补中国近代女性文学和文化整理与研究空白。《女性文学大系》选收中国近代（1840—1919）八十年间有成就、有影响、有代表性的女性文学作品，由八大卷十二分册组成，分别为：《文学评论卷》《小说卷（上、下）》《散文卷（上、下）》《诗词卷（上、下）》《戏剧卷》《弹词卷》《翻译文学卷（上、下）》《史料索引卷》。本卷为《史料索引卷》。依照《女性文学大系》的整体编辑计划，结合近代女性文学史料收集与整理工作的实际，下面就本卷有关编选的基本情况做一简要说明。

一

编选《史料索引卷》主要借鉴和效仿的，一是20世纪30年代阿英先生编的《中国新文学大系》（1917—1927）中的《史料·索引》，二是20世纪90年代魏绍昌先生主编的《中国近代文学大系·史料索引集》。阿英先生编的《中国新文学大系》第一个十年《史料·索引》，由总史、会社史料、作家小传、史料特辑、创作编目、翻译编目和杂志编目七个部分组成，再加上中国人名、日本人名、外国人名和社团的索引。这种编制思路和方式也大体为后来的新文学大系《史料·索引》所继承，不过将总史换成了编年体的新文学运动纪事。魏绍昌先生主编的《中国近代文学大系》在参考借鉴阿英先生《史料·索引》的同时，考虑到近代文学自身的发展规律与特点风貌，以及近代文学资料收集与甄别的难度等因素，定下了“两有”（有重点、有特色）“一顾”（适当地顾到全面）的编制原则，将《史料索引集》内容分为五个部分：一是中国近代文学大事记（1840—1919）；二是中国近代文学思潮、流派、社团简介，附参考资料篇目索引；三是中国近代文艺报刊概览；四是中国近代文学研究资料篇目索引；五是清末民初小说研究目录（海外部分）。阿英和魏绍昌两位前辈长期从事近现代文学史料的收集整理，是对这一时期文学史料了解最多、掌握最丰，在该领域无人能出其右的专家，由他们分别担任《中国新文学大系》第一个十年《史料·索引》和《中国近代文学大系·史料索引集》的主编，自然是最合适不过的，更何况主编身后还有强大的团队支持，如《中国近代文学大系·史料索引集》五个部分，《中国近代文学大事记》由华南师范大学中文系编写，《中国近代文学思潮、流派、社团简介》以河南大学中文系为主编写，“这两所大学的中文系素来注重近代文学，这门学科的师资特强”①；《中国近代文艺报刊概览》由上海图书馆长期研究近代报刊的祝均宙先生等辑录，《中国近代文学研究资料篇目索引》由中国社会科学院近代文学研究室裴效维先生等辑录，《清末民初小说研究目录》（海外部分）则是聘请了日本《清末小说》杂志主编樽本照雄先生辑录。正因如此，这

① 魏绍昌：《中国近代文学大系·史料索引集》“导言”，《中国近代文学大系》第29卷《史料索引集》1，上海书店出版社1996年版，第11页。

两部史料索引集成了我国文学大系类丛书里具有里程碑性质和典型示范意义的杰作。

尽管《女性文学大系·史料索引卷》的编选从设计到实施,始终以《中国新文学大系》第一个十年《史料·索引》和《中国近代文学大系·史料索引集》为榜样,正所谓“虽不能至,心向往之”,但在具体辑录编制过程中我们发现,受当时女性社会地位和生存状况等因素制约,近代女性文学史料的收集与整理尤为困难,这就决定了近代女性文学史料的编选很难完全复制《中国近代文学大系·史料索引集》的做法。例如,本卷原计划编写“中国近代女性文学大事记”,但由于目前研究界发现、掌握的女性作者数量还很少(截至2018年,近代女性作者被纳入研究视野的不足百名),她们中的大多数生平以及创作情况不明,而无论是郑方泽先生《中国近代文学史事编年》还是《中国近代文学大系·史料索引集》之《中国近代文学大事记》等相关前期成果,载录女性文学活动的内容都相当少(如郑方泽《中国近代文学史事编年》辑录的女性作家只有秋瑾、顾太清、吴藻、薛绍徽、刘清韵、程惠英、张纨英、王彩蘋8位),因此很难用编年体排列出路径比较明晰、信息比较完备的近代女性文学活动大事记。再加上此前女性文学研究严重不足,《女性文学大系》的编纂过程同时是对女性作者生平及其文学活动史料进行发掘、甄别的过程,《史料索引卷》与其他卷的选编工作是同时进行的,而当其他各卷所选录作者的发掘考证工作基本完成,《史料索引卷》也到了截稿的时间,已经没有条件完成大事记。这是很遗憾的事情,只能待以后再设法弥补了。此外,原计划编入的女性作家简介,因已分散在《女性文学大系》各卷之内,所以本卷没有收录,以免重复。几经周折,《女性文学大系·史料索引卷》最终呈现的是以下两项内容:(一)中国近代女性报刊篇目汇录;(二)中国近代女性文学研究著作论文目录。

二

从清朝末年起，中国开始进入使用近代印刷技术的报刊时代。报纸和杂志在清末民初蓬勃发展，成为其时文化承载与传播的主要媒介。从1815年我国第一份中文期刊《察世俗每月统记传》问世到1919年，海内外累计出版的中文报刊超过2000种，它们中的多数都登载过文艺作品。从1872年我国第一份文艺期刊《瀛寰琐纪》创刊到1919年，有约400种文艺性报刊在社会上刊行，这些报刊是当时文学作品的主要载体和传播媒介。随着西学东渐深入和近代女权运动兴起，中国女性的文化程度逐渐提高，审美范围逐渐扩大，国民意识逐渐明晰，女性报刊也应运而生，并产生了《中国女报》《妇女时报》《妇女杂志》《中国妇女界》等一批影响深远的妇女报刊，总数接近百种。其中，不仅《眉语》《香艳杂志》等文学专刊，就是那些综合性期刊和女校刊物等，也大量刊发女性文学作品，成为近代女性文学承载与传播的主要媒介。换句话说，近代女性文学研究之所以起步较晚，除了近代女性作品集很少有机会刊刻行世，其中重要的原因就是女性文学文本大多分散在百多年前发黄变脆的报纸和杂志上，极不容易搜求。这也是本卷将史料收集重点放在近代女性报刊上的缘由。

报刊是报纸与期刊（杂志）的总称，晚清时期通常统称为“新闻纸”。中国近代报刊大致指清末民初在海内外行世的，连续出版、公开发行的中文报纸和期刊（杂志）。那么，近代女性报刊的特性和范畴是什么呢？关于这个问题，姜纬堂、刘宁元主编的《北京妇女报刊考（1905—1949）》曾做过专门探讨：

“妇女的”，虽是习用概念，但却罕有明确界说。倘只谓妇女所编辑，自然会将男士所编者除外，而这在当时北京妇女报刊中实占相当数量。同时，妇女所编者亦未必尽为妇女报刊，也可能是综合性的或其它专门性的报刊。因此,单只以妇女所编为标准,显然不妥。若谓名目具"妇女"字样者即是,则《觉》《地球》《箹》等货真价实的妇女刊物,皆将被除外,同属未当。照我们的理解,所谓"妇女的"的首要标准应在其内容。确切说,凡研究、讨论妇女问题,反映、指导妇女生活和斗争者,即是。但仅据此而行简单的界定,还有问题。比如,一些女校刊物,固反映、指导女学生的学校生活,应属妇女报刊,但有的却偏重于学术探讨,既不涉妇女问题,亦少学校生活的记述,如《女师大学术季刊》之类,凡20余种,自然不宜视为妇女报刊。再如,婚姻与家庭向属妇女问题的重要一环,离开妇女也就无所谓婚姻与家庭。那么《婚姻旬刊》《家庭研究》等等,算不算妇女刊物?如算,则举凡关系到妇女者都当在其列,而世间事物之无关妇女者,究属有限,妇女报刊的范围岂不要无限漫衍,而至囊括一切?又如,《北平益世报》曾于1947年开设产科医学专刊《产妇之友》,刊名既有"妇"字,而生产更是妇女必经的生活历程,那么,该刊是否就是妇女刊物?对于上述两种情况,我们认为都不应列入妇女报刊的范围,而须另立附加的限制。其一是具有"妇女"的名目,即名《妇女与婚姻》《妇女与家庭》者是,而《婚姻旬刊》《家庭研究》等则不算妇女报刊,犹如《妇女青年》算妇女报刊,而《新青年》《时代青年》不算妇女报刊。其二是所谓妇女问题、妇女生活与斗争,系指人文科学意义上的妇女问题、妇女生活与斗争,而非自然科学或应用科学意义上的妇女问题生活与斗争。犹如《妇科学》《产科学》之不是妇女学著作,《产妇之友》也非妇女报刊。至此,姑可为"妇女的"定一界限,即:在一般情况下,内容重在研究、讨论妇女问题,反映、指导妇女生活与斗争;特殊情况下,尚须强调以"妇女"为名目,限制其内容属于人文科学范畴。①

---

① 姜纬堂、刘宁元主编:《北京妇女报刊考(1905—1949)》"总述",光明日报出版社1990年版,第3~4页。

依照这种说法，结合近代女性报刊的实际，我们认为：中国近代女性报刊指的是19世纪末至20世纪初在海内外发行的主要面向女性读者或由女性编辑的中文报刊。其应具备的主要特性是：(1)1898—1919年(20世纪前20年)刊行；(2)刊名强调以“妇女”为名目；(3)主要面向女性读者，研究、讨论妇女问题，反映、指导妇女生活和斗争；(4)多由女性创办或编辑；(5)独立刊行，不包括报纸的副刊、专刊，报刊的专栏、专页。

我国第一份女报是1898年诞生的《女学报》。该年7月24日，中国女学堂校刊《女学报》在上海创办，初为旬刊，1899年2月改为月刊，随《苏报》附送。此后，女性报刊如雨后春笋般不断涌现，在知识界产生很大影响。对于近代女性报刊的研究，从20世纪30年代就已开始，此后陆陆续续产出了一系列研究成果，其中影响较大的有：

1. 谈社英编著《中国妇女运动通史》，妇女共鸣社，1936年。

2. 方汉奇《中国近代报刊史》，山西人民出版社，1981年。

3. 徐楚影、焦立芝《中国近代妇女期刊简介(1898—1918)》，丁守和主编《辛亥革命时期期刊介绍》(第四集)，人民出版社，1986年。

4. 刘巨才《中国近代妇女运动史》，中国妇女出版社，1989年。

5. 姜纬堂、刘宁元主编《北京妇女报刊考(1905—1949)》，光明日报出版社，1990年。

6. 马庚存《中国近代妇女史》，青岛出版社，1995年。

7. 刘人锋《中国妇女报刊史研究》，中国社会科学出版社，2012年。

8. 张丽萍《报刊与文化身份：1898—1918中国妇女报刊研究》，中国书籍出版社，2012年。

但直到目前，有关近代女性报刊的很多问题，诸如界定标准、刊名、创刊时间及地点、刊行情况，等等，都还存在不少疑点，意见不一甚至相互矛盾之处几乎在在皆是。即以近代女性报刊的总体数量而言，各家的说法就相差甚远，如：徐楚影、焦立芝《中国近代妇女期刊简介（1898—1918）》为53种，刘巨才《中国近代妇女运动史》为68种，马庚存《中国近代妇女史》为70种，刘人锋《中国妇女报刊史研究》为88种。在这方面做出实在成绩的是陈静教授。陈静在借鉴前人研究成果的基础上，深入发掘，细致查考、辨析近代女性报刊的出版信息，勾勒、梳理近代妇女报刊的面貌和轨迹，最终得出近代妇女报刊至少有97种的结论。① 这是目前所见资料及相关论述中数量比较全的统计数字，也是最接近近代女性报刊真实存在的结论。

目前可资利用的载录有近代妇女报刊的工具书和数据库已经有十几种，但信息容量和准确性差异很大，其中价值较高的有：

1. 上海图书馆编《中国近代期刊篇目汇录》，上海人民出版社，1965—1984年。收录近代妇女报刊18种。

2.《中国近现代女性期刊汇编》，线装书局，2006—2008年。收录近代妇女报刊12种。

3.“晚清期刊全文数据库（1833—1911）”和“民国时期期刊全文数据库（1911—1949）”。

据编者统计，目前可以查询到的近代女性报刊有近百种，其中可以获知出版信息（详略不等）的80种左右，而有刊本传世（很多内容不完整）的有40余种。本卷收录了1902—1919年间35种

① 陈静：《中国近代妇女报刊考述（1898—1918）》，《编辑之友》2018年第4期。而据陈静最近的考察结果，1898年至1919年间，女性创办以及面向女性读者的妇女报刊共计101种。见《中国近代女性文学大系·文学评论卷》“导言”。

女性报刊篇目(个别刊物延续至1920年前后),数据的主要来源就是上述3种工具书(数据库),而以《中国近现代女性期刊汇编》和"晚清期刊全文数据库(1833—1911)""民国时期期刊全文数据库(1911—1949)"为准,并据此对所有收录的期刊篇目进行校对,改正错讹,补充完善信息。收录的基本原则是:

1. 所有期刊按创刊年月先后顺序排列。

2. 刊物名称主要依据期刊版权页及期刊封面确定。凡期刊改名而卷期连续的,作为同一种刊物编排。

3. 所有期刊的篇目、编次均照原刊著录,不予改动。期刊卷期名称有卷、册、号、期者,均从原刊;增刊、特刊、专刊等,按照其卷期号或出版时间列在相应卷次之后。

4. 所收录期刊按照出版时间先后顺序著录,并将原刊所署纪年及年月日加括号注于后面。

5. 对部分报刊的发刊辞、宣言等有较高史料价值而较不易见的文字,择要收录,以资研究参考。

由于编者水平、闻见条件和编纂时间的限制,本卷收录的近代女性报刊还不够完备,也难免有选录不当之处。特别是,本卷未能收录1912年由美国传教士亮乐月(Miss Laura M. White)创办的《女铎报》。这份刊物前后刊行近40年,行销100余万份,是民国时期较有影响的宣传基督教义、提高妇女道德、灌输新知识的妇女刊物,上面刊载了不少中国女性作者的文学译作。这些缺憾,希望以后能有机会设法补救。

三

19世纪末20世纪初,随着西学东渐进程的逐步深入,女子教育快速发展,女权运动迅猛崛起,中国女性文学也开始了从古典向现代的转型。女性作家的审美范围扩大、思想意蕴深化、创作文体逐渐多元化，女性创作的私人化书写开始变为公共传播的文学资源，女性文学在诗词、散文、小说、戏剧、弹词、翻译文学等各个领域都取得了不俗的成绩，并出现了女性小说作家群、女性翻译文学家群、女性政论文学家群和南社女性作家群四个创作群体。① 但是，较之近代女性文学创作所取得的突出成就，近代女性文学研究则显得很不充分，起步晚、范围窄、深度不够，是近代女性文学研究的总体特征。据不完全统计，近代（1840—1919）女性作者超过 1000 人，但被纳入研究视野的不到十分之一；近代女性报刊有近百种，但被学术界广泛知悉的不到三分之一。如魏绍昌、管林、刘济献、郑方泽主编《中国近代文学辞典》（河南教育出版社 1993 年版）收录近代作家 1627 名，女性作者只有 56 名；梁淑安主编《中国文学家大辞典·近代卷》（中华书局 1997 年版）收录近代文学作家 950 名，女性作者只有 50 名。尽管目前已有《清代闺阁诗集萃编》《江南女性别集》《清代闺秀集丛刊》《清代闺秀集丛刊续编》等女性文学丛书行世，但所著录的作品多为诗词等韵文，叙事、翻译、政论等文学作品不在其中。《中国近代文学大系》和《中国近代小说大系》是目前收录近代文学作品最多的人型丛书，但是其中收录的女性作家作品不到总量的十分之一。即以作家作品研究而论，《女性文学大系》收录作者 800 余人，其中除秋瑾等极少数作家外，有专文研究的只有寥寥数十人。直到今天，我们还没有一部中国近代女性文学史著作问世，并且很多研究成果不同程度地存在视野逼仄、陈陈相因的问题，甚至一叶障目、以偏概全的现象也在所难免。

中国女性文学研究是受海外性别文化研究启示，经现当代女

① 详见郭延礼：《20 世纪初中国女性文学四大作家群体考论》，《文史哲》2009 年第 4 期。

性文学研究带动才开始崛起并不断推向深入的，而近代女性文学真正被纳入研究视野则从20世纪90年代才开始。较早关注近代女性文学研究的是夏晓虹教授，其《晚清女性与近代中国》《晚清女子国民常识的建构》《晚清文人妇女观》等著作，代表了近代女性特别是晚清女性文学与文化研究领域的最高成就，在学术界影响甚大。此外，盛英、乔以钢、胡晓真、黄锦珠、薛海燕、刘堃、刘钊、马勤勤、黄湘金、刘传霞、刘丽霞、陈静等学者，也从不同角度致力于近代女性文学研究，并取得了较好的成绩。对近代女性文学关注最早、用力最勤、成果最丰的是郭延礼教授。郭延礼的女性文学研究是从秋瑾研究开始的。自20世纪80年代起，他在构建中国近代文学发展史理论框架的同时，几十年专注于秋瑾研究，先后出版《秋瑾年谱》《秋瑾文学论稿》《秋瑾研究资料》《秋瑾选集》《解读秋瑾》《秋瑾集　徐自华集》等著作，成为海内外秋瑾研究首屈一指的专家。20世纪90年代，三卷本《中国近代文学发展史》出版以后，郭延礼感到该书在女性文学特别是20世纪第一个二十年（1900—1919）女性文学研究方面存在不足，此后一直致力于弥补这个缺憾。“新世纪以来，我开始关注女性文学，通过查找资料，发现20世纪初，不仅有女性小说、女性政论、女性翻译、女性诗歌，而且还各有一个作家群体存在。”①2007年，郭延礼首次提出“20世纪第一个二十年（1900—1919）中国女性文学四大作家群体”的文学史概念，此后先后发表《20世纪初中国女性文学四大作家群体考论》《20世纪初女性政论作家群体的诞生》《20世纪初叶中国女性文学的转型及其文学史意义》《南社女作家论》《女性在20世纪初期的文学翻译成就》等系列论文，并于2016年

---

① 郭延礼、郭蓁：《中国女性文学研究（1900—1919）》“后记”，山东教育出版社2016年版，第397页。

出版《中国女性文学研究(1900—1919)》一书,将近代女性文学研究特别是20世纪初女性文学研究推向新的高度。而《女性文学大系》的编选出版,也是由郭延礼发起、组织和指导完成的。可以说,没有郭延礼先生,就没有这部八大卷十二分册、填补近代女性文学整理与研究空白的《女性文学大系》问世。

本卷“中国近代女性文学研究著作论文目录”收录了1916—2018年间有关近代女性文学研究的论著论文目录,其目的,一是为近代女性文学研究者提供检索之便,二是希望借此反映近代女性文学研究的基本面貌和走向。目录分“综合研究”和“作家作品研究”两部分。“综合研究”又分为“概论综述”“诗词”“散文”“小说”“戏剧”“弹词”“翻译文学”“新闻出版”八部分;“作家作品研究”以作家姓氏笔画为序,按照成果发表年代先后依次列出。所有目录均按照著作、报刊论文、学位论文顺序排列。需要说明的是,本目录的收录对象限于具有中国近代女性文学研究意味和价值的成果,价值不大的文艺性作品、民间传说故事等,都没有收录。由于编者闻见、水平以及编制时间的限制,应该收录但被遗漏的论著估计还有一些,已收录的可能也有不够准确甚至存在错漏之处,请使用本目录的同行们谅解。

史料文献的收集与整理是极为烦琐但又极有意义的工作,对于推进和深化学术研究具有重要作用,这一点早已为学界所公认。限于近代女性文学活动的特殊性和研究基础的薄弱,本卷所呈现的近代女性文学史料还远说不上全面和丰富,相信随着研究的深入,会有更多更有价值的近代女性文学史料被发掘和公布出来,反过来有力促进近代女性文学的研究事业。本卷编选过程中,除了感谢郭延礼先生的悉心指导、《女性文学大系》同仁们的鼎力合作,还要特别感谢济南大学图书馆、济南大学文学院的大力支持。李开军教授为本卷史料查找工作提供了诸多帮助,郭蓁教授提供了秋瑾研究的论著论文目录,笔者的学生薛超睿、颜梦寒、吴佳丽参与了本卷的编选、录入和校对工作。在这里,对他们一并表示衷心感谢!

编选说明

（一）《中国近代女性文学大系 · 史料索引卷》由“中国近代女性报刊篇目汇录”和“中国近代女性文学研究著作论文目录”两部分组成。

（二）“中国近代女性报刊篇目汇录”收录1902—1919年35种女性报刊篇目。主要资料来源为：1. 晚清期刊全文数据库（1833—1911）；2. 民国时期期刊全文数据库（1911—1949）；3.《中国近现代女性期刊汇编》，线装书局，2006—2008年；4.《中国近代期刊篇目汇录》，上海人民出版社，1965—1984年。

（三）“中国近代女性文学研究著作论文目录”分“综合研究”和“作家作品研究”两部分，收录1916—2018年近代女性文学研究论著论文目录。排列顺序依次为：著作、报刊论文、学位论文。

中国近代女性报刊篇目汇录

女报·女学报

1898年7月24日,中国女学堂校刊《女学报》在上海创办,初为旬刊,1899年2月改为月刊,随《苏报》附送。原刊现已极难见到。1899年冬,《苏报》主办人陈范之女陈撷芬创办《女报》半月刊,发行四期后即停刊。1902年5月8日续出《女报》月刊,期数另起,仍由陈撷芬主编,苏报馆代为发行。1903年2月改称《女学报》。改称后的第一期编号为第二年第一期,出至第三期,因"苏报案"发生,陈撷芬避居日本。第四期改在日本东京出版,由上海《国民日日报》发行。本目全部收录。

女报

[续出]第一期

1902年5月8日

(光绪二十八年四月朔日)

论说

论劝止缠足之关系

鄂抚端午帅劝妇女勿再缠足说

白话演说

白话演说的缘故

男女一样

快些做事

新闻

奉旨放脚

妇人政党

学而后嫁

新婚游历

平等阁笔记
异国联樽
妙语解颐
女史待译
嗜学堕妊
女塾甚少
是贤太君
是名孝廉
日本各女学校制度(未完)
女子教育论(未完)　(日)成濑仁藏撰　吴县杨廷栋、吴县周祖培译

[续出]第二期

1902年6月6日

(光绪二十八年五月朔日)

石印精致图画一幅
论说
论制知方图以教童蒙事(录青岛同益报)
演说
爱尔兰女子做梦
论爱人如爱己　陈班仙女史来稿
论年轻的心易变　陈班仙女史来稿
新闻
英女演说
德后济贫
西女离魂
兴宁改妆
嘉应改妆
俄罗斯女囚之多
印度女学
英皇加冕时之服色
西人说梦
女传教师斯登演说
伦敦人口及各营业
将开女学堂
女学会提名录
女诫演说(未完)　桐乡劳织文女史原本
第一次女学会演说
一　刘溪聋叟
二　蒋观云孝廉
三　吴彦复主政
附:沈和卿女史来稿　沈瑛
日本各女学校制度(续)
女子教育论(续)　(日)成濑仁藏撰　吴县杨廷栋、吴县周祖培译
附件
劝中国女子勿缠足公启　兰

溪不缠足会来稿

[续出]第三期

1902年7月5日

(光绪二十八年六月朔日)

论说

送曹丽云等八女史赴日本肄业

设女子师范学议　黄仲玉

女士张竹君传(来稿)

批茶女士传(录选报)

新闻

女学生赴日本

师范女学堂可以望成

召见西妇

虽死犹生

爱而不见

可惜奇女子

教习宫人

校长东来

女子国

女子从军

日本女学进步

同洲愿望

演说

要有爱国的心

莫看小说

山西女子设法救父

斯氏女德新说(未完)　(英)桀绥福斯脱原著

日本各女学校制度(续)

专件

同声集

塞下曲　回回女子胡淑蓉初

阅续办女报事例有感而赋录请薄海女士政和　寄渔渔妇袁佩环

撷芬贤姊女报题词　香山女史罗雁翎

复陈君他山函(附来函)

女子教育论(续)　(日)成濑仁藏撰　吴县杨廷栋、吴县周祖培译

女诫演说(续)　桐乡劳织文女史原本

[续出]第四期

1902年8月4日

(光绪二十八年七月朔日)

论说

普告同志妇女文　侯官陈槎仙

论兴女学以开会为先　吴中周淑昭
新闻
书在人亡
才丰命啬
福州女学会纪要
女史南游
天津将开女学堂
济良所章程
各具锦心
　附：拟请下田歌子来同文学校演说书　麦秀荣十三岁
　又　陈添英十四岁
　又　鲍蕴华十四岁
居然绣口：游历论　梁淑琼十三岁
录文汇报续述公使夫人入觐事
曹女史回国
康女士来沪
俄妇革命
不细腰会章程
演说
记务本女学堂
中西女塾放暑假
斯氏女德新说(续)　(英)絲绥福斯脱原著
日本各女学校制度(续)
同声集
读撷芬女史所著女报喜而作此以志钦佩　侯官女士陈浣仙
我中国女学凌替久矣坐使二万万女子废为无用之材殊堪浩叹昨由沪上邮示女报庄诵数过爱不忍释其词意明切足发愚蒙女学大昌殆萌芽于斯欤爰题一诗以寄景慕句之工拙所不计也　华阳女士卓淑兰
闻上海续办女报喜而志之　归汝南琴倩女史
女报题词　严满葆
又　严敏葆
复真中国之新民函(附原函)
女子教育论(续)　(日)成濑仁藏撰　吴县杨廷栋、吴县周祖培译
女诫演说(续完)　桐乡劳织文女史原本

[续出]第五期

1902年9月2日

(光绪二十八年八月朔日)

论说

论女报(录天南新报)
兴女学议(未完)　驾水董寿
最新眉语
通事需才
荣寿公主习西文
公使夫人蒙赏事
请开女学
张尚书留心女学
一意辞婚
贤后善举
贺冕服制
教习自荐
陋习可悯
爱国新奇
贤后归政
西班牙皇女寻短见
女皇几危
馈赠通情
女士将回
女工独盛
浙省女学渐兴
仗义轻财
菜刀斫贼
孝念可嘉
炜管证闻录
演说
来函代演
泰西妇女近世史
日本各女学校制度(续)
同声集
敬题陈撷芬仁姊女报册后　闽海邱咏诗稿于星坡
家主邱菽园观察指示上海续出女报第一二三册谓为奇女子陈撷芬氏手笔读之起慕自愧才质浅弱语不成章谨凑二十八字寄请雅政聊附天涯同调闻声相感之意云尔　梁蓉妹
叠和寄渔妇韵题陈氏女报　香山罗雁翎女史
夫子潜庵主人晓霆先生寄示女报展阅至再令人不忍释手爰题七律两首以致敬意　湘东渔妇
女子教育论(续)　(日)成濑仁藏撰　吴县杨廷栋、吴县周祖培译

[续出]第六期

1902年10月2日

(光绪二十八年九月朔日)

论说

兴女学议(续完)　鸳水董寿
广东移风女学校序言　杜清池女史
专件
罗迦陵女士传(来稿)
演说
女学堂第一课程要紧
四样动物谈(录某报)
男女界限不在避面　吴弱男来稿
不要求人　陈班仙女史
最新眉语
皇嗣有望
篕室蒙恩
女士供奉
英后不适
文明盛会
崇拜孝女
婢明大义
女子兴商
女权日盛
女士游英
英日女学生通信
台湾风气渐开
聋子学堂
仙蝶奇珍
挽联节录
学校求精
炜管证闻录
斯巴达女子
罗马女子
妇承夫爵
贤母孝子
爱国女儿传奇
同声集
星洲旅次呈邱菽园观察　番禺女子张晶竹
女报题词　南武山人丘逢甲
题张竹君女士传后　惜鞶
吊吴孟班女史辞　菡初
斯氏女德新说(续第四期)
(英)桀绥福斯脱原著
日本各女学校制度(续)
女子教育论(续)　(日)成濑仁藏撰　吴县杨廷栋、吴县周祖培译

[续出]第七期

1902年10月31日

(光绪二十八年十月朔日)

论说
论西班牙太后
大英国故君主维多利亚圣德

记（未完） 平江女士丁慧明玉
女子不宜自弃论 铁沙沈绣君女史
演说
等
不要过于装饰
新闻
宴会公使夫人纪闻
日使夫人能通华语
繁华独占
力辞供奉
缠足捐费
女学将开
马尼音皇后薨逝
封禁学院
王思美妇
俄俗买妻
陋俗宜除
炜管证闻录
记江西康女士
恕人到底
务本女学堂课艺
读女报书后 守蕖
论女报 黄守渊
论女报之有益 曹庆云
论女报之有益 楼舜臣
同声集
感悼裘毓芳女史 菡初
女报题词七绝一首 海上倩梅氏
赠杜清池先生 张婉娴
斯氏女德新说（续） （英）桀绥福斯脱原著
日本各女学校制度（续）
女子教育论（续） （日）成濑仁藏撰 吴县杨廷栋、吴县周祖培译

［续出］第八期

1902年11月30日

（光绪二十八年十一月朔日）

女学会第一次月课
论说
去害质言 峄阳女史张静娴
男女之比较
演说
本报初次改良
男女都要看
日本变法记
罗迦陵女士演说志略
最新眉语
京师议设女学堂

太后召西妇赏菊

幼女蒙恩

俄后小产

女中华篇

各国女皇嗜好

神仙世界

望子情殷

西报撷华

病中抱卵

炜管证闻录

自强先声

巾帼英雄

同声集

读女报偶题两绝句　福州施景徽

读杜月波女士诗草作此赠之　江竞厂

附件

务本女学堂课艺

论女报之有益　周铸青

论女报之有益　杨英

论女报之有益　杨林和

法国女子贞德演说

记杜女士演说事　裙钗真仆

罗兰夫人传(未完)

翻译

日本各女学校制度(续)

女子教育论(续)　(日)成濑仁藏撰　吴县杨廷栋、吴县周祖培译

[续出]第九期

1902年12月30日

(光绪二十八年十二月朔日)

论说

日本华族女学校学监下田歌子论兴中国女学事　天津张锳绪口译　湘潭杨度笔述

演说

各省志士应立不娶小足会

要做明白事不要只说明白话

最新眉语

考察女学

创设医院

女学堂将开

女士演说

挈眷东行

中国女学生留学于日本者之声价

议设女按察

巾帼怜才

荷兰女学

婉娴女史致杜清池女史函

曾云英女史致杜清池女史函
暹罗王宫
脚车为媒
脑可割洗
埃及婚嫁
洗刷字纸
河北不缠足会章程
同声集
陈撷芬女士寄来女报六册喜题三首　独立山人潘飞声
赠吴庄周三女史　杜清池
赠杜清池女史　阳湖吴纫萱
附件
爱国女学校开校演说　观云蒋智由
务本女学堂课艺
　星期六赴爱国女学校举行校式试拟祝词一通　王梦龄
　问世人动称外患其说是否　黄守渊
　论中国之弱在于不知尚武　黄守蕖
　问女人与男人有何轻重　吴若安
尺素
　湘乡张漱芬女士致其妹书
林琴南新乐府：小脚妇（伤缠足之害也）［林纾］
罗兰夫人传（续）
翻译
日本各女学校制度（续）
女子教育论（续）　（日）成濑仁藏撰　吴县杨廷栋、吴县周祖培译

女学报

第二年第一期

1903年2月27日

（光绪二十九年二月朔日）

插画
上海爱国女学校教习学生合影
罗迦陵女士
论说
独立篇　陈撷芬
演说
元旦问答　陈撷芬
学问要和岁月争（附录杜清池女士在广东演说稿）　陈撷芬
女界近史
上海女学汇志
　自立女学塾
　爱国女学校

务本女塾
中西女塾
文化女学塾
各省女学汇志
京城女学堂
杭州女学塾
苏州女学塾
广东女学堂
中外女界汇志
选择教习
宫中赏雪
名臣有女
劝止缠足
龙女士赴粤
记杜女士二则
记薛女士二则
杭州不缠足会
设立女医院
改装定议
女士美举
日本女学
设立女银行
女史纪战
妻视国家
美将军夫人
黑人演说
译件
日本女士福田英子致薛锦琴书
专件
中国各省命妇公吁振兴女学呈请当路代奏拟稿
尺素
蒋性遂君与本馆记者陈撷芬书
蒋性遂君与爱国女学校经理蒋民友君书
恩施王荷卿女士致某女士书　王莲
词翰
呈梦坡先生并示撷芬吾友　班仙陈超女士
丑月望日灯下成小诗两截即请芬女史粲正　俞碧霞女史
读女报率成一律　元和李柔卿女史
女报题词四首　程嘉秀女史
女报题词　洪都沈世才女史
谐铎
某孝廉
某县令
某新党
某甲
某公子

第二年第二期

1903 年 4 月 12 日

（光绪二十九年三月望日）

图画

上海务本女学校图

吴孟班女士遗像

论说

论女子宜讲体育　陈撷芬

论杭州不缠足会

演说

尽力　陈撷芬

姑媳要平等　陈撷芬

缠足之害　陈超

女界近史

丁女士赴美洲

中西合力

女校移居

体育先导

女士演说

美国公使夫人请宴

电述留学女学生

妇胜于夫

夫人美德

盛意兴学

澳门荷兰女学堂

女报续兴

文明婚姻

满洲改装

华女在日本演说

东京私立女子大学校近况

日本体育会

韩太后大庆

夫人受赏

计美国捐助学堂

直斥淫妃

镶鼻奇闻

天生奇质

齿何贵重

东报论俄国女学生

弃妇有言

西女髡匪

两妇争尸

西女说鬼

妙龄勇女

色相示人

译件

论女权渐盛　（日）石川半山

帝国妇女协会之主旨

尺素

鲍蕴华女士由神户来函

节录华阳曾韵兰女士来函

节录某君由日本东京来函

词翰

送女同璧往美欧演说国事兼还港省亲召女同薇来并示诸同门　明夷
女界进步之前导　无名氏
复阅张竹君女士去岁寄书集千字文代答并问近状　菽园
谐铎
雪衣娘
红灯照
行者让路
灶神示梦

第二年第三期

1903 年 5 月 11 日
（光绪二十九年四月望日）

图画
广东女学堂合影图
京师西苑瀛台图
论说
婚姻自由论
演说
讲女学生要讲女权
急宜发愤
女界近史
上海女学堂续志
外埠女学堂汇志
同声相应
女学踵兴
请开女工艺厂
幼女赛车
孀妇长寿
立嗣奇闻
女之天国
真是奇女子
僧遭不幸
奇女饷军
女孩可敬
美国妇人之气概
译件
俾士麦克夫人传
专件
常州不缠足会章程
尺素
香山吴淑真女士报某女士书
胡女史致龚圆常书（附共爱会章程）
代罗迦陵女士复浙江退学生书　乌目山僧
词翰
黎沙儿绝命词　（菲律宾）黎沙儿
读日本维新英雄儿女奇遇记　侠云

题女学报四绝　剑公

谐铎

一体相争

杂俎

一言兴邦

第二年第四期

1903 年 11 月

（光绪二十九年九月）

图画

一千八百九十八年菲律宾独立时奉祭自由神神舆

论说

中国女子之前途　楚南女子

演说

群　楚南女子

做学生的快乐　楚南女子

家庭教育是造就国民的基础　言淑华女史

拜佛的腐败　陈雅云女史

留学界

胡女士彬夏演说

共爱会改订章程

女界近史

记上海爱国女学校（附章程）

记葆灵女学堂

女权将伸

留学东京中国女学生现今之数

女豪兴学

陋俗渐革

各国女界近史

美国大统领女儿之侠气

立会制夫

老妇就学

译件

英国女杰涅几柯儿传　乾慧译述　智度笔受

尺素

留学美国中国女学生薛锦琴致其友陈慕义书

舒仙女史致陈班仙女士书

词翰

沈荩死　湘言女史

章邹囚

赠屈蕴辉谱妹　常熟程嘉秀

读贵报纪不缠足有感偶成七绝二首乞登诸报末　宝山邵宝璋

戒缠足诗　会稽金国书

世界十女杰演义（未完）　楚南女子

岭南女学新报(女学新报)

《岭南女学新报》,又名《女学新报》,教会主办的提倡女权和介绍妇女知识的杂志。1903 年 3 月(光绪二十九年二月)创刊,在广州出版。月刊。封面作"岭南女学新报"。总理为冯泽源(活泉),协理叶菁华(芳圃)、刘宗尧(活刍),总理撰述廖云翔(卓庵)、陈信民(禹廷),襄理撰述均为女士,有周蕙卿、余美德、施梅卿、张仪贞、裼慈新、陈柳眉、陈秀琼,以及日本藤原文子。已知发行七册,停刊时间未详。本目收录第二至七册。

第二册

1903 年 4 月

(光绪二十九年癸卯三月)

(卫生)

卫生通论一　女医士施梅卿

论女子体育关系　藤原文子

(益智)

女学论二　藤原文子

(进德)

女学生之急务　陈秀琼

(传记)

罗迦陵女士传

那伊丁格尔女史传　录大陆报

法兰西爱国女子若安传　文兴日报

(新闻)

宫禁兴学

劝止缠足

名臣有女

设女医院

改装定议

女塾汇记

女士演说

(杂著)

女士天足会章程序　督川使者岑春煊书

释放女人　节录万国公报变法本务篇

记波斯释放宫女事　万国公报

蒋性遂与上海女报主笔陈撷芬书
蒋性遂与爱国女学校经理蔡民友书　上海女报
女学须知　左斗山
本报广告

第三册

1903 年 5 月

（光绪二十九年癸卯四月）

（卫生）
论女子卫生之关系（续第一册）　女医士余美德
卫生浅说：论呼吸空气　西医叶芳圃
（益智）
陈素芝女士新辑新美女序　公侠十二郎
女子义务　陈秀琼
益智丛录
（进德）
女子之慈悲及残忍　藤原文子
（新闻）
女学将开
女士兴学
夫人美德
盛意兴学
葡后习医
农科女学
女子大学
记体育会
捐助学堂
西女毙匪
妙龄勇女
婚姻学校
教权释放
缠足宜戒
粤闻汇纪
（杂著）
镇江崇实女学堂章程
论女学新报为中国男女不平界之革命军　张晓湘水生
女学初阶　左斗山
湘乡张漱芬女士自金陵致其妹书
本报广告

第四册

1903 年 6 月

（光绪二十九年癸卯五月）

（卫生）

续论呼吸空气　西医叶芳圃
卫生通论二(母学)　女医士施梅卿
(益智)
续女子义务　陈秀琼
革除育奴风俗　广学会季理斐译
千里镜　高葆真
(进德)
女子之慈悲及残忍(续前)　藤原文子
(传记)
俾士麦克夫人传　上海女报
(新闻)
太后好乐
赏赐牡丹
女学汇志
孀妇长寿
立嗣奇闻
是奇女子
女士美举
日本女学
设女银行
妻视国家
例禁早婚
无德不报
易子而教
(杂著)
常州不缠足会章程
女学基础　左斗山
来函照录
本报广告

第五册

1903 年 7 月

[光绪二十九年癸卯(闰)五月]

(卫生)
论日光　西医叶芳圃
论女子卫生之关系(续第三册)　女医士余美德
(益智)
纸鸢凶险
夜半观日
古函拾检
务除农害
教象须知
象牙琐谈
文野优劣
电传探极
脚车利便
炼木新法
空中战具
(进德)

美善可风
不受干鱼
劝学有方
教子宜早
叉利劫臣
威林山打
(新闻)
女权将伸
热心教育
游学美国
女生游历
缠足渐革
摈斥女工
虐婢几毙
女作律师
离婚新例
虐待妇女
(杂著)
金山大埠长老会堂女士演说记
弥勒约翰之学说

第六册

1903 年 8 月

(光绪二十九年癸卯六月)

(卫生)
论所饮之水　西医叶芳圃
(益智)
水族馆巨□
推广畜鸡
考察母鸡
印度虾蟆
雪鱼复生
凶象偷生
鞭竿树
烧痒树
迷魂奇树
树大无朋
有生命之树
植物原质
评香絮语
疑雨煤油
光热价廉
(进德)
妇女义务(续前)　陈柳眉
(传记)
批茶女士传　杭州白话报
(新闻)
内庭女学
南京女学
代谋教育
女豪兴学
女学联翩

延聘女师
东洋女权扩张
波兰少女愤慨
贤妇矫俗
美公主侠气
美国妇人之气概
（杂著）
劝人看女学新报说　番禺胡衍鸿
欧洲各国之大学与女子
留学幼童订婚记　历城周庆冕友泉
拿破仑轶事
斯梯文孙轶事
惠灵吞轶事
哥仑布轶事
奈端轶事

第七册

1903年9月
（光绪二十九年癸卯七月）

（卫生）
卫生通论三（续母学）　女医士施梅卿
性情与卫生之关系　女士陈柳眉

（益智）
果种新奇
麦种耐寒
大树述异
树关卫生
一本万利
最新枪炮
煤井生电
汽轮新法
船行海底
善防火险
蒸水新法
测量海水
救溺新法
造人奇理
体育功宏
护虫有质
微物耐寒
字母纪数
留声教习
狱中出报
日报志奇
游客繁盛
因树为屋
帝王冠之比较
墨西哥之古风
北极拉琏风俗志

(进德)
平等自由之真义　刘宗尧
活刍
(新闻)
纪明强女学
缠足者听
女学开课
振兴女学
正本清源
纪黄女士之结果
赋诗明志
幼女奇才
女工赛会
铁路书记
檀山女学
后宫人多
东亚妇人会
少女之大冒险
世界周游二十一次
(杂著)
论家庭教育为造就人格之基础　录羊城报
南昌葆灵女书院章程序
葆灵女书院章程
论压制女子为群治之大害　谢英伯

启者:本报之设,实因中国女学未昌,慨然思所救正,冀以同出苦海,共登乐岸,非有沽名弋利之心,更泯宗教畛域之见。所望海内君子时锡(赐)鸿文,藉光简册,非徒本报之幸,抑有裨女学实为不浅。所有来稿交粤城惠爱八约福音堂冯活泉,沙面一百四十四号廖卓庵。刊录与否,恕不奉还。

本报月出一册。本省本国每年报费五毫;十份同寄一处,每份四毫。外洋各埠每份六毫半;十份同寄一处,每份六毫。各友购报,报费先惠。虚函挂号,恕不奉寄。

——第二至七册目录前启事

女子世界

《女子世界》,1904 年 1 月(癸卯十二月)创刊于上海,月刊,常熟女子世界社编辑，上海大同印书局发行（第九期起改由上海小说林社发行），丁初我主编。出至第二卷第四、五期（总第十六、十七期）合刊，约1907年初停刊。1907年7月曾续办一期，南浔陈勤编辑。卷期续前，称第二年第六期。本目全部收录。

第一期

1904年1月17日
（癸卯腊月朔日）

图画

务本女学校摄影

社说

女子世界发刊词　金一

女子世界颂词　初我

演坛

敬告一般女子（未完）　天醉生

传记

女军人传（未完）　职公

译林

美国妇人之自活　慕卢

谈薮

霏屑录　自立

　绿十字会

　生国旗

　用电气以作家事

　盐制自由女神像

小说

情天债（未完）　东海觉我

文苑

学校唱歌

　醒世歌二首

　地球二首

　放假时之歌

　秋之夜

　扬子江三首

　乐群歌二首

　游春歌

　旅行歌

　雁字

　运动歌

　女学生入学歌　金一

记事

内国

　定章嫁娶

　振兴女学

　劝戒缠足

　女工纤巧

　俄人淫暴

　创办女塾
　学堂展额
女学文丛
告全国女子(录十月二十九日俄事警闻)
告全国女子(录十一月初五日俄事警闻)

第二期

1904年2月16日
(甲辰新正元旦日)

图画
薛锦琴女士小影
社说
说女魔　初我
女魂篇(未完)　自立
演坛
谰言(未完)　自立
传记
女军人传(续)　职公
译林
赤十字社之看护妇　慕卢
谈薮
霏屑录　自立
　盲儿之训练成功
　世界最古之遗骸
　最小益虫
　陆船
　自转车
　冰山中之花
　治口吃法
　长身术
　世界产煤地
　美国之大汽船
小说
松陵新女儿传奇　安如
情天债(续)　东海觉我
文苑
学校唱歌
　年假
　择友
　勉学
　扬子江
　何日醒
因花集
　少年歌　仁和女士丁志先
　世态
　读新广东自立篇暨康氏辨革命书感成一律　善化女士许玉
　读俄事警闻有感　常熟女士佩蘅
专件

缠脚的妇女多受脚的累　刘孟杨
以后缠足的女子不容易得好婿
不缠足妇女的装束可以随便
指明妇女缠足不是正道的凭据
请遵谕劝戒缠足
妇女不缠足不是学外国人
爱小脚的真是怪事
致同学某女士书　福州女士郑锦湘
明华女学章程

记事

内国

　设会对俄
　保姆设学
　鄂校开学
　女校振兴

外国

　女子被举
　日妇报国
　愿任看护
　美妇助日

女学文丛

欲倡平等先兴女学论(广东女学堂来稿)　十六龄女子张肩任
论侵人自由与放弃自由之罪　十四龄女子彭维省
论朝廷与国家之异　十三龄女子彭维点
砭俗论　四十岁女士阮肃容
论敬惜字纸　十三龄女子彭维点
论报应之理

第三期

1904年3月17日
(甲辰二月朔日)

图画

木兰从军

社说

论中国女学不兴之害　竹庄
女魂篇(续)　自立

演坛

谰言(续)　自立
图书馆演说　常熟女士张罗兰

传记

花木兰传　亚卢
女军人传(续)　职公

译林

日俄之事局与家庭　慕卢
小说
情天债(续)　东海觉我
文苑
女子唱歌　吹万
攻玉集
　女界进步之前导　吹万
　读女界钟　曜旦
　读近世欧美豪杰之细君　权华
　读日本维新英雄儿女奇遇纪　缺名
咏世界十二女杰　竞厂
专件
对俄同志女会之议案
公立杭州女学校章程
黎里不缠足会缘起　吴江女士倪寿芝慕欧谨启
记事
外国
　志妇人会
　救护军人
内国
　严禁缠足
　志天足会
　山左女学
　四川女学
　爱国女学
　宗孟女学
　城东女学
　教会设学
女学文丛
女权为强国之元素　常熟十三龄女子曾竞雄
志士之对待女子　翠徽女士
敬告全国女子　慕雄女子黄芬慧
附录
新女诫(未完)　尚声

第四期

1904 年 4 月 16 日

(甲辰三月朔日)

图画
红线聂隐娘绘影
社说
女子家庭革命说　初我
女魂篇(续)　自立
演坛
女界革命　常熟女子汤雪珍
敬告同胞姊妹(苏州土白)　九思
传记

中国女剑侠红线聂隐娘传(未完) 松陵女子潘小璜

译林

结婚问题 初我

小说

情天债(续) 东海觉我

文苑

因花集

读女子世界有感 常州云溪女士赵爱华

东欧女豪杰中作 岭南羽衣女士

和羽衣女士东欧女豪杰中作 君武

前题

前题 冶民

旅店题壁 阙名

平等阁笔记所载逆旅女子题壁三绝第四章字体潦草不能辨识因足成之 岭南羽衣女士

游印度寄饮冰子 康同璧

题居古泉漓江送别图(金缕曲) 杜清池①

攻玉集

柬女子世界记者 吹万

女中华歌

咏西史之二 邹崖逋者

专件

宗孟女学堂章程

广东女学堂简要章程

日本奥村五百子女史演说爱国妇人会宗旨(录大公报)

记事

外国

女权大伸

看护妇会

代制兵需

妇人团体

招待留学

内国

绍兴女学

禁遏设学

设天足会

女工艺厂

赤十字会

欲复女权

① 据夏晓虹教授《晚清戏曲中的“新女儿”——三篇传奇内外的人物》(《中华文史论丛》2020年第2期)一文所说“杜清池,亦自署杜清持”可知,“杜清池”与后“杜清持”应为同一人。

女界义侠

女学文丛

问中国如何能独立　金陵女子吴弱男

破毁誉论　十七龄女子张肩任

阳湖程仲绮女士事略　阳湖程佩月

劝台州的妇女读书文　白话道人

六女喻(录俄事警闻)

附录

新女诫　初我

第五期

1904年5月15日

(甲辰四月朔日)

图画

看护妇南的搿尔绘影

社说

女权说　竹庄

演坛

谰言(续第三期)　自立

敬告同胞姊妹(其二)(苏州土白)　九思

论女人责任

传记

中国女剑侠红线聂隐娘传(续)　潘小璜

军阵看护妇南的搿尔传　觚庵

教育

女子社会教育的方法　初我

实业

裁书(醉茗阁稿本)(未完)

料理新法　初我

除米虫法

贮饼法

改煮硬饭法

贮青瓜法

腌鱼类法

煮干鲍鱼法

千里醋法

科学

演热　日本女子大学讲师高田滨子

卫生

说食　长生

谈薮

海外珍闻　初我

怪力歌女

女优衣裳

女权遗族

结婚浪费

小说

女中华传奇　大雄

自由花(未完)　非想

文苑

因花集

偶作　会稽女士吴萍云

题邓仲容女史蕉叶肄书图

杜清持

戒缠足诗十首

写所志　松江女士周红梅

天梅哥为我说黄书刺激于脑而不能自已因作

附女士周红梅小传　天梅

攻玉集

桃溪雪题词　天梅

读俄罗斯大风潮四首之一

游莫愁湖感赋

吊裘梅侣女士

咏日本奇女子六首

我中国善妇人善女子多喜缠足者慧云心哀之哀其沈沦苦海中无时解脱特发菩提心为说偈言

哀女子之行为不自由也(一名劝解缠诗)

专件

记宗孟女学堂殷孝烈纪念会

祭殷孝烈文　宗孟女学堂教习万昭平女士

记事

外国

俄妇从军

日女奉公

美妇东来

大学纷扰

内国

盲女教育

蚕桑女学

女校迁移

女士游学

山东女学

热心提倡

女学甄别

女学文丛

说死生　会稽十八龄女子吴萍云

女中华　松江女士莫虎飞

论不宜以花字为女子之代名词　吴萍云

本志大改良　前四期趋重文学，尚少实业。自第五期始加入科学(自然科学之有裨女子智识学业者)、教育(演解女子及家庭之教育以改良陋习养成学识为主)、卫生(注重家庭及育儿保产之方法)、实业(述刺绣裁缝手工诸项之裨益生计者)四科,立说务求浅易,俾阅者人人能晓解,人人能实行,为女子独立自营之绍介焉。

第六期

1904年6月14日

(甲辰五月朔日)

图画

日本女学生制作品

周红梅女士遗影

社说

哀女种　初我

演坛

敬告同胞姊妹(其三)(苏州土白)　九思

论自重

男女都是一样　广东女士杜清持

传记

英国大慈善家美利加阿宾他传(未完)　觉我

记日本娼妇安藤夭史事　竹庄

教育

为母的心得(译稿)(未完)　初我

实业

料理新法　初我

　收拾衣服法

　接修器具法

裁书(续)

科学

演电(译稿)(未完)　自立

卫生

说齿(译稿)　长生

小说

狮子吼　觉佛

自由花(续)　非想

文苑

因花集

　祝女子世界　常州悟因女士汪毓真

　见女子世界征文以女中华命题愧不能文诗以备媵

　读女学报第四期女界近史漫题四绝

　有感

　虞山闺中新乐府　雪溪女

界之一人
咏欧美豪杰细君之五　都梁女士王韫娴
甲辰春夕独坐挑灯偶读羽衣女士东欧女豪杰唱和诗神韵魄力迥异寻常唤起国魂断推此种依韵感和　广东女士同怙
保种歌　常州女士赵爱华
暮春杂感

专件

爱国女学校第三次改良章程
女子手工传习所章程
卫生讲习会章程

记事

外国
腕轮赆别
妓寮演说
老妇从军
遗民义举
美妇急公
妇人侦探
女界武风
妇人会议
蒙古女学
内国
女界明星
天足一斑
耻为教妇
吐弃功名
女权萌达
女织布局
设女学会
演说哑教
学堂纪念
开校演说
记幼稚园
香山设学

女学文丛

急救甲辰年女子之方法（征文乙等之二）　广东女学堂学生张肩任
论刺绣之害　尚声

附录

寄稿家芳名录

第七期

1904 年 7 月 13 日
（甲辰六月朔日）

图画

杜清持女士

论说

论铸造国民母　亚特

演坛

实用话(未完)　自立

传记

中国女剑侠红线聂隐娘传(续第五期完)　潘小璜

梁红玉传　松陵女子潘小璜

教育

为母的心得(译稿)(续完)　初我

实业

料理新法　初我

书画要用法

裁书(续)

科学

演电(译稿)(续完)　自立

卫生

说脑(译稿)　长生

谈薮

海外珍闻　初我

寿命比较

妇人决斗

单身旅行

小说

自由花(续)　非想

文苑

攻玉集

题女子世界　天梅

吹万屡以女界诗歌相遗赋此志答　初我

赠吕逸初女士　靖盦

撤帐曲　忝亦

四十一岁生女诗　海堧蛰民

赠吴弱男女士　仰文

题荷锄美人图步灵石原韵　吹万

因花集

箴女界　女士汪毓真

忧国吟　石门女士吕逸初

感时曲　雪溪女界之一人

女中大志士郑素伊陈婉衍童同雪合拍小影　浙江女士万昭平

前题　上海女士秦浩

专件

香山女学校试办简章

香山女学校学约

香山女学校捐启

奉化不缠足会简章

记事

外国

老妇爱国

少女义侠

教习之荣

　留学人数

内国

　女医入会

　决心游学

　捐产设学

　讲习卫生

　女工分院

　女工发达

　旗籍附学

　女学保存

　郯城女学

　梧州女学

　女学恶潮

　女学调查

女学文丛

敬告二万万同胞姊妹　香山女士刘瑞平

女子宜自尊论　香山十四龄女子刘瑞莪

记女学体操

记星期日听讲古事　香山十二龄女子刘瑞陶

贺英国妇女得选举权文　香山十五龄女子刘瑞容

记四月八日

第八期

1904年8月11日

（甲辰七月朔日）

图画

广东女学堂学生撮影

社说

论音乐之关系（常州音乐会演说稿）

　附：甲辰年暑假记事

记常熟公立校发起音乐科事　初我

演坛

实用话（续）　自立

传记

英国大慈善家美利加阿宾他传（续第六期完）　觉我

实业

裁书（续）

科学

植物园（未完）　自立

卫生

说心（未完）　自立

谈薮

海外珍闻　初我

　新婚旅行

　美妇移金

大金满家
辩护出廷
小说
侠女奴(未完) 萍云女士述文
同情梦传奇 挽澜
文苑
因花集
新翻子夜歌 女士赵爱华
读史偶成
题女子世界侠女传后 女士吕逸初
文明女塾偶作并呈经理韩君
观鱼有感 女士汪毓真
读东欧女豪杰感赋
女子四勿歌 奉化女学堂学生孙汉英
攻玉集
题女子世界 大雄
题东洋之佳人 吹万
题荷锄美人图步灵石原韵
闻冯宝瑛女士演说感赋亚卢
赠何亚希女士 吹万
题美人愁坐图 灵石
专件
培萼初级女学校简章
石门公立文明女塾简章
记事
外国
从军记者
欢迎慈妇
女会发达
女队组织
处女义务
新闻会议
女工特色
迷信光术
内国
会考女生
浙江女界
务本毕业
幼儿教育
女学文丛
女子新读本导言 杨千里
剪辫 务本女学生何亚希
贫民何以不可侮
求学问何用
弓矢与枪炮孰利

第九期

1904 年 9 月 10 日

(甲辰八月朔日)

图画

张竹君女士小影

社说

哀女界　亚卢

演坛

文明的奴隶　女士杜清持

论婚姻自由的关系　女士汪毓真

传记

女雄谈屑（未完）　亚卢

实业

裁书（续）

科学

植物园（续）　自立

卫生

说心（续完）　自立

小说

侠女奴（续）　萍云女士述文

文苑

因花集

颂女子世界　金陵女士陈竺湖

秋夜偶感　十三龄女子陈若兰

新感　嫁亚女士许进化

女界沉沉徐图恢复哀耗传来又为顿挫挽诗两绝以明夙志姑隐其名知者自知　十六龄女子宋淑姿

写所志　常州悯兰女士

庚子感事诗十首之五　女士赵爱华

登武昌省城武胜门城楼口占　女士郑素伊

一杯　女士郑素伊

女国民歌　女士汪毓真

悲秋（酒泉子）　女士汪毓真

攻玉集

题儿女英雄　亚卢

闻某女士以家庭冲突惨死诗以悼之　太恨

题自由结婚第一编十首　吹万

题自由结婚第二编十首

读肄业日本同文学校中国少年女子之文章　灵石

和�清女士题女界钟　勇人

和筠清女士忧国吟之三　华相众生

专件

普通女学社改订章程

民立小学第三次改良章程

竞化女学校章程

九江民立女学校章程

城东女学社简章
记事
外国
　著书被祸
　美人无恙
　俄女离心
　留学卒业
　音乐送别
内国
　女学裁撤
　山东女学
　黄岩女学
　常熟女学
　教员难得
　学会演说
　演说功效
　欢迎师范
　北京工厂
　扬州工厂
　常州女界
　天足类志
女学文丛
论某督札幼稚园公文　碧城女士
记常熟某贞女死节事　虞民
书虞潭母事后　香山女士刘瑞莪
竞渡之损益论　广东十四龄女子彭维省

第十期

（原刊不署出版时间）

图画
石门女学讲习所会考各塾学生撮影
社说
女界之怪现象　初我
演坛
劝女子入学堂说　夜郎
传记
女雄谈屑（续）　亚卢
记俄女恰勒吞事　初我
教育
女子简易的体育　亚华
实业
裁书（续）
科学
植物园（续）　自立
卫生
说耳　长生
小说
自由花（续第七期）　非想
文苑

创办工艺
蚕业设馆
宫苑蚕桑
命妇陈书
天足类志
留学一斑
蒙王兴学
设毓坤会
女学一斑
女学调查(湖南、嘉定)
女学文丛
读世界十女杰　谮诸
修公德说　城东女校三级生顾志坚
说养气　城东女校三级生朱杰超
男女平等说　琴川十三龄女子希真
致张竹君女士书　三自女士

第十一期

(原刊不署出版时间)

图画
日本实践女学校中国留学生
社说
新年之感　初我
新罪业(亚陆女学界七大罪案)
演坛
恭贺新年　大慈
传记
为民族流血无名之女杰传　松陵女子潘小璜
实业
裁书(续)
科学
植物园(续)　自立
卫生
说鼻　长生
说舌
谈薮
泰西逸话
妇人国
结婚与国法
上古结婚之蛮风
竞马结婚
美人禁制
小说
侠女奴(续第九期)　萍云女士述文
文苑
攻玉集
读孟广得韩女士平卿为义

女之作和其原韵　亚卢

　新体艳诗　剑豪

　前题　亚侠

　反杜新婚别征妇语征夫　灵石

　反杜新婚别征夫语征妇

　倦绣篇

　理想的女豪杰　一尘

唱歌集

　幼稚园上学歌

　娘子军

　自由结婚

　缠脚歌

专件

满妇奏派女生游学折稿

记事

外国

　夫妇同穴

　海事协会

　爱国计划

　邻邦与会

　女士演说

内国

　创新婚礼

　女工汇志

　放足纪念

　天足会议

　放足大会

　缠足禁令

　女校开会

　强迫教育

　女学消息

女学文丛

女子自立集序　山阴女士俞树萱

痛女子穿耳缠足之害　金陵女士陈竹湖

自由结婚议　壮公

第十二期

（原刊不署出版时间）

图画

石门文明女塾教员吕筠青女士小影

社说

妇人之教育　时造

演坛

实用话（续第八期）　自立

苏苏女校开学演说　苏英

传记

妇人界之双璧　初我

教育

育儿法（译稿）　竹庄

科学
植物园(续完)　自立
卫生
说眼　长生
小说
侠女奴(续完)　萍云女士述文
文苑
因花集
　题侠女奴原本　会稽碧罗女士
　甲辰除夕书怀　女士赵爱华
　乙巳新感情
　示沪上两妹
　读同情梦传奇漫题其后　女士汪毓真
　暗香
　赠郑素伊女士书怀五首　嘉兴处女佐平
专件
演说放脚的法子　吴门天足社
劝导不缠足会附设第一幼女学堂章程
自立女工传习所改良章程
吴门天足社例言
记事
外国
　柔术教育
　留学专科
　游学日众
　修学旅行
　理想人物
　日妓入学
　产科看护
　美女演说
内国
　女报踵兴
　接生善社
　劝织兴学
　妇女兴学
　派习师范
　举家游学
　讲习教育
　女师课童
　天足发达
　工艺勃兴
　旗营设学
　学校近闻
女学文丛
游历记　长沙贞林女史程琼
致湖南民立第一女学堂监督教习书　长沙郑家佩女士

第二年第一期(原十三期)

1905 年(乙巳)

图画

天津淑范女学堂撮影

论说

论女界之前途　安如

实用话(续)　自立

科学

游戏数学(译稿)(未完)　(英)罗斯好尔

神经系统之卫生说(未完)　长生

实业

薄荷栽培制造法(未完)　H. Y. S.

裁书(续第十一期)

教育

家庭的职业教育　竞男

社会

英法婚姻事情(译稿)

纠俗篇

　鬼果无形之物乎　嘉定普通女学校学生廖斌权

　寄名　蘧龛

家庭

人间一生之食粮(附图)　觉任

史传

女文豪海丽爱德斐曲士传　初我

文艺

因花集

　祝第二年女子世界　常州女士赵爱华

　寄张竹君女士　石门女士吕逸初

　为人画兰竹感题三绝

　饯别蔡耿甫夫子即席口占

　石门女士徐蕴华

　感事次蕴华妹原韵　女士吕逸初

　乙巳三月闻苣苳子有日本之游率成一律志别

唱歌集

　星期歌

　嘉定普通女学校歌

　勉学歌

　女工厂开学歌

小说

　短篇小说好花枝　萍云

丛谈

奇闻片片　大我

　俄国之结婚市场

战场之美人
美人全盛时代
日本男女之寿命
时事批评
婚嫁章程之风说　初我
女学生亦能军操欤
女界之对于华工禁约
专件
实践女学校附属清国女子师范工艺速成科规则
记事
外国
大学教师
华女就学
高等修业
社交先声
重金恤难
内国
婚嫁章程
女生就操
奏请设学
满生留学
女学纪念
女尼说法
女校消息
特别调查
湖南女界
无锡女界
女学文丛
何企兰女士致姨丈书
黄女士谦送郑家佩女士东游序
留学日本秋女士瑾致湖南第一女学堂书
虐婢论　东亚女子醉茶
停办湖南第一女学堂沥陈始末情形禀
游任氏园记　明华女学校学生张驾美
附录
短篇小说女猎人　会稽萍云女士假造

第二年第二期(原十四期)

1905 年(乙巳)

图画
常熟竞化女学校撮影
论说
妇女社会之对付华工禁约　初我
论写情小说于新社会之关系　松岑
争约之警告　志群

华女被禁
自治设会
天足类记
游学汇志
女生会考
运动两志
女学消息
踊跃勤学
特别警告
致施兰英女士书　岭南有志未逮女子
复岭南女士书　施兰英女士
致施兰英女士书　杭州不甘女子张佩秋
致施兰英女士书　邗江女子咏宜氏

第二年第三期(原十五期)

1905年(乙巳)

图画
苏州同里明华女学校之撮影
论说
论复女权必以教育为预备　丹忱
祝中国妇女会之前途　金一
争约之警告二　志群
科学
游戏数学(译稿)(续)　(英)罗斯好尔
神经系统之卫生说(续第十三期完)　长生
[补白]南海冯夏威先生哀辞　苏州争约社蒋振懦
植物园构设法(译稿)(未完)　(日)三好学著　志群译
实业
普通写真术(即摄影法)(未完)　志群
教育
儿童教育话(续)　竞华
社会
杂说　苏苏女学校豫科生冯宝珍、冯宝瑛述
史传
革命妇人　大我
文艺
因花集
塞下　常州女士赵爱华
题素心兰
过江
春夜
天足会　衡阳女士何承徽
秋夜书怀　嘉兴女士蒋

韫玉
与韫华韫章二妹言志因作
偶成三绝示二姊四妹　嘉兴女士蒋韫华
抚念时艰悲愤不能自已援笔书此以当哭　务本女学生张昭汉
闻粤东某女士创办一女报命名女镜喜而有作
大陆将沉作此自励兼以勉某某诸同志
哭陶亚魂　松陵女子潘小璜
攻玉集
箴女界十六首　勉后
赵爱华女士著新翻子夜歌佳绝友人吹万亦有是作与赵亚戏为效作十四首愧未逮也
新体艳诗
小说
荒矶(续)　(英)陶尔著　萍云译述
记事
争约警闻
外国
特别调查(日本东京调查员访稿)
学界感情
速成功效
通办教授
留学服装
留学女艺
议设分校
女界之英
女医渡东
实业现状
日女感情
黄金时代
学生名籍
内国
考察教育
文明结婚
离婚创举
志学艺会
对付美兵
刺绣专科
仿办女工
振兴实业
女学消息
女学文丛
原情　务本女学生张昭汉
说爱
特别警告
敬告二万万同胞姊妹　侯官

女士林贯虹
沈孟渊女士苏州争约社演说
蒋振懦女士苏州争约社演说

第二年第四、五期
(原十六、十七期)

(原刊不署出版时间)

图画

无锡竞志女学校撮影
黎里求我蒙塾女生摄影

论说

恭贺新年　志群
论婚律　亚兰
争约之警告三　志群
能说不能行　白话道人寿氏

科学

说触觉器　不老
无线电说(未完)　军侠

实业

普通写真术(即摄影法)(续)　志群

教育

儿童教育话(续完)　竞华

社会

杂说
　论缠足之害　愿花
　女子无才为德辨　愿花
　目重论　效梅
　说偶像之不当信　效梅
　蚁社会(译稿)　大群

史传

女娲传　病云
女魂(一名女界免尘录)　石门吕逸初女士

文艺

文苑谈片　初我
　中国之女文学者
　暮春书感
　虞姬
　秋夜
　庚子书愤
　南歌子
　与淑仲二姊订盟书
　塞上曲
　寄诸姊妹
　秦淮杂咏
　书怀
　和铁花馆主见赠韵
　舟过渤海口占
　论提倡女学之宗旨
因花集
　秋夜书怀步韫玉原韵　汉苏女士

再叠韫玉秋夜书怀韵
叠秋夜书怀韵答汉苏女士　蒋韫玉女士
三叠韫玉女士秋夜书怀韵　汉苏女士
再叠秋夜书怀韵答汉苏女士　蒋韫玉女士
二十世纪之春初偕夫子居日本镰仓日游各名胜地作　雪溪女士钱单士厘
黄天荡歌　二等公学生杨寿梅女士
风筝　沈菲亚女士
游广雅书局　杜清持女士
珠江夜眺
乡旋有感
攻玉集
杂诗之一　吹万
咏中国奇女子
译独意志人痕大才礼之少女诗　剑公
和孟广得义女之作
女界之污点　勉后
有感
女国民励志歌　大雄
明季寇乱妇女不辱而自杀者无算为纪诗以嘉之
读女界钟感言
唱歌集
常熟竞化女校游艺会歌　初我
求学歌
时事批评　初我
女子之对于征兵
英国妇女之选举问题
女国民捐之兴起
小说
短篇小说造人术　米国路易斯托仑著　索子译
短篇小说天鹦儿　黑石译
专件
实践女学校支那女学生学科规则
镇江承志学堂附属女学校简章
天津淑范女学堂章程
记事
内国
女国民捐
劝谕天足
演说天足
为学殉身
戏资兴学
日女就聘

女学消息
女学文丛
班昭论　务本女学生张昭汉
读女孝经女诫　常熟女子宋大华
燕子矶望江记　明华女学生张振亚
致淑仪女士书　俞寿萱女士
祝自由女神文　同里明华女学生张宏楚
送曾蕙姐妹返东川序　湖北世英女士
论游历阅报为女子立身之要务　广东杜清持女士
特别警告
警告全浙女同胞售珠饰购铁路股票公函　石门女塾教员仁和女士吴剑华文彬
无锡天足社报告辞
无锡胡彬夏女士天足社演说稿
杭州贞文女学校募捐启

第二年第六期(续办)

1907年7月(丁未六月)

本志紧要告白
特别插画
美国旧金山苛待华工之照相
图画
日本实践女学校附属清国女子师范工艺速成科第一回卒业写真
杨寿梅女士写真
论说
女子教育　志群
论中国今日亟宜普设手工女学校及传习所　蔡湘
争约之警告四　志群
译论
男女交际论(译日本时事新报)　(日)福泽谕吉著述　金匮张肇桐译
时评
革命与女权　陈
科学
植物园构设法(续第十五期完)　(日)三好学著　志群译补
教育
独逸之高等女学校(日本乙竹岩造氏调查)
实业
普通写真术(即摄影法)(续)

志群
社会
杂说
女子之新职业
女子之美容术
女子之卫生法
史传
女魂（赵雪华、宋蕙湘、徐□□） 大我
文艺
因花集
黄海舟中感赋 浙江山阴秋瑾
长崎晓发口占
女子歌四章 江阴潘梦蕉
游惠山口占 无锡修田女士、苏玉女士
忆迟蘩姊（调寄蝶恋花）
常州争存女学吕女士
唱歌集
女国民 佛哉
世界新
女杰梁红玉、秦良玉歌
女军人
天足会
运动场
女子蚕业学校校歌
采桑
游行
小说
短篇实事美人妆 横
专件
女子蚕业学校章程
粹化女学募捐启
记事
内国记事（自去年本志中止至今一年间记事也）
女士明耻（保定）
幼女游学（北京）
女优发达（天津）
老妇兴学（湖南）
热心女学（直隶）
秋季运动（上海）
音乐大会（上海）
校书助赈（上海）
记天足会（无锡）
婚礼一新 受谦
记毕业式（上海、嘉定、江阴）
设幼稚园（无锡）
志士虐妾（无锡）
改良手工（扬州）
开智女学（开封）
侠烈可风（通山）

妇孺报

《妇孺报》,广东出版的妇女刊物,约 1904 年 5 月(光绪三十年四月)创刊于广州,月刊,广东蒙学书局发行。目前已知出至第九期,停刊时间未详。本目收录第三至九期(原刊无目录)。

第三期

(光绪三十年六月)

妇孺报例言
蒙学杂志
手饰之害
女人字
自治会
妇孺闲谈
伤亦何伤
各省学堂之现状
女学体操
矮人与肥人
高等妇孺文编
论梁童子灭灶　王文煊
木兰从军论　吴蓉芝女生
论开女学堂之难　彭懔训
论自由与服从相辅而行　周文刚
妇孺中国史
妇孺信札
妇孺唱歌集
军歌二
淮南民歌
越人谣
琴歌
古怨歌
高等妇孺浅史

第四期

(光绪三十年七月)

妇孺报例言
蒙学杂志
学生之身容
以目代口
妇孺闲谈
中国人种之弱
一唾五百员
女儿姿势图

女生放脚
体操会章程
高等妇孺文编
论自治必从身容始　廖奉恩女生
习劳论　彭惇训
习劳论　崔元恺
说信　崔元恺
论批茶女士之著五月花　李高传
择居论　彭惇训
论批茶女士之著五月花　吴康诰女生
论考试与书馆相妨　陈国镛
妇孺中国史
妇孺信札
妇孺畜德录
孝友
寻常妇孺唱歌集
偕隐歌
乌鹊歌
渔父歌
七步吟
黄台瓜辞
高等妇孺浅史

第五期

（光绪三十年八月）

妇孺报例言
蒙学杂志
以目代口(续)
身教
妇孺闲谈
体操会章程(续)
半夜学堂
学堂法律
扶阴抑阳
寻常妇孺文编
算命说　张小娴女生
说俭　张婉贞女生
论兄弟分产之益　彭懔训
妇孺中国史
妇孺信札
妇孺畜德录
孝友(续)
寻常妇孺唱歌集
踏踏歌
骑驴歌
兄弟歌
木兰词
高等妇孺浅史

第六期

（光绪三十年九月）

妇孺报例言

蒙学杂志

身教（续）

贽仪与节仪

妇孺闲谈

女生好胜

潘奇童

彭氏多才

爱群之道

寻常妇孺文编

论王凝之之借鬼兵　彭惇训

同窗友以和为贵论　吴蓉芝女生

论拜七夕　吴康诰女生

论初学点书之难　张荣溥

妇孺中国史

寻常妇孺唱歌集

木兰词（续完）

妇孺信札

第七期

（光绪三十年十月）

妇孺报例言

蒙学杂志

记岭南学堂迁居

妇孺闲谈

女子游学

学堂守旧

翻译笑柄两述

寻常妇孺文编

论剪辫　李高传

论省城女阅报社　刘觉群女生

记雨中访友　黄锦联

读新书论　黄锦联

论立志　刘惠群女生

论兄弟分产之益　廖奉恩女生

论无信之弊　余炳耀

生于忧患说　刘桑棠

论涉猎书籍之益　陈国俊

妇孺中国史

妇孺信札下编

高等妇孺唱歌集

祝国歌

百甓乐府

党人碑

骊山泉

高等妇孺浅史

第八期

（光绪三十年十一月）

妇孺报例言

蒙学杂志

论解字之要

妇孺闲谈

驰骋文场

作文戒大话

寻常妇孺文编

待奴婢不可刻薄论　吴蓉芝女生

论遗产之弊　钟蔚霞女生

论日童输财助饷　杜礼贵

喜别论　吴蓉芝女生

妇孺中国史

妇孺信札下编

妇孺畜德录

爱国

高等妇孺唱歌集

清谈误

夜半舞

新亭泪

文成死

国士行

高等浅史歌

第九期

（光绪三十年十二月）

妇孺报例言

蒙学杂志

论解字之要(续)

奉劝蒙师

馆爨琐言

妇孺闲谈

易笄而弁

江西康女士

学生作歌辨诬

寻常妇孺文编

论家之本在女　杜礼贵

陶母论　彭惇训

陶母论　吴蓉芝女生

尹母论　王文煊

论学童戒看小说　崔元恺

高等妇孺文编

不耻下问　刘柏棠

人不知而不愠不亦君子乎　彭懔训

妇孺中国史

妇孺信札下编

高等妇孺唱歌集

牧羝曲

的卢马

急流退

三鬼行

高等浅史歌

妇孺报例言

一、本报以浅顺为主,使妇孺读书四年者即可阅看。

二、同志诸君编译蒙学各书,其未成者陆续附报,俾学徒省钞写之劳,且可藉为点书之用。

三、本报由同志集款发刊,并未在外劝捐。

四、本报月出一册,全年十册,报费壹圆,港澳加一。

五、本报代理处省双门底蒙学书局,港荷李活道聚文阁,澳□□街大章。

六、挂号阅报者,须先将全年报费交各代理处。

七、本报如因事忙停派,即将所余报费派还。

女界灯学报

《女界灯学报》,1905 年 4 月创刊,月刊,在广东佛山出版,女界灯学报社发行。总理人何志新,总撰述李颖圆。该社同人还有卓新民、何慕洁、苏恩海、吴雪卿、何慕新。撰稿者有邓竹青、王宝荷、余慕兰、邝屏玉等。停刊时间未详。本目收录第一期。

第一期

1905 年 4 月 5 日

(乙巳年三月朔日)

社说

女界灯出现词 [何]慕新

原虐篇 [潘]励庸

时论

最近女界谈(未完) [李]颖圆

白话

记去岁在汾江学社演说词 何慕洁

科学

妇女卫生分解(未完) [何]志新

实业

手工织花边法(未完)　[何]慕洁

译林

缠足腐败史(节译日本法学士佐藤宏支那新论)　卓新民

歌谣

敬告同胞诸姊妹歌　王宝荷

运动歌　王宝荷

励学歌　王宝荷

女学文丛

论女子之位置　余慕兰

论女学不兴之原因及其补救之方法　邓竹青

中国女报

《中国女报》,1907 年 1 月(光绪三十二年十二月)创刊,在上海出版,发起人为秋瑾,编辑兼发行者署“浙江山阴秋瑾”,中国女报馆编辑发行印刷,陈伯平任编辑。除秋瑾外,主要撰稿人有黄公、钝夫、燕斌、陈志群、徐寄尘(自华)、吕碧城等。同年 3 月续出一册后即停刊。本目收录第一至二期。秋瑾就义后,《中国女报》经短期停刊,又与另一姐妹刊《新女子世界》合并为《神州女报》,继续出版。

第一期

1907 年 1 月 14 日

(光绪三十二年十二月初一日)

图画

发起人秋君瑾小影(下期补印)

社说

发刊词　秋瑾

大魂篇　黄公

演坛

敬告姊妹们　秋瑾

劝诫主义(未完)　乙仁

译编

看护学教程(未完)　鉴湖女侠秋瑾

传记

中国女界义勇家缇萦传

白萍

小说

女英雄独立传(未完)　会稽挽澜女士

文苑

屑玉集

浩气吟　炼石女士燕斌

送竞雄女士归国

小楼望雪寄同志

黄海舟中感怀[北大藏本有加盖木刻鉴湖女侠四字]

长崎晓发口占

送璿卿女士　徐寄尘女士

送璿卿先生　徐蕴华女士

荒山集

书感步璿卿女士韵[北大藏本有加盖木刻虞申甫三字]

剑歌同上

吊烈士陈星台　不文生

感怀寄某女士　冕之

吊陈星台用不文生韵

白萍

闻日军陷辽阳感赋(乙巳年作)　黄公

日俄战事有感

新闻

内国纪事

营口收还

鸦片禁止

争持路权

饥民作乱

外国纪事

区别政教

恢复自由

世界新国

女学纪事

北洋师范

拨款兴学

天足开会

督署兴学

调查

北京外城女学传习所详记(来稿)

第二年第一号(原第二期)

1907年3月4日

(光绪三十三年正月二十日)

补登创办中国女报之草章及意旨广告　秋瑾

图画

发起人秋君瑾小影

社说

道德说　黄公

妇女不识字之害　女士羞耻之利益
国外之部

中国新女界杂志

《中国新女界杂志》,1907年2月(光绪三十二年十二月)创刊,在日本东京出版,月刊,为留日女学生炼石女士燕斌所创办和主编,中国新女界杂志社发行。1907年7月(光绪三十三年五月)停刊,共出六期,本目全部收录。

第一期

1907年2月5日

(光绪三十二年十二月二十三日)

图画
墨梅　赤松
留学实践女学校速成师范科中国卒业女生之摄影
丙午春留学日本实践女学校中国女学生之撮影
美国大新闻家阿索里女士之像
创设赤十字看护妇队者奈挺格尔夫人之像
发刊词　炼石
论著
女权平议　炼石
女德论　巾侠
论女界医学之关系　筱鑾
演说
男女平等的真理(白话体)　佩公
本报对于女子国民捐之演说(白话体)(未完)　炼石
译述
妇人待遇论(未完)　转坤
创设万国红十字看护妇队者奈挺格尔夫人传(白话体)(未完)　巾侠
美国大新闻家阿索里女士传　灵希
记载
国内之部
留日女学界近事记(白话

体)(未完)　炼石
国外之部
　美国女界之势力(白话体)(未完)　炼石
　请看俄罗斯二百年前之妇人界　娲魂

文艺

遗怀四首　炼石
辑新女界夜深口占二绝　炼石
读史咏女士　亚华
题赠湖南留学生监督陈公小照四首　汉英
哀思(楚辞体)　炼石
登泰山口占(来稿)　培元
录杜清池女士赠吴庄周三女士诗四首
不忍池畔纳凉(七律一首)　樵松

谈丛

补天斋丛话(白话体)　炼石

时评

国内之部
　江西派遣官费女留学生　兰馨
国外之部
　英国妇人争选举权　兰坤

小说

社会小说想(未完)　安素

第二期

1907 年 3 月 5 日
(光绪三十三年正月二十一日)

图画

美国大教育家梨痕女士之像
留学日本成女学校速成师范生撮影
日本东京成女学校校舍之图
留学日本卒业女生工艺制作成绩品陈列图

论著

女界与国家之关系　炼石
论女学　清如

演说

本报五大主义演说(白话体)(未完)　炼石
本报对于女子国民捐之演说(白话体)(续)　炼石
恭贺新年(白话体)(未完)　木兰同乡
男女平等的必要(续前稿男女平等的真理)　佩公

译述

小说

社会小说想(续)　安素

补天石(未完)　娲魂

第三期

1907年4月5日

(光绪三十三年二月二十三日)

图画

转坤图(表纸石版印刷)

法国救亡女杰若安打克娘征尘跃马图

山东省城公立第一女学堂撮影

陕西省城公立第一女学堂撮影

论前

郝炳章君寄赠题词四首(来函并录)

论著

中国婚俗五大弊说　炼石

兴女学说(未完)　佛群

演说

本报五大主义演说(白话体)(续)　炼石

本报对于女子国民捐之演说(白话体)(续)　炼石

女子无才便是德驳(白话体)　赵之耀

译述

妇人待遇论(续)　转坤

欧美之女子教育(未完)　娲魂

霉菌学原论　炼石

史传

法国救亡女杰若安传(白话体)　梅铸

记载

国内之部

留日女学界近事记(白话体)(续)　炼石

请公捐女界美术工艺珍玩物品寄赠上海中国珍品助赈陈列所以济江北灾民启(附记略)

中国妇人会章程(附记略)

山东第一公立女学堂校长昆明萧国英女士调查天津女学日记(来件)

国外之部

东京劝业博览会杂记(未完)　娲魂

英国慈善女王之逝去　耀华

第四期

1907年5月5日
(光绪三十三年三月二十三日)

演说

本报五大主义演说(白话体)(续)　炼石

直隶创办天足会演说(录来件)

传记

大演说家黎佛玛女史传　灼华

英国小说家爱里阿脱女士传　橤旂

妇人待遇论(续)　转坤

纪美国妇人战时之伟业　炼石

家庭

家政学讲义(白话体)(未完)　剑云

教育界

欧美之女子教育(续)　娲魂

女艺界

造花术(未完)　灼华

通俗科学

夏日四厌虫之研究及退治(蚊、蚤、臭虫、蝇)(白话体)

日用化学(未完)　帔月

卫生顾问

传染病之部　炼石

文艺

舟中望南岳　蓉萱

读新女界杂志书后兼赠炼石女士　震懦

春日杂兴　震懦

杂感　砚耘

江涨　常熟女士吴兰泽

王昭君　采芊

小说

短篇小说哀音(未完)　远庸录述并批注

附录短篇小说

理想奇谈空中军舰

第五期

1907年6月5日

(光绪三十三年四月二十五日)

图画

北京内城女学传习所撮影

江苏省松江府清华女学校撮影

文论

妇人问题之古来观念及最近学说(未完)　忏碧

演说

名誉心与责任心之关系　炼石

金匮许玉成女士对于女界第一次演说稿

传记

博爱主义实行家墨德女士传

罗瑛女士传(未完)　炼石

妇人待遇论(续完)　转坤

家庭

新产之儿童论

家政学讲义(白话体)(续)　剑云

教育界

欧美之女子教育(续)　娲魂

女艺界

造花术(续)　灼华

通俗科学

日用化学(续)　帔月

卫生顾问

公众卫生(未完)　炼石

文艺

女娲　秀崧

嫘祖　秀崧

太姒　秀崧

邑姜　秀崧

西施　秀崧

孟母　秀崧

赵威后　秀崧

聂政姊　秀崧

北宫婴儿子　秀崧

如姬　秀崧

乡女学劝放足歌　德莹

自由花[歌曲]　雌剑

女民国[歌曲]　雌剑

时评

以身殉足　怀馨

谈从

爱兰轩谈丛　怀馨

　日本女子改良原始

　日本战捷之原因

巾帼片羽　剑夫

小说

短篇小说哀音(续完)　远庸录述并批注

珍闻

太平洋之鸟世界探险

第六期

1907年7月5日

(光绪三十三年五月二十五日)

图画

日本东洋妇人会清国女教员养成部摄影

北京外城女学传习所摄影

文论

迷信为女界黑暗一大原因说
妇人问题之古来观念及最近学说(续) 忏碧
演说
金匮许玉成女士对于女界第二次演说稿
女子经济独立说(未完)
传记
俄国女外交家那俾可甫夫人传 振帼
法国新闻界之女王亚丹夫人传 振帼
后藤清子小传 灼华
成女学校清国女学生部速成师范班卒业记 炼石
家庭
家政学讲义(白话体)(续) 剑云
教育界
欧美女子教育(续) 娲魂
女艺界
造花术(续) 灼华
通俗科学
日用化学(续) 帔月
卫生顾问
儿病一夕话(录卫生世界)
文艺一
读新女界杂志赋八绝句赠炼石女士 醉白
中秋夜登楼有感(并序) 山阴沈蒨玉
读新女界杂志书后寄赠炼石女士 顾彤光女士
自慰 同前
题粤西杂志象山写真图 炼石
又题风峒山 炼石
奉酬杨少云先生寄赠新女界杂志题词 炼石
题粤西独秀峰 炼石
题粤西杂志独秀峰图 炼石
寄怀王昌国女士 炼石
文艺二
幽兰怨传奇(未完) 醉白词人
小说
侦探小说毒铁箱(未完) 云扶

天义

《天义》,1907年6月(光绪三十三年四月)创刊,在日本东京出版,半月刊,何震(刘师培之妻)主编,上海设有发行所。停刊时间未详。本目收录第一至十、十三至十九卷。

第一卷

1907年6月10日

(中历丁未年阳历六月十日)

图画

女娲像并赞　何殷震

社说

女子宣布书　何殷震述

破坏社会论　去非子译述

公论三则　何殷震述

　帝王与娼妓

　大盗与政府

　道德与权力

学理

李卓吾先生学说　不公仇

时评　志达

伟哉女杰

悲哉男权之专制

请看俄国虚无党

女为人妾

译丛

百北尔总同盟罢工提议案(译日人社会主义研究第五册)

公权

巴枯宁学术要旨(节译日人独立评论第五册)

呜呼劳动者(译幸德秋水氏平民主义)

击石火节译(译幸德秋水氏平民主义)

日本社会歌(译意)

来稿

论女子受制之原因　守民

杂记

女娲为女杰　大鸿

赵威后语

异族凌辱女子

洪秀全男女平等之制

秦会稽刻石

骊山女保塞

附录

震致留日女学生书

第二卷

1907 年 6 月 25 日

（中历丁未年阳历六月二十五日）

图画

法国女杰露依斯米索尔像

社说

女子复仇论（未完）　何殷震述

废兵废财论　申叔

学理

唐铸万先生学说　亚公

时评

清政府亦欲抑女权耶　大鸿

异哉中国妇人会

雇婢评

社会革命大风潮

译丛　公权译

法国女杰露依斯传　（日）志津野又郎

俄国女杰骂阁臣语（节译日人新时代报）

日本劳动歌译意（原载日本大火鞭报）

来稿

平权论　恢权

东京来函　留学界一分子

女地狱歌　白圭女史

杂记

中国古代均贫富之制　叔时

富人之病民

颜元斥土地不均之害

第三卷

1907 年 7 月 10 日

（中历丁未年阳历七月十日）

图画

露国革命志士之气概

邓太妙秋思图　曼殊

社说

女子复仇论（续）　震述

人类均力说　申叔

学理

戴东原先生学术　去非

时评

政府者万恶之源也　志达

保满与排满　志达

译丛

苦鲁巴特金之特色（摘译日本久津见蕨村无政府主义）

第四卷

1907年7月25日

(中历丁未年阳历七月二十五日)

第五卷

1907年8月10日

(中历丁未年阳历八月十日)

无政府主义之平等观（续）
申叔
学理
西汉社会主义学发达考（续）
申叔
时评
男盗女娼之上海　志达
政府奖励实业　志达
译丛
节译俄杜尔斯德答日本报知新闻社书　去非
来稿
秋瑾传　悲生
秋女士遗诗序　太炎
秋瑾遗诗序　苏子穀
附录
曼殊画谱序　（日）河合氏著
仪征何震编
曼殊画谱序　章炳麟
曼殊画谱自序　曼殊
曼殊画谱后序　何震
新刊介绍:新世纪

第六卷

1907年9月1日

（中历丁未年阳历九月一日）

图画
徐烈士遗墨
法民罢工传单写真
社说
女子劳动问题（续）　畏公
论种族革命与无政府革命之得失（未完）　震、申叔
学理
欧洲社会主义与无政府主义异同考　申叔
记事
万国社会党大事记　公权
日本社会党欢迎英开革哈叠氏记事
社会主义讲习会第一次开会记事
来稿
绍兴某君来函论秋瑾事
新刊介绍
附录
梵文典序　仪征何震录

第七卷

1907年9月15日

（中历丁未年阳历九月十五日）

图画
维拉斐哥奈尔

罗马教之看护妇

社说

无政府主义之平等观(续第五卷完)　申叔

女子解放问题(未完)　震述

论种族革命与无政府革命之得失(续完)　震、申叔

学理

社会契约说评论　民鸣

时评

结婚奇谈　志达

世界主义之公敌

亚洲之暗杀

记事

万国无政府党大会记略　公权

万国社会主义妇人会议记略

伊大利社会党分裂记

徐陈马三烈士及秋女士追悼会记

社会主义讲习所预告

日本社会主义金曜讲演会记

清外部欲禁新世纪之不果

译从

妇女选举权问题　独应

杂记

读书杂拾(一)　独应

附录

秋瑾诗词后序　震

第八、九、十卷合册

1907年10月30日

(中历丁未年阳历十月三十日)

图画

克鲁巴特金像

露依斯米索尔画像

俄皇冬宫图

梁萃轩像

从军苦图

社说

女子解放问题(续)　震述

论新政为病民之根　申叔

论说

女子复仇论(续第五卷)　震述

中国民生问题论:野业与市业(未完)　申叔

非六子论　申叔

论女子当知共产主义　震述

学理

鲍生学术发微　申叔

斯撒纳尔无政府主义述略　自由

时评

祝日本社会党之分裂　扶弱

惨哉工女

哀我农人

记事

芜湖万顷湖农民抗租记　公权

中国各省罢市案汇志

中国毁学案汇记

万国社会党大会续记　公权

万国无政府党大会决议案记

记女界与万国社会党大会之关系

女界近事记

记东京金曜讲演会

社会主义讲习会第二次开会记略

社会主义讲习会第三次开会记略

社会主义讲习会第四次开会记略

译丛

秋心室丛译　秋心室主人

俄国女杰遗事汇译　衡民

来稿

节妇辨　凤词

天义之证定　少年

汉川陈胡志淑女士来函

神田某君来函

日本小幡宗海君来函

日本长肇君来函

王朗鸿菱花将军行(附某君寄诗函)

杂记

读书杂拾(二)　独应

女界吁天录(未完)　志达

石破天惊谈

穷民俗谚录(未完)

专件

农民疾苦会调查章程

附录

南非洲杜省虐待华侨之惨状

总同盟罢工论序　申叔

穷民俗谚录征材启　申叔

活地狱(即鬼哭神愁)序　申叔

戒学政法歌

平民歌

新刊豫告

新刊绍介:总同盟罢工

第十三、十四卷合册

1907年12月30日

(中历丁未年阳历十二月三十日)

图画

俄女杰方锦像

强者受刑图之一:奥后伊利沙伯受刑之状、塞王及后受刑之状、伊王安伯受刑之状、美麦坚尼受刑之状

强者受刑图之二:美林肯受刑之状、法统领葛尔诺受刑之状、法统领高非尔受刑之状、俄亚历山大第二受刑之状

马场自由民乐园图

社说

女子教育问题　志达

女子革命与经济革命　震述

社会主义与国会政策(未完)　申叔

中国民生问题:野业与市业(续)　申叔

学理

苦鲁巴金学说述略(续)

时评

请看日本工女之赁金额　志达

异哉万国社会党对于女子选举权之提案

译丛

快愉之劳动　(俄)苦鲁巴金著　申叔译

来稿

世界平等政府谈　刬平王

杂记

女界杂事谈　自觉生

　美国富室女子之骄愚

　德女子提倡罢工

　俄社会党关于女界之议案

　劳动组合与女子

穷民俗谚录(续)　申叔

记事

记美国拟放逐哥尔多曼女史事　公权

记英国妇人社会党本部

汇记万国革命风潮

记浦盐斯德俄女子加入革命运动事

记中国近日民变事

社会主义讲习会记事

记河南杂志社拟刊女报事

专件

神州女报发刊词

附录

轩亭吊秋文　巢南

从军苦歌(七首)　申叔

滇民逃荒行

第十五卷

1908 年 1 月 15 日

(中历戊申年阳历一月十五日)

图画

波兰革命图

伏诛各元首之肖像

社说

论中国女子所受之惨毒(未完)　震述

社会主义与国会政策(续)　申叔

学理

共产党宣言(The Communist Manifesto)序言　(德)因格尔斯著　民鸣译

时评

秋瑾死后之冤　志达

译丛

未来社会生产之方法及手段　(俄)苦鲁巴金著　申叔译

来稿

山东千佛山奇狱记

金华织布局虐待工女记

杂记

女界吁天录(续第八、九、十卷合册)　志达

贫民俗谚录(续)　申叔

第十六至十九卷合册

(出版时间待查)

共产党宣言　(德)马尔克斯、(德)因格尔斯著　民鸣译

社会主义经济论　(英)哈因秃曼著　齐民社同人译

社会主义史大纲　比利斯

面包略夺　(俄)苦鲁巴金著　申叔译

无政府主义之哲理同理想　(俄)苦鲁巴金著　齐民社同人译

俄国革命之旨趣　(俄)杜尔斯德

致中国人书　(俄)杜尔斯德著　忱刍译

俄国第二议会提议之土地本法案及施行法案　怪汉译

俄国第二议会提出之土地本法案

无政府党第四次大会决议
(日)幸德秋水译　公权重译
无政府共产主义之工人问答
马拉叠斯丹著　雠译
区田考序　申叔
区田考　梅毓
选举罪恶史　申叔辑
女子问题研究　志达
贫民唱歌集
工女怨二章　申叔
农民哀六章　民鸣
希望诗二章　(波兰)石门华著　申叔译
善哉行　焦获孙枝蔚
小车行　仁和谭献
述所见　无名氏
逃荒行　兴化郑燮
咏同盟罢工　秋鸡哈威著　张继君译
ESPERANTO **词例通释总序**
记事
记葡王被刺事
万国革命记(从一月二十日起)

天足会报

《天足会报》,1907年(光绪三十三年)夏创刊于上海,季刊,任事者为沈仲礼、管西园,编辑者署"江宁管鹤西园",中国天足会发行,商务印书馆代印。停刊时间不详。本目收录1907年第一期、1908年第一期、1909年《天足会年报》。

第一期

1907年夏(光绪丁未夏季)

本报启事
天足会报例
中国天足会总会办事员衔名单
图画
中国天足会办事会员合影
论说
天足会必需附设女学堂说　沈敦和
沭阳胡女士事关系中国进步说　管鹤

会事记要
天足会缘起并开会办事始末记要　管鹤
会友题名录
上两江督部堂禀　沈敦和
捐款衔名单
学务
日本女学调查录要　管鹤
上海天足会女学堂章程
专件
沭阳胡仿兰女士事纪录
中国天足会改定章程
江宁公所追悼黄光国女士记　戴师铎稿
劝导文话
缠足妇之显身说法　高榉香口述　吟梅女士手录
劝戒缠足俗歌　新樵
莫包脚歌
杂志　管鹤

第一期

1908 年 3 月

（光绪三十四年二月）

图画
胡仿兰女士遗像
论说
戒缠足宜劝惩兼施说　管鹤
南皮张相国戒缠足章程叙
会事纪要
丁未年上海天足会女学堂之报告
天足会女学堂颁授毕业文凭记
答西人问天足会情形节略
厦门分会情形
后冈分会开会节略
威海分会附设女学情形（附章程）
台州分会情形
会友题名录
捐款姓名录
文苑
胡女士遗诗二首
哭胡仿兰诗
挽胡女士联
胡女士致姊妹行书
戏曲
剧作　沭阳女士
紧要新闻
批准胡仿兰女学
思茅放足冤狱纪闻
政府提倡天足会
美国之劳动妇人

恶俗宜惩
英妇抵死力争选举权
日本女学生之游泳术

天足会年报

1909 年 1 月

（光绪戊申嘉平月）

论说
会长沈仲礼观察报告
论天足为消融满汉之要图　刘丙藜
端午师劝汉人妇女勿再缠足说
各分会章程及开会情形
会友题名录
各分会来函
两江督宪端午帅通饬各属举办天足会札文　沈敦和
杂俎
劝戒缠足俗歌　新樵
郑陶斋观察不缠足歌
放足歌四首　谢翰藩
苏州放足会演说放脚的法子
奉劝女子不宜缠足说　无事老人

天足会报例

一、本报每三个月出一期，即一季一次。丁未年夏季为第一期。

一、本报每册只售银元一角，除去邮费及经手提成外，实不敷本。盖本报宗旨在劝导不缠足，与谋利异。故以价贱广行为目的。

一、代售本报者酌提报价二成，即十分之二以为酬劳。分会代销一例送酬，惟报资不可宕欠。

一、本报广收论说、图画及各种杂著，只需关于天足事者，皆可选登。海内同志其有以教之。惟是否登录，原稿概不发还。

一、欲登告白者请来会面议。

一、本报任事者为沈仲礼、管西园二君，如有赐函，或寄上海四马路外滩华安公司，或寄美界蓬路四十四号广学会管君均可。

神州女报

《神州女报》,1907 年 12 月 20 日(光绪三十三年十一月十六日)创刊,在上海出版。月刊。上海神州女报社编辑,智群书社发行,主撰有陈伯平、吴芝瑛、徐寄尘等。为继秋瑾《中国女报》而创办的妇女刊物。约 1908 年 2 月(光绪三十四年正月)停刊,共出三期。本目收录第一期。

第一卷第一号

(1907 年 12 月)

方法(神州日报)
学问
理科
　昆虫采集　伯钧
实业
普通写真术(续女子世界)
秋瑾遗著
论著
　敬告姐妹们
　演说的好处
　中国女报发刊辞
　中国女报章程
译编
　看护学教程
书信
　致湖南第一女学堂某君书(自东京寄)
　致女子世界记者书(其一至十一)
诗词
　感时
　感愤
　柬志群(四首)
　石井君索和即用原韵
　题春郊试马图(并序)
　黄海舟中感赋
　长崎晓发口占
　剑歌
　勉女权
　菩萨鬘(寄女伴)
　题动石夫人庙
史传
神州女界新伟人秋瑾女士传(未完)　志
秋女士传　吴芝瑛
舆论
秋瑾有死法乎
论秋瑾之被杀
论浙抚电奏之荒谬
浙抚电奏驳议
绍兴府贵安民告示析义
诮浙绅
理想上的男女
浙省新军第一标之战功
卖友者之将来
评林
哭鉴湖女侠
词藻
秋雨集
　追悼秋瑾女士歌　志群词
　哀秋女士歌
　哀山阴歌　吴芝瑛词
秋风集
　哭秋瑾　独清女史孔繁淑

秋瑾女史哀词　天僇生
吊秋女士　楚北一鹤
挽秋女士联语并跋　小万柳堂
挽秋女士　本社
挽秋女士　惊秋
挽竞雄　梦秋
秋瑾女士被嫌就义爰作联以挽之　永贞
挽秋女士　爱菊
吊越女　爱菊
次鉴湖女侠柬志群原韵即以吊之　半醒
挽鉴湖女侠　国系
感逝　青桐
挽秋女士七绝四首　寄尘
吊秋女士　树常
集秋女士句即以吊之　志群
吊秋女士
挽秋女士　以英
挽鉴湖女侠二绝　闺英
祭秋瑾女士文　紫英
吊秋女士　槅秋
哀鉴湖女士　阙名
吊秋女士瑾　甫农
皖事起索涉绍兴学界感赋　甫农
挽秋女士四绝用秋雨秋风愁煞人句作辘轳体　阙名
浙祸　少兰
虞美人调　那铎
哭秋女士瑾(步石湖菱女韵)　惸公
祭秋女士文(并序)　寄尘
挽秋女士七律二首　南徐遁园
吊秋女士　景墨
挽秋女士　江东不平子
吊秋女士　韫玉女士
神州诗选
祭冯女士宝琦文
苏苏全体学生祭校长冯竟任先生文
罗敷媚(病中有悼)　松陵女子潘小璜
感怀　攘夷女士
纪皖事　素心女士
冯女士行　天梅
周湘云女士哀词　黄天
周湘云女士挽词　亚卢
姚自珍女士挽词　亚卢
怀人诗　哀蝉
论词绝句　哀蝉

唱歌
哀祖国　敌公词
小说
章回
本报章回小说序　热
短篇
苦情小说缺月记　周梦秋
专件
杭州女子蚕桑学堂章程
民立上海女中学堂简章
记事
内国记事
游学话别(上海)
女报踵兴(汉口)
养慧女学(扬州)
绍兴近闻(绍兴)
蓝桥别墅(上海)
女学生赴日留学准拨官费(南京)
改办师范(常州)
禁止演说(北京)
夫妻游学(江阴、江宁)
展览会(北京)
祝贺会(上海)
运动会(上海)
追悼会(苏州)
恳亲会(杭州)
纪念会(上海)
女界会(江西)
家政会(上海)
外国记事
女教师松里岛子
在沪日人之著作
日妇运动选举权
妇人社会党会议
仁与女子
特别纪事
秋女士被害始末　佛奴、志群、梦秋
绍兴扰乱十日记
女界之对于苏杭甬借款问题
杂录
女国民拒款公会公启
滑稽字　热
愁
狼狈
子为谁
贵不断头
来函
纪本校星期旅行颠末布告学生家族书(爱国女学校)
天足会女学堂来函　沈敦和

惠兴女学报

《惠兴女学报》,1908年5月14日(光绪三十四年四月十五日)在杭州创刊,惠兴女学校总办贵林(中权居士)编辑,敬业公司印刷,杭州惠兴女学校刊行。每月十五日发行。已知最后一期是1911年8月15日出版的第三十三期。现存第一至二十八期,本目除第七期外全部收录。

第一期

1908年5月14日
(光绪三十四年四月十五日)

本报广告
论说
惠兴女学报发刊词
本校日记择要
本校纪事
女界纪闻
志西湖文孝女庐墓事
志会祭秋瑾女士事
志杭州工艺女学校毕业事
志产科女学校毕业事
本省纪闻
志文明结婚事
志泉学周年纪念会事
中外大事
志全浙铁路保存会事
专件
演说女学堂之关系　丁未十月初十日惠兴女学校学生佛英
杂俎
办女校者言
惠兴女士纪事甲编
杭州惠兴女士为兴女学殉身节略
杭州贞文女学校校长惠兴女士绝命遗众学生书
杭州将军瑞、浙江巡抚张、杭都统德为惠兴女士奏请旌表折
杭州旗城为惠兴女士开追悼会演说丙午三月八日
惠兴女士纪事乙编

挽联(未完)

第二期

1908 年 6 月 13 日

(光绪三十四年五月十五日)

本报广告二

来稿代论

惠兴女学报序并祝词　秀水高孙巖九疑撰

本校日记择要

本校纪事

女界纪闻

浙省保姆传习所停办之怪现状

南京粹敏女校风潮

志西湖文孝女庐墓事(续)

本省纪闻

志井亭庵晾大士像

中外大事

杨度之国会意见

美国人在上海设万国鸦片会

志广东国耻大会

专件

演说过渡时代之女子　丁未十一月二十五日　佛英

杂俎

办女校者言

介绍灵验药方

附件

惠兴女士纪事

第三期

1908 年 7 月 13 日

(光绪三十四年六月十五日)

本报广告三

论说

中权主义　贵林述

本校日记择要

本校纪事

女界纪闻

志吕碧城之绝艺

本省纪闻

杭州教育总会为孙仲容开追悼会事

各省纪闻

江苏征兵办诬之怪状

中外大事

法人野心

国会之请愿

专件

演说家政改良会　惠兴女校师范生兴亚

论提倡女学之宗旨(未完)
天津公立女校校长吕碧城
杂俎
介绍灵验药方
附件
惠兴女士纪事
报余
惠兴女学校丙午年分领歇费清帐

第四期

1908年8月11日
(光绪三十四年七月十五日)

代论
上学部条陈为普及女校事(附呈普及女校办法说帖) 贵林
本校日记择要
本校纪事
女界纪闻
女学生之立志求学
本省纪闻
旗城庆祝万寿
志通鉴学校学生扮演惠兴女士新戏
中外大事
通饬速办地方自治

专件
论提倡女学之宗旨(续第三期)
杂俎
介绍灵验药方
附件
惠兴女士纪事
报余
惠兴女学校丁未年分领歇费清帐

第五期

1908年9月10日
(光绪三十四年八月十五日)

本馆告白四
论说
中权主义(续第三期)(未完)
本校日记择要
本校纪事
女界纪闻
本校发起杭城女校联合展览会
南京粹敏女校风潮后之布置
本省纪闻
浙抚之文案
国会之代表

中外大事

政闻社之怪状

专件

短篇演说三则　丁未十一月二十五日

杂俎

介绍深秋时症初起验方

附件

惠兴女士纪事

报余

拟创历下女学会启(未完)

第六期

1908年10月9日

(光绪三十四年九月十五日)

本馆告白五(共三则)

论说

中权主义(续上期)

本校日记择要

本校纪事

女界纪闻

支提学维持本校

不幸短命

本省纪闻

杭城学界又出怪状

志估修两级师范学堂房屋事

中外大事

各省咨议局限日开办

专件

弥勒约翰倡女权论　骆树英

杂俎

挽联三联

附件

惠兴女士纪事

报余

拟创历下女学会启

创办女子教育会通告书　吕碧城

第七期(缺)

第八期

1908年12月8日

(光绪三十四年十一月十五日)

本馆告白六

论说

中权主义(续第六期)(未完)

本校日记择要

本校纪事

女界纪闻

记吴芝瑛女士拟自杀事

本省纪闻

志杭城国丧公祭举哀事

志杭省咨议局限定府厅州县筹办顺序事

中外大事

志安庆炮马二营兵变事

专件

孔圣诞日惠兴女校的演说 中权

杭防豫立会庆祝立宪演说丙午八月 中权

附件

惠兴女士纪事

报余

女子教育会章程

志浙江铁路汤总理电邮传部事

专件

纪念会演说三 人为万物之灵 兴永

论中国女子装饰之害 骆树英女士

驳女子无才便是德说 骆树英女士

附编

惠兴女士纪事

报余

女子教育会章程

第九期

1909年1月6日

(光绪三十四年十二月十五日)

论说

中权主义(续第八期)(未完)

本校日记择要

本校纪事

女界纪闻

记本校举行纪念会并游艺会

本省纪闻

绍兴府之怪现状

中外大事

第十期

1909年2月5日

(宣统元年正月十五日)

特别告白 惠兴女校主任贵林敬启

论说

普及女校通告书并叙言

本校日记择要

本校纪事

女界纪闻

女学堂出报

志杭州蚕桑女子学堂毕业

本省纪闻

大使可鄙

中外大事

某巨绅为盛故宦父子兄弟呈建崇祠之可异

专件

竞化女学报发刊辞

杂俎

谈屑四则

附编

惠兴女学校丙午丁未戊申三年来之收支总单

报余

惠兴女学校戊申年分领歇费四分之一清帐

第十一期

1909 年 3 月 6 日

（宣统元年二月十五日）

代论

教育新案分期教授法（未完） 江亢虎来稿

本校日记择要

本校纪事

女界纪闻

文孝女只身御盗

吴芝瑛侠行可钦

京师女学传习所之可慨叹

杭州冯氏高等女学堂开堂

本省纪闻

医学会出报

中外大事

夫己氏开缺之可异

专件

国民捐刍议 杭辛斋稿

附编

惠兴女学校丙午丁未戊申三年来之收支总单

报余

女子教育会章程（终）

第十二期

1909 年 4 月 5 日

（宣统元年闰二月十五日）

代论

京师女学传习所分期教授法预定时间表（接上期）

本校纪事

女界纪闻

女报之特色

孝女墓庐收徒

绍兴淑兴女学堂开办之艰难

女教员善诗
本省纪闻
泉学开运动会
杭州通益公纱厂之变相
革命党之伎俩
杂俎
上海竞化女学堂报记唐生家属张书绅先生语
王中堂致拒款会公启
附编
惠兴女士纪事
报余
绍郡淑兴两等女学校章程

第十三期

1909 年 5 月 4 日
（宣统元年三月十五日）

代论
中权主义(续第九期)
本校纪事
女界纪闻
英国女士提倡女子戒烟酒会
本省纪闻
为学筹款之新法
余杭张云飞之怪事
志焚毁萧山沙地清丈局情形
专件
中权居士协和讲堂演说初录光绪乙巳仲夏
杂俎
醒心小说逸（选上海第六期竞化女学报）
附编
惠兴女士纪事
报余
绍郡淑兴两等女学校章程

第十四期

1909 年 6 月 2 日
（宣统元年四月十五日）

论说
论女子教育之贤母良妻主义与男女平等平权主义不相反而相成　宋衡平子
本校纪事
女界纪闻
江西女学开会大起冲突
志蒋蕴华吞金之疑案
本省纪闻
禁烟调查社之为难
中外大事
铁路总局之电咨
杂俎

华字报章之销数

附编

惠兴女士纪事

报余

江亢虎在内城女学传习所第二周年纪念会京津女学第四次展览会演说(未完)

第十五期

1909 年 7 月 2 日

(宣统元年五月十五日)

特别广告

详记惠兴女校开落成会情形

庆贺惠兴女学堂校舍落成歌

落成会谢来宾歌

惠兴女学校新校舍落成报告书

演说女学生主义　甲班学生凌云

演说女子之外相　师范学生兴永

附编

惠兴女士纪事

报余

江亢虎在内城女学传习所第二周年纪念会京津女学第四次展览会演说(已完)

第十六期

1909 年 7 月 31 日

(宣统元年六月十五日)

论说

中权主义(续第十三期)

本校纪事

女界纪闻

记杭州公立工艺女师范校毕业

安徽请奖殉夫殉学之女士

吴兴女学校学艺会纪事

本省纪闻

呜呼筹办处之会办

汪侍郎之为难

杂俎

西妇劝戒妇女之名言

附编

惠兴女士纪事

报余

中权居士协和讲堂演说初录(续十三期)

第十七期

1909 年 8 月 30 日

（宣统元年七月十五日）

论说

中权主义（续上期）

本校纪事

女界纪闻

育贤女校某女学生之卓见

嗜学堕妊之可怜

本省纪闻

议长可以假定

记杭州医学会大会

中外大事

国是尚武之朱谕

世界教育会在北京开会

铁路总理去留之不同

文明人之大野蛮

专件

杭乍两防变通旗制研究会启并简章祝辞

杂俎

吴芝瑛答西泠某君书

惠件照登　瑞安孙诒棫

附编

惠兴女士纪事

报余

中权居士协和讲堂演说初录（续上期）

第十八期

1909 年 9 月 28 日

（宣统元年八月十五日）

代论

教育小说姊妹讲话　中权初稿

本校纪事

女界纪闻

本校移请拨给官书已准

志女子师范追悼会

创办家庭改良研究社

孙女士呈书之审定

本省纪闻

全浙保路会记事

中外大事

北京中央大同报停版原因

专件

前江督端午帅手定禁止缠足章程

杂俎

算语杂译

附编

惠兴女士纪事

报余

中权居士协和讲堂演说初录(续上期)

第十九期

1909年10月28日

(宣统元年九月十五日)

代论

教育小说姊妹讲话　中权初稿

本校纪事

女界纪闻

嘉秀公立女校之调查

家庭改良研究社再志

苏州振华女校毕业记事

本省纪闻

杭防绅学界为增减官文书事开会发传单之风潮

杂俎

亦嚣嚣庐主人丙午旧作

附编

惠兴女士纪事

报余

中权居士协和讲堂演说初录(续上期)

第二十期

1909年11月27日

(宣统元年十月十五日)

本报广告二则

代论

惠兴女学报题辞并序　衡州琴梦女士王连三

本校纪事

女界纪闻

烈女投缳

家庭改良研究社三志

工艺女师范学校之可怜

本省纪闻

志欢送铁路总理汤廉访入觐

抚署增减官文书案之尾声

专件

劝各农民速立农务分所白话文(来稿)

杂俎

老子四律(选竞业旬报)

附编

惠兴女士纪事

小说

教育小说姊妹讲话　中权初稿

报余

中权居士协和讲堂演说初录

（续上期）

第二十一期

1909 年 12 月 27 日

（宣统元年十一月十五日）

特别广告

纪念会序次

学艺会序次

惠兴女校歌

纪念歌

谢来宾歌

惠兴先生殉学第四周年之演说

惠兴女校十一月朔日之演说

关于国民捐之新闻

杭州众商集议会发起国民捐

杭州绅商学界假同善堂集议筹还国债事

湖州国债会移请劝捐

上海浸会大学堂发起组织中国国民捐会

沪人会议筹还国债纪事

关于国民捐之函件

嘉兴国民公积会来函

陆绅春江请浙抚发起筹还国债会函

浙抚复陆春江中丞函

浙抚覆杭州商务总会函

教育总会覆蚕桑学堂函

八旗校友会启

筹还国债会简章

节录周金箴君筹还国债会发表意见

中权居士协和讲堂第四次演说

第二十二期

1910 年 1 月 25 日

（宣统元年十二月十五日）

代论

惠兴女士殉学第四周年纪念会演说　衡州琴梦女士王连三邮稿

本校纪事

女界纪闻

志本校纪念学艺会

调查崇明尚志女塾

再志工艺女师范学校之可怜

本省纪闻

志育英学堂装扮演说事

学司取消监督之奇闻

志筹还国债会大会

专件

节录中权氏明伦堂之演说

小说

教育小说姊妹讲话　中权初稿

报余

崇明女界自立会简章

第二十三期

1910 年 2 月 24 日

（宣统二年正月十五日）

代论

忘形居士偶然录

本校纪事

女界纪闻

绍兴家庭改良社兼办保姆传习所附属蒙养舍简章

湖州吴兴女校毕业纪事

学部奏定女学服色

东西洋女艺学校简章

本省纪闻

志借师范学堂开筹还国债会正式大会情形

专件

节录中权氏明伦堂之演说（接上期）

说年纪轻的人吸烟的害处

杂俎

残忍谈

养心诗

笃志诗

小说

教育小说姊妹讲话　中权初稿

报余

中权居士协和讲堂演说二录光绪乙巳中秋节日

第二十四期

1910 年 3 月 25 日

（宣统二年二月十五日）

代论

忘形居士偶然录（接上期）

本校纪事

女界纪闻

惠兴女士遗书之价值

中国女公学宣言书

留比学生庄启敬致各女学校书

端革督之学堂演说

本省纪闻

驻杭出品协会展览会开幕

浙江教育总会展览会开幕

专件

劝爱国财以还外债之血话

杂俎

大哲学家大慈善家瑞安宋平子先生遗文

小说

教育小说姊妹讲话　中权初稿

报余

中权居士协和讲堂演说二录光绪乙巳中秋节日

第二十五期

1910 年 4 月 24 日

（宣统二年三月十五日）

代论

贵中权杭州出品协会正式会之演说

本校纪事

女界纪闻

杭州工艺女学校今昔之比较

公举名誉女校长

补志嵊县爱华女校毕业

本省纪闻

驻防自治之悲观

各省纪闻

传音快字书之新发明

钦差大臣被困

虐婢之参案

中外大事

北京国耻纪念会开第一次会

发起国耻纪念会公启

陆军部大搜排满党书信

宁垣各学堂呈江苏咨议局之国民捐请愿书

南京学界国民捐代表一览

张伯烈亦算任侠杨皙子亦算英雄

专件

劝爱国财以还外债之血话(接上期)

小说

教育小说姊妹讲话　中权初稿

报余

中权居士协和讲堂演说二录

第二十六期

1910 年 5 月 23 日

（宣统二年四月十五日）

广告二则

代论

八旗驻防生计研究会之通告书

本校纪事

女界纪闻

调查上海城东学社改良之

章程
女师范学开端之不端
南京女子公学请颁钤记
记景崇女校运动会
纪上海务本女校运动会验券入场之认真
各省纪闻
宗室裁判权不归大理院
孝廉方正乃有自荐者
纪杭州医学会特会东医演说事
记中国青年会演说哈黎彗星
粤省自治会大唱佛教
专件
论中国人民之三大害　万国改良会代表丁义华来稿
中外大事
日本杂志之骇论
杂俎
国耻歌
小说
教育小说姊妹讲话　中权初稿
报余
中权居士协和讲堂演说二录（续上期）

第二十七期

1910年6月21日

（宣统二年五月十五日）

代论
贵中权在京口八旗驻防生计研究总会之演说
本校纪事
女界纪闻
本校展览会学艺会记事
总理开会报告
学生兴慧绘图后之演说
学生玉连演说哈黎彗星
学生彭富珍演说自由平等之忆说
学生香香演说风俗习惯
学生兴华演说评论演说
本省纪闻
国耻纪念会发起之不易
拟定同人纪念国耻办法
专件
贵中权等呈都察院代奏折
小说
教育小说姊妹讲话　中权初稿
报余
中权居士协和讲堂演说二录（续上期）

第二十八期

1910年7月21日

(宣统二年六月十五日)

惠兴女学报发刊辞

《惠兴女学报》何为而作也?中权氏痛女学之不能发达,及有发达之机,而女学界不知爱护联合反自翦伐之而作也。慨自惠兴氏愤某女校宣布不收旗女之议,遂发愿创办贞文女学校。两年以来,受困难历艰辛,继以身殉。其遗书中又复谆嘱接办之人于本校必须兼收汉女,可谓愿大量宏,见识远到者矣。惠兴殉学后,吾营官学二界大为感动,极力筹画,公推中权主任。而大吏得禀及公呈后复联衔奏达天听,更贞文之名为惠兴学堂,委中权总办其事。中权受官学二界之委托,感惠兴氏之激刺,由保守主义希望造时主义,至于今日,将及三年矣。凡此三年之间,除担任本校职任外,而他校以及公益社会诸务,均就一己精力之所及,竭诚经营,不遗余力。誉者以为热心,毁者以为钓誉,中权氏不知其他,求心之所安,期事之有济,率此以往,即至牺牲己身亦所不顾,矧区区毁誉乎!岁丁未暮春,中权氏例觐进京,道出上海、天津,沿途参观女校不下三十余处,心识而默契之。其居京师时,承北京女界联合各女学校在陶然亭开会欢迎,尤为中权氏没齿铭感而不能忘者。返杭后,曾登白话报告达杭州女学界,假协和讲堂开大会,演述其见闻,以期他校及本校可以联合借镜,逐渐进步改良。乃近岁以来,中权氏近观默查,非惟学堂无发达之希望,而异闻时来怪象常现,以贤母良妻之宗旨为腐败,以破坏秩序之学说为当然,中权氏之舌虽敝而无效,中权氏之命即殉亦无裨。惠兴有知,能毋恫乎?然此正后死者之责也。爰于万难设法之中而设《惠兴女学报》焉。明知蚊负须弥,徒自陨丧,惟念古云"志行坚诚者,金石可穿",佛言"愿力宏深者,历劫能偿",以神州地域之大、人民之众,或有具大誓愿担任造时势之大英雄,继起而振兴之,则女学有发达之望,即母国有挽救之机矣。中权氏不文,敬述痴愿俚言以当发刊辞,□□□海内通人进而教之。时光绪三十四年戊申清和月朔日中权居士述于杭州惠兴学堂之事务所。

——第一期(1908 年 5 月 14 日,光绪三十四年四月十五日)

女报

《女报》,1909 年 1 月创刊,在上海出版。月刊。江阴陈以益主编,女报社编辑及发行。自第三期起,编辑人署名谢震、陈以益。《神州女报》停刊后,尚未登完的稿件多由《女报》继续登载。停刊时间未详。本目收录第一卷第一至五号(第四、五号分别为临时增刊"女论"与"越恨")。

第一卷第一号

1909 年 1 月 22 日

（宣统元年元月初一日）

插画

贵志子（小说美人岛插图）（写真版彩色）

新年松（石版）　许应珏绘

女子之运动一　上海爱国女学校（写真版）

女子之运动二　荡口鹅湖女学校（写真铜版）

此上海之公园华人不准入内噫是何意耶

本报记者市川みつよ女士（写真版）

浙江龙游培坤女学校摄影（写真铜版）

时髦（滑稽画木版）

刺绣（绘端书）

女报发刊词　侠佛

女报颂辞　华振域

题字

一　玉成许应珏

二　浙江虞西民立第一小学

三　上海虹口松冈医院院长松冈一笑

四　白蓟女史

五　（日）水子

六　（日）松冈さだ子

论著

女权与女学　上海天足会女学校学生王子怡

论女子对于男子伪道德之流毒　本报记者愤民

劝女子小学勿重英文说　上海城东女学社校长杨白民

再劝女子小学勿重英文说　上海城东女学社校长杨白民

强国之本系于国文一科论　上海女子中西学医院卒业生吴彝珠

论文明先女子　前南方报记者致欢

学说

福泽氏男女交际论（续神州女报第三号完）

女学鉴（未完）　（日）福泽谕吉著　金匮华南雁译

学艺

医学

看护学教程（续神州女报第三号）　志群

理科

昆虫采集(未完)　伯钧

植物园构设法(续神州女报第三号)　志群

矿物　陈以益

生理卫生

解剖生理概要(增订日本赤十字社笃志看护妇人会教程之一节)(未完)　(日)笃志看护妇人会顾问足立宽编纂　陈以益译述

历史地理

历史谭(爱华女学校讲义)　校长谢震

女子地文学(未完)　弘文馆编辑所编辑　陈以益译述

家庭

最新家政学讲义(未完)　(日)女子高等师范学校讲师塚本滨子著　上元牛逊译述

实业

蚕学概要(未完)　志立陈以英编

文艺

诗选

岁戊申大雪日送罗厥甫同学旋里　南雁

送孙时敏并任沈诸同学旋浙

梅花

舟泊大沽感怀　张素英

挽何君仁山　程焜

挽某君　治民

吊殷祝群女士　瓯海畸民

梦入新山口占　百骧

有感　百骧

女界感言　愁予

小家女　渤海

唱歌

上海天足会女学校校歌　许则华

女儿叹　许则华

小说

女子探奇小说美人岛(未完)　金匮裘二乐译著

女子教育小说之二白牡丹(未完)　许则华著　懊侬女史述意　啸天生笔记

短篇小说非非传　颜祉维

戏曲

木兰从军　CB

杂纂

说情　侠佛

纪载

本报之成立　陈以益

殷祝群女士行状（追悼会演辞） 殷汝骥
龙游培坤女校成立之缘起（来稿）
尺素
与同学某友书约共观荧惑入南斗 张馥桢
和文
年头の感 富岳子
感心ナル女学生 富美子
新体诗 吉冈晴香
すだなみ 白菊女史

第一卷第二号

1909年2月（宣统元年二月）

插图
珍瑜子（小说美人岛插图）（写真版彩色）
村（悬赏征画，写真版） 上海浦甫
本报之编辑（写真版）
日本小学校（写真版）
支那欧洲日本女子装饰之比较（写真版）
本报之记者（写真版）
吴女士（写真铜版）
脚之沿革（风俗画，木版） 剑娥
上海之风景（绘端书）
江苏无锡竞志女学校体操教师本报义务记者金原村子女士
论著
女子与体育 （日）金原村子述 陈以益译
男尊女卑与贤妻良母 陈以益
论可怜之节妇宜立保节会并父兄强青年妇女守节之非计 嵊县爱华女学校校长谢震
论中国今日亟宜普设手工女学校及传习所 蔡湘
中国国民卫生会叙文 中国国民卫生会来稿
新出女学师范讲义录叙言 东京云南杂志社来稿
意见书
本报添设女子教科栏之旨趣 陈以益
女子教科
动物 陈以益
植物 松竹梅斋主人
卫生 陈以益

编物　陈以英

学艺

医学

看护学教程(续)　志群译述

历史地理

地理谭(爱华女学校讲义)　谢震

家庭

最新家政学讲义(续)　(日)塚本滨子著　牛逊译述

实业

蚕学概要(续)　志立　陈以英编

文艺

诗选

吊殷祝群女士　女子中西学医院全体学生

陈静华女士哀词　石子

悲秋　张采夷

钦明女校职员撮影题词　凤石

金陵吊明故宫文　张馥桢

无题　矢口知水

陶仲谋君陈原子女士结婚祝词　一剑横秋客

戏集理科语贺某君婚礼　张肇熊

挽殷祝群女士步金晦原韵　夏韶音

书城弟自海上游学归赠诗八绝索和　华西岳

浴后美人　华西岳

咏白海棠　子虫

春客　子虫

唱歌

赴会歌　黎里民立明懿女学校学生柳公权编

江震女学联合游艺会答谢来宾歌

祝文明结婚

谢宾歌

小说

女子探奇小说美人岛(续)　裘二乐译著

女子教育小说之二白牡丹(续)　许则华著　懊侬女史述意　啸天生笔记

女子教育小说之一侬薄命　润饰者懊侬女史孙馨　草创者热血男儿许则华

短篇小说堕溷花　许则华意造

演说

说死活　侠佛
国文和各科学的关系　侠佛
纪载
志史熼然女士墓　髯叟
如皋石庄镇办设女学记闻(来稿)
吴芝瑛事略(来稿)　(美)麦美德女士作　侯官严复译
清太仓女子俞庆和之墓志铭(来稿)　震泽杨天骥
女界文坛
女子自治说　杭州蚕桑女学堂速成科生高振仑
论竞争与倾轧之别　上海女子中西学医院生姚明佩
男女交际论　本报上海爱国女学校正科生王子怡
论禁女学堂之非　姚明佩
其二　严文如
论强国之本在国文　姚明佩
漆室女忧鲁说　汉口淑贤女学校学生周春英
和文
体育に就て　日本东京女子体操音乐学校卒业生金原村子
光阴を惜む　陈以益
赤十字社の性质　陈以益
日记の始め　十四岁松冈壹岐野
某奥样の家庭教育　陈以益
青年の末路　吉冈晴香
中国国民卫生会叙　中国国民卫生会会员陈以益和译
卫生を重せんょ　陈以益

第一卷第三号

1909 年 4 月 20 日

(宣统元年三月初一日)

插图
婉娜(小说白牡丹插画)(写真彩色版)
梅(写真版)　赖志平绘
育才女学新校落成第二次摄影
松江清华女学校摄影(写真版)
松江清华女学校新建校舍略图(铜版)
志友面影(陈以英、陈以左)　赖志平绘
炎凉态(木版)(风俗画)　剑娥

摘绵(绘端书)

题词

一　张悔灵

二　阮梦桃

三　王绍嵚

四　蒋寄生

五　王醴枋

六　孙剑虹

七　高佛子

八　十龄女子张叔云

九　张长

诵女报出版　锡山杨清如

祝词　阮梦桃

祝词　汉口淑贤文艺女学校

论著

论女学与宪政前途之关系　谢震

呜呼二十世纪之女子(未完)　陈以益

敬祝女界维新弗蹈男界故辙　半憨生

家庭簿记为妇人之必要说　刘定宜

续女子与体育　孙掞

学说

颜氏男女同受教育说　凤石

菩多尼诃经　(日)江户宇田川榕庵译　亦佛钞录

女子教科本科

国文

国文典(未完)　陈以益

生理

解剖生理概要(续)　(日)足立宽编纂　陈以益译述

地文

女子地文学(续第一卷第一号)　弘文馆编辑所编辑　陈以益译述

音乐

乐理初步(未完)　素秋女士

家庭

最新家政学讲义(续)　(日)塚本滨子著　牛逊译

女子教科特科

女子卫生学(未完)　(日)下田歌子著　张素秋译补

实业

蚕学概要(续)　陈以英编

昆虫采集(续第一卷第一号)　钱伯钧

文艺

诗选

己酉浴佛日楞严书竟敬题

二首奉呈夫子并海内外诸长者居士时南湖新月正流照我写经室窗户也　桐城吴芝瑛
　路事感怀　作和女士
　戊申十月病中留别女报社同志　侠佛
　杂感　侠佛
　伤春　石子
　花影
　己酉新春仍主江西女子公学讲席开学有日矣书三绝句以志之　何张佩兰
　秋夜与授妹读史　度针楼
　谢伯母赐西瓜
　女学歌　陶濬宣
唱歌
　女报题辞　琴梦
　育才女学校歌
小说
　女子探奇小说美人岛(续)　裘二乐译
　女子教育小说白牡丹(续)　许则华著　懊侬女史述意　啸天生笔记
　女子游侠小说女剑(附图)　陈以英
杂纂
格言录　亚菲
演说
江亢虎在内城女学传习所第二周年纪念会京津女学第四次展览会演说
纪载
张竹君事略(来稿)　马贵公记　公香氏补
毛提学奖励苏州大同女学札文
吴蒋二女士惨死纪闻　侠佛
读各报纪吴女士死后交涉事之感言
为吴女事致吴饶二君并告同胞书
述扬州幼女学堂成立之缘起及其现状　鲍倚桐
直隶女学堂罢学始末记　退局人
尺素
清华女校通告学生家属书
致社友书　李宗裕
文坛
论普通智识之必要　张佩兰
论国民宜视国事如家事
中国当与欧美竞争乃能自立论

女娲炼石补天说　素纫

说女子求学有益于社会　张志书

驳女子无才是德之妄言　张志书

自重论　张志书

本书译著者

女权之盛衰(木版)　志云绘

女子之慈善事业(写真铜版)

东洋及西洋女子之图(写真铜版)

北洋及南洋女子之图(写真铜版)

临时增刊:女论
(第一卷第四号)

1909年9月28日

(己酉八月十五日)

题词　张馥桢

序　陈以英

自序　陈以益

特论

论过渡时代之女界　韦贞卿

论三从

女论(原名妇人论)　陈以益译著

附论

女子教育　陈以益

学堂不及科举说　陈以益

余录

原序　(日)桑木严翼

口绘写真

女界之过渡时代(表纸木板)

临时增刊:越恨
(第一卷第五号)

1909年9月28日

(己酉八月十五日)

序　陈以益

秋瑾遗像

秋瑾墨迹

图一幅

奇冤案

浙江绍兴府查抄徐锡麟家属株连学界捕戮党人始末记

要电汇志

专件汇志

浙抚张奏报绍案情形折

浙抚安民告示

越郡绅商学界上绍兴府公禀(为保释徐梅生事)

绍兴府告示

张抚批同仁学堂监督禀
同仁学堂绅董禀抚宪文
绍兴府督同山会两县会禀各宪文(为会营拿获大通学堂附设体育会程毅等供词开折拟议请示遵办事)
山会劝学所董上绍兴府禀(为保释孙德卿事)
庐绅上浙抚禀陈同仁学堂被诬详情
绍兴府贵守禀各宪文(为大通学堂监督孙秉彝家搜获洋枪子弹业已清缴据劝学所董等联名保释事)
查办绍案委员吴守会督绍兴守令禀浙抚文(为程毅等定罪)
浙抚札饬藩学臬三司遵照备案核办文(为咨部革除程毅等衿顶事)
浙抚通饬影印大通学堂全案公件并严拿余匪公文
韩氏上松江府禀(为诬匿竺匪被搜事)
松府戚太守批示
华娄旅沪同人上苏抚禀(为搜捕韩半池家事)

函牍汇志

上浙抚书
江苏教育总会致浙省议长议绅谘议官学界诸君询问绍案公论书
致浙东绅界书　佩韦
诮浙绅　伤时子
致小万柳堂书　慕秋
复浙中莲幕某公书　寄尘
山会学界论陈道安拿无辜事
皖学同人论浙狱公启　安徽旅沪学界同人启
致汤蛰仙启上海报馆执笔人启
戏代浙绍巨绅汤蛰仙京卿复上海报函
为汤蛰仙京卿代陈意见书　知汤京卿者
敬告当道诸君
敬告浙抚张公　笑
敬告全浙士绅　时
敬告为秋女士呼冤者　新
敬告女界同胞　明夷女史
对于秋瑾被杀之意见书
汤蛰仙京卿致上海报馆书
致神州日报社函　绍兴人
上调任苏抚张中丞书

江苏教育总会上苏抚陈筱帅书(为请严办诬告反坐事)
苏抚陈复江苏教育总会函(为搜索韩半池家案)
徐锡麟之父谕子书

冤状照录

贵太守发表之秋瑾罪案

清议

论皖抚与浙抚办理革命党之比较　时
浙江之危机　瘁民
述浙省官吏之罪状　中
浙绅之对于党狱　伤时子
责难浙绅篇　神
哀秋瑾案　泣天上女
论秋瑾之被杀　新
秋瑾有死法乎　神
论浙省官吏捏造罪状　中
论浙抚电奏之荒谬　观复
浙抚安民告示驳议　胡马
驳官场发表之秋瑾罪案　蒋藻女史
绍郡官绅告密诬杀之铁证　神
论搜索韩半池家事　新
论苏人电拒张抚事　新
论沈侍郎奏慎重革命冤狱事　中

时评

自预备立宪之　笑
预备立宪(一至七)　笑
释预备立宪　冷
豫言(一至二)　笑
豫言(三至六)　冷
豫言(七至十六)　笑
呓语(一至二)
如之何(一至三)　冷
说乱(一至二)　冷
时疫(一至二)　冷
怪事(一至五)　冷
彗星现(一至二)　冷
徐之余党　冷
徐之弟　冷
徐之父　冷
徐之家产　冷
徐之家产中之店铺　冷
徐之店铺中之经手人　冷
徐之家产之学堂　冷
徐之学堂之学生　冷
徐之家产所助之学堂　冷
徐之家产所助之学堂之教员　冷
可怜哉苏抚　笑
可怪哉松守　笑

女学生杂志

《女学生杂志》(又名《女学生》),1910年4—5月(宣统二年三月)创刊于上海,城东女学社编辑,中国图书公司印刷发行。上海城东女学社创建于1903年秋,从1909年开始编发校刊《女学生》,编辑为校长杨白民,撰稿人多为学校教师、学生和校友。因每期销数不过数百份,无法达到广泛传播的目的,于是从1910年初特别"汇为成书",编辑发行年刊《女学生杂志》。现存最后一期为1912年出版的第三期,本目收录第一至二期。

第一期

（宣统二年庚戌三月印刷发行）

本社招生广告
中国图书公司印刷所广告
本社全体学生摄影
本社附属幼稚舍第一年小影
城东女学社艺术制造品
城东女学社第六次改良章程（己酉冬季改订）
本校附设幼稚舍简章
序言
发刊辞
论说
理想的家庭　韧之
劝女子小学勿重英文说
再劝女子小学勿重英文说
论现今女学宜注重质科
己酉年开学勉辞
美国女学及女权发达之原因
敬告女学教师　王引才
论学技术当先具普通学识
敬告教员
杨白民与沪南幼稚舍诸君书
叙本校五次游艺会之旨趣及举行第六次游艺会之先声
论女学生堕落之原因
论学生对于母校之公德　超
论小学校宜设星期特别教示牌
教育
杨月如先生日本女子幼稚教育新调查
俞子夷先生女子教育谈
欧美学校之家事教授（摘译日本书）　旨一
教育格言
英国斯宾塞氏之格言
美国求纳托氏之格言
英国倍因之格言
美国诺罗陈托氏之格言
母训　明乌程陆氏著
科学
理科大意　濬
学界宜注意的事　医
想像力　医
汉族开国时四女杰传　颀公
地理闲谭（一）　傲骨
华实　文算专科生寿瑞年
释教育
珍乘积　洗
论肝气　医家
文字象形一斑　琼
释经　瑞

艺术谈
科学与艺术之关系
美术工艺之界说
关于图画之研究
衣服洗濯法讲义　诸人龙
手工与图案
中西画法之比较
烹饪谈　非
对于刺绣之臆见　适
论绘事
文苑
校歌
游艺会歌
夏季卫生歌
明毕女士纪事诗
挽秦君坤贞诗　稚梅
又　杰良
挽词
挽秦君坤贞　姚文兰
诔词(并序)　杨效怡
挽联　王□思
第七次游艺会
幼稚生唱歌(用燕燕歌词)
演说
暑假许稚梅先生演说词
追悼秦君坤贞演说词　白
又王立才先生演说词
又马逢伯先生演说词
小说
义侠小说白罗衫　笑
可怜之聋女　瑶珊
杂俎
可憾之事
容积二千人之大教室
箴言
古谚
杂感　立才
烹饪洗濯练习会规则
来函节录
大事记
调查
美国女子职业新调查　留美学士胡彬夏著
附录
游艺会之新趣味

第二期

(宣统三年辛亥印，
上海城东女学编辑)

城东女学社第六次改良章程(己酉冬季改订)
城东女学社烹饪练习会摄影
上海城东女学社手工科摄影

社说
(原缺)
实验之日记　立才
论学生不当以细故告假　芙岑
论学堂宜禁止学生以所习乐歌作为社会酬应之具
论教育幼年生宜注重于作法
论儿童教育与游戏　立才
述今下学期规复手工科之意见
说女子不可不学裁缝　无衣
女子之天职　留学日本东京府琦玉院女子师范学堂学生孙世雄
我国文字如何而后能普及乎　负生
游金陵劝业会记　杨雪琼
黄韧之先生演说
钮铁生先生演说
记俞子夷先生演说
艺术谈
焦画法　李哀
炭画法
写真法　澄
洗濯谈(续已酉年杂志)
制西式女帽法
堆绒法
挖绒绣法
墨彩画绣法
树皮堆画法
堆灰画法
裁缝记
教授管窥
论修身　白
论教授国文
论写信
其二
论笔述
其二
其三
论作文
论读书
论教授国文
论教授算术
其二
论习字画图
论习字
论画图
其二
选录
读书与口谈
读书注意点
嗜书之时代

泰西教育格言 美国攀淇著
德国子由开罗氏之格言
传志
美利来恩
座右铭 刘融斋氏
幼稚园谈片
恩物谈
幼稚教育用品
合花玩具
地图玩具
算术玩具
中美之家
常识一斑
作法研究之资料
修身讲坛
论理 稚
演艺杂录
(一)国会谈 曹品
(二)说朝鲜 仇启英
写信笑话 杨雪瑶
商业道德 节
科学一斑
论书法 剑
古调选存
续俞子夷先生家事教授
家庭医生
家庭疗病法一斑 选
卫生自由谈 王立才著
老者之言
卫生之意义
愚民之卫生
阎罗王
不如纯任自然
疗病之惟一方法
果足为疗病之方法乎
亦一种心理
入于陷阱而不自知
大惑者终身不解
鬼数应多于人数
诗教
织机娘诗 明龚大章著
棉花歌 明方孝孺著
菜诗 苏东坡
童蒙小唱
中华歌
爱祖国
台湾
高丽
蒙古
康卫藏
长城
日本
咏国耻小史歌(仿船歌调)
筋肉卫生歌

轻病早医歌
肺之养生歌
叹盐捐
扫帚星
落冰块
哀朝鲜
鼠疫
记事
第八次游艺会报告
小说
女律师　笑
闲评
妆饰　超
留学英伦海军金君轶伦惠函
第八次游艺会临时刊行游艺杂志之内容
祝电
社论
游艺会与商会
来稿
幼稚恩物出现　立才
答客谈　苏
记事
游艺会内容之披露
小说
短篇小说女子实业竞争大会
湉大
来函
本校校友孙君世雄来函节录
附录
烹饪练习记
游艺会诗歌颂词
校歌

序言

本杂志发行于己酉岁始，迄今一年。屡承海内外热心教育诸君子向遗心得，提倡风气，此固非小小杂志所及料也。惟是本杂志每期消数不过数百，实非所以广传布，而副诸君子提倡之热诚。用特汇为成书，亟以付梓，以供教育家之采择，并望本杂志日以发达。女子教育之程度亦渐增高，则固鄙人所馨香而祷祝者也。庚戌正月杨白民识。

发刊辞

客问《女学生》何为而作也？曰：学徒课余，或端居寂处，或征逐嬉戏，课外知识无所增加。劳心以思，念谁可为之补助者？平日校内宣布训令，改革施行，使之晓谕，碍难普遍，劳心以思，念谁可为之机关者？曰：惟有月报。月报何以名《女学生》？曰：即我所谓补助课余之知识、灵通校内之机关，无非为吾女学谋进步耳。欲谋进步，遂生希望。本报第一重心，盼我本校学生对于此视为良友攻错之资也；第二重心，盼我学生家族对于此以为考察教育之镜也；第三重心，盼我女界之未入学者对于此庶乎其同受感化之力也。要而言之，本社之所欲期望于《女学生》、贡献于《女学生》者，由此而表见。既提笔而定其称，遂举此区区以为发刊辞。

——《女学生杂志》第一期(1910)

无锡竞志女学杂志

《无锡竞志女学杂志》，1910 年 7—8 月（宣统二年六月）创刊于无锡，年刊。无锡竞志女学校校长侯鸿鉴保三编辑，本目收录第一期。

第一期

（自乙巳至己酉，1905—1909）

（庚戌六月出版）

无锡竞志女学校第五次改良简章

写真

立校者侯保三小影

全体摄影（一）（二）

师范毕业生摄影

薙刀操摄影

序

弁言

发刊辞

发刊女学杂志缘起
竞志女学沿革小史(计五编)
无锡侯鸿鉴著
表册一览(计八表)
本校赞助员题名
本校义务教员题名
历年学生消长表
历任职员一览表
毕业生一览表
本校学生出校后之状况表
历年赞助经费一览表
会计一览表
教员著述
图画
木兰从军
梁溪烟雨
女子师范修身学　无锡吴涛编
保姆学　无锡侯鸿鉴编
小学单级教授法略说　无锡侯鸿鉴著
薙刀体操之说略　无锡侯鸿鉴
高等应用体操　无锡钱鼎奎编述
乐典问答(有刻图)　金匮顾铭
歌词
学生成绩
图画:(一)花卉(二)花卉(三)山水(四)草虫
教育　计二十篇
国文　计二十一篇
杂俎
无锡竞志女学校演说(十月初二日)　桐城吴芝瑛女士
杨振声参观学艺会诗　丹徒杨邦彦
锡邑令张梦遽先生颂辞
无锡竞志女学校集款公启
调查评语

留日女学会杂志

《留日女学会杂志》,1911年5月(宣统三年四月)创刊,在日本东京出版。季刊。为中国留日女学会所组织,女学会杂志编辑所编辑,编辑及发行人署湖南唐群英。停刊时间未详。本目收录

第一年第一号。

第一年第一号

1911年5月(宣统三年四月)

图画

留日女学会摄影

美国女杰肖像(立巴摩亚　德罗亚旗斯)

啼醒朝颜

清秋逸士

祝辞

女学会杂志题词　寄芳

临江仙　仁阁生

留日女学会杂志题辞　柳隅

祝留东女学杂志发刊辞　宪斌

祝女学杂志　剑侠

论说

女学杂志发刊意见书　林翠芳

论女子当具独立性质　林士英

女权正说(未完)　晋昌

女子复权论　定原

婚姻改良论　履夷

译著

传记

美国演说女杰立巴摩亚传　晋昌

美国大慈善家德罗亚旗斯传　晋昌

科学

心理学　逸如、隐庵

植物学(上卷)　义庵

家庭卫生讲话　普慈

化学

无机化学总论(未完)　詹詹

关于嗜好品之化学　而远

小说

珠还合浦记(未完)　昙华

白话

对于女报之感言　清侠

今日中国女子之三大急务　昙华

女学之必要　顽石

文苑

华严阁诗话　圆成

哭娣妇曹守道　自珍

韵梅二首　亚兰

慨时事之日非愤列强之跋扈感而作此　阮芷

妇女时报

《妇女时报》,1911 年 6 月(宣统三年五月)创刊,在上海出

版。妇女时报社编辑，有正书局发行。月刊。已知出版二十一期，停刊时间未详。本目收录第一至二十一期。

第一期

1911 年 6 月 11 日

（宣统三年五月望日）

插画

水彩画时装仕女封面

肃亲王福晋礼冠朝服之影

泽公福晋

那亲王之媳

东三省总督赵次帅夫人

金陶陶女士画扇

金陶陶女士小影

庄蘩诗女士写木兰词

庄蘩诗女士小影

余沈寿女士绣意大利女皇像

余沈寿女士

苏州叶天锡女士

北洋女子公学师范科学生撮影

奉天女师范学堂为俄国女学生开欢迎会

北京女学界为北洋高等女学堂总教习吕清扬暨北洋女子公学总教习吕碧城二女士开欢迎会

日本半古氏夫人之妹着梶田式改良新式服

日本妇女会研究新式之装束

日本女子扮武力士

欧洲女子最时式之大帽

欧洲女子之戎装

咸阳古渡

华清宫墙

骊山

欧女演凌空出地球之新戏

日惹王宫女子舞蹈戏

破天荒中国女子之凌空

发刊词

论女界积弊　钱云辉

家庭教育论　赵媛

嫉妒哲学（一动物之嫉妒）（附图）　徐妩灵

英国运动妇人参政权之领袖芬克利脱、曼利克生波女士像

（补白）妇女之种种

产妇之心得及实验谈　秋苹

掉经娘（女子职业之一）（附图）　云锦

贫妇育弱儿之苦心谈(附图) 妩灵
美国勃灵马尔女子大学记 星一
美国文学家利威士女士(肖像)
美国华得夫人与其女阿娜论饮食书 星一
北戴河游记(附图) 碧城
如皋旅行记 汪杰梁
美国女子之职业(附图) 汪杰梁
妇女教育从谈之一:论童话(附图) 张士一
记礼拜日之伦敦 觉民译
英国运动妇人参政权之领袖芬克尔脱女士、特拉孟特女士像
巴黎之春 云君
英国运动妇人参政权之领袖更耐士女士像
包仲宣女士哀辞 天笑
(补白)上海妇女之新装束
女子新游戏卖花声 汤剑我
男服裁法(附图)(未完) 湘滨
春不老菜之制法 震苏
皮脂漏之疗法 世杰
月季之造花(一名月月红) 震苏
吾家之财政 雪子
短篇小说落花怨 瘦鹃
虚荣(家庭小说之一)(未完) 卓呆著作 天笑润词
短文
纺绸衫之话 顽固女子
妇女与纸烟 留云
女学生之家庭教育叹 省庵
文苑
祝妇女时报出版文 太仓钱蕙兰
诗
曹瞒 虞山程静真
王粲
夕阳
时局 虞山饮雪女子
寒食题虎阜真娘墓
灯花 太仓钱蕙兰
春燕
春闺杂咏
题侠女仗剑图 陆绮霞
上海竹枝词 通州袁敬藩
词
转应曲(秦淮志感) 虞山

程绮玉

风蝶令(夏夕检书得故蝶于卷中藏之十余年矣粉衣未坏神致如此生感而倚此)

瑶台聚八仙(冬至日泊舟京口三更月上朔风怒号回首金焦尚余残雪)

编辑室

第二期

1911年7月26日

(宣统三年闰六月朔日)

插画

伍秩庸公使夫人小影

汪伯棠公使夫人小影

西园幼稚生联合会

上海贫儿院保姆科庚戌春摄影

教育家吕碧城女士小影

体育家汤剑我女士西装小影

虞山庞静香女士

虞山庞静香女士所作画

留学日本东京女子美术学校毕业生余铭盘女士之影

爪哇贵族结婚时之摄影

刘君吉生与陈女史定贞本年四月二十三日新式结婚时之摄影

保存国粹(中国旧式结婚)

自由之蜜(欧洲新式结婚)

有画意盆景照相

小儿之盲戏(意大利名画)

天际飞鸿

未央宫故址

论今日急宜创设妇女补助学塾 汪杰梁

组织女子军事研究会缘起 徐一冰

家政根于教育说 李桂年

人体美(附图) 妩灵

女子宜注重医学说 凤石

潘省德女士逸话(附图) 无用

(补白)妇女之卫生

(补白)上海妇女之新装束

英国之女市长 慕西

附图:爱尔特蒲伦女市长恩特森夫人

蒲兰耕市长慕尔更女士

阿特墨市长李夫人

家政精明之我妻 妩灵

漆室女 古吴朱惠贞

调查黑龙江幼女学校记

第三期

1911年9月22日
（宣统三年八月朔日）

妇女之卫生一斑 瞿钧

苏州婚嫁之风俗 朱惠贞

小儿疾病看护法(家政学之一) 汪杰梁

嘉定女子职业谈 秦蕙蓉

豪侈之我妻 (英)约翰麦特菲著 瘦鹃译

爱国花 瘦鹃

美国女教育家丽痕女士逸话(附像) 瘦鹃

常熟毛贞烈妇传 虞山孙敬薰

多子之日本夫人谈 云裳

游植园记 张蕙英

悼亡儿炎文(附图) 元和潘惠君

玉蟾蜍(附图) 思蓼

虚荣 卓呆造意 天笑述文

中馈录 华阳曾懿

喷水源之研究(附图) 大钊

吾家之财政 雪子

短文

妇女时报出版祝词 屠成俊

上海急宜组织女子青年会 李辉

女界之装饰与国家经济谈 秦芬蓉

读木兰辞书后 桐乡徐雪华

张帨许襄小传 栾海香

祭庶康文 李瑞云

陶廉哀词 陶淑

修勤墓碑 辛藻

读者俱乐部 颂鸳等

文苑

诗

读承粲女士妇女时报有感四绝次韵 南沙马文蕴

忆母八绝 南沙马文蕴

白门悲秋集题辞为夫婿石子作 王承粲

寓言七绝四章 江纫兰

吊古六首 江纫兰

落花诗六十首遗存四首(并序) 虞山程静贞

词

摸鱼子(春暮感怀) 虞山程绮玉

河传(对月)

虞美人(寒夜)

寻芳草(送春)

编辑室

第四期

1911年11月5日

（辛亥年九月望日）

插画

若恩达克 Zeanne d'Arc 记

欧洲新嫁娘初妆时之摄影

日本新嫁娘入洞房时喜娘相扶之摄影

爪哇之富妇

爪哇之贵妇

双城府官立女子师范学堂开学纪念影

北洋女子公学师范科学生为教员吕崑秀女士送别纪念

日本女学生之习手工

日本女学堂之演剧

张默君女史油画（醒狮图）

水静鸥闲图

春江帆影

辛亥夏民立上海女中学堂本科生第一次毕业摄影

军谘大臣朗贝勒福晋

军谘大臣朗贝勒之大格格

日本女神童

山东五岁神童江希张

徽州府黄山旁河边水碓风景

唐小忽雷

唐大忽雷

妇女心理学　侯官林复

对于女学生之卮言　魏宏珠

论贵族妇女有革除妆饰奢侈之责　圣匋

最大之敬告　笑

妇人之卫生杂话　瞿钧

理想中之新家庭　徐一冰

金陵游记　赵倩荪

飞行日记（附图）　（美）仇丽痕托麦司夫人著　吴门瘦鹃译

将奈何　（美）诺顿著　瘦鹃译

西班牙皇后之贤淑　陆守真

论土耳其女子　陆守真

虚无美人　（英）邱维年著　觉民译

虚荣　卓呆造意　天笑润词

摘棉之制法（附图）

妇女病及他种疾病之运动疗法　汤剑我

男服裁法（续）　湘滨

短文

致赤十字会会长张竹君女士书　沈淑贞

第五期

1912年1月23日
(辛亥年十二月初五日)

第六期

1912年5月1日

（民国元年五月一日①）

插画

萧寺月色

女子北伐队武问梅女士（山西汾州人）

女子拳术家宝山滕学琴女士

女子军事团干事员张卓群女士

新流行之女帽

日本著名之双美（锅岛侯爵夫人祯子　前田侯爵夫人渼子姊妹）

中国女教习日本人金原君

城东女学附设小学教育讲习会

美人名马之比较

意大利博物院名画仕女

邱桂馨女士画桃花竹叶

邱桂馨女士小影

汉口淑贤女学堂光复前师范班暨幼稚女生全体撮影

盆景三种

村女游春图

上海名闺郊游时摄影

苏州城内之摇船

苏州山塘之舟楫

苏州郊外之帆影

苏州阊门外之行舟

寒林浅濑图

妇女与革命　吴征兰

裕朗西女儿之革命谈　德琳

女子参政同志会宣言书　林宗素

论死之轻重　无锡荣氏女塾学生吴焕英

女界代表张群英等上参议院书

致某报记者书　杨季威

论美国女天文家　陆守真

赴瓯日记　王淑贞

北行六日记　浙西余洗琴

白宫之花（附图）　瘦鹃

送库陵女士归国文　国贤

许女士蘅秋传（革命声中之自缢）　啼鹃

① “五月一日”，底本原为“五月初一日”，此处系公历纪年，为免歧义，删“初”字。本卷后面凡涉及此类问题，皆依此处理，不再出校。

我乡今昔婚嫁风俗谈　崇明徐素英
吴孝女传　惕微
英国罗士哈琴生夫人小传(英国名将哈琴生之妻)　震苏
论组织女子军队　张竹君
先五兄陈公伯萍行状　陈沅
太仓妇女迷信谈　钱蕙兰
润州旅行记　彭胡清
致某君书　张洁岩
小产之治疗　侯光迪
卖花女郎　(意)赖莽脱著　瘦鹃译
虚荣(续第四期)　卓呆造意　天笑述文
风俗谈
昆山婚嫁之俗　汪妙微
艺术谈
胡氏裁书(附图)　常熟胡琴韵
书翰文　陈以英
短文
爱国之女儿　振亚
论女子欲求平权须先求平等教育　孟俊
论女学之关系国家　振亚
诗话
绿蘼芜馆诗话(续完)　周国贤瘦鹃辑
诗词
春算(客新加坡作)　毕杨全荫芬若
登京师第一楼晚眺
庚戌归国北上舟中得诗四首留二
春寒　江纫兰
吊古六章　江纫兰
冬夜不寐有感七律二章　效君
初晴志喜　效君
春事　许蘅秋
答外
编辑室

第七期

1912 年 7 月 7 日
(民国元年七月七日)

插画
福建魏叔姑女士
赵月潭君与张爱墨女士文明结婚摄影
吴伟臣君与沈凤梧女士新婚双影

词话
绾春楼词话(未完) 虞山毕杨全荫芬若女士辑
诗词
清芬集
月夜泊京口作 毕杨全荫芬若
读史记感赋二截
眺雪 谭志学
课余
晓起
春日即事
吊起义诸烈士
辛亥冬十月从赤十字社重过金陵劫后山川风景顿杀抚今追昔感触万端聊赋四绝以纪盛衰 铮子
月蚀口占 徐景昭
秋夜
秋郊
读者俱乐部 吴征兰
编辑室

第八期

1912年9月25日
(民国元年九月二十五日)

插画
(仕女赏荷)
王发亭君与陈秀贞女士结婚留影
杨其伟君与陈惠芬女士结婚摄影
夏君应庚与薛璠瑛女士在徐园行文明结婚摄影
日本伏见宫贞爱亲王之姊出家为尼村云尼公猊下
中华民国江苏如皋工业学校女子部染织实习时撮影
中华民国江苏如皋工业学校女子部手工实习时撮影
日本皇后御影
日本皇后大婚时御影
日本皇后十岁时影
日本女学生旅行之昨夕与今朝(旅行时之早眠 旅行时之出门)
沈君联芳之女公子在张园赛珍会摄影
中国画家李秋琴女士小影
中国词家吴门毕杨芬若女士小影
中国诗文绣画家甬上童绿窗女史小影
赛珍会礼茶店尽义务之全体

女士摄影
说女子参政之理由　江纫兰
对于女子参政之研究　倾孟
论妇女之当为　返真
论初等教育　汪杰梁
斥白居易立言之谬　江纫兰
论女子宜购买爱国公债票　效君
论女界之嚣张　张郁芗
妇女银行篇书后　张郁芗
劝女界同人各输国民捐启　沈静陶
男女交际说　佩玉
家政小言
妇女之原质　瘦鹃译
恋爱之花(林肯之情史)(附图)　(美)挨金生女士著　瘦鹃译
铁血皇后　瘦鹃
圣彼得皇后加他邻第一传　许婵
春郊远眺说　曹咏絮
徐仁慧女士传略　费保彦
广东镇平县女子职业谭　徐继文
运动与美人之关系　新石
闺秀丛话(附图)　瘦鹃
侮辱　卓呆　钏影
诗话
绾春楼诗话(续完)　毕杨芬若女士辑
诗词
清芬集
　绿墅围纳凉作(有记)　毕杨全荫芬若
　春愁曲
　薄暮招凉散步伽东海滨即景得诗二十八字
　同人邀集水心亭小饮余有深感即席步旧韵赠之以志鸿爪之意　范姚
　初夏书感　范姚
　赠别孟嫩　范姚
　用两当轩赠友韵寄仲厚　范姚
　况儿求学东瀛遇火伤足就医沪上余来视之又值其病今喜渐愈用汪生东韵示之　范姚
　原韵赠吴芝瑛　范姚
　步春绮和师曾悼亡原韵　范姚
　题师曾夫妇合重梅幅　范姚

吊古六章　江纫兰
读史　邱韵香
宋祖不自讳其惭负
王皇后
乌江怀古
虞美人
马嵬坡
偶读唐诗见秋海棠花瓣有作　王淑贞
重九日在三杭宝淑山登高
劝清帝退位学步原韵　效君
早春雨雪　效君
雪后游郊外和叔箴妹原韵　效君
咏镜　效君
瑶华词
醉桃源　毕杨全荫芬若
珍珠令
太常引

第九期

1913 年 2 月 25 日

（民国二年二月二十五日）

插画
广东省议会女代议士医学博士程立卿女士
希腊长公主与次公主亲临前敌服役红十字会摄影
张承愈君与朱婉如女士结婚摄影
郑克文君与沈丽芳女士结婚摄影
罗诒元君与魏淑姞女士结婚摄影
诗人程曼殊与琳娘结婚时之摄影
程天斗君与张秀屏女士结婚留影
陈非君与冯世俊女士结婚摄影
张园赛珍会场摄影
阿尔板泥城内基督女教徒
印度哲孟雄皇后（后名天真菩提）
世界妇人风俗
遲罗国妇人
爪哇妇人按摩术
日本新式髻（名大正髻）
贵州镇宁州白水河瀑布
妇女与实业　何张亚振
世界女子之新异彩　据梧

女子职业问题之商榷 徐斧言
蚕性说 金一
(补白)理想的女教师 雪华
战之花 张郁芗
划灯草(苏州妇女职业之一) 汪葆真
朴园游记 浣青
玩具与幼稚教育之关系 徐斧言
解布女子(锡地女子职业之一) 华育智
粟园记 崇川徐吟梅
闺秀丛话 瘦鹃
林肯之家庭生活(附图) (美)参将克罗克著 瘦鹃译
英伦之花(爱德华七世之王后)(附图) 瘦鹃译
北京女子师范学校最近大风潮闻见记(未完) 今之伤心人述
绿衣女 (英)亨梯尔著 瘦鹃译
诗词
清芬集
鸡鸡斗 冰花
秋墓 陈怜卿
苏堤
咏飞艇
秋夜偶吟
时事感愤 江纫兰
吊古八章 江纫兰
秋日思家 傅梦兰
瑶华词
七娘子 杨芬若
怨春风
蝶恋花(暮春刺绣) 江纫兰
临江仙(初夏敲棋)
梦江南 冼琴
浣溪沙(春日感怀) 冼琴
编辑室

第十期

1913年5月25日
(民国二年五月二十五日)

插画
程奕立女士(广东全省第五次大运动会最优胜女医学生)
日本妇女之新装束
前国务总理唐绍仪君与吴维翘女士结婚摄影
顾维钧君与唐绍仪君第五女

公子唐宝玥女士结婚摄影
陆军炮兵少校赵镜尘与安徽女子师范毕业生杨怡真女士结婚摄影
汪杰梁女士(本报投稿记者)
杨雪琼女士(本报投稿记者)
湖南滕卓女士(音乐家)
江君亢虎家庭摄影
(婴儿)生后至一周期
巴黎美术赛会之名画近代八大家
桂林张心渊邵阳尹蕴素文明结婚摄影
爪哇之乳妇
爪哇女子织席
万里长城外之行旅
吕碧城女士背影
张默君君肖影
杨季威君肖影
谈社英君肖影
姚景苏君肖影
妇人与经济 剑娥
妇女实业宜速筹改良之方法论 傅梦兰
家庭卫生论(一) 江陵宋补天
家庭卫生论(二) 慕兰
新大陆之红粉英雄 瘦鹃译
吕四半月游记 我愚
论妇女卫生上必须之营养 悔原
论肥胖之病 叔惠 蔚森
欧罗巴小传 孟纯
法兰西革命女杰特玛瑟尔珊露纳梅丽高(附图) 瘦鹃译
闺秀丛话 瘦鹃
绿窗琼琚集
北京女子师范学校最近大风潮闻见记(续) 今之伤心人述
胭脂血 (法)费奈著 瘦鹃译
豪杰之老归 瘦鹃
裁缝科讲义(未完) 吴县潘之奎玉辰著
短文
美国离婚谭 镜深
论普及教育 丁钧
论女子教育 李辉
诗词
吊康女士时安 顾钰

第十一期

1913年10月20日

（民国二年十月二十日）

插画

内阁总理熊希龄君家庭

俄皇之长公主

俄皇之次公主

王宠惠博士与杨兆良女士新婚摄影

北京妇女之乘骡车

杭州孙志任君与合肥董梦梅女士新婚摄影

上海妇女最近之装束

康同璧女史小影

梁令娴女史偕弟摄影

安徽府属之乌沙泷（黄山胜境之一）

上海梵王渡圣玛利亚女书院体操摄影

钱秀才画钟馗嫁妹图

（蔡庭光女士剪贴画四帧）

纽约女子参政运动

英之女子参政主动家之住宅

马来岛之美人

蒙古最美之扣肯（扣肯即汉言女子也）

学校之女生不容于家庭之理由 李珠润

妇人与农业 周静楚

妇人与慈善事业（译日本新妇人） 朱仍

论上海女学生之装束 张朱翰芬

论女子之定力 张朱翰芬

论妇女之对于陪审任 哀鸮

妇女脱肥秘方 镜深

英伦之花（维多利亚女王） 瘦鹃译

女子当从戎乎（附图） 侠花

贫血症之研究 侯光迪

何以救吾夫 （美）曼突林女士自述 绿衣女子冷译

华盛顿之母 瘦鹃译

华盛顿之妻 瘦鹃译

闺秀丛话 瘦鹃

北京女子师范学校最近大风潮闻见记（续完） 今之伤心人述

家庭小说蚊（未完） 呆

裁缝科讲义（续） 潘之奎玉辰著

谣曲选录

放足乐（梳妆台调）

清芬集

埃及　陈彬

拿破仑　陈彬

第十二期

1914年1月10日

（民国三年一月十日）

插画

熊总理夫人朱其慧女士及其女公子等

沧州别墅孙若崖君与汤溯云女士结婚摄影

内务总长朱桂辛君

内务总长朱桂辛君之夫人于绣君女士

章以吴君与朱淇筠女士结婚摄影

申凤章君与陆心如女士结婚于海参崴总领事署摄影

张志学女士

中州周德英女士

常昭淑琴女子师范学堂监督常昭女子劝学会长胡静芬夫人摄影

黄逸尘女士

体育家湖南滕超女士

孙景西君与程耀屿女士结婚摄影

金陶陶女士画花卉册

欧洲名画一度蜜月（爱情最浓之时代）

欧洲名画二（爱情已过如云烟）

日本女子之姿势十种

法国著名女律师拉留尔

世界最著名科学家堪利夫人（法国人即发明镭锭者）

顾西眉画耕织图卷一至二

颐和园内前清妃后所乘宝船

拿破仑之母藜琪夏传　许婵

吾所望于求学时代之女子

嘉禾高小女子张鸦瑛

白宫中之海伊司夫人（附图）

瘦鹃

女子自卫法（附图）　侠花译

日本卖花女郎小传　李珠

对于儿童之保护　珠幼

俪敬室随笔　王灵秉嘉

泣之心理

小儿生产后之第一月　初生阿侯者

尚志女塾生旅行记　淑仪

余妙华女士小传　谢丽明

宁波妇女职业谭　斧
女子参政权论（未完）　马小进
孝女复仇记　翰芬
家庭小说蚊（续完）　呆
爱国小说邯郸新梦　吴门剑花
科学小言
裁缝科讲义（续完）　潘之奎玉辰
短文
文字非学问说　席上珍
国语统一于教育前途之利益　沈维铮
清芬集
读茹恨集书后七十二韵　海门女士黄逸尘雪兰
赠刘姊韵芳
赠毛姊裕蕙
癞叔命题吕梦符半醒独立图
箴从兄一首
吊秋娘墓二绝　王淑贞
钱江晚渡
苏武
郊外行
古庙行

第十三期

1914年4月1日

（民国三年四月一日）

插画
溪山烟雨
北洋女子师范学堂学生张鸿仪女士
金陶陶女士画花卉册
殷平君与宗瑜女士结婚摄影
黎民伟君与严淑姬女士结婚后三日摄影（附行礼后返舍途中所摄）
黎民伟君与香港华侨懿德女师范公学校师范生严淑姬女士双影
黎民伟君与严淑姬女士结婚度蜜月时种种之摄影
常熟县立女校旅行虞山西麓摄影（癸丑重九日）
上海城西幼稚园游戏图
上海城西幼稚园游戏体操图
广东懿德女师范生黎秀英女士丝绣品
渤良安妇人
巴布亚麻罗格土番女
北京满汉妇女之装束

法国最时式之女帽
进化学上之妇人观 冰心
辟男尊女卑说 保吉瞿鸿祥
疾名 保吉瞿鸿祥
幼稚园实验教育谈 常熟殷鲜颢
科学小言
贤妻居里夫人 许婵
德意志之花（威廉二世之女维多利亚路易瑟） 瘦鹃译
闺秀丛话 瘦鹃
那威之女子选举权 尘末
京津重游记 杨雪琼
西湖日记 施淑仪学诗
小儿生产后之第二月 初生阿侯者
小儿生产后之第三月 初生阿侯者
黑狮夫人之好学 葆蕙
女子参政权论 马小进
海伊司夫人小影 美术家但尼尔亨汀顿绘
短篇小说**恨海绮愁鉴** 觉孙译 忆琴楼主润词
短文
说普及女子教育之要义 高效珊
说女子入学以求为国民为要素 张启新
说母教之重 苏镜蓉
知行合一说 申陆是瑛
花朝约同志小饮启 申陆是瑛
清芬集
春闺杂咏 杜咏絮
春日寄怀碧云姊 杜咏絮
春日偕女伴游愚园 杜咏絮
渔翁 李娟秀
晚眺 李娟秀
吊古六章 江纫兰
病感 陈怜卿
哭殇女 邱韵香
伤春 申陆是瑛
忆旧 申陆是瑛
赠别 申陆是瑛
冯君瑨索寄近作书此以答 申陆是瑛

第十四期

1914年7月15日
（民国三年七月十五日）

插画
农商总长张总裁謇之夫人吴

道愔女士之影
施淑仪女士
王灵女士小影
余沈寿女士
顾浣云女士
城东女学校长杨白民君之家庭摄影
葛敬和女士
费剑石君与李华书女士结婚摄影
章以吴君与朱简如女士合影(女士为内务总长朱启钤君之次女公子)
徐振亚君与沈云华女士在苏州惠荫园结婚摄影
祝群女校礼堂摄影(中华民国二年十二月)
祝群女学校高初等及专修科毕业合影
上海医院女医生摄影
上海新民女学校全体女生摄影
小儿半岁时之十二态(杨女公子一珠)
陈璧女士
崔昭华女士
纽约新式小儿玩具
刘玉如女士丝绣品摄影(附像)
顾西眉画耕织图卷三至四
论铸造国民母 孙宋我
记黄韧之先生游历皖赣浙三省之演说 城东女学生赵尚达
敬告同胞姊妹 瑞华
废婢议 刘侠铃
记参观上海小学成绩展览会 城东女学师范生沈维铮
催眠收生法 (日)成女高等女学校讲师津川家立著 吴淑安译
朝鲜之奇习(附图) 吴淑安译
千倍扩大之人颜 柏柔
日本之工业与妇人力 柏柔
白人丑业妇之黑幕 吴淑安
毗陵庄氏家政十四则 一士
日本悲惨女工之境遇 柏柔译
小儿生产后之第四月 初生阿侯者
贤妇传 朱義胄
幼芹惨史 衔冰
家庭医学活屋 蛰庵译

奇情小说冢中人语（未完）　蛰庵、钊影同著
恨海波澜　梁溪阿骥
清芬集
杂感
剪发
剪发后偶有所感再赋一律（用儿字韵）
自剪发后辜负晨花再赋一绝（即拈花字为韵）
雨感　破浪
惜花　破浪
春恨　破浪
消夏六首　浣青
野花　浣青
秋色
秋近　黄婉仪
送别
秋近　黄肃仪
咏水仙花（七律七则）　邱韵香

第十五期

1914年11月1日

（民国三年十一月一日）

插画
河南都督兼巡按使田文烈先生哲嗣章燕君及万作孚女士结婚摄影
吴再云与周振闺女士结婚摄影
朱君苏吾偕毕女士静然新婚旅行摄影
葡萄牙前王新婚
奉天满洲女子时装
潘志祝女士
程佩春　王玉林
曹美子女士
溧阳第一女校
今日之女学校
旧日之女学校
欧洲名画
裕庚之女德菱女士
满洲贵妇人之礼装
前清伦贝子夫人
新剧界　保吉瞿鸿祥
女子当有普通医学知识　蕉心
关于女子之农业　蕉心
敬告同胞姊妹　梁溪玉祁瑞华
妇人最弱为母则强说　瑞华
玉喻　苏省女蚕校生廖世劭

女子无才便是德辨 苏省女蚕校生李毓珍

游历增学识论 苏省女蚕校生袁俊

论游历之益 杨复权

游历增学识论 潘保慧

取消地方自治论 陆以振

妓女堕落之原因十四种 淑安

男女两性自由生产法之实验谈 柏柔译

小儿营养法 留日大阪高等医学校附属产婆养成所瞿姚英乃

松山绿衣女(附图) 彭想痴

嵊县郑烈妇事略 铭猷

卫生丛谈 金山望平

民族之向上依性欲之节制而得 吴若安

湘痕笔记(未完) 崇明施淑仪学诗

家庭医学活屋(续) 蛰庵译

奇情小说冢中人语(续完) 蛰庵、钏影同著

家庭小史母……儿 蕉心

清芬集

无题 陈彬子

观演戏有感 陈彬子

纸花

玩月

春燕

晚香阁诗草

咏海棠 浣青

其二

秋柳(三十首) 浣青

贺某女学校校长晚婚 傅梦兰

祝人六十寿 傅梦兰

第十六期

1915 年 2 月 1 日

(民国四年二月一日)

插画

亡媵何旃理女士金兰

唐友琴女士(海陆军厅长唐在礼夫人北京崇实女校校长)

吴苑英奇女士肖影

邵召棠君与曹淑贞女士结婚摄影

袁亍生君与刘小峰女士结婚摄影纪念

无锡过楫人君与张时若女士结婚小影

史庭颐君与谢如珍女士结婚摄影
绣家朱毕静然女士
翟蕴玉女士
崇实女校校长沈友琴君与监学章以保教员杨雪琼及学生二人游颐和园摄影
南楼老人写生
刘玉如女士丝绣品
女子美术刺绣传习所所长华璂女士丝绣品
旅沪广东崇德女学校
旅沪广东仁德女学校
苏州沧浪亭
与男子阋抗战 日本新女子之一人撰 江素译
论小半臂之害与女子教育 私立城东女社师范毕业生现任舍监沈维桢
记黄韧之先生演说游历之略 私立城东女学本科生赵尚达
美国女学生与英国女学生(译日本新妇人杂志十二月号) 陈瑞兰
肉体上男女能力之比较 陈瑞兰译
西食卫生烹调法(未完) (英)克来史夫人著 毅汉译
李节母家传 朱羲胄
西儒说爱 重远译
湘痕笔记(续) 施淑仪学诗
读文文山正气歌论 顾静娴
家庭医学活屋(续) 蛰庵译
短篇小说琴声 汉毅
记某巫遇盗 梦莲
调查妇女月经启 上海瞿钧
清芬集
暮春即事 陈彬子
曹大家 陈彬子
昭君 陈彬子
酬吴辟畺和梁众异韵(时辟畺与阮斗瞻君奉使来宁) 逸尘
送南湖先生入都并叠前韵 逸尘
伍员 杨纶沛
荆轲
赠严女士之沪 虚
壬子七月之沪舟中即事 绛贞
春日遣兴 绛贞
雨过 杜咏絮
春夜偶成 杜咏絮
镫花 杜咏絮

长至夜口占　杜咏絮

夜闻春雨　参天

送别　凌云

闲步山林　凌云

第十七期

1915年11月1日

（民国四年十一月一日）

插画

（饲蚕）

严南璋君与朱松筠女士新婚摄影（女士为内务总长朱启钤君之三女公子）

会稽陶杏南之长公子尚铭与同乡李浩斋之侄女结婚于天津德义楼旅馆摄影

朱励公与张锦心女士结婚

教育家瞿保年君与孙琴舫君乙卯花朝正式结婚大典礼肖影

浙江铁路建筑长濮卓云与教育家南洋师范瞿保吉婚礼摄影

蔡正君与张帼英女士结婚摄影

保定直隶女学校教员及师范生游莲池书院雪中摄影

务本女学师范科二年级生赴吴参观纪念

保定直隶女学校教员及学生摄影

中华民国三年勤业女子师范学校寒假摄影

法国历任总统之夫人

欧洲名画

蒙古贵人之夫妇

关于女子之农业　沈玮

对于近世妇女界之针砭　蕉心

女子参政运动之最近十五年史　慧译

劝购内国公债文　丽云

家庭卫生驱蚊法（附图）　万川徐卫文淑

西洋男女交际法（未完）　美国法律博士宫本桂仙著　慧译

余家夏令之食谱　知味

蚕业之将来　日本东京农业大学卒业江苏唐昌治

家庭医学活屋（续）　蛰庵译

伦理小说后母　毅汉

鬼婿　Waohinton Cvuing 原著

仙舟译

短文

谒林文忠公祠记　林步光

人类对于自然之变化论　王如琼

种柳种竹平议　杨纡青

或问　林步光

诗词

清芬集

桃源　陈彬子

打秋千　陈彬子

题外子画渔汀晚笛图

题外子画雨景山水图

题自画蔷薇水仙花鸟图

病中偶成

步耐公师五古原韵

咏寒假归家迄开校来沪事四十韵五古　和

李陵　裳

木兰　珪

去冬大雪咏而志之

咏旧历除夕　祥

第十八期

1916 年 6 月

（民国五年六月）

插画

（花卉）　敏君绘

蔡松坡先生之家庭

海陆军长唐在礼之夫人唐友琴女士

驻日公使陆宗舆氏及其夫人

陆公使之家庭

浙江女子师范学校图画手工陈列室

郑仲明君与黄中原女士结婚摄影

名画家丁悚及其夫人

奇童胡果（为前皖硝磺局长胡勷之异母弟胡君召南之适嗣）

娟娟女士之四面化影

民国四年浙江女子师范附属高等小学学生毕业摄影

包天笑之公子及其令嫒

南通残废院开幕时女宾之摄影

旅沪广东初级小学附属幼稚舍民国五年五月一日四周纪念摄影

前清颐和园之御游船

清刚毅氏之妻女

欧洲名画

贤母良妻主义与救国问题

晚秀

妇女道德之维持论　慧生
破坏家庭生活之危险动物　金媛贞
日本之家庭　新华
西洋男女交际法（续）　宫本桂仙著　慧译
上海贫女生涯之调查　晚秀
茶之研究（日常嗜好品之一）　梅琼荑笑芸
欧洲各国宫庭之谈片　知新译
造酱术（关于女子农产制造之一）　张湫芳
屋内动物图说（未完）　江仲琼
家庭谈话 我之夏闺消遣法　湘君
女子分娩后之看护　笑芸
邯郸游记　范蕙英
家庭医学活屋（续）　蛰庵译
家庭教育数字牌游戏　云花
战时之英吉利人与法兰西人（译日本欧洲战争实记）　一美国女子著　新华译
妇女谈话会
碑诔上之贤妇　胡静仪
女舵师　胡静仪
哈同夫人　秋蘅
美术的放足法　邱吴凤英
三从与五障　张芷芬
戒杀之好机会　朱程冰因
亡国式之分发　周洪珞
哀情小说我负君矣　笑　毅
言情小说家书（未完）　倚虹
海上妇女新装观　虹
诗话
绿蕉阁诗话（未完）　缃叶
文苑
班马异同论　莒涯
孔子作春秋说　邵萍青慧侬
清芬集
诗
　刺绣十咏（有序）　殷悫荣木
　春柳词　邵萍青　慧侬
词
　玉连环影　缟兰
　生查子　前人
　临江仙（西湖离席）　前人
　菩萨鬘（送别友人）　江阴谢友竹
编辑室之谈话

第十九期

1916年8月

（民国五年八月）

插画

王茂漪女士（现肄业美国祝治华盛顿大学）

民国五年九月环球中国学生会欢送留美男女学生摄影

浙江女子师范学校职员徐伍女士

汤修慧女士

黄含章女士

法学家黄韵涛君与朱筱云女士结婚图

汤蛰仙先生令嫒汤祥芝女士与施蔷女士

邵韡倩　邵韡青女士

江苏省立女子蚕业学校撮影

华府冶春词图一至三

罗斯福、罗斯福夫人及孙利却大培合影

嘉禾史梦兰女士绣字

嘉禾史梦兰女士画野蔷薇

女子与国民经济发展之关系　慧生

美国之新女子　瑾侬译

夫妇间之爱情及其进化　硕译

科学家之结婚观（译体育杂志）　恽代英

家庭实用家庭之组织及治理法（附图）（未完）　海虞朱静妍

江西女俗谈　高克兰遗著

绍兴妇女之生活　令均

金鱼学　泰兴金云高

西洋男女交际法（续）　宫本桂仙著　慧译

家庭饮食物之防腐法　金克博

屋内动物图说（续）　江仲琼

酒之研究　笑芸

妇女谈话会

如何而受参政权　邱吴夙英

孝感宋烈女　陈左明英

呜乎花会　刘静慧

组织妇女俱乐部之意见　张昭泗

爱国小说祖国之女　微尘

神话小说白雪公主与七矮人　（德）文学大家克林著　崔奔、雁秋同译

电报发明弹词　义水

零纨断素

妇女妆饰品考原　尘芥
诗话
绿蘼阁诗话(续)　缃叶
文苑
文
送别讲习科毕业诸同学序　浙江女子师范汤修慧
原士　浙江女子师范魏晋
说死　上海共和女学校学生戴纯
自由平等必以道德为本说　张惠如
诗
妇女时报刷新出版题辞　纫芳
悼落花词(痛外交也)　汤修慧
虎邱杂咏　殷蕙贞
旅行虎邱(口占一首)　邵倩侬
感怀
季夏山居　林风
登楼
词
百字令(秋声)　缟兰
赤枣子(和纳兰均)　缟兰
编辑室之谈话　记者

第二十期

1916年11月

(民国五年十一月)

插画
冯副总统之夫人周道如女士
胡凤君女士
中国之女飞行家张侠魂女士
朱氏(朱少屏、朱紫湘)昆仲双婚
民国五年十月务本女校十五周纪念校友会摄影
万竹小学女生全体摄影
浙江女子师范学校正科丙辰毕业摄影
浙江女子师范学校讲习科丙辰毕业生摄影
华府冶春词图四至八
常熟赵陈德音夫人肖影及左手书屏
汤修慧之负手看花
张惠如之海滨独立
江苏省立女子蚕业学校桑场摄影
欧美妇女之男子生活(附图)
(英)歇赖特女士著　小青译

家庭教育论(未完) 恽代英
妇人心理之剖解 晚秀
欧战中朴子茅之妇人(译英国妇人界域) 彭年
记法国女子之勇敢 瑾侬译
印度女子风俗谈 张昭泗
无痛安产法(附图)(未完) 知新、琴宗编译
天门妇女职业之调查 黎絜芳
西洋男女交际法(续) 宫本桂仙著 慧译
家庭组织及管理法(续) 朱静妍
灵岩游记 殷蕙贞
妇女谈话会
中国之女飞行家 刘敏智
述所感 戴仪芬
嘉绩妇人之纸生活(附表) 张咏莲
今后女学当何如 徐亚伟
言情小说不贞之夫婿 天笑毅汉
理想小说中国女子未来记(未完) 倚虹
诗话
绿蘼阁诗话(续) 缃叶
文苑
文
家庭与国家之关系 浙杭高克智
吊蔡国瑜同学文 琴舫瞿孙鹤
避暑记 谢友竹
诗
渔洋秋柳四章 陈德音
十一月望观月
夏日即事灵川作 江阴谢祖熹
端午寄怀韵芝二姊杭州(辛丑)
晓起
七夕
咏瓶梅寄韵芝二姊
重过柳州
春日怀二姊韵芝
词
浣溪沙 嫣兰
双头莲令(闻歌) 嫣兰
编辑室之谈话(附张昭汉女士致本社书) 记者

第二十一期

1917 年 4 月(民国六年四月)

插画

金素娟女士

杨雪瑶女士

民国女子工艺学校舞蹈游戏摄影

赴美赛会监督陈琪之夫人

杭县潘传珍女史绘(花鸟)

刘韵士女士

神州女学丙辰夏教员学生摄影

中国女催眠术家刘寿魂女士之肖像及其实验摄影

中国女催眠术家谭绍基女士之肖像及其实验摄影

纽约城中新立之法国女杰贞德石像

苗族妇女之各种生计

日本女学生鼓棹图

沈佩珍

杨修慧女士　蒋汉杰女士

金云高

江苏省立女子蚕业学校第一次毕业生丝茧成绩摄影

家庭教育论(续)　恽代英

余家十年来之状况　素霞

法国之妇人律师　彭年

奥大利宫闱琐语　(奥)伯爵夫人沙娜地兰地著　幼新译

家庭组织及管理法(续)　朱静妍

护发术　彬文

西洋男女交际法(续)　宫本桂仙著　慧译

无痛安产法(续)　知新、琴宗合译

妇女谈话会

陈聚英之绝命书　谢树琼

土耳其之妇人　程虞佩芬

伦理小说歌场喋血记　(英)名家小说梅丽柯烈女士著　瘦鹃译

理想小说中国女子未来记(续)　倚虹

诗话

绿蘼阁诗话(续)　缃叶

文苑

文

养性论　林晴霞

女子之责任　吴蔷

说名誉与金钱之比较　蒲秀芳

游爱俪园记　叶志英
感木兰从军　周勤
张仪苏秦论　陈翠娥
残春感言　王萃珍
拟女子学校募捐启　陈澥泯
楚子灭邓论　留仙女士
雨中过寒山寺
清芬集
诗
自题美人倚马看剑图　张默君
丁巳春江湾观史天孙女士航空
白莲
水仙
丁巳仲春偕陈鸿璧吕碧城唐佩兰诸君探梅邓尉率赋十三章以志鸿爪
至司徒庙
尤墓山道中

女权

《女权》,1912 年 5 月(民国元年五月)创刊,在上海出版,月刊。女权杂志社总发行,编辑者张亚昭,发行者姜帼英。停刊时间未详,本目收录第一期。

第一期

1912 年 5 月(民国元年五月)

秋瑾女士遗像
鉴湖女侠秋君墓表　徐自华
女权报发刊词　亚昭
女权报序　殷仁
女权报宣言　张慧慧
祝女权　沙愤
论说
女子参政权平议　希班
欲女权发达必先普及女子教育　亦民
女子参政同盟会宣言书　亚昭
法政(未完)
事业
美国女子之职业(未完)

杰梁
文苑
悼亡儿文　汉侠
西泠重兴秋社并建风雨亭启　寄尘
悲命诗　桂枝
汽车即景(浪淘沙)　婉贞
小说
理想小说女总统　继欧
传记
侠女汤月瑛传　冰怨
侠女雪霞传
丛录
英国之女市长
女界之新闻事业
女子以武力要求参政权
女子之国民捐热
女子选举总统

女子白话旬报·女子白话报

《女子白话旬报》(《女子白话报》),1912 年 10 月(民国元年十月)创刊,在北京出版。女子白话报社编辑及发行,亚东丛报社附设的女性期刊,实为女子参政同盟会的宣传刊物。初为旬刊,经理及编辑人唐群英。从第四期起,总理人署唐群英,总编辑署沈南雅。从第八期起改为半月刊,刊名亦改为《女子白话报》,总编辑改陈圣任。停刊时间未详,本目收录第一至七、九至十一期。

女子白话旬报

第一期

1912 年 10 月 21 日
(民国元年十月二十一日)

丛录
创办女子白话报意见书　唐群英
祝词
一　唐绍仪
二　宋教仁
三　李汉丞
四　杜罗茵
五　袁德宣
六　振雄
七　马其俊

八　温世霖
九　董玉锵
十　陈圣任
十一　谢寅杰
政治
演述大旨(未完)　陈遵统易园演述
教育
女子教育问题(未完)　慕新
实业
绪言　保生
学理的研究
实行上的研究(未完)
时事
国务院纪事　开云
宋总长之让德
教育前途之大希望
刘总长提倡实业
孙黄陈三位先生之政策
女子参政同盟始末记(未完)

第二期

1912年11月1日

(民国元年十一月一日)

叙例
女子白话旬报叙例　太乙
祝词
一　周伟　南寿昺　南国钟　林瑜
二　寰球大同民党
三　郑师道
四　杨煜奇
五　王敏祥
六　林慧君
七　刘异
八　甘华黼
九　唐棣
政治
演述大旨(续完)　陈遵统易园演述
教育
女子教育问题(续)　慕新
实业
实行上的研究(续)　保生
时事
共和纪念之各方面　开云
女子参政同盟会成立志盛
从录
请看京师女子师范学校校长吴鼎昌之罪状
读女学日报胡君经武与谭饶二女士结婚事与报界同胞忠告书　李恒来稿

第三期

1912年11月11日

（民国元年十一月十一日）

祝词

一　张根仁

二　契北恭

政治

人类何以造成国家　夏期女子法政讲谈会会员笔记

教育

女子教育问题（续）　慕新

实业

内政的关系（续实行上的研究）　杨煜奇

时事

参议院之黑暗（未完）　开云

女学界之障碍（未完）　开云

丛录

女子参政同盟会宣言书

女子参政同盟会简章草案（未完）

第四期

1912年11月21日

（民国元年十一月二十一日）

祝词

一　陈蜕盦

二　金缕曲（节录）　常州费月农女士

政治

国家最先之情状如何（未完）　夏期女子法政讲谈会会员笔记

教育

女子教育问题（续）　慕新

实业

经济论说（未完）　杨煜奇

时事

参议院之黑暗（续完）　开云

女学界之障碍（续完）　开云

丛录

女子参政同盟会简章草案（续完）

江亢虎先生忠告女同胞书（未完）

第五期

1912年12月1日

（民国元年十二月一日）

祝词

一　扬州郭坚忍

二　燕南雪梅

三　宋良骅
四　张苏才
政治
国家最先之情状如何（续完）　夏期女子法政讲谈会会员笔记
教育
女子教育问题（续）　慕新
实业
经济论说（续）　杨煜奇
时事
女子救蒙敢死队之组织　开云
女子参政同盟会支部之成立
从录
江亢虎先生忠告女同胞书（续）

第六期

1912年12月11日
（民国元年十二月十一日）

政治
国家经历之阶级如何（未完）　夏期女子法政讲谈会会员笔记
教育
女子教育问题（续）　慕新
实业
经济论说（续）　杨煜奇
时事
补述俄库私约之原因　葆初
女子参政之先声　东陵侠
女界看护协会之组织　葆初
从录
江亢虎先生忠告女同胞书（续完）
追悼秋侠从录：哀词

第七期

1912年12月21日
（民国元年十二月二十一日）

祝词　陈竹漪
祝语　汉侠
政治
国家经历之阶级如何（续完）　夏期女子法政讲谈会会员笔记
教育
女子教育问题（续）　慕新
实业
经济论说（续）　杨煜奇
时事
参政同盟会本部欢迎蔡沈汪

阎四君详志　葆初

男女教育平等之确证　葆初

丛录

继识一女士小史（满族女教育家）　骆仲儒

追悼秋侠丛录：联语

关于女子参政之意见　王祖纬

女子白话报

第九期

1913 年 1 月 31 日

（民国二年一月三十一日）

论说

男女革命是增进社会的幸福　鲁克煜

政治

参政权必争之原理　李璇

教育

女子教育前途观　李璇

实业

美国女子职业谈　贻荪

时事　贻荪

世界新闻

赔款不得了

俄国坏透了

美国荷国承认共和

英国公司复西藏问题

中央新闻

陆建章出驻张家口外

财政部拨款大困难

总统府讨论征库事

征库的政见有三条

总统总理秘密会议

地方新闻

芜湖禁烟的风潮

江西兵变的确耗

轮船炸弹发现

湖南强迫教育

琐见琐闻

太太做道场

命令（一月五号至二十号）

时评　圣任

文苑

咏千里镜　圣任

送陈雁门君赴皖　姑苏杜薇云女史

短篇小说

昙花梦（续完）　圣任

笑林

天上借债　圣任

第十期

1913 年 2 月 15 日

（民国二年二月十五日）

政治

今日立宪国家其宪政成立之历史如何（未完） 夏期女子法政讲谈会会员笔记

教育

女子教育二大问题 李璇

实业

月季造花之规则 贻荪

时事

中俄谈判之意味 葆初

王昌国之教育热 葆初

英日俄三国谋我之警告 葆初

海外新闻：塞国女子从军始末记 葆初

时评

不平之评 圣任

文苑

新婚纪事 宁协万

短篇小说

灵玉传（未完） 圣任

笑林

冒充世界 圣任

第十一期

1913 年 5 月 30 日

（民国二年五月三十日）

政治

今日立宪国家其宪政成立之历史如何（续） 夏期女子法政讲谈会会员笔记

教育

女子教育问题（续第七期） 慕新

实业

洗濯 白佛

时事

紧要新闻

公使团会议承认问题

英法两公使和平调停宋案

赵秉钧将逃青岛

孙先生维持大局

蒙事详谈

袁世凯辞职

时评

不了之声 天影

短篇小说

罗兰夫人 心芜

笑林

孙悟空推翻水帘洞 天影

神州女报

《神州女报》,1912年11月(民国元年十一月)创刊,在上海出版。初为旬刊,由神州女界协济社编辑及发行,经理张昭汉,主编汤国黎,编辑唐群英、汤国黎。1913年3月改为月刊,卷期另起,编辑所及总发行所亦均改题神州女报社,由杨季威主编。停刊时间未详。本目收录旬刊第一至八期,月刊第一至四号。

(旬刊)第一期

1912年11月

(民国元年十一月)

神州女界协济社欢迎万国女子参政会会长嘉德夫人摄影

嘉德夫人肖像

(题字)　孙文

(题字)　蒋作宾

祝辞

一　武林张姚蕙景苏

二　金天翮

三　微庐

四　张通典

五　吴兴汤济沧

六　贵筑戴仁

七　张何承徽

八　越流草

发刊辞　张昭汉

社论

男女平权之真旨　杨洛荀

国政及要闻(采择各报)

本社纪事

女界要事

光复时代女界活动史

苏州光复之真相(未完)　陈鸿璧

传记

程涛君小传(附遗像)　季威

小说

侦探小说瞳影案(未完)　(英)魏瀚谡著　涵秋译意

文苑

红毛刀歌　秋瑾遗著

古剑歌

仪孝堂诗集(未完)　衡阳何

承徽懿生
难得糊涂　李淑贞
鉴湖女侠墓表书后　陈家英

天籁(时译)

女子礼服足称制定耶　社英
神州月旦
　咄咄今日之国务员　诛奸

杂俎

拾唾录　壁

报余

(旬刊)第二期

1912年12月

(民国元年十二月)

祝辞

谨祝神州女报　蒋作宾
祝神州女报出版　吴稚晖
神州女报题词　周菱生

社论

女子与民国之关系　张姚蕙景苏

国政及要闻(十一月十六日至二十五日)

本社纪事

孙中山先生复本会书

女界要事

新闻
　彼美人兮西方之人兮　默
　谁谓巾帼无政治才谁谓女子服公务即废家政　默
　女子兴业公司创办缘起
　女子兴业公司开幕对联
旧闻
　光复时代女界活动史
　苏州光复之真相(续)　陈鸿壁

学术

理科
　寒暑表种类及公式　志莹

小说

侦探小说瞳影案(续)　(英)魏瀚谡著　默译意

文苑

礼兰室屑录(诗话)　社英
悲冬雪　郑一书
长崎晓发口占　秋瑾遗稿
仪孝堂诗集(续)　何承徽
读默君同志所著女报喜而作此以志钦佩　汉侠

时评

救蒙不可缓矣国民其速起　季威
外患日亟矣国民其谛听诸

鸳

杂俎

笑生传　亦樗

天籁

直言　沈姬铠

报余

（旬刊）第三期

1912 年 12 月

（民国元年十二月）

祝辞

神州女学旬报发刊祝词　周籁

祝词　民立报记者考谈

祝词　吴兴严庸

社论

道德篇（箴劝女同胞箴戒歧视女同胞者）　张姚蕙景苏

国政及要闻（十一月十七日至十二月初五日）

本社纪事

女界要事

女界活动史

程都督夫人劝女界输助军饷文

海外逸闻

伦敦公司之妇人事务员数

罗斯福女儿之侠气

学术

说冰　蛰

传记

哀庆君　旭

小说

侦探小说瞳影案（续）　（英）魏瀚谡著　默译意

文苑

礼兰室屑录（诗话）　社英

仪孝堂诗集（续）　何承徽懿生

锦心绣口录诗选（未完）　张姚蕙景苏辑

时评

蒙事善后之商榷　社英

杂俎

桐荫簃簏屑

报余

专件

发起女子国民银行之说明　昆山糜张凤如

论上海与闸北之交通　魏勋

（旬刊）第四期

1912 年 12 月

（民国元年十二月）

吴兴女子公学壬子上学期全体摄影

社论

女子对于征库应尽之义务　铁血

正己正人心说（录独立周报）　松岑

国政及要闻（十二月八日至十五日）

本社纪事

女界要事

光复时代女界活动史

旧闻

救蒙会女会员泣告各界

救蒙筹饷部成立会记事

女子师范之发达

学术

（磁电）　志莹

传记

俞庆和女士（附遗像）　陆长清

小说

侦探小说瞳影案（续）　（英）魏瀚谡著　默译意

文苑

时事感赋壬子春日作　旭

步严濬宣先生原韵　宗英

寄怀家兄汉元北京　陈家英

近感库伦事寄伯兄家鼎燕京　陈家杰

纪游　雪江

仪孝堂诗集（续）　何承徽懿生

锦心绣口录诗选（续）　张姚蕙景苏辑

答可生外子冬夜寄怀之作　杏子

九月南归道经海上喜见可弟　树玉

时评　季威

杂俎

佩花之区别　社英

艺术谈　社英

天籁

报余

神州女界协济社募教育及实业经费启

神州女界协济社章程

(旬刊)第五期

1912 年 12 月

(民国元年十二月)

祝辞

一　青年女子星期报

二　俞颖南

社论

女界之匡谬正俗　景苏

改正民律之主张　仔肩

国政及要闻(十二月十六日至二十五日)

本社纪事

国民捐劝导会之成立(六月份纪事续)

七月份纪事

嘉德夫人致张默君女士书

女界要闻

旧闻

光复时代女界活动史

各国女子教育之情形　胡朴庵

学术

(光学琐谈)　志莹

传记

华女士吟梅家传　华亭杨了公

华吟梅女士遗像(附朱光题词)

文苑

春日游碧浪湖　张宗英

觉民先生以游碧浪湖旧作见视次原韵和之　旭

骏马　亦樗

闻外蒙古"独立"事感赋　宗英

祭华吟梅文　张宗汉等

锦心绣口录诗选(续)　张姚蕙景苏辑

仪孝堂诗集(续)　何承徽懿生

小说

侦探小说瞳影案(续)　(英)魏瀚谡著　默译意

杂俎　社英

天籁　国黎

报余

(旬刊)第六期

1913 年 1 月(民国二年一月)

社论

女子参政论　神州女学生张侠魂(即铁血)

劝女子节糜费以助军饷　洛
国政及要闻(上年十二月二十六日至本年一月五日)
本社纪事(八月份)
女界要闻
旧闻(浙江女子北伐队)
神州女学游艺会纪事
传记
吴其德小传(附己酉年所撰祭文)　郑一书
神州女学专修科章程及广告
文苑
登校舍后三层楼　旭
读程涛女士小传　鉴鉴女士
仪孝堂诗集(续)　何承徽懿生
锦心绣口录(续)　张姚蕙景苏辑
小说
侦探小说瞳影案(续)　(英)魏瀚谡著　默译意
时评
希望于中美英睦谊会者　社英
杂俎
香港大学堂总教爱立德演说学商教要端纪事
天籁　洛
报余

(旬刊)第七期

1913年1月(民国二年一月)

社论
女子实业谈　张姚蕙景苏
女子之天职　省三
国政及要闻(一月六日至十五日)
本社纪事(九月份)
女界要闻
旧闻
　光复时代女界活动史
近闻
　女界实业之发达
　女子诗词讲习社旨趣书并简章　杨济沧
传记
上海城西幼稚园主任保姆龚女士传　古吴王同愈
学术
论植物及其分派(未完)　蛰
文苑
日妃曲(有序)　慎独
锦心绣口录(续)　张姚蕙辑

仪孝堂诗集（续） 何承徽
懿生

小说

侦探小说瞳影案（续） （英）魏瀚谡著 默译意

时评

女界亟宜注意女子国民银行 社英

天籁 匋庐

报余

（旬刊）第八期

1913 年 1 月（民国二年一月）

图画

上海神州女学第一次摄影

社论

女子教育之先决问题（采民国新闻） 元冲

论女子宜要求清华学校兼收女生加派留学 哈弗

国政及要闻（一月十六日至二十五日）

本社纪事

女界要闻

松江清华女校欢迎会纪事 李亚芬

共和女学毕业式

学术

论植物及其分派（续） 蛰

文苑

贺新凉（客感） 影观

仪孝堂诗集（续） 何承徽

锦心绣口录诗话（续） 张姚蕙景苏辑

报谢君玉书

时评

男女当有平等教育女子亦当公费出洋留学 季威

专件

筹备中华民国银行缘起及筹备事务所简章 昆山糜张凤如

报余

月刊第一号

1913 年 3 月（民国二年三月）

图画

（封面：风景） 抱壹

神州女界协济社正社长张默君君肖影

神州女界协济社副社长张姚景苏君肖影

神州女界协济社编辑部正长杨季威君肖影
神州女界协济社编辑部副长谈社英君肖影
言论
告读书明理之女子　季威
女权与国家之关系　冲来稿
论女子当具责任心　社英
改良家庭之商榷　张姚蕙景苏
国会刍言　张姚蕙景苏
纪事
纪事一(本国之部)
专电汇录(二月十七日至三月九日)
大事详纪
蒙库风云片片录
请看今日之藏事
借款问题种种
参议院开会纪事
总统府大会议
哀悼清后
俄人驱逐华侨之传说
云南危险志
德兵大逞蛮横
军界之潮声
纪事二(外国之部)
关于巴尔干战局之种种
墨西哥消息
美国
英国
德国
法国
俄国
日本
纪事三(丛录之部)
清太后之逝世
组织女子参政分会
筹办女子工艺厂
创办贫民实业工厂
开明女学扩充志
参政运动之前驱者
美总统毕竟不凡
英伦女子受辱
评林
国事慨言　社英
告国会议员　季威
保皇党魁得为民国总理乎　灵萱
维持国货　白日
今日之学者当务实　纫秋
文艺
杨笃生先生遗诗　镇远周纬录

仪孝堂诗钞（未完）　衡阳何承徽
杂诗
闻某女士事有感　社英
浪淘沙
别吴兴　影观
春日偶成
怀亡友俞君庆和
游仙诗　龙城懒庵杨显范
锦心绣口录诗选（未完）　张姚蕙景苏辑
小说
瞳影案（附图）（续旬刊第八期）　涵秋译意
译丛
世界各国妇女选举权沿革谈（未完）　（美）哈士肯博士原著　神州女界协济社译著之一
杂俎
婴儿之保育法　侯光迪述
海天丛话　社英　与公　朴庵
西人数目之迷信
来函一　镇远周纬
来函二　钟介民

月刊第二号

1913年4月（民国二年四月）

图画
（封面：人物）　锡治
评议部正长舒蕙桢君肖影
教育部正长薛锦琴君肖影
教育部及评议部副长陈鸿璧君肖影
言论
社论
桃源宋渔父先生遇害感言　景苏
普及教育与女子教育　季威
女子宜注重国文论　社英
译论
吾不知何谓公民（译美国波士敦妇女周报）　季威译
选论
论后死者之责任　嘐嘐
论今日宜普及教育以为施政之本　张彦之
纪事
宋渔父先生遗像
纪事一（本国之部）
专电汇录（三月十日至四月十三日）

大事详纪
宋遯初先生被刺始末记
蒙库风云片片录
请看今日之藏事
俄蒙协约原文录
借款问题之余话
钟颖之椎心泣血电
国会开幕纪盛
库藏协约之警报
外国共和大会之预备
参议院之婪尾声
纪事二(外国之部)
电报汇录
纪事三
山东有捐产兴学之女子矣
呜呼乡妇之志苦矣
研究美术固当如是
维持女学可嘉
女子服式之商量
女界之商业
孙夫人旅行被伤详记
万国女子之握手
万人空巷之华盛顿
巾帼相与战祝融
教子之方法
可恨英阁员言而无信
英女界非将就者
商店窗户竟成泄愤之物
邮件遭劫
挺身入狱
既不可得权利自可免尽义务
英政府尚未忘人道主义
评林
宋先生被刺之原因　侠魂
承认民国问题　社英
今日政府怪状之感言　白日
土耳其安得不败　季威
女界宜注意新闻纸　王简慧珍
文艺
哭宋钝初①先生文　张默君
祭宋钝初先生文　神州女界协济社
哭宋渔父先生　社英
神州女界协济社追悼宋遯初先生歌　默君
宋先生挽联
仪孝堂诗钞(续)　衡阳何承徽

① 宋钝初即宋教仁。

杂诗
秋日散步薛家桥归而书寄二妹　影观
锦心绣口录诗选(未完)　张姚蕙景苏辑
小说
瞳影案(附图)(续)　涵秋译意
译丛
世界各国女子选举权沿革谈(续)　(美)哈士肯博士原著　神州女界协济社译著之一
杂俎
海天丛话十三则　社英　季威
世界最富者美国摩根氏(J. Pierpont Morgan)历史(附遗影)
医学家劝除脂粉谈　白日
美术刺绣传习所改良刺绣说　无锡华瑾

月刊第三号

1913年5月(民国二年五月)

图画
(封面:风景)　陈抱一
本社实业部正长廖斌君
中美英睦谊会庆贺美国承认民国大会之摄影
言论
社论
南北释憾之平议　景苏
政府请基督教祈祷电文书后　景苏
女子宜注重道德浅论　社英
论人母对于子女之希望与责任　季威
选论
片马交涉疑义　惜诵
论女学与国家之关系　李芬
纪事
纪事一(国内之部)
专电汇录(四月十五日至五月十五日)
大事详纪
呜呼大借款成立矣
宋案撮要
参众两院纪事
武汉消息近闻
关于大借款之通电录
蒙库风云片片录

请看今日之藏事
纪事二(外国之部)
纪事三(女界丛录)
艳他手植自由华
试观巾帼好榜样
莫忘一餐之惠
仗子莲舌卫同胞
保护民族之法律
先在异邦试选举
何物护骑误人良机
英参政会之视死如归
可怜竟迫成炸弹世界
快点禁起出版来
赴万国女子参政会之筹画
关瑞麟弃妻重婚洋女案志详
女界又弱一个
寸草春晖
江宁县振顿女校
抗争秋烈士祠产
大慈大悲讲实业
女士智擒盗匪
评林
时局悲观　社英
一夫多妻者不遵人道　社英
英美女界参政运动态度之比较　季威
忠告女学生　季威
文艺
太仓俞氏苑结录书后　景苏
费宫人刺虎赞(三则)　季威
杂诗
游钟山步舒醒庵君韵　碧城
不寐有作　社英
题与友人共登危樯小影
时事感言　影观
寄友
作客有感
仪孝堂诗钞(续)　衡阳何承徽
小说
实事小说黄奴碧血录(附图)　(美)嘉德夫人手著　季威译述
译丛
世界各国女子选举权沿革谈(续)　(美)哈士肯博士原著　神州女界协济社译著之一
杂俎
夏令卫生谈　谈浚民
蚊之害　季威
海天丛话　社英
会真楼杂记　简慧珍

游紫阳山记　谢月

月刊第四号

1913 年 6 月(民国二年六月)

图画

(封面:人物)　锡冶

民国二年上海神州女学暑假休业摄影

言论

社论

忧国篇

女子承袭遗产问题之商榷(一)　社英

女子承袭遗产问题之商榷(二)　季威

女界公权别论　汪洋

选论

女子参政权之平议　鹤望

女子教育感言　黎斌士

纪事

纪事一(国内之部)

专电汇录(五月十七日至六月三十日)

大事详纪

中俄协约问题志略

烟案问题之商榷

外国顾问一览表

参众两院记略

宋案稽零

蒙事汇纪

滇南边务谈

纪事二(国外之部)

关于巴尔干战局之消息

飞行队保护商务

私谊乎邦交乎

请看英国之商务报告

同盟国之会议

德意志之兵队议案

鸦片讨论会之进行

看看人家之预算决算

西王母诞子

南北美通商之发达

巴拿马运河近情

巴拿马运河竣工之祝典

美国上议院之扶植女权

加利福尼之取缔侨民

日人吞满之野心

日本扩张军备之先声

文明又进一步(美国实行男女平权又多一省)

女权党之劫运

纪事三(丛录之部)

岳女校遭殃

湖南有女子崇俭会
关陈案之结束
万国女子之握手
卫生政策之厉行(一)(二)
女子为警务员
参政运动之实地研究
乃有如是之法律

评林

政党与是非说　社英
女界当提倡好学之风　季威
告主持教育者　季威
女子投票权为安全之名词　白日

文艺

仪孝堂诗钞(续)　衡阳何承徽
碧筠山馆诗钞　金陵李闺儒
锦心绣口录词选　姚蕙景苏辑
杂诗
修竹　默
秋夜感怀
哭宋遯初先生
题木兰从军图　吴江张平权
春日即事　吴江周梅
小简　碧城

小说

瞳影案(续第二号)　涵秋译意

译丛

世界各国女子选举权沿革谈(续)　(美)哈士肯博士原著　神州女界协济社译著之一

传记

俾士麦克夫人传　余姚坎镇严整译法文

杂俎

墨痕泪影　季威
海天丛语　社英　季威
随笔琐记(未完)　简慧贞
公函(一)　律师圣文
公函(二)　神州女界协济总事务所

亚东丛报

《亚东丛报》,1912 年 12 月(民国元年十二月)创刊,在北京出版。月刊。唐群英主编,亚东丛报社编辑发行,共和印刷有限

公司印刷,停刊时间未详,本目收录第一至三期。

第一期

1912年12月31日

(民国元年十二月三十一日发行)

图画

甲　中华民国四大伟人御影(袁大总统)(前孙大总统)(黎副总统)(前南京黄留守)

乙　旅京湖南女界欢迎黄克强先生摄影

丙　南京女子参政会欢迎嘉德夫人及解古柏士马克维夫人大会纪念摄影

祝词

祝词一　陈圣任

祝词二　曹典球

祝词三　唐叶皇

祝词四　唐棣

祝词五　声雄

祝词六　骆鹏

祝词七　唐国珍

祝词八　沈明范

祝词九　周咏康

祝词十　郑师道

祝词十一　彭佛公

祝词十二　刘揆一

祝词十三　宋教仁

祝词十四　黄兴

发刊词

发刊词一　伯刚

发刊词二　下斋

社说

女子责任论　芍岩

译著

斯地尔政治记者　群英

法皇拿破仑之母　跃鲸

选论

世界女子参政之动机(选东方杂志)

论妇女之当为(选妇女时报)

女子教育

论女权与教育　石年

实业

女子实业　芍岩

选瑜

对于女子参政之研究　倾孟

女子参政之稳健主义　楚梅

小共和国史略　吴曜

法令(元年十一月)

大事纪闻(元年十一月)

时评

时评一　圣任

时评二　寅汉

时评三　和寿

专件

女界代表上参议院书

女界代表上法制局书

刘扬楫君之实业谈

文苑

诗录

庚戌杂诗　悔晦

悼山阴秋璿卿女士瑾即次其黄海感怀诗韵二首　天隐

金陵杂诗八首　汉元

赠别二首　前人

故乡　前人

庚戌喜得古砖　前人

过基隆书感　前人

梦语四首　前人

病中口占　前人

偶成　前人

醉题酒楼　前人

即事　前人

舟中晚眺　前人

和咫闻感怀韵　前人

闻蝉　前人

词录

双双燕(题潘兰史罗浮记游图)　公产

高阳台(题万剑盟姜露庵填词图)　老兰

台城路(寄黄椒生茂才)　老兰

太常引(京口夜发)　澹庐

谈丛

燕京游录　曼殊

小说

社会小说姻缘误我　瘦桐

第二期

1913 年 1 月(民国二年一月)

图画

甲　奉天女子师范学堂毕业摄影

乙　民国元年十月十号北京共和纪念会摄影

丙　胡宪章唤醒同胞之刺血书

丁　颜子陋巷图

戊　孟母断机图

祝词

祝词十五　谈钧

祝词十六(水调歌头)　陈

勿畏
祝词十七 林传甲
祝词十八 郑枢简
社说
女子责任论中 芍岩
仿约翰生致女国民书 汉侠
男女平权非大激战不可 圣任
译著
俄索利新闻记者 群英
西比利亚之森林与矿产 汉侠
德国和平之新标识 汉侠
选论
论主张女子无参政权之无理由
女子与国家之关系
女子教育
论女子宜蓄自主与自振之能力 石年
女子实业
各国女子职业之状况 芍岩
造花之概则 郭照澜
选瑜
倡兴女学之感言(选女子国学报) 潘师城
论中国女子争女权当自争握财产权始(选生计第二期) 刘幼娴
大事纪闻
俄兵驻库
民不聊生
不认民贼
共逐烟鬼
叛贼招兵
和局不稳
战祸将开
大动公愤
练兵甚是
将开大会
糜烂江西
复选定期
瓜分有辞
都统赴任
和平政策
又想迁都
当仁不让
设立银行
无赖之尤
大款有望
整顿吏治
调查内蒙
电催代表
调停将帅

请示机宜
擒获库匪
迎击库逆
电请来京
徐州匪乱
防堵胡匪
编练防军
俄舰停泊
电查弊端
改组军队
派员抵京
驱逐华人
催办行政
时评
女界之前途　侠公
此后之中国　圣任
专件
广东女界邓博倩等要求参政权上省议会书
广东女代议士李佩兰对于女界要求参政权意见书
专件补刊
广东留东女界要求参政权上省议会请愿书
请议审查股报告书
女代议士吴桂嫦等提议再请研究女子参政权议案
庶政兴革审查股报告书
文苑
插画
汤女烈士月英小照
附题诗　七言律二章
剑佛
附题词　蝶恋花二阕
剑佛
骈体
女烈士汤月英征诗启
剑佛
诗录
返长沙留别金陵诸同好二首　剑佛
朱亭题壁(代友省亲不遇作)一首　剑佛
某友虐待其妾作诗以规之二首　何昭
(右五言古体)
挽刘君道一妇曹氏　剑佛
舣汉口租界　剑佛
(右七言古体)
戊申吊锄非子　仲兰
(右五言律诗)
戊申旅日本东京哭曹守道烈女　仲兰
戊申重阳前一日萍乡道中

寄怀仲兰二首　祝青
壬子八月游西湖吊怀诸先烈　祝青
秋闺八首戏寄仲兰　祝青
戊申旅学东京哭刘道一烈士二首　祝青
送陈君奎耀归华　秀野
(右七言律诗)
辛亥春日寄士怡妹吉林四首　曼云
(右五言绝句)
车中遇雪赠刘樾四首　剑佛
闺中月令竹枝词三十首　菊坡
立春
元旦
人日
上元
花朝
扑蝶
社日
清明
上巳
谷雨
饲蚕
浴佛
李会
端阳
竹醉
伏日
荷诞
立秋
七夕
曝衣
中元
中秋
重阳
小春
围炉
咏雪
冬至
涂梅
祀灶
除夕
(右七言绝句)
词录
南歌子(母亲以护身佛式钗簪余髻并祝吉语是仍以孺子相视然母年老儿亦非少依恋之际殊难为情爰倚此阕用写悃私)　清韵
湘月(寄周月香世妹)　清韵

一丛花(立斋弟殁数年矣连宵入梦怆然成此) 清韵
念奴娇(感旧) 清韵
满江红(读花帘词吊吴蘋香) 清韵
秋波媚(遣怀) 清韵
意难忘(清韵于归后家园既远亲庭亦疏耿母倪太夫人与夫家有姻娅因继名为干阿奶二十余年携提顾复不啻己出丁亥夏间微疾仙去今重来故地不胜存殁之感倚此志痛云尔) 清韵
南楼金(水仙花) 清韵
菩萨蛮(春寒) 清韵
菩萨蛮(晓妆) 清韵
菩萨蛮(感时) 绮云
醉东风(感春) 剑佛
清平乐(登蛇山晚眺) 剑佛

谈丛

林下纪闻十二则 静娴
楚伯嬴不作亡国虏
女豪杰崛起光复军
李孟群阿妹参戎事
莽清廷有女犯龙颜
顾二娘制砚神工
韩约素镌章美术
顾若璞之屯田议
老女奴之傲命谈
淑女宜家
英雌惩盗
遇人不淑甘心死
少小离乡老大回

小说

姻缘误我 瘦桐

增刊

吉林来函骈体一首

第三期

1913年2月28日
(民国二年二月二十八日发行)

图画

孔子墓像
阙里
青年会撮影

社论

论中国婚姻之弊 国宪
斥疆舆盲 楚梅

译著

第二摩特讲演者 群英
女子参政问题 缦兮

选论

论女子当具责任心　社英
改良家庭之商榷　景苏
国会刍言　景苏
教育
论女子宜蓄自主与自振之能力　石年
实业
中国茶业将来与女子之关系　白佛
选瑜
女权与国家之关系　冲来
专件
家庭改良会宣言并简章
改良制造局上大总统书　振愚
参议院审查报告
大事纪闻
临时政府之展期
岑西林定期赴鄂
西征军饷之紧急
政府议设滇西镇抚使
国务院表决聘用顾问章程
陆军部私拟整理军政案
比人沙海昂私售清扬铁路之交涉
重要商埠之交涉使
东三省划定四大军电
竟有欧议员者
外交团会议之内容
周学熙还想发财
熊希龄密电军情
大借款成立之确闻
文苑
民国大将军彭君墓志铭
诗词十七首
谈丛　瘦侬
李园
梁家园
吴梅村故居
芥子园
孙少宰旧庐
顾侠君故居
李东阳旧第
湛园
查楼
贾焕
林下纪闻(续第二期)　静娴
吴秋娘
智女
马贞烈女
寅姑
金烈女
寻夫
樊烈妇

小说

老婢吁天录弁言

女子国学报

《女子国学报》,1912 年创刊,在天津出版,半月刊。中华民国女子国学会会刊。停刊时间未详。本目收录第一期。

第一期

(1912)

祝词

贺良兰女士祝词

简淑瑛女士祝词

发刊辞

女子国学报发刊辞　心荣

通论

本报感言　潘师城

女学与国家之关系　李芬

说廉耻　伍崇敏

选录

女界代表上孙总统书(为参政权事)

神州女界共和协济社致孙总统书(为参政权事)

杨季威女士致上海民立报函(为参政权事)

张纫兰女士致上海民立报函(为参政权事)

专件

发起中华民国女子国学会启(附简章)　郑雪案　章以保　屈荫兹　唐友琴

女子国学会致袁大总统书

女子国学报请民政部立案呈

要件

中华民国临时约法

国事记

内政

女子要求参政记

新人物志

唐绍仪　陆徵祥　赵秉钧　熊希龄　段祺瑞　王宠惠　宋教仁　陈其美

宗社党鬼谋

广州大闹纪

苏州大闹记

女生控父

吕雉
武曌
绿珠
红拂
关盼盼
柳如是
追悼彭家珍烈士　亚佛简淑瑛
京津兵变有感
与北伐队干事员绍程先生
反闺情
咏史
挽白先生　罗梦痕
步人夫妇离合元韵　天虫

小说

哀情小说苦海波　梅影

万国女子参政会旬报·万国女子参政会月刊

《万国女子参政会旬报》,1913年4月(民国二年四月)创刊,在上海出版。初为旬刊,自第四期起改为月刊,刊名亦相应改为《万国女子参政会月刊》。此刊为张汉英、陈德晖等发起的万国女子参政会中国部会员所组织,由张汉英、任丽璠任经理兼编辑主任。停刊时间未详,本目收录第一至四期。

万国女子参政会旬报

第一期

1913年4月(民国二年四月)

图画

中国第一革命实行家秋瑾君像
欢迎万国女子参政会长嘉德君图

社论

本报宣言　张汉英
惧亡　陈德晖

中外纪事

理财
民国元年公债简明录
民国二年预算
谷款第二批用途之报告(未完)

第二期

1913年5月(民国二年五月)

图画

折枝芍药　衡山陈德晖绘

社说

余之解决宋案观　北海后身投稿

不祥国会之砭石　兰皋投稿

中外纪事

理财

　谷款第二批用途之报告(续)

　二年上半年之偿债

　鬼祟之大借款成立

　印花税施行法之规定

筹边

　俄人驻扎满蒙兵力最近之调查(续)

　俄人增兵满蒙之预告

　西藏内结库伦外引俄英之警告

　藏边烽火类志

　三省协防之计划

　维持后藏之空言

　蒙边烽火类志

教育

　留英俭学会意趣书

　江苏教育前途危险之现象(节录江苏教育司长黄炎培原论)(未完)

外交

　承认问题之一束

外国

　美政府之新人物

　日本地方经费之调查

法律

　宋案证据之发表

　袁世凯之辩词

　黄兴之驳电

实业

　富利公司开采金矿详志(续)

交通

　蒙藏交通之组织(续)

　洛潼铁路之黑幕(未完)

杂述

　议长难产之产出

　谣言繁兴

　恶棍郑师道定罪

本会纪事(外国之部)

全世界女子参政之大会

英国女子参政团近讯

匈牙利国女子选举案通过

小说

香草集之寄托(续)　蜕盦

余组　冷眼

评林　罪过

文苑

词

大江东去(用东坡韵吊广州死难七十二烈士)　兰皋

第三期

1913年5月(民国二年五月)

社论

余亦曰可以止矣　张汉英

长沙秋烈士案之呼吁　陈德晖

中外纪事

理财

大借款自成立至支用详志(未完)

筹边

觇蒙之东瀛归客谭

蒙边警耗续志(未完)

教育

江苏教育前途危险之现象(续)

大学校学生之驳辩书(未完)

外交

美墨呈递承认国书详志

关于蒙古中俄交涉本末(未完)

外国

法兰西之巾帼英雄(未完)

法律

宋案预审开庭之无效

协传赵秉钧之对面文章

司法部令奉天高等审厅文(解释买卖人口律与大理院冲突案)(未完)

实业

一年来上海生丝输出之旺盛(转录时事报)(未完)

交通

洛潼铁路之黑幕(续)

个碧铁道之争执

滇藏无线电之筹划

杂述

扬州之留后出现

学陈其美不成

中央之外国顾问一览表

华侨人数统计表(未完)

本会纪事

长沙秋烈士祠案真相

女子参政同盟会启事

文苑

蜕盦事略　汪文溥

哭蜕盦　亚子

万国女子参政会月刊

第一年第四期

1913 年 6 月(民国二年六月)

图画

陈蜕盦之家庭

社论

蔡汪名论之广义　张汉英

为中俄外蒙协约事质熊希龄　北海后身

中外纪事

理财

大借款自成立至支用详志(续)

一月至六月追造的预算

治军

江南要塞之内幕

筹边

蒙边警耗续志(续)

藏边捷报汇录

教育

大学校学生之驳辩书(续)

外交

关于蒙古中俄交涉本末(续)

平和条约修正条

外国

法兰西之巾帼英雄(续)

三强协谋远东之警告

巴土战争之结果

近世纪六强国扩张军费之比例

法律

司法部令奉天高等审厅文(解释买卖人口律与大理院冲突案)(续)

原被律师同讨没趣

国会议员之卖身案

实业

一年来上海生丝输出之旺盛(转录时事报)(续)

交通

沪杭浙属路线财产表

杂述

华侨人数统计表(续)

推广租界秘密说帖(上海工部局所上领事会者)(未完)

本会纪事

中国之部

外国之部

总统命令(五月二十五日至六月三十日)

余组

柯儿女士新发明之铣原质

评林

小说

平权国偕游记(未完)　蜕盦

文苑

映雪轩初稿(未完)　陈蜕盦

香艳杂志

《香艳杂志》,1914 年 5 月(民国三年五月)创刊,在上海出版。月刊。编辑者为南社诗人王均卿(署"新旧废物"),民友社印刷,中华图书馆发行。1915 年冬终刊,共出十二期。本目全部收录。

第一期

1914 年 5 月(民国三年五月)

图画

编辑张萼荪君

本杂志主任者王均卿君

编辑苕狂君

编辑邹翰飞君

编辑高太痴君

编辑鬘华室主

编辑平等阁主

东瓯名画家鲁纤纤女士

女界伟人吴孟班君

女界伟人薛锦琴君

东瓯女士画作

发刊词　均卿

新彤史

弁言

吴孟班传　吴兴王文濡均卿

薛锦琴传　前人

周福贞传　醴陵傅莼钝根

毛芷香传　前人

陈良卿传　市隐

谐文

扒灰考　滑稽子

野鸡释

代上海妓界致留东诸伟人书　新旧废物

谭薮
薰摘录(未完)
鬘华室诗话(未完)　吴兴女士徐畹兰
平等阁笔记(未完)　吴兴女士俞佳钿
滑稽闺语
小说评
　孙渠甫红楼梦解提要　怀琴
女界新闻
译林
海外艳闻　周槃
诗文词选
闺雅
艳丛
说部
短篇小说
　滑稽小说耳孽　楚香
　恶感小说雨消云散　来稿
　哀情小说负心郎　楚香
　言情小说鸾凤缘　见南山人
　言情小说罗巾媒
　神怪小说罗浮续梦
　历史小说约瑟芬　周槃
　幻想小说月下梦
奇情小说雪婚记(未完)　英哀林孙译自法仲马,仲马译自俄国诗人巴希琴　伯经
上海孽史
传奇
　梅花簪(未完)　金陵张湫石填词
工艺栏
文
　美术刺绣传习所改良刺绣说　无锡华瑾
　参观美术刺绣传习所记　无锡钱伯圭
　余沈寿女士向部索绣价文
纪事
　全国儿童艺术展览会女子之特色
　无锡志成女校刺绣品运往巴拿马赛会
　杭州女子职业学校毕业
　皖省公立第二女子学校之特色
　西人通用之绣品
游戏栏
女伶月旦　苕狂
花丛纪事
红楼人镜酒令
灯谜

第二期

1914 年

图画

北京女学传习所校长刘倩芝女士

文豪吕碧城女士

吕梅生二十六岁小影(即碧城女士姊也)

四明王心云女史

爪哇女子师范学校校长林宗素君

清溪嵇逸仙女士

本社编辑吴兴凌桂清君及德配张韫苏女士唱随小影

云间孙雪泥先生暨德配马金娥女士之唱随小影

宗孟女学教员丁季元女士

姑苏张慧林女士

杭州惠兴女学丁未年之摄影

袁大总统家庭女学之摄影

马金娥女士遗画

竞雄女校学生谭景蕴女士之松兰图

徐畹兰女士之富贵花图

苏州武林女塾绣品之摄影

上海美术女子刺绣传习所校长华瑾女士之摄影

女子刺绣传习所之绣品

题词

论说

新彤史

李氏三女传　吴兴王文濡均卿

鉴湖女侠秋瑾传　吴江陈去病巢南

黄怜儿传　荫吾

谐文

为琵琶讼冤疏　怀瑾

樊西林传　伯经

夏士莲传　伯经

谭薮

薰摘录　新旧废物辑

鬘华室诗话　德清徐畹兰女士(曼仙)

平等阁笔记　吴兴俞佳钿女士著

滑稽闺语

小说谈(未完)　新旧废物

译林

海外艳闻　周槃

诗文词选

闺雅

艳丛

存古

昭凉哀艳集　明松陵俞安期著　邑人陈去病录

说部

短篇小说

哀情小说学海精卫　韫苏原著　桂青润词

奇情小说柳娘

武侠小说金钏缘　见南山人

幻想小说赛青凤　前人

奇情小说雪婚记(续前)(已完)　伯经

哀情小说鸾怨　一修

官僚风流史　萼荪

上海孽史　桂清

传奇

梅花簪(续)

工艺栏

文

女子美术刺绣传习所校长华瑾女士之演说

纪事

巴拿马赛会之陈列品

女伶月旦

花丛纪事

女界新闻

游戏栏

酒令

灯谜

第三期

1914 年

图画

本杂志主任王均卿君

编辑羌山个影庐主徐梦鸥君

本杂志编辑沈伯经君

本杂志编辑周铭三君

广平华吟梅女士之遗景

世界第一美人朝鲜闵妃

上海竞雄女校校长徐寄尘女士

桐乡马锡班女士

山青女医士

鉴湖女侠秋瑾女士之墓

亡室宋氏遗景

论说

美人与国家之关系　周椝译

新彤史

华吟梅女士传　吴兴王文濡均卿

徐自华传　吴江陈去病巢南

谭薮

谐文

荷花大少与拆白党总长书　老白相

拆白党总长答荷花大少书

薰摘录（未完）　新旧废物辑

鬘华室诗话（未完）　清溪徐畹兰女士

平等阁笔记　吴兴俞佳钿女士

滑稽闺语

夜花园纪事

译林

海外艳闻　周槃

诗文词选

闺雅

艳丛

说部

短篇小说

幻想小说异梦记　怀瑾

婚姻小说诗媒　见南山人

军事小说英雌　前人

惨情小说妒花风雨记　病夫

冶情小说真珠箔　泣红著　闲闲校

鸾怨（续）（未完）

官僚风流史（续）　萼荪

传奇

梅花簪（续）

杂俎

存古

昭凉哀艳集（续）　明松陵俞安期著　邑人陈去病录

丽情集　新都杨慎撰　绵州李调元童山校定　男朝础再校

工艺栏

女子工艺学堂

松江某校绣品之特色

女诸葛

西江特色

女子新卫生学　山青女医士

女伶月旦

花丛纪事

游戏栏

酒令

灯虎

第四期

1914 年

图画

名画家丁悚

闲闲居士

本杂志编辑赵雨苍君

上海小万柳堂内帆影楼临河

纪事

杂俎

女伶月旦

花丛纪事

游戏栏

酒令

灯虎

第五期

1914 年

图画

本社编辑王建民君

绩溪曹绣君先生

镇海乌蛰庐先生

海宁汪龙超君与上海王箴圭女士文明结婚之摄影

韫玉楼张徐咸安女士

希社社长高太痴先生之女公子

郑合珍、陆慧蕖、陆棻丽三女士合影

中美英睦谊会庆贺美国承认民国大会摄影二年五月八日

东瓯鲁纤纤女士古妆之美人画

鬘华室女士之画(四幅)

北洋高等女学堂

论说

论女学宜注重概要学　聿修

论美人之态度　庄纫秋

记美人抹胸之艳丽　庄纫秋

新彤史

沈女士传

管英传

沈珉传

徐韫芬传

谐文

慰问四足美人病状书　庄纫秋

贺冯艺员春航娶妇启　同上

尖先生(八股文)　旧史

薰摘录

明季周后轶事

谭薮

粤香馆随笔　李锦襄女史

平等阁笔记　俞佳钿女士

香艳诗话　王汉章

香艳联话　胡蕴山

奁话集锦

译林

海外艳闻

滑稽闺语

诗文词选

闺雅
艳丛
说部
短篇小说
　短篇小说一夕缘
　哀烈小说二十六年之忍辱
聿修
　奇情小说女暗杀家　同上
　艳情小说何倩姑　海昌死友
　滑稽小说迷魂三娘　建民
真珠箔(未完)
鸾怨(完)　一修
家庭小说二十鞭(完)　颂西口译　省吾笔述
胭脂井　无愁
上海孽史　桂青
存古
孱丽情集　新都杨慎撰　绵州李调元童山校定
传奇
梅花簪(续)
卫生
广养生论　撷芳女医士
女伶月旦
花丛纪事
游戏栏
西厢记酒令
灯虎

第六期

1915 年

图画
沈拯女士
周玉如女士
杨湘云女士
苏州武林女塾之绣品(二幅)
钱琴韵女士之摄影
庄彩棣女士之摄影
南海麦瑞华女士之摄影
孙韵琴女士之摄影
俞佳钿女士之铅笔画(二幅)
林宗素女士之女公子
湘南蒋月秋女士之绣画
湘南蒋月秋女史之遗影
沈潄芬女士
徐曼仙嵇逸仙合摄之小影
长白铸芬女士之遗绘(四幅)
南浔毓秀女学全体摄影
论说
色相之研究说　介盦
新彤史
钱琴韵女士传　废物
张烈妇传　失名

马母传　失名

名闺片羽　闲闲手辑

沈翠娟

李好好

七姑

金影珠

某学使女

谐文

逐妾令　庄纫秋

代露水郎君致荷花大小姐书　同上

于是伶界男女两状元俱出其门下矣(八股文体)　同上

戏拟惩鸨护花判　绍县李怀白俊卿

谭薮

薰摘录　绣君

明季田妃轶事

粤香馆随笔　香山李锦襄女史

鬘华室诗话　德清徐畹兰女士

杂俎

竹垞风怀诗考证　崇明祝燮刚佐平

女伶刘喜奎诗

联语汇志　废物

仓圣明智大学校歌

译林

欧战艳屑　葆光子译

滑稽闺语　笑笑生

诗文词选

闺雅

说部

短篇小说

奇情小说菊缘　开伯撰　伯经润

艳情小说电车姻缘　懒僧又号无愁

神怪小说第二鲁男子　柳崖外史

真珠箔(未完)

官僚风流史(未完)　萼荪

上海孽史

艳情小说梦梅再世　董俞女士

女界新闻

传奇

梅花簪(续)

工艺栏

化学美术工艺新书(未完)　成都黄遂生

游戏栏

女伶月旦

花丛纪事

艺云轩西厢新令
灯虎
红楼梦觥史(未完)

第七期

1915 年

图画

本杂志撰述顾叔惠君
张聘渔君
金陵大学医学博士茅拔(悼红生、陈惠庵、医学大家杨克臣)
中国自新医院产科女医士竺祯卿君
上海博爱医学校女学生陈旭君
上海博爱医学校女学生温玉振君
本杂志撰述广东香山师范学校校长李绮仙君
投稿女士:佩贞女士　兰因女士
朱琴香女史之遗画(四幅)
南浔竞新女学校全体摄影
上海竞雄女学校全体摄影

论说

受胎说　顾陶贞善

新彤史

张节母传　张宗望听渔

谭薮

名闺片羽　闲闲手辑
　勤姑
　钱绣春
　凤麟
　红儿
　朱瑛
　陆庆芬
　菊妙

谐文
　林柳竞争记　庄幼秋
　拟代秦淮花舫请弛赌禁呈　同上
　爱看他人妾贪吟自己诗(八股文)　同上

滑稽丛话　俞佳钿女士辑
鬘华室诗话　曼仙女士
香艳诗话　庄幼秋
香艳联话　胡蕴山
粤香馆随笔　香山李绮仙女士

译林

海外艳闻　沈望旦清

诗文词选

闺雅

艳丛

说部

短篇小说

历史小说吴宫秘牒　汉章

孝侠小说奇妓　砭史

艳情小说圆实　柳崖外史

怪异小说秋水小姐　同上

真珠箔(完)

官僚风流史

福尔摩斯侦探案之一漂布泥(未完)　蓬心

艳情小说梦梅再世(续)　董俞女士

上海孽史

女界新闻

传奇

梅花簪(续)

工艺栏

化学美术工艺新书(续)　成都黄遂生

女伶月旦

花丛纪事

游戏栏

艺云轩制酒国长春令

灯谜

红楼梦觥史(续)

第八期

1915 年

图画

张清源君德配应端生女士之遗影

谭景蕴、谭思蕴女士之合影

吴忏情女士十九岁之小影

丁吟秋女士之小影

张琴仙女士暨女公子之小影

朱琴香女史之遗画(四幅)

民国三年七月南洋女子师范学校文学专修科毕业生摄影

论说

色相之研究(续第六期)　介盦

谭薮

新彤史

应端生女士传　废物

孝女何爱文传　金山高旭天梅

名闺片羽　闲闲手辑

张梦兰

吴秀娟

春桃

丽婵

谢华

金月梅

花丛纪事

女界新闻

游戏栏

诗钟　逸仙女士

灯谜　金陵刘晓钟

第九期

1915 年

图画

虞洽卿先生女公子玉衡女士之遗影

许太夫人六旬之摄影

兴化刘韵琴女士最近小影

周王两女士之合影

虞山杨选万女士

叶眉丞女史屏条四幅

琴香女史之遗画(两幅)

北京女子师范传习所全体摄影

论说

论女子之性质与男子不同及其养成之由　昭云女史

新彤史

亡妹玉衡行略　虞璇拉泪述

程蕴秀女士事略　秀州周亮亮才

王女士小传　泾县胡怀琛寄尘

谭薮

名闺片羽　闲闲手辑

红芸

潘燕秋

周珍姑

毛玉荷

香山四女

向氏女

碧城馆女史

卖菱女

谐文

武后论　砭史

讨拆白党檄　健月来稿

劝妇女持雷斋启　庄纫秋

戏拟招北里诸姊妹游夜花园启　秋水

小说谈　废物

金瓶梅(附王氏金瓶梅考证)

粤香馆随笔　香山李锦襄绮仙

馥香阁艳屑　沽上徐张蕙如辑

滑稽丛话　吴兴俞佳钿

女士

香艳诗话

香艳联话　胡蕴山

译林

海外艳闻

说部

短篇小说

技勇小说和尚婿

怪异小说比目鱼

怪异小说鞋杯

滑稽小说不可说　懒僧

贞情小说佳名真不愧莺莺

薛振亚女士

贞义小说玉蟾蜍　漱芬女史

官僚风流史

上海孽史

侠义小说黄衫女侠(未完)　雪梦女史

漂布泥(续)　蓬心

诗文词选

闺雅

艳丛

工艺栏

化妆品制法(未完)　吴县李蕙存女史

妇女卫生部

生产须知　陶贞吉女士

传奇

梅花簪(续)

伦敦竹枝词

女界新闻

花丛纪事

女伶月旦

书孝女梅伶绿萼　傲庐

三娥小传　忏厂

刘喜奎之风头如故　秋帆

杨文奎一声雷之双佳　秋帆

一阵风之株累曹邱　秋帆

游戏栏

馥香阁谜屑　沽上徐张蕙如辑

酒令

第十期

1915 年

图画

吕眉生女士最近之小影

养性女学全体最近摄影

谭思蕴女士小影

馥香阁徐张蕙如女士之小影

周淑英女士小影

华吟梅女士之遗画二幅

虞山画史慕恽女士之小影

琴香女史之遗画二幅
古吴痴瘦张廷镶题琴香女史画跋一幅
论说
孔氏三世出妻辨　清谷
新彤史
继室汪孟淑传　嘉兴钱者孙仲英
先妣事略　南沙公羊寿石年
先妣行述　富顺雷昭性铁崖
谭薮
名闺片羽　雪梦女史
严惠勤
秦桐君
娥云女史
沈月华
王翠娥
刘爱珠
谐文
拟中秋节馈月饼启　庄纫秋
戏拟代某校书约曲中姊妹作夜半游启　庄山
拟京师广德楼戏园赵云张飞曹洪一案判语(有序)　庄纫秋
阳货寄孔子馈豚书　松江华吟梅女士
曾点约童冠游莫春书
赋得中年妾似方张窕试帖三首　庄纫秋
粤香馆随笔　香山李锦襄女士
蕙香阁艳屑　沽上徐张蕙如辑
香艳联话　胡蕴山
香艳诗话　庄纫秋
筹安声中之女界
诗文词选
闺雅
艳丛
说部
短篇小说
故事小说红绫砖　芜畤
家庭小说疗妒术
怪异小说虎妻　柳崖
怪异小说赵小姐　懒僧
贞义小说四娘
技勇小说轮影南飞记　肝若
妒杀小说血绣　吕韵清女史
黄衫女侠(续)　雪梦女士
工艺栏
化妆品制法(未完)　吴县李蕙存女史

妇女卫生部
生产须知(续)(完)　陶贞吉女士
伦敦竹枝词(续)
存古
金云门女史遗诗　山阴金礼嬴云门著　吴门文静玉湘霞编
传奇
梅花簪(完)
女界新闻
花丛纪事
女伶月旦　茗水狂生
游戏栏
女儿令酒令
馥香阁谜屑七则　沽上徐张蕙如辑

第十一期

1915 年

图画
潘杏英女士
张心梅女士
沈培英女士
浙路总工程师濮卓云南洋女师范瞿保吉氏结婚摄影
上海光华女校高小第一届毕业摄影
上海光华女校全体摄影
平江吴女士之小影
谢瑞英女士之小影
纫兰女士之小影
论说
古代嫁娶说　余杭章绛太炎
新彤史
王母彭孺人传
名闺片羽　闲闲手辑
陈婉香
黄彩珍
平安
钱可君
孙湘云
庆铃
钱燕秋
谐文
月下老人辞职文　懒僧
游欢乐园记　懒生
戏拟某氏呈惧内会词　韵郎
译林
海外艳闻
谭薮
粤香馆随笔　香山李锦襄绮仙

香艳诗话　庄幼秋

滑稽闺语　来稿

诗文词选

闺雅

艳丛

说部

短篇小说

　周莲芬　徐畹兰女士

　哀情小说宛宛之惨死　嘉兴孙韵楼

官僚风流史　虫天

滑稽小说蜗触蛮三国争地记（未完）　虫天逸史氏撰

技勇小说情天逸史　徐畹兰女士译

情殉　韵清女史

红楼梦发微（绪言　题词）

传奇

晋春秋传奇　看云主人填词

　宛委山人校订

伦敦竹枝词

花丛纪事

女伶月旦

女界新闻

工艺栏

化妆品制法

游戏栏

酒令

灯虎

第十二期

1915 年

图画

阳湖庄幼秋先生四十岁摄影

徐敏先生之摄影

泣红遗影

吴兴女子公学高等小学第四次毕业甲寅下学摄影

章荷亭先生令嗣雪松君邵女士结婚之合影

送别日本大田绿伉俪之图

吴兴赵文淑女士

陈兆元女士及其两弟之合影

谭氏昆仲之合影

上海刺绣学校全体摄影

中国女子体操学校第一次运动会摄影

中国女体操学堂演习谭腿之姿势图二帧

论说

男女同学议　陈子初

女子服饰平议　秋水

新彤史

花丛纪事
处庐谜剩
女界新闻
新旧废物谜屑
游戏栏

妇女鉴

《妇女鉴》,1914年10月10日创刊,在成都出版。月刊。编纂者署畏尘女士,成都大昌公司印刷,妇女鉴杂志社发行。1914年12月终刊,共出三卷。本目全部收录。

第一卷

1914年10月10日

(民国三年十月十日)

插画

畏尘女士

浣璋女士

亚权女士

清芬女士

弁首

小启　津沽佘余焘

题妇女鉴　陈文垣

论说

论妇女之不可无学　佘余焘

论女学校之益　清芬

中国惟一主人翁之惟一任务　德仁

女德篇

故事　雅村

箴言　逸君选

家庭实业

总说　纯玉

第一　养鸡法

家庭杂事

裁缝(未完)(附图)　畏尘

瓶花须知　纯玉

家庭应用算术(未完)　冰心

家庭卫生　清芬

种花法(未完)　畏尘

中馈志(未完)　浣璋

家庭教育(未完)　王曾文

嫁娶风俗记

富顺婚嫁之俗　秋

记事

世界最富之妇人　亚权辑
女从军记者
垲罗夫人
达哥美女兵
女律师
西式新装
妇女改良身量法
女巡查
英国女子参政会之首领
欧美妇女之月旦
二十九国妇女之大会
轶闻　纯玉辑
林肯夫人之俭约
加里波之夫人
华盛顿之母
哈拉冬女杰
小说
家庭小说赧然　纯玉
节义小说丹枫庄(未完)　畏尘
心声
文苑
祭夫吴绍初文　会稽倩香吴施滢
问天诗二首
侣琴诗四首
灵娲诗三首
饮霞诗六首
浣璋词二首
侣琴词一首
报余
妇女职业谭
闽南妇女之职业　薭英辑
嫁娶　淑英
天足歌(仿四季相思调)　阙名
巾帼余谭　秀录
叶碧华夫人词　焘录
蜀媛诗史　秀

第二卷

1914年11月10日
(民国三年十一月十日)

插画
雅村女士肖像
逸君女士肖像
本集著者逸君女士之画
论说
家齐则国强矣　畏尘
一夫一妻之主张　选论
男女教育比较谭　奇硕
女德篇
故事　雅村
家庭教育
女子性情宜于家庭教育　畏尘

儿童观念(选录)
家庭教育(续一卷)(未完)　琼华(一卷误为王曾文)
儿童教则(未完)　纯玉
家庭经济
家庭经济大要(未完)　冰心
家庭簿记　纯玉
家庭实业
养鱼(未完)　秋树
家庭卫生
月经及怀妊时之保养法　雅村
小儿疾病看护法　侣琴
儿童卫生杂事　纯玉
中馈志
鸡之烹调法(续一卷)　浣璋
鸭之作法
鸡鸭卵之作法
家庭应用算术(续一卷)　冰心
家庭适用裁缝法(续一卷)(附图表)　畏尘著
纪载
战争中巴黎之妇女　纯玉辑
美国女教育家丽痕女士
爱立沙白之救父　亚权辑
托尔斯泰之夫人
约海娜之勇敢
巴尔干之妇人　清心辑
费尼隆　漱泉
小说
节义小说丹枫庄(续一卷)　畏尘
孝勇小说孝女叩阍记　奇硕译
新异谈
诊瞽妙药　纯玉辑
使身增长之器
救命电灯
止饥报
世界最大最小之书
纸船
十二小时建成三层楼房
封信机
自动邮信机
心声
文苑
沈夫人乞援书
侣琴诗四首
浣璋诗十一首
问天诗一首
灵娲诗四首
报余
婢女语

第三卷

1914 年 12 月 10 日
（民国三年十二月十日）

插画
廖琼华女士肖像
张纯玉女士肖像
论说
论中国亟宜筹办女子通俗教育会（未完） 德仁
女德篇
故事（节烈） 雅村
家庭卫生
妇女卫生（未完） 琼华
应急治疗法（未完） 纯玉
家庭经济（续二卷） 冰心
家庭簿记 一琴
妇女心理学（未完） 畏尘
家庭实业
实用种桑要法 纯玉
理科丛谈 菊芳
家庭应用算术
加法之实用（续二卷） 冰心
新闻
女子师范学校游艺会记 纯玉辑
比妇致德太后书
女生入剧场禁令
记欧洲战事 畏尘
记日本残辱我国事
纪载
爱情之圣 浣璋
天真烂漫之公主 琼华
美利坚开国时之女英雄 雅村
玛格来脱考蘋 纯玉
哀立沙白毛痕 冰心
露珊诺克斯夫人 侣琴
蒂包拉萨姆逊 问天
西班牙皇后之贤 秋
小说
节义小说丹枫庄（续二卷） 畏尘
烈女魂（录申报） 余生辑
也有今日 德芳来稿
新异谈
水面之人脚踏车 漱泉译
打字机之进步
童子自造之飞行机 纯玉
电话机与肺结核症
蚀钢之虫
涉水电车
助人运动之机械
家用真空制冰机
心声

来往书
张松涛女士来函
覆张女士
正俗杂志主笔来函
覆正俗杂志主笔
一琴女士来函
覆一琴女士
七十叟余生来函
覆余生氏
漱泉女士来函
覆漱泉女士
淑贞女士来函
覆淑贞女士
文苑
郑氏姑媳双节传
吹青女士七绝诗八首
浣璋七绝诗六首
浣璋五律诗二首
浣璋词二首
畏尘七绝诗二首

眉语

《眉语》,1914年11月在上海创刊,月刊,由眉语杂志社编辑,右文社印刷,新学会社发行。俪华馆主高剑华女士任编辑主任。1916年3月停刊,共出十八期。本目全部收录。

第一卷第一号
(1914.11.17)

图画
清白女儿身(封面画)
西方虞姬(调雏图)
西方杨妃(出浴图)
中国美人之闲情(絮语)(待月)(读诗)(斗妆)
灵儿之情态
雪婢之憨态
锦衣夫妇之蜜月旅行
霓裳舞罢
俪华影(许则华先生　高剑华女士)
本杂志编辑诸女士像
　本杂志编辑主任高琴剑华
　编辑员顾纫茝
　编辑员马嗣梅
　编辑员梁桂琴

本杂志襄理诸君
　许啸天
　吴剑鹿
短篇小说
一声去也　许毓华
桃花娘　许啸天
绣鞋儿刚半折　马嗣梅
婉娜小传　高剑华意译
一朝选在君王侧(参辑对山笔记)　梁桂琴
神骗　沈笑荷
怎当他兜的上心来　吴佩华
长篇小说
黑盗(未完)　袁遁斋
流水无情(未完)　(英)培朗密福著　袁若蓉译
文苑
碎锦集
　丽春室诗存:红楼梦人物咏　马嗣梅
美人百咏(未完)　日本晚红园和久光德原辑　中国俪华馆主高剑华重选
东雷庾词
剧本
　怜我怜卿(共五幕)　周梅云
杂纂
摘星楼余墨(未完)　许啸天
倚蓉室野乘　李蕙珠
俪华馆游记　高剑华
鹤啸庐丛话　吴剑鹿

第一卷第二号

(1914.12)

(乙卯正月初十日再版)

图画
人面花光(张般若封面画)
素女图三帧
莺莺燕燕图(度曲二帧)(携手二帧)(赏雪一帧)
鹣鹣鲽鲽图(抚肩)(携手)(笑避)(平视)(娇嗔)(亲颐)
两小无猜图(六帧)
伉俪影
许啸天君高剑华女士新婚旅行摄影(时谒禹陵)
高剑秋君与章缕馨女士新婚摄影
罗漫士君与水沼和江子蜜月旅行摄影(时游神户)
本杂志编撰部诸女士像
　本志主任高剑华女士

梁桂琴女士
柳佩瑜女士
许毓华女士
梁桂珠女士

短篇小说

萧郎　柳佩瑜
爱之墓　餐英室主
于今三年　王蜷庐
同气连枝　梁桂珠
处士魂　高剑华
悔教夫婿觅封侯　冯天真
这相思苦尽甘来　许啸天

长篇小说

黑盗(续第一期)(未完)　袁遁斋
流水无情(续第一期)(未完)　培朗密福著　袁若蓉译
芳草恨(未完)　张军

文苑

碎锦集
瘦秋楼鹃血吟　倪绿华
秋闺杂感　邵慧侬
秋日感怀
有感
立秋
独坐写怀
夜感
悼程女士蕴玉七古一章　朱钱琬
吊蕴秀女士七律八章　尤成徽
拟隐孤山　马嗣梅
无题
贺穆君花烛
落花和韵
陈西溪先生唱和集序　朱冰
曹母王太夫人六十寿序　陈重德
美人百咏(续第一期)　日本晚红园和久光德原辑　中国俪华馆主高剑华重选
瓶笙馆修箫谱(卓女当垆)
剧本
怜我怜卿(未完)　周梅云

杂纂

摘星楼余墨(未完)　许啸天
倚蓉室野乘　李蕙珠
俪华馆游记(三续)①　高剑华
译林拾遗　王玉婵

① 据刊物连续登载，此处疑为再续。

第一卷第三号

(1915.1)

(乙卯三月初十日再版)

图画

玉雪争辉(封面画)

采莲图(三帧)

戏影图(三帧)

郎情(莹窗絮语)(花下盟心)

侬意(香玉投怀)(相敬如宾)

杭州咸萃恒女商家全体撮影

咸萃恒主人高琦女士肖像

本志编撰部诸女士肖像

本志主任高剑华女士

姚淑孟女士

孙青未女士

谢幼韫女士

短篇小说

他生未卜此生休　谢幼韫

怎不回过脸儿来　许啸天

郎欤盗欤　姚淑孟

侬之心(已完)　孙青未

春去儿家　高剑华

难道是昨夜梦中来　剑鹿氏

绮语禅　餐英室主

侠骨柔肠　王玉婵

菩萨心肠　李蕙珠

长篇小说

黑盗(续第二期)　袁遁斋

流水无情(续第二期)(未完)　英国培朗密福著　袁若蓉译

芳草恨(续第二期)(未完)　张军

环佩空归(未完)　谈蝶痕

文苑

碎锦集

湘瑟斋本事诗三十首　朱四

又集小长芦太史风怀诗句四首

和张樾侯鸳鸯枕畔说相思辘轳体原韵　谈梦石

邯郸梦(为王克琴而作也)　如如

丽句题韵并序　群芳楼侍者醉春

美人百咏(续第二期)　日本晚红园和久光德原辑　中国俪华馆主高剑华重选

瓶笙馆修箫谱(樊姬拥髻)　铁云

剧本

怜我怜卿(再续)　周梅云

舞蹈讲义(未完)　马嗣梅
乳娘血弹词(一名西瓜刀)(未完)　弄珠楼主泣红女史原著　集艳阁主人贯一氏阅刊

杂纂

摘星楼余墨(再续)(未完)　许啸天
中国婚嫁礼俗谈　袁若蓉
俪华馆游记(再续)[①]　高剑华
译林拾遗　王玉婵

第一卷第四号

(1915.2)

图画

凭栏寄相思(张般若封面画)
美人睐(三帧)
姻缘暗卜图(六帧)
怜侬(花前溯别)(倚栏平视)
爱我(阶下迎郎)(倚帷餐秀)
女新剧家三十五人合影
陆逸尘女士之画
女画家陆逸尘女士肖像
徐婧女士之字

短篇小说

裸体美人语　高剑华
花落人亡两不知　许啸天
柳姝　剑鹿氏
故宫花　吴佩华
梦里成双觉后单　谈蝶痕
君前泪史　浪布
欧色夫人小传　集艳阁主
女子无才岂是德　朱若侬
一枝红杏出墙来　竺山樵隐

长篇小说

黑盗(续第三期)(未完)　袁遁斋
流水无情(续第三期)(未完)　英国培朗密福著　袁若蓉译
芳草根(续第三期)(完)　张军
环佩空归(续第三期)　谈蝶痕
黄金美人(未完)　于贯一

文苑

碎锦集(选稿)
美人百咏(续第三期)　日本晚红园和久光德原辑　中国俪华馆主高剑华重选

---

① 此处疑为三续。

瓶笙馆修箫谱(酉阳修月)(博望访星)　铁云

剧本

　怜我怜卿(三续)　周梅云

舞蹈讲义(续)(未完)　马嗣梅

杂纂

摘星楼余墨(三续)(未完)　许啸天

中国婚嫁礼俗谈　袁若蓉

俪华馆游记(三续)　高剑华

译林拾遗　王玉婵

第一卷第五号

(1915.3.16)

图画

缥缈仙子(张公威封面画)

水晶帘下看梳头(赵蓝天明信片画)

西洋裸体名画(纵无人见也遮羞)

燕侣影(遥指红楼是妾家)(一钩罗袜在花荫)

爱情画(斯时无计避郎看)(笑扑郎肩教抱牢)

中国女子百面观(乡下妇人)(绍兴嬷嬷)(湖丝阿姐)(女犯人)

曹志新女士诊病图

褚铁华女士就诊图

短篇小说

才子佳人信有之　柳佩瑜

郎之血　钮芸珍

他　吴佩华

侬胡薄命　张庆珍

此恨绵绵无尽期　许啸天

玉人儿何处也　剑鹿氏

爱国鸳鸯　范钟瑛

别时容易见时难　梅夫

长篇小说

摄魂花(未完)　兆初

环佩空归(续第四号)(未完)　谈蝶痕

黄金美人(续)(未完)　于贯一

侬去矣(未完)　绮虹

文苑

碎锦集(选稿)

美人百咏(续)(未完)　高剑华辑

百花弹词(完)　钱怒白

杂纂

摘星楼余墨(四续)(本节已

完）　许啸天
中国婚嫁礼俗谈（续）　袁若蓉
俪华馆游记（四续）　高剑华
译林拾遗　王玉婵

第一卷第六号

（1915.4.14）

图画

兰汤浴倦图（张公威封面画）
西方美人（拈花微笑图）
东方美人（含情拥髻图）
爱情画（花前泣别图四帧）
燕侣影（宛在水中央）（凭肩私语时）
中国女子百面观（五）（六）（七）（八）
杭州女子成绩品发行所女商人撮影

短篇小说

水晶帘下看梳头　姚缉荞
木兰原是女儿身　张庆珍
前度刘郎　许啸天
合浦珠还　王衡　李玄
红冰忏语　朱曼沙
如意花　李穆天
京江女子　寄藕轩
妾命薄　章蕙纫
郎来矣　吴绮英

长篇小说

摄魂花（续）（未完）　兆初
环佩空归（未完）　谈蝶痕
黄金美人（续）（未完）　于贯一
侬去矣（续）（完）　绮虹

文苑

碎锦集（选稿）
读红楼梦图记等　薛咏絮等
念八翻传奇　阳羡红友山农万树编次　姚江药庵居士吕洪烈题评
婉转词　许啸天辑

杂纂

摘星楼余墨（未完）　许啸天
走马看花录（未完）　许啸天辑
俪华馆游记　高剑华
译林拾遗　王玉婵

第一卷第七号

（1915.5）

图画

望郎归(封面画)
半羞半喜图(中国爱情画)
西洋爱情名画(倚怀索笑)(银盒定情)
西洋裸体名画(无赖灯光无赖镜)(痴心欲掉画图看)
燕侣影(危楼倚玉)(花荫私语)
中国女子百面观(九)福州乡女(十)安徽乡女
短篇小说
大可怜　许啸天
刘郎胜阮郎　高剑华
箱笼闲煞嫁衣裳　李嵛英
想他　石铭
剩个凄凉我　璺石(目录页署蝶痕)
雌雄蝎　玉婵
不堪回首　张庆珍
贤伉俪　章蕙纫
长篇小说
摄魂花(续)(完)　兆初
环佩空归(续)　谈蝶痕
黄金美人(续)(未完)　贯一
文苑
碎锦集(选稿)
念八翻传奇
婉转词　许啸天辑
杂纂
爱春花馆笔记　章蕙纫
走马看花录(续)　许啸天辑
香闺食谱　吴素娟
译林拾遗　玉婵

第一卷第八号

(1915.6)

图画
迎风玉立(但望旦五彩封面画)
美术画(半窥半避图)
爱情画(月下并肩图)
金粉胭脂(南妓陈月华小像)(房待大小姐、名妓花秀珍合影)(北妓耐冬小像)
美人摄影(美人肩)(美人目)
中国女子百面观(十一)保姆(十二)男装女子(十三)时装女子
短篇小说
镜中爱宠　吴佩华
此际如何不泪垂　金菊秋
破镜重圆　李嵛英
遗帕　钮芸珍

笑扑郎肩教抱牢　张庆珍
太真还魂记　邹爱群
哥哥　冯天真
海天鸳侣　李穆天
倩女离魂　剑毫

长篇小说

风姨(上)　兆初
环佩空归(续)(未完)　谈蝶痕
黄金美人(续)(未完)　贯一

文苑

碎锦集(选稿)
念八翻传奇
婉转词　许啸天辑

杂纂

江上倚栏录　感菊
走马看花录(续)　许啸天辑
栖云戏墨　徐张蕙如述
译林拾遗　玉婵

第一卷第九号

(1915.7)

图画

佳人进果(但望旦五彩封面画)
扑朔迷离图
燕侣图(凭栏絮语)
兰闺调笑图
美人颐
美人颈
爱情画(楼头乍遇)(花下静对)
中国女子百面观(妓)(贫妇)(稳婆)(闺秀)(太太)(女伶)

短篇小说

红粉飘零记　许啸天
绣鞋埋愁录　高剑华
美人梦　雪奴
五见缘　侍仙
第一夜　吴绮英
娇啼(原名 The Call)　泊生、天放合译
薄命怜侬甘作妾　一厂
团情团思醉韶光　静江天放
沉珠　任淑云
不了情　钟瑛

长篇小说

风姨(续)(中)　兆初
环佩空归(续)(未完)　谈蝶痕
黄金美人(续)(未完)　贯一

文苑

碎锦集(选稿)

念八翻传奇

婉转词　许啸天辑

杂纂

摘星楼余墨(续第五号)(未完)　许啸天

走马看花录(续)　许啸天辑

栖云戏墨　徐张蕙如述

第一卷第十号

(1915.8.11)

图画

人面花光相映红(但望旦五彩封面画)

写生名画图(女学生)(船婆)(女伶)(乡妇)

春江集艳图(最近名妓十八人肖像)

爱情画(簪花寄爱)

美人唇

美人发

裸体名画(三帙)

短篇小说

婉转蛾眉马前死　许啸天

蝶影　高剑华

杜鹃声　一厂

爱国欤爱妻欤　吴佩华

孤儿泪　冰心

落花有意　蓬厂

拣茶女　南溟

珀钏女儿　徐张蕙如

众香国　绮缘

一度恩怜胜旧时　一蝉

长篇小说

风姨(续)(下)　兆初

环佩空归(续)(完)　谈蝶痕

黄金美人(续)(完)　贯一

情素(未完)　冯天真

文苑

碎锦集(选稿)

念八翻传奇

慈悲十种曲　淄川蒲留仙遗著

一诚斋谜剩(未完)　上虞许传霈遗著　男啸天恭辑

杂纂

走马看花录(续)　许啸天辑

栖云戏墨　徐张蕙如述

天真漫录　冯太戆

第一卷第十一号

(1915.9)

图画

惜花春起早(但望旦封面画)
美人闲(文窗静处一凝眸)
美人慵(云髻半偏星眼润)
红粉骷髅
世界之花(欧美中西各国名妓小像十四帧)
裸体名画(兰汤莫遣湿双莲)(举体清凉玉水温)
眉语之友(徐张蕙如女士倩影)(麦瑞英女士倩影)
短篇小说
翠儿　钮芸珍
洗炭桥　徐张蕙如
深院何人弄碧箫　壘石
不是良缘是恶缘　一蝉
哽咽声　瘦绿生
剑光花影　瘽仙
透骨相思　龙惠
长篇小说
青灯红泪录(未完)　灵仙
青衫红泪录(未完)　萧山许仅夫一厂著　傅炼卿女士校
情素(续)(未完)　冯天真
文苑
碎锦集
　慕园悼亡百绝句乙未九月至丙申正月　许传霈先生遗著　男许啸天恭录
念八翻传奇
慈悲十种曲(续)(完)　淄川蒲留仙遗著
一诚斋谜剩(未完)　上虞许传霈遗著　男许啸天恭辑
杂纂
天真漫录　冯太戆
走马看花录(续)　许啸天辑
栖云戏墨(完)　徐张蕙如述

第一卷第十二号

(1915.10.9)

图画
红窗闲倚(但望旦封面画)
西洋美人名画(玉池清水白莲花)
近时美人名画(持将灯影照郎归)
爱情名画(口脂羞度)(吐兰倚玉)(花下戏侬)
裸体名画(解裙量度小腰围)(罗衣才褪被郎窥)
中国各省名妓合影
玉泉山人山水画幅
短篇小说

兰槎泛艳记　许啸天
裙带封诰　高剑华
郎情如水　柳佩瑜
有情者胜　钮芸珍
玉环泪史　东亚我爱生
韩牛　蕙如
断肠声　妙香口述　灵仙笔裁

长篇小说

青灯红泪录(续)(完)
青衫红泪录(续)(未完)　萧山许仅夫一厂著　傅炼卿女士校
情素(续)(未完)　冯天真

文苑

碎锦集
　佩韦斋外集　武原朱绣山先生遗稿
　静远轩赋屑　徐幽客述
念八翻传奇
一诚斋谜剩(未完)　上虞许传霈遗著　男许啸天恭辑

杂纂

天真漫录　太戆
平康艳话　一厂
粉墨丛谈(未完)(附啸天新剧谈)　竞夫

第十三号

(1915.11.7)

图画

拈花微笑(珂罗版封面画)
神仙眷属
吴道子画天地交泰图
仇十洲画汉宫秋月图
红巾偷递图
万千欢爱图(三帙)
伉俪影(二帙)

短篇小说

姻缘误　炼卿
毋忘此一夕话　范鸱裔
哭夫忆语　未亡人
素影　寄沧
白兰氏奇案　慎初
长恨君别传　忧患余生
郎不侬妻　雪芳
还魂盆　陈仲澄

长篇小说

梅雪争春记　高剑华著
青衫红泪录(续)　萧山许仅夫一厂著　傅炼卿女士校
邯郸道(未完)　竟父

文苑

碎锦集(选稿)

爱吾庐诗钟　婉卿女士
一诚斋谜剩（未完）　上虞许传霈遗著　男许啸天恭辑

杂纂

天真漫录　太戆
馥香阁志艳　徐张蕙如辑
幽客杂纂　徐敏
平康艳话（续）（未完）　一厂
粉墨丛谈（未完）　竞父

第十四号

（1915.12.7）

图画

回头却顾兰汤笑（珂罗版封面画）
中国名画（元人朱德润画仙女乘风图）（明人仇丨洲画西厢记闹斋图）
西洋名画（猫之醋意）（避灾）
裸体名画（挽不断的情丝还比我腰儿软）
汉妓琴仙之影
苏妓雅云之影
爱情名画（抚艳）（含玉）（餐秀）
中国女子百面观（万里长城外之云髻）

短篇小说

侍儿忏情记　许啸天
卖解女儿　高剑华女士著
劫后鸳鸯　吟蕤女士（目录页题炼卿）
百年缘　无名
子规声　王瘦桐
帐底鸳鸯　梅倩女史
好姻缘　灵仙
夜阑人语　魂磦
天长地久　王瘦桐

长篇小说

梅雪争春记（续）（未完）　高剑华著
情素（续）　冯天真
邯郸道（续）（未完）　竞父

文苑

碎锦集
　欧游讴　严修
墙头记（未完）
一诚斋谜剩（续）（未完）　上虞许传霈遗著　男啸天恭辑

杂纂

天真漫录　太戆
艳影香痕录　徐张蕙如
平康艳话（续）（未完）　一厂

粉墨丛谈(续)(未完)　竞父
滑稽日记(完)　心父

第十五号
(1916.1.5)

图画

支颐沉思图(宗琬封面画)
中国名画(仇十洲画西厢递柬图)
西洋名画(半截美人)(灯下舞蹈)
爱情名画(溜冰图)
南来燕(洪文兰陈文兰之影)
东洋第一美人第一幻术家天胜娘肖像
莺飞燕舞图(天胜娘及其女徒在台上摄影)

短篇小说

印度女郎杀虎记　梅倩女史
碧血鸳鸯　明道
我之末日　二冬
秋扇悲　颜五郎
志士凄凉闲处老　梅倩
三人冢　或厂
剩有红豆惹相思　悔初生
余之姨　魂磲
华发泪　王瘦桐
可怜无定河边骨　侠儿

长篇小说

梅雪争春记(续)(未完)　高剑华著
青衫红泪录(续)(未完)　萧山许仅夫一厂著　傅炼卿女士校
邯郸道(续)(完)　竞父
情素　冯天真著

文苑

碎锦集(选稿)
墙头记(续)(未完)

杂纂

玉钩艳话(未完)　许啸天辑
梦余轩漫录　孤帆
平康艳话(续)(未完)　一厂
粉墨丛谈(续)(未完)　竞父
滑稽林(滑稽日记第二种)　心父

第十六号
(1916.2)

图画

玉砌迎凉图(封面画)
宋杨斐阿弥陀佛名画

宋陈居中曹大家晨省舅姑名画
西美人慵起图
东美人闲伫图
深欢密怨图
裸体名画(临风竞艳图)
名妓筱青楼倩影
名妓桂第倩影
怪胎图

短篇小说

烟波埋愁录　钮芸珍
红礁相思记　虬禅
还我美人心　吴佩华
郎心妾心　吴门顾侠儿著　梅倩女史评
雪红惨劫　苕溪卞韫玉女史著　幻影潘森润校
故宫恨(希腊野史之一)　侠儿
丽娘惨史　徐张蕙如
倩女魂　悔初生

长篇小说

梅雪争春记(续)(未完)　高剑华著
青衫红泪录(续)　萧山许仅夫一厂著　傅炼卿女士校
海天情梦(未完)　颜五郎
情素(未完)　冯天真著

文苑

碎锦集
　辽东集(藏斋集之一)　天津赵礼元幼梅
梅喜缘传奇(上卷)　阳湖陈潜翁填词

杂纂

玉钩艳话(续)(未完)　许啸天辑
馥香阁杂缀　章武徐张蕙如辑
天真漫录　太戆
滑稽林(续)(滑稽日记第三种)　心父
粉墨丛谈(续)　竞父
平康艳话(续)　一厂

第十七号
(1916.3)

图画

停针忆远人(封面画)
香妃消夏图(郎世宁名画)
眉语之友(文绮楼主人倩影)(金素以女士倩影)
西洋美人名画(红豆相思图)

裸体名画(二帧)
撒胆风流图(二帧)
冶叶阿三小影
名妓盛月娥小影
名妓好好小影
短篇小说
剑底销魂记　许啸天
幽欢密恨录　钮芸珍
错认桃源　一厂
绿惨红愁　浣花、梅痕合著
灯前琐话　许情雏
兰闺絮语　太戆
嫁后之光阴(参观十四期天长地久)　瘦桐
迷信小史　一螺
沙场英雄谭　吴门梅倩女史译　顾侠儿润辞
惨声　苕溪潘幻影
长篇小说
梅雪争春记(续)(未完)　高剑华著
青衫红泪录(续)(未完)　萧山许仅夫一厂著　傅炼卿女士校
海天情梦(续)(未完)　颜五郎
情素(续)　冯天真著
文苑
碎锦集(选稿)
梅喜缘传奇(下卷)　阳湖陈烺潜翁填词
杂纂
玉钩艳话(续)(完)　许啸天辑
滑稽林(续)(滑稽日记第四种)　心父
麟凤龟龙录　徐张蕙如辑
粉墨丛谈　竞父
平康艳话(续)　一厂

第十八号
(1916.4)

图画
惊鸿一瞥(封面画)
伏女传经图(黄旭初古画)
女新剧家林如心李痴佛倩影
美洲红种人之女儿
美国土人之新妇
裸体名画(一帧)
爱情名画(少妇之爱)(处女之爱)
国色天香图(陈淑真女史名画)

短篇小说

秋水鸳盟记　许啸天

枪声筝韵录　吴佩华

恨不相逢未嫁时　钮芸珍

化形姻缘　心父

太多情　蝶狂

法兰西爱国儿女记　侠儿

永别　苕溪潘幻影

残花啼鹃录　王瘦桐著

相思债　桐荫

长篇小说

梅雪争春记(续)(未完)　高剑华著

情素(续)　冯天真著

文苑

碎锦集(选稿)

桂枝香传奇　无名

绝妙好词选　章缕馨女士选

杂纂

画眉余沈(未完)　许啸天

馥香阁琐记　徐张蕙如著

谐林　幽客

脂粉艳话　虬禅

香闺游戏谱　茜霞女士辑

眉语宣言

花前扑蝶宜于春,槛畔招凉宜于夏,依帷望月宜于秋,围炉品茗宜于冬。璇闺姊妹以职业之暇,聚钗光鬓影能及时行乐者,亦解人也。然而踏青纳凉赏月话雪,寂寂相对,是亦不可以无伴。本社乃集多数才媛,辑此杂志,而以许啸天君夫人高剑华女士主笔政。锦心绣口,句香意雅,虽曰游戏文章、荒唐演述,然谲谏微讽,潜移默化于消闲之余,亦未始无感化之功也。每当月子弯时,是本杂志诞生之期,爰名之曰《眉语》,亦雅人韵士花前月下之良伴也。质之囚鸾篑凤之可怜虫,以谓何如?质诸莺嗔燕咤之女志士,又以谓何如?尚祈明眼人有以教之,幸甚幸甚!此布。

女子世界

《女子世界》,1914 年 12 月在上海创刊,月刊,天虚我生(陈

栩)编辑(第五期起由天虚我生、醉蝶同编),中华图书馆发行。1915年7月停刊,共出六期。本目全部收录。

第一期

1914年12月10日

(民国三年十二月十日)

女子世界弁言 东园

图画

英国大诗人摆伦小影

摆伦之二情人小影(堪昔洼利伯爵夫人戴丽萨 Teresa,Countess Guiccioli 及加绿玲兰姆夫人 Caroline Lamb)

上海竞雄女学全体摄影

英公主玛丽小影四帧

四岁时之公主玛丽

公主玛丽及其爱犬

公主玛丽及其自由车

公主玛丽及其兄弟(威尔士亲王、阿尔白脱、亨利、乔治)

青浦在明女学校

美女士海娜之飞行摄影

著飞行记之海州女士

齐柏林飞艇

齐柏林厂中之飞艇储藏室

闺秀书画九帧

松江张宗英女士书

北平吴鸿祓青浦蒋伴石上海谭奇珍三女士画

梁溪华艾姝临王丽台山水四帧

投稿女士小影六帧

女画家蒋伴石

女画家谭奇珍

女学士汪彤

女诗人江素琼

女诗人温倩华

十二龄能诗女子陈翠娜

北洋女子师范学校全体摄影

中兴女学校哑铃体操式

上海三育女学校跳舞队

文选

玉台新集骈俪文

拟重修桃花夫人庙碑 会稽孙庆曾遂先

柳如是妆镜赋 仁和胡以庄书农

宝娘墓铭 番禺潘飞声兰史

袁柔吉女士湘痕阁诗选序

甘泉李肇增冰叔

媨婳封传奇序　长沙王先谦益吾

黄治原服香馆记事序　甘泉李肇增冰叔

菊花会摄影小序　歙县吴承烜东园

戊申花选序　泉塘陈栩蝶仙

扬芬集传记文

郑烈女传　朱点衣

刘烈女传　王士桢

黎孝女传　邓淳

贞女单氏碑阴记　王在宣

先姊吏香传　李尚暲

散花集闺秀文选

拟鲍明远芜城赋　吴县吴茝佩纕

眉匠赋(昔人命画眉小刷曰眉匠因为之赋)　长洲曹贞秀墨琴

清河双贞传(并赞)　吴县吴茝佩纕

祭先君子文　沪渎李媞吏香

与侯佩琛谱妹论诗小简　华亭华兆英吟梅

锦霞阁诗集序　桐城胡德彝兰芬

自书花蕊夫人宫词百首题辞(二则)　长洲曹贞秀墨琴

跋自书蜀花蕊夫人宫词(八则选五)

解颐集滑稽文

香姨传　率公

妮织娘传　率公

戏拟孟光诉冤状　率公

芙蓉仙子传　剑秋

译著

帝女艳话(英国公主玛丽之轶事)　瘦鹃译

情场之拿破仑(英国大诗人摆伦之情史)　瘦鹃

妇女与战争(Woman and War)　(英)Olive Schreiner 著　东野译

道落雪哀之妇女教育谭　(法)式登 W. S. Satton 著　可可、梅郎译

海外奇谈

书函之秘密　匡予

美国女界之急公好义　蕙云

谭藻

欧美才媛小史　蕙云
法国女著作家盎瑟尔蔓茵
英国女诗人斐荔度洛赛希孟
德国王妃苏斐亚
美国总统威尔逊夫人爱克生
美国女诗人维尼佛洛德司脱娜
美洲妇女之装饰　香草
女岛　秋梦
云岛漫录七则　云岛
邹问蘧轶事　善之
笔记
美女士海娜 Hanna Rion Ver Beck 之飞行记(未完)　常觉、小蝶译
海外奇谈
折枝花之供养法　钝根
女飞行家　钝根
诗话
闺秀诗话(八则)　嬾云楼主　晨风阁主
香奁诗话(五则)(未完)　醉灵轩主
诗词曲选
名媛集
诗选
惜春曲　吴县顾影怜眉香
湖楼曲　吴县顾影怜眉香
春阴曲　吴县顾影怜眉香
短歌寄慨(二首)　淝上阚寿坤德娴
痴　钱塘许之雯修梅
情　钱塘许之雯修梅
秋感　钱塘许之雯修梅
读黄谷香女史春闺别感诗戏仿其体率成五律　金匮杨韫辉静贞
悼亡(集唐)　金匮杨韫辉静贞
春夜　新安戴似烜红贞
春阴　新安戴似烜红贞
由沪至广陵江行即景　新安戴似烜红贞
金陵怀古　新安戴似烜红贞
惜春　新安戴似烜红贞
自嘲　仁和汪咏霞鹣影
题锦霞阁吟草　仁和汪咏霞鹣影

首中有偷进风帘看挽头之句阿母谓其憨态犹昨命作诗责之戏用其句却寄　钱塘陈璻翠娜

词选

虞美人　仁和朱恕懒云

浣溪沙　仁和朱恕懒云

念奴娇　仁和朱恕懒云

浪淘沙　钱塘许之雯修梅

忆萝月　钱塘许之雯修梅

浣溪沙　钱塘许之雯修梅

虞美人　仁和赵我佩君兰

清平乐　仁和赵我佩君兰

江城梅花引　仁和赵我佩君兰

忆秦娥　淝上阚寿坤德娴

点绛唇　淝上阚寿坤德娴

摸鱼子（次黄鹤楼题壁韵）　丹徒包兰瑛者香

泛清波摘遍（月夜泛湖）　丹徒包兰瑛者香

虞美人（夜坐偶成）　丹徒包兰瑛者香

一剪梅（桐江道中用竹山体）　丹徒包兰瑛者香

散花天（即景偶成）　丹徒包兰瑛者香

浪淘沙（病起偶成）　毗陵庄盘珠莲佩

曲选

南越调（题寒闺病趣图）　仁和吴藻蘋香

香奁集

诗选

春睡曲　张京度

无题二首　徐燮亭

拟塞上凯歌二首

永乐宫词　王壬秋

春闺（限溪西啼鸡齐韵并用二三四五六七八九十万千百两丈尺双半等字）　何问山

香闺杂咏　蕉云馆主

词选

东坡引（冬日闺情）　东园

梅花引(感旧)

海棠春　东园

三字令

木兰花

菩萨蛮(集竹垞句)　雪亮

鹧鸪天(梅影)　问山

浣溪沙　澹庐

花心动(寄拟碧楼姊妹)

梦江南(美人六咏和许瘦蝶)

洞仙歌(四首)　天虚我生

曲选

南双角　蝶仙

说部

言情小说他之小史(未完)　湫馨女士口述　天虚我生戏译

警世小说十年一梦(一名妾之遭际)　湘筠述　指严著

哀情小说恋者帝　吴门瘦鹃译

滑稽小说胡礼氏之笑史　栩园造意　小蝶戏编

侠情小说玛珀奇缘　醉灵

写情小说怪指环(A Mysterious Wedding Ring)(未完)　(美)乔治雪儿暾夫人 Mrs. Georgie Sheldon 著　常觉、小蝶译

弹词

潇湘影弹词(未完)　天虚我生著　影怜女士评

传奇

落花梦传奇(未完)　钱塘陈蝶仙谱　仁和华痴石评

音乐

中西乐律同源考(未完)　天虚我生

补红词谱　天虚我生

中外乐器通谱

葩经乐谱(鸡鸣三章)

琴谱

瑟谱

埙篪排箫谱

箫谐管谱

笛谱笙谱

西乐谱

海外奇谈

强接一吻监禁三十年　匡予

一百三十岁之寿妇　蕙云

理想之乐器　栩园

工艺

裁缝之敌(未完)　嬾蝶

新食谱(六则)　葛痴

化妆品制造库(未完)　天虚我生

家庭

有婴儿之家庭必读(译本年本月美国 Woman's Home Companion) 东野译
家庭琐事录(未完) 匡予译
欧美之家庭 香草
闺阁中之五供养 蝶仙

美术

缘绾美术讲义(未完) 栩

卫生

医话
妇孺卫生一夕话(未完) 丁福保
饮食卫生 匡予

第二期

1918年8月5日
(民国七年八月五日再版)

图画

德意志未来之皇后太子妃茜雪丽(Princess Cecilie, The Future Empress of Germany)
茜雪丽之夫长太子及其长子(The Crown Prince and His Eldest Son)
太子妃茜雪丽及其子(Crown Princess and Her Son)
茜雪丽及其夫与二子小影(Princess Cecilie with Her Husband and Two Older Children)
铁血王后(Queen Louise of Prussia, The Grand Mother of Kaiser Wilhelm Ⅱ)
美女士海娜于飞行时摄影之一
海娜女士飞行时摄影之二
法国女英雄琼英达克戎装小影(Joan of Arc. The Heroine of France)
琼英达克得见马甲雷克脱林天神之图
吴芝瑛夫人小影
吴芝瑛夫人之长公子及其冢媳黄雪兰女士小影
汪咏霞女士小影
吴蕙云女士小影
朱嬾云女士及其十三龄之女翠娜
华瑾女士
薛亦昭女士之绣画
华瑾女士之绣画
梁溪华艾姝女士山水画册(四帧)

文选

金缕曲(题葬花图) 红树

虞美人(闵行舟中) 红树

醉高歌(清闺四咏和韵) 东园

更漏子(秋夜用王碧山韵) 东园

醉落魄(秋晓用王碧山韵) 东园

踏莎行(秋声用王碧山韵) 东园

淡黄柳(秋思用王碧山韵) 东园

沁园春(美人发) 实甫

沁园春(美人口) 实甫

齐天乐(题玉雪留痕次林琴南韵) 天虚我生

一萼红 瘦梅

浣溪沙(有赠) 瘦梅

曲选

南正宫 天虚我生

锦缠道 天虚我生

朱奴剔银灯 天虚我生

雁过声 天虚我生

小桃红 天虚我生

说部

家庭小说好女儿(The Pet Beauty) (美)楷露灵女士(Caroline Lee Esntz)著 野东译

家庭小说妻之罪 瘦鹃

滑稽小说魔毯 (英)Brinsley Moore 著 太常、仙蝶译

写情小说怪指环(A Mysterious Wedding Ring)(续) (美)乔治雪儿瞰夫人著 常觉、小蝶译

历史小说琼英别传(未完) 小蝶

写情小说他之小史(续) 湫馨女士口述 天虚我生戏译

弹词

潇湘影弹词(续) 天虚我生著 影怜女士评

杂俎

编辑余闲录 天虚我生

传奇

落花梦传奇(续) 钱塘陈蝶仙谱 仁和华痴石评

杂俎

蕉轩杂译 匡予

音乐

中西乐律同源考(续) 天虚

我生

杂俎:题词随录

东园师为女子世界征文赋此寄题　碧珠女士

女子世界题词　蘋香女士

题女子世界　碧霞女士

题钝根蝶仙新编女子世界应东园之征　琴仙女士

中外乐器通谱　栩园

工艺

裁缝之敌(续)　嬾蝶

化妆品制造库(续)　天虚我生

美伊琳女士新食谱　匡予

家庭

初为人母之指南针(未完)　瘦鹃

家庭琐事录(续)　匡予译

美术

绦缩美术讲义(续)　蘧

卫生

妇孺卫生一夕话(续)　丁福保

婴儿卫生　香草译

杂俎:题词随录

联珠十二章(未完)　东园

好女儿词一阕　瘦蝶

第三期

1915年3月5日

(民国四年三月五日)

图画

世界第一女子大运动家麦丽麦文德之种种摄影十六帧

西班牙公主纽兰梨俄宫之游摄影六帧

纽兰梨小影

俄皇尼古拉第二

俄后

俄皇后之小公主

三公主

冬宫

投稿女士小影七帧

金仲英女士

朱稚英女士

俞玉霞女士

李曙支女士

吕韵清女士

刘玉如女士

王蕴文女士

女美术家投稿

任丽芬女士绘散花天女图

张丹初女士绘

刘玉如女士绘

华艾姝女士画册
金璇锦女士绘
文选
玉台新集骈散文
款冬园灯榭雅聚诗序　歙县吴承烜东园
重修慈元庙碑　番禺潘飞声兰史
拟庾子山春赋　歙县吴承烜东园
吟香室诗跋　阳湖冯光適
红蕉集序　梁溪邹漪流绮
红豆词弁言　南海叶芬少云
怨女诗序　曾其萱独鹤
拟王嫱上汉元帝书　嘉禾陈拔匡恨人
扬芬集传记文
郭烈妇传　大兴方履钱彦闻
为蔡孝妇请褒扬书　盐城陈琴仙友瑟女士
陈孝女传　吴县李然曙支
张贞女传　杭县汪彤静姝女士
张贞女诔　杭县杜昭贤女士
李节妇传　青浦朱家翔是龙
散花集闺秀文
拟徐孝穆玉台新咏序　武进朱稚英亦梅
与徐丸如并致陈灵箫高湘筠褚梅婷计小娥夫人书　沪渎赵菜仪姑
新岁兰闺小宴序　珠溪陈树轩素仙
哀徐君新华文　梁溪张肇铭丹初
二十五声秋点长赋(以题为韵)　岭南王翔蕴文
约诸姊妹邓尉观梅启　吴县王素梅静贞
秋兰赋　淝上阚寿坤德娴
与廉南湖书　桐城金淑孟仲英
解颐集
世界女子传　率公
汤夫人传　率公
红闺轶史四篇　瘦蝶
邹雅珠小传(约指)
束美玉小传(袜胸)
双飞燕小传(鞋)
方素娟小传(帕)

戏拟东施答西施书　东园
杂俎:题词随录
联珠十二章(续)　东园
译著
“危险之新妇”The Bride of Danger(世界第一女子大运动家法兰西麦丽麦文德女士)　瘦鹃译
谭薮
怀兰室丛话　瘦鹃
贞仙
巴黎缝衣妇
慈善家南丁格尔
春愁曲
蕉轩随笔　匡予
顾和知
吴绛雪
石珊媛
鸳鸯冢
墓志铭
顾横波
弄脂余沈　剑秋
难妇
周明瑛
天韵楼札记　瑞兰
笔记
西班牙公主纽兰梨(Eulalia)欧洲各国宫闱记略(未完)　常觉、小蝶译
杂俎
两部鼓吹轩九秋词　长沙孔惠昭孚心
诗话
闺秀诗话　嬾云、香草
香奁诗话　栩园、蕉轩
曲栏闲话　栩园
杂俎
蕉轩杂译　匡予
美人之发
高卢烈妇
诗词曲选
名媛集
诗选
春闺　海门黄逸尘雪兰
夏闺　黄逸尘
秋闺　黄逸尘
冬闺　黄逸尘
梅花二首　黄逸尘
水仙花和韵　石门吕逸韵清
冬日装锦苦无对手盘旋一室形似磨驴作此自解　石门吕逸韵清
寒夜著书狸奴卧案阻之

感而有作　石门吕逸韵清
代简寄韩靖盦先生　石门吕逸韵清
题并肩顾影图　石门吕逸韵清
落花　兰陵俞玉霞
秋感　兰陵俞玉霞
夏日偶成　兰陵俞玉霞
秋九感怀　兰陵俞玉霞
看月寄林锷风女士　金城刘岑坚香
秋日哈同园有感　金城刘岑坚香
避夏　金城刘岑坚香
秋夜　金城刘岑坚香
田居　金城刘岑坚香
和凤仙女史韵　钱塘汪咏霞鹣影
夏夜雨后　钱塘汪咏霞鹣影
悼韵仙二姊　钱塘汪咏霞鹣影
口占　钱塘汪咏霞鹣影
题吴紫英夫人芝瑛西湖小万柳堂次汪咏霞世姊韵　丹徒包兰瑛者香
秋日闲眺　锡山江莹素琼
秋宵即景　锡山江莹素琼
春柳　锡山江莹素琼
冬闺　锡山江莹素琼
明妃村吊古　盐城陈琴仙友瑟
赋梅　盐城陈琴仙友瑟
断肠词　南昌许贞卿
春夜(和戴红贞女士韵)　吴县王梅素静贞
春阴(和戴红贞女士韵)　吴县王梅素静贞
题林黛玉焚诗图二律　吴县王梅素静贞
和倩华如姊四首　钱塘陈璻翠娜
春闺　钱塘陈璻翠娜
初夏　钱塘陈璻翠娜
秋思　钱塘陈璻翠娜
戏赠二首　钱塘陈璻翠娜
拟夏日闺情　钱塘陈璻翠娜
春晓　钱塘陈璻翠娜
湖上　钱塘陈璻翠娜
梦中得阳关吹断岭南春

句因足成之　沪渎钮玲华珊蓉
雨夜忆家　沪渎钮玲华珊蓉
词选
苏幕遮　仁和赵我佩君兰
浣溪沙　仁和赵我佩君兰
摸鱼儿（秋夜）　淝上阚寿坤德娴
浣溪沙　淝上阚寿坤德娴
又一体　淝上阚寿坤德娴
高阳台（吴倚云夫人婉桃绿吟草题词）　沪渎赵棻仪姞
祝英台近（徐藕香夫人延照遗稿戴铜士属题）　沪渎赵棻仪姞
南歌子　旌德吕湘惠如
鹧鸪天　旌德吕湘惠如
浣溪沙　旌德吕湘惠如
菩萨蛮（春晴）　锡山孙啸秋
醉花阴（秋感）　锡山孙啸秋
一剪梅（闺思）　锡山孙啸秋
高阳台（题陈蝶仙先生芙蓉影说部）　歙县鲍蘋香秋白
沁园春（题天虚我生花木兰传奇）　歙县吴绛珠蕊先
调寄酒泉子十忆词（用潘逍遥体）　吴县王梅素静贞
曲选
南仙吕入双调（中秋对月遣怀）　东海刘古香韵清
南仙吕秣陵秋（用西堂韵）　歙县吴蕊先绛珠
香奁集
诗选
灯词（壬辰旧作）　天虚我生
怨女诗有序（另刊入文选）　蜀鹤
赠歌者梁玉莲　潘兰史
半塘词　张荫民
寄穗城乔寓者（步原韵）　张荫民
四春小咏　吴东园
谁家　小蝶
词选
小重山　徐仲可

踏莎行　徐仲可

阮郎归　徐仲可

喝火令(别后寄阿莲)　吴眉孙

浪淘沙(嵩山道偕月子步月夜归)　潘兰史

清平乐(寄月子)　潘兰史

青玉案(寄眉子)　潘兰史

玉麒麟慢　陈蝶仙

曲选

南越调(题香艳丛话)　魏春影

说部

爱情小说美人与国家　太常、仙蝶

言情小说秋窗夜啸　清韵女史吕逸

哀情小说埋愁冢(未完)　咏霞女士

社会小说千金敌　瘦鹃

历史小说琼英别传(续)　小蝶

写情小说怪指环(续)　(美)乔治雪儿暾夫人著　常觉、小蝶译

写情小说他之小史(续)　湫馨女士口述　天虚我生戏译

杂俎

家庭琐事录　蕉轩

弹词

潇湘影弹词(续)　天虚我生著　影怜女士评

杂俎

亚庐随录　三圭

笺扇去油法

虎眼生光

作画设色法

传奇

白团扇杂剧(并题词)(未完)　东篱词客

音乐

中西乐律同源考(续)　天虚我生

工艺

化妆品制造库(续)　匡予

制造食品之又一种　庆云

新食谱　葛痴

裁缝之敌(续)　嬾蝶

家庭

家庭教育浅言　奉贤张朱翰芬女士

自由之评论　丹徒李幼沅女士

结婚之利害观　上海丁福保医士

杂俎

蕉轩杂译　匡予

乐圣皮德文传

美术

绦绾美术讲义(续)　蘧

卫生

婴儿卫生:论小儿惊风症(译美国 Magazine for Women)　东野译

第四期

1915 年 4 月 10 日

(民国四年四月十日)

图画

王后冒特及太子粤洛夫

脑威王念恭

瑞典之太子妃

瑞典王各斯太夫

瑞典王后

瑞典太子

丹麦前王

丹麦王及王后

琼英别传插图四帧

重闻圣音之图

与神甫辩难之图

得剑之图

授旂之图

法兰西之女杰莎绿德格尔蝶狱中小影(Charlotte Corday in Prison)

投稿女士小影六帧

余兰仙女士

李华影女士

吴忏情女士、张石君女士

孙琴舫女士

瞿鸿祥女士

黄鬘因女士

闺秀画二帧

孙琴舫女士画山水一帧

瞿鸿祥女士画梅兰一帧

无锡翼中女学第三次游艺会摄影之一

无锡翼中女学第三次游艺会摄影之二

文选

玉台新集骈散文

梅花同心馆词话自序　闽县林学衡浚南

重修百花坟碑　顺德邓方秋门

题黛玉葬花图　白门郑钟

落花　锡山孙苏玉啸秋

新晴野步　锡山孙苏玉啸秋

纳凉　锡山孙苏玉啸秋

秋日晚晴　锡山孙苏玉啸秋

七夕　锡山孙苏玉啸秋

中秋望月　锡山孙苏玉啸秋

寄赠琴彩女史　奉贤刁素云红薇

病起杂咏　奉贤刁素云红薇

挽沈琴彩女史(五首选二)　奉贤刁素云红薇

辛亥三月十九枕上口占　奉贤刁素云红薇

寄静仙即和赠韵　清溪嵇逸仙

舟行　清溪嵇逸仙

病夜口占　清溪嵇逸仙

题家兄梦鸥个影庐吟草　德清徐锦华

金陵怀古　歙县吴蕊先绛珠

前题次韵　歙县鲍蘋香秋白

前题和作　盐城陈琴仙友瑟

前题和韵　盐城杨瑛青碧珠

前题和韵　扬州许碧霞绮云

惊鸿吟(集古三十首选十五)　吴门吴钧才忏情

接朱美林女士信有感　吴门吴钧才忏情

予担任健文女校绘事张生萱画有明月苍松一叶舟图设色颇佳为题四句　沪渎李华影

题何生芍香松石盆景图　沪渎李华影

题汪生蓉秋菊图　沪渎李华影

菊影(二律)　会稽马静宜女士

词选

南楼令　东海刘清韵古香

疏帘淡月　东海刘清韵古香

菩萨蛮(春寒)　东海刘清韵古香

莺啼序(题哀情小说二乔蜕恨)　刘醉蝶

系裙腰(记恨)　刘醉蝶

玉漏迟(题杨瘦人白华东楼望美图)　刘醉蝶

临江仙(题美人画卷)　刘醉蝶

蝶恋花(题潘兰史飞声红豆图图为洪银屏词史作)　刘醉蝶

浣溪沙(客感)　刘醉蝶

唐多令　张荫民

摊破浣溪沙　张荫民

菩萨鬘(赠梅云)　潘兰史

卖花声(兰史属题苏台五美图)　樊樊山

曲选

北正宫(除夕书怀)　天虚我生

说部

家庭小说FAITH(译自美国考司马波立顿杂志)　瘦鹃译

爱国小说女郎露史传　太常、仙蝶

埃及童话金缕衣　绿筠女史

历史小说琼英别传(续)　小蝶

写情小说怪指环(续)　(美)乔治雪儿瞰夫人著　常觉、小蝶译

写情小说他之小史(续)　湫馨女士口述　天虚我生戏译

杂俎

亚庐随录

弹词

潇湘影弹词(续)　天虚我生著　影怜女士评

杂俎

来函答问

传奇

白团扇杂剧(续)　东篱词客

杂俎

亚庐随录

音乐

中西乐律同源考(续)　天虚我生

杂俎

亚庐随录

工艺

栩园食谱　天虚我生

裁缝之敌(续)　嬾蝶

化妆品制造库(续)　匡予

杂俎

亚庐随录

家庭

家常食品保存法　鹃湖素琴

美术

绦缩美术讲义(续)　蘧

杂俎

　醉灵漫录

卫生

看护婴孩之方针　常觉、觉迷译

心理之卫生　天虚我生

第五期

1915 年 5 月 10 日

(民国四年五月十日)

图画

罗马教皇利沃第十三

意王

意大利王后

度司太公爵夫人

意大利太后

英国大文豪莎士比亚氏名剧中人物罗密欧与周立叶之初会(The First Meeting of Romeo and Juliet by Frank Dicksee, R. A.)

投稿女士小影六帧

　画家王佩珍女士

　亚吕女士

　丁志俊女士

　许贞卿女士

　刘馥卿女士

　兰芬女士

金静芬女士绣拿破仑像

闺秀画二帧

　涂兰芳女士花卉

　苏玉女士花卉

小女儿之爱情(一)

小女儿之爱情(二)

杭州工艺女学校运动会摄影

文选

玉台新集骈散文

　龙泉观看梅花记　周建中屏侯

　栩园丛书弁言　白门孙濬源瘦鹤

　昙花小草序　长沙舒焘绮轩

　桐花笺弁言　丹徒吴清庠眉孙

　题汪诗圃先生麝尘莲寸词卷　歙县吴承烜东园

　吊潇湘妃子文　海宁许天一京人

题梅花画册　沈若钰竞英

春莺曲　丹徒李兰如

梅花(四首用王渔洋秋柳韵)　丹徒李兰如

采莲曲　休宁吴晓秋怜侬

西施　休宁吴晓秋怜侬

玉环　休宁吴晓秋怜侬

自述　休宁吴晓秋怜侬

春夜即事　休宁吴晓秋怜侬

书所闻　休宁吴晓秋怜侬

新岁吟　休宁吴晓秋怜侬

春闺十二咏　奉贤刁素云

霜晓　杭州吴淑仪静云

百丈　杭州吴淑仪静云

抵石门　杭州吴淑仪静云

旷野　杭州吴淑仪静云

即目　杭州吴淑仪静云

杉青闸　杭州吴淑仪静云

词选

清平乐　香山谭佩鸾

蝶恋花　香山谭佩鸾

虞美人　香山谭佩鸾

鹊桥仙(七夕)　锡山杜敬景姜

浪淘沙(秋柳)　锡山杜敬景姜

桃源忆故人(寄浣香)　锡山杜敬景姜

菩萨蛮(春寒)　东海刘古香清韵

菩萨蛮(晓妆)　东海刘古香清韵

鬓云松令(惜花)　东海刘古香清韵

百字令(题某女士醉书轩)　东海刘古香清韵

卖花声(春眠不觉晓)　东海刘古香清韵

长相思(有怀)　钱塘项澧芬

浣溪沙(寄赠)　钱塘项澧芬

醉花阴(春暮)　长沙刘鉴惠叔

金菊对芙蓉　长沙刘鉴惠叔

谒金门　醉蝶

南乡子　醉蝶

清平乐　醉蝶

满宫花　醉蝶

调笑令　少文

水龙吟(题小爱女史琴楼弹月图)　少文

生查子(题林伶鞶卿小影)　少文

南歌子(为慕琴题画)　小蝶

虞美人　小蝶

花发沁园春(题瘦鹃香艳丛话)　小蝶

蝶恋花(题天女散花图)　剑英

海棠春　剑英

望江南(四时闺情代蕙兰女史作)　月僧

曲选

南北仙吕入双调(十折)　浪仙

说部

爱国小说爱子与爱国　屏周、瘦鹃

忏情小说世界尽处　(英)Beatrice Grimshaw 女士著　瘦鹃译

爱国小说石美人　太常、仙蝶

历史小说琼英别传(续)　小蝶

写情小说怪指环(续)　(美)乔治雪儿瞰夫人著　常觉、小蝶译

滑稽言情短篇琴师茄雪(未完)　醉灵

写情小说他之小史(续)　漱馨女士口述　天虚我生戏译

杂俎

幼新杂录

弹词

潇湘影弹词(续)　天虚我生著　影怜女士评

杂俎

严天放美人妆饰考

传奇

白团扇杂剧　东篱词客

杂俎

圣玛利亚书院龚仲兰女士来稿

音乐

补红词谱

工艺

化妆品制造库(续)　栩园

手工造花法　嬾蝶

家庭

家庭教育与幼稚园　李然曙支女士

家庭知识一斑　默儿

各种污迹拔除法(附衣服洗濯法)

美术

图画学(未完)　常觉、小蝶译　丁悚鉴定

卫生

牛乳与卫生　陈绣贞女士

第六期

1915年7月6日

(民国四年七月六日)

图画

英国著名女小说家梅丽柯丽烈女士(Marie Corelli)

猎装之德意志皇帝

夜服之德意志皇后

投稿女士小影五帧

曾广璟女士

张石君女士

吴忏情女士

张觉民女士

刘韵琴女士

祝群女校摄影之一

陈仲周先生及婿俞千顷女公子陈婉若结婚后之摄影

闺秀字金仲英女士书联一帧

闺秀画陈嗣徽女士花卉二帧

无锡翼中女校全体摄影

文选

玉台新集骈散文

黄默庵先生芝亭序　歙县吴承烜东园

梁孺人小传　南海叶芬少云

香雪庐词叙　钱塘张景祁蘩甫

卞祠看牡丹记　歙县吴承烜东园

红袖香销诗序　苕溪慧香居士

秋日游北郭诗序　歙县鲍家骏

春郊赛马记　浙江李怀白

扬芬集传记文

德化蔡编修二女贞烈诗序　会稽李慈铭悉伯

亡妻王安人墓志铭　会稽马絅章彬史

书邵氏婢　奉贤张朱翰芬

女士
　顾孺人传　沪渎赵棻仪姞
女士
　张节妇传　南昌刘素兰馥
卿女士
　巴陵三贞烈传　邱应钟
　王烈妇传　弇山许泰仲瑚
　钱孝女传
散花集闺秀文选
　拟庾子山小园赋(有序)
歙县吴绛珠蕊仙
　清明招萍社同人小集启
歙县吴绛珠蕊仙
　留别碧霞蘋香两妹诗序　歙县吴绛珠蕊仙
　寒琼阁遗诗序　南昌刘素兰
　晓园诗序　丹徒王国琛雅如
　致和堂遗稿后序　丹徒王国琛雅如
　望云楼集序　广陵裘凌仙筱芸
　西湖记游赋　广陵裘凌仙筱芸
　香远斋诗序　长洲曹贞秀墨琴
　寄外子书　湖南杨庄
解颐集
　红闺轶史　瘦蝶
　　鄢丹晕小传(脂)
　　尤润云小传(膏)
　　宫飞雪小传(粉)
　　石翠痕小传(黛)
　雪衣娘传　率公
　女子世界(仿前清制艺体)
　蔡选青
译著
德意志皇帝与德意志皇后
瘦鹃译
杂俎
　辨九成金法　嬾云
谭薮
怀兰室丛话　瘦鹃辑
　彭家珍烈士之未婚妻
　华盛顿寄内书
　花将军婢
玉台画史　玉台旧侍
红楼梦竹枝词　栩园
笔记
西班牙公主纽兰梨(Eulalia)
欧洲各国宫闱记略(续)　常觉、小蝶译
杂俎

仙绛珠题用西堂坐月浣花图二阕韵）　东园

踏莎行（题鲍蘋香簪花拜月图用前韵）　东园

高阳台（游内园口占）　野鹤

沁园春（髻）　诗圃

沁园春（唇）　诗圃

陂塘柳（舟过严陵景物清旷为填此解扣舷歌之）　诗圃

蝶恋花　春影词人

曲选

南商调六折　天虚我生

说部

写情小说情场趣史　梅郎

伦理小说红粉剸仇记　屏周、瘦鹃

滑稽言情短篇琴师茄雪（续）　醉灵

哀情小说三百年前之爱情　（英）近代女文豪 Marie Corelli 著　瘦鹃译

哀情小说埋愁冢（未完）　咏霞女士

写情小说怪指环　常觉、小蝶译

写情小说他之小史（续完）　湫馨女士口述　天虚我生戏译

弹词

潇湘影弹词（续）　天虚我生著　影怜女士评

杂俎

兰闺消遣法之失败　嬾蝶

传奇

白团扇杂剧　东篱词客

音乐

补红词谱　天虚我生

杂俎

匡庐随笔

工艺

精制桂花糖及他种口香糖法　天虚我生

家庭

新新妇谱　嬾蝶

预防产褥热说　丁福保

美术

图画学（续）　常觉、小蝶译　丁悚鉴定

卫生

乳儿卫生谈　丁福保

食物之自然卫生　慕瑾

妇女杂志

《妇女杂志》,1915 年 1 月在上海创刊,月刊,由妇女杂志社编辑,商务印书馆发行。无锡王蕴章与朱胡彬夏先后主编,1931 年 12 月停刊,共出十七卷,每卷十二期。本目收录第一至四卷。

第一卷第一号

1915 年 1 月 5 日

(民国四年一月五日)

图画

武进庄莳史女士菊花寒菜写生

江苏省立第一女子师范校长吕惠如女士

江苏省立第二女子师范校长杨达权女士

浙江淑群女学吴泽霖女士颂字

上海爱国女学校学生李可澄书黄仲则诗

商城周德英女士画岁寒三友图

泉唐汪彤女士画微波落木图

上海城东女学学生赵尚达杨雪瑶颂字

上海竞雄女学校长石门徐自华女士摄影

石门徐蕴华女士摄影

河南女师范学校主任教员陆植女士及其女弟媳闵潇湘学士摄影

英国培德福书院女学生研究植物学及园艺之图

发刊辞

妇女杂志发刊辞一

发刊辞二　黑龙江省立女子教养院院长刘瑊

发刊辞三　平湖淑英女学教习张芳芸

发刊辞四　上海函授国文学校校长倪无斋

敬述吾家旧德为妇女杂志祝　梁令娴

论说

余之女子教育观　上海澄衷

学堂教员余天遂
论女子宜通小学(未完)　湖南浏阳私立含章女子初等高等小学校长李素筠
读荀子劝学篇　上海爱国女学中学二年级虞琬正
论泥古之非　武进第一女校高等毕业生谢授
论游历有益于文学　苏州景海女学第五次正科毕业生华慧纬
女子职业造福社会论　上海开明女子职业学校预科生吴峥嵘
女子宜广习各项工艺说　吴县马恩绍
记许稚梅先生之演说　上海城东女学本科生赵尚达
艾迪演说记略　上海城东女学本科生秦之葆

学艺

几何画法　上海开明女子职业学校预科学生吴峥嵘
几何画法　上海开明女子职业学校预科学生张亚昭
不定方程式　上海启明女学学生顾滢
日用理化学浅话(未完)　陈世宜
[补白]璇玑碎锦(柳带同心结、春怨词)
化妆品制造法略说　江苏省立第二女子师范讲习科三年生凌蕊珠

家政

论小半臂与女子体育　上海私立城东女学师范毕业生现任舍监沈维桢
妇女卫生谈(未完)　沈芳女士
女子发育时代之运动(附图)　(美)马龙麦尔柯著　调均译述
烹饪学鸡卵之研究　梅梦

名著

女世说(未完)　昭阳李清映碧辑

小说

黄鹂语　红豆村人
寒泉一掬　西神
德皇之侦探(一名侦探之侦探)(未完)　(英)William Le Quenx 著　韵唐译
[补白]莼庐杂缀

可中亭传奇　无锡王蕴章莼农填词

[补白]闺秀词话

传记

孝女何爱文传　高旭

先妣周孺人寒灯课子图记　沈昌眉

阿灵小传　无锡县立女子师范学校本科三年级生倪咏絮

[补白]西神客话

纪载

黑龙江省立女子教养院文告章程一束

余兴

多罗艳屑　莼农

西笑丛译　韵唐

九连环(幻术之一种)(附图)　顽石

编辑余沈

第一卷第二号

1915 年 2 月 5 日

(民国四年二月五日)

图画

李端卿女士菊花写生

上海爱国女学中学班学生水彩画成绩

晚渡归耕　中学二年级倪锦章绘

段桥春霁　中学一年级盛锦绢绘

湾头销夏　中学二年级张莹绘

俄国皇族妇女之戎装小影(俄国皇后、俄国女公爵塔提亚那皇女、俄国女公爵阿尔格皇女)

石门吕无逸女士画梅花便面

商城周雅芳女士画书斋清供

欧洲最近名画军士之梦

浙江吴兴城西女学毕业生颂字　许陆伟光、蒋克新

王蕴文女士小影

李端卿女士小影

崇明施淑仪女士题蕉背影(附题咏)

江苏吴县私立大同女学全体摄影

论说

妇女之天职　王三

论女子宜通小学(续)　李素筠

召平矫命拜项梁为楚王上柱

国论　通州吴庆曾悴民
论近今之女学　苏州刺绣女校正科三年生梁雪颖郁文
论学校成绩　苏州刺绣女校学生梁雪颖
为学日益为道日损论　上海爱国女学中学二年级虞琬正
女子教育宜谋经济独立策　巴陵刘瑛
学艺
不定方程式　上海启明女学学生顾滢
日用理化学浅话(续)　陈世宜述
俄罗斯乡鄙之乘法　砾广
儿童玩具浅释　凌蕊珠
[补白]绿窗红语
家政
妇女卫生谈(续完)　沈芳女士
烹调学各种兽肉之研究(未完)　梅梦
早婚说　金山望平
美容术　(俄)著名跳戏家 Anna Pavlowa 女士著　春城译
名著
女世说(续)　李清映碧辑
小说
一小时之思潮　瞻庐
碧栏绮影　鹓雏
虎阜塔影　瞻庐
德皇之侦探(一名侦探之侦探)(续)　(英)William Le Quenx 著　韵唐译
[补白]梅魂菊影室丛钞
译海
英国内阁应特置女政卿说(未完)　(英)柏蓉夫人著　天行译
千里眼　瀛鹤
欧战轶闻　韵唐
论小儿梦中惊悸及预防施治法　韵唐
家庭新智识　韵唐
文苑
游飞来峰记　杭县徐新华
送春记　梦痕女史
秋夜闻笛记　广州公益女学师范三年级生叶雪梅
扑满铭(并序)　广州公益女学师范三年级生林锐华
感雨　广州公益女学师范三年级生伍淑回
秋月说　武进第二女校高等

三年级生谢挽
诗选
读选楼诗稿　太仓王采蘋涧香
林下诗存　巴陵刘壿蜀生
秋日感怀　师愚
古意　徐新华
秋柳
园卉未开感成
残菊　包素香
春日杂咏
巢贞女　淡如
观奕　醒华
和独漉堂集中怀古七律十首(摘录四首)　王惠中
词选
秋笳集　兰陵吕采芝寿华
洗蕉吟馆词钞　阳湖恽戴青书卿
苏幕遮(春日闺情)　包素香
[补白]西笑丛译
美术
玉台艺乘(续)　莼农
杂俎
天足考略(续)　徐珂仲可
今妇人集(续)　庞树柏檗子著　程嘉秀灵芬注
中萃宫传奇(未完)　小凤填词　忏慧、韵清正谱
彤芬室笔记(未完)　杭县徐新华彤芬
传记
庞景贞女士小传(附女士肖像)　萧蜕
女数学家古洼鲁斯克夫人传　张崧年
先姑王太夫人行状　汉寿黄易瑜
女士黄娴传　佩兰女士
[补白]莼庐杂缀
纪载
幼稚园实验教育谈(未完)　般鲜颢
节孝顾张之钰绝命书
[补白]西神客话
余兴
兰言小笺　如皋冒襄辟疆著　无锡王蕴章莼农笺

第一卷第三号

1915 年 3 月 5 日

(民国四年三月五日)

图画

云间宋梦仙女士画清英草堂图
武进庄蘩诗女士书龚定庵诗
钱塘汪静姝女士仿陆包山画
黑龙江省立第一女子中学校校长祝宗梁祝辞
黑龙江省立爱国女工厂祝辞
爱读本报者之小影(南海麦瑞梅女士、上海杨蕴玉女士、盐城杨墨棻女士)
直隶蓟县王淑贞女士画桃花蝴蝶
演说大家 Miss Mabel Lee 小影
美国 Philadelphia Presbyterian 病院毕业生 Miss Yoke Lon Lee 小影
德国女邮差第一人明娜慧堤喀英女士小影
日本风景摄影(箱根名胜汤本玉垂之滩、从静浦远望富士之景、松岛)
上海爱国女学国文专修科摄影

论说

理想之女学生　飘萍女史
突厥分裂列国联盟与今日战争皆有绝大关系试略论之(世界史毕业试验成绩)　江苏省立第一女子师范学校本科毕业生钟寿芝
太平洋现势论(地理毕业试验成绩)　江苏省立第一女子师范学校本科毕业生钱德华
试述小学校教育本旨(管理法毕业试验成绩)　江苏省立第一女子师范学校本科毕业生张菊姝
屈原论　上海女子中学校本科四年级生丁宝琳
中山狼义虎二传平议　上海女子中学校本科四年级生高君韦
女子无才便是德辩　广东顺德凤群两等女小学校高等生潘蕴玉
论女子教育当注重道德　同上潘悦琨
读初等修身书后　江西宜丰县天宝乡立初等高等小学校女生金若兰
读初等国文书后　江西宜丰县天宝乡立初等高等小学校女生金若兰
[补白]西神客话

学艺

日用理化学浅话(续) 陈世宜述

衣类污点拔除法(未完) 陆咏黄述

布质上之印像法 浙江女子职业学校染织专修科第三年级生孙信贤

胭脂制造法 吴县蕙霞

家政

家庭教育简谈 撷华女士

简易家庭看护法(未完) 梅梦

家庭医病法(未完) 沈芳女士

烹调学各种兽肉之研究(续完) 梅梦

食物之腐败及防除法 素琴

家庭蔬菜园艺学 鹃侬

[补白]西笑丛译 澍生

名著

女世说(续) 李清映碧辑

[补白]联语撷华 南通县平潮市女学校校长周薇织

小说

红鹦鹉 鸩雏

自由鉴 不才

[补白]闺媛丛谈 崇明施淑仪学诗

译海

英国内阁应特置女政卿说(续) (英)柏蓉夫人著 天行译

育婴宝鉴(未完) 质园

文苑

傅太夫人七十寿序 君复

饯春辞 上海爱国女学校学生部文艺会首选刘恕

儿时嬉戏谈 上海爱国女学校国文专修科翁炜

观金鱼记 无锡王季并女士

游莫愁湖记 上海爱国女学校中学二年级钱素君

诗选

蕴素轩诗稿 桐城姚倚云

味雪簃小草 漱冰女士

宛转歌 药心女史

拟横吹曲

送别 上海爱国女学校学生部文艺会首选刘恕

史女士遗诗 江都史敬之

词选

青玉案(忆昔) 桐城姚倚云

好事近(即景)
南乡子(春闺)　南昌万方芸佩芬
美术
绣谱(未完)　云间陈丁佩
杂组
天足考略(续)　徐珂仲可
今妇人集(续)　庞树柏著　程灵芬注
彤芬室笔记(续)　徐新华
中萃宫传奇(续)　小凤填词　忏慧、韵清正谱
[补白]莼庐杂缀
通讯问答
数学谬论之一　砾广
纪载
幼稚园实验教育谈(续)　殷鲜颢
黑龙江省立女子教养院成立状况　巴陵刘瑊
余兴
战争棋图说(附图)　叔良
理科新游戏(未完)　梅梦

第一卷第四号

1915 年 4 月 5 日

(民国四年四月五日)

图画
李端卿女士画菊花
碧春女史汤嘉名画仕女
对联四种
王添画女士真楷
吕芳华女士草字
薛雪女士隶书
楼兴诗女士篆文
朱静宜女士画毶羞图
李宜时女士才镜时女士寒假旅行出发图(附颂词)
斐力宾 Misamis 省学校运动会之女子棍球队摄影
打球前之摄影
打球时之摄影
棍球队演习体操之摄影
打球后之摄影
吴江爱德女学校甲种小学教员旅行无锡惠山摄影
论说
妇女职业论　王三
余之忠告于女学生　遐珍
妇女劳动感　鹃湖素琴

妇女迷信宗教与道德关系　刘璛蜀生
女学宜注重缝纫烹调论　奉县女子国文专修馆学生吴秉筠
论推广幼稚园之必要　南通县平潮女学校校长周闵薇织
女子工艺不可废绣论　宁波女文学会英文书记林逸蝓
学艺
女子之与蚕业及养蚕法之大概　潘文瑛
衣类污点拔除法(续)　陆咏黄述
中国秤之分度法　陈步欧
生理学研究之心得　北京女子中学校肄业生王秀英
动物之自卫　吴斐文女士
植物之知觉　吴斐文女士
日用理化学浅话(续)　陈世宜述
家政
简易家庭看护法(续)　梅梦
妇女之皮肤养生　蕙霞
家庭医病法(续)　沈芳女士
烹饪学鸡卵之研究　轶群
雏鸡饲育法之大概　海宁方秀贞
家庭簿记　周海
中馈谈(未完)　吴江丁逢甲坤生
嫁之心得(译日本妇人世界六卷二号)　蔡静媛译
女学商榷
蒙台梭利教育法释义　非指
名著
女世说(续)　李清映碧辑
小说
绣余语　鹓雏
三面包　(俄)碧那著　天行译
德皇之侦探(一名侦探之侦探)(续第一卷第二号)　(英)William Le Quenx著　韵唐译
[补白]西神客话
译海
西洋诸国之博物馆及动物园　瀛鹤
农村妇人俱乐部　鹃湖素琴
育婴宝鉴(续)　质园
文苑
问丹亭游记　平阳县立女子第一高等小学校第三年级生

姜韫如
浙江女子师范学校同学录序　汤修慧
郑康成诗婢赞（并序）　广州公益女学师范四年级生曾孝敏
郑康成诗婢赞（并序）　广州公益女学师范三年级生叶雪梅
说秋夜读书乐趣　广州公益女学师范四年级生曾孝敏
追记重九日登高　广州公益女学师范三年级生李竹泉
湘痕吟草序　孙景谢
诗选
　蕴素轩诗稿　桐城姚倚云
　题李长吉美人梳头诗意画卷　药心
　春灯词　华芳
　闻莺
　藕芬女士残稿　顾莲
　梦回　醒华
　留别西泠寓所　上海民立女中学学生王蕴文
词选
　浪淘沙（夜坐）　丹徒李兰如
　如梦令（偶成）
　又（暮春）
　又（寄远）
　深院月（本意）　九皋
　秋茄集　兰陵吕采芝寿华
美术
绣谱（续）　云间陈丁佩
杂俎
人间可哀集　无锡王蕴章辑
中萃宫传奇（续）　小凤填词　忏慧、韵清正谱
辛亥秋日记　金陵归周钟玉琴徽
[补白]谜画　南洋双汗中学堂学生陈添祥
调查
桐邑妇女职业谈　无逸
参观江苏省立第二女子师范附属小学笔记　无锡玉祁瑞华
余兴
理科新游戏（续）　梅梦
附录
辞源说略　炜士
商务印书馆拟刊四部举要说略　星如

第一卷第五号

1915年5月5日

(民国四年五月五日)

图画

金陵周钟玉女士画梅花

古任城李秉环女士丝绣篆字楹帖

刘荔芬女士画宜男多子图

常熟淑琴女师范本科三年生周淑安王蟾霞水彩画成绩(晶盘清供、秋窗花韵)

荷兰女王小像

浙江吴兴城西女学校豆细工巴拿马赛会成绩品(四幅)

英国政治家毕克福女士美国艺术家奈而逊女士俄国音乐家榴南女士三女士小影

无锡县立女子师范学校第三年级全体摄影

论说

说家庭妇女之当然　希兰

论家庭衣食住之当注意　任妍幽

女子首重实业谈　乍浦镇立两等女校教员辜亚云

释任性　上海爱国女学校中学二年级钱素君

唾面自干论　谢授

勾践沼吴论　奉天义县县立女子师范学校初级一年生陈玉华

周文粲爱兄论　武进县立第一女校学生谢纫瑜

劝郑竹天学裁缝书　上海爱国女学校国文专修科唐纯

约友发起女红会书　武进县立第一女校学生金恂如

学艺

家庭博物馆(附图)(未完)　佩芬

衣类拔除污点法(续)　陆咏黄述

蚁之生活观　秋丞

茶之研究　慕瑾

化妆品制造法　湖南沈瑞清女史

对于女子制丝之概要(附图)(未完)　潘文瑛

家政

简易家庭看护法(续完)　梅梦

家庭医病法(续)　沈芳

关于烹饪之理科谈　遐珍

食物卫生谈　鹃侬
关于睡眠之生理谈　德珊
手工学线结小孩叉胸法(附图)　戛玉
种痘术(未完)　席如
女学商榷
女学生自修用书之研究　吴县正本女学校校长朱周国珍
名著
女世说(续)　李清映碧辑
吴中十女子集
清溪诗稿　匠门女史张氏滋兰
[补白]莼庐杂缀
小说
塞垣花泪　鹓雏
呜呼毒蛇(未完)　叶中泠
德皇之侦探(一名侦探之侦探)(续)　(英)William Le Quenx 著　韵唐译
译海
德国风俗记(附作者小影)　卢振华女士
浣衣琐谈(附图)　澍生
育婴宝鉴(续)　质园
文苑
列女乐府序　邹方锷
华益女校同学录序言　哲园
周母邵太宜人六十晋六寿言　如皋闵之宽容瑛
拟某校长生传　上海爱国女学校中学二年级庄勤
记游　上海爱国女学校中学二年级冯复新
诗
读选楼诗稿　太仓王采蘋涧香
蕴素轩诗稿　桐城姚倚云
久别琼玉表妹赋此志怀　湘乡张昭汉默君
次韵寄三妹
修竹
春痕
春日　泰县女子国文专修馆三年级吴秉筠
春日苦雨
梅妃
登高　鹃侬
赏菊
美术
绣谱(续)　陈丁佩
杂组
然脂余韵　无锡王蕴章
中萃宫传奇(续)　小凤填词

第一卷第六号

1915年6月5日
(民国四年六月五日)

论黄山黄帝遗迹　安徽歙县西乡唐模村端则女学校学生许端俊

学艺

日用理化学浅话(续第一卷第四号)　陈世宜述

家庭博物馆(附图)(续)　佩芬

果树盆栽法　俞镇

对于女子制丝之概要(续)　潘文瑛

造纸术　童贞

养鱼术(未完)　童贞

家政

母之卫生及育儿法(未完)　飘萍

论主妇宜知各种避害法　梅梦

家庭医病法(续)　沈芳女士

种痘术(续完)　席如

家事经济谈(未完)　武进县立第二高等女子小学毕业生庄瑛

衣服之保存法　静媛

女学商榷

对于主持女学者之卮言　瞻庐

推广女子初等小学私议　善初小学教员张朱翰芬

义务教育责在妇女议　巴陵刘瑊

[补白]汉寿女子小学乐歌讲义　校长黄易瑜

名著

女世说(续)　李清映碧辑

吴中十女子集

　两面楼诗稿(未完)　长洲女子张芬紫蘩

小说

我国之武士道　寒蕾

呜呼毒蛇(续)　叶中泠

髫龄梦影(未完)　玉俞

译海

德国风俗谭(续)　卢振华

英公主玛丽小传(附图)　孟宪承

育婴宝鉴(续)　质园

文苑

绿槐书屋肄书图记　张曜孙

金陵旅行记　无锡竞志女学校中学四年生龚晖

湘影楼诗选　汉寿黄易瑜

学凤楼诗钞　学凤女史徐映萱

绛幔吟　黑龙江省立女子教养院院长巴陵刘璈
湘影楼词钞　汉寿黄易瑜

美术

美术之一(未完)　张蕴汶
美术丛谈(未完)　王岑媛女士

杂俎

然脂余韵(续)　梁溪王蕴章莼农述
新见闻随笔　卢振华
　婴孩行动器
　手摇自行车
　避暑小庐
　床桌
　推轮椅
　安息椅
桂林旅行笔记　计宗兰
[补白]文趣杂语　上海城东本科生杨雪瑶

调查

调查黑龙江各县女学记　巴陵刘璈
吴中女子生活谈　孟源口述　郁文撰著
[补白]直隶女子师范学校校歌

余兴

理科新游戏(附图)(续)　梅梦
[补白]西妇日课

第一卷第七号

1915年7月5日
(民国四年七月五日)

图画

武进庄茝史女士花鸟写生三色版
上海竞雄女学学生泉唐汪彤静姝女士山水四幅垂虹亭长题句
安徽凌韵芰书颂词及张茂先励志诗
粤东陈英梅女士小影
上海女子运动会摄影
吴江丽则女学十周纪念全体摄影
上海爱国女学学生在全国儿童艺术展览会中得奖诸人小影(刘艾贞、张庆华、顾纫茝、张菊萁)

论说

身心与嗣续之关系说　金山

何锡琛恬庵
振兴女学之功效　江苏省立第二女子师范生丁凤珠
敬告女学生　无锡德馨学校校长瑞华
说古来之孝女　嘉善高小女学三年生张心万
国民有保国之责说　嘉善高小女学三年生张心万
苏武论　公益女学校高等二年级王蕙著年十六岁
自由贵依道德说　武进县立第一女校学生张琛
教儿童以戒欺为要说　大名初级女师范第二学年第三学期郭淑文

学艺

家庭博物馆(续)　佩芬
鸡卵贮藏法　素鹃
爪哇薯制酒精法　素鹃
人造樟脑法　素鹃
养鱼术(续)　童贞
植物生殖学概要　步欧
肉体永生之研究　沈静
说蜘蛛之特性(附图)　沈静
缝纫学女子衣服裁缝法(未完)　秋丞
[补白]西神客话

家政

母之卫生及育儿法(续完)　飘萍
人体卫生谈(未完)　咏斐
家事经济谈(续)　庄瑛
新烹饪(未完)　朱梦梅
妇女须知之家庭琐事(未完)　芸雪
说素食有益于卫生　徐斧言
家庭卫生之新智识　淑婉

女学商榷

研究女性与男性之别及其适宜之教育(未完)　天婴
教授国文述略　善初小学国文教员张朱翰芬

名著

女世说(续)　李清映碧辑
吴中十女子集
　两面楼诗稿(续完)　张芬紫蘩
[补白]送来宾歌(直隶女子师范学校校歌之一)

小说

雪莲日记(一名江东烽火实录)(未完)　雪莲女士著　江都李涵秋润词

第一卷第八号

1915 年 8 月 5 日

（民国四年八月五日）

小说

雪莲日记(续)　雪莲女士著　江都李涵秋润词

弱女回天录(续)　瞻庐

髫龄梦影(续)　玉俞

译海

英美德法妇人运动史(译新日本安部矶雄原著)　倦鹤译

巴德女士之教育经验谈　Rebecca N. Porter 著　澍生译

女权国(续)　Carrie Chapman Catt 著　玄父、予厂译

文苑

致万国妇女和平会颂词　聂曾纪芬

菊花石记　素筠

相思子传　赵玉彬

拙政园旅行记　江苏吴县私立竹荫女子高等小学校毕业生周婉

诗选

　春柳　常熟潘曹兆兰女士

　春草

　落花　常熟殷潘亚光女士

　芝草醴泉行(为常熟姚氏婢陈二妹作)　寄沤

美术

美术之一(续)　张蕴汶

美术丛谈(续)　王岑媛女士

杂俎

然脂余韵(续)　莼农

新见闻随笔　卢振华女士

　吊床

　可秽之楼板

连文释义(未完)　西神

纪载

湖南平江启明分校旅行纪盛　启明女校二年级学生临时速记李华

调查

疁城之风俗谈　嘉定曼彬

余兴

道情　板桥道人著　上海城东女学制谱

家常琐谈释义(未完)　坤生

第一卷第九号

1915 年 9 月 5 日

(民国四年九月五日)

图画

徐积余先生藏萧云从画仙女采芝图

王蕴文女史绣藕花香雨图

然脂余韵(续)　莼农
新见闻随笔　卢振华女士
五彩真笔版
高椅梯
冰雪箱
连文释义(续)　西神
小南强室笔记(未完)　江宁周钟玉琴徽
调查
我所见之本地妇女生活现状　吴江丁逢甲
纪载
黑龙江救国储金团演说书　女子教养院院长刘瑬
林下老人挽联汇录　涿鹿吴敬姬
[补白]西神客话
余兴
理科新游戏(续)　梅梦
家常琐谈释义(续)　坤生

第一卷第十号

1915年10月5日

(民国四年十月五日)

图画
李端卿女士画三色版菊花
王石谷春游图
郑谷口隶书王建春闺词
丁观鹏天马献瑞图
武进庄蘗诗女士书龚定庵诗
宋梦仙女士遗画
卢森堡女公爵马利埃提剌特及其姊妹小影
论说
原理　南通县平潮女学校校长周闵薇织
秦始皇微行逢盗论　谢授
种花者言　谢挽
论狄仁杰姨母卢氏　松江朱文芳桐娥
学问可变化气质论　余瑞玉
商鞅变法以强秦论　湖南省立第二女子师范学校师范讲习科学生刘宗平
战胜艰难说　前人
依萨伯拉时代之西班牙　同里私立丽则女师范学校学生杨宝瑜
论人宜有冒险性　前江苏吴县私立竹荫女子高等小学校毕业生周婉
学艺
绣余理化谈异(续)　费静宜

牛乳之研究　沈轶群
纺织手术之研究　君玉
有毒植物之研究　海宁吴云间女士
蔬果之贮藏法　陈潄玉

家政

实用一家经济法(续)　飘萍
家庭传染病预防法(续完)　锡华
镜台小志(续)　Lena Guilbert Ford 著　瞿聂叔瑜译
中馈谈(续)　丁逢甲坤生
妇人治家谭　瑞安俞淑媛

女学商榷

说女学之改良　山东省立第一女子师范学校校长周干庭讲　学生庄维明、吴琬记录
[补白]秋花杂咏　寄沤

名著

女世说(续)　李清映碧辑
吴中十女子集
　采香楼诗集　耘芝女史席蕙文

小说

雪莲日记(续)　雪莲女士著　李涵秋润词
鬟龄梦影(续完)　易玉俞
神龙鳞爪　鹓雏
一朵云(未完)　西神
相御妻弹词　惜华
[补白]西神客话

译海

孕妇须知　(美)费尔毕思著　天行译
妇女寻常西礼式　左薇
家庭新智识　澍生
[补白]西神客话

文苑

灌香草堂诗序　熊文烺
西湖游记　杜清持女士
诗选
　题九九消寒图　况桂珊
　咏雪　况桂珊
　梅花下作　况桂珊
　春日偶成　况桂珊
　为大兄题斗影图　桐城姚倚云
　夫子和陆鲁望渔具诗以皮袭美后五首相属　桐城姚倚云

美术

家庭职业　刺绣学(续第一卷第八号)　林逸婾
美术丛谈(续)　王岑媛

[补白]西神客话

杂俎

然脂余韵(续)　莼农

花月痕传奇(未完)　墨泪词人编

嫛磐室摭言　嫛磐

新见闻随笔　卢振华女士

　濯发箱

　婴孩游行栏

　夜光表

[补白]馥香阁丛拾　沽上张蕙如辑

传记

陈母沈太君家传　吴县陶惟坻小址

先嗣继妣沈太君行述　吴江陈去病巢南

[补白]周湘云女士哀词汇录

　朱夫人周湘云哀词　高燮黄天

　朱少屏以其夫人周女士行述见示盖去其悼亡之时亹亹又期月矣为题一律以止其戚　黄节晦闻

调查

我所见之外来妇女生活现状　吴江丁逢甲

纪载

女界学术研习会简章

余兴

理科新游戏(续)　梅梦

家常琐谈释义(续)　坤生

第一卷第十一号

1915年11月5日

(民国四年十一月五日)

图画

唐苏灵芝书砖塔铭

粤东蔡张顼城画拗风廊图

李蕴芝女史画雁声听到画楼中也要玉人知道有秋风词意

湘西瞿聂叔瑜仿徐崇嗣没骨法画荷花

上海共和女学学生张肇铭水彩画野渡舟横

吴门陈亦兰女史画翎毛花卉

北方学界追悼天津普育女学校校长温安桐女士摄影

温女士出殡时之摄影

论说

吴江丽则女中学国文教授宣言书　无锡钱基博

丽则女学国耻纪念碑阴　钱

基博
丽则女学国耻纪念碑阴　张浣英
拟丐桐城吴芝瑛女士写本校国耻纪念碑碑阴启　钱基博
拟丐桐城吴芝瑛女士写本校国耻纪念碑碑阴启　张浣英
拟丐桐城吴芝瑛女士写本校国耻纪念碑碑阴启　陆振权
拟丐桐城吴芝瑛女士写本校国耻纪念碑碑阴启　金蘅
女界缘起　吴曾兰
论男女之分业　江苏省立第一女子师范学校张菊姝友陶
说女子贵养勇　江苏省立第一女子师范学校张菊姝友陶
学艺
绣余理化谈异(续)　费静宜
鼠之研究及其鼠疫之原因　淑媛
食用蕈及有毒蕈之鉴别　鹃侬
蜜蜂饲养法　上虞吴觉农
家庭园艺祛害论(未完)　遐珍
人工孵化鱼卵术　王淑英
家政
实用一家经济法(续)　飘萍
中馈谈(续)　丁逢甲
儿童康健之保护法　梦兰
饮食物之养生　蕙霞
小儿于梅雨期中之卫生谈　王素珍
[补白]西神客话
名著
女世说(续)　李清映碧辑
吴中十女子集
　修竹庐吟稿　长洲朱宗淑翠娟
小说
雪莲日记(续)　雪莲女士著
　江都李涵秋润词
青衫残泪　鹓雏
一朵云(续)　西神
霜整冰清录弹词　惜华
　周氏
译海
说园艺(译妇女杂志)　瀛鹤
女子身材之今昔观　(美)马尔科伦著　天行译
[补白]题杭县徐新华女士彤芬室遗画　吴县汤宝荣颐琐
文苑
汪梦仙女史诗稿序　苏州大

同女校教员虞山罗浮仙史陈定文
旧历中秋风俗记　江苏省立第一女子师范高等科三年级生汪慧秀
重阳赏菊记　泰县女子国文专修馆三年级吴秉筠
诗选
　都梁香阁诗集　钱塘郑兰孙娱清
　秋感　虞山陈定文
　奉祝陈午钦先生五旬华诞诗
　题韫玉楼遗稿用百老吟韵
词选
　都梁香阁词　钱塘郑兰孙娱清
　[补白]西神客话
美术
家庭职业刺绣学(续)　林逸婾
[补白]西神客话
杂俎
花月痕传奇(续)　墨泪词人
小南强室笔记(未完)　金陵归周钟玉琴徽
羊城名胜　广东维德女子中学校教员林树华
新见闻随笔　卢振华女士
　新秋千
　游戏铁路
传记
先妣节孝君倪太孺人行状　吴江陈去病巢南
冯望仙室人剑青杨女士传　华亭姚鹓雏
通信
余之学校生活　四川富顺县大山铺初等女学校陈亦秦来函
衢州女学谈　衢县公立第一女子高初小学校教员詹雁来来函
[补白]馥香阁丛拾　沽上徐张蕙如辑
调查
晋江妇女职业谈　尚实
[补白]题自制秋虫匣　寄沤
余兴
理科新游戏(续)　梅梦
家常琐谈释义(续)　坤生

第一卷第十二号

1915 年 12 月 5 日

(民国四年十二月五日)

图画

董双湖夫人孤山梅鹤图真迹

庄蘩诗女士书龚定公诗

张肇铭女士水彩画

李蕴芝女史画李易安帘卷西风人比黄花瘦词意

毗陵恽选芬女史画花卉四幅

金陵周钟玉女史画墨梅

武进女师范学校摄景二幅

论说

祭孔子文　同里丽则女师范学校金蘅

祭孔子文　同里丽则女师范学校陆振权

祭孔子文　同里丽则女师范学校张浣英

祭孔子文　钱基博

对于女界身体残毁之改革论　广东维德女子中学校教员林树华

忠告女同胞　武进沈时华

江苏省当江海之交形势最为冲要今将其优胜之点说明之　张兰若

学艺

绣余理化谈异(续)　费静宜

家庭园艺祛害论(续)　遐珍

说萤　云间

说燕　云间

家庭游戏物理学趣谈　凌云

家政

实用一家经济法(续)　飘萍

中馈谈(续)　丁逢甲

种牛痘及其看护法　沈芳

幼儿之卫生　沈芳

家庭消毒法(附表)　琮馥

[补白]诗钟选录

名著

女世说(续)　李清映碧辑

吴中十女子集

青藜阁集　吴中女史江珠碧岑

[补白]西神客话

小说

雪莲日记(续)　雪莲女士著江都李涵秋润词

规讽小说邯郸新梦　魅庵

一朵云(续完)　西神

霜整冰清录　惜华沈云英

[补白]诗钟选录
译海
养成未来之贤母 （美）怀南元著 天行译
长生术 Alice Farnham Leader M. D. 著 孟久译
布帛直条斜条价值相同之原理（译美国母之杂志） 孟久译
儿童游戏法其一（译美国妇女世界） 孟久译
儿童游戏法其二（译美国妇女世界） 孟久译
文苑
陈君佩忍母夫人五十寿序（清光绪庚子） 吴江金祖泽砚君
母氏朱太君七十寿辰征文启 嘉善李云夔一民
湘乡节母贺王氏五十征诗启 湘西王君荫
诗选
徐仲可以女公子新华书画遗册见示率题二绝 夏敬观吷庵
吴烈妇行（事别序） 徐贯恂澹庐
泾县胡烈妇哀词烈妇胡种云室也 徐贯恂澹庐
词选
玉京谣（题徐仲可女公子新华画稿） 况周颐夔笙
庆清朝慢（题徐仲可女公子新华画稿） 王蕴章莼农
美术
家庭职业刺绣学（续完） 林逸蝓
杂俎
花月痕传奇（续） 墨泪词人
游虞山记 吴江计宗兰女士
今妇人集（续） 常熟庞树柏檗子 内史程嘉秀灵芬注
[补白]谜画悬赏
传记
金宫芸女士传 钱基博
金宫芸女士传 金蘅
金宫芸女士传 张浣英
金宫芸女士传 殷同薇
金宫芸女士传 陆振权
[补白]西神客话
通信
本社复广东林月艭君信（附来函）
吉林女师范学校学生骆静仪来函

[补白]迎宾歌、谢宾歌

调查

天门女红调查录　晓庵

余兴

理科新游戏(续)　梅梦

家常琐谈释义(续)　坤生

第二卷第一号

1916 年 1 月 5 日

(民国五年一月五日)

图画

水绘园画史蔡含画荷花鸳鸯三色版

冒辟疆姬人蔡含画金晓珠小像

吴芝瑛夫人最近墨宝二种

南楼老人画石榴真迹

徐新华女士书洛神赋四幅

爱读本报者之小影(一)陈女士璞(二)骆女士静仪

冯文凤女士书曹全碑

社说

二十世纪之新女子　朱胡彬夏

学艺门

简易疗病法(未完)　朱梦梅

简明解剖学述要(未完)　女医生李浣秋

家庭简易测天气法　澍生译

家政门

家庭经验谈(第一次征文当选)　安徽旌德县女士朱志淑

论住家在教育上宜以分居为必要　詹雁来

儿童卧具之研究　孟久

家庭经验谈(第一次征文首选)　吴江陈景康

[补白]第一次谜画揭晓

记述门

河南女子师范学校毕业训词　教育司长史宝安

吴江风俗记(未完)　丁逢甲

我之求学生活(第一次征文首选)　广东公立女子师范第一学校毕业生黄佩珍

松本氏子女教育经济谈　王岑媛女士

牯岭五日记(附图)　蔡苏娟

与龙江女弟子论北京女学书　固始祝宗梁

江苏省立学校第二次联合运动会及吴县全县学校运动会日记(附图)　朱梦梅

我之学校生活（第一次征文当选） 计宗兰
中外大事记
民国四年之中国 真言
一年半之欧战 真言
［补白］第一次射中谜画诸君台衔
国文范作
教授国文作法之状况 浏阳含章女学校长贝李素筠
记保加利亚之妇人 钱基博
记保加利亚之妇人 同里丽则女师范学校学生赵仁镜
记保加利亚之妇人 同里丽则女师范学校学生殷同薇
记保加利亚之妇人 同里丽则女师范学校学生张浣英
记保加利亚之妇人 同里丽则女师范学校学生陆振权
［补白］第二次谜画悬赏
文苑
李贞女传 江都王存存子
清故节孝君陈母倪太孺人墓志铭 长洲诸福坤元简
陈母沈太君诔 泾县胡韫玉朴庵
叶氏姊墓志铭 吴江陈去病巢南
乞巧文 赵畹兰
题金母袁太君风雨勤斯图（清光绪乙未） 长洲诸福坤元简
题金母袁太宜人风雨勤斯图（清光绪丙申） 吴江周之桢
题金节母袁太宜人风雨勤斯图（清光绪癸巳） 吴江袁龙
题金节母袁太夫人风雨勤斯图恭祝八秩寿辰（清宣统辛亥） 吴江沈维钟
哭女芸 金订山
记得词六十首（未完） 汪芸馨女士
小说
母教（未完） 清芬稿 寒蕾润辞
慕凡女儿传（未完） 胡寄尘
爱丽宝玲合传 鵷雏
霜整冰清录 惜华
徐烈妇
杂俎
天足考略补 杭县徐珂仲可
余兴
警世新剧童子针砭（未完） 鸦江鹦士编 西神残客评

西智囊　孟久

第二卷第二号

1916 年 2 月 5 日

（民国五年二月五日）

图画

无锡邹小山画蟠桃上寿图

上元郑谷口隶书小游仙诗

南楼老人画菊花

吴芝瑛夫人墨迹

常熟淑琴女师范水彩画成绩

　鸭头选梦　王蟾霞绘

　驴背寻诗　王秀珍绘

爱读本报者粤东蔡张媜城小影

陈鸿璧女士画花鸟

杭县徐新华女士画山水

美国加利福尼亚省之女裁判所

社说

美国家庭　彬夏

学艺门

简易疗病法（续）　朱梦梅

简明解剖学述要（续）　李浣秋

没骨画法指南　瞿宣颖

食物之化学　美国康南耳大学学士章元善

家政门

夫妻和好之秘诀（译日本女之世界杂志）　倚鸾

［补白］第二次谜画揭晓

记述门

吴江风俗记（续）　丁逢甲

与龙江女弟子论察哈尔女学书　祝宗梁

二十世纪之女教育家　张菊姝

美国哈佛大学硕士余日章先生教育演说（附图）　叶慕桔笔述

［补白］第二期射中谜画诸君台衔

中外大事记

第四时期之欧战（自十一月中旬始至一月二十日止）　真言

帝政之进行　真言

滇事（自十二月终至一月二十）　真言

外交

　二次劝告

　加冕专使

　加盟问题

第二卷第三号

1916年3月5日

(民国五年三月五日)

存序　吴江私立丽则女子中学一年级生张浣英
无锡竞志女学十周纪念录烬存序　钱基博
印书箴(译太西三十轶事之The First Printer)　吴江私立丽则女子中学一年级生张浣英、陆振权
印书箴(英译汉)　钱基博
说络纬　浏阳含章女子国民学校林永仪
劝友人注意家政书　浏阳含章女学高小学生王葆荣
孟子言与众乐乐试以身所经验者证明之　浏阳含章女学高小学生李隽
孟子言与众乐乐试以身所经验者证明之　浏阳含章女学高小学生陈桂彬
缇萦葛苓合论　浏阳含章女学高小学生李隽
新字典书后　浏阳含章女学高小学生汤俊明
读吕不韦传　南通平潮女学校长周闵薇织
[补白]西神客话
文苑
翦愁吟　吴江姚栖霞女士
　序　诸暨蒋瑞藻孟洁
　原序一(父序)　冷岩老人姚岱书
　原序二　吴江朱春生
　题词
　凤凰台上忆吹箫(题姚栖霞女史翦愁吟同朱铁门作)　吴江郭麟频伽
　前调　吴江郑璜瘦山
　前调　仁和严达子通
　前调　仁和严适子容
　再山少府以所刊闺秀姚氏翦愁吟见示感而成咏用集中落花四律元均　歙鲍桂星双五
　原跋　常熟蒋成
[补白]西神客话
小说
赵璧如女士日记剩稿　赵璧如
慕凡女儿传(续)　胡寄尘
霜整冰清录　惜华
　女李三
[补白]第三期谜画
杂俎
秋灯琐忆(未完)　钱塘蒋坦

第二卷第四号

1916年4月5日
(民国五年四月五日)

家常琐谈释义(续)　坤生
[补白]第四期谜画

第二卷第五号

1916年5月5日
(民国五年五月五日)

图画

清冷枚东升图
唐吴采鸾书
南楼老人真迹
常熟程髻男(嘉秀)女士小影
爱读本杂志者杭县徐新六君泗县杨毓球女士伉俪合影
江苏之胜迹:嘉定学潭、南翔古漪园石船
比利士妇女赴战地服务行经伦敦市街之状
零玑碎锦:爽蕖女史书、江苏省立第一女师范学生徐瑞莲书、上海城东女学学生杨雪瑶书、河东君柳如是玉印金陵周琴徽题

社说

论夫妻平等无碍于三纲　浏阳李素筠

学艺门

简易疗病法(续)　朱梦梅
家庭园艺养花琐言(未完)　蕙静
算盘　黟县江淑珍
动物生态观察谈(续)　李月如女史
论天然煤气(译日本女学世界趣味科学之一)　倚鸾

家政门

家事卫生　合肥盛笃型　吴婧卿译述
妊娠一夕谈　陈姚稚屏
家常宴会　彬夏

记述门

小学教员对于撙节与清洁上的关系　英国女士福幼报主笔季理斐夫人
欧战中各国妇女之现状(译The Young Woman of Canada)　寒蕾译
[补白]玉台艺乘(未完)　莼农

中外大事记

取消帝制中之第一月(自三月二十一至四月二十)　真言

国文范作

妇从女帚释　吴江私立丽则

霜整冰清录弹词　惜华
　黄沈氏
［补白］第二期谜画揭晓
杂俎
镜台螺屑　常熟程嘉秀髻男记
　翁孺安
　柳如是
　陆眷西
　林瑛佩
　庞蕙纕
　周琼
　李傃
　徐灿
　阚玉
　周照
　张阿钱
　陈沅
余兴
警世新剧童子针砭（续完）　鸦江鹦士编　西神残客评
家常琐谈释义（续）　坤生
［补白］第三期谜画揭晓

第二卷第六号
1916年6月5日
（民国五年六月五日）

图画
清朱纶瀚画松鹤图
南楼老人花草真迹
明叶小鸾书五页（附冯柳东跋）
爱读妇女杂志者小影邓爱珍及其学侣
吴江县立第二女子高等小学校家政实习摄影：理发、洗濯
吴县王君蓥杭县徐佩璇女士结婚摄影
社说
何者为吾妇女今后五十年内之职务　彬夏
［补白］西神客话
学艺门
简易疗病法（续）　朱梦梅
家庭园艺养花琐言（续）　蕙静
动物生态观察谈（续完）　李月如女史
趣味科学说发（译日本女学世界）　倚鸾译
论苍蝇杀人之害　（英）医士

小说

杂俎

余兴

第二卷第七号

1916 年 7 月 5 日

（民国五年七月五日）

三月三日作札邀人祓禊　吴江私立丽则女子中学一年级生金蘅
三月三日作札邀人祓禊　吴江私立丽则女子中学一年级生殷同薇
三月三日作札邀人祓禊　钱基博
祀先蚕议　吴江私立丽则女子中学一年级生金蘅
祀先蚕议　吴江私立丽则女子中学一年级生赵仁镜
祀先蚕议　钱基博
齐姜醉遣重耳乐羊妻断机激夫论　河南省立女师范毕业生边书怡
李愬雪夜入蔡州论　河南省立女师范毕业生薛声巽
李愬雪夜入蔡州论　李豫英
漂母与苏秦嫂论
益友损友解　甘肃女子师范学校学生邓春芩

文苑

潮音哀辞　顾陈垿
次女孺云小传　陈代卿

小说

书焦烈妇　瞻庐
家庭教育小说弗兰克　（英）女小说家曼理爱琪华史著　蕴空、小青译
雪莲日记（续）　雪莲女史著　江都李涵秋润词
慕凡女儿传（续）　胡寄尘
霜整冰清录弹词　惜华　尤庚娘

杂俎

花月痕传奇（续）　墨泪词人
然脂余韵（续）　莼农

余兴

家庭新游戏　冯恼侬译
学校游戏法（未完）　杨瑞英
家庭新智识　澍生

第二卷第八号

1916 年 8 月 5 日
（民国五年八月五日）

图画

宋徽宗画白鹰
管夫人墨宝
山阴胡王咏缃之玉照
理想中之消夏湾（其一）（其二）
盛竞存女士小影

俄国皇后及公主为病院中伤兵看护图
上海南洋女子师范及旅沪公学旅行湖州摄影

社说

基础之基础　朱胡彬夏

学艺门

神通力治病法　(日)文学博士福来友吉著　倚鸾译
女学生病之预防　汪克成
女子实用家庭算术问题　吴江同里丽则女学校王凤彬
天文界中女子将来之事业(译China Press)　瑞琛译
[补白]西神客话

家政门

母爱与父爱　倚鸾
新烹饪(续一卷第九号)　朱梦梅
家庭教育之根本大问题育儿要诀　虞阳李公耳

记述门

女警察　亨雷路得著　阳湖恼侬节译
东吴大学与圣约翰大学辩论会汇记　盛竞存
暑假中之蒙古游记(附图)　勃雷腾女士著　恼侬、西神译

中外大事记

要令(六月二十一至七月二十日)　真言
孙中山先生建设政见(录申报)

国文范作

知祸福均由自取而迷信自破说　河南省立女师范毕业生边书怡
读前后赤壁赋书后　河南省立女师范毕业生汤沅筠
所贵乎天下士者为能排难解纷而无所取论　丁世英
介子推论　河南省立女师范毕业生凌庭镜
缇萦上书救父而除肉刑论　河南省立女师范毕业生薛声巽
缇萦上书救父而除肉刑论　河南省立女师范毕业生李文煜
读曾子固列女传目录序书后　吴江私立丽则女子中学一年级生金蘅
读曾子固列女传目录序书后　吴江私立丽则女子中学一

年级生陆振权
读曾子固列女传目录序书后　吴江私立丽则女子中学一年级生殷同薇
读曾子固列女传目录序书后　钱基博
春雨笺候友人　吴江私立丽则女子中学一年级生金蘅
春雨笺候友人　吴江私立丽则女子中学一年级生陆振权
春雨笺候友人　吴江私立丽则女子中学一年级生殷同薇
春雨笺候友人　钱经绅
征同学文艺启　四川女师范学生逸云

文苑

先母孙宜人述　钱基博
感逝诗序　王继
[补白]黄楝头歌

小说

新剧捉迷藏　孟纯译
玉京余韵(未完)　华潜鳞女史
慕凡女儿传(续)　胡寄尘
[补白]西神客话

杂俎

清代女记　常熟庞树柏
宫闱第一
预王妃刘氏
香妃
旗女
珍妃
玉台艺乘(续第二卷第五号)　莼农
然脂余韵(续)　莼农
[补白]文房供养

余兴

学校游戏法(续)　杨瑞英

第二卷第九号

1916年9月5日

(民国五年九月五日)

图画

宋人画梅花鹁鸽图
元人画竹溪六逸
虞山屈爱璐女史画花卉翎毛四幅
爱读妇女杂志者苏国侬女士双影
四川风土摄影:四川山田、万县高小女学生陈玉珍之小影、川河中之舟
英国圣约翰战地病院看护妇

第二卷第十号

1916年10月5日

(民国五年十月五日)

第二卷第十一号

1916年11月5日

(民国五年十一月五日)

清封一品夫人章太夫人行状　上海周树奎
[补白]溪竹杂述

小说

机声灯影　君肥
母也天只　成舍我
玉京余韵(续)　华潜鳞女史
慕凡女儿传(续完)　胡寄尘
霜整冰清录弹词　惜华王璇姑
[补白]来鸿、去雁

杂俎

闺秀诗话(未完)　亶父
玉台艺乘(续)　莼农

余兴

学校游戏法(续完)　杨瑞英
算学游戏(续第二卷第十号)　冯孟久
[补白]西神客话

第二卷第十二号

1916年12月5日

(民国五年十二月五日)

图画

宋赵大年雪霁山水
黎大总统之家庭
冯副总统夫人之墨宝二幅
吴江钱旭琴女医士之小影
爱读妇女杂志者南兰陵谢蕴琳女士之小影及其绣品
六安杨金云女士水彩画(时年九岁)
英国红十字会中央施医院院员

社说

社会服务　许屈熿

学艺门

家事衣类整理法(续第二卷第十号)　陆咏黄
近视眼之治疗法　西神
博物丛谈(续第一卷第九号)　吴斐文
脑筋与肌肉的教育(附图)(续)　彬夏
[补白]西神客话

家政门

家教改良谈(续)　庄庆祥
家庭中妇女之生计　(美)塔第及司著　天行译
余之救济婴儿主义(译庇尔孙杂志)　(英)医学博士 Crichton – Browne 著　庐江刘云舫译

善营业之小贩
某村医之揽生意法
教师止哗良法
学生敏捷之答语
[补白]物理一得

第三卷第一号

1917年1月5日
(民国六年一月五日)

图画

宋赵仲僩画五王熙春图
爱读妇女杂志者几何游戏之著者华阳谢芸先女士化妆摄影
直隶第一女子师范学校华踪隐、华踪萦女士水彩画
直隶第一女子师范学校吴迅如、唐尹昭、杨彦威、王遇怀诸女士小影
直隶第二女子师范学校十周纪念会摄影：哑铃体操、群盲捕鱼、盲跛写字、工业传习、大进行

社说

家庭大小论　(美)Carl Eastern Williams著　树声、西神译

学艺门

家庭药物学(未完)　朱梦梅
果物之话　西神
梦之研究　爱庭登著　鸳湖寄生译意
[补白]碎佩丛铃　西神

家政门

育儿问答(未完)　瞿宣颖译述
妇女应有之知识　陆墓第三国民学校汪集庭
家教改良谈(续)　庄庆祥
婚姻以时之商榷　(美)威灵姆女士著　天行译
新发明之妇人自活法(译日本妇人世界)　西神译
[补白]中国社会病情溯源表　周厚坤

记述门

纪爱尔兰革党女郎摩拉梨梭 Moira Regan 述杜柏林(爱首都)战事情形　乔斯吉满 Joyce Kilmer 著　天风、无我同译
菲律宾新年杂志　亚娥女士
汴梁游记(附图)(未完)　蔡陈汉侠
华侨教育界之女杰(未完)

兰闺醒睡录　湘累
家庭俱乐部　西神辑
模范日记
寒假期内之日记　金山县立第一女子高等小学三年生张钦兰
减省家庭经济之制造品
嗬囒水之简制法　姑苏仲英
洋刀可代圆规　前人
自制之冰　前人
天然之自来水笔　前人
鸡卵彩蛋制造法　彭城雍侯
家庭新游戏　乌蛰庐
几何游戏八则(未完)　谢芸先女士

第三卷第二号

1917年2月5日

(民国六年二月五日)

图画

常熟陆逸尘女士水彩画二幅
顺德女医士苏淑贞小影
湘乡曾兆□君宁乡黄得璇女士结婚摄影
重庆格致大药房罗子昌医生之家庭摄影

社说

女子用情正当之方法　飘萍
[补白]陋俗一斑　西神

学艺门

家庭药物学(续)　朱梦梅
家事衣类整理法(续第二卷第十二号)　陆咏黄
肺痨之空气疗法(Medizinische Klinek 1914 No. 31)　Dr. N. Eosmi著　季雄述
广说发　褚铁华女士
[补白]碎佩丛铃　窈九生

家政门

家庭与学校教育儿童之要义(译美国母范杂志)(未完)　宗良
育儿问答(续)　瞿宣颖译
时式女子与时实女子　汪集庭
儿童四五岁时之注意　西神
人何故持不婚主义乎(译英国Strand杂志)(附图)　鸳湖寄生译
[补白]本社通信　莼农谨复

记述门

文苑

小说

国文范作

杂俎

余兴

第三卷第三号

1917年3月5日

(民国六年三月五日)

文苑

祭曹氏姊文　虞山萧蜕蜕庵

湘均楼诗存　南洋女子模范学校文科毕业钱塘戴贞慧

[补白]女学要闻

小说

算学家　胡寄尘

杜鹃魂(续)　寒蕾

豆棚莺语(续)　舍我

霜整冰清录弹词　惜华

周琳箫(未完)

国文范作

滕解　上海爱国女学校文学专修科生徐蕴真

记校园古井　湖北省立女子中学校四年级学生谢崇端

光武赐强项令钱三十万论　河南女师范学校学生汤沅筠

光武赐强项令钱三十万论　河南女师范学校学生丁世英

难鲁相公仪休　吴江私立丽则女子中学二年级生金蘅

难鲁相公仪休　吴江私立丽则女子中学二年级生殷同薇

杂俎

女艺文志(续)　廉江江山渊

闺秀诗话(续)　亶父

玉台艺乘(续)　莼农

余兴

模范儿童(附图)(未完)　西神

简易幻术(附图)(续第二卷第十号)　怀芸

家庭俱乐部　西神辑

童话

鹭与蟹(附图)　乌蛰庐

日用常识

试验鸡卵产出之时日法(附图)　澍生

家庭新游戏

游戏小炮(附图)　S. Reonord Bastin 著

模范日记

一周间之日记　吴江严玉成

女飞行家史蒂生女士演说飞机记　记者

奚囊寸锦(附图)(续)　张潮山来著　王蕴章莼农校订

第三卷第四号

1917 年 4 月 5 日

(民国六年四月五日)

图画

词

菩萨蛮　武进吕弃疾女史

蝶恋花(秋蛩)　武进吕弃疾女史

扫花游(崇效寺看牡丹)　武进吕弃疾女史

贺新凉(消寒初集)　武进吕弃疾女史

金缕曲(得研新逸新两妹书填此以寄离怀)　武进吕弃疾女史

[补白]诗中有画、词中有画　广陵徐元端女士绣间集

小说

红儿(附图)　胡寄尘

金钱沽酒录(附图)　Upton Sinclair 著　西神译

霜整冰清录弹词　惜华

周琳箫(续完)

[补白]法国女工焊炸弹壳图

国文范作

问古人器物必铭后之好事者或效为之而文质殊尚意者微意所寄会有不同欤试申其说　吴江私立丽则女子中学二年级生金蘅

问古人器物必铭后之好事者或效为之而文质殊尚意者微意所寄会有不同欤试申其说　吴江私立丽则女子中学二年级生朱启华

代韩文公拟复柳柳州论史官书　吴江私立丽则女子中学一年级生张亮秋

代韩文公拟复柳柳州论史官书　吴江私立丽则女子中学一年级生钱瑞秋

蚁说　广州立本女子师范学生冯婉坤

杂组

合浦珠传奇(未完)　畏庐老人填词

玉台艺乘(续)　莼农

余兴

模范儿童(续)　西神

家庭俱乐部　西神辑

卫生问答(译家庭杂志)　艾耆译

家事常识(译 Mother's Magazine)　鸳湖寄生译

病理浅说(译 Good Health 杂志)　惊蛰译

童话

黑夜明星(附图)　西神

第三卷第五号

1917年5月5日
(民国六年五月五日)

图)(未完)　宗良
文苑
锡山杜太夫人家传　蒋维乔
顾贤母杜太君墓碣铭　钱基博
与蔡寒琼书(论书法也)　香山李锦襄绮仙
湘韵楼诗存　钱塘戴贞慧女士
小说
懦夫立志记(附图)　John R. Caryell 著　西神译
凤英惨史(附图)(未完)　瞻庐
霜整冰清录弹词　惜华
双烈女(附图)(未完)
杂俎
合浦珠传奇(续)　畏庐老人
填词
玉台艺乘(续)　莼农
余兴
家庭俱乐部
妇女须知　西神
童话
鸦声　孟纯
有恒与无恒　孟纯
病理释要　沈芳
初生儿假死之疗法
海外奇闻　艾者
欧洲之奇妙俱乐部
用石头造成之轮船
人身之血球有二十三兆
猫亦有恩俸
卖地广告
可容五斗酒之大瓢
家庭笑话　艾者
置樟脑少许于饼中
一日三餐白米饭
余目盲矣
此鱼有目
速将余头剃去
风俗画(世界人种相见时之仪节)　湘累
新游戏　湘累
坐篮取水(附图)
奚囊寸锦(续)　张潮山来著　王蕴章莼农校订
通信一束
复奉天安东诚文信书庄姚墨卿信
复天津胡寄尘信

第三卷第六号

1917年6月5日

（民国六年六月五日）

图画

爱读妇女杂志者南洋新嘉坡唐小梅女士小影

日本小苹女史画空谷幽居图

浙江省立女子师范学校二年级生骆雯画远浦归帆图

爱读妇女杂志者上海私立竞存女学校长盛竞存女士小影

社说

人生之根本教育（未完） 冼震

学艺门

女性动物与男性动物智慧之研究 天风、无我译

家庭药物学（续） 朱梦梅

植物对于人身之奇效（续第三卷第四号） 任妍幽

蚊灾蝇祸之略说 汪集庭

家事衣类整理法（续） 陆咏黄述

五分钟之体操（附图） Bernarr Macfadden 著 西神译

笑（附图） Carl Easton William 著 恽代英译

［补白］牛郎织女（录科学杂志）

家政门

推阐蒙德梭利之教育法（译美国母范杂志） 宗良

育儿问答（续） 瞿宣颖译述

褒奖儿童及呵叱儿童之研究 西神

女青年与出版物之关系 汪集庭

物价腾贵与中等之家庭（未完） 王廷干

记述门

日本妇人职业指南（未完） 艾耆

返宁五日记 郑申华

泰西列女传：密耳儿女士传 Mrs. Sarah K. Bolton 著 高君珊女士译

纪英后玛丽之妇女职工义赈会（附图）（续） 宗良

［补白］碎佩丛铃 西神

文苑

蔡母丁太夫人家传 孟森

诗

秋日感怀（并序） 胡韫玉

女士
向烈妇篇　慈利陈大纲伯常
小说
棣萼联辉(附图)　G. H. Grubb著　西神译
雏恋(附图)　(印)诗圣太谷儿著　天风、无我译
凤英惨史(附图)(续)　瞻庐
霜整冰清录弹词　惜华
双烈女(附图)(续完)
[补白]碎佩丛铃　西神
国文范作
冬日抱冰堂看松记　湖北省立女子中学四年级生王世扬
广庄子万物出于机入于机义
上海爱国女校文科生徐蕴真常熟
儒墨二家要指之比较　上海爱国女校文科生胡声贤湖南
圣约翰东吴二大学竞辩记
苏州景海女学学生顾谎明
说商颂长发　吴江私立丽则女子中学二年级生金蘅
说商颂长发　吴江私立丽则女子中学二年级生殷同薇
[补白]碎佩丛铃
杂组
合浦珠传奇(续)　畏庐老人题词
玉台艺乘(续)　莼农
余兴
通俗演讲及游艺会最适用之幻术(续第三卷第二号)　乌蛰庐
家庭俱乐部　西神辑
童话
动物报仇谈(附图)(未完)　(英)Ernest A. Bryant著　谢寿长译
卫生问答　艾者
母教浅说(未完)　卓呆
风俗画(南昌风俗)　余杨励华
通信一束
南昌余杨励华女士
汕头蔡倪端仪女士
[补白]德人尤思愿氏之名言(天然生活Return To Nature中之一节,译文见十四卷第四号东方杂志)

第三卷第七号

1917 年 7 月 5 日

（民国六年七月五日）

图画

爱读妇女杂志者松江瞿庆秀女士小影

南通张绥武女士寄赠王小道先生兰花真迹

日本小苹女史画万竹丛中一草庐

梁溪王添画女士画菊花

社说

论婚制　吴江丁逢甲

学艺门

家庭药物学（续）　朱梦梅

说妇女种花之利益　安徽芜湖农业学校杨人瑞

烹饪学中馈谈（续第二卷第九号）　丁堃生

说豆　西神、艾耆

不用药之精神疗病法　西神

论睡眠（附图）　William Eastman 著　恽代英译

屋内之动物　吴县陆英

趣味科学盐（附图）　Dr. Ronald Macfie 著　西神译

家政门

家庭教育之精义（译日本女学世界）　西神译

育儿问答（续）　瞿宣颖译述

家政学（三则）　天风、无我译

黑暗家庭之童养媳　张景云

物价腾贵与中等之家庭（续）　王廷干

儿童与卷烟（译健康杂志）　恽代贤

家庭与学校（附图）（未完）　（美）维司康新大学教育学教员乌西爱著　鸳湖寄生译意

理想之模范家庭　鸾仪

［补白］俭约吝啬挥霍三者利害比较表　震雄

记述门

泰西列女传（附图）：蓬乃儿女士传　Mrs. Sarah K. Bolton 著　高君珊女士译

欧战中之妇女职业及战后之问题　（英）议员李乔沙著　刘麟生译

文苑

吴孺人墓志铭　信宜李怀霜

周氏三殇墓碣铭　信宜李怀霜

第三卷第八号

1917 年 8 月 5 日

(民国六年八月五日)

结婚之适当年龄(译美国母范杂志)　宗良译
母教丛谈(未完)　汪集庭

记述门

泰西列女传:及克逊女士传　Mrs. Sarah K. Bolton 著　高君珊女士译
总统府女学游园会记　闽侯林德育
吴烈妇纪实　石庚
欧洲战场中之犬(附图)　西神

文苑

陈申甫先生捐义田序(丁巳三月)　湖南汉寿黄易瑜女士
诗
　述弟妇曾氏殉节事略　衡州周盛丙
词
　百字令(听雨有感寄倩君姊)　虞山姚茝
　金缕曲(述怀赠闺友秀松)　虞山姚茝
　慰天乐(吊严烈妇)　虞山姚茝
　烛影摇红(新正二十八日倩君姊乘轮至沪即行赴吉余有小恙未克亲送爰填短阕以志感即用前寄赠倩姊本调原均)　虞山姚茝
　满江红(惜别)　虞山姚茝

小说

盲妇(附图)(未完)　(印度)诗人太谷儿著　天风、无我译
情海诡潮　保三
奢侈(原名 A Government Affair)　Thovaas L. Masson 著　舍我译
凤英惨史(附图)(续)　瞻庐
家庭弹词双侠歼仇记(附图)(未完)　华璧女士
[补白]卫生问答　艾耆

国文范作

读妇女杂志感言　广东省立钦州中学校甲班生雷洪鸣
送时芷慎君归枝江序　湖北省立女子中学校四年级生王世扬
沪滨春游记　上海爱国女校文科生莫怀珠湖州
本校学艺会筹备刍议　吴江私立丽则女学学生陆振权
中国古乐叙略　吴江私立丽则女子中学二年级生殷同薇

杂俎

吟风阁传奇　无锡笠湖居士

寇莱公思亲罢宴

余兴

学校手工科新教材家庭实用品制作法之一斑(未完)　陆衣言

家庭俱乐部　西神辑

新剧

薏波(附图)　郑申华女士译

童话

家事(附图)　伍孟纯

家庭新游戏　徐敬乔

风俗画

新妇唱歌(广西)　杨时琦［目录题吴宝书］

女神献鞋(奉天)　徐敬乔

谜画悬赏

第三卷第九号

1917年9月5日

(民国六年九月五日)

图画

顺德李文田书高母王太宜人墓志铭

爱读妇女杂志者泸州高稚辛邹明书夫妇合影

爱读妇女杂志者周刘璞贞摄影

爱读妇女杂志者天津徐张蕙如衡阳罗刘时女士摄影

社说

对于不良家庭之感想　宗良

［补白］烹饪余兴:主妇训庖之妙诀　宗良

学艺门

爱与日光之使者(附图)(美)迪克生著　鸳湖寄生译

家庭药物学(续)　朱梦梅

果树栽培法(续)　钱塘苏堤

烹饪学中馈谈(续)　丁堃生

日本女界肺病之新研究(译日本妇人世界)(续)　王庭干译

植物奇谭　天萍

广说笑　西神

美的沐浴法(节译日本化妆法)　诊痴译

芭蕉果之滋养的价值　寿白

先期产生婴儿之养育法(附图)　天风、无我译

西瓜与黄疸　寿白

家政门

新圆光(一名家庭失物侦察

记述门

文苑

小说

国文范作

杂俎

余兴

第三卷第十号

1917 年 10 月 5 日

（民国六年十月五日）

图画

三色版精印北美洲产之唱歌鸟图四幅

镜台艳屑：唐天宝镜、石家侍儿印、曹墨琴女士小影印

常熟淑英女史临恽男田画

爱读妇女杂志者广东光华医学校女医生柳茹小影

社说

教子卮言　宗良

［补白］美国两第一妇人（附图）（未完）　宣颖

学艺门

家庭药物学（续）　朱梦梅

说雷电　王传英

家庭科学镜之研究　王传英

蝇与蚊及蚤　西神

趣味科学黄豆　梦梅

浅近物理学说寒暑表　寿白

烹饪学新食谱（译 Mother's Magazine）（附图）（未完）　鸳湖寄生

蛔虫之研究　杨锦愫

［补白］蔬菜之药用效能　天萍

家政门

育儿问答（续完）　瞿宣颖译述

白衣宜夏宜冬之研究　J. H. Kellogg 著　天风、无我译

断食主义与一食主义治愈胃病　大阪购买信用公司理事田渊知秋著　王庭干译

婴儿之哭　魏寿镛

果树墙篱之利益及构造　李淑仪

论节食　刘云舫译述

人体内之害虫　西神

小学生偷窃之研究（译美国母范杂志）　宗良译

户外生活　Carl Easton Williams 著　恽代英译

［补白］美国两第一妇人（附图）（续完）　宣颖

记述门

瑞典妇女之运动　天风、无我译

泰西列女传：爱梨阿脱女士传（未完）　Mrs. Sarah K. Bolton 著　高君珊女士译

日本妇人职业指南(续第三卷第六号)　艾者

本生先妣张太孺人事略　闽县陈宗彝

文苑

慈利第一读书女子彭玖英墓表　慈利吴恭亨

朱孺人谢氏墓志铭　慈利吴恭亨

适张氏妹葬志　慈利吴恭亨

诗

悲思　虞琬正女士

[补白]碎佩丛铃　西神

神童绀珠　西神

小说

雪儿(附图)　Mabel Dill 著　刘麟生译

实业小说织机娘(附图)　寒蕾

女小说家(附图)(未完)　拜兰

凤英惨史(附图)(续完)　瞻庐

霜整冰清录弹词　惜华

空谷幽芳(附图)

[补白]他山嘉言录(未完)　訡痴译

国文范作

本校十二周纪念会嘉宾演讲志略　吴江私立丽则女子中学二年级生金蘅

补祝钦县女学校开幕　广东省立钦州中学校甲班生雷洪鸣

杂俎

闺秀诗话(续)　亶父

玉台艺乘(续)　西神

余兴

学校手工科新教材家庭实用品制作法之一斑(续)　陆衣言

通俗演讲及游艺会最适用之幻术(续第三卷第七号)　冯懊侬

家庭俱乐部　西神辑

童话

猾驴(附图)　訡痴

新游戏　安徽怀远宋蕙芳女士

卫生问答　艾者

家庭笑话　艾者

风俗画　安徽怀远宋蕙芳女士

收婆嘴

穿堂鞋

通信问答[目录题通信一束]

第三卷第十一号

1917 年 11 月 5 日

(民国六年十一月五日)

图画

三色版精印西洋名画母之助

新安程杏芬女士画水月图

爱读妇女杂志者苏州尤迎秀女士遗像

徐美若画词境图

社说

论族制 丁埜生

[补白]他山嘉言录(续) 詅痴译

学艺门

家庭药物学(续) 朱梦梅

蟹之奇异生活状态 寿白

颜色影响于快乐论 天风、无我译

艺菊术 瞿宣颖

说蚊 漱石

禁食疗病说 William Eastman 著 恽代英译

烹饪学新食谱(译Mother's Magazine)(附图)(续) 鸳湖寄生译

夏日儿童之下痢 西神

说蚤 王传英

血亏病者之状态及其治疗法(译美国家庭女报) 宗良译

[补白]他山嘉言录(续完) 詅痴译

家政门

儿童齿牙卫生法 寿白

说纸烟之有害于卫生 漱石

冬日亵衣之良箴 美国约翰霍泼根大学讲师 Leonard Keene Hirshberg 著 天风、无我译

教育儿童之秘诀 西神

培植天才之教育 (日)文学士木村久一著 王庭干译

家庭中所以出不良少年之故 西神

家庭栽花利益谈 李淑珩女士

妊娠诊断法之新发明 沈佩芳女士

胎儿男女诊断法之新发明 沈佩芳女士

母教丛谈(续第三卷第九号) 集庭

记述门

欧美之女性(未完) (日)中

根沧海著　艾耆译
泰西列女传：爱利阿脱女士传（续完）　Mrs. Sarah K. Bolton 著　高君珊女士译
破除月宫之迷信　山东省立模范通俗演讲会员林德育女士
美国妇女预备中之战时生活（附图）　鸳湖寄生
[补白]祭亡妹锦文文　吴县大同女学倪安雅

文苑

谭九臣母史太孺人八十生日暨生母唐太孺人六十生日宴集序　慈利吴恭亨
慈利朱氏贞孝祠碑记　慈利吴恭亨
吴镜渊母太夫人七秩寿诗　慈利吴恭亨悔晦
诗
　周佩莲女士诗（三首）

小说

科学短篇鸟类之化妆（附图）　天卧生
纪事小说仇心（附图）　（英）温斯洛、宽洛同著　天风、无我译
哀情小说霜猿啼夜录（附图）（未完）　若芸女士
女小说家（续）　拜兰
姑恶鉴弹词（附图）　西神
[补白]神童绀珠

杂俎

闺秀诗话（续）　亶父
玉台艺乘（续）　西神

余兴

通俗演讲及游艺会最适用之幻术（续）　冯懊侬
家庭俱乐部　西神辑
　家庭新科学　Prof. L. Hodges 著　刘麟生译
　　镜中复影之理
　　门户猛闭之理
　　眼泪之制就
美容术之谈话　Lina Cavalieri 夫人著　刘麟生译
海外闻异（译 Strand Magazine）　鸳湖寄生译
　战壕中之飞机模型（附图）
　炉鸟之巢
新游戏　江西龙南欧阳光荣
童话渔父之妻（附图）　訡痴
物理趣谈　西神
风俗画　南昌郁罗佩蘅

放河灯
盗北瓜

第三卷第十二号

1917 年 12 月 5 日
（民国六年十二月五日）

图画

冒辟疆姬人金晓珠画花卉翎毛
金晓珠画题跋
武进庄蘩诗女士书普门品偈
爱读妇女杂志者余孙规贞女士及其夫余人龙君之摄影

社说

男女宜依生理四质结婚说　胡宗瑗

学艺门

应用科学万能之食盐　朱梦梅
白蚁之天下　寿白
饮热水之利益　恽代贤
豆菜类之栽培法　李淑仪、沈咏霞
陆上预习之妇女游泳术（附图）　（美）威南著　鸳湖寄生译
家庭适用之几何画（附图）　吴县顾沁芝
哮喘自医法（译英国家庭女报）　宗良译
鲜鱼鉴别法　汉侠

家政门

明日其愈于今日乎　（美）老勒氏著　鸳湖寄生译意
提倡家庭副业说（译日本妇人世界）　西神译
说唾痰　永英
家庭园艺谈　（美）鲍世飞氏著　鸳湖寄生译
多食与卫生（译英国家庭女报）　宗良译
敬告缠胸女子　董景熙
家常日用　涟川沈氏
儿童之体育问题　西神
康健与起居　（英）Marion Lalrosse 著　宗良译
[补白]丁巳新年之感想　锡山华瑶蕴宣

记述门

长洲王君九先生训女词　王季烈
泰西列女传：弗来女士传　Mrs. Sarah K. Bolton 著　高君珊女士译

泰西女小说家论略　闽侯林德育女士

文苑

彭母张孺人诔　慈利吴恭亨

诗选

　诗选(六首)　周佩莲女士

[补白]酴縻花馆　天遂

小说

爱国小说铁血女儿(附图)　拜兰译

哀情小说霜猿啼夜录(附图)(续)　若芸女士

科学小说女博士(附图)　朱敏娴女士

余兴

家庭俱乐部　西神辑

　卫生问答　艾耆

　童话—英兵与雀(附图)　伍季真女士

　童话二石(附图)　(俄)大文豪托尔斯泰著　寿白译

　家庭新游戏　徐敬乔

　家庭新解颐语　寿白

　家庭新智识(未完)　驾湖寄生

风俗画

　送南瓜　泸县王嘉烈

通信问答(七则)

谜画揭晓

第四卷第一号

1918年1月5日

(民国七年一月五日)

图画

三色版精印新安吴淑娟女士画薰风一曲图

无锡华瑾女士画秋江帆影

华盛顿之母少年时摄影

爱读妇女杂志者翟蕴玉女士小影

社说

敬告实施女子职业教育者　胡宗瑗

家庭快乐论(未完)　冼震

学艺门

家庭科学秤(附图)　王传英

应用科学肥皂　启玉

养蜂谈(译 Mother's Magazine)(附图)(未完)　驾湖寄生译

说检尿(译妇女世界)　西神

癯庵食谱(未完)　梅癯

家庭药物学(续第三卷第十一号)　朱梦梅

拟本校学生自治会征集会员启　吴江私立丽则女子中学二年级生殷同薇
卜式输财助边论　奉天义县县立女子师范学校初级一年生王菊如
木兰代父从军论　奉天义县县立女子师范学校初级四年生许绍芬
秦始皇焚书坑儒论　甘肃女子师范学校学生王静琬
益友损友解　甘肃女子师范学校学生胡瑞兰

中外大事记

国外之部

　俄国军使至德营提议休战
　美大总统之教书
　英伦欢迎中国参战大会记

国内之部

　修改国会组织选举法近闻
　哈尔滨俄人动乱记

余兴

兴宁竹枝词（未完）　兴宁胡曦壶园
家庭新智识（续）　鸳湖寄生译
新游戏术（四则）　胡香泉
童话鸽群脱网记（附图）　独冥
军国民教育之七巧板　西神

第四卷第二号

1918年2月5日
（民国七年二月五日）

图画

三色版精印泰西名画儿之友
上海女子美术刺绣传习所林文英女士绣黄婆墩
无锡华图珊女士画山水图
香港冯文凤女士卖学助赈摄影

社说

家庭快乐论（续）　冼震
女界箴言（未完）　丁逢甲

学艺门

家庭药物学（续）　朱梅梦
实业调查网边志略（即穿网花边）（未完）　王卓民
养蜂谈（续）　鸳湖寄生
美容谈（未完）　小青
新达生篇（未完）　王传英
癯庵食谱（续）　梅癯
妇女十五分钟之体操（附图）（续）　（丹麦）米勒著　李德

丽则女校周报弁言　吴江私立丽则女子中学一年级生辜卧云
盘庚迁殷论　吴江私立丽则女子中学二年级生金蘅
拟本校学生自治会征集会员启　吴江私立丽则女子中学二年级生金蘅
燕太子丹遣荆轲入秦论　河南女子师范学生薛声巽
姚崇捕蝗论　大名初级女师范第二学年第三学期郭淑文
夏少康以一成一旅致中兴论　奉天义县县立女子师范学校初级一年生赵清涟
诸葛亮屯田渭滨论　奉天义县县立女子师范初级一年生马志淑

中外大事记

国外之部
　日俄秘密条约
　欧战现状
　德奥最近之协商
　美总统之议和条件
国内之部
　停战布告全文
　欧洲参战之筹备
　哈尔滨善后之详报
　哈尔滨善后之孟督报告

余兴

兴宁竹枝词(续)　兴宁胡曦壶园
家庭新智识(续)　鸳湖寄生译
简易幻术(未完)　吴艺孙
[补白]家庭笑话(二则)
童话　伍孟纯
　大言之狼
警世新剧知足不辱(附图)　郑申华
风俗画　广东李铭懿
　烧衣

第四卷第三号

1918年3月5日
(民国七年三月五日)

图画

新安吴淑娟女士画春花齐放图三色版精印
随园女弟子席佩兰自书诗稿墨迹
无锡华颀娟女士画山水
菲律宾一千七百十八年嘉年

会候补皇后冯毅威女士小影
社说
女子教育之商榷　文艺观摩会会员张兰凝
女界箴言(续完)　丁逢甲
学艺门
鼠患(附图)(续)　(美)Edward W. Nelson 著　程承祖译
肺病全治之五大秘诀(译日本妇人之友)　宗良
家庭药物学(续)　朱梦梅
家庭科学各种游戏器具之研究　王传英
蜘蛛之世界　寿白
实业调查网边志略(续)　王卓民
鼠疫浅说　朱梦梅
癯庵食谱(续)　梅癯
家政门
儿童与居室之关系(续)　宗良译
家庭看护学(续)　L. G. Moberly 著　刘云舫译述
儿童读书年龄之研究　(德)Ed. Clarpede 著　恽代英译
家庭悲剧与其救济法(译日本妇人公论)　宗良译
儿童问题之解决(续)　恽代英
余所见美国之妇人与家庭　樫田十次郎著　卢效彭译
记述门
记新大陆之村中生活　陈衡哲女士
欧战与各交战国妇人之真相(续)　日本临时军事调查委员会著　西神译
文苑
求福居诗钞序　泰州刘法曾
求福居诗钞　东台汪清湘卿
小说
奇女(附图)　延陵
军人之妻(附图)(续)　(英)Hofland 夫人著　瞿宣颖译
黑珠案(附图)(续第四卷第一号)　拜兰
春宴琐谭(附图)(续)　叶圣陶
[补白]海红居碎墨　拾吹词人
卖报女儿(续)　华璧
同心栀弹词(附图)(续)　程文棪

国文范作

知耻近勇说　河南女子师范学校学生李豫英

知耻近勇说　河南女师范学校学生薛声巽

说蚊　河南女师范学校学生秦步姜

说蚊　河南女师范学校学生王怡梅

读管子小匡篇　吴江私立丽则女子中学二年级生金江蘅

问诸生诵苏髯翁上梅直讲书有日矣能本日来研诵之所得以说明其段落篇法及主旨欤　吴江私立丽则女子中学一年级生杨宝瑜

杂俎

陈云贞寄外范秋塘书（未完）　陈云贞

余兴

妇功词　秋湖

风俗画　泉州安海端仪氏寄房之婚嫁

家庭常识（未完）　小青译

驴子剃头（附图）　伍孟纯

工艺新智识（附图）　韵唐

第四卷第四号

1918年4月5日

（民国七年四月五日）

图画

李因画鹳鸽墨榴

蒋妙莲孙佩秋二女史题潘冰蟾女士兰闺读画图诗词墨迹

上海女子美术刺绣传习所彭清书丝绣仿油画童子

常熟淑英女史水彩画乡村风景

社说

夫妇称谓私议　张和埙

女子活动说　集庭

［补白］余之贫苦家庭谈　吴县王朱静贞

学艺门

永远适用之星期表　吴县顾沁芝

家庭药物学（续）　朱梦梅

手之美观法（译美国妇人杂志）　宗良

园艺丛话　天萍

各动物之护身妙法（未完）　殿芳女士

癯庵食谱（续）　梅癯

发之保育法(未完)　診痴
妇女十五分钟之体操(附图)(续第四卷第二号)　(丹麦)米勒著　李德晋译
竹子用途及栽培法　村士
油煎食物与消化不良　廖园芳
家政门
儿童储金(译美国妇人杂志)　宗良译
家庭看护学(续)　刘云舫译述
婴儿之脑膜炎　(日)医学博士土田卯三郎著　瑟庐译
儿童问题之解决(续)　恽代英
儿童与居室之关系(续)　宗良
春季最多之儿童呼吸器病　西神
记述门
欧战与各交战国妇人之真相(续)　日本临时军事调查委员会著　西神译
裂网援鸾录　(美)高雅娜女士著　刘凤生译
文苑
祭亡室李天孙文　无朕
诗
岁暮一百六十四韵　杭州汪越华女士
小说
晨钟(附图)　徐蔚南
求福新法(附图)　胡寄尘
黑珠案(附图)(续完)　拜兰
军人之妻(续)　(英)Hofland夫人著　瞿宣颖译
同心栀弹词(附图)(续)　程文棪
国文范作
问诸生诵苏髯翁上梅直讲书有日矣能本日来研诵之所得以说明其段落篇法及主旨欤　吴江私立丽则女子中学一年级生钱瑞婺
说书无逸　吴江私立丽则女子中学二年级生金蘅
独立与合群　嘉善县立女子高等小学校学生钱瑞秋
其二　嘉善县立女子高等小学校学生朱洁华
本校与赛吴江县校第一届联合运动会优胜让爵记　吴江私立丽则女子中学二年级生

陆振权
本校与赛吴江县校第一届联合运动会优胜让爵记　吴江私立丽则女子中学二年级生金蘅
本校十二周纪念录序　吴江私立丽则女子中学一年级生沈莲馥

杂俎

陈云贞寄外范秋塘书(续)　陈云贞
[补白]妇女杂志四卷四号谜画悬赏

余兴

童话
　生死交情(附图)　济才
简易幻术(续第四卷第二号)　吴艺孙
家庭常识(续)　小青译
通俗演讲及游艺会最适用之幻术(续第三卷第十一号)　冯懊侬
日用须知　鸳湖寄生
家庭新游戏　霞君
[补白]四卷一号谜画第二题揭晓

第四卷第五号

1918年5月5日
(民国七年五月五日)

图画

爱读妇女杂志者之小影
　云南女子师范生龙刘荷芳女士
　杭州项佩兰女士
　许碧霞女士
　闽侯林德育女士
广东雷州温黎蕙兰避兵纪念摄影
南洋马六甲培德女学校校长刘韵琴女士小影
张聿光经蕙贞结婚摄影

社说

为婢女养媳前妻子女乞命文　丁逢甲
论吾国大学尚不宜男女同校　王卓民

学艺门

鼠之研究(附图)　王传英
癯庵食谱(续)　梅癯
美容谈(续)(续第四卷第二号)　小青
虱与臭虫(附图)　淑仪

新达生篇(续第四卷第二号)　王传英
妇女十五分钟之体操(附图)(续)　(丹麦)米勒著　李德晋译
发之保育法(续)　詅痴
家庭药物学(续)　朱梦梅
第六感　殿芳女士
不消化症治疗法(译英国家庭杂志)　宗良译
家政
人种改良与父母教育　(美)医学博士 Ernest Bryant Hoag 著　宗良译
儿童问题之解决(续)　恽代英
善为母者育儿之秘诀(译家庭杂志)　田中夫人著　卢效彭译
家庭看护学(续)　刘云舫译述
小儿玩具之审择法　詅痴
住宅与运动场(译美国母范杂志)　宗良译
施行早教育之注意　西神
记述门
欧战与各交战国妇人之真相(续)　日本临时军事调查委员会著　西神译
印度女界近闻(节译大陆报)　江学辉译
文苑
经蕙贞女士传　慈溪葛恩元
喁于馆诗草　宜兴丁毓瑛蕴如
小说
蔷薇花语(附图)　观钦
二商(事见蒲留仙聊斋志异)(附图)　梅梦
怪客(美国女侦探案之一)(附图)(未完)　拜兰
军人之妻(附图)(续)　(英)Hofland 夫人著　瞿宣颖译
同心栀弹词(附图)(续)　程文棪
国文范作
本校十二周纪念会录序　吴江私立丽则女子中学生辜卧云
屠蒯论　年十六安徽明光胡氏家塾女学生胡帼英
读沈云英传书后　年十六安徽胡氏家塾女学生胡帼英
读史记十二诸侯年表　逸君

第四卷第六号

1918 年 6 月 5 日

（民国七年六月五日）

记述门

文苑

小说

国文范作

文

第四卷第七号

1918 年 7 月 5 日

(民国七年七月五日)

杂俎

余兴

第四卷第八号

1918 年 8 月 5 日

(民国七年八月五日)

图画

社说

学艺

王传英
家庭药物学(续) 朱梦梅
家政
夏日清凉饮食品之研究(未完) 朱梦梅
家庭卫生丛谈(摘译美国卫生杂志) 宗良译
家庭科学扇 王传英
教育智识蔽者当如何乎(译美国母范杂志) 宗良
母教丛谈(续第三卷第十一号) 汪集庭
家庭看护学(续) 刘云舫译
妇人之卫生(续) 叔子
记述门
金陵游记(未完) 上海姚濮宿贞仲璇
读江南刺绣之一斑书后 华瑾
陈烈女殉夫事略
欧美女学生之夏季生活(译女学世界) 西神译
文苑
朱母沈太夫人诔(附像) 蒋维乔
女瑜桂葬铭 慈利吴恭亨悔晦
恭挽海盐朱母沈太夫人 蔡元培
翦水山房诗(未完) 金山磐山女史庄焘
小说
纪念(附图) 王剑三
蚊之自述(附图) 梅梦
理想中之家庭(续) 韦西
瓶中之书(附图)(续) 拜兰
哀梨记弹词(附图)(续) 瞻庐
国文范作
古人多以游名山大川而文思大进者诸生寒假旋里河流嵩岳在指顾间必有深会于心试各举所得以对 河南女子师范本科四年级孙水香
古人多以游名山大川而文思大进者诸生寒假旋里河流嵩岳在指顾间必有深会于心试各举所得以对 河南女子师范本科四年生袁明先
卫文公通商惠工论 河南女子师范本科四年级段凝
问诸生诵习吕刑有日矣能本日来研诵之所得以说明其段落篇法及其主旨欤 吴江私

立丽则女子中学二年级生金蘅

论学艺会之主旨　私立丽则女子中学一年级生钱越英

试各抒对于女子教育之意见　常熟淑琴女子师范本科四年级生桑应震

同学殷淑祭文　常熟淑琴女子师范本科四年级生殷志英

杂俎

闺秀诗话(续第三卷第十一号)　亶父

[补白]谜画悬赏

余兴

日用常识　朴厂

童话

　勤惰之结果　詅痴

　报德　伍孟纯

家庭游戏法(续)　谢九香

家庭笑话　嘉烈

第四卷第九号

1918 年 9 月 5 日

(民国七年九月五日)

图画

杭县丁希周女士画风木庵图

杭县丁月如女士画风木庵图

杭县王韵楼女士画风木庵图

杭县丁澹轩女士画风木庵图

社说

择夫之研究　魏寿镛冰心

家庭悲剧之主因　辛梅

世界的母职(续)　宗良译

[补白]最近出洋留学之女学生小影

　朱家华夫人上海启明女学学生赴美习音乐

　杨荫榆女士无锡杨荫杭君之妹北京女子师范教员赴美习教育学

　沈葆德女士启明女学毕业生沈叔逵君之侄女赴美习音乐

学艺门

实验简易小儿疾病治疗法(未完)　朱梦梅

家庭科学灯　王传英

夏季婴儿痢疾之预防(译美国妇女杂志)　宗良

蝇之一生　西神

家庭罐头食物制造法(续)　左丹

美容谈(续)　小青

心疾疗治法问答(未完)　Isador H. Coriat 著　刘凤生译
妇女十五分钟之体操(附图)(续第四卷第六号)　(丹麦)米勒著　李德晋译
植物之散种法　辛梅
癯庵食谱(续)　梅癯
死病之救济法(译美国 Physical Culture)　冼震译
家庭药物学(续)　朱梦梅
家政门
浴之研究　徐絜
小儿夭亡问题(续第四卷第七号)　乌传溱
自然教育浅说(续第四卷第六号)　汪集庭
夏日清凉饮食品之研究　朱梦梅
得利之因数(译美国卫生杂志)　宗良译
[补白]彤史流芳
　贞节可风
　烈女殉夫
　醴泉无源
有益人身之新食物(译妇女世界)　西神译
记述门
世界异闻　怀桂琛
　电车内装置电话
　电话捕鱼之发明
　经过百年之十层蚁塔
　栖于地底之奇异鱼群
　征集与星世界之通信法
　不存一文之日光银行
　九年间仅生一女子之村
　美国大胆之女优
　生死之统计
金陵游记(续)　姚濮宿贞仲璇
欧战与各交战国妇人之真相(续第四卷第七号)　日本临时军事调查委员会著　西神译
文苑
李母孙太宜人八十寿序　秦树声
吴咏裳之母刘孺人五十寿序　慈利吴恭亨
翦水山房诗(续)　磐山女史庄焘
绍兴陈烈女挽诗　徐珂仲可
纪绍兴陈烈女殉夫　武进于定一
绍兴陈烈女挽词　莼农

小说

慈母泪(译美国大西洋杂志)(附图) Lieutenant Milutin Krunich 著 高君珊译

蕙儿立志记(附图) 蒋曾淑温

悼亡(附图) 汪集庭

哀梨记弹词(附图)(续) 瞻庐

国文范作

韩信以千金报漂母论 宁波女师范学校三年生方婉琴

论殉葬之非 宁波女师范学校三年生孙礼钰

论僖负羁之妻 宁波女师范学校三年生孙礼钰

秦并天下文字异形李斯始奏同之论 宁波女师范学校三年生张守圭

吴江县私立丽则女校校舍记 金蘅

说蚕 沈心香

读兰亭集序书后 安徽明光胡氏家塾女学生年十五胡棣华

诗

踏青(限韵) 明光胡素云

踏青(步和李秋霞韵)

踏青(步和童素波原韵)

春日偶成

杂俎

闺秀诗话(续) 亶父

余兴

新智识丛谈之一珍珠(附图) 谢九香

童话

猴之故事(二则)(附图) 窈九生

风俗画 安徽明光胡帼英

第四卷第十号

1918 年 10 月 5 日

(民国七年十月五日)

图画

欢送上海神州女学校校长张默君先生游美纪念

南通女师范附属小学第八届国民部毕业儿童摄影

丙辰冬吉林女学界烟酒自治成立大会同人摄影

爱读妇女杂志者(奉天张督军之长公子汉卿及其淑俪于祥周女士)

社说

论女子职业教育与道德教育之关系　胡宗瑗

家庭教育浅说　辛梅

学艺门

实用科学梅子　王传英

实验简易小儿疾病治疗法(续)　朱梦梅

心疾疗治法问答(续)　Isador H. Coriat 著　刘凤生译

秋海棠栽培法　莲坡

西食谱(续第三卷第十一号新食谱)　鸳湖寄生

动植物之变化　寿白

脚气病之养生　西神

美容谈(续)　小青

家庭药物学(续)　朱梦梅

人体寄生虫谈　(日)小野田伊久马著　侠公译

妇女十五分钟之体操(附图)(续)　(丹麦)米勒著　李德晋译

家政门

有益人身之新食物　西神

家庭简易医方(摘译美国卫生杂志)　宗良译

儿童健康计测法(译日本卫生学报)　赵英若译

腋臭之家庭治疗法(译日本家庭杂志)　医学士加地代吉著　卢效彭译

美国家庭可供取法之优点(译日本家庭杂志)　伊藤著　卢效彭译

儿童龋齿之预防与口中之卫生　西神

记述门

斐律滨嘉年华会女皇选举逐鹿记(一九一八年)(附图)　詹菊似

吉林女学界发起烟酒自治会宣言书

吉林女师范附设烟酒自治会乐歌　骆静仪

世界异闻　怀桂琛

猫窒息婴儿

镶金刚石之猫

六亿四千万元之海底电线

伦敦之雾

天然之鸣响

纪美国各女学校内容(译 Alma Mater 报)　江学辉译

文苑

诸暨双烈传　会稽宗稽辰

涤楼
张母阙孺人墓志铭　慈利吴恭亨悔晦
胡母叶安人墓志铭　前人
诗
　绍兴陈烈女挽诗　易瑜
　蔡母王太夫人六十寿诗(代云南高审厅唐厅长)　慈利张权心量
小说
畹儿(附图)　延陵
[补白]日本贵族之婚礼
　前日本外务大臣 Ishu 男爵之家庭
　日本皇后游览东京音乐专门学校时日本命妇衣朝服迎鸾之状
科学小说中秋月(附图)　梅梦
理想中之家庭(续第四卷第八号)　韦西
哀梨记弹词(附图)(续)　瞻庐
[补白]月华图
国文范作
虞允文采石便宜胜金人论　诸暨育材学校学生张万安
学然后知不足论　诸暨育材学校学生张万安
知子莫若父知臣莫若君论　诸暨育材学校学生张万安
汉高帝戮丁公论　诸暨育材学校学生张万安
读兰亭集序书后　安徽明光女塾学生李秋霞
屈原贾谊合论　安徽明光女塾学生李秋霞
杂俎
瓶笙花影(续第四卷第七号)　易瑜
[补白]十号谜画题
余兴
童话
　盗与虎　观钦
新智识丛谈之二砖瓦(附图)　九香
家庭笑话　艾者
家庭识小录　艾者
风俗画　山东黄县玉效坡庭
画兽巧猜　萨剑华
四卷七号谜画揭晓
通信一束

第四卷第十一号

1918年11月5日

（民国七年十一月五日）

图画

爱读妇女杂志者朱眉姓女士遗影

黑龙江县立第一女子高等小学校高等甲级毕业师生合影

黑龙江全省第二次联合运动

黑龙江县立女子高等小学校哑铃操摄影

李延辉君与琢新女士结婚合影

周介春君与张舜儒女士结婚摄影

社说

读王卓民君论吾国大学尚不宜男女同校商兑（原论载本杂志本年卷五号）　康白情

学艺门

家庭药物学（续完）　朱梦梅

衣服之卫生学的研究　寿白

最新学说肥满法　（日）医学士宗野城著　卢效彭译

痔瘘之新疗法（译日本妇人世界）　村井弦斋著　西神译

菊花栽培法　苏庆云

新食谱（续）　鸳湖寄生

心疾疗治法问答（续）　Isador H. Coriat著　刘凤生译

金鱼饲养法（译美国妇女杂志）（附图）　高君珊译

实验简易小儿疾病治疗法（续）　朱梦梅

家政门

说家庭之趣味　西神

家屋消毒法　余仲渊

小学生之齿牙病（译美国卫生杂志）　宗良译

余意中之新家庭　负生

婴儿的哺乳法　常熟叶云贵

孕妇问答　常熟叶云贵

洗濯盘碟与消除霉菌之关系（译美国母范杂志）　江学辉译

［补白］娱亲图

记述门

意大利之女学生　西神

世界之大势与妇人之活动　艾者

欧战与各交战国妇人之真相（续第四卷第九号）　日本临时军事调查委员会著　西

神译

文苑

书唐烈女　慈利吴恭亨悔晦

朱醉六妻褚夫人墓志铭　慈利吴恭亨悔晦

黎母王孺人墓志铭　慈利吴恭亨悔晦

陈烈女行　陈铎

小说

欧战小说英雄之魂（附图）　雄倡

家庭小说三妇鉴（附图）　汪桂馨

儿童小说镜中月　芝轩

哀梨记弹词（附图）（续）　程文棪

国文范作

学力为人生第二天秉说　山西第二女子师范学校本科第二班四年级学生赵凌云

论漆室女热心国事　山西第二女子师范学校本科第二班四年级学生王玉淑

维摩寺游记　常熟县立女高小校二年级生殷复华

维摩寺游记　常熟县立女高小校二年级生宗福兰

维摩寺游记　常熟县立女高小校二年级生归左宜

读书台乘凉记　常熟县立女高小校三年级生闵瑶缉

女学生之责任　常熟县立女高小校三年级生孙熙育

张公艺陈竞合论　浙江诸暨小西乡十五都后山芝育材初等小学校四年级生蒋绍中

诗　安徽明光女塾学生李秋霞

杂俎

镜台螺屑　虞山程嘉秀髻男记

　魏琴娘

　延平张氏

　琅玕

　李氏

　唐韵琴

　顾贞立

　关瑛

　吴藻

　金云门

余兴

童话

　贪丐（附图）　禹文

西方稗史　陈剑娭

捕鱼新法
三百万年古鸟骨
留声信片
水陆自动车
意大利珠宝船
新测霜表
新智识丛谈之三黄金　九香
猜数游戏　吴县顾世觉
益智问答(译儿童俱乐部)　谢九香
风俗画　奉天城中北窑秦念祖
通俗教育益智板故事图　萨芝鹃、萨剑华、萨执瑜编

第四卷第十二号

1918 年 12 月 5 日

(民国七年十二月五日)

图画

钱唐懿德汪母甘太夫人遗墨三种
林下老人遗像
泰西名画:友欤仇欤、春日
爱读妇女杂志者之小影
北京女师范学生葛蕴功女士
吉林烟酒自治会副理事骆静仪女士
坎拿大刘凤图女士
武进费宝琪女士
香山韵秋女士

社说

吾国大学尚不宜男女同校商兑之驳议(未完)　王卓民
[补白]唐母吴太夫人淑娟女士小像

学艺门

食物消化谈　真和
植物之心理(未完)　寿白
实验简易小儿疾病治疗法(续)　朱梦梅
骰子代珠算法(附图)　胡寄尘[目录题胡季人]
新食谱(续)　鸳湖寄生
脂肪与疾病之关系　西神
体温(译日本妇人世界)　(美)Charles Pevers Hobmes 原著　村井弦斋著　冼震译
干制食料(译美国母范杂志)　宗良译
妇女十五分钟之体操(附图)(续第四卷第十号)　(丹麦)米勒著　李德晋译

家政门

简易生活之实验(译日本女学世界)　西神译

糙米饭与二食主义　法学博士士山胁玄

不制绸类衣服　安富众辅

美国妇人之简易生活　田村作太郎

月经之卫生　真和

牡丹栽培法　吴觉农

儿童时代预防偻麻质斯病之方法(译美国妇人杂志)　宗良译

寒暑表之功用　西神

近视说　彬文

废物利用与家庭生活　西神

记述门

欧战与各交战国妇人之真相(续完)　日本临时军事调查委员会著　西神译

[补白]西班牙王后维多利亚服陆军军官服装之状

文苑

焦节母周太君传　叶玉麟

琴外诗钞(十首)　青浦许淑慧定生

小说

母心(附图)　君珊

遗发(附图)　王剑三

哀梨记弹词(附图)(续完)　程文棪

国文范作

女子修养谈　常熟县立女高小校三年级生闵瑶缉

郑武姜为叔段请京论　浙江诸暨小西乡十五都后山芝育材初等小学校三年级生张万安

与某人论国庆书　江苏省立女子蚕业学校本科一年级生韦均振

本校参与吴江县校联合运动会得胜志喜　吴江私立丽则女子中学二年级生金蘅

本校参与吴江县校联合运动会得胜志喜　吴江私立丽则女子中学一年级生钱越英

杂俎

镜台螺屑(续)　虞山程嘉秀

髫男记

梁楚生

素娴

董申林

林氏

李约云
周氏
杜秋莲
范氏姊妹
周雪华
卫纹
余兴
童话
蝶衣女(译美国母范杂志)(附图)　宗良译
家庭新智识　鸳湖寄生译
常识百话(附图)　窈九生
家庭笑话　艾耆
风俗画
科学游戏　梅梦

中华妇女界

《中华妇女界》,1915年1月(民国四年一月)创刊,在上海出版。月刊。由中华妇女界社编辑,中华书局印刷发行。1916年6月(民国五年六月)停刊,第一卷共出十二期,第二卷共出六期。本目全部收录。

第一卷第一期

1915年1月25日
(民国四年一月二十五日)

插画
吴芝瑛女士手札
吴芝瑛女士肖像
余沈寿女士绣耶稣像
余沈寿女士绣意大利帝后像
余沈寿女士摄影
北京崇实女学校长唐沈友琴女士摄影
留美学生程婉贞女士摄影
上海圣马利亚女书院毕业生周玉莲女士摄影
上海圣马利亚女书院毕业生吕静宜女士摄影
高君珈女士摄影
上海中西女塾摄影及教员倪凤美女士
北京女子师范学校摄影(洗衣实习、裁缝实习、演习礼仪)
可吊可敬比利时王夫妇
德国皇太子妃摄影

俄国皇后摄影
卢森堡大公国女主亚得尔海摄影
爱犬之西妇
徐蕴真女士花卉画(两幅)
中华妇女界祝辞 巴陵刘瑊女士
中华妇女界祝辞 中江张松涛女士
妇德 汪长禄
所望于吾国女子者 梁令娴女士
论女界修饰奢侈之害 高君隐女士
妇女之对于仆婢 李范娴增女士
男女自由平等之真解 伍崇敏女士
上海家庭之新年 汪杰梁女士
结婚问题之研究 欧阳溥存
妇人独身生活问题 卢寿篯
饮食卫生谈 梅梦
婴儿保育法(未完) 美国本薛文义大学公众卫生科博士俞庆恩
妇人之心得 卢铮女士
家庭实验谭(译日本妇女杂志) 致远
德国小学校家事科中调食法(译教育教授思潮) (日)棋山荣次著 吴鼎昌译
世界奇闻 高君隐女士
旷古未有之欧洲大战争 汪秀群女士
德皇后之注重母教(附德皇后与其公主曼丽亚像) 霆公
[补白]尚武精神 厄公
美国妇女之职业 张裕珍女士
美国女实业家盎特鲁夫人传(译英国世界报)(附图) (英)康谋斯多著 青霞译
冰魂阁野乘(未完) 崇明施淑仪女士
救国小说石油灯 天笑、毅汉译
家庭小说忏吻 半侬
华吟梅传奇(未完) 爰楼
文艺
和外 衡山陈德懿女士
静溪偶成寄诸弟妹 衡山陈德音女士
为袁抱存君题寒庐茗话图 无名

第一卷第二期

1915年2月25日

（民国四年二月二十五日）

扑蝶诗(二首)　前人
为程白葭君题精忠柏图　吕碧城女士
题蕴华舍妹双韵轩诗草(青玉案)　语溪徐自华女士
感怀用岳武穆韵示秋璿卿妹(满江红)　语溪徐自华女士
送秋璿卿妹之沪时将赴扬州(金缕曲)　前人
秋窗风雨感怀(浪淘沙)　王梦兰女士
刻磁茶壶(西江月)　前人
地球圆歌　杨包文渊女士
年假歌　杨玉兰女士
春日开学歌　前人

成绩

读孟子宋行王政章　上海务本女塾第一次高等文科毕业生奚滇
论王霸　前人
论割股疗亲之非　前人
人惟求旧说　广州公益女学师范三年级生何赐芳
生于忧患死于安乐义　前人
教育有家庭学校社会之别对于今日以何种为急　广州公益女学师范三年级生欧阳兰芳
说秋夜读书乐趣　广州公益女学师范三年级生叶雪梅
读宋濂秦士录书后　广州公益女学师范三年级生王兰馨
秋夜闻笛说　广州公益女学师范三年级生王兰馨
读元揭傒斯李节妇传书后　广州公益女学师范三年级生伍淑回
女子无才便是德辨　广东顺德凤群两等女子小学游桂芬
振兴女教论　广东顺德凤群两等女子小学潘悦琨
论女子教育当注重道德　广东顺德凤群两等女子小学张联璧
郑子产言治用猛论　广东顺德凤群两等女子小学潘悦琨
世上无难事说　广东顺德凤群两等女子小学潘蕴玉
辩织女嫁牛郎之谬　广东顺德凤群两等女子小学谭采芳
汉武帝好儒论　广东顺德凤群两等女子小学潘琼仙
记演说竞争会钟君可托之演辞　上海私立城东女学普通

科二年级生杨雪玖
记城隍庙　上海私立城东女学普通科二年级生杨镇芳
明教育乃可为人师说　奉天辽阳女子师范本科四年级生朱玉瑛
敬身为大论　前人
论学校与家庭联络之必要　上海复兰女子小学校高等四年级吴馨华

特别记事

上海聚秀女学十周纪念志盛
苏州正本女学之扩充
上海爱群女学校举行毕业式
苏州景海女学之内容
上海中国女子公学之特色
上海竞雄女学之扩张

第一卷第三期

1915 年 3 月 25 日
（民国四年三月二十五日）

插画

高君玉女士
留美学生张裕珍女士
魏淑姞女士（驻英使署参赞罗诒元夫人）
郑惠昭女士
湖南私立周南女子师范学校附属高等小学学生移植撮影
吴县私立正本高初等女子学校初等部摄影
西藏之贵妇及其婢侍
锡兰岛妇人之盛妆
埃及上流妇人之妆饰
俄国皇室之团聚
德皇之女勃伦史威王妃
代男子作车掌之巴黎妇人
英国美术家拉佛雷之名画（春）
赣州刘纯淑女士铅笔画
吴江私立爱德女校钱淑云水彩画

中华妇女之责任　黑龙江女子教养院院长巴陵刘璱女士
妇女立身之道　卢寿籛
论婚制　哲学博士 C. A. Ellwood 著　邢定云译
女子之对于后母　李范娴增女士
为母之责任　王步兰女士
记美国朋纳脱夫人之善全夫业（译美国科学世界杂志）（附图）　公短译

留美女学生李女士获奖之演说文(译女士英文原稿) 严独鹤译

德意志之家庭教育 叶碧芬女士

家政整理法(译日本女学杂志) 致远

保藏果蔬之方法(译英国妇女杂志)(未完) 青霞译

泰西名家长寿谈 汪杰梁女士

英国海军之母威士顿女士(译英国世界报)(附像) 瘦鹃译

女飞行家台维斯小史(译英国妇女杂志)(附像) 严天倅译

法国女教育家绯摩林传(译欧洲教育界新史) 延陵译

土耳其之妇人 卮公

西服裁法(附图)(未完) 启唐

社会小说女小说家 天笑、毅汉译

爱国小说南山情碣 半侬

文艺

红梅花馆诗话 甘肃兰州雪平女士

淡香轩杂咏 西蜀畹君王梦兰女士

绿珠怨 浦东宋佛影女士

将进酒 前人

采桑子(申江送友往东之作) 漱冰女士

先妣事略 顾公毅

女子张藩绝命书

成绩

论学校与家庭联络之必要 上海复兰女子小学校学生汪秀林

晋山涛见王衍曰误天下苍生者必此人也山涛之识果有当欤 同里丽则女师范学校学生朱惜分

登泰山记 曲阜私立培基小学校女学生徐檀

孔子圣诞纪念日 前人

祭岳武穆文 福州女子中学校学生谭淑贞

扑满铭并序 广州公益女学学生莫淑贤

读宋濂秦士录书后 广州公益女学学生原敏兴

自尊说 前人

欲速则不达义 广州公益女学学生王兰馨

后生可畏义　广州公益女学学生朱淑仪
积蓄为治家之本论　广州公益女学学生莫志卿
不宝珠玉论　前人
褒姒论　前人
拟菊花留别梅花书　广州公益女学学生潘警坤
清华学校招考女生送美游学章程书后　广州公益女学学生黄振柔
论养生之道　广州公益女学学生原励兴
秦始皇论　广东顺德凤群两等女小学校学生谭采芳
论矿务之利　广东顺德凤群两等女小学校学生潘琼仙
元师围蔡论　前人
春游记　广东顺德凤群两等女小学校学生潘文玉
欧洲各国以妇女充当小学校教员说　山西第一女子师范学校林玉瓶

特别记事

湖北女学之成绩
上海共和女学之扩充
捐款兴学之可风
杭州女子职业学校之扩张
贞烈殉夫之女学生

第一卷第四期

1915 年 4 月 25 日

（民国四年四月二十五日）

插画

蓝天蔚夫人临汉隶
留美学生周淑英女士小影
徐砺堂君与吴慧敏女士新婚摄影
十四个月之女孩杨一珠
崔氏双生子周岁摄影（父名善臣）
德国之妇人
巴黎妇女体育会之团体运动
西藏之妇人
世界有名之饰物（二幅）
最新流行之照相织物（三幅）
中西各种女鞋（二幅）
上海爱国女学校中学科程苏琴刺绣
武进淑琴女师范学校张庚星绘水彩画

中华妇女之生计　巴陵刘瑊女士

国文成绩

合群说　桐乡县立初等女小学校四年级生沈敬十一岁
为学贵及时　仁普小学校四年级女生周松云
特别记事
记江省办学出力人员请奖案
儿童艺术品展览会上海各女学之得奖者
江苏省立第一女子师范学校附属小学举行游艺会之预告
上海中华女学改归市立

第一卷第五期

1915 年 5 月 25 日
（民国四年五月二十五日）

图画
薛锦琴女士（美国芝加哥大学毕业生）
施美珍女士
施蘗修女士（上海启秀中西女塾学生）
长沙衡粹女学校图画造花两科毕业摄影
香港圣士提反高等女学校校舍
英国皇后
德皇公主露伊斯
英皇公主玛利
南洋亚布岛之妇人
善学善游之西洋儿童
西洋名画（风）
巴拿马赛会出品之女工（二幅）
上海爱国女学校中学科陆秀刺绣
上海爱国女学校张幼蘋水彩画
敬告读本界诸同胞　李企孟女士
[补白]最大及最小二书籍
中华妇女之移殖观　巴陵刘瑊女士
教育子女之三大方针　（日）珂子女士著　蔡静媛女士译
蚕具改良之研究　沈慧女士
德法英美近来之妇人问题（未完）　郑剑云女士
大将军华盛顿家居之轶闻
James Parton 著　半侬译
[补白]美容保险
记俄皇四女（附图）　敩彭
比利时王后（附图）（译英国世界报）　侠花译

第一卷第六期

1915 年 6 月 25 日

（民国四年六月二十五日）

图画

廉绍华女士字迹（临崔敬邕墓志铭）

廉绍华女士二十岁时摄影

新华银行储蓄票得第一奖之张氏二女士（张芷宝、张朱荷宝）

山西公立女学校第五次毕业摄影

安徽公立第二女子初高等小学校会食时摄影

长沙尊阳四德女子职业学校之外观

加拿大总督亚历山大亲王之家庭

英国勃勒夫人乘飞机至战地搜寻伤兵图

欧战中之俄罗斯奇女子意达罗薪斯丹夫人小影

俄国北部菲兰特诸少女运动图

西洋之卖花女（二幅）

巴拿马赛会出品之造花两种（二幅）

上海爱国女学徐蕴真刺绣

锡金旅沪共和女学任丽芬水彩画

常熟淑琴女师范学校金鉴水彩画

中国女学师范论 黑龙江女子教养院院长巴陵刘瑊女士

胎教 南通女子师范学校校长范姚蕴素女士

［补白］女子蚕校同学体育团歌

吾之家庭 李范娴增女士

我之家计 德象高等女学校毕业生俞淑媛女士

就学之经验 李佛如女士

为救国储金敬告女同胞 张咏梅女士

闺阁常谭 甘肃兰州雪平女士

德法英美近来之妇人问题（续完） 郑剑云女士

罗马伟人格拉基之母 徐大纯

美国女学生夏日之生活 致远

希腊王之家庭（译英国妇女

特别记事

直隶女子师范学校第九次纪念会纪盛

提倡女子工艺之热心

黑龙江女子教养院第一次收捐清单(续)

第一卷第七期

1915 年 7 月 25 日

(民国四年七月二十五日)

图画

唐谢耀钧女士家庭生活摄影(十一幅)

胡剑虹女士摄影

北京端本女学校师范班七女士摄影

吴江私立爱德女学校甲种小学教员讲习科毕业摄影

比利时王后教子图

南洋群岛之女(酋长之女、土人之女)

巴拿马赛会出品之女工(刻丝挂件、绣丝方灯)

长沙衡粹女学之成绩品

上海爱国女学冯复新水彩画

吴江私立爱德女校王旭英水彩画

文王之婚姻　吴贯因

家庭生活摄影自述　唐谢耀钧

中华妇女之美术　巴陵刘瑬女士

敬告女学生　当阳许清女士

妇女防火之心得　袅香女士

上海岁时风俗记(未完)　予倩女士

蒙铁梭利女史之幼稚园　式公

宗教界伟人渥格斯丁之母　徐大纯

拿破仑一世之妻　蔡静媛女士

德意志之女　致远

英国女小说家史蒂尔夫人(译英国世界报)(附像)　侠花译

西餐八种　(美)罗拉女士讲演　任姝筠女士译

吾家擅长之烹调法

一　谭淑贞女士

二　上海闺范女学毕业洪月恒女士

三　抚州玉茗女学毕业汪翠筠女士

珊如

读棠棣诗书后　直隶女学校讲习科燕景缇

阅江楼怀古记　直隶女学校讲习科胡淑贤

读张溥五人墓碑记书后　直隶女学校高等三年级朱芝瑛

读韩退之送董邵南游河北序　直隶女学校高等二年级崔廷梅

乐羊子捐金论　澳门子褒学塾女生区莹漪

使用仆婢宜选择论　广州公益女学师范预科生何汝彬

作文须由己出论　广州公益女学师范预科生冯少璩

拟劝友节用书　广州公益女学高等二年级生崔秀珊

说鬼　广州公益女学高等三年级生刘冰圃

陆绩怀橘论　广州公益女学高等二年级生梁芷芳

以勤补拙论　广州公益女学高等二年级生郑奉慈

韩昭侯惜敝裤论　广州公益女学师范预科生梁咏祥

月蚀说　桐乡县立初等女学校四年级生金培生

说墨　桐乡县立初等女学校四年级生沈敔

说游　桐乡县立初等女学校四年级生朱莲芬

论文字　双城县立女子师范学生孙桂荣

爱群说　双城县立女子师范学生张挹娴

守俭　义乌仁普小学女生寿梅岑

特别记事

苏垣景海女校开游艺会

上海各女校联合运动会

上海光华女学校毕业式

黑龙江女子教养院第一次收捐清单(续)

第一卷第八期

1915 年 8 月 25 日

(民国四年八月二十五日)

图画

宋花蕊夫人宫词残碣

宋陈居中绘曹大家奉诏入宫及晨省舅姑图(各一幅)

汪介女士与王兰岩女士摄影

国文成绩

第一卷第九期

1915 年 9 月 25 日

（民国四年九月二十五日）

第一卷第十期

1915 年 10 月 25 日

（民国四年十月二十五日）

国文成绩

特别记事

第一卷第十一期

1915 年 11 月 25 日

（民国四年十一月二十五日）

图画

曹大家讲学图（宋陈居中绘）

蔡竞平君与张帼英女士行结婚礼后摄影

司徒氏孪生子图

陈钟女士（时年十八）

上海光华女学校全体摄影

直隶女学师范本科第一次毕业摄影

尚武精神之日本女学生

比利时后哀立沙白及二太子利波尔歇尔司公主梅丽育珊玉阶闲步之图

蒙古仕女啦嘛苏单氏摄影

保加利亚之妇人（二幅）

卢振华女士刺绣

上海县立女子高等小学校包绣菊绘水彩画

说女权 李范娴增女士

生计困蹙与妇女之关系 湫溟

妇人治内琐谈 蒲阳张李孝淑女士

改良婚嫁议 俞淑媛女士

妇人日常生活法（续） 效彭

小儿疾病调护法（英国法劳伦司马苏氏在脑森伯伦省教育会演讲卫生文稿之一）（未完） 曙峰译

住居之卫生（未完） 吴德亮

述艺菊之经验 瑞安陈崧女士

中国妇女之教育计划（译上海教育季报） 拜农译

西国古今女界名人之研究（译美国科学杂志）（未完） 翁长钟译

［补白］勤娘子花懒老婆菜

美国一百贤妻之自述（续） 瘦鹃

法国女子教育沿革（续） 徐大纯

发明雷铤者克利夫人传（附图） 效彭

女界奇闻 致远

自由妊娠之发见

妇人编剧家

女学校之实地育儿法

只手弹庇霞娜 Piano 之绝技

十二岁以下之寡妇八十万人

文艺

国文成绩

竞存

无事服农有事就兵役说　大名初级女师范学校郭长安

我家之家计　上海民生女学校高等生秦文美

女子无才便是德辨　上海光华女学校高等生林佩琉

省宴剧以资助赈论　澳门子褒学塾女生卓瓩卿

孔子家儿不知骂论　前人

国耻纪念论　澳门子褒学塾女生曾璧山

特别记事

上海县立女学校运动会纪事

扬州女学改组记略

山东济南女师范近事记闻

第一卷第十二期

1915 年 12 月 25 日

（民国四年十二月二十五日）

图画

邓飞鹏女士（广州河南育贤女学校校长）

李时谙君与张毓芳女士结婚摄影

直隶女学校各级学生雪后扫除摄影

北京女子师范本科四年级实习批评摄影

天津中西女学校教员学生摄影

川沙市立竞新女子初等小学校第一届毕业摄影

山东潍县郭氏私立初等女子学校全体摄影

山西公立女学校高小第一班练习球杆操摄影

暹罗皇太后摄影

西班牙王室之子女

法律博士史孤勒女士

挪威第一女网球家裘斯旦脱女士

卢振华女士刺绣

上海县立女子高等小学校陆慕贞绘皮卷画

吴江私立爱德女学校杨华才绘水彩画

论吾国民族未真能重视家族　唐谢耀钧女士

研究小儿性质之经验谈　潮鸣

论女子刚愎之害及矫正法　臬香女士

第二卷第一期

1916年1月25日

(民国五年一月二十五日)

级教授算学时摄影
江苏第一女子师范学校烹饪实习摄影
北京女子师范学校本科二年级全体摄影
雪中旅行
一动一静之西洋少女(各一幅)
程苏琴女士临邓石如心经帖
任芷筠女士录英女王维多利亚致大诗人戴尼逊书
金双玉女士仿高西园指墨
鸳湖女史绘花卉绢画
妇言(未完) 李范娴增女士
舅姑篇
论女子宜知所尚武 陈仪兰女士
男女结婚之研究 咏香女士
论女子虚饰心之害 枭香女士
吾人家庭勃兴之动机 陈仪兰女士
我之家庭状况 胡巾英女士
妇人日常生活法(续) 效彭
国粹体育女子拳法之一(附图) 宝山滕学琴亚珍女士
中国刺绣之历史及特色 裘毓麟
心理学对于教育儿童之关系(译美国教育报) (美)瓦拉斯韦林博士著 陈庭悦女士译
初生儿之生理 (日)医学士佐久间兼信著 寅斋译
动物育儿谈(附图) 致远
卫生思想宜求普及 吴德亮
果物于人身之益(附图) (日)农学博士泽村真著 任芷筠节译
由黑龙江入京师旅行记 固始祝宗梁女士
美国女子教育沿革(未完) 徐大纯
说潜水艇(译美国评论之评论)(附图) 明珠译
说看护用之病人模型(附图)(译美国工业世界) 毓甫译
梅花盆栽法(附图) 致远
女子德育小说手钏(原名 The Bracelets)(未完) (英)著名女小说家曼丽哀奇华司著 瘦鹃译
忠义小说修道院之女郎 霆锐
家庭小说双花斗艳录(续)

佐彤

麻疯女传奇(续)　莫等闲斋主人谱

文艺

芸香阁怀旧琐语(续)　吴江汪静芬女士

辛丑元旦至十二日阴雨不解口占和止扉原韵　衡山陈德音女士

壬寅元旦和韵　衡山陈德音女士

小南强室诗草(续)　归江宁周钟玉女士

春晓　吴斯圮女士

燕　前人

春草　兰陵罗绣娟女士

砌草　前人

晨起见双燕营巢即占　前人

春游　前人

玉楼春(谢惠外素娥者)　郭坚忍女士

惜余春(苦雨)　前人

沁园春(辘轳声)　吴斯圮女士

念奴娇(牡丹)　前人

陈母沈太君家传　吴县陶惟坻

成绩

论师范生应习国语　江苏省立第一女师范本科二年级生秦莳芹

论教　江苏省立第一女师范本科一年级生张富年

说女子当习缝纫与烹饪　同里丽则女校学生王凤彬

孟母断织论　奉天凤城县女子师范学校初级二年生马金汉

积蓄为治家之本论　广州公益女学高等二年级生原励兴

前题　广州公益女学高等二年级生崔秀珊

汉文帝除肉刑论　双城县立女子师范学校学生关淑纯

鲁敬姜论　澳门子褒学塾文科二年级女生郑慧娴

以禄养不如以善养论　澳门子褒学塾女生卓瓦卿

惜时说　上海光华女学校初等生林珍

论立志　江西吉安县立初等高等女子小学校三年级肄业生谢振欧

说杂一　江西女子蚕业讲习

第二卷第三期

1916年3月25日

(民国五年三月二十五日)

成绩

特别记事

第二卷第四期

1916 年 4 月 25 日

（民国五年四月二十五日）

特别记事

成绩

第二卷第五期

1916 年 5 月 25 日
（民国五年五月二十五日）

成绩

特别记事

第二卷第六期

1916年6月25日
（民国五年六月二十五日）

德国妇女与战争 汪治
母道之模型 郭步陶
初生儿之摄生 刘季雄
美国三女杰 志刚
社会教育家韦拉特女士(Francis Elizabeth Willard)传 畹滋
说鲸(附图) 致远
凤仙与鸡冠之栽培法(附图) 致远
蔬食谱(续完) 汪竞存女士
历史小说英国改良监狱第一人 李张绍南女士
麻疯女传奇(续) 莫等闲斋主人谱
文艺
质言留别诸生 范姚蕴素女士
孟鲁见余质言泫然出涕性情真挚见诸胸臆余恻焉心感不可言状赋此以答厚谊并柬孟青 前人
为熙伯族弟题遂园图 前人
写家书作 吴斯圮女士
读麻疯女传奇 李森
菩萨蛮(寄外) 吴斯圮女士
满庭芳(同前) 前人
夜行船(寄荇洲伯姊) 郭坚忍女士
于中好(再寄荇姊) 前人
菩萨蛮(又寄荇姊) 前人
滴滴金(三侄女远嫁陶氏道经扬州作此惜别) 前人
江城梅花引 陈启泰遗稿
念奴娇(云中怀古) 前人
莫等闲斋主人以所著麻疯女传奇见示芬芳悱恻哀艳动人为仿摊破丑奴儿调率应雅属即希政之(二首) 吴山
张伯纯公行略 上海神州女学校校长张昭汉女士
成绩
以武力救国论 立本女子师范学校学生王文宁
天下兴亡女子亦有责说 立本女子师范学校学生冯懿芳
毋忘国耻论 立本女子师范学校学生冯若仪
民为邦本说 立本女子师范学校学生罗雪澄
论当兵之可贵 广州公益女学高等二年级生崔秀文
生于忧患说 广州公益女学高等二年级生伍淑回
中国宜重工业论 丽则女学

高小三年级生杨宝瑜
奴仆当待之宽恕说　丽则女学高小三年级生王凤彬
尽人皆可读书说　丽则女学高小三年级生潘翠贞
论农桑为衣食之本　双城县女子师范学生葛莲舫
维持国货以重利权说　嘉善县立女子高等小学学生顾学洙
汪母幼时于屏后听书论　嘉善县立女子高等小学学生张心卍
论女子不读书之害　嘉善县立女子高等小学学生顾学濂
说人当哀怜贫困之人　民生女学校高等生谭志学
整数性质问题三则　丽则女学校学生薛元雁
特别记事
欧战中德国妇女近况
追录德人残害英看护妇事
幼稚教育研究会开会志略
上海市北公学恳亲会记盛
手工成绩展览会开会预志
南通第一幼稚园之内容

女子杂志

《女子杂志》,1915 年 1 月(民国四年一月)创刊,在上海出版,月刊,女子杂志社编辑,广益书局印刷发行。停刊时间未详。本目收录第一卷第一号。

第一卷第一号

1915 年 1 月(民国四年一月)

祝词一　张廷华
祝词二　竞雄女学
祝词三　楚伧
发刊词
图画
上海竞雄女学全体摄影
忏慧词人及其妹小淑女士在秋社合影
西湖旧风雨亭摄影
附:西泠新建风雨亭记　吴江陈去病
悲秋图题额
西泠悲秋第一图

西泠悲秋第二图
吴芝瑛女士题悲秋图小楷
吴瞿庵题悲秋图
明仇十洲仕女真迹
苏曼殊日暮修竹图
社论
女子教育之研究　南华
论中国女子生活之状况　德徵
选录
蔡孑民先生在城东女学演说记
纪黄韧之先生演说鲁省情形　城东女学杨雪瑶
宗教之优劣关于国势之强弱　神州女学张侠魂
记庚子之变　开明女学吴峥嵘
记少年时事　竞雄女学刘友梅
首夏西湖泛棹记　竞雄女学刘友梅
名著
美国胡桃山女塾之校长　胡彬夏
科学
裁衣用料公式　韵若
衣类洗濯法　咏莫
实用科学　甫孙
家政
室内洁清法　翡饰
家庭教育谈　南华
传记
秦良玉传　昭英
译丛
达尔文男女数之比率　敏如
欧战与男女数之差　慧若
纪事
神州女学校长张默君在寰球学生会演说记
竞雄女学增设文艺科
中西女塾正备两级退学之原因
爱国女学赴宁运动志
女子体操学校之成绩
女子体育之进步
国文读法研究会之先声
工织女学之近讯
翼中女学之游艺会
禀请维持女学
女子学校组织先声
女校建筑费无着
李国珍倡首捐助建筑女校费
小说

无恒之一千日(未完)　凰
涵元殿(未完)　小凤
苦女　昭英
珍姑　南华
文苑
悲秋集
鉴湖女侠秋瑾传　吴江陈去病巢南
鉴湖女侠秋君墓表　崇德徐自华忏慧
鉴湖女侠秋君墓碑　吴江柳弃疾亚子
徐自华传　吴江陈去病巢南
文
祭秋女士文(并序)　崇德徐自华忏慧
轩亭吊秋文　吴江陈去病巢南
鉴湖女侠周年祭文
秋女士遗诗序　余杭章炳麟太炎
诗　崇德徐自华忏慧
赠秋璿卿女士
附:和作　山阴秋瑾璿卿
迟春与璿卿联句
晚窗同璿卿妹小酌叠前韵
再叠前韵答璿卿戏赠之作
戏赠
送别璿卿妹
集唐人句赠璿卿
沪上返里留别璿卿
和鉴湖女侠感怀元韵
偕璿卿妹游西湖作
代柬答璿卿
吊鉴湖女侠
八月二十二日重游西湖感悼璿卿怆然有作用其感时诗元韵
过平湖秋月有感用秋雨秋风愁煞人原句足成四绝
十一月二十七日为璿卿葬事风雪渡江感而有作
戊申正月二十四日葬璿卿于西泠视窆既讫感而有作次巢南子元韵
附:原作　吴江陈去病巢南
和吴芝瑛西泠吊秋原韵
附:原作　桐城吴芝瑛紫英
六月六日祭毕秋坟风雨大作　桐城吴芝瑛紫英
中原光复重入越中有悼

莺花杂志

《莺花杂志》,1915 年 2 月在上海创刊,月刊,孙静庵、胡无闷编辑,新中华图书馆莺花杂志社发行,共出三期。本目全部收录。

第一期

1915 年 2 月 1 日

(民国四年二月一日)

游艺杂纂

祭长江
酒令
曲通　静庵
本社特别启事
补白
解颐录
见闻随笔
梨园琐志

第二期

1915 年 4 月 1 日
（民国四年四月一日）

莺花杂志编辑大意
本社特别启事
本社附赠送品广告
插画
封面　含情欲说宫中事，鹦鹉前头不敢言
小怜玉体横陈夜
风景一　武昌鸿阁楼
风景二　汉口工部局
风景三　上海邑庙湖心亭
风景四　上海城西门外马路
风景五　上海黄浦滩川岸
风景六　上海辛家花园
风景七　虞山东麓言子墓
文苑撷华
游戏文章　无闷
遗文郎永别书
又书
薄命词序
高阳女子谢禁缠足表
兰陵女子谢禁缠足表
水族加恩簿
云贞致夫书
看花谕
王秋涧酒榜
王秋涧花约
新妆赋
滑稽诗词　静庵
盲词
马桶词
村学堂诗
嘲时文道情
劣诗
金腿诗
赎当头
电诗
苏东坡判
无米无裤诗
得句撞钟
惧内
病齿

无闷
　广幽梦影　静庵
　幻术志　幻民
　玉屑清言　无闷
　酒令
　　燕都妓品　冰华梅史

补白

解颐录
见闻随笔
松窗漫笔
梨园琐志

第三期

1915年5月15日
(民国四年五月十五日)

莺花杂志编辑大意

本社投稿简章

本社特别启事

莺花杂志特别广告

插画

封面　日落空庭春欲晚,梨花满地不开门
插画　吴友如画洛神图
胡无闷女士戏装小影　孝义节
风景一　贵州贵阳武侯祠
风景二　四川雅州荣县大佛寺
海上花　春镜楼　张雅云
北京名妓　雅云　花小宝
风景三　江苏无锡黄婆墩
风景四　江西小孤山

文苑撷华

游戏文章　无闷
　无题曲文(并序)
　海棠上杜工部书
　滑稽鼓词
滑稽诗词　静庵
　十空曲
　呵呀歌
　清华公子词
　曲隐美女
　吴门歌
　牙牌词
　宋人戏破
　山居即事
　布袋和尚笑呵呵
闺秀诗传　无闷
　廖云锦
　李毓清
　何玉瑛
　侯如芝
　王采薇

曹贞秀
吴淑仪
周素贞
汪嫈
江珠
张因
郭芬
孔璐华
朱兰
沈纕
毕慧
李佩金
李壬
朱澄
方云卿
闵肃英
宋鸣琼
苏锜
恽珠
钟文淑
钱孟钿
孙云凤
孙云鹤
徐映玉
鲍之兰
鲍之蕙
鲍之芬

古今艳体曲选　静庵
　春情
　春怨
　赶苏卿
　都下清明仕女郊游嘲友人往看
　秋怀
　冬怨
　忆别
历朝宫词汇录　无闷
　蜀花蕊夫人宫词一百首
香艳词话　无闷
稗海丛编
短篇小说
　风俗短篇粤歌　静庵
　滑稽短篇冰炭缘　浣春女士
　历史短篇武宗逸事　静庵
　白莲教佚闻之二寇阿绣小史　浣春女士
　传记短篇板桥老人　静庵
长篇小说
　旧抄本名著金屋梦　梦笔生
　哀情小说莺花恨　无名氏
　滑稽小说钱迷传　木皮散客
凝香楼丛曲
　玉管姻传奇　无闷
野乘

江苏省立第二女子师范学校校友会汇刊

《江苏省立第二女子师范学校校友会汇刊》,1915 年 11 月在苏州创刊,江苏省立第二女子师范校友会编辑,每年二期,1926 年 5 月停刊,共出十九期。本目收录第三、五至九期。

第三期

1916 年 11 月

(民国五年十一月)

济宜量出为入其理由安在试详言之　谢蕴如
缝纫之一得　杨茂芬　王伦慧

记载

本校校友会记事
本校记事
本校四年八月起五年七月止周年概况
本校附属小学记事
本校毕业生最近状况表
本校预科生姓氏录
本校第三次运动会评语

杂俎

拟劝某君善处家庭书　章以蔺
春假记事　孟俊
参观吴江联合运动会记事　顾縠绥
为张钱二君开追悼会记事　张近瑄
同学钱君益吾哀辞(并序)　项为贤
其二(附哭钱君两绝)　朱学静
记虞山逍遥游之风景　陈以庄
邗江旅行记　蒋安全
拟校友会欢迎预科同学入会辞　顾静徽
其二　许咏萱
对残菊感言　顾静徽
拟致友人书(任叙何事)　陆亚芳
庆祝双十节演说稿　邹莲芬
本校第三次运动会记事　俞钰
述校中暑假开学后之状况　丁瑛卿
劝某友购用国货书　丁文藻
记追悼张钱二君事　王世伟
寒夜读书记　张观云
暑假记事　倪漱芳
扬州杂咏　金家禄
登弥罗宝阁故址有感　毕人夔
植园行　毕人夔

通讯

摘录来函五件

第五期

1917 年 11 月

(民国六年十一月)

江苏省立第二女子师范学校校友会简章(民国六年十月改订)

插画

校友会摄影
本校自制博物标本摄影
本科三年生赵兴毛笔画
本科二年生郭宛琴水彩画
本科一年生徐曼英预科生赵谷音习字成绩摄影

文萃

赠四年级同学毕业序　彭望芬
吾乡之中秋景物谈　刘佩华
参观各师范附属小学成绩记　华静娥
分科教授于事实上有无利益试各述所见　邱鸿仙
前题　丁瑛卿
西风渐厉北地早寒顺直灾民饥寒交迫试悬拟其苦况以著于篇　过素英
读茅钝叟游唐氏废园记书后　谢蕴如
校中近事(任记数则)　王世伟
述朝操及体育会之近况　廖家箴
博物标本之采集谈　沙学聪
举行级友会欲求不背本旨法当如何　王伦慧
述故乡风景　李希渊
书左忠毅公逸事后　周静娟
送四年级同学赴南通参观序　朱黛痕
试述来校时之状况　朱起华
本级第一次级友会记事　向思任
说学生在校之快乐　张碧
述余之家庭　杨葆芳
看护说　陈鹂
为学及时说　陈妅达

学艺

吾国人民国家观念最为薄弱论者谓由于宗族观念之重其说然与(考作)　李振枝
论同情之价值　丁瑛卿
清夜问心录　陆斐亚
讹字矫正表(承前)　张瑹
明思宗殉国之遗闻　过素英
北京附近铁道与形势之关系(考作)　华静娥
前题　蔡镜存
吾国良好军港多为列强租借沿海险要尽失近虽有兴复海军建筑军港之议然持论不一或主专重中权或主并营三区

当以何者为合于今日之国情与形势试各就所见以对(考作)　丁瑛卿
前题　丁文藻
汉族为亚细亚人种之代表(考作)　谢蕴如
金银虽贵不如铜铁之切于实用且与文化有关试申论之(考作)　蒋安全
植物体内结冰说　赵兴
显微镜实验笔记　本科三、二年生
显微镜标本图　宋继兰
血液中之糖量与外温之关系　赵兴
血球胞子虫与疟疾之关系　沙学聪
蟾蜍解剖笔记(附图)　吴光墨
述注入标本制作法　吴斐然
鸭之剥制法　郭宛琴
动物社会　倪湫芳
虾　陶菊友
燃烧若何而旺盛若何而徐缓若何而停止其法安在各举例以证之(考作)　蒋安全
代数学之一得　周杏全
竹工之研究　徐曼英

教育

本科四年生实习国文教授评案
问答方法有先指名后发问或先发问后指名二者其结果孰为有效(考作)　刘佩华
前题　顾静徽
前题　毛杏秀
现今小学校教授国文之目的　邹莲芬
统一国语为今日国民教育之要点当以中土上流社会之语为标准说　李希昭
试言感应与感觉之反比例并述范白尔之试验法以证明情之对比作用(考作)　谢蕴如
爱情之中莫不含有同情同情之中不必含有爱情二者差异究在何点可举例以说明之(考作)　陶张芝蕊
单纯意志之异同(附表)　李振枚
旅通日记(节录)　顾静徽
参观南通各校之报告　本科四年生

家政

分膳与合餐孰为便利试各述所见　曾以庄
前题　顾毅嘉
前题　陈洽
缝纫之一得　张观云　徐亚才
竹工偶谈　剑渊
记载
本校记事
本校校友会记事
本校五年八月至六年七月周年概况
现任职员一览表
预科生姓氏录
毕业生一览表
本校附属小学校八月至十一月概况
考察日本教育报告(续)　杨鄂联
杂俎
留别诸同学序　本科四年级全体
留别诸同学诗(七绝四首)　本科四年级全体
游狼山记　彭望芬　曾以庄
游南通五公园记　张琜　顾静徽
参观南通博物苑记　蒋安全
参观南通图书馆记　王及昭　刘佩华
参观大生纺织公司记　顾毅嘉　许咏萱
述本校暑假后设备及改革之大要　邱鸿仙
前题　过素英
上芷廷杨师书(问疾)　邹莲芬
前题　赵兴
课余实习谈　过素英
赠四年级同学毕业诗(七律四首)　本科二年级全体
劝友人助直隶灾赈书　吴学
前题　沙学聪
秋节日记　郭宛琴
咏梅(七绝四首)　邱鸿仙
新霜(五绝)　潘洪桂
咏怀(五绝)　吴德贤
通讯
摘录潘保意等报告八件

第六期

1918年5月

(民国七年五月)

江苏省立第二女子师范学校校

友会简章(民国六年十月改订)

插画

本科三年生烹饪实习摄影

本科三年生园艺实习摄影

本校成绩室摄影

本科四年生陆萼芬习字成绩摄影

本科三年生丁瑛卿毛笔画

本科二年生蒋婉清水彩画

本科一年生杨慧芬图案画

预科生朱起华毛笔画

文萃

本级同人前与级友会话别兹试代拟其答辞　蒋安全

戏代四年级同学拟与级友会话别辞　金家禄

读韩昌黎代张籍与李浙东书书后　邹莲芬

对于本届运动会事前种种之商榷　谢蕴如

对于变更实习烹饪办法之意见　朱畹兰

本级所积烹饪余金如何处理最为相宜　宁宝仪

说讲究文法之重要　王世伟

就昨日所演说者任记一则并系以论　廖家箴

前题　吴光墨

闻校长报告项君办学情形感言　郭宛琴

前题　祝苹华

说金时计　朱蕴玉

释本校校训　张权

述寒假中之状况　朱起华

本校第五次运动会记　赵谷音

一年中之回顾　向思任

拿破仑论　杨葆芳

读祭田横墓文感言　金月音

言志　张爱华

贫富无常说　李润春

学艺

正心谈　欧秀贞

词性论之一得　郭宛琴

东俄交通何者与中国有边防关系(考作)　许咏萱

南洋群岛大半曾为华人领有今华侨势力日即衰微亟宜设法保护力图扩张试就内外情势而论断之　李振枚

大沽口分图　邹莲芬

胶州湾分图　沙孝珣

吾国南北两军最近用武之地　王世伟

湘省南北两军战争要地　刘佩瑜
吾国巨川发源之地有二大中心三小中心说　朱蕴玉
中日出兵地点及其结果利害之预言　陶菊友
四川省与时局之关系　杨志先
述海虞之形胜　朱蕴玉
生理小言　朱畹兰　傅婷
腊叶标本之制作法　廖家箴
植物体内水分上升之理由　吴学
植物记载表并图　许兆蕴
其二　吴光墨
海翁　胡竞蕴
大步行鸟　曹玉书
蚕体解剖笔记　徐曼英
鱼之表情及记忆力　李希渊
蚯蚓之放毒与发光　李希渊
类似蛋白之物质大别为动物性植物性两种试述其所在及效用(考作)　蒋安全
衣钩之制作法　曹玉书　杨志先

教育

本科四年生实习国文教授评案
其二
数主义与数象主义之区别及得失(考作)　顾静徽
前题　华静娥
赏罚为训育上之补助法　蒋安全
吾国教育渊源于五帝而大备于周代自秦以后日见退化二千余年几无进步之可言考其原因不止一端能举其重要者以论列之欤(考作)　顾静徽
二十世纪最适当之教育主义　赵兴

家政

本科三年级烹饪实习内规(附实习室规则及表四种)
本级烹饪实习改用分膳之目的　宁宝仪
记园艺实习之经验　本科三年生

记载

本校记事
本校附属小学校概况
考察日本教育报告(续)　杨鄂联

杂组

近有人主张改革文字于事实上能否通行试各述所见　赵兴
前题　丁瑛钦
说师范生学习国语之必要　孙琬录
吴君斐然小传　吴学
前题　张观云
前题　倪淑芳
前题　万剑云
游鸡鸣山记　王世伟
游清凉山记　郭宛琴

第七期

1918 年 11 月

（民国七年十一月）

江苏省立第二女子师范学校校友会简章(民国七年十月改订)
插画
本会第六届大会全体会员摄影
本科三年生郭宛琴水彩画
本科二年生宋明秀水彩画
文萃
留别诸同学序　顾静徽
家事实习室应如何布置方为适宜　孙琬录
前题　赵兴
教授实习之预备　俞珏
拟姚希声三说　吴光墨
修身言爱物而博物有解剖二者似相抵触其实若何　郭宛琴
对于校友会之兴趣　张观云
志蟹　倪淑芳
书宋景濂送马生序后　胡葵
前题　周静娟
说作文誊清之用意　李希渊
述本校开学后之近况　曹玉书
对于各科学之兴味　朱起华
闻本星期校长训话感言　向思任
升入本科后之感想　龚祖媄
练习演说之经验　金蓉秀
书陈惕园童子摭谈序后　闵宝缉
拟重九登高记　范顺金
对于四年级赴杭参观之感想　朱萃珍
吾人对于协约国之义务　徐云生
论教室中之点缀品　蔡惇

金钱利害之解决　秦似玉
吾校之菊　顾莼芳
本校五周纪念记　张景怡
说学贵乎勤　顾逸仙

学艺

述女学修身科之重要　王开达
南宋沦亡之由　吴学
关中之新风云　王开达　杨茂芬
闽省与南北战争之关系　朱蕴玉
秦蜀形势之联络　宋明秀
说历　赵谷音
水蒸气之变化　欧秀珍　张观云
吸收说　吴光墨
飞船潜艇(科学游戏)　蒋婉清
双壳蛋之研究　陶菊友
麝香　杨志先
暑假期内采集昆虫记　徐曼英
解剖笔记(猫)　郭宛琴
实习笔记(蝮蛇)　宋明秀
木衣架之制法　蒋婉清
手工之一得　苏湘贞　吴葵

教育

书法教授概要　附属小学校国文研究部
教育偶谈　蒋安全
本科四年生实习国文教授评案
梦之研究　吴光墨　徐亚才
引起兴味为练习注意之重要条件　李希渊
参观杭州学校之报告　本科四年生

家政

家事实习室内规
记园艺实习之经验(续)

记载

本会记事
本校记事(七年六月起十一月止)
本校六年八月起七年七月止周年概况
预科同学姓氏录
毕业同学最近状况表
附属小学校半年间概况

杂俎

送别序(本科三年级赠本科第二届毕业同学)
送别诗(七律四章)(本科二年

级赠本科第二届毕业同学）
送别词（调寄菩萨蛮）（预科赠本科第二届毕业同学）
担任乡村小学教授之旨趣（演说稿） 朱婉兰
旅杭七日记 邱鸿仙
九华先生传 朱寿萱
铸人说 朱寿萱
拟致毕业同学某君书（邀赴校友会劝捐积聚金） 廖家箴
询某君病况书 徐亚才
暑假游梅园记 胡葵 苏湘贞
贩卖部经理一年所见较确试述其应行改良之处 刘希韫
其二 杨志先
其三 朱黛痕
读茅钝叟唐氏废园记感言 吴德贤
本校组织校友会之用意 钱仍祖
游湖随笔十二则 本科四年生

通讯

摘录来函六件
附录太仓县公署文

第八期

1919 年 5 月
（民国八年五月）

江苏省立第二女子师范学校校友会简章（民国七年十月改订）

插画

本校举行植树典礼摄影
本科四年生家事实习居住股摄影
本科四年生家事实习交际股摄影
本科三年生家事实习衣服股摄影
本科三年生家事实习饮食股摄影
本科二年生陶菊友水彩画
本科一年生张碧水彩画

文萃

对于发表国文成绩之意见 廖家箴
前题 王开达
前题 欧秀珍
笔述孝女格天事系以小论 袁仪
记本级级友会所演富人藏金事 吴光墨

前题　王光夏
运动会余兴之商榷　张观云
前题　吴学
拟荆雪涛答于清端书　杨志先
书第七期汇刊后　胡葵
王孟蛟画儿童放纸鸢记　徐曼英
前题　王锦焕
爱国在精神不在形式说　杨志先
前题　朱黛痕
学校生活与家庭生活之比较　朱起华
中等学校成绩展览会之用意　赵谷音
国耻纪念感言　顾慧清
记本乡旧历新年之景象　向思任
对于本届运动会之预备　田隆俶
国文宜注重自修说　凌云
论沈云英力全道州事　范顺金
吾人对于协济款之义务　郁吟秋
对于外交失败之自觉　徐毓珊
游拙政园记　吴钟玉

学艺

说女子师范生应负之责任　吴光墨
鸦片战争感言　田隆俊
中日地理上之交涉　袁仪
胶澳与中国前途之关系　沈秋仙
济顺高徐等路为山东外交失败之原因　李希渊
青岛中日之竞争　史人镜
论日人杂居中国内地之害　宋明秀
青岛存亡与全国之关系　朱蕴玉
瓶水出入异色(科学游戏)　吴学　王宝善
纸锅烹蛋(科学游戏)　杨志先　朱蕴玉
石膏细工作法之说明　沈修梅
前题　蔡维翰
黏土细工之制作法　李方兼
本学期乙组添授各课之状况　王宝善

教育

修订缀法教授概要　附属小学校国文科研究部
参观杭州学校之报告　本科四年生
家政
述师诚师朴两小儿之性质并教育之法　赵兴
前题　丁瑛卿
前题　谢蕴如
对于家事实习之意见　倪漱芳
前题　万剑云
前题　沈修梅
本三第一组实习家事费用一览　蒋婉清
家事实习各组轮值表
缝纫教授预定表
记载
本校记事
附属小学校半年间概况
杂俎
拟致级任黄师书(询旅京情形及归期并告以校中近况)　吴学
前题　徐亚才
拟成绩室规则　郭宛琴
拟沈君修梅小传　徐亚才
前题　廖家箴
前题　倪漱芳
前题　李方兼
前题　田隆俊
前题　沙学聪
参观成绩展览会记　刘希韫
前题　苏湘贞
前题　冯明霞
参观古物保存所记　孙裳
游清凉山记　曹玉书
游浙江烈士祠记　朱蕴玉
拟答友人通候并赠果品书　李希渊
前题　史人镜
记壁盗事　向思任
本届运动会第一节余兴之说明　张碧
送二年级同学赴省立运动会序　黄素芳

第九期

1919年11月

(民国八年十一月)

江苏省立第二女子师范学校校友会简章(民国七年十月改订)
插画

第三届本科毕业同学摄影
陶张芝蕊君小影
本科三年生汪炳椴水彩画
本科二年生吴润瑛水彩画
文萃
赠第三届本科同学毕业序　本科三年级全体　作者廖家箴
与某君书(仿魏文与吴质书)　郭宛琴
预备教授实习之商榷　徐亚才
前题　傅源
拟小学缀法之范作(鹊)(说贮蓄)　倪漱芳
前题　黄守玙
就昨日校长训话任记一端系之以论　朱黛痕
级友会除原定宗旨外更有何种益处各就所见言之　周静兰
述俄罗斯之女英雄　史人镜
闻秋虫感言　冯明霞
怎样做今日的一个人?　胡葵　曹玉书
世间惟天伦之乐至真且永试各就所亲历者以证之　朱起华
前题　顾慧清
本级补开第五次级友会之感想　龚祖媖
前题　钱仍祖
论文衡山仿制银杯以偿富室事　金蓉秀
读熊次侯陈节妇传感言　范顺金
书石哈生宋石芝传后　凌云
谢友人馈遗节物并邀赏月书　朱令贤
吾乡重阳节之景物谈　闵宝缉
读黄省曾谒漂母祠记　徐品玲
前题　沈联畹
论苏州设立女子职业中学校事　蔡惇
各述本乡中秋节之风俗　朱汝昭
女子解放观　宋绮文
对于福州事件愤言　耿乃英
诃私运日货之奸商　倪霞佩
说盲鱼之原因　朱庭蔚
学艺
点顿符号之说明　金家禄

论中国滥借日款之危　胡竞蕴
嗅觉与香之关系　曹玉书
采取花香法　徐曼英
花香与花色及分科之关系　谈德音
家蝇与传染病之关系　陈为淑　蒋师昭
家蝇之生态　徐纫英
意匠制作之价值　蔡维翰
木工雕刻的价值同他的方法　王宝善　田隆俊

教育

恳话会记录　张近芬
教育偶谈　华静娥
小学校历史教材选择之研究　杨茂芬
教学一得　郭宛琴
每晨养性训练用反省问题　附属小学校训育部
教授注音字母方法　附属小学校联合会草　本校附属小学校改订
参观杭州学校报告　本科四年生

家政

烹饪随笔　蒋婉清
婴儿保育衣之裁缝法　蔡润　蔡维翰

记载

本会记事
本校记事
附属小学校半年间概况
毕业同学最近状况表
八年度预科同学姓氏录

杂俎

游杭四咏　金家禄
即席口占　朱学静
南游纪略　许鼐珍
游颐和园记　田隆仪
前题　朱学静
前题　蒋安全
镇海元宵观灯记　葛成宏
留别诸同学序　第三届本科毕业生全体　作者赵兴
留别各级同学(七绝四首)　第三届本科毕业生全体
送别诗(七绝四首)　本科二年生全体
送别诗(七绝六首)　本科一年生全体
西湖游记(关于理科的)　杨茂芬
游葛岭记　廖家箴

前题　祝萃华
游烟霞石屋洞记　吴学
游烟霞洞记　张观云
游灵隐山记　吴光墨
本届追悼会记　徐曼英
前题　陶福桢
观附属小学游艺会记　朱蕴玉
前题　王锦焕
这也是一个人　苏湘贞　王锦焕
我之汇刊改革观　李希渊
死板板的家庭教育　曹玉书　胡葵
拟与同乡某君讨论新文化运动施行方法书　朱黛痕
咳！原来一样的一个人　李希渊　李清川
蚊喻　倪桐岗
记吴县第五高等小学校校长吴君宾若乘车惨毙事　向思任
对于本届校友会提议事件之商榷　吴德贤
拟朱君保容小传　徐纫英
随感录
(1)张近芬(2)张近芬(3)徐曼英(4)刘希韫(5)孙裳

益世女报

《益世女报》，约1915年创刊，天津益世报馆发行，发行了二十二期以上。本目收录第二十二期。

第二十二期

1916年6月12日
(民国五年六月十二号
旧历丙辰五月十二日
救世后一千九百十六年
六月十二号)

家政
说将来家庭的危险
儿童课(附图)
公共卫生
牙齿的摄养法
正俗
福字(附图)
杂俎
妇人工业界之势力

直隶第一女师范校友会会报

《直隶第一女师范校友会会报》,1916年4月在天津创刊,直隶第一女师范校友会图书部编辑,白眉初主编,该校校友会总务部发行,北洋印刷局印刷。共出二期。本目收录第二期。

第二期

1916.12.25

(民国五年十二月二十五日)

德崇
丁未返粤记　三年级　徐兰如
大城县风土记　三年级　邓婉箴
学艺
对于体操教授上之管见　许卓
废止学校教授舞蹈游技之商榷　孙掞
第一女师范附属小学高等三年级各个操之说明　许卓
传记
张允瑛小传
蒋景陶传　三年级　郑寿禄
徐德慧先生传　三年级　金庆畴
张氏二烈女传　三年级　刘钟慧
张氏二烈女传　三年级　张誉扬
本会图书馆记　皞如
文苑
癸丑冬旅寓津门适有友馈菊十余本率成短句　秀升
丙辰夏读报见江宁会议事有感遂成口号　秀升
闻业师弃世有感而作并序　眉初
暑假在天津女师范校书怀　眉初
五年春本校校友会成余为组图书馆由五月至八月竣事因述事且勉诸生　眉初
夏晚竹枝词（五首）　眉初
谨步夏晚竹枝词原韵（二首）　赵懋芸
暑假居第九女校杂咏谨用夏晚原韵（三首）　赵懋芸
有感（一首）　赵懋芸
思亲（一首）　赵懋芸
谨步夏晚竹枝词原韵（五首）　赵懋华
秋夜（一首）　赵懋华
春日独坐偶感四绝　万筱芹
送春　万筱芹
孟秋拟游万寿山雨阻不果作于京师　万筱芹
中秋感怀　万筱芹
中秋赏月　万筱芹
祭蒋景陶墓二首　郑禄寿
阅报有感　金庆畴
秋雨　史德华
读沈云英传有感（二首）　凌

集嘉
读岳鹏举五岳祠盟记有感(二首) 凌集嘉
师资(二首) 凌集嘉
丙辰夏休业温课作(二首) 凌集嘉
因学艺会自愧袜线之才不能角立杰出感而咏此 凌集嘉
蝶恋花 凌集嘉
迷神引 偶感 凌集嘉
学艺会即事(十一月五日预备会作) 凌集嘉
夏雨 蔡智圆
秋初十四夜看月 蔡智圆
黄昏 蔡智圆
初秋见孤雁时舍弟离家时 蔡智圆
夜读史即景 蔡智圆
秋思 蔡智圆
对菊 蔡智圆
忆菊 蔡智圆
爱菊 蔡智圆
采菊 蔡智圆
感怀二首 凌瑞棠
暮秋竹枝词四首 凌瑞棠
凌母汪太夫人五十寿序 皞如拟
说棋 二年级学生 谭纫佩
代三年级学生拟祭张允瑛女士文 眉初
祭蒋君景陶文 郑寿禄
哭亡友蒋君景陶文 刘钟慧
祭表弟阿虎文 张誉扬
思母 李凤麟
不能侍母自伤文 王贞儒
追悼张允瑛女士挽联
书牍
雨后天晴邀女友看菊小启 四年级乙组 凌瑞棠
与同学书劝其熟读尤西堂反恨赋 四年级乙组 蔡衷颖
与同学书劝其熟读尤西堂反恨赋 四年级乙组 蔡智圆
与同学书劝其熟读尤西堂反恨赋 四年级乙组 凌瑞棠
雨后天晴邀女友看菊小启 四年级乙组 蔡衷颖
雨后天晴邀女友看菊小启 四年级乙组 蔡智圆
雨后天晴邀女友看菊小启 四年级乙组 朱吉贞
雨后天晴邀女友看菊小启 四年级乙组 刘芷云
劝友人勤学书 二年级学生

周敏
与友人论时势书　周敏
与友人论时势书　二年级　谭纫佩
与某姊论女子宜发愤求学书　一年级　黄佩芳

小说

寓意小说贤孙复业录　三年级　张誉扬
家庭小说杏花村侯氏记　三年级　郑寿禄
华胥国(续前)　四年级甲组　高珍

演说

陶先生孟和讲演女子地位之变迁　史德华、郭淑文笔述
马千里先生之修身谈　金庆畴笔述

课选

本校第十周年纪念会记　四年级甲组　刘崚渤
本校第十周年纪念会记　四年级甲组　杜联湝
本校第十周年纪念会记　四年级甲组　徐自珍
开校第十周年纪念会记　三年级　袁雪如
游种植园记　四年级甲组　徐自珍
游种植园记　四年级甲组　刘崚渤
游种植园记　四年级乙组　蔡衷颖
游种植园记　三年级　刘钟慧
植物园游记　一年级　郭恒桢
校友会欢迎新会员记　三年级　刘钟慧
校友会欢迎新会员记　三年级　李献瑞
夏日高楼读书记　四年级甲组　杜联湝
春雨后郊外闲游记　三年级　徐兰如
春雨后郊外闲游记　三年级　李凤麟
张允瑛女士追悼会记　四年级乙组　凌瑞棠
张允瑛女士追悼会记　四年级乙组　刘芷云
张允瑛女士追悼会记　四年级乙组　朱吉贞
秋日高楼读书记　四年级乙

组　蔡智圆
论女子学文之功用　四年级乙组　张碧波
论女子学文之功用　四年级乙组　朱吉贞
论女子学文之功用　四年级乙组　凌瑞棠
吴三桂论　三年级　陈媛
吴三桂论　三年级　李献瑞
宋遗使约金攻辽论　二年级　周敏
文天祥论　二年级学生　周敏
惟静者方得求学之益论　二年级学生　周敏
汤武革命论　二年级学生　周敏
项王论　一年级学生　张淑文
项王论　前预科生今退学　边学英
项王论　一年级　孙蕴初
荆轲论　一年级　刘韵琴
论朱买臣之妻　前预科生今退学　边学英
论朱买臣之妻　沈淑贞
论朱买臣之妻　前预科生今退学　程仪贞
季布传论　一年级　童淑均
学生宜守规则论　预科　凌楚蓉
说勤俭　三年级　徐兰如
励俭说　三年级　邓婉箴
俭为美德说　二年级学生　周敏
中国宜速整军备说　本科一年级　孙蕴初
说女子读书之益　预科生　赵敬成
不兑换纸币驳议　一年级　刘韵琴
韩退之师说书后　三年级　郑寿禄
韩退之师说书后　三年级　陈英才
韩退之师说书后　三年级　金庆畴
对于蔡松坡先生逝世感言　一年级　刘韵琴
对于蔡松坡先生逝世感言　一年级　邓文淑
对于蔡松坡先生逝世感言　一年级　童淑均
对于蔡松坡先生逝世感言

一年级　梁绣臣
学艺会诗文录
学艺会即事　四年甲级　凌集嘉
观学艺会有感
记学艺会事　凌瑞棠
记学艺会事　张碧波
记学艺会事　蔡衷颖
记学艺会事　朱吉贞
记学艺会事　杜联哲
记学艺会事　陈丽冰
记学艺会事　二年级学生张誉扬
记学艺会事　刘钟慧
记学艺会事　李献瑞
记学艺会事　二年级学生陈媛
记学艺会事　周敏
记学艺会事　谭纫佩
记学艺会事　万筱芹
记学艺会事　童淑均
对于学艺会之感言　张碧波
对于学艺会之感言　蔡衷颖
对于学艺会之感言　朱吉贞
对于学艺会之感言　杜联哲
对于学艺会之感言　陈丽冰
对于学艺会之感言　潘宗昭
对于学艺会之感言　三年级学生　张誉扬
对于学艺会之感言　三年级学生　刘钟慧
对于学艺会之感言　三年级学生　李献瑞
对于学艺会之感言　陈媛
对于学艺会之感言　周敏
对于学艺会之感言　谭纫佩
对于学艺会之感言　万筱芹
对于学艺会之感言　童淑均
本会从录
直隶第一女子师范学校校友会新章
校友会职员姓名一览
校友人名录
总务部报告
校友会图书馆章程
图书馆值日表
校友会图书馆捐书报告
校友会图书馆第一次捐款录
校友会图书馆出款报告

闺声

《闺声》,1917年3月(民国六年三月)在上海创刊,高剑华女士编辑,钱掌珠女士校订,群学社发行。系《眉语》被查封后创办的女性文学期刊。停刊时间未详。本目收录第一集。

第一集

1917年3月23日

(丁巳年闰二月一日发行)

玉雪留痕

闺声社闺侣小影

高剑华女士

钱掌珠女士

朱玉华女士

章缕馨女士

章凤贞女士

梁桂琴女士

梁桂珠女士

女飞行家史天逊航空摄影

将上飞机之影

将出发时之影

航空之影

凭肩述旧图

女儿憨

女儿羞

日本华侨之闺秀

日本华侨之女学生

元人许泽山名画西藏佛像

镜台片玉

云鬟重整记　钱掌珠女士(正文署“冷馨女史之寓言”)

坠燕　朱玉华女士述

闺中调笑记　太真女公子之清谈

情弹　梅倩女史(正文署“梅倩女士之豪语”)

病榻缠绵记　纫兰女史(正文署“孤帆君述意”“纫兰女史之佳话”)

拥髻长谈

帘影钗光录(未完)　高剑华女士(正文署“高剑华女士之香闺秘记”)

笳声蝶影录(未完)　许俪华夫人(正文署“俪华夫人之欧

战艳闻”）
第一章　生死交
第二章　此亦女子也
绣余清课
茜窗拈韵录　梁桂珠女士选辑
涉江采芙蓉赋（以秋风江上采芙蓉为韵）　雪霞女士
雪花赋（以未若柳絮因风起为韵）　雪霞女士
吊小青　赵兰遗女士畹著
偶书石头记后
自题二十五岁小影
题画
漫成
寄诸谱妹
寄琴香盟姊
自感
感怀　杨瘦侬
仕女晚妆图
林慧侬女士清才卓识颇娴翰墨适接其函封缄甚固急启之仅素笺一幅了无只字可寻殊难索解兹成四绝藉以代简
杂忆诗
闺情二首
娩婳将军传奇　章凤贞女士正声
调脂余沈
双栖楼赘艳（未完）　韫玉女士（正文署“韫玉女学士之伉俪清谈”）
镜台文艺志　章缕馨女士辑
兰闺画乘（未完）

江苏省立第一女子师范学校校友会杂志

《江苏省立第一女子师范学校校友会杂志》，1917年创刊，在南京出版。江苏省立第一女子师范学校校友会学艺部编辑，上海国光书局印刷。1925年停刊。本目收录第一卷第二期。

第二期

插画
本校五周纪念会欢迎甲种会员摄影
本校第二届本科生毕业摄影

本校派赴上海女青年会体育女子师范学校学习之学生杨效让摄影
图画成绩
习字成绩
文萃
乐羊子妻　吴芳荪
荆轲论　朱光玉
前题　刘维贞
前题　陈懋珠
前题　吴续新
胡孝子传　吴续新
驳吕东莱楚子问鼎议　沈咏秋
前题　林苏
前题　缪韵春
戒奢　秦莳芹
前题　刘维贞
对于朝鲜灭亡之感言　吴芳荪
徽造桥妇　宋启英
前题　潘维新
前题　潘亦英
论荆轲与安重根　程汉卿
前题　周组民
前题　施舜英
诸葛亮王猛优劣论　宋启英
前题　周组民
前题　祝韵兰
读历史周代学制考书感　张宗英
读梁启超论进取冒险书后　杨俊婀
家乡新年陋俗之改良谈　张宗英
前题　徐梦兰
记本校国庆纪念会　汪慧秀
读戴震与方希原书　徐凤琴
祈雨记　刘令鉴
黄花岗七十二烈士墓碑记　刘令鉴
校之西偏庭园记　何志英
书曾子固战国策目录序后　杨海华
吴三桂论　刘令鉴
试各述乡土名胜著于篇　刘令鉴
前题　刘学志
论清代文字之狱　刘学志
说汉族得名之由来　何志英
得人者昌说　王淑媛
演说
记蒋竹庄先生演说斐律宾之教育　周组民、施舜英

敬告小学校校长　张志学
我之模范家庭　朱光玉
小学教育严格主义与放任主义之优劣　任华
职业教育之辩难　徐望班、施舜英
人生观　徐望班、颜芷芬、张耆年
讲演部会员录　讲演部
学艺
衣服之洗濯法　唐璧
论裁缝为女子之必修科　褚汉英
续论裁法之注意　沈咏秋
烹饪之一得　秦莳芹、任乐
数学滑稽谈　蔡鸣喈
家事应用之数学题　朱光玉
时针计算之研究　施舜英、潘维新
音乐之心得　高勤
剥制标本之制法　祝韵兰、陈应贤
镍考　朱光玉
行进游技　钟寿芝
其二　徐望班、周组民
其三　刘聿馨、华粲英
其四　田节筠
其五　朱乐蕃
其六　管贻彤
读史管见　张耆年、周组民、宋启英
欧亚交通考略　吴续新
历代中日之交涉表　陈懋珠、贝受琳
近古之文化概言　施舜英
满洲之大势　陈锡瑜
赤壁考　荣任、孙征和
英语成绩　庄庆津、何志英
其二　顾品月
研究
本校第二届本科生教育实习各规程　记者
（教案）初等一年级修身（附评案）　吕芳华
初等一年级读法（附评案）　钟镜秋
初等三四年合级算术（附评案）　程同玑
初等三四年合级国文（附评案）　汪超群
高等三年级修身（附评案）　吕采
高等三年级算术（附评案）　周水澄

本校第三届本科生授教授法时试编之教案　秦蒔芹、田节筠、朱光玉
本校附属小学校初等科各科教授顺序　教授法研究会
本校附属小学校缝纫科教授要目　陈国璋、吕怡
本校附属小学校图画科教授要目　钟镜秋
小学校施行职业教育问题之研究　秦蒔芹
家事实习之研究　蒋维乔来稿
本校校友会学术部各研究会研究录　学术部

调查

上海幼稚教育状况　钟寿芝
江苏省小学校统计图　吕莹
其二　孙征和、任荣
本校生徒之籍贯人数一览表　丁道良
南洋群岛教育之新调查　王天民、毛羽丰
参观南京高等师范附属小学校笔记　吕芳华、吕怡
江宁县乡土调查　潘亦英
丹徒县乡土调查　颜芷芬
丹阳县乡土调查　林苏
武进县乡土调查　丁钰、高勤
无锡县乡土调查　华粲英
昆山县古迹纪略　徐望班
青浦县乡土调查　陈应贤
崇明县乡土调查　蔡凤书
海门县乡土调查　汤锦云
松江县乡土调查　吴芳荪
调查东台县栟茶场之概况　夏琴冠、蔡秉慧
浙江嘉兴县乡土调查　田节筠
浙江杭县乡土调查　周组民

记事

本校大事记　记者
本校生徒姓名录　记者
本校五周纪念会纪事　郭陕杰
五周纪念会校长训辞　秦蒔芹拟作
五周纪念会教职员训辞　刘维贞拟作
五周纪念会祝词　任华
乙种会员欢迎甲种会员致词
甲种会员答词
附属小学学生欢迎毕业生致词

甲种会员答词
为校友会拟作乙种会员欢迎甲种会员辞　刘令鉴
其二　顾也珍
校友会大事记　事务部
杂俎
祭本科四年生宗淑宜人　和道人拟作
其二　石父代作
水曜日纪闻　刘学志
答人问草帽编制法书　张宗英
前题　徐凤琴
家庭闻见之种种　宋启英
错觉妄觉说　潘维新
服务状况
历届毕业生服务学校所在地一览表
历届毕业生报告书　王秀森
其二　陈忠贤
其三　张志行
其四　朱蘅源
其五　张志学
其六　陈锡瑜
其七　徐瑞兰
其八　夏激琬
其九　汪超群
其十　李志
其十一　江亦权
其十二　徐祖芬
其十三　张明德
其十四　吕采
第二届毕业生服务日志选录　张翰屏
其二　吕芳华
其三　夏激琬
其四　程同玑
其五　吕怡
其六　徐祖芬

中国近代女性文学研究著作论文目录

综合研究

(一)概论综述

1. 近代女性文化史

中国妇女运动通史,谈社英,妇女共鸣社,1936年。

中国妇女生活史,陈东原,商务印书馆,1937年。

中国妇女运动史(新民主主义时期),中华全国妇女联合会编,春秋出版社,1989年。

中国妇女运动史,任芬主编,北方妇女儿童出版社,1989年。

中国近代妇女运动史,刘巨才,中国妇女出版社,1989年。

中国近代女子教育史,卢燕贞,台湾文史哲出版社,1989年。

中国妇女运动(1840—1921),吕美颐、郑永福,河南人民出版社,1990年。

上海妇女运动史(1919—1949),上海市妇女联合会编,上海人民出版社,1990年。

中国女性禁忌,郭锦桴,河北人民出版社,1991年。

中国妇女运动史,计荣主编,湖南出版社,1992年。

中国近现代女子教育，黄新宪，福建教育出版社，1992年。

近代中国妇女生活，郑永福、吕美颐，河南人民出版社，1993年。

近代中国家庭的变革，邓伟志，上海人民出版社，1994年。

中国近代妇女史，马庚存，青岛出版社，1995年。

中国近代女子留学史，孙石月，中国和平出版社，1995年。

女性与近代中国社会，罗苏文，上海人民出版社，1996年。

选美史，刘巨才，上海文艺出版社，1997年。

中国女子从军史，王子今，军事谊文出版社，1998年。

中国妇女百年奋斗史，唐娅辉，湖南师范大学出版社，1999年。

金山谣：美国华裔妇女史，[美]令狐萍，中国社会科学出版社，1999年。

近代中国妇女运动史，陈三井主编，台湾近代中国出版社，2000年。

近代中国女权论述：国族、翻译与性别政治，刘人鹏，台湾学生书局，2000年。

晚清社会与文化，夏晓虹，湖北教育出版社，2001年。

20世纪中国女性发展史论，林吉玲，山东人民出版社，2001年。

中国妇女运动百年大事记（1901—2000），中华全国妇女联合会编，中国妇女出版社，2003年。

无声之声（Ⅰ）：近代中国的妇女与国家（1600—1950），吕芳上主编，台湾“中央研究院近代史研究所”，2003年。

无声之声（Ⅱ）：近代中国的妇女与社会（1600—1950），游鉴

明主编,台湾"中央研究院近代史研究所",2003 年。

无声之声(Ⅲ):近代中国的妇女与文化(1600—1950),罗久蓉、吕妙芬主编,台湾"中央研究院近代史研究所",2003 年。

空前之迹 1851—1930:中国妇女思想与文学发展史论,王绯,商务印书馆,2004 年。

遭遇解放:1890—1930 年代的中国女性,刘慧英编著,中央编译出版社,2004 年。

晚清女性与近代中国,夏晓虹,北京大学出版社,2004 年。

哀妇人,舒芜,安徽教育出版社,2004 年。

美镜头——百年中国女性形象,李子云、陈惠芬、成平主编,珠海出版社,2004 年。

中国历史中的妇女与性别,杜芳琴、王政主编,天津人民出版社,2004 年。

百年中国女权思潮研究,王政、陈雁主编,复旦大学出版社,2005 年。

中国妇女生活史话,郭立诚,百花文艺出版社,2005 年。

闺塾师:明末清初江南的才女文化,[美]高彦颐著,李志生译,江苏人民出版社,2005 年。

中国近代妓女史,邵雍,上海人民出版社,2005 年。

缀珍录:十八世纪及其前后的中国妇女,[美]曼素恩著,定宜庄、颜宜葳译,江苏人民出版社,2005 年。

婚姻内外的古代女性,常建华,中华书局,2006 年。

凄艳的岁月——中国古代妇女的非正常生活,高新伟,河南人民出版社,2006 年。

中国妓女文化史,武舟,东方出版中心,2006 年。

中国近代妇女解放思想历程,张莲波,河南大学出版社,2006年。

近代中国女性日本留学史(1872—1945),周一川,社会科学文献出版社,2007年。

中国妇女服饰与身体革命(1911—1935),吴昊,东方出版中心,2008年。

中国古代性别结构的文化学分析,王小健,社会科学文献出版社,2008年。

中国"女权"概念的变迁:清末民初的人权和社会性别,[日]须藤瑞代著,[日]须藤瑞代,姚毅译,社会科学文献出版社,2010年。

暗夜行路——晚清至民国的女性解放与文学精神,毕新伟,暨南大学出版社,2010年。

晚清女子国民常识的建构,夏晓虹,北京大学出版社,2016年。

晚清文人妇女观,夏晓虹,北京大学出版社,2016年。

2. 近代女性文学史

(1)研究资料

中国近代妇女运动历史资料(1840—1918),全国妇联妇女运动历史研究室编,中国妇女出版社,1991年。

中国妇女人名词典,卓承元主编,河北科学技术出版社,1991年。

妇女问题研究参考书目提要,李宏、娜仁编,内蒙古大学出版社,1991年。

近代中国妇女史研究，台湾“中央研究院近代史研究所”编，1993—2008年。

近代中国女权运动史料(1842—1911)，李又宁、张玉法主编，台湾龙文出版社股份有限公司，1995年。

中国大陆妇女文献目录(1949—1994)，尹宝珊、熊景明编，香港中文大学香港亚太研究所，1995年。

近代中国妇女史中文资料目录(“中央研究院近代史研究所”目录汇编5)，王树槐等主编，1995年。

近代中国妇女史英文资料目录(“中央研究院近代史研究所”目录汇编6)，成露茜等主编，1996年。

近百年中国妇女论著总目提要，臧健、董乃强主编，北方妇女儿童出版社，1996年。

中国近现代女性学术丛刊，孙晓梅主编，线装书局，2010年。

女性学著作概览，杨国才等编著，中国社会科学出版社，2012年。

(2)论著

中国妇女文学史，谢无量，中华书局，1916年。

清代妇女文学史，梁乙真，上海中华书局，1927年。

女性与文学，辉群编，上海启智书局，1928年。

中国女性的文学生活，谭正璧，上海光明书局，1930年。

中国妇女文学史纲，梁乙真，开明书店，1932年。

中国妇女与文学，陶秋英，北新书局，1933年。

广东女子艺文考，冼玉清，长沙商务印书馆，1941年。

历代妇女著作考，胡文楷，上海商务印书馆，1957年。

中国妇女文学史话，苏之德，香港上海书局，1977年。

中国现代文学女性形象初探,陆文彩,辽宁大学出版社,1987年。

文学广角的女性视野,陈素琰,花城出版社,1988年。

女性主义文学理论,[英]玛丽·伊格尔顿著,胡敏等译,湖南文艺出版社,1989年。

浮出历史地表——现代妇女文学研究,孟悦、戴锦华,河南人民出版社,1989年。

文学中的妓女形象,陈思和主编,人民日报出版社,1990年。

女性文学与文学女性,曹正文,上海书店,1991年。

中国现代女作家论稿,王家伦,中国妇女出版社,1992年。

中国女性的文学世界,乔以钢,湖北教育出版社,1993年。

女权主义与文学,康正果,中国社会科学出版社,1994年。

论女性文学——中外女性文学国际研讨会文选,高琳主编,中国妇女出版社,1995年。

二十世纪中国女性文学史,盛英主编,天津人民出版社,1995年。

女性主义与中国文学,钟慧玲主编,里仁书局,1997年。

女权主义文论,张岩冰,山东教育出版社,1998年。

中国女性文学新探,盛英,中国文联出版社,1999年。

两性对话——20世纪中国女性与文学,荒林、王光明,中国文联出版社,2001年。

百年中国女性文学批评,王吉鹏、马琳、赵欣编著,吉林人民出版社,2001年。

春花秋叶——中国五四女作家,张衍芸,人民文学出版社,2002年。

多彩的旋律——中国女性文学主题研究,乔以钢,南开大学出版社,2003 年。

西方女性主义与中国女作家批评,西慧玲,上海社会科学院出版社,2003 年。

中国女性与文学:乔以钢自选集,乔以钢,南开大学出版社,2004 年。

抗争与超越——中国女性文学与美学衍论,任一鸣,九州出版社,2004 年。

女性主义文学批评在西方与中国,罗婷等,中国社会科学出版社,2004 年。

多维视野中的女性主义文学批评,林树明,中国社会科学出版社,2004 年。

性别意识与女性形象,梁巧娜,中央民族大学出版社,2004 年。

近代女性文学研究,薛海燕,中国社会科学出版社,2004 年。

清代才媛文学之文化考察,王力坚,台北文津出版社有限公司,2006 年。

笔尖的舞蹈——女性文学和女性批评策略,周乐诗,上海外语教育出版社,2006 年。

书写与重塑——20 世纪中国女性文学的精神分析阐释,张浩,北京语言大学出版社,2006 年。

清代闺阁文学研究,段继红,南开大学出版社,2007 年。

被建构的女性——中国现代文学社会性别研究,刘传霞,齐鲁书社,2007 年。

女性文学研究与批评论著目录总汇(1978—2004),谢玉娥

编,河南大学出版社,2007 年。

女性的声音——民国时期上海知识女性与大众传媒,李晓红,学林出版社,2008 年。

禁锢的灵魂与挣扎的慧心——晚明至民国女性创作主体意识研究,王萌,河南大学出版社,2009 年。

女性主义文艺美学透视,陈凤珍,光明日报出版社,2009 年。

浮出历史地表之前:中国现代女性写作的发生,张莉,南开大学出版社,2010 年。

明清安徽妇女文学著述辑考,傅瑛,黄山书社,2010 年。

两浙女性文学:由传统而现代,付建舟,中国社会科学出版社,2011 年。

中国女性文学史 · 女性词话,谭正璧,上海古籍出版社,2012 年。

上海 · 爱:名妓、知识分子和娱乐文化 1850—1910,[美]叶凯蒂著,杨可译,生活 · 读书 · 新知三联书店,2012 年。

女神　女性　女性文学,盛英,南开大学出版社,2012 年。

20 世纪中国小说史中的性别建构,郭冰茹,华东师范大学出版社,2013 年。

20 世纪上半叶女性文学与时尚文化,姜云飞,河南人民出版社,2013 年。

清代江南女性文学史论,宋清秀,上海古籍出版社,2015 年。

晚清文学中的女性形象及其传统再构,刘堃,南开大学出版社,2015 年。

中国女性文学研究(1900—1919),郭延礼、郭蓁,山东教育出版社,2016 年。

(3)报刊论文

中国妇女文学的历史踪迹,李小江,《文艺评论》1986 年第 5 期。

女权主义文学批评述评,康正果,《文学评论》1988 年第 1 期。

关于女性文学的思考,荒煤,《批评家》1989 年第 4 期。

二十世纪初的妇女团体,张莲波,《史学月刊》1991 年第 2 期。

辛亥革命时期的女知识分子,沈智,《上海社会科学院学术季刊》1991 年第 4 期。

20 世纪中国女性文学特征,盛英,《妇女研究论丛》1994 年第 2 期。

"英雌女杰勤揣摩"——晚清女性的人格理想,夏晓虹,《文艺研究》1995 年第 6 期。

从女性主义立场出发的现代文学史——评孟悦、戴锦华的《浮出历史地表》,[日]秋山洋子著,刘晴译,《中国现代文学研究丛刊》1996 年第 2 期。

"西方美人"欲望里的"中国"与二万万女子——晚清以迄五四的国族与"妇女",刘人鹏,台湾《清华学报》2000 年 3 月。

20 世纪初中国女权启蒙中的救国女子形象,刘慧英,《中国现代文学研究丛刊》2002 年第 2 期。

二十世纪中国妇女文学史著述论,陈飞,《文学评论》2002 年第 4 期。

台湾古典文学中的女性文学研究,陈友冰,《安徽大学学报》2002 年第 6 期。

百年中国女性文学批评论纲,王吉鹏、马琳、赵欣,《通化师范学院学报》2003 年第 5 期。

20 世纪初中国的女权话语与文学中的女性想象,杨联芬,《海南师范学院学报(社会科学版)》2004 年第 2 期。

中国妇女文学研究的历史与现状,王春荣,《沈阳师范大学学报(社会科学版)》2005 年第 1 期。

艺文生命与身体政治——清代妇女文学史研究趋势与展望,胡晓真,《近代中国妇女史研究》2005 年第 13 期。

简析民国高中国文教材中女性文选,商丽浩、李可依,《教育学报》2005 年第 6 期。

晚清女性典范的多元景观——从中外女杰传到女报传记栏,夏晓虹,《中国现代文学研究丛刊》2006 年第 3 期。

论 20 世纪初先进女性的自立观,陈文联,《深圳大学学报(人文社会科学版)》2006 年第 5 期。

传教士与中国近代女子教育,任春艳,《宗教学研究》2007 年第 4 期。

重塑"贤媛":戊戌妇女的自我建构,钱南秀,《书屋》2007 年第 12 期。

十九世纪中国女性的文学关系网络,魏爱莲,《清华大学学报(哲学社会科学版)》2008 年第 3 期。

"五四"及 1920 年代女性文学综论,常彬,《河北大学学报(哲学社会科学版)》2008 年第 3 期。

晚清女性关于女学的探讨——以第一份妇女报纸《女学报》为例,刘人锋,《中华女子学院学报》2008 年第 3 期。

曼素恩著《张家才女》,罗晓翔,《历史研究》2008 年第 4 期。

晚清妇女报刊诞生原因探析,刘人锋,《湖南农业大学学报(社会科学版)》2008 年第 4 期。

明清女性阅读活动探析，韩淑举，《图书馆工作与研究》2009年第1期。

《世界古今名妇鉴》与晚清外国女杰传，夏晓虹，《北京大学学报（哲学社会科学版）》2009年第2期。

20世纪初叶中国女性文学的转型及其文学史意义，郭延礼，《上海师范大学学报（哲学社会科学版）》2009年第6期。

中国近代女性生活之转变，罗冰冰，《陕西师范大学学报（哲学社会科学版）》2009年增刊。

试论近代女性创作群体的分类，冯曦缘，《甘肃高师学报》2010年第1期。

南社女性作家论，郭延礼、郭蓁，《学术研究》2011年第2期。

近代化视野下传统妇女文学的衰退，花宏艳、魏中林，《学术研究》2011年第11期。

近10年来辛亥革命时期妇女运动研究综述，李黎明，《山东女子学院学报》2011年第6期。

二十世纪初：女留学生与女国民，王绯，《中国妇女报》2012年6月5日。

清代女性文学群体及其地域性特征分析，宋清秀，《文学评论》2013年第5期。

在现代性中开启的中国女性文学批评，王纯菲，《社会科学辑刊》2013年第5期。

试论清末民初女子教育与职业女性群体的形成，张学玲，《兰州学刊》2013年第12期。

近二十余年清代知识女性问题研究综述，姚敏，《学理论》2013年第14期。

从女学到女界:晚清广州女性群体的发展脉络,夏坤,《黑龙江史志》2014 年第 5 期。

新文化运动历史记忆的省思——以直隶第一女子师范学校为中心,李净昉,《华南师范大学学报(社会科学版)》2014 年第 1 期。

徘徊在缺席和在场之间——中国文学批评史上的女性声音,李祥林,《南开学报(哲学社会科学版)》2014 年第 4 期。

新词汇、新世界:清末民初“女界”一词探析,秦方,《清史研究》2014 年第 4 期。

在实践和反思中探索前行——近 20 年中国女性文学研究简论,乔以钢,《妇女研究论丛》2015 年第 6 期。

清代才女晚婚现象及其成因述考——以《清代闺秀集丛刊》为基础,肖亚男,《华南师范大学学报(社会科学版)》2015 年第 6 期。

“秋瑾、徐自华、吴芝瑛、吕碧城暨近代女性文学高层论坛”综述,范丽敏、郭浩帆,《文史哲》2016 年第 5 期。

民初新女性“自由结婚”的难局——舆论和文学中的周静娟案,黄湘金,《文学评论》2017 年第 5 期。

(4)学位论文

近代女性文学研究,薛海燕,山东大学博士学位论文,2000 年。

新文化运动时期的女性主义思潮,尹旦萍,武汉大学博士学位论文,2002 年。

女大学生与中国现代教育——1900—1930 年代,张素玲,华东师范大学博士学位论文,2004 年。

清末民初女子社团的发展,王静,天津师范大学硕士学位论文,2005年。

晚清文学中的女性“出走”,林云,福建师范大学硕士学位论文,2006年。

清代女性写作争议初探,张逸临,北京大学硕士学位论文,2008年。

清末留日女学生与近代中国女子教育,周萍萍,江西师范大学硕士学位论文,2008年。

清嘉道年间的女性声音——论才女汪端的文学创作和文学处境,艾兮兮,复旦大学硕士学位论文,2009年。

中国女性主义文学批评实践研究,尹文涛,苏州大学硕士学位论文,2009年。

女性文学文献的相关性研究——以二十世纪三部妇女文学史为中心,张丽,上海师范大学硕士学位论文,2010年。

清后期女性的文学生活研究,崔琇景,复旦大学博士学位论文,2010年。

明清安徽女性别集目录,吕妍,淮北师范大学硕士学位论文,2014年。

清代女性文学批评研究,王翼飞,武汉大学博士学位论文,2014年。

清末民初女子教科书文化传承与创新之研究,刘景超,湖南师范大学博士学位论文,2014年。

明清女性的文学批评,王郦玉,华东师范大学博士学位论文,2015年。

（二）诗词

1. 论著

清代闺阁诗人征略，施淑仪辑，上海商务印书馆，1922 年。

女性词史，邓红梅，山东教育出版社，2000 年。

清代四大女词人——转型中的清代知识女性，黄嫣梨，汉语大词典出版社，2002 年。

清代嘉道时期江南寒士诗群与闺阁诗侣研究，陈玉兰，人民文学出版社，2004 年。

清嘉道年间女性的诗学研究，聂欣晗，世界图书出版广东有限公司，2013 年。

南社女诗人归编，顾明华主编，团结出版社，2014 年。

2. 报刊论文

谈近代闺秀诗，蕙农，《庸报》1938 年 8 月 17 日。

清代闺秀诗话，阶青，《故都旬刊》1946 年第 1 期。

农民起义中的反孔女英雄——读太平天国的两首革命歌谣，魏清通，《云南日报》1975 年 1 月 18 日。

清代女诗人书目总索引，陈香编制，《书评书目》，1976 年。

近代长篇吴歌中的妇女形象的历史意义，姜彬，《民间文学论坛》1983 年第 4 期。

“娶妻须娶……嫁夫当嫁……”——近代诗歌中的男人与女人，夏晓虹，《读书》1989 年第 1 期。

清代妇女题画诗，戴丽珠，《静宜人文学报》1991 年第 3 期。

论清代闺阁词人及其创作，王细芝，《中国韵文学刊》2001 年第 1 期。

南国女子皆能诗——《清闺秀艺文略》评介，黄湘金，《文学遗产》2008 年第 1 期。

施淑仪《清代闺阁诗人征略》，赵娜，《苏州大学学报（哲学社会科学版）》2009 年第 2 期。

晚清女诗人地域分布的近代化，花宏艳，《海南大学学报（人文社会科学版）》2010 年第 4 期。

“夕阳”的舞者：“清末民初女性诗”研究综述，刘峰，《焦作大学学报》2010 年第 3 期。

近代报刊诗话中的女性题壁诗，李德强，《兰州学刊》2011 年第 2 期。

清代徽州名媛略论，姚雪梅，《池州学院学报》2011 年第 5 期。

女性批评与批评女性——清代闺秀的诗论，周兴陆，《学术月刊》2011 年第 6 期。

论清代中叶妇女诗话繁荣的特征及成因，穆薇，《齐鲁学刊》2011 年第 6 期。

清代闺秀论诗诗的性别文化启蒙，聂欣晗，《广西大学学报（哲学社会科学版）》2011 年第 6 期。

清末民初女性西游与诗歌创作，马卫中、刘峰，《山西师范大学学报（社会科学版）》2012 年第 3 期。

晚清民初闺秀诗评的开创性，周少华，《湖北成人教育学院学报》2012 年第 5 期。

清代女诗人丛考，朱则杰，《江南大学学报（人文社会科学版）》2013 年第 2 期。

清代女作家咏史诗创作考论,张海燕、赵望秦,《云南社会科学》2013 年第 3 期。

论清代女性诗学主体性话语表达的矛盾与困境,邓桂英,《湖南科技大学学报(社会科学版)》2013 年第 4 期。

清代山东地区女诗人著作知见录——《历代妇女著作考》订补,高春花,《湖北社会科学》2013 年第 10 期。

近代杂志所载闺秀诗话考论,潘静如,《汉语言文学研究》2014 年第 3 期。

经典重释:清代女性诗学合法性的理论倡导,管梓旭,《文艺评论》2015 年第 2 期。

民国以来“女性的词选”类别及其意义探论,许菊芳,《文艺评论》2015 年第 2 期。

清代闺秀论诗诗创作略论,党营,《宜春学院学报》2016 年第 5 期。

晚清广东女性诗歌中的时代观照,邓丹、陈素贞,《广东第二师范学院学报》2017 年第 6 期。

3. 学位论文

清代女诗人研究,钟慧玲,台湾政治大学博士学位论文,1981 年。

清代女诗人研究,谢榛,北京大学硕士学位论文,2001 年。

清代女诗人研究,郭蓁,北京大学博士学位论文,2001 年。

清代女词人研究,高波,南京师范大学硕士学位论文,2002 年。

清代女性诗词成就论,王瑜,苏州大学硕士学位论文,

2004 年。

清代女诗人研究,段继红,苏州大学博士学位论文,2005 年。

闺阁与画舫:清代嘉庆道光年间江南文人和女性研究,李汇群,北京大学博士学位论文,2005 年。

施淑仪《清代闺阁诗人征略》研究,姜瑜,湖南师范大学硕士学位论文,2011 年。

清代杭州女诗人研究——以《国朝杭郡诗辑》系列为中心,贾慧,浙江大学硕士学位论文,2011 年。

清代徽州才媛诗人研究,王燕,安徽师范大学硕士学位论文,2011 年。

清代女性诗学观新变研究,管梓旭,江西财经大学硕士学位论文,2013 年。

《晚晴簃诗汇》研究,陆瑶,苏州大学硕士学位论文,2013 年。

清代闺秀诗话研究,王晓燕,陕西师范大学硕士学位论文,2014 年。

晚清女性诗人施淑仪研究,王晓萍,陕西师范大学硕士学位论文,2015 年。

晚清福州女性词研究,林彬彬,福建师范大学硕士学位论文,2015 年。

(三)散文

1. 报刊论文

从闺阁女诗人到公共启蒙者:以近代女性报刊中的论说文为主要视域,罗秀美,《兴大中文学报》2007 年第 22 期。

20世纪初女性政论作家群体的诞生,郭延礼,《中国现代文学研究丛刊》2009年第3期。

从闺阁诗到散文:从秋瑾看女性写作近代之变,林丹娅,《妇女研究论丛》2014年第6期。

近代女性期刊散文:前五四时代的女性社会文化空间实践,杜若松,《吉林工程技术师范学院学报》2015年第12期。

从《癸卯旅行记》经《欧美漫游录》到《瀛洲访诗记》——兼谈中国女性旅外游记散文的现代化转型,徐新韵,《淮南师范学院学报》2016年第6期。

2. **学位论文**

清代浙江闺秀文章研究,康维娜,南开大学博士学位论文,2010年。

清末民初女性西游与文学,刘峰,苏州大学博士学位论文,2012年。

(四)小说

1. **论著**

话本与才子佳人小说之研究,胡万川,大安出版社,1994年。

才女彻夜未眠——近代中国女性叙事文学的兴起,胡晓真,麦田出版社,2003年。

第二现代性:“五四”女性小说研究,刘乃慈,学生书局,2004年。

想像女性——海派小说(1892—1949)的叙事,姚玳玫,中国

社会科学出版社,2004 年。

晚清小说中的“新女性”研究,黄锦珠,文津出版社,2005 年。

历史、身体、国家——近代中国的身体形成(1895—1937),黄金麟,新星出版社,2006 年。

清末民初思想和文学中的“英雌”话语,李奇志,湖北教育出版社,2006 年。

革命与情爱——二十世纪中国小说史中的女性身体与主题重述,[美]刘剑梅著,郭冰茹译,上海三联书店,2009 年。

新理想、旧体例与不可思议之社会——清末民初上海“传统派”文人与闺秀作家的转型现象,胡晓真,“中研院中国文哲研究所”,2010 年。

清末小说中的女性想象(1902—1911),周乐诗,复旦大学出版社,2012 年。

清末民初女作家小说研究,黄锦珠,里仁书局,2014 年。

美人与书:19 世纪中国的女性与小说,[美]魏爱莲著,马勤勤译,北京大学出版社,2015 年。

民初女性小说作家研究,薛海燕,中国社会科学出版社,2015 年。

隐蔽的风景:清末民初女性小说创作研究,马勤勤,南开大学出版社,2016 年。

史事与传奇:清末民初小说内外的女学生,黄湘金,北京大学出版社,2016 年。

2. **报刊论文**

文苑群芳谱,慕芳,《红玫瑰》第 1 卷第 32 期(1925 年 3 月 7

日)。

佳人才子小说研究,郭昌鹤,《文学季刊》第1卷第1—2期(1934年1月1日—4月1日)。

论中国女性小说的起步,薛海燕,《东方论坛(青岛大学学报)》2001年第1期。

“女性”与“小说”与“近代化”——对明以来迄晚清民初性别书写的重新思考,李舜华,《明清小说研究》2001年第3期。

论清代女性的《红楼梦》评论,詹颂,《红楼梦学刊》2006年第6辑。

20世纪女性文学研究中的一个盲点——评盛英、乔以钢《20世纪中国女性文学史》,郭延礼,《文艺研究》2007年第12期。

清末新小说中的“女豪杰”,冯鸽,《中山大学学报(社会科学版)》2009年第2期。

20世纪初中国女性文学四大作家群体考论,郭延礼,《文史哲》2009年第4期。

清代才媛红楼接受研究的思考,王力坚,《中外文化与文论》2010年第1期。

民初(1912—1919)小说界女性作者群体的生成研究——以报刊业文化生态为视野,薛海燕,《河南教育学院学报(哲学社会科学版)》2010年第6期。

以“女小说家”为职业——清末民初小说场域性别秩序的松动,马勤勤,《中国现代文学研究丛刊》2013年第5期。

晚清女性红楼接受的社会学探讨,王力坚,《人文中国学报》第十九期,2013年。

鸳鸯蝴蝶派的编辑策略与清末民初女性小说创作,鲁毅,《济

南大学学报(社会科学版)》2015 年第 5 期。

佳丽与书籍:19 世纪中国女性与小说,[美]魏爱莲,《复旦学报(社会科学版)》2015 年第 6 期。

闺情·启蒙·市场·学校——清末民初女作者小说的多元书写,马勤勤,《妇女研究论丛》2017 年第 2 期。

清末民初女性写作的身份表征探讨,杜若松,《首都师范大学学报(社会科学版)》2018 年第 2 期。

3. **学位论文**

才子佳人小说研究,周建渝,中国社会科学院博士学位论文,1990 年。

20 世纪初中国女性小说作家研究,沈燕,上海师范大学硕士学位论文,2004 年。

从闺阁才女到救国女杰——晚清三部女作家小说研究,吴宇娟,东海大学博士学位论文,2006 年。

清末小说中的女性想象(1902—1911),周乐诗,上海大学博士学位论文,2010 年。

(五)戏剧

1. **论著**

明清妇女之戏曲创作与批评,华玮,台北"中研院中国文哲研究所",2004 年。

2. **报刊论文**

皮簧戏中的妇女问题,子水,《北平晨报》1935 年 6 月 16 日。

《六月霜》传奇中的秋瑾叙写——兼论《轩亭冤》传奇和《六月霜》小说，邓丹、陈芝国，《青岛大学师范学院学报》2007 年第 2 期。

近百年明清女剧作家研究述评，邓丹，《四川戏剧》2008 年第 1 期。

明清女剧作家的戏曲因缘，邓丹，《浙江艺术职业学院学报》2009 年第 3 期。

明清女性戏曲批评群体小考——以戏曲序跋为考察对象，刘奇玉，《求索》2010 年第 4 期。

（六）弹词

1. 论著

清代女作家弹词小说论稿，鲍震培，天津社会科学院出版社，2002 年。

清代女作家弹词研究，鲍震培，南开大学出版社，2008 年。

2. 报刊论文

从弹词小说看清代女作家的写作心态，鲍震培，《天津社会科学》2000 年第 3 期。

晚清以来的弹词研究——兼论清代女作家弹词的文体定位，鲍震培，《天津社会科学》2002 年第 2 期。

中国女性文学叙事传统的建立——清代女作家弹词小说创作回眸，鲍震培，《天津大学学报（社会科学版）》2002 年第 4 期。

清代“女中丈夫”风尚与弹词小说女豪杰形象，鲍震培，《山西

师范大学学报(社会科学版)》2003 年第 1 期。

闺中无静女——晚清女作家弹词与“振兴女权”,鲍震培,《华东师范大学学报(哲学社会科学版)》2004 年第 4 期。

明清时代江南才女文化的繁荣与弹词体小说,鲍震培,《阅江学刊》2011 年第 6 期。

3. **学位论文**

弹词:女性叙事文学传统,胡晓真,哈佛大学博士学位论文,1994 年。

清代女作家弹词研究,鲍震培,南开大学博士学位论文,2002 年。

(七)翻译文学

1. **论著**

翻译的传说:中国新女性的形成(1898—1918),胡缨,江苏人民出版社,2009 年。

2. **报刊论文**

晚清翻译小说中的妇女形象,孔慧怡,《中国比较文学》1998 年第 2 期。

二十世纪第一个二十年近代女性翻译家群体的脱颖,郭延礼,《中华读书报》2002 年 5 月 9 日。

二十世纪中国女性翻译家研究,谭芳,《成都理工大学学报(社会科学版)》2007 年第 1 期。

清末民初外国文学翻译中的女译者研究,朱静,《国外文学》

2007 年第 3 期。

女性在 20 世纪初期的文学翻译成就,郭延礼,《中国现代文学研究丛刊》2010 年第 3 期。

世纪回眸:中国女性翻译家管窥,蒋林、潘雨晴,《中国翻译》2013 年第 6 期。

论 20 世纪初中国女性译者的间接翻译及自觉意识,罗列,《外语教学理论与实践》2014 年第 3 期。

女性小说书写中的"以译代作"——兼论中西文化交流早期的一个倾向性问题,郭延礼,《文史哲》2014 年第 3 期。

3. 学位论文

1900—1919 中国女性翻译家初探,位方芳,中国人民解放军外国语学院硕士学位论文,2006 年。

中国近代报刊中的翻译小说研究,杨凯,华东师范大学博士学位论文,2006 年。

晚清报刊翻译小说研究——以八大报刊为中心,阚文文,华东师范大学博士学位论文,2008 年。

中国的日本近现代小说翻译研究,孙立春,天津师范大学博士学位论文,2008 年。

近代翻译文学中的女译者研究,刘青青,济南大学硕士学位论文,2012 年。

(八)新闻出版

1. 论著

《中国近代妇女期刊简介》(1898—1918)(《辛亥革命时期期

刊介绍》第四集,丁守和主编),徐楚影、焦立芝著,人民出版社,1986年。

《北京妇女报刊考(1905—1949)》,北京市妇女联合会编,光明日报出版社,1990年。

中国近现代妇女报刊通览,田景昆、郑晓燕编,海洋出版社,1990年。

一九一〇~一九二〇年代都会新妇女生活风貌——以《妇女杂志》为分析实例,周叙琪,台湾大学出版委员会,1996年。

《妇女杂志》からみゐ近代中国女性,[日]村田雄二郎,研文出版社,2005年。

中国近现代女性期刊汇编,线装书局,2006年。

妇女与中国现代性——西方与东方之间的阅读政治,[美]周蕾著,蔡青松译,上海三联书店,2008年。

中国妇女报刊史研究,刘人锋,中国社会科学出版社,2012年。

报刊文化与身份:1898—1918中国妇女报刊研究,张丽萍,中国书籍出版社,2012年。

商务印书馆与中国现代女性启蒙,王鑫,商务印书馆,2016年。

2. 报刊论文

女子月刊的由来及其展望,孙昌树,《女子》1934年第2期。

谈中国近代第一份女报——《女学报》,潘天祯,《图书馆》1963年第3期。

再谈《女学报》,杜继琨,《图书馆》1963年第4期。

《女子月刊》的情况,鲍祝宣,《新文学史料》1980 年第 3 期。

《中国新女界》的创刊与内涵(李又宁、张玉法编《中国妇女史论文集》),李又宁,台北商务印书馆,1981 年。

辛亥革命前后的女子报刊,沈智,《纪念辛亥革命七十周年学术讨论会论文集(下)》,1981 年。

中国第一份女报,林虹,《史学月刊》1982 年第 1 期。

河南最早的妇女刊物——《中国新女界》,邓纵,《妇女生活》1982 年第 5 期。

中国历史上第一份女报,刘巨才,《新闻研究资料》1983 年第 1 期。

戊戌年间的《女学报》旬刊,余福媛,《图书馆杂志》1984 年第 1 期。

关于中国的女报,方汉奇,《读书》1985 年第 2 期。

中国沉沉女界报晓第一声——六十多年前天津妇女日报简介,黄志浩,《新闻研究资料》1986 年第 2 期。

中国近代妇女报刊小史(1898—1918),刘巨才,《新闻研究资料》1986 年第 2 期。

关于我国第一份女子报刊,沈倬,《北方论丛》1986 年第 3 期。

关于《女学报》的刊期和刊行期,余福媛,《图书馆杂志》1986 年第 2 期。

近代中国的女新闻工作者,方汉奇,《中国记者》1987 年第 6 期。

《中国新女界杂志》及其女权主张,豫人,《河南师范大学学报(哲学社会科学版)》1990 年第 3 期。

女子之杰　记者之秀——我国近代报界几位风云女才,陈荣

升,《新闻知识》1991 年第 7 期。

漫谈江苏第一份女报,金惠风,《新闻通讯》1994 年第 10 期。

女性期刊沉思录,海文,《中国图书评论》1995 年第 3 期。

辛亥革命时期妇女刊物的妇女解放思想宣传,张显菊,《史学集刊》1995 年第 3 期。

中国近代史上的妇女报刊活动,姜永利,《青年记者》1995 年第 5 期。

中国近代妇女报刊的兴起及意义,周昭宜,《河北师范大学学报(哲学社会科学版)》1997 年第 1 期。

中国近代早期女权报刊简说,张利,《盐城师专学报(人文社会科学版)》1997 年第 4 期。

中国早期的少数民族女报人——记葆淑舫郡主和刘清扬同志,白润生,《新闻大学》1999 年冬。

论戊戌时期《女学报》的妇女解放思想,陈文联,《益阳师专学报》2000 年第 2 期。

清末民初上海妇女报刊,印永清,《图书馆杂志》2000 年第 5 期。

论《天义报》的妇女解放思想,陈文联,《益阳师专学报》2001 年第 2 期。

回忆几种妇女杂志(逸梅随笔,《郑逸梅选集》第四卷,郑逸梅,黑龙江人民出版社,2001 年)。

中国近代妇女报刊述论,王晓丹,《曲靖师范学院学报》2001 年第 5 期。

商业引路　文化导航——商务印书馆的妇女刊物出版,宋素红,《中国出版》2001 年第 12 期。

从《妇女杂志》看1915年江苏的女学观——读史札记,薛文彦,《前沿》2002年第4期。

近现代中国女新闻工作者的特色与传统,宋素红,《新闻与传播研究》2003年第2期。

中国近代女性报刊与妇女解放,张小玫,《中华女子学院山东分院学报》2003年第2期。

略论中国早期妇女报刊,胡文华、刘淑波,《安徽师范大学学报(人文社会科学版)》2003年第3期。

中国近代报刊史上的一座里程碑——论辛亥革命时期的妇女报刊,陈晓华,《社会科学研究》2003年第6期。

妇女刊物:新文化运动的先声,谢其章,《中国商报》2004年2月12日。

论辛亥革命时期知识女性的办报活动及其特点,简姿亚,《湖南工程学院学报(社会科学版)》2004年第4期。

《妇女杂志》(1915—1931)十七年简史——《妇女杂志》何以名为妇女,陈姃湲,《近代中国妇女史研究》2004年第12期。

文苑、多罗与华鬘——王蕴章主编时期(1915—1920)《妇女杂志》中"女性文学"的观念与实践,胡晓真,《近代中国妇女史研究》2004年第12期。

《妇女杂志》所反映的自由离婚思想及其实践——从性别差异谈起,许慧琦,《近代中国妇女史研究》2004年第12期。

20世纪初女性小说杂志《眉语》及其女性小说作者,沈燕,《德州学院学报(哲学社会科学版)》2004年第3期。

近代知识女性的双重角色:以《大公报》著名女编辑、记者为中心的考察,侯杰、秦方,《广东社会科学》2005年第1期。

《神州女报》的两个版本，李九伟，《出版史料》2005 年第 4 期。

女性刊物与女性意识的自觉——辛亥革命时期女性生存状态考论，肖泳，《哈尔滨工业大学学报（社会科学版）》2006 年第 1 期。

中国近代史上的两种《女子世界》，董智颖，《华东师范大学学报（哲学社会科学版）》2006 年第 3 期。

被遮蔽的妇女浮出历史叙述——简述初期的《妇女杂志》，刘慧英，《上海文学》2006 年第 3 期。

论《妇女杂志》中的贤母良妻主义及其影响下的文学创作，王萌，《中州大学学报》2006 年第 4 期。

《女铎月刊》与中国基督教纯文学，刘丽霞，《船山学刊》2007 年第 1 期。

启蒙与被启蒙:《妇女杂志》中的女性，刘曙辉，《山西师范大学学报（社会科学版）》2007 年第 2 期。

我国最早女报人裘毓芳卒年考证，张天星，《江苏地方志》2008 年第 1 期。

现代女性媒介视觉文化之始:《妇女时报》的封面女性形象，姜思铄，《中国文化》2008 年第 1 期。

清末民初留学生与妇女报刊，李灵革，《浙江传媒学院学报》2008 年第 2 期。

民国时期天津女性都市生活的媒体表达——以《大公报》副刊《家庭与妇女》为中心的考察，侯杰、刁晓敏，《南方论丛》2008 年第 2 期。

辛亥革命时期留日女学生会与中国妇女解放运动——论留

日女学生会与《留日女学会杂志》,刘人锋,《湖南第一师范学报》2008 年第 3 期。

民国初年离婚问题引起的讨论——以 1922 年《妇女杂志》“离婚问题专号”为研究,李杰利,《兰台世界》2008 年 7 月上半月刊。

从舆论到行动:清末《北京女报》及其社会姿态,湛晓白,《史林》2008 年第 4 期。

简述中国早期妇女报刊的发端与状况,王国栋,《新闻天地(论文版)》2008 年第 6 期。

简述早期的中国妇女报刊(1898—1911),王国栋,《文史杂志》2009 年第 2 期。

中国华文女性期刊百年发展回顾,李应红,《编辑之友》2009 年第 3 期。

扩充女性/国族的想象:晚清妇女期刊中的社会女英雄及女战士(复旦大学历史学系等编《新文化史与中国近代史研究》,季家珍著,曹南屏译,上海古籍出版社,2009 年)。

晚清江南女报社之经济状况,张源远,《黑龙江史志》2010 年第 13 期。

基督教妇女传媒与近代中国女性角色的建构——以家庭平民月刊《女星》为例,杨照蓬,《黑龙江史志》2010 年第 21 期。

近代中国媒介女性从业人员角色演变探析,卢明芬、莫惘、璩卉慧,《新闻窗》2011 年第 1 期。

中国近代第一批女报人的诞生及其影响,刘慧娟,《山东女子学院学报》2011 年第 1 期。

辛亥革命时期女性报刊的勃兴及其主要特征,简姿亚,《湖南

大众传媒职业技术学院学报》2011 年第 3 期。

近代妇女报刊的作用——以《女学报》为例，韩昱、童璐，《新闻世界》2011 年第 4 期。

欧美镜像下的《神州女报》研究，刘峰，《汕头大学学报(人文社会科学版)》2011 年第 5 期。

清末民初女性期刊中的日本因素——以《中国新女界杂志》为中心，刘青梅，《内江师范学院学报》2011 年第 7 期。

浅析中国女权运动对早期女性报人办报的影响——以秋瑾为例，王亚男、梁雪莱，《新闻世界》2011 年第 8 期。

晚清两份《女学报》的前世今生，夏晓虹，《现代中文学刊》2012 年第 1 期。

第一张女报与白话文圣手，王绯，《中国妇女报》2012 年 3 月 13 日。

简述中国第一份女报《女学报》，傅乃芹、付雪芹，《科教文汇》2012 年 3 月(上旬刊)。

二十世纪初的“蛾眉独立时”，王绯，《中国妇女报》2012 年 5 月 15 日。

二十世纪初年的女性报刊，陈文联，《南通大学学报(社会科学版)》2012 年第 3 期。

从近代女报人解读中国民主进程，陈倩，《新闻传播》2012 年第 4 期。

晚清女报中的西方女杰——明治“妇人立志”读物的中国之旅，夏晓虹，《文史哲》2012 年第 4 期。

近代女报人建构公共领域的尝试——以秋瑾、吕碧城为代表，郭大燕、宁利娟，《新闻世界》2012 年第 8 期。

我国近代知识女性的报刊活动及其社会影响,姜卫玲,《编辑之友》2012年第10期。

中国女性期刊的发展和演变,高伟云,《宁波大学学报(人文科学版)》2012年第4期。

《妇女杂志》与日本学者的近代女性观,杜若松、刘雨,《外国问题研究》2012年第4期。

《北京女报》与清末北京女子教育初探,湛小白,《北京社会科学》2012年第5期。

报界新女性　执笔论时势——我国近代知识女性报刊活动的兴起,姜卫玲,《新闻知识》2012年第10期。

清代女性著述出版途径考,张聆雨,《古典文献研究》第十五辑,2012年。

清末小说女性形象的社会性别意识与乌托邦想象——以《女子世界》小说创作为例,刘钊,《南开学报(哲学社会科学版)》2012年第6期。

从女权斗士、香闺佳人到贤妻良母——民初上海女性期刊读者定位的演变及分析,谢天勇、张朋,《学术界》2012年第12期。

新知识与旧伦理之间:民初《妇女时报》对女性参政问题的探讨,张朋,《妇女研究论丛》2013年第1期。

《女子世界》出版时间考辨——兼及周氏兄弟早期部分作品的出版时间,谢仁敏,《鲁迅研究月刊》2013年第1期。

近代报刊诗话中妇女形象的重塑与复归,李德强,《华南理工大学学报(社会科学版)》2013年第1期。

我国近代妇女报刊的特点与产生原因分析,赵晓兰、吴潮,《中国出版》2013年第5期。

《香艳杂志》出版时间考述，马勤勤，《汉语言文学研究》2013年第3期。

中国近代女性期刊所展现的文学性别空间，杜若松，《编辑学刊》2013年第3期。

1912—1922年《女铎》文本与妇女运动的关系，孙浩然，《云南民族大学学报（哲学社会科学版）》2013年第3期。

民国初年第一份商办妇女刊物《妇女时报》生存的编辑策略，刘人锋，《编辑之友》2013年第4期。

旅行书写与清末民初知识女性的身份认同——以《妇女时报》女性游记为中心，张朋，《汕头大学学报（人文社会科学版）》2013年第5期。

也谈《女子世界》——以陈蝶仙及其家人为中心，王慧，《学术交流》2013年第12期。

政治文化视角下近代上海女报的编辑思想，段继红，《编辑之友》2013年第12期。

家政知识传播与女性的现代性身份建构——以清末民初《妇女时报》为例，陈孝柱、张芳，《安徽理工大学学报（社会科学版）》2014年第2期。

爱国女杰与贤妻良母：前“五四”时期女性文学期刊的性别构建，杜若松，《辽宁师范大学学报（社会科学版）》2014年第3期。

前五四时期女性期刊中的女性自叙体叙事创作，杜若松，《海南大学学报（人文社会科学版）》2014年第4期。

民国初年商办女性杂志的编辑特色——以《中华妇女界》《妇女杂志》为例，于晓雾，《淮北师范大学学报（哲学社会科学版）》2014年第4期。

晚清女报中的国族论述与女性意识——1907年的多元呈现，夏晓虹，《北京大学学报(哲学社会科学版)》2014年第4期。

晚清妇女报刊出版略论，胡桂香，《编辑之友》2014年第5期。

近代知识女性报刊活动的历史影响，姜卫玲，《淮阴师范学院学报(哲学社会科学版)》2014年第6期。

“浮出历史地表”之前的女学生小说——以《直隶第一女子师范学校校友会会报》(1916—1918)为中心，马勤勤，《文学评论》2014年第6期。

民国时期上海女性报刊研究综述，汪珍珠，《史林》2014年第6期。

中国妇女解放与传统思想文化研究——《河南》杂志与河南天足会，王爽，《今传媒》2014年第7期。

契合与背离《女铎》与新文化运动，吴艳玲，《黑龙江史志》2014年第23期。

温和的女权主义——《女铎》与近代中国女性自我构建，吴艳玲，《扬州大学学报(人文社会科学版)》2015年第1期。

民初小说期刊《眉语》刊行情况考述——以《申报》广告为中心，郭浩帆，《学术论坛》2015年第1期。

近代知识女性报刊活动的历史考察，姜卫玲，《编辑之友》2015年第1期。

近现代女性期刊的编辑策略与性别偏向，杜若松，《编辑学刊》2015年第2期。

民国时期上海女性报刊发展的艰难历程，白子阳，《新闻研究导刊》2015年第7期。

《妇女杂志》研究述评，陈静、姜彦臣，《济南大学学报(社会

科学版)》2015 年第 4 期。

近代期刊中文论作品的女性作者身份概观,王蓓、陈静,《济南大学学报(社会科学版)》2015 年第 5 期。

维新时期女性报人在女权运动中的影响,丁颖,《东南传播》2015 年第 8 期。

“独欲为女子扬眉”:《新青年》对女性主义的倡导,尹旦萍,《社会科学战线》2015 年第 9 期。

作为商业符码的女作者——民初《眉语》杂志对“闺秀说部”的构想与实践,马勤勤,《中国人民大学学报》2015 年第 5 期。

清末妇女报刊与诗界革命之延展——以《女子世界》为中心的考察,胡全章,《秋瑾、徐自华、吴芝瑛、吕碧城暨近代女性文学高层论坛会议论文集》,2015 年。

《〈中国女报〉发刊辞》作者考——兼及秋瑾、吕碧城“女权”思想与实践的差异,刘钊,《秋瑾、徐自华、吴芝瑛、吕碧城暨近代女性文学高层论坛会议论文集》,2015 年。

五四时期《妇女杂志》编辑思想、体例与内容之演变,张艳玲,《中华女子学院学报》2016 年第 1 期。

清末北京最早的妇女报刊和团体,刘宁元,《历史档案》2016 年第 1 期。

国族革命背景下女性报刊出版景观——《中国新女界杂志》考略,王青亦,《现代出版》2016 年第 2 期。

性别媒介与现代家庭小说的兴起——以《中华妇女界》家庭小说专栏为中心,刘钊,《南开学报(哲学社会科学版)》2016 年第 2 期。

文学期刊与中国近代女性文学写作——以《礼拜六》为例,侯

运华,《河南师范大学学报(哲学社会科学版)》2016 年第 3 期。

女报与近代中国女性小说创作的发生——以发刊词和征文广告为中心,马勤勤,《中国现代文学研究丛刊》2016 年第 5 期。

论“五四”女性期刊对女性解放话语的构建,陈文联、张亚芳,《徐州工程学院学报(社会科学版)》2016 年第 5 期。

五四运动时期中国女性期刊研究述评,马睿婷,《文化学刊》2016 年第 5 期。

清末民初媒体对女性职业的认知,李淑蘋,《暨南学报(哲学社会科学版)》2016 年第 6 期。

从清末妇女报刊的兴办看女性解放的思想启蒙,侯强,《编辑之友》2017 年第 8 期。

中国近代妇女报刊考述(1898—1918),陈静,《编辑之友》2018 年第 4 期。

3. 学位论文

妇女杂志呈现的女性角色,白富美,台湾政治大学硕士学位论文,1988 年。

女性杂志之市场区隔及定位之研究,张南立,台湾淡江大学硕士学位论文,1988 年。

中国近现代妇女报刊研究(1898—1949),李谢莉,四川大学硕士学位论文,2003 年。

《妇女杂志》研究,范蕴涵,山东师范大学硕士学位论文,2009 年。

清末民初妇女报刊的男权特色——以《妇女时报》为例,翟嫦娥,黑龙江大学硕士学位论文,2009 年。

20世纪初女性报刊——《女子世界》研究,赵立军,东北师范大学硕士学位论文,2010年。

基督教女报与中国女性形象的建构(1912—1941)——以上海基督教女报为考察中心,杨照蓬,上海师范大学硕士学位论文,2011年。

民初《女子白话报》研究,张蕊蕊,郑州大学硕士学位论文,2011年。

杜就田主编时期的《妇女杂志》研究——以女性自主意识的变迁为视角,葛琳,吉林大学硕士学位论文,2012年。

近代女性期刊小说中的女性形象与性别理想(1904—1917),董博宇,长春师范学院硕士学位论文,2012年。

民国普通知识阶层妇女观的展现——以《妇女杂志》读者来信为视角(1921—1925年),赵伟伟,南京师范大学硕士学位论文,2012年。

中国近代妇女报刊与妇女解放思想,尹深,内蒙古大学硕士学位论文,2013年。

《神州女报》月刊版之研究,周娣,东华大学硕士学位论文,2013年。

清末河南留日学生与《中国新女界杂志》,袁恺泽,郑州大学硕士学位论文,2013年。

民初新女性形象建构——以《女铎》为中心的分析(1912—1922),玛丽亚(Luz Maria Cordero),复旦大学硕士学位论文,2013年。

晚清女报与女性创作研究,牛牧原,复旦大学硕士学位论文,2013年。

清末民初女性期刊小说研究,王玉琴,湖南大学硕士学位论文,2014 年。

《女铎》及其家庭育儿教育问题研究,余丽丽,广西师范大学硕士学位论文,2014 年。

《妇女杂志》所载文章反映的近代女性社会地位的变化,王静,云南大学硕士学位论文,2014 年。

近现代女性期刊性别叙事研究,杜若松,东北师范大学博士学位论文,2015 年。

清末女报人与中国女性的人格转型研究——以康同薇、秋瑾为研究对象,刘煜程,湘潭大学硕士学位论文,2015 年。

中国近代女报人的职业化探索,孙贝贝,吉林大学硕士学位论文,2015 年。

民初杂志《眉语》言情小说研究,邹明飞,济南大学硕士学位论文,2016 年。

《香艳杂志》研究,任军豪,广东省社会科学院硕士学位论文,2016 年。

五四时期女性期刊小说研究,马睿婷,青海师范大学硕士学位论文,2017 年。

作家作品研究(以作家姓氏笔画为序)

王妙如

论王妙如《女狱花》中女性形象的时代意义,王引萍、马志英,《北方民族大学学报(哲学社会科学版)》2011 年第 3 期。

吕美荪

吕美荪诗歌的艺术特色,徐新韵,《淮南师范学院学报》2012年第1期。

吕碧城

吕碧城(清末民初文人丛书),刘纳编,中国文史出版社,1998年。

吕碧城词笺注,李保民笺注,上海古籍出版社,2001年。

一抹春痕梦里收——吕碧城诗词注评(花非花名媛诗词系列),李保民撰,上海古籍出版社,2004年。

吕碧城传,王忠和,百花文艺出版社,2010年。

评吕碧城女士《信芳集》,孤云,《大公报》(天津)1929年10月7日、14日。

吕碧城放诞风流(见《人物品藻录初编》),郑逸梅,上海日新出版社,1946年。

记吕碧城女士,陆丹林,《申报》1948年8月31日。

记吕碧城姊妹,陆丹林,《申报》1948年9月16日、17日。

近代女词人吕碧城,龙熠厚,《妇女月刊》1948年第7卷第1期。

吕碧城刚愎成性(载《味镫漫笔》),郑逸梅,上海日新出版社,1949年。

皖中杰出的女词人——吕碧城,郑逸梅,《艺谭》1982年第3期。

秋瑾与吕碧城的交往,王祖献,《江淮论坛》1984年第2期。

天际自徘徊——词坛女杰吕碧城，姚卓华，《人物杂志》1991年第3期。

风华与遗憾——吕碧城的词，刘纳，《中国文学研究》1998年第2期。

试论吕碧城的历劫思想，薛海燕，《齐鲁学刊》1998年第6期。

吕碧城的女权思想与实践，于甦，《中山大学研究生学刊（社会科学版）》2001年第1期。

吕碧城与近代中国妇女解放，谷曼，《呼伦贝尔学院学报》2001年Z1期。

绝代佳人吕碧城，王晓华，《名人传记》2002年第11期。

吕碧城女子教育思想评析，谷曼，《长白学刊》2003年第1期。

男女性别的双重变奏——以陈撄宁和吕碧城为例，侯杰、秦方，《山西师范大学学报（社会科学版）》2003年第3期。

近代社会性别关系的变动——以吕碧城与近代女子教育思想和实践为例，侯杰、秦方，《天津师范大学学报（社会科学版）》2003年第6期。

吕碧城及其研究，傅瑛，《淮北煤炭师范学院学报（哲学社会科学版）》2004年第2期。

"世界人"吕碧城，张红萍，《中国妇女报》2004年7月13日。

徘徊在现代与传统之间——吕碧城文学创作的矛盾性之解析，刘洁，《中国现代文学研究丛刊》2005年第2期。

试论吕碧城的女权思想，姜乐军，《淮北煤炭师范学院学报（哲学社会科学版）》2005年第3期。

"深闺有愿作新民"——关于吕碧城，桑农，《书屋》2005年第12期。

梦醒时分:世纪初的女性启蒙——以吕碧城为个案,毕新伟,《安徽文学论文集》,2005 年。

论吕碧城的海外词,王忠禄,《甘肃高师学报》2006 年第 1 期。

一枝彤管挟风霜　独立裙钗百兆中——试论南社作家吕碧城女性独立意识的意义,王慧敏,《南京理工大学学报(社会科学版)》2006 年第 4 期。

论清末民初女性生存空间的新开拓——以女作家吕碧城为例,李奇志,《海南师范学院学报(社会科学版)》2006 年第 5 期。

薛绍徽吕碧城异同论,杨万里,《南阳师范学院学报(社会科学版)》2007 年第 1 期。

中国近代新女性建构中的悖论——以吕碧城为个案研究,胡凤、王天根,《大连大学学报》2007 年第 2 期。

女性生命的明悟抑或悖论?——探究女性主义先驱吕碧城,车晓勤,《江淮论坛》2007 年第 3 期。

“前娜拉”时代的娜拉——关于吕碧城,刘希云,《中华女子学院山东分院学报》2007 年第 4 期。

吕碧城散文刍议,王忠禄,《河西学院学报》2007 年第 4 期。

从倡导“女权”到致力“护生”——吕碧城的角色转变探因,姜乐军,《安庆师范学院学报(社会科学版)》2007 年第 4 期。

略论清末著名女词人吕碧城的思想精神,吕菲,《中国青年政治学院学报》2008 年第 3 期。

女词人吕碧城的另类人生,赵大民,《文学自由谈》2008 年第 6 期。

吕碧城女学思想述评,聂会会、许艳华,《石河子大学学报(哲学社会科学版)》2008 年第 4 期。

秋瑾、吕碧城其人其文的“英雌”精神追求,李奇志,《湖北社会科学》2008 年第 11 期。

女词人吕碧城思想解析(上),徐新韵,《安徽警官职业学院学报》2010 年第 1 期。

女词人吕碧城思想解析(下),徐新韵,《安徽警官职业学院学报》2010 年第 2 期。

南社女作家吕碧城的文学创作及其诗学观——纪念南社成立一百周年,郭延礼,《文学遗产》2010 年第 3 期。

浮出历史地表——吕碧城散文创作论,赵慧芳,《淮北煤炭师范学院学报(哲学社会科学版)》2010 年第 3 期。

吕碧城诗词是中西合璧的艺术,武文玉,《哈尔滨学院学报》2010 年第 5 期。

在传统与现代之间游走——对吕碧城旅居海外词的分析,吕菲,《中国青年政治学院学报》2010 年第 5 期。

论吕碧城女子教育观,邱士刚,《河北师范大学学报(教育科学版)》2010 年第 11 期。

心高气傲的吕碧城——从心理学视角看她的转变,陈肖悦,《传奇·传记文学选刊(理论研究)》2010 年第 12 期。

吕碧城与《大公报》,孙咏梅,《新闻爱好者》2011 年第 10 期。

韩中近代女性作家吴孝媛与吕碧城比较研究,[韩]金鲜,《学术界》2011 年第 6 期。

论吕碧城佛学思想,魏远征,《安庆师范学院学报(社会科学版)》2011 年第 6 期。

论吕碧城的佛学贡献及其佛教文学创作,谭桂林,《人文杂志》2012 年第 1 期。

中国知识女性角色的近代转型之表现——以吕碧城为例，池子华、庞向南，《山东女子学院学报》2012 年第 1 期。

《纽约病中七日记》作者吕碧城辨证及其意义——小说史上早期女作者群体研究系列之一，薛海燕、赵新华，《新疆教育学院学报》2012 年第 2 期。

南社女词人吕碧城与近代名流的交往，王慧敏，《南京理工大学学报(社会科学版)》2012 年第 3 期。

薛绍徽吕碧城诗词比较，陈宏，《湖南科技学院学报》2012 年第 7 期。

近代女报人建构公共领域的尝试——以秋瑾、吕碧城为代表，郭大燕、宁利娟，《新闻世界》2012 年第 8 期。

女性先觉：中国文学现代性发生的重要维度——以吕碧城为例，康飞，《安徽文学(下半月)》2012 年第 9 期。

但赏美文，何必穿凿——严复、吕碧城师生情，秦燕春，《书屋》2012 年第 12 期。

论吕碧城诗歌的独特性——基于闺怨·平权·参佛的视角，朱尹、王艳芳，《南京工程学院学报(社会科学版)》2013 年第 2 期。

论女权诗人吕碧城，王晓敏，《淮阴师范学院教育科学论坛》2013 年 Z1 期。

吕碧城：一位敢于张扬个性的民国才女，郭德怀，《青年作家》2013 年第 9 期。

论清末民初女性词创作的转型——以吕碧城词为中心，孔现红，《绵阳师范学院学报》2013 年第 10 期。

陈撄宁、吕碧城“仙学”因缘考，秦燕春，《中国文化》2014 年

第1期。

吕碧城与楚骚传统，杨焄，《古典文学知识》2014年第4期。

吕碧城海外新词的传统文人心态——兼论近代文学新旧相通互融性，魏远征，《安徽师范大学学报(人文社会科学版)》2014年第3期。

吕碧城诗文创作中的女性主体意识，高少媛，《河西学院学报》2014年第4期。

吕碧城词与近现代之交女性生存体验的书写，李荣，《宜春学院学报》2014年第7期。

民国资深剩女吕碧城的朋友圈，马想斌，《留学》2014年第9期。

论吕碧城护生思想的产生原因，耿春晓，《哈尔滨学院学报》2014年第11期。

吕碧城:被历史湮没的奇女子，翁泽红，《文史天地》2014年第12期。

吕碧城游记中的西方形象，花宏艳，《中国比较文学》2015年第1期。

吕碧城与北洋女子公学，崔金丽，《中国社会科学院研究生院学报》2015年第1期。

浅析吕碧城词的题材意蕴，冯玉霞，《安徽文学(下半月)》2015年第1期。

严复与吕碧城的师友情——兼及严复女子教育思想的形成，薛菁，《闽都文化》2015年第2期。

吕碧城的个人完足"女学"论，夏晓虹，《汉语言文学研究》2015年第2期。

评吕碧城的女权思想及其实践，谷曼，东北师范大学硕士学位论文，2002年。

吕碧城思想及其词作研究，花宏艳，暨南大学硕士学位论文，2003年。

吕碧城词研究，王忠禄，西北师范大学硕士学位论文，2004年。

吕碧城词研究，徐新韵，华南师范大学硕士学位论文，2004年。

从“女权”到“护生”——吕碧城思想论析，姜乐军，华中师范大学硕士学位论文，2004年。

从“倡导女权”到“皈依佛门”——吕碧城思想与创作研究，朱秋勤，河南大学硕士学位论文，2008年。

流俗待看除旧弊，深闺有愿做新民——从吕碧城的文学实践看清末民初的妇女观念，申鑫瑛，海南师范大学硕士学位论文，2011年。

吕碧城诗文研究，关建琴，西北师范大学硕士学位论文，2012年。

吕碧城与早期《大公报》的女权与教育（1904—1908），杨子葶，辽宁大学硕士学位论文，2013年。

晚清女报人吕碧城研究，孙越，吉林大学硕士学位论文，2016年。

多敏

女诗人多敏与《逸情阁遗诗》，于月华，《满族研究》1994年第2期。

刘清韵

《小蓬莱仙馆传奇》十种,严敦易,《中央日报·俗文学》第46期(1947年11月28日)。

刘清韵及其《小蓬莱仙馆传奇》——介绍江苏近代一位女作家,姚克夫,《徐州师范学院学报(哲学社会科学版)》1981年第1期。

女作家刘清韵生平考略,姚柯夫,《文献》1983年第4期。

近代女作家刘清韵(载《中国近代文学百题》),中国国际广播出版社,1989年。

戏曲女作家刘清韵生平、著作考述,李志宏,《艺术百家》1997年第2期。

浅析晚清女戏曲家刘清韵的婚姻观,李红慧,《中文自学指导》2001年第3期。

善恶报应与女性关怀:从刘清韵的聊斋戏谈起,李红慧,《江西社会科学》2002年第10期。

记晚清戏曲家刘清韵两部曾佚失的戏曲作品,苗怀明,《中华戏曲》2003年第1期。

论刘清韵及其《小蓬莱仙馆传奇》,单芳,《西北师范大学学报(社会科学版)》2004年第6期。

刘清韵《望洋叹》传奇考论,邓丹,《华南师范大学学报(社会科学版)》2010年第2期。

刘清韵戏曲中的传统观念和时代精神,邓丹,《明清文学与文献》,2017年第00期。

刘韵琴

清末民初女小说家刘韵琴及其反袁小说，马勤勤，《南京师范大学文学院学报》2015 年第 1 期。

汤国梨

章太炎夫人谈发掘国学遗产，陶颖昌，《文汇报》1956 年 10 月 26 日。

章太炎夫人汤国梨，见《艺坛百影》，郑逸梅，中州书画社，1982 年。

章太炎夫人汤国梨，陈守正，《人民政协报》1987 年 5 月 26 日。

那逊兰保

清代蒙古族女诗人那逊兰保，赵相璧，《内蒙古社会科学(汉文版)》1982 年第 4 期。

清代蒙古族女诗人那逊兰保诗歌述评，云峰，《中南民族学院学报(社会科学版)》1987 年第 2 期。

蒙古民族的"易安居士"，孙玉溱，《内蒙古大学学报(人文社会科学版)》1989 年第 4 期。

心清自得诗书味，情深只好寄诗看——清代蒙古族女诗人那逊兰保诗歌创作简论，魏中林，《民族文学研究》1989 年第 6 期。

那逊兰保及其《芸香馆遗诗》，白代晓，《内蒙古社会科学(文史哲版)》1992 年第 6 期。

苏雪林

苏雪林与潘玉良,石楠,《世纪》1999 年第 3 期。

李心兰

陕北女诗人李心兰,陈钟秀,《延安大学学报(社会科学版)》1982 年第 4 期。

清代女诗人李娓娓,槐楠,《陕西日报》1985 年 7 月 11 日。

李桂玉

福州发现《榴花梦》完整抄本,佚名,《光明日报》1962 年 3 月 27 日。

访《榴花梦》续作者浣梅女史,王铁藩、张传兴,《新民晚报》1962 年 6 月 2 日。

浣梅女史访问记——中国最长的小说《榴花梦》的续作者之一仍健在人间! 王铁藩等,《羊城晚报》1962 年 6 月 2 日。

《榴花梦》:世界最长的韵文体小说,鲍震培,《文史知识》2001 年第 4 期。

吴藻

清代女作家专题:吴藻及其相关文学活动研究,钟慧玲,台湾乐学书局,2001 年。

几个豪放的女词人(三)——吴藻,渔人,《京报》1936 年 5 月 9 日、10 日。

女词人吴藻,张芦伯,《北平晨报》1937 年 5 月 25 日。

清代二女词人——吴藻与秋瑾,温树,《华侨文阵》1944 年第 4 期。

女曲家吴藻传考略,陆萼庭,《文史杂志》1948 年第 2 期。

清代女词人吴藻——读词札记,彭俊彦,《辽宁大学学报(哲学社会科学版)》1980 年第 5 期。

“一洗人间粉黛羞”:浙江古代女剧作家吴藻,王奕军,《戏文》1982 年第 5 期。

学近苏辛,嗣响易安——吴藻词简论,蒋哲伦,《上海师范大学学报(哲学社会科学版)》1989 年第 3 期。

《乔影》——中国古代知识女性的愤懑与呼号,浦汉明,《青海社会科学》1995 年第 2 期。

论吴藻词曲特质及其在女性文学史上的地位,薛海燕,《南京师大学报(社会科学版)》2001 年第 5 期。

吴藻词中的才名焦虑与逃禅出世,段继红,《山西大学学报(哲学社会科学版)》2007 年第 2 期。

论嘉道年间女词人顾春、吴藻,崔丽娜,黑龙江大学硕士学位论文,2003 年。

吴藻及其作品研究,郭姮姮,安徽大学硕士学位论文,2006 年。

吴藻词研究,吴永萍,西北师范大学硕士学位论文,2007 年。

把卷立苍茫——清代女词人熊琏、吴藻论,李小满,陕西师范大学硕士学位论文,2007 年。

吴藻研究,赵淑徽,南京师范大学硕士学位论文,2008 年。

吴藻、沈善宝研究,徐莉梅,安庆师范大学硕士学位论文,2011 年。

吴芝瑛

风流文采教占尽　羡煞胸多记事珠——略说激进的旧民主主义者吴芝瑛女士，杨晨曦，《安庆师范学院学报(社会科学版)》1985年第1期。

秋瑾重上京华及她与吴芝瑛结盟的时间考订，刘孔伏、张国泰，《杭州师院学报(社会科学版)》1987年第2期。

廉南湖与吴芝瑛(见《郑逸梅选集》第二卷)，郑逸梅，黑龙江人民出版社，1991年。

近代女子参政的呐喊者——吴芝瑛，周爱武，《安徽史学》1991年第2期。

吴芝瑛轶事补遗，吴昭谦，《江淮文史》1996年第1期。

巾帼英侠三姊妹——秋瑾、吴芝瑛、徐自华的友情，吴昭谦，《文史精华》1999年第8期。

吴芝瑛葬秋瑾诗文纪事，郭长海，《江淮文史》2007年第2期。

吴芝瑛对民主革命的贡献——以相助秋瑾为例，周靖程，《齐齐哈尔大学学报(哲学社会科学版)》2012年第3期。

吴芝瑛致徐自华信札，熊广琴，《中华书画家》2015年第3期。

吴孟班

吴孟班：过早谢世的女权先驱，夏晓虹，《文史哲》2007年第2期。

吴弱男

同盟会女会员吴弱男，夏冬波，《安徽日报》2005年8月

26 日。

中国近代三位女性戏剧翻译家：吴弱男、薛琪瑛和沈性仁，郭延礼、郭蓁，《东方翻译》2010 年第 3 期。

吴炎世　吴弱男　吴亚男庐江吴氏三兄妹，《江淮时报》2011 年 10 月 11 日。

新发现《李大钊致吴弱男》写作时间及真实性考，崔鲁威，《北京党史》2014 年第 2 期。

邱心如

《笔生花》作者邱心如家世考，丁志安，《中华文史论丛》1982 年第 2 辑。

淮阴女弹词家邱心如及其《笔生花》，章明寿，《淮阴师专学报》1986 年第 4 期。

何震

何震的无政府主义“女界革命”论，夏晓虹，《中华文史论丛》2006 年第 3 期。

《天义报》宗旨与刘师培、何震的妇女解放论，焦霓、郭院林，《云梦学刊》2010 年第 4 期。

何震年表，万仕国，《扬州文化研究论丛》2011 年第 1 期。

何亚希

南社女诗人何亚希，郭长海，《长春师院学报》1997 年第 2 期。

何香凝

何香凝传，李永等，中国华侨出版社，1993 年。

香凝老人在桂二三事,李任仁,《广西日报》1962 年 11 月 8 日。

留得中华史上名——何香凝传略,陈得骅,《妇女》1980 年第 7 期。

何香凝传,见《民国人物传》第 2 卷,李新、孙思白主编,中华书局,1980 年。

铮铮铁骨,拳拳心声——读廖仲恺和何香凝的几首诀别诗,鲁非,《希望》1982 年第 1 期。

何香凝的画和诗,吴恩壮,《书林》1982 年第 2 期。

何香凝——爱国主义和民主主义的伟大战士,吴恩壮,《广州师院学报(社会科学版)》1982 年第 3、4 期。

廖仲恺和何香凝,慰南,《文物天地》1982 年第 4、5 期。

何香凝生平简介,郑则民,《光明日报》1982 年 8 月 25 日。

豪情留中华——读廖仲恺与何香凝的互赠诗,钟德灿,《解放军报》1982 年 9 月 10 日。

双清楼主与《双清词草》,乐正维,《人民日报》1982 年 9 月 17 日。

充满斗争之意的诗画——记何香凝的艺术活动,乐正维,《美术》1982 年第 9 期。

记廖仲恺何香凝纪念馆,诸有钧,《中国建设》1982 年第 10 期。

从何香老的一封信说起,牟小东,《文史通讯》1983 年第 3、4 期。

白马湖畔的深挚友情——记何香凝、柳亚子、经亨颐一段交往,于雯,《团结报》1984 年 10 月 27 日。

廖仲恺何香凝战斗一生的忠实记录——《双清文集》序,尚明轩等,《新华文摘》1986 年第 1 期。

廖仲恺、何香凝事略,尚明轩,《历史教学》1985 年第 9 期。

何香凝年谱简编,蒙光励、陈流章,《暨南学报(哲学社会科学版)》1987 年第 2、3 期。

沈性仁

中国近代三位女性戏剧翻译家:吴弱男、薛琪瑛和沈性仁,郭延礼、郭蓁,《东方翻译》2010 年第 3 期。

女翻译家沈性仁与《遗扇记》中的性别意识——"五四"时期《温德米尔夫人的扇子》汉译比较研究,罗列、穆雷,《山东外语教学》2011 年第 5 期。

女翻译家沈性仁及其西方戏剧翻译研究,李同良,《四川戏剧》2016 年第 3 期。

沈善宝

清代才媛沈善宝研究,王力坚,里仁书局,2009 年。

才名焦虑与性别意识——从沈善宝看明清女诗人的文学活动,张宏生,《阜阳师范学院学报》2001 年第 6 期。

从《名媛诗话》看家庭对清代才媛的影响,王力坚,《长江学术》2006 年第 3 期。

《名媛诗话》与经世实学,王力坚,《苏州大学学报》2006 年第 3 期。

清代女诗人的空间分布析探——以沈善宝《名媛诗话》为论述场域,顾敏耀,台湾《"中央大学"中国文学研究所论文集刊》,

2006 年第 6 期。

女性文学经典化的焦虑与策略——论沈善宝《名媛诗话》在异性话语体系下的传播技巧，聂欣晗，《求索》2007 年第 11 期。

《名媛诗话》的自我指涉及其内文本建构，王力坚，《中山大学学报（社会科学版）》2008 年第 1 期。

清代才媛沈善宝的家庭性别角色，王力坚，《深圳大学学报（人文社会科学版）》2008 年第 5 期。

清代才媛的山水意识——以《名媛诗话》为考察中心，王力坚，《中国文学研究（辑刊）》2008 年第 1 期。

阅读女性・女性阅读——沈善宝《名媛诗话》的女性建构，钟慧玲，《东海中文学报》2008 年第 20 期。

沈善宝《名媛诗话》，虞蓉，《苏州大学学报》2009 年第 2 期。

钱塘才媛沈善宝与山东寿光安丘李氏之情缘，王力坚，《文史哲》2009 年第 2 期。

钱塘才媛沈善宝的随宦行迹与文学交游，王力坚，《浙江大学学报（人文社会科学版）》2009 年第 3 期。

道咸时期京师满汉女性的文学交游与创作——以沈善宝《名媛诗话》为主要考察线索，詹颂，《民族文学研究》2009 年第 4 期。

从《名媛诗话》看清代女性文人的贞节观，李静、刘蔓，《辽东学院学报（社会科学版）》2010 年第 1 期。

论“性灵说”对沈善宝诗歌的影响，沈菲，《文学界（理论版）》2010 年第 1 期。

《名媛诗话》与乾嘉道时期的闺秀文学活动，赵厚均，《古代文学理论研究》第三十四辑，2012 年。

清代才女沈善宝与王照圆“才名”观念比较，于少飞，《滨州学

院学报》2015 年第 1 期。

《名媛诗话》关于女诗人于归前后创作评述，戴菁，《淮阴工学院学报》2015 年第 2 期。

沈善宝研究综述，刘燕，《天中学刊》2016 年第 6 期。

清代女诗家沈善宝研究，聂欣晗，暨南大学硕士学位论文，2005 年。

《名媛诗话》研究，肖妍，安徽大学硕士学位论文，2007 年。

沈善宝《名媛诗话》研究，刘蔓，浙江大学硕士学位论文，2009 年。

吴藻、沈善宝研究，徐莉梅，安庆师范大学硕士学位论文，2011 年。

清代女性作家沈善宝研究，张秀珍，陕西师范大学硕士学位论文，2016 年。

沈鹊应

论沈鹊应的诗词创作，刘建萍，《福建师范大学学报（哲学社会科学版）》2003 年第 6 期。

三生有幸再结缘——林旭与沈鹊应的凄美爱情，余音，《名人传记（上半月）》2014 年第 5 期。

张默君

张默君姊妹易嫁，见《掌故小札》，郑逸梅，巴蜀书社，1988 年 4 月。

陈芸

陈芸《小黛轩论诗诗》，林怡，《苏州大学学报（哲学社会科学

版)》2009 年第 2 期。

陈芸《小黛轩论诗诗》研究,王丹,河北大学硕士学位论文,2016 年。

陈小翠

才媛陈小翠(见《郑逸梅选集》第四卷),郑逸梅,黑龙江人民出版社,2001 年。

陈小翠的传奇杂剧创作及其戏曲史意义,邓丹,《戏剧艺术》2012 年第 4 期。

陈鸿璧

一位被遗忘的近代女翻译家陈鸿璧,郭延礼,《中华读书报》1998 年 6 月 17 日。

近代著名的女翻译家陈鸿璧,郭延礼、郭蓁,《东方翻译》2009 年第 1 期。

文化断裂与语言输入中的历史剪影——陈鸿璧,林娟,《湖南社会科学》2013 年第 4 期。

陈鸿璧对近代翻译文学的影响及贡献,吴国权,《兰台世界》2014 年第 31 期。

陈鸿璧的"高雅翻译"及其翻译特点,张俊霞,《中北大学学报(社会科学版)》2015 年第 3 期。

清末民初女翻译家陈鸿璧的家世,栾伟平,《秋瑾、徐自华、吴芝瑛、吕碧城暨近代女性文学高层论坛会议论文集》,2015 年。

辛亥革命时期中国女性主义翻译的萌芽——陈鸿璧翻译小说中的女性主义分析,潘华凌、陈志杰,《外语学刊》2016 年第

4 期。

陈鸿璧与张昭汉关系考,李想、刘钊,《长春师范大学学报》2017 年第 3 期。

多元系统视角下陈鸿璧翻译小说研究,王看,四川外国语大学硕士学位论文,2015 年。

陈鸿璧翻译小说研究,李想,长春师范大学硕士学位论文,2017 年。

陈鸿璧翻译小说研究——以《第一百十三案》为中心的探讨,逯露,山东大学硕士学位论文,2018 年。

陈蕴莲

清代才媛陈蕴莲研究,李金梅,江南大学硕士学位论文,2016 年。

陈撷芬

陈撷芬创办的中国第一张女子报——《女学报》(见《书报话旧》),郑逸梅,学林出版社,1983 年。

陈撷芬——我国新闻史上最年轻的女主编,茵芝,《新闻记者》1986 年第 3 期。

陈撷芬和《女学报》,李冰,《山西教育学院学报》2000 年第 1 期。

革命前驱　报坛女杰——秋瑾、陈撷芬研究,李九伟,《出版史料》2004 年第 2 期。

从宣传女权到鼓吹革命——浅议陈撷芬之《女学报》,虞文俊,《皖西学院学报》2008 年第 6 期。

清季新女性蜕变之轨迹——以陈撷芬为个案，汤培亮、虞文俊，《学理论》2010年第15期。

浅析陈撷芬《女学报》的创办背景与条件，韩天博、杨敏，《今传媒》2013年第6期。

论辛亥革命前期的陈撷芬，陈静，扬州大学硕士学位论文，2009年。

陈衡哲

陈衡哲佚文《记新大陆之村中生活》，王凤仙，《新文学史料》2017年第4期。

现代知识女性陈衡哲，胡小敏，汕头大学硕士学位论文，2011年。

邵振华

邵振华及其《侠义佳人》，黄锦珠，《清末小说》第30号，2007年12月。

郑静兰

新塍郑官房与郑静兰，赵青，《秋瑾、徐自华、吴芝瑛、吕碧城暨近代女性文学高层论坛会议论文集》，2015年。

单士厘

最早的妇女国外游记——《癸卯旅行记·归潜记》，何名，《光明日报》1982年5月5日。

我国第一个评述拉奥孔的女性——论单士厘的美学见解，马

昌仪,《文艺研究》1984 年第 4 期。

单士厘与《癸卯旅行记》,高辛萍,《辽宁师范大学学报》1991 年第 5 期。

单士厘,陈金冠,《浙江档案》1992 年第 4 期。

巾帼放眼着先鞭——论钱单士厘出洋的历史意义,齐国华,《史林》1994 年第 1 期。

惊醒女子魂,鉴彼媸与妍——论启蒙女学者单士厘,戴东阳,《史学月刊》1996 年第 3 期。

钱单士厘与第一部女子出国记,鲍静静,《文史杂志》1998 年第 6 期。

中国近代第一位走出国门的知识女性单士厘,董剑平,《烟台师范学院学报(哲学社会科学版)》1998 年第 4 期。

单士厘和她的《癸卯旅行记》,李可亭,《商丘师专学报》1999 年第 1 期。

单士厘:近代走向世界的女性先驱,胡景华,《辽宁师专学报(社会科学版)》1999 年第 4 期。

闺阁与世界的碰撞——单士厘旅行书写的性别意识与帝国凝视,陈室如,《国文学志》2006 年第 13 期。

流动的风景与凝视的文本——谈单士厘(1856—1943)的旅行散文以及她对女性文学的传播与接受,罗秀美,《淡江中文学报》2006 年第 15 期。

单士厘教育思想浅论,刘福森、聂会会,《内蒙古师范大学学报(教育科学版)》2006 年第 12 期。

中国近代妇女旅游第一人:单士厘,赵炜,《社科纵横》2007 年第 2 期。

"中和"之美——试析单士厘游记中的近代女性形象,黄海燕,《长春工程学院学报(社会科学版)》2008年第1期。

非凡的知识女性——单士厘,杜海华,《文史知识》2008年第10期。

评19、20世纪之交中国知识分子的自我意识——以单士厘、林纾等人的自传写作为例,赵山奎,《南京师范大学文学院学报》2009年第2期。

单士厘——中国女性走出国门第一人,董忆南,《浙江档案》2009年第9期。

论单士厘的妇女解放思想,侯绍英、朱华,《汉江大学学报(人文科学版)》2009年第6期。

单士厘与拉奥孔——兼论晚清学者的神话观,鹿忆鹿,《民间文化论坛》2010年第2期。

《劳贡》:中国的第一篇西方美术史论文,王晶,《新美术》2010年第6期。

晚清奇女子单士厘与她的《癸卯旅行记》,杜海华、唐元,《文史知识》2011年第3期。

单士厘《归潜记》对希腊神话的引介,宫凯,《郑州师范教育》2012年第3期。

谓语诸闺秀,先路敢为请——单士厘旅欧诗研究,刘峰,《名作欣赏》2012年第5期。

单士厘与中国第一本女子出国游记,张桂兰,《中国妇女报》2012年6月12日。

单士厘:一个被历史误读的文化闺秀,付勇、花宏艳,2012 2nd International Conference on Applied Social Science.

单士厘海外游记研究，赵思奇、何明刚，《时代文学（下半月）》2015 年第 1 期。

单士厘及其旅游文学——兼论女性游历书写，颜丽珠，台湾“中央大学”硕士学位论文，2004 年。

单士厘域外游记研究，汪年，河南大学硕士学位论文，2010 年。

单士厘的世界之旅及其思想认识研究（1898—1912）——以撰主的两部游记为中心的考察，安丽敏，东北师范大学硕士学位论文，2010 年。

闺阁内外的自然、景观与生活——单士厘《受兹室诗钞》研究，赵文汝，台湾东海大学硕士学位论文，2016 年。

胡彬夏

民初知识女性的角色认同——以胡彬夏为个案，王秀田，《山西师大学报（社会科学版）》2008 年研究生论文专刊。

传统和现代之间的徘徊——以胡彬夏为个案，王秀田、梁景和，《求索》2008 年第 10 期。

从兴女权到改良家庭——清末民初女报人胡彬夏办报活动与身份认同，张朋，《阜阳师范学院学报（社会科学版）》2012 年第 2 期。

胡彬夏女士的女子教育观，刘中猛，《兰台世界》2012 年第 4 期。

近代女权主义者的角色定位——以胡彬夏为个案，刘蓉，《鸡西大学学报》2012 年第 8 期。

秋瑾

中国革命党大首领徐锡麟,毕志社编,日本横滨新小说社,1907 年。

秋风秋雨,黄民编,上海竞存书局,1907 年。

秋女侠冤狱汇案,沧桑客编,广东铅字排印本,1907 年。

浙江办理秋瑾革命全案,故宫档案馆,1907 年;后收入“中国近代史资料丛刊”《辛亥革命》(三),上海人民出版社,1956 年。

鉴湖女侠秋君墓表·西泠十字碑·西报事略·Wu Chih Ying, a true patriot(廉夫人吴芝英传),徐自华　吴芝英　严复　Luella Miner,上海:悲秋阁,1908 年。

鉴湖女侠秋君墓表,徐自华撰,悲秋阁石印本,1908 年。

Ch'eng - chang T'ao(陶成章) Lionel Giles ,The life of Ch'iu Chin(秋瑾传), Leyden: Oriental Printing - Office, late E. J. Brill, 1913.

秋瑾传,陶成章,《浙案纪略》铅印本,1916 年。

Ch'iu Chin: a Chinese heroine(秋瑾:一位中国女英雄),China Society (Great Britain), Lionel Giles, London: East & West, 1917.

秋瑾,李警众编,上海震亚书局,1928 年。

秋瑾,罗时旸编著,青年出版社,1946 年。

秋瑾,上海教育出版社编,上海教育出版社,1949 年。

徐锡麟传 秋瑾传,“中央党史史料编纂委员会”编,1949 年。

秦良玉与秋瑾,杨家骆编,世界书局,1953 年。

中华民国开国时期史料:秋瑾烈士为国殉难文档(《革命文

献》第1辑),罗家伦主编,中国国民党中央委员会党史史料编纂委员会编辑,“中央文物供应社”经售,1953年。

秋瑾革命传,秋灿芝,台湾三民书局,1954年。

秋瑾传,梁云坡编绘,中国国民党中央委员会妇女工作会,1955年。

秋瑾传　革命宝鉴,秋灿芝,台湾联合图书公司,1955年。

The great sacrifice(伟大的牺牲),Chi－chiu Tsan,Hong Kong:Independent Press,1956.

秋瑾,朱耀庭编著,浙江人民出版社,1957年。

秋瑾史迹,中华书局上海编辑所编辑,中华书局,1958年。

秋瑾,北京五十一中学历史组编著,中华书局,1959年。

秋瑾,欧芬撰,台湾全知少年文库董事会,1960年。

秋瑾集,中华书局上海编辑所编,中华书局,1960年。

鉴湖女侠秋瑾,王槊编著,香港中华书局,1961年。

秋瑾,但仁,台湾幼师书店,1965年。

秋瑾传,秋灿芝,台湾联合图书,1969年。

秋瑾女侠遗集,王灿芝编,台湾中华书局,1976年。

Pierre de l'oiseau Jingwei(《精卫石》),Jin Qiu 著,Catherine Gipoulon 译,Paris:Des Femmes,1976.

Pierre de l'oiseau Jingwei: Qiu Jin, femme et révoltionnaire en Chine au XIXe s(《精卫石:秋瑾,十九世纪的女性和革命者》),Catherine Gipoulon,Paris: Des femmes,1976.

鉴湖女侠秋瑾,“国家出版社编审部”编审,台湾“国家”出版社,1979年。

秋风秋雨愁煞人:秋瑾传,周素珊(毕璞)撰,台湾近代中国出

版社,1979 年。

鉴湖女侠秋瑾,王成圣,台湾中外图书出版社(原载《中外杂志》17 卷 5—6 期,18 卷 1—3 期),1980 年。

秋瑾,郑云山,上海人民出版社,1980 年。

辛亥革命四烈士年谱(徐锡麟、秋瑾、陈伯平、马宗汉),孙元超编,书目文献出版社,1981 年。

秋瑾,王艾村,中华书局,1981 年。

秋瑾史料,秋仲英等辑,湖南人民出版社,1981 年。

鉴湖女侠秋瑾,"国家出版社编审部"编审,台湾"国家"出版社,1982 年。

巾帼英雄秋瑾,周芾棠、谢德铣,浙江人民出版社,1982 年。

秋瑾评传,穆长青,甘肃教育学院编印,1982 年。

秋瑾年谱,郭延礼,齐鲁书社,1983 年。

秋瑾年谱及传记资料,陈象恭编著,中华书局,1983 年。

女英雄秋瑾,李宏生,山东人民出版社,1983 年。

秋瑾,张漱菡,台湾金兰出版社,1984 年。

秋瑾,平慧善,江苏古籍出版社,1984 年。

鉴湖女侠秋瑾,郑云山,上海人民出版社,1984 年。

于右任书秋先烈纪念碑记,陕西人民出版社,1984 年。

秋瑾革命传,秋灿芝,台湾三民书局,1984 年。

L'éventail de fer: ou, La vie de Qiu Jin(《铁扇:秋瑾的一生》),Françoise d'Eaubonne,Paris: J. C. Simoën,1977; Paris:Encre,1984.

秋瑾的生活与创作,[俄]T. T. ЗАЯЦ(扎亚茨),海参崴远东大学出版社,1984 年。

秋瑾传记资料,朱传誉主编,台湾天一出版社,1985 年影印本。

清鉴湖女侠秋瑾年谱,林逸撰,台湾商务印书馆,1985 年影印本。

秋瑾评传,郑云山、陈德禾,河南教育出版社,1986 年。

秋瑾文学论稿,郭延礼,陕西人民出版社,1987 年。

秋瑾事迹研究,郭长海、李亚彬编著,东北师范大学出版社,1987 年。

秋瑾研究资料,郭延礼编,山东教育出版社,1987 年。

秋瑾·赵声·黄兴·蔡锷·胡汉民,杜英穆编著,台湾名望出版社,1987 年。

秋瑾史集,王去病、陈德和主编,华文出版社,1989 年。

秋瑾传,山木,台湾国际文化事业公司,1989 年。

秋瑾政治人格之研究,杨碧玉,台湾中正书局,1989 年。

秋瑾年表(细编),晨朵编写,华文出版社,1990 年。

革命女侠秋瑾,李劲松, 辽宁民族出版社,1992 年。

秋瑾诗词研究,杭州秋瑾研究会编,团结出版社,1992 年。

秋瑾,郭长海,新蕾出版社,1993 年。

鉴湖女侠生死录,孙秀华、何明春,北方妇女儿童出版社,1993 年。

秋瑾传:秋风秋雨愁煞人,毕璞,台湾雨墨文化事业有限公司,1994 年。

秋瑾,王丕震,台北秋海棠出版有限公司,1996 年。

秋瑾:鉴湖女侠,曾德厚、何忠华,湖南文艺出版社,1997 年。

秋瑾,林岩编写,人民文学出版社,1997 年。

秋瑾革命史研究，王去病等主编，团结出版社，1997 年。

秋瑾全传：不朽的丰碑，陆坚、孙秀华、何明春，长春出版社，1997 年。

风雨自由魂——秋瑾，孔菁慧，山东画报出版社，1998 年。

秋瑾，高翔，春风文艺出版社，1999 年。

秋瑾啸风，[日]藤森节子，东京武藏野书房，2000 年。

鉴湖女侠秋瑾，张正，北方文艺出版社，2000 年。

秋瑾评集，王去病、朱馥生主编，中国妇女出版社，2000 年。

漫云女子不英雄——秋瑾诗词注评，郭蓁，上海古籍出版社，2004 年。

竞雄女侠伝：中国女性革命诗人秋瑾の生涯，[日]永田圭介，东京编集工房ノア，2004 年。

Women in China: the Republican period in historical perspective (Berliner China - Studien, 44), Mechthild Leutner　Nicola Spakowski, Münster: Lit; New Brunswick, NJ: Distributed in North America by Transaction Publishers, 2005.

Qiu Jin, féministe, poète et révolutionnaire(秋瑾，女权主义者、诗人和革命者)，[法]Suzanne Bernard(苏珊娜·贝尔纳)，Pantin: Temps des cerises, 2006.

秋瑾：竞雄女侠传，[日]永田圭介著，闻立鼎译，群言出版社，2007 年。

秋瑾　火焰の女，[日]山崎厚子，东京河出书房新社，2007 年。

浙学、秋瑾、绍兴师爷研究，王建华主编，人民出版社，2008 年。

秋瑾，欧缬芳，台湾商务印书馆，2008 年。

百年风雨自由魂（杭州卷）——秋瑾就义百年纪念集，张洞主编，大众文艺出版社，2008 年。

从秋瑾到蔡珠儿：近现代知识女性的文学表现，罗秀美，台湾学生书局有限公司，2010 年。

啄木と秋瑾：啄木歌诞生の真实，[日]内田弘，东京社会评论社，2010 年。

秋瑾评传，欧阳云梓，中国社会科学出版社，2011 年。

剑胆琴心：辛亥先锋秋瑾，耿彦钦，百花文艺出版社，2012 年。

解读秋瑾，郭延礼，山东教育出版社，2013 年。

秋瑾研究文集，邵田田编著，西泠印社出版社，2014 年。

秋瑾集·徐自华集，郭延礼、郭蓁编，中华书局，2015 年。

中国近代思想家文库：金天翮、吕碧城、秋瑾、何震卷，夏晓虹编，中国人民大学出版社，2015 年。

侠女愁城：秋瑾的生平与诗词，鲍家麟、刘晓艺，南京大学出版社，2016 年。

记秋女士遗事，吴芝瑛，《时报》1907 年 7 月 25 日。

中国女侠秋瑾之真相，《振华五日大事记》第 24 期，1907 年 8 月 8 日。

秋瑾传，悲生，《天义》第 5 卷，1907 年 8 月 10 日。

《秋瑾遗诗》序，苏曼殊，《天义》第 5 卷，1907 年 8 月 10 日；又见王芷馥编《秋瑾诗词》。

绍兴某君来函论秋瑾事，《天义》第 6 卷，1907 年 9 月 1 日。

徐、马、陈三烈士及秋女士追悼会记，《天义》第 7 卷，1907 年 9 月 15 日。

《秋瑾诗词》后序,何震,《天义》第7卷,1907年9月15日;又见王芷馥编《秋瑾诗词》。

徐秋二君事略,一民,《新世纪》第14期,1907年9月21日。

祭徐锡麟陈伯平马宗汉秋瑾文,太炎,《民报》第17号,1907年10月25日。

《秋瑾集》序,章炳麟,见王芷馥编《秋瑾诗词》,1907年;又见《民报》第17号,1907年10月25日。

秋女士历史,寄尘,《小说林》第6期,1907年11月。

祭秋女士文(并序),寄尘,《神州女报》第1号,1907年12月。

神州女界新伟人秋瑾女士传(未完),《神州女报》第1号(1907年12月)、第2号(1908年1月)。

秋女士传,吴芝瑛,《神州女报》第1号,1907年12月。

秋女士被害始末,佛奴等,《神州女报》第1号,1907年12月。

论秋瑾之被杀,佚名,《神州女报》第1号,1907年12月。

秋瑾有死法乎,佚名,《神州女报》第1号,1907年12月。

绍兴扰乱十日记,佚名,《神州女报》第1号,1907年12月。

轩亭吊秋文,巢南,《天义》第13、14卷合册,1907年12月30日;又见《南社丛刻》第3集,1911年,改题《轩亭吊秋侠文》。

秋瑾轶事,徐寄尘,《小说林》1907年第7期;又见王灿芝编《秋瑾女侠遗集》,1929年中华书局出版,改题为《纪秋女侠遗事》;又见《吴芝瑛传》,无锡双飞阁藏版,1936年印行;又见《秋瑾集》,1960、1979年版,题从王灿芝本。

秋瑾死后之冤,志达,《天义》第15卷,1908年1月15日。

公祭秋女士大会述闻,《神州日报》1908年2月29日。

各地绅商对于秋瑾墓案之评论,《杭州白话报》1908 年 10 月 20 日。

吴芝瑛女士拟上江督电稿,《杭州白话报》1908 年 10 月 21 日。

好个大胆的贵福,《竞业旬报》第 31 期,1908 年 10 月 25 日。

秋瑾女史哀辞,王钟麒,见《南社丛刻》第 3 集,1910 年出版;原载《神州女报》第 1 号,署名天僇生。

祭秋瑾女士文,吴芝瑛,《民国报》第 3 号,1911 年 12 月 11 日;又见《吴芝瑛传》,无锡双飞阁藏版,1936 年,题《祭女烈士秋瑾文》。

秋社启,陈去病,《南社丛刻》第 4 集,1911 年。

秋瑾遗著序,吴芝瑛,《民国报》第 4 号,1912 年 1 月 11 日;又见《吴芝瑛传》,无锡双飞阁藏版,1936 年。

秋瑾传,见上海自由社编《革命党小传》第 4 集,1912 年。

秋瑾女士成仁纪念——西子湖滨之血泪,《民主报》1912 年 7 月 21 日、22 日。

新建秋侠祠琐记,《民主报》1912 年 7 月 22 日。

长沙建设秋祠,《民主报》1912 年 7 月 22 日。

湘省秋女士成仁纪念,《民主报》1912 年 7 月 27 日。

湘省追悼秋侠记,《时报》1912 年 7 月 29 日。

秋瑾之株连,见杨敦颐编《满夷猾夏始末记》,新中华图书馆,1912 年。

西泠重兴秋社并建风雨亭启,徐自华,见《民国文粹·女革命文粹》,上海广益书局,1913 年。

为秋瑾女士改葬麓山公启,郑泽,《南社丛刻》第 8 集,

1914 年。

鉴湖女侠秋瑾传，陈去病，《南社丛刻》第 9 集，1914 年。

西泠新建风雨亭记，陈去病，《南社丛刻》第 10 集，1914 年。

秋瑾冤死案，徐珂，《清稗类钞》，商务印书馆，1917 年。

《秋瑾女侠遗集》序，邵元冲，载王灿芝编《秋瑾女侠遗集》，中华书局，1929 年。

《秋瑾女侠遗集》序，沈芝瑛，载王灿芝编《秋瑾女侠遗集》，中华书局，1929 年。

读《秋女侠遗集》的感想，许啸天，载王灿芝编《秋瑾女侠遗集》，中华书局，1929 年。

先烈鉴湖女侠遗集序，王灿芝，载王灿芝编《秋瑾女侠遗集》，中华书局，1929 年。

鉴湖女侠秋君墓碑铭并序，柳弃疾，《江苏革命博物馆月刊》1929 年第 5 期。

《返钏记》附张寄涯跋，徐自华，《江苏革命博物馆月刊》1929 年第 5 期。

秋先烈纪念碑记，蔡元培，1930 年，见《于右任书秋先烈纪念碑记》，三秦出版社，1985 年。

浙江绍兴办理秋瑾革命案，《文献丛编》第 16、17 期，1933 年。

革命诗人秋瑾女士，唫佳，《女青年月刊》1934 年第 3 期。

读陈去病《鉴湖女侠秋瑾传》书后，叶颂清，见王灿芝编《秋瑾女侠遗集》修订本，中华书局，1934 年。

重梓先慈秋烈士遗集跋，王沅德，见王灿芝编《秋瑾女侠遗集》修订本，中华书局，1934 年。

六六私乘，秋宗章，《东南日报》副刊《吴越春秋》第 32—75

期,1934 年 6—7 月。

为《六六私乘》续貂,冯元芝,1934 年,见周芾棠等编《秋瑾史料》第 69 页,湖南人民出版社,1981 年。

秋瑾女侠事略,《报学季刊》创刊号,1934 年 10 月 10 日。

《六六私乘》补遗,秋宗章,《东南日报》副刊《吴越春秋》第 348—370 期,1935 年 6—7 月。

关于秋瑾的一部小说——《六月霜》,阿英,《人间世》第 27 期,1935 年 5 月 5 日。

读《六月霜》后之感想——关于先母秋瑾女士,王灿芝,《人间世》第 28 期,1935 年 5 月 20 日。

秋鉴湖秘闻,樵,《北平晨报·艺圃》,1935 年 7 月 20—22 日。

关于秋瑾与《六月霜》,秋宗章,《人间世》第 33 期,1935 年 8 月 5 日。

秋瑾,《浙江青年》第 1 卷第 10 期,1935 年 8 月。

先烈秋瑾,谭日峰,《湘乡史地常识》,湘乡铅印局,1935 年。

秋瑾传,见小横香室主人辑《清朝野史大观》卷八,中华书局,1936 年。

秋瑾女士传,李季谷,《中国新论》第 2 卷第 2 期,1936 年 2 月 1 日。

大通学堂党案,秋宗章,《越风》第 8—10 期,1936 年 2—3 月。

秋瑾,蔡冠洛,见蔡冠洛编《清代七百名人传》,上海世界书局,1937 年。

一九二七年杭州市民公祭鉴湖女侠秋瑾文,见王绍箕《秋瑾女士遗著集》,白光书店 1937 年 5 月第 3 版。

六月六日与李钟岳,秋宗章,《国闻周报》第 14 卷 22 期,1937

年6月。

秋女侠史实考正,秋宗章,见易鹰编《身价集》,杭州正中书局,1941年。

秋瑾传,见《革命先烈传记》,中国国民党中央党史史料编纂委员会编著,重庆中国文化服务社,1941年。

秋瑾小传,陈去病,见唐卢锋编著《革命诗文选》,正中书局,1941年。

《娜拉》的答案,郭沫若,《新华日报》1942年7月19日;后收入《沫若文集》第7卷,人民文学出版社,1959年。

记鉴湖女侠秋瑾,赵而昌,《风雨谈》1944年第9期。

鉴湖女侠秋瑾,冯自由,《革命逸史》二集,商务印书馆,1945年。

秋瑾先生的革命思想——秋瑾烈士的旗帜是中国人民解放的旗帜,裘正,《民光》第1期,1946年12月。

革命先烈秋瑾女士的一生,阙名,《越声报》1947年6月17日。

回忆女革命家秋瑾(上),[日]服部繁子,《中国语杂志》6卷1—3合刊,1951年3月。

清末妇女解放运动与秋瑾——辛亥革命前夜的“君主立宪”与“民主政治”,[日]大隅逸郎,《同志社法学》第88期。

秋瑾轶事,秋高,1955年,见周芾棠等编《秋瑾史料》,湖南人民出版社,1981年。

女革命家秋瑾,范文澜,《中国妇女》1956年第8期。

我惊喜地看到了秋瑾遗物,胡明树,《文汇报》1956年10月9日。

从《中国女报》发刊词想起——纪念秋瑾就义五十年，山石，《浙江日报》1957 年 3 月 6 日。

先烈秋瑾和她的真迹，丹羽，《文汇报》1957 年 3 月 8 日。

秋瑾与吴妈，秋仲英，《浙江日报》1957 年 3 月 17 日。

秋瑾与徐寄尘的革命友谊，宋元，《解放日报》1957 年 6 月 6 日。

捏造的"秋瑾档案"，宋元，《新民报晚刊》1957 年 6 月 16 日。

秋瑾女侠的革命生涯，[日]大岛利一，《宁乐史苑》1957 年第 4 期。

秋瑾年谱(未定稿)，山石，《史学月刊》1957 年第 6 期。

秋瑾成仁经过，王璧华，《近代史资料》1957 年第 2 期。

从秋瑾说到鲁迅笔下的范爱农，危之，《浙江日报》1957 年 7 月 7 日。

纪念秋瑾就义五十周年——介绍她的遗著《精卫石》，丹羽，《文汇报》1957 年 7 月 15 日。

纪念秋瑾殉国五十周年，阿英，《人民日报》1957 年 7 月 16 日。

生命的烈焰——为秋瑾就义五十年作，柯灵，《文汇报》1957 年 7 月 19 日。

秋瑾传，夏衍、柯灵，《电影艺术》1958 年第 9 期。

关于秋瑾的戏曲，阿英，见《小说二谈》第 180 ~ 187 页，上海古典文学出版社，1958 年。

纪念徐锡麟、秋瑾诸烈士，许钦文，见《山乡变水乡》，东海文艺出版社，1958 年。

访秋瑾遗迹，姚瑾，《旅行家》1959 年第 5 期。

读《秋瑾史迹》,金性尧,《读书》1959年第6期。

义葬秋瑾的吴芝瑛,白庐,《羊城晚报》1960年4月18日。

介绍《秋瑾集》,刘拜山,《文汇报》1960年10月30日。

绍兴秋瑾纪念馆,沈定庵,《文物》1961年第10期。

秋瑾在绍兴二三遗迹,大雁,《解放日报》1961年7月23日。

秋瑾,润芝,《浙江日报》1961年7月30日。

王金发二三事,王励军,《新民晚报》1961年8月31日。

秋瑾的革命诗歌,韦唐,《中国青年报》1961年9月22日。

秋瑾与王金发,王励军,《新民晚报》1961年10月5日。

绍兴整理秋瑾纪念室,浙江政协等,《光明日报》1961年10月6日。

秋瑾和她的弹词《精卫石》,王绍舜,《浙江日报》1961年10月8日。

秋瑾在北京,陈川,《北京日报》1961年10月10日。

访秋瑾故居,大雁,《浙江日报》1961年10月11日。

辛亥革命前的女诗人——秋瑾,依杰,《甘肃日报》1961年10月13日。

辛亥革命的先驱者秋瑾,露申,《中国青年报》1961年10月13日。

号角、战鼓、誓词——读秋瑾烈士遗诗,庞玉田,《哈尔滨晚报》1961年10月19日。

“秋风秋雨愁煞人”的小考证,郑逸梅,《新民晚报》1961年10月21日。

秋瑾烈士生年考,吴小如,《文汇报》1961年10月24日。

秋瑾哪一年诞生,陈嘉谟,《文汇报》1961年11月9日。

关于《秋瑾烈士生年考》的补充，吴秀峰、张瑞莹，《文汇报》1961年12月10日。

访秋瑾故居，周芾棠，《解放军文艺》1961年第12期。

秋瑾与《中国女报》，华祝考，《新闻业务》1962年第7期。

访秋瑾故居，和平，《人民日报》1962年3月4日。

读《访秋瑾故居》一文以后，李立三，《人民日报》1962年4月5日。

秋瑾的故事，陈因，《河北日报》1962年4月12日。

《秋瑾史迹》辨异——《黄帝纪元大事表》是谁编写的，张静庐，《光明日报》1962年5月26日。

新发现的秋瑾书信，绍兴县文管会，《浙江日报》1962年7月15日。

秋瑾和《中国女报》，方汉奇，《中国青年报》1962年7月17日。

秋瑾的诗文，张铁弦，《光明日报》1962年7月19日。

试论秋瑾的诗，郭延礼，《东海》1962年第7期。

从秋瑾烈士想起，魏金枝，《中国青年》1962年第13期。

读《精卫石》残稿——纪念秋瑾就义55周年，均地，《郑州大学学报》1962年第1期。

论中国旧民主主义革命时期伟大的女英雄秋瑾——纪念秋瑾殉国五十五周年，陈象恭，《江苏师院学报》1962年第5期。

秋瑾，陈铁健，《历史教学》1963年第1期。

秋瑾与妇女解放，郭延礼，《浙江日报》1963年3月6日。

近代女革命诗人秋瑾，萧善因，《文学遗产增刊》第12辑，1963年。

大通师范学堂，朱赞卿，《辛亥革命回忆录》（四）第 143 ~ 149 页，中华书局，1963 年。

关于大通学堂、徐锡麟和秋瑾，吕月屏，见《辛亥革命回忆录》（四）中《回忆辛亥革命时期的几件事和处州光复经过》一文，第 196 ~ 197 页，中华书局，1963 年。

记秋瑾，徐双韵，《辛亥革命回忆录》（四）第 205 ~ 222 页，中华书局，1963 年。

回忆秋瑾，王时泽，《辛亥革命回忆录》（四）第 223 ~ 232 页，中华书局，1963 年。

秋瑾殉难记，李江秋，《开国文献》第 1 编第 13 册，1963—1964 年。

秋瑾《绝命词》及其他，周芾棠，《天津晚报》1964 年 7 月 18 日。

诗垦地——明媚英爽的女侠：秋瑾，王禄松，台湾《幼狮文艺》1964 年 7 月。

回忆中的秋瑾（王时泽《回忆秋瑾》），[日]大岛利一译，《宁乐史苑》第 13 期。

鉴湖女侠秋瑾恸事，秋灿芝，台湾《艺文志》1965 年 10 月。

近代中国的女性形象——秋瑾素描，[日]中山义弘，日本《大下学园女子短期大学研究集报》第 3 期，1965 年 12 月。

汉侠女儿——秋瑾，赵仪欢，《文史学报》1966 年第 3 期。

秋瑾与周韵仙，朱琬珍，台湾《建设》1966 年 11 月。

鉴湖女侠秋瑾（浙籍革命先烈传），台湾《浙江月刊》1969 年 10 月。

秋瑾，见国民党中央党史史料编纂委员会编《革命人物志》第

3集,1970年。

辛亥革命的先驱者——秋瑾,[日]竹之内安巳,日本《鹿儿岛短期大学研究纪要》1971年第8期。

秋瑾,[日]尾上兼英,日本《汉文教室》第120期。

鉴湖女侠秋瑾,吴蕤,台湾《畅流》第45卷第5、6期,1972年4月、5月。

鉴湖女侠,景唐,台湾《生力》第5卷第55期,1972年4月。

绍兴鉴湖女侠——秋瑾,袁建录,台湾《浙江月刊》第4卷第8期,1972年8月。

秋瑾对"男尊女卑"的批判——介绍秋瑾创办的《中国女报》,刘乃和,《光明日报》1973年3月6日。

资产阶级女革命家秋瑾,钟近文,《四川大学学报(哲学社会科学版)》1974年第1期。

王金发之死的教训,孟洪才等,《浙江日报》1974年4月2日。

秋瑾的英雄气概,嘉霖,台湾《"中央日报"》第6卷第12期,1974年10月。

秋瑾——争取妇女解放的英勇战士,叶红,《浙江日报》1975年3月18日。

鉴湖女侠秋瑾,王成圣,台湾《中外杂志》第17卷第5、6期;第18卷第1、2、3期,1975年5—9月。

革命先烈秋瑾,恒老,台湾《浙江月刊》第8卷第6期,1975年6月。

鉴湖女侠——秋瑾烈士(上、下),心园,台湾《今日中国》第56、57期,1975年12月、1976年1月。

革命先烈秋瑾,恒老,台湾《浙江月刊》1976年6月。

“勿忘鉴湖女侠之遗风”——纪念秋瑾英勇就义七十周年，裘士雄，《厦门大学学报（哲学社会科学版）》1977年2、3期合刊。

秋瑾传略——纪念旧民主主义革命时期女革命家秋瑾殉难七十周年，周芾棠、谢德铣，《破与立》1977年第5、6期。

中国妇女解放运动的首倡者——先烈秋瑾女士，台湾《夏潮》第2卷第3期，1977年3月。

秋瑾女侠的诗词，澎湃，台湾《浙江月刊》1977年6月。

秋瑾烈士与湘潭，邹觉民，台湾《湖南文献》第5卷第4期，1977年10月。

秋瑾的《黄海舟中》和《感时》，关士廉、吴国宁，《河北师大学报（哲学社会科学版）》1978年第1期。

秋瑾生年辨，郑云山，《杭州大学学报（哲学社会科学版）》1978年第1期。

豪迈诗篇抒壮志——秋瑾诗《黄海舟中日人索句并见日俄战争地图》试析，潘国琪，《齐鲁学刊》1978年第4期。

秋瑾和她的《黄海舟中日人索句》诗，谢德铣等，《语文教学》1978年第4期。

关于秋瑾的生年及其他，秋仲英，《语文教学（烟台师专）》1978年第6期。

女革命家秋瑾，［日］小野和子，见《中国女性史》，日本平凡社，1978年11月。

闺装愿尔换吴钩——记秋瑾与徐寄尘的革命友谊，褚谨翔，《浙江文艺》1978年第9期。

秋瑾出生年代初考，邵雯，《历史研究》1978年第11期。

秋瑾传，闻少华，见李新、孙思白主编《民国人物传》第1卷，

第52～57页,中华书局,1978年。

鉴湖女侠秋瑾(上),虞奇,台湾《浙江月刊》第10卷第5期,1978年5月。

鉴湖女侠秋瑾(下),虞奇,台湾《浙江月刊》第10卷第8期,1978年8月。

鉴湖女侠秋瑾,侯悟,台湾《励进》第392期,1978年10月。

略论秋瑾诗,蔡炘生,《南昌大学学报(人文社会科学版)》1979年第1期。

轩亭碧血足千古——纪念鉴湖女侠秋瑾,谢狱,《浙江画报》1979年第1期。

秋瑾传略,孙现璋,《教学研究》1979年第1期。

秋瑾与北京,顾平旦,《旅游》1979年第1期。

从《秋瑾传》说到《赛金花》,柯灵,《战地》1979年第1期增刊。

拚把头颅换凯歌——从秋瑾的诗文看她的革命思想,沈祖安,《杭州大学学报(哲学社会科学版)》1979年第Z1期。

秋瑾和《中国女报》,秋仲英,《浙江日报》1979年3月4日。

西子湖畔的芳魂——秋瑾,李孝悌,台湾《明道文艺》第36期,1979年3月。

秋瑾的牺牲,周建人,《北京师范大学学报》1979年第3期,后收入《鲁迅研究年刊·鲁迅回忆片段》,1979年。

“此生拚为同胞死”——略论秋瑾及其诗歌,张如法,《开封师院学报(社会科学版)》1979年第3期。

鉴湖女侠——秋瑾,赵斯安,《齐齐哈尔师院学报(哲学社会科学版)》1979年第3期。

秋瑾其人其诗,胡钝俞,台湾《夏声》第176期,1979年7月。

中国革命女英雄秋瑾,谢康,台湾《中外杂志》第26卷第2期,1979年8月。

谈秋瑾研究中的一个问题——两次东渡日本与回国的时间,洪克夷,《杭州大学学报(哲学社会科学版)》1979年第4期。

秋瑾的革命思想及其光辉实践,李淑兰,《北京师院学报》1979年第4期。

秋瑾故居及文物陈列室开放,《浙江日报》1979年11月22日。

秋瑾在湖南,李佐棠,《湖南日报》1979年11月11日。

女革命家秋瑾,谢狱,《中国妇女》1979年第11期。

秋瑾烈士百年祭,柯灵,《中国妇女》1979年第11期。

在秋瑾的故乡,史嘉秀,《文汇报》1979年11月21日。

秋瑾在故乡,金钟,《浙江日报》1979年11月25日。

勿忘鉴湖女侠之遗风——访绍兴秋瑾故居,阿冰,《浙江日报》1979年11月25日。

秋瑾不朽,夏衍,《人民日报》1979年12月5日;又收入《夏衍杂文随笔集》,三联书店,1980年。

关于秋瑾墓葬的一封信,褚谨翔,《书法》1979年第6期。

诗二首分析,黄庆宇,《函授通讯(开封师院·语文版)》1979年第4期。

秋瑾出生年代,王士伦,《历史研究》1979年第12期。

与秋瑾有关的几位奇女子,方延豪,台湾《夏声》1979年12月。

鉴湖女侠,[日]高木健夫,《亚洲》第15卷1号,1980年

1月。

“人日”，不是“八日”，而是“人日”，李一氓，《历史研究》1980年第1期。

鲁迅与秋瑾，锡金，《吉林师大学报》1980年第1期。

秋案以后的贵福，阿根，《上海师范学院学报》1980年第1期。

秋瑾年谱，谢狱，《社会科学战线丛刊》1980年第1期。

秋风秋雨愁煞人——秋瑾传（周素珊著），李新民，台湾《近代中国》1980年2月。

鉴湖女侠与体育，裘士雄，《体育报》1980年3月10日。

秋女烈士瑾略传，王时泽，《湖南历史资料》1980年第1辑。

《秋女烈士遗稿》跋（作于1958年10月），王时泽，《湖南历史资料》1980年第1辑。

侠义炳千秋——女革命家秋瑾的生平及创作，滕英超，《沈阳师范学院学报（哲学社会科学版）》1980年第2期。

留日学生运动与辛亥革命，谢玉章、王永康，《湖南师院学报》1980年第2期。

秋瑾诞生百年祭，徐光仁，《华南师院学报（哲学社会科学版）》1980年第2期。

关于孙中山先生为秋瑾女侠写的挽联，顾启、姜光斗，《社会科学战线》1980年第2期。

秋瑾史事散论，郑云山，《上海师院学报》1980年第2期。

豪迈的诗篇　战斗的宣言——读秋瑾的《黄海舟中》诗，侯士真，《语文教学通讯》1980年第3期。

中国留学生的好老师，汪向荣，《人民画报》1980年第5期。

王炎华谈她的外祖母秋瑾，胡安权，《人物》1980年第3期。

辛亥革命前的女革命家——秋瑾,许铮,《历史教学》1980 年第 4 期。

秋瑾二题,谢狱,《思想战线》1980 年第 3 期。

杀害秋瑾的谋主是胡道南吗? 姚锡佩,《语文学习》1980 年第 7 期。

从和畅堂到轩亭口,佘树森,《光明日报》1980 年 9 月 7 日。

去年不是秋瑾烈士的一百周年诞辰,史翼,《社会科学战线》1980 年第 4 期。

关于秋瑾两次东渡日本的时间,潘国琪,《近代史研究》1980 年第 4 期。

关于秋瑾生年之我见,徐鞠如,《上海师范大学学报(哲学社会科学版)》1980 年第 4 期。

何处秋瑾墓,林平,《文汇报》1980 年 10 月 19 日。

在湖南成长嫁给湖湘子弟的秋瑾,陈正萱,台湾《湖南文献》1980 年 10 月。

秋瑾事迹质疑,郭长海,《华东师范大学学报(哲学社会科学版)》1980 年第 5 期。

鲁迅和秋瑾,谢狱,《鲁迅研究文丛》第 2 辑,湖南人民出版社,1980 年。

秋瑾在日本,姜华昌,《牡丹江师范学院学报》1980 年第 4 期。

论秋瑾,徐光仁,《辛亥革命论文集》,广东人民出版社,1980 年。

秋瑾外孙女谈秋瑾,徐晴,《浙江日报》1980 年 12 月 19 日。

秋瑾自笔《沪上有感》,[日]丽泽生,日本《清末小说》总第 4 期,1980 年 12 月。

致秋瑾书简,徐锡麟,见周芾棠等辑《秋瑾史料》第7页,湖南人民出版社,1981年。

关于秋瑾写于东京的一封书简,周芾棠,见周芾棠等辑《秋瑾史料》第165~169页,湖南人民出版社,1981年。

唤回闺梦说平权——秋瑾与妇女解放运动,郑云山,《浙江学刊》1981年第1期。

鉴湖女侠——秋瑾,文逸欣,《华文世界》第22期,1981年1月。

《秋瑾》创作小结,王公懿,《新美术》1981年第1期。

风雨楼痛语,秋宗章,《近代史资料》1981年第1期。

重建秋瑾墓,薛家柱、陈洁行,《文汇报》1981年3月1日。

鉴湖女侠秋瑾,梁盛材,《团结报》1981年3月13日。

“漫云女子不英雄”——秋瑾,朱自力,《国魂》第424期,1981年3月。

秋瑾词《满江红》二首品味,周天忠,《昭通师专》1981年第1期。

秋瑾为什么出走,伊其,《北京晚报》1981年4月13日。

女革命家秋瑾年谱简编,敬莺,《绍兴师专学报》1981年第2期。

秋瑾(作家介绍),肖辑,《泰安师专学报》1981年第2期。

秋瑾是我国护理事业发轫人,赵璞珊,《健康报》1981年5月14日。

关于秋瑾的确切生年,王慰慈,《解放日报》1981年5月14日。

巾帼英雄——秋瑾,华嘉、惟于,《文物天地》1981年第5期。

侠骨峻峻傲九州——略论“鉴湖女侠”秋瑾诗中的“侠气”，沈露霞，《青海师专学报》1981年第2期。

鉴湖女侠秋瑾，沈雨悟，《宁波师专学报(社会科学版)》1981年第2期。

关于秋瑾的生年卒年和生地，晨朵，《华东师范大学学报》1981年第3期。

关于秋瑾出生年月的一点补充，晨朵，《解放日报》1981年6月18日。

秋瑾墓变迁记，秋经武，《浙江日报》1981年7月22日。

巾帼英雄——秋瑾，陈德华，《中学历史》1981年第4期。

秋瑾亲友轶闻，胡安权，《随笔》总第17期，1981年7月。

秋瑾与清末妇女运动，鲍家麟，张玉法等编《中国妇女运动论文集》，台湾商务印书馆，1981年，第242～275页。

杀害秋瑾的贵福成了过街老鼠，《新华文摘》1981年第8期。

绍兴秋瑾故居展出宋庆龄名誉主席题词，陈惟于，《团结报》1981年8月15日。

秋瑾生年应为一八七七年，《解放日报》1981年8月20日。

秋瑾、徐锡麟等烈士陵墓重新修建，《人民日报》1981年9月1日。

为国牺牲敢惜身(秋瑾)，樊竞，《工人日报》1981年9月1日。

鉴湖女侠秋瑾，胡爱浙，《浙江日报》1981年9月18日。

秋瑾祠堂何处寻？黄曾甫，《湖南日报》1981年9月30日。

鲁迅、秋瑾、1905年的取缔规则事件，黎活仁，香港《抖擞》第46期，1981年9月。

秋瑾与婆家,罗绍志,《湘潭师专学报(哲社版)》1981 年第 3 期。

秋瑾与王金发,龙彬,《浙江日报》1981 年 10 月 4 日。

辛亥风雨祭秋瑾,金钟,《解放日报》1981 年 10 月 4 日。

近代中国的女英雄——秋瑾,施宣圆,《人民日报》1981 年 10 月 5 日。

秋瑾烈士究竟生于何年——其甥女已从秋氏家谱中查获确切年代,丁凤麟、施宣圆,《文汇报》1981 年 10 月 6 日。

秋瑾,杨天石,《光明日报》1981 年 10 月 8 日。

忆往事,盼统一——访辛亥革命老人张任天,王维友,《浙江日报》1981 年 10 月 9 日。

秋瑾与刀剑,李翊鹏,《浙江日报》1981 年 10 月 9 日。

文艺作品中的秋瑾,吴泰昌,《人民日报》1981 年 10 月 9 日。

在鉴湖女侠的故乡,《大众日报》1981 年 10 月 9 日。

访秋瑾墓,韩少华,《人民日报》1981 年 10 月 10 日。

轩亭口的丰碑,《浙江日报》1981 年 10 月 10 日。

西泠桥畔重埋秋侠骨,何大建,《浙江日报》1981 年 10 月 10 日。

白云庵与辛亥革命,张任天,《浙江日报》1981 年 10 月 10 日。

重新修建的秋瑾立像墓竣工,《浙江日报》1981 年 10 月 11 日。

风雨亭抒怀——缅怀辛亥革命先驱者秋瑾烈士,黄士吉,《辽宁日报》1981 年 10 月 11 日。

秋瑾与《中国女报》,陆茂清,《大众日报》1981 年 10 月 12 日。

孙中山写的挽联，史明迅，《北京晚报》1981年10月12日。

重新修建的秋瑾立像墓竣工，《人民日报》1981年10月13日。

从秋瑾说到爱国的家教、师教，陈雪良，《文汇报》1981年10月14日。

吴芝瑛和秋瑾，石纯男，《安徽日报》1981年10月16日。

辛亥革命时期的女杰——秋瑾，方可，《解放军报》1981年10月20日。

秋瑾陶成章二烈士事迹点滴，梁大中，《辛亥革命绍兴史料》（内部印行），1981年10月。

为秋瑾报仇，王金发逮捕章介眉，承洵口述、谢宗元整理，《辛亥革命绍兴史料》（内部印行），1981年10月。

柳亚子、陈去病凭吊秋瑾史事，陈于德，《辛亥革命绍兴史料》（内部印行），1981年10月。

秋瑾烈士史事片段，姚蔼庭、陈于德，《辛亥革命绍兴史料》（内部印行），1981年10月。

追念姑婆　振兴中华，秋经武、秋纶武，《辛亥革命绍兴史料》（内部印行），1981年10月。

秋瑾烈士的《勉女权》歌，丛雪，《音乐爱好者》1981年第4期。

秋瑾集外诗辑存，郭长海，《社会科学战线》1981年第4期。

鉴湖女侠与《中国女报》，郭舒，《新闻战线》1981年第10期。

关于秋瑾的一首佚诗，徐培均，《学术月刊》1981年第8期。

略谈女革命家秋瑾的诗歌，萧源锦，《南充师院学报（哲学社会科学版）》1981年第4期。

秋瑾疑事考,郭长海,《绍兴师专学报(社会科学版)》1981年第4期。

秋瑾生年管见,沈作霖、李烨,《浙江学刊》1981年第4期。

秋瑾生年质疑,沈祖安,《浙江学刊》1981年第4期。

谈秋瑾的几首佚诗,樊鹄,《文献》1981年第3期。

略论秋瑾,张玉芬,《辽宁师院学报》1981年第5期。

风雨亭前话风雨,金钟,《西湖》1981年第10期。

秋瑾和西湖,陆加,《西湖》1981年第10期。

反映辛亥革命的两个秦腔戏,苏育生,《陕西日报》1981年11月16日。

含泪喜看鉴湖女,王炎华,《文汇报》1981年11月22日。

爱国的形象感人,汤志钧,《上海戏剧》1981年第6期。

观《鉴湖女侠》后,夏东元,《上海戏剧》1981年第6期。

秋瑾墓毁于何时,王其伟,《人民日报》1981年12月3日。

秋瑾《沪上有感》试释,[日]横山弘,日本《清末小说》总第5期,1981年12月。

秋瑾生年辨,毛注青,《辛亥革命史丛刊》第1辑,中华书局,1981年。

辛亥革命绍兴的总机关——秋瑾故居,李鸿梁,浙江政协文史资料研究委员会编《浙江辛亥革命回忆录》,浙江人民出版社,1981年。

秋瑾烈士未发表的诗,许柏年,浙江政协文史资料研究委员会编《浙江辛亥革命回忆录》,浙江人民出版社,1981年。

秋瑾年谱,孙元超,《辛亥革命四烈士年谱》,书目文献出版社,1981年。

纪念徐锡麟、秋瑾诸烈士,许钦文,见周芾棠等辑《秋瑾史料》第138~150页,湖南人民出版社,1981年。

“秋小姐”,王鹤照口述、周芾棠整理,见周芾棠等辑《秋瑾史料》第149~150页,湖南人民出版社,1981年。

秋瑾烈士,陶沛霖回忆、周芾棠整理,见周芾棠等辑《秋瑾史料》第151~152页,湖南人民出版社,1981年。

秋瑾少年时代一二事,开春、珍玉,见周芾棠等辑《秋瑾史料》第164页,湖南人民出版社,1981年。

评价陈天华、秋瑾、朱执信的三篇小说,吴泰昌,《光明日报》1982年1月4日。

西子湖畔三建秋瑾墓,赵征、伯敏,《羊城晚报》1982年1月10日。

试论秋瑾的诗,梅正强,《上饶师专学报(社会科学版)》1982年第1期。

秋瑾入湘居湘考,郭延礼,《近代史研究》1982年第1期。

秋瑾事迹系年,郭长海,《长春师范学院学报(社会科学版)》1982年第1期。

悲歌一曲祭英烈——看京剧《风雨千秋》,《人民日报》1982年2月3日。

鉴湖女侠与动石夫人,白启寰,《羊城晚报》1982年2月4日。

秋瑾入光复会先于入同盟会考,郭延礼,《学术月刊》1982年第3期。

秋瑾有女留美,万天石,《团结报》1982年3月6日。

始信英雄亦有雌——读秋瑾诗词,林家英,《甘肃青年》1982年第4期。

绍兴举行徐锡麟、秋瑾、陶成章三烈士学术讨论会，鲁声，《绍兴师专学报(社会科学版)》1982 年第 2 期。

秋瑾纪念碑落成，高照，《新美术》1982 年第 2 期。

开遍江南品最高——读秋瑾诗词，林家英，《新疆师范大学学报(社会科学版)》1982 年第 2 期。

唤起百花魂，乾坤力挽回——浅谈秋瑾的两首诗，李实，《文科教学》1982 年第 2 期。

试论秋瑾前期的诗歌及其思想，王祖献，《安徽大学学报》1982 年第 4 期。

纪念秋瑾等烈士学术讨论会情况简介，史信，《浙江学刊》1982 年第 4 期。

《绍兴白话报》上的秋瑾遗文，晨朵，《上海师范大学学报(哲学社会科学版)》1982 年第 3 期。

秋瑾和她的女友徐自华，郭延礼，《柳泉》1982 年第 3 期。

“秋风秋雨愁煞人”是秋瑾的绝唱吗？孙必有，《江海学刊》1982 年第 4 期。

简评《秋瑾诗文选》，岳棣，《东岳论丛》1982 年第 5 期。

秋瑾与她的弹词《精卫石》，谢德铣，《戏文》1982 年第 5 期。

漫谈秋瑾二三事，陈汝衡，《学林漫录》第 6 集，中华书局，1982 年。

“鉴湖女侠”秋瑾，王荣根、周崇圣，见《中国近代爱国者的故事》第 307 ~318 页，上海人民出版社，1982 年。

秋瑾的革命事功，朱文原，台湾《国魂》第 440 期，1982 年 7 月。

鉴湖女侠秋瑾年表上，林逸，台湾《书和人》1982 年 8 月。

鉴湖女侠秋瑾年表下,林逸,台湾《书和人》1982年8月。

湖光山影侠骨香——记秋瑾墓,斯而螽,《西湖诗话》,上海文化出版社,1982年。

记秋瑾,元敬,载《辛亥风云》第35～38页,中国展望出版社,1982年。

秋瑾女史,[日]米内山庸夫,《东西交涉》季刊第3号,1982年9月。

回忆秋瑾女士,[日]服部繁子,《东西交涉》季刊第3号,1982年9月。

论秋瑾的诗歌创作,郭延礼,《文苑纵横谈》第4辑,山东人民出版社,1982年。

秋瑾碧血足千古,潘一平,《西湖人物》,浙江人民出版社,1982年。

把剑悲歌——秋瑾诗中的英雄气概,李瑞腾,台湾《文艺月刊》1982年10月。

秋瑾生年再辨,晨朵,《辛亥革命史丛刊》第4辑,中华书局,1982年。

秋嘉禾在云霄,张瑞莹,《云霄文史资料》(内部刊物)总第6辑,1982年10月。

秋瑾,尹良环,《教学通讯(文科版)》1982年第11期。

爱国志士秋瑾,方奎,《湖北日报》1982年11月11日。

"为国牺牲敢惜身"——秋瑾的爱国诗词,嘉陵,《工人日报》1982年11月29日。

秋瑾持枪拒捕考,郭长海,《学术月刊》1982年第12期。

秋瑾的艺术形象永垂不朽,魏绍昌,《清末小说研究》总第6

期,1982年12月。

装饰惟求朴素焉——介绍女革命家秋瑾的服饰,晨朵,《上影画报》1982年第12期。

大通师范学堂与秋瑾,范靖国,《体育世界》1982年第6期。

缅怀外婆,思念妈妈——访秋瑾的外孙女王炎华,陆印泉,《团结报》1982年12月11日。

秋瑾何时加入同盟会,苏威,《解放日报·新论(未定文稿)》1982年12月26日。

峡山秋瑾老家,陈从周,《旅游天地》1982年第6期。

秋瑾研究中的几个问题,沈祖安,《江淮论坛》1982年第6期。

中国妇女运动的先行者——秋瑾,许涤新,载《百年心声》(增订本)第95~100页,三联书店,1982年。

风雨亭与秋瑾,叶光庭、吕以春,《西湖漫话》,天津人民出版社,1982年。

巾帼英雄秋瑾,林印,载李新、任一民等编《辛亥革命时期的历史人物》第100~111页,中国青年出版社,1983年。

近代杰出的女革命家秋瑾,范兆琪,《中学历史教学》1983年第1期。

秋瑾手书《沪上有感》及说明,丽泽生作、曹振国译,《河北师范学院学报》1983年第1期。

读秋瑾的七绝《对酒》,刘文忠,《中国妇女》1983年第1期。

秋瑾故乡访《秋瑾》,建文,《大众电影》1983年第1期。

秋瑾生于一八七五年的史实考,秋经武,《绍兴师专学报(社会科学版)》1983年第1期。

秋莱子遗诗(三首),秋经武供稿,《绍兴师专学报(社会科学版)》1983 年第 1 期。

杰出的爱国女诗人秋瑾,王煊城,《浙江师范学院学报》1983 年第 1 期。

鉴湖女侠,李韩林,《龙门阵》1983 年第 1 期。

秋瑾“开枪拒捕”质疑,潘鹤松,《浙江学刊》1983 年第 1 期。

秋瑾殉难日质疑,何平立,《近代史研究》1983 年第 1 期。

秋瑾绝笔诗之真伪问题,劳季,《宁波师专学报(社会科学版)》1983 年第 1 期。

秋瑾生于一八七五年之补正及其他——读《孙氏口述》,郭长海,《长春师院学报》1983 年第 1 期。

民主革命的号角——秋瑾诗歌研究之一,郭延礼,《聊城师院学报》1983 年第 2 期。

《秋瑾》日本行,鲍芝芳,《大众电影》1983 年第 2 期。

秋瑾家世资料的新发现,晨朵,《杭州大学学报(哲学社会科学版)》1983 年第 2 期。

秋瑾生年考——兼与晨朵同志商榷,李景光,《辽宁大学学报(哲学社会科学版)》1983 年第 2 期。

关于秋瑾生年的再探讨,郭延礼,《浙江学刊》1983 年第 2 期。

秋瑾生年为一八七五年,秋经武,《浙江学刊》1983 年第 2 期。

秋瑾生年应为一八七八年,俞观涛,《浙江学刊》1983 年第 2 期。

《秋瑾致徐小淑绝命词》命题质疑,王艾村,《浙江学刊》1983 年第 2 期。

论秋瑾的爱国献身精神,王遂今,《浙江学刊》1983 年第 2 期。

《秋瑾生于一八七五年的史实考》补正，秋经武，《绍兴师专学报（社会科学版）》1983 年第 3 期。

秋瑾与体育，梁光桂，《成都体院学报》1983 年第 2 期。

与秋瑾有关的几位奇女子，方延豪遗著，台湾《中国诗季刊》1983 年 3 月。

女英豪——秋瑾，秀夫，《夜读》1983 年第 3 期。

“死国灵魂唤起多”——秋瑾大力提倡普通话和白话文，晨朵，《杭州师院学报（社会科学版）》1983 年第 3 期。

秋瑾就义与李宗岳自缢史料一则，张如法，《史学月刊》1983 年第 5 期。

女革命家秋瑾事略，赵慎修，《文史知识》1983 年第 6 期。

秋瑾诗歌中的反帝爱国思想，郭延礼，《柳泉》1983 年第 5 期。

爱国诗篇血写成——读秋瑾诗《感事》，鄂溪，《辽宁日报》1983 年 5 月 28 日。

《沪上有感》非秋瑾所作考，郭长海，《东北师大学报》1983 年第 5 期。

兰溪新发现秋瑾诗作一首，子仪，《文学报》1983 年 6 月 30 日。

兰溪发现秋瑾赠蒋鹿珊诗一首，《浙江日报》1983 年 7 月 9 日。

我的外婆——秋瑾烈士，王焱华，《西湖》1983 年第 7 期。

情深逾姐妹　义高著千秋——秋瑾与徐自华的友谊，郭长海，《文化知识》1983 年第 8 辑。

秋瑾杂俎，［日］中村忠行，日本《中国文艺研究会报》第 42 期，1983 年 9 月。

余生有花癖——小谈秋瑾的咏花诗,《妇女生活》1983年第10期。

秋瑾就义之日究竟为何时?晨风,《文汇报》1983年9月12日。

秋瑾究竟生于哪一年,高彬,《北京晚报》1983年10月31日。

这一个秋瑾,童蒙志,《文汇报》1983年11月6日。

秋瑾生年为何难弄清,郭长海,《北京晚报》1983年11月8日。

秋瑾就义后的贵福,《经济生活报》1983年11月15日。

李秀明的答案,小南,《文汇报》1983年11月20日。

情多"侠"少吗?大海,《文汇报》1983年11月20日。

秋瑾曾著《看护学教程》,《北京晚报》1983年11月25日。

西窗风雨怀秋瑾,张过,台湾《国魂》1983年11月。

秋瑾留学日本前后,晨朵,《新观察》1983年第23期。

民主革命的先驱,边季,《大众电影》1983年第12期。

从历史角度看《秋瑾》,闻少华,《大众电影》1983年第12期。

秋瑾的一首爱国诗,维元,《北京日报》1983年12月3日。

洒血抛头挽乾坤——介绍秋瑾的一首诗,冯锐,《河南日报》1983年12月4日。

从秋瑾生年谈起,张明,《大众日报》1983年12月13日。

乘风挟雷挽乾坤——读秋瑾《黄海舟中日人索句并见日俄战争地图》,曾远闻,《语文学习》1983年第5期。

秋瑾的七字绝命词,黄品兰,《文献》1983年第4期。

"秋风秋雨愁煞人"质疑,谢伏琛,《文献》1983年第4期。

略论秋瑾的弹词《精卫石》,郭延礼,《文苑纵横谈》第8辑,山

东人民出版社,1983 年。

秋瑾史实辨正五题,郭延礼,《辛亥革命史丛刊》第 5 辑,中华书局,1983 年。

两位女诗人,一对莫逆交——《秋瑾文学论稿》中之一章,郭延礼,《中国近代文学研究丛刊》第 1 辑,广东人民出版社,1983 年。

秋瑾女儿王灿芝,郑逸梅,见《文苑花絮》,中州书画社,1983 年。

女性文学家——鉴湖女侠秋瑾,龚显宗,台湾《汉家杂志》1983 年 12 月。

秋瑾孙女评影片《秋瑾》,《大众日报》1984 年 1 月 17 日。

秋瑾杂俎,[日]中村忠行,周伟嘉等节译,《文学报》1984 年 1 月 26 日。

秋瑾留学日本的时间、住址考,晨朵,《浙江师范学院学报》1984 年第 1 期。

王炎华的更正——秋瑾生肖非虎,秋经武,《浙江学刊》1984 年第 1 期。

勿忘鉴湖女侠之遗风,赵明海,《学习与研究》1984 年第 1 期。

关于陶荻子的订正,陶念劬,《绍兴师专学报》1984 年第 1 期。

关于秋瑾的绝命词,《布谷鸟》1984 年第 1 期。

秋瑾两次会见孙中山,晨朵,《解放日报·新论》(未定文稿)第 85 期,1984 年 2 月 8 日。

漫云女子不英雄(读秋瑾的一首七律),席金友,《内蒙古日报》1984 年 3 月 11 日。

秋瑾东渡小考,[日]樽本照雄,《光明日报》1984 年 3 月

13日。

爱国雄图凝碧血——读秋瑾的词《鹧鸪天》,周莲华,《安徽日报》1984年3月25日。

影片《秋瑾》细节处理有感点滴,程维,《电影艺术》1984年第1期。

忆《秋瑾》在延安的演出,颜一烟,《戏剧报》1984年第2期。

秋瑾与陶荻子,晨朵,《史学月刊》1984年第3期。

秋瑾两次返国时间考,郭延礼,《近代史研究》1984年第1期。

《鉴湖女侠》补遗,张稚庐,《龙门阵》1984年第2期。

略谈影片《秋瑾》之不足,石永森,《电影艺术》1984年第3期。

值得赞赏的影片《秋瑾》,陈同艺,《电影艺术》1984年第3期。

怜子愈见女丈夫——《秋瑾》观后,陈建新,《电影评介》1984年第3期。

侠骨丹心铸诗魂——读鉴湖女侠爱国诗篇有感,陈悦青,《海燕》1984年第3期。

秋瑾入同盟会时间考,郭长海,《浙江学刊》1984年第2期。

秋瑾革命思想与实践评述,何步兰,《天水师专学报》1984年第2期。

谈《秋瑾诗文选》的几个问题,郭长海,《松辽学刊(社会科学版)》1984年第2期。

秋瑾与吕碧城的交往,王祖献,《江淮论坛》1984年第2期。

呼啸登高悲祖国——秋瑾诗二则初探,王祖献,《安徽大学学报》增刊1984年第2期。

秋瑾逸事，晨朵，《新观察》1984年第6期。

鉴湖女侠秋瑾，林维红，台湾《浙江月刊》1984年第181期。

秋瑾究竟生于何年？闻少华，《中国青年报》1984年6月2日。

秋瑾来日考，[日]樽本照雄，日本《大阪经大论集》第159—161号，1984年6月。

中国妇女解放运动早期的重要文献——秋瑾提供的《中国妇女会章程（残稿）》，晨朵，《社会科学战线》1984年第3期。

秋瑾反礼教思想琐论，诸庆清，《杭州师院学报（社会科学版）》1984年第3期。

访秋瑾在湖南的故居，俞润泉，《团结报》1984年9月29日。

侠骨英风，万古长青——秋瑾外甥女王炎华谈秋瑾母女遗事，沈立行，《团结报》1984年9月29日。

秋瑾与安庆，李帆群、石楠，《团结报》1984年12月22日。

秋瑾佚诗辨，郭长海，《文献》1984年第3期。

秋瑾生平史料辨伪，郭延礼，《文献》1984年第3期。

休言女子非英物——读秋瑾《鹧鸪天》词，尚遥，《学习与研究》1984年第4期。

秋瑾就义日期考，郭长海，《近代史研究》1984年第5期。

《秋瑾年谱》评介，沫兰，《东岳论丛》1984年第5期。

一位叛逆女性的心声——读秋瑾前期的诗词，郭延礼，《齐鲁学刊》1984年第5期。

新发现的秋瑾收“双明信片”，周铮，《文物天地》1984年第3期。

秋瑾生年小识，范锦章，《安徽史学》1984年第6期。

秋瑾前期诗词初探，谢飘云，《中国近代文学评林》第1辑，中州古籍出版社，1984年。

吴芝瑛营葬秋瑾的回忆，廉建中，《上海政协报》1984年12月1日。

秋瑾史事三则辨误，王艾村，《宁波师院学报（社会科学版）》1985年第1期。

三十五年来秋瑾研究专著述评，郭长海，《长春师院学报》1985年第1期。

西泠桥畔姊妹情，晨朵，《时代姊妹》1985年第3期。

吴季芝非吴芝瑛考，郭延礼，《绍兴师专学报（社会科学版）》1985年第2期。

秋瑾出生地考，晨朵，《福建论坛（文史哲版）》1985年第3期。

秋瑾和演说练习会，郭长海，《演讲与口才》1985年第2期。

秋瑾生平史料辨伪，郭延礼，《文献》总第21辑，1985年4月。

秋瑾佚诗辨，郭长海，《文献》总第21辑，1985年4月。

秋瑾评传，郭延礼，载《中国历代著名文学家评传》第6卷，山东教育出版社，1985年。

秋瑾轶事，张君宝，《团结报》1985年6月15日。

五先烈事迹实证（史坚如、吴樾、秋瑾、熊成基、温生才）：院藏中华民国开国前革命史料简介之二，冯明珠，台湾《故宫文物月刊》，1985年7月。

秋瑾女侠与伯阳先生，寿佩萱，《绍兴日报》1985年7月7日。

“多君”还是“感君”，“恨我”还是“愧我”？王昼，《绍兴日报》1985年7月7日。

秋瑾也有七步诗,周燕儿,《绍兴日报》1985 年 7 月 7 日。

《秋瑾集》介绍,岱峰,《古籍书讯》1985 年 7 月 10 日。

秋瑾酷爱武术,火耳,《绍兴日报》1985 年 8 月 14 日。

关于秋瑾留日的几个史实,余田禾,《福建论坛(文史哲版)》1985 年第 3 期。

秋瑾加入光复会年月考,吴志新,《福建论坛(文史哲版)》1985 年第 4 期。

关于中国妇人会和《中国妇人会章程》,郭长海,《社会科学战线》1985 年第 3 期。

秋瑾读过《红楼梦》,晨朵,《红楼梦学刊》1985 年第 3 期。

浩气凛然——读秋瑾《对酒》,薛宜之,《语文月刊》1985 年第 4 期。

身不得男儿列,心却比男儿烈——读秋瑾《满江红》词,砾石,《实践》1985 年第 5 期。

王世裕与秋瑾,晨朵,《文物天地》1985 年第 5 期。

碧血英魂,浩气长存——访秋瑾烈士的外孙女王炎华同志,华建昊,《我的大学》1985 年第 7 期。

秋瑾研究资料的新发现,郭长海,《长春师院学报》1985 年第 4 期。

秋瑾与徐自华的革命友谊,徐重庆,《文教科学》1985 年第 3 期。

秋瑾女儿的“三大心愿”,定保,《档案》1985 年第 5 期。

秋瑾生年应为一八七七年——从日本新发现的两则史料谈起,代云,《东岳论丛》1985 年第 5 期。

秋瑾与刽子手贵福,王艾村,《史学集刊》1985 年第 4 期。

秋瑾入湘,黄品兰,《学林漫录》第11集,中华书局,1985年。

秋瑾词中的自我形象,陆坚,《中国近代文学研究》第2辑,广东人民出版社,1985年。

绍兴筹组秋瑾研究会,晨朵,《团结报》1985年10月19日。

绍兴成立秋瑾研究会,《新民晚报》1985年11月11日。

绍兴各界人士纪念秋瑾诞辰一百一十周年,《新民晚报》1985年11月11日。

市政协举行秋瑾诞辰110周年纪念会,周飞,《绍兴日报》1985年11月12日。

未忘鉴湖女侠之遗风——访秋瑾研究会会长王去病,赵毅芳、葛建国,《绍兴日报》1985年11月17日。

秋瑾研究会在绍兴成立,永良、宝华,《浙江工人报》1985年11月26日。

秋瑾的"去复来"辨,尹贤,《乐山师专学报》1986年第1期。

《秋瑾史乘》选刊,秋高,《长春师范学院学报(社会科学版)》1986年第1期。

关于秋瑾的一篇佚文,郭长海,《长春师范学院学报(社会科学版)》1986年第2期。

秋瑾绝命词质疑,沙元伟,《兰州大学学报》1986年第2期。

秋瑾疑事续考,郭长海,《浙江师范大学学报》1986年第3期。

秋瑾档案的流布,郭君兮、朱国斌,《档案》1986年第3期。

简论《秋瑾传》,王志超,《剧艺百家》1986年第3期。

鲁迅与秋瑾——纪念鲁迅逝世50周年,王德林,《渤海学刊》1986年第Z1期。

试论秋瑾的家世对秋瑾的影响,秋经武,《辽宁师范大学学

报》1986 年第 4 期。

秋瑾何时离开浔溪女校? 刘宜钧,《浙江学刊》1986 年第 6 期。

秋瑾,谢飘云,载《中国近代文学评林》第 2 辑,第 407 ~ 417 页,广东高等教育出版社,1986 年。

郭延礼著《秋瑾研究论著目录》,《清末小说通讯》1986 年第 3 期。

秋瑾殡仪中的民心,龚屏,《人民政协报》1986 年 10 月 14 日。

千古英烈,巾帼诗魂——秋瑾爱国诗词析,闵宜,《临沂师专学报(社会科学版)》1986 年第 4 期。

巾帼英雄的爱国壮歌——秋瑾《日人石井君索和即用原韵》诗赏析,吴九成,《语文月刊》1986 年第 10 期。

女权运动的丰碑大纛——读秋瑾《满江红·肮脏尘寰》,刘承训,《教与学》1987 年第 1 期。

“休言女子非英物”——秋瑾《鹧鸪天》词赏析,严若融,《伊犁教育学院学刊》1987 年第 1 期。

秋瑾重上京华及她与吴芝瑛结盟的时间考订,刘孔伏、张国泰,《杭州师院学报(社会科学版)》1987 年第 2 期。

秋瑾的妇女解放思想,成毓华,《河北师范大学学报(社会科学版)》1987 年第 3 期。

柳亚子与秋瑾诗词创作比较,谢飘云,《华南师范大学学报(社会科学版)》1987 年第 3 期。

秋瑾与吕碧城相识年代考,刘孔伏,《辽宁广播电视大学学报》1987 年第 2 期。

秋瑾诗词中若干注释的商榷,郭长海,《台州师专学报》1987

年第2期。

学论“鉴湖女侠之遗风”——纪念女革命家秋瑾壮烈就义80周年,晨朵,《探索》1987年第3期。

关于秋瑾就义前后的新史料,剡越,《绍兴师专学报(社会科学版)》1987年第4期。

鲁迅和秋瑾(外一题),蒙树宏,《昆明师专学报》1987年第3期。

秋瑾的民主革命思想及其实践,晓缃,《云南社会科学》1987年第5期。

《歌两章》非秋瑾所作,郭长海,《浙江学刊》1987年第6期。

秋瑾与近代体育,龙之荣,《零陵师专学报》1987年第S1期。

魂化精卫填东海——论秋瑾及其弹词《精卫石》,郑宪春,《中国文学研究》1987年第4期。

“鉴湖女侠”秋瑾二事,申少华等,《团结报》1987年8月1日。

秋瑾湘潭有遗踪,左建政、徐秋良,《科学文化报》1987年8月22日。

鉴湖女侠绝命辞——纪念秋瑾女士就义八十周年,朱小平,《华声报》1987年9月8日。

《秋瑾研究资料》面世,丁飞文,《文学报》1987年10月29日。

“秋瑾”何称“姑娘”,梁伟民,《语文教学通讯》1987年第11期。

秋瑾政治人格的形成、发展与特质之研究,杨碧玉,台湾《复兴岗学报》1987年第39期。

关于秋瑾赠徐自华诗的一些辨正,张如法,《辽宁广播电视大学学报》1988 年第 1 期。

翔实完备 取舍有当——评郭延礼编《秋瑾研究资料》,柳青文,《山东社会科学》1988 年第 1 期。

论秋瑾民主革命思想渐进的三个阶段,沈建乐,《绍兴师专学报(社会科学版)》1988 年第 2 期。

秋瑾与近代中国女子体育——辛亥革命党人体育思想研究之二,许义雄,台湾《师大体育》1989 年 2 月。

清韵激昂　振聋发聩——秋瑾诗巡礼,同甦,《绍兴师专学报(社会科学版)》1989 年第 2 期。

秋瑾的妇女解放思想,汪郁琳,《安徽师大学报(哲学社会科学版)》1989 年第 2 期。

革命家秋瑾的文学创作,赵慎修,见《中国近代文学百题》,中国国际广播出版社,1989 年。

"爱我国矣志未酬 育我身矣恩未报"——记秋瑾与她的母亲,梁华平,《文史杂志》1989 年第 5 期。

论秋瑾的女学思想,余丽芬,《浙江学刊》1989 年第 6 期。

秋瑾东渡前的天津之行,张纯、王维,《南开学报(哲学社会科学版)》1989 年第 6 期。

巾帼英雄秋瑾传略,朱文原,台湾《浙江月刊》1989 年第 6 期。

女性主义者秋瑾,顾燕翎,台湾《妇女与两性学刊》1990 年 1 月。

秋瑾如是说,广田,《瞭望周刊》1990 年第 29 期。

秋瑾与吕碧城相见时间辨析,刘孔伏,《广东民族学院学报(社会科学版)》1990 年第 2 期。

秋瑾研究述评,张徐,《山东社会科学》1990 年第 5 期。

秋瑾传,王恢,台湾《“国史馆”馆刊》1990 年 12 月。

已拼此身填恨海,愁城何日破重围——试析秋瑾之恨海与愁城,林桂香,台湾《德育学报》1990 年 12 月。

秋瑾与杭州,晨朵,《杭州师范学院学报(社会科学版)》1991 年第 1 期。

秋瑾往返日本的几个时间考辨,刘孔伏、潘良炽,《延安大学学报(社会科学版)》1991 年第 1 期。

从秋瑾诗词看烈士的浩然正气,何维鸿,《镇江师专学报(社会科学版)》1991 年第 1 期。

秋瑾新论,松楠,《镇江师专学报(社会科学版)》1991 年第 1 期。

秋瑾女子教育观探微,黄新宪,《辽宁师范大学学报》1991 年第 2 期。

秋瑾的妇女解放思想及其实践,冼雯,《妇女学苑》1991 年第 3 期。

秋瑾与辛亥革命,徐君,《浙江学刊》1991 年第 5 期。

饱蘸血泪谱写的爱国诗篇——读秋瑾诗《黄海舟中》,徐林灿,《师范教育》1991 年第 11 期。

Critiques of Ch'iu Chin——A Radical Feminist and National Revolutionary (1875—1907), 李恭蔚,台湾《Chinese Culture Quarterly》1991 年 6 月。

秋瑾与近代中国女子体育,林静萍,台湾《体育季刊》1991 年 9 月。

秋瑾的自我艺术形象与中国古代妇女文学,乔以钢,《天津师

大学报(社会科学版)》1992 年第 1 期。

千秋万代传侠名——绍兴秋瑾故居,金燕,《浙江档案》1992 年第 3 期。

八十年来秋瑾研究综述,曹振华,《浙江社会科学》1992 年第 4 期。

秋瑾的新闻生涯,刘荣庆,《新闻知识》1992 年第 4 期。

徐锡麟、秋瑾就义后鲁迅在日本的态度, 晨朵,《鲁迅研究月刊》1992 年第 11 期。

从《中国女报》发刊词看秋瑾的编辑思想,刘百泉,《河南大学学报(社会科学版)》1992 年第 6 期。

秋瑾——中国妇女解放事业的先驱战士——纪念秋瑾英勇就义 85 周年,罗萍,《民主与科学》1992 年第 6 期。

“虽死犹生,牺牲尽我责任”——秋瑾束手就擒原因论,李学智,《天津师大学报(社会科学版)》1992 年第 6 期。

论秋瑾前期诗词——兼及评价中的一些问题,张正吾,《中山大学学报(社会科学版)》1993 年第 1 期。

也谈徐锡麟、秋瑾就义后鲁迅在日本的态度——与晨朵先生商榷,顾蒙山,《鲁迅研究月刊》1993 年第 2 期。

《兰谱》、《泛东海歌》与秋瑾的生年,李景光,《社会科学辑刊》1993 年第 3 期。

1949 年以来大陆学术界的秋瑾研究综述,郑云山、陈德和,台湾《近代中国妇女史研究》1993 年 6 月。

吕碧城与秋瑾的交往,士锲辑,《江淮文史》1993 年第 4 期。

论秋瑾与浙江辛亥光复的关系,陶士和,《杭州师范学院学报》1993 年第 4 期。

秋瑾与湖南,盛奇云,《湖南党史》1994 年第 2 期。

试谈秋瑾诗歌的艺术特色,陈丽芬,《信阳师范学院学报(哲学社会科学版)》1994 年第 3 期。

秋瑾与中国近代妇女运动,赵文静,《烟台大学学报(哲学社会科学版)》1994 年第 3 期。

秋瑾与《中国女报》,宋秀珍,《咸宁师专学报》1994 年第 3 期。

Ch'iu Chin, Revolutionary Martyr,徐兆镛,台湾《Asian Culture Quarterly》1994 年夏。

秋瑾诗文对历代女性文学突破初探,龙丽平,《湖南教育学院学报》1994 年第 4 期。

略论秋瑾在中国文学史上的地位,穆长青,《浙江大学学报(社会科学版)》1994 年第 3 期。

巾帼英雄——秋瑾,严风达、陶丽华,《炎黄春秋》1994 年第 11 期。

血洒轩亭口——鉴湖女侠秋瑾,林青、林铭纲,《党史纵横》1995 年第 2 期。

秋瑾体育思想之特质,徐元民,台湾《体育学院论丛》1995 年 4 月。

秋瑾与我国最早的护理学教科书,李树华,《当代护士》1995 年第 3 期。

英雄事业凭身造——纪念女革命家秋瑾诞辰 120 周年,晨朵,《绍兴师专学报(哲学社会科学版)》1995 年第 2 期。

秋瑾留日冬回春又去说质疑,姚玉光,《中国文学研究》1995 年第 3 期。

秋瑾引起的遐思及其他，卡罗琳·刘、张子清，《当代外国文学》1995 年第 3 期。

秋瑾诗词中的爱国主义思想，张显菊，《锦州师范学院学报(哲学社会科学版)》1995 年第 4 期。

雄沉豪迈的交响曲——秋瑾诗歌简论，张冬梅，《妇女学苑》1996 年第 1 期。

评秋瑾译著《看护学教程》，朱云雀，《山东医科大学学报(社会科学版)》1996 年第 1 期。

秋瑾的婚姻悲剧，活力，《党史天地》1996 年第 2 期。

豪气凛然慰中华——读秋瑾《对酒》诗有感，王书波，《党史博采》1996 年第 3 期。

须把乾坤力挽回——从诗词看秋瑾人生片段，李圆疆，《绍兴文理学院学报(哲学社会科学版)》1996 年第 2 期。

无情未必真豪杰——评八集越剧电视剧《秋瑾》，严国兴，《中国电视戏曲》1996 年第 3 期。

浅析当代中国妇女解放——读秋瑾《敬告中国二万万女同胞》有感，杨小敏，《天水师专学报》1996 年第 00 期。

我欲只手援祖国——秋瑾诗词中的爱国情，盛永年，《党史纵横》1996 年第 6 期。

秋瑾与南社，张舫澜，《南京理工大学学报(社会科学版)》1996 年 Z1 期。

秋瑾的妇女观述论，蒋懿菊，《绵阳师范高等专科学校学报》1996 年第 2 期。

秋瑾的编辑思想及贡献，阎月勤，《煤炭高等教育》1996 年第 2 期。

慷慨悲歌唱革命——看越剧电视连续剧《秋瑾》，荀春荣，《文艺理论与批评》1996 年第 4 期。

秋瑾、谭嗣同妇女观之比较，卢开宇、吴永扬，《徐州师范学院学报》1996 年第 3 期。

秋瑾确切生年探析，汤毓贤，《漳州师院学报》1997 年第 1 期。

一份珍贵的护理学文献——秋瑾著《〈看护学教程〉序言》，杜燕萍、霍杰，《当代护士》1997 年第 2 期。

闲话《秋瑾集》长沙本，谢文耀，《博览群书》1997 年第 4 期。

西泠桥畔秋瑾墓，杨国庆，《民国春秋》1997 年第 5 期。

妇女解放运动的先驱——秋瑾，刘琳，《广东党史》1997 年第 6 期。

上海报界与秋瑾案，余丽芬，《浙江档案》1997 年第 12 期。

秋瑾在湖南，李佐棠，《株洲教育学院学报》1998 年第 4 期。

辛亥革命的"孪生"女儿——秋瑾和唐群英，曾启球，台湾《历史月刊》1998 年 5 月。

秋瑾与谢道韫，夏晓虹，《北京大学学报（哲学社会科学版）》1999 年第 1 期。

高洁精神铸就的豪迈诗风——秋瑾诗词散论，杨萍，《黔南民族师专学报》1999 年第 1 期。

秋瑾、徐锡麟和浙皖起义，金哲，《今日浙江》1999 年第 3 期。

巾帼英侠三姊妹——秋瑾、吴芝瑛、徐自华的友情，吴昭谦，《文史精华》1999 年第 8 期。

从秋瑾诗文看其妇女解放思想，龙文祥，《安庆师范学院学报（社会科学版）》1999 年第 6 期。

我对曾外祖母秋瑾成长道路的反思，赖启湘，《武汉文史资

料》2000 年第 1 期。

秋瑾的“歌体诗”创作与中国近代诗体变革，龚喜平，《西北师大学报(社会科学版)》2000 年第 2 期。

“西方美人”欲望里的“中国”与二万万女子——晚清以迄五四的国族与“妇女”，刘人鹏，台湾《清华学报》2000 年 3 月。

秋瑾和她的诗，雷会生，《沈阳师范学院学报(社会科学版)》2000 年第 3 期。

论秋瑾妇女解放思想的现实意义，洪忠杰，《牡丹江师范学院学报(哲学社会科学版)》2000 年第 3 期。

“任上肩头，国民女杰期无负”——秋瑾创办《中国女报》经过，何扬鸣、宣焕阳，《浙江档案》2000 年第 3 期。

秋瑾北京时期思想研究，夏晓虹，《浙江社会科学》2000 年第 4 期。

得而复失的《秋瑾集》长沙本，谢文耀，《书屋》2000 年第 7 期。

秋瑾四事补正，赵慎修，《文学遗产》2000 年第 4 期。

秋瑾北京时期思想研究，夏晓虹，台湾《中国文哲研究通讯》2000 年第 3 期。

秋瑾的女性解放思想刍议，印少云、孙正娟，《连云港职业技术学院学报(综合版)》2001 年第 1 期。

秋瑾：从依附到独立的人生选择，沈倩，《南京社会科学》2001 年第 2 期。

雄风秋雨　慷慨悲歌——秋瑾诗歌评析，周力、李良玉，《辽宁工学院学报(社会科学版)》2001 年第 2 期。

秋瑾妇权思想之我见，寇明军，《甘肃理论学刊》2001 年第

3 期。

秋瑾归葬西泠桥纪闻,李军,《浙江档案》2001 年第 6 期。

一块无字的墓碑,蠡子,《浙江档案》2001 年第 6 期。

巾帼英烈——秋瑾,陈德和,《浙江档案》2001 年第 6 期。

秋瑾妇女解放思想及其实践述论,邵田田,《绍兴文理学院学报(哲学社会科学版)》2001 年第 6 期。

秋瑾与孙中山,沈雨梧,《历史教学》2001 年第 10 期。

《张公饬斩秋瑾全案》的发现及其史料价值,朱馥生,《档案与史学》2001 年第 5 期。

清末秋瑾一案的余波,陈德和,《浙江档案》2001 年第 11 期。

秋瑾与童养媳吴珉,晨朵,《浙江档案》2001 年第 11 期。

秋瑾教育思想和实践述评,郭剑波,《丽水师范专科学校学报》2001 年第 6 期。

秋瑾的妇女解放观探微,邵晓芙,《三峡大学学报(人文社会科学版)》2001 年 S1 期。

Qiu Jin (1875—1907): eine Heldin für die Revolution, Sabine Hieronymus, Zwischen Tradition und Revolution, S. 86 – 104, Stuttgart: Klett – Cotta ,1982 年第 1 版; Marburg: Universitätsbibliothek Marburg, 2001.

秋风秋雨话秋瑾,汪荣祖,《历史月刊》第 169 期,2002 年。

秋瑾文体革新理论与实践考论,龚喜平,《西北师大学报(社会科学版)》2002 年第 2 期。

鉴湖女侠秋瑾与孙中山,沈雨梧,台湾《孙中山纪念馆馆刊》2002 年 5 月。

晚清上海报刊中的秋瑾祖父遗闻,夏晓虹,《中华读书报》

2002年7月17日。

性别、变装与英雄梦——从明清女诗人的写作传统看秋瑾诗词中的自我表述，陈素贞，台湾《东海中文学报》2002年第14期。

秋瑾和徐锡麟未参加辛亥革命，谷士锴，《咬文嚼字》2002年第8期。

秋瑾被杀害之后，傅国涌，《书屋》2002年第8期。

著名女革命家秋瑾被害幕后故事，臧马，《文史春秋》2002年第11期。

秋瑾的爱情悲剧，杨娉，《文史春秋》2003年第6期。

谁招志士之魂，宋先科，《中国国土资源报》2003年7月16日。

秋瑾故居盼完整　后园“回归”待何时，《中国文化报》2003年7月22日。

访秋瑾故居，陈淀国，《党建与人才》2003年C1期。

向秋瑾行刑的李钟岳，沈栖，《世纪》2003年第6期。

秋瑾案珍闻，李军，《浙江档案》2003年第12期。

百年重话女侠踪，冯巧英，《太原大学学报》2004年第1期。

照亮中国女界的明灯，季晓莉，《中华新闻报》2004年3月5日。

清末民间舆论与官府作为之互动关系——以张曾敭与秋瑾案为例，李细珠，《近代史研究》2004年第2期。

秋瑾之死与晚清的“秋瑾文学”，夏晓虹，《山西大学学报（哲学社会科学版）》2004年第2期。

秋瑾遗作研究新成果，刘琦，《光明日报》2004年5月11日。

革命前驱　报坛女杰——秋瑾、陈撷芬研究，李九伟，《出版

史料》2004 年第 2 期。

鉴湖女侠秋瑾与王廷钧的传奇婚姻,王跃平、王泉初,《中国档案报》2004 年 5 月 28 日。

《慕莱堂诗文征存》和秋寿南、秋瑾的诗词,郭长海,《绍兴文理学院学报(哲学社会科学)》2004 年第 6 期。

《秋瑾全集笺注》的校、笺、注,刘琦,《古籍整理研究学刊》2004 年第 4 期。

《秋瑾全集笺注》的学术功力,曾景忠,《中华读书报》2004 年 9 月 8 日。

女革命家·女作家·女性形象——三个视角看秋瑾,张枏,《盐城师范学院学报(人文社会科学版)》2004 年第 3 期。

秋瑾存世惟一书信露面,丁肇文,《深圳商报》2004 年 10 月 22 日。

黄鹤楼下的秋瑾血脉,汪瑞宁,《世纪行》2004 年 C2 期。

被误解的革命女杰——论《六月霜》里的秋瑾形象及其它,魏文哲,《青岛大学师范学院学报》2004 年第 4 期。

Ying, Hu, Writing Qiu Jin's Life: Wu Zhiying and Her Family Learning(《作家秋瑾的生活:吴芝瑛和她的家庭学习》), Late Imperial China, 25, No. 2 (2004): 119 – 160.

秋瑾研究中的一部力作——评《秋瑾全集笺注》,赵慎修,《长春师范学院学报》2005 年第 1 期。

秋瑾之墓　风雨九迁,沈惠金,《文史精华》2005 年第 1 期。

谈秋瑾女性话语的嬗变,武文玉,《哈尔滨学院学报》2005 年第 2 期。

冤哉,秋瑾女士——析时论对秋瑾案的评说,马自毅,《安徽

史学》2005年第2期。

秋瑾与《中国女报》，张莉红，《文史杂志》2005年第3期。

侠骨英风　中华奇女——秋瑾烈士与《秋瑾墨迹》，王莲芬，《上海文博论丛》2005年第2期。

秋瑾的教育观探微，沈妣，《衡水学院学报》2005年第3期。

秋瑾与李清照之对比研究，韦青宾，《高等函授学报(哲学社会科学版)》2005年S1期。

秋瑾作品中的女权主义思想探析，郭晓春，《十堰职业技术学院学报》2005年第4期。

"小侠"秋灿芝传略，程世刚，《书屋》2006年第1期。

曾广钧与秋瑾的师生关系，胡卫平，《湖南人文科技学院学报》2006年第1期。

论秋瑾性别角色转换的三个层面，王炜，《湖北社会科学》2006年第2期。

民间舆论与秋瑾案问题及其他——答马自毅教授，李细珠，《史林》2006年第2期。

英烈千秋照汗青——读秋瑾《题芝龛记》诗，赖玉树，台湾《中国语文》2006年3月。

喷薄而出　气壮山河——秋瑾诗词艺术风格探赏，贾庆成，《湖南工业职业技术学院学报》2006年第3期。

论秋瑾的教育思想及其实践，高丽金，《江苏教育学院学报(社会科学版)》2006年第4期。

李清照与秋瑾悲剧人生之比较，李岚，《成都理工大学学报(社会科学版)》2006年第4期。

谒秋瑾就义地，曹建勋，《源流》2006年第9期。

论秋瑾与会党的关系,邵雍,《上海师范大学学报(哲学社会科学版)》2006年第5期。

从婉约闺阁到鉴侠革命:秋瑾诗文与早期女性自觉,常彬,《河北学刊》2006年第6期。

始信英雄亦有雌——秋瑾革命英雄意识的心理动力探源,李奇志,《湖北师范学院学报(哲学社会科学版)》2006年第6期。

吴芝瑛葬秋瑾诗文纪事,郭长海,《江淮文史》2007年第2期。

铿锵的时代音符 雄健的艺术风格——秋瑾爱国诗词的思想性和艺术性探析,刘玉有,《湖南工业职业技术学院学报》2007年第2期。

《六月霜》传奇中的秋瑾叙写——兼论《轩亭冤》传奇和《六月霜》小说,邓丹、陈芝国,《青岛大学师范学院学报》2007年第2期。

秋瑾改联,文乐,《咬文嚼字》2007年第3期。

一位日本建筑学家笔下的秋瑾形象,郭世佑,《中华读书报》2007年4月18日。

云霄"七先生祠"为秋瑾诞生地,黄树金、沈琛,《闽南日报》2007年5月31日。

略论秋瑾对资产阶级民主革命宣传的贡献,林文彪,《绍兴文理学院学报(哲学社会科学版)》2007年第3期。

论秋瑾在皖浙起义中的历史作用,欧阳云梓,《绍兴文理学院学报(哲学社会科学版)》2007年第3期。

从秋瑾诗词的悲秋情结看秋瑾与"秋士之悲",王颖,《文学教育(上)》2007年第4期。

秋瑾被杀案新证——贵福手札小考,刘家军,《史学月刊》

2007年第4期。

秋瑾与向警予妇女观之比较，赵朝峰、宋艳丽，《唐山师范学院学报》2007年第4期。

秋瑾其人其文的“英雌”意识追求，李奇志，《武汉理工大学学报（社会科学版）》2007年第4期。

李清照与秋瑾之比较，刘清华，《甘肃政法成人教育学院学报》2007年第4期。

越女视野中的秋瑾性格，余晓栋，《读与写（教育教学刊）》2007年第5期。

秋瑾的近代新型女性伦理思想与实践，刘四平，《伦理学研究》2007年第5期。

秋瑾女性革命家形象的历史建构，李细珠，《社会科学研究》2007年第5期。

秋瑾百年祭，浙江省妇联，《中国妇运》2007年第7期。

鲜为人知的秋瑾生前身后事——秋瑾百年祭，汪瑞宁，《世纪行》2007年第7期。

岁月不会遗忘，张晓芽，《中国妇女报》2007年7月20日。

“责任上肩头，国民女杰期无负”，杜学敏，《中国妇女报》2007年8月21日。

什么是对秋瑾最好的纪念，池雨花，《中国妇女报》2007年8月21日。

“秋风秋雨愁煞人”——鉴湖女侠秋瑾百年祭，傅国涌，《同舟共进》2007年第8期。

秋瑾与贵林，夏晓虹，《读书》2007年第9期。

秋瑾文体的变革对中国近代新文学的贡献，郭辉，《焦作大学

学报》2007年第4期。

秋瑾与中国的女性文学,郭辉,《焦作师范高等专科学校学报》2007年第4期。

十迁秋瑾墓　百年侠女魂,董凤鼎,《全国新书目》2007年第12期。

探析鉴湖女侠秋瑾的革命着装,任宏丽、张志春,《兰台世界》2007年第17期。

"秋瑾供词"考辩——兼与马自毅先生商榷,毛艳丽、郭建鹏、李博,《长春师范学院学报》2007年第11期。

北京时期的秋瑾——在首都师范大学的演讲,夏晓虹,《社会科学论坛(学术评论卷)》2007年第12期。

"爱国情怀彪炳史册"——"皖浙起义暨徐锡麟、秋瑾就义100周年"学术讨论会综述,董佳,《绍兴文理学院学报(哲学社会科学版)》2007年第6期。

徐锡麟:今日得此,死而无憾!/秋瑾:身不得,男儿列;心却比,男儿烈,台湾《新观念》2007年9—10月。

百年之后读秋瑾,傅国涌,《领导文萃》2008年第1期。

秋瑾女性革命家形象的历史建构,李细珠,《历史教学(高校版)》2008年第1期。

探析秋瑾热的深层原因,李海英,《黄河科技大学学报》2008年第1期。

论秋瑾与光复会,周雷鸣、金燕,《船山学刊》2008年第1期。

试论秋瑾被广泛接受之原因,李海英,《德州学院学报》2008年第1期。

1908:秋瑾之墓与慈禧之死,郑连根,《民主与科学》2008年

第1期。

女性自我主体意识的张扬——论秋瑾创作中的女性意识，魏琳，《和田师范专科学校学报》2008年第1期。

大爱无痕——析秋瑾的侠义性格，钱茂竹，《绍兴文理学院学报(哲学社会科学版)》2008年第2期。

论秋瑾走上革命道路的直接原因，刘红星，《消费导刊》2008年第9期。

论秋瑾的戒缠足思想及其在作品中的表现，刘红星，《文学教育(上)》2008年第5期。

思想史视野中的秋瑾，郭辉，《兰州大学学报(社会科学版)》2008年第3期。

从秋瑾作品中解读实行家庭革命的思想，刘红星，《硅谷》2008年第12期。

论秋瑾妇女解放思想表现之一——兴女学，求自立，刘红星，《科技信息(学术研究)》2008年第18期。

论秋瑾妇女解放思想形成的时代背景，刘红星，《黄冈职业技术学院学报》2008年第2期。

从徐锡麟、秋瑾案看清末的危机处理，董佳，《社会科学战线》2008年第7期。

从作品中解读秋瑾妇女解放思想的最高层次——追求自由，刘红星，《时代文学(下半月)》2008年第7期。

秋瑾的妇女人权思想述略，欧阳云梓，《江西社会科学》2008年第9期。

秋瑾、吕碧城其人其文的“英雌”精神追求，李奇志，《湖北社会科学》2008年第11期。

浅谈秋瑾诗词中的爱国主义情感,王晓宁,《企业家天地下半月刊(理论版)》2008 年第 12 期。

论秋瑾妇女解放思想的特点及地位和影响,刘红星,《安徽文学(下半月)》2008 年第 12 期。

谈秋瑾的生年——为新版《鲁迅全集》补注一则,郭长海,《鲁迅研究月刊》2009 年第 1 期。

秋瑾像并跋——为宋红画像并访湘潭由义巷秋瑾婚后居所,黄永厚,《书屋》2009 年第 1 期。

吾侪得此添生色,始信英雄亦有雌——论秋瑾的人生经历与文学创作,黄湘琴,《安徽文学(下半月)》2009 年第 1 期。

秋瑾的妇女解放思想浅析,俞晓颖,《才智》2009 年第 5 期。

浅论秋瑾的爱国思想,俞晓颖,《才智》2009 年第 6 期。

自命“小侠”的秋瑾之女,丁言昭,《世纪》2009 年第 2 期。

花月意象与秋瑾诗词中的“女性情怀”,刘仁霞,《河北青年管理干部学院学报》2009 年第 2 期。

郑正秋与民初两部秋瑾戏,夏晓虹,《书城》2009 年第 6 期。

秋瑾文学形象的时代风貌——从夏衍的话剧到谢晋的电影,夏晓虹,《中国现代文学研究丛刊》2009 年第 4 期。

绍兴人通过各种方式缅怀鉴湖女侠,张益萍、周能兵,《江南游报》2009 年 7 月 16 日。

秋瑾:漫云女子不英雄,陈家萍,《走向世界》2009 年第 21 期。

郭沫若于 1958 年 9 月 12 日为《秋瑾史迹》一书写《序》,张浩,《郭沫若学刊》2009 年第 3 期。

秋瑾未留“绝命词”考,曲永恒、郭建鹏、郭建辉,《长春师范学院学报(人文社会科学版)》2009 年第 5 期。

秋瑾与伍尔夫女性主义思想之比较，郭晓春，《十堰职业技术学院学报》2009 年第 5 期。

“鉴湖女侠”秋瑾埋骨西泠之风雨沧桑，陆茂清，《档案春秋》2009 年第 11 期。

秋风秋雨话秋瑾，张佐娟，《河北广播电视大学学报》2009 年第 6 期。

秋瑾的文学创作与近代文化转型，刘钊、田香云，《长春师范学院学报(人文社会科学版)》2009 年第 11 期。

十葬秋瑾，思公，《文史博览》2009 年第 12 期。

游移的身体 · 重层的镜像——由秋瑾的艺文生命观看其身分认同问题，罗秀美，台湾《兴大中文学报》2009 年第 26 期。

论秋瑾之生命实践与情调，萧湘凤，台湾《吴凤学报》2009 年 12 月。

秋瑾之墓为何八次迁移，沈惠金，《中外文摘》2010 年第 9 期。

晚清民国时期秋瑾题材的传奇杂剧研究，雍正伟，《开封教育学院学报》2010 年第 2 期。

《从秋瑾到林昭》——血写血书者的一曲悲歌，李欣复、纪燕，《美与时代(下)》2010 年第 4 期。

秋瑾案与林昭案的启示，刘凤梧，《炎黄春秋》2010 年第 5 期。

女杰秋瑾十次迁葬，思公，《科技信息》2010 年第 9 期。

从《〈看护学教程〉序言》看秋瑾的教育思想，胡燕，《职业教育研究》2010 年 S1 期。

宁调元与秋瑾交游考，孙之梅，《济南大学学报(社会科学版)》2010 年第 4 期。

文学话语中的秋瑾，郭辉，《时代文学(下半月)》2010 年第

7期。

评秋瑾的《精卫石》，欧阳云梓，《绍兴文理学院学报（哲学社会科学）》2010年第4期。

唯有源头活水来——秋瑾与弗·伍尔夫女性主义思想之比较，郭晓春，《凯里学院学报》2010年第4期。

易装与秋瑾的文化心理，郭辉，《时代文学（下半月）》2010年第10期。

论秋瑾的诗词，张佐娟，《赤峰学院学报（汉文哲学社会科学版）》2010年第12期。

秋瑾女儿“手刃杀母仇人”了吗，佚名，《法制博览》2010年第22期。

秋瑾：长歌剑胆写风神，叶文玲，《绍兴日报》2010年8月11日。

美华人导《秋瑾》：向辛亥百年致敬，杨宁、毛予菲，《人民日报（海外版）》2010年12月9日。

秋瑾与伍尔夫女性叙述话语之比较，郭晓春，《西南科技大学学报（哲学社会科学版）》2011年第1期。

身不得男儿列　心却比男儿烈——浅析秋瑾的爱国情怀和女权意识，钟小安，《绍兴文理学院学报（哲学社会科学）》2011年第1期。

“风骨”与“崇高”——从美学角度看秋瑾与伍尔夫的作品，郭晓春，《玉林师范学院学报》2011年第1期。

秋瑾和晚清文学新女性形象的塑造，周乐诗，《杭州师范大学学报（社会科学版）》2011年第1期。

秋瑾诗歌中的意象分析，关建琴，《沧桑》2011年第2期。

百年秋瑾,欧阳云梓,《文史知识》2011 年第 3 期。

性别视角下秋瑾“女作男装”意义的探索,周淑舫,《湖州师范学院学报》2011 年第 3 期。

新时期以来秋瑾诗词研究综述,王雅平,《湘潭大学学报(哲学社会科学版)》2011 年第 3 期。

辛亥革命人物之秋瑾,《黄埔》2011 年第 3 期。

晚清媒介对秋瑾事件的议程设置,李向东,《南都学坛》2011 年第 3 期。

巾帼英雄秋瑾的体育思想和实践研究,崔晓华、黄晓灵、叶春、张健,《军事体育进修学院学报》2011 年第 3 期。

光绪三十三年浙江办理秋瑾案档案,《历史档案》2011 年第 4 期。

秋瑾新传,郭延礼,《时代文学(上半月)》2011 年第 9 期。

精铁熔成经百炼:秋瑾影像传奇,沙丹,《当代电影》2011 年第 10 期。

刘马青霞与秋瑾比较研究,李玉洁,《中州学刊》2011 年第 5 期。

二十世纪初中下层官宦子弟的生态——秋瑾致兄誉章十一函之解读,易惠莉,《史林》2011 年第 6 期。

秋瑾的丈夫,郑培凯,《中外书摘》2011 年第 7 期。

锋芒毕露——浅谈秋瑾女侠,高银花,《文教资料》2011 年第 33 期。

秋瑾婚姻的不幸与抗争,郭延礼,《文史博览(理论)》2011 年第 8 期。

浅析中国女权运动对早期女性报人办报的影响——以秋瑾

为例,王亚男、梁雪莱,《新闻世界》2011 年第 8 期。

侠骨剑气——秋瑾的身前身后事,《浙江档案》2011 年第 8 期。

休言女子非英物,归去还道侠与情——评《秋瑾评传》,杨宏雨、周瑞瑞,《绍兴文理学院学报(哲学社会科学)》2011 年第 6 期。

浅析秋瑾的女性解放思想,黄春华,《社会科学战线》2011 年第 12 期。

秋瑾挚友徐自华,郦千明,《检察风云》2011 年第 15 期。

秋瑾首次东渡日本留学原因再探析,易惠莉,《思想与文化》2011 年辑刊。

涵虚于实　以简驭繁——话剧《秋瑾》的舞台呈现,邹红,《中国戏剧》2011 年第 10 期。

巾帼亦豪情——李清照与秋瑾词作中的爱国情怀浅析,蔡勤,《商业文化(下半月)》2011 年第 11 期。

秋瑾:漫云女子不英雄,陈家萍,《文苑》2011 年第 7 期。

汤寿潜牵连秋瑾被害案真相,韩李敏,《浙江档案》2011 年第 10 期。

浅析吴冠中的国画作品《秋瑾故居》,韩宣,《美术大观》2011 年第 11 期。

电视文献片的情感传达——以《辛亥革命》之《秋瑾篇》为例,王建军,《电视研究》2011 年第 11 期。

秋瑾之女竞选信函首次面世,徐青,《浙江档案》2011 年第 11 期。

谒秋瑾墓,范申,《四川统一战线》2011 年第 10 期。

文艺作品中的秋瑾,吴泰昌,《农民文摘》2011 年第 10 期。

秋瑾:疾风中的白露,庄秋水,《看历史》2011 年第 6 期。

黄钟乐 · 革命侠女——秋瑾,周自麟,《当代老年》2011 年第 10 期。

秋瑾之墓　风雨迁移,沈慧金,《老年世界》2011 年第 17 期。

秋瑾女侠绝命词,朱小平,《海内与海外》2011 年第 10 期。

秋瑾的最后三年:从女性解放到民族解放,庞清辉、王一凡,《中国新闻周刊》2011 年第 37 期。

秋风秋雨愁煞人——中国近代第一女革命家秋瑾的慷慨就义,《炎黄世界》2011 年第 7 期。

《竞雄女侠 · 秋瑾》:现代视角还原历史,尚辉,《大众电影》2011 年第 22 期。

越女竞雄,鲁晓敏,《浙江日报》2011 年 5 月 13 日。

秋瑾:夜夜龙泉壁上鸣,张晨怡,《中国文化报》2011 年 9 月 29 日。

辛亥百年忆竞雄——与中国民主革命家秋瑾堂侄女秋素莉谈秋瑾,龚保华,《吉林日报》2011 年 10 月 10 日。

千古英名说秋瑾,张健,《人民日报》2011 年 10 月 13 日。

辛亥女杰秋瑾罹难的"官方记录",王征,《中国档案报》2011 年 10 月 24 日。

秋瑾再现尽风光,刘继贤,《文艺报》2011 年 11 月 14 日。

《秋瑾致徐小淑绝命词》命题质疑,王艾村,《团结报》2011 年 12 月 8 日。

激越的诗情　美丽的牺牲——评杭州话剧团《秋瑾》,罗怀臻,《中国文化报》2011 年 12 月 13 日。

热血犹能化碧涛——《秋瑾　徐锡麟》传读后，韩树艺，《团结报》2011 年 12 月 22 日。

鉴湖女侠——秋瑾，秋水，《档案时空》2012 年第 1 期。

评《秋瑾评传》，王兆刚，《东方论坛》2012 年第 2 期。

辛亥女杰秋瑾罹难的“官方记录”，王征，《黑龙江档案》2012 年第 2 期。

《影之花》的译者竞雄女士不是秋瑾——兼说该小说的译者也不是曾朴，郭延礼，《中华读书报》2012 年 2 月 8 日。

秋瑾 1904 年入读和退学东京实践女学校之原因，易惠莉，《社会科学》2012 年第 2 期。

继承与突破——话剧《秋瑾传》和小说《六月霜》的对比研究，魏玉莲，《戏剧文学》2012 年第 2 期。

秋瑾与良弼为何被同一对夫妻料理后事，赖晨，《工会博览（下旬刊）》2012 年第 5 期。

秋瑾对联轶事，娄国忠，《教育》2012 年第 3 期。

秋瑾：设计军制，张鸣，《文苑（经典选读）》2012 年第 11 期。

文史并茂画双雄——读《秋瑾 徐锡麟》，刘则永，《中华读书报》2012 年 3 月 28 日。

鲁迅与秋瑾：先行两步还是先行三步？姜涛，“政治精英与近代中国”会议论文，2012 年 4 月 21 日。

罪与罚：“秋瑾案”涉案人的清算与救赎，刘立军，《粤海风》2012 年第 4 期。

近二十年秋瑾研究述评，谭璐，《湖南大众传媒职业技术学院学报》2012 年第 3 期。

论秋瑾的咏植物诗，黄剑光，《现代语文（学术综合版）》2012

年第3期。

吴芝瑛对民主革命的贡献——以相助秋瑾为例，周靖程，《齐齐哈尔大学学报（哲学社会科学版）》2012年第3期。

二十世纪初：女留学生与女国民，王绯，《中国妇女报》2012年6月5日。

诗心史笔传英烈——《秋瑾、徐锡麟》二传创作随想，吴先宁，《团结》2012年第3期。

论秋瑾在辛亥革命早期的办报活动及影响，刘凝凡，《重庆三峡学院学报》2012年第4期。

近代女报人建构公共领域的尝试——以秋瑾、吕碧城为代表，郭大燕、宁利娟，《新闻世界》2012年第8期。

秋瑾研究，郭辉，《中国校外教育》2012年第9期。

从《中国女报》解读秋瑾的女性解放思想，魏玉莲，《新闻爱好者》2012年第8期。

秋瑾的文化身份与文化心理变迁，郭辉，《求索》2012年第8期。

秋瑾之死与晚清社会舆论，刘立军，《文史天地》2012年第10期。

试评《秋瑾　徐锡麟》之传记笔法，汤明珠，《群言》2012年第10期。

侠骨英风非等闲——论《史记·游侠列传》和《剑侠传》对秋瑾的影响，魏玉莲，《前沿》2012年第11期。

近代民主爱国志士秋瑾的革命生涯，王辉，《兰台世界》2012年第34期。

秋瑾的孤独，蒋勋，《国学》2012年第6期。

李清照、秋瑾诗歌意象比较，张志高，《中学教学参考》2013年第1期。

《天义》秋瑾案资料，万仕国，《扬州文化研究论丛》2013年第1期。

秋瑾之女——王灿芝传奇，史鉴，《文史春秋》2013年第1期。

孙中山挽秋瑾联考，朱元桂，《团结报》2013年1月24日。

李清照秋瑾诗歌风格的比较，刘光祖，《中学教学参考》2013年第4期。

从秋瑾判处周树人死刑悬案说起——兼论鲁迅与秋瑾的价值抉择，陈亚梅，《兰台世界》2013年第S6期。

追寻民族复兴之梦的伟大先驱，周勇，《重庆日报》2013年6月27日。

秋瑾尚武思想研究，郭学松，《体育学刊》2013年第4期。

秋瑾文学创作的艺术特色与贡献，付常安，《济南职业学院学报》2013年第5期。

试论秋瑾留日期间的文学创作，舒科琼，《学园》2013年第5期。

因秋瑾之死而自杀的知县，张帮俊，《文史博览》2013年第9期。

李清照秋瑾诗歌语言及艺术手法的比较，张志高，《中学教学参考》2013年第31期。

地方社会与争夺秋瑾的遗骸，1907年至1915年，黄永豪，《成大历史学报》2013年第45期。

秋风秋雨返秋魂——政治文化视野下的民元秋瑾迁葬，高翔宇，《汉语言文学研究》2014年第1期。

秋瑾1905年入读和退学东京实践女学校之原因，易惠莉，《杭州师范大学学报（社会科学版）》2014年第1期。

可怜谢道韫　不嫁鲍参军——朱淑真与秋瑾婚姻的比较，魏玉莲，《新余学院学报》2014年第1期。

走出小我，用舞蹈说话——从舞剧《那个秋天里的女人——秋瑾》说开去，刘晓真，《中国艺术报》2014年1月20日。

秋瑾诗词集初期流传经过考述，夏晓虹，《中国文化研究》2014年第2期。

舞剧《那个秋天里的女人——秋瑾》创作谈，吴蓓，《北京舞蹈学院学报》2014年第2期。

鉴湖女侠秋瑾对近代女性体育运动的影响，江洪，《兰台世界》2014年第7期。

《天义》对秋瑾案的反应，万仕国，《扬州文化研究论丛》2014年第2期。

“才”“名”之变：启蒙视域下秋瑾的新闻观念与《中国女报》创办，张朋，《新闻春秋》2014年第3期。

秋瑾婚姻与家庭的多元观照，田梅英，《山西师大学报（社会科学版）》2014年第3期。

秋瑾《满江红·小住京华》赏析，朱姗，《语文月刊》2014年第5期。

从闺阁诗到散文：从秋瑾看女性写作近代之变，林丹娅，《妇女研究论丛》2014年第6期。

秋瑾体育思想研究，张学海，《南京体育学院学报（自然科学版）》2014年第6期。

论鉴湖女侠秋瑾的体育精神，陈庆伟，《兰台世界》2014年第

25 期。

秋瑾诗词忧国忧民情感探析，李紫薇，《贵州广播电视大学学报》2015 年第 1 期。

始信英雄亦有雌——中日学者笔下的秋瑾装束，黄华，《妇女研究论丛》2015 年第 2 期。

秋瑾的办报活动及办报思想，陈丽颖，《新闻世界》2015 年第 2 期。

“始信英雄亦有雌”——论秋瑾诗词暴力书写的审美张力，李艳平，《山西师大学报(社会科学版)》2015 年第 2 期。

深闺有愿作新民——传奇《六月霜》的秋瑾形象与当时女性的文化心态，孟梅，《浙江艺术职业学院学报》2015 年第 2 期。

吕公望与徐锡麟秋瑾的交往，吕子韬，《世纪》2015 年第 2 期。

译者介入的困境——以秋瑾译《看护学教程》为例，陈志杰、潘华凌、丁亮，《外语学刊》2015 年第 4 期。

秋瑾:性别越界的“骚客”精神，孙晶、王晓洪，《当代文坛》2015 年第 4 期。

一生 · 一剧 · 一女人——浅析舞剧《秋瑾——那个秋天里的女人》之人物形象创作，李北达、刘海栋，《舞蹈》2015 年第 4 期。

秋瑾职业革命生涯与女性主体意识生长，魏霞光，《山西师大学报(社会科学版)》2015 年第 5 期。

如斯巾帼女儿——评秋瑾诗歌的妇女解放思想，王彩虹，《西安文理学院学报(社会科学版)》2015 年第 6 期。

秋瑾的两位侠义女友，陈正贤，《文史春秋》2015 年第 6 期。

谁来保护秋瑾手中的那把剑，苑广阔，《长春日报》2015 年 7 月 9 日。

秋瑾命案的错位执法,张耀杰,《经济观察报》2015 年 8 月 17 日。

中国近代报人新闻精神研究——以秋瑾为中心,张笛,《新闻研究导刊》2015 年第 11 期。

鉴湖女侠秋瑾与她的女性解放思想,周敏,《学理论》2015 年第 20 期。

革命侠女秋瑾的爱国生涯与精神境界,张清学,《兰台世界》2015 年第 25 期。

为什么我们总是记起秋瑾,吴先宁,《人民政协报》2015 年 11 月 9 日。

女性、牺牲与现代中国的烈士文章——从秋瑾到丁玲,符杰祥,《东岳论丛》2015 年第 11 期。

性别与革命:近代以来秋瑾形象转换的考察(1907—1945),夏卫东,《民国档案》2016 年第 1 期。

株洲秋瑾故居复原陈列的总体思考,张敬尧,"湖南省博物馆学会 2015 年会暨湖南省文物保护单位陈列展示专题学术研讨芷江现场会"会议论文,2016 年 1 月 13 日。

浅谈名人故居文物保护单位的陈列展览——以株洲秋瑾故居生平事迹陈列为例,刘洋,"湖南省博物馆学会 2015 年会暨湖南省文物保护单位陈列展示专题学术研讨芷江现场会"会议论文,2016 年 1 月 13 日。

秋瑾:闺密眼中的女汉子,王鹤,《文史博览》2016 年第 2 期。

论秋瑾思想对清末诗人徐自华、徐蕴华的影响,魏鹏展,《广东技术师范学院学报》2016 年第 3 期。

从自我形象设计探究秋瑾的梦想与追求,谢俊美,《太原理工

大学学报(社会科学版)》2016 年第 3 期。

为《从秋瑾到林昭》致白桦,屠岸,《炎黄春秋》2016 年第 3 期。

“中国苏菲亚”是怎样炼成的——秋瑾与“西方美人”的文化政治,符杰祥,《文艺争鸣》2016 年第 7 期。

秋瑾年谱的几个问题,魏鹏展,《安徽广播电视大学学报》2016 年第 4 期。

性别与革命:近代以来秋瑾形象的转换(1907—1945),夏卫东,《社会科学文摘》2016 年第 4 期。

从秋瑾到芈月:女性历史叙事中的性别建构,乌兰其木格,《文艺报》2016 年 8 月 31 日。

陈去病、徐自华归葬秋瑾的史实钩沉,张夷,《南京理工大学学报(社会科学版)》2016 年第 5 期。

秋瑾反清革命军事策略研究,郑春奎,《赤峰学院学报(汉文哲学社会科学版)》2016 年第 9 期。

秋瑾诗歌研究述评,詹静珍,《档案》2016 年第 10 期。

槐庭依然剑琴鸣——秋瑾故居凝思,谭仲池,《新湘评论》2016 年第 5 期。

“秋瑾、徐自华、吴芝瑛、吕碧城暨近代女性文学高层论坛”综述,范丽敏、郭浩帆,《文史哲》2016 年第 5 期。

双性同体视角下秋瑾词创作主旨新变,顾一凡,《无锡商业职业技术学院学报》2017 年第 1 期。

胡钟生与秋瑾案,张耀杰,《江淮文史》2017 年第 1 期。

秋瑾诗词创作特征论,谢圣婷,《中国韵文学刊》2017 年第 2 期。

瞻仰秋瑾故居，高成林，《福建党史月刊》2017 年第 2 期。

闺阁英雌秋瑾之民族意识考源，魏鹏展，《安徽电气工程职业技术学院学报》2017 年第 2 期。

闺阁英雌秋瑾之民族意识考源，魏鹏展，《安徽广播电视大学学报》2017 第 2 期。

漫云女子不英雄：秋瑾传记片研究及其理论问题，马纶鹏，《现代传记研究》2017 年第 2 期。

为自己书写预言的鉴湖女侠，戚宛珺，《文汇报》2017 年 5 月 22 日。

浅析秋瑾书法作品的艺术精神，张小丽、慕德春，《大众文艺》2017 年第 3 期。

拼将十万头颅血　须把乾坤力挽回——秋瑾在老湘潭的日子里，曹辉、肖畅，《湖南日报》2017 年 7 月 15 日。

古轩亭口怀秋瑾，贺钟伟，《团结报》2017 年 7 月 15 日。

何香凝眼中的“鉴湖女侠”秋瑾，蔡瑞燕，《团结报》2017 年 8 月 17 日。

“鉴湖女侠”秋瑾写诗明志，吕雪萱，《档案记忆》2017 年第 4 期。

秋瑾诗词与李清照诗词的风格比较，李刚、鲁彦举，《文学教育(下)》,2017 年第 4 期。

秋瑾埋骨　西泠传奇——读吴芝瑛致徐自华信札，熊广琴，《荣宝斋》2017 年第 6 期。

从弹词《精卫石》看秋瑾的理想世界，魏玉莲，《山西师大学报(社会科学版)》2017 年第 5 期。

自传契约：秋瑾弹词小说叙事研究，杜若松，《东北师大学报

（哲学社会科学版）》2017 年第 6 期。

秋瑾女性自强思想探究，郑玲云、李斐斐，《文化创新比较研究》2017 年第 31 期。

湖湘文化浸润成就了秋瑾，李丹青、李跃龙，《湖南日报》2018 年 1 月 10 日。

易装、金兰契与同胞：秋瑾的女性革命，张新璐，《妇女研究论丛》2018 年第 2 期。

秋瑾：不以富贵负初心，龙军、欧阳海希，《光明日报》2018 年 4 月 7 日。

“巾帼英雄”——秋瑾，俞菀，《当代广西》2018 年第 8 期。

Frauenvorbilder über fiktive und reale Heldinnen in der späten chinesischen Kaiserzeit am Beispiel von Meng Lijun（孟丽君）und Qiu Jin（秋瑾）（博士论文），Sabine Hieronymus，Kiel Univ. Diss. 1999（德国基尔大学）.

Historical contexts for a life of Qiu Jin（1875—1907）（博士论文），Robyn Hamilton，University of Melbourne，Dept. of History，2003.

晚清革命思潮与民间文学传播之研究：以陈天华、秋瑾为探讨中心，林俊宏，台湾花莲教育大学硕士学位论文，2006 年。

秋瑾诗词研究，龙美雯，台湾“中央大学”硕士学位论文，2006 年。

试论秋瑾民主革命思想的形成，俞晓颖，湖南师范大学硕士学位论文，2007 年。

秋瑾的文学创作与多重文化人格，郭辉，西北师范大学硕士学位论文，2007 年。

从秋瑾案看晚清报刊舆论力量，金冰，吉林大学硕士学位论

文,2009 年。

俨然在望此何人?——秋瑾之国族与女性意识研究,李依蓉,暨南大学硕士学位论文,2011 年。

唐群英和秋瑾女权与女学思想比较研究,郝丽媛,西北大学硕士学位论文,2014 年。

赢得生前身后名:秋瑾与秋瑾接受,陈静,南京大学硕士学位论文,2015 年。

清末女报人与中国女性的人格转型研究——以康同薇、秋瑾为研究对象,刘煜程,湘潭大学硕士学位论文,2015 年。

俞佳钿

愿维国货　聊隐市廛——记民初爱国女联家俞佳钿,黄飞,《对联·民间对联故事》2002 年第 6 期。

俞钱云辉

近代闺秀诗人"俞钱云辉"释疑略论,王晓,《科技风》2016 年第 16 期。

施淑仪

施淑仪《清代闺阁诗人征略》研究,姜瑜,湖南师范大学硕士学位论文,2011 年。

晚清女性诗人施淑仪研究,王晓萍,陕西师范大学硕士学位论文,2015 年。

姚倚云

清末民初才媛姚倚云研究,徐丽丽,苏州大学硕士学位论文,

2014年。

顾春

旷代才女顾太清，张菊玲，北京出版社，2002年。

关于清代女词人顾太清，储皖峰，《国学月报》1928年2卷12号。

清代男女两大词人恋史的研究，雪林女士，《国立武汉大学文哲季刊》1930年第3、4期。

西林太清春，淡秋，《女青年》1934年第3期。

书顾太清事，启功，《词学季刊》1卷4期（1934年4月1日）。

顾书识小录，东君，《人文》7卷8期（1936年10月15日）。

愿愿斋读书札记，去晦，《华光》1卷6期（1939年12月28日）。

西林春和龚定庵——文坛上一件桃色公案，蔗园，《苏铎》1941年第1卷第4期。

读《东海渔歌》钞配本随记，吴泰昌，《随笔》1984年第6期。

留得四时春　岂在花多少——太清及其词略论，赵伯陶，《宁夏社会科学》1986年第4期。

长白词媛　情采并茂——标注《顾太清诗词》前言，张钧，《图书馆学研究》1989年第1期。

清代第一女词人——满族西林顾春词漫论，黄世中，《文学评论丛刊》第31辑（1989年3月）。

清代杰出的词媛顾春和她的《子春集》，张钧，《社会科学战线》1989年第3期。

《红楼梦影》的作者及其他，赵伯陶，《红楼梦学刊》1989年第3期。

顾太清及其词作的审美特色，董淑瑞，《满族研究》1990年第

2 期。

八旗有才女　西林一枝花——记清代满族女文学家顾太清，张璋，《文学遗产》1996 年第 3 期。

读顾太清手稿——兼及顾太清与龚自珍的情恋，柯愈春，《社会科学战线》1996 年第 5 期。

中国第一位女小说家西林太清的《红楼梦影》，张菊玲，《民族文学研究》1997 年第 2 期。

顾太清研究的百年回顾，陈水云，《南阳师范学院学报（社会科学版）》2004 年第 7 期。

顾太清的戏曲创作与其早年经历，黄仕忠，《文学遗产》2006 年第 6 期。

顾太清与龚定庵交往时间考，黄仕忠，《中山大学学报（社会科学版）》2009 年第 2 期。

“温柔敦厚”小说观与《红楼梦影》的诗性书写，聂欣晗，《红楼梦学刊》2010 年第 2 期。

论嘉道年间女词人顾春、吴藻，崔丽娜，黑龙江大学硕士学位论文，2003 年。

清代女作家顾太清研究，李冰馨，四川师范大学硕士学位论文，2007 年。

徐自华

徐自华传，陈去病，《南社丛刻》第 9 集（1914 年 3 月）。

语溪徐自华之遗诗，见《人物品藻录初编》，郑逸梅，日新出版社，1946 年。

秋瑾和她的女友徐自华，郭延礼，《柳泉》1982 年第 3 期。

秋瑾与徐自华的革命友谊，徐重庆，《文科教学》1985 年第 3 期。

南社女诗人徐自华年谱简编,郭延礼,《文教资料》1989 年第 4 期。

南社新南社部分社员事略·徐自华,林北丽,《吴江文史资料》第九辑“纪念南社成立 80 周年专辑”(1989 年 12 月)。

近代女才子——徐自华,沈楚琴,《浙江档案》1995 年第 3 期。

徐自华集外文辑存,郭长海,《长春师范学院学报》1996 年第 2 期。

巾帼英侠三姊妹——秋瑾、吴芝瑛、徐自华的友情,吴昭谦,《文史精华》1999 年第 8 期。

从闺阁悲吟到为反清革命歌呼——南社女诗人徐自华简论,万国庆,《嘉兴学院学报》2006 年第 6 期。

论徐自华诗歌创作的发展与变革,韩磊,《语文学刊》2009 年第 10 期。

徐自华、徐蕴华姊妹诗人研究综述,苗丽,《临沂师范学院学报》2010 年第 4 期。

南社女作家徐自华研究综述,王滢、刘钊,《长春师范大学学报》2015 年第 1 期。

吴芝瑛致徐自华信札,熊广琴,《中华书画家》2015 年第 3 期。

漆室之忧,其来有自——从徐自华诗文看近代知识女性的家国情怀之源,闻海鹰,《秋瑾、徐自华、吴芝瑛、吕碧城暨近代女性文学高层论坛会议论文集》,2015 年。

徐蕴华

南社新南社部分社员事略·徐蕴华,林北丽,《吴江文史资料》第九辑“纪念南社成立 80 周年专辑”(1989 年 12 月)。

徐自华、徐蕴华姊妹诗人研究综述,苗丽,《临沂师范学院学报》2010 年第 4 期。

高剑华

当“才女”与“市场”相遇——从高剑华看民初知识女性的小说创作，马勤勤，《南开学报（哲学社会科学版）》2016 年第 2 期。

唐群英

唐群英与近代女权运动，周亚平，《湖南教育学院学报》2000 年第 4 期。

“一代女魂”唐群英与辛亥革命，沈蓓绯，《宁夏社会科学》2011 年第 6 期。

唐群英对近代社会革命的认识与实践，谭崇恩，《南华大学学报（社会科学版）》2012 年第 6 期。

唐群英和秋瑾女权与女学思想比较研究，郝丽媛，西北大学硕士学位论文，2014 年。

凌叔华

凌叔华在直隶第一女子师范学校事迹和佚作考，马勤勤，《中国现代文学研究丛刊》2014 年第 5 期。

黄静英

一位被尘封的女翻译家和小说家——黄静英，郭延礼、郭蓁，《东方翻译》2010 年第 1 期。

黄翠凝

黄翠凝和她的译作《牧羊少年》，郭延礼、郭蓁，《东方翻译》2010 年第 2 期。

康同薇

中国第一位女报人康同薇，邓耀荣，《中国记者》2013 年第 3 期。

清末女报人与中国女性的人格转型研究——以康同薇、秋瑾为研究对象，刘煜程，湘潭大学硕士学位论文，2015 年。

康同璧

近代女性社会主体身份的自我建构——以康同璧为个案研究，张朋，《淮北煤炭师范学院学报（哲学社会科学版）》2009 年第 6 期。

梁佩兰

梁佩兰及其诗，宁祥，《佛山大学 · 佛山师专学报（社会科学版）》1988 年第 3 期。

彭寄云

彭寄云女史小考，夏晓虹，《中国现代文学研究丛刊》2001 年第 3 期。

曾兰

近代蜀中才女曾兰，冉华德，《文史杂志》1995 年第 5 期。

“国女”与“良母”的双向纠缠——曾兰女权思想刍论，袁昊，《宜宾学院学报》2016 年第 11 期。

裘毓芳

中国第一个女报人裘毓芳和她的《无锡白话报》，鲍欣，《枣庄

师专学报》2000年第3期。

裘毓芳与《无锡白话报》,李九伟,《新闻爱好者》2004年第5期。

我国最早女报人裘毓芳卒年考证,张天星,《江苏地方志》2008年第1期。

廖基瑜

女诗人廖基瑜,徐一士,《大风》1938年第9期。

薛绍徽

先妣薛恭人年谱,陈锵、陈莹、陈荭编,《黛韵楼遗集》附录(1914年刊本)。

爱国情肠巾帼诗——介绍福州女诗人薛绍徽,江作梁,《福建日报》1984年1月7日。

阑珊春事　花谢水流——简论薛绍徽及其《秦淮赋》,林怡,《中国典籍与文化》2003年第2期。

独写幽香非写色　纤秾圆润自分明——读《薛绍徽集》,苗健青,《福州大学学报(哲学社会科学版)》2003年第4期。

简论晚清著名闽籍女作家薛绍徽,林怡,《东南学术》2004年增刊。

薛绍徽吕碧城异同论,杨万里,《南阳师范学院学报》2007年第1期。

女翻译家薛绍徽与《八十日环游记》中女性形象的重构,罗列,《外国语言文学》2008年第4期。

晚清两性女学观比较——以梁启超、薛绍徽为例,刘静爽,《昌吉学院学报》2008年第4期。

从与薛绍徽女学观的比较看梁启超的女性主义意识,赵利

民、刘静爽,中国现代美学与文论的发动——“中国现代美学、文论与梁启超”全国学术研讨会,2008 年。

论以昆曲唱词——以薛绍徽唱词观为中心,刘荣平,《厦门大学学报(哲学社会科学版)》2009 年第 4 期。

乱世中的田园想象——晚清女诗人薛绍徽及其隐逸诗词,花宏艳,《古典文学知识》2012 年第 5 期。

薛绍徽吕碧城诗词比较,陈宏,《湖南科技学院学报》2012 年第 7 期。

薛绍徽与《八十日环游记》翻译,胡钶,《兰台世界》2014 年第 7 期。

薛绍徽的翻译及其女性思想的体现,孟慧霞,《兰台世界》2014 年第 34 期。

《先妣薛恭人年谱》的叙事立场及薛绍徽形象,王同舟,《秋瑾、徐自华、吴芝瑛、吕碧城暨近代女性文学高层论坛会议论文集》,2015 年。

福建清代女诗人薛绍徽思想与诗词创作研究,陈宏,福建师范大学硕士学位论文,2009 年。

薛琪瑛

中国白话文运动探源——从薛琪瑛的外国话剧中文语体翻译谈起,蒋於缉,《吉林广播电视大学学报》2001 年第 1 期。

中国近代三位女性戏剧翻译家:吴弱男、薛琪瑛和沈性仁,郭延礼、郭蓁,《东方翻译》2010 年第 3 期。

薛琪瑛《意中人》剧本翻译中的女性主义研究,张舒,成都理工大学硕士学位论文,2013 年。

翻译规范理论视角下的薛琪瑛汉译王尔德 An Ideal Husband 研究,乔敏,华中师范大学硕士学位论文,2014 年。